潘军文集

第柒卷

早期小说卷

文化藝術出版社
Culture and Art Publishing House

在北京寓所（2006年10月）

在西单图书大厦签名售书（2000年5月）

和读者在一起（2000年5月，北京）

在大理（2001年10月）

漫天飞雪（2001年冬，合肥）

作画祝贺潘萌长篇处女作出版（2008年冬，北京）

在旧金山金门大桥（2011年12月）

在旧金山金门大桥（2011年12月）

作画祝贺潘萌长篇处女作出版（2008年冬，北京）

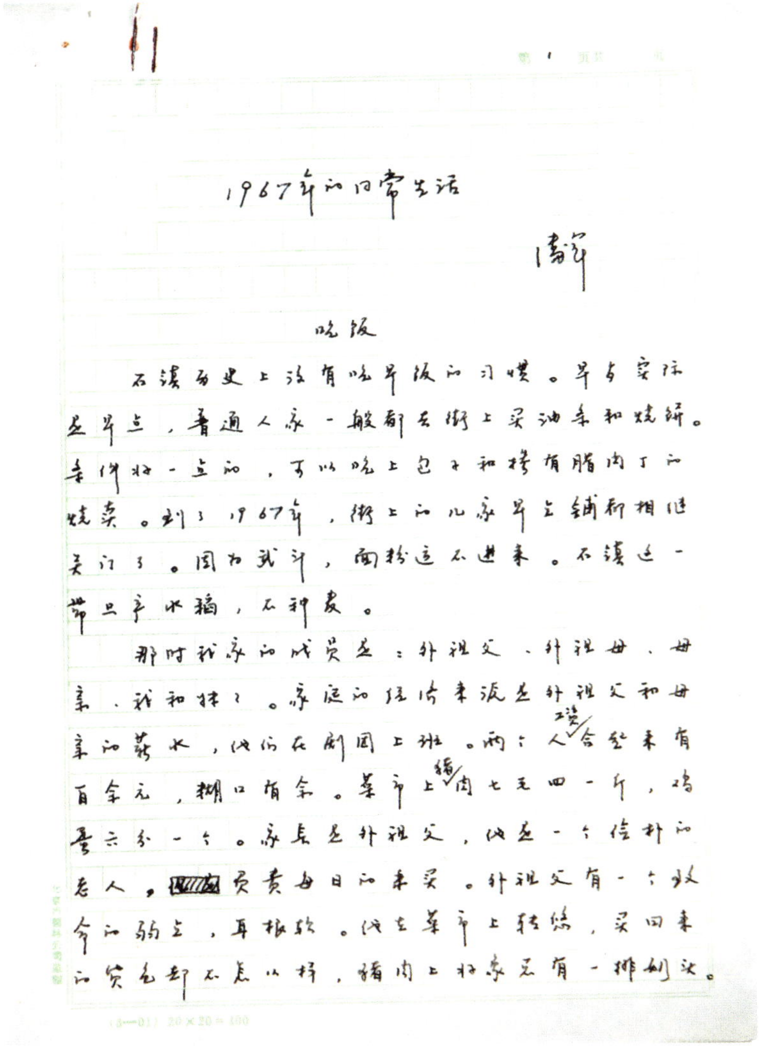

1967年的日常生活

潘军

吃饭

石牌历史上没有吃早饭的习惯。早点实际是早点，普通人家一般都去街上买油条和烧饼。条件好一点的，可以吃上包子和拷有腊肉丁的烧卖。到了1967年，街上的几家早点铺都相继关门了。因为武斗，面粉运不进来。石牌这一带只产水稻，不种麦。

那时我家的成员是：外祖父、外祖母、母亲、我和妹妹。家庭的经济来源是外祖父和母亲的薪水，他们在剧团上班。两个人工资合起来有百余元，糊口有余。菜市上猪肉七毛四一斤，鸡蛋六分一个。家长是外祖父，他是一个信神的老人，负责每日的采买。外祖父有一个致命的弱点，耳根软。他在菜市上转悠，买回来的货色却不怎么样，猪肉上好象总有一排刷子。

手稿

日晕
RIYUN
潘军
长江文艺出版社
日
晕
潘军 著
日晕
潘军
第一部长篇小说
日晕
白色沙龙
潘军小说
重瞳
风
日晕
潘军实验作品

|《日晕》不同版本书影

《潘军文集》第七卷
目　录

短篇小说

教授和他的儿子 …… 3
没有人行道的大街 …… 13
别梦依稀 …… 22
初雪 …… 32
红门 …… 41

中篇小说

墨子巷 …… 53
篱笆镇 …… 95
大江 …… 142

长篇小说

日晕 …… 221
附录：
多余的话 …… 450
《日晕》（台湾版）序言 …… 453
重印《日晕》自序 …… 455

潘军文集

第柒卷

短篇小说

教授和他的儿子

教授在等待儿子的归来。

窗外无声地飘着雪，把寂寞卷到北方这所大学。放寒假了。对于上了年纪但神志却还清楚的人，最大的威胁倒不是死亡而是孤独。教授的妻子还没有来得及当上老伴就撒手西去了，能改变生活节奏的就只有这唯一的儿子。然而，当儿子离他很近的时候，教授又觉得儿子离他很远，很远……

教授今年正度花甲。他的身材由于腰有点弯而显得瘦小。为数不多的头发还是灰的，整齐地向后背着，因此他的额头显得很宽。几道浮雕般的皱纹似乎暗示着教授学识的渊博。没有人不喜欢教授的眼睛，这倒不是因为他的眼睛很美，毫不浑浊，而在于目光流露出十足的和蔼亲切和平易近人。他还有一口足以令同龄人惊羡不已的好牙哩！但不容易发现——教授是缄默的。教授的穿着历来简朴，他的服装上难得找到一条直线，而皮鞋是从来没有光泽的。在教授身上，唯一考究的是他出门时一定要戴上的那副水晶墨镜。这件微不足道的小玩意儿安在教授身上就像一顶鸭舌帽扣在出土陶俑头上，总让人觉得不协调。可是教授戴墨镜似乎成了一种嗜好。

教授是德高望重的。可以说他是国内研究古文字的权威。但他总是以谦逊的措辞阐述自己的观点，字里行间里充满着不耻下问。教授最担心的是自己的论文引起争鸣，他早就不习惯打笔墨官司了！不过，这种情况偶尔还是有的。持不同观点者总是挺身而出，与教授摆出一副血战到底的姿态。教授却退避三舍，以此来表示自己的宽宏大量。这时候儿子就会用不屑的甚至是轻蔑的目光注视着父亲。有几次教授感到不知所措。他觉得，儿子越来越神秘。他顶多认为儿子的额头同他相似，很宽，就这么点。儿子身材颀长而魁梧，皮肤黝黑且粗糙，鼻梁挺拔，眉毛浓重。教授总觉得儿子的眼睛黑白分布得不合理，否则，那眼睛怎么会折射出锋芒毕露的光泽呢？哦，还有那张叫人讨厌的嘴！“嘴唇完全是磨薄的！”教授最不满意的是儿子不作思考的口若悬河。

儿子，这位二十六岁的文科大学生，在没有被契诃夫颠倒神魂之前，是达·芬奇的狂热崇拜者。一想起这点，教授就追悔莫及。教授的卧室里用精致的镜框至今保护着《蒙娜丽莎》，但他不希望自己的儿子为达·芬奇的事业而献身。他认为“艺术家”虽然是个堂而皇之的称号，但也是个倒霉的职业。这些人为人类创造优美的图卷，自身却往往遭到抹黑。陶醉在肖邦的旋律中去探索他与乔治·桑的罗曼史，这当然也是一种独到的享受……“非画之不可以？”当初教授这么问儿子。他花了一整天的时间同正在抽条的儿子促膝交谈，并把自己一大堆关于古文字学的专著和论文摊在儿子面前，企图诱导这个小小的男子汉一头扎进浩如烟海的线装影印书堆里，用高倍放大镜在龟甲和金鼎上寻找无穷的乐趣。儿子手里翻着老子写的书，目光却越过老子的肩头，大胆地迎着那“永恒的微笑”……教授差点喘不过气来……天晓得儿子是哪一天怪起来的！后来他竟瞒着老子把户口迁到了大别山；在那里他找到了爱。到了一九七八年秋天，儿子又突然把名字写到了A大学中文系的花名册上。教授这才吁了口气，中国也许失去了一位艺术家，但教授却得到了一个像样的儿子。他认为儿子放弃油画箱是痛改前非。于是他像写论文那样给儿子写信，郑重表明做父亲的渴求事业后继有人的希望。然而，儿子寄给他的是一本很有声誉的文学月刊，那上面发表了儿子的处女作，一个叫《晨》的独幕话剧。单就选材——社会机构改革，就使教授震惊！儿子毕竟不是国务院总理，想得太多了！想多了是很可怕的。教授哪有心思看完呢？他觉得手中这本杂志沉甸甸的……

如今，儿子到了毕业的时候。他的才华得到了社会的公认。但，这并不意味着儿子真正走进了宠儿的行列……

远处飘来了汽笛声。儿子到了。他爱乘这班车，因为这班车是特快，而且总是正点。半小时后，楼梯上响起了节奏感很强的口哨：

青春啊青春，
美丽的时光……

“爸爸!”儿子现在就站在离父亲顶多两米远的地方。教授双手环抱着胸，大拇指在神经质地抖动。他在揣测儿子的穿着。直到儿子又喊了一声“爸爸”，他才回答说：“回来了!”紧接着两只晦涩的眼睛将儿子搜了身。果然！——儿子俨然成了登山队员。教授立刻后悔不该每月给儿子汇去三十五元的生活费，否则儿子没有可能买来这件蓝得叫人睁不开眼睛的登山服，更不可能拎得起这种带小滑轮的旅行包。那上面赫然印着“QC”。什么意思？教授有点茫然。

“哼。”——教授的鼻腔不禁发出了这个轻微的、但足以表明态度的单音节。

儿子习以为常地笑笑。

教授感到儿子的嘴唇像是又薄了点。“还那么爱讲！肯定是!”教授这样想着，坐到藤椅上。藤椅发出了一声呻吟，掩盖了他微弱的叹息。几乎每次都这样，儿子不回来就想得慌；回来了则又闷得慌。老人有老人的脾气。何必呢？还是快活点吧。于是他的脸上勉强挂起少见的笑容。他问儿子旅途是否疲劳，是先洗澡还是先在沙发上打个盹，并说已经买好了带鱼……

儿子说先洗澡。说着就三下五除二地几乎把自己剥得精光，露出一身的健美。这叫教授暗暗吃惊，面前的儿子分明就是米开朗基罗的《大卫》的翻版。画家在作素描时渴求的就是这样的躯体，这样的结构。

洗澡间里稀里哗啦地响着。冷水浴是不是也属于赶时髦？教授倒有点不寒而栗。如今跑步都不过瘾了，兴打拳，更兴气功。没准儿哪一天——当然不是夏天，男女老少都齐刷刷地跳到冰窟窿里去呢！人总爱变着花样来折腾自己，不就是想多吃几年油盐吗？其实死是最公正的，谁也走不了后门。

一刻钟后，儿子挺着红扑扑的胸脯走出了洗澡间。教授看了很有几分羡慕。可等儿子穿好衣，再披上那件登山服，顿时味变了。于是教授脸上表现出一种无可奈何的微笑。儿子也笑了，笑得自在、开朗，又像是知道父亲缄默时的心理而感到可笑似的笑了。他那线条硬朗的脸上竟出现了两个浅浅的酒窝，这不和谐的组合却增添了儿子的温柔和可爱。教授有把握地认为，完全可以在这种气氛中使两代人推心置腹地谈上一番。从何谈起呢？教授思忖着。儿子在学业上的成就如何可以不管，教授不是那种巴望子女独占鳌头的父亲。天才往往是不幸的。他只希望儿子静悄悄地做人，而做人的学问远比其他学问高深得多。遗憾的是，二十六岁的儿子却不知道做人的ABC。否则他怎么会在大庭广众之下，说他们的校长像电影《牛虻》中的蒙太里尼呢？其实完全不含贬义，仅仅是一种纯肖像的比拟，就像说棕榈和芭蕉模样差不多一样。可为什么偏要将深孚众望的校长大人同一位卑鄙龌龊的外国神父放在一起呢？秃头的人很多嘛，比如，列宁。说校长像伟大的伊里奇，哪怕只是一点点儿，也不至于在评选三好学生的时候，让人甩给你一顶“不尊重领导”的帽子。人家才不欣赏你这廉价的幽默呢！还有，为什么偏要称高汉平作“高副主任”呢？这个“副”字就舍不得省掉吗？只有傻瓜才会这么喊。尽管高汉平曾当过教授的研究生，那毕竟是过去的事了。不久前，教授应邀去A大学中文系作学术报告，红光满面的高汉平到车站接他。“汉平，听说你提拔为系负责人了，我很高兴！”“……先生。我知道自己是不称职的。”高汉平自然会这么说，其实他心里难道不像浇上了一勺蜜吗？看看他笑出的双下巴就有数了……

但儿子不懂这些。是的，不懂。教授轻轻叹了口气，从沉思中费劲地抬起头——儿子已不在面前了。少顷，厨房里飘出一支歌：

望着我，望着我，
你那诚实的眼睛……

眼睛！诗人们爱说它是“心灵之窗”。不过，这扇窗户还是关起来，再拉上帘子的好……教授觉得头有点晕，便顺手将墨镜戴上。霎时周围的一切暗淡了，像是暮色悄然降临，其实，太阳就高悬在他的头顶上……

儿子的烹调功夫蛮不错。带鱼是油煎糖醋的，美极了。毕竟父子俩还有共同之处，比方这吃带鱼。这种场面很容易使教授想起神秘的遗传学。教授对遗传学最通俗的理解是“种瓜得瓜，种豆得豆”。当然，单凭这吃带鱼的嗜好来证明种质的稳定性那未免太遗憾了！或许，除了那宽宽的额头和吃带鱼，儿子身上能呈现的一切都是对遗传学的反叛？——这并非是计较儿子当着很多同学的面，说父亲的报告——《关于汉字的起源和发展》，索然无味。“平淡得像一潭死水！”儿子挥动着有力的手臂，“你的观点呢？难道就是几家学派观点之和？”……教授不会埋怨儿子的。他私下承认儿子的辨析力很强，善于捕捉本质的东西。教授的报告就是那么平淡，没有锋芒。何必要有锋芒呢？教授不善于作煽动性的报告。他的报告宛如一曲轻音乐，给人带来的只是宁静和舒适。听听会场上响起的掌声吧！“……我们再次表示感谢！”主持报告会的高汉平再次举起手，于是又一次引爆了雷鸣般的掌声。教授站起身，向大家频频点头。陡然他脸上的笑容凝固了——他终于发现有一双与会场的气氛格格不入的眼睛，在严峻地注视着他……那晚教授失眠了。有两双色彩迥然不同的眼睛在他面前晃动着。

高汉平的眼睛是习惯于笑的，一种很有力量的笑。教授第一次领略到这种力量是六十年代初，那时他刚从科学院调到北方这所声誉颇高的大学任教。还没有认清中文系所有的同行，教授便知道毕业班有个叫高汉平的，一个腼腆得像乡村姑娘却具有相当号召力的系学生会主席。否则，他怎么会由校方直接推荐给教授当研究生呢？他除了帮教授检查资料，抄卡片，做目录索引外，还替教授拿报刊信件、打开水，以至于倒痰盂，这使教授十分过意不去。但高汉平的硕士论文却是教授费尽了口舌才予以通过的。不通过行么？教授的勇气终于被高汉平那温柔得不能再温柔的目光击溃了。对高汉平，教授赋予的是同情和感激，而不是希望，尽管他时常按着高汉平的肩头，颇有感触地说“后生可畏”。然而，有希望的恰恰是高汉平。他有一双难得的眼睛，不是每个人都具备的。至少，儿子不能。儿子的眼光是那样的尖刻、冷峻，简直可以说是咄咄逼人！画家就是这种眼光。可儿子早已不摆弄那些乱七八糟的玩意了，为什么就不肯把这不讨人喜欢的眼光摘去呢？不久儿子就要毕业了，难道就让他用这种眼光去看世界？

“怎么样，爸？”儿子用筷子敲敲碟子的边缘，“这带鱼的味儿还凑合吧？”

教授定了定神。想得太多了。可是不想又怎么行呢？他是父亲。他就这么一个儿子。父与子，这是法律明确了的。法律，该是多么严肃！唉，妻走得太早了……

“不错。”教授赞许地点着头。

“手艺不比高副主任差吧？”儿子向父亲挤挤眼。

儿子指的是教授去高汉平家赴宴。回来，曾对高汉平的烹调技术赞不绝口。本来，平素深居简出的教授是不愿意在那种场合下抛头露面的。但那次他竟慨然应诺了。教授觉得，同作为系领导的高汉平谈谈关于儿子分配的事，没有比这更好的场合了。在杯来盏去之间把问题摊开至少不显得唐突。况且是高汉平以学生的名义请他的而不是他请高汉平，这就避了瓜田李下之嫌。动身前，教授在百货大楼挑选了几盒精美的糕点，拎在手上。可这种形象实在不怎么好看，在儿子毕业前夕，拎这些油腻腻的、装潢使人眼花缭乱的东西去登他的顶头上司之门，日后难免要留下话柄。这使教授颇为难堪。但天无绝人之路，教授还是有办法的。他把方方正正的公文包腾了出来，再把糕点平平整整地塞进去，锁严，堂皇地提着，俨然像去庄严的会场作学术报告……那天饭后，高汉平又一次就儿子的分配作了暗示。之后，这位机敏的中年人拿出一篇文章，交给教授，说是“请先生指教”。教授当然清楚“指教”的潜台词意味着什么。尽管那篇文章轻得像片羽毛，但教授还是将它在自己主持的一个影响还不小的学术杂志上公诸于世了……儿子说的烹调技术是指这件事吗？像是，又不完全像。为此儿子曾斜着眼盯过教授。更不可思议的是，他的毕业论文居然是冲着高汉平那篇文章来的，用犀利的措辞进行针锋相对的商榷。他这辈子大概就爱“商榷”。虽然教授认为儿子的文章结构严谨，论据充足，逻辑性强，但教授还是不满于儿子这种费力不讨好的做法。他写信，甚至还挂过长途电话，以“尊敬师长是学生起码的道德修养”为由，奉劝儿子收敛一些。儿子引用亚里斯多德的话作了回答：“吾爱吾师，吾更爱真理！”“你懂得什么真理？”教授气得嘴唇发颤。真理是什么？果真是像辞典上解释的那样，是客观事物及其规律在人的意识中的正确反映？如今不是有很多人把“棘手”读成“辣手”吗？有一本具有权威性的语言专著还称其为约定俗成呢！相反，念“棘手”的倒受到嘲弄和讥笑，视为不合法度。难道这也是真理？要是这样，那么真理就太悲哀了……

这顿饭吃得够长了。教授觉得带鱼的味道越吃越淡。他放下一片像梳子似的鱼刺，抿抿嘴唇，说：“你的毕业论文……没动动？”

“没。”儿子连头都没抬。

“还是应该动动，”教授说，“至少，措辞要委婉一点……”

“委婉了，理就说不清了。”

“你……怎么这样自信？”

“人连自己都信不过，岂不太可悲了？”

教授轻轻地放下筷子，不想再吃了。“江山易改，秉性难移呀！”他内心这么感叹。但愿作为指导教师的高汉平气度能大点，看在他的面子上……教授走进卧室，将门重重地关上。

这样，一扇门隔住了两代人的心。

沉默。

这种可怕的窒息般的静谧在教授和他的儿子之间似乎还不曾有过。教授整个身体差不多都陷在那只松软的藤椅上。这把椅子是儿子在大别山插队时用三百斤山芋换来的，一直摆在教授的身边。那时，妻子刚与他中道而别，儿子又远走高飞，能打破寂寞的就只有这把椅子……教授用手抚摸着藤椅的扶手，凝视着长案上那只精巧的镜框里镶嵌的他和妻子抱着五岁的儿子的照片。哦，小天使！那时你的脸像苹果一样圆润，不像现在这样的棱角分明，仿佛是铸出来的，雕刻出来的！儿子长大了。他是那样不可抗拒地、一天天地、在父亲的注视中长大了。成熟和幼稚，深沉和奔放，敏锐和迟钝却是那样不和谐也不合理地纠缠在一起，像骨骼和肌肉，拆也拆不开！

儿子呀儿子……

门外始终听不到声响，儿子的声响。

教授对儿子产生了一种本能的怜悯。他还从未这样冷落过儿子。他历来是宽容的，像每一个慈爱的父亲对使他煞费苦心的儿女那样的宽容。是的，儿子在父亲面前，在这六十平方米的空间里，任性、恼怨、发泄、歇斯底里以至于摔碎茶杯、踢倒凳子，都无关紧要。而在社会上，也就是说，在除六十平方米的空间以外的空间里，就必须小心翼翼地留神任何一句话，像演员分析剧本那样地去抠潜台词，就必须注意任何一个眼波，解剖任何一个姿态……这些，儿子懂吗？NO！他看社会如同欣赏一块窗幔——那仅仅是一块美丽的布；然而，这块布后面的东西不见得都是美的！

唉……腰酸得难受，坐久了。教授吃力地站起身，用握不紧的拳头轻轻捶着腰。他无意中在大立柜的镜子里看到了自己，不禁一怔：怎么成了这个样子？像张弓。一丝凄凉悄悄爬上了他的心头……汉字的发展经历了一个由简至繁，再由繁至简的过程。实际上简单的字并不都简单。至少有这么一个字：人。“……尊敬的祖先把‘入’作为人的象形符号大概不是偶然的吧？”教授沉思着。也许人生来就是那个样子：永远虔诚地弯着腰，软弱无力的手下垂着，是请安还是打千？

——“胡扯！这个字若是仓颉造的，那么仓颉该打！”很久以前一位年轻人第一次发现这个符号——“入”，就拍案而起，“人的腰是不能弯的！”后来他果然挺起胸膛去迎接反动派的水龙头，高唱“团结就是力量”；后来他挺着胸膛站在天安门面前，高喊“中国人民站起来了！”……再后来，他又挺着胸膛为俞平伯说了几句公道话，那时他致力于“红学”。但不久，他的腰弯了……他失败了。不，他获得了意外的成功。因为他再也不会挺着胸膛为胡风说话了。他终于悟出了那个符号——“入”的内涵。但是，历史让“入”变成了“人”！

“……昂首挺胸，迈开双腿，阔步向前——这才是人的姿态！”记得儿子这么说过。是的，他说过。儿子就是用这种姿态去丈量地球的。可怕的是，这种姿态会使他走出地球的边缘的。也许，这就是儿子所谓的个性？而个性，唯有爱弥尔·左拉才一语道出真谛：那是被视为公敌的一种独具一格的异乎寻常的表现。天！公敌！

教授没有勇气想下去了……

西天，只剩下一线残阳。

教授醒来，正是朝霞满天。这一夜是怎样过来的，他一无所知。他只觉得这一觉睡得很吃力，像走完了一截沼泽地。他费劲地翻过身，一只脚踩着了还留有余温的热水袋。这是儿子不知什么时候塞进来的。儿子醒了么？肯定醒了。怎么一点动静也没有呢？那有力的脚步声，那节奏分明的刷牙声，还有那稀里哗啦的冷水浴声，现在，都消失了。教授的心顿时被孤独和寂寞笼罩着……

盥洗完毕，教授像往常一样拖着步子走向阳台。他舒展着身体，大口地吸着气。当市中心电报大楼发出凝重雄浑的钟声时，教授的心一阵抖瑟。他意识到，这满天的朝霞已将他遗弃，上帝又无情地把他向坟墓推近了一步。这……不遗憾。如果这个世界依然属于他，那才是真正的遗憾了。这世界应该属于儿子。可是，儿子能否属于这个世界呢？教授长长地吁了口气。他步履蹒跚地走到儿子的斗室前，轻轻推开门——整洁的房间，但没有儿子。桌上有这样一张条子：

爸：

我去看看秀。一周后回来。我喜欢山里的雪……

儿子到大别山去了。那崎岖的山道上刻下了他的脚印。遗憾的是，那位叫秀的姑娘三年前去世了，为了一位不慎落水的儿童。然而，儿子的爱并没有被埋葬。在青冢面前，他的头，那倔强的头，埋下又昂起，像鹰般地昂起……

教授没有用儿子给他准备好了的早餐，就出了门。他知道儿子乘的那班车发出的时间是八点，还来得及。慌乱中，教授差点忘了戴上那副墨镜。什么时候开始戴墨镜的？记忆没有欺骗他，是为俞平伯鸣不平而遭殃之后。那是个多雪的冬天！他的眼睛没有任何眼疾，但需要保护，谨慎地保护。这并非属于浅薄的附庸风雅。教授不肯让任何人透过他的心灵之窗来窥视他内心的隐秘。同时他又可以隔着这两片墨绿色的玻璃，肆无忌惮地表现自己本能的喜怒哀乐。谁能知道，他满面春风的脸上会藏着一双布满血丝或沁满泪水的眼睛呢？

他先后换了三副墨镜，色调越来越深……

……教授来到了车站。他站在一个不易被人注意却又不妨碍观察的角落，努力地搜寻着儿子的身影。他很快就发现了，儿子倚在一棵梧桐树上，在看一本书。但教授看得非常吃力。他觉得，儿子对于他，好像永远是个谜，像毕加索的画、卡夫卡的小说、无标题音乐和朦胧诗。教授感到眼球发涨，于是他下意识地摘下了鼻梁上的墨镜，立刻，他的眼前划过一道霞光，刺得他几乎睁不开眼来。等他完全睁开眼时，他震惊了！教授似乎是第一次发现大自然的面貌原来竟是这样的清爽。那阳光！那雪！还有这座古老的城市，像童话中的插图，一切显得井井有条。尽管这里有废墟，但耸立起了高高的脚手架，不久，大厦将拔地而起……

终于，教授看清了儿子。阳光下的儿子通体发亮，像一尊粗犷雄健的大理石雕像。儿子的脚下是白皑皑的雪。然而雪里将萌动着一个生机勃勃的春天——这是不可抗拒的。就像从“入”到“人”那样的不可抗拒。历史是严肃而公正的。……上车的铃声响了，儿子迈开了步，他还是那个姿态。那登山服的颜色，像天，又像是海。哦，那旅行袋上的“QC”，教授一下领悟到，那分明是——青春！

……教授重新戴上墨镜，目送着儿子，但儿子的身影又突然模糊了。莫非，这副眼镜到了该摘去的时候了？教授轻轻地叹了口气。

1982 年 12 月初稿

1983 年 9 月改毕于安庆

（原载《北京文学》1984 年第 1 期）

没有人行道的大街

鞋跟又被踩了。他弯下腰，索性把鞋带打了个死结。刚抬头，“啪”——面前绽开一朵斑斓的花，是自动尼龙伞。伞底下是四条缠绕着的细脚。只差一点，伞尖就捣着了他的鼻尖。他赶紧挪开，为这对红男绿女让路，以至于险些让“嘉陵”的前轮吻了他的小腹。驾车的小胡子两腿像舢板的桨，朝地上一搭，用白眼狠狠地扫他，吐掉嘴唇上的烟蒂，这才“嘟嘟嘟”地走开。他倒吸一口凉气。倘若他乘“伏尔加”来，这小胡子敢这么凶？……

这是条没有人行道的街。很挤。原先铺的是青石板，后来把青石板揭去，填上碎石子再浇上柏油，便成了一条不很宽，但光洁可鉴的柏油街道。除了这一点可算得上沾了点现代化味，街道两边的屋宇仍颜面依旧。莫非，这条街是特意留给电影厂作外景地的？倘若拍三十年代都市一隅，那顶多只需把街两边“二郎神”们悬挂的五颜六色的，以致让人眼花缭乱的入时服装，换成“大拍卖”、“大减价”之类的幡旗，就得了。这条街……

他像条鳗鲡似的游动着。蒸发出来的焦烘烘的柏油味和男人身上的烟草味，吞噬了姑娘身上散发出来的淡淡的香水味。汗味和烂桃子味黏在一起。二氧化碳在向空气挑战。他小心翼翼地吸气，大幅度地收腹。他举目望去，跳动的头黑压压一片，像浅水池里的一群蝌蚪。当年错批一人，如今误增几亿。但是他的父母，在这方面并无卓著的贡献。他一想到这点，立刻对父母肃然起敬。他是他们的唯一作品。但这不意味着他们有先见之明，只不过是在他出生后的第二年，母亲害了一场大病，便一夜之间丧失了生育功能。“你能!”前些年父母纠葛，末了父亲总得把这句伤人的话甩过去。“你能就再生个女儿看看!”母亲便“独怆然而涕下”……

但他依然是父母的骄傲和安慰。

“你儿子真出息!”

“这样的儿子！啧啧!”

“好福气哟……”

类似这样听起来令人发酥的话，是在他做市长的秘书之后听到的。他压根儿想不到自己当时苦恼的事恰使蓬筚生辉。他是学中文的，全系公认的“才子”。在校期间他就发表了几篇值得一读的小说。其中一篇还得到了一家刊物的征文奖。可是，每次放假回家，除赢得认识他的人对他表示礼节性的寒暄外，便无特别赞誉。为这，他抱怨过。然而现在……

“乖乖！当上了市长的秘书!”

他觉得这“当上了”很不是滋味。好像市长秘书的位置是他经过不屈不挠的搏斗，才到手的。实际上是分配的，也就是给的。给谁都行。到人事局报到的那天，他磨磨蹭蹭地向那位戴眼镜的中年办事员，表明自己的意思，希望能由市政府办公室改派到市文联或市文化局。办事员像触电似的一惊，一滴墨水落在信笺上，而后便用那双不大的眼睛审视着他的脸。“你神经没毛病吧?”他领悟到办事员的意思。

但他感到疑惑。

秘书，市长的秘书，就这样轻而易举地“当上了”。据说当初市长对他一笔潇洒而娟秀的字感到兴趣，所以来了个一锤定音。于是，他开始了一种恍惚的生活。一听电话铃响，他就感到周身发麻，还冷。有几次他真想把话筒掼了！再就是看不完的文件和写不尽的材料。味同嚼蜡。更令他难以忍受的是，凡他写的材料，办公室主任总得用朱笔在上面潇洒地涂涂改改。好像只有这样，才体现主任的水平，至少高他这个初出茅庐的大学生一筹。而且他还得笑容满面，竭力做出一副虚心好学、不懂就问的小媳妇的样子，甚至说几句使主任愉快的话。其实，一转背他就想对那像螃蟹爬过似的字啐口唾沫。

他害怕在报刊上看到自己同学的文章。若是看到了，便不屑一顾。然而这种阿 Q 心理并不能抵御苦闷的侵扰。凭他的才力，他完全有把握超出那些人。他巴望有机会施展一下，来一次小小的爆炸。是的，小小的爆炸！哪怕只来那么一次也好。至少使分散在各地的同学私下认为“才子”的桂冠他受之无愧，非他莫属。可是，在他头脑中游动的尽是“认真领会”、“坚决贯彻”；一下笔就下意识地写出了带冒号的“同志们”或者“我的话完了！”——其实是市长的话完了……

他感到了一种莫名的寂寞，仿佛掉进了一口枯井。

然而他家门庭若市。只要他一回来，就总有一些人尾随而至。他们共同的爱好是刺探文件上或报纸上见不到的“新闻”。诸如：××这次机构改革是否要进“班子”？××最近没出来是否意味着是“三种人”？顶替的政策是否要变？肥皂是否要涨价？等等，等等。最有意思的是一位儿时的同窗，递上来一份申诉，说自己的老婆被人摸了一下而法院又不予受理……他被弄得筋疲力尽，又烦又腻，恨不得操起鸡毛掸把这些游手好闲的座上客赶出去！可是，不知怎的，他渐渐把回答这些不成为问题的问题当成了一种嗜好，对答如流，口若悬河，津津乐道，说得那些人一个个眼睛像充足电的小灯泡。他便从中猎取了一种异样的满足……

有一个早晨，他去宾馆接“上面来的人”。当米色的“伏尔加”路过家门时，他下意识地叫司机减速。果然，一些正在街边刷马桶的女人看到了并认出是他，几乎都惊羡不已。其中一位穿花睡裤的胖妇人，竟忘形地把马桶刷举过了头……

他突然感到脸颊发烫。不过，很快就好了。一切恢复正常……

大幅广告牌十分醒目，鲜亮。遗憾的是设计雷同，都是“美人头”。更糟糕的是颜色，原色的比重太大，让人喘不过气。最大的一幅是推销轴承的，有意思，也请“美人”用手托着锃光油亮的轴承，好像轴承是姑娘的手镯！“真蠢！”他暗暗骂了句。

忽然他意识到错了。怎么走上了这条街呢？他是打算去百货大楼买半高跟皮鞋的。他个头不高。如今都市女郎已庄严地宣称过，凡男性青年身高不足一米七者均属半残废。也许因此娇小的未婚妻常和他拌嘴。“不行，拉倒得了！”他横下心来就这么说。她虽然不再吭声，但眼神中还是不自觉地流露出一种委屈，好像他欠了她的债。他们是同学。在大学时，每当他发表一篇小说，她总得吹毛求疵几句，但这是象征性的，因此也照样给他带来了快慰。那时，他的个头似乎还要矮点……幸亏智者贤人发明了半高跟，便医治了一批“半残废”，也拯救了他。昨天听说百货大楼到了货，今天他就赶来了。可是，百货大楼在西面，与这条街背道而驰，真是鬼使神差。

再走几步便是新华书店。偌大的城市只有唯一的书店，还坐落在这条没有人行道的街上。他下意识地停住脚。

他看看表，上午的时间不多了，得去买鞋。刚转过身，“噌!”——腰部被什么撞了一下。

“你……”看见是个不足一米高的小男孩，他才断然把后面火气不小的话咽了下去。

男孩一边向后退着，一边摸着扁扁的脑瓜子。肯定是撞到他口袋里那只氧气打火机上去了。他早已没有吸烟的嗜好，兜里却不得不装上打火机，因为市长吸烟。这和迅速地记录、利索地开车门一样重要。他发现这孩子很像童年时代的自己，两眼圆圆的，滴溜溜地直转。一遇上不愉快的事，嘴巴就撅得像勺子。

“来干什么了”话一出口，他就觉得荒唐。到新华书店来还能干什么呢？于是不等男孩讲话，他就摸摸孩子光洁白嫩的脸蛋，努努嘴，意思是：走你的吧。

男孩便一溜烟地钻进了书店的大门。

像有一只手拽了他一把，他也跟了进去……

每次进书店，他就不自觉地想起一桩啼笑皆非的往事。

这是十几年前的事：他打听到市委党校的图书馆没有被“革”掉，便花了一整天进行了实地考察，果然发现南窗下有一套《辛稼轩词集》。他差点叫出了声。到了夜里，约摸十一点钟，他翻过栽着玻璃尖儿的围墙，像只猫似的溜到南窗边。瞄瞄四周，悄没声息。他用电工刀撬开玻璃，伸手摸开插销，拿出那套书就急着往怀里揣，正欲逃之夭夭，突然像是从天上落下来一只大手，把他逮住了。

“啥银（人）!”门卫老胶东死死封住他的领子，要揪他去见人保。老胶东力大无比，抓他像抓鸡。他知道硬来恐怕不行……

“大爷，”他努力装出心平气和的样子，“我，我拿本书……瞧瞧……”

“呸！”老胶东吹胡子瞪眼，“贼娃子！”

“贼？”他从容不迫，“偷书就是拿书，什么贼不贼的！不信，问老鲁去！”

“老鲁系（是）啥银（人）？”

“鲁迅！”

“中央杤（首）长么？”

“系（是）！”他差点笑了，“毛主席都对他竖大拇指！”

老胶东顿时傻眼了，手也就跟着松下来。

他骄傲地提提领子，顺手摸出半包揉皱的“大铁桥”塞到老胶东手里，嘻嘻一笑，还做了个连他自己也不明白的手势，便溜之大吉……

于是，他常逛这条没有人行道的大街。这里有蓬莱仙境。他实在太爱书籍了。在上大学那阵子，每月助学金一发下，他就朝书店里钻。他跟那里的营业员都混熟了，每次新书一到，他们就替他选留几本，使他非常感激。之后，新书好书越来越多，靠那点助学金不足应付了，他就扯些“关于添置夏装”、“关于购买棉帽”等乱七八糟的理由，郑重地向家里伸手要钱。一次，为了买上海译文出版社编的那套“世界文学名著”，他竟把手表卖了！幸亏后来得到了一笔不大但也还可观的稿酬，才得以亡羊补牢。那套书，他差不多买齐了。令他遗憾的是，狄更斯的《远大前程》至今没有弄到。他是狄氏的崇拜者，有人竟称他为“小狄”。如果不是毕业在即，他肯定会写信去向出版社邮购。他曾通过这种渠道得到了不少使同学们为之咂嘴的书。连以“书的富翁”自诩的梁怡也不得不对他时常投来惊羡的一瞥。他当然也悠悠自乐。学中文的，还有比这更值得自豪的么？有多少读书人不嗜书如命呢？

如今书店实行开架售书，很好，可以随便翻看挑选，省得和营业员磨嘴皮。他在一排书架上浏览一遍，没有发现自己喜欢的，正想转身走开，蓦然，一本书跳进了他的眼帘，那分明是《远大前程》！他立即将它抽出，用手一摸，尽是灰。他的心一阵紧缩，眼睛并没有欺骗他，这一架的的确确挂着“廉价处理”的牌子，像“退休光荣”的帖儿，那么安泰。

“同志，”他急促地问边上正在漫不经心地“智斗美女蛇”的营业员，“这书……是不是摆错了……”

小伙子瞟瞟他：“错了？错不了！”

“狄更斯的名著怎么会降价呢？”

“姓狄的多大能耐？”小伙子很不耐烦地磨过脸，继续去斗他的“美女蛇”，“不要，搁进去……”

搁进去?!

这不正是自己梦里都想要的书吗？他不由自主地把手伸进袋里去掏钱，但犹豫了。花钱买这些书，还“用得上么？”——每次他只要带一本小说去办公室，就肯定有人对他这么说。他也在琢磨。

扉页上的狄更斯在凝睇玄思。那冷峻而深沉的目光曾颠倒过他的神魂，以至于私下认真模仿过。现在，他有点冷。……

他把《远大前程》默默地放回原处，打算往门口走去时，他听见身后嘟哝一声：“哼！书降价也有意见，降了价你也买不起……”是那小伙子！斗完了“美女蛇”就来斗他。

他像是被那小伙子扒得精光，扔到街上，两腮顿时烧了起来。他猛地转过身，几步就蹿回去，一把将《远大前程》抽出来，和五元钱一起摔到那营业员面前：“我买了！”像是和别人赌气似的。

好在这时有人喊他。女的。

如果不是她撩开松软卷曲的刘海（现在还称刘海么），他根本认不出面前这位亭亭玉立、体态秀丽的女郎是梁怡。

“啊，是你呀！还好吗？”他握着她的手问道。梁怡分在这个城市的文化局创作组，一个当初使他眼红如今又感到无所谓的单位。

“没你好，”她一笑便绽开一对迷人的酒窝，但也使鼻子两侧的雀斑显得突出，有得必有失。“当上了市长的秘书，过瘾吧？”

又是“当上了”！而且“过瘾”！他以笑作答，很快岔开话题：

“拜读了你的大作，省报上的。”

“大作？”梁怡并不特别高兴，只是咧咧嘴，“吃这碗饭的，总得意思意思。否则，年终的奖金会受到威胁的……”

他有点疑惑。好像梁怡写文章是有人拿刀子抵在她腰上；不写，就

试一下。

“《远大前程》?”她接过他手中的书，“你买的?”

他未置可否。

“别买了，退了吧。”她把书插进书架，“我那本，送你。星期天你来取……”

她那本不就是在校时常向他炫耀的那本么?据说她是从“高价书商”那里弄到的。“怎么你尽拣便宜事?”“便宜?我多花了五毛!”“我再加五毛!”……当时，他羡慕加嫉妒。

“那你……”想不到她现在如此慷慨。可能她已有两本，他想。

“我书够了。”她说，“书橱大了显得蠢。这书装潢太死板，没味儿。摆在里面不那个……”

那个?他暗暗一惊。接着他发现梁怡脸上的雀斑似乎多了点，也大了点。莫名其妙。

“不看看吗?”他问她。

“没什么可看的。”她用叠成扑克牌一般大的手帕扇着风，送来一股熏人的茉莉花香。“我是来买挂历的。”

挂历?他不解。如今已是六月，一年过去了半年，还要挂历?

她很敏感，立刻从他的表情上捕捉到了他的疑惑，便解释说：“我准备结婚。房子总算到手了，还幸亏那篇文章呢!”说完，她旁若无人地笑了起来。

那篇被称作报告文学的文章，是写她的局长如何如何做机构改革的促进派的。其实，那位局长在填写“干部履历表”时，总爱把年龄缩点，把学历升点。他也笑了。

“房子还可以吗?”

“凑合。粉刷了，再黏上墙布。”她说，“不过，没挂历总不像样子……”

“现在恐怕……”

“听说仓库里还有积压。但品种不理想，全是女人。也罢，装饰装饰，点缀点缀……”

难道女人只是用来装饰和点缀的?他想笑。这时，梁怡向他大方地伸出了手，并郑重地告诉他，说关于她结婚的消息切切不可向外界披露。

她说她不想别人对她意思意思，也不想对别人意思意思。说完，她飘然而去，甩着小腿……

有一分钟，他怀疑刚才踩他鞋的是不是梁怡那白净而修长的腿。

壁上的时钟沉闷地响了十下。他意识到剩下的时间不多了。得去买半高跟。明天就穿给未婚妻看。可是，一看到大街上攒动的人头，时髦的服装和刺眼的广告牌，他就感到两腿发软。然而，待在这寂静的书店里又能干些什么呢？

这时他又发现了那个有点像他的小男孩，弯着腰，在寻找什么。

他好奇地走过去，问那孩子找什么。

男孩抬起头，一脸是汗。

他又问了一句。

“我，我丢了钱……”到底是孩子，话刚落音，泪珠儿就跟着滚下来。

“丢了多少？”

“一毛二。”孩子直撇嘴，“我要买《小学生手册》。上回爸爸给我买了一本，我弄，弄丢了……”这下他真哭了。

他替孩子揩揩眼泪。然后，从口袋里掏出两毛钱，塞给他。

孩子睁着大眼珠看着他，把一双小手藏在身后。

他还是把钱硬塞到了男孩手中，并一字一句地说：“去，买书吧。记住，这次可千万别弄丢了！”

孩子认真点着头，两片嘴唇咬得紧紧的。

……

他站在一个僻静的角落，望着那男孩手举着书，连蹦带跳地走了。他霎时感到了一种惬意和快慰，同时像获得了一种解脱……

终于，他又一次被卷进了这条没有人行道的大街。脚底滑了一下，肯定是踩着了烂桃子或西红柿。汽车喇叭声、自行车铃铛声、小贩像唱歌似的吆喝声夹杂着那沙哑的、尖厉的咒骂声：“碰着！碰着！”“别踩了孩子！”“你他妈的瞎了眼！”……搅拌在一起，令人为之悚然。夏风乍起，街两边悬挂着的入时服装便像万国旗似的飘扬，飞舞。人，便在这缝隙中钻来钻去……

蓦然，一个念头在他脑海中泛起：应该立即给市长递份报告，把这条街彻底地改造一下！至少，要把人和物严格地区分开来，让人去走人的道路……

1983 年 9 月　安庆

（原载《安徽文学》1983 年第 12 期）

别梦依稀

你可千万要小心，上车时别碰了脑袋。这车非常矮。这种名叫“桑塔纳”的混血儿轿车整个地委大院才进了两辆。大家一致认为这车漂亮非凡，摸起来像摸鲤鱼的脊背那么光溜。可是，你一见到车的 W 标记就总想起一个英语单词 why（为什么）。不为什么，这是工作需要。所以，你大可不必考虑你坐上去是否合适，尽管你才三十二岁，但你毕竟是地委组织部副部长，而且是省里直接放下来锻炼的“第三梯队”。

你什么都赶巧了。高中毕业赶上了当兵；复员回来赶上了恢复高考。大学快念完时，你的一篇小型论文在《红旗》上发表了。于是，你理所当然地被分配到省委办公厅，当上了负责同志的秘书。你的素质不错，不声不响地就摸到了机关工作的窍门。你周旋在大官小官之间，处世的火候和待人的分寸都掌握得可以，那种环境使人成熟得早。

上面很重视你，这你心中有数。那位负责同志临去北京任职之前，对你的安排吩咐了几句，自然很快奏效。你连中几元，人家说你是撑杆跳也并非挖苦，你的确干得不坏。你一直想做出些看得见摸得着的成绩来，以此证明自己的升迁是顺理成章的事。所以，你一到职就急着去基层搞调查。

昨天你到了 A 县。A 县是你的家乡。因此，你昨晚没有睡好也很自然。桑梓之情牵动了你，遗憾的是那里再没有你的亲人了。你离开家乡已跨十五个年头。那时你还没有小家庭，而大家庭早就散了。你母亲在你入伍的前一年死于肝癌。那个在履历表上你称他作父亲的男人，你连恨他也嫌烦。这不是无缘无故的。小时候那家伙动不动就没有轻重地揍你，因为你总忘记替他打酒和倒洗脚水。问题还不在这，倘若你对这点鸡毛蒜皮的事耿耿于怀那你就算不上一条汉子。但是，他打你妈！打够了就扔，扔得不明不白。后来你母亲死了，于是他便另觅了新欢——其实，这之前他和那小女人已经暗地里交往。如果你能容忍这一点那你也算不上一条汉子。你想走，于是就走。一走就是这些年。你越走下去越觉得轻快。

在县里住了一晚，今天一早你就起身去P乡，据说那里整党工作搞得不错。P乡与你的家乡C乡相距不远，正好能让你抽空去看看母亲的坟（十五年啦!）可是你又担心会不会碰到你的父亲。他会不会还在C乡当副书记呢？你没有打听，怕引出一连串的名堂来。那位陪同你的县委分管组织工作的副书记老金，体态虽略显臃肿但头脑却非常灵光，一见面他就听出你的口音有这地方的成分，“程部长也是A县人?”“不。我曾在这里插过队。在C乡。”你居然应对得从容不迫。

稻香季节。这地方的稻子总是这么好。那会儿你一放暑假就赶上割稻子。你家自留地里也有一块稻子，你和母亲赛着割。你每次都割在母亲前面，其实你不知道母亲是故意落后的。她知道自己的儿子好胜。你看，过这道石桥了，你还记得这座桥的河沿有许多蟹子洞吗？摸这玩意儿不难，只拼命往洞里灌水就是了，然后把短裤脱下来，扎紧两只裤管，用裤腰对准洞，蟹子就会自投裤裆。有一次对面来了个放牛的小姑娘，你吓得扔了“袋子”，蹲到水里。那姑娘怎么知道你光着屁股呢？她漫不经心地在河沿上放牛，一直放到日头落山。于是，你就蹲到日头落山。结果，回到家你就发烧了。你父亲就着你摸的蟹子喝了三两酒，而你母亲什么也没吃，坐在床沿用湿毛巾敷在你额头上……

轿车略颠了一下。

你感到有点躁，便把车窗摇到最低限度。车开得极快，你的头发像瓜皮帽似的朝后披去。发根有点麻，风不小。看来你那副变色眼镜是买对了，要不这沿路的景色看起来必是蛮伤眼的。不过你买这副眼镜还有另一种用途。你妻子总称它是小道具，是这么回事么？你这一米七六的而且是绝对魁梧的身材，穿上这一套米色涤纶凡尼丁的夏装，棕色的皮凉鞋，再拿着一把折扇，动不动就把鼻梁上的变色镜朝上推推，看起来的确是一表人才。

车拐弯了。从老金的神色中你知道P乡到了。果然，车驶上了一个小坡，对着坡上那雪白的四合院子开过去。大门口有几个中年人立着，见车开来，他们八字排开，搓着手，仿佛这车是一口棺材，要他们来抬。

车停住。老金第一个下车；接着你发现有人替你打开了车门，于是你弯腰走出来。你的头却碰了一下——

替你开车门的是你的父亲，P乡党委书记程永旺。他没能一下子认出你，因为你戴了变色眼镜。

老金敞开衣裳，上前介绍："这是地委组织部的程部长，这是乡党委程书记。哦，你们还是宗家呢！这是乡党委副书记老马，这是……"

你与他们一一握手。你一只手，他们两只手。你第一个握的就是你父亲的手。现在你已经感到那双手在微微发颤。你知道这一瞬你们都明白了对方是自己的什么人。你看，你父亲的目光总在你右腮上那块月牙疤上移来移去……

"先坐下喝口水吧！"老金把手挥了一下。

那双像受惊的鹿似的眼睛不时从浓重的扫帚眉底下看你。而你的眼睛一直在隔着变色镜片审视着那仿佛小了一圈的父亲。那目光，你想着，那目光柔和到接近呆滞的程度，以前的威严不知分解到哪里去了。你当然不会再在那双眼睛的注视下去战战兢兢地写什么作业，而把弹弓悄悄往裤袋里塞了。现在，你觉得脸上有个小虫子在爬来爬去，你的鼻翼出奇地痒。你抬手摸了一下，手却落在那块凹进去的月牙疤上。你把这块硬肉揉了揉。从眼角的余光里，你看到坐在你对面两米远的父亲的头低下了。你下意识地缩回手……

"程部长这次下来，主要是，这个这个……"老金点上烟说开场白，"主要是了解整党情况，我昨天在电话里已经讲过了。你们准备好了么？好了就谈吧。你看呢，程部长？"

你点点头。

你眼前暗了许多，原来你的父亲站起来了，他的背遮住了半个窗户。他早已把准备好的一叠材料捏在手里，指头在神经质地乱动。

"坐下谈吧。随便谈。"你说。你拿出笔记本，把钢笔帽脱了。

你父亲依然立着。他轻轻清了一下嗓子，把鼻梁上的老花镜扶了一下，不料老花镜滑得更低。他终于说了："这次，上级领导到我们乡来视察，是对我们极大的信任和鼓舞……我刚调到 P 乡不久，情况还不熟，所以……”

这声音又弱又涩。这是那个声音吗？你怎么也听不进去。而另一个声音你想撇又撇不开，那声音又粗又亮。“打酒去！”“把拖鞋拿来！”“考不到 90 分老子揍扁你！”哦，就是那个声音主宰了你的一家……一天下午，你放学回来，还没有进门你就听到屋里嗡嗡地响。是母亲在抽泣：“孩子都上高中了，你也该正经点……要不，你就干脆把我离掉，明明亮亮地去同那小狐狸过……”屋里只静了一下。你趁这机会推开了门，你看见母亲磨过脸转身进厨房去了。你靠在门框上，看着西山尖快要沉下的日头。父亲把腿从椅子上搬下来，“打酒去。”你没动。父亲又重复了一句。你还是没动。“聋了？打酒去！”父亲霍地站起来，把钱摔到桌上。“不打！”你突然叫道，你第一次敢于瞪着眼睛去看你的老子。你父亲火了，像野兽一样向你扑来，揪住你的耳朵把你朝前一搡。你摔倒了。接着你感到右腮火辣辣的黏乎乎的。你扭过头来看你的父亲，他的脸早吓白了……你脸上被缝了三针……

哦，这该死的鼻子！都怪上午兜风太厉害，现在报应来了。都他妈的在机关里泡酥了！

你的父亲还在向你作汇报。他的声音似乎比刚才亮了一点，也流畅了一点，偶尔还带上了一两次“这个这个”。这很好。你发现自己的心绪好了一些，不那么闷了。你尽量把身体向前倾一些，远看上去别人还以为你在系鞋带呢。可是，尽管这样你总还是居高临下的，你已经开始注意听你父亲的汇报了。你觉得，这个五十多岁的人作为一名基层领导干部的素质还不算差，问题讲得蛮有条理，也还透彻，谦虚的措辞之中有分寸地塞进了工作的成绩。如果你不时插言赞扬几句，你边上的县委副书记老金就会记下来，说不定等你走不久，你的父亲就会向上走一层。当然，最好你宣布这位程永旺同志就是你的亲生父亲，这奏效更快。但你不可能这么做！你的鼻子又痒起来了，这下你不得不“哼哼”两声。

鸦雀无声。

汇报结束了？你觉得奇怪。怎么刚讲就结束了？你抬起头，正好遇上你父亲的目光。天哪！那目光简直就和苏联一幅油画中那个孩子的目光一模一样。那幅画叫《又是两分》，画的是一个大概二三年级的小男孩，拿着写着2分的成绩单靠在门口，一家人都对那孩子投去责备、鄙夷的目光……

你狐疑地望望老金。

老金凑到你的耳边问："你有什么意见？"

意见？什么意见？你不明白，摇摇头。突然你清醒过来，就差一点笑了，如果不是你面前有一双"2分孩子"的眼睛的话。

"请程书记接着谈。你们的工作，我看是蛮有特色的，请接着谈。"你赶紧绕了几句。你发现在场的人都松了口气。但你记录的字迹越来越难看。更不可思议的是，你竟写了一个英文单词 father（父亲）。

你赶紧把这一页翻了过去。

自然是一顿丰盛的午餐。

"把酒撤了吧。"你说。

老金也皱起眉，埋怨道："我在电话里不是招呼过了吗？你们哪！好吧，下不为例吧！"说着就邀你落座。你坐一席，是当然。

斟酒的是你父亲。他先给你斟。

"我自己来。"你说。

"你是客嘛，坐下坐下！"老金把你按住。你顺势把头磨向老金。

酒杯好大！一杯足有一两五。

你父亲谨慎地给你倒了半杯，便将瓶口抬起。他望着你。从他的眼神里你知道他的意思。你的胃是在三年自然灾害时期搞坏的。那时你父亲虽然在乡里管财粮，但从不搞鬼，你家吃的东西和别人家吃的东西毫无二样。你的胃就怕沾辣的东西。你长这么大喝的酒还不上一斤。

"少来一点吧。"你说。

"喝酒还谦虚？"老金叫道，"加满加满！老程，你怎么搞的？快给程部长加满！"

你父亲面带难色。

"加满吧，"你说，"就这一杯。"

一滴、两滴，你父亲给你斟满了。

你端起杯，立起身，对大家看，说："谢谢招待，谢谢！"你和大家相继碰杯，大家都弓着腰，把杯子举到额前，等着你先喝。

你又说："谢谢。"

“这，这已经很不成样子了，程部长……”你父亲说，“要不是因为工作，请都请不到……”

一点不错。你脑子里早就把父亲这个概念驱逐出去了。如果你事先知道你父亲调到这个乡来了，那你肯定要换一个地方！看来这一切似乎是上帝安排好了的……

你一饮而尽。辣。还是辣。

不错不错，考了5分！不错！下次还要考个5分，老子还请你喝酒。么话？辣？多喝一点就不辣了，就香！你看我喝……

那天，夜里，你胃病发作了，痛得满脸是汗。你母亲没完没了地责备他，你不怕父亲的酒气，也不叫痛，你就平静地躺着，望着你的父亲和他背后的母亲。……

“看不出，程部长还是海量！”老金越发显得活跃，叫道：“老程，加满加满！”

“我有言在先，抱歉。”你摆摆手，“下午我还有点私事……”

“私事？”

“我想去C乡看看。”

“不急不急。我陪你去。”

“不，我一个人就可以了。”

“那，叫老程给你引路吧，他原先就在C乡干。”

“不。我熟。”

去C乡不足十五公里。

“就停这儿吧！”你对驾驶员说，“五点来接我。”你下了车。等“桑塔纳”调头开走了，你才提提领子，插上了右边的一条弯曲的小路。这路的尽头便是一座小山。

你从山的背面移到山的正面。在山腰那座长满青草的坟墓面前，你蹲下了。你发现母亲的碑已经换了一块新的。是你父亲换的。落款日期是甲子年清明。

妈妈，我来了。你把这坟上的枯草和长高的草一根一根地拔掉，这样，这坟看上去就像披了一层绿丝绒，很光很美。妈妈，我来了。你用手指把碑文上的积土慢慢抠掉，用嘴吹净。然后你站起来，围绕着坟墓徘徊着。你似乎有一种感觉，长眠于此的母亲并没有死，世上的一切她都知道。可是妈妈，你知道今天的事吗？我遇到了那……家伙！可我怎么不给他几下子呢？那一次要不是您……我肯定会一刀劈了他和那个小狐狸！可是您死死抱住我，喊道："我求求你，小老子！好歹他总是你的老子……"我真恨我身上淌的是他的血……妈妈，现在我可以告诉您，我已经替您报仇了！而我没有费吹灰之力……

你想抽烟。突然，你一惊。你分明听到母亲在喊你——

孩子，过去的事就莫再提了。不管怎么说，他是你老子。你是他儿子。你看看，他的头发都白了，他老了。孩子，你十五年没叫过父亲了，你就喊他一声父亲吧……

"嘀嘀——"

你抬起头，日头已经西沉了。"桑塔纳"已经停在原来的地方，驾驶员不知你在哪里，就拼命地按喇叭。你不要埋怨车来早了，要埋怨你就去埋怨时间。

你对着母亲的坟深鞠了一躬，眼前一片恍惚。你高一脚低一脚地下了山。

日头完全沉下去了，但西天仍是一片火。田野好静。四面腾起的炊烟笔直，把天割得一条条的。这久违的景致引起你遥远的思念，这思念将结束的时候又变为一缕淡淡的惆怅。晚饭后你就站在这坡上，不觉那清淡的月亮已爬出山脊。再过一个钟头这月亮才会显出本色。今夜，山里又是满地的银了。

你往回走的时候，听见院子走廊上有人在嘀咕什么，声音不大，但语气是严厉的。你放慢步子，听着。是你父亲的声音。

"……门市部真没有货？啊？昨天我就讲了，今天要来上级领导，晚上没有好片子可有好电视，现在搬个黑白的机子，算什么名堂？……没有货！这些人只晓得吃饭，不晓得到县里去提？"

"县里……也缺货……打过电话了……"

"去把吴木匠家的那台借来，就说是我讲的。快去！"

"我就去……"

那人拐弯向外跑，迎面遇到你。他是乡里的秘书，见到你只叫了声“程部长”就出了大门。你想叫住他已来不及。你走进院子，看见你父亲的背影。你完全能从这倾斜的背影推测出他拉长的脸孔。这才像他！

你背过身去点了一支烟。然后，你走进了住的地方。这屋子是临时收拾出来的，很干净。落地电扇的商标非常新。一把藤椅也是极新的。你没有坐。在屋里踱了几步之后，你放平身子躺在床上，吸着烟。长长的烟灰落到你的颈子上，你忙起来把它抖了。这时老金挺着滚圆的肚子进来了，他的牙怎么还没剔完？

“急吧？”他对你咧咧嘴。

“急什么，你坐。”

“晚上有《命运》，放到第二十一，不，第二十二集了。我是集集不落的，那片子的确是好，不过大岛茂比以前老了些，上次到中国来的吧？”

“谁？”

“大岛茂。哦，叫宇津什么……”

“宇津井健。”

“对对。宇津井健。我孩子说，他是地球上最好的老子……”

“我想是的。”

老金不以为然地笑笑，似乎在吃“大岛茂”的醋。突然他看看表，叫道：“哟，快到了。新闻联播后头就是的。走吧。”

“哦，我有点累。你去吧。”

“那你……”

“我躺在床上看会儿书，就睡了。”

“你们这些大学生呐，好吧，我去了。”老金说完就离开了。

你重新躺下，关了灯。

月亮终于升高了，柔和的光从窗子里透进来。你把手伸到月光里。手出奇的白。你痴痴地望着手。不多时，外面传来了《命运》的主题歌。你随着这旋律欠起了身。你的视线集中到院子里一个佝偻的影子。是你父亲。他独自在院子里徘徊，月光把他的影子拉长又缩短，缩短又拉长……

你的心一阵抖瑟！

“爸，今夜的月亮真好看。”

“是的，好看。”

“妈妈讲，月亮里头有一个好看的女人。”

“是有一个好看的女人，叫嫦娥。”

“嫦娥？”

“嫦娥。”

“她结婚不？”

“结过，又离了。”

“么子要离？”

“嗯，夫妻感情不好吧，这是大人的事。”

“她有儿子不？”

“嗯……有吧。”

“那她么子不把儿子也带到月亮上去？”

“她儿子太调皮。”

“我调皮不，爸？”

“有一点点。你玩性大。”

“我……”

“你要不改，我叫你妈也跑到月亮上去。”

“妈才不呢。除非你跑。”

“我跑了你想不想？”

“想。……哎哟！你胡子像麦芒……”

——你的手不禁按住脸，那月牙疤又提醒你把手慢慢放下了。视线中的那个佝偻的影子起了毛边，像一滴墨在水里渗开似的。

你猛地拉亮灯。

“哟，还没睡？”进来的是老金。

“哦哦，天热……电视完了？”

“完了完了，”老金一边朝自己茶杯里兑开水一边说，“真是怪事！孩子不愿意认亲老子，老子呢又不愿意认自己的孩子。唉，天下之大，无奇不有哇！”

你淡淡一笑，目光悄悄越过老金的肩头去看窗外，那佝偻的影子不知什么时候消失了。

你陡然感到一阵酸楚。

翌日一早，你要走了。
乡里的大小头目早已在“桑塔纳”边等候，八字排开。
你一一同他们握手。
你父亲替你把车门打开，然后向后挪了一步。
你向他伸出一只手。
他两只手接住你的手。
你又压上一只手。

1985 年 8 月　合肥陋室

（原载《安徽文学》1986 年第 1 期）

初　雪

差不多在车开动的同一时刻，天落雪了。这场雪憋了好些日子，所以一开始就气势不凡，不一会儿，整个地面全给覆盖住了。这场姗姗来迟的雪事实上已成为所有乘客的中心话题，连素来寡言少语的你也感叹道："到底……落了。"

"落了。"应话的是坐在你对面的那个看起来年纪和你不相上下的女同志。她穿着黑色雪花呢短外套，造型很别致的眼镜后面有一双疲惫的眼睛。你想这大概是一个长途跋涉者，回家过春节也调动不了她的兴致。"雪，总是那么温柔、纯洁，像情窦初开的少女。不是吗?"她竟这么健谈，目光一下从窗外移到你脸上。

你报以微笑。你从这时起便对这个陌生的旅伴产生了好感，这也许是因为你爱好文学的缘故吧。

"回家?"她问你，把脸颊的头发拢到耳后去。

"哦，不。"你说，"我家就住在这个城市，刚才送我上车的是我妈妈。我去S市。"

"陪丈夫过年?"

"去看看他。你呢?"

"和你一样。一模一样。"

"哦，巧了!"

能遇上这么一位旅伴是你始料未及的。你们可以从起点站聊到终点站。如果这趟车不晚点的话，你们至少可以谈上十二个小时，也就是说，从今天的黄昏谈到明天的凌晨。这正是旅行者最难熬的时间，况且天这么冷，又是农历腊月二十八，而现在你无所谓了。你觉得自己的心绪比刚上车时好多了。每年这个时候你登上这趟车就有点不大愉快，这你心里有数。

你从提包里拿出两个苹果，削好，先递给她。她没有一点推辞的意思，甚至连客气话也不讲就接了，好像你们是老熟人似的。

“你在哪个单位?”她问道。

“我是工人。在纺织厂……你是大学生吧?”

“是不是因为我戴了副眼镜?”

“倒不。不过能看得出来的。”

“我在市晚报社工作。”

“大记者……”

“小小的。”

你们吃苹果。

窗外已经彻底黑了。有灯光的地方便是雪的颜色。

她把眼镜拿下来拭时，你陡然感到了她的老。你注意到了她额头和眼尾的皱纹。刚才你们谈到了年龄，她问：

“你还不到三十吧?”

“翻过年就是了。你呢?”

“和你一样。看上去肯定不止吧?”

“哪里，我才显老呢!”

现在你心多少有点得意，如果是同龄人，你相信自己比她年轻，要不就是她瞒了年龄，(有这个必要吗?她又不是来同你谈恋爱的!)你有兴趣地看她拭眼镜。这眼镜真可以，框那么大，遮住了她脸的三分之一。该遮的全遮住了。

“这副眼镜真漂亮!”你脱口说道。

“是吗?”她歪过头看你，“真用它的人讲究镜片，假用它的人讲究镜框，而镜框的价钱往往比镜片贵……”

“那你是真用还是假用呢?”你笑着问道。

“有真有假，真真假假，真假难分!”她笑着把身体朝后一靠，然后利索地戴好眼镜。

“你的眼镜是两全其美!”

“你真会说话。要像你一样，多好。一双美丽的眼睛和一副漂亮的眼镜怎么能相提并论呢?”

“你讲得我不好意思了。”

“我讲得不对，你可以问你丈夫去……”

她乐不可支的样子。你的情绪逐渐低落下来。你知道自己的眼睛很好看，可是你丈夫从不美言它几句。只有一次，他对你说：“你的眼睛看别的男人可不许这样亮……”这个男人天生就不会讨女人的好，连好也不承认。结婚五年，你们一直是分居两地，日子过得像温吞水。他在S市汽车客运公司当驾驶员，一逢年过节就得玩命地加班。调动吧，以前你总想着这桩心事，以为调到一起什么都好了，可现在你觉得不调到一起似乎日子也过得去。甚至要过得好些。一想到这个问题你就有点心虚。不管怎么说，事情总得有个结果。像这样似乎是可有可无的感情长期拖下去会把人拖成病的。你快三十了，想想，你又感到凄凉了……

列车鸣笛，也不知是什么意思。这笛声弄得你心烦意乱，如果不是你面前的她找你讲话，你会暗自忧伤一阵子。

“你丈夫是……”

“哦，开汽车的。在客运公司。”

“哟，那可是大买卖！喇叭一响，黄金万两！家里实现‘四化’，又有这么一位漂亮的妻子，全了！男人还会要什么呢？哦，你别见怪，我逗着你玩的……”她用手扶扶眼镜。

你淡淡一笑。倒也是，如果他胳膊肘朝里拐点，经济上自然要活些。而他是个本分人。当初你嫁他的理由其中一条就是看见他的圆领衫上印了个大红的“奖”。后来这事叫人知道，便成了一个笑柄。厂里的小姑娘一看见有穿“奖”字衣服的小伙子就对你伸舌头。渐渐地，你也觉得自己有点可笑……

“你那位是干部吧?”你问道。

“搞经济的。不过他文学底子也挺厚。”她停顿了一下，又说，“我们是在大学认识的，一见钟情。我在校报上发表了一篇小说，他竟写信批评了我的观点。我不服，找他算账，谁知一见面就……”

“就谈起恋爱了?”

“浪漫吗?”

“不是成了现实吗?”

你们又笑起来，又悄悄把笑咽了。她的眼睛朝窗外看时，外面的灯光落到她的镜片上反光极亮，你看不清那双眼睛是什么内容。你感到自己的眼睛有些涩。你不会掩饰自己，只好把头低下。你害怕她会从你的眼睛里窥测到你内心的惆怅和窘迫。你悄悄把眼合上了。

你得承认你羡慕她。在所有的夫妻组合中最佳者莫过于同学，何况是大学同学！你完全可以推测出他们的生活是多么富有色彩。你越这么想就越感到天冷……

列车驶过一片有灯光的地方。

“雪真好看。”你睁开眼说。

“是的。”

“明天，肯定是厚厚的，像鸭绒被……”

“是的。”

你望着她。她一直没有转过脸来。落在她家的雪和落在你家的完全一样，可这两个家的差别又是那样的大……

你小心地叹了口气。

“你们怎么不调到一块呢？”你突然问道，连你本人也觉得奇怪。

“什么？哦，调动？”她回过头，等她明白了你的意思便苦苦一笑，“谈何容易？我们都是书呆子，既无权又缺钱。”

“不是讲落实知识分子政策吗？”

“我倒希望有一天不这么讲才好。说明这件事办好了，彻底好了，再没有大讲特讲的必要了！”她又扶了扶眼镜。

“不要急，只要感情好……总会……”

“是呀，‘但愿人长久，千里共婵娟’。我们通信，像热恋的时候一样的。谈学习、谈工作，当然也诉衷情……”

“你们有孩子吗？”

“哦，没有……为了事业，不要。暂时不要。你有了吧？几岁？公子还是公主？”

“是个男孩，才两岁。”

“挺可爱吧？是呀，有时我也想要一个，起码会增加点生活的欢乐吧。可是……孩子生下来等于困难生下来、责任生下来。我们都忙，双方的父母都已过世；请保姆，又负担不起，还有房子的问题。何况又分居两地，孩子放哪合适呢?”

“当然还是放在你身边。你是母亲。”

“母亲？不错，世界上最崇高的人是母亲。可是当了母亲的女人事实上已经不复存在了，也就是说，不能再算作女人了……这是一对不可调和的矛盾。”她做了一个夸张的手势，然后上厕所去了。

你感到诧异。望着她矜持的背影你轻轻啧嘴。你细细琢磨她的话，却怎么也不得其解。你觉得当不上母亲的女人不能算作女人，至少是女人的不幸。你想起厂里的一位因生不出孩子而得了精神分裂症的女工，那女人见谁抱小孩都显傻笑。厂里很多母亲怕她，躲她。你也一样。现在你感到以前自己做得有些不妥，如果你是她，你也会那样的，说不定还会去寻别人的孩子来亲亲呢！你记得有次出差回来的情景吗？你硬是把睡着了的孩子抱起来吻，其实你在外面只住了三天……

这时列车又停靠站了。这是个小站，月台上几乎没有人。雪已经下得均匀，像筛下来的。几个列车乘务员缩着脑袋跳上跳下，个个一副沮丧的样子。而上下车的旅客全都兴高采烈，东西弄得乒乓乱响。等车开动时，车厢内又倏然静了。你这节车厢只剩下了你和她。你们都有了睡意。看来你们还得聊下去，否则冷抗不住。可是你已经觉得不再有什么可讲的了，而她的话你又不再有和先前那样好的兴趣去听。这心理仿佛被她探出，她也不再多说。你们都沉默了，寒气随之浓重起来。突然你又感到这场面更叫人不好受，于是你看看表，说：“这鬼车，又得晚点!”

“几乎每次都这样!”她也看看表，“至少要晚一个半小时……”

“恐怕还不止，要到天亮。”你松动了一下身体，两条腿笨得搬都搬不动。

她拿起一本书，翻翻，又扔到原来的地方，挺着身体打了个哈欠。她的脸扭得难看，那副眼镜险些从鼻梁上滑下来。

列车又吼了几声。

“坐过来，来。”她说，“这样暖和些。”

你就坐过去了。你们挨得紧紧的。她腾出一只手扶住你的肩。再过一小时，你会躺在一个壮实的汉子怀抱里。他有力，会搂得你浑身冒汗的。你放心，他出来接你之前会在被窝里放上一个热水袋。这个男人心粗，但这件小事他总记得。但是你并不觉得怎么暖和……

列车钻过一个桥孔时发出震耳欲聋的声音，你一下站了起来。

“你怎么啦?”她仰脸看你。

“哦哦，腿冻麻了……”你说。见她的脸松弛了，你吁了口气。你继续在原地轻轻跺脚，搓手，想把刚才一瞬的失态掩饰得天衣无缝。其实她压根儿没当回事。她斜靠着，把呢外套抄抄紧，眼睛半闭着。你这才慢慢坐下，茫然注视着窗外忽明忽暗的雪。你尽力想把自己的思绪调理好，可是那件事怎么也撇不开，记忆像个大眼筛子正在把使你心惊肉跳的细节朝脑表层推，于是强烈的酸楚在你心里翻滚……那件事藏在你心里好久了。到现在为止，你依然说不清这件事的起因是由于你丈夫的平庸还是由于那个讲师的才华。你参加厂里职工夜校学习，星期六晚上给你们讲授语文的教师是从大学里聘请来的。他是个新提的讲师，年轻，也算得上英俊。你被他渊博的学识和口若悬河的表达所征服。而他，总是巧妙地在课堂上注意到了一双美丽的眼睛。下课时你们正好同路，他推着自行车与你并肩而行。后来他索性不带自行车了。你们交谈的范围逐渐扩大。当你知道他刚刚离婚时，你心里产生了一种怜悯。“你丈夫真幸福啊!”他常常这么感叹，于是你越发感到他的可怜。同时，你又同情起自己来。这以后，你的口味坏了，吃什么都觉得腻，连你丈夫托人给你捎来的橄榄你也觉得涩嘴。你开始等待星期六。有一个星期六，他生病没来上课，你竟失眠了。那天晚上，你第一次想到了一个可怕的字眼：离婚。可是，睡在你身边的儿子又让你不敢顺着这条思路想下去。你流泪了……

“这鬼天，真冷!”她打了个盹被冻醒了，叫道。

“冷？哦，是冷……你可别感冒了。”你说。

“四点了。”她看看表，“老牛破车！国外这种车早回炉炼铁了！……真冷。”

“到家就好了。总会越来越近的……”你挨近了她。

“雪还在落?”她回头问你。

“还在。”你说。

“你喜欢雪吗?”

“谈不上喜欢还是不喜欢。你呢?”

“我讨厌雪!”她厉声说，“是的，我讨厌！雪最虚伪。”

你笑着看她。

“纯洁之后便是污秽，这就是雪的罪孽!”她有力地扶了扶眼镜。接着她的脸显得平板，连保留那么长时间的自负和幽默也都失去了。这张脸仿佛是冰雕出来的。这不像女人的脸。你想这张脸大概是被冻麻木了。

这时列车又鸣笛三声。你朝窗外看，远处已呈现出一片灯光，越来越亮……

你用胳膊肘捣捣她。她漫不经心地看了看，然后说：“我以为没有个尽头呢！其实，没有尽头才好呢，就这么坐下去……”

乘务员来拖车厢了。这姑娘睡起来脸都不洗，眼还是肿的。“嘿，抬起脚!”她对你们说。不等你们把脚抬高，她的拖把已伸过来了，胡拖了两下，然后一扭屁股走了，一路叫着“过年啰——”

远处的建筑物愈见清晰。雪愈见白。这雪看上去像海绵，能激起人捏它一把的欲望。

你开始想终点站外面的一个角落。他每次接你总站在那里。那地方很显眼，正迎着车站出口，一盏路灯的光全泼在他的小平头上，你一出站门就能看到。现在，他准又站在那里，至少候两小时了。唉，这么大的雪呀！可是这个男人什么都能忍受。你们在一起的时候，他总拿你没办法，就只好忍着。你动不动就收拾东西，拿出说走就走的样子。他只是眯眼笑笑，抽他的烟，绝不劝你。他知道你即使走了，还会来。这不，你又来了……

你还是来了。

“你下车乘几路公共汽车?”她问道。

“3 路。你呢?”你说。

“5 路、8 路都行。”她说着站起来，把呢外套牵牵平。

你们动手整理行李。

“这么大的包呀，装的什么?”她对你的旅行包努努嘴。

你索性把旅行包拉开了：花生米、傻子瓜子、咸鱼、皮蛋、符离集烧鸡……

“乖乖!”她叫道，“你丈夫可真有福!”

“都是我妈叫弄的……过年嘛。你不也是一大皮箱?”你说。

她也把皮箱打开让你看：衣服和书。然后她说：“春节，传统之节。传统总有点让人不寒而栗。当然啰，各人有各人的乐趣……你的包够沉的，下车……”

“我丈夫会来接我的。我拍过电报了。”你把旅行包拉好，试着提了提。

“这么早，公共汽车会不会……”她又看表，自语道。

“干脆你下车住我那儿去。我那儿宽敞。”你说。

“不不，”她摆摆手，“我那位也会来接我的……”

列车似乎在加速。汽笛声中，S 市的轮廓依稀可辨。终于，清晰了。灯光下的雪刺眼的亮。寂静的车站猝然响起悠扬的《紫竹调》，但无疑是对雪景的破坏。

列车像头累垮了的老牛，喘着粗气滑行进站，住了。

那个乘务员开始吆喝了：“下车下车，你们不想过年我们可想，下车下车……”

雪，纷纷扬扬。地上的雪还很完整，你真不忍心去踏残它。

验票出站。

在门口，你们停住道别。

“我会去给你拜年的，”她说，“不，应该说是去给你们拜年。”

“欢迎到我们家做客。别忘了叫上你丈夫。我那位虽是个粗人，但很好客。”你说。

“再见!”她伸出手。

“再见!”你感到她的手像块冰。

这时一辆大卡车驶过来，把你们隔开。等车开过，你发现她已经转身离开了。你以为她急着去找丈夫了，可是她连一个张望的动作也没有做。你心里掠过一阵抖瑟……

她独自深一脚浅一脚地走在四顾茫茫的雪地上。她将呢外套的领子竖起，脑袋缩得几乎看不见。那个沉重的大皮箱在手上不停地换来换去，刚才列车上那个骄傲的形象已荡然无存了。

你目送着她。渐渐，她模糊了……

此刻好静哪……

一个声音在喊你。

你蓦然回首，发现那个熟悉的角落里一个雪人动了。他把棉帽的护风耳朵像猪一样地甩了几下，抖掉了上面的积雪，筒着手向你走来。

你用力挪开步迎上去，看清了那张黑脸。

1985 年 10 月　于合肥陋室

（原载《北京文学》1985 年第 5 期）

红　门

横亘眼前的是宽大的红门。

好静。

天已黑透。柔和的灯光泼在红门上，在暗暗的亮。它紧闭着。你离它还有三米时，便有一年轻武警自门右侧树丛中闪出，旋即用职业目光将你上下过一遍。

“哪里的?”

“市教委。这是证件……”

“找谁?”

“刘杰。刘市长。”

“事先约过吗?”

“事先……哦，是他约我的。上次……”

“约你?”武警迟疑了一下，转身进入岗亭后就拿起电话：“接刘市长家。”

“占线。”听见一个微弱而尖细的声音这么说。

武警出来时把腰间的牛皮盒子紧了一把，也许是你这单薄得可怜的身架不配去充当一名荆轲，他就把脑袋朝红门里歪了一下。但你的工作证被暂时扣下了。这举动叫你明白：跑了和尚跑不了庙——今夜倘有不测的话。

此刻那盏路灯正悬在你头顶上，于是你的影子紧缩在你的脚下，划出一个奇怪而毛糙的圆，似一眼枯井。

“去看看刘杰吧。春节还是他先来给你拜年的呢！这么长时间……”这话爱人提过几遍？每次你都嗯嗯过去了。不错，刘杰是年初三上午来的，蹬了辆旧自行车，这很好。你早就对以刘杰为首的一些能挨得上带小车子串门的同学声明过：你这儿挤，小车进不来。其实你这幢宿舍楼前的空场至少可以停放两部小车。何必要让人知道我吴子民与某个要人有瓜葛呢？你不情愿这样。但是，你这个滴酒不沾的人为何爱在食品柜里搁几瓶装潢精美的酒呢？刘杰那次进门就说：“我可不是乌纱一戴脖子就歪的人哩！”气氛顿时就热了。不过他只坐了十分钟。他说还得去跑几家。拜年嘛，自然就是如此了。况且作为市长的刘杰是不可能在每个市民家里泡十分钟的。你送他出门，在楼梯拐弯处碰见楼上的一位什么处长。“哟，刘市长！”那处长双手握住刘杰的手，一脸的激动。他竭力邀请刘市长到家里坐坐。刘杰说还有个会在等着，谢绝了。刚下楼刘杰便低声问你：“那胖子是谁？”你笑而不答。世上香客成千上万而菩萨少得可怜，只有香客认得菩萨，哪有菩萨认得香客？第二天那位处长见面就问：“你与刘市长是一个学校出来的吧？”“一个班的。”你说。是不是最早通过这位处长披露出去的还很难说，反正知道你与刘杰市长系同班同学并且还在一个县搞过“四清”的人不算少。这以后便有诸如爱人调动、房子分配、落实政策一类的事朝你这儿涌。“老吴，麻烦你同刘市长打个招呼！”在那些人看来，这位刘市长不是你老子便是你儿子，极好使唤的。一个冬天的早上，你乘市政府交通车上班，北风一个劲地朝里灌——几乎没有一块完整的玻璃。大家挤成一团，没有敢伸脖子的。忽然一个女同志高声说：“吴子民，你发点慈悲去代我们给刘市长磕个响头，换辆好点的交通车吧！”立即有笑声在车内荡起。你脖子缩得更短。我算什么？我进大门也得凭工作证的！想起那件事你心里就窝了火。那回换衣服时忘记把工作证掏出来，结果把门的武警履行职责了，理直气壮地把你支到一边去。你耐心地等候一位能证明你身份的人出现。过了一刻钟，从里面驶出一辆贴着金色菱形标志的超豪华“尼桑”，武警扬起小绿旗，但车却停下了。接着玻璃窗落下，露出了刘杰饱满的脸孔，他喊你。你还没有反应过来，他已下了车。握手。刘杰是赶去为新落成的立交桥剪彩的，于是你们只讲了几句散话。“我搬进‘红门’了，刚搬。有空去聊聊！”说完，他上车走了。你也该走进去了。武警脸涨得通红。然而这件事、还有以后的一些事只提醒你注意到一个很有趣的事实……

称这地方叫“红门”，俗。不知是哪个蠢家伙嚷嚷开的。那门也根本不该漆成红的，这官邸似乎成了消防队的营地。据说那门上曾经用别的颜色作过覆盖，但是不久，那根深蒂固的红颜色又不知不觉地泛上来了，与覆盖色混为一体，极难看。于是再次刷成红的……不过这地方住家倒是第一流的。你沿着花圃间的蜿蜒小径走着，轻风带来了淡淡的花香和不大嗅得出来的汽油味。塔松与垂柳丛中露出几块柔和的灯光，勾勒出幢幢小楼的部分轮廓。这楼的造型仿佛青岛海滨那一带的德式别墅。这里应该叫做“绿洲”，你想，这名字倒蛮贴切的。待会儿不妨同刘杰说说。刘杰住在三号楼，这不会错。原先的市长年事已高，进省去充顾问了，能带走的全带了，也许只留下这幢美丽的小楼。然而人去楼不空。听人说，刘杰起先不肯朝这红门里搬，建议把三号楼安排给退居二线的老同志住或者辟为老同志活动室什么的。可是谁敢往三号楼搬呢？“红门”有史以来，三号楼主人非市长莫属。

眼前是三号楼了。

离门还有两级台阶时你陡然觉得了心跳。心脏在左边，奇怪，一摸右边，也跳。你自己也觉得荒唐。我是来看老同学而不是来看新市长的，你想着，在门口稍立了会儿，然后平静地揿了门铃。

一分钟后门裂开尺把宽，现出一架臃肿的躯体和一张碟式的脸。这是保姆。

“哪里的？”

“我叫吴子民，在教委。我……”

“市长很忙。”

“我与刘杰是同学。老同学。”

保姆眼中射出“老同学又怎么的”，但门还是开大了些。等你进来，她的嘴迅速对门后面一撇——

一排拖鞋。

地板是打蜡的。今天怎么偏穿了皮鞋呢？这么费事……拉错了鞋带，死结。这双皮鞋式样似乎有点不合潮流但质量是绝对的可以。本来应该套在刘杰脚上，可是码子小了。刘杰就转让给了你。这事过去总有五六年了，可觉得还像是不久前发生的……

"子民!"

刘杰兴冲冲地下楼来。"脱鞋干什么?金銮殿也还不兴脱鞋嘛!"他轻声但不失严肃地责备在一旁边嗑瓜子边看彩电的保姆,"讲了几次了,把那堆拖鞋拿掉!"

"地板是我拖!"保姆说,并不转头。

这会儿工夫你把死结解开了。望着刘杰略显尴尬的脸你笑道:"天热,换拖鞋舒服。"

客厅很宽敞,枝形吊灯散出的浅蓝色的光涂在素雅的墙布和枣红的地板上,使这个空间显得极其幽静。等你走进两步后,才发现靠右边的长沙发上已坐了两位中年男子,肚子均有点凸,双脚均平放着。见你们进来,他们就自然地立起,微笑中透出难以察觉的拘谨。

"来,介绍一下,"刘杰向前跨了半步,"文化局的凌局长、报社的欧阳总编……我的同学吴子民,在教委工作。"

"哦……是一个口子里的嘛!"被称作凌局长的脸孔顿时松弛开来,"坐坐!"他先躺进沙发,右腿麻利地搬于左腿之上,然后从茶几上拿起"渡江"牌扔给你一支。

"不会。"你把烟递给了刘杰。过了"大铁桥"就开始"渡江"了。那阵子香烟奇缺。刘杰那个公社太偏僻,于是动不动就摇电话给你:"子民,给我捎一条'大铁桥'!"

在薄绡般的烟雾中,沉默降临了。

刘杰弹弹烟灰,把头磨向你:

"怎么小马不一道来?"

"哦,她要辅导小二子复习……"

"小二子与我家明明同年吧?属猴?"

"属鸡。"

"哦,大一岁。"刘杰站起来,踱步,"子民,你的孩子考不取大学可交代不过去哟,父母都是大学出来的,又都是搞教育的……"

局长与总编也这么附和着,气氛溶解且转为活跃。

你吹吹茶叶,喝了一口,这茶不错,蛮不错。

"这事得抓紧。"刘杰说。

"是得抓紧,离高考只有个把星期了。"你说,声音不大。

“不抓紧，到时候出岔子，就是把我这个市长抬出来也无济于事。”

“那是那是。”凌局长说，“我们回去就研究……”

他们抓紧的是另一桩事。你理解错了。等你明白过来你感觉到脖子上有点儿热。于是你干咳了两下，埋头喝茶。

“至于经费，你们两家多少得出一点。再打个报告，口不要开得太大；到时候我跟财政局讲一声就是……你们看呢？”刘杰过来给你添水，脸却对着那二位。

“行，行。”总编说。

“还有一个问题，刘市长，不大好办……”凌局长从兴奋中及时挣脱出来，但他的目光与你的目光相碰时，他的声音渐弱了下去。

你立即意识到自己在这个空间有点碍事，刘杰在唱“阿庆嫂”，你便欠起身说：“你们谈工作，我下去一下。今晚有‘世界杯’……你们谈，你们谈。”

下楼时你听见那个局长在说：“还有一个问题……”

保姆在看黄梅戏。

你不爱看戏。因为戏的节奏太慢。杀一个人要花两三个小时。不过今晚你是不看也得看。保姆俨然家长势派，你别无选择。

是出悲剧。中国的悲剧即使赚人眼泪也是廉价的。其实悲剧无须动辄流血或者流泪。这道理你越来越明白。

……

九点一刻。王师傅那场电影该散了。是部老片子，《一盘没下完的棋》。这位王师傅可真是逢“棋”必看，其实他根本不懂围棋。他下象棋。整个教委机关除你之外没有第二位能同他敌手。也许因此他替领导送液化气罐时也把你的带拉着。这老兄棋瘾太大，没事就朝你家去。先是海阔天空地与你谈天说地，甚至可以从他女人的狐臭谈到他儿子的痢疾。你听着，偶尔也陪他笑两声。他似乎得到了鼓舞，谈兴就愈浓起来。你不停地给他杯子里加水，但这含蓄的逐客令对他是毫无作用的。他喝撑了就去卫生间小解，然后出来说：“怎么样，杀一盘？”讲杀一盘实际上至少要杀两盘。你能不陪他杀么？于是就杀。他的套数你了如指掌，自然输家是他。可是那会子若你脑子里装着一篇将诉诸笔端的论文或者一个将要去办的事情，你就会巧妙地输给他，希望他载着这伪胜利神采飞扬地离开……

想想你就要笑。笑过了想想，又……你看看表，又过去了一刻钟。21 点半。楼上时有笑声飘起，笑声中似乎夹着“还有一个问题”。今夜你不是也还有一个问题么？

临下班时王师傅在门口截住你。他刚出差回来，一脸的胡子乱糟糟的。“老吴，”他凑过来，“什么时候杀一盘？出去半个月，在外面找不到对手……”

“杀就杀。”

“到我家来！你家小二子要考大学，不能干扰，不能干扰。我家……你还没去过吧？”

“大致晓得。”

“好好，说杀就杀。今夜可行？我还留着一小筐新鲜枇杷……”

本是可以去杀的。回来后，爱人莫名其妙地又冒了一句“该去看看刘杰了，人家来过那些日子……”

“哦，好，今晚去。”你答应着。是得去。有来无往非礼也。可是，去了谈些什么呢？爱人把你的衣服和皮鞋拿来，叫你快去快回。

你要等天黑了，再走。

一路上你都在想谈什么呢？刘杰如今是这座城市的头脑，而你只是属于你的家庭的头脑。这两个头脑不可同日而语。那个头脑装的是城市的蓝图、计划、投资以及税收，你的头脑想的是下星期三主任要讲话，稿子你至少要在下星期二拿出来；你的小二子很快要参加高考，倘若马失前蹄你还得为他争取复读；你的老岳母决定到你这儿定居，房子面积还是个头痛的事……而这些，作为市长的刘杰是不会去想的，就像你不会去考虑什么蓝图计划一类的东西。

天气有些反常。刚进六月就这么热。经过一天的暴晒，柏油路踏上去不硬，汽车飞过吱吱啦啦地响。已有居民摊起竹床在路边乘凉了。路灯下围了一丛人，在下象棋。你瞥了一眼，见输家慷慨地摸出几角钱到附近的摊子上抱来一只西瓜，一拳砸上，西瓜裂成几瓣，最大的一块被赢家果断地送到嘴里，咧出一个放大的惬意于脸颊。接着是“再来再来！”这声音简直就像是王师傅发出的。每次他下输了就这么说。今夜如果要去王师傅家杀棋，那黄澄澄的枇杷，啧！

路过一家电影院，门前极萧条。几个卖冰棒的孩子在穷喊乱叫。忽然右侧跑出了王师傅，一边啃着半只馒头一边朝大门里钻。电影快开映了，是《一盘没下完的棋》。

“这棋迷……”你笑笑。刚才你要是喊住他，他肯定要去退票。何不去这棋迷家杀一盘呢？他家离这不会远的。不过你实在没有兴致去同王师傅杀棋，你说去他家只是说说而已，时间在这类事情上的消耗，你觉得极划不来。

但是时间用在看你所厌倦的戏上就那么合算么？一颗泪珠在保姆眼角上亮着。这女人很幸福，至少此时此刻她是幸福的，你想，也许再过一会儿舞台上手起刀落时她会昏过去，但这并不荒唐。一点也不。她寻找到了适合自己的坐标。那么，你呢？

投在墙上的那个百无聊赖的影子是你的，起先你还怀疑。后来你承认了。你站起来，想去和刘杰打个招呼就走，可又觉得这么做未免显得唐突，你又慢慢地坐到了原来的位子上。你想看戏，想看进去。想同你前面这个虎背熊腰的女人那样眼角上挂起一颗亮亮的泪珠儿……

终于楼上传来响亮的一声：“好，就这么定了！”是刘杰的声音。不多会儿，有了脚步声。

他们下楼来，与你打招呼。握手。你看看表，说：“我也该回去了。”不等刘杰开口那位凌局长就用短而圆的手臂拦住你说：“叫我们耽误了，抱歉抱歉。本来你们老同学叙叙……”

“我是随便串串门的。”你说。

又一次握手。他们二位走出了门，刘杰问：“带车了吗？”

“带了带了，在前面。”凌局长说。

“那我不送了，走好。”

关上门，刘杰拉你上楼去。他边走边说：“你看，在家里也是办公，没办法！芝麻大的事都捅到我这儿来……”

重新落座后，刘杰把你杯子里的凉茶倒掉一半，续上新水，然后把背重重地往沙发上一靠，顺手拉亮落地台灯，灭了吊灯。于是有一个橘黄的光圈隔在你们之间，使这个空间陡然缩小了一圈。

那过去了很久很久的一夜浮于你的眼前，愈来愈清晰。那夜也无风雨也无星辰，只觉得从黑暗中到处渗透着仲夏夜的窒闷。校园里一片静寂，夜深了，整个宿舍楼唯有一个窗口还亮着昏黄的灯光。一盏简陋的台灯还没有灯罩，刘杰便用瓷盆扣在灯泡上，于是你们之间出现一个小小的光圈……

现在你像那夜一样注视着刘杰，他脸上的倦意也同那夜一样正在漫开。他又点上香烟，深吸了一口，说：

“子民，近来过得还好么？”

“老样子。”

“说实话，我羡慕你，子民。无官一身轻，你总不显老。”

“谁说的，都有白头发了……”

“我呢？脑门上还剩几根？”

如果不是这么个很考究的环境衬托，你怎么也不相信目下与你促膝谈心的是这个城市的首脑。这桔色的光圈蛮好，使你能不时地把这个空间忘却。仿佛还在那幢石灰剥落、墙壁上写满了“某某某在此居住四年”或者“到祖国最需要的地方去”以及含蓄地挖苦系主任字迹的宿舍里。那夜你们买了半斤猪耳朵和五两花生米，还有一瓶红葡萄酒——你们都是平生首次碰酒，竟喝光了。你们出格地谈，出格地笑——从黄昏笑到黎明——那是什么滋味的笑哟！这不是酒不醉人人自醉又是什么呢？翌日，你们就带着这可怜的醉意踏上了“四清”之路……

“刘杰，你得注意身体，放松些……”你说，“一市之长，担子是很重的……”

刘杰做了个“没什么”的手势，站起来，想了想，抓起了电话：“接市政府办公室值班室。”

你有点儿茫然。

电话很快接通。刘杰说：“值班室吗？哪位？我是刘杰……喂，明天上午的市长办公会改在下午，你通知一下。就这事，好。”他踱了几步，抱着胳膊说：“文山会海，可就是铲不平填不满。……哦，子民，你刚才说什么来着？”

“哦，没说什么……”的确是没说什么，或者是没什么可说了。再坐下去无非是让彼此感到都很疲倦，你想，下一句话应该是“时间不早了”。不过现在走未免显得生硬……

“爱人出差了？刘杰？”

“哦，不，她回娘家去了，带着明明要住半个月……”

“明明成绩还可以么？”

“不稳，偏文科。”

“这一年得抓紧点才是……”

“是的是的，明年……是骡子还是马……子民，换点茶叶么？”

“不不，时间不早了……”

“还早吧……哟，10点20了？”

你把茶喝尽，站起身。

刘杰也跟着站起来，也还在说“还早”。

你们互相看了会儿，刘杰突然像记起什么似的，问你：“子民，今天来可有什么事？”

“没。什么事也没。”

“有什么事就说好了。老同学又不是外人，只要是原则范围内所允许的……”

“我没什么事，真的。”

“那……”

“只是随便走走，串串门。”

“你看，叫你大老远的跑一趟……你等等，我叫车送送。”

“不，不用。天热，走走凉快。”

“那……下次再来，和小马一道。”

“我会来的。”

那个橘色的光圈在你视觉中正在无限地放大、扩散，映出了客厅的线线面面。你觉得这客厅比来时见到的要大得多也空得多，而且似乎有点儿冷清……

红门在你身后严肃地徐徐闭起。

此刻月亮正在升起，于是有氤氲之气弥漫于天地间。风依然是微弱的，不过比天黑时要凉爽得多。你像是在散步，悠悠地走着，拖在身后的影子舔着月光。街上的行人已经稀少，路面上刚经过洒水车的劳作，洁净极了。城市正处在朦胧之中。这个夜晚本是窒闷的，但是你的心绪却在刚才那扇宽大的红门关闭的一瞬好了起来……

那家电影院早已关门了。灯暗着，只现着一尊崔嵬的躯。王师傅家离这儿不远，你像是记得，他大概不会睡的，说不定还在灯下翻那本毛了边的棋谱呢！

快 11 点了，现在是夏时制，这就是说实际上刚接近 10 点。10 点，……

你停住了。然后你往后退了几步，折进了一条古朴的小巷。

小巷深处是一串耀眼的灯光。

那多像枇杷。

1986 年 7 月 5 日　合肥

（原载《安徽文学》1987 年第 10 期）

潘军文集

第柒卷

中篇小说

墨子巷

一

据说，清乾隆年间这座小城就有了这条小巷。相传号称完白山人的大书法家邓石如，少年离家鬻字谋生，曾在此停歇，其间留下一些墨迹，却不为人赏识。嗣后，邓氏扬名海内，于是乎翰林院奏本朝廷，索得皇银以修缮此巷，并择“墨子”为名，以示纪念，遂唤至今。

光阴荏苒，过去了两百好几年。

墨子巷古风犹存。巷长不过二十丈，宽不足八尺，且幽暗而潮湿。巷内皆一色穿枋二层楼舍，上半截木制，下半截是砖。砖缝一律用糯米汤熬石灰勾嵌。两侧山墙依然是马头形状，残存着装饰图案。小瓦。瓦楞间杂长着小草和无名野花，风过时呲呲地响。物稀者贵，逛腻了宽阔的柏油马路，再顺着墨子巷光溜油亮的麻石条“吧嗒吧嗒”地踏个来回，虽不说飘然若仙，倒也别有一番情趣。

古风虽有，但关于邓石如的蛛丝马迹却已无法考察（况且本来就是“据说”、“相传”）。墨子巷沾不上古人的光，也就难得今人的重视。居民们企图趁保护文物之机获得乔迁之喜的理想于是宣布告吹，还是要年复一年地晒霉、补漏，汛期临前将重要家当搬到木楼上——这里每年差不多都遭水淹。这之前家家必须买足生活必备品，省得临时抱佛脚出尽洋相。那时有工作的就不回来，扛着被条住到单位里去。最苦的是念书的伢子，上不成学，就整天地蹲到楼上背课文做练习。然而这里的伢子个个不笨，该进中学的进了中学，该进大学的进了大学。四号刘寡妇的儿子宏俊便是其中最突出的代表。刘宏俊的主要成就，是他做了省长的秘书。据说省长看上了这小伙子的一笔颇有功力的字，于是墨子巷的人都认为是沾上了完白山人的灵气，当初邓公也是以字来惊动衙门大人的。当然这是迷信。可是，这墨子巷的伢子个个都善书写，每逢春节，家家的门对子都由自家的伢子炮制，真草隶篆皆有，叫人目不暇接，俨然一副书法展览的势派，这就不奇也奇了。

墨子巷自古奇闻多也。

自然奇人也多。

二

1984 年 3 月里的一天，墨子巷三号换了主儿。原先的房主是个搞技术的，争取调动花了半辈子，总算成功，与千里之外的妻儿团聚去了。不几天，新房主便来了。是一个精瘦的老头，看上去年纪已近花甲，却是鹤发童颜。听口音，老头不是本地人，京腔十足。这就叫人颇感神秘，遂引起普遍关心。据住在对门的刘寡妇判断，这老头是省里下来的，因为只有省里人才满嘴广播员的话。她儿子就是这样的。但是，老头绝非国家干部，因为这样年纪的干部打死也不会住到墨子巷来。老头十有八九是在省里某个剧团里做事，因为他有一根一人高碗口粗的毛笔——十几年前，剧院戏台上，少男少女着一色军装，戴一色袖章，拿一色的毛笔（就是这种叫人吃惊的大笔），唱一色的歌：“拿起笔，做刀枪……”不同的是，那些笔是木头雕的，而三号老头的这支是真的。但刘寡妇还是猜他是剧团里的，如今退了休。可退休怎么往这里退呢？莫非这地方有老头的儿女？刘寡妇想到这里有了气，难道儿女家就腾不出摆一张床的场子？这老头老得不吓人，腰板直得像小伙子，鼻涕口水不一起淌，也不邋里邋遢。穿得干净体面，像去做客一般。老人有这等模样不多见，儿女有么事不容的？不过老头有无儿女还难讲，或许连老伴也没有，要真如此那就可怜。看来这老头根在这里，树高千丈，叶落归根，倒是常情。

刘寡妇判断的，也对也不对。

这老头叫古凤眠，时年六十有二。懂点书法的，大概对这名字不陌生。古凤眠原在省书画院工作，这地方是他的原籍。他早年出门，久做他乡之客。几十年间他仅一次返里，但不是探亲，而是劳教。那是 1976 年夏末的事。好在不久四凶垮台，一场噩梦便过去了。古风眠果真孑然一身。他 41 岁那年，妻子死于肠梗阻。夫妻无比恩爱，遗憾的是膝下无丁。妻子中道而别，他便开始了鳏夫生涯。那青灯孤影的日子可想而知。他默默念着爱妻，感情彻底专一。有好心人想替他重新作天地撮合，而他闻之则沉脸。这脸色庄严无比，此后不再有人当古风眠面提女人。可他又怕别人拿他当鳏夫看。他不愿意听到诸如“孤独”、“寂寞”一类的词。若去他屋里，只能讲“这儿干净”、“这儿安静”，却不能说“这儿冷清”。不了解他底细的人，与他交谈，得加倍谨慎，周密考虑，方可启齿，轻举妄动不得。一次，有一外地同行顺道来拜访古风眠，正好碰到他在洗衣服，于是那同行便打趣说：“古老真乃‘文韬武略’，可谓模范丈夫……老伴病了?”古风眠瞥了同行一眼，说：“死了!”不再开口。弄得那同行乘兴而来，败兴而归。这类事屡见不鲜。古风眠这次告老还乡，起因也是如此。书画院新盖了宿舍，决定分给他一个中套。可是，那个去年从美院分来的“现代派”要结婚，安排他住原先古风眠的房子，他不满足，就当众对古风眠说：“古老，按政府文件你怕是要住集体宿舍的……”古风眠经受不住这种含笑的侮辱，当夜写了辞职书和退休报告……

当然，古风眠决心逃脱那个可怕的环境，并非一时心血来潮。他想归宿故里。他想起家乡曾是他景仰一世的完白山人游历过的地方，心里舒坦不已。他记得墨子巷。回到县里，政府自然对他古风眠不会轻慢。他是名人，是县里的一枚金牌。政府正欲精心安置这位名士，不料这位名士提前自作了主张。那日古风眠来墨子巷云游，正遇上三号人家搬迁，一打听，这屋子尚未被人号上，于是他就急忙去房管局办了手续……

这举动使县里头目十分不安，三番五次动员古风眠撤出，而他就是不肯。

“怎么非要住进这墨子巷呢，古老先生?”

“想沾上点完白山人的灵气吧。”

“那……那里条件太差。您住下，我们可真不好向上面交代……”

原来他们是怕自己惹上麻烦，才这么劝得起劲！古风眠觉得又被人捉弄了，就不再同他们啰唆。当下立了字据：

“甲子仲春，古凤眠告老还乡，自愿在墨子巷三号落户，绝非政府淡薄所致！政府厚爱，余受宠若惊。余平生景仰完白山人，师其风骨，承其龙韵，而今能栖身于墨子巷，实乃三生有幸，足矣！”

三

古凤眠深居简出，自搬进墨子巷，几天没有惊动四邻。每天他头一个起来，一溜小跑至巷子背后的大河边，呼吸新鲜空气，活动筋骨。然后回来生炉子烧开水，用宜兴紫砂壶泡上茶，就着早点喝。这把茶壶是妻当年替他买的，每次端起，古凤眠就有了一种异样感觉。“文革”间古凤眠自然免不了一场浩劫，但他的两件宝物——端砚和紫砂壶，都不曾损害，叫他有了劫后余生的兴奋。他感谢抄家者的不识文化和不懂感情。

河水悠悠地动，好绿，好精神。他越发觉得自己这着棋走得极高明。古凤眠在文化圈中活动了好久，越发觉得那是个惹不起的场所。文场上不见血的厮杀，叫他目不忍睹。他杀不了人也怕被人杀，上策便是逃遁。这主意他酝酿了许久。他还怕别人找他写字。这几年当官的没完没了地更换，而老官新官十有八九要索他的字，其实他们根本不懂个子丑寅卯，却硬是死皮赖脸地索取。这年头，字与花草、金鱼儿一般，摆在家里，无非是讨别人啧啧嘴。替不懂字的人写字，几多难受！古凤眠伺候不了，也招架不住。一次，古凤眠在一家新开张的酒馆里发现，自己的一幅立轴悬于正壁，再往下是两张油润润的嘴。他怔了一下。起先他怀疑这是仿作，可凑近一看，竟有他的印章，古凤眠差点儿晕了过去。事后一打听，原来是原文化局长的外甥领证开业，想招徕顾客，便从舅舅那里讨来了古凤眠的字儿。“亵渎！”古凤眠为此绝食一天。他发誓不再为当官的干这种勾当。如今好了，彻底好了。他想这小县城墨客雅士不多，自然这职业就不为人所看重了，极好！古凤眠想，这后来的光阴他自己掌握着，他要完全地交给完白山人。他有个宏大的计划，撰一部研究邓石如的专著，也算了却一大心事。他打算上午写字，下午撰书。如今时间不紧，满可以把这叫人羡慕的“双栖”生活过足。

然而不幸的事很快发生了。

对门的刘寡妇，似乎闲得无聊，就开了个小吃部。这女人胖得惊人，白肉像堆起来似的，腰水桶一般粗，一对乳房晃来晃去，似乎稍一使劲就能晃到背脊上来。其实这妇人做姑娘时异常单薄，甚至有人猜她是阴阳性别，她言谈举止都带着一股雄气。直到她为那个中学历史教员麻利地生下个儿子，她的性别才得到一致的肯定。她不仅是女人，而且有一截日子出落得极水灵，这也算墨子巷的奇事了。然而红颜薄命，她花开正当时，那教书匠却一命呜呼了。从此墨子巷少了个刘师娘，多了个刘寡妇。她有过几次不当寡妇的机会，但只要男方对小宏俊皱一下眉，她便拔腿就走。她相信自己能不靠男人来养活自己和儿子。这女人，人虽粗，手却巧，洗衣浆衫、挑花绣朵、烧锅掌勺，样样都做得精。她就凭这些手艺维持住了生活，扯大了儿子。有一度，她到县委食堂里当临时厨娘，翻新花样地做出菜来，想博得大家的赞许，慢慢转为正式。大家也的确赞许她菜做得精美可口，而她就是不能转正。那个膳食股长得不到她的便宜，就来挟持她。这女人干脆连临时的也甩了。原来只能巴结自己，她懂了。

她发福是近两年的事。儿子念完大学了，自己有了薪水，做娘的手头也活了些。可也不敢摆阔，儿子还要结婚。如今年轻人结婚不是个轻松事。这也不要紧，刘寡妇想，只要儿子有出息，就是拿她的头，她也肯伸颈。这墨子巷有儿子这般出息的吗？省长只有一个，省长的秘书也只有一个，而这一个却给了儿子。刘寡妇自然高兴，逢人就谈儿子如何如何。墨子巷的人也都引以为荣。去年，刘寡妇到省里去看儿子。到了省府门口，两个持枪耸立的军人以为她是来递状纸的，便像赶狗似的赶她，容不得她解释一句。幸好那个老传达，过来同她讲话，问明了，这才电话唤儿子下楼来接妈。可是第二天儿子要随省长出差，只好将妈撇下。母子俩只谈了一宿，也只谈了一件事：结婚。

“你盘算盘算，要花多少票子？”

“恐怕……至少两千吧。这算顶简单的了。”

“你手里捏了多少？”

“我哪有，除非偷！……大城市里开销大。跟省长出门，烟抽太孬了叫人笑话……”

“两千块……两……”

“讨不起老婆就不讨!”

“两千就两千吧。

“……”

第二天一早，儿子走了。做娘的心酸酸的，觉得这儿子像是专门替省长生养的。可是，当儿子坐着那灰灰的、扁扁的小汽车从她面前闪过，娘心里又有了甜甜的滋味……

两千块！不难。报纸上讲农民都能成“万元户”呢。如今政策宽，准许个体开业。刘寡妇便紧锣密鼓地开起了小吃部。

“鸡汤馄饨杂烩面哪……”

这妇人中气足，嗓门极脆，无休无止地吆喝也不觉口枯。

深受其害的古老先生，一时间弄得摸不清东西南北，满脑瓜都装入了“鸡汤馄饨杂烩面”。更可恼的是，自县广播站报道了他的新闻，于是他的名气给那妇人招来了生意。几乎天天有许多人来索他的字——县城也不乏雅客！这是他始料未及的。他以种种理由搪塞，说自己写不了字。来者也并不埋怨，却另提要求，说要“参观参观”，这能拒绝吗?这些人“参观”饿了，就到对门呼啦一碗鸡汤馄饨或者杂烩面，然后再继续“参观”。古风眠被这接踵而至的“参观”折磨得疲惫不堪，还叫不得半句苦。

他不能不悔。

为了完白山人，古风眠发觉又上当了。

四

原来三号那老头是个顶红火的人物，刘寡妇一下引起了重视。她悔自己的嘴快，在墨子巷散布了不正确的言论。写字写得这等红火，刘寡妇一生只听到一次，看到一次。当年她嫁到墨子巷，丈夫曾津津有味地把这墨子巷的来历讲与她听。她信。后来丈夫做了鬼，她就指望儿子日后能像那个姓邓的一样，靠写字讨个饭碗。为儿子写字，她还冒过一次险呢。而这回，她亲眼得见。她也有了说不出的豪迈。以往她在城里碰到相识的人，问她住哪里，她总说住在墨子巷四号，现在她却这么说：

"我就住在那个会写字的古先生的对门!"

当然，这妇人快活，主要是古凤眠替她招引来了生意。小吃部开张不到两月，纯收入竟达三百出头了。刘寡妇脸上整天堆着笑，吆喝得越发像唱山歌儿似的。于是她就想寻个空子来好好谢谢古老先生。请他喝儿子的喜酒不算什么特别，况且还有些日子。细细想来，觉得老头身边没有第二个人，却又烧锅用灶，是顶麻烦的，不如每日贴他两碗杂烩面。刘寡妇觉得应该这样，没有对门这老头，生意哪有这么起色？俗话道，远亲不如近邻，近邻不如对门，日子长远着呢。

这年天热得早。刚入芒种，人就穿不住长袖。像刘寡妇这模样的，短袖也想扒了。刘寡妇觉得年数过了五十，无须再对自己那么封锁，就只套了件圆领汗衫，可还是感到热得厉害。这时她开始对三号那精瘦的古老先生起了羡慕。那老头瘦得利索，衣服套在身上就像是挂在衣架上，想必穿起来极灵便，不像自己这么费劲。刘寡妇对自己这副体态也生厌。她曾以节食的方法来减肥，每餐都扣着吃。但自从开了小吃部，工作量增大，少吃则无力。饿着肚子就觉得有件事忘记做，于是就把暂时卖不出去的馄饨端上一碗，进房去呼啦啦地吃尽，精神才为之振奋。她自己也不明白是怎么胖起来的。有人说，她是"尝"胖的——她做厨娘时，每次炒菜总得尝一口来试个咸淡，久而久之，成了习惯。她也将信将疑，当厨子的有几个瘦的？刘寡妇由胖而想到死，常常吓出冷汗。所以她羡慕古凤眠。有道是：千金难买老来瘦。这还有假?!

这天上午，邮递员送来一封古凤眠的信，是一封国际挂号信，日本寄来的。古凤眠不在家。这些日子"参观"的人不断，他只好一早就锁门出外漫步，午饭时回来，午休后再锁门离开，黄昏时转回。他想这么锁上几天，"生意"就会淡下去，而对门那胖妇也会少些活跃。他巴望这妇人的小吃部顷刻倒闭，但这不容易。那妇人很有几下子，货真价实，名气不小哩！古凤眠一颗心总半悬着。

刘寡妇将古凤眠的信代收了，签了字。她识字不多，但"日本"是认得的。这老头竟红到外国去了，刘寡妇更加肃然起敬，嘴张开了不想合拢，少喊了几声"鸡汤馄饨杂烩面"。

到了正午，古凤眠贼一般地回来了。太阳极毒，他用折扇遮着阳，端着茶壶儿。到了家门口，他四处望望，正欲开门，就听到有人喊"古先生”，为之一怔，认为是“参观”者伺机袭来；细一分辨，才知这腔调和“鸡汤馄饨杂烩面”毫无二样，就转过身，果然那胖妇正冲他笑，手里晃着什么。

“古先生，信呢。日本寄来的！”

古凤眠也微微作笑，进了四号门。他知道这妇人的夫家姓刘，就唤其为“刘嫂”。

“哎呀，古先生你客气么子……你老坐坐，还是头一回来呢！”刘寡妇嚷个不休又扯个没完，古凤眠只好坐下。

刘寡妇拿来水瓶，替紫砂壶续上新水，问道：“可要换点茶叶？”

“不了，刚泡不久。谢谢，刘嫂……”

“你老莫叫我刘嫂，我比你老小一大截子，叫我刘妹还差不多……”

刘妹？古凤眠一时觉得尴尬，又见这妇人胸前被汗染湿了一片，双乳印得清楚，就更是坐不住了。可一想毕竟是对门的近邻，首次登门，屁股刚落板凳就走，似乎不近情理，只好忍着。

刘寡妇指手画脚地把古凤眠神吹了一通，言辞无比激烈，以至古凤眠目瞪口呆，不知所措。这妇人如此吹捧我，他暗暗想，怕是叫我再接再厉，多为她揽些生意吧？

古凤眠觉得时辰差不多了，就起身说：“我回去做饭了。”

“这叫么话？”刘寡妇滚圆的胳膊一横，说，“头回来嘛！你坐，我给你下碗杂烩面，就好！”说着便动手操作。

古凤眠推辞不得，就想，吃就吃吧，吃了给钱；不吃，这妇人会怨我不照顾她的生意呢！于是重新坐下，看那妇人作业。

刘寡妇不像平时那么做。平时下杂烩面，是先下面，再从盛着炒好配好的杂烩菜盆里舀一浅勺，扣在面上，三毛钱二两粮票。这回她是现炒杂烩，而且选的是精肉、鸡蛋、黑木耳。姜末在油锅里一炸，满屋都是香味；原料下锅，嗞啦嗞啦地响，叫古凤眠口水往肚里咽。刘寡妇妙锅握在手里，勺子划来划去，很有节奏地响着。古凤眠也很好厨，见她如此娴熟地操作，就看得蛮有兴趣，他特别佩服她把菜朝空中一抛，翻了个 180 度，竟一滴油不溅出。突然，古凤眠受惊了——那胖妇舀了一撮杂烩菜，用肉嘟嘟的嘴尝了，却又连同没尝尽的重倒于锅里……

“这……”古凤眠抬起折扇准备指点，正碰上那妇人的眼光，他连忙装作咳嗽，拿出手帕捂住鼻子和嘴，脸磨到一边。

那妇人精得像猫。古凤眠一瞬的神色，她是明白的。这可真是，她想，好心不得好报，烧香却惹鬼叫！刘寡妇一生就是要脸，生怕别人嫌她什么。眼下这自尊心破了点皮，情绪也就低沉下来。可想想这老头毕竟给了她好处，也只好忍忍，装作没看见什么。然而她还是本能地在本来正合口味的菜里，又撒了点盐，拌了。

刘寡妇将杂烩面端到古凤眠面前，依然笑容满面。

古凤眠对着杂烩面一时下不了牙。他老想着那妇人的一口黄牙，和牙缝里那根韭菜……

“古先生，还客气么子？”

古凤眠吃力地笑了笑，闭眼吃了一口。天哪！是不是因为盐不值钱才这么慷慨？还尝呢。古凤眠吃了两口，实在不行，就抓起茶壶喝水。

“咸了？”

“哦哦，不，我有边吃东西边喝茶的习惯……”

“这习惯不好。对胃不好。”

“是的是的。人的习惯，不是每种都是好的……”

他终于把它吃了，剩下的是汤。

古凤眠来不及擦嘴，就先付钱。

“哎呀，古先生你也太认真了！”

“这怎么可以，你，你是做生意的……”

“做生意的未必只贪钱呀。”

这末了一句，叫古凤眠有点内疚。不就是尝了那么一口吗？“五七”干校那阵，大食堂里的锅铲断了，那位气壮如牛的炊事员就把挖地的锹洗了洗，当做锅铲用，那饭不也照样狼吞虎咽了？

“刘嫂，谢谢了。”古凤眠说。

刘寡妇又替茶壶续了水，说：“古先生……”

“莫称我作先生，叫老古或者古老。”

“先生就是先生嘛！”刘寡妇道，“你都红到外国去了，还不算先生？”

“这，不算什么的。我就只能写几个字，也是河中无鱼虾也贵。”

“古先生，”刘寡妇道，“这墨子巷可是专出会写字的呢。你老挨家访访，连细伢子们字都写得不孬。我家的宏俊，在大学念书那会儿，写的字还登到报上去了，我拿给你老看看。”就入内屋去了，不一刻，真的拿来了一张省报。

古凤眠将报纸竖于眼前，知道是前几年省里大学生书法展览的作品选登，刘寡妇儿子写的那幅，是隶书，录了一首唐人的五言绝句。古凤眠细看着，颇觉奇怪。这幅隶书竟也是学邓石如的！古凤眠对邓氏的书法，最为钦佩的是其隶书。邓氏的隶书，收汉魏之长，法度谨严而又变化多姿，飘洒俊逸而又古拙苍劲，更妙在守成法又不拘成法，囿藩篱而脱乎藩篱，另辟蹊径，独树一帜，难怪包世臣将其列于书之“神品”也！而眼前这幅习作，虽落笔有些浮滑，结构过于呆滞，却似乎也是识得要领，循规矩而成方圆的。

“哦哦……令郎多大?”

“今年该算二十七了，属鸡的。”

“难得难得！是自学的?”

“他老子死得早，只有自学。”

“他还在写吗？最近的作品可有?”

古凤眠有了兴致，微笑着看刘寡妇。但那妇人说：“他如今给省长当秘书，我看跟佣人差不多；省长到哪他跟到哪，连老娘也不要了。”

“这是他的工作性质决定的。如果他爱写字，还是可以写的。你儿子是能写好字的，能。”古凤眠把那张报纸还了刘寡妇。

“他如今手懒了。去年过年回来，叫他给门上写副联子，他都不写。可我到书店买一副回来，他又嫌字丑……这怪伢子！”刘寡妇感叹道。

古凤眠想了想，没说出什么。他打算离开了。这时刘寡妇又说：

“古先生，你这么瘦……真好。不怕热吧?”

“热，倒不怎么怕；冷就有些抗不住了。胖与瘦，各有千秋的。”古凤眠道。

“当然还是瘦好，千金难买老来瘦嘛!”刘寡妇道，“你看我，像个冬瓜，天热就想去投水！其实我每餐都是扣着吃……”

“光节食是不可以的。”古凤眠认真地说，“贵在锻炼，持之以恒，方可奏效。我原来血脂高达400，体重76公斤，全不是现在这个样子，都是锻炼的收获……”

“锻炼？未必要我也去打球？”

“那倒不必。最为简单的方法就是早起跑步。”

“要跑多少？”

“由少到多，量力而行。我每日顺着这后面的河沿跑，跑到那个牛头墩。”

“乖乖！那有三四里呀！”

“习惯了，就不觉远，不觉累。那里空气非常新鲜，对健身极有益。你不妨试试。”古风眠喝了口水，心想这妇人也认识到了自己身体的负担，可又为何那么贪嘴呢？

“古先生，”刘寡妇信心颇足地说，“从明日起，我们做伴！”

古风眠正欲点头，猛一听“做伴”，一下子五官挪了位，似笑非笑地嗯了。刘寡妇似乎也觉得自己漏了嘴，于是又说：“古先生，你老收我当徒弟吧。”

“不敢当，不敢当。养生之道，其妙无穷，各有各的招儿。不过生命在于运动，确是放之四海而皆准的道理。”古风眠道。想起刚才受人的款待，临出门，他又道了谢，这才回自己屋里去了。

刘寡妇这才认为，那后来的盐，撒得不是地方。她喂养的那只极壮的名为“花子”的猫，蹿过来挠她的脚。她把它拨开了。烈日当空，刘寡妇拿着大蒲扇满身地扇，嘴里又喊道：

“鸡汤馄饨杂烩面哪……”

五

当天下午刘寡妇去百货店挑了一双白力士鞋，准备“锻炼”用。她信那老头，继而信自己能看着腰小下去，肉走掉些。想起年轻时的模样，很迷恋，也很豪迈。

天黑后，她端把椅子坐到门外纳凉，也照看生意。天太热，夜间顾客无几，但她不大叫喊。她怕扰了别人，大家白天干辛苦了。墨子巷里的人差不多都出来乘凉，东一撮西一撮的，大人在谈工资和物价，小人则吹电视电影。刘寡妇自丈夫死后，就变得孤僻，不爱与人论短争长，却也越发泼辣。这墨子巷里也出毛手毛脚的死脸，不泼不行，不辣不行。

寡妇心狠。能惹得起寡妇的，算上不简单。平日里，大家也怕沾刘寡妇边。大家最厌的，是她动辄提省长，言必称儿子。所以对这妇人，大家一向是敬而远之。不过大家都不以为她坏。

和刘寡妇最亲近的，是“花子”。这畜生极精极灵，只是爱贪嘴。有人说，这都是刘寡妇示范的缘故。“花子”盘在主人脚边，时而神经质地后腿立直，吐一口粗气。刘寡妇用扇子敲敲，它又软了下去，撒娇地席地一滚。

对门的窗户亮着灯，能看见古风眠的剪影。这老头果真抗热，窗帘拉得严严实实。古风眠如今只能利用夜间来做事了，除非那小吃部倒掉。

自住进墨子巷，他就打算破工夫录一张刘禹锡的《陋室铭》，悬于座右。这便勾起他的一件旧事。“文革”间，确切的是1976年春，他被遣至故里交当地专政组织监督劳教，锁在县革委会的一间破旧小屋里。那时他就想录《陋室铭》，但写的是检讨。现在他能够写了，不觉心情陶然。他甚至相信，这间屋就是邓石如住过的那间……

古风眠自然是用隶书抄录。他精心揣摩过山人的隶书。在他看来，山人的隶书，寓奇险于平正，藏婀娜于遒劲，真乃出神入化！古风眠焉能不醉？“惭愧呀惭愧！”古风眠时常感叹，觉得此生是少小不努力，老大徒伤悲了。他在书法界的名誉越重，这种心理负担就越沉。其实他少年师承邓石如，进入中年后就稍有转向，企图兼收了金农、伊秉绶、何绍基诸师之长，有所创造；可是绕了一圈，还是皈依了邓石如。对此，古风眠也颇觉惊奇，百思不得其解。他深知自己只能达到这般境界，别无更高的造诣了。他不能不感叹，但不遗憾。山人的精湛艺术他敬佩，而山人的“胸有方心，身无媚骨”的品格，更使他折服。

刘寡妇不时看对门的窗影，似乎感觉出，那老头写字是十分吃力的。他写几笔，立起身看看，又写几笔。过一会儿他又来回走动，喝茶。刘寡妇不理解的，是古风眠爱把茶壶儿在腮帮上贴那么一下，这又不是三九天！她一看见这动作就想笑。后来，起了风，不觉睡意袭来，刘寡妇想起明天要起早，就回屋上床了。

刘寡妇念着“锻炼”，一夜都睡不到觉里去，糊涂得很。翌日一早，她就醒了，不去梳洗却先换上了白力士鞋。外面见亮了，她将门拉开一线，果然对门也亮了灯，古风眠活动了一下手脚，就出了门，并没有招呼她，径自一溜小跑去了。

“这老头……讲话不算数。”刘寡妇有了一刻的委屈。“我有腿还愁不能跑?”她想，这又不是分房子，讨工作，要求人走后门的！她吱地将门锁上，自己跑起了。

跑步自然也有窍门。刘寡妇掉以轻心，不到百米，就感到胸口闷得喘不过气来，乱了方寸，浑身的肉往下坠。她真想走了。天已大白。

“刘嫂子!”迎面来了古凤眠。

“古，古……先生……”刘寡妇刹住了脚，大口地呼吸。

“真抱歉，我忘了喊你。”古凤眠道，“半路上才记起来，就……”

“是我，睡过头了。”刘寡妇说，脸上红扑扑的，前额已见汗了。

“你累了吧？起步要缓些，悠悠的，三步一呼，两步一吸，慢慢就会适应的。”古凤眠阐述道。

刘寡妇连声道“不累”，但不想再动腿。

古凤眠又讲了一番跑步的要领。“试试看?”就先提起脚，嘴里反复念着，“脚尖着地，三步一呼，两步一吸。”

刘寡妇只好跟在后面拖。

他们只跑到河沿，就歇了。河水好清，好绿，不久又变作朱红色，跳动着亮亮的光点，太阳露脸了。

“这跑步也有窍门。”刘寡妇道。

“世间的事，无论大小，都是有道理的。”古凤眠说，“比方你做烹调，也是极有学问的。火候、配料都极讲究。同样的原料，不同的处理，结果悬殊甚大……”

刘寡妇知道，这老头在绕弯子责备她昨天的过失，就想笑。这样的年纪还记恨呢！她突然想到一件事，就说：“古先生，我有事求你呢。”

古凤眠问是何事相求。

“你老是写字的名人，想请你替我写块招牌，行不?”刘寡妇说。

古凤眠心里顿了一下。这类散活，曾有不少主儿找过他，而他都婉言谢绝了。他认为这无疑是对他缺乏尊重。

“这个……”他作思索状，“本来不算什么的，可我近来杂事缠身，难以腾出工夫……”

这叫刘寡妇没有料到，不就是几个字吗？她想，怕我拿到市上去兑票子？“那就算了，”她说，“等我儿子回来，叫他写。”

古风眠有些尴尬，便开始做起鹤翔桩，闭了眼，双手护着丹田。刘寡妇什么时候离开的，他不清楚。太阳升高了，一下把他的身影抽细了。

六

古风眠在外游了一整天，黄昏才回。刚进巷口，他就听见刘寡妇在大叫大喊，声音尖锐而嘶哑，叫人闻之却步。

“狗杂种呀，不得好死的呀，屙屎敢屙到老娘头上，有种的就站出来……”

古风眠怔了一下，停了脚。这是何故，值得骂街的？

“……畜生！欺负孤老寡妇……”

原来如此！

古风眠顿时觉得天昏地暗……

中国人，想整治鳏夫、寡妇一类的人物，没有比这盆屎朝头上扣更有力的招儿了！古风眠沉痛地想，活在人世的鳏寡，像走钢丝一样的心颤，稍有不慎便即刻栽倒，何等的不公平！他也埋怨自己窝囊，四十、五十都坦然过来了，不料六十却招惹了麻烦！苟延残喘于世，何以为风花雪月？人言何其荒唐，又何其可畏！他双手捧着紫砂壶，又一次感叹起妻子的中道而别。若知日后生活这般艰涩，不如当初同赴黄泉的好……

外面，刘寡妇还在扯着喉咙骂。

“这妇人！”古风眠也厌恶她。这灾难都是她的奇想所致。早知这地方容不得跑步，就不跑。结果招了灾，灾就灾吧，闭眼忍了，也就过去了。可这妇人非要伸张正义，用最原始也最有效的方式——骂，复了仇。可这类窝囊事还是糊里糊涂地过去了好。此后，算了，远点儿。你能骂街，我呢？我不会骂人也怕挨人骂，有气只能憋着，往肚里咽。

唉……

这一夜，他不曾合眼。

“咚咚！”有人敲门。

天已见白，这么快！“谁？”古风眠坐直身问。

“古先生，该起来跑步了！”

刘寡妇的嗓音极大极粗，在深幽的墨子巷里发出嗡嗡响。她在示威呢！

古凤眠本能地滑下床，双脚欲朝旅游鞋里塞，又抽了出来，改穿圆口布鞋了。他披好衣，到门口又停了一下，再把门拉开，仅露出脸孔，离刘寡妇的脸孔足有一米，遇见她那似笑非笑的目光，他即刻松了眼皮。

“哦，是刘嫂，你早……”他低声说。

“不早了哟，都过六点了！古先生，该跑步了。”她大声说。

“哦哦……我昨夜受了点凉，觉得……头昏，不舒服……”

“病了？”

“……”

“那可得去医院看。爱锻炼的人也爱生病……”

刘寡妇转身开始跑步了。墨子巷里的人还未彻底醒来，包括古凤眠先生。

……

“这也算是男人！”刘寡妇跑步回来，关上门就这么说。

突然她望着“死鬼”的相片，嚎哭起来。这声音被巷里涮马桶的声音压掉了。

哭罢，火气似乎也不见低多少，做起事来，她还是丢东掼西的。

刘寡妇昨天跑步回来，就听到墨子巷里有嘴说：“嘻嘻！四号跟着三号跑了，越老越作怪！”她能不骂？这妇人生性古怪，越是认为不能说的，她说；不能做的，她做，只要她愿意。当年，她明知那历史教员得过肺痨，家庭成分是富农，还是决定以身相许，嫁到墨子巷来，不怕与娘老子反目成仇。“跟着跑就跟着跑，看能拿老娘怎的？”她是这么想的，自然要付诸实践。于是天麻麻亮，她就准备好，靠在门口等对面的门开。可门不开。她就过去敲门，大声地喊——把墨子巷的人一齐唤醒，叫他们竖起耳朵听！这才过瘾。万万想不到的，老头对她扯谎……

就算是合伙做贼，拿住了，也不能溜呀！刘寡妇愤愤地想，这也叫男人？读书人？名人？屁！

七

墨子巷冷清多了。

自刘寡妇骂了街，巷里人经过四号，总得绕开一些。而三号的门似乎终日不见开，到了晚上，才看到昏黄的灯光。刘寡妇不再像先前那么勤快地吆喊叫卖，加上天气一日热过一日，生意也淡了。刘寡妇自然坚持锻炼着，但她不往牛头墩跑。她背道而驰，顺河沿向下游跑。几十天下来，很难看出她的体形发生了什么变化，但脸色不如以往那么红润，是明显的。

古风眠怕同刘寡妇照面。那妇人极要脸，极犟，你得罪了她，她会记恨你一世。古风眠每天从外面回来，开门的那一瞬，就有了如履薄冰之感，总觉得背后有两柱凶恶的光穿透过来。门一打开，他像老鼠似的进去，反手把门掩上，才吁一口气。

这日中午，古风眠回来，打开门，听见“咔嚓”一响，接着一个东西“噗”地射出，使他惊出冷汗。是“花子”。古风眠刚进门槛，木了——

“花子”打碎了他的紫砂壶！

古风眠望着地下的碎片，扶着门框的手往下滑。突然他吼道：

“孽种！”

刘寡妇猜是“花子”又闯祸了，想了想，认为应该过去了解一下。那老头的背影叫她心慌。她想要是“花子”打碎了老头的贵物，就糟了。她攒的钱是给儿子娶媳妇用的。唉，这畜生！平时太宠它了……

“古先生。”刘寡妇到了三号门口。这“古先生”几十天未叫过，如今重叫，怪咬口的。

古风眠没有回头，好像嗯了声。他坐在小竹椅上，还在对地上的茶壶片儿发愣。

原来是打碎了把茶壶，刘寡妇松了口气，赔得起的。

“哟，这该死的把壶打碎了！”刘寡妇故作惊奇地说，“这该死的……”

古风眠一语不发，几乎不看门边上的刘寡妇。听她讲得多么轻巧！

古风眠心里窝着火，这俗妇懂得什么！

刘寡妇见古风眠这么淡漠自己，也上了火，口气也粗起来。

“古先生，我赔你的！一把茶壶我还是赔得起的……”说着，她从门后抄起笤帚，欲来清扫地上的碎片、茶脚。

古风眠猛地立起。

刘寡妇迟疑了一下，而这时，古风眠已弯下腰蹲于地上，把茶壶片儿一一拾起，放在手帕里，包裹起来。他轻轻地、像梦呓般地说：

“这壶，是我妻子留下的……唯一的……”

刘寡妇手里的笤帚滑落于地。她悄悄离开了。

过了一会儿，听见了“花子”的惨号。

古风眠闻声而出，走近刘寡妇门前，见“花子”已是肝脑涂地，四爪划动了几下，死了。只用了一板凳。

“你！你……”古风眠上气不接下气地说，“你的手……太重了！它是畜生！”

刘寡妇不看古风眠，若无其事地拿来煤灰撒到“花子”身上、地上，将地上的血污扫尽，一手提起“花子”的尾巴，骂道：“不通人性的东西……”双眼红得吓人。

刘寡妇将“花子”扔进了远处的垃圾箱。古风眠也跟在后面，拖着腿，眼前都成了红色！他第一次看见了生命的毁灭，而这毁灭，是由他一手炮制的！畜生也是有血有肉的，这畜生本性不恶，人类何以不相容？古风眠内心产生了强烈的犯罪感……

“刘嫂！刘……”他说。

刘寡妇不吱声，步子沉沉地返回了屋，熄了炉火，提前关了店门。

古风眠也回到屋里，掩上门，感到浑身没有一点力气，感到恶心，感到冷。

……

天黑时，落起了牛毛细雨。不一刻，听到阵雷由远至近滚过。打闪。雨渐渐响了。后来又起了风，一刻工夫便很狂，很野。

古风眠靠在床上，木然望着窗外。

窗外一切好杂乱。

他下了床，找出一只人造革旅行袋，握着手电，撑起伞出了门，急急地走。

古风眠从垃圾箱里提出“花子”尸首，托着，对着雨冲洗干净，放入旅行袋里，用手电照着细看了一遍，而后拉上拉链。他提起它，往牛头墩走。到了，古风眠找了块松软的地皮，用手挠出了一个深约二尺的坑，葬了“花子”。这牛头墩地势高出周围，风大雨密，古风眠的伞打不住，就索性收拢了。等一切停当，他已浑身湿透，战栗不止。

后来，古风眠又从怀里摸出那包茶壶碎片儿，站到最高处，双手捧着撒到了河里。

八

“花子”毙命，是刘寡妇失手造成的。她一气之下把小板凳砸过去，“花子”反应慢了一拍，便脑门迸裂顷刻死去。这畜生知道自己的主子一贯地包容它，就很不以为然，于是铸成了悔之不及的大恨。它料不到自己会落到这样惨的下场。它不服。它伴了她几多年，养了几多仔——让她拿到市上去兑油盐钱，那会儿，她没现在这么胖，这么神。它没弄清自己犯下了多大的错误，就死了。它死不瞑目。

刘寡妇躲在屋里淌了一夜的眼泪。“花子”就这么不见了，屋里不会再有“喵咪”的叫声，身边不会再有活蹦蹦的东西绕来绕去，脚背不会丝丝地痒……

不该叫它做“花子”，刘寡妇想，那是个注定要遭厌、要遭殃的名字！如今它葬身于垃圾箱里，就应了这个倒霉的名字。

当夜天落大雨，刘寡妇想叫“花子”净净身子，来生投个好胎，第二天一早便拿着塑料布，打算去捡起“花子”的尸体，装殓下葬别处。可是不见“花子”！这，这肯定是哪个杂种捡去了，扒了皮，剁了尾巴和脚，当野兔子拿到菜市上糊钱去了！刘寡妇好气，好难过，怏怏地往回走。

墨子巷的人还没醒，好冷清！

古风眠早醒了，却不起床。昨夜葬了“花子”，淋了雨，他现在感到体内温度增高，头痛，四肢也无力。他感冒了。但他心里舒坦了些，他想自己毕竟还做了件轻微的好事，尽管旁人知道会视为荒唐可笑。他又觉得，自己虽然得到了些解脱，可是刘嫂心上的刀口，一时是难以弥合的。那妇人与猫儿做伴非一年半载，想彻底地把它忘却，并非一朝一夕的事。古凤眠也喂养过猫，一只叫“黑儿”的公猫。那也是“文革”间，他被赶到一间低矮潮湿的屋里。老鼠何其多！书被烧得差不多了，可是还有些名贵的碑帖、拓片和纸，人饶过了老鼠不饶，光天化日之下公然大啃特啃。古凤眠悲痛欲绝，却又无能为力。有一天，他突然听见了凶狠的“喵——扑扑！”原来是一只黑猫，好威武！他猜想这也是个孤儿，一个浪迹江湖的生命。与他古凤眠不同的是，它有自由。哪儿有老鼠哪儿就有猫的自由。上帝也不否认这点。古凤眠喜出望外，过后又怕它是匆匆过客，朝秦暮楚。他急。他想留住它。他拿不出像样的东西来贿赂它，只是不断地、轻轻地唤着“黑儿，黑儿……”一天，两天，三天，“黑儿”在此落户了——是老鼠灭不绝还是别的？“黑儿”伴了他多少时候？古凤眠没有精确地算过。反正，他领着“黑儿”迁回书画院宿舍的第二天，抑或第三天，“黑儿”便杳无踪影了……这一直是个谜。那几日，古凤眠怅怅然。但他至今坚信不疑——“黑儿”活着！或许有一天，“黑儿”会出其不意地立到他的门槛上。但是，“黑儿”还会认得我吗？它不会认我。它是来寻找它的同类的——它们难道不是失散多年的有情人？谁敢断言？要不，“黑儿”是为着它的敌人来的。它或许知道，如今这墨子巷失去了“花子”，“花子”没做完的事，它得接过来，继续做。啊，这可怜的生命，它们任劳任怨地为人类服务的时候，人类并没有慷慨地给它们额外的待遇，一旦它们稍有不慎，触犯了人类的一丁点儿利益，人类就会轻松地对它们加倍地惩处，乃至要它们的性命！在温柔的动物面前，人类永远是专横残暴的，好像不这样，就不能算作人类……

古凤眠呻吟着，还是支起身体，起了床。

他要到市上去一趟。

如今这县城的市场极繁荣，极喧闹。能拍卖的在这里都在拍卖，一天一个价。

古凤眠是来买猫的。有好几个猫贩子，带着杂色的幼猫，并不声嘶力竭地吆喊，却在漫不经心地抽烟、拨脚趾头、吹牛，个个都神气如阔佬。这年月，猫儿是供人玩的，所以好卖。

“这猫……什么价？”

“跟着老母鸡走。一斤一块八。”

古风眠蹲下来，将十来只猫仔逐一看过，选择着。其实来前他已有选择，目下只是对号入座而已。果然有……

“就这两只。”古风眠说，“小黑，小花。”

猫贩子将两只幼猫分别过秤，竟是一样的重：二斤三两五。古风眠如数付款。

“一公一母，配对的。”猫贩子沾着唾沫点着票子说，“老头子，过两年你也会发猫财了……”

古风眠将两只猫小心安放在竹篮里，拂袖而去。绕出市场，他就急急地往回走。他想一下就把这两只猫送回墨子巷。那里，少不了猫的。他这会儿觉得筋骨轻松了一些。

到了家门口，古风眠将小黑送入门内，再回首瞥一眼对门，刘寡妇不在，门开着。古风眠想想，就抱着小花走过去，对里面唤了两声“刘嫂”，但无声应答。当然她不会走远，他想，或许去厕所了。于是古风眠将小花安放在门后原先花子住的地方，如释重负地看看，搓搓手，离开了。

还没吃早饭呢。古风眠想动手做，又觉得肚里不空，就想泡茶喝，这才想起紫砂壶已不复存在，旋即心里又掠过一丝惆怅。这时他听见了刘寡妇过来喊他。

“古先生……”刘嫂抱着小花过来，说，“这猫可是……”她把它放到他脚边。

“不不，刘嫂，你弄错了。”古风眠说，“这不是我的……”

“不是你买的？”

“不是。我是买了猫，在屋里……”古风眠说，“是只黑的。咪咪——”

那小黑果然蹒跚着由屋内走到门口来，狐疑地望着小伙伴。

刘寡妇迟疑着。过了会儿，才喃喃地说：“咦呀……怪事……”

“刘嫂，”古风眠说，“我看，这是花子的后代，完全是一个模样。我看是的。”

“出鬼了？”刘寡妇迷惑地望着小花，口齿不清地说，“未必，那畜生，魂不散……”

“刘嫂，花子的死，我是有责任的……”古风眠沉重地说，“它……”

“它找死！该死！……古先生，你这么讲叫我的脸都没地方搁，我晓得那茶壶……”刘寡妇声音渐弱了下去。

“刘嫂，”古风眠把小花抱起来，用手从它背上梳了一遍，说，“你收养了它吧。也好……与小黑做做伴。”

他把它交给了她。

刘寡妇眼圈儿开始发红，就抱起小花转身走了，走几步又停了一下，再走。

突然，缩在门拐的小黑直起脖子乱叫，遂引起小花也叫了起来。两只幼猫相对而鸣，其音如未满月的毛伢啼哭。

古风眠咧咧嘴，蹲下来牵出小黑，朝它屁股上轻拍了一下，它便摇摇晃晃地跟着刘寡妇去了，走到街当中，却又扭过身回到了古风眠脚边。古风眠将小黑抱起，同样用手梳理它。两只猫仔都歇息了。

陡然间，墨子巷显得好幽静。

九

两只猫仔似乎一进墨子巷落户，就熟悉得情同手足。它们来往频繁，总聚在一起，处得非常融洽。主人给小黑一尾小鱼，小黑就吃力地衔到对门，与小花伙着吃。主人给小花系了个铃铛，也给小黑系了个铃铛。它们一起动作起来，铃铛碰得脆响，惹得行人都要停下来看一眼。

“你看，畜生实在多了。”

“两小无猜。将来是夫妻无疑……”

“又瞎扯！”

“我只是讲猫……”

……

当然，人不至于蠢到对畜生都抱着病态心理的地步，关键是畜生不吃这套！

好像没发生过什么，古风眠同刘寡妇，渐渐处得如以前那么自然，见了面，隔一截子打声诸如：“吃过了？”“回来了？”“还在忙呀？”一类的招呼，但刘寡妇不再请古风眠来吃杂烩面，古风眠也不再来邀约刘寡妇去锻什么炼了。不过有一天，刘寡妇还是去找了古风眠，请他帮着看看儿子宏俊的来信。她弄不清“第三梯队”、“挂职下放”、“厅局一级”的意思，还有几个字不认识。

古风眠解释道，她儿子是作为党和国家的第三代领导者培养的，最近要到基层——就是本县，当一位领导干部，锻炼一年后再回到省里；那时，用她儿子的话来说“可能担任厅局一级的领导职务”，而厅局一级，就是和地委书记、行署专员或者省里直接管理的城市的书记、市长一样高的级别。所谓一样的级别，就是权力一样大，工资一样高……“刘嫂，你儿子是很出色的。”末了，古风眠恭维了一句。

刘寡妇听了这洋洋洒洒的一番，记得清的却只有一层意思：儿子要回家来，住一年！这不会假的。自儿子上大学至今，他在家住的日子怎么算也达不上一年……一年……一年！刘寡妇激动得泪花儿直闪，对古风眠连声道谢，以至古风眠不知所措。

不知怎的，古风眠陡然感到了孤寂正包围上来。

……

刘寡妇天天盼子归家。她把自己的大床腾出来，铺上了新席子，钉好了夹被。她自己就打算睡竹床，竹床底下放着两只方凳——竹床用老了，怕压塌了。每天半夜醒来，她就从箱子里把存折拿出来重看一遍：七百多了。等过了一年，还怕达不上两千？她信心百倍。

一天，县政府派了两个人来找刘寡妇，其中的那位科长说：“刘妈，刘县长要回来了，文件已经到了县里。”

县长？刘寡妇心动了一下，县长不就是县太爷吗？不就是戏里的知县？七品芝麻官，可也不小，能叫人死人活呢！她讲不出话，只是忙着递烟倒茶。

“刘妈，您老人家有福气呀！”科长说。

“都是，组织培养的……”刘寡妇说，觉得脸烧得凶。

科长环视着屋内，说：“刘妈，您老人家是不是换个地方住住？这屋子太旧，太潮湿，汛期又快到了……”

“不不，不用，”刘寡妇连忙说，“我在这里住30年了，不用……”

“还是换个地方吧，组织上都作了安排的。”

“不用，真不用。”

“刘妈……”

“不用，实在是不用……”

科长面有难色，又说：“您老人家不换个地方，我们回去要挨批评的。刘县长就快到了……”

刘寡妇心陡然往下一沉，彻悟了。原来都是儿子回来做官的缘故！她由喜转怒，真想抄起笤帚把他们撵出去，就像省府里当兵的那回撵她一样。可又一想，面前这两个，不过是衙皂……

“科长呀，劳你们二位跑路了。你回去对比你大的人物讲，就说我不愿意搬家……”

“那，那为什么？”

“不搬就是不搬。这墨子巷虽破，可是风水好得很呢，朝朝代代都出能人。当个县长算什么，你看对门的古先生，人家都红到外国去了，都愿意住到墨子巷来……我不搬。”刘寡妇一口气说了这些，就到门口照看生意去了。

科长对同事看看，摇摇头。他们把茶喝尽，告辞了。

“鸡汤馄饨杂烩面哪……”

这妇人好久没有这么起劲地吆喝过了。

过了几天，又下雨了。这场雨来得好猛，可是越落越小。然而墨子巷的人还是警觉起来，像往年一样，把贵重的东西朝楼上搬，上上下下地动，整条巷子乒乒乓乓地响，行人也不断。当然总有几个壮小伙子来替刘寡妇搬东西。

“刘妈，宏俊哥来家当县长了？”

“县长又怎么样？”

“县长当然是一县之长啰，管一县呢！刘妈，你还搬么子东西，打个电话给县政府，叫他们派小车子接你住小楼去！”

“他当他的县长，我做我的百姓。你刘妈这一生还不喜欢从别人嘴里抠饭吃呢！”

刘寡妇等东西安顿好，又说：“对门的古先生，一个人，也去帮一把吧。”

“当然啰！墨子巷黑心的家伙有几个？”

“搬完了，过来吃馄饨。”

“要钱不？”

“要你的肉！”

小伙子们乐哈哈地过去了，可是“铁匠”把门，一夫当关。

这老头，又游到哪里去了！天要黑了，该不会饿了小黑……刘寡妇倚着门，慢慢地摇着扇子。

“嘀嘀——嘀——”

一辆漆黑的“伏尔加”驶进了墨子巷，几乎占去了整个巷子，惊得行人提着身子死命朝屋檐下靠，可地上的泥浆还是乱溅，弄脏了人们的衣服。人们议论纷纷。

这是哪个老爷！抖威风到大街上去抖！刘寡妇揩着裤脚的泥星生气地想。忽听见面前一片嗡声，其中夹着：“宏俊……”

刘寡妇还没喘过气来，宏俊已提着笔挺干净的裤管走过来，喊道：“妈！”

边上人说话声逐渐响亮了，有人在同宏俊打招呼，一边揩身上的泥浆点子。

宏俊扬起手，对周围的人挥了几下，又回头喊了一声“妈”。

刘寡妇没有把儿子看仔细，却看清了边上人身上的泥，她身上也有。

“你腿断了？”她突然叫道。周围霎时静了。

儿子一怔，白皙的脸上旋即泛了浅红。他嘴唇翕动了几下，想说什么。

“抖威风抖到老娘面前来了！”

儿子连忙调头伏在司机耳边说了点什么。司机发动汽车，朝后退，退，慢慢地退……

边上人这才拢了过来，热烈地与宏俊握手，问长问短不止，适才的怨气悄然散尽。可宏俊还是面带愧色地向大家表示歉意，大家说：“这有什么？墨子巷还是头一回来小轿车呢！”

十

儿子衣锦还乡，为娘的哪有不乐的？刘寡妇当众劈头盖脸地骂了儿子，那只是一气之下。等人散了，进了家，刘寡妇又觉得自己刚才是难为了儿子。如今儿子大小是个县长，这样叫他下不了台，往后他的腰杆儿怎么好硬起来？实际上儿子也并没有犯多大的错误，只不过坐小车子回了家，只不过多占了点路，只不过溅了点泥星到人们身上——搓搓就掉了。刘寡妇认为自己小题大作了。

“是吃饭还是吃面？”娘问儿子。

“……我吃了来的。你吃吧。”儿子低声说，抽着烟。

“喝碗鸡汤？早上才杀的鸡……”

“不饿。”

“还在气妈？”

“不是。你吃吧，妈。我不饿。”

“明天家来吃。”

“明天……再讲吧。”

“……”

“好，明天回来吃。你快吃吧，妈。”

刘寡妇端来一碗清面，夹了一块豆腐乳，坐在儿子对面吃。才吃两口，突然她把碗放下，掏出手绢来擦眼睛。

“妈！你……”儿子灭了烟，走过来。

“……”刘寡妇抬脸看看儿子，说：“真在家住一年？”

儿子点头。

刘寡妇说：“要是你老头子在……”

“妈……”儿子捉住妈的手，说，“你吃吧……”

刘寡妇就又慢慢吃了。

儿子在屋里踱着步，又把灭了的烟点着。

刘寡妇吃完，从墙拐上端过楼梯，要上楼去。

“这么热，还上楼去？”

“拿东西。”

“那我上去吧。”

“莫把你的衣搞邋遢了。你又不晓得放在哪里……”

“么东西？”儿子扶着楼梯。

刘寡妇上楼，过了一会儿又下来，到门口拍拍身上的灰，掩上门，这才把握在掌心的存折递给儿子看。

“……785 元。”儿子合上存折，有点疑惑地问：“哪来的？”

“未必是偷的扒的，看你眼睛瞪得像灯笼……开店嘛！”娘有些豪迈地说，“你莫逼我，拖到明年春上结婚，两千就不在话下！”

儿子沉默了。

“不就迟七八个月嘛，都等不及？你和女伢年纪也都不算大……”

“妈……”

“万一不行，我就去借点凑凑。”

“妈，不是对结婚早迟有什么看法……我是说，这店……”

“我是领了执照的，也不偷税……”

“这店……不开了吧。”

娘不解地看着儿子。

“妈，你听我说，”儿子坐到娘边上去，“你为我吃尽了辛苦，又上了年纪，我想你还是在家歇着……”

“妈手脚还动得，没有病，就是胖些……”

“还是不开吧，妈。

“开店不累哟。”

“妈，你听我的，停了吧！”

“停？这么好的生意停掉？你不晓得，钱好搞得很呢！我才开几个月呀，就……”

“你就是钱、钱！”儿子口气转硬了。

“搞钱有么子丑的？”刘寡妇不解地问，“国家不是天天叫人民富吗？没有钱怎么富？我这钱来路光明正大的，未必哪个还要捆我进公安？”

这时门外有人喊：“刘嫂。”是古凤眠的声音。

刘寡妇开了门，说：“古先生，进来进来，我伢家来了，宏俊——”头朝儿子偏。

刘宏俊从座位上缓缓立起，迎上前与进来的古凤眠握手：“刘宏俊。

你老……贵姓？”

“免贵姓古。”

“古先生是今年春上搬来的，就在对门。”刘寡妇介绍道，就去泡茶端来。儿子在接待客人：“请坐。”

“谢谢。”

“请抽烟。”

“不会。”

“请用茶。”

“谢谢。”

“古先生呀，门对门地住着，抬头不见低头见，哪来许多的客气！”刘寡妇笑道，“这么迟回来，肚子怕是在唱‘空城计’吧？”

古凤眠略有尴尬地说：“我炉子灭了……想买碗杂烩面，你看可麻烦？”

“还谈‘买’呀！你这老……”刘寡妇嗔怪道，忙去了。

儿子又抽起烟来，吸一口，问：“古先生府上……”

“就在此地。”

“噢，口音倒辨不出来。”

“少小离家，走了几个地方，于是就南腔北调，很是扰乱视听……”

刘寡妇端面过来，插言道：“绕来绕去，还是绕回来了。树高千尺，叶落归根嘛！”

“是的是的，我是少小离家老大回，乡音虽改根未改。这块土，我总是念着的……哦哦，不打搅了，我端回去吃，碗明天一早送来……”

“没什么要紧的哟，你这老！”刘寡妇说。

古凤眠还是执意要走，刘家母子送他出了门。

“打搅打搅……”古凤眠退了出去。

门一掩上，儿子就又叹气。

“叹么子气？”刘寡妇问，“累了？累了就早点去睡，床现成的……”

儿子说：“我到招待所去睡。家里……这么乱……这么急着搬东西，水也没有进家嘛……”

“水火无情，说来就来，不早些动手……”

“妈，”儿子说，“听行政科的同志说，他们给你安排了房子……”

“那还不是看你做了官！么事早不安排晚不安排？妈不搬。”刘寡妇一想这事就有气。

“妈，我看还是搬吧，人家是一片好心……”

“好心个屁！”

“好，好，不搬就是了。”儿子无可奈何地说，“不过，妈，这店就不要再开了……你听我说，要是你觉得在家闷，我可以叫他们……找个别的事让你做，比方说，搞搞市场管理呀，看看图书呀，要不就到电影院去查查票，你不是爱看电影吗？”

刘寡妇默听着，说：“那能赚几个钱？”

“又是钱！”儿子生气了。

“不要钱，你画票子娶媳妇？”

“我宁可一辈子打光棍！”儿子说，“你也不想想，你这么做，我脸上……”

刘寡妇听懂了儿子的话，霎时鼻子发酸，泪珠儿直在眼眶里打转，她忍住了。

儿子扶着妈的肩，轻声地说：“妈，你听我的……过几天我跟办公室讲一声，给你找个好点的工作……”

“还是给妈找一个老头吧，妈想嫁人！”

十一

刘宏俊一连几天没有回来。但他的名字却天天在墨子巷人嘴里颠来倒去。大家最关心的是今年的汛期，以为如今有了个县太爷作后盾，墨子巷就不会再遭淹了，墨子巷被人冷落的时代就会一去不复返了！性急的人就天天来缠刘寡妇，求她老人家同儿子讲讲，叫政府拿出措施来。“其实也不难哪，就只需在巷子外面打一道拦水坝，再开条渠，把水引到前面大河里去……刘妈，你老人家以为呢？”

刘寡妇也觉得必要，就说：“等我伢家来我跟他讲。怕还要写个报告吧？”

大家都说当然。这墨子巷舞文弄墨的家家有，还怕写不出一纸报告？但是这件事非同小可，关系大伙的身家性命，关系墨子巷的前途，究竟谁来掌笔，又一时想不出。有人感叹道：“有了后台，事情就成了一大半。不过这报告也要写得出色……”

“事实明摆着的，横写竖写都说明问题……”

“哪能乱来！这就像打官司，光有冤不行，还要状纸写得精彩，叫人看了，立场就歪过来，一纸就告中了！”

正说着，有人看见古凤眠回来了，就说：“还有比古先生笔头子硬的吗？”

大家一起松动开，认为是最合适不过的，就七嘴八舌地喊“古先生”。

古凤眠还没开门，听见对面许多人喊他，就走过去，礼貌地问有何事。

大家激动地宣布了计划。“古先生，你这支笔凶得很呢，死的都能写得活！”

古凤眠慢慢地反应过来，心想活了六十春秋还不曾写过这类东西。县城就这么大一块，哪里高哪里低，坐在家里都默得出，用得着“报告”吗？这墨子巷的情况，难道县里的头目不清楚？古凤眠心里生了火，写这种乞求的文字，他不情愿，可是又怕负了大家的重托……

“我，只懂点书法，却做不好文章。如果要我抄点什么，是可以的；可写报告，我是纯粹的门外汉……”他说，“我看不如直接向宏俊同志反映，叫他提交上去。”

“口说无凭，还是写个报告好。”

“那……我可真是无能为力了，抱歉抱歉……”古凤眠欠欠身，离开了。

大家非常扫兴，一时冷清下来。

“这老夫子，没遭过水淹的苦，讲得这么轻松，等着瞧今年的吧！”有人说，“他不写我们写！”

大家都响应，个个跃跃欲试的样子。

“先不慌动手，”又有人说，“叫刘妈对宏俊放个口风，看看他怎么认为。刘妈你老人家看呢？”

刘寡妇点点头。大家这才散。

人走后，刘寡妇自个儿纳闷，想起和儿子的争吵，心下很不舒坦。

儿子几日不见影，怕是气还不消。她也觉得委屈，觉得一生活得没味。她这辈子就只为了这么个儿子，儿子就是她的前途，可到头来，儿子却讲她这不是那不是，想想好心酸，不禁又湿了眼睛。但是掉过头来想，儿子还是有出息的，儿子给她挣了脸面，赚了光荣，要不，这墨子巷的人那么抬举她这妇道？"你老人家"是那么随便喊的？她这辈子过够了求人的日子，如今有人求她，而且是那么多的人求……刘寡妇心里松开了些，站起来似乎觉得小腿很有劲。

"有鸡汤馄饨吗？"外面有人喊。

"今天没买到肉，过天来，得罪了。"刘寡妇应道。

这店开不开呢？刘寡妇想，儿子要钱又要脸，真难！可是开店又算得上什么丢人呢？看他脸阴得像抹布，他娘要是真嫁人生伢，他还不拿刀？……

又过了几天，儿子还没回来。

这天又热凶了，知了叫得躁人。这后面有一场雨大概不会错。果然到黄昏天低了，黑云迅速聚拢，天边却出奇的亮。一丝风都没有，空气发散着酸味。不一刻，就听见屋顶上像炒豆子似的响。外边有人扯着嗓门喊："哪家衣裳还不收哇？"那人话音才落，雨就淅淅沥沥地下开了，然后听见雷响，一个，又一个……

墨子巷的人都在门口看天。

"要发大水了！"

"你以为墨子巷出了县长就不遭淹？出皇帝都不行！明朝凤阳出了个朱洪武，凤阳还不照样饿死人……"

"要是老子屙金子就好了，非得把这块地填平！把这鬼巷子扒个精光，你们都跟我住高楼大厦去！"

"你杂种就是挺尸送到医院作解剖标本，也不值我买卫生纸的钱……"

……

这天夜里 12 点刚过，墨子巷进了水。水势之大之猛，都是历史上空前的。往年一般要在小暑前后汛期才至，今年却这么早，夏至才过没几天呀！水是悄悄涌进来的，涨起来却非常快，到了翌日凌晨三点多，屋内水深竟达七尺有余！这局面连颇有经验的墨子巷人也大为震惊。霎时间，人喧、伢哭、鸡啼、猫叫充满了全巷，闻之非常凄惶。

古风眠是听到小黑的叫声才惊醒的。拉开电灯，发现水已接近床沿，两只拖鞋漂得一东一西，小黑早已蹿到床上，紧张地立着，不停地叫。古风眠始而惊愕，后又觉得这情景颇有一番诗意，就一手抱着枕下的邓石如研究资料，一手抱着衣物和小黑，摸过膝深的水，上了楼。

毕竟古风眠首次体验这生活，尽管他内心平静，但还是丢三落四，一些诸如炉子水缸、锅碗瓢勺、马桶痰盂一类的生活必备品，他几乎一件没搬。不像老户们，竟连粽叶都带上了楼。等他想起，水已很深，而他只会两把水。这时他认为比邓石如更重要的，还有许多……

天很快见白，外面一片汪洋。看见有死鸡、死鸭、烂鞋、大便漂过去，古风眠直想吐。可是该吐的都吐了，肚子空了，咕噜咕噜响。小黑却非常神气，这畜生已晓得去逮老鼠充饥，在楼上窜来窜去，时而做出吓人的一扑。古风眠见了，很是高兴，很是羡慕。

到了中午，古风眠还是空腹，额头上直冒冷汗。晚上还能挺得过？他有些忧虑。他紧了一把裤带，歪在楼板上，借着小窗口射进的光，看着邓石如研究资料，想沉醉其中而将饥饿弃之脑后，昏昏欲睡。这时外面有人喊“古先生——”

是刘寡妇。

古风眠扶着楼板立起，探出窗口往对面看。

“你还没吃吧？”

古风眠果断地把头点了又点。

“我就猜到了。”刘寡妇笑得像幸灾乐祸似的，从窗口伸出一根往日晾衣的竹竿，对着古风眠，说，“你拿稳。”

古风眠捉住竹竿这一头，架在窗沿上，双手按着。

刘寡妇把一只铝饭筒串到竹竿上，用手将竹竿朝上一举，那饭筒就嗖地滑了过去。

古风眠取下饭筒，打开一看，是杂烩面，喷香的，还冒着热气。

“刘嫂……多谢……多谢……”

“快些吃哟！”

雨又落得哗哗响，两个人都用最大的力气喊。

下午，雨小了些。来了一只小船，缓缓折进了墨子巷。船上站着两个人，还有一个船夫。这船在三号与四号之间扎住，刘寡妇看见，为首的又是那个科长，心里顿时有了数。

“刘妈——”科长喊了一声。

刘寡妇伏到窗台上，看着。

“您老人家快下来吧！”科长说，“我们来迟了一步……”

不等刘寡妇答话，巷里就“噢”了起来，有人尖声叫道：“刘妈你好福气！”

刘寡妇迟疑着，问：“是宏俊叫你们来的？”

“不是，刘县长三天前上大堤指挥去了，这是办公室安排的……您老人家走好，有人上去接……”科长说着就对随员歪了一下头，随员就跳到水里，去摸四号的门。

科长又转过身喊：“古先生，您老收拾收拾下来……当初您老不信，非要住到这里，您看……您稍等一下，我们上去接。”

古风眠明白了是怎么回事。突然他大声喊道：

“为什么不来只大船？你们！”

十二

他们没有离开墨子巷。

远远望去，墨子巷像一艘古朴的画舫泊在大湖里。湖是白色的。

第二天，是端午节。泡在水里过端午节，墨子巷人是首次，但依然欢天喜地，过得一丝不苟，自然家家都包粽子。刘寡妇照老方式给古风眠送了十只粽子：五个咸肉的，五个红枣的，味道很鲜美。古风眠这才知道，今日是向楚大夫屈原祈祷的日子。后来又有几个极壮的小伙子，受家家委托，顶着粽子蹚水进了三号，都说请古先生尝尝新。古风眠连声道谢，口齿却不清楚。

“墨子巷……”他喃喃自语，“到底是墨子巷……到底是……”

突然外面出现了喧哗，原来家家都有人探出窗口，双手捧着粽子，朝水里撒。

“屈大夫吃粽子哪……”

“噢……”

古风眠也照样做了，照样喊了。

墨子巷好热闹，好快活！

……

大水在第三天头上开始退。第四天，退尽了。人们纷纷下楼。于是巷里又是乒乒乓乓地响。安顿了一切，大人们骑着单车上班去了，伢子们背着书包上学去了。一切井然，似乎没发生过什么，墨子巷还是墨子巷。这墨子巷不知经历了多少次水淹，怎么就不会倒塌呢？

不过墨子巷历来是潮湿的。淹上一次水，地得湿半年，等干得像样了，没准儿又来了水。

“地湿得厉害哪，要掀开屋顶死晒……”刘寡妇一边收拾着一边说。

“刘妈，你老人家是有福不去享呀。”有人搭腔道。

“湿得凉快哩！不用花钱买电扇……”

“把钱省下来，天天打酒喝，保准风湿症一生不沾身！”

“你不看我腰硬得像犁柄？”

“不错哩，墨子巷的人从来不生关节炎……”

刘寡妇很快活的样子，一会工夫就把店面收得溜光，她想该营业了。水把她同儿子间的不愉快也淹去了，她要把店开下去，而且店面还要搞得更出色，更招人。于是这妇人买来了石灰，将作为餐室的堂屋细细粉刷得雪白，似乎扩大了不少，她想再加张桌子恐怕不成问题。突然她想起这店自开张以来，还缺一块招牌。成天光凭嘴喊有些吃不消。先前她为此找过古风眠，可是那老头端着架子不肯干。这次儿子回来，这桩事连提的空当也没有。念书人哪，她想，书都念到脚脖子里去了……墨子巷要笔杆子的有的是，还怕物色不了一个写招牌的？这妇人又抽身上街，买了一瓶红油漆。回来时，刚进巷口，就看见古风眠在挨家挨户地道谢，说粽子如何如何好吃，这辈子总共吃的粽子也比不上这一次的……这老夫子，要是人家请他吃大席，怕是要磕头哩！刘寡妇暗自发笑。猛听见老头在喊：“刘嫂——”

刘寡妇应了，迎过去。不等古风眠开口，她抢先说：“你老，吃几个粽子都那么认真，要是……”她把后面的话吞了，开门请客进屋。

“要谢的要谢的，”古风眠道，“刘嫂，这次可真麻烦你了，实在麻烦……”

“我的手粗，东西怕不合你老的口。”

“哪里话！我还恨水退急了呢……哟，刘嫂，你这屋子粉刷得这么利索?”

“邋里邋遢，鬼都不上门，还做么子生意?”刘寡妇提起水瓶，这才想起那把紫砂壶已经不存在了，心里动了一下，就用杯子替古凤眠泡了茶。

“不客气不客气……”

“你老礼节这么多。”刘寡妇也坐下来，摇着大蒲扇。过了会儿，她说：“古先生，你可有工夫？有的话，还想请你老……”她把桌上的红油漆拿过来。

古凤眠立刻明白是怎么回事，就说：“是写招牌？可以的可以的，以前你提过，我忘了，抱歉得很，我这就来写……”

“那真太麻烦了，太谢谢了，太……”

“你怎么也许多的礼节?”

古凤眠笑笑，就回去取笔了。

“都来看哪——古先生写字了!”一个细伢子尖声地叫喊，一刻工夫，古凤眠边上便围了许多人。

古凤眠提着一支斗笔，退后几步上下打量着四号门边的白墙，认为写到墙垛上最好。

刘寡妇咧着嘴端来凳子，不停地擦。有人笑道：“刘妈，你这样擦有么用？古先生还要站上去呢!”

大家都笑得乱抖。

古凤眠也笑了，说：“不要紧不要紧。”就脱了凉鞋上了凳。

“就这么踩嘛！还脱鞋……”刘寡妇红着脸说。

大家又笑。笑了几下突然刹住——古凤眠下笔了。大家个个圆睁着眼，丝丝地吸气。

古凤眠握笔的手，青筋绷得如一条条的蚯蚓，腕骨像要撑破皮，指关节没有一点血色。一笔下去，石灰粉末沙沙地落下，但没有人动弹一下。

这一刻，天出奇的亮。

古凤眠笔走龙蛇，“点”似巨石落地，“横”若轻舟横江，“直”如深林之乔木，“曲”像待发之强弩。等最后一笔收起，“美味堂”三个字像凸出来似的，周围立即“嗡”地叫开，无不为之叫好。

古凤眠又退回几步，大家连忙闪开让他看，他眯着眼看，认为可以了，就随手把笔朝后一抛。

“笔不要了?”刘寡妇问，捡起笔。

“沾了漆呀!”一青年抢着说，“刘妈，这下你老人家要发大财了!美味堂，美味堂，冲着这字，我也要慷慨解囊!”

大家又松动起来，个个都盯着古凤眠看。突然有人说：“古先生，我也要开店!”

古凤眠高声说：“招牌我老古包写!”

十三

第二天傍晚，刘宏俊回来了。远远地，他就留心可能听到娘的叫卖声。没有听见。他心里动了动，脚步放慢了。这些日子他在大堤上防汛，人变得又瘦又黑。那几天他时时想到妈。他估计到墨子巷会淹，但他没有估计到妈不撤出来。“真没办法，好说歹说，老人家就是不肯离开墨子巷……”行政科长把这话说了不下五遍，自然是怕承担什么责任。他当时沉默了。想起妈这些年的含辛茹苦，他的眼湿了。刘宏俊后悔自己回去那天的表现，觉得太难为妈了。

他有点胆怯地进了墨子巷。没走几步，他就看到了自己家墙垛上的招牌，白底红字，夕阳下分外显眼。

美味堂！这是出自哪位先生之手？刘宏俊怔住了，他猜不出。这墨子巷的历史上，除了清代的邓石如——假如他真在此寄居过，是绝无第二人能写出这样的字的。更奇怪的是，这字显然是师承邓石如的。刘宏俊对书法的兴趣被这墙上的字重新唤起。看来，这墨子巷真乃藏龙卧虎之地呀……

刘寡妇在里面剁肉馅，出来找蒜，看见一条人影伏在门槛上，以为是来了顾客，就顺着那影子看过去，才发现是儿子回来了，心里热了一下。她侧到边上看着，儿子并未发觉，停在那里看招牌。儿子瘦了黑了，这她能料到，防汛不是松事。但她并不担心儿子的安全，一点也不。她注意看儿子的脸面，儿子像小时候看电影一样，眼皮不眨一下，嘴半张着——当然不再淌口水，不过眉头却皱了……她立刻心情黯然。她觉得脚背痒丝丝的，知道是小花在撒娇，就费劲地弯下腰将它抱起，坐到竹椅上。

小花长长地“喵”了一声。

“妈。”儿子进了门。

刘寡妇鼻子嗯了声，继续梳着猫背。

“你还好吧，这些天？”儿子挨着妈坐下，从提包里拿出两瓶荔枝罐头和一袋橘子晶，放在桌上，又说，“我上堤太急，来不及回来打招呼，让妈操心了。”

“我晓得你们不会受多大的罪，也不会死……”刘寡妇说，“你还认这个丢人现眼的妈，买这些东西？”

“妈，是我的错……”儿子低着头说，“我还没吃晚饭，等我吃饱了，你再骂……”

刘寡妇把小花送到儿子手上，动身去给儿子做吃的。

小花不习惯生人的爱抚，不耐烦地叫，刘宏俊只好把它放下，这畜生抖抖身上的毛，小碎步子地到对门寻偶去了。刘宏俊跟着站起来，又出门去看那三个撩人的字，等妈喊他，才回来。

一碗鸡汤馄饨，四个粽子。儿子吃着，妈看着。

“还是家里的东西好吃。”

“莫给我戴高帽子。脸少阴几回，我就是死了也闭眼睛了。粽子不馊吧？”

“不，不馊。”

“还有几个你带去吃。”

“我回来吃。”

刘宏俊吃着吃着，渐又分了神，问道：“妈，那外面的招牌谁替你写的？”

“请不动你还怕请不动别人？对门古先生写的。”

“古先生？上次来的那个老人？”

“你站着做么事？掉了魂样的。”刘寡妇边用蒲扇拍蚊子边说，“都讲那几个字好得出奇，我也不晓得好在哪里，像是写得古怪，扁头扁脑的，你先前不也是写这样的扁字？我看是一个模子里拓出来的……”

“我算什么！妈，古先生叫什么？”

“古凤眠。也是省里下来的……”

“我说呢！”

“你认得？”

“久闻大名。我还同他通过一回电话……”刘宏俊放下碗筷，说，“是前年的事。省长搬进新盖的‘省长楼’那天，叫我给书画院打电话，就是找这位古先生，想请古先生写幅字装饰一下环境。拨通了。我说着省长的意思，可是不等我把话讲完，对方就说：‘请转告省长阁下，我没空。’就把电话挂了。”

“这老头可真古怪。他就是没写？”

“没写。连我也奇怪，这类事我联系过不知多少，从来不打绊的，别人都是按期交活，还裱得极讲究。这一次可真不好交差。我就又给古先生挂电话，但他一听是我的声音就把话筒搁下了。我只好如实把情况向省长汇报了。”

“省长发态度了吧？”

“倒不。他怔了一下，摆摆手说：‘知识分子嘛，喜欢孤芳自赏，自命清高……’就算过去了，我也松了口气。妈，古先生可在家？”

“夜里都在。你过来看，不又在灯下写来写去的？”

刘宏俊立在门口看对面窗户上的剪影。

“我去拜访他，妈。”

“饭也不吃完？”

“回来吃。”

“那……”刘寡妇抓起桌上的两瓶荔枝罐头说，“把这个带着，第一回上门，你是晚辈。”

刘宏俊点点头，把东西装入提包里。

“洗把脸。”

“脸要不要洗无所谓！”

“发神经了？洗！你大小总是个县长吧……”

“我是副的。你也跟别人一样的叫？”

“副的就副的。”

“妈，你的辛苦没白费吧?”

“莫帽子一戴颈就歪了……洗脸!”

儿子洗了脸，梳了头，衣角被娘牵了又牵。

“可要我陪你过去?”

“不用。你夹在中间，很多话听不懂的。妈你莫火……”儿子提提领子出了门。

十四

古风眠刚刚录毕《陋室铭》，就听到门外有人喊自己，略一想，便出来开门。

“噢，是宏俊同志……”于是邀客进屋坐下，泡了茶。刘宏俊一眼就捕捉住了桌上的字。

“听你母亲说，你上堤防汛了，辛苦辛苦……”古风眠说。

刘宏俊却已经沉醉到《陋室铭》里去了，出神地看着，不停地搓手，猛叫道：“宝刀不老!”

“过奖过奖……请喝茶。”

刘宏俊回到座位上，感叹道：“久闻先生大名，今日得见，果然名不虚传!晚辈算是开了眼了，能结识先生，三生有幸!”

“你……怎么也这样说话?不像青年。”古风眠道。

刘宏俊感到脸热，连忙改口：“古先生，您的名字我确实早就知道……那次打电话……”

“噢，是你，对，应该是你……人之所以有姓名，就是为了让人叫唤的。当然范围不一样。马克思、毛泽东、雷锋，他们的名字家喻户晓，妇孺皆知。人们称他们作伟人和英雄。但这样的人物毕竟是少数，地球上默默无闻的人是绝大多数，他们的名字传播的范围极小，但他们从来不为此而感到有什么缺陷……你看，我扯到哪了!……到基层工作一段时间，极有益。”

“其实我是力不从心。”刘宏俊说，“你老知识渊博，日后还望多指教。”

“岂敢，我仅仅能写两个字而已。”古风眠道，“你还有空写吗?我看过你的作品，你是可以写的，但不能剽学，书法上最忌华而不实，如同做人一样……你的字，看不出练过颜柳，倒像是由隶而始，却又缺少汉魏碑帖的底子，似乎直接临邓完白的……你什么时候开始提笔的？”

“是这样的，古老。”刘宏俊说，“大约是 1976 年，我在农村插队，心情极坏，就想找点事儿来磨时间，于是想写大字——这玩意儿保险，不会招祸，那时我胆小得像老鼠……”

“写字不会招祸？”古凤眠笑道，“年轻人，我说个故事你听。那也是在 1976 年，三月里，有一天我多喝了几盅，兴致上来就想写字，于是铺纸研墨，一气写了四个字：壮哉邓公。——你大概知道，我这一生是为邓石如活的。可是过几天，来了一伙男女，为首的进门就指着悬在墙上的那四个字说：‘姓古的，你居心何在?!’不等我明白过来，他又大叫道，‘你是为死不悔改的走资派邓小平唱赞歌！’我完全糊涂了，醒了便魂飞魄散。你别笑，的确是这样的，我毫不夸张……怎么解释也不行，于是就进‘牛棚’了，不久便遣送原籍劳教……哦，对不起，我插言太多，你谈你谈……”

刘宏俊从袋里摸出烟，问：“可以吗？农村染上的。”

“当然可以。”

刘宏俊点上烟，深吸一口，说：“我也讲个故事。我那时练字苦于没有字帖，街上只有《雷锋日记》正楷帖，可那算什么帖呀！字像是描出来的，练了没劲。一天，我从队里回来，到县委会，当时叫革委会，去找我妈——她在那里做厨子。我是从后门进去的。路过厕所，看见边上一排矮屋前的走廊上有不少大字报，我一眼就瞥到其中有几张，虽是‘认罪书’，字却写得极好，因为边上有持枪的专政队员，我不敢上前细看，就走了。但我想那几张字，于是就对妈讲了，要妈给我揭来！妈起先犹豫，但后来还是做了，真的揭了来，不知道她趁什么空子的。过几天，妈又揭来了几张，还是一样的字体，只是这些字糨糊粘得紧，都是残缺的。妈就把破烂的裁掉，好的装成一本——这就成了我的启蒙字帖了，是隶书，现在看来，怕也是学邓石如的……古先生，您累了？”

“哦哦，我在听，在听。”古凤眠眨眨眼，说，“这个故事蛮有趣，蛮有意思，那本‘帖’还在？”

“当然在！我放在家里，您可要看？”

“哦，不必不必……”

一时间好寂静。刘宏俊兴奋过了，抬手看看表，想起身告辞，可是古风眠又开口了。

“我有件事要拜托你……”古风眠沉思片刻，说，“这墨子巷，年年受到洪水的威胁，破旧，潮湿……”

“对您这样有声望的艺术家，县里难道没做安排？岂有此理！我才到职，我明天就……”

“不，县里对我可以说是十分关心的。是我自愿要求住到这儿的。我是说，这墨子巷除了我，除了你母亲，还有许多的人，他们怎么办？就眼睁睁地看着他们年复一年地在水里泡？”

刘宏俊沉默了。

“老百姓要求非常之低，只希望求得一个干燥，难道也要望眼欲穿？”古风眠有些激动，站起来说，“共产党申明自己是人民的公仆，是应该取信于民的……我希望你，刘副县长，能把我这个意思反映上去，拜托了！”

刘宏俊深深地吸了口烟。

十五

不知是因为古风眠的话分量足，还是因为刘副县长的家在墨子巷，总之，整修墨子巷是有指望了。不久，勘测人员到这里走了一个来回，拉拉皮尺，撒上了石灰线。于是墨子巷人个个像过年似的，走东家串西家，把共同关心的问题讲了又讲，却都不觉枯燥。

可是天有不测风云，这节骨眼上，刘宏俊当了三个月的副县长，又得回到省里去。因为省长对新换的秘书不满意，觉得还是小刘顺手服帖。刻不容缓，刘宏俊很快就要动身。

墨子巷人本想集合一笔款子来“抬石头”，想借饯行之机再托刘宏俊给县里促一下，把墨子巷早点搞出名堂来。刘寡妇制止了，觉得这么做，很过意不去。她表示把大家的意思告诉儿子，她代大家去央求。“灵不灵还难讲，自古以来县官不如现管，天高皇帝远。人在人情在，我伢这一走，只怕县里又不认账了。黑板上的粉笔字，一抹就掉。”

大家都被这番话惊出一身凉汗。

刘宏俊临启程的那天，墨子巷家家派代表去送行。古风眠也去了。他把那幅《陋室铭》送给了刘宏俊，什么也没说。刘宏俊重重谢了古先生，颇有点受宠若惊的样子。大家围着刘宏俊，都说他离开得太早，埋怨省长这一下子把事情全搞乱了套。刘宏俊竭力地安慰大家，可是他的话越往后说，大家心里就越虚。等车开动了，大家看见刘宏俊的眼睛湿湿的，都长叹了一声。刘寡妇心里自然很难过，大家心里也不是个好滋味，都怏怏离去。

事情果然搁了下来。那前前后后的石灰线，很快就一点痕迹也看不出了。

墨子巷似乎比以前更寂静了。只听见两只猫在叫。

这期间，古风眠去了两趟县政府，他要见县长。第一次，县长在开会，抽不出空。第二次，县长热情地接待了他，但谈话只开了个头就再也继续不下去。

“我希望县里，不要把墨子巷忘了。”

“是呀是呀，本来是要动工整修的，可是今年我们县灾情不轻，经费太紧了……”

无言以对！古风眠似乎第一次发觉自己的嘴太笨。不错，灾情是惨重的，政府有困难，可是，这些头儿的官邸却换了又换，而且每次换都有冠冕堂皇的理由！什么按文件要住多少平方米呀，什么为了达到“环境美”的标准要修建花圃庭院呀，什么为了工作方便要增加家庭办公室和会客室呀，这不，又说是为了防止冬天烤火影响首长身体健康，要装上负氧离子发生器了。是否还要喂一条狗呢？

古风眠拔脚离开了。县长还是热情地送他下了楼，并反复强调，他个人生活上有什么不方便的，就提出来。“这也是落实知识分子政策嘛！”县长说，一副极有涵养的样子。

这一天回来，古风眠就病了。请中医看了，中医说是“虚火太盛，气血不畅，乃心情压抑所致，须静休静养”。当下开了三服中药。

墨子巷家家又派代表提礼物来看了，古风眠千恩万谢，又恨起自己一介儒生，两袖清风，无回天之力而解众人之忧。大家劝了，却又长吁短叹了一番，直到天黑才纷纷离开。

人走后，刘寡妇端来煎好的中药，嘴直对热气噗噗地吹。

古凤眠透过蚊帐注视着这妇人，想的是另一件事。难怪那些“认罪书”不翼而飞！那“牛棚”的日子，倘若不是能有笔墨做伴，真不知是否可能熬过来。内容是胡编的，多说些“罪该万死”就是了，但字却是认真地写的——写字的人写字能不认真？一天写几十个，专政队发急了，苦于不能责备——这是认罪态度好嘛！好些天作出了一份“认罪书”张贴于走廊，可是过两天竟不见了！无风无雨，又有人持枪把守，怎么会不见呢？于是勒令再写，于是又恭敬了一回邓石如。这次交给他们去贴，可是几天后还是不见了……“真他妈的出鬼了！”连他们也发傻了！这真是个谜。如今总算是解开了……我一生出了不少帖，能找得出胜过这个“孤本”的吗？……这妇人，哪来那么大的胆?！她……

“古先生……”刘寡妇轻声唤道，“起来喝药。”

古凤眠紧紧眨了两下眼皮，掀开蚊帐，说：“刘嫂，又麻烦你了……”

“你老，总这么客气！”

古凤眠欠起身，觉得腰疼得刺骨，不禁哟了一声。刘寡妇赶紧帮他靠到床上。“莫动，我递给你喝……”她端起盏子，先自己试了一口，突然像烫了嘴似的一缩，看了看古凤眠，一脸藏不住的尴尬。

更尴尬的是古凤眠。他使上劲，伸长脖子，咕噜噜地将药水喝尽。

“刘嫂，谢谢了……”

“不算什么的，快躺倒。”

一分钟的寂静。

“刘嫂，等我病好了，我，我们还得要跑，跑步的……”

“要跑步的……”

1985 年 9 月 21 日　改毕

（原载《花城》1986 年第 3 期）

篱笆镇

一

凡称为镇的，大概都是些城不城乡不乡的地方。篱笆镇就是这样。这里虽无青山，但有翠竹。几乎家家有竹园，并月屋前都围了个篱笆院子。所以自古以来便唤作篱笆镇。篱笆镇不大，拢共不过一里方圆，容纳不足百户人家。虽是小镇，但毕竟是镇。沿一条窄窄的柏油公路相对立着的两排房子，这就是所谓的镇街了。街上有百货店、杀猪店、饭店和剃头店，还有一个汽车招手站——县内循环班车每天从这里经过两次；要上去，只需招招手。所以说，这地方还算热闹。热闹是花钱买来的。奇怪的是，热闹的地方，人的玩性就大，所以就穷。不过，篱笆镇人花钱虽大手大脚，脸容却安然。这叫穷要脸。人玩性大，惰性也就大。镇上人都想谋得一个既讨巧又不费工夫的活做。这似乎是传统。俗话道：靠山吃山，靠水吃水。篱笆镇人自然要吃竹子了。因此镇上尽出篾匠。不过手艺精的不多，做出来的货销路不好。后来，也不知是哪一年，有人看中了这里的竹子，提出要买，价钱出得也可观。于是镇上便有不少人为之心动，从此篾刀不再破篾，专砍竹子来卖。竹子不是韭菜，砍是有回数的。那几年嚷着“大批资本主义”、“大干社会主义”，农家的竹园不敢扩大，而竹子日益减少，不过几年，篱笆镇的篱笆差不多名存实亡了。

全镇只剩下一个最大的竹园。这是镇上的“首长”江德安家的。这德安是全镇唯一吃商品粮、拿薪水、做官的——在县食品公司当股长。他生得壮实，年近花甲腰背却不曾弯曲一分，方脸阔腮，肤色黑里透红，两眼不大但神采飞扬，看上去叫人敬畏。只要德安一回镇上，脚刚进镇东，镇西就有脑袋伸出，迎着他笑。镇上人都想请德安吃餐饭，都要找空当同德安讲句把话。抽上德安给的烟的人，逢人便把夹烟的手亮出，豪迈地说："股长给的!"几十年来，这德安在篱笆镇人心目中的地位，不曾有过动摇。

德安家的竹园是祖上传下来的，逐渐得到扩大，有近两亩地。好几年前，兴"割尾巴"，篱笆镇上的大小竹园都相继受到不同程度的阉割，而德安家的竹园却丝毫未损。原因不仅是来割尾巴的人与德安感情融洽，属于同一战壕里的战友，还在于德安早已声明，他家的竹园不是资本主义孳生地，而是社会主义的自然风景区。这话似乎是真，多少年不见德安家的竹子用于编织竹器，至于出卖，那纯属支援社会主义建设。有一年汛期，德安一下就献出几十根粗毛竹作为防汛器材，受到公社大力表扬。如今竹园规模招人喜爱。站在岭头望去，翠绿、葱绿、墨绿，层层相叠，错综有致，轻风吹过，竹林"沙沙"作响，波浪一样地起伏，叫人忍不住要回头多看一眼。

竹园虽好，对它发痴的人却只有一个。这便是住在岭半腰的那个精瘦的青年，叫做胜宝的，姓王。这胜宝是孤儿，祖上是非常荣耀的。据说他爷爷的爷爷那一辈，竹器手艺惊人，编织过一只金丝箩儿，被清王爷纳入宫中使用；又说这箩儿拿到国际博览会上摆过，叫洋人咂嘴。后来那篾匠被召到宫中做活，从此不再返里。幸亏手艺传下，代代子承父业，只是一代不及一代。到了他自己的爷爷那辈，手艺几乎平平，家境也渐衰。胜宝的父亲既贪女人又贪鸦片，终于把家产浪荡精光，才撒手西去。胜宝的妈受不了辛苦，生下胜宝便月夜跟一个放排的汉子走了，一去不复返。拉扯胜宝的是他奶奶。这老人是胜宝爷爷纳的妾，原是个跟帮走江湖的角儿，唱京戏。她曾结识过一些名士，又略通文墨，人老珠黄后就把心放在小孙子身上。她决心把孙子培养成一个有出息的人，以重振家业。于是教幼年胜宝念"人之初"，而后又源源不断地讲出《平贵辞窑》、《水漫金山》、《单刀会》、《霸王别姬》一类的戏文，唱念做打，互相配合。她不让孙子看一页祖上传下的关于编织竹器的谱儿，认为手艺人虽然饿不死，却也过不上大方日子。一次，胜宝找出油纸包的篾刀来玩，便挨了老人狠狠一巴掌——打在屁股上。"没出息的杂种!”老人骂道。其实那年胜宝只有六岁，还不懂得什么叫做“出息”和“杂种”。到了胜宝十三岁那年，老人不行了，临死前眼泪汪汪，丢不下。老人最大的遗憾，是孙子五岁时不幸染上天花，差点夭折；治好了，脸上留下了一些深浅不一的白麻子。唱戏的人最忌脸面不干不净，也许为此，老人一口气憋了三日才断。这之后胜宝便自食其力，为生产队看两条牛，管一年饭。这胜宝天资居然不笨，凭着奶奶的只言片语，小小年纪竟能把城隍、观音的来历讲得透亮。他还能吹笛子。广播里的歌儿，他听上两遍便能吹出，并且不哽。而更奇怪的是，这胜宝看过祖传的谱儿，向他人讨来几根竹子，摸索着做起竹活，越做越精。比如说他做的竹椅，式样不同于别人。靠背上沿弯成半圆，不全用硬竹片，而是两旁用细篾编成各式图案，中间夹一块三寸宽的硬竹片；又在竹片当中用烟熏成一幅浓淡相宜的山水风景画，再用尖刃在浓处刮出几个龙飞凤舞的字体。猛一看，以为是印上去的。再比如，他编的竹箩，上口是大圆，下口是小圆，篾丝细而均匀。其中用色篾穿插，织成图案和文字，上面又加一盖，大小与口径不差一毫。远远看去，以为是只特大的金苹果。他还可以把这种箩变来变去，一下是猫头鹰，一下是虎头。这就更让人叫绝。只是胜宝无资无本，不能放手去做。胜宝手艺愈精，供他竹子的人就愈少。这胜宝生来要脸，自然不会时常讨人竹子；篱笆镇距县城又有百里之遥，交通便利却不好捎带竹子——太长。这方圆几里人家，产竹子的甚少，况且脚力又费，于是胜宝只好散编着玩，顶多换点油盐钱。可是，当他抬头看到镇西德安家的那一片茂盛的竹林，不禁手心发汗。“这竹园要是归我，就好了。”这话他在心里不知讲了几回。只要是天晴，黄昏时，他总得要站在家门口对着那片竹林出神，嘴半张着。他不光是为了竹子而这么专注。

福无双至。那德安日月好却不尽如意，他硬是生不出儿子。他只有三个女儿，倒也个个水灵出众。那一年，老大老二都已去了婆家，家中只有小女，唤作竹屏。这姑娘生得俊俏，细皮嫩肉，两条乌黑油亮的大辫子甩起来很是招人。这年她刚十八。念完初中，回乡当知青。她一回来，镇上便有人上门提亲，德安自然不肯。德安一心要把小女培养成人才，打算来年疏通公社，将竹屏推荐上去读个大学、中专，日后成为国家干部，再守着香巢待飞凤，招婿入赘养老。这岂不是两全其美？不料，这当儿竟出了大事——

镇上看禁的刘跛子，在岭南山脚下玉米地里发现，麻子胜宝和竹屏姑娘在起劲地亲嘴、搂抱、七摸八摸，于是跛子逢人便眉飞色舞地说：“麻子跟竹屏躲在地里困觉哩！”

事情就这么传开了。

德安听到这丢脸的事，自然怒火中烧，可他并没有及时去整治胜宝。先冲动的是镇上人。“这麻子杂种！真他妈的癞蛤蟆想吃天鹅肉！”镇上人都愤愤然。他们认为有责任替德安股长鸣不平，出气。于是不等德安出面，镇上就有人自告奋勇，拥到公社，拥到区，拥到县，逐级上告，要求逮捕流氓犯、或者强奸犯、或者破坏上山下乡犯王胜宝。德安当然也不彷徨。不久，县里果然来了白衣公安，将胜宝铐了上路。这天全镇人都围上来，骂个不休。胜宝连声喊冤，直至嘴被公安人员掌出血。

几个月后，县里告示贴出，其中有胜宝栏目，写明是“破坏上山下乡犯”，判三年。这年胜宝二十一。

三年后，胜宝刑满释放，但不摘除坏分子帽子，受大队监督劳动。逢重大政治活动，如主席逝世，由民兵持枪看管。

一九八〇年，县法院根据王胜宝本人申诉，对案件作了复查，同时了解了受害人江竹屏。江的意见：一、王胜宝当初与她系正当恋爱，完全是两厢情愿；二、并未发生两性关系。据此，县法院重新裁决，严肃指出：王胜宝破坏上山下乡一案属于错案，有错必纠是我党的一贯政策。撤销对王胜宝的一切处理，恢复名誉，并向王胜宝同志深致歉意。

“错也罢，对也罢，反正皮肉之苦受了，光阴耽误了追不回来。”

“好歹脸面洗干净了！”

“脸值几个钞？”

篱笆镇人就这德行。遇上什么奇事，便有了三分钟的冲动；一旦成为过去，谁都表示漠然。胜宝前脚出监，后脚就有人同他接近，包括告他、骂他、打他的人。不过胜宝已非旧颜，终日不开笑脸，也不大做声。他走路避着人。后来他离开了镇街上生产队队屋的披屋（公家租给他的、他住了十几年），在镇南面岭腰上盖了两小间茅屋，深居简出。这胜宝一直就过着单身生活。有热心人曾为他提亲，只是一个人做田里活挣不了几个钱，娶不起，也就作罢。又有精明人劝他，不如卖了茅屋，卷了铺盖，去与邻村冯寡妇合居——虽是寡妇，毕竟能过上人的生活，不枉为一男子。“管她是瓦屋还是茅屋，吹了灯都是一样的屋！枕头不热，被窝也暖嘛！”

对此，胜宝坚持缄默。

偶尔，夜里听到胜宝在岭头上吹一段悠悠的笛声，心慈的人不免有了一阵凄惶。

但是篱笆镇在变！田地已承包到户，农民不再听队长的哨子了。这篱笆镇地少人稠，光埋头作田，自然难出风头。如今政府号召搞活商品经济，镇上的手艺人又松动起来。他们弄不清什么叫“商品经济”，只认为凭力气搞钱是对得上政策的。这些手艺人，农闲时都掮着篾匠家伙，四处乱窜；农忙时转回来，个个红脸亮腮，嘴咧到耳垂，最呆的腰里也揣了十几张“大团结”。不到两年，篱笆镇便新房林立，而且还有了楼房，不止一座哩！于是大节小节都热闹得厉害：舞狮子灯、划龙船、搭台唱戏……

然而好光景也有难处。出外营生，吃饭歇店，价钱都一天比一天贵起来。竹器并非时髦货，况且这些手艺人手上的功夫远不及嘴上的功夫，就越发灰暗。物不美，价就廉，恶性循环，到头来说不定把肉价盘成了豆腐价哩！这“倒贴”的生意驴也不愿做。逐渐地，出门的人也不多了，就守在家门口注意看来往行人车辆，散卖几件，日子过得倒也不涩巴。镇上的人依然互相走动，和气得很，因为家家手艺都水平接近，搞到的钱也差不多，于是纠纷减少。在很多方而，大家想得一致。比如说，他们都怕胜宝出山。

“麻子今天从岭那面扛根竹子回来了，我看见的！”

“不是做桁条吧？”

“当然是做货啰！”

“日他妈！他一做货，我们还做个卵！”

“是的是的，往后卖货就难了。”

“麻子总不会天天翻过岭去扛竹子吧，他又不是牛，有那样的力气，来回好几十里吧！”

“他就不能在镇上买现成的吗？”

“哪家有多的？怕只有股长家……”

"麻子不会去买他家的！我敢打赌！"

世上的事就这般玄妙。德安家的竹子虽好，胜宝却不想多看一眼。他对那片竹子早就失去了兴致，怎么会买呢？他不会买！可是，他也不愿就这么穷一辈子。他不服。凭他的手艺，会活得体面，活得气派，活得叫全篱笆镇人的眼滴血！他信。只是一个人，进进出出，忙里忙外，委实累得厉害。镇上的小毛，曾给他出了个主意。

"胜宝哥，"小毛说，"不如你把那儿分田包给我种，你挑家伙到外面去搞钱。你这手艺，上海南京都吃得开的！搞够钱，讨个老婆放在家里看门，你再把田收回去……"

胜宝觉得有理。这破篱笆镇有什么可想念的呢？以前有。现在，没有！

如果不是后来发生的事，兴许胜宝真的锁门离家了。

天晓得后来发生了什么事！

二

甲子年阳春三月的一天，江德安回到了篱笆镇。

他退休了。

德安叶落归根，镇上并没有多大的反响，这是他始料未及的。以前，他回家小住，镇上人便把他当客待，找理由请他去喝酒。那几年农民日子清苦，但照样拿出酒让他喝。德安也不大推辞。他当然不是想酒喝。他觉得这无疑也是一种荣誉和待遇。像他这样成为家家座上宾的，篱笆镇怕是找不出第二个。德安受人款待，自然也不会亏待他人，往往写个条子，帮乡亲搞点便宜货，糠啦，布头子啦，煤碴啦，后来又是平价化肥啦，等等。被人求是一种高尚的娱乐，德安因此感到满足。可如今呢？从昨天中午到今天黄昏，德安在家待了一天一夜，居然无人踏他的门槛！他出来上厕所时，有意在周围走动了一会儿，遇见几个人，差不多每个人都对他这么说："江伯回来啦？"就这么多。这跟城里人有什么两样呢？单位里开了个欢送会这还只到了一半人；领导发给他一方写着"光荣退休"的玻璃匾，轻描淡写地总结了他参加工作以来的成绩，还提了几条"希望"！经理和工会主席送他上车。车还未开，经理说还有个会，就提前走了。车开动的那一刹那，他差点儿落泪了……唉，人哪！德安叹息道，不想再出门了。

莫非是天阴的缘故？

吃过晚饭，天放晴了。云经风一吹，稀稀地散开，露出一大块一大块瓦蓝色的天空。西山嘴上还衔着一缕紫红色的晚霞，山岭却是灰蒙蒙的。德安还是想出来活动活动，但他有点怕遇见人。他梳洗好，捧着扁扁的宜兴紫砂茶壶，一边用牙签剔着稀牙。刚入镇街，迎面碰到几个穿着清爽的青年男女，一路笑声不断，正谈着香港电视连续剧《陈真》。他们天天都去有电视机的人家，像上夜校似的。德安看见了他们，他们也都看见了德安。摩肩而过，德安先开口："吃过啦？"其中一个姑娘也说："吃过啦！"不等德安再说，那姑娘扭过脸对伙伴们说："陈真到底死了没有？"

德安走到一边去了。他不想再往前走。站在这个小土墩上，他把篱笆镇认真地看了一遍，这才发现其中起了不小的变化。如今他家的房子只能算作一般。他家的一切都只是一般。只有那片竹园是他的骄傲。我要这竹园做什么呢？谁又稀罕竹子呢？镇上的手艺人，家家多少有几根像样的竹子，供他们做货，够了。除非再发一次大水，等这篱笆镇濒于被洪水淹没的境地，兴许我那些竹子才有点作用……德安喝了口茶，漱漱口。嘴里苦得很。是呀，他沉思着，如今"帽子"脱下，"鞋"就得穿上——往后走路得靠自己的脚板。这也好……

这时，他听见自镇南面的岭子上传来了断断续续的竹笛声。他有点耳熟，却想不出名儿。他觉得这笛声十分悠远、动情，像在帮助他回忆着什么。

"哪个吹的？"德安随口问从前面过来的小毛。

"麻子胜宝，还有哪个？"小毛说完就照直往前走了。

德安怔怔地听着，渐渐觉得茶壶里的茶已凉，才拥着暮色，高一脚低一脚地走回了家。

他老伴已上了床，靠在床上纳鞋底。见德安这么早就回来，便说："没出去摸几下麻将？"

德安不语，将茶壶续了热水，端在手上来回走动着，墙上的影子一伸一缩。

“你有点失落落的，老头子。”

“退了休，陡然离开了组织，总有些舍不得……”

“是舍不得坐在你桌子对面的那个女会计吧?”

“七扯八拉!”

“许大的火气，吃了枪药不是?”

停了会，老伴又说：

“屏伢么事不一道回来看看?”

“那……杂种不准!”

“唉，不晓得可能到头，那冤家……”

“早晚……要离……”

老伴放下鞋底，呜咽起来：“都是你做的好事，害了我的屏呀……早料到今天，不如当初把她许给胜宝!”

这一夜，德安翻来覆去，不能合眼。鸡叫头遍，德安想到了胜宝头上。这麻子脑瓜机敏。他年轻时，一回来就拿小糖散给镇上的孩子，出谜子叫他们猜；谁猜中了，就多给一粒，而每次都是小胜宝多得。有一年正月十五，镇上闹元宵，舞狮子灯。那灯就是胜宝用他家的竹子扎的，眼皮能眨，舌头能伸，真是活灵活现。胜宝不过十五岁呀！谁料到后来有那种事发生呢？困觉，这当然不是真的，看禁的刘跛子完全是信口胡诌，德安不信。可是镇上的人能有几个不信的？别看他们都争着替我告状，其实他们心里都在笑我。他们巴结我是因为我有身份，能给他们方便。这篱笆镇的人全是些油头滑脑的东西！事情到了那步田地，我也只好顺水推舟。我是做过分了些。如今害了胜宝，也坑了屏儿，这就叫报应！

第二天还是个阴天。天麻亮时又落了小雨。德安起床很迟，梳洗好，换了一套灰色毛涤制服。他以前回家休假，爱穿这套衣。

“天阴落雨你换衣么事?”老伴说，“现在又不作兴讨小。”

“把我带回来的两瓶‘古井’拿来。”德安边扣纽子边说。

“出远门?”

“你拿来就是!”

老伴拿来酒，放在德安的手提包里。这酒本来是德安准备返里后款待老朋老友的，没用上。德安提了包，拿了伞走出门。

“早饭不吃了？”

“回来吃。”

这时候雨已止了，可德安没有收拢伞。上街的人不多，都在家里闲着。德安上了镇街，进了百货店，他看看有什么烟。

“买条‘团结’的，要精装。”他对营业员说。

买好烟，德安又撑了伞走了。他没有从街上过，而是从屋后绕着走。那把黑伞遮住了他大半个身子。

三

衬着篱笆镇南面的这个岭叫芝麻岭，顾名思义的人会认为这岭上尽长芝麻。其实这岭上不长庄稼，皆石头。唤其作芝麻岭是因为它极小。不过，岭毕竟是岭，立在这上面，可把小小篱笆镇看个透亮。哪家烟囱冒烟了，哪家点灯了，哪家死人，哪家娶媳妇，哪家哭，哪家笑，都能看到。

这岭上仅一户人家，是胜宝“家。”

胜宝在岭腰搭了两间小屋，田地和菜园都在岭脚，每天上上下下没个完的，极不便。原来镇街上也划有他的地皮，但他不愿挤在这些人中间。有人拿他开心，说：“芝麻岭上真出芝麻了！”胜宝只当没有这回事。二十岁时，他有过因为脸上不平整而产生的心理负担，可后来意想不到有那样灵秀的姑娘非同一般地喜欢他，就从此壮了胆，定了心。再后来他被小人捣鬼，进了监牢，放出来后，伤了元气，也就没工夫操这份闲心了。世上搞饭吃靠手而不靠脸，他只是感叹自己的手拿篾刀的时间太少了，光埋头做田，手头难得宽裕。没有钱，想讨老婆便是躺在地上摸天。胜宝也时常懊恼，觉得这辈子果真成为光棍，无妻无子，为他人所耻笑，是非常丢脸的。如今，农村里的能人都学会了搞钱，而自己还是这般寒酸，咽不了这口气。他不信自己不是个能人。他长这么大还从没认为自己是孬种。

昨天小毛告诉他，江德安回来了，不走了。胜宝一下觉得心里舒坦极了。他想这德安一生的戏算是唱完了。如今平了头，还能像公鸡那般神气吗？他有意地盯着德安家看，竟没有看见镇上有一个人进去坐坐，心里一阵好笑。细一想，又觉得镇上的人都不是好货，德安给他们行不了方便，就不买账了。想着，又一次认为自己住到岭上来是英明的。今早天落了一阵小雨，胜宝到菜园里平了地沟，排了积水，顺便摘了两棵白菜回来。他想关门做一天竹活，前几天到岭那边扛了两根竹子，破成了篾，正待编织。这竹子成色差，又有虫眼，且又贵得惊人，一根要花十块钱，脚力白贴。七折八扣，一件竹器赚不了几个钱。如今他妈的物价没有王法地飞涨，这几个钱便经不起花。有一段时间，报纸上某个作家鼓动，成为作家的先决条件是经历奇特。他信了。心想自己的经历是奇得不能再奇了，就斗胆试着来写。一气写完了两本小学生的练习簿，写完拿来自己读，才知不是这块料。蛇有蛇路，鳖有鳖路，各行其是，胜宝决计不再乱想。眼下要紧的是多搞出些好货来，赚钱讨老婆。

天阴，屋里很暗。胜宝就倚着门口坐，手里忙着，不时抬眼看看周围的野景。这雨后的天气异常爽心悦目，到处都绿得迷人。田里的秧绿了，河弯的杨柳绿了，而竹子一年四季皆作绿色。从这里鸟瞰篱笆镇，德安家屋后的那片竹园犹同一个大池塘。轻风拂过，那枝枝叶叶便像池塘的涟漪。胜宝木木地看着，手慢下来。

“胜宝侄子。”有人喊道。

胜宝忙侧过脸，见来者是德安，心里便有了几秒钟的慌乱。两人都互相看见，目光也都不回避。两人差不多是一样的局促。德安在离胜宝五六尺的地方立着。胜宝也不自觉地立起来，不等完全立起，又慢慢坐下。

“你稀客。”胜宝说，下巴点点屋檐下的小竹椅，手里的活却没停下。

德安拢了伞，把提包放在膝上坐下，然后从口袋里摸出“大前门”，用指甲剥开锡纸，拿出一支先让了胜宝。

胜宝犹豫了一下，还是接过烟。自己摸火柴点了，又把火柴扔给了德安，叼着烟继续忙手里的事。

这分明是表示不欢迎，但德安心里却很满足。胜宝能这么招待他，在他看来已经是天大的人物。按理胜宝不同他搭腔，甚至跳起来刮他两嘴巴，他也不敢怎么样的。一路德安心神不定尽往不利的地方想，而眼下竟有了这般规格。

德安干咳了两声，说：“胜宝侄子，我今天是来向你赔礼的。”

胜宝手里的活停下了，把嘴上的烟拿下来。吸着，听着。屋檐上滴水不断，胜宝说：“屋里坐。”就起身领德安进屋。隔着竹桌面对面地坐下，互相不着脸。

德安接着往下说：“我如今退休了，叶落归根。年纪一天大似一天，活的日子少，死的日子近……这辈子，没犯党纪国法，却也算不上什么正人君子。也做过缺德事。其中最叫我不安宁的，就是，就是……”

“那事馊了，不提了。”胜宝说。

“侄子你是宽宏大量。我呢，一日不了却，一日就放心不下。前几年我就想登门来赔礼，可一回来，家中就人客不断，总腾不出工夫……”说着，德安就打开提包，拿出烟酒，放于桌面。

“这做么事?”胜宝一下抬高喉咙叫道，“你拿回，拿回!”

“这不算个东西，”德安说，“侄子你能海涵我，给了这么大的面子……”

“拿回吧，你拿回去!”胜宝正欲把烟酒朝那提包里装，可德安先一步把提包抓在手里。

“你不收，那我这老脸就无处放了。”德安低沉地说。他很快岔到别的话题上，蹲下来看胜宝编织的半成品金丝箩儿，赞叹道：“这手艺真到功了！只是这竹子成色不够理想，是岭那边的吧？那边水土确实不如这边，真是怪事。”

临出门，德安又说：“往后要做竹活，莫再过岭了，竹子我园子里有，你砍就是！肥水不流外人田，都是自家镇子上的人……”

胜宝没有送德安出门，手里捧着的烟酒不知往哪儿搁才好。老子操他祖宗！他心里骂道，三年牢只值这点破货？性子正要发作，不多会又有人进门来，是小毛。

“嘻嘻……”小毛凑到胜宝面前，摸着那烟酒，连连咂嘴道：“你好福气。”

这小毛是篱笆镇有名的好吃懒做的家伙，小胜宝一岁。三年前老婆跟人跑了，丢下了两个丫头跟小毛过，日子自然清苦。人穷，心倒还慈。胜宝坐牢那阵子，小毛有一年端午，还赶到劳改农场给他送了几串粽子。这事胜宝总搁在心上。庄户人就这样，你有我，我就有你；你给我一碗水，我会还你一眼井，心换心。胜宝看不起小毛这副窝囊相，却又可怜他。平时胜宝卖竹货赚的，多少给他点。不料这小毛成了瘾，动不动就来伸手，胜宝也不多责备，只念经似的叫小毛放勤快些。现在小毛来，怕又是钱花尽了，断了大粮还是断了小粮（香烟）？

“小毛，”胜宝把烟酒塞进小毛怀里，“这东西你都拿去。”

“有这么好事？”小毛惊道。

“真的，你拿去。走，莫耽误我工夫。”胜宝又系上围裙，坐下来编箩。

“这可是些正牌子货，”小毛举着烟酒瞪圆眼睛看，“你狗日的阔起来了！”

“不是我的。是江德安刚才送来的。”

“德安？噢……老子晓得了，是来赔礼的吧？”

“算是吧。”

“这老杂种也有装孬的时辰！”小毛嘻嘻地笑着，“胜宝哥，你们和了吧？”

“和个卵！”

“依我看哪，和也好。德安退了休，往后大家是低头不见抬头见。”小毛说，“算了，旧账就一笔勾销，既然德安来赔了礼，我看也差不多了。”

“你他妈的嘴皮动动那么轻巧，坐牢的滋味你尝过没有？”胜宝气得把手里的玩意儿扔到一边，自己摸出烟抽，不管小毛。

小毛笑笑，又说：“你可有本事把他江德安送到牢里去蹲三年？男子汉大丈夫，哪个没有点冤枉？你再冤也比不过刘少奇吧？算了，宰相肚里能撑船。再说，不看僧面看佛面，人家竹屏对你总还是有一截子好的……” “你少在老子耳朵边上吹这个卵风！”胜宝狠狠地瞪了小毛一眼。

小毛不管这些，依旧往下说：“竹屏如今可怜得很。她那个狗日的老板手毒，动不动就把她打个半死。前几天，我到县里去卖鸡蛋，在菜市上碰到她，吓我一跳，她脸像死人那般的黄，还青一块紫一块，那狗日的！”

胜宝埋头吸烟。屋子一下静了。过了会儿，小毛松动身子要走，胜宝拽住他，问道："竹屏……可讲什么话的?"

"她讲过些日子回镇上来，把小玉也带家来。"

"小玉怕有五岁了吧?"

"差不多，怪懂事的，一口一个叫我叔呢。"

胜宝灭了烟，拍拍围裙上的竹绒，站起来说："小毛，托你把这烟酒退给德安。"

"你这人!"小毛有点不悦，"你也不能做绝了。德安好歹也是花甲子的人，你这么绝，叫他怎么抬头?"

"是哪个先绝的?我收了，我怎么抬头?"

小毛摸摸下巴想了想，猛一拍大腿说："这样可照?酒，我替你还了德安；烟，我拿到镇上去，逢人就散，说这是德安向你胜宝哥赔礼的意思，宣传宣传!"

这小毛果真还不笨，居然能想出这么妙的主意来。这么一来，镇上的人什么都明白了。胜宝一下开了笑脸，说："照!"

四

德安屈尊向胜宝赔礼的事，就这么"宣传宣传"开了，小小篱笆镇为之哗然。

"老德安这是自作自受!"

"那麻子也是孬种，便宜了。这事要摊在民国，非得拉开桌子吃流水席，请人玩灯、说书!"

"和了总是好事，都落在一方土上嘛!"

"麻子的气没出够，太亏了……"

"未必还要拿刀去割老德安的……?"

这消息传到德安耳里，又惊又恼。他后悔把这件事做急了。这么一来，他在篱笆镇剩下的那么点威望怕是荡然无存了。可细细一想，又觉坏事尚能变作好事，今后共释前嫌各走各的路，碰了面也不至于脸红心跳。然而他德安之所以要这么做并非只为这一着，他还有后一步、深一层的打算。醉翁之意不在酒。于是，第二天，德安就趁着这火候，在镇上披露了一条新闻：他要办一个竹器社，准备高薪聘请王胜宝做师傅。

既然胜宝已经海涵于他，想必这后来的事也会清爽的。到了中午，那德安又遣小毛来对胜宝口头下了帖子，请胜宝晚上去他家喝几盅寡酒，共商办竹器社的事宜。

这一着出乎胜宝意料之外，一时手脚无措，便埋怨小毛惹了是非，如今骑虎难下了。

“妈的！他倒成了观世音！”胜宝愤愤地说，“老子不买他的账，他还能啃老子卵！”

“胜宝哥，”小毛说，“依我看这也不是孬事，且不论你是糠箩跳到了米箩，但毕竟是德安有求于你；他来求你便是向你低头，便是你脸上有光，也算出了口气。你拨拨指头算算，这老德安在篱笆镇可曾求过他人？”

“想老子当他的摇钱树？”

“话可不能这么讲。你不也是一样？要不，巧媳妇难为无米之炊。你这身手艺要是带进棺材，那才是天大的可惜呢！”

小毛末尾这句话委实触动了胜宝。小毛讲得不错，他寻思着，如果跟德安拢起来，就可以把田里的活一脚蹬了，专心做手艺，并且收入可观。再者，这德安已先发制人，倘若自己缩着脖子，旁人还以为我怯他呢！反正是他德安来请我求我的，堂堂正正，清清白白，没有什么不体面的。至于一些细事，等到了席上再盘点，总之我不能叫这老东西尽捡便宜。胜宝决定晚上去德安家赴宴。他陡然想起古书中描绘的鸿门宴的场面来，不由得身体内荡起了英雄气概，手掌心竟出了汗。

当晚胜宝进了德安家的门。堂屋里已经坐下了镇上的支书、会计和乡里的一个什么委员，还有几个是德安家的表亲、堂亲，加上德安，八仙桌边围了七人，剩下的位子自然是留给胜宝的。这乡里的风俗，摆宴顶讲究席位。八仙桌的桌缝正对着大门，右上方即所谓首席。这席位总是让给一桌人中的尊长之辈。人客不齐，首席便空出来，都不去坐，以示谦逊和礼貌。胜宝一来。德安连忙笑脸相迎。客人也纷纷站起，推胜宝坐到首席上去，其实乃是一番假客气。可是胜宝竟大方地坐了，毫不推让，似乎今夜这位子只有他坐，才配。大家于是纷纷落座，不再闲扯。德安便招呼老伴拿酒摆菜，不一刻，先上了牛肉脯、松花蛋、卤鸭、香肠等几个冷盘，德安掌瓶斟酒。这酒便是胜宝退回的，是纯粹的亳县古井贡酒。大家呷一口。纷纷嚷香。酒过几巡，老伴又上了几盘炒菜。德安解释道，这些菜全是他自己做的。大家又说怪不得口味如此之妙，绝不亚于城里大馆子的水平。只有胜宝缄默，酒却喝得大方，谁敬他都喝，而他不敬人。大家知道胜宝喝酒的名气，也就不敢多敬，怕先醉了自身。天已完全黑了。酒也将空一瓶。这时德安端着杯子立起来，看了看众人的脸，说："今夜请几位来聚聚，一是表明心意：我如今已告老还乡，往后还求父母官、亲朋好友多关照；二是了却我的一桩心事，我是……对不住胜宝侄子的，所以借此……"

"德安老，"胜宝说，"我说过这事馊了！"

德安一脸的高兴，说："侄子能给我一张脸皮，我心也就安了，多谢多谢。"言毕，将酒杯先举至齐眉，一饮而尽，再把空酒杯朝下一翻，竟不淋下一滴。

胜宝也照样做了。

席上人都道这桩事做得像样，连续伸筷吃菜，说了些埋怨那几年国家形势的话，却语无伦次。

德安又说："这次回来，还有些顾虑。年纪大了，田里的事自然做不了。可闲在家里又觉得冷清，心里也乱。就想，如今政府号召农民致富，广开财路。发展乡镇企业，搞活商品经济。我便想试着在这片竹子上面做点文章，兴办一个竹器社。一来为国家尽点薄力，二来让晚年活个自在舒坦。我倒不是只想搞钱。我退休一个月还能拿上个四五十，管我和老奶奶的生活没多大的问题，况且这竹子一年多少要出几个钱的。所以呢，我就想请胜宝侄子当大师傅，带上几个徒弟，一起来做。不知胜宝侄子是怎么想的?"

不等胜宝发言，大家都附和道："这是好事！好事！"说完一齐盯着胜宝看。

胜宝把面前的一杯酒喝尽，抹抹胡子上的酒珠儿，说："事倒是好事，我自然也赞同。不过，我得把丑话讲到前头。要办，可以；但是要合办。你是老板，我也是老板，雇我做，不干。"

一时冷了场。

德安略思片刻，脸上又泛上笑容，说："这更好，免得我一个人的精力对付不了。我出材料，负责外交销路；你呢，出手艺，管具体的业务。"

"分成呢?"胜宝说，"少了五五开，就算了。"

"好，就是五五分成。至于上缴政府的税，共同提取就是了，这都好说。我讲过，我德安并不是手头紧，缺票子花。"德安说着，就从里屋找来纸笔，请会计代拟了一个合同。

"先订一年试试。"胜宝说。

会计按刚才两人的谈判条件拟了合同，用复写纸印了两张。高声朗读了一遍，然后把笔递给德安和胜宝，两人分别签了名。

支书这时搓着手掌，得意地说："你们到底是通文墨的人，这么大的事就轻巧地定下了，不简单！不简单！"说完又喝了一杯。

那乡里委员说，营业执照的手续由他代办。"总得起个名字吧?"他又说，"依我看，不如就叫'德胜'，各取你俩姓名中间的字。这名字顶好不过，北京就有个德胜门。"

席上人都道名字起得好，委员有水平。

德安笑眯眯地看着胜宝，后者算是默认了。于是两人各执一张合同，揣入怀里。

支书提议再干一杯，预祝"德胜竹器社"生意兴隆、财源茂盛。

大家都将酒杯举过头顶，碰后即仰脖喝净。

几日后，德安家门口响起了脆亮震耳的鞭炮声——

"德胜竹器社"开张了！

五

德胜竹器社一开张生意就好。胜宝先编了几只不同式样的箩儿，交给德安送到县里去试销路，果然供不应求。如今城市的居民比以前讲究，提着这种漂亮的箩儿上街买菜或者放在家里储点鸡蛋、面条之类是顶好不过的。这批货抛出去，在县城竟成了时髦之物，县土产公司便派员来订货。不久邻县也有函来。这局面委实叫两位老板愉快。于是便筹划扩大规模。德安腾出两间屋当做车间，门口挂上了自漆红字的招牌，显眼得很。胜宝从镇上挑了几个老篾匠，让他们把竹子加工成篾，论斤计酬。这些老篾匠都喜欢破篾，只是手艺陈旧，编出来的货既古又蛮，难销出去，所以也就甘心替“德胜”加工材料，钱也搞得多。胜宝身边的几个毛头小伙，倒也不笨，胜宝让他们做下手，编出个坯子，然后他自己再动手加工整治。这胜宝一个人占着一间房，关上门做活。不让第二个人看见。明明送进屋去的都是些式样很拙的坯子，可拿出来的竟是那么漂亮的货色，叫人爱不释手。生产流水线，出的货就多，几个月一过，一拨算盘，胜宝净得三百多。又一想，与德安相比，自己这笔钱来得费劲。他德安只出材料，跑跑外交，即坐收同样数目的钱。胜宝觉得有点亏，后悔当初自己不该入股合办，如果当大师傅，工钱月月都能涨，报纸上叫“向上浮动”，老德安还能讲个“不”？弄僵了，他这根大梁一抽，这竹器社就得出鬼！可是，一看到门口挂的这块牌子，心里又感到舒坦。能与江德安平起平坐，这是他先前所不敢想的。这篱笆镇上，江德安放屁都是香的呀！如今自己放屁也香了。自从竹器社办起，虽也听到有人背后说他是贱货，但事实上很多人都在向他身边拢。他们远远地就把笑堆在脸上，当着面夸他的手艺如何如何，甚至竟不讲脸面地向他讨活做。“胜宝老板，可用得上我破破篾，弯弯骨子？”胜宝听了，心里暗乐，却笑而不答。胜宝不会把以往的事一抹干净的。他对德安更是这样，他不会忘记自己的屈辱。等着吧，他不止一次地提醒自己，等一年的合同满了，老子腰包里鼓了，就把这老狗日的蹬掉，老子自己干！这篱笆镇将来只有一个“胜宝竹器社”。

这夜胜宝兴致极高，从镇上的杀猪点里买来了四只猪蹄，炖了，自斟自饮，茅屋里散发着酒香。吃罢，胜宝从枕头套里摸出一叠钞票，盘点了，钱这东西，他想，没谱的，多有多花。少就少花，那些年勒惯了裤带，如今得了钱竟还花不出去。钱的名堂不大。老子快活是因为毕竟像了人的模样，想不到也有人求我的日子……胜宝喝空了一瓶“明光大曲”，渐渐觉得头重脚轻，便将盅子放下，脚也不洗就歪在床上，不一刻，沉沉睡去。

下半夜，胜宝被冷风惊醒，睁眼一看，发现灯未吹灭，灯内的油即将耗尽。四壁空空，风把油灯的光带得忽明忽暗。胜宝陡然觉得莫名的惶恐，后背即刻出了汗。这样深的夜猛然醒过来，似乎还是头一回。他明白这屋里没有第二个人，不觉慢慢吐出一口冷气。得有老婆！得有儿子！他便把以往别人介绍的几个女子在心里排队。岭那边的一个，显然不行；那女子是个哑巴。我想要个会唱歌的女人。镇上大脚翠枝的侄女，也不行；胖，腰粗得水桶一般，且又贪财。还有那个冯寡妇……妈的！老子难道命定要讨寡妇？胜宝从床上坐起来，摸出烟来抽！烟雾弥漫开，他放佛见到了一张白白净净，弯眉圆眼的女子的脸孔，转瞬又逝。

“竹屏！”他失口叫道。

竹屏小他五岁。她从小就爱牵着他的衣裳角。上山采菇子，胜宝告诉她哪种能吃，哪种不能；他们下河摸螺蛳，有时也围一块水面，将水舀尽，捞起沉底的小鱼儿，又玩又吃。竹屏念书了，胜宝就把牛赶到学堂背后的坡上吃草。一散学，他就把竹屏抱到牛背上，把她的书包吊在自己颈上，拿出课本来看，牛索扯在手里。胜宝喜欢她家的竹子，于是竹屏就将竹子常常偷出来，让胜宝编些小箩小篮、小鸡小猫，她再拿着来玩。一次，胜宝拿竹子做了一根笛子，涂上桐油，暗暗地发着赤亮，吹起来极悦耳，竹屏便和着节拍唱歌……后来，彼此都成人了，就都避着对方。不久竹屏到区里念初中，两人见面也就减少。可是，有一天——

那天出奇地热。胜宝跳到河沟里洗澡，顺便摸几条黄鳝带回来煮吃。路过岭脚那片玉米地，突然听见一声女人的惊叫：“蛇！”胜宝从摇晃的玉米秸认出，地里的人是竹屏，便急忙跑过去，钻到地里。当下竹屏脸吓得发白，两腿抖得厉害，身子往后退，那蛇是有名的“五步倒”，极毒，正昂着脖子左右晃动，捕捉目标。胜宝轻轻把竹屏拉到身后，接过她手里的锄头，立着一动不动，盯着蛇。蛇也不动。胜宝慢慢举起锄头，距离不够，便用锄轻轻碰了碰一步前的禾秸，发出“丝丝”响声。那蛇身子一挺，闻声射过去，胜宝手起锄落，只一下，蛇头便成了饼，身子却摇摆不止，打得禾秸乱响。这时胜宝才回头看竹屏，见她一脸是汗，大气不敢出，胜宝又觉好笑。

“到底是女人！”胜宝说，“天这么热，不歇会？”

“歇？这草哪个帮我锄？”

胜宝不做声，转过身就锄起来，锄得极快极净。

竹屏并未去歇，跟着胜宝往后退。

“当心锄柄碰了你，去歇着把，我就好。”

“到处是太阳，哪里歇？不如蹲在地里。”竹屏拉住锄柄，说：“你也歇歇，跟我讲讲话。”

胜宝想了想，还是不肯歇，只是手放慢了些。

“胜宝哥，你……真好。”

“好？好就给我做老婆吧。”

“那……你去我家跟我爸我妈讲。人家都说抬头嫁女，低头求媳妇。你去不？”

胜宝停了，慢慢蹲下来，半天才说：“我只是讲讲快活……不当真的。”

“你以为就不能成真？”

“我太穷。”

“穷日子穷过。”

“我……丑。”

“我不嫌。”

“只怕你爸你妈那里通不过。算了，我不想攀你，你也莫恼我。”

“你不信我？”

“我信不算数。”

竹屏一下靠到胜宝怀里。胜宝先是一惊，继之紧紧抱住了她……他们忘记了这是在玉米地里，禾秸摇晃得明显，终于招来了看禁的刘跛子……

胜宝叹了口气，油灯又跳了两下。这事就像是上午发生的。他早就想忘掉，偏偏越来越记得清。真出鬼了！他是想忘掉的。他恨竹屏！逮他的那天，竹屏硬是躲着不见面，为什么就不出来讲句公道话呢？跟她的王八爸混到一起！难怪书上讲女人的心是六月的云，说变就变。而我却时时想起她。我识不了几个字，哪来的这些读书人的骚劲儿？唉，如今人事已非，她也没落得个好的下场，也够可怜的。那狗日的男人也太野毒！竹屏若是我妹，看我不打断那婊子养的背脊骨！去年腊月，胜宝到县里去买年货，在街上看见了抱着女儿的竹屏。她也看见了他，但低着头走过去了。胜宝看见她竟成了另一个人，那样单薄，那样黄……

酒兴仍在发作，又经了风，胜宝觉得肚里火烧火燎的，吃下的食物在朝上鼓，终于张口哗啦啦地吐了一摊稠糊糊的东西。他走到厨房，到小缸里舀了瓢冷水漱漱口，牙齿已被胃酸泡酥，一咬就吱呀作响，很是疹人。吐完，觉得好受了些，又点上烟抽起。

“唉!”他自语道，“日子要过，家业要立。没有女人，终不成个家的样子……”

六

翌日，薄雾遮盖了整个镇子，等太阳露脸了，雾才散开。阳光极嫩，抹到哪里都像镀金似的。这正是庄稼人悠闲的时节，“双抢”搞完了，田里不再多操心。因为“德胜竹器社”占了上风，于是镇上又有手艺人掮着担子出门讨钱，还自带了被条和米，以省下吃饭歇店的经费。钱的来路被堵，开支也就不敢轻狂。镇上的人一方面心里咒“德胜”，一方面却又想讨“德胜”的好。德安家又逐渐热闹起来。谁家手艺人从外面捎回一点稀罕名贵的东西，总要匀出一点请“德胜”的两位老板尝尝新鲜，而两位老板都不大愿意给面子，婉言谢绝。

胜宝的地包给小毛种了，百事不再过问，只给钱。他曾问过小毛，可愿到他这里做个下手，小毛说田里的活已经够忙，手头也不算紧，只高兴胜宝发了财还能平眼看他，就足了。小毛的话叫胜宝好想了一刻。他已觉得，镇上的人对他是敬而远之，像他以前对他们那样。胜宝也察出自己举止不够检点，惯于居高临下了。可一想起当年镇上人那么起劲地替德安来坑害他，心里就有了火焰，自以为把这些人撂到一边，不算过分。对德安，胜宝依然是不恭不敬、不卑不亢，只时常拨指头算日子，百事等合同满期再议不迟。胜宝每天去车间迟，有时故意这么做，自己也不知为何，昨夜没睡好，今早起得迟，十点出了头，才锁门，摇晃着上半身下了岭，进了镇街。远远就看到德安家门口围了一些人，他猜准又是些上门讨活做的。人就如此的贱，有求于人了就不惜拿热脸来贴冷屁股。他又想到自己的处境，还是有些不安。尽管这场戏他唱了红脸，但毕竟是同对头混在一个台上。于是他又拨指头算起日子来。

有人从侧面拉了他一下。一看，又是小毛。

“围这些人，么事?”胜宝问道。

“竹屏家来了。”小毛低声说。

胜宝心里像是被摸了一下，但他说：“又不是电影明星，看个么名堂!”

“你不晓得,”小毛把他扯到一旁，说：“竹屏离婚了！那狗日的……”

这下胜宝两眼直了。少顷，他转身往回走。

“你不去……看看？瘦得像棉花秸子……”小毛追上来问道。

胜宝一声不吭地走了。

不干了！一路上胜宝想，再干下去浑身就找不出一块清白！可是，合同尚未到期，毁约既负不起损失，又丢了信用。他历来是说一不二、说方不圆的。这脾气在篱笆镇妇孺皆知。十八岁那年，他同镇上一个叫金狗的打赌，看谁能把四十斤的石锁单手举过头顶十下。输家必须从赢家裤裆底下钻过去，要不，就出三块钱买条烟。结果他输了，周围的人以为他穷，出不了钱，就兴致高昂地拢上来看他钻裤裆。他没钻。他拨开人群离开了。于是众人齐声喊道：“孬种!”不一刻，胜宝又转回来，手里提着一只壮鼓鼓的芦花母鸡。

“值三块钱不?”他把鸡递给金狗。

金狗被这突如其来的举动弄得发懵，说：“算，算了，搞着玩的，不当真……”

周围的人也说算了，这是他的一只独鸡，正生蛋，油盐钱得靠它得呢。

胜宝夺过边上一个人手里的镰刀，一下就把鸡放了血，然后把鸡头往翅膀间一别，丢到金狗脚下，说：“赢不起，还输不起？下回再来!”

然而如今的事情没有这么简单。

这天他没有“上班”。

第二天也没有。

第三天早饭后，德安来了。胜宝正躺在床上吸烟看着《岳飞传》，没有招呼德安坐。

过了会儿，德安才说：“胜宝侄子，你……听讲了吧？竹屏回来了。”

“晓得。”胜宝随口答了句，继续翻书。

“我也晓得你为难。唉，这都怨我……可是这生意，和外面的用户签的订货合同，怕不能按期……我想同侄子你计划计划……”德安走到胜宝床边说。

胜宝一个鲤鱼打挺坐直，说："生意照做!"

"这就好!"

"不过你老得烦些神，去请瓦匠把车间同你的住屋隔开，从背后另打一个门，招牌也搬过来。"胜宝看着门外说。

德安犹豫了一下，说："不错，不错。我这就去找瓦匠来，下午就搞。"说完就离开了。

胜宝望着德安已略为佝偻的背影，心里觉得好笑。这老东西还真驯，叫他翻跟头他不敢打滚。又觉得自己这个主意不知是怎么冒出来的，胸口一下轻松了许多。

下午他便从新开的门进了车间。他这间屋隔壁就是德安家的房。两天没来，屋里堆了不少箩坯，等他加工收尾成型。这批箩的形状像只蕃茄，上方还安了带顶子的箩盖，谓之"猫叹气"——箩里的东西，猫儿吃不到能不叹气？这种箩按功夫粗细分作几级。最孬的是普通篾编的，值四块钱；中档的箩上织有色篾图案，值五六块钱；高级的则是用细篾精心编成，再油上清漆，能值十块。而更高级的，价格能达到几十甚至百把块。这就作为工艺品了。胜宝从书报上了解到目下竹编工艺品在旅游点和外贸部门非常吃香，外国佬肯出大价钱买。胜宝心里有数。按祖传的谱儿，他相信自己能做出好的货色来，只是现在不愿做。他想等到合同满期了，与德安脱了钩，自己拉出门面，再做。现阶段他只需信手做点粗活，胡来些钱，就行了。

胜宝系上围裙，坐下来收拾这些坯子，一刻钟就能完成一个。做着做着，不觉心不在焉起来。怎么老竖着耳朵去听隔壁呢？他生自己的气。

突然隔壁传来了小玉的哭喊声："妈呀——妈——"

这孩子睡醒了。

"掉魂了!"是竹屏的声音。

小玉不再哭。

"妈，我要回家。"

竹屏没有声音。

"家门口天天有汽车。"

"汽车有什么看的？"

"我要看嘛……"小玉又嗯嗯起来。

"莫哭!"竹屏尖声叫道。

小玉轻轻地一哽一哽地哭着。

"屏伢，莫吓着小玉……"竹屏妈进来说。

"妈，你忙你的去!"竹屏冲了妈一句，抱起孩子走开了。

再也没有声音了。一点也没有。

胜宝放下手里的玩意儿，摸出烟抽起来。

天渐渐黑了。

第二天早上，胜宝到岭脚的池塘里来挑吃水。站在埠头上，能看见一群群的鱼秧子游来游去。他就蹲下来细心看，手里的水瓢总不落下。他也看见了自己的脸孔，发现自己的脸似乎小了一圈子。昨夜他又没有睡好。三更头上他爬起来找出几根篾丝，编了一只带车厢的玩具卡车，又锯了四只竹节，打穿了眼，做"卡车"的轮子。他想叫小毛把这玩具递到小玉手里，那孩子招人爱招人怜。这都是那个狗日的城里人作的孽!

胜宝舀水，鱼秧子惊得游开，自己的脸也歪曲了。他挑水上坡，觉得小腿发软，腰也发酸，这么一担水竟挑得胸闷，以前似乎不曾有过的。上了坡，面前是以前大队的油坊，要从屋后拐过去。胜宝想歇会，坐下来抽支烟，可又觉得三十几岁的男人这般软绵，怕叫人笑话，就换了个肩挑着往前走，拐过弯，就上了正路，想必会轻松些。刚绕到油坊后面，没走几步，胜宝一抬头就看见前面来了竹屏和小玉。竹屏挎着篮子是来河沿洗衣的，小玉跟在后面追着一只绿蜻蜓。这路不过三尺宽，胜宝挑着水，迎面来的竹屏就得闪到一旁，等他过去。两人都看到了对方的面目，几乎同时低了头。胜宝慢慢地向前走，离竹屏近了;她便扭过脸去喊小玉，把孩子猛地朝边上一拽。小玉没逮住蜻蜓，失了神，被拉倒在地，于是就哭。

"哭!就晓得哭!"竹屏拉起女儿，替她拍拍身上的泥土，一边说，"像影子一样的，我走到哪你跟到哪!"

胜宝晃了一下，桶里的水溅了出来，弄湿了鞋和裤脚。他赶紧稳住身体，一步一步地从竹屏母女面前走过。忽然那只蜻蜓落在他扁担头上，他腾出一只手一下把它逮住。

胜宝把蜻蜓递给了小玉。孩子笑了。

胜宝头也不回地走了，水洒了一路。到了家，水倒进缸里，胜宝把扁担猛地碰在地上，愤愤地说：“老子不是你的影子！”

七

河边一面，叫竹屏心里难受。她原以为胜宝会招呼她一声，可他埋着头走了。他逮给小玉的那只绿蜻蜓，不多久就死了。

这次离婚，对于竹屏来说是脱了樊笼，她并没有感到有什么失脸面的事。使她最为难的是，今后又得见到胜宝了。她不愿意见到他。她怕。她也不愿意向胜宝解释什么，因为事实解释不了。过去的事，不像黑板上的字，错了可以抹掉重写。如今落到这步田地，还有什么可讲的呢？她想这辈子就守着小玉过下去。她已经过了半辈子了，越往后过就越不难过。

可是，又是父亲给她出了难题。

父亲和胜宝合办竹器社的事，她早有所闻。县里有好几家门市部卖他们的货。但她不满父亲这么做。她怨父亲当初，更怨父亲现在。当初父亲亏了理，如今又拐弯抹角地来修改，算什么名堂？想不到的是，那个王胜宝居然愿意同父亲搭台，干得起劲。她担心以后会出丑。回来的那天夜里，竹屏对父亲说：“爸，这竹器社不开了吧。我们家日子能过。我回家了，田里的活接得下，你一个月还拿四十几块……”

“钱是小事，”德安叹息道，“我退休在家，闲着也闷。”

“你不能帮妈多养几头猪吗？”

“这事你莫操心，”德安说：“我与胜宝，只不过是生意上的来往。他总要成亲，你也……”

“爸，莫讲了。”

今夜，竹屏又到父亲屋里，父亲正坐在床上盘着腿拨算盘。

“爸，把竹器社停了吧。”

“停？唉，你怎么一回来就拆我的台呀。”德安有些不悦。

“你也不听听外面人讲些什么，”竹屏说，“爸，你也不为我想想，我这日子……”她哭了。

德安放下算盘，吁了一口气，说：“都怨我当初走错了一步棋……屏儿，爸对不起你！”

“爸，莫讲了。”

“屏儿，很多事情你不明白。爸不是孬子，会这样贴着胜宝……你不晓得，这篱笆镇上人个个都是油浸出来的，滑得不能再滑！如今我不比先前，他们揩不到我的油，就翻脸不买账。我回来那几天，几乎没有人上门。我不服这口气呀！我要这些杂种把腰弯下来！让他们明白，我德安不是好欺负的！我宁愿去求一个人，不愿求一群人。再说，我是欠了胜宝一笔债的，不了，心里也不是滋味。胜宝这身手艺荒废了也是可惜，他能赚几个钱，把家撑起来，也算是我积了德吧。”德安说罢，不禁两眼湿润了。

父亲的话在女儿心里引起了波动。竹屏长这么大，方才第一次明白原来父亲也很可怜。父亲一生就顾这张脸哪！她又想到胜宝，认为父亲所有都在理上。胜宝受了那么多的冤屈，吃了半辈子的苦，也该活得体面一些。他是个好人。他应该享福。她巴望胜宝能……早点成个家。凭胜宝的德行和手艺，他会讨到一个很好很好的媳妇的。如果胜宝有家了，镇上的人还会嚼舌根吗？

“爸，”竹屏给父亲的小茶壶添了水，捧到她手上，说，“你想办你就办吧，随你。”

这一夜，竹屏偷偷地哭了。她不敢多哭，怕眼睛红肿起来，叫外人看见。躺在床上，眼泪望着窗外的月光和竹园，想着：当个寡妇真难哪！连哭也要受到限制……

醒来，天已大亮，竹屏忙起来烧早饭锅。早饭后，小玉不知跑到哪里去了，她就出门去找。走到镇街上，看见小卖部门口围着一些青年男女，在逗着小玉玩。她看见小玉手里捧着一只竹编的汽车，孩子正蹦蹦跳跳地喊着“嘀嘀——”竹屏心头掠过一阵惊慌，忙闪到一棵梧桐树后，她怕人群中有胜宝。

“小玉，”金狗指着玩具汽车说，“好玩不？”

“好玩。嘀嘀——”

“小玉，你讲，夜里你妈跟哪个困一床？”

“我。”

“还有呢？半夜里有个麻子伯伯钻到你妈被窝里去了吧？”

周围立刻爆发出哄笑。

竹屏眼前一黑，差点儿跌倒，连忙扶紧了树。不等她作出任何决定，她听见那面又哄起来了。

“金狗!”胜宝像是从天上落下来似的，拨开人群，上前一把封住金狗的领子。他两只眼睛像是要冒出来，上面尽是血丝，白多黑少。胜宝粗声说：“还打赌吗?”

“赌……赌么事……”金狗口齿不清地说。

“赌命!”胜宝“刷”地从腰间抽出篾刀，白光猛地一闪。

“胜宝兄弟！胜宝兄弟！我，我这嘴臭……”金狗吓得面色如土。

周围的女人一下尖叫着散开了，几个男人忙上前劝架。小玉吓得哇哇直叫。边上人连说：“莫吓了孩子!”

这时，竹屏在远处喝道：“小玉！过来!”

小玉怯生生地跑过去了。

竹屏夺过小玉手里的玩具汽车，扔到地上，扒开孩子的屁股就打，一边骂着：“看你还出来!”小玉尖声大哭，竹屏把她抱走了。

这边，几个小伙子好容易才把胜宝拉开。那金狗连忙抽身闪开了。大家劝了胜宝，不一会也都走了。胜宝站了很久，才拖着腿往车间走去，看到那个滚到路边的玩具汽车，他一脚把它踏了，踏烂了又有点后悔。他又站住，想着去还是不去，一时拿不定主意。

这时背后有人喊他。

胜宝扭头一看，原来是镇上有名的媒婆王妈。一个像干茄子一样的老妇，满口的黄牙，烟熏的。明白人都能猜到她是在旧时青楼上混过的。

“胜宝侄子，”王妈走过来说，“想心事呀?”

胜宝对这老妇有一种本能的反感，就不想理她，扬起手里的篾刀，把边上一截枯树丫斜劈了。

“你想心事就得巴结巴结你王妈!”那老妇说，“莫看你如今发大财，可要讨老婆就要来烧你王妈的高香哟。”说罢像鸭一样地笑起来，一只手还在胜宝肩头上拍了一下。

胜宝心里好笑。这老妇讲的倒也正确，她手里是捏了大把大把的女人。牵线搭桥，若事情办成，除有烟抽有酒喝外，还能得到一套化纤料子的衣服。你看她穿得像十八岁的黄花女！妈的，她倒成专业户了。

“我是要求你的，王妈。”胜宝笑笑说，递给她一支烟。王妈指头上已夹了支，就把胜宝的烟灵巧地夹到耳朵上。

“可是真的?”王妈眼神中立刻流露出明显的职业的喜悦，一副无孔不入的样子。

胜宝犹豫了一瞬，说：“真的。”

王妈的脸皮松弛了。她笑着说：“像你侄子这样的好汉子，莫说是讨一个老婆，就是讨一打老婆，也不在话下!”

“是钱好吧?”

“钱不是人搞的?”王妈理直气壮地说，“那你就提前办些见面礼备着，过几天我就给你回话。”

王妈摇着身子走了，裤管左甩右甩。

胜宝轻轻叹了口气，自己也弄不清为什么。低下头，又看见地上刚才被自己踏烂的玩具汽车，想想又轻轻踏了一脚。

八

第二天一早，胜宝怀里揣着三百块钱，搭县内循环班车到县城去了。县城距篱笆镇近百里，一块二毛钱的车票，车行两个钟头，到达县城正好赶上各家商店开门。街上的行人车辆这时还不算多。胜宝在百货大楼先给自己买了一套仿毛的青灰色制服，试了，合身，便不再脱下。原先穿的那身旧衣揉成一团塞进了帆布旅行包里。他又买了一只镀金坤表，花去一百四十块整。接着，他挨个把所有的大小商店跑了一遍，把诸如羊毛衫啦、高跟棕色牛皮鞋啦、美加净珍珠霜啦，这些女人家的用品，都买下了，旅行包塞得像只吹了气的猪尿泡。到吃午饭时，掏出所有的口袋一搜。付了饭钱仅剩下了三毛几！这下他慌了手脚，连回去的车票都买不起。他懊悔自己太洒泼，弄得如此尴尬。走百来里路不容易，况且时辰不够。买来的东西只要是好的就没有理由去退，抽出一件折价卖给别人分明是吃睁眼睛亏，说不定还会招来麻烦——拿他当贼！胜宝真是哭笑不得，心想钱这东西来得麻利花得也麻利，如今腰里空空，竟出了这种洋相!

胜宝擦着街道边缘，边走边盘算，委实很急。突然，他瞟见了一样东西——他编的那种“猫叹气”，摆在一堆竹器中间，显眼得很。他忙抬头看看这家店门边挂的招牌，才知是县竹器社办的门市部。于是胜宝进了门，仔细地看陈列的竹器，渐渐有了一种豪迈感。这算什么竹器！怪不得自己做的货放在其中那么显眼。他像是头回认识了自己是个能人。这“猫叹气”摆在自己身边并不觉得什么，可一放到这堆杂七杂八的货色中，就如此光彩！这就叫河中无鱼虾也贵。他很快发现，这只箩少了盖。这算什么“猫叹气”？

“这箩……盖呢？”他下意识地问那个柜台里哈欠不断的矮佬。

“盖踩扁了，豁了口。不然早卖掉了。”矮佬爱理不理地回答道，“你要不？原价七块五，少了盖就减掉两块，五块五，还不便宜？”

日他祖宗！胜宝心里盘算着，这箩是顶次的一类，出厂才四块二，他一转手竟得了这么多！城里人尽是滑头儿。胜宝拿起箩，用指头弹了几下。

“你要不要？”矮佬不耐烦地说，“不要就放下来？”

胜宝想了想，说：“老伯，这边上有竹器社不？”

“你不识字？我们这儿就是竹器社，这是门市部，后头是车间。”

“能找几根篾丝用用吗？”胜宝走近矮佬说，“和这箩上的差不多细的。再加两根骨子，我就给你编个箩盖，要是你佬中意，就给我一块钱……”

“你说海话！”矮佬把秃脑瓜伸出柜台，说，“看花容易绣花难，你以为这是伢搭锅灶？”

“信不信由你佬，不中意我倒贴两块。”胜宝有些骄傲地说，放下旅行包。

矮佬看了胜宝半天，猛叫道：“我今天就算是发了神经，倒要见识见识！”说罢尖着嗓门喊“小李”。一会儿从后门进来了个年轻轻但貌平平的女子，正织着毛线衣物。

“叫魂哪！”小李说，对矮佬飞了一眼。

矮佬对小李嘀咕几句，小李立即正眼来看胜宝。矮佬小碎步跑走了。不一刻，矮佬果真抱来一把篾，后面还跟着几个男女，一进来也都盯着胜宝看。胜宝不禁觉得耳根发了烫。矮佬把篾放于胜宝脚下，从腰里摸出一块钱的票子，扔到箩里，再抬眼看看胜宝，不做一声。

胜宝这里已脱下新衣，从旅行包里拿出旧褂，提起两只袖口，朝腰间一系当围裙，顺手拿过一只方凳，折放在地上，坐下来开始编织。周围人全屏住呼吸，专注地看胜宝动作。只见篾丝在胜宝指间飞舞，穿来穿去，经纬交错，不到半小时，一只箩盖已经编好，朝那箩上一按，不大不小。

围观者同叫一声好。

矮佬看得发木，醒来便连声道“服了!”

胜宝启开箩盖，拿出一块钱捏在手中，歉意地说：“老伯，这钱我就不客气了。”

矮佬连道“当然”，又对小李说：“这箩我要了，你把账另记。”

“你这老家伙尽得便宜!”小李说。

矮佬捧着箩笑得两肩乱抖。

胜宝收拾好，正要离开，忽听有一男声喊道：“师傅贵姓?”一看，走过来的是一中年汉子，长得极壮，浓眉亮眼。

“我姓王，叫王胜宝。”胜宝有点不安地说。

“哦哦，果然就是王师傅!”中年人拿过胜宝的手来一握再握。

“这是我们周厂长。”矮佬忙插上前介绍道。

“周群。”周厂长说。

胜宝就叫了一声“周厂长”。

“我可是久仰师傅大名哪!”周厂长说，“来来来，到我办公室歇会。”说着就拉胜宝走。

“不了，周厂长，我还……有事。”

“不急不急。”

“我真有事。下回来吧。我还要赶下午的车。”

“家里丢不开？几个孩子?”

胜宝怔了一下，还是往门口迈。

“唉，你这人！我们厂长留你……”矮佬说。

“我说下回来，真的……”胜宝说。

于是周厂长不再拉，想想说：“真有事就算了。来，我送送你。”

胜宝连说“不用”，但周厂长还是抢先拎起了旅行包，和胜宝并肩迈出了门。身后窃窃私语：“十个麻子九个怪……”

路上，周厂长问胜宝："我和江德安熟，你同他是合股还是他招聘你？"

"合股。他出材料，我贴手艺，五五分成。"

"五五分成？"周厂长停了会，又说，"王师傅，不是我姓周的挑是非，五五分成恐怕你亏了。一根竹子值多少钱？一只箩值多少钱？一只箩需要几根竹子？你算过吗？"

胜宝心里清楚，也悔当初头脑简单了些："我原想这竹器生意吃不开，就……"

"王师傅，不是我当面捧你，凭你这手艺到哪里不是香的？中国也罢，外国也罢。"

"我这乡巴佬有多大的本事……"

"哪里！"周厂长又停了停，说，"实话说，王师傅，你这手艺花在编些低档竹器上，可惜得很！你应该去编精致的工艺品！你完全可以的！"

"怕是没有那个福分了……"

"王师傅！"周厂长拉住胜宝的手说，"如果你愿意，到我这里来。我们目前正在筹备竹编工艺组，就少像你这身功夫的人！你来不来？我一个月给你……一百五！"

"一百五？你逗我开心吧？"胜宝笑道。

"军中无戏言。我是当过兵的。"周厂长又逼近一步，"竹编工艺在国外非常红火，一些旅游点常来函向我们要货……王师傅，就这么讲定了？"

胜宝收起脸上的笑容，想了一会儿，才开口："周厂长，你这样看得起我……可是我跟德安的合同还不到期，中间毁了，怕名誉不大好。"

"这个……那就退一步谈吧。其实做生意跟打仗一样，是需要灵活机动的……王师傅，这件事只有你我有数，不能漏风，特别不能对江德安……"周厂长挤挤眼说。

"这无所谓。他姓江，我姓王。我是我。"

两人不觉已走到车站。然而最后一班车已经离站，胜宝又发急了。

"没关系，"周厂长说，"你在这儿等一会儿，我去去就来。"言毕，跑到对面那个单位去了。隔着玻璃窗，胜宝看见他打电话。一会儿周厂长又转回来，还没到跟前，就说："行了。车一会儿就到。"

胜宝惊羡地看着周厂长，心想这人门道比德安多得多，似乎一生中没有一点难处。两人又扯了几句散话，胜宝拿出烟来，先让了周厂长，周厂长说不会抽，胜宝就自己点上。一支烟没吸尽，前面来了辆北京吉普，在他们面前刷地掉了头，停下；接着听见里面一个黑脸汉子强盗一般地骂道："家里死人了！催命似的，老子夜里还有餐喜酒……"

"我回来补你两餐。"周厂长对司机说。又回头告诉胜宝，说这司机是他的战友，在县政府开车。

"送我?"胜宝一时反应不过来，问。

"不送你送谁?"周厂长笑着说，"上车吧，一直送到你家门口。"

"这，这太担当不起了……"胜宝心跳得飞快，自己能听得到声响。他跟着周厂长上了车，头被碰了一下。

"我一个亲戚，住在篱笆镇，有劳你了。"周厂长坐在前面，对司机说。

司机一拉一蹬把车开起来，上了正路便开得飞快。

"狗日的，这个月奖金又捞了不少吧?"司机说。

"等我厂里买了车，请你来开，工资翻番。"周厂长十分得意地说。

"你狗日的尽吹牛皮……"

周厂长哈哈大笑，正了正身子。

胜宝一直在通过车内的那个扁镜子看自己的脸，车晃得厉害，很难看清，但他依然觉得自己有派头，完全不像是乡下人。县政府！他想，这可是县政府的车子！是县太爷坐的！心里说不出的甜蜜。他又侧过脸去看周厂长，心想这是个绝顶聪明的人。他是看出了我的用场，便来灌我蜜喝。要是换上小毛或者金狗，有这么好事？当然，能被人看得起终归是桩好事情。老子要叫全中国的人都看得起……胜宝把背往后面一靠，双手曲着枕起脑袋。

车停在篱笆镇街上，时已黄昏，周围的景物都不大清楚。

"到家喝碗茶?"胜宝说。

"不了。往后见！"周厂长又同胜宝握了手，对他眨了眨眼，其意各自领会。

胜宝下车，谢了司机。车掉头开走了。胜宝还立在原地，盲目地对车招手。突然身后杀出了小毛，见是胜宝，惊叫道：“是胜宝你呀！我还当是县里的书记！”

胜宝忙摸出烟来敬小毛，自己也叼上一支，悠悠地吸着，说：“人家非要送我……”

小毛把胜宝看了个仔细，咧着嘴说：“你狗日的好八字，穿得像接见洋人似的，又有小包车坐……”连连咂嘴不止。

胜宝笑而不答，把烟吸了又吸。

九

当夜，胜宝拖小毛来家喝酒，把白天在县城的事情原原本木地讲了，只是瞒了那个周厂长要花大薪水请他做活的那截子。小毛听了，两眼直勾勾的，手却不停地搓。这小毛酒量不大，好喝又好醉，酒下肚不足二两，便有了几分醉意，说起话来像短了一截舌头。见胜宝把买来的女人衣物用品抖搂出来，小毛就说：“胜宝哥……赶紧讨，讨个老婆家，家来……讨黄花女，莫，莫要寡妇……女人也不是酒，越陈越好……”

胜宝周身紧了一下，把小毛的酒盅子拿下来，厉声说：“你差不多了，小毛！吃菜。”

小毛伏在桌上，大口地呼吸，嘴里还在嘀咕着什么，声音渐渐弱了。

胜宝看看小毛，突然又涌上一片怜意。这也是条汉子。他女人跟他过之前已经跟过两个男人，如今又与小毛脱了钩。可小毛从来不提半句那女人的不是，心里还指望着她能回心转意……唉，人生在世，有多少难过的坎？多少难念的经哪！胜宝把面前的酒喝净，抹抹嘴，过去拉起小毛，扶他回去。

这时候月亮已从岭头升起，光让云搅得忽明忽暗，整个篱笆镇罩上了一层浅蓝色，看上去，屋顶上像打了蜡，暗暗地发亮。镇街上空无一人，有两只狗，一黑一黄，一公一母，在饭店门前闲转，时而相互调戏一下，发出几声怪叫。见狗这般自由亲爱，胜宝忍不住地用脚踢过去一块小石子，正落在其中一只身上，于是它们直起脖子对胜宝吠了两声，又偎在一起，却不再乱动。

“这畜生……”胜宝暗笑道。

他停下了。这一整天的兴奋尚未散尽，使他心神不定，摸不清今夜还想搞些什么。等手里的烟吸完，他才决定去王妈家。

“王妈，”胜宝进门，见只有王妈一人在场，于是就说，“东西我备了一些，想晓得王妈替我找的人家……”

王妈热情地拿烟倒茶，然后说：“你看河西子强家的老二可照？”

胜宝想了想，那子强家的二女他见过，豆蔻年华，委实长得小巧玲珑。“怕年纪不般配吧？”他说。

“翻过年就二十一了，”王妈说，“也大不了多少。”

“大十几岁呢！”

“你这孬子，女人又不是生姜，未必老的好？只要女方不嫌，你有么事想的。”

“相貌也不般配。我丑。”

“你是白麻子，不显眼。唉，这你就莫操心，王妈我替你活动。不过我得丑话讲到前头，搞成了，你可要……”

“我做两套衣送王妈。”

王妈这才开颜大笑，身子扭得像麻花。她说：“今天起的是么子风呀，尽把财气往我这里吹，一天来了三个要做媒的，上昼黑皮，中时竹屏，夜里……”

“竹屏？”胜宝失口道。

“是的哟，寡妇人家嘛，熬得过初一，还能熬得过十五？”

“她要嫁哪个？”

“说是越远越好，嫁到天边都照。这我倒是头一回听到。”王妈起身给胜宝添茶。

“不用了，”胜宝立起来说，“我还有事，王妈。”

“你这光棍条子有么了不得的事？又不用去偎老婆！你再坐坐。”

“我真有事。”胜宝转身就出了门，听到王妈说：

“过天把我就给你回话……”

胜宝顺着镇街直奔芝麻岭头。这岭头虽不高，但陡；每天来往的客车，过岭时所有的旅客都得下来，有时还得帮助推车。胜宝一口气上了岭，身上出了汗。岭头上风要大些，胜宝不禁打了个寒战。突然间，他想起了一桩旧事：

他二十岁那年，有一天过岭去卖竹货，回来的路上天落了大雨，电闪雷鸣。这一路上无村无店，找不到一块干的场子歇脚，只好随雨淋。终于面前现出了芝麻岭，快到家了。可腹内早已空空，咕噜咕噜，浑身没有一条干纱，冷得脸发灰、腿打颤。忽然他听见有人喊“胜宝哥”，抬眼顺声看去，苗条的竹屏正用劲撑着伞向他走来。竹屏从怀里拿出一块插秧时穿的薄膜雨衣，给胜宝系上，又拿出两个烤熟的山芋。

这事胜宝记得清楚。他借着月光顺路细看，还记得那回在这块猪头石边上，竹屏滑了一下，差点儿跌倒，若不是他一把拽住了她的话。可是，他也记得自己因为什么坐牢……

胜宝又从岭头走下来，想折回自己的茅屋，偏偏脚迈的不是方向。他又一次进了镇街，像只猫似的，悄悄地进了竹器社，关上门，摸到自己做活的方凳上坐下，吁了几口气后，才拿出烟来抽。一口吸多了，呛得直想咳，但他忍住了。他专心地听着隔壁的动静。都困着了。过了许久，听到德安的脚步响。

“屏儿，还不困？十二点了。”

“刚把小玉哄困。爸，你也没困?”

“困不着。”

停了一会儿。

“爸，夜里闲着急，去摸摸麻将……”

“没意思。”

“家里买个电视机吧。现在夜长。”

“要买的。买一个彩色的，大的。”

“黑白的好些。彩色的买来，家里天天少不了人来，你不嫌烦?”

“老人就要点热闹嘛。”

又停了一会儿。

“屏儿，我有桩事要问你……”

“爸，么事?”

“你……去找王妈了?”

“……”

“屏儿，这事你该跟我和你妈妈招呼一声。”

“……”

“我晓得，你如今日子难过，镇上嚼舌根的杂种多。唉，这都怨我……”

“爸!”

“爸对不起你，也害了胜宝。……屏儿，你和胜宝……依我看情分还在……”

“爸!

“爸不是讲酒话……”

“爸！你困去吧……”

德安重重地叹了口气，走了。

过了许久，传来了竹屏捂着嘴哭的声音。

胜宝觉得眼眶里发涩。

远处，传来了猫头鹰的啼叫，叫起来叫人发憷。

十

几天后的中午，邻县一家土产门市部的货主带来一辆三吨的“跃进”卡车，到篱笆镇“德胜竹器社”装货——一色的“猫叹气”。车就停在德安家门口，阳光照在车身的蓝漆上面，反光强烈。镇上的一些小孩都围着车子动手动脚，其中有小玉，尖声不断地叫“嘀嘀”。

货主是一个穿灰中山装的矮胖子。德安一边唤“陈经理”，一边殷勤地倒茶散烟款客。胜宝同几个下手在点货装货，上车下车。货不多，只装了车厢的三分之二。

“就这些?”陈经理操着北方口音说，脸上有点不悦。

“大师傅近来身体不适，所以，下次补上，补上!”德安脸上堆着讨好的笑。

“镇上还有几家做这种箩的，”胜宝说，“是不是也拿来看看?”

德安瞟了胜宝一眼。

陈经理稍稍一想，说：“拿来吧。”

边上的人听到这话，便纷纷窜回家，喊着自己的女人和孩子帮忙。不一会儿，都把自家的“猫叹气”搬来，摆了一地。

陈经理粗粗看看这些货，用脚拨拨，忍不住地笑着说：“这算啥玩意儿?”

“便宜点。”边上有人说。

“经理，就把我们的货带着凑个数吧!”又有人说。

“不是‘德胜’的货不要!”陈经理一挥手响亮地说，“宁缺毋滥!”说着就与德安、胜宝拉拉手，跳上了车。司机很快大按喇叭，惊得周围的小孩子乱窜。车掉过头，开走了。

陈经理把短臂伸出窗外挥挥。

德安等车远去，才把手放下。伏天虽过，太阳还很毒，他已忙得一头是汗，赶紧回到家里洗脸喝茶了。他招呼胜宝，可胜宝没动。

此刻胜宝心里泛上了异样的滋味。他不像以前，见自己的货吃掉了别人的货那样兴奋。不知为什么，看见这些人把刚才急急搬出来的货又慢慢搬回去，他就心里发酸。他把袋里的纸烟拿出来散人，但没有一个人肯接。胜宝顿时感到脸腮发烫，双手曲着不知往哪儿落。人都走完了，他还一个人木木地立着，阳光直射在他头上、身上，豆大的汗珠儿顺着腮帮往下淌。渐渐地，他觉得头有些晕了。后来他感到有什么东西碰了他的腿，一看，是小玉；手里拿着一只白瓷缸子，装着茶。

“叔，喝茶。”

胜宝弯下腰把小玉抱起来。

“叔，喝茶。”

胜宝腾出一只手，捧着瓷缸喝了一口，甜。

“小玉，哪个叫你送来的?”

“我妈。”

胜宝把茶喝净了。……

胜宝累了，中饭懒得烧，只吃了一截藕。他想死睡一场。可刚准备上床，门口的光线突然暗了，原来是王妈进了门。

“今天又发了一笔财吧?”王妈说。这老妇今天又换了一套衣装，头梳得油亮，苍蝇立上去怕也要闪腿。

胜宝不答理她，只甩给她一支烟。

“恭喜你哟!”王妈点上烟，美滋滋地吸着，说，“河西那姑娘看中了你的才干，认了；今天我就领你过去看看，这日子也好。”

胜宝仰面倒到床上，双手支着脑勺，望着屋顶上的蜘蛛网。

“快收拾收拾，日头都歪了。”王妈说。

“王妈，我不去了。”胜宝回了句。

“么话？”

“不去了！”

“你……你是三岁毛伢？”王妈顿时板起脸孔，“我百事都做稳当了。”

“不去就是不去！”胜宝猛地坐起来，也沉下脸。

王妈有点慌神，想走又不愿意抬脚。

胜宝从口袋里摸出五块钱，递给王妈，说：“劳你神了，买只鸡补补。”

王妈迟疑了一下，还是接过了钱，这才怏怏离开。远远还听到她在讲：“两套衣……”

胜宝关了门，合衣躺在床上。突然，伏在枕头上哭了起来。

过了一会儿，传来了隐隐的雷声，光线越来越暗，但不太闷了。接着，落雨了，渐渐大起来。猛地一声雷响，震得桌上的茶碗都晃，只见篱笆镇朦胧一片，唯有那片竹园能看得清。那竹子在风雨中剧烈地摇摆，却没有一根折断。

这场雨直到黄昏时才歇。雨过天晴。篱笆镇像刷了层桐油似的。那片竹园越发苍翠，绿得像要淋下来。天边显出一线晚霞，软绵绵的，几缕炊烟笔直地上升，直到与越来越浓的暮霭融为一体。

胜宝下岭。他披了件衣服，叼着烟，两只力士鞋踏着，走到镇街上四处瞧瞧，见人们都不看他，心里不禁掠过一阵酸楚。又是那两条狗，一前一后，迎着他走来，还没到他跟前，便又绕开了。

路过金狗家门口，隔着篱笆看见金狗正坐在门口编“猫叹气”，胜宝想了想，还是推开院子门，走进去，喊了声“金狗”。

金狗嗯了声，从屁股底下抽出凳子让给胜宝，又叫自己女人倒茶来。

胜宝拿过金狗的货，细细地看着。

“你莫看。我是个呆人，货也呆。”金狗有些不好意思地说，“我哪一点能比得上你胜宝！”

“你力气就比我大。”

“那是蛮力。编箩要用巧力。”

“你这话也对。其实这箩编起来也不见得难。”

“你不难，我就难得比生伢还难!”

胜宝笑笑，说：“我编你看。窍门也不算多，一要篾剖得好；二要口收得好，口上的篾一根也不能断，断了就毛糙。这篾，你看，先从这儿钻过来再复过去……”

胜宝慢慢地把这只箩收拾好。金狗看了，一脸是笑，进门对女人嘀咕几句。不一刻，金狗女人端来了四只糖水蛋。

“这做么事？我才吃过夜饭。”胜宝推辞道。

“家里鸡生的，快吃。”金狗催着说，拉胜宝进了屋。

胜宝心里觉得愉快，也就不再推，全吃了。

金狗又摸出“东海”烟，说：“孬烟。”

“孬烟也吃。”胜宝划了火柴，两人点了烟。

“胜宝，如今你可是篱笆镇通天的人物了，”金狗说，“那天县里小包车送你，我也看见了。要调你到县里去吧?”

“我不是吃商品粮的，哪扯得上什么调。”胜宝说，“是一个熟人的车子……”

“德安也晓得这事，我讲的。”

“他晓得可讲了什么?”

“只笑笑。笑得半真半假的，跟他人一样的。”

胜宝也笑了。

过了一会儿。

“胜宝，我以前是个肉头，帮了德安的忙，跟别人去告你……你不记恨吧?”金狗说。

“这不怪你。哪个都不怪。怪我自己，想得太高了，人家是大户的千金……”胜宝自嘲地一笑。

“话不能这么讲，胜宝。其实竹屏对你是真心。是德安搞的鬼。”

“她要是真心，就会站出来为我作证。”

“你不晓得，那几天德安把她锁在家里，还叫我给他看着，怕她寻死。逮你走的那天，竹屏在屋里哭得天昏地暗，还一头撞到墙上，碰了鹅蛋那么大的包……”

胜宝一下站了起来，两只眼瞪得大得不能再大。突然他要走。

金狗一把拉住胜宝，急着说："你可莫想歹事，我，我……"赶紧把门闩上了。

胜宝又慢慢坐下来，良久，才长叹一声。

十一

那王妈自从失去了胜宝这份子便宜，就逢人讲胜宝得了神经。否则怎么能见嫩花不摘？居然也有人相信。今天，吃过早饭，那老妇又在饭店门前对一些人指手画脚，一口一个"神经。"

"……河西子强家的门槛都叫光棍条子踏凹了，那姑娘几好！人家是看得到摸不到，那麻子有福分摸得到却不伸手，这不是神经？"王妈拍着腿说。

"怕是……丢不开竹屏吧？"有人轻声试探道。

"竹屏？"王妈鼻子哼了一声，"竹屏就算是仙女，也是二道货！"

"媒婆，"金狗说，"你是几道货？"

周围的人"扑哧"笑开。

"金狗！老娘挖你祖坟了？"王妈尖叫道，"你这条乱咬人的疯狗……"

"你才是狗呢！老骚狗！"金狗笑道，"你也不屙尿照照，哪个不晓得你是个有名的筷子筒，男人都能插……"

大家笑得东倒西歪。

王妈见势头不利，便抽身离开了，一路咒着金狗。

后来小毛把这些告诉了胜宝，胜宝便现出按捺不住的高兴，连日来心头的愁闷，顷刻抹掉了许多。他这辈子似乎还不曾有过如此这般的快乐。这快乐之所以难得，是因为不是花钱买来的！

中饭他吃了三碗。饭后，抽过一支烟。便来"上班"。刚到竹器社门口，德安过来招呼道："胜宝侄子，你来一下。"

胜宝就走过去，问有何事。

德安看看四周，见几个小伙计走来走去，就引胜宝进了屋后的竹园。走进很深的地方，才停下来，摸出烟，先让了胜宝。

"有事就讲，"胜宝说，"我还要做货。"

德安又从口袋里拿出账本，用舌头舔舔手指，翻到其中一页，说："这个月的账……"

"我讲过了，账我不管。我只管出力气做活。你理的，我信。"胜宝说。

德安还是把毛收入和纯收入井井有条地说了一遍。"这个月生意红火，百事除外，共得二百二十七块。我拿一百，你拿一百二十七。"说着就从怀里摸出一叠票子交给胜宝，"你点点。"

"搞这名堂做什么，"胜宝说，"五五分成就是五五分成，怎么讲就怎么做。我再给你十三块半。"

"算了。你也太认真了。"

胜宝还是把钱还了德安。"我去做货了。"说着就想离开。

"哦，还有……"德安欲言又止。

"还有么事？"

德安想了想，才说："不是我多嘴，胜宝侄子，你怎么能教金狗做货呢？我都看见了。"

胜宝不吱声。

"你想想，你这手艺是家传的，传家不传外，传子不传女。如今你这么做，一传十、十传百，将来人人都会做，我们的生意岂不是不攻自破吗？你想想，这多险！"德安感叹道。

"你佬也太精了，"胜宝说，"这是我自己的事。"

"我也是为你好哇！"

"我不是伢，好坏还分得清。我不怕险。牢都坐了，还怕什么？"胜宝甩手走了，身子碰得竹枝沙沙响。

胜宝回到车间，越想越窝火，不想做活。他想这德安也够阴的，口口声声说是为他好。当然，按德安的主意，钱会搞得多。可是一个人活在世上，有很多东西是钱所买不到的。买得到的不一定都值钱。

一阵自行车铃铛声，切断了胜宝的思路。接着听见外面有人喊："王胜宝在吗？"

胜宝贴窗看看，见是区里的邮递员，就出了门，对来人说："我就是。"

邮递员拿出一封挂号信，叫胜宝签字。办好就蹬车走了。

胜宝看看信封下面，知道是那个周厂长写的，就走到一边把信拆开。信是这样写的：

胜宝师傅：

您好！

上次您光临敝厂，大家都很高兴，一致认为像您这样有特技专长的人，是极少见的。您走后，厂里讨论了您的问题，都赞成我的主张，请您来厂长期工作。具体安排是，每月薪金一百五十元，以后再逐渐向上浮动。您的家属可以安排在本厂食堂工作，拿三级工的工资；小孩如有念书的，我们负责联系学校。住房问题，虽然目前厂里较困难，但为了尊重人才，我们决定将会议室隔成两间，您先住下，以后想办法。如果我厂的生产搞上去了，我想将来您的转正、家属的户口都是不成问题的。

胜宝师傅，您身怀绝技，不用在大事上是甚为可惜的。我相信您能编织出第一流的竹编工艺品，打到全国乃至国际市场上去的！我期待着您早日来厂！

您不必顾虑，如果来我厂工作，那边的合同损失均由我厂承担。

希望我们能合作成功！

致

敬礼！

周　群

×月×日

胜宝把信塞回信封，装进内衣口袋，点上了烟。他想这个周厂长口气也够大的，条件给得这么优越。他又觉得好笑。我哪有什么家属子女的！笑后又感到口苦。他走到德安家窗户边，对里面说："小玉，给我倒碗茶来。"

里面没有声音。过了会。见竹屏将一只瓷缸从窗棂中间递到窗台上，胜宝正要看她，可她已经走了。

胜宝又是一阵心酸，从窗台上拿过瓷缸，喝了一口，不过是茶而已。他想到那天也是这只瓷缸，但茶是甜的。今天的茶苦。胜宝喝了几口就不想再喝，但还是把茶喝净了。

“这日子……”胜宝怏怏离开了。

黄昏时天又落雨，一开始就很不小。这已是深秋季节，雨却像是夏天的，落下来似乎还带着温热。

胜宝平躺在床上，双眼盯着窗外看，四处一片漆黑，一道闪电把外面的天空斜劈开，转瞬又弥合起来。雨大，雷声听起来不脆，像公路上滚空柏油桶似的，搞得人脑袋发胀。胜宝眼看涩了，就翻了翻身，又把上回在县城买回的几件女人的衣物用品找出来细看了一番。这天气，他想，这天气搂着老婆困觉怕是最好不过的了。胜宝心里又开始烦躁起来，对那天冲撞了王妈，他有点悔。河西那女子，做老婆有什么不好的？如今不要，往后又能指望什么呢？指望竹屏？可毕竟她是寡妇，不，还算不上寡妇。死了男人的叫寡妇。她是离了婚的……胜宝坐起来，想抽烟；一摸口袋，所有的烟盒都瘪了。他舔舔嘴唇，重新躺下，顺着刚才的思路往下想。竹屏要嫁人，真的？不是真的。假的？也不是。半真半假？真不真假不假？女人的心难摸。唉，心里藏了个女人比藏了只猫还难受……

他盯着那只竹笛。多久没吹了。他下床把它取下来，用袖口揩了上面的灰。笛膜没破。他用舌头润了润，轻轻地吹了几下。外面在落雨，淅淅沥沥，但他还是觉得这笛子的音色纯得很。于是他立在窗口，对着窗外忽明忽暗、变幻莫测的天地，吹了起来。他没有吹出一支完整的曲儿，只是随意地吹，吹……

过了很久，他觉得这笛声渐渐清亮了。

原来这阵雨走过去了。

十二

那笛声的尾巴惹醒了沉睡的篱笆镇。该醒的人都醒了。

只有德安家一直没有关灯。德安自上午在竹园里与胜宝摩擦后，就坐立不安。胜宝会越来越硬，这是他设想过的，但没想到有这么快。而更让他提心吊胆的是，胜宝要飞！前几天，金狗告诉他说县里派小包车送胜宝回篱笆镇，他委实吃了一惊。他猜定是县里某个部门发现了胜宝是个能人，便来挖墙脚。否则，像他胜宝这种人怎么会享受得到那种待遇呢？德安自己干了三十几年，也只坐过一回小包车，而且是揩油的——那次县革委会副主任到地区开会，他正巧要回家度假；他常给这个副主任家送瘦肉和猪板油，被副主任所认识，于是就搭上了小包车。可惜车在篱笆镇只停了几秒钟，不等镇上人看见，就开走了……德安从这天起就觉得心里又压了块石板。不等这石板掀掉，他心里又多了一只铅锤——胜宝居然向金狗之辈露手艺！这样下去，怎么了得？德安思来想去，还是决计同胜宝认真谈一次，想叫胜宝权衡一下利害轻重。可是，胜宝全然不当回事，最叫德安伤心的是胜宝又一次提起了坐牢……这真叫往事不堪回首呀！这往后的日子会过得怎样，是不言而喻的。德安完全摸透了胜宝的心思：合同一满期，胜宝会撇开他，独立门面！

德安最为头痛的是，明知胜宝有朝一日会这么干，自己却无力去改变这个现实。他几乎是绝望了。但是，有一件事点亮了他——胜宝突然宣布不去河西子强家相亲。这自然事出有因。难道不是为了竹屏？德安坚定地认为自己这个判断是正确的。这样想着，德安对胜宝不由产生了几分敬佩，他觉得胜宝是个心慈的人。同时，他又感到沉重的内疚。他几次想同竹屏谈谈胜宝的事，但终因羞于启齿而作罢。今夜，他又想起了。大雨过后，留下来的是胜宝那断断续续、起伏不定、委婉而清脆的笛声。这笛声似乎给了德安信心。他看看身旁的老伴已经睡熟，便悄悄下了床。他捧着紫砂壶出了房门，伸头朝右边看看，见女儿的房门虚掩着，射出一条窄窄的灯光。女儿也没睡？这就好……德安穿过堂屋，在女儿门前停下，眯眼往里瞧，见竹屏手里拿着毛线，眼却看着挂在墙上的小圆镜子，许久不眨一下。

德安先干咳了两声，才说："屏儿，你屋里可有开水？"

"哦，爸，有开水。门是开的。"

德安推门进屋："小玉困着了？"

"嗯。刚困。"竹屏拿过水瓶给爸添水。

德安坐到床沿上，把小玉肩头的被子压压好，过后又叹了口气，说："伢也怪可怜的……"

"有吃有穿，么事可怜？"竹屏不悦地说，"爸，往后你莫讲这话！"

德安看看女儿，点点头，又埋下头轻轻叹了口气。

“爸，你老叹气做么事？”

“都……都怪我……”

“爸！”

父女俩对坐着，沉默着。

过了一会儿，德安才说：“屏儿，王妈那头我已叫你妈回掉了。你想想看，我和你妈都是快进土的人了，你两个姐姐又走得远，要是你再走远了，我和你妈边上连个送老的人都没有……我这话不重吧？”

竹屏低着头不做声。

“当然，你和小玉也不能老蹲在我这里。你还年轻，小玉还小，也得有一个家的。我是想叫你在边近找个人家，两头跑跑……要不，就招一个进来，也让我享受享受天伦之乐……”

竹屏低声说：“爸，我和小玉都好办。我有手有脚能把她养大……我要离开篱笆镇，也不是对娘老子不孝，实在是我的日子……不好过……”

“这爸晓得。”德安叹息道：“不过，屏儿，遇事也不能往一头想。屏儿，你听我把话讲完，胜宝恨我，不恨你，他对你还是真心的……”

“爸，你也莫往一头想！不管胜宝对我是真心还是假意，反正我的心是死了的！”竹屏抬起头说。

“屏儿，你冷静下来想想……”

“我是寡妇！爸，人做事不能尽亏别人！”

“新社会，有什么寡妇不寡妇的！你还算是个念过书的人！”德安也有点动气了。

竹屏捂住脸抽泣起来。胜宝的笛声又飘过来一阵。

德安走到女儿面前，抚着她的肩头，说：“屏儿，莫哭了……爸刚才讲的都算没讲。屏儿，爸老了，言语没有个轻重，你莫往心里放……”他也老泪纵横了。

“爸，你讲吧……”竹屏抑制住了抽泣，两肩微微抖动着，她把父亲又扶到床沿上坐下。

德安停了良久，才说：“屏儿，爸也难哪！自从办起了竹器社，爸就没有睡上过一回安稳觉。你回来这些日子，也看到了，这竹器社对爸来说是几多重要。有了它就有了爸，篱笆镇的人都绕着它转，爸心里也平和多了……可是，他胜宝想的跟爸不是一回事。他会走。他会把爸甩到一边去。你想想看，这叫爸怎么下得了台？爸忙了一生，不就是顾一张脸皮吗？屏儿，你就……帮爸一把，跟胜宝讲几句话。胜宝是个心慈的汉子，他对你还是和以往一样。屏儿，你心里想的爸都晓得，你们是有缘分的……屏儿，就算爸求你了！

竹屏怔怔地看着父亲，半天才说：“爸，你去困吧……”

德安走了。在门口，他又回头说：“你也困吧。”

竹屏一夜没睡。这一夜使她感到了从未有过的恐慌：她恨父亲！她躺在床上，时而神经质地坐起来，忽又重新躺下。父亲的话叫她心寒彻骨！爸呀，你讲了这些都只是为了顾你那张脸哪！可是，你不晓得人的脸是靠什么护住的。原来你就是这样和胜宝相处的。你以为多塞几个钱给他，再把女儿搭配给他，就能稳住他吗？爸，你又错了，爸，我不能依你！我得走，走得越快越好，越远越好，我不想再回来……竹屏浑身战栗不止，她双手紧紧环抱着两肩。她又想，父母已经老了，母亲也老了，这个家的笑声会越来越少。但不走不行。胜宝，你这冤家！河西那姑娘多好，你怎么就不娶她过来？你还是和先前一个样，神神癫癫的。你已经三十三了！再过十几天，老历十月初六，是你的生日。这些年这一天，我都要代你吃一碗“长寿面”……冤家呀，要不你走！你到县里去，莫荒了你的手艺。县里条件好，只是人的心眼多些，那些，你凭手艺吃饭就哪个都不怕了。你生来就什么都不怕。而我怕，怕，怕……

竹屏凝视着窗外锅底一般的天，心里纳满了苍凉。

十三

第二天，德安出差了，到邻县去联系生意。

在河沿，来挑水的胜宝又遇到了竹屏。这次是她先来，已经占下了埠头，洗衣。胜宝远远看见，迟疑了一下，就撂下水桶，到一边随手捡了片瓦角，从坡上扔到水面打漂。

竹屏抬眼看看水漂，又扭过头，看见是胜宝，便回头继续洗衣。不过两件衣裳，很快洗好，她挎起篮子，埋头走了。不知是无意还是有意，她忘了带走棒槌。

胜宝下来挑水，看见了棒槌，便捡了，带着它往回走，等绕到老油坊后面，竹屏已经回来寻找，胜宝撂下水桶，把棒槌给了她。

竹屏接过棒槌，想抄胜宝之前走。这时，胜宝喊住了她。她站住了。

“竹屏……”胜宝走过去说，“你……你爸走了？”

“一早就走了。”

“几天回来？”

“不晓得。你不是也要走吗？”

“走？我往哪走？”

“县里。有这回事不？”

胜宝犹豫了一下，从怀里摸出周厂长的信，递给竹屏。

竹屏看了，又把信塞回信封，还了胜宝。

“这是好事。你应该去。县里各方面条件好些……”

“人也好些？”

“不是都不好。哪里都有好人。”

“那我何必要走？”

“我是说，对你的手艺……”

“未必。做篾匠的，全凭手上的功夫。哪里有竹子哪里就活篾匠。哪里长好竹子哪里就出好篾匠。你信不？反正我信。”胜宝顿了一下，又说，“那个周厂长，精得像个猫，我怕玩不过这种人……”

“你凭手艺吃饭，管许多。”

“手艺饭也要吃得干净。”

沉默了一刻。

胜宝又说：“有桩事，托你。我……我想，明年一开春，就把这‘德胜竹器社’废掉。合同满了就废。你跟你爸打个招呼。”

“我爸也想到你会单干的。”

“不是单干。单干能干出几大的名堂？人与人，还是得互相依靠，你扶我一下，我拽你一把，凡事这样，就方便。你爸跟我想的不同，他只想叫别人来靠他。我不想。人有靠我的日子，我也有靠人的时辰。明年，我想把篱笆镇的手艺人都拢到一起来，办一个‘益民竹器社’，这名字可照？”

“照。”

“真照？”

“真照。”

胜宝把周厂长的信用指头弹了几下，说：“我哪里都不去，就死在这篱笆镇！”说完把信撕成了碎片，撒在地下。

竹屏抬眼看了一下胜宝。

胜宝望着竹屏，突然说：

“你也哪里都莫去！”

尾　声

只有几句话。

一九八五年春，篱笆镇出现了“益民竹器社”。开张这天，放大鞭，舞龙灯。舞龙头的是王胜宝。

当夜，江德安醉了。

翌日，江竹屏抱着小玉走了，不知去向。

“只要这个女人还活在地球上，就是找到天边，我也要把她找回来！”这话是王胜宝站在芝麻岭尖上，粗着喉咙喊出来的。

1985 年 5 月 23 日子夜初稿

9 月 25 日凌晨改毕

（原载《中国》1986 年第 3 期）

大　江

在发展的进程中，以前的一切现实的东西都会成为不现实的，都会丧失自己的必然性、自己存在的权利、自己的合理性；一种新的、富有生命力的现实的东西就会起来代替正在衰亡的现实的东西……

——恩格斯

（《马克思恩格斯选集》第 4 卷第 212 页）

第一章

一

船像一条白鲸在黑色的大江里游动着。已是子夜时分，这个看上去大约三十出头的，有着明显的南方人特征和文人气质的人，依然伏在船首的栏杆上。黄昏后他就伏在这里。开阔的江面像竖立起来似的，他的背影逐渐被暮色弄得模糊，与浊浪翻腾的大江融为一体。他默默地注视着前方，注视着两岸。现在他已辨不出岸边的杞柳和远处峰峦的轮廓。他只看得见像这一带孩子玩的小灯笼似的、忽明忽暗的航标灯。这红色的光点吸引着他。江上的风很狂，致使向后牵动的衣服裹着他结实的身体，造成喘息的困难。但他还是没有背风而立。初秋之夜，江上的风是醉人的。可他的心绪从他第一眼看到这撒野的江水时就开始坏了。甚至可以说，当暮霭愈来愈浓重时，简直是糟透了。这个长江边上长大的人，惊讶的是，自己对眼底这条不知炫耀过多少次的江如今竟产生了一种陌生感，尽管他总是想方设法地找出这条江骄傲的理由来宽慰自己。他为有这种心理而惶惑。但更多的是忧虑。他清楚地记得，这心理是他第一次见到海，见到太平洋之后随即产生的。他开始对这条江表示沉默。然而这条江具有的惊人的活力又常常使他激动不已。这条江久久地折磨着他。他便在这折磨中领受到了作为男人的因素，悟出了爱的代价。我没有忘记你，他想着，我不可能忘记你。从我认识你的那天起，我就记下了你。原来你就是母亲。“妈妈……”他喃喃自语。十五年前那个凄风苦雨的黑夜，你像一头凶猛的幼狮对着这条江掀起的恶浪狂吼着。你拼命想挣脱父亲的双臂，要扑到江里，要让浪头吞下自己，去追寻母亲的踪迹……江水依旧流淌，母亲却没有回来。其实你也明白，你的母亲还是在她爱的人和爱她的人中间徘徊。你不知道这位杰出的表演艺术家拥有多少位忠实的观众，就像你不知道这条江有多少滴水。

我该怎样来总结母亲？他沉思着，我一直在寻找很准确的角度。这很难。我不满意或者不同意别人，包括父亲，对母亲所作的裁判。我敢断言，他们的笔十分拙劣。这种笔只能去为学龄前儿童画歪歪斜斜的房子。而我，写出来的未必是那些深孚众望的老头儿们愿意看的。我要写的可能是被别人忽视的或者是一笔带过的，甚至压根儿就没有想到的地方。我必须要找到一个支点。天平的支点。力的支点。可是，这个支点又是飘忽不定的，难以捉摸的。他多次为自己的一筹莫展而沮丧。

但你这次一定要设法找到这个支点。你别忘了，你是作为儿子和记者这双重身份来这座古老的名扬海内的城市，也就是你的故乡，出席“著名表演艺术家常月蓉逝世十五周年纪念演出”活动的。当然你得写点什么。你至少有义务和责任来为这位人们所景仰的S剧代表人物作最恰当的、最准确的总结。你还是应该像平时那样昂起头来，保持住良好的心理状态，沉着而又理智的，同时必须倾注你的全部感情来完成这项工作。你现在最好把那种忧郁的目光摘去！

……我一定要找到这个支点。阿基米德想得到一个支点来撬动地球。而我则要凭借这个支点来……他昏昏欲睡。他合衣斜躺在上铺。微弱的沾着雾气的舱灯投下的光盖满了他的整个身体。他的颧骨突出，坚硬的眉弓下青色的阴影填住了深深的眼窝。但从时而翕动的嘴看，他还像个少年。“哦——”他突然喊道，紧接着身体朝后翻过去。“大……江……”他继续讲着呓语。原来长江水和黄河水是一个颜色。原来长江里的浪和黄河里的浪是一样的高。原来长江也和黄河具有同样的鲁莽，同样的强悍。他眼前浮动着太阳照射下江面的粼粼波光。这晶亮的斑点在他眼前旋转。他终于分辨出，这正是他苦苦寻找的母亲的眼睛。这眼睛是透明的水晶体，没有一丝杂质。这眼睛又是被泪水浸泡的，蕴含着大千世界的喜怒哀乐，民族的酸甜苦辣……“妈妈……”他轻轻地喊道。随即从他的眼角流出细细的泪水……

“旅客同志们，前方到达港口……”又是这个捏着鼻子发出的嗓音！他醒了。当他意识到前方将抵达的港口时，竟显出了可笑的慌乱。现在他没有心思在心里去骂这个播音员的腔调像发情的母羊。他迅速翻下铺来，跨出舱门。东方既白，水天之间显出一道乳白色的交界线，岸边断断续续地出现了小巧玲珑的南方风格的建筑物。他甚至能看清点点帆影和围绕着双桅旋转翻飞的江鸥。这一切构成了一个微笑。他仿佛感受到有一只温柔而纤细的手在抚摸着他宽广的胸膛。他深深地吸了一口清新的空气。

像每个航次一样，当船进入这个水域，舱内就开始播放作为这个地方骄傲的S剧那优雅动人的旋律。这里是这个剧种的发祥地，是S剧之乡。这里养育了一代名优常月蓉。尽管船上的扩音设备很简陋，但这并不影响这位蜚声海内的艺术家的声音对人心的控制力。喏，那些性急的人不再像刚才那样慌慌张张地从行李架上取东西，或者揪着乘务员去调换工作证什么的，或者喋喋不休地责怪自己的孩子穿衣穿鞋为何如此缓慢了。他们几乎同时打住了。他们像基督教徒祈祷那样，虔诚地聆听着这扣人心弦的唱腔。而他，便从这个氛围中猎获了一种自豪感。母亲是不朽的，他想着，母亲像巫山之巅的神女，已经被这个拥有几千年文明史的国度固定下来。他心底升腾起炽热的庄严。

“常月蓉的，绝唱。”靠门边的一位留着学究胡须的老人不禁赞叹道。立刻有人附和着。老人又叹了口气，说：“可惜，死了。死了十五年，整整的。”老人脸上显出了痛惜，这表情又传染给了大家。大家默然。

他那颗活泼的心一阵抖瑟。

……

汽笛长鸣三声，江面的晨雾渐渐扩散开来，像拉开了一道淡青色的帷幔，这座古老的城市呈现在他的视野中。耸立在码头后面的仿照哥特式建筑造型的钟楼发出凝重、浑厚的六响。这钟声与形成高潮的S剧旋律交织在一起，在空中久久回荡，惊起停在桅墙或者枝头栖息的水鸟，它们叫着向江心飞去。船，正点到达。码头上人声鼎沸，熙熙攘攘，川流不息。甲板上的甬道已被堵死，旅客们争先恐后地向前挤，使几个乘警累得气喘吁吁，满脸是汗。

他立在一个僻静的角落，注视着城市的面貌。他企图从中找出一些令人激动的变化，但事与愿违，恰恰这个城市总是使他顿生怀旧之情。他觉得，这个城市像一幅色彩剥落的油画。无论从眼前这座古怪的钟楼，还是从由一些小方石块石板拼凑起来的狭窄的街道，或者是从像一场战争结束后缴获的破装甲车似的灰色矮房子，都能证明这一点。然而他对这幅画没有一丝反感，有的只是隐藏在内心深处的焦灼。他已有一年多时间没有回来了。从大学出来，他像一台高速运转的机器，四处奔波。从大兴安岭到深圳特区，从西双版纳到塔里木盆地，令人羡慕的记者生涯把这条汉子弄得疲惫不堪。尤其是业务上的梗阻，使他竟产生过改行的念头。虽然如今他在新闻界里已小有名气，但他还是感到有一种无形的压力在追随着他，把笔折断的欲望时常激起。从这个意义上，他对同学，现在已成了自己妹婿的夏应波，表示钦佩。夏应波在大学时，才气过人，被大家称作“有一根敏感的新闻神经的人”。可是现在却很难读到这位老兄的文章。这兴许是当了官的缘故吧，他想，这位新提拔的报社副总编辑已经厌烦打笔墨官司了，也许他是明智的。……他从口袋里摸出香烟。一个年轻标致的乘警迎面走来，对他手中的“三五牌”香烟盒看了一眼。他便把烟递过去，乘警谢绝了，问他是刚上船还是未下船。“哟，都下光了。”他对乘警友好地笑笑，没有点上烟就拎起黑色的拉链皮箱匆匆向舷梯走去。他埋怨自己的思路太紊乱了，情绪波动得厉害。他有意识地让自己的脚步放得慢一些，等登上码头，他又停下来，点上烟，悠悠地吸着。他把视线又一次放到江上，这时玫瑰色的朝霞已经溶化在江里，像浓汁葡萄酒。他觉得这会儿心情好多了。

这时，自港务局的右侧有一辆灰色的“上海牌”轿车朝着他的背影徐徐驶来。

“欧阳!”他听见身后有人喊道。

二

欧阳秋已着实感到有两束热烘烘的目光落在自己脸上。但他对这目光附和的表情和动作还是慢了一拍。这家伙简直走样了，像是从另一个模子里翻铸出来的同名者，他想。与面前这个敦厚、结实，理着平头，衣着平常的同龄男子相比，欧阳秋顿时觉得自己身上渗透着令人恶心的贵族血液。他发现自己像是一下子陷入了孤独的泥淖中，可他还是将手中刚吸几口的香烟扔掉，愉快地甚至是兴奋地喊道：“应波!”

夏应波适度地对欧阳秋挤挤眼。接着他们漫不经心地握着手，简短地寒暄。

“姗姗来迟。”夏应波略带责备地说，“外地应邀的代表差不多都到了……”

“你正准时。喏，刚下船。”欧阳秋笑着说。突然他觉得这口气有点揶揄的味道。我像是在伺机报复他。他想，在学校时我常常被这家伙捉弄……“哦，让你起早了，Sorry（抱歉）!”他说。

夏应波没有来得及体味，就把放在地上的皮箱往车上提，使欧阳秋和差不多还是属于小青年的司机都感到了局促。尤其是后者，这个留着很好看的鬓角的小伙子脸上明显地表现着为自己的反应迟钝而内疚的情绪。“夏总编，我来提。”他不好意思地说。

“谁提都一样，不重的。”夏应波用手臂挡住司机，把皮箱提上了车。然后把另一边的门推开，让欧阳秋上车。“先回家看看爸爸?”他问道。“当然。”欧阳秋答道，便告诉司机把车开到市文联宿舍。

……他注视着反光镜里夏应波白皙的脸。这是一张虽然略被变形但仍不失为英俊的脸，或者说，这面反光镜恰好矫正了这张脸上五官的不足。不，我简直是在挑剔，他想着，可是这张脸的确让我感到像是经过整容手术的，虽然保养得极好，但当年那种叫男人和女人都眼红的英气却荡然无存。他稍稍朝车窗边挪动了一点，有意识地看着夏应波的侧面。这个男人的表情像一位看平淡无味的影片时耐性好的观众。刚才见到他的那一刻，我就相信自己已不再含糊他了！我似乎在跃跃欲试……但你不得不承认，以前你不是他的对手。每当你与他交锋，大到学术争鸣，小到一盘围棋，你都首先在精神上发生了崩溃，心理上增加了负担，最终惨败下阵来。在同学心目中，这个叫做夏应波的气宇昂轩、才华横溢的男子天生像一面旗帜。他是多么的自信哪！自信得让男人嫉妒，让女人发疯。毫不夸大地说，为他失眠的男人太多了。能把他的影子描下来的女人也不会少的。可他竟奇迹般地爱上了你的妹妹，并结了婚。当妹妹第一次在信上提到这件事，你愣住了。你怎么也找不出更多的理由来证明妹妹作为女人、作为妻子的自豪和优秀。直到这个现实被法律肯定下来，你还是将信将疑……

“不是讲好了，你们结婚去北京么？”欧阳秋眨眨眼，说。

“本来是打算去的。”夏应波说道，“可调整班子，硬是把我送到这个位子上，在其位而不谋其政似乎说不过去。”

欧阳秋淡淡地笑了一下。同时他把香烟摸出来，先递到夏应波面前。

“戒了。”夏应波说，并把双手摊开给欧阳秋看。“这回是真的。”

“你戒烟的理由和吸烟的理由一样的多。”欧阳秋自个儿点上香烟。

夏应波替欧阳秋把香烟缸翻过来。他说：“看来还是戒烟的理由要多点。据说，对爱人和小孩都是直接影响的。”

这句话讲得极有水平，欧阳秋想，好像他夏应波戒烟纯粹是为了妹妹的健康。这的确像做丈夫的说的，充满着没有柔情的体贴。他审视着夏应波前倾的肩。这是副成人的肩，丈夫的肩，能给妻子以安全感和依靠的肩。这宽厚的肩给他一个有力的撞击，他发现自己的心绪坏了。他又一次体会到了孤独。该结束这种讨厌的乞丐生活了！他低沉地想，我得有自己的女人，不，自己的爱人。接着他眼前出现了一个很不错的姑娘，亚娟。他吸着烟，身体向后靠去。亚娟，他想着，亚娟一直在细心地关注着我，亚娟的美，亚娟的温柔，亚娟的稳重的确时常打动着我，但始终没有占有我。你这家伙真狂！他在心里责备自己。我总觉得，亚娟身上少了点什么，又多了点什么。她身上人为的痕迹似乎重了点，像是被许多手捏出来的……我对她的思念是断断续续的。甚至有时我感到她的来信是一种负担。可我的确是想去为一个女人发狂的，至少是失眠。我曾经有过这种经历……他吸着烟。烟雾在车内扩散，朦朦胧胧的。他半眯着眼睛，企图在这烟霭中寻找丢失的记忆。忽然他的眼前的光线暗淡下去，他睁开眼，原来车已进入了市中心的林荫大道。他拉开咖啡色的窗幔，从茂盛的法国梧桐的枝叶缝隙间筛落下来的光线，掠过他贴窗的脸。街上的行人不多，车开得很快。一团团、一块块的色彩在他眼前飘过，灰蓝的，墨绿的，紫红的……看得他两眼发酸。这个城市不能激起我的兴奋，他揉揉眼睛，打了个哈欠。

“等忙过了这几天，我再为你洗尘。”夏应波说道，并用胳膊碰碰欧阳秋。

“房子怎样？”

“可以，三十六个平方。”

“没来点特殊化？”

“我满足了。”

“我们总编够可以的，”司机这时插上嘴，“他把中户让了……够可以的！”

“好啦。”夏应波打断司机的话。“喏，红灯——”

车刹住了。

欧阳秋打心眼里羡慕这种和谐的上下级之间的关系。调换房子这件事，他已在妹妹的信中知道。妹妹个性强，脾气坏，为此同应波翻了脸，但并没有改变应波的意图。这也许就是男人与女人的区别，丈夫与妻子的区别。男人在实现自己的意图的整个过程中是不大考虑女人的情绪的，而女人尽管跳得很厉害，嘴不饶人，但终究会就范的。东方式的夫妇生活大致如此。

绿灯。

车继续向前行驶。街上的人渐渐多起来。现在正是卖菜、送孩子、上班的前奏。车不得不放慢速度。这会儿欧阳秋又注视着车窗外的景致，当车向右拐弯的时候，他的视线被不远处一条幽暗的小巷紧紧拽住，他的心像蓦地被一只有力的手揪住，以致他几乎想站立起来。这种短暂的失态使他非常的窘迫，他怀疑身边的夏应波是否注意到这一点。等他发现夏应波在若无其事地摸着发青的下巴时，才轻轻吁了口气……哦，小巷已转瞬即逝，而留在小巷里的记忆却越来越清晰。这条巷子真短，他想，很快就走过去了，走到了尽头，走完了。三年前就已经完了……

三

市文联宿舍坐落在江滨公园的背面，一律米黄色的五层楼，造型和布局都相当考究。楼与楼之间全部由平整的水泥道相连接。经过剪修的冬青树镶在路边。再靠后是一排细长的白杨树，彼此似乎是孪生的。清晨的露水打湿了树叶，绿得鲜嫩，透明，可爱。偶尔传来几声蝉鸣，更显得这个环境的静谧。轿车一上水泥路就开始了凭借惯性滑行，缓缓地在最后一幢楼的第三个单元门洞前停住。到了。

他们下车。欧阳秋向司机致谢。司机憨厚地笑笑，然后问夏应波什么时候来接他上班？“不用，你去送刘总编上医院。我走。”夏应波说完，便拎起皮箱同欧阳秋一道走进了光线暗淡的门洞。他们拾级而上，最后在写着308的淡绿色的门前站住。欧阳秋抬手正欲揿门铃，但被夏应波制止了。“爸爸可能还没起床，这几天正在赶稿子。”说着他从屁股后面摸出一串钥匙，熟悉地找出其中一把，开了门。立即就有一股霉气扑面而来，好像这屋子已经很久很久没有住人了。这一瞬间，欧阳秋内心产生了强烈的负疚感。我太自私了。我给老头儿的太少了。他的视线从客厅里越过，看见父亲卧室的门虚掩着，露出一缕昏黄无力的灯光。他想父亲准是又熬夜了，这老头……他提着身子走到卧室门前，轻轻地把门推开了些。他倚在门框上注视着仰卧在床上的父亲，听着这个年近花甲的老人发出的沉闷的呼吸声。……老了，的确像个老人了。母亲去世那年，您还不到四十五。您就这样一个人挺过来了。作为男人，这该需要多么大的勇气和毅力！我和妹妹都不止一次地诚恳地建议您找个伴，尽管我们是使了很大的劲才这么做的。您拒绝了。您太爱母亲了，我们知道，知道……母亲的音容笑貌还留在这个空间。但您太苦了，您并不比母亲苦得少！如今妹妹已出嫁了。她曾要求应波搬过来，可您反对这么做；应波要您与他们住到一块，您又没点头。古怪的老头儿。其实，您的安排我做儿子的是知道的。这里还空着一间屋子……欧阳秋的视线离开了父亲那张刻着皱纹的似乎略有浮肿的脸。他弯下腰，把床前两只分得很开的拖鞋并在一起，然后关上台灯，将门轻轻地带上。

他看见夏应波已在厨房里忙乎开了，液化气灶上支起了铝锅，先烧水，后下面。现在做女婿的都这么能干，轻而易举地就颠倒了宾主的位置，他苦笑着。他索性让自己置身事外，走到窗前点上香烟，深吸了几口。还是回来吧，把同亚娟的事明确下来，我的责任要表现在很多的方面。这种伦理感情上的挫伤是受不了的。我不忍心让我的不安分来搅乱这个家庭的宁静。我也不能再让别人等待了。一切都该有个结果，无论这个果子是什么滋味……

夏应波已经把早餐做好，是鸡蛋面条。他自己也弄了一小碗，显然是陪着欧阳秋吃。

“我倒成了客人。”欧阳秋笑着说，“应波，我得感谢你代替了我。”

“别这么说。”夏应波宽容地笑笑。他说自己如今杂事缠身，很难腾出时间来照顾这边。目前妻子又处于妊娠期，就更是手忙脚乱了。“不过，星期天差不多是与爸爸一起过的。可我毕竟是女婿，难以满足老人的天伦之乐……欧阳，你看有必要离开北京么？”

怎么没有必要呢？我难道就那么珍惜北京户口？笑话！每顿吃面食我都得发几句牢骚哩！还有，三十出头的人还同另外三条汉子挤在旅社的一间屋子里，女同胞凭这点就得倒吸一口凉气！哼，记者！这牌子能值几个子儿？欧阳秋放下筷子，说：“我在考虑。看来主要在于我和亚娟的关系的定性……”

“你好像有些无病呻吟？”

“我没有表演才能，况且精力不够。”

“其实，生活本身是简单的，只不过人为地把它弄复杂了，不是么？”夏应波轻松地说。他的表情反映出他对这个结论是满意的。

两人对视了一会，都觉得对方很好笑。看来就这个题目扯下去，不是很快就有结果的。于是他们都笑着摇摇头，都用手指指对方，表示可以告一段落。

父亲欧阳仲文这时候从里面走出来。这是个尽管保养得不够但看上去还很健旺的老人。他的头发谢顶得厉害，天庭饱满，花白的鬓角和眉毛，两眼却十分有神。他一边扣着米色的衬衫，一边平淡地对儿子说：“才到吗？”

“是的，”欧阳秋说，“应波去接的。”

欧阳仲文嗯了声，打算进盥洗间。夏应波递给他一瓶热水，说上了年纪的人不宜多用凉水，尽管天气还很热。接着他又告诉老人，早餐盛在锅里。办完这些，夏应波抬手看看表，说要到报社去，只剩下十七分钟就到七点半了，他得赶紧走。

欧阳秋觉得很有意思，面前这位当初闻名全系的“旷课大王”如今竟这么老实！因为父亲在场，所以他把溜到嘴边的想必是挖苦的言辞咽了下去，只是对夏应波善意地讪笑着。他送夏应波出门，在楼梯拐弯处，他问纪念演出的筹备处设在哪里，他得去点个卯，但不用安排住宿。

“这些由我来办，你先休整一下。”夏应波说。他这次是作为舆论界代表抽出来为纪念演出服务的，还挂了个委员的衔。“哦，报社研究了，准备配合纪念演出给两个专版。也约你一篇。”夏应波郑重地交代着：“不带框框，不过要尽快拿出来。”

“恐怕很吃力。”欧阳秋说，“我一直找不到一个较好的角度。”

“同爸爸商量一下吧。”夏应波说完，下楼去了，步子很快。欧阳秋再次注意到他那副宽厚的肩……

欧阳仲文还在用早餐。趁这工夫，欧阳秋走进父亲的卧室。靠窗的写字台上堆着摊开的、折叠的书刊，还有正在修改的文稿。欧阳秋把稿子拿过来，看看标题：

常月蓉的艺术道路和舞台实践

——纪念常月蓉逝世十五周年

一个很大又很一般的题目。欧阳秋对这个题目没有多大兴趣。现在的老头儿都这味，颠三倒四地说些浅显的道理，却硬是要大家信服。他翻了几页，觉得没有什么精辟之处，便置于一旁。他又翻了几个桌上的书刊，发现做了标记的都是这些年来父亲所发表的关于母亲表演艺术的总结，现在这些又成了他写这篇文章的素材和资料。“老头儿在母亲身上做的文章似乎多了点……”他怏怏离开了这间屋子。

父亲反背着双手在客厅里踱步，表情像一位法庭上的律师，正在筹划着给公诉人以沉重打击以致对方败诉的方案。这表情让儿子感到敬畏，他悄悄坐在凳子上。刚才内心的慌乱还没有完全平息下来。忽然他又觉得牙缝里塞进了什么东西，他便从口袋里拿出了火柴棒。

“这次纪念演出，是好几家联合发起的；省委、市委都很重视……”欧阳仲文认真地说，“这在S剧历史上是空前的。是具有……”他突然中断了说话，旋即脸上表现出少见的严肃。

欧阳秋感到疑惑。“您往下说……”

“你先把牙齿捣够!”欧阳仲文冷冷地说。

欧阳秋也觉得父亲的责备是合乎情理的，尽管捣牙齿并非能扰乱视听。他想起有本外国小说中提到一件有趣的事：如果你说“我在祈祷的时候抽烟”，那你就会受到呵斥；但你把这句话词的位置挪动一下，说成“我在抽烟的时候祈祷”，结果你被尊为模范的教徒而得到奖励……蛮有意思的，他想，可我的烟瘾特大，抽烟是不分场合的。但他还是悄悄地把火柴棒扔了，并把架在左膝上的右腿放下来。

几分钟后，欧阳仲文才继续他的发言：“作为儿子，你有责任来为你的母亲……应波同你谈了吗?”

“他希望先听听您的意见。您看该从哪里入手? 我心里，乱得很……”

欧阳仲文想了片刻，然后说：“你母亲生前为人诚实，作风朴素，品格受人尊重。她之所以能在艺术上有所成就，是离不开这些的。”他停顿了一下，正欲往下说，可是儿子的话插上了前。

“我觉得这些似乎并不能够或者不完全能够作为母亲是杰出的表演艺术家的注脚。”这句话脱口而出像是出于本能。欧阳秋有些不安。他意识到，自己和老头儿一点也不合拍，这会导致他们父子间一场持久的不愉快的。但他说出这句话似乎又不是偶然。他相信只是偶然的。他担心父亲的脸会又一次沉下来。

欧阳仲文尽管面部表情没有多大的变化，但他已经着实地感到痛苦正向他的内心深处袭来。他也不以为儿子这句话是出于偶然。即使是偶然的，在它后面也隐藏着必然。他希望是出于偶然的。他历来认为自己的儿子应该和自己一样，性格内向，性情温和，安分，知足。这个结论在儿子还处于儿童时代就形成了。可是，儿子越长大，这个结论就越显得苍白。这几年，他时刻关注着儿子的生活道路上的每一个脚印。这位颇有点名望的戏剧理论家时常收到一些接触过儿子的同辈人的书信。这些人好像私下碰过头的，信的行文、措辞、角度大致差不多。他们首先以泼墨尽情渲染儿子的才华，最后才十分妥帖地在这个令人欣慰的背景上轻轻地勾勒出儿子的不足，不拘小节啦，锋芒毕露啦，说话随便啦，思想激进啦，等等。起先，他将信将疑；后来，那是不久前他去首都参加一个学术会议期间，他亲眼看见儿子在公共场所，在众目睽睽之下，大谈“第三次浪潮”之兴起，改革之势在必行，社会节奏之缓慢。儿子说：“一种陈腐的道德观依然在将社会死死捆住，一种落后于时代要求的价值标准还在展现出巨大的力量，抑制着社会生产力的发展和历史的进程……”儿子的口若悬河使做父亲的忧心忡忡，以至于痛心疾首。那晚他同儿子谈了个通宵。他殷切地希望儿子要收敛些，沉稳些。儿子并没有与他争辩，只是默默地吸着烟。……

他默默地走进了自己的卧室。

也许这就是老人吧。欧阳秋苦苦一笑。伦理感情是架在脖子上的一把软刀子，这刀子杀出来的血只能往心里流。他感到有一种可怕的征兆正在向他匍匐而来……

传来了门铃声。

四

“回来啦?”

“哦，亚娟!”

吕亚娟的不期而至，使欧阳秋一时感到局促。刚才一刹那两人目光相碰，亚娟的脸上并未显出应有的惊讶，似乎这之前他们已经在哪里打过照面了。奇怪。哦，我有数了。应波这家伙在为我使劲呢！他对亚娟素来赞不绝口，连亚娟不爱吃零嘴都算作构成美的因素。可你夏应波怎么就不娶她呢？不是对不起妹妹，亚娟作为女人的条件是妹妹远远所不能及的。这个夏应波！你该知道，即使当初你去向亚娟求婚，对我并没有什么刺激嘛！这倒不是我的清高和傲慢。况且，你夏应波作为男人的条件又比我优越，我至今还有点嫉妒你。当然，亚娟对我的确是一往情深的，这不是吹牛！可就是这种情怀不仅无声地折磨着她，也无声地折磨着我……

“是应波告诉你的?”欧阳秋一边给亚娟泡茶一边有把握地说，“是这样吗？小娟子可是从来不说谎的。”他向她挤挤眼，亚娟的脸上显出默认的表情后，他开心地笑了。

这家伙真厉害，什么也瞒他不过！亚娟也微笑着。她说夏应波刚才给她去了电话。“不过我可不是专程来看你这个大记者的!”她认真地说，“我是来向伯伯借唱片的。”我可不让你这家伙捡便宜呢！瞧你美的！亚娟脸上绽出了两个小的但很深的酒窝儿。她轻盈地调过身子，到晾台上去欣赏那几盆诱人的花去了。

好像美人都得有酒窝儿，他暗自笑了，笑得很舒服。他蛮有滋味地点上香烟吸着。小娟子……娟子……亚娟，这便构成了从一个可爱、胆小、哭哭啼啼的小丫头到一个美丽、温柔、亭亭玉立的大姑娘的历史。不是吹牛，我是看着你从丑小鸭变成美天鹅的呢！你倒是挺乖的。你很听话。只有一次，你坏了。我偷偷摸摸地到江边去戏水，叫你不要告诉我爸爸；结果你还是告密了，结果我的屁股遭殃了，结果我不再要你跟着我了，结果我又把买点心的零钱省下来去给你买了只漂亮的皮球，结果我们……都长大了，所以麻烦也就来了……

欧阳秋侧过脸来看亚娟伏在晾台上的背影。南来的风使她的衣服贴身，显出动人的线条。可是，这尊维纳斯身上却系上了草绳——那讨厌的辫子！“亚娟，你过来！”他喊了起来。

还像小时候一样，欧阳秋一吆喝，亚娟就得照办。亚娟回到自己的位子上，好奇地看着他。这家伙在拿我当模特儿呢，那鬼目光真叫人不自在。有什么可看的。讨厌。你这家伙在信上就一本正经地给人上课，一副公事公办的样子。“近来忙吗?”“注意二号病!”“有机会到北京来玩。”……废话！我不爱听！这两年来就一直说着这类的废话，算什么呀！别人在背后指手画脚，我连解释的权利都没有。这都是因为你。你这坏蛋！现在你用这种目光弄得我喘不过气来。我干吗要紧张呢?“别发神经。”她忍不住地轻声说。

欧阳秋很快活地笑了。亚娟真还是个丫头，冷不得也热不得。那只好不冷不热。温吞水洗澡当然舒服。可我不喜欢。我要的是冷得像冰一样，或者热得像火一样。温，我不喜欢。他停在离亚娟一米多点的地方，轻松而认真地说：“你的脸型属于蛋型，不，与瓜子脸更接近些。这种脸型不适宜梳辫子，因为这让人在视觉上感到脸的下部尖削，不美。你听我说，我不是胡诌，有本杂志上谈到过的。这种脸型应该烫成大波浪，发卷不要太零碎；而且上面一定要用发带拘起，或者两侧使用发夹，朝上别。还有，额前得留下刘海，因为你的发际线的弧度不明显……得把辫子剪掉，尽快!”他有力地做了个剪的手势。

看不出，这家伙蛮在行哩！上次讲我的衣服也是一套一套的。其实我知道的不比你少。我难道忘记了自己是个女人？可我想的比你要复杂得多。你不要埋怨我。你只要把这些与我这个具体的人联系起来，你就不会再埋怨我了。我知道，这样的女人不讨男人喜欢，可我总不至于去为一个男人的欢心而改变一切吧？我希望你能体谅我一点点，就够了。她的眼神渐渐暗淡下来，但欧阳秋没有发觉。男人的粗心有时会导致错误和困难的。但女人的细心又会带来烦恼和忧伤。

“你一天梳几回辫子？”欧阳秋神经质地问道。

“不忙的话，两次。”

“一次要多少时间？”

“半个小时左右。别老唠叨个没完。”亚娟不耐烦地调过脸去，拿起桌上的一本杂志当扇子使。

中国的时间真不值钱。欧阳秋暗想着，可这辫子的价格却相当昂贵。那次，亚娟到首都出席“妇代会”，他到住地去看她。在宾馆的大厅里，他看见有不少人在围着亚娟，拿出精致的纪念册要这位剧坛新秀签名，以示留念。忽然，其中有个模样像食品公司抑或饮食服务公司经理的胖女人惊叫道：“哟！这么好的辫子……真不简单，现在的新秀有几个像这样朴实的？”胖女人的话立刻得到响应，于是大家对辫子赞不绝口。边上有两位穿着稍稍好点的女同志，显得很不自在，下意识地朝后面挪了几步，把身体严严实实地藏在阴影里……莫名其妙！现在他想起那个场面不感到好笑了，却有一种沉重感。也许因此亚娟才舍不得把辫子给剪了，他想，也许把辫子剪掉就不成其为亚娟了。他回头注视着亚娟，发现她长长的睫毛上沾着细小的泪珠，不禁一怔。他又疑惑又不安。我伤害了她？他把刚才自己的言谈举止迅速回想了一遍，觉得处理得都还算得体。奇怪。他走过去给亚娟杯子里添水，并用口哨吹起了《卖汤圆》……

幸好欧阳仲文出来了，否则这气氛不知该糟到什么程度。老头儿慈爱地对亚娟笑着，手里在用手绢拭着老花镜片。

亚娟站起身，说自己是来借唱片的。“我那张，放久了，影响效果。”她说。

“哪张？《兰桥会》还是《盗仙草》？”

“《贵妃醉酒》。我这次就演这一折。”

欧阳仲文准备去拿。“我去吧。”欧阳秋说，就朝里屋走，刚到门前，他又停住，问父亲唱片放在哪里。

“还能在哪?”欧阳仲文的声音抬高了一度。儿子这副漫不经心的样子不能让他满意。妻子的原版唱片一直安置在书柜里那个镶着紫红天鹅绒的匣子里，而儿子竟忘记了!

唱片很快就取来了。欧阳仲文打开匣子，准备查找，但又将匣子合上。“这唱片，我已经保存几十年了。”他说，“它没有一点损害，没有。‘文革’时，我把它藏在天花板里……亚娟，就送你吧。”

“不，不不，”亚娟慌张地说，“您需要的。我知道您离不开它……”

“能让你保管，我，我是高兴的。”欧阳仲文像给将军授衔似的郑重地把唱片匣交给了吕亚娟。

“我……不配的……”亚娟倏然眼红了，声音也略有颤抖。

“应该说你是唯一合适的人选。”一直没有说话的欧阳秋这时插言道，“你不是‘小常月蓉’么?”这口气不知怎的听起来有点别扭。接着他把视线放到客厅里悬挂着的母亲的一幅剧照上。母亲在微笑着。这也是永恒的微笑。欧阳秋经受不起这种微笑，他默默地向自己的卧室走去，但父亲叫住了他。“你去买点菜，”父亲说，“亚娟在这吃午饭。”

亚娟解释说，她还得赶到排练场去。十点，导演要来。这导演蛮厉害的。说完，亚娟把唱片匣小心翼翼地放到提包里，再次向欧阳仲文表示感谢。

欧阳仲文满意地点着头，并叫欧阳秋去送送亚娟。欧阳秋知道这“送送”意味着什么。亚娟从小就招他的父母喜欢，而妹妹也不吃醋。母亲早就断言，邻家老吕的丫头是当演员的好料。这不，兑现了。这两年，“小常月蓉”的名声是大大的。欧阳秋没有看过亚娟的演出。他对戏曲的兴趣渐渐淡了，偶尔在北京看一场京剧或评剧，也是耐着性子的。这都是戏曲本身节奏缓慢的缘故。慢，总是叫人难受的。眼下他得慢慢地跟在亚娟后面。送到哪里为止呢?出门时他就这样想。同时他又觉得这样想起码是不够礼貌。那就跟着吧，也该听听她的。她听我的太多了。其实我倒希望自己有时也能听听别人的摆布。如果这个人能指挥得了我，这个人就够可以了。他很自然地想到了那条小巷和遗忘在小巷里的短暂的记忆。他想到了那个叫他辗转反侧的女人，叫他急不可耐的女人，叫他垂头丧气的女人，叫他歇斯底里的女人。她能指挥得了我，他想，问题是她把指挥棒冷冷地折断了。她真够狠的！没有给我一点讨价还价的余地。她……我怎么就不能把她给忘了呢？她忘记我倒是像吹灯那么容易……真贱！

他跟在亚娟的后面，一路上很少说话。强烈的阳光烤着地面，柏油味极呛人。他们擦着路边走，好让树荫遮在身上。他注意着面前这个色彩平淡的背影。这是个小心谨慎的，像寻找丢失的钱包或钥匙串似的背影。这也是个谦恭的背影。而那个女人的背影却是骄傲的。那个背影并不比这个背影漂亮，但使他激动。那个女人的确没有亚娟漂亮。作女人的，除掉这点剩下的还有多少呢？漂亮的女人把男人弄得神魂颠倒不算奇怪，但长相平常的女人能把男人的生活搞得乱七八糟确实够功夫的。那个消逝了的背影还在折磨着他。我真是孬种！我必须抹掉这个影子，出于男人的尊严我也得这样。“得这样！”他失口说。

亚娟回过头，用眼睛询问着。

他干咳两声，低头点上香烟。等他抬起头时，亚娟已走到面前。“别送了。你够累的，好好睡一觉。”亚娟轻柔地说，并做了个灵巧的手势，然后，转身向不远处的公共汽车站走去。

欧阳秋倚在路边的阅报栏上，目送亚娟上了车。在车开动的那一刻，他忽然有了一种被掏空的感觉，脚下软绵绵的。他用力吸了口烟，却还是改变不了口腔里的苦味。现在他相信自己的确是累了。

第二章

五

经过精心筹备的“纪念演出”第二天便开始了。来自全国部分省市的S剧的优秀演员云集这座城市。这中间大都是常月蓉生前的嫡传高足。他们自愿结合，互相搭档，各显神通，以缅怀这位不幸早逝的表演艺术家。他们把“常派”的代表剧目分解成精彩的折子戏，再合成一台。演出实况将由电台和电视台进行转播。专家们认为，这次演出不仅有助于“常派”艺术的研究，也有助于艺术交流，有助于促进S剧事业的发展，为全国戏剧界所注目。

演出地点安排在全市规模最大的，设备最齐全的，也是历史最悠久的“大江戏院”。在现代建筑迅猛发展的今天，这座宫殿般的剧场依然雄踞全市影剧场建筑之巅。朱红的脊，翡翠般的琉璃瓦，汉白玉的蹲兽，重新描金填彩的雕梁画栋和藻井，使人叹为观止。三十年前，这个舞台上站起了豆蔻年华、青春焕发的常月蓉。她就是从这里走出了这个省，走出了这个国家，走出了亚细亚。三十年后，人们在这里纪念这位杰出的艺术家，不禁顿生哀思和景仰。这个古老的国度和民族，以她的传统美德和善良品质规定着她的儿女和子孙对传统的敬重。

……盘桓在这庄严肃穆的大厅里，欧阳秋的心灵深处产生了空旷而遥远的感觉。他仿佛置身在另一个世界——那是个充满童话色彩的、被神圣的母爱紧紧裹住的世界。那也是个晶莹得像甘露一样的世界。那个世界里没有虚伪，没有欺骗，没有讹诈。有的是爱。只是爱。当年母亲在这里演出的情景他记忆犹新。母亲的芳姿倩影、音容笑貌朦胧地出现在他的视野中。“妈妈……”他轻轻地喊着。没有回答。他骤然感到喉咙里被一团东西塞住，胸腔发闷，心律不齐。直到夏应波用胳膊碰碰他的身体，他才敛住目光，沉重地走到自己的位子上。刚落座，就有一个穿着入时、体态美好的年轻女子给他们送来了设计别致、印刷考究的节目单。他本想只浏览一下就塞进口袋。可就在节目单划过眼前的一刹那，他的视线被上面不大的两个字死死拽住——肖溪！记者的耳边又发出了嗡鸣，他听得清，这是昨天的回声……

“欧阳，不要再来找我了。这不是笑话……你不要问为什么，不要。……”

“肖溪!”

“哦，别这样……以后，你会知道的，会的。我并不是个好女人。回去吧，别送了。你看，小巷已经走完了……”

她就这么果决地从你的生活里消逝了。你就这么不明不白地被她搁到一边。认识她是一个偶然的机会，在江边。四年的大学生活使你在大山里绷紧的肌肉松弛了。像你这样鲜鲜亮亮的、肚皮已成弧度的男人怎么能经受得起长江的浪头的撞击？你不是在游泳，是在洗澡。而那个像江鸥一样的穿着黑色游泳衣的姑娘才是真正的游泳。从她射进水面的一刻起，你就坚信这是个能用蝶泳游过大江的女人。你被这个女人的力量所征服。你，噤若寒蝉。你脸发烫。你应该尽快离开这里。但你还是爬上了过江的机帆船到了对岸，在蒲柳丛中等待着她。你在这方面胆子倒不算小。你丢开了羞耻，几乎是死皮赖脸地接近了她。她扶着树干喘着气，胸脯剧烈地起伏着。你讨好似的把一瓶事先准备好的桔子汁递给她，并用一见如故的眼睛看着她。随后你同她攀谈起来。当你知道她就在你母亲生前那个团里当演员时，你便自豪地提到了你的母亲。你以为她会用惊羡的目光盯着你，可是，她只笑了笑……后来你们乘轮渡返回，在江心，你热情地对她说："你游得很美。和你比，我不像个男人。"而她爽朗地说："男人比女人多的只是胡子。反之如此。"你的话一下完了。你那时才承认，自己的口才的确很差劲。第二天，你去找她。你约她出来走走，她痛快地答应了。你们先是一前一后地，后是并肩地从那条小巷中穿过。但是，不等你感受到得意，小巷便走完了……

"完了。"他喃喃自语道。他还没有完全从记忆里拔出来，电铃响了。随即灯光转暗了……

台上，市委分管书记正在振振有词地念着由人代写的类似开幕词的东西。欧阳秋一句也没听进，只是跟着别人鼓掌。对这种冗长而空泛的讲话，他有一种职业性的反感。每次轮到他写会议新闻，他都想把钢笔折断！他耐着性子等待着这个花白头发的小老头下台。直到演出开始，乐队奏出幕前曲时，他的心绪才渐渐好起来。他等待着亚娟的出场。作为"小常月蓉"的亚娟自然要摆在第一位。这并非完全在于节目安排人的独出心裁。

看来老头儿的眼力蛮厉害的，这时候他想。在一次文艺界的茶话会上，青年演员吕亚娟表演S剧清唱。歌毕，欧阳仲文站起来，细致地对亚娟的唱腔和表演作了精辟的分析，第一次把吕亚娟与常月蓉联系起来演绎，找出了令人信服的因果关系。"S剧后继有人，"他兴奋地说，"吕亚娟简直可以称为'小常月蓉'！"他的话音刚落，掌声立即响起。与会者无不对这位德高望重、学识渊博的戏剧理论家的见解和结论叹服。第二天，这条"独家新闻"被刚分配到《大江报》当记者的夏应波披露出去，引起舆论界哗然和文艺界的关注。这样，"小常月蓉"的桂冠落在吕亚娟头上，被社会所承认。

他目不转睛地追随着舞台上的杨贵妃。他完全木了。这分明就是三十年前的母亲，他想。这无论是从圆润婉转的唱腔上，还是从优美俏丽的身段上，都不难得出这个结论。那动人的眉目，那飘洒的水袖，那娴熟的“卧鱼”……哦，亚娟，你不愧是“小常月蓉”。亚娟，我得感谢你！你让我看到了母亲。你给我找回了母爱。亚娟，我得感谢你！他的心律与旋律合拍。他的身体由后靠换成了前倾。他想站起来，想奔上舞台……

掌声像暴雨般袭来，紫红色的绒幕徐徐闭上。欧阳秋这才使自己平静下来。渐渐地，他觉得心里被什么东西碰了一下。与此同时，他脑子里闪过一个奇怪的念头。他为这个念头的迸出忐忑不安。“小常月蓉……小常月蓉？小……常……月……蓉……”他紧紧地合上发酸的眼皮，一摸胡子，有汗。

六

散场时已是夜里十一点了。这是个最狂热的季节。时令虽已是秋，但苦夏似乎还在作最后的挣扎。直到现在，城市还被热浪包围着。从长江上空袭来的暖风叫人心烦意乱。一离开装有空调设备的剧场，他就遭到热浪的追逐。但他的心是凉的。他没有与夏应波和妹妹结伴，独自来到了街上。大街倒是冷清的，只有一辆洒水车慢悠悠地行驶着。城市结束了一整天的忙碌，此时已是疲惫不堪，昏昏欲睡。只有天空上的星星是精力充沛的。

他在小巷里徘徊着。淡青色的灯光把他的影子时而拉长，时而缩短，甩在铺满褐色的光滑的麻石条上。我不是来寻找丢失的记忆的，他想着，不是的。他竭力这样警告自己。我抓住这个影子不是来填补我的空虚。我今天才认识到这个影子的价值。这影子就是我要找的支点——我也要用这个支点来撬动地球，使它转速增快……

掌声使他如梦初醒。小常月蓉？多么诱人的称号。这称号本身就是荣誉，就是金牌。他惊讶地意识到，在亚娟身上看到的是母亲的影子，是常月蓉的影子。掌声和镁光灯就是冲着这个影子来的。而后来，他看到了一个幽灵。是已死去几千年的楚霸王的宠妃虞姬的幽灵。他被这个幽灵所征服。那时，他把母亲遗忘了……肖溪的表演无疑是大胆的。她突破了程式的行当的界限，把别的剧种的表演特点，甚至是芭蕾的动作糅进了自己的表演中，而这些，既不属于常月蓉，也不属于肖溪，只属于虞姬。属于那个对风雨飘摇的半壁江山即将崩溃的惶恐，对自己红颜薄命的无限感伤，对楚霸王项羽的交织着爱与怨的虞姬。他的心弦被这个幽灵拨动了……

在公共汽车上，他听见坐在他前面的两位教师或医生模样的人在低声议论着刚才的演出：

“你不觉得，”左边那位戴着琇琅眼镜的中年男子对右边的胖妇说，“这个肖溪会导致一场革命吗？S剧的革命。”

“革谁的命？”女人说，“常月蓉？笑话。”

“从辩证法的角度看，并非笑话。”男人说，“如果没有人从常月蓉身上跨过去，这倒是真正的笑话了。”

“轻点。你不怕别人拿你当精神病人看？”女人用滚圆的胳膊碰了男人一下。

欧阳秋的心猛地紧缩了，同时感到了一阵痛楚。……

石板地上多出了一条影子。是她，她就在我的身后，离我很近。我得回过头去，得大胆地迎着她骄矜而清高的目光。别装熊了！你把那个只属于你私人的念头赶走，你的腿就不会僵硬了。

“你在等我？”她轻声问道。

“哦，是的……”他回过头。他有意把视线的角度偏移了些，但他还是能够看清她。面前这张略带倦意的脸是宁静的。眼睛很亮。眉毛却是淡淡的，很长，稍稍向下弯着。她的双颊没有以前那样的饱满，耳朵下面的油彩还没有洗尽。鼻子的线条比嘴的线条要清晰些，但嘴角依然留着适度的嘲笑。“我想你会从这儿走过。”他拿出香烟，先递给她。在北京他见过不少搞艺术的年轻女人嗜好抽烟。但她把头朝右一歪，披在后面的长发抖动了一下，有一缕滑到她尖削的肩前，她用女人特有的姿势理了一下，接着把左腿挪开了些。

欧阳秋吸着烟，刚才理好的头绪已经乱了。“你演得很好。”这句话很蠢。他接着说：“这些天，让你辛苦了，天这么热……都是为了母亲……”

“好像不仅仅是为了你母亲。”她说。

真蠢！这个空子让她钻得冤枉。他悄悄用手指把剩下的半截香烟掐灭。“走走吧。”他说。他想走走就可以冷静些，就会堵住她的嘴，以后的话由他一个人说。她只需要表个态或者点个头什么的就够了。

“小巷很快就会到头的。”她低声说。但她还是跟在他后面。

他站住了，等他转过身时，他的脸上已经换上了冷峻。他努力地抑制着自己的冲动，使蒙受的侮辱慢慢地褪下去。

“的确，这巷子太短了。但我并不希望它再长些。我不希望在这里逗留。外面就是大街。”他压低嗓门却又很威严地说。

“你真……刻薄。”她说。

刻薄的是你，女人！你忘记了三年前你是怎样把我扔到一边的。你忘了！我现在不需要报复你，我只是在提醒你，叫你注意我身上的每一块肌肉都像石头。“对不起，我很冒失……”他说，“我等你，是想约你抽个时间谈谈……是谈你的艺术见解。只有这一个题目。”

她不做声。

“你的演出，虽然没有激烈的掌声，但打动了我。我要解释这种打动，向社会。”他有点激动地说。他想从肖溪的眼神中得到信赖和支持，但她的目光浑浊了。他茫然不知所措。

“谢谢。”肖溪慢慢地从牙缝里挤出这两个字，然后沉着地从欧阳秋面前越过去，径直走出小巷……

骄傲的女人。你错了。你不懂得我的解释。所以说你只不过是个女人。你能游过长江，但你没有觉察出这条江的流速是那样的缓慢。你能在舞台上翩翩起舞，但你感觉不到这个舞台的三维空间的尺度都是不够的。毕竟是女人。他轻轻地摇摇头。当他抬头扫视着星罗棋布的天空时，他又感到心舒了。天空是宽广的，他遐想着，世界上还有比天空更宽广的东西。维克多·雨果先生首先知道了这点。这时，他心里发出了轰鸣——我要让人相信，男人比女人多的不仅仅是胡子！

七

天刚蒙蒙亮，他醒了。回来这两天，气候都很古怪，阴不阴晴不晴的，变化无常。更令人惊奇的是，梅雨季节早已过去，空气中还是有一股霉酸味，但又十分干燥。这真不可思议。他原以为季节总是彼此谦让着主宰大自然的权力，现在他灰心了。这个夏天太霸道了，真正的秋天却姗姗来迟，见鬼。昨夜热得厉害，他不得不把台扇搬到床前，开到最高档，吹了个通宵。可是现在他又感到浑身像散了架似的，软弱无力。特别是膝关节的酸痛叫他差点想骂娘。这都是广阔天地里那间低矮潮湿的破茅舍造的孽！那简直就是狗窝！他像是又一次看见了石灰驳落的和麻风病人脸差不多的土墙，狭窄的蒙着塑料尿素袋的窗户，没有烟囱的灶台。他讨厌天麻亮就响起的队长的出工哨子。他尤其讨厌公社书记那公鸭般的嗓子，一开口就是“最近有股思潮……”但巍峨的山脉，急湍的山泉，还有敦厚的像铜铸出来似的山里人的形象却时常牵起他的思念和神往。那里的老乡真可以，偷了他们的菜竟一声不吭，他想着，笑着。刻板枯燥的都市生活不得不激起他想粗鲁地拥抱大山的欲望。“再钻到山沟里住上一阵子，怕是蛮有意思的!”八〇年春节，他们当时一个小组的“插兄”聚在一起喝酒，他兴致勃勃地提起了这个话头。“那——当然!”哥们儿一致认为。只有当年的“组长”夏应波缄默不语，甚至从他清癯的脸上找不出一点表示附和的情绪。他独自离开餐桌，走到了晾台上。欧阳秋有点茫然，便悄悄地跟在后面。他知道这一年的春节无论如何也不可能叫夏应波愉快的——他在北京实习期间惹了麻烦，至今还微波轻泛。夏应波伏在晾台上，喃喃自语道：“有意思？多大的意思？哥们儿还会为该谁做饭，该谁担水，该谁先招工上调来磨牙、红眼、捣妈日娘、摔盆掼碗吗？不会的。如今有的只是你客气，他礼貌，敬烟，让茶……妈妈的，天性何在?”这梦呓般的独白使欧阳秋震惊。他悟出了自己的浅薄。……

在这家伙面前，他想，我甘拜下风。真有点“既生瑜，何生亮”的味道。如今的夏应波颇具“卧龙”之风。我不相信这家伙内心是安分的，沉稳的。不过也很难说，人到了这个年纪，到了这个地步，兴许就自然而然地成熟起来了吧？至少是像葡萄一样，看上去是沉甸甸的，晶莹的，一咬却是酸的。如果这就是成熟，那么花的功夫倒也不深。可我不行。我的秉性决定着我这辈子只能成为看上去是酸，吃起来同样是酸的葡萄。这并不遗憾。现在他感到精力正逐渐地在体内集合。这季节穿衣倒蛮利索的，只须套上条西装短裤。今年西装短裤是时髦的夏令品，北京的小伙子和姑娘几乎是清一色的。他为自己还可以划分在小伙子范围内而有几分得意。但膝关节还是有些酸痛。他在膝盖上重重擂了一拳。眼下这座城市还未苏醒，这正是跑步的时机。他草草洗了把脸，套上旅游鞋，溜出了门。

现在是一天中最美妙的时刻。四周是寂静的，风是温柔的，路是平坦的。天空的颜色正处于青灰和浅蓝的交替中，显得空旷而清爽。空气中挤尽了沥青味，清新得叫人飘飘然。他轻快地沿着通向江滨公园后墙的小径跑着，小腿腓肠肌有节律地扩张收缩，他觉得韧带的弹性还不坏，跟腱也蛮有力的。于是他愉快地打起了无标题口哨，可是，从公园里面传出一个嘹亮的嗓音立即将他吞没了。

“啊……咿……啊……”

这声音控制了他。是她，和以前一样每天清早到这儿来吊嗓。据说第一次她翻墙过来被值勤老头儿揪住，罚款两元。后来老头儿信赖地给她配了把后门钥匙。老头儿挺明智的。那时他想老头儿最好能把钥匙交给他。……他微笑着。他想这老头儿的确不错，能给人方便。也许她就这么点方便。前任的那个营教导员出身的剧团支部书记，只晓得在塑料蓝皮小本上记下谁在政治学习时迟到了或者缺席了。演员们被他弄得精疲力尽，却还要对他笑脸相迎。这位老兄最看不惯女演员穿些使奶子突出的衣服，却总是悄悄地寻找合适的角度欣赏她们的大腿。他对徐九经脸上的白豆腐干大为不满，认为既然是好人就不应该装扮成小丑；而对李慧娘，他认为完全没有必要搞得那么漂亮——李慧娘虽然敢于刺刀见红但毕竟是鬼，况且她还做过贾似道的小老婆……对这样的领导，肖溪不买账似乎不算过分。所以每次拍片，上戏，录音或者录像，肖溪就被“研究”了。若不是机构改革把那家伙拿了，恐怕昨夜的舞台上就找不到肖溪了。这些事实很好解释。然而还有些现象解释起来就困难了。使我激动的却让别人失望，使少数人兴奋的却让多数人沮丧；昨天的自行车依然畅销，而今天的摩托却滞销；孩子们不喜欢只晓得呱呱叫的布娃娃，而大人们又害怕会眨眼睛、会走路、会舞蹈的电动娃娃把自己的孩子吓出病来，青年人对老头儿光亮的秃顶报以嘲笑，而老头儿对青年人挺帅的鬓角又深感忧虑；大锅饭固然该砸，而小锅饭又让人担心是否吃得长久；悲剧让人笑逐颜开，而喜剧却让人长吁短叹；合情的不一定合理，合理的又不一定合法……该怎样解释呢？他的思绪乱得像一团麻。

应该去同夏应波谈谈，他想着，我还是服他的。至少，我要听听他对这篇文章——当然不是他要的那篇——的构思有何高见。说实在的，我还吃不准。我也在怀疑自己的支点是否找对了；冲动过去了，接踵而至的是思考。冲动只能造成一种情势，而思考则是奠基的。如果这个基础不牢靠，那么我企图建筑的大厦就会顷刻崩溃……

他发现自己的掌心湿漉漉的。

等他坐到大江报社某个编辑室的唯一的那张新藤椅上，他觉得，人还是要点身份和名气的。在这个空间里他有点像总统。一自报家门，他就引起了重视，几个编辑忙得团团转，十分殷勤。这里的最高待遇都给他，包括这把藤椅。这是那位年过半百但精神还十分饱满的老编辑出让的。这使他过意不去，可老编辑却死死按住他。“这藤椅，原是配给夏总编的。”老编辑解释道，“他硬是要……其实我还不老。”

“应该的，应该的。”欧阳秋附和道。他不明白老编辑为一把藤椅竟把眼搞红了。“当领导的嘛……”他只能这么说。

“难得呀！”老编辑无限感慨地说，“谦虚，朴素，平易近人，作风民主……的确是四化干部，第三梯队……”他像数萝卜下窖似的说了一通，说他们的夏总编每天是第一个上班，最后一个下班；关心群众生活；吃苦在前享乐在后；很少动小车；还有，一次发电影票，夏总编把前排正座换给了别的同志，自己却坐到后排边座上。老编辑高度概括了这一行为的实质，说这是一叶知秋，一滴水能反映出太阳的光辉……

接着靠在文件柜上的一位戴眼镜的小伙子发起了牢骚：“哼！像夏总编这样的人只能当个副职，我看他当宣传部长也不冤枉！”

在座的皆以沉默表示赞许。后来还是那位老编辑用一种高瞻远瞩的口气说：“慢慢来嘛！他年轻，自然大有希望……”

此刻欧阳秋已经坐不住了。他隐约感到有一种无形的压力伏在身上，以致造成呼吸的困难。他有点后悔不该穿这条西装短裤闯进这家报社，更不应该戴上这只琥珀色大边框的变色镜。而兜里的“三五牌”香烟简直就像是浅薄和轻浮的广告。做人真难哪，他沉思着，夏应波做人做到这步田地委实让人羡慕。大学出来才三年，大概就只有这个夏应波是如鱼得水了！很多同学在信中流露出来的都是压抑、沮丧。这些在高等学府里泡酥了的书生们，面对纷纭的世界一筹莫展。只有夏应波能掌握住社会之门的钥匙。他不明白，究竟是夏应波适应了社会，还是社会容纳了他夏应波……

他听见夏应波在门口招呼他。第一眼，他没有看见夏应波，却注意到了他每只大手上抓着三个保温瓶。几个编辑几乎同时迎上前去接保温瓶，又同时做出十分过意不去的表情。

“我年轻，能跑。”夏应波宽厚地笑着，然后领着欧阳秋走进了“总编办公室”。

倘若不是办公桌上放着两部电话，欧阳秋绝对不相信这就是所谓的“总编办公室”。这里的一切都是简陋的。没有一件木器不是油漆剥落的。幸亏有两扇高大的窗户，否则这屋子真有点像小亚细亚建筑中的石墓室。他觉得有一丝丝凉气通过了喉管，逐渐在体内扩散开来。不知夏应波整天陷在这里可曾感到寂寞，他想着，办公室是坐不得的。年轻人尤其坐不得。夏应波发亮的胳膊和微微凸出的小腹都能说明这点。他怀疑夏应波这辈子能否再游得过长江，尽管他的技巧很好。

夏应波给他泡上茶，然后把椅子从办公桌当中抽出来，朝他边上挪近一点，双膝放平地坐下，便用略带责备的口气说：“昨晚你溜得好快，我们等你很长时间。上哪啦？神出鬼没的。”

“你是个聪明人，该知道的。”欧阳秋微笑着说。

夏应波也微笑着。他的判断便从这微笑中表达出来。停了一小会儿，他又说：“难道‘除却巫山不是云’？”他正视着欧阳秋的眼睛。

欧阳秋对迎面射过来的明显地含着嘲讽的目光感到本能的不满，虽然这嘲讽的性质是朋友式的。但他又不得不佩服面前这个男人的先见之明。三年前，他把夏应波邀到家里，激动地把他在江边结识那个女人的情景添油加醋地对夏应波倾吐出来。他希望自己的激动能传染给夏应波，并允许对方产生适度的妒意。可是，夏应波竟像个木头似的，一个劲儿地望着天花板上新装的吊扇。“你看有把握么？”他使劲碰了夏应波一下，期待着老同学的眼神里能反映出肯定。可是，夏应波仅仅是报以淡然一笑。欧阳秋从这一笑中预感到有一种不测在身边潜伏着，他的自尊和自信在这一刹那间出现了轻微的摇摆。果然，两个月后竟全面崩溃……“抹掉这个影子将是困难的。”他坦率地说，“不过，我大概也不至于因为困难就不去抹掉她。”现在觉得自己赢得了一分。

“为什么偏要抹掉呢?”夏应波笑着说,“‘过去的一切都会成为亲切的怀念’,你不是对普希金这句诗极为欣赏吗?”

欧阳秋又觉得失去了一分。没有必要在这个题目上做文章,他想,我本来就没带上这个题目。实际上这个题目也不存在。“应波,我来是想同你讨论……关于那篇文章,我有另外的打算……”他把自己思考了一宿的想法和盘托出。他的音量逐渐抬高,脸颊逐渐转红,汗珠逐渐增多。最后,他说:“打个比方吧,这棵树昨天量它,高度正好与尺子是一致的,于是我们就说它符合标准;今天这棵树长高了,而尺子依然是昨天的尺子,难道可以为了就尺子而将树截断吗?”

夏应波离开了椅子,双手环抱着,踱着步。欧阳秋的话显然触动了他,虽然这些道理在他看来未必是精辟高深的,但他还是觉得内心波动得厉害。像这样的撞击是他近年来从未有过的。昨夜看肖溪的演出,他鼓了掌。他鼓掌不是纯属于礼貌。当时他的手放得很低,拍得却很响,直到贴在身边的妻子欧阳芳用胳膊肘碰了一下他的肋骨,他才打了个哈欠。但是,现在欧阳秋居然从这场演出中悟出一番道理却是他始料未及的。欧阳秋日益强盛的辨析力叫他暗暗吃惊,尤其是欧阳秋那雄性的胸怀和胆识更让他折服。尽管他深知的欧阳秋还是那么性情焦躁,爱冲动,可他仍然相信面前这个曾经被他治服过多少次的男人的力量已经积蓄起来了。他不怀疑这个男人有一天会把他打翻在地,当然,这一天还很遥远。他感到肺尖产生了一阵剧痛,旋即流遍全身。他竭力克制着,抵抗着,这种痛楚是由多种因素造成的。然而这痛楚又提醒着他,让他意识到自己的肌体还没有麻木。他希望这痛楚能在体内持续一段时间,可是,很快就消失了。他在窗边停下来,沉吟道:“感情用事的人往往相信事在人为,好像一位美国作家这么说过……”

八

天已经完全黑了。

欧阳秋和衣倒在床上,整个身体都在抽搐。他使劲将眼皮闭住,但似乎还是能看到有一只黑色的蝙蝠在头顶上盘旋。他被这蝙蝠吓得魂不附体。脑子里像一锅粥,稀里糊涂。他的耳朵在轰鸣:沙哑的,尖锐的,挑逗的,淫荡的,这些乌七八糟的声音搅在一起,后来又插进一个最强烈的声音——“啊……咿……啊……”，他毛骨悚然。现在他才明白，蝙蝠的声音就是这样的。他替自己曾经为这个声音所激动而感到羞耻和难过。原来那个在大江里翻腾的黑色的精灵不是江鸥，他痛苦地想，是蝙蝠！他用双手紧紧地抱住了头……

两小时前，他内心是平静的。他原打算在饭桌上和夏应波把中断的讨论继续下去。上午在“总编办公室”，他已经觉察到夏应波的眉宇间凝聚着一种复杂的难以言喻的情愫，这使他对夏应波已逐渐淡忘的敬畏心理又重新抬起了头。但他从中感受到了一种力量，这力量消除了他的孤独，增强了他的自信心。他觉得他和夏应波的距离一下拉近了，产生了和声效果。可是，这感觉刚刚出现雏形，又被夏应波破坏了。最后那句美国作家的格言，像一只硕大的磨盘压在他的背上。他不再吱声。他想听夏应波接着说下去，但夏应波已经从沉思中摆脱出来，很自然地把话题岔开了，轻松地向他询问起深圳的市容和物价来。他被夏应波这种淡然处之和机智急转的功夫所折服。但他并没想由此甘休。后来，黄昏时分，他应邀去赴夏应波的家宴时，他又把自己拧了一把。他觉得有必要同夏应波推心置腹地谈谈，把一切沉在心底层的东西全倒出来。他要找到那个被浪头吞噬了的夏应波，而不是像油一样漂在水面上的夏应波。

家宴布置得很玲巧，也很实惠，六菜一汤。妹妹欧阳芳怀有身孕，行动不便，这一切都是由夏应波一手操办的。夏应波如此娴熟的烹调技术，叫欧阳秋惊叹不已。他想起无论是在农村还是在大学，每逢刷碗，哪怕是一个碗，夏应波都得皱起眉头说几句粗话的情景，不禁哑然失笑。这家伙真是个精灵，他想，什么都对付得了，菜做得像工艺品。“小芳算是掉进福窝了，”他说，“将来哪个女人嫁我，先得自认倒霉。我可是个好吃懒做的家伙。”

“你是有福不会享嘛!”妹妹说。

“此话怎讲?”

“亚娟可是个心灵手巧的人，哪点配不上你？不就是个破记者吗？神气活现的……”妹妹摇着身子，到厨房去找酸萝卜头去了。

欧阳秋笑着摇摇头。

“老兄，门堵死了，还有窗户。”夏应波一边给欧阳秋斟着啤酒一边压低嗓门说，“我看，亚娟是不错的。”

“可我……总觉得少了点什么……”

“少了点什么?”夏应波淡然一笑，说，“这鸡汤里少了点味精，你敢说它不鲜?我说的是正经的。来，干了!”

欧阳秋吃力地一饮而尽。当啤酒灌过喉管时，他一下来劲了。他重重地放下空杯子说：“这啤酒里少了啤酒花可就不成其为啤酒了。”

他们的目光短暂地碰在一起，可欧阳秋还是从夏应波那似笑非笑的眼睛里捕捉到了掩饰不住的窘迫。好家伙，我看你还有什么说的?这种胜利后的兴奋使他面颊发热。他相信夏应波已到了挂白旗的时刻了。这正是我反攻的时机，他想，同时在桌子底下把手掌搓出了汗。“应波，我们上午的讨论不能不了了之。我想对肖溪这样的人应该有一个公允的评价，从历史的角度去看。这涉及到一种崭新的道德观念和价值标准的建立，甚至可以说涉及到整个意识形态……我不认为我这是想入非非。你看呢?”他用略微发抖的手抓起酒瓶，先给夏应波斟上。

夏应波端起酒杯慢慢地把酒喝光。他过了会才用一种深沉的口气说：“欧阳，你我都是搞新闻的。新闻学中的五个W①，也就是所谓的‘新闻五要素’，对我们来说，是浅而又浅的常识。可是你想过没有，这五个W中哪一个最叫人棘手?是who!因为对这个who的态度，并非由你我所能确定得了的……”

夏应波这番语重心长的独白使欧阳秋内心失去了平衡。他像抓住一根枯藤在陡峭的崖壁上向上攀援，但这根藤眼看就要断了!他摇摇欲坠……

“小芳——”夏应波赶紧缓冲气氛，“你把鸡汤拿去热一下。”他又用筷子敲敲欧阳秋面前的碟子边缘，说：“吃菜!”

但欧阳秋恶劣的心绪是不可能一下就恢复过来的。他的眼珠已经见红了。

出于女人特有的敏感，欧阳芳一进来就意识到刚才这里曾有过不愉快，但她的判断却错了。“你呀，”她推了一下兄长的肩膀娇嗔地说，“自作自受!三十出头打光棍，活该!大学生，记者，不就这么两块金牌

① 五个w即英文的when（什么时候）、where（什么地方）、what（什么）、why（为什么）和who（谁），称为“新闻五要素”，是十九世纪八十年代首先由美联社提出来的。

吗？人家亚娟可是……”

“是党员，而且是优秀党员！是劳模！是标兵！是新秀！是新长征突击手！是这个代表那个委员！还有她老头是部长！全拿来，称称！你还算是有大专文凭的人，我都替你害臊！”欧阳秋把火全喷到妹妹身上。

“害臊的是你！”出于一种自尊心受到损害而产生的本能的防御，欧阳芳毫不示弱，也粗着嗓门喊道。

“小芳！”夏应波厉声制止道。

但欧阳芳丝毫不收敛，相反更加暴跳如雷：“肖溪是什么东西？是破鞋！她打过胎！拿热脸去就婊子的冷屁股，贱种！”

“啪！”——这一记耳光不是欧阳秋打的，是夏应波！他恶狠狠地喊道：“太过分了！”

欧阳芳先是一怔，继而冲到卧室号啕大哭起来……

一场噩梦。不，一切都是真的。他不知道自己是用什么力气走回来的。当时夏应波要送他，他执意不肯。后来夏应波也觉得这个时候不便离开家，他为自己刚才的过失也很内疚。“我太粗暴了，”他道歉道，“她已经五个月了……别跟爸爸说，唉……”他用拳头轻敲着发热的脑袋。对此，欧阳秋倒没有多大的看法，却更加认为今晚的一切恶果都是因为他造成的，从这个意义上，他觉得自己欺负了妹妹，也给夏应波带来了难堪。但这不是真正的病苦！他不敢相信妹妹的话是真的，他经受不起这个“真”！“我并不是个好女人……”他突然联想到三年前与肖溪在那条黑魆魆的巷子里分手的情景，蓦然意识到，他树立在心中的偶像这一刻已经彻底地粉碎了，倒塌了！他着实地感到那颗活泼的心脏的血已被挤干了。他一头扎进了茫茫的黑夜，拖着沉重的身体趺趺撞撞地往回走。啤酒在胃里翻腾着，他不断地张着嘴，想嗝出气来。可是他的努力却使他吐出了一摊稠糊糊的酸液，他的气管和鼻腔全被酸液呛得火辣辣的。后来他一头栽倒在床上。他想起影片《牛虻》中似乎有这样的镜头，亚瑟挨了琼玛的耳光后就是这样栽倒下去的。可我挨的是刀，他痛苦地想，是从背后捅过来的一刀！他浑身战栗着，汗流浃背。他想跑到深山野洼里像饿狼一样歇斯底里地嗥叫几天几夜，直至喉管里滴出血来！他当年插队的那个地方，几乎每夜都能听到狼嗥。第一次听见这声音，他不禁动了恻隐之心——那狼嗥声像刚断奶的娃娃的哭声。接着他感到恐惧，吓得魂不附体，后来他又在这狼嗥声中获得了只属于男人能够占有的骄傲。“如果有一夜听不到狼嗥，我必定失眠！”——回城之后他时常对人炫耀起这段不平凡的历史。这不是在吹牛。这代人什么没有经历过！这代人不会睁着好奇的眼睛去窥视着大千世界。他们的目光是犀利的，冷峻的。“老油子”啦！——他们自信地认为能游过任何一条河，包括面前这条大江！非凡而奇特的经历就是这种自信的基石。可是他们毕竟是从小被惯坏了的孩子，他们没有经受过共和国诞生前的凄风苦雨。他们只知道尽情尽兴地享受着青春的魅力，却没有意识到青春也会有一天抛弃他们的。他们就依仗着自己短暂的色彩斑斓的历史和短暂的青春魅力横冲直撞。然而，在人生莫大的水系中，他们或许能在某个支流上展现出自己的荣耀，但在干流上势必会沉浮不定，顽固的自信心将被冲天而起的浪头砸得粉碎，青春的魅力也将被急湍的漩涡撕成八瓣——他们少的是力量，一种持久的坚定的力量。这力量要经得起等待，经得起思考，经得起煎熬，经得起沉浮。这力量不是一个很短的时间里就能积蓄起来的。不具备这种力量的人最好是别碰水！

“完了……”欧阳秋喃喃地说。

第三章

九

这觉他睡得很沉。像这样惬意的睡眠对他来说极为罕见。神经质的记者生活把他这个壮汉子拖垮了。我终于在广漠的戈壁滩上找到了一块绿洲，发现了泉眼。泉水不像江水，泉水是甜丝丝的。他下意识地用湿润的舌头舔舔皱巴巴的嘴唇，觉得这一觉非常之珍贵。他甚至埋怨父亲在盥洗间里手脚太重了，否则他还会把睡眠再延长些。现在他只好斜靠在床上，闭着眼睛，体会着睡眠时的滋味。他觉得自己的姿态多少有点佛教徒涅槃的味道。直到他听见父亲的脚步声靠近他的门槛时，他才欠起身，费劲地打了个哈欠。使他的五官扭得很难看。

昨夜欧阳仲文回来很迟。他去宾馆看望了来自外地的同行故交，并约他们今天去游玩坐落在市郊的玉琅山，那山上有古人留下的诗文碑刻和一个别致的溶洞，宛如仙女的钟乳石十分吸引人。他顺便在那里吃了晚饭，接着又赶到大江报社看了自己那篇文章的清样。他的文章位置自然放得恰当。可是儿子至今没有动笔。儿子的无动于衷欧阳仲文是不满意的，但他又担心儿子会在文章中炮制出荒诞不经的意思，这在儿子回家的第一天的父子谈话中就露出了端倪。若果真如此，还是不写的好，回来的路上他这样想着。他总觉得儿子身上潜伏着一种危险的病灶。回到家，他看见儿子合衣平躺在床上，脸色苍白，浑身散发着恶心的馊味。他本想立即把睡死的儿子唤起来，去盥洗间好好洗洗，可儿子那疲惫不堪的面容又使他不忍心这么做。儿子累了，他想，还是不惊动他的好。现在的年轻人能睡上一个安稳觉实在难得，他们的脑子简直像台永动机，一刻也没停止运转。欧阳仲文也曾领略过这种滋味，那会儿他连做梦也是充满传奇色彩的。想起自己年轻时那种罗曼蒂克的骑士风度，真是啼笑皆非！可奇怪的是，最完整的记忆恰恰是那些日子……欧阳仲文蹑手蹑脚地将儿子的外衣脱去，然后用温水将儿子整个身体轻轻揩了一遍，才关灯离开。

“昨晚，酒喝够了？”欧阳仲文微笑着，轻松地说，“和应波谈了些什么呢？”

“老婆，孩子。”欧阳秋说完又打了个哈欠，准备起床。

“你以为谈老婆孩子是一种庸俗？”

“‘不孝有三，无后为大’。”欧阳秋无精打采地说，“我还不至于去做柏拉图的门生。这不是扯淡。”

从儿子迷离的眼神里，欧阳仲文相信儿子不是在扯淡。儿子已经三十出头了，至今形影相吊，这不能不说是遗憾。这一点，欧阳仲文深有感触。妻子中道而别，他一直是咬紧牙关挺过来的。如今虽然已是年近花甲，但他依然觉得孤寂时常向他袭来，以致他多次蒙发过续弦的念头。男人的字典里最不幸的字是鳏。他默默注视着儿子，不禁心头一阵酸楚。儿子像害过一场大病似的，脸色蜡黄蜡黄的，难看极了。他竭力想把炽热的目光传递给儿子，使儿子能在父爱的羽翼之下复苏，可是他眼睛已渐渐浑浊了。对待这么壮实的儿子，他觉得，已力不从心了。儿子不可能再需要求他去买一只漂亮的文具盒或者望远镜什么的了。可他实在想能为儿子做点什么。欧阳仲文用手指轻轻揉着太阳穴。如果儿子现在能提出来，和那个叫肖溪的北京姑娘建立恋爱乃至夫妻关系，也许他不会像三年前那样一声不吭了。当然这已不可能。肖溪主动地和儿子分了手，这真给了他莫大的安慰。倘若当初这段短暂的罗曼史的结束是因为他这个做父亲的干预，现在他倒真够难堪的。当初他对此表示沉默，并非出于狭隘的门阀观念，瞧不起这个工人的女儿，不是的。他现在敦促儿子和亚娟拍板也并非因为他想得到一位部长阶层的亲家。我还不至于这般庸俗，他想，我指望的是亚娟的德行能潜移默化地影响我的儿子，我就这么点指望。唉，儿子，你长得太快，否则我一根细柳条也就解决问题了……

“今儿是星期天，”欧阳仲文在临出门的时候，对儿子说，“去看看你吕伯伯吧，还有亚娟她妈，他们常念叨你。”

欧阳秋“嗯”了一声，耷拉着脑袋走进了盥洗间。

哦，我竟成了这个样子？镜子里那张毛孔明显的呆滞的脸使他惊慌失措，以致差点碰翻了肥皂盒。这么老气？我到年底才满三十一，可能还只能算作虚岁……这讨厌的胡子！他立即拿起保险刀，连肥皂也顾不得抹就把这乱七八糟的胡子给刮了。等洗好脸，他又端详着镜子里自己的面容，发现这张脸应该安装在相声演员的脖子上才合适。他苦笑着。这一笑使眼角边的鱼尾纹彻底地暴露出来，他的心绪一落千丈。他意识到，青春已经爬过了坡……

“亚娟吗？”不等对方把话说完他马上接茬：“你在家等我，就到！”他搁下话筒，离开了楼下的公共电话间。他又返回家里，笨拙地把带回的皮箱打开，从底层翻出了那年在广州买的米色的款式新颖的夏装。他仅仅把衬衫的领扣解开，而后像足球运动员那样套上身。裤子上安着尼纶拉链，所以穿起来也极方便。他像一阵风似的出了门。

从公共汽车上往下看，熙熙攘攘的人样像一条色彩斑斓的河。喏，这就是生活。生活就是从这些诸如买米啦，拉液化气罐啦，给孩子揩屁股啦之类的事儿累积起来的。生活就是这样叫人诚惶诚恐，尴尴尬尬。他想到自己有一天也会和这些从眼底掠过的人一样，去为一截黄瓜或几根葱和卖主讨价还价，差点想笑。原来我的生活至今还是一块没有色彩的布。难怪我总喜欢把别人的娃娃要过来抱一阵子，而我像这样跌跌撞撞地走，孩子必定不好受。“吱——”又到了一站。他不自觉地跟着边上人往车门口挤。“西苑旅社到了，先下后上。”女售票员毫无表情地说。哦，到市委宿舍还有两站哩！他提起身子让别人从面前通过。这时候他的烟瘾勃发，口水充满了腮帮，他的上牙紧紧咬着下唇。过了一站。又过了一站。这个黑不溜秋的司机大概想多捞点节油奖，离站牌足有一百米就关了电门，车便像一个苟延残喘的老人缓缓向前挪动。想捞票子，你他妈的开卡车当个体户去！他打心眼里对这个司机反感。

“喂！戴眼镜的！”他听见身后传来一个响亮的胶东口音，便刹住脚。持枪值勤的卫兵大步走过来，用职业性的目光严肃地打量着他的整个身体。

他出示了记者证。

看来记者不是任何场合都能吃得开的。卫兵仔细地观察着他的脸，对照记者证上的照片，却一时不表态。

“我把胡子刮了。”他不耐烦地提示着，同时在心里骂道：“蠢货！”

“找啥银（人）？”卫兵公事公办地说。

“吕部长，宣传部的。要不要挂电话叫他出来接我？”他说。他觉得最后发挥出来的那句话很起作用。这不，卫兵的脸松弛了……

十

这就是你么？亚娟？你是刚刚从百货大楼玻璃橱窗里走下来的？moden。翻译过来叫“摩登”。这个词的意思是：现代的；榜样。这个词造得真棒！亚娟，我就喜欢你这模样，这味儿。你这件雪青色的印着牡丹图案的真丝衬衫挑得挺不错，质地好，款式也好。我特别欣赏束在胸前的那个蝴蝶结。这衣服恰如其分地勾勒出了你柔美的曲线，所以说裁缝是一位天才的画师。谢天谢地，你松开的头发没有扎成辫子，挽成了美妙的如意髻，你真可以。亚娟，你就该是这个样子。你就该这么美。人就该从里美到外。人就应该整个都是美的。哦，亚娟，别把脸扭过去，你要知道，你简直代表了一个时代……

这家伙有点神经质。亚娟把视线放虚了些，暗自想着，这两天他的魂不知丢到哪了。拿架子呢！“欧阳来过了？”妈妈真烦人，一回来就这么唠叨。我不在乎。可我干吗总是抢着去接电话呢？我就刚才这么一个电话接对了。妈妈神秘地对我笑着。接着她对正在观赏盆景的爸爸说：

“老头子，我们去看场电影吧！要不陪我上街买条毛毯什么的……”老头子就这样被她拖走了。好妈妈。临出门，妈妈低声对我说，要我留他吃顿饺子，阿姨已把馅子剁好了。妈妈真好……

“进来，”她说，“把门关好。”她又觉得后一句不该说，好像暴露了什么。这家伙才鬼呢！

他一进门就注意到这屋子和自己家用的是同一张图纸，屋内布置得也有些相似。墙壁涂料和地板漆，还有颇有点气派的三人沙发、落地电扇、盆景、窗幔都和家里差不多。这里也有母亲的照片，是剧照。也许这里就多了台电话，但这是作为身份标志的。似乎是暗示，他想着，暗示……老两口都不在，这蛮好。于是他大大咧咧地坐到沙发上，满不在乎地把合成革中跟凉鞋脱下，再把脚搬上沙发，将裤腿卷到膝盖上，露出一腿乱糟糟的汗毛。

“把电扇弄开，”他嚷着，“热得要死！”他打量着亚娟的背影。他兴致勃勃地盯着她头上高耸起来的如意髻，有点少妇的味道，而我这个姿态的确颇具大丈夫的风度。毛病。他觉得这一刻心绪特别好。

这家伙坐都没有个坐相。亚娟把电扇对着他，固定好。那道貌岸然的派头呢？现在倒像个小丑。不过，这小丑怪可爱的。哟，不能把电扇总对着她吹，会感冒的。亚娟把电扇调成摇头，并悄悄减了一档。“不给抽。”她把欧阳秋手中的香烟夺过来。我怎么这样？他抽烟关我屁事！我还得请他抽烟，人家是客人呢！亚娟陡然觉得心绪不像刚才那么好了。“抽吧，”她把香烟又还给了他，“给你火柴。”

欧阳秋没有抽烟。亚娟脸上一瞬间掠过的阴郁没有逃过他的眼睛。都是我的不是，亚娟。这两年来我一直把你夹在胳肢窝里。我把宽阔的胸脯腾出来留给那个女人，而她……我不想再提起她。我恶心极了！亚娟，你得宽恕我。我欠你的太多了……

“坐这儿来。”他拍拍沙发。

亚娟犹豫了一下，还是照办了。和他在一起，她差不多是听他的。很小的时候，她就多次受他怂恿大胆地从爸爸口袋里掏出了漂亮的香烟盒。但是现在她的胆子小了。她的神情像一个看杂技表演的孩子，担心随时会发生什么可怕的事儿。这个男人，她想着，这个男人的影子伴着我整整二十五年哪！这个影子给我带来愉快也带来了忧郁，带来了欢乐也带来了烦恼，带来了笑声也带来了泪水……二十五年，二十五年对你来说是空白，实际上对我也是空白。我怎么偏要在这棵歪脖子树上吊死！我严严实实地在自己生活的门槛上垒起一堵墙，不让半个异性的影子闯进来，包括夏应波——他刚毕业那阵子总是在路上碰到我，他多次采访过我，可女人的直觉告诉我，他不仅仅是为了工作……我稳住了自己，但有点悔……这些都是为了你呀！只为了你！我一直认为你才是我栖息的树。这观念在我成为姑娘的那一天起就悄悄地形成了。而你，连一点礼节性的表示都没有，却把魂牵到另一个女人身上，我嫉妒！我想狠狠地咬她一口！可我又……我得谢谢她，是她把你送回了我的生活中。我也替她难过，她流的泪水比我要多得多。女人的心是相通的。女人的痛苦男人是绝对领会不到的。我默默地为她祈祷着……“见到肖溪了吗？”她突然说。

欧阳秋心里咯噔一声，但很快就平息了。“别提了。那是过去的事。早过去了。”他说。

“你应该去看看她。”

“什么意思？”

“哦，我随便说的。你抽烟吧。”

“亚娟，你怎么责备都可以。但最好别……玩我！”

“不不，你想到哪儿去了。……你出汗了，我给你拿毛巾去。”

欧阳秋一把拉住亚娟，正视着她的脸。他们都觉得彼此的自尊心刚才都扭伤了。亚娟躲过那两束炽热的目光，重新坐下。真不知道他下一步会干些什么，她想，他不像以前那么安分了，越来越凶，越狂，叫人害怕。可别那样，门开着，阿姨就在厨房里。她已经感到背后有一股压过来的热气，听到粗粗的节奏紊乱的呼吸声，甚至闻到了浓烈的烟草味和汗味……我承受不了！她想起小时候天下雨的情景，刚落点时，她站在屋檐底下伸出小手去接水珠，可雨真的下大了，她就像兔子似的躲在家里不敢伸头。亚娟屏住呼吸，感到胸腔闷得慌。她本能地朝边上挪了一点。

但是欧阳秋的手还是从她的颈后伸过，落在她的肩上，接着他像一只牛犊似的紧紧拥抱了亚娟。他两只壮实的手臂明显地感受到了她肩膀的弹性和腰部的柔软。亚娟闭着眼睛，脸色由红转白。等她觉得那般浓烈的烟草味离面孔愈来愈近时，她突然把头埋下。“别……阿姨在……”她的头发被触动了一下。渐渐地，她感到刚才钳住自己的手臂松开了。但她还是把头埋着。这该不会伤害他的自尊心吧？她想，这一切来得这么突然，尽管我心理的防线已经解除了，可事到临头我就乱了方寸，我……她慢慢地从眉毛底下往边上看了一眼：他不在了！她猛一抬头，哦，他在晾台上抽烟呢。她轻轻吁了口气。

是否头脑有些发热？是否有些荒唐？是感情的大堤溃口了还是理智的闸门没有关好？事实是严肃的，语言解释不了，我倒不想去解释这个事实，我得承认，应波的话不错，我是在无病呻吟，我是在人为地把生活弄复杂。我必须牢固地树立起接受这个事实的信心……

“生我气了？”亚娟在他身后轻声说。

“哦，没有，没。”他转过身，竭力做出若无其事的样子，他说：“我，很野么？”他吃力地笑了一下。

亚娟扬起手想打他，但又悬在半空中。要是在屋子里我会使劲擂他的背，她想。她把手慢慢放了下来。

“出去走会儿？”他说，“我还要跟你说正经的。”

难道刚才是儿戏？坏蛋！不过我当然也想出去走走，这个阿姨的耳朵可尖呢！“好的，”她愉快地说，“我去一下，你等我。”她像只小鸟似的跑进了自己的卧室。

欧阳秋也跟着回来。亚娟卧室的门关上了，他就在客厅里荡着，观赏着正壁上那幅经过精心装裱的中国画《兰竹》。他不喜欢这幅画。在首都，他曾看过几位青年人的书画展览，凭他的鉴赏能力，他深信这些人的作品绝对不在国内某些大师之下。至少比面前这幅强。从压角的大篆白文连珠印上，他认出这幅画出自一位赫赫有名的大师的手笔，章法笔墨颇为讲究。可是这幅画简直就是郑板桥的翻版，连题款也是运用郑氏那种隶书参入行楷，结构左右倚斜抱合的写法！而那个展览中也有一幅兰竹，是把印象派绘画中的光色技巧糅进中国画的笔墨神韵之中的。他曾为它撰一小文叫好，结果未能见报。咄咄怪事。这怪事并非一桩两桩。凡作学术报告，差不多都是那些一句话中包含两个咳嗽的白头人；凡给著作作序题跋的差不多都是连笔都拿不稳的白头人……应该让这些人去打球，去击剑，去玩鞍马或者高低杠！也许那时他们才懂得，金牌对于他们来说只是梦中为一个黄苹果。他又想起有一次与夏应波去看一部引起舆论界广泛关注的影片，他被银幕上那两个都已经是生活中的爷爷和外婆的“少男少女”的打情骂俏折磨得喘不过气来。“化妆师的手艺能欺骗青春吗?”散场时，他愤愤地说，“年轻人死绝了?”夏应波却用漫不经心的口吻说：“难道他们是靠贿赂钻进摄影棚的?”他沉默了。是啊，不靠贿赂，靠什么呢？牌子？问题是这牌子值钱。但我坚信这牌子必定是要跌价的！蓦然，他的视线在母亲的照片上凝固了。他的心一下沉重起来。他想到了那个舞台，觉得三维空间都很不够……

“走吧，”亚娟轻柔的声音割断了欧阳秋的思绪，他费劲地转过身体——辫子。蓝衬衫。人造革中跟鞋。亚娟，你个子并不高！

十一

他们一前一后地走着。环城公路浓荫蔽日，很干净，很凉爽。狭窄而清澈的小河挨着公路延伸，河面上漂着几片柳树叶，更多的是墨绿的幽暗的树影，像爬满青苔的珊瑚。小河里找不到一条鱼影子，显得异常安宁寂静。路与河之间是断断续续的修理得十分工整的花圃，该开的花都开了，却压根儿嗅不到香味。有一瞬欧阳秋怀疑这些花是塑料的。星期天这儿的石凳不会是空的。他们从几双情侣面前走过，时而惊醒了一个甜蜜的梦。欧阳秋似乎觉得自己的背上粘着许多埋怨的目光。真不该上这儿来，他有些悔，我像是到这儿来值勤的退休老头，看见哪个家伙乱折花木就罚他的款！不该上这儿来，这空间是专门腾出来让给情侣们的。而我们，喏，这一前一后的，像么？我倒像被她盯梢着……他看见前面有一对青年男女从石凳上站起来，懒洋洋地走了，便赶上几步，占下了。

真有点难为人，偏偏要钻到这儿来。亚娟用手理着辫梢，想着，我当然不能和这些姑娘比，她们是用时髦零件装配起来的。我承认我是老土。你埋怨我，挖苦我，可你并不理解我。一点点都不！她在欧阳秋身边坐下来，从这个位置，她只能看到他的侧面。她的心弦被他眼梢的鱼尾纹和后脑勺上几根白发拨动了。他累了，她想，我真想哄着他好好地睡上一觉……结婚吧。结了婚什么都会好的。结婚？就是说该有个自己的家了。我将把户口从爸爸妈妈那里迁走。领一个新的户口簿，在户主一栏填上他的名字。他就是我的依靠了。可是，他靠得住么？我怎么觉得和他在一起就失去了女人天性要求的安全感？而这个感觉似乎越来越明显……

“欧阳……”她失口喊道。

欧阳秋回过头，诧异地看着她。“怎么？想什么呢？”

“你……”亚娟掩饰着慌乱，说，“你太凶了。”她说刚才出门时他太凶了，皮笑肉不笑的。

“你连女人也做不好。”他说。

“女人就是要花花哨哨的？”她争辩道。

“花花哨哨未必影响到心灵美吧。”欧阳秋站起来，把双手插到裤袋里，沉吟道：“新三年，旧三年，缝缝补补再三年。都这么干，恐怕化纤织品再降价也难卖得出去。是这个理么？”

亚娟想说什么，却没说出来。欧阳秋发现她的眼眶里滚动着晶莹的泪珠儿，这使他十分懊悔。亚娟未必不爱打扮，他想，刚才在家里她简直就像个皇后。她知道怎么体现自己的美。但她只能把美锁在家里。不，不不，她的美在……在别人眼里。记者又想起了那次“妇代会”的场面。无疑，至今在不少人眼里，这个亚娟，是美的。亚娟就是按照这些人的审美标准来塑造自己的。痛苦的塑造。

这时候他们听见公路上有人在喊他们。

公路上停着三辆轿车。欧阳仲文和几位名流立在车边对他们微笑着。既然称之为名流，自然大都是老头儿和老太太。欧阳秋落在亚娟后面，他看见亚娟正在笑盈盈地给诸位先生“请安”，头低得厉害。天！谦虚就这味？我宁愿骄傲到死！等那些人的目光从亚娟身上移到他脸上时，他有意识地把下颌抬高了些，漫不经心地和他们拉拉手。

这些人接着转过脸对欧阳仲文夸赞起来，说令郎是如何如何风度翩翩，如何如何才气过人，如何如何……这场合他们说些好听的是自然的，会说得流畅。而欧阳仲文却竭力摆出若无其事的姿态，说儿子是如何如何少不更事，如何如何才疏学浅，如何如何……这场合他说些难听的也是自然的，也会说得流畅。欧阳秋觉得自己正在被人把玩着，拍卖着。逢场作戏！他故意把视线越过这些人的头顶，看着天上流动的云朵，同时神气地抽着香烟。他意识到父亲责备的目光和亚娟埋怨的目光同时落在自己身上。后来他又发现，一位戴着宽框眼镜的老太太像鸽子似的眼睛在他和亚娟身上往返了两次。

“你们，在谈恋爱吧？”老太太的口气是稳操胜券的。她把亚娟拉到跟前。亚娟脸红了。

老太太的话和亚娟的表情立刻引起重视，人家的情绪又增高了一度。被尊称为“凌老先生”的长者走至欧阳秋跟前，笑眯眯地说：“好，蛮好。一个是月蓉的长子，一个是‘小常月蓉’，真乃珠联璧合！”

“珠联璧合！”众人高声附和道。

又是小常月蓉！欧阳秋心里激动起来，他突然严肃地说：“历史上已经有了位常月蓉，为何还要人为地仿造一个‘小常月蓉’呢？又不是唐三彩！”

一个停顿。

“恕我直言，S剧发展到今天，依然是以常月蓉作为骄傲，这意味着什么呢？我想只能意味着S剧的没落和悲哀。”欧阳秋仿佛是出于本能地说出这些。他自己也暗暗惊讶。现在他才意识到，当一种观念形成之后，并非能轻而易举地把它推翻。它已在头脑中站住了，因为它不是偶然得到的。忘却那只是暂时的，只要在恰当的氛围中，它就会像火花那样一迸而出，想制止也来不及。

众人面面相觑，但都显得沉着。凌老先生扬扬眉毛，一板一眼她说：“想法很大胆，好，蛮好。但对待遗产，恐怕还是要继承的。……仲文，你这个儿子颇有气魄，好，蛮好。”

欧阳仲文努力克制住内心的冲动，强打着笑容。儿子终于亮底了，而且是在这个场合！但他还是用平静的口吻对儿子说：“你母亲是民族文化的财富……继承是为了发展，怎么能说是没落呢？”

“要多研究怎样发展，而不是以昨天的东西来代替今天的东西，更不是把今天的东西置于昨天的模子里。推陈才能出新，历史就是在不断地挑剔以致否定昨天才得到今天的。难道我们还可以用祖先的‘四大发明，去炫耀于世？”欧阳秋严肃地阐述道。

“你讲得差不多了！”亚娟拉了一下欧阳秋的衣袖。此刻她已经脸色苍白，汗珠已从她的发际线出现。

欧阳秋对亚娟苦笑着。他说：“亚娟，作为母亲的儿子，我得感谢你。你延长了母亲的生命，延长了我的母爱，这难道就是你的全部价值?……”他看见亚娟的眼眶里已沁满了泪水，才把后面更重的话咽了下去。亚娟，我知道你也有你的难处，你……怪可怜的……欧阳秋转过身去，用颤抖的手划着火柴，想把熄灭了的半截纸烟点上。可是火柴皮已被汗弄潮了。他把半截纸烟丢在地上，用脚踏碎了。

气氛又慢慢地活跃起来。众人继续对欧阳仲文夸赞着，说令郎颇有胆识，思维敏捷云云。欧阳仲文没有吱声，有分寸地笑着。凌老先生像欣赏一件国宝似的看着欧阳秋，微笑地捋着下巴底下为白须。“年轻人，出口不凡，血气方刚，好，蛮好……”他摇头晃脑地说：“和我们结伴而行，去看看玉琅山?”

欧阳秋婉言谢绝了，说还有点事要办。他又对亚娟看一眼，亚娟躲开了他的目光。欧阳秋爽朗地笑着对众人说了声“再见”，便利索地转过身去，大步流星地朝前走去。汽车的发动声在他身后响起，他总觉得这声音有点摇篮曲的味道。他想起有一次从国外回来，当飞机在国内机场一降落，他蓦地发现偌大的旋转的地球似乎在这块土地上减速了，而他体内的节奏也慢了。这感觉非常明显，非常强烈。他一出舱口。一眼就注意到候机厅的一隅，有几个保养得极好的男女正在兴致勃勃地把一个又白又胖的娃娃像传球似的传着，你亲过来，他亲过去。中国怎么有这么多悠闲人士？他想，外国人可是把自己拧得像螺母一样的！后来他上了出租汽车，司机愉快地打开车内半导体收音机，立刻响起了优雅美妙的小提琴协奏曲《梁祝》。奇怪的是，车倒与这旋律蛮合拍。他觉得坐在这车里和坐在八抬大轿里的滋味恐怕差不了多少。要是把这曲子拿到国外高速公路上播放，必定翻车无疑！他苦笑着，心在隐隐作痛。节奏，他想，什么时候中国才能拧紧发条?

就在汽车开动的时刻，坐在欧阳仲文和那位老太太之间的吕亚娟，才想到她把留欧阳秋吃饺子的事给忘了。

十二

黄昏。夕阳的余晖涂满了江面，像一摊殷红的泛着泡沫的血。江面上几叶舟子顺水漂荡着。江天一片橙色，几行白鹭穿梭自如。对岸蒲柳丛中时而传来野鸭的叫声。在柳林后面是酱色的大堤，这根粗犷的线条限制了人的视野。倘若不站在这个高坡上是看不到那广袤的金黄的田野的。再往后是连绵起伏的群山，几缕炊烟自山脚袅袅升起，与暮霭融成一片，而天际在默默地燃烧着……

他终于在这里找到了她。他又一次看到了那个在长江的怀抱里撒娇的黑色的精灵。像第一次见面时一样，他把事先准备好的桔子汁，等她上岸后，递给了她。但她这次没有伸出手来。她只是对他淡淡地笑了一下，就到不远处的一个厕所里换衣去了。

“我等你。”他对她的背影说。他把桔子汁塞到裤袋里，这时他觉得这做法是非常的蠢。但他并不为自己的过去感到不自在，他想他的自尊心再也不会受到损害了。这个女人与他个人的生活完全没有联系，但这个女人却和整个生活联系得很密切。就是因为这种联系使他坚定地站到了这个地方。我现在心绪挺好，他想，我完全解脱了。我完全可以公事公办地同她聊个够，问题是她那张嘴很不容易撬开。这是个奇怪的女人。也许就因为这个奇怪拴住了我，当然，我可以把这个奇怪分解出来。他的掌心又出汗了。他有点跃跃欲试……

“有什么话，讲吧。”肖溪已回到了原来的位置上。

他侧过脸注视着她。她一动不动地站着，从江面吹过来的热风费劲地撩动着她沾有水迹的头发。有几缕头发贴在她的额前。她那冷峻的目光凝视着江面。这使他联想到香港著名摄影家钱万里的一幅叫做《逆风》的肖像作品。他多次被这幅作品所打动，现在他也觉得心里空虚得很，仿佛有一股凉气淤塞了喉管，但他还是努力地把自己调节好了。得绷紧一根弦，他命令自己，这女人和我的生活毫无联系，记住！

“肖溪同志，我是来采访你的。”他说。他发现这个“同志”塞在中间很别扭，但他认为必须这样。接着，他把准备充分的提纲说出来，从那天晚上的演出谈起，讲到她在唱法和程式上的突破，讲到对角色的理解，讲到形象的塑造。他还讲了他在公共汽车上听到的对她的议论，讲了他在公园后面听到她在吊嗓……最后，他有些激动地说：“你把S剧引到了一个崭新的阶段，甚至可以说是划时代的，至少，我这么认为。我有责任把这些解释出来。肖溪同志，希望你能支持我。”他觉得自己陈述得很流畅，也很有条理。他认为自己当个记者是称职的。他点上烟，很有滋味地吸了一口。

她突然格格地笑了起来。“采访我?”她说，“这本身就是新闻。我看，你还是去采访你母亲的好，你别以为我是在捉弄你，你可以从吕亚娟身上找到你母亲的影子，你不这么认为?”

他严肃地注视着肖溪，他发现肖溪的脸也是严肃的，只是那抿成一线的嘴角骄矜地牵挂着嘲讽的微笑，这使他的心情一下凝重起来。“肖溪同志，我是以记者的名义……”他真不知该怎么来对付面前这个怪物。

“记者?”肖溪抬起手将额前的头发朝后分去，像小鸟似的偏着头看他一眼，说：“就是习惯于把真的说成假的，或者把假的弄成真的人么?有人说，报纸可以倒过来看。”

“那是昨天的报纸!”

“如果以今天的《大江报》为例，你还敢这么说吗?”

欧阳秋霎时觉得脑子里嗡了一下，肖奚这一脚踢得太厉害了!今天的《大江报》几小时前他在街头报栏里看过了，四版是“纪念演出”专版，全载的是赞颂“常派”为文章。他最反感的是父亲那篇，洋洋洒洒，却全是老话。现在他不得不埋怨起夏应波来，这个总编辑是怎么当的?难道他的全部工作就是扫地、打开水、出让藤椅或者电影票吗?欧阳秋深叹一声，他现在的心绪糟透了。我不能在这个女人面前丢脸，他想。他用力咬了一下牙关，强迫地把自己体内分散的力量集合起来。

“我再说一遍，我是以记者的名义来同你谈话的。”他阴沉地说。

肖溪转过脸，冷冷地吐出一句话：“请你滚开!”不等欧阳秋反应过来，她接着说：“我讨厌你这副天生高贵相!不错，你是比我高大，但我得提醒你，你是站在坡上!”

这迎头重重一击使欧阳秋心里产生了强烈的酸楚。这酸楚淹没了他的懊恼和激动。他凝视着肖溪的背影。他似乎是第一次才发现，面前这个女人并不强实，相反非常懦弱。这是个外强中干的女人。她是在硬撑着过日子。她强打着精神，其实她已是疲惫不堪了。难怪她现在只能在浅水里玩玩而已，她不可能再游得过去了。她像一杆在风中摇曳的芦苇。现在，她还敢说，男人比女人多的仅仅是胡子吗?……欧阳秋不自觉地从坡上走下来。站在肖溪身后。暮色苍茫，夜气已开始游动，大自然仿佛出现了一个短暂的停顿，唯见江水在悠悠东流。渐渐地，风大了，而且变凉了，带着潮湿。肖溪突然打了冷寒噤，欧阳秋不禁扶住了她的肩膀。她多单薄！他把抓住她肩胛骨的手指放松了些。但是肖溪还是把他的手从自己身上拿下来了，旋即抽泣起来。这举动证实了欧阳秋刚才的推测，可是他手脚无措；他为自己失去应对能力而感到狼狈。他几乎是惊喊道："肖溪！你说话！"他使劲摇晃着她。但他知道，自己这股救世主的腔调是绝对改变不了这个集坚强和柔弱于一身的女人的心境的。我是多么苍白无力，他想着，我顶多只能空喊几句响亮的口号罢了！记者，这是个只能对情窦初开的少女产生吸引力的职业，而在虽人情尚未练达世事却已洞明的二十七岁的女人面前，这牌子是毫无光泽的，不值钱的！欧阳秋双手像握住烧红的烙铁似的，猛地拿开了。现在他才真正意识到，原来自己是相当悲哀和可笑的。他觉得凄凉已悄悄盘踞在自己的心头。我没有能力来让这个女人好好歇息会儿，他黯然地想，她累了，累够了，只剩下一副骨架。她应该得到一个男人宽厚的背。

"肖溪，"他低声说，"你应该……嫁人。"

这用得着提醒么？她阴沉地想。你以为我是那种只有在拙劣的文人笔下才会出现的"干面包"？荒唐！爱是属于女人的。这世界的幸福是女人创造的。男人只知道挥霍，但他们仅仅能占有爱的边缘……她迎着风，默默向江边走去。江水不时舔着她的脚。只有你才懂得爱的价值，她凝视着江面，我只能在你的怀抱里撒娇，只有你才能整个地占有我。只有你！她的目光紧紧咬住向东滚去的浪头，直至完全被夜色所容纳。这是一条蕴蓄着炽热而深沉的爱的大江，她想。

"肖溪，不要人为地制造孤独。"欧阳秋紧跟在她后面，说道，"别忘了，你是女人……"

"你也应该记住，你是个男人。你得像个男人。男人是顶天立地的，是块石头。"肖溪停住脚，说："天黑了，该回去了。如果不愿意空着手回去，那么，你敢同意我从你母亲身上跨过去吗？记者，敢这么写吗？你的手会发抖的。这个地球上也许找不到一个男子汉……"

"你很自信。"欧阳秋严厉地说，"自信得可怜。"

"我暂时还不需要你来怜悯我。"

"你硬在嘴上！"

"……"

"眼泪别朝肚子里咽，要流就流出来，流个痛快！然后去笑，从心里往外笑！”欧阳秋激动地说，“这种赶时髦的孤独感应该甩掉。你难道没有感觉到，……”

“够了！”肖溪厉声打断他的话。

欧阳秋沉默了。他觉得有点累。他想抽烟，可是烟盒已瘪了。他沉思着，该怎样把这场谈话延续下去。肖溪的情绪起伏不定，变化无常，并没有使他的信念倒塌。这个女人，他想着，像她的服装颜色一样，冷暖相间，对比鲜明。他想女人的色彩可能就是这么回事。

“那把钥匙呢？”他突然问道。

肖溪回过头用眼睛询问他。

“就是那把钥匙，公园后门的。”他说，“不打算还给老门卫？”

肖溪不吭声。

欧阳秋冷峻地说：“留着它就要对得住它。在舞台上，要不站住；要不滚下来，趁早！如果既站不住又不肯滚下来，最好的办法就是捆上磨盘跳江！”

“我……想到过……”她轻声说。

“但你还活着！活就要活得像个样子。不死不活的算什么名堂？”欧阳秋严厉地说道。慢慢地，他发觉她的呼吸平稳了。

……

过了很久，他们离开了江边。他坚持要送她回去。记住，没有别的意思，他同时这样提醒自己。他们又一次并肩走过了这条幽静的小巷，谁也没有注意谁。他们静听着节拍一致的脚步声。这声音愈来愈弱，最终消逝了。在小巷的尽头，他们不约而同地停住了脚。

“别送了。我乘车。”她说，“谢谢。”他把自己的身体放到路灯投下的阴影里，注视着肖溪的背影。他发觉，和边上那些候车的男女相比，肖溪是显得多么的瘦弱和苍白！公共汽车到站了。门一打开，人们蜂拥而上，乱作一团。肖溪落在后面，她把刚下车的一位跌倒在地上的老太太搀起来，等她的脚刚跨上车门的时候，“吱——”的一声，车摇摇晃晃地开走了。那个留着“幸子头”的售票员对她扬扬手：“等下班吧！”站牌下只剩下肖溪和永远伴着她的细长细长的影子……”

如果刚才上车的一刹那，有一只有力的手拉她一把或者顶她一把，她肯定能搭上这班车的。肯定会……欧阳秋这么想着。

十三

子夜天色骤变，碎片般的乌云逐渐汇成一体，像一床又脏又厚的棉絮压下来，捂得大地气喘吁吁，温度回升，这是最难熬的一刻！几分钟后，天际出现了青色的光带，沉闷的远雷慢慢滚过，紧接着，南风乍起，闪电把苍穹撕成几大块。雨，一开始就摆出咄咄逼人的架势斜泼过来，像无数根钢鞭朝着一个方向抽打，窗户玻璃噼噼啪啪地响着。好狂的家伙！他伫立窗前，从这个画框里他看到了一幅幅粗犷、洒脱、气势磅礴的泼墨画。

他又想起了十五年前的那个风雨夜。母亲忍受不了人间最大的侮辱，饮恨长江。黑色的沙滩上，只剩下那只在她脖子上悬挂过的破鞋……欧阳秋慢慢地转过身体，借着闪电的光，凝视着墙上母亲的照片。尽管闪电的光转瞬即逝，但他还是能够把照片看得仔细。这张照片是母亲生他满月后拍的。他觉得这是母亲生前拍得最美的一张。蓬松的齐耳短发，大方的列宁装，恬静而慈爱的面容，哦，母亲！今夜您还会替我压好蚊帐么？

你的记忆里闪烁着母爱的光辉，你的躯体里凝聚着母爱的力量，你就是凭借着这力量去翻山，去涉河，去跨沟壑的。你就是依仗这力量去征服彷徨、气馁和沉沦的。你用这力量雕塑了自己，所以你还算得上拿得出去的男子汉。可是你绝对没有想到，今夜你会用这力量去对付神圣的母爱……

黑暗中他抽动了一下。我这么干意味着什么？他感伤地想，我分明是在圣洁的母亲形象上重重地涂上一笔冷色，第一笔！他颓然跌坐在椅子上，两条腿在颤抖着。这代价太大了……他再次把视线送到窗外，间断的闪电把他的脸照得惨白。透过雨幕，他注视着远处的长江——那是一条冬眠的蛇。可是，就在他打算叹息时，一道强烈的闪电把天空割断，紧跟着落下一个惊天动地的霹雳，他惊吓得从椅子上站起，心扑通扑通响。他睁大眼睛，等待着又一道闪电划过……啊，我看清你了，大江！原来你是一条巨龙！你在翻腾！你在咆哮！好样的，我就喜欢你这股野性和狂劲！我也看到了您，母亲！我总算找到您了，您整个地融化在大江里。您就是大江！那雄浑的涛声就是您的歌喉，那奔腾的水势就是您的舞姿。我能嗅到您身上散发的只有生长在江边的孩子才喜欢的泥腥味！然而母亲，您可知道您被人玩弄了？他的心像铅一样的沉重。他用发颤的手点上香烟，深吸着。

这是多么可怕的一幕！他深思着，母亲被当做只有人类处于低级阶段才有的图腾。母亲是无辜的。她像一只被挤瘪乳房的羊，像一头被锯尽茸的鹿。但是，终究会有一天，这个善良的女人会被送到历史法庭的被告席上。辩证法是不讲情面的。母亲，您要知道这些会再死一次的。这不仅仅是母亲的悲剧，而是民族的悲剧！这悲剧该收场了！

隔壁传来挂钟的一响：十二点半。欧阳秋掐灭烟蒂，拧亮台灯，蘸饱墨水，将稿纸铺平——他将去向一种精神挑战。他觉得自己的精力充沛到了极点，每个关节都咬得很紧。我不会失败的。大江作证。我之所以这么自信，是因为我看到你还在向东流淌，而且愈来愈快。大江，请高举起酒杯预祝我成功吧！

渐渐地，雨小了。在昨天和今天交替的时刻，他的笔沉稳地落下了。

第四章

十四

当曙光爬上窗棂的时候，他拉完了初稿。他相信这是他舞文弄墨以来写得最累也是最舒畅的稿子。他的字迹时工时草，时浓时淡。这像是我的心电图，他想，这就是我的心脏波动的记录。他觉得自己手里捏的不是笔，而是一把雕刻刀，在一下一下地凿着一块顽固的汉白玉。每凿一下，他都闪过了想退却的念头。他咬紧牙关，稳定好姿势。他感觉到有一只大手始终在撑着他的腰。我知道是您，母亲。原来是母爱的力量使我一气呵成地完成了作业。母爱又一次支持了我。他将稿子浏览了一遍。在字里行间，他觉得，有一条爱的潜流。他的感情再次产生了激动。从我笔端里流泻出来的不是蓝色的墨水，他想着，是红色的血！这不是我的血，也不仅仅是那个女人的。这是一代人甚至是几代人的血，年轻的滚烫的血。这是一份用血写成的宣言，对大江的宣言。对地球的宣言！他从这血写的宣言中领受到了一种前所未有的崇高感。我没有一点倦意，我的精力依然充沛，这很好。我还要用这股来势凶猛同时又具有坚毅和柔韧的力量去做最后的冲刺。他离开了写字台，到晾台上活动一下身体。曙光整个地罩住了他。他发觉自己的手掌似乎是透明的，血液饱满，脉络清晰。他把拇指和中指碰在一起，打了个响亮的“榧子”。

他隐约听到了父亲的鼾声，像是从很远很远的地方传来的。父亲还在沉睡。昨夜，他从江边回来，父亲就已经关灯就寝了。父亲未必睡着了，当时他想，上午在环城公路上的舌战不可能让这个老人安睡的。不过现在他是真的睡了。这鼾声可真叫人羡慕。老人家，惊扰您了。我大概就这次惊扰您了，最后一次。您可以把我骂个狗血喷头。但您最好来得痛快点，别唠叨个没完。人老话多，这是个毛病。如果有一天我到了您这个年纪，我会装聋作哑的。我相信后来人腻透了老腔老调。我更不会以“听话”和“不听话”来裁判我的孩子之优劣。我做不了一个听话的孩子，但我会当一个明智的老头儿。他快活地咧咧嘴，回到室内。他重新拿起稿子。得先请老人家看看，他想，我无须偷偷摸摸的。他轻轻推开父亲卧室的门——老头儿睡得正香哩！但他很快会惊醒，之后是拍案或者叹息，或者像狮子一样对我咆哮如雷，或者用叫人无法忍受的“政委语言”来逮住我补课，或者，像有些小说尤其是故事片中描绘的那样，突然捂住胸口昏厥过去……这些，我都能对付。我希望您最好别这样，这伤身体。您应该让脑子多损耗些。他把稿子端正地放在书案上，用镇纸压好。然后，他离开了。

他躺在床上，继续作着“如果父亲怎么的，我就怎么的”的设想。他觉得自己完全有把握唱好下一场戏的主角。可这时疲劳已爬满了周身，他的眼球又酸又涩，四肢松散，举止极不灵便。我得歇会儿，不过得记住：切切不可睡死！客厅里的挂钟摆声十分清脆，睡神开始叩门了。他拥着毛毯沉沉睡去。等太阳升高了，室内温度达到叫人烦躁的时侯，他醒了。他从枕头底下摸出表：哟，九点出头了！我还是控制不了自己，他想。于是他努力去寻找梦中的踪迹，结果一无所获。所以说，这才叫货真价实的休息，连大脑中枢神经都麻木了。“蠢货！”他气恼地骂自己，你简直在摊尸！他靠在床上点着香烟，吸着。昨夜烟抽多了，舌头现在还是迟钝的。可他还是舍不得把烟掐了。他又想到了父亲。醒了吗？老头儿肯定醒了。可是没有一点动静，奇怪。有点反常。莫非老头儿真的昏过去了？他赶紧把腿从床上搬下来，走出门，胆怯地向父亲卧室看去。门开着。他放心了些。他又到盥洗间刷牙洗脸，然后端着身架走向父亲的卧室。

他的脚刚踏上门槛，就感到了惊讶和疑惑：父亲是平静的。这个老人像往日心情好的时候一样，纹丝不动地坐在藤椅上，眯着眼睛在欣赏着窗外的景致，手里轻摇着那把仿牙骨绫面折扇。我的推测等于零，他懊恼地想。我过于天真了。他比我还镇静，但这并不意味着我如释重负，相反成倍地增加了我心理的负荷。这如同一场激烈的短兵相接的巷战，可怕的倒不是枪林弹雨和刀光剑影，而是这之后出现的死一般的沉寂……

他用手紧紧抓住了门框。

欧阳仲文的余光已准确地捕捉到了刚才儿子一瞬间表现的神情。这神情是极为罕见的。好像这之前只有过一次，那就是儿子九岁那年斗着胆子第一回跳到长江里去戏水被他逮住的时候。那次他用柳条狠狠地抽了儿子的屁股，儿子疼得几夜未合眼。为此，妻子同他发生了口角。“凭什么这样狠？”妻子冷冷地责问他，“就凭你是当父亲的吗？”他没有作任何解释，也并不后悔自己的手重了些。我非得这么做不可，那时他想，我得制止。我制止就得赶在这个时候，儿子还不会水，“河里淹死会水人”这句古朴的话确实蕴含着很多东西。不过你没有成功！你的儿子并没有在你高高扬起的柳条下屈服。也许就是因为你的手太狠了，你的儿子才会了水，并且能潇洒地游过这条撒野的大江！那时你就该认真地总结一下。今天，你该清楚了，你儿子的血管里奔驰的不是你的血液，而是他母亲的，是你妻子的！……是的，我承认，承认……“坐吧。”他招呼儿子。

欧阳秋在门边的一只方凳上坐下，但他浑身依旧是绷得紧紧的。父亲越是从容不迫，他就越是感到惶恐不安。父亲，您……

我该怎样解释呢？欧阳仲文仍然面对着窗外，但辨不清到底是什么色彩使他眼花缭乱。原来，他想着，我不想解释什么的。后来，我想等到快咽气的时候。我想人到弥留之际是容易得到宽恕的。然而现在我等不及了，我怕自己明天抑或今天会猝然死去，甚至就在这个时候……坐在我面前的是我的儿子，三十出头的儿子。盯着我的是一双晶莹的闪动着青春光焰的眼睛，我经受不起这种目光的胁迫。摊在我面前的是只有在热血的年轻人手中才能诞生的文章。它不需要做任何加工润色。它的惊人之处不在于散发出来的才气，而在于渗透其中的逻辑的力量——这力量撞击着传统，撕碎了昨天的精神，折断了以前的尺子……昨夜他失眠了，一种苦涩和甜蜜的混合液注射进了他的肌体。儿子的话在他心灵深处产生了强烈的震动，他无言以对。但儿子的话唤醒了他的意识，使他从记忆的沉渣里找出了隐痛，也找出了罪孽。现在，他觉得是到了解脱和忏悔的时候了。欧阳仲文费劲地转过身体，又把藤椅朝后挪了挪，他想整个地看到儿子。他先对儿子适度地笑了一下，然后心平气和地说："你的文章我看过了。看了三遍。我，钦佩你的胸怀和胆识，这不是嘲笑。……我知道，你很痛苦。你在你母亲和你至今还爱着的人之间做了选择，这选择一直在折磨着你……"

"不。"欧阳秋说，"这与我个人的感情没有干系。我认为没有必要将她们割断，她们是连贯的。历史是连贯的。"

欧阳仲文将手中的折扇收拢，说："从理论上看，似乎没有什么可挑剔的，至少我无能为力。不过，我提醒你注意这样一个事实：为什么在你看来是些不合理的、不公平的现象能够存在？不仅能够存在，而且还正在显示出无与伦比的力量呢？正如你母亲十五年前的声音至今还具有惊人的号召力……"

欧阳秋有些激动地说："父亲，您不觉得您在母亲身上做的文章多了点吗？"

欧阳仲文的脸色骤然变得苍白，额头出现了细小的汗珠。他沉默了。等到他内心的波动平息后，他才用一种低沉的声音说："我写腻了！……别这么看着我，你听我把话……说完……"他摘下眼镜，用手揉揉眼皮，继续说：

"在你母亲去世之前，我们的感情就已经有了分歧，而且不是一般的分歧……你坐下，坐下。起先，是在精神领域里发生危机的，以后，这种不和谐又渗透到我们生活的每个环节里……如果不是那场'革命'来临，我们打算……离婚。我们都觉得有这个必要……后来，她惨死了。那时我在干校改造，加上你和小芳还没成人，自然我考虑不到下一步该怎么走……没料到'四人帮'会很快就垮台了。你母亲恢复了名誉和地位，我也如此。说实话，那时我动了找个老伴的念头，可是，这念头很快被打消了。这念头不是我自动打消的，而是靠一种无形的又是巨大的力量打消的。不是同情的力量。我觉得这力量一下把我推到了她的跟前，我连挣扎的余地都没有。奇怪吗？……随着时间的推移，你母亲的声誉日益增高，我不仅没有了离开她的勇气，甚至连离开她的愿望也赶跑了。显然，常月蓉不再是个普通女人，而是个女神，离开她等于是亵渎她，会两败俱伤的。我承认，作为戏剧理论家我顶多是个蹩脚的，但我却德高望重，名气竟也还不小。单凭我没有离开常月蓉的亡灵，我就得到了莫大的荣誉。和她联系在一起才会显示出我的存在，尽管我付出了作为男人的最高代价，但我并不因之而遗憾。好了，我说够了……”

欧阳秋像是被电击中了。他两眼直勾勾地望着父亲。这是做梦也想不到的。这个老人白皙的皮肤下面原来是如此的龌龊！可是，恻隐之心淹没了愤怒之火，他竭力忍受着来自心底的绞痛，湿润的眼睛默默地注视着面前这个仿佛缩小了一圈的白头人。可怜的老头儿，说了大半辈子假话。说假话并非任何人都不花气力的，……可我不能饶恕你，不能！你太毒了。你肆意践踏我的母亲，她的骨髓被你吸干了。看看你凸出的小腹吧，你靠什么养肥了自己？欧阳秋觉得理智的弦就要绷断了，他用手支撑着门框站立起来，痛楚淤塞了他的每一个细胞。他有气无力地从牙缝里挤出一句话：“可怜的高利贷者。”

十五

当天下午，欧阳秋离开了家。他把家中所有的母亲的照片全摘下来，放进了自己的箱子里。欧阳仲文在一旁默默注视着儿子这一举动，一语不发。可他那颗衰竭的一贯心律不齐的心脏在经过剧烈的战栗之后却意外地恢复正常了，他现在感到脉搏很沉稳。儿子这次走了，也许不再回来了，即使回来也纯属礼节。今后欧阳氏父子之间的全部内容都会涂上象征的色彩，这是毫无疑义的。是报应。他不认为儿子残酷，甚至他觉得儿子对他可以再狠点。儿子在帮我偿还一笔血债，他这样想着，儿子在帮我超度。我想我在行将就木时会闭得上眼睛的……

“您……多保重……”儿子留下这句话，将门带上了。在门合上的一刻，欧阳仲文突然扑在门上，不禁老泪纵横……

欧阳秋住进了临江的一家规模不大的旅社。他企图以连绵不断的涛声提示自己保持住活力。他严厉地命令自己：把所有纷纭的头绪统统斩断。他要求自己把整个身心全搁在这篇文章上。在黄昏到来之前，他将稿子粗粗改了一遍。他准备先给夏应波看看，然后再找肖溪作些补充。对夏应波，他依旧是敬畏的。虽然这次回来，他觉得夏应波与以前判若两人，浑身上下找不到一丝才气，但每次接触都使他意识到那种心理在悄悄抬头。他认定夏应波卓越的才华和超群的辨析力还潜伏在那略显臃肿的身躯里。在大学，不，可以说从夏应波这个名字与他的生活发生联系的那一天起，他就觉得自己相形见绌。可他不服这个比自己矮半头的男子，他嫉妒，但又无法满足这种男性固有的好胜心。后来，那是在大学三年级的时候，欧阳秋突然感到，那些原属于夏应波的桂冠逐渐移到了他的头上，这使他茫然不知所措。这仿佛是个谜。他始终觉得不踏实。直到今天，他还是朦朦胧胧的。但有一点他相信，夏应波是一条卧龙而不是一条蚯蚓……

吃过晚饭，他打算给夏应波挂电话，约他来谈谈。就在这时，夏应波神奇地出现在他面前，表情似笑非笑。

他们面对面地坐下了。

短暂的沉默之后，欧阳秋从抽屉里拿出那篇文章，递给夏应波。

"哦，不看了吧，"夏应波用手挡住稿子，说，"我知道你会怎么写。"

这就对头了，欧阳秋暗暗地想，这就是那个叫我眼红的夏应波。他把稿子甩到桌上，又把椅子朝夏应波面前挪了点。"你是怎么想的，应波？"他迫切地说。

夏应波慢条斯理地喝着茶。他说："我想你应该搬回去。"

"你是来当说客的？"

"不，我没受人委托。我想，没有必要人为地把生活弄得支离破碎吧？"

"真理似乎也不应该人为地弄得支离破碎的。"

"真理？"夏应波从容地笑了一下，说："你说红的和绿的哪一种颜色好看？"

这张巧嘴！欧阳秋也坦然一笑，说："你这算是雄辩还算是诡辩？"

“雄辩也好，诡辩也罢，这无关紧要。最好的方法是把这个‘辩’字给抠了。”夏应波说道。

“最好把这个地球给炸了，你干脆这么说。”欧阳秋受不了这种黏乎，他口气有点火。他把夏应波整个的打量了一遍。这家伙从什么时候开始发福的？他吃惊地想，通体发亮，油都从毛孔里溢出来了，肚子的弧度越来越明显，好家伙！难道大山里的石头会变成富强粉面包？这真不可思议。欧阳秋划着火柴，点上烟。这支烟太松了，吸一口就去了半截。他突然觉得自己就和这支烟差不多，很容易松弛，并且一点燃就很快受到损耗。我的确还是个毛小子，太嫩了！他为自己的脆弱感到羞愧。发火是一种无能，他想，我不能在这家伙面前认输，不能再败在他的手里！欧阳秋慢慢地把烟吸完，等待着力量的汇集。在他感到力量已经完全凝聚起来的时候，他抬起了头，准确地把目光投到夏应波的脸上——他已经在打瞌睡了，鼻翼在有节奏地翕动着。这使欧阳秋疑惑不解，同时引起了慌乱。原来人睡着了这么可怕！夏应波的脑袋歪搭肩上，嘴半开着，稠乎乎的唾液从嘴角流淌到下巴……“你也累了。”欧阳秋自语道。可你以前是那么的有劲！你能轻松地游过长江。你能挑起一百六十斤的松毛。你能一气打几百锤！你的胆子够大的，每次都是你先下水，每次都是你点炮眼。你敢夜间一个人看守林子，你敢把镜头对准“红旗牌”——大概是七九年的初秋吧，你和我，还有另外几个同学，到首都几家新闻单位去实习。你分在一家大报。你一上阵就表现出你的不凡：在王府井，你抓拍了一张照片——两位时髦的窈窕淑女捧着从东风市场采购的衣物食品，正得意地朝一辆“红旗牌”里钻哩！当时反对不正之风的浪潮正在形成，你的这张新闻照片立刻引起了轰动！它被国内外很多报刊转载了。港澳的一家报纸居然还为此写了评论，题目就叫《大陆记者胆大包天，镜头竟敢对准“红旗牌”》。应波，那时你是多么的神气！我真嫉妒……然而，不久事态发生了根本性的变化。那辆“红旗牌”的主人，一位老太太，亲自给报社挂了电话，据说只讲了六个字：谁拍的？查一查！报社保不了驾，只好把你给抛出去了。于是你开始像写论文一样地写检查；于是有关方面找你谈话；于是你两眼失去了光泽……直到中央负责同志关于搞好党风问题的讲话传达后，这场官司才不了了之。奇怪的是，这以后你沉默了。你好像从这个地球上消失了。我对你设下的防线也不知不觉地撤除了。毕业前，你无声地入了党。据说支部大会一致通过，大伙列举了许多你的动人事迹，说你每次大扫除都没缺席；说你破费买来字画把教室重新布置了；说你主动要求把助学金从甲级降到乙级，因为你戒烟了。尽管你的成绩从前茅落到居中，但你不再旷课了。尤为可贵的是，你变得谦虚，理由是这后两年来没有发觉你和老师或同学就某一个命题争得面红耳赤了……应波，这是怎么回事？我不明白。可我也同样觉得你挺好的，你入党似乎也是入情入理的。我甚至觉得你那时就可以成为模范党员，成为第三梯队。应波，也许就是从那时候起，你的肌肉开始松弛了，直至发展到现在这般模样……应波，我可以告诉你，这模样叫人难受，不美。我喜欢你以前那种“少校”风度，“少校”——这是你自封的。我们第一次跳到江里去，你就拍胸脯：“我是少校！海军少校！”世界上有九岁的少校吗？如果有，现在你至少该是个少帅了！可是，现在你这模样倒像个司务长什么的……

“应波，”欧阳秋情不自禁地摇晃着夏应波的肩膀，喊道，“当心着凉！”

夏应波吃力地睁开惺忪的眼睛，略带诧异地看了欧阳秋一会。“哦，我睡着了？”他不好意思地笑笑。他接过欧阳秋递上来的热茶，连喝了几口。

欧阳秋觉得夏应波刚才醒来的表情很可笑，有点傻乎乎的。“少校何在？”他笑着说。

“少校？什么少校？”夏应波迷惑地问道。

“连衔也忘了？”欧阳秋逗趣地说。可他的笑容还没有完全展开就凝滞了，他又一次抓住了夏应波眉宇间蕴藏着的那种深不可测的表情。我好像触动了他什么，他想。

夏应波以淡淡一笑掩饰了一瞬的失态，没有吱声。海军少校？他想着，海军少校并非是在风浪中诞生的，甚至不知道什么叫海！我终于悟出了这个理儿。其实，这道理相当简单。可我为什么还是时常感到空虚呢？我双脚平放在陆地上不是很踏实吗？我还是向往着风浪的撞击和颠簸……然而，当我面临着少校和风浪的选择的时候，风浪对我就失去了魅力……青春的梦已做完了，风浪的梦已做完了……我不想让青春和风浪再来勾勒我……夏应波轻轻吁了一口气。“老兄，你的记忆力叫我羡慕，”他轻松地说，“童年，是一册美妙的童话。妙就妙在它创造了荒诞不经的理想。有意思……”他说完就仰脸笑了起来。

“理想最初也许是荒诞不经的，可一旦成为现实却是不可战胜的。”欧阳秋说。

夏应波脸上的笑容逐渐散开了。他惊羡地端详着面前这个不断挥动着结实的手臂的男子，这是个怀着强盛的自信心的男子汉，他深有感触，这个人完整地体现了男人的风格……难道我只能眼巴巴地望着？不，我的底气绝不在他之下！夏应波的手颤抖了一下，茶溢出了点。他赶紧喝了几口。这茶的味道太淡了。我要浓的！最好能来杯烈性威士忌！哦，不，不不，还是淡点好。淡而有味。一杯白水也可以。白水的优越就在于它没有色彩，没有味道，更没有度数。可他还是想起了当年在大山里喝酒的情景。那是个深秋的夜晚，我俩在看林子。白天落到我枪口上的野兔，被篝火烤得香喷喷的。我们各撕了一只野兔的后腿，用大碗倒上酒。“你……行么？”他挤眉弄眼地说。是多了点，我也知道。城里的学生伢敢闻酒的就不多。“几滴猫尿就小死一场”——山里人这么笑话我们。这种侮辱男人是忍受不了的。我得报复！我要叫那些乡巴佬直挺挺地躺在我的脚下。可是，这复仇的快感首先让欧阳秋抢去了。他竟一次喝倒了三条汉子，成了全村的“酒司令”。从那一天起，我的准星转移了……那两大碗酒是平倒的，每碗一斤二两五。我是有意这么干的。我不允许这家伙占我一点便宜！我相信，即使我倒了，这家伙也会摇晃不止的。这家伙也是不肯装孬种的。每次下棋，他都不准我除车。“酒倒下了，难道再灌回壶里？”我说，“来，干！”我首先端起碗。“你倒了，我可懒得背你。”他笑着说。“那就让我喂狼吧。”我几乎喊了起来。“那么……五口下去？”他说，也端起了碗。“三口！”我说。我想今儿就是死了，身子也是笔直朝上的。就这样，我们都三口把酒喝光了。结果，都醉了……半夜里，冷风刺骨，惊醒了我们。我们偎在篝火边，昏沉沉地听着猫头鹰的啼哭和饿狼的哀嗥……哦，过去了，全都过去了……夏应波放下茶杯，目光暗淡下来。他抬手看看表。

“应波，”欧阳秋说，“谈正经的吧。时间还早。这稿子，还需要你助一臂之力。要我给你拎点酒什么的吗？”他笑了。

“只怕我们庙小，供不起你这尊大菩萨。”

"你不想多沾点仙气?"

他们几乎同时站立起来，彼此注视着，然后同时发出了响亮的笑声。他们都觉得对方很可笑，也都觉得自己是赢家，至少没有输掉一个子儿。笑声过后，夏应波又提出要离开，郑重地说他还要赶回报社去看清样。他对夜班校对工作一直感到头痛。欧阳秋也觉得没有必要再这样漫无边际地扯下去，他不可能从夏应波嘴里得到什么。这家伙在和我躲猫子，他想，绕来绕去总绕不出什么名堂。可他还是希望夏应波能多待会。他觉得有夏应波在边上站着，心里似乎要踏实些。等他把夏应波送下门口的台阶时，他说："应波，我还是希望你能看看它……说实话，我羡慕你的功力……"

"哪里哪里，"夏应波连忙说，"我已是江郎才尽了……"

"你似乎谦虚过头了。"欧阳秋说，"是韬光养晦还是以曲求伸?"

夏应波沉默了。他不自觉地紧紧握住了欧阳秋的手，过了一会，他才低声说："还是……夹着尾巴……做人吧……"

"夹着尾巴是否意味着没有尾巴？若有，我看还是露出来的好。夹着难受!"欧阳秋的声音也压低了。他明显地感觉到夏应波的手越来越凉，并且在微微发颤。"应波!"他有点难受地喊了声。

夏应波吃力地抬起头，看了欧阳秋一眼，两片失去血色的嘴唇张动了几下，好像要说点什么。但他还是以淡然一笑画了个句号。他松开对方的手，转身走进了夜幕……

十六

直到夏应波完全被夜色吞噬，欧阳秋才敛住目光。刚才夏应波留下的最后的表情还在记者眼前活动。这是个扭曲了的男人的表情，他思忖着，这个男人的心境并非完全被笑声占据着。原来男人的心思只有男人才摸得着，男人的心思比女人要凝重得多！他很想追上去陪夏应波往前走一截子。可这时他已听见身后有人在轻唤着他的名字。他立刻转过身——亚娟?!……怎么连她的声音我都没有辨出？他顿时觉得浑身发躁，像躺在棕毛堆里似的。自那天在环城公路上分手后，他就再没有想到过亚娟。我真他妈的该打！他起劲在心头诅咒自己，我原来是个冒牌的男子汉！到关键时刻就装孬种了！敢做不敢当，姑娘就这么好搂的吗？你这见了女人腿就发软的轻骨头！你简直就是下流胚！你还敢这么骗下去吗？他努力地把视线固定在亚娟脸上，尴尬地笑着。“亚娟，”他佯作镇静地说，“你怎么找到这儿的？进去吧。”不过亚娟你可千万别误会，我搬到这儿并不是为了躲你，实在是……我又把你……忘了……

亚娟倒显得十分平静，像一潭水。她没动。她说：“屋子里太热，走走吧。”说着自个儿领先走上了一条铺满石板的小路。

这很反常。欧阳秋跟在亚娟后面，惊慌地想着，亚娟不是这号女人。她深居简出，很怕同男人在一起走走。难道她果真热乎起来了？我们拥抱过了，这个事实是铁铸的，不是写在黑板上的粉笔字，错了就抹掉。看来亚娟是接受了这个事实。这……亚娟，你真的就不觉得我们在一起很别扭吗，我们就像两个语言不通的人在一起，只能靠打手势交流着想法，而这想法只能是极其简单的，比如说，“你吃饭了吗?”“你刷牙吗?”或者“给我买包烟。”亚娟，我得把这些告诉你。无须再绕弯子了。我欺负了你，我得接受你的谴责，我愿意得到道德法庭的裁决……亚娟，等我忙完了这阵子，就向你赎罪……欧阳秋觉得两条腿像捆上了沙袋，提起来相当吃力。还没走上一截子，他的汗已挤出了毛孔。

他们顺着这条小路走上了临江的一条小街。小街本身是简陋的，人却很多。据老人们说，打明朝起就有了这条街。可以说这是全市最古老的一条街。人们可以从被踏得光光溜溜的但又是凹凹凸凸的麻石条上，从残缺驳落的马头墙上，或者从保留下来的某个古色古香的店号上，能觅出旧时的痕迹。然而，当你注意到路灯下有人捧着阿尔温·托夫勒的《第三次浪潮》或者约翰·奈斯比特的《大趋势》时，当你倾听到街两侧某个人家传出的夏威夷电吉他弹奏时，当你闻到空气中散发着的赖氨酸面包的味道时，你又觉得这条街是非常的年轻……这令人振奋的感觉使欧阳秋暂时忘却了烦恼，他竟跟着电吉他的旋律哼起了《龙的传人》……

“喝点冷饮吧，”在一家日夜冷饮店前，亚娟停下来说，“怪热的……”

完全有必要。欧阳秋点点头。

于是俩人并肩走了进去。

这是一家私人开办的冷饮店。淡杏色的灯光柔和而雅致，给人以朦胧美。从迎门的那幅笔触粗糙但调子却很洋气的油画《冰山》上，欧阳秋断定主人是个精明能干的家伙。那《冰山》画得十分逼真，谁只要盯它一眼就得喝他的饮料。店内陈设也很考究，用具全都是时髦货，从柜台上四喇叭立体声收录机里传来的流行轻音乐的旋律在悠悠游荡着。欧阳秋一踏上门槛就感到非常舒畅。他们挑了个不起眼的角落坐下来，立即就有一个穿着体面的胖乎乎的小伙子笑脸迎了上来，把单子放到欧阳秋面前。

好家伙，好几排呢！我在北京也难得见到这些花样。欧阳秋感兴趣地看了胖小伙子一眼，准备做选择。但是亚娟已把事先捏在手里的两张毛票递上了前。“就来两杯酸梅汤。”她说。

胖小伙子脸上迅速掠过一丝失望。

“再加上两杯冰可可和两块小冰砖，不，两杯刨冰。”欧阳秋立刻接上茬，并把钱按在胖小伙子掌上。

“用完结账。”胖小伙子愉快地说，转身去取饮料，很快就来了。可他还是忍不住地嘟哝了一句：“中国人嘛，大概只有喝白酒大方。”

“你呢？你不也是中国人么？”欧阳秋笑着问道，他觉得这胖小伙子很机智，也很幽默。

“我才不装孬种哩！”胖小伙一见受到重视，便神吹起来。他说自己三次高考都名落孙山，便拉了几个待业青年办起了这个冷饮店，并说生意一直很不错，每个月人均收入一般不下二百五。“不过，我花起来可是大手大脚的。”他骄傲地说，“搞钱是为‘四化’，花钱同样是为‘四化’。是这么回事吗？”他有意瞥了亚娟一眼。

“你难道不怕别人讲闲话？”欧阳秋故意问道。

“笑话！共产党革命就是要让人民越吃越好，越穿越好！否则算什么共产党！”胖小伙子有力地做了个手势。见又有人进店了，他便迎了过去。

欧阳秋完全被胖小伙子的言谈吸引住了，真看不出，他兴奋地想，这小伙子大概不过二十出点头，比我那时强多了！他扭过头看看亚娟，希望能从她的眼睛里得到同样的反应。可是亚娟依旧低着头，文静地用小食勺搅着刨冰。欧阳秋微微叹息了一声，这声音被头顶上的吊扇的风声淹没了。他手中的小勺子碰到玻璃杯口上，发出了清脆的响声，他遇上了亚娟的目光，但他躲开了。他慢慢端起杯子，喝光了酸梅汤。真凉。

真酸。我不能再哄自己了！他把身体重重往后一靠，沉重地说：“亚娟，我打算过几天就回北京去……这次走了，兴许就不复返了……”说完，他埋下了头。他怕经受不住亚娟的泪水，他焦躁地等待着一场灾难的降临。可是，他分明听见亚娟平静地说：“船票订好了吗?”这使他非常疑惑。他抬起头，看亚娟正在欣赏着那把玲珑的小食勺。她这副神态是他难以理解的，他怀疑亚娟没有听懂他的话。

亚娟放下小食勺，又喝了口冰可可。然后她对他微笑着说：“该结束了。其实连开始都不存在。至少对你是这样的。”

“亚娟，我不是个像样的男人……”

“不。”亚娟说，“我们的悲剧根源，就在于你越来越像个男子汉，而我呢，却又不是个称职的女人。这就闹出了一连串的笑话。……不过你还是去做一个纯粹的男子汉吧。”

“亚娟!”欧阳秋一把捉住了她的小手。

亚娟慢慢地把手抽了回来，放进口袋，摸出了一封沉甸甸的信。“本来，我是打算寄给你的，可还是觉得早点让你知道的好。”说完，她认真地把信放到欧阳秋面前。

欧阳秋迫不及待地想拆开，但亚娟按住了他的手。她说：“回去看吧。我先走了，哦，我不打算去码头送你了，请你原谅。我走了。”

“亚娟!”欧阳秋也站起来。

他们默默地注视着，谁也没有回避对方的眼光。他们都明白彼此目光后面蕴藏着什么。他们就这样看了很久……

亚娟把滑至额前的头发撩开，对欧阳秋微笑着，绽出的酒窝被阴影填住了，像两颗对称而生的痣。她像是自语般地轻声说：“那天，在家里……真不该……躲你……”话音刚落，两颗晶莹的泪珠从她的眼角无声地滚下来。她立刻转过身，匆匆向门口走去，很快就消失在夜色中……

欧阳秋怔怔地立在原地。最后，他那被泪水弄模糊的视线凝固在那幅油画《冰山》上。

十七

欧阳：

夜已深了，窗外是一片乱糟糟的，风雨把树扭得不成样子，雷电出其不意地袭来，真够吓人的。我睡不着，思来想去，还是决定给你写下这封信……

其实，给你写信历来是件容易的事。因为我们之间的信似乎还不曾给对方带来过惶惑、紧张和恼怒，也没有带来过期待、轻松和兴奋。我们的信大概和公函差不多，既有格式又有礼节……可是，现在我却感到手中的笔拿不稳了……欧阳，我必须坦白地告诉你，这是我给你的最后一封信。也许，对于你，这"最后"的字眼并没有什么分量，而之于我，则意味着一个从少女时代就开始精心编织的玫瑰色的梦宣告惊醒了……

我不得不承认，你是我的初恋，宗教般的初恋。我的生活里仅仅保存着你这么一个男人的影子，尽管我是懊悔过的。在我的记忆里，至今完整无缺地珍藏着就像西方文学作品里所描绘的那种牧歌式的印象，青梅竹马时的情景时常打动着我。也不知从哪天起，我突然觉得你应该是我纳凉的浓荫大树，我为有了这种感觉而在镜子面前傻笑过，也在被窝里痛哭过。这种感觉愈来愈强烈，高峰是在你初进大学的那阵子。你别以为我是为将来得到一个拥有大学文凭的丈夫而得意，我大概不至于那般俗气。我感兴趣的是，那时你刚刚摆脱了山里养成的野性子，脾气好多了。每次放假回来，听你慢条斯理地谈论着学校的生活，有板有眼地介绍着都市的习尚，真是一种享受。尽管你讲的不完全是新奇的事儿，但还是能够吸引我。你知道么，我所满足的并不在于你对某个问题分析的深浅与否，我喜欢你那副像传统戏曲中的一些温文尔雅的近乎迂腐的"扇子生"般的风度。我特别喜欢你"这个，这个……"的口头禅。我还有个奇怪的念头，希望你能是个近视眼，戴上一副很秀气的眼镜，并时常把它朝鼻梁上推一下。假期过去了，但你的印象却留下了。我就是依靠这些断断续续的印象，苦苦地度着我的青春……

然而突然有一天，这印象逝去了。我努力在你身上寻找，但一无所获。你身上呈现的竟是让我时刻提心吊胆的印象。这印象逐渐被现实所证明。我开始感到失望的种子在心里埋下了。但我不甘心，我不甘心有生以来树立起来的自信心轻易地倒塌掉，我企图不遗余力地改变这个现实，我挣扎着……大概，从那时起，我们都觉得对方是如此的陌生和悬殊。用你的话来说，好像不是一代人。我们彼此都用狐疑的目光久久地注视着，直到今天。也许就在那时，肖溪占领了你的心，尽管她离开了你，但你至今并没有把她的影子抹掉。后来，你的勇气似乎丧失了，是为了维护你的自尊么？现在，你对肖溪感到绝望，大概是出于另一个原因……不过，请你听我一句话，肖溪是令人尊敬的。我尊敬她，但只能放在心里……你从她身边又走回到我的身边，这自然叫我激动。可是伴随这种激动的却还是惶恐，惶恐，惶恐！我越来越矛盾，越来越沉重。我不知偷偷流了多少眼泪。我经受不起这种幸福和痛苦搅拌在一起的无休止的折磨。我的自信心已经摇摇欲坠了，终于在今天彻底地崩溃了。欧阳，你上午在环城公路上同几位老先生展开的激烈的争论，就是对我的自信心踢下的最后的一脚。我不怀疑，你的见解是独到的，崭新的，但正是因为它独到、崭新，所以我不得不作些考虑……欧阳，我是个自私的女人。我不希望得到一个天才的丈夫。天才只属于上帝。我宁可自己的丈夫是个凡夫俗子，庸常之辈，这种丈夫能创造女人天性所要求的安全感……欧阳，望你能体谅我……

也许，你会问我，你不是时代的宠儿吗？不，我不是！我只是个可笑的模特儿，昨天的模特儿。就是这样，我也还是付出了至高无上的代价……你以为我是那样的蠢笨，连打扮都不会？能找到这样的姑娘吗？至少地球上找不到！爱打扮是姑娘的天性，差别只不过在于时间和空间上。每次走到街上，我都恨不得戴副墨镜或者口罩。我憎恨那些用嘲笑的目光打量着我的衣着和辫子的人，我嫉妒那些被男人用羡慕而贪婪的目光咬住的姑娘！我相信自己绝对不比她们丑！可是美和丑并不体现在被欣赏者的身上，而存在于欣赏者的眼中。你说得不错，我的辫子之于我是不美的，可是为什么有那么多的人夸赞它呢？我的衣着是过于土气了，可为什么被肯定为朴素大方呢？而这一点总被当做我是这个代表那个模范的有力的条件和注脚！我是个演员，我的价值应该体现在舞台上。这与辫子和衣着有什么相干？难道留大辫子的穿差点衣服的就是优秀的表演艺术家吗？

欧阳，你讲得不错，我的全部价值就在于我成了你母亲的影子。称我作“小常月蓉”，就说明了这点。可我，打心眼里讨厌这个响当当的称号！请原谅我这么说。我不笨呀，在我刚刚有点小名气的时候，我就觉得，你母亲的表演艺术中有一些值得推敲的地方，比如说，程式满足不了塑造角色的需要，甚至有的缺少应有的生活依据；唱腔道白过于俚语化。于是有一次排戏时，我同导演把这些想法谈了，并想能取得导演的帮助大胆地试一试。可是导演仰面大笑，连声说："'常派'的味道恰恰在于此！"我争辩道："为什么S剧只要一个'常派'呢？多一点不更好吗？"导演立刻摘下宽容的笑，严厉地说："要谦虚！不要刚学会走就想跑！"我不再吭声了。为这事团领导还私下找我谈话，告诫我要在荣誉面前保持住清醒的头脑，更不能异想天开！我流泪了。这是委屈的泪呀！……这以后，我只尽力在你母亲身上下功夫，果然成功了。我之所以"成功"就在于我把自己变成了一只可爱的鹦鹉。可是每次演出为什么有那么多的掌声呢？我简直弄糊涂了……

欧阳，这些该怎么解释？

我是个胆小的女孩子，这你知道。还记得吗，你第一次跳到江里去戏水，我在岸上吓哭了，便跑去喊来了你爸爸，结果你挨了揍。但你还是原谅了我。今天，我还得求你原谅我，最后一次原谅！我虽然得到了许多女人得不到的东西。但是我同时也失去了许多女人都能得到的东西。你不要以为我为浑身上下明晃晃的叮当作响的金牌而满足，而陶醉。其实，你哪里知道，每当我身上增加一块金牌，就相应地增加了一条绳索。我被这绳索捆得喘不过气来，但我又无力挣脱。挣不脱，那也就只好默默地承受着……

信读完，烧掉！

亚娟

第五章

十八

这一天的确有点秋之风度了。一场细雨过后，天空呈现出湛蓝色，仿佛是大海；而朵朵白云就是浪花。远山是黛色的，轮廓十分清晰；炊烟袅袅而上，像是悬挂在半天的瀑布。眼前的大江依然是土黄色，但是浪头比往常凝重了，一排排地庄严地向东挺进。

南来的江风把欧阳秋从沉甸甸的梦中搔醒。蒙胧中，他觉得自己像一条鱼，已经从泥淖里跃了出来，重新投进了大江的怀抱，尽情地享受着浪涛温柔的爱抚。我潜在她的腹部，原来水下的世界是这般的神奇，这般的美丽！那婀娜多姿的水草，那变幻莫测的礁石，那活泼的水族，哦，这真让我目不暇接，眼花缭乱。后来我又看到了锈烂的锚链，樯橹的残骸，还有灰色的骷髅，我惊恐地挣扎着，呼喊着……蓦然，我感到浑身的凉气被背后涌来的暖流所驱散，我赶紧回过头，啊！是母亲——她充满慈爱的目光温暖了我的身体。我高声叫喊着“妈妈——”，奋力扑向母亲的胸怀。在母亲温柔的双臂下，他领受到了肌体的结实和活跃。“妈妈……”他喃喃地喊着。他就这样枕着母亲的手臂睡着了，脸上形成了一个只属于儿子的微笑……

他终于完成了这件痛苦的雕塑。亚娟那蘸着泪水写的信不仅给记者以剧烈的痛楚，也给了他珍贵的启迪。他深深地为自己的过失而羞愧，同时为自己那么肤浅地认识亚娟而羞愧。亚娟是个聪明的姑娘，他想，遗憾的是她太懦弱了，也太胆怯了。遗憾，这个生长在江边的姑娘至今不会水……他后悔自己当初没能把她扎到江中，以致铸成了今天的悲哀。他发誓要解释那些亚娟认为不明白、弄糊涂了的地方。后来他又找到肖溪，同她就文章的补充和修改作了很长时间的洽商切磋。肖溪的想法无疑是大胆的，她认为舞台的革命贵在于对过去的包括今天看来似乎是美的东西的重新认识和评价。“难道前人留下的东西，比如说起霸、云手、走边、圆场，等等吧，就这么凝固了？”她说，“程式是为表达生活存在的。而生活总是在发展的。生活不会凝固。美也不会凝固。昨天的美只属于昨天，代替不了今天。我们不能去做昨天的美的炮制者，要制造今天的美，时代的美！”肖溪的话又一次拨动了记者的心弦，他崇敬地望着这个瘦弱的女人。她不是在吹牛，他想，她在用血汗努力地实践着自己的设计。她也在艰难地完成一件痛苦的雕塑，把什么都垫上了……他受到了深深的感动，当夜，他完成了作业。

第二天，他去大江报社找夏应波，打算把文章交给这位主持工作的副总编辑。可是夏应波出去开会了。于是他把文章认真地放到夏应波的桌上，并留下一张条子，要求夏应波尽快把对待它的态度和处理意见告诉他。他走出报社时有了一种新浴后的感觉。

可是两天过去了，夏应波没有一点反应。这使欧阳秋略有不安。他反复琢磨着这次回来夏应波给他的印象，想从中获得一点慰藉。他觉得夏应波身上神秘的色彩愈来愈浓重，深不可测。他尤其担心夏应波对这篇文章的态度。从几次接触看，夏应波对这篇文章似乎没有多大的兴趣，或者说兴趣时浓时淡。当他想起那天晚上夏应波分手时说的“小庙供不起大菩萨”的话时，立刻预感到有一种不祥之兆埋在身边。现在夏应波不做反应，就更证明了这种预感。欧阳秋有点不耐烦了。我倒不是硬要在《大江报》上占个地盘，他想，我觉得这篇文章首先在这张报纸发表出来，是别有一番意义的……

这时，服务员喊他接电话。

“应波吗?”他抓起话筒就说。

话筒里传来一个较长的吸气声，然后响起一个低沉的声音：“我是肖溪。请你上我这儿来一趟。”

欧阳秋正欲答话，但话筒里传来了“嘟——”。

她的电话？路上，欧阳秋思忖着。她还从未和我通过电话……她的声音涩得很，像一个重感冒患者。三年前，我最后一次去敲她的房门，敲了很长的时间，但是门没有开……现在她要敞开门请我进去，奇怪。不过我并不希望这样，不……我重申，这个女人与我个人的生活毫无联系……阳光突然被宰割了。他猛一抬头，我已经走到这里了！这小巷日照的时间太短，阴暗潮湿，寒气逼人。他小心翼翼地走着，生怕踩上了什么脏东西。一片枯烂的梧桐树叶从他眼前飘过，他为之一怔。我以为遇上了那只在梦中见到的蝙蝠……他轻轻吐了口凉气。他走出了小巷，阳光从背后投射过来。他发现地上自己的影子一下萎缩了许多，像个侏儒。……

他敲门，轻轻地敲了两下。

门开了，迎着他的是一双缺乏睡眠的眼睛。他从这双眼睛里窥测到了这个女人的孤寂和阴郁。但现在他的脉搏没有紊乱，只是稍稍弱了点。他倚在门框上，魁伟的身躯塞满了狭窄的门，挡住了外面的光线。室内霎时转暗了。

“请进。”她说。

他沉着地走进屋，像来做客似的；他的目光扫视着室内的陈设布置，觉得几乎还是三年前那个样子，简单而又井然有序。所不同的是，在玲巧的床头柜上的玻璃板下面多了一张女人的照片——他一眼就认出这是苏联影片《莫斯科不相信眼泪》的女主角卡捷琳娜。“哦，这个女人……”他脱口说。等他看到肖溪在注视着他时，他又说：“这个女人，很美。”

“男人应该说这个女人长得很漂亮。”肖溪漫不经心地说。她的头微微向右歪了一下，散披的头发滑落到肩前。

欧阳秋感受到两束轻蔑的目光落在自己脸上。他躲闪不及，只好吃力地笑着。该死！我怎么牵起了这个话题？你难道不知道卡捷琳娜弄出了个私生子吗？你这混蛋！他狠狠地在心里责骂自己，同时又想以此尽快摆脱窘境。

“可以抽烟吗？”他说。

她点点头。

他开始抽烟。狭小的空间里弥漫着乳白色的雾霭，像在两人之间拉起了一道薄绡帷幔。他的头不知不觉地埋下了。说穿了我不是个男子汉，他沉重地想着，我是个什么都经不起的家伙！我顶多只能吹吹牛……

你不要同自己过不去。肖溪默默地咬着嘴唇，我本来就不是个好女人。我已经发誓不去和男人多啰嗦了。我也看透了什么叫男人。别看他们一个个天生一副天塌下来都不在乎的派头，但那是装给女人看的。我不是在笑话你。对于男人，还有什么比失去女人的贞操更可怕的呢？眼泪干了，但眼睛没有瞎；爱人离去了，但爱还在。人类的爱是永远不会泯灭的。人类就是靠爱维持着生存。爱是一根藤，是一根拽不断的藤，要看你把它攀附在哪棵树上。我已经找到了一棵根深叶茂的参天大树，我将终生攀附在她的身上。……你不要把头埋着，我得感谢你。感谢你这个一米七六的胸大肌发达的小伙子。你让我坚定不移地相信这棵树是常青的树；你让我更加大胆地能在大江的怀抱里撒娇了！可是，我今天请你来……肖溪的手无意之中碰翻了茶杯。她连忙站起来收拾。

欧阳秋诧异地抬起头。她怎么啦？她今天叫我来到底是为什么？他把长长的烟灰弹落下来。

肖溪看着欧阳秋，平静地说：“你送到《大江报》的那篇文章，我拿回来了。烧了。”

欧阳秋如雷击顶！

肖溪扭过脸去，看着窗外。我不能让你这么做，小伙子，她痛苦地想着，你付出的代价……太大了。一切我都知道了。你的父亲，你的妹妹，还有你母亲的亡灵，还有亚娟……你不能伤害他们……我不忍心你去把一个和睦的家庭分裂开，我也不忍心看着你像一个无家可归的乞丐，我懂得失去家的苦处……她的眼泪溢出眼眶，她用手背偷偷抹去了。

沉默……

欧阳秋竭力抑制着内心的激动。他慢慢地站起身来，走到肖溪面前，用一种低沉的但又是威严的声音说：“你以为，我这么做是来讨你的喜欢吗？……”他把烟蒂扔到地上，再用脚踏灭，然后转身跨出了门。可他怎能知道，在他背后的这个女人已把嘴唇咬出了血……

十九

他在江岸徘徊着，看着那江水发亮，发黄，变红，再渐渐地黑下去。暮色苍茫，江面上行驶的船只的轮廓已经模糊了，航标灯则愈来愈亮，愈红。浪拍江岸，涌起灰色的泡沫，而后又慢吞吞地缩回去，带走了砂子和碎石。他凝视着由远而近的浪头。这浪头越近就越大，越叫人心虚……他陷入了沉思。我那么早就有了在江里戏水的历史，并且，在我刚刚有点像小伙子的时候，我就能在她身上游过去。他仔细地寻找着当年下水的地方……

那时你正抽条，却单薄得像块板。你在壮得像牛犊似的夏应波面前，你觉得自己失去了，成了他身上的某个零件。虽然你们这些毛小伙子都有了在大人或者女孩子面前炫耀的本钱——你们都可以骑到这条卧龙身上。但你们的本钱少得可怜，你们只能红着眼看着那些游过江的大小伙子们，私下咬牙切齿地骂他们是狗。他们习惯用不屑的眼光抚摸你们。下水前，他们把摘下的手表或者眼镜和脱下的衣服、鞋子，全扔给你们。“给我们看着，我们过去玩会。回来给你们烟抽。”他们总爱这么嚷嚷。你们气得肚皮发胀，可又不敢说什么。“我们才像狗呢！”你们只好这么感叹。……终于有一天，你们自己罢免了给他们当差的职务，把大小伙子们扔过来的衣物统统扔了回去。你们拍着奶头发胀的胸脯，对他们喊道：“没空！我们也要过去玩会！”这话叫那些大小伙子们目瞪口呆。“得了，这可不是闹着玩的！”他们说，“还是到边上遛遛，这就够可以的了。”你们没睬他们。你和夏应波都同时把自己几乎扒得精光赤条……

其实，当时我的腿真有点发软呢！我侧过脸看着应波，他正用手捞起水在胸脯上拍打着。他的牙齿咬得死紧，眼睛里喷出像鹰一样的凶狠的光焰。他浑身隆起的肌肉一块块的，像石头垒起来似的。那时我真想喊他一声“少校”。我什么也顾及不得，照着他的样子去做。可我的腿还是使不上劲……

大小伙子们甩给了你们一只充足气的大车胎。他们到了关键的时刻就是热烘烘的。他们看你们不睬，便派了一位干将陪着你们游。“弟兄们。没劲了就朝这儿扒一会。”那家伙拍着套在身上的车胎说。你突然觉得自己的腿来劲了。你不自觉地和车胎挨近了点。这时应波回过脸狠狠瞪了你一眼，你立刻感到脸上火辣辣的。你挥动着双臂追上应波，离车胎远了。你抖落脸上的水珠，看见应波在对你做着鬼脸。你也对他皱了一下鼻子……

那天的浪和今天差不了多少。我的胸脯被撞得发痛，头震得发晕，耳朵里嗡声大作。我一开始用力过猛，而且又不均匀。结果游到江心，我就觉得胳膊和小腿肚在发酸了。我下意识地看了看不远处的大车胎……

你慌乱了。事先准备好的措施都没用上。浪头劈过来的时候，你应该沉下去，游潜泳。你应该用不断地变换姿势来调节自己。你的左肩始终放在水下，而右肩又总是扛着浪头。你的力量还没有达到爆发点的时候就使出去了。你忘记了应该抓住身体被浪峰托起的时机向前划，并且要逆浪成45度角才行，否则你不能沿着“Y轴”的正极上升，只能渐趋“X轴”的负极……这一切在你一秒钟的慌乱中忘却了。你只知道拼命挥动双臂，但越这样就越糟糕。你喊道：“应波——”过个“波”字刚完，你连喝了几口水。应波回过头，用力踩着水，把肩膀晃出了水面，向你边上移动。这以后你们一直并肩向前划。有他在身边，你觉得踏实多了。你的心里感激这个同龄人。这时你为时常在背后讲他的坏话而内疚。你的眼睛除了江水还有泪水。你们就这样紧挨着继续向前游去……

我第一次领受到了中流击水的快感。当时我的身体被急湍的江水时而托起，时而放下。我觉得自己的身体很轻巧，像鱼一样。江水不停地从我的腹下、背上、腿弯和胳膊中通过，像一只温柔的手抚摸着我。后来我能看清对岸的柳枝了。我几乎想大叫起来。彼岸不远了，再使把劲！然而，就在我得意之时，一个浪头重重地砸在我身上，我霎时感到身体仿佛被肢解开，我又一次想起了大车胎……

你的眼睛被水呛得充满了血丝，鼻腔又酸又辣。你觉得对岸的柳枝全被砍断了，只剩下一排排树干。后来你竟连树干也辨不出了。你的手臂和小腿肚像注满了水银，怎么也抬不起来。你竟想到你马上会沉下去，会死！你吓得脸色苍白，便像只受惊的青蛙似的，猛地扑向那只大车胎。那个大小伙子也向你伸出了手。你刚刚扒住车胎，这时应波使劲对你的手背砍了一下。于是你又一次卷进了浪谷。应波时而腾出一只手推你一把。你看见他的双目也布满了血丝，目光像匕首一样的锋利；你感到了惶惧，但你的手臂和小腿肚渐渐轻松了，灵活了，胸膛也像是舒畅了。你把头半埋在水中，游着蛙泳。等你抬起脸时，你看见那个套在大车胎中间的大小伙子，对你们投来了钦佩的目光。你有节奏地挥着双臂，均匀地蹬着两腿，平稳地呼吸着。你已经能够看清对岸的柳树叶了，一种强烈的荣誉感鼓舞着你，可你被这即将来临的胜利激动得失去了平衡，一个浪头扑过来，把你冲回了几米。应波离你远了，你拼命喊着，你又喝到了江水，紧接着又是一浪砸在你的头部，你两眼一黑，只听见耳朵轰鸣着……等你慢慢睁开眼时，你看见一个像澡盆模样的东西向你漂来。是大车胎！你死死地抓住了它。你刚躺进大车胎时，你觉得有两股细细的缓流在脸上淌着，你难过地闭上了眼睛。突然你感到右肩头一阵剧痛。你“哎哟”一声，身体沉了下去，大车胎从你头顶上漂过了。很快，你被顶出了水面，接着你又看见边上冒出了一个头——是应波！但你们同时被迎面扑来的浪头推走了……

我们成功了！我和应波彼此搀扶着从浅水中站起来，摇摇晃晃地向岸边走去。等踏上还留有余热的沙滩时，我们都倒下了……后来，风惊醒了我，我费劲地抬起头，看见离我大约三米远的地方躺着应波，他已醒了。我们的目光交织在一起，几乎同时抽动身体，向对方慢慢爬过去……等四只滚烫的胳博扭在一起的时候，等两双血红的眼睛凝视的时候，我们不禁失声号哭起来……这是胜利者占有的哭声！过了很久，应波才轻轻地摸着我的右肩头，说："还痛吗?"我这时才感到右肩头火辣辣的，扭过脸一看——两排深深的带着血痕的牙印清晰可辨。黄昏降临了。我们站起身，回头看着这条抛在身后的大江，同时哈哈大笑起来……这笑声也是只属于胜利者的。啊，人生的第一枚金牌就是大江授给我的，欧阳秋深深地吸了口烟。这是一篇宣言，从那一天起，我宣告成人了！这也是一个烙印。这个烙印曾经一度被我弄模糊了，直到今天也没有完全地显现出来……

他坐在一块硕大的礁石上，忽暗忽明的香烟火，映着他无比粗糙的脸。他吸着烟，往视着黑魆魆的大江，聆听着沉闷的涛声……

我还能游过这条江吗?他问自己，我的力量够吗?我怎么觉得自己像一支被挤瘪了的牙膏。我……太累了。说不定我就要垮了。……这真是件痛苦的雕塑！这痛苦属于历史。属于大江。雕塑是怎么诞生的?他想着，这应该去求教于米开朗基罗；他会轻松地告诉你：把一切不必要的地方去掉！但这位文艺复兴时期的意大利艺术大师怎能知道，历史的雕塑是多么的艰难！当你发现历史的不必要的地方，继而要去掉它的时候，一种庞大的力量将使你手中的雕刻刀变钝以致折断！这是一种不用红头文件，不以某个要人的指示所产生的力量。然而历史的雕塑又是在不断变化的；这就要求你不断地去发现这尊雕塑的不必要的地方，不断地把它去掉！几千年来，人类以自己无上的代价去努力完成着这尊雕塑……欧阳秋想到这里，不禁心头升腾起庄重的崇高感，他觉得心绪比刚才好多了。这是大江给我的力量，他有些兴奋地想，我又一次感受到了母爱的光辉。他站起身，跃到礁石上，举目扫视面前这条大江的面貌。这时候，月亮从云层中挤出，江渐渐变亮了。月光在浪尖上跳动着，然后形成一条银链。摇摆着向东延伸而去。他想起了一句古诗："星垂平野阔，月涌大江流。"但他觉得这个"流"字似乎用得不够理想。这个"流"字委屈了这条大江。这个"流"字只能描绘古代的大江，而今天的大江是奔腾的，是汹涌澎湃的，是一泻千里的……

他久久注视着江面。后来他发现身边又多了一条影子。那也是个男人。

二十

他们都保持着沉默，倾听着此起彼伏的深沉的涛声。当年他们从脚下这个地方扑下水，第一次领受了作为男人的滋味。这个少年时代诞生的火辣辣的记忆又泛到他们的脑面上。他们就这样站了很久，很久……

“应波，”沉默过后，欧阳秋低声说道，“我们……还敢……下水吗?”

夏应波的脸上扭成了一种痛楚的笑。

“还能……游过去吗?”

夏应波一语不发。

“你还会咬我一口吗?!”

夏应波长长地吁了口气，旋即脸上出现了罕见的严峻。他喃喃地说：“应该去嘲笑那个遥远的记忆。”

欧阳秋震惊地望着夏应波的脸，他梦呓般地说：“嘲笑？谁给了你这个权力？……”

“生活。”夏应波说道。他坐在礁石上。他的心正在剧烈地抽搐。等他竭力地抑制住后，他才用平缓的口气说：“那篇文章，是我叫肖溪拿回去的，你不要感到意外，你坐下……”

欧阳秋像坠入云雾之中，茫茫然。

“我必须这么做。”夏应波继续说，“这么做也是最妥当的，只有她才能堵截你这种做法，彻底地。但我得告诉你，我之所以要这么做，并不是出于对你的嫉妒，也不是出于对你一家的同情，而是为了她，肖溪。只为了她。……我不忍心你把这个已经被生活和我摧残得只剩下一把骨头的女人树起来当众矢之的！我有责任保护她。我爱她。我这辈子只属于她……”

欧阳秋始而惊愕，继而一把揪住夏应波的领口，把他提起来。他的指关节紧紧地抵住了夏应波的喉管。这个被无比的惊诧和无比的愤恨激怒起来的男人，像一头饥饿的豹子，嗓子里发出呼啦啦的颤抖声。但他一句话也讲不出。他盯着月光下夏应波那张灰白而僵滞的脸，感到了阴森和恐怖。他的手不自觉地松开了。他觉得自己的心已经结冰了。

夏应波依然一动不动地站着。他以为欧阳秋会以拳头来表示态度，可欧阳秋没有这么干。夏应波是愿意做毫无反抗的承受的。这些年来，他被宠惯了；这并不能使他的灵魂得到满足和安慰，相反更加严重地折磨着他。欧阳秋身上表现的在他看来是可笑的正气，却在隐隐地撞击着他，终于撞开了他的心扉。他希望能受到一种灵魂的洗礼。但是，这个早已严格地把生活作过排列和组合的男人，又没有信心和勇气来保证自己的愿望的实现。长时期来，他一直处在欢乐和痛苦参半的境地里。他从自己生活的甜蜜中提炼了辛酸，又从辛酸中淘汰出甜蜜……

秋天又来了，他想着，每到这个季节我就感到魂不守舍……五年过去了。五年前的那个秋天是个多事之秋，是个悲秋。夏应波的眼睛罩上了一层阴影。他的脑子里正在复制着那个秋天的印象——

可悲的“照片事件”使我从一头英姿勃勃的雄狮变成了一条染有瘟疫的狗——谁见了都得绕着走。然而狗也是害怕孤独的！那时，我的身后仅仅只有一双温暖的眼睛，那是我的爱人的。大学的第一个暑假，我在江边结识了这个刚从戏曲学校分配到这个城市的北京姑娘，她叫肖溪。她的人和名字一样地叫我激动。我被她的游泳的姿势所吸引，她简直就像一只美丽的江鸥。我紧跟着她，竟跟着她不声不响地游过了这条江！我从来还没有感到过这么轻松。然而我明白我的力量的源泉……我深信，我们目光第一次相遇就是爱的启示——大江可以作证。那天，能游过江的就只有我们。在彼岸，我们默默地站在一起，这似乎表白了一切……终于，这条江使我们相爱了！这只是属于我一个人能够占有的幸福，无须让别人去分享。我始终没有把这幸福流泄出一点点。让那些成天用贪婪的目光盯着我的姑娘见鬼去吧！我在心里庄严地宣告，我只属于她！可是，谁能料到我的才华会给我带来了一场毁灭性的灾难……

我没有错。但客观上我失败了。客观是可怕的。客观对我是板着脸的。短暂的实习结束了，但是惹起的风波却尚未平息。一贯对我十分器重的校长居然严肃地批评我是犯了“自由化”，勒令我在全校公开检讨；历来对我很赏识的教授也耐心地开导我要迷途知返；平时和我称兄道弟的同学也习惯用含蓄的幸灾乐祸的眼光打量着我……这就是人生！这就是人！天哪，这是怎么回事？我看透了。我发现自己少了一双会翻云覆雨的手，少了一对会察言观色的眼睛，少了一张会把方说成圆的嘴，少了一副会不动声色地咬人的牙齿，也少了一条会在桌子底下踢人的脚！

这是人的零件？……我就这样夹着尾巴灰溜溜地回来了。我没有家。我的父母早死了。但我那时才感到，我已经成了真正的孤儿……

回来的第二天，她像往常一样，约我去江边游泳。我说秋天到了，水太凉了。她并没有觉察到什么，先下了水。见我愣愣地站在岸上，她便笑嘻嘻地朝我身上推水，把我浑身全弄潮了。我真的感到了凉飕飕的。但我的脸上却有什么热的东西在滚动，我扭过了脸。“怎么啦你?”她从水中爬起来，问我。“这浪，怪吓人的……”我笑着说。为了解除她的顾虑，我连忙扒了衣服，连准备活动都没来得及做，便跳入了水中。我的胸口重重地碰了一下，很痛。可是真正的痛楚是从我心里发出的……我们一开始是并排向前游去。我暗自庆幸，江水掩饰了我的泪水。但是，慢慢地我觉得浑身每一个螺帽都松动了，我的身体失去了平衡，眼前灰蒙蒙的一片，肖溪上前了。“加把劲!”她不时扭过头喊道，“落在我后头不害臊吗?”同时她放慢了速度，等我。突然，我意识到小腿开始抽筋了。其实对付它并不难。我只需潜下去，抱住腿使劲地扭动肌肉就能治服它。但是，这一瞬间我觉得自己已经完成了最后的抉择——地狱之门已向我徐徐打开了，死神冷冰冰的手已按在我的肩头。我很乐意离开这个可笑的世界。不过，我得在离开之前，最后看我的爱人一眼。这个念头迫使我急起直追，可我还是只能看到她闪着水珠的乌黑的头发和光洁的双臂。她像江鸥那样在浪中翻飞自如。这姿态像一束激光穿透了我的心脏，生的欲望又萌动了。……实际上，我还是死去了，苟活着的是一具丧失灵魂的躯体……

后来我还是支持不住了，肖溪紧托着我。我们爬上了一条过江的帆船，返回了。这时天快黑了。我回到她的宿舍，闷闷地吸着烟，一支接着一支。她买来了我爱吃的火腿面包和番茄酱，但我几乎是粗野地推开了她的手。

“应波，你……”她焦急地望着我，声音有些颤抖地说，“你遇到……不顺利了?”

“哦，我的胃……不很舒服。”

“这不是真话。”

不是真话？可是真话能值几个子儿？我的失败就在于我对“真”的理解太浅薄了……我只好笑笑，顺手搂住她，吻着她还沾有水珠的睫毛。

当时我想，该怎么向这个二十二岁的姑娘解释呢？她也许会笑着认为我在小题大做，拿着芝麻当西瓜。她不可能明白，在我面前升起了一颗红色的危险的信号弹。她不懂。她还是个孩子，只知道相信大人说的一切都是真的……

“应波，”她在我怀里轻声地说，“这次见到你……让我陌生，也让我……害怕。你的眼睛告诉我你在受着折磨。你应该把什么都对我说。也许，我能分担点。至少，两个人在一起，胆子会大些的……”

“别说了！”我厉声说，一把推开了她。可是，当我抬起头时，我看到她的眼睛失神了，像死鱼一样，这是一个姑娘充满绝望的眼睛。我心里不禁发出了阵痛。我紧紧抱住了她。“原谅我……”我说，我也落泪了。我们就这样依偎了很久。夜已深了，要是以前，她会不客气地把我撵走的。可是这次，她却默默地拉上了窗帘……第二天天刚亮，我醒了，顿时产生了强烈的内疚。我扭过脸去看她，她平静地躺着，脸上毫无表情。我轻轻唤着她，摇晃着她玉一样的肩膀。我说我对不住她，欺侮了她。她侧过身，用手捂住我的嘴，用充满希冀的眼光注视了我很长时间，最后，她轻轻地问我：“能还给我以前那个夏应波吗？”这句话使我震动不已，我紧紧地抱住她，却没有回答她……我没有勇气来回答她。她怎能知道，我已经决定和以前的我诀别了……这是她无法挽回的。我意识到，我面临着一场抉择。这是力量的抉择。出现在我跟前的不仅是一块沼泽地，而是一连串的。我将凭借着什么样的力量去安然无事地从这连绵不断的沼泽地上踩过去？显然，两个人的力量是不够的。你搀我扶不仅不能向前挪动一步，相反会越陷越深，直至彻底覆没，同归于尽！我不甘心自己这么快地在这颗星球上消逝，我更不愿意这个献身于我的女人做我的殉葬品！我要让她像每个顺利的女人那样的顺利，像每个如意的女人那样如意！于是，回校不久，我给她写了一封长信，把自己的想法告诉了她，其中有一段是这么写的：“我们应该意识到，现行的处世哲学未免过于理想化。我们应该摈弃斗着胆子去当一个精神胜利者的观念，这是可笑的。”可是，她只字未回……我明白，从那一天起，肖溪已经把我彻底地看穿了。从此，我的爱情全部埋葬了……但我万万没有想到，她怀孕了！她一个人默默地回到北京去做了手术，又一个人默默地走出了家——她被父母抛弃了。直到不久前，这个埋没了五年的事实又被挖了出来，是那个下了台的剧团团长酒后说出来的，说当初肖溪向他这个代表组织的人汇报了这件事。这条狗！但真正的狗是我！我只能破坏一个女人的身体，但她却摧毁了我的灵魂……夏应波结束了这段痛不欲生的回忆，抹去了脸上的泪痕，又恢复了原来的面目。他低声说："我不需要再解释什么了，你可以……怎么对待我都行。"

"敢把这些告诉你的妻子吗？"欧阳秋冷冷地问道。

"如果你保证她不跳楼，随时都可以。"夏应波说道，"我会尽到一个作为你妹婿的责任的，你相信。我只能做到这点。我想你要是和一个女人结婚，只是结婚而已，你大概也会这样。比如说，你和亚娟……哦，这事好像不存在了。不过我还是认为，亚娟是很不错的。刚分配回来，我也曾动了这个念头，但我很快把它打消了——她身上的金牌似乎太多了，更可怕的是她有一位当部长的爸爸。我不希望这个尊贵的影子进入我的生活。我的背景应该是毫无色彩的。我讨厌被人推敲！我也害怕。所以我几乎是果断地和你妹妹结了婚。也许正是欧阳芳身上的缺陷打动了我。你最好不要用这种眼光看我，你听我说，或许是给你的忠告：不要把婚姻这个概念弄得太玄乎。婚姻就是婚姻，老婆就是老婆！企图去寻找爱情，并使之成为生活的支点那未免太可笑了。如果你是个实在的人，我想你对此不视之为荒唐吧？"

"你的成功就在于你太实在了。"欧阳秋站起身说，"实在得滴水不漏！"

"我不以为你这是挖苦。"夏应波说道，"这几年，你简直像个探长，无时无刻不在关注着我运动的轨迹。你企图在我身上寻找阿谀逢迎，拉拉扯扯，吹吹拍拍，甚至行贿的迹象，但你只能空空如也。我还不至于那么蠢。"

夏应波这番话引起了欧阳秋严肃的思考，是啊，生活对待他夏应波，如同一盘残局让一名国手去收拾，稍稍动几个指头，一切皆活了。这个男人究竟凭什么去招摇撞骗的，并如此娴熟？这个男人是一条泥鳅，无论是在泥里还是在水里，都能行走自如。他审视着夏应波的脸，希望能从上面找到答案。"你……真是个天才！"他说。

夏应波沉默了片刻，才说道："我本来可以成为当之无愧的天才。老实说，现在我也不含糊你。你那支笔太拙劣了，我的笔如果舞起来，绝不会在你之下！不过，我觉得要笔杆子太吃力了。如今好像依然是拿一把扫帚轻松愉快吧？”

欧阳秋感到自己的心在痉挛不已，夏应波的表白给他描绘了一幅阴森的图画！在这幅图画中，价值的天平在剧烈地摇摆着，倾斜着，他又一次审视着夏应波那张平板麻木的脸孔。他想，这个男人把自己的才华扼杀光了，把自己的意志出卖光了，但这个男人似乎比任何男人还得意！这是怎样的逻辑？

“你……甘心吗？”他冲动地一把揪住夏应波的膀子，使劲摇晃着。

夏应波的眼睛渐渐湿润了。少顷，他慢慢地说道：“我何尝不想……我记得，高尔基有过这样一句格言：谁跟不上生活，谁就会孤零零地落在后面。不错。可是这位大文豪只说出一层意思。其实，走在生活前头的人，也是孤零零的……我战胜不了这种孤独和寂寞。我只好强迫自己倒退几步，和大班人马站在一条线上，你挨着我的肩，我挽着你的胳膊，齐步走。虽然拥挤，但至少……要热闹些……”他突然失声哭泣起来。……

希望被宰割的人恰恰有希望，真奇怪。悲哀的奇怪。欧阳秋沉思着，这个男人不可能再游过这条苍茫的大江了。他没有资格。青春已经宣判了他的死刑。不要看他眼下平步青云，但彼岸他是永远也达不到的。彼岸只属于我。彼岸只属于心脏活泼、四肢发达的人。可是，我是多么希望他再能狠狠地咬我一口啊……欧阳秋点上香烟，他把这一支递给了夏应波，然后自己又点了一支。

夏应波很快又恢复了平静，接过香烟默默地吸着。过了一会，他才低沉地问道：“你企图解释历史。有气魄。但是，你知道历史是按照什么样的逻辑发展的？”

“历史自身的逻辑。”

“不，是人的逻辑……”

“你敢说这条江会往西去吗？”

“……”

他们的目光碰在一起，谁也不想避开……

二十一

两天后。

这是一个十分幽丽的早晨。月隐星疏，天空旷阔而高远。江面上弥漫着乳白色的晨雾，景物显得虚幻莫测。暗淡的晨光在波浪中闪现着。大地似乎还处在酣睡中……

欧阳秋伫立在码头的一隅，眼睛严肃地注视着东方。他想得到一个完整的日出印象。渐渐地，江天上出现了淡淡的晨曦。等他看到第一缕朝霞时，他感到自己的心绪已经好起来了。他决定追随着大江的足迹，然后取道北上回首都。一切都会在那里得到解答的，包括已知的和未知的，他愉快地想着。他想已知的和未知的都需要认识，而认识是不断的，就像这条江一样。我就是为了认识这个世界并且改造这个世界，才到这个世界上来的，他自豪地在心里对自己说。我是个聪明的小伙子，我也是个有劲的男人。而这些都是这条展现着母性光辉的大江赋予我的……

汽笛响了。旅客们有条不紊地上船。他们仿佛都是船长似的，以主人的目光扫视着轮船的身体，大大咧咧地评论着，交谈着。只有乘警的目光与这个气氛格格不入。欧阳秋拎起地上的皮箱，沉稳地踏上栈桥。这时，他听见身后传来了一个响亮的声音。他知道谁在他的身后。他放下皮箱，转身迎向前去。首先映入他的眼帘的，是一条洁白的纱巾。等风把纱巾撩开时，他看到了肖溪由于奔跑而出现绯红的脸庞。

他们走近了，站住了。然而时间不允许他们把这个尽在不言中的情绪持续下去。肖溪从口袋里拿出了一样东西，交给了欧阳秋。凭直觉，记者知道握在手中的就是那篇并没有被烧掉的文章。她会这样的，他想，她懂得我远远超过我懂得她……可是，这篇未发表的文章已经不是原来的分量了，要沉重得多……

我想我应该这样，她想，这不是我的塑像，是历史的。我有责任去协助这个能把一切软弱统统打垮的男子汉。我服了。我应该向他纠正，男人比女人多的不仅仅是胡子。但我也要让他彻底地明白，女人比男人长的不仅仅是头发……

他们彼此凝视着，心潮和这浪潮合为一拍，起伏着……

汽笛又一次响起。

肖溪对欧阳秋递了个眼色：上船吧。欧阳秋突然握住她的手，握得紧紧的……

他登上了舷梯。巨大的铁锚吃力地升起。船，起航了。欧阳秋挺立在甲板上，注视着那条愈来愈模糊，最终完全从他的视野中消逝的白纱巾。他的心无比凝重。他手中的文章沉甸甸的。他深知，一场新的残酷的选择已在他面前摊开。这文章是一堵隔住两颗心的墙，他沉重地想，这篇文章公诸于世的一天，也就是他同这个使他沸腾的女人彻底地决裂的一天。这一天可能是重合的……记者慢慢地离开了原来的位置，向船首走去。他的整个身体受到了朝霞的沐浴。他双手扶着栏杆，眺望着波光粼粼的江面……

哦，这就是你么，长江！你就是这个样子？你应该记住，你胸腔里盛满的是这个拥有几千年文明史的古老国度的汗水、泪水和血水。你应该自豪，因为从你形成的那一天起，你就不屈不挠地沿着一个方向挺进，没有一秒钟的停歇。你有一颗年轻的心脏，你具有惊人的力量。但是，你不能再固执了！你更应该清醒地意识到，在你头上还有亚马逊河和密西西比河，还有海，还有太平洋！你的胸膛要再开阔些，你的脚步要再快些，你的手臂要举得再高些……

啊，大江！

1984 年 6 月 27 日　一稿

1985 年 11 月 14 日　改毕

（原载《华人世界》1987 年第 6 期）

潘军文集

第柒卷

长篇小说

日　晕

一

长江自汉口下来遂宽阔了许多，也流动得缓慢起来，很像一个老者的步子，持重且微带着三分醉意。出鄱阳，不久即可望见江上奇景小孤山了。再往下，拐一道弯子便是雷阳码头。这码头虽不很大但历史是极久远的。据县志载，这里是东晋江防要地雷池的遗址。那棵古槐下的一个尺把长的石脚印就是当年庚亮留下的。顺码头走，是条旧时的官道。行约十六里即到达雷阳镇。

雷阳镇不大，却很热闹。何时成了镇的规模？老人说是闹“长毛”那会子。这个事实可以从残存于镇街上的古建筑中得到印证。所谓古建筑不过是几面断壁而已，倒还可辨出马头墙的形状。这是典型的徽派建筑风格。这一带出产螃蟹。于是，便有猫也似的江南徽商搭四川佬的竹排来行交易。然而，商人们盘算的并非仅限如此。这块水土营养了一代代鲜活女子，惹人疼爱。她们卖蟹也卖笑，开价总是出言不改的。待商人踌躇不定时，她们就抿唇飞眼，脸膛飘起两团胭脂云；商人见了，腿就打软，明知交易沾不了多少便宜，但还是认了。他们跑过许多码头还不曾遇见过这等迷人的婆娘哩！这些商人白日行交易，一断黑便揣着铜板各自索找门路寻欢去了。不过，这地方的女子又不如水那般的柔顺。她们极泼。她们对商人的友好是有限度的。可以陪他们调逗一番，而后就用这几块铜板去沽酒，夜半时摸到江边排上与排老大同饮，接下来是陪他们过夜。这种“倒贴”现象对于今天的民俗社会学家仍然是具有吸引力的。那些商人，为了表示心诚意专，有的居然休妻弃子，到此大兴土木，明媒正娶。可还是不能如愿。他们的婆娘即使生儿育女，心也难收拢，料不定哪个夜晚会钻到竹排上去，甚者一走了之，永不复还！

雷阳镇背后是雷阳堤。雷阳堤是M大堤的一段，是江堤。这段堤有二十三米高，看上去是极伟岸的。堤面有两丈宽，可行驶九吨卡车。顺堤朝东行八华里是雷阳闸，三孔闸门虎视眈眈地瞟着大江。每年汛期，江水上涨，江面陡然开阔，其时景象是颇为壮观的。

与雷阳闸连接的有一条水，由南向北逶迤几十里，这便是雷水。它的发源大概是堪称“南岳”的天柱山了。雷水不同于江水，极清澈且冬暖夏凉。汛时，河面最阔的地方有两百米。河两岸是青青的芦苇和青青的竹，间或有几株杞柳，撩人得很。一河所隔，对立着两个村子。河西的叫杨树湾，河东的叫桃花寨。就这么一条河隔着，语言却不尽相同。比如说“妈”，河西叫娘，河东叫爱；再比如“爸”，河西唤作伯而河东唤作大。河西人称丈夫作男人，河东人则叫老板。对妻的称谓却又是一致，都叫堂客或者堂客奶奶。细心人会发觉，河东桃花寨似乎更奇些。这不错。

桃花寨的奇自然不尽是方言的别致。桃花寨坐落在桃花岭脚下。桃花岭尖上有座安平塔。此塔始建于唐天宝五载，后会昌间唐武宗灭佛被毁，直至明嘉靖四十三年重建。塔，楼阁式样，飞檐斗拱，七层八方，高十余丈。塔顶八角系铃，风摇铃声如磬。只是塔心不空，断了游人登高极目一览大江之念。然而游人还是络绎不绝。吸引游人的是关于塔的传说。这传说很丰富也很优美。据传当年朝廷拨皇银以建此塔，旨在镇水，自然纯属迷信。可是民国二十二年和一九五四年雷阳堤溃口，杨树湾整个地剃光，桃花寨却未丢一片瓦，这又是事实。还听说那安平塔下压着一对生不同床死同穴的鸳鸯人儿，这就更邪。然而有一天居然有人在塔边上刨着了两件奇物：玛瑙扇坠和赤金凤钗！这真不可思议。

桃花寨的女子赛桃花，此言不是虚的。雷阳镇上有眉有眼的媳妇都是桃花寨寻来的。娶了这里媳妇的男人得多生几个心眼，换一副脾胃，由着原有的性子怕是不中。有几家肝火旺的主儿就见识过。夫妻间撞翻了毛，女的就回了桃花寨，直到男的来接。所谓接，实际上是背。从娘家背到婆家还不准歇脚。十好几里路，是何滋味便可想而知了。这还是轻微的。厉害的就黑夜摸到江边随排淌了。但是这些女子做了本村的堂客奶奶，情形便大不相同，皆似面团随老板搓揉而无怨言。所以说，桃花寨的女子欺生。其实这种评价也有失偏颇。要说生，排老大当是生得不能再生了，为何桃花寨的媳妇愿随他们去闯荡呢？据说安平塔下压着的那个男的就是排上人，本是个进京赶考的相公，过鄱阳湖时遭了劫，丢了盘缠就沦作纤夫。一日，排行至此，见岭上一坡桃花，触景生情，就不想再动。果然桃花丛中有一妙龄女郎，唱得一口好歌子。两人一见倾心，当下便私订了终身。那女子就叫桃花。至于这两人如何被镇于安平塔下的，说法不一。有的说，桃花是员外之女，其父嫌贫爱富不允婚姻，于是桃花与相公双双撞死于安平塔下。有的说，那桃花本是托塔天王李靖长女、哪吒的姐姐，私自下凡与相公结配。两人正欲行风流事，恰被李靖巡天察见，就抛塔遮丑了。

这一说最初是由对岸杨树湾传出的。

杨树湾也是小村，但比桃花寨稍大些，有两百余户。是个杂姓的村子。早先这里是河滩。那些外来的汉子到桃花寨求媳妇，苦于渡不过雷水，就落脚生根了。这些汉子夜里勾着堂客的颈困觉，梦中却低唤着对岸某个女子的姓名。堂客心酸酸的，又自知不如河东“狐狸”的颜色好，就一心把雪耻的理想寄托在儿辈身上；从小对他们讲河东的短，说桃花寨的女人个个赛妖，专勾男人家的魂魄，生女不生男，娶了是要绝户的！可是儿辈中又有几个争气的呢？这些男儿常常是黑夜里摸过河去找打，脸上火辣辣的心里却蜜一般的甘甜。桃花寨的姑娘骂他们是天生的贱种。事物的发展好像都有个“生态平衡”，偏偏杨树湾的男儿个个会混，把这块小小的天地收拾得极体面：省里、地区和县里的什么现场会都到这儿开过。这里红火的事多。出模范出代表。还出官。远的不说，这雷阳区委副书记兼雷阳镇镇长就是杨树湾人。还有，去年到职的县委副书记白洛宁不也是曾经在杨树湾当过知青吗？但是尽管如此，杨树湾人抬头一见立于桃花岭上的安平塔，心里就顿生了三分敬畏。这种心理倒是有些奇怪。

二

吉普车颠上龙韵关时白洛宁看见了一只白色的大鸟。开始他发现左侧山壁上有一块移来移去的影子，很潇洒。他还从未见过这么大的白鸟。这鸟不像是大山里的鸟。它白得透明，有一个部位仿佛是红的。这时车停下了，司机小马跳下来给车找水，白洛宁就问：“见到那只大鸟了吗?”

小马木了一下，说：“什么大鸟?”

白洛宁抬头对天上看看，可是再也没见到那鸟。奇怪，明明在眼前盘旋怎么就突然不见了呢?

岭上蛮凉快。风过时松针沙沙地响。加好水，他们朝路边移了几步岔开腿小解。一辆载着毛竹的卡车老牛似的哼着从他们背后走过。接着响了一声尖厉的口哨。小马猛地调过身体把裤子褪到膝盖大叫：“没见过吗?”

白洛宁不禁笑了一下，然后点了烟。

俗话说，来得早不如赶得巧。白洛宁到地委工作不久便碰上了地委书记的秘书换人。当时的地委书记就是现任省委副书记杨子东。一次车祸，酿成了杨子东原配秘书严重的脑震荡。一笔娟秀的小楷，杨子东发现了白洛宁这个“文革”后第一批考上大学的青年。杨子东本人也是个知识分子，又颇爱书法，懂得颜筋柳骨魏碑汉简。“白洛宁?”杨子东说，“你父亲是洛阳人母亲是南京人?”白洛宁本想说母亲是洛阳人父亲才是南京人，一看边上有许多人，书记说得又是那么自信，就认可了。一周后，白洛宁随杨子东出了趟差，去的地方就是雷阳镇。这次下去主要是考察如何因地制宜开发旅游业。转了一圈，杨子东有意识地问白洛宁有什么想法。白洛宁说可以在雷阳码头增设旅游航班，以雷池遗址为中心，一条线由西向东到小孤山并且抵南岸至九江口，送游人去庐山；另一条线逆雷水而上，途经安平塔再去天柱山。这使杨子东很吃惊。他想不到这位其时只有二十七岁的小伙子对这里了如指掌，当然他更想不到这小伙子曾在这地方住过四年。于是回去不久，白洛宁做了杨子东的秘书。三年后，杨子东被提拔到省里，临走前例行公事似的吩咐组织部门对小白作点安排。小白的前任，姓齐，人称齐大头，跟了杨子东七年结果“大头”毁于脑震荡。相比之下，白洛宁是当然的幸运儿了。然而白洛宁是知道自己处境的，他完全可以料到杨子东走后人们会堆着微笑来数落他的进步。他决心离开地委大院，到基层去。组织部门征求他意见，是任团地委副书记还是去县里？他毫不犹豫地选择了后者。

那车毛竹是去雷阳堤的，这不会错。从水文资料提供的规律看，六月中旬便进入汛期，将有一场不可避免的天灾。气象部门说今年的降雨量集中在长江中下游地区，目前只是小打小闹。其实对于这些我只需了解一个大概。按说分工这不属于我的业务范围。我分管的是意识形态，一个无形的又是无边无际的东西。我到职时间不长，对全县的情况，特别是农业方面，我的脑子里仅有几个数字……

吉普车过坎时颠了一下。白洛宁把烟头扔出窗外。

没想到事情会这么变化，很突然。上次书记办公会议上一切都安排得不错。是他老宋自己提出全县防汛工作由他抓。我的工作仍然是抓整党。可是前天的会议上他说他的肝区不舒服，打算住院。“至于防汛，我看就由小白先抓一阵子吧。”他说，“这也是个锻炼的机会嘛!”说完他提了提领子。他那么爱提领子？

下岭时太阳已埋进了山洼。天空上有几道宽大的光带。西边的山脊正燃烧着并且看上去有什么东西被熔化了在往下滴。不久有炊烟在远山胸前袅袅升起，笔直的一排如白桦林子。汗味的空气愈来愈浓，而山里的回声明显地削弱了。吉普车走完山路的全部拐上柏油公路时，白洛宁见到了朦胧的大江。

据说肝病可以通过皮肤接触来传染。会吗？我抽回手时似乎劲用大了点。他的身体随着手稍摆了一下。其实我利索地抽回手是嫌他的手汗大，发黏。后来他又提醒我手电带了没有，接着开始提领子。每次与他杀棋，赢了他都会提提领子。他知道我是故意输给他的吗？

白洛宁从反光镜里发现自己竟也在提领子，就笑了。这一刻他觉得心绪蛮好，像生过一场大病刚钻出湿漉漉的被窝那么轻松。至少一个月可以不开会了。不作报告。不会有文件送来画圈。电话铃会少响。最自在的是无须陪上面大员吃饭也用不着下面小员陪自己吃饭。这种饭我几乎没饱吃过一顿。捏着饭票进食堂排队未必不是一种乐趣。中文系的家伙似乎出于专业原因爱敲瓷缸瓷盆，敲出节奏，发毛了会把一盆菜汤浇到别人脑门上。日子过得好快，五年过去了。一溜而过。都说我进步快。《南征北战》里那位漂亮的老太太也会这么说。你享受什么待遇？换算一下。

“哗——”吉普车冲上一道坡，白洛宁看到左边有一条反光带。什么时候路面泡在水里了？他做了个停车的手势。下车，他站在坡上顺着水的来势望过去。这一段是畈区，稻田里只露出刚灌饱浆的穗子。他估计有近五百亩。此刻天已发蓝。

“赶到雷阳镇吃晚饭。”白洛宁说。

吉普车滑下坡，这边的路面也泡在水里。白洛宁贴着车窗望着掠过眼前的在暮色中幽幽发光的田野。公路上来往的车辆少了许多，四野没见一个村落。好静。白洛宁又点了支烟。他吸烟时脸部有巴掌大的一块是紫红色的。他鼻子生得很漂亮，两眼表现出一种醉意。这醉意包含着压抑着的骚动和刚萌生的慌乱。他闭上眼，揉了揉正在微微颤动的太阳穴。天色越发暗了。不久有嗡嗡声自前方传来，远处现出一片灯火。雷阳镇近了，白洛宁向前倾了倾身体。

到达雷阳镇时天落起了小雨。

三

安平塔下刨得两件宝物的人还在，叫龙水，姓雷。桃花寨一百七十余户人家有一大半姓雷。雷龙水属龙字辈分，按谱上排法不算大。先前村上有个哑子，是宗字辈，论辈分是龙水的叔伯。哑子比龙水小十二岁，整整一属。文化革命期间，哑子碰碎了石膏宝像，被当做现行反革命投入班房，腊月里便用布条结成带，悬了梁。哑子的尸首也被送给城里的医学院做解剖标本去了。如今雷氏门中能尊为长的就只剩了龙水。他年纪也最大，今年七十二了。虽是古稀，腰板倒还结实。他是个半职业的船佬，那河边系于杞柳上的一条舢板渡船，便是他管理的。几十里雷水上就这么一处渡口。别的段上有桥。早就说镇上想在这儿架座桥，好让游人直接去参观安平塔，不知何故喊了几阵就歇火了。龙水那颗心也随之浮沉了几回。有了桥，船作何派场？塞到堂客×里去了！龙水一生就痛他的船。

船来得不易。民国二十五年龙水被广西佬抓了丁。说是一个团长看中了龙水的扮相和身坯，就点他做了马弁。龙水没吃过苦头，团长很宠他。可是三个月后的一天夜里，龙水又摸回了桃花寨，腰里别着一把盒子炮和一把七轮子，屁股后面吊着一袋袁大头。龙水一回来就先除了村上独一无二的财主孙二先生，把死鬼留下的田地和女人一并接收了。田地分给了大家，女人剩给了自己。这桩事惊动了县保安大队，遂来抄桃花寨。一时间整个雷阳鸡飞狗跳。结果龙水一枪不放就带着夺来的女人跑了。过了江，把两支枪丢到江里沉了，用袁大头买下了四川佬的船，从此在江上跑了十几年。到了一九四九年，他送朱毛的队伍过江去撵走了老蒋，成了县里大名鼎鼎的支前模范。那时的县政委就是杨子东。杨政委安排龙水去土产公司做股长，但他只上了一个月的班便把那份工作辞了。他说他舍不得那条船。杨子东动员他把船送给县城实验小学，作为革命文物以示后人。龙水摇头说："船好比堂客，男人不摆弄就守了活寡。"当下就回了桃花寨。

这真是条好船哪！龙水总看不够。清一色的楮树，不要舵也不要帆，撑起来畅快得很，哪条水都去得的。那年送大军过江，飞机大炮都躲过了，船上的人未擦破一块皮。大家就一连称奇。每回想到这里，龙水就十分地豪迈了。他年年要在三伏天油一回船，久了，船就如那玛瑙扇坠般地亮，天晴能照见人影，又似乎有变幻无穷的山山水水在其中暗暗地动。龙水摆弄它走江闯湖，撒网扳罾；闲时将它泊在雷水边上，顶着暖烘烘的日头，靠着杞柳咕咕噜噜地吸着水烟，眯眼去看那对岸白白的芦花，听过渡者用借钱般的口气来喊，龙水就觉得有一眼温温的泉滴在心尖上。

如今掌管这船的，是苇子。苇子是龙水唯一的骨血。龙水四十三岁那年才有了苇子。虽是女子却被看得万分的金贵。这姑娘出落得越发像她的妈了。龙水的女人叫玉枝，原是安庆一个戏班子里的角儿，是孙二先生花大价钱买来的。她比孙二先生小二十六岁，到桃花寨那年仅十七。孙二先生极宠这小妾，怎料由此招了杀身之祸。这玉枝生性风流，被龙水拢走竟很服帖，江湖上浪迹几十载也就过来了。可是一直不曾开怀生养。到了一九五七年，有一天人们突然发现龙水女人肚皮凸出了，私下便说这妇道是偷了野汉才见了成果。第二年玉枝在芦苇窝里产出了一个雪白干净的女伢，就是苇子。大家兴致和桃花岭上的炼铁炉一样火旺，正欲把关于那安庆婊子的事儿续下去，就听到安平塔下嗡了起来：

“龙水伯得宝了!”

沾着泥腥的扇坠与凤钗在红红的日头下闪着金光，围观者全木了。龙水摸出纸烟散了，不说也不笑，拿着两件宝回家去看那也是刚刚才得的第三件宝。大家陡然想到，那安平塔下镇着的一对鸳鸯把活宝托生了!

苇子长得标致，腰细细的，胸鼓鼓的，眼黑黑的，皮白白的，两条辫子长长的，甩起来叫人醉醉的。苇子还生着一副好喉咙，唱起来绝不孬似严凤英。可是苇子有好些年不唱了。

一九五四年老天发泼，雷水上淌来一个男伢，被龙水夫妻救下，收养了。这伢子刚晓得走路，不过岁半的样子。龙水那时不指望女人肚子会大，想养儿防老。龙水把男伢取名叫运生。五年后苇子冒出来了，于是桃花寨人就以为苇子是替运生养的。这本也是顺理成章的事。又怎料到了他们该圆房的时候事情起了变化呢？这中间的缘故桃花寨人个个都晓，个个也不敢提。哪个多嘴苇子会同他拼性命的。桃花寨的女子有几个不野？

四

雷阳镇过去的街道由于一九五四年江堤溃口已不复存在。新街是沿横贯东西的柏油公路建立的，相对立着一色两层红砖青瓦楼房，有近两百米长。房前是法国梧桐，已有海碗粗。雷阳镇水土不错，生长出的粮棉在省里都挂得上号，且交通便利，商品交易搞得十分的红火。街上的店铺一个挨着一个，以卖山货土产的居多。城里紧俏的玩意儿，如彩电、名牌自行车与缝纫机之类，偶尔也在私人经营的店铺里出现。做这样生意的十有八九是杨树湾人。他们的祖先就有不少是做生意的行家。杨树湾由于出官，门道自然要粗些。不过也有凭手艺高低吃饭的。镇西卖徽州的毛豆腐，镇东则供应安庆的鸡汤馄饨。潜山的舒席、望江的蜡染、怀宁的贡面，镇上都能见到。还有银匠、扎匠、镶牙的、割鸡眼的、跌打整伤的，也有耍猴的。早先这地方有测字的和卖淫的，如今明里看不见了。

镇中心靠街北面是迎宾旅社。县委副书记白洛宁就住在这里。这家旅社共有两幢楼房和两排平房，围合成一个院落。白洛宁住在后面的楼上。这幢楼无论是式样还是摆设都极考究，是专门接待首长和贵宾的。这幢楼才盖不久，据镇长李松茂介绍，白洛宁是第一批客人。“怎么样，白书记当初决心下对了吧。”李松茂说。去年白洛宁刚到职，李松茂就找上了门，说为了发展旅游事业和第三产业，镇里投资兴建了一幢贵宾楼，还差几万块钱收尾，想请县财政帮助解决。白洛宁犹豫不决，心想自己不管财政，又是刚刚到职，陡然一步跨到政府那边，怕不合适。可是李松茂的态度又极坚决，于是白洛宁就在报告上作了模棱两可的批示，请分管财政的副县长酌情解决。果然就解决了。

白洛宁和李松茂是老熟人了。白洛宁到杨树湾插队时，李松茂是大队书记。李松茂长白洛宁三岁，今年三十六。都说三十六是道坎，李松茂却交了红运。他原是雷阳镇副镇长，开年就将那“副”字丢掉了。李松茂小学毕业那年，他娘瞒着人去天柱山找瞎子朱半仙替他算了命。瞎子说他到了三十六岁要脱掉蓝衫换紫袍。

白洛宁住的是个套间，卧室在里，客厅在外。卧室里有彩电、电话和台灯台扇，客厅里有盆景、沙发和吊灯吊扇。这种规格，纵使在县城里也属一流。白洛宁对这些兴趣不大，他想的是另个意义上的事。当时他在报告上作批示的时候，就想到会被政府方面拒绝，甚至担心有人会在常委会上就这个问题委婉地对他提出批评，也想到日子一长有人会在背后说他手伸得太长。但他还是批了。批过了又有点儿后悔。可是这批示很快见了效，毫无风吹草动。几个月过去，证明他的担心是多余的。白洛宁突然感觉到自己血液里奔腾着一种难以意会的兴奋。这感觉是他第一次随杨子东出差第一次坐上“伏尔加”的感觉的延伸和扩张。然而这种感觉半年后就日趋淡漠了。

他又想到了那位爱提领子的老宋，县委书记宋尚志。白洛宁初到县委工作时，老宋给他的印象极好。老宋像个兄长，对白洛宁是宽厚的。有时在常委会上他们为某项决策发生争执，老宋总给他一个台阶。据说也有人私下议论白洛宁是靠杨子东上来的，宋尚志一旦发现便严加批评，同时赞扬了白洛宁的思维敏捷和知识面宽。白洛宁觉得自己能在县里站稳，与老宋的支持是分不开的。可是近几个月来，白洛宁凭直觉也能感到宋尚志对他拉开了距离。后来的事实也印证了这一点。但他很疑惑。他仔细反省过，弄不清自己究竟在哪件事上冒犯了宋尚志。同时他努力忍耐着，克制着。结果前天的常委会上，老宋突然来了这么一下！不过到了晚上，看完新闻联播，老宋又捧着棋盘去白洛宁那里。这回，白洛宁决心赢了。奇怪的是他越是想赢越败得惨，几盘下来，宋尚志便提提领子说："怎么样，我把车除了？"白洛宁似笑非笑地回答："士可杀而不可辱。"最后他连赢三盘，扳成了平局……

窗外的雨有响了。

白洛宁用温水擦了把澡，换了拖鞋，然后躺在沙发上点了支烟。他注意着窗外的雨。刚才他听了镇长李松茂关于雷阳堤防汛情况的简单汇报，记下了几个数字。看来目前这里的情况还正常。江水来势不猛。只损失了几个小圩和不足千亩的庄稼。白洛宁打算明天去堤段上看看，如果没什么问题一周后就撤。他准备去省里看看老首长杨子东。最近一个时期社会上关于杨子东的传闻不少，有的说他经济上不大干净，有的说他与省委主要负责同志关系紧张，有的说杨子东要免职或者进顾问委员会，有的则说他要调到中央一个部里工作。还有说杨子东得了绝症，活不久了。每种传闻似乎都有可靠的依据，白洛宁只是听听而已。但有一个事实毋庸置疑，杨子东今年已是五十九周岁了。这是个对于官场来说非常敏感的数字。白洛宁心里也像被什么东西碰了一下。窗外雨的规模未见增大，只是有了闪。打闪时远处的桃花岭呈幽蓝色，很美，很诱人。那地方的女子可真俊，他想，如果不是考大学的时机有了我没准儿要娶一个。都说桃花寨的女子不嫁杨树湾的汉，我不信。其实杨树湾也还是有桃花寨的媳妇，巧凤就是。巧凤是孤儿，从小被松茂的伯抱来的，刚成人就给了松茂。松茂好福气。松茂还是那么神，只是那一口的夹生官话叫人听了难受，还乱用词。他简直像条鱼，不，像泥鳅，水里泥里都能行动自如。这松茂……

白洛宁准备等工作结束了去杨树湾看看。来县里九个月还不曾去，大伙会指背的。

五

那天中午日头极毒，地皮仿佛被烤得冒烟。刚偏西，那日头陡然亮了许多且作了橘色。不到一筒烟工夫，日头毛了边，周围涌来了彩，好迷人。接着那彩圈又转为青色，给日头打了一道箍。

“日晕!”

“是日晕!”

桃花寨所有在家的人都出来了，立在树阴和屋檐下，用手盖着眉毛去看那天上不多见的景象。

龙水倚在自家的门框上，看完天便叹道：

“日晕长江水，月晕扫地风。这回杨树湾怕是要唱大戏了!”

龙水十八岁那年头回见到日晕。也是这一年头回见到了玉枝。听人说，雷阳镇上来了安庆的戏班子，正唱着连本的《孟丽君》。扮孟丽君的那个女子就是红透半条江的“赛珍珠”，大号玉枝，姓罗。这女子九岁登台，十四岁扮《小辞店》里的卖饭女，把整个安庆城险些轰翻。这样的角儿脸模子不会孬。龙水正是有血的年纪，觉得能见上“赛珍珠”一面，纵死也值。那时他在孙二先生家打短工。孙二先生本是省里的参议，官场失意就归了田园，做了一方之主。桃花寨全部的田都姓孙。孙二先生从省里带回了两个老婆。大老婆是原配，姓陈，是本县陈家镇财神陈胖子的女。小老婆是由孙二先生的秘书转过来的，姓马，洋学堂里念过书，能抽烟会打麻将。这两个老婆长相都是平平，得宠也平平，所以平日里处得还和顺。听说当家的要去镇上会女戏子，又不肯带着她们，两人就哼哼唧唧了半天。可是她们不敢对当家的要态度，孙二先生脸沉下来就不会客气。

孙二先生那天是坐“篮子”[①] 去雷阳镇的。也是日头刚偏西的时辰，刚过杨树湾龙水仰脸抹汗时突然发现日头打了彩箍。

“这叫日晕。”孙二先生说，也用牙骨折扇遮阳对天上看了会，“今

① 即滑竿。

年水怕不会小……”

这一年古历五月尾，果然江水陡涨，雷阳堤破了口子！

这一年是民国二十二年。

龙水的话叫边上人好不快活。这几年，河西杨树湾简直是尼姑庵里的一根鸡巴，吃香得很！杨树湾的杂种凭着偷鸡摸狗的本事发了财，盖了屋，买了城里人家用的洋器，势派得厉害。可是他们讨不到好堂客。他们的堂客不是麻子便必定是疤子，皮黑肉粗像驴的卵袋。他们的房好东西好能抗得过大水吗？老天长着眼哩！

大家就这样围着龙水磨嘴，一直磨到日头落山。这才想起该回家去填肚子了。锅盖一揭，那刚才还浮着的心就咚地沉了下去，像石头落进一眼枯井里似的。细伢子围着锅台站着，趁大人不备便掏出一块锅巴，又往酱油里蘸蘸，往嘴里塞。这些细伢子时常瞒着大人，搭苇子姑的船去河西，说是去捉知了、网蜻蜓，其实是去蹭墙角、靠门框。那里人就从锅里盛一碗饭、从碗柜里夹两块咸鱼，倒在门口细伢子的塑料袋里。也有人拿着一把水果糖，对细伢子挤眼说：“叫我声大。”细伢子便不假思索地叫了声大，接过糖果鼠也似的溜了。同伙跟在这细伢子后面嚷着要分糖，那伢就对同伙说：“叫我声大！”同伙全都大大大地叫了，各得了一粒糖，含于嘴中；含到觉出了甜味又吐出来，留到半夜里起来屙尿时再含。就这样学会了做梦，而梦中的糖含在嘴是永远化不尽的。

细伢子不希望大水把杨树湾冲走。

说来好玄妙，杨树湾在雷水之西，地势同江一样，要比桃花寨高些。可是大水却绕着走，上了桃花岭脚便调了头奔西去了。见过大水的人都记得，大水一来，四野白白汪汪的，桃花岭好像海里的岛，也像小孤山。其实就让人觉得地整个塌陷了，就剩了脚下这么一块。桃花寨这份福亏了安平塔，也亏了死鬼孙二先生。民国二十一年孙二先生叶落归根，便用大把的银钱在寨前筑了一道石坝，城墙般高大。这坝有两样用处，能挡水也可防盗。其实就是城墙，护城河便是雷水。这坝就叫孙家坝，遂唤至今。一九五四年孙家坝险些破了，于是桃花寨人年年冬天便朝石坝上堆土。他们是不甘在杨树湾人面前丢丑的。杨树湾人本也想沿着雷水打一道圩，可是被政府否了。政府考虑这样容易造成更大的水土流失，抬高了雷水的河床。这些年，雷水的河床委实高了不少。杨树湾人也没硬抗，等承包搞起来后，不到两年便竖起了崭新的楼房。那楼房的式样绝不在雷阳镇上国家楼房之下，小巧玲珑，有晾台也有院子。楼的门面都用水泥墁了，有的还嵌了些彩色的瓷板，组合成好看的图案。也有几家因袭了祖辈的传统，建了徽派的小楼，马头昂扬，檐牙高啄；山墙的四角皆请画匠用锅烟与墨汁饰以龙凤呈祥一类的图景；门的上方还嵌了一块砖雕匾额，镂有五层的空，同样是大吉大利的内容。去年腊月，仿佛一夜间，几乎所有的楼房顶上都竖起了蛇形电视接收天线。杨树湾人好不洋火！

龙水竟把这一切没搁在心上，话一出嘴就觉得失了分量。“杨树湾如今是楼房了，水再大也漫不过楼顶。”屋里的运生在老人回到门里后这么说。龙水装聋，到灶间去了。毕竟是上了年纪的人，田里生活又不多，龙水就不大出门。他把船交给了苇子，换过了锅瓢碗盏。要是玉枝还在，这事不用操心。眼下家中三口人，看起来倒很和气，日子过得也还算顺。只是运生和苇子的事无法拢起来，成了老人的一桩心病。运生至少有三十四了，苇子二十八。桃花寨还见不到三十出头的寡汉条子和二十八的黄花闺女哩！一想到这里，龙水就手脚冰凉。当初倘不是他出面作梗，这门亲事八百代就圆成了。后来他自动转了弯，可是运生和苇子都把颈硬着，先是苇子不认，后来是运生。这一对人，性子都烈，不吃的食就是用老虎钳撬开嘴，也不会嚼。撇开这个名堂，两人就哥长妹短地好不火热。你们本不是兄妹嘛！龙水原先是想把船交到运生手上的，可运生不接。运生说：“大，我不想吃这碗饭。”就把脸磨开了。依脾气，龙水会跳过去甩儿子一嘴巴。可是运生毕竟不是他生的，就忍了。他抽了好一阵子水烟，末了把铜烟筒重重地放到桌上，又抹掉沾在花白胡须上的口水，说：

“看不起这船？没它你还能吃得到油盐？”

“当初死了才好呢，免得……”

免得么子？是免得做寡汉还是免得住这种丑屋？这屋是够年纪了，得重盖。桁条椽子都有了，还差砖瓦……龙水望着灶膛里跳跳的火，心里似暖了些。都晓得他龙水身上有两件宝贝，值大价钱。前年县文物管理所来了两位，想看看货色。那个戴眼镜的细高个说，如果历史久、成色好，愿意出四位数。龙水只是笑笑，没有搭腔。那两位拉长脸走了，到了坝上还回头看了许久。龙水的宝贝勾过好多人的魂。龙水是不卖的。兴致好的时候，他愿意拿出来让别人看。对着日头，那玛瑙扇坠就像颗鸡蛋黄，似乎有云在里面游动，每次看都不大一样。那赤金凤钗亮得叫人直眨眼皮，凤头简直像活的！大家都屏着气，保持着姿势，直到龙水用红缎子裹起宝贝，才哇地一声叫开。这时的龙水，下巴上的胡须就慢慢地卷起了。

运生明日要去安庆，想早点歇下，于是便到灶间问大可有么子带的。大不做声。

这时候天落了雨。

运生想起苇子去镇上卖鱼还没回来，就抓起伞出门了。

六

半夜里响起了电话铃。

白洛宁掀掉被单，开了灯。他拿出话筒，就听到里面说："是白书记吗？"白洛宁说是，里面又说："边书记请你听电话。"

边书记，即地委书记边达。一听这个名字，白洛宁便换了个手拿话筒。

"小白吗？我是边达。"

"哦，边书记……"

"你什么时候到雷阳的？"

"昨天夜里。"

"那里情况怎么样？"

"还……还好……"

"什么叫还好？我告诉你，江水已越过设防水位，离警戒水位也近了，按着省防总[①]指示，地委决定成立雷阳堤防汛指挥部，由你任指挥长。"

"我任指挥长？"

① 省防总即省防汛总指挥部。

“老宋身体不好，我已同他通过电话了。”

“边书记，我对防汛……缺乏经验。”

“经验是人摸出来的。你听着，这个指挥部由地、县有关人员组成，地区的同志明天乘早班轮到雷阳码头。县里的人你自己调。三天以内把工作计划给我报上来！”

白洛宁还想说几句，但对方已把电话挂了。

始料未及！白洛宁对着话筒足足看了一分钟才搁下。他用昨晚没喝尽的茶水漱了口，披上衬衣，从口袋里摸出烟来抽。口涩得很。已是凌晨三点一刻，外面漆黑一团，雨还在淅淅沥沥地下且有了风。白洛宁踱着步，觉得一种大战临头的寂静正在漫漫雨幕中穿行。几个钟头前李松茂兴高采烈地谈到这地方出现的日晕，说今年的水兆头恐怕不好。这种近乎迷信的解释自然不会引起白洛宁的兴趣。当时他想尽快结束这里的工作然后去省里看望杨子东。现在他的心绪完全乱了，他意识到这件事的性质非同小可。他后悔没有留李松茂住下。这时候若神聊些山民的习俗或者某个新闻人物的风流韵事，缓冲一下内心的空间，是极快活的。白洛宁用凉水洗了把脸，想使自己放松一些。但是一走到门边他就猛地将门拉开，接着去敲睡在隔壁的小马的房门。

小马当过兵，觉睡得浅。不等白洛宁喊第二声他便一个鲤鱼打挺坐直了，随手开了灯。

“去雷阳堤！”白洛宁说。

白洛宁知道边达这个名字是在五年前的一个夏夜。那时他正面临着毕业分配。他想进省委办公厅。可是只有一个名额，又未规定性别，就成了众矢之的。白洛宁深知毕业分配与学业挂钩只是一个堂皇的骗局。如果论学业，他信心十足。他是学习委员同时又担任了三门课代表。他在报刊上发表过不少文章。然而这些是不起任何作用的。在这个世界上有什么事情不是靠关系办成的呢？而关系的多少又是与权势的大小成正比的。这个方面，白洛宁发现自己还是个乞丐。但是命运似乎在有意替他使劲。白洛宁在阅览室翻画报排遣烦恼的时候，有人主动向他伸出了手。一只纤细的手。

“你就是白洛宁吗？来，认识一下。我叫边小素，哲学系的。”

她给白洛宁的第一印象是大方，第二印象还是大方。白洛宁还从未见过这么大方的姑娘。除了巧凤。不，巧凤早已不是姑娘……白洛宁倒显得有那么一点窘迫，他和她握了手。她的手蛮凉。

“我读过你的文章。比如《浅谈宗教的社会基础》。为什么要称‘浅谈’呢？我倒觉得理论色彩蛮浓，也蛮尖锐，只是……只是有的地方套用了沙利·安什林的观点。我不喜欢沙利的东西。我偏爱罗素。当然，他们本来就不在一个档次上。哦，我讲得太多，请原谅。”边小素说完，把头像小鸟似的偏了一下。

白洛宁感到耳根有点热。这位边小素的话蛮厉害，他几乎到了无言以对的境地。不错，那篇论文就是那么回事。白洛宁多少有点儿后悔。本来他是想写一些诸如此类的文字在同学中标新立异。一篇小说、一首诗或者一篇评论，在中文系是没人愿意去读的。远香近臭是生活的哲理。他悟出了这一层。那几年他写的文章有相当一大部分是脱离文学本体的，所涉及的领域很宽。不是曾有人说白洛宁是白朗宁吗？一支漂亮的老枪。无论在什么地方都能打响的老枪。这不是绰号而是昵称，白洛宁倒蛮珍惜。他甚至觉得“老枪”是“男子汉”的同义语。但他根本没有想到“老枪”会在面前这位看上去能一把撂到窗外的女人面前走火……

“你是哲学系的？那我可就班门弄斧了。”

“想不到你还善于谦虚。”

善于谦虚？她真会措辞。白洛宁淡淡地笑了一下。他知道自己这种表情很能打动异性。然而他自己却先给她打动了。边小素？这个名字蛮不错。小家碧玉。她看来不过二十三四，也许还不到。头发有点自来卷，散披着，头一歪就滑向一边。她的脸形和桃花寨那个撑船姑娘很相似，典型的瓜子脸。眉毛可能是经过处理的，那么细！她的眼睛长得蛮怪，一只是双眼皮一只不是，但很黑、很亮。她笑起来像个小孩，有意思。哲学系还有这样的人物？以前怎么没见过？

“出去走走好吗？认识你很高兴。”他说，站起来。

边小素又歪了一下头，就先转身出去了。

那天晚上他们谈得很随便。谈的范围也很广阔。最后，他们谈到了各自家庭的情况。这时白洛宁才知道，边小素有位当官的父亲，而且官级还不小，是省委宣传部的副部长，叫边达。

吉普车的灯光切开严实的夜幕野牛似的冲上雷阳堤。白洛宁告诉小马开慢点。车减了速，像一条船随风飘荡着。堤上每隔一公里有一座三棱体的草棚，里面亮着马灯。民工们正拥着被子在打呼噜。江面比以前宽了些，水刚刚爬上堤脚。江水是黑色的，只有浪尖上有点儿亮。有一条拖轮在缓缓移动，桅杆上有一盏红灯。船上的人好像朝这边喊着什么，白洛宁没有听清。现在他脑子里只有一个枣红色皮肤、发型近乎毛泽东的面孔。那张面孔上永远布置着神秘的微笑，而当你以为他在微笑时便即刻意识到在笑容的后面似乎藏着冷峻。这就是边达！

与边达初次接触，白洛宁便感到一种难以名状的压迫负在身上。那是他同边小素相识的两个月后，他想约她去公园走走。自从认识边小素，白洛宁仿佛觉得自己踏上了一块无垠的草甸，浑身富有弹性。大学如清水豆腐般的日子将熬过，再有几个月他就解放了。这几年他成了书的囚徒，千百年的名人压得他像只赑屃。他无心顾及个人的生活色彩，再说每天从他鼻尖底下走过的女同胞无一能转移他的注意力。他对女人有一种天生的淡漠。这淡漠时常给他带来些莫名其妙同时也令他孤芳自赏的得意。他觉得一个男人能把女人搁在心的投影之外委实是不凡。历史上不凡的男人都是把女人看得比鸿毛还轻的，那时他这么想。但是边小素的出现，使白洛宁不知不觉地把这份矜持流放到不毛之地。他发现自己爱上了她。白洛宁走到那个被称作“红门”的省委宿舍边上，突然意识到荒唐。我同她究竟是什么关系？她并没说她爱我，甚至连一点儿暗示也没有……

这太莫名其妙了，我算老几？他想，如果边小素不在家，我怎么说？胡找一个理由混了就走，但她家里人会问我姓什么然后告诉她。那她会怎么样呢？她可能会像从别人腋下抽过一本书似的说：“噢，见过。”如果她在家，那……那就更糟！她肯定会感到意外。等平静后肯定会在心里说：“嗬，竟闯上门来了！别看他装模作样的像座冰山，可一支火柴便化了。”

白洛宁迟疑地停下来，而这时一辆黑色的“伏尔加”在他边上停下了，接着走下一位身材魁梧、神采飞扬的大约年过半百的男人。他看了白洛宁一眼然后微笑着说：

“是小素的同学？我是她爸爸。”

“哦，边部长……”白洛宁双手接着边达伸出的手，“小边在家吗？”

边达看了看白洛宁，说：“你们刚认识吧？”

“是的。我和小边不是一个系。我在中文系。”

“怪不得，你连她住哪都不清楚？她在外面住三年了。年轻人，总觉得老家伙在边上碍事，其实到了关键时刻又离不开老家伙……到屋里谈吧。”

“不了。我本来是想找她……借本书的。”

“借书？有意思。以前几位男同学来也说是借书……”

一想到这一幕，白洛宁就觉得自己太嫩。边达的微笑在他脑中刻下了很深的痕迹。边达仿佛是从神龛上走下来的如来，他白洛宁每根神经是怎么动作的都了如指掌。这老头真是个可敬可畏的角色……

沿雷阳堤巡了一个来回，白洛宁的心绪稍平稳了些。这条长达 63 公里的江堤此刻正宛如一条卧龙，静静地匍匐着，似乎那江的势态之于它是无所谓的。吉普车经过雷阳闸时，天开始显白了。水天之间的界限逐渐清晰起来。那界限一开始是乳白色的，不久便转为玫瑰色，等这颜色润开，天整个地透明了。

七

苇子那天去雷阳镇卖鱼一肚子不快活。她不喜欢到镇上去。镇上的人都认得她。她一露头便听到背后有人说：“这不是老龙水的女吗？还没讲人①？”这话苇子听得耳都结趼了。镇上的女人穿得花哨，也穿得越来越大胆了。杨树湾人就跟着学，连松茂家的巧凤三十好几了也穿玻璃纱连衣裙，两个坠奶子用布条兜着，印得清亮。巧凤这狐狸真把桃花寨人脸丢尽了！可哥还老是在背后夸她如何如何，大要是听见非得掌他的嘴！苇子每回过杨树湾，巧凤在屋里一伸头就喊她进去喝茶。苇子总装作没

① 即说亲。

听见，一低头就过去了。巧凤是冤鬼哑子的侄女，按辈分苇子要叫她姑呢！

镇上的女人穿穿戴戴得倒还真的嫩生了许多。她们混在江上漂来的城里卷毛鸡中一时还难分得清。城里人说："哟，这地方蛮热闹嘛！"镇上人就接道："可不是嘛！"城里人说："哟，还能买到大彩电，"镇上人说："这玩意儿咱们这多的是咧！"南腔夹北调，不要脸不要脸！苇子看不惯城里人，男的女的都看不惯。城里人都是鲇鱼，要多滑有多滑。城里人的心都是墨汁腌的！苇子心烦了鱼就不卖给城里人。有一回城里的一个司机愿出五块钱一斤的价买她的鳜鱼，她理也不理，转眼以三块五的价卖给了陈家镇的人。那司机待了好久，说苇子发了神经。苇子两眼一瞪回了句："你家爱发了神经！"司机不明白"爱"的所指，竟哈哈地笑了。苇子也背过身笑了。她笑城里人蠢得赛猪，连自家从哪里冒出来的也不晓得。

苇子总是天阴落雨到镇上来卖鱼。她手里有把黄油伞，好大，撑起来只看得到两条小腿。雨住了她也不拢。她不愿看见镇上那些爱俏的妖精。这几天大的心口痛，苇子晓得是大的酒瘾发了。大一发酒瘾心口就痛。大有好些日子没沾酒了。哥前些日子从安庆带来一瓶酒，瓶子实在好看。听是三块多的酒，大就舍不得喝。大说要留到生日那天喝。可大的生日还有个把月呢！苇子就提着网下了河。如今的鱼不晓得飞到哪块去了，苇子网了一上昼只网到两三斤。苇子不网了，这鱼给大换酒够了。

日头好凶。油伞遮阳会叫人笑话。苇子从口袋里摸出小圆镜子，在树阴下照着照着脸上就飞起了两团胭脂云。这脸模子实在是生得好。镇上有吗？杨树湾有吗？苇子抿抿嘴，把两根辫子抖散又重新勒了。辫子紧绷绷的甩起来好神气。这一路上就有许多人死着眼看她，苇子下巴扬着，嘴抿得好紧。刚进镇东口，苇子便听到一个声音从脑后甩出。苇子晓得又是杨树湾的货色，叫毛狗。

这毛狗是孤儿也是寡汉，却生得很有几分人样。一套银灰色的派力司穿着，鼻梁上架着变色镜子，不听他的喉咙谁都以为他是城里人，起码是个司机。前年因犯了赌博，精光赤条地被公安带走。先是一顿好打，然后端来一盘包子。毛狗就扑通跪下。他听人说国家杀人总是先让死囚吃顿包子。公安人员不知所措，明白过来便哈哈大笑，说你小子还晓得怕，那倒不错。接着来了一番教育，间或拿出手枪用红绸子擦来揩去。毛狗被关了四个月，穿着一身发给的服装，黑夜绕回了杨树湾。第二天副镇长李松茂把他叫来，点着鼻子训了一通，说他给杨树湾抹了大黑，否则就有可能进入全县文明村评比行列了。众人闻之无不跺脚。不过这文明村在毛狗心里并没占上多大场子，他只觉得这么作践自己，愧吃了二十好几年的油盐。当下心里便推磨似的推了几番，不承认自己脑子比别人孬，不承认自己力气比别人小，就决心实在地干一场，将耻雪尽。于是就回了一趟徽州老家，学会了制毛豆腐的手艺。回到家，便租了雷阳镇的一爿店面，经营起毛豆腐来。这毛豆腐的味道介于豆腐与腐乳之间，用油煎着下酒，是极好的一道菜。于是生意就日胜一日地红火起来。两年一过，不仅另建了式样考究的店面，还雇了两个帮手，自己以大师傅大老板居之。毛狗二十九了，早该讨亲了。有人推荐了几个，他都掂不出分量。其实他心下早住了一个人。就是苇子。他知道苇子性烈，但他也晓得烈女怕缠夫。于是在挨过苇子一次嘴巴之后，信心竟加倍地树立起来。他无事就在路口转悠，看见道上走来了苇子，心里便滚了一下，然后摸出烟抽，作思考状。他晓得苇子看重文化人。

"苇子，又来卖鱼？"

"要你管！"

"我当然是管不了啰……我跟着玩玩总可以吧？"

"你不嫌脚贵？"

"哪里话！这是我毛狗的福气嘛！"

苇子看了毛狗一眼，把胸前的一根辫往后一送，背过身偷偷笑了。

镇上人说今年水势必定猛。日晕起了呢！大老早就讲过有日晕就有大水。那日晕可真好看，像个五彩项圈。杨树湾人又得烧香了。如今他们有楼，还怕水吗？楼是新的，脚基松，一泡尿就冲走了。苇子就觉得心下好舒坦。又一想，咒人总是缺德。杨树湾对我一家都看得起，这还不都是大在塔下刨得了宝？大早不刨迟不刨，偏偏等我落地刨着了。都讲我是富贵命，好得太凶便克死了我的爱。我的命有么子好？苇子眼珠儿便暗了许多，有人问鱼卖么价，她懒得开口，磨过脸去把眼角上的一点湿抹了。

毛狗又跟了过来，手里端着一只塑料盆，装着水。毛狗蹲下来把地上的五寸长的鲫阔子扔到盆里，不过鱼都翻了白肚。

“哎，可惜！早就对你说过嘛，活鱼值钱。”

苇子没心思听这些，望着别处。

“城里人来卖鱼都不用篮子，用桶，不就是想图个鲜活？同样是鲫阔子，死活价就差了近一倍。城里人……”

“你嘴么子不生疔疮？”苇子把鱼捞起，又将那盆连着水一块摔到边上。水溅湿了毛狗的裤脚，他连蹦了几下。

苇子就又咧了咧嘴。这毛狗也真是好性子，这么作践他都还耐得住。要是轮到哥，早就一巴掌扇来了。哥没打过我。他打过巧凤，打得好凶。那一回，李松茂脸都气白了，要是手里有枪肯定就开了。我这脾气也孬。毛狗上回也并没碰过，只说喜欢我，话没说完我就动了手……

“毛狗，上回……”

“上回么子？”

“上回的错你还没认哩！”

“我……我错么子了？”

“还不错？青天白日拦着姑娘家讲那种缺德话！”

“青天白日讲才叫光明正大嘛！那话怎么就缺德呢？电影片子里不都是……”

“你滚！”

苇子提起篮子走了。她要换个场子。她晓得毛狗在受气。这才好呢，省得像魂一样缠着脚跟。苇子本不忍心这么作践毛狗，她心里晓得该认错的是自己。不过这错一认毛狗必定会加码……毛狗也好可怜。可我不能做他的堂客。我不是嫌他叫公安关过。我哪个的堂客也不做！

“喂，这鱼怎么卖？”听口音是汉口下来的。

苇子头也没抬地说：“两块。”

“两块？贵了，一块五怎么样？全称了。”

“称吧！”

要是平时，苇子会还价的，至少要还到一块七。今天她心里霉得很，不想磨。过了秤，两斤七两二算两斤七两，两斤三块七两一块零五一共是四块零五。

“对不起，实在没零钱了。”那人把四块钱扔到苇子面前，打算拎鱼就走。不料毛狗又过来了，说：“已经让了你二钱了，怎么又扣下五分呢?”

那人正视了一下毛狗，说：“没零钱。”

“如果你真没零钱，倒还说得过去。可你忘了刚才在那面吃毛豆腐的时候，我找给你不少毛票角子呀!”毛狗摘下变色镜用衣角揩着，两眼直眨。

那人认出毛狗脸便陡地红了一端架子叫道：“你少管闲事!”

“还想来武的? 像你这号，就是来一打儿，我照朝江里甩!”毛狗说着就逼了过去。苇子直眨眼他也不顾。这时候上来看热闹的多起来。那人悄悄地把手放在屁股后面抠了一阵，果然就抠出一枚五分的硬币，朝地上一砸，转身想走。但是毛狗抢先一步拦住他的路，脸猛地一沉，说：“捡起来!”那人不捡，毛狗就一把封住他的领子，那人顿时就高了一截，围观者笑得东倒西歪，对着那人指手画脚。忽然听到一声：“怎么回事?”

来了镇长李松茂，大家便闪开了一条道。李松茂左右看看，见毛狗还提着那人，便厉声说：“毛狗，你讲不讲礼貌? 五讲四美是怎么学的?”

“是他先不讲礼貌的!”毛狗说。

边上人也七嘴八舌地说起来。李松茂知道缘由，就说：“为了五分值得这么做? 修养哪里去了!”接着拨开毛狗的手，对那人表示了道歉。那人的元气得到恢复，提提领子，对着地上的五分钱踩了一脚，就打算挤出人缝。这时苇子竟上前一把夺过那人手中的鱼狠狠地摔在地上，又将那揉皱的四块钱抛下，对地上响响地吐了一口口水，拨开李松茂走了。走得好快。

八

巡完雷阳堤，白洛宁在宿舍里召集了区、镇负责人会议，传达了地委书记边达的指示。大家听了就松动开来，谈及昨天的日晕现象，又联系了历史的经验和目前的水情，认为今年的水势怕有过于历年。接着又议了成立指挥部的具体事宜。会议整整开了一上午，最后白洛宁说："目前要尽快搭起架子，以便形成一个指挥中心，把各堤段的工作统起来。区、镇、乡的其他工作统统让路，全力以赴，确保江堤安全渡汛！"

白洛宁接着把这次会议情况与县委书记宋尚志作了通报，他提出了抽调人员名单，希望宋尚志代办一下。可宋尚志说这事得经常委集体研究才能决定。白洛宁正想解释，老宋已把电话挂了。

"都什么时候了?！还研究！研究！"白洛宁很不耐烦，看了看表，已是十一点四十，心想开往雷阳码头的早班轮快到了，就准备去接地区的来人。正要出门，李松茂来了，脸上笑眯眯的。白洛宁很觉奇怪，就问他笑什么。李松茂笑而不答。"松茂，"白洛宁说，"通知旅社负责人把这幢楼全腾空，由指挥部统包了，地区的同志一会儿就到。还备一桌饭，随便些。"李松茂说没问题。白洛宁拍了拍他的肩膀，就叫小马准备出车去雷阳码头。

吉普车在院里打了个圈，一溜烟地出了大门。

剩在院子里的李松茂对着那小车冒烟的屁股，看了好久。

刚才白洛宁在会上一番讲话，李松茂并没有听进去多少。他被白洛宁那一口流利的普通音和讲话的派头吸引住了。那派头煞是抓人，不时把手绕一下又不时把滑落在额头的头发往上一推，海得很。人要衣装马要鞍，这是旧话。如今是人要"帽子"马要鞍了。帽子越大嘴越大，嘴大理大，理大气粗。这小白如今往台上一站就像那么回事了，上面一撇嘴下面跑断腿。那老王胡子，当了六年的区委书记，论年纪至少做小白的老子，眼下倒规矩得像孙子。会一散，老家伙便忙着贯彻去了。李松茂觉得好笑，笑过了又感到有什么东西横在心里。他靠在一棵白杨身上，摸出烟来抽。可是烟盒早瘪了。这还是包带过滤嘴的牡丹牌呢！是上上个月家门口的德荣出席地区灭鼠表彰会回来，塞给他的。会议凭票供应，一人五包，德荣给了他三包。他吃了两包，这一包本来打算给朱半仙——这瞎子一听说李松茂升成了镇长，就从天柱山下来讨酒讨烟。昨天在路上拦住了松茂，瞎子就自命不凡起来，说自己半仙之体不是虚，当下就讨烟吃。松茂便在路边小杂货铺里买了一包佛子岭，给了半仙。可这瞎子并不十分的瞎，实际是白内障，左眼还余有一丝亮。瞎子拿过烟，对着太阳照了，就说："李镇长，这等的烟只能支应收尸起坟的货色，我朱半仙可抽不起哟！"李松茂晓得这瞎子的脾胃，是个顺摸的怪物，惹翻了会有三日三夜的好咒，于是便笑哈哈地拍拍瞎子肩说："铺里就数这烟高级，你要不嫌烦，等我从杨树湾回来，给你牡丹牌如何？"瞎子就咧开了嘴，连说"担当不起"。李松茂虽是唯物论者，但也忌讳半个不吉利的字眼与他发生关系。可是下午县里来了电话，说白书记要到。李松茂便揣着这牡丹牌上迎宾旅社了。昨夜同白洛宁谈了一会儿，全是李松茂敬烟。一包烟两人抽，能有几回？剩下几支刚才开会时吸光了。李松茂把空烟盒揉作一团，扔到边上泥水里，人却还倚着那棵白杨。

真是三十年河东转河西呀！哪有三十年呢？十多年罢了。小白是七三年春上来的？不错，是七三年。正闹批林批孔嘛！来的时候十九岁，细细的个条，上身是黄军装。那回一共分到雷阳区的下放学生有三十好几。有上海的也有南京的，还有芜湖安庆的。各村——那会子叫队——摊一个。小白分到杨树湾。桃花寨也分去一个戴眼镜的，姓庄。原先分到杨树湾的是个女的，可是巧凤死活不许。"那女学生日后要是肚子鼓了就是你狗日的作的怪！"巧凤就这个德行不好。其实城里的女人不都是电影上的嘛！巧凤要是上电影也会成明星的。我就找了王胡子。那会子他是公社书记，我是大队支书。王胡子说："巧凤这么凶，该叫到批林批孔去！"就把小白领到我面前来了。小白虽然长相斯文，人事却还顶会支应，喊了"李书记"就递上一支烟——也是牡丹！也是带嘴的！我挑着他的行李，带他回杨树湾。一路上他烟递个不止，他自己还不会吸。我说你不吃烟就别买烟了，人家不会怪的。他抓抓头，笑笑。他后来一直买烟给人家吃。队上一些懒货摸到了这个窍门，饭后一抹嘴就往小白屋里钻。小白就又散烟。日子久了，小白把烟放在烟囱台上，哪个来了就自动去抠。为这事巧凤骂过我，叫我在社员会上讲讲，不要揩下放学生的油。"下放学生一天只抓六分五厘工，还不值一包烟钱呢！"她倒好通情。我说这是周瑜打黄盖的交易。小白是个精明人，要是我封住会断了他的人缘。巧凤就说："下放学生也好可怜，放着城里好好的书不念跑到山沟里来扒泥巴，还说是接受'再教育'！"我说这是形势发展的需要。"这形势越发展越叫人脚跟软乎。"她这张嘴迟早要给我招祸。那回在田埂上竟哼了一段《小辞店》，王胡子晓得了撵上门臭刮了我一顿。

原先想把小白安排在队屋里蹲。可队屋里堆的东西太满，腾不出一张床的场子。就做了研究，在我家屋后接两步水①，做了个披。巧凤倒也欢喜，说等伢子大了可以靠着小白学文化。她说小白一笔字像模子拓的。倒也是。以后我家里请裁缝还是请木匠，都叫小白过来陪客。逢年过节自然不例外。小白也客气，每次由南京回来，总要意思意思。外人说我们处得同兄弟。这么说的多了，我倒生了疑，一怕别人背后议我暗得了下放学生的不少好处，二怕……

李松茂回想起那个秋天的晚上，心里便起了慌张。他四下看了看。那夜，他从公社开会回来，已是很晚了。月亮惨白，杨树湾连狗都困死了。全村只有小白屋里的灯还亮着。李松茂本想进去坐会儿，谈谈近来的国家形势。可是在王胡子那里多喝了几盅，又走了十来里的路，头重脚轻得厉害，就没打招呼。他开了自家的门锁——夜里他出远门，都得上锁。一家人都困下了。巧凤的脸和一只胳膊在月光下像面粉揉出似的，松茂见了，不觉又动了新婚时的荒唐。他挨着女人边上坐下，把女人那滚圆的膀子摸了一遍，又捏了捏脸腮，而后自个儿脱光了衣伏下了。正想去解女人怀，女人却翻了个身，把被子夹在两腿间，嘴里叽咕一声："小白……"松茂一惊，酒彻底地醒了，直觉得血由脚跟涌到了耳根。他一把将堂客提起，接着一巴掌扇过去：

"草狗！"

巧凤醒了，嗅到一股酒气，以为是男人发酒疯，便还了一巴掌：

"几滴猫尿就拿老娘开心！滚！"

"你这草狗！你……老实交代！"

"我交代么子！猪货！"

"你老实交代！怪不得小白挨着家边上住你那么开心哪！你交代！"

这下巧凤明白了，便由床上跳到地下，坐倒像陀螺似的转，大吼："天哪——你这黑心猪哪——"

伢子吓哭了。左邻右舍也醒了，弄不清支书家出了何事，半夜如杀猪似的，就一下涌了进来。小白也来了。松茂身上只剩了条裤衩，一时

① 农村建房，一只椽子的长度为"一步水"。

冷一时热，见小白露脸便横着眼一掌挥了过去，小白顿时呆了。

“李书记，你……”

“你心里清楚！畜生！”

大家这才晓得了点岔子，却不敢出声。可是小白捂着脸说：“李书记，我白洛宁还不至于这么下作！你讲话得有根据，不能乱咬！”说着，就一头跑走了。

巧凤又是大吼：“冤枉哪——”

粗了些！李松茂叹了口气。这场风波弄得不好收拾，小白要求调队，堂客要打离婚。结果还是王胡子出面调解才压住台。这以后，小白同他疏远了，巧凤也对他淡漠了……唉！李松茂觉得，这件事很对不住白洛宁。幸好第二年他考大学走了。原想临行前同他谈谈，赔个小心①，可细一想，这小白走就走了，日后也不再打交道，觉得又没这个必要，就算了。怎知后来的事会这么奇巧呢？前几年听说白洛宁当了地委杨书记的秘书，李松茂就犯了后悔。那回白洛宁随杨子东到雷阳来，李松茂是知道的。他想来会会小白，可一到区委门口脚跟就发了软。与白洛宁失了联系，对于他李松茂自然是个损失。他想作些努力，挽回挽回。他多次给白洛宁写信，但每次不等贴上邮票就揉了。

而今白洛宁成了白书记！成了县委领导人！消息一传出，李松茂心里作麻作冷。他想这下自己的八字捏在人家手里了！其时他是副镇长，依然是个乡级干部。镇长才算副区级，平调到县直机关也摊得上个副局长，或者科长。这一档很不好爬。如今又讲究文凭，论文凭他只能勉强填个初中。科局级干部要经县委常委讨论，白洛宁只须来一句“文化不够”就把他勾销了。他又不熟悉常委班子里别的人物，谁会替自己讲话呢？李松茂为此一连几天地失眠，常常夜半靠在床上吃烟。事到如今躲不如迎了，反正是黄瓜打锣一锤子的交易，不妨主动些。于是他就寻了个由头，带着关于请求县财政支援解决迎宾旅社贵宾楼收尾工程的报告，去县委了。他直接找了白书记。两人一见面，多少有点儿局促。白洛宁叫秘书泡了茶，问了杨树湾这些年的发展情况。李松茂都作了简明扼要

① 即赔礼。

的汇报，同时又暗示了自己现在的职务。

“雷阳的基础不坏，自然条件也蛮可以，应该要干出些名堂来，步子不妨大些嘛！现在是改革的年代。”白洛宁轻慢地说。

“欢迎白书记多去指导！”李松茂说。

“要去的。如果常委分区包点，我倒可以考虑选雷阳。”白洛宁说。

“白书记对雷阳熟，能去抓点那是最合适不过了！”李松茂说着又递上一支烟。

谈过这些，白洛宁大概要出门，就问李松茂可有什么事。李松茂不大好意思地笑笑，从提包里拿出了那份报告。白洛宁浏览了一下，也笑了，说：“我初来乍到，情况不熟，批倒是可以，灵不灵就难说了。”当下作了批示。

果然就蛮灵。

李松茂喜出望外。他并不在乎款子可否得手，关键是这个事实证明白洛宁对他李松茂并没有什么异心。他如释重负。更说明问题的是后来，县委常委通过了由李松茂出任雷阳区委副书记兼雷阳镇镇长的决定，组织部专门下了文。至此，李松茂那颗缩了好久的心终于舒展了一下……

白杨的影子朝西移了，李松茂才想起，该去厨房检查检查。这个阶段是丝毫不能有所讹错的。

九

昨夜运生把船撑到对岸时天地已混沌了，雨在匀匀细细地落。这雨最能湿东西。杨树湾的灯火越发亮堂，便把船上这颗湿透了的心温暖了许多。这一水之隔，却有着天地差别，运生的气就喘得粗了。

灯火间，笑语夹着《新闻联播》开始的音乐，娓娓地送过来。隔得这么一截子，而那曲子竟听得分明，必定是许多家的机子一齐开动了。桃花寨一台都没有。有也白搭，无电。夜一到，除了去摸那油巴巴的扑克和到麻子扎匠屋里听他谈古，就无从打发了。有堂客的，夜饭吃过就拖堂客上床去偎。偎过便起惊慌，数着日子等堂客来经。若迟了几日，做老板的就整日地叹气，怕政府上门罚款，怕堂客被拖去阉割。又怕堂客“小月子”坐多了会失去往日的鲜活，也怕从黄土里抠出的几张票子让“小月子”舔尽。运生把脸仰起，好让细雨凉凉热烘烘的两腮。运生从小不把自己当桃花寨人。他本来就不是桃花寨的种。到底是哪里的种谁都不知晓。反正不是桃花寨的！这霉场子！他想走，走得远远的。可是努力几次都没走得动。你到底想不想走?!

雨由颈口灌下，下到心口。运生又一次被杨树湾的灯火吸住，竟痴迷了。这片灯火好势派呀！而最亮的，是路边顶东头的那家。是的。这家的灯火好狂！

这是镇长李松茂家。

松茂这东西活脱是泥鳅，是螃蟹。眨眼工夫，就成镇长了！如今这等货色最好混。

雷运生与李松茂是同年入党的。也是同时担任大队书记的。到此为止，两人就分手了。一个越混越红，一个越混越霉。而这两种结果又同出一辙。

是好几年前的事了。当时的公社划小，原雷阳公社分为两个公社，于是区委就想从基层大队物色一名公社副书记，作为正式国家干部入编。挑来选去，圈子越缩越小，最后落在杨树湾的李松茂和桃花寨的雷运生身上。区委书记王胡子公开放出口风，说二者择一。这王胡子虽生相鲁莽，却粗中见细。他这么做是想听听百姓的反映。果然就极灵验，不到几天工夫，找上门向王胡子谈那两个人选的实在不少。也有写信的。从反映看，站在雷运生那边的要重得多。王胡子很高兴，觉得这种方法测定干部是一大发明。如果笔头子好用，他想写篇体会送到地区报纸上露露。谁料这当儿雷运生闯了祸——打了人。而被打的又恰恰是竞争对手的堂客巧凤！王胡子觉得好奇怪，当下便骑车子去了现场。王胡子到的时辰，巧凤还瘫在河滩上乱滚，运生站在一边用脚蹬着卵石。围了许多的人，嗡嗡一片。

“怎么回事？啊！”王胡子直奔运生，板着脸厉声说。

运生头不抬，腔不搭，嘴角却还在微微地颤。

巧凤见区委书记来了，便连滚带爬地赶过来，双手抱住王胡子的小腿，哭嚎着：“王书记呀，青天白日打一个堂客，算什么共产党哪！王书记呀……”

王胡子拉巧凤起来，竟没有拉动，拉了两下胡子里就渗出了汗，大气吁吁。忽听得背后一声“松茂哥来了”，王胡子心下又紧了一分，他晓得松茂极疼这堂客，且也是条火性汉，生怕事端会扩大，正考虑如何发话，可是松茂的脚步放稳了，又从怀里摸出一支烟递了过来。接着松茂猛一把将堂客拎起，眼一虎说：“家去！”

巧凤被男人这副凶相着实吓住，竟咽了哭泣。边上的几个年长一点的妇女就趁势架住巧凤，往回拖了。巧凤这才又哭：“不讲理呀——”

河滩上渐渐就剩下了三个男人，都不做声。

“怎么回事好好给我写出来；要犟，我就通你的报，叫你在整个雷阳丢丑！党性都哪里去了？”王胡子气尚未消，把半截烟扔了。

运生还是不响。

这时松茂说：“王书记，一个巴掌拍不响，巧凤也要扛点担子。巧凤的德行我晓得，一张嘴前世没修得好。”又走到运生边上，说：“运生兄弟，你我都是喝一条河水的，抬头不见低头见嘛！巧凤有么子不通晓的，你还得海量些……”

“哪有党员打社员的？亏你还吃过两年兵粮！还像个支书吗？一定得查！”王胡子说。

“算了算了！王书记，看人不能尽看枝节……运生这几年在桃花寨搞得很不错……”松茂说。

“桥归桥，路归路！”王胡子说。说完就甩手走了。一路说着“太不像话”。松茂也随后走了。日头刚到头顶了，他留王胡子到家吃个便饭。

运生还站在那里。他不想写检查。手剁掉也不写！关于这件事的起因至今无人知晓。不过，雷运生的确被全区通报了。不久，要求撤销雷运生大队书记职务的来信又鸽子回窝似的飞到王胡子手上。王胡子心里的秤自然就不往松茂那边歪了，无可奈何。直到如今，王胡子碰到运生心里还在说：“这犟种，活作！”

天越发暗了。河边有了风，运生这才觉得冷。苇子怎么还不回来？该不会出什么事吧……运生用手挡着雨，朝路口张望着。这个小他一截的妹妹仿佛是他的手足，他痛惜得厉害。为了苇子，他骂过人、打过人，甚至还想杀人！他也因此挨过骂、挨过批、挨过打，且打得不轻。那条条的鞭痕落在背脊上，天一回潮就出奇地痒。他先前是想同苇子圆房，现在不想了。但他希望苇子早日嫁人，嫁得远远的。近的也行，这杨树湾不是蛮好？可苇子不许任何人在她面前提亲。苇子越发地痴了！运生心里不禁酸了，旋即牙齿又咬出了响。这过后，他又替自己酸了一回。三十四了，即使在城里也算是正经八百的大男。城里还有婚姻介绍所。眼下这块场子能有几条这样的光棍？又有哪个女子愿嫁到桃花寨呢？有支歌子叫《桃花盛开的地方》，极好听；可那里的桃花绝不是桃花岭上的桃花！那里的桃花必定同胭脂一般的鲜艳，这里的倒像血，死人的血！

无论如何得离开这鬼气森森的场子！

这时候，飘来了一个脆脆的嗓音，唱的是黄梅老腔的《山伯访友》——

隔竹帘施一礼梁兄请坐，
细听你祝九妹表表杭学。
妹自幼在家中挑花绣朵，
描的龙绣的凤牡丹芍药。
莲蓬花绣得好未把叶破，
凤凰头少挑眼一时之讹。
……

是巧凤的喉咙。这狐狸，竟天生了一副好嗓。巧凤若不是与松茂早早地成婚，怕八百代叫剧团挑去了。苇子的喉咙也不孬的，可苇子好久不开口了。运生叹了口气，猛见雨帘中一个人影急急地闯来，就问："可是苇子？"

"是我，哥。"

"怎么磨到这会儿？大急狠了呢！伞拿去。"

"不打了，反正淋透了。你么子早不打？"

"掌篙如何好打？也就懒得打了。上船吧，我掌篙子。"

"我掌吧。"

"不，我掌。"

两人就上了船。运生一点篙子，船便悠悠地滑开了。雨点密了些，落在水里似一捧豆子在筛里转滚。那岸上的喉咙便断断续续起来：

……
在东楼与大嫂三掌击过，
从腰间解下了七尺绫罗。
我若是在外头有个差错，
这绫罗一见奴面就沾满泥沱；
我若是在外头无差无错，
这绫罗一见奴面就赛过花朵。
……

十

太阳的白光在似乎是固体的浪脊上颤动。浪努力地保持着严肃，极阔气地走着。江面上弥漫着薄薄的蒸汽，使那本来很蓝的天有一截成了浅灰色。轮船如同沉浸水里好久的大鲸，正显露出半个脑袋浮于白浪间，且在微细的暖风中做贪婪的呼吸。扯着旗子的桅杆，此刻正在把自己被风揉皱的影子专致地往脚跟拢。旗子已恢复了原有的面貌，像蒲扇似的招来招去。然而昨夜一场雨，却使那立在岸边的杞柳和那卧在堤后面的山绿了许多许多，都已不再作憔悴。

舱里依然是热。旅人差不多都伏在栏杆上，眯眼去看往后躲去的景色，又去看顶上的白日。

昨天便是这时分起了日晕。

这一路上旅人谈论最多的，便是日晕。见过日晕者，皆以曾经沧海难为水的气派，又以江湖人轻慢的神色与手势，去吊正半张着嘴听他说话人的胃口。讲完了似觉还不够，便生发出大水之年个人奇特经历来，作为补充。那种大难不死必有后福的现身说法，总是极富诱惑力且让人痴迷的。不过这些谈论，对于水利工程师庄雨迟却毫无吸引力。他不止一次地在大水里泡过。又在大学水利系泡过四年，自觉全身的骨头均已泡酥。流量、落差、坡面这些味同嚼蜡的玩意儿霸占了他的大脑，把往日库存的文学与艺术的细胞刺配到古陌荒阡去了。庄雨迟做梦也没料到自己会操这号手艺。他明明报考的是文科，可数学恰恰又考了满分，全省第一。那年刚恢复高考，不论文科理科或者医农，语文、数学和政治，都是共同的试卷。那年的试题由各省出，庄雨迟自觉门门都考得可以。只是在作文上犯了难。作文题叫《紧跟华主席，永唱东方红》。他不知该怎么写好，笔悬了许久不能落下。索性不写也好，但他竟下意识地在试卷上方斜写了一句话：我好久不唱《东方红》了。这是他心里想的，可他写出来了。交卷时他还没意识到有这么回事。两个月后，等所有的录取通知书发完，他才被叫到省高考办公室。是谈话。同他谈话的是省高考领导小组组长，也就是省委宣传部副部长边达。面对面地坐着。中间是办公桌。庄雨迟第一个感觉是边达的块头很大，每条皱纹都含着严肃。可是这时他还不知道自己凭什么值得受这种级别干部的接见。他有点不安了。他看着边达从公文包里拿出一张纸，从后面能映出那张纸上有一个用红笔画的极大的“?”和“!”。

“这是你的试卷吧?”边达把试卷推到庄雨迟面前，“你自己看看。”

庄雨迟凑近看看，心一惊。我他妈的发昏了！他没吱声。

这时，边达划了火柴，抽烟；站起来，一只手解开上衣纽扣，然后又走到窗前、走到沙发前。两分钟后他转过身严厉地说：“胡来!”

庄雨迟还是没吱声。

以后边达又说了些什么，庄雨迟不记得了。最后边达对他看了一会儿，突然问：“住宿有问题吗?”

“还要……住几天?”

“明天就回去吧。你们这些年轻人哪!”边达摇了摇头，又按了按庄雨迟的肩，按得很重。就这么完了。

没让写检查，庄雨迟觉得还算走运。联系到家庭出身与父亲的历史，他当然不再等什么录取通知书了。可是一周后他的通知书来了！是工学院水利系。庄雨迟在进校第二年才知道，他是补缺补到工学院来的，因为他虽然犯了政治错误但又是全省的数学王子，于是就这么对立统一了。

但从入学的第一天起他就想改行。至今还想。

庄雨迟自然没想到当年的边副部长会成为现在的边书记。据说当初在对待庄雨迟的问题上，省高考领导小组有截然不同的两种意见：一是要考生作深刻检查并内部通报，当然就取消录取资格；二是要考生写检查但不作通报，可以考虑作为补缺名额录取，因为考生的成绩是拔尖的。持后一种意见的是少数。问题到了边达这儿就不再上交。边达的意见是对考生进行批评帮助，提高认识。他同意作为补缺名额录取。这事就了结了。又据说后来有人向省委负责同志反映了边达的问题，说他政治头脑不够清醒。省委负责同志便对边达进行了批评帮助。第二年，边达不再担任高考领导小组组长。不管传闻是否属实，庄雨迟对边达是感激的。毕业后，庄雨迟经过省城去看望边副部长，可是门岗不让进。后来他打听到了边副部长家的电话，就决定与边达通一次电话。他想如果边副部长记不清他是谁，他就把电话挂了。

“喂，边达同志家吗？”

“是的，哪位？”是个年轻的女声。

“我叫庄雨迟。请问……”话没说尽就被对方咯咯咯的笑声打断了。接着是：“我爸爸出差了。”

“哦，那请代问候……”

“我倒想见见你。你现在有空吗？你在哪？”

“我在四牌楼公共电话亭……”

“那么劳驾你站着别动，我马上到。”

电话挂断，庄雨迟觉得挺滑稽。他想这边达的丫头倒蛮有趣，素昧平生却一见如故，不，应该说一听如故。他开始揣度她的形象。他想她不至于像她爸爸那样高大得略嫌笨拙。她的皮肤自然应该白一些也细一些。她多大了？庄雨迟触及这个问题便笑了，莫非是想同我谈恋爱吧？就这么开心地想了一会儿。身后传来“嘟嘟嘟”的大响，他扭过脸，面前那个骑摩托的穿大红羽绒服的女子正对他看，然后她一掀头盔，问：“阁下就是庄雨迟吗？”

“是的。你就是……”

“边小素。请上来吧，去看看我的沙龙。”

庄雨迟犹豫了一下。女的骑摩托带男的，够窝囊。但是别无选择。他坐上去了。很长时间过去后，庄雨迟梦到这回坐摩托车的情景，还是觉得委屈到了极点。“我像是当了一回太监。”他说，“我几次想跳下来！”“为什么不跳？”“因为你的背影蛮漂亮。”“那么我永远给你一个背影如何?”“这未免太残酷了。”

——然而是梦。

“旅客同志们，前方停靠港口是雷阳港。轮船正点到达雷阳港的时间是十二点四十分。……”

庄雨迟从衬衣口袋里掏出了香烟。来时太匆忙，把气体打火机忘了。他把烟收了回去。在甲板上徘徊了一会儿，他看见不远处的一个旋涡。那旋涡越旋越近，正在把一片竖起的芦苇叶子旋沉下去。庄雨迟的身体向前倾了一下。一股酸透了的液体迅速顺着他的食道朝上爬，他忍不住地把它吐到水里，牙齿一碰，发出森森的响。

和以往一样，庄雨迟只要是逆江而行心绪就乱了。这是一条怎样的江哪！水早已不再是清澈的，浑浊，像放久了的和酱油差不多的血！长江与黄河丝毫没有差别，却都忘乎所以、不可一世地从地球东边的表层神逛，年复一年……

庄雨迟不止一次地求过边达：要求改行。边达说：不行。

“我干这行纯粹是历史的误会!”

“误会也是历史的一部分。”

庄雨迟是昨天上午被边达叫去的。“你去雷阳堤主持工程技术工作。那儿你熟。”边达劈头就说，“一定要确保江堤安全渡汛！出了问题我不可能再那么轻巧地放过你的!”

当晚他没合眼。他靠在床上久望着窗外黑的夜和细的雨。那雨滴在遮阳的油毛毡上嘭嘭地响。这节奏与他的心律始终达到默契。心的活泼业已失去，像老化了的沙发堆在阴冷的角落里。天一亮他就得走。去的地方却是他多年来决心埋葬的一个灰色的空间。那是个桃花如未弥合的伤口般红的地方，是一块由蝙蝠的翅膀编织黄昏的地方，是冥冥发出绿色的骨髓榨出磷火的地方……

庄雨迟一直在追随着那个越来越大的旋涡，心底纳满了苍凉。

汽笛长鸣三声，太阳不再那么白了。庄雨迟这才转过身子并且朝前方走了几步。

他看见了那棵歪脖子古槐硬大的树冠。它下面有一个脚印。那不是庾亮的，他想，那是我的!

十一

雨作大响时，龙水还未睡。夜饭吃得迟，一家三口吃饭不谈笑已好些日子了。运生吃得快，又响。苇子本该也吃得麻利的，但是今夜却数着饭粒吃，只一碗。龙水便晓得姑娘心里搁了东西，并不去问。姑娘大了，老人的话不中听了。运生也不去问，吃罢就进屋打点行当。明朝要去安庆，搭一个江西老表的拖驳去，三两日就回。运生问大可有么子要带的。龙水没搭腔，摇了摇头。运生又问了苇子。她笑了一下，就收拾碗筷到灶间去了。洗过碗，用皂角打了打手，洗净；掩门再洗了脚。出来不再招呼，进自己的房睡去了。屋很老了，但面积还不小。三间一披。中间是堂，两侧为厢。龙水和运生睡在左厢，右厢睡的是苇子。各有一张床。龙水这张，是孙二先生留下的。土改时判给了龙水。本来判给龙水的是一件衣柜，龙水没要。他只要床。他是替玉枝要的。玉枝说这床有福。这床叫“大苏州”。很似一个巨大的匣子，四面皆有花板，雕的是龙凤与桃李，用彩描过。靠里的一面还镶有一块大圆镜，但业已缺了半边。漆也是极好的，是山漆。枣红色，酒一抹便十分地亮。

龙水头回上这床，是很久的事了。

自孙二先生进雷阳镇看了赛珍珠的《孟丽君》，就决计留住这娇娥儿。孙二先生在长江一带名声极响，要求一经提出，戏班班主便不敢多嘴。问了赛珍珠，她先皱皱眉，竟也就点头。她觉得江湖上的饭碗好捡也好丢，不如寻个靠山的好。于是全本的戏唱完，就随孙二先生的“篮子”进了桃花寨，一时间四乡大噪。

那天给赛珍珠抬“篮子”的有龙水，他个头高，抬后边。赛珍珠其时芳龄十七，浓妆淡抹，穿的是桃红的苏州绣花绸旗袍，玻璃丝袜子网到膝盖，高跟皮鞋，手里摇着一柄檀木绢扇。她坐在“篮子”上，居高临下地望着沿路等着一睹她妙曼姿容的人，并无一毫的羞涩，且报以友好的微笑。

这草狗！龙水心下早已窝火，又被焦焦的日头蒸得汗如雨洗，裤裆发黏，于是过一道坎时，他故意两胛一耸，把坐在上头的戏子吓得一声小叫。龙水正想笑，却如被雷击中似的木了——他看到一只粉捏油抹的大腿和一圈红的裤兜沿。旋即心里那块肉像被细猫的嫩爪抓了几回。

以后龙水天天寻由头去和玉枝说话，瞟那白腿。一日不见一夜就难得合眼。可是热天终有个尽头，秋一来玉枝便不再露腿了。那年秋天极凉，秋分一过河水竟有些麻牙。孙二先生这时见外面形势有了变化，遂生出山之意，进省城运动去了。他这一走，家里原先的两个老婆便结成一体，把几个月来堆积的怨愤啪啪啪地朝玉枝大泄，却又不敢真搞，只是指桑骂槐一番。玉枝倒好自在，心想这正说明了自己的分量，就把笑脸保持得完完整整，无事便去踏那孙家坝，看下面的水活活地流。然而一出门，就生了笼中雀的感叹。想宠自己的是一个黄黄胡须坠坠眼的老头儿，便觉得难为了这一身的活血，于是一丝凉气由那颗嫩嫩的心杪扩散到了全体。这天，玉枝刚到坝脚就听到坝那边嗡嗡地响，心紧了一下。登上坝才知是一伙人在打赌，有人高举着一枚洋钱，说想丢到河里，谁摸着了算谁的。于是就听见一声："我摸!"是打短工的龙水，一个孤子。举钱的便显出一脸汗，问可是真的？龙水却已在脱衣了，脱得精光！那块块的肉麻石般地在日头下发亮。玉枝忙磨过脸急急地下了坝，心猛地跳快，脸也变得热了。这现世宝！为个把洋钱犯得着这样？她暗笑了一下。坝那边又哄起来，龙水果然就捞着了。黄昏时龙水回来挑水，毛发还不见干。玉枝见了又避了过去。她觉得他还是精光赤条的。那身坯像是紫檀木雕的。而另一个却像是霜打的茄子……

夜里，听见玉枝在窗边低唱——

奴好比鲜花开未曾结果，
奴好比金丝鲤自投网罗。
奴好比离群鸟各自分飞，
奴好比顺风船江心失舵。
……

第二天，龙水一早又去河边挑水，见那美人儿已立在埠头上，对着绿水在唱《山伯访友》——

顺水漂来二娇鹅，
两只鹅儿一样色。
公鹅前面点头叫，
母鹅后头叫哥哥。
……

龙水便叫了一声好。玉枝回过头，板着脸说："去把我的茶壶儿拿来。"把自己房门钥匙交过去。

龙水就点点头，但接过钥匙心下便是一顿。他晓得江湖上的红角儿什么都可以叫旁人碰，就是这茶壶碰不得——若有异人在壶里下了倒嗓的药物，就毁了角儿的性命哪！戏园子里给角儿捧茶壶的不是角儿的老板便是戏班的班主。龙水把钥匙捏在手心，望着玉枝。她嘴角咧出一丝笑，又磨过脸去唱道：

隔河坡施一礼弟把话讲，
九弟有言兄听端详：
我家有个小九妹，
年方二八与弟相当。
……

龙水就是这天半夜头回爬上"大苏州"的。

煤油灯其实烧的是柴油，一夜下来罩子便黑了半截。好几年前公社安电，安到杨树湾就止了。碍于这条雷水。眼下要集资安了，也不知是哪年月的事。龙水无心去想，反正是土埋到喉咙的人了。可这屋子还住着运生和苇子，最终剩哪个还讲不定。龙水自然想留苇子，但养女终归是要给人的。苇子的事耽搁久了，不能再耽搁了。二十八岁的姑娘不当堂客人家会怎么议？那"四只眼"就这么拍拍屁股走了……龙水下了床，见运生已在呼噜，就掌灯去苇子屋里，他要和她议议。父女俩总还是可以议议的。

门虚掩着。苇子放了帐子面对里睡。龙水站在床沿前，低叫了声：

“困了吗?”不见答。龙水就把灯放在衣箱上，站在原地去看女儿的背。苇子一只胳膀枕着头，一只随便弯在心口。这伢困相都像玉枝。可玉枝的头总是枕着我胳膀上的。头回我问她可嫌硬?她说她就是冲着我一身硬肉才叫我捧茶壶儿的。她还在我肩膀头上咬了一口，留了血印。“做个记号，烧成灰我都识得出……”她是这么说的吗?

一粒扣子惹了大祸。孙二先生回来就在玉枝屋里洗了澡，眼镜落在地上，弯腰拾时竟发现了床脚下的一粒扣子。是男人的扣子！不是他的，是谁的?谁进了这房?！孙二先生毕竟是有涵养的，并不声张也不动火。他暗地里挨个在自家长工短工中查对——龙水褂子上第三粒扣子掉了！然后他又回到玉枝屋里，叫来玉枝，关了门再亮出扣子。笑着问：

“是龙水的吗?”

玉枝脸便惨白了，不做声。

“他哪来这大的胆呢?”孙二先生在屋里转了两圈，自语道：“杀了他我还嫌手腥哩!”

“不，不，不怪他……我情愿的……”玉枝就跪下了。

孙二先生平平静静地扇了玉枝两嘴巴，又平平静静地说：“孙某人待你薄吗?”

“是我命薄……我作贱……我死。”玉枝也平平静静地回答，站起来。

孙二先生再没怎么的，叹了口气就离开了。

十来天后，龙水给广西佬提走了。

是夜，桃花岭上有凄凄喉咙在唱——

听谯楼打过了三更时分，
奴的心好比那断油残灯。
实指望同心结配百年好，
怎料想棒打鸳鸯两离分。
……

灯苗蹦了几下光便暗了几分。油将尽。雨还落着，檐下像有一伙牛在堆着小解。一道霍闪过后是一个浑雷。嗡声却荡了好久。苇子屈着的腿伸了一下，面照对着里。龙水希望女儿能翻个边。可是苇子没翻，并把原先弯在心口的胳膀移到腮帮上，龙水连女儿的头形也看不见了。于是眼皮陡地重了，他离开了。

他刚躺倒便从雨缝中听见了头声鸡啼。

十二

白洛宁绝没有料到会在这里碰见庄雨迟。是庄雨迟先认出他的，但没有喊。当时庄雨迟站在那棵歪脖子古枫下去看石脚印，一片浓荫很叫人愉快。后来他看见一辆吉普车从江堤上开下来，在码头栈桥口打了个转然后停住。他估计是来接自己的车，就准备走出树阴。这时他看见了白洛宁。尽管已有好几年没见面，但只要从看表的姿势，庄雨迟就不会错认。白洛宁看表总是先把小臂竖起，旋几下手腕——他爱穿比自己大一号的军装因此手袖很长，再看表盘。第一次在公社集会庄雨迟就发现了白洛宁这个特征。“你这不是看表，”当时他走过去打趣说，“倒像是在掏枪。”也就是这次，庄雨迟决定以后喊白洛宁作“老枪”。那时他们很合得来。他们是乘一条船来这地方的。在船上他们就认识并熟悉了。现在他还这么看表?

司机在喊了。

庄雨迟便提起行李走过去。他走得很慢。白洛宁什么时候来的？哦，老边达说县委白书记会来码头接的，白书记就是白洛宁。庄雨迟扶扶眼镜，他看见这个动作把白洛宁的注意力转移过来了。接着白洛宁嘴张了一下，朝这边赶了几步。

“是你！小庄……”

“他们都叫我老庄。”

两人握手。抽烟。一个问午饭可吃了，一个说在船上吃过了。一个说你瘦了，也变了；一个说你倒胖了不过没变。庄雨迟一面说一面把介绍信递过去。白洛宁扫了一眼然后说：“嗬，庄工程师!”

“助理的。你就是白书记啰?”

“白副书记。”

庄雨迟就笑笑，说中国人讲话不是用减法就是用加法。但是这句话刚完，他觉察到白洛宁脸上正在舒展开来的笑容有了一秒钟的凝固。庄雨迟心里也挫了一下。

小马把车发动起来了。

那条旧时的官道如今成了柏油公路的路基，车压过路面吱吱地响。太阳好毒。两边的白杨间距过疏，据说这样要好看些。树的投影均匀地把路切成一段段的，像城里的斑马线。路贴着雷阳堤走了约两公里便朝右拐，从无垠的略有起伏的田野中直裁过去。稻已初发出香味。再有几阵暖风吹过，金色的故事就有人收割了。一个漫长的季节。一个古老的故事。

“没想到会‘二进宫’吧?”白洛宁说。

“梦到过。醒来就后悔。”庄雨迟说。

“是场误会。大误会。”白洛宁说。

“好像是这么回事。历史的误会。误会的历史。”庄雨迟说。可是时常想起的就是它。炫耀的、诅咒的、留恋的、遗失的都是它。“插过队?”人家问。你说是的。问话的人立刻就提起了精神或者说：“噢，原来如此!”知青俨然是地球那半边家族中的“堂”或者“冯”。贵族。精神贵族。这种似乎是约定俗成的身价最初是由年轻的骚人墨客们哄抬起来的。他们作品中的知青都是奇人。是卢梭或者伏尔泰。英雄是起码的。不知道凭什么这么自信，这么认为。居然就有许多人信了。几乎五体投地。其实这好比拉着别人来看自己身体某一部位上的伤疤。你看，它多亮！于是有人就说它是太阳。以灾难作本钱来混肉吃的人也蛮多。真不知将来可会有人拉着老婆这么演讲：看看吧！她与人通奸了！我是她丈夫！庄雨迟觉得，这地方的一草一木都令他厌恶到了极点。然而又不仅仅是厌恶……

他们没再说话。他们抽烟。

白洛宁在划火柴时看了一下庄雨迟的眉弓。这个部位很挺括。从侧面看似乎更好，总像在思索什么。男人的深沉具有博大的魅力。男人之间也喜欢深沉的男人。但是他上当了。庄雨迟并不深沉而只是像深沉。“老枪”最早就是他喊起的。那之前他们认识不到二十四小时。他们还不了解。了解是很长时间以后的事。一河之隔，见面不难。他们来往频繁。不过有一天他们的交往终止了。突然终止了！白洛宁至今记得，那是秋末的一个早晨，雷水极窄。他去雷水边洗衣，不久庄雨迟来担水。他们互相看了一眼，没有像以往那样喊一声："今天有雨嘛，杂种?"有雨不会出工。不出工就去掏蟹去吹牛去江边闲逛或者去镇上看一场重拍的《平原游击队》和《渡江侦察记》什么的。然而只是看了一眼。仅仅一眼，够了！

加法？减法？这是什么意思？白洛宁想，这有所指。究竟指什么呢？难道指那件事？是"五·七"办公室来检查知青生活，召开座谈会。问可有什么困难！我说一切都不错。贫下中农对我们很关怀。很多人也随后这么说了。他没说。他上厕所去了。他是故意推托这能看得出来。后来他说："你倒会省略，也会夸张。"这可算是加减混算？不会是这件事。那以后我们还说话。要不，是那件事。陈家镇一位女知青投江了，尸首漂到了雷阳闸，已肿得吓人。他要求解剖尸体，公安部门却没采纳，只宣布死者处女膜是完整的。调查没有结果。他找到我，说要串通全公社知青进城请愿。我制止了他。我说未必就是谋杀。他说肯定是的。我说这得有证据。"谋杀往往是没有证据的！"他大叫道，顺手砸了我的热水瓶。是这件事吗？不，我们似乎还在交往。那么，究竟是因为什么呢？白洛宁想不起来了。那天早晨他本来打算喊庄雨迟的，可是庄雨迟已经移开了视线。这极明显。几天后又在河边碰上，庄雨迟就干脆侧着身体对着这边了。再往后，就是在一起到公社开知青会，庄雨迟总是坐在最后一排的墙拐上，对着窗外抽烟……一切都是那么突然，又是静悄悄地完成的。白洛宁不想再去追忆什么。现在是合作，他想，得靠紧点。或许他刚才那句话是随口答的或者是泛指而已。

田野很美。

一切都是过去的重复。庄雨迟觉得自己又将去涉过那条清澈的水，回到那间鬼气森森的茅屋里去。那屋是雷哑子留下的。庄雨迟住进去的时候哑子已死了五年。就两小间，外面有灶，里面有床。窗户上钉着尿素袋，只露光而不见一切。地潮湿得厉害。屋后的高坡上是雷家祠堂，那会子做了队屋。那屋极高极大，格式叫明三暗五。两厢堆着稻子、棉花、化肥、水车和牛用的家伙。氨水味满屋都是。中间是天井。正墙上挂着领袖像。领袖像下面原是供祖宗灵牌的条案，已改做了宝书台。后来宝书台也撤了。什么会都在这儿开。最多的是追悼会，其实是请瞎子说书。瞎子上半夜说素的，下半夜说荤的。下半夜还派民兵撤了岗。民兵都不想得那补贴的几分工。只好抓阄。男女的事不教都懂。懂了也还想听。那年头只有样板戏，荤书就更显金贵。下半夜听书的自然多些，姑娘家也来。桃花寨的姑娘就这脾胃，你越认为沾不得的她们就偏生奇，就偏要沾。可是苇子不。她从不听荤书。她唱歌也不野。苇子站有站相坐有坐相。那会子她还小。十五还是十六？

庄雨迟产生了一种错觉，仿佛现在不是坐在车上而是在船上，苇子的船上。

那会子苇子还没有正儿八经地从大手里接过篙子。不过是给大换换手。运生到公社接下放学生那天，摆渡的便是苇子。

王胡子把我介绍给雷运生。我说："添麻烦了。"运生就笑笑："多一张嘴就是。我锅里有你碗里就有。"说实话，我竟有些感动。我是不大受感动的。运生个头与我差不多，但比我壮。他走起路来像个训练有素的军人。后来我知道他真的当过两年兵，是工兵。他说这是最没起色的兵。他还说是给人捣回来的。指导员同地方上一个小护士搞鬼，他发觉了并在党的会议上揭发了。年底宣布他复员。"老子最见不得男人钻女人裤裆，"他说，"比杀人还跌架子。"我突然有了一种幸运感。我喜欢他。我想不到这个偏僻的地方能碰到我喜欢的人。

到了雷水边上太阳刚刚偏西。我第一眼见到它就发现这是条女人河。那时桃花汛刚过，水面宽阔而且平缓。水极绿。河滩雪白，硅粉在阳光下跳跃。水波轻泛于徐风下，留下了淡淡的曲曲的足迹。这分明就是条女人河！

运生捧水喝。"来一口吧，"他回头招呼我，"活的，甜着哩！"

我自然要喝。我喝了不少，但觉不出甜。

运生立起来，用草帽朝对岸挥动。很快就见一叶舟子从嫩嫩的芦苇丛中悠悠地荡出。站在船头上的是一个少女，穿了一件桃红衬衫。两条辫子极长极亮。

"是我妹，叫苇子。芦苇的苇。"运生说。

“这名字像小说里叫的。”我说。

“她人长得像电影片子里的咧。不信?”运生说。

我信。

……

庄雨迟一辈子也忘不了那张脸。他见到那张脸时心里就这么想过。他觉得是这么回事。这不会错。当时苇子把船拢过来，从眉毛下面看了看他。运生不介绍她也晓得他是下放学生，是城里人。城里人就是城里人。

那分明就是条女人河，庄雨迟想，她的河。很长时间过去了，岁月洗尽了心底的泥泞，并将那浑身的坎坷一一熨平。然后这条河却始终在他血液里流淌，静静地曲曲地……

“嘀嘀!”

庄雨迟眨了眨眼——

吉普车已驶进镇街。

十三

那天夜里龙水掌灯来看苇子，其实苇子并没困着。她听见大的脚步声就把脸对墙去了。大问了声，她没理。大在床面前立了好一会子。大走后鸡就啼了。最先啼的是麻子扎匠家的那只鸡斤把重的东西就晓得赶骚！这剁颈的!

苇子披起衣，坐着，听檐下的雨响。没点灯，一扯霍[1]屋就好大好空。

白天那口气还没消。城里人连五分钱也不值！城里人都不……她本想说城里人都不得好死。她没说。城里人哪……

“苇子,”运生说,“喏，这是小庄。小庄哥。”

苇子还是头回看见这样年纪的人戴眼镜。戴得却还端正。运生常说戴眼镜的人是墨水喂大的，学问深。学问是么子？她想，写写画画吧?

① 扯霍：打闪。

可写写画画不抵工分。苇子没进过学堂，不识字但晓得算账。算账是大教的。大说晓得算账出门就不会吃亏。

那学生上船时险些落水。苇子磨过脸笑了。她笑学问深的人竟不晓得如何上船。她笑得不出响。他也笑了。两个一般大的男人对着面坐在船帮上。壮的说这场子如何如何的穷，穷得狗连自己的屎也吞。瘦的一直在望着绿绿活活的水。又看看掌篙的粉粉的她。看水看她。看她看水。然后就叹一声："好美!"

好美就是好看。苇子想这城里人脸皮实在是厚些。她又听到他说："我倒蛮喜欢这地方。"

"喜欢?"运生说，"那就落窝盘底怎样？在桃花寨寻一个堂客，保你一胎生两个胖儿!"

这话好硬，城里人可经得起？苇子调篙子时瞟了那学生一眼——他脸红了。他脸一红就像细伢。苇子觉得自己的腮帮也烈烘烘的。哥也真粗！当我面讲这些名堂……

"哎哎!"运生叫起来，"船怎么横了?"

又是一道霍闪。

苇子朝床里面挪了挪。她晓得今夜是困不着的。她一想到他就困不着。我怎么老想到他呢？我就不能不想吗？这样问自己不晓得有几多回了。她曾半夜揪过自己的辫子，还在墙上撞过脑壳。但这些都没有用。她想他。苇子最怕天黑。白日里她有事做，做不完的事。她希望天天累，倒到床上就像挺尸一样是最好不过。可是魂又跑到他那里去了。魂是管不住的。

那船还横着。苇子记得是哥用篙子顺过来的。

"都十六了，还认生?"运生接过篙子，在船头左边下了，用肩扛了扛，船就打正了。后来他就一直往下撑。

苇子挨着运生脚边坐。那学生坐到船尾去了。苇子没有话讲，侧着身子用手戏水。水波滑过便丝丝地痒。那学生还是像兔子似的左瞟右瞟，还不时把头毛往边上推推。他看见她在戏水于是也跟着学了。戏着戏着她猛地把一捧水往天上一掀。风一吹水珠子尽落到他身上去了。他开心地笑起来，摘下眼镜子用衣角揩揩。苇子发现，他不戴眼镜就显得很丑，多少还有点吓人。这真怪，苇子想，不戴眼镜子就成了两个人。慢慢地苇子就觉出了新鲜。她想等以后熟了，非要把他的眼镜子借来戴一回，看看哪一个苇子好看些。要是戴眼镜好看些呢？也配一副？听哥说，画上那个戴帽子戴眼镜的女人是毛主席家堂客。学问怕也深，可是不大招人看。毛主席该讨个好看的堂客。女的戴眼镜就丑。……

那学生又把眼镜戴上了，显得比刚才还端正些。他姓庄。还有姓庄的？我要叫他小庄哥。日子久了我就叫他小庄。我不喜欢叫人哥。

“小庄，”哥说，“你这一来，就成了桃花寨的文化杪子。往后写大字报的问题算解决了。”

“写谁？”

“林彪孔老二嘛！头等大事呢！”

“噢，你吩咐就是。”

“杨树湾早动手了，专栏出了几期，还组织了批判队……王胡子刮我鼻子了。你就专门做这事可中？”

“专门做这事？”

“余下的时间就帮着教教伢鬼念书。要不就编编戏文，逢年过节闹闹。我当兵那会，团里有个姓丁的干事，做这事在行得很。反正你还摇你的笔。”

“我是来接受再教育的哩！”

“扯蛋。国家总哄孬子烧冰冻……苇子，过几天我到镇上给你备些纸笔，夜里叫小庄哥教你识几个字。我也要学。我就佩服通文墨的人，讲话都顺耳些。”

苇子还是没做声。哥只念了四年级就歇了。大叫歇的。苇子还隐隐地记得，歇书那天，哥坐在灶前哭了。那是苇子头回看到哥哭。她原来以为哥不晓得哭。哥当兵时，学堂的吴校长送他一支自来水笔和一本字典。哥都随身带去了，又随身带回来。可是有一天字典掉了，把家翻了个遍也没寻到。后来哥就一直没搞到字典了。小庄肯定有。哥要学。哥是支书，要念报纸，学是划算的。我学做么子用呢？田里水里的生活我能做在人先，针头线脑我也不在人后。我还要做么子用？再说，哥学就够了。一家人都通文墨，饭都划不进嘴哩！

不过苇子倒想夜里去小庄屋里耍耍。城里人像猴一样，一举一动都古怪得很，好玩得很！

远远地滚来一声闷雷。苇子把披在肩上的褂子抄紧了些。刚才的雷响好像那屋子塌掉一样的。那屋子是旧年[①]腊月一天夜里塌的。那夜风好大哟！起初还以为是雷。大就笑了。大说有冬天打雷的吗？第二天才晓得是那屋子塌了。麻子扎匠与村长贵林伙养的一头黄牯险些压死。那屋子好些年不蹲人了。鬼都怕蹲。唉，也亏着他，前后蹲了四年……

“哥，么子不能让下放学生蹲到队屋去？”

“么子？你问大去。”

苇子不做声了。队屋是祠堂，大不准外人碰。原先连寨子里外姓的人都不准踏雷家祠堂门槛哩！就是雷姓里，不干不净的人都不准进。死了也不准。哑子要不是犯法，到祠堂停尸总是照的。哑子死了，大就是辈分最高的了。大伙都听大的。哥这个支书也只是聋子耳朵。大不准就是不准。这一带人都怯大。可是哑子那屋，怪瘆人的……

运生挑了一上昼的黄土，把两间屋都垫了一层。又请了瓦匠把里外都用石灰粉了一遍，再垒了个“香瓜墩”[②]。哑子留下的东西，运生都一把火烧了。床、桌子、灯和做生活的家伙都是新置的。只是配不到玻璃，就用尿素袋钉到窗上去了。运生还买了一块小黑板和一盒粉笔。他寻思着，既然是城里的下放学生，在桃花寨做文化杪子，是当然。忙完这些，运生就去公社接人了。临走把苇子叫来，让她把新垫的土平平，拍拍。那时苇子就在猜，来的下放学生是怎样的脸模子。

她当然没猜到是个戴眼镜的。日头落到那两小块白玻璃上像银子一样亮。亮得看不见后面的一对眼珠子。眼镜框的颜色苇子是熟悉的，跟大在安平塔下挖到的扇坠的颜色一模一样。莫非也是宝？

苇子戴眼镜是几个月以后的事。那天有雨，不开工。她起早到河边扳罾，扳到不少虾子。她就给小庄送去一碗。小庄刚起来，眼眯眯的正

---

① 旧年：去年。

② 香瓜墩：一种简易的灶。

蹲在檐下刷牙，一嘴的白沫子像个寿星佬。苇子把虾子放在香瓜墩上，回头看见了桌子上的眼镜子，便摸过来架到鼻梁骨上，猛地就觉得头变得好大好重，眼珠子好酸好胀，面前的东西都毛毛地退得老远。苇子试着移了移腿，一开步就给香瓜墩绊倒，那碗虾也撒了一地。苇子呀了声，接着是笑。

小庄连忙进来把苇子扶起来，又弯腰去摸地上的眼镜子。苇子先捡起，一看，眼镜子腿断了一根。

"我赔你。"苇子有点儿怯，脸红红的。

"瞎讲。"小庄把眼镜子凑到鼻子边够着看了看，说："不碍，线捆捆就中。"

小庄学着当地的口腔，把苇子逗笑了。

黑暗中苇子的牙白了一下。只白了一下，后来她眼角也白了一下。

不久天也白了一下。

十四

县委大院内的知了比以往任何一年都叫得早也叫得响些。这个大院的位置选得十分理想，在县城北边一块丘陵上，整个地朝着南。门面很高很大。门是楠木制的，涂着鲜红的漆。通常是三年一漆。因此始终保持着光泽。门两旁，原先安置着两尊石狮子，也很高大，"文革"期间被造反的组织用几十把大锤砸成了残疾。如今那位置摆着两口比一人还高出一手的均瓷花瓶，紫蓝色，正面雕有松鹤延年的图景。门的上方是比门高出三倍的墙，两侧均匀地收上去，成"凸"字形状。米黄色。这墙中间一大块最不成样子，漆涂得过厚，热天一到就卷起了许许多多的漆屑子，好似一件反穿的细羊皮袄。且米黄色油漆下又渗出影影绰绰的红来。这墙曾经是红过的。开始写过"为人民服务"，后来改成"毛主席万岁"，后来又换为"革命委员会好"，再后来变作党的基本路线，墙就整个地红了。大门下面是九九八十一级水泥磨石的台阶。与台阶相接的是一条笔直的柏油路，并不很长。这路的另一端与县城中心街道会合。路两侧不再有别的机关了，对称竖立着两排形状类似的塔松。从喧闹的街市折进这条路，立刻就觉出了静寂，对比是十分强烈的。

县委办公室设在院内最后面一幢两层小楼上。是去年盖的。这楼不像是办公的地点，有点沿海一带度假村的味道。据专家云，它属于北欧的建筑风格。楼的周围又打了一道苏州园林式的墙，开着扇形的窗和圆形的门。门头镶有一块深灰色大理石的匾额，题有烫金的字：北苑。是前任地委书记杨子东的手笔，很苍劲。

县委书记宋尚志的办公室在最东头。是套间。外面为客厅，摆着两对单人沙发和一只三人沙发。一般性质的常委会通常在这里举行。里间是办公室。一张两头沉的写字台、一把藤椅、两个文件柜。还有一张床。有时忙很了他便在这里午休。

现在他就躺在这张床上，十指相交于胸前，两个拇指轮番转动。枕头下面压着一张显旧的报纸，是六月六日的《人民日报》。头版头条是关于撤销国家林业部长职务的决定。这位部长硬是让一场大火将帽子烧掉了。

一小时前，宋尚志接到了地委书记边达的电话。

“老宋吗？我是边达。”

“边书记……”

“你去医院检查了没有？”

“哦，这几天脱不开身，打算下星期一去。”

“有病不能拖。雷阳堤那边怎么样？架子搭起来没有？”

“小白……待会儿我再问问，给您回话。”

“老宋哇，小白这方面不及你熟练，得帮助他。听地区去的同志说，县里的工作人员还没配，有这回事吗？”

“边书记，是这样……”

“我没时间听你解释了，必须立刻配齐！有什么意见等这场大水过去再交换不迟。明天你去看病。”

边达的语气是严厉的。这种严厉不是只在非常时期才表现出来。宋尚志每次同边老头接触，都能感受到这一点，尽管被微笑包裹着。他问过邻县的几位书记对边达的印象，他们也皆有同感。这与前任地委书记杨子东留下的印象完全相反。杨子东言谈举止都明显地带有士大夫的气味，即使批评什么也不乏幽默感。

但是宋尚志心里并不乱。他觉得自己给边达的印象至少是良好的。不久前的一次县书会①上，边达肯定了这个县在调整产业结构、发展乡镇企业方面的基本做法。在宋尚志的记忆中，自边达到职以来，公开表扬个别的县似乎还不多。他原以为这位宣传部长出身的上级必定会把事情干得洋洋洒洒。然而边达是谨严的。他的同僚都有点儿意外。

窗外的知了叫得极烈。好像知了都凑到中午时刻来叫。宋尚志今天又不打算回招待所了。他在想边达的电话。对待上级的指示，宋尚志都要作反复领会。他觉得边达的电话似乎隐藏着别的东西。为什么要提到小白？他寻思着，难道是小白告刁状了？要我帮助他，是不是批评我故意作什么梗呢？我只说要研究一下，随便说的，并没存什么心嘛！不让解释，这分明是有气。有什么意见……对谁的意见？是我对他边达的还是对白洛宁？或者是我同白洛宁之间的意见……边达会怎么看？

宋尚志翻了个身。他想白洛宁大概是感到了什么。年轻人，哪来这些敏感？我在你这个年纪，还在乡里当财粮呢！不要太自信嘛。老扛着杨子东的牌子混毕竟不是长远的事。杨子东能活多久还真不大好说。想到杨子东，宋尚志就觉得自己受到过玩弄。他在这个县前前后后干了六年。他原是地委组织部的科长。机构改革时，他是作为部长人选之一的。那时他四十七岁，曾在省委党校进修过两年，后来补发了一张大专文凭。这样的条件，地委大院内还很稀罕。后来情况变了，组织上决定把他放下去搞一个时期。这是杨子东的意思。杨子东同他谈了一次。这次谈话，宋尚志记得十分的牢。杨子东开头就说："在地区干，不熟悉农业恐怕是鼠目寸光吧?"意思很明白，宋尚志的心绪陡然来了个极大的起伏，并且由衷地产生了感激之情。本来他想谈一点个人的具体困难，比如说老婆身体不好之类。现在他说："我担心自己能力有限，辜负了领导的期望……"杨子东就鼓励了几句，又提出："家就不要搬了。你只转一下组织关系和工资关系就行了。好好干，步子迈大一些……"那天晚上，宋尚志在床上折腾了好久。他很难相信白天的事是真的。他没料到自己这么一个极不起眼的角色会引起地委主要负责同志的高度重视。当然他

---

① 即县委书记会议。

更没料到地委主要负责同志对每一位到基层去的人都这么谈过。这叫工作方法。高明的先生总是让他的每一个弟子都觉得先生是最赏识自己的，正如伟大的情人是叫围在身边的所有异性都相信爱非自己莫属。

杨子东走了，连招呼也不打一声。

他关上窗，但还是能听到知了叫。室内逐渐闷热起来，他开了吊扇。先用最高速扫了几圈，再降到中速。可是还觉得闷。他干脆把藤椅搬到吊扇下面。他又开始琢磨起边达的电话来，越发觉得其中大有文章。边达反复提到看病的事，什么意思呢？是表示对下级的关怀还是表示……怀疑？白洛宁离开的那天下午，边达也给宋尚志来过电话。当时边达提出迅速组建雷阳堤防汛指挥部，宋尚志说明了自己的身体情况，同时表示如果小白抓起来有难度，他就亲自去接手。边达说：“那就让小白先抓一阵子吧。你的病要抓紧看，肝病是拖不得的。”刚才边达又问了这事……

宋尚志站起来踱了几步，划火点烟。他按了按肝区，是有些发胀。他年轻时得过肝炎，后来好了，比原来的还好。以前他只能吃两块肥肉。以后竟能吃下一只蹄膀！但是现在肝区确实不大舒服。怎么回事？据说肝病难得断根。心情不理想会随时复发。又好像听人讲过，有病的人越想着那病的部位就越严重些，甚至无病都会变病的……看来是得去医院了，住些日子，仔细查查。这很必要。否则对边达和白洛宁都不大好说。那天在常委会上，我刚提出叫他下去，他就把眼磨到窗外去了。很显然，他认为我是在故意坑他。但他立刻就表了态，很痛快，顺杆爬。年轻人有年轻人的可爱嘛！可是这不同于写文章作报告哟。你小白文化高这是事实。你不让秘书写讲话稿，有时不带稿子能讲两个钟头，这都是事实。不过搞我们这行光晓得要笔卖嘴，怕还不够吧？宋尚志吸了一口烟，见太阳过了屋顶，就走到晾台上去了。知了仍叫得烈，但他也不觉得烦了。从这里望，县城还是颇有派头的。新盖了不少房子，都是五层以上。旧街道全扒了，重新规划的新街已完成了百分之八十。自来水搞通了。电视转播台搞好了，能收三个频道哩！白洛宁还说市政投资规模过大。结果呢？挨骂了。居民骂他骂得好凶。有一天夜里，居然有人在白书记的房门上贴了一张标语：当官不为民做主，不如回家卖红薯！轰动了县委大院。但是他没去掉它，这倒很有些涵养……

太阳渐渐地由白转黄了。前天便是这时分，不，稍早些，刚吃过午饭，天上出现了日晕。很好看。可惜小白没能见到，他在屋子里收拾东西。我问他怎么不带个秘书，他说用不着。我叫他睡完午觉再动身。他说不，要赶到雷阳镇吃晚饭。他说过了龙韵关，路就好走了。上车时他好像说了句什么，我没听清。我脑子里还在想刚才的日晕。今年可真怪。年头西安上空出了五个太阳，现在又起了日晕。太阳多了火气就旺，结果大兴安给火剃光了。日晕起了水就猛，这是规律……日晕不是迷信，是科学。日晕、日晕……车开走了，我又看看天，日晕已偷偷地散了……

宋尚志觉得，眼下还是在和白洛宁杀棋。白洛宁的棋路很规矩，但没下几步方寸就乱了。他极少赢，输得大方。可是那天晚上，三盘输过他还想下。不许除车。那么就下吧。很快过去一盘，宋尚志输了。三比一。没关系的。第五盘，宋尚志下紧了些，但没想到白洛宁下手在先，老帅磨出，再跳马卧槽一逼，士相双全的宋尚志又输了。宋尚志看看表，快十一点了。这个动作是做给白洛宁看的，他希望白洛宁说："算了吧，时候不早了。"但是白洛宁已帮他把棋子码好。第六盘拼得很苦。双方损失都极惨重，宋尚志仅剩一马一炮，白洛宁只有三个卒子。宋尚志一心瞟着对方的老帅，剑拔弩张。可是他没防着那三个小卒。它们偷过了河就开始逼宫。并且紧挨着，使宋尚志的马炮不敢妄动。情况紧急，破釜沉舟都已无济于事了。宋尚志举棋不定，棋子被两个指头搓得油亮。他静静地看了两分钟，把自家的棋划乱了。"输了输了！"他站起来，把半杯凉茶一口喝尽。"平了。三比三。"白洛宁说。宋尚志再没说什么，伸了个懒腰，又夸张地打了个哈欠，离开了。往常他离开时总要说一句："早点休息吧。"这次没说。他几乎没认真地去看白洛宁一眼。出了门，他突然唱了一句：

军功章（哪）有你的一半也有我的一半。

见鬼！我他妈的要哼什么歌子呢？宋尚志现在觉得好不荒唐。白洛宁会怎么想？没准儿以为我这老家伙故作镇静呢！奇怪，怎么越下越不对路，以往绝没有过的嘛！这棋没完。正下着呢。

知了紧一阵慢一阵地叫着。

十五

向边达电话告状的是庄雨迟。“这到底是指挥部还是参观团？”他问白洛宁，“我看你这个书记也够有权威的了。”白洛宁便把初步研究的方案交给庄雨迟，并谈了与宋尚志通话的情况。“我们这号人，都是小娘养的。”白洛宁说，“能让你人前露脸已经是够‘五讲四美’了。”说完，就进房间午休去了。庄雨迟也回到自己的屋子。他住在西头，也是一个套间，设备和白洛宁那面完全一样。他躺在床上，看过白洛宁拟的初步方案，还可以。这个方案还有待进一步细化，比如说，工程处除有懂水利的外，还需增加水文气象方面的人员。后勤处要增加能调拨物资的，还得增加交通工具，尤其是机动船，以便现场察看水情。办公室至少要设临时电话总机，必要时得请省里派人来架电台。还得与前来支援的部队取得联系。庄雨迟决定和边达通一次话。他估计电话接通，边达该在办公室了。但他还是对总机说：“接地委边书记家。号码 3056。请快一些……”

3056，这号码他记得，不会错。第一次去边达家他就记下了这个号码。当时边达才搬家，屋里很乱，电话塞在写字台下面。老两口正忙着，边达只负责理书。这也并不轻松。庄雨迟估计地上的书不少于两千册。庄雨迟很喜欢理书，就帮忙了。边达有不少拿得出去的书，比如“庚辰本”《脂砚斋重评石头记》、金陵书局刊行的《史记集解索隐正义合刻本》、摩尔根的《古代社会》、汤因比的《历史研究》等。所以庄雨迟的帮忙纯粹是象征性的，他甚至在想哪些书是在借之列。这时电话铃响了。庄雨迟离它最近，就拿起了，听到一个女声——是她！

“边达家吗？喂，怎么不说话？”

庄雨迟捂住话筒，递给了边达，没说什么。边达问：“哪里——哦，是你。”

“很抱歉，我不能帮你们搬家。”

“你倒蛮客气。没什么。别人撵你了吗？”

“我也搬了。报社给了一个单间。”

“还是一个人？”

“大概永远如此。这您别操心。我大概下个月底回去，出差顺便……到时再谈吧，拜拜！”

电话性能不错，她的话庄雨迟听得极分明。她下个月底回来？庄雨迟记下了电话号码：3056。

但是月底她没回来。庄雨迟接连几天给3056去过电话，传过来的是个老太太的声音。“小素回家了吗？”“没有。喂，你哪位呀？”“我是她的同学。”……

这件事她家里不清楚。这是件普通的事。一个男的和一个女的认识了，就这么简单。

那间小屋布置得好雅致。床、桌、椅都是那么小巧。床单是白色的，质地看上去很厚实，平平整整。床上放着一把吉他，西班牙式的。三只藤书架全被书填满。书全用过期画报包着。墙上有一面几何图案的挂毯，是自制的。还有两个挂盘：一个少女的侧影和一条变形了的鱼。最醒目的是靠近窗边陈放着一尊石膏塑像：大卫。很大，足有一米高。这像是美术学院的教具，市面上不大见得到的。庄雨迟一眼就注意到大卫两腿间的部位，它侧面受光，因此立体感很强。用画家的行话来说，素描关系不错。

一切都极随便。天冷，她煮了咖啡。那把咖啡壶漂亮极了。她倒咖啡的时候头发全部滑到左肩，很柔软。她的侧面看起来比正面要美，从额部到鼻梁再到人中、嘴唇和下巴，被光线勾得很紧。进屋后她脱下了羽绒服，露出黑白相间的棒针衫，很宽松。但胸部的轮廓依然分明。“要放糖吗？”她回过头说。我说随便。我还说我这人什么都随便。干吗要这么说呢？表明清高还是故作潇洒？这大概就叫浅薄。男人的浅薄。喝完咖啡你得滚，杂种！你还装模作样干什么？引出一番高谈阔论借以展示一下自己的狗屁才华？然后等别人来找你约会，散步，突然停下来对视良久，再扑上去？蠢货！我决定不久坐，尽管我很喜欢这个空间和它的主人，但我还是得快点儿离开。可是谈话开始了。你属于“老三届”吧？是的。在农村干了几年？五年。很苦吧？当然。不过蛮自在。我很羡慕你有那么一段经历……我没吱声了，好像笑了笑。我不知道该怎样去评价那段历史。或许历史本来就是不好去评价的。后来我们谈了些别的。谈到叔本华和弗洛伊德。谈到萨特和卢那察尔斯基。谈到列宁和毛泽东。还谈到卡夫卡和亨利·摩尔。但是谈得非常浅，可以说是浮光掠影。我并不注重谈话的效果——这不妨也是一次吹牛。吹牛是不看重效果的。意义在于气氛。我好久没介入过这种气氛了……天便在这气氛中暗了。我说我该走了。她并没挽留。我发现我的心绪在她那副无动于衷的面孔下暗淡了许多。得赶快走！我站起来，向她伸出手。我们握手。“但愿再见到你。”她说，很随便的。我说再见……

但是我没想到我们会在两个月后就再见了。那时她已到报社记者部正式上班了。她来地区采访。她给我来了电话。那天晚上，我们去江边散步。月亮很好。江面上很静，也很冷。

“那天晚上你住哪了？”

“车站。”

“冷吗？”

“还行。”

“我以为……你会有信来。”

“想过。”

“但是没写。”

“这很蠢。”

“我弄不清你是在故作深沉还是在犯病。”

“你……太自信了。”

“哦，对不起……”

“哧啦——”庄雨迟点上烟。他觉得腰有点儿难受，就完全躺下了。那个江边的夜晚过去三年了。他没想到事情会弄得这么糟。如果不到江边去说那番话，也许效果会截然不同。那条江太静了，惨白惨白的。江心泊着一只小船，灰灰的，像一口棺材……他们再没说话。他送她回旅馆。他一直在梧桐树影里注视她的背影。后来这个背影在他梦境里出现过多次。他给她写了信，这是那年秋天的事了。信极简单——

小素：

很想见到你。

庄

八分钱八个字。但是没有回音。至今没有。

她会怎么想呢？庄雨迟吸了口烟。是烟灰落进颈窝才提醒他抽一口的。自然会来一番嘲弄。这蛮正常。接着她会拿起架子，不，她不像是那种女孩子，她也许就不打算考虑什么了，可能当初她就没朝这方面考虑……庄雨迟觉得自己好像对自己开了一次玩笑。

电话铃响了。

他竟有点儿紧张。3056……他抓起话筒等待对方传出来的声音。是边达！庄雨迟松了口气又叹了口气。结果他还是激动了，对着话筒喊了几分钟。他记得最后一句是：

"给我支枪！"

十六

雨是昨天烧早饭锅时止的。雨一止云便慢慢散开，不多会子头顶上就显出了一块蓝。这时候空气好鲜，也好凉爽。雷运生泡了两块锅巴吃过就上路了。他沿着雷水朝码头走，个把钟头工夫。讲好了的，拖驳八点开。是江西那面的几个老表承包的，跑运输。一个月赚的票子能翻省长三倍。运生是通过熟人介绍搭那条船的，当时对方还有点嘴歪，熟人赶紧谈起螃蟹来，说桃花寨产的蟹最鲜最嫩，不过要到中秋前后。老表就把嘴磨正了，叫运生一早来。运生嘴上道谢，心里却在骂："狗日的，要条破拖驳就把鸡巴挺得像旗杆！"他憋了一夜的气。一夜没困落实，鸡啼一回尿脬就胀一回，生怕错过了时辰。运生步子撵得极紧，到了码头，听见高音喇叭里正播着中央台的新闻和报纸摘要节目，相信时间不过七点半。于是松了身子，去江边找老表的拖驳。那船好认，帮子上漆着黄条，黄条中间又夹了一道窄窄的蓝。可是巡了两遍不见踪影。运生就急了，去问边上的船佬。回答是刚开走一泡尿工夫，说是安庆那面货压得紧，票子要加码。运生拿眼去看江面，果然就撵着了那拖驳的屁股梢子。

“狗日的!”

骂过，坐到一边树桩上去，摸烟吃了。运生心口烧得厉害，嘴唇抿了又抿。忽然又觉得双眼发涩，却硬支着不让那可耻的水分渗出一点。为省几块钱白丢了一张脸皮，他悔死了。他想这江西老表好猖狂，前几年成批地来桃花寨讨饭，如今就洋火了。这世道就这么回事，有奶便是娘。这样一思谋，气就闷了。怪自己没有落到一方好土上，也怪自己枉为一条汉子。谁叫你是个穷鬼？穷就处处受气。运生把含在嘴里的半截纸烟连痰吐到地上，打算去买船票。他记得八点有一班去安庆的小轮。果然是这样，票不紧张。买了票，又到江边去看水。日头才升出，好大好圆，红得像猪血一般。江水如泥汤，黄黄稠稠的，今年这狗日的水好野。不一会儿喇叭就通知旅客上船。运生把票捏在手上，过去排队了。验过票，人就急急地往船上跑，想赶紧占个好点的座位。这小轮没有对号入座的规矩。运生跑得极飞，在二层靠近左前方的座位上落下。刚喘过气，就听见身后有人喊：“运生哥。”

运生一听喉咙就知道是哪个。他站起来转过身去，立刻觉得眼前扯过一面彩旗。这松茂家堂客委实晓得穿着，连衣裙不选红不挑绿，偏相中了这淡淡的雪青色，便衬着整个的身坯苗苗条条，面相也嫩生了许多，白是白黑是黑。哪个猜得出她生过两胎呢？城里的老姑娘怕也不都比得过她。

“运生哥，去安庆?”

“嗯。你呢?”

“也是。你去跑生意吧?”

“我能跑么子生意？去耍耍。老蹲家里，闷。”

巧凤就笑了一下。

两人正说着话，船便嘟嘟嘟地开了。见巧凤没个落座，运生就说：“你坐我的位吧。”转身一看，才发现位子上已坐了个戴着大黑眼镜的小分头。原先搁在位子上的帆布挎包已被塞到座位下面。运生拾起挎包，用手敲敲小分头的胳膊说：“同志，这是我的位子。”小分头仰脸看看运生，又把脸磨到一边，说：“你的位子？这上面可写了你名字?”运生就来了火，说：“你别发横。这本来就是我的位子，你问问边上人!”但是边上人并不证明，只说算了算了。小分头就更坦然，悠悠地吸着烟，又说："你说是你的位子，你喊应了它我就起来。"边上就有人笑了。运生的脸涨得通红，正想把小分头提起来，可是巧凤的手已将他支开。"和这种人讲理不怕脏了舌头？走吧！"就拉着运生离开了。

两人由船头走到船尾，巧凤一直拉着运生的手腕。运生火还未消，颈照僵着。他们走过人前便引起了广泛的注意——"夫妻吵嘴不过夜。"听到有人在身后嘀咕。运生这才感到自己是给巧凤拖着走的，就猛地将她的手抖开。巧凤一惊，回头看了看，脸跟着就浅浅地红了。之后两人站在舷上，不再说话。

巧凤给杨树湾抱走的那天，运生还记得。是苇子出世后一年的冬天，北风刮得好紧。头年办了公社，跟着就吃大食堂，好不热火。只是碗里盛的越来越稀。到了年冬腊月，人便饿得赛狗，能吃的都吃了。杨树湾人作鸟兽散，四处去讨。桃花寨也有些乱了。龙水就发了急，他最见不得挎篮拄拐的花子相。于是连夜撵到县里找杨政委——那时改作杨书记了。杨子东思谋了许久，还是慈心批了条子，拨给了桃花寨两包大米和三百斤山芋干。杨子东再三说不要惊动四邻，又说下不为例。这么一说，龙水就发了虚，便暗地里卡下了一包米，余下的叫食堂派人摸黑拖回了。桃花寨饱了几天肚子，以为过些日子县委还会拨吃的来，感叹着共产的好。但是日子一天天过去，人脸也一天天亮了。后来整个身子都亮了，指头朝腿上一戳立刻就现出浅浅的窝儿，半天不得复原。食堂的大锅砸了，留着碗想出门做那丢人现眼的营生，可是腿竟迈不开了。出不了门，就只好在身边捡着塞嘴。听说背后桃花岭上有菇子，于是纷纷朝岭上爬，像蚕一样。遇到了，就直接用嘴去摘，等饱了肚子才塞到兜里带回家去哄伢鬼。然而一次上去，总得丢下几条尸——毒死的！巧凤的双亲便是这样同一日过去的。那年巧凤四岁。

哑子收养了侄女。但是他也寻不出别的活路，时常急得嗷嗷乱叫。不到一月，哑子就带巧凤去了河西。那河西李家的主人，叫宗祥，祖上是徽州的盐商，自己做银匠。这周围一带，人缘是极好的。荒年头上，宗祥掮着担子四方卖手艺，总能兑些萝卜、山芋回来。头天哑子上门，比画了半天，宗祥才明白了意思。心想一家三口能饷得过日子就不怕多添一只碗，又怜惜那没娘没老子的孤雏，就点了头；觉得可以日后留给儿子松茂做堂客。哑子连磕了三个响头，背着一袋萝卜回了桃花寨。当夜将萝卜煮了让巧凤吃了个饱，自己却下不了牙，避着那黄黄的灯把眼泪鼻涕朝屁股上抹。第二天麻亮，哑子就去敲龙水的门，又比画一阵，哇地哭了。龙水说："也罢，给巧凤寻条活路……"就提着篙子出了门。运生也跟去了。

到了船上，运生见到比自己可能小两岁的巧凤，穿着她家爱结婚时的红袄，小人儿整个地被包裹起来，腰上系着一条白布。运生觉得好玩，就说："细姑，你像新娘子哩!"巧凤两眼汪汪的，不看运生只看哑子大伯。哑子却把头缩到领里，半天叹一口气。运生就又唱了：

新娘子新，坐床汀，
一对奶子，十八斤。

"婊子生的!"龙水骂道，"再嚼舌根老子就一篙子!"

运生吓住了，把头也缩到领里去。

船横来横去，撑得好涩。龙水撑一把就换换手。河面上风呼呼叫，割脸得很。总算拢了岸，龙水扎住船，把巧凤抱下来，又从怀里摸出两根烤熟的红芋塞到她手里，说："细妹，到李家好好蹲。要想你大伯，就站在这场子喊，大哥我过来接……"巧凤就点点头，把红芋递一根给了运生……

那年头苦绝了啊！人死得如吹灯般容易，像粪坑里的蛆！巧凤若不去河西，怕早就失了性命。运生这辈子还不曾见到那般惨相，想起来心酸至极。他趁避风划火点烟的机会看了看她。他看见她头毛被风抖散了。后脑顶上显出一块白白的疤，像条细鱼秧子。巧凤委实活得不轻巧。松茂那狗日的娘心毒手辣，容不得童养媳。一日三骂三日一打。那回是巧凤洗碗打破了一只汤匙，狗日的婆就顺手操起一杆大秤迎脑门劈下来，秤杆一截飞出了门。巧凤的血淌了不下一碗……运生突然觉得，巧凤的脸还肿着并且印了五个粗大的指印。——这是他留下的！我下手太重了。我手都打木了……可我非得这么狠不可！巧凤，你或许不懂。你是堂客，是女人。你不懂。很多事你们都不懂的。他猛地吸了口烟，呛得嗓眼火辣火辣的，想咳，但他忍住了。

“运生哥，苇子可还好？”

“就那样吧。她脾气坏。”

“姑娘家有几个脾气温的？你得海量些。”

“巧凤，我不是早讲过，不要把我和她扯到一堆去。她的事，我不管的。”

“你是她哥呀！”

“我管不了。我连自己都管不了！”

“苇子……心眼也呆。城里人不都是树杪，乡下人也不尽是树根，未必就落不到高枝！”

“巧凤，你何不替她思谋思谋？女人家一起，言语顺些。”

“苇子连我家门槛都不踏，嫌着我呢！”

“她这事……真拖不起！”

“你的事就拖得起？”

“我有么子事？我早就通了。大不了上九华山。”

“只怕你脚软，上不了那山！”

巧凤你好毒的眼！你真是条狐狸！好了，我不说了。我说你不过。你那张嘴好薄。你喉咙好脆。你唱道什么“凤凰头少挑眼一时之讹”。我不晓得讹在哪里。苦尽甜来了，巧凤。松茂能混，夫贵妻荣。这场大水一过，松茂没准儿要窜到县里去当个什么局长呢！那时你巧凤就是正儿八经的城里人了。是局长夫人！唉，死鬼的哑子爹①倒做了一桩好事。巧凤要落在桃花寨，即使不丢性命也不会有这等福分。桃花寨……狗日的！

“运生哥，你……”

“我么子？”

“你昨夜没困足吧？眼好红。”

“我眼一向好红。”

“运生哥……”

你何必老叫我运生哥呢？依雷门的辈分，我得叫你姑。我没这么叫

① 此处指“爷爷”。

过。你小我两岁。我不好叫。我也不愿叫。我不姓雷！我不是雷龙水日出来的！唉，就叫我运生哥吧。我是个生锈的锅（哥）！

雷运生朝前面移了几步。太阳斜照过来，他半个身子红了，另半个身子还塞在阴影里。船嘟嘟嘟地大响着，运生觉得有一只脚照心尖上猛蹬了几下。

十七

太阳敛住最后一线光芒后，天显得极高。这种现象持续不久，团团涌来的暮色便涂满了空间，夜摇摇晃晃地来了。不知从何时起，边达对黄昏产生了一种难以名状的感觉，仿佛是眷恋，又仿佛是胆怯。每到黄昏，他喜欢一个人出门散步。这时候他不希望任何人来打扰。

他住的地方是极安静的，不紧挨着市区，也不接近郊区，在靠环城马路边上的一座山坡上。这里原是地委招待所的位置。后来换成了“一号院”——住着书记们和专员们。只能住他们。别人即使迁来也不觉得有多大的好处，仅上班一项就够劳神了，不可能有小车来接送的。一号院有史以来只住本城一号人物。一条曲曲弯弯的柏油马路直达坡顶。顶上是一片极空的场子，庄重地竖立着十几幢小楼。一律两层，尖顶，暗红色。除书记和专员外，党政副职或者相当于副职的干部皆两户平分一幢。楼前有花，楼后是树。整个山坡上覆盖着马尾松，间或有几株石榴和桂花[①]。植被是相当不错的。边达住的这幢楼是他的前任杨子东留下的。共有八间。这比他在省里工作时条件要优越得多。这房子蛮不错。楼前还有一个小院，墙头爬满了青藤。走出院门，便可见到一条麻石条铺成的小径，蜿蜒抵坡下。边达就是沿着这条小路散步的。置身于青青翠翠的植物中，他感受到内在的和谐和暂时的超脱。

很长一个时期以来，边达总觉得有一种软软的疲惫感附在越发变得笨拙的身体上。更恼的是，他发现记忆力衰退得厉害。他每天要安排一定的时间读点杂书，这已成了习惯。然而掩卷之后头脑中几乎是一片空

---

① 即木樨。

白。我可能是老了，他想，这么快，这么明显。我才五十六呀，应该说这个年纪是干事的极盛阶段，而不是开始走下坡路……在黄昏中迅速将自己的历史粗略地翻上一遍，对于他来说，已不是第一回了。他讨厌这种怀旧之情，但又常常“失控”，仿佛是本能地要对过去的脚印发一番感叹。这实在是莫名其妙。

这地方他并不陌生。一九四八年初秋的一个深夜，一个年仅十八岁的大学二年级学生，便是从这里开始，由江南到了江北。他潜在一条商船的舵边，在扎骨的江水中泡了整整一夜。后来他成了人民军队的记者。这个城市回到人民怀抱后，二十岁的他出任《大江报》副总编辑。他本来叫边琼文。一九五二年春天，在声势浩大的“三反、五反”斗争中，《大江报》以头版头条的位置发表了署名边达的调查报告：《红旗下的罪恶》。这篇文章导致了红极一时的地委副书记李永庆的锒铛下狱——人民法院以贪污罪判处李犯二十年徒刑。这件事当时轰动了全省。以后人们常常在《大江报》和省报上看到署名边达的文章。或者说边达的署名吸引着人们。当然并非所有的人都知道边达与边琼文是同一个人。人们只记得边达，猜得出边达即是“鞭挞”。于是边琼文就悄悄消失了。不久，边达晋升为总编辑，发表了许多具有号召力的文章。但是到了一九五七年的秋天，《大江报》又以头版头条的位置发表了评论员文章：《必须彻底批判资产阶级右派分子边达的反动言行》。于是边达也消失了，但不是悄悄地。

这一切都过去了。似乎又是悄悄的。

从重新踏上这块土地的那一刻起，边达就意识到他与这片土地存在着剪不断理还乱的情分。到职的那天晚上，他沿着环城公路静静地走了好久。所有的灯光对他都具有强大的吸引力。仿佛每扇窗口都镶嵌着微笑。他甚至怀疑与自己摩肩而过的行人会出其不意地叫出一声：“老边！”但是没有。

一个在滚铁环的小男孩差点儿撞了他。他问孩子几岁了。孩子仰脸翻了翻眼反问道：“你是谁？”就把他的手从头上拿掉，滚着铁环跑了。这一刻他有了一种失落感。我是谁？应该说我是这座城市、这个拥有八县一市的地区的头脑。让人接受这个事实是极容易的。然而接受不等于承认。承认这个事实就太难了……

难！的确是难！他记得自己的一位老先生曾说过，在中国即使是搬动一张椅子都相当困难。一切都规定好了的牵一发而动全身。边达觉得自己是走在一片无垠的沼泽地上，每移一步都大汗淋淋。他感受到了累。然而又在这总也逃不脱的劳累感中体验到了一种久违的活力，一种内在的平衡。我还行。这就够了。可我怎么又时常想到老了呢？头发白得多了。皮下脂肪越发厚了。记忆力衰退了。生理现象是那样的可怕而又无法抗拒。但是另一个领域却富有弹性，倒可以讨价还价一阵子。

踩完最后一级台阶，他额头有了汗。面前已是万家灯火。这片灯火的尾部贴近长江。江是朦胧的，像一条灰色的绸带系住了这座城市。高高的防洪墙冷静地立着，那上面必定站满了观望水势的人。码头上的灯光极亮，不时传来绵绵的汽笛声。几天前出现日晕的时候，他就在码头上。他送走第一批奔赴 M 大堤各堤段的工作人员，准备驱车返回，突然听见周围的人嗡了起来，才发现天上那十分罕见的景象。他在树阴下停了好久，看来老天爷是要给我来个下马威啰？他觉得好笑。但是这以后他发现自己情绪容易波动。昨天回家，老伴又感叹起女儿的个人问题，说小素已是二十八岁的姑娘了，还是这么单出单入、独往独来。若是平常，他必定会用幽默的口吻将这个话题支应过去，再来点儿安慰。可这回他说："不管她！"声音又短又大，令老伴吃了一惊。老伴身体不好，提前离休了。他上楼去，在书房里踱了几步，然后坐到沙发上想翻翻当天的报纸，不过没看进去。等抽了几口烟，他才觉得听不见自己的呼吸声了。

这场水会大到何种程度？会打破一九五四年的纪录吗？现在还不能预料。但有一点可以肯定：是场灾难。是天灾。有天灾必有人祸。从全区的情况看，内湖和水库不是顶要紧的，关键是确保 M 大堤的安全。这条全长为 196 公里的江堤关乎到三省七县的安全。目前长江水位已越过设防界限，接近警戒水位，这迹象反常。防患于未然，地委的决定是必要的。问题是贯彻落实，会不会有什么偏差？把 M 大堤分作三大段：广济、雷阳和同兴。各成立一个指挥部。要以县里同志为主，他们熟悉情况。看来雷阳堤是个薄弱环节。老宋病了，小白能抓得住吗？派庄雨迟去合适吗？他工作时间不长，可直觉告诉我，这是位精明强干的青年人。

直觉尽管不够严密、缺乏逻辑力量，但充满情感和活力。我是否太轻率了？

夜色浓重了。灌木丛中有蟋蟀在嚯嚯地叫。边达很想再沿这石阶小径走一个来回。今天的黄昏是那样的短暂，像是一鞭子抽过去的……

庄雨迟来了电话，发了一通牢骚。但他干吗要说“给我支枪”呢？罗曼蒂克！其实这种人往往脆弱，比如说我。从投身革命至今，我是几经浮沉，按理该算得上“曾经沧海难为水”吧？而我恰恰在水面前犯了难，竟把火喷到老太婆身上。五十多岁的人都难免浮躁，况三十几岁的人乎？

膀子上停滞着一丝凉意，他觉得。回去了。

似乎是头次发现屋子太大。老伴一个人在看“动物世界”，缩在沙发上像一只枕头。六岁的孙子蹲在一边玩魔方，嘴里含着半片橘子。这孩子明年得走了，回北京上学。前些日子他妈来信谈到这事。这么说明年这幢小楼里只剩下我们一双老家伙啰？还有保姆，她也有五十出头了，话少得可怜。那该多冷清！现在也不热闹嘛。我倒是喜欢安静的，可天天如此还真有点儿受不了。在省城，尽管女儿不在家住，但至少一周能在一起聚聚。女儿性情开朗但又怪癖。她一进大学就嚷着要离开家。当时女儿只是说想图个安静，因为上门来拜访边部长的人太多太多。女儿就住到她母亲单位的一个单间里去了。那原是给她母亲作为临时休息的场所。那屋子边达去过，布置得很活泼也很有味。边达只觉得那尊大卫塑像有点儿突出，但又不好讲。那次房间里面坐着四五个人，是女儿的同学，有男有女，正争论着叔本华。边达推门进去，全体的目光立即集中到他身上，又全体起立——似乎并不情愿。女儿作了介绍，大家就笑笑，招呼一声，接下去是沉默或者他问一句他们答一句。这使边达略显尴尬，他意识到自己在这个空间完全是多余的，一会儿便离开了。他刚走出门屋里又大响起来，一个男同学说：“你爸爸可是‘契卡’？”接下去是一片笑……女儿图的不仅仅是安静。他想，安静是次要的，重要的是自在。这可以理解。不过，他多次提醒过女儿要适可而止。女儿听惯了，便不以为然，甚至还耸耸肩。“这孩子……”他自语道。这孩子怎么呢？成绩不错。分配后工作干得可以说是蛮不错，居然被当做省报的一张小小的王牌！还有什么可埋怨的呢？有人说过女儿不够庄重。这可能是指她交多了男朋友。她交了几个男朋友？细想起来又觉得并不是多，而是少。几乎没有。

荧光屏上出现的是一对梅花鹿在湖边饮水的画面。倒影十分地美。起先看到的是两只影子，很快就融为一体，在随轻泛的涟漪悠悠地抖动……

他坐到老伴边上，老伴却往一边挪了挪。老伴怕闻烟味。他把烟按灭了。

边达突然想到雷阳堤上的两个年轻人都与女儿有过接触。虽然白洛宁以前女儿没提起过他，但“借书”是事实。他们认识，这很简单。庄雨迟，女儿是提起过的，还不止一次。她说庄雨迟这个人很逗，很有色彩，同时又狡猾狡猾的。不过庄雨迟一次也没提到过女儿。那次女儿的电话一开始是他接的。但他没说一句话就把话筒交给了我。他大概以为我不了解他们是熟人。可是，以后女儿就不再提到庄雨迟这三个字了。上次女儿回来，我还说庄雨迟在行署水电局干得不错。她只哦了声，就走了。她第二天一早就离开了家，回单位了。这孩子……

“边书记!”

是秘书长老胡，一位眉清目秀的中年人。边达走出来，顺手给老胡倒了杯凉开水。

老胡从公文包里拿出一份材料，递给书记，说：“这是雷阳堤防汛指挥部的工作方案，刚派人送来的。”

边达浏览了一下，站起来说：“上办公室。”

十八

那天早上运生刚出门，龙水就起来了。雨刚歇，外面爽气得很。龙水到屋后茅厕解了手，出来时瞥到晾在坝下的船，心便动了。好些日子没摸它了，不晓得这家伙脾气可倔。时辰还早，过渡的人不会马上来，苇子也没起身，趁这缝隙不妨溜它一圈。他脸上皱了一下，就到屋里取了撑篙，下河去了。黑狗疤子跟在他的脚后。

船用两根松树棍抵着肚子，屁股对着天。雨淋了一夜，亮晶晶的。

龙水蹲下来用肩扛着船帮，将船翻过来，然后顺着坡的斜势又用肩顶它下水。湿的河滩上犁出两道深痕，疤子点着步子在中间晃晃地走。龙水觉得力失了许多，以前他拖这条船比屙尿还麻利，如今却累得赛牛，气又短又粗。

“是该进土了……”他叹道。

但是一迈上船他就相信自己离进土还远！船悠悠地晃着，像堂客的怀那么酥软的感觉便游遍了全身。龙水故意摆了几下，船便晃得厉害，立在船头的疤子直打转，喉管里噢噢乱响。

“你这孬种！”龙水咧着嘴笑了，就一点篙子将船拨离了岸。河水清澈如玉。他不想往对岸撑。他喜欢迎着上水撑。每撑一下骨节就发出几响嘎吧声，这实在过瘾。不过丢久了，这么撑涩得凶，船脚走得极乱。龙水用腋窝夹住篙子，照着手掌呸了口水，用劲一搓。突然他怔了一下。他看到手掌上尽是血，还腥腥的。这是昨夜打蚊子的结果。蚊烟充了假，不中用。狗日的蚊子！他骂了声。这都是老子的血！他没想到自己的血也这么腥……

广西佬团长的血比羊血还腥还膻。龙水没料到自己敢杀了那胖家伙。队伍开到江西，说是要进山去剿匪。一天夜里，团长领着他去一家酒店。酒家是个瘦老头，姓丁。老头有个女儿，不过二八的年纪，长相不及玉枝。队伍一扎下，团长就瞟上了丁家闺女。天天来喝酒，夜夜困不安稳。今夜是憋不住了。敲开门，丁老头双腿就中风似的抖，二话不说，“扑通”跪下了。团长很不好意思，把老头扶起来，同他面对面地坐着，又把一袋袁大头放在桌上。团长说他虽有三十六七，但还是个童子之身，从未沾过荤。团长要明媒正娶，等剿完匪就回来行大礼。龙水在门外站岗，听了这话就在心里骂团长是狗日的。屋里乱起来，团长说老头你可不要敬酒不吃吃罚酒，接着“啪”地把左轮子放到桌上。老头又哭又磕头，那闺女用力抵着房门噢噢地哼，不敢大叫。团长叫老头出去，老头就战战地出来了，坐在门槛上用头撞墙，呜呜地哭。龙水见了，心酸酸的，瞪着眼去看头顶上昏昏的月。突然屋里传来一声尖叫：“爹呀——”老头便昏倒了。龙水拔枪蹬开门，大喊道：“狗日的出来！”团长便慢慢地从姑娘房里走了出来，只穿着一条裤衩。龙水蹬开步，用盒子炮比着团长的脑壳。团长扬扬眉毛，说你小子不想活了？说着就朝桌子一扑来抓左轮子，龙水眼一闭就开了火，立刻觉得有一股又腥又膻的热烘烘的东西喷到自己脸上，用袖子一抹，知道是广西佬的血。这一枪开得好准，团长的脑壳掀掉小半边，一只像鸡蛋似的眼珠滚到耳朵上，血筋还未断。团长的脑浆晃出来，像拌了辣椒的没成型的豆腐。丁家父女吓得缩在门后直哆嗦。龙水也吓住了。这是他头回开火打活人。他想吐，背过身去打了几个干嗝。他抓过团长的钱和枪撒腿就跑。

疤子现在立稳了，将尾子夹在后腿间盘坐着，侧转脑袋用不再慌乱的眼珠子去看老人活动着的手。老人把手浸在活水里，搓了又搓，送到鼻子下面嗅嗅，还是腥。

“操他八百代祖宗！”

骂过就将横在喉管好久的痰呸到水里，很快有几尾鱼秧子来争夺。老人又撑了一把篙子，船蹿了一下。

老子得赶紧跑！丁老头把闺女牵到我手里，求我带她一起走。我抖脱了。跑几步又折回头，把袁大头匀出一些。我说：“你们也跑吧！”老子两腿打软脚板都扒不住地皮。一出镇子就听到屁股后头响了枪……

走了三天三夜。第三日夜里过了江。摸回寨子里鸡啼头遍了，风好紧。狗都困死了。孙家院子黑漆漆的，像口棺材。爬上树就冷，冷得恨不得去钻牛×！吊到墙上，先把炮子顶上膛。狗杂种你莫想活到天亮了！你以为老子会做鬼，老子要你先见阎王！玉枝是老子的！我要先找玉枝。要是狗杂种在她床上，老子就先割下他的卵子去喂狗！我敲了玉枝的窗，仄着喉咙轻叫：

“玉枝，玉枝……”

“哪……哪个……”

“我，龙水。我是龙水！”

“啊！”

“莫叫！”

“哦……你是人……还是鬼……”

“是人。你男人。”

窗子开了，跳进去就一把将她拢到怀里，上下摸一遍，天哪，人瘦了一圈，奶子都瘪了！玉枝埋到我怀里呜呜地哭，咬我的肩膀。我晓得玉枝为我吃了不少苦头。我一走，狗杂种又来占她，她不从，狗杂种就设百法来磨她。我可怜的心哪！

我要除了狗杂种，玉枝却不许，她怕事情会捅大。她说跑，跑到安庆去找原来的戏班子。我说怎么跑也跑不出那狗杂种的手心。她说跑不脱就死，一起死。我不情愿！老子就要同狗杂种较个高低，有他无我有我无他。老子有盒子炮！

也算对得住那狗杂种了，给他留了整尸。是在这儿下水的吧？那家伙背着磨盘沉了底。听说三天后用网罩上来，肿得像猪尿脬。两片耳朵叫鳖啃残了。麻子扎匠至今记得，说好惨哪好惨！老子要是动盒子炮呢？那才叫惨哩！老子怕腥。老子一脚把狗杂种踹到水里，水翻了一下就平稳了。雷阳闹哄了，县里也惊了，说老子是共产党，是朱毛。老子就跑，领着玉枝跑，跑过江。玉枝一整天眼珠子不见转。过了江她竟落了泪。老子火了。

“哭么子?!”

“你……手好毒!”

“是狗杂种先毒的!”

“他并不想谋死你……”

“占你就是杀我!”

“都，都怪我……你让我死吧！天哪——”

“玉枝!”

我抱住她，她像大鱼一样摆。过了好久，天黑了。她不再哭。她说她怕。其实老子的心也悬在喉咙口上。她猛地跪到我面前，说：

“把枪丢掉！两支都丢!”

“好，我丢。”

“洗手！用沙搓着洗！你快洗!”

“我洗，我洗!”

……

这手……呸！操他八百代祖宗！唉，还不都是为了得个实心实意的堂客？玉枝跟我是吞了秤砣的，是天意！可怜，产下苇子她就撒手了。

她淌了血，好多好多……

龙水陡然觉得头重脚轻，险些栽倒。船剧烈地晃了几下，疤子吓得身子一直又一下趴倒。龙水慢慢坐下来，把头埋到裤裆间，闭着眼。他睁开眼时天大白了，东边已现了红晕。他想，该回去了。苇子还要摆渡，一天多少能进几张小票子。还亏了这船，他想，要不哪能常喝到酒？怕有个把月没端盅子了，心口痛着呢！运生那瓶么子大曲好大的香气，不启塞子还那么的浓。留着吧，留到七月初八，满七十二了。唉，这日子越过越摸不着底，形势风风雨雨的。土改分田，合作化又收，如今又分，可还再收？前几年到处捉做生意的，如今非但不捉，还登报宣传广播表扬。都跑买卖田作何排场？未必会兴鸦片？管他妈的！这船总是顺风顺水的，撑了几十年，从国民党撑到共产党，都过来了。亏了没在这里架桥。当初运生这小杂种还起劲得很呢！一听桥不架了就写状子往地区告，往省里告！小杂种你可晓得这雷水几深几浅哪？这条水淌了几多年？怕有几百年。说不定有几千年。它通江。江有几多寿它就有几多寿。这是条活命的水，没干过。鱼虾老鳖都蹲在里头，还有螃蟹。那蟹可真是鲜嫩。五〇年杨政委来领导土改，是我下河摸蟹让他尝鲜的，蟹黄有鸡蛋黄大。杨政委怕也近花甲子了。那会子他可标致，能说会道，枪也开得准。镇压陈家镇的陈胖子，就是他开的火。陈胖子人缘好，当兵的下不了手。杨政委自己就亲自来，站到老远的地方，端起枪瞄都不瞄地开了，掀掉了陈胖子半个脑壳，和广西佬团长一个样。杨政委刁伶，远远地嗅不到腥又显了本事。可是第二年政府又替陈胖子平了反，说他曾经掩护过八路，还为共产党跑过交通。陈胖子就做了烈士。杨政委也做了书记。到了“文革”，这笔账又算到杨书记头上了。一揭发，他倒成了地主分子，被学生伢挂牌子戴高帽子游大街，还打残了腿，下了大狱。以后又是平反，杨书记还是杨书记，要往省里调，五品升到了三品。这世道好奇巧，一时风一时雨一时晴一时阴，可有个完？

船调了头。龙水手下放松了些，让船顺水淌。他脑壳生病，太阳穴神神地蹦。这一早上想的事太多了，好像又重新活了一回。活得好累呀！

那船如一片柳叶在阔阔的河面上漂着，忽明忽暗。

十九

雷阳堤防汛指挥部的第一次会议是夜里举行的。县里派来的人员白天到了，有七名。这样连同庄雨迟在内，共有十人在指挥部工作。为了不妨碍当地党委政府安排内圩排涝保丰的正常工作秩序，白洛宁决定不随便抽调区乡干部。只将雷阳镇镇长李松茂留下，以便协调镇机关及有关镇直单位与指挥部的一些事务性工作。县官不如现管，白洛宁的考虑是周密的。他最担心的是不能确立权威性。权不等于威，有权不等于有威，权大不等于威大。

这次会议除正式建立组织联系与指挥系统外，还着重分析了目前的天气形势和江水、内圩、水库的情况。工程师庄雨迟就雷阳堤历史和现状作了全面介绍，认为正面抵抗江水的同时要警惕内水。因为今年的降雨量集中在长江中下游地区，这样势必导致内湖和水库的恶性上溺甚至山洪暴发。如果雷阳堤处于内外夹击的境地，溃口的可能性就不能排除。一九五四年的情形就是如此，这是值得注意的。他要求从现在起，各堤段每天必须向指挥部作三次水情通报，同时对水库、涵闸等设施作细致的检查。至于江堤，目前要加强的是日夜巡逻监视，暂不增加民工。这一点，与白洛宁的指示有分歧，因此他作了解释。他说这样有利于安定民心，这是极要紧的；人心一乱就前功尽弃。“失败往往源于此。”他以这句话结束了发言。白洛宁表示同意。

会议一直开到十一时才散。

白洛宁洗好澡，觉得几天来淤积的疲劳褪去了不少。窗外繁星满天，轻风不时拂过，很惬意。他看见对面庄雨迟的房间里还亮着灯，就趿着拖鞋捧着茶杯过去了。门虚掩着，庄雨迟正在看随身带来的万分之一“雷阳堤地形图”。白洛宁没进去，站在门口。庄雨迟穿着一件老头衫，背上破了两个拇指大的洞。这个背影使白洛宁仿佛又回到了插队的年代。那段悲哀的历史他似乎淡漠了，然而又恰恰是它给自己带来了痛苦后的欢乐。每次干部考核，他对这段历史的阐释是详细而有分寸的。于是他一直是被当做从基层上来的或者有过在基层工作经历的干部使用。不需要“补课”或者“镀金”。这显然加快了进取的节奏。组织部之所以把县委副书记作为安排白洛宁的职务之一，就得助于他的这段历史。据说考察材料上有这样的表述：白洛宁同志熟悉基层工作，具有较好的素质，云云。这倒蛮富有辩证法。白洛宁仿佛第一次觉出了那段历史悲哀掩盖下的光荣。他珍惜它，但是又容易忘却它。过去了的东西沉淀在记忆的深层，只有到了需要的时候才会泛起。他不知道庄雨迟也是这样的。庄雨迟来的那天，一路上久违的景致似乎未能勾起他的回忆。他的表情十分平淡。庄雨迟看上去还是那副一切都无所谓的样子，还是那么随随便便。这印象让白洛宁感到极不踏实。他担心庄雨迟能否胜任这次工作。现在看来自己有点儿多虑。庄雨迟的干练令他暗暗吃惊。他甚至从庄雨迟的老练中悟出了自己的浅薄。刚才的会议，最吸引人或者最宁静的时刻是庄雨迟的发言，这极明显。这个指挥部的头脑是我，但中枢神经是他。我是司令，他是参谋长。司令往往被大家形容为草包而参谋长却比作是智多星。刘备和诸葛亮。胡传魁和刁德一。他笑了。笑过又觉得有点儿恍惚，但是历史的丰碑上刻下的往往是华盛顿、拿破仑、列宁和毛泽东们，他们全是首脑而不是中枢神经，这是连历史本身也供认不讳的。白洛宁在一瞬间为心脏寻到了一个支点，他又笑了一下。他埋头喝水时听到庄雨迟的叹息。

“还没洗澡？”白洛宁进了门，“早点歇着吧。”

庄雨迟把红蓝铅笔架在耳轮上，扔给白洛宁一支烟，自己也换了支。“他妈的没劲透了！”他说。

“雨迟，”白洛宁抽了口烟说，“你一来，我踏实多了。”

“我顶个屁。你可别把宝押在我身上。”

“明天怎么安排？是不是去堤上走走？”

“随便吧，你是指挥长。”

“你别来这套。在这方面，我几乎可以说是目不识丁。”

“我看你蛮有魄力嘛！手一挥，千军万马就动将起来了。”

两人笑起来。白洛宁五指叉开理了理湿头发。他在回味庄雨迟刚才那句话。他记得在大学时曾与同学讨论过职业的乐趣。他直言不讳地宣布他崇尚政治，而他的对手们不约而同地歪在文学家一边。他们把文学看得比上帝还神圣，尽管他们也承认“一首诗轰不跑孙传芳，一炮就把孙传芳轰走了”。他们坚信能征服人类心灵的，唯有文学。面对这种浪漫无边的激情，白洛宁最后保持了缄默。多么幼稚！他想，由幼稚导致了不自觉的狭隘和盲目的乐观。历史是政治家生命的记录。列宁在一夜之间把沙俄改变成苏维埃，使人类走向新的阶段。希特勒却在一夜之间把半个地球烧焦。政治是英雄和奸雄的赌博。然而是伟大的。据说一九四九年十月一日，毛泽东在天安门城楼亲自升起第一面五星红旗后，背过身去用手捂住了面孔，滚烫的泪水渗出了他的指缝——这是怎样的心潮?！白洛宁发现这一刻自己的心情也稍稍激动了。他想等这场大水完全被击溃后，站在雷阳堤上，眺望眼底东去的大江，他的泪水也会一涌而出的……

他侧过脸来看庄雨迟。工程师抱着双膝坐着，正专心致志地用中指插在趾丫间使劲旋转，不时牙缝里发出“嘻嘻”声，一脸舒服无比的样子。白洛宁笑了，起身说：“时候不早了，快洗澡吧。”

庄雨迟嗯嗯，继续抠他的趾丫。

这个举动提醒了庄雨迟。好自在，他边抠边想，自在得像条鱼。我好久没这么自在过了。他又续上一支烟，把毛巾搭在肩上，提着衣服要去江边洗澡。他出门时月亮正悬在头顶上。是弯残月，于乱云间穿行。地上朦胧一片，像落了层薄霜。这时候镇上的人差不多都睡了，街上极空荡，有两只大狗在梧桐树影下闲逛，分不清颜色也分不清性别，看样子是夫妻。庄雨迟趿着拖鞋吧嗒吧嗒地走着，微蓝的灯光把他的身影拉得又细又长。他漫不经心地走，很想打一声口哨。在电话里与边达发了一通牢骚后，他觉得心绪已稍稍调整好了。他等待着日子一天天地过去。他估计熬过一个月或者四十天就差不多了。下回就是枪毙老子也不会来了，这狗日的地方！

江堤上隔老长一截有一盏马灯，光黄黄的。有三三两两的人在堤上乘凉，用芭蕉扇拍打蚊虫又对着灰灰的江面指指划划。月亮浸在江心，连接着窄窄一条银亮的光带，随波浪作悠悠的颤抖，好诱人。庄雨迟选了一段暗淡并且少人的地方，活动了几下肢体，然后脱衣，挂在一棵柳树丫上，滑下了水。水有些凉，开始几分钟他感到肌肉绷得极紧，皮肤还有点儿麻。不过很快就适应了。他挥动大臂划了几下，发现裤衩很碍事，就在水里把它扒了，扔到堤上去。这以后他就觉得自己是躺在一块极大的缎子上翻滚，畅快无比。这样的洗澡已是好多年没有过的了。桃花寨的汉子下水洗澡从来都是一丝不挂的。他们总是黄昏下水。其时堂客奶奶们正排在埠头上淘米洗菜。汉子们下水时她们自觉地把头往怀里埋。扑通扑通大响过后，她们头便仰起，与汉子们调笑。汉子们遇到兴致好的时候，会一个猛子钻到埠头跟前去吓堂客一跳，再等堂客咒几句过后抛过来一截藕或者一根萝卜。忙过“双抢”，堂客们就立在埠头上与水里的汉子对歌，调子是极动听的。堂客唱：

么子水面三分白？
么子水面一点红？
么子水面倒悬挂？
么子水面金包龙？

汉子就答：

菱角开花三分白；
荷花出水一点红；
风吹荷叶倒悬挂；
莲蓬结子金包龙。

堂客性情一经撩起，胆子越发大了，就唱：

么子大姐三分白？
么子大姐一点红？
么子大姐倒悬挂？
么子大姐金包龙？

汉子照答不误：

脸搽水粉三分白；

口点胭脂一点红；
一对奶子倒悬挂；
红罗帐内金包龙。

唱毕就猛扎到水里，如躲闪不及光腚上必中了堂客砸过来的一把烂泥。

这情景宛如水中的月在庄雨迟眼前晃动着。他开始游仰泳——其实只作仰状，并不游，随微微的波浪推动。月光下他浮出水面的身体似一条大鲢子，极白。好舒服哦。那时就是这么舒服。白天的疲劳经水一泡就全化尽了。雷水好清好暖。汉子们游动起来便可见到浸在水里的下身有一截浅浅的白。水里的身体总比露出水面的身体更具诱惑力。是力的美化。奇怪的是我穿着三角裤混在他们中间反倒不自然。那红红的裤衩仿佛在提醒女人们的注意。“脱了吧！”运生说，“哪个在乎你那半斤肉？”于是就脱。但我总是躲在芦苇窝里脱，一射到水里便游得老远……

我干吗要游得老远呢？

天暗了。月亮几分钟后才颤巍巍地走出浮云。庄雨迟将身体竖直，踩了几把水，然后用自由式往回游。他的胸脯感觉到了浪，好似一只妇人的手在抚摩。那手有节奏地敲着他的肋排，发出极遥远极苍老的声响。他挥动大臂用肩撞开浪脊。爬上岸，竟大气吁吁。

月亮像只刺猬正默默地注视着这灰灰的夜。

二十

一连几夜李松茂没有困上好觉。直到现在，他才安稳些。昨天夜里白洛宁在会上宣布，整个雷阳区委和镇委只抽他李松茂到指挥部上班。白洛宁事先没同他通气，很突然。这很说明问题。白书记如此决定当然是经过周密考虑的。据说指挥部的事情一律要报地委备案，直送地委书记边达。李松茂不认识边达，但关于边达的情况他却掌握很多。他知道边达当过省委宣传部的副部长，曾担任《大江报》总编。他还知道经常在省报上发表文章的边小素是边达的女儿。听白洛宁说，边达这次亲自抓 M 大堤的防汛工作，会轮流到几个堤段检查。自然要来雷阳堤的。这就是说，这回地、县负责同志都在场了。这情形以往是极少有的。上级领导以往只来这儿打一转子，充其量是吃顿饭，就走了。去年秋天朱副省长来过，检查乡镇企业发展情况，是李松茂出面接待的。那时正值螃蟹上市，席上自然少不了这道菜。朱副省长边吃边叫好，认为是可以出口创汇的。临走，秘书拉他同朱副省长合了影，连拍三张。但是相片至今没寄来。大约过了二十来天，镇上有车进省，李松茂便托司机捎五斤螃蟹给朱副省长，还写了一封除了问好便没有其他内容的信。可是不巧，朱副省长到北京开会去了，螃蟹和信送到了他家里，以后就没个回话了。李松茂并没有多大的想不开。这大的省，像他这等的干部多如牛毛，省长何以都记得？就是这小小雷阳镇，他识得的人怕也是少数。不过那五斤螃蟹填得毫无意义，票子撂到水里响都不响。蟹虽来得便宜，但自己多少得往外掏点，还欠了一份人情。

看来感情是靠培养的。什么感情都靠培养。当初与巧凤圆房，巧凤一连三夜用麻绳系裤子，里外三道。后来不还是从了！第二年便开怀生养。第三年又下一胎。虽然以前为白洛宁，夫妻间有过一截的冷淡，但夫妻终归是夫妻。白洛宁不也是这样吗？过去的事就过去了。他多少还记得一点我李松茂待他的好吧？不是一年两年，前后达四五年呢！我姓李的待人处事凭良心。你白洛宁困到三更头上摸摸心口，我可作践过你？巧凤那事你要谅解。我那天喝了酒。不信可以去问老王胡子。我真是喝了酒。当然啰，你白书记还不错，记得我们五年工夫培养的感情。这倒真该好好谢谢这场天灾，叫坏事变成了好事，符合马列。

李松茂本想睡到九十点钟，又怕这么做影响不好，就按正常时间起床了。床板邦硬，远不及家里的棕绷舒服。他还是上个星期六回家的。自他到镇上任职，一般是星期六回来星期一走。若耽误了，巧凤免不了要敲一句："哪只野狐狸勾了你？"不过这么说说，他倒觉得心下好稳。这几年日子好得麻利，巧凤的水色竟比做姑娘时还撩拨人。虽说村里村外听不到巧凤半句碎话，但松茂总还存着几分戒心。那个秋夜的场面他忘不了。天晓得她同小白可有些名堂呢？这是天知地知的事情。一想到这点，松茂便背过身去叹一口气。好在小白离开了杨树湾，总算了却了一桩心事。李松茂回到家，打算把德荣给的牡丹烟拿去支应朱半仙。板凳还没坐热，镇里就派人传话来，说县里白书记马上到。他想也不想便随来人出了门，遇到刚下河沿洗衣的巧凤，就作了几句解释。他只说县里来了人，等着汇报工作。

“我就不往回赶了。明天若没别的安排，再回来。”

“你不回来碍我么事？死到镇上才好呢！”

她这张嘴呀！李松茂笑了笑，梳洗好就去厨房吃早饭。刚走到楼梯口便听见一声：“李镇长。”

是本村的德荣，姓吴。他长松茂两岁，看上去觉得比松茂小。圆脸盘上盛着一脸的憨肉，两眼细眯眯的，很是和善。李松茂是他的入党介绍人，推荐他当过许多代表。德荣家里一扇正壁几乎挂满不同式样与不同规格的奖状。他还毁掉过一些。他头回得奖是他十八岁那年，举国上下掀起“活学活用毛主席著作”的高潮。他因为背诵两百零六条最高指示并且把一枚碗底大的领袖像章扎过奶头，受到了县里的表彰，命名为“积极分子”，赴四方传经送宝，一时传为佳话。不过如今瞧得起他的人就少了。通杨树湾的男人混得最没起色的便是他吴德荣，虽然他照样能当些代表。他没做过一回屋。现在的家是从作古的娘老子手里接过的。不过憨人有憨福，堂客翠娥虽相貌不算突出，贤惠却是一流。两口子拖着两女一男，日子过得清苦倒也还和顺，从未红过脸。李松茂当了镇长，原先打算把巧凤弄到镇机关食堂做合同工，可是一来怕这么做影响威信，二来巧凤又看不上眼，就把这份好处转让给了翠娥。德荣自然感激不尽。

“是德荣哪，几时来的？”松茂就腾出一只手摆过去给德荣握了。

德荣递上烟。还是余下的牡丹牌。他自己抽起“九华山”。“刚来刚来，”德荣说，“巧凤下安庆了……”

“几时？”

“昨日一早。她叫我带个口信给你，说是去整牙齿，两天就回头。”

“镇上不是有整牙的嘛！”

“我也这么讲了，她说信不过，就走了。叫你抽空家去看看。”

“唉，这个人……现在我抽在县指挥部抓防汛，哪有工夫回去看家呢？”

“抽到县里？怕是又要升吧，镇长？”

“临时的临时的。德荣你可莫乱宣传。好好，我得去吃早饭，碗一撂就得去指挥部，忙着哩！你可吃早饭了？”

“吃了来的。”

“可见到翠娥了？走，到食堂再添点。翠娥手艺还真不孬，时常翻些花样，比巧凤会搞。”

德荣就又憨憨地笑了，随镇长下了楼。镇机关只有一面楼，三层；两边是平房，食堂在右边。食堂不大，连同几家单位搭伙的不过二十人上下。两个炊事员，翠娥负责操作，另一个管采购与账目。两人一到，翠娥便端来一碗粥和两个花卷，一个碟子里拼着萝卜干、雪里红和花生米，小磨麻油淋在上头暗暗地亮着。

“翠娥，给德荣来一份。账记我头上。”

“不用不用，我吃过来的。”

“添一点就是。翠娥，你拿来。”

翠娥就照样端来一份，把筷子递到德荣手上，说：“你总是捡吃饭的时辰来！吃吧，账记我头上的。”

德荣看看堂客，咧了咧嘴，很有些不好意思。掐灭半截烟架到耳轮上。堂客站在边上他就一时下不了筷子。等堂客转背去收别人的碗筷，他便端起粥来喝，喉咙赛过车水响。

这场面李松茂见了竟生出几分羡慕。他慢慢地喝着粥，盘算着巧凤明天或者后天要回来。无论如何得回去一趟了。

下安庆整牙？整个上午李松茂都在想这事。巧凤牙有毛病他这个做丈夫的还是头回听说。她那一嘴牙生得好好的怎么就陡地犯了毛病呢？并且还非得下安庆不行。他越想越觉得蹊跷，一个人在院子里盘了好几圈。

“老李，”白洛宁在楼上喊，“你来一下。”

看到白洛宁的脸在窗口晃动的一刹那，李松茂似开了点窍。会不会还是那桩事呢？他想。那会儿公社组织宣传队，排《沙家浜》，说是要挑巧凤扮阿庆嫂。巧凤就好高兴，生鸡蛋喝掉有一小篮子，认为能养喉咙。可是后来起了变化，导演小白思来想去还是把巧凤除了。巧凤当场就翻脸，撵到小白屋里说：“小白你是拿我当猴耍还是当球踢？”小白怪不好意思，几次嘴唇翕翕想解释，终未启齿。不过巧凤是个爽快人，上昼与人红脸下昼便与人说话，这德行雷水两岸的人都晓得。雷运生打过她，没过几天工夫她就主动喊了“运生哥”，弄得对方脸不知往哪里搁，她却好坦然。排戏选角的事一风吹过，巧凤便不多想。只是看过演出心下还有些不服，说扮阿庆嫂的演员脸扁赛一面锣，喉咙发黏音窄得很。“小白，”她说，“未必我就是糊不上壁的烂泥巴？”“不是因为别的，”小白说，“主要是……”他指指她的嘴。“我喉咙孬？”她高叫道。那意思似乎是让小白好好听听她的嗓子质量如何。小白摆摆手，说不是不是，蹭了半天，终于交了底，说：“巧凤姐，主要是你那颗金牙碍事。”小白说台上灯光强烈，照得金牙闪闪发光，这会有损英雄形象的。于是巧凤就回家去用电棒打着金牙照镜子，果然那颗牙奇亮无比，使镜里本该是端端正正粉扑扑的脸盘横生了几分妖气，连她自己也吃了一惊。做丈夫的却很高兴。本来他就反对小白挑堂客去抛头露面，碍着堂客火性子，便不好拦。没料到那颗金牙帮了忙。后来堂客提出要下安庆把金牙换掉，他就一副生气的样子，并不理会。他怕堂客还存着唱戏的心。不过渐渐地也觉出那金牙含在堂客嘴里的扎眼来。那金牙还是结婚时下安庆镶的，好费手脚，当时的情况是谁见了都道一声好。丈夫心里做了权衡，还是装了马虎，且私下与小白通了气，此后见巧凤莫再提牙。不久上面号召不仅要抓革命而且要促生产，公社宣传队便散了伙。巧凤整牙的事也如同水写的字，干了就没影了。

她怎么又想起了呢？这女人哪！现在正是节骨眼上你还来分我的心？为了颗牙专门下一趟安庆也不合算嘛！我何时嫌弃那牙了？

李松茂踩完楼梯，抬头见到了白洛宁的背影，便把脑子清了。可又隐隐觉得，巧凤整牙的事似乎与白洛宁有关。白洛宁来雷阳好几日了，杨树湾不会不晓得。白洛宁前天上午还与庄工程师出去了一趟，是走杨树湾那条路的。我家的门正对着路，会不会遇到巧凤？会不会又提到那牙？要是这样那说明什么问题呢？

我明天就回去。

二十一

知了仍是紧一阵慢一阵地叫着。宋尚志觉得脑子里震动着一根生锈了的粗弦，嗡嗡哑哑的，好不心烦意乱。前几天他来医院检查，肝功能、B超都做过。护士替他抽血的时候，他心下竟起了慌张。望着酱红色的血液吸入针管，他想自己是真的旧病复发了。而肝区的疼也明显起来。但是结果都令人满意。刚才院长亲自将检验单送来，看他满面春风的样子，宋尚志便知道自己肝脏无异常。可是肝区怎么还疼呢？虽不剧烈但总还是个症状哪！或许这小县的医疗水平有限，不易查出。那么也就是说需要转院。转院？这个词还真叫人有点毛骨悚然。

“宋书记，放心吧。”院长说，“要相信科学。”

院长是五十年代末期的医学院毕业生，专攻胸内科的主治医师，在省内小有名气。按理，这点小症结是查得出的。问题是肝区在疼，这个事实该怎么解释呢？宋尚志脸上放松了，但手又压上了肝区。他没吱声。

院长有了一瞬的尴尬，就说：“宋书记，您看是不是先住下观察一个时期？”

“行。”宋尚志说，“其实也是多此一举。不过作为病人，我服从医生。”

于是他被安置到绿阴下一排平房中的一间里。这是县里的“高干病房”，一律单间，还配有彩电。平房外面是一个院子，花圃修理得极好。树阴下有石桌与石凳，桌上置有棋具。中间有阅览室。这也是个疗养的环境。

宋尚志住下后的第一件事，是通知办公室主任及时把他的情况告诉地委书记边达。“你告诉边书记，我住院了。目前正在按医生的要求进行观察，综合分析。如果没什么了不起的事，我就出院。”他说。他又指出关于全县防汛情况尤其是雷阳堤的情况必须每天向他汇报一次。

现在，他浑身放松了些。他在走廊上徘徊着，举目寻找树上的知了。搞“四清”的时候，小组的一个老侉天天去网知了，然后用油炸着吃，说滋补得很。他当然不敢去尝。他的口味极单调，山珍海味他多少也尝过一点，但绝对刺激不起胃液。那海参与猪肉皮味道差不多，而对虾远不及河虾的鲜。他也不好野味。不久前武装部长进山打到一只山鸡，邀他去吃，他也觉不出美在哪里。“我恐怕生来就是个穷命哪，”他说，“有个青菜萝卜就够了。”这一说，倒弄得席上人面面相觑。……知了自然是寻不到的，这棵槐树的冠不小，阴了大半个院子。那一大团绿在知了的叫声中飘动。宋尚志想起自己的故里屋前也有一棵老槐，是他祖父手上栽的。父亲没有在下面乘凉却从它身上锯了两枝粗丫，替自己的女人钉了口棺材。母亲是六〇年春天饿死的。死了却不敢早早往外抬，好多领上一份糠粑，托人带给在城里念师范的儿子。宋尚志放暑假回家母亲已下土三个月。他跪在母亲坟头前面整整一天不吃不喝，泪流干了，嗓子撕出了血。这情景他终生不会忘却。他想到这里不禁眼圈又红了。他点上烟，默吸着。老娘哪，儿也算对得起你了。宋家祖祖辈辈昏天黑地不成个人形，儿虽成就不了大事，但总还没有给宋门抹黑吧？宋尚志这么想不是头回。有一个时期他试图把以后的日子比较淡泊地过下去，不再关心来自上面的种种传闻。可是不行，他管不住自己，反而越发好奇、敏感起来。这使他极不明白。他觉得自己好似一匹脱了缰的马，一撒开蹄便不易收拢。尽管他无比清楚脚下的这条道是充满坎坷的。

这天下午，县委办公室主任老方来了。老方的年纪与宋尚志相仿，但比他高且瘦，一脸的络腮胡子让人觉得此人很邋遢。老方一进门，宋尚志便把手中的六月六日的《人民日报》塞到枕下。

“电话可挂了？”

“挂了，是边书记亲自接的。”

“他怎么说？”

“没怎么说，叫你安心检查。他还说雷阳堤工作方案已报给他了，还不错的。”

“哦，小白蛮可以嘛！他那边情况怎么样？”

“还正常吧。白书记说有空回来看你。”

宋尚志喝了口水，叫老方把电扇加大一档并且不要摇头。老方按要求做了，然后摸出烟来吸。“佛子岭的，可吸？”他偏过头去问书记。书记说：“来一支吧。多了不行，护士要讲的。”

两人点了烟，想接着谈些什么，却又一时找不到话头。吸了几口，老方把夹烟的手曲着朝边上一摆，五官紧了下说：“我听到个新闻哩！才听到的。”

宋尚志说：“又是老一套，无非是男女的事吧。”

“是老的又是新的。否则还叫什么新闻呢？”老方把衬衫扣子又解开一粒，手朝细颈上摸摸，说："白书记……"

"白书记？"

"白书记差点儿做了地委边书记的驸马爷哩！"

"哦？老方你可莫乱说哟。"

"哪能乱说。我是讲差一点又不是讲真的。白书记同边书记女儿搞过恋爱。我是听省报记者站老马说的。老马和边书记女儿是同事，他儿子又同她是大学同学，这还有错？"老方一脸的骄傲，尖着嘴把烟火吹得红红的。

"怎的没搞成呢？"宋尚志兴致被挑起来，下了床，眼珠子有节奏地亮着。"这是桩好事情嘛！"

"好事多磨嘛！"老方说，"当然现在是谈不上了。不过白书记的老婆也不孬，拍过好几部电视哩！"

宋尚志就点点头。白洛宁爱人他见过，姓郭，是市话剧团的主要演员，人称"小鸽子"。白洛宁到县里这么长时间，她仅来过一回，前后只住了三天。走的时候好像还吵了一架。白洛宁也不常回去。宋尚志还听到过小鸽子的一些闲话。演员嘛，可以理解。这方面他没多少兴趣。但是白洛宁与边达女儿的一段罗曼史，对他却具有很大的吸引力。他很想老方能就此再说几句。老方脸上的骄傲已在褪去，看来他知道的不过如此了。宋尚志说："老方，这事你可别再传了。"

"我就与你讲了。不过这种事未必就再没有人晓得的。其实也算不了什么嘛……"老方说完就离开了。

这么说他白洛宁与边达是老熟人了？这种关系有点不伦不类。在边达的心目中白洛宁究竟占了怎样的位置呢？以前的接触似乎觉不出什么特别来。但这一次有点例外。边达明知他白洛宁不熟悉这方面的情况却那么痛快地同意让白洛宁去主持雷阳堤防汛工作。他在电话里几乎没有反映出半点迟疑。我当时想先试试他的口风，我说"是不是先让小白抓起来呢？""可以嘛！"他态度极明朗。接着是来电话，明说是关心我的身体实际上是批评，意思很明白。现在他又对白洛宁的工作计划表示赞赏……

宋尚志走出了房间。

石桌上的棋具被太阳照得极亮。棋盘上镶着玻璃，棋子是牛角坯子，刀刻的魏碑体，填了金银两彩。宋尚志很喜爱摸它。他用中指与拇指把一粒子细细地捏着，像打麻将摸牌一样。他立刻知道捏着的是一粒“卒”。他很自然地想起那天晚上白洛宁便是用这个实力拿下最后一盘而扳成平局的。不可小看。这年代正是他们走红的时候。前些日子地委组织部来搞过一次小范围的民意测验。因为是“娘家”，所以来人事后把结果漏给了宋尚志一点。得信任票最多的是宋尚志，而其次就是白洛宁，仅少一票！如果白洛宁没有投自己一票的话，那么应该是与宋尚志同票。这个结果使宋尚志大为震惊。他不明白这个连县直机关各部门的主要负责人也认不全的白洛宁怎么会赢得这般的信任。他凭什么呢？凭他做过杨子东的秘书？不。这么理解是片面的。杨子东在这个地区经营达七年之久，但并没有留下什么好的印象。相反，他一走关于他的一些不够体面的事便一一出台了。有人说杨子东肝不够好，考察干部时他隐瞒了，于是进省不久就躺下了，据说有癌变的迹象！最近一个时期他没有公开露面，是不是真的癌上了？这叫报应。边达与杨子东是战友，以前关系是不错的。后来有消息说他们弄僵了，且程度不小。这当然在面子上是绝对看不出来的啰！可是，边达对于杨子东的“遗产”白洛宁怎么如此轻信呢？不错，白洛宁有他的长处。不过这长处只有让上级认可才成其为长处的。群众认可仅仅只能作为参考，民主过后还得集中。下级的斤两如何，上级一称便知道了。这是常识。这个边达，真叫人捉摸不透……

宋尚志觉得头有点儿晕，想走进树阴深处站一会儿。但是他又不想离开面前的棋具。他把每个棋子背过面来挨个摸了一遍，个个都猜得准确。这点小小的刺激对他刚才倾斜的心理起了一点平衡作用。他觉得自己玩棋还是可以的。白洛宁一回来，我得找他杀！平局虽不说是耻辱，但对于他这位沙场老手来说，那也绝算不上光彩。知了叫得弱了，面前的阳光逐渐软了，树阴也扩大开来。看来明天依然是个好天，不会有雨。江水的涨势远没有估计的那么凶。或许今年的汛情不会恶劣，也就是说那天上偶然一瞬的光环也不意味着什么天灾了……这也好嘛！地道战、地雷战或者麻雀战是战不出将军的。星球大战也出不了将军。宋尚志很诧异自己的思路会如此奇怪地发展。他打住了。不过他以为自己那夜的棋的确是失了着，让白洛宁借风过湖，顺手牵羊了。这是值得认真总结的。

他的目光又落到棋盘上，仿佛这才看清那四个篆字：

楚河汉界

二十二

雷阳堤防汛指挥部的建立，给小小雷阳镇带来了不大不小的骚动。本来日晕出现的那天，镇上就很是热闹了一会儿。上辈子饱吃过天灾的苦头，见那花花的光环箍住白日，脸也随之白了几分，就感叹起命运的捣蛋来。这两年日子刚过和顺了些，报应便踩着脚跟来了。有几家准备秋后做屋的，心下就犯了犹豫，决定暂时耽搁一下，看看年成如何。指挥部建立的消息一经传出，自然叫人心雪上加霜。县里书记坐镇，地区派人支援，据说地委书记还要来，这就说明形势的逼人。事情不到严重的时辰，这样的干部是不会涌来更不会久住的。或者说，他们往下一派就必然事情严重。六四年搞“社教”、抓“四清”，就是地委副书记杨子东带队来雷阳抓点的，结果许多人重新划了成分。光杨树湾就划了五个富农。陈家镇的大队会计账目对合不上，吓得连夜跳了江。当时的镇委也换了血。这事情几多严重？总而言之言而总之，今年这堤是有大事情的。五四年堤一决，大水便如旋风般把整个雷阳扫矮了半截，就只剩了个桃花寨。那水果真叫安平塔给镇住了！这迷信实在是无法破除的。于是一连几夜，方方面面就有人腋窝里夹着几刀草纸，去磕拜安平塔了，给摆渡的龙水家捎去了一缕财气。一来一往，五毛。

苇子本是不愿撑篙的。运生走的那夜开始，四方上桃花岭烧香的人就涌来了。苇子好作难。不去搭人一把，德行通不过。大也通不过。大总是讲，人生在世，修的就是个德行。你给人一口水，人会还你一眼井。你阳间给了人好，人阴间也会结草衔环来报你恩的。可是她不喜欢夜里下河，她怕。夜一来，雷水里就像泛满了一河的绿眼珠子，在那昏昏的月下，贼眨着。风裹着软软的鬼气，几多瘆人！幸好还有个疤子陪伴，心下这才松了些。疤子年纪怕也有十岁了。十岁的狗是老狗。老狗么子还这般的不安分呢？一听到寨子里的母狗叫，这畜生便如被人踩了尾子似的一抖……老骚货！苇子觉得一会子好开心，就用脚把它拨翻在舱里。疤子喉咙里拉起锯来，缩在黑暗里，两眼放着绿火，不再乱动。

这会子过渡的人稀了。好静。苇子觉得夜气浸得人身好软，就把篙子扎紧，坐下来，支起下巴拿眼去看头顶上半边的月儿。月依旧是昏昏的，且不时游进薄薄的云里，好似一尾刚收进网底的白鲢。苇子就又记起那天进镇子卖鱼的事。亏了毛狗在边上，那场面才算支应过去。听说李松茂过后又找毛狗刮了一通。这一想，苇子就觉得对不起毛狗，顿生了几分感激。男人就是男人。男人遇到再大的事都能挺得过去。要不姑娘么子非得送去给男人揉？嫁人不就是为了图个踏实？可是偷人呢？偷人图么子，偷人的堂客都有自己的老板，日子没有不踏实的，却偏偏要去做那不踏不实的勾当，图个么子呢？苇子感到两腮起了潮热，心也跳得乱起来。爱就是偷了大的。爱原先的老板票子哗哗响，爱一世也花消不尽。爱么子要偷大这个穷鬼呢？爱喜欢大。爱就是喜欢大。爱图的是个喜欢。喜欢的就得偷！男人女人都要图个喜欢。喜欢的人做夫妻才叫般配。

我喜欢哪个?!

那塔下的香火被风掀得黄黄的像开锅的玉米粥。他就喜欢吃这东西。说好香。给他送去一大碗，他却要作两顿吃。他说粗粮要细吃，才嚼得出味。我就给他做了玉米粑。让他细细地吃。让他嚼出味。头一回我用油煎了，送去他反嫌不好。他说油煎了就失了它的本味。他情愿吃清蒸的，不许掺任何作料。我就照他说的做了。只要合他味就行。他喜欢得不得了，乐得眼镜子都滑到鼻梁下，又说好香哪好香，实在是香。他拿它当早点也当夜宵。夜里看书嘴里就含了半块玉米粑。那样子好惹人笑。哥却叹起气来，说好可怜。下放学生都养得金贵，在城里是绝不吃这种粗粮的，没奈何的事。哥还说等过了两年就找机会把他推荐上去，当工人吃商品粮。哥是菩萨肚肠，我晓得。可是那天夜里我横直是困不着。鸡啼头回我还睁着眼睛。睁着睁着就淌了眼泪。我怕他走。我不想让他走。我不放他走……我晓得我是真的喜欢他了，是真的……

他头回上我的船我就喜欢上他了。那会子我还弄不清可是真的喜欢。

我只觉得他与寨子里所有的小伙子都不同。他穿得也普普通通，但无论么子衣穿到他身上都叫我看得顺眼。城里人就是城里人。学生就是学生。气味就是不同。我喜欢听他讲话。我本不喜欢听广播的，听了他的喉咙我就不再厌广播。起先觉得他讲话好快。听熟了就不以为了。他讲话平和得很，像雷水一样稳稳地淌。他喜欢讲笑话。听了叫人肚子转筋哩！他还会谈古。自他一来，麻子扎匠就自动歇了火。麻哥只晓得谈中国的古，翻来覆去不是周文王就是薛仁贵，要不就是程咬金。他却能谈外国的古。邪得很呢！谈一个人顺着地球跑最后又回到了原来的场子，所以才证明地球是个圆的。谈第一个人冒着死命吃了螃蟹才证明螃蟹可以吃。谈长江不是世界第一大河而是第三大河。第一大河在美国……他肚子里到底装了几多新鲜稀奇的事呀？有一回，听他谈着，我口水都淌出来了，他就哈哈大笑，用手指着我说："苇子傻了啰！"傻就是孬。和他在一起，能不孬吗？我情愿孬。哥说他一笔字写得实在是好。这我不晓得。我想总该是好吧。哥叫我跟他学文化，我动了心但写不拢字。我手太粗了吧，可我又能拿得稳针。我么子就写不拢字呢？我晓得，他心里瞧不起我。我晓得么子就不知趣呢？我早就该离他远远的。我么子就离不开他呀！

疤子腾地立起，喉咙里又开始拉锯。有人来了。苇子顺着撑篙站起来，就见路上晃着一柱雪亮的手电。这大约是最后一班子来烧香的了，她想。很快看清只有一个人影在走。个把人摆一渡好不合算。可又不能不摆。这种时候断了人家情分人家会记你一世的。那影子挺挺地移过来，不等苇子辨出就喊了声："是我，苇子。"

"你来做么子？"

"烧香嘛！"

"你烧香图个么子？"

"图讨个好堂客。"

"嚼蛆！不许你上我的船。"

"船也不许上？又不是床……"

"你这乱咬人的狗！你再咬我就是一篙子……"

"讲着玩的讲着玩的……"

"你到底来做么子?"

"来陪陪你，苇子。"

"我不要你陪。你滚。"

"好好，我不是来陪你的。我陪这河总是可以的吧?"

"你真是条狗。"

"狗有么子不好? 狗最忠实。"

苇子不再回话了。她重新坐到船头上，把赤脚浸到水里。水好凉哪，热辣辣的脚心浸下去像化在水里一样舒服。她没有正眼去看毛狗，但完全能料到毛狗在正眼看她的脸模子。当年那个男人也曾这么看过她……苇子你蛮漂亮。乡下人有几多漂亮? 莫耻我。你是蛮漂亮的，苇子。真的? 当然是真的。那你就多看看吧——那时她想。又仿佛是那回，她才相信自己的脸模子是真的不丑。于是每夜上床，总要关上门照一回镜子，并且把刘海一根根地理齐，把乌亮饱满的发辫抖散又重新结起。她觉得这一切都是为了那双躲在玻璃片后面的眼睛珠子……

"苇子，你想么子?"

"不想么子。"

"我……碍了你吧?"

"你碍我么子? 你是你，我是我。"

"苇子，我是实心地喜欢你的。"

"毛狗……这不可能的。"

"你……心里有人?"

"有了! 毛狗，你莫白费工夫了。我不是嫌你么子。你走吧……"

"苇子……"

"你走。烧香的人要回头了，我得把渡摆过去……"

船便悠悠地离了岸。浸在水里的灰灰蒙蒙的月光随即晃荡起来，像盛了一池芦花。蛤蟆的喉咙大了且变得整齐，调门却始终如一。苇子的身体随篙子起伏着，渐渐被越来越浓的夜气所消融……

此刻，安平塔下的香火正如蝴蝶般随风飘舞着，于是塔的下半截身子仿佛镀了一层金，在灿灿地亮。

二十三

天的颜色一直很纯正。每日的朝霞都是以诗的形式横亘于苍穹。白洛宁在大学时就养成了良好的作息习惯，食有定量寝有定时。有一个时期他被同学们称作少校，佩带老枪的少校。他很满意这个虽然含有几分揶揄的称号。他对自己缺少军旅生活的经历曾有过几次抱怨。军人是个永远诱人的职业。这大概是他为什么那样迷恋军装的缘由吧。去年，宋尚志以县人民武装部第一政治委员的身份出席军分区的会议，同时领了一套毛纺军服和一件呢料大衣。宋尚志是穿着回来的，因为是秋天，所以他只好把大衣挽在胳膊上。白洛宁一见到就觉得可惜。

“怎么样，小白?”

“蛮精神嘛!”

“凑合了。明年就该你去领。”

“我可没这个福分哪!”

“后生可畏嘛！据说明年还得授衔呢！不给个中校，少校总是跑不掉的啰……”

少校？现在看起来少校果然算不了什么。少校转业到地方上是绝对不可能被当做县级干部使用的。这就是说，我现在至少是个少校了……真他妈的俗，想这些！白洛宁做完早操，就小跑着下了楼。像每天一样，他得跑步，跑到雷阳堤上。那里的空气是极好的，吸一口觉得嗓子里好湿润，好清凉。回来的路上他听中央台新闻和报纸摘要节目。然后是夹着一本书上厕所。然后是洗脸、刷牙、用早餐。而这时，庄雨迟的房门才打开。

庄雨迟的浪漫，白洛宁是早就领教过的。第一次去桃花寨，他就发现门后挂着一排衣服。全是脏的。庄雨迟说等所有的衣服全穿过再同时洗。他说这种方法是最科学的，既节省了时间又不厚此薄彼。那次他邀庄雨迟去陈家牌大队，那里有个女知青小组。他们去玩玩。庄雨迟就在门后挑了一件相比而言算得上干净的褂子换上，又换了双其时十分流行的高帮白球鞋——有一只鞋帮子被老鼠啃了个铜钱般大的洞，他便用风湿膏补上了。路过雷阳镇，庄雨迟买了一瓶白酒和一瓶红葡萄酒。后来他又钻到老乡菜园子里摘了两口袋西红柿和一小捆莴笋。一只大狗把他们撵了两里远。

白洛宁至今还怀疑庄雨迟与小戴的关系有点暧昧。他记不清小戴的名字了。小戴的死他记得。他没有看到她的遗容。庄雨迟是看到的。听说是他抱着她的尸体登上殡仪馆的车的。为了这件事他们几乎闹翻——这究竟为什么呢？既然当时组织上已经出面调查并且已有了倾向性的意见，庄雨迟干吗还要呼吁进城请愿？这事后来当然是平息了。以后又听说——不，不能算是听说，他庄雨迟和桃花寨那个摆渡的姑娘很要好。那姑娘长得蛮标致，但庄雨迟是不会同她结婚的，他当时就这么认为。事实证明他的结论是正确的。暂时填补一下空虚吧，还能怎么样呢？白洛宁看着似乎很平静的江水，又一次觉得了心虚。他感到自己总是处在相当被动的地位。我简直就像个请人代劳的赌棍，站在一边摩拳擦掌而唯一的作为是等着付钱什么的。窝囊！但是朝霞的如此绚丽又给白洛宁揉皱的心熨平了许多。倘若不是天天接触到什么水情通报，白洛宁很难相信这就是防汛！

早餐蛮不错。稀饭大馍、油炸花生米、松花皮蛋、玫瑰豆腐乳。这一桌，每天就只有白洛宁和庄雨迟。白洛宁用过早餐准备给庄雨迟带两个大馍夹点菜，又觉得这么做让边上人瞧见多少有点不太妥，就吩咐厨师，给庄工留一份。“庄工每晚干得很迟。”他说。其实他知道庄雨迟是躺在床上看书搞晚了。他看见庄工枕头下面有一册拉迪斯拉斯·法拉戈著的《巴顿将军》。这位随二次大战应运而生的四星将军专吃蒙哥马利的醋。他不喜欢这位骁将。他也不喜欢蒙哥马利。他喜欢拿破仑·波拿巴。这绝非是趋世媚俗。白洛宁从小就崇拜这位一米六五的法国佬。而滑铁卢只不过是一个英雄酒后留下的脚印。在他的笔记本里夹着一张出自俄罗斯画家伊·艾瓦佐夫斯基之手的油画印刷品：《拿破仑在圣海伦娜岛》。他惊讶画家的理解与自己的高度默契。画面上，拿破仑挺立于岛尖注视着脚下汹涌澎湃的大海。朝阳把大海与天空同时染得无比辉煌。一只黑色的海鹰正掠过白浪鼓翅振飞——这才是英雄的画卷啊！

他不明白庄雨迟为何痴迷于巴顿。

这时候蓬头垢面的工程师摇摇晃晃地下楼来了。见面就说：“备只船，去江上逛逛。”

“上午就去？”

“当然。老待在屋里好闷。”

“那，好吧。”

庄雨迟进厨房用餐去了。白洛宁一转身突然发现李松茂在边上，脸上有点窘，但很快掩饰过去。他从李松茂的呼吸节拍中判断出镇长是才来的。这就是说刚才自己同庄雨迟的对话李松茂没听见。白洛宁很不情愿把这么一个事实亮出去：他是庄雨迟的提线木偶。他想努力做到让指挥部全体人员相信，他是个名副其实的指挥长。问题是这不同于耍笔杆子卖嘴皮，不可以联想也不可以发挥。每一句话每一项决定都来不得一点感情用事。这就不能不依赖于庄雨迟。可这位工程师又往往把这种依赖关系处理得粗糙并且表面化。这几天庄雨迟总是当众随意点划他，使他觉得仿佛中又倒退到给杨子东充当秘书的阶段。我也许太敏感了吧，他想，我干吗计较这些？

“白书记，”李松茂说，“上午的工作……”

“上午……哦，本来想各部门在一块碰碰。这几天情况大致差不多，就不碰了吧。天热围在一起也挺难受，不如去江上吹吹风。你看呢？”

“那当然有必要。”

“那你去安排船吧。”

“我看就坐部队带来的玻璃钢艇。那东西跑起来够劲。”

“好吧。你以我的名义给陈参谋长挂个电话，请他们支援一下。”

“嗯嗯，几个人去？”

“我和庄工。你也去吧。”

“嗯嗯。”

这也好。沿整个雷阳堤扫一遍。顺便可以去各堤段慰问一下民工。这一带的老百姓基本上都知道我是谁。这也是作风深入嘛。白洛宁似乎觉得自己已经是立在快艇上，一只腿绷直一只腿弓着。快艇像一把锋锐的铁犁剪开两排雪白的浪花。强劲的风吹着他的衣襟如旗帜一样飞扬。他凝视着江的尽头，纹丝不动……

然而后来的事实要令人难堪得多。所谓的兜风只不过是紧靠着堤脚慢慢地爬行。他们重点观察了几个历史上曾经犯过错误的堤段。后来又去看了所有与江堤成圈的小圩。就这样从太阳起山忙到太阳落山。午饭是在某一堤段指挥所临时凑合的。他们被太阳烤得浑身冒油，汗与尘土拌在一起涂在脸上和脖子上，像刚出土的陶俑。更不幸的是他们返回的时候天突然变脸，大雨迎头泼下，个个像褪了毛的公鸡。

“情况看来比我们预计的要乐观些。所有的成圈圩都还在……”

“迟早会破的。”

“这话可不吉利。”

“图吉利就不上这儿来了。”

“雨迟，你是说……很麻烦？”

“有三分之二的成圈圩的坝基土质不行，新添的浮层几浪就会掀掉了……这倒无所谓。问题是雷阳堤本身。历史上的难点至今还是难点……”

“这么说问题蛮严重？”

“走着瞧吧。说实话，我心中也没底。这得靠运气。”

“你讲得太玄乎。”

“我能吓唬你吗？”

“那么，下一步呢？天又开始下雨了……”

“我也没想好。”

两人对视了一下，又同时把目光投到窗外。黑色的天幕中闪电像蛇信子似的跃动。雷就在头顶上，一串闷音过后便是一声如破竹筒子一般的炸响。雨的线条极挺拔。室内的气温已明显地下降了，手臂竟有点儿麻。

“要向地委汇报吗？”

“汇报又能怎么样？你手好凉。去睡吧。”

“你也早点休息吧。”

这个时候白洛宁是希望能在这个空间多待一分钟的。但他还是离开了，带门的声音很轻。回到自己屋里，他感到疲乏正在吱吱呀呀地蚕食着身体。他躺到床上。他把枕头叠起来塞到脑勺下并且换了一个方向让脚对着西墙。他不愿意再去看窗户上的水痕和天上的蛇信子。现在他脑子里是一片空白，只盛有各种混杂在一起的声响。最初的几分钟他老是以为电话铃在响又觉得一会儿有电话要来。以后是觉得门口走廊上有匆匆的脚步声接下来是敲门声。等他适应了雨的节拍之后心律便趋于整齐。我这是怎么啦？难道一听到枪响就扯起白旗？这太可笑了。雷阳堤不是好端端的吗？庄雨迟或许是故弄玄虚，似乎只有这样才体现他的价值。他说我的手很凉，这就是说我白洛宁太不够分量了。他说这话时眼睛朝天花板上看。问题糟就糟在我的手确实凉了。我真不该去碰他的手，其实我只不过是从他手里拿过火柴抽烟。

白洛宁摆平了身体，让四肢互不相碰，这样睡起来舒服。他开始数着雨的节拍，数过九十便觉得眼球发酸了，似乎已踏上了梦境的门槛。

突然有人敲门。

“白书记，睡了吗?”是小马的声音，很短促。他今夜值上班。难道出事了？白洛宁弹起来，先拧亮灯然后打开房门。他正想问，小马先一步递过来一张纸。“省里来了个记者。女的。”小马说，“蛮帅的。”

白洛宁看了介绍信就问：“人呢?”

“在食堂吃饭。才到。”

“哦，你先去安排她的住宿，我就来。”

二十四

安平塔下香火正旺的时候，龙水背着手出了门。苇子一个人在渡上，他心里总不大踏实。疤子歇好久不开喉咙，龙水就坐不住板凳了。月亮昏昏的好像这时分要出么子事。苇子要有了自己的男人他就不会操这份子心了。于是又感叹起来，骂完那狗日的“四只眼”再骂自己。当初要是他发了话，苇子还敢不配运生？他不是想攀城里人。城里人算个卵！杨政委那样的官他都不攀，还在乎一个穷下放学生？龙水那会子默认了苇子同那姓庄的好，桃花寨人都好生疑。姓庄的不是个棒劳力且背上还驮着家庭的黑锅，老龙水图哪一门子？这是无论如何也想不通的。倒是姓庄的捞巧了。仗着背后有龙水，寨上人都让他三分也敬他三分——姓庄的生性刁伶，上通天文下知地理。可是这东西换不到工分。姓庄的考上大学了，翅膀硬了，一拍就几丈远，拍着拍着便再也飞不回头了。活活坑了一对人。于是这笔账一清就又扯到了龙水伯。这老人哪，一世积德就是这桩事出了讹错。当然龙水还是龙水，他在桃花寨人心上的地位总还是最高的。大事，支书村长即使拿准了，大伙也还得瞟瞟龙水伯的脸色。或许基于这个意义，龙水才照旧不紧不慢地把日子打发过去。他心里有本账，也有杆秤。

寨子好静。月光落在屋背上软软的，像盖了一层毛霜。这与背后的安平塔极不调和。去烧香的都是外乡人。桃花寨人不会去的。大人把细伢子看得好紧，不准他们爬上岭去看热闹。他们像没一点事似的，早早地吹灯安歇了，享受着这种得天独厚的优越。

龙水瞟了一眼香火，突然觉得来了劲。这塔的名声是越来越大、越来越神了。雷峰塔被白娘子拱倒了，地面上最好的塔怕就是它了。年年有人来考察，年年有人来参观。香火断了许多年如今又续上了。不过这塔也给龙水招惹了不少麻烦。县文物管理所的人一年至少要跑来两趟，还不都是为了那两件从塔下刨着的宝？一次一个价，层层加码。“不卖。”龙水只有这两个字。连看一眼也不行。以后他们再来，龙水便笑着说那东西被人盗了。这就更加诱发人的好奇心，于是传得噼里啪啦响，连邻县、地区一直到省里，都有人晓得。龙水却泰然处之，闭口不言宝……龙水绕了个弯子，没有径直去渡口，先上寨子转悠着。所有的狗见了他都拼命地摇尾子。一只花狗不知趣地来舔他的脚跟，被他一脚拨得两尺远。到了麻子扎匠家门口，见门缝里透出灯光，就住脚听屋里的动静。麻子在对几个毛头谈古。这麻子越发起劲了，竟用粗竹节做了面板鼓，正敲着点子哼道：

> 汉钟离他本是第一仙道，
> 曹国舅他也曾保过唐朝。
> ……

这麻子，哼不尽的老腔……龙水摇摇头。这会子他想起了玉枝。她的喉咙像磬，像那塔上的风铃……

买了船，做了水上夫妻，日子虽过得紧巴心却落得个安稳，夜里不再梦到鬼来剁我的脑壳，不再嗅到血腥。上到汉口下达镇江，大小码头都靠过。替徽州佬贩过盐，替湖北佬贩过米，替江西老表贩过鸦片，替四川蛮子贩过女人。不地道的生意得瞒着堂客做。白日里叫风揭掉一层皮，夜晚便又让堂客的热气给敷合上了。玉枝夜夜要对我唱几句戏文。久了，不听几句戏文我就硬是困不进去。那戏文跟江水一样的没有个尽头，实在是软耳呀……

是民国三十七年还是三十八年？记不清了。反正是在这前后吧，江被老蒋封死了。船开不得，就到汉子里去放卡扳罾。餬个嘴。桃花汛一来，鱼虾也跟着来了。那回一罾竟起了几条鲥鱼！呵呵，这婊子养的鱼原是蹲在海里的，被炮子吓住就躲到这汉子里来生伢。那会子人只顾着吃人去了，这货色也兑不了多大的价码，不如留着老子下酒。老子在江湖上跑矮了腿还不曾尝过这婊子养的味道。玉枝是尝过的。她是红角还尝不到鲥鱼？她手艺真不孬，鱼是清蒸的，拌着野葱，好香哪狗日的好香！那夜月亮跟鲥鱼肚子一样的白，好清爽，好平和。那年头天底下难得有这么一块安乐。狗日的老蒋初一说言和十五又来封江，搞得老子断了两个月的酒水。这壶酒还是玉枝早早藏下的，一启塞儿人就软了半截。好酒。顶好的酒！就喝起来，喝交杯酒。月亮在酒盅里摇，酒便格外的惹老子淌口水。喝起来吃起来，吃一天算一天。料不定明朝一颗炮子飞来就上西天去了，喝吧喝吧，今夜不醉何时醉？

“玉枝，唱，唱一段吧……唱。”

“夜深了，困吧。”

“你唱你唱……”

“你喝多了。”

“多了？多个卵！这条江老子也喝得下！你唱，你唱你唱……”

玉枝就唱了。唱《山伯访友》，又唱《尼姑思凡》，唱到《白娘托孤》，调门陡地暗了：

> 白素贞在楼台珠泪滚滚，
> 喊一声士林儿娘的命根。
> ……

“莫唱了！”我恼了。这几年她在我耳朵边儿呀儿的不下一百回。老子耳朵都起趼了！我把玉枝搂到怀里，想把她哄困了事可她一把推开我。

“你不是男人！”

“么话？”

“你连伢都不能生还算么子男人?!”

“是我不中还是你不中？”

“你！”

“我……我老子撕了你！”

“你撕！你撕！你么子不撕?!”

她像细伢一样的哭了。梦里还在哭。鸡啼头遍我上了岸，一口气跑上了桃花岭。我烧了纸。桃花娘娘哪保佑我龙水早得血脉接传宗支吧！我的大慈大悲的桃花娘娘哪！那夜几大的风呀，香火撩得如扯起的帆，安平塔是把刚淬火的剑，一半是青一半是红，就在我头顶上……

疤子汪了几声。龙水脚跟软了软，就顺那狗叫去望渡口。敬香的人差不多都走了，水面上只泊着船影，却不见苇子。龙水撵了几脚，便见到疤子像个醉汉似的朝他颠来。这老畜生熬了一夜的骚，不耐烦地用后爪挠肚子，尾子紧紧地夹在屁股里。龙水踹了老狗一脚，然后对着河面喊了一声苇子。话音落下，就见苇子细细的身坯棉花一样自芦苇丛后竖起，一阵风仿佛能折断她的腰。

“时辰不早了，回吧。”

“大，你先回吧。我热。”

“河边风大，莫冻了。”

“我站一下就走。”

“你站一夜了。回吧，伢。”

苇子就同大把船拖上岸，支好，然后把袋里的一把毛票抓到大手里。

“你收着吧，”龙水说，“明朝到镇上去挑两双玻璃丝袜子。天热了。”

“热了打赤脚就是……我是个打赤脚的命。”苇子把钱推了回去，扛着撑篙上前走了。

龙水不再言语，跟着女儿走着。上了孙家坝，月亮移到脑后，便把他的影子甩到面前。他吃了一惊——这活像一只老狗——比疤子还老的狗！老天爷呀，我倒是真的老成这般了？他使劲挺了挺腰，顿时觉得脊梁上的筋酸胀无比，且流遍了全身。但他硬是挺住了。我不老。我不能老！我会老吗？我……怕老哇……打赤脚的命？当初要顺了杨政委，如今起码也是个科长了。可是那个饭碗捧不稳，捧不乐——那个狗日的经理是个活剥皮的狐狸，眼眨眨就是个点子，能玩他得过？老子生来就不情愿叫人玩！工作辞了就辞了，能少掉一根卵毛？老子不悔！老子情愿打赤脚也不甘心讨鞋穿！这桃花寨，除了死鬼孙二先生，能寻出第二颗人头有老子这般颜色吗?！我不老！老子不老！这安平塔不倒老子就不会倒……不会……不会的……

龙水审视着面前扳正了的身影，吐出一口憋足了的长气。他又望了望那青青的塔脚下行将泯灭的香火，觉得丢却了许久的一件什么东西，似乎又找回来了……

月亮便在老人飘动的胡须上晃荡着。他伸出双手展了一下，仿佛要把这沉睡的寨子搂到怀里，让她枕着他的手臂去睡，去做梦……

二十五

天整个地黑下来后，巧凤才相信丈夫不会回来了。两星期没回来了。两星期就等于半个月。再拖到下个星期天便是二十天出头。下星期天他未必能回家，她想，逢他头上的人物下来他就把这个家甩到脑瓜子后面了，把堂客塞到腋窝里了，滑掉了也不可知。

“这砍头的！”

树下的蚊虫嗡嗡大响，巧凤左右开弓地拍打了几下，眼不再盯路面上看。屋里两个伢鬼在看《陈真》，一个讲这回要死，一个说肯定不会，就纷纷嚷着要打赌。于是巧凤的思想便随陈真绕了一小会儿，似觉得有个人很是像那陈真，只是衣着没有陈真那样的体面。但比陈真高。巧凤慢慢仰起颈子，让那碎银般的月盖住面孔。星子一粒一粒地多起来，且有了丝丝凉风，人就多多少少有了几分困意。

可是她困不着。从松茂抽到防汛指挥部工作，她就没困上一回囫囵觉。刚才本村的德荣来借米，说了松茂的情况。德荣说：“松茂哥这回肯定又要升一档。全雷阳的干部大大小小有几稻箩，就抽了他进县里指挥部。这还不说明问题?”巧凤没做声。德荣一走，她心里就大跳了几下。

德荣讲得头是头脑是脑。再从前几次的情况看，好像也是这么回事。七九年发大水，县里也在雷阳扎了寨，也抽了松茂去帮忙。大水一过，松茂就由大队调到公社，正式吃起了商品粮，拿起了国家薪水。那回松茂是拼了命的，肉舍掉了十几斤。还扒掉了自家的屋，拿桁条当坝桩朝雷阳堤上扛。当天就叫广播宣传了，后来还登了报。今年呢？今年的大水必定不会小。日晕水，月晕风，这日晕一起呀，我的天！稻子、棉花都光了！还要倒屋！还要死人！有天灾就有人祸。松茂这时辰升官像是发漏水财，总不大吉利的。他总拣这时辰升官！这回要升也只会往县里升了。县里的官叫科长、局长，还有县长，还有书记。他早就想到县里去。他说要在杨树湾蹲一辈子，就算是白混了。县里出门有小包车坐。有好戏好电影。电视放起来比这角落里不晓得要清亮几多。县里有自来水。苍蝇蚊子也少，热天困觉不用挂帐子，有纱门和纱窗。可这些未必是好。出门就坐车，那人还长腿做么子？好戏好电影都是假的，灯一亮就全都忘了。电视瞧多了伤眼睛。自来水可有雷水清？可有雷水甜？洗不净吃的也洗不清穿的，反而要月月贴钱。纱窗纱门值几个钱？安起来不过一泡尿工夫……

巧凤是不情愿日后随松茂进县城的。为这事上个月他们在枕头上磨过嘴。

“要去你去，我和伢鬼在家里。”

“你不去，我，我不就‘旱’死了……”

“滚一边去。你找个俏妹垫床我不怪。”

“这是哪里话。嫁鸡随鸡嘛！”

“你么子不能来回跑？”

“一百好几十里呢，我腿磨矮了你不嫌丑？”

“你不是讲出门有小包车坐吗？”

“那，那也是有回数的嘛！”

“那你搭客车。”

“一星期搭一回？比养路费还贵呢！”

“我出得起。”

“算了，莫讲伢话。真到了县里，怕是不带你去你还心里窝火呢！”

“畜生会窝火。”

“好好，不争了。人朝高处走，鸟往高处飞，你难道不巴望我进步?”

巧凤就不再言语了。丈夫的进步，她当然不会阻碍。但她想，丈夫越进步就与她越远。风筝飞高了会断线的。假使松茂真调到县里，像她这么一个一无文化二无职业的堂客横在屋里总显得碍手碍脚，人家会怎么看呢?

那天夜里巧凤始终困不着。松茂倒是作乐后就歪头困熟了。她盘腿坐在他边上，借着透过窗的月光把男人反复看了，末了叹起气来。她弄不清自己为何要叹气。

月光淡了，蓬松的树冠在头顶上摇着，似一团软云。巧凤扶着树身立起，见周围的声音弱下去，心想时辰怕不早了。今夜竟这般凉爽，如秋如春。可那砍头的不回来!

也不知自哪天起她开始早晚刷两遍牙齿的。现在习惯了，再疲再困，总还是要在上床前把牙清一回。刷牙时她想起那颗曾经美过好久的金牙业已不存在了，又觉得那个位置像塞住了韭菜屑子似的。她使劲用牙刷捣了几下。又似乎是现在才发现，这颗躲在假金壳子后面好久的牙齿，是那样的洁白、光亮。她把镜子拿开了些，仔细地照了。我这口牙生得可真不孬呀，露出来如含了一块玉。巧凤心头的薄薄愁云便被这牙齿带来的欢欣冲去了一半。可是一想到为这颗牙在安庆城被那个精瘦的戴着金边眼镜的医生调逗一番，她又觉得受了天大的冤枉。那医生说:“没毛没病的进什么医院?金牙啃猪蹄爪不更利索吗?”说完他就歪过脸去看边上端盘子的护士小妖。巧凤没吱声，把头往怀里埋。“张嘴。”医生说，“嗬，还真照得见人咧!”又瞟瞟小妖，接着就用什么钳子往巧凤嘴里捣，眨眼工夫便剥出了金牙壳，拿得远远的看了，又将它放在巧凤手心上，说:“留着作个纪念吧。”巧凤看也没看就将它扔到痰盂里去了。那医生故意做出吃惊的样子，说:“拿到银行是可以兑钱的。”巧凤再也忍不住了，就大声说:“留给你兑。兑钱给你娘打口棺材!”于是争吵，走廊上的人纷纷朝门涌。一位看上去像是位领导的老医生闻声而至，看看瘦子又看看巧凤。两人都不响了。那瘦子背过身去把处方上划的价，由一元改成了十元。巧凤又是看也不看地拿起处方拨开人群走了。一出医院她眼圈就红了，急急地走到一处偏僻的厕所里，哭了几大声，才觉得心里平和了些。

她先上街逛了几家百货店。这几家店中间都有几个大方柱子，上面都镶了镜子。巧凤从这根柱子绕到那根柱子，每面镜子面前都要停留一小会儿，悄悄地张嘴看牙。她心里悬了好久的一块石头算是落下了。她想她以后见人不需要再背过脸去笑了。于是心情慢慢地好起来，就决定趁时辰还早去逛一趟菱湖公园。她每次下安庆都要去逛这公园。最初是为了去看看狮子老虎。看厌了，就觉得好看的是那些亭台水榭、假山怪石。她在这些东西面前照过相。相片洗出来，猛一看煞是爱坏人。可细一看就觉得丑煞人了。风景实在是好看，人却呆得如树桩。最恼人的还是那金牙，日头正巧射在它上面，反光极强烈。巧凤当下就把照片撕碎了。或许是这回，她始才相信了以前小白说过的话。她决心要把这层金壳子剥掉。

巧凤去公园的时候，日头已歪得厉害。不看表她能估到总在下午三点上下。日光倒嫩生了，照在人身上不觉烫也不觉晕。进了大门，浓荫蔽日好不凉爽。走过石头弯桥，细看了湖面荷叶一片葱绿，荷花露出尖尖粉粉的白来。水珠在荷叶上滚动，虽也亮但远不及雷水的晶莹。巧凤的兴趣不在这里，她还是要去看那些亭台水榭和假山怪石。那湖心亭不久前经过了修整，颜色十分鲜艳。又发现湖面上新添了鹅形鱼形的游艇，有使桨的也有脚踏的——像踏自行车一般。她就以为新奇，很想租一条划个把钟头。但又怕错过时辰，耽误了照相，就决计先去照相了。如今城里照相都是带彩的，自然要好看许多。我这回要多照几张，她想。于是便挪到一棵松树下，迎风拢了拢头发，把连衣裙牵了牵，把钱换到顺手的袋里。正准备去摄影点，忽听得左前方一群人嗡嗡在嚷，像是在争着看什么稀奇之物。巧凤迟疑了一下，还是快步跑过去，想图个眼福。

原来是在拍摄电视剧。

几个戴白帽子又戴黑眼镜的男女，正端着家伙围着一对化装成驸马公主模样的人儿转来转去。人群中议论纷纷，有的说是拍《荞麦记》，有的说是拍《女驸马》。拍的人只是把围观者往边上支，并不解答什么。一个胖子老头大概是个指挥，对其他人点点划划，手里拿了个小喇叭。忙乎了一阵子，那老头说：“试一遍。”于是驸马公主就表演起来。驸马只做了个叫公主走开的动作，甩了一回水袖，眉头皱了皱，背过身去不再理睬。公主则始终是个背影，肩头耸了一下。就这些，算是试过了。那老头很满意的样子，拿起小喇叭叫道："注意了，正式拍。准备——开始！"驸马公主又照原样来了一回。过后，老头说："今天就到这里吧。"围观者个个不满足的样子，快快散开。巧凤也很失望。她觉得拍电视远不及唱戏过瘾，演员像只狗似的，叫人牵来牵走，就算了。照这样拍法人人都能当明星的，她想。这实在是不难，看看就会了。人一散开，巧凤就发现了运生。她与运生昨天一下安庆码头就分手了，各走各的路。想不到又在这里碰见。这安庆城也不算大哩。

"运生哥，你也在呀。"

"凑凑热闹。你事可办好了？"

"办好了。你呢？"

"我？我其实也没的么子要紧的事，出来散散心就是。"

两人沿着湖边由鹅卵石铺成的小路走着，谈些无关紧要的话。到了假山面前，巧凤煞住脚，说："运生哥，我想照几张相。你照不？"

"你照吧。我这个鬼样子有么子好照的？"

巧凤抿嘴笑笑，又开嘴笑笑。她看到雷运生脸上怔了一下，知道是为么子怔的，不禁心头一热。"这样……好些。是要好些……"雷运生越说越不顺口，便把眼睛从巧凤牙齿上移开，去看湖面。巧凤这才转身去找摄影师了。运生又不时扭头往这边看看。巧凤移来移去地照了好几张，满足了，就准备付款开票。摄影师却不满足，说："唉，好容易来趟安庆，好歹你们夫妻得合个影呀！"一句话说得巧凤脸红了大半，低下头去说："师傅，你莫乱讲。"摄影师做出恍然大悟的样子，却又说："你们还是在恋爱阶段吧？如今农村也开始晚婚晚恋了……"运生听到这话，一个人掉头急急地走了，很快就不见了影儿。

巧凤一直望着他走出公园大门，然后轻吁了口气，独自坐到湖边的一条石凳上，望着那并不清澈的水……

刷过牙，把伢鬼的帐子拉拉好，巧凤回到自己屋里，和衣靠在床上。松茂不在家她一个人总是开灯困觉的。今夜却把灯关了，于是浅浅的月光在床前铺开。屋子霎时静了许多，似乎有凉气在穿来穿去。她双手环抱着胸，感到那柔软的奶子下面一下一下的心跳。这声音越来越响，越清楚，像是谁在拿锤子在敲什么空洞的东西。接着她起了惊慌，猛地又将灯拉开。灯光刺得眼看不清面前的一切，而月光已不复存在了……

二十六

白洛宁在踏进门的前一分钟把要说的第一句话又想了一回。当然是先打招呼而后握手。问题是该怎么称呼她合适。以前他喊她小素。现在看来不太妥帖。但改换小边，又似乎显得生分并且有点居高临下的味儿。他想还是直呼其名的好，这样容易让彼此感到又回到大学时代去了。同学之间就是这么回事，而同学关系较之同乡关系或者上下关系，显然要雅致单纯得多。

他进门的时候她正在用手拢被雨淋湿的头发，背影依然是楚楚动人的。她嘴里低唱着加拿大民歌《红河谷》的旋律。白洛宁还从未听到过边小素的歌唱，不禁倚着门立住了。这时边小素已觉察出门口有人，便就势把头发朝后一甩地转过身来。

“想不到能在这儿碰上你！”白洛宁上前一步，颇有些激动地说。

边小素的表情在经过零点几秒的惊讶后又调整得相当平静。她先伸出手：“你好。”

这个动作使白洛宁不得不想起他们第一次见面的情形。也是她先伸出手的。但是那时这个动作意味着什么的开始，而现在似乎是宣布什么的结束了。也就是说，现在的握手完全是一种礼节性的，不包含任何由此派生出来的意义和价值。当白洛宁去握那只依然白皙纤细的小手时，他简直不敢使一点儿力，好像他握的是一只刚出壳的雏鸡。我应该先伸出手。不管怎么说我是主人。我没有必要把什么都想得那么复杂。也许当初的突变就是由于我的复杂带来的……

“几年不见，你好像长高了。”他说。这样就蛮好，他想，这样要自然得多。

“我想，”她笑笑，“我想我早过了‘青春期’吧？”

白洛宁也笑了。他意识到自己的笑有点尴尬。她怎么突然变得如此刻薄呢？这种年纪的女人是容易病态的。她们不会再多愁善感，有的是过分的愤世嫉俗。其实她们也是凡人。她们追求女人世界里应有的一切，只是更挑剔、更清高、更不可一世……

“回过家了？”

“我是直接来的。这本来不是我的差事。他们大概是看我活得太自在了，就来了这一手。而我呢，正是因为过分自在了，也就认了。上午通知我，下午我就动身。怎么样，够进步的吧。”边小素一面用白手绢束起头发一面说，口气是极轻松的。

居然如此相似。白洛宁很自然地想起了宋尚志的“将军”。不过，我可没你那么自在。我肩上担的是责任。万一出了漏，首先饶我不过的是你那位令尊大人。然后你们这些报痞子会蜂拥而上，借题发挥或者小题大做了。

“你打算在这儿待多久？”

“这要看我的兴致怎样。反正，给你添麻烦了。”

“这话可不像是你说的。”

“我什么话都会说，不是吗？”

白洛宁心里咯噔一下。他不想再顺着这条线儿把谈话继续下去。过去的事就让它永远过去吧，这话谁都会讲。没有必要再就以前的事争长论短、明辨是非了。这毫无意义，尽管遗憾不会完全消失。各自头上一方天，随其自然吧。我不是英雄，但我至少是个男人。斤斤计较的不是男人。

“工作上和生活上有什么要求，尽管提。我尽力而为。”白洛宁说，“你辛苦了，早点休息吧。”

这次是他先伸出了手。

可是边小素没有及时去握，先稍稍歪了一下脖子。

这个男人越发老练了。白洛宁走后，边小素这么想。她怀疑自己在见到他的那一刹那表情的慌乱他是看清了的。而他却努力做到了不动声色。这不简单。但是这个男人绝对不知道，老练是个可怕的字眼。与一个老练的男人中道分手这不能构成遗憾。虽然那时她的心里断断续续地出现过不平静。事情已过去很久了。留下的印迹也随之而浅淡。一切如同被风揪落的叶子，失重地飘了几飘就不知去向了。可是现在她竟找到了这片叶子。这无疑是富有戏剧性的。问题是如今已不是戏剧性能吊人胃口的年头了。边小素又将头发抖开，站到门前的走廊上想让风吹干。她一走出门就感到非常舒服。风凉丝丝的，雨沙沙地敲击着均匀的节奏。这是个柔美的富有梦的诱惑的夏夜。而五年前的那个夏夜也同样是柔美和梦幻的。那一夜与这一夜仿佛一模一样。在一条石头铺成的曲曲弯弯的小径上，在一把黑色的尼龙伞下，一个女人在欣赏一个男人表演爱情——

“你不觉得分配是一道关口?”

“也许是。不过只有一次。以后由你分配你自己，不是吗?”

“如果你不是省委宣传部副部长的女儿，你还会这么说吗?”

“我想我会的。”

“我没说的了。”

“我想该说的都说了。”

他走了。他走得很沉稳。他的背影是那样的挺拔。这个男子是极讲究自尊的。他不感情用事同时也不藐视现实。她突然产生了一种强烈的内疚。她想这可能是由血缘带来的不公平。她觉得他是可以理解的。他希望能顺利地分配到省委办公厅，为自己寻得一个满意的起点。这没错。他希望能请父亲出面同校领导打个招呼。(这个意思的表达让他的心情痛苦到了极点，尽管他努力保持着表面的平静）这也算不上错。而她说：“我想这太复杂了，你说呢?”她看见他两腮的肌肉突兀地弹了一下。他不再说了。

他走了。那落在伞上淅淅沥沥的声音似乎还没断。她希望他能回来，或者，停下来，让她追上去！她会说希望他能够理解她。她之所以莫名其妙地离开“红门”另觅寓所，是因为她早已不习惯那里的空气。她想摆脱一切之于自己都是附加或者多余的成分。她认定了要这么做。她那时还不十分清楚这么做在别人看来是一种所谓的犯傻或者所谓的壮举。她完全是由着性子来的。她不欣赏遇事方方面面都考虑又考虑的作风。她图的是自在。那时她是多么想同他把这一切都痛痛快快地说出来呀，可他是聪明人。对于一个聪明人是用不着多费口舌的。于是她倚在晾台上注视着那个愈来愈模糊的背影。雨在几分钟内淋湿了她的头发……

边小素下意识地用手指梳着头发。此刻旅社里所有的灯火都熄灭了。雨声弱了一些而蛙鸣却更热烈。她在走廊上踱了几个来回，在猜测时间在什么位置上。叔本华说时间是一个圆。与地面相切的一点是现在，顺时针方向表示过去而逆时针则意味着未来。问题是，这个圆一旦运动起来也就是旋转起来，那么现在、过去、未来则浑然一体了。生活大约就是这么建立起来的，她想。

不管怎么想，与边小素的不期而遇，白洛宁是有些激动的。他去看了她，一切处理成公事公办的样子。他觉得这么做也未尝不可以。他不希望这位秉性古怪的记者在这儿久待。这似乎有点碍手碍脚。想起那个可以说是比较遥远的雨夜，白洛宁的两颊又麻又烫。我还从未那么折着脑袋去拜求一个人，一个女人。我敢说除此之外我没求过任何人。唉，那时呀，真他妈幼稚。其实事情本身也未必复杂。据说分到省委办公厅的那个二班姓张的家伙至今还是科级巡视员。所以说人生的路至少有一半由命运支配。任何事在临头之际都会令人焦虑不安，一旦成为过去又觉得是那样的简单……

白洛宁在床上翻了个身。又打算重新数数，数进梦境。可是他眼前总荡着边小素那双含有几分热烈又含有几分揶揄的眼睛。这大概是地球上唯一看出我内心缺陷的眼睛吧，他想，随之又引起了一丝不安。他设想，当他在大堤上对着千军万马点点划划的时候，她会在心里怎么说呢？白洛宁又坐起来，随时准备关灯的手拿起了一支香烟。他想自己似乎干了桩根本见不得人的事，而边上恰恰有那么一位目睹者。那滋味可想而知了。

他慢慢地又是用力地吸着烟。乳白色的烟雾在面前优美地飘过。我又想复杂了。我干吗偏要朝一个方向想呢？我求过她但最终是求了我自己。我的路是凭着我的腿走过来的。我完全有理由坦然。从这个意义上讲，我离开了她或者她离开了我是件幸事。否则，我走到现在这地步便永远得不到公认。谁都会认为我是个有背景的家伙。谁都会说白洛宁这小子不就是倚仗他是地委书记的女婿吗！这太可怕了。我好不容易洗清了杨子东折射在我身上的痕迹哩！他想起好像在一本书里读到过的一句话：世界上最丰富的颜色是白色。这太精辟了。如果说我白洛宁的进取是有什么背景的话，那么这背景的颜色就只能是白色。

白洛宁的嘴角矜持地笑了一下。

他很快就入睡了。半夜里，他梦见了妻子。

二十七

雷运生这趟下安庆是憋着气走又泄了气回来的。动身前他还把战友的信又看了一遍。那战友原是在一家公司的车队当修理，被改革的大潮一搡便挂职停薪支起了个运输开发中心，自命经理。他手下掌握了几辆破车，干了两载竟也有不小的赚头。于是就招兵买马，想成就一番大业。雷运生本来与汽车行业无缘，但战友看中了他的忠厚与耿介，又有一副铁打的身坯，就发信邀他来干装卸队长兼仓库保管，月薪八十，且有浮动工资与奖金。运生接到信，高兴自不必说。虽然这是个不怎么像样的饭碗，但掉了搪瓷的碗也比刚出窑的瓦碗结实。当下按捺着激动，做进城的准备。龙水和苇子问起缘由，他都扯了个杂理支应过去了。他想等事情兑现、工资到手后再摊牌不迟。谁知到了安庆，那战友寒暄过后便拿出合同来，第一款就要交纳“支办金”一千元，说是三年后连本带息一并还清。运生笑道：“我腰上要缠有千元，何必要上这儿来呢?”战友也表示理解，说目的是为了买新车，贷款困难就只好靠大伙出力。“你家境不宽，就先付一半吧。”战友说，“另一半我替你垫上就是。”“我一半也付不起的。”运生说。战友的眉头这时便起了疙瘩，好久才说：“这就不大好弄了……要是人人都这样，我这个经理早就倒台了。”运生也知道对方的难处，就不多说了，喝干茶便离开了经理室。战友要留他吃饭，他说在街上吃过了。

他在家里躺了一整天。往日的忧愁加倍在心头盘绕，鼻子酸了几回。这鬼场子他一天也住不下去了，他恨不得放一把火把桃花寨烧个精光！这种活法实在是比死还作践。老天要发大水了，下吧，下他娘的个九九八十一天，把这穷卵子地方抹掉！彻底抹掉！

这天夜里，雷阳区委书记王胡子来找雷运生。自那回错误过后，王胡子就没踏过这道门槛。运生便有些吃惊，心里在想这胡子究竟为何肯花费这番工夫的。王胡子是个痛快人，一年四季三百六十日屁股后面总吊了只能盛二两酒的瓶子。他走到哪吃到哪，随主人吃，酒却坚持自备。见王胡子手里用荷叶托着一把切细的猪耳皮，运生就知道他今夜是非得把板凳坐矮不可。龙水往日与王胡子处得和顺，就吩咐苇子去炒了一盘花生米、切一盘腌辣椒。他本想把那瓶“古井玉液”拿出来，摸了几回终于还是缩了手。苇子在一旁看出了大的心思，便出门打了斤散酒。安排好这些，天已黑透。四个人围着一盏煤油灯坐，三人喝酒，一人吃饭。苇子始终把身子侧着，于是墙上就显出一个优美的身影，忽明忽暗的。

酒一沾唇，王胡子的话匣立即打开。这胡子说话向来不转弯抹角，就说：“怎么样，把支部还给我撑起来？”

运生心里大响几下，但他说：“不干。”

“能上能下嘛，你这犟种，还记我的仇不是？”

“不干就是不干。”

龙水放下筷子，又把粘在胡子上的酒珠抹掉，说：“王书记，随他吧。是块烂泥巴，糊不上壁的。”

“龙水伯，你老可不能拆我的台哟！”胡子颇有兴致地搓搓手说，“犟种我见得多，不怕的。”

龙水便笑笑，喝了面前的酒，说：“我老了，讲话不顶放屁，男的女的我都奈何不住的。”

“大，你少讲几句吧。”苇子瞥了大一眼，端着碗离开了。

龙水又喝了一盅，说：“好好，我不讲了。你们谈正经的。”也离了席，进灶间去了。

王胡子脸色陡然严肃起来，把一条腿搬到板凳面上，用筷子点着运生的鼻子说：“不干也得干！这是组织决定，你还价，我还得处分你！”

“处分吧！干脆把我的党籍开掉算了！”运生还是顶，但口气已软了许多。

“你以为我不敢？”

“我不怕。我这个党员甩到这鬼场子不如烂掉的好！”

“你怕穷？穷则思变呢！”

“你少来虚的。变？怎么变？到现在电搞不通，桥架不起，起码的条件你上面都不给，让下面如何变？还念毛主席语录吗？”运生越说火气越高。

“客观条件差，不错的。主观呢？主观就那么干净了？党号召党员带头致富几年了？你带头了没有？罢了你的官你觉得委屈，躺倒，你这是和谁过不去？和我吗？你还不清醒清醒……来，喝酒！”王胡子说。

雷运生端起酒盅，突然掼到地上，伏到桌上头埋得死死的。

王胡子是在月起东山时分离开桃花寨的。雷运生撑船把他送过了雷水。下了船，王胡子又握了运生的手走了一截子路。这一路上两人都没说话。临分手时，王胡子说：“过去的事不要多想了。男子汉大丈夫能起能落，好好干吧！”运生还是没说什么，目送着胡子远去。回到船上，正欲起篙子，猛见正前方一点灯光如星子般闪耀，思绪又纷扰开了。……

都是你这婆娘！

我能不打你吗？你明明晓得我为苇子丢了脸却偏偏要来捉弄我，来拉扯我，你这不是找打？你心里该有数的，巧凤！我不是把气出到你头上，我会那么蠢吗？你要记住你可是松茂的堂客。你们有伢鬼了。我晓得你从进李家的门那日起你就蹲不惯，可李家养活了你呀！就算是恩报恩还吧，你也得耐着性子同松茂过下去。巧凤，你是年纪轻的缘故才这么乱想的。你不能这么想。我好讲你当耳边风，反而……唉。那回要是让外人看见成什么样子！我能不把你推开？我只好歹作了！我偏要在青天白日里当着人面扇你两耳巴子！我要把你打得远远的，打得叫你恨我一世，来世……你再打我吧，巧凤……

雷运生记得清楚，那两巴掌是刮风似的扇过去的，巧凤倒退了两步，边上的人都吓住了。两个手印先是白的由红脸盘儿托着，很快显红了，刻在业已变白的面孔上。巧凤憋了好久终于嚎哭起来……

我……下手太，太重了。我只有这个法子。我是个蛮人，是个犟种，也是个软货——你以为我心里好过?!

唉，人活着就是受罪……

活受罪！

月亮不觉起了毛边。雷水在静静地淌着。这是条极活的水，不知淌了几多年月！一水之隔天地之别。杨树湾和桃花寨，两个对立的村子，喝的是一样的水，却养着两样的人。真是一娘生九子，九子不像娘哪！雷运生扶着撑篙立着，似觉得身子热了许。不是酒劲，不是的。这寨子呀风风雨雨多少代，活像一盏残油的灯。他死死地盯着雷水，静听她轻柔的声音：雷运生，你是随这条水淌到这里的！菩萨心肠热了一回，阎王的手软了一回，让你重新出世了。你喝了三十四年的雷水，你就不觉得欠了她什么吗？你以为替自己寻个丁当响的饭碗就屁事没有了？

可我不能活活苦死、穷死！我到这个年纪还没碰过女人！我不能再熬了！我一定要走！

你走吧。你甩手甩脚地走吧！你无能，你无法收拾这个烂摊子！人不要脸什么事都做得出的。

脸值几个钱？

你说值几个钱?！你这忘恩负义的杂种！

……

雷运生把双脚浸在雷水里，突然一篙子把水中的月亮捣得粉碎。等水声恢复平静后，他隐约听到有人在喊他。起先他以为是错觉，可是他发现水里多了一个人影，蛇一样随水波扭动。这是她。

“这么晚了还下河洗衣？”

“趁好月亮。这月亮几多的好……”

“松茂没陪你来？”

“人家哪有工夫陪我？我也不要人陪，未必鬼敢掐我的喉咙？”

“那，你忙吧，我得过去了……”

“是呀，苇子要人陪嘛！”

“巧凤！你少嚼舌根子！”

巧凤便哧哧笑了。笑过又说：“运生哥，我不是戳你，你与苇子也般配，莫误了自己也误了人家……”

“巧凤，这不可能。”

“么子不可能？”

运生不想与这妇人再言语，就上了船。他想一篙子把船顶得远远的，可手下一松，船像磨盘一样，好久才调过头。他一把一把地撑着篙子，听见身后一下一下地响着棒槌声。船到河心，棒槌声断了，一会儿又急急地响起来……

二十八

黎明时的江是非常迷人的。用时髦的措辞叫朦胧美。空气仿佛是浅蓝色的，在缓缓地流动。两岸的景致像一座座冰山也在缓缓地推移，稍带着一点儿固执、一点儿眷恋。鸟的身姿完全是剪影，在水面上划来划去，并不叫。喧嚣已经凝固，当然，太阳一露脸便融化了，接下来又是一个火热的日子……

江面像一块洁净的灰色并带有云纹的大理石，似乎无风无浪船也照样可以运行。只有一只船在动。

这是一只普通的小货轮，造型虽然难看但跑起来蛮不错。柴油机发出的嘟嘟声极其单调，不过又衬托了四野的宁静。船头甲板上立着一个身影，这是地委书记边达。

船是半夜离开码头的，谁也弄不清这位书记为什么要拣这个时辰动身。他困不着，就给秘书长拨了电话，提前出发。临行前他交代：全区防汛工作目前由总工程师负责。至于这次出来的任务是什么，他没有解释。他只说随便走走，并且吩咐不许给基层任何堤段指挥部挂电话。他也没多带随行人员，就一个秘书长老胡。上了船，他叫老胡进舱继续睡觉，自己想在外面吹吹风。那时大约在夜三点，他在船头已待了近两个钟头，并不觉得有多大的疲倦。

边达决定到 M 大堤的三个堤段看看。第一站是广济，第二站是雷阳，第三站是同兴。从近期各堤段报来的材料看，情况都还不错。但这个印象不是立体的，总让他似信非信。这个地区的工作“水分”多，他早就领教过。五八年，在一亩田里堆上十亩田的稻秸，在稻秸中间藏一张桌子，在桌子上安排小孩唱歌跳舞谓之“放卫星”的，出在这里；五九年，把十个村的浮肿病人撵到山洼里，再把剩下的健康者集中到一个村里来迎接上面的检查团，也出在这里；六六年，把领袖像章扎进皮肉遮住奶头谓之“三忠于”的，还是出在这里！洋相、丑闻、闹剧，都在这里如幽灵般游过！可奇怪的是，这里的干部官运却异常亨通，历届省委班子都少不了来自本地区的人选。外地出成果，此地出经验，这句话实在是太妙了！妙不可言。对于前任留下的荣誉或者麻烦，边达把它搁在一旁，不打算去品味或者去收拾。画一个句号，一切重新开始。这位地委书记的秉性决定他具有比较强化的自信力。所以他一到职便一猛子扎到基层，住了两个月，砍掉了几面漂亮的旗帜。这在全区产生了不小的震动。但他心里清楚，这仅仅是触及画表皮，仅仅是开始。要想从根本上发生变化，并非砍几斧头就行的。他甚至想过，他或许只能开个头而已。他希望能开个好头。他不指望在自己主持工作期间会干出什么惊天动地的事业。地区这级组织，长期以来只是个传声筒、中转站。却又十分实惠，大事朝上推，小事往下踢，两沾又两不沾。但对于晋官加爵，又委实是个好台阶。当然，不是对任何人都如此。比方说，他。

当时他感到很突然。他一直是干部门工作、干意识形态工作的，虽然他对基层工作不算陌生，但出任一个地区的主要负责人，这在他四十年政治生涯中还是首次。他很关心这件事的背景。可省委负责同志一笑置之，只说是普通的干部流动，考虑到他在这个地区曾经工作过，底细比较清楚，就决定了。个人服从组织，他接受了。曾有一度，省委大院吹过这样的风：边达这回可能“转正”，成为常委宣传部长。不过风声越大真实性就越小，这似乎是一条规律——上层的人事变动都是出人意料的。有一会儿他对自己在这个问题上的多虑有点懊悔。但是第二天，有人向他透露，说是新上任的省委文教书记杨子东提议让他下去的，理由是怕边达在今后的工作中难以与他合拍。一个是分管意识形态的书记，一个是宣传部长，如果配合不默契，将会出现什么结果呢？省委自然要重视这个问题了。传话的人讲得极吃力，反复解释自己的举动不是拨弄是非，只是同边达交个底。边达没说一句话。他觉得实在无话可说。

他很快办了移交手续。

在船头上点烟可不容易。边达连划了三根火柴才把香烟点着。可是一吸便立即传出一股焦烘烘的气味，原是他把烟拿倒了，点着了过滤嘴。他自嘲地一笑，把烟揉碎扔到了江里。然后又嗅了嗅揉烟的手指。这会儿风向似乎转了，浪并着肩不懈地迎面扑来，船头溅出的浪花沫子也略高了一点。有道是宦海扬帆如同逆水行舟，不进则退。可是何为进？何为退？理解又不尽一致。边达对此可以说兴趣不大，但对于自己与杨子东的关系，总感到遗憾……

我们认识是很早了。我担任《大江报》副总编辑的时候他干县委书记。在当时，他是全区八个县最年轻也是最有水平的书记。我们很谈得来。每次他来地委开会，总得抽空上我那儿聊聊，一聊就聊到三更。说实话，我很钦佩他的干练。我曾亲眼见到过他作关于查田定产工作的动员报告。那是一九五二年春天的事。是在一个露天会场，他身着军装跳到一张八仙桌上，嗓门洪亮，表达生动。我被他征服了。我记得我是连晚赶写了一篇报道，第二天一早派专人骑马送回报社，第三天就见了报，是头版头条。不久，全省推广了这个县的经验：查田自下而上，定产自上而下。不用说，这件事使我们的关系加深了一步……

不行，还得抽烟。这回他蹲下身子划火，果然一根就点着了。看来在风口上得稍避避。他很费劲地吸了一口烟，他能感觉到脸部有巴掌一块给映红了。他重新站起来，踱了几步。他发现一站起来烟的口劲小多了，简直就像在闻别人抽的烟味。于是他用手掌围住香烟，像咳嗽似的吸着烟。这时候，两岸的山已呈黛色，水天相接处比刚才又白了一些……

在同老杨相处的整个过程中，如果我的记忆没出毛病的话，是从来没发生过争执的。可以说我们有点同病相怜，因为我们是知识分子并且少年得志。而其时革命队伍中的知识分子是非常孤独的。我们关起门来发过牢骚，也骂过娘。不过，一段时期过去后，他的脾气突然好了，好到换了另一副脾胃的程度。我很吃惊。我想这大概是由于他年长两岁的缘故吧，或者是由于我们各自所处的位置不同。他是县委书记，主持一个县的全盘工作，是来不得感情用事的。然而他的全面谨慎，总让我感到不够自然。我隐隐感觉到我们之间出现了一层隔膜……

要说分歧，最早的分歧是在对待李永庆的问题上。我知道，李永庆是他的老上级。渡江战役结束后，本来留在地方开展工作的没有杨子东。是李永庆坚持要留他的。杨子东之所以敢放开手脚干，是由于李永庆在撑腰。“镇反”中，杨子东错杀了无辜，本来是要在党内进行处分的，但李永庆打了圆场，把事情揽了过来。杨子东只不过作了个轻描淡写的检讨，就万事大吉了。以后杨子东谈起这件事，并没有感到多少内疚，只是流露出对李永庆的感激……

但是李永庆犯罪了。这位当时的地委副书记利用职权，不择手段地贪污国家财产资金，数额惊人。我是接到一封匿名信后才介入的。说实话，当时我还有点怀疑，也有点胆怯。我几乎是悄悄地调查，从外围提供的情况入手。可是哪有不透风的墙呢？于是我被逼到逆水行舟的境地，别无选择。但令我乐观的是，我已初步掌握了关于李永庆贪污的一些证据确凿的材料，这是足以能使我腰杆坚硬的力量。大概就在这个阶段，一天晚上，已经是很晚了，突然有人敲门。我想不到来者是杨子东。他好像是一口气从县里赶来的，风尘仆仆。我很高兴。我那几天正愁找不到合适的人就李永庆的问题谈谈。于是他刚坐下，我就说："你知道吗？我在调查李永庆呢！""我就是为这件事来的。"他说。然后他开始抽烟。等吸过几口，他又问："问题到底有多大？"我说不小。我还说了几笔较大的款额。他似乎很怀疑却并不吃惊地问："有这么大？真有？"我突然意识到他的不期而至是有另一种背景的。我说："我是调查者，倘若问题有出入，我会负责的。以党籍、职务，乃至性命！"不用说，气氛紧张了。我们相对无言地坐了两支烟的工夫。接着他又说话了。他说他不是打击我的积极性，不是干扰我的工作。他说李永庆是位身经百战的老同志，倘若在这件事上马失前蹄，于我是很不利的。"我完全是为了你好，琼文！"他说得很激动。我说谢谢。我记得我说这句话时的口气是冷的。他当然是坐不住了。他走了。临出门，他又转过身同我握手，说："三思而后行，你好自为之吧……"

我不能否认杨子东的来访对我有所触动。那天晚上，我在灯下坐了整整一夜。黎明前天下雪了，很白很白。屋里没有炉子，寒气怎么也赶不走。那时我是怎样想的？我好像没想什么。窗外的雪吸引了我……

他把烟头扔到江里。两岸的喧嚣渐渐开始了。这一夜几乎被过去占走了。静夜思。有点骚人墨客的味道。边达有点想笑，痛快地伸了个懒腰。

江面上也活跃起来，船夫的号子粗犷且带点野味，惊得江鸥忽上忽下。天空明朗多了，云的轮廓是千姿百态的。而江水，虽然保持着呆板的姿势但气势磅礴，不屈不挠地迎面扑来。他现在已明显感到了船的颠簸。他从口袋里取出望远镜，对着 M 大堤观察着。堤上有三三两两的民工，间或有机动车辆开过。堤脚的防浪林和堤的植被看上去都蛮不错。这段堤属于广济堤，基础在历史上就还可以。边达打算在广济小住几日，然后去雷阳。他最不放心的还是雷阳。尽管他对青年人不抱成见，但面对这种十分特殊的情况，让他十分相信他们又是不可能的。边达在同意雷阳堤指挥部的工作方案的同时就已考虑到，如果雷阳堤疑难问题集中，他决定坐镇那里，指挥全盘。不过这个想法他只单独同总工程师谈过。

我倒要看看你们的能耐。你们不是张口改革闭口开拓吗？那么好吧，看你们的了。你们干得漂亮，这样，我们这些老头子下台或许就没多少委屈了……

汽笛长鸣一声。一会儿秘书长老胡睡眼惺忪地出来了。

“边书记，你去睡会儿吧。到了广济我喊你。”

“到了广济再说吧。我这人怕吵，船上睡不着的。”

边达继续用望远镜观察。这时，朝霞已泛于江面，波光粼粼，好迷人。他发现了面前的自己的身影，虽然不很清晰但看起来还蛮魁梧。他从这里获得了一种满足，于是他将双臂反复舒展了几次……

二十九

在江上跑了一趟后，工程师庄雨迟浑身像注了铅似的沉重。这个历来自信无比的青年人仿佛是第一次对自己产生了怀疑。也就是在这样的心绪支配下，他向指挥长白洛宁交了底。但他又不想把什么都倒出来，因为这么做会让对方魂飞魄散的。如果这支老枪卡壳了，于整个战役是很不利的。他觉得只要来那么一点暗示，让白洛宁清楚关乎雷阳堤安全度汛的举足重轻的是何许人，就行了。同时要对白洛宁的那副首长风度泼点冷水。实际上，庄雨迟至今也谈不出多少对白洛宁的看法。他只觉得这个人过早成熟。他们第一次见面，他就发现他不会玩。当时他提议去江里洗澡，其他人立即表示赞成，白洛宁却忙着去扫公社的厕所。以后每次知青在公社集会，白洛宁都要把厕所清扫一下。凡公社出面交办的事，白洛宁都完成得相当出色。特别是搞文艺宣传队，排样板戏，使他的聪明才智得到了极大的发挥。他是导演又是主演，不在台上表演便是在台下操琴伴奏，他会多种乐器。庄雨迟也抽在宣传队里，负责画布景、制道具。这纯粹是为了逃避劳动，为了玩。宣传队的女主角，是陈家镇大队的知青小戴。她长相虽然不算十分的出众，但嗓子、身段都很理想。庄雨迟很欣赏她的一双眼睛，似笑非笑，又仿佛带了一点淡淡的哀愁。于是有一次演出后，在帷幕后面，庄雨迟亲了她的眼睛。她给了他一耳光。他却笑了。可是几个月过后，传来了小戴投江的噩耗！庄雨迟连忙去找了白洛宁，后者其时正被当做新鲜血液，在忙着给支部写思想汇报。

“小戴死了！”

“听说了，真遗憾……”

“你还坐得住?!”

“雨迟，你别冲动，等调查结束……”

哦，这件事过去十二年了！但就像是刚刚发生的一样。我忘不了小戴那张苍白透明的面容。她的眼睁着，沾着水的睫毛像麦芒；她的嘴张着，她想说什么呢？我活着。白洛宁也活着。整个雷阳区的知青除了她，都还活着……一个年仅二十一岁的生命就这么悄悄地结束了，又悄悄地被活着的人遗忘……

庄雨迟的心绪恶劣到了极点。他几乎是撵走了白洛宁，关起门，闭了灯，深深地吸烟。一种复仇的欲念在心头萌动，他恨不得现在就把雷阳堤炸开，让野兽般的洪水把这块可耻的土地彻底淹没……

他弄不清自己是怎样平静下来的。窗外的雨在忽明忽暗的路灯下闪烁着，天越压越低。这似乎是支前奏，悲剧的前奏。他想着，悄悄离开了房间。这时候，差不多每个窗户都熄了灯，夜在雨声中依然求得了静谧。庄雨迟打开旅社的边门，到了街上。他没带雨具，就站在一家店铺的凉棚下面。他似乎是好奇地看着雨景。这他妈的可不是闹着玩的，他想，万一出了纰漏不死也得脱层皮。而更叫人难受的是，一个男人的旗帜上写的是失败。对于汉子，没有比失败更糟糕的事了。海明威这美国佬创造了那个桑地亚哥，实际上是在宽慰自己。那个时期这位大文豪正背时。而项羽则没有这么滑头，痛快地抹了脖子。失败了的英雄？真他妈的不知是赞颂还是挖苦！是英雄就不会失败。失败了还配充什么英雄？项羽成全了自己，可惜后人又善良地玷污了他。庄雨迟想着不禁暗笑，历史简直是一部闹剧，他觉得自己这个见解蛮不错。

左侧传来了汽车的引擎声。他回头时看见一辆吉普车在旅社门口停下了。他以为是县里什么干部来了，就没当回事。可是从车上跳下的一个优美的身影叫他差点儿从凉棚下蹿出来。

绝对是她。一个不可思议的女人。

边小素是第二天上午在食堂用餐时见到庄雨迟的。她当然没料到他会在这里同时也没料到他已知道她来了。她的脸颊即刻红了，幸好边上没有人。但她没说话，打算端起碗离开餐厅，可她慢了一拍，庄雨迟已经坐过来了。边小素面前放了一袋随身带来的“芙蓉辣酱”。庄雨迟把它拿过来，用馍蘸了。

“你好，别来无恙?”他说，吃馍，“蛮不错。”

“当然蛮不错。你发现我缺胳膊少腿了吗?”

“我是说这酱的味道，蛮不错。”

“那就送你了。慢慢品尝吧。”

说完，她起身走了。散披在肩的头发有节奏地弹着。

一个背影。一个矜持无比的背影。庄雨迟自嘲地笑笑，慢慢地嚼着馍，把一袋辣酱蘸尽了。

这天下午，白洛宁把边小素介绍给庄雨迟：“我的同学，边小素，省报记者。”

他们居然例行公事地握了手。

“地委边书记是她的父亲。”白洛宁进一步介绍道。

“你和你父亲一点也没联系。”庄雨迟说，“我指的是长相。”

“可能不只是长相吧。”边小素说。

他俩都没注意到白洛宁这时已背过脸去了。

这地球委实太小了，边小素想，转来转去都是那几张面孔。戏剧性情节。戏剧性总是充满着虚假。奇怪的是这虚假的情节往往具有诱人的魅力，甚至催人泪下。边小素不得不承认，从见到庄雨迟的第一眼起，她的心绪乱了。这几天的努力，使她相信了自己的脆弱。以前建筑起来的良好自我感觉也随之幻灭……

与你的分手的确是莫名其妙的。你以为自信的是我而我以为自信的是你。我们的自尊心其实只是破了点皮。你的高慢是一种病态。我的清高也是一种病态。你的自尊是用来压制自卑的。你不允许任何人俯视你，也不会仰视任何人，包括我。你大概忘记了我的性别和天性。你这号男人我理智上是极端崇拜的，但感情上却接受不了。后来你已经是做了让步。你来了信。八个字。而那时我害怕了。我觉得两个病态者的结合是不会健康的。比如乔治·桑和缪塞或者肖邦，比如邓肯和叶塞林……我不敢做一次爱情的游戏或者探险，不敢……

八个字的信我读了几遍？

离开你是痛苦的。走近你也是痛苦的。糊涂地爱上一个人固然不幸，而十分明白地爱上一个人也未必能得到幸福。你说呢？

那么，再说吧。把结果交给时间。况且，我还有很多的事要做，你也一样。我们最好都不要让对方替自己负责。

几天过去，他们没有作第二次交谈，哪怕是短短的。

对于庄雨迟来说，异性的刺激往往是此起彼伏的。他激动起来可以不思茶饭、彻夜不眠，而一旦过去又仿佛什么都没有发生。他弄不清这究竟是个性还是毛病，是阳刚还是“阳痿”。但是至少有一层意义使他骄傲，对待异性似乎没有比这种法子更灵验的了，既可以坠入情网又能够跳出樊笼，进出自如。从这个意义上讲，他觉得情人是伟大的。他也曾考虑过是否可以过一段情人的生活。这种生活既小于婚姻又大于婚姻，或者说，不似婚姻又胜似婚姻。然而理论的完备不等于实践的顺当。他很难设想那种偷偷摸摸的生活会有多么愉快和圣洁，而尴尬和紧张是肯定的。我只不过吹吹牛罢了。叶公好龙指的就是我这路货色。这个时候，他有了不以为是构成男子汉因素的孤独感。他发现自己在精神上并不富有。

有一个时期他几乎不碰任何书本。以前崇拜的尼采、叔本华之流被他置于脑后。叔本华这位伟大的童男子死后，有人在他的书籍里发现了医治梅毒的偏方。他相信这不是讹传。凡·高将耳朵割下一片赠送给自己所喜欢的女人却令他心潮荡漾，而这又曾是他无比蔑视过的……

我简直就像一把老掉牙的吉他，无论怎么调试都奏不出一个准确的和弦。这实在有点儿可怕……

边小素的意外闯入，给庄雨迟带来了仿佛发自心底的颤动。好像命运会在一定的时候要把这样一位女性推到他的面前。一切像是经过精心设计的。但是庄雨迟没来得及同时也不情愿把她纳入理智之中。他珍惜在最初的一瞬间她所爆发出的魅力。他相信这就是异性的魅力。他相信自己的直觉。他不允许由于自己的草率或者武断来破坏这种神秘的直觉，可结果还是事与愿违。等他意识到事态的严重程度，一切似乎到了该收场的时刻，淡淡的帷幕在恍惚之中闭上了……

是痛苦还是惆怅？实在辨不出来。我承认我在断断续续地经受着失恋的折磨。我嘲笑自己的乐观与自信。我差不多已嚼出了自己的荒诞。我想，我大概是可以到情场之外的地方去溜达了。

庄雨迟企图以别的什么玩意儿来摆脱窘境最终宣告破产。他买了很多书但没翻动一页。他还悄悄作起小说，随心所欲地写了一大堆，然而一搁笔就发现是在做无聊的文字游戏。甚至在一个漆黑的夜晚，他在子夜时分跑到江边去学狼嚎，结果被工人治安保卫队揪到了派出所。不久，他接受了到雷阳堤担任工程负责人的任务。他想借这场洪水来好好洗洗脑子。可是，那个边小素竟也阴错阳差地掺和进来了，这完全像是一个低能的剧作家拙劣的虚构，见鬼！

他难以料到这场戏会演成什么样子。

三十

这场雨过去后天气陡然燥热了。不过也确实到了该热的时候了。天一热，到处便是焦烘烘的气味，到处都混混沌沌的。只有浸在雷水里，才觉得这偌大的地面上还有一点愉快。雷水总是那么讨人喜欢。

苇子此刻就浸在雷水里。她挑的这个场子极好，是个小小的且又是浅浅的河湾，两头都长着密密的芦苇。这芦苇的叶子映在水里便使水又绿了几分。苇子喜欢绿色，她觉得绿色是最干净的。可从未穿过一件绿的衣裳。

这正是日头暴晒的时候。中饭刚吃过，运生就被召到区里开会去了。运生的复出，苇子心里是高兴的。她想这个家得有个像样的人物支撑门面。以前是大撑着，那时这个家在桃花寨、在雷阳区，都数得上名。大虽不是官，但大有“资格”，有光荣，通雷阳大大小小的官儿没有不对大恭敬的。何况大又是挖宝的人。天下能有几个呢？如今大越来越老了，他的光荣慢慢让人淡忘了，他也早就不显宝撩人了。本来这个家稳稳地落到哥的身上，可他竟因为巧凤那草狗受了处分，从此就歇脚了。这个家也越来越叫人瞧不起了。莫看那些狗男女对大照样扮笑脸，其实都是支应大，糊大。以前人家请裁缝都要请大去陪客，现在连老人[1]都把大拨一边了。那天夜里区委王书记上门，大的嘴唇都在发抖，好像丢掉的宝物又找到了。如今哥又成书记了，好孬是一方之主……

苇子送运生过渡，就将船泊着，自己来了这浅河湾。起先她只是赤脚浸在水里，脚心的凉便慢慢流遍通身。她用手捧起一汪水，手便像是玻璃制的。苇子经不住这水的挑逗，瞧瞧四周，估计这时辰是没有人过渡的，就脱了外衣跳进了水里。她只会几把水，不敢往深处划。她靠在河沿的细沙上，整个身体平躺在水里。水刚好淹过她的胸部。这实在是舒服透顶了。苇子就这么躺着，嘴里含了根细芦根，细细地看着自己的身体。与短裤、短褂紧挨着的那几截肉像玉一样的白，她忍不住用手去摸了。她又发现最白的还是腰部，就把小褂朝上提了一点，触动了胸部。她从颈口看到了双乳的一部分，顿时感到有点耳热。接着她像忘了一件事没做似的不安起来，那白白的两条隆起的肉弧诱发了她的好奇，就像看到水面露出头的鱼一样。她抿抿嘴，终于还是解开了束胸的布带。双乳同时弹了一下。她慢慢撩开小褂，完全看到了它们。一下，两下，三下，她揉了它们。然后她摊开双手，水的微波拍打着它们，似痒非痒，像是另一双手在抚摸着……“哗”的一声，苇子坐直了，惊慌地用手拽紧小褂，反复往四周看。她总觉得边上有一个人，就藏在芦苇丛中……

我替你画张像吧，苇子。画像？莫白费了纸笔，我丑。丑我也要画，你坐好。那……你把门掩起来。还怕丑？怕丑以后就莫嫁汉。不嫁就不嫁。真不嫁？不嫁。哪个都不嫁？你画就画吧！心虚了吧？你到底画不画？好好，我画我画……你脸往窗子磨一点，放松些嘛！可能讲话了？照讲不误。不，不会画丑吧？你本来就丑嘛……

屋檐下雨嘀答嘀答地响。苇子的心怦怦地跳。脸不热了，可手心有汗。她几次想讲什么却又不知从哪儿讲起，她只听到铅笔在纸上画来画去的响，像割稻子似的。她好想看看自己画到纸上是什么样子，刚想扭头就听到他叫道：“莫动，快了快了……”

天色慢慢暗起来。

---

① 老人：死人。

不像不像！你画走样了。你拿给天下所有的眼睛看，谁敢讲不像你苇子？我，我哪有这个样子……你糊我。你就是这个样子。真的？当然真的。那你就送给我吧，小庄哥！不中不中。我用钱买。那更不中。你要我做么子？你讲哪！我么子都依……

他笑了一下就止了，点烟吸。一会儿工夫小屋子里就像起了雾一样……

这像你拿去吧，莫给别人看。你真好，小庄哥……我如何答谢你？我天天来给你洗衣，给你烧锅，给你……苇子，别讲了，你就这样，就蛮好。小庄哥，这像……你要是喜欢，就留着吧……苇子，你拿去吧。你不喜欢就烧掉！苇子！我还有。还有？还有……小庄哥，你还想上调吗？想有么子用。哪块黄土不埋人呢？小庄哥，我丑吗？苇子，你很美……那我做你堂客吧！

于是在那个月色溶溶的春夜，两个年轻的心跳到了一起。他紧紧地搂着她，切实感受到了她膨然胀起的胸的酥柔。他吻她的脸颊、嘴唇和颈项。她不会吻，就松软地躺在他怀里，屏着呼吸承受着他的一切。可是当他的手触及她的乳房时，她立刻抓住了那手，并且在手腕上咬了一口。那只手颤动了一下。她又用滚烫的脸去熨。可他的手慢慢地缩回了。她几乎是发疯似的抱住了他那窄窄的腰……

“有人吗？喂——”

苇子被这脆脆的声音吓得跳起，野兔似的钻进芦苇丛里，然后猫下腰大气不敢出。她隐隐看见自己的船边上飘着一片浅浅的黄，异样地逗眼。是个女的，苇子肯定，是外地的。

苇子急急地穿好衣，把盘起的辫子放下来，用手顺了顺。她突然发现胸部高出了一大截，才想起束胸的带子没系，便又重新摆弄。这带子是她借贵林堂客的机子偷偷织的，有六尺长，可以在胸口束两道。苇子每天系它都嫌费事。有一回去雷阳镇，沿街的二道贩都在卖奶罩子，白白的尖尖的，还镶着花边。苇子隔老远地望着，很想也买一只，可就是挪不动步子，张不开嘴。她看见松茂家堂客挑来拣去地买了两只。心里就骂：就你这草狗名堂多，都是生儿养女的人了还那么做俏！你那奶子还不及猪奶狗奶值钱哩！其实这也是一方的习俗，姑娘家做了堂客，奶子便不谨慎地藏。夏天乘凉光个膀子露截大腿，也是常事。

苇子沿着河边走过去，看到那个穿黄衣裳的女子正在摆弄吊在脖子上的照相机，就猜不是这一带来的。苇子发现她的腿好细好长，而那条洗得发白的蓝布裤子又太窄，把屁股裹得像嫩香瓜[①]苞，屁股沟都清楚明白。那件黄衫子又太宽，袖口像裤管。不过苇子很喜欢她头顶上的白帽子，这比草帽要好看些。只是颜色不吉利。苇子用赤脚把水拨得哗哗响，引她回过头。

“喂，你是摆渡的吗?”

苇子正眼看看她：是城里人。是城里什么人呢？苇子点点头。

“麻烦你把我送过去。”她说，“我要去看看那座塔。”

“上船吧。”苇子说，“就你一个?”

“对，哦，我愿意出十个人的渡钱。”

苇子就有些不好意思，后悔说漏了嘴。这城里人总都精得赛猫，你只讲前言他就能答后语。

船离了岸，风即刻大起来。城里人不再用白帽子当扇子使，惊叹着乱看，说好美呀好美。以前那个城里人第一次坐这船也这么说……

“能问你的名字吗?”

“我叫苇子，我是芦苇里生了，就取了这个名。”

“这名字好美。你也好美，苇子。我叫边小素，你就喊我小素得了。荤素的素。”

苇子笑了起来，心想这个城里人怪有意思的，像个男人，随和得很。城里人也有好人。

这当儿边小素举起照相机抓拍了几张苇子的肖像和姿态。以前从书上、电影上见过美的农村姑娘总不大当真，这回可无法怀疑了。这女子竟有这么美？算长见识了。

“你在……”

“我替你拍照片，我是搞报纸的。你很美，苇子。”

“你不是在说笑话?”

“怎么，难道没人这么说过?”

---

① 香瓜：即南瓜。

苇子的脸便倏然失去了原有的神采。她不再讲了，稳稳地撑着船。这瞬间的变化自然无法逃脱记者的眼睛。凭着职业的敏感和想象，边小素似乎有把握地认为，苇子的命运是耐人寻味的。她觉得一下子同苇子贴近了许多，好像她们不是初次见面。不过，现在她不想去认真探究这些。她是奔桃花岭上那座塔来的……

桃花是托塔李天王的大女儿？边小素笑得直不起腰来，这太离奇了。弥天大谎。可苇子却一本正经。

“你不信?”

“托塔李天王哪来这么一个女儿呢？我不信。”

“可这塔下埋着一对鸳鸯。这是真的。”

“你凭什么讲是真的?”

“我，我大……挖到了他们的……”

“尸体?!”

“不，是信物。一个玛瑙扇坠，一个赤金凤钗。”

“这东西还在?”

“在。”

“那，那你能带我见识见识吗?”

“我大不愿。县长想看，大都不愿。”

“你可见过?”

“我当然见过。寨子里的人都见过。不信，你去问他们……”

边小素惊讶地看看苇子，又回头看看塔，她不知道该如何解释这些。于是她又举起照相机，变换着角度拍了许多这古塔的风姿。她仿佛觉得，这塔是有生命的。这种建筑随着时代的久远，已经不再是一种纪念、一种标志或者一种图腾。它是一种象征。这象征又不完全是抽象的，似乎超越了什么又凝聚了什么……

她们在塔下徘徊了好久。

当夕阳准确地勾勒出古塔的身影时，边小素似乎已感受到一种巨大的力量在头顶上运行。一阵乍起的山风掀动了古塔檐角的风铃，其声如磬，又仿佛是那么的遥远……

三十一

转眼又到了星期六。李松茂屈指盘算，已经有十九天没回家了。他后悔上个星期六不该到指挥部露脸，否则白洛宁是点不了他的卯的。去江上溜一圈，毫无意义，人还晒脱了一层皮。但是又不得不去。白洛宁是县委副书记，是指挥长，他叫你向东你还敢对西吗？上下级关系，有的只是服从。组织原则是这么个意思，个人感情也是这么个意思。想图自在，就揭掉帽子做平头百姓去！如今承包了，百姓自在得如鸟似鱼。可事情又绝非如此简单。李松茂认了。不认又能怎样呢？不认也得认。他白洛宁在比他更高一级的干部面前不也如此吗？这样一想，李松茂似乎也没觉出有多大的委屈，甚至觉得白洛宁事事带着他，是一种非同一般的信赖。问题是天一黑，李松茂心神就不安定起来。那几天气候又极凉爽，一个人直挺挺地躺在床上就感到十分的单调。他想巧凤。他把灯关了，把头缩在被窝里去模仿巧凤的喉咙，说一些夫妻间枕头上的话语，一问一答。又将手在身体上均匀地抚摸，想摸出那一种熟悉的感觉来。终于这感觉从大腿间获得了，他周身一阵一阵地发痒，还稍带一点儿麻。他几次想把手停下来但都没有停住。结果便横下心来将十八九岁时做过的那种见不得人的游戏重新做了一回，竟也成功了。等他喘过几口大气后，他就有了心慌意乱，还有了一点羞耻。不久，就睡熟了。

但是第二天夜里，他又做了。

一连几天他都那么做了。

今天一早，李松茂起床就刮了胡子。本来还打算去理发，又觉得在眼下这种不寻常的环境里，头光脸光的怕不大合适。这些天他始终穿一套便服，且始终把裤管卷平膝盖。今天是个好天。日头极嫩，薄薄的云随微风运动着。李松茂是准备回杨树湾的。他还在镇上的百货商店替巧凤买了一把花色素雅的折叠伞，仿佛自己是由外地出差回来。他已计划好请假的由头，就讲是巧凤病了，托人捎信来的。可细一想，又觉得这么讲不够理想。不如讲是孩子病了。那个秋夜发生的事总横在李松茂心头，他极不情愿让白洛宁记起巧凤。这些年来，李松茂对自己的妻子一直是朦朦胧胧地存着戒心。巧凤朝城里人瞟得厉害，脚步跟得也紧，余下的精力差不多都花在打扮上，竟也相当的出众。对此李松茂本是没有意见的，妻子鲜活得长久是做丈夫的安慰。问题是这个女人心肠太热，见到熟人老远路就笑，还拉到家里来喝茶。有的厚脸皮时常与她调笑，她却也不动火。李松茂好几回想就这个问题严肃地同妻子谈谈，可一想那个秋夜自己酒后的鲁莽所带来的尴尬，顿时就泄了气。他很不踏实。这次，他私下给吴德荣下了任务，虽没明言，但意思是足可以叫对方领会的。“社会复杂，巧凤虽然为人正派，但坏家伙不能不防。你多关心点。”李松茂说，“有什么情况你要及时给我汇报。我是很信任你的，德荣。”

德荣三天前来汇报过一次。他说一天夜里区委王书记在镇长家门口站过，同巧凤讲了几句话。

“大概几点了？”

“至少有十点。”

“他们讲话……是大喉咙还是小喉咙？”

“大喉咙。王书记说从桃花寨来。”

“王胡子可进屋了？”

“这倒没有。我看得清清楚楚的。没有。”

“这有什么呢？胡子我还不了解？”

“后来……”

“后来又怎么了？”

“其实也没么子。巧凤挎篮子下河沿了。”

“这么晚还下河沿？”

“是想趁好月亮洗几件衣吧。哪个不晓得她是个勤快人嘛。”

“你没跟过去？”

“我，我眼皮实在撑不开了，困虫上来了。”

夜里下河沿，巧凤好像不这么做。她手脚麻利在全杨树湾数第一，再忙，也犯不着夜里下河沿的，而且是那么深的夜！李松茂在德荣面前当然不会流露出什么来，但在心里总太平不了。

他是一定要回家看看的。

李松茂刚走进白洛宁的房间，工程师庄雨迟就从沙发上站起来了。

“老李，”工程师说，“今天你得辛苦一下，把各堤段上堤民工数、库存的防汛物资认真检查一下，逐一登记，以便掌握。”

“不是已经有数字了吗？”李松茂说。

“数字是有，但掺了水分。还是我们自己亲眼看看的好。”工程师说，“工程处和后勤处各派一人随着你。要抓紧点。”

李松茂似乎还想解释，但白洛宁发话了：“松茂，这件事很重要。家底盘不清，就是一笔糊涂账了。你用我的车下去。”

“那好。”李松茂说。

于是李松茂的“探亲”计划又流产了。他在下面泡了一整天。倘若没有那辆小吉普，他会一路上在肚里骂娘的。这是他第一回坐吉普车坐到前面的位子上。镇里没有小车。以前地、县领导来视察，作为陪同人员的他只能坐在后面挤，下了车别人才发现他的形象。这次，沿途的人一眼就注意到他，不停地挥手。这使他心旷神怡，由衷地产生了豪迈感。如果能到县里，他想，就不必操这份子心了。即使安排个局长，也是配有小车的。有的局还是轿车呢！这么想着，他就心定神安了。他觉得白洛宁对自己还是十分器重的。

回来时天色已晚。李松茂直接去了食堂餐厅，炊事员翠娥便将饭菜重新热了，及时地端上来。松茂的兴奋尚未消退，吃起来也很开胃口。翠娥叫镇长吃过饭把碗搁着，等会儿她来收拾。翠娥又说洗澡水也烧好了。松茂就正眼看了看她，说：“我们杨树湾的女人都贤惠哩！”翠娥抿嘴笑笑，回自己屋里去了。

翠娥的房间套在餐厅里头，原先是卖菜饭票的地方。因为她是镇长介绍来的，就腾给了她住。那屋子很小。松茂回来的时候，翠娥刚收拾停当，正打算关门在餐厅里洗澡。现在她只好把澡盆移到自己小屋里去，小心地洗。

开始，李松茂并没有留意翠娥干什么去了。等他吃得八成饱时，才听到背后隐隐有“哗啦”声。他回头看了一下，发现声音是从翠娥的小屋里传出的，且有一条细细的光束透过门来，落在脚边上。顿时，他起了慌乱。大门一关，便没有第三者了。他想离开。但那门缝里透来的一束光仿佛一根系心带，牵制着他。他感觉到自己的呼吸粗了。望望窗外，黑洞洞一片。镇委机关的人本来就少，这阵子差不多都分派到下面各堤段去了。他走到餐厅门口，慢慢将门掩上，又上了闩。我这是怎么了？要是……他又回头瞥了一眼那束灯光，然后悄悄褪了力士鞋，朝着迎面的那扇小门走去。只听见不规律的“哗啦”声。他的眼贴紧了门缝。

——翠娥正赤裸地侧身揩洗，丰满的乳房在随着手臂的动作滚动。滚圆的大腿。滚圆的臀部……

李松茂使劲用手按着胸口，喉咙像火燎似的辣，周身在微微战栗。

他用肩顶开了门。

翠娥完全呆了，直挺挺地站在澡盆里，腋下的肥皂沫子往下淋。等她反应过来，便像泥鳅似的跳到床上，拉过被子连头一把蒙起，露在外面的两只脚在剧烈地抖。

有一刹那李松茂感到了内疚。但等这一刹那过去后，他又表现出极大的冷静与坚定。他慢慢走近翠娥的床，对那起伏不停的一团足足看了有两分钟，接着利索地把自己的衣服扒光，用劲揭开了被子……

这天夜里，杨树湾的那棵大槐树下，一个妇人又站在以前站过的地方，面对通往雷阳镇的那条旧时的官道，在低哼着一段黄梅调：

劝冤家出门去莫贪色酒，
贪色酒是小人不足风流。
西天佛不贪酒佛门为首，
韩湘子不贪色南山终修。
汉朝里有一个昏王刘秀，
酒醉后错斩了姚期手足。
隋朝里有一个炀帝老狗，
后花园调亲妹江山抛丢。
冤家哥呀，
切莫把奴言语付与水流。

三十二

雷运生的复出给老龙水带来的滋味极难分清。当初雷运生的倒台，老人的心情也不易摸透。这个养子的脾性，做父亲的有数。是个野种，是个犟种，也算得上个怪种。五四年，龙水把这个两尺长的东西捞上来，竟被咬了一口。那会子龙水就想，日后怕降不住这小东西，家业或许就败在他手里。果然就应了。这杂种从小就不驯，你叫他上山，他偏要下河。龙水不晓得痛揍了他几多回！起先这杂种死咬着牙齿一声不做，也不淌眼水。后来，竟犟起嘴来了！这还了得！龙水记得，两辈人第一回翻脸，是为歇书的事。是运生念四年级的时候，十一二岁的光景吧。这杂种人虽鲁，书却念得不猛，四年下来就会看报纸，会写信，年年都得奖状。听说要歇书，学堂里的吴校长都踏凹了门槛，硬是不同意歇。校长还讲，要是家里经济作难，可以免一半学费。可我还是下狠心歇了。那会子我天天在江上跑，起网扳罾少个帮手。又思谋着，这杂种肚子里墨水喝多了，翅膀就越硬，日后还能把我这个假老子放在眼眶里吗？他跪下来求我，一口一个好大。说真的，换个人是看不下去的。其实我心也在发软，可是我既然开言叫歇，那就得歇。在桃花寨，我龙水向来是说一不二的。我背过身去，吃我的水烟。我猜他眼水淌了一脸了。过了这夜，就好了。伢鬼玩性重，几回江上一跑，心就野了。猛地一声炸起：

“你不是我大!”

“你……你这杂种！老子撕开你！你给我滚！滚!”

这是头回吧？唉，我恐怕也做过分了……十九岁那年，他当兵去了。入了党，据讲本是要提官的，因为揭了领导的短，就黄掉了。领导跟个把女人困觉有么子稀奇？碍你么子了？又不是偷了你堂客！结果被撵回来了，倒也不错，成了支书。王胡子很赏识他，想暗里往上拽他一把。可这不争气的东西又闯了祸，又是为了女人……不过这桩事不能都怪他。我也有误。都是那狗日的“四只眼”搅的！搅浑了水！这样就一下子瘫了，雷家的门面也暗了许多……

但是这杂种顺风顺水又能怎样呢？混个国家户口不成问题。当个乡长区长也差不多。可这些如今能顶个屁用！田包到了户，各人头上一方天，他不犯法你还能拿他怎么的？啃他的卵？他不求你就不认你。他只认得票子。而这杂种又是一根肠子通到屁眼，脑子里整天转别样的经。他当支书那会儿，天天想的就是在这雷水上架一座桥。他就不晓得家里还有一条船！照这么下去，老子这点家底不被他浪个精光才出鬼呢！也亏他早早倒了台……

现在又起了。虽说这门里又有了人在区里乡里进进出出，但想由他来支门面怕也是笑话。雷家这门，是不大好支的。杂种，你还嫩着呢！

这几天雷运生脸色始终是平平的。支部改造了，他算是个合法合纪的领导人了，但他在支部会上一语未发。今天晚上，却又召集了全体村民大会。自从包产到户，这种规模的会议，桃花寨就未曾开过。人聚不齐。上面有些什么新条文，村领导或者乘放电影的前几分钟抢着念念，或者借哪家老人请瞎子说书的机会讲讲，就了事了。听说要开会，大家就很觉得稀奇。也不知是这种久违的新鲜感的缘故还是对雷运生个人的尊重，通知一经发出，到了时候人竟差不多都来了。

会场还是原来的，雷家祠堂。几盏煤油灯摆着，人影黑黑地布在两壁，绰绰地动，使本来就弱的光线越发模糊，久了人眼便涩巴巴的。龙水没有到场，他捡了只小竹椅坐在屋后土坡上乘凉。他的身体完全被老槐树的影子遮住。但从这个位置，他能够看清祠堂里的情况。

会议是准时开的。村长贵林念了一段关于因地制宜、勤劳致富的报纸。刚念一半，下面就有人用芭叶扇“啪啪”地驱赶蚊子，接着议论声纷纷而起，说哪个又怀上了，哪家卖了猪膘，哪个上街钱包给掏了。贵林把嗓门清清，又抬高了一度，照样把报纸念下去，一边念一边还招呼说“快了快了”。不料下面的议论声也相应高了一度。于是坐在旁边的运生用胳膊肘碰碰贵林，说：“算了吧。”贵林就把报纸塞到屁股底下，做了个手势，说：“下面，请雷支书讲话！”这一说，下面的声响顿时便弱了许多。

雷运生慢慢站起来，看看屋脊，再看看大家，说：“今夜请大家来，是想讲几句心里话。大家看得起我，都来了，我谢谢大家。我如何谢呢？我又不能印票子，整把整把地撒给你们。”

下面的笑声起了，个个眼也亮了许多。

“大家站起来看看河对面的杨树湾吧！人家的日子过得如何，不用我多嚼舌根。桃花寨人是天生的穷命吗？桃花寨人不也生着一个脑壳两只手吗？我们不笨！为什么我们就要活活苦死呢？我们不服！”雷运生一说就激动了。他努力使自己平静下来，接着说：“我对不起大家。以前在我手上，坯子就坏了。今天我又出来了，我……我是要帮大家出出这口闷气的！各位老少爷们，婶婶娘娘们，兄弟姐妹们，我雷运生虽是从这雷水上淌来的，可我毕竟是喝了三十六年的雷水呀！……”

雷运生讲不下去了，就用力把手朝头上挥了一下。紧接着下面有人鼓起了掌，很快就哗啦啦地铺开了，像掀掉了一座老屋顶。

老槐树下，龙水慢慢站起，背过身扯开裤腰撒了泡尿，却分成几段才撒尽。刚才那场面也颇使他激动。当年杨政委带队来搞土改，推他为头子，也立在台子上指手画脚地讲过话。那情形与刚才差不多。不过那会子人的脾性都驯，好管；就是骂一顿打一巴掌，也犯不了乱子。杨政委错杀了陈胖子，重贴一张文榜，就算了结了。陈胖子的儿子只是抱着那张纸哭，说只要政府承认他大是好人，烈士不烈士都无所谓的。这事要摊在如今那还了得？奶奶的，人是越来越不好管了。可是刚才的巴掌声又像是说人也未必难管。恐怕是那杂种夸的海口撩拨了人。哪个不想过好日子呢？你给他好处他对你磕头唤老子都中。可这好处就那么容易得吗？杨树湾那些狗日的不走正路，靠偷鸡摸狗的本事把脸涂得像堂客奶奶的屁股一般惹人，早晚要遭报应的！看看吧，这日晕又起了……

会散了。人一离开祠堂就叽叽喳喳地乱嚼舌根，还乐着呢！那杂种还真有两手，两片嘴唇夹夹竟把人心拢了过来……龙水看见运生气昂昂地出来了，却不进家，一个人往河边摸去了。怕又是在看杨树湾了。杂种，当初捞了你我该把你扔到对岸就好了！龙水叹了口气。老人最难过的是运生时刻记着他不是雷家的种。我是雷水上淌来的——听听，这是什么婊子养的话哟！

夜这么深了，龙水却摸上了桃花岭。月已斜得厉害，如一叶舟子在浪谷里颠着，看一眼便头昏目眩。龙水高一脚低一脚地踩着这惨惨的月光，喘着粗气，总算到了岭尖。这儿的风要猛得多，吹得人周身发软。龙水没有停脚，径直奔安平塔而去。那塔日日夜夜挺着，在月下暗暗地亮，好似一把剑，把天剖成两块。龙水感到心跳得好野，脚底像抹了油。近了，他看见塔脚下亮着一小堆火，在随风作悠悠地跳。这会子还有人烧香？他脚步慢慢放稳了，咳了一声。他看清是麻子扎匠。

“是龙水伯哪……你老也来看看？”

“来风凉风凉。烧香？”

“这日晕一起，我心里总不实在，就……”

“怕个卵子！这塔就是替桃花寨竖的，祖上荫德……”

“那是那是。这塔姓雷。”

“烧个么子了？”

“扎了个摇篮。嘿嘿，我想桃花娘娘又该生一胎了，用得着……阴曹总不会开展计划生育吧？”

龙水就着一块石头坐下，望着那堆残火，眼直勾勾的。麻子何时离开的，他都不晓得。他觉得那火红得像血。于是血腥气又在他身上散发开来……

龙水，我腰酸得厉害，一阵一阵地紧。我怕是……要生了。你莫哟可中？我去找接生婆。你就去。哎哟，我怕是活不过寅时了……你又哟！堂客生伢同拉屎，你抗抗！龙水，你去找接生婆吧，我求你了！我就去，我就去！玉枝你得抗抗！抗住！

小船在芦苇丛中直摇晃，像个醉汉。

龙水去找了接生婆。过后，他又上了桃花岭。其时岭上鞭炮炸响，锣鼓喧天，杨子东书记正为本县第一座小高炉的出铁剪彩。这热闹刚过，又传来了特大奇闻：雷龙水青天白日于安平塔下得宝！这是众人亲眼所见的，连杨书记也怔住了！不久又听到一声：“玉枝生了！生了个千金！”龙水的泪水顷刻涌出，他揣着宝贝几乎是连滚带爬地下了山……

接生婆到的时候，孩子已经落地了。玉枝用牙齿咬断了脐带，血染透了半个舱……

七天后，玉枝撒手去了。那是个秋风秋雨的日子，芦花开了又谢，整个雷水白汪汪一片。

玉枝，我对不住你呀……

我该杀！

龙水伏在膝上呜呜地哭了。这塔，仿佛是玉枝的碑。风越发紧了，松针摇曳的“沙沙”声送过来。最后一粒火星终于熄灭了。龙水颤巍巍地立起来，回首俯看了桃花寨。全寨就他的家还点着一盏残灯，像一只青面兽的独眼。龙水似乎是头回觉得，这寨子小得可怜，小到他一只巴掌就能盖得住……

他又仰脸看了看安平塔，脉正随着塔檐的风铃声在跳。他庄重地跪下来，连磕了三个响头。而后，又伸出两只枯如松丫的手臂，紧紧抱住了它的一块身体。

一只猫头鹰远远地啼着。

三十三

“从这次摸底的情况，问题是严重的。人力、物力都相当薄弱……”白洛宁以这种沉重的语气结束了他在雷阳堤分指挥长会议上的讲话。本来他想点几位工作上水分较大的基层领导人的名，又觉得这样容易把事情搞僵。我们这拨人，不像老家伙那么来得痛快。他们凭着把脑袋别在裤腰上打江山的本钱可以随便骂娘、拍桌子、掼碗。我们不行。我们上来似乎就是占了大便宜，就不叫人舒服。你若再不注意点方法，就更叫人难受了。当然，要是背后有老家伙撑着，会方便些。问题是老家伙能有几个真心实意地替你撑腰呢？除非是你爹。爹还有与儿子争风吃醋的呢！说是扶上马送一程，但他人虽下了马缰绳却死死捏在掌心上！

工程师庄雨迟在会上提出了几条具体意见：一是根据现在的农村情况，“大呼隆”怕是行不通了，只能推行承包责任制，即按公里将堤段承包到户，责任到人。目前每公里一人，如果水情恶劣，每公里增加到两至三人。同时要注意“结合部”的质量。二是每十公里为一小组，分成两班，日夜巡逻。三是迅速组建抢险队，以防不测。抢险队由雷阳堤指挥部统一指挥调配，负责抢险。四是在一周内补齐各堤段缺乏的防汛物资数额，除摊派到各户的土方、稻草、木桩外，草袋、瓜子片（碎石子）、沥青油毡等，由指挥部统筹考虑。五是加强通联工作，除要求省里给指挥部增设电台外，各指挥所要增加一部专线电话，正常情况下每两小时向指挥部汇报一次水情。最后一条，是以指挥部名义发出通告，严明纪律。

这些意见受到了与会者普遍好评。大家觉得这个年轻的工程师很干练，且又机敏。一些麻烦事到他这儿，就都搞清爽了。比如，按公里搞承包就出乎大家意料之外。自从搞责任段，农民各自都快活起来了，可集体的事就极难推得动。还有抢险队，也实在是好点子。于是有人说，庄工程师当个地区水电局长怕是绰绰有余的。可庄工说，这次防汛一结束他就打算改行。改行当个作家，埋头写书去。

对庄雨迟的反应，白洛宁都注意到了。庄雨迟第一次在会上露面便吸引了大家。那一夜白洛宁没睡踏实。但是这个指挥部的领导者是他白洛宁而不是庄雨迟。尽管他心里有点儿不舒坦。我干吗那么狭隘呢？我们难得合作一次，完了就道一声“拜拜”，还能有什么呢？白洛宁觉得自己这方面是个弱点，既然想开了、想通了，也就平静了。不过有一点他始终不明白：庄雨迟一面扬言要改行，一面却干得热火朝天，这怎么能够统一呢？他弄不清楚究竟是什么原因促使庄雨迟这么表现的。

会议是在黄昏时散的。其时天气很窒闷，云也比白天厚实，而且焐得紧了。空气中一股酸酸的味道，时有时无。看来今夜有雨是无疑的了。白洛宁似乎已有了这么个习惯，凡是阴天雨天他的情绪就比较低落，而且还有点儿心虚。一触脉，脉象也不够理想。所以他一出会场，就悄悄一个人去了雷阳堤。他有两日没上堤了。看见江水离堤面还远，他心里顿时便放松了些。

白洛宁登上雷阳堤时，西天残霞的一线橘红色的霞光挤出云层正投射在他的身上。他感觉到了，便立住，肃穆地接受了晚霞的洗礼。他想自己这会儿是如同一尊铜像的。他的母校A大学，迎门便耸立了已故领袖毛泽东的镀铜塑像，是全身的。领袖身着呢军大氅，手里捏着军帽从容地指着前方，两眼深邃无比，嘴角挂着胜利者矜持的微笑……虽然那时人们对这种建筑的兴趣已日趋淡漠，甚至还报以嘲弄，但白洛宁每次从大门进来，总是下意识地对它凝眸遐思。这无疑是个杰出的伟人，即使有缺陷也不妨碍他成其为伟人。良久，白洛宁的视线回到了大江上。江水是浑浊的但又是奔腾不息的。没有一叶舟子，只有几只水鸟在向对岸飞聚，时而传来微弱的叫鸣。白洛宁缓缓移动着脚步，沉思着。他仿佛觉得眼前这条江是湘江，脚下这块土地叫橘子洲。六十年前，一位叫毛泽东的青年就停在那里，呼喊了一声：“问苍茫大地，谁主沉浮？”如雷贯耳，石破天惊！啊！那是何等的气魄！何等的自信呀！

他继续向前走着……

突然，他整个身体挫了一下——

他又见到了那只巨大的白鸟。它的巨翅割断了那一线残阳，天地倏然间混沌一片……

他返回时晚饭已经结束了。他知道食堂里替他备了一份，但他不想吃。好像在他看到那只大鸟的时刻，他发现胃口败了。这他妈的实在奇怪，我怎么老是见到那家伙呢？在龙韵关上，小马竟没看见。刚才也没听到边上人的议论，莫非又只有我一人瞧着了？难道是错觉？即使是的也只能是偶然，但我又瞧见了。这真不可思议！他纳闷地走着，想回到房间里躺上一会儿。刚上楼梯，听见边小素在喊自己，就转了身迎过来几步。

“这篇稿子请你过目一下。”她说，“最好能快点，如果没什么异议，我想今晚就用电报传回去。”

“还这么客气。”

“这是规矩。在这儿，你是一方诸侯。”

“我马上看。”

白洛宁接过稿子就踏上了楼梯。他忽然觉得应该请边小素上来喝杯水，便又转过身。可是边小素已经走远了，咖啡色大格子裙被风抖得很开。风度够潇洒的，他想，脾气却那么古怪。不是高干子弟常有的那种古怪，而是女人的古怪。一种敏感多疑、喜怒无常的女人必备的性格毛病。这种女人是高档的工艺品，你对她的最大兴趣除了欣赏还是欣赏，而且需要往后挪几步。白洛宁对于他与边小素的告别，除在那个极短的几天里有过沮丧外，是没有额外的情感变形的。事实证明他的超脱是明智的。他有一个十分满意的家，妻子不仅漂亮而且温柔。这些都不重要，白洛宁最引为自豪的是，妻子对他的崇拜几乎可以说是五体投地。对于妻子，他觉得实在是无可挑剔的了。他也很喜欢她。为了她的事业，他主动提出推迟三年再要小孩。第四年头上，妻子顺利地怀上了孕可是不幸意外地流产了——她当时正参加一部叫做《秋水伊人》电视剧的拍摄，担任第四号角色。拍外景时，她不慎滑了一跤。现在，她又怀上了。白洛宁盘算着，可能有四个月出头了。这几天，他常常梦见她和那个未出世的孩子。

他进屋后先喝了杯水，再坐到沙发上来看边小素的稿子。他已经有一段时间没有审阅什么了，所以感到很愉快。尤其是现在他审阅的是同学的文章，这种客观的距离感似乎弥补了他心灵某方面的缺陷。他在接过她的稿子的时候，就在琢磨如何对待它。他想所谓内容上的把关是次要的，他觉得应该在文字上拉她一把。我毕竟是学汉语言文学专业的，玩文字游戏我比你老练。我会处理得让你无话可说，不服也得服。这方面你最好不要自信。可我干吗要这么想呢？趁机杀杀她的骄傲还是索回她欠我的债务？我这就有点小家子气了。还是给她一个台阶吧，开绿灯。何况如今她是以省报特派记者的身份来工作的。对记者这号人，最好还是恭而敬之。闹别扭了，他们就挖空心思地揭你的短。这实在是个可笑又可畏的职业。然而白洛宁的判断有误。边小素的文字功力远远超出了他的估计，甚至叫他暗自吃惊。然而更让他吃惊的是，这篇题为《面对洪水的思索》的文章，突出强调了“承包”用于防汛的优势，并上升作为一个新观点、新方法提将出来，向全省推荐。她是如此之敏锐！白洛宁几乎是一口气没喘地读完了全文，末了，他点上了香烟。他觉得文中这句：“这个方案是由年轻的水利工程师庄雨迟首先提出的，遂引起了重视和赞赏。”读起来极吃力。当然这是事实，他想着，问题是这么提似乎不太合适。构想不难，难的是实施。而实施是绝对离不开领导重视、群众支持的。按这样的提法，岂不是在为个人树碑立传？白洛宁提起笔打算把这一句划掉，可又迟迟不能落下。他开始踱步。不一会儿，门外传来了边小素的声音：“可以进来吗？指挥长。”

“请进。”

“审阅是否完毕？”边小素进门便问。

“哦，你坐。”白洛宁给她倒水，“写得相当不错。你的思维敏捷让我吃惊。这绝不是恭维。你喝水。”

“如果你不是恭维，我很高兴。”边小素说，“我想这篇东西必定是头版头条。”

“我不怀疑。”白洛宁又点上支香烟，“不过，我对其中的个别提法还在考虑……”

“你大概是指提到庄工的那句吧？”

“是的。我首先声明，我绝不是对庄工存有什么看法。他很干练，我们的合作可以说是达到了默契……我担心的是，在这个非常的时刻，突出了他个人是否会挫伤一大批同志的积极性……”

“那么，你觉得该怎么表达合适呢!”

“我也没想好。我觉得……可以虚一点，意思到了就行。我的意见，仅供你参考。”

白洛宁说完，将稿子还给了边小素，然后将身体稍稍朝外边磨了一点。他把视点固定在燃烧的烟蒂上。

静了一会儿，边小素站起了身。她用手拢拢耳际的头发，说：“指挥长，如果你仅对此表示异议，那么我可以走了。我觉得既然是事实就没有必要来虚的，恕我直言。”

这时，庄雨迟推开了门，差一点儿就与边小素撞上了。三个人都觉得不够自在。还是白洛宁反应快一拍，朝庄雨迟甩过去一支香烟。

庄雨迟靠在门框上点上烟，用力吸了一口，然后说：

“已接近危险水位。”

三十四

这场憋足了劲的雨终于泼下了。自然是暴风雨的势派且又富有秋雨的韧劲。天地间雾腾腾一片，四野哗然。这场雨仿佛是为了强化“危险水位”的气氛而来到的。

这天夜里，与雷阳堤成圈的外圩溃破达三分之一。

雷阳堤防汛指挥部成立二十几天来第一次上了弦。电话铃一阵接着一阵，全是告急。而这时，指挥长白洛宁与工程师庄雨迟以及另外几名工作人员都在堤上，密切注视着水情的发展。记者边小素自然是不愿放弃这个具有新闻价值的时刻的，尽管上车时工程师在黑暗中使劲把她往后拽了一把，但她睬也没睬地挤上车去。

堤上乱哄哄一片，时有尖锐的哨音和沙哑的锣声随风断断续续地送来，总觉得在某个地方嘈杂的人声在浮动着。几盏马灯在风雨里像中风一般地颤抖，光线又暗又昏，视野里的一切都似乎是经水泡过的，湿淋淋、黏糊糊。吉普车在堤面上缓缓地晃晃地行驶，好似一个年迈的瘸子。车灯雪亮，密集的雨点碰在顶篷上如回潮了的鞭炮样的响。车灯五米之外就被蒸发起的水汽所遮挡，于是驾驶员小马又开始骂娘，因为车里有个女人，他不便痛快地骂，只是嘀咕“妈的！妈的!”当小车驶过一架工棚时，听见里面有人在嚷：“当官的，操你妈!”

庄雨迟摇开车窗，把手伸出去接雨。这场雨照这么落下去，降雨量不会低于160毫米。内圩一定吃紧。水库也一定吃紧。而这种条件又容易形成山洪……这是个问题。江水涨势迅猛，内水又迎头浇来，内外夹击，雷阳堤能承受得住吗？他将淋湿的手收回，盖在脸上。这时候他感觉到边小素在注视他，便轻轻叹了口气。昨天的事重新泛起，他的心绪又紊乱了……

是在午休起床的时候，庄雨迟热得够戗，就自制了根鱼竿，想到附近河塘里去试试。他转了一圈只钓了条三寸长的小苍条。他没将小鱼取下来，让其悬挂于竿头招摇过市，倒也觉得好开心。在旅社门口，他遇见了边小素。她是从斜对门那家照相铺子出来的，手里拿了一叠照片。庄雨迟看到最上面的一张是安平塔。两天前边小素去桃花寨他是知道的，但他对此举始终保持着缄默。

“桃花寨好玩吗?”他打量着照片，“不虚此行?”

“是的。那地方，神奇得很……”

“鬼气森森。”

“鬼从某种意义上也是神，神也可以成鬼。”

“这么说我们讲的是一个问题的两个方面。”

两人微笑了一下，顺着林荫道慢慢地走着。几天来的接触，他们表现得十分自然。也非常有分寸。

“看来你钓鱼是外行。”

“这要看从什么意义上去理解。钓的过程，我完全和每个垂钓者一样伟大。钓鱼的目的不一样，有人钓鱼是为了吃鱼，有人钓鱼是为了享受。”

“堂·吉诃德式的伟大。”

在一家店铺门前的条凳上，他们坐下了。庄雨迟买了两支冰棍。趁这会儿工夫，庄雨迟拿过她的照片，很随便地看着……这塔还是那个样子，威严无比，虎视眈眈……从这条小道往右拐，再下坡，是我的家……雷家祠堂。那年老龙水是在这里动家法的……雷水。雷水阔了，阔多了……

他突然站了起来。

“你怎么了?”她已经从他脸上发现了明显的惊慌。“是因为这姑娘的美?”

我失态了。任何掩饰都无济于事。这个姑娘的美仿佛是气状物弥漫在我的周围，我呼吸着它。我无法回避这种撞击。我干吗要回避呢？庄雨迟，难道你做得还不够吗？……

我说了那一切的过去。我只是像展览馆的解说员一样对她作介绍，似乎我也是局外人。我没有必要多说。完全没必要。但是，她是怎么看的呢？“看来你钓鱼真是内行。令人钦佩……”她说。她的眼光是不友好的。这无所谓。我转身离开了，在很远的地方，我折断了鱼竿……

吉普车剧烈摇晃了一下。

他们巡视了全堤，沿途在各指挥所了解了水情及灾情。庄雨迟逐一作了登记，纳入他建立的各堤段档案。从接触的情况看，江堤目前的状态还算乐观，几处险段有少量的冒沙、管涌，已被排除。然而以后的情况是无法估计的，上游的降雨量日益增大，汉江、鄱阳湖已开始向长江排水，这场雨将会在这个地区徘徊一段日子，因此内水的压力也越来越大……

从堤上回来，鸡已开始第一次啼鸣了。庄雨迟把白洛宁拉到地形图面前，分析了形势。

“看来，必须彻底放弃成圈圩的防守。”庄雨迟说，“先退一步，以屈求伸。”

“彻底放弃？那灾情……”白洛宁思考着，“群众会怎么看？怨声载道不说，要统统撂挑子问题可就大了。”

“必须这样。现在的人力物力要绝对集中到江堤上，不能分散。这个地区主要田地是在内圩。我的意思是，堤外千亩以下的成圈圩全部放弃。”庄雨迟续上香烟，用力地吸。

白洛宁踱了几步，自语又像是对工程师说：“我们是否把情况估计得过于恶劣了？万一情况比我们想象的乐观，白白放弃成圈圩，也是不好交差呀……”

“要是情况比我们估计的还要恶劣呢？在第一回合上我们耗费殆尽，第二回合怎么打？残兵败将能打赢吗？那时江堤溃破，大片良田、房屋遭淹，工业区被毁，你我能负得了责吗？枪毙了还浪费两颗子弹！”工程师一下子激动起来，两眼圆睁。

指挥长被这种气氛搞得很尴尬。这支“老枪”连日来时常卡壳，叫他烦躁也叫他纳闷。他觉得自尊心已濒临崩溃的边缘，权威也摇摇欲坠。以前在老家伙们面前装孙子那是厚着脸皮和无可奈何。而现在，在同龄人面前他也抬不起头来，这使他难以忍受。可他又很怕同这种趾高气扬的工程师闹僵。他又一次清醒地意识到他的依赖性。这……简直是侮辱，是挑衅！糟就糟在我无还手的余地。可这么下去，我算什么呢？不能躁，绝对不能！你不是支老枪吗？王牌的老枪吗？那么你就该处处打响，哪怕膛上装的是一颗生锈的子弹……

“那，待请示了地委再说吧。”

说完，他离开了。他在走廊的尽头也就是在自己房间门口，听到庄雨迟“嘭”地将门关上了。

刚落座，李松茂便领着食堂工友送洗澡水来了。进门就说：“白书记，洗完澡好好困一下。晚上我值班，有情况我马上报告，你放心……”

白洛宁像抽掉骨骼似的堆在沙发上，微微点点头，又摆了摆手。李松茂觉得不便久待，就催着工友快些离开。白洛宁又喊住了他，说：“我一桶热水就够了。这一桶给庄工送去。”李松茂迟疑了一下，见书记脸已侧过去，就同工友抬起一桶热水走了，顺手将门带上。

躺在澡盆里白洛宁才觉得是累了，他闭着眼浸了一会儿，整个身体像被掏空了似的，很轻很轻……

我可不能像你那么简单。防汛完了，你拍拍屁股就走，我呢？我在这块土地上混。灾情太重，即使江堤没出纰漏，也不能说明我是清白的。老百姓会骂我，甚至会告我，说我是官僚，是败家子。老百姓是不会想到什么大局大体的。他们眼睛盯的是自己的脚尖。多失一亩田地就多增加一声怨言，多增加一张状纸。这些东西凑起来便是一座小山，是足够压得我喘不过气来的……那时上级会怎么看？无疑是要指责我作风毛糙，工作不够深入细致，考虑问题过于片面，过于教条……政治，历来就是实用的。尼克松下台不是因为“水门”本身有多么了不得的奇怪，糟就糟在消息一经披露，整个美国都哄起来了！所以说人言可畏……我还年轻，在这个鬼地方少说也还要干三五年。宋尚志的戏眼看就要演完了，而他却大睁着眼睛在窥视着我，期待着我出尽洋相……稳住，一定要稳住……

洗好澡，他给地委挂了电话。在等待电话接通的这段时间里，他又想起了边小素。他觉得她似乎是个可怕的累赘。那篇文章她发回去了，几天后可能会以显著的位置公之于世，这会产生什么样的后果呢？边达会怎么看？宋尚志又会怎么看？老百姓会怎么看？白洛宁头痛得厉害，太阳穴在嘭嘭地跳。我是否应该给子东同志挂个电话？他是分管意识形态的书记，是可以出面的……可为了这么点事去惊动他妥吗？况且，据说他的身体状况不够好……

这时电话铃响了。

“我找边达同志。我是雷阳堤防汛指挥部，姓白。对对……边书记在吗？出去了？有几天了？喂喂，什么时候到达雷阳？不清楚……哦，那就这样吧，再见。”白洛宁放下话筒，又坐下了。

这老头实在是高深莫测。下来不打招呼，搞突然袭击。他喜欢搞这套。白洛宁想起去年春天的一件事，心绪陡然好了许多。那是边达第一次来这个县。说来就来，住下了才叫秘书给县委办公室打电话。办公室主任老方向秘书探听，边书记这次下来主要是了解哪方面的情况？秘书说不清楚。这是实话。于是宋尚志立即召集了常委会，要每个常委各自准备分管工作情况，晚上八时整一起去向边达同志汇报。但是边达只请三位书记去了。宋尚志便顿起慌张，只好将各方面的材料都备上，塞了鼓鼓的一皮包。白洛宁却什么也没带。他本想揣个工作手册，结果连那东西也甩了。他一个人闭门将几个数字背熟，又将有可能问到的几个问题的思路理了一番。他觉得有必要这么做。后来的事实证明白洛宁的考虑是恰当的。会谈的气氛十分松弛，用边达的话来说，只是“随便聊聊”。边达并不对行政区划、产值利润感兴趣，却提出这么一个问题：“你们认为地委和行署应该如何对各县开展工作？简单地说，你们觉得需要个什么样的地委书记？”

这老头太绝了！你没法吃准他的路子，你不能不感到棘手。但他不是在说笑话，他脸上的微笑并非表明他的不严肃。于是宋尚志哼呀哈地说了一通，虚虚实实、真真假假，“犹抱琵琶半遮面”。另一位也只是浮光掠影地谈了几句，职能呀，隶属关系呀，并且反复强调“我的意见不一定正确”云云。该我的了。说实话，当时我有点儿窘。这是道简单而又复杂的题目，是几种做法都可以完成的题目，边达希望用哪一种方法？我第一次在“红门”里遇上他就深深地感到，这是位不同凡响的老头，你休想一眼把他看透！他不同于杨子东。我仅仅是随子东同志出一趟差，就摸清了他的脾胃，所以我在担任他的秘书期间没有出过任何差错。我给他的印象自然是良好的，否则我现在不会坐在这个位置上去同一位地委书记对话……看来，我只能像吃药那样，每次3~5片我便毫不犹豫地吃它4片。就这样吧，也只能这样……

“我觉得，”白洛宁喝了口水，坐正，“地区作为省里的派出机构，应该同市、县保持若即若离的关系。具体地说，既要在宏观上把握，又要保证基层机关的相对独立性。这就好比一位大师带领学生作画，大师只须勾勒轮廓、布置色调，具体的活儿得放手让学生去干。倘若学生的创作过程出现不顺利，大师还是可以点石成金的。没有必要管得过细，统得太死，这不符合时代的要求。再就是，地委、行署既是司令部同时又应该是参谋部和后勤部，它的职能不仅仅是发号施令，而且更多的是为基层提供服务……至于希望什么样的地委负责同志，这不太好说。因为每个人的条件不一样，工作方法也自然有所差异。但不管怎么说，他起码是一位政治、业务素质比较全面的人。像音乐指挥、像电影导演，能够主宰全局同时又能协调各部门的工作……”

白洛宁一直在悄悄观察边达的表情。边达曾三次摸着下巴，这或许是满意的标志吧？

白洛宁的自我感觉是良好的。他完全清楚自己刚才的那番话书生气十足，但是，面对这位曾是老牌大学生，担任过报社总编、省委宣传部长的地委书记，来点书生气又有什么不好呢？

……

雨一直下得激烈。白洛宁站起身，走到窗前，注视着雷电交加的天空。他希望边达明天能抵达这里，那么他与庄雨迟的分歧就压根儿不存在了。连日来的经历，使他已基本摆脱了那种诚惶诚恐。他觉得自己可以结束让人架空、随人摆布的历史了！

三十五

地委书记边达是第二天黄昏时分抵达雷阳镇的。天气的突然变化使他将行动日程作了调整，他提前了一天。据气象部门报告，这个地区二十四小时内降雨量达到218毫米。雷阳闸实测水位是20.8米，已达危险水位。与历史最高水位也就是一九五四年的水位仅差1.51米。昨天，边达几乎一宿没睡。凌晨三点，他从广济堤给雷阳堤防汛指挥部指挥长白洛宁挂去了电话。

“小白吗？我是边达。情况怎么样？”

“江堤安然无恙，成圈圩损坏接近三分之一，受灾田地大约三千多亩。”

“下一步怎么安排的？”

“我们研究过了，准备……”

“要准备好力量，确保江堤这个重点！”

“是的是的，我们准备放弃江外的成圈圩和部分小面积的内圩，集中力量保证江堤安全度汛。您的意见如何？”

“我完全同意。明天我到雷阳。”

放下话筒，边达这才有了解悬般的感觉。他上床不久就睡着了，打起了很粗很响的呼噜。四小时后，秘书长来了，见书记睡得正酣实在不忍惊动。可是他又懂得书记的性子，凡是事先安排好的不能随意变化。边达计划上午去广济堤走走，然后启程往雷阳。秘书长只好将书记唤醒了。起床后的边达显得很舒服，用过早餐竟同秘书长下了盘棋。午饭后又杀了一盘。不过战绩非常之惨，边达两盘皆输，而且输得极冤。“手气不好！”他捋捋袖子说，“看来我们这号人只懂马克思还不行，还得懂点儒道释迦！”

江面极开阔。雨幕中，对岸的一切景观全都消逝了，只剩下一大片黛色，越往上便越浓重。小轮离开了江心主航道，贴近江堤摸索着蹒跚而行。每到一处堤段指挥所，都得靠靠，边达要了解情况。这样哩哩啦啦搞到黄昏，方才停靠了雷阳港。刚下船，白洛宁驱车滑行迎来。他已在这里等候了大半天，在车内小睡了一觉。

“这个时候就不要讲究客套了，”边达说，“你礼节再周全，工作出了乱子我还是饶不过你。”

虽然是句幽默话，可白洛宁听了还是有点耳热。他在车上向边达简短地介绍了雷阳堤目前的状况，口气是胸有成竹的。他边说边注意着反光镜里边达的神色，见那两道扫帚眉始终是弯弯的，白洛宁内心十分愉快。

“能调兵遣将吗？”边达侧过脸问，“说话能算数？”

“有领导的支持，工作比较顺利的。”

“老宋的病情怎么样？”

“还在住院吧，我们已有好几日没通气了……”

“庄工程师与你能合得来吗？”

“我们的合作应该说是不错的。他很能干，只是……爱激动了点。”

“年轻人不爱激动就不像年轻人了。”

白洛宁心里顿了一下。他似乎听清了边达这句话的内涵。这不是随便说的。这与其说是开脱庄雨迟还不如说是侧面批评了我。难道庄雨迟背着我向老头告状了？他们到底是什么样的关系？背景有多深？一个初出茅庐的助理工程师能同一位资历丰厚的地委书记随便讲话，这能说是一般的关系吗？庄雨迟居然还知道边达家的电话号码！边达竟果决地把这个三十几岁的人放到这个重要堤段主持工程技术，信任是可想而知了。莫非，庄雨迟的趾高气扬是仗着这个老头……

接到边达的电话后，白洛宁立即去敲工程师的房门。庄雨迟还没睡，在翻阅资料，给各危险地段拟订治理措施。

“雨迟，你的想法我同意……”白洛宁低沉地说，“现在是第一次洪峰，以后的情况会更恶劣，我们是需要以小的代价换取……”

“请示过地委了？”庄雨迟甩过去一支香烟，自己也续了支，并狡黠地笑了一下，又伏于案上。

白洛宁未置可否，背手踱了两步。他明白工程师的挖苦，吸着烟。他移到那张地形图前停住，接着郑重地说：“作为指挥长，我可以对每一项决策负责。”他觉得这句话很响亮，这么说也非常贴切。他也估计到工程师会引起低度的不悦，于是又添了一句：“我不得不对每一项决策多绕几道弯子，尽管我十分欣赏你的果断……”

“嘀嘀!”

一个急刹车。白洛宁抬头一看，只见几个衣衫褴褛的村民并排跪在马路中间，嚷着：“官老爷呀，给我们一碗饭吃吧!”啼哭声掺杂其中，极让人心寒。

边达下了车，白洛宁也跟着跳下来。一打听，才知道是堤外遭淹的几个庄子里的人。他们那里是昨夜受灾的。白洛宁侧眼看了一下边达。

“大家先回去吧。熬过这几天……”边达说，“共产党能让你们饿饭吗?”

“如今田到了户，你们还会管吗?”一个男人苦着脸问。

“当然管。共产党……”

“五九年饿死人你们就不管!”一个老妇跺着脚说。

边达一时语塞了。过了一会儿，他说：“共产党也有错。但是共产党会知错就改的……”

这些年过去了，灾难还是像幽灵一样地附在老百姓的身上。三年自然灾害？仅仅是自然吗?!

也是在这块土地上，山上的草、树皮被人啃光了。还有的吃“观音土”，拉不出大便，就用竹扒齿掏！共产主义难道就是这等面目？人的尸首像蛆一样四野皆是，活着的尽是浮肿的身躯，惨不忍睹……

是个秋风瑟瑟的日子吧？是的。不会错。那时我已是右派分子，被刺配到离这儿不远的昌湖农场进行劳动改造。比起老百姓，我们这些人还算是优待的，每月有九斤米。我自然还要谢谢当时的县委第一书记杨子东，虽然政治上我是他的敌人，但在生活上他对我一直很照顾。我经常收到他私下托人带给我的罐头和山芋。我的劳动强度也是极轻的，只负责办黑板报、刻印学习资料。然而这一天的情形，我是永远不会原谅他的！省委省政府灾情视察团下来了，实地考察了几个村子，结果竟很满意。用当时调查报告中的措辞来说，“这个县人均每月吃粮可达二十六斤，社员们的健康状况也不错，可以说是红光满面……”其实，杨子东为了对上级视察团的口味，将十个村子健康者集中到一个庄子，并且交代：只要按领导指示办，视察团一走每人就可以发给十斤山芋。谁要泄露就关起来！而剩下的老弱病残全部撵到深山野洼里，还派了民兵持枪把守着，不准他们出来行乞。就是这一天，仅仅一天就有五十八人饿毙在民兵的枪口下……卑鄙！恶劣！难道人血是胭脂?!

边达强压着内心的冲动，悄悄抹掉了眼角的一颗泪花。他磨过身来，对坐在后排的秘书长老胡说："给家里挂电话，立刻通知各县粮食部门以及其他有关部门，尽快调拨粮食和民用必需品到灾区。必要时，请省防总支持，个别地方可以采取空投的办法。"

车抵雷阳堤防汛指挥部时，第一个见到边达的是他女儿，这是老头儿始料未及的。

"大驾光临，有失远迎了。"

"给我来一篇吧，宣传宣传，题目就叫'地委书记深入防汛前线'如何?"

"问题是深入前线干了什么。"

"来看望宝贝女儿!"

"其实他女儿水性未必比他差，尽管他有一副'曾经沧海难为水'的派头!"

父女俩笑得开心。边达笑过又说："好了，天伦之乐到此为止。从现在起，我是地委书记了。"

边小素撇撇嘴："中央书记又怎样?"

边达摆摆手，就径直朝小会议室走去。刚挪两步又停住，低下头轻声问女儿："见到庄雨迟了吗?"

"什么意思?"女儿眉头一扬。

"随便问问。这也有错?"边达又摆摆手。丫头，你心里有鬼。你瞒不住我老头子。我才不管你们那套呢！可是丫头，你今年不小了，二十八了！青春可来不得时髦，过去了就算过去了。我看你别再漫天地飘了，得落下来，两脚踏在地上……不过我也想过，你同庄雨迟合到一块似乎也怪别扭的，除非配个后勤科给你们。你们这些现代派呀……

见到庄雨迟的最初一刻，边达发现这小伙子累得够戗，像害了一场大病似的。他跌跌撞撞地从楼上下来，手里还抓了半个馍。头发乱得像草，脸像是在酱油里浸过的。他一面对边达咧咧嘴，一面朝背上搔痒痒。边达迎过去几步，伸出手，说："累坏了吧?"

"差不多快断气了。"

“还有一口气也得撑住。”

“你这么器重我干吗不封我一个局长什么的？那么我也可以坐在家中指手画脚，至少蚊子不会乱叮。”

“行了，牢骚等大水过去再发。晚饭后，我听你谈情况。”边达用力握了握庄雨迟的手，又丢开了。

一旁的白洛宁这时说：“庄工昨夜干了个通宵。今晚就由我一人向您汇报吧。”

边达犹豫了一下，说：“还是一块谈吧。工程方面，我们是外行……”

什么意思？难道对我信不过？既然信我不过干吗要把这副担子压到我肩上呢？雷阳堤上放个县委书记表示领导重视的意思，仅此而已。他并不是有意地借此来掂掂我的分量，不是……但我一定要让他……至少是悟出些什么……我辈岂是蓬蒿人！白洛宁把插在裤袋里的手捏得汗黏黏的。突然，他发现站在左侧前方的边小素在眯着眼打量着他。他们视线相碰的一刹那间，白洛宁自觉心顿了一下。这双眼睛是第一个透视过我的，但这毕竟是一双女人的眼睛。白洛宁把视线从边小素头顶上抛过。天际在熠熠发白。当大雨间歇时，天空如一片龟裂的黑土。他仿佛在寻找那只奇异的白色巨鸟……

三十六

边达到雷阳堤视察的消息，县委书记宋尚志第二天一早便知道了。这正是长江第一次洪峰顺利通过的时刻。

依然是阴天。雨阵的密度倒是大大减小了。乘这间隙，宋尚志步出了舒适的病房，到后面的一排竹林中散散步，也散散心。他发觉今天没有知了叫。往日嫌这东西吵得厉害，现在听不见，倒感到格外冷清了。宋尚志沿着脚下这条鹅卵石铺成的小径走，走得极慢，走走停停，不时回过头看看。他老觉得身后有人跟着。这条石径的尽头是一个小池塘，荷叶正茂。几只青蛙蹲在荷叶上，紧紧张张地转动着鼓眼。宋尚志对它们看了好一会儿，结果忍不住朝它们掷了一块石子，不料石子未落，这几只冷血动物就已扑通下水，划出一圈又一圈的涟漪。几颗水珠溅到荷叶上，滚动了几下，极晶莹。

这些日子，宋尚志一直没有休息好。特别是午睡起来后常常出现偏头痛。每当收音机里播送香港歌星费翔的“一把火”，他就想到大兴安岭的森林火灾，由火灾想到日晕，由林业部长的撤职想到自己的肝区异常反应。他一百次考虑这回自己的防范措施，一百次都认为是最佳方案。他觉得只有这么处理，才合情合理。白洛宁是新官。新官上任“三把火”，这才是第一把。但是这个白洛宁的第一把火，竟烧得不坏，这是宋尚志估价不够。不过宋尚志毕竟是有经验的一辈，现在对白洛宁这第一把火作评价，显然为时过早。这仅仅是开始嘛！万事开头难固然不错，可更难的是以后。所以宋尚志还是不动声色地控制住了内心的波动，只是没有休息好。仅此而已吧。这期间他也曾给白洛宁去过电话，询问工作情况并关心到他的健康，白洛宁回答得十分简洁，说一切顺利，他身体也相当的好。“我看你的身体可要引起高度重视，这可是本钱哪！”末了，白洛宁还来了这么一句。什么意思呢？宋尚志自然能揣摩得清。年轻人，现在乐观似乎早了些吧？宋尚志放掉话筒，平摆着躺到床上，又从枕头下面拿出关于撤销林业部长职务的报纸看起来。他弄不清自己看几遍了。

但是边达下来了！边达是在白洛宁初战告捷的情况下到达雷阳堤的。宋尚志这就睡不安稳了。这老头子现在下来仅仅是为了视察灾情吗？现在还谈不上什么灾情呢！了解情况？坐在办公室里拨电话是轻而易举的事，也用不着这么快就下来呀？莫非是借工作之由来摸地委班子人选的底？明年就换届了，现在酝酿正是时候……宋尚志捉住这条线想，越想越觉张皇。昨天晚上，办公室主任请他去看一部外国录像片，说是获过什么奖的，叫《最后一班地铁》。他去看了。其实他对这部影片几乎一点兴趣都没有，连男女主角的名字他都记不住。但片名却给他留下了极深的印象。最后一班，意义是深远的。他想，人的一生就是这么回事，错过了这最后一班地铁或者别的什么车，就算彻底甩下了。他弄不清导演为什么要起这么个片名，又不是政治片嘛！宋尚志这一夜都在想这“最后一班”。他觉得“最后一班”是个弹性词组。他这辈子能干到如今这程度，也算是对得起列祖列宗了。这就是说他是搭上这最后一班的了。可我毕竟才五十五呀，他想，我为什么就不能再搭一次最后一班呢？我还能干的。实际上能干不能干也没个秤称的。一句话，你台子硬你就能干罢了！宋尚志懊恼的是，在官场上混了这些年竟没有同一位大老板交上真正的朋友。这实在太遗憾了。杨子东走了，对他毫不负责；边达来了，短短的接触，给他的印象似乎还可以……要是边老头子对我兴趣不大，我老宋的戏怕是该收场了。……

杨柳依依，倒影映在塘面上非常优美。宋尚志有点儿累了，就扶着树干，点了支“大重九”。他在考虑，下一步该怎么做合适。不多会儿，办公室主任来了，送来几份文件。

“你替我安排车，准备一下……”宋尚志说，“下午，我去雷阳堤。”

“去看望边书记？”

“这是一个意思。你把该带上的都带上，我可能要在那里住下来。”

“宋书记，你是在住院哪。”

“水情这么严重，我能住得下？”

“白书记已在那里了嘛……”

“你去准备吧。午饭后动身。”

当天傍晚，宋尚志的车驶进了雷阳镇临江旅社。边达由白洛宁等人陪同上堤去了，还没回来。宋尚志便在小客厅里休息。几个一看穿戴便知是都市下来的青年正在里面摆弄着什么机器，过了会儿才晓得他们是省电讯局派来的，在架设电台。他们是中午到的。其中一个留着八字胡的小伙子问宋尚志在哪工作，宋尚志一时回答不上，于是驾驶员介绍道：“这是我们县的宋书记。”

“宋书记？”八字胡说，“中午见到的那个是白书记吧？你俩谁大？”

“当然是我大。我有五十多了。”

“我不是指这个。这个很明显。我是说，你俩谁是……哈哈，第一把手。”八字胡调皮地说，另一个戴眼镜的同伴拽了他一下，他无所谓地笑笑。

宋尚志也笑笑，说：“都是人民的勤务员嘛！”

“这么说你是第一把手啦？”

“我们宋书记是老书记了。”驾驶员又说。

这么随便聊起来，宋尚志觉得也很愉快。他说这儿条件差，任务又重，省里同志下来是要吃辛苦的。八字胡接过话头说：“那等防汛结束，你摆一桌让我们干干怎么样？你是第一把手，宋老大！哈哈！”

“行呀！”宋尚志说，“这点主我还是能做得了的……”

正说笑着，院子里传来了汽车的引擎声。接着听见边达的嗓门在喊：“吃饭吃饭！”

宋尚志从窗里看到了浑身溅满泥星水点的边达、白洛宁和另外几个不认识的人，突然觉得自己这一身青丝丝的装束很不调和，便等屋里人走尽后将裤脚卷到了膝盖，又把衬衫敞开了，再走出去喊边达和小白。

“哟，老宋！”边达转身迎过来，与宋尚志握手，“你还专程赶来干吗？身体怎么样？”

“别谈身体了！”宋尚志显出极不耐烦的样子，“查来查去查不出个名堂，还建议我转院！”

“那就转院嘛！”

“这时候，住院可真不是滋味……我想还是等大水过去再说吧。”

“老宋，”白洛宁走过来说，“既然住下了就别半途而废。病这玩意儿若不根治，后患无穷。我可不是吓唬你哟。”

“好吧好吧，吃完饭再说。”边达一摆手，先挪开了步。

……

雨又开始落了，较之昨夜要细得多。雨是在子夜刚过时下的，宋尚志从床上爬起来，没有开灯，点了支烟坐在迎窗的那张藤椅上。一道霍闪映亮了他半个身子。他环抱着的手抄紧了些，等着想必是震耳欲聋的雷声滚过。但这声雷并不那么响，其声嗡嗡，回音却悠长。宋尚志放松了四肢，觉得浑身每个关节都松动了。他长吁了口气。

晚饭后，边达与宋尚志单独作了交谈：

“说实话，小白来抓雷阳堤，我这颗心始终悬着……虽说万一出了纰漏打不了我的屁股，但毕竟我是主要负责人哪，我怎么向七十二万老百姓交代？”宋尚志有点激动地说，“我想等到了万不得已的时候，再来助一把……”

边达一面用牙签捣牙一面微笑着。他给宋尚志添了杯水，说：“其实我这颗心也是悬着的。这次下来看看，才安定了些。他们干得蛮不错。当然，这只是第一回合……”

“边书记，”宋尚志说，“我看还是让小白回去吧。半个多月了，他够辛苦的。这时候回去，于他于工作都不错嘛！再说，他爱人怀孕了。”

“哦？有这事？”边达引起了重视，“这事可马虎不得……但你的身体也是马虎不得的呀！”

“我自己觉得没什么多大的事。这就不谈吧，反正也只有几十天的工夫。我毕竟多吃几十年盐嘛！”宋尚志说着，下意识地将手朝肝区揉了揉。

边达摸摸下巴，又站起踱了几步。少顷，他转过身来说：“我看还是让小白接着抓吧。至于他家属的情况，县里可经常派人去看看。如果水情变化大，我就留在这儿。老宋，你安心治病，别的就不用操心了。我看就这样吧。”

……

又是一道霍闪横空掠过，几秒钟后听到雷在远方响着。宋尚志吸着烟，觉得口苦，就把烟扔出了窗外。

这实在是画虎不成反类犬！非但没有转化边达对白洛宁的看法，反而加深了印象。怎么要扯到他老婆大肚子呢？边达一听便站起来。这老头会如何想？必定是以为这个白洛宁还真不错，个人的实际困难撂到一边提都不提。而这个老宋却莫名其妙地住了院……天哪，这简直是强烈对比嘛！

“砰！”黑暗中什么东西摔碎了。是烟缸。宋尚志一挺身碰翻了它。他揉揉跳得紊乱且又迅速的太阳穴，又摸了支香烟。他立到窗前，让南风好好地吹吹头脑。过了会儿，他觉得好受了些。

我不是在装病。我能这么低级？我起码还是个共产党员嘛！这肝区现在还痛着呢！没病怎么会痛？问题是这种内痛不能让人看见。不像折胳膊断腿，打了石膏上了夹板，人一见便起了同情心……不过最终会有诊断结论的。这结论既不能太好又不能太坏。太好了对上不好交代——你宋尚志这时候竟小病大养?！太坏了我也吃不消——这不等于是接到老马的请帖了吗?！……最后一班地铁……最后一班……操他娘的！

窗外的雨骤然猛了，哗哗啦啦地响得好乱。远远地传来一阵破锣声，又是什么地方破圩了。雷阳堤像条巨蟒正酣睡着，又似乎随时会一蹦三丈高。那灯火，摇摇晃晃的，像醉汉，像老妇，像断线的风筝……

一切才刚刚开始嘛！好戏都在后头哩，粉墨登场的未必个个都是红角。万一闹翻了锅，一个边达是救不了驾的。或许连老头自己也是泥菩萨过河啦！林业部长是与省委书记平级的官儿，不也是说撤就撤了吗？白洛宁同志呀，你该翻翻县志。你该晓得日晕是怎么回事！退一步讲，这盘棋下到最后起码是平局吧，你充不了英雄我也不当好汉。

宋尚志感觉到自己笑了一下。他想自己现在可以去睡了并且相信肯定会立刻入梦。于是他重新躺在床上，调整到最佳姿势。可是那破碎的铜锣声渐渐近了过来，且一阵比一阵地紧。他翻了个身，肌体也随之紧了一下。几分钟后又翻了一回。……

这一夜，宋尚志设计的梦境完全被锣声给搅了。

三十七

那个晚上的事发生时，镇长李松茂是毫不慌乱的。他不像饿狼扑食那样压到翠娥身体上，却如夫妻度良宵似的躺在她身边，腾出一只手圈住了翠娥的颈脖。翠娥仍然中风似的抖着。

“冷吗？”松茂说，把她搂紧了些。他着实地感受到了她两只硕大的乳房的柔软。

“松茂哥……不能……我……”翠娥吃力地说，“我对不起伢大也对不起……巧凤姐……”

“可你对得起我呀……别乱想了。几分钟的事嘛！”李松茂说完便灭了灯。黑暗中听见他梦呓般地说：“还是你的好……实实在在的……”

但这毕竟是桩见不得人的事。几分钟过去了，李松茂回到自己的宿舍后，就不大安定了。他最怕的是翠娥把事情捅出去。如果这样，他李松茂就栽定了。不过这种可能性几乎没有。翠娥是本村的姑娘，看着她长大的，生性向来温和，不善言语，面皮极薄。李松茂是掌握了她的性情才这么从容不迫地干的。假如翠娥是巧凤那样的女人，即使主动爬上床来，他也还得思谋思谋。那几分钟，翠娥哼也没哼嘛！这就算默认了。或许这娘儿正想着我呢！顶多算是个通奸吧，如今法律改宽了，通奸不碍。

第二天晚上，李松茂本来下定决心不再去找翠娥。可是一看见那窗口昏昏黄黄的灯火，他周身即刻燥热发痒。他还是去了。这回他很自信也好坦然。这种事嘛，有了初一就不怕没十五。他瞟瞟四周，确信是没有人了，就去敲翠娥的窗。里面无人回话。他又敲了敲，轻声唤："翠娥……"还是没人答腔。李松茂很扫兴，估摸翠娥有事出了门，想等会儿再来敲。可是他眼前一黑，灯灭了！李松茂像挨了个耳巴子，脸腮极热极辣。

"翠娥，你听着，要是还想一个月拿四十五块钱薪水，就困到三更摸摸心口。"说罢，愤愤地离开了。然而这一夜，他没能困着。这女子还真看不出，腰还硬硬的。她还敢怎么样？李松茂尽量把事情想简单些，可还是出了一身的汗。

第三天一早，李松茂站在走廊上刷牙，观察翠娥的神色。翠娥仍然进进出出地忙，见人仍然打招呼，只是脸容没有往常那么舒展，且眼圈有点儿红肿。但是若不细看，是察觉不到的。李松茂这才轻松了些。进食堂吃早餐时还哼了几句黄梅调《闹花灯》，一派若无其事的样子。

这事就算一风吹过了。可是今天上午翠娥的丈夫吴德荣的到来，使李松茂那颗心挤到了喉咙口。

德荣找到雷阳堤防汛指挥部来了。当时李松茂正按照指挥长白洛宁的指示，给前来参加抗洪防汛的部队分配住处。看见德荣在四处乱瞧，李松茂就非常惊慌。他掩上房门，侧着身子立在窗边，注视着楼下的德荣。这下算彻底完了！他娘个×的，女人都是祸水！我李松茂任劳任怨奋斗了这些年，想不到竟栽在那么个贱货裤裆里……这下算完了，平了头还得破家，巧凤能不打离婚吗？你看，这狗日的德荣脸沉得像屎，这不是来捣我吗？出去还是暂时避避？最好是把这没成色的王八引到外面去，看看可能私了……或许来明的。我是他入党介绍人，我让他当了那么多的代表……对了，他还有把柄捏在我手里……

"松茂哥——"

这一声，叫李松茂如释重负。很显然，德荣不是来告他这"松茂哥"的。可这狗日的脸怎么那么板呢？

李松茂慢慢打开门，立在门口，对楼下的德荣说："德荣，别乱喊了。我在工作嘛！"

德荣便急忙奔上了楼，刚进门，鼻子碰着了一支烟，就拾起来放到嘴上。他先替李松茂点火，镇长摆摆手说刚丢，又指指对面一张凳子，叫他坐。

德荣坐下便叹了口气，突然说："镇长你不能……"

"我怎么了?!"

"不不，我是说你不能替我讲几句话吗?"

"为么事非要我出面?"

"不是要成立抢险队吗？杨树湾棒劳力多的是，么子偏偏要抽我德荣呢？我一家五口，翠娥在镇上忙，家里就靠我一人撑着。实际困难嘛!"

为了这事。李松茂抖抖二郎腿，摸着下巴说："这时候哪家没困难呢？我说老吴呀，你是党员，又是先进，你不带头哪个带头？我看你呀是一时清醒一时糊涂。"

"可我只会几把水呀!"

"我不也只会几下子吗?"

"你是坐指挥部的，又不真的上堤……"

"谁说的？啊?!"李松茂霍地站起来，沉着脸厉声说："你看看指挥部每个领导可有个好气色的？二十多天来我掉了八斤肉！越说越离谱，我看你这个党员是不想要了!"指责完，又递给德荣一支烟："好好认识认识吧，你这同志呀!"

德荣把头埋着，半晌才说："我错了。"

"好吧，晓得错就中。你回吧，我正忙着哩!"李松茂搓搓手，又往鼻子上摸了一把。他本还想问问巧凤的情况，考虑到自己下午要因公事去那个方向，就作罢了。送走德荣，李松茂觉得内心并没有平静下来，仿佛有根细线拴在心尖上，动弹一下便紧缩一下。这根线头不是由吴德荣捏着，而是巧凤!

雷阳堤防汛指挥直接管理的抢险队，是由工程兵某部的两个加强排与雷阳区一百名身强力壮的民工混编组成的。各堤段指挥所也都相应建立了抢险组。这些人，平时不分派上堤。只有出现了险情才会用上他们。按指挥部统一部署，对地方上各抢险队员每人每天补助六角钱、一斤粮。

抢险队集中住宿在雷阳中学的教室里，吃集体伙食。篮球场上停放着五辆军用六轮大卡。写着"团结、紧张、严肃、活泼"的墙上并排靠着一列折叠式玻璃钢汽油划子。学校门口一天二十四小时有当兵的把岗，刺刀打直，在阳光下扎眼地亮着，好势派。

既然军民混编，自然步调得一致，地方朝部队看齐，一切行动军事化。这是指挥部的要求。部队方面提出，要选配一名地方干部担任队长，便于熟悉情况协调行动。于是区委书记王胡子就推荐了桃花寨村支部书记雷运生。其理由有三：一是他是基层党的干部，年纪轻、情况熟、有魄力；二是身体棒、水性好，是条“混江龙”；三是他本人就做过军人，部队那套他都懂。三条理由，硬邦邦的。白洛宁当场就拍板了，要李松茂立即去招雷运生来。王胡子心里有本账，这两人自从那回的挑选，以后见面就不大搭腔。王胡子担心李松茂出面会把事情弄糟，就主动提出自己陪同李镇长去。事情果然叫王胡子料到，见李松茂过了雷水，雷运生便不再伸头。躺在床上说肚子不好。还是王胡子发了威风，十分严肃地说：“是我领导你还是你领导我？”接着又数一遍三条理由。

雷运生坐起来笑笑，说：“还有第四条：我是个孤汉，赤条条无牵无挂，死了往火葬场一拖就完了。”

李松茂也干笑了一下说：“你也太会联想了。这是县委对你的信任嘛！”

“信任？省委信任又怎么的？再大方也不会把省委书记的椅子腾出来放我的屁股。我还是我。”雷运生一边说一边用脚朝床下面搜鞋，准备随他们去镇上。三人正要出门，就听见大门口传来一声：“运生哥在家吗？”

是巧凤！

屋里三个男人都感到意外，一同出了房门。巧凤打扮得十分好看地进了大门，一转脸，容颜即刻红了。“哟，王书记也在呀！”她迅速从窘境中挣脱出来，“我来找运生哥借……粑印子，七月七是鬼节……鬼节吃粑粘得住魂哩！”说着就咯咯地笑起来。

“那东西，早就甩了。”运生答了句，从她边上走过，立到门外抬眼去看天的颜色。

王胡子笑着用粗指头点点巧凤：“你这现代化的人物还这么迷信哪！不如吃奶油蛋糕，那东西黏性才大呢！”

李松茂干干地笑着，始终不开腔。从听到巧凤的喉咙起，他心里就乱得如开锅的水。巧凤是何时与雷运生言和搭语的他不晓得。这不是桩一般的事。适才巧凤的失态和说话，他一一看得明白。多少年没吃过粑了怎么陡然想起来借粑印子？分明是临时寻的由头！如果这是冤枉，那么七月七又作何解释？七月七是鬼节，这不错。但指的是阴历七月初七而不是阳历七月七号。阴历今朝才六月十二呢！难道是记性的偏差？她可是个胆大心细的女人哪！怎么回事？无论如何要搞清楚……等会儿，回家再说。

他一直注意着她的脸色。

三个男人一个女人同船过渡。到了杨树湾，镇长夫妇在自家门口停住了。“进来喝碗茶，歇歇脚吧！”巧凤边开门锁边回过头说。

王胡子摆摆手，说时候不早了。

李松茂似乎有点腼腆地对王胡子说：“你们先走一会儿，我洗个澡就回。告诉指挥长，我晚饭前一准儿到。”

“我看你在家歇一晚吧，”王胡子眨眨眼说，“要不巧凤就不许你上床了！”

“你这老怪！”巧凤对王胡子背脊擂了一拳，脸竟泛了红晕。

“歇一晚歇一晚，小白那里我替你说说。这也是人之常情嘛！”王胡子说完，就同雷运生一道上路了。走了一截，又回头说：“巧凤咃，来日我倒了头你可要烧高香啊！”

“还是叫你那小脚奶奶烧吧，老怪！”巧凤高声喊了句，她还想嚷几句，背后的丈夫制止道：“行了，进家烧洗澡水吧！”

进了家，巧凤就到灶间给丈夫烧洗澡水。做丈夫的靠在竹躺椅上吸着纸烟，闭着眼。这会儿他又在想刚才在雷水那边的事，越想越感到不大对头。这女人生得太好看了。俗话说，堂客好看，丈夫一半。另一半堂客得自己留着，想给谁就给谁！女人……操他娘的女人！

水准备好了，换的衣服也放好了。巧凤推推丈夫：“洗吧，换下的邋遢衣等会儿丢出来，趁日头还旺我下河沿揉几把……”

李松茂捏捏堂客的手，进里屋了。他对着大立柜上的镜子把衣脱光，边吸烟边欣赏着。我还很年轻，很不错。……

“把衣丢出来。”堂客在门外说。

“你自己来拿。”丈夫说。

过了会儿，巧凤进来了。李松茂比穿衣时还潇洒地走过来，说：“你还得给我搓背呢！”

“自己搓！”

“那我讨堂客做么子？”李松茂说着就把堂客拥在怀里。“老夫老妻的还端什么架子……”

巧凤摆开脸说：“你不是把这一百二十斤典给县委了吗？别碰我！”

李松茂便弯腰将堂客抱起，往床边移。堂客尽力把他胸脯推远，说：“一身腥臭烘烘的，洗澡！”就猛地跳下来，坐到一边去了。

夫妻毕竟是夫妻。巧凤替丈夫搓背，洗净，就将脸枕在上面。做丈夫的这一刻心绪杂乱无比，想起几日前夜里在镇机关食堂内做的事情，颇感内疚。就把一只手从肩头伸过去，抚摩着堂客的脸颊。

静了会儿。

“想我吗？”

“夜夜都想。”

“想么子老死在外头？”

“工作紧嘛！这可是关键时刻……”

“关键个屁！我才不稀罕‘帽子’几大几高哩！平头百姓还自在些……”

“又说伢话！”

“我就是这么想的……真的，头上套了个官，弄得人不像人鬼不像鬼……”

李松茂不禁叹了口气。

三十八

一张照片引起的心绪波动使记者边小素意识到她与工程师庄雨迟之间依旧存在着“关系”。这委实属于那种剪不断理还乱的关系。也许，当知道一个男人与一个女人曾经有过所谓爱情经历时，另一个女人就不得不加速实践她与这个男人现在的爱情，尽管有点不可思议。

这几天，边小素总是不自觉地回味着庄雨迟关于同那座古塔下的农家姑娘相爱的叙述。庄雨迟讲得很认真也很平静，并且不回避一些在外人看来是羞于启齿的细节。有时，边小素想着想着就笑了。笑过，又隐隐觉得有那么一点儿酸楚。她惊讶的不是庄雨迟这样的人物为何爱过一位农家女儿，而是自己对这件事本身的惊讶。奇怪，难道得由我来对此负责？她怀疑自己是否太认真了。

然而不管怎么说，这件事对于边小素有什么实际的伤害，也是无从谈起的。倘若不在这个环境里，边小素相信自己会常常以此去挑逗庄雨迟。她对他在这个问题上谈不上理解也谈不上指责。虽然那天她拿“钓鱼”的话敲了工程师一下，但她觉得自己是下意识说出的，不能说是中伤。可庄雨迟会怎么想呢？他当时的神色反映出他的内心是沉重的、潮湿的。他折断鱼竿的瞬间，记者的心绪便乱了。……

从来到雷阳堤，边小素所看到的仿佛是另一个庄雨迟。他似乎不善言辞，举止也显得笨拙，时常独自吸着烟在院子里转悠，一副落魄的样子。有一天，夜已很深了，正下着大雨。边小素起来上厕所，一道闪电叫她看清了院子中央立着一个光膀子的庄雨迟，在仰着脸接雨浇面。她骤然产生了强烈的似乎是崇敬又似乎是怜悯的心情。她靠在走廊的方柱上，注视着那个水淋淋的身影，一直到他离去。

黑暗中，她对他的背影递了个飞吻。

现在，记者想的是另外的事。她准备二下桃花寨。苇子的照片经过暗房处理，完全可以作为一张肖像艺术作品。边小素细心将底片放好，洗印出来的打算统统送给苇子。她很喜欢这位比自己仅小一个月的农家女儿，觉出了她的活力和青春，还有那由山风山雨雕塑出的美。那桃花寨委实是个十分迷人的地方，值得咀嚼一番。于是早饭后，她同指挥长白洛宁随便招呼了一声，就整装出发。她还特地往包里塞了件红色尼龙游泳衣。那清澈如翡翠的雷水诱惑着她的身体。刚出旅社大门，便遇上了买烟回来的庄雨迟。

“我准备去桃花寨。”她说，从背包里取出苇子的一沓相片，“给苇子送去。我答应她的。”

庄雨迟点好香烟，把照片拿过来一张张看了，然后挑出一张苇子的侧面特写，说：“这一张，我留下了。”

“可以。”

两人相背而去，谁也没有回头。其时天色逐渐开朗，云朵被风推得飞快，看来今天是个好天气。

这季节乘一叶舟子在水面上荡着是无比惬意的。微湿的风带着淡淡的咸味掠过脖子使女记者感受到肌肤的细腻。雷水已不是那么静了，一层层清波如练似的滚过。边小素利索地换上游泳衣，立在船头按迪斯科的舞姿做下水前的准备动作。完了，她“刷”地抖开秀发，借着风力把它托起，让它飘动着。她从肘弯看过去，苇子正侧着身子在偷笑，脸红红的。

城里人好大胆。穿这样的衣……不过她穿着倒也好看，像根红萝卜。黑缨的红萝卜……苇子想着想着，又忍不住地瞟了一眼手中的一沓相片。这真是我？她什么时候照下的？好刁伶。城里人刁伶的几多……我要是穿她的衣裳怕也不丑……苇子感到记者的目光热烘烘地落在自己脸上，便把放在两排洁齿间转动的食指抽了出来，脸颊如同绽开的两朵玫瑰。

这简直是上帝赐给人间的尤物！记者用手支着下巴打量着苇子的侧面。如果我是庄雨迟，也会毫不迟疑地去搂她，仿佛搂住了一个春天……

“好看吗？苇子？”

“相片是假的。”

“假的？谁见了会不相信这是你苇子？”

“有的人，人比相片生得好；有的人相片比人生得好，我就是的……”

“你真会说，苇子。”

边小素说完，就“嗖”地跳到水里，身体在水面上划了个红色的弧。惊起了两尾小苍条。她游自由泳，两只纤细白皙的胳膊刨起两条白色的浪辙……

她好自在哟，苇子半卧在船板上，目光追随着那尾“红鲤鱼”。她好命哪，快活得像鸟。

“好舒服哟……”边小素用仰泳游近船，“苇子，你不下来？”

“我……不大会水。”

“水边长大的不会水，太不可思议。”

后面的话苇子不懂。她猜是笑话自己的。现在她不觉得新鲜了，于是又回过头去瞟自己的那些相片。

“又偷看!”边小素的脑袋突然从船边冒出来，小船顿时晃了一下。她有点累了，就伏在船沿上。

“这么多相片，要几多票子?”

“送你的。我说过是送你的。”

“那，那你太亏了。我不能亏你。”

“你也送我点什么嘛。”

“你要么子?”

“你送我一段黄梅戏吧。你喉咙好。”

“你如何晓得的?”

“听人讲的。”

“哪个讲的?”

“镇上人嘛!哪个不晓得桃花寨的苇子有副金嗓子!苇子，你唱一段吧!”

苇子的眸子渐渐暗了。她停了会说：“我……好些年……不唱了……”接着磨过脸去。

记者知道自己触到了苇子心底的痛处，显得手脚无措。她爬上船，坐到苇子边上，拿住了苇子的一只手。

“我不会再唱了。咬破嘴唇也不会再唱!他走的那一天，是我最后唱的一段戏文。他是天擦黑时动身的，我撑船送他，顺着这雷水去雷阳码头。他先坐轮船下南京，再坐火车往北边去，要坐一天一夜，几多远哪。……”

水面静静的，秋来了，一河的芦花赛雪。我头顶上只挂着一粒星子，不像是牛郎星里的一粒。他坐在船头吃纸烟，一支接一支地不断。我一把一把地撑着船。我真想让他再把船拨翻掉，好再“救”我一回。那次，是他有意把船拨翻的，我吓得要死，他却在笑。他在水里把我搂着，好紧哪好紧，我都险些憋到阴间去了。我抱住他的颈，像抱着一棵树似的。我把含在嘴里的水往他脸上喷，他便用嘴堵住了我的嘴。……

天全黑了。他的纸烟火在一跳一跳。这会子他说话了，却不磨过脸来。他的喉咙好轻好涩。

“苇子，唱段戏文吧。”

我不做声。我眼眶子又胀又酸。

"唱吧，轻轻地唱……只唱给我听。"

我咬咬嘴唇，唱了——

八月里桂花开秋风荡荡，
日落西鸟投林对对双双。
……

我唱不下去。我轻轻哭了。我听到一声雁叫，像在老远老远的场子……

他站起来，像喝醉了酒似的移到我跟前。"咔嚓"——他拨着了打火机，看着我。

"苇子……你抬起脸吧。"

我没抬。

我不晓得打火机是什么时候灭的。油烧尽了，棉花蕊子焦烘烘的气味过了后，他把打火机扔到了水里。不一会儿，前面有灯光了，能听见呜呜的汽笛子声，像快断气的牛。……

"苇子，回吧……"他下了船，立在岸上说，"我，走了……"

你不会回来了。那个晚上我就晓得你是不会回来的……我掉过船头，拼命地往回撑。突然我听到他在后面大着喉咙喊着我的名字，他沿着河沙滩向这边撵，一边撵一边喊……我把船往河心撑，拼命地撑……慢慢地，听不到他的喉咙了，也看不见他的影子，只有一弯月牙儿在随着我，我走它也走。……

边小素不知道该用什么样的语言来抚慰这位农家姑娘。她默默地听着，仿佛在听一个遥远的却又能拨动心弦的传说。她一直在悄悄注意着苇子说话时的神色，这神色很像这个季节的气候，阴阴晴晴，变幻莫测。她清楚苇子对自己的信任，可苇子需要什么呢？她自然又想到了庄雨迟。喂，你知道这个姑娘还没嫁人吗？她本该有一个好的丈夫好的家，还该有一个像她一样美丽的宝宝，但这一切都被你毁了！你大可不必来一番这样那样的解释，这是毫无作用的……不过你要是提出同她结婚，我又会怎么看呢？这不是做文章，没有办法来做出所谓公允的评价，就如同拿香蕉和苹果来问你，哪个好吃哪个不好吃。边小素斜过身体用手去触船边的水。这河里盛满的到底是女儿泪还是男儿泪?!

“苇子，你还在想着他?”

“不，我早就不想了。真的。”

“不是真的。”

“想又能……怎么样？我恨。……”

“你恨他?”

“我恨自己。我……自作自受……”

“苇子，你听我一句话。你该嫁人了，好汉子多的是。你会好起来的，苇子。”

“你么子不嫁人?”

“我也会的。我们都是女人。”

记者跃起来，她决定改变一下气氛。“让我来撑会儿!”就接过竹篙使劲朝水里一伸，船便横了。又一伸，船转起了圈子。苇子终于笑了，笑出了声。这笑声让记者由衷地感到了愉快也感到了轻度的解脱，她觉得自己正试着替那个叫庄雨迟的男人偿还着什么，尽管是微不足道的。……

船渐渐直了，瞄着那座由阳光割成阴阳两面的塔影，悠悠地驶去。

三十九

这天夜里，桃花寨灯火辉煌，锣鼓喧天。雷水上撤了渡，隔岸望去雷家祠堂面前人头攒动，便知是有热闹事的。何事热闹？因为不久前，天上现出那多少年不得见的景象。桃花寨人在请道士做法事，谓之“做平安”。

从安平塔回来的那晚，龙水就在思谋着这桩事。桃花寨呀，这些年了你还是块宝地，是的……你姓雷姓几十年了？我怕是老了，尿都撒不直了……我真的老了？只要我还有口气，你就还姓雷！龙水跌跌撞撞地走着，脚下的路好软好湿，像才干的河床。在寨口，他遇上了运生。这杂种在河边痴立了好久，莫非又在想着架桥?

“大，还没困?”

“嗯。屋里热。”

“时候不早了。”

“你困吧。你叫了一夜怕也疲了。”

“大……我讲的都是掏心的话。错了，你老就点拨吧。”

“我还敢点拨你这个大支书？让你真老子点拨吧！”

“大，是不是做儿子的哪点怠慢了你？何必……”

“好了。你不是雷家的种，可桃花寨是姓雷的！代代都是！”

龙水愤愤地走了。漫无边际地走。从一家屋檐下走过，屋内黑着灯却还有人说话。是对年轻夫妻，困觉话自然多些的。男的说这下好了，运生是个好本事的汉子，随他就不会吃亏。女的说当初要是运生不下台，如今桥怕也搭起来了，电也接通了，还愁摸不着票子？男的说运生要是龙水自己操出来的，老头子怕也不会作梗。女的表示同意。

“老狗日的还不死?!”男的叫道。

龙水像遭了电击似的周身发麻。小畜生，小畜生！你还记不记得你姓雷？龙水在心里咒着，脚像陷进了泥沼。奶奶个×的，这人头竟越来越难剃了……民国三十几年，五几年，六几年，七几年，桃花寨有哪个龟孙敢与老子作对？我说黑的哪个敢讲是白的？我指方的哪个敢碰圆的？唉！都是那杂种开了坏头，顶撞，对吵，我拍桌子他就掼碗！杂种，老子真该在水里捏死你！

老人继续吃力地移着步。他又看见了刚才搂抱过的古塔。几百年了，它还是这模样。它不老。它不会老。它怎么能老呢?!

……

“麻子，可困死了？”

“龙水伯吗？进来进来。”

灯亮了，光焰黄黄的乱抖。是盏没罩子的用墨水瓶做的灯，烧的也是柴油。龙水挺着腰方步迈入，麻子便及时地将按好黄烟的竹竿烟锅递上去。

龙水抹抹铜烟嘴，凑着灯点了烟，吸一口，叹了口气。

“运生出山了，你老还叹么子气？”

“他与我何干系？到底不是雷家的种……”

“话可不能这么讲，运生对你可孬似亲大？回回出门手都不空……”

“我在乎他那几滴猫尿？桃花寨指望他，卵！”

“你老也相帮相帮嘛！”

“我的言语他是当耳边风的……不过我倒还试试，在桃花寨，到底是他的法子灵验还是我的法子灵验，奶奶个×的！”

麻子不停地朝身上拍蚊子。

“麻子，明朝你去一趟天柱山。”

“去天柱山做么子？”

“请朱瞎子帮忙寻几个道士下来……做平安。”

“这时辰还做平安？”

“做。做大平安。今年的水势怕也不小，日晕现了……可桃花寨横竖都是平安的。”

“倒也好些年没做过了。好倒是好，只怕政府不许。……”

“政府算个卵！官司我独吞了！”

“再说，请道士要花大把的票子，如何出得起？”

“你就说是我雷龙水请的，他还敢多收？”

“那是那是。”

此言不虚。这方圆几十里有哪个不晓得桃花寨的雷龙水呢，第二天麻子扎匠便动身了，找到朱瞎子讲清了缘由，倒也没多费口舌。过几日，朱瞎子便领着三个道士摸下山来。这些道士路子极野，因此只能暗暗地做些法事。既然雷龙水发了话，也就不多虑了。雷龙水是何等的人物?!

“咚咚锵！咚咚锵！”

“咚锵咚锵咚咚锵！”

老槐树下，龙水布满皱纹的面孔被火把映得零零碎碎，胡须像火焰一般抖动着。

这一带的风俗，遇上风调雨顺之年，为了表示对上苍恩典的谢意，就请道士“做平安”。它又不尽与一般的祭祀活动相同，祭祀只供君帝菩萨，它却无时不为了自己。自然也杀猪宰鸡，但只供那么一会儿，就陈放到宴席上，自己享用尽了。按规模之大小，有“大平安”、“小平安”之分。大平安要延续四四一十六日，吃流水席，且日日有翻新的花样。从天柱山上下来的道士，皆自称是张天师的嫡传，入道之时也交过五斗米的，扬言曾修炼于武当金顶，梦中与南华真人的庄周作蝴蝶般飞翔。既然打的是张道陵的旗号，就也颂过《正一经》，且把王重阳之流不放在眼里。这一派的道士一般不出家，俗称“公居道士”，红尘里凡人做过的事他们都做过，但是在做法事行巫术时，又都道貌岸然，望而生畏。其实也不过是混碗饭吃。他们好久不来桃花寨了。并不完全在乎目下的桃花寨已无多少油水可捞。他们在这地方失过脚，那已是十年前的事了。那年是个好年成，也是雷龙水出面召他们下山做平安的。其时阶级斗争虽已不那么抓紧了，这种事却还不敢公开地做。但是雷龙水这位老革命老英雄发话叫做，道士心下便不再彷徨。国家乱了这些年，法事都丢尽了。如今出山，自然显得精神抖擞，新做的行头是好扎眼的。然而第一天，他们便闪了腿。那个戴眼镜的下放学生笑着说：“既然行道，为何借十八罗汉念南无阿弥陀佛？”道士无言以对。那学生又说：“不过释道合璧倒也是中国宗教的一大特色。释是什么？释迦牟尼是哪个？”道士越听越糊涂，说这种事可来不得认真，你讲你的，我做我的，吃吃喝喝，快活快活而已。道士心里好大不快，却又不敢动气，因为那学生不是一般的学生，是快做龙水家东床的人物。可几个月后，那学生考上大学了，走了，没听讲回来过。

听说要做平安并且是做大平安，桃花寨一下子沸腾开了。老一辈说敬天敬地、消灾灭祸，总是好事。只是今年是灾年，时辰反了。且又是做大平安，怕出不起票子，拉不开宴席。后来听了麻子扎匠的宣传，说又是龙水伯出面的，道士手也不敢乱伸，就都依了。小一辈子不管油盐柴米，只图热闹，自然兴致也高。于是家家凑够份子，乒乒乓乓动作起来。村长贵林发了急，觉得这种事万万是做不得的，纵使要做也不该挑这个时辰——江水都快漫顶了呢！可新选的支书雷运生又被抽到抢险队，一时间贵林昏了头，便踮着脚尖去同龙水伯商量，要取得理解。龙水根本不正眼看村长，平心静气地吸着水烟袋，把村长撂到一边坐冷板凳。末了，老人才摸着胡须说：“你村长管吃管穿管阉堂客的×，还管老子的快活？”

“龙水伯，你不听我的也该问问运生哥，征求征求。”村长小声地说。

龙水把水烟筒重重地往桌面一按，剪着手出去了。村长耷拉着脑壳，跟在后面叹气。

“咚咚锵！咚咚锵！”

“咚锵咚锵咚咚锵！”

五张八仙桌一张垫一张地竖立于雷家祠堂门前，有一丈五尺高。桌子周围悬挂着十殿菩萨和许多的彩旗。每一层桌面又置有一根大红烛。这外围是一圈碗口粗的松丫火把，啪啪地燃烧着，烧红了半片天。青灰色的烟霭袅袅升起，齐顶上的桌面高便弥漫开来。一个道士猴也似的爬到最高一层桌面上，盘脚坐着，按罗盘所示面对正北，头顶烛台，双手合十，两眼似闭非闭。另外两个道士一手执青铜宝剑一手执太极八卦旗帜，做眼花缭乱的舞蹈，口中念念有词：一会儿是十大洞天七十二福地，一会儿是天官上元地官中元水官下元，一会又是日月星之三光水火土之三要精气神之三物，像煞有介事的样子。每一小间歇，末了必呼“南无阿弥陀佛”围观者也随之呼喊响应，其声如远雷。

又闹热起来了。龙水吹着纸媒子，悠悠地吸着水烟。他的胡须正随那锣鼓的节拍颤动着。今夜他始终坐在这老槐树下，身子纹丝不动弹。他不再去掌鼓槌了。年轻时他掌过，鼓声一起闹热便达到了顶点。那势派能醉山醉水、醉倒贵妃娘娘！风流的日子淌过去了，如今连尿也难撒得直。人哪，叶子一般，明明是青的，眨眼工夫便转黄了，要落了……

“咚咚锵！咚咚锵！”

“咚锵咚锵咚咚锵！”

好紧的锣鼓。龙水放下烟筒，用手捋了一把舔着火光的胡须，那抿了许久的嘴角终于显出了一丝笑意。杂种，你可看到了？今夜全寨的人都堆在我面前，我让他们快活，让他们开心。你以为我连屁都放不响了？老子纵使倒颈了，魂也守在这块土上！你这不知天高地厚的东西，几张票子就能盖住桃花寨？龙水眯着眼，把所有的松丫火把挨个扫了一遍，仿佛觉得这火是从他心尖上化出的，他整个身子被火光映得通红，像一头蹲坐的红毛狮子。……

“咚——咚——锵——”

这一轮完了，道士便洗净手脸去哪一家吃糖水蛋垫肚。这之间，便由已经吃过糖水蛋的朱半仙来说书衔接。瞎子支起皮鼓，掌着绰板，见时光还不够深就先说一段赵匡胤陈桥反水。不料条子一发，围者皆提不起精神，哈欠大响，芭叶扇拍蚊子盖过了鼓板声。这内容，本寨的麻子扎匠也说得出的。朱半仙发现自己的威信有了损伤，于是赶忙紧一把手脸，重新发了鼓条，改说《私情记》：

我家住在茅山洼口，
兄弟排行我是老六。
我大哥抬大轿外带吹鼓手；
我二哥卖水烟外带剃头；
我三哥配钥匙外带偷鸡摸狗；
我四哥钓黄鳝外带摸泥鳅；
我五哥开茶馆外带寻花剪柳；
老六我走的也不是个正路，
翻墙头与张二妹私情勾搂……

众人便亮了眼睛，嘻嘻地笑起来。朱半仙受到鼓舞，胆大了一寸喉咙也阔了一分，接道：

二妹生得桃花红，
裤裆里夹了个画眉笼。
你有笼儿没得鸟，
我有鸟儿少了笼，
少了笼，
借我老六用一用！

喝彩声炸响，围者笑得皆似醉汉，你靠我我倚你，蚊子叮了也顾不上拍打。正欲听下去，猛听见老槐树下发出一声闷响："够了！……该请宝船了。"

话音一落，麻子扎匠便回家取来了足有五尺长的油纸扎的"宝船"。各户也都将事先备好的一把米与一把茶叶，挨个放置其中。意味着宝船将他们的灾祸带走，将共同的瘟神送走。三个道士填了肚子，气色亮了许多，又挥旗舞剑地围绕纸船旋转哼哈，像三只无头苍蝇。众人随着他们也围着纸船绕了三周。接着，三个道士将"宝船"托起，呼喊着户尊龙水。老人便方步从槐树影中走出，神色庄重无比，将宝船落在自己肩上，往雷水边走去。众人各执一根松丫火把，排成一字长蛇阵尾随于后，跟着道士呼喊“南无阿弥陀佛”。到了河边，龙水卸下“宝船”，稳稳地置于水面，然后接过道士递上来的火把，将宝船上的油灯点燃。其时南风正起，宝船带着火冠随风向正北漂去，岸上又是雄浑的一声：

“南无阿弥陀佛！”

突然，人声静了。只见龙水一个踉跄，歪在麻子扎匠身上。众人还是默默地、默默地注视着雷水面上刚行几步便被风扑灭、掀倒、下沉的宝船……

四十

寄往省城的那篇文章见报了，果然是头版头条。白洛宁是早饭后见到的，立即看了一遍。令他诧异的是，他担心的那句话竟没有了。这是怎么回事呢？是报社审稿时划掉的还是边小素自己斟酌一番过后划掉的？总之是划掉了。白洛宁对这篇文章便不再发生兴趣了。他觉得很轻松，像刚出温泉浴池似的轻松。自边达来到雷阳堤后，他就没有这么轻松过。他一下变得拘谨，甚至有点呆板。白洛宁不希望边达在这儿安营扎寨，这于他的形象无疑是不利的。宋尚志那天离开雷阳镇时说了这么一句话：“有边书记坐镇，我就完全放心了！”这固然是恭维边达的，但也说明他白洛宁在宋尚志眼里只不过是个小毛头而已。白洛宁深感自己受到了侮辱。还是边达的话宽慰了他，边达说：“这个镇我可不愿久坐，白洛宁可是跑不脱了……”然而几天过去了，边达非但没有离开的意思，却似乎已经是把地委机关搬到雷阳了，忙得满带劲儿。白洛宁做过几次暗示，说边达毕竟是上了年纪的人了，不能长期泡在下面。但每次老头儿都一笑置之。

照这样下去，即使打赢了又能怎么样呢？还不是众口一声冲着边达如何如何英明去了。我不过是个跑腿的……可问题总具有两面性，边达选择雷阳堤落脚自然有他的道理。我干得怎样，他会有数的。虚名于我，拂去又何妨？我不需要几万双眼睛热辣辣地盯着；仅一双，就足够了……白洛宁的心理求得了平衡。

白洛宁用火柴棒捣着牙缝准备去值班室看看今天的水情表。第一次洪峰顺利通过，损失不大。据分析，第二次洪峰可能在近日形成，这不能不引起重视。离门口还有两步路，白洛宁听见边小素在里面打电话，声音很厉害。

“……为什么要划掉那句话？不是口口声声要重视知识分子吗？……怕影响团结？难道这么做就加强了团结？这不是机关发奖金人人有份，谁有能耐谁就站出来，即使他与我有不共戴天之仇我也照样吹他！”

“吧嗒”一声，电话挂了。接着又是一句：“都他妈的伪君子！”

白洛宁不打算进去了。刚才边小素叫的骂的，似乎不是对她的上司而是对他。唉！区区小事何必如此认真？她毕竟是太年轻了……白洛宁转身就走，但边小素已经出门并喊住了他。

“指挥长，”记者脑袋稍稍一歪，“有空吗？”

白洛宁觉得自己是平静的，答道：“有什么事你尽管说吧。”

“想对你进行一次采访。”

“你太客气了。我有什么可采访的呢？”

“想请你谈谈第二次洪峰。”

“这个……我也没有系统的考虑。这样吧，换个时间，让我想想，你看今天晚上怎么样？”

“可以。”

记者说完，朝自己宿舍走去了，凉鞋当做拖鞋“吧嗒吧嗒”地响着。

指挥长背过身点了支烟，在楼梯拐弯处停住了。他在按记者的题目思想。这不算个难题，自然可以从这么几个方面来回答：一是进一步加强领导；二是进一步提高认识，防止麻痹思想；三是进一步抓组织落实，四是进一步……他煞住了。他觉得这样回答没有特色并且空洞。这思路只能去写汇报材料或者作为讲话稿的提纲，却不能拿到报纸上去。这几年报纸的气味好了些，没有人愿看这种党八股的东西。更要紧的是边达极讨厌这路货色！边达曾不止一次地强调谈工作不要按模式按套数，哪方面有体会就谈哪方面的，有一点就谈一点。白洛宁慢慢地吸着烟，他没有料到这位与自己曾有一截子不愉快的女记者会把镜头的焦点移到他身上。这无疑是一次机会，他想，女儿的文章老子看，巧乎？妙乎？

他不得不去敲工程师的房门。他估计庄雨迟还没起床。昨夜，庄雨迟去五号险段排除了一次内堤渗水险情，凌晨两点才回来。敲门的手举起的一瞬，白洛宁有点不好受，但很快就过去了。门是虚掩的，稍一触及便开了，工程师靠在床上两眼涩涩地在看那本揉皱的《巴顿将军》，香烟在嘴角上燃着。

白洛宁把两个夹菜的馒头放到床头柜上，工程师说谢谢。

“你怎么对巴顿这样感兴趣?”白洛宁说，他无话找话同时也的确不明白。

工程师没有回答，翻过一页，自语道：“狗日的蒙哥马利，又讨巧了。”

这样过去了几分钟。庄雨迟甩给白洛宁一支烟，爬起床边穿衣边问：“今天的水情怎么样?”

“和昨天差不多。”

“气候呢?”

“说是多云转晴，我看挨不到黄昏会有雨……”

庄雨迟看看天色，又问道：“内圩、水库情况怎么样?”

“这个……还不大清楚。”白洛宁说，他已经觉出了这种对话方式的不舒服。于是他清清嗓子说：“庄工，第二次洪峰说来就来，工程上你考虑得怎么样?”

庄雨迟把捂住脸的毛巾拿开，说：“随其自然。天不变道亦不变。我想我的饭碗不会在这儿摔碎。当然，你的纱帽也不会丢。”他狡黠地对白洛宁挤了挤眼。

白洛宁并没有现出尴尬，只是淡淡地一笑。他想，这个人天生出这么一副秉性，好感情用事。这个人好像从来就不把自己同什么联系起来，因此对什么也不感兴趣。这倒也蛮自在……白洛宁突然对工程师产生了隐隐的羡慕，同时自己心里泛上了一丝凄凉。倘若我当初走上的是另一条道路，去当一名作家或学者，也许我会有另一番乐趣的。至少，我不会被人挤在夹缝中过日子，去看别人的脸色行事的！他深吸了口烟。……

门被推开了。进来的是指挥部办公室的秘书，送《关于加强雷阳堤防汛管理工作的通告》的文稿来请指挥长过目。秘书说这是修改稿，如果没有什么意见了，就立即送印刷厂铅印。

白洛宁浏览了一遍，说："可以了。"就把文稿还给秘书。

"签发。"秘书把脱帽的钢笔递给指挥长。白洛宁便在右上角潇洒地写上：同意印发。白洛宁。日期。

白洛宁觉得自己这几个字写得很漂亮。特别是名字，结构、行笔都有点章草的味道，凝重又飘逸。如果用的是毛笔效果必定更好，他想。他又很奇怪，自己对章草接触得并不多，他一直是师承十七帖的，字体极娟秀纤柔。当初杨子东就是通过这笔字才了解他的。现在字体变化如此之大，而这种变化又是悄悄地完成的，连他本人也感到吃惊。我不妨就照这个路子探下去，他想。

太阳在正午时分异常暴烈，一丝风也没有，空气中掺和着煤油味，满眼皆是尘土。谁能料到这个时候会出什么乱子呢？

雷阳码头淹了！

第一个传出这消息的人被视作恶作剧者，但事实毕竟是事实，气候的优良是掩盖不住的，尽管减轻了人心理上的负担。

"见鬼！艳阳天里居然闹乱子！"白洛宁一跳上吉普车就骂道，他刚从床上爬起来。

"这不比杀人越货，非得趁夜黑风高。"庄雨迟说，示意司机小马跑快点。

他们赶到雷阳码头时，边达已经在场了。这老头今天一早便上堤了，午饭不知在哪儿吃的。一看到边达的影子，白洛宁就有点儿紧张。他小跑着赶到地委书记身边，说："好家伙，说来就来……"

边达没有说话，注视着水势。

江水的陡然上涨是因为上游的汉江与鄱阳湖的大量排泄。上游最近几日降雨量很大，导致几处山洪暴发。雷阳码头整个地浸泡在水里，栈桥被冲垮，连候船室也进水达一人多深，旅客们纷纷朝高处涌，嚷声哭声混杂一片，行李淌得到处都是。最后一艘小轮无法拢岸，只得于江心抛锚，连连鸣笛。抢险队已经在打捞了，几只玻璃钢汽油划子突突突地穿梭运行，把旅客往大堤上送。

庄雨迟跳上一只汽油划子，围绕码头转了一周。回到堤上。他对边达与白洛宁说："得沿码头打一道外江坝，再调十台抽水机将内水朝外抢排，估计最迟明天一早会通航。"

"看来只能这样了。"白洛宁说，"边书记，你看……"

"听工程师的。"边达说，"堤上的旅客先送回雷阳镇去，安排好。"

庄雨迟点上香烟。水势很猛，坝基如何落下呢？他决定再去看看，就叫过近处的一只汽油划子，纵身跳了下去，小船剧烈一晃。他的身体摆了一下，眼镜滑到了鼻梁，一只有力的胳膊拽住了他。

"运生?!"

雷运生的手慢慢松下来，转过身去。

庄雨迟压制着内心的激动，没再说话。他指挥着船的行驶，用一只备用桨测着水深。突然他对堤上的白洛宁大喊："调三只木船来！越快越好！"

工程师的主意是沉船落石。他将三只船连成一体，载满石头下沉至水底，抵挡正面的浪头。然后再在外围打木桩、架草包，垒起一道坝。于是很快就这么办了，果然就使正面的坝脚落稳。几百个民工哼呀哈地打桩架草包，天黑时坝已初见规模。抽水机响了。工程师盘算，照这个进度今天半夜码头内的水即可排尽。他喘了口气，将湿透的衬衫脱下来当毛巾在水里洗了一把。这时，他开始寻找雷运生。天完全黑了，眼镜沾了水渍，只看得见黄黄的灯光下人影黑黝黝地动着。庄雨迟现在才知道雷运生是抽来当抢险队长的。第一眼，他觉得雷运生变得老成了，而且黑瘦，浓密的络腮胡子遮住了半个面孔。如果不是那双英气犹存的眼睛，庄雨迟不敢相信这就是当年那个会讲笑话的大队支书。岁月，简直是一把锉刀，有的人给锉圆了，有的人给锉糙了。……

"一分队随我留下，其余的回去吃饭！"

是他的声音。庄雨迟循声寻去，很快发现了那个熟悉的影子。他的心也像抽水机似的突突突地响起来。这会儿，他不觉得嘈杂，仿佛时间凝固了。应该说时间早就凝固了，他想。

"运生……我们能聊会儿吗?"

"该聊的都聊了，庄工。"

"你……来支吗?"

“我抽不惯带嘴的烟。”

“想不到……”

“是想不到。不是这场水，你是不会再来的，庄工。”

“不能喊我小庄吗?”

“……”

雷运生走了，走得很快。庄雨迟又跟了上去，他已经感到脚扒不住地皮了。

运生，你还想宰了我吗?那天晚上，苇子来给我补衣裳，慢慢地，我们偎在了一起。秋来了，这山洼里的夜气直往人骨头缝里钻，可那会儿我不感到穿得单薄……突然门被撞开了，你立在门口。你的眼睛里分明藏着一股杀气，我差点儿弄翻了桌上的茶杯。你没说话，我没说话，苇子也没说话。三个人都站着，满壁都涂了黑影。苇子像认生的小孩半藏在我的背后，我感到了她的心跳得很乱，而这一瞬，我却平静下来。我记得当时我是正眼看着你的……你离开了。被你拧脱的门扣落在石门槛上，发出刺耳的一响……就在这天晚上，你想杀了我!

我要杀你!杀你这没良心的畜生!姓庄的，我待你亏吗?你可晓得苇子在我心中占了怎样的地盘?是观音!你三笔两笔弄一张画像就勾去了她的魂，你他娘的不是个正经货，我当时什么也顾不上多想了，我咽不下这口气!半夜里，我溜到后院磨斧子，月光可真叫寒哪。……

我也没有可想的，运生。真的招来杀身之祸也只好认了。不过我得告诉你，别以为我对这个世界有什么可留恋的，我的心早就淋不下一滴血!我的父亲死了，母亲也死了。但他们死得明白也死得体面。我呢?我的死却好糊涂……来吧，运生!

别以为我手软!姓庄的，你运气好!苇子真是痴呀，跪到我面前像小羊一样地哭。你可晓得她怎么讲?她讲，好哥哥，不是他的错，是我。是我作践!你饶了他吧!你真要杀就拿我当头刀!我不恨你手毒。我情愿替他去做鬼!哥哇，你饶了我们吧……来世我只做你的堂客，做牛做马都不怨……唉!

运生，你受苦了。我根本想不到，第二天，老龙水竟把你吊在雷家祠堂的正梁上，用他当广西兵用的牛皮带抽你，抽得你皮开肉绽!而你，一声不做!你的身体像秋千一样荡着，又像是木头雕的，没有弹性。围观的人吓得头直往怀里钻，谁也不敢上前。又是苇子跪在父亲的脚下来苦苦哀求，可是那老浑蛋的手还是高悬着，我真想同他拼了！猛听见苇子大叫道：“大！你再抽……我就撞死在祖宗灵牌面前!”老家伙这才扔下了牛皮带，朝地上吐了口唾沫，端着铜烟袋走了……我把你放开，让你靠在我肩上。你慢慢睁开眼，又突然一瞪，然后我听见你叹了长长的一口粗气……

我认了。我晓得老头子是顾脸面干净才这么干的。人上了年纪，脸面上越要好看了，随他吧。他是打给寨子里的人看的。苇子到底给哪个，一打就清楚了。……

这个打出来的事实横在我面前，能拒绝吗？这个老人怎么会如此痛快地将掌上明珠许给他平日连多看一眼都觉得费劲的“四只眼”呢？是苇子的缘故？龙水不得不依着女儿？不，这绝不可能！如果龙水发话，不许苇子靠近我，苇子即使是吞了豹子胆也不敢妄作主张的！这究竟是为了什么？我至今不明白。……

唉，都过去了……庄工，你还记得这个桃花寨，也算没白喝几口雷水。……

雷水到底是何滋味，我至今没尝出来……

……

风渐渐大了，浪涛声由模糊转为清晰，节奏持重而呆板。工程师仿佛觉得自己的身躯已被风肢解了，与这广阔的夜融为一体，不断地向上升腾着。他隐隐约约地看见那个魁梧的身影正沉重地向着自己走来。他踉踉跄跄地朝前挪了几步就摔倒了。

四十一

砍好最后一根树桩，巧凤一直腰便眼闪金花。外面村长在吹哨子喊集合，准备把各户应出的树桩往江堤上调。上面要求很具体，每户十根，长不短过四尺，粗不少于五寸穿心。没有现成材料的就拿钱折，有材料的拿钱折还不行。巧凤就愁苦了。家里没有男劳力，这力气活她还得撑着。虽说松茂如今做了一镇之长，但在杨树湾官是不大吃得开了。人家不靠你过日子你就莫想支配人家。何况，人家的锅揭开未必就比你碗里的孬。自松茂正式做了国家人，巧凤的肩膀就越发尖削了。丈夫在村里的时候，尽管时常学习开会，农忙时总还守在田地里淌汗。如今呢？顶多给她倒杯水叫伢鬼送到田埂地头。要不是村上有个德荣，巧凤恐怕早就趴下了。德荣不跑买卖也搞不好“专业”，田里的生活却做得极好。于是巧凤便把田委托给德荣代做，出工夫钱。她只守着屋前的几棵桃橘和屋后的竹园，外带养些鸡鸭。猪是不养的，太脏了。一年下来，钱没少赚，人竟也水灵了几分，巧凤就好满意，德荣也没什么怨言。镇机关食堂缺临时工，巧凤并不眼热，反觉那种事丢失脸面，又认为应该给德荣一点甜头，就说服丈夫把差事移给了翠娥。德荣自然感谢不尽，从此大事小事一唤德荣便麻利如吃豆腐。这一回，德荣给抽到抢险队去了，巧凤只好自己来。她从中午砍到现在，茶饭还不曾过喉哩！她实在是累了，浑身无一处见干。村长的哨子吹得好厌，巧凤便倚在门框上喊道：“你们先动身吧，我还没吃饭呢！”

“还是随大班子走吧，”村长说，“回头你钻到松茂那里，叫他把你抱在怀里灌个饱！”

“你这砍头的！”

巧凤把门关上，才觉到天是擦黑了。屋里好暗，眼睛看着看着就发涩，可她并不开灯。两个伢鬼前几天坐船到芜湖的堂叔家去过假了，她一个人守着这么大的屋半夜总是吓醒。她又想丈夫了。想着想着，泪珠儿就顺着眼角滚落下来。那天洗了澡，松茂便不再穿衣，手往她腰后一抄地抱起来，一齐跌落到床上，床板“乒”的一响。他就骑到她身上，哼哼唧唧地说：“憋死我了！”

“大白天的……你滚一边去！”

“行了行了，又不是黄花女过头夜，还推推搡搡的。来来……来！”

“不中！我肚子①还痛着呢……”

“扯谎，你少吊我口胃！猫吊瘦了，鱼吊臭了！来来，我闲工夫不多……”

“是真的，今朝才三天……”

“倒霉！”

---

① 指妇女经期。

“好吧……你手脚轻点……”

他这下倒平静了，舔舔嘴唇，使劲咽了口口水，嘟囔一声“算了吧”，就打算侧过身子躺下来。而这时她用手抱住他的颈……

他如蛤蟆似的划了一阵后，大气吁吁地歪落在她的腋窝下，吐了句：“你……真好。”

“真好还是假好？”

“真好。”

“你发现我么场子变了？”

“没变。你怎么会变呢？哦，时候不早了，我还得赶回镇里去。”

“歇一夜都不中？”

“我不是讲过了嘛，这个阶段，很关键……唉唉，你面对我可好？你听我说，只要熬过这个把月……你听我说……”

这时屋外传来汽车的引擎声，接着有人喊：“李镇长——”李松茂听出是县里司机小马的喉咙，忙穿衣踏鞋，一边扣一边应着去开了大门。

“李镇长，白书记要你马上回指挥部，有急事。”

“好好，稍候一下……”李松茂回到内屋收拾，见巧凤还裹着毛巾毯面朝里睡着，就压着喉咙说：“你看，就是你磨磨蹭蹭的！现在好了……叫我怎么交代！”

“我怎么了?!”巧凤猛地坐直。

“我没闲工夫同你理论！”做丈夫的一甩袖子走了，门被带得“嘭”的一响，和半小时前床板的响一模一样。

……

巧凤抹掉眼泪，像一团泥似的跌在小竹椅上。我还要怎么的？我事事都依你……你这……猪货！她叹了口气，到灶间用开水泡了两块锅巴，使劲地嚼着，可是很难咽下去。远远地传来一声雷。得动身了，要不路上会淋雨。她强迫自己吃下了这一碗，顺手扯过毛巾擦了把脸，就去将砍好的树桩打捆。她试了一下，这副担子少说有小一百斤。这两年力气莠了，挑这副担子走十来里路也实在不容易。可是这事耽误不得。万一误了大事，自己倒无所谓，那冤家就背黑锅了。巧凤便找了只垫肩系上，又将塑料雨衣别在担子上，准备出门。再忙再乱，她也没忘记出门前还要照一下镜子的习惯。镜子里的她别有一番风韵，好精神。这使她的心绪好转了一下。那颗“牙齿”拔掉实在是好看多了，可是冤家回来贴得这么近竟没有觉出……天晓得他成天脑子转的什么鬼经！

巧凤出门时头顶上正聚集着焦棉絮般的云。

乌云一块块地缀到一起时，风便戛然而止。一场雨在悠着是肯定的。这正是落雨的时节，落三天晴一天也是常事。可是老天爷呀，再这么泼，人可就遭殃了……巧凤吱吱呀呀地挑着担子，脚底越走越软。这一路上连个鬼影都没有，月亮在云里拼命踢着脚也只偶尔露出小半个脸儿。巧凤就借着这时有时无且又是极淡极浅的月光摇摇晃晃地朝雷阳堤上走。汗淌到嘴角上咸得发苦，连毛巾也变咸了。好久没肩过这么重的担子了，她累得七窍生烟。唉！是个挑担子的命哪！要是落到另一方土上，不也照样蹬脚踏车上班下班？那个拍电影的女人鼻子是塌的，下巴有点儿翘，喉咙也未必就脆，可人家命生得好哇……巧凤在一棵看不清是什么样子的树下歇下担子，坐到担子之间的扁担梁上，解下垫肩扇风。她还在想在菱湖公园撞上的那个拍电影的女角，那八怪实在是好命……

“哪个？”路面上一个黑影跟过来，巧凤吓了一跳。黑影并不做声，往路那边移了点，照样往前走。

“哪个?!”巧凤抬高嗓门又叫一声，同时把扁担捏在手上。

“我。桃花寨的。”

“是……运生哥……”

“这么晚了，你……”

“往堤上送树桩。一户出十根。桃花寨怎么摊的？”

“哦，一样。还没出齐。”

“运生哥，你不是抽到县里抢险队去了吗？”

“我回来有些事……”

“来看……苇子吧。”

“巧凤！”

“我不是作弄你，运生哥。我是……”

“行了！你这张嘴……”

雷运生一步跨上前，夺路急急地走了。巧凤揉了揉肩膀，又仰脸对天上望了望，慢慢走到树下，挑起担子。这下更觉得沉重。但她调整好步子又走上了路。雷运生的影子已经完全消失了。不一会儿，风乍起，卷带几点毛雨，倒蛮凉快。巧凤不停地换着肩，估计差不多走过了一半路。天上的雷声越来越脆，霍闪也越来越亮。等一道霍闪在面前扯过后，雨便落响了。巧凤穿上雨衣，走几步又觉捂得难受，便将它扯下。正准备加快脚劲，担子被什么东西抓住了。

借着霍闪她看清了雷运生的面孔。他双手猛地将担子托起，然后一猫腰钻到扁担下面，挑着往前走。

巧凤把雨衣搭在他肩上，他拨开了。

她也没穿。她走在他边上。

你怎么不穿上？何必两个人都淋湿呢？

你不穿我也不穿。要淋就都淋个透。喝雷水长大的还怕雨？

我怎么总撞见你？你这狐狸！我实在怕见你……那回我真该把你揍扁！

你就这本事。你可晓得你一打倒把我给打醒了！……为了苇子，龙水吊你打你！你这贱骨头，为个娘们儿就想杀人。你可是真心地喜欢苇子？

我那会子只觉得苇子是许给我的，我得护着。我不能看着两个男人去撕她，也不能叫两个女人来撕我。两个女人，晓得吗？

你是个孬种？你明明晓得我在李家牛马不如你连吭都不吭。你越长越不是个东西。小会子，每回讨饭你都叫我牵着你的衣裳角走，这鬼场子狗比狼还恶……你嫌我身子不是干净的，你就是嫌这个……你不是东西，雷运生！

你错了，巧凤。你不晓得你同松茂圆房的那一夜我是怎么过的。我在雷水里浸了个通宵。你房里熄火的那一霎，我把头死命往泥里插！那时我想，我要是一只鸟就好了，我非得把你抢出来驮在背上飞得老远老远，永生永世也不回头。……

你如今还敢想吗？

不是不敢。是不能……我不能做对不起松茂的事。……

你就不怕对不起我？

你不是过得很好吗？

你瞎了眼！我连婊子都不及！婊子还可以讨价还价，我却像只夜壶，人家要用就拎，不用就塞到床底下。你以为一个镇长、几件好衣就叫我梦里笑醒了？

你别再难为我了……

可我心总难死！我是个花心女人吗？

……

一道红色的霍闪于眼前扯过，旋即炸了个惊雷，脆如利刃剖开一根老竹，极瘆人。巧凤“呵”了声，忙拽住运生的衣角：“歇歇吧……我怕。”

运生立住脚，迟疑片刻就将肩上的担子落下，用手托到路边的一个茶棚里。然后伸手摸烟，见早已淋湿便一脚踩到泥中。巧凤将毛巾对着雨搓了几把，拧干，递给运生。“把衣脱下来我挤一把。”她说。

运生便将圆领衫脱了，别到腰间，说：“就光着吧。”又走出茶棚，往黑里去。“你挤一把，雨小了好走。”

巧凤痴立了一会儿，便背过身去将上衣脱了，正欲去挤，一道白色的霍闪扯起，她本能地一抖，用手护住了乳房。天即刻又黑了，巧凤的手还放在原来的地方。乳房的弹性使她相信了自己的好光阴还在。她突然产生了一种强烈的自信与火一样的冲动。我要你！我今夜就要你！她浑身哆嗦着，牙齿碰得极响。但此刻她一点也不觉得冷。她将上衣扔在担子上，用毛巾将身体细致而均匀地揩着……那个沉重的脚步声近了，她使劲咬住了嘴唇。“行了吗？”他说。她只嗯了声，而心里却在说：“行了！早行了！”她慢慢地转过身，又慢慢地走近那个同样裸露的身体。她在期待着一道强烈的霍闪。……

于是当一道霍闪扯起时，她猛地扑进了他的怀。他先是一怔，一动不动地立着。等头顶上大雷滚过后，他下垂的手抬起来紧紧箍住了她的腰，同时他的宽厚的胸膛在用力，完全感受到她的乳房正被两颗心脏牵着在颤动。突然，他把她折翻，让她斜卧在自己怀里，借着霍闪他认真地看了她一眼，然后骂了一声：“你这狐狸！”……

四十二

沉沉地睡过一觉，醒来，庄雨迟感到浑身轻松了许多。窗外，雨已止了。于是有清净的空气弥漫开来，阳光浅浅的好柔和。

庄雨迟只隐隐记得自己是摔了一跤，身体重重地落在地上，眼前的一切全都在飘浮，接着是一片漆黑。抽水机的马达声突突地响了几下后，便嗡嗡起来。脑子里像灌了盆稠稠的糨糊。但他知道是雷运生把他弄回来的。在大卡车上，他斜靠着雷运生，颠了几颠后就昏睡了。后来的打针一类的折腾，他没有觉得。从晚上十点到现在（大约八点吧），工程师没有醒过一次，只是断断续续地讲谁也不明白的呓语。这无疑是累够了。

其实这一觉睡得也好吃力。

我像是走进了一块沼泽地。一块漫无边际的沼泽地。我几乎是绝望地搬动着腿，每移一步，身体都受到一挫。泥水是冰冷彻骨的，黏糊糊的蒿草像蛇一样缠住我。一只大鸟凝固在头顶上空，嘴是绿的，眼眸也是绿的，像磷火。我的身体陷深了，快齐胸了！我口渴，嗓子如烧焦的牛皮。我想大叫但一声也叫不出来，那远山的轮廓不是越来越清晰，而是更加模糊……我已经感到有一只冷手按上了肩头……

庄雨迟欠起身，酸的感觉便由腰椎向四方扩张。他靠在床上，使劲用手在躯干部按摩了一遍，就又出了一次小汗。是他妈的泡酥了。这副骨架怕是再难撑动一条船了。当然是逆着水撑。……那会子正度桃花汛。桃花岭尖上如衔着一块胭脂云，衬着那碧蓝的天，实在是妙不可言。于是我决定，逆着这雷水去逛天柱山。我早就想去叩拜这被汉武帝恩封的南岳了。我带了画夹，苇子备了干粮。她无论如何要随我去。自老龙水开祠堂动家法整治了雷运生，苇子与我的接近便落落大方，不再避人耳目。我们是天麻亮时动身的，四野好静，唯有雷水流之潺潺，如鸣弦一般悦耳。我执意要撑船，苇子就依了。我那时已是个蛮不错的船佬了，可逆水行舟却还是首次。自然要用几倍的力气，并且极不好摆弄。我就用篙子将船体拨斜，从浪背上歪劈过去。就这样 S 形地走着，闪过了簇簇的芦苇、丘陵、村庄。在骨关节的啪啪声中，我领略了一个汉子的骄傲。

“还真看不出咧！”她说，“力气不小。我还以为你没有这大的力……”

“我喜欢撑船。”我说。我还能喜欢什么呢？你当然不晓得我拿它当做冒险和赌博，苇子。

“你喜欢往后这船就由你掌着吧。”她说，“反正……早晚都归你的。”

我记得我的身体抖了一下。她散发出的幸福正紧紧裹住了我来自心尖的痛苦……上帝，你为什么要制造这样一种双色蛋糕，而我不得不尝。我尝了，我是心甘情愿地去尝的……我饿了！我是只饿狼，而一只小兽偏偏落在我的舌头上……我只能这样。上帝！你这老狗日的！

“我不过是闹着玩的……我总想玩个够！”我说，手下一松，船倒退了几米，她竟乐了。……

我原以为黄山是天下第一奇山，但是当我走进天柱山的怀抱里，我觉得黄山似乎不像山了。黄山的灵秀超出了人的想象，于是它成了海市蜃楼，成为一种魔幻浮动在人的大脑表层。可天柱山的每一块石头都敲击着我的心扉，让我深刻地感受到了它的分量。天柱山以它的粗犷与豪迈准确地勾勒了一个男人的世界。这完全是一座挺拔的男性之峰啊！

我放声大叫……

我的泪水像石头一样劈下……

然而那“一线天”的峭壁上豁然一行红字刺伤了我的瞳孔——

千万不要忘记阶级斗争！

那颗“！”并不轻于一九四五年八月六日美国佬在广岛掷下的那个玩意儿……上帝，饶恕你的孩子们吧！

……

庄雨迟从抽屉里拿出了苇子的照片。他很喜欢这张照片。这个角度不错，侧面，逆光，阳光柔美地勾出了轮廓，眼神被阴影浅浅地覆盖住，是悦？是忧？还是怨？又仿佛暗示着埋在心底的仇恨……

他把照片平摆在膝上，腾出的手就点起了香烟。吸一口，舌苔便发涩且带着淡苦，于是他连吸了几口，把背稳稳地向后靠去。

门像被风吹动似的开了。边小素立在面前。她的眼神反映出她在这个位置已站了好久。

我似乎犯了个错误。我不该把苇子的照片送给你。你不要以为我在吃醋，实际上你也未必这么想过。我觉得，没有必要去碰你过去的伤口。这伤口不是在别的部位上，是在心上。你的心是残缺的堡垒里露出的一面白旗，但即使是这样的旗帜却也还是弹痕累累。你别误会我这么想绝不是在怜悯你。我知道你们这号男人都拒绝怜悯，尽管不完全是真的拒绝。我不知道你到底需要什么。或许你需要的正是我也需要的。我只好就这么默默地看着你。……

庄雨迟对门口看了一眼，并没说什么。

边小素慢慢走进来，把一袋“方便面”和一袋“芙蓉辣酱”随便扔在床头柜上，然后抬手试了一下工程师的额头，在床边坐下来。

她注视着他的侧面。

沉默。

我想我们之间最好别出现这种诗情画意的沉默。你们女人总是趁男人倒霉的时候来一番莫名其妙的名堂。实际上这很古老。我相信我们会有一段时间的热火，但是不久我们就会连谈话也觉得费劲。我们应该是情人才合适，谁也不对谁负责。真的，我就是这么想的。我这人说穿了是个浑蛋。

你最好不要做作。这种无动于衷的淡漠瞒不过我的眼睛。我知道你这个时候需要我或者别的女人。女人就是这么一种尤物，她们也承认是为男人而存在的，但她们总是把男人的世界搞得支离破碎或者混混沌沌。庄雨迟，这个时候你该老实一些……男人和男人不一样。我也弄不清自己属于哪一种男人。我甚至可以一日之内把自己进行三次肯定又三次否定。我差不多像肚脐眼那样占据着一个中心地位其实什么功能也没有。我这样的人的存在本身就是一种不幸。我不知道因为什么居然活得从容不迫——抑或堕落呢?

这些日子我常常感到自己的精神世界有一片空白。我不是指爱情什么的。要证明爱情是最简单不过的事。不是爱情。我至今不清楚那片空白意味着什么，所以我把拳头握紧的时候很有力，而松开才知道什么也没抓到。这要命得很！我担心这么下去当我成了个干瘪瘪的老太婆的时候我会突然感到：我是从婴儿一下子变成老太婆的！那漫长的一段岁月仿佛是空白的，或者存在了什么东西的复制品横贯其中。我没有什么东西能区别他人的。庄雨迟，你觉得我是否有点毛病?

你本来就有点神经质。我也有。我们都是不大正常的人。当然我们不是有意弄成这个样子的。我惊讶的就是这点，我们怎么莫名其妙地这么变了……这种生活把我折腾得七零八落，我像是一堆变了形的弹簧。我好几次试着去恢复，但一开始就预感到要失败。你不会相信我会盯着一对卖完鸭子蹲在墙角用蘸了口水的指头数点钞票的青年夫妻看了十分钟。你更不会相信我很想去福利院领一个小女孩来收养。我心里积压的东西太多了，挤得心脏越来越小。我想发泄！想去爱去恨或者去骂娘去对哪个坏种抡几下拳头。我也想到过死。其实死也是好困难。茨威格的死是因为失去了国家，海明威的死是因为讨厌自己那副胡子拉碴的面孔。这蛮体面。我寻求不到这种体面的死，又厌倦这种不体面的活着。我的世界里没有太阳也没有月亮，只忽隐忽现着一丛磷火……

那么，让我们爱吧！庄雨迟……

爱是不容易的。

这我懂得。

我们懂得但我们不会爱。我们总是把爱搁在实用的秤盘上，于是需要就爱呀爱的没完没了……

我想这场天灾能使我们会些什么的。庄雨迟，你早就该吻我。你是不是太懦弱了？

不，我太累了。累得像只苟延残喘的老狗。你现在就是拿锥子扎在我身上，也不会见到血眼的……不过这时候你无论如何不要离开我。我们就这么坐着，偶尔相顾一眼……

“那天，”她说，“从桃花寨回来的时候……我突然想把苇子接来，让你们见面。我不是恶作剧。”

“你怎么没干？”

“我想，这太残酷了……我有点害怕……”她慢慢站起来，从他面前走过去，背着他说：“你别再问了。”

他便吸烟。他看着鼻前绕过的一缕缕浅蓝色的烟雾，过了好久才说：“我是想见她的。”

“不。你别这样！”她又回到原来坐的地方，“你不能再去捉弄她！”

“这是我自己的事。”

“她，她会宰了你！”

“这结果也未必不好……”

边小素惊恐的目光凝固在他的脸上。这是怎样一张脸哪！仿佛是经过酱油腌过的，细细毛孔如一层薄网笼罩着极度的疲倦。腮帮的两块肌肉在随牙齿的运动起伏着，参差不齐的胡子碴儿像烧荒后的蒿草根须，反映出青色的光掩盖住了一丝血色……

屋里突然明亮了。从工程师无动于衷的眼神里，记者仍然敏捷地感到门被推开了，而且进来的人只能是指挥长白洛宁。于是她保持着原来的姿态，工程师一动不动，慢慢吐出一口烟。几秒钟后他们听到轻微的一声：“很抱歉……”然后屋子又暗淡下来……

四十三

从雷阳镇返回的第二天晚上，县委书记宋尚志体温陡然上升到39. 5℃。他感冒了。是因为受凉感冒的。浑身酸软并且食欲减退，于是吊了两瓶葡萄糖。宋尚志家不在此地，一旦病倒就把整个县委办公室的同志忙得团团转。一日二十四小时有专人值班看护。县委办公室主任老方，却是每日都来的。以前是送文件、报纸，陪书记聊天或者下棋，现在倒真的急了，后悔那天去雷阳镇自己没有跟随。他熟悉这位领导的禀性，没什么了不得的病住进医院，你要成天一副紧紧张张的面孔他会讨厌；倘若真有了什么病，你要从从容容他也会讨厌。所以见过医生的体温表后，老方的脸便皱成了一团。他嘴里始终像吮着一块永远也吮不干净的鱼刺，啧啧地响。连打针的护士长也对此大为惊讶。“不过是感冒嘛。”护士长私下爱这么议论。后来这话宋尚志本人也重复了几遍，这使老方有了不小的疑惑。宋尚志甚至批评道：“小小的感冒何必要惊动大家？眼下汛情这么紧张……”他拒绝了超额的照顾。

一瓶葡萄糖滴过，宋尚志感到心里好受了些。他觉得来一场这样的折腾，是很有必要的。住院一个月，整日干干净净地走来走去，难免不令人生疑。就是老边达，也未必没这么想过。白洛宁自然更不在话下。那么现在呢？一切都实实在在地摆着，县直机关都会晓得我老宋病得不轻。实事求是嘛！

与边达的接触，宋尚志事后想起来好懊悔。边达是什么水平的人？

能唬得住他吗？我这着棋走得实在是蠢。这时候我从白洛宁手里接过挑子，边达会怎么看？别看他对我张口安心闭口养病，其实这老头子心里肯定会想：看不出你老宋还会搞投机取巧哇！他就是这么想的。这岂不是彻底栽了？不。第一，我住院是报请你批准的；第二，我的确肝区不舒服（喏，又痛了!）况且还有医生证明，建议我转院；第三，我对白洛宁放手，他干不了我会自动去接；第四，现在我是大病套了小病，暗病套了明病；第五，尽管这样，我老宋还在关心全盘工作，我还要带病坚持干着——这一条马上就兑现。

于是当雷阳码头遭淹的消息传来后，宋尚志当着大家的面将胳膊上的针头拔了。他指示办公室主任：晚上八时许召开全县电话会议，就当前防汛救灾工作互通情况、交流经验，研究下一步的对策。而后，他以县委主要负责同志的身份，向全县发表广播讲话，进行全面而深入的动员。当夜，办公室主任就拟好了题为《书记挂帅，勇斗洪峰》的报道，第二天便送给宋尚志过目，打算急交地区报发表。宋尚志看了，自觉文中“带病坚持指挥”、“轻伤不下火线”之类的词句扎眼，一时半刻没有表态。老方就很着急，在一旁搓着膝盖。

“不要集中宣传个人嘛，老方。”他说，“我的脾气你还不清楚?”

“我写的都是事实。”老方说。

宋尚志笑笑，说：“我看焦点不要专对着我。再向上向下扩展些，从边书记亲临雷阳堤视察指导开笔，把白书记也带上，这样就全面些，也丰富些。你看呢?”

“对对。这样写，好得多，好得多。”老方说。

“你抓紧充实。写好了，我再看。尽量把我个人讲简单些、平淡些，带一笔就够了。”宋尚志把稿子还给老方，又郑重交代道：“你可以同地委通讯组、地区报记者站碰碰头，最好以他们的名义。”

老方点头称是，就按这意思去抓落实了。可地委通讯组的同志说，边书记早有招呼，未经他本人同意，不得随便发表关于他个人的文字。老方把这意见汇报给宋书记，并问是否给雷阳镇挂电话，征求一下边书记的意见。宋尚志想了片刻，就把手一摆，说：“那就算了吧。”

“改成消息可行呢?”老方问。

宋尚志又想了想，说：“这样吧，就写一篇关于白书记的，写好一些。”

“只写白书记？”老方越发吃不准书记的路子。

“嗯。白书记很辛苦，应该宣传宣传。你抓紧办吧，完了，我再看看。”

老方走后，宋尚志又躺下了。他觉得这桩事办得有些水平。不是要支持年轻同志吗？现在我就全力地支持，你总不该再有什么不快活了吧？

于是几天后，地区报以头版头条的位置发表了题为《身先士卒锁蛟龙》的通讯，生动而优美地介绍了年轻的县委副书记、雷阳堤防汛指挥部指挥长白洛宁的事迹。报纸送到宋尚志手里，他认真地看了一遍，表示满意。但是一个小时后，他接到了白洛宁的电话。

“我就是，小白吗？”

“老宋，今天的地区报你看了吗？”

“喏，正看着哩。”

“这篇关于我的文章是怎么回事？”

“喔，是老方他们弄的，我听说过，还不错嘛！”

“老宋，这个时候怎么能集中宣传我个人呢？况且事实还有出入……这么搞，我怎么能拢住这一班人？”

“小白，你想得太多了。该宣传的还得宣传，否则我们的报纸作何派场？……你听我说，不要责怪老方他们，人家至少是善意吧？同志，你别激动，如果不妥，责任由我来承担，行了吧？”

“老宋……这件事至少要事先与我通气。我现在还是个副书记吧？我希望不要再发生类似事情了！”

电话挂断了，宋尚志放下话筒，突然觉得身子骨又紧凑了，就随手抓了个苹果，边吃边走出去。天正在渐渐地放晴，蓝色一片片地衔接起来，空气也好新鲜。他又走上那条穿过竹林的石头小径，在心里默了个残局，边走边“下”起来。他有好几天没碰棋了，因为对手都好蹩脚。他只好同心里的那个对手“下”了。

宋尚志走近池塘，看见柳树下立着一位垂钓老者，就拢过去，颇有兴致地看着。老者稍偏过头，说：“是宋书记，可好些了？”宋尚志一时好尴尬，他不认识这老者，便嗯嗯地支应过去。老者说：“你认不得我，我可是认得你的。这也自然。天下只有香客识菩萨，哪有菩萨识香客的？

父母官嘛，我见一回就认得了。我听过你的报告，是讲五讲四美的，你好会讲。”

老者唠唠叨叨地讲了这些，宋尚志听了很舒服，就拿出香烟请老者抽，老者连说戒了。他便自己点了支，问：“老人家高龄多少呀？”老者说：“七十了。土埋到颈了。”宋尚志好吃惊，说：“你腰板比我还结实呢！”老者就笑笑，说：“你们做领导的，操心得厉害，是吃了许多辛苦的。平头百姓嘛，有碗饭吃就没得什么好思谋了。”

宋尚志看着老者这一副悠然自得的神态，有了极短暂的羡慕。无官一身轻，这话的确有些道理。这老人一生过来，似乎没有半点烦恼。他至少还能活十年。或许死到临头也不会觉得有什么遗憾的……唉，人生在世，好孬都这么一辈，又何苦把自己榨得这么干呢？

这时老者一顿鱼竿，接着甩起一条足有六寸长的鲫鱼，在空中划了一道银弧。

宋尚志忙蹲下身去替老者解钩。老者却拦住他，说：“不用不用，莫弄腥了手。”宋尚志就弯在一旁欣赏着。老者解下鱼，又从塘里取出浸在水中的鱼篓，将鱼投进去。然后把鱼篓捧给宋尚志看，说：“天亮来的，可有四斤？”宋尚志将鱼篓颠了几下，说：“四斤怕不止。”老者就乐了，说：“宋书记，你拎几条去煎吧！”宋尚志摆摆手，竟自个儿将空钩上了小半截红蚯蚓，说：“我试试。”老者便从腰间取出一只深褐色的小瓶，往掌心倒了一小把酒浸过的大米，前倾着身体掷于不远处荷叶缝隙中，这叫洒窝子。“来来，这儿下钩。”宋尚志就按老者的指点做了，神情很是专注。

少年时，宋尚志极爱钓鱼。那会子庄子附近还有东洋鬼子的据点。鬼子中也有嗜好钓鱼的，宋尚志起初心里好怯，可钓鱼又那么着迷，就起大早出去，日头升起便回。这样却也不过瘾，于是常常与鬼子相遇。钓鱼的鬼子心思只花在钓鱼上，便不管边上那个少年。有一回，宋尚志的手气很好，个把钟头竟钓着了五六斤，而鬼子一连几次都是空钩。鬼子就移了过来，对宋尚志眯眯地笑着。宋尚志顿时就慌张了，以为鬼子来夺他的鱼，就拿荷叶将鱼篓盖住。那鬼子在宋尚志边上支着下巴站着，不一会儿，宋尚志又拉起一条大鲫鱼，甩落在鬼子脚前。鬼子便呀呀地喝彩，帮宋尚志取钩。宋尚志把鱼篓捧来，说：“你要，就拿几条去吧。”鬼子说：“拿的，本领的没有！”说完，搓搓手走了。现在想起这件事，宋尚志觉得好有意思。那鬼子说的这句话，倒也在理路上。俗话道：拿的不乐，争的不香。可是不拿不争又何从谈乐谈香呢？这实在是矛盾的，不能够对立统一。就拿眼前这场天灾来说……

“宋书记，咬了！咬钩了！”

宋尚志就急忙一拉，慢了一拍，鱼未上钩饵却失了。“不行了，不行了，”他说，“反应迟钝了，迟钝了。”老者又安好食饵，劝书记再来一次。可宋尚志的兴致已经败了，盛情难却，只好再试。

这实在不合算。照这样的钓法，结果必然是不会叫人乐观的。再来一次。或许是最后的一次……奇怪，那片子就叫《最后一班地铁》。两小时下来谁也没看清地铁是什么样子。与地铁无关为何挂了个地铁的名字呢？王顾左右而言他。醉翁之意不在酒。声东击西。指桑骂槐。含沙射影。有心栽花与无意插柳。好家伙，这下……宋尚志猛一拉鱼竿，水面划出了一道豁口，但是一出水面便失去了分量，鱼钩上挂了条两寸长的鲫鱼秧子。老者哈哈大笑，说：“宋书记，你今天手气不好，实在是不好！”宋尚志也笑了，把鱼竿还给了老者。

“这鱼可认不得书记哟！愿者上钩，不愿就溜，哈哈！”老者边说边收拾，与宋尚志道别，班师回朝了，一路哼着：“昔日里有一个包拯丞相，他本是文曲星降下天堂……”

宋尚志目送老者远去，亮开两掌看了看，笑了。手气不好？似乎是这么回事。小时，阴阳师给我瞧过手相，说掌纹赛叉，抓住的东西便不会失掉。但这把叉齿浅且欠锋利，因此抓住的东西就极有限：执笔不过秀才，从戎不过骑马，经商不过斗银，做官不过七品。还真他娘的邪！宋尚志拍拍手掌，觉得好黏，就用手帕仔细地揩了。他开始围着这一塘荷花踱步，眼前总晃着那条明亮的小鱼儿……

四十四

那天下午李松茂被吉普车接回雷阳镇，迎头给白洛宁敲了一棒。“我说老李呀，这个时候家庭观念最好淡泊些……”白洛宁说完便背过身去。李松茂当下心陡地一沉，又很生气。可气不敢出，强窝在心里。姓白的你算个什么东西！同老子打官腔。

“我只是洗了个澡，白书记……”他轻声说。

其实白洛宁急着召李松茂回来，只不过是替地委书记边达找一根拐杖——边达要去这一带走走，看看内水及受灾的情况，以便考虑汛后补种的方案。白洛宁很希望这些日子边达的影子不直接投射到雷阳堤上，甚至希望他立刻就离开这里。宋尚志临走丢下的那句皮笑肉不笑的话，白洛宁常常想起。绝不能让老头夹在腋窝里，他想，这很难受也很难堪。白洛宁的意思是让镇长李松茂陪同地委书记到内圩转上几天，然后送他启程。可是边达没有叫人陪着自己动作的习惯，尽管李松茂已经召回，地委书记还是决定单独行动。“你忙你的，我忙我的。雷阳堤落在你们肩上，该怎么着，你们商量着办。”边达这话是当着白洛宁和庄雨迟两人的面说的。雷阳码头脱险后，他同地委秘书长两人就离开了雷阳镇。在内圩走了一趟后，就去了同兴堤。

边达一走，白洛宁便召集了第三次各分指挥所指挥长会议。他觉得这次会议开得很成功。其标志是除各堤段汇报情况外，就是他作报告。这个报告准备得很充实，他想是会收到较好的评价的。报告结束，白洛宁侧身问工程师可有什么招呼的。庄雨迟说：该讲的都讲了。工程师就先一步离开了。正要散会，白洛宁突然想起了一件事，脸色即刻燥热潮红起来。他背过身去吸了口烟。

“再耽误大家几分钟，”白洛宁说着便扬起一张报纸，“这是今天才到的地区报，上面有一篇宣传我的文章，大家见到了吗？”下面便有了嗡嗡的议论声。白洛宁继续说：“这篇文章很滑稽，事先没有征求我的意见，就捅出来了！这么做是什么意思呢？无非说明我白洛宁是个好大喜功、好突出好表现的人物。所以，我有必要借此机会予以澄清，我申明……”

“指挥长，”坐在门边的省报记者边小素这时站起来，打断了他的话，她说：“有关个人的事情，最好不要放在这个场合议论。这是我的建议。”

白洛宁默想了片刻，宣布散会。这个多余的尾声让他极不痛快。他坐在位子上，等所有的人都离开后，才慢慢站起来，将那张报纸窝成一团，扔出了窗外。正巧碰着了李松茂的脑袋。白洛宁唤住镇长，吩咐他马上给县里挂电话，直接挂到宋尚志的病房！他觉得这件事肯定与宋尚志有关。老宋呀，你做得太过分了！你这是在边达面前出我的洋相，让我去解释。那么好吧，我会解释清楚的，你等着！

他用严厉的口吻与宋尚志通了话。话筒扣下震得掌心发麻。喝下一杯凉水，他似乎平静了些。我是不是太冲动了？太浮躁？显得没有涵养？不管怎么说，这件事算不上陷害呀！我犯得着为这桩事去同老宋发火吗？他会怎么想？别看他口气平和，其实他心里在笑，笑我乳臭未干！我……我怎么这样不冷静！或许，写文章的人是出于好意，或者是为了讨好……白洛宁又想到边小素那次写文章的事。他觉得自己的确好奇怪。宣传人家认为不妥也不舒服，宣传自己又觉得愚蠢同样也不舒服。他拿出风油精给太阳穴揉了点，然后闭眼躺在沙发上。他打算给宋尚志写封信，检讨一下。尽管是违心的，也有必要走这一着。他现在甚至懊悔临行前不该在棋的上面扫老宋的兴。何必呢？老宋既然爱提领子，就让他提好了。

分寸！这是极为重要的……自己说出来与让别人感受出来效果完全是两样的，天壤之别！所谓大智若愚，大巧若拙，所谓无为而治，无为而无所不为……我毕竟还年轻，还不成熟……我现在是在尝一颗青皮橄榄，只能慢慢地吮吸、慢慢地咀嚼，才有回味……分寸！一切都离不开分寸，如同宋玉笔下的那个女子，增一分或减一分都将失去完美……做人难。做官更难。做高官是难乎其难！所谓平步青云其关键在于平步——平稳的步子。是因果关系。一步不平则前功尽弃！这简直是在走钢丝……我是迷迷糊糊地走上了这条路，其实也未必是最好的路。上下左右都无形或有形地钳制着我。谁都钦佩拿破仑但拿破仑毕竟只有一个。有一位老年作家说过，这世界上只有一对宠儿：上帝和白痴。上帝主宰一切，白痴不为一切所主宰。这倒颇有道理的……可我已经走上这条路了！逆水行舟不进则退！狭路相逢，勇者胜——军事家的真理。但对于一个政治家来说，狭路相逢，智者胜！尽管这智慧自然不完全是最纯净的……白洛宁，你不是被人称作“老枪”吗?!

他猛地站了起来。这个剧烈的动作使他意识到自己的失态，他有意放松了些，打算到外面走走。门被打开时，他看见了走廊的另一端扯起一片黄云——边小素又进了工程师的宿舍。白洛宁慢慢掩上门，一种饿过了头的感觉在体内震荡着。

应该说我是早有预感的。一个普通的水利工程师竟如此博得地委书记的青睐，难道不是反常？庄雨迟的随便，边达的宽容，这之间难道没有联系？我介绍他们认识的时候他们一点也不拘谨。他们的交谈似乎埋着丰富的潜台词……他们肯定早就认识了！既然如此又何苦装腔作势呢？庄雨迟不是这种性格。边小素也不是。他们究竟属于什么性质的关系？相爱了这已成为事实。爱得相当老练。但又算作哪一类的爱呢？一见钟情还是重修旧好？或者是临时性的搭伴？行了，这种事还是别存在心上吧！我想我不至于吃醋——这真滑稽！我对女人的兴趣很久以前就丧失了……即使没有丧失又能怎样？我很幸福。在被女人崇拜或者挑剔之间，我理所当然地选择前者，尽管这并不高雅但实在。把爱情供上神龛这是诗人们的谎言，是少男少女们想干的蠢事。

如果硬说这是三角形，那么其中的一条边早已飞去。那是条斜边。

这天夜里，白洛宁接到了省城的长途电话，是他岳母打来的。电话一接通，话筒里就响起了岳母的嗡嗡抽泣声。白洛宁心跳骤然增快，连问家里出了什么事。岳母一哽一哽地说明了情况，白洛宁大叫了声："怎么搞的！"

妻子又流产了！洗完澡，一个人端盆倒水闪了腰。……

"她现在怎么样？住院了吗？她边上不能离人……营养要跟上去！什么？你声音大点……要我赶回去？你同她好好讲讲，我这里实在抽不开身，确实……这边一结束我立刻赶回。快了，顶多十天半月，同她细致地解释一下……也拜托你们二老了。我很好，是的，叫她一定要安心休养，要当个大月子来坐……好吧，就这样，我这就给她写信……"白洛宁沉重地放下话筒，坐到沙发上，张开的手指伸进茂盛的头发里。妻子那张惨白美丽的脸庞浮现于眼前。他很难过，又觉得十分悲凉。屋子里闷热得很，他默默吸完一支烟，又续上新的一支，然后离开了房间。上了雷阳堤，觉得风紧了些，他很想找个地方坐下来，可是蚊子极多，坐定是困难的。没有月亮，星光极弱，浑厚的江涛声此起彼伏，像个老者的喘息。白洛宁避开工棚和人群，在一段相对静寂的地方徘徊着……

他觉得对不住妻子。她已经三十岁了，这是第二次流产。如果没有这场天灾是不会出现这种人祸的。他本打算暑期返城休假，或者让妻子来他这里。他在身边，是绝不会出现意外的，端盆倒水他会主动去干……妻子这时候希望做丈夫的在身边，这要求极普通。对于她这样的女人，只需一个微笑，就满足了……她命中注定要充当一名悲剧的角色，无论是在太阳底下还是在水银灯底下……她实在太可怜了……

我可能太残忍了……我不能在你边上。这个时候，对我来说是绝对不能后退一步的……你自然不懂后退意味着什么。这不是一般意义上的后退……我不是英雄，我也不想去充什么英雄！

你以后不要再崇拜我了。越这样，我就越感到自己可怜。我像一只螃蟹，而伸开的全部的腿都不是我自己的！我是用别人的腿来一步一步地往前爬，还要保持着安详和愉快……我本来是完全可以凭借自己的腿来行走的，但走的不能是这条路。这条路上是没有靠自己的腿去行走的！我就这么鬼使神差地走上了这条路，没有退路，别无选择……

他流泪了。

他不知道现在是什么时间了，更不知道边小素是何时站在他身后的。

“我听到了你的电话。我听懂了。”

“我很对不住她。她不大向我提什么要求的……”

“我知道这个时候你不会回去。”

“我很自私。”

“谁都自私。”

“我有点懊悔……你信吗？”

“这不奇怪。我父亲也有。你不觉得他暮气很重？”

“设身处地想想，你会理解他的……”

“倒也是。谁不想活得更像人些？当然，这很困难，很困难……”

……

第二天，白洛宁从边小素那里拿了一百元钱电汇回家，同时给妻子写了一封长信。他招呼边小素，不要把这事嚷出去。从邮局出来，白洛宁遇上了镇长李松茂。自上次挨训后，李松茂事事都更加严格要求，索性把自己的铺盖从镇机关卷到了临江旅社。见到白书记，李松茂便不由己地朝边上挪了点，正眼不敢看。白洛宁起初感到好笑，又有些得意，并不当回事。现在见了，倒很不自在。将心比心，他觉得对待李松茂是过于苛刻了些。于是他喊住了镇长，并且递过去一支香烟。

“松茂，”他扶着镇长的肩头说，“那天，我的态度不好，还望你不要往心里去……我看你还是同以往一样吧，星期天回去看看巧凤。这边有事，我让人及时通知你。”

李松茂很惊讶也有些激动，稳住气说：“不用了，白书记。同指挥部的同志比，我的觉悟……”

“什么觉悟不觉悟的，别再小题大作了，没那么严重。人嘛，谁没个七情六欲?”白洛宁说完，就抽身走了。他知道李松茂不会回家的，但他不希望这样。那个巧凤是很迷人的。想起当年插队时的一幕，白洛宁心里很不是滋味。不过，那巧凤落在这个男人怀里的确是委屈了……

突然，白洛宁又见到了那只巨大的白鸟，他的身体几乎向后一挫。那大鸟的翅膀在强烈的阳光中映出了浅红的血管和脉络。他定睛追踪着它，只见它在云层里滑翔了一阵后便像被磁铁吸住似的钉在一块洁白的云端。云块愈来愈大、愈厚，那大鸟就被严严实实地缝在里面。过了好久，白洛宁似乎听见了一声尖锐如金属相碰击发出的音响，余音不绝……

白洛宁在那个位置立了很久、很久……

四十五

龙水卧床已有几日了。

那“宝船”沉落的时候，龙水眼前便腾起一团黑雾，脚跟一软歪倒在麻子扎匠怀里。死静片刻，堂客们就呜咽起来。龙水被抬到家里，村长贵林连夜请来郎中。切过脉，郎中半闭着眼说是内火外凉，气血不畅，病不在身而在心，当下开了五副中药。这郎中医道平实，也算得上妙手回春，果然五副药煎尽，龙水呼啦啦扯出一摊淤血青痰，倒也思茶想饭了。只是筋骨尚有酱浸醋腌之感，酸软不减。试着下地行动，开步便觉得是踏在云头上。于是终日卧床，心里隐隐作麻作冷，粗气断断地出。

雷运生是第二天擦黑赶回桃花寨的。他在镇上称了二两银耳，给老人煎水喝。过了渡，苇子径直先去了家。运生在雷家祠堂面前停下来，看看脚下做平安留下的鞭炮屑子与花纸碎片，心里便滚过了一阵酸楚。

这鬼场子，越穷越装大方，越要脸子！他不明白，这种事竟能被一个快进土的老头子挑起来。他看着祠堂那两扇朱漆剥落像烧伤的人脸似的大门，不禁发憷。就在这地方，他被吊打过。还是在这地方，他被村民们鼓掌送上了台——这不是几天前的事么?！可是，昨夜这里在狂欢，在醉叫，灯笼火把映红了半条雷水与半片桃花岭……

村长贵林像寻找遗失的物件一样拢着脑壳走过来，一脸的沮丧，见面就说："我拦过，拦不住……"

运生看看天，叹了口气："贱哪！活践！"就把手插到裤袋里，往家里走。

屋里黑黝黝的，且有一股霉味。每次，只要隔几日不回，一进这屋雷运生就感到所有的关节顿时松脱了，自己像一堆咸肉似的搁着。苇子在灶间热剩饭，又将一撮银耳放于陶罐内，煨在灶膛里用文火煎熬。见运生进了屋，苇子就问："可再加一碗垫垫?"运生摇摇头，进了厢屋。他在门口划着了火柴，把灯点上。龙水正侧着身子，背对着运生躺着，吁一口气，表明自己醒着。运生在老人床沿边坐下，随手拍死两只花脚蚊子，又从床脚摸出一盘土蚊香，在煤油灯上点好，置于床前。

"大，可好过些了?"运生说，自己点烟吸。

龙水不语，用脚趾把起皱的草席抚平，吁一口气。

"大，可想起来靠靠?"运生说，听龙水嗯了声，就帮老人坐起来。灯光照出龙水的面孔，运生吃了一惊。这张脸几乎小了一圈，眼窝深陷，皱纹像蚯蚓似的爬满脸膛，花白的胡须上沾了黏糊糊的口水。运生心里一辣，险些去捉了老人两只干丝瓜瓤一般的手。

"外面的水势怕不小吧?"龙水燃着草纸媒子，咕噜噜吸了筒黄烟，"这日晕一起，天灾是逃不脱的了……"

雷运生看着老人，觉得他的神情相当古怪，似喜非喜，似忧非忧。而当看到墙上老人的影子时，一下子起了冲动，那影子像只秃鹰似的，盖住了半片墙，于是阴森的气息穿堂而过……

"老天有眼哪……"老人叹道，"三十年河东转河西，这世道未必只兴歪门邪路上闲逛的杂种……等着吧，等着看，哪个坟山旺些……"

"大，你心也操够了，歇着吧……"

"歇着？我倒也该歇着……如今桃花寨又有了支书，我还能不歇?"

老人说着，“噗”地将烟垢吹落，喉管里抽了几下却没有抽出痰来。

雷运生透过烟雾还在注视着墙壁上那个巨大的影子。龙水讲话时，影子时长时短，向下卷起的胡须极像雕的嘴。雷运生把抵在喉头的粗重热辣的气从咬紧的牙缝和鼻孔里丝丝排出，然后说：“我晓得自己无出息。有出息的，不会落在这方土上……我只想让大伙跟着能图个温饱，出门能挺直腰，就算没白喝几十年的雷水……”他听见老人在不耐烦地哼哼，掌心便渗出了汗。他接着说：“大，这桃花寨总是勒紧裤带做平安，怕做不了多久的！砸锅卖铁也做不了多久！”

龙水的胡须绷紧了，潜伏在青色的眼窝里的两颗浑浊的眸子骤然见亮，射在雷运生的脸上。这时候，苇子端着一碗银耳汤进了房门，见状脸色便僵了。她没有做声，慢慢地从运生身边走过，把碗捧到父亲面前。龙水猛地一掌劈下，“啪！”——汤被打翻了，碗碎成四瓣。

……

“宝船”沉了，平安没有做完，草草收了摊子。那几个道士见彩头不好，便分文不收且带着负疚心情悻悻离去了。剩下的是堂客奶奶的哼哼唧唧——

“今年这塔怕是再也镇不住水了，不得了哇，老天爷……”

“龙水伯老了，血脉弱，不经事哪……”

“冲掉也罢！这活不来死不去的日子有么子可念的?”

“孬子×咃，还不赶紧嫁到河西去享清福！”

……

这些话，龙水自然没有听见。可他完全能料到。尽管也有不少晚辈送糖送鸡蛋来看望，老人终日卧在床上心里一刻工夫也没太平过。这天黄昏，老人坚持着下了地。苇子替他寻了根断锹柄作拐杖。这样拄着走，身子才往下落了，脚板也稳了些。老人在屋里踱了一会儿，打算出去散散心神。走到门口，他将拐杖扔了，像以前一样反剪着手臂，迈着方步。苇子心里紧了一下，但没有把拐杖送过去。她倚在门框上看着父亲向前走动，觉得身子还正，才松了心口。这会子家家正忙着烧夜饭，炊烟一缕缕的，于一丈高的地方连作一片，天色便灰蒙蒙的将桃花寨严严罩住。有断续的鸟啼在背后。

老人静静地对着雷水淌去。黑狗疤子颠颠地跟在后面。

雷水竟这么阔了！龙水往脚下看看，那水痕已齐了孙家坝的腰。五四年也不过比这高出一点，今年这水势……难怪日晕现了，这水势……孙家坝会破吗?!老人蹲下来，在坡上拭了拭。这坝的基脚牢实，石头是用糯米浆砌的。几十年了，跨了两个朝代，土是几多的板结！老人抓了把浮土，捏着……狗日的孙二先生也算积了点德，筑这坝是花了好几斗的袁大头的。要不，老子会留他一个全尸？老人突然觉得自己很久以前没头没脑地失了一着：这坝本该改姓哪！姓雷！雷家坝！

老人慢慢走着。一阵风自桃花岭尖上泼下来，安平塔的铃声便轻柔地飘过。老人立住了，回首去望那巍巍的塔，即刻肃穆了。这桃花寨，前有孙家坝，后有安平塔，风水宝地，水势再大又有何妨？然而立在这里，老人的心又总也不能飘荡起来。几天前的夜里，在这里，是他送"宝船"下水的……老人头又有点发晕了，血脉烤着像薄膜一样的皮肤在作麻麻的辣痛。直到此时，老人还指望那夜的情景是一场噩梦。这辈子，他不知送了几多次的"宝船"，哪次不是顺风顺水地淌到极远的地方？而这次，也是顺风顺水的，可刚一开步就沉没了，水面上腾起一股油纸的焦烘气味，呛得人鼻涕眼泪一齐下淋……

我——老了?!

真——老了?!

我老了还是天老了?!

不，不……

天不老!

我能老吗？天!

老人庄严地仰起下巴，胡须在颤动着，像一面旗帜。他突然热泪盈眶——那西天骤地红得如刚出炉的铁水，一条金色的光束刺破苍穹，于是眼前这条宽阔的雷水由绿转红——混合成殷红色——血色！老人的十个手指已经僵硬了，不能屈却一阵阵地如中风般战栗。他吃力地将小臂屈着举到眼前，两掌被夕阳映着透红并且沾了一种腥荤味。老人两眼直勾勾地望着这一双手，跌倒了……

疤子立直前腿对着寨子汪了两声，然后回过头来舔主人的手背。良久，龙水觉得手上的血脉活了些，猛一使劲扼住了疤子的喉管。疤子四爪乱挠，喉咙里像车水一样咆着，白色的黏黏的唾沫顺着嘴角慢慢往下淌。一会儿工夫，夕阳便在疤子两只突出的眼珠里暗淡了。凝固的血块从它的舌苔上滑落出来，挂在下颚上……

死了?! 龙水惊讶地缩回手，将手背上溅到的白沫子于鞋帮上揩尽。这一下便弄死了？你……这老畜生，不经事……老子不过活一下血脉。老子还有这大的力气？龙水吹吹十指，老天爷，你可看见了?! 我说我不会老的……

龙水拎起疤子的尸体，甩到了雷水中。那尸体像一件破棉袄，焯焯地随波漂走了。老人这时心头蹿出了苍凉，我疯了！我怎么……这般毒辣呀！我老昏头了……他踉踉跄跄地去追疤子的尸体，可是暮色整块地围了上来……

在泊在水里的船帮上，老人抱头坐下了。不一会儿，他听到了女儿的声音：

“大，吃夜饭了。”

“嗯。”

“你刚复点元，哪能这么吹风……”

“嗯。”

“大，回吧。”

“嗯。”

父女俩一前一后地走着。没走几步，苇子立住说：“疤子呢?”

“哦，先回了吧……”

“我路上没遇见哪。”苇子说着就大着喉咙唤疤子，不见答，“刚才还听它叫的嘛，这疤子鬼!”

龙水不再吱声，眼光落到船上。雷水如此的阔，这舟子便像个汤勺。可这毕竟是条好船哪！这会工夫，老人想起一个问题，他对女儿说：

“雷水阔了，阔多了。从明朝起，这渡上一来一往要各加一毛钱……”

四十六

白洛宁对李松茂的又打又摸，不知怎的让村民吴德荣晓得了。他很替镇长抱不平。这德荣一辈子藐视做官的，却也一辈子惧怕李松茂。原因极简单：县官不如现管。李松茂始终现管于他，且又是他的入党介绍人。德荣的生辰八字全捏在李松茂手里，这似乎是没有办法可改变的。其实德荣也未必做过乌纱梦。他自知“米桶”深浅，一不通文墨，二没得人缘，能成为在组织的同志已经是很可以了。而且，他德荣当过很多的代表，获得的奖状够糊一层天花板。这在杨树湾、在雷阳找不出第二个；在全县又能找出几个呢？这荣誉的获得，用李松茂的话来说，既有蛮力又有巧劲。德荣心下就不很太平。前些日子，地区召开灭鼠先进表彰大会，德荣理所当然地出席了。灭鼠任务下达，执行的办法与以前任何任务的完成办法一样：承包。各户起码要灭五只鼠，拿尾巴作凭据层层上交，不许走过场。老鼠是极精的动物，逮之不易，药死也难，于是就有了愿出钱买老鼠尾巴交任务的。自然也有拿老鼠尾巴发笔小财的。桃花寨的麻子扎匠，这当儿制作了许多鼠夹和鼠笼，倒也获了薄利。买他的鼠尾的，便是德荣。一条鼠尾一毛钱，这德荣竟买下了所有的鼠尾，共七十八条。麻子就很惊，问为何要买这些？德荣说是替许多人代购的。德荣再折到邻队转悠，又购了二十二条鼠尾，凑成一百条，交了上去，顿时就哗然于雷阳。看出这点的，是镇长李松茂。一日，松茂回家过周末，遇见德荣，就笑着说：“老吴你还真让人看不出，生得憨相，逮老鼠却精得过猫！”德荣起先还以为是受到了表扬，脸色腼腆地说：“任务嘛，我是组织同志，当然要尽力去完成的。”松茂就更笑得开了，说：“不是九十九也不是一百零一，恰恰一百条，哈哈！你这老吴……”用手指点着他的鼻子。德荣即刻红了脖子耳朵。不过镇长再也不说什么了。没过几日，德荣接到了出席地区会议的通知，代表资格是由镇党委审查的。这就令他无比地激动和感动。好几年了，德荣没有开过县以上的会，自然也谈不上奖状什么的。这几年地区和县里尽开些致富的、专业户的、多经发展的会。这些会，轮不到他德荣。为此他失落了好久。如今能出席地区召开的先进会，这之于德荣无疑是形象的重新树立。看看吧！我老吴……可是一碰到镇长那双似笑非笑的眼珠子，德荣又起了惊慌。这种压力，使德荣对镇长更顺从了。这次防汛，如果不是这种压力，有些事德荣是不愿听镇长支配的。镇长抽到县里指挥部，叫他多关心巧凤，尤其是夜里。德荣听得懂这“关心”的意思，于是夜夜缩在离李家一丈远的树下，“关心”着。这种“关心”，德荣觉得好缺德行，可他又不得不“关心”，因为镇长也关心着他。再就是抽他到抢险队，他也有意见，觉得拿他不吃劲，别人不干的让他去干。结果被镇长又打又摸了一阵。现在镇长又给县委书记打摸了。德荣就觉得这世道蛮蹊跷，好比卤水点豆腐，一物降一物。但他还是坚持替镇长骂了几句娘。“他娘的，姓白的有什么了不起？党龄比老子还短四个月呢！”

“好了！”久坐在一旁吸烟的镇长，这时把烟掐了，对德荣摆摆手：“白书记从严要求，是对的。我要做自我批评，你不要再乱说了！”他剪着手在屋里来回走了几次。德荣察到镇长这副脸色，自知无趣，就离开了。说不定一会儿还得来。德荣的时常出现，李松茂很讨厌，又很惊慌。每回待“松茂哥”喊过，背上的汗才收了些。与翠娥的事毕竟是个事，李松茂这下是真的悔了。该死……实在该死……他离开镇机关宿舍，除为了进一步表示工作的积极之外，还在于不想再见翠娥的面目。那天夜里翠娥猛地把灯熄了，似乎反映了什么……

李松茂又坐下了，又吸烟。

他觉得抽吴德荣到抢险队来，是个错误。错在两个方面。其一，德荣住在镇上，堤上无事他就无事，无事便在他与翠娥那里跳来跳去。那雷运生也好通融，同意德荣隔三隔四地宿在堂客那里。夫妻间恩爱深了，没准儿有一天翠娥就会跪下来挥泪诉说那桩事儿，做丈夫的能不来拼命？其二，德荣离开杨树湾，谁去“关心”巧凤呢？这女人……能不“关心”?！水这么大，竟把两个伢鬼支到芜湖。她一个人守那么一片屋就不嫌空？……李松茂这样推推想想，就产生了一种大难临头的预感。“老子……一定要抓一回现的！”他突然咬牙切齿地自语道，“这狐狸！”可是，一支烟吸完，他又在心里责备自己：你这臭嘴！你这嚼舌根的！

——他实在是喜欢那狐狸。

吴德荣从抽到抢险队的那日起，堂客翠娥就没有什么好的脸色。翠娥不怒也不怨，只是把脸平着，眼珠子灰灰的慢慢地转。起先，德荣以为堂客埋怨他不顾家，就反反复复地解释了，大小道理一并亮出。翠娥也没多说什么，脸依旧是平着。叫德荣糊涂的，是每回夜里他来宿，翠娥都没有兴趣与他造爱，说累了，说天热，说来经了。这娘们吃了几日镇上饭，瞧我不起哩！德荣想，笑着，笑过就又犯了糊涂。

从镇长那里回来，吴德荣又窜到堂客这儿。其时天色将晚，他就在这儿吃了饭，洗了澡，自然不走了。他先上床睡了，很快睡熟，但一会儿又给堂客的倒洗澡水声弄醒了。他透过帐子望望堂客，她的腿白很了，花短裤裹着滚圆的臀部。德荣呼吸便粗了。等堂客上床来，德荣就把枕头搬了过去，一只手枕着堂客，一只手摸着堂客。翠娥不动也不说，德荣就好高兴。骑到堂客身上，说："再不来，我可要死了。抢险抢险，这鬼天怕真会吃了我哩！"话刚落音，做堂客的突然呜咽起来，双手把男人腰箍得好紧好紧。

"说笑嘛，你还当真……"男人说。

女的越发哭凶了。

德荣又回到原来位置上，问堂客怎么搞的。翠娥哭过，咬着牙说："姓李的，畜生！活畜生！"德荣心里像被人狠踹了一脚，忙搡着堂客膀子追根。堂客就一五一十地哽出来，又是一场好哭。

"可，可奸中了？"

堂客点了点头，粗粗叹一口气。

"这婊子养的！这……"德荣跳下床，浑身颤抖着，"老子饶他不过！"就一头冲出了门。

翠娥听到菜刀碰碗柜响，怕要闯祸，便循着男人的脚迹撵去了。

……

"咚咚！咚！"

"哪个？"

"我，吴德荣！"

"哦，等一下，我在洗澡……"

"你快点！"

李松茂明白了。他哆哆嗦嗦地穿好衣服，想竭力使自己冷静下来。事到临头，躲是不行了。唯一的办法是尽力制伏他——他这种男人本是极好制的，但眼下可不是一般的问题……

"好了没有?!"

李松茂一咬嘴唇，随便地说："德荣哪，你可是为那件事找我哇？你消息好灵通嘛！我刚听说，你就到了……放心，我不会把你捅出去丢人现眼的……”他慢慢把门拉开，吴德荣一脸怒气地进了门，但是没说什么。刚才李松茂说的话，叫他昏了头——谁把谁捅出去？谁叫谁丢人现眼？

好，稳住了！李松茂心中转惊为喜，很快递给吴德荣一支烟：“老吴哇，你上次出席地区灭鼠先进表彰会，有人向县里检举了……”

“检举么子？”

“你该清楚嘛！一百条老鼠尾巴恐怕掺了水分吧？”

“乡里、镇里点过数的，掺的屁水！”

“可你是花钱买的！”李松茂把桌子一拍，厉声说：“你知道严重性吗？你用这种手段哄骗组织，欺世盗名，你说，这像个党员吗?！你给党抹了黑！弄虚作假，败坏党风，整党开始了，不整你这号货色整谁?!”

吴德荣脸色大变，半晌才吃力地说：“我，我不对……”

“德荣，能认识到了，就好。担子由我来扛。我作为一级党政机关的负责人，我讲的话是会有分量的。人无完人嘛，何况出发点是正确的。”李松茂拍拍德荣的肩头，接着说：“我准备以镇党委、政府的名义给县纪检委报材料，说你吴德荣出席地区会议，是经过我们认真审查的，事实如此。放心了吧？”

德荣叹了口气。

“要接受教训哪！这件事万一捅出来，我看你如何做人？好了，你回抢险队吧，再出乱子我可不会再替你担保了。”李松茂说完，稳稳地将臀部安放在椅子上，这才吸起烟，看吴德荣慢慢地走去。出门时他的腰部扭动了一下，衣摆下露出了一块菜刀的寒光——李松茂的香烟落到了地上。

这天夜里，翠娥离开了镇机关。几天后，杨树湾才知道这女人莫名其妙地随湖北放排的汉子飘了，只带走了小儿子。

也就是在这天夜里，党员吴德荣在抢险中遇难了！

事情是这样的——

吴德荣回到堂客的房间，发现人已不在了，堂客的东西也不在，就猜堂客是赶回杨树湾了。做丈夫的感到人头难顶，人脸难要，就决心暂且咽下这口气，先渡过自己的难关。一旦整党结束，他便要重新与畜生李松茂算账！

吴德荣流着眼泪回到了抢险队的营地，此时已是夜间十点多。大伙儿都困了，他自然是困不着，闷闷地吸烟，呆呆地看天。好久，天色阴沉下来，接着是倾盆大雨泼下，电闪雷鸣，极吓人。突然电话铃响了，队长雷运生从双层床的上铺跃下来抓过话筒。放下电话就吹哨子，说："马上赶到石亭水库！"于是全体队员出发。

石亭水库在后山，本是不该惊动江堤抢险队的。可是这座水库大坝溃破了，冲毁了一座林场。白洛宁据此就当机立断了。

据队长雷运生说，吴德荣原是在岸上抢运木料的，没有安排他下水——他水性不够好。可是吴德荣竟第一个跳下水去捞木料，结果扑空了，后面冲下来的木料重重地撞在他的脑壳上，他就失去了知觉。当时天是一片漆黑，完全依靠停在远处的车灯照明，所以吴德荣一下子就不见了。过了一会儿，大伙听到由下游传来的撕肝裂肺的一声——

"我——是——烈——士——"

四十七

石亭水库的崩溃使内水猖狂一跳，二十四小时导致了十几道千亩以上圩堤的决口，灾情翻了一番。而江水的涨势依然不曾减弱，已超过危险水位，正朝着历史最高水位蹿去。

地委书记边达是第三天傍晚时从同兴堤返回到雷阳镇的。石亭水库溃破带来的困境，使他那颗不易改变节律的心脏颤动得如按摩器。他完全感受到了，一坐倒便有极强烈的恶心感，所以晚餐他只来了碗稀饭。他想休息一会儿，可是疲劳正有分寸地匍匐在他的身上蠕动，弄得他哈欠连着眼泪不断地出现，同失眠一样难受。直到他用凉水洗了把脸后，精神才稍加振作些。他不打算再躺了，就泡了杯浓茶饮起来，接着便是认真地吸烟。这个时候，如果女儿帮他煮杯咖啡是再好不过了。

他的思绪又牵到了灾情上。他循着洪水的足踪走着，沿途所见的是淹没的庄稼、倒塌的房屋，还有浮肿的尸体……好多年了，他身居高门大院，血流得平稳。尽管他在那个环境里未必十分如意，但那种体面而清洁的生活方式他是适应了的。我并不留恋。可我也习惯了。习惯成自然。这些年，我到底干了些什么？回答这个问题是多么令人难堪哪！我干了自己想干的，也干了自己不想干的，这都是小数。更多的是干了自己想干却没有干成的……我的痛苦大概就是由此发端的。可是，谁能体谅到呢？

他深叹了声。

门开了。工程师庄雨迟走了进来。边达从工程师的神色中意识到了自己的失态，但他没有及时去调整，只是稍微挪了一下，让工程师坐过来。

“你累了？”

“哦，有点。”

不一会儿指挥长白洛宁也来了。看来这两位年轻人是约好一道来找老头儿汇报或者请示什么的。老头儿看出这一点，便有些不耐烦地说：“我已申明过，我是客人！我没有要求你们动不动来讨我的眼色！”说完，他站起来踱了几步，背对着他们。

白洛宁看看庄雨迟，笑了一下，同时又现出适度的为难。

庄雨迟也笑了一下，说：“全世界都知道，中国有一条惊人的美德：敬老。”

这一说，边达倒也笑了。趁这气氛，白洛宁首先发言：“石亭水库出事，内圩灾情严重，排涝救灾与江堤防汛出现了矛盾。从道理上讲，为了减少江堤负荷，应该立即关闭所有的江闸，停止排涝。可是……内涝不排，灾情增大，会不会挫伤群众的感情？”

边达想了一下，回过头说：“关闭所有的江闸？是时候吗？”

庄雨迟于是介绍了情况，从葛洲坝测出的流量到这个地区近期的天气形势，可以断言，第三次洪峰的条件已经形成，一旦通过雷阳堤，内外夹击，危险性极大。“在情与理之间，”他说，“我往往选择后者。”

这可以理解，边达想，可是小伙子，人毕竟是有血有肉有情有感的动物，如果你到灾区走一遭，还会这么从容吗？见边达一时没有表态，白洛宁凑近庄雨迟问道：“难道就没有第三条路可寻？”

“当婊子树牌坊的事挨不着我干。”庄雨迟显然不悦。

边达听到这话脸色骤然大变，他差一点想发火，把面前这个油气很重的青年人训斥一通。可是他克制住了。我是不是对他太那个了点？他想。他还是保持着缄默。

“是否要召集一次分指挥长会议？议论一下……”白洛宁走到边达边上说，“这也许会减少一定的盲目性……”

庄雨迟霍地站起来，准备夺门而去。边达厉声喝住了他，指示他回到原来的位子上，然后说：“我没料到你这么骄惯！”

白洛宁自然很尴尬，不知所措地看着窗外。

庄雨迟点上香烟，说：“那就开会吧。既然皇帝都不急，太监又干吗急呢？”

“这样做未必就是不尊重你的意见，同志！”边达说。

庄雨迟自嘲地笑笑，说：“我没福气，当不了大官。否则，你来少数服从多数，我就搞下级服从上级！”

边达又愉快了。这个年轻人蛮可爱，他想，奇怪的是可爱与淘气往往是形影不离的。

然而并没有举行会议。指挥部下达的命令是，从现在起到第二天上午六时，各江闸抢排内涝；六时许，关闭，任何人不得以任何理由开闸。虽然所有的高音喇叭都在宣传顾大局识大体，但仍然发生了几起老百姓闹事，他们纷纷到当地政府请愿、求情甚至发了很多牢骚，还砸掉一块块乡政府的招牌，带头闹事的已被抓起来了。事情及时反映到地委书记边达这里。边达批评了过火的做法，然后不禁感叹了一声：“也难怪，我们欠他们的债太多了……”

一旁的庄雨迟听到这话，心里为之一震。他惊讶的是，作为地委书记的边达与作为老人的边达竟如此和谐地统一在一个躯体里。那自然是血肉攀绕着骨骼的躯体。

这天中午，边达睡下了。他一躺到床上就觉得这一觉必定会睡得香熟。可是当他刚踏上梦的门槛时，有人嘭嘭地擂门。他很不情愿地爬起来，光着上身去开门。

是女儿。她的表情似乎说明了她的到来是有不太好的事。她递给父亲一纸电文，说是刚收到的。边达凑近一看，呼吸便粗了。“怎么……怎么这样快……唉……”他连忙穿好衣服，奔报房去了。等他立到电台面前时，他觉得两眼已经湿润了。他哆哆嗦嗦地吸完一支烟，然后向报务员口授如下电文：

省委并转杨子东同志治丧委员会：

惊悉子东同志因病逝世，很难过。谨此表示我的哀悼。并请向子东同志的老伴及子女转达我的慰问，原谅我不能前去参加遗体告别仪式。

战友：边达

离开报房，边达没有再回宿舍，他想出去走走。女儿随后跟来，他摆摆手，说："让我一个人待会儿。"

是个阴天，因此地面上没有热浪，却有微湿的风穿梭着。边达走上了一条从未走过的路。是条小路。顺着这路往前不多远，有一片杨树林子。路把林子裁成两块不规则的四边形，鸟声又巧妙地把它们缀在一起了。边达在林子里转了几圈，然后倚着一株身体极度倾斜的老树停下来，心情仍然是沉痛的。他眼前总浮现着当年站在这块土地上挥手作报告的杨子东的形象，那是个具有儒将风采的形象。哦，三十几年过去了！三十几年犹如一瞬，人生竟果真如此的短暂！边达绝没有料到杨子东会走得这么仓促，但他知道杨子东肝脏不好却是很久了。虽然最后一次见面时——那是调整省委班子的前夕，他问老杨肝病怎么样，老杨爽朗地说："早好了，早好了！"可有人却悄悄告诉边达，说杨子东的肝病有癌变的征兆，但又从来不进医院检查，也不许别人议论他的健康情况。直到杨子东顺利地晋升为省委副书记后，边达临到下面工作时才与他通过一次电话。那次，边达是开门见山的。

"子东，我觉得你气色不对呀。"

"还好吧，不过这几天肝区是有点不舒服……"

"还是去医院仔细检查一下的好。这种病，越拖越成问题。"

"谢谢你呀，老边。……这次下去，你可能……"

"我倒没什么。下面空气反倒新鲜些。"

"老边，过些时候我去看你。好些年了，没有在一起聚聚，总觉得有点遗憾……"

"再说吧。子东，身体要紧，珍重些。"

不错，是遗憾。五十九岁就化作一缕青烟，太遗憾了！边达已经是老泪纵横了。面对着过早辞世的同志和战友，盛荡边达胸腔的，唯有怀念……

杨子东进了医院便没再出来。不久转院到上海，经肿瘤专家诊断，是肝癌晚期。鉴于此，杨子东提前回来了，他认为即便是死，也应死在自己奋斗过大半辈子的地方，这是朴素的想法。据说，他是笑容满面地走下飞机舷梯的，并且同前来迎接他的同志说了一句十分有趣的话："自然科学实在叫人无可奈何。这要是社会科学上的问题，我想点子也要将它推翻!"

边达深知自己一时半刻不能从悲痛中挣脱出来，就闭着眼睛靠在树身上。他懊悔那次与杨子东通电话太短促，自己不该突兀地把正进行着的交谈拽向结束。两分钟。连哼带哈不过两分钟。年轻的时候，一谈起来就不指望有个完的。有一次三更头上肚子饿得咕噜乱响，就在火盆上烤了几根红芋，好香好香哪……有道是树老根多人老话多，可我们岁数越增谈的却越少，或者说，话不投机半句多。边达叹了一声，他现在脑子里谈不上理论是非曲直，但有一点使他很不明白：杨子东究竟凭什么不愿与自己共事呢？并且摆出一副"有你无我、有我无你"的阵势！难道你我为之奋斗的事业充其量是一场赌博？然而此时此刻感叹这些又有什么意思呢？子东，我真想同你好好叙叙……晚了……

身后传来了脚步声。边达知道谁找来了，稍一回头，庄雨迟便下意识地立住了。两人距离不过五米。工程师随手折下一截树枝，突然冒出一句："你好像一下老了许多。"

"该老了。"

"男人老了一般看上去都蛮体面，甚至挺帅。"

"为什么男人偏要到老了的时候才帅呢？"

"或许到那时他们才相信是男人。"

"你讲的像话剧里的台词。你哪来这些怪念头？"

"怪么？我倒觉得挺自然。"

边达觉得这个年轻人来得正是时候，与他在一起，蛮有意思的。可伴随这愉快的又有那么一点忧虑。他很早就打算同这位性情怪癖的年轻人进行一次推心置腹，但是又对交谈的结果缺乏应有的信心。这批人，他想，这批人既不同于四十几岁中年人那样人情练达，也不像二十来岁小青年那样少不更事，他们沉稳而不世故，激动而不浮躁。可以说，他们正盘踞于人生最为辉煌的阶段。他们的思想、情绪、文化心理往往是整个社会发展的标志。然而也还是这样一批人对痛苦持高度的敏感和体验，因此他们的心跳动的节拍很乱，难以触摸，仿佛一座神奇而诡秘的迷宫……

“这次下来，感受怎么样？”边达说，“好像很快活。”

“谈不上快活。”庄雨迟说，“我这人比较随便。我是说我不容易感受到什么。”

“你以为这就叫自我超越？”

“没那么伟大。我觉得累。很累。”

边达不想再这么聊下去了。他从工程师憔悴的脸上察觉到一种沉重。尽管他不欣赏似乎一切都随便的生活态度，但他能够理解。他搜寻不出恰当的词句来表达这种理解。他默默吸着烟。

两人走出林子后又上了江堤。江水浮雕般呈现眼前，自信而笨拙地流淌着，气喘吁吁。工程师坐下来，抱着双膝注视着江面。一只扬着厚实邋遢风帆的大船移动着，几只水鸟悠闲地贴着江面朝彼岸飞去，天极高极远。这条大河，他沉思着，淤积了几千年的泥砂石砾，浪是永远淘不尽的。河床正在日益增高，不久，会成为第二条地上河的。它业已失去了血性与野性，那从来就没有改变过的线条完全可以准确地勾勒出女人的形体，具有成熟的美。但绝对没有青春的魅力……

“这是条老人河。”工程师沉吟道。

四十八

雷阳闸关闭后，雷水一夜之间暴涨，杨树湾整个地汪在水中，几家屋基软的，便倒塌了。德荣家自然在其中。德荣的尸体是几天后在别处寻到的，已经肿得吓人。他的堂客翠娥被证明是随湖北佬的排淌了，至今不晓得家中遭了大祸。大伙好生奇怪，这翠娥怎么是那号货色呢？德荣家委实太惨了。曾经在杨树湾做过知青的县委副书记白洛宁，在听取镇长李松茂一把眼泪一把鼻涕的汇报后，两眼也湿润了。他同意上报材料，追认共产党员吴德荣以烈士称号，并亲自安排了善后工作。德荣的尸体在追悼会后便下葬了，两个女孩子暂时住在镇长家里，由巧凤管着。巧凤那天哭得死去活来，她念着德荣的老实，又咒老天瞎了眼：好人不长寿，恶狗活千年。

这样一来，雷阳附近的群众便惶惶不可终日，胆小的已经纷纷往后山搬了。每天公路上车水马龙，人声鼎沸，阵势极狼狈。杨树湾也有搬家的。这当儿对岸的桃花寨人便立在孙家坝上看热闹。麻子扎匠提着一挂“三千响”，正准备点火信子，却给苇子一把扯灭了：“麻哥，莫太缺德!”

其实从做平安起，苇子就不快活了。大这个主意好馊，外面水势一天天地逼紧，破圩的场子惨得吓人，可大偏偏要挑个时辰做平安!“大，等水过去了再做平安吧!”“水过去了再做，卵名堂都没有!”苇子便不响了。她晓得大从来就是出言不改，说一不二的。那天夜里，祠堂门口热闹哄天。苇子夹着一刀草纸顶着灰蒙蒙的月色上了桃花岭。她跪在宝塔前，烧着纸。金黄的火焰映着她一双呆滞的眸子。纸化作一堆黑灰，她双手合十，但一言不发。她不晓得该求菩萨保佑什么，也不晓得有什么得求菩萨保佑的。她像个木头人似的一动不动地跪着，好久，突然听到孙家坝上一片啼哭。后来才晓得是“宝船”沉了，大也倒了……

骂过麻子扎匠，苇子拨开了船，一个劲地往对岸撑去。她望望日头，估摸差不多是七点的光景。几天前，那个省里下来的女记者同她约好了，想搭船结伴去游小孤山，来去三天。苇子想也没想就点了头。虽然要丢掉一天的渡钱，苇子也是情愿的。她觉得同女记者在一起很开心。这种心情也曾有人给她捎来过，但又扯断了。苇子跟大商量了，大咕咕噜噜地吸完水烟，终于准许了，只是叮咛船不要往江心拢，水不顺就调头。大只准在外头歇两夜。

船刚拢岸，青青的芦苇后面便飞出一块黄。边小素蹚着浅水背着大包小包晃晃地走近，一步跳上来，险些把船弄翻了锅。两个女子咯咯笑开，船就着暴涨的水势，像玻璃上滚动的钢珠似的滑行。太阳一竿子高时，船翻过雷阳堤进入了浩渺的大江。往下，则是逆浪而行了。苇子稳健地摆弄着撑篙，仿佛抖出了一支优美的旋律……

这次出来，边小素计划是到同兴堤采访的。若不是雷阳堤上立了个号称庄雨迟的家伙，她早就出发了。然而这个庄雨迟似乎仅仅把她当做一棵树，偶尔漫不经心地瞟上一眼。这有点欺负人。边小素自然也讨厌所谓的坠入情网。她越自信就越想离开这情网。她决定悄悄地离开，去同兴堤，但先得顺道来这小孤山。这山委实太迷人了……

正午时分，她们登上了小孤山。

孤峰挺立于江心一柱擎天。形如椎髻，苍翠欲滴，远望如菡萏出水，近观似芙蓉凌波。这天开神秀的景观叫边小素激动无比。苇子也好乐，这地方她已好多年没来过了。她想细细地玩一回——以后还会这么开心地玩吗？但是现在她不愿多想以后。她要把心思尽花在玩上。玩够！玩厌！她拉着记者的手顺着盘山小道拾级而上，穿过一天门再过龙耳洞，看了弥陀阁又游先月楼，不多会儿，便到了山顶。这顶上有一座两层楼的小亭子，是乾隆爷年间建的，叫梳妆亭。

“给谁梳妆？”边小素问。

“还有哪个？小姑娘娘嘛！”苇子不无骄傲地说。

记者现出不解的样子。其实关于这小孤山的经历她掌握一些。不过出于一种职业的习惯，她希望能更多更广泛地占有资料。从苇子眼神里，边小素知道这座山溢出的一段美丽的传说，正在这农家女心里激荡着……

“你能看清江那边吗？”苇子手指着南岸，“晓得是么场子？”

“彭浪矶。”

“不，是彭郎矶。”苇子纠正道，“小孤山该叫小姑山。小姑和彭郎的事，晓得吗？”

“不晓得。但我想他们是情侣。”

“情——雨？”

“就是谈对象的。要不他们怎么会永远隔江相望着呢？”

“相望着……有么子用……”

苇子的声音陡跌，脸上绽开的红云渐渐退去。边小素意识到自己鲁莽地拨动了一根不该拨动的弦，懊悔已迟。看来想继续玩个痛快恐怕难了。那根心弦一旦颤动，是不可能很快平息的。这姑娘，记者思忖着，太痴情了，难得……十年过去了，还记着她的“彭郎”。她就靠着这断断残残的思念和怨恨打发着日子……

记者不禁轻轻捏住了苇子的手。

这仿佛是一只没有血的手！

第二天，她们整个地泡在“小姑庙”里。

眼下是汛期，来旅游的人不多。边小素在寺旁的招待所里订了个单间。月浸江心时，她们又出来了，在庙前随便走着。浅灰色的月光淋在小姑娘娘塑像上，像玉一样诱人。白天她们各敬了一炷大香，磕了三拜。苇子虔诚地闭着眼、屏着气。边小素竟也相当肃穆。她觉得似乎被一种无形的东西触动了，但是并非因此而得到了解脱，相反心绪更加杂乱。直到此刻，她还是没有把自己调理好。她不时看一眼苇子。南岸的“彭郎”早已被夜霭所淹没，可是苇子的眼睛依然越过了这辽阔的大江，仿佛在寻找，在等待……边小素由衷地升起了一缕羡慕之情，她想一个女人的心田里无时无刻不在思念一个男人，这无疑是一种幸福，尽管这是泪水腌浸的幸福！这种幸福她是绝对无法拥有的，以前她不想得到，但是现在，她极其渴望——一个女人心中盛满的只能是爱呀！

苇子的睫毛上停着泪珠。她几乎忘记了记者在边上站着。她觉得自己好像同“小姑”化在了一起，一辈子、几辈子都赤脚立在这条江心，朝朝暮暮与“彭郎”相望着……可是“彭郎”永远只是像风一样，来去无踪无影。十年了，他没有回来。她晓得他这一去就不会再回来。他恨死了这块土，他说做鬼也不到这块土上来游魂。可她的命苦，做鬼也逃不出这块土。今生离不了这块土，但等来世投个好胎……小姑娘娘，保佑我这苦命人吧……

边小素感到自己冲动了，不由自主地抱住了庙前的一棵柏树，抱得好紧好紧。你来吧！我要你！我一定要你！我乏极了，让我在你胳膊弯里静静地躺一会儿。你不觉得我快成一堆柴火了吗？我渴，舌苔好苦好涩，我好像刚刚翻越撒哈拉沙漠，好不容易找到了一个泉眼……你来吧，我……我不能没有你……

你真的不回来看我？我只想见你一面。你还戴着眼镜吗？你再给我画张像把。我这辫子留着，就是给你画的。你不是说我梳辫子……好看吗？你回来看我一眼吧，我撑船去接你，给你唱黄梅调，你可还会把船弄翻？你回来吗？我等十年了，十年……你真的不回来了？看我一眼都不中？我配不上你，不会搭在你身上。我只想你让我看看，就看一眼……你真的不愿？你……

“你好……狠哪！”

苇子失口喊出了声，边小素为之一怔。她走过去轻轻牵牵她的衣摆，苇子并没有意识到自己的失态，一双泪眼直逼着记者。边小素不禁晃了一下，等她站稳，苇子已伏在她肩上抽泣了……

月亮起了毛边。

这一夜，她们偎在一起躺着，昏沉沉的，似睡非睡。心上的夜气很重，一切东西都是软绵绵的，湿风袭来，人竟有些战栗。月光不知什么时候消失了，江的涛声嗡嗡起伏，死一般的寂静笼罩着整个的山。蝙蝠的翅膀拍击着窗棂，黄黄的灯光被带得若明若暗。由江心断续传来一个沙哑且带着鼻音的嗓门在喊。“回来吔——回来——”闻之毛骨悚然。突然，一道强烈的惨白的闪电像蛇一样蹿进窗户，紧接着霹雳一声惊雷震撼了建筑物。几分钟后，滂沱大雨落下了，天地浑然一体翻腾着，仿佛天将崩地欲裂！

两个姑娘惊得从床上爬起，目瞪口呆。她们靠得紧紧的。边小素似乎预感到今夜潜伏着危险，心里更不安了。她昨天出来没同任何人打招呼，当时指挥部正在举行会议，研究战胜第三次洪峰。这些日子，她脑子里洪峰这个词儿出现的频率太高，她有点烦了。现在她很着急。她找到招待所的负责同志了解山下的情况。对方说，刚才接到电话，雷阳堤告急，要调他们的交通轮去参加抢险。边小素惊恐不已，立刻收拾行李。

“苇子，我得赶回去！”

“雨太大了，挨到天亮吧！”

“不，我已经误了工作。”

“那就动身吧。”

“不，你等到天亮后雨住了再走。我乘交通轮，他们要去雷阳。好，再见！”

边小素随他们出了门。苇子追出门，把一顶斗笠扣在记者头上。

这正是最黑暗的时分。

四十九

雷阳闸实测水位表明，目前的水势已达到历史最高记录，即 21.59 米。一九五四年七月十四日，雷阳堤便是在这个水位上溃破的。

但是，江水依然在上涨。一连几日雷阳堤不断出现危险地段，危机四伏，仿佛一座岩浆蠕动，正迫不及待寻找喷口的火山。与此同时，雷阳堤防汛指挥部接到了地委防汛指挥部的通报，说天柱山有山洪暴发的迹象。这一点，工程师庄雨迟虽有预料但没有对策。他当即提议召开各堤段分指挥长会议。

会前，庄雨迟同指挥长白洛宁谈了个人的想法，白洛宁毫无精神准备，很觉吃惊。

“有这么严重?”白洛宁说，“这可不是闹着玩的……一定要稳妥，雨迟。”

和以前不同的是，庄雨迟这回没有现出急躁和自信，相反却异常的心虚。他一把握住白洛宁的手：“这个时候，我们得紧紧捆在一起，老枪！说实话，我有点……撑不住了……”

然后，他们一道去向地委书记边达作了汇报。边达思考了一会儿，说先不妨听听大家的意见。于是，庄雨迟站在地形图面前，对目前雷阳堤所处的困境作了长达三小时的分析——

雷阳堤的江水已达到历史最高水位，很快要超越 21.59 米。据测，第三次洪峰最迟在三天后通过葛洲坝，十小时即可抵达雷阳。目前大堤的基脚由于浸泡时间过长，至少有五分之一的地段开始松软，不过如果没有内水剧烈的撞击，一般只会出现冒沙、管涌一类的险情，溃口的可能性不大。但是，近期天气形势很恶劣，估计降雨量日达 200 毫米的大雨很快就会泼下，这样就有极大的可能导致山洪暴发。天柱山距雷阳堤不远，一旦山洪崩泻，势必会顺着雷水的渠道直撞雷阳堤。眼下雷水的水位基本上同江水持平，倘若山洪袭来，内水顿时超过江水，压力差失去平衡，江堤滑坡、溃口就危在旦夕了！

“如果出现这种情况，”工程师最后指出，“唯一可以保证江堤安全的措施，就是将雷水东岸的孙家坝作为溃坝工程处理，切开，溢洪。当然，这个代价很重……”

一时间的寂静过后，有人站起来表示：同意工程师的意见。接着又有人站起来表示：一切服从江堤需要。这样，工程师的方案在很短的时间内得到了一致的通过。庄雨迟慢慢站起来，说：“谢谢……”他突然热泪盈眶，走出了会场。

指挥长白洛宁接着简明扼要地提出了几点要求：一是立即做好桃花寨等村子的群众安置工作，沿途十公里内的，都必须在明天上午前转移到安全地带。二是通知部队方面，负责孙家坝爆破准备工作，等待命令。三是进一步充实抢险队的人力物力，以应付较大的险情出现。“至于这个方案是否实施，当然要根据具体情况才能定夺，同时还要请示省防汛总指挥部。但超前工作必须马上落实，刻不容缓。”白洛宁说完，问坐在窗边吸烟的地委书记边达可有什么指示。边达站起来一摆手：“散会。”

庄雨迟又走进了那个小林子。他去找边小素，没能找到。这个时候他十分想见到她。我现在可以结婚了。我非常非常地想同你结婚。世间上的事或许本来就很简单，人把它弄复杂了。我现在想的就是结婚。我不知道为什么只想这个。我不能再不结婚，你得答应我。你千万不要把这件事上升到什么狗屁哲学意义上。全部意义就是结婚这个事实。然后你得给我生个孩子。然后日复一日地去对付油盐柴米。然后去痛痛快快地死。于是在弥留之际我们都会说这辈子没白过，没有任何空白。这正是一个老夫子所说的，揪着自己的头发并不意味着能离开地球。我们揪头发实在是太久了……

庄雨迟感到了一种前所未有的充实。这感觉使他激动甚至达到了兴奋。他的每一块肌肉都似乎绷得好紧，所有的关节像上了铆钉一般。可是那颗湿漉漉的心脏却越发沉重了。正是这种沉重感使他悟出了作为一个汉子的骄傲。我是男人，他想，我相信我已是个当当响的男人。

白洛宁来了。看得出他的情绪受到了工程师的感染。两人并肩走了一截路，白洛宁问边小素哪里去了。庄雨迟摇摇头，又说或许上堤段采访去了。白洛宁停住脚，问：“你爱她？”庄雨迟犹豫了一下，点点头。

“雨迟，你们结婚吧。她很疲倦……”

“是的，结婚……我现在想的就是结婚。我第一眼见到她就动了这念头。第一眼就使我产生这念头的女人毕竟不多。”

白洛宁内心深处受到了撞击。他觉得庄雨迟的话或许是对的。我可能犯了一个极大的错误，他想，我这些年似乎总是在用电脑安排生活，每做一件事都有着充分的准备，一套又一套。我可能太理智了，太清醒了，太冷静了——这些被理所当然地视为成熟。但是一个熟透了的果子其生命力必然是短暂的……

他轻轻地叹息一声。这时，他仿佛又见到了那只巨大的白鸟。

省防汛总指挥部很快批准了雷阳堤度汛方案。同时强调指出：把孙家坝作为溃坝工程处理必须在万不得已的时候才能进行。地委书记边达接过电报，认为这后面的强调完全是废话。“难道是放炮仗凑热闹？”他要求白洛宁抓紧做好超前工作，并准备亲自去孙家坝实地考察。

桃花寨村党支部书记雷运生当天下午就赶回去了。雷水上没有渡，隔岸唤了半天也未见苇子的船出来。运生索性游了过去。他这一回来，村子便炸开了锅。麻子扎匠不知从哪里得到了消息，屁股着了火似的逢人就嚷：“要炸坝了！要炸坝了！”村长贵林摸不着头脑，苦歪歪地坐在老槐树脚下吸闷烟。见运生湿淋淋地窜出，贵林心里就“咯噔”一响，问炸坝可是真的？运生点点头，叫村长通知各户集合到这里开会。不多时，人由四方叽叽喳喳地汇起，运生便从边上拿过一张方凳，跳上去传达了雷阳堤防汛指挥部会议精神，下面顿时嗡声四起，乱作一团。

“大家不要慌！”运生抬高嗓门说，“一切要服从统一部署。各家各户都上桃花岭，搭棚子，备点吃的穿的就行了。万一炸了坝，政府会考虑大家的损失的。大家要相信政府，相信共产党。共产党做事是不亏人的……”

“卵！”麻子扎匠跳出来指着支书鼻子说，“不亏人？五九年人饿死比茅厕里的蛆还多，过后可赔了一分一文的？六七年冤死人打死人可赔了一分一文？如今田虽到了户，可化肥农药尽是议价，漫天地纳税，连乡里头子喝酒也要摊到各户，这还叫不亏？老子不信！”

雷运生险些跌下，这麻子一梭子扫来，使他感到顿时矮了半截。无言以对！他觉得这是自己有生以来受到的最沉重的打击。而这时下面的人更是乱了。雷运生激动地说：“要说冤枉，哪个都有。刘少奇冤死了，邓小平给打倒了好几回。现在不是诉冤枉的时候。共产党即使是佛，也不可能通身都是金的，但如果没有共产党，中国至今还趴在洋人的裤裆下面！共产党有错误会改的，不是已经改了些吗？还会改的。大家要相信这个党……时间很紧，我不多讲了，大家抓紧行动，天黑之前一律要上桃花岭……”他跳下方凳，看见人群里哗地闪出一条路，龙水背着手迎面走过来，脸色阴沉得像涂过一层老陈醋，颈脖上松塌的皮肤裹着尖突的喉节在微微颤动，下巴上的花白胡子被风掀到耳根。这一刻静得出奇。

雷运生一动不动地立着，看着老人。龙水稳稳地走到他面前，突然左右开弓地抽了运生两个耳光。边上人嗡地往这边一涌，村长贵林一把抱住了老人。

雷运生还是一动不动地立着。

龙水被村长、麻子扎匠几个人架走了，但是大家并没有散开。有几个年岁长的过来劝了支书，叹息着。这时候雷水水面上传来了马达轰鸣声，不一刻便有伢鬼来叫：“当兵的来埋地雷了！”于是大家吓得面色如土，团团转，堂客就嚎哭起来，细伢子也跟着哭了。雷运生又跳到方凳上，说：“大家放心，不会出现危险的，先回家收拾收拾，上桃花岭！”话音刚落，人们便纷纷往家里窜，其情其景是叫人可怜的。雷运生没有回家，叹了口气就朝孙家坝走去……

日头正挂在西山嘴上，摇摇欲坠。西天黄澄澄一片，像熊熊燃烧的火。不久，这堆火熄灭了，化作灰烬随风漫天吹开，吹出一个灰蒙蒙、雾腾腾的世界。这迟暮的景色使人容易产生出遥远而缥缈的思念。工程师庄雨迟此刻正被这团思念萦绕着。他乘着一艘玻璃钢汽艇沿着这蜿蜒三华里的孙家坝缓缓行驶。几处爆破点业已确定，他的工作结束了。然而他没有一点离开的意思。四十天来，他第一次如此近的把自己推到这块伤心地面前。那被暮霭笼罩着的一砖一瓦一草一木让他激动，也让他仇恨。他仿佛觉得那条曲曲弯弯的小石径上还留着一串深浅不一的脚印。它还在。它烙在石头上。我在怀念?！他问自己，可我弄不清这怀念是为了忘却还是因为忘却了才来怀念……

你回来了！是的。你还会走吗？是的。你为什么要回来?！我不知道，或许是命运。你别过来！我已经离你……够远了。你走开！我想再待一会儿。你滚！我，我想……再看看你，真的。可我不想再见到你，我以为你……早死了！是的，我死过一回……

天色越发暗了。几只乌鸦哑着嗓子掠过树梢向远方飞去，雷水像一把破了蛇皮的二胡奏着瘆人的调子。工程师眼前的景物化开了，如一片残荷。我是死过一次。可我的灵魂像觅尸啄骨的秃鹫一样，盘旋在我的青冢上……

雷水的浪随风兴起，一阵一阵的，仿佛空谷里回荡着一个声音：

你——回——来——了——

五十

经过动员，孙家坝以东的十公里一线的群众于第二天上午转移到安全地带。孙家坝上架设了高音喇叭，日夜进行着顾大局识大体的宣传教育。部队已正式接管了这座举足轻重的堤坝，把守得很严。桃花寨人遵照支书的安排，上了桃花岭，围着巍然屹立的安平塔扎了草营。人们的情绪似乎又活跃了些，因为村长贵林宣布过，倘若真的炸了孙家坝，大水过后政府要拨下一笔款子，平分到各户也能摊到千把块。村长又说，省里到时候还要派飞机来降落东西，自然都是够斤两的好货色，也平分好了。

但是龙水没有离开屋子。几批人去劝过，皆被老人轰出。这当儿苇子姑娘去了小孤山，运生又返回了抢险队，老人独自剩在屋里，总是叫人担心的。好在一天一夜过去了，坝还横在雷水沿上，大家才松了口气。

龙水自抽过运生两耳巴后，就一直躺在床上。寨子空空荡荡，显得无比的大。老人叹息着。他叹的不是家门不幸出了逆子，而是这回他的话不灵了。连麻子扎匠也于昨夜夹着被子摸上了桃花岭去给安平塔守灵。都是些贱货！老人愤愤然，但脸面上是没有失去往日的容颜的，极安泰。窗外的天色又灰了，几声狗叫过后，老人起了彷徨。他已是两天没见到女儿了。他想女儿。他本是不准许女儿随那个省里的女记者去混的，可是女儿想去，想去小孤山玩玩。这又叫老人好高兴。那狗日的“四只眼”一走，女儿的魂便失落了。十年了，女儿没提过要玩。如果不是身子骨松了，龙水这回肯定要撑船送女儿她们上小孤山的。“去玩几天吧，”他对女儿说，“票子花大方些。”女儿说来去只玩三天，临动身还蒸了一海碗咸鱼，给大做三天的菜。女儿离开家，寨子还安稳得很。现在却乱了……

玉枝在苇子这个年纪，正随我在江上漂着。玉枝是民国几年生的？好像到了五六年她有四十岁了。她讲她是这个年纪。那会子正闹着办大社，日子过得倒也平和。玉枝虽偎着我这蛮汉过，容颜却一样同戏班名旦般的嫩生，哪看得出有四十呢？可她硬说有。那一日，船泊在九江口，贩货得来一把票子，我就给她扯了六尺苏州的丝绸，水红底子上绣着凤凰，爱煞了人。

“喜欢吗？”我说，“明朝就上岸找裁缝。”

她抖开绸子贴身比着看，先是笑出了两个酒窝坑，过后便叹了口气。“我都四十了，穿不出去。”她把绸子揉成一团，塞到边上，再起身替我用热水温酒。她看着我吃，看着我喝。我这酒竟不那么香了。我晓得堂客在想么子。不多会儿，我听见她在抽鼻子，正想坐过去劝她几句，可她先叫了起来：“我四十岁了！”

“四十？看不出……”我说，又喝了口酒。

她一下栽到我怀里，哭了。“我要生伢！我不能不生伢！不生伢算么子女人？我要生……”见我沉着脸，她的喉咙弱了些，“你，你到底中不中？”

我猛地把小桌子掀翻了，站起来。

“你不中！你不是男人！你不能生，我就偷人生！”

我一巴掌扇过去，她被打倒了，呆呆地看着我，并不哭……

那一夜，我坐在船头听浪作响。露水打湿了衣裳，浑身冰凉彻骨。月亮差不多该圆了，船上像盖了一层霜，冷清清的。我碰着了斧子，顺手拾起来，一下一下地捏着柄子。慢慢地，我立起了身，提着斧子揭开了舱帘，月光就射进来，落在玉枝身上。她困着了。你这……贱货！我又捏了捏斧柄。这时候她翻了个身，双手平摆在小肚上，慢慢揉着，嘴里像吮糖似的响。我木了。我在她面前跪下了，淌了眼水……

龙水的眼湿了。发黏的眼垢模糊了他的视线。孙家坝上的高音喇叭又在哇里哇啦地做宣传，他听了脑门像裂开似的生痛，胸口越发的闷了，老人支起身子想吸筒水烟，可是纸媒子光了，只能用火柴点。火柴加了一分钱，这么粗手大脚。他抿抿嘴唇把铜烟筒放下，想过一阵子凑着灯苗抽。天还黄着，离点灯还有个把时辰。往日这会子，苇子该回来了。老人现在十分地想念女儿，也十分地觉得对不住女儿。当初，要是他断了女儿的想头，女儿是不敢同那“四只眼”黏的。可是天晓得，他无论如何也要认可这桩没有媒人的亲事。没有媒人？有的。那凤钗和扇坠便是媒人……

那一日姓庄的来找苇子，我不在场。后来我才晓得他是来看我的宝贝的。女儿夸了海口，寨里人也时常地神吹，姓庄的能不着急？我放鳖卡回来，正撞上了他们。姓庄的拿着两件东西对着日头看，看过了笑得嘴直歪。见我进了门，他便把东西还给了苇子，对我说算是长了见识了，还眨动了一只眼，才走。我关上门瞪了女儿几眼，女儿此后便不敢乱动了。不过，这以后苇子去姓庄的那里，回来晚了我也睁一眼闭一眼了。这四只眼到底比两只眼顶用，看什么都能看出个名堂……四只眼，老子操你祖宗八百代！这杂种还是走了。走了就好。走了这寨子就安生了。可女儿的眼神一日比一日地暗了……

龙水叹了口气。天色开始发灰，今夜有雨是稳的。老天爷这脸阴下来，一时怕收不回去的。

雨，是夜十点左右开始下的。下起来就很猛，四野哗哗一片，像一群野马踏在瓦砾上一样，叫人惊慌失措。起初的几分钟，地面上热气被蒸发上来，空气浓缩成一团，窒闷而燥热。这几分钟过去后，气温陡跌了好几度，寒气弥漫开来，人立着不动没一会工夫牙齿便碰得格格响。冷雨洒到身上，心里都觉凉。闪电和雷鸣的密度比任何一场雨都大，这无形中已构成了一种灾难的先兆，不祥的预感在每一个人心中荡漾着。

雷阳堤防汛指挥部似乎是严阵以待，却又是安静的。然而这安静不仅不让人宽心，反而却增加了几倍的负荷。就像一场战争即将开始一样，伏在壕堑里等着第一声枪响，心跳动的频率绝对超过第一枪响过之后。

地委书记边达晚饭后就在报房门口的走廊上徘徊。他承认此时自己的心情是不平静的。第三次洪峰已通过葛洲坝，那么十小时后，也就是明天黎明将抵达雷阳堤。这次洪峰的流量和流速都比前两次大。边达觉得这一切凑到一起，像是巧合又像是命中注定的。可这个时候，女儿边小素竟不知去向！一定要处分她，他想，这太不像话了！你是省报特派记者，你的职责呢？女儿会不会出现意外呢？他又不能不担心。指挥长白洛宁打算派人去寻找边小素，被边达制止了。“随她娘的去！”他发火了并且说了句粗话。

工程师庄雨迟觉得疲劳已超过了极限，同时为了不让人看出他内心的紊乱，特地弄来一把竹躺椅，面对地图坐着。他在等待来自各个方面性质都是共同的消息。他现在完全体会到，真正的战争，最怯懦最心虚也最劳累的，是将军。不成功便成仁这并非是什么崇高，一种自我解脱罢了。这仿佛是一场赌博，谁也不能排斥运气的力量。一个乞丐可以摇身一变成为百万富翁，同样一个富翁也会顷刻之间只剩下一条短裤。人世间，一切似乎都是偶然的。成败论英雄这毕竟是太古老的话题，英雄一般说来是没有的，或者，因为偶然。他有点心烦，便从枕头底下抽出那本《巴顿将军》，随便翻着。他想等到明天太阳升起的时分，这本书可以撕烂去揩屁股了。这时从后面伸过来一只手拿走了他的书。他知道白洛宁来了。

“你这么喜欢巴顿？”白洛宁说，也翻翻，“他不能同拿破仑相提并论，尽管后者失败了。”

“关键不是胜败。”庄雨迟说，“拿破仑打仗是为了当官，巴顿当官是为了打仗。”

白洛宁没吱声，夹着那本书走了。

雨势丝毫没有减弱。

零点零三分，一纸急电送到了指挥长白洛宁手中——天柱山山洪暴发！

他们立即赶到了孙家坝。天黑得像口深井，树像尸体一样斜歪到一边，雨劈到人身上生痛。警报器拉响了，声音像狼嗥一样瘆人。孙家坝像一条蟒蛇正处在野狼四伏之中。

工程师庄雨迟用手电照射着注视水面，迟迟不同意爆破。他弄不清这次山洪的流量有多大，想尽可能地避免这一损失。几分钟过去，他决定乘玻璃钢汽艇去雷水的上游看看，如果情况严重，鸣枪为号。“听到三声枪响立即引爆。记住，三声枪响。”他同白洛宁握手。边达走过来，说：“要注意安全。冷静点。”工程师点点头，就跳上汽艇，随两名战士出发了。其他人全部撤到杨树湾。

在另一边，抢险队队长雷运生立在一棵树上默默注视着寨子。也许，这里马上就成一片汪洋了。这丑陋不堪的地方他曾几次梦里将它毁尽，可现在他却有些心酸了。一阵强风吹过，一点昏黄的灯光从黑黝黝的树缝中跳出，运生心里一惊：这正是他家的灯火！这是唯一的灯火！

运生手心捏出了汗。

……

汽艇逆浪而行，工程师用手电直射水面，时而用手捧一把细看，水还是绿的。他希望水绿得时间越长越好。孙家坝上的灯火渐渐模糊了，汽艇继续向前驶着。突然，水黄了，而且浪骤然大了。这是山洪！工程师看看手表，从山洪暴发到现在才三十分钟，按这个速度推测，山洪是极迅猛的而且流量极大。

“放枪！”他命令道。

砰！砰！砰！

三声枪响后是几秒钟的停顿。接着，轰隆隆几声巨响，孙家坝上空一片通红。水像雪崩一样扑向了桃花寨……

五十一

昏黄的油灯下，沉睡着的龙水被刚才几声巨响惊得坐起。这声音如万雷击顶，整个桃花寨都中风了。炸了！到底……炸了！老人从床上爬起来，推开窗户。窗外是一片漆黑。水涌来的声音越来越响，其间夹着树木和房屋掀塌的响声。不一会儿，这屋里也开始进水了！老人浑身在抖，手脚越发笨拙。我要死了……我就要死了……他喘着粗气，用手护着摇曳不停的油灯。他看见投在壁上自己的影子，像一只麻虾，又像一只脱了毛的老雕，心便跳得像风箱一样呼啦呼啦响。我要死？我就要死？我真的要死？老天爷，你瞎了狗眼，呸！他颤颤地从箱子里拿出那瓶大曲酒，用牙齿咬掉瓶塞，咕噜噜地一饮而尽，酒从两个嘴角淌掉不少，胡须湿了。“砰”的一声，老人摔碎了酒瓶，狂笑起来，笑得身子战栗不止。笑过，他又爬回床上，眼痴痴地望着那跳动的灯苗。

我今夜就死？马上就死？不，不不，我还有气，还动得，我不能就这么等死……桃花岭就在背后，我不能等着叫水吞了，我得……

但是他没有动弹。这会子摸上桃花岭，能活；百年之后两脚一伸，还会有人捣你这老狗日的脊骨！这不是我雷龙水！老子与其活着叫子孙笑掉门牙不如就这么爽爽快快地死。可我实在是……不想死。我还没抱过孙子。这辈子就两代人，香火不旺……报应哪，老天报应了！我欠鬼的债太多，如今鬼上门来讨了……

老子还！

他把褂子纽扣一个个地扣好，又摸了双纱袜穿上，盘着腿坐在枕头上。他又想起了一件东西，便从枕头套里掏出一只小红布包，打开，正是那扇坠与凤钗！这东西陪了他几十年。老人把两件东西细细看了，又细细摸了。他那榆树皮般的面孔陡然胀开，笑意渗透在每一条皱纹之中。门边的便桶被水浮起，碰在壁上咣当一响，龙水这才看清水已经有齐腰深了，床也湿了。他把他把玩了大半辈子的宝物最后把玩了一回，投到浮到面前的便桶里去，叮咚一响。酒性开始发作，老人觉得头像一只冬瓜瓤子，松松轻轻的，就把身子靠紧了些，冰凉的水越过了他的肚脐。他不知不觉地在水里撒了一泡尿。这微弱的暖意经过了老人的大腿。好暖哪！好暖……好暖……

突然，门被什么东西撞开了。一个黑影水淋淋地蹿进来，是运生！

老人心里一响，但依然保持着原有的姿态。

雷运生已累得气喘吁吁，脸上被树枝划得一条条的血痕。他拨开水，摆着身体走过来，要背龙水。

老人不动，闭着眼。

雷运生一把抓住老人的手甩过自己肩膀，弓腰背起来就向门外冲，一只腿刚跨出去，就突然眼前一黑，他感到什么东西重重地敲在自己的脑勺上，手一松，身子像口袋似的软了下去，甩出了门外。屋里的龙水扔掉了手中的铜烟筒。

“哗”的一声，屋倒塌了。

灯灭了。

孙家坝切开后，洪水几十分钟内洗平了桃花寨和雷水以东五六公里内的几十个村庄。四野茫茫，惨不忍睹。

工程师庄雨迟没有回来。据同行的战士说，枪响之后工程师命令他们向西岸撤离险区，由于地形不熟，小汽艇撞到一块巨石上，立即就翻了。水速很急，三人落到水里便散落了。其中一位战士被淹死，尸体是在雷阳闸口找到的。但是工程师失踪了，生死不明。

“马上分头寻找，活见人，死见尸！”指挥长白洛宁命令道。

地委书记边达没有同意。“眼下，不是个把人的问题，”他沉重地说，“江堤正处在危险中，我们的精力……不能分散……各就各位。”

这一夜，雷阳堤上灯火连成了火龙，民工们立在雨里看咆哮的江水作最后的挣扎。这情景，使地委书记边达内心深处产生了强烈的冲动。他将雨衣揭掉，暴雨的洗礼使他觉得自己还是个健康的人。他想到了杨子东，这位过早踏上古陌荒阡的战友。子东，你的身体有病怎么不及时治疗呢？你的确走得太早了……

民工们在喊着号子干，打桩、扛草包、填碎石，热火朝天。这是地球上最纯净的人民。他们是牛！是奶牛！也是勇敢的牛！这是这个古老国度的骄傲啊！边达激动地想着，多少年的失落感似乎从这里寻找到了。他想起大军渡江前夜，他作为一个随军记者采访过许多的民工。他至今记得一位民工的话：“共产党必定要得江山的，”那民工说，“国民党说‘弟兄们，给我上！’，共产党却说‘弟兄们，跟我来！’。”这是多么精辟的概括啊！也许，无论我们的党处在怎样的紧急关头，只要她大喊一声“跟我来！”，是绝对会无往而不胜的！

一道强烈的闪电掠过，映出了边达布满血丝的眼睛。

黑暗的夜像老龙的大嘴正吐出一道道粗大的水柱。借着霍闪能看见一块石头般的东西在随着浑浊急喘的洪水滚动着。那东西被一截树杈拦住了。这是雷运生！

刚才沉重的一击，他软了下去。接着是哗啦啦的巨响，屋倒了。一个老人的呻吟断了。雷运生不知道自己是怎么漂到这里的，暴雨将他抽醒，但他已经是精疲力竭了。他想攀到这棵树上。他几乎是在拼命地向上攀，手够住了身子却怎么也提不上来。完了，他想，这下算彻底地完了。这狗日的场子……老子操你的爱！不，我不能就这么死……我才晓得做人……

你……哭了。我是喜欢过度了。你这么喜欢我？我恨不得一口吞了你，把你化在我身上！你这狐狸……

那件事雷运生不懊悔。他做了就不懊悔。他的心动了，狂跳着，是那狐狸挠的。他得要那狐狸！大胆地要！她也会大胆地给。可是现在……雷运生死死抱住树干，越抱越软。如果这是温暖而柔软的身体，他会越抱越紧……他挣扎着抬头越过涌来的洪水去看西岸的灯火，可是头又开始痛了，仿佛裂开了似的。右耳根有暖暖黏黏的东西在淌。他眼前一片黑暗。

"啊——"他撕着嗓门大叫了声，身体顺着树干往下滑。树发出咔嚓的断裂声，随着他的身体斜了。

"运生哥——"

这是巧凤的声音！这声音激起了雷运生求生的最后一线希望。他听清楚了。不是错觉，不是……但他喊不动了。

雷运生张开嘴，用牙齿咬住了一根树丫，身体被洪水像荡秋千似的搡着。渐渐地，他隐隐地感到有人朝这面划动……

霍闪越扯越密，巧凤终于找到了运生。他射向雷水的一瞬她看见了。于是她套起一只大车胎也下了水。她随着巨大的浮力和动力向桃花寨漂来，呼唤着她的运生哥。她听见了那撕肝裂肺的嚎叫，这是多么熟悉的声音哪！

"运生哥！运生哥！"

"巧，巧凤……"

"你快钻进来！快！"

巧凤费了平生最大的劲把雷运生拽进车胎来，两人紧紧地粘着，运生的头搭在巧凤的肩上，昏迷不醒。巧凤是沉着的，她知道这会子想顶着水划回杨树湾是不行的，只能顺水往桃花岭脚下漂……

她用力蹬开那棵即将冲倒的树。两人立刻被洪水推走了。

边小素动身后，苇子一个人剩在屋子里觉得屋子好大好空，阴森森的。外面过道上有几个人在紧张地说着大水的事。其中一个干部模样的男人说，如果山洪下来了就得炸开孙家坝，把水分走。这话叫苇子惊恐万分又焦急万分。她不晓得大怎么样了。她得赶紧走！

没有人能拦住这姑娘的。她一点篙子，船便像离弦的箭射了出去。

船在波峰浪谷间颠簸着，苇子的心也颠簸着。她一点也不害怕。现在她脑子里只有一个念头：大怎么样了！她离不开大……

她不相信真的会炸孙家坝。为什么要炸掉这坝？是哪个坏种的主意？这个该刀剐的！

天哪，你这么黑！到哪里了？岸上的灯火像鬼眼一样乱眨，防浪林像疯子般地摇头晃脑，只听见断断残残的人声，看不清人影。好像这条大河上就活着一个人，都疯了，都死了！不知过了几时，苇子看见了雷阳闸。可是闸还死关着，上头有当兵的设了岗，刺刀贼亮。苇子寻了个偏僻的地方把船停稳，用肩顶着船想翻过大堤。她拼命地顶着，但力不从心。她急得哭起来。忽然听到头顶上一个男人粗叫道：“哪个？干什么的！”

苇子吃惊地埋着头抽泣。这是个城里男人的喉咙，莫非以为我是偷船的？她从肘弯往外看，见一柱手电的光射过来，接着是一双大赤脚，接着是“苇子！你么子……”这声音又变土了。是那个洋货毛狗！

“苇子，这会子你跑出来做么子！这里正险哩！”

“我要家去！毛狗，你帮我一把……”

毛狗这些日子都在堤上泡着，现在他在巡逻。见到苇子他极高兴，可是他迟疑着。上面有规定，今夜无论是谁家的船都得扣下，由指挥部统一调动。上面刚才又发了紧急通知，说不定马上要炸孙家坝分洪。

“毛狗，你是死人嘛！”

“苇子，你，我看你就在这歇歇……天亮了再动身可好？”

“我要家去！我要见大……毛狗，真的要炸孙家坝?!”

“说是这么说的。不过桃花寨一带的人都转移好了。我看你还是……”

“毛狗，你帮我把船送过去。我，我做你堂客！”

“苇子，这太险哪……”

“你滚！你这狗日的！”

毛狗就不响了。他帮苇子把船送到了江堤那边的雷水里。苇子跳上船。毛狗把手电筒塞到她手里，说：“你得当心哪！”苇子用篙子将船拨离了岸，向黑暗中奋力撑去。毛狗大喊道：“当心哪——苇子！”

这时的雷水浪还不算大，因为逆着风又顶着雨，船撑起来又涩又重。

苇子浑身早已湿透，她把辫子绕在颈脖上，把辫梢咬在嘴里，左一下右一下地往前撑。离家有十五里，她估摸着天亮时能到家门口。腰酸痛极了，腰椎像插了个榫子，每撑一篙子榫子就往里下了一分。霍闪在头顶上扯个不停，雷声时大时小。雷水极阔，两岸的芦苇只露出个尖尖，水是白的。霍闪过去后，就再也看不清哪是岸哪是水了。苇子叉开腿立于船尾，均匀地左右下着篙子。她不觉冷，只觉得全身都麻木了……

警报声突起，越来越响！

苇子毫不犹豫地继续往前撑。闭着眼撑！一下又一下，她在心里数着，想摆脱那蛇一样缠住她的警报声。水面上浪像大了一些，风也烈了些，但警报声尽了就显得特别的寂静，尽管天上有雷鸣。

三声微弱的枪响，苇子也没当回事。她想城里人实在缺德，吃香的喝辣的还要来炸坝开心！城里人不得好死！突然，那极远的地方升起了半边红云，旋即是“轰隆隆”的巨响，整个天地都斜了……

“大——”

五十二

这是什么地方？天……这样黑……一场噩梦……噩梦……我还活着……我的皮肤还是暖的。我听到了我的心跳，一下，两下，三下，好慢哪……我还活着。他妈的我居然活下来了！我的眼镜呢？好像落水后就被浪打掉了。炸了。我听见爆炸声的，过后就给震昏了……似乎是本能救了我。那根神经没有昏，在起作用，支配我呼吸。我当然也喝了不少水。好腥的水呀……

我的水性没用上。我像一根草似的随波逐流。我被浪推得乱转，推得好远。头部还有腰部给什么东西撞过，可是不痛。脸上火辣辣的是给芦苇叶划破的。那东西锋利得赛刀。这到底是什么地方？我怎么淌到这里来了？不错，我遇上了一只船。那船上有几个人。我像是被人架上去的。他们像扔口袋似的把我扔到一边。我听见有人在哭，在叫，在骂，骂城里人是婊子养的……突然船给浪掀翻了！又是本能在起作用，我抢到了一块船板。这是一块好大的船板，我抓住这头，有人抓住了另一头……

天哪，好吓人！阴阳一层纸，如果不抓住这块板我恐怕早已做鬼了。如果我真的死了，会怎么样？自然有人会象征性地哭一阵子，还会追认我个什么活一辈子也得不到的称号，舆论界说不定也要小闹几分钟，慷慨地朝我尸体上堆砌形容词。妈的，见鬼去吧！我活着！我快活是因为我活着。我绝对不信他妈的大难不死必有后福。我脸皮比趼还厚，锥子扎进去也不见血。所以我能活下去……我果然活下来了。

现在是几点了？水还在涨……这到底是什么鸟地方！脚下有沙子，有草，像个孤岛。哎哟，这倒霉的腰……

庄雨迟撑起身子，想站一会儿。可是由腰部生发出的剧痛像电流一般迅速通过了全身，他又跌倒了。黑暗中他伸手四下乱摸，希望能得到一个支点将身体重新竖立起来。雨势丝毫没有减弱，他仰脸张开嘴接雨。冷雨滋润过的喉管不再像刚才那样的火辣。他似乎听见了冷雨触及喉管发出的嗞啦声。水还在涨。这块地方不久也会沉下去，于是他起了惊惶。不能这么等死！这太划不来……他试着又一次支起身子，运足力量，这力量爆发后他立起来了。一道闪电从他的头顶上斜劈下来，他看清了周围的环境——白茫茫！远山青面獠牙地注视着他。完了，他想，我仿佛被甩到地球外面了。他摇晃着。又是一道白色的闪电掠过，庄雨迟看见了离他不远的地方有块淡红色。那是人！是个女人！他稳住身体等待着下一道闪电的检验。真的，是个女人伏在暗绿色的蒿草上。他不禁向前迈了一步，但跌倒了。于是他开始爬行……

当他的手触及她的脸的时候他仿佛预感到了什么。这皮肤不很细腻但十分油润。颧骨不高，眼窝也不深。眉毛很长并且弯弯的。嘴唇的线条很硬朗，牙齿咬得好紧。庄雨迟用胳膊枕着她的脑勺，她绕在颈脖上的辫子被他慢慢地解开。好长的辫子！这是她！这分明是她！闪电又一次证明了他的预感。他一下紧紧地将她拥在怀里，用自己开始温暖了的胸去熨另一个仿佛冰冷的胸。他流泪了……

这是命运！这绝对是命运的捉弄！这不是虚构。上帝今夜毁灭了整个世界，只剩下我和你。你和我还残存着一口气。上帝这老狗发慈悲了，让我们生不同床死同穴。那老狗站在你一边。不，也站在我一边……苇子！苇子你得醒过来！你看我一眼！你看清了！你得明明白白地同我死在一起，这样我们的眼睛都会毫不费力地合上。苇子，我欠你的债今夜统统还了！苇子你晓得吗？

“苇子！”他摇晃着她，使劲掐了她的人中。

她动弹了一下但眼依然是合着的。她好像听见有人在大声地喊。是喊救命。有人往船上爬。又上来一个。好像一共上来了五六个，差不多都是男人。看不清他们是哪里的，口音像本地的，还有一个小孩……船在乱转，那轰隆隆的声音震起后，船就稳不住了，斜着漂，像石头一样甩得老高老远的。她的劲完了。船翻的那一刹间她清醒过来，抱住了一块船板……

“苇子，苇子……”

有人在喊。声音好近，好熟……做梦吗？我莫非还在小姑庙里？我不是漂回来了吗？是毛狗帮我下的雷水……毛狗没随我来呀；哪个在喊我……

“苇子，你醒醒！我是小庄！小庄！”

小庄？小庄哥？你不是走了吗？是我撑船送你走的。你先坐轮船再坐火车。那么老远的你还回来吗？我晓得你不想回来了。我不去追你。这是命。你走吧，走得越远越好……你没有信来。你给我寄的料子衣裳和羊毛围巾我都拿到安平塔下烧掉了。我留着到阴间去穿去戴。阴间我可还是这个命？桃花娘娘保佑我吧……我就要去了，去找小庄哥……

雨竟渐渐小了。当雨丝断续之际，天无比高远，一轮冰冷的月亮从穿行不息的乱云中显露出来。四野茫茫的水面升起了浅灰色的光辉，映出了一个孤独寂寞的渺小世界。

这是一个古墓。墓主至今不详。它的历史可能相当久远。离它不远的地方有一个残缺的牌坊。牌坊的规模可以想象得出是不小的，可它现在淹在浑浊不堪的水中，只露出顶部。水该有多深！墓多少年没有人动过，长满了蒿草。周围便是芦苇。那芦苇的尖儿露出水面像死人垂死的膀子。再也看不到什么了……庄雨迟看了一下自己刚才做的标记，叫他吃惊的是水还在上蹿并且幅度不小。好大的山洪！如果不当机立断，雷阳堤恐怕早就散架了！这多少给工程师带来了一点安慰。他觉得应该感谢那截阴差阳错的历史，感谢水利这个专业，给他提供了一次作为男人的机会……

可我不是男人。不是个比较完整的男人。作为男人我失去了最本质的东西！这已是无法补偿了……他俯身看看苇子，月光下她的脸惨白无比，睫毛投下的阴影是淡青色的。她的嘴唇不时动弹一下，发不出声音。庄雨迟又一次地呼唤着。

苇子终于睁开了眼睛，她痴痴地望着他。

“你是……哪个……”

“是……我是小庄！庄雨迟……”

“不信……他戴……眼镜……”

“苇子，你好好看看！我是小庄哪！”

“不像……他好看些……”

庄雨迟双手捧起苇子的脸，泪水弄湿了眼睛。这会儿苇子头脑清醒了许多，她看清了离她很近的那张脸。你瘦多了。你又熬夜了吧？你怎么又回来了……这可是真的？你……

“真的是……你……”

“是我，苇子……”

“你不是走……了吗……”

“我又回来了。”

“你……还晓得回，回来……你不该回来……”

“苇子……”

庄雨迟把苇子扶着坐直，想让她靠在自己身上。可是苇子突然将他推开了。她哭了，无声地哭了。

庄雨迟仰面躺下了，望着辽阔的天。月亮起了毛边并且哆嗦着。他叹了口气。

这是命运！无论你怎样挣扎也无济于事。我是一只苍蝇，绕了很大的一圈又回到了原来的地方。捉弄！活活的捉弄！命运捉弄我我也捉弄命运！我没什么可说了……可是我对不住你，苇子！我把你的青春撕碎了，我毁了你！谁又毁了我呢？完了……一切的一切，都完了……要不了一会儿，水会盖住我的尸体。水葬。这个结局也未必不理想……苇子，你能不哭吗？让我静静地躺会儿，时间不多了……

我不哭。我真不该当你的面哭。哪来的眼泪?！我不哭了。过去了，十年过去了。十年，你可晓得这十年我是怎么熬过来的？日头升了又落，月亮圆了又缺，我是扳着指头一天天数过来的！人家笑我不能笑，人家玩我不能玩。我整日守在船上，想着你头回坐船的样子。你给我画的像还在，我压在箱子底下，时常半夜里起来看它。那上面还有你留下的烟味……你走了，一走就不回头。我不恨你，我只恨自己的命……老天的眼真的睁着，又把你送来了。可是迟了，我们要死了。能同你死在一起，我，我这辈子活得也值……我这辈子还没做过女人哪！

苇子咬着牙坐起来，突然疯了似的将自己的衣服扯光！月光下她的身体像一尊瓷器。她像鹰一样使出最大的力气朝庄雨迟扑去。

"你要了我吧！"

"苇子……"

"你快些要了我！"

"苇子！"

苇子紧紧搂住庄雨迟的脖子，脸贴着他的胸膛。你要了我吧！我这身子就是替你留着的！你快些要吧！我等了十年……我这辈子还不晓得么子叫堂客。我要做堂客。我要做你的堂客！大慈大悲的桃花娘娘呀，苇子来世还替你烧高香……

"你……要了我吧！"

"苇子……"

"我是干净的……"

"你……"

"我们就要死了！老天爷……成全了我这苦命人……！我要做你的人！我要，要……"

"苇子……"

天蒙蒙亮的时候，苇子被冷风吹醒了。我还活着？她猛地坐起来。庄雨迟静静地躺在她的身边，一只手横着——那是给她枕头的。一条由布条结成的带子把他们拴在一起。昨夜，是他这么做的。"让我们就这么一直睡到阴曹地府吧！"他说，"到那里再……拜堂……"他们抱头痛哭，然后，躺下了……他们不是困着了而是昏死过去。然而阎王爷把他们推出了门槛！

水声不对头。苇子能听出来，这水的响声像退……她欠起身子仔细看了水痕，果然水在退而且退得很快。活下来了！活下来了？这意外的狂喜驱使她想去摇醒庄雨迟。可是当她的手快要触到他的身体时，她像被蛇咬了一口似的缩回。水退了……水退了会怎么样呢？他是来防汛的，水退了他就得走。我又要回到那个鬼场子，接着去扳指头数着日子……他是不会留下来的。他不会再要我了，不会……她捂住嘴一哽一哽地哭了。我是你的人了。我不可能一辈子都做得了你的人，你会走的，会的……你是只鸟，小笼子是关不住的，你会飞得老远老高……

庄雨迟轻微地翻了个身，梦里喊了声“苇子”。她贴紧他，把他细细地看了一遍。她忽然发现他衬衣口袋里有一张照片，和衬衣粘得很牢。苇子小心翼翼地将它取出来——这是她的相片！是那个女记者拍的……怎么会落到你手里了？你……真好哇！苇子把自己的相片贴在腮上，熨尽了上面的水渍，又看了一眼，放回原来的地方。天越发白了，庄雨迟的脸上现出了少许的舒朗。苇子用拇指与中指合成两个圈儿悄悄对准庄雨迟的眼睛。她觉得他还是戴着眼镜子好看。“四只眼……”她轻轻说了句，微笑着，两行泪水挂在脸颊上。然后，她慢慢解开了那条淡红色的布带死结。她站起来，用双手把抖散的头发往后推出，这头发在晨风里飘动着，像一面黑旗。她的手软软地放下来，交于胸前，护着高耸而极有弹性的乳峰。曙色映着她沐浴露水的身体反射出黛色的光晕。她望着无际的青天，喃喃地吐出：

“老天爷呀，你好缺德！”

五十三

黎明，第三次洪峰顺利通过雷阳堤。其时雷阳闸实测水位达到21.68米，创造了历史最高纪录。

孙家坝切开后，由天柱山奔泻而下的山洪改道往东北方向行驶近八公里，雷阳区有三个乡十一个村子受灾，桃花寨首当其冲，整个村子几乎踏成平地。汪在大水中的老百姓在附近的山岭上安身，这一带人畜的伤亡不大。省防总已通知空军某部，如果大水三天内退的幅度不大，必须对灾区实行物资空投。

雷阳堤防汛指挥部在第三次洪峰通过之后，开始组织小股力量进行救灾工作。由于工程师庄雨迟的失踪，指挥长白洛宁脸上罩了一层阴影。可是他离不开身，只能把寻找工程师的任务派给了熟悉情况的镇长李松茂。于是早饭后，李松茂乘着部队的玻璃钢汽艇沿着孙家坝溃口的方向出发了。

从吴德荣淹死的那日起，李松茂的心便软了。软到看到一点惨相就感到恶心。是他替德荣穿衣的，德荣的眼圆睁着，像死鱼眼一样灰灰的向外突出着。李松茂的头发差点儿竖起来，手中风似的颤个不止。这一连的几夜，他都开着灯睡觉。有一夜，他梦里吓哭了。现在，他的腿还是软的。他估计工程师八成是做鬼了。他实在是硬着头皮接受这项任务的。白书记亲自下的任务敢不接受？一上船，他突然问随行的战士怎么不带枪？战士笑了，说用不着。“山里，有狼呢!”他自动转弯。战士笑而不答，发动了马达。小艇悠悠地往前驶着，并且在偏僻的地方停下来查寻。太阳已蹿出了东山洼，水面上波光粼粼，一半是血样的红。李松茂又觉得恶心了，打了几个干嗝。他们继续向前。快出桃花寨的时候，一个战士突然指着左前方的芦苇丛惊叫道：“有人!”

“在哪里?”另一个战士问。

“快，左拐弯，左……”那战士说。

李松茂顺着战士指的方向看过去，没看见什么。不过他希望战士没有看花眼，是工程师的尸体。这也算完成任务了，他想，免得天天出来恶心。小艇加速驶来，近了，李松茂好像也看到了一个白花花的东西夹在芦苇中被浪摆动着。小艇停下来，两个战士同时跳到水里，拨开芦苇，又同时叫起来：“两个!”他们把那两具尸体拖出来。是一男一女，紧搂着；一个黑色的大车胎早被割破，软塌塌像肠子似的箍住了他们的腰。

这是运生和巧凤!

那黑色的大车胎出现后李松茂心里剧烈一挫。这极像他家的那只，是以前从一个司机那里弄来的，下大河放鳖卡时用的。他希望不是……但巧凤的背出现了!

松茂瘫倒了，呆呆地坐在艇上。几个战士也挺难过，准备把两具尸体往船上搬，可是谁也不能把他们分开！李松茂突然扑过来，从后面抱住巧凤，呜里哇啦地嚎哭起来，大声叫着：“巧凤哪——”

几个战士似乎有点儿明白但又感到疑惑。他们决定把这一男一女的尸体运回去。李松茂落在后面，他漫无边际地走着，一步三摇。

他不知走上了哪条路，高一脚低一脚，一会儿是泥里一会儿是水里。但他没有完全糊涂。他脑子里被巧凤搂抱雷运生的姿势彻底占据着：一只手从他肩上滑下去，另一只手从他的腋窝伸上去，两只手在他的背后交合。她的脸半侧着抵在他的胸口上……哦，巧凤，你我夫妻十七年，你还从来没有这样地搂过我呀！我，我如今落个么子？一顶帽子……卵帽子！我，我怎么这般的贱哪！

他惨笑着。

他又想到了那个雷运生。我不恨你。还是，还是你的本事大……你是好汉，我是孬种。我输了……我赢了一顶破帽子，你赢了一个好堂客……哈哈！我输了，输得精光！把祖宗灵牌子都输掉了……

他像个醉汉似的往前走，隐隐听到前面有几个细伢子的嬉笑声，便眯眼去看。几个细伢子正逗着一个女人往这边走。那女人头戴着一朵白菊花，嘴里含着一根狗尾巴草，衣襟半开着。这不是……翠娥吗？你不是随湖北佬……

他吓醒了。他想躲避但已来不及了。翠娥看见了他，大大咧咧地挺着奶子走近来。

“镇长哪，你还要我不？咯咯咯……德荣又做了代表，王八代表……咯咯咯……德荣做了鬼……咯咯咯……镇长，来呀，我不是实在吗？咯咯咯……”

她疯了！李松茂脸白得如纸，怔怔地看着翠娥。这女人也不多纠缠，又扭着屁股往杨树湾走去。细伢子还跟着她，用柳枝搔她的胳膊，又笑又闹。

这里一下变得好静。这个小林子好脏，叶子没有一片是绿的。不时有几声鸟啼，也仿佛是咯咯咯……

李松茂决定不走了。地上有一截烟头，还冒着一缕青烟。他用两根手指轻轻捏起它，吸着，吸得上气不接下气。他盘腿在地上坐了一会儿，用指头在地上写了一个极深极大的“巧凤”。然后，他将衬衫撕成一条条的，结成根带子拴在斜伸到头顶的树丫上，试了试重，就把自己整个地挂了上去……

省报记者边小素是孙家坝爆破后赶回雷阳镇的。她的父亲边达见面就毫不犹豫地给了她一记耳光。她没有流泪。她流泪是在听到指挥长白洛宁告诉她工程师落水至今不见踪迹之后。她几乎是苦苦哀求白洛宁，帮她寻找庄雨迟。“我不能没有他！我……”她哭得很伤心。但是边达没有同意。那一夜，记者是在江堤上度过的。她拍下了许多激动人心的照片。其中一张是父亲的。他揭掉雨衣的一刹那间给记者抓住了。她深信这是父亲一生最美的照片。父亲并不老，那双尽管泛着血丝的眼睛暗示着他依然是个英武的男人。父亲并非是个只懂得握手、合影或者只知道在长篇讲话里动不动添一个“这个……这个……”的人物。这是位不可多得的父亲，不是太阳，也不是月亮，但总散发着热量。这张照片使她不假思索地感到：人必须有父亲。

这一夜边小素累垮了。凌晨五点她被人架回来就昏睡过去。她是把照相机抱在怀里睡的。醒来，已是阳光遍地了。她靠在床上，等待着寻找庄雨迟的消息。你不会死，她想，你绝对不会死的……不过她照样以泪洗面了。

寻找的人回来了，运回两具尸体：男的是抢险队长，女的是镇长的妻子，死死地拥抱着。她远远地看着他们。心里升起了一种具有古希腊悲剧力量的崇高美。这简直是一尊雕塑，她感动了，深深地感动了……

不久，有人发现镇长李松茂自缢了。

一连串的噩耗，使边小素产生了凶兆。她拖着脚步去找父亲，请求能同意她去参加寻找庄雨迟的工作。边达点了头，并且表示自己也要去。这样，午后两只小汽艇又出发了。他们分成两路，由桃花岭始分别向东北与西南两个方向寻找，逐渐会合。这一带基本是山地，船沿着山岭的边缘摸索着向前，走起来极缓。闪过桃花岭，是一片洼地，水汪在其中如大池塘，水面上只见到几处树梢，像蒿草一样随风摇曳。一头死牛伏在斜坡上，一群黄蜂在牛头上空盘旋。牛的脊梁上有两条青皮蛇。边小素见了不禁心里发憷，她不时看一下西斜的太阳。

从上船起，边达就没断过烟。他坐在船尾，披了件衬衣。他一语不发，眼眯着像思考一个永远也弄不清头绪的问题。他已做好了最坏的打算。可是怎么就见不到那小伙子的影呢？一定要找到他！

洼地的尽头是个山嘴。那地方水的流速颇大，小艇驶过去时跳了一下，船上的五个人衣服都给弄湿了。过了山嘴，眼前便豁然开朗，这儿又是一个洼地，比刚才的那块要宽阔得多，俨然如湖泊！几个鹰状的鸟在高天上自由翻飞。“湖”的颜色逐渐黄了，夕阳的余晖涂在远山的背上给人一种向往。

“喊几声吧！”边达扔掉烟头说。

边小素站起来，大声喊道：

“庄——雨——迟——”

回音久久飘荡。

“雨——迟——”

边小素已濒临绝望的边缘。泪水沁满了眼眶，她回过头来看着父亲。他又开始吸烟，连划了几根火柴都断了。她移过去，从父亲手里接过火柴，替他划。她划着了，正准备凑近他，父亲的眼睛猛地睁大了，香烟从指缝里滑落，他慢慢站了起来，带泪的目光向远处射去。边小素急速回首，她看见了——

杂草丛生的古陵上，庄雨迟横抱着一具姑娘的尸体像树一样迎风立起来……

五十四

大水过去的那天半夜时分，平地一声惊雷。所有的人被撼醒了。

第二天，有人说：安平塔给雷劈倒了。

第三天，又有人说：那塔还在。

……

1987 年 8 月　写毕于合肥

（原载《清明》1988 年第 3 期）

附　录：

多余的话

《清明》的负责人嘱我写一点关于《日晕》的创作谈。这类文字对于我来说总是不大好弄的。一部作品发表出来，我企盼的是缩到清凉处去听读者对它的谈论。不同的声音自然最好。现在让我先说，这话便显得多余了。

一

1983年夏，我作为由大学分配到地委机关工作不久的干部，被派遣到同马大堤防汛，那是个至关重要的江堤。我在指挥部担任宣传工作，住了四十天，除晒黑了点外，并没有吃多大的苦。指挥部设在离江堤极近的一个镇子上。不下雨的时候，我每晚都去江堤上吹风听浪，觉得蛮开心。这一年长江水势极猛，水位蹿过了历史最高纪录。当然，气氛是紧张的。我第一次见到县委书记腰间别着小手枪。其时我并没有产生想写什么的欲望。翌年秋，我到首都出席《北京文学》的小说笔会。玩了半个月不写一个字似乎挺难为情，于是便从防汛生活里挖了一块，捏成了一个小中篇，叫做《小镇皇后》。然而这篇东西除了引起朋友们猜测我在防汛日子里拈花惹草外，别无所获。以后的两年我不再碰这块领地，写别的去了。去年初，在全国“青创会”上，几家出版社的编辑向我约稿，都说要一部长篇。我便发懵了。因为这桩买卖意味着要将三百字的稿纸填满七八百页。而去年正是我最难熬的年头——孩子才萌出一颗牙。但我还是动心了。想想一部书印出来有点儿沉，逢友人递一本，倒也好神气。我于是又一次想到了在江堤边上的日子，事隔几载回头看看，沉淀的东西重新泛起，情形却与旧日不同了。那块土地我是熟悉的。可以说是我的故土。我在长江里洗过澡，在莲池里钓过鱼，在河湾里逮过黄鳝，在湖汊里抠过藕。那是一块水的土壤，也仿佛是女性的土壤。黄梅戏女人唱起来绝对比男人好听。女人是水做的。然而女性的土地上总有男人的歌子，有男人有女人便有生命。生命是辉煌的。

二

我们这个民族很神秘。企图透视她的灵魂往往需要一个或几个参照系。历史是一面镜子。思考自然是必要的，然而我的思路极其杂乱，可谓胡思乱想。每个作家持有不同的创作观，有人喜欢思辨，我是反对的。我喜欢凭直觉去把握表现对象。人与人、人与神、人与自然，这些在我看来都是蛮有意思，也颇神秘的关系。习惯中有天灾人祸一说，好像之所以有人祸是因为天灾所致。我发现这个因果关系实际上是一个不大不小的谎言。但它诱惑着我。对待生活，每个作家的处理方法也是不一的。有人喜欢拿生活本身开笑，于是历史便成了任人打扮的小丫头。我没这能耐。我只能把生活从自己眼里过滤一遍，然后捧出我自觉有点意思的（不是意义）让读者去看。至于读者怎么看，感受如何，我是不管的。我曾在一篇名为《小说者言》的文章中说过这样的话：好的小说是茶叶而不是现成的茶。你想喝就请你自个儿拿水来泡。至于水的度数如何责任由你负。接下来我引用了克罗齐先生的一句话："艺术家的全部技巧，就是创造引起读者审美再造的刺激物。"所言极是。

去年8月，《日晕》脱稿后，人民文学出版社的两位编辑专程到合肥把它读了。他们同我交谈时问：这部小说的主题是什么？我说是无主题或者是多主题。这是个滑头的回答。不过他们表示了所见略同的意思，现在《清明》的同志也是这么认为的。但我至今找不出这部小说产生的契机。我说过我是个胡思乱想的人。一个人物，一个细节，一片色彩或者一个梦幻，都曾成为这部小说向前推进的作用点。一位朋友读过小说的手稿，问道："那只大白鸟意味着什么？"我说你觉得是什么它就是什么。当小说写到近五万字的时候，我突然感到它的名字应该叫《日晕》。

小说可以看做是一种社会文化现象，也可以看做是一种社会心理现象。文化并不意味着“掉书袋”或“掉县志袋”，心理也不仅仅是一个叙述角度问题。我无意去“寻根”，也造不出“现代意识”。我感兴趣的是生活本身的色彩和光环。我热爱生命。热爱生命的本体价值，包括它的扭曲、毁灭或者重铸。

三

要紧的不是写什么而是怎么写。刘晓波说：“艺术形式是从作家的独特生命中生长出来的，是作家生命的对应形式。”话虽玄了些，但我很乐意接受。这几年写了一些中短篇，花在“怎么写”上的气力不算小。作小说，各有各的招最好。谁也说不好小说是个怎样的名堂。长篇的营造，之于我是第一次。我做事往往不大考虑后果，觉得有意思，就做了。

在我看来，任何一种艺术都是以其本性而显示存在价值的。文学的本性应该是语言的艺术。法国佬克洛德·西蒙说：“作品是建立在写作和语言同一水平上的。语言不只是一种手段，而且是一种动力。它也有创造力。”从这个意义上讲，文学是作家把玩的语言游戏，然而又是严肃的。语言不仅是承担表现什么的任务，它也是被表现的一部分。细心的读者不难看出，这部小说的叙述，用的是两种味道不同的语言。而其结构也似乎含有语言的因素，成为不同人物不同心态的衔接手段。我于是就这么写了。其时天正度暑，写得苦不堪言，我不想考虑这种写法的利弊和成败。

我图的是痛快。

1988 年 3 月 10 日　合肥

《日晕》（台湾版）序言

贯雅文化事业有限公司将出版《日晕》繁体字版本，我是非常愉快的。

《日晕》是我的长篇小说处女作，写于一九八七年夏天，其时我三十岁。这部书，是应人民文学出版社之约写的，写得很顺手，也写得苦不堪言。我不是个职业作家，写作是业余的生活。那个时期，我的女儿还在襁褓里，天气又特别的热，但我还是接受了约稿。实际上，当时我想也没想，更谈不上什么案头准备，可谓初生牛犊不畏虎。似乎一夜间，我找到了我所需要的那种感觉，于是乎形成了一股冲动，就放手去写了。每天晚上，我躲在一间屋子里，光着膀子挥汗如雨地写，翌日照常上班忙公务。就这样过了一百个夜晚。我写东西，特别是长一点的东西，一般不打草稿。我写得很慢，很谨慎，每晚两千字，不多写。后来我的编辑看过《日晕》，并没有让我作修改，倒也省事。然而这种顺利，很大程度上得助于我的经历与体验——我熟悉那块土地以及生活在其上的男男女女。关于这类情况，我曾有一篇叫做《多余的话》的文章专门谈及，现附后，不赘。

《日晕》最初由我的故里安庆的期刊《满江红》连载过若干章节，嗣后由安徽省的大型文学期刊《清明》全文发表，遂获得强烈反响。国内几十家报刊纷纷载文予以评介。如著名文学批评家陈辽先生撰文指出："在中国四十年长篇小说创作中，《日晕》堪称具有突破意义的上乘之作。"不久，安徽作家分会等四家单位在合肥联合召开了《日晕》讨论会。《文艺报》在报道这次会议时是这样总结的——

"这部二十三万言的小说熔历史、现实、文化于一炉，展示了改革深化时期广阔的社会生活，揭示了众多不同阶层人物特定历史时期的复杂心态。尤为值得肯定的是，作家敢于大胆探索，在现实主义基础上合理自如地吸收了一些非现实主义创作方法，以其独特的结构方式和新颖的语言叙述形态，对传统的长篇小说营造格局作了一次较为成功的突破。”

一九八九年十月，《日晕》获“清明文学奖”；十二月，人民文学出版社出版《日晕》单行本。这些固然令人高兴，但更令我愉快的，是来自四面八方的读者来信。一个作家只能活在作品里，活在读者心中。

我由衷地感谢林惠珍女士及她领导的“贯雅”，使《日晕》有幸与台湾广大读者见面。我与林女士素昧平生，她的热忱与精干给我留下了很深的印象。我还向为这部书付出辛勤劳动的朋友们致谢。我们合作得非常愉快，我希望这是一个良好的开端。海峡两岸同是炎黄子孙，如果我的作品能为台湾以及其他地方的读者所喜爱，我将不胜荣幸。

是为序。

潘军

一九九〇年五月二十九日夜于合肥寓所

重印《日晕》自序

《日晕》是我的长篇处女作，它的写作时间是1987年的夏天。那一年，我三十岁，以发表第一篇小说计算已有了五年。当时我在机关供职，写作完全是业余。我清楚地记得，那个炎热沉闷的夏季的每天晚上，我总是在《新闻联播》节目之后，提了一瓶水、带上一条毛巾和一盒清凉油，去机关办公室进行这部小说的写作。办公室没有空调，电扇又不能设置高速运行（怕掀动稿纸），所以往往需要在脚下放一盆凉水，热了，就把脚浸在盆里。我就这样挥汗如雨地度过了一百个夜晚，完成了这部书。

《日晕》应该是我的写作生涯第一阶段的终结点，它预示着那个习作阶段的结束，检验了我的叙事能力和写实基础，同时也启动了我在小说叙事领域里新的探索——一位批评家曾经指出，作为20世纪80年代出现的“先锋作家”，《日晕》的意义在于把习惯在中短篇小说里的写作探索较早地引进了长篇领域。而对于我，完成这部书无疑具有一种继往开来的意味，它让我开始关注叙事的重要性，树立了我作为一个小说家的信念。我知道我将拥有一种本领，去表达我对这个世界的感受。

《日晕》最先由我家乡安庆的刊物《满江红》连载了部分章节，1988年再全文发表于安徽省文联主办的《清明》杂志。一年后的1989年，人民文学出版社出版了它的单行本。但那个时候，由于众所周知的原因，是没有人去看小说的。况且它的印数仅为三千册。所以除了一些喜欢我作品的读者与研究者外，现在很少有人知道我在这个非常的年头出版了我的长篇处女作。《日晕》的另一个版本是由台湾贯雅出版公司出版的，出版日期在1991年。十多年后的今天，当中国文联出版社决定重印这本书时，我不能不有所感慨。它让我看见了我年轻的身影，更让我缅怀了那段艰难岁月。

潘军

2001 年 2 月 8 日　北京天坛之侧

潘军文集

第贰卷

中篇小说·短篇小说卷

文化藝術出版社
Culture and Art Publishing House

大学二年级（1980年，合肥）

上大学前夕（1978年秋，怀宁）

第一次到北京（1979年夏）

第一个书房（1985年秋，合肥）

女儿两岁（1988年夏，合肥）

在机关（1988年10月，合肥）

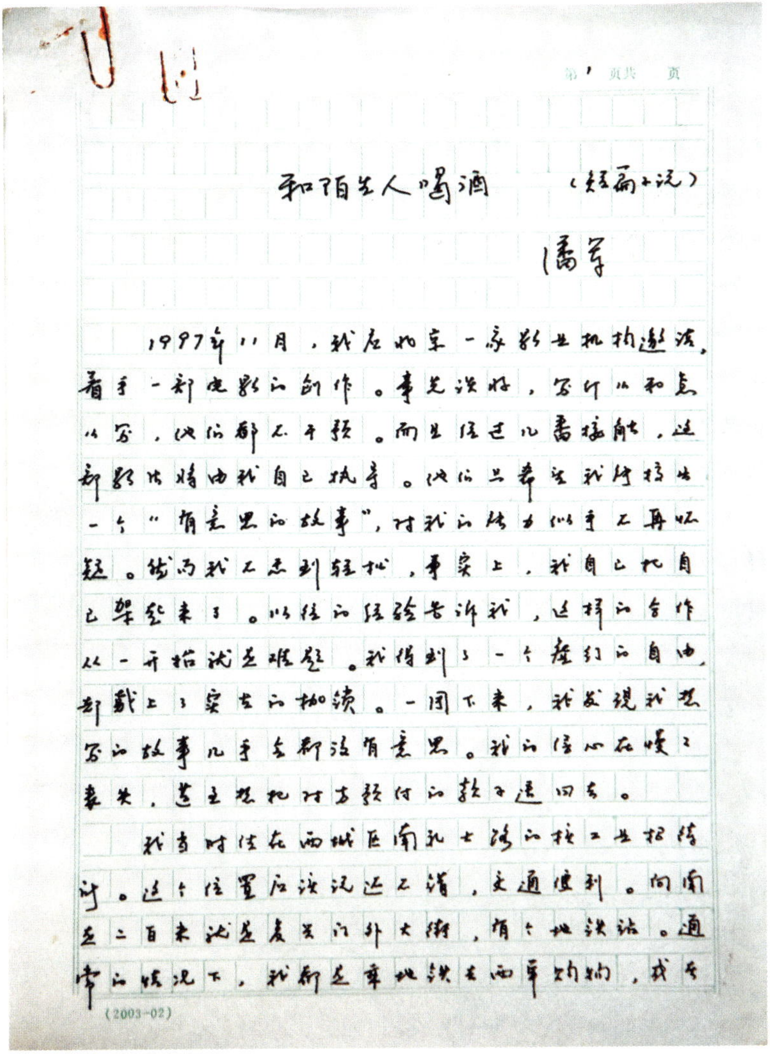

第1页共 页

和陌生人喝酒 （短篇小说）

潘军

1997年11月，我应北京一家影业机构邀请，着手一部电影的创作。事先谈好，写什么和怎么写，他们都不干预。而且经过几番接触，这部影片将由我自己执导。他们只希望我们拿出一个“有意思的故事”，对我的能力似乎不再怀疑。然而我不感到轻松，事实上，我自己把自己架起来了。以往的经验告诉我，这样的合作从一开始就是艰难的。我得到了一个有约的自由，却戴上了实在的枷锁。一周下来，我发现我想写的故事几乎全都没有意思。我的信心在慢慢丧失，甚至想把对方预付的款子退回去。

我当时住在西城区南礼士路的核工业招待所。这个位置应该说还不错，交通便利。向南走二百米就是复兴门外大街，有个地铁站。通常的情况下，我都是乘地铁去西单购物，或者

(2003-02)

手稿

“潘军小说文本”书影

《潘军文集》第二卷
目　录

中篇小说

白色沙龙 …… 3
省略 …… 38
南方的情绪 …… 72
蓝堡 …… 107
流动的沙滩 …… 137
爱情岛 …… 168
情感生活的短暂真空时期 …… 192
三月一日 …… 217

短篇小说

悬念 …… 245
陷阱 …… 254
那年春天和行吟诗人在一起的经历 …… 260
白底黑斑蝴蝶 …… 267
蓝堡市的撒谎艺术表演 …… 275
小姨在天上放羊 …… 283
纪念少女斯 …… 287
寻找子谦先生 …… 293
九十年代的获奖作品 …… 301
去茂名的路上幻想一顶帽子 …… 311
花袭 …… 318

潘军文集

第贰卷

中篇小说

白色沙龙

1

我头一回见到达宁就断定他是个混蛋。可他说达宁这两个音节若放在英语里就纯粹是“亲爱的”、“心肝”一类的意思。于是我就唤他“亲爱的混蛋”或者“混蛋的心肝”，他坦然接受。

达宁的父亲是位下台养老的高干。究竟高到什么程度连达宁也无法说清。这老人天生怕热，执意要住本城最高点。但是碰上断电或者电梯发毛病时他就极大地表现出思考犯了片面性错误的懊恼。而达宁头痛的是当初设计这房子的人为什么不可以在晾台上装一架轱辘。达宁的母亲由于职业信仰对卫生高度重视，她说我宁可过露天生活也不忍看见家中有煤球一类的杂物。她要求有关部门考虑一下她的生活理想，于是才有了楼顶平台上的那个尖尖的铁屋。但问题依然没有解决。达宁历来以丢三落四显示自己的存在，为此他每周至少要同其妈反目两次。唯一的选择是他与杂物的位置对换。“你放心，”他对老头说，“一断电我就下来把你搀上搀下。”老头就相当感动，把铁屋钥匙掏出并且要求道：

“不许在里面胡来。”

“什么叫胡来?”

老头只挤了一下眼。据后来达宁说这一细微表情使他对老头青春期的童贞产生了极大的怀疑。

那时我在下面一个什么局里当见习干事。有一天，大概就是达宁弄到铁屋那天，他给我挂来了长途。他张口就说我必须马上调过去，因为有了个属于我们的铁屋。我问如何才能过去，他说照顾夫妻关系什么的。“记住，这理由最硬！”他说，“结婚证我替你借。”这事越扯越乱，我就说：“达宁，拜拜吧！”这句话碰巧被我的上司听见，立即问我：“恋爱了？别瞒，你说达宁可就是亲爱的？宋美龄总是这么喊老蒋的嘛！”我于是以达宁的名义打了调动报告。但是没有批准。上司说：“人才难得呀！好不容易才弄到个大学生。你可以把你那位达宁调过来嘛，这地方不比市里差，鱼至少每斤便宜七八毛。”

其实我之所以要调走是因为这地方什么都便宜，连人也便宜七八毛。

后来皇甫正式出任于希的秘书。他把我的能耐放大几十倍介绍给担任重要职务的于希同志。不久一纸调令下达。

我去省城的那天早晨，天气极好。同事们捧着茶杯来送我，他们像平时那样同我讨论奖金与福利问题。这使我极端心花怒放——我巴望自己的去留之于他们像见到一片叶子落下那么自然。我搭的是便车。我的行李先几日办了托运，所以有手去握那些被茶杯温暖了的手。这个程序刚完毕，上司出现了。他丘陵般的体魄极容易区别于其他。上司沉重地走向我，像来认领一具无头尸体似的悲哀流了一脸。他突然提高嗓门说：“上面太不像话！尽挖墙脚！这样的人才我们是要用的！”

我到的时候，达宁像个举世无双的刽子手正依照二郎的设计抡着板斧咣咣当当地补开一个窗户什么的。达宁一贯对二郎崇拜得五体投地。二郎是我们班公认的秀才。他那炉火纯真的作弊手段远远超出社会的意识范围。二郎说这些窗户多样而不统一完全符合现代美学原则。皇甫始终对这一串举动保持缄默，只仰脸盯着二郎，想让对方相信他是尊重这美学实践的。第二天我陪达宁去裁玻璃。由于尺寸变化无穷所以那位精瘦的女师傅温柔地骂我们是疯子。达宁说这下长见识了，长了25年总算听到了这个评价。后来他又提出买窗帘什么的。我说等学会了胡来再买不迟。他说完全对，窗帘后面一般都是胡来。

有一天皇甫突然说不该把这屋子都涂成白的。虽然干净但看了很伤感，总觉得是走进了太平间似的。达宁说他一生最大的缺陷就是不会走路，有时下班还摸不到家门。“现在好了，”他说，“高高的楼上白云飘，一目了然。”二郎说绝对不是白云而是白旗，窗户和弹孔一样的形状。

“一面弹痕斑斑的白旗。”二郎说。

“难道举手了还遭打?”我说。

2

关于机关达宁有过精辟的描述。他说，是驴粪蛋。起初我对这一描述视为荒唐，等有一天我亲眼瞧见驴那玩意儿时我才以为达宁是大手笔。

区别机关的大小，内行人知道标志是门的出入是否方便。越不易进的门就越意味着机关越大。我妈说进这个门见我一面不比唐僧上西天取经轻松多少。可是有位朋友曾大为羡慕地对我说，别人进那个门顶顶费事而你们到了门口武警便立刻行礼。我说这是弥天误会，那些武警对我抬抬小臂并非是企图行礼而是要我出示证件。我哪怕每天出入一百回，他们也照样是证件证件个没完。我生来记性就坏因此常常忘带证件于是就常常和钥匙、伞一类东西搁到一堆让别人来认领。但是他们能在零点几秒内识别那些像鸭头似的小车是谁谁谁的。所以皇甫在这方面人格得到了极大的维护。人们一只眼睛看清了于希同志的同一时刻，另一只眼睛也瞟到了皇甫。他是我们班唯一的老三届种子，是班长兼学习委员兼三门课代表。我一直坚信：如果将地球割一块交给皇甫，他完全能将它收拾成一件高档工艺品。

我报到那天，皇甫陪我办完一切手续然后领我去见于希同志。临进门时他低声说：“注意点儿。他问你就答，不问不答。”我说这有点像过堂，区别是双方皆为好人。

我首次见到于希同志是大学三年级下学期。他当时好像是个什么部长，被请来向全校师生作关于思想方面的报告，他不带一页稿纸却能讲上两个钟头并且毫不重复。最令人激动的是这位当时年仅 42 岁的高干能把大道理与小道理掺在一起讲。

于希同志明显地大了一圈。他递给我一支香烟。趁他埋头点火时我把过滤嘴抠了。我抽不惯带嘴的烟。

这次谈话大约进行了一刻钟。于希同志的口表能力有增无减。至于谈了些什么我当天下午就记不上来了。

我说过，我记性不行。

我的办公室整齐地摆着六张式样一致色彩一致距离一致方向一致的办公桌。因此第一印象我觉得是进了裁缝铺。很长时间以后我把这个感觉告诉了处长老肖，他连拍大腿说：“是这么回事。我们就是干量体裁衣、缝缝补补的活儿。”老肖除掉背有点弯外完全可以去电视台当节目主持人。我正式上班的那天，老肖向我介绍了我们这个机构的职能和作用。那会儿他说：“总之，当好首长的参谋、助手和哨兵。”

“哨兵……负责首长的身家性命?”

“不不，那是保卫处、警卫班的任务。我们是及时掌握思想动态。这很重要。”

“你还会写小说吧?”有一次老肖突然问道。

“写着玩。”

“有那么简单？小说不像材料，全凭硬想。作家，多不容易的事。”

其实我写小说纯粹是因为无聊。福克纳看到舍伍德·安德森只消上午写写小说其他时间便用于喝酒聊天于是就决定去当个作家什么的。我是白天昏头昏脑而夜里又没有女人吊膀子所以才提笔玩玩。几年前我弄出一篇大概是关于一个少女领着一条牯狗半夜钻进原始森林的故事，不久我被称作表现异化主题并且手法上深得加西亚·马尔克斯三昧的青年作家哄上文坛。我接受第一位记者采访的前五分钟沉着地坐在抽水马桶上把《百年孤独》的前言部分浏览了一遍，因为那时我还不知道有位写小说的叫加西亚·马尔克斯。

老肖你别以为我是在吊你口胃。你要是写小说就会明白了。我就是为玩而写，想怎么写就怎么写。别的我一概不管。那是评论家的事。他们会一套一套地替你说，直到完全把你说糊涂为止。

我坐的位子是原先皇甫坐的，靠门。于是斜对面文印室里老牌打字机的旋律绕我起伏。听说那里面先后到了三台静电复印机但寿命总和不过半年。那两位姿容妙曼的打字员整天噼里啪啦地对着干，把我整得要死。有一回我闯进去准备大喊大叫，可她们都像情人似的对你微笑。

3

达宁在电台文艺部充记者。所谓文艺部无非是个脏得出奇的磁带仓库。那伙人像耗子似的每天在里面钻八小时。达宁说这完全是天意所决，他就是鼠年产的崽。这混蛋整天蟒一样地缠着我。上午我总共接了七个电话就有六个是他的。最后一次电话他要我晚上去白色沙龙。“不是周末再聚吗？今天才……”我没说完他就把电话挂了。

黄昏时落了小雨。我最见不得这种嗲声嗲气的雨，而诗人总愿意拿它比作淡淡的惆怅什么的。我想想还是把伞放下了。我讨厌走路时手里拿个什么玩意儿，无论是书还是刀。我就喜欢把手插在裤袋里走。

刚上大街，路灯就亮了。起初几分钟灯像烧过头的炭，过后又是色眯眯的。我顶着这下流的光往前走。一连几家商店正放着立体声流行歌曲。那几位为人还不算熟知的歌星越唱越放荡。有一首曲子说是献给老山英雄的，抖得好凶，但我坚信这腔调英雄听了腿准打软。这条街有一截在拆迁，先竖起来的几幢楼都没个顶，因为等款子有了还得加。人不多，汽车却呼啦啦地不断。城市又残废又疯狂。十字路口新近搞成的人行天桥王八似的趴着，而晚报上已公布它为本城八景之一。我踏过去就想小便。可是这条街上公共厕所仅一处，造型美观大方胜过公园的亭阁水榭。进这空间解大手得掏钱买纸，因此设计者从经济效益出发把小便池压缩成一条裤带长。那个把关的半老女人完全是个性变态者，你不买纸她就通过镜子监视你可在作弊。

突然断电了。大街像个隧道。当黑暗溶化后人声便如潮般层层叠叠地在周围涌起。断电是本城特色之一。二郎说这时刻人最容易丧失理智，我想是这么回事。但狗不。狗总把蠢事放到光天白日之下干，倒蛮坦白。不像我边上的二位，一断电男的就把手朝女的颈口下塞并且还拿本杂志挡着。火柴烧尽烟还没点着，我把烟揉了。我想起了她。不过她对我失去兴趣也是很久很久以前的事了。

雨还在下……

到了场我才知道今天是达宁的生日。

达宁说他有两个生日。他父母记的是阴历八月，他记阳历九月。“好像拿破仑·波拿巴是九月生的。”他说。

“阿道夫·希特勒也是。”我说。

天晓得是不是。我至少有五六年没过什么生日了。我记性不行。

25 支蜡烛插在空啤酒瓶里，烧出一片辉煌。光自下面来因此我们脸上都像被削掉几块似的让人一见倾心。我们什么也不吃，只喝啤酒。我们都能喝。二郎说啤酒是最有效的思想工作，喝了就嗝气。皇甫说今天是达宁生日，最好拣开心的事谈。我们就委托皇甫说几句大吉大利的话。皇甫要我说。他认为我是个出口成章的家伙。但是不知从何时起任何话一经我舌头弹出味就馊了。这种隆重场面该前排就座的只有皇甫，因为他年长并且气质也十分对路。皇甫思索许久，终于说：“达宁，祝你长寿!”二郎说不如干脆直呼达宁万岁的好。达宁把手一挥说人固有一死或重于泰山或轻于鸿毛。我说生也如此。达宁就说：“那么我生来就轻于鸿毛，死后亦然。”二郎说皇甫正好相反，生死都挨着泰山，如今已是第三梯队队员了。皇甫听了就不大自在，说：“第三梯队又何足挂齿呢？我的确是庸常之辈。即使有点进步，也是……”“皇甫，”二郎说，“在这地方不必那么歪曲自己。狗娘养的会拿你的头去讨封!”见二郎有点发毛，我说：“还是继续谈泰山鸿毛吧，这似乎是个哲学问题。”

达宁说既然话题属于哲学范畴就无需再谈，因为哲学这玩意儿是专教人使坏的。

后来我们不再说什么。我们围着圆桌坐着。25 支蜡烛沿着桌边排开烧出一个发抖的光环和老耶稣脑门上的那个差不多。

4

那天晚上我撬啤酒瓶没留神使泡沫跑到了二郎脸上。二郎一动不动像个接受割礼的家伙那么优美地闭着眼。二郎对什么意外都能做到脸不改色心不乱跳这我早就领教。当初我们插队的地方相距不远。有一天我队民兵拿下了邻乡的一个偷山芋的叫二郎，悬梁一天一夜不吃不喝但口哨照样吹得激动人心。上午我去二郎那里，见面他就说啤酒沫子喷到他脸上很不好受。“当时我像是挨了一耳光，”他说，“女人手打的。”我问是不是因为他的脸给女人手打惯了的缘故才有这种感觉。他作思考状。

我说过，二郎是个奇才。他可以叫人一日之内三次肯定他也三次否定他。本来他分配在一家颇有名气的文学杂志社当编辑。这个职业之于他就像钢琴之于肖邦一样的合理。他立志要以刊物为堡垒同文坛败类们血战到底，然而一枪未开他却跑到什么经济研究中心去了。我敢拿头颅担保那时二郎对经济的理解如同阿 Q 对爱情的理解。可是不久社会上就吹风说我省经济学界又升起了一颗代号为二郎的新星。对此我又不觉奇怪，在朦胧诗兴起的年头排在北岛舒婷这一拨人后面的就有个小子叫二郎。我至今弄不清二郎为什么离开那个中心而赴工人文化宫出任首席导演。其实他到职的那天他就开始讨厌这个职业了。他说所谓导演无非是把男人女人随便编排而后逐一捉弄的意思。大概就在这时期，二郎断然和毕加索私奔了。

二郎的画据说是已经达到了一个很高的档次。我很喜欢也很不懂。但我不得不承认二郎的每一次改行都使他的名气扩大一圈。我不希望二郎以画画为终身职业，因为已经有会这门手艺的机器人了（凡机器人会干的生物人最好就别碰）。二郎说只有做官才是终身职业，可惜又没有做官的机器人。我说这个理想一旦实现那么地球就顷刻报销。世上没有比把以权谋私、腐化堕落一类的码子输入机器人而后成批生产的事更可怕了。

二郎决定在 30 岁诞辰那天举办个人画展。

我不止一次地申明过，我写小说的动机和目的都是为了玩。即使明年的 12 月 10 日我立在斯德哥尔摩音乐厅那个铺着猩红色天鹅绒的台子上去接受一笔被称作诺贝尔文学奖的不义之财，我也会这么讲。但是这种活生生的内心表白总叫一些高雅博学之士理解成作家个性或者文人怪癖。如果我不承认，他们就说是形象大于思维。倒是我的那些同事极有涵养。他们从来不在我面前提小说什么的。仅一回，我来了 798.30 元的稿费，赢得了诸君的几分钟重视。他们无不羡慕我以 1.70 元之差逃脱了个人所得税。我就以大难不死的表情接受了同志们的祝贺并且深致谢意。

“注意点!”皇甫说，“几个臭钱值得搞个满城风雨么?”

“是收发那小子穷喊出去的!”我说。

“有人说你笔头子硬，但这不是恭维，接下来他们会说你不务正业!”

“我上班从没写过他妈的小说，不信问老肖去。”

“但他们可以认为你不热爱本职工作，否则你不可能写出一批批的小说。他们坚信一心不能二用。”

“我一心不仅可以二用还可以三用甚至四用五用，要算账就逮我娘老子好了!”

“如果业余时间也想想工作那不更好吗?他们会这么说。”

“难道在交配时也想想工作?”

这个城市是以出产一种臭油干子闻名于海内的。有钱也难买口福。无论如何这笔钱得花掉。当然烧掉或者被人扒掉更好。这或许能拍着那几个心底无私天地宽的同志去做个好梦。可惜我也缺钱。我说过这是不义之财。作家无疑是骗子，骗人骗生活还嫌不过瘾还要骗钱，然后去添高档电器或者再结一次婚或者攒够份子设立个基金奖金什么的给自己进阴曹捐一道门槛以示万古流芳。

我的钱历来和手纸放一起，这样方便。

5

每天上班前都要乒乓乱忙一阵。拖地，打开水。我们这个大院大概就缺少个打开水的地方因此必须到外面去。那会儿门就显窄因为一边是进来的各式进口轿车占 3/4 另一边是出去打开水的队伍占 1/4。有一回我打开水与皇甫正撞上。他刚送于希同志去机场，见到我便下了车接着就伸出手要握。我疑心这家伙有点变态。我们一天至少见十次面可他还坚持搞这些久别重逢的动作。于是我说：“你是不是想同我搞 homosexuality

(同性恋)?”他大为震惊，凑到我耳朵边上骂道：“狗杂种!”这里的人都叫他“小皇”。

我总想迟到。可是谁叫这屋里偏偏有位老肖呢？自他投身革命，几十年如一日没有请过半天事假当然更谈不上犯迟到的错误。老肖善坐并且保持着一种姿式，我就惊叹不已。而他一天坐下来居然还能如溜冰般飘逸，就更让我叹为观止了。我难免不产生点懊悔。我在下面的时候从来没有正儿八经地坐过八小时。对面街上有个书店，我天天要钻进去两回胡翻一气。我那个科长对此不以为然。这并非出自他的修养与开明而是他经常要利用这八小时去买菜或者拉煤气罐。他每次离开办公室都要把茶杯续上新水然后拿掉盖子让热气不断升腾。再就是随便打开一期《红旗》并在上面搁一支红蓝铅笔。最后一道工序是将抽屉拉出半截。这一切布置好他就大步流星地开路了，下班的前一刻他一边系裤带一边笑容满面地与大伙打招呼。

今天我到的时候办公室还只有老肖。他刚泡好茶，在等报纸看。见我来了他照例说声“早呀”。我就笑了。我说你老肖这么喊很有点问题，你每天比谁都早可你却说别人早呀早的，这岂不是挖苦？“哦……”他立刻欠起身，“你听见别人这么议论过么?”我说没有，但是否也有人这么想过我不敢保证。老肖沉重地坐下来说：“谢谢你提醒了我……”

于希同志来到我们办公室，全体起立。他每回来都要谈好久。他不落座大家也就不坐。所以每次我都及时地给腰部找一个支点。

于希同志传达了省委负责同志的指示精神，说是要搞一次调查，看看农民这几年日子过得够哪个档次。“这可是省委负责同志第一次直接给我们下任务呀!”他强调指出。他要求我们拿出第一流的成果。“具体的事待会儿你们与小皇谈。”他说。他从不谈具体。（我发现官越大就越不谈具体，这叫宏观控制。）于希同志断事向来利索。以后的几十分钟他向大家介绍了昨夜的梦境。他说他眼睁睁地看着抽水马桶冒泡，很快大小便泛起漫得一地都是。他说他急得浑身是汗有劲使不出有话讲不了。可是后来在大小便中又突然开了鲜花，越开越多。“这是什么意思呢?”他说，“我百思不得其解。”这是上午的事。

老肖夹着笔记本准备去找“小皇”。我拦住他。我觉得像老肖这等年纪的人去让皇甫那小子指手画脚一番委实残忍。“我去吧，”我说，“回来就向你汇报。”老肖就犹豫着，但还是同意了。临出门又吩咐我：“好好记！”

当时皇甫正一手按着红色电话机一手拿着高倍放大镜在研究地图什么的。这俨然决胜于千里之外的混账形象叫我气不知打哪儿喘。我大方地把手递过去。他准备来握的前一秒想起了那天在门口的情形便像碰到女人敏感区似的缩回。

“注意点!”他说。

你他妈的一见我面就是注意点注意点！你再这么搞我可得起诉了。他说现在这事就够让我注意点。他说于希同志是向处负责人老肖下达任务所以应该是老肖上这儿来，然后再由老肖向我们几个传达。“这是程序，”他说，“你来，别人会问你算老几?”

“算他爹。”

我随老肖下去。老肖一反常态地把自己打扮成西方议员或者董事长什么的。见我张着嘴看他，他就说：“可别以为我装派头呀。”他说他这料子只能在下面穿。有一次他随于希同志出席北京的一个会议他就穿着现在这料子，结果很多人拿他当于希。当夜他就把料子脱了。

我们在地区只停一天。我本想多住，老肖说还是直接下到县里好。因为这儿吃包伙，全贴差旅补助还得倒掏两块。“要是随于希同志下来当然不在乎。”他说，“至少分管书记得出面接待。”

我们就下到县里去了。刚住下，书记县长们就来了并且陪我们吃饭。菜的数量与质量皆比地区翻倍且每天只须掏五毛钱一斤粮票。回来过磅，陡增两斤半。那几天老肖的背硬是直了些。

后来我们进山了。那地方到处是山叫你分不清东南西北而且每分钟都能听到鸟叫。我听到鸟叫就想躺下来。插队那会儿，鸟这东西不晓得飞到哪里去了。我很久没听到鸟叫了。

有一天傍晚我跑到山洼里大喊大叫了一阵。我想听听回声到底有多响。

老肖也这么做了一回。

我们刚离开起点站时老肖就在考虑调查报告了。他说大的框架无外是基本情况、存在问题和几点建议。他认为小说与材料的区别除掉小说是硬想出来的之外还在于小说是自下而上而材料恰恰相反。

调查报告自然由我写。我讨厌写这类东西就像讨厌擦皮鞋讨厌排队讨厌半夜起来小便一样。但我还是写了。按老肖的要求写了。我知道这材料即使出自马克思之手老肖也是得改，于是就花了一个晚上一遍完工，交了出去。老肖倒很宽容，口口声声称我文字怎么怎么干净条理怎么怎么逻辑性。他只把“不能简单划一”改成“不搞一刀切”把“不能流于形式”改成“不搞花架子”把“不能浮光掠影”改成“不能走过场”把“要大胆而谨慎地探索”改成“要摸着石头过河”。

“意思虽差不多，”他解释说，“但目前上面的提法是这样的。你看呢?”

我笑笑。

6

无论什么装束对于二郎都非常完美。他吃东西的时候你怎么看他都是个罕见的美哉少年。可在抽烟时你只须瞥他一眼就能获得一个标准的流氓印象。我从不同他去伙做一件事。因为从这件事刚刚出现雏形起我就开始上当了。他欠我的情分太多所以我伺机整他就合乎道德和精神文明。我整他往往都是上帝在暗中替我使劲。那回的啤酒沫子走了个S形也还是溅到他脸上去了。但是他后来说的话又让我悲哀。我觉得像二郎这样的小白脸送去给女人打委实有点儿可惜。这几天我不知怎么回事老想到女人什么的。旅社里那个小姑娘每天来收拾房间我都想在她身上任何一个部位捏捏。我想我该去看看医生。我倒是真去了一回。接待我的医生活像英格丽·褒曼，她的手一触及我的皮肤我就感到身上有几个地方同时发痒。她看过我的舌苔又叫我张嘴发“啊”音节。我的嘴一时张不到她所要求的地步，她就示范给我看。我看到上面一排皓齿中间有片韭菜。我就不感到痒了。我只去了一回。

二郎的作品几乎都冠以“创作第 X 号”。他说之所以这么干主要是受老鲁迅的感染。鲁老得意的诗都叫“无题”。达宁在这时候就极大地表现出高雅，仰脸注视着手势滔滔的二郎口水淌到颈下也不愿揩。二郎把米勒列宾之流臭得一文不值却让塞尚梵·高们腰缠万贯。当然他最敬仰的还是毕加索。他说唯有毕加索才算纯种艺术家，因为唯有他把艺术当做谎言。

“你他妈的就晓得在外行面前摆毕加索老狗的鸟威风！其实毕加索是什么，你也不懂。”达宁说。

“能懂的就算不上毕加索了。”二郎说，“谎言本来就是难懂的。”

皇甫欣赏的是二郎作画时的风度。他说那时二郎的头发就像钢琴师的手指，节奏明快美不胜收。这个评价使二郎醉了好几天，以后他作画就完全像个泼妇。二郎很多画都是在白色沙龙里即兴完成的。他创作欲恶性膨胀时他就直接把锡管颜料往画布上挤，然后用指甲乱刮。

他就用这种画法完成了《空间》。

有一天我突然想起了她。我记得那是很久以前的事了。是两列擦肩而过的火车，当时我贴着窗口，她也贴着窗口。我们都看到了对方在望着自己。我们都没避开。像事先约好的。我们都没看清楚对方但我以为我们相爱了。

列车匆匆而过。

爱也匆匆而过？

后来我在一个像童话插图一样的城市里见到了她。我跟着她走了许多路。我终于说：

“还记得吗？那回在火车上……”

“你是……你是谁？”

“火车匆匆而过，你忘了？”

“你到底是谁？”

“你……真的忘了？”

“啪！”

“空间？”

“空间。”

“我看不出这算个什么鸟空间。你说说看。”

“空间本来就是无法解释的。”

可是达宁指着《空间》说它很接近女性生殖器官形状。“就是，蛮像的。”他说，“我在医书上翻到过那东西。”于是二郎就在烟雾里大叫：“知我者，混蛋也!”他说按照老弗洛伊德的理论，任何空间都是女性生殖器官的伟大象征。

大概是因为《空间》的精辟理解，达宁多次诚恳地要求我写一部爱情启示录。我说这类东西闭眼都能拾到，可他坚持说拾来的东西只启示别人如何胡来。

于是我对他谈了我的罗曼史。

我说我最初严格保持着青年导师般的深沉。我对与我初吻的那个差不多还是孩子的姑娘没有说过一句下流话。我这么做是想让她对我产生一点神秘感，就像夜里总觉得天上要落下什么似的。但是后来她看破了这一层，知道我是个除了会写几块文章外连面条也下不好的男人，就含泪舍我而去。我的第二次恋爱破产的起因是关于孩子的生养问题。她说她生我养各负其责。可我看到邻居那位小伙子由于喜得千金连续19个晚上不曾合眼，后来被锻炼得像马一样的能站着睡上八小时，我就肌肉发颤。于是我们友好地“拜拜”了。我的第三次恋爱纯属闪电式的新潮风格。她在进登记处时对我说希望婚后我别拿她当妻子待。她说她只想过情人生活，和则合二为一不和则一分为二。这种伟大的辩证法使我在一分钟之后把我们的关系降低了三级。我的第四次恋爱是在我体内荷尔蒙翻倍的时期开始的。她的魅力在于她随便让我乱动，只要我每次都给她献点信物什么的就行。可是上帝拯救了我，一场大火将我烧得只剩下一条短裤。我的第五次恋爱……

“你他妈的到底爱几次了?”

“如果你混蛋有兴趣，我可以再来五次。”

那天晚上我们谈了很久。二郎说中国只有一个虚构的男子汉，叫阿Q。因为唯独此君一语道破爱情真谛并且敢于跪下来讲。皇甫的意思是，婚姻是笼子，男女都是鸟，没进去的拼命朝里飞，进去了的又拼命朝外飞。我们中间，就皇甫有个沪产老婆和一个虹样的女儿。据说皇甫常常在三更头上精光赤条地被老婆踹到床下。他的过敏性鼻炎由此发端。这么一直谈下来，达宁就忧心忡忡。他说如果只谈恋爱不搞结婚是最好不过的，因为最卓越的女人一旦扒光衣服就与最普通的女人毫无差别。

我回到小旅社时，一伙服务员正挤在走廊上看电视，像是个电视剧什么的。我口渴至极，可这会儿水瓶全体倒悬也休想灌满杯子。于是我跑到洗脸间对着自来水龙头咬了两分钟。那个小服务员见我这样就激动不已，说我好像刚刚在电视里死去的那个海盗。我说我之所以喝冷水是因为房间里没有热水而不是企图扮个海盗来撩拨女孩子家的心弦。她大概还没有走出她那个世界，眼珠亮亮的一口一声海盗海盗。我就说那海盗是演员扮的，没准儿一卸妆那家伙就成了太监。

7

我上厕所解大手总得带本书。我性子急。不这么干我一天至少要解三次大手。我喜欢带爱情小说上这个典型环境来。二郎说我这是在亵渎爱情。皇甫第一次见到这情形就又说："注意点。谁知道你在这里看了多久呢?"他最见不得我上班时手里拿本书游来游去。他说他入党时最主要的意见就是因为手里总捧着与机关业务无关的书，比如《人是机器》什么的。

那么什么是与机关业务有关的书呢? 难道是像阿根廷那个叫博尔赫斯的老家伙所说的"沙之书"? 一本无头无尾的书。他只记得有一页上刻印着一个面具。他说那本书是无限的如果一旦燃烧起来怕也是无限的。

皇甫的肠胃一直不怎么样。老肖说这是职业病。"当秘书的，十有八九都这样。出外就餐，首长一丢筷子秘书就得放碗；首长一般都饭量小而秘书基本上是大肚罗汉，因此挨饿是常事。这是一。熬夜替首长突击准备讲话稿也是常事，夜里吃不到热的甚至根本就没什么可吃——烟除外，毫不奇怪。这是二。有这两条，你的肠胃即使是不锈钢做的也不顶用。"老肖是当秘书的出身自然讲的是行话。他说他患有十二指肠球部溃疡外带慢性胃炎。

据说于希同志在从医时医道是极好的。尽管曾先后有 19 人死于他手但皆属当时国内不治之症。这一点有众多专家的最后诊断鉴定可稽。于希同志的名声几乎都是死于他手的人传播出去的。他们在咽气的前一分钟全都做出最大的努力紧握着于希同志的手并且一律热泪盈眶。他们心里明白于希同志虽没能救活他们的命但依然是恩人——于希同志给了他们减轻死亡前剧度痛苦的药吃，给他们打麻醉针。这个美丽的传说致使我多次萌生出死在于希同志手中的崇高理想。

于希同志在到职演说中首先强调指出，今后任何人不许喊他的职务，直呼其名。他说我们的干部无论职务高低都是人民的勤务员。大家就很兴奋，兴奋之余又觉得为难。不过这个顾虑很快就打消了，因为于希同志上班后就逐一促膝谈心。最后他都要问："有什么不好解决的困难吗？有就说，我尽最大努力！"大家心潮澎湃但无人愿谈困难。大家说："谢谢领导关心。"于希同志说："关心人是最大的政治嘛！"可是有一天一个蓬头垢面的妇人闯进他的办公室，劈头就是一句："没良心的！"

我总觉得皇甫的肠胃问题除了职业原因外还与他时常在半夜精光赤条地被老婆踹到床下罚站有关。他说不排斥这个可能。他说我们互不理解以至周末完事后互相认为自己是失足青年。我说既然到了这个水平不如脱钩的好。"现在不是时候，"他说，"在机关干，最叫人不痛快的就算这类事了。"我说一对不痛快的人硬要睡到一起去炮制痛快似乎也不怎么雅观。他坚持说现在不是时候。

第二天，皇甫病了。不是肠胃病。不知道是什么病，只是每日 24 小时都在发烧。他住进了本市最高级医院中的最低级病房。

他梦中老是断断续续地发出三个音节。

微雨是从昨夜开始的。我没有打伞。我站在屋檐下听雨的声音。雨声很小很小，几乎没有声响。我淋湿了。不知不觉地淋湿了。我一直以为那乳白色的是路，淹了我的脚才知道是水。我身上全是水。我总忘记带伞。我等了很久以为天晴了身上的衣服会干。其实昨夜就下起了微雨。我意识到下雨时我的衣服和身体都已经湿了。雨一直在下。我实在没料到这么好的天气会下雨。气象部门也没料到。当然也有人料到了。他们凭直觉就知道黄昏后会有一场微雨趁人没带伞的时候降下。

不知明天可还会有雨？我总记不起带伞。

于希同志从外地开会回来得知皇甫住院的消息便驱车赶到。当时皇甫正处在头脑发热阶段，于希同志就向我了解病情。

“大便可有了?”

“一天三到五次。”

“稀便么?”

“硬的。”

“消化不良吧?”

“他两天没吃。”

于希同志很严肃地看着皇甫，两分钟后他充满信心地说：“问题不大。大便有了，就好。”

“次数是否多了点?”我问。

“他的气力不够，所以一次大便要分几次拉。这在逻辑上是可以成立的。”他说。

8

我一进办公室老肖就迎上来。伸着双手像是要从我手里接过什么。他说小皇的病怕一时难得好，因为至今弄不清是什么病。我说我也弄不清。我还说每时每刻发烧使皇甫的脸色比他健康的时候要好看不少。

“所以，”老肖说，“于希同志打算借你用一阵子。”

我心里大叫了一声。我说我还不是组织同志做这项工作极不合适因为带“密”的东西太多。

“这没关系的。况且是临时性的。”老肖说。

我说我记性不行。

“于希同志态度很坚决，决定下了怕不好再动。”老肖说。

我没有可说的了因为下级服从上级个人服从组织。

后来我到楼顶平台上去了。这儿风大，我冷得像个麻花。我缩在一个背风的角上，眼前正是一片昏黄。那太阳只剩下一个帽檐形状。我就看着它沉入云底，而这时候周围全是浑浑沌沌的。我最见不得这种辨不清的天色，我想我妈。她老人家生我据说是费了不少工夫。她是不情愿我典当给专人使用的。

“我真没讲过梦话？”

“没有。”

皇甫就又躺下了。他躺在这张床上好几天了。那个专门打针的护士有一次告诉我这是一张很不吉利的床，先后睡过三个人都死了。“他们都很年轻。”她说。她问皇甫可曾结过婚。我说结过并且有了个女儿。我还说皇甫的妻儿回上海去了。皇甫不许通知。那护士感到很不理解同时要求我灵活掌握情况。“万一……得立即拍电报通知病人家属。”她说。她不止一次地讲过皇甫很漂亮。可是她这么一分析就使我魂不守舍，我仿佛觉得已有一只冰冷的手等着我去握。我以后每次进那个病房心就想往皮肤外面跳。皇甫睡得笔直，洁白的被单裹得很紧。我总是先把什么东西碰响，等那个白色的包裹松动一下后我才往前走几步。不过有一回，那是很久以后的事，我揭开被单看见皇甫正拿着小镜子在拔胡子。

我到于希同志这边上班的第一天，我就意识到他的生命概括了我的生命。比如说，他每次上厕所解大手前在我面前把粉红色的卫生纸搓得嗞啦响，我就立即感到直肠和膀胱压迫得无比厉害。我就随他去了。他也很激动。他说他先后配过三位秘书还从未有谁在解手的问题上能同他达到默契的。接着他叹息道：“肠胃功能很不理想。”我很觉奇怪。我没想到于希同志也会有这个与职务不相称的缺陷。“这都是吃多了野食的缘故。”他说。我犹豫着，终于憋不住地问他所谓“野食”是否有特定的含义？他狐疑地看我一眼，明白过来就哈哈大笑。“你们文人哪，比猫还敏感。”他说，“我能有那么大的胆么？何况我是快50岁的人了……”又说一遍文人比猫敏感。他说“野食”即在外吃饭的意思。具体包括三个方面：一是上面来人，他陪别人——比他职务大的人吃饭；二是他下去，别人——比他职务小的人陪他吃饭，三是……（讲到这一点他脸上便布置起有分寸的痛苦与有礼貌的羞涩融在一起的表情）他说他与老婆关系比较紧张，因此很少在家里吃饭。我问他老婆可就是上回打上门来揪他领子骂他“没良心的”那位？他说：“那是前妻。”我就很迷惑。他很快看出这点，就解释说：“因为大孩子，得给生活费，给到 18 岁。工资一调，生活费就得浮动。给多了后妻吵，给少了前妻就……你不都看见了吗？所以说我们的法律还不健全。”

皇甫一周要照一遍 X 光做一回心电图称一回体重。他不怎么吃东西但体重总是呈上升趋势。半个月下来他长了三斤。但是体温总徘徊在 38℃。大夫说这种情况是极其罕见的。他们在厕所里总是大发牢骚，说这种莫名其妙不轻不重的病拖长了会使他们威望扫地。他们好几次暗示皇甫可以回家休息观察。皇甫明白这意思就把头一歪，呼吸又开始粗短起来。

我也很急。于希同志出席会议太多而且逢会必讲。我甚至一天写过三份讲话稿。于希同志强调不打无把握之仗因此要求我必须掌握个提前量。如果他星期六讲话那么他会对我说稿子最迟星期三要拿出来，他得熟悉熟悉。他的确是为了熟悉才这么说。他的记忆力极端健全，五千字的稿子他两天就熟悉到能不带稿子一字不漏地表达并且还配有恰到好处的手势。他很少带稿子讲话。我很少不写讲话稿。

我唯一的企盼是皇甫早点儿出院。如果他再不出院我怕也会住院的。他长三斤正好是我丢的。可是我又不想让那个专门打针的护士失望。我从来没听到过女人夸皇甫漂亮。后来我也觉得皇甫是个漂亮的男人。我怕皇甫一离开医院就会变成乞丐或者灾民。他不住院的时候美学原则是尽可能地让大众一眼就识出他的无能和卑微。

我没把皇甫拔胡子的事说出去。

大家都说我适应力很强。还说我聪明因为我随便当当就像个秘书。他们说能当好于希同志的秘书是很不简单的。于希同志年富力强对各方面都要求严格且讲究质量，何况秘书晋官已成为一种伟大理论正付诸实践，所以秘书不是任何人能当的或者能顶替的。他们都这么说。他们还说了许多。我忘了。我记忆力越来越糟糕。我只觉得立体的累附在身上。我写信告诉我妈说我很累。她回信说：“人本来就不都是猴子变的，多数是牛变的。”二郎说这话很见功底。达宁说照我妈的意思中国人应该是西班牙牛变过来的才对，因为只有西班牙牛不仅勤劳而且勇敢。“中国没有这个种。”二郎说，“中国的牛都是奶牛。”

我又想她了。我相信我是爱过她的。

这些年我一直在找她。

我曾经找到过她可是她把我忘了。

我不相信这是真的。

9

皇甫住院的第三天下午我抽了他一巴掌。我下手很重。除此之外我从来没有打过比我年纪大的人。可是经我一打皇甫的脸色立刻像个健康者。后来他说我这个举动貌似野蛮其实是很文明的。他说他打心眼里谢谢我。也就是这回那个专门打针的护士第一次对我说皇甫很漂亮。

当时我扶着皇甫去上厕所。他坐在马桶上咬牙切齿。他说：“奇怪。”我问什么奇怪。他说：“怎么于希同志叫别人给他取包裹呢？以前这类事都是我去的……奇怪……”我说这算不上奇怪。他说：“天知道那是什么包裹？我明明没有走远，他却叫别人替他取……”我摸摸他的额头，并不烧得厉害，就说这事很正常。

“正常？”他从沉思中抬起脸，“不，不这么简单……”

我就抽了他一巴掌。我下手很重。

天黑得极快。刚过五点外面就灰蒙蒙一片。天这个样子我就支持不住，想离开会场。这个一般性的总结表彰会毫无意思，可于希同志说：“不去不礼貌吧？”并没有安排他讲话，他坐在台上抽烟喝茶提提领子隔一段时间作出个思考状。我写了个条子托会务人员交给他，我得先走。他看看条子又看看表然后侧过身子把目光递给我，等确认我看清了他便小幅度地做了个吃的动作。这使我记起了昨天是发薪的日子。我能猜到于希同志腮下又有几道指痕。我摇摇头就转身走了。

华灯初上。我并不感到饿，却像乞丐似的乱逛。后来我去理发。那个理发师只需几分钟就让我大吃一惊。我后悔不该同意他把胡子推了。我回到小旅社，迎头遇到小服务员，她倒退三步后嘻嘻地笑。

我也笑笑，没说什么。我不想说什么是怕她上当。她这个年纪的人最容易上当。她读过我的一些小说。凡我含笑写出的章节她都含泪去读。她说我是个心狠手辣的家伙，总是让花好月圆的爱情横生枝节或者让一方突然死去。“你吃醋，”她常说，“你生怕好了人家！”我说是这么回事。我绝不允许任何人跑到我小说里来结婚。

“这才像太监呢！”她说，拍着手走了，小腿甩得很有劲。

有一天半夜里我被人喊醒去接电话，说是医院来的。我以为皇甫时候到了浑身乱抖半天不敢抓话筒。打电话的是那位专门打针的护士，她说皇甫不见了，不等我做出反应她就开始在电话里小哭，一面哭一面说皇甫很漂亮。我说下落不明的人往往都是漂亮的。她说她很担心。“他不会死，”我说，“因为有人说他很漂亮。”她轻轻地笑了。我答应帮她去寻找皇甫。我说我知道那家伙上哪儿了。

“谢谢你……”她说。

“谢谢你。”我说。

其实对于皇甫无须打针，我告诉她，说他漂亮或者抽他一巴掌就足够他活的了。男人差不多只要这两方面。

我走上大街。

那个黑色的方尖碑正在燃烧。

10

河面上泊着两只船和半截桥墩。二郎说把这两样东西摆到一起旨在构成一种情势和张力。这张画是很久以前画的，只画了一半。他说再画下去也还是一半。

据说皇甫要动一动。最初我把这意思告诉他时他浑身一颤，脸上泛起印第安人独有的那种迷人的咖啡色。他把我拖到厕所里，问我听谁这么说的。我说好像谁都这么说。

“上帝……怎么会吹这个风呢？”他说。

我说这很自然。你皇甫是首长秘书又是第三梯队不动你这号人动谁?

可是第二天他住院了。

这期间关于皇甫动一动的传说不仅有而且响亮。连我替于希同志打临时工的事也成为皇甫动一动的佐证。我当然痛不欲生所以我那天夜里找到皇甫就破口大骂他是个狗杂种。我甚至怀疑当初皇甫把我找来是一个预谋。这时候二郎说:

“动一动?这可不是动老婆想动就动!真他妈的动你,压根儿就透不出一丝风,文件下来连鬼也会大吃一惊。现在呢?风声一出去人眼就充血了,手就痒痒了,于是就抓笔写关于揭露告发一类的东西,干你这狗娘养的!于是有一天干部处长把你找到暗屋里,把一叠狗屁人民来信一抖再抖,脸上挂出帮不了忙的样子对你说:我们的确想给你动一动呀,可是你看这些反映……你无言以对,还得千恩万谢。这叫既当婊子又树牌坊!”

他打了个手势。皇甫说这手势很优美,像暗示谁去把什么东西宰掉。

第二天皇甫出院了。

然而敬爱的于希同志由于解释不清的原因离开了这个被他把持两年零六天的部门。说是明升暗降。欢送会十分隆重。大家回顾了于希同志主持工作期间的光辉历程,把这段时间里积累的对于希同志的感情毫无遗漏地注入麦克风。可是这套扩音设备性能相当低劣,几乎每个人说出的腔调都不像是自己的。不过大家始终保持着声情并茂,连那几盆塑料花也感动得热泪盈眶。

于希同志自然也很激动。他把面前的奶油瓜子挨个仔细嗑完,然后站起来即兴作了他有生以来最为壮美的演讲。他说真正的英雄不是他而是同志们,虽然同志们是在他领导下开展工作的。他说了很多“同志们”。具体说的什么我忘了。但我相信是足以催人泪下的,因为鼻音极重。

这天下午,办公室出了安民告示:

液化气已到,除领导同志的派车运送外,其余自行处理。敬请原谅。

办公室负责人贴完告示，搓着手说：“于希同志这罐气如何是好呢?”

河本来是绿的，那天夜里二郎把它改成红色。这之前他做了个后来被皇甫评价很高的手势。达宁说每次二郎碰这幅画手就像中风似的，颜料甩得满地都是。

我陪皇甫去给于希同志送最后一罐液化气。他家门锁着。我们把液化气摆在门口，就走了。那时天气已开始发灰。皇甫估计会有一场微雨。他说微雨很不好对付，打伞嫌麻烦不打伞就会淋湿。我说最好的办法是随它去。

后来皇甫要我帮他收拾收拾。“于希同志离开了，我没有必要再坐原来的位子。”他说，“这是常识。”

当夜皇甫就把桌子搬回了大办公室。我问是否应该同老肖打个招呼?他说老肖会明白的。第二天一早，我看见老肖对着皇甫的桌子沉思，就想去解释两句。这时老肖说小皇的确是成熟了。这意思是说皇甫此举极其明智。老肖同时也替皇甫感到惋惜。“要是于希同志还在……”他感叹道（这口气像是于希同志谢世已久了)，“那么，小皇一定是大有可为前途无量的!”我没吱声，随手抓起一个墨水瓶扔出窗，几秒钟后听到一声响，像孩子梦哭。

“诸位，横在你们面前的是一条河。你们想从它上面跨过去。对岸是一个神奇的世界。于是一个声音在召唤——把我竖立起来吧，你们从我身上踏过去！这是桥的声音。但是另一个声音也说它会让你们到河那边去，这是船的声音。于是引起了争鸣。桥说它的价值如何之大。船不否定这些，只提出一个问题：遇上地震怎么办呢？桥不屑地说自己属于当代最先进的设计能抵挡八级地震。那么九级地震呢？船沉着地问。如果在施工中严格要求，九级地震我或许也能抗过，桥说。船微笑着，说马克思主义历来主张理论联系实际、主张实事求是而不相信什么‘或许’，况且还有十级地震哩！桥说果真如此这座古老而美丽的城市连同它拥在怀里的生命都会变成一堆废墟！船哈哈大笑，说这是悲观主义论调因为至少它肚里的人还活着……”二郎说到这里也哈哈大笑起来。我们都跟着哈哈大笑。大概就在这个时刻，天亮了。

微雨是从昨夜开始的。我忘了带伞他们也忘了。我们就这么体面地给淋湿了。可是我们都不愿带伞，不愿给头顶上的天打一个黑色的或者其他颜色的补丁。所以我们都淋湿了。我们不想跑因为前面还是微雨。我们淋湿了就不再相信头上还下着微雨。

其实微雨是昨夜静悄悄地开始的。

11

都说新首长不久就会到职。似乎已成习惯，凡一任新首长来临之前大家都心律不齐。据传新首长和于希同志不乏相似之处，他们都是男性都长得不丑并且都是学医的出身。其实我们这单位除要求大家自觉避孕外与卫生不发生任何关系，可管事的基本上都是医生。我一生出来就怕医生。世界上最高明的医生无非是把健康人当做病人弄。任何人随便什么时候只要往医生面前一坐，他就会潇洒地给你开处方。好像不这样他就不配叫医生。

在医生眼里除他们之外都是病人。

(她是医生么?)

我找到她时她看我的眼光就像医生看待病人的眼光，后来她打了我一耳光并且大声地喊警察可是我不相信她是医生因为她很年轻。

又断电了。

又点蜡烛。

又喝啤酒。

好像啤酒只能在断电的时候喝。“这餐酒是肯定要喝，不这么干就不足以平民愤。”二郎说，“为了皇甫的出院和下台。”

皇甫就做了个大义凛然的表情，举起杯环视一周然后说：“大家的情谊……我领了……”迟迟不喝。

二郎把皇甫的酒拿到手，立得笔直地说：“愿昨天的小皇含笑于九泉!”说完把酒举过头顶，再一滴滴地洒下。

达宁开始感叹了，说现在不兴考状元，如果有这么回事，那么状元公必属皇甫无疑。“中了状元不仅加官晋爵而且招为东床，皇甫一切问题就都解决了。”他说，敬皇甫的酒。

皇甫只顾喝酒。他喝了几杯我忘了。可他一口气也没嗝出来。后来他一个人走到外面平台上去了。外面很黑。我知道啤酒不会醉人但还是想出去看看。二郎拦住我说：“放心，这号种子就是拿枪逼着也不会跳楼。”

那条河本是绿的。

谁把它弄红了？

我以为啤酒是不会醉人的。可是皇甫的确是给啤酒弄醉了。他肠胃不好，不会嗝气。

今天皇甫在走廊上截住我，往厕所里一拖，问我昨夜他是怎么醉的？我说弄不清，因为我也醉了。

“你也醉了？”

“我怎么就不能醉呢？”

“你肯定是在我之后醉的。那你肯定听到了我的胡说。我说什么了？”

“我在你之前醉的。”

“不可能不可能。我记得你说我的领带……像一道伤口……”

“这就说明我已经醉了。”

我遇到那个专门打针的护士。她说她去看过皇甫，就一回。“怎么回事呢？”她问我，“他一出院怎么就……不那么漂亮了？”我说这可能是错觉所致，或者是皇甫并不漂亮你却以为是漂亮或者是皇甫本来就漂亮你却以为是不漂亮。她立刻显出悲哀，她说这两种错觉她都接受不了。“我希望他本来就漂亮我也以为他漂亮。”“这就不是错觉。”“可事实是他一出院就不怎么漂亮了。”“那就只好等他再次住院。”

都说新首长快来了。昨天说今天来。今天又说明天会来。事实上至今没来。

12

临下班前达宁来了电话，说今夜只要我还活着就一定要去白色沙龙。我问是否因为他马上要死想立下遗嘱什么的才这么看得起我，他连说“Yes”。

我到时，皇甫正凝视着手舞足蹈的二郎，脸上像刚杀过人似的庄严。二郎说黄昏前那个充满绝对雄性的壮观乃他平生登峰造极的眼福。当时达宁如同杜丘一般金鸡独立于这座16层大厦的最边缘，背向苍天面朝父母大喝一声：“再来转化，我就滋溜下去！”

我听得没头没脑但绝不怀疑这是虚构。我问达宁究竟是为什么事企图杀身成仁。

“因为提拔。”他说。

我把达宁的事曾讲给一位专门从事三流电影文学创作的朋友听。他听后第一个感觉就是不真实。“不愿被提拔已经是够不真实的了，”他说，“因为不愿被提拔而采取那种动作性强烈的方式予以抗拒，就连鬼也认为是假的。”但是他的创作欲有增无减，没过几天又打上门来。他说他因为冲动只抓住了灵感却把人物纠葛弄糊涂了。他连提几个为什么。

“为什么以前不提拔达宁？”

“因为他老子下了台。”

“为什么又突然提拔达宁？”

“因为他舅舅转业回来马上要当部长。”

13

这个时期二郎一直在为画展奔波，喜怒无常简直就像发情的母狗。我最难受的是他动不动就把手伸进艺术得不能再艺术的头发窝里，做出卢梭或者伏尔泰一类的表情。二郎的头发如同他的职业一样变幻无穷。他在那个所谓的经济研究中心当差时理的是平头。我第一次见到这个混账发型冷汗顷刻流遍全身。我以为这狗杂种刚从号子里出来。而他说：

"平头总给人以憨厚朴实之印象，当然这无疑是作弊。"我说拿头去作弊是否显得太大方了？不过作弊之于你二郎只是普通生活手段。他说："不，是普通生存手段。"

二郎的手伸进发窝只显出腕而没有指头。像断肢。好几次他都摆这种姿势，久了就狗一般地喘气。他极少喘气，所以一喘气我就很紧张。我觉得过不了多久会有谁来将二郎绑走。他像大师一样地抖着罗圈腿，仿佛许多光荣都要抖落出来，再从罗圈腿之间爬过去。

皇甫总是夜间去探访于希同志，竖起风衣领子朝阴影里钻。有一回被警卫人员拿下了，以为是刺客，幸亏兜里有个证件什么的才没有往局子里送。警卫人员质问，既然是来看首长的，为何不走大路偏在暗里动？皇甫无言以对只表示下不为例。这件事一直成为皇甫的精神负担，他只对我说了并希望通过我打听打听可曾有其他人知道。"如果让新首长知道，就糟了！"他说。

新首长还没来。然而关于他的传说日益增多。几乎每天都有人要发布一两点这方面的新闻。今天上午有人说新首长非常器重人才，根据是他原先的单位落实知识分子政策成绩辉煌跃居全省前茅。下午又有人进一步证实说："一年之内就有18名知识分子入党，七名提拔到处以上领导岗位，其中两名是副厅级！"

皇甫听了这些就羞答答地笑，好像两名副厅级中有一名是他。可是老肖说这些消息水分太多。"扯淡，"他说，"副厅级得经常委定呢！常识嘛……"于是皇甫就出去了。我问老肖皇甫是否还会当私秘？老肖说这个可能性很小。"当然，小皇的能力是绝对没问题的。"他说，"可是一仆总不能侍二主呀？这也是常识。"

有一天我和二郎上街，刚上公共汽车就有人照着二郎的脸抽了一巴掌，非常脆。我想不到女人的手会打出这么响的耳光。

"流氓！"她说。

"我……怎么你了？"二郎说，"我让你先上车，你……"

"手放干净些！"

"我手怎么了？"

“你拽我辫子！你还不撒手？流氓！”

车内有人跟着喊“流氓”，啾声四起。

其实她的辫子夹在车门里。她发现了便红着脸说“对不起”。二郎说了声“别客气”就出其不意地还了她一巴掌——事实是像调情似的摸了一下她脸。于是骄傲和尊严在几秒钟内调换了位置，有人对二郎尖呼一声“好汉！”接着大家又啾啾起来……

二郎跳下车就使劲吐了口痰。

罚款五角。

二郎掏出一块钱照那张皱脸扔过去，又使劲吐了一口，说：“不用找了！”

看见皇甫在厕所门口绕来绕去，我就知道这家伙有什么要紧的话想讲。于是我说如果要讲的话很长就换个地方。我实在忍受不了那个铺满瓷砖的空间里产生的非正常气味。

“换个地方？”他笑笑，“这地方谈心就只能钻厕所！”

我很惊奇。皇甫这么讲话在这个地方似乎还是头回。我怀疑他吃错了什么药。我们就进了厕所。皇甫麻利地坐到马桶上，又指指边上的一只叫我坐下。我说这种勾当就此一回了，下次再干就是他妈的王八！我坐下了，还做出一副若有其事的样子。

“听说了吗？”皇甫说。

“听说什么了？”

“第三梯队取消了。内部已来了通知。”

“哦。”

“我早就有一种预感……看来，下一步……”

“下一步考虑离婚吧。”

很久以前我的一位朋友死了。是在一条很宽很直的公路上给车撞死的。（他很年轻）他也是开车的，都说他开得很好。可是他还是给撞死了。他的身体莫名其妙地给肢解了，有一只手还和方向盘粘在一起，怎么也扳不开。

这是个悲惨的故事。我妈多次叫我把它写出来。我没有写是因为这个故事只有血没有色彩。其实我错了。（血怎么不是色彩呢？）现在我认为可以写的时候又觉得情节（姑且算是情节吧）太单调，无非是叙述了一次普通的车祸。很长时间以后，我发现我又错了。

14

皇甫告假去上海了。一周前他老婆来了封挂号信，完全的兵临城下口气，似乎暗示：倘若皇甫再不就他们的问题做出决断，那么她会胡弄个孩子出来放在皇甫的名下。但是无论如何也应该感谢她，我想，她成全了自己也成全了皇甫。达宁说其实离婚也应该举行个典礼什么的，理由是当事者如结婚时一样的喘气。二郎感叹的是皇甫的尊严被老婆剥夺了，因为至少从陈世美算起，离婚历来是由男人发起的。

皇甫同老肖谈了。老肖很吃惊，说一点迹象也没察觉到。老肖对这类事很关心。他每年接受来自官方的类似“五好家庭”的表彰，可是我听说他与老婆已分居多年。

老肖告诫皇甫宁可在财产上吃点亏也不要使事情扩大化。“你是组织同志，姿态应该高些。”他说。

“谢谢领导关心。”皇甫说。

我们几个送皇甫上了火车。那个专门打针的护士也来了，站在不大显眼的一根柱子下，认真地看着皇甫。我是通过皇甫的眼睛看见她的。可是皇甫始终不过去同她打招呼。于是我用胳膊碰碰皇甫，说：“你是组织同志，姿态应该高些。”皇甫做了个不知所措的表情。最后一遍汽笛拉响了，她突然跑过来抱住了皇甫。达宁吓了一跳，在我的背后敲了一下，问究竟皇甫和谁离婚？我没吱声，隔着雾气仔细地去看皇甫吻了她。

后来响起了优美的苏格兰民歌《一路平安》。

我们是在列车行走中相识的。我们的目光相遇可是我们都没有看清对方的面目。

但我认为我是爱上她了。

我的直觉告诉我她是值得我去爱的。

我信直觉。

我说过我的记性不行。我记不清在什么地方在什么事情上消磨了一个晚上，结果连末班车的最后时刻也一并忘了。我只好抄近路往回赶。旅社已经关门，我用力地敲。给我开门的是那个小服务员。她责备我不该这么晚才回来。现在的姑娘真有意思，你对她热一点她就企图包揽你的一切。我曾和一位姑娘接过吻，仅一次。第二次准备接吻时她就严肃地批评我不该抽烟，那口气好像我们早已是那么回事了。

“我屋里的灯怎么亮了？”

“你哥哥来了。”

“我哥哥？”

“嗯。蛮潇洒的。”

我知道我屋里是谁了。还能有谁呢？我倒是等着那狗日的这么晚来找我。这么晚来找我就意味着有求于我。这蛮好。我心里储存已久的类似复仇的兴奋顿时就化开了。我估计他是为钱来的。于是我进门就说钱和手纸都在床头柜里。

“钱？”他说，“不。钱买不到介绍信。没有介绍信就没有展厅。狗娘养的单位硬是不出面，说我本末倒置……”

“你本来就是不务正业，这不错。”

“我说过导演是个缺德的职业！”

“你把空间比成女人性器官未必有德。”

“那是象征！懂吗？况且别人是看不出来的，只会认为那红兮兮的一团是太阳，黑糊糊的一片是山岗或者天空……好了，我奔走了好长时间，展厅就是落实不了。你他妈的可不能见死不救！”

我问怎么个救法。（我很快活，我还没尝过救人的滋味。）

他说于希虽然明升暗降但毕竟还是大官。这种屁大的事于希打个招呼不会不起作用。“本来这事该由皇甫出面，可是他回去打离婚了。”他说，“只能指望你了。”说完他深情地看着我。

我说试试吧。

可是他得寸进尺，又提出请于希为画展剪彩。“这好，规格就高些。”他说，声音渐平下去。于是我也深情地看着他。

皇甫来了长途，说会谈是在极其友好的气氛中进行的。他要我把这些告诉老肖。我问是否应该通知新华社发消息？他骂我是狗杂种。

不过我倒是把这些对那个专门打针的护士说了。她把嘴拢得很圆轻轻地说了个“哦”。后来她说她想不到皇甫会离婚，因为他一出院就不那么漂亮了。她认为离婚一般都是漂亮人干的。

“也许一离婚他就漂亮了。”我说。

“作者是你和小皇的同学?”

“当然也是朋友。”

“你们不是学中文的吗？怎么有同学搞画画?”

“这不奇怪，正如您由医生变成政治家一样。”

“你看，你们文人这么会联想。我不算什么，不过你那位朋友倒是蛮有才的。”

“比我有才。”

“你们都不错。人才难得呀，所以党中央三令五申地强调要尊重知识、尊重人才。不过，作为个人画展也得有个主办单位才合乎手续，否则不就宏观失控了吗?”

我邀二郎去本城第一流的剧院看来自地球那半边的一个交响乐团的首场演出。自从有了电视，剧院便成了棺材。票很好弄。我想在回肠荡气的旋律中把上午那个霉变的结果告诉二郎，这可能自然些。其实我这么做就意味着把一切都抖落出来了，还有什么可说的呢?

二郎只字不提画展。他似乎完全沉醉在旋律中。最后一首曲子是老贝多芬的王牌《命运交响曲》。一开始就阴森恐怖、寒气逼人。这时二郎侧过脸对我耳朵说，那“米米米多”根本就不是什么命运之神的叩门声，而是一个老贼的脚步声。

15

很长一个时期以来我想领个孩子养养。原因之一是我有一笔钱没地方花。当然我喜欢买书，可是买来的书基本上都堆在固定的场子。我懒得看。我记性不行看也白看。我甚至害怕读书——写书的人都希望或者强迫读书的人信服他们所以我害怕。我也逛商店。不过有一回我买了把牙刷只用了三天就光芒四射，只能改马刷了。原因之二是我很愿意为孩子去干点什么，他们是真的需要我。原因之三——这恐怕算主要原因了，领来的孩子不属于爱情的结晶所以我会全心全意地去喜欢他（她）。一提爱情我就肉麻。爱情是结婚的借口也是离婚的借口——这话像是谁说过的？

我希望皇甫把女儿夺来，然后给我。皇甫还会结婚也完全会再和别人生一个。这很容易。

那天晚上我们离开剧场后，二郎就雇了辆出租车把展品拖走了。“不能总让弹痕斑斑的白旗覆盖着毕加索的亡灵。”当时他这么说。他说得很轻快，我就觉得是减了刑。我和达宁都出了汗，二郎就说“谢谢”。他对我们说这个极文明的词还是头一回。后来他倒着跑到十字路口，仰脸朝上空看了一会儿。他头顶上亮着红灯，不过这时的红灯只作为一个符号。二郎就停在那个地方，招呼出租车开过去。

第二天早上达宁在电话里告诉我，铁屋上又多了个奇怪的窗户。

我在玩具专柜前停下来。我想给那孩子买个玩具。我停下来后才知道玩具这东西很不好买。济公因为抓周抓到了念珠才成为济公的。倘若抓到了刀没准儿就做了古代东方希特勒。布娃娃太俗。汽车不吉利。（我那朋友！）电子琴呢？二郎说电子琴全来自剽窃。对的。那么……

“有航天飞机吗？”

“没有。”

“怎么会……没有呢？”

“等着你造。”

那个红灯亮了很久。达宁说他按着表计算过，这个城市的红灯都比绿灯亮得久。二郎钻进出租车又伸出一只手做了个“V”接着就势打了个脆脆的榧子。这以后他就失踪了。有一天黄昏，达宁一脚蹬开我的房门然后说了一串“他妈的”。我立即被传染上。我说：

“什么他妈的？”

“我倒他妈的霉了！”

“倒他妈的什么霉？”

“瞧见他妈的女人屁股了，他妈的！”

达宁说他昨夜找到了失踪的二郎并且瞧见了女人的屁股。“他妈的门缝！”他说，“他妈的灯！”

突然想到“挑战者号”罹难。伟大的克里斯塔·麦利考夫与那个黄白相间的火球融为一体，形成一条扭曲的“Y”形的白烟飘在卡纳维拉尔上空……

可我还是想为孩子买航天飞机。

“完了完了，全他妈的完了！”达宁说，“我现在见到所有的女人都觉得她们光着他妈的屁股！我简直不敢出门了。”

“那就上吊吧。”

“不，我投河。”

他宣布：决定去漂长江。

新首长还是没到职。据说他腹部有个硬疙瘩，组织部门考察时没有掌握这一情况，他没说。等任职通知正式下达后他说了。他说他做过医生能掂量出这个硬疙瘩的轻重，当然不会影响工作的。可是他至今没到职。有人见到他去做了同位素扫描什么的。他住院了。可能还会转院。

这些话我是在厕所里听到的，所以我不大怀疑是杜撰。我也问过老肖，他没说什么，只笑笑。这段时间我们很悠闲，除撕撕牛皮信封用用订书器翻翻报纸外就那么坐着。大家好像都在想下一个电话可能是自己的。电话铃一响，每个人都把头一抬。

皇甫才走几天，可我觉得似乎是离开几年。若不是老肖常在我身边提及“小皇”什么的，我真以为他作古了。下班时，老肖从后面跟上来，把我拉到对面街上说：“给小皇挂个长途，问事情可办了。要是没办妥，就叫他停办，立即回来。”他口气蛮急。

“有这必要么？”

“唉，小道消息害死人！”他说，“文件下来了，第三梯队还是要搞的嘛！你看，现在小皇办这种事……多麻烦！我也有责任，工作太粗了……”

“第三梯队不要离婚的？”

达宁请求有关方面批准他加入国家漂江组织，吹了。人家不带他玩儿。于是他说：

“老子单漂!”

电话拨通，可我把话筒放了。我不希望皇甫将来也去做同位素扫描。他死在那个专门打针的护士怀里很合适。他只能死在那个位置上。

16

我遇见了二郎。当时他坐在一辆贴着金色菱形标志的超豪华“尼桑”里。在拐弯时减了速所以我们互相发现了。他边上坐着一位很好看的姑娘。车并没有停下来。二郎伸出手向我打了个榧子而后用中指和食指做了个“V”。我没来得及做任何手势。我记不清我可对他笑了。

我曾经告诉达宁，我想把皇甫的孩子领了——如果能判给他的话。（判?!）达宁立刻表示出一个极大的惊讶，然后说：“除非把皇甫杀了!”

我想给皇甫写信。我要写的当然不只是关于孩子的事。结果是我在灯下白坐了一夜。是的，没什么可说。我们这个年纪的人谁也别想说服谁。我也说服不了自己。我本身就是个存在因此我没有必要去寻找任何颜色的标志提醒别人注意到这个存在。一位著名作家在接见我时曾诚恳地批评我的小说缺乏规范的训练。比方说我从来不去写我的人物是副什么面孔。“这就太过分了!”他说。他不知道我记性生来就孬，稍微复杂点的东西就记不住，况且是人脸。我连我的面孔是个什么样子也不大搞得清，我就只好胡写。可是一位同样著名的理论家却一口咬定这是一种极美的技巧。理由是这么干不仅拓展了欣赏者的视野并且从某种哲学高度看人的确是存在于虚无间。对此，我唯一的态度是沉默。我沉默是因为我实在没什么可说。

据晚报消息，二郎个人画展将如期举行。这次展览是由美协分会、团省委以及市工人文化宫三方面联合主办的。展出地点是在新近竣工的美术馆中央大厅。

“届时将由省委负责同志亲自剪彩。”晚报强调指出。

晚报还羞答答地披露：二郎的婚礼也同时举行。

我几乎是把二郎忘了。我的记忆里关于二郎的内容仅储存着：一个“空间”。一条由绿变红的河。一个框子。一个“V”。

我记得有一回达宁对我的全部小说作了分析。他首先用电子计算器将小说中的人物作了统计。包括“我”在内一共是78个，其中非正常死亡的有36.5个。那半个死人就是“我”，因为无论怎么看那个“我”至少是个疯子。“怎么死的全是男人?”他很奇怪。我也感到不解。

很久以前我的一位当司机的朋友死了。是在一条很宽很直的公路上给汽车撞死的。其实他的车开得很不错。大家都说这起车祸相当古怪，谁也没想到车祸会发生在那么好的路段上。我的朋友死得很惨，他的尸体一塌糊涂就像没成型的豆腐。他剩下一只完整的手粘在方向盘上，谁也不能把他们分开。

我的朋友是在很久以前死的。他死得不明不白。

皇甫信中说那桩事在孩子身上搁浅了。他要孩子。她不要。可是孩子要她。她是妈。“孩子几乎每时每刻都在哭着喊妈……”他是这么写的。

这孩子真该我领!

“这回出去，”我对达宁说，“遇到航天飞机什么的，买一个。”

“航天飞机……你是说玩具?”

“给那孩子买的。”

“女孩玩这个合适吗?”

“我希望这孩子干航天。”

“干吗偏要做宇航员呢?”

“我也搞不清。”

这些日子二郎想必很忙。有几次我和达宁准备去帮他，比方刷墙、搬搬家具什么的，结果都被武警给挡了回来。二郎住在女方那边。熟悉那地方的人称它为“三道岗”。岗是站岗的意思。只有贴着金色菱形标志的小车儿才能进出自如。达宁后来又见到过那位曾经光了屁股做美妙动作的女子，她的腹部已呈现了弧形。据说二郎制造这个弧形完全出于灵感，否则那幢米黄色的小楼不会那么果断地包容他。所以女方十分崇拜二郎，因为以前的几位都是由于迟迟不敢对她下手才惨遭败北的。

不知是哪一个晚上我梦见太阳破了。就像一颗鸡蛋黄砸在玻璃上一样，黄黄稠稠的液体优美地流淌着。我记得我一丝不挂地从海里爬起来，望着天幕上那幅绝伦无比的图案。在我前面奔跑着一个金色的小女孩，正伸出双手等着那同样金色的液体经过她的指缝。我已经被越来越浓重的热浪蒸得晕头转向。我想爬回海里去，可这时海已经完全沸腾了。我像海参那样蜷伏着，口腔在喷发白色的烟。不久地球整个地红了，而那个小女孩还在奔跑，把双手并着伸向天空……

我醒来时外面正下着无声微雨。

微雨是昨夜开始的。

达宁是半夜启程的。当时天上没有一粒星星所以天地无界限。江水是黑色的，像哮喘病患者呼啦啦地乱响。达宁打扮得像个海盗，眼睛贼亮。他先乘船去上游然后下漂。

他要我把那个铁屋重新刷一遍漆。还刷白色。他坚持认为白色是世界上最纯也最杂的色相。

那时分整个城市在我们背后做着梦。黑色的方尖碑上的那个光点还在跳动。达宁出来时不肯关灯，因为这样他在江上就能瞧见它。船不久便在柔得如面一般的曲子中拉开了步子。我还立在原地，看那船由黑色的岛成为黑色的礁……

后来落下了这一年的第一场雪。

1986 年 10 月 22 日初稿

1987 年 7 月改毕

（原载《北京文学》1987 年第 10 期）

省　略

A

我不止一次地说过我的记性不好。你说作家都是记忆力超群的家伙。我是作家这是事实。另一个事实是我的记性不好。我大概是中国唯一记性不好的作家。最能说明这一点的是眼下你正看着的这篇小说里将会出现几个人物以及故事发生的年代和背景我都没有把握说清。这或许重要或许不重要。

我边想边写。有个叫克洛德·西蒙的法国佬就是这么干的。他干得比我漂亮。我比他年轻。我不能准确地告诉你我的年纪。你可以认为我是年轻人也可以认为我是中年人。不过有一点得说：我是儿子。我的意思是说我的父母双双健在。我大概还有个弟弟，他自然永远比我年轻。现在你可能预感到这篇小说是关于我家里的故事了，这不错。

我家住在红门。关于红门我曾经有一篇文字作过比较详细的介绍。那篇东西就叫《红门》。发表在1986年11月号的《安徽文学》上。一提安徽你会马上想到那是个专门出产粮食和保姆的地方。你的潜台词是说那地方没文化。然而没有文化的地方专出大文化人：陈独秀、胡适、朱光潜……候补的是我。这个说法是否狂妄我们暂时不深入讨论。有位叫沈敏特的教授在读完我的中篇小说《白色沙龙》后花两个晚上写了一篇较长的评论，他对一位青年评论家说："安徽只有潘军才能写出这样的小说。"接下来还有一句："也只有我沈敏特才能写出这样的评论。"我当然很乐很快活。那天晚上我们谈了很久。我离开他家时月亮已经好白了。我看了看表。我的表没有秒针，似乎很久以前就停了的样子。所以说它只作为时间的道具。它现在表示着零点。零点不是现在的切点，我凭直觉肯定。我根据光的强弱明暗估计时间。当时我把手插在口袋里走着。那截路没有路灯地上也不平坦。我脚下时而碰到一个金属的东西。夜间听到这种响声是够瘆人的。我总觉得后面有人跟着我，于是就潇洒地吹起了口哨。在接近市区公路时我回了头。我发现一只大狗盘在离我顶多三米远的地方，两团磷火灿烂无比。它合了一下嘴。我这才知道那金属般声响实际上源于犬牙交错。这不是一只简单的狗。我并不埋怨狗对我的跟踪，我知道自己身上还有血腥。

我回到家时天已经亮了。我弄不清自己怎么在外面游了一整夜。我的脚始终没停，从沈宅至红门曲线距离充其量不过三公里。这个问题缠了我好久。

现在我在自己屋子里。我的屋子在北面。北面自然永远比南面暗一些也凉一些。我没有把窗帘打开。自然光通过窗帘复合时的紫色调是我所喜欢的。我每天在这里抽着烟构思点什么写点什么。不用说屋子很乱。更乱的是台子。我利用它制造小说。我的两旁各有一堆胡涂乱抹的稿纸。右边的可以兑钱左边的可以揩屁股。这张台子很气派，贴窗放着。前方并排摊开着五本大小不一的书，那上面留有蜥蜴的足迹和耗子的大便，有点像康定斯基的作品。我没碰过它们。

你写小说几年了？这话是西藏了不起的作家扎西达娃说的，在春天臭名昭著的“青创会”上。我说五年，其中至少有四年半是替别人写的。余下的近乎半年的时间我用来不为别人写。问题是我至今没写一个字。现在我已经开始了。劝我开始的不是扎西达娃。是K。

K是一位绝代佳人么？最好是。

秋天里我出去开了一个笔会。笔会这东西蛮不错，吃喝嫖赌都能见到。我就是在这个场合下认识K的。她至少是年轻漂亮。她是笔会组织者之一。当然她得向我要求点什么。对K这样的编辑你不可能不给第一流的稿子。但我有困难。我说我第一流的稿子还怀在肚子里。于是她说：“开始吧。你应该开始了。”她语调平和楚楚动人。因此我决定把30年后才写的东西移到30年前来完成。我点了头。在这之前我替她看了手相。男左女右。她的右手红润柔软无疑是大吉大利的征兆。我说她结婚时想的是另一个男人。她连声说不对。其实我可能说对。K 临出门时又说："你开始吧。"

我就是这么开始的。我打算竭尽全力来写这篇小说。实际上这篇小说很久以前就开始了。

B

我在家里待好久了。外面的事情如何如何我不大清楚。我从电视里看到美国和伊朗在海湾摩擦。我觉得美国真他妈的叫人痛快也叫人痛恨，想揍谁就揍谁。我也偶尔看点娱乐性节目。每星期五有个"家庭影剧院"的栏目，要放一部故事片或者戏曲片。我喜欢《冒险的代价》。我不喜欢《战争与和平》还有山口百惠演的那些片子。

我本来住在朝南的一间屋子。我只在那里住了一晚。从第二个晚上起我就住在北面来了。原因很简单。我们家房子规格不错面积不小但是墙不隔音。我的两侧是我父母的卧室。那夜我在梦中被一个奇怪的声音惊醒（我至今弄不清是他还是她发出的）。可是第二天父亲在厕所里对我说："梦里放规矩些。"说完他对我有分寸地笑着。也还是这天，母亲开始替我联系卞大夫。

北面的屋子是我弟弟住的。第二个晚上我同他伙睡。他个头很高很魁梧。我穿鞋是一米七二。他的脚理直气壮地架在我两肩上。他是汗脚，气味像坏透了的卤汁。我以前也是汗脚，现在好了。我这个夜晚被折腾得够呛。我准备天一亮就骑到他身上揍他。问题是天亮了我发现床上只有一具身体。后来我在枕头下面找到了一个绿皮书，这无疑是他的日记。我随便翻了几页，觉得非常有意思。我在没什么可写的情况下就把他的文字抄几段下来。

×月×日

天气不错。这种天气得出去遛遛。无论如何我得着手去干那件事。现在不干一辈子也没法干。还不晚。

他究竟要去干什么事你关心我也关心。悬念。真他妈有魅力！关于弟弟，你喊他老A，我无须多言。你们是朋友。我看见你同他常在一起打网球。我对网球的记分始终不懂，就像你不懂我的小说。两抵了。你会说写小说没什么了不起，编编故事吧。这绝对不错。你会慢慢觉得这篇小说故事本身没有意思，好玩的是编。不过你千万不要以为编只是潘军的事，其实也是你的事。我们得保持合作。这如同茶叶在我手里，水瓶让你提着，要想喝一杯就得往一块靠靠。我现在要郑重告诉你：老A的日记里有你。

×月×日

我去找了老B，说我已经决定了：得干。老B在屋子里踱了几步，认为最好还是等等。理由是这个时期天气会出现反常现象。“前天夜里雷劈死了一个人，才18岁。”老B说。我奇怪的是老B未必不知道那件事最适合雨季去干。我们不是说过把它称作“雨季行动”吗？

弟弟的朋友一般我都认识。他们尊重我这个作家。但是我从来没听说过什么老B。是他还是她？我想B的产生与汉语拼音有关。是汉字姓氏的声母。我记得弟弟有一位姓白的同学，不过她已经死去多年了。死因至今没有查清，警方只宣布处女膜完好无损。她是二月里死的。那年二月还有雪。这个夜晚我把弟弟几乎所有的朋友都回忆了一遍，结果很令人失望。老B是谁？我现在才觉得应该是你了。我希望你能提供所有关于老A的情况，尤其是他的去向和目的，这样我的小说才不至于被搁浅。

每天的黄昏我出去散步。离我家不远的地方是环城公路。围墙很高很结实。后门一般在这时候打开，暮色苍茫时关闭。我利用这个时间从后门经过走上环城公路。后门口靠着一个穿灰制服袖管里放着冷兵器的男人。我每次从他面前走过时他都要咳嗽一声。我沿环城公路走一截子就折进右边的小林子。我对植物学缺乏起码了解，因此我不能说出是什么样的林子。当然这是一片好端端的林子，四季常青没有落叶。树干都生得笔挺，间距错落有致。夕阳的余晖从缝隙中穿进来组织成的图案很不错。

我记不清是哪一天在这里碰见那个穿黄裙子的小姑娘的。说是小姑娘有点夸张讨好，实际上她不过五岁的样子。她有一头流水似的黑发散披在肩。她当然超出你想象的可爱。我们很谈得来这让我非常的愉快。我每天黄昏出来基本上是为了同她说几句开心的话。我们无话不谈。但是几次接触过后我产生了疑惑和惊讶。我不相信她只有五岁。地球上五岁的神童也不过是背背古体诗或者写写画画。然而我们讨论的几乎都是哲学的命题。比如这一次，我们谈到了时间。我说时间是一个圆。与地面相切的一点表示现在，右半弧是过去，左半弧是未来。她歪着头看我并且微笑。我心里虚了一下，接着说刚才那话本是一个叫叔本华的家伙说的（天晓得她是否知道叔本华）。但她说："要是这个圆在空中旋转呢？"之后是一串朗朗的笑。我觉得自己替老叔本华悲哀了几分钟。我想问她的年龄究竟有多大。话挤到牙缝我还是咽下了。她的姿态、她的表情、她的语调还有别的什么无不向我显示出她的生命阶段。我知道儿童是没法扮演的，别的都可以。

黄昏我必须出去走走。

C

一大早我被父亲唤醒。我猜他准又是弄到了一只鸟。应该是一只鹦鹉。他早就想这种鸟了。我父亲现在的职业是养鸟。他先后养过不下百种的鸟。这一带的人称他鸟先生。他珍惜这一称号为此感到自豪。他每天遛两趟鸟市，每周末晚上替本城养鸟训练中心讲授辅导课，钟点费超过一级教授。他的名字已经收入《世界名人辞典》和正在修订中的《中国名人大辞典》。如果你到动物学家部类查找他的辞目你会失望。"我怎么是动物学家呢？"他说，"至少是教育家嘛！"这不奇怪。弗洛伊德坚持认为自己是医生而后人都称他为心理学家。他的著作《日常生活中的心理分析》在一位名叫艾·巴·辛格的犹太人眼里不过是一篇小说。我想明智的态度是不谈这些。我是作家，因此我比较善于观察，因此我第一眼就断定锁在笼中的那只白鸟不是鹦鹉。

"不是鹦鹉？"父亲极端鄙夷地看我一眼，然后把鸟笼挂在晾台上。那白鸟跳了几下就尖叫一声："大！"父亲哈哈大笑，又回头问我："不是鹦鹉?”笑容淌到脖子上。

我父亲是江南人。那地方儿子唤老子一律叫“大”。我从父亲充满自信的眼神里联想到这一点。我能揣测此刻他心里无比激动因为弄到手的是一只温柔孝顺的鸟。我还能说什么呢?他是专家他是权威他是老子真理永远操在他手里。我缩着脑袋回到自己屋里,又听见那鸟叫了声“大”,似乎带着感情。我还听见父亲愉快地作了答应。

但我不相信那是一只白鹦鹉。这个结论是靠直觉下的。我宁可相信直觉。我也依靠科学。我为此跑遍本城所有的图书馆,查阅了所有的动物志或者鸟谱。鹦鹉应该属于鸣禽类但这只鸟的形态似乎是攀禽类的。白鹦鹉应该有一顶黄冠毛,然而这只鸟的冠毛也是白的,毫无杂色。类似这种对比我记了好几页纸。我感到吃惊。我吃惊的不仅仅因为这只鸟不是鹦鹉,更重要的是所有的资料里没有出现过这种鸟。我想这无疑是珍禽。这或许是世界上独一无二的伟大的鸟。歪打正着,我羡慕父亲的福气。我当然不会把我推论的这一切告诉鸟先生。以后父亲同我提起这只鸟我都缄口。

白鸟的“大”叫得很勤快。由单声叫到双声:

“大大!”

很久以前我从那座山上滚下来碰得头破血流一无是处不堪入目一头高大健壮的公牛从蒿草中窜出来扑向我它的一只蹄子踏住我的腹腔生殖器伸出来又收回去然后瞄着我的左眼撒了一泡好尿冲走了我的梦弄残了我的一只眼……

我依靠独眼过日子好些年了。我多次要求父母给我医治,他们都笑了。他们不相信我已经失去了一只眼。“不是好好的吗?”每次他们都这么说,认为我是恶作剧。我只好瞒着他们去看医生,结果引起了一场诉讼。给我看病的是本城著名的眼科大师。她说我变相地调戏她心怀叵测企图制造丑闻以致诋毁她的声誉。“分明是好眼却硬说是瞎子,阴谋!”她愤怒指控我。法院最后以罚金五百元的方式了结了这场官司。她用这笔钱到黑市上买了一瓶准科隆香水,这是后来你告诉我的。

可是我弄不清母亲为什么每天回来都要用手拭一下我的额头。我额头上的皱纹都是她拭出来的。我母亲是位有身份的女性。大家都说她地位极高。大家还说她徐娘半老风韵犹存。这种评价极不大方。我母亲非常年轻自然谈不上半老或者 1/3 老。这个前提成立就不能说是风韵犹存而是风华正茂甚至是含苞欲放。我不愿同她一起走路。她也不愿同父亲一道出门。因为这两种情况势必都会引起违背伦理道德的弥天误会。我希望她漂亮。但我不希望她年轻。我喜欢她满头润滑的青丝。我不愿意她没有一条皱纹哪怕是鱼尾纹。我这么说是因为我爱母亲。

今天我起得晚，从洗手间出来，母亲已经下班了。昨天夜里我被那只白鸟的尖啼搅乱了心绪。我于是就伏在灯下写字。我写了三页纸又描了三遍。这么做没意思或许有意思。我写的是你正在看的。我脸色不好，是那种令人乏味的菜色。这一点我很清楚。我洗漱时从镜里看到这张脸孔，丑陋已是一日不济一日（我的一只眼布满血丝一只眼没有）。我停在客厅里等待母亲来拭我的额头。这次她没有做，只是问："还好吗？"

"好……"

"那就好。"

我不知道她指的是什么好。母亲的头发从我面前飘过时激起我伸手摸它一下的欲望。俄狄蒲斯情结。弗洛伊德这老狗。

以上这节是潘军杜撰的。潘军没有这么出息的父母。潘军的父亲是个小老头母亲患有 20 年的十二指肠球部溃疡每天要吐一次酸水。这些都是事实。这些事实毫无意思所以这一节就算 Pass 了。

D

第二天我收到了 K 的信，字体和她一样的娟秀。

信是这样写的：

我想你大概已经开始了，祝贺你。自从上次分手我的心律便紊乱了。我不是后悔让你看了手相。为什么你自然清楚。我不想再说什么了，你开始了吗？你应该重新开始。

你别乱想。你记住这个事实就不会乱想：K 是母亲。她让我看过她女儿的照片。当然 K 的话也叫我手足无措。不是心虚。那个地方很不错。四面环山。山上长着青青的竹，风过时沙沙作响，竹影是极诱人的。那地方原是三线厂的遗址，后来地方上翻成了宾馆，叫泾川山庄。这名字很雅很清高。从泾川山庄到黄山和九华山都只需三小时的汽车，自然是开笔会的好场所。在这个笔会上我首次见到我喜欢的为数不多的老作家林斤澜。我读过他的《溪嫚》，觉得性感十足或者生命力旺盛。整个笔会开得非常活泼充满青春活力。开幕的那天是中秋节，于是举行了露天舞会。山里的月亮好白好柔和。这么好的月华下没有风流事似乎也好委屈。你又乱想了。我不规矩的是夜夜同几位作家朋友打牌赌香烟。我牌技不高但总共没输掉一千元。后来他们去九华山进行两日游。我没去。我没去不是因为我去过了而是因为我是安徽人。我估计 60 岁以前会上九华山十次。那是座文化山。

我留下来托的是整稿子的名义。这无疑让我的编辑朋友感动。其实两天内我一个字没写。我后来交出去的是随身带来的一个短篇旧稿。篇末日期来前我就处理好了，没有破绽。我真是太自信太自作聪明，K 一眼便看出是诈。她也没去九华山。我很诧异。这个机会对于安徽以外的人来说是极难得的，可她一口咬定是去过了。我当时靠在沙发上抽烟，盯着纱窗上的一只红蜻蜓。这种蜻蜓不多见，老人都说是鬼。我发觉它表情很惆怅。这时候 K 进来了，吓我一跳。

我不打算把这两天的事情全写出来。我说过我记性不好。不过我得申明我与 K 的接触纯粹是哥们儿式的。我以人格担保。如果你说这是此地无银那就随你的便了。所以 K 的信让我迷惑。她说为什么我自然清楚，实际上我非常糊涂。接下来则让我一塌糊涂了：

你的要求我暂时无法满足。我想这么做是必要的，于你于我都有益。你说呢？

我说个屁！我什么时候向你提要求了？我管你什么必要不必要！K 你别这么写，你这么干叫我如何向读者交待？我才不当一个名不副实的第三者干偷鸡摸狗的勾当哩！我不是说过我们才认识吗？

但是后来的一句话把我吓住了：

你的牙还痛吗？“灭滴灵”不能多吃，那样会伤白血球的！你应该把它拔掉。

她怎么知道我的牙不行呢？而且知道我的常服药是“灭滴灵”（我的牙是给虫蛀烂的。虫是糖滋生的。母亲从小就给我许许多多的糖吃）？

总之，K的信让我惶恐。这封信简直是可怕的梦魇。我当然不能保存它。于是我带了火柴钻进厕所，掩上门将信点燃。一时间焦糊味乱窜，但是信依然是雪白的，没有被火焰舔起一角。我顿时冒了冷汗。这时候我父亲推门进来了，为了不让我觉察出他的好奇，他两手提着裤腰。

“烧什么了？”

“没烧什么。”

“哪来的糊味？”

“是不是饭出毛病了？”

“饭？你才出毛病哩！”

我把信捏在掌心里躲过了父亲的眼。我实在是盲目乐观，我怎么能逃过他的眼呢？黄昏我散步回来，进门就发现父母凑在一起商量着什么。看见我来了他们就立刻分开，说天气很不错云彩实在美。但我从那只白鸟的表情上了解到他们刚才密谈的内容。它很忧心忡忡，我能听到它跳得杂乱的心律。

我们面对着站了很久。

我不知道把K的信如何处置。家里是藏不住的。虽然现在我不感到害怕了，但我还是不愿保存它。后来饥饿感帮助了我，我把它揉成一团吃了下去。我没觉得一点儿难吃。由此我的心绪得到了调整。当晚月色朦胧，我推开窗户把手伸进宇宙的腋窝，很惬意。微风掀动了窗帷，有阵大提琴的旋律断断续续地飘过。这个夜晚有一种新浴后的愉快附在我身体上。我自然贴切地要想想女人。我记得自己经历过爱情。我应该是像搂着大提琴一样地搂过女人的。爱情是个黑色的故事。我的意思是说爱情总在夜间悄悄进行，和杀人越货需要同样的自然环境。

E

×月×日

天真他妈黑！为什么光打雷不下雨呢？天哪，不下雨岂不活活把我晾住了！

明天可能有雨。

×月×日

没有雨。街上人都带着雨具。电话亭里那个白脸男人一直在抖动着钥匙。女人们在梧桐树下讨论今年的流行色。好像应该是咖啡什么的。

我邀老B进了“红蜡烛酒吧”。设备一律是西德的，服务员个个能讲几句英语。我们面对面地坐下，中间隔着一根红蜡烛。我们要了两杯咖啡。

我说：“你不觉得这味儿不纯吗？”

B说：“不纯。好像不是咖啡。”

我说：“是茶叶末子掺红糖熬的！”

B说：“好像还对了点别的什么。”

我说：“不错，是对了别的……”

我们没喝下这东西。

×月×日

昨夜我又去找老B。我抽多了烟咳嗽好吓人。敲了半天门。我说是我来了门才慢慢打开，露出老B自负的脸。“我以为是老人来了，”老B说，“老人来了不仅不能开门而且也不能开灯。”

我们再次商量“雨季行动”。我想不到老B这回痛快极了，说只要雨从天降就立刻开始：

后来我们唱起《毛毛雨》。毛毛雨是雨。当然老天作美能下一场倾盆大雨就更理想了，这意味着我们的“雨季行动”将获得巨大的成功。

苍天保佑！

你肯定会觉得我弟弟是位了不起的诗人。你也可以认为他是个了不起的强盗。共同点是了不起，我不懂诗但羡慕每一位诗人，觉得他们的劳动是相当潇洒的。我只羡慕了不起的强盗，比如普罗米修斯之类的。

有一年夏天我去江边洗澡，衣服被人掳走了。我的褂子口袋里放着一把梳子。是把非常漂亮的梳子。牙骨的。透明的。我用它给一位女性梳妆。这梳子是我从一口墓井里拾到的，只有三根齿，造型暗示着它的文物价值。这把梳子至今保存在我的记忆里。它很好记，只有三根齿。

以上这些是我今天理发时想到的。我不大理发。因为理发实际上是剃头。剃是很坚决的词。给我理发的是位女性，戴着口罩，因此眼睛很神秘。她说：“短点吗？”我点点头。电推子像一只巨蝇在我耳边盘旋好久，我知道出事了。我们说的是两码子事。我点头是希望她少剪多留。而她的短则表示少留多剪。于是这个“短”就对立统一到我脑壳上。我还得给钱。还得说谢谢。

我回家时发现父亲也在替那只所谓的白鹦鹉剃头。“这撮冠毛太难看了，”他说，“盛气凌人的。”父亲的平口剪无节奏地响着，我不得不想起那夜的犬牙交错。

“大！大大！”

父亲微笑着点点头，心满意足地捧着肚子。他退后一步审视着、欣赏着他的杰作。

“下周末就讲关于鸟的剃头问题吧。”我说。

“剃头？太俗。应该叫理发。”他纠正道。

那座山好陡好高一身的石头我给摔惨了我的血像墨泼到宣纸上很快渗开血挑逗了公牛的性欲它的蹄子把我钉在地上那硕大的生殖器从倒悬的富士山口里伸出粉红粉红带着起了泡沫的黏液那家伙越来越长越来越硬把石子抽得叭叭响后来又抽打我的身体那家伙满足不了就瞄着我的眼睛撒了一泡好尿我被烫得钻心在地上乱翻我从此就少了一只眼世界从此

就只有半片……

F

记忆力越来越糟糕了。以前读过什么就能管好一阵子。看过一部片子精彩的台词想漏掉是困难的。还有细节。现在不行了。昨天晚上看了好莱坞鼎盛时期的作品《罗马假日》，全部印象只有两个名字：奥黛丽·赫本和格里高里·派克。老牌明星。我当然更喜欢赫本。那实在是仪态万方风情万种。这种美中国的明星临摹也走样。所谓气质。我进电影院时赫本已经在说话了。我从一位很实在很富贵的妇人面前擦过，坐下。后来她的胳膊肘老碰我的腋窝。我的兴趣在赫本身上。我想这是个了不起的情人。

“不怎么样。”那妇人说。

“还能怎么样?”我很自然地答了。我意识到这句话具有挑逗性。果然不多会儿那妇人对我打了个手势。打得很慢。我看清了。她把拇指塞在中指和食指之间并且有节奏地往前一拱一拱。我看明白了就离开了电影院。我知道她会跟着我出来。于是我闪到一根黑色电线杆后面。我在暗处。我看见她在亮处打转，用叠成块的手绢扇风。嘴像一道刚切开的伤口。这时候天落了小雨。我很快被淋湿了。那妇人退到屋檐下，后来同一个警察共打一把伞款款地走了。后来……没有后来。我记得像被钝器击了一下，脑门差点打开。

我的记性永远不会变好了，我感到沮丧。可我的一位专攻气功的朋友把这桩事看得极其简单。他说：“你每天花一刻钟，只想脐下三寸那块地方。”这是方法。他说这么做个把月记忆力便彻底恢复了。我就做了。我每天吃完午饭吸过一支烟，然后面壁端坐四肢放松去想那个本不该由我来想的地方。事实上我失败了。我做不到。我企图放松一下结果却加倍紧张起来。我发现秋天的那次笔会不该去。我渐渐对 K 与我的关系产生了怀疑。后来的事实表明我的怀疑理由是充分的。我是说后来，这里暂不谈。

气温于下半夜开始降落。很猛。说是第几号台风登陆了，又说是受了X的影响，形成了寒潮和冷高压什么的。一觉过来，发现墨水也结了冰。

我当然不想也不能写点什么，就这么躺着。不久听到客厅里响起细碎的脚步声，知道是母亲下班回来了。门一关上，父亲马上就问：

“卞大夫怎么样？”

“联系好了。”

“什么时候来？”

“快了。他把手头那个小姑娘结束掉，就来。”

“最好尽快来，趁现在的气候。”

“那是。”

他们的声音越来越小我没法听见。我的膀胱酸胀到了极点。但我这个时候又不便出去。我不愿我的父母显窘。我也怕看见他们就我的问题所做的手势。这几天夜里我老听到外面有一串急促的脚步声和节奏分明的“嘭嘭”声。现在我认为后一种声音大概是砍树。我不能去细究去印证我的想法。我只有一只眼，看的东西多了会吃不消的。

中午我出去了一趟，想买件羽绒服。我这种身材比较适合穿这种款式的服装，像个球似的，滚到哪都行。我当然要顺便逛逛书市，好书全叫这些书贩子掳来了。他们给老弗洛伊德的著作做了广告，用红颜色写了个巨大的“性”再用黑颜色连着写出小几倍的“爱与文明”。不少人都在翻这类的书，表情好严肃好高雅。他们翻了一遍基本上都送回原处，不买的理由是没有插图没有彩色插图。在市府广场上，正展示首届文化节的一个内容：风味小吃。卖臭油干子的老头攥着半导体喇叭吆喝：“香香臭臭臭臭香香又臭又香哪……吃了不得艾滋病哪……”果然宣传的效力很大。另一侧，一群人在阅读法制宣传栏。其实余光全集中在旁边的性病宣传栏上。后一个栏前没有正面立一个人。几幅彩色照片呈现出巨大的男女性器官的局部特写，万紫千红像断肢的剖面。两个女人扫过照片脸色变得阴郁。一位年迈的学者扶扶眼镜然后同一位妙龄女郎开始低声讨论通奸问题。人行道上，看自行车的老婆子俨然上帝势派目空一切四处乱转，肥厚的手掌里有一堆硬币。

我又到别的地方逛了。收费验血型叫我感了兴趣。我排队。等挨到我头上我又溜号了。我不想再看到自己的血。我冷得不行了，应该立即去买羽绒服。

“口袋太多了。”母亲这么评价我的羽绒服。

“没关系，我现在有的是时间……”这是我父亲的声音。

他们以为我睡死了。我从被缝里睁开我的独眼。我能看见他们的手全在我口袋里摸索着，几只硬币和一盒清凉油放在床沿上。羽绒服全部的口袋都翻了过来。像一只长满嘴巴的怪兽同时将软塌塌的舌头吐出。我知道父母这么做是出于习惯（他们总是在后半夜动手）。我佩服自己的聪明和机智，早早地把K给我的信吃进了肚里。我也觉得这些口袋是多余的，惹事的。我担心有一天我的父母会在某一只袋里摸出一把避孕套。

我甚至觉得这个季节不该买什么羽绒服。

现在我得回过头去说这天的黄昏。我当然还会碰见那个小姑娘。大概是我新穿了件羽绒服所以她没能一眼认出我。于是我喊了她。她躲在一棵树后面打量着我。我又喊了一声，她这才向这边跑过来，招着手。她的身体轻盈无比像一只金色蝴蝶。我却吃了一惊。

“你，你怎么还穿裙子？”

“我喜欢。”

“你不冷么？”

“冷？什么叫冷？”

你完全可以想象出我当时的精神状态。你肯定还记得这天的气温情况：室外至少是10℃。走遍地球你也不可能找到在这种气候下穿裙子的生命。可我亲眼所见。我理所当然地感到惊讶甚至感到害怕。此时此刻我面对着的是个奇怪的精灵。我简直有点毛骨悚然了，我得抽身离开。但我恰恰是抵御不了那条黄裙子的诱惑。它刺激了我的细胞，让我切实感受到了世界的色温……

G

还是这个夜晚。

我散步回来父母已用过了晚餐。我在厨房随便吃了点。父亲在调配鸟食，嫌我碍手碍脚，我知趣地往一旁挪了挪。我知道这些天父亲心情很沉重。他的白鹦鹉自从进了这个家就一直不吃不喝。起先父亲以为是它认生的缘故便不当回事。但是现在它还是那样。“想绝食吗儿子?”父亲说，“我可不喜欢捣蛋的孩子。”那鸟又“大大”地叫起来，父亲就又乐了。我想父亲会在它身上下功夫的。他已和一家声望极高的出版社签订了合同，表示拿出一部关于培育鹦鹉的专著迎接首届全球书展。

饭后我必抽烟。父亲制好鸟食兴致勃勃地走到晾台上。我忽然也来了兴致便跟了过去。那白鸟的食欲大约被鸟食的芳香刺激起来，一下把脖子挺出，两眼活活地转并且张了一下嘴。父亲好兴奋，手抖抖地小心翼翼地把笼门打开，鸟食就这么塞进去了。

可是鸟不再乱动。

“它大概不饿吧。”我说。

“不饿？它口水都下来了!”父亲白了我一眼。

我父亲说的是事实。那白鸟的唾液的确从嫩黄的嘴角淌了下来。但它还是不吃。父亲就急躁了，伸手把鸟的头颅往食缸里按。于是白鸟猛一挥爪子把食缸打翻，尖叫道“大!”

父亲叹了口气，背着手离开了。又说“白费了一粒麝香!”

我也觉得好蹊跷。

我刚吸完一支香烟，电话铃响了。电话是个好东西，我也比较喜欢接它。我不以为谁会给我打电话，但是一听对方的声音就知道这个电话只能我接（谢天谢地)。

是K来的电话。

这让我吃惊让我疑惑也让我多多少少有点兴奋。我从来不给朋友留我家的电话号码，因为我的电话百分之百地被窃听。K怎么会知道拨这个号？她去过邮局询问台？去也没用。我家的电话因为我母亲地位的缘故太需要保密了，询问台本身就不清楚。时间不允许继续判断，K说：

“我想见你。”

“见我……”

“你必须让我见见。”

“在什么地方见？”

“老地方。”

我感到“老地方”措词不当。在这个城市我同K根本就没接触过哪里谈得上什么老地方呢？K甚至是第一次到本城来。我得弄明白可是对方已把话筒撂了。

头痛的问题是目的地不明。然而后来的事实证明这个问题并不头痛。

出门时天落了小雨。我没有带伞。我不希望这个道具引起我父母的注意。他们大概不会想到这种天气我没带伞也可以出远门。我同K通电话的时候，父母在卧室里交谈着关于杜绝一股思潮的问题。我离开家也是若无其事的样子。往何处走？这个问题我不想也没法多考虑。

我就这么随便走着。

时间对我来说已不重要。我没统计我在路上花了多少时间，只觉得该停的时候不走就是了。现在我停下了。我不知为什么偏要在这儿停下。这里已是一片废墟。这个地方原是一座巨大的酒坊，很久以前被一群恐怖分子炸毁了。爆炸的那个晚上的情景我还依稀记得，其时天空布满了蓝色的光焰，全城弥漫着酒香，市民们一律给熏醉了。于是这座城市被命名为醉城。也有人称其为蓝色火焰之城或者蓝堡。

微雨均匀地洒在我脸上，但我不感到难受。因为我在等待。周围黑黝黝的，借着闪电的光亮我看到几根烧焦的电线杆像断肢一样指向天空。很远的地方似乎有人在扔空罐头盒子，金属的声音在风中拐了个弯。我又想起那只大狗。我注视四野并没发现两团磷火。我想抽烟了。当我划着火柴时我看见K正款款往这边走来。她穿了一件紫红色的风衣。红的光波很长，我从她的体态很快就判断好了。

我们隔着一段距离站着。我吸第五口烟时听见她说：

“还记得这地方么？”

我指间的香烟掉在地上。K的话不能不叫我费解。这是什么意思呢？这口气似乎暗示着一个悲剧的开始或者结束。我忘了自己当时是怎么支应过去的。我接着把话题扯到别的方面。我说天气好糟什么都淋湿了。

“童话没有淋湿。”她接过话头说。

这句话的意思我不想多琢磨。但是说这句话的人最早不是她。我记得这是我弟弟的一句诗，白纸黑字，那个绿皮本现在就放在我口袋里。弟弟是否算最早这我也不能保证。我只能保证我说不出这种句子。

我们不可能就这么站着。这个地方待久了叫人很沮丧。“我们走走吧。”K说。于是我们从废墟里走出来，走上一条公路。我们并肩走着。K又说：“开始了吗？”我正打算回答，突然一辆大卡车几乎是从天而降迎面扑来险些把我们碾碎。雪亮的灯光直射我们眼睛说明这是一次警告、一次阴谋。我们抱着一起滚到路边的水沟里又抱着一起站起来。

这个晚上我还能说什么呢？

自然回来好迟。家里的灯还亮着，这现象无疑是反常的。我没有直接敲门，先用我的独眼对着锁孔向里看看。我看见我父母正凑在一起商量着什么，父亲还做了个把什么家伙宰掉的手势，母亲首肯。我不想再看下去了。于是敲门。开门的是父亲，他没说什么我也没说什么。我径直朝我的屋子走去。到了门口我才发现，门上的那块毛玻璃被透明玻璃替换了。床头开关也被移到门外。我索性不开灯合衣倒在床上。这时候听见母亲在向父亲吩咐：“明天给老孔送一瓶茅台吧。不能叫别人白干。”晾台上那只鸟又开始叫：

“大！大！大！”

H

想把屋子收拾一下。这屋子确实太乱了。从哪里入手合适这个问题至今没有解决。我想的更多的是把屋子布置一下。比如说这面墙上应该有个挂毯什么的。如果老亨利·摩尔送我一尊雕塑则更好。我会把它放在靠近窗台的墙角，让光线从45度角落到它身上，最大地呈现立体感。亨利·摩尔是凭着对泥巴的过瘾程度来进行雕塑的。我凭着对文字的过瘾程度来写小说。从这个意义上考察，我们一样伟大。区别在于他的东西值钱我的东西一文不值。我是说这些日子我没写下一个字。或者说写出的字都作废了。现在我左边和右边的稿纸已不存在。这个现实让我沮丧或者不沮丧。

眼下我得重砌炉灶。至少是为了K我必须这样。在我心目中K已不再是个普通的编辑。我讨好编辑的时代业已基本结束。我敢说是一去不复返。60岁以后倘若我还活在世上还干这门营生无疑就是个编辑不敢登门的著名作家。那时在他们眼里我不过是条老狗。明智的做法是封笔跳出圈子去游山玩水。我不会再回头讨好他们。我不能两头讨好。所以说现在我得多写，趁走红的时候做生意，如今发财手段很多很巧妙。我知道此刻南方一个叫潘军的家伙正在搅尽脑汁打我的主意。他想赶在我前面拿出一部石破天惊的作品出尽风头。总之他蓄谋已久。我得尽快动手。

我不能让K失望。

这个时期家里比较安静。母亲出差了。每逢母亲出差父亲都要在脸上布置起夸张的遗憾。我头回见到他这副样子是相当感动的。我替母亲骄傲了很长时间。后来我发现母亲一走他的电话就特别多。他也常常往外拨。今天他拨电话是趁我上厕所的工夫。我不知道这个电话的内容。然后他开始搓手、刷牙，一下午洗了三次脸。刮过胡子的下巴青青亮亮。我知道父亲不是个简单的老头。

父亲心情很愉快，还因为那只白鸟业已不成为心病。那只鸟尽管绝食但毕竟还活着并且体重日益增加。它的个头明显大了一圈，脑袋和翅膀动不动就伸出笼栎。每天父亲要扫起一捧羽毛。他把这东西放得好好的，打算攒够了缝一个羽绒裤衩。

“不错，蛮不错。”他兴高采烈地说。

我重新坐在台子面前，看见抽屉全没合严。我知道父亲还在挂念K那封信。那天邮递员送信来父亲在一旁修指甲，也随便问了句：“谁的信?”“一个朋友。”我也随便答了句。我发现父亲的眼珠有了个短暂的停顿。后来的事实证明父亲这一微妙的表情是让人不安的。现在我很释然。我的创作欲已被激发起来，也就是说我可以正式开始了。这个开始意味着什么只有那个叫潘军的南方佬知道。

我写得很顺手。整个一下午我都在写作。不久黄昏来临，我便搁笔了。这时分我要去那个小林子会会朋友。我走上后门的台阶时以前那个穿制服的男人又咳嗽一声，接着他仿佛自言自语又仿佛是说给我听："昨夜里林子里冻死了个小丫头。"我简直如遭雷击，两条小腿顿时就麻木了。我相信这不是假的。我懊悔万分，我应该提醒她甚至强迫她立即去买一件羽绒服！迟了，一切都迟了！我记得当时自己眼前一片黑暗，以后是自己的身体像麻袋包一样跌倒，顺着台阶滚到一个软软的坑里。我醒来才知道这个软坑原来是自己的床铺。（我想我可能是被那个男人扛回家的，我隐约记得自己的腰部曾被一个坚硬冰冷的东西抵过。那个男人是怎么知道我家的？）

我就这么躺在床上，父亲的脸不时在门玻璃上出现一下，每次都转动着眼珠。我看不见他的嘴是怎样动作的。此刻窗外面有几把铁锹在叩击地皮，一个老人的嗓门断断续续地重复着一个词：埋。我不知道他们在埋什么。

从前那座山上有很好的树木后来被砍了于是山的颜色就变了我滚下来没有任何东西能挡住所以摔得好惨血是从我心脏里迸出的谁也不来给我揩那个年代血色是流行色那条公牛自负地骑到我身上用湿淋淋的生殖器抽我的身体然后瞄着我的眼睛撒了泡长尿从此我成了独眼……

一觉醒来听见外面的风风雨雨。雨水滴到窗头塑料凉棚的声音极像一只狗老在掘墓。这声音出现在夜半是那样的恐怖以致我把脑袋塞到枕头下面。不一会儿我又听到哗啦啦的水响，这是从我家卫生间传出的。我就很疑惑，父亲从来就睡得早，也不可能在这个时间洗擦身子。这个大屋顶下目前就我们父子，不可能有第三者。我想着想着小腹便酸胀得厉害。我得去小解。但是走到卫生间门口我又犹豫了。我很不习惯看见亲人的裸体。这使双方都尴尬。我想我还是到晾台上趁淅沥的雨声把这泡尿放掉的好。可这个时候卫生间里却出现了奇怪的声音……

我站在晾台上撒尿时惊动了那只白鸟。我感到它的目光很热烈。"冷吗伙计？"我伸手摸摸它的身体。它的体温给了我莫大的慰藉。它不冷。我想起我的另一个朋友不禁辛酸至极。我的朋友是活活被冻死的，在昨天的半夜……

黑暗中我划着火柴点燃香烟。我深吸了一口又缓缓吐出来。我听见那白鸟拍打翅膀的响声。我又划着火柴去看它的脸孔。我发现它的唾液又顺着鹅黄的嘴角往下淌。它……莫非是想抽烟？你肯定会认为我的想法荒诞不经，但是你可知道当我把香烟塞进它嘴里的时候它不仅贪婪地吸起来而且鼻孔不断冒烟！我和你一样感到惊奇也一样感到不安。我用头颅担保这一切都是真的。这无疑是世界上唯一爱好香烟的珍禽！我似乎明白了什么……

从这天起，我每天要瞒着家里人给它几支香烟。

I

×月×日

老B是黎明前悄悄启程的。我很诧异。这个决定是单方面作出的，我不能没有想法，老B搂着我的肩膀说："我先走一步。我比你年长几天。"接着老B压低嗓门说："第一条路已经无法走通了……""为什么？"我问。"有人告密了！"老B说，"所以我必须当机立断去走第二条路。"我知道第二条路是怎样的路。但无论如何我得跟上。我相信我会追上老B的。我坚信我们的"雨季行动"一定会获得成功！

老B留下了一把钥匙，不再说什么了。我们穿过城市的腹部时看见城墙角下一个灰色的恐怖在蠕动。但是天亮了，朝霞泼满了天际。

老B终于上路了，背影被太阳写在天幕上，像一片云。老B的决断是正确的，因为太阳后面正聚集着一场大雨……

×月×日

老B留下的钥匙已无法打开那个白房子。我这才发现自己被老B涮了。好一个老B！

这把钥匙宣告了一个结束也宣告了一个开始。

我把钥匙揣在怀里。

我从老B那儿出来街上竟空无一人。太阳孤独地停在我头顶上。这个时刻人们正在家里忙着检查雨具。喧嚣与骚动暂时平息了，我的心绪已不再紊乱。我大步流星地走着，口哨声在城市的上空荡漾。突然从广告牌背后闪出一个脑袋缩在衣领里的男人，我无法看清他的面孔。

“借个火。”

“我不会吸烟。”

“但你身上有火。”

这家伙怎么断定我身上有火呢？我不再理睬他，从他身旁擦过去。这一刹那我看见他的右手慢慢放到后腰上。我没有停住脚步。

×月×日

这季节湿漉漉的街上流行咖啡色
咖啡是好东西因为标价很高
来一杯吧十块钱不用找零
然后把领带放到毛衣外面
讨论的问题是
餐叉是左手执还是捏在右手
三明治是面包还是饮料
贫血的季节咖啡很畅销
咖啡是女人的唇膏男人的酒
一律要淡淡的否则用后要漱口
于是有一天黄昏
路灯挑起一串咖啡色的虚伪

这诗蛮不错是么？我觉得诗与小说的界限是：诗把真的说成假的而小说则把假的说成真的。诗与小说正好组合成一个世界。换句话说，是一个世界的两种说法。

我这部小说是第三种关于世界的说法。我自觉这种说法相当高明。这部小说让人刮目相看是无疑的。但我也预感到会引起许多麻烦。最让我不踏实的是那个潘军像恶魔一样缠着我。他无孔不入。他振振有词并且不断出示证据，说明这部作品至少要平分秋色。我不知道究竟是他利用了我还是我利用了他。或者互相利用。我没法说清。

我现在应该排除杂念把这部叫做《省略》的小说写出来。我喜欢这个题目。我弟弟对此不以为然，他说应该叫《蓝色火焰之城》。他是诗人所以这也自然是诗的标题。那是关于世界的另一种说法，我已经阐释过了。我手头这部作品正在拼命进行中。我直言相告过我是为了K才这么拼命干的。我和K的故事并没有完。

那个晚上我们在废墟旁分手就没有再见面了。从大卡车驶过到我回到家里有一个不小的时间跨度。这之间我们怎么的怎么的我现在已经忘记了。（我记性不好！）你可以凭借你的想象去填补那个遗憾。至于我和K的关系你认为该怎样就怎样，无非是以下几种的组合：

1. 我们才结识或者相见恨晚但性质仍然是同志；

2. 我们是过去的恋人；

3. 我们现在还是夫妻不过因为什么分居两地了；

4. 我没准儿就是个不太体面的第三者；

5. ……

6. ……

还可能有许多的组合。组合即关系。关系构成复杂。但是一个悬而未决的问题摆在你面前：我的性别。我算男人还是算女人或者是不男不女的人?！我是儿子但我未必是雄性的……

那畜牲龇牙咧嘴地立在我身上踏着我的腹腔踏碎了我的睾丸我痛得大汗淋漓它却狂笑接着用巨大的生殖器抽打我的身体我看见我的睾丸被挥到空中飞到了一只秃鹫的嘴里我再也不算什么了我没有性别性欲被剥夺了我只是一堆肉像破沙发一样堆积在潮湿的墙角上长年累月累月长年那一年世界烧掉了一角天地血涌如潮连太阳也变得毛糙……

J

大约一周后，我母亲出差回来了。这趟差很辛苦，她脸上显出了一点疲倦。后来我才知道这是替我操心的缘故。母亲这趟差是为我出的。

我进卫生间刷牙。我干这事不爱看镜子因为我怕窥出自己的虚伪。这时我听见母亲又在同父亲说起那位惹人景仰的卞大夫。

“不是说好了吗?”

“情况有了变化……”

“一时来不了……怎么办?”

“说先把处方寄来。”

“这安全吗?”

“我看没什么……”

“万一……”

下面的声音越发弱了我没听清。我觉得暂时不出去要好些。我干脆把门插上做一次小解。但是外面阳光灿烂，我不习惯在这种情况下脱裤子。

这个晚上我怎么也睡不踏实。下半夜我悄悄起来给那只白鸟送香烟。我回到自己屋子要经过母亲的门前，她屋里的灯便于这时亮了。我心里大响几下，以为我的行为已在她的意料之中。我没动。一只耗子从母亲卧室里溜出，又从我脚背上滚过。狭窄的灯光从我脚前三公分的地方劈下，我不敢越过去。母亲的背影很动人，我从她的腰部往上看，我惊恐万分——母亲的头发像枯草一样全部指向天花板接着她从床底下搬出了我家祖传的宣德炉，弯腰把头发放进去。我听到了液体搅动的声音。几分钟后她的头发逐渐由黄变黑并且油亮并且柔软无比。但是我害怕她会转过面来。上帝保佑她还是给了我一个背影。她染完发静坐了许久，然后勒起辫子，又坐了许久，最后还原成以往熟悉的样子。我便趁这机会跨过了她的房门。刚才那只耗子又溜进了母亲的卧室，竟衔了一副水淋淋的假牙!

那耗子原来是她豢养的!

第二天我从梦中被母亲唤醒。她要我陪她上街逛逛。我惊奇的是她的发际线竟是那样的自然。我不理解母亲为什么要突然把我带出去。

我们一前一后地走着。我低着头但还能够从眉毛底下看见所有的人在替我们让路。十字路口红灯一闪就结束了。接着我发现自己身上落满了抱怨和妒嫉的目光以及口水。她究竟要把我带到哪里去? 去找卞大夫吗?! 我想象中的卞大夫是位须髯飞舞的仙人，号脉的手指像一把钳子。我觉得自己可能遭到了暗算，昨天夜里那只耗子分明就是出来侦察的……

我不能再跟着母亲走了! 于是我趁母亲弯腰系鞋带的机会闪进了一

条小巷。这里没有阳光，是利于隐蔽的。我没有马上就往小巷深处跑。小巷铺满了青石板，如果跑起来脚步肯定很响。我贴墙侧立，注视着大道上昂首阔步的母亲。我看到在一幅推销机器人的广告牌下立着一个男人。他身穿米黄色的风衣，黑色的礼帽下檐压得很低。他的眼睛深藏在阴影里我难以辨清内容。这个男人对我母亲抬了一下小臂于是她就近了过去。他很快递给她一只小红包然后咧开了嘴，粉红色的牙床连同两排崎岖的黄牙全部暴露出来。我从母亲不停耸动的两肩断定她很愉快。他们没有说话，只握手，握了很久。

这个男人我不认识。但我的直觉告诉我这个男人绝不是卞大夫。从那天父母的谈话中我了解到卞大夫大概不住在这个蓝色火焰之城。

卞大夫是谁?!

黄昏又降临了。黄昏现在对于我已毫无价值。我从冰冷的大街上穿过。怀念着我的小朋友。她的死我有不可推卸的责任。我还活着，坐在我的台子面前来炮制小说。我边上的稿纸一天天地厚起来给了我不小的安慰。我以此证明自己的开始。

家里很平静这出乎我意料之外。母亲在我进门之前已坐在安乐椅上翻阅当天的晚报，没有对我表示一点什么。我于是怀疑起白天的情景是否真的出现过。那个穿风衣戴礼帽的男人究竟是客观存在还是主观存在，我无法解释清楚。我甚至不相信黄昏和黎明有什么区别有什么界限。眼下这部叫做《省略》的小说著作权是属于我还是属于那个潘军？一言难尽。但并不重要。

我承认这个愉快是K带来的。这么久了K没有来信也没有来电话。我不能不感到寂寞。我毕竟是个生命，无论这生命是有限的或者无限的。

然而否定白天的现实将是困难的。我现在已经发觉我的门锁和抽屉锁全都更换了。这串钥匙挂在我腰上不过是安全的装饰或者标签。这无疑是我父亲干的。是我的父母合伙干的。一个将我引开另一个趁机下手。他们还想干什么？我仔细检查了我台子上的手稿，它们完好无损，这叫我欣慰叫我庆幸。我知道我的手稿之所以逃脱厄运应归功于关于世界的第三种说法。我的作品已接近尾声。我会亲自把它交到K手上。于是世界以寓言的血液流动起来。

K

这一节本应该谈谈 K 的。为了避免这样或那样的可能性包括故事本身的可能性我暂时把 K 搁到一边。现在不谈。你只需记住关于我和 K 的故事没有完就够了。其实我自信过了头，我应该想到这个故事的可能性是难以避免的。

我把故事引向尾声的时候城市已经睡熟。我站起来活动了几下肢体，用一只手做眼保健操。我想今天的工作可以结束了，于是就打算进卫生间收拾一下。电话在这时候响了，声音比白天脆一些也大一些。我感觉到这个电话是我的。我们都认为来电话的是 K 结果我们都好失望。不是 K 是 A。凉棚上的雨声提醒我应该注视这个不眠之夜。

“我向你告别。”

“能送送吗？”

“不必了。我不希望我的前程成为你的末路。再说，你找不到我……”

“你们到底要去哪？！”

请原谅我的读者我的朋友，我不能把什么都抖出来。我只能说在那个著名的地震中心老 B 在等着老 A，然后他们一同穿过同样著名的原始森林跨过世界上首屈一指的火山口然后……我不能再说了。那个拦路向老 A 要火的男人此刻就混在你们中间，他会干什么？！

我也不能在电话里同老 A 多说了因为隔墙有耳。我沉重地放下话筒就听见母亲的房门微响了一下，我马上贴在阴影里屏住呼吸。那只耗子迅速溜出来又迅速跳到电话机上嗅着，接着打了个哈欠。我的心这才舒开了些。这小杂种玩忽职守使我有了几分陶醉。我瞪大独眼注视着它。我怀疑这小杂种偷酒喝了，你看它又开始打哈欠了，不多会儿竟盘在电话机上睡熟了鼾声此起彼伏。我的手心汗淋淋的，一个杀机业已酝酿成熟。我抄起花盆架上的半把剪刀，在背后用拇指试了锋芒。只一下，这小杂种就一命呜呼，我想好了于是就悄悄移动脚步……

“砰！”

客厅里灯亮了。几分钟后我的父母穿着睡衣睡裤分别从各自的卧室里走出来。他们并不睡眼惺忪这意味着什么大家都有数。我发现他们交换了一下眼色然后同时划开双臂打了个哈欠。我瞅了一眼电话机，红色的体积刻了一道白痕，那小杂种早不知溜到何处去了！半把剪刀捏在我手里铁锈像粉末一样往下沙沙地落。我一声不吭。

“这么晚了，不必给花儿松土……睡吧。”母亲这么说，回到卧室去了。

我父亲则进了卫生间，把自来水放了一会儿，表示他是起来小便的。

客厅里又只剩下了我。

那天晚上我忍着腹痛摸进牛棚昏暗的月亮在我腰间别着的山斧锋刃上晃动风告诉我这是个复仇的夜晚我浑身的残力全部集中到右手五指上那老畜牲脑袋插在前肢间鼾声如雷颈骨弯成一把满弓我大喝一声手起斧落全身的骨骼都被震松了一股比喷泉还要剧烈的黏糊糊的咸液射到我脸上手上身上我终于看见那老畜牲的头颅拽着血筋像一块石头似的滚了下来我大喊大叫独眼沁满了泪水天地便哐当一声于此刻白了白得像一场雪但是我又听到了一声吼叫顿时就瘫倒在荒草上我看见从那口血肉模糊的颈洞里又冒出一个牛头双目眯眯红口白牙犄角高扬威风凛凛接着一个混沌的喷嚏把我冲下山坡苍穹上那只秃鹫把我的睾丸咽进了喉管……

“大！大大!”

白鸟的叫声割裂了时间。我点好两支香烟去了晾台。我吸一口它也吸一口。我们只能这样的交流。我不知道自己还能替它做点什么，它的目光流露出它并不满足于几支香烟，这叫我忧心如焚。我只能写几块轰而不动的文章。我的可悲从我降生的那刻起我就意识到了。

我们就这么相视良久一语不发。天边已经显出乳白色，一会儿我的父母就起床了，我们得分手。这时分空气很好，我得出去走走。我走不出这个庞大的院落，冷兵器像树一样竖立着，刺破青天锷未残。两只行将就木的灯笼挑在飞檐上，布下一片猩红色的光晕。我明白有人在跟着我，我不打算回去。那座高大的伞形水塔庄严地挺立在大院中央，像一朵美丽的蘑菇云，让我无数次激动得冷汗淋淋。现在，城市拥在我的周围起劲地讲着梦呓。大街上，一位跛足的行吟诗人正在昏黄的烛光下拨弄着吉他，旋律像一串流萤曲折地划过宇宙的腹部。我聆听着。这是位了不起的诗人。他的诗他的歌改变了时间的节奏充实了空间的内容，使城市的边缘毛糙起来……

我聆听着……

L

第二天发生了一件不寻常的事。

我在卫生间便纸篓里见到了一只大号避孕套。小袋里盛满黄黄稠稠的精液打了死结。我起先觉得奇怪，因为我的父母早已分床睡了。后来我联想到这些日子的所见所闻便不以为奇了。我不敢断定它是谁的作品。这个存在诱惑我想了很多外面的人。但这桩事是在我家里发生的已无须再作旁证。从精液的成色看，这桩事发生在昨天晚上或者今天凌晨。

我开始观察他们的神色举止。看样子是星期日，他们用过早餐就动手打扫卫生。迎门的墙上有一个壁挂，是黑陶的，造型手法又古典又现代。以前我一直没看清它的内容，现在灰尘拂去了，我觉得表现的似乎是一对情侣的吻别，男性的舌头放在女性的唇里。我记得这个壁挂吸引过不少人前来观赏，那时我还是个孩子，大家赞不绝口，然后一律并住双膝弯一弯腰，像小便胀了似的。这的确是件了不起的工艺品，它的感染力持续到现在，我承认被打动了，不过我没弯腰并膝。

不一会儿，我父母双双进来了。我一下感到惊慌失措，右胳膊肘险些碰翻了台子上的墨水。我不知道他们来干什么，他们的手全放在深深的裤袋里并且萌动着突然抽出的欲望。他们是来同我谈话的，口气平缓态度和蔼。但是我半点不能放松。他们讲的这东西就是我发现的那东西。“希望这东西不要再在我们家里出现，这也是为你好。”这是什么意思？天哪！我不敢分辩，他们暗示着已经掌握了我的全部材料。我低着头。

临出门时母亲又拭了一下我的额头，竟像碰了烙铁似的一缩。她和父亲交换了眼色，然后果决地点点头。

我悄悄把体温表塞到腋下。几分钟后取出，水银柱停在36℃格上。

当天傍晚一位陌生人进了我家。他说是来找我的，因为K托他捎一瓶雀巢咖啡给我。既然是K的朋友我理当把他看做我的同仁。我打算请他下馆子，但被婉言谢绝。陌生人说他还要赶八点的火车往北边去。我还想同他说几句，但这时楼梯上响起了母亲铿锵有力的皮鞋声。我们就这么仓促分手了。

母亲进门后一语不发从我面前走过，这让我如释重负。

我现在喝的就是K送来的咖啡。我喝第一口时听见晾台上那只白鸟不断地鼓动翅膀，洁白的羽毛像雪花一样飘舞，于是鸟先生又猫下了腰。我想肯定是这咖啡的芳香刺激了它的胃液。亲爱的现在可不行，等到半夜吧，我会完完全全地满足你。我掩上房门慢条斯理地喝着，使劲挤压双唇。说实话我馋了，一连喝了三杯。咖啡渗在我血液里滚动，我自觉今夜创作状态良好，于是一气呵成结束了小说的全部。我很得意因为我已经把那个号称潘军的南蛮子抛得老远，此刻他还在挑灯夜战而我已步入梦的门槛……

我就这样睡了十年。

我醒来的时候天已经大白。我第一眼就发现门玻璃上有两头挤扁的鼻子和四只弯弯的眼。接着我听见一男一女的哈哈大笑，再接着是碰杯的声音。

我立刻坐直。接着我习惯地用手摸摸下巴，感到扎骨的光滑和冰凉。胡子没有了！我记得昨天晚上并没有刮胡子。即使刮了到现在下巴也应该像一把圆锉才对。我左右瞟瞟，很快发现转动脑袋已相当费事同时听到嘎嘎的金属声音。我又用弓紧的指关节敲敲额头，结果敲出“当”的一响。一片如镍屑般的东西飘下来在阳光下贼亮。我用力挪动身子，拿过台子上的小圆镜进行自我观察——

被敲掉的皮肤里显露出一块青铜！

我明白了！

那陌生人绝不是K的朋友！那瓶里装的也绝不是什么咖啡！在我肠胃和血液里翻滚的是药！是中药！是按卞大夫的方子配制的中药！

谁是卞大夫?!

是那个陌生人么？还是那个穿风衣戴礼帽的男人？也许是拦路向老A要火的家伙，或者是那个雨夜企图轧死我和K的坏种！不，不对……

卞大夫不在这个城市甚至不在这个星球然而却光顾过（自然是秘密的）我的家同我这个家发生着千丝万缕的联系。不，不对……卞大夫是不公开露面的抑或不可能露面抑或天天露面与我摩肩而过你却无法觉察……

摆在面前的事实是我喝下了卞大夫的药。我竟是那么愉快那么贪婪那么心安理得地喝了。我喝了一杯又一杯。

昨天夜里我喝了卞大夫的药。

……

这个符号表示一个漫长的停顿。屋内的光线逐渐蓝了，我看到一只巨大的蝙蝠正撑开波浪一样的黑翅在空中飞舞割断了黄昏的手臂。大街上人们抱着脑袋在向旷野里逃窜，噪音像蝗虫一样追逐着他们。疲惫不堪的思维如砸瘪的罐头盒子堆在城市发黏的裤裆下面，吸引了一群绿头苍蝇。不久路灯开始撒娇，羞羞答答地传递着一个肉麻的耳语。等蓝色大面积燃烧起来后，人行道上响起了一阵阵的铁锹声。那个集团又开始行动了，酒后的表情像射精前的表情庄重无比严肃无比。他们用尖尖的指甲从牙缝里剔出一条条骨髓，然后彼此用手势比比划划。那意思分明是在研究如何把太阳种进一口深深的墓井……

我听到一个熟悉的声音。

我现在敢断定那声音是谁发出的。

M

该写的差不多都写了。我指的是我的小说。在画上最后的句号之前我就把笔尖送入了笔帽。关于这部小说的创作心得我将另墨提及。我完稿后的习惯是先放一阵子，再回头看看品位如何。就是这回我破例了。我知道来自远方的期待正站在我的对面。我不能让 K 再等了。

我的手稿始终是按原来的位置放的这我已经同你讲了。我的意思是我父母从未碰过它们。可是几粒耗子的大便停在上面让我神经过敏。于是我准备对手稿做一次粗略的检查同时更正难以避免的错别字。我就沉稳地坐下来，从第一页翻起。这时一个万分惊讶的事实开始暴露：没有第一页。换句话说第一页是张白纸。有一分钟我怀疑可能是自己粗心把第一页弄丢了。我便不多想，翻到下一页——也是白纸？这下我坐不住了，一口气把手稿全部掀完——全是白纸!!!

震惊过后是无限的疑惑。难道我至今没有开始？不，我清楚地记得很久以前我就开始了。我证据在握，你也是我的证人或者叫目击者。我的开始意味着什么?！这中间必定隐藏着一个陷阱！很长时间以后我才发现自己确实太嫩太天真。这是个连墨水也结冰的季节为什么偏偏我笔管里的墨水能款款流动呢？很显然，我笔管里装的不是墨水而是另外一种化学液。我知道海外早发明了一种褪色书写液，正被广泛地利用着。一些皇帝或者总统用这东西给臣民公民们开数目大得惊人的支票。一些政治家用这东西书写激动人心的施政纲领。一些间谍机构用这东西下达绝密命令。一些警察总部用这东西签署谋杀计划。一些投机商用这东西说明固定资产。一些暴发户用这东西订立开发合同。一些男人或女人用这东西给广大的异性撰写情书。一些老人用这东西给孩子们描绘金苹果而孩子也用这东西给老人们描绘尊严。一些……

我用这东西写了小说！我完全明白这个勾当是谁的所为。从我会写第一个字——人——开始起这个阴谋的轮廓就随之出现了。一切系命中注定，我的思维活动完全被时间排斥在概念之外，其中经历了一个浪漫而残酷的过程……

最最让我痛苦的是我已无颜见 K 了！她苦苦期待的竟是失望……孤寂严严实实地裹在我的躯体上，我冷。更叫我不寒而栗的还是后来。

经过反反复复的思考，我决定还是把这桩事的原委对 K 和盘托出。无论她知道后会发生什么剧烈的意外我也得原原本本地交代清楚。于是我给她挂了长途，尽管我的记忆力日趋不佳但她的电话号码我还记得。我用的是半自动直拨，一分钟后电话接通，传来一个柔美的女声险些让我热泪盈眶。我稳住气。

“K 呢?”

“我姓王。”

“我要找 K。”

“谁是 K?”

“你们编辑部的。”

“我们这儿从来就没有什么 K 不 K 的!”

对方果断地把电话挂了。我颇感诧异。我仔细回忆了我和K相处的全部细节，百思不得其解。我不死心，再次按K的电话号码拨动173，一分钟后又接通了。结果除那个女人把我臭骂一通外和第一次重复。万般无奈，我星夜赶到合肥，在红星路一号53幢108室门口我揿动了门铃，立即传来短暂的《致艾丽丝》的电子音乐旋律。这声音在夜间好响好亮，我心虚了一下，门便在这会儿开了，一位还算年轻还算标致的男人用矜持的目光询问我。我不紧张因为这个男人的面貌以及身材我觉得很熟悉。我接着发现他的眼也亮了一下，说明我之于他也不陌生。

“找谁?”

“潘军。”

“我就是。请进。”

我就随这个叫潘军的人物进了屋。这屋子很宽敞不过朝向极差没有一间朝南面的房子。好在北面的环境我早已习惯因此一落座我便自动去拿大理石茶几上的香烟（我敢打赌这茶几是一个姓杨的朋友送他的结婚贺礼）。我及时嗅出客厅里残存着的酒气，不是白酒也不是啤酒而是白葡萄酒。他大概看出我脸上的问题，便说：“今天是我30岁生日……”

（这不错。他生于1957年11月28日，出生地是安徽省怀宁县……）我想单刀直入把K的问题抛出来，关于他的生辰八字我没有半点兴趣。

“刚才请几位朋友来聚聚。你没口福，迟了一步。”他说。

“我不是来喝酒的，”我说，“请你告诉我K的下落?”我知道自己的口气很硬但我更知道潘军是个吃软不吃硬的家伙。他表情无动于衷，连续不断地吸烟只表明着他此刻在考虑如何瓜分甚至侵吞我的成果。

“K究竟是……”我把音调降了八度问道。

他双手环抱踱起步子，竭力做出所谓的作家派头，然后脱口一句：“K是虚构。”

他又说我弟弟老A是虚构。

他进一步指出连我也是他妈的虚构!

我一下蹦起来以致把他的老婆孩子全弄醒了。

“你火什么?”他终于教训我了，“你只配扮演一个似是而非的独眼龙!”

说完他吐了一口漫长的烟雾。

N

我气急败坏地回到家里天边已出现了浅浅的红晕。我不信自己的生命就这么被潘军的一句话给结果了。我充满活力这一点有时间做出证明。旁证这一铁的事实的是我亲爱的读者。包括你。但是这个早晨仍然发生了一件悲惨的事——

它死了！那只白鸟死了！它的躯体变得冰凉像一个标本优美地塑在笼子里。它的眼还睁着。我是从它不能抽烟的细节发现这个悲剧的。冰凉彻骨的体温表明这个悲剧至少是从昨夜开始的。我不得不检索业已作古的时间轨迹。昨天傍晚那个自称是 K 的朋友的家伙一进门就引起了白鸟的注意。当时它把脑袋猛地伸出了笼棂眼神好紧张。我以为是它认生的缘故便没认真。后来我准备喝“咖啡”的时候又听见它用翅膀拼命制造惊人效果，而我只不过象征性地瞥了它一眼，黑暗中飞满了洁白的羽毛。我那会子完全被“咖啡”的芳香所诱惑……

我的行为说明我已彻底背叛了朋友！我这可怜的朋友是在完全绝望的情况下窒息而死的，在一个寒夜……这可能是一个死因。

它也许是那家伙害死的！为什么它一见到他就惊恐不已？而他在离开我的屋子后是否又摸上了晾台？我听见大门砰地关上是几分钟以后的事。几分钟完全可以成为作案时间，他们肯定认识！白鸟到这个笼子之前肯定被别的笼子关过。白鸟难道不是从那家伙手里逃走的吗？从这个意义上看，那家伙实质是奔着白鸟来的，看我不过是虚晃一枪，转移视线……那家伙肯定是个训练有素经验丰富的职业杀手！他们到底结下了怎样的仇恨？

我端详着白鸟的姿态。它很像一个立于囚车中壮歌而行的死囚。我慢慢把笼子打开——我怎么早不这样做呢?！我的朋友天天在嘶着嗓子哀号一个永远被误解的单词——这是它唯一也是全部的语言！

隔墙响起了拖泥带水的脚步声。鸟先生起床了。如果他知道这幕惨剧下一步会怎么样无须我多言。我眼前已经现出他的一副醉态，他必定要就着它的尸体下酒！于是我抱着它钻进小屋，用白衬衫将它裹住，放进挎包。我知道该把它葬向何处。为了不露出蛛丝马迹，我像平时那样起床后第一桩事是进卫生间解手。门虚掩着，鸟先生已在里面工作，奶油色的屁股大半对着我的独眼。我不禁一阵剧烈痉挛——从那粉红色起着皱褶的肛门里钻出的竟是一根镀镍的拉杆天线！

我得马上逃走！刻不容缓！趁城市尚未苏醒之际离开还来得及。我没有什么好收拾的，带着白鸟的尸体悄悄行动。出门时我被一个软塌塌的东西险些绊倒：原来是只假乳！因此我联系到染发和假牙，由此我知道这个屋顶下那个装配起来的女人不是我母亲！鸟先生不是我父亲！这个家也不是我的家！一切全是谎言！

我就这样胆战心惊地迈出了第一步。

朋友，在这个永生难忘的早晨，我终于逃出了蓝色火焰之城。我疾步如飞，一口气涉过五条大河。那只大狗已完全被我甩脱！

我终于来到了这座无名大山的顶点。我要在这里埋葬我的朋友。我用带血的十指刨了一眼洞穴，把白鸟捧在怀里再看最后的一眼。我的独眼淌下了一串热泪。令我惊讶的是它的一只眼下面也凝结着一串冰泪！

O

“O”可以理解成一个放大的句号。至此。我的小说应该结束了。然而故事本身并没有完，也可能刚刚开始。我不是故意多划几个汉字来多索几枚硬币。我今天毕竟是30岁的人了。我把这部小说拉到今夜结束并非表示对30诞辰的纪念。不过是一次美好的巧合。刚才几位朋友赏脸来叙了好久，对我的创作说了不少鼓舞的言辞。这让我很窘很难堪。我说我是个蛮不错的作家看来可能是个小小的谎言。事实是我从未引起过热闹。

朋友们离开寒舍夜已很深了。我说寒舍不是谦词因为前一个晚上合肥落下了初雪其中夹着豆大的冰雹。我的屋子冷是可想而知的。我有了一点睡意，就上床了。我老婆带我女儿睡在里屋。我大概是子夜光景睡着的，醒来是翌日凌晨两点零四分。习惯地认为这个时间仍是昨夜的延伸。我是被女儿的啼哭吵醒的。一岁零四个月的孩子尿床不构成壮举。

但我既然醒了就不能假寐。我不算好儿子好丈夫但应该算好父亲。我的意思是说我起来为了给孩子换行头。她的被子无疑是尿潮了，我必然要把自己的被子给她。我便不想睡也不可能睡了，就漱口洗脸接下去是关门吸烟。这个架式自然意味着要构思点什么写点什么。

我觉得刚才短暂的睡眠陷得很深仿佛横跨了几个世纪。横跨是说往前往后两种情况都有。其中有意思的东西很多很多。我常常在梦境里访问别人同时也接受别人的访问，这便天然构成了我作为作家的前提。

我于是胡涂乱抹到早晨七点一刻。窗帘呈橘色表明这天的背景是暖调子。早晨散步对于我这号人特别难得，我就决定出去走走。出门前我仔细检查了女儿的摇篮，她没有蹬被子睡得很香。为了不惊动她我用钥匙将门锁空旋一圈再反旋回去。

我的门牌号码是：红星路一号53幢108室。

为了避免著作权的纠纷我重申《省略》的作者是我。

写于30岁生日之夜　合肥

（原载《作家》1989年第10期）

南方的情绪

一

我搁笔已久。没有写东西的一个原因是气候极端反常。现在我所处的城市每日平均气温38℃，24小时汪在汗里。专家们早就指出：由于太阳黑子……由于太平洋副高压……所以地球出现了温室效应所以天热。我不相信这些高谈阔论。我觉得问题的核心是太阳的堕落。这观点很朴素，因为我观察太阳已经整整30年。它的堕落是我意料之中的事，一丝不挂也不再能证明它的坦荡与赤诚了。

为了摆脱太阳的纠缠，我决定去一个没有太阳的地方做一次微带冒险色彩的旅行。我蓄谋已久，也深知实施这一计划的难度。但这个计划仿佛一种宗教，放弃是不可能的。

眼下，我要到南方去。具体地说是去一个叫做蓝堡的地方。有位号称老板的人在那里等我。我推测那家伙是个胖子，五短身材但非常有钱。昨天夜里有一个女人把电话打到我家里。

您不是想得到一个避暑的机会么？

起初我以为是哪位朋友的恶作剧，但马上就觉得不对劲：我从未向任何人透露过我的电话号码，因为电话总被窃听。

你是哪位？

我奉我们老板之命邀请先生来蓝堡做客，希望您明天就动身。您不会让我们失望吧？

电话到此断了。不像是故意挂断而是常见的那种莫名其妙的中断。这桩事没有让我像接到一个绑票通知那样焦灼然而毕竟要引发我的思考。

有人已注意我很久。可能是利用我抑或诱捕而后谋杀我。报警是必要的但毫无理由。我的名义是去做客。我开始检查每一间屋子，发现有生命和无生命的都安然无恙。这多少让我轻松了一点。我坐到沙发上抽起香烟，回味那个女人甜美的声音。我想这或许是件很好很实惠的事，有人花钱供我享受这至少说明我还有点名气。最让我愉快的是可以把这次行动纳入我那个理想计划，以此为起点应该说是最恰当不过。于是我坐到案前，准备写一篇叫做《南方的情绪》的小说。其实一个悲剧在这之前就拉开了序幕。

二

现在我来到火车站办理购票手续。我要争取软卧。我向朋友的父亲借了高级记者的证件。自从那年秋天发生软卧车厢谋财害命案后，软卧票受到了绝对控制，以维护软席的尊严和安全感。其实问题并没有解决。凶手可能就属于拥有软席权的人。

我先去了客运计划室。一个过早谢顶的男人毫无表情地告诉我近三天内的软席票均已售完。我悻悻告退，暗暗为浪费一支万宝路后悔。车站历来是个杂乱无章人声鼎沸小偷驰骋的地方，我没有兴趣久待。太阳此刻已经拔高，所有的人晃动着半个脸打着各自的算盘。我走到斑马线一端，等一辆猩红色的大货车过去。一个穿T恤衫的青年款款朝我走来，他的右手插在牛仔裤口袋里，似乎想掏出什么。此人我并不认识但直觉提醒我这个青年可能与我有关系。于是我对他微笑了一下。他的嘴角也牵动了：买票？我说是的。我说我急需一张去蓝堡的车票，当然最好是卧铺。我没有乘软席的奢望。去蓝堡？那人又笑了笑，露出粉红色的牙床。他把左拳松开，果然就有一张今晚去蓝堡的票并且是软席。我大喜过望，立刻点钱。我故意放慢点钱的速度，借机观察了车票的标记和公戳。不是伪造的。点清票款，我们握了握手。他的手很黏，像是刚摆弄过什么带黄油的机械。我说谢谢。他没说什么，骑上斑马线那端的一辆黑摩托走了。我再次检查了票面，找不出任何不信任的地方，就小心地放到上衣口袋里。列车18点10分从本站发出，也就是说今天的黄昏我将暂时从这个城市消失。城里最近一个时期正闹鼠疫，丧生的基本上是青年和儿童。这与气候对老年的惩罚构成了死亡的平衡。

去蓝堡？这么说我们可以聊上一阵子。你大概是个作家。

我很吃惊，不明白她怎么知道我的职业。我总不至于浅薄到向一个在火车上见面不过三分钟的陌生女子抖落家底的地步吧。我们的关系充其量不过是坐进了一个包厢。她是下铺我也是，这就十分容易面对面接触。她刚才一摘下草帽我就记住了她的相貌。她属于那种忧郁的美。这种女人有着喜怒无常的天性，善于怀疑和乱发感叹。这种女人不容易到手。不过我觉得遇到这样的旅伴切切不可轻易放过，得设法同她聊聊，等她安顿好了坐定下来再找一个理由比如借水果刀什么的同她搭话。可是她先开了口。她很随便地说了那句话然后把垂到胸前的软软乌发送到肩后然后平淡地看着我。

我说是的，我写小说。我想自己还有点名气，一些刊物在发表我小说的同时也刊登我的照片。

你不觉得南方是一部非常精彩的小说么？你得先读读南方。

她似笑非笑。

我心里又大吃一惊。这个女人很神秘也很耐人寻味。

我在写《南方的情绪》。

这是个诗的题目。组诗。

我不是诗人。我也不会把这个题目捐给诗。

你是个谨小慎微的男人。不大方。

现在她离开了，到外面的廊道上去欣赏窗外的景致。从我的位置只能看到她的背面。她的身材无疑是上乘的。她穿着印有暗花的白色套裙。是象牙那种白。胸罩的颜色是黑的短裤也是，还有黑色的长统丝袜和白凉鞋。这种黑白相间对比强烈的装束让我大长见识。她很会打扮，既轻而易举地盖压群芳又招引男人们注目。这是个黑白相间的精灵。

我一丝不苟地注意着她。这时候列车长在她边上停下，让她办理加票手续。她本来是硬卧。列车长是个看上去极其平庸的蠢货，好色自不必说。他大概希望她能说声谢谢，可她没说。她用找回来的零钱买了两罐可乐。她感觉到我已经到了她的身后，便递过来一罐。我们几乎同时将罐子拉开，两下漂亮的声响，所有的人都往这边看。我很自豪。一个高瘦的乘警慢慢垂下放在腰间的手。

我们坐下来开始评论外面的世界。我坐的位子同我的床铺方向一致，背对着车头，因此我始终感到这趟车是在飞速后退。我在想象一个叫做蓝堡的地方。如果不误点，明天子夜时分我就到达了目的地。会有人去接站，可能就是给我打电话的那个女人。我心里顿了顿，觉得那个打电话的女人与面前这个谈吐不凡的女人可能是同一个人。她们的音色很相似，如果不经过电话的过滤几乎一模一样。最有力的证据是她们都把蓝堡念成了南堡。再联系我们见面的情景就更为逻辑严密。给我打电话的女人显然对我了如指掌，而面前这个女人不但了解我的身份了解我的去向而且了解我的设想。她们从不同的角度从容地走进了我的小说，这部《南方的情绪》。我不能不感到惊奇。不动声色掩饰不了我内心的慌乱。我茫然观察窗外，天已变得幽蓝深远，只有一粒星星在不起眼的地方作案。列车呼啸着向后退去，宣告一个关于南方的寓言正在杜撰。

三

半夜里发生了一件事。

有人碰醒了我。实际上我不可能睡熟不过是进入了假寐状态。她睡到我的铺位上来并不嫌挤。不觉得热是因为空调的缘故。据列车长介绍，这节车皮刚挂仅跑过一个来回。当时列车长说烧这种空调系统的油特别难弄。她说最好半夜里别停掉，那样会很不舒服。她一直在提醒我进出别忘了关门，否则冷气会跑光。我们心平气和地吻着。我觉得她口腔里有股淡淡的青草味。她的身材十分匀称皮肤很细腻。我们侧卧着，我的右手放在她腰间并且开始用力。她干这事显然很在行而且耐性很好。她闭着眼这我能想象到。我还能想象到外面的过道有脚步响，是脚后跟提起来走动的那种声响，尽管夜间行车的声音空洞而单调，但并不妨碍我的感觉。她呢，自然比我先意识到什么将要发生，便利索地收拾停当接着“哗”地把门拉开。这意外的举动让灯光和列车长同时抛了进来，后者险些栽倒。跟在后面的那个高瘦乘警倒退两步同时敏捷地把手往腰间一按。

很辛苦哇，车长。

不不，你们辛苦。

我很舒服。

看来这空调还不错……不过油快完了。

那么就把门打开好了。

她说完就睡到自己的铺上。空调在列车长一行离开后就关闭了。车厢内立刻闷热起来。以后这门就一直开着，灯光把我们一剖两半。我看没有什么指望了，就昏昏睡去，大概不久就睡熟了。很远的地方有一群狗在乱吠。

这一觉睡得很沉。好像过了几个世纪。我醒来时太阳已西斜。我伸了个懒腰打算到餐车去找点吃的。很快我发现她已经不见了。她的铺位移交给了一个光头汉子，正歪在上面啃一只羊头。他不时把手指上的油渍往脑门上揩，一副悠闲的样子。见我起来了，那人便瞟了我一眼。我不禁一怔：这家伙眼光竟是绿的！

我装出放松的样子提着毛巾牙刷摇摇晃晃地去了盥洗室。我又遇上了列车长。起来了？他很关心地问。我点点头。你应该先上厕所。我想这事用不着你瞎操心。我开始往牙刷上挤牙膏，突然觉得不对头。我的直肠压迫得非常厉害，肛门周围神经变得紧张。我赶紧把牙刷扔到一边，转身钻进厕所，刚蹲下就听见“轰”的一声大响。

我又在想她了。那个神秘的女人径直介入我的生活然后又果断地退出，我认为都是有背景的。我回忆了与她相处的所有细节，觉得事件并不是因为她可能是个文学爱好者所以委身于作家这么简单。不能看做一次神奇的艳遇。她落落大方地走进我的小说，凭借超人的机智和勇敢帮我杜撰情节以完成这部作品。可是她又中途退出不辞而别，那么关于她的故事在以后的章节里只能用省略的方式来表达了。这当然十分遗憾。

不。事情的性质要严重得多。我现在可以说是恍然大悟。我有足够的理由来证明这是一个阴谋。有人设了圈套。他们掌握了我的全部材料并且从很久以前就开始了对我的监视。于是两天前的深夜一个女人给我打电话，说有个叫老板的家伙邀请我去蓝堡做客。怕我刨根究底他们造成电话自然中断的假相来迷惑我。第二天我去买票，在我失望时竟有人向我退票。那个穿T恤衫的小伙子毕竟嫩了点，不作任何铺垫就完成了任务。他的右手始终不从裤袋里抽出来，分明是捏着一把手枪以防不测，否则他左手上不会有黄油味。这样，我顺利地按照他们指引的路线行动了。在这旅游旺季软席居然还空着本身就颇可疑。一对青年男女合宿一室是他们预先的安排。她原来与他们是一伙的！还有那个貌似憨厚的列车长，现在看来他可能是个小头目。他比较老练，借给那个女人办理补票手续之机向她下达任务：让她半夜里和我做爱以制造一起强奸案。她做了但没有喊。列车长看时候已到又没有动静就带着乘警来探听，这时她出乎意料地将门打开，导致了抓奸计划的流产。无疑，她已经成了叛逆分子。她知道不能再在这个狭窄的空间生存下来，于是趁着夜黑风高消失了……

当然，这也不过是一种可能。

四

那汉子始终一语不发，仔细地啃着羊头。现在基本上啃尽了，因此他显得精神饱满。羊看来很小，它的颅骨不过拳头一般大。颅骨的表面很粗糙，依稀可辨出血迹和经络，这是没有煮透的缘故。颅骨的右下方也就是靠近眉弓的地方有一个小指大小的黑洞，显然是枪眼。子弹是从正面射入的。那人满足了食欲便开始拔身体上的毛。凡是有毛的地方他都要触及。每拔一根他都用拇指和食指夹着，反复地搓。他不再看我。但是他的一条粗壮的腿拦在门口，这使我的出入很费事。他并不道歉。

我想我应该点上香烟，去看看窗外。向前飞驰的景物我很陌生。田野很荒芜，连草也没有。这是一片灰色的田野。阳光藏在大山的背后。忽然有了一阵喧嚣。飞扬的尘幕后面一群汉子在追赶一只野兔。这些人一色的短腿但奔跑速度惊人。他们大声吆喝着进行这种司空见惯的围捕表演。那只野兔刚进入青春期，体格健壮以致看不出面部的豁唇。唇的颜色和处女们的乳头一样嫩红。它跑得很快很机灵，它的突围成功在即。就在这时，坐在我对面的那个光头汉子把羊头骨有力地向窗外抛去。接着我听见一声沉闷的枪响，空气里旋即有了腥味。

野兔的脑袋射向天空后才裂开，像一颗熟透的让人踩了一脚的番茄。皮毛变成了无数朵蒲公英飘动着，带血的脑浆呈伞形向四方泼洒。我的胃极不舒服，想去漱口再吃点冰凉的东西。我从那人的腿上跨过去，听见他干咳了一声。我并不想跑。我知道即使冲出这道门也无济于事。自从鬼使神差地离开家门我就没做别的思想准备。我觉得目前我的生命不会有危险，这些人会一帆风顺地把我挟持或者护送到蓝堡，交给一个叫老板的杂种。

我不想再增添烦恼。我站在走道上，不同任何人交谈，默然注视着晃动的窗外。暮色弥漫开来，不久天地浑然一体，彻底暗了。荒原上滚动着两团磷光，那是一匹觅食的饿狼。磷光的倾斜颠动说明它瘸了一条前腿。磷光拢近了，接着尖锐的金属声弧形掠过，这畜牲在用牙齿撬动车门。就这样反复了几次，终于听到一声绝望的哀号。下一站是哪里？有人边嘀咕边活动手脚，嘴角停滞着灰色的睡意。他们都睡得很不错，哈欠让人羡慕。我侧身继续注意窗外，磷光消失了。看不见任何起伏的轮廓，荒原是冷寞的。列车仿佛大洋中的一条木船，以孤独作为品质。我觉得时候不早了，就看看表。可是不知从哪一刻起这只表停了。我估计了一个时刻，把指针拨到那儿，而后上弦。我发现秒针开始调头运行。我的手变得冰凉。

在这个漫长的夏夜，我徘徊在从荒原的腹部穿过的列车里，细细品尝着灵魂的错位。一条巨大的生满毛刺的粉红舌头正牵拉在我的喉部。

五

现在我得谈谈蓝堡。从地图上确定它的地理位置显然是徒劳的。这绝对不是因为它的小而在于它纯属虚构。这无疑是座城市。描绘一个城市的面貌对于小说家并非难事。城市的面貌说明不了城市的性质，承认印第安部落和德克萨斯午夜的牛仔也并不意味着纽约和里根的不真实。

子夜，列车正点抵达蓝堡。

月台上空空荡荡，除了两名一动不动的工作人员外没有第三个人。在挺拔的石柱上，悬挂着一个驴头，是新剁下的，颈项横断面还在滴血。这或许是蓝堡的城徽吧，我想。我提起皮箱平静地走下车来，列车长对我有分寸地微笑，然后吹了三声哨子。这哨音在夜间异常刺耳，天空顿时裂开了一条缝。分明是暗号。我走出站门发现广场上停了一辆漂亮的马车。三匹马全是黑色。从马粗重的喘息中我知道这是来接我的，才到一会儿。驾车的是个光膀子的老头，只有一个鼻孔。我沉着地上车，把皮箱搁在两膝上。老头并不回头看我，不动声色地吸着劣等纸烟。这时候从广场的东头跑来一只棕色大狗，老头见到它便浑身一颤，连忙朝空中抖了一鞭子。三匹马同时撒开蹄子瞄着月亮奔去。我从后窗观察到那只大狗撵了很久。

马车走得悄没声息，像走在雪上。但是摇晃得厉害。我渐渐有了倦意，歪在椅背上。此刻月亮就悬于对面的天幕，十分的黄。这色彩在夜间总给人以向往。我的关节放松了，眼皮愈来愈沉。朦胧中，我听见一声猫头鹰的轻啼，还听见一阵细碎的脚步声其中夹着金属的叩击。似乎有一个沙哑的嗓子在问：是第几个？

下榻的地方很不错。我甚至没有一点陌生感。山坡上那个白色建筑物在月光下显得很优雅，我们不妨称它为白色山庄。

我在没人带领的情况下走进了那个巨大的拱门。谁也没有上来制止我或者来一番盘问。我记得接下去是踏了九九八十一级台阶再拐进了一个圆门。这时我看到了金碧辉煌的大厅。正面的墙上有一面很大的镜子和两个面具。地毯是猩红色的。一个女人背对着我在练习哑语。我没有惊动她。我认为我应该顺着S形的楼梯往上走，走到第三层然后向右转，在第七个房间也就是最东头的房间门口停住。我下意识地掏出身上的钥匙。当钥匙深入锁孔后我才觉出此举的荒唐，然而一个事实不容怀疑：门开了。这一瞬我的好奇心占了上风，就抬起左臂很方便地碰上了电灯开关。室内明亮起来，灯光的颜色是咸鸭蛋壳那种浅青，纯净而凉爽。

这是一个标准的套间。卧室和客厅都布置得相当考究。床不是席梦思而用了棕绷，这非常合我的口味。写字台很大，上置价值连城的文房四宝。显眼的是几个高大的书橱整整占了一面墙。我随便浏览了一下，这些书我都不陌生。在一个角落有一台立式的18吋彩电，我怀疑其图像的稳定性，因为有一根天线可能没有被螺丝固定住，常常牵拉下来。我发现我的兴趣逐渐浓厚了，我已经认识到这个空间里隐藏着一个偶然和巧合。

不久前我无意碰碎了一只玻璃香烟缸，是结婚时我老婆替我买的。我喜欢它的造型，喜欢去摸它的表面。后来我曾托许多朋友到外地去配但皆空手而归。没有想到面前咖啡色玻璃茶几上就摆着一模一样的一个。来之前我打算添一双拖鞋。我已经在心里物色好了样式只是叫那个匿名电话搅乱了没有买成。现在呢，我从床下找出了一双并且恰好是 41 码。由于时间仓促和精神张惶，我出来时忘了带剃须刀，结果刚才我去洗脸时在镜台上又发现了，和我本人在家里使用的那把胶木柄的毫无差别。够了够了，单凭我自己家门的钥匙能把这千里之外的房间捅开的事实，就足够让我魂不附体了。

我瘫倒在床上。

后半夜下起了大雨，规模比作瓢泼毫不过分。我睁开眼，看到连续三道红色闪电却听不见一声雷鸣。我逐渐听见的是一阵阵起伏不停的脚步声，忽强忽弱。后来这脚步声紧贴着楼房根部响着，节奏变得杂乱而富有弹性。不像是一群人也不像是一群走兽。我不敢开灯，连拖鞋也没穿，怯怯地走到窗边。吸一口长气后我掀起窗帘的一角，一串流动的蓝色火球自楼前晃过，蓝光连成一片，我终于没有辨清是些什么东西。但我知道，这是一次雨季的秘密行动。攻击的目标是后山。从报纸上我了解到，有一个青少年科普夏令营十天前开到后山进行采集植物标本的作业。而这个蓝色集团是专门制作动物标本的，历史不下五千年。

我贴着墙立了很久。骚动刚结束东方便呈现了一线乳白。我吃力地看见了山坡上的那株古柏，它的一半身躯已给雷电烧焦，然而额头的绿叶又表明了它身残志坚……

我就这样等到天明。

六

第二天是个极好的天气，天的颜色很蓝，仿佛在回忆一部童话。方方正正的太阳像一个窗口，镶嵌着宇宙的缩影。

大概因为无聊，我很烦躁。抽完一盒香烟后，我开始用指头敲击肋骨这身体的键盘，敲一支关于母亲的曲子。门便在这时被人从外面推开，我连忙站起来，随手握住了那只分量很沉的玻璃烟缸做出正当防卫的姿态。

进来的是位女郎，长得很可爱，肯定是服务员什么的。她很快察觉到我举止的荒谬就把脑袋歪向一边像小鸟似的对我微笑。见我坐下来，她才笔直走上前。

先生您要什么？

我要什么我什么都不要。你们到底要对我干什么?！我苦笑着，又觉得把怒火喷到这么美丽的姑娘身上很不礼貌。她还年轻，涉世不深，顶多不过是奉命给我挂了一个电话。我叹了口气。

您是不是想用餐？

不，谢谢，你的老板呢？

我们这儿只有经理。

那就叫经理来。

这姑娘退出去不过五分钟的光景，一个五短身材但精神抖擞的中年男子进了我的房间。这是经理，与我想象中的经理除了耳朵稍小那么一点外没有两样。但我相信以前我并不认识他。我们面对面地坐下来。

先生有什么吩咐？

你是不是老板？

老板？不，我是经理。我父亲是老板。

那你让他来见我。

很遗憾，他无缘结识一位作家。他已过世了……

过世？

家父死于乾隆十七年的一场霍乱。

那么，是谁请我来的？

谁？是您自己呀！谁也没强迫您……三天前您亲自来了电话，预订了这套房间。您说您要在这里完成一部叫做《南方的情绪》的小说，需要安静，所以您指定要最东头的……

这是捏造！

您别激动。您是个有学问有教养的人。我们至今还保留着您的声音。我们是录音电话，我想您不会听不出您自己的嗓音吧，您爱把“住”读成“锯”，您应该是南方人……

我无言以对。是的，谁也没有强迫我到这儿来。我用不着去核实那个所谓的录音电话。这个手段并不高明。我现在已经进入了一座迷宫，只能凭运气去摸索，走一步算一步。我还能说什么呢？可是我越发惶恐了。我在想这个空间，既陌生又熟悉。我和这里的人不存在语言障碍，这里的生活设施也是我所习惯的。客观上我几乎没有什么不适应的。比如在收看电视时，我可以将那根松动的天线支靠在书柜的侧面以保持图像的稳定。我知道靠近床根的壁脚上有一个方形多用插座，它主要是用来让我睡前读书，把台灯移过来很方便；再就是接通一座鸿运扇。我不喜欢空调，既耗电又有噪音，另外进进出出容易感冒。所有这一切，差不多都是按照我的想象设计布置的。问题出在时间上。面前这个中年男子几分钟前说他的父亲死于乾隆十七年的一场霍乱，这就是说他的年龄不是几十岁而是几百岁！可从他的长相及精神状态上看，他差不多算是童男子。实在不可思议。

七

很久以前有一位瘸腿的行吟诗人到过这里，向臣民们传播所谓的真理。他断言这是块永恒的黄土地，与江河日月同光共辉。于是在诗人热情的感召下，人们积极地篡改出生证、废除时间、染发、装配假牙。一个以青春的名义向历史宣战的运动全面铺开。可是就在这天夜里，播火者诗人却被谋杀，凶手至今逍遥法外。这便形成了一个伟大的悬案。

以上这个故事是那个姑娘告诉我的。她来替我收拾房间，我给她冲了一杯咖啡。我请她坐，我说我总觉得她有点面熟。她笑了。她说很多男人见了她都这么说。我说我讲的是实话并非乱献殷勤。她就做出很感动的样子，沉默不语。这让我失望。我的初衷本是通过她来了解蓝堡的历史而不是同她吊膀子。她固然可爱但丝毫不轻薄。我于是从沙发上站起来，抽着烟在她面前走来走去。她很精明，看出了我对于沉默缺乏应有的耐性，就用小勺子轻轻地敲击杯子。她没碰那杯咖啡。

你应该趁热喝。

谢谢。我不爱喝咖啡。

漂亮的姑娘应该喝咖啡。

不。其实你也不爱喝。

你怎么知道？

因为现在大家都在喝，所以你也跟着学喝。

我说是那么回事。我还说其实喝起来味道与板蓝根冲剂没什么两样，后者还能预防甲肝。这样气氛又活跃起来，她笑不露齿。我觉得现在是提问题的好时机。我告诉她我要在这儿住很久，写出一部叫做《南方的情绪》的小说。如果你不介意，我想邀请你扮演角色。她笑而不答。几分钟后，她的神情专注起来，接着她用一种貌似平淡的口吻对我叙述了那段现在大家都已知道的故事。她建议我把这个故事写进我的小说，说是很有意思的。她显然还想对我再说些什么，可是这时一只瘦手从外面伸进门来摇晃了两下，她就歉意地对我笑笑，说经理在叫她。

我觉得刚才那只瘦骨嶙峋的手安在经理身上很不和谐。经理长得敦实，皮肤白皙而富有弹性。经理连一根胡子也没有。我怀疑请她离开我的是另一个人，绝对也是一个男人。他是谁？我连忙跑出去，为了掩人耳目我装作去倒烟灰和纸篓。我一直盯到楼梯拐弯处，我向上向下向左向右观察却一无所获。这是个惊人的时间差。我仍不甘心，沿着楼梯往下走。我走得大汗淋淋，由于光线渐弱我的眼球越发酸胀。天气很好光线却如此晦暗。我扭扭颈脖，始才发现一个问题：这楼梯怎么没完没了？它仿佛是在我脚下随时生长出来的，只要我继续往下走就没有个尽头。周围迷迷蒙蒙，寒气逼人。某一个角落在滴水，像出了毛病的抽水马桶。我停住，想靠在楼梯扶手上调整一下呼吸。手的触觉表明这扶手已不再是塑料的而是木质的，并且由扁平变成了圆。我还能感觉到扶手由于油漆剥落产生的毛糙，很扎手。我不明白这是怎么回事。我想再这样追踪下去情况会很糟，就小心地往上退。每退一步楼梯都发出行将断裂的惨叫。这时一只天鹅般大的红蝙蝠向我的眼睛扑来，宽大的翅膀掀起一阵狂风，我脚跟一软，像罐头似的滚了下去……

我醒来时天色已晚，屋里有人出出进进。我躺在沙发上，看见经理正在批评那个姑娘，说为什么不事先把床认真检查一遍？

谁会知道白蚁钻进了床脚呢？她辩解着，有些不以为然。我从她胳膊弯里看过去，一个年迈的木匠嘴里咬着铁钉正在吱吱呀呀地锯床腿。还有一个小女孩子在拖地，擦痰盂。见我醒了，经理恭敬地走到我面前。很抱歉，没想到中午会发生这件扫兴的事。您睡得很香，可能是做了一个奇怪的梦导致您翻身太重，所以床腿断了。您被抛下来，脑袋又撞上了痰盂……不过一切都过去了，好了，请您多加原谅。您好好休息，不打扰了。

骗局。地道的骗局。那些机关暗道我现在还历历在目，你们竟把恐怖归咎于我的梦魇，实在太卑鄙了。我差点把玻璃烟缸扔到那张光润的脸上，可是力不从心。我连说话都极其困难。再说，我孤军作战势单力薄来一番硬性的反抗只会是自掘坟墓。我又重新躺下。那伙人出去了。那姑娘排在最后一个，她带上房门之前对我递了一个飞吻。我一动不动，心里非常潮湿。我不知道该怎样来评价这个女人。我自然要联想到旅途中的另一个女人。把她们看做一个人会引起逻辑上的混乱，但作为女人她们在本质上是一母所生，都具有叫我无法抵御的魅力。我的弱点是总不愿意把女人想得很坏尤其是漂亮的女人。在这个问题上我与一个叫尼采的老头分庭抗礼。尼采长相丑陋体格略胜侏儒，女人们对他不感兴趣，于是他就憎恨女人并且厌恶为女人们所钟爱的男人。而叔本华却滑头得多，他终身以童男子自居且又谨慎地珍藏着医治梅毒的偏方。唉，我想得太多了。想多了头就痛。

八

在我浏览所有的关于蓝堡的史志资料后，我开始推敲那个姑娘所叙述的诗人之死。我疑惑有三：既然是行吟诗人就不该瘸腿；传播真理是职业革命家的使命而诗人只负责宣传爱情；诗人因理想破灭绝望自杀而不是谋杀——人们对爱情缺乏耐性，感兴趣的是不经过爱情铺垫的直接交媾。

我想再找那姑娘谈谈。我悄悄离开了房间。在门口我停了一会儿，没有出现盯梢者。刚移步，一阵柔曼的钢琴旋律仿佛自九天飘落下来，我的眼前豁然出现了一片蔚蓝色。我循声寻去，脚下很光溜令人产生失重感。我的视野渐渐变宽，当一丛白色的蜡烛燃烧起来时，我才知道我已置身于一个大厅的中央。这是一个巨大的白色的殿堂，只有一根极高极粗的柱子，上面现出九条龙的浮雕。没有窗户，没有椅子，也没有服务人员。地上有许多锈痕斑斑的剪刀和一堆白生生的指甲。大柱的背后挂着一副大马的完整骨架，像是一匹公马。旋律在我头顶上盘旋，我仔细巡察，看到左前方的黑色帷幔后面一个背对我的女人正在用脚弹奏一架大型的红色钢琴。她弹得如醉如痴，摇头晃脑。我走近去。

这是什么曲子?

安魂曲。(她的声音苍老得叫我惊诧。)

安谁的魂?

我丈夫。他是个诗人。

原来她就是诗人的遗孀。我慢慢移到她的侧面，想看看她的面孔。她相应地转过脸。天哪……

哦，我正要找你……

我知道。

关于那件事……我认为诗人，也就是你丈夫，可能是自杀。

我知道你会这么讲。谁都这么讲。

我不是信口雌黄，我有理由……

你的理由是站不住脚的。看见那副马骨了吗?

他当然可以骑马游说，但关于这一条意义不大。

你错了。他其实不是诗人。他不宣传爱情。他不过是以爱情作为强奸的借口。他不光是对女人下手……

那么，他感到罪恶累累就……

不，是我杀了他!

说着，她一下跳到键盘上，琴声如雷贯耳。我眼前又掠过一片蔚蓝色，然后是一片猩红。这是地毯。走廊上就我一个人，没有盯梢者。我发现脚下有一根断弦，就拾起来。其实是一根细藤。

我在走廊上荡了几个来回，没有见到我要找的姑娘，只好回到自己屋里。有点儿闷，我走到窗前，并不觉得脖子上有风。现在，太阳躲进了大山的腋下，天空里有一股狐臭味。云很低很硬，正拼命地集合，嘎嘎作响。看来今夜局部地区有雷阵雨。我的太阳穴跳得相当乱，半个脑壳昏沉沉的。我盼望能有一场大雨。

这时有人敲门。

您好点了吗?是她。(她的声音又变过来了，这个精灵!)您午餐还没用呢。她把灵巧的餐车推进房间。

我说我现在没有胃口。

她例行公事地把菜和餐具安排好。菜不复杂，一荤一素一汤。两个火腿面包和一杯啤酒。这让我有些感动。我不便拒绝。我慢慢坐下来，我说我得先抽一支烟。她没看我，像前几次来一样她随便从沙发或者床头柜上捡一本杂志翻翻。过了一会儿她又伏到写字台上去看我的手稿，她不乱动，就看面上的那页。她格格地笑起来。

谁会用脚弹钢琴呢？

还能有谁呢？我沉默着，注意她的侧面。她看得很认真。

什么乱七八糟的，不懂不懂！

很好。你不懂就好。你懂我就完了。我知道被害人与杀人犯这两个角色你都不感兴趣。你好像只对我感兴趣。而我不是那个死去的诗人，我是活着的小说家。我们就这么隔着茶几坐着，互不干扰，相安无事。我们就此两清了行么？

你天天待在屋里不觉得闷吗？

外面太热。

林子里不热。要不，进城玩去。城里在放立体电影。

我对影视不感兴趣。

那你对什么感兴趣？

说不清，你呢？你喜欢什么？

老虎。

九

当天夜里我就想潜入蓝堡的腹部。我并不是为了看一场狗屁的立体电影。这座城市对于我似乎永远是一座迷宫，我对它感兴趣。可是谁都清楚蓝堡实际上是个设防的城市，它的上空至今流动着黛色的硝烟。每块砖头随时都会被一个黑洞洞的枪口顶落，每只靴子里随时都会跑出一把匕首。有人嘴角的香烟还在燃烧但灵魂已进入了天国。落在泥沼里的头颅也在努力完成最后一个微笑。所以说我的企图带有极大的危险。况且，我现在是寸步难行。这里的每一棵树都可能成为盯梢者。在通往城里的大道上会突然出现无数个陷阱。我知道这些人平日里都道貌岸然，做出服务热情的样子。其实他们一秒钟也没停止过对我的诱惑和瓦解。

他们等待着我自食其果。就像制造列车软卧包厢的强奸案那样做到滴水不漏，他们要让全世界都承认我的问题不是一起冤案，而是罪有应得死有余辜。到目前为止，一切迹象表明我的判断没有偏差。

我很痛苦。我明白自己的处境。我知道这里布满了不可捉摸的机关暗道，一片落叶都是个暗示，防不胜防。他们解决我不过是时间问题，现在，我唯一的选择是逃。我必须设法离开这个山庄。我把希望寄托在那个姑娘身上，我深信她尚存一点良知。我的第一次灾难的避免就得助于一个女人。我觉得对女人不可全信也不可不信。但是，从这天起，那个姑娘再也没有出现。经理说她得了急性肠炎，送到城里治疗去了（经理说这话时一脸无法掩饰的淫笑）。我不相信这是个巧合。他们大概觉察到她和我相处得还不错，大概以为我会借助她逃之夭夭，就断然把我们分开了。

然而我不会坐以待毙。狗急都会跳墙，何况我是人。于是在薄暮时分我借散步的名义开始观察地形。我用牙签剔牙，这种老人喜爱的动作会让人对我放松警惕。我沿台阶而下，不时坐下来从石缝里拔出一根小草观赏。我发现从右边廊道过去有一扇小门，通向养鱼池。那儿的围墙很低，我可以从小树身上搭一脚翻上墙，跳下去就是林子。那是一片茂盛的老林，树木参天几乎透不进一线阳光。我不知道这林子的尽头是什么地方，但这无疑是条理想的逃遁之道，我避开了大路就赢得了安全。我很高兴。我把这些都记录在心，反复背诵。我不能把这些写出来，这个时刻是切切不可有蛛丝马迹的。天很快黑了下来，潮湿的风扑面而来。我转身往回走，看见一个光头老汉靠在拱门前的石柱上对我微笑。什么意思？难道……我心里突突地狂跳。这个老头我是第一次遇见，但他却视我为熟人。他盯了我多久？我低下头想从他边上快些走过去，这时他说话了。

先生可是那个作家？

你是谁？

我是个流浪汉，这一带人都晓得我，叫我老 Pan。叫 Pan 老也行。

老 Pan？是老潘还是老盘？或者老庞……我打量着这个看上去很快活的老人，心里陡地一惊：老板！原来此人就是老板……

先生可有闲工夫？

你找我到底要干什么?

闲扯。我有许多话要对你扯。你是作家，专门写书，我讲的事你肯定有兴趣，你很快就会睡不着觉，去再写一本厚厚的书……

你找我就为这个?

就为这个。我不识字，要不我自己动手了。

你是说我们合作?

合作?不不，那别人会笑掉牙的。不，不是的。我讲，你写。写出来就全归你的。得了钱，你买只烧鸡买瓶酒给我老汉就行了……

我发现我的感觉有些不对头。我仔细分析他的面部，没有什么异常变化。但我仍然放心不下。我问他是怎么知道我的职业的。他说是这里的服务人员告诉他的。他还说他今天一早就在山庄里转悠，等我出来。他说他晓得我在写书，晓得写书的人在写书时怕人打扰，就耐着性子等。

这是个古怪的老人。无论他找我是因为什么，我都回避不了。我就递给他一支香烟。他摆摆手，说抽不惯纸烟。说着他从脖子后面抽出一根两尺来长的铜烟锅，在烟袋里捣了两下，找火点燃吧嗒吧嗒地吸起来。天色晚了，我请他到我屋子里去。我倒要听听他能说出些什么让我感兴趣。

十

进门后我吓得倒退两步，他又一次划火柴时从他的右袖管里探出一个青皮蛇头，正对我吐信子!

先生莫怕。他笑着用烟锅击了一下蛇脑壳，蛇便又缩进袖子。从袖子的皱褶看，这条蛇至少有两米，它的尾部在他的脖子上绕了一圈。他坐到我对面漫不经心地把这锅烟吸完，然后说:

它叫小毛，跟我好几十年了。是条响尾蛇，喜欢热闹。我靠它过日子。我玩了一辈子的蛇。天底下玩蛇怕是没有能敌得过我的。这个等会儿再扯。我先说我的事。我是个孤佬可不是个寡汉。我有女人，还不止一个。我年轻时做过些荒唐事。我到底有多大年数，连我也不晓得。我从小就在林子里转悠，吃什么都不碍事。我有劲，曾经一气拧断五只狼的脖子。这不是吹牛。我的第一个女人就是因为这个同我过夜的，她说我有劲。那会子女人喜欢有劲的男人。如今呢，娘们儿只往有钱的男人怀里钻，又不会生伢，生了也没有奶水。第二年我女人生了一个女伢，白萝卜似的。那年是丙寅年，虎年，我给孩子取名叫虎妹子。她能吃，每顿得吃两个奶子。能吃就好。白天，我带着我女人上山，我打猎她拾柴火。虎妹子放在树墩上，小毛看着她。小毛这狗日的是个神仙种，灵种，它在边上转悠，任何畜牲也不敢来动虎妹子。可是有一天，小毛这狗日的……

咬了孩子？

不，你猜不着。你猜得着我就不用找你了。我是说小毛这家伙偷喝了老子的酒，喝醉了，就生了是非。

孩子出事了？

你莫插嘴！是的，出事了。我们下山时看见一只老虎正叼着孩子往山坳里走。孩子还睡得好好的。我女人一下就昏死过去。我想放箭，可细一想这件事有些蹊跷，路上没有一滴血，孩子并没有伤着。要伤就早伤了。我就没有去撵他们。

这……太危险。

危险个卵。虎妹子好端端的。她太好玩了，连老虎也在跟我吃醋。老虎要借我的孩子耍耍，不会伤她一根毫毛。这是虎妹子亲口对我说的，那是几年后，孩子骑在老虎背上对我说的。可是这孩子再也不愿回到我身边来，她只说不愿，不说缘由。倒是那只老虎扑通对我跪下了……

他说到这儿又开始抽烟。这回是我替他点了火。他很得意地捋捋胡须。我不掩饰我对他的叙述的激动。不过他却能看出我对他袖子里的小毛仍有戒备。这仿佛损害了他的自尊心。小毛，给老子出来！于是小毛嗖地溜出，顺着他的胳膊窜到头顶上，盘起来，用信子润他额上的皱纹。我怔怔地看着。他显然受到鼓舞，就吹了一声口哨，张开嘴，小毛便又嗖地钻进他的喉咙，通过曲折的肠道，通过胃，最后经过肛门又重新回到主人的脑壳上。完成这一连串动作对于小毛不过两分钟。我算长见识了。

它简直是神！

是的，这狗日的神。信了吧？他似乎还不过瘾，一甩头把小毛抖落到地上，然后从腰间摸出一把砍刀狠命斫下去，小毛身首两处。我失口叫了声。他却满不在乎地把蛇的两截拾起来，对合着，又吐了口唾沫在衔接处抹抹，然后把它夹在腋下。不足一袋烟工夫，他又吹了声口哨，于是小毛复活了，溜进了他的袖管。

奇迹！我说这是奇迹。我想我是遇见异人了。这个夜晚我过得非常快活。但是，当我意识到这点后我便有些慌乱。是老 Pan 还是老板？这或许是……我慢慢抬起头，老汉不见了。我立刻关上门。这或许又是一个圈套。他们想稳住我，好让我平心静气地在这儿待下去。我仔细回忆关于那条蛇的全部细节。养一条蛇不是奇闻。他虚虚实实地要了一阵子。吞下去的和斫成两段的可能是食品蛇，用一根染色的香肠作为替身。袖管里有名堂，魔术师都习惯于袖管里耍花招，糊弄一双平常的眼睛很容易，况且我有轻度近视和散光。至于老虎和虎妹子的故事全是瞎编。好一个老 Pan！所谓老谋深算指的就是这号人物。我长长吁了口气。

看来事不宜迟，再等下去会错失良机。明天拂晓前必须行动。其时天色昏昏，风声大作，等他们从睡梦中醒来后，一切都晚了。

就这么干。

半夜里我又听见了断裂声。

十一

上帝在暗中为我使劲。第二天没有太阳，是个阴天，拂晓前又下了细雨。我下了床。实际上我这一夜根本没睡。我贴在门上静听了片刻，没有反常，就脱了鞋溜出了房门。为了防止不测，我没有忘记带着那只玻璃烟缸。我想真到万不得已的时候也只好拼了。

大厅里没有人，灯火通明。那面大镜子反射出强烈的光使我能看清大厅门外五米的地方也同样没有人。我在通过大厅时背上渗出冷汗，似乎有一双鹰眼在黑暗中注视着我。出了大厅门，我隐藏在方柱的阴影里进行了短暂的观察。为了防止追踪，我把脱下的一只鞋扔到漫长的石阶上，制造假相，让他们以为我是从拱门里逃上公路的，他们会在屋里静等着一具血肉模糊的尸体拖回来。那条布满陷阱的大路比雷区还阴险。

现在，我已经把那扇寻常看不见的小门用树桩抵上了。抵得很实在，两三个人想撞开它不是件容易事。我一只脚踩住靠近围墙的小树跃上墙头，林海已在我眼底翻涌。我纵身下墙，踏上了一块光滑的石头便滚下了坡。我并不觉得疼。这时候我向山庄望了最后一眼，它俨然一尊恶煞，不过它现在正做着梦。见鬼去吧！山庄，蓝堡，统统见鬼去吧！我自由了！我记得在日内瓦死去的一个老人在一本书上写过：隐藏一片绿叶最好的地方是森林。我现在就是这样一片叶子。

我像鱼一样游进了茫茫林海。

林子里湿漉漉的，苔藓像软体动物，踏上去让我生怯。我始终面朝东北角的灰光，这样就不至于绕了一圈又转回来。猫头鹰在很近的地方悲啼，恐怖四伏，我毛骨悚然。现在我又想起昨夜与我交谈的那个玩蛇人。我怀疑他很可能就在离我顶多五步远的地方蹲着，像狐狸那样张开嘴等待乌鸦唱歌等待一块肉掉进食管。还有那条蛇。那条叫做小毛的响尾蛇和它那粉红色的信子。我的呼吸粗了，心好像从左边跳到了右边。我猛地煞住脚闪到一棵树后面。我认为这种突然的行动变化会发现疑点。我静听着，除了猫头鹰的啼叫和树叶沙沙作响外，没有第三种声音。我心下松了些，开始爬行。我觉得这样要安全得多。野兽们可能会把我视为它们的同类。物以类聚，它们不会来伤害我。我每爬一截子总得停下来回头看看，然后向我的前方扔一块石子探探，倘若出现意外我就立即改变方向。

东方比刚才明显地白了一些，我能辨清树的类别。在我的左前方的一棵马尾松上，有两只可爱的松鼠，看样子是夫妻。它们对我这个陌生人表示出微微的惊讶。它们交头接耳，显然是分析我的来路。我对它们笑笑，它们都摇尾致意。可是当我从它们屁股下通过时它们又朝我的脖子上撒了泡尿。我不动气。这种恶作剧对我的恐惧心理是一种良好的纠正。我觉得现在我适应了，就时而把爬行改作小冲锋。我就是这样的变化无常，摆脱了一只老狼的跟踪。那狼早就嗅出了我的气味，一直沉默地盯着我。当它企图发动进攻时我便开始爬行。它大概傻眼了，苍白地叹了口气，调头离开了。我不勇敢但还算机智。东方比刚才更白了，仿佛能见到云的轮廓。我回头看看，山庄已从视野中彻底消逝。我当然很激动。突然，我听见轻微的“啪啪”响，很近，但弄不清声源的方位。

是响尾蛇？

我顿时浑身冰冷。不一会儿就通体湿透。后来才知不是在出冷汗而是天在下凉雨。雨声引起了一场虚惊。雨逐渐大了，我冷得牙齿森森地响。好在苦海毕竟有边，再过一会儿我就抵达彼岸了。我已看见那条大河，在晨光里持重地颤动着。我嗓子发黏，七窍生烟，就仰起脖子去接冷雨。我觉得仿佛有一把匕首从我的喉管笔直划过。接着我发疯地跑起来，张开双臂，我想狂吼想痛哭想一头栽到老婆怀里。我终于冲出了老林，像中弹似的优美地倒在沙滩上，头部撞上了一个比较硬的东西。我没死。我不过是昏迷了一小会儿。大雨很快将我泼醒。

我从沙里刨出了一样东西，刚才就是它撞了我的脑袋。我仔细看看，不过是一副断腿的金属眼镜架。这地方哪来这种东西？虽然是一件极普通的东西。普通吗？它难道就只是残废的眼镜架么？两个金属的圆圈圈难道这种暗示还不清楚么！

一次警告。无声的警告。

我实在是太天真了。我的行动早在他们意料之中。我简直就是在他们眼皮子底下行动。这种经验我积累了几十年可是到头来我还是那么天真。我把两个拇指放在这个所谓的眼镜框里，头发慢慢竖立起来。这时分雨却戛然而止。太阳威严地从我面前升起，染红了那条大河。我茫然注视着河面，从上游淌下来的残帆断桅随风呻吟着，一只大鹰正蹲在云端做出伺机攻击的姿态。

这是个血腥的早晨，我孤独地立在河边，把一只玻璃烟缸扔到了水里……

十二

上厕所时我听见经理在门外说，要算账。和谁算账？无疑就是我了。是不是新账老账一起算？我记得我父亲在世的时候就被人这么算过一回。他把命赔进去也凑不够份子。按照法律规定，我有还债的义务。这是旧账。我知道我自己欠他们的新账只会是越来越多。他们有证据，有证人，我没有任何解释的权利。

经理像是同一个老者谈话。我很想出去看看，可是又觉得面对面地交涉清理债务会让双方都难免尴尬。经理属于那种似是而非的君子，给人以教养良好的印象。而那个老者，我想象他应该是个须髯飞霜仙气四溢的哲人模样，谈吐很是讲究。账是要算的。人不死，债不烂。不过趁人之危也是有失君子风度。依老朽之见，区区小数目，无伤大业之兴旺，就一笔勾销了吧。

那也太大方了。

不要一味重利而轻义。只要他改邪归正，引以为戒，就行了。我看这桩事可以暂告一段落，你忙别的去吧。听说城里近来很热闹，我倒想去见识见识。

他们的声音渐渐弱了下去。从他们谈话的口气看，那老者显然是经理的父亲，可是经理早就表明，他父亲死于乾隆十七年的一场霍乱。那么，这老者只能是经理的上司了。会不会就是那个神秘的大人物老板？这家伙活像一个幽灵，无时无刻不跟踪我，笼罩着我的生活。这次谈话肯定是针对我的。我企图背叛他们，他们就向我发出无声的警告。我只好顺着原路回来，像一只无头苍蝇，绕了一圈又返回原来的位置。我浑身被雨淋透，又被太阳烤干。我的躯体成了一味古怪的中药，皱缩一团。昨天的黄昏我耷拉着脑袋从圆门里穿过，迎面的大镜子提醒我应该好好洗一洗身体，消除疲劳。但是我深知肌肤之苦没什么了不起，纵使砍掉一条臂膀或腿，我也能嚎叫几声挺过去。憔悴的是我的灵魂。在我的心房里，有一把大锯子正在吱吱地替我制造棺材，而我的血液也开始变蓝。

在楼梯上我遇到经理。他得意而且兴奋，像刚看过一对狗的交配场面。他似乎一点也不知道白天里发生了什么事的样子，问我在生活上可有什么不方便的地方。他说山里的天气变化无常，夜晚是否要加一条毛毯？（他说不另外算钱）我说谢谢。我不愿再多说一句。从那时起我就一直躺在床上。我并没有睡意，不过是细细地品味着孤寂。我的每一个关节都松脱了，什么东西正在加紧蚕食着我的细胞。当夜幕完全拉开后，那个蓝色的集团又开始行动了。他们擎着火把，像以前一样从这幢楼房前经过，杂乱的脚步声践踏了和平与宁静。他们还是往后山走，有力地走，尖锐的金属声从宇宙的脾脏穿过，地球瞬间患了偏头疼。婴儿从摇篮里甩到地上，母亲立刻用结实的乳房去堵孩子的嘴。于是这一夜间许多嫩红色的生命因窒息而死亡。可是晚报马上跳出来解释，说发生这起惨剧是因为自然灾害，比如地震和龙卷风。于是，母亲们破涕为笑……

先生起来了？

我一惊，拎在手上的裤子差点滑落。经理并不尴尬，他大概觉得这些文化人即使光着屁股走来走去也是挺自然的事，罗曼蒂克指的不就是这拨人么？

我平静地坐下来。他也坐下了。他的指甲总是修得这么好，像女人的嘴唇那么富有魅力。可是我现在没有办法不讨厌这个毫无男人标志的家伙。我单刀直入。

刚才在门外同你讲话的那个人是谁？

哦，是我的先生。

你们到底要和谁算账？

您关心这个？他苦笑着，摸一把脸。我的表弟。他借了我不少钱。说去跑生意，其实在赌，几天前被拘起来了……我不知道您打听这个干什么，写小说？

自圆其说。又是自圆其说！我输了。他们随时可以算计我，但我怎么也算计不了他们。

你们什么时候同我算账？

怎么，您打算离开这？是不是我们的工作有哪些不周到的地方？

我是说什么时候找我算账。

这个嘛，全在于您了……

怎么算？

怎么算都可以。我们有电脑，不会出现任何差错的。不过作为主人，我当然希望我的客人对这儿恋恋不舍……如果您真的要走，我们只好表示遗憾。您看着办吧。

他站起身，牵牵衣摆。临出门时他对我狡黠地笑笑，用手指着我的脸。

您该启用保险刀了！

终于摊牌了。一切昭然若揭。他们愿意放我走了，放我往西天走。他们大概知道我毫无悔改之意便失去耐性，准备完成这最后一道工序。然而纵使我死了他们也会把一切收拾得体体面面。法医会用现代最先进的科学手段来鉴定我的死亡原因，确定死亡性质。凶手由我本人扮演。作案工具是保险刀片，薄得像纸但切开动脉血管易如反掌。在刀片上没有第二个人的指纹。死亡时间是某月某日早晨某时某分，其时人们正在做健美操的第三节或者喝早茶。虽然经理在这之前进入过死者的房间，但这之后他就到蓝堡城出席一个重要会议去了。据服务人员反映，经理走后死者还出来挂过电话。可能是向他的妻子告别。虽然电话没有挂通，但山庄经理的嫌疑已不能成立，很简单，没有作案时间。至此，他杀的可能性全部排除。至于死亡的原因，看来是多方面的。此人是个作家，也许由于职业习惯这种人爱神经过敏，缺乏理智，自杀如同拉屎放屁随时都会发生。这种例子古今中外俯首可拾：屈原、海明威、茨威格、川端康成……再者，死者年仅30，长得还算可以，自然会得到许多姑娘的青睐，因失恋自杀也是可能的。第三，死者来白色山庄避暑，订了上等的房间一住就是这些日子。但他一直声称是一个叫老板的人邀请他来的，于是拖欠房款，债台高筑。死者出事之前曾同山庄经理就住宿饮食费用磨过牙，他眼看无法偿还债务便一死了之。总之，这不过是一起普通的自杀案件。

我抚摸着那把剃刀。

十三

这时电话铃响了。我很觉奇怪。我住下这些日子还是第一次听到电话铃响哩。是谁？居然能把电话打到这个屋子里？我迟疑地拿起话筒，立刻嗅到一股淡淡的青草味。我明白了。

是你吗？我说是我。你叫我好找。我说你现在不是找到了吗？她笑了。

你大概生我的气了吧？我不辞而别……

我知道……你处境也很艰难……

什么意思？我不懂你的话。

我是说……这儿不是说话的地方……

怎么了？喂，你说话呀！

你是怎么脱险的？

脱险？天哪，你疯了……

别笑了！有话快说，现在这儿没有人……

我不过是，怎么说呢，我希望你别忘了我……

我不会忘记你的。

我怀了你的宝贝，我想问你：要还是不要？

真的么？真是这样？就，就一次……喂，喂喂！

断了。是故意挂断的。她恨我。她现在依然从容不迫，没有什么危险。她的意思是从来就没有感到过危险。看来她又改变了自己的信条，重新皈依了那个集团。她怎么会知道我住在这儿呢？显然，是他们告诉她的。他们饶恕了她，要她将功折罪。他们要她制造怀孕的假象，并一口咬定这个孩子是我的精血骨脉。他们要我无条件地接受这个事实。否则，他们就诉诸舆论，让我抬不起头来。他们甚至会让她带着借来的婴儿与我对簿公堂。其时她会泣不成声地说我当初是假借童男子的身份勾引了她，说我是找她闹恋爱的。这样，法庭便轻而易举地以重婚罪（虽然没有法律契约但已是事实婚姻）使我锒铛入狱。法官会说：被告，你看这个孩子与你简直是一个模子拓下来的，你还有什么可说的吗？我能说什么呢？于是判决书写道：以上事实，被告供认不讳……

我在这屋子里待久了，得出去走走。我很怀念那片林子。那里见不到阳光，空气中没有血腥味和硫磺味。可是那条路我不能再走了，一副残废的金属眼镜架躺在河滩上，虎视眈眈。我只能像一条丧家犬那样毫无目的地转悠，累了就在屋檐下团起身子歇一会儿。我只能这样。我的灵魂缺氧，随时都有可能脱离我的躯壳，像一片云似的随风飘去。

我走出圆门，拾级而下。走到最后一级台阶，我坐下来。我记得那天就在这儿撞上那个玩响尾蛇的老头的。他说他叫老 Pan。我总觉得他就是那个神秘莫测的老板。但是，仔细推敲起来，我又觉得能作“老板”注脚的人很多，列车长、啃羊头的汉子、独鼻孔的马车夫、经理以及那个我只闻其音而未见其人的经理的老师，还有那只瘦骨嶙峋的手臂的所有者、背对着我练习哑语的女人和先后同我接触的三个女人（其中一个是第一次给我打电话的），这些人都有可能是老板。

还有一个人也可能扮演老板的角色。

先生又在构思么？

他什么时候来的？这个该死的盯梢者！我没说什么，从石缝里拔了一棵草，放到嘴里。

怎么，您的胡子还没刮？

我继续嚼着草。你以为现在应该是血从门槛上爬出来的时候吧？嗬，连护袖也戴上了，裹尸布准备好了吗？我细细地嚼着草，绿汁顺着我的嘴角往下淌。

哦，我懂了。你们文人都爱留胡子，像西方学者一样，蛮有派头的。

你是不是觉得我的剃须刀很漂亮？

不错，是蛮漂亮。

那就送给你吧。

不不，我用不上。我没有什么胡子。我看您是够累了，成天关在屋子里爬格子。我们这儿只有安静，没有热闹。城里倒是很热闹的，如果您想去的话……

你就陪我？

十分抱歉，我最近要接待一个委员会……

什么委员会？

青春调查委员会，是省一级的。

那么，你忙吧。我自己去。

我们可以替您物色一位向导。您希望是什么样的人。

孩子。男孩或者女孩。

这很方便。您打算什么时候动身？

明天。

经理满意地走了。我想，这可能又是一个圈套。他们究竟想达到什么目的呢？不过，我有我的考虑。我从蓝堡的边缘擦身而过，我记得那个火车站的位置。我相信我有能力摆脱一个孩子的跟踪与监视，不费多少神就能登上北去的火车。我会藏到厕所里。那个列车长现在也未必能认出我了——我发深须长再架上一副墨镜。我必须逃出去！

现在我躺在床上，凝视着幽蓝的天空。月亮很迟才从山脊上爬出来，给这个夜晚罩上了一层神秘的色彩。我的灵魂在很远的地方，像一个黑色的岛屿随着海洋的波涛漂移着。

十四

那孩子是拂晓时来到我床前的。是个男孩，有着一双乌亮的大眼。我一看就有好感。微亮中，他递给我一样东西。

这是什么？

面具。你得戴上它，这样进城之后会减少许多麻烦。你是生人，得这样。

我迟疑着，我再次审视那孩子的面貌时，发现他实际上是一位智者，就照他的意思办了。这是一个极平庸的面具。我戴着它并没觉出多大的难受，除了最初的几秒钟皮肤有点痒外。

我们还是乘马车前往蓝堡的。这回驾辕的是这个孩子。我不知道他的姓名，问了两次他没回答。车颠上大道后即走得很平稳，可我心里一阵比一阵紧。大概走过了几华里，也就释然了。其实月亮尚未完全隐去，天地浑浑然。

我以前怎么没见到过你？我总觉得他来历不凡。

我待在山里。

经理是你什么人？

什么也不是。我以前不认识他。我是昨天夜里在路上被他拦住的。他听说我要去城里……

你去城里干什么？

玩。城里很好玩的。

我点上香烟，观察他的表情变化。现在我的心绪又紊乱了。我从这孩子的话中发现了破绽。经理怎么会知道这孩子要去蓝堡呢？且又是昨天夜里在路上拦住他。这地方人烟稀少，野狼四伏，一个看上去顶多十二三岁的孩子敢半夜里进城？再说，据我掌握的情况，这个没有胡子的经理夜晚从来都是在某个女服务员宿舍里度过的，他怎么可能利用这个黄金时间去为一个破作家寻找向导呢？可是一切都无法挽回了，木已成舟，当血淋淋的太阳钉在广阔的天幕之际，马车驶进了蓝堡的城门。我一眼就看出这是个奇特的城市，比如她的建筑风格，既有飞檐翘角琉璃瓦，又有类似巴黎圣母院那种哥特式的味道。如果这还不足以让人感兴趣，那么就看她的色彩吧——她通体鲜红，找不出一块巴掌大的石灰或者水泥。

下车。没有人检查我。那个持着冷兵器的门卫只在我的肩头轻轻拍了一下，就放行了。这时我回头去招呼那个小孩，他已不见了。我心里挫了一下。我想这孩子的任务已顺利完成，该回去讨赏了。可是，这孩子并没有把我交给任何人，我人身还是自由的，又该怎么解释呢？或许他确实是个智者，我的直觉没有欺骗我。

城市的红色诱惑着我。我不感到孤独。

我走上了大街。这是条没有人行道的大街。街上失落的眼球、耳朵和残缺的乳房表明这里刚刚结束一场内战。这个城市及她拥有的市民们早在很久以前就习惯了红色的刺激。人们对此不以为然，家家户户都点燃了鞭炮。在十字路口，一群老人正在起劲地焚烧着典籍，嘴里机械地嚼着白色的浆汁。他们的老伴全集中到一个高台上用小脚在跳一种节拍很强的舞蹈，像传说中的女巫一样癫狂。而年轻的女人，一律爬到树上盘起腿坐着，用血点着口红。当我从树下低头走过时，有人甩下来一条月经带。我连忙走到旁边，挨着墙基。从迎面一块破碎的玻璃反射中，我发现一伙老鼠正在我的背后认真分配半条人腿。我不敢再往前走了，冷汗淋淋。

一只大手按在我的肩上。我猛一回头，看见一个健壮的汉子在对我笑，露出一口黄牙。这无疑是刽子手。那人看了看我的面孔，又背靠背地同我比了个头，觉得彼此差不多，就对我叽里哇啦地说了一通，还挥了一下小臂，然后像得胜的将军一样昂首阔步地离我而去。我这才意识到，我不懂他们的话。我们之间存在着语言障碍。我还意识到我这个面具的力量。然而不管怎样，这个地方我是一分钟也待不下去了。我得赶快去火车站。也就在这时，太阳分裂了。于是城市被一剖两半。我恰恰处在阴阳交界的地段。我知道这是个是非之地，几分钟后这里会成为一场新的战争的前沿。双方都将在这里压兵布阵。我连忙逃开了。果然，不等我看清火车站的标志，一声巨响从天而落。我隐藏到一条小巷里。这儿地势很高，因此我从双方首领或者酋长的手势中能明白这场战争的宗旨是争夺对太阳的被照耀权。（实际上策划这场战争的正是太阳）于是，城市又一次被刷得通红……

（多少年后，有人在剥落的油漆后面发现了许多破碎的指甲，在暴露的混凝土里找到了不少牙床和踝关节。）

十五

我是连夜赶回山庄的。所谓将计就计不过是我的单相思和幼稚。我不知道自什么时候起列车运行时刻表修改了，并且，取消了北行的班次。那时，蓝堡正表演着红色的战争游戏，全城戒严。我进退维谷。幸好那乳臭未干的智者又出现了。

你钻到哪里去了？

厕所。他下意识地提提裤腰。我一出来你就没影了。我只好等。

赶快离开这！

看你急的，我得先填马料。好玩吗？

太……好玩了……

你没买几件旅游纪念品？

有什么可买的……除非人头……

你喝酒了？

我没喝酒！

可你醉了。

醉？天哪，我醉了……我醉了……我……醉……了……

就这样我们给那三匹黑马拖走了。它们是第二次把我拖回去。我突然想起我抵达蓝堡的那个晚上，广场上出现了一只大狗。独鼻孔的车夫一见那狗就连忙甩了一空鞭子。后来大狗撵了我们很久。我似乎意识到这里面有一种联系，与我的命运有关。可是这回我并没有发现它，那只比狼还高的狗。

你在看什么？

找一条狗。

什么狗？

棕色的，比狼还大的狗……

哦，它死了。

死了？

它是条疯狗。

疯狗？

可能是吧，反正它死了。这里永远不会有狗了，灭种了。

怎么回事？灭种……

上面通知有一条疯狗窜进了城，为了防止狂犬病，所以要采取措施。可是谁也认不出哪条狗就是疯狗，于是逢狗就打……

“啪！”——它的半片颅骨飞去了子弹头还嵌在眼球里脑浆像拌了红辣椒面的豆腐顺着棕色的皮毛往下淌它还没有完全断气四条腿痉挛着有力地蹬地为自己挠出了一个浅坑最后一秒种它顶着半个脑袋立了起来接着像石头般歪倒眼球凸出但失去了光泽……

“啪啪！”

这马跑得挺快，别打了！我嗓子很黏。

我肚子饿了。他把鞭子夹在腋窝里。

今夜没有月亮。

你是从哪儿来的客人？

北边来的老客。

你得登记去。你怎么能占别人的房间呢？

这是我的房间。我不是住了好些日子了吗？

这是一位作家的房间，他进城玩去了。

我就是那个作家。我刚从城里回来……怎么，不是你经理一手安排的么？

不错，但我安排的是那个作家，不是你。我根本就不认识你！

什么?!

我给你半小时收拾，先去登记处办手续，否则我们不予接待！

经理拂袖而去。我很迷惑，用手去摸胡子。可是胡子竟没有了，下巴、两腮和唇的上方都异样地光滑，我这才知道经理没有过失。我进了卫生间，通过镜子来欣赏脸上的面具。这是一张少年老成的脸孔，仿佛永远在微笑，给人以亲切感。这副面具简直就是专门替我制作的，从发际线开始天衣无缝地盖住了我的脸。但是我不愿意继续戴它，道理很浅显，这毕竟不是我真实的面目。我便动手摘取它。然而，一个触目惊心的事实暴露了：我无从下手。就是说我不知道从哪里下手来摘取它。我先后从下巴、上额、左右腮帮的位置来撕扯，都没有成功。而且我不感到疼痛。我发急了，开始莽撞起来。我用保险刀片贴着发际线切下，沿着它划了一道弧，结果除了嗅到一股新鲜的橡胶味之外别无所获。我慌了，浑身战栗不止，而镜子里那张所谓的脸仍然在微笑着。我一拳挥上去，镜子碎了，那张脸也碎了，微笑流了一卫生间……

经理他们闻声而至，见状大怒，指责我无理取闹，并威胁说，如果我再不收敛，立即将我扭送到局子里。

我颓然坐下，直勾勾地看着滴血的手背。经理在问旁边的人，一面镜子值多少钱？那人说这镜子是意大利进口的，国内配不到。

那就罚款五十块。

这个人怎么打发？

他想住这就先让他住吧。等那个作家从城里回来再挪。要不，这房子空着也是空着……奇怪，那作家怎么还没回来，不会溜之大吉吧？

跑了和尚跑不了庙。我们找他的单位！想赖账，没那么便宜！

我始终缄口。不管是假戏真做还是真戏假做，我都能识破他们的阴谋。总之，他们不择手段绞尽脑汁挖空心思地以他们的方式解决了一个作家。解决了我。从此，地球上再也找不到这个我了。我倒要看看他们下一步怎么干。

十六

大约是第八天头上，晚报上正式以头版头条的位置披露了一个作家失踪之谜的消息。这篇消息很长，文笔老辣，无疑出自那个所谓的青春调查委员会之手。他们在我改头换面的前一天住进了白色山庄。但我一直没有与他们碰过面。

消息共分两大部分。第一部分简略叙述了我到白色山庄来避暑写作的经过以及其间发生的几件事（指我拒绝承认预订房间、与女服务员亲密接触、和玩蛇老汉关门交谈以及半夜跑进大森林天亮又跑回来）。他们把这几件事联系起来，逐一分析，从而得出了我是个精神病患者或梦游症患者的结论，以此作为第二部分即我的失踪之谜的大前提和背景材料。

第二部分占全文篇幅的3/4。是这样写的。

综上所述，我们不难看出此君的失踪乃意料之中事。就目下掌握的材料及警方的侦查看，这桩失踪案不外是如下几种可能：

1. 隐居。此君生性孤僻，极不合群，喜欢天马行空，独往独来。据有关人士反映，此君从来不与他人切磋世间问题，不参与工资和物价的大讨论，也不与人玩牌掷骰子。其妻也说，他很少陪她逛街串门。这种孤独癖文学史上并不少见，如晋之陶潜，梦寐以求桃花源境作逍遥游。所以，此君可能于某夜由山庄起步，继而潜入野山老林，离群索居。他曾半夜翻墙入林之事可视为前兆。

2. 越境。据同行介绍。此君历来视孔孟老庄如粪土，对传统文化之精粹态度轻慢，却疯狂喜爱恩格斯、柏拉图、尼采、叔本华和萨特。在大学读书时，外国文学成绩名列榜首，对托尔斯泰、福楼拜、乔伊斯、海明威、卡夫卡，以及罗布－格里耶、玛格丽特·杜拉斯的著作推崇备至。从而养成扬洋抑中的病态心理。他曾要求出洋深造，由于经济担保人无从落实，此计划已流产。但不能就此否认他的心愿已灭。从蓝堡及山庄的地理位置看，这里与国境线直线距离不过几百公里，故越境的可能不能排除。

3. 自杀。如果以上的分析成立，作为一个精神病患者或梦游症患者，自杀的可能性就很大，尽管迄今警方没有发现尸体。自杀的方式很多，理由也很多，这里不作赘述。至于自杀的引发点，初步调查结果表明：或许应归咎于一个噩梦。此君从梦中醒来魂不附体，从而割断了时间与肉体的联系。

消息最后表示，有关方面将成立专门的班子插手此案，作进一步调查。

这样以来，山庄成了新闻中心。来自海内外的记者和侦探都纷纷涌来调查、采访。经理作为失踪的作家最后一位朋友，在摆脱警方短暂的怀疑之后，俨然成为某个部落的酋长或西部片的影星整日受到拥戴。对此，他很高兴。不过，在记者们散去后他又不时嘀咕，说他整整亏了1700块钱。那个作家看看小说写得差不多了，就悄悄溜走了。经理表示要引以为戒，于是对我这个“新客”采取了先交押金后住房的措施。我已丧失解释权，只好交纳500块的现金。经理大概看我脸上永远挂着亲切的微笑，只收了300块。他说到最后结账时多退少补，并且不另收我的伙食费。

我在这间屋子里住安稳了，每夜都睡得很好。我渐渐意识到，不久前我作为作家的经历似乎很遥远，似乎发生在另一个人身上。我不过是作为旁观者，存在于那个荒诞不经的时间之中。我现在起居十分方便，健康状态也十分良好，我简直弄不清是在别的地方还是在我自己的家里，一切都那么顺手。

经理也经常来看我，说关于那面镜子的事就算一风吹了。

我真不敢相信你这样成天笑眯眯的人居然还有那么大的脾气！那天你喝醉了吧？

我没说什么。我知道我的表情还是微笑。我注视这个曾自称父亲死于乾隆十七年那场霍乱的人，觉得很有趣。我们的交谈似乎也很投机。他离开时把上次作为损坏镜子罚款的50块钱退还给我。我也很不好意思，就只收了25块，另一份我塞到他内衣口袋里去了。我们握手言和。此刻电视里正在做“誉满全球”一类的商业广告，我想今夜是不会有那部关于少林豪杰夺国宝的连续剧了，很是失望，就合衣上床去翻一本通俗杂志，那中间一篇叫做《美女蛇与童男子》的很合我的胃口。这时，讨厌的电话铃响了。

哪位？

是我。

你是谁？

你说我是谁?!

我渐渐嗅到了一股淡淡的青草味。我似乎在努力回忆着什么……

你还活着？

对，我活着。怎么……

晚报上讲你死了。

那，那不是我……

是你！是你是你是你！

沉默。电话没挂。过了一会儿她又说话了，声音有点沙哑。

那孩子我流掉了……

十七

第二天一早我就离开了山庄。那个女人的电话把我的心绪彻底搞乱了。记忆的恢复对于我来说是件极端残酷的事。我为我还真实地存在着悲哀。我又一次击碎了一面镜子。

这是个阴沉沉的日子，四野很静。只有那片林子暗示着生机。我进了林子。我的裤管被露水打湿了，胳膊也出现了几道血痕。我不知道要往哪里走，也不再留心谁会跟踪我。我就这么随便地走着，笔直地走着，遇到浅水洼我也照样踩过去。水冰冷彻骨。我走得很不费事，有轻若飞鸿之感。

朋友！

一个女人在对面喊我。这声音在黎明的林子里是那样的清脆和悦耳。我停在一汪泉水面前。但从清澈的泉水面上，我渐渐看清了她的容貌。我怔怔地抬起头，她一丝不挂地骑着一匹老虎婷婷向我走来。我们隔泉相望。那老虎见到生人便努力做了一个前扑的姿态，但并没有真的扑过来。

你，你很漂亮，很美……

你也是很好看的，如果你洗把脸的话。

我当然要洗脸，这么好的泉水。我蹲下来把脸浸到温暖的泉水里，舒服极了。我仔细地洗过脸，然后迫不及待地抽起烟来。等这支烟抽完，水面恢复了原有的宁静，我蓦地一惊——我分明看到了一张有胡子的脸。我立即抬起手来摸下巴，以证明水里的脸不是幻象。不是。不是不是。面具给彻底洗净了。

该死的小王八蛋！

别怪孩子。他是听大人使唤的。

谁？

老板。

老板是谁？

你说呢？

我不想再说。我蹚过泉水，把她拥在怀里……

很长时间过去后，在南方流传着这么一个故事：在一个黎明，一个一丝不挂的女人和一个同样一丝不挂的男人骑着一匹老虎，从林子里穿过，进入了大山的怀抱……

1988 年 9 月　合肥

（原载《收获》1988 年第 6 期）

蓝　堡

诸神处罚西西弗不停地把一块巨石推上山顶，而石头由于自身的重量又滚下山去。诸神认为再也没有比进行这种无效无望的劳动更为严厉的惩罚了。

——加缪：《西西弗神话》

蓝堡于一个早春的黎明轰然坍塌已是近20年前的故事。实际上不过是作家记忆里的一片云霓。当时的情景是：在经过漫长的呻吟后，一场无端的大雨悲伤地走向结束。蓝堡亦因此变得敏捷。（很多年后，它以优雅的方式在历史的侧面流淌。）这个夜晚后来发生的事都很暧昧。那时分正是习惯雨后操演性爱者安然入睡的最佳时机。所以关于蓝堡的传说日后人们总是作出似是而非的叙述，是很自然的事。但谁也不否认我们梦中刻下的那道瘢痕最先起源于一个女人苍白的呼叫。大约在女人的声音被时间割断的那一刻，沉闷的巨响仿佛以最后雷鸣的姿态宣告了蓝堡的覆灭。这个雨霁的黎明充满忧悒，然而太阳照样升起。

那个女人死了。

一位民间摄影师首先从废墟里发现一截葱秆般的手指。但是后来的事实表明，这个衣着整洁的女人并非殒于非命。在她白皙修长微带皱褶的颈项上系有一条黑白相间的细绳。令人惊讶的是，死者面容丝毫没有出现错位和破损——最近的一块砖距离其后耳部仅三公分。这个女人似乎正逍遥梦乡。于是在不远的一个秋日黄昏里，作家受到了一种难以捉摸的启示。由此作家决定写作一部叫做《蓝堡》的小说。可信的说法是，这项劳动纯属作家自作多情的想入非非。

1

在我的私人相册里有一张黑白照片：一个少年站在很强壮的枣树上嘲笑春天。作为背景的正是出现于今天传说中的蓝堡。

关于蓝堡，我曾在我的两部中篇——《南方的情绪》和《省略》，向读者简单地介绍了这座虚构的城池。但那个蓝堡显然不是这个蓝堡。

蓝堡业已浓缩为一座造型与结构都无比奇特的建筑。它并不是蓝色而是烟灰色也许最早是蓝色。它似乎也不配叫堡实际上不过是幢两层的楼房。墙脚布满的青苔和瓦楞间的蒿草是这部历史的提示。这座建筑所有部件的式样与规格都不相同，因此看起来仿佛是七拼八凑的，但又十分和谐。与房子紧密相连的是很好的庭院。少年占据的这棵枣树是院子唯一的符号。这是一株连理共生的植物，陌生人第一眼印象会以为是两株。在以后很多的日子里，枣树多姿的投影与少年相伴。

这个少年是我。这张照片出自那位民间摄影师之手。其时他是青年。我们是老朋友。我们是蓝堡的居民，因此我们将责无旁贷地双双走进这部关于蓝堡的小说。

这张褪去本色的照片使我想到几天前正午的一个梦幻。我在一片好端端的林子里散步，脚下踩着了一件软乎乎的东西。我拾起来才看清是一只鲜红的手掌。可是守林人告诉我，这不过是秋天的一片枫叶。“枫叶总是这样，”守林人说，“先红起来，然后死去。”我并不惊慌失措，我觉得我不是在同一个老人谈话，而是同上帝。但他显然不是上帝。他说，他住在蓝堡。我说蓝堡已经不存在了。他说，谁知道呢？

我于是从沉醉达半年之久的桌上长城中突围出来。在经过整整一个夏季的梦中游历后，于三天前的黄昏由省城返回故里。其时天空正被无声的微雨均匀分割。我预感到，在今后这些日子里我的全部经验将无一不充满潮湿。

2

所罗门说：“世上没有新的事物。”所罗门接着又说：“所有的新鲜事都不过是遗忘了的事而已。”对于我这种天生记忆力很糟的人，回忆是件痛苦的事。我只能想象或者通过别人的回忆来想象。因此我的劳动也可以看做——用一位朋友的话来说，是打捞水中的想象。

蓝堡的遗址业已辟为实验小学操场的东南一隅。唯有一截枣树的根部保留着，显得异样突出。使我联想到一个婴儿留得过长的脐带最后蒂落的结果。一位女教师热情地向我解释，留着它是基于便利集合的考虑。“天晴的日子，我喜欢站到这上面吹哨子。”这位美丽年轻的姑娘来自北方外省，但我觉得很面善，也让人想到月光和水。以后的交谈并没有使我放弃这个浪漫的念头。她自称在师范学校读书时就在一本大型文学期刊上将我的小说及印在封二的生活照一并“拜读”。“但我不知道你原来是这儿的人！”她说，显出一个生动的惊讶。她又说，那时，你很帅。这之后她的目光停滞在我身上这件浅灰色的风衣上。被这样的姑娘“早就认识”自然令我愉快。我问起她的生活情况，这地方是不是还可以？她没有直接回答，而是向我列举了此地一串有悖文明的行为规范并逐一批判。这种可爱的好高骛远让我有兴趣把谈话继续下去。可是暮色已开始从我的衣袖上消退。我想我该走了。

“这儿的天好像黑得特别快。”她说。

“夜里真怕！”

她又说，每个音节都像是锉出来的。

是不是因为蓝堡的传说呢？我告诉她，其实那不过是一个由事故演变而成的故事。可是她似乎很不明白我说的是哪一茬子事。这个外省人对蓝堡的历史可能一无所知。我便有些疑惑。我注意到她的双唇转瞬失去了鲜艳，恐惧的阴影像面膜一样罩在她的脸部。

“怕什么呢？”我笑着问（我关心这点）。

也许她觉得是在一个男人的注视下，所以在短暂的迟疑后，她的音调得到较好的恢复。我请她讲得随便一些，慢一些。

“最初的一次是在去年的四月，桃花才开，是个周末的晚上。那夜月光很好，而且天气已明显的转暖了。我搬进这间单人宿舍，就是离树墩不远的那间。本来是双人的，因为另一位结婚，迁到男方那边去了。我当然很高兴，连夜布置。白天我到后面的那条河的对岸采了许多桃花。那儿的桃花真好。我把它们插在瓶子里，放在窗台上。开窗的时候我看见走廊上有一只很大的猫，黑色的，走来走去，但一声不吭。”

“后来呢?”

“后来我出去倒水，发现那只猫已经站到枣树墩上去了，很神气的样子。我没当回事。我回到房间，觉得蛮不错，就躺在床上准备听音乐。这时候我好像听见外面有人轻声说话，嘀嘀咕咕，有时还夹着逗笑，搔你胳肢窝似的……我坐起来听，是一男一女，就在操场的南端。我以为是谈恋爱的。后来越听越觉得不对劲，那声音很苍老。”

“老人也恋爱。”

“不!”她严肃地说，“我又出来看过，月光下什么也没有，连那只猫也不见了!”

对于女教师叙述的这个类似南方民间鬼狐传说的经历，在最初的几分钟里我有些不以为然。但她明确地指出这一至少可理解为虚幻的景象“就在操场的南端”，我的情绪便变得像披在身上的风衣一样灰暗。我惊诧这一主客观天衣无缝的对应吻合。“过去”仿佛已经调过头向我款款走来。在放下姑娘纤弱冰凉的手后，我的思路开始变得清晰。我记得我家迁入蓝堡的当夜，我的外祖母脸色始终很忧悒。她像屋子里那只猫一样在庭院转悠了很久。月光透过枣树的枝叶把她略微佝偻的身影染得斑斑驳驳。后来她在门拐边对外祖父低声说，这屋……有那东西压着!她的语气毫不迟疑。外祖父便响亮地咳嗽起来。这个晚上，一只杜鹃遥远的悲啼把我从梦中惊醒。

女教师的叙述很自然地让我想到 21 年前外祖母的那句禅机玄语。我突然觉得这两个处于生命不同阶段的女人很可能说着同一问题的两个侧面。于是在这个晚饭后，我经过足够的铺垫把那桩旧事重新提起，希望年逾古稀的老人在她神志尚未完全恍惚时向我提供一种间接的经验。然而老人对那个属于从前的夜晚发生的事情始终缄口不语，而是划动双臂打了一个漫长的哈欠。

3

当年与蓝堡同时死去的女人叫余怡芹。

大约在四年前，我收到了一份匿名邮件——汇集长江中下游地区已故女词人作品的小册子。这本叫做《临江词》的铅印读物来自民间，属于“内部交流，只收工本费”的性质。当时我并不在意，将它闲置一旁。有一天，我为了寻找一份手稿又与它相遇，就手随便翻了一下。很自然地发现了余怡芹这个名字。这本《临江词》收纳余怡芹的作品并不多，仅九首。其中两阕如梦令，两阕蝶恋花，三阕声声慢，一阕雨霖铃和一阕烛影摇红。然而编纂者明显采取了众星捧月的方式让余怡芹独领了风骚。我仔细研究了她的作品。这些作品产生的年代不详。但从其所抒发的缱绻情怀与相思之苦，可以想象出它们是作者待字闺中或新婚燕尔时期的产物。也不难看出作者因袭了婉约派尤其是李易安的词风，得其三昧。

基于这一点，我同意民间关于“余二小姐”是这一带的才女之说。但是我怀疑才女同时又是佳人的观点。在我的印象里，余怡芹的容貌不算出众，不过属于那种“一白遮三丑”的女人。而且她的白似乎也不够纯正，是终日不晒阳光的那种惨白，白得莫名其妙。

那年的秋天，枣树结的枣很少，与茂盛的枝干显得很不相称。我至今不知道那株漂亮的树属于谁家。我猜测是最早的蓝堡主人种下的，但那时候，约定俗成归沈家所有，因为我们搬进去是很久以后的事。沈先生是位非常洁净的男人，拿香烟的手指没有烟斑好像特别长。他看上去才进中年，有着读书人应有的斯文仪表和小心持重的举止。他每天像鸟一样的早出晚归。因此他家的门上白天都亮着一把很别致的铜锁。一只健壮的黑雌猫在门前逡巡使这个家庭显得无比静谧。这天早晨沈先生在院子里碰见我，让我去把枣摘了。我说这枣还不到尝的时候，还得等十来天。他说，现在吃正好，营养成分高。

我爬上树摘枣时看见沈家的猫跃到窗台上。我从小就爱看猫吃东西的模样，便想把第一颗枣送到猫口，就拣接近窗台的枝椏往下滑，并想顺便看看屋里的样子。我没进过沈家。忽然，自黄锈斑斑的铁窗棂间伸出一只瘦白的手，接着出现了一张同样瘦白并且已经不年轻的女人面孔，我吃了一惊。

她平静地看着我，然后轻声说：“我饿。”

我怯怯地把一捧枣放到她手中。我碰着了她的皮肤就像碰上了一件镀镍的东西。

“我饿……”她又说。我把所有的枣全都给了她。但她没有当我的面尝一颗。

我想她必定是沈先生的女人。我好像这回才知道沈家原来还待着这么一个女人。“沈先生干吗天天把她锁在屋里?”我问外祖母。

“她有病。”外祖母很不情愿地说，“病多年了。”

这天夜里我听见沈家发出乒乒乓乓的声响，其中还夹有沈家女人的呜咽。我很想知道发生了什么事，就悄悄挪到他家门前。突然，静卧在门槛上的那只大猫一跃而起，向我逼来。我逃了。

以后我又觉得，沈家有点声响是很好的。沈家实在太冷清了，连猫也不叫。

直到沈家女人死了，我才知道她叫余怡芹。那时我毕竟还是个孩子。我在阅读《临江词》时，由于编者对余怡芹的特殊安排，认为从事这项劳作的人非沈先生莫属。那九首词让我想起古典戏曲中一些生离死别的场面。短暂的欢乐与无尽的相思让我见到了一个“衣带渐宽终不悔”的余怡芹。

但是后来的事让我坠入迷魂之谷。

4

四年前秋天的一个傍晚，我在沿江一座古老城市的轮船码头意外地遇上了暮气很沉的沈先生。我自然要提到《临江词》并且对余怡芹的作品表示几句恭维。可是沈先生竟然对此颇感惊讶，像一个孩子似的把脑袋歪到一边。这个年迈的男人此刻仿佛夕阳一样的忧伤，逝去的悲哀重新布于他清癯的面颊，给人以沧桑感。“她填过词?”他喃喃地咬着字，“不会吧……”我觉得有歉意，但更多的是疑惑。年龄的悬殊让我放弃了对他的劝慰，而是邀他进了江边一家私营的小酒楼。我们在楼上临江的窗边落座，要了几样当地风味的冷菜和一瓶低度郎酒。不多时，月亮升起，薄如纱绡的雾气弥漫江面，彼岸的世界因此显得虚无缥缈。

“人生如梦。我这辈子实际上是一次漫长的梦游。但一开始就不轻松。

“四十多年前我在这座城市的国立大学外文院读书。教我的基本上都是美国人——我至今英语会话还不是地道的伦敦腔。那场战争后来让美国人感到了厌倦。我的导师罗纳德·凯恩教授希望我能够随他离开这片硝烟弥漫的土地，去大洋那边的新奥尔良继续学业。我答应了。我们准备在中国过完圣诞节就启程。这样，到了12月23日，也就是圣诞节的前两天，我上了一趟街。其实那天我是没有任何理由好逛街的，”沈先生说，“我的行李办了托运，该忙的都忙了，我很累。中午，我喝了点家乡的米酒，然后就上床睡下了……”

“怎么想起来又去了街上?”

“财迷心窍吧。”他说，脸上现出微红，“当然我不是真的因为贪财。我那时比你现在还年轻。我需要刺激，于是决定去应验一下。”

“应验什么?”

“梦。刚才的梦。我不是睡着了吗? 这个梦让我非常兴奋地醒过来。好像是一位老人伏在我耳边这样对我说：你必须马上到城南的那家古旧书店去。你将在那里获得一件意想不到的宝贝。你看，简直是又浪漫又荒唐!”沈先生把面前的酒一饮而尽，接着又斟满。

“后来的事其实也很简单。我走出那家古旧书店——自然两手空空——就觉得街面和以前不大一样，仿佛刚才那一会儿被谁调整过。也许是雪的缘故。雪使一切简化了。很快，我意识到有人在跟着我。是一个女人——女孩吧，不过十六七岁的样子，像中学生或者师范生。开始我以为是我的同路人。直到她跟着我走了相当长的一截，才引起我重视。我觉得很有趣。有几次我故意突然停下来，或者绕一个弯子再走。但是恶作剧并没有使她露出手脚无措的尴尬。她可以说是不乱方寸，并且很善于掩饰。比如说停下来的时候，她会自然地弯下腰去把鞋子擦擦，或把鞋带系结实。她就这样逍遥自在地跟着我。

“出了南门，路上已没有其他行人了，这时候天色也开始转暗。那是个很安静的雪天，四野茫茫，仿佛整个世界都凝结了。因此我们前后错乱有致的脚踏在雪地上格外响，像谁在林子里锯木头。这声音让我心虚。越往前我就感到脚下这条路不是原来的样子，陌生的标志是一座独孔的石拱桥和桥那边的小巷。显然，我迷路了。我自己把自己给弄糊涂了!最后，我不得不停下来——那是条死巷。”

沈先生又喝了口酒。他的脸色已变得复杂，目光也有些呆滞。呆滞中又蕴含着几分虚幻与寂寞。停顿许久，他自嘲地笑了笑，似乎又把心绪调理得很好。于是他后来的说话节奏明显加快并且抑扬顿挫把握得适度有致。

“我猛地转过身向她逼近，小姐，你是什么人？为什么盯我的梢？可是等我看清楚她的那张洁净娟秀的面容时，我的火气顿时消除了一半。我甚至还觉得这张脸一点也不陌生。（后来我想起来，她和我初恋的那个苏州姑娘长得有点像，特别是在笑的时候，那个我称作梅的姑娘因病几年前去世了。）她很平静。这种平静使我很快适应了我们奇异的相遇。我问她是不是很冷。她摇摇头。我饿，她这样说。说得我也饿了。但是现在根本弄不到吃的。这条巷子大概是日本人占领时期焚烧过的，看得出很久以前就没有人烟。而且迷途难返，其时城门已经关闭了……”

“你们只能在一起过夜了。”

“是的。我领她进了一间比较完整尚可避风的屋子，烧起一堆火。实在找不到吃的，我让她别再提‘饿’。她说她已经不饿了……”沈先生摘下眼镜，用手帕仔细拭过，再戴上。“这个晚上后来我们结合了。”

“一切都显得平静、自然。她没有表示害怕当然也就不会拒绝。尽管我们彼此都是第一次真正地了解与自己不同性别的人，但一步也不慌乱。我们仿佛这之前就是多年的夫妻似的，对对方的身体毫不陌生。她是处女。她要求垫一块她的手帕。一块白手帕。第二天醒来的时候，我惊讶地发现手帕上的血组成了一朵梅花……”

“现在看起来，这一切好像事先被什么人精心编排过。”在分手时沈先生这样说，“那个人就是上帝！”

5

在决定写这部小说之前，我曾不止一次地想过当年沈先生“踏雪寻梅”的经历。每一次回忆都使我萌生新的悬念。这个充满魅惑的故事显然缺乏我们习惯认为的那种真实性。在不久前的一次学术会议上，我邂逅了一位浑身散发礼仪之气的狄更斯和萨克雷研究专家。他正巧是沈先生大学时的同窗。他用接近调侃的口吻向我介绍了沈先生年轻时候的情况，认为那是一个“除了读书几乎没有任何嗜好的正经读书人”并且有着“难以想象的内向性格”。“后来听到他结婚了，大家都很吃惊。”专家说，“有人说沈能想到结婚就意味着公鸡也可以考虑怀孕。当然这不过是善意的玩笑。”这位专家的见解与沈先生由于“需要刺激”而顶风冒雪去应验梦中许诺的行为简直是南辕北辙。也许只仅仅是一种表白。那么这种近乎自我吹嘘的表白意义何在呢？

我这次回来有意取道那座旧城并作逗留。我沿着沈先生过去的足迹走了一遍，脑中复制着四十几年前的奇迹。从地理位置看，当年的国立大学坐落在城的北郊。由那儿到位于腹地的古旧书店（现名中华古籍书店），徒步至少需要两个小时，而且那是个雪天，不可能更快了。书店通往城南大门仅一条道，我看不出会有什么弯子好绕的。但这条道，据当地的老人介绍，以前是由碎石块铺成的，坡势又多，很不好走；一般要四五十分钟的样子。其时那场漫长的战争正处于最后的决战阶段，这座城市为首当其冲的江防要塞，戒备森严，每天下午五时关闭城门。依照这样的时间推算，这对雪地鸳鸯就是插翅也很难飞出城去！第二天，我又去了那家书店。我向一位年岁较大的职员打听书店的沿革情况。他说这个店最早是私营的，但不仅仅是卖古旧书刊，也出售或代销古董与字画，有一个时期还设过赌局。“也许老板因为这个破了产，才吞鸦片死了。”他说，“这都是听我父亲说的，他如今死了。”我又问，当年是不是有一个姓沈的大学生常来这儿？他笑着摇摇头，表示记不清楚。他说，那时候，我还小。这家书店的斜对面有一座残缺的功德牌坊，是为乾隆年间一位从事宫廷编修的翰林树的。我注意到它的顶端筑有一个空巢。天空上时有鸟群掠过，可是它们不肯落在这儿。是不是因为这儿太喧闹了抑或很多树都被砍伐了缺乏自然的和谐与保护？既然如此，又何必筑起这么一座名存实亡的空中楼阁呢？

这天晚上我又想起了余怡芹。即使现在，一个16岁的少女孤身跟踪一个素昧平生的男人并最终委身于他，也似乎是不可思议的。余怡芹其人仿佛和其名给人留下的印象一样，属于典型的小家碧玉。《临江词》中关于她有以下一段文字介绍：

“……作者出身书香之门。其父为商贾，但爱武习文，尤工词律。‘七七’后，举家流寓南方。翌年父死，家境遂败。嗣后随其兄余百川

（字孟海，已故现代画家）浪迹江湖，以鬻字卖画为生，饱受风霜。故作品情调感伤，悲欢交织。作者幼得之于父笔墨启蒙，后受之于兄丹青感悟，从而形成情景相融、语言清丽之风格。”

这位编纂者难免有些夸大其辞。余怡芹算不上一位作家，一位名流。她的作品印成铅字的仅限于这九首词，不过小 32 开本的其中几页，况且还属非正式出版物。我曾翻阅过一批关于这一带文化的史志资料，也毫无新的发现。倒是她的兄长余百川留下的痕迹颇多，似乎有“江南一怪”之说。这位余孟海先生在他才华充分展露之际却毅然投笔从戎，在一位姓张的将军手下任职，不久便死于一次意外的海上爆炸事故。显然，《临江词》的编纂者对余怡芹及余氏一家是非常了解的。而且，我敢断言，那个人对余怡芹怀有山盟海誓般的挚爱。沈先生对这一行为的矢口否认，意味着另一个人的存在——一个可能隐姓埋名的男人。

作为小说家，我不习惯那种推论。我愿意用怀疑的眼光去打量一切。我所付出的努力仍然是不屈不挠的追求真实性——你怀疑的一切都可能更加真实。

6

第一次同那位年轻的女教师交谈时，我就觉察到她有一个下意识的动作：抚摸脖子。她的脖子比她的其他皮肤更白一点，很光润，还有两道浅浅的弧。所以这个动作很讨人喜欢。不过当时我没有因此而分心。重新关注这一细节是在今天的黄昏。

我觉得有必要同她再详细地谈一次。让她把“很怕”的事在我轻松的表情下尽量说完整些。我还作了这样的考虑，如果觉得方便的话，我愿意陪她至深夜——这当然已不仅限于调查的需要了。对她这样的天真烂漫的姑娘我生来就有好感。但是我太冒失了。她的房门虚掩着，我竟忘了咳嗽一声就闯了进去。她正好在换裤子，刚穿到膝处，见一个男人悄然而入便很吃惊，红着脸把裤子刷地扯到腰间，接着转过身去。我没说一句道歉的话。这种局面越解释越尴尬。可是我脑子里嗡了一下，我顺着她的手势发现她的脖子上套着一根黑白相间的小绳子。这根权作裤带使用的绳子霎时在我脑中形成了不祥的预感。我当即决定放弃原来的计划，全力进行青年男女间的那种“随便聊”。看来，她很老练。初次见面时那种外省人孤傲的目光和天性导致的腼腆一并摘去。我们俨然是老朋友了。这很好。

“你的口音听起来像是北方人。”她说。

“我是在北方读的大学。”我说。其实是在南方，没必要破坏她的自信。

“是在 A 城吗？”

“对。”

“你是 B 大的？”

“你看像么？”

她自以为判断准确而显得眉飞色舞。然后她开始冲咖啡。“B 大离我们学校不远，”她说，“附近有一家印尼人开的咖啡屋。”

“好像是新加坡人。”

“是印尼人。我常去那。你应该也去过的。”

“不多，就两三次。我讨厌马来人种，不伦不类，我宁愿喜欢黑人。”

我这时站起来把风衣脱下。我想借这个大幅度的动作缓冲一下，再问下去我招架不住。她接过风衣先看了看牌子。我感觉到她又准备说些什么，于是抢先一步。“你觉得写小说有趣吗？”我说，进入这片天空我便身轻如燕。“其实我写小说完全是偶然。”我从一本书上了解到作家舍伍德·安德森只消上午写小说，其他时间便用去喝酒聊天。我觉得这种生活非常适合于我。后来我又发现威廉·福克纳与我所见略同，我就决定先把自己当作家待了。我不写诗。我写小说。我从美国人舍伍德·安德森那里知道，小说是可以随便来写的。另一个美国人欧内斯特·海明威让我懂得可以把自己知道的东西省略不写。最早告诉我小说里也照样可以自相矛盾的是阿根廷人豪尔赫·路易斯·博尔赫斯。这个年迈的人临终前提醒我注意为自己和朋友进行写作。

她对这些不感兴趣我能看得出来。但她的脸上晴朗了。这样就好。我在她面前走来走去。

“你的手干吗总放在口袋里？”她说。

“习惯吧。”我说。我意识到这是一个大胆的暗示。我把手抽出来，碰碎了一只杯子，是她的那只。“我赔你。”我笑着说。

“你可是个不够大方的男人。”她说。

我在离开的时候告诉她，我还会来。我请了创作假。“我要利用这个秋天来完成一部中篇。也许会把你写进去。”

“那不是我。虚构只能产生化身。”她突然笑了一下，“这里的人总在虚构我。”

我看着她。我关心这个意思。

“常有人在街上把我拦住。问我是不是谁家谁家的几姑娘。看来我和这地方还真有缘分！”她做了个优雅的手势。

“有没有人问你是沈家姑娘的？”

“没有。干吗偏要姓沈呢？

7

沈家没有孩子。沈先生虽是入赘女婿可是对余二小姐很好。他们都是知书达理的人，平日里总是形影不离，像那棵枣树……

那阵子余家门庭冷清了。余老板看不出是个要死的人，说走也就走了。以后这门面就靠余大少爷独支着。每天日头刚落，蓝堡的门就关上了。蓝堡不是余老板手上营造的。上辈人说，早先这里住着一位留过洋的举人。但也不是举人造的。举人到这地方放漕，就地纳了一房妾，买下了蓝堡。有一天，举人的船在江心翻了，船上的人无一生还。蓝堡转到余老板手上已不蓝了。余老板死时，余家兄妹都还未成年。日子很清苦。余大少爷后来把屋子当了一半，领着余二小姐去走江湖，一年回不来两趟。过了几年，听说余大少爷吃了行武饭，在什么人手下当副官，余二小姐放在城里念书。再后来，报上说余大少爷在海上给炸死了。

到了这年的春上，余二小姐领着一位姓沈的先生回来圆房。当天还办了酒。余二小姐喝醉了，又是哭又是笑的。边上人看了没有不可怜的。那年秋天，树上的枣结得特别多。大伙都说这是个好兆：枣子枣子，早得贵子。果然不多时，余二小姐产下了一个男孩……

“那孩子呢？”

“死了。是个讨债鬼，都快五岁了，还是被阎王爷招去了。”外祖母叹道。她阴郁地看着窗外的月亮。月光凝结了她皱褶纵横的面容，使我想起浅川里一块被泥沙的水销蚀的青石。

那孩子是淹死的，就在蓝堡河里。那会儿正闹桃花汛，这河通着江。常有外江的船来跑生意。那天是个阴天。我去河边洗衣时还看见那孩子在船上玩，和一个穿灰长衫戴黑礼帽的男人逗着八哥。到了傍晚，我才听说孩子失了脚。“也是命里要死，”外祖母回忆道，“偏偏那会儿船上人都到祠堂听戏去了。后来还是那只八哥对着水里不停地叫‘西（死）！西（死）！’才叫人起了疑……那孩子或许被冲到江里去了。要不，怎么连尸首也寻不到？”

这以后，余二小姐就再也怀不上了。也不再出户，好像一下子换了个模样。“可怜的人前世没修好。那孩子要在的话，恐怕和那个照相的年纪差不多。”外祖母说。

8

摄影师是同夏天一道来的。这个年轻的漂泊者自称到此地寻找一位亲戚。到了之后才知道他要找的人已去世两年。“我来一趟不容易。”他说，“这儿也蛮好。反正我是赤条条的没什么好牵挂的。我像蒲公英一样，随便吹到哪儿都能活。”他的洒脱与幽默使你初次见面就会对他产生好感。蓝堡别致的造型吸引了这位艺术家。他愿意出高于普通民房一半的租金住进这百年老屋。他被安排到沈家隔壁的一个单间。另外他在楼上的过道尽头占下了一大截，用纤维板隔成了简陋的暗室。他是个精力充沛的天才。他白天一般都背着相机出外揽活。更多的夜晚他用于艺术创作。很多年后，我在不少报刊上看到这些风格怪异的作品，很自然地想到了产生它们的时代以及艺术家在那个时代的生活。但我的全部感受最终都化为一条红色短裤。

蓝堡在我记忆里从来就没有年轻的女人。因此摄影师每天一回来就只穿一条红色的紧身短裤。这使他的身体看起来像马一样健壮。这匹备有红色鞍鞯的骏马使阴冷潮湿的草原崭露生机，蓝堡仿佛被搬出去晒了一回，变得干燥明亮。但是那只大黑猫好像异常仇视这个不速之客，在年轻人到来的当天便在他的大腿上留下了一道很深的血弧。“古怪的小婊子!”摄影师后来总背着沈家人这么说，“总有一天老子得打死你!”

那年的夏天特别热，日长如年。几乎所有的晚上我都是在院子里度过的。我躺在竹床上，望着布景一样的枣树，数着头上的星粒。摄影师这时候正挥汗如雨地在暗室工作，等结束了就提着毛巾去蓝堡河洗澡。我有时也陪他去，看他用各种姿式游泳。他游得相当好。他说蓝堡河和他家乡的一条河看上去样子有点像，只是浅一些。“我不喜欢浅水。”他说，“老人都说浅水里会遇到麻烦事。”他又说他从小就不光着身子下河洗澡，家里人让他穿红短裤，说可以避邪。可是有一天他慌张地告诉我，他的红短裤不见了。“我明明放在埠头上。肥皂还好好的……”他说得很认真。这个晚上摄影师很沮丧。他没有像以往那样点上一支烟到院子里和大伙聊上一会儿。从河边回来他就将房门插上了。到了后半夜，突然听到他在屋里喊：

“谁撒沙?”

乘凉的人都惊醒了。沈先生和我的外祖父先进了屋，用手电四处照射。我也想跟着去看看，但是给外祖母一把拽住了。我觉得这一天发生的事都很奇怪。楼上没有人，谁撒沙?然而摄影师不承认是幻觉。过了好些日子他还说眼睛里仍然像有沙子在折磨。

对摄影师的调查是我计划中的事。这位艺术家在蓝堡坍塌的第二年同当地的一位曲艺演员组成了家庭，以后有了两个女孩。但是不久前，他的妻子因患突发性心肌梗塞死去了。我于是在日落之前驱车赶往他的住处。在离城郊公路不远的一幢暗红色平房的正中门框间，摄影师单薄的身影在夕阳余晖里摇晃。这个中年人仿佛已被掏空，人整个的小了一圈。丧妻的悲伤在他过于早衰的双颊静静流淌。他好像预先知道我要来似的，因此一见面便省去客套的寒暄，而是把我引进他的卧室。

这是一间朝北的房子，光线很暗，也感到阴冷。其实他现在住得很宽敞，完全可以挪到南边的屋子去。他很快打消了我的疑虑。他说：“我的眼睛好像同阳光相克似的，见久了就难受。”我认为这可能是职业导致的眼疾，所谓职业病。我建议他趁早去看医生。他说也不知看过多少次了，所有的结论都“正常”。“昨天我又去了医院。医生给我开了些普通眼药水。我一出门就把处方揉了。”他说，过去的幽默又重现于脸上，但很快消失，之后他的神情显得十分沉重。“我知道我这双眼睛迟早会报销的。”接着他向我说起了昨天下午的事：

在回来的路上，我看见一位衣着体面的老头在公路边徘徊。他好像在等什么人，走几步，停下看看，再走几步。“开始我并没有在意。”摄影师回忆说，“等我从他面前走过，我突然发现他有一口很漂亮的银须。我还从来没有真的见过这样的胡子，让人又敬又畏，非常有吸引力。”我当时想到的只不过是为他拍照。我觉得只要揿一下快门就使一张肖像杰作诞生了。那时光线不是很强，我的眼睛也比较好受。这种光线能使肖像拍得富有层次。我就过去同他搭话，问几点了。他说他的表早停了，戴在手上的不过是一种时间道具。这种谈吐口气使我把他看做一个高深莫测的游方道士，一位智者。我仔细观察他。我感到他的眼光十分古怪，正面觉得和善，侧面又觉得凶恶。我更不愿意放弃这个机会了。我提出了我的要求，但老人婉辞谢绝了。他冷静地说：你不必这样。你应该重挑一件事做。我意识到他话里有话。我向他说起了我的眼睛，我说我弄不明白这其中的奥秘。他听完这些只是轻轻叹了口气。直到离开的时候才丢下一句话：

你见的东西太多了。

9

“他说得也许不错。”摄影师说，“我见的东西是太多了，而且都是些奇怪的东西。我小时候就见过长三个奶子的女人，见过蜈蚣交配，见过死了七天又从棺材里爬起来的老人。自从住进蓝堡——你大概就是来找我掏那屋子里的事吧。我想是的，你是该写写蓝堡。”

我递给他一支烟。他用力吸着，目光像捕捉一件不够清晰的人镜对象似的专注。往事如烟，他的表情让我相信他在努力地回忆，并试图把纷乱的头绪尽可能理顺当。我请他谈得随便一些，话题也不一定只限于蓝堡。我不是来向他采访的，而是同他聊天。他表示有数，用略带浑浊的音调进行叙述——

“蓝堡在我眼里始终是一座不规矩的建筑，像先后经过几只手修改过。我曾经查阅过一些中外建筑资料，可以肯定地说，没有任何一种建筑风格能够看做蓝堡的起源。正因为这种不同凡响，我愿意多交房租住进去。不规矩使蓝堡成为一个杰作。我喜欢不规矩的东西。我的处女作叫《鸟》——实际上画面里出现的是一支古代的断箭和一只钉在墙上的烂苹果，这些都笼罩于鸟翅巨大呼啸的投影之中。我想表现那种不规矩的欲望之火。我拍这张片子时不过17岁。谁看了谁都说我是个怪胎。我或许就是个怪胎吧。我身世很苦。父母在我很小的时候就离异了，可能现在都已不在世上。我是在一家裱字店长大的。我到这地方之前那家老板——我叫他叔叔的，也死了。”

“你真是来投亲的？”

“也可以这么讲吧。”他说，“我那叔叔死后大约半个月的样子，收到了一封给他的信。发信人没有写地址，只标着‘内详’，我就拆了。那信上提到我，说我已经长大了，不能像猫一样总待在家里吃闲饭。大概就这个意思。写信的人署名‘昆兄’。我想这位‘昆兄’也许是我的最后一位亲人，于是就按邮戳的指示到了这儿。可是一了解，这地方叫‘昆’的人至少有几百个。那天我在蓝堡河边站了很久，心里很凄惶。如果后来不是蓝堡的吸引，我可能会离开的。那时我对你们说，我这位亲戚死了。我觉得这样省事，你说呢？”

“你接着说。”

他站起来踱了一会儿，把刚才自动熄了的香烟重新点上。他说：

“那屋子不规矩。每间房的面积可能都不一样，楼上与楼下的结构也不同，互相错开又互相联系。你也许会有我同样的感觉，你进入其中很难辨出东南西北。你甚至会认为太阳是从南边升起的。我那个小暗房下面是沈家的卧室。因此我常在夜间工作时听到下面的动静。那女的——开始我还不知道她有病——总是嘀咕着‘饿’，沈先生好像从不理会。我就有点奇怪。有一天晚上，很晚了，我正准备洗手下楼，又听见那女人说‘饿’，说得有点儿瘆人。与以往不同的是，沈先生这回火气挺大地骂了她。骂什么我没听清楚，反正是骂了，要不那女人不会哭的。那晚的月亮十分好，星星都隐去了。我关了灯，沈家的灯光从楼板缝隙中穿射过来。这楼板也老了，我脚下的那块还有一个松动的疖疤，掏起便露出一个牛眼大的洞。（我平时用胶布把这活疖封好，以免暗房露光）我仔细听着楼下的动静，担心事情会闹大。那女人还在呜咽，奇怪的是这呜咽中又夹杂着几声怪笑。我就小心地伏下身去，将活疖拿开——那女人被绑在檀木椅子上。沈先生用老人挠痒的那种小竹耙在她浑身上下慢悠悠地挠。女人像中风似的摇晃不止，唾沫顺着嘴角溢出。我糊涂了，不明白是什么意思。像这样整治女人……

“大约过了一刻钟的光景，事完了。那女人仿佛刚活过来，大口地喘着气。她好像也不哭了，眼睛直勾勾地看着男人。沈先生把预先熬好的中药倒在碗里，一口气喝下去。那药一定是很苦的，他的脸部不停地抽动着。喝完药，沈先生大概感到热了，就开始脱衣了，一件件地脱，脱光。然后他从枕头下面拿出一根非常细又非常挺的小鞭子，塞到女人手里；他安静地躺到竹床上，让女人抽他。女人显然不是头一回干这种事了，就抽；沈先生一边翻滚一边吩咐：重些，再重些！女人的手放重了，一鞭下去便显出一条浅痕。这样抽了好几十下，沈先生开始呻吟起来，但我敢肯定，他不感到痛苦。甚至他会觉得异常的舒服——这是我很长时间之后才悟出来的。突然，他又一下跳起来，照着女人的脸打了一耳光：你怎么对我的脸抽？他把‘脸’字咬得很重。女人手中的鞭子滑落到地上，扑通对男人跪下了……

“以后女人就睡了。沈先生显然在竭力让自己平静下来，关了灯，默默地吸着烟。他茫然看着浑身的鞭痕，叹息着。那只大黑猫妖精一样地跳到主人大腿上，侧卧着，尽情享受主人的爱抚。慢慢地，沈先生的手又落到自己脸上，用力搓擦着。月光倾泻在他身上，使他看起来像一尊粗糙的雕塑作品。我注意到，他的眼角很亮。”

“这实在是一个可怜而无用的男人。”摄影师这样总结道。

10

对于一件发生在几十年前的旧事，记忆中至今尚未筛去的，我都有责任把它们理解为精华。时间使事物的表现变得粗糙，同时又使本质的部分得到更为清晰地显示。

这位摄影师最大的失误是忽视了我的存在。我是蓝堡的最小窥视者。关于沈先生，至今仍有一些衰老的女人在黄昏滴雨的屋檐下说他是“那手功夫真到家”的“好小伙子”。这种性爱暗示是对从前辉煌的床笫经验的深切缅怀。我还记得沈先生有一天夜里被两个穿白衣的男人带走，过了好几天才回来，言语极少。他对我说他“出差了”。后来他又说他“犯了生活错误”。四年前，我在江边与沈先生分手后，不久收到他的一封信。“我这辈子对女人太贪得无厌了。”他这样写道，“我又没有办法不这样。女人是一口大酒缸，让你沉，让你醉。我于是便烂进这缸里，就是谁给我一把梯子我也无法爬出来……”沈先生遣用这个“烂”字实在妙不可言，使我仿佛看到一个单薄的男人和一群肥硕的女人狎戏的情景。我不知道他是在检讨自己还是在歌颂自己。

然而摄影师为何要捏造——如果确属捏造的话——这一攻讦性情节呢？

我很迷惘。

歌德说，如果你第一个纽扣没有扣眼，你就无法扣上整件衣服。为了不至于使这部叫做《蓝堡》的小说黄掉，我只好返回开始的阶段，陪沈先生重温旧梦。

“人世间许多事情是说不清的。”沈先生以这种哲人郑重的语气叙述。“余怡芹为什么如此执著地跟踪我以至向我献身，我和你一样感到茫然。事情虽然过去了很久，可每次一想起来，我就感到不安宁。甚至魂不附体——这不是你们作家惯用的夸张表达。那天晚上，我已对你说过，后来发生的一切都是那么自然，连本能的羞耻心都丧失了。天很冷，我们不可能一丝不挂。我在抚摸她之前先把手放在腋下焐了会儿，她对我微笑着。我在这一刻想到了我以前的恋人……这些日子我还想过，觉得自己当时已经不知不觉地把二者统一起来了。如果不是上帝用微笑把两个女人造得那么相似，我或许没有接近她的勇气，至少不会占有她。我想这大概是上帝对我的一种怜悯，一种补偿。我向她跪下来，我说给我吧。她连忙把我扶起，含着泪说：‘我只给你！’我们紧紧拥抱。这时候她从怀里拿出了一方手帕，几乎泣不成声地说：‘我一直带着它。我知道有一天会用上的……’”

沈先生拭了拭眼镜。然后从随身携带的棕色小皮箱里拿出一只精巧的首饰盒，打开，里面正是余怡芹的那方真丝白手帕，我看见了一朵浅褐色的梅花。

“这朵梅花让我震惊。”他说，“我那位已故的恋人就叫‘梅’。多么难以理喻啊！这朵以处女为代价的梅花抚慰着我滴血的心灵——和一个病人相依为命几十年，是很艰难的。但我不后悔……”

“她是什么时候病的？”

“我至今也不完全明白，究竟是她有病，还是我把她当做了病人？”沈先生思索着说，“很多人认为她是因为我们的孩子夭折才病的。实际上，我觉得这之前她就有点异样，说话爱重复，眼神有时非常专注。孩子的死不过是雪上加霜。可是，我们的日常生活，包括性生活，都很正常。她以后的不孕，据妇科检查是因为产后处理不慎导致输卵管堵塞。她为此痛苦了很长时间，也出现了短暂的性冷漠。孩子丧生前她还工作过，是一位很好的教员。现在看来让她退职是一个失误。如果她继续工作下去，也许会使她恢复得好一些。”

最后，我又提到了《临江词》。我认为这位编纂者是余怡芹生前的好友，但我没有明确指出这位好友的性别。沈先生摇摇头，说：“她向来是孤芳自赏的，很厌倦社交。如果真是她的朋友来做这件事，我想会自动找上门来。”他的意思是可以把这件事看做民间的一种文化积累劳动。他说，搜集者总会运用意想不到的手段。

11

昨天夜里我又听见了那声音。南风把他们的交谈刮到了我的窗下。这个季节怎么突然刮起南风呢？他们的声音很窄，像是经过了时间的过滤。我发现以前错了，他们的声音并不苍老。浑浊是因为太激动，或者是疲劳的缘故——那男的好像是从很远的地方赶来的，声音和呼吸一样短促。可他又很固执地告诉她：我没有走远。我其实一直在你周围转悠着，只是你看不见。女的悲伤地说：你骗我。那不是你。我要你。我在河面一直等你等到月亮升得很高很高的时候，你还不来；我饿了，就先走了。男的说你真不该这样！女的哭诉着：你太虚伪了。我知道你有意躲着我。你不来就是想让我早早地走。你就是这样想的。男的叹了口气，说这样也好，反正我离你很近了。我这不是赶来了吗？

“后来怎么样？”

“后来我大概睡着了。”

这位女教师在回忆以上这一梦幻般的经历过程中，神情与其叙述的内容达到丝丝入扣的呼应，使她尚存稚气的面孔上平添了一层“过来人”的优愁。在我看来她似乎已经不是“目击者”，而是在下意识地倾诉自己的情怀。换一种说法，她在利用别人的舞台来演出自己的剧目。但是我又觉得她为过去的传说作出了现在的注释。我望着脚下静静流淌的蓝堡河，它和历史一样的曲折，又和生命一样的运动。这是一条永远不会枯涸的欲望之河。现在，月亮伴随着姑娘的叙述已经悄然升到了我们的头上。然而它浸在河里的映象依然是零零碎碎的，像一堆瓷器的碎片。它仿佛正以沉默而零碎的方式撰写一个新的寓言。

月光与水的交织，使我想起一个叫月光湖的遥远之地。很久以前的许多黄昏和夜晚，一个男子同一位姑娘在那很好的水面上度过了一截欢乐的光景。月亮自始至终目睹了那场惊天地泣鬼神的爱情游戏，使他们的胴体变成浅蓝色。“月亮涂给皮肤的颜色是永远不会褪去的。”姑娘后来这样说。那年秋天，姑娘奇迹般地失踪了。她像一只长满羽毛的鸟儿一样从此飞出了作家的生活。她的生命业已融入了作家的阴影之中，在月亮出现的好日子里与我做伴。多少年过去了，我孤独地肩着脑袋四处寻找着她的踪迹。人们在雨季开始的时候，总能看到一个习惯沿着河边行走的流浪汉。那就是我。

“月亮真好……”

“是的，真好。”

“那天晚上的月亮也是这样好……”

“是的，一样的好……哪天？”

这段对话一开始就让我迷惑。这位至多让我觉得面善的姑娘与我过去的经验没有任何联系。我们实在没有什么过去好谈也没有“那晚”。我现在认识到我们到河边散步显然是一次错误。河边是个十分危险的地点。我经历的九次生命赌博有七次是在河边发生的。眼下我面临第十次。我不喜欢“十”。这个数字带有完整和终结的意思。我印象中的“十”是一张寂寞的单人床，最先享用它的是一个叫做耶稣的洋人。而且我如今也非常害怕月亮。在这种阒然无声弥漫着氤氲之气的恶劣的环境里年轻人很难保证不干傻事。以后的结果表明我预先的判断不失正确。

12

我很疲倦。大梦初醒，我汗涔涔地从被窝里爬出来。心脏跳得似乎有点不对，从左边跳到了右边。由此我想到我的第一次性经验。永生难忘的第一次是以世界为对象进行的。在那无比痛快的瞬间天空飞起一道彩虹，以后是岩浆熔铸为钟乳石再溶化为水——彻骨冰凉！那是很久很久以前的事了（那时我多么有用多么骄傲）。那一次我赢了。我输得最惨的是第十次。

后来的事发生在天才的诱惑与无畏的暗示水乳交融的时代里。发生在永垂不朽的爱河边。发生在一件浅灰色的风衣上。

“你这件风衣是怎么得到的?”她突然问。我没有说买的。既然她这样问就意味着我的风衣应该有点来头。“我现在记不起来了，”我留有余地，“真的。我记性不好。”她立即流露出失望的表情，哀怨的秋波正好给我一个提示。我说：“好像是谁送的。也许是位姑娘……”我望着洁白的月亮，觉得谎言有时候实在可以变成真理。我听见她轻轻吁了口气。“也许是吧。”她说，“那姑娘大概和我一样地喜欢这件风衣。她希望一个令她满意的男人穿着它，经常在她眼前走来走去……难道不可能吗?”

我点点头。我说于是有一天那姑娘去商店买下了这件风衣，然后通过很好的方式，比如说邮寄，送给了一位在她看来蛮不错的小伙子。她不认识他。她可能在街上与他摩肩而过。后来她在一本破刊物上偶然发现了一个作家。她觉得他们是同一个男人。她便按图索骥。她甚至可以杜撰一个男人的名字和地址。她相信天底下总会有一个男人能够收到她的礼物。“他收到了，也穿了，非常合身。他也非常喜欢。”我说，“可他至今不知道寄件的人是谁。他猜应该是位姑娘。在以后的日子里，他把这位空气一样的姑娘珍藏在心中，视为情人。他想给他寄礼物的姑娘也会这样想的。”

“不，那时她还小，才 17 岁。”她摇着头并且笑着说，“她只有一个愿望：让他穿上，给她看。哪怕一眼。她就是为了常能看他一眼才咬着牙把大把的钱填进那家印尼人开的咖啡屋的。隔着茶色的玻璃，她看见他穿着风衣从落叶纷飞的路上走来。他爱把手放在口袋里。她总是看着他潇洒地走进天空……后来她流泪了，她觉得很开心。

“有一天，他走进了这家咖啡屋……他那时穷愁潦倒。他几乎不上这类场所来。也许他穿上这件风衣产生了某种预感才小心推开玻璃门的。屋内能见度很低，橙黄色的灯光让他想起古典悲剧作品。他找了一个较偏的位置坐下来，看着外面渐渐升高的月亮。那夜月光如水。

“她只能看到他的背影。她有几次都想换到离他侧面很近的座位上去。她甚至还这么想过。他会突然回过头来注意她，然后用电影上常见的那种英国人的口气说：小姐，能请您喝咖啡吗？这个可笑的念头让她的心跳得像一匹小鹿。”她说，“背影也许更好。现在她更相信了这一点。”

所谓走火入魔指的就是昨晚的事。

现在，我醒了。我醒来的第一件事是靠在床上抽烟。烟味很苦是过度虚脱带来的判断。我注意到我的写字台上有一片很斜的橘红色阳光。（是最初的一片还是最末的一片？）接下来我自然要回到我的小说中去。由于昨夜的失败使我省去了露骨刻画的篇幅。思绪中断，于是另起一行。

我想还是回到沈先生身上去。作为今天健在的蓝堡的最早居住者，作为余怡芹同床共枕（排除摄影师的干扰）几十载的爱人，他无疑是这部小说的主角。但是实际上他已没有什么好谈。昨天晚上我在河边的体验让我作出这一结论。我所惊讶的是，我与这位尊敬的长辈恰好站在一座桥的两端，彼此观望；他走过来，我走过去。共同点是我们都没有了退路。桥很窄。这或许重要或许不重要。

我在不能写下去的情况下，通常的做法是去户外活动。我出门的时候看见年迈的外祖母正倚着走廊的柱子晒太阳。此刻阳光落在她的身体半侧，因此使老人处于阴影的另一半，暗示出从前的清秀。一群黑色的小鸟扇面展开从空中无声掠过。我听见老人喃喃地说：

“如今的鸟好像都不会叫了。”

13

我这辈子见到最好的鸟是那只八哥。那才叫活的鸟。它每年春上随外江的船队来蓝堡河，桃花谢尽了才飘走。那是个懂得讨好女人的杂种。

女人一来，它就“噗噗噗”地在你面前飞来飞去，有时就落到你眼前的埠头上，色眯眯地盯你，同你嚼舌。“已（你）好已（你）好。”我也回它你好。我问它吃了吗？它说“漆（吃）了。”你要问它住哪，它就昂着头说：“已（你）——全（床）——上——”——鬼东西还讨便宜咧！我就把棒槌一拍：杂种！它就腾地飞去了，落到穿灰长衫的先生肩上。这时候要是余二小姐在总会拉住我的膀子，生怕我真的把棒槌撂过去。过了一会儿，那鸟又来到余二小姐头顶上打转，叫着“美银（人）！美银（人）！”你看，多有灵性的东西！

自从沈家少爷遭难，那方的船队就再也不来这儿歇脚了。据说那鸟后来也被主人撵走了，不知落到了哪块野地方，或许死了。岸上人那天都咒这杂种。说你这杂种勾女人的魂还显不够又去勾孩子的魂！说来也怪，沈家少爷向来很乖的，平日里一个人在院子里玩球。那天下午，那只八哥飞到了枣树上……人们在河边骂了一夜，船上的人吓得缩在舱里不敢出来。那个穿灰长衫的先生——大概是老板吧，托手下人给沈家送了一笔款子，自己连夜先逃走了。“命里定下的事是赖不掉的。”外祖母叹道，“要不，沈家不会断后，余家也算有了半条根……”

“余家少爷也没有后代？”

“连婚都没结上，就去了。”外祖母说，“听余二小姐从前跟我说，她哥哥死的时候不过24岁。每回一提起余大少爷，余二小姐就哭得伤心裂肺的。她说她哥哥命最苦。那几年走江湖尽遭阔人冷眼。好不容易熬到日子像样了些，他又回不来了……”

关于余百川之死，当时的报界是作为“爆炸”性新闻披露于世的。因为其时余百川虽然在军界谋事，但实际上人们一直把他看做一位前途无量的青年艺术家。几年前我去了解《临江词》的过程中，凡涉及到余百川的资料我都录以备忘。我印象最深的是《时报》。这家以长江中下游地区报魁自居的四开八版的报纸，在头版头条的位置上，以《百川归海》为题对这一悲惨事件作了大致如下的报道：

10月23日晨6时许，一艘机帆船划破茫茫雾障，昂然向大海驶去。在船首桅杆下立着一位年轻英俊的少校。他静静地吸着烟，仿佛向浩瀚的海面投去了深情一瞥。他在引导这次航行。

但他绝没有料到，这艘乘风破浪的帆船会把他载到生命的极点。

爆炸发生在这艘载有烈性TNT火药的船驶出海湾后的40分钟。其时一轮红日正从海面冉冉升起，而一位天才却业已成为火中凤凰！据幸存者后来介绍：爆炸纯属一次意外事故，可能因为火药触及明火所致。船上官兵除四人劫后余生外，余下17人全部遇难。其中包括负责这次航行的少校副官余百川君。

……

据我所知，这位余百川君生前的名气并不算大。知晓他的人仅限于江南。正是由于他过早的悲惨殉国，使他死后百倍于生前光荣起来，从而跻身名人之林。对死人的慷慨是我们这个古老民族的优良品德之一。在新近修订出版的《名人大辞典》里，余百川的条目也因此而拉得很长。

“你可见过余百川?”我问外祖母。

“你是说余大少爷？见过。”外祖母说，“有模有样的人才。我那会儿在你外祖父戏班子里卖茶水。一有新角儿来串，他们就让我去给余大少爷送帖子。他是个很好的票友，能拉会唱。当时蓝堡的楼上是余大少爷的书房，他白天都在上面写写画画。我知道读书人讲究清静，每回上去总是悬着脚跟。有一回……”

外祖母的眼神再现了从前的机智善变，好像决心要掩饰什么令人难堪的东西。也许因为事情过于陈旧当事人也早已化为尘埃，所以她的迟疑像一阵风似的吹过。那是在春节后的第四天，她说，南京的一名红角来此地作“飞行演出”，唱全本的《孟丽君》。我一早就去蓝堡给余家送帖子。我轻轻地上了楼，余大少爷书房里还亮着灯。我看见余大少爷在屏风后面玩鸟儿似的玩着一只绣花鞋。一边玩着一边像是同另一个低声说着什么。我很奇怪，就把脚放重了些。余大少爷连忙闪出来，我看见他的脸一下变白了，转身就把那鞋藏到袖管里……“我后来有意摸到屏风后面看了，并没有另一个人。我倒背上出了冷汗。”外祖母眨眨眼说，“我便慌着下楼了。在楼口我看见余二小姐正懒懒地从自己房里出来，头上斜别了一把梳子。我同她打了个招呼就走出了大门。不久，余家兄妹出门谋生。临行前，他们花了不少工夫把那棵枣树修剪了一下。”

我在外祖母边上踱着步。此刻阳光正不懈地把我的身影努力拉长。时间总是在人们的漫不经心中悄然流逝。日落日出作为生活中最普通的景观，谁也不想多看上一眼。这中间的千变万化常常被我们省略。凭借词典去了解世界显然是可笑的方式。我们今天在翻动历史教科书时的感觉，仿佛邻里间礼节性的相互走动。等那扇门在你身后关闭了你才意识到自己两手空空。我们对屋子里发生的事一无所知。于是上帝安排小说家去撩开窗帘的一角，针对被省略的部分，去捕风捉影，继之让这些人作天马行空的表达。

至此，我的这部关于一座老房子的小说似乎可以宣布结束了。蓝堡差不多已被掏空。我不想推卸责任。我承认许多细节都是经不住推敲的。再就是，有些人物都是在能见度极糟的环境里只露了一下脸甚至根本就不肯露脸便随风而逝，因此我仍无法看清他们的面目。我本人也没看清。尽管如此我们想宣布结束。我洗手不干了。然而后来发生的事无一不证明我是个自命不凡的小说家。

14

一想起后来发生的事我就感到恐怖。这些天我脑子里总旋转着那女人的影子，赶都赶不走。我不想再见到她。我怕见她。这该死的眼睛又开始疼了……

你肯定还记得我在河边丢失了一条红短裤吧。就是这天中午。我回来的时候你们都在午睡。在门口我遇到沈先生，他大概出去办点事，手里拿着一把遮阳伞。那天太阳很毒。我想起前些日子看见的事，心里觉得这个男人又可怜又可笑。我没有回自己屋子，先去了暗房，准备把上午拍的卷冲出来。那天楼上还串风，忙好了我就在楼板上铺了凉席，倒头便睡。我有点乏了。我想当时我睡得很香。过了会儿——到底过了多久我不清楚，我隐隐约约地感到自己和一个漂亮的女人在做那件事，当然是在梦里。我好像还是头回做这种梦。摄影师重新续上一支烟，说：“当然，你会说一场春梦犯不着大惊小怪。我当时也这么想，可是很快我发现了……”

“发现什么了？”

“一条小绳子。”摄影师说，“黑白交织的绳子。我立即认出这是那女人的东西。有一次她出来上厕所，我看见她捋衣服时腰边露出了一截绳头。她的裤带。我害怕了。刚才发生的事似梦非梦像瘟疫一样包围着我，我觉得自己快要窒息了。我悄悄走下楼，特意看了看沈家，那门上分明有锁，从里面是无法打开的。我就更吃惊了，这女人是怎么摸到我身边的？直到现在，我还是弄不明白。那条绳子实际上已成了一条蛇，经常在后半夜爬进我梦里……”

“那绳子还在？”

“我后来把它从楼板那个小洞里扔了下去。我还往里看了一会儿。那女人伏在床上用被子蒙着头。从被子不断起伏上我猜她可能在哭。绳子一落地就被那只黑猫叼走了。这小婊子好像知道家中出了事，昂着头打量着楼板。”摄影师回忆说，“这天晚上我去河里洗澡，先在水中把红短裤脱下使劲搓了几把，腥味很重。然后光着身子在边上随便游了一会儿。白天的事压迫着我的神经，一想就恶心。我过来拿肥皂时才发现红短裤没了。在埠头周围我摸了好久也没摸到。我想坏了这下闯下大祸了……到了下半夜，楼上有什么东西往我房子里撒沙子。绝对不是什么错觉。大概从那时候起，我的眼睛倒霉了。很突然，说难受就难受。就像锅一样，看起来好好的但随时都会出现一个小洞。”

这位中年人这一刻显得对自己的前途忧心忡忡。任何光荣与梦想都被灰暗的情绪所淹没。我这次的来访实际上带有辞行的意思。我觉得我的小说大致可以完成了。剩下的工作不过是调整个别词句而后有兴趣就抄一遍。这些简单的活我可以带回省城去干。当然，我的主要用意是想告诉艺术家，他的某种判断属于神经质的异想天开。我指的是沈先生。我不认为这是一个双重残废的男人，他或许在玩一种别具情调的游戏。我要说服摄影师撤销固有的结论。最有力的证据是沈曾致使女人受孕并生育。“那孩子连走路的姿式都像是沈家的种。”我援引了外祖母的观点。

“也许吧。”摄影师说，“也许姓沈的和你我一样有用。”阴沉的表情和轻慢的语气很不协调。他一边说着一边从一本很旧的相册里找出一张同样很旧的放大照片，扔给我。看看吧，他说，好好看看。

这不过是一张普通的照片，而且曝光明显不够。是俯拍的，构图十分平庸，但内容颇有新奇之感。从窗口射入的光线把沈先生刻画得非常高雅。他正对着镜子观察着，两手绷着一条棉线放在脸颊上“锯”。而且两根小指头都微翘着。这叫“开脸”。南方乡间至今还留有这种习俗。女子出嫁，须改换发式，再用棉线就着脂粉来去净脸和脖子上的茸毛。我记得外祖母曾经替一位远房的表姐开过脸，还唱着一支“开脸歌”：新媳妇，过了门，开脸才是婆家人。一开金，二开银，三开儿女走成群。

我放下照片，不想再说什么。

15

在这部小说开头的部分里，我运用司空见惯的老掉牙的倒叙手法，先展示了蓝堡及余怡芹的生命结局。好像这样做是基于功利的考虑。制造悬念增加可读性。实际当时的情况一点也不复杂。那座老房子要拆，为了使可爱的下一代有更广阔的活动场所。这当然是非常好非常必要的目标。因此我们在春天到来的时刻纷纷迁出，期待以后的鸟语花香。但是沈家女人坚决不搬。“这是我的天堂，也是我的地狱。”她冷静地解释着。这句话在当时至少没有引起足够的重视。大家把它理解为正常人的遁词或者非正常人的呓语。主管部门准备等沈先生出差回来后再作交涉。

于是悲剧就不可避免地发生了，应验了女人的预言。余怡芹或许意识到自己劫数已到，又不允许任何外来的力量来摧毁自己，就实行了自我消除。

闻讯匆匆赶回的沈先生在经过长时间的悲怆后，作出另一种分析。他认为这个悲剧不存在长久的酝酿阶段，而是更年期突发的恶果。“上周，她刚刚断经。”沈说，“她无法忍受这个事实。”

作为最早的目击者，摄影师对那个雨霁的黎明记忆犹新。“那女人的呼叫使我惊醒。”他说，“好像还是‘我饿’，拖音很长。”后来他诧异的是她为何偏要选择那条小绳子结束自己，而且这根似乎能被他拽断的绳子竟然会把一个活生生的人挂起来。摄影师因此怀疑自缢的不是余怡芹的肉身，而是她的魂灵。“我不相信她轻若鸿毛！”在这位鬼才的艺术家看来，现实中的余怡芹“很久以前就死去了”。

这场飞来之灾仿佛是我的外祖母意料之中的事。她对当时发生的一切只是感到悲伤和持久的沉默。20 年后针对这段尘封的历史，她依旧重复从前的谶语：

这屋有那东西压着。

蓝堡和余怡芹几乎在同一时刻毁灭，最先起源于作家本人梦中的一念之差。因此我们只好认为是上帝的一次巧妙安排。这就像死后的余怡芹面容丝毫没有受到损坏一样，我们不妨看做是苍天对一个女人的博大宽容与深厚怜悯。苍天有眼，只是你不觉得。

这样，我就可以考虑启程了。我决定很快离开的另一个原因是我受不了那位女教师的循循善诱。我不想再参加爱情剧目的编排与演出——我不想败在女人手里以至像海明威那样把属于自己的大半个脑袋用猎枪处理掉。我还年轻我应该走正路我还要去实现远大抱负还要享受下一个世纪的实惠。但我不能不辞而别干了就逃。我可以对蓝堡河边的那个月夜沉默。我也不会再选择黄昏去找她，这样大家都放松。然而后来的事让我惊讶无比以至现在还心有余悸。我并没有见到她。一位脾气很好的校工告诉我，她去找一件东西去了，去多天了。“好像是一件风衣。”校工说，“她说那件风衣不是她的，但上面有她的东西。”我这才想起来我的风衣在河边遗失了。顿时我有了卷入一宗命案的惶恐，便于今天早晨匆匆搭上开往省城的头班车。在车上，我遇上了沈先生。这或许是我们的最后一面——他要迁回原籍。“这地方，总让我不安。”他深有感触地说。

我和沈先生是在中途分手的。他在这个叫做韵关的小站下车，换乘开往蒲口方向的长途汽车再在那儿上轮船。那一段路面我曾经走过，是极好的。停车的时间很短暂，我们握手道别。他这一刻有些激动，好像有许多话要急于吐出来。他问我是否可以将那卷《临江词》送给他。我说可以。“我或许能想起是谁做了这件事。”他说。我心里一热。我料定沈先生心中对此事早就有数，可能限于某种心理障碍使他守口如瓶。我期待着。天色这时候起了变化，很快飘起了雨丝。我想起几十天前返回故里的相似情景，觉得冥冥之中仿佛有一种特殊的力量在起着支配一切的作用。车又开动了。我从汽车的后窗望着逐渐缩小的沈先生，恻隐之心油然而生使我的胃很不舒服。等他完全被织进雨幕后我才转过头来，默默地为这个步入黄昏的男人祈祷。

傍晚我回到自己家中，泡了个澡就躺下了。连日来的奔波和冥想使我觉得自己的身体成了一截被白蚁镂空的木头，随便敲击哪个部位都会发出空洞的声响。但我又想起可能还在雨中漂泊的沈先生。想把《临江词》尽快给他寄去。我发现我们彼此都疏忽了一个不该疏忽的枝节：地址不明。我开始怀疑沈先生此次旅行的真实目的。他是否果真叶落归根？他的根又在哪里？他也许没有根。他与那块令他惶恐不安的土地结下不解之缘。他实际上是一个逃亡者。

第二天下午，我去附近的一个风景点散步。两位比试着太极拳的老人的随意交谈使我产生了眩晕。

"老了。再比试也还是老了。"

"那是。昨天从韶关开往蒲口的客车，下坡时被一棵突然倒下的树碰了。其他的人全都好好的，独独送了一个老头的终……"

"据说是一个孤老头……"

16

两年后的清明，我回到故乡替外祖母作周年祭。据当时的医院鉴定，老人死于脑溢血。而我家里人告诉我，外祖母是感到了什么东西的压迫才走的。老人走得十分安详。她说：该我上路了。这句话使我在清明这一天沉浸在无比宁静之中。也让我想到了余怡芹。这个可怜女人的坟前实在太冷清了。我于是去邀摄影师一道到余怡芹坟上看看，顺便给她烧几张纸。

摄影师还是倚在门框上，看上去好像对我很冷漠。等我走近我才知道不幸的事已经发生了。我不禁捉住了他的双手。

"是你……"他说，口气倒很平静。"现在好了。这结果也许不坏。"

那次你来过不久，我又遇到了他。我好像一转身就发现了他。他刚撒完尿，正系着裤子。他的皮带很宽，显得有分量，一看就知道年代很久了。他这回没有避我。也许是在等我。当时天色很晚了，我想把他请到屋子里去喝两杯，他摇了摇头。我说您老上次留下的话我记住了。您无疑是对的。我现在只想问问先生，我这双眼睛是不是还能保得住？他不言语。我就给他跪下了。他扶我的时候打了个趔趄，像去扶一团空气，我连忙把他搀住。接着我吃了一惊，我看清了他的眼睛……“我想大概和你现在看我的情形一样。”摄影师仍不失幽默地说，“我听见他叹了口气。他转身向西走去了。从他的脚步上我能看出他对这一带非常熟悉。走了几步，他又停下来，回过头对我说：你的脚迈得不是地方……”

……

作家于黄昏前出现在蓝堡河畔。他发现，那株早已被伐去的枣树根须由地下延伸到了这儿，并且萌发了几点嫩绿。站在这个位置上，可以看见彼岸的一块很好的坡地上余怡芹的墓冢。远处一片怒放的桃花实际上已成为它的背景。

坟是青青的而且是永不寂寞的。作家最后的目光被置于墓碑前的一炷安乐香全部吸引。

一只黑色的小鸟优美地从这片天空飞过。

1989 年 12 月 21 夜　合肥

（原载《作家》1991 年第 4 期）

流动的沙滩

人们对于任何东西都没有十分的把握，我们始终在流动的沙滩上行走。

——克洛德·西蒙

说明·新小说

《流动的沙滩》是一部关于遐想的妄想之书。书名出自上面那句法国人的话是很显然的。我不懂法语。电视里法语教学节目给我的印象，首先是它的书写形式和英语德语差不多，用的还是古罗马人遗下的文字；其次是它的发音没有脾气，软软的。据说对情人说话用法语最恰当，我不怀疑这点。

引文来源于1982年秋天克洛德·西蒙在纽约大学“新小说”讨论会上的发言。是最后的一句。值得说明的是，中译者实际上遣用了“前进”而不是“行走”。我擅作主张进行了改动。我不喜欢“前进”，并非因为这个词似乎具有政治色彩而在于它的方向性。所谓行走在我看来是毫无方向的漫游。在无路可行的情况下我们还可以调过身子再往回走。我以为这样好一些方便一些，所以我不是篡改。西蒙还活着，在东比利牛斯省佩皮尼扬附近的小村庄萨尔塞斯修剪自家的葡萄，考虑怎样去花掉1985年从斯德哥尔摩拿来的几十万美元。

还必须说明，《流动的沙滩》不是我的作品。它的实际作者是一位看上去还算健旺的老人。在不远的一个夏日黄昏里，他以不披露姓名为条件向我谈起要撰写这本书的计划。我们谈了很久，但他只是说了书名。

如果没有意外的事发生，那本书至今仍在老人脑海里漫游。这次谈话的另一个主题是“新小说”，一个极不严密并且也很空泛的概念。老人说，它的提出首先基于对巴尔扎克和斯丹达尔一伙的反动。同时一家叫做子夜的小出版社网罗了这些文学的叛逆者，集中出他们的书——那是些白皮书，加上一个蓝线边框，封面中央有一个蓝色的“M”——法文 Minuit（午夜）的字头。“但是有的作家，比如玛格丽特·杜拉，对这种沙文主义倾向的归纳不以为然，甚至反感。”老人进一步指出，“以罗布-格里耶为首的几个作家为着他们共同的利益四处摇旗呐喊，使这个概念慢慢变得不那么讨厌。”老人的口气傲慢从容，似乎对谁也不买账。他声称 30 岁前后就研究过所谓的新小说。他把这段历史视为“错误”和“不懂事”。他说罗布-格里耶本身就是个谬误，走着一条“理论与实践相背离”的交叉小径，按照中国民间的说法，即“说是说，做是做”或者“言行不一”。“一个优秀的小说家是不能打着理论的旗子行走的。”老人批评道。他认为罗布-格里耶应该放弃制作小说的权利，改行一门心思去弄电影本子。因为他那部《去年在马里昂巴》使“新小说”度过了阴冷之年。然而这也不过是证明“电影拯救了新小说”。

我当时的感觉是，老人不是坐在沙发上而是坐在祭坛上。那一刻我把他看做了权威的化身。这种崇拜起源于我的妄自菲薄。我认为这也是在所难免的，时代需要偶像。在离开他的寓所时，老人按着我的肩头说：“年轻的时候，我干了许多蠢事。写小说是其中之一。”

我说，按照您的意思，《流动的沙滩》自然就不属于小说了。“那是一本什么样的书呢？”我发自内心地加了“呢”这个语助词表示我的天真可爱和我的虔诚。

“一本说不好的书。”他说，“你可以把它看做更换电话号码的通知或者使用新型卫生巾的说明。一种读物而已。”

流寓南方

南方永远是神秘的。这是我的祖先最后的遗言。我的祖先在人类处于蛮荒时代开始进入中原。他们习惯在门前的一条大河里撒尿，然后又饮这饱含尿汁的水。这水是圣水。在战争和瘟疫间歇的时间里，他们劳动、交媾、研究星相学和巫术。群居的传统培养并维护了朴素的民风，偶尔为争夺一个女人血刃相见也不会妨碍他们的友谊。他们不喜欢杀人，轻视暴力。但又爱好用异邦俘虏的血酿酒，以这种方式使生命得到延续。然而死亡永远超过新生。一千年后的一个深夜，空中落下一块灿烂无比的石头，部落亮于白昼，公鸡提前三小时啼鸣。陨石迫使那条大河改道。于是我的祖先随着羊皮筏子开始了一场史无前例的大迁徙。他们像大雁一样接受自然和时间的约束，逃亡南方。

我的祖先从此落入南方的陷阱。在光阴轮转好多圈以后，我诞生了。我实际上是在迷宫里诞生的。那个夜晚，接生婆被我的啼哭弄得手舞足蹈，浑身喷发着钢蓝色的光焰和酒香，最后像一片叶子似的随风飘逝，落到远方的水里。随着时间的推移，她的葬身之地形成了一座风光秀丽的岛屿。

这个传说最先出自一位独眼的巫师之口。他告诉我，接生婆就是我的母亲，人们把她当做艺术的化身。据说她是用牙齿结束了我与她的联系。在我的腹部至今保留着五颗牙印。我之所以称她作接生婆而不叫她母亲，在于我们之间的另一种联系也失去了——奶。浅黄色的细流，生命之初所需要的肥料。

我是男人，但我也是水制成的，连姓氏也与水有关。我的汗腺发达，小便也多，习惯在雨中徜徉，不打伞。从3岁到13岁，我经历了九次生命风险八次是在水里。然而我有一种预感：我自水中来，最终会回到水里去。我现年33岁，正处于生命的圆心位置；就是说我还有一个半径的路要走，大限还早。

在流亡的日子里我每天为黎明祈祷。你也不妨看做我是在祈祷黄昏。照片上看不出这两种时刻的差别，同一张照片可以把日落日出随便更换。这很容易。

我的逃亡生活一般是在夏天进行的。夏天与我的小说有很大关系。我在夏天里杜撰夏天的故事——我不知道自己为何选择这个令人不安的季节作为小说的底色。我本人与夏天没有重要的联系。我生于秋天，也是在秋天里恋爱以致她人受孕的。

很长一个时期以来，每天的后半夜我开始失眠。换一种说法，是我醒得过早。我躺在床上不自觉地把自己的生命检查一遍。那感受像在翻一本尘封已久并且无头无尾的典籍。其中毛病很多，其中漏洞很多。在月光朦胧的时刻，我能觉察到自己末日的情形，垂死的形象和挂在门后的脏袜子一样令人恶心生厌。但我不沮丧。我觉得那时候真正的我已如一缕青烟飞出了窗棂，追逐云彩，然后进入另一个青春的身体——于我完全是陌生的。这个陌生的青春之躯，载着我的灵魂继续在大街小巷行走，抽着我喜欢的国产香烟，把双手放在裤袋里，与异性作广泛的但又是一般性的交谈。不同的是鞋码。我仍然活着。我的那具不堪入目的躯壳留着应酬他人悲伤或者不悲伤的眼泪，接着送入火化炉，再掏出来填进小盒子，作为家族的一件古董。也许那天我本人也挤在送殡的行列里故作肃穆，对自己从前的躯壳投上忧伤的一瞥，只是谁也不觉得。

这种感觉，在我很小的时候（可能是第一次想到死亡的时候）就很自然地形成了。昨天夜里我靠在枕头上吸烟，设计弥留之际的语言以及用哪种方式完成最后的礼仪。想了很久没有想好。拂晓时分一只黑鸟从南窗前掠过，我想这是个暗示。我于是起床了，推开窗，微带咸味的海风使季节的界限变得模糊。这个时候，对面的窗口还亮着灯。老人在写作。不过很快就熄灭了。

我已经说明《流动的沙滩》是老人计划要写或者正在写作中的书。我们是在船上邂逅的。当时那条叫做“迷惘号”的客轮在经受海上七级大风时出现大幅度的倾斜，因此使两个陌生的旅伴相遇，之后是一见如故成为忘年的朋友。直觉让我相信我们都是流亡者。选择南方则完全是命中注定的事。在海上漂流两天两夜后，“迷惘号”于第三天的黎明接近了一座岛屿，它的轮廓像一只丰满的乳房。船长是位粗犷又不失洒脱的中年男子，显然是个把海当做情妇的家伙。他熟悉这一带海域的情况就像熟悉女人的身体。“差不多每次航行都这样，”他叼着雪茄说，“总是在遇到麻烦事以后才顺利起来。”他还声称在近 20 年的航海生涯中从来就没有使用过罗盘。“我凭感觉领导航行。”他骄傲地宣布。对这种吹牛的表白起先我不以为然。可他说的是事实。当我踏上这块奇异的土地时，才意识到这正是我想象中的岛屿。而且我发现，几乎所有的旅客都在欢呼。大概只有老人的眼神出现了一瞬的惊讶。

他说：“我好像故地重游了。”

岛屿或山巅

那时候岛屿是山巅。那时候我比你现在还年轻。我从很远的一条大河边走来，寻访高山峻岭。那时候我把登山运动看做欲望和意志的锻炼。我腰里别着一把精致的铜刀，整天在山与山之间漫游，但我不喜欢名山。

这地方我印象中是来过的。我甚至记得，那是个雨夜，天空不断破裂，红色的伤口灿烂无比。在山腰上我不小心跌了一跤，一位瘦小的守林人把我搀进了他的小木屋。我注意到在木屋的后面有一株高大的银杏树，它的年纪至少有一百岁。守林的人是个哑巴。他用眼神和手势同我交谈，我们谈得很好。他“告诉”我，那棵银杏树是他出生的那天突然出现的。这就是说他已活过了一个世纪。可我觉得他并不苍老，食欲也很旺盛。我认为他的“话”是值得怀疑的。后来我隐隐约约地知道，他好像在写一本书。那些桦树皮裁得非常整齐，压在他的枕下。这天晚上，我尝到了几样野味山珍，又喝了不少守林人自己酿制的山芋酒。雨声小的时候，我睡了。

第二天我醒过来发现自己是躺在一条无舵也没有桨的小船上。守林人不见了，一只水鸟停在船头，用奇怪的眼神打量着我，然后飞去。我很惊慌，接着检查随身携带的东西：铜刀不见了！我立即跳到水里，用了整整一个上午游上岸，我要找到那把刀。但是我脚下有三条路。我向一位匆匆过路的青年人打听那座山。他好像根本不懂我的意思。他笑着说：这儿没有山，只有岛。不久一位老妇又告诉我：这儿从前到处是山。我非常诧异历史一瞬间的千变万化。在我看来，所谓从前不过是昨天发生的事。我依稀记得，在梦中我听到了一阵阵哗哗响。很长时间后，我又在梦里见到了那座业已成为岛屿的山巅，在蓝色的汪洋中沉浮涌动。那棵银杏树还在，似乎和我第一次见到时差不多。但我没有发现那把铜刀。

老人的叙述至此出现了停顿。他的面色像大雨间歇时那样的阴悒。他为从前遗失的铜刀惋惜，这我能看出来。而且，我可以想象出那把刀的样子：有一尺长，三寸的柄上刻着一个两面的人形。没有血槽，因为它不是暴力的道具而是一个民族的具有图腾性质的饰物。这无疑是一件珍贵的东西。然而我又担心想象的东西会变得货真价实，那样的话，老人将视我为窃贼的后裔。他会一口咬定我是那个哑巴守林人的孙子或者曾孙。

上岛时我就注意到老人忧心忡忡。岛上奇异的风光以及楚楚动人的公关小姐并没有引起老人的兴趣。他像在梦中跋涉一样气喘吁吁。“我感觉是在登山。”他说。

岛屿是美丽的，仿佛一枚别在大海胸脯的宝石胸针。所有的建筑，包括停车棚和公共厕所，都是白色的。因此给人以清凉之感。老人由于跻身当代名流，被安排在一幢圆形的别墅里。我住在他后面的四层楼上，是一个单间。我通过朝南的窗口可以观察老人日常生活的一半内容。我发现，我们的起居有相似的规律。比如说，我们夜间就寝都比较迟，一般在翌日凌晨的一点与两点之间。我们几乎在同一时刻熄灯，又几乎在同一时刻拉开窗幔。我向前看的时候，他正好向后看。我们彼此点头示意。

那棵长命的银杏树还在。从上岛的第一个黄昏起，老人便去树下踱步，神情显然是在寻找什么。一开始，我并不真正清楚他是在找一把铜刀。有一天，我发现了银杏树的身上有一道很斜的刀疤。岁月使刀疤向内翻卷，很像一只缺少瞳仁的眼，茫然注视着大海。刀疤的表面呈绿色，似乎染上了铜的氧化物。这种启示勾起了我少年时代的一个噩梦：一把铜刀正悬在我的头顶上。在我成人之后，这把刀便以蛇的形态向我爬来。

“那把刀是我的祖先传下的。”老人感叹道，“我母亲临终前交给了我。她让我随时带着，说能避邪。”

我说：“如果知道以后的结局，倒不如把它送给别人，最好是女人。”我不知道我为什么要这样说，有点信口开河了。按照弗洛伊德的观点，口误是受潜意识支配的。但我现在这样说，是受到了树的启示。银杏树由于雌雄异株，习惯被人们看做性爱的手势。我觉得，老人欠下了一个女人的债务，要不树上是不会有刀疤的。当然，我只是觉得而已。我的插话很不明智。可是老人作了这样的回答：

“我曾经这样考虑过，把我心爱的刀送给我同样心爱的女人，但是上帝不允许。我的愿望实际上已成为梦想，除非有一天岛屿再变为山巅……”

小说者言

我是个小说家，并且自认为是一个还地道的小说家。但是我说不好什么是小说。

既定的事实表明置于“小说”之前的以形容词充当定语的小说概念已开始淹没小说的自身。这个现象不好，也许很好。

相当一个时期以来雅各布森的理论使得一批小说家大出了风头。因为这些小说家们自己说不好的事全被批评家们整理得井井有条。他们为自己的劳动同一个流行的理论有关联而得意非凡，这也是自然不过的事。

我习惯站在理论的反面，这不是轻视理论而且害怕理论。在我看来理论总让人遭灾。

一些有识的朋友在不屈不挠地从事废除小说法则的工作。我还弄不清楚这种工作的实惠所在，但我知道创造是愉快的。我不喜欢针对创造加以动人的修饰。所谓“先锋”所谓“前卫”听起来有点像一个夜间独行者在吹口哨，自己给自己壮胆。说今年是某某之年也同样是令人作呕的。有人把几千年出土的东西用丙烯颜料临摹一遍便冠以“前卫”称号，实际是“后卫”。

我赞赏用刀子朝词典里随便捅一下，就产生“哒哒”响的潇洒之举。还有“这个人很像我的舅舅奥斯卡”。

我选择写小说这个职业与我的胡思乱想有关。我觉得在小说里胡说八道至少不会触犯法律。我在小说里做一些生活里不敢做的事，比如同时爱上一百个女人。另一个原因在于，我可以目中无人，甚至敢同任何人反目，包括权威大师。谁也不会把你硬按在一位大老爷膝下作揖。

我于是就这样写起了小说。我的小说和我这个人一样不知天高地厚。实际上我和别的作家大致差不多，比如每一自然段开始得空出两格不写。我当然也需要构思，需要人物在中间走来走去，需要风景、性和眼泪。我的全部努力同样是在追求真实。一种奇异的真实，但它的本质相当朴素。从一个父亲的肛门里抽出一根镀镍的拉杆天线是令人无法相信的真实。可我确实写过这种事。了解我的读者会在我的一部叫做《省略》的中篇里注意到这个细节。这篇被来自青海果洛的一位杨姓读者称之为

"凉拌猪头肉"的东西发表于1989年10月号的《作家》杂志上。这个细节最初起源于梦中的一片风景。很简单。我们有理由把梦看做所谓的"超现实"。另一种更自信也更自然的说法是，它就是现实。我们都一样向往未来向往更实惠的日子。未来的日子里我们整饰自己也许可以不用梳子、牙刷和系列化妆品，也许得用钳子、螺丝刀和扳手这些小五金。我们可以根据需要随便拆洗身上的零部件，甚至把自己一分为二：让一个我满怀激情地躺在席梦思上去和别人做爱，另一个我则去海边散步作伏尔泰式的思考。

1987年11月28日深夜，我安静地度过了30岁。那夜没有月亮。我破天荒地喝了两杯白酒。一会儿有了敲门声。进来一个看上去马马虎虎的男子。他呼吸短促，面颊泛红，仿佛自天边赶到这里。我根本不认识他，而且对他随便拿我收藏的好烟抽以及乱翻书柜表示反感。我想问他是不是敲错了门。我又想刚才我并没有去开门，我的门是双保险锁，这个陌生的闯入者是怎么进来的？"我带着钥匙，"他说，"我觉得我们还是应该心平气和地谈谈。我叫潘军，你可以认为我是一个浪迹天涯的漂泊者。"

"你是不是想同本人争夺生存权？"我不屑地说。

这让他很悲愤，终于振振有词地指责我用虚构的方式让他时隐时现是"不公正的"。"从某种意义上讲，我比你更真实。"他激动地说，"这是不需要用户口簿和身份证加以证明的！"

他的话也许是对的。这个晚上我寝不安席，感受到前所未有的孤独。我开始怀疑身上的胎记，担心被水洗掉。我不知道躺在床上的是我还是他人的依托物。我思索了很久，觉得通过小说是做出判断的唯一手段。一个我在灯下写作，随之出现的是另一个我。

我决定在岛上完成《流动的沙滩》。我是个记忆系统十分糟糕的作家，比较适合叙述"没有十分把握"的事。我承认自己套用了一个老人的书名。仅仅是书名而已。我好像很蠢是么？其实我心中有数。我有一种预感，老人很难把他的书写完。他不会活得很久。我的意思是说今后不会出现两部《流动的沙滩》。这本书的作者是一个现年33岁的男人。

我将成为胜利者。

老人自述

我不是个老人。年迈的里根当年竞选美利坚第40届总统时就申明，他不是个老人。“我坚持性交。”他说，表述得十分精彩。我也是。不同的是里根针对的是女人，而我面临世界。我每天跑步、吃素，尽可能减少吸烟量，我热爱旅游，希望在经纬度上跳来跳去。

30岁之前我是个懒惰的小说家。同时又雄心勃勃，认为禀赋不比塞林格差。每次接到一个国际长途，我都觉得是通知我到斯德哥尔摩去领一份不义之财。钱是个好东西。对待这个问题我和萨特不一样。萨特以“拒绝一切来自官方的荣誉”为借口使该他拿的那一笔款子黄了（实际上他想拖着肖洛霍夫一块儿领）。但是后来萨特又后悔了，又想伸手，不过钱已经没有了。这不是据说，可以作证的是一位叫辛格的用意第绪语写作的小说家。这位犹太人懂得实惠，深信钱比政治重要，因此1978年他获得诺贝尔文学奖时神采飞扬。

曾经有一位艺术家朋友劝我尽早放弃汉语，而用英语或世界语写作。这的确是个不坏但过于天真的想法。我不行，因为我本人也是汉语的一部分。一个人很难背叛他的影子。

我的写作生涯枯燥。我写过谁看都懂和谁看都不懂的两类小说。这也可以看做我前半生的历史。女人和酒是这部历史的插图。我爱女人但不愿意收藏她们，我不喝酒但喜欢收藏酒。29岁那年我出版了第一本小说集子，名字要多庸俗有多庸俗，这个责任在于出版商生财的谋略。第二年我写了第二本书——那是个近25万言的长篇，写的是一场灾难但取了一个气象学上的名字。由于这个原因使得订数很惨印刷日期一拖再拖。《流动的沙滩》是否可以当做小说或许还要讨论。如果是，那也是基于批评家的需要。我要重申，这至少是一部有点意思的读物。在这座岛屿上来写这本书，看来是命中注定的事。

我喜欢岛上的一切。这个白色的寓所简直是按照我的意想设计的。我可以随心所欲地过日子。白天的时间我一般用来散步、接待来访者，有时候也看一点杂书。黄昏前去海边游泳。我写东西都是在人们睡熟之后开始的，我讨厌在别人的监视下做这件可笑的事，虽然我的屋子里并没有第二人，但我感觉到窗外大睁着不怀好意的眼睛。所以说自然界的一切动物，包括人，都有自己生存的方式。我的习惯实际上是为了寻求自我保护。世上的事都不是无缘无故的，都会有交代，有着落。小时候我总担心屋后的小河有一天会被水涨满，我不知道水会流到哪里，害怕把世界淹没。我不知道蚂蚁靠什么维持生命，为什么糖放在任何地方都能把蚂蚁们招来，而穿山甲又怎么能吃到那么多的蝼蚁。人的担心总是多余的，说明人对这个世界实在太不熟悉了或者由于自信养成了狭隘和偏见。

我们是不是先聊到这儿？

徘徊的黄蝴蝶

第二天早上，我在海边期待日出，遇到跑步锻炼的老人。他的气色很好，外人能够相信他目前还滞留在青春的斜坡上并且拥有一个完整的世界。然而我觉得，这种表象是虚伪的。人世间什么都可以掩饰，唯独生命不可以。他已经衰老，甚至是过于衰老了。其原因是他在女人身子里忘乎所以。从步入中年起，他以鳏居的名义四方求爱，以性爱保持生命的活泼。他曾经结婚，他的妻子是无法忍受他晨昏颠倒般的自言自语才与他分手的。我想这有可能。

我们顺着环岛的小路走着，观赏剑麻和仙人掌。太阳没有按时升出海面，海依旧很蓝很蓝。不久我们发现海面上盘旋着一个黄色斑点，蓝黄是对比色，因此我很快分辨出那是一只漂亮的黄蝴蝶。我知道，它是来看望我的。多少年过去了，无论我走到哪里，它总是追随着我，就像从前我追随它一样。现在我格外地相信这一点了。

“还是那样漂亮……”老人叹息道。

“你是说黄蝴蝶？”

“是的，黄蝴蝶。它在我记忆里栖息，舞蹈，使我年轻。”他点上香烟。

坦率地说，他的谈吐并不能够吸引我。但我预感到他将要叙述的这个故事会渐渐让我发生兴趣。尽管他以后的叙述跳跃性很大，语言组织得也比较凌乱，我相信我仍然可以听懂。我暂时不准备插话。

此刻，老人的表情像秋天一样忧伤，他的视线凝固在那只黄蝴蝶身上徘徊。他用低沉的语调说：

“12 岁那年我开始了恋爱。她是邻班的，大约小我一岁。她长得很可爱，很安静。她总是梳着一根齐腰的辫子。有一天，辫子上飞起了一只黄蝴蝶——用一寸宽的黄绸带结成的。”

“是黄缎子。”

“也许是。这个不重要。我喜欢的是黄蝴蝶。我几乎是迷上了。每天她从我的教室窗前走过，我都分心。为此我付出了代价，被罚站。一天放学的路上，我和几个男生走在她后面。过桥的时候，有人捅了我一下：你敢不敢大声地喊一个‘琴’字？我就大声地叫‘琴——’。突然前面的她应了，转过身来看着我。边上的男孩子们全笑着跑开了……”

“是芹菜的‘芹’么？”

“也许是风琴的‘琴’。这不重要，重要的是我们认识了……以后我再见到她，脸也不热了。到了第二年春天的一个晚上，我们走进了一条雨巷……”老人眼神恍惚，仿佛那条雨巷没有个尽头，他还在走，跟着她的黄蝴蝶走。

“你还记得那个晚上你们是怎么走到一块的吗？”

“记得。她告诉我她的外婆去世了，家里的大人都去外地奔丧了。她要我陪陪她，她怕。”

“是她的外公死了。”我纠正说。

我显然冒犯了他的尊严，他做了一个极不耐烦的手势：“纠缠这类无关紧要的细节是愚蠢的！难道外公死了更有价值？”

“就算是外婆吧。后来呢？”

“后来的事不像你想象的那么浪漫。一个 12 岁的男孩和一个 11 岁的女孩还能干什么呢？他们集合在一把伞下。一把黄油布伞，是么？”

“对的。那会儿没有折叠伞。”

“伞打得很低……他们只想拉拉手。她的手像雏鸟一样的可爱。”

“如果不是迎面遇到一支出殡的队伍，他们或许要接吻。”

“是出殡的队伍么？我怎么觉得是迎亲的队伍，那唢呐声是十分动听的。”他吸了口烟，脸上的悲伤在静静流淌。

“后来呢？”

“没有后来了……”他低声说，“不久她的家迁到外地。我得到这个消息已经很迟了，但还是赶到了码头。我想把我的铜刀送给她，可是轮船已行至江心，其时雾锁江面，不过我还能够看见那只蝴蝶。这天黄昏，我的母亲从外边回来告诉我，那条船在江上触了礁，沉没了……”

老人很悲痛。然而并不等于事实的真相没有受到歪曲。真实的情形是：那是一个黎明，也的确有雾。一个女孩在公路的拐弯处采花，被突如其来的大卡车碾碎了。据后来司机说，他分明看到的是一只黄蝴蝶，并没有看到孩子，所以才未鸣号、减速以至煞车。这是一场意外的灾难，芹死了。可是那只黄蝴蝶却没有死，每年气候适宜的时候，她都徘徊在我的天空……

我不是信口开河有意同老人过不去。我有凭证。秋天里我写了一个叫做《四季》的中篇，是应一位朋友之约写的，近三万字。这篇也许叫小说也许不叫小说的东西总共记录我和四个女孩子相爱的经历。平均一个季节一个，平均八千字一个。在第一章里写的就是我和芹的故事。为了读者，我删除了悲剧性的结局，集中笔墨写那把油布伞下的故事。我写得犹犹豫豫，不像玛格丽特·杜拉的《情人》来得那么酣畅。但这篇东西没有发表，那家刊物的负责人认为“缺少一根骨头”。这是正确的，我们无法要求一个 12 岁的男孩身上会多出一根骨头。

眼下，我不想就这个问题多说。

博尔赫斯的记忆

没有人把博尔赫斯的记忆传授给我，却有人把莎士比亚的记忆给了博尔赫斯，使他成为“因近视而富有远见”的诗人和小说家。这个阿根廷人一生只做了两件事：读书和写作。他对旅游兴趣不大。我们也可以说，他在卷帙浩繁的典籍中旅游。他曾一度担任过布宜诺斯艾利斯市立图书馆馆长。庇隆下台后，又出任阿根廷国立图书馆馆长。因此他坐在家里见多识广。世界上实际不存在一堵墙。博尔赫斯用科学的笔法撰写不科学或反科学的故事。他的创作无一不显示着智慧和狡猾。

30 岁左右我结识了博尔赫斯。我觉得他手里把玩的那柄中国老人的拐杖是我送的。那时我甚至连大师也敢轻视，但这个阿根廷人是个例外。

我想，要打倒博尔赫斯是困难的，需要一个或几个世纪的努力。我于是断然放弃了这个可能是狂妄的念头，转过头来公开效仿他。我认为向博尔赫斯投降是明智之举。但是我没有博尔赫斯的记忆。我只有我的记忆，而且，我的记忆历来是残缺的，我依靠想象在缝补它们。

“所以你觉得有条件写《流动的沙滩》了。”我说，“因为你对很多事情，包括你亲身经历的事，都没有把握说清楚。”

他做了一个手势，说：“说清楚本身就是一个错误。我们对世界的认识一般都是一知半解的，你无法说清楚你面对的一切。这是连博尔赫斯都感到棘手的问题。他于是采取了聪明的也可以说是滑头的做法：只是说，不对后果负责。博尔赫斯征服了时间，把时间随意操纵，像揉一团面似的，甚至让时间凝固。但他最终没有征服空间，因此他总把空间比作迷宫。这个工作将由其他人来做。”

“不过，恕我直言，你讲的后一点在我看来博尔赫斯也解决了。”我说。我觉得他过于自信了，想同他唯一崇拜的人扯平。

“你现在这样想是很自然的事。”他说，“到了我这个年纪你会主动放弃自己原先所维护的观点，同意我的说法。空间也是流动的。比如这座岛屿，它也许是真实存在着，也许是梦幻中的一片风景；我可以把它看做任何一个空间，从宇宙到微尘，无限伸延……”

坐在沙滩上喝早茶

这个早晨发生的事与一个女人有关。我坐在沙滩上喝早茶。很长一个时期以来我没有早起的习惯，总觉得睡不够。这个早晨我是受到某种启示才起来的，也可以说是预感。退潮了，沙滩上出现了无数贝壳的斑点，像文字一样捕捉遗失的记忆。我发现那棵银杏树的位置和昨天不一样，由北边偏移到东南。这棵树仿佛地球上最后剩下的一个人，异样孤独地立着，为人类的末日祈祷。这是个男人，俨然像图腾，又像一个盲者，一个行吟歌手——用哑语诉说着世纪沧桑。

预感是一种奇异的心理状态。通常的情况下，我运用预感去掌握未来。在未来成为现在时预感便成为直觉。我在玩麻将的时候深切体会到这一点，牌上得好总顺手。我觉得一个人最大的憾事是不懂得运气的存在。

这个早晨天气并不好，是个标准的阴天，连海都变成了灰色。沙滩上风很大，甚至有点割脸。我出门时犹豫了一下，又预感到这种气候海边该发生点什么邪事，比如漂来一只上个世纪某国海员遗失的瓶装酒或者一具企鹅的尸体。我就多穿了件衣服出去了，带着茶和几样咸点心。我已有近20年不吃甜食，牙不好。我不喝酒不喝咖啡，就喝一点好的茶。我尽量放慢喝茶的速度，期待臆测中的奇迹出现，然而没有。而这时的潮又开始涨了，岛屿渐渐缩小。我的裤管已被打湿，我想我可能要背时一阵子，准备离开。刚转过身，忽然听见一个浪声响起，接着我看到左侧掠起一道蓝光。我怔了一下，煞住脚，只见一个穿蓝色泳装的姑娘在对我微笑。她浑身水淋淋的，头发变得很少，肤色却更显得白皙光润。这个美丽的姑娘仿佛是被刚才那个浪头打上来的，两眼并没有恐怖。她的年纪大约在18至28岁之间，有着完全成熟的身体。我首先想到的是，如果岛上就剩下我们两个人，就好了。那么，最大胆的假设也不过是日常生活的一个细节。

“这儿果然有一个男人。”她说，把头发拢到一边滤水。

她的话让我感到疑惑。有一瞬间我把她看做传说中的海妖。我觉得这个美丽的精灵在很久以前就已经盯上了我。命运早已安排了我们将在多少年后的一个不晴朗的早晨见面，让我们一见钟情。这不是幻象，生命的气息让我相信眼前发生的事千真万确。

“我是从很远的地方来的。”她说，“我来写生。我母亲说到这个岛上可以画出很多奇异的东西。”

“你母亲没来?”我问。

“她或许没来过一次，或许天天都来。作为具体的人，她已不存在了。但她时常在梦里给我喂奶。”

“你母亲是哪一年去世的?”我说，“如果你不介意的话，我想知道这一点。”

她摇摇头说：“我也不清楚。有人说我很小的时候她就死了，也有人说她至今还活着。后一种说法的人依据南方流行的一些歌曲，他们认为那些歌最初是由我母亲吹奏而出的，别人记谱拿出去发表了。我母亲是一个长笛手，偶尔也吹双簧管。”

“哦……”我不知道这种语气表示明白了还是越发不明白。我自觉是个有点学问的男人，自尊和虚荣都不允许我在一个女孩子面前发愣。在谈话出现障碍的情况下，我可以把话题自然岔开，从另外的方向突围出去。

“你的出生地在哪？”我说。

“好像是 huai nin。”

“是怀宁么？如果这样，我们应该是同乡。我也是怀宁人，和陈独秀一样。我生于 1957 年秋天。”

她笑了。她说：“我不认识你。我也没听说过你，尽管你可能有些名气。我认识你是几分钟前的事，不过，现在我们是朋友了。”

我们一本正经地握了手。

观察过去的窗口

我在他的门外听见了他的咳嗽声。有近十年的时间里我枕着这样的声音就寝。后来我一听到老人的咳嗽就觉得脚下踩着了一口痰。这种对欲望缺乏信心的声音连接着对一百个女人的贪婪。

我还是推开了门。

他和我在路上预先设计的一样，穿着一件宽大的带棕色长条纹的睡衣。但不像是刚起床，他在北边的窗户下已站了好久，脚边有一些烟灰。连我进来他也没有觉察到，显然正专注地思考着什么。他的背影仍是令我肃然起敬的，我来得不是时候，不过我没有很快离开的意思。我把门关重了些。老人持重地转过身来，我的不期而至也并不让他意外。我想他这会儿也许正希望有人来同他聊一阵子，确切地说，是他想对别人添油加醋地吹嘘自己所谓的传奇经历。他曾不止一次地宣布，他曾同一头黑豹相持达十分钟。“我打扰了您，很抱歉。”出于礼貌我这样说。

“我刚写完一节，正需要放松放松。”他说，“按这样的速度，我可以在秋天完成这本书。”

“你写得很痛快，我能看出来。”

“写作是愉快的，”他说，“不是写小说，是另一种写作，随心所欲地写。追求下意识的写作是我 30 岁的觉悟。我比布勒东之流晚一些，但我比他们干得持久。”他的兴致很高，替我沏了一杯茶。

据我所知他不是个诗人。在近 40 年的创作生涯中他没有写过一首诗，至少没有正经地写过一首。他当然也阅读一些诗歌韵文作品，可能喜欢庞德、埃利蒂斯和金斯伯格。但未必喜欢布勒东。他倒是读过布勒东的几篇宣言，不过真正使他受益的乃是布努艾尔和达利合拍的一个短片《一条安达鲁的狗》。之后的一个时期他专心研究了达利的绘画作品。

“曾经有不少人把我当做诗人。”他喝了口茶说，“这个判断也许不坏……”

“可你没写诗。”

“不，我写过。”他纠正说，“我的诗发表在我的小说里，套着发表。我羡慕诗人的劳动，可以在一只香烟盒上建立丰碑，很潇洒。但我不会去做一个诗人。我无法找到‘一个窗户把人切成两半’这样的感觉。另一个原因，与我认识一名刻苦手淫的诗人有关。”

他似乎有些兴奋，在我面前踱着步。我们之间构成了师生般的情形，我好像是跑来补课的。我讨厌这种气氛。不客气地说，我对老人并不存在由衷的崇拜。我接近他是想知道《流动的沙滩》的底细。我们在用一个名字写着不同的书——但愿是不同。从我决定非写这本书不可的那刻起，担忧就一直追随着我。我想起安德烈·布勒东在“一个晚上”打电话给菲利普·苏坡，建议两人分别写一本叫做《磁场》的书。结果近 50 页的文字中竟有“很多相似之处”。我不希望这个十分有趣的掌故在我们身上重新排演，那将是不幸的。我们应该及时摊牌，自觉避开一些可能的重复。

“你写得那么顺手，我羡慕你的运气。”我说，“我的运气不佳，所以我只好耐心等待。”

“等待是不可思议的。追求同样不可思议。”他摆摆手带有咄咄逼人的口吻说，“运气，无论好坏，总是在你放松的时刻到来。你防不胜防。你也可望而不可及。32 年前我在海滩上散步，抽了很多烟，为失恋痛苦不堪。我的情绪就像那个早晨的天气一样阴冷灰暗。我那时想，爱情已像小鸟一样从我心中飞走了，我已走到了地球的边缘……但是后来的事简直是难以想象的，一个姑娘湿漉漉地出现在我面前。她自称来自大海的彼岸，可我觉得她是来自哥本哈根的鱼美人。我们一见倾心。”

“她是个画家。”

“不，她说她喜欢摄影。她要到这儿来拍些风情民俗方面的照片，但首先拍下了一个当时还算年轻还算洒脱的男人。‘你和我心目中的那个人很像，’后来她这样对我说。”他稍停了会儿，好像有些沮丧，又接着说，“当时我就觉得，这女人是可疑的。可我是个正度华年的男人。我不能放弃猎艳的权利。我没有必要研究她的背景和她到此地的真实目的。我把她抽象化，提纯，考虑用什么得体的方式去向她求爱——这是通俗的说法，实际是引诱。在以后的几天，我信心十足，每一步都进行得很漂亮，而且比我设想的要快。结果……上帝插手了。”

“她拒绝了你？”

“不。”他肯定地说，“她没有拒绝我。拒绝我的是上帝。很长时间后我才意识到这一点，可已经无法挽回了。”

老人用感伤的语调结束了回忆，去盥洗间了。有水滴声传出来，分不清是在洗手还是在小便。我不能不钦佩他的想象力——他可以把无意之中窥视到的别人隐私的一个细节，扩充成为属于自己的一段魅惑十足的故事。我知道，从我们相识的时候起，他就在监视我，或者说，我们在互相监视。我走到他刚才站立的窗口前，让我吃惊的是，这儿根本看不到海滩，只能看到很远的海平线。

速写的暗示

我们站在滴水的屋檐下。我抽烟，她在画速写。我注意到她用的是自制的速写钢笔——把笔尖折成大约 75 度的角，这样可以画出粗的线条，使画面变化。这种钢笔我先后制过四支。

她的线条果敢，准确，透出自信。在别人看来，她的作画方法也许很古怪，比如线条是不中断的且从右往左从下往上运动。可我感到十分的亲切。我曾经以这样的线条度过八年之久的时光，两千个不眠之夜。如果上溯到我的童年和少年，自然更长。

“你是什么时候开始画画的？”我说，“看得出，你有这个禀赋。”

“可以说，我在娘胎里就开始了我的事业。”她不无骄傲地说，“我觉得子宫像颗柠檬，黑色的柠檬。所以我以后只画黑白画。我从来就不使用颜色。”

她显然过于迫切地要表现自己的不同凡响，让别人一眼看出她是个难得的天才。我不喜欢这种矫情。实际上她换一种朴素的说法，比如说“我家那时候很穷，限于经济的条件我无法奢望画带色彩的画”。我会受到感动。

“我觉得黑白是最值得玩味的色彩。”她说，“毕加索玩了一辈子五颜六色，随着时光流逝，全都黯淡了，衰败了。唯有《格尔尼卡》永葆青春。当然，这也有政治因素的作用。政治是一只魔手。”

我不能接受这种极端的观点。我也无须同她讨论，我的兴趣不在这上面。

“你绘画好像是自学的。”我说。

她很高兴，默认了。接着她又开始为自己作不必要的辩护：“我不是乱来的。静物、石膏的素描我至少画下了一千张。以后我去了山里，那地方很野，每天晚上都有狼嗥。那个时候我主要进行人体写生训练。”

“你是不是用一包香烟换了一个老头光着身子狠画了一天？”

“基本情形是差不多的。”她说，“我用一支口红和一把梳子作交换条件，请了当地一个患有‘桃花疯’的女人做模特儿。画了两天。我当然希望也能画男性身体。可那儿的男人都不肯这样，觉得大老爷们干这种事抬不起头。他们睡觉一律是一丝不挂的，做那种事富有热情，据说一个晚上可以干五到七次。”

我不说了。我的脑子里载满了乔木状的回忆，一只知更鸟在选择着栖身之所。我现在已不感到任何困惑。面临大海，一切都显得渺小与无知。我好像明白了达利为什么喜欢选择海作为背景。一面幻象的镜子反映着刻骨的真实。她应该画海。然而她的笔下渐渐出现了一个男子的侧面肖像。

“这个男人……”

“是我的父亲。我想象中的父亲。”她画完最后一笔，把速写本放到窗台上，观察着。

然后她向我叙述关于父亲的故事——

我至今不知道我真正的父亲是谁。在我五岁也许是六岁的一个夜晚——是个月夜，我在窗口看见我母亲在我们家后面的那条河边同一个男人谈话——低声的。我几乎什么也没听见。那个男人个头不高，甚至是矮小的，穿着一件灰色的衣服。在他的上衣口袋里别着一支大概年代很久的钢笔。我始终没有看见他的脸，当时他的面部正好处在树影中，但我能想象出，他很和善。

整个过程看上去相当的平静，尤其是他，始终倚着树干站着，像一截被斧头伐断的树桩，风吹动着他的头发是树桩上绽出的新叶。只是到了分手的时刻，他流露出了男人的激动。但他没有去拥抱她，而是用手指了指月亮并且就势在空中划了一道灿烂的光弧。之后，他好像交给了母亲一样很小的东西，就走了，走得很快，一会儿便为月色所埋葬……

我母亲坐在河边的一块石碑上，坐了很久很久。我想这个夜晚母亲肯定流泪了，因为后半夜那条河突然响了起来。这是条历史上有名的死河，从那一刻起有了生命。我被咆哮的水声惊醒，看见母亲在灯下擦洗好久不用的双簧管。我问母亲：那个男人是谁？和你说了些什么？而且我更关心那个特别的手势。我母亲对我淡淡地却相当艰苦地笑了笑，说：那是个问路的哑巴，大概想急于知道哪条路好走，他要趁着月亮还没被狗吃掉时启程。但母亲对接受的那件小东西缄口不言。

“天亮的时候我起来小解，看见母亲还坐在窗前，正吹奏着双簧管——她不可能把它吹响，三天前我已经把簧片做了吃冰淇淋的小铲子。”她说着不禁为儿时的天真逗笑了。

我听懂了她叙述的故事。但她没有听懂她母亲的作品。她母亲在那个属于从前的不眠之夜创作了《安魂》。虽然没有簧片，但优雅的旋律照样从双簧管腔流泻出来，需要用心灵去听。她毕竟还是个丫头。不过她的判断是无可非议的。那个矮小的男人正是她的父亲。她没有看清他不是因为月光下的树影所碍。即使在白天，我想她也无法看清。

“有一回，在放学的路上，有人给了你一把糖果，对么？”我问道。

“不，是两只发卡。”

“也行。但你又没有看清那个人是谁。”

“对，正好有人扛着一面旗子经过，把我们隔开了。”

“你后来找了他三天。”

“是两天，我骑自行车。”

“是的，骑车方便，减掉一天可以。结果你只在一片荒野里发现一棵橡树……”

“不，是桉树。”

“怎么会是按树呢?”我不禁这样感叹。她用不屑的眼神看着我，然后开始修剪指甲。我想她的厌烦是合乎情理的。我已 30 岁，对于发生在少年时代的事，显然不可能比她记得清晰。她并不十分任性，因为她对我产生了好感。另一个原因是她把我看做一个推理作家，把只言片语缝成一块文章。

这时候屋檐停止了滴水。海显得宁静，蓝得令人不安。我们约好明天上午去海滩晒太阳。

海滩经历（一）

我的记忆已破烂不堪，所以写得很苦。另一方面又使我的劳动充满欢乐。我相信记忆中能够保存下来的东西，其价值与时间成正比上升，就像珍藏酒或者古董一样。

在文章基本连续的前提下，我尽可能删除一些让读者讨厌的枝蔓。

我的写作状态始终是处于冷静的。包括写到对女人的欲望。我不喜欢也不希望任何人在我的笔下做爱。我的卷面总是清洁的。

我已明白地告诉你，我和那位可爱的女摄影师最终的结局是不幸的。我说原因在于上帝从中插了手，这完全不是故弄玄虚。从前那个早晨发生的事历历在目，看上去仍然那么生动，情调是优雅的、罗曼蒂克的。

我们约好再见。选择上午是因为阳光。我们都需要阳光作爱情的背景。我们不打算在黑夜的林子里去干类似偷鸡摸狗的勾当。第二天虽然是个好太阳，按预定时间，我不过先到了两分钟。她穿着当时十分罕见的泳装，整个看上去像一枚成熟的果子。我在心里感叹着自己的好福气，毫不犹豫地拥抱了她。

我们先下海游泳，只是随便游游，保持良好的体力去伺候爱情。爱情是脑力劳动也是体力活儿。这时候太阳已升得很高了，从海里爬起来丝毫不感觉到凉意。我们并排躺在暖烘烘的海滩上。沙子刺激着皮肤点燃了欲望之火，我想从她的领口往下看，但她又坐起来了。

她朝我的胸脯上堆沙子。然后用这些沙子去创作一件作品，一件沙塑。这事本应放到我们做爱之后去干。可是我不想阻止，她干得津津有味。那个年纪的女孩子正是痴迷艺术的阶段，对自己的前途充满信心与幻想。我就看着她干，渐渐地认识到她的才能。她塑了一座奇异的塔，具有巴罗克意味。然而谁也没料到会有一阵大风自海面上刮来……塔倒了，我们的故事也完了……

我企图挽回这一切，以男人的激情来驱散她的沮丧。可是她轻轻地从我怀里挣脱出来，冷静地说：这是不可能的了。“不祥的兆头会毁坏我们之间的一切。”她说，“上帝证明了我的预感。”我问她什么预感，她没有直接告诉我。在我们将要分手的时刻，她说她昨天夜里梦见一只红蝙蝠在头顶上盘旋，而一只红蜘蛛把她织进了大网里……

姑娘从此离我而去。第二天我去她的寓所找她时已是人去楼空。别人告诉我，她是在我到来的前三分钟离去的。她还说，如果八点一刻还见不到我，就说明任何力量都无可挽回失去的一切了。事情就是这么不可思议，我本来是打算八点钟去她那里的，结果在路上不小心跌了一跤，弄脏了衣服，就又回去换……我还有什么可说呢？在未来的日子里，人们可以看到一个男子在退潮的时候去海滩上寻找，那就是我。你也可以认为，我现在仍然在寻找。寻找的继续。

这就是我刚刚写好的一小节，你觉得怎么样？现在我们可以聊点别的，比如你这几天干了些什么。从你的气色看，你好像又开始了恋爱，是第几次？

海滩经历（二）

一部与沙滩有关的小说是不可以不去写沙滩的。因此在这些日子里我都用一定的时间对沙滩进行观察。我其实是个平庸的小说家，和别人一样也需要观察，之后滋生些怪念头。

现在，我站在经常喝早茶的地方观察沙滩变化。沙滩本身是没有颜色的。有颜色的是阳光。沙滩像海绵吸水一样贪婪地吸收阳光。在时间摇摆中七种颜色互相渗透。我们通常看到的也就是醒来看到的沙滩是浅黄色，在阴天又变成深黄色。据说张艺谋拍《黄土地》大量的镜头就是阴天拍的，使黄土地黄得似乎随时都可能要滴下来。

在我面前大约五米的地方，印着一男一女的身模。女的臀部显然过于成熟，凹下去的那块像个小弹坑。男的脚非常有力，蹬踩出来的脚印富有摇滚乐旋律感。我可惜手头没有照相机，再回去取已来不及了。海潮渐渐爬上来为情侣们铺床。海实在是又宽容又负责。

这时候她款款地走来了，穿着我第一回见到她时的那件泳装。

“太阳是最可怕的窥视者。”她说，“是宇宙间谍。”

拥抱是自然的事。但是我感觉到我像是抱了一团空气，并不实在。我想这是我把调子定高了的缘故。我正处在生命的辉煌阶段，感情很富裕。我们没有接吻。“你口腔烟味太重，”她说，“你应该先用海水漱漱口。”说着她舒展双臂扑向海里。我把衣服脱了，没有立刻去追她，我这一瞬间有了被捉弄的感觉。不是被她，捉弄我的是老人。我现在的生活仿佛是在为他的过去经历补充细节，使他的书总是写得那么顺畅。严格地说，这些日子我一直处在惶惑的气氛里，感到魂不附体。冥冥之中有一只手在撮合着我们的缘分。但是我不能接受。我就是我。认识我的人都说我是一个“很有个性”的男人，没有人怀疑这个天生的事实。大概只有我本人对此缺乏一定的信心。我觉得，成为别人的孩子是极其可悲的。我决定改变面对的现实。首先，我不下海。我就这样躺在沙滩上晒太阳也蛮开心。

很快发生了一件可怕的事。我先是听到她在惊呼“救命”，看见她的头顶一上一下，我立刻扑下水拼命向她游过去。在接近她的时候我采用潜泳，然后把她托出海面。海的浮力使她轻盈得像一朵云，我没费多少事，呼吸却很短很粗。事情到这步其实也没有多少好怕的，但她的脸色非常的苍白。这让我相信其中存在着不一般的恐怖因素。

她说她给什么东西抱住了，往深里拖。

“可能是错觉，”我说，“人在性命攸关的时候总出现错觉。”

“这是什么?”她指着大腿外侧的五道血痕说，“谁在我身上留下的?!”

我委实惊了一下。我仔细去看那呈平行状态的血线，并不深，像是指甲刻下的。我站起来望了望这一片海域，除了一群白鸟和一个太阳，没有第三样东西。我不想就此多发感叹了，重新躺下来。

“怎么会是指甲痕呢?”我自言自语，“应该是牙印……也是五颗……”

“你说什么?”她推着我的膀子说。

“没什么。我在想一个少年的冒险经历。他从前在河里被什么东西咬了一口。”我说，尽量处理得平淡些。

“那个少年是谁?”

“是谁不重要。”

在恐惧飘逝后我们重新回到爱情的跑道上。阳光依然很好，暖暖的。我们并排躺在沙滩上，通过墨镜进入一个幽静的世界。我保持镇静保持清醒坚决不从她的领口往下看。我必须这样做。我的眼睛在她身体上巡逻。她的确可爱。一眼让你喜爱的女人毕竟有限。我珍惜一秒钟的爱情生活。

她跪坐起来，用手按了按我的腹肌，评价说:“这块地方可以作为我的王国的基础。至于它是否可靠，我不妨检验一下。”接着她开始往我的腹部堆沙子。

“你干什么?”我坐起来，粗暴地把沙子去掉。

“你不情愿?”她诧异地看着我。

“我想知道你打算在我肚子上干什么活。”我又笑着说，心中无限忧伤。上帝的意志是不可抗拒的。我又躺下来，觉得身体的某个部位出现了破裂，凉风飕飕地往里灌。

她很快在我的肚皮上塑起一座似塔非塔似城堡非城堡的东西。这便是她的王国。她说:“我数到十，如果不倒，就说明我找到了爱的归宿。我可以痛快地把自己交给你。”

“你数吧。”

“你数吧。”

“一、二、三、四、五、六、七……”

王国在一个浪头里覆灭了。

上帝的脚印

当时的情形类似火山爆发引起的海啸。巨浪劈下给我的感觉是死到临头，溅起的不是水而是血。在相当长的一段时间里我失去了知觉。现在太阳已走到我的背后，和我的臀部在同一水平线上。关于这中间发生的事我一无所知。

像习惯中的英雄一样我醒来后首先要做的事是关心我的同伴——她已经失踪了。沙滩上有一串脚印。她的背叛行为我始料不及。不过有一点非常可疑：脚印很大，也不浅。我的意思是说这不是一个女人的脚印。我把自己的脚放进一个脚印里，竟然完全一样，这就奇怪了。可是我算不上魁梧的男子，体重在 58 至 59 公斤摇摆，我压不出这么深的脚印，除非背着另一个人或同等分量的东西。

尽管这些脚印可能是我留下的，但这是目前唯一的线索，没有第二条路可走。我于是开始寻找姑娘，她会落到谁手里？几小时前发生的事是个大阴谋，有人设下了圈套。我不准备报警。这件事与刑事案件无关，与政治也无关，警方爱莫能助。我沿着脚印往前走。它会把我带到哪里我暂时不关心。我预感到这些脚印是循环的，每一步都有可能成为起点或者终点，但是我不能不走。

不久，我又见到了那棵银杏树。在它前面的沙滩上老人正背着手凝视夕阳。我耳边嗡了一下，撵上去。

“那个姑娘呢？”我直言不讳。

他被我突兀生硬的语气弄得不知所措，紧接着目光里射出轻蔑。这时候他不希望我来打扰，我很清楚；但是他已经打扰了我。

“我已经说过，寻找是徒劳的。”他极有涵养不动声色地说，“几十年的经验使我不得不相信这个残酷的事实。她走了，永远抛弃了我……”

“我是说，”我平静下来解释道，“你刚才在海滩上见一个穿蓝色泳装的姑娘吗？她很漂亮。”

他沉思片刻，摇摇头。“你是说你的恋人失踪了？”他反问我。

他的表情变化得自然，对他的怀疑是没有根据的，况且谁也不会相信一个精瘦的老人会压出那么深的脚印。可是这些脚印是谁留下的呢？我向前望去，脚印似乎无有尽头，像僧侣手中拨弄的那串念珠。

我们回到老银杏树下，像每次一样，我们首先要抚摸一下刀疤，缅怀遗失的铜刀。

“一把无与伦比的刀。”老人感叹道，“像时间一样锋利，可以把山巅削成岛屿。”

“你用它杀过什么人吧?”我说，我不知道为何提出这个问题，“比如说一个女人。”

他看看天空，然后严肃地说：“暴力是可耻的。如果那把刀还在这世界上，没有任何血会去玷污它。”

他的情感和语气一样凝重。但他企图掩盖未来的另一个事实。那把刀最终会沾上他的血，我想这也有可能。当然这件事倘若发生了，是丝毫不具有暴力性质的。我们完全可以认为这是情感交织的生动图景。那把刀从前在他身上失去了，将来必然会再回到他身上。这个逻辑是不是荒谬，我不愿在这里展开讨论。我们现在所处的这个岛屿已越来越大并且越来越高，我想老人不会没有意识到。

但他是乐观的。纵使在这样古老的银杏树下，他的情绪也变得晴朗。这种反常在我看来是一次拙劣的表演。生命的局限不会因此而改变，我相信这一点但我没有必要去拆穿他。我至少可以把他当做心地善良的老人，尊重他，祝他健康。

“你的精力充沛，我想你过去一定是个棒小伙子。”我恭维地说，“你的力气我能想象得出，你是不是曾经背过一个女人在沙滩上行走?”

他很快受到鼓舞，接着吹嘘自己当年的体魄是何等何等的健壮，又说一遍和黑豹相持的掌故。但对我提出的问题，他想了很久，又笑了笑，表示终于记不起来。“也许有过。”他说，“从前的脚印浅显了，所以我觉得是一个人在行走；要不，就是我背着一个女人的灵魂。”

说完他做了一个潇洒的手势，为他机智幽默的回答心满意足。他先走了，说是要等一个长途。我注视着这个在夕阳里略显伛偻的背影，想到一句忧伤的诗：

围绕你每个手势可作出一大堆乌云似的解释

自然的骗局

这天晚上粗犷豪爽的船长骄傲地宣布：三天内将有海市景观出现。“遗憾的是，这儿只能看到它的侧面。”他说，“不过大家可以随‘迷惘号’调整一下位置。”

不用说报名的人很多。我和老人也在其中，认为轻易放过这一千载难逢的机会是错误的。我想过是不是应该劝阻老人使他放弃这次安排；又觉得我没有理由说服他，相反会引起他的误解，就算了。我的意思是明显的善良，希望老人不再冒险。实际上，老人已经意识到了什么，又不肯让别人，尤其是我，识破他的心事。或者，他带侥幸的心理随心所欲。

我请老人到我屋子里喝一杯白葡萄酒。岛上夜气很大，喝点酒能驱寒，也能驱散寂寞。人到了这个年纪，寂寞难耐。我的另一个意思带有阴谋的性质。我关心他的写作。那部《流动的沙滩》究竟胡扯了些什么鸡零狗碎的东西，是我所感兴趣的。我们一边看电视，一边对外部世界指手画脚。这是铺垫。我必须等到酒起作用的时候刺探所需的秘密。然而我发现，老人一点也不恍惚，甚至比平时更清醒。在他心不在焉的眼神后面流露着对生命的警惕。他仍然对我掩饰，说了一些类似通俗文艺节目主持人那样的笑料串词。他说天黑了是因为有人把太阳偷走了。而太阳是一个红蜘蛛。总之，他的津津乐道让我失望。

突然我们听见了一个声响，从外面传来的，好像是玻璃的震动声。老人敏感地站起来，走到南窗下，观察自己的寓所。我注意到他的面部抽动了一下。但他若无其事地打了一个哈欠。他说有点乏了，该休息了。

我送他出门，说："恕不远送。"他晃晃悠悠的身影很快融入月色。这一刻，我很不舒服，甚至是忧伤的。这个没有风的晚上，是哪只手刚才替老人关上了朝北的窗户？

这天晚上老人的屋子始终亮着灯。

第二天一早，我又去了海边。但没有遇到跑步锻炼的老人。我独自沿着以前的那条小路走着。心中存着难以名状的恓惶。走至银杏树前我吃了一惊：银杏树竟不在了！我有点胆怯地走近它的遗址，居然找不到一点树皮和锯末。我知道，银杏树不是被砍伐了，实际上是失踪了。

一只手落在我肩上。我差点叫出了声，老人依旧和善地对我微笑着。他其实在嘲笑我，他还活着便是对我的嘲弄。

"多么好的树。可惜失踪了。"他感叹道。

"我想，还会有人来种的。"我说，口气像在安慰他。我又说，"你打算去海上观赏海市吗？"

"当然。"他说得很干脆。他是老人，既固执又顽强。

于是在这个迷人的黄昏我们又一次登上了“迷惘号”。海上风平浪静，几只水鸟在导航。旅客的情绪都非常饱满，他们期待着上帝绘制的风景出现，不过后来的事使他们格外扫兴。海市没有出现。他们埋怨船长是个见利忘义的骗子。可船长说真正的骗子不是他，是风。“风把海市还给了上帝。”

这样在海上兜了一圈，“迷惘号”又重返岛屿。船长为了洗刷自己的名声，表示退款。清点人数时，发现老人不见了。船长说，不会出事的。为了安全，他特地给每一位上了年纪的旅客都配备了救生圈。他讲的是事实，我当时看见老人接过救生圈时还气愤地说：“这简直是侮辱！难道他们不清楚我的水性是第一流的吗?”但他还是挂上了。

老人是怎样离开我的，我已记不清楚。好像我一转身他就不见了。那个时候，我的兴趣全部落在海市——自然的骗局上。

他不会再站起来了。但他还会回来，海会尽情帮助他。

海　葬

老人的尸体是翌日凌晨6时27分被海送上岛屿的，比我的想象提前了三分钟。其时太阳冉冉自海平线升起，使那一时刻的海滩具有古典悲剧的情调，这与老人的死很和谐，与所有现代时髦服装掩盖着的心境也很和谐。

送走老人的那个晚上，我闭门杜撰了这个结局。我觉得让大海收容他是合乎情理并且也合乎审美原则的。我相信这也是老人毕生最大也是最后的愿望。既定的道德方针不允许我们粗暴地干预他人的私生活。让大海把老人送上岸则是基于如下两点考虑：

1. 老人毕竟属于名流，生前的道德文章在一定范围内受到推崇。我们不能让他悄没声息地死去，应因地制宜地举行一个朴素的遗体告别仪式，以寄托大家的哀思，包括我；

2. 必须让官方和警方相信，老人的死因完全是一次意外，或者是他自觉自愿地选择了死亡方式。简言之，他的死与别人，尤其是我，无关。

后一点更重要。

安排好这些，我去卫生间洗手。尽管道理已非常的明白，我还是觉得自己的手沾有血腥气。这之后我就上床了，自然睡得不好。在很远的地方，一个亲切的女声在呼唤：

“回来呀——回来——”

我是在警笛声中醒来的。我还是有点惶恐，在门口的台阶上停了一会儿。海滩上有一群人像抢购紧俏廉价的商品一样乱哄乱叫。我知道老人回来了。我小心地走过去，通过人群的缝隙我看见一个个子很大的警察把沙滩上的一具尸体翻过来——正是老人，他的面容像昨天一样安静庄重。据现场的勘查推测，老人确实死于意外。他是不慎落水还是故意跳下海的，目前尚不能作出结论。不过有一点很清楚，老人在水里碰上了一把刀子，不仅划破了他身上的救生圈，而且也切断了他的动脉血管。这一切看起来像一个优美的圈套。

“那是把什么样的刀子？”我问负责这宗案件的警官。

“铜的，样子很漂亮。”警官说。

“哦……”

“你‘哦’什么？”

警官白了我一眼，又充满怀疑地看了我一眼。然后他把围观者像赶苍蝇似的往边上赶，一边指挥摄影师拍照：“这儿，这儿，特写！”

我估计事情会搞得复杂起来，不想再凑这份子热闹了。正欲离开，猛听见一个女人在叫：“这个人必须死，因为有人提前出生了！”

这句话引起了一串哄笑。我后悔刚才走神了，没有看到说话的人。

警方负责人通知我：“下午到局里来一趟。”

审　讯

作为老人在岛上逗留期间“最亲密的人”，接受警方的调查看来是理所当然的事。他们让我几乎一丝不挂地坐在一间空旷的房子里，进行审讯——

你和死者以前熟悉吗？

不熟。至少我以前根本不认识他。

你是说死者认识你很久了，而你才刚刚认识他，这是什么逻辑？

与逻辑无关，只是一种可能。

据我们掌握的情况，你们不是一般关系。

我们一见如故，这很平常。

死者难道真的死于非命？

你们希望不是，因为草草收兵会让别人瞧不起。我知道，老人在劫难逃。

你凭什么这样说？

凭感觉。两天前的夜里他北面的窗户自动关上了……

这与关窗有什么联系！先生，你应该清楚，你现在是坐在警察局而不是在你的小说里。你要对法律负责。据我们侦查，你和死者存在着利害关系。你们是在争夺一项权利，还有一个女人，是不是这样？

我们可能在共同打捞想象中的权利和一个女人。

想象？

警官的脸由愤怒转为喜悦的过程只有一秒钟。这使我意识到审讯我的人可塑性很大。他哈哈大笑，与陪审兼做记录的女警官交换了一下眼色：这人是疯子。我不悲哀。我记得以前在一本书上读到过这样一句话：疯是智慧的升华。

警官宣布：审讯暂告一段，本案没有了结。因此目前不允许我离开这座岛屿，随叫随到。

其实这是件简单的事。算不上案子。一个人的劫数已到，这是任何力量也无法抗拒的。老人显然意识到这一点，尽管他贪婪人生悲欢，但还是有所觉悟。他很镇静。为了减少不必要的猜测，他写下了最后的文字，也就是遗嘱。这张简单的条子夹在《辞源》（1983 年 12 月修订版）第四卷的第 3027 页。我想这是可能的事实。让我棘手的是，我不便向警方披露这些。这势必会让他们觉得更像一场阴谋，我会沦为法定的凶手。警方应该仔细检查老人的遗物，而不是捕风捉影地审讯一个“疯子”。

流动的沙滩

我很沮丧。不完全是因为老人之死。我不在乎暂时受到不公正的待遇。我沮丧是对自己的小说缺乏应有的信心。创作是件愉快的事，而我写得很苦。苦不堪言。

《流动的沙滩》究竟是关于什么什么的小说，对于我仍然是说不明白的事。在文思不畅的情况下，我习惯点一支烟去户外散步。然后开始怀念与我相处过的姑娘。崇拜毕加索和达利的姑娘失踪了，她活得很好。她也许现在不画画了，改行写小说。她认为“瞬间”的艺术其表现力是有限的，她要探索源源不断的时间。但是她现在只是练笔，写着玩玩；她得意的写作大约在30岁至32岁的时候。她将来是否也写一部《流动的沙滩》?

我又去看看银杏树的遗址。这儿自然应该有一棵树比较好。在我离开岛屿之前，我会重新埋下一粒白果。也许有人会超我之前来做这件事。

后来的几天我一直处在半睡眠状态。偶尔我也看一些通俗的读物和电视连续剧。调剂一下，我认为是必要的。如果不受外界干扰。我将按计划把这部小说写完。

大概是第八天的头上，一早我就被一位年轻英俊的警官唤醒。那人面目和善，见我睁开眼便把两腿一并敬了个礼：

你彻底自由了。他说，我是奉命来向先生宣布这项决定的。

他接着说，他们已在老人的《辞源》第四卷里发现了遗嘱，那上面说得简单明了。老人清楚自己的命运。

“夹在哪一页?”我问。

“3027页。您对这个有兴趣?”他很敏感。我摇摇头，轻松地吐了一口烟。

警官从公文包里抽出一只类似卷宗的东西交给我：“遵照死者遗嘱，这个交给你。”

“是《流动的沙滩》手稿吗?”

“对。另外还有一张条子。”

交代完毕，警官转身离开了。我掩上门，按捺着内心的冲动坐下来，拿出老人的手稿。

“《流动的沙滩》是一部关于遐想的妄想之书。”

我无比吃惊，这个事实我难以接受。我不明白我的劳动是创造还是抄袭。

不需要再看下去了。

我把手稿扔到桌子上，看见一张条子飘下来——

这部书最初是由谁创作的，我无法判断。我申明：我不过是一个抄袭者。我在研究人生66年之后，发现了这个不幸的事实，决定中止这项劳动。但是，仍然有人会不断地干下去。对此，本人深信不疑。

1990年3月7日

（原载《钟山》1991年第4期）

爱情岛

作者申明

这篇小说所叙述的是否属于爱情的故事，我至今没有把握。在写作之初我顾虑重重：我不是写爱情的老手。而且出于某种心理障碍，我通常抵制他人到我的作品里来表演爱情。我后来之所以硬着头皮把它写出来，完全是因为偶然。那个夏天的经历，那个著名的岛屿对我来说不过是过眼烟云，然而又似乎永远散之不尽，循环重现。故事中的人物都还活着。他们常给我写信，打长途电话。我想，我与他们做了朋友是有缘分的。

那个夏天我莫名其妙地跑了出去。时髦的说法把这种花大把的钱去过颠沛流离的日子的行为称作旅游。可我不喜欢旅游。我是个懒人，不喜欢出门，不热衷户外活动。最现成的例子，是我作为活了 30 几年的皖人，迄今没有去爬黄山和九华山。我有我的理论。在我看来，究其本质山依然是山。山上除了石头就是草木。这可以随便看到。别的东西，比如亭台楼阁呀，碑刻雕塑呀，云梯索道呀，都是人为留下的痕迹，就更没有多大意思了。山不会因为游者来临而成为海。况且海也乏味。

那个夏天我去了那个岛屿也纯粹是偶然的。本来只是路过，可是偏偏在接近岛屿之际轮船抛锚了，坏了，一时半刻开不走。我们不得不在岛上逗留。好在这座美丽的岛屿日渐成为人们心目中的避暑胜地。船上的旅客除了个别前去奔丧的以外，大家情绪都保持着平稳，甚至是兴奋。因为轮船公司有规定，遇上这类情况，可以支付旅客全部生活费用的一半。

岛上设有先进的通讯手段。旅客们用电话或者电报向关心自己的人表示了一下，然后被安排住进宾馆。像鸟一样，每人找了自个儿的窝，而且是很舒服的窝。这些建筑都很现代，我觉得带有北欧风格。我叔叔是浙大建筑系毕业的。我在他的书柜里看见过类似图景。现代建筑的主要特点是简洁，使活动空间灵便而没有障碍。

一位来自南方的画家说，这是座爱情岛。他的结论源于他的直觉。我以后发现，这座岛是椭圆形的，在它的中央地段突兀地挺着一棵茂盛的棕榈树。设计者在树下布置了一眼喷泉。泉边是开得很好的郁金香。我钦佩画家的眼力。可是有一天船长告诉我，这个岛屿从古至今都叫私囊。“航海图上也这么标着，”他说，“据说是海盗窝赃的地方。”

关于岛屿的背景材料我只能提供这些。

爱情岛作为小说的名字我以为是合适的。我的故事算不算爱情故事取决于故事中人物的努力。我们不要怀疑他们的能力，不要苛求也不要责备。我说过，他们都健在。他们都是好人。

我要叙述的故事可能是比较复杂的，又可能是比较暧昧的。一些将要出现的细节意味着什么我和大家一样感到惶惑。我觉得，从一开始我就处在被动的地位，这会给叙述带来麻烦。我不能像罗布－格利耶写《嫉妒》那样始终站在第三者的角度观察。在观察不足的条件下我需要道听途说，需要推理和想象。这些我以为在所难免。

公开与半公开人物

导致故事复杂的原因之一是与故事相关的人物比较多。而且有些人物是在传说中或者在回忆中出现，甚至是出现在想象之中。

人类的尴尬在于人总是与人待在同一空间。在这个稠密的空间里，人们希望相互沟通、理解，然而事实是这样做很困难。于是产生了一个挺现代的词：孤独。我们可以把孤独当做人类面临的困境之一。人们像岛屿一样，彼此观望，互相揣测，有时也会被一种变化，如火山爆发和海啸，使之融为一体。但是岛屿还是岛屿。物理的变化不意味性质的改变。陆地之于海洋也是岛屿。所以我说，人类永远孤独。

我没有意思来写一篇关于孤独的小说。自从有了卡夫卡，孤独作为小说要反映的对象我看业已全部完成。我是说，我们不容易摸清一个人的底细。我在岛上结识的第一位旅伴是我前面已经提及过的那位画家。他是个挺拔而且举止洒脱的男子，年纪在35岁上下的样子。像许多搞艺术事业的男人一样，他留长发蓄胡子。不是一部大胡子，是八字胡，向上稍翘，和我从前在列宾的一些作品中看到的哥萨克人很相似。他说曾有一位瑞典姑娘把他当做俄国人。“我不喜欢俄国，”他说，“我喜欢法国。具体地说，我喜欢法国女人，她们又现代又传统。”这口气听起来好像他见识过不少法国女人似的，但他说得很轻松，给人以朴素的感觉。有一点我想是很清楚的，这个男人对女人有魅力，尤其是对正经的女人。我留心我身边的一些同志，他们待人接物非常有分寸，洁身自好平静得像一尾鱼。可我始终怀疑他们属于意志薄弱者。

旅途交友又方便又愉快。彼此不知过去的底细，又无须考虑将来的利害关系，即时行乐，情不投意也合。我很愿意首先认识这位画家。他很坦率，尽管有点夸夸其谈。他似乎有意让我对他的过去感兴趣，并不关心我对这些事的态度。我想这不妨可以理解为一种满足。

“我觉得我能在这个岛上找到一位好情人。”他一边吸烟一边说，“而且很快就会找到。我想这才是爱情岛的奉献，我会不虚此行。”

画家住在我的对面。从第二个晚上起，我注意到他回来很迟，一般在零点之后。他或许成功了，我想。

我的左邻是位中年男子，由于他保养得很好，说他是青年人也不算溢美之词。他是位处长。这个人长相穿着都很斯文。他告诉我，在大学读书时他写过诗，并且还在《诗刊》这样规格的刊物上发表过。“那是一组情诗。”他说，“是纪念我的初恋的。”我说我不写诗。我弄不清楚为什么许多人都认为我有写诗的经历。我也弄不清我为什么就是不写诗。我想也许与我的经历平淡无奇有关。另一个原因可能是我穷怕了，写诗不来钱。我写小说，记下一些胡言乱语。

“那么，我称你处长好还是诗人好？”

“处长在这儿没有用。如果你慷慨一点，我倒希望你把我当做写诗的，你的一位同行。”他说得十分真切，这也蛮可爱。

但是一位真正的诗人就在我的左边待着。这是几天后我得出的结论。我的一位朋友曾经宣布：诗人有大师级的。这之下有著名诗人和诗人。

再往下是民歌手。“有没有超大师级的呢?”我问，朋友想了想，说：“有，那就是魔鬼!”我认为将要出场的这位，便是魔鬼。这个人在船上并没有出现，他在黄昏时推开了门。他是个残废，只有一只眼。他不像一般的眼残者那样在鼻梁上架一副墨镜。他戴眼罩。这东西如今街上见得太少，你不能不联想到外国影片中的盖世太保头目或一名职业杀手。他好像是有意突出这个生理缺陷，也可能是衬托另一只好眼——它简直像鹰眼那样灿烂，让你望而生畏。

这个人从走廊上走过来不时回头看看身后。他像拿一把匕首似的拿着房门钥匙，鼻子马一样有节奏地喷着气。我当时正打算同处长去楼下餐厅吃晚饭，独眼客迎面逼来，我们几乎同时挪到一边侧着，让他过去。可是他停了下来，看了看我们。

“应该还有一位才对。”他说。

对于这样一位颇具神秘色彩的不速之客，我是欢迎的。直截了当的说法，是我的小说很欢迎。这种人在任何一部小说里走来走去都会给小说带来有趣的东西。比如说，这个人经过千辛万苦到达这个叫做爱情的岛上来寻找爱情。“应该还有一位才对。”他很自信。那么这一位就应该是个女的。生活中离不开女人。我的小说也自然离不开女人。但是现在还没有。然而我相信牛奶有了，面包也会有，油条有了就少不了烧饼。凡有男人的地方就会找到女人。上帝不会把男人晾在这个孤岛上，何况这是座以爱情命名的岛屿。

于是这个晚上，独眼客在安顿好自己之后，来到我屋子里找火柴吸烟。他吸雪茄，并说是正宗的哈瓦那雪茄。“是好东西。”他说，“男人抽给女人嗅的。至少我见过一百个女人是这样的。如果你不相信，我可以很快证明这一点。你不妨打开你的后窗。”

后窗所见

很长时间过去后，我在一个半夜由梦中醒来，想到那个并不十分遥远的夏季，我觉得发生的一切都是经过一双手事先编排过的。

独眼人说着就把后窗的帏幔拉开了，从这儿可以看见海滩。其时月亮已升得很高，海滩像雪一样白。“一幅古典主义忧伤情调的作品。宁静的表面掩饰着狂躁的内心。谁能保证在这么好的月光海滩上不出点什么事呢?”这时候他划着火柴点上了雪茄。之前他一直拿着看，像拿一个道具似的。我印象里拿雪茄的男人都是些有权有势的家伙。可他不是这样的。他看上去并不富有，甚至有点寒酸。这种好牌子的雪茄在他手上玩着总让我觉得别扭。我当然不是说它来路不明。

“倘若你有兴趣的话，你不妨守着你的后窗。你会有收获的。”他对我做了个轻慢的手势，准备离开。后来在门口他又说了一句：“对于一个自以为是的小说家，经验和想象同样重要。”

你可以想象得出我当时的情形是多么狼狈。事实上我并没有错。一个疯子站到我肩上指手画脚一番，训导我，给我出题目。我没有去制止他。我的心智和胆量都显得不够。我隐隐约约地预感到，刚才那个独眼男人不简单，不能看做普通的神经质。我想我大概是遇到异人了。这个晚上后来发生的事看起来也是平淡无奇。我果真就守着后窗坐着，不时去看外面的月光和海滩。除了轻柔的涛声和风声，外面的一切都是静止的。但是我心里越来越慌乱，我猜不出谁会用何种方式来破坏这个夜晚。我吸烟，打开电视，以驱散我面临的这种又孤寂又恐惧的糟糕气氛。电视里出现的是南美一个职业拳击比赛场面，一个黑人和一个白人打得精疲力竭。在一个回合结束后，双方同时把护齿吐出来就像吐出一只刚脱胎的幼鼠。这项运动起源于人类的天性。当初人们争夺的不是奖杯什么的，而是一匹马或者一个女人。

忽然就听到了一个女人的笑声。这笑声是兴奋的产物，夹杂着喘息，来自电视机画面里那个漂亮的白种女人，她摆动着一面三角小旗在跳摇摆舞。镜头对着她的屁股推过去（如果摄影机在我手里，我也会这样干)。她真漂亮。她笑。但是镜头又摇到了赛台上，又一轮开始了，可她的笑声还在延续。我这才意识到我犯了错误，连忙回到窗边。笑声向海里去了，窗外依旧是月光海滩。

这个晚上无疑我是沮丧的。我后来神情专注地观察窗外，一直到月光卷走。我觉得自己被人捉弄了，又像是参与了一场阴谋。我都三十出头了，在生活上还如此幼稚。有一种人，会把生活安排得出人意料。我向来把他们看做大师。大师总是出人意料的。

后窗实在就是个阴谋。

故事边缘上的脚印

第二天一早我就去了海滩。似乎是让昨夜月光洒过的缘故，这片海滩显得格外白一些。和我估计的一样，海滩上有脚印。一串脚印。一个女人的脚印，组成S形。由于潮拍上来，脚印的轮廓比较模糊。可是谁也不会否认这是女人的脚印。她大约穿36.5码或者37码的皮鞋（皮凉鞋也许更准确一些）。这个女人如果同我的故事我的小说有关，就该年轻漂亮。她可能开朗又可能善感多愁，我设想不出在深夜的月光海滩上走出S形的第三种女人。笑声无疑是属于她的。她利用我的错觉从我视野中滑过。但她没有去投海。笑声是让风送进大海的。在我们这个不平凡的时代，再也找不到自动投海的女孩子了。脚印在离海十米左右的地方消失。

我是个盲目自信的男人，一个自以为是的小说家（真让独眼客说对了）。我已在卷首申明过，我不是来爱情岛上寻找爱情的。这些年我享受一份清静的日子，没有社交，没有艳遇，顾影自怜。当然这也不是说我不需要爱情。我可能需要几分也是情理之中的。我还年轻，自觉精力充沛。我的潜意识决定我此番出门是想在这方面碰碰运气的。命运会安排我在这爱情岛上作一次浪漫逗留。

但是脚印很深，就是说我们关心的那个女人体重至少在180磅左右（多么实在）。那么小的脚支撑180磅肉运动起来（而且是S形的运动）可真不容易呀同志们。她昨夜欢笑着自我窗后走过结果走到故事之外去了。我的故事不可能接纳她这么有分量的女人，这一点她是知道的。自知之明是这个民族的美德。迷人的爱情岛上不该发生这样的事是大家共同的愿望。爱情天生就是为年轻美丽的男女预备的一份菜单。

“你早。”独眼人来了。他知道我肯定会来这儿。“你居然在判断，可是你的种种结论都是错误。”

“为什么要捉弄我?”我质问他。

“是上帝捉弄了你。因为你写小说。”他又开始抽他的冒牌雪茄。他说：“你希望在你的小说里尽早出现美女。可你没有抓住时机，以至她微笑着从你的窗口消失……”

"我讨厌胖子!"

"不。你又错了。她是个非常苗条的姑娘，极爱体育，感情细腻但不好对付。"独眼人把海滩上的脚印一个个弄乱，然后看着海说："昨天夜里有人想打她的主意，可她把他灌得烂醉。后来她背着他走出酒吧，到海边吹风……"

"有这事？后来怎么样？"

"后来怎么样就得问你了。你不妨接着编下去。"

编也不容易

说小说家是编故事的，在我看来不算是诋毁更谈不上是攻击。我们需要对待故事的态度以及手段。在这个世纪以来的小说家靠手段苟延残喘。所以说编也不容易。我说的是编。

比如说眼下我待在这个岛上，享受着虚构的豪华，挖空心思地来写这篇小说，看不出有多大的进展。海滩上的脚印说明不了什么。这不是什么值得保护的现场，不暗示通奸招引的命案。也不是鸳鸯蝴蝶一类的戏剧铺垫。它本来就该是个偶然与平凡的生活现象，比如说一个胖老婆子多喝了几杯，摇摇晃晃地走了一截子路而已。我觉得此刻，我算是清醒了。但是后来发生的事又让我重新陷入了迷宫。

处长告诉我，昨天夜里对门的画家醉了，在旅馆的大门台阶上睡了一宿，天亮才被服务人员抬回他的房间。"我听到响声，就出来了。"处长说，"画家浑身散发着酒香。好像是白兰地。"

"他对你还说了些什么?"

"他睡得好像很沉，可他的眼睛半睁着。"

"你是说他故意装出那种傻样?"

"不，不，我把手突然从他眼前划了一下，发现他的眼皮没眨。有些人睡着了就是这样的，我老婆就是。"

"这样子真他妈讨厌，我不是说你太太。"

"是的，讨厌。不过习惯就没事了，而且还觉得蛮可爱。"

"你很爱你太太?"

"当然。"处长点点头，看看指甲说，"我们有两个孩子，是龙风胎。”

“你可真有本事。”

“上帝安排的。后来她流过两次产，都是双胞胎。她好像专门生双胞胎似的，这也是奇迹。”处长有些得意，他显然默认了这些与自己的努力是分不开的。他笑着就离开了，说是到外面去看看风景。

我想这位处长来告诉我昨夜画家的事，是想从我这儿多知道一些背景和细节。可我不知道，也不觉得奇怪。我指的是醉酒本身没什么可咀嚼的。我有过类似的经验。但我想到独眼人的话，觉得可以把这件事同海滩上那串女人的脚印联系起来看，把偶然引向必然，使之逻辑化。就是说，有那么一个女人已经出现了，她首先落到了风流倜傥的画家之手。他们认识了，喝了一次，互相钦慕，结果在外面乐了一宿，后来她把他扔了。这是我中午的一厢情愿的归纳。我知道这样考虑很蠢，带有理性主义倾向。有思辨色彩。这与生活本来面目不相符合。生活无章可循，否则人人都会厌倦的。

午餐时我见到了画家。是他先发现我的，要我过去喝一杯。他看上去很憔悴，不过仍然神采飞扬。我们要了几碟凉菜两瓶啤酒，画家付款。他说他喜欢请人喝酒，不相识的也行，但后者都是女人。这很自然。

“昨晚的事听说了?”他问我，很有兴致地把酒瓶盖撬开，先给我倒满。

“知道一点，你醉了。

“什么？你说什么?”

“我知道你昨晚给白兰地弄倒了。”

“白兰地？这岛上有白兰地?”

“或者是别的什么酒，总之你醉了，被人扔在台阶上。”

他站起来，把椅子移到我边上，一副很惊奇的样子：“你是在谈你的小说呢还是在谈我?”

“都是。”

“真是见鬼了，我昨晚根本就没沾酒!”他有些激动地说，“谁把我扔到台阶上了?”

我也弄糊涂了。“我是听别人说的，”我解释说，“你想想看是不是这么回事？你说昨晚发生什么事了?”

他慢慢地喝一口酒，说：“有人给我打电话。是个女人，声音很熟悉，可我就是想不起具体的人。我讨厌具体。她说她想见我，约我出去……”

“去海滩?”

“你怎么知道是去海滩?”

“我这么想。男女海滩幽会很符合古典美学原则，电影里常见到。”

“对，是在海滩。”他说，“可是我没有发现她。我没有看到任何人。当时我觉得这样很刺激。我等了很久，白等了。这没什么，我被一个女人捉弄了，就这么简单。”

他显然在撒谎。我守在后窗，我压根儿就没见到他。这家伙。

“你是几点钟出去的?”我问道。

“大概是后半夜吧，那时月亮已经很灰了。宾馆的大门关闭了，我是从卫生间的后窗翻出去的。事情一开始非常有趣味，有色彩，结果却很糟糕。”他把酒喝干，接着说，“天亮时我回来了，在门口跌了一跤，服务人员把我扶了进来。你关心这个?”

“我随便问问。祝你走运。”我说，把酒喝尽。

麻将心理

爱情岛不是夏威夷。它不过是弹丸之地，人收拾起来很容易。我已经说过，它的设施是全新的，也掺有仿古的内容。尽管如此，一个旅游者只须两天顶多三天的工夫就对它了如指掌，再也产生不了多大的兴趣。余下要做的就是继续掏钱，洗海水澡，看日出，出席假面舞会，看录像，要不就去酒吧喝一杯，去游艺室玩桌球和保龄球，或者捣捣电子游戏机。老板在生意势头不好的情况下，也会使出些“有突破”的招来。比如在电子游乐机上输入新的富有刺激的程序：一个来自德克萨斯的牛仔用六轮手枪向一个吉普赛美女射击。打中了，女人就脱掉一层衣服。必须连中六靶，才能使她全部脱光。我看见有人射中了五发子弹，屏幕上的姑娘只剩下了一件比基尼。可是那人最后一枪没有射中，于是姑娘又飞速把所有的衣服全穿上了。笑脸相迎新的挑战者。自然谁也不能把六发子弹都射中。永远不会有。要看比基尼，海滩上多的是，还不需要花钱。

我不懂为什么还有许多人仍要去碰碰运气，并且女人也夹在里面。

不懂的事情还很多。

第三天晚饭后独眼人又到我房里来，手里提着一个很精致的木匣子，内行人一望便知是麻将。

“玩玩如何?”他说，“正好有四条汉子。”

我非常乐意地去把画家和处长喊来。他们和独眼人没处过，就彼此握了握手。独眼人这会儿已经把桌子摆好，筹码也分好了。他把东南西北风各挑出一只，又把骰子交给年岁稍大些的处长，请他掷座风。处长的动作十分娴熟，手气看来也不错，一掷便是东。我是西，画家是南，独眼人自然座北。大家落座，开始理牌。画家说这牌相当不错，坯子好，雕刻也好。处长的眼睛迅速把每张牌扫了一遍，调查是否有明牌。“怎个打法?”处长说，“麻将的打法太多了，我们先得设一个简单的条约，规定一下番数。”画家说打什么都可以。我说那也得先规定清楚。于是大家就议了，清一色多少混一色多少一条龙多少大三元多少十三幺多少杠后花算几倍。“打什么呢?”处长又问。独眼人说当然是打钱。钱这东西生来就是让人赌的。画家说所谓搓麻将就是指赌钱，至于定多少子儿一番是可以商量的。处长面有难色。说还是随便玩玩吧。这一说，大家都不响了。

独眼人把雪茄点上，说：“玩是不可以随便的。麻将这东西很公道。首先，原则是参加者事先商定的，共同遵守；其次是机会均等，公平竞争，这些在现实生活中是绝无仅有的。至于麻将的乐趣，无穷而又深远。比如说你既要控制下家，又要钻上家的空子；你必须以三家为敌，同时又希望三家来成全你。谁都有可能成为胜利者，因为成功的概率是1/4，这是在社会生活中没法找到的，所以永远具有魅力……”

“可惜发明麻将的人早死了，”画家感叹道，“要不准获诺贝尔和平奖。”

大家笑起来，处长有点腼腆地理着牌，说宾馆方面会不会出面干涉呢?我说如果这样，我们就把赌金合起来买一面锦旗，上书：抓赌提成。处长的兴致陡然高涨，用指头一弹骰子，东风起。

处长的手气实在好，连坐两庄都是自摸。第三庄起牌时，我提醒画家和独眼人：别做大牌搞颠覆了，把庄家拉下来算了。画家说你小子难道不是在做大牌扳本？独眼人吸了口烟，说：“眼下上帝还站在他一边，只好任凭宰割了。”处长嘿嘿地笑着说，也不能排斥技巧的因素，光靠手气是不行的。牌起好，处长突然打出第一张牌宣布：报听。这一下使空气紧张起来了，报听算自摸的自摸，庄门翻八倍，如果他做成了，便意味我们全军覆没。因此大气不敢出，每打一张牌都格外小心。几圈一过，处长不得手，自己也有点稳不住了，说真他妈的见鬼了。独眼人看看处长，说：“五筒不能打！”处长说，这可神了，你怎么知道我就是等五筒呢？独眼人未置可否，说谁打五筒谁包下来。我觉得独眼人太自负，就反诘：“如果五筒他不和，你是不是也包了？”独眼人说那是当然。正说着，处长摸到了五筒，却不要，朝独眼人面前一放：“你看如何？”画家叫起来，正欲把牌掀倒，独眼人说：“慢！”他站起身，把处长的牌一下摊开——果然是一条龙单卡五筒！

我们都怔住了。画家说：“你小子认得牌吧？”独眼人说那样就缺德了：“我也说不清，算是预感吧。我相信预感。”独眼人这样总结道。处长说：“算我输了，作弊；我请大家吃宵夜。”

红蜡烛酒吧

对那天晚上发生的事我并没有善罢甘休，我是说月光海滩。有一部外国片子叫《阳光下的罪恶》，克利斯蒂的财产之一，说的什么我已记不清楚了。我就记得名字。那是一部推理的东西，和命案有关。推理总是有前提的，这是一般常识。我的意思是说我完全拥有一个前提，但我不推理。我着手调查。

岛上只有一间酒吧，名字很大气，叫“红蜡烛”。我至今没有去过。我觉得我应该去那儿看看，也许能找到白兰地之类的细节。事先我还打听到，这座红蜡烛酒吧不光卖酒，还卖点别的。当然不是指色拉也不是指大麻。

我以一个参观者的身份走进去。圆形的大厅里正在演奏德彪西的一首钢琴曲。琥珀色的灯光下几对蛇一样的男女扭动着腰和臀部，其他人在喝酒。我向年轻的女老板出示了我的作协会员证，她对我娇媚一笑，说：“欢迎，欢迎。”这个女人可能会讲几国语言，以致简单的汉语讲得都别扭。她叫人给我上了一杯加冰块的红葡萄酒，显然是免费赠送的。我谢了她，然后坐下来听曲子。琴弹得很好。弹琴的女人穿着颇讲究，还披了一条白纱巾，有一种被月影笼罩的感觉。

“很美。”我自语道。

“你是说曲子还是说她？”老板问我。

“我想我说的是她。

“她叫凯。”老板说，“她每天都上这儿来义务弹琴。”

“她不是你手下的人？”

“不，她和您一样，是我们的客人。”

“你是说她和我是坐同一条船来的？”

“我想是的。”

最后一个漂亮的和弦奏毕，四座响起掌声。老板站起来说：“凯，请你来一下。”

被称作凯的她款款走来。我站起身。

“这位作家先生想认识你。”老板说，眼光不断从我和凯身上跳来跳去。我们握手，然后坐下。老板又说这儿太不安静了，请我们到单间里去谈。凯似乎犹豫了一下，但还是同意了。她的笑有几分矜持。

这家酒吧很别致，楼上全是单间。老板问我们是要软卧还是马厩，或者是热带森林？我弄糊涂了。

“就软卧吧。”凯说，“不过您可以带这位先生多参观几处景点，也许他会在报上帮您吹一下。”

“凯，你可真是有心人。”老板高兴地说。她领我们走进一个简单的“马厩”。里面和马厩完全一样，只是没有酸臭味也没有马。接着参观的是“海滨”，这儿有大型海滨壁画，有吊床和遮阳伞。老板揿动开关，立即有一柱橙黄的光泻下来，还有涛声的效果。我算是长见识了。

“还是去软卧吧，那儿整洁。”凯说。

“但是不刺激。”老板说。不过她还是领我们去了“软席车厢”。她带着炫耀的心情又捣了一下开关，“列车的窗口”便掠过树木、电线杆、田野和村庄。实际上这个“窗口”是块电视屏幕。如果你不想在田野里奔驰，你可以换盘别的录像带。“列车”开动时，间或传来一声低沉的汽笛。

“这儿很好，谢谢。”我十分满意地对女老板点点头。

“你们谈吧，再见。祝你们‘旅途’愉快。”女老板把手中的半杯酒喝了，离去，随手带上门。

“你觉得挺有趣?”凯说。

我说是的。我还是头回见到这种安排，大胆，富有新意。

凯笑了笑，说：“这不过是对巴黎高级妓院的拙劣摹仿。你见得太少了，作家先生。”

我很吃惊，也很窘。

“它的布置与陈设不过是为人再现一个偷情的场所。”凯说，笑声朗朗。

女人独白

我不想自然也不情愿自报家门。记住我是一个女人就行了。女人。不是西蒙·波伏娃所阐述的那种女人。波伏娃太害怕萨特了。因此把女人看做是第二性。它的确是第二性的，因为她不具备一个优秀女人的条件与素质。她参加女权运动说明她很不自信。我不。

我这辈子作为女人觉得很快活，很开心。很多男人喜欢我的美貌，像狗一样尾随本人之后，可又得不到我。这是多么有趣的事！我的周围有政客、艺术家和有钱之士。他们各自发挥自己的优势，扬长避短，又自信又悲观。你无法想象一个部长在发表关于世界前途的高谈阔论之后献殷勤的情景是何等壮观。当你和一位董事长跳舞时他的眼神他的手又是多么可笑。画家欣赏我的线条，音乐家赞美我的韵律，文学家则以所谓的气质对本人加以饱含哲理的颂扬。我敢说任何一个男人见我都会动心，想同我偷情。他们心旌摇荡神魂颠倒，以至不顾及大老爷们儿的风度对本人单腿下跪或者泣不成声。我领略了他们的风采然后亲切地喊他们作婊子养的。

我是不是这样的？你觉得我在抬高自己美化自己么？你应该知道我是怎样的人。你知道。我不是女权主义者，不是名女人女强人什么的，也不是有教养的婊子。我是个正常的女人，优秀的女人。我身上有一种“场”。现在你该明白我到这个著名的岛屿的目的何在了。所谓有缘千里来相会，太妙了，我信。

最初只是一片梦幻。

谁知道会发生什么呢？也许很久以前就发生了，眼下不过是延续，是结局也是开始。

黄昏海滩

我没有把去“红蜡烛”的事说出去。她的话我相信，她是来爱情岛找他喜欢的男人的。这个男人也许有也许没有，可能已经出现也可能始终不会出现。我们暂时不要去想这个令人忧心忡忡的问题，把它看做一个概念就得了。“红蜡烛”的事就算没发生，一风吹过。

我后来也没再见到她。

大约一周后，黄昏，我去海滩洗澡。那时候气温很好，微风习习，海水十分柔软。我在海里泡了一个多钟头，有点儿乏了，就上岸来休息。我把游泳裤前后拉了拉，免得像跳芭蕾的那样引人注目。我躺在一个别人留下的沙丘上，很想吸烟，可惜忘了带。

画家已洗了好一阵子，像个警察似的在岸上乱转。他对那些线条优美的女人又殷勤又矜持。他同她们聊天，时而在自己话里穿插几句英语和日语。天气很好游泳是一项抒情运动你好像是南方人？就这类屁话。几乎所有的女人都注意到他的八字胡。他很得意，为自己的成功策划感到骄傲。“给我打电话的是你吗？”他问了好几个姑娘。她们或者摇头或者微微一笑。画家耸耸肩，用英语说哦哦很遗憾，就继续调查去了。

沙丘很好，很舒服，我躺着。许多腿在眼前奔来奔去。我注意不长毛的腿。准确地说我是在观察那些像鸽子一样的脚。36 码至 37 码。问题是几乎所有的女人脚都是这个尺寸的。后来移到我跟前的脚也是 37 码，也白，可这是处长的。我实在想不出这个身高至少在 170 公分以上体重绝不会低于 150 磅的男人，会拥有这么一双小巧玲珑的脚。我把目光虚了。

“你在找什么？”

“找脚。”

“是在找腿吧？”

“不，是脚。”

“现在可不兴三寸金莲。”

“我关心 37 码。”

“我就是 37 码，可惜我不是女的。”

为什么偏要是女的呢，我侧过脸看看处长，他也躺下了，用手细细地熨着自己圆润的小腹。他问我可看见他游泳的姿势了。我没看见但我说还不错。他说他从小热爱体育，是高校足球联队的主力队员和主要得分手，穿 9 号球衣，我说应该穿 10 号才对。他说本来是决定让他穿 10 号的，可他选择 9 号。

“我这辈子与九这个数字结下了不解之缘。”他说，“我发表的第一首诗就叫《我爱九》。”

如果我没有记错，我观察后窗的那天便是 7 月 9 号，农历闰五月十七，月亮才缺。

“今天几号?”我突然问。

“十八。9 的倍数，所以我今天过得很开心。”他舒服地闭上眼，表情十分惬意满足。

“9 号那天……夜里，你是不是也开心?”

我试探着问他。

“那当然，我想会是的。”他说。

我很想很希望他再说点什么，可他不说了。他从提包里拿出一块浴巾盖在自己羞处，又戴上墨镜。这个人也是挺有意思的。我不怀疑他有过写诗的历史，但我怀疑他当过足球主力。他太白皙了，浑身富有弹性，腿上竟找不到一根毛。这时我嗅到了一种气味，知道是谁出现了。我欠起身，转过头去，看见独眼人含着雪茄立在不远处的一棵棕榈树下。他一尘不染，穿着整齐，两手插在裤袋里，他冷静地注视着沙滩上横七竖八的人，不断地吸烟。风从他的身后吹来，把烟味吹散，吹过所有人的鼻前，于是所有的人都把头扭向了他。然后他离开了，一道余晖把他一分为二地劈开。

“你在寻找一张女人的面孔。”第二天我对他这样说。

回忆或者想象

你说得不错。我到这岛上是来找一个女人的。我觉得她在这里。我无法设想这个季节她会待在家中。她也不会去别的地方。我只是觉得，没有什么启示也毫无根据。我相信预感。在过去的几十年这种天然优势给我带来不少好运气。

我结过婚。我这等年纪冒充童男子情理上说不过去。一个三十出头的男人或者女人能有多干净呢？我是在三年前结婚的。你是不是在注意听？我是说我结过婚，也就是说我后来又离婚了。我如今是独身。其实这桩事从头到尾都十分简单。三年前的夏天我在一条河边遇到她。首先是她的惊人美丽吸引了我，打动了我。我当然要走过去。那是个比较凉爽的天气。阴天，早晨水边的空气也很好。当时，这儿没别的人。许多事情是无法解释的。那条河我从来没有去过，似乎也未曾听说过。那个早晨我醒来就产生了往东南方向走走的直觉，而且仿佛受一股力量驱使着。本来那天我是与朋友约好去位于市区西北角的网球场的。我当机立断地取消了原来的安排。我打电话给朋友，说我现在有“比打网球更要紧的事”。放下话筒我又自嘲一笑。

那河清澈，缓缓流动。它的形态也很别致，像一只手表。“表盘”便是一块突兀的陆地，当地人称之为“鸳鸯坟”。至于有否类似孔雀东南飞的动人传说我没有打听。我想是有的。

她就立在“坟”上。

由于早晨水面的雾气，我不可能一下子把她看清楚，但我仍不怀疑这是个美丽的女子。我们隔水相望。这时候我发现不远的杨柳树下泊着一叶舟子。我自然要使用它。我觉得自己划船非常在行。就这样，我们认识了。从认识到相爱的过程大约三分钟。我们省去了许许多多不必要的交代、铺垫和解释。似乎这之前，我们就是情人了，现在不过是恋爱的延续。“我一直注意着那只船。”她说，“第一个划船向我驶来的男人我不会拒绝。”后来她又说：“我在这儿等了很久。”可是有一点至今让我疑惑，是谁把她送上“坟”的呢？她的衣着整洁，显然不是游过去的；而且当时风向不对，船很难漂回那个位置。没有第三个人。

我们是在"坟"上过夜的。她准备的东西很充分，所以后来的一切都顺利。她问我会不会埋怨自己稀里糊涂地爱上一个人并同她做爱？我说人生就是稀里糊涂的生命旅行，我不后悔。不过为了对你的尊重，也表示我的责任感，我愿意先履行结婚登记手续。"你是说准备对我的一辈子负责？"她问我，我点点头。她笑了，实际是在揶揄我。她说："我可受不了一辈子闻一个男人的气味。我会厌倦的。"我把她的裙子放下来。我说，我是真心地爱你。我不轻易地使用"爱"这个字眼。对一般的姑娘我只说喜欢。她吻了我，边吻边说："我的福气真好，我知道今天会有好事情，我也不是随便爱一个人的，我也不要求别人永远爱我。这是真话。爱情贵在真诚，但真诚是有限度的。就像我们在电影院里看一部悲剧，我们常常感动得热泪盈眶，这是真诚的流露。可是很快灯亮了，要退场了，大家忙着打哈欠、上厕所和抽烟去了，难道你一个人还在那儿泣不成声？"你看，算不算惊世骇俗？接着，她双手捧起一堆土，说："撮土为香，这就算举行了仪式，结婚了。"她把土向空中抛去。再次投到我的怀抱。我们接吻。过了很久，天黑了，以后发生的事情和一般的夫妻间没什么两样。我觉得她的身体非常适合我。她还带了避蚊剂，所以这一夜的风餐露宿过得十分惬意。她问我是不是很快乐？我点点头。我说我剩下要做的是把这种生活无限延长。她笑了，说："你真是个认真的男人。"

这一觉睡得很沉。第二天醒来，太阳已经移到头顶了。没有动静，她走了。在我的边上有她给我留下当早餐的一个肉脯罐头和一个苹果。我并不感到吃惊。所发生的事与我料想的一样。我感兴趣的是，昨天我划来的那条小船还在，她是怎样离开的？我的不安随之而起。我隐约感觉到自己落入了一个预先设置好的陷阱。在我和她之间肯定还有另一个人。这个人窥视了我们故事的全部过程。这个人也是男人。

闲话《金瓶梅》

有一点我想是已经说清楚了：这部小说是不是关于爱情的与写作和阅读没有多大的关系。《爱情岛》可以不看做是表演爱情的公共场所，就像红海不是红的，黑海也不是黑的那么简单。作为撰写者，我自然有自己的想法。我会尽量使自己的文章作得扣题一些，于是就难免不东扯西扯，说点与爱情相关的事。

我这次出门随身带了一套《金瓶梅词话》，是前几年香港出的，六卷，有插图。当初是凭作家协会的介绍信购买的。官方的要求摆在卷首，郑重指出：此书属“特种图书”，供内部研究使用，不得外传，谁出问题谁负责。我藏这书就像藏枪支毒品那样受罪。其实我对《金瓶梅》不感兴趣。作为古典文学，它只能算三流货色。这本书的价值不过体现在我对它的拥有权而已。诚然《金瓶梅》是写性的，但写得不好。古人写性都写不好。我尤其讨厌那些字句对仗工整类似骈文的描写以及海阔天空的比兴手法，华而不实。

他们知道我带着这套书，偶尔也拿去翻翻。他们都读过《金瓶梅》，对其中某些伟大的细节记忆犹新，但他们全认为“不怎么的”。这天晚上，下雨了。谁也没有出门的意思。吃过晚饭，他们三个像事先约好似的进了我的房间，说是来闲聊。我当时正歪在床上看《金瓶梅》。于是话题就从潘金莲谈起。

画家说：“潘金莲是个出色可爱的婊子。婊子未必就是下贱的女人。婊子有性经验，黄花闺女却没有。一个男人心理上喜欢处女，生理上其实需要的是婊子。处女是社会意义的，婊子靠近自然。前几年有人为潘金莲打抱不平，这就不错。不过潘金莲不该同安娜之流搞到一块去，那就被政治强奸了。藩金莲需要男人，不需要政治。潘金莲有本事，有功夫，还有心眼，所以可爱。”“她完全是被西门大官人的身体吸引住了，不在乎身体之外的东西。而且西门庆一外出，她又去同陈经济厮混。西门庆一伸腿，她就把他忘了。潘金莲一辈子可真没白活！”

处长插话：“如果潘金莲是你老婆，你会怎么样？”

画家说：“不怎么样。她搞她的，我搞我的。这才叫男女平等。”

处长笑笑，说你倒开通得很，也蛮合算。人生在世不过几十年的光阴。各有各的活法。人的愿望总是无法满足的。愿望和满足之间的距离叫做痛苦。所以人生是痛苦的，自然这其中也蕴含着欢乐。其实性这东西和太阳一样，又平常又新鲜。新鲜才够味。《金瓶梅》少的就是这个新鲜。可是它在民间的流传却异常之广，不知是何道理。

这时独眼人说：“很自然。第一，如今谁也没有三妻四妾，想知道一个男人和一群女人怎么个过法；第二，想知道先人做这件事和自己有何不同之处；第三，在性的问题上，人的好奇心还在于希望充当一名窥视者——这更刺激。”

画家就感叹了，说难怪那书的插图几乎所有做爱场面里都出现一个窥视的小厮。古人把后人的心摸得真他妈准。“你们大概不会盯我的梢吧？”他似笑非笑地说，“如果我知道了，我想自己会做得更好一些。”

这一说，倒冷场了。画家似乎讲的不是笑话，带有玩笑的口吻发出警告的意思，这是我的直觉感受。而且我注意到处长的表情有些不自然。独眼人又开始抽他的雪茄了。我不能断定这两人之中谁碍了画家的好事，反正不是我。本案与我无关，可是画家的目光始终落在我身上，他说：“请你说几句了，别他妈装聋作哑。”这是什么意思？

我需要抽支烟。我说：“《金瓶梅》写性，不过是停留在性的自然状态上，西方的一些书，比如《查泰莱夫人的情人》和《弗兰德公路》，刻画的是性的精神状态。中国人注重性的行为方式，无非是颠来倒去这般那般；西方人注重性的生命价值，表现性爱的神圣，性似乎进入了一个形而上的境界，化没了。”

画家打断我的话：“你别把洋人抬得过高。你见识过洋妞没有？男女之间，恋爱不过是幌子，睡觉才是实质。你是不是可以爱一个不同你睡觉的女人？别装什么伪君子。西门庆可爱之处就在这，看上谁追谁，追到手就娶过来，好生养着。”

独眼人站起来说：“对待性，人的态度是不一样的。有人关心目的，有人则看重过程。二者都是欲望的体现。每一次的欲望都会使生命获得弹性。每一次的经验都会令人激动。”

林语堂先生《吾土吾民》的第五章第六节是这样结束的——

辜鸿铭，爱丁堡大学的硕士，一个非常喜欢引用托马斯·卡莱尔和马修·阿诺德语录的人，一次在为纳妾制度辩护时说：“你曾看到过一个茶壶四个茶杯在一起，但是你可曾见过一个茶杯和四个茶壶在一起吗？”对于这个问题的最好回答是《金瓶梅》中西门庆的姬妾潘金莲的话：“一个碗内两张匙，不是汤着就是抹着。”她知道自己在讲些什么。

27 日之夜

这天夜里实际上什么事也没发生，却大大地充实了我的小说。我当时正在写作，怀疑这部小说的逻辑性。一连几天岛上都是阴雨连绵，仿佛夏天的故事已经结束了。在我的窗台上落着一片叶子，但并没有黄。我知道这种叶子可以靠自身的养分生存下去。这给我的写作带来了信心。我的故事不需要长在一棵树上，只要是绿色的，就有生命。

独眼人和画家晚饭后就出去了，这是处长告诉我的。处长过来向我要香烟，说是刚才吃了几瓣蒜，口腔的气味受到女服务员的批评，需要借烟来改一改。我说酒比烟的效果好。女人一般喜欢酒味讨厌烟味。我倒了两杯仿制的马丁尼酒。我想请他聊上一会儿，也许他知道独眼人和画家今晚的去向，我关心这个。

“你是不是写不下去了，让我给你提供点什么素材?”他这样说。我估计他有心事要谈。

“你觉得那两位在岛上有门儿了吗?”

“这个……这可不能瞎说。不过这样的天气出去，总是有要紧的事的。”

“你干吗不出去遛遛?”

“你想套我的话呀，我可没啥让你感兴趣的。”他放下酒杯，“那种事，过了 40 岁就看淡了。”

“可你关心姑娘对你口腔味道的评价。”

“姑娘？不不，你错了。我对姑娘历来不注意。”

“你注意少妇?”

“不，我喜欢寡妇，或者文雅点叫独身女人。”他笑着说，“不过我从来没有什么不检点的行为，这是真话。我心里喜欢，就够了。”

“伟大的柏拉图。”

“和柏拉图又不一样。柏拉图只是空喜欢一场。我一喜欢上就什么都有了。”他站起身，把酒喝尽，“对你的写作有没有点启发？好了，我不打扰了，我得回屋子洗澡，看电视，今晚的闭路电视节目是《独身女人》，像是为本人专场放映似的。”

我觉得处长没有把话说完。刚才说的只是一个提示，也可以看做是暗示，必须意会。我的思路中断了，但这不要紧。今夜还会发生点什么事才对，我想应该这样。外面的雨越下越大，那两位在干什么我不清楚。他们当然不会杀人越货。我在晾台边静静地坐了一会儿，雨点溅到脸上已是冰凉的了。过后我就打开了电视机，确实是《独身女人》。这种片子不能吊我的口味。我喜欢看惊险片动作片警匪片。喜欢那种用左轮枪指着太阳穴进行赌博的刺激。但是这部片子的女主角我很喜欢。她长得居然有点像凯。

电话铃响了，是处长从隔壁拨来的。显然他早早上床了。

“你在不在看电视？”

“在。”

“好看吗？”

“不好看。”

“那女人好看吗？”

“还不错。”

“知道她是谁吗？”

“不知道。”

“她是我老婆。”

“？！”

“别吃醋呀作家。她不过是今夜做我的老婆……”

我放下话筒就过去了。处长光着身子趴在床上看电视，巨大的臀部被红色的裤叉裹着微微起伏，席梦思的弹簧吱吱呀呀响，倒蛮有节奏。见我进来，他便坐正，把毛巾毯拉到脐下，又在大腿上压了个大枕头。他刚才刮过的脸非常富有生气也平添了几分秀色。

“看不出你还会说笑话，处长。”

“我可不是说笑话，你该把我当诗人。”

“好吧，我的拜伦，祝你好运。当心别触电了。”我抽完烟，就离开了。

这时候大约十点钟的样子。我的生物钟此刻开始呈现兴奋状态。通常我利用这之后的几小时进行工作，我回到房间。不久周围都静了下来。但是我已找不到刚才丢下的头绪和感觉了，处长的一反常态让我玩味再三。人有时是可以忘形的，犹如进入梦境。我不怀疑处长那番唐璜般的表白是庸俗不堪的插科打诨。可我现在还不敢妄加推断出别的什么来。

后来的事并非是不可思议的。我刚刚有了点睡意，听见隔壁有了动静。最先是席梦思发出的强烈的有节奏的弹簧振动声，仿佛要断裂。接着是他短促的喘息，随着一声嚎叫什么东西落到了地上，后来什么声息都没有了。我又担忧又好奇，还夹杂着一点恐惧。我想隔壁一定是出事了。我应该过去看看。

门锁全部弄坏了，这是宾馆保安部门的防奸措施，所以我很方便地进了他的屋。一只壁灯依旧亮着，灯光非常黄。处长也依旧趴着，只是巨大的臀部业已不再起伏，枕头压在他的肚皮之下，他睡得很香，鼾声温柔。

刚才落到地上的是一把过时的剃须保险刀，镀镍的表面受到腐蚀而变得斑斑驳驳，我真不想去碰它。可那里面嵌着一张女人的肖像画片：竟是她！

我突然想起今天是27号。

海市明天出现

我弄不清昨天晚上是在什么时候睡熟的。但那个昙花一现的梦境我记得很清楚。是个简单的梦。这个梦有个鲜明的特点是没有一个人物，连我也被排除了。开始是一片蔚蓝色的大海，不久海给太阳点着了。海燃烧起来，烈焰冲天。一只巨大的白鸟在火中舞蹈，并不叫，以后它在天空上做滑翔运动。走S形。一粒沙子在不断扩大，变成一堆土，再变成一块陆地，最后变成一座大山。山上有一棵烧焦的老树，可是又吐出了新芽。那叶子不是绿的，是白的。这个梦的色彩很美，又抒情又恐怖。很长时间过去之后，我仍在想：那时候我去哪了呢？

随便梳洗了一下，就到午餐时间了。去了餐厅，居然没有发现他们中间的一个。这是反常的现象。我向客房部经理打听，他说不知道。但他说他们都没有离开爱情岛，未取走寄存的行李。“也许他们去海滩了。”他说，“气象部门说，今天有海市奇观出现。”

我随即去了海滩。

海滩上很热闹。人们都不下海了，守着遮阳伞等待传说中的奇观。我仔细找了两遍，还是没有他们。会不会去别的场所，比如那个“红蜡烛”呢？我又赶到那儿，接着大吃一惊：那个富丽堂皇的酒吧业已不复存在了，只有一片废墟！

“怎么……拆了？”我问一个年迈的警察。

“什么拆了？”他好像根本不懂我的意思。

“那个酒吧，红蜡烛……”

“对不起，这儿从来就没有酒吧。也没有什么红蜡烛，先生。”

“怎么可能……那这些石头……”

“这是一个古堡的残迹。”

“古堡？”

“是的，先生。这儿从前是一个江洋大盗的住宅，后来由他的妻子掌握。她把他杀了。她每天在顶上看海，据说是等待一个梦中的小伙子，等了一百年，可她并不衰老……再后来，一个雨夜里，她和这座古堡融为一体了。二十几年前，她被一群人摧毁了，是烧的……我就知道这些，是小时候听我外婆说的。我每天都要在这儿来看看，摸摸这些石头。”他说完，又摸了一下石头。

我不知道自己的脚是踏在现实里还是踩在梦境中。总之，我都难以自拔了。

黄昏又降临了，我没有找到我的朋友。孤寂和忧伤附在我身上。我负着它们重新回到海滩。人们还在等待。看着鲜红欲滴的大太阳慢慢沉到海里。突然有人高声宣布：

海市明天出现。

这个故事到此差不多可以结束了。为了多数的读者，我觉得有必要去观察一下故事的反面。这不等于是魔术师松开他的手腕。我不是魔术师。通常的情况下我调整自己的叙述方式企图把故事讲得略为复杂一些。我不希望故事被拆穿。

曾经有一位青年评论家在谈及我的小说创作时，认为我往往把自己当做导演，喜欢走到观众席里去，把观众都变成演员。其实我是个普通得一塌糊涂的小说家。我大概永远只能写出任何一部小说的一半。

在这部小说的构思阶段，我想试着写几个爱情故事。我希望写出类似玛格丽特·杜拉《琴声如诉》那种略带伤感和迟疑恍惚的情调。或者取艾·巴·辛格《市场街上的斯宾诺莎》那种又滑稽又深刻的效果。但是我发现，我的能力有限。我曾悲哀地想，爱情故事让大师们过早地讲完了。

于是我想了解故事的反面。我发现我要叙述的这个故事具有解读的可能性。在我同几位旅途邂逅的朋友混得烂熟时，我突然觉得，他们与我的故事存在着一种微妙的关系。那时我已相信，他们都是我要物色的角儿，我未来小说中的人物。正如生活本身是没有多少逻辑可言的，我的朋友在爱情岛上的行为也缺乏逻辑性。他们随心所欲地度过每一天的24小时。这样很好。这期间岛上发生了一些十分普通的事情，谁也不关心它们。但是我的想象总是对此呈现出某种象征和某种暗示的状态。我有了古怪的预感，觉得一种联系似乎让我找到了。于是在一个后半夜，我开始写这部小说。

我已经申明过：我永远只能写出小说的一半。

1991年5月　合肥

（原载《花城》1994年第2期）

情感生活的短暂真空时期

在暧昧的时间里，一切都成了“据说”。

1

1993年5月，邦的情感生活开始出现被后来研究他的人所表述的那种“真空时期”。据新近一期的《作家研究》杂志，一位叫伊达的人撰文所言：所谓“真空时期”不过是针对这位作家有过的一段缺少浪漫经历的诗意描写。伊达认为，这一事实可以从作家那个时期的创作活动中得到轻松解答。伊达的统计表明：从1993年5月至同年9月，邦共写作了一部长篇《虚无》、三部关于宿命的系列中篇以及八篇随笔。总计34.5万字。“在不足150天的时间里出现如此之大的成果显然是惊人的。”伊文这样写道，“而且，作品质量均属上乘，写作风格灵活多变。”研究者伊达确信：性是作家创作的原动力，一旦失去，作品便一发而不可收。“这是一个绝妙的时间差。所谓‘真空时期’对作家邦来说可能是一个损失，但小说却意外地迎来了收获季节。”伊达以这种居高临下的口气结束了这篇文章。

署名伊达的文章在发表后不到一周的时间里，《作家研究》编辑部接到一个女人的电话质询。她以作家邦的“朋友”名义对伊文表示“很不理解”。问这位伊达究竟何许人，是男的还是女的？这个女人反对“性是作家创作的原动力”的观点，认为这是“很幼稚的”牵强附会，是一次对弗洛伊德的拙劣模仿。在编辑部恳切要求下，她表示“在适当的时候”愿意谈一些关于邦在“那个时期”的“情况”。

第八天，一位自称是邦大学同窗的读者致函编辑部，完全绕开伊文，仅就“真空时期”这一概念的引入发表意见。“我不知道是谁最先使用了这个词组。但这个概念让我想起邦的一部未经发表的小说《空心》。那是很久以前的事了，其时邦默默无闻，只是在国内三流期刊上发表一些可笑的小说。《空心》则完全是个例外，仿佛由神写出。”这封措词严谨行文规范并暗示出文字功力的信函，最后朴素地指出：

“据我所知，那个时期邦过得很糟。先是同志的出卖，接着是妻子的分手，不久，他的情人们也相继离他而去。能陪伴他的是一架老式钢琴——他并不知道怎么去弄它。”

2

关于小说家邦，现存档案只能介绍一些关于他的皮毛，而且，往往矛盾百出。比如，在权威的《文学年鉴·作家卷》中，关于邦的词目三年中变化五次。邦分别扮演“先锋派代表作家”、“本土意识作家”、“内心体验主义作家”、“三心二意探索者”、“游戏倾向分子”。但作为“自由撰稿人”，邦的确与官方的文学机构和奖项无涉。很少有人见过邦，但关于他的传闻却十分逼真。最近的一次是他和一个女人双双投海，尸体腐烂不堪。然而在他的几位好友挥泪执笔作悼文之际，南方又传来邦一夜间成为大款的消息。邦对文学，如同成熟男子对待情人，始终若即若离。

1996年第三期《莽原》杂志载有作家潘军的中篇小说《朗诵南方风景》。在那篇散淡的文字中，邦应邀出演一位诗人兼老板的角色。邦演得很卖力，但他事后指出，你歪曲了我。而且你同时也歪曲了一个叫琪的女孩。

琪最初的出现与那架钢琴同步，这在小说《空心》的第一小节便可看出：

钢琴就这么放下了，紧挨着西窗。那个位置，原本是放电脑的。写字用的电脑——据同行说用起来十分舒服。可写字不是一件舒服的事。写字需要辛苦。问题还在于：作家可以面对虚无却无法面对一台机器。还是钢琴吧。黑色的钢琴。还有什么比黑色更哲学的东西呢？后来他才知道还有白色。钢琴的黑色表面映出一个白色的身影。那就是琪了，他想象中的女孩。

小说《空心》写于几年前的一个春季，由于众所周知的原因至今没有公开发表。但在南方，《空心》以手抄本的形式广为流传。这篇不足8000字的小说以其“隐喻式的忧伤”让人刮目相看。“现在看来，”有一次邦对几位朋友说，“《空心》的轮空，是一件命中注定的好事。就像天机不可泄露。”在这次命名为九号沙龙的聚会上，邦的神情变得幼稚而深不可测。“那时面对邦如同面对一块石头，弄不清它是矿物质还是艺术品。”——《蓝色周末》是这样报道那次聚会的，时间是1993年11月28日，恰巧是邦36岁生日，本命年。按伊达的文章所言，此时的邦应该顺利地度过了情感生活的真空时期。聚会于子夜时分结束。邦先离开，似乎有点慌乱，以至于把香烟和打火机都落下了。“他像风一样隐入夜幕，从此消逝。”

3

我们的认识是一个偶然。说是一次玩笑也可以。那天晚上，我是给我的男朋友拨电话的，每天都拨，可这次拨错了。电话拿起来，我说嘿，想我吗？对方不吱声。我说你怎么啦，还为昨天的事生气呀，不就是一本昆德拉的书嘛？这时对方说：“你知道昆德拉？”吓我一跳，知道拨错了，还没来得及反应，他又说了：“小姐，请不要放电话。我喜欢你的声音。”我的声音特别吗？我还是第一次听见有人这么说。我当时，怎么说呢，觉得很刺激吧，就傻笑了。我想对方是个很有趣的人，有幽默感。我喜欢有幽默感的男人。“你的声音确实很好听，像个孩子。”他又说了。我倒觉得他的声音像个孩子。感冒才好的孩子。我猜想他长得也会像孩子，而且，我预感到他的职业是个作家或者诗人什么的。我就试着打听了。我问他是干什么的。他说弄不清，目前是写字。写什么呢？他说写小说。我就有点得意，说和我想的一样，就问他的名字。他说他无名，就是说他没什么名气吧。我大胆说了句：我想知道你身份证上的姓名。他笑了，他说明天见面时告诉你，并让我记下那个阴错阳差的电话号码。然后，他把电话挂了。

他这人就这么自信。一次意外的电话便导致一次有准备的约会。那天晚上我非常高兴，电话放在床边，我抱着双膝傻傻地看着它。电话是白色的，很可爱。我回味着他的声音，他说的每一个字。忽然有了一种感觉：这个男人现在就坐在我的客厅里，在读昆德拉的书。他刚洗好澡，头发上有水珠，穿着睡衣。这么想下来，我就有点害怕了。那一年，我27岁。我是单身，当然性经验是有的。我的男朋友是我的老乡，也算是同学吧，中学在一个学校。他是话剧团的美工，为了我才来南方。我知道他害怕南方，害怕这个不利的环境。但他不知道，魔鬼在人心中，尤其是女人。读过几本书的女人更是如此。女人往往是莫名其妙的。

那个晚上很要命。我没睡好，没法睡。一会儿电话铃炸了，我急忙抓起来，是我男朋友的，想过这边来。我装作很疲惫的样子，说我累了，想睡。他只好算了。这一瞬间，心中的魔鬼出现了。我主意已定，明天见那个家伙。我立即下床，翻箱倒柜地找衣服比划。我知道我是一个有点味道的女人，男人对我发生兴趣是很容易的事。我并不想去引诱谁，只想把主动权握在自己手上，只想由我来说 Yes 或者 No。可我没想到，从一开始我就丧失了这个权利。

4

他决定称她琪。

琪那时仿佛云彩自九天而下，落在那架黑色钢琴旁。琪看着他。琪的眼睛明澈，睫毛的阴影使她的面容略带愁苦。他期待这神情已久，现在他见到了，他需要珍藏。

他缓缓站起来，把琴凳让给琪。可是琪没有坐，而是从他的床底下找出一把很旧的枣木椅——这是已故的母亲留下的唯一财产。他从前坐着它写字。现在有了钢琴，他便将它隐匿起来。琪怎么知道？

琪轻轻拂去木椅表面的灰尘，在他旁边坐下。然后她说：弹琴吧。

他很茫然。他不会弹琴，甚至不识五线谱。选择这架钢琴完全是一个梦中意念的暗示，一个暧昧的手势。

琪从书案上那叠手稿中抽出一份，放在钢琴上：这是乐谱，你的乐谱。

他抬眼看见手稿的封面上写着两个字：

空心

至今没有人见过《空心》手稿。在那一年深圳拍卖文稿活动中，曾经传出《空心》手稿将一锤定音的消息。但据专家介绍，连续收到的七份《空心》手稿均属赝品。“更可笑的是，”专家说，“七份手稿都不一样，个别的甚至大相径庭。”这无疑是一次打击，使本来就扑朔迷离的事实又蒙上了一层深厚的阴影。

《作家研究》编辑部后来所出示的《空心》，极有可能是一次大胆的仿作。但毕竟事出有因，况且当事人邦至今没有“来函照登”。值得安慰的是，《空心》只是关于“真空时期”的依据之一，编辑部某种意义上仍看重与邦接触的异性的“口供”。他们认为面对一群生命远比猜想一份手稿更有价值。

5

第二天，我们见面了。他好像一直在等我的电话。刚通，他的声音传过来：我是邦。其实我不知道他的名字，我就笑了：是肖邦还是詹姆斯·邦？他有点不高兴：他们算什么东西。这人多狂？谁都不放在眼里。后来，那是我们认识很长时间了，有一次我问他：你算什么？他说我连东西都不是。他确实是这样说的。

我有所准备，认为第一次见面既要做到礼貌又要做到让对方不觉得你轻浮。而且方式也不能流于俗套。那时这座城市正迎接上海来的什么“小剧场演出”，就是演员在观众中间表演，都说挺有意思。我选择了这个。我当然不会冒失地选择夜场，觉得下午不错。看完，如果感觉好就一块吃晚饭，不好，各奔东西一风吹过了。可他一口否决：那种演出不过是在毛玻璃后面让女人脱衣服而已。如果你有兴趣，我可以请十个女人在镜子面前脱给你看。话说得真损。我一下没辙了，只好把自己交出去，让他安排。他说我哪儿也不去，就在自己屋子里。接着他把自己的住址说了，并让我重复一遍。然后他似乎有点动情地说：“我只想听听你的声音。我无法想象你那未经电话过滤的声音是怎样的颜色。”

说真的，我感动了。心里又委屈又难过，还流泪。我知道我的弱点。

我最怕碰那种貌似大男人其实骨子里是个孩子的家伙。可我已经无法拒绝。

邦那时才上岛不久，住在沿江三路的一间民房里。后来他发了，住上了别墅。再后来他又去了民房，但已不是原先的那间，据说离市区很远，那会儿我们已经分手了。

那间房子我印象深刻。就一间，在顶层上，出房门就是晾台——很大的晾台。有许多个夜晚，我们就是在晾台上度过的。晾台上有洗澡间和卫生间，用起来还算方便。屋子里和我的想象比较接近，简单，凌乱，很多书堆在地上。引人注意的是墙上挂着一张很旧的航海图和一把同样陈旧的箫。我不知道什么意思。在我同他相处的日子里，我问过他很多次，他都没吱声。我没见过他去吹那把箫。日子过去很长了，这两件东西时常在我眼前晃动。甚至，穿过了我的梦境。

6

关于那把箫，在伊达文章中有两处提及：

“现存的辞书不能对箫——这种简陋的古乐器，有更多的注解。对箫的关注实际上是凝视邦心灵的一种投影。在迪斯科或者摇滚乐称霸乐坛的今天，研究一把朴素的箫或许意味深长。这一截独特的竹子能发出惆怅的缠绵悱恻的声音，发思古之幽情，以唤起作家对往昔情感生活的缅怀。毫不夸大地说，这把箫某种意义上占有了邦的‘真空时期’。”

然而到了最后一节，箫的意义有变——

“……这时候再看那把箫，已从高处不胜寒的地位上跌落而下了。箫已不属于形而上，箫的表面光洁可鉴，但不再是心灵的慰藉，而是肉体的抚摸。他握着它，改吹奏为吮吸，他不再为它的声音所震颤，而是羡慕它的长度和它的坚挺，以找回或者幻想令人骄傲的岁月。那时候他极度悲哀，离用左轮手枪指着脑袋的日子仅差一步之遥。”

不难看出，伊达由箫引发的议论与感叹属于司空见惯的借题发挥。然而伊达的口气是自信的，他（或她）不是在评述而是在倾诉。伊达仿佛是一个目击者，连邦最隐秘的生活也了如指掌。如此看来，伊达的身份远比伊达的文章重要。

编辑部期待伊达的再次来稿，最终按图索骥。

7

这就是我的乐谱？他惊异地看着那份叫做《空心》的手稿。他喜欢这个标题，但在他的记忆中，他从未写过一篇名为《空心》的小说。

琪用纤细的食指翻开“乐谱”。那确实是他的字迹，笔画结体明眼人一望便知是从王羲之《兰亭序》上拓下来的。他写作喜欢使用笔画较粗的钢笔，喜欢黑墨水和略渗的方格稿纸。他喜欢手写。他曾为此作过一篇散文叫《手写的欢乐》，但他的确不曾写过《空心》。

他说：这不是我写的。

琪说：第一乐章是关于山毛榉的传说。

他说：我无法相信我的眼睛。

琪说：在我的家乡，山毛榉叫水青冈。一种植物，它的名字有山有水，多么可爱！

他疑惑地看着身边的琪。答非所问已是明显的事实。使用同一种语言却无法沟通，不能交流，这难以置信。突然他有了一种不祥的预感，这念头让他心律紊乱。但他还是决定来试一下。你喝水吗？他问道。

看见她偏了偏脖子他如释重负地吁了口气。与此同时，他的双手重重落下，钢琴发出巨大的轰鸣令人眩晕，然而他听见了琪的解释。

这是破土之声。琪这样说道。

1994 年初春，一名外籍汉学家专程来到中国南方同一名叫邦的小说家会晤。那时候邦正忙着挣钱，商场的风云变幻使他看起来像个花花公子。外籍汉学家是位女性，拥有修长的身材和京腔的汉语。但那是一次貌似亲切实则难堪的会谈，最终以失望而草草收场。

问：你现在，还写作吗？

答：写。但不一定用笔。

问：你还爱文学吗？

答：我爱文学，但不爱文学界。

问：为什么？

答：因为文学可爱，文学界不可爱。

问：听说过罗兰·巴特吗？

答：连他爹都知道。

问：你对你在文学史上的地位怎么看？

答：没有地位。一个鲁迅放在那儿，至少可以压三代人。

问：听说你有一篇未发表的小说，叫《空心》？

答：我也听说过。

问：能给我看看吗？或者介绍一下。

答：我只是听说过，很抱歉。

显然，狡猾的邦和从前一样，对实质性的问题仍是避开不谈。最后，邦做了一个很含糊的手势离开了餐桌。他说他晚上还有一个不同寻常的约会。这是实话。

8

当时他不在屋里。门开着，我走进去，一眼就看见那两样旧东西。我立在它们面前，正想用手摸那把箫，感到室内光线暗了，知道主人已到了门口。我收回手，听见他的声音："你来了。"

这平淡的一句话消除了我的顾虑和紧张，两人间的距离一下缩短，好像是老朋友了。我这才转过身，他站在原地方，手里抱着一只西瓜。一个很不错的男人，我这样想。说不错是因为他让我不觉得陌生，说很不错就意味着这种男人我能够接受了。我当时就这么想的，不能算一见钟情。就是说，如果他将有什么小动作的话，我不意外。这是下午的感觉。到了晚上，这感觉已变成我希望他对我有所动作了。这轻浮吗？我问过自己。结果是越问越轻浮起来。当第一次做爱结束后，我清楚地意识到，此生我已无法离开这个男人了。

那个下午我们席地对坐，交谈。他总让我谈，谈什么都可以。"我倾听你的声音，"他这样说，"胡言乱语也无妨。"我想这是真话，很快乐，很开心。人一放松，口齿就伶俐，东扯西拉越说兴趣越高。他用手托着下巴，头稍稍歪到一侧，神情专注，像是在听音乐。偶尔抽一支烟，偶尔插两句话，这个样子我心里能画出来。

天色暗了，饿了，该吃饭去。但又不想离开，割舍不了那个我看重的氛围。我自来南方，上这个大岛，没有说过这么多的话。这么多想说的话。他看出了这一点。我们停止了交谈，都看着窗外，看天彻底地黑去。然后他将我轻轻拉起，又轻轻拥到怀里，轻轻拍我的背脊。

什么都没说。

需要做爱。

女人看重气氛，即使是做爱也不例外。我属于这种女人。那时候我有一种迫切想献出去的感觉，哪怕他是一个流氓。以后同他在一起时，还是这样。这个念头追随了我很久。那一截日子，是我此生最好的光阴。一切发生的都是意外，一切意外又都是美好。这第一次，意外而美好的第一次。他的手法让我快乐而痴迷。他的力量、他的汗和巨大的喘息让我铭心刻骨。他在雕塑我——在我离开时，我发现镜子里那个女人显现出从未有过的动人。那是我的赝品，邦的杰作。

可是他流泪了。他后来的目光停在那把箫上。

9

十指随心所欲。

琪翻过一页“乐谱”，依旧轻声在说：它像黄昏里的炊烟那样生长，升腾。它姓山，所以要与山齐。外婆说，它像月子里的婴儿，一天一个样。你听，它在哭。它需要风来哄它。

十指划过键盘。

琪说：风就来了。

十指突然停住，琴声戛然而止。

琪说：秋天也来了。

他感到累了。他不知道自己刚才在做什么。弹琴吗？当他的指头有力敲击键盘时他进入到一种忘我的境界。那绝不是音乐的。谈不上所谓第一乐章，但他确实于震耳的琴声中看见了山、炊烟和山毛榉。他只能看见一次而且是朦胧的。没有重复，唯一的一次。这让他想起绘画，中国画，写意，酒后的一气呵成，没有重复也容不得修改，无法描摹与仿制。这是两个惊人相似的形式与过程。他内心渐渐有了安慰。他看看琪，这个梦中女孩，向她伸出手。琪就把手给了他。琪的手像一只鸟雏，他小心地握着。

他说：你是谁？是琪吗？

琪无语。

我知道你就是琪，他说，琪不会离开我对吗？

琪说：你弹得很好。

他把琪的手贴在脸颊上。

琪说：秋天来了。叶子纷纷落下。

琪愁苦的表情凝固了，湿润的双眼看着黄昏中的风景，而他只看琪。他注意自然的光线在琪面部的变化。琪还在体味秋风中的山毛榉，体味那逝去的琴音。他用中指触及一个单调的低音键并让它拖得很长。

于是琪说：最后一片叶子落下了。

10

在迄今为止所见作家邦的全部文学作品中，“黄昏”是使用频率最高的词汇。酷爱黄昏的邦在29岁出版第一部小说集的“后记”里，果断地运用了加西亚·马尔克斯式的叙述——

“很多年以后，在一个秋日黄昏里，人们会发现一个叫邦的老人，在故乡那座简陋的小楼上，通过西窗眺望余下不多的忧郁时光。”

这种视角下的黄昏之景总让一些文学青年联想到海明威在哈瓦那的瞭望台。“但海明威只是侨居，他通过瞭望台观赏流血和革命。一旦革命成功，他便回了爱达荷。”将近十年后，邦重提这件事时这样说道：“我不同。我从一开始就向往着叶落归根。”批评界对此予以关注，认为这种古典主义情怀与现代主义探索格格不入。认为怀旧意识与先锋精神集于一身不可理喻。批评界决定抛弃邦这个先锋文学的黄昏没落者，而邦也远离了朝气蓬勃的批评家去了南方。

署名伊达的文章在对箫大发感叹之后也涉及到“黄昏”。

“这是一种‘黄昏情结’，”伊达指出，“它某种意义上证明了邦的色厉内荏，果敢的形式遮掩着空虚乏味的内容，就像他的情感生活，一次轻松得手便意味着一次真正失败。于是他开始自恋，走进所谓‘真空时期’，最终走进黄昏。那时，他期待着一次黄昏之恋，以便完成他洋洋大观的回忆录。”

话说得很重，但不无道理。伊达在分析其根源时还有一段描述：

“邦生于黄昏，少年丧父，后寄养于叔父家中。在四个堂姐妹中邦如同宝二爷而鹤立鸡群。后因一次‘不正当的游戏’，而被逐出，于黄昏中逃回其母家乡。此后，邦郁郁寡欢，黄昏看炊烟成为每天生活最重要的内容。这种习惯一直延续到他的知青时代。”

伊达的文章就“不正当的游戏”作如下注释：

一说是指邦与堂姐模拟大人生孩子；一说是指邦在叔父的尿壶里塞进了一只癞蛤蟆。

二说都与性有关。但游戏应该属于游戏双方，因此伊达实际上强调了第一说。

然而伊达遭到了驳斥。

自始是邦的同窗好友的人第二次致函编辑部，就伊文中“某些细节”提出商榷。依旧是老辣的笔法，依旧是有力的实证。

第一，邦使用最多的词汇并非“黄昏”而是“夏”或者“夏天”、“夏季”。“夏季是他耕作的季节，他喜欢挥汗如雨，无论是面对稿纸还是女人。”

第二，关于邦寄居叔父家中并因“不正当游戏”被逐出家门之说“纯属无稽之谈”。邦确有一叔父，也确有四个孩子，但都是男孩。“直到‘祖国山河一片红’时，邦仍梦想有一天看见孩子从母亲腋下诞生的辉煌场面。（详见邦的随笔《生命之门》）对性的迟钝也许是多年后对女人觉悟的一次相反相成的铺垫。”

但是信函对“箫”只字不提。

11

我正想取下那把箫，他进来了。“别碰它。”他低声但又严肃地说。我有点吃惊，从相识到现在，他没有这样严肃过。他的脸色和他的眼神都是平静的，好像对待一个傻瓜。我一下觉得好没面子，不想停止。这时候他走近我，一字一句地说：“请你别碰它。”一个“请”字，把我们隔开了。那时我真是委屈到了极点，我一把将箫取下来，同时准备接受他的耳光。

他没动手。他的脸色一下转为惨白，目光从我的胸脯一寸一寸地移到我的脸上。他怔怔地看着我的脸。我感到有些害怕了。他像整个被挫败了似的坐到地上……

我至今心有余悸。对不起，我得抽支烟。我就是从那时候开始抽烟的。那个时候，天晓得那时候是怎么过来的。我想离开他。我不能和这种神经质的人待在一起。可是他坐在地上，环抱着胸，低着头，散乱的头发在我眼下，没有光泽。我的鼻子酸了，觉得这个一向自命不凡的男人垮掉了，好可怜。我想我可能是伤害了他。这把箫，那时我这样想，可能是他的一部痛史伤心史，不能碰，谁也不能碰。但他把它挂在眼前，仿佛卧薪尝胆的那个“胆”。我忍着眼泪把箫送回原来的位置。我对着他坐下来，用双手托起他的脸，让他看我。他突然用一根食指压住我的嘴唇，声音有点发颤地说：

“不要说话不要说千万不要说话。”

我哇地一下哭了。我伤心。我放声哭，好像要把这辈子的苦全哭出来。

他眼睛一闭，躺在地上。我扑到他身上，我哭着说，为什么为什么？不就是一把箫吗？为什么？他无话，像喝醉了一样软软地松开四肢。

我一直纳闷这件事。以前，我们也时常争吵。他的脾气很坏，争起来样子很吓人。我也哭。每到这份上，都是他主动休战，过来哄我，然后做爱，更疯狂地做爱。完事了，他又说：其实刚才是你的不对。或者，我刚才并没有恶意。我就彻底地乖了。于是他不无骄傲地总结道：“当女人向你进攻时，不要采取抵抗的姿态。应该利索地躺下，让她当一回骑兵。”

然而这不是一条规律。那次，我们失败了。我可以说是竭尽了全力，但无济于事。他过早地患上了那种男人病……

12

琪每天像太阳一样在他身边升起又落下。明媚的琪是和阳光一齐走进他这间房子的。在没有阳光的日子里琪是风。风掀开的第二乐章是关于风的行姿。

他手下生风。风通过手指、键盘和琴弦向自然传颂。琪就是风，他这么认定了，风的行姿是琪的步伐。琪自九天而下，走近了他和这架黑色的钢琴。

没有阳光的日子里他深深地怀念琪。

风在指间流动，琪的裙摆如白色的光从眼前划过。他知道琪并没有离开，琪陪伴他度过这阴冷的时光。他的十指移向低音区，他听到风已走进了山谷，琪在一泓泉水下开始梳妆，琪的头发在风中飘舞。他把右手跳回高音，“弹”出一组明亮激越的“旋律”，又缓缓依次下滑，他感到眼前豁然开朗，琪在风中旋转，她的裙摆完全打开，像一朵绽开的白莲，琪在舞蹈，随着琴声，他的手指灵活有力地跳动，琪也跳动但是非常地轻盈，仿佛一片羽毛。于是琪的裙裳从肩下滑落，他第一次看见了她瓷一般的胴体。这是他所见最美的女性胴体，他不能不专注，但是琴声骤然轰鸣，他眼前一黑，心灵跌入深谷，伏倒在键盘上……

13

后来的事与米兰·昆德拉有关。我喜欢这位夸夸其谈的东欧作家。谈他的书我能感受到他的气息，说是托马斯的气息也可以。气息，这很重要，你不会知道男人的气息对女人有多重要。那个气息，我没有感觉到邦的气息。他成了一个男性标本。他很沮丧，经常对着镜子用绷紧的食指顶着太阳穴轻轻吐出一个字：啪。这期间他提到过海明威。“他因受不了病的折磨而用心爱的猎枪打碎了自己大半个脑袋。”有一次邦对我说，“那是什么病?!”他说种种诊断的解释皆属胡说八道，只有海明威的情人最清楚。你看，这人就这么狭隘。他不行了就希望全体男人都不行。

有一天，我们谈起了米兰·昆德拉。

其实我们的认识本来就与昆德拉关系很大。这至少说明我还不俗。他后来说他无法同一个俗女人生活，但做爱可以。我说那不是做爱，是性交。他想了想，说没错。结果他又不行了。我做错了什么？我不过是动了一下那根有眼的竹子。这个不提。

那天的话就这么往下说了。我拿出那本《生命中不能承受之轻》，是中译本但不是大陆出的。他说他没看过这个本子，据说比大陆的本子多几百字。他就找这多出的几百字看，看过了没说什么。他把我搂到怀里，吻我的脖子，吻得乱七八糟的，我都有点烦了。过了会儿，他从书架上抽出一盘录像带。“这里还有一个版本，”他说，“也很好看。”那就是电影《布拉格之恋》。我以前看过，喜欢那种结构样式。那两个女演员，也是喜欢的。但我不喜欢这个托马斯，太瘦，没有力气。我讨厌男人干瘦的身体。

开始放录像。他拉上窗帘，把灯也灭了，只有电视机的光映在我们脸上。出现做爱场面，而我们无动于衷。他的手在我身上滑来滑去滑来滑去滑来滑去！

我打掉了他的手，站起来。他仍坐在地上，不看我，看刚才被打掉的手。

托马斯和萨比娜越玩越欢，而我睡下了。我没想到这一睡就睡着了。我感到睡得很香。

14

伊达再次出现是在 20 天之后。像第一次一样，伊达是以文字的形式出现的。伊达郑重向《作家研究》编辑部提出：愿意收回那篇文章。

这显然是不可能的。文章已经发表，就是下中央文件也无法收回。“虽然是亡羊补牢，”伊达写道，“我还是希望编辑部尽最大可能收回那篇文章，我愿意承担全部经济损失。”在谈及动机时，伊达一笔带过：

“所谓‘真空时期’不过是一个圈套而已。我现在开始怀疑这一提法的真实性。邦的情感生活好像与此无涉，即使有，那也是短暂的，犹如日食。”伊达认为在文学处于“艰难跋涉”的今天，纠缠一个小说家的私生活“纯属自作多情”。

但是，编辑部基于某种考虑，没有来函照登。他们或许以为这样做会激怒伊达，最终使他（或她）原形毕露。

一切仿佛经过了事先的编排。大约两天后，那位自称是邦同学的人也“闯”进来——那份从南方飞来的特快专递一经撕开，便吸引了所有人的目光。

那是一组有关邦的照片。没有女人。身着白色T恤的邦神情平淡，略显呆板地靠在那架钢琴前。照片的光线显示的时间是黄昏或者黎明，邦的轮廓染有浅浅的橘色，而作为背景的钢琴一如既往地于黑暗中发出锃亮。

编辑部同样没有公开这组照片。

15

风之后，阳光重现。

琪的呼吸把他唤醒。现在，琪正依偎着他。他隐约感觉到琪在用手指梳理着他的头发。他又一次握住了琪的小手。

他说：你来了，我盼你好久。这个阴雨连绵的季节，阳光突然失踪了。

琪说：我想替你生一盆火。你的手很凉。

他说：你不能再随风而逝。

琪说：你需要火。

他说：你一分钟也不能离开我！

琪说：男人需要火。

他说：答应我，琪！

琪说：我喜欢火的语言。

他拥抱了琪。他想吻她，可她已转过脸去看那份“乐谱”。琪说你该弹琴了。他紧紧拥抱着琪，认真感受着琪的脚。琪看着他，琪说：你想要我吗?

他竟吓住了。琪的话没有一点责备，他弄不清这是怎么回事，两手慢慢松开，不知所措。琪笑了。这是他第一次看见琪的笑容。微笑的琪让他闭上眼睛，他就闭上了眼睛。他感到琪在用睫毛抚摸他的脸颊，然后琪吻了他，没有吻他的嘴唇而是鼻梁。他听见琪仍是痴人说梦般地说：

第三乐章是倾听火的诉说。

他受不了地大声说：没有第三乐章！

他说什么都没有我不过是空守一个白日梦我要和你在一起我要。

他无比沮丧地坐下，用力敲击键盘。琴声奔放而激越。他感到十指业已充血，浑身发热。这是火的启示，他蓦然意识到，这就是火。他挥动双臂近似疯狂地与琴搏击，他觉得火围住了他，就像两千年前的一个晚上，楚歌围住了项羽。

琪说：这是火的形象。

16

我醒来时大约是在午夜了。邦不在我身边，屋里没有一点动静。我昏昏沉沉地起来，外面的月光很不错。房门是开着的，我想邦此刻在晾台上。那会儿，我的心情很糟糕。提起下午的事，知道自己对他不公平。他这个时候需要安慰，我的安慰应该说对他很重要。但是，一切都太奇怪，太不可思议。他“病”得很重，就像车胎扎了刺似的，说没就没了。我私下问过几个医生，他们也感到糊涂，认为在他这个年纪，不应该出现这档子事。即使有，也只是极短暂的，不可能拖这么久。

有一天，我遇见了以前的一位朋友。多年不见，异地相逢，高兴是自然的事。她是学中文的，好像也写过些什么东西，但没什么名气。她来南边让我有点意外，因为她性格很内向，文文静静的，天生住绣楼的模样。她当时对我说是来找一位朋友。我问她是不是男的。她脸红了，说是。她又解释说那个人和她只是一般关系，她找他是想探讨什么问题。然后她又问我的情况，说我这种人是离不开男人的。这一说，倒让我心苦了。我笑了笑，又莫名其妙地流泪，弄得她很不知所措。我这人有诉说欲，事憋久了，就想一吐为快。我就把与邦的事原原本本地都说了。她显然是知道邦的，说邦的作品一直很棒。我说他确实很棒，样样都棒，可现在一切全改变了。我希望她帮我判断一下，问题的症结在哪，我该怎么做？

她陷入沉思。她对那把箫感兴趣。“问题就出在这把箫上，”她说，“某种意义上，你破坏了他生命的支点。这是一个形而上的问题，与生理无关。”

事情越说越玄了。我的朋友有点书呆子气，但说的也似乎理直气壮。

我当然不明白。临别，她认真地告诉我："恕我直言，一切已无法挽回。"

那天晚上我又想起了这句话。我在黑暗中想了很久。离开邦对我来说是件容易的事，我们彼此不欠。但我不能稀里糊涂地离开，至少，我要意识到一点什么。邦这个人，你可以走近他，但永远走不进他的内心。这是我现在的认识。

那个晚上他就待在晾台上。我没有过去，看着月光下的邦一动不动地坐着，背对着我，光着膀子，手里持着那把箫。

他始终没有将它吹响。

17

在以黑色钢琴作为背景的那组照片中，邦的神情仿佛一位牧师。照片拍得比较讲究，无论是构图还是用光都显示出摄影师的艺术功力。这组照片的每一张后面都有一段用铅笔写下的文字——

第一张：一个男人的侧面和一架钢琴的正面。请注意钢琴的白色键上有口红的痕迹。男人的指甲和耳朵都不干净。指间的香烟只是道具，没有燃烧。

第二张：男人面部和钢琴的右角。焦点定在人的鼻尖上，因此琴的线条柔软。如果放大不难从男人的瞳孔里发现一个秘密。

第三张：男人和钢琴平分画面，以墙上的树影为界。人有3/4处在暗部，琴正好相反。两个光源，也许三个，仍无法造型。一张平面的照片有时就是一个平庸的头脑。

第四张：请注意弹琴的手势实际是握着一把想象的手枪。钢琴巨大的投影布满墙壁，如同秃鹫的翅膀。

第五张：双手平放，是送出去还是迎回来？反正那东西都是赝品的爱情。琴盖合上像人抿紧嘴唇，沉默是最好的方式。

似乎无须再说。关于作家邦情感生活的那段真空时期的讨论，编辑部认为，已到了该收场的时候。但是邦那部为人关注的小说《空心》仍在纵深发展，未完待续。

18

那是个神奇的黄昏，地球出现了逆转。在昼与夜交替的时刻，表现于想象中发生。天渐渐亮起，原已坠落的太阳又呈升腾之势。

他兴奋无比地与琴搏击。

琪说：野火烧不尽。

他说：我看见了。

这是他第一次同琪的真正对话，显然他早已习惯了她的答非所问。琪，我真的看见了火。他按捺不住激动地说：我不敢想象火会从我的手下诞生。

我知道会有这一天，一个男人会用钢琴给我送来火。琪把头靠在他的肩上。

他慢慢停止了“弹奏”。燃烧的火是无声的。他舒了口气，看着窗外冉冉西升的太阳——在这一天，全世界只有两个人看见这颗太阳。他们是幸福的。太阳把琪留在了他的身边。

他吻她。然后他将她横抱起来。他觉得双手托起的是一块云彩，一个梦。但琪起伏的胸与越发迫切的呼吸又证实这一切是活生生的。他就这样抱着她，走出屋子。阳光灿烂。他要去爬那座梦中的大山，到达山巅，在阳光下和琪在一起，让太阳来见证一个爱情的开始。他身轻若燕，仿佛脚下生风。当他们到达山顶之际，太阳也同步移到中天。他把她放在一块清洁的草地上，放眼眺望。四野寂静无声，草绿了，树叶开始生长，蛙声与泉鸣此起彼伏，模糊的季节让他心旷神怡。他没有看见人烟。现在，他自语道，人们在安睡，在做着各式各样的梦。他们现在是晚上，太阳只照顾我们。

他躺在琪的身边，吻她并爱抚着她。

琪说：阳光真好。

这时候袭来一阵暖风，吹走了他们的衣裳，他情不自禁地把她搂在怀里。

琪说：风真好。

19

小说到此出现了障碍。

障碍来自当事人邦。在今天的上午，邦终于向大家从容走来。邦说这篇莫名其妙的文字纯属虚构，责任完全在于一个叫潘军的人酒后的胡思乱想。此人居心叵测。“他们，”邦说，“那个曾经扮演我的情人与我的同学的，还有那个见好就收的伊达，都无权谈论我。他们没有资格。”

接着，这位小说家以自己习惯的方式，介绍了自己失踪文坛后的有关情况。据《作家研究》后来的综述，邦“仍很健谈”，但给人的感觉是巧妙地回避了“一些重要问题”。首先，邦开门见山地否定了所谓“真空时期”的种种谬论，声称自己的情感生活“一直非常充实”。“我有一个足以值得骄傲的家庭。”他说，“我的家庭与法律关系不大，但非常真实。我有一个女儿，而且还会有一个或者两个，这也与国策无关。对于一个小说家，杜撰痛苦和想象幸福一样重要。”

邦于1992年春天去了南方，三年的神出鬼没使他看起来像个手艺人或者总统。他不苟言笑或者哈哈大笑，优质西服里面往往是汗渍油污的衬衫。在时代飞速发展的今天，邦仍习惯以日照来判断时间。“有些东西是无法改变的，”邦这样说道，“就像火不能改变铁一样。或者说，在改变形状的同时又证明了品质。”在今天这样的场合下，面对众目睽睽，邦最后指出：纠缠一个莫须有的词汇远没有虚构一篇文字有意思。“比如说眼下这篇叫做《空心》的，就比一个叫邦的人有意思。我正看着，期待不可知的出现。但我似乎有一个预感，最终一切将是不了了之。”

20

现在看来，这次类似新闻发布会的场合，邦的出现是不明智的。邦使人关注的问题中断，使小说停滞不前，使整个想象中的建筑功亏一篑，但这只是想象的东西。实际上，“真空时期”的讨论越发深入并且超出了原先拟定的范围。对中心人物邦，也同样如此。比如在很久以后伊达所指出，“邦已成为艺术形象，由大家各自仿照自己的认识完成了塑造。”这是邦始料不及的。邦被交了出去，他自己也必须面对。生活的邦和艺术的邦显然是两回事，邦已扮演不了邦这个角色，就像普希金演不了普希金，卓别林也演不了卓别林。

得到意外实惠的《作家研究》编辑部加强了攻势，磨刀霍霍，希望这场文学阴谋使刊物身价与订数成倍增长。或许基于这种投机商的朴素心理，编辑部开始不断向社会披露一些鲜为人知的东西，提供实证，把作家邦剥得一丝不挂并企图说明这一切都是千真万确。在罗织的那些看上去“硬邦邦”的材料中，邦成为一个性变态者，一个习惯手淫自慰者，一个暴发户，一个野心家，一个爱情至上主义者，一个老庄之徒，一个沉浸于古典浪漫主义诗意中的文人，一个不甘落伍的新锐作家。编辑部利用了读者的纯真，也利用了社会的非逻辑性，在法律允许的范围内进行了最大限度的犯罪。

最先那三位帮助过编辑部的人均已销声匿迹。直到1995年11月16日深夜，自称伊达的人才给作家潘军打来电话，以不向社会披露其性别为先决条件，承认自己“某种意义上成了一个帮凶”。那时作家正在故里与久别的父母共享天伦之乐，伊达的电话破坏了他的心境。他开始为这桩麻烦事寻找出路，但在故乡漆黑的天空里，他后来只看见一架同样漆黑的钢琴在飞翔之中。

21

钢琴还在那里。

这是钢琴唯一被遗忘的一天。他们醒来时，阳光明媚地落在窗前。他们在床上，贴身的柔软让人缅怀一夜春宵。他从她颈项下抽出压麻的手臂时发现了这个事实，但他怀疑这个环境。我记得是在山上，他努力回想着，我抱着她。他看着依偎怀中的女人，想叫她琪。女人动弹了一下，再次用手抚摸男人光洁的胸脯。

他顺手拿过床头柜上的香烟点上，吸一口问道：几点了？

她没吱声。

他又问：现在几点了？

她只是侧了侧身。

他产生了疑惑，多日前的不祥之兆重新袭来。他灭掉香烟，凑近她问：几点了？

她因受到惊吓而本能地从他怀里挣开，惶恐不安地看着面前这个表情急躁的男人。

他指了指她腕上的表。

她一下明白过来，立即看表，然后努力地告诉他：九、点、一刻。

预感终于在这个阳光很好的上午得到证实，被称作琪的女子是一位失聪者！

他不想再说什么。沮丧的眼光从女人额前滑过时，他发现了她眼角的晶莹。然后，他企图用夸张的拥抱来掩饰这种悲哀，但她轻轻将他推开了。那个时候，他觉得梦的边缘已变得粗糙不堪。

他下了床，穿好睡衣，想到外面散步。他对她说：你再睡会儿，我……他蓦然意识到情形业已改变，煞住了。他去了书房，靠窗的钢琴布满了灰尘。这件笨重的乐器像个陌生人立在那里，等待着他的寒暄。他慢慢走过去，发现琴盖上有一排用手指写出的字，不是汉字，也不是外文或者某个民族的文字，但他坚信这是文字，是语言。语言不一定用文字来表达，他这样想，语言也不一定要广泛交流。画面，声音，手势和形体，都是语言。世界上总会有那么一种语言，只传达给一个人。就像现在这琴上用手指于灰尘中写下的，只针对他。

神写下的文字让他忘却了适才的沮丧。他仔细将钢琴擦拭干净，安静地坐下。他试了试音。这个举动让他觉得滑稽。煞有介事？他笑了笑，如同一位盲者面对一片风景，一位失聪者……他想到琪，急忙向卧室奔去。

琪已消失。

22

在那一年秋季出版的一本关于现代小说创作的理论文集中，收集了作家邦的一篇创作谈。这篇不足千字的短文以一贯的阴郁和晦涩让人厌倦。“我在与妻子离异之后寻找到了一种方式，让我随心所欲而具有安全感。我想这就是创作了。”邦这样写道，“在法律和道德系统日臻完善的今天，对于一个胆怯而又妄为的人，可以利用的就是写作了。创作的自由仍然受到官方的保护。”

重温这段奇文或许是必要的。检索这位小说家的创作，有一点很明确，邦所谓“拿得出手”的作品基本写于其婚变之后。时间从 1993 年 5 月开始，这与伊达的看法完全一致。邦后来有关家庭与子女的言论属于小说话语，犯不着认真。发生在几年前春天的那场婚变据说是一次彩排，法律不仅失去了应有的约束力，相反，使一切变得更加宽松。邦曾经说过，对于一个成熟的人，男人或者女人，“结婚与离婚都是一次宣言，它的背面总是像社论一样让人不敢相信。”邦的确过得很好。这个干什么都三心二意的男人此刻可能隐匿在某一个角落，在干自己喜欢干的事。他习惯构造也习惯毁坏，就像眼下这篇小说。

《作家研究》编辑部现在发现于不经意中绕了一个很大的圈子。他们开始怀疑这场争论的全部内容。比如，撰文的伊达与那位同窗，还有那位以电话方式大谈其邦的“朋友”极有可能是同一个人。一个女人。这个女人掌握了邦，又时时显得信心不足。这个人分别扮演了不同的角色轮番登场。再比如，那些以钢琴为背景的照片仔细看起来有拼接的痕迹，这种暗房的雕虫小技学习起来只需要一小时。

于是一位年迈的长者教训道：事情往往就是这样，你以为非常真实的时候它已漏洞百出。

陷入困境的编辑部最后选择了突围的方式：向社会公开征询小说《空心》的结尾。为了挽回一点面子，那张赫然在目的“启事”，严肃说明“由于不慎”而使小说《空心》尾部“丢失”“敬请手稿收藏家”将相关的复印件“从速寄来，以飨读者”。

编辑部后来收到的“尾部”大约不下十个。在经过审慎研究后，决定择优发表。

一切看起来仍是井井有条。

23

然后消失的是阳光。

在他后来的日子里全部没有阳光。他被阳光特殊钟爱之后遭到彻底地抛弃。他怀念阳光以及与阳光同在的琪。怀念只有一种方式。

回到琴边的他十个指头的指甲同时生长。这是启示，他现在和今后的生活只有一个内容：弹琴。这或许够了，他想，弹琴是时间的脚印，一步步走过去，把声音留给空间欣赏。这时候外面的天气已黑，但他隐约听到人们去菜场时的那种声响。有人说物价又涨了。有人说秤有问题；秤砣显然是锯掉了一厘米，得向消费者协会投诉。他轻轻击了几下琴键，突然听见有一个人声指责道：谁他妈咳嗽?！他果然就咳嗽起来，而这时传来了“二黑哥，县里去开（那）英雄会……”

他放平双手，静等外面的声音远去。很久，终于安静了。琴锃亮而庄严。仿佛有种力量推了他一把，他为之一振。这个原先打算安置电脑的地方现在是一架钢琴。母亲留下的那把旧椅子还在身边，枣木随时间推移越发亮泽，那上面还留有一个女孩的体温。他小心击键，琴声顷刻使空间扩大。他一往情深埋下身体开始了弹奏，琴声穿过石墙在旷野里回荡。当琴声悠扬散开，琪的声音在空中出现：

这是爱的语言。

（尾部之一）

24

他弄不清琪为何要不辞而别。面对一个失聪者，现在他除了爱又多了一层怜悯。我可能太粗暴了，他这么想，一个掩盖得天衣无缝的事实是不能轻易揭穿的。而且，这是一个互相掩盖的事实，以自欺欺人的方式加以沟通。可是，他眷恋这份不可分割的欺瞒。现在是收拾残局的时候了。

面对这台钢琴，他表现出极大的自嘲与无奈。他喜欢的是钢琴的形式，放在靠窗的位置上就像沙发靠着墙角。那个位置需要一台钢琴而不是他。然而这台琴毕竟给他带来了一位好姑娘。他怀念和琪相处的日子。琪会回来的。他想琪不久就会回来。那时，他要像一个真正的钢琴家那样为琪弹奏，弹德彪西的《月光》或者圣·桑的《天鹅》。这些钢琴曲的经典作品让他受到鼓舞，于是在那个下午，他不惜重金上了城市最权威的钢琴速成班。一切从零开始，但他踌躇满志。

在很久之后的一个阳光重现的日子，悠扬悦耳的琴声终于将琪唤回。

如同第一次那样，琪仍着白色的衣裙飘然而至。他动情地拥抱着琪就像拥抱了一只天鹅。

我已经可以弹奏《天鹅》了，他这样告诉琪，圣·桑的《天鹅》。这是这位法国天才1886年作的，原来是用中大提琴独奏，但我改用了钢琴。这台钢琴。

琪在他身边坐下：你需要乐谱。

他说：我记下了，乐谱在我脑子里。

琪说：你需要你的乐谱。

他说：我把这首曲子献给你。

他稍稍调整了一下身体的姿态，等一口气自鼻腔呼出，两手像燕子一样落下，“天鹅”也就自湖面向我们浮来了。这个聪明人弹得如醉如痴，不一会儿，窗外来了许多的人，他们又惊讶又兴奋，都说他的琴弹得很好很不错，进步简直是他妈的太快了。而这时，琪已睡去。

（尾部之二）

25

他醒来时那个白衣服的女孩子不见了。那是琪么？应该是。可琪是不会离开我的。他环顾四周，发现这个环境很奇怪。窗外有走廊，走廊上有许多长凳子还有吸顶灯。琴呢？我的钢琴呢？是边上这又大又蠢的铁东西么？那上面怎么会有许多仪表而且颜色变白了，全白了，这儿一切都是白色的。这不是个好地方。

走廊上响起了脚步声。这声音十分空洞，像一个锤子在敲一根被白蚁镂空的老树。我就是那老树，被白蚁镂空了。脚步声逼近，在门边停下来，他缩成一团。

门开了，白衣服的女孩子侧身立在门边。这是琪。他兴奋地迎上去，想握琪的手。可是进来的一位白衣服的老者阻隔了他。在老者后面又跟进来一个很有派头的中年人。他们全都对他笑。

他向后退了两步。

老者和善地走近他，像察看牲口那样把他看了一遍。然后，老者回头对那个中年人说：看来恢复得不错。

中年人表示了满意。

老者说：刚才他企图拥抱我们的护士，这说明，性已开始觉醒了。这样就很好。

中年人未置可否，但他又问道：那么，所谓钢琴又是怎么回事呢？他是个写小说的，从未染指音乐。

老者陷入沉思。片刻后，老者说：这个问题比较复杂。是个学术问题。

中年人问：需要专门研究吗？

老者说：那当然。必须从头开始。

退至墙角的他紧紧抱住了头。

窗外阳光很好。

（尾部之三）

26

《蓝色周末》记者 12 月 19 日报道：

曾以未经证实的小说《空心》引起好事者关注的作家邦于本周三在第 17 号公路死于非命。在那场鲜为人知的交通事故中，邦是唯一的遇难者。据目击者说，车祸发生在正午时分，当客车行至 105 至 106 公里拐弯处，左前轮胎突然爆裂，车身受到严重顿挫而倾斜。车上旅客一场虚惊，唯有邦一动不动。最初，人们以为他是熟睡，等鲜血自耳孔流出后方才引起注意，但为时已晚。这位不动声色的小说家以不动声色的方式走完了此生全部旅程，时年 38 岁。

在邦身上发现两件遗物：一张航海图和一根竹箫。它们同邦的那部手稿《空心》一样显示着可疑。

但是再也没有人对此大发感慨了。很长时间过去后，南方的夜间时常听见一个女歌手的吟唱：

在暧昧的时间里，
一切都成了“据说”。

1995 年 12 月 2 日　合肥

（原载《花城》1996 年第 2 期）

三月一日

1

3月1日发生的车祸当晚的电视新闻里就介绍了。汽车左前轮的位置上，那个穿夹克衫一脸是血的家伙就是我。从画面上看我似乎没救了，一条膀子垂在担架下面晃来晃去让人很不舒服。我被送进本市最好的急救中心。一小时后，我的家属和亲友开始陆续到达。虽然在路上他们已做好了思想准备，甚至还替我买了一套牌子很硬的西装，但一到现场还是显得有些手忙脚乱。他们在手术室外面流了很多眼泪，又吐了很多痰，据说场面很感人，可惜我没有看到。我至少昏迷了72小时。后来我苏醒了，医生都说这是一个奇迹。我妻子小心地问医生，我身上是不是少了什么？医生就表情庄严地回答，说左眼保住的可能性很小。我妻子就要求不实行眼球摘除，因为那样将会使大家感到别扭。形同虚设也是可以的，她这样总结道。

这样，实际上我已失去了左眼，我用手捂起右眼时，世界完全黑了。但从镜子里所见，我的两眼在形状与光泽上毫无区别。这多少给我带来了一些安慰。我认为可以像从前那样，毫不拘束地同大家交往，照样可以谈论文学、绘画和室内乐这些高雅的话题。我很激动，因为我自觉是死而复生，对每一滴水都怀有极大的兴趣。房子、书籍、时髦的家用电器以及像妻子这样的美女，仿佛都是上帝所赐。我有一种坐享其成的感觉，一生下来就拥有了这些。我妻子说，现在我的脾气好多了，以致看起来像另一个人。她当然无法体会我的心情。也许，我的记忆力是有些衰退了，但对“前辈子”的某些大事的片断，我还是能想起来的。不过我隐隐地感到，那些事好像不是发生在我身上，而是另一个人替我做了。那个人的长相，除了左眼功能健全，与我毫无二致。他的姓名、性别和年龄也都与我一样。我们抽同一个牌子的香烟，用黑墨水为晚报写稿，以传统的姿势做爱，但我们还是不像一个人。意识到这一点，我难免有些忧伤。有人替我活过了36年，而我才刚刚出生。我知道这是一个复杂的问题，应该由海德格尔那样的人去思考。有一天我对着镜子刷牙，不知不觉地流泪了。然后我又发现，我的左眼失去了第二个功能：不能流泪。我的脸上只有一行泪珠，稍稍离开一点，镜子里就产生了一种滑稽效果。

现代外科手术的发展明显超过了传统的修补业。我不知道我的伤口是怎样缝合的，除了头顶左部有一个蜈蚣样的疤痕（不久为重新生长的头发所掩盖），看不出一点破绽。据说在我头颅的内部至少缝合了三处，脑血管和脑神经网络可能做了重新的搭配与调整。总之，这是一个成功的手术。掌刀的医生此刻正握着钢笔，流畅地将它做成了论文。可是对于我呢？车祸发生的当天，认识我的人基本上都认可了我将死亡的事实。现在我突然又回到了他们中间，他们似乎就很不习惯了。今天我去上班，在楼梯上碰到打字员小郭，她准备去打开水。我招呼她，这个可爱的姑娘像鸟一样跳到一旁，吃惊地看着我。几个月前，她和我之间还有点浪漫事；车祸的电视报道如果她看了，我猜她当时一定会很伤心。我对她笑着点点头，想着那天傍晚在文印室里的事，觉得她不应该吃惊。

经过很长的长廊，我看见右侧各处室的人都往外面瞧，有的还欠了欠身，但没有一个人迎出来。左侧的情况我不清楚，我也没有扭过头去观察，猜想和右侧差不多。大家发现了走廊上一个似曾相识的形影，却怀疑着一个难以置信的事实。我的办公室在走廊尽头，隔壁是厕所，孔副厅长一边擦手一边走出来。这位前列腺患者对我迟疑地伸出手：哦哦，来了，好了？我说好了。我以为他会多说几句，因为他平时很健谈，但他没再说点什么，只是拍了拍我的肩，就走过去了。我在办公室门口站了会儿。我在想，是先咳嗽后推门还是先推门后咳嗽？正犹豫着，门从里面拉开来，处长老吴与我差点相撞，他大叫道：我的天！你，你这么快，就好了？老吴一叫，处里的其他四个说说笑笑的人都回过头来。他们同样感到意外，过后就显得有些尴尬，好像目击了一件不该见到的事。

我也很尴尬，两只手交叉地放在肚子上。从前我喜欢把它们插在裤袋里，是很随便的、近似吊儿郎当的样子。我像个初来乍到者，腼腆地同大家依次握手，再依次散烟。这个仪式做完，一切又平静了。我希望有人挑起关于车祸的话题，这样能使气氛活跃一些。他们本来在说笑，因为我的不期而至，才弄得这样不自然。我真觉得抱歉，可我不过是暂时离开了这屋子一段时间，我并没有做错什么。

我的办公桌本来放在靠窗的位置上。现在那个地方坐着老罗，这个看上去总没有洗脸的男人。我的办公桌已放到了门边上，而且桌面上堆着当月的各种报纸和热水瓶。这个调整意思很明显，大家都认为我必死无疑。这可能是那个现场采访的扛摄像机的家伙造成的后果，他采用的角度和镜位都非常哗众取宠，血淋淋的特写和俯拍让人触目惊心。当时连我妻子都以为我是没救了，其他人谁还会相信我能捡回一条命呢？所以说，对此我非常理解。让我不安的是，我没有像大家相信的那样真正死去，从这个意义上看，我显然是让大家失望了。而且我非但没有死，竟然迅速而神奇地好了起来，以致从外表看不到一点伤痕。大家无法正视这个事实，哪怕是一只瓷瓶摔碎了，经过能工巧匠的整修，痕迹总该有一点的，何况是人呢？

现在我要回过头说说3月1日车祸发生的事。我们这个城市街道非常狭窄，这是历史遗留问题。据说第一任市长在规划城市的街道时，用腿走了20步，以此确定了宽度。但此人是一个矮子。我曾经估算过，12步的宽度为8.4米，给了汽车；再腾出4步给了自行车；余下的4步也就是2.8米。是人行的地方，每边只有1.4米。如果一个胖子在前面走着，你只能侧身通过。3月1日是个晴天。下午我接到一个电话，是个耳熟的女声，但我当时想不起来她是谁。她说有事相商，一些话需要“当面谈”。我们约定一小时后在第七街尽头的一个小茶楼见面，不见不散。我仍然想不起来这个女人，但感觉到我们之间应该有种联系。电话里还谈到“炊烟”、“风筝”这些字眼，可是缺少逻辑性，听起来有些颠三倒四。我认真听着，试图尽快想起对方是何许人，但电话突然中断了，之后是一串忙音。她也没再拨过来。我等了半小时，就带着这点疑惑离开了办公室，那时也该下班了。这些年我过着比较规律的生活，像鱼一样不声不响。我已结婚六年，但没有孩子。问题出在哪一方面至今还是个悬案。我和我妻子看起来都是很健康的，相处也说得过去。我们都不好意思叫对方去医院做有关生育能力的检查。另一原因是，我们都不觉得非要孩子不可。妻子说，孩子不过是表示生命延续的“一种标志”。就是说使生命得以延续的标志还很多。一句笑话也能使人不朽，她说，难道不是吗？她讲的或许不错，我爷爷已死了近20年，他的模样我早忘记了，但我还记得他在北京看马连良演出时，一个喷嚏挣断了牛皮裤带的事。这个细节还是别人告诉我的，正是它使爷爷活在我记忆里。我想倘若将来我死了，大家绝不会因为我经常主动打开水而记住我的。致使我不朽的一定是3月1日的车祸。大家会说，我们都以为他死了，没料到他会活过来，而且看不出身上丢掉了什么。那天下午我突然有些激动，努力去想电话里那个女声。我把这些年与自己有过交往的女性都排了队，还是不能确定。那个人是了解我的，因为她问我：“你现在还穿带条的衬衫吗?”这种语气提示着两个问题。第一，我曾经喜欢过带条的衬衫；第二，我现在可能不穿带条的衬衫。这说明给我打电话的女人一直在某个地方关注着我。三月的天气已经转凉，衬衫一般人是看不见的，至于露出来的领子完全有可能是假的。那么，就是说那个女人能了解到我的夹克衫、羊毛衫下面的内容。我想我应该有些激动。对于像我这样无足轻重的男人，来自任何异性的问候都是幸福。六年前我妻子嫁给我，直到今天我还觉得是一次施舍。现在我去赴另一个不明身份的女人约会，我不觉得有什么障碍。我没作非分的设想，只想去看看那人是谁。我从一条巷子斜插过去，往西拐便是第七街了。我想先到一步。这时候，我突然听见背后一个声音在叫“月亮”——这是我的乳名，连我自己都差点忘了。叫“月亮”的也是一个女声，但不像是电话里的，似乎夹着我老家的方言口音。我不能不感到亲切，便急忙刹住车。我捏的是前闸，所以一下就倒了。后来的事电视台的记者已作过了介绍，大家都看得很明白。这的确是一次普通的交通事故。有点玄奥的是突然背后有个女人叫“月亮”。但以我妻子的看法，这也没什么。她说，一定是某个女人在推销“月亮”——一种新型的香皂。

2

按照今天劳动人事部门的政策，对我这样的人，工龄的计算自插队当知青的那一年开始。就是说，我已有20年的工龄。这是颇让人感到荣耀的。36岁，就有了20年工龄，这样的资格并不多见。如果没有3月1日车祸，我可能会得到重用，甚至当上副处长。据小郭透露，厅长办公会曾研究过我的提拔问题，这一定不会错，会议纪要是经她手打的。1982年我大学毕业分配到机关，坐的就是靠门口的那把椅子。11年后我又回到了原地。这个轨迹很像一只苍蝇。我自觉是个老实人。处里有六个同志，除了处长老吴，开水是轮着打，而我一周总打三到四次。后来降到两次，因为我怕别人说我靠打开水去竞争副处长。我是学中文的，写材料的活难不倒我。除此之外，我还向晚报投稿，以此证明我笔头子还不错。但我也不多投，适可而止，所得稿酬也都用于买瓜子香烟，与同志们有福共享。大家都蛮喜欢我，曾经争着要给我介绍对象。处里唯一的女同志沈群有一天说我不够洒脱，第二天我就换上了带条的衬衫，并常常把两只手插在裤袋里。沈群现在大约将近40岁，我不知道该怎么称呼她。继续喊她小沈显得虚假，但绝不能改口称老沈。我决定叫她沈大姐，可是后来我才知道这样也不妥。后来的事我暂且不说。

我回到原先的位置上。老罗有点不好意思，他说我以为你还要休养一个时期，就……我再换过来？他看看我，又看看老吴。处长弯腰用一块红绸子掸皮鞋，掸完皮鞋又拨电话。老罗的语气是不想换过来，他希望处长表态说算了，别挪来挪去的，哪儿坐还不一样？偏偏老吴要掸皮鞋打电话。剩下就由我说了。我还能说什么呢？老罗是去年底刚从别的处调来的，大家都私下认为这个动作有背景，只有老吴不说。坐在老罗后面的是白玉才，从前是给厅长开小车的。后来上了电大，成为拥有大专学历的干部身份，送到了我们处。这是个无所不知口若悬河的男人，并且认为普天下的美女都会对他有好感。他的话最多，往往把一些挨不上边的事扯到一块。他说1950年麦克阿瑟指挥的仁川登陆，险些把中国人民志愿军包了饺子，彭德怀气得喝下了一斤酒。大家听得津津有味。其实仁川登陆那会儿，志愿军还没过江。大家究竟是心里不明白还是明白不愿点破，我就不得而知了。白玉才爱说就由他说好了。可是那天我来上班时，他竟一句话没有，脸涨得通红。我想一定是他最先宣布了我的死亡消息，他是司机出身，谈车祸是他的专利。处里年纪最小的是王林，90 年代的大学生，至今未婚。以前总是他同我争着去打开水，如今呢，他每周只打一次。王林平时不爱说笑，但也不扫别人兴。他没事就看报纸，逢到有用的，便拿小刀裁下来。白玉才可能看不惯这个小爱好。每次卖过期的报纸，处里照例要去街对面小馆子里吃一顿。这时白玉才便说，小王得少喝一杯酒，那报纸要是不挖掉一些，会多卖几个钱。王林说：我正是因为不喝酒，所以才挖点儿报纸。王林果真不怎么喝酒。能喝的是沈群。她可以一点不喝，也可以一次喝很多。沈群喝酒不拉不扯，叫喝就喝。有一次我同她出差到县里，席上三个男人都把杯子对着她，结果她没事，他们都倒了。我就觉得奇怪，沈群哪来这样的海量？沈群说她自己也不清楚，酒喝下去并不感到有什么特别的不适，只是多上几趟厕所。我们处在厅机关是个小处。这个提法不准确，依照老吴的说法，应该是职位少、任务多、责任重。大与小是相对的，老吴说，中南海陷在北京市里头，你能说中南海比北京市小吗？自从去年冬天老吴由副处长提为处长，他的语气总含有任重道远的味道。

今天我来办公室，在门口听见白玉才对老罗说：多出一个人，这屋子就觉得更小了。老罗微笑着，用手理理鬓角。我怎么是“多出一个人”呢？我进这间屋时，白玉才还在驾驶班。我没抢着进去，先去了厕所。我又遇见了孔副厅长。他大概在思考着什么问题，没留心过来的人。孔副厅长每天八小时至少要上 40 趟厕所，平均每小时五趟。他前列腺的毛病有好几年了，每年都南来北往地治疗，仍不见好。但谁也不会怀疑他还是不是副厅长。我不过出了次车祸，不过脱离了机关几个月，而且恢复得非常好，却成了多出的一个人。

这个星期我几乎没干什么事。我翻了一下记事本，那上面只记着唯一的一件正经事：星期四上午，听厅长报告。这件事，大家都一样在做。厅会议室能容纳两百人，每次开会都坐不满。这样大家便很容易发现我，发现了就对我点头示意。厅长是新调来的，不认识我。大家往我这边看，厅长就有些奇怪，也看过来，一脸的狐疑。孔副厅长对他耳语了一阵，他就走近同我握手，说一直没时间去医院看你，今天这会能坚持吗？我说能坚持。我又说错了，这意思表明我还是个病人。我想再说几句，可厅长已放下了我的手，转过身对大家宣布现在开会。我已好久没开会了。今天的会是讲城市文明建设的，内容和报纸上讲的差不多。但作为会议，它对我产生了吸引力。我参加了这个会，说明我还是本厅的一名工作人员。我还拿笔做记录。沈群用肘拐了我一下，低声说：大家都不记，你记什么？等散了会，她又说：你怎么越看越像个新来的？

我把沈群的话说给妻子，后者说没错，女人的感觉一般都准。我想起她也说过我“像另一个人”。我出院的那天晚上自然想同她做爱。我的手刚放到她身上，她就挪到一边。你别碰我，她说，我一点都不习惯。我问是不是真这样？她说是，继之建议道：你最好住到北边屋子去。等我慢慢习惯了，你再过来。她的语气是诚恳的。而且她又胆小，躺在一个从死神身边偷跑回来的人怀里，不能不害怕。我妻子算得上美女，我能娶上她是很大的福气。车祸前我们基本上一周做爱两次，每次时间都不长。但我很满足。我甚至有一种占便宜吃豆腐的感觉。我怎么能让她胆战心惊寝不安席呢？我接受了她的建议，住到了朝北的小屋子。这屋子原是给小孩预备的，一直空着。触景生情是我这种人的薄弱环节，我难免要想小孩。如果一结婚就怀孕，这孩子已经上幼儿园了。我曾经私下给这个孩子取名叫太阳，因为我小时候叫月亮。这个名字可能会受到知情人的嘲笑，他们会认为把关系弄反了，应该是我叫太阳才正确。他们认为是先有太阳后有月亮。我觉得不该是这个样子。我认为月亮温温吞吞的，象征着衰老。而太阳呢，是像歌中唱的那样，“每天都是新的”。16 岁那年我就完全成熟了，如果那时候我结婚，某个女人第二年为我生个儿子，那么我儿子现在将近 20 岁。如果我儿子也在 16 岁时结婚，那么我孙子可能已有三岁。我很自然地做着爷爷，因此我应该衰老。

这个晚上我住进朝北的小屋子有点孤独。这也是衰老的征兆。我这种孤独不是知识型文化型的。“感时花溅泪，恨别鸟惊心”，那种优美的孤独与忧伤不属于我。我的孤独是“古道西风瘦马”型的，但我自觉又不是一个“断肠人”。我甚至有功成名就、衣锦还乡的感觉。这样一想，我就产生了写回忆录的欲望，有一种沧桑感。多少年后——我喜欢加西亚·马尔克斯这种忧郁的叙述。对于我，此刻就是“多少年后”。这个回首远眺的视角，能让我看见四岁那年打碎邻居家尿壶的事。整个事情发生的过程和周围的环境，甚至尿壶的釉色和纹饰，我都看得清清楚楚。然而越往后，越靠近现在的事居然越显模糊。比如3月1日的车祸，我只是记得确实有这么回事，在城市的第七街岔路口一个穿夹克衫的男子给车撞倒，差点没命了。但那个倒霉蛋不像是我。我顶多只承认他穿的那种款式的夹克衫我也有一件。这也是个奇怪的问题，我不知道在医学上能否找到答案。我想这样未尝不好，发生在眼前的事简单地就过去了，我不会往心里去。大家都说我有涵养，遇事冷静，宽宏大量，我想这是事实。他们处在“现在”，而我提前到了“多少年后”。他们在发展，而我已经总结。他们都是太阳，我一个人是月亮——虽然这是我被遗忘的乳名，拾起来却非常贴切。其实3月1日我死于车祸也没什么，因为我总觉得自己不止活了36岁，而是360岁，太够了。

我在黑暗中似睡非睡地躺了很久。后来月亮出来了，我便去上卫生间。路过妻子的卧室，我不禁有了点生理上的冲动。我觉得在月光下观察一个女人的身体是件很幸福的事。我就轻轻推开门，想看看她、摸摸她。可是我发现，妻子不在床上。第二天我问她，昨天夜里去哪了。她说没去哪，就在后晾台上吹风。我问是不是分开睡不习惯？她说不是。她说已经习惯了一个人睡。我问这样算不算浪费青春？她说难道在一起睡就不算浪费青春吗？我想她的话也对。做爱就像花钱一样，花一张少一张。

3

1957年我出生时，阿尔贝·加缪获诺贝尔文学奖。到了我三岁时，他已死于车祸。获奖和车祸使这个法国酒窖工的儿子成为了不起的人。如果阿尔贝·加缪没有获奖，或者只获奖而不死于车祸，他都没有今天这样的知名度。阿尔贝·加缪只活了46年，算得上英年早逝。不过他再活46年又怎么样呢？他会成为一个喜欢跃跃欲试而又无所作为的糟老头子。

3月1日我没有死于车祸，侥幸地活了下来。从此我成了一个新人。这个人每天准时上班，坐在靠门口的桌前，做些装订文件、拿报纸、整理档案之类的事情。回到家里，依旧像从前那样做菜做饭，看电视体育节目，然后洗脸洗脚住到朝北的屋子，躺在床上想写回忆录。这就是我近期的生活。我的时间一下显得很多，这让我感到自己像一只松了箍的水桶。我就给几位要好的朋友打电话，可是对方不是不在就是占线。他们都很忙。我妻子的呼机平均九分钟响一次。她这样对我说时，我就很羡慕。车祸之前她还没有呼机，后来做股票有了赚头，就配了这东西。发明呼机的家伙，我一直认为很了不起。那么多的人，一下就能把你拨弄出来。那天夜里我发现妻子不在床上，很有些着急，却忘了给她打呼机。今天妻子正在洗澡，呼机响了，我就替她回。我问谁打呼机？对方没出声，电话给挂掉了。我觉得这事有点怪，后来就对她说了。这有什么怪的，她一边擦头发一边说，肯定是别人打错了。我问是不是经常有人打错。她说经常。

妻子洗好澡，换上新买的裙装。她对自己腋下喷了点香水，又把头发吹干，盘成另一种式样。她晚上得出去办点事。以前出门，她都要让我审视一下她的仪表，问是不是很舒服。往往在那个时候，我就会说：你不穿衣服更舒服。她就过来掐我，说我狗嘴吐不出象牙。那个瞬间的调情至今让我神往。今天妻子有些匆忙，她把呼机别在裙带上就出门了。这个样子感觉不好，我本想纠正，可她已经下楼了。这个晚上我独自在家，很无聊。电视来回搜了几遍，搜不出什么好看的。我就拿出扑克替自己算命。算了三次，我能活到 89 岁。我吓了一跳。我从来没想到自己会活这么久。89 这个数字确实太大了。到了 11 点，妻子还没有回来，我便给她打呼机。她没回（后来我问起这件事，她说呼机没电池了）。

我已经预见，手术可能使我的脑血管和脑神经网络做了重新的调整。这个事实不久便显现，但外人是无法感觉的。我妻子外出的那天夜里，后来我回到北屋，慢慢地就睡了。我已经连续好些日子睡不好，所以一睡进去就很香。我做了一个梦，这个梦不怎么吉利。我梦见我妻子和一个很英俊的男人在葡萄架下接吻。当然，这是个梦，但我还是给吓醒了。我醒来的时候天已微白，很远的地方传来单调的鸡啼。我还是不踏实，就轻轻走进了她的卧室。她在床上，放松的睡姿很迷人。但她张着嘴的感觉不太好，而且还微笑着。我替她理理被子，发现她身上什么也没穿。

我就顺势摸了一下她的乳房。她身体扭了一下，然后说了一句很清晰的梦话：我想吃葡萄。我很吃惊，因为我的梦境也与葡萄有关。我不知所措地捂着右眼和额头，这时奇迹出现了——我那“形同虚设”的左眼居然能看见她的梦境。没错，背景就是那个葡萄架，连藤蔓的形状也与我梦中所见一样。还是那个男人，穿着黄色的质地很不错的T恤。他果真就摘下了一串葡萄，还用手绢擦了擦，剥了皮，像喂鸟似的送到她嘴里。我放下捂着右眼的手，梦境倏然消失，但面前我妻子的嘴巴仍在动着。她在吃梦中的那颗葡萄。

我有些明白了。其实我刚才并没有做梦，而是走进了她的梦境。或者说，是我的左眼看见了她的梦。我又试着捂起右眼，那梦只剩下了一点轮廓，色彩全退了，他们好像又接吻了一次，然后这梦就像水银泼到桌子上一样，成为晶莹的颗粒。我想这是天亮了的缘故，到了梦醒时分。我退出卧室，去了晾台。天完全亮了，晨风吹在脸上很舒服。我又捂起右眼，世界是黑的。现在我知道了，这只不同寻常的左眼只能窥视梦境。虽然所见的第一个梦让我有点沮丧，我还是感到兴奋。梦不是现实。法律和道德也不会对任何越轨的梦境加以制裁。梦是幻想，幻想应该是大胆而奇异的，应该色彩纷呈。我妻子的梦境很像一帧情人卡，色彩明快，构图简约。从欣赏的角度看，我认为是杰作，散发着古典浪漫主义的情调。当然，倘若梦中给她喂葡萄的那个男人是我，就更好了。

她起床了。去卫生间忙了一会儿，她一边咂嘴一边梳头。我突然产生了一种恶作剧的心理，专心地看着她咂嘴。她说：我嘴里好酸。说完又咂。我就问是不是做梦吃什么酸的东西刺激了腮腺。她看着我，若有所思的样子。我又问：是不是葡萄？她的脸一下就红了，接着生气地说：为什么偏要是葡萄呢？为什么，因为我看见了。我当然不会同她解释，就笑着走开了。

第二天晚上，我又看见了她的梦。这回她穿着有些暴露，在大街上跑。大街上没有人，几辆汽车似乎是冻在那儿，就她在跑。街道两旁的建筑像布景一样，风经过时便晃晃悠悠的。她跌了一跤，鞋也跑丢了一只。然后她跑到一个很大很堂皇的楼前，那儿有很多的人，都往门厅里挤。门厅里到处亮着红色的电子显示屏，写满了阿拉伯数字，闪烁着。这是证券公司的交易所，从气氛上看，今天股市的行情很糟糕。我妻子拼命往里挤，可是挤不进去。她张着嘴在喊，我听不见，但口形给我的感觉是一句粗话。她挥着手臂，身体往上跳，想飞起来。后来她“哇”的一下哭了——我听见了，这哭声进入了现实，是从她卧室里传出来的。现实的哭声在半夜听起来有点恐怖。我就跑进她的屋，打开灯。她在床上翻动着，还哭，我扶着她坐起来，叫醒了她。我拍着她的背，她醒得有些勉强，两肩时而抽动一下。我做梦了，她抽泣着说，是个噩梦。我就问：是不是股票跌了？她点点头，突然惊讶地看着我，你怎么知道？我说这几天电视上都讲股市行情变化莫测，自然要往这上面猜。猜？她的表情有点怪，你怎么一猜一个准呢？你倒真该去做股票。这话的意思我明白，是讲前一个晚上梦里吃葡萄的事。她平静了，不再说。我也不说，又回到我的北屋。离开的时候我看见她在揉右膝盖。我想刚才她梦里的那一跤可能跌得不轻。

妻子出差了，所以午饭我在机关食堂吃。天渐渐暖起来，下午的上班时间后推了半小时，吃过午饭，去办公室翻翻报纸，还可以小睡一会儿。我没有午睡习惯，自出过车祸，按医嘱必须增加休息时间。路过文印室，我看见小郭正在喝一种养颜的口服液。小郭是机关公认的最漂亮的姑娘，是从部队文工团下来的。小郭的眉眼很像我从前的一个相好，而嘴巴又像我现在的妻子。可能是这点缘故，我比较喜欢接近她。老吴曾提醒过我，叫我要适度保持距离。老吴不说我心里倒没事，一说反倒有些不自在了。那时我正向着副处长的位置努力，需要严于律己。所以凡与文印室打交道的事，我都支给王林和白玉才。这个变化，小郭注意到了。有一次我们在食堂吃饭，坐一张桌子。她问我怎么不去文印室了，是不是听见了什么闲话？我说没什么闲话，只是怕其他人不平衡。她就笑了，说你这人挺好，文章写得也好。吃过饭，她让我去文印室坐会儿。我说不去了，中午得加班赶一个材料。她又说：你下班后来，我有东西给你看。这让我内心很高兴，也很好奇。那时我觉得，一个男人能得到一个漂亮姑娘的亲近是一种承认。所以下班时我仍伏在桌上写写画画。沈群问我怎么还不走？我说把最后一段写完，免得思路断了。沈群就说脑子里的事能断得了吗？沈群说话总是东一句西一句的，不过这句话像是敲到点上了。我没看她，仍埋头在写。窗外不久便有些灰了，楼里突然变得很安静。我单调的脚步声在走廊上响着，心里有种异样的感觉。小郭在等我，在笑。小郭说你穿带条的衬衫很好看，是你爱人给你买的吗？我说不是，是我妈买的。小郭就说你妈眼光很好。然后她从抽屉里拿出一个硬面的本子，递到我手上。我打开本子，看见都是我发表在晚报上的小文章，整齐地剪贴在上面，四周还用彩笔画着边框，很郑重的样子。我有点受宠若惊也有点自豪。小郭说喜欢吗？我说喜欢。小郭说等她结婚了或者等我离婚了，就把它送给我。说着她显出伤心而无奈的样子。我觉得事情弄严重了，有点上纲上线的意思，不知该说点什么，就叹了口气。我把本子还给她，想听她再说几句缠绵的话，可她没说，把头靠到了我肩上。我们后来是不是还有情节，我已记不清了。但我们的故事截止于3月1日却是事实。小郭不会再把我的文章贴到那个漂亮的本子上了。这个故事没头没脑，来去却很自由。现在我经过文印室的门口放慢了脚步，还有意咳嗽了两声，她也没回过头来。她喝完口服液，把小瓶子扔到纸篓里。瓶子没有碎，但我仍有点心疼。

老罗中午也没回去，说家里来了农村亲戚进城看病，乱得很。自从换过座位，他总避着我，现在避不开了便说些天南海北的事。他说从前曾想当一名兽医，为乡亲们看看牲口；后来又想当一名外科医生，因为他很欣赏电影里外科医生做手术的样子，动不动就把额头伸给护士擦汗。总之，他清清嗓子说，我这人不适应待机关，你说呢？我不好说，就给他杯子续了点水。老罗想欠身又不想站起来，问我身体恢复得怎么样。我说还可以。老罗又问会不会有后遗症？我说现在看不出来。然后我们就没词儿了，都躺到桌子上，用椅子架脚开始午休。窗外有孩子打球，很吵。我同老罗原是最谈得来的。他是老三届，古文底子非常好，而且也喜欢看杂书。所以谈到一些冷僻的事，比如“眼靠”和“手靠”，别人都插不上嘴。老罗调过来有一度情绪不高，可能与厅里对我的考察有关。现在这事过去了，所以窗外再吵，躺在桌子上他也能睡进去。这真是福分。桌子很硬，我睡不着。走廊的另一端哒哒哒哒地响着小郭高跟鞋的声音，让我觉得欢快。我合着眼，想着那个傍晚发生的事，不禁生出些惆怅来。我很想做一个梦，在梦中把我们的关系向前发展一点。我的意念就朝这个方向努力着。不久我就见到了一片蓝天，我相信这是梦里的天空，城里现在是找不到这样的蓝天的。我翻了个身，蓝天便消失了。我隐约听见了老罗在打呼，节拍悠长，像拉风箱一样。但老罗不是在乡间的厨房里，而是坐在一个很宽敞很明亮的办公室里。那里只摆着一张桌子，很大，上面置着精致的文房四宝和红蓝铅笔。桌子的一端放着整齐的文件，还有市面上正时髦的一种磁化保温杯。老罗衣着清洁，脸也很清洁，在看一份材料。这时门开了，小郭走进来，递给老罗一条白毛巾。老罗擦擦脸，看也没看就把用过的毛巾扔给了小郭，后者便退下了。过了一会儿，门又开了，进来的是处长老吴。老罗似乎没发觉，老吴就站在门边，身体直直的像个军人。老罗抬头发觉了，就对老吴招招手，意思是让他过去。老吴双手送上一份材料，站在桌子边上，身体还是直直的。老罗把身体往大皮椅上靠了靠，然后拿起红蓝铅笔，用红的那端在材料上画了个圆圈。突然听见一个锐利的声音，我吓得坐起来，阳光直扎眼。另一张桌子上的老罗也被惊醒，他反应敏捷，嘴角的口水来不及揩就对着窗外吼道：球能朝玻璃上踢吗？滚！我走近窗口，看见楼下几个男孩抱着足球逃了。玻璃破了一块，我把碎片拾到废纸篓里。老罗余气未消地吸着烟，说刚睡着就被外面这群调皮蛋弄醒了。他还是没揩嘴角的口水，却从笔筒里找出一支红铅笔，在废纸上划着圆圈。见我凑过来，老罗便将这画下的圈改成了一朵花。

我出去倒碎玻璃，看见孔副厅长送沈群出办公室。沈群眼红红的，像刚哭过。孔副厅长对她说：再看看吧，凡事多朝好的方面想。我想可能是沈群家里闹了乱子。但我又觉得家里的事最好不要搬到机关里来。孔副厅长分管我们处，但并不分管我们家。孔副厅长是个儒雅持重的人，有学问，善言辞，厅里上下都很尊重他。但他也照样在家里吃不开，否则他两个老婆不会都同他离婚。

4

今天厅里发生了一件大事：财务室被盗。保险柜里五万多块现金是本月大家的工资，没来得及发就给弄走了。公安局来了好几个人，还牵着一条杂毛警犬，把包括厅长在内的人都嗅了一遍。警犬嗅我时我有些紧张，厅长在边上说：大家别怕，警犬的鼻子是有科学性的。嗅到沈群，她哇的一下哭了。警犬也吓了一跳，喉咙里拉锯一样响。沈群边哭边说：

我哭没有别的意思。颠来倒去就这么一句话，好在警犬已移向了老吴。老吴像体检那样敞开衬衫，双手叉着腰一呼一吸。接着是老罗和王林，两人都很放松。最后轮到白玉才，他坐在椅子上似乎懒得起来，眼睛始终看着报纸，很不屑的样子。这个程序做完后是依次按手印，十个指头都按。然后，办案人员牵着狗离开了。白玉才把茶杯重重一放，说这他妈是侮辱人格！老吴拍拍他说：不能这么讲，嗅过了，按过了，大家不都轻松了？上飞机还搜身呢，工作需要嘛。据说让警犬来嗅是厅长的意思，他刚到职不久就遇到这桩倒霉事，不能不急。以后的几天里，厅长大会小会都要讲到这宗失窃案。据公安部门分析，不排斥内部人员作案的可能性，于是厅长就要求大家积极配合。机关里起了变化，大家的穿着一夜间变得很旧很土气，女人们不再在一起议论新买的首饰，男人的香烟也降了档次。大家的话题总扣着失窃案，连街对面的酒馆失火了也不往眼里去。当然，工作还得干。

厅里要办一个基层短训班，具体工作落在我们处，人手似有些不够。老吴却说够了，办公室不留人，电话由别的处代接，都去，全力以赴。办班的地点靠近郊区，大家得住下来。老罗说处长的爱人身体一向不太好，建议他早出晚归。老罗的侄子是开出租车的，可以随叫随到。老吴说老伴是老毛病，几十年都拖过来了还在乎这几天？其实真动起来也没觉得有多少事。课主要是请大学的老师来讲，我们不过是做些会务工作。闲下来时，老吴也和我们一块打扑克，可他就是不回家。老罗让老吴住单间。老吴说一个人占两张床是浪费，让老罗同他一块住。老罗不肯，说四个人住一块可以打牌，否则跛了腿。老吴就笑了，说也罢，免得自己打呼吵人，又把一堆材料抱过去放到另一张空床上。王林说处长这人也真活得仔细，那张空床非得填上什么才睡得踏实。老罗说等你当了处长你也会这样，谦虚使人进步。王林鼻子哼了哼，说光谦虚有什么用？传达室李老头见谁都点头哈腰，进步了吗？白玉才插言道：李老头为什么点头哈腰？那是他自己当初屁股里有屎。我知道白玉才是说李老头十年前摸一个女同志奶子的事，就觉得有点亏，摸一回奶子，哈十年腰，太不合算。这一说，大家便又谈起失窃的事。刚说两句，老罗一挥手说：不谈这个，打牌打牌。可白玉才说晚上让基层的同志多灌了几杯，头昏，不想打。王林说来了一位同学，晚上不回来睡了。牌打不成，只好看电视了。我的眼睛遵照医嘱应少看电视，而且这个时间也没什么好看的节目，就去对面的屋子找沈群聊天。门虚掩着，我走进去，看见沈群头上裹着干毛巾斜靠在床上打盹。刚洗过澡，她有点乏，我准备离开。但在这个瞬间我不经意地就看见了她的梦。那梦是浅绿色的，环境是树林还是草原我没有把握。我想这梦是刚刚开始，我又处在完全清醒的状态下，看不清楚是正常的。但梦中的那个女人绝对是沈群，她穿着一件红羊毛衫，因此很醒目。一棵很高很直的白杨树竖在那里。沈群在树下洗脸，洗了一遍又一遍。然后她就开始爬树，样子很可笑。她爬得很卖力，可爬到一半便滑了下来。于是她又爬，又在一半处滑下来。第三次，她像男人那样对着掌心吐了口唾沫，搓搓，显得很有信心地爬起来。到了一半，她又僵住了，看样子又像要滑下来，连我都着急。这时忽然有一只手伸出来，稳稳地托着沈群的屁股，往上举。我就看见了这只手，不知长在谁身上。这手很白，皮肤却绷得不紧，甚至是松垮垮的，暴着蚯蚓一样的青筋。这手很苍老又着实有力，托着沈群的屁股毫不含糊地上举。沈群越爬越高，那手也越伸越长。我吓坏了，身体往门上一靠，弄得很响，沈群便醒了，我赶紧喊了一声沈大姐。

沈群坐好，不断地把裙子往屁股下理。她的神情尚有些恍惚，我便又叫了声沈大姐。她不高兴地看着我说：什么大姐大姐的，我能比你大多少？我愣了一下，拿眼前的沈群和刚才梦中的沈群作比较，觉得后者要年轻一些。这时沈群倒一脸忧郁，竟给了我一支烟，她自己也抽上了。她何时开始抽烟的？沈群吸了口烟说："我是老了。女到四十豆腐渣。"我解释说我不是这个意思。她就摆摆手，说自然规律是不可抗拒的。但是40岁的女人和60岁的男人在一起总还般配吧？这话是什么意思，我听不明白。沈群便流泪了，说她家老陈外面有事，两人已分居一年，想离。突然又口气一硬：离就离吧，他一个小处长就这样猖狂，我忍不下这口气。将来我未必就干不过他。我觉得沈群好辛苦，即便是在梦里。她干吗偏要去爬那棵树呢？

我回屋时，老罗和白玉才都已躺下。他们的床都靠墙，中间的位置留给了我。中间的位置其实不好，左右都没个依靠，让人睡不踏实。我先洗澡。妻子出差后我一直没洗，但也不觉得怎么脏。郊区的水不错，淋在皮肤上很舒服。我搓自己的身体就像摸一条大鱼，我觉得我的皮肤很好。从前和妻子睡的时候，她喜欢在我大腿上摸来摸去，说滑溜溜的，居然没有一根汗毛。我说汗毛都长到她腿上去了。她就说，如果有一个色狼摸黑进屋，肯定会把我干了。她这么说不是怀疑我的性能力，那方面我相当不错。我现在用莲蓬头冲到那个地方便有异样感觉，这说明它的质量还是很好。我就有点想妻子，觉得她应该习惯我。洗好澡，我便去服务台给她打呼机。打过了才想起她在外地。可是一会儿她竟回了电话，问谁打呼机。我说是我，问她何时回来的？她说还没有回来，呼机是全省联网的，问我有什么事？我说没事，只是有点想她。她停顿了一下，然后说谢谢你。我觉得全省联网的呼机很好，妻子不出省，我就能找到她。

这天晚上我有些兴奋，折腾了好久才合眼。我想起妻子的梦境和沈群刚才的梦境，觉得女人的梦境都富有诗意，而且色彩也好。男人的梦过于写实，也过于琐碎。比如现在老罗的梦，和几天前中午的那个梦一样啰嗦。环境还是办公室，但他不再是主角。当主角的是老吴，正被那只警犬嗅着。这与现实发生的情况没有区别。有区别的是老吴的表情，变得十分慌张。那警犬还继续嗅着，像古戏中的老生那样绕着我们处长兜圈。老吴额头上的毛孔花一样张开，渗出细密的汗珠，两腿发颤，那警犬便呼地一下扑过去，老吴倒了，我也吓了一跳。我翻了个身，听见老罗悠长地嘘了一口气，一会儿就起了均匀的鼾声。现在我面对着的是白玉才，他口腔里呼出的酒气让我的胃不舒服。白玉才的梦境像一张发黄的照片，他的梦居然也跑进去了一条警犬。但那个环境不是办公室，而是他家厨房。警犬在厨房里转悠着，突然对着液化气罐大吠——我听不见，但它确实在吠。于是就出现了两名穿制服的警察，拖出液化气罐，摇摇，是空的，就当即撬开，从里面掏出一包东西，正是钱。这下我着实吓坏了，霍地坐起来，不小心将床头柜上的烟缸碰到地砖上，发出砰的一响。大家全醒了。我打开灯，看见老罗对着空床直眨眼睛：老吴呢？我说老吴不住这屋，空床是留给王林的。老罗含糊地点点头，又躺下了，轻轻叹了口气。白玉才一醒就进卫生间撒尿，撒了好久才捂着胸口出来，说酒喝多了尿也多。这会儿老罗是完全醒了，说厅里这时候让我们处到郊区办班，会不会是项庄舞剑？白玉才就问什么是“项庄舞剑”？老罗很深沉地说：难道是调虎离山？白玉才就试着问老罗，是不是听见了什么？老罗开始分析，说我们处对面就是财务室，因此对财务室的状况比其他处清楚，此其一；我们处的人极少出差，因此有足够的作案准备时间，此其二；我们处没有实权，职务虚，因此就没有相应的实惠，于是饥寒起盗心，此其三。仅此三点即可缩小圈子。老罗这一分析把气氛弄凉了，白玉才平时话多，这会儿是尿多。我也不知所措。我觉得老罗的分析头头是道，但梦里怀疑老吴绝对是个错误。老罗有点自我欣赏地吸着烟，突然又提出一个问题：假如我们中间有人偷了这钱，打算怎么花？白玉才搭了句，说这年头花几万块钱还不简单，几样电器或者装修一下房子就没了。老罗说哪有这种花法的，是伸屁股让人打嘛。白玉才就问那你怎么花？老罗挪挪身子，说先藏起来，等风声过了再花。我便说，五万块钱有一包，藏也是个问题。不义之财，藏哪都不合适。老罗说这好办，我可以藏到沙发里，接着又说不行不行，说电视里抄家搜查都把沙发划破。老罗一时想不起好的藏处，就问白玉才往哪藏合适。白玉才说天花板上怎么样。老罗认为也不行，从下面敲敲，声音不对头。然后又问我可有什么好法子把钱藏起来？我脱口而出：藏到空液化气罐里。老罗一听，立即表态说高明，亏我想得出来。我说这法子不是我想的。老罗便感到吃惊，语气转为严肃地问我是不是听见了什么。我一时无话。白玉才也跟着追问。我往床上一躺还是没说。白玉才又去了卫生间，出来后就把灯关了。屋里比刚才还黑，像个枯井。

没过几天，厅里传出话来：财务室被窃的那笔钱找到了，一分不少地放在财务室的门口，传达室李老头一早便发现，立即报告了厅长。第二天，我们办班结束，厅里来了辆面包车迎接。大家一路上向司机打听详情，司机只强调说肯定是内部人干的。老罗说这与我们处无关，因为我们全体都在郊区，没有秘密退赃的时间。司机说那也不一定，往返打个的只要个把小时，神不知鬼不觉。白玉才一听就火了，要司机指出是我们处哪个人。白玉才是驾驶班的老资格，平时骂司机像骂自己儿子。司机说这不过是开玩笑而已。处长老吴出来圆场，说钱找回来了就好，不要乱猜疑。沈群好奇地自言自语，说这钱就像鸟一样，飞过来飞过去，居然连根毛都没少。王林朝车窗外吐了口唾沫，骂偷钱的人没出息，既然敢偷就敢一气花掉，竟又退回来。老罗以总结的口气说：厅长很高明，敲山震虎。

5

一个人因为一次意外的车祸，实际上失去了一只眼睛。可是这只形同虚设的眼又能透视他人的梦境，这无疑是个奇异的现象，尽管日益发达的科学眼下尚无法证明。它存在着，像飞碟一样。只要在一定的空间里，只要做梦的人与我有关，做到这点很容易。但是我不好声张，更不便炫耀，因为窥视他人的梦也是侵犯隐私权，甚至是侵犯人权。做梦的人可以在梦中为所欲为乃至违法乱纪，但看它也是不道德的。如果有一天我当众宣布，我能看见你们的梦境，我想大家肯定会昏过去。我的某些脑神经可能是搭错了。

不久我发觉，我为此正付出着代价。我能看人做梦，自己却失去了做梦的权利。我像个馋嘴的孩子看人吃东西，自己在一旁咽口水。我认为人在梦中，大都是幸福的。我不能做梦，而且在别人的梦里也没有我的影子。我被遗忘在梦境之外，这似乎不太公平。最初我试图改变，每天吃一种安神补脑的丸药，夜间不喝茶，以保证睡眠的质量。我睡得很香，但仍然不能做梦。我至多只能梦见几块色彩和柳絮一样的东西。后来我又用胶布粘着虚假的左眼，以此挡住外来的干扰，建筑自己的梦境，结果仍是徒劳。再后来我去了医院，找到给我做手术的那位医生，想得到治疗。他说他只负责缝合伤口，制止出血，至于不能做梦的原因，属于脑神经内科。但他认为我的病例无疑是个好课题，便主动向我推荐了他的一位亲戚，本市的脑神经权威。他们信誓旦旦，决定联手合作。作为患者，我感到获得了空前的尊重。我按照他们的部署行事，接受各种先进设备的测试与诊断，一律服进口药。但是一个疗程下来，我除了睡得更香以外病情毫无改变。这让两个医生很无奈，觉得下不了台。于是他们调整方案，改从心理入手。我需要接受心理咨询。他们提出许多奇怪的问题，比如说在洗澡的时候是不是觉得自己作为男人很伟大？我说不觉得。那么做爱的时候呢？我说也不觉得，只是觉得舒服。他们问我有多长时间没做爱了？我说从 3 月 1 日开始。他们问想不想？我说每天都想。他们进一步问我，除了妻子之外是不是还同别的女人有过亲密接触？我说曾经有过，现在连妻子都没有。然后他们就借我一本人体摄影，叫我睡觉前至少看三遍。我突然觉得这有点小儿科。

我中止了治疗，回家静养。这些日子妻子不在家，听不见呼机声和电话声，屋子显得特别大。我每天早出晚归，屋里一点变化也没有，东西都放在原来的地方。天已经热起来，每天都要洗澡。我把水弄得很响，这让我想起童年在河边戏水的情景，觉得很开心。我家乡在靠近长江边上的一个县城，从前是石板路，雨落在上面能照得见人影。现在都换成水泥的，夏天不能散热，家乡的水泥厂却越办越多。可能是因为这一点，我已有多年不回老家了。另一个原因是我妻子不愿意，她总埋怨县城一过夜里八点就没有了路灯。我妻子祖上是旗人，如果没有孙中山，她现在是正儿八经的格格。我第一次去她家，我未来的岳父一边剔牙一边同我说话，言谈举止都散发着王爷风韵，虽然他至今不过是一名人保干事。我坐在浴缸里，发现水上的身体和水下的身体像锯断了似的，我知道这是光折射的缘故，但我还是觉得很有意思。我就想，如果让一个女人只选择我身体的一半，不知她是选择上半截还是下半截？

这天晚上城市的东北角在举行一个叫做“泼水周末”的活动，可想而知是仿照傣族“泼水节”的，大家集中到一个地方，水可以随便泼，但要买门票。我反正闲着，就去了。那里人还真不少，警察也不少。门票十块钱一张，附赠一瓶汽水。还有押金十块，发一只塑料桶。我刚进门，就有人朝我身上泼水，泼得很多，像是一桶水全浇下来，所以我看不见泼水人是谁，心想应该是个姑娘才对。我便也朝一个姑娘的背影泼过去，她蓦然回头，表情很严肃，我感到有点不对劲，就说了声对不起，走开了。我想不是可以随便泼吗？别人能泼我，我为什么不能泼别人呢？我没了兴趣，就坐到一旁等着别人来泼我。这时听见一个男人在喊我的钱包没了！警察就走过来，问是丢了还是被偷了？男人都点头，一脸的痛苦相。他边上的女人瞪了他一眼，说这么乱的场子你带什么钱包？算了，哪个王八蛋拿了好给他老娘买药。警察就笑着离开了。我也想离开，把桶退了。一个中年妇女对我泼了水，我向她鞠了一躬。从我左边传来一个熟悉的笑声，我侧身一看，竟是我妻子。她怎么又回来了？或者她根本就没走？她笑声朗朗，浑身透湿，一个男人在轻轻对她洒水，手势像神父一样。那个男人我在“葡萄架下”见过。

我回到家里感到有点累，换好衣服，就坐到晾台上。我没有给妻子打呼机。她过得很好，这没有什么不对。世界上没有比把梦想变成现实更幸福的事了，她做到了，说明她运气不错。晾台上很舒服，月光朦朦胧胧的，生出一片烟霭，有点像被风吹散的炊烟。城里是没有炊烟的，我记忆中的炊烟在山里。

我决定请假去山里住些日子。今天一上班我就写了请假条。老吴看了，一口就表示同意。但他的权限只能批三天假，逾期需要找孔副厅长。大家听说我要离开，又显出关心的样子，问是不是旧病复发。我说是。我说好像越来越重。老罗就感叹了几句，提出吃一顿，欢送欢送。王林说请假不是调动，谈不上什么欢送，吃一顿无非是叙叙友情。白玉才便准备去订台子。我拦住他，说近来肠胃不好，不想吃。说完，我就去找孔副厅长。沈群跟着我出来，在走廊上很神秘地问我要不要她出面？我看看她，好像一下明白了她为什么要爬梦中那棵树。我谢了沈群，表示自个儿去找就可以了。

孔副厅长的办公室门虚掩着，我轻轻推开一点，看见他正帮小郭鉴定一条项链，说成色很好，分量也足，问是不是定情之物？小郭就扭了一下身子。孔副厅长说小郭的颈项戴这种项链非常合适，既有富贵之气又不失典雅之风。接着老人又感叹一句，说他要是有个儿子，非娶小郭当媳妇不可。小郭就又扭了一下身子。我记得孔副厅长有个儿子，是第一个妻子生的，一直不来往，但这不等于说没有儿子。现在孔副厅长又离婚了，我想他不久又会结婚的。如果是和沈群，我总觉得后者有点亏。至少是睡不好觉，像孔副厅长这种老牌前列腺患者起夜的次数不会是一位数。我没有进去，不想破坏那个乐融融的气氛，打算吃过午饭再来。我回到处里，沈群低声问我：他在吗？我说不在。我不知道为什么要这么对她说。沈群说他这人很好，会准假的。我点点头，开始收拾桌面上的东西。

到了中午，我又去找孔副厅长。门还是虚掩着，他躺在沙发上打盹。可能是喝了点酒，脸色泛着红晕。我站在门口，不知是进是退，就挠挠头。右手挡住右眼的那一霎，我看见了他的梦。我索性捂住右眼，那梦便完全清晰了。他在同一个女子拥抱，手藏在裙子下面。那女子扭了扭身体，不是沈群而是小郭。我放下手，敲了敲门，好像敲得很重。孔副厅长醒了，问我有什么事？我递上请假条。他随便扫了一眼就拿笔批了同意，然后说他中午喝了酒，头晕，想睡一会儿。我就离开了，随手带上门。我感到有点抱歉，不该将他从梦中拽出来。他那样的年纪还能做那样的梦实属难得。不知他能否续上那个梦。

我把批过的假条放在老吴桌上，对室内环视了一下，觉得上下左右大大小小都是平面，没有立体感，也没有曲线。我突然就很向往山里。我安静地吸着烟，想留张条子给沈群。我写下“当心老”三个字，然后在“老”后面用烟蒂烧了一个洞。这样的表达，沈群或许能看明白。我把条子压在沈群的玻璃台板底下，然后就离开了办公室。我的脚步在走廊上拖泥带水地响着。经过文印室，我敲敲门，小郭不在。我又写了张和沈群一样的条子，又同样用烟蒂烧了个洞，塞进门缝里。

我没有回家，直接去了长途汽车站。人很拥挤，空气中夹着狐臭味。我买好票，坐在水泥台阶上吃西红柿，打量城市的天空，似乎在等待着一只鸟飞过。我等了好久，没有鸟。

6

20 年前我来山里插队当知青。那时我 16 岁，矮小的身体挑着一担行李，在雨后的夕阳里于山道间晃动。我穿着一身仿制的军装，戴着一顶真实的军帽，营养不良的脸上浮动着莫名其妙的兴奋。现在我又来了，两手空空，像城里的一名采购员那样东张西望，却没有人认识我。在村口，我拦住一位年轻的媳妇，问从前这里可曾住过一个知青？她说有，准确地说出了知青的姓名。那时我还是一个孩子，她说，我喜欢听他弹琴，在月亮下面。我摸摸下巴，这才觉得时间真的过去了好久。年轻媳妇领我在村里转悠着，询问从前那个知青的长长短短。你和他是好朋友？他现在好吗？他老婆好看吗？他孩子有几个，多大了？他怎么不同你一道来玩？他不是喜欢去岭上看炊烟吗？我含混地作了回答。他现在好吗？我不知道。不久我发现了我住过的那个屋子还在，原先是队屋的披屋，置有农具和氨水坛。最里面隔断一截，给我作房。从窗户往里看，我用过的床、桌子都还在，布满了迷彩服般的青苔。这让我很高兴，涌出了一种类似革命家的激动。我问年轻媳妇，这屋子现在归谁？她说还归公家。我就请她帮我找来公家人，我想住这屋，我说。她就笑了，两眼弯得如眉毛，说这屋子很脏，而且还闹鬼——村里“老人”，都在隔壁开会说书。你怕不？我说不怕，并拿出十块钱放在她手上。她看了看我，不再言语，也没要钱，没多会儿领来一个穿海魂衫的男人，说这是村长。我递上香烟，村长边吸边打量着，又作了些简单的盘问。村里好屋多的是，怎么就相中了这间老的？我说这屋位置好，可以看到山岭和河流。你和那个知青是什么关系？我说从小一块长大，一块读书，后来又一块……没等我说完，村长便表态说每晚 20 块，铺盖得另租。年轻媳妇说她家有。这样就成交了。我预付给村长 100 元，村长说会计出差了没有收据。我说不要收据。村长就笑着交出钥匙，吩咐年轻媳妇帮我好好打扫一下。

年轻媳妇手脚麻利，不多会儿工夫就将屋子收拾干净。她替我铺上竹席，又拿来一整套生活用品和几盘蚊香。潮湿在这个季节转为阴凉，我用 20 年前用过的铁锅烧了开水，仍能嗅出锅巴的香味来。我沏好茶，盘腿坐在床上，床板很硬。我想同年轻媳妇多聊上一会儿，但我无法认清她是哪家的闺女。当年我时常在月下抱着一把月琴拨弄着，周围围了一圈孩子。他们叫我“下放学生”。下放学生你想家吗？下放学生你会烧锅吗？城里有蚊子吗下放学生？下放学生，有人找你呢——在那个似乎并不遥远的夏夜，童音之后是一个紫色的身影，是另一个下放学生，女的。于是孩子们鸟一样散去，我赶紧穿上了背心。

我从公社看电影回来，她说，我听见了你的琴声，就……我在你的邻村。

我进屋给她倒水，请她坐到竹床上。她梳着两条齐腰的辫子，穿一件紫罗兰图案的化纤衬衫，可我无法看清她的脸。此刻我努力回忆着，我的眼前仍只有暮霭一片。我想问边上这位年轻媳妇，可曾记得那个月夜来自邻村的女下放学生？但是我没有问。那时她才几岁？我便沉默了，年轻媳妇仍在讲从前的事，又说那下放学生每天黄昏喜欢去岭上看炊烟。炊烟好看吗？我说好看。我说我也喜欢看炊烟，我现在就去岭上。

岭上空气真好。这种空气城里无法吸到，久违了。我从马尾松间走过，去接近两棵形容憔悴的桑树。然后我见到了一块黝黑的石头——那是我坐过的石头么？它像一块煤，不过觉得长大了。我愉快地坐上去。我的手摸着它光滑的表面，石头余下的半边温热，像人的体温。我就有些奇怪：谁刚坐过？望望四周，只有树。不久岭下的炊烟四处升起，袅袅的，先是笔直升高，再散开，彼此融为一体。我很痴迷。在炊烟形成的暮霭中，我看见了群鸟的行姿。但是，我的左眼忽然有些疼了。接着一件不可思议的事再次发生：我看见石头上有一幅图画，笔画简单明了。画着一间房子，房后有树房前是河房顶上升着炊烟。起伏的山脉是背景。天空挂着一弯下弦月。我很喜欢这种朴素的图画，但从痕迹上看，它已有了历史。我不明白雨水和风怎么没有抹去它。或许它被抹去了——我用右眼去看时，它便消失得无影无踪。哦，这是属于梦中的图画，我终于思想开了。

我就这样带着这简单朴素的图画走进了梦境——这真让我激动，我又拥有了做梦的权利。陌生阔别的梦此刻就匍匐在我的枕上。我的梦境虽然没有人物，但已有声音，是一个女声在喊月亮。我听得真切，这是她的声音，那个半夜来访的紫色身影，与 3 月 1 日那天我听见的是同一个声音。我被这好听的声音唤醒，月光在 20 年后重新落到我的床头。我出汗了。我用凉茶漱漱口，走出屋子，便踏进了如霜的月光。村子很安静，不时自岭脚传来水响和狗吠。稻场上有几个男子睡在竹床上乘凉，鼾声错落有致。庄稼人也是有梦的，可我现在已无法看见，因为我自己的梦又回来了。我好轻松，好欣慰。我已经听见了梦的声音，离我那么近，可我还是抓不住它。汽车没有碾碎我的梦境。在这个乡村的夏夜，渐渐填满我胸口的最后是忧伤。

我每天黄昏都去岭上看炊烟。我总觉得，那块煤一样的石头上留有她的体温。她在我身边？一连几日她都在我到来之前匆匆离去？我抚摸这石头，有一瞬，我忽然觉得是在抚摸她的膝盖，我的心跳加快，我的左眼越来越疼，我想喊一声，可我已忘却了她的名字，飘浮于眼前的仅仅是那紫色的身影，我看不清她的脸！或许，我该离开了。时间久了村里人会认出我，我不希望这样。如果明天不下雨我就准备回故乡去看看年迈的父母。今天是最后一个黄昏吧，岭下的炊烟不好，让风吹散了。我放平身体，躺在这块黑石上，不久睡意在凉风中渐渐浓起来。我确实有些累了。

后来一个女孩躺到了我身边。她梳着两根短辫，穿一件碎花的短袖和一条肥大的军裤。她说她 18 岁，和我同年。我就感到奇怪，我生于 1957 年，现在是 1993 年，应该是 36 岁才对。她说我错了，今年是 1975 年。见我困惑，她便拿起我的草帽，那是不久前公社发的，上面印着“广阔天地，大有作为”和 1975。草帽的边沿有我姓名的拼音缩写，确实是我的笔迹。那么，我这样问她，你又是什么人呢？她没有说，很失望地看着我。就算现在是 1975 年，是 18 年前，我们到这块石头上做什么呢？她说看炊烟，我们已看了两年。她进一步强调说：今天的炊烟最好，像梦一样。我说难道现在不是梦吗？她摇摇头，然后小心地抚摸着我的身体。我渐渐地感到，我的身体是结实的，胸肌和腹肌都不错，这显然不是现在的身体。我开始有点相信了，她抚摸的是我 18 岁的身体，但她的手突然在我腹部停下来。她说，我有点怕。她问我们能这样做吗？我对她说，如果我们想这样做就能这样做。我问她想不想？她犹豫了一会儿，点点头。她说她是第一次。我说如果我真的是 18 岁，那么就一定是第一次。我们就无师自通地做了。她的血滴在石头上。她说有点痛。我说以后就不痛了。她问我们有以后吗？我说有，以后的时间很长。她便紧贴着我，说我们可以不回城，就在这岭下盖好房子成家。房前有河，她每天在活动的水里洗衣淘米。房后栽树，最好是樟树，风一吹满屋子都香。然后我们生两个孩子，一男一女。我打断她，说两个孩子嫌少。她说那就三个，两男一女，总之女孩只能要一个。我问为什么，她说女孩多了会不金贵。起风了，她说她会扎风筝，以后让我带着孩子去田野上放。我说我一定把它放得很高。我替她盖上我的衬衫。她说我穿这种带条的衬衫很好看，像水的波纹。我说我喜欢水和水做的人。我们就这样躺到月亮爬出山脊。我告诉她，我的乳名就叫月亮。她就乐了，问我生下来的时候是不是没有头发？我说这可能是一个原因，另一个原因是预示着我在 18 岁这年，会遇上一个像星星一样的女孩，现在我果然遇到了，我相信我今夜是 18 岁。她便对着我的耳边连唤了三声月亮，天突然白了。

7

我在岭上度过了我的初恋之夜，那不是梦，而是重现。那时我18岁，18年后我又享受了18岁的欢乐，那是真正的欢乐。我说不是梦，因为我虚设的左眼能看见石头上的血迹还在，呈现着灿烂的颜色。露水只能打湿我的衣裳，时间也只能改变我的面貌。村里人已认不出我，认识我的是这块石头。现在，我要动身去找那个呼唤月亮的声音了。我相信我能找到。我去乡邮政所给当年的一个知青挂了长途电话，打听她的下落。那人曾是知青干部，我们相处还不错。他说你们后来没联系吗？我说没有。我又说这很可耻。他就叹了一口气，说人生啊人生。然后他说，她在我上大学的第二年去了师范，毕业后大概分在长江下游的一座小城。我谢了他，放下话筒便搭上过路的货车。在一个镇子，我又改乘去那座小城的客车，那时天色已晚。车上的乘客不多，都是去那小城的。司机一路急驶，说这段路很老，解放前就有劫匪。大家便不说话，也都不敢合眼。外面的月光还是很好，我就把手伸出车窗。我的手被月光染得斑斑驳驳。车行大约七小时即到达江边。没有大桥，过江得靠轮渡。乘客纷纷下车，立在甲板上看翻腾的江水。我也在看，突然迸出想跳下去的念头。我不知道在这湍急的江水里将会怎么样。我一定会喝很多水，但这水越来越脏，不能喝。从小我就认为水是自天上来的，无论是雨还是雪。水落下来那么干净透明，怎么一到地上就变得这么脏呢？江面不宽，轮渡半小时便靠岸了。汽车继续行驶，很快空气里就散出了焦糊味。我知道离城近了。

我在小城的街道上闲逛了一会儿，天便大亮了。到了上班的时间，我去了市教委人事科。我说明来意，接待我的人就显出若有所思的表情，但还是表示想不起我要找的人，他说全市的女教师很多，问其他人，也都想不起。我于是请他帮助查阅一下教师登记表。他犹豫片刻，说要交50元手续费。我当即就拿出了钱。结果却令我失望，现任教师登记表上没有她的姓名。那人就安慰我说可能是调走了，不在册，我来迟了。我确实来迟了。我茫然回到街上，不知该往哪个方向去，就看了看树梢，风往西南吹，我决定随风而行。城市的模样大致差不多，除了橱窗就是广告，再加上汽车。区别不过是大小多少。我自然会走出城去。我望着天空，看着它慢慢变出一点蓝来。后来我又从这浅浅的蓝色中看见了一只奇异的风筝。

它只是一双翅膀，不与任何形体相连。它是白色的，你可以认为它属于天使或者天鹅，也可以属于海鸥、鸽子和一切白色的飞翔物。但不属于飞机。在那个吹西南风的上午，我不经意地看见了它，突然产生了不祥之感。我觉得一件事可能已经发生了。这是她的风筝，我离开山里进城上大学的那天，是它送我翻过了那座岭，那天也吹西南风。

顺着线找过去，放风筝的是个女孩，大约十来岁。我对她说，你的风筝很漂亮。她就偏了一下头，说这风筝是老师替她做的，做了好久，一直没有时间放。女孩说城里没有放风筝的地方，现在放暑假了，她可以经常骑车到郊外来。我说这风筝很有意思，就一双翅膀，猜不出长在什么东西身上。女孩说，这是梦的翅膀，老师是这样讲的。我这才觉得自己好愚蠢，然后问女孩，谁是她的老师？女孩报出了一个名字，正是她！但我有点困惑，怎么教师登记表上找不到这个名字呢？我问女孩，可不可以领我云看望她的老师？女孩说不可以。女孩两眼泪汪汪地说：老师死了。我哦了一声，又抬眼去看天上的翅膀。我听见女孩说，月亮升起来的时候，老师便合上了眼。女孩说那天下着雨，并没有月亮，可老师说她看见了，还喊了一声月亮。我问女孩，那天是哪一天？女孩说：3 月 1 日。

一颗眼泪自我左眼渗出。然后我对自己说：我慢了一步。3 月 1 日。

1996 年 6 月　合肥—郑州

（原载《收获》1997 年第 3 期）

潘军
文集

第贰卷

短篇小说

悬　念

我和《作家天地》

我给《作家天地》第一次写稿。作为朋友，他们每期给我寄刊。去年的 11 月号里面夹了一张很好看的蓝衣少女贺年片（我记得她嘴里含着一根什么草）。在这个画面上方印了一行小字：愿您喜爱《作家天地》。我觉得很有意思，好像作家的天地就应该是女人什么的。我这么说有点心术不正，不过这么好看的姑娘我想任何作家都会喜爱的，包括女作家。凡当作家的女人至少是谈不上好看。我的话题显然是扯远了，我知道这么淌下来会导致怎样的后果。调整一下叙述方法自然是必要的。

悬念的设置

很长一个时期以来，我在考虑悬念的设置。我有这个优势。我老婆在省检察院一处供职。一处是对内的称呼。对外叫刑事检察处。我经常偷翻她的业务资料，这些东西和老弗洛伊德的书一样勾人魂魄。有很多精彩的细节。当然也有悬念。

我决定写这篇东西后，首先想到的是我的老婆，我就往家里走了。我没有骑车，脚下的雪嘎嘎乱响。合肥这地方季节看来是浓缩了，只有冬夏没有春秋：三月底大雪飘飘，这在南方是不多见的。雪是昨天黄昏时下的，现在又开始融了。我的窗外是一个极大的雪人儿，热汗淋淋。几个小孩正拼命维护雪人的肚脐眼。我女儿伏在窗台上喊雪人叫宝宝。我女儿自己是宝宝，所以在她眼里凡是圆脸蛋的白净净的都是宝宝。不久我老婆回来了。她的神情暗示着她正在受理一桩倒霉的案件。她常常败诉，不是败给律师就是败给了法官。检察官总扮演极尴尬的角儿。我告诉她我在考虑写篇小说。她没当回事。吃过饭，她情绪好起来就问我写什么。我说只是想写。我便动手翻她的羊皮挎包，里面只有一副手套和一张月票卡。我失望地缩回手。我于是海阔天空地同她吹起张艺谋的《红高粱》，我的目的是转移她的视线，将邀请她在我小说里扮演角色。我现在已经稳操胜券了，因为悬念正奔我楚楚而来。

不一会儿听见门铃声。我去开门，接下来是感到莫名的慌乱。我面前立着一个穿黑雪花呢长外套的女人。鹅黄色的羊毛围巾遮掩了她面部的1/3。我之所以慌乱是因为离我顶多十公分的一双眼睛迟疑不决地移动着。

她说话了。她说她是来找我老婆的。

女人的阴谋

以后的半个钟头里我处于戒备状态。两个女人在卧室里密谈，门关得很严实。我仅仅能从门头窗缝中听到几个互不关联的字眼，“如果……”、“肯定是”、“早晚要”、“上帝……”后来抽泣声我却听得十分清楚。但我不能断定是哪个女人制造的。我估计她们要出来了，就坐到沙发上看杂志和抽烟。我发现这件事很蹊跷。那女人见到我老婆后没有一句寒暄和铺垫，就进卧室了。我敢断言她们是第一次见面。那女人抬了一下左臂似乎暗示着什么。

这时候她们出来了。那女人依然是用围巾护着她的面孔，两眼很灼热地盯了我一瞬。我老婆很平淡地看了看我，然后就送客人走了。送得很远。无疑在路上她们又谈了点什么。

等我一支烟吸完后，天色显灰了。屋檐下滴着融雪的水点，像一串漫长的省略号。我很喜欢用省略的方式来叙述我的故事。我有一部中篇就叫《省略》。那篇东西不大好发。我老婆回来后脸色很白。她坐在我边上一语不发。这种喜怒无常往往是漂亮女人的通病，我只当没看见就是了。不过我的心绪已经被搞乱了。我觉得刚才那女人的不期而至与我有关。至少与我这篇小说有关。

“知道她是谁吗？”我老婆问。

“谁？”我说，“有点面熟。”

“面熟？”

“好像在哪见过……是谁？”

“A 的女人。”

“A 的女人？”

“是的。

“她来干什么？”

“给我看一样东西。”

她说着就亮开手掌，显出一个很普通的过滤嘴烟蒂。不同的是过滤嘴上有一条浅浅的玫瑰红。

“是口红。”我老婆说。

带口红的烟蒂

我是今天早晨在他的卧室里发现的。我刚下火车，赶到家才七点半。我原来准备明天回来，会议提前结束了。我以为他在家。

我们不住在一起。他汗味很重。即使是周末，我也是让他到我屋子里来。那事完了他就离开了。他从不说什么。我们看来是习惯了。

他搞美术这个你知道。他主要是搞油画。最近一个时期他迷上了陶瓷工艺。他和一个瓷厂建立了合作关系，出了许多活，也很有钱。他的人体功夫很好。你看过他的素描吗？他喜欢画女人。他从不要求我当他的模特儿。他说这很别扭。他画女人身体都是在画院进行，和同事一道画，公家出钱。他从不让我看他的人体习作，我也没这个要求。

我们没有孩子。想要只是一时的冲动。事后就害怕了。

我没有发现他的行为有失检点的地方，也没有别的女人上我们家来。所以我感到很突然。我是无意中发现这个烟头的。我本想替他把屋子理一理……

以上可能是那个女人的叙述。我说是可能。我老婆没有对我再说什么。我是作家因此我有权利把一个可能写进我的小说。不过 A 我是熟悉的。我甚至可以说我们是好朋友。我们无话不谈。

关于A

我没有必要用笔墨来交代A的面貌。A可能是大家所熟悉的。A可能此刻就在读这一期《作家天地》上一篇叫做《悬念》的小说。A会说潘军是个了不起的作家。因为只有潘军掌握了他的全部材料，包括他和那只带口红的过滤嘴烟蒂的关系。A并不怯。他知道潘军是个胡思乱想并且记性很坏的作家。但他相信潘军。不相信也没办法。

我和A是经常见面的，在我们拿到一笔不薄的稿费的情况下都显得无比大方。A爱喝外国酒，比如马丁尼和杜松子。我愿意喝茶和咖啡。我对酒的冷落决定我成不了大作家。马鞍山这地方有个名扬海内的采石矶。采石矶有海内扬名的太白衣冠冢。现在马鞍山产不出一流的酒，于是营养不了一流的作家。我这么大谈马鞍山，除了我业已作为《作家天地》撰稿人所特有的情感外，还在于我到过这里。

我是和A一起来的。最好不谈时间。时间对于我没多大意思。我们来过！就住在雨山湖饭店。雨山湖这名字好典雅也好清高。我们是来出席一个很神秘的会议的，每个晚上都有舞跳。我们很疲倦所以只能在一旁待着去看别人跳。我们都不喜欢劲舞。十七冶的姑娘舞姿和她们脸面一样出奇的迷人。我想这可能是导致我们如下谈话的契机。A先说了。

“你有外遇么？”

“我在恋爱。”

“恋爱？扯蛋，没有的事。”

我发现他很失望。我的意思是说A希望我有外遇，这样他才会心理平衡。

“一片空白……”A说。

“可能吧。”我说。

A是极坦率的男人。往下他说了许多让我提神的话。他说他的一个女学生对他很好，很痴，他比她大不少。但他从不正眼瞄她。

“她还是姑娘。我没办法娶她……”

“她未必想嫁你，她很聪明。”

“你怎么知道？”

“聪明的女孩子不会乱嫁人。”

“倒是。”

一支烟吸完他又说：“去年我在公共汽车上遇到过一个女人。我发现我们都同时从对方眼睛里看出来内容……”

“然而车一停就分手了。”

“不，我们散步……那截路很长。”

“这感觉不大对头。”

“是的，我们没走完……我他妈总感到她丈夫在灌木丛里监视着我们……”

“她有丈夫么？”

“她臀部很宽。”

“或许她是寡妇也可能是离婚的……”

他眼睛亮了一下，然后叹了口气。现在我们知道了伴奏的歌舞曲来自那台破收录机。

一会儿有人喊A去接电话。A去了这个晚上就没回来。第二天一早他蓬头垢面地回到旅馆。连续抽了三支烟。

“昨晚谁来的电话？”

“一个女人。不是寡妇，也不是离婚的……”

这以后我们就没有再见面了。

一种说法

关于A和带口红的过滤嘴烟蒂关系的消息不胫而走，这是桩小小的风流事。可以推测A和一个女子有过一夜风流或者几夜。那女子抽烟可能是嗜好也可能把这一举动纳入做爱的氛围。A烟瘾极大。她不吸那么就不便来一番狂吻。总之，A的床上不止躺过一个女人。有口红的女人属于惯称的第三者。

另一种说法

A非常讨厌涂口红的女人。他是画家。画家最恨颜色。A曾说涂口红的嘴像一道刚切开的伤口。

A 也不喜欢吸烟的女人。

至于这个烟蒂只能看做一次小小的阴谋：A 的老婆制造这个道具无非是体面地敲敲 A 的竹杠，然后带着大把的钱去与别人合欢。

还有一种说法

这是潘军编造的把戏。A 和他老婆一直很不错。潘军这家伙心怀叵测。

潘军的声明

我没料到这篇小说会导致引火烧身。我必须讲清我是在大机关服务的职员。我每天上班得向把门的武警亮工作证。写小说不过是我的业余爱好，其意义和下棋看电视没什么两样。我的私生活很正规。与绝大多数中国公民步调一致。我有老婆有孩子。我家庭关系巩固坚实，经得起调查。

我希望同志们不要误解。如果友好，请继续读这篇小说。

一次私访

我于是对这桩案件进行侦查。我觉得首先应该去看看 A。我就去了他家。我是经过多番打听才找到那地方的，其时天色已晚。电视台正播晚间新闻。A 家在四楼朝东。我揿了门铃。门在一分钟之后开了。探身而出的是 A 的老婆。我不解的还是这个女人怎么在家里也用围巾护着脸孔。她的双目还是那么对我灼热地闪了一瞬。

“我是来……和他聊聊的。”

“他不在家。”

“上哪了？”

“不知道。我想你应该知道的。”

“我？不不……”

“坐下吧。我去给你煮咖啡。”

我便坐下了。这个屋子很排场，体现了其主人的良好教养。我尤其欣赏正墙上那幅挂毯，那是A的手笔。很快，她把咖啡端上来了。

“我知道你不喜欢放糖和对白兰地。”她斟好一杯推到我面前。

她怎么了解我的生活细节呢？我有些张惶了，以至于不敢正视她的侧面。

“你……总算来了……”她说，声音好柔。

我霍地立起来。这是什么意思？我知道我不能再坐下去了。我得赶紧离开。我从来没有见过这么机智的女人。但是她一把拉住了我。

“你忘了！全忘了？”

我挣脱了她的手，冒雨窜了回来。

——这一节是潘军的虚构。潘军认为虚构的意义在于尽快了却这桩莫名其妙的事情或者趁早结束这篇小说。

故事并没有完

第二天我老婆告诉我，A失踪了！警方在方圆几百里的地方进行了搜寻，然而一无所获。

“他会上哪儿呢？”

“你说呢？”

我想他可能是和第三者旅游去了。他有的是钱。他们先去九华山，而后去黄山。接下来再折回歙县往东南去千岛湖，休整的地点是杭州。这完全是顺理成章的事。他顺理成章我就可以敷衍成篇。他沿途会画下许多写生，我现在写得也好顺手。不过这种可能性又很小。A的体力不行。他患有心肌炎和腰脊劳损。

那么，他暂时住到别人家里去了。和他同居的女人是寡妇或者离婚独处的，这似乎毫无疑问。他只能选择这两种型号的女人。他只配和这样的女人共卧一室，再以勤奋画另一种女人的身体作为补充。然而，这又不可能。A曾对我说过：“我是有家有室的人，万一这种事让我老婆知道……唉，还是画画吧。”“那么你也可以离婚，如果你觉得和你老婆难处的话。”“离婚？这他妈比登天还难。当然，要是她也有外遇的话……”

（我倒希望“一次私访”那一节不是虚构，那么他也就不用时常去喝酒了）

看来，他只能去死了。他不会跳崖也不会悬梁更不会操刀。残酷丑陋壮烈的死绝对与他无缘。他顶多是吞安眠药，这是通向死亡最体面最温柔最省力的途径。他肯定会这么选择。

“他大概是死了。”我对老婆说。

“死了好。”她说。

这个晚上我很不平静。我脑海里总飘游着 A 的影子，像一片枯叶。后来涌来了一群女人的尸体，这很美很动人。她们都是从 A 的素描堆里爬出来的。现在她们复活了。A 如今也离开了这个世界，从这个意义上讲，A 做了一件好事。

一个不大不小的遗憾

我想这篇小说已经到了该收场的时候了。可是偏偏这个时候有人闯了进来——

是 A！

他脸色阴沉，仿佛深藏杀机。但我并不惊慌，不过是个抖着笔画画抖着刀宰鸡的男人。我不动声色等待他的表演。他把双手插到裤袋里在我面前转来转去，显然嘴里含着香烟。他长叹一声后说话了：

“你不能把我弄死。这太冤枉了。我不是怕死。我只要求死得明白。问题还没有搞清。关于那只带口红的过滤嘴烟蒂还是个悬念。你解不开就以简单而残暴的方式来结果我，你不够朋友。你那三种说法全他妈胡扯！至少还有第四种可能，那烟蒂是我从咖啡馆拾来的。我制造这个悬念就是让你包括你的读者把我也当做悬念。我不知道这个可能是否成立，你也不要问我为什么偏要去拾一只带口红的过滤嘴烟蒂。你说过，悬念永远是悬念。”

这话是我说的。我想 A 的话有一定的道理。第四种说法的可能性是能够成立的。如果 A 是个健康的或者比较健康的男人，这么做也是健康的或者比较健康的，比如完成了某种寄托。如果 A 是个性变态者，那么捡带口红的过滤嘴烟蒂和偷女人短裤胸罩的性质大致不差。不过我已经让自己折腾得够意思了。我不想再去打听第五种第六种如此等等的可能。A 又说起来。嗓门陡地窄了一半。

“我还年轻。在美术界总还有点影响吧？这个不谈。让我恐惧的是我的死会引起各种各样的猜忌。我就怕这个。我为什么要死？而且是在我老婆发现带口红的烟蒂之后去死？这意味着什么？是畏罪自杀还是……反正我不能死，你得手下留情！我们是老朋友……”

“那么你想得到怎样的结局？”

“离婚。”

“你不是也怕离婚吗？”

“我自己当然不敢提这个问题。但是我老婆可以向法院投诉。她说她能做到。我当然合作。”

“那就离婚吧。”

“不，你别急，让我最后考虑一下……她主动投诉，别人会不会贬低我的价值和尊严呢？还有，以后我怎么办？我害怕孤独。”

“再结婚吧。你不是喜欢寡妇和离过婚的女人吗？”

“不。这切切不行。我既然离婚了何必还得去找这样的配偶呢？我没有孩子，很自由。我应该有广泛的选择……”

“去你妈的！”

我挥了一下手之后灯便亮了。A 也随之消逝了。屋檐下的水还在悠悠滴着，这时分听起来怪瘆人的。

“怎么了你？”我老婆推推我。

“那家伙还在啰嗦……不想死……人家等着要稿子了。”我打了个哈欠。

“你在说谁？”

“A 这小子……”

“A 是谁？”

“A 是虚构。”

于是我靠在床上把这个故事对我老婆叙述了一遍，就像现在对大伙儿聊的一样。我的梦完了，天也白了。

1988 年 3 月　合肥

（原载《作家天地》1988 年第 2 期）

陷 阱

很长一个时期以来我处在被盯梢的境遇里。我曾多次向有关部门反映这个实际问题，遗憾的是没有得到重视。首先，在他们看来，谁也不会主动来找我这种人的麻烦。他们认为历史上被盯梢的对象只有三种：政治家、富豪以及美女。我显然与这三种人没有一点关系，因此我的言辞是荒唐可笑的。其次是我的样子不能够让他们信任。我五官端正，鼻子甚至称得上优美，不幸的是，一副千度眼镜落在它上面，使我在人们心目中的位置发生了倾斜。如今人们的注意力已放到眼镜的框架上。眼镜是现代生活中的饰物，正在拼命地同戒指、项链、耳坠争风吃醋。可我呢？我不过是个写小说的男人，除了受到极个别和我当初一样头脑发昏的文学爱好者的有限度尊敬外，谁也不愿多看我一眼。纵使看了，他们肯定会说：这人多像一只驼背行走的大青蛙！

然而即使是青蛙，也应受到保护的。政府对保护青蛙早已制定了具有法律效果的条文。青蛙是捕虫能手，是丰收的因素之一，这是全球公认的事实。青蛙具有受到保护的条件，我凭什么呢？

“你还是去医院看看吧！”有关领导这样告诫我，真是语重心长。

街上的阳光很好，很白。城市像被人抬着似的晃晃悠悠。一些老人纠集在悬铃木下交流养鸟经验。一个声音说：“我手里有只四眼鸟，真他妈逗！”这意思我明白。我从他们背后走过去，他们在我背后笑。我走进一家百货商店，对着迎面的大镜子审视自己。我觉得自己并不可笑。而且我发现，我和别人大致差不多，如果不严格要求，我有希望成为比较标致的男士。我喜爱这面镜子，它帮我恢复了自信。可是它只是假象。它掩盖不了我被盯梢的事实。我已经发觉，在我背后，也就是街那边的小巷口，立着一个穿风衣的男人，戴着一个大口罩。他的右手始终放在裤袋里。我们的目光在镜子里遭遇了。他突然又把目光虚起来，装出若无其事的样子，用小指去抠鼻孔，然后闪到一个邮筒后面去了。我敢保证，这双眼睛我曾经见过。可我已想不起来。他肯定认识我。他现在守着我回家的捷径。(他想在光天化日之下干什么?)

我终于没有胆量从那条小巷走过去。我绕道而行。尽管我无法摆脱盯梢者，但眼下我的安全是能够保证的。我继续走在热闹的大街上。为了避免内心的恐慌流露出来，我点上了一支香烟，做出逍遥自在的样子。这时候，一个约摸十岁上下的男孩从我腋下钻出来，我们互相交换了一下眼光。他突然对我笑笑。这个很聪明很可爱的小家伙仔细看了看我挂在腰上的钥匙串，突然窜到那边去了。(可怜的孩子，你被人收买了。)

我的周围埋伏着无数双可疑的眼睛。太阳目睹了这场酝酿已久的阴谋。我无能为力。我的申诉无形之中被剥夺了，谁也不会相信我的疯言疯语，除非我躺在血泊里。然而这也毫无力量。他们会说这是一场普通事故。一次自负其责自取灭亡的车祸——谁叫这个眼神不好的人横穿马路呢？接着我将被悬挂展览。我的遇难照片将作为最新的交通安全标本洗印成千上万套，张贴在每个角落。然后再用和血一样的颜色在旁边写上：

警惕呀，人们！！！
请记住血的教训！！！

我不能再上街了。

因为一片树叶从我头上飘过，我都本能地往下一蹲。

现在该是冷静地考虑防范的时候了。不管怎么说，我还有一个家。实际是我拥有一个基本上属于我的空间。这可以理解为我生命的最后堡垒。我很庆幸，我有这么一间好房子。这是一间纯粹石头堆砌的房子，它的面貌酷似一座古碉堡。它本来是作为一个什么设施基础的，以后计划修改了，宣布它成为废墟。三年前，我花十分低廉的租金获得了永久居住权。说实话，我并不喜欢这个寓所。我的几位女友皆因先讨厌房子而后讨厌我与我分手的。她们异口同声地责备这个石头家伙像座坟墓。我为此付出了高昂的代价。我后悔了三天三夜。现在想起来，当时我是多么的幼稚啊！石头，这可是日常生活中仅次于钢铁的顽固物质。而且它又很厚实，横截面至少有 50 公分，一颗普通的子弹显然无法将它穿透。在屋子的四面壁上各凿有一扇 10×10 公分的窗户。虽然面积的确小了点，影响日照，但总的来说利多弊少。我每天通过它观察外部情况，视线成扇面展开，东南西北无所不知。每个方向的结合部是重叠的，因此没有空子可钻。从守备的角度看，这种小的窗眼可以给进攻者以心理上的挫折。(谁知那黑洞洞的眼里会突然伸出什么来呢?）我的窗户即使没有铁棂子也不大要紧。一个成熟的人休想从它那儿钻进屋来。况且还有铁棂，直径 20 毫米的钢筋纵横交错。再看看房门吧！它有两层，都是铁的，安装了双保险的锁，还有一个足以引起四邻注意的报警装置。

这就是我的空间。我多么自在，多么轻松。我实在是太幸福了。感谢真主，阿门。但是，世上的问题都不是简单的。面对世界，我深感自己的无知和浅薄。在一个微雨纷飞的后半夜，一只知更鸟的咳嗽把我惊醒。

最近一系列迹象表明我的预感是正确的。那天夜里，我听到北边的窗下有移动的脚步声。起先我以为是夜行者，到这儿来撒尿。因为我的住宅在外人眼中永远只是一个废墟，我仍旧睡觉。可是我又听到了低声的交谈，是两个男人，口气有点讨价还价，无疑在交涉一笔见不得人的买卖。我突然觉得，这声音耳熟，甚至还有一些亲切感。可我想不起来。记忆的衰退让我无限悲哀。他们谈了许久，使用的全是过去的语言。我的思维像被钝刀割了一下，我几乎不知道他们在说些什么。我就听懂了一句：

“干掉算了!”

接着他们笑了，终于达成了协议。那会儿雨也止了，天上有了一丝惨淡的月光。我估计他们走远了，就紧贴着窗口以最小的角度向外观察。我并没有发现什么。我的视力十分糟糕。月光渐渐明起来，风却把所有的影子都弄乱了。

如果这算不了什么，就让我们再来看看几天前的夜里发生的另一件事。这事发生在子夜光景。熟悉我的人都清楚，这正是我伏案的时间。我写东西是需要绝对安静的。这种心理状态又使我能把一切细微的声音听得仔细。比如抽水马桶里掉下一滴水，一只耗子在咀嚼垃圾，我都明白。就在这个晚上，我听到了一种奇怪的声响。我冷静分辨了好久，才确信是蝙蝠磨牙声，令人毛骨悚然。我无比厌恶这个既非走兽又不属飞禽的小杂种！我恨不得活剥了它！于是我把所有的灯都拉开，进行搜捕。结果自然是一无所获。我的气恼使一只茶杯变得焦头烂额。过了会儿，我勉强平静下来，重新回到桌前。我本来有一篇东西要赶着写出来，现在思绪全被搅乱了。我点上烟，靠在躺椅上，企图找到丢失的感觉。这时候远方的钟楼又软软地敲了一下。余音未绝，那小杂种又出动了！这回演变成钢锉的声音，而且来自四方！我不禁感到了恐慌。灯依旧亮着，可我没有敢去搜寻。我知道我面临着的将是什么。

第二天似乎比平时来得迟些。等确信门外有人在跑步练拳拿牛奶后，我开了房门。我认真检查每根铁栏，又希望又不希望发现钢锉留下的痕迹或者锯齿般的牙印。我没有见到什么。但我认为昨夜的事不是错觉。我也无须继续向有关部门反映了，因为这是徒劳的。

迫在眉睫的是实行自我保护。我没有自卫的能力，但是我有自我保护的方法。小时候我读过不少西默农和柯南道尔。这几年我又读了克利斯蒂和谢尔顿。我自觉这方面的知识准备够了。在对房间的建筑结构做过精细研究之后，我决定设置机关。

陷阱，这东西听起来是过时了些。它让人联想到游击战麻雀战以及60年代越战期间的热带丛林。但是谁也不会把陷阱引进自己的寓所。这种心理很好，它为我的决策又提供了一条理论依据，增强了可行性。于是我对室内作了合理选择，在每天的后半夜进行掘坑工作。我的工具是一把炒菜用的铲子和一只汤勺。这是为了不惊动四邻。我每夜干两至三个钟头，挖出大约0．2立方米的土。第二天一早，我就用皮包把这些送到郊外去。这样连续工作了若干个不眠之夜，坑总算初具规模了。下一步是坑内布置。我花费了不少脑筋。开始我考虑到越南人惯用的竹签，很快又放弃了。这很残酷，又具有浓重的暴力色彩。我的愿望是，在我的对手没有袭击成功之前，我不能首先伤害他们。我只想有效地制止他们的行为，维护自身安全。我后来采用了一种最新推出的化学溶液。这种东西具有强大的粘合性和较弱的腐蚀性。我曾用一头猪来试验，结果那厮一点也不能动弹而且直打喷嚏。最后一道工序是作表面伪装。这也不是简单的事儿，要做到自然，不露痕迹，天衣无缝。我用的是塑料地板，后来发现这玩意儿不行，由于悬空使它表面呈现出起伏状。我就改用了木块地板砖可这东西又太结实了，普通重量的人很难使它塌陷。我于是借来木工刨子，将所需的地板砖一一刨薄，大约厚度同一枚五分硬币差不多。我略为用力一折，果然就咔嚓一声断裂了。我累得筋疲力尽，但我心里是愉快的。这个工程之于我该是多么重要啊！

与此同时，我加强锻炼。我要使自己的行动变得敏捷。陷阱不过是防身的权宜之计，我的敌人不会永远滞留在那个大坑里。人和猪毕竟不一样。设置陷阱的最终目的是求得一个非同小可的时间差。在对方还没来得及做出反应之际我已脱险在先。长期的盯梢和恫吓固然使我害怕，可也锤炼了我的心理承受能力。即使有一天我面对一个黑洞洞的东西我自信也不至于当场昏倒。我要做出反应。我唯一的反应就是逃。

逃就是跑。我的气质和胆量都决定我成不了那种“来吧，朝这儿打”的硬汉。我只能逃跑。也许这样的选择在有识之士眼中是十分没出息的。我希望他们原谅。我必须逃。逃命。长跑培养耐力，短跑训练速度，我每天晨昏两次长短结合坚持不懈。谁也不会比我更懂得跑的意义了。有一回天下雨了，我正在郊外的河堤上跑动，浑身全部淋湿。可我并不感到沮丧。气候恶劣对一名锻炼者来说是天赐良机。我经过一只小船面前听见有人大声喊：“进舱来避避雨吧！”那是位须髯飞霜的艄公，悠然端坐在舱内吸着水烟。我谢了他的好意，继续往前跑。艄公在我身后哈哈大笑：

“前面不还是雨吗？”

经过这番艰苦，我不仅拥有了安全感而且还获得了一份清静的日子。我每天待在家里，上午的时间用来读普鲁斯特和博尔赫斯，下午一般写作。我通过电视来观察外部生活，以通信的形式进行社交。每周我外出一次采购食品，顺便买几份过时的晚报。我的夜生活是枯燥的。我没有情人，也无艳遇，心安理不得。于是我学会了酗酒，常常把自己灌得烂醉。这样几次下来，我悟出了酒实在是个好东西。以后一喝酒，我便觉得身轻若燕。我的历史永远也不会抹煞我度过的这段美妙光景。

很久以后的一个深夜里，天上雷鸣电闪大雨如注，我苏醒了。一道钢蓝色的光从我的鼻尖前掠过，似乎宣布世界末日来临了。我不敢再睡，坐等天明。这场雨不久便结束了，清新的空气潮潮地走进我的屋子。鸡依旧鸣着，曙色渐渐染开。我靠在床上，看看陡然消瘦的手臂，很不理解。这一觉实在是睡得太久了，仿佛睡了一个世纪。我的胃不舒服，咕噜作响，我想下床来找点吃的。就在这时，我突然想到了我曾经布下的陷阱。它在什么位置，我已经完全忘却了。我的脚下，每一寸地面都是那么真实，但每一寸的地下都可能是陷阱。

1992 年 3 月　合肥

（原载《作家》1992 年第 3 期）

那年春天和行吟诗人在一起的经历

自称是行吟诗人的小个子出现时，我正在用大菜刀撬开一只匿名包裹。他头发像鸟窝一样，穿着一件盖过膝的烟灰色风衣，习惯性地把右手斜插在口袋里，目光忧郁。整个给我的感觉是一句笑话。“找你还真不容易，”他扶了扶眼镜说，“我一连问了 28 个人。”

诗人说很久以前曾与我在一次关于死亡过程的研讨会上相遇。可是我记忆里没有这个奇妙的会议，自然也无法认识这位诗人。我迟疑地站起来，诗人就大大咧咧地握住了我的手，像老朋友之间那样。但我还是说了，我记不起那次会议来。“你当然不会记得，那是一次梦中的会议。”诗人这样解释道。我感到沮丧，把手中的大菜刀扔到木凳上。于是诗人的声音开始变得像鸟雀那般令人想入非非。

“我想在你这儿住些日子。”诗人一边打着费解的手势一边说，“我要写一部大型诗剧，七场，是关于南方梦想的。与之并行的是一个少女和棕熊偷欢的故事。你觉得怎么样?”

很显然，对这样一位不速之客我已经感到疲倦了。我觉得他来自天边而且拄着拐杖。可我不能无视眼下这位天才。我斜靠在诗人对面的书柜上，作出对他的诗剧感兴趣的样子。

“为什么偏要和棕熊偷欢呢?”我这样问道。

“这是全世界男人共同的焦虑。”诗人动情而忧伤地说，“可是谁也无法制止这场世纪的游戏。连上帝也爱莫能助。”

“你能制止。”我说，“你可以不这么写，把熊换掉。”

“换掉？换谁合适?”

“比如一个诗人什么的。”

诗人表现出极大的悲愤，脱口就是：

上帝赐你的武器千万不能乱用，
你要瞄准的只是形而上。

我们的谈话告一段落。我把诗人安置在朝西的那间屋子里——那是我亡妻生前用过的屋子（她一年前死于心肌梗塞），但收拾得挺干净。看来诗人对这个环境还比较满意，认为这是写作诗剧最后一幕的理想之所。“最后一幕无疑是属于死亡的。”诗人兴奋地说。我便有些不安了，在与诗人道别之后，我从月光里看见了亡妻飘忽的身影。

诗人就这样住进了我的屋子。这是那年春天拥有的头一个晚上，檐下的猫开始学习婴儿的啼哭。

在以后的几十天里，诗人几乎每天早出晚归。由于他的不期而至，蓝堡那年的春季快了三周。他不再穿那件风衣了，却爱把它优雅地挽在手臂上，像女皇那样招摇过市，风度绝伦的身影使城市的犯罪率一夜间翻了两倍。这些日子蓝堡已在流传诗人到来的消息，关于他的音容笑貌也不胫而走。纵欲过度的妇人们在黄昏滴水的屋檐下一边背诵诗人著名的诗句一边把羊皮裙子从高耸的臀部努力拉至腰间。因为诗人已在晚报上宣布此举为：翻越世纪之巅。

一天深夜，诗人喝得酩酊大醉回来。据说是一群不上班的女人联合宴请他。诗人以一首《女人颂》作为答谢，并且亲自站到椅子上朗诵，如泣如诉。结果女人们都笑了，爱昵地称他作“小家伙”。于是诗人号啕大哭，说上帝选择他来当诗人是一步妙棋。女人们最后拈阄出钱雇了辆破三轮车送诗人回到住处，诗人的眼镜后面依然闪动着感激的泪花。其时我还在撬着那只匿名包裹——几天来我有空就干这活，可至今无法弄开。我气得把手中的大菜刀使劲掼到地上，这个举动一下让诗人平静下来。

“我想喝一杯凉水。”他说。

“冰箱里有矿泉水。”

他贪婪地一气喝下半瓶，舔舔嘴唇又小心翼翼地问道：

“如果没有水，生命是否还存在?”

“不在。”

“那么灵魂呢?”

“也不在。”

“不是说灵魂是一盏不明的纱灯吗?”

“那大概是你的诗吧。”

“你还记得这句诗?”

“我想该是的。”

我收到匿名包裹是在诗人出现的那个黄昏。我从外面回来，看见这只一尺见方的木匣子置放在门口。我掂了掂，可以说没有分量，拿在手里犹如一片羽毛。包裹的六面都用毛笔写着我的姓名和地址，字体异常娟秀，仿佛出自淑女之手。可是这个时代已经没有淑女了，我便横生了一分疑惑。我想这也许是上个世纪的最后一件包裹了。

但是我却无法将它打开。

由于诗人横陈于我的栖身之所，因此我一夜间失去了九个情人。她们都是些搔首弄姿的小妇人，大胆的做爱方式叫你不寒而栗。你爱她们恨她们死活离不开她们。我的一位朋友曾对我说：爱情是这个世界最后的神话。如果连爱情都救不了这个世界也就整个完了。我想这是对的。你的生命如果交给女人就会像胶姆糖一样无限延长而富有滋味。我现在意识到留下诗人是一个祸害。她们不来了，连电话也不来。我不能就这么束之高阁，我还年轻。看来有必要同诗人谈一次。（我们本来就不相识，梦中的朋友算什么鸟事呢?）于是当晚，我推开了西屋的房门，竟被一股阴气呛得连声咳嗽。

诗人正在进行神秘的写作，我开门见山地说：“你还打算住多久？七场话剧似乎太长了。”

“你没有权利斩断灵感的洪流!”诗人居然严肃地向我提出批评。

“写多少场是你的事，让你住多久是我的事。这个权利我有。”我不客气地说。

“春天一旦消逝，我会悄然离去。”

“问题是今年的春天就他妈一点不想离去的样子，你没见檐下的猫已经有了一个排了吗?”

诗人便陷入了让人受不了的那种沉思。片刻之后又出口成章：

春天追逐着我，
我追逐着你，
你却追逐着她们

我弄不清“她们”是女人还是猫。这时诗人站了起来，有力地伸出双手继续朗诵道——

你们来吧!
我坐怀不乱。

这话听起来挺别扭。我们这个时代已不是赵匡胤千里送京娘那会儿了。坐怀不乱说明你有毛病，得赶快去看医生。诗人由于小便来了才敛住脸上的庄严，他去了卫生间。我发现他有一个良好习惯：上卫生间喜欢闭门关灯。他的尿声也极尖锐，在结束时，他总是忧愤地吟道：

太阳每日都在长大，
我可怜的小树还没有发芽……

我决定把那件包裹扔了。直觉告诉我，这是个莫名其妙的东西，留在身边没准儿哪天会招惹麻烦。包裹让我想到诗人，他们是同一天介入我的生活的；也仿佛具有同样的性质。我撵不走诗人，但可以扔掉包裹。到了真扔出手的那一瞬，我又有些后悔。一种难以名状的悲凉感进入到我的体内，开始了循环。

半夜里，我梦见了亡妻。一年前她死的时候医院出具的证明是心肌梗塞。但是一位民间郎中在观察亡妻遗容后对我说：她是被什么东西所压致命的。什么东西？我问郎中。是一种无形的东西，郎中平静地回答道，然后小心地给我留下一句话：

阴阳不可错位

亡妻在梦中对我嘶喊：我要出来！你把我身上的东西搬掉！你能帮我！

可我无法看清那个无形的东西。

诗人在一个忧伤的傍晚邂逅了一群不学无术的大学生。他们首先被诗人特殊的仪态所吸引，就把他围到一个专门给人修脚的铺面门口。因为这家小店的老板从前是诗歌爱好者。大学生向老板热情洋溢地介绍了诗人在当今诗坛的神圣地位，建议老板召开一个别开生面的诗歌讲座：一面聆听诗人的高谈阔论，一面享受着修脚的舒适，使精神与物质同步得到满足，这是天下少有的幸福。老板自然微笑，右手插到裤袋里做了简单的计算，最后认为二者的费用不可直接抵消。“但我可以八折优惠。”老板说。这话很让诗人生气，如果不是难舍这种学术气氛，他或许会拂袖而去。大学生们教导老板不要因小失大，要知道此刻站在你面前的小个子将是明天诗坛的巨人。并且断言：明年诺贝尔文学奖得主非我们的诗人莫属！老板差不多给整垮了，点了头说：“那就免费修一只脚吧。我这儿可都是些上等的姑娘，不比诺贝尔差。”

于是讲座与修脚一齐开始。诗人再次振作起来，痛苦回忆着自己的成功经历。老板的确没有夸大，修脚的姑娘个个都是国色天香，而且有着宫廷乐师一般优雅娴熟的指法。她们工作起来十分认真，只是埋怨服务的对象以后少穿尼龙袜。大学生们连声称是，结果诗人马上受到了鼓舞，要大家有什么问题不懂就问。大学生们都业已痒丝丝地昏睡过去，倒是老板一直在冷静地进行思考，他提了一个关于人生选择的问题：

“如果你口袋里只有十块钱，是去吃一顿还是去睡一觉？”

诗人回答：“吃一顿。”

老板不以为然：“我宁愿睡一觉。”

我知道这件事是在夜里。给诗人修脚的姑娘是我的九分之一。她从诗人鸟雀一般的声调里断定此人即是与我同居一屋的那个小男人。她因此恨他，本能地在他脚掌上划了一刀。“可是他似乎没有觉得，”姑娘困惑地说，“我怀疑他的皮肤是假的。”趁诗人同老板的争论相持不下之际，姑娘小鸟归巢般地回到了我的床上。那时分天空中飘动着细雨，猫们都不叫了。我们拼命，死去活来。

这个晚上后来发生的事像诗人皮肤那样的不真实。

我昏昏大睡，把身体不负责任地交了出去，可想而知有人在上面做尽了文章。如果不是后来猫们爬上了屋顶，集体放声啼哭，我大概很难醒来。猫们用锋利的爪牙挠动着碎瓦就像在掏我的五脏六腑。我感觉到痛，满嘴的牙也同时松动了。我吐掉脱落的牙齿，醒了，立即意识到大腿间一片冰凉。接着我大吃一惊——那只被丢弃的匿名包裹竟又回到了我的屋子，大菜刀靠在它边上。

这时诗人从卫生间里出来，对我很妩媚地挤了挤眼：“你怎么能把它给扔了？多可惜。”

“是你拾回来的？”

“是。”他坐到我的床沿上，“回来的路上，我让它给绊了一跤。我就拾回来了，而且很轻松地弄开了它。”

“里面有什么东西？”

“我不告诉你，小傻瓜！”

他用翘起的食指按了一下我的脑门。

我越发不安了。我的皮肤突然变得粗糙，每个骨节都铆得太紧以致无法动弹。诗人蛇一般的腰肢让我想起民间郎中的闪烁其词。我意识到今夜什么事件不可避免地将要发生了。

“你刚才也坐在这里？”

“怎么？”

“你想干什么？”

“我没干什么……”

“你肯定干了什么！”

“……”

“你这狗日的！”

行吟诗人离开蓝堡是在那年春天里一个雨后的黎明。给他送行的是那群年轻的猫，一路悲歌而去。过了很久，有人在荒郊的独木桥边拾到了一只一尺见方的木匣子，那里面正好嵌着一个人的头颅。由于时间关系，其面目已腐烂不堪。没有腐烂的是头颅上的一件古代女子的假发，还镶有玉簪绢花之类，因此使头颅显出了三分可爱。

据说那就是诗人。

1993 年 5 月　上海—合肥

（原载《收获》1993 年第 4 期）

白底黑斑蝴蝶

在1990年11月出版的《一个美国人的生平》一书的第48章，罗纳德·里根以阴郁的文字叙述了以下两件事：

"1987年10月19日这一天，"前总统写道，"股市价格暴跌，一天内下跌的幅度是1914年以来最大的，而在这之前，股市价格曾升到创纪录的程度。"

接下来所说的，是白宫医疗班子中的约翰·赫顿博士来到椭圆形办公室。这个男人沉静地向总统宣布了一个事实：南希，第一夫人，在贝塞斯达医院做定期乳腺检查时，被发现左侧乳房有硬块，属于恶性肿瘤，要实施手术。这样，在那年秋季开始的日子，美利坚合众国的第一夫人失去了左乳房，而她丈夫领导的国家股市暴跌。从阅读的角度，罗纳德·里根的叙述，给人的印象是：股市暴跌的原因是南希失去了一只重要的乳房。

但是，前总统的叙述是生动的。在世界接近世纪末的今天，生动，显得多么的重要。我们的生活越来越像一张天天涨价的新闻纸，散发着桂皮的味道。

1987年10月，对于台湾雨林基地的上尉军官司徒建明，也是一个阴郁的季节。这位年轻英俊的俱乐部主任是基地的明星。他能写善画，最枯燥的话从他嘴里说出来都是生动的故事。司徒建明调至雨林的七个月后，做了一件引人注目的事：和护士白小鱼结婚了。白小鱼是基地长官白章参谋长的侄女，是基地最美最白的姑娘。那一年，司徒建明正好30岁。无论从哪个方面看，他都是春风得意无可挑剔。当然，对这桩郎才女貌的婚姻也隐隐传出一点微词，比如说，上尉之所以做这件事，是项庄舞剑意在沛公——为了攀附白参谋长。这实际是说不清的事。几年后，当司徒建明读到《一个美国人的生平》的第48章，内心产生了震动。他认为美国的股市暴跌与南希失去一只乳房没有丝毫关系，但阅读的印象又恰恰相反。这是很无奈的事。上尉希望所有的人改变这种有辱人格的印象，相信他的婚姻与政治无涉。“我可以说是最后一个天真的爱情至上主义者，”他这样写道，“我后来的那些不可理喻的行为，在我这方面是清醒的，完完全全的清醒：为了爱情。”这篇文字写于1992年4月14日，即在他被军事法庭判决为杀人犯并执行死刑的半个月前。

很长一个时期以来，司徒建明沮丧地认为，这个世界基本上没治了。漫天的战争与瘟疫、谋杀与抢劫、走私与贩毒、卖淫与强奸，使这个结论变得无可辩驳。司徒建明私下做过一件事，即把他视为丑恶的录影带片断汇成一盘。那都是些广为人知但鲜为人见的真实影像。但是，随着这项工作的展开，上尉很快意识到，一盘120分钟的带子是远远不够的。内容太多，只能分门别类地进行整理。比如第一辑，是关于政治谋杀的——

1973年12月20日，西班牙首相卡雷罗·布兰科被炸弹炸死；

1975年8月15日，孟加拉总统穆吉布·拉赫曼在政变中被击毙；

1979年10月25日，韩国总统朴正熙被他的情报局长打死；

1981年8月30日，伊朗总统穆罕默德·阿里·拉贾伊和总理贾瓦德·巴霍纳尔在总统府被炸弹炸死；

1981年10月6日，埃及总统萨达特在举行阅兵式时被伊斯兰军官所杀；

1982年9月14日，黎巴嫩新当选总统杰马耶勒中弹身亡；

1983年8月21日，菲律宾反对派领袖阿基诺从美国返抵马尼拉机场时遇害；

1984年10月31日，印度总理英·甘地在新德里官邸遭保镖枪杀；

1986年2月28日，瑞典首相奥洛夫·帕尔梅在大街上遇刺身亡；

遗漏的自然不少，从1948年1月30日印度民族主义领袖圣雄甘地被枪杀到1963年美国总统约翰·肯尼迪在德克萨斯州的达拉斯遇刺，再到1968年4月4日，美国黑人领袖巴丁·路德·金在孟菲斯被暗杀，再到1975年3月25日沙特阿拉伯国王费萨尔被其侄子开枪打死，都苦于资料的缺乏而不能编入。但司徒建明认为，发展的应该更多。在上尉调往雨林基地之后，他又收入了几条：

1988年8月17日，黎巴嫩总统勒内·穆阿瓦德因汽车爆炸身亡；

1989年11月22日，巴基斯坦总统齐亚·哈克因座机爆炸身亡；

1991年1月4日，巴解执委会副主席阿布·伊亚德在突尼斯郊外被打死；

1991年5月21日，印度总理拉吉夫·甘地在泰米尔纳邦进行竞选演说时被炸弹炸碎。

司徒建明给这部录影资料命名为《白与黑》。

1981年3月30日，星期一，阳光灿烂。为了在建筑业工会会议上发表讲话，罗纳德·里根总统穿上了一套崭新的蓝色西装。“然而不知道由于什么原因，”前总统回忆道，“我在离开白宫以前脱下了我的最好的手表，戴上了南希送给我的一块旧手表。我通常只是在离开白宫到牧场干活的时候才戴它。”

这是一次成功的演讲，总统赢得了频频而礼貌的掌声。总统早年在好莱坞的演艺生涯是演讲成功的原因之一。另一个原因可能是听众大多数是民主党人——他们已不同程度地喜欢上了这位共和党的老头儿，他的风度与幽默感。

总统完成了演讲，微笑着从侧门走出希尔顿饭店，自一排摄影记者和电视摄像机前走过，正准备上车，忽然听见左边很轻地响了三声：啪、啪、啪。

总统转过身说：“真见鬼，这是怎么回事？”

这便是著名的里根总统遇刺的情形。但是很遗憾，它没有进入上尉司徒建明的《白与黑》。原因很简单：罗纳德·里根虽挨了三枪但没有丧命。再就是，这起刺杀性质的非政治色彩——刺客小约翰·欣克利不过是以此举向著名影星朱迪·福斯特表白爱情。“这显然是一个错误，”司徒建明评价说，“但不丑恶。”1992年春，当司徒建明读完中国译本的《一个美国人的生平》后，仍然坚持对这一事件的态度。但是上尉被另一件事所牵动：在罗纳德·里根遇刺的一周前，他去了福特剧院，于不经意中抬头看了看一个“装饰着旗子的包厢”，那正是1865年林肯总统的遇害点。几天后，上尉因“谋杀基地长官”被处以极刑。上尉在最后的时间里回想到以上这个细节，觉得一切都是那么自然而简单地发生了，一切都在所难免。上帝在馈赠他一份无限幸福的同时也搭配给他一份彻底的灾难。

美丽的白小鱼是那个雨后的傍晚开始游入上尉的生活的。他们的认识，据后来白小鱼介绍说，是因为一只口罩。雨林基地设在一个新型的海滨城市边缘，夏日漫长，除了医院，大街上是无法发现一只口罩的。上尉司徒建明血管里流淌着诗人的血液，但他不像他的父亲，能对着一场大雪写出一百行诗。他从九岁起就只喜欢一只雪白的口罩。十岁，开始喜欢女孩子戴口罩的样子，迷恋那种删繁就简、隐秘而含蓄的效果。那个雨后的傍晚，当年轻的上尉出差返回基地时，首先看见了一只漂亮的白底黑斑蝴蝶，他的视线随之飞舞，然后就看见了一只口罩。他下意识地煞住脚，原地整理着行李，余光则被口罩牵了去。一直牵到公共厕所边上。司徒建明记住了这个女孩子的发式：梳一根短辫。

后来白小鱼对这件事的解释一点也不浪漫。医院的供水系统出了毛病，卫生间太脏，她只能出来方便，有意没摘下口罩。她当然不会想到一只用于防臭的口罩还具有那么重要的审美价值以及由此产生的美妙爱情。

半年后，他们结婚了。这个由当事人双方都有点意外的决定是由基地长官白章参谋长作出的。白参谋长在第一次家宴行将结束之前，一边剔牙齿一边说出一句话：把事办了吧。

“当我躺在轮床上处于半昏迷状态的时候，我觉得有人握住我的手。这是一只女性的柔软的手。我感觉它在我的手上滑动，我就紧紧握住它，这使我产生一种非常美好的感觉。甚至在现在我都觉得很难用言语来形容这只手使我得到多大的安慰。”（《一个美国人的生平》第49页，新华出版社1991年版）

1992年4月14日，上尉司徒建明在致妻子（实际这时已是前妻）白小鱼的最后一封信中，援引了以上这段美国前总统的叙述。他欣赏这个细节。接下来上尉写道：

“这个世界已完全堕落了，能拯救它的唯一手段是爱。”

类似的意思司徒建明早就表述过。但白小鱼还是感动了。她想再同这个曾经是自己丈夫的男人见上一面，然而时间已来不及了。差不多是在白小鱼读完信的当天，上尉被绑赴刑场。

那一天，据白小鱼回忆说，基地的气温突然降低了好几度。她去关窗户，看见一只白底黑斑蝴蝶停在晾台的红玫瑰上。“等我走近，它便碰了一下我的手，就飞去了。”那一刻的白小鱼非常辛酸。她在这辛酸中缅怀与上尉在一起的甜蜜岁月，那些刻骨的细节。婚后的白小鱼对丈夫的评价很简约：你好棒。上尉说是吗？我很荣幸。

正如早晨每一片叶子都有露珠一样，每一个人都有隐私。作为男人，司徒建明长期渴望的是同一个女人进行一对一地相爱。他不喜欢那些拈花惹草的事，讨厌在几个女人之间跳来跳去的生活方式。他是个军人，战争让他兴奋，和平时期一切都显得平淡乏味。结婚对于他是一个男人向一个女人的宣战，是一个男人对一个女人的战争，是持久战，也是疲劳战，他并没有打赢，尽管他频频受到褒奖。除了爱情，司徒建明的兴趣几乎全转移到编辑《白与黑》上。这是他的隐私。他没有把这件事告诉妻子白小鱼。“我不希望一个漂亮的女人面对一堆丑恶。”他说。在雨林基地，知道这件事的只有中士上官云海。复姓使这两个男人成为朋友。上官云海对枪械的权威言论又使司徒建明迫不及待地交出了《白与黑》。他们逾越了军衔的障碍，无所不谈。在一个夜晚，当俩人第七次共同看完那盘带子后，中士突然说：“我想当一名杀手。”上尉经过几秒钟的迟疑，用一句粗话打断了中士不可思议的念头。这天晚上上尉问妻子：“你喜欢一个杀手吗?”妻子立即答道：“我喜欢周润发演的那种杀手。”司徒建明笑着把衣服脱了：“好，我现在就来当一名杀手。”白小鱼说你来呀，朝这儿打，你杀不死我。

那一次司徒建明变得近乎粗暴，先行的种种铺垫全免除了。他像一名狙击手那样死死咬定目标，正待击发，腹部却受到了意外的一击。白小鱼一下坐起来叫道：“你弄痛了我!”

司徒建明仿佛大梦初醒，一身的汗瞬间全收。过一会儿他才轻轻地说：“我好像不行了。”

在以后的日子里，那个晚上的情景多次重现。那时的上尉就像一名统帅，面对死一般沉寂的战场，看看硝烟一点一点地散去。战争结束了。战争似乎过早地结束了。

过失酿成大错的白小鱼最初有些慌张。她劝丈夫用点药，但遭到了上尉的拒绝。没过多久，白小鱼感到事态其实并不是很严重。他们在一起的时候还是很好，只是司徒建明身上不出汗了。司徒建明仍是说我好像不行了。白小鱼说你行。她没有说你好棒。

像往常一样，每逢周日，司徒建明夫妇都要去白章参谋长那里。白章是一个颇具儒将风采的男人，能写一手好字。但他不轻易给人写。基地想索字的人，大都通过他的侄女白小鱼。司徒建明对此不以为然。他认为这不过是附庸风雅，而那所谓的书法，看不出任何师承关系与功底，是典型的那种“外行看是内行，内行看是外行”的货色。所以只要是请白章写字，上尉都借故不去。这次就是。白小鱼要请叔叔给一家小药店题匾，曰：回春堂。上尉问是不是一家春药店？白小鱼生气地说：“你这人现在怎么变得这么粗？”上尉就笑了，说要去编片子，就不奉陪了。白小鱼一边化妆一边说：“你不去更好。”

但上尉后来还是去了。他把钥匙忘在家里。上尉买了两瓶酒往参谋长住处赶，临近那幢米色红顶的别墅，突然打了一个寒战：参谋长鳏居在家已近半年——他太太不幸死于车祸。参谋长是一个有魅力并且也是一个精力旺盛的男人。司徒建明在门口停歇片刻，敲门。门虚掩着，他走进去，客厅里没有动静。一只白底黑斑蝴蝶在飞舞，他的视线随它向楼上移去，这时候他听见了妻子的声音：你好棒！上尉脑门一阵凉，立即转身就走。他一边走着一边问自己：我为什么要走？我为什么要走？没走多远，上尉遇见了一位长官，忙把两瓶酒换到左手，行礼。长官好像刚用完午餐，脸上红扑扑的：“去看参谋长了？”上尉说刚从那儿来。他又说：“他让我带两瓶酒回来。”长官看看酒标，说：“你怎么总收他的垃圾？”说完就挺着肚子走了。上尉还站在原地：这话他妈的是什么意思？

这天晚上，司徒建明没有回家。他找到中士上官云海，俩人先看了

《白与黑》，然后去一家小酒店把那两瓶酒给喝了。上尉问："这酒……是垃圾……吗，你说！"中士说："是……垃圾……"上尉说："哦，难怪……"

他们都躺下了。

1865 年 4 月 14 日，林肯总统在福特剧院包厢遇刺。这一天，正是耶稣的受难日。1992 年 4 月 14 日，上尉司徒建明接受了最后的审判。当法官问：被告，你还有什么陈述的吗？司徒建明想了很久，说："我要讲的，你们都不会相信。我自己也不相信，可事实的真相就是如此。"

以下是司徒建明的陈述——

当我怀疑白章同我妻子有那种关系时，我决定杀了他。我认为我妻子不会对别的男人说"你好棒"的，当然后来她的解释是夸她叔叔的字，但我不相信。有人说我总收白章的垃圾，这让我想起我第一次去他家时的情形，他让我和他侄女结婚，这种爽快让人觉得可疑，好像是为了摆脱或者转嫁。总之，我相信了我的判断。我开始制定行刺计划，但在动手前，需要一次核实。杀手看我的手势行事——只要我一挠头，他就开枪。

那天我约白章到了预定地点。我开始了试探。我想问题的突然提出一定会使他惊慌失措。我问参谋长，当初为什么那么爽快地同意小鱼嫁给我？他一愣，有点生气地说：你找我来就为这？你们是不是要离婚？参谋长好像有所预感似的抽了口烟，感叹道：小鱼这孩子就是不安分，见一个爱一个。当初让她结婚，是希望婚姻和家庭对她有点约束。她父亲已不在，也算是了却了我的一桩心事。没想到几年下来，又闹事了。你们干吗不要一个孩子？

白章的话与神情让我产生了后悔。我相信他是一个正经人，一个好叔叔。我一下没词了，他倒是还在刨根究底：你们到底发生了什么事？严重吗？我就说没什么，真的没什么，小鱼她挺好。这时，一只蝴蝶——那种白底黑斑蝴蝶，从我额头上擦过，我下意识地挠挠头，手刚落下，就看见白章的胸部一下炸开了……

杀手你们已无法找到，我已安排他去了国外。我是主谋。是我杀了白章。

半个月后，上尉被押赴刑场。据行刑的人后来说，司徒建明上尉临死前的最后一句话是：南希的乳房和美国的股市毫无关系。

1996年2月29　合肥

（原载《作家》1996年第4期）

蓝堡市的撒谎艺术表演

撒谎艺术作为一项公共性的竞赛，最初出台时马丁市长是谨慎的。怎么可以搞这种竞赛呢？他很气愤，对递交报告的人不想再看一眼。

来人不动声色。在市长怒容消褪后，才说，难道法律不允许吗？

市长显然是给问住了。法律的确没有禁止撒谎的条款。撒谎和诈骗不一样。撒谎……是个什么东西呢？市长踱着步，他的身影在夕阳中变得浑浊不清。可是，他说——好像是为了挽回一点面子：这在道德上也是讲不过去的呀。

撒谎难道就完全不道德吗？来人立即接上，一个人得了肝癌，知情的人对他撒谎说没事，不过是小毛病，劝他放松点，劝他多吃，并且还偷着把药瓶上的标签都换掉，让他以为自己每天服的是些治头痛脑热或者补充营养的东西。阁下，这样的撒谎能说不道德吗？

马丁市长递给来人一支雪茄，审视着面前这张熟悉而陌生的脸：皮特，你真是个天才。市长收下了这份申请报告，然后同叫皮特的男子一路谈笑着走出了市政厅。今天是周末，黄昏将至，市长要去位于城郊的电视塔。

自前年春天就任蓝堡市市长以来，马丁先生就有了任重道远的感觉。这位白净文雅又有点忧郁的男人，对这座于沼泽中建立的城市有着不同寻常的感情。他的祖父是蓝堡的拓荒者，建市的功臣之一，但没有来得及参加竞选就不幸上了14街一个妓女的圈套，欢乐地在她怀里升了天。马丁的父亲原本继承父志力图大业，结果被卷入了“七月旋风”——那是多年前的一宗军政联手的集体受贿案，无辜冤死狱中。然而世事总不是凝固的，在一个晴朗的日子里，上帝的光环终于照到了马丁家族的第三代身上。

现在，马丁市长已登上了电视塔。这是本市的制高点。在过去的执政的日子里，市长不知不觉地养成了周末黄昏登塔鸟瞰全市的习惯。他觉得这样可以增强责任感。高耸的孤立使他意识到市长这一职务的荣誉与分量。那时视野中的城市如同一个沙盘，他便于掌握与调整。他不满意某些街道的过于狭窄与弯曲，看上去很像中世纪的一幅插图。对路灯的忽明忽暗，他不认为是电压不稳所造成的，而觉得似乎是一种民心的象征。是呀，民心。他总这样感叹着。民心是看不见的。那么多窗户都拉上了帘子。天黑了，人们在帘子后面吃饭、看电视、调情、做爱。他们思考吗？有不满现状的么？对本届政府有缺乏信心说三道四的么？这样想下去，他就有些阴郁。民心难测。不是吗？忽然他想起刚才皮特送来的那份报告。撒谎竞赛，就是说让大家赤裸裸地跳出来进行公开撒谎。这难道不是了解民心的一种极好的方式吗？让他们表演吧，表演得越充分越彻底越好。市长似乎有些激动，他将会看到许许多多大吃一惊的事发生，将会看清很多意想不到的面目。皮特，这个流氓！

亲爱的，你这是在说谁呀？

市长被背后这个甜美的声音吓了一跳。他转过身去微笑着说：我在说阿道夫·希特勒。宝贝，你可又来迟了。

皮特的报告说：举办此次大赛，旨在提高全体市民的应变能力。时代的发展要求市民具备这种必备的素质，报告这样阐述道，它关系到大家的切身利益。如果你在计程车中遭到抢劫的时候，如果你路遇歹人强行施暴的时候，如果你出门旅游受到盘剥的时候，如果你在生意中碰见敲诈的时候，如此等等，仅有法律和警察是不够的，还必须依靠你的应变能力，才可以化险为夷，转危为安。

报告又说：举办此次大赛还有着特殊而深远的意义。什么意义，报告又没有详说。

报告提出：为了使本次大赛取得圆满成功，还必须制订如下规则——

1. 参赛者可以不披露自己的真实姓名，实行统一编码；

2. 参赛者表演时可佩戴面具与假发；

3. 未经当事人同意，所有新闻媒体对获奖者不得进行采访报道；

4. 任何机构不得对参赛者进行私下调查；

5. 任何人不得以任何理由对参赛者进行打击报复。

马丁市长连夜审阅了这份报告。他只修改了两个地方：

一是标题，在“撒谎”与“表演”之间加上一个他喜欢的词——艺术。这样可视作一次娱乐性活动，如同办一个民间画展或假面舞会；

二是把报名费每人200元改为300元，注明上缴的80%“用于市政建设与资助慈善事业”。

然后，他愉快地在上面签了字。

三天后，这份由市长签署的“蓝堡市首届撒谎艺术表演大赛”的公告张贴在市政大厅庄严的门口。同时，晚报和电台、电视台都发布了这一消息。大赛组织者皮特原拟花重金组织一支明星演出队，在街头巷尾进行流动宣传，但在报名的第一天结束后，便断然取消了此项开支。

行情比预料的要好，皮特向市长汇报说，截止到下午五点，报名者已超过两千。

有这么多？市长从旋转的皮椅上跳了起来。

看来身怀绝技者大有人在。皮特说着将一杯杜松子酒递给了市长。

市长陷入了兴奋而忧虑的沉思。是什么吸引了参赛者？是“荣誉军团勋章”还是十万元奖金？上帝，这才是报名的第一天！他慢慢坐下又慢慢喝了口酒：皮特，我看报名的时间可以压缩为三天，一周太长了。

阁下，政府的权威岂能动摇？皮特说，公告张贴在市政厅门口，那上面可有您那漂亮的签名。

局面一定要控制住，市长严肃地告诉皮特，你可千万别给我弄砸了。

您放心。皮特轻松地放下酒杯，把腾出来的手放到市长肩上：我们去放松一下？是桑拿，还是……

市长做了一个手势：我晚上的时间一般是留给麦琪的。

一种良好的习惯保持下来并不是件容易的事。自从与麦琪结婚以来，每次进家，马丁都必须先吻一下妻子。他吻得很认真。但是近一年来他有点敷衍，这是因为麦琪身上散发着一种陈腐的韭菜味。这种气味从白皙圆润的身体上散发出来实在是不可思议。麦琪身体健康。又有与生俱来的洁癖，怎么会有这种气味呢？他们几乎不吃韭菜，除非做中国饺子——那也是极少有的。这当然是个问题。麦琪是个自尊而敏感的女人，马丁不能正面反映这一点。他只是提醒妻子平时多用点儿香水。

吻过麦琪，马丁就去了洗澡间。这表明这个晚上他不会再出门了。他将把这个晚上的分分秒秒填满：看电视新闻，检查五个孩子的作业，给乡村的老母挂电话问安，和麦琪讨论下一周的菜谱和家长会上的发言，然后是夫妇俩共同观看叫做"子夜星光"的电视节目，就寝。当然，麦琪还有些突然插进来的内容，比如在四月里头发应该染成什么颜色才与季节协调，吃丰乳片是否影响性快感之类。这些私语本该是放到枕头上去说的，但马丁这些日子非常疲倦，一上床便鼾声依旧。

看了晚报，麦琪递给先生一杯咖啡，皮特这个创意很有趣。这家伙长得越来越像阿兰·德龙了。

晚报上还登了他的照片？有多大？

这个不重要。麦琪说，重要的是你的签名。

这个混蛋，成天无所事事，就知道动这种脑筋。

不过，他还是很帅。麦琪说完在咖啡里加了块方糖，就回厨房去了。

麦琪的眼光很准确。那个皮特还真有点像阿兰·德龙。据说有好几次他被人围着要求签名。市民的素质就是这样糟糕，时代发展到今天居然还会发生崇拜明星的事，何况还是个假明星。皮特这家伙……马丁突然有点紧张，这家伙的声音怎么听起来那么熟悉，像另一个人，那可是个坏小子。

大赛如期举行。

本次大赛分青年组、中年组和老年组。这引起了少年们的极大愤慨，对这种无视他们存在的行为表示抗议。他们联名上书市长，认为这是不公正的。"自古英雄出少年"，他们这样写道，"著名的《狼来了》就是少年的创造。"马丁市长还接待了他们的代表，但无法劝阻他们放弃这种欲望。市长最后耸耸肩说：即使同意你们参加，报名费也解决不了呀。300 元，这可不是一个小数。

我们可以对家长说这是订制校服的开支。

可是……校服呢？

我们就说校长携款外逃，警方正在通力追捕。

马丁市长心下一沉，刮目相看。他语重心长地说：还是来日方长吧！

围绕这次大赛的舆论哗然，空前活跃。舆论没有去评判大赛的意义与性质，而是把焦点聚集到“表演”上。频频出现的“绝活”让记者们大开眼界并伴随他们度过了一连几个通宵。晚报的发行量和电视台的收视率都跃至历史最高点。决赛的门票已于三天前全部售罄，人们期待着名次的产生，期待着一睹冠军的风采。据舆论的导向，编号为0576、面具为蒙娜丽莎的选手极有可能夺魁。目前此人已一路过关斩将，总积分居第二位。鉴于决赛的规则中要求表演是“确实发生的并已达到了预期目标的事”，积分位居第一位的选手今天下午宣布弃权。“我不过是想做一次游戏，”那人说，“并不想来真格的。”不来真格的又有什么意思呢？难道是拍电影吗？一枪崩了你，然后你再爬起来洗洗脸回家去和太太睡觉？

你的气色看上去很不错，亲爱的。

春天来了。这个城市春天总是来得早。

我怎么感觉不到呢？你摸摸我的手有多凉。

你没觉得这些日子猫闹得厉害吗？

可是耗子也没见少呀？

亲爱的，猫在这个季节是不逮耗子的。“酣睡，然后醒来，长长地打一个哈欠，叫猫子又出去做爱了。”——老伊萨的诗写得多棒！

你也很棒。咱们下塔吧，我怕风。

让我准备点零钱。那个看塔的老家伙胃口越来越大，今天得多给一点。

你害怕了？

在这个城市我有值得怕的吗？当然，除了你。你是只猫。

皮特有好几天不见了。这让马丁市长多少有点寂寞。虽然大赛正有条不紊地走向尾声，但皮特的突然消失，似乎不是一个好的征兆。天知道这家伙又躲在什么角落里使什么坏呢？这与所谓“特殊而深远的意义”有关系么？市长有些不安，又有些无聊。他打开电视机，屏幕上仍是大赛的专题节目，记者正在对0576号“蒙娜丽莎”进行现场采访——

记者：您对夺魁有信心吗？

蒙娜丽莎：我觉得目前我的状态不错。

记者：对决赛的规则，您有没有顾虑？比方说您的家人和朋友事后会怎么看？

蒙娜丽莎：（笑）他们知道我是谁呢？你看我这面具，是用最先进的乳胶制成的，没准儿我还会用这张脸去勾引帅小伙子呢……

没错。你是谁？我又是谁？只有上帝知道。市长躺到沙发上，慢慢吸着雪茄。他又开始想皮特。想得很遥远，那已是几十年前的事。一个在歌剧院门前卖报兼偷钱包的坏小子，14岁捅破别人肚子16岁让姑娘怀孕的小流氓。他不叫皮特而叫皮克。身上据说有41处刀疤，有一处是在右腿上，伤了一根什么重要的经络，所以日后撒尿便像公狗那样得先支起一条腿。据说这坏小子是死了，死在外省的码头上。马丁见过皮克，那坏小子的声音很怪，爱将一个词的尾音拖长。如果皮特就是从前的皮克，那么一定是将偷来的最后一笔钱送到了整容院，按阿兰·德龙的模子换了一张脸，混入了绅士行列。马丁不禁笑了起来，对自己这种富有创造性的想象感到有几分得意。可是笑容很快就敛住了：这种事在今天做起来简直易如反掌。市长环顾这间圆形的办公室，觉得枝形的吊灯和老式的壁炉都散发着晦气。他还产生了一点恐惧，这种心理使他迫切想回到家中，与麦琪和孩子们待在一起。他把所有的窗幔都拉开，把阳光放进来。然后，他给麦琪拨电话。

电话无人应答。

决赛的日期定在2月14日情人节这一天。地点在皇家歌剧院。

决赛开始的前一小时，久违的皮特出现了，依旧是风度翩翩。他驱车来到市政厅，邀请马丁市长前去为即将产生的冠军颁发“荣誉军团勋章”。

我以为你在一个美人儿怀里醒不来了，皮特。

您说得不错，但我还是醒了。

我还梦见你死了，死在……外省的一个码头。

那不是我。是从前那个叫皮克的坏小子。

皮克？你还记得皮克？

我想差不多每个市民都会记得，就像记得今天是情人节。

由于车在路上突然爆了胎，他们赶到时决赛已临近尾声。0576 号“蒙娜丽莎”不负众望，一举夺魁。当主持人将这一结果宣布后，全场观众欢呼雀跃，鼓乐齐鸣。马丁市长被这一宏大的场面吸引住了，后悔自己没有看到决赛的全过程。他仅仅知道冠军是个女的。观众的情绪极为高涨，他们一边鼓掌一边议论：这个女人的确受之无愧，居然不动声色地同不是丈夫的男人生了那么一堆孩子，而且还让做丈夫的深信孩子们连手指头长得都像他。这个结果最后将由公证机关秘密核实后予以确认，倘若有一点弄虚作假，将处以奖金三倍以上的罚款，没收“荣誉军团勋章”。

颁奖仪式开始了。乐队奏响了市歌《春天从不迟到》的旋律，0576 号“蒙娜丽莎”带着“永恒的微笑”走上舞台，将从马丁市长手中接过 24K 金的勋章和政府出具的十万元现金支票。观众们在欢呼，不断向台上投掷鲜花。然后，马丁市长衣冠楚楚容光焕发地出现了，他向观众招手致意，高声说：首先，请允许我代表大家拥抱亲爱的“蒙娜丽莎”！市长信步走过去，正欲拥抱，忽然嗅到了一股陈腐的韭菜味，但他在片刻的迟疑之后完成了这一规定动作。他向她授勋，把缎带套上她的脖子，这时他轻轻地说：我要勒死你。接下来他又在她耳边说了很多。观众被这一类似调情的景象迷住了，他们有节奏地鼓着掌。他们希望能看到市长先生亲吻“蒙娜丽莎”，可是“永恒的微笑”渐渐消失了。

“蒙娜丽莎”，慢慢取下勋章，把它挂上了市长的脖子。

马丁在第二年的竞选中完全失败。选民们永远忘掉那个意味深长的场面。为什么“蒙娜丽莎”要将“荣誉军团勋章”挂上他的脖子？是他更厉害吗？他没有面具，人们便记住了这张脸。人们当然不会同意这样的人统治这座不同凡响的城市，那将会把一切都出卖掉。据来自蓝堡市的人说，现在，市政厅门口的街道上一个卖三明治的老头——可能是化装的，因为他胡子忽多忽少忽黑忽白。人们怀疑此人就是从前的市长马丁。

在这年春天来临之际，新市长走马上任了。那是个有魅力很有干劲的男子，给人以安全感。到目前为止，民意测验显示的结果是：除少数人对新市长撒尿的姿势感到有所不适外，其他一切良好。

1996 年 3 月　合肥—郑州

（原载《花城》1996 年第 5 期）

小姨在天上放羊

那天夜里电话响起来的时候我尿床了。我有好几年不尿床了，妈妈给我吃了许多中药，那些药比尿还难喝，可妈说喝了就不会再尿床。现在我又尿湿了一大片，我不敢对妈妈讲。妈妈从床上跳下来接电话的样子很不好看，她只穿了一只鞋，像袋鼠那样跳到电话跟前，她说，喂，哪位？然后她皱着眉头，看了看墙上的挂钟，已经是深夜两点了。真是怪事！妈有点生气地说，谁吃饱了撑的！我欠起身，还在想刚才的电话铃。我知道是谁的电话。妈妈上了卫生间，她撒尿的声音又响又好听。妈过来给我理被子，这样就发现了尿床的事实。她好像遭到雷击似的往后一仰，说天哪，你都九岁了还尿！妈一边生气一边替我换垫被。我怕妈生气的样子。我说：妈，你别生气。妈说你有权利尿，妈就有权利气。我说我尿尿是听见电话铃声高兴的。妈住手，眼一横说这与电话有什么关系？我说，那是小姨的电话。妈听了就一下坐到床上，一会儿大哭起来。我看见妈的哭声像冰痕一样穿过我家的窗户向天上射去，那时候小姨正在天上放羊。

小姨是 50 天前死的。小姨也是大学生，长得比我妈妈好看。小姨是医生，专门给孩子看病。可是小姨治不好自己的病。小姨没有自己的孩子是因为她没有结婚。妈说结婚才会有孩子。孩子一个人是生不出来的，要和爸爸一起才会生。妈的话也不完全对，邻居胡阿姨没有结婚可是一个人生了阿宝。妈说阿宝不是生的，是从菜市上捡来的。捡来的阿宝跟胡阿姨长得一模一样，鼻孔一样黑。妈就说这是碰巧。小姨本来应该和方叔叔结婚的，不知为什么没结。大人说，人大了就是为了结婚。

我记得那天早晨妈起得很早。妈收拾东西，催我起床。今天你请一天假，妈说，我们去送小姨。我问把小姨送到哪里去？妈说送到天上。后来我知道小姨死了。我们要把她往火葬场送，妈说等太阳落山的时候，小姨会顺着那个高大的烟囱升上天。小姨躺在担架上，舅舅和方叔叔抬着她。小姨浑身散发着淡香，像睡着了一样。小姨睡着的样子格外好看。大人们一路都在哭，把天都哭暗了。我没有哭。我那时候就觉得小姨在睡觉，留心她会不会像我妈那样大声说梦话。从火葬场出来，小姨缩小了，躺到了一只小黑盒子里面。妈把它交给我，说：这是你小姨，你捧着。我就捧着，走到队伍的最前面。妈说你哭呀你这孩子怎么不哭？我没有哭。在妈的责骂声中我第一次看见了在天上的小姨，像鸟一样停在我头顶上。

这天夜里，小姨就留在我家。妈没有睡，妈到处收收捡捡，不时碰倒一个东西，然后就说好妹妹你可别吓我，你姐夫又不在家。小姨在的时候，和我妈妈最要好。她们不在一个大学念书，但工作都在一个城市里。她们经常走动，一道上街。现在妈这样说，我就很奇怪。后来妈对着小盒子说：好妹妹，过两天我就送你回老家。

我老家在山里。我不喜欢那地方，因为冬天很冷。那里没有电视也没有电话。我就对妈说，不要把小姨送回去，小姨怕冷。小姨喜欢看电视，喜欢打电话。妈不听我的，妈说小孩子懂什么去把垃圾倒掉。我下楼去倒垃圾，看见天上的星星在走，但没有原来多。我把垃圾倒掉，听见一个金属的响声。我弯腰在垃圾里寻找，一眼就看见一个东西在闪光，我拾起那东西，是一粒纽扣，这是小姨大衣上的。妈早就说把它钉上，可是忘了。妈的记性越来越不好了。我把纽扣擦干净，收到袋里。

第三天大人们就送小姨回老家了。我临时住到邻居胡阿姨家。妈妈对胡阿姨说了很多好话，还背着我在厨房里说了些什么。我知道，她肯定是说我尿床的事。我听见胡阿姨说没什么小孩子嘛。妈把我的被子抱到阿宝床上，低声叫我注意点，要争气。那时候我就特别想小姨。当医生的小姨并不让我多吃药，而是让妈每天夜里叫我起来撒尿。至少叫一次，小姨这样说。妈这样做了一个月，累了，妈就买了个闹钟，让我定时起床，小姨说不行，说必须让我“有意识地去尿”。小姨就在自己的住处安了电话，每天半夜打过来，让我醒。小姨在电话里先同我说一会儿话，等我想尿了，她才把电话挂掉。小姨坚持了一年，我长到了六岁，不再尿床了。小姨的死与我有关，我总这样想。

我在阿宝的床上睡了五天。我没有尿床。其实我已经几年不尿床了，但在妈眼里，我一直就是个尿床的孩子。要不，我的被单和垫被之间怎么还放着一块塑料布呢？

妈回来的时候右脚已不灵便，走起路来有点跛。我不吃惊。昨天夜里我梦见了一个白胡须老爷爷，在天上对妈的右腿指了一下，妈就跌倒了。妈说是送小姨上山的时候不小心扭的，我不相信。我还在想妈不该把小姨送进山里。

小姨后来把电话剪了。这是她死前三个月的事。她和所有人都不通电话，一个人待在那么高的楼上。我怀念那个电话。以前我给她打电话时总占线。我知道那时候电话的线路被方叔叔占去了。方叔叔想和小姨结婚，当然就要多打电话。方叔叔也常到我们家来和妈谈小姨，谈得眼泪花花的。妈说红颜命薄这是很无奈的事。方叔叔只是重复一句话：才24岁。可他不知道，这是永远的24岁。小姨是不会老的，就像月亮不会老。我的小姨现在就飘在天上，我不知道她那儿有没有电话。

有一天，舅舅和方叔叔都到了我家。这一天是小姨死后的第49天。妈说是小姨的“满七”，想给小姨烧点纸。据说这些纸随烟升上天就会变成钱。我不知道小姨缺不缺钱，她活着的时候是不缺的，不像妈，每个月底都在电话里对爸爸发脾气，说再不寄钱就把我送走。爸爸那时在南方，每次回来都要留很多钱，妈总说不够。妈喜欢买化妆品和服装。小姨不买化妆品，但买过一瓶很贵的香水交给妈，小姨说：姐，等我到走的那天，把这个给我用。那个盛香水的纸盒子保存在我的抽屉里。小姨死后，我把它放到枕边。那上面还有余香。大人们烧纸回来，眼睛都发红。他们肯定又哭过了。妈跛着脚倒茶。方叔叔说给小姨也倒一杯。然后妈开始叹息，说很奇怪，过去这些天了，一次也没梦见小姨。舅舅说他也没有梦到，问方叔叔：你呢？方叔叔双手支着额头，说：她是不会见我的。

我靠在门边听他们说。我知道为什么他们不能梦见小姨。

后来妈和他们一块走了，说是去看外公。

我用小姨留下的香水盒子做了一个电话。那天夜里，我一个人去了小姨从前住过的那座高楼。小姨住在第24层，这正是她永远的年纪。电梯坏了，我慢慢往上爬。我像燕子一样轻轻松松，仿佛有一只手在托着我向上举。小姨的房门紧关着，里面没有灯光。我在门口跪下来，说：小姨，我给你送电话来了。我就拿出打火机将这个淡淡香味的电话点燃，在那里面，我放进了那粒大衣纽扣。

你真的梦见小姨了？妈给我换好被子，搂着我问道，什么样子？我说和以前一样，小姨是不会变的。穿什么衣服？妈又问。穿着那件大衣，我说。哪件？妈睁大眼睛看着我。就是弄掉一粒纽扣的那件，我说，现在纽扣已经钉好了。妈其实不明白，但还是很高兴的样子，问道：你小姨在干什么呢？我说：小姨在天上放羊，手里拿着一根大羽毛。妈沉思自语：怎么是一根羽毛呢？

第二天，妈的脚突然好了，换上了一双新皮鞋，一早就高高兴兴地去赶班车。她的大嗓门开始重新谈论时装和物价。我把床上的那块垫了九年的塑料布扔到了垃圾桶里。太阳照在我手背上，天上的白云从窗前飘过，我知道那是小姨的羊群。

1996年5月　郑州

（原载《山花》1996年第8期）

纪念少女斯

关于我和少女斯的故事至今无人知晓。我一直不想讲这个晦气的故事，原因之一是我想维护我作为好男人的名声。另一个原因是怕玷污我神圣家族的荣誉。在今天这个时代，荣誉和名声还多少显得有点重要。我父亲总以贵族自居，脸上永远挂着“从前阔过”的笑容。现在他完全老了，除了喂养五只猫什么也参与不了。而且他又患了白内障，晴朗的日子彻底背离了他。晴朗的日子属于我和少女斯。这个故事就发生在晴朗的日子里，虽然散发着晦气。

少女这个概念，辞典上说的与我认为的不是一码事。少女与年纪无关，我总这么想。有的妇女到了更年期仍幻想着在悬铃木后面与小伙子来点小动作，证明她还是少女。我所认识的少女斯就属于这种女人。她的年龄像四季一样变幻莫测，她的情怀又如四季的花朵，无论怎么开都令人愉快。她天真无邪的样子让我屡屡受骗上当，但仍不失为天真无邪。她爱哭，尽管 80% 是装的，但 100% 的有泪水。可以说她整个的是一个错误，唯独那特有的情怀不是。我多次在心里恨她，在梦中杀死她，又他妈的忘不掉她。少女斯渗透在我的每一根神经里、每一滴血里，就连呼吸也带有她口中奇怪的青苔气。她说来就来，一闭眼即伸手可触——她的皮肤像鱼一样。梳着齐耳短发，明眸皓齿，穿工装裤，斜挎着一只棕色羊皮大包（里面装着钱夹、化妆盒、BP 机和一本埃里蒂斯的诗集），走起来晃晃悠悠的样子，嘴里永远嚼着零食的少女斯向我走来了，时间是 1992 年 5 月的一天下午。那个时刻，我在南方一座城市的一棵奇异的树下，回味着前一个晚上梦境里闪过的几个细节。

什么是女人？有一回她这么问我，是不是同男人“在一起”了就是？这就是少女斯的做派，她挑逗你还不用挑逗的字眼，一副文文静静、知书达理的样子。我们这种狗男人总爱讲点情趣，一听这话就想“在一起”。到了真在一起的时候，你发现她丝毫不文静，一招一式都超出了你的想象。她问：你和几个女人在一起过？我当然不会回答，我说这个问题不要搞得太明显，我现在是和你在一起。可她一口咬定：我可只是和你在一起。这话让我觉悟。我想这肯定是谎话，但我又不想去驳斥她。我上去了就下不来，而且产生了强烈的责任感（有什么办法呢？人家硬说是第一次和男人在一起）。

我们这个年纪的男人没有多少好货。我们憧憬最纯洁的爱情又恪守着最无耻的肉欲。我们也时而反省，结果事到临头就乱了方寸，这真叫可悲。知道可悲而为是可耻，再为是可恶，如果不承认便是可笑了。可是，我们这个年纪又据说是最具魅力的，我们要赶潮。现在生活条件好了，营养品保健品比狗还多，连50来岁的男人也跟着沾光。现在对一个女孩子说我已经50了，几乎是一种炫耀。时代真是眼睁睁地看着往上窜，像物价一样。

少女斯对我说：你这人很可笑。我说是吗？你说得真对。一边说着一边把袜子翻过来。那些日子我的生活跟这袜子一模一样肮脏，扔掉又舍不得。穿好袜子我叹息不止。少女斯便偎过来，用爱怜的目光抚摸我全身。为了安慰我，她在我眼前一丝不挂地走来走去，还做了一套健美操。这一幕至今很鲜活，可当时我并不知道这个形体语言意味着什么。很多天过去后，我才明白：她要从我这棵树上飞走——最后的收式就是“飞”。

那年夏天的一个雨夜，少女斯陷入了伤悲。忧伤使她看上去像一位失足青年。这让我焦虑，我知道将有严肃的问题，比如“我想有个家”提出来。我于是像父亲那样拍拍她的后背摸摸她的脑勺，关心地问：是不是不舒服？结果她叹道：我怕是不能怀孕了。这真让我胆寒。这年头收获什么都好就是不能收获孩子。少女斯一直申明她有避孕的措施，现在又自己戳穿了自己。我弄糊涂了，我说不能怀孕这样很受罪。她抬眼看着我：要是我愿意呢？

我的悲观主义倾向由此产生。那一夜我翻来覆去抽掉了一盒烟。我不希望少女斯怀孕，这样事情会复杂。其实最初的一切十分简单，我们在南方这座具有移民性质的城市邂逅，同属于揣着身份证和钱满世界晃悠的人物，谈着谈着就“在一起”了。这不是很简单么？天渐渐发亮，少女斯碰碰我说：睡吧，我不怀孕。

第二天我醒得很迟。阳光打到床的另一侧，那地方暖烘烘的。我习惯在睁眼前朝边上摸摸，这回是狗日的太阳把我骗了——少女斯不在床上，不在屋里。我环顾四周，屋子收拾得体面而整洁。少女斯走了，我们之间这一幕匆匆落下。接着我发现，我们家族的精神也走了。

我有一个小金佛，这是我家的祖传。我爷爷年轻时候在家扛长工，活干得不怎么的，却和东家的二丫头勾搭上了，水都泼不开。生米煮成熟饭，地主婆只好把自己的陪嫁小金佛给了闺女，在一个黑夜把他们打发出门。地主婆说儿呀这东西你带着也好日后应急。那是个稀罕的小东西，有二两的分量，精雕细刻的活儿。我爷爷当即扑通一跪，发誓要守着这宝贝不典不当。结果不出几年，我爷爷混成了江南的豆腐大王。50年代我那念过大学的父亲心血来潮，把这个真实的故事编成了虚假的戏文四处上演。戏据说还可以，但结尾十分可笑——让我奶奶把小金佛捐给了高级社。这完全是胡扯，小金佛一直在我父亲的皮箱里睡着。我到南边来，父亲在看过摸过后把它郑重传给了我。带着吧，父亲说，留着应急。其实我接下了一个包袱。父亲明知我是孝子贤孙，不会亏待小金佛又让我随身带着。以后每次电话末尾总要挂上一句：东西还在吧？我说当然。我说我现在小发了想把小金佛寄回去。父亲说不可，那是我们家族的精神，你每天看一眼会想起爷爷当年的创业史。可是，我的小金佛刚刚让一个少女拿走了。我真倒霉。为了少女我输掉了我们伟大家族的精神，使爷爷高大屹立的豆腐大王形象顷刻崩溃，露出了可爱的肚脐眼儿。

南方的天不久就阴了。报纸上天天打的广告仍是牛皮烘烘，都说自己的房产是他妈的皇家花园但愿意放血售出，好像大伙不是来做买卖的而是搞慈善事业。满大街都是讨债的孙子却找不到欠债务的爹。好看的小姐都失踪了，剩在发廊的货色还照样张着伤口一样的大嘴。我每天都在街上闲逛，我要找到少女斯，追回我的家族精神。我的形象比意大利电影里那个偷自行车的人要悲惨数倍。小金佛丢了再也偷不到，不像自行车可以随便捡。我蹲在街头吃快餐盒饭，行人都视我作流浪艺术家，但他们不知道这个吃盒饭的流浪汉正做着一个贵族的梦——多少年后，等我做了爷爷，我会胡子一捋地告诉孩子们：怎么样，爷爷年轻时是不是很骑士风度？虽说蹲在街头吃盒饭但可以掏二两金子给爱情。

不管怎么说，小金佛的归宿比我父亲的剧本安排得好。

肮脏的爱情也叫爱情，那时我这么想。不叫爱情叫什么呢？

爱情来去匆匆是我们这个时代的特征之一。爱情来的都是时候去的都不是时候。现在很难找到饿死街头的艺术家了但到处都是寻爱的艺术家，年龄从 18 岁到 81 岁。我其实不是艺术家，很艺术的是我天生这双眼睛，能轻易发现少女。我这辈子就注定要栽在这上面。两个多月后的一个傍晚，失踪的少女斯背着我们的爱情突然又回来了。那时我正在朗诵一首令人沮丧的著名诗篇。她胆怯地看着我，像是等着挨揍。我的确扬起了手，却如燕子一样落下。我摸摸她的脸颊，你瘦了，我这样说。然后我们就在一起了。我在这前后 20 分钟里背叛了我的家族精神，我真是不肖子孙。天色黑下来，我看见肮脏的爱情像蝙蝠一样在空间里飞翔。

你恨我吧，她说，你肯定说过要宰了我。她用手梳理我汗涔涔的头发，两眼柔情似水。我这才发现偷我小金佛的少女依然还是少女。我怎么好意思对一个少女实施暴力呢？我伸出双臂凌空舒展了一下，就势把她搂到怀里。少女斯突然大哭起来。

你知道我为什么回来吗？我怀孕了。我例假超过了七八天。我去医院做了尿检是阳性是怀孕。

我坐起来。我被例假尿检阳性弄傻了。可怀孕这个词听起来又特别美好。我把手放在她腹部上，我问：是这儿吗？她说现在摸不出来我现在很苦恼。我问：你苦恼什么？你不是担心不能怀孕吗？她说这个孩子不能留下来，你这人根本就靠不住我不能留你的孩子。她这样哭哭啼啼弄得我也苦恼了。我最后表态说：流吧。怎么个流法？去医院还是买药打？她说我不吃药我想去医院，我做检查时对医生说我爱人出差了我得同他商量。你真是这样说的？我就是这样说的，我不能委屈这个孩子虽然他还没有五官。你是想让我当这孩子的爹？你本来就是他爹。

流产的日子阳光灿烂。我一副风尘仆仆从外地赶回来的样子，手里离不开香烟。医生说这儿禁止吸烟。医生说你们男同志今后可要注意不能由着性子来。医生就像善良的外婆，安慰我说不要紧这种小手术我们一天要做上百例我们是三八模范医院。我点头哈腰地交出少女斯。我说去吧不要紧张。这口气听起来像电影上的指导员。据说很痛，她说，据说还不能打麻药。我沉思着看看外面的天空。我说痛可能会有一点，不过很快就会过去。她点点头。她说你再抱抱我，随便抱一下也行。我们就在走廊上随便抱了一下。少女斯把头发撩到耳后，掀开那道不怎么干净的白门帘进去了。时至今日，这个画面还是那么大义凛然深深感动着我。那时候我就像出卖组织的叛徒一样在走廊上走来走去。我仔细听着帘子里面的声响，可我没有听到一个少女的哭声。

一会儿医生大咧咧走出来交给我一张处方：去交费取药。我问做好了吗？医生说好了，现在你爱人在休息。医生说你爱人子宫后位一般不容易怀孕，怀上了也不容易弄掉。我问能进去看看吗？医生说再等一会儿，她需要打一针，帮助子宫收缩。

子宫。书上说子宫像一个倒挂的梨，精子和卵子就在那里拥抱这便是生命之初。现在这个生命没有了，丢到了垃圾桶里。

面容惨白的少女斯弯着腰向我走来。我扶着她，问她：你怎么不哭呢？她说我哭了，我没有力气所以哭不出声。医生说东西很大要换大号的吸头。她们吸我。一吸我就觉得在把我内脏往外掏。我看见挂着的那只大瓶子里面尽是血沫。我把少女斯背上出租车，我说：我要把你好好补一补。她满意地把头靠到我肩上，她说：我现在完全是“过来人”了，你不能再拿我当少女。我说你还是少女这个不会改变。她说不是了，慢慢你就觉得了。这时候司机揿揿喇叭，说二位不要在车上恩爱免得我分心出交通事故。司机感叹说他妈的这年头好夫妻真是不多。出租车驶进闹市区，我们都不再说话。

那一年我 38 岁，谁看我都顺眼。但自从和少女斯在一起，我发现自己整个的就完了。少女斯是把杀人不痛不见血的刀子。她来去自由，充分利用了我全部的弱点。现在我背着她回来，爬七层楼，我累得像只老狗。我想我真有点老了，连撒尿都像糟老头那样软绵绵的没有劲儿。我就对她说：我发现我老了。我以为她会来点安慰，可她没有。她说你是爹了还不该老？我说我才38岁。她说你的心老了。我感到悲伤，坐到沙发上去想刚刚扔到垃圾桶里的孩子。据说是一块肉，据说是一个儿子。我想他要是不弄掉将来一定会杀了我。少女斯在床上对我招招手，让我过去。她说：我一下觉得自己好空，就剩了五官。我亲亲她，我说你什么都在，好好的一样不少。她坚持说：我空了。然后她又开始流泪。少女的眼泪总是特别多。她捧着我的脸说：要是那孩子不是你的，你还会陪我去医院吗？我把她的手拿下来，我说：你别吓我。她又捧起我的脸：你说，会不会？我什么也没说。她放下手说：谢谢你。

我和少女斯的故事到这里就该完了。这个故事很糟糕我没有办法，因为故事本来就是这个样子。那些日子属于一个皇帝和一个乞丐，而我则扮演了上述两个角色。生活中人们习惯叫我艺术家，这完全是一个误会。我多愁善感，郁郁寡欢，偏偏胆小而妄为。我后来又有不少女朋友，但她们一望便知个个都不是少女。真正的少女已离我远去。那时候我兴高采烈地从菜市回来，发现屋子里又变得干干净净，我断定少女斯走了。屋子里还留着她的汗味，我想她一定是刚刚出门没有走远。我们没有走在一条道上，失之交臂。我跑到晾台上向另一条路上看，果然就看见了齐耳短发斜挎大包的背影。我没有喊。我望着少女斯晃晃悠悠的背影在心里数数，如果数到8她回过头往这边看，我立即就冲下去把她扛回来，对她说：我们做好夫妻。可是她终于没有回头。我咽下口水，回到屋里，手中的老母鸡嗷嗷乱叫，然后从逆光中看见了我们的家族精神。

1996年5月　合肥

（原载《作家》1996年第10期）

寻找子谦先生

1993年4月17日早晨，何光被门铃声吵醒，然后就见到了自称是子谦先生女友的余佩小姐。何光知道余佩这个名字，是这年春天开始的时候，他听说子谦先生因为一个叫余佩的女人同妻子闹离婚，还听说这个女人比子谦小22岁。除此之外，何光别无所知。

子谦出走了。余佩说，他是不辞而别。

这个消息并没有使何光感到惊讶，但余佩以泪洗面的情状让何光不安起来，很快也意识到这件事的非同小可。

余佩说，自从与子谦相识，后者就不曾离开过自己。就是出差，他们也是形影不离的。

你很担心？何光这么插了一句。

余佩停止了抽泣，说：你应该知道他去哪儿了。我和他在一起这些日子，他只对我提起过一个人，就是你何光。

何光内心很感谢子谦先生对自己的厚爱。一个男人对枕边的女人谈论另一个男人，是需要勇气的。但是何光还是有些为难，因为他确实不知道子谦先生的去向。

何光把余佩引进客厅，扔给她一本画报，说你别着急，我收拾一下，咱们再作商量。然后何光就去卫生间洗脸刷牙了。他关紧了门，解了一次漫长的小便。何光找了一个不出声的角度，尿液顺马桶的左壁缓缓而下，果然没有发出一点声音，以致后来余佩认为这段时间何光是在吃早点什么的。

何光回到客厅时，余佩已镇静了许多，脸上的泪痕也用粉纸擦尽了。何光这才觉出，余佩真的算得上一位小美人儿。何光的妻子出国做访问学者已近三年，这个家几乎找不到一点异性的气息，所以余佩的不期而至，倒使蓬荜增辉了。

你吃好了？余佩问。

何光说，我没有用早餐的习惯。以前老婆在家时……

你离婚了？

没有。王小宁出国了，何光说，王小宁是我老婆。你喝茶。

王小宁出去几年了？

有三年了吧。

三年？余佩笑了一下，你这三年可不容易。

何光有些后悔，不该在同余佩的谈话中暗示自己独处的事实。自己和子谦先生是忘年之交，况且后者眼下至少是失踪了。

我们怎么办？何光点上烟问道。

你说呢？余佩说，你同他是好朋友，你应该对他更了解一些，我听你的。

何光想了想，说，首先，他不可能去死。子谦先生是个爱惜生命的人，这种人是不会死的。

余佩说，我想也是。他年纪虽奔 50 了，但是……我们过得一直很好。

那么，何光说，他的突然失踪极有可能是一种方式……

余佩看着何光，可能听不懂这种表达。

何光接着说，这种方式对他解决问题很有用，比如说给司法机关造成一种压力，便于裁决他同妻子的离婚书。

你觉得子谦这样做是为了离婚吗？

应该是。何光对自己的这种分析持有信心。再说，不为这个，又为什么呢？

当天中午，何光同余佩一起匆匆吃了份快餐，就登上了犁城去蓝堡方向的火车。他们先是办了硬卧，何光睡上铺，余佩在下铺。他们坐在下铺交谈。车行 40 分钟，在三十铺站上了一批去南边贩面料的小贩。这些人一上车就支起箱子打扑克，边玩牌边喝酒。何光很不习惯在这种氛围里去讨论一位朋友的生死攸关问题，便去找了车长，加了些钱，同余佩双双移到了软卧车厢。余佩说，早知这样还不如乘飞机。何光说，飞机太快了。余佩就问，快有什么不好？何光解释说，他想沿这一线寻找子谦先生。如果蓝堡找不到，还可以回头去军埠，而军埠是不通飞机的。何光也觉得自己这些解释与速度没有关系，他私下埋怨自己的嘴太快了。

软卧车厢就他们两个，布置得很干净。何光慢条斯理地沏上茶。他想给余佩也沏一杯，可余佩说不渴，要渴了就喝他的。你不在意吧？余佩说，我没病的。

然后他们接着交谈。

何光提出去蓝堡，理由有两点。其一，蓝堡是子谦先生的出生地。蓝堡近半个世纪的历史，就出了子谦这么一位文化名人。这种故土之情是难以割舍的。其二，据何光所知，子谦先生 17 岁那年的初恋也开始于蓝堡。恋爱的另一方姓莫，莫小姐其时 15 岁，发育已是很好了。由此推测莫小姐应出身于大户名门，因为那个年月，不是这样的家境，15 岁的女孩连乳房都未必能长高。男人，何光说，尤其是进入中年的男人，对初恋总是看得很重的。这种总结的口吻让余佩很有几分兴奋。

他们那时候，余佩笑着说，会做爱吗？我想象不出子谦 17 岁的身体是个什么样子。

何光没有回答。余佩这个女人有些轻浮，可是并不令人讨厌。他看了余佩一眼，却在想这个女人和子谦先生在一起的情形。子谦是个瘦高个，穿西装还算挺拔，颇有几分风度。文化人中，像子谦先生这种注重仪表的人确实不多。当然，脱光了的子谦肯定是另一个样子了，大约形同仙鹤吧。不过这种体格的男人在床上一般是见功夫的。

子谦可真是风流了一辈子。余佩说完，便躺下了。

所以我首先排除了自杀的可能性。何光说，当然，凡事都不是绝对的。要不，我们还出来干什么？

何光发现后两句话余佩可能没有听见，她戴上了耳机，听起音乐了。何光看着窗外掠过的田野和村庄。他想这回出门多少有点不可思议，寻找子谦的下落似乎显得不重要了。他不明白，早晨见到余佩时，她那些眼泪是从哪儿来的。何光后来就去了车厢连接处吸烟。他总结了这半天来的经历，觉得自己也很荒唐，言谈中勾引的意味处处可见。眼前掠过的是一行行吐出新绿的杨柳枝。四月在中国是春意正浓的季节。很长时间过去后，何光才真正感到，选择四月出门怎么看都是一个错误。

软卧车厢与餐车相通。不到六点的光景，何光就叫了余佩去用餐。余佩已经睡了一觉，醒来后眼睛稍有些肿。何光注意到余佩睡着时两眼合得并不是很拢，有点似睡非睡的意思。如果不知道她是睡着了，这种眼神是绝对迷人的。何光断定女人入睡的依据是女人异常丰满的胸脯，起落得很均匀。何光对此没有自责，因为余佩当时的睡姿与光线构成了一种特殊的角度，最亮的部位便是那两点。亮的、动的，最不济的视线也会被它们牵走。

子谦肯定是在蓝堡吗？余佩喝了口西红柿鸡蛋汤后这么问道。

我说过，凡事都不是绝对的。何光说。

如果子谦不在蓝堡，我们这趟算什么呢？余佩看着窗外说。

何光没再接话。是呀，算什么呢？

他们返回时，车厢里已多了一位老干部身份模样的人。那人是下铺，何光便坐到余佩这一边。何光主动同老者搭腔，问了一些很琐碎的话。余佩还是听歌，她把鞋脱了，两条腿就放在何光的背后。

你们去哪？老者问。

去蓝堡。何光说，去看一位朋友。

你爱人是搞文艺工作的吧？老者问。

何光笑了笑。他没有说，这不是我爱人。不是爱人又是什么？情人？恋人？怎么看都不像是同事，一般熟人又干吗要结伴而行呢？何光想这是不容易说清的，倒不如不说。

不说就是默认。而且何光为了证实这种被认定的关系，必须要拿出相应的行动来。所以后来何光要为余佩拉拉被子，把杯子递到她手中，把她的鞋放放整齐，何光还为她削了一个苹果。何光每做一样，余佩都说一声“谢谢”。她戴着耳塞，声音吐出来比平时大。

你们结婚没多久吧？老者又问。

何光这回是含混地点了点头。

老者笑着说，我一看就知道。只有新婚夫妻才会这么情到礼周。

火车上这一夜让何光心烦意乱。他想这事开始变复杂了。他对余佩所做的一切，在对方眼里无疑是献殷勤。余佩会怎么想？会认为他是一个缺德少义乘虚而入的小人吗？何光一夜都为此烦恼。他越想越觉得窝囊，事情的性质莫名其妙地被改变了，作为当事人，他却难以申辩。

翌日上午，火车抵达蓝堡。那位老干部模样的人下车前分别同何光和余佩握手，说，祝你们永远恩爱、相敬如宾。余佩听了这话不禁笑了，看看面红耳赤的何光，用胳膊碰碰他，他拿我们当夫妻了？何光说随他瞎说吧。余佩说，也难怪，你一路上对我那么体贴。何光难以解释清楚，便一笑付之。

他们先住下，各包了一间房。何光计划在蓝堡逗留两日。第一天去文联、文化局和文史办，第二天通过公安局查询姓莫的女人。从地域上看，莫姓在这个地区虽是大户却是小姓，查询工作不会太难。鉴于目前子谦先生的状况不明，两人商定对外的口径是追踪采访，为子谦先生筹拍一部电视片。何光是编导，余佩为电视台的主持人。余佩说这成了冒充，万一惊动了当地的头头脑脑，就露馅了。何光觉得有道理，便将余佩改作自己的助手。

第一天，他们受到了很好的礼遇，几家文化单位听说是因为家乡名人的事，十分热情。但从他们的谈话中，何光觉得子谦先生至少有十年没有光顾过故里。文联的一位副秘书长也是位小说作者，何光这个名字对他而言比作如雷贯耳毫不过分。这是何光始料不及的。余佩说，你的名气也不小呀，千里之外还有人知道你。何光淡笑道，我们这些人，也就剩下这么点东西了。话一出口，连他自己也觉得莫名其妙。副秘书长领他们去看了子谦先生读过书的中学，并说校图书馆专门辟出一柜，陈列子谦先生的作品及研究他作品的资料。何光对此有些不同看法，子谦先生的成就主要反映在文学批评上，他是靠研究别人来造就自己的。子谦先生的批评文章有其风格，属明修栈道暗渡陈仓那一路，借他人作品之像塑自我之形。不过何光仍是要感谢子谦先生。当年若不是子谦先生连续三篇大块文章，何光在小说界的知名度绝对不会有今天这个样子，至少不会扩大到千里之外。

在中学转悠了很久。副秘书长接到传呼，便去回电话。趁这工夫，余佩对何光说，她刚才看到池塘边那个小亭子，能想象出子谦初恋时的情形。他喜欢在亭子里动手动脚，余佩说，我们第一次，也是在公园亭子里。何光听了这话，心里陡然有些不舒服。他觉得余佩不该把事情说得太具体。太具体就是形象了。

第二天的工作情况很糟糕。他们在一位户籍警的引领下，一共走访了八户莫姓人家。其中七户均不知世上尚有子谦其人。唯有一位裱字画的中年男子表示，子谦这个名字略有耳闻，是他堂姐的一位旧时同窗。

那么你堂姐呢？何光问道。

在美国。裱匠说，她一家都在美国。

余佩看了看何光，意思是：难道我们还要找到美国吗？

何光递给裱匠一支烟，希望他尽可能回忆起一些关于他堂姐和子谦先生之间的往事。裱匠就问：你们是来查案子的？何光说，我们想搜集一点有关子谦先生过去的资料。何光这么做，是想让余佩相信，子谦先生当年确实同一位莫家小姐恋爱，否则他不会选择来蓝堡。何光一路上担心的，是自己的安排会引起余佩小姐的误解，把寻找子谦先生的行动当做一个圈套。

裱匠在何光再三要求下，谈起了一件事。子谦这人缺乏教养，他说，学生时代就偷看女生上厕所。我堂姐为这事差点投河哩！

你认为那个裱匠讲的是真事吗？在由蓝堡往军埠的途中，余佩这么问了何光。后者没有及时作出回答是因为不好回答，说是说非都不合适。蓝堡与军埠相距不足两百公里，所以他们是乘大巴前往的。车上的人不多，他们却坐到最后一排，便于交谈。

我认为是真的。余佩说。

也许是瞎说。何光说，30 多年前的事了，谁还能记得那么清楚？况且还隔了一个堂姐。

不，余佩说，我相信是真的，这才像子谦。

你怎么能这么看呢？何光有些不悦了。

余佩说你别误会，我不是在中伤子谦。人生有许多事，做的人和看的人想得完全不一样。也许在子谦记忆里，那就是他的初恋。

何光不禁看了看余佩，忽然从她刚才一番话里听出了这个女人的分量。他觉得自己过于小看余佩了。余佩显然还有姿色以外的东西。她敢于去和一个比自己大 22 岁的男人相爱，这不是一般女人能够做到的。而且在这个男人生死未卜的时间里，她能以局外人的眼光来看待正发生着的事，这也不是一般女人能具有的素质。

子谦这个人生命力很旺盛，余佩接着说，兴许正是这一点，让我看重了。何光没有吱声，心里却是紧了一下。他便去看窗外，居然发现了一对掠过的燕子。何光印象中有许多年没有见到燕子这种东西了，就说，看见了吗？燕子呢！余佩说我比你先看见，远远的两个黑点，我就知道是燕子。只有燕子才成双成对地飞。何光这才笑了，说你这是信口开河吧，从前我们家屋檐下有燕子窝，总是三只燕子一块飞。余佩说真若是三只的话，其中肯定有两只是公的。何光问，何以见得？为什么就不能是两只母的呢？余佩往何光身上靠了一下，说，你这人还挺爱较真儿的，我说你听不就行了？接着就哈哈笑开了，前面的几位乘客都回头看他俩。何光不禁有点耳热。这个余佩！可他弄不清女人究竟想说什么。燕子分雄雌，我偏说成公母，再说就可能成男女了。两个男人围绕着一个女人，这便成了一个故事。何光想起临行前在他家客厅里对子谦先生的那些近似慷慨陈词的分析与判断，觉得真是太多余了。他想女人对男人的了解远比男人对男人的了解更准确。现在他的担忧完全颠倒了。他开始替自己担忧，好像自己落进了别人的圈套，还是自动落进的。至于这个别人是谁，是子谦先生还是余佩小姐，或者是他们，他怎么也想不好。

何光甚至想中断这次寻找。

所以一出车站，何光就提出来，他预感在军埠也将一无所获，子谦先生不会在军埠。余佩说，既然来了，当然还是要找的。找得到和找不到是另一回事。你不是说，军埠这个地方对于子谦有着特殊的意义吗？

何光说，现在看来，意义未必特殊。子谦不过是在这里让一个女人怀过孕而已，其实他可能使不少女人怀过孕。

也包括我吗？余佩居然这么问了。

何光说那是你的事。你没怀孕说明你掌握得很不错。

为什么这个女人怀孕就显得特殊呢？余佩跟着又问。

何光说，子谦只同我提及过军埠的女人，姓翟，叫翟南南，当时是县政府招待所的服务员，现在可能当科长了吧。子谦的妻子不曾怀孕，所以翟南南就很特殊了。

那么，余佩问道，子谦来军埠的目的何在？是想让那个至少不能称作小翟的女人再怀一次孕吗？

何光说那倒未必。何光说男人对为自己怀过孕流过产的女人一般是内疚的，因为那个女人为他吃过苦，他会时常怀念她。

你这是说子谦呢还是在说你？余佩说，你妻子肯定怀过孕。

何光说你错了，她还真没怀过孕呢。

那么就是别的女人，你别介意，我们是随便聊聊。余佩说完，把刚买来的瓜子匀出一半倒在何光手上。何光没有回答这个问题。太阳已开始西斜了，还是得先住下。他们打听到原先的县政府招待所已改成了一家酒店，价格不比市里便宜。何光这回出门带的钱不多，就想换一家。这时候余佩说，我看就到此为止吧。

你是说不找了？何光明知故问。

我觉得意思已经到了，你说呢？余佩正视着何光。

1993 年 4 月 21 日下午五点一刻，何光和余佩又乘上了往犁城方向的火车。这回他们直接找车长争取到了软卧。这列火车的终点站不是犁城，在犁城停车的时间仅十分钟。但是他们在犁城没有下车，而是补足了票，去了南方的一座大都市。不久，这两个人的消息全都没有了。何光所在的单位因涉及到一项知识产权的分配，曾四处打听何光的下落。他们也找到了那列火车的车长。后者表示实在记不清楚有何光这个人同自己打过交道，只说凡通过他搞软卧的人，一般送他一条烟而已。倒是一位负责给软卧车厢送水的乘务员提供了一点线索。她准确地描述了何光的形象特征，包括前额上有几点麻子都没有疏忽。她还说自己收了车厢里那个女人的一瓶牌子还很硬的中法合资香水。我知道她不希望我对外说什么，乘务员说，其实也没什么大不了的事。乘务员始终不说自己的所见，而是重复了那个女人的一句话：

你能让一个女人怀孕吗？

1997 年 4 月 11 日，一位自称是何光先生女友的女人来到了作家潘军的寓所。她说，何光出走了，是不辞而别。见作家未有及时的反应，女人又补充道：

你应该知道他去哪了。我和他在一起的这些日子，他只对我提起过一个人潘军，就是你。

1998 年 1 月 25 日　合肥

（原载《时代文学》1998 年第 3 期）

九十年代的获奖作品

1993 年 2 月，33 岁的摄影师凯文·卡特搭乘 YD－13 直升机去南非北部边界的苏丹，拍摄大量饥民的生活情况。作为出色的现场报道摄影师，卡特和肯·奥斯特布鲁克、莫尼诺维奇、西尔瓦三年前组织了一个被称作“平平俱乐部”的工作班子。那时，曼德拉的“非国大”与祖鲁人支持的英卡萨自由党正打着仗，一夜间白人倒失去了安全感，因此卡特他们需要结伴而行，这样多少会使胆壮一些。但是这一次，四个人分成了两班，卡特和西尔瓦一早就出发了。

不久直升机降落在伊阿德村，这里正有一个联合国救援组织向灾民发放食品。他们走下飞机便听到零落的枪响。西尔瓦哆嗦了一下。他不禁想起自己第一张照片的拍摄情形。那是在一次葬礼上，几个悲痛的黑人发现了一个白人小伙子，就开车追赶并打死了他。西尔瓦侥幸在一片腾腾杀气里对准了焦距。后来他告诉卡特：我真是死里逃生了！卡特说没错，咱们干的就是他妈玩命的活。西尔瓦判断着枪声的方向，还是有些紧张。可是很快，他们被眼下那些快要饿死的人的惨相怔住了。那些人活像一堆焦炭。于是两人开始工作。两个胶卷拍完，卡特就感到胸口堵得难受，一种窒息的感觉使他转移了视线，去看村里难得的那几棵树，可怜的一点绿色。他从几具尸体边迈过去，正想点支烟，忽然，他听到了微弱的呻吟声。卡特看见一个赤裸的皮包骨头的小女孩正艰难地从灌木丛中爬出，而此时一只兀鹰落在了这行将饿毙的女孩身后，瞪大了眼。卡特及时捕捉了这个让人震颤的瞬间，然后他将兀鹰赶走，抱起了女孩。他哭喊着上帝的名字，在那个阴霾四伏的上午，凯文·卡特几乎是疯了。

1996年7月，吴越读到关于凯文·卡特的事迹时，他正在长江大堤的一顶蓝色帐篷里。吴越原名吴启正，是K市宣传部的一名科员，因为常给报纸投通讯稿，就取了吴越这么一个笔名。但是从来没有人喊，认识他的人全都叫他小吴。吴越原是部里的打字员，兼管图书资料室。1987年，他考取了电大，之后身份就变了，进了新闻报道科。那时这个科有四个人，吴越实际干的也还是打杂。科长老王对他不错，总是在发表的稿子上把他名字带上，当然不会带他分稿费。日子一久，吴越就想自己动笔写了。他写了许多好人好事的稿子，从中央到市级报刊都寄，不过一篇也没见报。这样他就有了压力，觉得面子过不去。而且那时他正同一个护士恋爱，总是提前预报成果。护士就问：报纸呢？稿费呢？吴越支吾不开，这才觉得要笔杆子比打字的确要难一些。有一天，吴越发现中央一个部门报纸上有篇署名吴越的文章，谈的是环保与污染，就想以此搪塞对象。为了表明属实，他去邮局填了一张汇款单，给自己开了60元的稿费，汇款人自然是那家中央的报社。但是邮戳是个不好解决的问题。吴越就想自己每天到机关门口去等邮递员，一拿到汇款单立刻用墨水将邮戳弄模糊，再同护士一道去邮局把钱取了。设计似乎很严密。可是三天后的这个上午，部长要吴越随自己下乡搞调查，顺便拍几张照片。于是这张汇款单便落到了他人之手。一周后，吴越出差回来，差点把这事忘了。他隐约觉得，部里的人看他的眼光有点异样，却不知因为什么。后来等到下班，科长老王把他留下来。老王拿出那张汇款单，吴越的头一下就大了。老王说：你怎么这么傻呢？文章千古事，得失寸心知。要是容易，还有人去做工种地么？吴越的眼泪大颗落下，一句话也说不出。老王拍拍他，说你的出发点是好的，人也聪明，我看你今后专职搞摄影吧。老王说摄影是个死东西，只要人勤快，肯吃苦，把有新闻价值的画面一框，再动一根手指，就成了。那时吴越的感觉，科长的话就像黑夜里拨亮了一盏灯。

这以后吴越就从事摄影报道了。K市的大报小报每月都能见到他的作品，因为领导在他的作品里，只要他的照相机框到了领导，就等于提前发表了。吴越当然也不满足，深知这种沾光的事不能长久，便暗下了决心，想凭个人的能耐打出一方天下。他把所得的稿费转化为小商品的形式，平分给了大家。那段时间，通讯报道科的人每月都能领到小吴发放的香烟、啤酒、水果以及瓜子。吴越又变得可爱了。

K 市位于长江中下游地区。防汛是每年都有的事。1996 年的汛情不算严重，但 K 市的江防却差点出了大问题。长江第三次洪峰通过时，K 市的水情刚刚接近保证水位。其时天气恶劣，普降暴雨，江堤的某一段同时出现了四处管涌，情况告急。市长闻讯赶到现场指挥军民联手抢险，他本人也跳到了水中。就在他跃入水中的那一瞬，吴越按动了快门。

1994 年 5 月 23 日，凯文·卡特走上了美国哥伦比亚大学图书馆的讲台，接受了普利策新闻摄影奖。这份以美国资深报纸出版人约瑟夫·普利策姓氏命名的奖项，代表着美国乃至世界新闻摄影界成就的顶峰，与世界新闻摄影比赛（WPP）即“荷赛”具有相提并论的权威性。凯文·卡特一夜间成为世界新闻摄影界一颗璀璨耀眼的新星，受到了广泛而殷勤的拥戴。他一举成名，巨大的热情使这个看上去有几分忧郁的南非青年显得不知所措。他出入在纽约最繁华的场合，整天被签名与采访所困扰。但他是激动的。“我无法拒绝热情，”他这样告诉朋友，“再说，我太需要钱了。”

当《时代》周刊的朋友打电话通知卡特，他的那幅《饥饿的女孩》获奖了，卡特几乎不相信自己的耳朵，甚至怀疑是恶作剧。那个时期，凯文·卡特正处于一生中最为阴郁的日子。他辞去了约翰内斯堡《星期天报》周末版体育摄影记者的职位，没有薪金和健康保险，也没有死亡福利。但他从事的又是一个诱人而危险的职业。而且，他的爱情生活也弄得一团糟。他的情人脾气极坏，喜怒无常，把他撵出了家门。卡特带着私生女，连住的地方都找不到。

4 月 18 日，“平平俱乐部”的这伙人又奔赴托可扎，计划拍摄一次暴力事件。连日来的晦气使卡特沮丧而神情恍惚，居然忘了带胶卷。于是他中途返回了城里。阳光极强，卡特装上胶卷却不想再动了。他对强光下的拍摄历来显得信心不足，就沏了杯咖啡，想陪女儿玩一会儿。突然，西尔瓦惊恐地闯了进来，气喘吁吁地说：奥斯特布鲁克被枪杀了！莫尼诺维奇也负了重伤！西尔瓦吓得连哭都哭不出声，浑身战栗着。卡特把嘴唇都咬出了血，吼叫道：为什么不让我死？为什么不让我去替肯挨枪子！

死亡的阴影像鸟翅一样总是不断在凯文·卡特的心头掠过。卡特的父母是虔诚的天主教徒，却又是种族隔离制度的拥护者。卡特20岁那年，因为帮助一位黑人，曾受到父亲的指责。他一气之下吞了20多片安眠药和一包老鼠药，结果没死成。现在，肯·奥斯特布鲁克的遇难使卡特又一次萌生了死念。但是几天后，他听到了自己获得普利策奖的消息。

题名为《身先士卒》的照片不久相继发表在市、省、中央三级报刊并被多次转载。1996年底，这幅照片参加了全国性的影展并获得评委会特别奖。突然的荣誉使作者吴越恍然若梦，他的形象完全得到改变，成为拥有国家级奖项的摄影家。不久，他被提拔为通讯报道科的副科长，坐上了科长老王对面的那把椅子。这个科分享着吴越的殊荣，但分享吴越稿费的日子一去不复返了。随着《身先士卒》的获奖，吴越的身价也高了。他的作品频频发表，而且稿费的标准也越来越往上走，每月的数目远远大于工资。于是事情就来了。有人提出，吴越用的相机、胶卷以及暗房，全是公家的，而稿费都归了个人，这不合理。摄影和文字通讯不一样，稿纸墨水才值几个钱呢？科长老王觉得这似乎也是个问题，便提出了一个折衷方案：相机和暗房设备仍可以无偿使用，但胶卷由实报实销改作公家报销一半，另一半由吴越自理。不料，这个方案被吴越拒绝了。为什么？吴越质问道，我干的全是公家的事，为什么还要私人掏腰包？电视台的人用的设备更值钱，谁见到克扣他们稿费片酬了？回答得振振有词。老王感到下不了台，感到吴越已不再把他这个恩师放在眼里，就把桌子一拍：你狂什么？你那张片子不就是瞎猫碰死老鼠吗？他以为这下会把小吴震住。吴越冷笑道：我是瞎猫不错，可你能认为市长是死老鼠吗？这一说，老王傻眼了。当时边上有很多人，老王自知是出言不逊，后悔莫及。在这个周末的支部生活会上，老王首先作了检讨。几个月后，老王调到市地方志办公室当副主任，看上去是升了一级，却远没有在通讯报道科实惠。他脱离了政界最有利的位置，撂在了一堆线装书中。

1997年4月，吴越被任命为通讯报道科科长。他上任的第一件事，就是把老王坐了七年之久的那把旧藤椅扔了。这年春天结束的时候，K

市市长被新一届人民代表大会选为副省长。据说他的得票率很高，投票者早已从那幅著名的照片上认识了他。大家觉得，那无疑是张感人的照片。当然也有几句微词。有人说，作为一市之长，关键是运筹帷幄、指挥若定，而不是跳到洪水里参加搭人墙。像这种“身先士卒”，容易让人想起多少年前的学大寨，书记一到基层，首先便裤脚一卷，下田插秧了。领导就是指挥，指挥是不需要摸爬滚打的。可是我们中国人又最讲感情，面对溃堤危险，面对水中搏击的军民，你能西装革履地立在安全地带指指而挥之吗？

普利策新闻摄影奖评委会对《饥饿的女孩》的评语是：它以显著的方式表明了人性的倾覆，揭示了整个非洲大陆的绝望。凯文·卡特在一次记者访谈中介绍说，当时他在现场等了20分钟，希望那只兀鹰能展开翅膀。“这样会具有更强烈的视觉冲击力，”他说，“作品则更为完美。”但是这次采访给他造成的麻烦却让他始料未及。有人立刻在道义上对他进行谴责，说他本身就是个捕猎者，是在场的另一只兀鹰。那个小女孩随时都会饿死，而这个可以做她父亲的男人却冷眼旁观了20分钟！连卡特的一些朋友也为之叹息：是呀，卡特，你当时为什么不去帮那可怜的孩子一把？卡特为此痛苦也为此恼怒。他说：当我给一个受伤者拍摄时，你难道要我先替伤者揩尽血迹再按动快门吗？作为一个新闻摄影记者，我只能从视觉的角度思考问题。我不得不这样做！

从纽约回到约翰内斯堡，卡特的精神已濒临崩溃的边缘。他在笔记中写道：“心情恶劣，没有电话，没有付房租的钱……钱!!! 我被鲜明的杀人、尸体、愤怒、痛苦、饥饿、受伤的儿童、快乐的疯子的记忆纠缠不休，总是警察，总是屠夫……”钱的入不敷出一直是卡特心中搬不开的一块石头。那时“平平俱乐部”已溃不成军，肯·奥斯特布鲁克的被枪杀如同一团驱之不散的阴云盘旋在大家的头顶上。莫尼诺维奇还躺在病榻上呻吟着，西尔瓦整天待在家里修剪那棵衰败的葡萄，一边听着关于南非大选的广播。为了钱，凯文·卡特接受了一份去莫桑比克采访的活儿。长期的神经衰弱使他在出发的前一个晚上定了三个闹钟，可第二天他还是误了早班飞机。更为糟糕的是，他艰难地完成了这次采访任务，却把一包未经冲洗的胶卷落在了返程的飞机上。等他发现并驱车赶到机场时，那架飞机刚刚升空。卡特在巨大的引擎轰鸣声中吼叫着，痛不欲生。他两手空空地回到自己的寓所，当晚就发起了高烧。噩梦再次袭击了这个日渐虚弱的青年。

卡特最后梦见的是照片上的那只兀鹰。他清晰地看见，兀鹰向他展开了双翅。

1997年对青年摄影家吴越来说是意味深长的一年。虽然他当上了通讯报道科科长，但因为K市市长晋职离任，留下的阴影便更为广泛地包围了这个青年人。人们公开地把吴越的提拔和市长的晋升扣到了一块，说是相得益彰。甚至有人出来为前任科长老王鸣不平。人们指责吴越的忘恩负义，说这个侥幸交上好运的人心怀叵测，去市长那儿放了老王的坏水。吴越陷入到孤立无援的境地。天渐渐暖了，吴越度过了一个漫长而烦躁的春季，想一心投入到防汛的采访摄影中。他已做好了充分的准备，并把跟随领导的任务安排给了他的助手。他决定扎到历史上最著名的险段，拍出完全属于自己的作品来。“我需要为自己平反”，他在笔记中这样写道，“我要以新的作品来证明自己的实力，拒绝沾光，拒绝施舍。”但是非常奇怪，这一年的长江风平浪静，雨水也降到了另外的地方，报纸上称这是厄尔尼诺现象。那时K市和全国各地一样，正以巨大的热情和资金，投入到迎接香港回归的喜庆中。

吴越在江堤上逛了两天，心情沮丧。引而不发使这个青年人对城市失去了激情，他决定去山里过上几日。通讯报道科干了十年，每回下乡，吴越都是由县里、乡里的人陪同着。他觉得很不自在，像提线木偶那样受人牵制，自己不过是相机的操作者。所以这回他事先没有打一个电话，独立行动了。

五月，山清水秀。杜鹃花在山崖上怒放着，山脚的村落炊烟袅袅。吴越骑着一辆旧自行车，想沿这条砂石公路进入到山的腹地。这时，他突然发现了一只白色的大鸟。后来吴越告诉别人，如果这天不是见到这只神奇的鸟，他或许不会拐上右边的一条黄泥小路。这路是陌生的，从雨天留下的痕迹看，几乎找不到一条自行车的车辙。吴越走了近一个钟头，才看见一个肮脏的身影。那是个大约十岁的男孩，却长着老气的脸，衣衫褴褛，像电影里的乞丐。吴越问这孩子，前面是什么村？男孩不语，只是对吴越傻笑着，有节奏地抽着鼻涕。吴越正琢磨，这时从边上的树丛里又跳出了四个儿童，近似的面孔和一样的笑容令吴越心下一沉。他隐约想起以前听老王说过，这山里有一个傻子村，全是近亲结婚的恶果。吴越拿出尼康相机，退到一棵马尾松后面。这些孩子直盯着相机，怪异的表情中透露出一丝灿烂的天真。吴越很快拍完了一个卷，然后推着自行车跟在这几个弱智儿童后面，向不远处的村落走去。我就像在赶一群刚从泥沼里爬出来的羊，吴越后来这样说道，可我没有牧人的好心情，我想哭！

在进村的路上，吴越想到了凯文·卡特。

1994年7月27日，约翰内斯堡天空晴朗。黎明前的一场小雨使干燥炎热的气候略显得凉爽，空气中也有了几分清新。凯文·卡特在大病一场后心情突然好了起来。他出外转了一圈，破例拍了一张风光片。似乎第一次有这种感觉，灾难深重的非洲却有世界上最为动人的原始风景。卡特急于想看到这张片子，想让西尔瓦帮助冲洗制作——他的暗房已好些日子不用了。他给西尔瓦去了电话，谈得兴致勃勃。但是西尔瓦却建议他最好尽快去看精神医生。

无所事事的卡特后来就去冲洗自己的那辆红色货车了。其实这车淋过一场小雨很干净。卡特细致地擦洗，他的身影在红色油漆中晃动着，像一幅加滤色镜的片子。忽然他犹豫了一下，仿佛从这片红色中又一次看见了那只兀鹰的影子。这时，有人在喊他。卡特转过身，看见一位身着黑裙的女人正向自己走来，这是肯·奥斯特布鲁克的遗孀莫尼卡。

你好点了吗，卡特？莫尼卡说，你的气色看起来还不错。

我挺好，卡特说，我想我很快就全好了。

卡特说家里太乱了，于是两人就站在车边交谈着。卡特谈论着天气、女儿和童年经常玩的一条河，最后又谈到了那只无法摆脱的兀鹰。“那家伙其实一直也在盯着我。”卡特这样说道。那时莫尼卡还没有完全从丧夫的悲痛中恢复过来，卡特的话如同醉言呓语，她只是耐心地听着，却没有察觉到此刻面前这个男人距死亡只有一步之遥。夕阳西下，他们分手了。卡特上了红色货车，微笑着告诉莫尼卡：我们不同路，我走了。如果运气好，我会见到肯。莫尼卡后来告诉西尔瓦和莫尼诺维奇，当时她以为卡特是想去公墓看望长眠的奥斯特布鲁克，而她上午刚从丈夫那儿回来。

凯文·卡特这个晚上开着红色货车，几乎转遍了约翰内斯堡的大街小巷。夜九时许，这辆车停在了布莱姆方特恩斯普洛特河边。这是条优美的河，卡特在这儿度过了难忘的童年。这也是他第一次目击死亡的地点。他清晰地记得，一个黑人侍者被白人警察射杀，尸体浮在河中。那时他才六岁，父亲用粗糙的大手捂着他的双眼，但无法挥去血腥之气。卡特在河边静立了一会儿，希望能看到月光在水面的倒影。可是这个晚上没有月亮。然后，他找出了一截花园里常用的那种绿色软管，用胶带把它固定在汽车的排气管上，再通过车窗送入车内。他重新回到车上，检查了一下手刹，发动了汽车。大量的二氧化碳废气很快充满了驾驶室。卡特戴着随身听，放倒了座椅，顺手拿起一只平时装胶卷的袋子枕在头下。他随着那支忧伤的曲子慢慢闭上了双眼。

第二天，人们发现了凯文·卡特的尸体，并在座位上找到了一张条子：

“真的，真的对不起大家，生活的痛苦远远超过了欢乐的程度。”

吴越在山里住了四天，于第五天傍晚返回了 K 市。他没有回家，而是直接去了暗房开始冲洗胶卷。这无疑是一次特殊的采访。作为摄影家，吴越始才体验到什么是真正的创作冲动。他在笔记中是这样描述这种异乎寻常的心情的：

当我把镜头对准这些弱智的孩子时，我的心在颤栗。我在内心深处哭泣，我呼喊着我的母亲，期盼她用手拍我的肩，理我的头发。我被孩子们揪心的笑容折磨着，喘不过气，夜夜都从噩梦中惊醒……

我诅咒贫穷，这是万恶之源！

第六天，吴越从上百张小样中挑选了五张进行了加工制作，并对这组照片命名为《以笑的方式呼喊》。

吴越很快把作品投给了北京的一家报纸。几天后，他接到了编辑的电话。对方说他个人喜欢这组照片，但确实不好发。对方没有更多的解释，只是讲了许多客套话。吴越说：那你退回来吧。后来吴越又将照片寄给了一家专业性杂志，得到的回答是：近期难以安排。吴越大为困惑，觉得这些报刊像彼此通了气似的，对待作品的态度都是礼貌的拒绝。可这是他最满意最有信心的作品，怎么就这么难发表呢？到了这年六月的一天，吴越在街上意外地碰见了一个熟人。这人是香港某报的记者，吴越去北京领奖时曾和他有过一面之交。K 市的重逢让他们高兴，吴越自然要尽地主之谊。两人去了江边一座叫“心潮逐浪”的酒楼，一夜的话题都是香港回归。这记者原也是内地人，80 年代末去了美国，混不开了又转到了香港，干起过去的营生，不过年薪尚有 20 万港币。记者这回来 K 市，是为了寻觅一位文化名人的踪迹。名人业已作古，但于 30 年代在 K 市留下的一段生死恋情，至今传为佳话。

吴越陪香港记者在 K 市寻觅了三天，也帮他搜集了一些资料，拍了一些故居遗址之类的照片。末了，吴越把《以笑的方式呼喊》一组照片交给了这人。记者一看就很惊讶，说这组照片具有穿透力，太精彩了。记者说要建议老板以显著位置推出，并表示在吴越提供的背景材料基础上撰文一篇，向全世界呼喊中国的贫穷，山区缺碘、近亲结婚、计划生育国策在农村面临困境、愚昧在蔓延，总之，大有文章可做。吴越的情绪也被煽动起来，眼前又浮现了一个月前在山中的那一幕幕，不禁流出了眼泪。送走记者的那天晚上，他独自坐在办公室，忽然想到了凯文·卡特的死。那个年纪和自己相仿的南非同行真正的死因并不是受到非难和对钱的焦虑，而是为他的获奖作品所折磨。隐形杀手或许就是该死的普利策奖。

这时，有人敲门。进来的是老王，吴越很觉意外，他们已有好几个月没见过面了。老王一眼就注意到从前自己坐过的那把旧藤椅换掉了，就轻叹了声。吴越给老王沏茶，老王摆摆手，说：别忙了，我顺道来看看，就两句话。于是老王问起那组照片，问是不是交给香港记者带走了？吴越说：你消息可真灵通啊。老王说那个记者去地方志办公室查阅名人材料，谈起过。老王说：你赶快发份电传，把照片追回来，别发了。吴越有些吃惊：为什么？老王说：马上香港就回归了，这是百年的庆典，你弄出那种照片，合适吗？再说又是境外投稿，还有个新闻纪律问题，你不懂？这一说，吴越心里便一顿，神色也凝重了。老王说：小吴，你还年轻。以前我说过，照片是个死东西，何必要往活里拍呢？说完这话，老王就走了。吴越送老科长出门，觉得这个人的背影很像自己去世多年的父亲。

月光透过梧桐树的缝隙泻到地上，像落了一层薄霜。对面的楼上，传来理查德·克莱德曼演奏的钢琴曲《秋日的私语》，听起来令人伤感。吴越倚在门框上，觉得自己的那把椅子怎么看都有些别扭。他想，当初急着把老王坐的旧藤椅扔掉，或许是一个错误。

1998年8月22日　北京

（原载《花城》1998年第6期）

注：文中关于凯文·卡特的情景材料出自黄利编译的《黑镜头》（中国文史出版社）

去茂名的路上幻想一顶帽子

1996 年 12 月我应邀去广东茂名出席一个小说笔会。通常这样的会，事先我都要问清楚，是哪些人去？倘若与会者中有一些很难坐到一块的，我自然就放弃。我这些年东奔西走，除了笔会，任何会我必定是拒绝。笔会最大的快乐就是以文会友，我相信在这次的会上肯定会遇见许多老友的。果然，组织者一说就让我高兴，眼前立刻出现了那几张老脸，却也一如既往的生动。

笔会报到的时间是 12 月 20 日，而 19 日这一天我人还在成都。那时我正在为将要开拍的一部长篇电视剧物色演员，一个月内飞了五个城市。因为忙乱，我迟到了一天，就是说我要在 21 日才能飞到广州。其他的人已在前一天乘火车先行了一步。编辑部只留下一位编辑在广州等我。后来我知道，迟到的还有另一位北方的作家。

12 月 21 日这一天成都是个阴天，寒意浓重。这天早上我不知因为什么做了一件可笑的事，就是去宾馆的发廊理了发。这个举动与一把造型别致的椅子有关。那是一把很漂亮的椅子，黑羊皮上镶着仿紫檀木的扶手。我路过发廊，脚下便迟疑了，盯着那椅子看。这时服务小姐迎过来，问：先生，洗头吗？

我不想洗头，但我觉得事情突然变得不好解释——不洗头你停下来看什么？我当然也可以说“我不过是想看看那把椅子”，然而我却没有这么说，而是很礼貌地告诉她：我不洗头，只理发。以后的事可想而知，我满足了对椅子的欲望，躺在它身上，手在仿紫檀木上尽情地抚摸，而我本来就不多的头发又短去了一些。从那一刻起，我便想买一顶帽子。我就是带着这个幻想登上由成都飞往广州的飞机的。

不知是理发的缘故还是这一天广州的气候骤然变冷，两个半小时后，我出现在了白云机场，立刻就感到我是多么需要一顶帽子。那时我的朋友正在出口处远远地向我招手，我却一边摸着脑袋向他走去。我说我来晚了不好意思我想买一顶帽子。朋友欣赏着我的新头，开心地笑着，说你这家伙像个新郎官似的。这显然是在挖苦我。任何男人包括美男子只要是刚理发，那份尴尬不言自明。我说我是真想买一顶帽子的。于是朋友就陪着我去了机场商店，可是我没有看见我所需要的那种帽子。商店里只有夏天遮阳的凉帽或者草帽。我落空了，幻想还是幻想。我想托朋友去市里的正规商场看看，朋友说恐怕来不及了，因为我们还要在机场等那位北方的作家，他的飞机在40分钟之后就会降落。这样时间差不多就到了下午五点，我们得去随便吃一点，朋友说，然后去赶七点一刻的火车。看来也只好如此了。但我的头很不舒服，后脑勺一带总觉得凉风飕飕。我实在太需要一顶帽子了。我告诉朋友，我再去周围转转，让他原地等候北方的作家。一会儿我再回来。他提醒我记着经常看表。

我和朋友分手后便去了另个一方向，接连转了几个私人小铺面，还是找不到这季节能戴的帽子。我便有些沮丧。机场相当嘈杂，又一班飞机进港了。广播上说这是北京来的，我挤在出站的人流中，像个便衣似的左顾右盼，接着就看见了一顶漂亮的帽子。

那是一顶大盖帽，压在一条独辫之上。那应该是一个女兵，准确地说是一名军事院校的学生，肩章上没有衔。军装的魅力在于穿在任何女人身上都好看，那一刻我这么想着，况且这个姑娘穿任何衣服都好看，她有着“衣服架子”的身材和不亚于明星的长相。她的军帽压得很低，像电影里见到的德军味道，背着北京街头流行的那种双肩包，十分诱人。我薄弱的视线追随着她，后脑勺更是觉得凉了。一个女人倘若走到街上发现眼前有许多的大肚子蹒跚而过，其结论只有一个，就是这个女人自己也怀孕了。事后我曾这样想，假如这一天我不幻想一顶帽子的话，我的视线或许也就不会让一顶帽子牵了去，哪怕是这世界上最美丽的帽子。这个解释似乎还没有力量，也通俗，而另外的解释则更通俗，但却是有力的。如果那顶军帽戴在一个爷们儿头上，我还会转过身来看吗？

不过，我也就稍稍侧了侧身。那未来女军官的俏丽身影很快就被后面的人流遮住，淹没了。这时已是4点20分，我还可以转悠一会儿，或许我能买到我希望的帽子。

我有点怅然。我惦着那顶帽子而不觉放弃了幻想，或者说我已有了新的幻想。几分钟后，奇妙的事情发生了，帽檐压得很低的她又转了回来，这次她给我的是一个正面。就是一个叫人想入非非的女人。她是个丹凤眼，鼻梁挺拔，她的手像男人那样随便地插在裤袋里，步态有些吊儿郎当，神情却很从容。她好像是在等人。她一定是在等人。当她又一次从我面前走过时，我突然叫住了她。我说，哎，丫头，你是演员吗？（我习惯喊剧组里的姑娘叫丫头，她们也很喜欢我这么称呼。）

她用略带诧异的眼光看着我，并向我走近，回答道：也算是吧。我是学表演的。

我看你就像个演员。

那，那你是干什么的？

我？我想了想，我说：这个我以后再告诉你行吗？

她笑了一下，点点头。

我又问：你在等人？

她说是，她说：我等我朋友，说好了来接我，怎么就见不着了？你也是等人吗？

我想买一顶帽子。这种答非所问使我有了一瞬的局促，我想我的精力显然是分散了。她的朋友？那无疑就是男朋友了。我看了看表，我的时间已经不多了。于是我接着说：我可能下个月去北京，我能再见到你吗？

她稍加思索，就写下了她的姓名和呼机号。她写得十分工整。她叫郎乔。

这时候，来接她的朋友出现了，是个和她年纪相仿也很漂亮的姑娘。她说：嗨，小乔！真不好意思，路上塞车，整整憋了一个钟头——这位是你——

郎乔没作解释，我急忙说：我们才认识。

然后我就把我的姓名和手机号留给了她。我说：我们会再见的。

在我身后不远处，那位北方的作家已经和接站的编辑朋友站到一块了，他们在望着我笑。我走过去，和北方的作家握手。他摔开我的手便调侃道：好家伙，这么快就泡上了一名女军官！

我说：我其实是在找一顶帽子。

去茂名的火车正点驶出广州站。这是我有史以来所坐的最为豪华的一趟车。我所在的是一个软卧单人包厢，一张双人床显得大而无当，还配有抽水马桶。听那位编辑说，这次笔会的赞助商是一个大老板，没有别的目的，只想见见几个作家的样子，一块喝喝酒什么的。广东能有这样的老板实在是文学的幸事，这样的人应该到作协来当官。（既然霍英东先生能做国家政协的副主席，这位老板为什么就不能当作协的副头儿呢?）1996 年 12 月 21 日是我在这一年里最快乐的一天。我是个俗人，意外的享受和结识美女都会叫我欢喜。此刻我睡在这张大床上，依然在幻想着一顶帽子。我在想，如果我早上不在成都理发，我肯定就不会在广州惦着要买一顶帽子；如果我不打算买帽子，我肯定就不会对戴帽子的人感兴趣；如果我不在筹备一部电视剧，我也不会贸然去和一个姑娘说话的。既然我现在做导演了，我似乎就拥有了随便叫住一个姑娘的权力，堂而皇之。还有，如果我们不在机场等候北方的作家，自然就离开了白云机场。如果来接那位小乔的朋友路上不塞车，她也就不会第二次从我眼前通过。最后，也是最重要的，如果小乔的朋友是个男人，我想此刻关于帽子的念头肯定就彻底地打消了。可是这一切都已不是“如果”，所以我对一顶帽子的幻想还会继续。

茂名笔会为期一周。这一周的印象转眼就变得很模糊，只记得吃了许多极不愿意吃的海鲜，通宵达旦地打牌。这本来就是出钱者的初衷，人家对文学不感兴趣，但后来人家对搞文学的人也烦了，觉得这些家伙和他在街上见到的人没有一点差别，却每天都有新鲜的要求。我们住在山上，那环境称得上山林精舍，但无法接收到来自中央电视台的信号，而那时正进行着世界杯的预选赛，我们自然不想错过，于是就向东家嚷：派车送我们下山看球吧！东家就派了车，等我们回来，会议组织者下达通知说，我们的会得提前两天结束了。

在回广州的路上，我们被弄到了硬卧，原先说好的红包也被拦腰一砍。这一路上我们的精神支柱就全仗一位军旅作家“高科技含量很重”

的荤段子了。于是一到广州，人便作了鸟兽散。

临走前的那天晚上，我忽然想起郎乔留给我的呼机号有可能在洗衣时给弄坏了。一检查，衬衣口袋里果然就只剩了个小纸球。费了很大劲将它张开，还是看不清字迹。我便有些沮丧，心想这下算是全泡汤了，那一连串的“如果”被我一时的粗心化为乌有。隔壁的人喊我去打牌，不到一个钟头就输了八张。我努力想着那女孩的呼机号，怎么也想不起来。这时负责报销的会务人员来了，让大家填单子，把来时的机票什么的掏出来。一见我的机票上注明着 12 月 21 日，忽然就轻松了下来——郎乔的呼机号就是 12021。我立刻辞了牌局，回房间给北京打了呼机。接下来便是激动不安的等待了。我觉得这件事与普通的艳遇有着本质的不同，带有一点命中注定的意味。但是，近两个钟头过去了，没有回答。我在这漫长的时间里作出了乱七八糟的猜测，突出的只有一个：呼机号是假的。如今这种事简直多如牛毛，连作家在小说里也不断重复。不过我遇见的还是他妈的头一回呢。

我便自嘲地对着镜子笑笑。我想镜子里的那个男人本来就属于有贼心无贼胆的家伙，被丫头要一把应属正常，就打着口哨进卫生间洗澡了。我想使自己迅速平静下来，把这件带有戏剧性的事忘掉。我产生了这样的感觉：到目前为止什么也没有发生，却又像发生了许多。突然电话响了。我裹上浴巾水淋淋地跑出去，果然就是郎乔的回机。

是你吗？她说，你还在广州？

我说还在，去北京大约要到明年的一月中下旬。

那时我们快放寒假了。

我肯定在这之前到。我说：我呼了你这么久，怎么现在才回呀？

我们刚下表演课呢，在排小品。

是这样。你好吗？

挺好的。喂，你到底是干什么工作的？能告诉我吗？

等到北京时再说行吗？反正我不是个坏人。

我觉得也不像。

然后我们就都笑了起来。放下电话，我眼前再次出现了一周前在白云机场见到的那个漂亮的女军官的形象，那顶帽子实在是神气而动人。我们老家有支民谣里唱道：歪戴帽子斜插花，养个老婆不在家。就是对这种女人的赞美。漂亮的女人一般都是不在家的。

1997 年 1 月 16 日我去了北京。这次还是为了找演员，尤其缺女的。我自然要给郎乔一个机会。其实从第一眼起，我就认为这丫头可以来试剧中的一个角色，形象气质都比较贴。于是住下的当天，我就在她呼机上留言相告，让她速来剧组面试。

她很快就回话了，问道：你是导演还是制片人？

我说是导演。

她说：我的运气怎么这样好呀！

我说：现在还不能定，等试了镜再说吧。没准儿还得做小品呢。

做呗，她很自信地说，我肯定能过关的。

你赶快来吧。

放下电话，我就对剧组的其他人简单地介绍了这个郎乔。我着重渲染了白云机场的那一幕，我说：一个年轻漂亮的女军官，大盖帽压得低低的，稍有点歪，双手插在裤袋里在你面前晃来晃去，你会产生什么感觉？

有人接过话头说：泡她！

大家哄堂大笑。但从他们的表情上看，我的这番话产生了明显的作用。虽然我是导演，可是在选择演员这件事上，我还是想多听听大家的意见。这个下午陆续有演员来剧组洽谈面试，不过让我一眼相中的几乎没有。谈到近五点，郎乔还是没赶到，外面的天已开始转黑了。制片主任问我：那姑娘怎么还没来呢？我说谁知是怎么回事，早该到了。这话刚说完，副导演进来说：导演，有人找你。

制片主任问：是那女军官吗？

副导演说：我看不像。

我有点纳闷，因为我还没有来得及约其他人，来剧组面试的全是副导演联系的，我便随副导演走到会客室，一个打扮很时髦的姑娘礼貌地从沙发上站起身，对我笑。我心里咯噔一响，因为我面对的这个姑娘就是郎乔，我竟差点没认出来。我不知道我的表情里是否流露出了这一点，而我已经在竭力地掩饰了，居然把香烟递给了她。她没接，却很麻利地从时装口袋里拿出了别致的打火机，替我点上，说：导演，你好像瘦了。

我下意识地摸了摸下巴，问：怎么来得这么迟呢？

她说：我去做美容了，见导演嘛。

你以前见导演都要做美容？

我是第一回见导演，忙了一下午呢。

说到这，外面在喊吃饭了。

我自然要留住她，她却说：我们去外面吃吧，我请你。我说，你还是个学生，免了吧。你最好别把我当导演。她说：你本来就是导演嘛。在餐厅吃饭的过程中，我感到剧组的其他人话变得少了。这天她晚上还有课，那个小品排了一个月，她都烦了。我送她出门，路上的雪冻得结实而光滑。我就问，你今天来怎么不穿军装呢？你戴帽子很好看的。她说：我几乎天天穿那身衣服，我周围的人也都是那种衣服，看了眼就发晕。我难得穿一回我喜欢的。突然，她停下来说：我穿这身不好吗？

我笑了一下，含糊地点了一下头。但我的心情在这个瞬间变得复杂起来。郎乔后来好像又说了很多，但现在我实在回忆不起来了。我能记得清晰的还是白云机场的那顶军帽。时值今日，我对一顶帽子的幻想还是幻想，没有人会知道，我是多么向往那顶帽子。

1999 年 10 月 20 日

北京天坛之侧

（原载《作家》2000 年第 1 期）

花 袭

这个故事发生的年代暂时无法讲清楚，但是从故事那些值得关注的东西，譬如一件雨衣，你们不妨把它看做距离我们近一点的事情。故事本身其实并不复杂。

在一个叫做“河头”的镇子，六月里的一天来了两个外省人，是男人，高大修长的身材使他们很容易与当地的土著区分开。他们来的那一天是个阴雨的天气，但是他们没有携带雨具。无边的大雨使他们滞留在镇子西边的那个破旧不堪的城门楼子下面。两个男人似乎并不感到沮丧，他们一边专注地看着雨中老镇的景色，一边作着随意性的交谈。其中一个这时候卸下肩上沉重的包袱行囊，抽上了香烟，说：看来我们这回是来对了地方。

另一个几乎两手空空、戴着眼镜的男人说：事先我没有预料到“河头”会是这个样子。

显然，两个男人对这次旅行——姑且认为是旅行吧，是十分满意的。在逐渐变得淅沥的雨声中，他们彼此用带有欣赏意味的目光看着对方，继续交谈。抽烟的男人说：这里的老房子很漂亮。奇怪的是，我们到现在还没有看见一个人。

戴眼镜的男人说：我倒觉得现在这个样子挺好。我就喜欢像一幅画这样的地方。

抽烟的男人说：即使是风景画，人也应该在其中作为一个点缀才有意思嘛。

戴眼镜的男人说：鸟不也可以点缀吗？

抽烟的男人说：问题是这片天空里似乎连鸟也没有。

戴眼镜的男人说：怎么没有？你看那棵枯槐的梢上立着的是什么？

抽烟的男人说：我看见了。那是几只乌鸦。乌鸦不应该算鸟。

戴眼镜的男人冷笑着说：这是歧视。

正说着，抽烟的男人看见远方出现了一个人影，向这边走来了。抽烟的男人用胳膊肘碰碰自己的旅伴，说：你看，我看见人了。

戴眼镜的男人说：我也看见了。其实我比你先看见呢。

抽烟的男人说：那么，你觉得那个正向我们走来的人是男还是女？

戴眼镜的男人说：我看不出。但这重要吗？

那个向这边走来的人影由于穿着一件黑色的橡胶雨衣，而且雨帽整个遮住了脸，所以实在一时无法作出性别上的判断。但是抽烟的男人还是断然作了结论：是个女人。

戴眼镜的男人说：这只是你内心的希望吧。

抽烟的男人笑了笑。

戴眼镜的男人扶了扶眼镜，神情很快就显出了严肃，他说：问题是那个影子离我们越近，我们越发地不能把他看清楚。

抽烟的男人把烟蒂扔到面前一摊泥水里，发出“吱”的一响。他沉默了，因为他的朋友说的是事实。大雨最后似乎是将那个穿雨衣的影子完全溶化了。

大雨在黄昏前停歇了。两个外省人进了镇子，随着一条不规则的青石板小路的指引，来到了一家叫做“花袭”的客栈。这个名号让人想入非非的客栈实际的经营者只有一个老板兼伙计的驼背男人。他有着一副衰老的长相和天真的表情。对于外省人的不期造访，驼背男人显得格外热情，他拿出自己保留的上等山茶招待客人，还配以自制的茶点，然后用生涩的普通话与他们进行亲切的交谈。

驼背问：二位先生是初次到河头镇来吗？

驼背见过世面的问话使两个外省人有了瞬间的局促。爱抽烟的男人说：是的，我们是第一次到这里。

驼背问：那么，你们对这个镇子第一眼的印象如何呢？

爱抽烟的男人这时与戴眼镜的男人交换了一下眼色：可别小瞧这罗锅呀！

戴眼镜的男人有些腼腆地说：还不错，画一样的风景。

驼背老气横秋的脸颊上露出了不协调的微笑。他殷勤地给他的客人们沏好了茶，声音突然降低说：既然这样，那二位可得多住些日子啊！

当晚，两个外省男人就睡在了楼上。驼背男人敏捷地忙上忙下，使他们产生了一种隐约的不安。他们感觉到这间屋子里似乎不止是一个驼背，因为时常会有一些动静传出来，譬如说碰杯的声音和嗑瓜子的声音。但是疲劳使他们放弃了这点好奇心，很快就睡着了。

第二天，他们差不多同时醒来。戴眼镜的男人刚把眼镜戴上，就看见爱抽烟的男人的左腮帮边上有一团红晕。他说：你照照镜子，你脸上有一块红印，好像是昨天晚上被人亲过似的呢。

可是这家客栈里找不到一面镜子，连玻璃也见不到。于是，爱抽烟的男人说：是吗？那么看来我的艳福不浅了。

戴眼镜的男人说：我可不是在逗你乐。一会儿我们去河边洗脸，你会照见的。

后来，他们到了河边。河水意外地清碧，他们的影子清晰地映在宁静的水里。爱抽烟的男人这才注意到自己的左腮上果真有一团玫瑰色的红晕。他心里立刻紧了一下，但是嘴上却说：可能是被什么东西叮了一下吧，奇怪的是既不痛也不痒。

爱抽烟的男人后来采纳了驼背提供的偏方，用切开的蒜头在红晕处反复拭擦着。红晕倒是很快褪去了，但是他觉得从这个下午开始，抽烟仿佛失去了味道。

这两个外省男人一到河头镇，便引起了注意。他们行动诡秘，使当地的土著弄不清他们到河头来的真实目的。白天，他们一同出门，各自戴着一顶式样奇怪的帽子。然后他们就去了真正的河边。那是一条长年清碧的活水，据说算得上长江的一条不起眼的支脉。这两个人也不怎么说话，即使是他们之间的交流，也采用低微的声音。他们去河边也没有做出什么十分正经的事儿，只是一味地沿着这条河往西走。等他们走出镇子人的视野，他们过程中的经历就只能成为土著们的想象了。

“会不会是贩卖烟土的？”

“难道他们在躲避一次追捕？”

“要不就是私奔，那个戴眼镜的可能就是女人扮的。”

这样的猜测在所难免。等到黄昏，这两个人又由西边回来了。一天的劳顿明显地刻在脸上。他们其中的一个，这时候总把一支烟叼在嘴角上。而另一个，则喜欢沿路随手摘下几朵野花。有时候他们会一起跳进河里洗澡。等天差不多完全黑下来，他们才一路哼着流行曲子回到“花袭”。鸵背便会突然从某个不起眼的角落闪现而出，立即和他们敲定当晚的食谱。两个男人就这样在河头镇住了半个月。那些天都是阴天。

还是一个雨后的黄昏，爱抽烟的男人独自来到河边洗澡。他的神情比往日显得有些焦虑。人们猜测可能是他的那个戴眼镜的同伴病了，而像河头这样的古镇子，是无法找到郎中和药品的。镇子原先有一个中药铺，却在这两个人到来的前天关张撤走了。

爱抽烟的男人在这个黄昏里并没有再抽烟。他也没有往深处游，而是站在离埠头不远的地方看着西边的那片明澈如洗的天空，似乎在期待着最后可能出现的晚霞。但是晚霞并没有出现。就在这个男人决定离开时，一个女人的声音从他后面响起来。方言的隔阂使男人无法领会声音包含的语意，但他却被这个不知所云的声音所吸引。男人转过身去，看见在青石埠头上蹲着一个年轻媳妇，正做洗衣前的准备。她穿着自家染织的那种青花布做成的大襟衣服，图案奇异，像落满了一身的树叶，也像披挂着一身的眼睛。年轻媳妇头发梳理得很光洁，散发而出的是已经灭绝的桂花油的香气，却让外省男人感到了几分陶醉。他喜欢这样的香型与气味，以至于在后来的那些日子里无端被它吸引。

年轻媳妇看着男人投过来的目光，用手指了指河里。男人这才发现，她的棒槌于不经意中落到了水里，正随波逐流。男人很快就扑到了水里，向前游了几把，就把那把柿木棒槌给捞了上来。他把棒槌递到了女人手里，同时开始了微笑。

外省男人在递交棒槌的那个片刻，其中是想趁机抚摩一下女人白如葱秆的手指。然而女人早带有戒备，机警而从容地把手藏到了棒槌的下面。女人的视线在这一瞬落在了男人的裆上，因为湿的缘故，男人的下体轮廓刻画得十分明显。而且更为糟糕的是，男人的这个部位不知什么时候勃起了，所以它的体积比安静时大了三倍。难堪使男人将身侧到了一边，但他还是很礼貌地对女人说：你的棒槌拿去吧。

那女人也略显羞涩地把头埋下了，这时，男人发现女人的发髻上扎着一圈白头绳。

抽烟的男人从河边回到那座简陋的客栈，天色已经完全地黑了。驼背坐在天井下面，借着微弱的天光擦拭着一盏煤油灯。他撅起嘴对着玻璃灯罩哈了一口气。然后才对正以轻快的脚步上楼的男人说道：一方水土养一方人，你现在觉得河头镇的女人不一般了吧？

爱抽烟的男人脚步立刻出现了迟疑，他转过身质问驼背：你在监视我？

驼背轻松地咧了咧嘴，那表情里却仿佛暗藏着一分阴险。他没有躲避外省男人尖锐的目光，从容地说，监视你的不是我。

外省男人心里陡然感到了不安。这个时候，他的同伴正在收拾房间。这个人今天没有戴眼镜，却能在黑暗里把那束采集来的野花败叶仔细摘干净。屋子里也没有掌灯，男人清癯的面容仍然反映出了微弱的青光。他转过身来，对刚刚迈进门槛的朋友说了一句十分蹊跷的话——

你看见一只鞋在飞吗？

爱抽烟的男人被这玄妙的话语弄得不知所措，但他没有做出什么抗议性的反应。在他看来，朋友的举动应该还是一种病灶的外延。看来真是病得不轻了。他只是说：该点灯了吧。

你觉得黑吗？

是的。难道你不觉得？

我好像已经习惯在黑暗中观察事物了。

这个晚上后来发生的事情没有人知道。据很长时间以后驼背对外的宣传说，他只看见外省人住的窗户很迟才露出灯光。而在那些黑暗的时分里，他听到唯一明确的话语，是戴眼镜的男人一句明确的疑问：“那个女人的棒槌怎么没有声响？”

除此之外就是不断低微的呻吟。但驼背不能肯定是谁发出的。

一连几天，爱抽烟的男人总是在河边出现。显然他在等待那个头扎白毛线的小寡妇。他们的见面还是和第一次那样的腼腆。渐渐地，他们之间似乎已经可以沟通了。但是没有人知道他们在以怎样的方式沟通。即使是交谈，人们也不会知道谈话的内容。到了第四天的黄昏，男人在河边就没有见到那个女人了。他感到十分沮丧，悲愁的情绪无法遮掩地写在长满胡子的脸上。

天色渐晚，男人觉得再等下去已经没有必要也没有意义。他还必须回到那座楼上。他的朋友的病情开始加重，他想要是明天是个晴天，他就雇上一辆牛车赶到山那边的一个热闹的镇子去。那里不乏乡间的郎中和中草药。男人就在水里随便游了游，他突然感到水的温度一下子降得很低，简直就是冰冷彻骨了。这个季节的水是不应该这么凉的，男人这么想着，急忙上了岸。在他快要接近岸边的那座熟悉的埠头时，他的脚下踩到了一件滑溜溜的东西。凭直觉，他就知道这就是小寡妇使用的那只棒槌。但是他还是惊异不已，既然是木头做的东西，怎么会沉到水里呢？在男人有限的知识领域里，只有上了年岁的紫檀木的自身比重是大于水的。柿木难道也可以下沉吗？

这个男人便是在这样的困惑与凄惶里回到了花袭客栈。他推开门，一眼就看见煤油灯下那束野花已经彻底地衰败了。接着他又明白了一个事实：他的伙伴已经离开了这座苍老的镇子。但这个人是怎样离开的，现在已经无从想象。而且，客栈的老板也作不出任何的解释。这个驼背只是对自己的房客重复着一句话：我以为他在，我看见灯亮着。

对朋友的不辞而别，男人没有怎么多想。他的心思还是在小寡妇身上。他在想那根沉到河底的棒槌。他也开始琢磨几天前同行朋友的忠告，为什么这个女人的棒槌之下没有发出捣衣之声？然而，他最后做出的决定却与他的沉思默想大相径庭——他要找遍这座并不大的镇子，一定要打听到小寡妇的下落。于是男人连晚饭也没有吃就出门了。他把朋友留下的那束衰败的野花轻松地扔到了天井里。

事情比男人以为的要困难。男人一连问了十几户人家，重复地向他们描绘小寡妇的形象和衣着。但是他所得到的却是一个惊人一致的回答：河头镇没有这个人。

怎么可能呢？男人有些急躁地说，她每天黄昏都下到河沿去洗衣呢！

这里的人早就不下河沿洗衣了，我们都是从自家的井里打水。

最后，他推开了一个低矮的门扉，穿过狭长的过道和天井，见到了一个久病床榻、几乎是奄奄一息的老太太，这个屋子里似乎没有第三个人。奇怪的是，这个皮包骨头的老太太对他的到来感到意外地惊喜。在昏暗的煤油灯下，他看见老人蜡黄的肤色正在逐渐转为红晕。她居然支撑起了身体，并且指示外省人给她倒了杯热开水。

你来了？老太太喝口水说，你是来……找人的吧？

外省人也顾不得吃惊了，就说：对，是的。

你要寻的人……我晓得……

那请您告诉我，她在哪呢？

你真的……要……见她？

我一定要找到她。

老太太把外省人叫到床前，说：你到西边老城门楼子那里去看看吧，镇子里的人进出都要经过那儿。

现在，她的口齿越发清楚了。

男人就按照老太太的指引去了老城门楼子，一个月前，他和他的朋友进来，就是从这里经过的。现在，他的朋友逃走了。

男人从老太太那里出来的时候，时间应该是在子夜时分了。天上下着淅沥的小雨，可是月亮却始终没有隐去。没有多少时候，男人就到了。他的衣服已经被小雨淋湿，他感到有些寒冷，觉得自己的睾丸已经变得松软，似乎马上也要生病了。男人唯一对自己的鼓励方式就是不断抽烟，仿佛香烟微弱的火光可以温暖身体。男人等了很久，却没有等到一个人出现。他的意志开始出现崩溃。他在努力想象着小寡妇的面容，可是越是这样，女人的形象就越不清楚。男人的香烟只剩下一支了，他想要是再等不到人的话，他就离开。在男人点燃最后那支香烟的时候，果然一个黑色的身影向男人走来了。男人一下就激动起来了，以至于拿烟的那只手在哆嗦。他看见黑影突然停了下来。觉得好奇怪。但是他也没有好意思咋呼，而是把最后的烟抽完，并且把烟头用脚用力地踏灭。这时，他看见月光下那个距离自己不远的身影又往这边走来了。男人心里一阵欢喜，他已经把将要说的话预备好了。但是等那个身影走近时，他却什么也说不出来。他发现向他走来的人穿着一件雨衣，而且还戴着雨帽，以致他分不清这个人是男还是女。情形和第一次进来时完全一致。眼看穿雨衣的身影就要从身边溜开，男人出其不意地抓住了那人的胳膊，但实际上他握住的是一只衣袖。他没有放手，用含糊不清的口齿把这个晚上已经说了好多遍的话再次重复了一遍。穿雨衣的身影却答非所问地叹了口气：你不该抚摩我。

这是个女人的声音。

第二天，驼背老板一早出来倒尿壶，就看见河边围着一群人。驼背似乎预感到什么事情终于已经发生了。但他还是好奇地向从河边回来的人打听。然后他得知，那个爱抽烟的男人昨天夜里淹死在河里了。大家不明白的是，这个死人的怀里紧紧搂着一根柿木的棒槌。

很多年后，作家潘军在一个已经有电灯电话的镇子里亲眼看见过这根棒槌，那上面用火烙着一行小篆汉字：康熙十八年夏月，柳氏。

2001 年 11 月 26 日，追记夏天里的一个梦。北京和平里

（原载《山花》2002 年第 1 期）

涛园文集

壬辰春自题

潘军文集

第壹卷

中篇小说·长篇小说卷

文化艺术出版社
Culture and Art Publishing House

在天坛（2011年，北京）

父母大人（1994年11月，上海）

平生第一张照片（1958年春，怀宁）

高中毕业（1974年，怀宁）

丨知青岁月（1975年，怀宁）

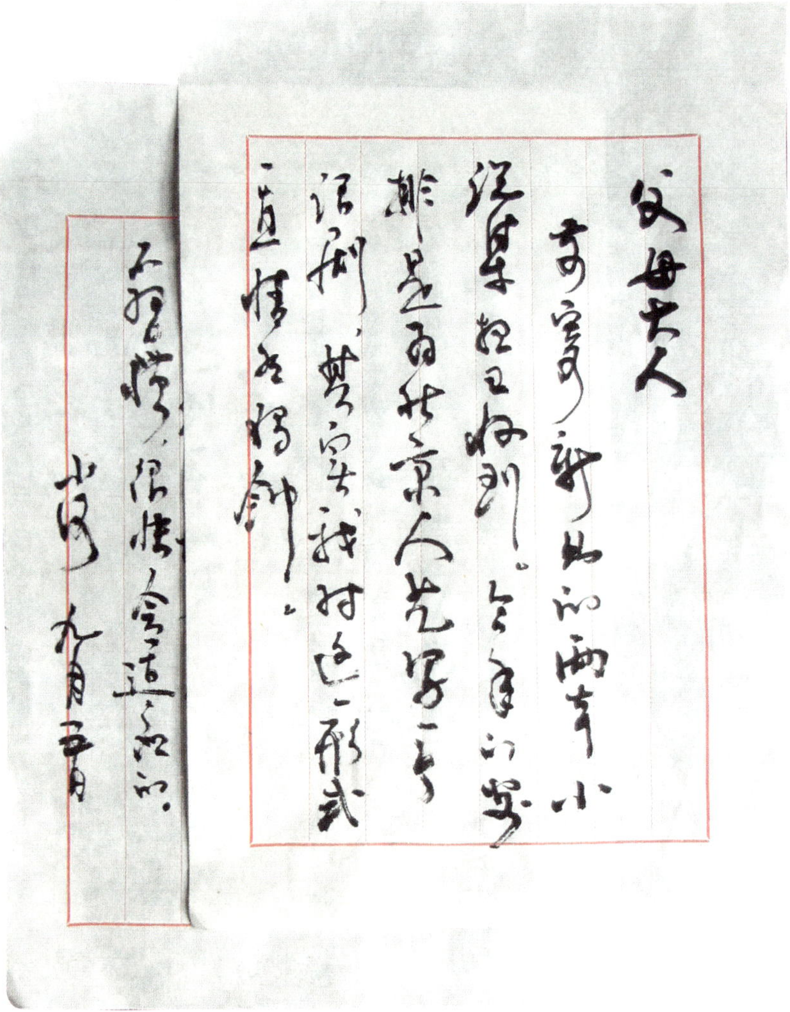
父母大人

手迹

参加了抢救，他从山洪冲走了草垛，和人们下河捞草，满身的河水把人和草搅到了一块。

霞叹了口气，[redacted]想说什么却终于什么也没说。那时的霞已有些衰老了。

那年秋天，旺和霞结过同了四月。当他们安葬好外祖母回到墓坡时，家中的平已经高烧了两天。[redacted]平染上了急性肺炎，正在石镇的医院注射链霉素。孩子病的起因是受了风寒。为此，他们夫妻发生了一次激烈的争吵。霞责怪火没有带好孩子，一定是只顾自己睡了而忘了给孩子盖好被子。看着孩子青紫的屁股布满了针眼，霞气得骂出了一句粗话：就顾着自己抓尸！

火也跳起来嚷道：我抓尸？你老子才抓尸呢！

这句话无疑刺伤了正值丧期的霞，她浑身抖动得说不出话。这时旺走了进来，扬手就打儿子一耳光，嚷道：你吃屎长大的？滚！

那天夜里，火到我这儿住了一宿。我也说了他几句。我说你无论如何得向霞认个错，这

(3—01) 20×20=400

手迹

|《风》书影

| 小说集书影

编辑说明

潘军是中国当代著名作家、剧作家，也是新时期先锋派文学的代表人物之一。同时，他还是一位颇有影响的影视导演。其特立独行的性格与创新求变的写作一直为文坛瞩目。在作家写作生涯三十周年之际，我们选编了这套《潘军文集》，以飨读者。

《潘军文集》收入作者大部分小说、散文、随笔、剧作，按体裁分类，编为十卷。其中，小说七卷，剧作一卷，散文、随笔两卷。每卷内作品大致按写作时间排序。

另外，我们还将“潘军创作年表”、“潘军主要著作目录”、“潘军主要影视作品目录”以及“主要研究论文索引”等资料附录于后。

本套文集，最后经作者确认。

编　者

2011 年 10 月 25 日

总目录

第一卷（中篇小说·长篇小说卷）

编辑说明

中篇小说

夏季传说
结束的地方
桃花流水

长篇小说

风
附录：
想象与形式
——关于《风》的一些话

第二卷（中篇小说·短篇小说卷）

中篇小说

白色沙龙
省略

南方的情绪
蓝堡
流动的沙滩
爱情岛
情感生活的短暂真空时期
三月一日

短篇小说

悬念
陷阱
那年春天和行吟诗人在一起的经历
白底黑斑蝴蝶
蓝堡市的撒谎艺术表演
小姨在天上放羊
纪念少女斯
寻找子谦先生
九十年代的获奖作品
去茂名的路上幻想一顶帽子
花袭

第三卷（中篇小说·短篇小说卷）

中篇小说

海口日记
朗诵南方风景
杀人的游戏
对门·对面
故事

关系

短篇小说

溪上桥
假面小孩
报人
对话
对窗
1962 年，我五岁
抛弃
半岛四日
和陌生人喝酒
上官先生的恋爱生活
1967 年的日常生活
某部的于村
纸翼
轻轨
临渊阁
枪，或者中国盒子
草桥的杏

第四卷（中篇小说·长篇小说卷）

中篇小说

秋声赋
我的偶像崇拜年代
从前的院子

长篇小说

《独白与手势·白》
附录：
《独白与手势·白》初版后记
《独白与手势》（修订版）自序

第五卷（长篇小说卷）

长篇小说

《独白与手势·蓝》
附录：
初版后记

《独白与手势·红》
附录：
初版后记

第六卷（中篇小说·长篇小说卷）

中篇小说

重瞳——霸王自叙
附录：
关于《重瞳》的一些话
合同婚姻
犯罪嫌疑人
戊戌年纪事
附录：
关于《戊戌年纪事》的几句话

长篇小说

死刑报告
附录：
《死刑报告》初版后记
关于《死刑报告》——答《北京晚报》问

第七卷（早期小说卷）

短篇小说

教授和他的儿子
没有人行道的大街
别梦依稀
初雪
红门

中篇小说

墨子巷
篱笆镇
大江

长篇小说

日晕
附录：
多余的话
《日晕》（台湾版）序言
重印《日晕》自序

第八卷（剧作卷）

话剧

地下
合同婚姻
重瞳——霸王自叙
附录：
从小说《重瞳》到话剧《霸王歌行》

戏曲

江山美人
爱莲说

电影

草桥的杏
纸·盒子
天亮
天足
重瞳——霸王自叙
附录：
关于电影《重瞳——霸王自叙》的编导阐述

第九卷（散文·随笔卷）

山水美人

泰山行记
初识青岛
皖南写意
拥有炊烟的天空
山西一到
拜谒仲甫先生墓
徽州再记
苏州三日
山水美人
香山龙门
走马大连
梅子岭
滇行日记
到海口去——听海笔记之一
避暑山庄
山水不是风景
往西沙
旅美记行

红泥的记忆

这孩子
与父母书
戏园子（外四篇）
我的奶奶

送二妹去美国
我的绘画生涯
1999 年 12 月 31 日：自叙
外祖母
童年记趣
红泥的记忆
宋叔
“独立居主人”宣言
女儿潘萌
我家的时尚女孩
一起走过的日子
下雨的时候
丁字街
从前的院子
病中琐记
蓝边碗
毕业的故事
我的读书
老友记
本命年
窃书记
故乡·朋友·文人画
相遇
安庆的父辈
我们的大学——写在母校建立八十周年
送潘萌赴美留学
安庆的麻将
我的电影悲欢
关于我的母亲

清澈见底的河流

《清明》和我
清澈见底的河流
牛汉先生
我印象中的韩少功
老唐
说说杨立新
老友田瑛
我的“亲友团”
宗仁发和作家们的《作家》
金萨克酒吧
八骏图
彦周先生
公刘先生
关于田瑛，想到就写
音声相和　斐然成章
风中的马原
去汨罗乡下看韩少功
纪念
悼念斤澜先生
与铁生书

西窗偶记

秋天笔记
西窗偶记
怕散文
手写的欢乐
亲近手稿

文学期刊的样式
我看《秦桧传》
流浪的艰难
不能过去的往事
光着脚丫上路
麻将之所以好玩
一种状态的呈现
安徽何以不能成为“文化大省”?
是使命，也是日常生活
约会
漂泊是一种方式
关于“第一系列”
闲话足球
对出版的几点感想
“世界杯”札记
就地卧倒
独自跳舞
这两年
别样视角，一种人生——我读《外交官看世界》
央视春节晚会可否停办?
今天的大学——在安徽大学的一次讲演
晚报应该面带微笑

小说者言

小说者言
自己的小说和需要的写作
书中旅行与为朋友写作
关于“今日写作”的一封信
形式的挑逗

我理解的小说和小说家
作家的沉默和沉默的作家
见证时间：凝视博尔赫斯
一个中国作家的立场——在中德文学研讨会上的发言
回顾“先锋文学”
说不尽的博尔赫斯
“写作中”与“写出来”——闲谈“伟大的中国小说”

第十卷（散文·随笔卷）

看与思

关于“寻找”的备忘录
——与《寻找男子汉》有关无关的都说
读画杂记
《大陆人》导演阐述
九月手记
重排《茶馆》之我见
我的话剧观
我所认识的基耶斯洛夫斯基
达利的背影
也说《大宅门》
《辛德勒的名单》札记
京剧杂谈
北京现在的玩意儿
缅怀，以诗情画意的方式
——关于朱赛佩·托纳多雷的“回家三部曲”
战争电影：再现和表现
重看《教父》
和珅·历史·电视剧

奈许的幻觉与尼克松的心理
——关于人物传记片的思考
关于死刑的电影
黑与白
——黑白电影与电影里的黑白
砚边点滴
与话剧有关的笔记

序与跋

《白色沙龙——大陆新潮作家潘军先锋小说选》序言
《中国当代作家作品选集·潘军卷》自序
《潘军中篇小说自选集》自序
《潘军小说文本系列》自序
《中国当代小说珍藏版·潘军卷》自序
《潘军散文》自序
《风印》自序
《水磬》自序
《逸韵——安徽省合肥一中作文选》序
为什么需要写作
序《水边的戏台》
罗朗与罗朗的画
——序《罗朗画集》
拾穗者说
——序孙必泰《拾穗集》
序《唐罡画集》
需要的写作
——《戊戌年纪事：潘军最新小说》自序
别样的痛，别样的温暖
——序钱红丽《俗与媚》

麦田的守望者
——序《安庆版画五十年》
关于土地，我们需要怎样的诉说？
——序王新宇《风吹云散》

答问录

小说的今天
——答《安徽青年报》记者问
隔海呼渡
——答台湾《幼狮文艺》读者问
近观影视之散见
——答《作家》杂志问
答安徽大学校友问
恐惧的对面就是爱
——答《中国书报刊博览》记者问
答《中国文艺家》杂志问
最好的感觉是说不
——答《安徽商报》记者问
作家最重要的品质是立场
——答《新安晚报》记者问
间谍不朽
——关于电视剧《五号特工组》的答问
我喜欢做充满悬念的事
——答《合肥晚报》记者何素平问

访谈录

建构心灵的形式
——访谈录之一

漂泊与选择
——访谈录之二
先锋是一种文学精神
——访谈录之三
云霄上的浪漫主义
——访谈录之五
在路上
——访谈录之四
小说外话
——和牛志强对话
视觉叙事的魅力
——关于《独白与手势》的对话
潘军和小说
——在中央电视台“读书时间”的谈话
沉思与漫谈
——与《新安晚报》记者黄从慎的对话
流动的生活会使小说飞腾
——和康志刚的对话
与《北京文学》编辑谈博尔赫斯
与“文学比邻”的几次谈话
在另一片天空飞行
——对话中国先锋作家潘军

附录一：潘军创作年表
附录二：潘军主要著作目录
附录三：潘军主要影视作品目录
附录四：主要研究资料索引
（截至 2011 年 12 月）

后记

《潘军文集》第一卷
目　录

中篇小说

夏季传说 …… 3
结束的地方 …… 25
桃花流水 …… 50

长篇小说

风 …… 77
附录：
想象与形式
——关于《风》的一些话 …… 348

潘军文集

第壹卷

中篇小说

夏季传说

到了夏季，罐子窑关于四爷的传说已经不多了。

一天夜里，几位年迈的妇人凑在老祠堂里纺棉花，清冷的月光自天井泻下来，在纺车上流动。纺车的节拍和着四野的蛙鸣。其中有位叫蛾子的突然“呀”了一声：

我看见老四了。

蛾子说当纺车转过九圈四爷的形象就显现了。据说这一夜这个老妇后来空摇着纺车，手中的捻条变得又硬又涩，再也牵不出纱来。她紧握着捻条仿佛握着一只鸟雏，一松手便会扑腾腾飞了去。是这位风烛残年的女人使得四爷的传说在夏季重新开始。这也是好几年前的事了。

四爷是我的本家，是我爷爷的堂房兄弟。很久以前的一个风雨之夜，我那给日本人当翻译的爷爷给人杀了，身首异处。四爷便从山上下来将我父亲这个穿开裆裤的孤雏接走。四爷其实就是我的爷爷，可是长期以来我父亲只许我喊四爷。

记忆中的四爷形象似乎永远是凝固而模糊的。这很奇怪。时间没有改变四爷，或者像流水消蚀石头那样于不经意中进行了改变，但石头还是石头。岁月使得四爷成为我们家族的骄傲。四爷还是我的四爷。从我第一次见到四爷以至最后目睹他的遗容，四爷是同一个四爷，是同一生命阶段的四爷。在我成为一名职业小说家之后，我把四爷理解为“洞中的四爷”。四爷在人间的历程仿佛只有三天：昨天、今天、明天。我的四爷飘飘洒洒走完了充满诗意和哲理的三天。他的灵魂化作一缕青烟成为夏季黄昏里的一片风景。在这样的时刻，我坐在故乡一座靠近水边的吊脚楼里，伏案西窗，开始写作关于四爷的小说。我看见四爷正掮着一把精致的夜壶向我走来……

四爷是做夜壶的好手。你见到你会相信他是世界上最优秀的陶工。你见了四爷的夜壶你会被它的惊世骇俗所震撼。我听说从前一些肾病患者都要千方百计地来买四爷的夜壶。他们说这是奇特的偏方，他们说用了这夜壶小便就会像山泉那样叮当作响。四爷的夜壶造型别具一格，你见了你会从容想起一些梦中的动人图景。

我的四爷掮着夜壶进城来了。夜壶挂在扁担头上随着四爷闲散的步伐悠悠晃晃。这是很多年前的一个夏天，明媚的阳光在四爷的夜壶上颤动。我的四爷掮着夜壶招摇过市。那椭圆的仿佛喇叭花似的夜壶嘴收集了市上男的目光。他们像苍蝇一样围拢上来：这壶从哪儿买的？四爷笑而不答。那群人跟了四爷好大一截子，等贪婪的目光泯灭之后，他们几乎同时愤怒地喊道：这个流氓！我的四爷哈哈大笑，唱起了家乡罐子窑传诵的一支古老的小曲，大意是：老子不日你娘你就不会认老子。四爷后来对我说起那天的情形又唱了一遍。他的嗓子像他那把陈旧的唢呐沙哑而嘹亮。

那时候我正在枣树下玩着彩色的风车。风车鼓动着三角小旗啪啪乱响。你见了那场面你会认为那是一部中国童话的插图。很多年后，一位从事民间工艺美术的朋友根据那个遥远的夏季黄昏绘制了一幅色彩斑斓的作品。然而枣树下的光屁股男孩已经不玩风车了而是对着一把精致的夜壶撒尿。那位朋友最后一笔是把男孩的生殖器放大了数倍，然后他说：不能屈了那把漂亮的夜壶。

我在四爷创作的喇叭花里撒了第一泡尿，叮叮当当形成美妙的音符。四爷问道：快活吗？我说不晓得。四爷摸着我脑勺后的小辫说：你长大就晓得了。我珍存着这把精巧的夜壶直到现在。在每年夏季来临之后，我都要把它搬到枣树下清洗一次。有一回，我惊奇地发现自喇叭花蕊中突然飞出了一只带斑点的黑蝴蝶。你无法想象那是一只多么精神的昆虫。黑蝴蝶在我们家偌大空寂的庭院里自由翻飞，在那棵枣树的枝叶网隙中往返飘舞，最后穿门而出向西飞去。

向西是罐子窑。

罐子窑是我的故乡，这里培养着四爷的传说。但是第二天我接到的竟是四爷的死讯。我记得那个忧伤的下午我始终待在枣树巨大的阴影里，注视着阳光下那把灿烂的夜壶。那时候我父亲正坐在新型抽水马桶上批阅一份重要的公文。四爷的死讯显然没有触动他，可他的决定又非常果断。你去一下，带上点钱，父亲头也不抬地说。

你最好亲自去，我说，毕竟你是四爷养大的。

父亲用一句粗话打断了我。

这是我第二次返回故里。一路望着已不新鲜的景物，我心里很恓惶。我想罐子窑真可以看做四爷的革命圣地，他几十年的汗马功劳使我们家族实现了由农村到城市的战略转移，但他自己却像一只鸟那样最终飞回了巢穴。1958 年的夏季在我记忆里占据着重要位置，我有生首次亲近了我的故乡。一辆黑色的轿车载着四爷载着我向西行驶，连绵的山脉被不断抛向身后。然而再往西，山道弯曲而狭窄。轿车寸步难行。四爷其时正犯着腰病，当地政府便临时雇用了“篮子”①，四爷迟疑地坐上去，把我放在两膝之间。篮子抬起来时你会产生腾云驾雾之感，你在经历短暂的不安后心境会更加坦然。篮子悠悠前行。篮子晃晃前行。篮子里的爷爷频频向两旁的乡亲们招手致意。而我幼稚的目光萤火虫般地在许多陌生的面孔上飞来飞去。人们跟着篮子走动，炽热的泪眼如同蜘蛛的网络经纬交错把四爷织在其中。他们像从前那样喊四爷叫支队长。他们说支队长你还那么威风，你记得我么支队长？四爷两眼湿润两颊绯红四爷说记得记得我怎能不记得呢？他宽大的袖子在黄昏中飞舞像滑翔的鸟翅。那个苍山如海残阳如血的黄昏在我记忆里永不褪色。我最后的目光为西天残余的晚霞所痴迷。我想那晚霞消融的地方就是我的故乡罐子窑。

你到罐子窑很难看到庄稼也找不到牛。可是你能看见一条优雅的河和泊在岸边的船。你眼前的这条河叫灵水，与江相通。你立在河畔向彼岸看过去，很容易发现曾几何时这里是个小码头。那紧贴水边倚坡而立的吊脚楼是当年水手们最好的栖身之所。当夜幕完全展开，吊脚楼会亮起橙黄的灯光，召唤着十里蛙声。但最深处的也是最能打动你的却是纺织娘手中流出的纺车声和梭子撞击声。你会觉得这声音使大山怀抱里的罐子窑充满着无限的生机与欲望。你踏着这神秘之声的节拍沿河边徘徊，

---

① 篮子：一种简易滑竿。

水中的月影使你产生出奇异的感觉：温馨而苍凉。

1958 年的夏夜似乎格外漫长。那时候我和四爷就住在灵水西岸一座最高也最美丽的吊脚楼里，温柔的月光从格子窗棂间穿射而入，让你想到古典诗词里的某些意境。四爷坐在西窗之下，从那里可以看到我家从前的天井。那时，四爷说，你爷爷一早总是站在天井边上念书。你爷爷是正经的读书人。正经的读书人是不到衙门里做事的。四爷说这座楼从前也是我家的，我爷爷通常在这里同外江的商贾洽谈生意。四爷最后说：你爷爷命软，死得太早了。说实话我印象中的爷爷仅仅是个概念，而且很长一个时期，我不希望别人说起我爷爷。我早就把四爷看成了自己的亲爷爷，在许多阳光灿烂的日子里，我骑到自家庭院的矮墙上幻想出四爷骑马挥枪的勃勃英姿。我把那个“沉重的包袱”理解为一颗足以炸死鬼子一个排的大地雷。可是四爷从不对我讲他的故事。你还是孩子，他说，你不懂。

那天夜里后来四爷失踪了。天亮时我起来撒尿，发现四爷的床铺空着。那时候月亮还没有隐去，河边异常寂静。一只水鸟洁白的身影从窗口掠过，让我断送了睡意。我追随着它走近窗户，蓦然间看见了杞柳下沉默的四爷。在他的身边蹲着一位妇人的背影。妇人的双手平放在青石埠头上，她优美的发髻上斜别着一枚银簪。正是这枚银簪让我把那个宁静如水的黎明铭刻在心。

灵水河边那棵苍老的杞柳业已悲壮地倒下，成为顽童们嬉水的理想场所。他们一丝不挂地立在老树的躯干上叫闹着，再下馄饨似的挨个栽到水里。夏日的阳光在圆圆的光脑壳上流连忘返。

水边的青石埠头还在。它冰凉的表面给人以历史感。青石光亮可鉴，你对着它你可以看到自己的影子。这影子不属于现在也不属于从前，它是你心中的影子，比什么都真实。

我此刻就蹲在这青石上。几天前的黄昏我在这里遇见了老迈的蛾子。当时她正对着青石梳头，用的是一把缺齿桃木梳。蛾子的头发依旧茂盛但已纯粹苍白。她把头发先梳理成两股扁平的辫子，再挽成一个椭圆充实的发髻。蛾子最后要做的是把那枚银簪从髻中横贯而过。这个细节后来让我联想到匕首穿透心脏，竟有些不安了。

昨天夜里我看见你四爷了，她说。

蛾子衰老而麻木的脸上重叠着欢乐的忧伤，仿佛一曲动人的挽歌。你从她渐渐清朗的眸子里会看出，从前的蛾子是个不多见的美人。起风了，外江的船队吆喝着升帆起锚。灵水河是一条悬河，倘若不是顺风，船是很难走出山外的。蛾子望着远去的帆影喃喃自语：稻子黄了，该回家了。

我原是船上人，蛾子说。若不是那天我哥哥喝醉了我不会落到这方土上。我哥哥硬说这条水能把我们淌回家。我明知是错了，可我怎的就喜欢上了这水。你把手伸到水里就像伸到自己腋窝里。那是古历五月初八，水暖着。蛾子说她本想第二天等她哥哥醒了就掉头，但是很不幸，她哥哥当晚就病了，船只好就地下锚。第二天是个阴天，蛾子回忆说，我一早起来到船头上晾衣。我手里“啪”地一甩就听见跟着响起了一阵唢呐。那真是好听的调子。我朝岸边望过去，看见一个光着膀子的男人坐在青石埠头上一边洗脚一边吹着铜唢呐。那是你四爷。

蛾子说着又把盘好的发髻松散开来，对着青石重新梳理。她梳得很慢很慢，桃木梳经过头发的声音非常悦耳，她的苍苍白发在夕阳的余晖下无比辉煌。蛾子拿着那枚银簪对我说：这东西是你四爷从前送我的。

这东西原是你爷爷从外面带来的。蛾子又补充说。

那一年夏季我回罐子窑参加四爷的葬礼，在墓地，我第二次见到那枚银簪。它让我很自然地想到1958年那个黎明的河边，那个凝固在四爷身边的背影。这已经成为我记忆中一片永远不散的云霓。我默默注视着这个叫蛾子的老妇，从她暮色笼罩的面容上寻觅从前青春的痕迹。那时候黄昏中的墓地开始呈现出寂静，蛾子略为佝偻的身影在风中摇曳如同最后的烛光。这位两鬓飞霜的老人围绕四爷潮湿的墓地彳亍而行，走了完整的一个圆。她那尖小的足迹酷似四爷夜壶上的纹饰：一条飞动的蛇，首尾相接，交会之处便是令人瞠目的“喇叭花”。

1958年四爷重归故里的第二天，他带着我去了一间低矮阴暗的作坊。后来我知道这是从前四爷的作坊，但从一切布置看，从前不过是昨天。凳上的熟泥还软着，泥车转动起来没有吱呀的声音。四爷撑开窗户，把毛料制服挂到门后生锈的钉子上。四爷从容上车，像优秀的骑手策马平川。眨眼工夫他已做出了夜壶的主体。他把这空心的泥球置于门外的阳光下。然后回到泥凳前精心雕塑一朵怒放的喇叭花。这是夜壶嘴，四爷说，它要咬你的小鸡儿。四爷花了半天的工夫完成了这件举世无双的作品，它如今放在我家芳香的庭院里，枣树多姿的投影与它相伴。

夜壶上的蛇是我的属相。四爷也属蛇。

四爷的夜壶总让我感受到某种命运的启迪，这是很多年以后的事。

我在水边徘徊。渐渐暗淡的水面折射着往昔的悲凉。我想那该是个忧郁的清晨，四爷的唢呐并没有驱散滞留的薄雾，却牵住了一条迷失方向的乌篷船。然而这个早晨的全部情景最后都走进了另一个散淡的视野。那是我爷爷的视野，那时候这位身着长衫的书生正在最高的吊脚楼上打点行装，他将抛开祖宗交托的窑厂去日本人的江南大营。这是1939年农历五月初九。在罐子窑，已经没有人穿长衫了。所以后来人们对这位体弱多病的书生的回忆，都离不开一件长衫。一件银灰色的长衫，人们记得，那些日子是我爷爷一生中最憔悴的时光，丧妻的哀伤在他白皙清癯的面颊上犹如秋天最后一片树叶，久久不曾飘离。

传说正是这样开始的。很多年后，乌篷船上的女人回忆起那个曙光惨淡的黎明心情仍然激动不已。她说当唢呐声间歇时，她看见那座最高的吊脚楼上还亮着灯光。接着她看见了一个颀长的银灰色的身影。蛾子说在这一天里这两样东西都让她恓惶不安。直到傍晚她那醉酒的哥哥突然发起烧来她才清醒，但她已经手足无措了。

我只好去了岸上，蛾子说。我在一个高大的门槛上停下来。我敲门。门很快就开了，开门的是你四爷。

那时候我爷爷正坐在堂前喝功夫茶。据说那些日子他常常抱着一壶茶消磨时光。但是这一天他失去了忧伤的平静，以致断然放弃了去江南日本兵营的念头。我爷爷似乎有了一种美好的预感，他相信自己的命运出现了吉祥的机缘。所以当大门洞开，乌篷船上的女人俊俏的身影镶嵌其中时，我爷爷不禁站立起来，紫砂茶盏微微一晃弄湿了长衫的下摆。我爷爷激动的目光对着女人高昂的胸脯射过去，这一瞬间他悟出了青春的含义。但是另一个男人厚实的背脊隔断了爷爷的视线。这是第二次了，爷爷想。第一次是在清晨的河边。我爷爷后来或许也意识到了，这件事从一开始就埋伏着凶险。可是在此时此刻，这位身着长衫的白面书生要做的是走下台阶走到天井，他没有发现在天井的上空停着一块不祥之云。

老爷，救救我哥哥吧！

船上的女人从四爷面前绕开给我爷爷跪下，异乡的口音听起来像吟唱一支民谣。爷爷连忙将女人扶起，他从她惶恐的瞳仁里看见了自己不再阴郁的面容。

蛾子说世上的事都是有缘分的。她说她怎么偏偏就敲开了这一家的门，而这家门又似乎是向她开着的。那天夜里后来的事很简单，爷爷吩咐四爷随蛾子去了船上，背回了她那病重的哥哥。蛾子说她当时真是说不出的高兴，脸上的愁云随风吹去。可是当他们刚进村口，蛾子突然看见了一颗流星。我心里好慌哪！蛾子说。我担心这好事不会长。蛾子说着浑浊的老泪溢出松弛的眼眶，把那枚银簪抚了很久很久。

我对不住你爷爷。是我送了他的命。

1939年正月的一天，我爷爷在江城芜湖的街头上小心地挑选一枚银簪，突然被一辆双人摩托送进了日本人的大营。那是个晦气的日子，天空飘着细雪。我爷爷惊恐不安地随日本兵走进一座暗红色的小洋楼，在门口等候他的是司令官松崎。爷爷迟疑地看着松崎的左臂，白手套空荡的小指使他想起几年前在京都大学公寓里的一场围棋厮杀。他最终赢了骄横傲慢的松崎次郎，使他在耻辱的怒火中当众剁去了一根小指，喷出的血溅到我爷爷的脸上。据说我爷爷三天后便爬上了开往上海的邮船。在邮船离岸的前一刻，松崎次郎赶到码头，向他的对手挥动缠着纱布的手臂，最后这手臂凌空有力地劈下。

松崎司令官在请我爷爷坐下后，吩咐他的侍从捧上一副精致的棋具，然后他叫边上人退下，自己从口袋里掏出一样东西置于棋盘之上：那正是他从前失去的小指，风干后如同一截老树的根须。

老同学，我请你来，就为这个。松崎微笑着说。

我现在不下棋了。我爷爷说。

不。松崎说，棋是中国很高尚的文化，可它最终属于日本。你执白。

我说过我不想下棋了，松崎君。

我现在是松崎司令官。

我爷爷就这样被松崎次郎扣下了，他后来公开的身份是松崎的翻译官。其实松崎是个中国通，他留住我爷爷只是为了陪他“手谈”。我爷爷不过是松崎喂养的一只鸟，无力挣脱樊笼。他最后只是以不骚扰他的家乡作为唯一条件，顺从敌人的摆布。我的父老乡亲，请你们高抬贵手饶恕这个懦弱的书生吧！他不是汉奸，他也做不到宁可玉碎不为瓦全。他的历史平平淡淡只有自己的眼泪没有同胞的鲜血。但是我那可怜的爷爷最终没有逃脱命运的惩罚，在他同松崎下完第一盘棋的同一时刻，他那贤良的妻子竟奇怪地淹死在家门口的灵水河里。目击者后来对这起命案的描述都闪烁其词，他们说那女人“就像被风刮进了水中”；将近半年后的一个深夜，爷爷他那尖削的头颅被一把快刀剁了去，无首的身躯竟爬回了自己的家门。

蛾子说，她来岸上的那晚天气异常的闷热。事隔多年她仍然忘不掉那颗流星。就像天裂开了一个口子，蛾子说。那天夜里蛾子就一直坐在天井下。驼背郎中离开时在门外同我爷爷的窃谈没有引起她的注意，她只看见我爷爷付给了郎中一笔钱。我爷爷在门前徘徊了很久，清白的月光把他的身影聚拢到脚下仿佛踏入了一个陷阱。那时候四爷已回到了河边的吊脚楼（打这以后这儿便成了他的住所）。他的屋子让给了漂泊的外江兄妹。一夜的辛劳使他困倦不已，但现在我相信，那一夜他没有睡。四爷一定是站在西窗下鸟瞰我家的天井。他看见我爷爷后来也拿过小竹椅坐到那水上女人面前，同她攀谈。他看见女人说着说着就抽泣起来，我爷爷递给她一块大手绢。我记得有一次父亲说起过这件事。他说外江兄妹住到我们家来的那夜，爷爷通宵未眠。他在灯下写信，我父亲说，写了很多张，又撕了很多张。我父亲说到天明时书案上的灯还亮着，爷爷已经伏在桌上睡了，可是吊脚楼上的唢呐声又突然把他惊醒。

嘹亮的唢呐在夏日清晨散发着米酒醇香。罐子窑的老人都记得那些日子这奇特的香味导致的美妙结局。那时分正是他们再次操演性爱的良机，唢呐声让他们的肉体兴奋无比，而灵魂则追逐着芬芳继续梦中的逍遥。但是四爷的唢呐却让我爷爷感到隐约的惶恐与凄凉。在我爷爷惺忪的视野里，灰暗的天空呈现出一片虚无。不过很快他看见了天井里的女人粗壮的辫子上的红头绳——这是那个早晨唯一的暖色。我爷爷在窗口立了很久，后来他想：这么好的头发上仅有一根头绳是不够的，应该别上一枚银簪。

大约在蛾子扎好辫子的同时，我爷爷把一封信装进了信封。然后他身轻若燕地来到天井，他要蛾子用船送他过河。那时候河边晓雾已散，灵水潺潺而流。乌篷船像一把大剪刀从一大块锦缎上裁过，你听到的橹声其实就是这一男一女重合的呼吸。我爷爷背着手侧立船头，南来的微风轻撩着长衫的下摆。也许在这一刻，摇橹的蛾子看出了我爷爷颀长而单薄的身体。多少年后她回忆起这一情形仍然感叹说“那真像风中的芦苇”。蛾子说这身影又一次提醒她注意起16岁的经历，让她想起另一个男人。那是她家乡的一位游方郎中，尖削的手指曾触摸她虚弱的脉搏。但是这个能除人百病的郎中不久竟死于一个小疾。年轻的郎中把平时珍惜的长衫穿进了棺材。那也是银灰色的，蛾子说。在这以后的许多日子，蛾子实际上已从我爷爷身上看到了死亡的颜色。

船抵彼岸，我爷爷居然纵身一跃离开了小船。你可以想象出他的身姿多像一片飘零的落叶。他并没有很快赶路，而是把右手迟疑地伸到长衫里面，我想他或许想拿出那枚被身体焐热了的银簪。可是他掏出来的还是那封信。蛾子至今记得我爷爷用中指和食指弹了弹饱满的信封，但她那时还不知道这个细微动作的意味深长。这封信是寄往江南日本大营的。两年前，我因撰写一部革命回忆录，曾接触到一批当年日本占领时期的档案，意外地发现了这封信。那委婉的语气、谨慎的措辞使我在那一天里备感凄凉。这封信表达了爷爷“安守家园”的心情，你从字里行间看到的就是他那风中芦苇般的身影。这封信显然曾经被松崎次郎揉成一团，我不知道是什么原因使它完好无损地保存至今。

银灰色的长衫走过沙滩便消失在那片芦苇后面。这时候太阳才刚刚露头，所以你看见乌篷船调头后就变得耀眼灿烂。那是阳光与露水交融的结果。但是摇橹的女人似乎还沉浸在那迎风抖动的银灰色里，橹声在水面悠扬而空洞。如果不是最后出现的一阵明亮的唢呐，这个早晨必定充满着无边的忧愁。那是另一个太阳。它冉冉升起时，穿长衫的男人已经离灵水很远了。

四爷去世的前一夜，我梦见了他。梦中的四爷眉疏目朗，坐在西窗下把玩着铜唢呐。作为背景的是他的夜壶，巨大无比，纹饰一清二楚。那时候夕阳涂满了吊脚楼。因此这梦的图景鲜红欲滴。四爷吹起唢呐，他的身体蛇一样摆动，我听不见这乐器的声音。我想这一定是支美妙动人的曲调。可是后来四爷沮丧地对我说：我已经吹不响它了。

我把这个梦告诉了蛾子。她竟有些吃惊。她说四爷临死前确实说过类似的话，但不是前一天，而是前三天。是古历七月初四，蛾子说。三天后，也就是七月初七，他死了。

这也是你爷爷的祭日。蛾子又补充说。

蛾子的手离开纺车朝脑后伸去，拔下了银簪。她把它平放在干枯的掌心。于是银簪在明净的月光里展现了它的全部。这是一枚精雕细刻的凤簪，无疑是上等的银器，其造型与纹饰都让我想起一部历史的插图。在这个寂静的夏夜，我获得了关于银簪的故事。

我爷爷拿出银簪是在从城里回来的一个月之后。你会猜到那是个多好的日子。但是你不知道那也是奇怪的一天。蛾子说那天的黄昏特别明亮，人们看到太阳和月亮同时出现在云彩飘舞的空中。这种日月对峙的情景在罐子窑人眼里无疑是罕见的奇观。在经过漫长的日月更替后，寂静的夜晚亮若白昼。那时候蛾子刚为呻吟病榻的兄长端去一碗中药，在她健康的面颊上思乡之情已荡然无存。蛾子在灵水里洗过的头发差不多被风吹干，她后来就站到天井下双手背过去托着这片轻柔的乌云。你会觉得这来自江湖的女子浑身都散发着惊人的魅力。你会说这本身就是一幅画，而画框正是我爷爷的窗口。我爷爷一边喝茶一边欣赏，最后他也成为画中之人。

蛾子说她第一眼看见这枚银簪就爱不释手，可是她不敢要。那时候，蛾子说，我还是个姑娘。我爷爷只是强调这么好的头发应该佩戴这枚银簪，就像好马必须配上好鞍。蛾子其实多虑了，她应该知道过了这个晚上她就不再是姑娘。这个晚上后来发生的事和月亮一样干净。他们睡得很香也很沉，因为第二天真到太阳穿入天井时也没听见吊脚楼上的唢呐。蛾子还是没有收下我爷爷的银簪。她侧过身去细心梳理着拖至腰下的辫子，又细心扎好了红头绳。这让我爷爷非常不安。他慢慢握起银簪，然后轻轻地对蛾子说：这已经是你的东西了，我先替你保管着。蛾子说不知我可有这等的福分。我爷爷说他一定明媒正娶。蛾子就沉默了，这时候她想到了病榻上的哥哥。蛾子什么也没说，替爷爷穿好鞋子便离去了。她一出门就嗅到浓郁的中药香。蛾子小心地移到往日住宿的屋前，突然从里面飞出一只药罐。蛾子说那破碎的药罐后来怎么看都像一朵蔷薇。

苍老的蛾子重新将银簪送进白发，就像把一片叶子藏入森林。银簪与白发浑然一色成为月光的焦点。望着空转的纺车你会产生恍若隔世的感觉。你于是意识到正是这样故事最终成为传说，如月光在大地流淌。

四爷的唢呐第三天照常吹响。这是1939年春夏之交的清晨，罐子窑人再次操演性爱后又昏昏睡去，季节的更替便在弥漫着毫无节制的欲望空气里悄然完成了。夏季是欲望之火燃烧的季节，你于是相信传说业已进入发酵阶段。

乌篷船上的女人在成为我另一位奶奶之后依旧梳着一根沉重的辫子。编织的图案酷似四爷夜壶上的那条浮雕蛇。能看出这一层的只有四爷，他每天都被这种暗合折磨得气喘吁吁，因此你后来听到的唢呐声总是不很连贯并且略带沙哑。四爷目睹了我家天井附近发生的一切，他甚至眼光锋利如同一把匕首，划破了爷爷房间的窗纸，观赏到男欢女爱的生动情景。四爷明白我爷爷将要续弦，外江女人将作为我们家族重要一员也已成定局。所以四爷在不久的一个夜晚走进了我爷爷的书房，那时候我爷爷正秉烛作书，四爷的出现使他有了一丝的慌乱。我爷爷也许知道是四爷的唢呐先留住了外江女人，但他不会轻易放弃命运转折的机缘。

大哥，有件事想与你说说。

你说吧。

我想出去……

出去？做生意还是当兵？

做生意。

也好……出去见识见识。

我想先借一点本。

这好说。等我忙完了这事吧。我想快了。

大哥，你这是大事，最好能等到她哥哥……

我知道该怎么做。

四爷不说了。这时候他们都听见了天井里“啪”地一响，那又是摔碎了一只药罐。爷爷站起来踱了几步，然后吩咐四爷去请驼背郎中。四爷路过天井便听见厢房里含糊其辞的呻吟。他企图听明白可结果却感到这偌大的住宅里回荡着一股阴森之气。因此他后来在河边遇见洗衣的蛾子时，就小心地告诉她这些日子最好不要离开她哥哥的病榻。蛾子很吃惊，短暂的羞臊后她问起她哥哥的病情是不是在加重？四爷没有回答，而这时从背后刮来的一阵风竟吹灭了他手中的灯笼。蛾子吓得身子一软，四爷的手便及时把她的腰揽住。黑暗中蛾子抖瑟的辫子又一次让四爷想起受惊的蛇姿。辫梢搔挠着四爷的手腕，这奇异的感觉以后在他心头盘桓了几十年。岁月沧桑，黑蛇变作白蛇。这条蛇最后爬进了四爷的夜壶，结束了四爷辉煌惨烈的一生。

那一年我回乡奔丧时，四爷的尸体还横陈木床。四爷安详的遗容和浪漫的睡姿使我从悲哀中获得了一份特殊的宁静。按照当地的习俗，死者入棺前须净身更衣。主持这仪式的是一位来自东山的老道。据说他与四爷是多年的知己。老道用一把锋利的宝剑将四爷的内衣剥去，我于是第一次目睹了四爷的裸体。四爷依然健壮，他那受到致命一击的生殖器居然无比坚挺。老道将宝剑在四爷的生殖器上方凌空划了一个圆，最后发出一声长叹。

在从前那个夏季里，我的爷爷活得比较潇洒。外江女人青春的身体慰藉了他那颗衰弱的心。但他绝对没有料到此刻他与生命的尾声仅差一步之遥。那天夜里，当驼背郎中走进我家的天井，就立即嗅到了一股血腥气。郎中并不因此惊讶，相反，他很得意。他把爷爷又一次叫到门外窃谈，刚才的感觉证明了他最初的诊断没有偏差。郎中伸出两根象牙般的手指，我爷爷立即明白了其中的意思：你是说他只能活两个月？郎中说这是自然。船上的男人嗜酒成癖最终酿成大祸，绝症便不可医。你还是多尽些力吧，我爷爷叹道。然后他陪郎中去敲厢房的门，可是没有敲开。

郎中在我爷爷的书房里喝了一杯茶。这位以妙手回春自居的驼背丝毫没有从我爷爷银灰色的长衫上看见死亡。在那个时刻，郎中更感兴趣的已不再是死亡而是新生。他毛遂自荐地要为爷爷择定佳期。两人正说着，门被推开了，在天井站立很久的蛾子走了进来。郎中不甘寂寞的眼光将含苞欲放的女人浑身摸了一遍。他以为她要向自己了解哥哥的病情。可是蛾子却向我爷爷提出了一个古怪的要求：

东家，我想用你这件长衫改一条裤子。

这要求让驼背郎中侧身猥亵暗笑。可他又想这或许是异乡一种表示男女私情的习俗。时候不早了，郎中起身告辞，目光再次从蛾子胸前滑过。他很希望睡在病榻上的不是这女人的哥哥而是她本人，那么他便可以合理地动手动脚。郎中摇晃着走出我家大门，四爷点上灯笼，橙黄的灯光映照着郎中的驼峰。两人一前一后地走着，看上去就像一对劫舍者。四爷责怪郎中，认为他应该再敲一次门，替那个可怜的异乡男人看看。郎中说劫数已到，是没有办法的。郎中又一次伸出两根指头。四爷大吃一惊，持灯笼的手竟哆嗦起来。郎中的手势让他再次想起一个时辰前的预感：将损折两条人命。很多年过去后的一个阴雨连绵的下午，四爷对蛾子说起过这件事。但他仍然不知道这是驼背郎中的歪打正着。

蛾子说那时她只是隐隐约约地意识到身边埋着凶险。她每次与我爷爷同床共枕，总觉得是睡在一口棺材里——爷爷恍是家乡的那位薄命郎中。她实在觉得那件银灰色长衫上流淌着一股邪气。于是她决定采取以邪攻邪的方法，把长衫剪成贴身的内裤。然而这在我爷爷眼中完全是女人的浪漫之举，况且他又特别珍惜这件他祖父留下的衣裳。所以在驼背郎中离开后，爷爷对蛾子说：你要做衣服，可以进城选任何料子。

我……我就想用这长衫的料子，蛾子说。

这不行。爷爷断然说道。

……

那天晚上蛾子按照四爷的吩咐，没有在爷爷房里过夜。以后连续几天也都如此。最初爷爷只以为这是女人的赌气拿劲，但是他很快就发觉事情不是这么简单。爷爷注意到蛾子和四爷之间有某种微妙关系。其实爷爷一开始就有所察觉，外江女人最先是听见唢呐转过脸来的，所以当他决定收留船上兄妹之后，便将堂弟送上吊脚楼。我爷爷犯了一个错误，他忘记了吊脚楼是鸟瞰我家的最佳视角。现在爷爷要做的，是尽快扫除飘荡在他上空的唢呐声。在经过一夜的思考后，爷爷把四爷叫到书房，告诉他“出外谋生”宜早不宜迟。可是四爷说：我现在不能走。

这简短的回答像鸟翅的阴影从爷爷心头掠过。他的小心猜疑也因此变得真实可信。据说在这一天里我爷爷喜怒无常以致扬言要将全部家当付之一炬，而四爷的唢呐依旧在热风中回荡。这是 1939 年的夏天，命运决定着这截光阴令我们家族焦灼难耐。你站在水边的吊脚楼上往西看，灾难正以酩酊之姿晃入了我家门槛。你也许没看见，但你马上就会看见了。

隔着稀疏的竹帘我似乎已经看见从前的蛾子在灵水边继续梳理着发辫。我看见她初步盘好一只髻但很快又把它弄散。我知道那时候这小女人又在期盼着爷爷囊中的银簪。这天的云彩可真好啊，所以当我爷爷的身影再次在对岸出现时，他那件银灰色的长衫也因此变成了浅蓝。这蓝色后来又被流动的灵水染得更重，其实就是欲望火焰的颜色。几天的分居使摇橹的女人觉得自己成了一只失尽水分的空心萝卜。你从她摇橹的姿势上会领略到这层含义，你不觉得这女人两腿夹得太紧吗？

我爷爷看出了。他现在确信压在心尖的那块乌云业已驱散，而且他同时感到身体的某些部位正悄然变化。我爷爷是去县城取一只匿名包裹的，拿到手才知道不过是一个方寸小匣。我爷爷想这也许是哪位朋友馈送的贺礼，他行将梅开二度的消息早已不胫而走。这揣测使爷爷的回程迅速而轻捷。

你等急了吧？爷爷问。

我不急。不，蛾子说，我有点急。

我也很急。爷爷说。

……

我看见爷爷牵着蛾子的手走进了我家的天井。柔和的阳光把他们的身影投到台阶上。你再也听不到药罐的破裂声了，但你却能听见贪婪的磨牙声。在东厢房里，病榻上的男人此刻正忘情地啃着一只猪蹄。据说他这两天总共啃了一打。旺盛的食欲使蛾子相信哥哥的病开始好转，她根本不知道这是迈进地狱之门前的回光返照。

你看见我爷爷的房门掩上了吗？这之前从里面跑出一个脑后拖小辫的男孩，手拿着鸡毛兑换来的麦芽糖和城里刚上市的双色铅笔。这是我父亲。他蹦到天井里岔开腿撒尿，由于两手不空，他的小鸡左右摇摆，就这样又把裤子尿潮了。我父亲转身又去敲他父亲的门，可是无法敲开。

我父亲乱叫了一通，最后又回到阳光下继续玩他的双色铅笔。

我不愿意接着去写屋里的事了。可是我必须交代一个至关重要的细节。你知道那种活是不能耽误的，最好连话也别说。但我不是爷爷，他的方式在我看来有些特别。我爷爷平时沉默寡言，一上床就废话连篇。他说蛾子你真好哇你知道此刻我在哪里吗我在天上。蛾子说东家你不是在我身子里么东家。爷爷说你怎么还喊我东家东家的？我娶你的消息连外地的朋友都知道了。我今天进城取的就是一份贺礼。说着我爷爷便精光赤条地下床来拿过那只方寸小匣。蛾子问什么东西这么小？爷爷抚着女人光滑柔软的头发说也许是金簪玉簪吧。蛾子说我只要银簪。于是我要讲的细节便展示了。我爷爷重新回到女人身子里，他腾出两手用小剪刀撬着小匣。好奇和兴奋使这位书生的所有动作变得笨拙而粗鲁，但是女人却感到了空前的欢乐。蛾子想让爷爷把两只手也给她，她说：你别撬了……再好的宝贝我也不想要……我只要你……

爷爷已经把方寸小匣撬开了。你一定猜到了里面盛着什么物件。

白绫子揭开时我也很好奇，老迈的蛾子回忆说，接着我看见了一个小东西模样就像一味中药。等我看清那上面长着指甲时眼前便是昏天黑地。你爷爷浑身像筛糠似的发抖，他不知不觉退出了我的身子，他后来就上吐下泻发起烧来了。这个可怜人从此就这么废了，他那个活泼的东西也成了一味中药。

蛾子记得这一天是民国二十八年农历六月二十七。十天后，我爷爷便一步坠入黄泉。

在这以后的几天里你会不经意地就看见驼背郎中滑稽的身影。你又一次嗅到了天井里中药的芳香。据说驼背郎中给我爷爷下药下得很重，但是千方百计觅不到药引。要一对活蜈蚣，郎中说，否则暗症难消。郎中采取的另一个措施叫做“娇蛾品箫”，他要求蛾子每日三次持续半月深入浅出。驼背郎中把拇指放到口腔里示范，眼睛粘着女人膨胀的双乳。

四爷便是这时出现的。他怀抱着一把崭新的夜壶。那夜壶在夏日阳光下神气活现。郎中的目光立刻从女人胸前跳开，像苍蝇一样飞落到四爷的夜壶口上。他拿出含得又湿又黏的拇指在夜壶嘴里旋转，身体左右扭动，似乎企图要甩掉高耸的驼峰。我说老四呀，郎中说，你狗日的怎么把夜壶口做成这般模样！四爷讪笑。四爷说这是祖传偏方，专治男人的毛病。驼背郎中若有所思，但很快换上不屑的神情：你个狗日的凡事总没个正经！郎中离开时又对蛾子摇动着拇指。蛾子后来回忆说，郎中的侧面就像一只衰败的老公狗。蛾子说那是她头回见到四爷的夜壶，她说她一看货色就知道老四的手艺不俗。但她那时还弄不清夜壶的奥秘。四爷在爷爷的房门前停了一会儿。蛾子说也许老四已经预感到这夜壶会招惹意想不到的麻烦了。

你可想而知那些日子我的爷爷过得多么沮丧。他实际上已经是魂飞魄散了。松崎司令官的断指像一颗在空中漫舞的子弹呼啸着上下左右，随时都可以钻入他的心脏。我爷爷整日昏睡，梦呓喃喃，一只苍蝇的低吟都会让他惊动让他不寒而栗。但是在那个阳光焦灼的下午，爷爷的愤怒却来自四爷的夜壶。

四爷掩上房门，把夜壶放到爷爷床前。爷爷虚弱的视线被夜壶的光泽刺激得明亮起来。像所有男人一样，爷爷含蓄地审视着别致的夜壶口。我想他那一刻一定膀胱酸胀。这酸胀其实也是快感的一支前奏。但是爷爷却无力把这前奏演奏下去推至高潮。我爷爷撒不出那种“疑是银河落九天”的尿来。他的尿落到夜壶里想必是支轻柔的小夜曲，其中含有感伤的休止符。爷爷欠了欠身，发出一声轻叹：老四，你的手艺真是不错。可是爷爷旋即起了警觉——

你是来羞辱我的吗老四?!

爷爷的声音阴森而低沉。并且将蛾子失落在床的银簪奋力向四爷掷去。多少年后，四爷坐在灵水边的青石上回忆起这个炎烈的下午，他对洗衣的蛾子说：那声音真像一匹受伤的狼。四爷说他被这声音吓住了，连解释的气力都失去了。那时候年轻的蛾子正立在天井里颠扬着簸箕，金色的秕糠在阳光下飞舞。蛾子被这景象迷住了。接着蛾子又听见屋里我爷爷的怒吼：“你马上给我滚!”之后是“咔嚓”一响——那把别致的夜壶已被掼碎。蛾子连忙进屋，与沮丧出门的四爷摩肩而过。无意中她瞥见那枚银簪已握在老四的掌里。可是那时她已无心注意这枚小银器的归属，全部的目光为破碎的夜壶所吸引。那实在是个好东西。她不明白东家为何同它过不去。蛾子后来收拾这堆陶器碎片没有动用扫帚而是用手。她一片片地拾起来又一片片地拼凑，最后发现少了一片——那正是蛇头。蛾子怎么也没料到这蛇头竟会溅到四爷的裤裆里。多少年后，当日益衰老的四爷坐在河边说起这个属于从前的细节时，蛾子便发出了一声惊叫。在那个夏天行将结束之际，我想蛾子实际上已经看出死亡的阴影开始在四爷的面容上显现。

蛾子记得四爷离开家乡罐子窑是在一个细雨纷飞的黎明。这之前的那个夜晚显得格外冗长和不安。黄昏，灵水岸边来了一队外江的帆船，据说是来罐子窑做毛竹和大米生意的。所以沿岸的那些窗口在天还没有断黑时就提前挂起了红灯笼。悦耳的丝竹和妓女的小调使罐子窑醉意迷蒙。那个时候，我家的屋子却异常宁静。我爷爷支着芦苇般的身躯迈出了久日不出的房门。天井里依旧散发着中药沉渣的霉酸味，东厢房内响着什么锐器互相厮磨的声音。这声音被一阵阵自河边飘来的丝竹和小调声所淹没，因此听起来并不怎么刺耳。我爷爷下意识地朝东厢房望了一眼，发现腐朽的房门悄然打开了半扇，但他终于没有看清门后那张异乡男人的脸孔。天色渐渐转灰，我爷爷走进暮霭之中，银灰色的长衫在那个时刻竟然显得十分明朗。在离家门不远的大槐树下，爷爷遇见了沉思的蛾子。女人潮湿的眼眶令他暗自一惊。

老四是……好人。女人说，你不该这样对他。

这个我比你清楚。爷爷说。

简短的对话之后是难堪的沉默。爷爷没有理会女人的埋怨，撩起长衫转身走向村口。在那个位置上，一个来自外江船队的水手正用城里的水果糖和火药纸同一群孩子们嬉戏。那是个健壮的男人，蛾子这样回忆说，模样看上去像个天生的哑巴。当我爷爷走过他面前时，那人便突然埋头咳嗽起来以致半天直不起腰。不多时，天真正的黑了。爷爷和那人的身影同时消失在蛾子阴郁的视野里。

那时候我的四爷正在吊脚楼上打点行装。他已经决定天亮启程。你可以想象出这个强悍的男人此刻该是多么沮丧和忧伤。他把全部的家当杂乱地放进一只藤箱里，然后摸黑送上了蛾子的乌篷船。他想她一定会亲自送他渡过这湍急的灵水河，但从今以后他就再也看不见那片飘柔的乌云。四爷或许这样想了，分手之际他要把那枚银簪重新插进蛾子的发髻。

河边并不寂寞。灯笼的倒影映红了河水，就像于水中刚杀了一头牛。

水手和妓女的浪声浪语在河面上荡漾。这轻曼之声后来让伫立河边的四爷想起了留在作坊里的铜唢呐。四爷就离开了河边，当他走过那片小松树林时一个身影在自己的侧面一闪而过。那个时候，天空开始飘起了雨丝。

据说四爷这一夜在作坊里消磨了一坛家乡的米酒。趁着酒兴他一气做了十把夜壶，但他已无心思去雕刻那个富有想象力的纹饰。直到罐子窑响起第一声鸡啼，他才想起该同一切分手了。蛾子回忆说，老四晃晃地来到河边时浑身都散发着米酒的醇香，腰间别着一样明晃晃的铜唢呐。天开始泛白了，但在蛾子的记忆里那时分灵水河依旧颜色如墨。那水真重呵！蛾子说，我差不多要把橹扳断了。乌篷船就这样顶着细风细雨向对岸驶去。几十年后有人说起这个阴晦的黎明时，像是在叙述一段暧昧的戏文。"船至河心直打转，人可是没闲着呢!"他们津津乐道，目光里透着彻底无耻和下流。后来四爷的唢呐在晨风中吹响，对岸杞柳丛中的水鸟一齐向乌蓬船"噗噗"飞来，使这个黎明像水墨画那样凝重而富有生机。

老四就这么走了。蛾子沉吟道，他把那天拾起的银簪插到我头上。我望着他翻过那道土岗。我以为他会回头看看我，可他只是停了停。他没有回头。老泪纵横的蛾子再次抚摸着那枚银簪，忧伤已像皱纹在她苍老的面容上永远地刻下。她的行动已非常的迟缓，在我搀扶她走上铺满夕阳的台阶时突然双腿发颤最终跌倒。

你看这上面……还有血！蛾子口齿不清地说。

蛾子记忆里那个黎明最后被巨大的恐怖所淹没。血。那个黎明唯一的颜色是血。蛾子先是被血浆滑倒。那血仿佛还散着一缕余热，但已没有腥味。蛾子就这样顺着石阶上斑斑血迹跌跌撞撞。她万没料到血迹的尽头就是我爷爷无首的身躯，像喝醉了似的伏在自家的枣木门槛上。事隔多年，老迈的蛾子回想起那个血色黎明时依然不寒而栗。她说她以后总时常想起那颗从我家天井上空划过的流星，那是她上岸的第一夜亲眼所见的。

民国二十八年农历七月初七是我爷爷升天的日子。据见过我爷爷尸体的人所言，夺去这位文弱书生性命的是一把快刀。爷爷的颈口横截面平整而光洁，可想而知刽子手的功夫精深。杀我爷爷的人显然怀着不共戴天之仇，以致决意不给这个穿长衫的书生留下一具全尸。在以后的一天里人们四处搜寻也无法找到爷爷的首级。到了第二天的傍晚，灵水岸边出现了四爷突然变得佝偻的身影，他手中提着的藤箱里竟是爷爷模糊不堪的头颅！

老四是蹚着水转回的。蛾子回忆说，那时候家中正忙着办东家的丧事。天热了，尸不能停。蛾子说当湿淋淋的四爷从藤箱里取出朽木一般的头颅时，在场的人全都像苍蝇一样惊飞而去，年轻的蛾子也晕倒在棺前。蛾子已记不清四爷当时的表情了，只依稀记得老四的头在棺木上重重碰了一响。而几乎在同一时刻，天井里也传来“咔嚓”一声——重病已久的异乡男子掼碎了最后的一只药罐终于咽气。这个骨瘦如柴的男人临终前居然有惊人的气力，以致后来替他收尸的郎中招术使尽也难以合上那双圆睁的大眼。异乡男子似乎料到自己劫数已至，所以他提前换上了平生最好的衣裳。不可思议的是，死者穿的内服却出自妹妹蛾子的衣箱。这让驼背郎中在夏夜骤起的雷电里顿生猥亵之念，他支走四爷去替可怜的外江男人张罗一副棺木，自己却努力把昏迷的蛾子搬到爷爷的床上。郎中跃跃欲试，驼峰犹如一弯大弓。但是激动中他的视线又被那只精致小匣所吸引，转动的眼珠大胆表现出人财双获之喜。驼背郎中一手解着裤带一手去开木匣，接着吓得扑通跪倒，于是这狗杂种拖着尿逃之夭夭。那时分天光已白，四爷踉跄而归，一夜的悲痛与辛劳使他整个看上去缩去了一圈。

昏厥的蛾子此刻也渐渐苏醒过来，看见老四正立在床前一声不吭。蒙眬中蛾子或许把适才驼背郎中的举止看成了老四所为，虚弱的目光由恐惧转为鄙夷并且显出了可怕的冷静。

你杀了……东家?

你杀了你哥哥?

你杀了他?!

我可怜的四爷就这样陷入了一宗历史命案。他的命运从此开始了非凡的曲折。在那个夏季，我四爷的头顶上始终闪着鸦翅的阴影。他像那把唢呐一样沉默寡言。四爷最懊悔的是那天夜里不该一气喝下一坛米酒。他想大哥便是在这时刻惨遭毒手的。但他无法理清大哥究竟为谁人所害。

他更不清楚又是谁那么敏捷地将削去的首级悄然趁黑送上了乌篷船！这可恶的手段使我们家族在半个世纪里不得安宁。我可怜的四爷！在第三天的清晨，四爷把两个男人安葬在灵水岸边的一块坡地上，使两座青冢隔着一株桃树相望。多少年后每到桃花盛开的季节，它们便成为家乡罐子窑最为迷人的风景。

在那个遥远的夏日清晨，我的四爷掮着我幼小的父亲走出了寂然无声的罐子窑。现在我倚在这座吊脚楼油漆剥离的窗边，注视着眼前这条灵水河。河水悠悠，让我午后的心情备感凄凉。我看见我的先辈们正沿着河边缓缓向东移去。在青冢之间瘦弱的桃树下默立着同样瘦弱的蛾子，一身素服使她看起来仿佛风中飞动的灵旗。那时候我的小父亲正伏在四爷肩上用泥搓捏着一条小蛇，人事不知的大眼不时看着天空划过的水鸟。蛾子现在说起这个细节时面色阴郁，她比划着的双手微微颤抖。蛾子说那时她突然想让父亲的小手再来偷偷摸一次自己膨胀的乳房。

我的四爷就这么忍辱负重地上路了。关于他的去向，民间至今传说纷纭。有人说四爷去的地方是江城芜湖。他忘不了松崎那截风干的小指。四爷认定谋害大哥的元凶就是这日本杂种，他扬言要一把捏碎松崎骄傲的鸡巴。可我知道的是他在路上遇见了一伙打家劫舍的土匪。据说这伙人已跟踪四爷三天三夜。土匪先是把四爷当做好汉，说老四你他妈真有种一刀就把你那当汉奸的堂哥脖子给抹了，并推举四爷来当这支草寇的首领。四爷大怒，四爷说我大哥不是汉奸，老子操你祖宗。于是土匪就用驳壳枪抵着我小父亲的脑瓜，张开的机头如同血盆大口。四爷那时还不知这伙流氓的险恶用心，因为只要承认所谓为国锄奸大义灭亲的事实，南京方面就会收编这些游兵散勇。我可怜的四爷无奈屈从。果然不到半月，四爷便成为国军新编35旅的一名连副。这个历史性的变化使四爷锄奸灭亲之举有可能成为定论。在漫长的人生岁月里，四爷就像一片苇叶随波逐流，几经沉浮。

我的四爷从此开始了戎马生涯。这位优秀的陶工居然也是出色的枪手。关于他同日本人交手时的传闻日益神奇。最近的说法是他在一次巷战中一把刺刀穿透了两个鬼子的胸膛。几年后，四爷所属的部队一夜间起义投诚。在一个漆黑的雨夜，他被派往灵水支队当支队长。四爷终于亲近了家乡罐子窑，我想象他可能也像电影里演的那样跪到河边大口地喝水，然后把衣袖捋到肘间。事实是那天夜里四爷悄然渡过了灵水河。他所做的第一件事是在大哥的坟前置放了一把青香。这是民国三十七年三月里的事，年迈的蛾子这样对我说，我记得桃花正开着，第二天是清明。我四爷在荒芜的坟地肃立了一宿；黎明时他被雨淋透的衣服已经吹干。当他正要转身离去时，遇见了前来上坟的蛾子。我无法复制那幅动人的图景，我注意到蛾子叙述至此时昏暗的眸子突然转为明静，再现了昔日村姑的青春风采。但是蛾子的眼神转瞬即逝，溢出的老泪无声淌下像刀刻的印迹。他只是看着我，不开口，蛾子含着泪说，然后摘走了一朵好看的桃花……四爷走了。他高大的身影在蛾子泪光里与灵水融为一片。不久河面上飘来了沙哑的唢呐声。

我晓得，蛾子泣不成声地说，那是老四在同我说话……

时至今日，我眼前总是时常出现两只上下翻飞的白鸟。那是我爷爷和我的四爷。在仇视汉奸的年代里，四爷成为英雄；可是当我爷爷被理解为可同情的知识分子时，四爷又被看做沾满同胞鲜血的坏蛋。此起彼伏，此伏彼起，我的家族就是这样令人沮丧。现在我坐在故乡的案头写着这部沮丧的家族历史，我笔下流淌着的是不尽的辛酸之泪。我怀念我的先辈，在这个夏季最后的时光我心里纳满了苍凉。我的故事已走近尾声却永远无法结束。

四爷从坟地回来终日郁郁寡欢，每日最好的光阴是在作坊里消磨。他又开始制作他的夜壶，不再练习射击。他的枪法越来越坏，以致在一次偷袭时意外走火险些敲掉了自己的小腿。甚至在战局紧张阶段他也依然如故。四爷希望我父亲将来也成为一名优秀陶工，以后就把他带进作坊。我少年的父亲并不专心用艺，但是却能把那条环绕壶身的蛇雕刻得栩栩如生。多少年后这个漫不经心的细节让我联想到四爷最后的结局。我意识到父亲心中仇恨的种子业已发芽，我甚至疑心爬进四爷夜壶的蛇是听从了父亲意念的指挥。

1958 年我父亲已是一名科长，而四爷却辞去了有分量的官职返回故里，重操制陶旧业。四爷一辈子没有婚娶。但我坚信，他那令人同情的形式下存在着异常充实的内容。四爷的身体一定会让女人迷恋不舍，我现在注视着老迈的蛾子也能推测出她与四爷之间有过多少次浪漫情怀。我想蛾子是依靠四爷的力量活下来的，四爷的滋润使得蛾子把苍老向后推迟了十年。

你四爷是个能干的人，蛾子这样说，不像你爷爷。你如果是过来人你就不难听出这妇人话语的弦外之音。你应该懂得四爷的功夫是四爷的夜壶练就的。你会认为我四爷最终死于夜壶也是命中注定的虽死犹荣。

我的四爷追随我爷爷而去了。他要到阴间向我爷爷诉说自己一世的辛酸。他们是同一个日子死的，所以在最后选择四爷的坟地时，我建议把他安置在爷爷与外乡男人之间，让那棵根深叶茂的桃树后移成为墓地的背景。风水先生在略作踌躇后欣然接受，他说这块场子似乎是专门替老四留下的。这个决定也许会驱散乡亲们心头盘桓已久的疑云，但他们依然关心着当年我爷爷究竟死于谁手。

下葬的日子出奇的阴冷，让人在夏季里怀念腊月黄天。当年迈的蛾子围绕新坟默默走过一圈时，我隐约感觉到了某种命运的启示。那天深夜我从噩梦中惊醒，随即听到来自灵水河边浑浊不清的哭泣。那是一个已不年轻的女人积郁多年的哭声。

1993 年 4 月　海口

（原载《收获》1993 年第 3 期）

结束的地方

久经沙场的宋英山支队长在一个雨夜惨遭杀害是1947年11月间的事。当时都认为凶手是马夫刘四。这个当铺伙计出身的壮汉在血案发生的72小时后即被枪决，三枪毙命，尸体随便埋在罐子窑侧面的西山脚下。46年后，那个几乎被人踩平的土丘上开出了一簇白色小花。有人数了，正好是72朵。刘四生于民国十一年，祖籍江苏扬州。现有的材料表明，当铺伙计刘四是随宋英山支队长来到皖南的。刘四如果活到今天，也到了72岁。这种暗合在将近半个世纪后出现，预示着前所未有的风调雨顺。

1993年1月，一位身材挺拔、面貌严肃的外省人来到罐子窑。此人大约五十多岁，步伐稳健，操北方口音。外省人奇异的身影吸引了当地的土著。人们私下议论，称外省人叫京官。在不久的日子里，人们隐约知道京官到此是为“找一件重要的东西”。那时正值临近春节的农历岁末，人们杀猪宰牛，牲畜的血使村前那条很窄的河流成为橙色。外省人保养得很好的脸孔就映在这橙色的水面上——在很多时候，外省人喜欢观赏当地人兴致勃勃的宰杀，却一语不发。

年逾古稀的寡妇明秋像往日一样，在太阳行将落山之前，出现在人们广阔的视野中。寡妇明秋像一朵衰败的菊花挣扎在朔风中沿河边缓缓走来。她衣着整洁，依旧梳着半个世纪前的发式。那是当地不曾见过的发式，有一种惊世骇俗的大家气派。在寡妇业已灰白的云鬓上插着一根碧玉簪，让人联想起著名的戏文。也许是寡妇别致的发式抑或为这真正的珍宝所吸引，外省人专注的神情有了瞬间的游移。（他开始吸烟，并把那种高级的香烟散发给当地人。）

你是北京来的？你肯定是个大官。你这人的面相一望便知是大福大贵。

对于当地人的好奇发问，外省人表示了节制的感谢。但刚才他对老寡妇的短暂留意，仍然激发了人们的热情。那个女人可是见过大世面的，你看她头上！只有扬州的女人才有这种气派。扬州的女人是最了不得的女人。我爷爷说，这个明秋年轻时望一眼让人胆寒，连当年大名鼎鼎的宋英山都替她洗脚。

外省人淡淡一笑，背过手离去。

1947年10月的一个细雨蒙蒙的傍晚，支队长宋英山秘密睡到了一张柔软的床上，缎被的光滑与冰凉使他混沌的记忆仍停滞在白天的那场伏击里。这是他游击生涯里真正的一战，面对敌人逼近的枪口，他稳稳扣动了驳壳枪艰涩的扳机，然而子弹在撞击岩石之后反弹到他的小腹，支队长旋即晕倒，在昏迷前的最后一分钟，他看到马夫刘四的飞刀直插敌人的眉心，迸散的鲜血如同在扬州城里所见的节日礼花。

过多的失血使宋英山在这个秋雨之夜更显出书生的原形。在经过郎中仓促的诊治后，少妇明秋开始为支队长擦洗身体。在触及伤口的部位时女人将煤油灯拨暗，动作有些迟疑。明秋在昏暗中忙完这一切，听见了院子的门声。马夫刘四立即张开驳壳枪的机头，听见身后的女人说：不要紧，是冬来。刘四表情放松并随手将一枚子弹退出。他打算把空枪交给冬来玩一阵子。一年多没见到这孩子了，刘四说，还套狗吗？

似乎有一种预感，十岁的冬来在走进自家院子时，便像一只良犬嗅出了外人的气息。他注意到窗户上灯光的变化，放慢了脚步。一整天与狗周旋而最后两手空空，使这个瘦小的少年格外沮丧。所以当刘四将一把真枪交给他时，少年并没有表现出应有的惊喜。冬来只是把枪认真握了握，就还给了刘四，然后抽抽鼻子：腥。这时候明秋出来倒水，对儿子说：饭温在锅里，快去吃。儿子顺势朝里屋看了看，不吱声地走进了灶间。刘四陪冬来吃饭，说城里的宋老师病了，想在这里住几天。冬来问：几天？刘四说：就那么几天吧。刘四察觉出少年的不满，就摸摸他的光头说：过几天叔叔陪你去套狗。冬来放下筷子说：你不是我叔。从前我叫你老四，你叫我少爷。你管我娘叫太太。少年尖刻的话语让刘四不知所措，他下意识地摸了摸肩上的一块疤痕，那是两年前不满八岁的冬来用牙齿替他刻下的。

当铺伙计刘四在 1945 年冬天成为真正的家人。在普天同庆抗日胜利的锣鼓余音中，穷困而健壮的刘四享受了一个女人赐予的欢乐。太太，太太，太太，在性欲达到高潮时伙计刘四失声大喊，从此将从前的太太变成了自己现在的女人。存放于记忆中的这一天漫长而深刻，两年后，成为谋杀长官凶犯的刘四被绑赴刑场执行枪决时，那一天的情形再次重现在他眼前。那时他恍然悟出，自己已是在劫难逃。

现在，面对黑夜的阴雨，马夫刘四肩上的疤痕又开始隐隐作痛。他不寒而栗，于黑暗中发现了自己的一块肉，被一个不满八岁的男孩咀嚼。他的肉被男孩一口咬下，他看见自己的肉并没有带出多少血丝，而是白白的，男孩一口一口地嚼着，嘴角布满了油渍和白沫。刘四没有被失肉的剧痛打倒，但男孩吃肉的嘴脸让他在噩梦中挣扎达半年之久。

少妇明秋给屋檐下的刘四披了件衣裳。刘四就势握住女人的手。马夫说：冬来会不会到外面说什么？女人没有回答，而是叹息道：这个孽种。我这辈子最悔的事，就是没有把这东西在肚子里搞掉。

外省人每天黄昏都到河边看宰杀，他的沉默寡言使原本热烈的气氛变得平淡。人们的注意力已经分散，开始同陌生人进行试探性的交谈。你到罐子窑来做什么？都年关了你们城里人不兴过年吗？你是做什么工作的，手里肯定有权吧？外省人仍是很淡地笑着，但他的笑容令周围的孩子们惧怕。孩子们盯着这人剪到身后的双手，发现每个指结上都长着又黑又硬的长毛，像猪鬃一样。

寡妇明秋的话题在第二天便中断了。对于往事，当地人的重提兴趣只限于此时此刻的只言片语。所以后来寡妇从大家身旁走过时，只有外省人还留意着她的背影。外省人散淡的目光像倦鸟一样停在寡妇别致的发式上，有一天他自语道：放下来会很长的。

支队长宋英山苏醒后首先发现的是身上的这床缎被，这让他联想到城里女人细腻的身体。在这种联想走向结束时，宋英山看见了挑帘而入的明秋。女人典雅不俗的发式让青年革命家缅怀起扬州城里的缱绻时光。

那是个面容愁苦却让他心潮起伏的军阀姨太太，曾以补习旧体诗词的名义与中学教员宋英山有过几夜风流。后来东窗事发，无边的追杀使宋英山逃入皖南，中学教员在 13 个月后成为名噪江南的游击支队长。

这就是宋支队长。马夫刘四介绍说。

宋英山。支队长向前倾了一下身并向面前的女人伸出纤细的白手。

明秋没有去握那只手，而是立在一旁说：你别动，免得牵了伤口。

宋英山这才意识到自己挂彩，灼热的疼痛渐渐从腹部升起。他重新躺下，请女人将油灯拨亮一些。女人照话做了，支队长注意到这个女人的面貌和形体都一如她的发式。这就是刘四的女人，支队长想。他的目光移到马夫身上，慢慢回忆起白天的事情。如果不是刘四的飞刀，他的身体或许已经被敌人射成了一面筛子。那时候宋英山还不知道自己其实是被自己所击倒。

明秋为宋支队长煨了一罐红枣粥。明秋想让刘四去喂支队长吃。可刘四说，我手笨，还是你去。明秋就把红枣粥倒在碗里，用嘴唇试了试温度，然后让刘四扶起支队长，自己坐到床沿准备喂粥。宋英山的目光在女人脸上迅速掠过，但他还是从女人的眉宇间捕捉到了那种略带愁苦的表情。在不经意的目光交流中，支队长已在心里完成了两个女人的重复叠化，这是他在以后不到一月的时间里，枪伤奇迹般痊愈的重要因素。所以宋英山往往告诫他的马夫：人是要有点精神的。

明秋举起的汤匙刚接近支队长的嘴唇，一阵寒风吹进了屋内。光着下身的冬来拎着一条还在滴尿的裤子对母亲说：

我尿床了。

在少妇明秋略带愁苦的目光中，17 岁那年夏天的经历像一把锈涩的剪刀狰狞地向她张开。这把想象的锈剪以惊人的利索剪开了她刺有翠竹幽兰图案的宽松裤脚，最后剪破了少女的贞操。那时候瘦西湖的水面上正传来歌女的丝竹之声，淹没了少女明秋的呻吟。蒙面人扎起裤腰，认真地把一枚劫来的碧玉簪放到少女的两腿之间。你让爷乐了，爷不亏你。蒙面人嗡嗡地说，爷叫黄庆，扬州城无人不晓的。日后有什么难处，到寄啸山庄找爷。爷不让你看脸，爷的脸没有爷裤裆里的家伙好。你要爷时，就举一下这根簪子。

少女明秋留下这把簪子，并把它别在头上。这个耻辱与深仇的标志每天让她正视两次。耻辱已无法洗去，剩下的只有报仇。在以后无数个夜半，耻辱之簪都化作一把锋亮的飞刀直扎黄庆的心脏。明秋在黑暗中勾画出蒙面人丑陋的嘴脸，但又难以将这张丑脸固定。沉积在少女明秋记忆中的只有蒙面人瘦猴一般敏捷的身影，当夏季来临时，魔影在梦中再次将她侮辱。

支队长宋英山再次昏睡已是午夜时分。这是个寂静缠绵的秋夜，细雨均匀微弱的声响和间或浑浊的狗吠，把青年革命家送进了乱真的温柔之乡。

梦中的宋英山身着青灰长衫，正用纤细的手指梳理着一捧柔软的丝发。这是他从前每次幽会的必经程序。他喜欢在男欢女爱之前有一番诗意的铺垫。支队长惨白的脸上开始出现肤浅的红晕，让守候在床边的明秋松了一口气，一整夜的辛劳使女人仿佛瘦了一圈。她有了困意，而这时外面放哨的马夫已回到她身后，热烈的气息正在用力将女人的困意散开。少妇明秋随手在男人的裆下摸了一把，不禁一笑。然后她将头上簪子拔出，头发便像决堤的水那样倾泻下来。这个男人真是好体魄，像匹大马。后来明秋就骑到了这匹大马上。只有在这时候明秋才荒唐地觉得，和自己在一起的不是马夫而是一匹大马。这匹健壮的大马让她纵横千里，飞上九天。

和往常不同，这一次刘四没有在攀上山巅时连声称“太太”。他一声不吭，连大气都不敢出。在马夫愚钝的感觉里，少年冬来阴沉的目光越来越锋利，一如他绑腿上的飞刀。肩上的疤痕又开始生痛，刘四在完事后失去了以往的舒展与欢娱，他侧过身面对壁上明秋梳头的投影，发出几声低微的叹息。在这个犹如枯井的秋夜，马夫刘四第一次留意到身边的凶险。

明秋完全没有觉察到男人的不安。在她梳理好头发之后，她照例将玉簪伸到男人的眼前。她需要男人在记住她身体的同时也记住这个意味深长的提示。刘四本能地往边上一翻，右手迅速拔出腿上的飞刀。男人的反常让女人有了短暂的困惑。你怎么了，不敢正眼看它了？明秋低沉但威严的责问让刘四放松了身体，但他的内心却陡然爬上难忍的痛苦。

他想起自己当初的诺言。刘四用手拭了一下飞刀的锋口，对明秋说：我这把刀会找到黄庆的脑壳。女人背过脸去，认真地将玉簪别到头上。

17 岁的少女明秋没有去寄啸山庄寻仇，而是接受了当铺老板何风池的聘礼，于一个蛙声十里的夏夜做了何老板的三姨太。在扬州城，何风池也是一呼百应的人物，声威足以压倒土匪黄庆。那时明秋把复仇的理想寄于大腹便便的当铺老板，但她没有料到，当铺老板在第一次亲近女人身体之前便为那枚碧玉之簪而喜形于色。这可是难得一见的珍宝啊！当铺老板双手玉簪叹道。明秋注意着男人检测珍宝的老道手段，痛苦的泪水自眼角悄然溢出。她一把从当铺老板手里拿回玉簪，将松散的头发重新盘起，再别上玉簪。何风池以为自己不慎而冷落了新人，便急忙宽衣解带，但明秋已走出了红烛高烧的洞房。

那是个热不可耐的仲夏之夜，扬州城正秘密传递着东洋人攻占上海的沮丧消息。而在那时，三姨太明秋独自沉浸在命运的悲切气氛之中。天上一轮满月，地下一层青霜。明秋默然走进后院，眼前一道划过的寒光让她受到意外的惊吓。她跌倒在地，这时听见一个浑厚的声音从桃树下响起：太太，我吓了你吗？接着走近了一个赤裸上身的少年。

你是谁？

我叫刘四，是店里的伙计。

刘……你在干什么？

我，我在丢刀。天太热，困不着。

叫刘四的便从树干上拔出一把刀子。那刀约有七寸长，形状如同一片枯老的树叶。明秋没有细看，而是在心里盘算：这刀能杀人吗？

明秋再次正视刘四的飞刀是在七年之后。那时她已是八岁男孩冬来的母亲，但仍不失少妇的风采。抗战的胜利使当铺生意火爆，何风池整日忙碌于算盘之上，彻夜的麻将声让明秋辗转反侧。国恨已消，私仇未报，女人每日梳妆总会把尖锐的目光投向那枚玉簪。不知从何时起，明秋已在心里多次把玉簪幻化成一把飞刀，她自然想到业已成为壮汉的伙计刘四。在伤感与寂寞同时袭来之际，明秋愿意到后院去看刘四练飞刀。伙计的刀法越来越让女人惊喜，于是在一个冬夜，明秋用手握住了那把利刃。这真是一把好刀，她感叹道。

突然的动作与感叹让刘四有些茫然。在以往的日子里，三姨太是不会用手来触这把刀的。三姨太总是站在一旁静静地看着，不言语。

三姨太把飞刀在手里掂了掂，还给伙计：

你能替我杀一个人吗？

日本人？

是中国人。

在过去的二十几年里，对于马夫刘四来说，最大的懊恼莫过于1946年春天的那个晚上。在经过严格的查证后，刘四弄清了往日出入寄啸山庄的玩鸟客便是恶棍黄庆，瘦猴一般的身体上支着一顶光头，右眉上有一道刀疤，使眉毛断成两截。女人手里的玉簪是这次谋杀的命令。我会割下他的脑壳，刘四说，让你对着那只烂葫芦撒泡尿。女人无声，再次把那枚玉簪竖到男人眼前。男人夺过簪子扔进了女人的马桶，然后将飞刀藏于腰后，顶风出门。

那时候天空中飞舞的都是玉簪的光芒，又都是女人的眼睛。虽然已立下誓言，但对于乳臭未干的年轻人，初次萌动的杀机仍让他心惊胆战。伙计刘四沿着城郊一条小路匆匆前行，在路过一家小酒馆门口时，听见了一个男声低沉的呼喊。刘四住脚，顺声望去看见屋檐下立着一个修长的身影。那人摘下压得很低的礼帽，刘四这才认出是中学教员宋英山。

是宋老师。略显慌乱的当铺伙计走近中学教员，在后者同样惊慌的神气中，刘四想起几日前城里的传闻：中学教员宋英山睡了马师长的姨太，正亡命在逃。这位中学教员曾因生活窘迫来当铺典当过祖传的一只德国怀表，与刘四有过一面之交。

也许是共同的经历，抑或是借酒壮胆，刘四接受了宋英山的邀请，两人上了楼。那时候中学教员正策划一项改变命运的大事，准备去皖南找新四军。在他曾经与当铺伙计的几句闲聊中，隐约记得刘四的一个远房亲戚就在皖南。宋英山希望自己此举一帆风顺，想说服当铺伙计与他同行。

形势发生了变化，宋英山压低嗓门说，扬州城是待不下去了。我打算去皖南找新四军，你听说过叶挺这个名字吗？还有陈毅……

伙计刘四没有心思去听中学教员的形势分析，此刻只顾喝酒。几杯下肚，眼已发直。刘四说：我要走了。我要去……去杀一个人。

杀谁？

黄庆。

你怎么敢杀黄庆？

他、他他妈的……

中学教员拉住当铺伙计，继续说：你知道吗，黄庆杀死过日本的一个少佐，是抗日的功臣，正红着。再说，你是姓黄的对手吗？

那一刻“抗日的功臣”就像日本飞机的一颗炸弹落在刘四头上，让他魂飞魄散。我怎么能去杀一个抗日的功臣？刘四咬牙切齿地想，这个大鸡巴功臣，我操他老娘！后来当铺伙计像条丧家之犬出现在明秋面前，他看见女人一声不响地从马桶里摸出了那沾满尿水的玉簪，重新别到头上。刘四对女人扑通跪倒。刘四说我是个孬种我白睡了你你杀了我吧！女人平静地用手抚着男人粗硬的短发：不怪你，怪我命。这时屋内的灯光突然转暗，刘四的视野已被老爷臃肿不堪的身躯占满。在老爷宽大的腋下，晃出了少年冬来瘦小的身影。这突如其来的打击如雪上加霜，伙计刘四浑身哆嗦言不成句：老……爷……

老爷用脚尖拨了拨依旧跪着的伙计：你这条狗。又转脸微笑着对三姨太：你跟狗也睡？

三姨太说：他比你有用。

老爷扬起的大手掌还没有落下，刘四便如同一头豹子猛然窜起，吼叫着将老爷撞翻。

少妇明秋在做母亲的第五个年头便完全相信了，她生养的是一个孽种。那个早晨，她让伙计刘四杀鸡，这个日益强壮却又有姑娘般腼腆的青年尚在迟疑，五岁的儿子已从树上滑下，夺过了伙计手中的菜刀。我来杀，儿子说，明秋还来不及制止，儿子已两腿叉开，将鸡头与鸡爪分踩于脚下。不是那样杀！明秋叫道，把刀丢掉！但儿子已手起刀落，仅一刀，鸡便身首分家。无头的鸡在地上跳跃抽搐，鸡血如柱腾起两尺高。这个血腥的场面让明秋晕眩，拨动了她最脆弱最恐惧的一根神经。

这是个孽种。明秋多少次这么想到。这也是致命而沉重的打击。从此明秋的记忆里，这个血腥的场面与那个夏天耻辱的经历，构成了一把锈剪的双刃。现在，这把剪刀再次向她张开。昨夜发生的事，明秋心中有数，她不相信一个十岁的孩子会那么清醒地尿床。尿是冬来自己撒在身上的，这个孽种以此把她与男人隔开。当她给冬来换裤子时，面对那根生姜似的小鸡巴，明秋顿生恶念，想一把将它拧断。可是，这毕竟是自己身上掉下的一块肉啊！明秋不敢相信，当年就那么一下，便种下了这颗孽种……三岁上树，五岁杀鸡，七岁套狗，八岁咬人……他还想干什么？明秋的心像浸在盐水里。刘四的担心是对的，如果消息从儿子嘴中走漏，势必会招惹杀身之祸。因此在支队长伤势得到控制后，她安排刘四陪冬来出外套狗，把警卫的工作留给了自己。

马夫同意了这种安排，尽管对单独与冬来的接触尚有犹豫。当然马夫还有另一种担忧，但没有说出口。马夫离开时只是再三叮咛女人，不要问支队长什么。女人最初以为这是男人朴素的防范，但她不曾料到，男人向她掩盖了一个巨大的秘密。

保养得很好的外省人在这个清晨显得有些憔悴。他被那个挥之不去的梦魇压迫至惊醒。那是个蓝色的梦境，只有一个红色的球体在其中滚动，忽大忽小。多少年来他一直为这个伸手可触的画面所折磨。但他至今无法弄清它的起源与内涵。外省人现在靠在床上，把一只空药盒揉烂放进烟缸。忽然他有了后悔，因为多日前在这家宾馆住下时，他曾答应，把空药盒留给那个短发服务员的小孩，当做玩具火车的车厢。可是每次吃完药，药盒便给揉烂了。这是最后一个，他想，我这些年吃的这种药恐怕也有一车厢了。揉烂的东西是无法抚平的，外省人决定去商店给小孩买一个真正的玩具火车。要过年了，县城这些日子越来越热闹，正与宾馆相反。这家宾馆眼下的客人已寥若晨星。所以每次他出门，服务员都打趣地说：留下帮我们值班吧。谁也不知道这位外省人来此地的用意，大家只看见每个下午他都骑着租来的单车出门，去距县城 15 华里的罐子窑。

这天外省人去逛了商场。他挑选了一只很贵很漂亮的玩具火车，但是后来的事让他沮丧。他把玩具火车送给那个小孩，说：喜欢吗，这是伯伯给你买的新年礼物。小孩说不喜欢。小孩说我要你的盒子，我自己会做火车。他叹了口气，是呀，盒子，我怎么会把它们揉烂呢？他对小孩说，伯伯会给你许多那种盒子的。外省人那时想，自己这辈子还得吃那种药，许许多多。

在少年冬来的每日生活中，最重要的事情莫过于套狗。这种嗜好已延续了三年，他成了套狗能手。冬来使用的是自制的狗套。那是一根两米长的铁丝，一端做成环，一端经过一根伞柄样的竹竿，与手柄相连。三年的经验，少年冬来谙熟套狗的全部技能。他先用一块山芋或者饭团将狗引至身边，待狗低头吃食时，便出其不意将铁环稳稳套进狗的颈项，再猛地收拢手柄，铁环瞬间紧缩，被勒的狗用力挣扎，冬来则用力抓着，二者用力，至狗死方休。

1947 年秋天罐子窑的野狗不多了。在这个吃狗肉的美好季节里，少年冬来成为乡亲们宠爱的对象。人们喜欢冬来不过是想从他手里得到一些狗肉狗皮。他们知道，这个机智勇敢的套狗少年在每次得手后，只需要一副狗的后腿和一只狗尾。狗腿的肉自然是最好的，但是他们不明白狗尾的用处。去过冬来家的人曾看见套狗少年的小屋里挂着一排狗尾，成为一种罕见的景观。

少年冬来又要出发了，他的目标是一匹来自外乡的大黑公狗。他已经两次接近它，但那畜生反应灵敏，未等下手便逃命在先。非得弄死它，少年出门时看了看天空，在阴云的缝隙中他看见了一线光亮。这是好的兆头，少年想。为了保险，他向从前的伙计去借飞刀。意外的接近让刘四感到高兴。在他印象里，冬来是第一次主动同他讲话。这好像是对某种事实的认可。他当然不清楚此刻少年感兴趣的只是那把刀。你想跟叔练丢刀？刘四说，叔教你。冬来说：我想借你的刀用一下。我去套那只狗。刘四看了看正在洗衣的明秋，然后对冬来说：我陪你去。也许是对那匹大狗的畏惧，抑或希望从前的伙计从母亲身边走开，少年冬来便点头答应了。

马夫刘四把驳壳枪留给了明秋，把刀借给了冬来，他已两手空空。这让他心中隐隐有些不踏实。战争像头顶上密布的阴云，蕴含着猝不及防的袭击。过去的一天漫长而疲倦，更累的是一颗心。那时马夫的理想是希望夜夜搂紧自己的女人睡个安稳觉。可是很难，马夫阴郁地想，很难搂紧。再说搂紧的未必就是自己的女人。这个女人原本就不属于他。

这个女人或许不久就会离他而去。马夫再次回想起一年前的那个北风呼啸的晚上，夜黑风高却失去了杀机。如果不是遇见亡命的中学教员，他或许能够得手，那么女人便不会再别那枚簪子，那么女人就会完完全全属于自己了。后来的事更让人气恼。恶棍黄庆不再是抗日的功臣，支队长说，黄庆杀日本少佐不过是为了尝一下东洋女人。现已查明黄庆不久投靠了南京。黄庆现在该杀，谁杀了黄庆谁就是我们的功臣。可是黄庆……马夫重重叹了口气，在这个早上，他第一次埋怨自己追随的支队长。

宋英山支队长醒来已是日近中天。虽然没有阳光，但从窗外农家的炊烟上，支队长能比较准确地判断出时间。他看了看德国怀表，时针已越过了11。这个简单的阿拉伯数字总让他想到一对情侣的话别。刚才的梦中，与女人话别的场面再次重现。那是一次凄凉悲切以泪洗面的话别，女人最后一次帮了中学教员，让他踩着她瘦削的肩头翻过院墙。这个画面颇让青年革命家尴尬。他想如果将来革命胜利了，他的经历被拍成电影，这个镜头便要删除。支队长跳动的思绪至此被小便的酸胀感中断，他醒过来，觉得这一觉睡得过于冗长。他朝门外喊了声：刘四。

闻声而入的是少妇明秋，这个刘四的女人越发变得光彩夺目，让宋英山不敢正视。女人就是这么一个奇怪的尤物。几夜风流便让她如此娇媚而动人。

明秋拎起床边的尿壶，略带腼腆地看了看支队长。宋英山挪挪身子：刘四呢？

陪我儿子出去了。明秋说。

这个刘四！宋英山有些气恼，怎么这样麻痹大意无组织无纪律！

明秋解释说：是我让他们走的。人多了，反倒扎眼。明秋把尿壶塞进被窝说：支队长你方便吧。明秋说支队长你别在意你看我儿子都到你肩了。

1947年秋天的这个正午就这么过去了。青年革命家宋英山由此开始了一页新的情感生活。他发现美丽的故事就在身边，他自己也是这故事中重要的角色。宋英山断断续续的小便声成为一名生手弹奏的琵琶声。他内心激动，女人亲切而庄重的目光像母亲的手在抚摸着他腹部的伤口，他仿佛听见了伤口嗞嗞的愈合之声。宋英山的目光在女人别致发式上流连忘返，最后停在那枚玉簪之上。他赞美这件头饰，但女人的面色在瞬间转为暗淡。明秋回避了玉簪的来龙去脉，在经过一声低叹后，她抬头看着神情不再慌乱的支队长：

你知道一个叫黄庆的吗？

黄庆？是扬州城那个有名的恶棍吗？

就是他。

他已经成了我宋英山枪下之鬼！

1947年夏季对于青年宋英山来说有着深远的意义。一年的游击生涯没有去掉扬州城中学教员的生活习性，这个爱诗词也爱整洁的男人鹤立鸡群，虽然被上级委派为支队长，但在队伍中难以获得应有的威信。人们私下议论他可笑的枪法和贴身的小镜子，他多次为马惊吓成为有趣的话柄。甚至他在扬州城那悲壮的一幕，也不连贯地出现在夜间营地的草棚之中。年轻的支队长对此愤怒而沮丧，面对一群目不识丁的战士远没有在课堂上那么轻松。在那个夏季来临之前，宋英山有过多次的彷徨。他开始失眠，在无法入睡时便把身边的马夫弄醒。那时候马夫正枕着梦中女人的雪白胸脯，夜半的交谈令他分外兴奋。在很多夜半，马夫把这种交谈视为例外的亲近与信任。这个平素木讷的男人对支队长几乎无所不谈，他当然不会留意后者的心不在焉。有一天夜里，宋英山突然提到黄庆，宋英山说种种迹象表明这个惯匪已死心投靠了国民党，据说当了个营长，目下正在皖南活动打我们游击队。最后支队长问：你当初为什么要杀黄庆呢？马夫心里咯噔一声，他不想揭开这大耻大辱的谜底，只是咬牙切齿地说：他是我的仇人。这个夜晚后来马夫的神情转为灰暗，他在马棚里又磨了一遍从未见过血的飞刀。马夫在停滞在刀刃的月光中再次看见女人头上的玉簪。

1947年的夏季注定要给宋英山带来好运气。他被任命为游击支队长，彻底丢开了厌倦的粉笔，佩带了20响的驳壳枪。那是个很小的支队，是支队的支队，但对外的称呼仍是支队长。在一个夏日黄昏里，宋英山矫健的身姿出现在长江边。饮马长江构成了这个黄昏中最为动人的风景。青年革命家深邃的视线顺江水而下，那时他唯一的缺憾是手中少了一只气派的望远镜。夕阳的余晖已在江面上消散，但在宋英山的视野里正呈现着明日的辉煌。他已经看到自己日后衣锦还乡的情景：在他的队伍开进扬州城时，他将勒住马缰，用望远镜去寻找一张女人期盼的面孔。

他的支队初战告捷。

现在想起那场战斗，年轻的支队长仍有余悸。那是一次遭遇战，打响后才知对手就是黄庆的那个营。有利的地形是那场战斗获胜的重要原因，但在事后，大家便认为胜利应归功于支队长的指挥有方。因为支队长击毙了黄庆，当那个断眉毛的头颅被打烂后，宋英山立马横枪的英姿便成为支队的旗帜。捷报形同鸟翅掠过蓝天，几个月后又如同落叶落入了罐子窑，这是1947年秋天的最后一片落叶，悄然飘下却震动了一个女人的心。

黄庆……真的……死了？

他就死在这支枪下。

女人眼前一阵天昏地暗，在行将倒地之前，奋力拔出了头上那枚别了整整十年的玉簪。

外省人再次来罐子窑已是农历腊月二十四。按当地的习俗，这一天是小年。外省人弄不清这小年的含义所在，他只感到村里过年的气氛已经趋向浓烈。性急的孩子们开始零星地点放鞭炮，河边陡然失去了几日前的热闹，河水也不再是橙色。气氛的改变让外省人有了短暂的困顿和惆怅。连日的失眠和黎明前的梦魇，他对异乡的环境逐渐感到了厌倦。冬日的阳光一晃而过，河边寒意逼人。外省人低头吸咽，他的脚步迟缓而沉重。他打算放弃某种意图，等这支烟吸完便返回县城退房，然后去赶最后一班客车。或许就不该到此一游，他想，那东西看来是无法找到了。这时候他听见一个苍老的声音在身后响起：几点了？

外省人稍稍侧身说：五点十分。日子越来越短了。寡妇明秋从外省人身旁走过，又停了停：你是外地来的？

对。您这是……

我去看一个人。你脸色不大好。

水土不服吧。

不是水土。

那是什么呢老人家？

你身上有东西压着。

在那个遥远的秋日里，少年冬来再次失败。饭团没有吸引住那匹大黑公狗，它停在离食饵一丈的位置，机警的目光注视着周围。大狗似乎已意识到凶险就在身边，但没有退却。这种对峙的局面将近有一个钟点。三心二意的马夫此时已失去了耐性。天色阴沉，马夫的心中同样聚集着乌云。他隐约觉得，让女人独自留守可能是一个错误。

马夫说：把刀给我。我来放倒那畜生。

但是少年没有把刀递过去。少年仍低声重复着那句话：非得弄死它。

急躁的马夫提高嗓门：刀！

大狗便在这“刀”声中掉过身去。

少年瞪了马夫一眼。1947 年秋天少年冬来的目光磨得就像那把飞刀。磨刀人三年的工夫已将刀锋磨出彻骨的寒光，最终为自己磨出的寒光所惊吓。现在，马夫想收回那把刀。他的刀法堪称精湛，几乎百步穿杨。但在马夫看来，刀的使命业已结束。这把刀仿佛天生只需要找到一个人头，那个头颅已经烂了，被枪打烂。这是个十分无奈的结局。仇人黄庆的脑壳找到的是支队长的那把驳壳枪。断成两截的左眉，那无疑就是黄庆。当支队长被战士们抬举着向营地返回时，没有人注意到马夫握刀的手已经出汗。黄庆的脑壳就这么轻松地被一个体弱多病的书生给打烂了，就像风吹掉一片枯叶。那实在是歪打正着。

冬来，把刀给我。

我不要这刀。我只是借用几天。

冬来你不能玩这种东西。

你要叫我少爷。你操了我娘我也还是少爷。

你这孩子……

叫我少爷！我前头走，你后头跟着。

在少爷冬来幼稚而阴冷的眼中，从前的伙计刘四早已变幻为一条剥了皮却仍在跳动抽搐的大公狗。这狗爬到娘雪白的胸脯和肚皮上嗷嗷乱叫张牙舞爪。娘一动不动。娘两颊绯红。娘后来在那个冬夜跑出了扬州，娘为什么要跟这狗一样的男人在一起？那个冬夜，在他们跑出几里路后，八岁的冬来才起身追赶，但已没有踪迹。五天后，冬来神奇地出现在娘的眼前，那时刘四已随中学教员进了深山。冬来问：狗走了？娘一愣：你说谁？冬来说：老四。娘一记耳光：孽种！冬来没有摸脸，他也不知道什么叫孽种。冬来说我是狗行了吧？我就守着你。娘说你滚，我不要你守。冬来说：我要守，你是我娘。冬来想我就做一只家狗，我要杀尽野狗。

他们返回时天色已见晴朗。雨后的乡村明净而清新，这使马夫阴郁多时的心情渐渐好了起来。马夫不再纠缠过去的玄思，但在不久，他一眼看到女人的发髻上已抽去了玉簪。

故事就这样在1947年秋天将逝的日子出现了转机。故事在呼啸的风中飞行，它飘忽不定无法把握的形式仿佛人类的命运。故事亦如同少妇明秋柔软亮泽的头发，在失去玉簪的控制后自由飘洒。那实在是罕见优美的头发，散开的瞬间好似一笔浓墨在宣纸上化开。这婉约的诗意让支队长宋英山涌起莫名的伤感。他意识到自己的英雄业绩触动了女人的某根神经，但他无法将此与那枚摘去的头饰相连。女人晕眩在宋英山的怀里，古典的英雄救美传说在屋顶下回荡。宋英山不明这其中的含义，他需要感受的是一种氛围。他果断地抚摸着女人流畅的头发，在他低沉而炽热的呼唤下，女人惨白的脸上开始出现红晕。

明秋……明秋……

是你……打死了黄庆？

是我。我结果了他。

你就是我的恩人了。

明秋，你言重了。

你要我如何……谢你？

明秋……

支队长没有轻举妄动。我们是从前新四军的队伍。我们有纪律。我们不能随便和女人做那种事情。明秋的确是个好女人，是这山区独特的一片风景。明秋是雨中的一朵云。明秋……这个明秋还是马夫刘四的女人。刘四不是支队长而是支队长的马夫，可刘四命中就能拥有这样的好女人。在这一刻，宋英山的心绪迷乱而酸楚。

少年和马夫便是此时走进院子的。天转晴了，屋顶上却没有炊烟。马夫感到的一丝暖意并不是来自灶间，暖意是从支队长那间屋子流出的。

门帘纹丝不动，女人在那屋里一定待了很久。马夫低声生硬地咳嗽，他不知道自己为何要这样干咳几声。他的脚步迟疑不决。这时候少妇明秋已挑帘而出，女人蓬散的头发只是简单地挽在一起，显得有些臃肿。马夫心下一紧，判断尚未做出便看见女人头上已摘去了玉簪。马夫的脸色刹时显出苍白，寒气自脚心生出。女人平静的目光从马夫脸上轻松滑过。女人说你咳什么？马夫说我喉咙痒。女人说我看你喉咙有痰。女人就去了灶间。马夫倚门向屋里望了望，看见支队长还躺在床上，脸对着枕边的驳壳枪。从微微抖动的被子形状上，马夫认定支队长没有睡着，这使他在这后半天里如陷泥塘。马夫刘四此时已经看到，灾难正以酩酊之姿向他走来，一切都躲不过去了。

少妇明秋在这个夜晚异常冷静。阴雨看来是完全止了，剩下的只有风声。那风从掌灯后开始响起，起落有致，一如童年的歌谣。明秋照例给门外放哨的马夫披了件衣裳。这个普通的行为却让刘四备感安慰，大大缓解了关于那枚玉簪摘去的忧虑。马夫刘四在确信今夜平安无事后悄悄摸上了阁楼，粗糙的大手在女人细腻的身体上寻找。女人不动。女人没做出反应。马夫的手顺着女人的腹部下滑，黑暗中听见女人低沉的声音：把手拿开。

刘四的手像烫了似的提起，悬在黑暗中。

明秋坐起来：你为什么要瞒我？

刘四一时无语。

明秋说：你这人没良心。

刘四说：我不敢说。我怕……

明秋就下楼去了。刘四的眼中出现了一只鸟，正扑腾腾地拍打着双翅行将飞去。刘四现在只能眼睁睁地看着这只鸟飞，飞到另一棵树上。这鸟就是明秋。1947 年秋天马夫刘四度过了一生中最难熬的一个夜晚。无边的沮丧与懊悔让他初识命运的险恶。刘四伏在明秋适才躺过的地方，那儿还残存着女人的体温。刘四的眼前飞舞着女人雪白的身体和与之交欢的种种细节。马夫叹息着。马夫的叹息如同马的叹息，短促而粗壮。那马已经牺牲。它最后的报答是以身躯抵挡了射向主人的子弹。它的主人总是这般的走运。现在回想起这一幕，马夫越发觉出了人命的贵贱之分。那时宋英山十分慌乱，马被勒得原地打转。那一仗打得乱七八糟，宋英山落马后胡乱地朝天开枪。可是扑通一声从树上落下了一个人。意外射中的这人左眉被刀疤割为两段，这人就是黄庆。老天爷竟以这种方式把黄庆交给了宋英山。

击毙黄庆的那个晚上，一只跳蚤在刘四身体上跳动，让马夫异常烦躁。这个极小的生灵整整折磨了他一夜，他忘了失马的悲伤。那真是一匹好马，白色的身体与黑色的鬃毛就像枯枝上绽开的一树梨花。孤独的马夫走到门外抖动衣裳，他不想让一只跳蚤中断对马的哀思。马夫看见不远处的马灯下，战士们正围着所拥戴的支队长，听他讲述白天的动人事迹：……树影晃动，我抬手一枪，那家伙就……

其实是三枪。马夫想，也许还不止。那个画面马夫现在还伸手可及。那真是个意想不到的画面，就像戏台上的事。

外省人从河边回来的时候天色已晚。他骑着单车，顺风而下，越骑越快。河边与老寡妇的简单对话让他不安。他听不懂老妇的话，把它视为乡村略知巫术的老人习惯的告诫。但他不敢正视她的眼睛。冷静平淡的眼神仿佛具有一种难以名状的穿透力。又有什么可看破的呢？外省人有些困惑，我不过是到这地方来找一件东西。我与这里没有任何关系，但是仿佛有什么东西在追逐着他。这东西追逐了他多年，是无形的，不可捉摸。

下坡时他跌倒了，车的前轮碰上了一块石头。一只黑狗自右侧向他逼近。这是只很凶猛的畜生，形状一点也不张狂，但两眼埋着阴险。他没有立即爬起来，而是双手撑地向前移了两下，黑狗愣了愣，掉头逃去。他拍拍尘土站起来，望着黑狗逃进暮色，心里一下感到了轻松。

外省人回到县城宾馆，两位当地的干部便迎过来。他们已等了很久。他们亲切地喊了他的名字，在看过他随身的有关证件后，他们改称他“首长”。

你们……

我们是政府办公室的，首长。

我并没有让人通知政府。

下午刚接到市里的电话，我们就……

难怪我在路上跌了一跤。

首长的意外感叹让来人不知所措。他们有些紧张，不敢再说。面对着首长严肃的布满狐疑的面孔，他们进退两难。看来首长的病情不可忽视。上面电话里讲得很清楚，务必在除夕之前将人安全护送回去，但眼下接近他还是个问题。

1947 年的秋天充满诗意。这是个奇异的季节，五彩之气在青年革命家头顶上萦绕。宋英山心潮起伏，业已从挂彩的沮丧中抽身。他意识到生命的顽强与男性自尊的不灭，当明秋再次替他的腹部换药时，下体的骤变使他险些横生邪念。他坐起来，以赞叹窗外秋意的方式加以遮掩。他希望女人早点完成换药，又希望那只玉手在腹部的周围逗留滑行。

你觉得怎么样，支队长？

我感觉好多了。

还疼吗？

不疼，只是有些痒。

那是在长肉了。支队长你还是躺下来。

我坐会儿吧。

我扶你躺下来。

宋英山便重新躺下。他的动作缓慢，脑勺紧贴着女人的肘弯。他的头沉沉压下来，女人的胳膊并未及时抽出。女人柔情似水，支队长心跳似鹿。明秋，你真好。你让我想起一人。明秋说是不是从前的相好？宋英山点了点头。明秋说我早有耳闻，那个人是不是很好？宋英山说人倒是不错，只是我们毕竟不是一个阶级。明秋问：阶级是不是很重要？宋英山一时无话。他的思绪被女人身体的芳香所中断，那实在是久违的气息。支队长小心翼翼地提出一个请求：你能摸摸我吗，明秋？见女人没有及时表态，宋英山便又加上一句：我身上有些酸胀，像被绳子捆住了。女人还是没有回答，但她的手已探向男人最需要抚摸的地方。

1947 年 10 月的最后一个下午就这样刻画出来，成为青年革命家有生之年压轴的图景。他的视线为窗外突然绽放的阳光所迷失，所以没有看见阳光下埋伏着一个男人的投影。当马夫刘四以迟缓的步伐走近大门时，支队长正陶醉在云雾之中。刘四暗自庆幸自己的女人没有宽衣上床，但女人的手在被子里的所作所为他大致清楚。马夫决定制止事态的恶化，他重咳三声：明秋，弄点吃的。

女人在里屋回答：不是刚丢饭碗吗？

刘四说：不是我吃。是给狗吃。

明秋走出来。女人略带轻蔑的目光打在马夫脸上。女人说：那狗的胃口也太大了。

马夫的突然归来让支队长顿生冷汗。宋英山欠起身体，向窗外望去。他仔细审视马夫进来的路线与位置，那个地方，完全有可能明了这张床。支队长为自己刚才的失态有了一分钟的后悔。发生了什么呢？我确实感到身上有些酸胀。我并没有要求女人的手找到那个地方，但是刘四生硬的干咳让他警惕。

自夏天击毙黄庆之后，马夫对他的脸色有点不阴不阳。他除掉了马夫的仇人，马夫却因此显出烦躁。起先他只是认为，马夫为没有亲手复仇而遗憾，但现在看来，事情远不是这般的简单。昔日马夫的不离左右让宋英山感到安全，这感觉突然改变了。刘四的进进出出倒令支队长不免有些惊慌。宋英山靠在床上思索片刻，主意已定，便唤马夫进来。

你进山问问情况，支队长交代说，顺便带点药材回去。

马夫迟疑了一下：支队长，我的任务是陪你养伤。

我没什么。山里正缺药，马上出发。

支队长，万一……

枪我留下。你路上小心，去吧。

交代完这一切，宋英山从怀里摘下那只家传的德国怀表，放到刘四手上：这个你带上。你跟了我这么久，这个就算我一点心意了，送给你。

意外的馈赠让马夫手脚无措。刘四正欲推辞，听见明秋在门边说：支队长你好大方呀。

黑狗已进入圈套。少年冬来在支开从前的伙计后开始有了那种职业的状态。他调换了食饵，从怀里掏出一块用酒腌制的狗肉。这喷香的食物曾伴随他度过无数个枯燥的秋冬之日，但他总吃不够。他怀疑少了许多狗腿，终于在一个深夜，少年冬来被梦中的狗肉芳香所醉醒。这香气还在身边弥漫，稠稠的口水挂在嘴角。黑暗中冬来听见了隔壁的声响，那是母亲的呻吟和一个男人粗短的喘息。这重叠的声响破坏了少年美好的梦境和味觉。不一会儿，娘说话了：你走吧，趁着月亮。男人说想再歇会儿，被窝刚焐暖咧。娘说还是走吧，天一亮就不便了。男人懒懒地打了个漫长的哈欠，说：就走吧。娘说外面露水大着，穿暖些。男人说不冷，狗肉吃了添火气。娘说那你再带点腌的去，饭头上煮了就好。少年的狗肉就这样让另一只大狗拖去了一些，那杂种吃了肉壮了阳便时常从山里窜回来糟践娘。在这个阳光充沛的下午，少年冬来苍白的面孔在一把雪亮的飞刀上晃动。这确实是一把顶好的刀子，少年一试锋芒，它从哪儿来就该回到哪儿去。

外山的大狗终于难抵同类肉质的诱惑露出了锋利的狗牙。忘情与贪欲使这畜生放松了警踢。一个奇怪的东西正向它接近，行姿也似走兽。少年冬来灰衫披头，手脚着地向目标移来。这个敏捷似猴的小人以疾风过眼之势甩出了手中的狗套，一举成功。大狗的喉部受到突然的意外的一勒，使它将下咽的肉哽于食管，它拚命一奔，少年连同狗套全被掀倒在地。少年就势绕一棵山毛榉一滚，狗套的铁丝便缠绕了树干，凭借这树的力量，大狗顽强抵抗的结果是使自己迅速走向死亡。那一刻少年悠然自得。畜生，是你自己勒死了自己！少年大声喊道：吐出来！畜生，吃下的全给老子吐出来！

大狗绷如弯弓的身躯渐渐松软，两眼暴突但也渐渐阴暗。大狗的嘴半张着，奶一般的沫子顺着拖长的舌头淌下。一腔热血自喉管涌出，它躺在被自己挠出的浅土坑里，死了。大狗最后的努力是把自己作为雄性的标志夸张挺起。这奇异的景观让少年有了瞬间的痴迷。他拔出飞刀，削铁如泥般稳稳割下了这道动人的风景，掂了掂，然后对着它吐了一口痰，奋力扔到树上。少年说：我不要你的肉，也不扒你的皮。我只想弄死你。非弄死不可。畜生，懂吗？

1947 年秋天少年冬来完成了使命。他毁掉了狗套。在以后漫长而悠远的岁月里，他不再与狗打交道。

经过耐心劝导，县政府的人终于请首长登上返回的专车。外省人面色阴郁，他抬头看了看天空，冬日的太阳已相当疲软。那东西是无法找到了。也许人世间很多的东西，一旦丢失便永远无法再得到了，就像一滴雨落入河里。首长的自言自语让护送他的人感到困惑，以致他们在那一刻断然放弃了“首长有病”的念头。他们认为首长的感叹富有哲理而意味深长，这样急着把首长送走，可就是一个不大不小的错误。从上面的介绍看，首长与此地毫无瓜葛，可他又是有目的地来这里“找一件重要的东西”。那究竟是什么东西呢？他们这样问过。首长便用手凌空划了一个大圆圈：说不清楚。

车开动了，外省人有了一种被掏空的感觉，他不再说话，注视着外面不停变化的景色。他看见一只黑色的小鸟正向西飞去。向西应该是罐子窑。对那个不大的乡村，外省人的记忆现在又显得模糊，但他眷恋那条小河以及河边的种种景色。城里已没有河流了。城里只有很咸很涩的自来水。城里已没有山，连坟都没有。据说城里今年的春节禁止燃放鞭炮烟花，那算哪门子节呢？外省人收回疲倦的视线，合上双眼。那条小河再次闪现，河水渐渐变为橙色。外省人感到呼吸有些困难，河边老妇的简短言语如同一道佛咒，重重压上胸口。突然“叭”的一声炸响，车滑向路边。还没来得及做出反应，就听见司机骂道：妈的，胎爆了！

换胎的工作在司机捣妈日娘的声音中进行着。送行的人看来没什么分量，所以忙着做下手并不断给司机点烟。司机的情绪有些恶劣，埋怨刚出门就犯事不是吉祥之兆。外省人在路边做了一次小解，突然神色转为惊讶：这正是那天他骑车跌倒的地方！外省人机警的目光撒向四周，一切都有些不妥。

等车胎换好，他们发现首长已不在了。

马夫刘四接受命令送药进山，女人没有送他一程。当大门在身后关闭，马夫就认定一个阴谋即将开始。马夫没有迟疑。他知道此刻窗户上贴着一双监视的眼睛。这厌恶的目光打在背上，点燃了马夫抑制多天的愤怒。马夫看看西山头上欲坠的太阳，心中作出了大胆的决定。

现在都平静了。

支队长宋英山可以下床料理自己的小事。伤好得这么快，在青年革命家看来，药的因素并不很重要，重要的是人的精神。精神这东西虚妄而空泛，但如果找到了便能显示出惊天动地的力量。支队长显然是找到了。宋英山顺利完成了小解，浑身轻松了许多。刘四上路了。望着马夫远去的宽厚背影，支队长更多的怀念是那块家传的德国怀表。他多少有点后悔，那表跟了他多年。怀表突然送出去，宋英山自己也感到吃惊。马夫丝毫没有流露出敲诈的意思。马夫也未必发觉了什么。总之怀表送出去不自然，反倒让女人挖苦了一番。支队长不禁叹息，对自己笨拙的反应能力很不满意。宋英山的心绪再度灰暗，但女人的关门又使他迅速找到了转变的支点。他回到床上，虽然身上的酸胀感已经消除，可是不可抗拒女人的抚摸。

女人没有过来。这让支队长意外而伤感。他的精神消解在软软的阳光里变作一条上岸的鱼，只需要一口水。宋英山夸张地呻吟着，仿佛以此拨动一颗恻隐之心。门帘果然动了，明秋倚门朝这边看：支队长你又怎么了？

没什么。宋英山拍拍床沿：明秋，你坐这歇会儿。

有事吗？

我想同你说会儿话。

女人就坐到指定的地方，脸却对着窗外。女人说支队长，你有话就讲吧，我听着。女人一反常态的严肃让支队长有些慌乱。他注视着女人好看的侧面，发现眼角上挂着一颗泪。宋英山沉默了。

支队长，我就值一块怀表的价吗？

明秋，看你想到哪里去了！我是看刘四……

刘四是我什么人？

你们……

明秋突然抽泣起来。宋英山心情复杂地伸出胳膊，把女人拥到怀里，另一只手熟练地将窗门关起，室内便倏然黑暗了。

在村口的一堵矮墙后面，闪现出马夫凶恶的眼睛。窗门关闭的瞬间，马夫的手伸向右腿，但是飞刀呢？飞刀还在那小杂种手里。那么就用石头或者绳索，或者就用双手，那根细脖子比鸡巴粗不了多少，只需一下，两下，掐死他！马夫腾起弯曲多时的身体准备行动。天上传来几声乌鸦的鸣叫，马夫一惊，腿居然迈不开了。不吉之声如同绳索捆住了跃跃欲试的马夫。杀了他，我也就没命了。再说，他枕边有枪……1947 年 10 月罐子窑最后的阳光落在一个命运卑微的汉子身上，使寂寞的乡村散发出不可抗拒的晦气。当阳光彻底消失之后，死亡的阴云悄然覆盖了村庄。

血案发生在子夜时分。这之前少妇明秋的屋子里没有任何反常。明秋给支队长换了药，男人的伤口出乎意料的愈合让她感到安然。几小时前，她在男人怀里哭成了个泪人儿。男人搂抱着她，抚她的头，摸她的背。后来男人自己也流泪了，男人感叹人间的不平和岁月艰苦。男人更多的是一种充满伤感诗意的假设。如果没有战争，没有压迫，他愿意脱离这戎马生涯与女人比翼双飞。女人就问飞到哪里，男人说飞到一个没有人烟的地方，然后再造出一片新人。女人便笑了，用手背抹去眼角的泪珠。女人说你口气还真大，可你这么单单薄薄的身子恐怕做不出那么大的事情。男人说表象是证明不了本质的。女人不懂这句话，她只感到男人的手重新规定了抚摸的路线。女人按住男人不断下滑的手，说：支队长，时候不早了，我得去做饭。

外面其实还很亮。

这天说黑就黑。那小杂种一会儿要回来了。

刘四不是走了吗?

我是说冬来。

宋英山很不情愿地抽回手。他开始检索记忆。这些日子，他似乎没有把那个少年放在眼里。那还是个孩子。但第一天夜里，当明秋给他喂红枣粥时，那孩子光着下体，拎着一条滴尿的裤子的形象又生动地重现于眼前。现在琢磨起这个形象，有趣的色彩业已褪去，剩下的是意味深长。据说这少年是套狗能手。这么小的人儿对付一条狗不是件简单的事。宋英山就很畏狗。狗不同于狼。狼是公开的敌人，因此可以公开地警惕与戒备。狗却不同，狗通常被看做人类的朋友。狗以忠诚为人类称颂。可是狗的忠诚只是对着主子，对外则是全然不同的另一副嘴脸。狗与人类厮守共处，却让人防不胜防。

少年冬来没有回家，但他随时都会进门的。这个游手好闲的少年混迹乡里，行踪不定。明秋像往常一样，把儿子的饭菜集中到一只大碗里，置于锅中用热水温着。但在这个晚上，明秋似乎有了种预感。那时候外面的风声如同陈旧的纺车，天黑得吓人。村里异常宁静，连狗都不叫。老实的庄稼汉和正经的手艺人过早拥着自己的女人上床了，实践着艰苦年月唯一的欢乐。明秋给支队长换好药，身子有些沉重，想美美睡上一觉。昨夜她几乎没睡，马夫的叹息让她心烦意乱。可是从下午到现在，支队长如饥似渴的眼神和慌张不定的手势，正软软地逼迫过来。这个书生清秀而浪漫，但天生一副小胆。而且这个书生毕竟替她杀了仇人。明秋几次涌起献身的欲望，但都被那种挥不去的预感所淹没。那是一种无法言明的预感，全部的指向都是埋伏的凶险。明秋决定放弃这个晚上，以接受男人的全面抚摸作了总结。明秋贴近男人的身边说：放心睡吧，日子还长。

少妇明秋仍旧回到阁楼。她重重放下身体，困意却已消散。楼下男人温柔的话语和细腻的抚摸还残存在身。她觉得自己喜欢上了这个读过书也教过书的男人。如果真有这书生幻想的那种日子，哪怕过上一天，她也感到满足。1947 年秋日这个越陷越深的夜晚，少妇明秋初识了书上所言的那种叫做爱情的甜蜜语调。这搅人心扉的美好感觉使女人把一切思绪删繁就简。她抚摸自己。她成了一只小船进入到一条湍急而清洁的河流。她只需做最后一次努力，就能抵达彼岸了，这时候，男人帮助了她。男人终于冒险摸黑上楼，仿佛老练的艄公递上一根篙子，小船随即平稳。平稳的小船在艄公的驾驭下驶入波岸浪谷。艄公大声喘息，艄公小声欢叫，艄公的身体像大鱼一样颤动，然后又是一次大声的欢叫，四肢渐渐变软了。艄公从牙缝中挤出女人的名字，就不再动弹。越发浓郁的血腥味弥漫小楼，证实了女人一天的预感。

1947 年 11 月最初的一个清晨，杀害支队长宋英山的凶手刘四伏法。这个 26 岁的马夫开始拒不承认自己的犯罪事实。但留在支队长后背上的飞刀和藏在马夫内衣口袋里的怀表，构成了谋财害命的铁证。那时候少妇明秋被当做同谋，关在一间破旧的庙宇里。她的辩解被看做是不实之词，况且她也只能解释一块怀表。

沉闷的锣声使乡村的这个清晨显得有些热闹。人们像看戏那样涌向西山脚下，看见五花大绑遍体鳞伤的马夫被推到一个土坑前。马夫迷乱的视线在围观的人群中掠过，他在寻找自己女人的脸孔。他没有找到女人，视线却意外地同树上一个少年的眼光交接。那少年眼光中充满着无限的快慰与满足。马夫死到临头才恍然大悟，竟开颜一笑。时辰已到，行刑官让马夫喝了碗当地的山芋酒，问道：刘四，还有什么话讲吗？

有。

讲吧。

宋英山是我杀的……

行刑官略感惊讶，正想说什么，又听见刘四突然大声呼喊：我杀了宋英山——

行刑官往后一退，做了个手势，枪响了。刘四像绊倒似的栽到土坑里。

1993年1月下旬，寻找外省人的小组来到罐子窑。当地的土著眉飞色舞地介绍着京官的情况，却不能带来实质性的进展。最后一天，寻找的人来到那条小河边，一个小男孩向他们讲述了一件小事。他就站在这里。我来杀鸡，鸡太大，我不敢杀，他就过来帮我。他一刀就把鸡头剁了。我说我家过年要全鸡，我哭了。他替我擦了泪，赔了我50块钱，就沿河边往西山那儿走了。男孩为了证实自己讲的都是真的，又说：不信，你们去问明秋奶奶。她当时恰好从这里路过。

寻找小组又找到年迈的寡妇。但老人的话更是深不可测。老人说：来年一定风调雨顺。老人就只讲了这么一句，然后开始专心致志地梳头。那灰白的头发如同雾里藏针。老人自语道：我不用篦子了。

1996年1月5日，作家在写作一篇关于往事的小说时，意外发现了一则不起眼的消息：

> 隐匿近半个世纪之久的恶匪黄庆最近在云南××县伏法。黄庆祖籍江苏扬州，现年78岁，年轻时即为土匪，横行乡里，无恶不作。抗日战争结束后，黄犯投靠国民党，多次进犯我皖南游击区。（曾有传闻其已被我方游击支队击毙，现证实此属谣传。）解放后，黄犯恶习不改，曾于1967年策划过江东武斗，于1988年参与过抢劫信用社。自1991年起，黄犯以经商为名来滇，暗中进行非法走私毒品交易，终于难逃法网……

1996年2月　郑州

（原载《钟山》1996年第4期）

桃花流水

一

1945年8月日本宣布无条件投降的十多天后，44师参谋长王崇汉突然接到战区司令长官顾祝同的命令，让他迅速赶到江南老镇渔安，去接受一批日本人移交的舰船。命令中明确指出，如果这批战利品还具实战价值，就按一个独立旅的建制实施操作，尽快搞出一个方案来。独立旅划归战区司令部直接指挥。

命令送达的当日，王崇汉便由宁溪出发了。据后来随行的副官介绍，参谋长接到命令之后表现出了极大的无奈与不安。他显然是不愿意去渔安的，副官说，而且他对和一堆破船打交道也非常反感。这或许让他忧伤地想起自己的家史，他的祖先曾是李鸿章的同僚，中日甲午战争失败后，这个人莫名其妙地被拖到菜市口问了斩。行刑前只留下一字感叹：船！然而从后来的事实看，这差不多就是牵强附会的臆测。相反，这个曾在日本学习海战的男人抵达渔安后，首先要做的，是选择一艘炮舰作为自己的办公地点与栖身之所。他很少像其他军官那样去渔安镇里转悠，顶多是去码头上散散步。

历史上的渔安盛产过两样东西：鳜鱼和妓女。这个发迹于清康熙年间的江南古镇，别有一派“秦淮风景”。这里的胭脂巷与翠花楼也伴随着小调丝竹，但妓女以卖笑者居多。当然妓女之所以成为妓女，最终还是要陪人上床的。略有区别的是，她们有着相对的专一。在某个时期内，她们只陪“自己的男人”上床。除非这个男人不来了，她们再另作物色。渔安的繁荣得助于这些女人，因为对男人而言，外养一个女人并不是件容易事。于是就有男人在渔安另开了店号，一面经商，一面把赚到的钱用于养女人。这是一种奇特而有趣的流通形式。

1938年日军攻占南京后，渔安镇的妓女全部逃到了皖南山里。那时的渔安如同残阳夕照，情景凄怆。现在日本人打败了，这些隐匿山林的女人便像鸟儿一样纷纷飞回，那阵势也可以看做一种凯旋。负命在身的王崇汉就是于这样的时刻抵达了渔安镇。他完全能够想象出老街上热闹喧天的场面，但他勒住了缰绳，临时放弃了原定的路线，而是从镇西的另一条不易察觉的小道，绕了很大一圈后到达了江边。参谋长的这个决定当时并没有引起随行人员的过多留意。重新关注这个细节是在七天之后。其时这个45岁的男人正躺在一片血泊之中。

血案发生在后半夜。据副官回忆，这一天里参谋长并没有什么异常迹象。上午，他在自己办公的这条“野川丸”上主持召开了一个工作会议。鉴于所有接收的舰船作战设施全部遭到破坏，他建议尽快致电顾长官放弃所谓独立旅的构想，而公开将这批强制退役的军舰拍卖给地方。但是这个建议没有得到一致的拥护。个别军官认为，作为军备，这些舰船修修还是可以正常服役的，至少能够担当防御性的巡逻以及水上运输任务。他们认为参谋长这个建议显得过于草率了一些。于是便休会了。不过，副官强调说，这并没有破坏他的情绪。相反，参谋长散会后兴致很好，甚至去江边遛了一会儿马。然后他就去了镇上，这也是不多见的。参谋长从渔安镇回来时已临近黄昏，他带回了一些卤菜和当地产的一种山芋酒。一般这种时候，副官回忆说，我们是不去打扰他的。因为他有个习惯，只要独自喝酒，之后就会铺开笔墨纸砚吟诗作画。但我们不知道这个晚上喝酒的是两个人。

现场很容易证实这一点。王崇汉眉心正中一枪。子弹入口很像一朵刺绣的桃花，只是颜色过于暗淡。这是近距离的射击，但绝非自杀，尽管使用的武器是参谋长贴身的那支德国1930年制造的左轮。令人费解的是，枪内的其他五枚子弹都卸在桌上，分别盛在两只酒杯里。刺客的指纹比比皆是，毫无遮掩。再从刺客登船的途径看，显然这个人是从水里来的。由北侧的船舷绕到了参谋长的寝室。所有这些不难看出，刺客与王崇汉是熟悉的。甚至可以断定，参谋长主动安排了这次神秘的会见。但他或许不知道，他静候多时的是死亡。

这宗案件立刻上报了战区司令部，令顾祝同大为震惊。他很快派来了一个特别调查组，我爷爷是成员之一。老人在1987年对我谈起这次秘密行动，他说顾长官如此重视“王案”，与其说是对损折一员爱将的负责，倒不如说是担忧本战区和他本人的名誉。因为有人分析，王崇汉之所以提出拍卖军舰，是预先同商家咬过耳朵的，想从中渔利。还有人更是危言耸听，怀疑王参谋长私下同日本人有过勾搭，如今形势大变，便急于毁掉一些什么证据。

当然这些猜测不久就被否定了，我爷爷这么说道：现在看来，王崇汉提出卖船不过是急于离开渔安而已。而且那些舰船不久也就真的拍卖了，成为当时很轰动的一条新闻。

二

年富力强的王崇汉参谋长于一个深夜被刺，已是半个世纪前的旧事。我在1987年获悉这个悬案之后便十分好奇。但我的兴趣更多的是游离在这个案件之外。在无法弄清刺客面目的情况下，我只能去追寻英年早逝的参谋长的旧时踪影。在我爷爷作出结论之前，我就已经相信王崇汉与古镇渔安有过一截极不寻常的情缘。我认定这是他的一块伤心之地，有着不堪回首的往事。我甚至假想出在一个朦胧的月夜，从前的参谋长牵着心爱的白马，矜持地走进了胭脂巷，然后在一扇柿木的门扉前停下。在这条巷的尽头，是闪动月影的一线长江。很多次，我被这个杜撰的画面弄得魂不守舍。那时我才30岁，而假想中的那个英武的男人比我还年轻。但我们又拥有完全一致的浪漫情怀。

第二年春天，我便带着这个故事的开头乘船去了渔安。那时的渔安已是一个县级市的规模，出于发展旅游业的考虑，从前的老镇依旧按老样子保留着。那条鼎鼎大名的胭脂巷如今更名为映霞街。几乎家家都开着铺面，卖些这一带出产的文房四宝和二胡、月琴之类的民族乐器。这条狭窄的街上也有客栈，但一律称作旅社。我观察了一会儿，正想选择一家住下，忽然就听见背后的门里一个女声在喊：先生，住店吗？

喊我的是一位年轻姑娘，长得明眸皓齿，梳着两条齐腰的辫子。她当时站在天井边上，阳光斜着射入，使她的肤色看上去白皙而健康。这无疑是个漂亮的姑娘，我想我没有必要再做选择了。我走进这个幽深而高大的屋子，觉得很惬意，但又隐约感到几分可怖。毕竟这屋子太老了，欣赏是一回事，住下便是另一回事。所幸的是，楼上的客房已经过了改建与装修，除了没有卫生间和铝合金窗户，屋内的感觉和普通招待所的标间很接近，有一台黑白电视机、一对人造革沙发，楼板上还铺着红色的化纤地毯。我挑了一间朝西的屋子，由窗户可以清晰地看见长江和镇子北坡上的桃花。眼下正是花季，北坡上一片粉红，层层叠叠，令人神往遐思。

但是我没有向姑娘说明此行的目的，我只说我是省城的一个文化干部，到渔安来搜集民间故事，可能要住些日子，一般都是早出晚归。她好像对我的职业很好奇，但不知道什么样的故事才叫“民间故事”。这么一交谈，倒引起了我的考虑。我想这姑娘一家一定是祖祖辈辈都没有离开过这个古镇，她的家人说不定会对我提供些什么。于是我说：只要在渔安流传的，都属于民间故事。最后，我们交换了姓名，她叫王玉蜓，今年 19 岁。这个被称作清流的旅社并不属于她家，但有一度她的家人在这屋里住过。那是刚解放不久，她说，胭脂巷从前的那些女人都被政府弄走了，空下的房子用于安排穷苦人。那时候我爷爷刚刚出事，就被安排进来了。

我便问：你爷爷出什么事了？

她好像并不愿意提起那件事，迟疑了一会儿，她说：他险些在江里淹死了。

1988 年春天我在渔安镇住了近一个月，和行前预料得一样，我没有找到任何关于“王案”的蛛丝马迹。我设想的青年军官与青楼女子的缱绻情怀也多半停留在虚妄之中。但我十分意外地获得了另一个优美清丽的故事。这个故事是真实的，也是由一个男人和一个女人担任主角。更有趣的，是这个故事与当年王崇汉参谋长接收的那批日本舰船有关。

故事的叙述者是小蜓的爷爷王申老人，这个从前的水手。我在一个明媚的下午见到了他。其时他不过是年逾六旬，看上去却已相当衰老了。最初，老人对我十分冷淡，甚至带有一点敌意。我想他可能把我当做了城里来的小白脸，正在打他孙女的主意。这种人他见得多了。然而当我提到那批日本舰船时，他才觉得我来渔安是在做一件正经事。他用听起来很沙哑的声音对我说道：我一直想说说这船。在老人后来断断续续东扯西拉的叙述中，我大致弄清了故事的轮廓。但要把这个故事生动地讲出来，仍离不开我局部的想象。在渔安的那些天中，我主要就是在做这项工作。同时，我又不忍放弃我对王崇汉旧时一幕的精心编织。所以我准备并行把这两个故事慢慢讲出来，这或许会给阅读带来麻烦，但是我别无选择。十多年后的今天，当我决定写一篇叫做《桃花流水》的小说时，我才蓦然意识到当初的固执也不妨看做一时聪明。

三

1953 年春天的渔安镇是充满生机的。连日的晴朗天气使这个江南古镇像一面色彩绚丽的刺绣。随着抗美援朝战争的全面告捷，人们仿佛又一次感到和平亲近了自己。这种喜悦很容易让人们联想到 1945 年的 8 月，那一次是中国人把日本人打败了。人们至今还记得，那些日本兵举起双手像牲口一样被驱赶到码头的热闹场面。日本人走了，丢下了一堆破船。但是这些船不久便给一些轮船公司和航运公司买走了。到了这年春天的一个下午，有人发现停靠在渔安码头上的那艘“江宁—2 号”，就是从前的“野川丸”。它的模样变化很大，已经由作战的军舰改成了两层的客轮，也重新刷过了油漆。如果没有一定的舰船知识，很难识破这一点。

“江宁—2 号”属于上游芜湖的一家公私合营的轮船公司。这家规模不大的公司主要从事上至武汉下至上海的客运业务。但是，经过上级管理部门的重新检测，“江宁—2 号”由于船体狭窄而不能继续担当客运任务，更适合去做一条货运的驳船，它的动力机械仍十分优良。按照指示，“江宁—2 号”这天是最后一次执行客运任务。渔安也是最后的一个停靠码头。这个消息，对船长袁铿来说是求之不得。这个毕业于汉堡船舶学院的年轻人从接管“江宁—2 号”的第一天起，就十分的沮丧。他坦率地向公司提出，认为这种滥竽充数是一件十分危险的事，船的吨位与吃水面积会使乘客身心不安，尽管它有良好的速度。从现在的情况看，上级主管部门的调整与袁铿的上书关系极大。

那个下午船长的情绪似乎很好。在水手们看来，这个阴郁的年轻人虽然有着精干的航行本领，但平时很不好相处。除了工作关系，他没有更多的言谈。他从不与同事一块喝酒、打扑克，也没有串门的习惯。这个人还有洁癖之嫌，他那间船长室是不轻易让人进去的，即使进去了，也不允许对方在这里抽烟。那个狭小的空间布置得颇有情调，挂着一幅工笔的桃花扇面和一幅德国带回的铜版画，一般人不知道这画的内容是诺亚方舟的圣经故事。在画的下面始终摆着新鲜的水果，如案头清供。袁铿大概只有一个爱好，就是吹笛子——那是一根岭南笛，音色浑厚而忧伤，船上的人并不喜欢。也许是自己的建议受到了重视，抑或对今后的工作充满憧憬，船长袁铿在这一天里举止都很反常。他还专门买了两包哈德门牌香烟请各位船员抽，并且提前发出许诺，等抵达芜湖港后，他在镜湖边的鸿宾楼请客。水手们显得意外而不知所措。后来他们才渐渐感到，船长的反常与一个女人有关。

“江宁—2 号”在渔安停靠后，轮机出了点故障。这样，原定一小时后离港的计划需要改变。船长要求在三小时内结束维修，趁这会工夫，他下船去镇北的那面半坡上看桃花了。袁铿显然算不得性情中人，他似乎有着与生俱来的忧郁。实际上这个 26 岁的青年是追寻一个姑娘的身影而去的。这姑娘自南京登船后就没有走出船长的视野。她大约是美术院校的学生，携带着全套的写生工具。她的年龄可能刚近二十，有着沉静的外表和鹤立鸡群的气质。这天她穿着一件桃红色的毛线外套，里面是靛青的士林布旗袍，黑皮鞋白丝袜。最引人注目的，是她的齐肩短发上扎着一条杏黄的丝带，束成了蝴蝶形状。第一眼看上去，船长还真以为是一只黄蝴蝶落在她头上呢。然而正是这个装束引起了船长的回想。他隐约记起，一年前当他接管这条不伦不类的船时，这只黄蝴蝶似乎也曾从他视野中掠过。但那回是在镇江码头。而且那正是他最烦躁的时期，因为他刚刚发觉这所谓的“江宁—2 号”是日本人遗下的破军舰改造的。他感到不可思议，自然也无心去留意一个姑娘。

袁铿还注意到，这姑娘并不属于小鸟依人的一类。或者至少他感觉到，这是个习惯于独往独来我行我素的女人。她始终戴着墨镜，不苟言笑意味着拒人于千里之外。有时候，她像男人那样架起一条腿，而另一条腿一直踏在油画箱上。但是这一副孤傲的做派却勾起了男人征服的欲望。

袁铿赶到桃园时，那姑娘已支起了画架。当她感到有一个男人正向她走近时，她也并没有转过身来。她随意点染着，显得有些心不在焉。袁铿有些尴尬，但他并不羞怯。他在看画的同时也不时用眼角的余光打量着作画的女人。她现在摘下墨镜了，露出了漂亮的眉目。那时袁铿就想，如果娶这么一个女人当老婆，想必会开心，但日后生了孩子便不得安宁。或许是这一瞬间想得太多了，年轻的船长不禁自嘲一笑，然后就蹲下来去看油画箱里的颜料。这时，他听见女人突然问道：你想干什么？

袁铿说：我看看颜料，像是慕尼黑的产品。

女人迟疑了一会儿，又问道：你在德国待过？

袁铿说：我待了三年，前年秋天才回来。

女人说：怪不得我没见过你。

袁铿说：我见过你。

然后他就说起了一年前在镇江码头的那档事，不过他夸大了事实，把印象变成了“深刻印象”，之所以没有接近她，是他觉得“那时你看上去还像个孩子”。

女人便第一次笑了，说：一年工夫我就长大了吗？

袁铿说：女人的变化总是令人吃惊的。

四

作画的姑娘叫陶侃。袁铿对这个名字也一样有好感，而且他觉得他们有缘，因为两人姓氏的谐音让他想起晋人陶潜的那部名篇绝唱。袁铿在当天的日记里有着充满诗意的渲染描述，他写道：我明白什么事已经发生了，因为我感到郁闷已久的心扉突然被打开，射进了一道强光。

但是这一天后来的事让年轻的船长多少有些惆怅。他原以为陶侃会随他的“江宁—2 号”回芜湖，不料被谢绝了。陶侃说，她打算在渔安住上一个时期，并且已在胭脂巷预订了客房。陶侃说：我需要静下心来完成我的计划。说完这句话，她把那幅未完成的写生从画板上取下来，签上英文姓名，送给了船长。

关于这一点，袁铿在日记上是这样表达的：她的画让我激动，但她蛰居渔安的选择让我失望。我实在不情愿这样的姑娘住进那样的屋子，尽管已经改朝换代，但我总觉得那里仍散发着从前的晦气。

这天的日记还记载着另一件事，是袁铿第二天补记的。

“江宁—2 号”离开渔安港不久，便进入到夜航状态。那时江面上雾气氤氲，探照灯的光区里灰蒙蒙一片。当船正欲驶进主航道时，突然全船灯光大灭。其时船速是每小时 20 海里，因是逆行，所以马力开得很足。如果不是袁铿处理冷静，这条船完全有可能偏离航线而撞到一座小孤山上。这种照明故障并没有让船长诧异，但他惊愕于检查之后的发现：各部门的报告都没有问题。正当船长深感蹊跷时，所有的灯全亮了！

我在黑暗中度过了五分钟，袁铿这样写道：在这黑色的五分钟里，我的感觉是上帝的手控制了这条船。

袁铿感到了一种莫名的恐惧。事实上，这条铁船自从交到他手上之后，就如同梦魇让他时常不安。所幸的是他现在解脱了。袁铿返回芜湖后，公司通知他新的客轮很快就到，这回是很正规的客轮，不过也是从武汉那边买回来的，现正在船坞里进行检修和油漆。袁铿因此有了半个月的假期，便决定重返渔安来陪伴那个叫陶侃的姑娘。爱情使他暂时忘掉了一切。

第二天袁铿便启程了。他没有搭乘公司的船走水路，而是直接去了长途汽车站。他知道开往南京的班车虽然不路经渔安镇，但停靠铜陵。从那儿翻过一道岭便离渔安不远了。这样算起来，时间还是提前了很多。那正是春暖花开的时节，江南处处风景如画。人们彻底摆脱了战争的阴影，似乎还沉浸在解放的喜悦之中，期盼着百废俱兴。那也是春心荡漾的季节，艳遇正被证实为爱情，使这个矜持的年轻人变得洒脱而富有人情味，以至看上去像另一个人。然而从故事的发展观察，这种朴素的理解显得片面而肤浅。

这天袁铿搭乘的是一辆篷车，车型是苏式的那种嘎斯。车开出近两个小时后，袁铿突然想起了一件事没有办。他在渔安时曾许诺在鸿宾楼款待全体同仁，但却忘了兑现。这个小小的过失让他的情绪变得有些恶劣，那时他想，男人是应该看重诺言的。这个习惯他从小就养成了。就在他恍惚之际，车翻了。袁铿还来不及反应便被压在了一堆人的身下，但他只是额头与肘部受了点外伤，也没有骨折。他挣扎着爬出来，然后又敏捷地将一个女孩抱出。这辆车翻进了路边的稻田里。没有人死亡。黑脸司机一边拭着头上的血一边开始检查事故原因，嘴里不停地念叨：

怎么就翻了呢？

不用说袁铿是多么沮丧。这个敏感的男人注视着眼前的车祸，想到的却是昨天夜里在江上经历的凶险，仿佛觉得这相继发生的两件值得后怕的事存在着某种联系。他感到头痛，这痛感不是来自伤口，而是脑壳的内部。他沉重地走到一边，想甩掉乘客们连声的哭泣与抱怨。这一刻他产生了懊悔。他想这么急着从国外回来，或许是一个错误。但那时这个本质阴郁的男人却不知道，眼下的渔安之行是错误的延续。从袁铿日记里可以看到，翻车之后他曾有过返回芜湖的犹疑，但在这时，一辆拖茅竹的货车停在了他身边。这个司机是船长的熟人，于是袁铿又成行了。袁铿写道：这些都是天意。不过从以后的事实看，这无疑是对天意的曲解。所以我们只能宽容地一笑，恋爱中的人一般都是这样，正如西方一位老人所言：在他们眼中，一片凋零的叶子也会成为一只飞鸟。

恋爱在任何时候都具有神奇的力量。倘若不是这天的车祸，21 岁的陶侃或许就没有多少感叹了。甚至会适得其反，她会私下认为这个道貌岸然的男人其实骨子里仍是贪色之徒。这个浪踪四方的姑娘内心却十分幽闭，她已不习惯夜间接待一位不速之客，况且还是个男人。但是，当她看见来访的男人头上还在滴血时，便一下受到了感动。

爱情往往就是这样。

意外的车祸使这两个年轻人一天走完了一年的路。这时，他们像是真的相爱了。

五

1988 年春天我在渔安结识了小蜓的爷爷王申老人，经过几次接触，这位当年“江宁—2 号”轮船上的水手给了我极大的信任。他很愿意把袁铿船长的故事告诉我，并建议把它写成一本书或者拍成一部电影。王申老人对我说了很多“邪乎”的事，我听得很有兴趣，但又怀疑其可信程度。因为我很难相信，一个留过洋的船长会同一个目不识丁的水手成为莫逆之交。不过，我的顾虑很快就打消了。

王申说，他头回见到袁铿就觉得这人很像他儿时的一个伙伴。虽然这显然不可能，但船长听了还是很高兴，船长说：你就当是吧。船长还说他也很希望有个值得信赖的朋友。王申说这不过是说笑而已，他们真正好起来，是在袁铿认识陶侃小姐之后。每回船长来渔安，都住在水手家里。那时候可不像现在，老人回忆说，男女交往还是清清爽爽的，虽然他们都是见过大世面、跑过大码头的人。老人说这话时还看了我一眼，我自然明白其中含义。不过男女的事就是很怪，他不说倒没事，一旦点破反倒让我想得多了，我甚至担心在以后的那些天里，能否像当年的船长那样“清清爽爽”。不知是这胭脂巷旧时的痕迹过于深刻，还是眼前这小镇姑娘的形象特别鲜活，那些日子我心里倒是真有一点异样的感觉了。小蜓不在的时候，我便有些失落。做事也不怎么专心。一个黄昏，我从江边散步回来，刚进巷口就听见小蜓在楼上的窗口喊我，一边收着衣服。但我没有听清她所说的内容，只看见她在笑。那个瞬间，我突然想起了我要追寻的王崇汉来。我没见过他的照片，因此我把他想象成另一个我，而他的相好就该与小蜓的模样相似。为了讲述的方便，我姑且称那虚构的女子叫青萍。我的思绪紧接着那个假想的月夜，往下流淌了。故事的时间，在经过我老迈的爷爷校正之后，确定为1931年春天，也是桃花盛开与江水猛涨的时节。那时的王崇汉与现在的我都是31岁，但那会儿他只是个国防部的作战参谋。

王崇汉参谋是下午乘坐一艘小型巡逻舰由南京抵达渔安镇的。两年前，这个刚从日本归国的年轻人，本该派遣到旅顺口的海防要塞任职，但由于一项紧急计划的制定与实施发生了变化。这个代号为“桃源”的计划是想在渔安附近兴建一个舰艇基地。国防部早就相中了这个拥有一面江湾与三平方公里半岛的地形，认为十分适宜于建成一个隐蔽的军港。“桃源”计划的实施，对南京乃至长江中下游一线的防卫，都将起到不可估量的作用。工作小组曾多次来渔安考察。这一次他们计划住上一个时期，以完成各项技术指标的测试。为了不引起外界注意，也便于保密，这些人分散住在几艘船上。作为下级军官，王崇汉与另一个参谋改作便装住进了临时租借的机动帆船。这个人就是我爷爷。按照纪律，离港是需要报告的，我爷爷回忆说，可是这个王参谋当夜就失踪了。

故事正是这样发展的。悄然上岸的男人此刻正在胭脂巷的深处等待着一扇门打开，月光只映照出他的下半身，他的腿似乎微微发抖，不知是激动还是紧张。不多时，门缝里透出了煤油灯的光亮，随着一声生涩的门响，那个美丽而凄迷的身影再次出现在男人眼前。男人立刻关上门，然后就拿过油灯深情地看着女人的面容。男人的心头一阵抽搐，一别多年，女人已是花容不再，憔悴不堪了！男人放下灯，搂紧了女人。那时月光从天井里泻下，落在了他们肩头。他们就这样紧抱了很久，没有一句话。

我不知该怎样来描述这个晚上。最初，我的初稿里是另一番情形，充满了久别重逢的喜悦。可是当我把这段自以为优雅的文字读给我爷爷听时，老人便及时打断了我。他几乎是武断地指出，这绝对是不可能的事。老人对从前的那一幕记忆犹新。他说，第二天黎明王崇汉返回船上时，他其实是在假寐。这一宿他也没有睡好，总怕王参谋会闹出什么事来。起先，老人回忆说，我和你想得差不多。但看见王崇汉躺下之后一直在叹息，就觉得这事不简单。他蜷缩一团的身体让我感到难受。我不想惊动他。过了会儿，我好像听见他裹着脑袋在哭。

与我的杜撰相比，见证人的解释怎么说都不失为权威。我只好将那得意的一页撕去。这时我爷爷又说道：王崇汉或许是上岸会某个女人，他对这一带很熟悉。当兵之前，他曾拜南京的一个画师学画，经常来渔安买文房四宝。这个画师后来就成了他的岳父。

于是我很不情愿地把那个销魂的春宵变成了忧伤的一夜，尽管最初的一刻仍是意想不到地激动。女人的激动并非来自男人的身体，而是身体外面的那件长衫。女人问道：你不当兵了?

男人没有回答。他为这句平常的问话感到难过，表情也变得阴郁而复杂。他想这些年来这个叫青萍的女子一直在默默替他担忧，而厌倦的戎马生涯彻底剥夺了他的自由，也断送了他一生中最珍贵的情缘。男人发出了一声长叹，他已经从女人脸上捕捉到了新的失落，但他却没有料到，当自己准备脱去长衫时，女人按住了他的手，女人说：就这么穿着吧。女人说我梦里的你最早就是穿着一件长衫。然后女人便凄然泪下。

男人仿佛听出了另一层意思，女人提到了“最早”实际是在暗示着“最后”。今夜就是他们的最后！男人自然想到这渔安青楼的规矩，自己一别就是几年，这个青萍完全有可能另许他人。但他不甘心这个结局，同时也想作进一步的印证，男人还是一下扯开了胸襟。

女人叫道：你别脱！

男人暗自心惊地坐到床沿上。在预感得到证实之后男人的目光里除了痛苦，更多的是无奈。他强作镇定地想了一会儿，想留下一笔钱就走。但这时他看见青萍已在磨墨，并将宣纸慢慢铺开。这个情形让男人想到他们最初的相见，那是在十年前，他来渔安挑选一种熟宣纸，便在这座木楼下随意作起了一幅画以试效果，却引起了楼上一个小女子的认真关注。那时，这个叫青萍的女孩顶多16岁吧？男人忧伤地想着，面对眼前这人事全非的结局，男人心中纳满了苍凉。他想等这幅画作完，天也就该亮了，他们的缘分便如同那一江春水，一去不再复返……

王崇汉作画这个情节不属于杜撰。第二天，我爷爷曾私下问过他昨夜的失踪。他说是去镇上替一位熟人作画了。他还说当年自己来这一带买东西，那人给了他不少方便。我爷爷认为这不过是王参谋的信口胡诌，我却相信这是事实，并且十分重要。

六

1953年3月21日，袁铿船长在日记中记录了一件奇怪的事。

那是他在渔安住下的第13天上午，他和陶侃去附近的那个江湾半岛上钓鱼。事先已说好，今天只钓鱼，不作画。袁铿虽然喜欢绘画，但恋爱使他失去了耐性。他觉得看女人作画使自己变成了一件木偶，乏味而枯燥。同时也让陶侃分心——这一连几天的出外写生都很平庸。袁铿写道：我不会作画，但我认为我是懂得的，这归功于我的天赋以及自幼的爱好。但今天我们是去钓鱼，过一天野外露营生活。

就在他们将要出门时，争吵发生了。袁铿看见陶侃又拎起了那只油画箱，就问：怎么又要带它？

陶侃说：它并不妨碍我们。

袁铿有点生气，说：一个人得言而有信，说好了今天只钓鱼的。

陶侃说：那只是你的计划。

袁铿认为这是狡辩，这个认真的男人便较上了劲儿，他说：我没想到像你这样的女人也不讲理！

陶侃自然感到委屈，就说：既然你这么看，那你走吧，离我远点！

说着她就来推袁铿，可是当他们的手刚一接触便听见轻微的“啪”

的一响，接着两个人都猛地将手收回了。

袁铿写道：我知道这是静电感应。干燥的季节接触和摩擦都能产生这种不流动的电荷。但眼下是湿润的季节，而且，在这一天里我只要一接触到她的肌肤，这该死的电荷便突然迸发！我们成为一个导体，这种现象意味着两端的电荷相等而正负相反——天，这是什么兆头？

这便是年轻船长所说的怪事。最初我很不以为然，因为类似这种静电感应几乎人人皆有。但是，在我咨询过有关专业人士之后，我就真以为有些怪了。没有人会相信静电感应是一对一的关系，而且频率之高！这种局限让我不禁想到十几天前那神秘的灯灭和同样神秘的翻车。难道这就是陶侃所言的“离我远点”？

故事中的陶侃小姐总让我失去自信。这个拥有良好教养和出众才华的姑娘每一次出现都仿佛戴着一张面纱，我无法看清她的面目。她举止大方却充满怪异。她何必要拎一只油画箱去钓鱼呢？是担心错过意外的风景还是怕完不成她所谓的计划——我一直把它看做一次个人画展的筹备。事实上，那一天她根本就没有闲暇作画，在两个人的争吵消除后，陶侃的心情又像孩子一样快乐起来了。

她的愉快让我欢喜，袁铿这样写道：而且我发现这是个耐性极好的姑娘，尽管水面上毫无动静，她仍然在专注垂钓。她大概属于那种执著的女人，仿佛做任何事都带有使命感。她能一辈子执著地与我相守吗？看着她坐在油画箱上那如同塑像般的神情。我内心涌上了一股冲动。我放下我的鱼竿，坐到了她边上。她还是平静地盯着水面，但她的胸脯出现了难以察觉的起伏。她在期待还是……我便探身去接近她白皙的颈项，那幽灵又出现了！我甚至感觉到了嘴唇的麻木……

陶侃哈哈地笑了，正想说什么，这时突然传来了“砰”的一声枪响。枪声惊起了隐匿在芦苇中的鸟群，也惊动了这对恋人。袁铿严峻地观察着四周，他很快就看见了一个男人的身影，原来是他的水手到这儿寻猎来了。

1988 年春天，王申老人向我讲述这一幕时显得十分愉快。他说，当他手持猎枪向那对人走去时，觉得很好笑，因为他一眼就看出，真正受到惊吓的不是陶小姐而是船长，尽管后者把手插在裤袋里做出满不在乎的样子，但他的脸色却无法掩饰。陶小姐倒很随便，老人回忆说，等我走到眼前，她便放下手里那个小木箱，拿过了我的枪。她问我这枪好打吗？我说好打，就想让她试一把。船长不同意，说姑娘家哪有玩枪的？陶小姐就卖了个俏说：我偏玩。说着就让我帮她填药。她端枪的样子还像那么回事，眼睛四下看看，等了好一会儿，见到了不远处的一棵树下偎着一只野兔。这时她轻声问我，这枪的有效射程是多少？我没听懂。她又改口问：能打多远？我说：十丈吧。她就一下把枪举起，接着就开了火——她还真打中了！

然而这个富有戏剧性的场面，袁铿在日记里没有提及。第二天上午，袁铿便与水手一起离开了渔安。他告诉陶侃，说他的新船已经下水了，船名还是“江宁—2 号”。他希望女人能与她一起完成这艘船的处女航，女人答应了。但女人同时表示，航行结束之后她仍需要待在渔安。她再次重申：我必须完成我的计划。

袁铿的日记里也多次提到这个“计划”，但没有显示其具体性。他也没有更多的臆测，认为“过细地研究一个女人是乏味的”。返回芜湖之后，这个男人的注意力很快转移到新船的“处女航”上，这又让他感到了沮丧——所谓新船仍是个二手货，七拼八凑的痕迹比比皆是，首次试车就出现了故障。在 3 月 25 日的日记中，船长这样写道：试车的失败让我心灰意懒。我甚至抱怨我那死去的母亲，当初为什么偏要我确立这个志向？我厌恶同水打交道，我现在更痛恨船——无论什么船！母亲，我可怜的母亲！

这无疑是反常的，我能想象出当时这个年轻人内心的痛苦。我注意到，他第一次在日记中提到了“母亲”。这个已故的女人。带着这个问题，我曾专门询问过王申老人。

老人说，他也只知道船长的母亲过世了。船长平时从不对人谈他的身世，但很忌讳与人争吵时别人骂娘。有一回，就是新船试车的那天，老人回忆说，船长因船停靠码头不合规矩同大副吵了起来。大副那天正好喝了点酒，觉得很没面子，就借酒劲骂开了口，说你有什么了不起？不就是喝了点洋墨水吗？船长倒还不在意，说你这人怎么一点教养都没有？大副说，我没教养，你这婊子养的才没教养呢！这一说，船长就顺手抓起一个扳手，朝大副脑门上劈了过去——要不是我们拉得快，大副挨上这一下可就险了。我死死抱住船长，他像狮子一样吼道：放开！我要杀了他！那样子真叫怕人。大副吓跑了，一上岸就喊着要调走……

谁也没料到这个白面书生竟会如此动怒，为了一句骂人的口头禅险些闹出人命。事隔多年，王申回忆起来还是直摇头。他说船长那一天里都没有吃饭，他劝过多次，船长只感叹着一句：我娘养我不容易。

这天夜里，人们听见了码头上的笛声。

七

1953 年春天对袁铿船长而言是一个无奈而沮丧的季节。在短短几十天里他经历了“有生以来最大的困惑与烦恼”，而意外的恋爱又使他感到了“驶出百慕大三角之后的激动与如释重负”。船长在 3 月 27 日的日记中这样写道：爱情！这东西像火，但更像风——我需要借助它的力量，把我内心的愁苦与悔恨一扫而空。我必须追逐着这阵风，紧紧追逐着！

写好这篇日记，年轻的船长便又去“追逐这阵风”了。这一次，他和渔安的水手结伴而行，同时也修改了路线，搭乘从前的“江宁—2 号”出发——这艘船业已改造成驳轮重新投入了航运。作为以前的主人，袁铿理所当然地受到款待，新船长还特地在船长室准备了几盘点心和水果。但是袁铿没有享用，他说：我想吹吹风。他还道出驾船与乘船的不同感受，说当自己在驾船时，常常弄不清是他在驾船还是船在驾他，就像立在船尾看那犁痕车辙般的浪，弄不清水是在往东流还是朝西淌。而乘船时他是清醒和轻松的，他的兴趣便在于这沿岸的风景。袁铿的话让边上人费解而困顿，他们弄不清的是这个意气风发的男人到底想说什么。他好像说了很多，又似乎什么也没说。

然而这一天没有什么风景可看。船离开芜湖不久，天色便阴沉下来，云仿佛越压越低。袁铿有点困惑，因为昨夜他在码头吹笛子时，天上出现的鱼鳞斑纹，今天理当是个艳阳天气。这就叫天有不测风云，袁铿这样告诉同行的水手，经验也有靠不住的时候。水手或许早就厌烦了船长的这种大惊小怪，出于礼貌和拉好关系，也就附和道：这狗天气就像女人的脸，说变就变。船长便又较真儿了，他问道：为什么偏要说像女人的脸呢？男人的脸就不变吗？如果男人不习惯变脸，那便善于变心了。接着船长搬出《红楼梦》里的那句话，说女人是水做的，水怎么流淌也不会脏到哪里去；而男人是泥做的，世界上能找到一块干净的泥吗？船长还引用《圣经》，说：女人是男人身上的肋骨所制这或许不错，和肉相比骨是多么干净？肉会腐烂，骨却不朽。

水手没想到自己的一句附和会引发船长这番横贯中西的感叹，便躲到一边吸烟去了。很多年后，王申老人说起这事还觉得很好笑。那会子船长一门心思地扑在女人身上，老人这样对我说道：就是胭脂巷的婊子，他也会看做金枝玉叶。可是谁能料到这一天后来出了鬼呢。

那艘驳轮刚刚抵达渔安码头，天便下起了雨，而且来势还不小。他们差不多全淋湿了，所以一进镇子便紧贴着街边屋檐走。袁铿本想去水手家歇一阵，等换好衣服再打着伞过来探望陶侃。可是，他发现女人租住的那屋大门洞开着，似乎在呼唤着自己。他又想起上次来渔安的情形，觉得自己的狼狈反倒容易引发女人的柔情，就立刻改变了主意。他告诉水手，一会儿等雨小了，请他送把伞过来。他怀疑这阵突如其来的雨不会轻易逃去，在雨中和一位姣好的姑娘散步，自然不失为一种情调。

于是袁铿越过街道，走进了斜对面的那扇门。他很喜欢这种格局的房子，天井里居然还养着鱼，窗台上也插着采来的桃花。这个如今属于镇上管理的小旅社生意十分清冷，上回来楼上就只住着陶侃。袁铿当时很想就地住下，但又怕自己的不慎会引起姑娘的多疑，而且陶侃也并没有流露出挽留的意思。陶侃说：你要常过来看我。这不是挽留，袁铿想，这个年纪不大的姑娘心里是非常有数的。相比之下，自己倒显得不够老练了。袁铿很不希望女人看低自己，事实也是，他追逐这阵风只是借助风力，而不是被风卷走。但是他难以言表，谁敢对一个恋爱中的姑娘说：我是因为苦恼而恋爱的？

袁铿故意放轻脚步，想给女人一个惊喜。正准备上楼，忽然听见左侧的那间屋传出哗哗的水响，继之听见陶侃轻微的歌声，他便断定女人是在洗澡。这一瞬，他脑子里产生了强烈的偷窥念头。他迅速想到，楼上的这个位置是个堆杂物的库房，楼板肯定有缝隙。他慢慢上了楼，仿佛被某种力量所驱使，男人很快接近了那间库房。但又为这个可耻而兴奋的欲念所折磨，迟疑不决。这个时候，他听见了一声惊雷！袁铿吓得浑身一颤，立刻走开了。他看见天井里的那方天充满了恼怒，如注的大雨像一排排子弹似的在眼前炸开了。

陶侃的房门紧锁着。袁铿在回廊上徘徊了一会儿。为刚才的欲念感到懊悔。不多时，管理人员送开水上来了。这个体态比水瓶还难看的妇人却十分热情。她谙熟来人与她的房客的关系，便从腰间拿出钥匙替袁铿打开了锁，同时把热水瓶交给了他，说：一会儿你也去洗个澡。袁铿很是局促，担心自己适才的冒失没有逃过妇人那双弯眼。

袁铿掩上门，长吁了一口气。他有意放松自己地踱着步，发现桌上摊着一张地图。这是一张华东区域的地图，上面却以渔安为中心用红笔标着不少记号。袁铿感到困惑，不明白这个不起眼的小镇何以成为中心。然后他的视线就被那只曾经引发争吵的油画箱夺去了。他似乎是好奇地将它打开，不禁大吃一惊。他还来不及细想，就听见了身后的门声。袁铿立即转过身，背着手将油画箱合上——水手王申送伞来了。

船长的脸从来没有那么白过，像纸一样。多少年后衰老的水手对我说：我还以为他让雨淋病了，一试他的额头，也不烧。船长说，我们出去等吧，别弄脏了她的房间。说着，他蹲下来用衣袖揩尽了楼板上的水渍，退出来，再把门锁上。我有点纳闷，这个一贯讲究的人今天怎么就不讲究了？那衣服可是正经的毛料的。然后船长把我拉到一边，很有些紧张地告诉我，说一会儿见到陶小姐，他怎么说我就跟着怎么说，让我千万记住。我就更纳闷了，不知道他在玩什么花招。这时候楼梯上响起了脚步声，陶小姐散披着潮湿的头发来了。看见我们，她好像吓了一跳，她说：你们没走？船长突然就笑了，说：查巡航道，路过当然要打个招呼。陶小姐就拿钥匙开门，说：进屋坐吧，把湿衣服换了。船长说不了，码头上的船在等。说完这话，他看了女人一眼，就和我下楼了。陶小姐送我们下来，一边唠叨：早知这样还不如不来呢。船长还是笑着说：等到处女航那天，我来接你，快了。我们就真的往码头那边去了。到了码头，他交代我不要在家里多住，尽快回单位。他说要是碰到陶小姐，就说病了，临时请了假。说完这些，他便去买下一班的船票了。

这就是我最不明白的事，王申老人清清嗓子说，船长没干什么，不过是碰了一下那个小木箱子，何必要扯这么大的谎呢？他来渔安就是为了陪伴陶小姐，怎么突然就改了主意？

船长以后就再也没有来过渔安。

八

小说写到这里，我有必要加上一段说明。文中关于袁铿船长的日记，并非我的杜撰，也不是叙事的某种策略。那一年我去渔安，王申老人对我断断续续讲了一些有趣的事，我都一一作了记录。在我整理这些笔记时，我发现其中暴露了很多疑点，难以自圆其说。于是我便列出了一些问题与老人作进一步的深谈。老人却没有作出更多的解释。从他犹疑不定的神色中，我断定他有难言之隐，但又不便多问。他后来谈起这个故事的结局，让我至今忧伤不已。然而那时我并没有意识到老人所言的结局还不是故事真正的结局。我认识到的结局是在多年之后，它完全出乎我的预想。

那次，我是带着一份遗憾离开渔安的。几年后，也就是1992年，有一天小蜓突然来省城找我，带来了一包东西，这便是袁铿的日记。小蜓说，她爷爷不久前去世了，临终之前才把这件事托付给她。老人说，这包东西是1953年3月底的一个深夜，袁铿亲手交给他的。船长说这东西很重要，他担心被人偷走。船长还说除非他死了，否则这东西是不能拿出来示人的。

袁铿的日记起于1945年2月15日，按照推算那一天应该是农历正月初四，这一天，18岁的袁铿失去了母亲。日记中没有说明他的母亲因何而死，据我分析应该死于某种疾病，死亡的地点是重庆北碚。这页日记无疑是悲伤的，袁铿这样写道：我可怜的母亲终于撇下我西去了。这些年来，我们母子相依为命，不知流离了多少地方，现在却只剩下了我！现在我才知道，母亲是用命换来的钱财供我念书的，自己到死却没有一口像样的棺材……母亲，您安息吧！明天我得上路了，带着这幅桃花扇面，去办我的事。我一定会办成的，九泉之下，您别拦着我……

日记的第二篇却已到了1945年10月3日（之前撕去了几十页），主要记录着他在上海搭上了去巴黎的邮轮，同样流露出对母亲的怀念，只是强调：妈妈，别怪我，是上帝帮我做出了选择。

我们可以想象当初袁铿出国留洋，是有悖母亲愿望的。

这之后的日记主要记载着袁铿旅欧的勤工俭学生活，其中散发着异国他乡的游子情怀。也透露出对战争的憎恨以及对国民党军队的诅咒。同时，他反复提到“又一次从噩梦中惊醒”。

归国后的袁铿，日记中以记载工作情况为核心内容，类似“航海日志”。但也涉及对长江中下游一带某些城市的眷恋，往往触景生情。但是其中没有小镇渔安。直到他邂逅陶侃之后，渔安才占据显要的地位，他还写了一首绝句，其中两句是：梦里几度回渔安，桃花流水两相伴。（后来证明是抄袭。）

但是，他为什么又要离开姑娘呢？

袁铿没有解释。而且日记到这一天也断了。甚至连他期盼已久的“处女航”也一字未提。

1953 年 4 月 5 日，油漆一新披红挂彩的“江宁—2 号”，在经过反反复复的敲敲打打修修补补之后，终于开始了它的处女航。这一天是清明节，却没有人们习惯认为的那种细雨纷纷，天空一片湛蓝。轮船公司特地赶制了新型款式的船员制服和大檐帽，使人们觉得很像一台大戏的彩排。当船长袁铿拉响第一声汽笛之后，这艘貌似豪华的客轮从水中拔出笨重不堪的锚链，蹒跚而犹豫地离开了码头泊位。船长的神情专注而严肃，他亲自把持着舵盘，很想一口气能开到吴淞口。但是这艘船的动力有限，行驶如同一个迟缓老者的步伐。那时候水手王申正在细致地整理着粗糙的缆绳，一边纳闷地想着，船长为什么又一次食言，居然不向他心爱的姑娘发出邀请？自从一周前由渔安掉头而返，船长就再也不谈论这件事了。水手不禁想起那次在驳轮上与船长关于天气的对话，觉得这个男人过于自相矛盾。但是水手信任这个男人。他也私下猜测个中必有隐情，但百思不得其解。他收留着船长隐藏的那包东西，但不希望船长与那个来自南京的姑娘就此了断。

“江宁—2 号”抵达渔安港的时间比预计晚了一个小时。那时已是暮色苍茫，江面上的风渐渐大了。这时候，袁铿船长离开了驾驶室，走到了船舷的另一侧，伏在栏杆上凝视着越发黝暗的江水，似乎感到那拍击船体的浪的节奏与自己的心律完全一致，紊乱而不易把握。船的那一边开始上人了，乘客嘈杂的叫喊令船长心烦意乱。他想在这么一个小码头耽搁其实并不值得，他有些倦了。所以毫不犹豫地把舵盘交给了大副——这个人现在老实了，却仍然在工作时偷着喝酒。

袁铿朝水里吐了一口唾沫，刚一转身，便吃了一惊——

陶侃亭亭玉立地出现在面前，她今天的着装和一个月前他们初次见面时一样，但手里只捧着一束桃花，这大约是最后的桃花了。

短暂的沉默之后，陶侃说：我想知道你为什么要躲着我？

袁铿轻叹了声：以后我慢慢告诉你。

陶侃紧逼道：不，我现在就想知道！

袁铿几乎是哀求地说：我脑子很乱……

陶侃停顿了一下，说：你是不是爱上了别的女人？如果是，我就不再难为你了。

女人的声音变得有些喑哑，走向了船尾。男人注视着这风中的背影，不禁怆然泪下。他又慢慢走过去，然后搂住了女人的肩。

陶侃含着泪再次问道：到底发生了什么？

袁铿还是那句话：以后我会告诉你的。

陶侃回过头同样是哀求地：现在不能说吗？袁铿？是不是我太任性了还是……

袁铿打断说：不，你是个好姑娘……

陶侃得到了一丝安慰却更为困惑，她不知道这个男人心里在作何盘算，于是她只想求得一个明确的态度，她问道：你爱我吗？

袁铿点点头，说：我爱你……我这辈子都会爱你……只是……

汽笛骤然响起，船起航了。江面上的风越来越大，袁铿都觉得有些战栗。他扶着陶侃：去舱里吧，别着凉。

陶侃说：不，我想站在这儿。你刚才说只是什么……

袁铿岔开话头：去我那里好好睡一觉，等到了上海，我们慢慢谈好吗？

陶侃厌烦地甩开男人的手：你今天不说清楚，我宁可冻死在这儿！

袁铿没有办法，只好说：我下底舱给你找条毛毯吧。

说完，他便怏怏离去。这时候陶侃像绷紧的琴弦似的一下松了下来，眼泪止不住地往下淌。她扶着栏杆，呕吐了几口酸水。陶侃咀嚼着袁铿刚才的话，唯一解不开的就是那个“只是”。只是什么？她怎么也想不明白。突然传来一阵惊呼，她回过头，就看见一大块阴影向这艘船逼过来，然后听见一声巨响，紧接着船身剧烈一震，她被摔到了甲板上……

这就是令人胆寒的“江宁—2号”沉船事件，时间是1953年4月5日19点20分。

九

新近出版的《渔安志》第217页是这样描述“江宁—2号”沉船事件的：

……其时夜雾迷蒙，江面风急浪高，“江宁—2号”离港后便开足马力进入主航道行驶。约十分钟后，与迎面开来的铁甲驳轮相撞。驳轮因偏离航向失去控制，直撞“江宁—2号”左舷，发出一声爆响，其声如雷。“江宁—2号”由于当值舵手（为本船大副）酗酒而躲闪不及，遂酿成惨剧。船被撞击后左舷断裂，迅速下沉。除面上两层乘客相继被救逃生，底舱乘客与船员大部溺水身亡，其中包括船长袁铿。

第219页又写道：

令人惊惑的是，撞击“江宁—2号”客轮的竟是这艘船的前身，也即1945年缴获的日舰“野川丸”。

关于这个细节，当年逃生的水手王申也给予了证实。王申说，他是在第二天才看清那条狗娘养的船的，它也瘫在水里，但没有沉没，后来被拖走了。抢救与打捞工作进行了两天。事故发生的当晚，附近的部队便赶到了现场。长江航运局也派来了一批潜水员。那一夜渔安码头完全笼罩在一片悲声之中。遇难者的尸体千姿百态地蜷缩着，整齐地排在码头上，远远望去如同乱石铺成的台阶，可谓惨不忍睹。第二天上午，潜水员在底舱的楼梯后面找到了船长袁铿的尸体。

据潜水员后来介绍说，船长被一摞尸体压在最下面，可以想象得出当船体断裂，巨大的水柱冲击而来时，人们求生的欲望是多么强烈而恐惧。然而令人费解的是，作为一船之长，袁铿熟悉这条船就像熟悉自己的身体，而且按照事后的计算，水灌满底舱的时间不会少于15秒，他是完全有可能逃生的！袁铿似乎在生命最后的关口，平静地接受了上帝的这份安排。

船长的尸体于当天运回了芜湖。那时候，仿佛从一场噩梦中醒来的陶侃正在渔安镇简陋的卫生所里接受输液。陪伴她的是水手王申，他的左臂刚刚打完石膏用绷带吊在胸前。从水手沉痛的表情中，女人明白了一切，但已是欲哭无泪。填满女人胸膛的是难以磨灭的恐惧和悔恨。她想如果不是由于自己任性，袁铿是不会去底舱找毛毯的。这个巨大的阴影将一生追随着她。陶侃决定以女友的身份去芜湖参加船长的祭奠，那时她想，自己应该是袁铿唯一的亲人了。在离开渔安之际，陶侃向轮船公司负责人提出了一个要求，希望安排一条小船环绕“江宁—2 号”的“遗体”慢慢走一圈，以作最后的凭吊。

夕阳的余晖在那个遥远的黄昏呈现出惊心的美丽，江面一片血红。现在，一切都平静了。江水喑哑而迟缓地向东流淌着，不断有漂浮物自眼前通过。“江宁—2 号”露出水面的桅樯与烟囱，在夕照中如同几块断碑，散发出类似古战场风声鹤唳冤魂号啕的悲怆气息。陶侃凝视着江面，忽然水中一件东西拽住了她的视线。她问王申：那是什么？

王申说：好像是船长屋里的那张画。

陶侃便指挥小船靠近过去，伏下身将东西捞起。果然是那幅桃花扇面，精致的装裱使它的面貌完好无损。这张章法奇崛绘制精心的工笔画幅作于辛未年春月，没有署名但有题句，曰：

梦里几度回渔安
桃花流水两相伴

据王申老人回忆，当时陶侃捧着这件湿淋淋的遗物，像受到突然的惊吓似的浑身战栗，接着便一下晕倒了。于是人们又一次把姑娘送到了卫生所。但是第二天，人们发现这个年轻的女人突然失踪了！在寻找的路上，有人仿佛听见山林里传出了五声枪响。

……

我的故事到这里实际上可以结束了。如同百川归海，我意外而兴奋地发现，我的目的达到了。这让我想起那个叫陶侃的女人，因为她的情况与我相似，我们同样在不经意中完成了各自不同的计划。但那时我还只是陶醉在自以为是的虚构中，没有一样实在的东西能证明我的种种假设。

1995 年 4 月，我出差去沿江的某个城市。一个下午，我去书店买书，看见书架上有一本《黄埔同学会书画作品选集》，便顺手拿过来翻了翻，居然发现了这幅失踪多年的桃花扇面，这让我欣喜异常。而更令我惊喜的是，这幅画的作者就是王崇汉！

在画幅的下面标着几行注释，照抄如下：

这幅没有署名的作品，经证实为王崇汉（1900—1945）先生所作，由其女捐赠。

画中的辛未年为 1931 年。据王先生好友介绍，该画记载着一段鲜为人知的爱情故事，几经周折，才得以保存至今。

十

让我们再回到故事的开头。

参谋长在江边遛完马，便把缰绳递给副官，说：我去街上理个发，顺便买些宣纸。这地方宣纸很有名的。

副官问起这批船的处理，参谋长说：由顾长官安排吧，我只想早点交差。参谋长轻轻叹了口气，接着说：抗战结束了，我也该抽时间陪陪女儿。我答应这个周末陪她去燕子矶打枪，你看，又让顾长官弄上了这条船。咱们做军人的，就这个命了，丢掉的很多东西，再也找不回来。

说完，参谋长便离开了码头，持重地向渔安镇走去。那时，胭脂巷所有的门窗都打开了，沿街都是鞭炮燃过的碎屑。参谋长在一个柿木门扉前停了一会儿，心情变得忧伤。他不禁回忆起 20 年前第一次走进这个门洞时的情景，那一天，天井里的阳光十分明媚。

参谋长迟疑地收回目光，刚一回头，看见前面的那个茶棚下有一副异样的眼光在注视着自己，这是一双陌生而熟悉的眼睛，参谋长脚下显得犹豫，仿佛预感到了什么。他注意到那个一边喝茶一边用草帽扇风的青年，似乎已在这里等候了自己多时。于是，他也进了茶棚，坦然坐到了青年的对面。参谋长的举动令青年略显不安，他企图以喝茶来掩饰自己的紧张与羞怯。

参谋长微笑着说：年轻人，家住哪里呀？

青年说：四海为家。

参谋长说：听口音不太像这地方的人吧？

青年说：可我对这儿一点儿不陌生。

参谋长说：你做什么职业？

青年说：卖画。

参谋长调整了一下坐姿，说：这地方可从来不缺字画。

青年说：这地方难道只卖淫吗？

说着，青年从怀里掏出了一幅画卷，展开于桌，是一幅精美的桃花扇面。

青年冷冷地问道：参谋长有何见教？

参谋长一把抓住青年的手微微地颤抖着，他的声音突然变得喑哑，他问道：你娘呢？

青年猛地将手抽回了。青年收起扇面，重新塞入怀中，他说：晚上，我去会你！

参谋长在船舱静候着，面前的卤菜和酒早已摆好。他又一次看了看怀表，已是凌晨一点多。他担心这孩子会不会临时有了变卦，或者登船受到了阻挠，很想去外面看看。这时，舱门悄然打开了，青年水淋淋地走到了参谋长的对面。参谋长关上门，找出自己的衣服让青年换上，但青年拒绝了。和白天相比，青年现在显得冷静而漠然。

参谋长说：把酒喝了，免得着凉。

青年端起酒杯，却慢慢将酒洒到了桌下。他的泪水不禁夺眶而出。参谋长的身体晃了一下，他的预见已被证实，于是，也洒下了一杯酒。

沉默良久之后，参谋长轻声问道：你娘走得累吗？

青年抽泣着，没有回答。

参谋长的双眼也湿润了，继续说：这些年我一直都在寻找你们母子，找过很多地方，也托过许多朋友打听……可该死的战乱，厌倦的军旅生涯让我不能如愿……我愧对你娘，愧对你们母子……

青年抹去泪水：这就够了？

参谋长沉痛地：不！

青年霍然站起：王崇汉，你知道我娘是怎么死的吗？她浑身都烂了！你居然还同我谈什么战乱军旅！你南京的家乱了吗？你南京的女人烂了吗？你那宝贝女儿吃过狗剩的食吗？

参谋长没有言语，他踱了几步，从枕头底下拿出他心爱的德国左轮，检查了一下，然后把枪放到了青年面前，他说：儿子，杀了我吧。

这突然的举动却并没有让儿子惊慌。

参谋长重新坐下，说：我想这是最好的了结方式，也很简单。我愿意去陪你娘。我可以先写下遗嘱，把一切讲清楚。

这时的青年产生了犹疑。面对失散14年的父亲，他的心情开始变得复杂。这个父亲其实是刚刚诞生，然而与他假想中的那个男人却非常一致，就是这个英武的男人，他的泰然自若视死如归完全不是矫情，不是表演。青年持久的仇恨在这个瞬间开始瓦解，而母亲临终前忍痛的抽搐又强烈地折磨着他。

他毅然拿起了枪。

参谋长微微抬了一下手：还是让我先写下几句话……

不！青年打断说，我把你交给上帝！

说着，青年利索地退出五枚子弹，分别装在两只空杯中，他发疯似的不停转动着弹轮，终于在死寂的一刻将它停止。

青年说：这，公平吗？

参谋长想了想，点了点头。然后就平静地闭上了眼睛。

青年抬起枪，对准了参谋长的眉心，他内心在向上帝祈祷：我亲爱的主，饶恕这个男人吧，请饶恕他……

砰！

……

1999年3月25日

北京天坛之侧

（原载《上海文学》1999年第7期）

潘军文集

第壹卷

长篇小说

风

第一部

历史上最沉痛的悲剧，莫过于人们喊叫“不可能”喊得太早……

——悉尼·胡克

第一章

谁也不知道那场火是怎样烧起来的。很长时间过去后，人们对那个久久不肯离去的黄昏记忆犹新。落日的辉煌像一簇祥云滞留在古老的梦境里。据说当大火像林子一样矗立起来时，村子却异常地宁静，连狗也不叫。有人看见一只巨大的红蝙蝠呼啸着从钢蓝色的火焰中穿过，这一过程始终伴随着竹子烧裂时发出的那种声响。那红色的飞翔物似乎瞄着月亮飞去了。于是那夜的月亮鲜红鲜红……

这是许多年前的事了。它像民间的一句谚语流传到现在。我不是目击者。在相当长的一段时间里，我仍然把它看做一场普通的天灾。对于其中一些近乎玄奇的因素，很自然，我把它们看做人对历史的一种润色。但是，有一点我感到很奇怪——我常常在梦中复制着这个传说，而且越来越清楚地复制。甚至某些细节，我事先并没有听别人说过，但与后来调查所证实的完全一样。我预感到我与那场火存在着某种联系。正是基于这种感觉，使我坚定了写这部书的信念。一切从头开始。

——作家手记

长水故道边上有个地方名字极古怪，叫罐子窑。何时有了这地方，县志无有记载。显然它是以制作陶器而得其名的，几乎户户都出操这门手艺的人。其实也并非只做罐子，碗、钵、油坛、夜壶都有。所以为何偏偏要称为罐子窑，至今无法查考。

制陶是极有趣味的活儿。从坡上挖取黏土，倒入池里化浆；滤浆沉淀的即为细泥。手艺人把泥搬回作坊里堆着，用时抠下一团，置于形同肉案的泥凳上揉，像揉面一样，不黏手为熟。再把熟泥团安放车上——车也是用泥拍打成的，模样、大小和倒扣过来的澡盆差不多，中心有轴。车面上还有一只由碎碗底嵌进去的“脐”。做活时，手艺人用搅车棍插入这脐，朝顺时针方向猛力搅动，车便飞快旋转起来。于是手艺人凭借这惯性，双手从泥团中拉拽出一件件的陶器。成形后，还要用油亮的枣木板周身“熨”一遍，再拿棉线锯其根部，就可以取下送到外面去晾。待八成干逐一上釉，之后便可码到窑里起火烧冶。行话称进窑的叫坯，出窑的叫货。

这种窑，不同于一般的砖瓦窑或炭窑。它是长形的，有七八丈长，卧龙似的倚坡匍匐着。高的一端是窑头，低的则为窑尾。窑膛内设有七级台阶，叫“七档”（坯就码在这些档上）。窑的两侧相对开着五十四只“眼”和十个小窑门，供塞柴、蹲窑用（烧时，窑门须用泥堵死）。然而这么一条窑，仅三个人伺候。在窑尾烧的叫烧小火的。烧左侧的叫烧大眼的，烧右侧的称作烧小眼。其实“眼”无所谓大小，之所以要这么称呼旨在突出大师傅的权威性。他主宰着窑的命运。窑是一档一档地由尾往头烧。一窑的货色如何，全仰仗大师傅的本事。大师傅并不是用手烧窑，而是用眼——看火。这看火的名堂是极为玄乎的，你无法说清楚。

县城与罐子窑距离三十六华里，但不通车。那年的秋天，我为民间的一个浪漫的传说所诱惑，第一次来到这地方。我记得我是下午动身的，骑着一辆很旧很脏的单车。其时秋已深了，太阳非常软，落叶纷飞。路很不好走。前一天的雨把路面泡得稀烂，再让太阳一晒，就全是疙疙瘩瘩的。我好像是骑在一匹没有备鞍的马上。不久我看到了一棵大枫树，它的寿命至少有一百年，依旧根深叶茂——那叶子完全红了，像凝固了的血一样有厚度有分量。接着我产生了一个极其恐怖的幻觉：我仿佛看见了许多串刚被剁下来的手掌挂在一只青筋暴跳汗毛林立的大胳膊上。

我下了车。这儿是一个只有七八户人家的小村子。大枫树下面摆着一个简陋的茶摊。茶具一律是陶的，又一律上着酱油似的釉子。我心里捉摸着，这些东西全是罐子窑出品的。罐子窑不远了。那天只有一个茶客，是位须髯飞霜的老者，看上去已愈古稀之外，却天生一副仙风道骨。他用一把精巧的小茶壶喝茶。在他的身边，斜靠着一根用斑竹做的钓竿。我移到树下的时候，那把壶在他手里仿佛一片羽毛，茶所剩无几。他的喉咙像车水一样响，以致两只正欲斗架的公鸡同时蹿开。这情景让我差一点儿笑出了声。我在老人对面的条凳上坐下来。自然我是打算同他搭讪的。可他的眼皮始终低垂着，好像我不过是树上飘落下来的一片叶子。这时候茶家也不知上哪儿去了，我便很有些尴尬，就拿出香烟，先敬他一支。他毫不推辞地接过烟，仍然是一语不发。他把过滤嘴拽掉："烟也带屁股，又不是堂客！"

他的声音很低沉，甚至带有一点浑浊。说实话，我当时对他产生了亲近感。这是个有魅力的老人。而且从那一刻起，我就推断他年轻时，必然是非常讨女人喜欢的。

"老人家，去罐子窑怎么走？"我问道。

"跟我走。"他放下那把大茶壶，立起来。

那一次我很累。我随着他走。他走的是一条很奇怪的路，从一大片芦苇丛里穿过去，又拐到一片干涸的河床上。"没有水了。"他说。他一路上总是重复着这句话。

现在我知道，他是沿着长水的故道走的。我仔细对照了这个县过去的地图，他没有错。从前的长水流经这里形成了西去的态势，很有点山不转水转的味道。民国三十七年之前，罐子窑还是个规模可观的商埠。长水通江，且水面宽阔，可泊驳船。

黄昏时分，我进了罐子窑。老人并不多管我，自个儿走了，不知去哪里。我不想去惊动村里的干部，带着介绍信住进了一家私人客栈。当时里面的人正在议论城里刚上映的一部香港片子。我的到来似乎破坏了热烈的气氛，店家也许因此把住宿费抬高了一档。五块一夜。他说完便领我上了阁楼。这会儿暮色业已从四面围上来，村里陆续亮起了灯光，黄黄的。我很喜欢这个阁楼，它的结构和徽派建筑中大户人家的私宅有点相似，是木制穿枋的，隔墙也是木板。南北各有一扇小窗。床很大，还挂着看上去脏兮兮的夏布蚊帐。床的周围有一些残余的花板，彩也十分陈旧，但是图案依然清晰。有八仙过海，有梁祝楼台相会，有鲤鱼跳龙门。床的内侧镶有一面圆镜子，水银大都驳落了。床前置有一只七寸高的踏板，同样雕着花饰。踏板的两端是当地人所称的那种脚柜，一般是姑娘出阁时娘家陪嫁来的。

“等会儿田藕来替你铺床。”店家说。这个精明的中年人又迟疑地转过身，看看我：“同志，你是打老远来的吧？”

我向他出示了证件。他好像很随便地看了一下，然后说：“省里下来的。这么年轻就在省里谋事，不简单不简单。乡政府该出面嘛！”

“我就住这，”我说，“这儿蛮好。”

“你住宿报销吧？伙食不用掏，还是五块一天。城里叫‘吃床腿’可是？我有国家正式的发票。”店家的情绪明显好了许多，他让我有什么事尽管吩咐。“我姓陈，耳东陈，叫陈士林。我原来是大队会计，现在负责乡镇企业。”

我同他握了握手。这地方我很喜欢。

这以后我就躺下了。我告诉陈士林，晚饭开迟一些，我有点乏。下午随那老头乱逛了一场，不知绕了多少冤枉路。那实在是个古怪的老人。他的精力体力那样好，他完全还能生儿育女。我想等事情办得有点眉目了，最好还能去看看他，同他聊聊。他肯定住在这附近。这里的人也肯定知道他。我这次来得比较匆忙。那位大名鼎鼎的英雄郑海与我的家族没有任何的联系。我知道这个名字却是在很小的时候。我曾经听到许多长辈谈起过郑海——他们说郑年轻有为，说郑智勇双全，如此等等。直到不久前，我才第一次真正接触到这位出现在传说中的英雄。那是在一次有关党史资料整理的座谈会上。有人介绍中的郑海似乎与我想象中的郑海距离很大：他戴着一副金丝眼镜，有点白面书生的味道。我实在难以想象这个纤弱的男子能够戎马疆场。我甚至怀疑他是否能提得起那只二十响的驳壳枪。当然，这是不容怀疑的。但是有一个问题却疑云重重。这就是郑海的死因。郑海死于渡江战役之后不久。档案上只说“牺牲”。然而谁也没有看见现场。因此他究竟是战死沙场还是惨遭暗杀，至今仍是悬案。郑海死后的第三天，县委才得到消息。那正值最热的季节，尸体无法保存，所以大家后来见到的不过是一堆黄土。几年后，有关领导对郑海的死表示了怀疑，于是掘墓开棺，验尸的结果表明：死者是男性，胸部确有一个枪眼，但这一枪是从背后射入的。接着，一个尖锐的问题提了出来：死者是郑海吗？专程前来鉴定的法医希望有关部门能提供一张郑海的半身照片。然而这一要求无法得到满足，因为谁也没有见过郑海。后来，我在一本内部交流性质的革命回忆录中，发现了一篇涉及郑海的文字：郑海，又名郑伯滔，书香门第，三代行医。那篇文章说郑海当时以行医作掩护，在罐子窑这一带从事地下工作，曾为渡江战役提供了重要的军事情报。“但这位优秀的干部不久便不明不白地死了。”显然，文章的作者至今仍持怀疑态度。我于是写信给那位作者，可是很不巧，他（或她）也去世了。（那篇文章因审查拖了近两年才得以发表出来，作者的署名却没有加一个黑框。）

我不能不疑惑。出于一种职业的敏感，我决定先下罐子窑走马观花。

有人上楼来了。我欠起身，想把行李简单地安排一下。这时候门在我面前推开了，一个笑盈盈的姑娘抱着浆洗得平整的床单和被里走进来：“同志，你下去用饭吧，我来收拾。”

我想这大概就是田藕了。她长得很清秀，皮肤白皙，两只眼睛透明传神。她大约不过十七八岁的样子，梳着两条齐腰的辫。那额前的刘海分明是她自己卷的。这个姑娘和这地方所有的人一样，似乎见识过一些人事，有一种让人说不出来的豪迈。她养着一只很可爱的小狗。她管它叫“黑儿”。

我对她点点头，就下楼去了。

陈士林安排了一桌丰盛的晚宴。这位前任的大队会计如今是乡办企业的负责人，不用说是位权势人物。他的每一句话，给我的感觉是，似乎都在暗示着他的能力。我对这种人本能上是排斥的，但我不能排斥热情。在杯来盏去之间，我在悄悄反省自己。我无权评判每个人的生存方式。在以后的几天里，陈士林给我的印象十分良好。他是高中文化程度，没有考上大学。他曾在县里物资部门干过，一九六四年搞责任田时辞职回乡。“那时候头脑发热，”他这样检讨着，“不过现在也很好，钱没少赚。”他属于那种想得开、善于宽慰自己的男人。如果不用心细看，是很难发现他知足常乐的表情下面埋着惆怅的。我们差不多喝光了一瓶酒，都带了几分醉意。最后陈士林摇摇晃晃地站起身，说：

"城里人都他妈的没有卵子!"

时值今日，这句没头没脑的话仍然叫我不知所措。那晚我们只是泛泛而谈，没有涉及令人不悦或者非常愉快的事。陈士林长相斯文，有一种乡绅的风度。实际上他也算一个文化人。他的古文底子不薄，记忆力也相当强，还下得一手好象棋。在交谈中他常常顺手拈来一些典故、一些诗词名句，都是自然贴切的。他也许因为怀才不遇而憎恨城里人。尽管他手里有大把的票子，他还是有挥之不去的失落感。这是我的判断。

几天后我从别人那里了解到陈士林的身世，感到非常意外。陈士林可能是个私生子。他像一朵蒲公英似的飘落到这地方。人们仿佛有一天突然发现了这只孤雏，觉得挺好玩，可谁也不知道他来自何处。那时候，他不到十岁的样子。谈话的人大概限于某种心理障碍，就此打住了。私生子都精明，那人说，你看如今的陈士林!

我非常迫切地想知道这些。虽然我是来调查一位英雄的真实死因的，但不排斥我对一个私生子的兴趣。可是我一直不便开口……

——作家手记

半夜里，我被一种奇怪的声响惊醒。好像是一对巨大的翅膀扑扑的鼓动声，朦胧中我觉得蚊帐被这阵风撩开了。惨淡的月光从北窗射进来，不远的角落里传来蛐蛐单调的低鸣。夜仿佛一口很深很凉的枯井。我立刻拉灯，可是用力太猛，线断了。奇怪的是灯亮了耀眼的一瞬后竟又反弹了回去，吧嗒一响室内恢复了黑暗。在那光明的瞬间，我仿佛看见一个红东西蹿出了窗外。我失口叫了一声，声音居然那样的恐怖。我背上出了汗。

不一会儿，楼下有动静了。我想可能是陈士林醒了，就没有再喊他。我毕竟是个男人，事情弄成这样已经很丢脸了，倒真像应了几小时前陈士林甩出来的那句粗话。楼梯上脚步声响起来，而且有灯光从门缝里透进来。我便下床开门，上来的却是田藕，还有"黑儿"。

"同志，你吓住了吧?"她说着就笑了起来。

不用说我是很狼狈的。"灯坏了，"我边穿长裤边掩饰，"我不过是随便拉了一下。”

田藕把手中的蜡烛方灯放在桌子上：“你看见什么了？”

我看了看她，点上香烟。我疑惑不解，似乎刚才这楼上发生的一切她都知道了。不过，我倒想问问这姑娘。

“你怎么知道楼上的灯坏了？”

她又笑了笑。这回她笑得有点儿勉强，我从这种笑中意识到她是个正儿八经的女人而不再是天真烂漫的小姑娘。这极短暂的时间里她突然成熟了。她的胸脯明显地鼓了起来。

“我想你是吓住了。”她平静地说，“以往来城里的客人，也这样。你肯定看见了什么东西。你不要怕。就算是鬼，也有善鬼好鬼。他不会害人。他不过是太冷清了想同外面来的人会一会。”

我没有笑，因为她说得太像煞有介事，说得太认真。我静静地吸着烟。“也许是幻觉吧，”我说，“幻觉往往很美。”

“不是幻觉！”

她说根本就不是幻觉。她说我有文化我读过许多书我不相信书上讲的都是对的。在南方，鬼魂像风一样地漫游。

这是我始料不及的。田藕你别太激动。你坐下。我承认世界上许多事情是说不清的，所以我也不断然否认你的观点，况且我刚才确实见到了一个红色的东西飞出了窗外……

“红色的？那一定是我奶奶……”

她的神色越发凝重了，忧伤使她看起来端庄而富有教养——这感觉实在有点不可思议。我又想到她的父亲陈士林，他的愤怒也许是悲哀所致。我进一步设想，他的母亲一定死于城里人之手，比如说被城里的医生误诊或者因为没有及时付款而切断了氧气和血浆什么的。我很想同陈士林再聊聊。

“你父亲……”我说，“他现在睡了吗？”

她一愣，接着她笑了：“你弄错了。陈士林不是我爸爸。他是我叔叔，实际上也未必是我叔叔。我爸爸进城开会去了，昨天才走。这个客店是我们两家合伙开的。”

田藕就是这样一个非常有意思的姑娘。她本人就是个美丽的矛盾。正如她所言，她爱读书但又怀疑书上的道理。第一次见面的印象总是深刻的。那次谈话我有几点感到迷惑，至少是好奇。田藕在楼下怎么知道楼上发生了事？好像她预先布置了这一切来捉弄我这个城里人。“以往来城里的客人，也这样。”这说明类似的场面已经发生过，而且不止是一次两次。为什么这种怪事只限于“来城里的客人”时发生？还有，她对我强调的“红色”似乎特别敏感。我记得她一下站了起来，肩上披着的衣服差点儿滑落。关于陈士林，她说：“实际上也未必是我叔叔。”说这话时她的眼神流露出一种轻蔑的开心。这与我后来听到的陈士林的“背景”正好是个印证。她大概潜台词是说，陈不是她的亲叔叔，她没有这个来历不明的叔叔。这只能是一种判断。也许这句话还包含着别的意思。

——作家手记

第二天一早，陈士林就领着乡长来了。乡长是位约莫四十开外的女人，叫秦贞，口气像苏北那一带的。她的装束很入时，也很大方，是一身毛料的银灰色西服套裙。早晨这季节凉意很浓，我注意到她把棉毛裤卷到了膝上，由于她比较富态，所以一坐下来就露出了棉毛裤的边缘。显然，这位乡长来时精心打扮了一下。在她的印象里，作家比记者还带有钦差大臣的味道，何况我是由县政府直接介绍下来“了解情况”的。

秦贞看了我的介绍信，连说了几声欢迎欢迎。她执意要我住到乡政府招待所去：“我们还是头回接待作家哩！”

我婉言谢绝了。我说这儿很好，我喜欢这个老房子。为了让这位颇有势派的女乡长宽心，我说这次下来主要是了解乡镇企业发展的情况。这儿非常有特色，我必须多到下面走走，回去给省报写一篇。

“那实在太感谢了！”秦贞说，“我这就去同几个厂打招呼，让他们准备准备。”

“不用不用，”我说，“我只需要随便看看。有什么不方便的，我找老陈好了。老陈，你看呢？”

“责无旁贷嘛！”陈士林笑着说，吸烟。

“那你算找对人了！”秦贞说，“陈士林可是这罐子窑一带的地保咧！在我们乡，罐子窑是老先进老典型了，你会有写的。比如说糙坯子……”

“操什么？”我没听清楚。

“糙坯子，就是田藕的爸，是绰号，大号叫陈士旺。别看名字土拉吧唧的，手可巧着哩！他做的货漂洋过海销到了外国。上到省长、专员，下到书记、县长，家里都有他的泡菜罐！这不，又去地区开表彰会了……”

“秦乡长你也来一支吧？”陈士林突然递给秦贞一支烟。秦贞怔了一下，手在半空悬着：“老陈你开什么玩笑！”

“女人抽烟也是时代特色嘛！”陈士林说。

“去去！你这家伙总没个正经相！”秦贞推了陈士林一把，敛住笑容，想把刚才岔开的话续下去，可一时又没找到头绪。于是她就大口地喝茶。（陈士林背过脸去咧了咧嘴，似乎很鄙夷乡长适才一番笨拙的表演。）

我也笑了。

这时候门外有人喊：“秦乡长电话——”

秦贞连忙放下茶杯，匆匆与我握手道别：“再会再会！多包涵多包涵！”

秦贞刚出门，陈士林就悠然自在地吐了一个烟圈：“傻×一个！”

我大吃一惊。我实在没料到陈士林居然如此地蔑视他的顶头上司。他难道就不怕一个陌生人私下塞他一拳吗？不过，对这种人我偏偏有些好感。或许陈士林早已揣测到这一点了。好一个陈士林！

我也点上香烟，微笑着——一种怂恿的微笑，我看着陈士林。

“别听那娘们儿狗屁滔滔！她懂个卵！”陈士林把一只腿从另一只膝上搬下来，“什么先进，什么典型，全他妈的吹灯日×——瞎捣！”

我哈哈大笑。

他凑过来狡黠地盯着我：“实际上你也不会去写这些鸡零狗碎的玩意儿。你肯定不会写！”

“何以见得呢？”

他做了个手势。“我读过你的书，”他说，“所以我想你不会去写。如果我猜得不错，阁下此番是奔一个莫名其妙的幽灵来的！”

第二章

那年我第一次下罐子窑的收获是十分可观的。在那不长的几天里我了解了许多鲜为人知的事。这些事，其中有不少传说，甚至还有虚无缥缈的传奇故事以及不可思议的事实。所有这一切头绪纷乱的素材，使我在一定程度上放弃了原来的计划。郑海不再成为本书的灵魂，但他仍然是个至关重要的人物。

我的意思是想写一部庞杂的书。至于写什么，我不愿意多想——我历来不多想这个问题。至于怎么写，我大体有了一个构想。

第一，鉴于我要写的内容时间跨度很大，我有必要不停地调整视角。许多发生了的事限于我的视角位置，我难以说清楚。我只能权且充当一位“全知全能”的上帝，去编排左右这些陈旧的东西。但需要声明的是：我绝不凭空捏造。我可以借题发挥，可以推测，可以再现，当然更多的可能是表现。

第二，有些故事我是听来的。为了保留它的原生面貌，我尽可能采用口述实录。这或许会让人觉得语言风格的不统一。然而这种“不统一”又可能形成本书的叙述风格——请允许我行使自己的权利。

第三，在以后的篇章里将会出现不少“短路”，读者可能有所埋怨我的漫不经心我的草率。实际上这冤枉了我。在本人看来，创作的过程与欣赏的过程是齐头并进的。在不断出现的“短路”间，创作者的意旨传达给了欣赏者，于是他们判断。

作家只能写出小说的一半，另一半由读者写——用心来写。所以我曾经说过这样的话：好的小说是茶叶而不是现成的茶。你想喝就请你自个儿来泡。至于水的度数如何，责任由你负，我只管茶叶。因此你要参与，不能闲着。

我们就这样开始吧。

——作家手记

你无法想象那条河是多么地令人销魂。你写过不少河不少水这是事实，但你即使见到了那条河你也难以把它活生生地写出来。

我就是这河驮来的。那时候，我大约不过十岁的样子。这是后来我娘告诉我的。我不知道我到底生于何时何地。有人怀疑我是私生子。我也许就是个私生子吧！

我至今还记得那一天。是个晦气的阴天，正渡桃花汛。我从山上跑下来，到河边去摘桃花。我喜欢桃花。我就这样在林子里玩到了天黑，突然觉得饿了。越想越饿，饿得没有力气爬山了。我站在河边，向船上人讨吃的。可是没有人睬我。我哭了。这时候从上游划过来一条船，可是船上人没有往这边看。我就一下装着掉到水里，于是岸上就有人大喊大叫说孩子落水了快救命哪！这一喊，那船便急忙拢过来。其实那水不深，直齐我的颈，而且我也会一点儿水。我就做出要淹死的样子，在水里直冒直冒的。等我第五次冒出水面时，我看见一根撑篙递到了眼前。"快捉住！"船上一个女人喊。我就一把捉住了……

那船非常普通，是长江中下游常见到的那种三板船，不过多加了一顶用竹席弯成的篷。船上有三个人。一个船佬，一个船娘，还有一个穿长衫戴礼帽的先生，大概是船客。我被他们手忙脚乱地拖上了船。船佬先把我放在一条板凳上，用胳膊替我压肚子里的水，压了半天没有压出一滴水却压出了一个屁。"你这小狗日的！"船佬照我的屁股拍了一掌，"急得老子一身汗！"船娘在边上哈哈笑，把眼角的泪水挥了去。那位先生也把眼镜拿下来拭了拭，然后说："你是哪家的孩子，怎么这么晚了还在江边耍？"

我说，我就是这家的孩子了。我没有家。谁给我吃的我就给谁当儿子。我饿。

起先他们都不以为然。船佬说你小狗日的莫不是来刮老子油水的吧？他从怀里摸出一块洋钱。"拿着走路，免得老子以后破大财！"我把钱推开了。我说我不是偷儿。我真的没有家。我说着哭着给船佬磕头，船佬这才正了神。他好像一下子变得温柔，不停地舔着嘴唇，拿眼去看船娘——她正在给我煮吃的。船佬走过去同船娘嘀咕了一会儿，用的全是这一带最原始的方言，但我大致能听懂。那船娘说："一个是养，两个也是养。就让他同糙坯子做个伴吧！"船佬点着头，招手让我进舱去吃东西。然后他把船拢到岸边泊住，下船去了。

那位言语很少的先生也进舱来，看着我吃饭。他又问我：“你果真没有家吗?”

我只顾吃饭。我不喜欢这个白白净净的先生。我那时觉得他在刁难我、盯我。

“你属什么的?”那先生问。

我摇摇头。

“你几岁了?”那先生又问。

“你看我几岁了?”我生气地说，“你这先生真是多事，又不要你养我!”

他笑了。“看不出这小东西倒蛮有出息!”他回头看看船娘：“莲子，这孩子我喜欢。就算是我的儿子吧，放在你们名下。”他似乎越笑越开心了。

“二少爷你可别瞎说。”莲子抿嘴一笑，“哪有大户人家做这种事的?老爷要是还在，会掌嘴的!”

“不不，莲子你错了。这种善事将来会有好的报应的。我相信这个真理。我在伦敦念书，就常去那些慈善机构玩。那里有许多像这样的孤儿，又都非常聪明伶俐。所以我时时想，那些为人父母的怎么心这样狠?”先生说完，用手来摸我的头。

“人心难测。”船娘说，把一盆脏水泼到江里。

这天吃过晚饭，二少爷就去了岸上，好像去办什么急事。天像要落雨的样子，他带了把黑伞。我累了，不一会儿就睡熟了。我在梦中听见外面已经下雨了，打得船篷脆响。

那只小船当晚泊在离轮船码头不远的一棵老杨树下。船头挂着一盏玻璃方灯。那黄黄的灯火在斜风细雨中一闪一烁，像一只疲乏惺忪的醉眼。船上的人都睡了。那孩子躺在女人怀里，梦里还不断地舔着嘴唇。他吃饱了，可一到梦里他就会饿。后来他说他有一次梦见自己一口气吃掉了一只磨盘大的乳房，但吐出来的却是一堆人的手指头。其中还有染着寇丹的女人指甲……这个古老的梦折磨了他几十年，至今冷汗不消。

船佬也睡熟了。这一天他过得很快乐。他在江上捞到了一个儿子。他觉得这个儿子一点也不比自己家里的儿子差。他上岸给孩子买了一套新衣裳，还买了一只糖捏的红鲤鱼。他沽了一斤酒，用干荷叶托着两只卤猪耳一路哼着家乡的黄梅调回来了。其实他的酒量很小。他喝不过自己的女人。美丽的船娘天生海量，扬言能喝干这条江——如果江是酒的话！奇怪的是这回她只喝了一杯。这酒好苦哇！她想，这是谁酿的王八酒！她把酒壶推到一边。有一点她没有料到，二少爷把壶儿提到嘴边，想也不想地一饮而尽了。好酒！二少爷说：痛快！似乎在这一刻，船娘才见识了二少爷。几年不见，这个男人还是那样的英姿飒爽。在南京码头，她见到这个男人的那一瞬间，她仿佛失重了，身体像鸽子一样地飞舞起来。当她听见一声"莲子"后，她的一颗泪珠从眼角无声滚下，而这感觉又十分古怪，像一把刀慢慢从眼角往下割……

这个夜晚，只有二少爷没有睡。他也不在船上。二少爷是黄昏后上岸去的。他说他去会一位朋友，今夜不回来了。此刻这位年轻斯文的先生正打着一把乡间少见的黑洋伞走在江城的小街上。这街是多么古色古香。又回来了。离家五载不过弹指一挥间，似乎一切都是原来的样子。二少爷在伞下点了一支烟，他仍然保留着用烟嘴吸烟的良好习惯。他有一根七寸的象牙烟嘴，这是父亲送他的宠物。他还在想那孩子的事。好像是有人在操纵这一切，偏偏在他回来的时候半路上闯来一个野孩子。那孩子嘴紧，只说自己是从山上下来的，哪座山？他脑子里闪过一座名山古刹，不禁哆嗦了一下。可那座山离长江很远，虽说是在同一个省的地界，毕竟一个毛孩子没有那么大的脚力……天地之大，无奇不有，无巧不有，谁能保证这个野孩子与他的归来没有干系呢？

二少爷的脚步加快了，他拐进了一条小巷。那个巷子的地势是一直向下倾斜的，二少爷的感觉像是在下山。在巷子尽头，他听见了第一声鸡鸣。

后半夜雨止了。风还是很大，船被浪推得摇摇晃晃。我让尿给憋醒了，睁眼一看，发现睡在我身边的船娘也不见了！船佬倒是睡得像死猪一样，扯着隆隆的呼噜。我觉得很奇怪，就爬到舱外来看。外面很黑，风声像饿狼一样低吼着，我好害怕。这样的夜总让人觉得要出什么险事似的。我哆哆嗦嗦地把尿撒到江里，回舱的时候我摸到了一把斧子，藏在被子里。不用说我睡不好了，扳着手指等鸡啼。可我又有一些好奇，船娘上哪了呢？会不会去找二少爷了？他们之间会不会有偷鸡摸狗的勾当？你看我那时竟生这种念头了，那么小的东西！我当然不是乱猜。我有理由。船佬上岸沽酒那会儿，我看见二少爷悄悄捏了一把船娘的手，船娘的脸就刷地红了，她甩开了他的手，好像低声骂了一句：狗！接着她的眼又红了，湿润润的。船娘说的一点不错，男人都是他妈的狗！连和尚也是狗。我就看见过大白天和尚摸小尼姑的。以后我长大了，我也觉得自己像只狗。我不是讲醉话。

你大概想知道我的来路吧。这两天我看见你在村子里转了不少地方。我料到会有人对你说：陈士林是私生子！你不要不承认。我们中国人讲究面子，不敢当别人面揭短。我不怕。我不管这些。一个男人和一个女人几十年前睡了一觉，于是有了我。那两个人便是我的父母了。他们是谁？我不知道。我倒是感谢那双野鸳鸯，要不我就看不到这人世间的五颜六色了。那两个人哪怕是哥哥日了妹妹还是儿子操了娘，我都不管！

几十年过去了。这个谜仍是揭不开。有时候我也可怜我那风一样来云一般去的双亲，他们竟没有勇气来看一看我这块骨肉。他们或许见过我，甚至就在我身边转悠着，但他们就是不敢站出来认我。不瞒你，这些年我一直在打听他们，当然他们可能早已不在这土面上了。或者，我替他们活着……

我现在再告诉你我爬上那只船以前的事。我说过我是从山上下来的。哪座山，我具体地弄不清了。好像不是座名山。在山上几年我没见到什么香火。庙倒是有一座，也不知道是供哪尊菩萨的，反正是个老家伙，胖乎乎的，耳垂落到了肩上。我不是在山上生的，据说是一个樵夫在山脚下拾到的。那时候我大约不满周岁。我跑下山的前一天夜里，樵夫喝醉了酒，又哭又笑闹了一整夜。就在这天夜里，一个男人进了我们的小屋。樵夫打算点灯，可那人把划着的火柴吹灭了。他们坐在门槛上，低声说着什么。我只听见那人说“那小东西还好吗？”我猜指的就是我。樵夫说：“放心去吧，有我在，亏不了孩子。”那人叹了口气，半天不响。过了会，樵夫又说：“你可想看看？我来点灯。”那人说不。那人说不点灯照样也能看得清楚。接着他们摸索到我的床边，我吓得透不过气来。刚想叫，一只大手落到了我脸上，那手好凉哪！那只手先在我脸上轻轻地摸着摸着，再一直往下摸，摸到我的鸡子，我听见那人说：“还真硬朗！”不久，他说还有要紧的事要办，就走了，樵夫送他出了门。送了好远一截子。我悄悄爬到窗口去看，那夜没有月亮，天上只有几粒星子，像贼一样躲躲闪闪。我好像看见那人的个头很高……

我从此知道了原来樵夫不是我的父亲。我是个没有人敢认敢领的野种！既然这样，我干吗还要守在这穷山上？那山太冷清了。我要下山来赶热闹。这不，一下山就热闹了。那天夜里后来再没有发生什么事了。可是二少爷和船娘一直没有回来。

灰色的长衫在小巷尽头消失了。不一会儿，临江的一个阁楼窗口亮起了灯。那灯光恍恍惚惚，把一个男人的身影映到墙上。他摸出镀银的香烟盒，从中拿出一支哈德门牌的烟卷安在象牙烟嘴上。他含着烟嘴没有点火，似乎这是一个下意识的动作。他在想那个孩子。从见小东西第一眼起，他就有了一种可怕的预感。他仿佛面对一个筹划已久的阴谋。那孩子便是导火索，他将引爆一声巨响，引起一场大流血。这一切来得太突然了，以致他这样文韬武略的人一时间乱了方寸。

屋檐下的水滴落在青石条上，声音单调又稍带一点恐怖。他慢慢站起来，踱了几步。他看着墙上自己无比高大的影子觉得很不舒服。他把灯挪到高一点的地方，让影子退到脚下。这样就宽松一些，平和一些。有人已盯了我好久，他想，只要我一露脸，他们就会将这支冷箭射过来。他们以为这种手段是克服我的最佳手段，让你见血往心里淌！天哪，那小东西，那硬朗的小东西！

他这才点上烟，意味深长地吸了一口。当然，这不一定是真的。只是一个假设。白天的事不过是一宗普通的船佬救孤，像一出折子戏。我这人太敏感了？可是莲子为何落泪呢？天下只有娘识得出自己的儿，女人的感觉，母亲的感觉，这可是连上帝也自愧不如的呀！她用酒漱了漱口。她不喝。她说酒苦——谁酿的王八酒！了不起的女人，让人永远不够的女人！莲子还是当年的莲子。莲子还是我的莲子。你骂我可你还是……你会来的。

楼下有了动静。他转过身，用右手抄起长衫向楼口走来。他先看见一顶竹斗笠，然后看见了莲子那张美丽的脸。

“莲……”他接过斗笠，用手来扶莲子，但她身子一闪，他的手落空了。他不尴尬，他知道女人可怕的不是同你赌气，而是平静如水。

他默默地替莲子泡上茶。

莲子还是不看他。她立在窗口，看着从眼前流过的江。那江是黑色的，风从上面魂一般地走动着。沉默在蔓延，窗外的雨似乎接近尾声了，然而这阁楼上的戏才刚刚拉开序幕。此刻男人就在女人的背后。他几次冲动地想扑上去把她搂到怀里。几年不见了，莲子依然那么勾人心魂荡人心魄。这个微雨之夜正是男欢女爱的良宵。莲子，你转过身来吧！果然，莲子就转过身了，接着平静地说：

二少爷，你的儿子回来了。

我的作家先生，请你放松一些。我不喜欢看人做出思考的样子。有一本书上说得好：人们一思考，上帝就发笑。我们还是随便聊聊，我姑妄言之，你姑妄听之。你最好放弃那种自作多情式的想入非非。我知道你不是个平庸的小说家，所以你要赶快打消你的一些平庸的念头。比如说，你可能会把二少爷同那个黑夜上山摸我的男人看做同一个人。也就是说，你认为我陈士林乃二少爷与莲子私通的结果。这就十分幼稚了。我告诉你，二少爷没有那个男人——就算是我的父亲吧，生得魁梧；他们的嗓音也不像。我还要告诉你，二少爷也不是你要追踪的那个郑海，他叫叶之秋。

你仔细看了这房子了吧？叶家是罐子窑的大户，我来的时候，已经比较败落了。其时叶家老爷刚过世，家由大少爷叶千帆掌握着。不过后来我发现，大少爷是不大问事的，把持叶家的是一只白嫩的手。那就是叶老爷的姨太唐月霜。叶家有六个作坊，一条窑——就是村南的那条，叫龙窑。还在县城设有一个钱庄。那船也是叶家的。叶老爷叶念慈六十七岁那年下扬州会诗友，在青楼结识了唐月霜，就有意纳妾。于是按唐的意思买了这条船。唐说，她命中与火相克，必须走水路。这唐月霜长得并不标致，但气质高雅，琴棋书画都能来一下子，是扬剧的票友；到这地方不久便会唱黄梅调了。这可是个非凡的女人！

不知你是不是已听说过了那么一件事。有一回唐月霜在皖水岸边散步，遇到了一位鹤发童颜的老叟，她让他看手相。老叟就提着她的手看了，说："含章可贞。"走了几步，老叟又回头说："括囊无咎，慎不害也。"唐月霜听过有些不悦：这不是叫我做叶家老妈子吗？继之又感到惊慌：难道我身边有什么凶险？就赶快调过身体去追那老叟，可是他早已消逝了。据说这以后，唐月霜就变得阴郁了，慢慢地，似乎脑子也有了病。不过我见到她时，她还是个活脱脱的城里富贵人家大小姐的模样，少奶奶的打扮，年纪大约在二十至三十之间。我至今忘不了她见到我那一刻的目光。她好像很激动，又似乎带有一点不可理喻的惶恐。"天哪，这孩子……"她说。我记得她是这样说的。这时候在我身后的二少爷笑着说："太太，你好像认识这小子?"这显然是句笑谈，可唐月霜把手中的檀香扇一拢："二少爷，你怎么不说这孩子是我生的?"她的口气虽然平和但十分尖刻。叶之秋弄得有些不知所措了。这时候，门外响起了马蹄声。接着我听见莲子说："大少爷回来了。"

大少爷叶千帆是个身材高大，腰板笔直，不苟言笑的男人。他上身穿着白纺绸的褂子，下着黄色马裤，留着络腮胡子。当他提着猎枪和两只野兔走进庭院时，大家都不说话了。他首先看见了叶之秋，说："回来了？路上好走吗?"说完把野兔扔给莲子："烧出来，给二少爷洗尘。"叶之秋大概还沉浸在刚才的尴尬中，所以没说什么，只对兄长拱了拱手。

"这是谁家的孩子?"叶千帆注意到了我，看着叶之秋说："你的?"

叶之秋这才笑了起来："大哥，你可真会成人之美。我倒真希望有这么个儿子……"

突然屋里"吧嗒"一响，谁把一个罐子摔碎了。紧接着一只大黑猫逃也似的奔出来，听见唐月霜（她不知道什么时候进屋去了）说："你这贱骨头！"

叶家兄弟相视了一下。叶千帆低声说："父亲刚走，难免她……过几天，我们再谈她的事。这孩子到底是怎么回事?"叶之秋就把路上的情况说了。叶千帆走过来摸摸我的头："你倒像一条汉子，好，认我做老子吧！"他说着把我举起来。可是走过来的莲子说："大少爷，这孩子还是让我领吧，你成天走东闯西的……”叶千帆把我放下来，叹了口气：“儿子离不开娘，谁叫我们叶家都是和尚呢？莲子，你把他领好。”于是他让我跪在莲子面前，让我喊娘。我没开口。等我正打算开口的时候，那个唐月霜又过来了，说：“大少爷，别忘了这屋子里还有一个女人……她也是可以当母亲的！”

事情弄麻烦了。表面上看是一场玩笑，可气氛却是笑里藏刀！真的，虽然我那时候还很小，但那个黄昏给我的印象太强烈了，太深刻了。我在以后的几十年里还时常在梦中复制这个场面……

陈士林的叙述始终是在平缓的语气中进行的。好像他所谈的不是他自己的事而是在说别的人，他不过是一个冷静的旁观者；或者，是一个机智的故事转述人。有一点颇值得玩味，陈的叙述一旦进入在我们看来的那种“关键时刻”，就无影无踪了。他似乎在努力拆穿什么，但同时又企图把另一些什么埋得更深，这是我得到的感觉。那一次我随着他沿着长水的故道徜徉。我发现，这与我来时在路上，在那株古枫树下遇见的老者后来经过的路线不完全一样。陈士林走的要直一些。他完全撇开了那片芦苇荡。我没有多想，但直觉告诉我，老人领我走的路线似乎要可信一些。当然这种细微的变化，地图上是无法反映出来的。“没有水了。”陈士林说，“我就知道它会干的。可它并没有死，它在地下流淌着。”这个中年人说这些话时是深沉的，他很怕你产生以为他浪漫的感觉，所以他后来又说：“我常常听到脚底下叮咚作响。”

暮色苍茫时分我们回来了。陈士林没有和我一道回客栈。在村口，我们分手了。他说晚上不能来陪我聊了，因为要出窑，他要去看看货色。“这几个月生意还不坏。”他说，“过几天我带你去看看烧窑，也蛮有趣的。”

这样，我就回了客栈。又来了两位新客，田藕正忙着，算盘拨得流水一样响。我在院子里吸烟，看见老槐树上突然筑起了一个空巢。我开始仔细观察这座著名的住宅。这是一个四方端正的院落，连房子在内，占地面积约有三百平方米。房子的年代虽然久远了，但保存完好，似乎连草也没丢一根。门前的那块上马石倒是消蚀得十分光洁。我仔细摸着这块石头，它冰凉的表面给人以历史感。我的视线从大门正中穿过去，我想依照陈士林的叙述把二少爷一行回来的场面重新排演一下。槐树无疑是这场戏的中心位置，所有的人都在树下表演。但是，有一个人以后始终就没有出场，这便是船佬。莲子的丈夫。这个人至今是面目不清的，陈士林的叙述中对他轻描淡写，或许是他在以后的故事里无关紧要，或许是陈士林故意将他遗忘冷落。总之，得有个交代。我希望这个问题在田藕，也就是船佬的孙女身上得到一些弥补。于是晚饭后，我找到了田藕。

我爷爷叫陈宗森——三个水摞在一起的那个淼。这个名字只是在祠堂修谱的时候用。窑上人平常都叫他“六指”，他的左手有六个指头。

我没见过我爷爷。就是我爸爸，他大概记得也不清楚了。爷爷死的那年我爸也只有十岁的样子。我爷爷是个老实人，为人忠厚。当时叶家老爷让他跟班跑船很信得过他，对他也不薄。一般人眼里，我爷爷倒像是叶念慈的干儿子似的。后来叶家大太太病死了，老爷让太太的贴身丫鬟莲子嫁给了我爷爷。这是民国三十一年的事。据说我奶奶并不愿意，结婚那天哭得很伤心。到了第二年春天，桃花开的时候，我爸爸出生了。这以后我奶奶的精神面貌才好起来。她很能干，跟随爷爷给叶家跑船，走江闯湖，见了一些世面。

渡江胜利后的那一年，我爷爷死了。是在江上死的，说是喝醉了酒，失脚落水给浪冲走了。这一点我很奇怪，我爷爷的水性是极好的，纵使醉了，也不至于会亡命。不过以后谁也没见过我爷爷了。我奶奶在江上捞到了爷爷的斗笠。那时候，我奶奶不过二十七八岁的样子，依然是很好看的，但没有再嫁。她的性子又温柔又倔强，居然一个人撑船跑江。据说，这之前她就在给共产党跑交通，她的上司就是你要找的那个郑海。关于这一点，我小时候曾经问过我奶奶，我把她当做英雄，可是她总是摇摇头，说：“没有的事。”她甚至还说过，她根本就不认识什么郑海！

一九七五年三月的一个黄昏，我放学回来，看见久病不起的奶奶突然坐在镜子前梳头。我正想过去，被陈士林一把拉住了。他对我轻微地摇摇头，样子很沉痛。我好像预感到家里要发生什么大事了，非常害怕。我们没有惊动奶奶，看着她一下一下地把头上的白发拔去。那头发离开头皮发出“啪啪”的响。这天我父母都去县城卖货了，家中就我们三个。奶奶梳好头，喊陈士林过去，让他帮她换衣裳。我说我来帮您换吧奶奶。她说："藕儿你还小，到院子里念书去!"她的口齿和神志一样清楚。我就离开了。我在槐树下木呆呆地站了好久，听见陈士林在屋里哭了起来："娘，你老人家放心去吧!"我连忙又冲到屋里，看见奶奶已经平躺在床上，咽气了……不过半小时的光景，奶奶就这样去了。我后来才听大人说，这叫回光返照。我奶奶显然意识到自己的路走完了，我相信她能意识到的。

奶奶没有实行棺木土葬。遵照她的遗嘱，三年后的清明这天，将她的骨灰撒到江里。奶奶说她要死得清清爽爽，不喜欢别人在她身上乱动。

那天晚上后来不知因为什么停电了。田藕在我屋子里摆了一个铜的烛台。它的样子是一条盘绕的龙，看上去是很有年头的，擦得非常亮。田藕说，这烛台是她奶奶结婚时叶家老爷送的，原是一对，后来"凤台"弄丢了。那支蜡烛是红色的，也很粗大。屋里没有风，火焰笔直升起像一杆饱蘸着墨的羊毫。我喜欢这种类似伦勃朗的影调，它给人以幽雅，以宁静，又仿佛蕴含着深沉的历史感。我和田藕面对面地坐着。我觉得她不像是一个土生土长的农家姑娘。我不是指她的口才，也不是指她的长相。我想我指的大概是我们通常所说的那种气质吧。而且，我怀疑她的实际年龄。一个十七八岁的乡下姑娘是少不更事的。她不应该有着同身体一样成熟的思想。我一边听她的叙述，一边记录。她很能掌握节奏。在一些比较重要的地方，她有意放慢一拍或者重复一遍。后来她说："你是不是打算写一本书?"

我笑了笑，也算是默认了。我发现，坐在我面前的这个姑娘是可爱的。

她思索着，然后说："这恐怕不容易。因为许多事情无法弄清楚。"

我说，也许正因为这个"无法弄清楚"，我才有兴趣考虑写一本书。"不过，"我强调说，"目前我还没有足够的把握。我不想去解释什么，这是哲学家和历史学家的事。我想找到那么一种状态，一个作家只能做到这些。"我从口袋里拿出香烟，正想就着烛火点上，突然一阵风从背后袭来，蜡烛灭了。

黑暗中我听见田藕说：

“她来了。”

——作家手记

第三章

关于叶家，1956年出版的《长江中下游地区手工业发展史略》有过简要记载：

“自叶念慈始，罐子窑初步形成集体生产规模。其时有六处作坊，一口窑，陶工近五十余人。叶颇善经营，又聘江西技师指点，使得产品质量提高。民国二十八年有陶罐销意大利，翌年有龙缸销新加坡、印尼。”

“后，叶念慈病殁，由长子叶千帆继承家业。此人系行伍出身，对陶艺缺乏兴趣，又加战祸不断，生产每况愈下……其间有一陈姓陶工，对烧窑有新工艺突破，终因无人问津，技艺失传。”

对叶千帆的记载，县志人物栏还有一笔：

“叶千帆（1920—?），曾任汪伪‘和平军’少校副官，后解甲归田。解放前夕随蒋军去台湾。”

涉及叶之秋的材料是比较多的：

“叶之秋，又名叶知秋，早年留学伦敦，回国后一度任江津大学副教授，曾领导进步学生运动……”

——《江南风云录》

“……当时，进步人士叶之秋先生不顾个人安危，率学生赴南京请愿。叶被捕入狱，从容不迫，继续以绝食方式进行斗争。”

——《回忆江东学潮》

“郑海支队当时在沿江一带活动，办有一份油印小报，名为《黎明》。帮助做这项工作的有像叶之秋这样的党外进步人士……”

——《皖南游击十年》

但是这些材料都不能比较完整地介绍叶家的任何一名成员。由于他们本身的分量，历史没有自作多情。这匆匆的一瞥使我们不可能认清他们的面目，甚至会混淆我们的视线。我们很容易认为叶氏兄弟的政治见解大相径庭，于是有了一种成见，把历史简单地理解为政治的进步与反动之间的较量。实际上这是一个地地道道的骗局。

叶念慈最后的结局？叶千帆是否还在海峡那边活着？为何不回来看一看？至于叶之秋，据说后来是遭人暗算了，但没有详尽的介绍。诸如此类的问题都没有结果。我后来采访了有关人士。他们对属于从前的事都表示“记不清楚了”或者“好像是那样的”。我想，这些旧账或许不重要。然而我越来越不怀疑，叶氏兄弟之间是有一段美妙的故事的。我关心政治以外的事情。

——作家手记

过了一会儿，楼梯上响起了脚步声。田藕这才重新划着火柴，把刚才吹灭的蜡烛点上。我想可能是陈士林来了，就站起身，打算去开门。可是，脚步似乎迟疑不决，又渐渐弱了下去。我想了想，还是把门打开了。我朝楼梯望过去，并没有发现什么。楼下亮着灯光，有两个旅客正在下棋。我就下楼去，问他们刚才是不是看见谁上楼来了。他们看看我，说没见到。这实在是很奇怪的，难道是我的听觉也出了毛病？我点上香烟，又想起那股突然的风。天气竟又暖了，偌大的庭院十分安静。一只黑色的大狗在门边逡巡，它的神情完全像一名盯梢者。这是谁家养的畜生？

我回到楼上。田藕还是那么平静地坐着。烛光在她的左侧，这使她的脸处于阴影的部分显出一种忧郁的美。她企图以表面的无动于衷来掩饰内心的惶惑，我是能感觉到的。

“那狗……谁家的?”我轻轻问了一句。

“是条野狗。”她说，并不去看窗外。

“常来这院子?”

“不，不常来……它很老了。年纪不比我小。它是来看黑儿的。”

“刚才那股风把我给吹蒙了。”

“是我奶奶。”

见我没吱声，田藕扬起脖子看着我：“你不信?”

我笑了。

“是的，你现在不会相信……你在这屋子住久了，就会信的。”她认真地说。

“这屋子从前是你奶奶住的？”

“不，是叶家二少爷的书房……”

“叶之秋？”

“对，其实他在家的日子很少。这屋子常空着。我奶奶每天都来收拾一遍……”

“这些是你奶奶告诉你的？”

“她从不对我谈叶家的事。”田藕回忆道：“后来这屋子依旧空着。在我记事的时候，它已经不像书房了，没有一本书。书被人弄走了，也烧掉一些。奶奶还是每天来收拾，仔细地擦这些家具，连颜色也擦变样了，直到她病倒……她临死前的一个月，让我父亲和陈士林把她的床——就是现在这张，移到了这。她说，这屋子暖和……”

突然院子里那条大狗吠了几声。

田藕怔了一下，连忙站起来说：“我去看看，那家伙可能惹事了。”

他对着蜡烛点上香烟，安在烟嘴上。现在，他感到累了。去岸上看来是个错误。那种雨是最容易伤人的。你不觉得是雨，等你意识到已经全身湿透。不知不觉地把你暗算了。这一路上似乎都埋着陷阱，总算迈了过来，到家了。可是很累很累……

蜡烛的火焰跳动了几下。今夜没有月儿。这时候的山村是非常静谧的。爹走了。爹这辈子也实在不容易，守着这些山，这条水，这口窑以及这座房子。明儿去爹坟上看看，把这本《颜氏家训》给他老人家烧去。爹，您老走得太匆忙了……

他在书柜面前徘徊。这些书没有人动过。像以往一样，每年的梅雨季节都要晒一回。还是那么香。现在好了，可以静一阵子读点书。外面总是不断喧闹着，不管它。战争，令人厌烦的战争何年才有个了结？有人为主义，有人为钱，有人为女人，不知老大为什么。他一夜之间脱离了军界，变得无忧无虑，仿佛成了另一个人。老大回来了。他大约不仅仅是因为爹死才解甲归田的，不，不是。他把那匹白马也牵了回来。那是匹少见的烈马，只有老大才能使它驯服。

叶家从来就没有人骑马的，他叶千帆破了这个规矩，而且，他还有枪！他也许会把那支左轮放在桌子上同我同唐月霜谈家业的分配。家业，老大你拿去好了，全拿去。我只要这些书。老大你还想要什么？

屋内突然变明亮了。他回过头，心头的一根弦顿时绷紧，他很费力地笑了一下：还没睡？

我想二少爷要看书，就……莲子说着把另一盏蜡烛轻轻放到书案上。这是座“龙台”，和书房里的“凤台”是一对儿。

看见莲子，他的手有点颤抖。他想去扶她，可是门开着。他希望莲子能把门掩上。她没有这样做，欲走又止。

他把烟掐灭，叹了口气。少顷，他说：那孩子不是……别乱想……

莲子低着头一语不发。

那孩子不像是十岁的样子。他继续说，十岁的孩子是不敢往江里跳的——你还真以为是失足落水？小东西很有心计……何况，我们的孩子确实是给好人家抱走了……

不！莲子猛一抬头，面色苍白，她喃喃地：不，不……她抽泣着。

莲子，不许这样！二少爷严厉但又是压低嗓门说：我不许你再纠缠这桩事！如果你不听我的话，等料理好家事我就离开，永不还乡！说罢，他又拿出手帕替莲子揩去了泪痕，好了，去睡吧。

莲子默默点点头。

太太可曾睡下了？他问道。

房里没有灯。她说。

大少爷呢！

出去了……

去哪了？

不晓得。六指跟着他，说是去窑上看看。

这么晚了还去窑上？他把窗户打开，朝窑的位置看过去。虽然没有月亮，但借着微弱的星光，窑的身姿依稀可辨。没有火光，连一缕青烟也没有。一连下了这些天的雨，坯和柴都会回潮的，不可能起火……你去吧。他对她说。他又点上香烟，踱着步。他的身影有两个，分别在两侧的壁上移动，显得高大又显得凌乱。

莲子悄悄离开了。他倾听着她下楼的脚步。突然“扑通”一声。他想是莲子一脚踏空了。

后来我对这个梦的结尾也感到可笑。我们从弗洛伊德等人的著作里了解到，梦是属于意识的一个层次。但达利的绘画明确地告诉我，梦是超现实的东西，因此无逻辑可言。我做梦的经验一般不是完全凭空捏造的，总有那么一种启迪，或者一种暗示。这种启迪与暗示的明晰度直接关系到梦的变形度。我承认，这种梦是非常愚蠢的，它没有摆脱因果线型关系，只不过是对现实经验的一种折射与补充。从心理学的角度看，它仍然是一种假设，一种推理。说得更清楚一点，是带有成见的假设与推理。这就难免不损害到阅读的直觉感受。因此我有必要在此声明：我提供的只是一种可能性。在写作这部小说之初，我同我的责任编辑有过商量，即把这种可能性的文字用另一种字体排出。读者实际上也可以把这种字体的片段跳开，去寻求另外的可能性。这肯定是有的。比如说我梦中听到的那“扑通”一声，究竟是否由于莲子一脚踏空所致，我也不是十分有把握。莲子或许为了提醒二少爷叶之秋注意什么故意用力踏上一脚报个信儿也未尝不可。况且，那天晚上莲子去没去二少爷的书房谁也不曾看见的。我说过这是一个没有水平的梦。作者的主观而已。

对于一些年代很久的事，要看清它总是挺难办的。文物、档案、当事人、目击者当然会向我们提供些可供参考的东西，不过远远不够。于是歌德说：

“被风吹起的一片树叶往往像一只鸟。”

——作家手记

我刚洗漱好，陈士林就进屋来了。他的脸色很困倦，一望便知昨夜他又不知去哪儿辛苦了。我想他不可能把一夜的精力花在麻将桌上。这个精明的男人很快就意识到我的微笑是“不怀好意”的，于是索性摊牌。“女人是不好对付的，”他点上烟说，“三十如狼四十似虎……”

我问他，外面有几个？我又说对这种事我并不在意。

他靠到床上，跷起腿，悠然自得地喷出一口烟，说：

“你在周围转转，看看有几个孩子长得像我。城里没准儿也有，说不定还有个科长局长哩！”他自个儿也乐了，脸颊泛上两片红晕，舌头润了润嘴唇，然后很潇洒地把烟灰弹到烟缸里，又接着抽了一口。

我一边替他泡茶一边打量着他的侧面。这是个有魅力的男人。他当然算不上英俊，但脸部的线条十分硬朗。似乎永远无忧无虑的眼睛与眉毛分得很开，鼻子挺拔，嘴唇喜欢抿着，挂着讨人欢心的微笑。他的机智与幽默，他的见多识广，以及他在讲话时的手势、走路的步态，无疑都是女人们所钟爱的。也许男人的风采只有到了这个年纪才充分展现出来。我走近他，把茶递过去。这一瞬间我发现他的右手在颤抖，以致烟灰都散落在床单上。他立即欠起身，把烟灰吹掉，然后轻轻叹了口气：

“荡不了几年了……”

“你是说，要结婚？”我问。

“结婚？”他摆摆手，“不，不是结婚。我这辈子根本就没想过和谁结婚。我不想去害人家。女人命是很苦的……我是说，我毕竟老了，不中用了……”

我没有理由怀疑他的表白是言不由衷。似乎一切都是这样的，最美妙的光景一旦出现，也就意味着离收场不远了。此刻的陈士林已经清楚地看见了自己的前途，那仿佛是古陌荒阡，夕阳的余晖正在天的尽头一点一点地剥落，余下的将是暮色苍茫……

“老陈，”我说，“你应当结婚。”

“不，你不懂这个。”他把手向上挥了一下，“我们不谈这个。我来，是想让你住到乡里去，那儿条件好一些，至少不停电。”

“我觉得这儿挺好，真的。我喜欢这座房子，非常有味道。”我不明白陈士林为何要赶我走，这里面必定是有名堂的。

“你最好不要住这……”他说，似乎有难言之隐。

“你是不是嫌房钱低了？那我可以增加。”我故意这么说。

他无奈地笑了：“你这样说就见外了。我是把你当朋友待的，才不希望你在这房子里久待。待长了，你会闹病的。”

我暗暗吃惊。但是，我已打定了主意，绝不搬走。我是个无神无鬼论者。我借点烟来缓和一下自己内心的不安。我说这儿空气好，阳光又足，而且我的身体素质本来就不错，怎么可能会闹病呢？

他看着我，说：“你在套我的话？”

我也看着他，未置可否。对他这种人我是不需要解释些什么的。

“其实，我没多少话好说。”他说，“我只是觉得这屋子晦气……我一直想把它拆了。”

“怎么没动手？”

“我娘不让。”

“你是说莲子？”

“对。我喊她叫娘。这地方人称母亲作妈。我是她带大的，这点区别，所以我从小叫她娘。这样也很好。”他慢慢坐下来，接了我递上的烟，点上，连吸了几口。

我说：“老陈，有一句话恕我冒昧问一下：你娘后来没想过再嫁？”

“没有。也许动过这种念头，不过从来没说……”

“真不容易。”

“你以为我娘会感到很遗憾？不，你错了。娘是个硬朗的女人，我从未见过她落泪。她也不是沉默寡言的，爱说笑话。就是死到临头也方寸不乱，说孩子你就把娘当捆柴火烧了，这样干净……”

“听说，她为郑海跑过交通？”

“是呀，别人都这么传。可我问过娘，她说那是瞎扯，没有的事。她还说她根本就不认识什么郑海。”

“这怎么可能呢？”我说，“郑海在这一带活动多年，后来又死在这儿……”

“这一带？这一带大得很！一个乡、几个乡，一个区、几个区，甚至一个县、几个县。就好比你去国外认识一个同省份的人，你不也可以称作同乡？死在这儿，不错。可怎么死的？不知道。谁埋的？不知道。凭什么证明他就是郑海而不是赵海钱海孙海？就凭几年后刨出来的一把人骨和几片黄咔叽布?!”他的表情渐渐变得严峻起来，以致逼得我不知所措。

“你是说，死者不是郑海？”

他突然又笑了：“我凭什么说不是呢？我不过随便说说，你可千万别当真。其实你老弟也有疑惑，要不你怎么来这穷乡僻壤？”

“不过，我觉得你并不是信口开河的，老陈。你也许比我更关心郑海。”

他深深地吸了口烟，等吐出来的烟雾慢慢散开，他才叹道：

“这个幽灵会纠缠我一辈子……”

以下这些笔记，是我离开罐子窑之后写下的。我查阅了有关材料，同时采访了几位“与郑海有点关系”的人物，所摘记的属于在我看来有些用处的东西。

一、“……那时郑海支队在沿江一带对敌人构成了很大威胁。几乎所有的城镇都张贴着悬赏郑海首级的告示。后来听说郑海被擒并处决，可是不久郑海的名字又出现了。”

——《皖南星火》

二、“大约是在‘皖南事变’后的一年，有一天，我接到交通员的信，是郑海写的，让我去牛王庙与他碰头。我当时很兴奋，因为我是久闻郑海大名却没有见过他……那天夜里，我到了指定地点，学了两声猫叫，不一会儿，从竹林里走出了两个人。由于没有月亮，我看不清他们的脸。不过我想其中那位戴礼帽的就是郑海。他说你们要的东西我已弄到了，在大香炉里放着。然后他们就走了。我就这样得到了五支驳壳枪，不久，组建了江湾武工队。为了造声势，我们就打着郑海的旗号……”

——《回忆江湾武工队》

三、采访×××记录：

问：你是怎么认识郑海的？

答：认识？这谈不上。其实关于郑海，我也不是很清楚。我当时是那个县的书记，曾去看过罐子窑那一带的土改试点工作。那地方是三省交会的地区，虽然行政区划是属于我们县的，但实际上工作中往往出现重复，或者留有空白点。不过，我确实听到过郑海在那一带工作。他的名声很大，我当时以为他是邻省的领导同志，到这儿来视察的。后来，当地乡政府来电话说郑突然去世，我才赶到那里。

问：您是否亲眼见到了郑的尸体？

答：没有。当时天太热，尸体无法保存，下葬了。下葬之后才知道是郑海。

问：怎么知道的？

答：遗物。

问：是证件吗？

答：不，是一本工作手册。封皮上写着郑海的名字。那时正好赶上换发新的证件，旧的交了上去，新的还没发下来。

问：听说几年后对郑海的遗骨进行了鉴定分析，知道这件事吗？

答：我也是听说。我后来调到别的县去了。

四、采访××记录：

问：听说你当时在那个乡工作？

答：我是副乡长。

问：郑海是怎么死的？

答：怎么死的不清楚，后来鉴定是中弹牺牲。当时这一带刚解放，斗争很复杂。我不认识郑海。我是刚从军区干校抽下来帮助地方土改的，情况不熟。不过对郑海的名字也略有所闻，都说他很了不起，文武双全。

问：那么，你见到郑的遗容了？

答：不，我当时不过是二十出点头的小姑娘，还没结婚，胆子特别小。我不敢看，慌着张罗后事……

问：请谁收敛安葬的？

答：当地人对死人的料理非常讲究，不同的人不同的死有不同的料理。入乡随俗，我把这事交给了当地的骨干。

问：您还记得那些骨干的姓名吗？

答：年头太久了，都忘了。

……

这些似乎都印证了陈士林的判断。我们至少可以认为，陈士林并非是庸常之辈的胡说八道。从这个意义上，我不能不钦佩他。他的大胆假设使我豁然开朗。但是，我深知我并没有走出这座迷宫。甚至我觉得，我的脚才刚刚踏上迷宫的门槛……

——作家手记

第四章

我住下的第六天头上，被人称作“糙坯子”的陈士旺回来了。在地区召开的发展乡镇企业会议上，他受到了表彰，并且抱回一台十二英寸的黑白电视机。这在当时，确实是轰动乡里的一件大事儿。乡长秦贞亲自带着一辆天蓝色的双排座去县城车站迎接他。沿途还布置了几处豪气冲霄的横幅。最有趣的，是在窑头上竖起了一面国旗。卡车开到村口，锣鼓唢呐齐鸣，鞭炮大作。一开始，我还以为是谁家娶媳妇。后来田藕在院子里告诉我，他爸回来了。我便随她去了村口。

糙坯子第一眼给我的印象是憨厚。但他也不属于那种老实巴交的人，他显得沉着镇定。他的面相也是端正的，皮肤光洁，没有胡子的痕迹。我不明白为什么喊他叫糙坯子。女儿一般是比较像父亲的，然而我看不出田藕与他的联系，除了皮肤的光洁。

秦贞对围观的人挥挥手之后，便把糙坯子介绍给我。这个女人是非常热情的，讲话的水分也挺大，那口气仿佛把我当成了托尔斯泰。我倒觉得不自在同时又觉得好笑。我把手伸出，糙坯子立即把抱着的电视机塞给田藕，腾出的双手把我的手接过去，嘴唇动了两下，却终于什么也没说。我留心去瞟了田藕一眼，在她父亲同我握手的一刹那，她的眼圈突然转红，接着她把脸磨开，去看很远的一朵云。锣鼓又敲打起来了，敲得我心里慌得很，一种近似饥饿的感觉在胃里翻腾着。我有点后悔，不该来凑这个热闹。他们把我当成了首长，当成非常了不起的人物，这实在是天晓得的事。于是我从这热闹里生发出了一丝悲凉和无限的尴尬，我不知怎么才可以把糙坯子的手自然放开。幸亏这时自后面过来的陈士林递给我一支烟。我正准备从口袋里找火，可是糙坯子已经先我一步划着了火柴。我连声说谢谢。秦贞趁机说：“你可要把我们的糙坯子好好写一写，宣传宣传，作家同志!”

“现在可不能再叫糙坯子了，人家不光上了釉子还镀了金哩!”陈士林说，笑脸上露出不易察觉的狡黠。

糙坯子对此并不在意，依然憨笑着。同时他把身子侧了侧，好与边上人客气地打招呼，说烟和糖果都放在旅行袋里，叫大家晚上来家里坐坐，顺便看看电视。大家都说好，说罐子窑这回算是出人杪子了。不一会儿田藕挤过来，拽了拽父亲的手：“爸，回家吃饭吧！”糙坯子点点头，又移到这边对我和秦贞说：“等我吃了饭再向领导汇报。”秦贞说不急不急，主要精神地区报上都登了。她示意糙坯子先回去歇着，然后看看表，好像有另外的事等着她去处理似的。

糙坯子给女儿拖走了，人群也渐渐散开。几个孩子正在地上寻找未炸响的鞭炮，找到了就争抢，打打闹闹地在边上跑来跑去。偶尔点响一个，惹得鸡飞狗跳。这时候，日头已升到了顶上，影子聚到了脚下，各家的炊烟渐渐淡薄，天显得格外晴朗，万里无云。在离开的时候，乡长秦贞再次邀请我住进乡招待所，我自然还是谢绝。但是我明确表示会采访她和糙坯子的，请她放心。她牵牵衣服的下摆说：“我不算什么，不过糙坯子的改革可不容易呀！”我懂她的意思。

“这还不是你乡长大人的培养？”陈士林又突然插上一句。

“老陈，你就是嘴臭！”

“你怎么晓得我的嘴臭呀？”

“老陈你给我严肃点！”秦贞脸涨得通红，又摇摇头对我说：“这个人，真拿他没办法！上回行署杜专员来检查工作，他也没个上下的，差点儿弄坏了事……好，你休息吧，等你事情办完了，我给你饯行！”

当天夜里，糙坯子举行了“电视招待会”。左邻右舍的乡亲吃罢晚饭就拢进了“叶家大院”——虽然早已易主，但叶家是本县赫赫有名的大户，况且叶之秋先生一直是作为“进步人士”载入史册的，又因为陈家受恩于叶家，故仍唤其名。来的人很不少，挤满了客厅。后来糙坯子索性把电视机搬到了院子里。时值农历九月小阳春，秋高气爽，皓月当空，人家请你抽烟吃糖观看香港电视剧《霍元甲》，在这山沟沟里该是多么惬意的事！这方圆几十里几家有电视机？连狗也不叫了。

这之前人们又欣赏了糙坯子的奖状。那上面标着“自学成才”四个金光灿灿的大字儿。大家都说不简单。有位被称作王裁缝的瘦老头说，这状子不比古时的状元榜差多少。糙坯子散着高级的香烟说是大会上凭证供应的，市面上见不到。田藕把水果糖抓给随大人来的孩子们。过了会儿，糙坯子拿出一张大照片展开给大家看：“这是大会代表和首长的合影。我在第二排的正中。”于是大家挤着看，说照得好，白白净净的。有人埋怨他的头发乱了一点，糙坯子说是风吹的。王裁缝突然用尖细的指头一按：“坐在你前面的这个戴黑眼镜的胖子是哪个?”糙坯子说：“专员嘛!”大家便围得更紧。一个小青年说：“有点像华国锋!”王裁缝扫了那后生一眼，斥道：“乱扯！华国锋有这样的富态?”这一说，大家都不响了，意识到了事情的严重性。倒是一旁的田藕“扑哧”一声笑了。她跑到院子里把电视机打开，七拧八扭，高声说：

“爸，这机子有毛病!”

大家一下拥过来，瞪着眼看屏幕，果然那上面像下雪似的，连个人影也没有。糙坯子也用手摸了一阵子，自语道：“机子不会有问题，专员亲自端给我的……”大家也都说不会，认为新机子和新娘子一样，有一个适应过程，慢慢就自然好了。田藕跑过来问我会不会是因为天线接收效果不行？我说大概是这个原因，这地方没有建立插转台。田藕想了想，决定用竹竿把天线竖到楼顶上，请我帮她。说着，我们就干起来。田藕找齐了材料，然后上楼。在楼梯上她说：“这就是山里的命!”竖好天线，再进行调试，一会儿声音有了，接着人影也中风似的晃动起来，大家的兴致也随之高涨。但是非常遗憾，图像虽然稳定了一些，还是不清晰。我吸完一支烟就离开了，只听到电视机里一个女人嗲声嗲气地说，某某地方又破获了一起特大诈骗案……

我回到屋子里，想把今天的事简单地记一下。刚把笔记本打开，糙坯子就来给我送开水。实际上我这儿还有半瓶，管一个晚上是够的。他大概是想来接近我这个“上面派来的人”。我谢了他，请他坐。他并不感到拘束，只是把凳子移到与我偏一点的位置，然后递给我香烟。这回我自己及时点了火。

“首长，我汇报一下……”他说。

“别这么喊，老陈。”我说，“我根本就不是首长。直呼其名好了。”

“你是首长派来的，我知道。”他认真地说。

我又说明了自己的来意，为了不至于让他失望，最后我表明对现在的事也一样关心。“到时候把这些都写到一本书里去。”我这样说。

糙坯子点点头，说：“我晓得你不是个简单人。孩子都对我说了，她还看过你写的书……你要我说什么呢?”

“随便说。想到哪说哪。比如从你的家庭开始……”

好，我就边想边说。我家里的情况你恐怕也大致清楚了。陈士林是我父母从江上捞起来的，他可能比我稍小一些，从小喊我哥。他是解放的头一年来的。那时候，我刚进作坊，上车做坯还摊不到，只帮师傅和泥上釉。窑上人见我整天泥巴拉唧的，就唤我糙坯子，一唤就到现在，几十年。第二年陈士林也去学蹲窑了，他脑子活，没几年工夫就由烧小火改作烧小眼。以后烧大眼的师傅死了，他就成了当然的接班人，烧得也确实不坏。前些年我销到外国的货，都是经他手烧出的。

我父亲走得早。刚一解放，他就走了。死在江上，连个尸首也没运回来。父亲是个老实人，跟了叶念慈多年，没有二心。他还救过叶家老爷的命。有一回，具体时间我也记不得了，他夜里送叶念慈去大通办急事。船弯到荷叶洲，突然有人对叶老爷放黑枪。父亲连忙把叶按倒，自己跳到水里，钻下去把船推开。这么好水性的人，最后竟死到了水里，真不是个理。我想他一定遇上了什么凶险。那会子外面乱得很，江面上时有歹人……叶老爷后来还是死了。由于受了惊吓，时常做噩梦，慢慢地病也上身了。我父亲就搬到老爷屋里陪住。到了第二年秋天，叶念慈不行了。据说老人临终前什么也说不出来，颤巍巍地伸出了两个指头，就倒颈了。这意思很含糊。有人说是舍不得二姨太唐月霜，也有的说是惦念着留洋在外的二少爷叶之秋。还有人说是想再建一条窑——一龙一凤。说不清。叶老爷死过不久，叶之秋回乡了。陈士林就是搭这条船回来的。

有一件事也好奇怪。叶家两个少爷都是相貌堂堂，一文一武，但都不曾娶亲。大少爷叶千帆整天在外面遛马，沉默寡言的。二少爷呢，一回来就守着书房念谁也听不懂的洋文。窑上的事，实际上由唐月霜掌握。这个女人又漂亮又精明，却又是绵里藏针的角色，谁都怯她，可她也不曾训过什么人。一个女流之辈能管好这么一摊子事，真是了不得的。她的胆子也大，敢放枪，而且还准。叶千帆牵回的那匹马极烈，她却偏要碰。也不知跌了多少跤，但最终还是骑稳当了。后来她就常骑着马到龙窑头上来监督生产。可是不多久，她栽下来了，栽得很惨。这件事当时轰动了四乡。有人怀疑谁在马身上做了手脚，于是就猜到了叶千帆头上。

那一天我是记得的。叶家兄弟赶到了出事现场，唐月霜只剩下半口气，浑身是血，脸不成个样子。叶千帆把她抱起来，哭着——我第一回看他哭，像个孩子似的。唐月霜便死在大少爷怀里……叶千帆当场就用枪把马杀了。但是二少爷愤怒了，他打了他哥哥两嘴巴，骂他手太毒辣！他发誓一定要把这桩惨事弄个水落石出。不过两天，县保安队来抓叶千帆，可早没影了。他跑了。不久，报上有消息说叶千帆去了台湾。后来又听说二少爷被人杀了……

我是不是太啰唆了？过去的事又多又乱，理不出个头脑。我再简单地说一下我母亲吧。我母亲姓何，也不是这地方的人，是四川那边的。民国二十九年逃亡到了这里，叶家看她可怜，又看她生相不笨，就收养了她，给太太当丫鬟。到了十八岁，叶老爷把她许给了我父。第二年下霜的时候有了我。我母亲很勤快，一个人伺候着叶家，还领着我，后来又加了个陈士林。她是个心慈手巧的人，会一手好刺绣。我如今手头还留着几件东西。你可能也听说了，她给郑海的队伍跑过交通。但她本人不承认。解放后政府请她去县里当妇联主任，她不去。她就守着这座老屋，依旧做她的刺绣活。她不爱讲话，也讲不好。“文革”时一些人叫她揭发叶家人，她说没啥好说的，叶家人待她不错。没有叶家她恐怕早没性命了。于是都讲她没有觉悟，立场站错了。以后上面来人叫她讲讲叶之秋的好处，她还是说没啥好说。我母亲就是这么一个简简单单的人，辛苦了一辈子。她老人家要还在，看到我现在的样子，有多好。她实际是个喜欢热闹的人。从前在船上，一进江她就唱歌子，唱得连鸟也围着帆掀翅膀……

刚才那“扑通”一声响过后就再也没动静了。叶之秋开始并没有多想。他的心思被老大牵走了。从回来到现在，老大一直缄默着，这是极不正常的。几年不见，先严辞世，同胞手足百感交加理应促膝长叙。可是老大出去了，这么晚……他转动着手中的象牙烟嘴。这物件是他出洋时父亲给的。父亲总是想找一件儿子经常用得上的东西。他转动着它，仿佛在抚摸父亲一根冰凉的手指！啊，父亲，你怎么就这样默默地走了！您老人家惦着儿，如今儿回来了……他的眼睛湿润了，在泪和烛的光焰里，他看见了父亲伸着的两个指头。

他竭力让自己平静下来，于是去想莲子。那个细心的姑娘守着这座“龙台”，我怎么就忘了把“凤台”带在身边？他觉得对不住莲子。也许因为当年莲子的终身事让父亲断定了，他内心的悲痛立时消散了一半。但是另一种悲痛又诞生了。他还是不能原谅父亲。为了莲子，他同父亲反目过，甚至以终生不娶相挟。父亲训斥了他，骂他是个没出息的东西。为了个丫头竟放弃前程，岂有此理！父亲厉声说。他就范了。他无能为力。他决心离开这个家。但就在这天夜里，莲子投进了他的怀抱。她要把自己先给了他。她要，一定要。这个四川妹子的欲望之火随着秋风在热烈燃烧，他被这炽热的火焰熔化了……

这时候他想到有点不对头了。那“扑通”一声之后的静寂蔓延开来，他不禁打了个寒战。他举着烛台，打算去外面看看。刚到门口，门突然开了，接着是唐月霜那张美丽而似笑非笑的脸。

二少爷，你受惊了。

他的确吃了一惊，但他说：哦，我以为……

以为是莲子来了？

不，我……你请坐。

二少爷，一家人就别这么请呀请的了。她在他对面的位子上坐下来。你眼中还有我这个太太，就算我的福分大了。太——太——可真有趣。

他把椅子移偏了点，坐下。

她看着自己葱秆一样的指头，说：二少爷，今天那孩子是不是有点来路不明呀？

哦，是从江上救起来的，是个孤儿，怪可怜的……

这么巧？像小说里的事似的……二少爷，你的脸色可不够好。

大概是国外水土不服的原因，伦敦的雾……

她笑了笑：你真的去了国外？

他非常惊惑：太太，我可不明白你的意思。

她这下笑得更厉害了，突然又止住，弹弹指甲说：二少爷，你是个聪明人。不过你父亲在世时喜欢唠叨那句话，聪明反被聪明误。这年头，做事得多长几个心眼，免得将来闹笑话……好了，你休息吧。

你……

还有什么事？

哦，没什么……我谢谢太太的关照。他搓着手说：父亲走了，家中的事就全拜托您了！

拜托我？她又笑了一下，我可没这个本事。你没看老大正忙乎着吗？不过，我也不是个稻草人……我也是需要人关照的，你说呢？

他没吱声，把脸稍稍磨开了点，墙上的人影已经宣布，什么事情要不可避免地发生了。

习惯是可怕的。尼采说："习惯会使我们的双手伶俐而头脑笨拙。"我们实在是习惯了把目光停放在表象之上。对历史的断简残篇，习惯用以往经验的思维方式去加以缝补，从而浪费了可贵的想象。我发现我是犯了错误的。我几乎是毫无道理地把事情弄糟了。这些杜撰的故事虽然浪漫但仍是对前人编排的人生图景一次拙劣模仿。但我要指出，对此我不感兴趣。换句话说，我另有他图。因此我需要提醒我的读者，不要在乎我对过去的胡说八道。

从某种意义上讲，创作是一次精神漫游。它远离了哲学式的思辨。哲学往往同时伸出两只手，既想打别人的耳光又打自己的耳光，其结局总是悲惨的。

——作家手记

"你是不是觉得我爸爸很可笑？"第二天田藕来替我收拾房间的时候，突然这么问。

这很意外。我并没有这种感觉。糙坯子给我的印象以及后来同我的谈话，都让我感到朴素，还有一种亲切。但我不想把这些告诉田藕。我想她这么问总是有理由的，于是我问："你怎么有这种念头？"

她沉默了。过了好一会儿，她才说："我爸爸是个好人。"

我注意到这姑娘表情的沉重，很自然地想到昨天他父亲同我握手的那一瞬。我开始反省自己，感到突然把手伸出去是很浅薄的。其实这完全是一个下意识的动作，我没想到糙坯子当时双手还紧抱着电视机。田藕可能认为我是在摆架子，居高临下地对待她的父亲。这可就冤枉了我。不过这种事最好别作解释，让它自然而然地消失。田藕你太敏感了。

“我对你父亲的印象挺好，”我说，“我打算……”

她打断我的话：“你别写他。千万别写！”

这又让我很疑惑，同时我的兴致也更高了。为了使交谈不至于这样的沉闷，我请田藕陪我出去走走。她犹豫了一下，还是答应了。她让我稍等片刻，她去把旅店的事安排一下，顺便换一换衣服。

利用这个空隙，我打开笔记本，对照几位谈话者的记录。大体上看来，关于叶家在陈士林到来的前后情况，没有明显的出入。各有侧重这是自然的。但是有一点很奇怪，糙坯子提供的许多细节，陈士林都没有谈。而这些，陈士林也自然是知晓的，除非是杜撰。按照陈士林的风格，对这类带有传奇色彩的东西，他会有声有色向你娓娓道来。然而他只字不漏！谁向叶念慈开枪的？六指是怎么死的？那颤巍巍竖起的两根指头究竟意味着什么？莲子与郑海有无联系？那只“凤台”今在何处？还有那位风姿绰约的唐月霜——她死得蹊跷！陈士林说，唐曾在河边遇到一位老叟，后来“就变得阴郁了”，“慢慢地，似乎脑子也有了病”。如果是这样，她可能是策马失足以致惨死。也就是说，与大少爷叶千帆没有关系。可是糙坯子则说“有人怀疑谁在马身上做了手脚，于是就猜到了叶千帆头上”，而叶千帆几天后就跑了。这又该作何解释？最耐人寻味的，是陈士林居然对棺材里的死人产生了怀疑。他承认“那个幽灵将会纠缠他一辈子”，无疑，他与那个幽灵有一种特殊的关系，至少在他看来是这样的。

田藕在喊了。我合上笔记本。现在我需要的，是先点上一支烟。

阳光很好。高的白墙小的青瓦夹杂在苍黄相染的树丛间，产生了一种恬静的和谐。田里的庄稼已收割尽了，换上的是绿茵茵的秧苗。这地方由于土质的原因，田地是比较少的。因此这水里的绿色就格外好看。放牛的孩子，此刻正懒洋洋地把牛往坡上赶。乌鸦旁若无人地立在牛背上左盼右顾。山是黛色的，腰间的晨雾渐渐被阳光稀释。似乎有一条曲折的小径自山巅跌落下来，使山下的一汪水失去了平静，变得活泼。这清新雅致的格调，对久居喧嚣都市的我是一种安慰。田藕换上了一件粉绿色的羊毛套衫，两条辫子也松开了，用手帕束着。我们并肩而行。几个顽皮的孩子跟了我们好一阵子，又喊叫又打口哨。田藕并不在意。所以这姑娘给我的感觉总不像是乡下人。我想这与环境也多少有点关系的。罐子窑虽处偏僻之地，但很久以前就有了群体的手工业，有了商品，而且，在长水没有改道的时候，形成了颇有规模的商品交易的场所。这里的人由此见识了许多人事，要开化一些。然而谁也不曾料到，长水一夜之间调了方向……

“这就是长水的故道。”田藕说。

我顺着她的手势看过去，干涸的河床像一条巨蟒蜿蜒东去，消失在一座大山——当地人称作后山的脚下。河床和地面一般的高，甚至有的地段高出地面呈现出丘陵形态。它的表面如今已是蒿草丛生，晒白的沙子掩埋了鹅卵石。我刨出一粒石子，朝一个茂盛的草丛投去，立刻就有两只叫不出名的鸟惊得双双飞起。我只看清它们是黑色的。我来的那天，一位神奇的老人便是把我领到了这儿。后来他自个儿走了，是沿着故道向着后山走的。我把这件事告诉了田藕。我又问她是否认识这位老者。

“他可能是外省人吧。”田藕说。

我想是有这种可能。从行政区划上看，后山是三省的分界。它的东南面与西北面属于其他两省。我记得地图上这座山的名称叫青云山，古时谓之苍岳，也算得上是道教名山。可是那老者为什么偏要领我在芦苇丛中穿来穿去而放弃正道呢？他对这一带应该是不陌生的。他也没有理由要捉弄我这个城里人。我觉得，他并不糊涂；甚至，他比我还清醒。四十年过去了，老人对长水的旧迹仍然记得那么清楚。他也许从前失落了什么珍贵的物件在这水里，至今惦念着，永远寻找……

“那老头蛮有意思。”

“他可不这么想。”田藕说，“一个人走惯了的路，忘记是很难的。”

“所谓老马识途？”

“也许他根本就不想忘记。”

从前的汉语文章是没有标点符号的，后来有了“句读”，即句逗的意思。元贡公绍《韵会举要》云：“凡经书成文语绝处，谓之句；语未绝而点分之，以便诵味，谓之读。今秘书省校书式，凡句绝则点于字之旁，读分则点于字中间。”后人读书，读到炉火纯青则于句读处见功夫。这并非夸张。因为同一篇文章，乃至同一个句子，不同的句读便会导致不同的意思。《论语》有句云：“民可使由之不可使知之”，我们现在通常断为“民可使由之，不可使知之”，其意是：可以让老百姓怎么去做，但不能让他们明白为何要这样做。依照这种断法，孔子便是愚民政策的吹鼓手。但是，梁启超先生却把它断作：“民可，使由之；不可，使知之。”情形就大不相同了，孔子仍属万世师表。据一些专家说，此句还可断作“民可使，由之；不可使，知之”、“民可使，由之不可，使知之”。当年梁启超之所以这么断法，并非是为孔老夫子讼冤，而是为君主立宪呐喊助威。有趣的是这位博学的梁任公并不觉得牵强。他是自信的。作其他解释的人都一样的自信。但究竟孔子是怎样想的，似乎只有孔子一人知道。子非鱼，安知鱼之乐？

先人是很晚才发明句读还是有意不使用句读？我不明白。然而后人的句读总是各有目的所在，对此，我深信不疑。

——作家手记

第五章

他突然将她推开，接着感到一阵晕眩，烛光像波涛一样在眼前晃荡：你太……

她跌坐在椅子上，并不惊吓。她冷冷地笑了笑：太怎么了，太贱还是太骚？

你太难为我了……父亲尸骨未寒，你怎么能……他浑身战栗着，背过脸去。如果不是怕把风声闹大，刚才他会照着那血红的嘴唇一拳砸过去。

叶家难得出这么个孝子呀！她说，不过，二少爷……

别说了！

怎么，你都不许我这个继母说话？你不是很孝顺吗？

我求求你，别说了……

她站起身，在他的面前来回踱了几步。过了会儿，她又说：二少爷，其实我不说你也该明白，脸皮重要，脑壳更重要，你珍重。她准备出门。

你……他失声叫道。

我该休息了。

她回头看了看他，对着他的脸轻轻吹了一口气，就迈出房门：莲子，给我打洗澡水！

他目送她下楼去。楼道上没有灯光，黑洞洞的。她有节奏地踏着松木的台阶，似乎在刚才莲子一脚踏空的地方现在这个女人也停顿了。他感到她回了回头，对他露出一副得意的笑脸……他仿佛被黑暗中射来的两柱锐利的目光灼了，连忙把身体移到了门里，掩上门，额上汗涔涔的。

这个女人……太可怕了！

他想自己毕竟太书生气了，太幼稚了。自以为每一步都是经过深思熟虑的，谁料有眼睛早就盯上了他。这样事情会弄糟的。会不会是虚张声势？这女人闯江走湖见多识广，而且胆量很大。也许是捕风捉影，趁机要挟。一个几乎寸步不离罐子窑的姨太太能知道多少外面的事？除非有耳目。是谁？他首先想到了老大。难道叶千帆会同这女人串通一气来暗算我？他们不是正为家产私下摩拳擦掌吗？是假象？如果不是老大又会是谁？六指？莲子？还是专门在外面安插了别的什么人……

这时候外面响起了狗吠声。他想，老大回来了。于是他用毛巾擦了把脸，随便拿出一本书，安静地坐下来。他估计老大要来这屋子。果然，没一会儿工夫，叶千帆敲门了。

见你这儿还亮了灯火，就来坐坐，听你说说外面的事。叶千帆说。

他递给兄长一支香烟，他已经想好这出戏该怎么唱。

叶千帆摆摆手，说早戒了。他说：外面想必一定很热闹吧。

他自己把烟点上，安到烟嘴里：还是先谈谈家里的事吧。

叶千帆点点头，说：也好。如今父亲走了，太太来的日子很短，对家里的事还不完全了解。你难得回来，兄弟间是该好好计划计划……

关于家产？对此我不感兴趣。

不，也不仅仅是家产。

大哥，他吸了一口烟：我们是不是先把有些事情弄清楚？

叶千帆看了看弟弟：哪些事？

这个家不明不白的事太多了……叶之秋站起身：父亲是怎么死的？一年前谁向父亲打的黑枪？

良久，叶千帆说：这正是我要追查的！

一只手突然按在我的肩头，我吃了一惊。陈士林像一只猫似的进来，我一点也没发觉。他拿过我的笔记本，看看我刚写下的，也就是以上那一小节，笑了起来：

“真有你的。早知道小说可以这么弄，我也能写。”

“这活不难，不过也不轻松。”

“你干吗不去写诗？”

“我没写过诗。倒是写过诗评。”

“写诗不累。一张香烟皮在厕所里也可以写出诗来，说不定还是了不起的诗！”

“你是不是写过诗？”

“律诗倒是也作过。我喜欢填词。那都是年轻时候的事，如今没工夫捣腾这玩意儿了……”他突然又问：“你这到底算历史还是算小说？”

“当然是小说。这是我的副产品，也许可以看做对历史的一种补充。”我说，我觉得他有话要说的，既然他看了我的笔记，知道了我个人的判断，他自然会有一个态度。诚然陈士林不是目击者，但他是从那个时代过来的，介入了那个大院的生活，他至少会有一种感受，比如二少爷是不是那种风流倜傥的公子，大少爷是否高深莫测暗揣杀机如此等等吧。

“如果你写小说，将来发表的时候，我建议把人物的名字都改一改。”他说。

“你是怕我伤害了谁？”我说，“这个我会处理的。”

“不是担心这个。”他变得有些忧郁，“我总觉得，叶家不是这么回事……”

“那么，你以为是怎样的？”

“你别又套我的话。”他拿出香烟点上就抽：“叶家，怎么说呢，又平静又复杂，我说不好。这是真话。你说叶之秋和唐月霜有关系，我看不是这么回事。当然我也没有什么凭证。我随叶之秋回来后，唐月霜常领我到窑上玩，待我很好。这女人是很高雅的，脾气有点躁，虽说是大地方人，可与乡下人打得也火热。叶念慈死后，她是注意同二位少爷的距离的，没听到什么闲话。有一次，她晚上叫起来，说是看见鬼了。大家都跑进她屋里，大少爷还提着枪。并没见到什么。以后一个时期，她就让我睡到她那儿。要是这女人有什么名堂，又何必在身边安一副耳目呢？我那时懂事了，男女的事是知道的……”

“你对叶之秋的印象怎么样？还有叶千帆。”我说，“上次你说，你上船的那天夜里，二少爷去了岸上。后来船娘也不见了。”

“是那样的，这又怎么了？”

“你还说，你看见他偷偷捏了一下她的手，她似乎还骂了他。”

“对，我想你要是遇见一位漂亮的媳妇，没准儿你也会这么做。”他回答得非常从容。他咳嗽两声，抽痰，叭地一下吐到窗外，然后继续说：“我娘在的时候，我问过她，从前是不是还有别的相好？娘就笑了，她说姑娘家就像一朵花，身边蝴蝶儿飞来飞去是常有的事。不过男人想吃豆腐就不能怕烫嘴。这种汉子就很稀罕。我娘是很烈的。”

我笑了笑。这个陈士林真是很会说话。不过我觉得这种心理也很正常。人的感情往往会把简单的事弄复杂，又可以把复杂的事处理得简单。我不打算就这个问题逼下去。我问陈士林，找我是不是有事？

“那女人请你吃饭。”他说。

“你是说秦乡长？”我说，“就免了吧，你替我说说，谢谢了。”

“我看还是去吧。”他说，“人家好歹是个乡长，你得顾一下面子。”

我还是不想去。我知道这餐饭一吃，秦贞便会给我派活。

陈士林把我从椅上拽起来：“你不是想调查郑海吗？她舅舅可是郑海的老战友！”

我一惊：“她舅舅是谁？”

陈士林说：“糙坯子的大恩人，行署专员林重远。”

林重远我是知道的。在那次有关党史资料整理的座谈会上，我们认识了。他实际上是一个副专员，分管农业和乡镇企业。当时他给我的印象是，精力充沛，很有学识。不过面相比实际年龄看上去要衰老一些，至少是花甲开外。也许是这个原因，他始终戴着一副精致的变色眼镜。他的口音很怪，你没法分辨出他是哪儿人。他说自己是南腔北调，工作调动又很频繁。我认识他的时候，他到这个地区任职才八个月，这之前他在大西南那边工作。由于他的干练，加以资历的优厚，工作的局面很快打开并且颇有起色，在不长的时间里林重远的威信日益提高。很多人都以为他是新来的专员而不是副专员。

造成这种错觉的另一个原因，是林重远与郑海的关系。在我接触的有关人士中，一般都是把自己看做郑海的部下的，唯有林重远以“战友”称谓。显然，这个词的分量很重。但是在那次会议上，他并未作权威性的发言。我记得他是最后一个到会的——他的会太多，不容易错开，只能兼顾。他的到来使会议的规格得到提高，同时也活跃了气氛。在听完主持人有关会议前期情况的汇报后，他清清嗓子，开始发言。他的口才相当好，措辞准确，富有文采，而且透露出他的知识渊博。我特别记住了他顺手拈来的阿诺尔德·汤因比的一句名言——“历史学家在社会里生活和工作，其职责一般只说明这些社会的思想，而不是纠正这些思想”。他说，对待历史人物的态度也应该这样。因此，他希望大家把注意力集中到回忆、整理、研究郑海的事迹上，扬其精神，勉励后人，不要只纠缠细枝末节，因小失大。这种语气给人的感觉实际上含有战友与首长的双重身份。以致原定的有关负责人总结性发言也临时取消了。主持人说，林专员的指示很重要，要认真贯彻。会议提前半天结束。

对这样一位颇具儒将风度的领导，我是敬佩的。利用午饭后的空隙，我找到了他。我向他表明自己对郑海的兴趣，也说了有可能撰写一部文学性作品的设想。他的兴致也很高，说是“值得一写的”。接着他侃侃而谈，跳跃性很大。透过变色镜我仍能感受出他的眉宇间显示着对峥嵘岁月的追思之情。我对郑海的面貌印象便是由此获得的。另外就是，他说抗日战争时期，郑海主要从事地下工作；真正组织武装力量同顽固派周旋，是抗战胜利后，一直坚持到大军渡江。我问他是何时认识郑海的。他不假思索地说是一九四四年秋。他又说大约在解放前夕，由于组织上的安排，他进了军政大学当教员，从此与郑海分手，但“通过几封信”。

至于郑海的死，除了表示遗憾与悲痛，他一无所知。同时他也不否认郑海的死因有可疑之处。但他说：“作为一个唯物主义者，我们对任何事情的判断，要用科学的头脑，不可感情用事。”由于时间关系，我们没有深谈。他说下午还要赶往省城出席另一个会议。在握手的时候，林重远表示以后可找机会再谈，并欢迎我去他家中做客。我说想去罐子窑走一走，也许当地的老人能回忆些什么。他扶了扶眼镜，说：“如果有什么困难，可直接找当地政府，无论是县镇还是区乡。就说是我介绍下去的。”然后，他再一次同我握手，上了一辆灰色的轿车。

我这次来罐子窑，原想事先给林重远通个电话。后来一想，觉得不太合适，惊动的层次太高，也不利于我的调查。但我实在没有料到，秦贞竟是林重远的外甥女！看来，我要享受这餐筵席，似乎是命中注定的了。

中国人的客套是一种非常有效的手段。往往少一支烟会把一个人得罪，多一杯酒能使一个人腿软。人与人在吞云吐雾杯来盏去之间进行交流或者交易。即使是一个机器人，我想也是不会拒绝热情的。眼下这位秦乡长的忙忙碌碌，便让我很过意不去。热情消融了她留给我的无知与浅薄的印象，更有趣的是，我对这位女同志产生了敬重之感，尽管只是一瞬。我觉得，秦贞并非像陈士林所讲的那样蠢。她不笨，甚至是比较精明的。她不属于那种小事马虎大事不糊涂的女人。应该说，她对生活的关键部位——无论巨细，都把握得很有水平。就拿这餐饭来说，依她的职位随便拉到哪家馆子都是不在话下的。但是她不这么干。她让司务长按要求去采购新鲜的原料，吩咐厨师把这些洗好切好，然后她亲自上灶掌勺，说是烧几道家乡风味的菜肴让我尝尝。这些菜全摆到她个人的房间里（她的家安在县城，像许多区乡干部一样，她一般是周末回家看看，下星期一早晨赶来），使你觉得是在她家里做客，你怎能不感到亲切？

她的烹调技术我以为不错。菜很对我的胃口，也就是说，我吃了不少。我是从不喝白酒的，她就让我喝了两杯红葡萄酒和一杯啤酒。陪客仅陈士林一位，他喝白酒。秦贞只喝了一杯白酒，以后便是始终陪我喝甜酒。实际上，她的酒量很大，陈士林不说我也能感觉出来。在整个喝酒过程中，她不谈工作，也不向我暗示什么，只说一些带有恭维性质的话，说我年轻有为呀，认识一个作家很荣幸呀，倒还真顺耳。奇怪的是陈士林一语不发，只顾喝酒，居然把一瓶酒喝去了三分之二，若不是秦贞将酒瓶一把夺过去，他肯定能喝光。

“够了，”秦贞说，“你别又给我惹事！”

陈士林眯着眼笑了笑：“那就留着我回头喝。”

秦贞瞪了他一眼，同时踩了一下他的脚。可她没想到，这一脚踩在我的鞋上。我装作什么也不知道，慢慢将桌下的脚收回。

秦贞一面收拾一面说：“看你那脸色，像鬼一样的。总有一天酒会送了你的命！”

陈士林把香烟在桌面上笃了几下，依旧笑着说：“酒是送不了男人命的……”

“行了行了。”秦贞不耐烦地制止道，“你回去吧。明天把这个月的生产情况给我报来。”

陈士林懒懒地站起身，划开双手打了个哈欠，用京剧里的叫板喊道：“苦哇……”就离开了，出门时对我挤了挤眼，也不知是什么意思。

等门关上后，秦贞给我泡了一杯很香很漂亮的茶。“你来一趟不容易呀，”她有点疲倦地说，“工作进展得怎么样？还顺利吗？”

“也谈不上什么工作。”我说，“搞我们这一行的，需要常下来走走看看。这地方我很喜欢，以后我还会来的。”

“那太好了。希望你对我们的工作多指导。”

“秦乡长你别客气。”

“你就喊我秦大姐吧。”

“那好，秦大姐。我会给你添麻烦的。”

“这么说就见外了。有啥要求，尽管说，只要我们能做到的。”

“我这次来，”我喝了口茶，说，“原是想了解有关郑海的情况……”

“郑海？你是不是想写他的传记？”

“这还谈不上。不过我想了解他。”

“这方面的情况，你应该去采访一下我舅舅。他们是老战友。”

“我同林专员有过接触。他给我提供了一些情况。以后我还会去拜访他的。”我稍停了一下，又说：“我想秦大姐也许知道点什么，比方从你母亲那儿……”

“我母亲不知道这些。”她把头发朝后拢拢，“她一直在北方工作。”

“那么你舅舅……”

“其实，林重远不是我的舅舅。”她笑了笑说，“他是我母亲在军政干校的同事，处得很好，喊我母亲叫大姐。所以，我们就称他叫舅舅，他们家的孩子叫我母亲作姑姑。从小就这么叫下来了。”

“这倒蛮有趣的。”

她给我添水，往下说：“小时候，他一来，我们就缠着要讲故事。他就说郑海，什么送情报呀，杀汉奸呀，伏击呀，突围呀，可神了！我们就问后来呢，后来怎么样？那个郑海死了吗？他说郑海能死吗？直到我来这地方工作，才知道舅舅是骗我们的。我理解他。我想他们的感情太深了……去年，清明时节，舅舅到这儿来了。说是检查工作，实际上可以说是专程来给郑海扫墓的……”

“郑海墓？”

“墓还在，挺远的，在青云山顶上。不过损坏得很厉害。那天是我陪他去的，找了半天才找到墓址。舅舅当时流泪了，说在他任职期间一定要拨专款把墓陵重修一下，而且立碑。谁想到这桩事还挺麻烦，一直没法落实。”

“你是说经费？”

“不，经费没啥问题，我舅舅自己就能批。问题出在，应该说还是在郑海身上，谁叫他名声这么响？结果，现在都来抢了。三省都说郑海主要活动在自己的地盘上。墓址有了分歧，相持不下……”秦贞一口气说了这些，喝了口水润润嗓子，叹道：“人哪，真有意思。”

“是的，有意思。很有意思。”我说。

所谓“寻根”的文学实在是热闹了一阵子。直到累得精疲力竭，才陡然发现两手空空。作家的劳作实际上成了理论家打笔墨官司的材料。我们姑且对“寻根”不作是重振雄风或者是玩物丧志的评估。然而这种现象仍是十分有趣的：先亮出旗子，而后去做。我们可以想象出，一个小说家扛着旗子行动的情形是多么的生动！

诚然我们不能肯定，文学的寻根和政治的认祖是一码子事。前者多少还是一种艺术的探索，尽管也似乎含有一丝艺术之外的目的，而后者则完全是赤裸裸的政治实用！姓岳的一口咬定岳鹏举，姓包的死活拽住包孝肃，姓赵的也自然要认赵匡胤而绝不会去找赵高的。于是或修家谱，或筑宗祠，以种种善良手段把自己与有用的先人扣在一起，一并万古流芳。从这个意义上看，那个千古留下骂名的孙殿英实在是太愚蠢了。

——作家手记

像往常一样，大少爷叶千帆闻鸡即起，在院子里练习剑术，然后再去河边遛马。这剑原是一对的，谓之青霜与白雪。父亲在时，每日晨昏父子便进行对练。父执青霜，子持白雪。寒光交错，犹如二龙争珠。父亲的剑法是极好的，抽带提格劈截洗撩，无所不精，真可谓身与剑合、剑与神凝。他不是父亲的对手。如今“青霜”已逝，“白雪”空留。但是，在父亲的棺木即将合上的一霎，他改变了主意。他把属于自己的“白雪”留在父亲的腋下，带回了“青霜”。

这个早晨在叶千帆眼中是猩红色的。他倚在老槐树下，看着曙光一层一层地漫开，这才开始舞剑。他隐约感觉到手中这柄青霜剑的分量沉重了。当寒光掠起，他识出了猩红色。他暗自惊诧。但他没有停，相反，他加快了节奏。他看到剑的光影像一团飞腾的风火轮，呼啸着，然后他蓦地从这呼啸声中听到了一声清脆的枪响，他的手腕麻了一下，“当啷”——青霜剑落到一块青石上。他清楚这是个错觉。昨夜他失眠了，疲劳现在才真正从身体上显露出来。他拾起剑，用食指和中指试了一下冰凉的锋刃，坐到同样冰凉的石凳上。

大少爷，你用茶。莲子走过来，把蓝花盖碗放在圆形的石桌上。

叶千帆没有吱声，还在仔细试着锋刃。

莲子把剑拿过来，装进鞘，准备送回大少爷的屋子。这时候叶千帆说：

就挂在树上。

她不明白大少爷的意思，但也没问。等她把剑挂好，叶千帆又说：

那孩子醒了吗？

还睡着。

可说梦话？

半夜说，现在睡沉了。

梦里说些什么？

他说……他一直乱说。

说什么？

说……说他怕手指头。他说他没吃人。

叶千帆用碗盖将茶叶撩开，呷了一口热茶。

大少爷，还有事吗？莲子说。

叶千帆把茶盖上，说：叫醒那孩子，让他给我牵马！

莲子正欲离开，忽然自楼上一个窗户飞来了唐月霜的声音：

莲子，让那孩子到我这儿来。

叶千帆并没有回头，对莲子摆摆手，然后去马厩牵来大白马。莲子从自己屋里搬出马鞍，装在马背上，又把马鞭递给大少爷。

楼上唐月霜又说：大少爷，过会儿到我房里来一下。

叶千帆默默点点头，翻身上马，两腿一夹，白马一声长嘶小跑着出了院门，向河边奔去。此刻太阳业已升起，然而长水仍是青灰色的。水面上有一层薄薄的乳色的水汽，由于昨夜后来刮起了大风，两岸的芦花纷落在水上，像雪一样随水东去。白马沿着河边悠悠前行，不时停下来吃饱含露水的青草。叶千帆在马背上沉思着。他还在想刚才莲子说的那孩子奇怪的梦呓。手指头？他觉得害怕手指头是很可笑的，同这个孩子的来路一样不可思议。这个小东西为何要拽住叶家的船？真是偶然？他的脸色倏然阴沉下来。他想他可能了解了那个幼稚而荒唐的梦境：自以为吃下的不是人肉，但吐出来的是人的手指头。孩子受骗了。突然，他脑子里像被电流击了一下，晕眩以致使他差点儿从马背上滑落。难道果真存在着一种感应？手指头！手指头手指头！他仿佛于这弥漫的晨雾里看见了父亲临终前艰难竖起的两根手指头……

白马一声长嘶拽断了他恐怖的思绪。他勒住缰。接着他吃了一惊——

河的那边，叶之秋正冷峻地注视着他。

艾宾浩斯在其著名的心理学著作《记忆》的第七章的开始，就宣布:“所有的观念，如果听其自然，都会逐渐遗忘。”他认为：“只有经过有意识的艰苦的努力才能想起它们，还常是只能想起一部分。除了确有一些特殊的例外，再过了更长的时间，连一部分也就想不起来了。”但是，他继之又指出：“这些被遗忘的片段，有时又突然出现在心中，特别是在梦中，并且具有很多的细节和很大的鲜明性；很难看出来，它们是从哪里来的，在间隔的时间内它们又如何隐蔽得那样好。”

这份历史上关于记忆的第一份实验研究报告对以上现象的分析，援引了亚里士多德、海尔巴特以及路德三派的观点。艾宾浩斯认为这些解释虽有不同，但并不完全相互排斥。在亚里士多德看来，心理的印象在其强度和巩固度上不能同实际生活中的知觉相比，但在知觉完全或部分地消失的场合，表象的优越性就是无限的了。早先的表象被后来的表象所重叠与掩盖，因此早先的表象便难以得到重现。但是，如果有意外的有利的环境条件，就能把掩盖物揭开，使从前的表象重现——不管经过多么久的时间，仍不失其原初的面貌以及存在的鲜明性。然而在海尔巴特及其支持者的学说里，我注意到一个新的概念——晦暗——的引入。这一派认为：较旧的观念是被新的观念压制而沉没。随着时间的消逝，它们内在的清晰性和意识的强度将不可避免地受到损伤，观念间的联结和连贯的观念也将逐渐变弱，以致分化，重新组合，变得晦暗。如果这种倾向得到一定的支持与加强，使压制着的观念同样受到压制，便会使遗忘了的观念重获新生。不过，路德不同意遗忘只是一般的晦暗化过程。他在著名的《形而上学》中指出：“对于一件复杂事物的观念在我们的记忆中变得不明确了，并不是因为它还是完整的，各部分都存在的，只是好像被意识的微弱光芒所照耀；而是因为它变得不完整了，它的有些部分完全丢失了。更重要的是现在尚存的那些部分之间的确切的联结，一般说来，也消失了，只有在思想上可以想到它们之间从前是有过某种的结合；在一定的范围之内我们想到这样或那样的联结都是同样可能的，而不能作最后决定。这个范围的大小就决定这个有关的观念的确切程度。”

——作家手记

第六章

我给林重远写了一封信。我只把到罐子窑来的情况扼要地告诉了他，自然要提一下秦贞对我的款待。我没有提问题。如果他有时间，我希望这次回去能和他谈谈。这封信算是个预约。我把信交给田藕，请她帮我寄一下。

田藕问是不是行署的那位专员？我说是的。我觉察到这姑娘的眉毛向上挑了挑，似乎很有点不屑的样子。她倒很坦率，说这人去年到这儿来过，她不喜欢他。

“是不是架子太大？”我问。我想林重远是平易近人的，但我愿意这么问。

田藕先摇了摇头，想了片刻，笑了：“我也说不出什么别的来，就是觉得那人不舒服，像条眼镜蛇。”

“你看不惯他那副变色镜？”

“不是，眼镜又有什么？”她敛住笑，“你别问了。你这人就爱刨根究底的。”

我笑着来点香烟。田藕把火柴吹灭，突然很神秘地说：“你知道吗？他是个独眼龙！”

我一愣：这怎么可能呢？

“是真的，”她认真地说：“我亲眼看见的。那天他到我们家来访问，就在这屋里休息。陈士林把他灌醉了，他睡了很久。后来我上楼来给他送洗脸水，看见一只假眼放在小碗里，用水养着。我差点儿吓昏了……”

“是左眼还是右眼？”

“这个，我弄不清楚。他总戴着眼镜。我从两个侧面都偷偷看了，又好像全是真的，都能转。”

我俩都笑了。这时候，糙坯子进屋来给我送开水。田藕吃力地敛住笑，接过父亲手中的水瓶，不小心把信封弄潮了。她忙用手将水珠揩去，却又把字迹弄得糊涂。她对我伸了伸舌头。

“你这孩子！”糙坯子责备道，“都十八了，做事还这么毛手毛脚！”

我说没关系，重写一个信封就是。我把弄脏的信封撕去，从包里找出一个新的，脱下笔帽。我还在笑着。

“你和林专员很熟？”糙坯子小心地问道。

“也谈不上很熟，”我说，“一般认识而已吧。”

“他是个好领导。”糙坯子说，“这样的领导真不多见……你能代我问声好吗？”

田藕立即制止：“爸，你不是才见过他吗？人家是在谈工作上的事！”

我说可以的，就在信的下方添了一句：

陈士旺同志代为问候。

“谢谢你。”糙坯子说，递给我一支香烟。我点上火，把信交给田藕。她不悦地看了父亲一眼，就离开了。我听见她故意把脚踏得很响。

“人哪，总不该忘恩负义。”糙坯子感叹道：“别人给你的好处，你得记挂着。给你一滴水，你就该还上一口井。过河拆桥的事做不得。”

我观察着糙坯子，他的神情显得十分的庄重，又好像看着很遥远的地方，目光有些恍惚。

“老陈，”我说，“你和林专员怎么认识的？”

他定了定神，说很简单。然后他自己倒了杯水，坐到离我近些的椅子上。

我这个人，一生总不是太顺，却也不曾遇见渡不过的河。十岁做坯，师傅只教我做罐子，别的手艺私留着，不传。我就专心做罐子。人家耻笑我，说我呆，我不管。我认了。可是呢，我做罐子的吃粗茶淡饭，人家做夜壶油坛的也未必三餐用鲜鱼大肉。一九六〇年闹荒灾，窑上人死了一茬，我妈却还活着。一九七〇年搞武斗，货积得比天上的星还多，卖不掉，可我的罐子并不积压。一九八〇年搞承包，许多人把手艺丢了去跑买卖，我不丢。结果，跑买卖的十有八九蚀了本，我做罐子的倒还发了小财。没有窍门，也谈不上后门——我哪找得到后门呢？靠的就是这命。人穷命大。虽然磕磕绊绊走了几十年的路，倒也没绊倒过。一九五九年吃大食堂到后来喝稀粥，碗不中用了，要用罐子盛粥，四乡就一夜间销尽了我的货。这样才熬过了一九六〇年。等熬不过了，形势又好了过来。一九六九年城里两派正拉开架子要打，鱼肉禽蛋上不了市，城里人就都腌咸菜，能不用罐子？你看，这是不是运气？

他紧了一把手脸，喝水，喝得咕噜响。他的脸上显现着按捺不住的豪迈。他接着说——

如果这不算，你再看这桩事。直到今天，这桩事听起来还像个神话。那是一九七九年秋后的事，窑上的男人都出门谋生意，声势大得很。我们这地方从前是个小码头你是晓得的，对做生意都还不笨。我没去。我当然不光是怕国家政策晃来晃去，我丢不下手艺。俗话说，荒年饿不死手艺人。我信这个。人生在世，有温有饱就够了，还图什么？心比天高的人结果都惨。是你的自然归你，你不要它也要落到你头上；不是你的争也是白争，得到了终还会失掉。那天，我领着田藕进城卖货。出门的时候天气很好，日头暖烘烘的。可是一到县城，天变了，还落了细雨。当时又正赶上公安的“拉网”，捉了无数歹人。我就想，今儿这彩头不好，货怕是难销了。我把担子歇在车站边上，那儿南来北往的人多，还……还能逃税。可是一上午过去了，竟没销掉一个罐子！我怕孩子急，就买了一张票让她去看香港的片子，好像是《唐伯虎点秋香》。我守着担子。说实话我不指望有什么好事来，心想等田藕看完电影，还没有起色就打道回府。那一刻，我还有点悔，我想自己要是也跟着去跑生意，赚的票子不会比别人少。我缩在屋檐下这么想着，还叹气。这时候陡地有人问：“谁的罐子？”我抬头一看，就只看见了一顶大盖帽，心里一惊，以为是收税的来了。这下好了，货没销掉还得倒贴税金。我装作没听见，扭过脸去看墙上的一张专治男人毛病的告示。那人拍拍我的肩：“喂，这罐子可是你的？”我只好点点头。“怎么卖？”那人问，脸色凶得很。我如实报了价。他说：“比碗便宜……来，给我挑到公安局去！”我一听公安局脑子就嗡了一下。我拽住那人的膀子，说：“我不是投机倒把，我没犯法……”那人居然笑了，说：“我不是抓你，是买你的货。我全销了！”“全销？”“对了，全销。捉了那些狗日的，总还得给他个盛饭的家伙，比碗便宜，很好。来，挑走挑走，我付你脚力。”作家同志，你看这事可邪？

> 糙坯子显然有些激动了。有几次他想站起来讲，还带了一点手势。我给他添水，问他那回赚了多少？他说钱不多，不过百把块的样子，但他认为“很说明问题”。我在笔记本上记录了这件事。我又问：林专员如何发现你的？我用了“发现”一词。

你看我这人真是不会说话，一扯就远了。林专员，是的，当初是林专员发现我陈士旺的。我算不了千里马，可林专员不能不算伯乐。去年春上，秦乡长来发动乡镇企业，把各户连起来办陶器厂，让陈士林抓总——我不晓得她怎么相中了陈士林，他连组织同志都不是。当然，陈士林是顶顶精明的人，又是烧窑的一把好手。可陈士林还不情愿戴这个帽子哩！我晓得他这人的脾胃，一生都是这山望着那山高，结果浪荡了好光阴，到如今还打着光棍。唉，也怪我妈从小惯了他，穷家养娇子！

生产上不去，秦乡长急了，找陈士林算账。可他陈士林眼里哪有乡长呢？县长他似乎也不含糊。他说：“你见过公鸡生蛋吗？这地方土质不行，烧不出好货色。别以为鸡毛真能飞上天！”秦乡长委实让他唬住了。厂子还办不办？都成了问题。就在这节骨眼上，林专员亲自来视察了。别看他生得文绉绉的，但是没有架子，和我们这些玩泥巴的很谈得来。那天，我记得是个晴天，秦乡长陪他进了我的车间。他认真地看我做坯，还帮我和泥——你看，这样的领导！一边同我拉家常，问寒问暖的。中午，就在我家用了便饭。我想剁两斤肉他坚决不许，却提出来要吃腌萝卜头。他说他当年打游击，老乡就常给队伍送这东西。他喜欢吃。后来，他盯着那腌菜的罐子看了半天，问我：“这罐子可是你做的？”我点点头。他又说：“送一只给我可以吗？”我还以为是开玩笑，就说专员您要不嫌弃，要多少就拿多少好了。他扶扶眼镜，勾起指头弹弹罐子，然后对大家说：“我看完全不比紫砂差！”还真的带走了一只！我这次到地区开会，专员请我到他家里叙叙。那罐子还放在厨房里！

这件事很快就被记者捅到地区报纸上去了，据说外省的报纸还作了转载。于是区长来了，县长也来，指导完工作都从我这儿捡一只罐子回去。名声就这么大了。到了今年的五月，我做的三千只罐子销到了新加坡……作家同志，我算不了什么。我不过是个地道的手艺人。你不要写我。真的，我还是和从前一样做我的手艺，全是领导组织上的栽培……我，我守着这手艺，不过是想守着个饭碗。

我的案头摆着一只罐子，是后来糙坯子送我的。这种罐子分大、中、小三号。我这只是小号，体积和一只大缸子差不多。它的造型像那种传统的花瓶，不过要粗壮一些，也自然呈对称状，颈部镶着双耳，有盖。罐的三分之二自下而上有釉，盖的中心也有釉。釉是酱油色的，未着釉的部分呈朱砂色。从色彩的感觉看，属于同类色的调子，朴素无华。

与大路货略有不同的，是罐的表面刻有松竹梅岁寒三友之类的纹饰。大概是在陶坯晾得较干后，用竹片刻制的；其图案无疑源自《芥子园画谱》。我想这不难做到。

还有一点，我注意到，上面有款，如某年某月某地某人制。下有陈士旺的印章，上还有一方闲章曰：有志者事竟成。

这种绘画的处理自然是颇费工时的。显然，糙坯子是拿它当做礼品待人。他送我这只罐子时，面色很有点肃穆，似乎是送出了一个孩子。我也郑重地接受了。

陶瓷作品历来是考古界窥视的重点对象。专家们通过对它的质地与釉色，造型与纹饰，以及它的窑址等方面的考察分析，力图把握从前那个时代的文化精神面貌。所谓文物价值。另一种陶瓷作品，主要是当代的精品，拥有工艺的高超技巧而成为价值连城的玩物。我的这件，显然不属于上述的两类，它不过是一件日常生活的普通器皿，而且行将淘汰。但是我愿意保存它。有一天我这样想：也许，在很久很久以后，有人会从一片灾难的废墟里发现这只罐子，它可能完全破损了，那人将用何种眼光来对待它？他自然会像我们今天一样去进行逻辑的推断。然而逻辑毕竟是有限的，甚至往往没有力

量。因此，那人的结论也就显得没有力量。

不需要某种界说的概括。

理解，就够了。

——作家手记

芦苇动了，船像一条搁浅的大鱼慢悠悠地伸到河里。他一眼就从形态上看出，撑船的是莲子的丈夫六指。他没下马，把皮鞭套在手腕上，腾出的手指理了理被风吹乱的头发。他在等对岸的人过来。这么早？他想，原来昨夜都没有睡。原来有人起得更早……他觉得自己不像个军人，对身边发生的事居然一无所知。后来他又想，可能有那么一小会儿自己迷迷糊糊地睡着了。这无疑是在天亮之前。

船渐渐拢过来。六指的手脚显得有点慌乱，竟一时靠不了岸。这时，微笑着的叶之秋说话了。

大哥，用你的东西了。

“东西”显然不仅是指船，还有六指。他不理解叶之秋为何要这么说。

船是父亲留下的，不是我的，是叶家的。他下了马，把缰绳交给六指。他注意到六指的脸色有些阴郁。六指从眼皮底下看了看他，一声不吭地把马牵到了较远的草滩上。

六指是个好人哪。叶之秋说，难怪老爷子在世时那么喜欢他。

他救过父亲的性命。叶千帆说。

可父亲结果还是死了……叶之秋随手扯断一根狗尾巴草，说：俗话说，好人不长寿，恶狗活千年。父亲太善良了，谁都相信。

是的，父亲是死在善良上。叶千帆说。

你也这么认为？叶之秋回头看了看。

至少，我感觉是这样的……叶千帆说，把双手插入马裤的袋里。他随叶之秋沿河向东走了一截路，又问道：这次回来，打算住多久？

叶之秋看着天空说：你认为我可以待多久？

叶千帆把手按在叶之秋的肩上。

你想干什么？叶之秋有点惊慌。

叶千帆淡淡一笑，说：我觉得你穿得太少了。早上寒气重，会着凉的。然后他喊道：六指，给我马！

六指立刻把马从后面牵来。他还是有点胆怯地看着大少爷。

叶千帆敏捷地跨上马，对叶之秋说：这个家我守腻了，现在轮到你守了，我得出去换换脑子！

他用力抽了一鞭子，白马撒开四蹄呼啸而去，河滩上的鹅卵石不断被溅到水里。

叶之秋望着逐渐缩小的影子，心里一阵抖瑟。是时候了，他思忖着，一切都该有个了结。老大，你这个下马威实在是太浅薄。别以为你手中有枪。如果害怕那一斤铁，我就不会赶回来。我倒要见识见识你还将怎么干。他准备抽烟，可是火柴被风吹灭了。这阵风来得突然，你脖子上始才觉得凉，它便消逝了。但就这一瞬的感觉特别的强烈，仿佛一柄剑刃从颈后拖过。是那把白雪剑？叶之秋意味深长地吐了一口烟。

六指像个老实的孩子默默跟在边上，又像是个哑巴，没听见他说话。但是这小伙子有力气，几篙子便把船摆过了河。然而后来他却半天拢不近岸。他怕老大？他为何怕？叶之秋转过身去，想再问问六指，单刀直入。

你在荷叶洲当真什么也没看见？

没，就听见响了两枪……当时天很黑。

老爷病了，你一直在身边？

随叫随到。

夜里，你听见老爷说什么没有？

有时，讲胡话。后来大少爷回来，我就搬回了自己屋子。

唐月霜不和老爷住在一起？

她早晚来看看，老爷不让她住在一起。

老爷不让？老爷骂了她？

不，老爷怕……怕她染病，就……

这么说，老爷后来是和老大住在一起了？

大少爷睡躺椅。

老爷临终之前果真一句话没留下？

好像是……

到底是不是？

是，就跷了两根指头……二少爷，这些我都说过了。

叶之秋轻轻吁了口气，对六指摆摆手。六指准备去船上拾撑篙，叶之秋又说：

我今天的话，不许向任何人露！

田藕回来了，顺便买了些荸荠当水果吃。见面她就问："我爸又对你说什么了？"我说只是随便聊聊。她就撇撇嘴，意思是你别瞒我，说了些什么我是知道的。我笑了笑，同时把椅子拿给她，我想留她坐一会儿。到这儿好几天了，生活——我指的是我的调查，并不是不充实，但是很单调。坦率地说，我有点寂寞。如果这座老房子里没有田藕，我也许会很快离开。对这位年轻貌美的姑娘，我没有非分之想。可是我不想离开她，至少是在这个地方。我越发觉得她是可爱的。机敏与朴素、活泼与忧愁，在她身上结合得那么和谐。我不明白的是，她为何不去上大学？不去看看外面的世界？

我想劝劝她。"你应该考大学。"我说，"我想你是能够考取的。"

"我能考取。但是我现在不考……也许永远不考。"她说。

"为什么呢？是因为怕你父亲孤单？"我有点生气地说，"你父亲真希望你一辈子在这山沟沟里打转？"

她沉默了，摇摇头。

我突然想起一个至今不曾露面的女人——田藕的妈。很奇怪，与她相关的人都不说她！作为女儿的田藕，也不过是在我来的那天夜里蜻蜓点水般地点了一下——"我妈才走不久。"那个晚上陈士林的火气也特别大。他大骂城里人。当然，这二者可能没有联系……

"你能说说你母亲吗？要是你不介意的话。"我很冷静地问道，同时注意观察田藕的表情变化。她抿抿嘴唇，视线移到窗外老槐树上的那个空巢。

她一字一句地说："她走了。"

"是……怎么死的？"我进一步问道。

她依旧看着窗外："她没死。她现在也许活得很好……"

我很惊讶地看着田藕。我差不多糊涂了。

田藕这才回过头，苦笑了一下，说："她走了。和一个湖北佬走了，私奔了。"

我有点尴尬。我表示了歉意。我说我的确不知道是这么回事。

"现在我想去睡一下。"田藕说，"我妈的事，以后我会告诉你的。你最好不要去找我爸爸。也别问陈士林。"

我点点头。

我一个人出来散步。村里人差不多都知道我是省里下来的作家，见面都热情地同我打招呼。情况正如糙坯子所说的那样，这地方的老人被六十年代初期的那场灾难洗劫一空，年逾花甲或者年近古稀的老人寥寥无几。所以我在池塘边遇到那位精瘦的老头王裁缝，显得格外亲切。他在水里洗刷铜烟袋，我走近喊了一声："王师傅。"

他便回头，一副旧式老花镜滑落在塌陷的鼻梁上："噢，作家先生！"

这"先生"的称呼此刻与他本人一样的滑稽。王裁缝把湿手朝屁股上揩了两把，和我的手相握。我握他的手就像握了一块化石。

"家里坐，家里坐！"他说，把我领进一座新盖没多久的白墙青瓦房。这种房当地叫明三暗五，两侧还镶着披屋，作为厨房和柴房使用。大门的上方用烟灰绘制了龙凤呈祥之类的图景，还嵌了一块小圆镜。

"你这房子很好哇。"我看看客厅里挂满的恭贺性质的大红楹联说。

"国家的政策好。"他说，给我倒茶递烟："这几年过得还像个人日子……这政策不会变吧？"

我说不会变，变来变去的对国家也没好处。

他立刻首肯，说："天下国家，本同一理。"

这样寒暄了一阵，他扶了扶眼镜很谨慎地问我："先生找老朽有何见教？"

我笑着说老师傅别客气，我算不上什么先生，我是后生。

"哪里话，哪里话？"他眼睛变得很亮，"有志不在年高。作家，了不得的。大凡作家皆英雄出少年。民国二十四年我在上海见到徐志摩，还有陆小曼，可谓才子佳人。徐先生其时风华正茂，已是蜚声中外的大作家了……"他"噗"地吹着草纸媒子，又说："长江后浪推前浪哪！"

王裁缝显然是在向我抖搂他的见识与学问。不过他有一点没留神：

民国二十四年是见不到徐志摩的。因为这位才华横溢风流倜傥的诗人已于三年前随济南号飞机轰轰烈烈地长眠了。我当然不会去纠正，我很有兴趣听这位老先生神吹胡侃。至于“长江后浪推前浪”，不用说是在恭维我，倒也不失幽默。

“我这次来，想了解一点过去的事情。”我说，“听说郑海在这地方活动了多年，与叶家人多少有些来往。可是当事人都不在了……”

他专注地听着，然后咕咕噜噜地吸完一袋烟，眼神似乎有点迷惘。他在想我的话，同时做出努力回忆的样子。其实我并没有把握把郑海与叶家扣到一起的，但这样地提出问题，我觉得，可能会有利一些。他的表情给了我很大的安慰，至少，在他看来我的话不算唐突。

“说来话长哪！”他放下铜烟袋叹道，“我头回见到郑海是民国三十七年的事……”

“你见过郑海？”我惊喜地问，同时打开笔记本。

“见过。”他说，“那时他是个游方郎中，在江湖上行医。我常出门做手艺，能碰上他。”

“郑海的相貌你还有印象吗？还有年纪。”

“那当然是有的。郑先生是天生的福相，算得上是天庭饱满、地角方圆。若是耳朵再大一些，可就是王侯将相之貌了。”他扶扶眼镜，接着说：“年纪嘛，比我稍大一些，二十六七的样子，风度翩翩，能说会道，一看便不是凡人。”

我很自然地想到林重远给我提供的情况。在我的眼前仿佛晃动着两张郑海的面孔，怎么也合不起来。我的兴致顷刻衰败，遇上这位夸夸其谈的老先生，真是啼笑皆非。我想要是我问他是否见过毛泽东或者蒋介石，他没准儿也会点头。但是既然话题已经提起，不妨听他说下去。

“你后来可还见到了郑先生？”我问道。

“见到的，不过只是一般的认识，说几句客气话而已。到了解放前夕，郑海在山上拉队伍，双手能打盒子炮……有一回，是最后一回，我在长水边上遇见他。他要我参加队伍，还说让我当一个小队长。我那时上有老下有小的，就……可我帮他们贴过标语，也筹过饷。”

“郑海死的情况你知道吗？”

“这个，我是回家后才听说的。我在芜湖那边做手艺……可惜呀，郑先生若还健在，起码是省长的官！”

我笑着递给他一支香烟，他接过去，夹在耳轮上，又抽起他的水烟。我想关于郑海也不过如此了。

“王师傅从前和叶家熟悉吗？”我问道。

“熟。”他点头说，“叶家老爷子和我父亲很要好，常在一起搓麻将下象棋，也玩双陆。我和叶家兄弟是一个私塾先生教的……后来我家被强盗洗了，也就一蹶不振。其实光绪年间，王家的香火不比他叶家弱。”

“叶家人与郑海的来往你能详细谈谈吗？”

“这个嘛，这个我就说不准了。”他若有所思，接着说：“叶家那屋，坐向不好，所以奇怪的事情也多。叶家人到底和郑海来往没有，我说不上来。”

“至少叶之秋同郑海是有来往的，这有档案资料记载。”我说。

他看了看我，说：“这或许有的。我记得有这么一件事，有一回叶家二少夜里出门，被狗咬了小腿。没过几天就好了，听说是郑海给的方子，下的药。为了这事，叶家兄弟吵得很凶……”

“吵？这有什么好吵的？”我问。

“据说，叶家大少是国民党的钉子，上峰派他回来抓郑海，可偏偏郑从他眼皮底下滑过了。叶千帆要叶之秋交人，所以就……我这是听说的。你别记上。如今大陆与台湾和气了，叶家大少便是‘台胞’，要是回乡来探望，政府还得车接车送；要是撂一大把钱造福乡里，说不定还要为他竖牌坊哩！先生，你千万别记。”

王裁缝的谈话当时给我的印象是虚虚实实，不可不信，不可全信。关于他所言的与郑海的交往，听起来确实是像煞有介事，尽管有些夸大其词。我后来同陈士林说过。陈哈哈大笑。陈说这个老头是个铁嘴半仙，他的话一挤全是水。“文革”时斗走资派，有人怀疑郑海是特务，抓住王裁缝要他交代。他哭着说根本就没见过郑海，那些话全是胡诌的，目的是想自己的历史也光荣光荣。现在情况变了，这老头便又开始申诉，扬言自己“帮助过郑海的队伍”，要求落实政策。我觉得非常有趣，姑且把这种现象称为“借光”吧！但是，倘若确有其事呢？档案只能证明人的一部分经历。况且档案也是人为的产物，可以修饰，可以剪裁，甚至可以篡改与杜撰。人的历史相当一部分是无法证明的，只有良知证明。

再就是，王裁缝在涉及叶家情况时，和几乎所有的人一样闪烁其词。他们是谨慎的，留有周旋的余地。我很疑惑——是历史本来的暧昧，还是历史叙述者的恍惚？

——作家手记

第七章

月亮从后山升起的时候，村子灰蒙蒙的像不知不觉地落了一层薄霜。后山沉默着宛如大梦初醒的苍龙正吮吸着脚下的这条窄水。这个秋风飒然的夜晚似乎一切都凝固了，风声不过是生命的一种象征。竖立在村外的槐树和苦楝树随风作轻曼的舞蹈。狗儿们蜷伏在自家的门槛上昏睡，槐花的芳香使它们和人一样的陶醉了。树影是青黑色的。于是你不难识出于这块深色的背景中移动的那匹白马。月光把它染成银灰色。它一定是累了，以致主人不忍再压迫它。主人迟缓地走在它边上，不时抬头看看轮廓模糊的月亮。

在这样的时刻，大少爷叶千帆对他的大白马产生了感激之情。他不止一次地想到，当初把马带回来是正确的。如若说它给了他方便，倒不如说给他带来了安慰。他难以想象失去它将会是怎样的情形。月色朦胧，他觉得浑身有点酥酥的。一天的奔波使他总想到微醉后的睡眠。他想一到家便把自己放倒。可是这时白马打了一个响鼻，他的筋骨旋即绷紧，同时把右手放进裤袋，握住了那个光滑的木柄。他知道有人来了。

但是他没有料到来人会出现在背后。他正欲调头，忽然闻到一阵清雅的茉莉花香。他站住了，悄悄把裤袋里的手松开。于是月光把一个女人的影子送到他的眼下。这实在是个美丽的女人。

大少爷，你出去一天了。她说。

他听出了这句话含有责备的意思。他把身子侧了侧，但没有看她，也没有说话。他看着那条杏黄色的手绢，香味就是从这上面散发开来的。

大少爷，她说，这个家你该操点心了。说着她走到他的对面，把玩着那条手绢。

他这才开口：如今老二回来了，家里的事你就同他商量着办吧。他比我精明。

你这么信得过老二？

难道你信不过？

她冷冷一笑：我是个外人。你们兄弟间的事我可不想插嘴。

我并没有拿你当外人。虽然……

你别说了。我迟早要离开的……她停顿了一会儿，又说：我觉得，这个家还会闹鬼。我受不了。这样下去我会发疯的。

叶千帆心里“咯噔”一下。他很诧异这个女人的嗅觉。似乎什么事也瞒不过那双丹凤眼。他想到父亲的死，想到那个飞来的男孩，想到时常在半夜里听到的她的惊叫以及莲子所说的那孩子的可怕梦境。他觉得这些东西仿佛被一只手编排着，之间有着不可思议的联系。他看着她。这张脸在月光下显得格外苍白和阴郁。他想这女人肯定看出了什么。

你放心，我会把一切都弄清楚的。他低沉而有力地说。

她似乎很不以为然地挑挑眉毛。那意思是说，你没法弄清楚。

我需要你的帮助。他进一步说。

帮助？她笑了笑，我能帮助你？大少爷，你真这么看得起我这个女流之辈？

我是说……

行了。她打断他的话，我懂你的意思。不过我得告诉你，我可不是你裤袋里的那个东西！

他感到太阳穴狂跳了几下，指尖变得冰凉。他不想再说了。这个女人太敏感了，他想，她会把事情弄糟的。可是她分明知道了什么。现在她是不会说的。至于为什么不说，有多方面的原因。首先，她对“有些事”也没有足够的把握，不过是那种捕风捉影的猜忌。就是说，她也在私下调查。其次，如果她掌握了关键所在，不说出来是由于某种障碍。她有所顾忌。最后，她故意不吐真情。她要以此来作为资本或者武器，获得所想得到的利益。叶千帆觉得头脑在经过片刻撞击之后转为更加清晰。他也笑了笑。他是有意笑的。这并非是在掩饰刚才的惊异，而是在暗暗地给面前这个女人心理上施加压力。果然，她的睫毛垂下了。

大少爷，你别这么看着我……她说，语气倏然温柔，我感到冷。

你应该待在家里。他说。

家里？她抬头看了看他，不，家里太闷……

叶千帆凝视着那张美丽的面孔。慢慢地，他仿佛从这上面发现了父亲的微笑。这个可怕的印象像一根钢针似的扎在他的脑门上，他几乎是粗野地抓住了唐月霜的手。这手真凉！

她晃了一下，便如芦苇一般倒过去。但是他就势把她托上了马背：

风大了，回家吧。

叶千帆回头的时候，发现左边的林子里有一个男人的影子，一闪便不见了。

那个夜晚出现在林子里的影子可能就是王裁缝。

自从我拜访了他，他好像洽谈了一笔大生意，兴致很高，每天都要找我说上几句关于从前的事。这位读过几年私塾且又跑过几处码头的生意人，谈吐是有声有色的。尽管陈士林多次提醒我，王裁缝的话水分大，不中听。但我却不这么看。我不愿意放弃任何一点头绪，哪怕是可疑的头绪。况且，至少是现在，我没有足够的理由来判断是非曲直。换言之，任何人的话都有可能是真实的抑或可疑的。再说，我怎么能拒绝一个老人的热情呢？

王裁缝在叙述“那个月夜”时，神情十分诡秘。他说那晚他闹肚子，出来上茅厕，因为嫌脏怕臭就挪到林子里。“我先看到了那匹马。”他说，“叶千帆背对着我在同二姨太说话，声音轻得像蚊子。后来，他就把她抱上了马。”我问他能从背影上断定那人就是叶千帆吗？他说都是乡里乡亲的，一望便知。再说，那白马生人是降它不住的。我进一步问道：“会不会是叶之秋呢？”他连连摆手：“叶家老二个头要矮一些，也单薄一些。”

我又说，这件事是否证明叶千帆与唐月霜有“关系”呢？

王裁缝眯眯一笑：“这个嘛，也难免。当初叶念慈把姓唐的领进门，谁都说是引进了祸水。人老了，精血不旺，奈何不了玉蝶娇娥。那年月少爷与姨太轧私也是常见的事，况且姓唐的本来就是青楼粉黛……她后来生了一个孩子，天晓得是谁的种？”

我暗自惊讶：“那孩子呢？”

“死了。”王裁缝说，“听说一落地就死了，恐怕也是报应。”

“这是哪一年的事？”

“大概……民国二十九年前后吧。陈毅正打着黄桥，日本人封了江……”

“那就是一九四〇年秋天的事。”

“对对，是秋天，芦花全白了。”王裁缝取下老花镜用衣袖拭了拭，又说：“我早就看出叶家那屋坐向不对头，埋着凶险，藏着灾祸。作家先生，这可不是迷信哪！”

……

我至今认为自己是个无神论者。我只信仰自然。但是，很久以来我时常为一个问题所困扰——许多事情，包括现象，说不清楚。比如说麻将，成败之关键并不完全是操作的技能，还要依靠“手气”。如果你起到一手坏牌，任你手挥五弦目送飞鸿也是枉然。这手气是怎么回事我无从说起。我去打麻将时还常有一种预感：我将会摸到怎样的牌，果然就得手了。甚至这张牌桌面上已打出了三张，我仍然可以吊孤。这现象又难以解释——至少在我看来是这样的。我在无事可做的时候，喜欢躺在床上胡思乱想。有一天我怀疑，这天地间仿佛有一种力量支持着冥冥中的玄思，又仿佛存在着一种“场”，发生着意外的效应。我不能证明这些，我只是感觉得到。

我自然不会依照阴阳五行风水学说去对这座老屋进行研究。我不信这个。所谓“闹鬼”一般不过是人为的结果。一类可理解成主观错觉，当然是客观因素在暗暗地起着作用，从而钳制着人的心理。风声鹤唳，草木皆兵便是现成的例子。另一类则是小人作祟，装神也罢，弄鬼也罢，都是小人。装神的欺骗与弄鬼的恫吓都是不难戳穿的。还有一类，诸如南方民间传说的灵魂显现，有关专家业已作出了准科学的分析，认为是可能的。但由于证据的不足被官方视为异端邪说加以禁止。因此我们在束手无策的情况下只好将其归结为偶然与巧合。

这部小说的写作，按流行的原则是缺乏规范的，至少是不够严谨。材料的芜杂造成作者的忙乱是一个不可忽视的原因。另一个原因则是我的想入非非，甚至胡思乱想。于是使这部小说带有一定的神秘主义倾向。不过有一点我必须说明，我不是在故弄玄虚。我的全部努力都是在追求真实。

——作家手记

我之所以把王裁缝看做可能是从前那个月夜于小林子里一闪而过的人影，是因为那天晚上林中至少还有另一个男人。这个人后来往河边去了。

“我不知道他是谁。”糙坯子说，“当时月亮昏昏的，只能见到人影。那人是个男人。我去邻村给我妈抓药回来——她突然病了，好像是受了什么东西的惊吓。进了林子才发现那个人影。他贴着一棵树站着。我好害怕，以为是强盗，就蹲下来。过了会儿，那人就从右边出了林子，我想可能是去河边了，那天有外江的船靠在这儿……”

我问：“你在林子里可看见了叶千帆和唐月霜，还有那匹马？”

糙坯子说：“没有。那人一出林子，我就拼命往家跑。快到家了，我才看到他们。唐月霜骑在马上，叶千帆走在后面。我父亲在门口抽烟袋，大概等我等得不耐烦了，见面就骂我个狗日的，鬼没掐死你！我说我就是遇见鬼了。我把刚才林子里的事一说，大少爷便把我拉到边上，像你这样地问我，我也像这样说了。他点点头，好像心里很有数。”

“后来呢？”

“我父亲正准备把马牵进棚加料，叶千帆又把缰绳接过来，想再出去。这时候，楼上的一扇窗户突然推开了，接着听见叶之秋在说：‘老大，这马可经不起你再三折腾，当心别闪了腿！’叶千帆对着楼上看了一会儿，还是把缰绳递给了我父亲，然后就回自己屋了。唐月霜不知为什么笑了起来……”

我也感到非常可笑。本来我以为可以写下一段精彩的，现在看来没必要了。那个可疑的黑影差点儿把我引入了陷阱。我考虑怎样结束这次交谈。可是，糙坯子又说了。

“第二天，大少爷从河边遛马回来，我问他昨夜林子里的那个黑影是谁？我不知道为什么要这么问。他笑了笑，说：‘郑海。’我那时已从大人嘴里知道了一点郑海的事，听叶千帆一说，我脑子就嗡了。他说如今大家不都是在打听郑海吗？我便去同妈说了，说我遇上了郑海。妈笑了，说你这傻小子，大少爷是逗你玩的！可我不这么认为。我想说不定那黑影就是郑海，有什么理由说不是呢？”

我问：“叶千帆是不是在搜寻郑海？”

他愣了一下，显然我的问题太突兀，他思索着，说：“这个我说不上。”

我又问：“听说叶千帆逼着叶之秋要人——就是郑海，有这事吗？”

他摇摇头，表示不晓得这些。

“叶之秋被狗咬过？”我说，“那么是谁给他治的伤呢？”

他连忙说：“是我妈。我妈有治狗咬的偏方，三天消肿，五天就能走路。”

“这方子是谁传给你妈的？”

“好像是一个游方郎中……”

“那郎中是谁？”

“我妈没说。或许也是郑海——我不是在说笑话，当时有人就这么猜的。”

的确如此，不妨先猜着吧！

叶之秋试着活动了一下，觉得疼痛比两天前减弱了很多，但还是不能走下楼去。他没有料到一回来就碰上这种倒霉事。那狗不知从哪儿蹿出来，照着脚踝果断地咬了一口，他便被撂倒了。他记得那狗是黑色的，眼睛上方有两点白，耳朵像匕首一样竖立着，尾巴很粗，如果不是颜色的差别，他一定以为是狼。这件事是很奇怪的。虽然他离家多年，但村里的狗对他并不陌生，甚至摇头摆尾地表示亲切。这狗是谁家的？可能是个野种。可是，为什么偏偏要咬他呢？

他想起几天前的夜晚对叶千帆说的话——当心别闪了腿。现在好了，叶千帆还是纵马如飞，自己倒成了被嘲弄的对象。他不能不感到沮丧。他甚至认为这是个不吉利的兆头，有点出师未捷身先死的意味。不行，得赶快站起来，否则会误事的……

然而上帝总是不失公平的，偏偏这儿有莲子，莲子又有专治狗咬的偏方。叶之秋的心情又好起来，他把这次意外理解成命运的一次玩笑，也可以看做一种情感的补偿——每回莲子替他换药时，他都感到特殊的甜蜜。这个四川妹子仿佛是上帝专门为他制造的。莲子未必需要什么偏方。她本人就是偏方！他挪到窗边，看着白晃晃的太阳。一只黄色的雀子喳喳自眼前飞过，似乎惊动了那满树的槐花，沁人心脾的芳香使幽静的书屋变得温馨，消除了惆怅和寂寞。

他听见了楼道上的脚步声，慢慢坐下来。门羞涩地推开后，他全部的视线被一只浅绿色的绣花鞋夺去了。他等着另一只脚迈进来，等了片刻，莲子才进屋。他从她游移的眼神中发觉了可疑的端倪。

你在同谁打招呼？他严肃地问道。

打招呼？莲子很疑惑，我想我是向你二少爷打招呼吧。

你停在门后面，看谁？

看门槛上的蜈蚣。

蜈蚣？

我不想踩死它。

这虫子很毒！

可它是味很好的药引子。

莲子说逮住它用酒泡着，煎药时用一点能清火解毒。莲子又说这虫子晒干碾碎调到草药里治狗伤蛇咬也十分有效。叶之秋觉得很有趣味，自然想起一句成语：以毒攻毒。他的脸容顷刻晴朗，似乎悟出了一个道理。他把受伤的左脚慢慢架到小凳子上，等着莲子来换药。他故意将支起的腿弯曲着，这样就能让莲子更靠近一些。在莲子蹲下来用酒清洗伤口时，他居高临下地用手指去梳理她乌亮的头发。但是他又突然想起刚才的那只蜈蚣。这毒虫竟爬上了自己的门槛！如果在夜间爬上床呢？他失口叫了一声。

莲子抬起头：我弄痛你了？

他一时不知该怎么说好。他很怕自己内心的虚弱被一个女子发现，于是转移视线去看书柜。可是刚一回头，他的目光便同立在门边的叶千帆遭遇了。

他是什么时候来的?

如果这一段再写下去，可能就是王裁缝对我说的那些。叶氏兄弟会发生口角，也会因此摊牌。叶千帆会主动出击，追问“偏方”的来路，也即是搜寻郑海的线索，要逼叶之秋交人。但是我不能这样写。正如陈士林所说，王裁缝的话一挤全是水。像这么大的秘事，王裁缝怎么会知道呢? 此其一。倘若这偏方真是郑海所授，那么叶千帆可以采取另外的方式去问莲子——在叶之秋和莲子之间，容易攻破的自然是后者。此其二。第三个原因在于我，作为小说家我不愿意在此亮出王牌。这势必会导致阅读心态的被动。我极不希望这样。一位将去东洋攻读博士的青年批评家曾就本人的创作提出，说我不但不隐瞒自己的虚构，而总是把虚构向我的读者说明，甚至把作家的老底也兜出来，如同魔术师公开了他的手腕。所言极是。我喜欢创作与欣赏构成一种同步的关系。我没有必要对大家卖关子。很多事情我同你们一样的不清楚，而且我的理解能力也极有限。这部小说该怎样发展下去，连我也不知道。这是实话。我的直觉只提醒着一个事实：它没有完。至少是现在不会完。

我于是等待新的转机。利用这个间隙大家不妨抽烟喝茶或者去小屋子方便一下。我呢，在等那位可爱的陈士林先生。他被同样可爱的秦贞女士招去了。这回不是喝酒。是出差，替乡里办点事。乡里穷，所以就全在乡镇企业身上吃喝拉撒还加上出差。办什么事我没打听。不过陈士林临行前告诉我，他两天就回来。今天是第三天。我写完两页稿纸，觉得有点儿乏，就重新泡了杯茶。听见田藕在院子里唱流行歌子，我便把脑袋伸到窗外。

“你能不能上来一下?”我说。

她抬头看了看我，笑了，点点头。

你没法体验在这山沟沟里同一位谈得来的姑娘聊天是多么愉快的事。我住下来不急不躁与这个因素有关。我倒不是说我怎么怎么爱她。我痛恨虚伪更痛恨救世主——好像人家姑娘的命运就全凭你他妈的能改变一样。我就喜欢这种情调，这种气氛。

一个女孩子同你熟悉了便显出顽皮是很自然的事。田藕就是这种女孩子。这种女孩子假如同你结婚了一定会变得很霸道。我想田藕也不例外。但只要不结婚，这样的女孩子就永远可爱。简直是一个时髦的悖论。我请田藕来自然是想让她看看我这两天写的稿子。我愿意把她当做这部小说最初的读者，也是特殊的读者。这样做我认为很有必要也很公道，作者和读者商量着办。

你凭什么作出这样而不是那样的解释呢？田藕明亮的眸子在质问我。这也是她读后感的全部反映。显然她更关心事实本身。她的质问不能说没有道理。我凭什么呢？凭我是小说家而不是历史学家？可我分明又是受到历史的启示才奔这儿来的。难道就凭我所见到的断编残简，于是就写出一个“和平军”少校与一个进步人士围绕一个英雄周旋的故事？那我可就太他妈幼稚了。然而有一个事实不容辩驳：我犯了先入为主的错误。我真扫兴。

正如后来陈士林所说：

“你的第一步就迈错了。”

是的，你错了。至少是部分地错了。这不能怪你。虽然你已是小有名气的作家，但你毕竟年轻。你不过三十郎当岁吧？太年轻了。人在这个年纪最聪明也最糊涂——你别见外，我是把你当朋友待的。我不乱交朋友。说实话，我老陈是诚心想帮你，因为你的工作实际上也帮助了我。互相帮助。

千万不要上材料的当。有些狗屁材料是最害人的。古人言，盖棺定论。其实有些人事即使盖了棺，也未必都能论定。你是读过很多书的人，这道理自不必让我多嘴。

我不知道你们作家写小说是不是先有个模子。但我以为这样不好。小孩子眼里是这么回事，比如好人坏人什么的。小说是写给大人看的，所以至少得有成人的感觉——这个我不懂，我不过是这么想的。我发现你还是很谨慎的，对有些没有把握的事不去说或者不说满。这样就很好。我要写，也会这么干。但你脑子里还积着其他的影响，这些东西不声不响地干扰着你，甚至支配你。因此你的笔下就显得不够轻松。比如你一写到叶家兄弟，有时方寸就乱了。这也情有可原，你毕竟不是那个时代过来的人。你只能靠材料去琢磨。如果你拿到的材料水分大或者根本就是假的，你就等于被人骗了。我这话是不是又说回来了？中午多喝了两盅。酒这东西，真是他娘的又可爱又可恨！

你写的那个月夜林子边上的事，有。唐月霜对叶千帆有意思，这也大致不错。我说过我那时虽小，但知道男女的事。女人心里一装上这茬子事，就会写在脸上。所有的女人都一样。我当初就从唐月霜那双眼睛里看出的。可是我不知道叶千帆心里有怎么的盘算。叶千帆是行伍出身，不苟言笑，又特别讲究体面。事情复杂就复杂在这上头。林中的那个黑影，也有。糙坯子其时不过十岁吧，他犯不着扯谎。再说当时船上人也喜欢上岸找女人过夜。或者干脆就按叶千帆所说，那人是郑海吧！他到这儿活动，比如说同叶之秋接关系，而叶千帆事先得到情报，等着捉拿他。这里就有了个漏洞：叶千帆干吗不拔出手枪调头追踪，相反却回家去呢？我想的就是这个。想了很久。有一天我调过头一想——叶千帆可能在秘密地保护郑海，而真正要抓郑海的是叶之秋！他突然归来就因为这个。

你别笑。我不是在说醉话。我也不怕背上污辱进步人士的罪名。我这人，最看重印象。打我从船上见到叶之秋，就觉得此人阴阳怪气的。我不是讨厌他爱占女人便宜，捏一下我娘的手什么的。你这么看着我是什么意思？是不是说我也是那样？你别解释，你小子就这意思。不过你又错了。正确的说法是女人爱占我的便宜。我这身肉全被软刀子刮光了！没办法，那刀子割得舒服……

也许我俩都错了。不过我劝你，凡事两头想想，要好一些。所谓“山穷水尽疑无路，柳暗花明又一村”。

我承认自己陷入了尴尬的境地。我很矛盾。这里的人实际上模糊了我的身份。更可恼的是，有时连我本人也忘记了自己是个小说家。我被误解了。我同时也误解了我的小说。

事情并非陈士林讲的那么轻松。这个精明人至少是片面地理解了我此行的目的。诚然，我是从前故事的追踪者，但这种追踪不存在方向性。是一次散步或者一次漫游。我的兴致很高。我之所以愿意把这些陈旧的故事写进我的小说，或者说以此来作为小说的蓝本，是因为故事本身的魅力。我以为这些都是纯粹的故事，非常有弹性。正是这个至关重要的因素，唤醒了我沉睡已久的创作欲。

不难看出在这部长篇小说里，与从前的故事平行的似乎还有一个现在的故事。从前的故事是现在人的回忆和作家的想象交融的结果。现在人希望并努力把从前的故事说清楚，就是说，他们需要这么做。他们和“从前”有着千丝万缕的联系，甚至影响着他们的命运。然而这种努力，有悖于我的愿望。我担心我的小说因此会失去最本质的东西，而成为一堆废话连篇的参考材料。不过一般看来这种担心是多余的。我相信这个阶段我运气好。

对于发生在四十年前的事情，我们不至于全然忘却，但也不容易叙述清楚。这中间的道路便是我的，同时也属于我的读者，尽管我与大家的选择不尽相同。

——作家手记

第八章

黄昏又一次潇洒地走来了。

我醒了，看看窗外的天色，才知道自己这一觉睡得很沉。中午糙坯子烧了一只野兔子，劝我多喝了两杯。这种山芋酒进口平和，后劲却相当足。离开桌子我便感到头晕，心脏跳得怦怦响，于是索性把自己放平。

连日来的调查把我整苦了。一旦停下来，就觉得特别的累。我想如果没有什么新的发现，就打道回府。当然我不是要半途而废。我需要休整。暂时把一些眉目不清的事放放，或许会更好。所以这一觉睡得十分安稳。只是在临醒前的那一刻，好像脑子里出现了颜色。是一片潮湿的红，且又活动着，奔腾着。后来在这颜色上又出现了许多斑斑驳驳的亮点，并不闪烁，但很明亮。我费了不少力气，终于看清了它们是一群眼睛，一齐看着我。这样，我醒了。不知别人是否有这种印象，黄昏将至的那一刹天非常的亮，西边像燃烧了似的。我把手伸到晚霞里，手便通红通红并且透明无比。等红色从我手上逐渐褪去之后，我靠起来，开始抽烟。这时我听见楼道上响起了急促的脚步声。是田藕来了。

她没有敲门就将门推开。看我还躺在床上，她犹豫了一下，但还是大方地走进来。我注意到她的双颊绯红，好像特别兴奋。我指指椅子请她坐。她没坐，她说：

“我看见那老人了。”

我愣了一下：什么老人？

“白头发，白胡须，而且是很长的……我想就是你在枫树下遇上的那个老人。”她有些激动地说，“肯定是！”

接着她说了刚才的事：

“我去池塘挑水，远远就看见旧河床上有个老人。我一眼就见到他的白头发，像芦花一样白……他低着头，像是在寻找什么东西。你不知道他是多么认真，连鸟从头上飞过也不去看。我是头回见到这么长胡须的老人，像神话中的仙人似的。可我并不感到害怕。我放下担子，慢慢朝他走过去。这时候他蹲下去用手刨着板结的沙子。他刨着了一块白色的卵石。他朝卵石上吐了一口唾沫，用袖子使劲地擦它。然后拿着它对着太阳看，看了好一会儿，他自言自语地说：‘没有水了。没有水……’我以为他要喝水或者想用水洗一洗那块石子，就喊了他。我说大爷你等着，我给你找水。我就去把水桶挑过来……

“他转过身来看我，样子很慈祥。我舀了一瓢水捧给他。他接过去，可是没喝。他又把水倒进桶里，看了看我。突然他一手拎起一桶水朝河床中间走去——他怎么有这样大的力气！接着他把两桶水都倒了。他跪下去，贪婪地去喝地上的水——实际是舔！那河床太干了，水一倒下去便很快地被吸去了，像海绵一样。他眼巴巴地看着水一点一点地渗进沙子里，白胡须抖个不停。他‘扑通’一声跌坐下来，又去看那块卵石。我当时……”

田藕的眼圈红了，背过脸去看窗外。我扶着她让她坐下来，她不肯。她用带着哽咽的声音说：“我心酸，那老人的样子实在可怜……我不认为他是脑子不正常的人……我想，他，他与这地方，与那条已不存在的河，有着刻骨铭心的关系。我真该留住他！”

“他是不是沿着老河床往东去了？”

她点点头。

“他对你说他住哪儿了吗?”

她摇摇头。她说:“我问了,他只是笑了笑……后来他说出家人四海为家。”

“出家人?”

“对,他是这么说的!”

我一下把田藕抱住了。她似乎没有对这个举动表示应有的惊讶,而是闪着泪花花的眼睛看着我。有一刹我想把手松开,可是我感觉到她紧紧地挨着我,不过身体是稍侧着的。我没有吻她。(这样是不是很蠢呢?)我告诉田藕,不要把今天的事说出去,对她父亲也别说。她好像明白了我的意思,然后装出生气的样子把我推开。

谁也不知道那天晚上莲子去了河边。外江的船队是日头落山后靠岸的。莲子有意放慢洗衣的速度。在棒槌的起落间,她不时去看码头。那些船帆都纷纷落下。只有中间的一条,帆迟迟不落。那帆的上部有一块红色的方形补丁。莲子记住了那条船的位置。在她站起身的时候,她看见了一个穿青灰色长衫戴黑礼帽的修长背影。她感觉到了心跳的声响。

像以往一样,凡有船队来,村子里就显得格外热闹。这地方靠着这么一条清澈流动的水,营养出鲜活娇美的女子。她们从不下田——也没有多少田可下。她们一天的内容无非是管理家务。男人们经常出门卖货,做些简单的交易。于是天一黑,村子便安静下来。战争的硝烟仿佛不曾从这块瓦蓝色的天空飘过,连日本人当年也只是在后山上对着这里空放了几枪,便离去了。这条不宽但十分险恶的水是天然的屏障,给这里带来了安详。同时又引来外面世界的新鲜气息。船来了。外江的船队来了。那些船上的汉子个个都是有力气的,也都口袋里铜板叮当响。他们爱上这儿来。如若说是来做买卖的,倒不如说是图乐子。这里的女人好。她们不仅鲜亮而且通情达理。她们不是青楼之辈,不卖俏,不荡,不敲诈。她们就图你闯江过湖的体魄。在她们看来,男人就该是这个样子,能把女人整个半死。

但是那个修长的背影还留在桅杆下……

这天的晚饭开得很迟，因为等大少爷。他出去一天了。二少爷和六指都看见他骑马沿河滩一溜向东奔去。然而谁也不清楚他去了哪里。这顿饭吃得有些冷清，也吃得很快。唐月霜第一个放碗，她一边擦手一边对六指说：去河边看看吧！

六指便不再吃，准备离开桌子时叶之秋说话了：算了。老大可是不喜欢别人缠他的。他斜睨了一下唐月霜。

只要不是狗，倒也无妨。唐月霜说，然后冷冷一笑。

六指很为难地站着。这时莲子把他未吃完的饭碗递给六指，又突然说：哎呀，我把棒槌忘在河边了！她看了看唐月霜，就把围裙扯下来，匆匆出了门。她听见六指在背后嚷了一句：天黑，当心点！

那时候月亮还没有露脸，周围像一团雾似的朦朦胧胧。莲子感到脚下的路陡然变得很陌生，而且软塌塌的，没走多远竟连跌了两跤。等接近河边时她才觉得轻松一些。河边是不安静的。沿河的一排吊脚楼几乎个个窗口都亮着黄澄澄的灯光，倒映在河里，仿佛天的一角塌下了，星子全泛出了水面。一个窗口传出温柔的黄梅调："郎对花，姐对花，一对对到田埂下……"为什么偏要到田埂下呢？那地方多脏！连草堆上也不如……莲子不禁笑了。她轻轻向那条船跑过去。这时她明显地感到心跳快了，乳房很胀很胀。她用手按着晃动的双乳，想使自己平静下来。但是不行，她几乎迈不开步子了。从河面上吹来一阵凉风，莲子打了个寒战。她停在离船大约十步开外的地方，转身看了看背后，这才轻轻咳嗽了两声。

她看见舱帘撩开了。她似乎是又紧张又羞涩地向船舷走去。天哪，这是真的！她的气短起来，两眼盯着舱门。她期待着一只有力的大手伸出来，像以前那样把她轻巧地提上去……突然，她怔住了。她的手碰到了一个冰冷的东西——

那是一支枪！

林是树林的古名。
林中有许多路，
这些路多半突然断绝在人迹不到之处。
这些路叫做林中路。

每个人各奔自己的路，

但都在同一林中。

常常看来仿佛一个人的情形和另一个人的情形一样。

然而只不过是看来仿佛如此而已。

以上是海德格尔的《林中路》。这些句子，或者说这首诗，是我偶尔从一本非文学性杂志上看到的。我觉得放进我正写着的这部小说非常合适。大约是在第二天，我记起了路德维希·维特根斯坦的一句看上去十分平常的话——

“能看见正在眼前的东西是多么困难啊!”

——作家手记

我正准备收拾行李，陈士林突然进屋来，通知我去乡里接电话。“好像是上面来的，秦贞让我来催。”他似乎是故意地把“上面”咬得很重。我估计是单位有什么要紧的事，便随他下楼。出门时陈士林问我是不是打算班师回朝？我未置可否。他也就不再问，把自行车钥匙递给我，说：“你也不自由哇。像只风筝，看起来飘飘乎乎的，可线头始终在人家手里捏着。”我笑着答道：“世界上只有两个自由人，上帝和白痴。上帝主宰一切，白痴不被一切主宰。”（这句话我曾写进我的一部中篇小说）

刚进乡政府大门，秦贞就一脸是汗地迎上来。“我舅舅要和你通话!”她说。

我没料到是林重远。好像是被这位女乡长的激动所感染，我也随着她小跑起来。林重远显然是收到了我的信了，我想，还真够抬举小生的。在手触及话筒的一瞬，我蓦地想起田藕不久前的叙述——那个水泡着的眼球仿佛在我面前晃动……

“林专员您好！让您久等了……”

“你的信我昨天才收到，正巧今天来这里开会……你忙着吗小伙子？”

“谈不上忙。”

“如果这样，你到我这儿来一下，到县委第一招小楼。让小贞子派车送你。”

“那，是不是影响您工作呢？”

“没什么。你来，我们聊聊。放松放松，别累了，要劳逸结合。我了解你们作家，一旦对什么着了迷，就拼命。这可不好……好吧，你来，晚上我为你洗尘，现在正好赶上吃螃蟹……”

我正想放下话筒，秦贞立刻对我摇摇手。我就把话筒递给她，可对方已挂断了。秦贞努努嘴说：“给我们的款子到现在还不下来，还说重点扶持，屁！”我想了想，觉得是恭敬不如从命。再说，我也需要同林重远接触。我把林重远的意思告诉秦贞，她马上同意派车，并表示亲自送我去。我说这就添麻烦了。她说可以顺便催催那笔支持扩建窑厂的款子。于是就说定了，午饭后动身。

午饭是同陈士林一块吃的。糙坯子正在车间里给坯上釉，停不下来，让田藕给他送饭去。我到厨房洗手时告诉田藕要去县城的事。她说已知道了，陈士林刚才讲的。“行李我替你收拾好了。”她说，不看我。

“我只带毛巾牙刷就行了。”我说，“也许明天就回来。”

“还回来?”

“不是还有要紧的事没办吗?”

她看着我笑了一下，然后眨眨眼，示意陈士林过来了。

我就转过身去，对着外面的天空看了看说：

“这天该不会变吧?”

“难说。”陈士林一边用火柴杆剔牙一边说。

“带把伞吧。”田藕说。

“那多麻烦。”我说。

“城里人淋雨会伤风的。”陈士林说，“不过真那样也没什么，专员有专车护送你。”

“还是带伞吧。”田藕说。

“别!”陈士林吐掉牙间的火柴杆，“他请你的，你就是爹!”

我和田藕都给逗笑了，但是陈士林不笑。

这时“双排座”嘟嘟开过来，小司机把喇叭揿得炸响。陈士林骂道：“你娘死了，叫魂哪!”喇叭不响了，秦贞跳下车来又骂陈士林：

“看你被几滴猫尿浇的!”

陈士林坐到院子门口那块上马石上，吹着口哨，不知是吹的何方曲子，倒还顺耳。

“老陈你是不是也去一下?”秦贞说。

“是想让我给你舅舅磕头还是烧香?”陈士林斜睨着秦贞说。

秦贞生气地说：“我是在同你谈工作!”

陈士林懒懒地站起身，说：“那也好哇，不过你得让我去你家喝两杯。这要求不过分吧? 你都许愿几年了……”

秦贞一时没词了。停顿了一下，又说：“走哇，我姓秦的是小气鬼吗?”

“不不，你……说句笑话何必当真呢? 阿庆嫂!”陈士林对秦贞拱拱手，“我知道，你大方……我心里点着灯呢!”

昏黄的灯光摇曳着。刚才院子里的说话声让莲子清醒了一些。她活动了一下身子，才意识到是躺在自己的床上。那孩子听见声响便把头从桌子上抬起来，望着这边。他这些日子总是一声不吭地待在这院子里，像只生猫似的。现在他把油灯挑亮了些，同时把凳子朝床这边移了移。隔着夏布帐子，莲子看见他的脸上有斑斑的泪痕。莲子心里一酸，想支起身子，可是两臂出奇的发软。她说：林儿，扶我一把……给我把帐子撩起来……

那孩子把帐子钩好，扶起莲子。然后把一直用热水温着的姜茶捧给莲子。他轻轻地说：娘，你好点了吗?

也许是异乡人的同病相怜，也许是这孩子可想而知的不幸，这一声“娘”，在这深夜的小屋子里显得格外的亲切。莲子接过姜茶一口气喝了个干净。那孩子的脸慢慢松开了，傻笑着。可是莲子的眼睛却湿润了。她把那只精瘦的小手放在自己两掌之间，仿佛是用体温孵着一只行将破壳的鸡雏。这时候，她听到了皮靴声，接着是六指抽鼻子声，她便靠在床上，让那孩子去开门。

可还过魂了? 六指伸头问，大少爷看你来了!

大少爷持重地走进屋。他的身影几乎涂满了一方壁。莲子轻轻喊了声“大少爷”，下意识地把被子朝胸口拉了拉。大少爷也微微点点头，在刚才那孩子坐的凳子上坐下来。过了片刻，他说：“遇见什么了，莲子?”

我……我想是碰见鬼了……

是老爷看你来了。你知道，他……

不，老爷不会吓我的。不会。

那你看清了什么？是头发竖起来的还是舌头拖下来的？

我，我只看见……

一团火。六指插话道，一团火就把这娘们儿吓成这样！

不是火！莲子提高嗓门说。

你刚才不是说是火吗？六指说。

那是什么？大少爷问道。

我也说不好，黑糊糊的一个东西……朝我逼过来……我就头昏，想吐，好像脖子被绳子勒住似的……

大少爷不再问了。他站起身，在床面前走了几步。他吩咐莲子蒙头好好睡上一觉，就离开了。他的皮靴吧嗒吧嗒地响着，使夜变得更加深幽。大少爷没有径直回屋，而是站在院子里大喊道：

六指，把青霜剑给我拿来！就挂在你的门头上，我倒要见识一下鬼！

“双排坐”经过疙里疙瘩的路面之后，开始进入较好的柏油马路。于是我也就结束了坐轿子的历史，放松了一口气。司机很费劲地换好挡，车便一马平川地跑着，不久驶上了县城的大桥。这座钢筋水泥构件的桥梁很长，分为三段，每段之间的高地都盖着房子，还夹有商店。所以这桥又兼有街的内容。有三条窄水从这里经过，然后汇成一条大河。这即是新的长水。它的一端依旧与长江相通。第一次整修这条河是在一九五七年。据说是热火朝天，仿佛预示着翌年的全面跃进。不久，灾荒席卷而来，热火随之而灭。修河的工程实际是半途而废了。每年汛期，这条暴戾的河总会威胁着河堤那边的生灵。到了一九七九年，第二次修河工程开始了。这一次人们似乎冷静一些，在未刨出新土之前花人力财力清理淤塞的河道。人们在河的两岸，也就是当初民工驻扎的地方，刨出了不少白骨以及一堆尚未腐烂的眼镜。这些眼镜，有的镜片还完好无损。有人用水洗擦之后再接着使用，说很好，看什么都不觉得模糊。当然像这样的事，县志是不会记载的。

突然一个刹车，我剧烈地一晃。听见司机把脑袋伸出窗外骂道：“活腻了?!”这腔调使我想到来时陈士林骂他的情形。我感到好笑。坐在我旁边的秦贞此刻正把一直支着额头的手拿开，她像打了个盹，两眼泛着睡眠不足的血丝。我觉得有些奇怪，因为这位女乡长是特别爱说话的，这一路上竟无话可说。

“秦乡长，要不要先从你家里过一下?”司机放慢车速问道。

“不了，直接去县委一招，晚饭后回乡里。”秦贞说。

“今天是星期六呀!”

“晚上我还有会……”

“不是推迟到星期二了吗?”

“少啰唆。我说有会就有会!”

我看看表，时间还早。我对秦贞说还是先回家看看孩子。她摇摇头，说两个孩子都在外面读书。

“那就看看孩子他爸吧。”我说。

她伸了个懒腰，说：“都看几十年了，还能看出什么新的名堂来？工作太忙……”

我便不再说。从秦贞的脸上，我已经看得很清楚了。也正因为我心中明白，使我对这位中年女子产生了一种很特殊的情感。似乎有理解也有怜悯，还夹杂着那么一点轻蔑。她脸上固执地滞留着残余的青春风采又让我觉得几分可笑。时间真是一把锋利的锉刀。想当年，她或许也是一位比较引人注目的姑娘。

车拐弯了。县城的街道像集市一样熙熙攘攘，噪声强烈。汽车从当中开过，那感觉就像食道癌患者咽下一块馍。好在街道不长，大约折腾了一刻钟，车便驶向了一条岔路。这条路严禁摆摊设点，而且一律栽着很好的塔松，显得非常幽静。明眼人一望便知，这条路通往要紧的场所。县委、县政府都坐落在这儿，隔路东西相望，皆坐北面南。路的尽头即为县委第一招待所，似乎有点三足鼎立的意味。那么这后一足虽然是虚置的，但又举足轻重。因为只有来自上面的人才住这儿，他们的所有活动都将影响到这个穷困县的前途与命运。

“双排座”在铁栅边门前停下来，等候传达室的那个矮老头开门。可他只是狐疑地打量着，并不起身。司机揿了揿喇叭，老头还是不动。

“你看，这车多碍事？连个吉普也不如!”秦贞说。她打开车门，跳下来。我也随她下了车，拍拍身上的尘埃。秦贞正打算去同矮老头交涉，这时一位眉清目秀的男青年从大门那边跑过来，一边喊“秦乡长”。秦贞一看，脸又舒展了，同来人握手，并介绍说他是舅舅的秘书小刘。然后她又郑重地介绍了我。小刘很腼腆地与我握手，说：“专员正在会上讲话，他让我领您先住下休息。”我说好的。小刘就对着传达室叫道：“老头，你是不是脑子有毛病?!”

司机又揿喇叭，这一次是不断地揿，越揿越快，所以听起来像个泼妇骂街。

原来是一只大蜈蚣！叶之秋把敷好药的脚从凳子上搬下来，似笑非笑地看着倚在门框上的老大。莲子抽身离开。她是埋着头从老大眼前走过的。叶之秋忽然想起一件事，他叫住已迈出房门的莲子。他说：去把青霜剑摘下来。

莲子看看他又看看老大。

叶之秋又说：你那里鬼走了，我这儿又来了。我就不信咬我的真是一条狗！

这时叶千帆亮出了藏在身后的青霜剑，挂上门头。他先了一步。他总是抢先了一步！叶之秋暗暗吃惊，他不能不佩服这个老大。现在他似乎才意识到，这个男人干什么都是静悄悄的，以至于你的反应始终要慢一拍。就像刚才他上楼来你无从觉察一样。而且你刚想到的，他已经做了。

莲子离开后，叶千帆进了屋。他像平时那样先从书柜里随便抽出一本书翻翻，然后坐在父亲生前爱坐的那张躺椅上，轻轻地摇晃着。片刻之后，他说：

我打算出一趟门。三五天就回来。家里的事就拜托你和太太了。

走水路还是……叶之秋问道。

骑马。这样利索。叶千帆说，再说，水上的邪气太重。

你是说，当初老爷子倘若不从水上走，也许会逢凶化吉？叶之秋说。

不。我看是在劫难逃。叶千帆说，明枪好躲，暗箭难防。他早就被人盯上了。

叶之秋点上香烟，慢慢装进烟嘴。他吸着烟，目光追随着悠悠飘出窗外的烟雾。他说：父亲为人善良，谁会暗算他？

善未必有善报。有人利用了他的善良。叶千帆站起来，而且这个人……

叶之秋说：你怎么不往下说？

叶千帆笑了笑，走到门口，用拇指试了一下青霜剑的锋刃，说：到时候，它会替我说的！

叶之秋移了两步，说：我不怀疑会有这么一天。

叶千帆做了个手势，说去窑头看看，就下楼了。叶之秋慢慢走到门边，也用拇指试了一下剑锋。这真是一把好剑。可惜自己不会用它！从小，父亲就不让他动这类东西。父亲崇文尚武，却对自己的两个儿子各有分工。也许这种本领的限制，是为了他本人的尊严与统治。但他不埋怨父亲。在他心目中，父亲是慈爱的，尽管这慈爱时常为严厉所包裹。他情不自禁地抚摸着指间的象牙烟嘴，又回味起刚才老大的话。他想老大可能掌握了什么，一星半点的。但是，他又想，老大平素是沉默寡言，不善言辞，更不会轻易向别人透露点什么。叶之秋不明白这个老大今天为何要一反常态？

他吸着烟，从门边移到窗口。他看见老大在院子里同六指说着什么，然后跨上白马出了大门。六指也跟了出去，但往相反的方向走了。叶之秋想，六指一定是去了河边。那个外江的船队还没有走。他觉得这个迹象与前几天夜里莲子在河边发生的事是有关系的。那天老大很晚才回来。吃晚饭的时候，莲子说把棒槌忘在河边，就去寻了。当时他就感到莲子在玩花招。但他没有制止。结果倒是十分意外的，莲子给吓住了，口口声声说遇上了鬼，还真的病倒了。等叶千帆回来，突然在院子里大喊大叫——这也很不正常。老大显然在向这屋里的人发出警告。这是很容易听明白的。然而这个深奥的少校似乎疏忽了，他的举动还会给人留下另一种截然不同的印象——贼喊捉贼！

叶之秋把烟蒂弹到窗外，看着那匹大白马消失在村庄的背后。

自然是一次丰盛的晚宴。林重远俨然是以主人身份来特意款待我的。

筵席安排在装潢考究的小餐厅。这一桌只有六个人。另外的几位是：这个县的副县长、随林重远下来的行署办公室主任以及林的秘书和驾驶员。本来林重远也让秦贞他们留下来。可秦贞执意不肯，说晚上乡里有急事，就作罢了。秦贞一个劲地催那笔款子，林重远说回去就拨。秦贞说，舅舅说话可得算数。林重远笑着回答：我说话从来都是算数的。这句话给我的印象是：又自信又亲切。坦白地说，我对像林重远这样的领导干部很有好感。他们是知识分子，言谈举止都显示着较好的修养。但是田藕不喜欢他，说他身上有一种“说不上来的气味”。我想这人的感觉实在是差异太大。

螃蟹是主菜。这地方的蟹个头不算大，味道却是十分鲜美的。我对吃蟹完全是外行。虽然也吃过几回，但还是不大容易分清哪些是该吃的哪些是不该吃的。我还觉得，蟹一扒开，样子就非常可憎。所以我不吃蟹黄，只吮腿子。当然我注意掩饰自己。林重远对付这物件显然手段娴熟。而且他的吃相也很优雅，修长的手指拨弄着如同演奏一件民间的乐器。间或他说些富有幽默感的话。其中有一句话在我看来是极有意味的。那是在快结束的时候，他用餐巾揩揩嘴唇说：

“螃蟹和大蜘蛛面目差不多，实质却截然不同。”

……

和林重远的谈话是在中央电视台《新闻联播》节目之后开始的。我引用了他一小时前关于螃蟹和大蜘蛛的那句话，作为“导语”。这句含有哲学意味的话，我认为从某种意义上，概括了我这一阶段的工作。在大致介绍了我的调查情况之后，我说：“我觉得不仅郑海是一个谜，而且与他有关的人都可能是个谜。”

他微笑着问道：“那么我是不是也算一个谜呢？”

这个问题我很难回答，于是也报之一笑。接着我又补充或者是强调说：“我是说可能。”

他说：“历史是不允许有可能的。对待历史，我们要求的是：只能这样。当然这不等于说不要实事求是的态度，不要‘太史公笔法’。”

我说：“如果司马迁不受宫刑，《史记》会是怎样的面目呢？”

“那就没有《史记》。”他笑着说。这下是开怀大笑。之后，他又说：“一般看来，后人撰前史是比较方便的。其一，是历史本身经历了时间的锻炼，该留下的自然留下；其二，撰写者不会受到各种因素的阻碍。而当代人撰当代史，就难免会遇上这样或那样的局限。你所了解的，不过是历史长河里的一朵浪花。已经过去四十年了，在我看来眉目是清楚的，可是让你弄复杂了。是不是这样？”

我明确地表示不是这样。抛开我目下的调查不谈，我对他关于后人撰前史的方便，也不敢苟同。诚然历史经过时间的考验，使一些东西得到突出，这是问题的一面；另一面则是至少一部分突出的东西由于受到岁月的消蚀，所以它格外的模糊。后人对前史的态度仍然取决于后人的需要，古为今用也好，借古喻今也罢，总之是有倾向的。否则像秦始皇、武则天、孔丘、曹孟德这样千年的尸骨怎么也不能安宁呢？

他仍然是微笑着说：“所以历史只允许‘这样’。我们当然也不完全排斥‘那样’。这就需要从宏观上加以把握，不要去纠缠细枝末节。我年轻的时候，记得在《新月》杂志上看见胡适的一篇文章。好像是为了考证一个和尚的墓碑，洋洋洒洒写了近万言。我当时就觉得滑稽，大可不必嘛！像胡适这样的大学者，干吗不潜心去做大学问呢？”

我说：“也许在他看来，这便是大学问。”

他说：“不，是玩物丧志。”

他站起来，把外衣的纽扣一一解开，踱了几步后，他按按我的肩头说：“可别陷进历史虚无主义的泥坑哟！”

我说我并非历史学家。我不过是对这段历史感兴趣而已。至于我写小说，从来都是天马行空的。

“那也必须有马有天空呀！”他说。

“是的，”我说，“我要找的便是这两样东西。”我想，现在该走上正题了。

路德维希·维特根斯坦曾把哲学家的行为与小孩子的行为看做同一回事。哲学家把自己的图画指给小孩子看，然后告诉他们说：这是一幢房子，这是一个人，如此等等。于是小孩子也涂画了一些符号，问哲学家：那么这是什么？我想哲学家当时不过是耸耸肩而已。在这位哲学大师的《价值与文化》小册子里，有如下一段话——

“因果联系的观点潜在危险在于，它引导我们说：‘当然，这必然会如此发生。’然而，我们应该想到：它可以这样发生——也可以通过许多其他的途径发生。”

——作家手记

第九章

我决定上青云山。

这座具有悠久文化历史的山峦，由于本身的平庸常常为一般人所忽视。论奇美神秀，它没法同驰名中外的黄山相比；论道教香火，它又远在武当之下。后人对历史的要求总是那么苛刻与挑剔。于是在匆忙之际，我们遗漏了本不该遗漏的东西。也许过了很长时间，有一天我们会蓦然发现，过去所看重的是多么的不值！过去所轻视的，岁月却把它们磨出了光彩。

我手头正翻着《青云山志》和旅游部门编印的小册子。我并不热爱旅游。这种态度使我经常为一些朋友所嘲弄，认为“太不符合时代潮流”。其实我不觉得困惑。我有我的理论。在我看来究其本质山依旧是山，是一大堆板结的土和石头以及生长其上的树木蒿莱。所谓自然景观只不过是它们的形态别致怪异一些罢了。而人文景观就更没有多少意思了。试想你以索道代步登山，然后去一个水泥亭子里喝可乐，再去一个铁皮小屋里买香烟，接着又观赏那些油漆未干的碑刻，那滋味如何？我甚至认为“读万卷书”与“行万里路”没有联系，或者联系不大。我曾在一篇小说里把旅游称作花大把的钱去过颠沛流离生活的方式。所以我这次上青云山不是旅游。我要去找那位在这部小说里匆匆而过的老人。那天田藕谈过故道边所见情形之后，我便作出了这个决定。我突然有了一种令人心旌摇动的预感：这位宛若仙人的老者与我的小说有着很大的关系。换种方式说，他将从一个方向推动小说的发展。这种发展的趋势与作家本人的考虑大致相同，但其过程又不一样，可能比较迂回，以曲求伸。我把这些告诉田藕，想听听她的意见。“你是一个自以为是的男人。”她这样评价说。

于是在这个秋天的早晨，我们上路了。行前我向糙坯子作了必要的解释。我说想沿长水故道走一趟，希望田藕能做我的向导，两三天便回来。“我会照顾好她的，你放心。”我强调说。糙坯子自然爽快地同意了，说这一带人都晓得田藕，路上不会碰到麻烦事。我进屋收拾行李的时候，看见糙坯子去了厨房。我想做父亲的大概去同女儿叮咛什么了。后来我听见田藕在院子里叫了一声：“他敢把我怎么的？”糙坯子便不响了。我从窗口悄悄看了看，他蹲在槐树下抽黄烟。也许田藕这句话是说给我听的吧，谁知道呢？不管怎样，田藕能与我结伴而行，我还是感到很愉快的。一个女人陪着你与一个男人陪着你感觉当然不同。何况这女孩子对你有好感。我不掩饰这一点，同时我也不想夸大这一点。天气很好。这是个清丽的早晨，秋高气爽，云淡淡的且又软软的。我们离开村子的时刻，太阳刚刚升起，群山一抹浅红，地面上的雾气开始松弛，像彩色的蛇一样自由游窜，转瞬即逝。南来的微风，努力摇动着那些出人头地的芦苇，间或有白茸茸的芦花飘落而下，从你的脚边擦过，留下一缕惆怅的柔情。故道的痕迹越发浅显了。不知情的人是很难想象这里曾经流过一条优美的水。但是那些突然被你踢出来的卵石，又似乎在提醒着你的记忆……

“你同那个专员谈了些什么？”田藕问道，“谈得来吗？”

我说没谈什么。“我以为他会对我说些有用的事。可实际上，他去给我上课。”我说。

田藕笑了笑：“你注意他的眼睛没有？”

我说：“注意了。他戴着质量很好的变色镜。光线越好，镜片越深。是那种褐色的，酱油一样。吃饭的时候他摘了一下眼镜。我弄不清他哪只眼是假的。但我觉得，他拿掉眼镜就显得不精神，很苍老。”

她说：“他可能就相当的老。”

我说：“我想也是。他不会还没满六十。”

她说：“那眼睛可真怪。”

“就因为太像真的了。”我说，“以前我只认为迷信能骗人，没想到科学也能这样。”

她停下来看着我。

我接着说：“有时候，迷信和科学是没有界限的。或者说界限很模糊。”

田藕显然在思索这个问题。她把一块卵石扔向左前方的芦苇丛里，惊起一只黑色的鸟儿，箭一般地向山洼里飞去。

河边恢复了平静。

外江的船队是在拂晓前起锚的。这正是人们普遍于梦境中逍遥的时刻。因此船队的离开像风搬走一块云，连狗也没发觉。据说前一天的后半夜风向突然改变了，由东南转为西北。于是所有的帆樯迅速升起。人们在梦中听到的淅沥声其实不是雨响，而是帆的鼓动声。船乘风而下，犹如在冰上行走。最前头的是那张打着红补丁的帆。但是那个穿长衫戴礼帽的修长身影没有出现。

两小时后，叶家大院的门打开了。大少爷叶千帆去河边遛马。他立刻注意到河边已不经意地改变了，但他不觉得惊讶。他抓起一把沙子向空中抛去，以此判断风向与风速。那船的确是走远了，他想，已过了青云山。他向码头走过去。从那些乱七八糟的锚印中，他知道船队离开时是十分慌张的。而且他认为，几天前的夜里莲子便是在这个位置受到了“鬼”的惊吓。这个位置坡势陡峭，必须经过三十几道石阶才能上岸。也就是说，“鬼”不是来自岸上，而是船上，比如说从船舱里窜出来。这不奇怪。奇怪的是莲子到这儿来干什么？莲子是从不到这儿来洗衣的。这儿水浑，摸鱼还差不多。(那一定是条大鱼！) 叶千帆的右手又伸到马裤的口袋里。他想起那天晚上六指的插话。六指说是一团火。莲子说不是。她改口了。莲子的语无伦次让他警觉起来，还让他感到一丝河笑的害怕。从莲子灰暗忽闪的眸子里他似乎发现了一个埋藏已久的阴谋。人实在不可貌相。但莲子是给人操纵的，他想，那个人不久就会从幕后走到台前。叶千帆突然拔出手枪，对准停在水面上的一只白鸟。这时候，一个声音从他头上飘过：

手下留情！

叶千帆心里顿了一下。他仍然平举着枪。在听见身后的脚步走完石阶后，他突然把枪抛过去，接着猛一转身——

他看见左轮稳稳地落在叶之秋的右手。他看着那握枪的手，哈哈大笑：

博士，我以为你只会舞文弄墨。

叶之秋看看枪，说：不，我的枪法很出色。

那我倒要见识见识。叶千帆走过去，来，就那只鸟。

我从不瞄准生命。叶之秋说。

如果那是一只狼呢？叶千帆问道。

叶之秋笑着把枪还给兄长：那么我可以请你来收拾。

叶千帆抬手就是一枪——空的。然后他把手收回来，从裤袋里掏出六发磨得锃亮的子弹，一一装上。他看着东去的水说：

我可是一直在找机会把它们射出去。

《青云山志》第21页是这样记述的：

“大约在一亿三千万年以前，地质学上叫做中生代白垩纪时代，青云山是一个巨大的湖盆。地表流水导致泥沙俱下沉积。经过漫长的岁月，形成巨厚的砾石和沙子互层的沉积物。又经不断的紧压与胶结，沉积物逐渐演变为岩层。

“到距今约七千万年的新生时代，这一地区由于受到喜马拉雅等造山运动的影响，开始发生质的变化：湖盆干涸，沉积岩层缓缓隆升，直至高出海平面800多公尺，成为山体。虽出现裂隙，但在形态上仍然是完整的。

“自青云山产生裂隙以后，外力风化作用便日臻活跃。夏季，地表水分大量渗入，节理受侵蚀而渐加宽拓长；冬季，储积在裂隙中的水分冻结为冰，体积膨胀使裂隙扩大，同时又利于地表水分进一步下渗。这种作用反复进行，从而导致完整的山体不断崩塌。崩塌后的物质又不断被流水带走，重新下渗。于是一些‘岩核’和‘岩髓’之处脱颖而出，拔地而起，面目峋嶙峥嵘。”

第28页还提到：

“……其时由于气候十分炎热干燥，沉积物经受到强烈的氧化作用，大量红色的铁离子便在岩层中聚集起来，故今日的青云山岩层多呈红色。”

——作家手记

我不想走捷径，而且绕了一个不小的弯子。我们始终是沿长水故道走的，先是向东，最后向北。在东北的交汇处，我看见了现在的长水。情形大致和地图上所描绘的差不多。它在青云山的最北端突兀地调头向西，钻进山的腹地，然后再从别的峡口涌出，顺道东流至江。所以看上去似乎被山斩断了一截。河流改道想必是异常壮观的。当你从睡梦中醒来，发现与你相依为命的一条河悄然逝去，那种心情是外人所不能体察的。你一夜间失去了一条河，你将怀疑自己的存在。那条河淌走了，于是你许多美好的记忆也淌走了，再也找不回来……

我点上香烟。太阳已升得很高，人感到暖洋洋的。我告诉田藕，在这儿歇一会儿，吃点东西，下午上山。她表示同意。这附近没有人家，甚至连个人影也见不到。我们在一个避风的地方坐下来，拿出包里的食品和饮料。我发现田藕的神情有些专注，便问："你还在想那老人？"

她摇摇头。她说："我想我奶奶。"

我又问："是不是想起什么事了？"

"这地方我曾经来过。是和奶奶一道来的。"她说，"那时，我还很小。大约七八岁的样子。我跟奶奶到附近山坡上弄柴火。有一天，奶奶一早就起来了……"她喝了点饮料，接着说："那天她换了一身新衣服，头发梳得很光亮，像出门走亲戚似的。可她是外乡人，在这地方没有亲戚的。当时，家里没有人。我父母都出门卖货了，陈士林也被抽去修水库了。奶奶本来打算把我托在邻居家，可我不肯。我要跟她去。我还闹着也要换新衣服。她生气了。她说你这丫头像根尾巴似的！我愣了一下。因为我觉得奶奶这回是真的生气了。不过她还是背起了我……"

我问："也是沿旧河道走的？"

她点点头。"这条路很不好走。也不常有人走。"她说，"我就问奶奶：这是上哪儿去？她不睬我。我就又问。她说：去烧香。我问给谁烧香。奶奶说给菩萨。我就好奇怪，这一带是没有庙的。而且祠堂里供的小菩萨都给打掉了。我问哪儿有菩萨？她不说了。我又说书上讲没有菩萨。她狠狠瞪了我一眼：你个丫头懂什么？我哭了。她把我放下来，叹了口气：你这孩子就晓得哭。别哭了。后来她自言自语地说：菩萨哪会在书上呢？在心里头。"

我说："你们后来就上青云山了？"

"不，没有上山。"田藕说，"我们大概也就走到这附近。我累了，也饿。奶奶就把我背进一个小茅屋里。那好像是一个临时搭的棚子，是给看山林的人住的。现在没有了，可能挪到别处去了。"

我问："棚子里有人吗？"

她说："没有。我也很纳闷，远远就看见屋顶上升着炊烟，怎么进了屋就没见人影呢？等了好久，也还是没人。我奶奶倒像没事似的，她把我放在小凳子上，自己去往灶膛里添柴火。那锅里正烧着热水。两把柴火一添，水开了。她把一个篾壳的水瓶装满，剩下的水拿来给我洗脸洗脚。当然要兑凉水。凉水是从山上淌下的，通过粗竹筒子接到屋里；要用时，把木塞一拔就行了。我发现奶奶忙起来很利索，便问：奶奶你常来这儿？她不回答。她给我洗好，然后把我抱到那张简单的床上，让我吃山芋。她带了很多山芋，煮熟的。可她不吃。等我吃好，她就把我搂在怀里，轻轻拍着我，又轻轻哼着一支很老的歌子……我大概很快就睡了。"

"守林人后来一直没有进屋子？"

她撩撩头发，继续说："没有。也许他在我睡熟的时候来过。我醒来时天色已经不早了，也变了，外面正下着雨。屋子里很暗。接着我发现奶奶不在身边，我就喊。还是不见她，我吓哭了。这时候，门一下被推开，奶奶跑过来把我搂紧，哄我。她说奶奶去弄些野菜了，今儿看来是回不去了。说着她把油灯点亮，我看见她的头发很乱，可身上并没有淋湿。我又问：这屋子怎么没有人？她说：人上山了。可是门怎么不锁呢？我这样问道。奶奶笑了笑，说这里面有什么好偷的呢？说着，她又开始动手做晚饭。她从包袱里拿出了一只狗腿子，是腌的。她把它给蒸了。真香哪！奶奶撕下一块给我，剩下的用油纸包起来，说是给菩萨吃。我说菩萨是不吃狗肉的。她说有的菩萨吃。"

说到这儿，我们都笑了。我说奶奶说得也对，比如说活佛济公就喜欢吃狗肉。我让田藕接着往下说。她想了想，说没什么可说的了。"我和奶奶在一起睡了，她给我说了些神话故事。第二天，天晴了，我们就顺原路回去……"田藕简洁地作了交代。

"你奶奶没有敬香？"我问。

"没有。"她说，"奶奶说路上滑，不去了。"
"那狗肉是不是又带回来了？"
"她把它放在小屋前的树杈上。她说菩萨会自己来取的。"

叶千帆把枪放进裤袋，六指从后面赶来说：二太太有事商量，请大少爷回去。

叶之秋问：什么事？

六指说不知道。

叶千帆把马交给六指，自己走了。他没有顺原路走，而是上了码头的台阶，从村子背后那片林子里穿过去。他想那晚林中的黑影大概就是走这条路的。这黑影与莲子后来遇见的那"黑糊糊的东西"会不会是一回事呢？他停住脚，向四周观察。他的右手又一次伸进裤袋……

二姨太唐月霜住在楼上的西厢。自她进了叶家，就一直住在这儿。东厢原是大太太住的，她死后便做了叶念慈的书房。现在归二少爷所有。中间的堂屋，一分为二。前面是供神龛与祖宗灵位的地方，后面是叶念慈的卧室。老爷作古后，大少爷曾在此住过一阵子，因为唐月霜夜里感到害怕。叶千帆本人的屋子是在楼下的西厢，也即二姨太卧房的下面。叶千帆来到二姨太门前，咳嗽了一声。里面说：门没插。他推开门，看见唐月霜正对着大圆镜梳头。他停住了。在他的目光同镜子里的目光相遇的一瞬，他感到脸上有一股潮热，但他没有立刻避开，而只是把目光放虚了。唐月霜笑了笑，说：把你的手拿出来，大少爷。然后，她转过了身。

这女人真美。叶千帆坐下来，双手放在膝上，眼光依然在那女人身上移动着。

听说你要出远门？唐月霜问道，什么时候动身？

如果家里没什么要紧的事，我想明天就走。叶千帆说。

唐月霜踱了几步，问：一定要走吗？不等叶千帆回答，她又说：外头很乱，在家待着会省掉许多麻烦。

叶千帆没吱声。

过了会儿，唐月霜坐到椅子上，一边修指甲一边说：再说，你一走，我就觉得这楼上很空……

叶千帆说：我过几天就回来。

唐月霜淡淡一笑：看来我是劝不住你了。那你就去吧，当心着点。

叶千帆说：我会当心的。

唐月霜看着他，说：你把口袋里的东西留下，我替你保管。

叶千帆笑笑：这东西放在你这儿恐怕不合适吧。

唐月霜站起来：我也想玩玩它。

自东汉顺帝汉安元年，张道陵于四川鹤鸣山创“五斗米道”始，作为汉民族固有的宗教，道教已具雏形。这位以汉留侯张良后裔自居的张辅汉公，或许是由于少时读《道德经》的痴迷，也可能是碰上了什么不顺心的事，突发奇想，上山修道，自命天师。但奉老子为教主，尊为太上老君。以《道德经》、《正一经》和《太平洞极经》为基本经典。张天师用符水咒法授道治病，教人奉道处世悔过自新。可有趣的是，他的孙子张鲁却异常的不安分，居然在巴郡、汉中建立了政教合一的政权近三十春秋，后降曹孟德。至两晋时，道徒的骨干分子也即为“祭酒”者的孙恩、卢循，又利用五斗米道发动了前后达十年之久的农民起义，不能称王则以期招安。这情形与后来的水泊梁山是相似的。甚至让人想到一九二三年的临城劫车案，以送给孙美瑶一个旅长换取津浦线的安宁。五斗米道后经过高山道士寇谦之的“革新”以及庐山道士陆修静的整理，唐宋以来，南北天师道逐渐合流，至元代统归正一道，成为道教之一大教派。尊张道陵为“正一天师”，以《正一经》为主要经典。这一派的道士与王重阳所创立的全真教显著的不同在于，可以不居宫观而有家室，故称为“公居道士”或“俗家道士”。

秦人王重阳的起家，似乎比张道陵更为玄妙。据说他甘河镇遇仙，得修炼秘诀，遂抛妻别子，上终南山修道炼丹。金世宗大定七年，这位王知明先生云游齐鲁，建会布道，收马钰、谭处瑞、刘处玄、丘处机、王处一、赫大通及女子孙不二为徒（号称“北七真”）。王重阳倒没有什么招安的谋划，他要做的不过是将儒、释、道三者合一，仿效佛教禅宗，主张“识心见性”，建立丛林制度。所以追封其为“全真开化真君”，也还情有可原。至于他所谓“遇仙得道”之说，为历史宽容了。不过，在他作古之后，他的得意门生丘处机倒是真正得意了，被元太祖尊为国师，掌管天下道教，使全真教跃居统治地位，盛极一时。

青云山属“正一教”派。据《青云山志》记载，最早来青云山开山建道的是位“栖云娘子”，来自湖北武当山，时间大约在唐乾元年间。后，栖云娘子与一樵夫通婚，生两子，号玄生、妙生，亦皆入道。此为青云山二大房，与武当山一脉相承。关于这一点，还可以从建筑上找到佐证。武当山曾于明永乐十年，大兴土木，建成净乐、玉虚、紫霄等八宫，青云山也随后于嘉靖三十七年仿建净乐、玉虚、紫霄等阙。武当山有金顶，而青云山也有一铁顶。曾有一个时期，青云山被列入七十二福地之内。

有一点似乎很有意思。所谓“净乐宫”，是为纪念王重阳的女弟子孙不二而建的。孙为全真道清净派的创立者，是不食人间烟火的。在正一道的山头修筑全真道的宫阙，道理似显勉强；而在一群颇善“房中术”的俗家道士中竖立一出家女子之偶像，可谓意味深远了。这是否也可以看做黑色幽默呢？

——作家手记

山道弯弯，但很好走。我喜欢走这种被人踩出来的路，没有石阶也没有草。这山的植被是很好的，而且越往高处去绿色越浓，仿佛与山下不是一个季节。也不是一个气候。过了“一天门”，天空豁然开朗，万里无云，太阳不知藏到哪里去了。从微湿的地面上看，不久前山上落下了一阵细雨。雨过天晴，雾气组成的祥云在山腰盘绕，人颇有飘然欲仙之感。田藕让我看路边一块年代久远的无名氏诗碑，好像是学米南宫的字体。诗云：置身青云峰，停云天际西；踏破羊肠路，一笑万壑低。像这类摩岩石刻，沿途都能见到。据说还有包世臣、唐寅这等风流名士的手迹。我没有一一细看。我不是来观光赏景的游人。不过我想从前的那些骚人墨客，游山玩水大概不完全属于今天这种旅游性质，仿佛在追寻一个梦。

“你觉得能找到他吗?”田藕问道,“他或许不在这山上。”

我想了想,说就是看看郑海的墓也好。“你知道墓址在哪个位置?”我问她。她摇摇头。她说只是听说在这山上。听陈士林说的。

“你认为真有墓?”她突然这么问。

“秦贞说有。去年她陪林重远来过。”我说。我又说了林重远准备拨款重修墓陵的事。

“那么,”她像小鸟似的看着我,“那老人会不会同郑海有关系呢?”

我笑了:“我倒希望这样。”

这时候,一位年迈的老妇自“天梯”下来,看样子是住在这山上的。我上前拦住她,向她打听。我仔细描绘了那个老翁的形象。她很费劲地听懂了我的意思,然后用当地的方言告诉我:这山上有很多那样的老头子。我又询问了郑海的墓址。她抬眼看了看我,好像我的话让她感到很意外。于是我又重复了一遍,而且强调指出,是那位过去赫赫有名的英雄郑海。可是她摇摇头,又做了个奇怪的手势:他还活着。说着她转身就走,没走几步又回头嚷了一声:他是个好人。好人是不会死的!

我和田藕相视一笑。笑过,我们又几乎同时叹了口气。我突然有了一种被捉弄的感觉,就像第一次去看穹幕电影,等散场了才知道受了份洋罪。我已经说过,这部小说事先并没有经过编排,所以它最终将有怎样的结局,我不清楚。也许永远没有结局。现在,我感到了懊丧。我回想起前天夜里在县委一招同林重远的谈话。我觉得我是在自作多情,手伸得过长。其实我早该明白:很多事是碰不得的。

“你累了?”田藕说。

“我觉得头很重。”我说。

“歇会儿好吗?”她说,“顺便等等过路的人,再问问。”

我们就坐在石阶上。这上面的水迹已干了,这么快。

“你看那片云——”田藕指着山顶说,“像什么?”

“像个女人,躺着的女人,不过没有腿。”

“腿伸到山后面去了。”

“伸到天外去了。”

“给风吃掉了。云从龙、风从虎。虎吃掉了龙的腿。”

“你看,她现在坐起来了……”

“该不会坐在轮椅上吧。”
“好像回过头往我们这儿看。”
“是我们看她。”
“不，她是回头了……”
“也许她爱上我了。可我不属虎。”
“你再看，她身后又出现了一个男人……”
“是第三者。”
“你才是第三者!”
“实际上，第三者是她……你看，那男的又没了。被她干掉了。”
“不，不不，我们错了。现在我才发现，她原来是个男人……”
“男人的背影。好像还披了件风衣什么的。”
“他走远了……不过这样看起来，像你。”
“不是我。我在这儿同一个姑娘说话。”
“是你的魂!”
“不。是另一个男人的魂……”

第十章

青云山从前的道观建筑已于六十年代中期的那场空前劫难之中消灭。从几处大片废墟上看，可以想象出过去法事恢弘的气势。现存的“太素宫”遗址依然壮观。《青云山志》载，此宫始建于宋宝庆丙戌年，供奉元始天尊的玄帝。如果按唐高宗于乾封元年的追封，这“元始天尊”则为道家的偶像李耳，即老子。“像乃泥塑而成，高丈六，鎏金描彩，器宇轩昂。后逐年开光，赫然若生。”当然如今也不复存在了。一位年轻的道徒告诉我，圣像不是被毁的，而是“失踪”。“那是一九六六年七月的一天。”他叙述道，“从山下拥来了一批戴红袖章的学生，边唱歌边砸东西。由于‘玄帝’高大，他们不好下手，就用一条粗绳拴在圣像的颈上，一齐合着拍子往下拉，终于拉倒了。可是等他们刚松了口气，突然间，圣像又自动回到了原位，竟不失一片金彩……他们吓住了，跑了，从此不再上山。第二天，有人发现‘元始天尊’不见了……”

最后他又说：“这是真的。我亲眼所见。”

——作家手记

那位道徒把我们带到一家叫做“长春房”的客店，说这儿是山上最理想的观景处所，住宿的条件也不错。其实后来我才知道，这是他的家。房子是祖上留下的，为清末所建。他现在是山头上这个“碧霞村”的村长。这个村子不过十几户人家，除经营山货、种植茶园外，一般都在道观“上班”。“这叫第二产业。”他说。我问他久居山中是不是感到寂寞？他说不。在田藕出门洗脸时，他又说：“有女人就不冷清。”他有一位娇小的妻子和一双儿女。

“你们是不是来旅行结婚的？”他这样问我。

我摆摆手。我说我是来找一个活人顺便看一个死人。于是，我简单地说明了来意。我注意到，当我提到“郑海”时，他的表情变得严肃起来。等给我泡上茶后，他才缓缓地说：

“郑海这个名字，我很小的时候就听说了。是听我爷爷说的。从他的口气里，我觉得他同那个郑海很熟。可能还在一起干过什么。我爷爷能打枪。他死了，有近十年了，是在后山采药摔死的。你刚才说的那个白胡须老头，我好像也见过的——不知道是不是你要找的那个。有一回，我去香炉岭采茶叶，看见爷爷在‘一线泉’边上同一位砍柴的白胡子老头说话。后来我问了爷爷，那老头是什么人。爷爷说是他师父，出了家但不入道。日后遇见要好生伺候。我爷爷就说了这些。”他顿了顿，然后接着说：“这里的人管他叫药王爷。我父母死得早，是爷爷一手把我拉扯大的。我刚娶上媳妇，他就遭了凶险……他就葬在郑海不远的地方。是不是去看看？”

我把茶喝净，喊了田藕。她已梳洗完毕，头上还别了一朵刚采来的小黄花，显得蛮活泼。我们走出去的时候，太阳已移到西天一簇薄云之后，但轮廓仍十分的清晰，仿佛一轮满月。须臾间，群山罩上了一层黛色，给人以清凉之感。我惊异这种风云莫测的变幻，像洗了一个温水澡，肌肤光洁，心情舒畅。道士领着我们走上一条青石铺成的曲折小径，大概是往东南方向。“那地方叫阴阳界，很不好找的，”他说，“去年行署的专员来，就是我给领的路。”

“你是说林重远？”我问道。

“是姓林，很有派头的。”他说。

“你觉得他怎么样？”田藕插上一句。

“人还是不错。自己活下来，做了官，还能惦着死去的伙伴，就不错。那天他哭了，眼都哭红了。”道士说。

“你同他谈起过你爷爷吗？”我又问。

“简单地说了一下。他们不认识。”他说。

“可你爷爷也认识郑海。”我说。

“我想这不错，可又能怎样呢？郑海是大人物。就像香客认得菩萨，菩萨却不认得香客。也许认得，不过太多了，记不过来。”他说着笑起来，“要是我爷爷也是郑海的战友，便不会去采药送命了，说不定也能当上个市长专员！”

从一块巨大的石头边上拐过去，眼前出现了一片很好的坡地。这就是叫做阴阳界的地方。据说每日晨昏，这儿都能受到太阳两个时辰的分割，构成大致相同的阴阳两面，又互相变化着。坡上有一条狭长的茶丛，长势很好。往下，便是墓园。这里有不少坟，带有青瓦飞檐的墓碑错落有致地出现在松柏与桂树丛中。桂花盛开的季节刚刚过去了，但芳香还滞留在这里。这的确是非常理想的墓园，清新而宁静。从这儿正好可以看到进入山腹的那一截子长水，犹如一条玉带，但系不住青山。

“这是我爷爷的。”道士边介绍，边寻找着，接着意想不到的事情出现了——

没有郑海的墓！

我们全傻了。仔细寻找，也还是没有。道士在一个位置比划着，说应该是在这儿。可那里已布满了蒿草，看不出有人工移动的痕迹。于是道士双手合十，“扑通”一声跪下，口中念念有词：“万福救主，阿弥陀佛！”

而我的感觉是这一刻像铁一般的冰冷沉重。我握住田藕的手，握得紧紧的。田藕在微微战栗着。太阳已陷入山凹，西天像烧滚的铁水四处流泻，群峰尽染！层林尽染！不久，我听见了风的声音，仿佛自九霄飘下的旋律。我也领略了风的存在。恍惚间，我感到自己是一片叶子，又像是一棵真正的树，听从风的摆布。然而我终于不明白，风自何处来，又往何处去……

我们沉默着返回。

回程总是特别的漫长。

到了栖身之所，就听见道士的女人在窗口喊："来客了！"他没理她，和我一样的沮丧，一样的困惑。我们经过迂回的廊道，进入堂屋，立刻站住了——

那位期盼已久的客人正在慢条斯理地喝茶。

今夜的月光皎洁清凉。月挂中天，映出人间的渺小。这月是残缺的，仿佛上面还留有牙齿的印迹。山上寒气重，我让老人和衣靠在床上。道士拿出珍藏多年的虎骨酒，老人满饮了一盏。酒珠溅到雪白的胡须上，闪烁着。他的气色很好，是山里人特有的那种强健豪迈之气。但他的神情并不让我感到呆滞，相反透露出难以察觉的敏锐。这使我欣慰，还夹杂着兴奋后的心酸。我在想，采取什么方式，或者从哪个角度来展开这场不寻常的交谈。我没有想好。在他面前，我总觉得自己是个乳臭未干的孩子。那种发自内心的敬畏之情让我不知所措。

老人自号一樵。我们称他作一樵师父。同第一次在枫树下茶棚见面相比较，他显得温和一些，甚至让我感到亲切。他的目光浑浊，又含有几分迷惘。这目光落在我身上似乎是一个暗示：这不，老夫我送上门来了！当时的情形是，我像中了魔似的以为眼前产生了幻觉。我站在门槛上，田藕紧挨着我的膀子，道士双手合十一语不发。整个画面出现了静止，一切仿佛都凝固了。等老人的眼皮眨了眨，我才迟疑地迈出脚。他不再看我们，细细地喝着茶。他用拇指和中指持着碗盖，轻轻拂去面上的茶叶，这雅致的动作与他朴素的装束似乎很不谐调。然后他赞叹道：

"两刀夹一枪，好叶子！"

道士怯怯地上前准备给老人添水。老人这时又说："这阴阳界上的茶，过不得男人的手……糟踏了。"

"是晚辈采的，师父。来年我让堂客来采……"道士说。

"不。让你闺女来采。"老人说，"闺女小，你可以抱着她。"

"多谢师父指点。"道士鞠躬道。

老人又呷了口茶，捋捋那缕飘逸的胡须，叹道：“从前有一个姑娘，采得一手好茶……每年的清明前三天，她都上山来。有一年，她又来了。可是叶子一采下，即刻就变得干硬。这姑娘好像明白了会发生什么事，从此不再上山……”

我说：“这姑娘……还在吗？”

他摆摆手制止道：“有人说她死了。她从水上来的，又回到水中去……水干了，她死了。可是水其实没有干，没有。她还活着，这世上的事她都知道……”

这时田藕说：“我见过她！”

老人说：“不，是她常去看你，姑娘。”

田藕突然抽泣起来，她几乎是乞求地说：“老师父，您，您帮帮忙吧！您到底是……”

老人坦然一笑，亮出双手，说：“孩子，我只有十个指头。”

田藕激动地说：“您是……郑海？”

老人笑道：“我不认识郑海。和所有的人一样，我只是听说过他。至于是神还是鬼，唯有天知地晓。”

老人不说了，推开窗户，去看山中缭绕的云雾，一直到月亮升起……

现在，他好像业已从沉重的回忆中挣扎出来，吧嗒吧嗒地抽着黄烟。田藕坐在床沿上给他吹草纸媒子。刚才，我向他说了一些情况。为了使脉络清楚一些，我把我的想象与推测也说了。在我说这些的时候，他显得有些漫不经心，似乎我这十几天里所干的一切，他都心中有数。我特意对我自认为的一些“关键部分”加重了语气，他却不时地从鼻腔里发出声音，并打了个哈欠。于是我及时刹住，听他说。这时候忧伤的阴影才从他粗糙的脸膛上显现出来。他的眼神迟缓地游移着，仿佛浮在眼前的东西太多，他不知该怎样去固定它们。等吸好烟，他把双腿盘起来，调整了一下坐的姿势，然后用比较低沉而浑浊的声音说——

“人生如梦……四十年光阴过去了，一袋烟的工夫。那条河也走了，像是被风吹走了似的，没什么好说的。如今叶家那屋子还在。可人去楼空，都走了……后人还惦着，也真难为他们。”

“叶家败了。好好的一个家，就那么败了，败得那么惨。俗话讲，家不和，外人欺。其实这叶家，是自己打败了自己。这也是命数……”他叹了口气，似乎不想再说下去了。

我于是问道：“您和叶家很熟？”

他凝视着微微颤动的油灯不语，算是默认了。少顷，他继续说——

“自从叶家同郑海有了瓜葛，就不太平了。叶老爷受了暗算，死了。二姨太失神落马，死了。六指在江上翻了船，也死了。两个少爷后来也走散了。这些看起来像一个谜。能解开它的只有一个人：郑海。不过这郑海本身也越来越像一个谜了……”

我插话道：“您是说从前的事没法弄清楚？”

他淡然一笑，说：“世上的事原本都是清楚的。这要看你怎么去看。什么时候去看。其实叶家的事，那屋顶下的人都清楚，没有什么不明不白的地方。你刚才不是说，叶老爷临死前竖着两根指头吗？他已经留下了话，至于谁能听懂，是另一回事。也许当时在场的人都听懂了。他们不说，自然有道理……”

最后他叹息道：“天地间，唯有人心难测。”

青云山上的这一夜对我来说是难忘的。我不是说，老人向我提供了什么异常珍贵的材料。老人实际上没说出什么来。触动我的是老人的情绪。这位自称从前是“船上人”的一樵师父，在叙述往事时看起来冷漠，但内心可以说极不平静。他几乎每吐一个字都很用力气，以致霜白的胡须自始至终在微微颤抖。更重要的是，他的轻描淡写之后隐蔽着自己投石问路的盘算。他像是在试探我，摸我的底，并且给予巧妙的提示。这也就是说，我的思路大致是对的。那个晚上，我失眠了。我躺在临时的床铺上思索老人的话。在我看来，有两句话十分要紧：其一是“叶家是自己打败了自己”；其二是“叶家自从同郑海有了瓜葛就不太平”。这两句话如果位置变换一下，便构成了一种因果关系：叶家因为同郑海有了联系，所以就不太平了，以致最终自己打败了自己。

我的思绪最后凝固在“两根指头”上。

——作家手记

黑暗中一声惊叫，叶千帆立刻翻身而起，右手同时从裤袋里拔出手枪。他的目光搜索着室内，浅淡的月光里，他看见父亲的一条腿弯曲着在战栗。他没有及时地去搀扶老人，尽管老人口齿不清的呻吟激动着自己的血液。他侧着身体顺墙壁摸索到窗前，除了一只鸟奇怪地自眼前划过外，外面是平静的。他松了一口气，迅速点好灯，然后把父亲横抱到床上。这么轻？他不禁打了个寒战，一把捉住老人干瘦的双手，轻轻唤着："父亲……"

烛光下的叶念慈喃喃自语："鬼……"

噩梦，又是噩梦！叶千帆把父亲调整好，慢慢把手枪放回裤袋。自从几个月前父亲在青云山下遭人暗算，老人仿佛变成了另一个人。昔日的音容笑貌顷刻失去，胆战心惊，像一个认生的孩子。他觉得奇怪。在他心目中，父亲不是这种不经事的人。他有过江湖上历险的经验，纵使不测之灾临头，他也是面无惧色，方寸不乱的。而且，他身怀高强的武艺。但是这一回……

他开始观察父亲。他发现父亲对一切都不再感兴趣，也不思茶饭。这个老人每日手执一卷《太上感应篇》在槐树下踱步，从夏踱到秋，沉默寡言。当第一片叶子落下后，他弯腰拾起它，拂去上面的尘埃，又重新把它吹走。没过几天的一个深夜，他从噩梦中惊醒。接着又一次次地惊醒。噩梦纠缠着他，蹂躏着他。他整个地小了一圈，萎缩了，就像他拾起又吹走的那片枯叶。叶千帆几次问起父亲受到袭击的情形，老人不语。或者说："一个杂种向我开了枪，就这样。"但是事情并非像父亲所说的这样简单，叶千帆想，这一枪是从背后射来的！瞄准的也仅仅是父亲。

爹，外面的事您老就别操心了。一年前的一次晚饭后，他对父亲说，有些事……

我平生不做亏心事。父亲打断他。

我是说，您年岁已高。有些事我可以代劳的。他说。

父亲放下银烟袋，看了他很久，说：你就在家待着。老二留洋在外，已经够让我惦着了。你再出去……

他笑了笑：我可有一匹好马呀！

马失前蹄也是常有的事。父亲说，不过，好马总是不能拴在厩里的，所谓志在千里……

于是他开始替父亲去做“有些事”。实际上父亲心里明白，他不是“开始”，而是“继续”。他以一种宗教般的虔诚去做这些事。这时候他感觉到自己已经像一个男人了……

楼梯上响起了急促的脚步声。接着门开了，依次出现了二姨太、六指和莲子。叶千帆觉得有点乏了，便回到自己的躺椅上。他们几个围着床守着老人，都没吱声。他们已经习惯了这种噩梦带来的骚乱。沉默的气氛中只能听见老人的呻吟，因此更加寂静。这屋子仿佛已经被掏空了。突然，莲子惊叫道：“老爷！老爷！”叶千帆几乎是跌倒在床前，他看见父亲的嘴角在中风似的抽搐，而且人中已经歪了！他把父亲从唐月霜怀里接过来，大声喊：“爹！”

叶念慈在这一声之后慢慢睁开了双眼。他定定地看着掌在六指手中的烛台，好像已经知道它行将熄灭。他的嘴唇不停地颤抖，唾液顺着倾斜的嘴角往下淌，停在叶千帆的手背上。他的眼珠迟缓地移动，灰暗的目光从边上人身上移过，最后固定在大儿子的眼睛上。

老人终于艰难地伸出了两根手指。

有人推醒了我，是那位道士。我似乎还徘徊在刚才的梦境里，一时很惘然。看看周围，虚幻已经还原到现实，手可以感觉到棉被的柔软。天大亮了，遥远的鸡鸣此起彼伏。我抓紧要做的，是努力把我的梦复制一遍，尽可能不出现疏漏。因为这个梦太重要了。我请道士把我的笔记本拿来——昨夜我故意遗忘在一樵师父的屋里。我希望他能看看。也许他看过了还会告诉我一些什么。可是道士长叹了一声：师父走了！

我跳下床：“什么时候走的？”

道士沮丧地摇摇头。他又说：“你那个本子，也烧了……”

“烧了？”

“是的，他把它烧了。连灰也被风刮走了。”

我颓然坐到床沿上，可奇怪的是，我并不因此气愤。我的笔记本给烧了，但我所掌握的东西没有丧失。况且我还有手稿。我懊恼是因为我再也见不到老人了。这是显而易见的事。或许，我用不着再见他。该说的老人都说了。可这位一樵师父为何要把它付之一炬呢？是否意味着，它非常有用或者毫无所用？

结论往往不是一个。

我随道士去老人的寝处看了看。地上有笔记本的塑料面套和少许的纸灰，窗户大开着，不过从窗而入的风是不可能把地上的纸灰卷走的。除非是那种特殊的旋风，我想，这种风在南方是常有的。

这以后我们又去户外转悠。此刻正是东方见血的时分，所谓紫气东来。苍山如海，也许在很久很久之后，这儿又成了大海的一隅。大自然的鬼斧神工永远为人类望尘莫及。人类总是自不量力地去征服自然，其过程一贯视为壮举。结果往往是始料不及的悲惨，直至全面毁灭。自然本来是宽容的，她以博大的爱去孕育万物。可是人类逐渐不安分起来，从为一匹马或一个女人的占有血刃相见开始发展到用原子弹裁决地球的利益。人类向人类宣战，人类向人类投降，人类同人类肉搏，人类同人类过不去。于是有一天，自然看不下去了。她似乎为创作人类而羞愧，便动手纠正这一错误，以恢复往昔的安静……

我们拾级而上，走向那座屹立于山巅的铁亭。这便是所谓的“铁顶”。也就在这时，我看见了亭中的田藕。她已经凭栏眺望了很久，她的表情告诉我，所发生的事她知道了。这儿的风好狂呵！我避风点了一支香烟，审视着这座朴素沉重的亭子。我惊奇地发现，漫长的岁月使它消蚀得像河中一块光洁坚硬的石头。它的形态几乎没有一点改变。甚至察不出斑斑锈痕。这在科学上是绝对不能成立的，可是却如实地存在着。风搬不走它。其实它从诞生之日起就无时无刻不在变化，只是瞒过了人眼。然而我仍然相信，世界上总有一些东西，其寿命和地球一样长。

田藕回过头，木然地看着我。她的眼睛有些红。“我真后悔！”她说，“我们不该上山来。”

我没说话。

她又说：“我想……以后再也见不到他了。”

我还是没说话。

道士自言自语：“他会去哪呢？”

我笑笑。我说他哪儿都去哪儿也都不去。他离我们很近，而我们离他又很远。

很远很远。

……

我给道士留下了通信地址。如果回忆起什么与郑海有关的事，希望能及时告诉我。同时，我邀请他到省城去玩玩。他说城里太吵了，而且灰尘也大。“不过，”他又说，“城里的东西很好，女人也漂亮。”我们显然成了朋友，这也是个收获。匆匆吃过早饭，道士送我们下山。经过栖霞街一座面貌朴素的道观前，他停下来。他说这便是他上班的场所，问我是不是进去求一签。我尚在犹豫，田藕却已经迈入了笨拙的门槛。今天没有来香客，屋内显得冷清。两炷蜡烛映照着悬挂的玄帝像，雅致的铜香炉里一把线香缓缓燃着。倒也像那么回事。我问道士，怎么看不见一个“工作人员”？他对我眨眨眼，轻声说：“在家偎堂客哩！到九点才上班。”我笑了笑，又去看玄帝的尊容。我真为这老人可怜，长年累月地这么吊着。道士介绍说，这像是他照连环画《西游记》中的太上老君的模子拓下来的。“你觉得怎么样？”他问。我当然说画得还不错。他便乐了。他说：“可许多人说他像李时珍！”这一说，我们都哈哈大笑起来。田藕说：“其实又有什么好笑的呢？”

道士抱来签筒，照例颠了几颠，再让我抽。我抽出一支比较干净的，一看，倒吸了口凉气。那签上写着：

蛇吞其尾

我看过一些民间流传的关于算卦求签方面的小册子，从来没有见过这道签文。我记得那天道士也十分惊惑：“怎么会有这条签呢？”接着他进一步解释：所有的签都是他一手制的，一般都是些大吉大利的话。就是说，这是支飞来签。事情很明白，有人在我们之前来过那座道观，把事先制好的签放进了签筒。按照我当时的判断，这个人便是一樵。我甚至想，一樵同道士共同策划了这场游戏。但是有一点却无法解释，签是我自己抽的。（为了证明它不是骗术，我把所有的签都打开——没有相同的。）

离开道观，我们同道士告别。他双手合十念道：“阿弥陀佛。”我就说，这阿弥陀佛是和尚念的词儿，你个道士怎么也念？他说祖宗就是这么教的。田藕抿嘴一笑。

我之所以把一樵看做是放签的怀疑对象，并说是“当时的判断”，是因为后来另一个人出现了。此人是在我们背后出现的。

暮色苍茫时分，我们才回到罐子窑。刚进门，就看见蹲在槐树下吸烟的陈士林。“回来了，一路辛苦。”他站起身打招呼，脸上露着诡秘的笑，“今晚我给你洗尘，也给你饯行。”

“饯行?”我不解地看着他。难道因为什么得罪了他以致撵我滚蛋?

“我就知道会这样。”他说，从口袋里掏出一份电报给我。

电报是我单位来的，要求我立刻返回省城。电报上并没有说明什么原因。我很有点不悦。这拍电报的人实在不负责任，但十分有效。你据此会生发出种种务必“立刻返回”的理由。你会自动说服自己按别人的意志去做。

田藕把我的挎包接过去，进屋了。看得出她的情绪已经坏了。我望着她的背影，心里也不好受。这电报来得可真不是时候！陈士林用胳膊肘轻轻碰碰我：“你是不是喜欢上我侄女了?”我不作解释。说我默认了也可以。可是陈士林又说：“你可别当真!”我看了他一眼，而后淡然一笑。

这天晚上，陈士林破天荒地把我领进了他的房间。就是从前叶千帆住过的屋子。打开门，一股久未住人的霉味儿扑面而来。房间里非常凌乱，唯一整齐的是两架子书。（我没想到他竟有这么多的书。）他插上门，然后我们面对面地坐下来。看样子他刚才多喝了一点，给我以醉眼蒙眬的感觉。我们抽烟。差不多半支烟吸完了，他才说：“山上有意思吗?”

我暗自一惊：这家伙怎么知道我上山了?

“别装蒜了，兄弟。”他说，“你把事情弄砸了……你根本不该上山!”

我笑了笑：“我倒觉得……”

“有收获? 屁!”他一拍桌子，脸色倏然阴沉：“你给我说说，蛇吞其尾是什么鸟意思?”

我也站起来：“原来你一直在盯我的梢?”

他苦苦一笑，看得出他在努力让自己内心平静下来。他把我按在椅子上。这时，我发现他的两眼湿了。他坐下，把烟抢着吸完。他说：“我不是盯你的梢……我只是想……想抢在你前面去见他。我还是迟了一步……”

“你是说一樵师父？你们认识？”我更加疑惑了。

陈士林点点头，叹道：“认识多年了。可我同你一样，弄不清他是谁。”

我问：“你觉得他应该是谁呢？”

他说：“世上没有应该的事。”

我又问：“你想急于见他是不是有什么要紧的事？”

他回答道：“我不希望他见到你。不希望他插手这件事……蛇吞其尾？又是蛇吞其尾！自己咬自己，是个零蛋，是句号！”

我怔怔地看着他。

他叹了口气：“完了。又一次完了。所以，你得滚蛋了。你记的那些全成了一堆废纸……”

“已经被风刮走了。”我说。

第二部

……就历史的不变本质来说，它乃是“一个故事”。

——屈维廉

第十一章

第二天，我离开了罐子窑。我记得那是个不晴朗的天气，空中飘动着可疑的云。

现在我有必要介绍一下可供读者参考的情况：

我返回单位第一件事是询问电报的背景。可是得到的答复却是，没有任何人给我拍电报。我是专业的驻会作家，行动历来是自由的。这期间大家都认为我躲到什么角落里策划什么企图一鸣惊人的大部头去了，因此倍加爱护不加骚扰。就是说，我被莫名其妙地耍了。

按理，我稍加休整便可以“二进宫”，然而问题并非我想的这么简单。我骑摩托车从单位回来的路上，惹事了，撞倒了一位年迈的老妇。当时的情形是，她好像故意要往我车上栽似的，那么宽的路她偏要斜着走。我护送她去了省立医院，侍奉亲娘一般地照料。末了，我除了掏两千块钱的费用，还住了半个月的看守所。不过，我的情绪还没有十分糟糕。那半个月的日日夜夜我仍然在同一堆灵魂打交道。大约在我离开看守所的第三天头上，一家电影厂的导演突然飞来找我，说是要根据我的一部中篇改编电影，并郑重声明，该片是准备参加第二年东京电影节的。我对这类事历来兴趣不大，可这一回不同了。我囊中羞涩，急需钱。于是全身心地投入，南来北往，几易其稿，前后耗去了近半年的大好光阴。结果呢，说上面又有了新精神，我弄的这个本与新精神有摩擦，遂宣告泡汤。那家电影厂也算仁义，贴了我一笔安慰款，不多不少正好两千块，同那位老太太的开支扯平了。除了损失时间，我依然羽毛丰满。可是我实在飞不起来了。不久，我住进了医院。先是因为疲劳过度，后来事情变复杂了。我需要接受全面的检查。该用的手段都用了，但专家们却弄不清我得的是什么病！怀疑流遍了我身体的每个系统。他们所要做的，似乎只是把我挪来挪去，或者不厌其烦地问一声“大便有没有?”“把舌头伸出来。”“吸气!”实际上我的感觉是越来越不舒服。我一下相信自己有病，一下又认为自己没有病。我自己也弄糊涂了。不知有多少次，我躺在白色恐怖的病床上这样想：所发生的这一切，都是上帝精心安排的——

没有那份狗日的电报，我不会急着赶回来，也就无车祸可言；

没有老太太那茬子事，我便不会缺钱；

不缺钱我压根儿就不会去“触电”；

不“触电”也就不会东奔西颠以致躺到这张不知睡过多少具尸体的瘟床上！

所以俗话说得好，人倒霉喝凉水都塞牙。我有了一种前所未有的虚脱感，仿佛整个儿的给人掏空了。我回想起自己一年前的那段经历，心情便坏到了极点。最后，我的思维总是凝固在那道可怕的签文上：蛇吞其尾。自己咬住了自己，完了，越咬下去越完。陈士林讲得有道理。可是陈士林怎么不给我来信呢？还有田藕、秦贞、糙坯子和后来认识的那个道士。元旦的前夕，我给他们都寄过新年贺卡，但还是得不到一点音信。我曾三次给林重远挂电话，可是三次都没有找到他。他是个忙人。这样一来，给我总的印象是，一年前的事不过是我想象中发生的，它们与我毫无关系。

一年。一年就这么不明不白地过去了。

有一天，我突然觉得自己调整好了。一觉醒来，首先是想吃东西。强烈的食欲让我吃惊，我知道它是一个非常吉利的信号。于是我下了床，活动筋骨，顿觉身轻如燕。我用凉水冲了个脸，留下一张给医生的条子，扬长而去。我深信我的霉运结束了。按照原始反应的观点，我预感到往下去会有好事临门。世事有时就是这般玄妙。

我回到宿舍，要做的第一件事是检索信件。结果发现了一封匿名信。这封老辣的短简似乎是专门对“蛇吞其尾”作另一种诠释的：

“蛇吞其尾者，圈也。愈吞则圈愈小。圈小则事明。故穷之不舍，水落石现。穷则变，变则通，通则达。速之不达，千淘万漉，是达也。”

很显然，写信的人旨在帮助我恢复自信心，使我继续耽搁一年的劳动。读者或许和我想的一样，认为此信乃一樵所为。但是我必须提醒大家，这不过是一种可能而已。有一点倒是可以肯定的：此人一直在关注着我。这个人也许已经出现在前十章里，也许始终不会出现。或者以某种特殊的方式出现。我们暂且不管。可想而知，我当时的心情是异常兴奋的。我坐下来开始检修手稿。虽然我是在一座迷宫里摸索，但毕竟留下了脚印。一位大师曾说过这样的话：过程往往比目的更重要。至少对于一个小说家是这样的。

大约是在第三天抑或第四天，我去电影院看一场“内部观摩”性质的片子。刚坐下，后排有人喊我。原来是同我一起住院的病友，姓什么我忘了，只记得他是省委机关的一个处长什么的。他凑过来说你这家伙怎么突然溜了。我说我根本就没有病，是营养不良。这样七扯八拉了几句，他站起来，说去上趟厕所，并把一份材料交给我，让我替他拿一下。这是份“内部材料”，是关于民主革命时期沿江一带若干史实的说明与订正。我随手翻了翻，一眼就发现了“叶之秋”。材料指出：今后在叶之秋名前“不再冠以‘进步人士’”。此其一。第二条涉及叶之秋的，是“当年领导‘江津学潮’的系叶知秋同志（现任××省政协副主席），并非‘叶之秋’”。我大吃一惊。我记下了这份材料的发放机关，很快致函了解关于第一条的背景。但得到的答复是：“我们是遵照上级机关的通知精神办理的。你所要的解释无可奉告。”不过我想，事出有因吧！这个提示简直太关键了。（因此我感谢住院。）现在，我的大脑出现了前所未有的清晰。我认为自己找到了一把钥匙。接着我很自然地想到了那封匿名信。蓦然间，一个念头迸出来——

这两样东西几乎是同一时刻出现在我眼前的。

几天后的一个早晨，我搭上了省城至宜安市的长途汽车。我想去看看林重远。事先我没有联系。这倒不是怕给这位好客的专员增添麻烦，而在于这个决定是临时作出的。我原想直达川县，而后去罐子窑。在买车票的那一刹，我改变了主意。我突然回想起一年前在川县一招同林重远的那次谈话。在经过温和的辩论之后，我开始提出具体的需要请教的问题。这些问题归纳起来无非是两个方面：他和郑海的关系（包括交往和活动）、郑海和叶家的关系。我希望越详细越好。他当时沉思了一会儿，似乎回忆对他来说是一件吃力的事。他首先排斥了第二个方面。“我不了解叶家的情况。”他说，“不过郑海的确对我说过，叶家帮助过他。”我于是问：叶家是否因为帮助郑海而遭到劫难？他的回答是平静地摇摇头。（是表示否定还是表示自己不清楚？）然后，他向我描述了郑海在“那个时期”的活动情形。郑海最初是做地下工作的，这就意味着行动的秘密和不规律。一般是单线联系，外人无法弄清。大军渡江前夕，郑海开始组织武装力量，一方面搜集军事情报，一方面在敌人的防区制造骚扰，以配合渡江战役。“但是，”他解释道，“他的行踪仍然是很隐秘的，甚至没有半公开化。这是斗争的需要。所以，现在很少有人能说出一个完整的郑海。从另一角度看，民间关于郑海的传说也越来越多，这很正常。”那天晚上他可能多喝了一点，显得有些疲倦，我便不好同他久谈。他没有说出更多的东西。但是他表示，以后可再交谈；并且说他还保存着郑海给他的信件，可以给我看看。第二天我与他分别时，他又拍拍我的肩头，说：“要防止两个错误：一是钻牛角尖，进去了可出不来；二是网张得过大，撒开了却收不拢。”我笑着回答：“对于一个历史学家或许是这样的。而在一个小说家看来，可能恰恰相反。”

车在路上抛锚了。司机骂骂咧咧地折腾了个把钟头，总算使轮子重新转动。可是在离宜安市区十华里的地段，前胎又炸了。没有备用胎，司机恼火地说：“妈妈的，这胎昨天刚换的！”我下了车。不知怎的我有了一种不祥之兆，这一出门就如此的不顺！我去附近的一个单位给行署办公室拨电话。很巧，接电话的正好是林重远的秘书小刘。他说他马上带车来接我。这个小小的安慰，使我的情绪又好了一些。我停在一株梧桐树的阴影里，点上香烟。太阳明显地移到了西边，地面上的热浪开始减弱。九月，在南方算不上是舒服的日子。我想，这个弯子绕得是不是值得，林重远还能说些什么呢？但他至少要信守诺言，让我见一见郑海的手迹。

我是在医院里见到林重远的。

小刘告诉我，老头子近来身体一直不够好。“好像说病就病，很突然。”他说，“他的身体历来是很棒的，现在倒有点弱不禁风了。”

我没有多想。可是当我见到林重远时，我确实感到了吃惊：他仿佛整个儿地小了一圈，行动也变得不够利索，尤其是面部呈现出的那种憔悴的菜色以及淡褐色的斑点，使你无法不把他理解为货真价实的老人。两鬓的花白顽强地突破了染发剂，好像是在提醒观察者注意到这个事实。他依旧面带笑容地迎过来，但并没有因此改变衰老的事实而是又将它放大了。

“欢迎欢迎……”他伸出手，“在这个地方接待你，我很抱歉。”

他的声音倒还是清亮的。如果不是讲较长的句子，你不容易觉得他中气不足。所以在寒暄之后，他调整了叙述的节奏感，往往把一个完整的句子剖成几个分句。甚至一句话没有说完就换了另一句。句子与句子之间也缺乏应有的严谨。“你来了，我很高兴。”他说，“我们随便聊聊。”尽管他是这么要求的，但我总试图在“随便聊聊”的气氛里塞进自己的东西。我觉得，我的不期而至对林重远来说是意料之中的事。他说他曾到省城去看过我，才知道我去电影厂改编剧本了。“后来又听说，你病了。”他说，“不过，现在看起来，你恢复得很好。毕竟是年轻人。肌体的生命力，旺盛。你看，我这模样，像不像一只散了架的沙发？”

我自然要安慰他。但是我不知道怎样去安慰。他的幽默感似乎不允许我作富有怜悯性的表达。他乐观，显得格外理智，对自己目下的处境非常清楚。他不属于那种可以哄骗的老人。我还能说什么呢？给他点上香烟似乎更合适一些。他很优雅地扶了扶眼镜，开始说他的病。但他始终没有说是什么病。他说病是一种状态，只有病人才明白其中的滋味。这句话听起来完全是多余的，可是他讲得很认真。“病人的感受，大于医生的判断。”他进一步解释道，“问题是，这种感受难以表达。即使说了点什么，也只是个别症状、现象。医生据此下药，实际上只治了表，不能正本。所以旧病复发是常有的事。一个人病到了什么程度，只有他自己清楚。不过通常情况下，病人不承认这一点。他们寄希望于医生的治疗。”

我却越听越糊涂了。

他站起来，又说：“人是脆弱的。有时候，失去了自信，愿意把自己交出去……况且，当你病了……”

我说，我是从医院跑出来的。因为我认为自己没有病。

“是的，”他说，“在你这个年纪，我也做过这种事。可是，很长时间里，我都不踏实，甚至后悔。”

我笑了。我想我不会后悔的。

他踱到床前，从枕头底下拿出一只牛皮纸的信袋。然后回到沙发上，说：“这是你要的东西，本想寄给你。是我这些日子，零零碎碎地写下的，兴许有些用处。郑海给我的信，也复印了。”他把它交给了我。

我竟有些手足无措了。我表示感谢同时也表示歉意。

他摆摆手，说：“这场病看来很及时。因为病可以把你同现实暂时隔开，让你回顾过去。不过，回忆本身就意味着某种变化。”

林重远吐出一口烟，叹道：

“往事如烟……这个‘烟’字可谓准确之至。”

我在离开宜安市的那天早上，无意中又看见了那个高大的身躯。

那是矗立在江边的八脚牌楼。它业已成为这座江南古城的标志，列为国家重点文物保护单位。这座建于明万历年间的石坊，据说是纪念一位云南“平夷”有功的“上台元老”的。它采用仿木结构，通体为厚重的青石，有脊、角、飞檐与斗拱。四面均镌有“皇恩浩荡”一类的字样，八柱则雕有龙虎争斗的图案，宏伟壮观。好几年前，当我第一次走近它，不禁肃然起敬。可是第二眼，我便发现它在向西倾斜——这乃是大家共同的感觉。然而人们普遍为它的倾而不倒赞叹不已，继之把它同著名的意大利比萨斜塔相提并论，为它失去应有的知名度大鸣不平……

现在，它似乎与太阳处在同一个位置上。或者说，它同太阳熔铸成一体，遍身辉煌。我注视着它。我其实是站在它的背面，但感觉却恰恰相反。

这是座立体的对称的牌坊。因此无论你在什么方向，它总是面对着你。

——作家手记

我进了川县一个普通的旅店，想住一晚。从宜安至川县，只需三个钟头的车。可我还是觉得有些累。吃午饭的时候，餐厅里有人——大概都是当地出差来的基层干部，在议论行将换届的县政府班子。我听见了

"秦贞"。他们显然是在用不屑的口气谈论她，但所得出的结论又是非常肯定的。"上面要求班子里必须选一名女的。"他们说。另外就是，"她舅舅"。不过，他们也承认，"那女人抓什么都有两手"。这一说，他们便高声地笑起来。我脑子里闪过一个念头，就走过去。那几位见了我，同时把笑敛住，又同时把碗一推，离开了饭桌。然后他们又在我身后重新叽叽咕咕。有人说："这人是哪里的?"于是他们不响了。我感觉到他们在背后打量着我。他们很有意思。他们是农民，可口袋里别了一支钢笔，因此他们便不认为自己是农民。我有过一截插队的经历。在我看来，最难缠的就是这类人物。然而仍不失其可爱。一年前，当我见到陈士林的时候，我就很自然地把他看做这号人。不过陈士林的口袋里只有香烟和钞票。现在我知道，我的判断与结论可能错了。有好几次，我印象中的陈士林形态接近飘逸，大有那种野山名士之风。我对他的传奇色彩倒没有多大的兴趣，但我怀疑他的血。一粒牡丹的种子即使吹到月季的园圃里也依旧会开出牡丹。我相信遗传。我对遗传学仅有这点朴素的理解：种瓜得瓜。但我以为够了。环境，是无法改变血液的。

在宜安的那个晚上实际上就是昨夜。这种遥远的感觉令我困惑。我仔细阅读了林重远给我的材料。从容的叙述包含着周密的逻辑性。这份并没有提供什么新鲜事的材料以及同样没有什么价值的郑海手迹，却几乎断送了我的前程——我是否还有必要把这件事做下去?因为我面对的，是实实在在的文献。我不能也不敢轻视它。它像一只手，把我从虚幻自由的天空拽到枯燥的大地。不用说，整个晚上我被沮丧笼罩着。我不可能睡好。我和衣靠在床上，抽了许多的烟。隔壁的卫生间大概抽水马桶坏了，不断地滴水，声音越来越响。于是我的小便频率也自然增高。我发现，人的确是脆弱的。外界稍有一点的变化，便不得已地把自己交了出去。从这个意义上，我理解林重远。

像所有的回忆录一样，林重远采取第一人称的叙述方式。略有不同的，是在有些地方改用第三人称，即直接以叙述人的视角来描述往事。在这些地方，他充当的不是目击者而是事件的转述者。例如以下这一段：

"在当时，郑海的名字是具有威震力量的。他的活动范围很广。他的队伍虽然是分散的，但战斗力强。他很机智，即使是在敌人眼皮子底下活动，也仿佛如鱼得水，来往自由。截取马家圩至高村这一线江防部署图就是其中最突出的例子。仅仅一天的时间，这份重要的军事情报就传到了我军手中。直到渡江胜利，敌人还摸不着头脑……”

类似这样的段落大约占全部材料的三分之一。林重远对此有这样的说明：“据郑海告诉我”或者“有一次，他对我说”。这就表明，事实本身是可信的。他的评价也是恰当的。因此，我无话可说。至于郑海的手迹，除了叙谈友情之外，或多或少对林重远的回忆，形成了印证。比如这封“十一月八日”（未注明年份，估计是一九四九年）的信中就涉及“截取江防部署图”一事——

“……余非英雄。截图之事虽获成功，然事后也觉冒险，颇有余悸。”

然而这些，对于作为小说家的我却显然构成了障碍。我失去了空间。只有在这样的时刻，我才意识到，真实原来是一种威胁。

我就是揣着这种恍惚的心情来到了川县。

有人敲门。

“门没关，请进。”我躺在床上说。接着我立刻坐了起来——

陈士林来了！

他和一年前相比看不出有什么变化，只是衣着整洁一些，而且是刚理过发。他狡黠地笑着，半截香烟含在嘴角上其实早就灭了。

“来接你。”他说，“让我好找……还想不想去罐子窑了？”

“怎么会不去呢？”我一边穿衣服一边说，“是不是秦贞说我来了？”

他点点头。他说林重远给秦贞挂了电话。而且，秦贞也非常希望我去。“到节骨眼上了，想请你帮她吹吹，也许能多得几票。”他笑着说，“女人就这么个东西。”

“她的事，我听说了。”我说，“她也很不容易的，你说是不是？”

他把半截烟点上，说：“天晓得是怎么回事。”

我给他沏好茶，请他谈谈这一年来的与我们相关的情况。他好像已经对那个“从前”不怎么感兴趣了。“原想给你写信，”他说，“可是许多事情也不容易写清楚。再说，就是写清楚了，谁信呢？你是写小说的，犯不着自讨苦吃。你坐在家里编，谁还不认为它是小说？”

我说，我想做一次实验。同时我承认，正是许多不清楚的事在一次一次地诱惑着我。

“可是现在你认为清楚了。”他说，“和以前一样清楚。”

我为他的直觉感到吃惊。这时，他才坐下来，续上一支烟，很有滋味地吸着。窗外的知了紧一声慢一声地叫，我便把窗闭上。室内又觉得闷热，我打算去开电扇。陈士林摆摆手，说电扇的风不管用，还是去外面走走吧。我想了想，决定把房间退了，去罐子窑。这个季节太阳落山很迟；三十几里地，走走也就到了。他看看我，出其不意地握了握我的手。这个动作弄得我有些不知所措。可是他却相当自然。他抓紧喝了两口茶，把一嘴的茶叶吐到地上，说：“你这人，不错。”

从县城到枫树脚的这段路面现在修好了，铺上了柏油。所以陈士林用自行车带我。他骑得很快，而且还穿插着玩点放把点烟的车技。我却很不踏实。我几次提出，让我来带他。他不肯。“那样的话我就犯头晕。”他这样解释，用力蹬上一个长坡，然后滑行。太阳不算十分的毒，一路生风，人觉得蛮舒服的。田里的稻子开始黄了，荷塘浮着一团绿。不过这时分，四野不见人踪。到了枫树脚下，我们想歇息一会儿。那个茶棚还是老样子。叫了茶，我告诉陈士林，我头回见到那个一樵，即在此处。那天的情形我记忆犹新。陈士林似乎有些不经意，只顾喝茶抽烟。我想起上次离开罐子窑的前一夜，陈士林所讲的话。他认为我不该上青云山去见一樵，认为这样才把事情“弄砸了”。后来他又说，他认识一樵多年了，但始终不知道那老人是干什么的。那个晚上，陈士林沉浸在无比沮丧的气氛中，我能看出他内心的痛苦与不安。然而这其中的原由，他未作解释。用他当时的话来说，“解释又能有什么用呢？”第二天，我同他告别。他靠在自己的床上，地上扔满了烟蒂。显然他一宿没睡，因此面颊有些浮肿。他握了握我的手，叹道：“忘掉这一切吧。忘得越干净越好……”那一刻，我有点心酸。其实我不明白这心酸源自何处。我仿佛是一个傻瓜在看一出巨大的悲剧，情感的反应不是来自台上的剧情而是来自台下的观众。我不过是在瞎起哄而已。可我相信陈士林是真正看懂了的。他也最容易受到打动。因为他本人概括了台上与台下的双重意义。

我在考虑，从哪个角度“切入”比较合适。就是说，我准备收拾残局。他好像也在考虑。过了会儿，他说：“林重远给你什么了？”我正想说，但他又制止："你别说，我知道。无非是大路货……他告诉你是怎么病的吗？"

"没有。"我说，"他看来病得不轻。"

陈士林笑了笑，说："他是给吓病的！遇见鬼了……"

我说这怎么可能呢？

他做了个手势："我不是在瞎扯。你不信，问问他去……"接着他告诉我，不久前，林重远又下罐子窑来了，还是视察乡镇企业。"那天出奇的热。"他说，"在乡里吃了晚饭，他出去散步，不让人陪着他。他好像是去了那条老河的边上。后来，他又去看了糙坯子。据田藕说，他一来，院子里的那棵树便动了，起风了……他就在那儿乘凉，糙坯子给他搬来了竹躺椅。他大概是累了，没一会儿工夫，就开始打呼。这时候，月亮刚升起来。他们没敢惊动他。糙坯子给他盖了条线毯，就回屋去了。田藕也上了楼。不过我回来了，是秦贞让我来找他的。我刚进院门，就听见他一声惊叫。他醒了，可身子不能动弹……"

我笑了。我说这不过是个噩梦。

"梦里见鬼更清楚。"陈士林说，"你没看见当时他那模样，脸都吓歪了……"

我递给他一支烟，把茶钱压在壶底下。我说："你好像对林重远有成见？"

他未置可否。

我进一步问："是不是因为他抬举了糙坯子？"

他说："笑话。我陈士林能当那号小人？这不，我把原来那一摊子都交给了他。秦贞让我到乡里去，我去凑哪门子热闹？不去。懒得去。"

我说："你嫌官小。"

他说："官大又怎么的？越大越不自在。他林重远不是'高级干部'吗？还不是说倒就倒！"他把自行车铃铛一拨："郑海的战友……老子还是郑海的儿子哩！"

我几乎不能放弃这个念头：陈士林是私生子。他不是个弃儿。他的亲人在一个十分特殊的位置默默注视了他几十年。而这一切，陈士林心中是很清楚的。他隐瞒不宣，似乎在等待必要的时机。如果这时机永远不会到来，他将把这一切彻底埋葬。我不止一次地想到，关于他的身世，可能是他编造的一段故事。他以此来与罐子窑从血缘上隔开，但他无法同记忆里的那条河分离。

精子和卵子相撞即为生命之始。这个生命是在一瞬间诞生的。一个精子和一个卵子跳跃着拥抱在一起。那状态已不是缠绵悱恻，而是剑拔弩张！他们仿佛不是在爱，而是在恨。他们以各自为敌，以各自为征服的对象。他们展开了无比亢奋的灵与肉的大搏斗，以赢得一瞬间的死亡。然而，一个微细的但充满活力的生命于死亡之谷中诞生了……

若干年后，有人发现深邃的夜幕上多了一粒星。于是那人显得凄惶起来。他意识到，一个漫长而痛苦的故事终于开始了。这个故事不是虚构的。它像一块沉到记忆之河的石头，消蚀的只是表面。它依然存在。岁月使它光洁可鉴，只要风平浪静，他会一眼找出它的位置。这时候，他似乎才真正懂得，水原本是不能掩埋它的。水只能暂时蒙上他的眼睛。只能暂时使他的记忆变得模糊。但是他不能把它打捞起来，因为失去的将永远失去。从这一天起，这块石头开始以特殊的方式压迫他、折磨他以致最终彻底将他摧垮！

——作家手记

第十二章

我还住老地方。

屋子已收拾好了。临窗的桌子上放着一杯新茶，清香的热气还在蒸腾。可是田藕不在。我相信她在某个位置悄悄观察着我。陈士林没有随我进来，他直接去了乡里。他说得和“那女人”说一声。我特意告诉他，就说我很累。我的意思是说，希望来自官方的意志暂时不要打扰本人。他说，你实际上已被人掌握了。我知道他又是在指林重远。这种轻慢的态度我早就有所觉察。我以为是没有根据的，尽管它会使陈士林更加可爱。或许林重远在某个问题上得罪了陈士林吧，我想。陈士林这种人是得罪不起的。那么，田藕呢？这姑娘对林重远的印象不佳似乎完全取决于直觉，是本能，就像挑选服装那样随心所欲。这实在有点意思。

我看看院子，这会儿没有人。有几只鸡在槐树下觅食。阳光渐渐软了，硕大的树荫移到墙上，我这屋子里也因此变得凉爽。我把皮凉鞋褪了。盘腿坐到竹席上，开始喝那杯绿茶。（这茶自然没有青云山阴阳界产的茶好。不过我觉得是女人的手采的。）我在动身之前有过这样的考虑：我有把握接近甚至达到自己的目标。所有纷乱的头绪将会一一理清。这好比一盘残局，搁久了，突然有一天你受到了某种启示，只需动几个指头便使一切皆活。就是说，我可能要对以前的判断作较大的调整。显然，要完成这件事我是力不从心的。我需要帮助。我越发地感到，他们有许多事在瞒着我。这并非是指他们对我缺乏信任，而是他们面临着某种难以逾越的障碍。这障碍以自觉和不自觉的方式钳制着他们的心理。他们不会去轻易动摇它，因为有时候，他们赖以生存。这是一种仿佛宗教的意义。

还是没有人来。一个人这么待着很不是滋味。坦白地说，我想立刻见到田藕。我能想象出这一年的时间会使她出落得更加动人。在过去的一年里，我时常在夜间想到她。而且我敢说，她在同样的时刻也思念着我。我相信有那种被称作感应的东西存在。这是一面无形的镜子，却能准确地反映着你的心绪。我喝好茶，换上拖鞋，打算到楼道上去转悠。我对这座老屋子颇有好感，这大概与我从前学画的经历有关。徽派建筑以其典雅的木制构架、精细的砖雕壁饰有别于其他流派而独树一帜，带有明显的古典主义造型倾向。但是它本身又存在着接近几何意义的秩序。可以看做一种抽象的表达，仿佛离经叛道地打上了现代主义的烙印。在我眼中，它无疑是克莱夫·贝尔声称的那种“有意味的形式”。

屋子的格局依旧。楼上的几间皆改作了客房。不过这季节，除了我这样的闲人，是没有异乡人在此留宿的。我走出房门，楼道上的风很好。这楼道实际是一个回廊，绕屋一周，可供人散步。上次来我没细看。几间房的门都半开着，里面照例是整洁的。只有正中的一间紧闭着，显然是从里面插上了，因为外面没有上锁。我试着推了推，不开。我就好奇怪：难道这屋子里有人？我犹豫片刻，还是勾起手指敲了敲，果然里面就传出了田藕的笑声：

“你的眼可真刁!”

我很激动，又夹杂着几分尴尬。我稍稍离开了门边，趁机吸了口烟。可是，等我刚刚转过身去看院子中央，我一下怔住了——

田藕分明是站在院子里对我微笑着。

后来的事并不神秘。田藕指示我再推那扇门，这回却轻巧地开了。屋子里什么也没有，因此唯一的楼梯口赫然突出——原来这里藏着机关！我计算着，由这个秘密的楼梯到楼下，再到院里，不过十几秒钟。楼梯的另一端是柴房，有两个窄门，分别通向院前与院后。这种设置，在从前的大户人家里常有，以防不测。生人自然是不知道的。田藕同我开了个玩笑，却触及我的一根最敏感的神经。事情往往就是这样，一旦机关识破，似乎一切都索然无味了。我还没有把握说，这个设置会在我这部进行中的小说里起到至关重要的作用。但至少是有作用的。我问田藕：上次怎么不告诉我？

"有人不让我告诉你。"她说。

"谁？陈士林？"

"不。是你要找的人，郑海。"

田藕对那个逝去的梦仍然记得真切。那是一个雨后的黎明，她回忆道，她像一片云似的飘落到这间虚设的屋子。她想把这个显然过时了的机关毁掉，让它成为一间名副其实的客房。"我讨厌这个东西。"她说，"白天我就这么想过。可是我不知道该怎么做。我发现这个楼梯是这座房子的轴，拆了它也许会使整个屋子坍塌。"她说那个黎明是青色的，像铜一样的冷。门是自动打开的，她没穿鞋，她能感到脚板被木纤维扎得痒痒的。当她接近这个楼梯口时，她突然听到了沉重的脚步声。这声音是陌生的，而且愈来愈响。她惊吓着往后退。可是身后的门竟被风关上了！她立即转身开门，但无论如何也打不开。她几乎晕倒过去。而这时候，那楼梯上的脚步声也不响了。"我没有见到他。"田藕说，"我以为他会上楼来，找我；可是他走了。他说：你身后的那扇门永远不要打开。他只说了这么一句，就走了。"田藕说她后来看见了他的背影，说那是个"令人想入非非的男人的背影"。那人穿着一件灰色的长衫，也戴着黑色的礼帽，腋下还夹着一把油纸伞。不过他终于没有回首。"他走出大门时，"田藕回忆说，"东方开始出现霞光。"

我对田藕说：此人并没表明他就是郑海呀。

她说："我觉得他是。我没法使我放弃这个念头。"

我说难道没有可能是别人嘛，比如说叶家的大少爷或者二少爷。

田藕说不会。"他们是实实在在的人，像你和我一样。"她说，"只有郑海才是一个影子。他来去自由。"

我们没有必要为一个旧梦争论不休。而且我也明白了田藕的意思。我不认为她迷信。我们之间的这个插曲，在我看来是很重要的。如果这个机关早点向我暴露，也许我的工作进展已不是现在这个程度了。当然，为时还不晚。不过我还是说：应该早告诉我。

田藕抿抿嘴唇笑着说："其实它早就打开了。你没有注意到。你上次来，它就是开的。我当时还很吃惊，我立刻把它关上了。可是今天它又向你打开了……我不知道这是怎么回事。我想，这大概是命中注定的事。这个秘密非得向你公开不可了。"

这是多么严重的疏忽！我后来又检查了那扇门。它是柿木的，非常结实。门闩很大，显得笨重了些，不过使用起来很灵巧。我思索着，如果田藕所言是真实的，那么这问题该作何解释呢？难道有谁在暗中帮助我？

在动笔写作这部小说之前，我就申明过：本人的责任不是澄清某一段历史事实，或者侦破一宗历史悬案。但是我发现，要消除这种误解几乎是不可能的。在许多情况下，连我自己也不知不觉地扩大了工作范围，使事情的性质起了根本的变化。这让我担忧也让我吃惊。同时也让许多人深感焦虑与不安。（这些人并非全部出现在我的小说里）有时候，我显然是个麻烦，使一些人的生活失去了往日的宁静。实际上不仅是我妨碍了他们，他们也同样妨碍了我。严格地说，我与他们做的不能算是同一件事。可是这种纠缠不清的局面业已形成，意义的层面也似乎混淆了。奇特的情形本身就充满了诱惑，我不会就此罢手。很多迹象表明我有可能找到了新的出路，况且，身后的这扇门已经向我打开了……

那个遥远的江边之夜实际上成了记忆中的一片云霓。小船像发霉的叶子似的蜷伏在黑色的岸边，经受着浪潮的拍击。于是那个自水里来的顽童回到了想象中的摇篮，他睡了。他隐隐约约看见漆黑的夜空升起了一粒星子。后来他知道它是挂在船头的那盏风灯。

这时候码头上已经看不见人影了。两艘日本人留下的小货轮和几条机帆船挤在一块儿。细雨使它们变得干净，仿佛新刷了一层油，在微弱的电灯下露出冷冷的光泽。这些船都被军事部门扣了。在离码头不远的地方有一个新筑的矮碉堡，长方形的枪眼后面是一挺马克辛重机枪。那只寒酸的小船正处在射程之内。黄昏时，一个军官指示他们：夜间不许行船。必须等到明天早上，等到江上的雾完全消失之后，否则不能保证安全。二少爷没管理这些军人，漫不经心地把“哈德门”往象牙烟嘴里送，眼睛看着江面上翻飞自如的水鸟。接着这些军人开始搜查船舱，他们首先盯住的是那两只贴满旅行标签的皮箱。船娘说：这是二少爷的东西！那军官斜看了船娘一眼。可是二少爷却把钥匙扔了过去，仍不说话。军官有些迟疑地把箱子打开，但很快又合上了。他脚跟一碰对着二少爷行了一个标准的军礼，然后离去了。

天黑之后，二少爷要上岸去办事。他走得有些匆忙。船娘追上去，把那把黑伞递给他。但是二少爷没有料到，这个晚上船娘一直是在追随着他。

当二少爷临近那条幽暗的小巷时，他的脚步放慢了。他停下来点香烟，然后突然回头看看身后。这种突变的动作很容易把盯梢者的腿打断。然而身后一无所有。他慢慢吐出在口腔里滞留已久的烟雾，转身折进了小巷。似乎有一种感应，二少爷回头的那一刹，船娘正好滑倒在一个残缺的矮墙之后。等她重新抬起头来，二少爷已经消失了。她相信这个男人一定是走进了那条巷子，但是她没有再跟上去，而是直奔巷子的另一端。

小巷看起来比白天更加深远。几盏黄黄的路灯在雨幕中忽明忽暗。在一个避雨的屋檐下，卖馄饨的小贩正有气无力地吆喝着。这声音又沉闷又单调。二少爷等一位吃客走开，才走近过去：

你卖的是什么馄饨？

鸡汤馄饨。

有饺子吗？

有。

是荠菜馅的吗？

是。您屋里请。

小贩打开身后的那扇小门，让这位斯文的客人走进去，然后将门带上，重新吆喝起来。此刻船娘正出现在巷子的另一端，她把斗笠压得很低很低。但是她仍能从眉毛底下把一切看清楚。本来她立在一棵梧桐树的后面，她琢磨着二少爷不会把这条巷子走完。雨丝使这个夜晚变得格外清冷而阴沉，船娘不禁有些战栗。她想如果不是刚才喝了酒，她也许会像树梢一样随风摆个不停。她注视着巷子，可是二少爷已无踪无影了。他会去哪？她真佩服那个男人的机敏。他会不会发现身后有人？船娘在黑暗里想起了许多事。最后她决定走进巷子去。她几乎是数着脚下的青石条走过去的。路过小贩的馄饨摊前，小贩单调的吆喝使她的脚步突然起了犹豫。但她没有停下来，而是弯下身把裤脚挽高。她从肘弯朝小贩那边望过去——

屋檐下斜靠着那把黑伞。

陈士林从乡里回来天已经完全黑了。没有月亮，因此星星比以前亮一些也多一些。我发现他的脸色比下午明显地阴郁了。他在乡里吃过了饭，但没有喝酒。我问起乡长秦贞，他似乎有些不耐烦。“她病了。”他说，“好像病得不轻。”我于是征求陈士林的意见，是否现在去看看她。陈士林说，算了吧。他大概意识到自己有点失态，便递过来一支烟。这毕竟是个精明的男人，善于及时而又合适地调整自己。这不容易。他分明是有心事的，但他可以暂时搁下不谈，而且很快进入另外的话题。

“田藕让你看那门了？”

“对。”

“看出什么名堂了吗？”

“好像看出了一点……”

“这就好……我早说过，你得从头来。”

“我想我已经在这么做了。”

他没看我，只是一个劲地吸烟。隆起的眉峰投下的阴影淹没了他的双眼。他的两腮一起一伏，像在使劲咀嚼着一个坚硬的东西。（他似乎不想把这东西强咽下去，因为那样既没有滋味也不利于消化。）过了很长一会儿，他又续上一支烟，说："我知道那门，也是很迟以后的事。我记得是我娘从河边回来吓病的那天夜里。家里又冷清又乱。大少爷出门了，糙坯子去邻村给娘抓药，六指蹲在门口抽黄烟……娘要喝水，让我去灶间拿壶。我肚子饿了，就想拐到柴房捡根山芋。刚进门，我就听到棉花秸子响。起先我以为是老鼠，可是这工夫棉花秸堆子慢慢裂开了，我便蹲到大水缸后面，大气不敢出……我看见了一扇门，接着一个男人的身影闪出来……"

"是叶之秋？"

陈士林笑了笑，说："不是。虽然没有灯，但我敢断定不是二少爷。那个人块头很大，从后院爬墙走了。"

"这个人会是谁呢？"

"我也纳闷。我后来把这事告诉了娘，她好像很吃惊，叫我不要把它说出去。"陈士林说，"这个人也许就是郑海吧。至少，我觉得他与郑海有一种联系。"

我陷入了沉思。我很自然地把这个人影同那天晚上小树林中的那个人影放到一块，或者重叠在一起。就是说，他们是同一个人！而那天夜里，楼上只有唐月霜和叶之秋。这个陌生人必定是来与其中一人联系的，也可能是同时找两个人。我把这些告诉陈士林。他说，这些并不重要。重要的是这个陌生人想干什么。

"他手里一定有枪！"陈士林做了个手势，"如果此人不是郑海，就是来杀郑海的！"

这个结论很让我惊讶。可是我不能排斥它，因为这也是一种可能。从当时的情况看，正是战争处于大决战的关头，也即是郑海最辉煌的人生阶段。他的敌人已向他逼近并亮出了手枪。尽管这一手段无法改变历史形成的格局，但不妨试一试。历史的进程往往会因为某个偶然的细节而变得迟缓、曲折甚至停滞。倘若"西安事变"时张汉卿处死了蒋介石，中国的历史将必然是另一个样子。

很多年前的一个多愁善感的黄昏，我在江边一个小码头上遇见了一位双目失明的中年男子。他自称是话剧导演，看上去又潦倒又洒脱。那时候，我痴迷着话剧，渴望成为中国的尤金·奥尼尔。当破旧的轮船离开码头时，自称导演的男子问我：你熟悉舞台吗？他的意思是：一个卓越的剧作家首先必须熟悉舞台。我作了在我看来是无懈可击的回答。可是他的面部反应是冷淡的。他沉默了很久，让我帮他点上一支香烟。然后，他几乎是用训斥的口气对我说：“你太幼稚。”他又说：“你所回答的不过是一个舞台的概念。”

然而他没有作另外的解释。

我们在江上度过了一天一夜。那个夜晚，我完全是醒着的。我坐在他的对面，弄不清他处在怎样的状态。他异常安详，像个蜡人似的。他把一根斑竹制成的拐杖夹在两膝之间，目空一切。大约在零点时分，他的嘴角突然动了：

“你是否在想我是个骗子？”

我还没来得及解释，他已对我挥了挥手。他接着说：“很多人，与你一样，对我的职业产生怀疑。至少是困惑。这不奇怪。因为我们处在不同的状态……”

“我关心的是您工作起来……”我说。

“我很方便。”他说，“因为我熟悉我的舞台。”

“可是您……”

“我能感受到。这就够了。”他站起身说：“贝多芬最好的曲子，是在他失去耳朵之后诞生的。”

这件事已过去很久很久了。或许是这次神奇的邂逅，使我放弃了舞台而四处飘荡。我觉得那个时候我就该是个小说家了。

小说家总是使人意外并且通常把微笑出售给历史。

——作家手记

这几天糙坯子一直住在窑头上。据说他的新产品正处在试验“紧要关头”。这座“龙窑”是我来的那天，也就是前天开始起火的；按照习惯的做法，今天傍晚熄火散热，之后便可以看出货色了。田藕照例一日三餐地送饭。她好像很不情愿，盛饭时锅铲碰得锅沿乒乓响。我决定随她一道去，顺便同糙坯子聊聊。路上，我问田藕：你父亲试验什么新产品呢？她嘟囔一句：“鬼晓得！”就不再言语了。

天还很亮。窑头上的黑烟已经淡了，成为青色的薄云给风支配着向西散去。这时候窑头上十分冷清，看不见人影。我们爬上去，才看见糙坯子从一棵泡桐树后面闪出来，正把帆布裤带往腰里别。他明显地消瘦了，两颊和双手都沾满了油烟，有些苍老。我吸取了上回的教训，没有一下把手伸给他，而是先叫一声你辛苦哇，老陈！他很不自在地笑了笑，两排牙出奇的白。接着他把双手在屁股上揩了揩，准备同我握手。可是田藕抢先把瓷缸塞给了他："先吃饭吧！"

"不急不急……"糙坯子看着我，说："你看，我这……我还没先去看你。"

"我知道你正忙着。"我说。

"是，忙……"他说。

田藕说："瞎忙。你就晓得瞎忙！"

糙坯子还是笑笑，打开瓷缸盖看了一下，又合上，对女儿说："你先回吧，碗我自己洗了带家去。"

田藕就走了。走了几步又停下来说："碗带回来我洗。"

糙坯子住的地方是一个简易的竹棚，里面码着不少剖成片状的硬柴。他在竹凉床上铺着干草，一床很厚实的被子叠得圆乎乎的。床头吊着一盏熏黑的马灯。还有一个竹篾壳子水瓶，上面套着一只以前盛枇杷膏的瓶子，大概是喝水用的。

"连个坐的也没有……"他说。

"就在这坡上坐坐，挺好。"我说着坐到一块草皮上，"老陈你趁热吃吧！"

他又说不急不急，把缸子贴在窑头烟囱边温着。一只大苍蝇在他面前盘旋着，他拿毛巾将它轰走，然后移到我旁边坐下："这次能多住些日子吧？"

我说看情况吧，至少要等我所"关心"的事大致有了个眉目。"不会拖得很久的。"我说。我想知道他的态度。上次我来，糙坯子无疑是热情的。但是他对已经过去的事似乎没有多大兴致。我和田藕从青云山回来，他依旧是平静的。在我印象里，糙坯子不像是那个诡秘老房子下面的人。每次我们谈起叶家、谈起郑海，他的叙述没有一点儿"个人投入"，好像他当时的所见所闻都不过是由别人那里转述而来的。正是因为这一点，我很愿意从糙坯子这儿多争取到一些东西。我需要明确的客观，它可矫正我的臆断。

“我发现，”我说，“上次来忽视了那道门。这是一个错误。”

他好像不明白我的话，木木地看着我。

我又说：“田藕是对的。叶家离不开那道门……”

“她这孩子喜欢乱想，”糙坯子把身子正了正，“她很不懂事。都是她奶奶从小惯的。她奶奶后来老糊涂了，许多事情讲不圆。越是这样就越喜欢讲。人老了，就这么个脾气。”

“你是说你母亲后来神志不很清楚？”我这样问。

他点点头。“她好像同别的女人不一样，”糙坯子说，“我很小的时候，就这么想过。”

“你能具体说说吗？”

糙坯子把腿盘紧，望着很远的地方，说：“陈士林没来前，我和妈睡一床。她时常夜里大叫，叫着坐起来。开始我以为她是做噩梦吓的。可她说不是。她说眼前的事她都知道，就是说不出话。她认为是被什么东西压住了。那东西看不见也摸不着。她说是鬼。”

糙坯子解释说他妈是旧社会过来的，头脑很迷信。后来参加革命了，觉悟也自然高起来。不过偶尔夜间还叫。“我疑心这是一种毛病。”糙坯子说，“她也请郎中看了。郎中说是什么经脉不通，开了几帖药。我妈吃了，看不出有多大效果。有一天，那是个中午，她做事累了，就合衣歪在床上睡熟了。没多会儿工夫，她又叫着坐起来，一拳挥在墙上，手背全青了。她吓得脸色惨白惨白的，汗淌了一背。正好大少爷从外面回来，听到叫声便跑过来看看出了什么事。妈就一五一十地说了。大少爷却笑了笑，叫我妈今后困觉侧着，往右侧。她就这样做了，果然很见效，也是怪事。”

我很认真地在听。于是糙坯子停顿片刻又接着往下说——

“还有一件事也好古怪。我妈总说她看到院子里有一团红火，一下东，一下西，一下上，一下下，蹿来蹿去的。一天晚上，她看见那团火进了你说的那道门……”

“那大概是什么时候？”

“好像是一九四九年春上吧。陈士林才领来不久，那天夜里天突然变得很热，月亮也好，我们在院子里玩地老鼠……”糙坯子回忆道，“我妈准备进厨房洗碗，腿一软坐到地上说：‘火……’我父亲扶起她说你又是火呀火的，你眼闪了！我妈说：我实在是看见了，红红的，进了那门。这一争吵，楼上惊动了。二少爷和唐月霜都打开了窗。二少爷笑着说：莲子，这可不吉利呀！唐月霜也哈哈大笑，说这屋子迟早一天会交给那团火。我父亲推了我妈一把，骂道：就你乱嚼舌根！我妈不再回他，扯下围裙走开了……”

“那天晚上大少爷在家吗？”

“不在。”他肯定地说，“他上窑来了，有一批货正赶着装船。”

“是常来的那支船队吗？”

糙坯子眨了眨眼，表示记不清楚了。这时候天开始转灰，我们身边的小虫子也多了起来。糙坯子看看窑头的青烟已尽，便支起身子打了个极其舒展的哈欠。

船娘在那个雨夜后来看见了一团红火，像一朵绽开的月季。她害怕了，躲到拐弯的屋檐下将身体紧紧环抱。那团火是在她发现那把斜靠着的黑洋伞之后出现的。仿佛从天而降，在卖馄饨的小贩脚下打了个转，然后挤进了严实的门缝。船娘的斗笠被风吹斜了，细雨像松针似的往脸颊上扎。这真是见鬼了，她想，那团火怎么老是突然落在眼前？

第一次看见这红红的小东西是在三个月前。也是在夜里。当时天上布满着软软的云。月亮很迟才升起来，村里的狗已经不叫了。那个时候莲子正在厨房里用小石磨碾豆汁。这是大少爷吩咐的，说老爷这几天吃不下东西，给他换点汤汤水水。黄昏后莲子便把黄豆淘了。风柔柔地吹进窗，油灯摇曳，莲子有节奏地转着磨，哼起家乡一支古老的曲子。这曲子现在已经走调了，怎么听也像是当地盛行的黄梅调。二姨太总以此来笑话她，可她不生气。她只是想自己命没有唐月霜好，天分也不及姓唐的高。唐月霜也是外乡人，而且比自己来得晚，可是唐月霜至今能唱出地道的锡剧和扬剧，也能唱出地道的黄梅调。人和人实在是不一样的，她想，各人有各人的珍贵。莲子想自己并不贱，因为她也有唐月霜学不会得不到的东西。

背后窸窸窣窣的声响。莲子没有回头。她知道藏在柴垛里的那道门开了，而且是谁从里面走出来。莲子悠悠转着小磨，把哼着的曲子咽下去。于是就好安静。这样过去了一会儿，仍没听见脚步声。莲子便扭头往后看，并没有人来。该死的老鼠！她想刚才一定是老鼠在柴火里嬉戏。可是她心里不踏实，就住了手，把持着油灯去了柴房。似乎一切与白天所见毫无二致。莲子正欲退走，蓦然间看见一团巴掌大的红火球由柴垛里蹿出，飞向窗外，像流星一般划出一道光迹，遂坠入夜的深渊……

第二天一早，莲子把昨夜所见悄悄告诉了大少爷。她看见他的脸色一下变得惨白。后来叶千帆说：看来，老爷要走了……

三天后的夜里，叶老爷念慈魂归西路。

这一切犹如昨天发生的事让船娘越发惶恐，她觉得自己头重脚轻，不能坚持到那把黑洋伞重新撑开。她记下了那座小木楼的位置，又把那小贩的模样细细看了一遍，然后离开了。在下坡时，她又跌了一跤。她几乎是亡命一般逃回船上。那时候船佬和那个捞上来的孩子正烂睡如泥。船佬的鼻腔高一声低一声地抽着，鼻孔像一双斗鸡眼。船娘把湿衣服脱下来，按到脚盆里用水浸着。她把手上的水弹到船佬的脸上，船佬便面部抽搐了一下，然后翻了个身，不再打呼。船娘松了口气，取出酒壶连喝了两口。这酒好辣呀！

酒后的船娘显出几分娇媚。她轻轻掀开那孩子的被窝，侧身钻了进去。那孩子虽瘦但火气很旺，被窝热烘烘的。船娘拿着孩子两只平板板的小脚，又凑近嗅了嗅，酸臭的脚气让她不禁摇了摇头。后来她把它们放在自己乳房上，她想这样它们就老实了。

雨紧一阵慢一阵地下着。风倒是渐渐刮得平稳了。船娘用肘将头枕高，眼睛落到二少爷两只贴满花花纸的皮箱上。那箱子像尸体一样老沉老沉。二少爷说差不多都是书。她想起一句歇后语：孔夫子搬家——尽是书（输）。如今二少爷又回来了，带着这些子书。可是二少爷是个非常好胜的男人啊！

这会子，那个小木楼上的灯还亮着吗？

第十三章

窗前的知了羞羞答答地叫着让人心烦意乱。我于是取消了午休的计划，想到外面散散步，顺便买一包香烟。

陈士林又没有回来吃饭。他像个游神似的，很少有歇息的时候。可是我实在没看到他做过什么正经事。他是个很累的闲人。据说他烧窑很有一套，不过早就洗手了。他会不会在秦贞那儿？我来有几天了，还没同秦贞打照面。她也没来这院子。当然她病了，而且病得不轻。我应该去看看她。这位女乡长除了身上那种落伍的时髦化之外，给我的印象还是良好的。她的热情，她的进取心，在目下基层干部中也比较少见。尽管这样的精神状态与她那位做专员的舅舅有关。

去乡里的那截路由于雨天拖拉机的碾压变得十分不好走。两旁的杨树被无端地伐去了，代之以松柏。这些不过一人高的树，大概因为水土不服显得憔悴不堪。很显然，这个美化环境迎接检查的措施受到了自然的奚落，适得其反。我觉得它很能反映出秦贞的做派。太阳极毒辣，我又忘了戴草帽，所以这截路走过便额头见汗了。忽然间我想起了一件重要的事：一年前我上青云山，那个年轻的道士领我去阴阳界看郑海的墓冢。但是没有！它失踪了。无疑这是一件大事，因为它与政治相关也与历史相关。我们当时商量的结果是：不说出去。至于为何要这样做，我们也没有很好的理由。只是觉得这样比那样好。这件事在过去的一年里曾五次以鸟的形态在我梦中出现。那是一只白色的大鸟，眼睛和嘴还有爪子是朱红色的。它停留在一个青草坡上，仿佛凝固，如一块石碑。当你走近它时，它便振翅飞去……一年过去了。一年里没有人提起它。是别人没有发现这个不存在的事实还是发现了缄口不语？

乡政府的院子和以前一样冷清。院子里到处晾着衣服。靠近秦贞的房前晾着一排女人用的小东西，式样极考究。我来早了，应该两点以后来。我正踌躇，听见室内咳嗽声。我就勾起指头敲门，哪知门是虚掩的，秦贞正背对着我伏在桌子上写着什么。她头也不回地叫道：

“滚！”

我一愣，不知道是把迈进去的一只脚收回来还是把另一只脚迈进去。

“你死到外面去!”秦贞把钢笔一拍，站起来，这时发现了我，脸倏然变红竟一时没了词。

我赶紧喊了一声“秦乡长”。

她连忙用手拍拍额头，迎过来：“你看你看，我都气糊涂了……你坐……怎么好意思让你先来看我!”

这样窘境才得以消解了一些。她忙着给我泡茶、削苹果；又把脚下的拖鞋换成凉鞋，把裙子拉了又拉，脸颊的红晕褪得好不规则。不过我发现，这位临近中年的女人突然变得很可爱。她的容貌甚至是相当漂亮的，形体也比我上次见到的要匀称一些。我就想，病是一种奇妙的东西。有人因之枯竭，有人则因之美容了。记得鲁迅曾幻想到吐半口血扶两个丫鬟到阶前看秋海棠，以为那也算是雅事一桩。从前对此我颇不以为然，现在见到秦贞，倒认为是事出有因了。

“听说你病了……”我说，“好点了吗?”

秦贞把头发往耳后拢了拢，说：“其实也没什么病……只是心里不好过。你喝茶。”

我喝了口茶，又说：“听老陈说，你病得不轻。”

“他这人说话……”她淡淡一笑，又问：“他真这样说的?”

我点点头。

她看看指甲，一时没话了。我看得出她好像有些激动，想说什么又不愿讲出来。这样沉默了一会儿，她开始问我这次来是不是和上次一样，为着郑海的事。我说，我不是专门来调查这宗事的，只不过认为它“有点意思”。“就算是作家体验生活吧，”我这样解释，“下来看一看总归是有收获的。”

“可是别人不这么看。”她说。

“你说的‘别人’指谁呢?”我反问道。

“除你之外的人。”她说，“他们把你看做钦差大臣，认为你是……我也说不好，至少你对有些过去的事很怀疑，是这样吗?”

我就笑了，我说我对“怀疑”的确很迟钝，敏感的倒是那些“别人”。我喜欢和这些人接触。他们的玄思遐想实际上就是很好的作品。我不过是稍加整理而已。

她给我的杯子续上水，说：“有些东西是不可以来怀疑的。你得留点神，别听人瞎说。”

这是什么意思呢？秦贞的口气突然变得很大，仿佛是我的领导。但是我对此不反感。我能听出她的善意。就是说，她是为了我好才这么说的。显然，她了解到一些“背景情况”。我敢肯定，这又是林重远的招呼。林重远企图控制我这我早有感觉。可是他同时也支持我做这件事，尽管叮嘱我“不要走得太远”，“不要钻牛角尖”，“网也不要张得过大”。他认为这样会把一件简单的事弄复杂，结果一定非常糟糕。然而有一点“别人”是无法理解的：对于一个小说家来说，他所感兴趣的可能正是不可收拾的结果。至少，我是这样的。

船是第二天上午雾散之后才开的。

二少爷回来的时候天刚破晓。其时船娘已经醒了，但是没有爬起来。她翻了个身，把头埋到被子里。那孩子酸臭的脚气呛得她胃里直翻腾，她真想立刻把头伸到舱外去。二少爷进舱后先把马灯吹灭了，然后开始脱衣裳。他脱得很慢，嘴角还咬着烟嘴。那受潮的烟草有一股霉味儿。船娘双手将那孩子的脚抱紧，她觉得这样心跳就听不见了。后来她听见二少爷轻轻叹了口气，她想他还没有躺下来。这个男人忙了一宿，累了；累过了头反倒睡不安宁……

不久船佬起来了。像平时那样，他打哈欠抽鼻子，然后提着裤子对着江里撒尿，然后咳痰，然后用水清喉咙。结束了这一切，他开始找东西吃。吃完了再就着江水洗脸。这个早晨十分阴沉，天上的灰云走动得很快。船佬坐在船头对着天骂骂咧咧的，又自我安慰：雨是不会有了。不多会儿，风向突然转了，由逆风转为顺风。于是船佬对舱里嚷了声：

莲子你别摊尸了！快起来帮老子扯帆！

船娘哼哼几声爬起来。她瞟了二少爷一眼。他一定醒着，她想。她从他脚边走过时心里不禁又起了慌乱，但她对自己男人说：

给你娘叫魂哪！没见二少爷正睡着！

做丈夫的傻笑道：天公作美，还不趁风赶路。

雾还没散呢！船娘说，当心再吃枪子！她把后一句话说得很响。这时候她发现男人右膝上有一块泥，而且沾泥的地方破了——是擦破的！昨天它是完好的，她想，后来他睡了……难道……她突然意识到了什么。这家伙是装睡的。他一定也下了船！船娘迅速把昨夜的事回想了一遍。我怎么只顾着前面而不也往后看看呢？六指你这狗日的，竟敢算计我！她把眼睛从那块泥上挪开，转过身懒懒地梳着头发。她又想，六指哪来这么大的胆呢？他到底想干什么？捉奸还是别的？黄昏时他去了岸上，说是去沽酒。后来，他进舱了。而那时二少爷正在舱里整理着箱子……

天色渐渐明朗。一线微弱的阳光从云层后面斜射下来，落在桅杆上。这阵风终于把云拨开了，可是也使浪头加高，船比刚才摇晃得更厉害。二少爷一边拭着眼镜一边从舱里走出。他的眼睛很红，脸色也黄。他说昨夜去岸上看了一位同学，回来迟了些。说这话时他看着在船沿洗衣的船娘。

天晴了。他又说，好大的风啊！

于是船扬帆起锚，乘风逆水而上。江面显得开阔，几只水鸟绕着船帆翩翩飞动，不时发出尖锐的鸣叫。二少爷立在船头，风掀动着他的长衫，使他的身体看起来比平时要瘦弱一些。船娘掌舵，船佬在两舷走动下篙。每下一次篙便对掌心啐一口唾沫，使劲搓搓，再用肩头顶着撑篙，嘴里轻哼着号子。两岸的杨柳缓缓向后移动。等太阳完全露出脸时，一座大山扑面而来。少许工夫，那山上道观与民居的轮廓依稀可辨了。这就是青云山。

每次过青云山，船都是沿岸而行。这是从前叶念慈的习惯。他要看看这山的面目。据说他年轻时路过此处，还题过一首七绝，请石匠镌于岩壁。如今这诗同做诗的人皆已不复存在了。存在的只有记忆。

停一下！二少爷说。

船佬把撑篙直插下去，这是临时停船动作。二少爷没有跳上岸去，只是在船边来回踱着，注视着那山，那块离船最近的大石头，它上面长满了蒿草与野刺。他想那一枪一定是从它后头射出的，距离不过五十米！

是这儿吗？他问六指。

六指点点头。

二少爷不再问，默然把一支香烟安到象牙烟嘴上，并不点燃。他对着那块大石头看了良久，然后对船佬摆了摆手……

忽然舱里叫起一声“娘”。那孩子醒了。

从秦贞那里回来我有点不舒服。可能是因为轻度中暑。天说热就热，身上的汗出不来，躺到竹席上又觉得凉得扎骨，不如到院子里树荫底下坐一会儿。这几天有旅客进进出出，院子有些嘈杂。田藕因此整日忙活，一天和我说不上几句话。这时候人便生出一丝寂寞来。

我不止一次地问过自己：到罐子窑来其中一个不可忽视的因素是否在于这里有田藕？我觉得是这样的。以前读过一些古典主义的东西，也曾幻想自己的生命里有一截田园牧歌式的好光景。尽管社会是越来越“现代”了，但我仍然相信，人心和从前一样古典。我每次这样想下来，就为田藕感到惋惜。她聪明，好学，应该到城市去读书，将来与这地方一刀两断。我曾恳切地劝过她，得到的却是冷淡的回答。“我也这样想过，”她说，“可是我不能。”她没有道出原因，显然是不想把它说出来。她又说：“我有我的考虑。”她的意思似乎是说：你不过是站在你的位置才这么想的。或者，你其实是为自己考虑。我还能说什么呢？

知了又开始叫了。就在我头顶上，好像是两只，一问一答。这声音使夏日无限延长，又使世界变得相当枯燥。这难熬的时光会让人的头发生锈的！烟在口腔里像棉花那样乏味，没吸两口我便掐了它。这时，田藕来了，送我一碗绿豆汤。

“清火的，快喝下去。”

“这样香？”

“是和咸鸭子一块熬的。再放点石膏。”

“我还是头一回喝这样的绿豆汤。”

我很快喝尽了。味道蛮好。我朝边上一个石凳指了指，她就坐了，然后问我：

“你刚才去乡里了？”

“对，去看看秦乡长。她病了。”

“现在好些了吗？”

“看上去没什么。可是陈士林认为她病得不轻。”

“他心疼她哩!”田藕哈哈大笑,“陈士林就这么个东西!”

我很吃惊,田藕竟然以这种口吻谈她的叔叔——虽然不是亲叔叔,但毕竟是她的父辈。(也许的确是她的亲叔叔!)我注意田藕的表情,好像不完全是轻慢的、调侃式的。她的笑容收敛之后出现了短暂的迷惘,仿佛她刚刚才来到这个世界,一切全都陌生。

“他会烂掉的!”她说。

屋里有人喊“结账”什么的,田藕便离开了。我越发觉得不对头,可又弄不清楚。田藕突然变得这么古怪,对陈士林的态度显然不同于一年前,难道这其中有什么“问题”?陈士林是个容易讨女人喜欢的男人。他能使女人的理想与实际获得双重满足。他和秦贞的关系有些暧昧,我想不少人都能看清这一点的。或许正是因为这个,田藕鄙视他,又为之遗憾。还有一点,关于田藕的母亲,我了解得太少。那个与外乡人私奔的女人如今似乎已被人遗忘了。他们和我交谈全都回避了这件事。是因为这件事不光彩难以启齿还是由于别的因素必须缄口?

这会儿太阳藏到一块大云的后面,地上立刻变得凉爽。奇怪的是知了也不叫了。几只黄色的雀子无声地从我头上飞过,像风鼓起的几片叶子,飘飘悠悠,最后不知落到何处。院子的大门响了一声,陈士林回来了。他提了支自制的猎枪,枪筒上挂着三只斑鸠。他今天的装束也蛮有意思,圆领衫、西装短裤,一顶长舌的白色太阳帽,一副镀水银的宽边墨镜,脚下踏着日本人用的那种木屐。这身打扮不伦不类但使他非常洒脱,甚至很帅气。他对我点点头,然后高声喊田藕。

田藕探出身,并不走过来。于是陈士林走过去,把枪和斑鸠交给她:“夜里吃。”

田藕故意不接,说:“怎么不给秦乡长送去呀,这可是补品哩!”

陈士林把东西往田藕怀里一塞:“你怎晓得我没送呢?我送了她三只。”

田藕说:“何不这三只也给了她?六是个双数,六六大顺,等她当了县长,你也好挣个乡长,我们也跟着沾沾光!”

陈士林突然脸一沉,厉声道:“再狂,我撕了你!”

我连忙上前拉住陈士林,同时示意田藕快离开。可是田藕一动不动,依然轻蔑地看着陈士林。我只好把陈士林拖开。

"岂有此理！"他愤愤地说。

我知道你迟早要打听这事。去年你来的时候，那女人刚走不久。她叫枝子，人生得不难看。糙坯子娶这女人那会儿，我还在坐牢——你大概也听村里人说起过吧。来，把这杯喝了！

我是因为偷队里稻种吃坐牢的，当时判我十年。这是当时的政策，没说的。后来提前释放了，据说是看在我娘的份上。我娘帮过郑海，也算是个小功臣吧！实际上自我抓走，娘差不多垮了。娘疼我，从小就这样。为这事糙坯子至今还记恨我，他不说我也知道。枝子原来是打算给我的。她是外乡人，逃荒逃到这地方，娘收留了她。娘说这孩子的命和自己差不多。那时候，枝子不过十五六岁，还是个黄毛丫头。这是一九五九年春上的事。大食堂倒了，饥荒像瘟疫一样，淌到哪哪儿人头就脆……

前一年办大食堂时，我们卖了一些货。可是票子不经花，不顶事，还是饿。那些日子天一断黑，家家就上床困觉。好像一困就能抗住饿。一天晚上，我起来撒尿，看见厨房里亮了灯，就好奇怪。起先我还以为是贼哩！我轻轻摸到厨房——就是从那道暗门下来的，一看，是枝子在啃东西吃。细细一看，那东西是只老鼠！枝子把它剥了，煮了，饿猫一样地啃……枝子发现了我，胆怯得把老鼠往身后藏。我没说话，转身要走。她上前一把拽住我，把剩下的老鼠塞到我手上。我没吃，好像哭了……

那时候，我是生产队长。要春耕了，公社发稻种，让各队派觉悟高的人去挑。我去了。去的路上我总想起那天夜里的事，我就打定主意，行前把两只裤管扎紧。等稻种发到手，我就到一个偏僻的场子，把稻种往裤管里灌。没人发觉的。等回到家，叫枝子关上门。我解开裤子，抖出来有好几升！枝子好害怕，说娘要是晓得会打人的。我就笑着说：老子都不怕还怕娘？那天娘出门弄柴火了，不在家。我和枝子商量，想瞒过娘，就说是政府给娘发的救济好了。这时候，突然有人敲门。

是糙坯子。他一进门就盯着我和枝子看，眼光很不正常。我当时正举着裤子。怕糙坯子误解，我只好把偷稻种的事说了。他什么也没说，走了。

傍晚，娘回来了。她弄了一篓子松毛，还提着一只野兔，说是在山上捡到的。那兔子死了有两天了，是枪打的，额上的血迹像酱油一样。我就接过来当即剥了。这天的夜饭真是我有生以来吃得最香的一顿饭。我叫枝子煮了一升米。好些日子了，米没在牙缝里停过。野兔也一锅煮了，堆了一大盆子，实在香！可是娘问：这米哪来的？我就瞒，娘显然不信，但也不多追究。大家闷头吃饭，糙坯子吃得最快，转眼就下去了两大碗。等我盛第二碗时，院子里响起了纷杂的脚步声。我心里一惊，知道坏了。来，再干一杯！

果然是来抓我的，背着盒子炮。屋里一时好静，因为娘站起来了。你把肚子填饱，娘对我说。她把自己的饭也拨到我碗里：装么子孬，你吃！人家等着你走路。说着她自个儿上楼去，给我抱下来一条被子……我跟他们走了，枝子给那些人下跪，哭求。娘喝了一声：起来，这么贱！等我到了村口，我才听到娘哭了一声：天哪——

你看这事一说就没个完！你这人就爱问，不说又觉得对你不义。你吃菜，吃吃！

我上回说我曾在县里干过，实际指的是坐牢。我在牢里待了七年。一九六六年放出来，正赶上文化大革命。也是个黄昏，我回到家。远远就听见小孩子哭，我心下一沉，知道是怎么回事了。我不想进这个家。可是，我想娘，也想看看做了媳妇的枝子。我轻轻推开门，看见枝子正在解怀喂奶。我走过去，离她们两步远站着。枝子一抬头吓得脸全白了。我扔下被子，把孩子从她手里接过来。孩子哭，枝子也哭，我的鼻子酸到了极点，忍着，装出爷们儿的样子。我哄着孩子，一会儿小东西止了，大眼睛忽闪忽闪地盯着我的脸。我把袋里的钢笔别在孩子身上。这孩子叫什么名？我问枝子。她抹了泪，说是个丫头，还没取名，让我给取一个。我说就叫田藕吧，你看这丫头的胳膊腿可像藕？

这以后我不大蹲家，总在外面跑，炒米、剃头、磨剪子抢刀，都干过。光阴就这么晃晃荡荡过去了。我知道枝子心里想着我，糙坯子防着我，娘也为这事操心。我呢，也想，也急。可是左思右想，还是躲躲为上。不瞒你，这期间我也在外头有过相好的，还不止一个。人嘛，就这么回事，活人总不能让尿憋死。再后来，乡里换马，秦贞……你也看出来了是不？实际上也没什么了不得的事。可是，枝子突然跟别人走了。

我知道我伤了她，但又觉得事情不这么简单。那人我没见过，好像是湖北佬，做药材生意的。这里面，我琢磨着，有些文章。我说不清楚。我想糙坯子也不会明白。女人是个怪物。我见识过的女人差不多都是怪物。你是作家，你说这世上如果没有女人该省掉几多事？不过没有女人，男人又如何活呢？

叶之秋没有料到跟踪自己的是一个女人。当船抵达罐子窑时，他首先看到的是窑头上袅袅升起的青烟。这烟后来集结成一块乌云，滞留在叶家大院上空。这不是一朵祥云，他想。以后的几天里所发生的事证明他的预感不无正确。

他吃惊地发现，莲子每次单独和他在一起总是十分拘谨。莲子性情开朗，青春的身体曾给过他欢乐，伴随他于梦中逍遥。可是当他在船上碰一下她的手时，她却抽回了！开始他想这也许是久未相聚产生的羞怯，然而后来的事又使他不得不断然放弃这个浪漫的念头。莲子跟踪了他！而且企图掩饰这一放肆的举动。他想莲子绝不会是为了窥探他有无另外的艳遇。可以肯定这个动作与男女私情无关。那么，会不会是为了……叶之秋在黑暗中叹息了一声。他眼前又闪过那支来自外江的船队。莲子便是那夜去河边的，回来就吓成了病！她遇见什么了？难道她真被吓住了？还有那个来路不明的男孩，居然成了这个家族的一员。他的突然出现使得另一个女人的眼睛睁大了。那是一双多么美丽又多么险恶的眼睛！每当自己同这双眼睛遭遇，便不寒而栗！这个女人太可怕了。她原是极可爱的。她随老爷子来罐子窑的时候，还完全是个中学生的模样。她作为小妾的历史很快结束了，因为不久母亲便去世了。老爷子也由纳妾而变成体面的续弦。这种地位的优越使她目空一切。在相当长的一段时间里，她似乎从不拿正眼去看与自己身体无关的人。叶之秋还清楚地记得，其时他还在大学里读书，在临毕业的那个暑假里，他才第一次见到这位青春年少风姿绰约盛气凌人的继母。那天她说：你就是二少爷？看起来倒是斯斯文文的。叶之秋心里顿了一下，他觉得这个女人实在太狂了。可是很奇怪，这个自尊心极强的男子当时并不感到这是侮辱性的警告。他想到的是另外的意思。那女人的这句话整整折磨了他一个假期。夏天日长如小年，人心也异常浮躁。叶之秋坐在书房里，觉得书上的每个字都在跳动着。它们似乎兴奋了。那把悠扬的月琴声断断续续被风送来……

那时候叶念慈正在外面谈生意。通常身边只带着仆人六指。关于生意上的事，叶老爷从不与家人提及。这位饱经风霜的江湖老客经常出入上流社会，连日本人也视为座上宾。他的面子使得罐子窑这块故土免遭了“皇军”的骚扰。他乐善好施，每逢饥荒便开仓放粮。叶念慈还有一大嗜好，喜欢收藏古陶瓷物件。以至于后来他将唐月霜带回也被人称作“又收了一件花瓶”。这里的人无法接受这位姨太太的长相与做派，以为那种弱不禁风的姿态完全是戏文中的事。可是日子一长，人们意识到错了。首先是唐月霜“上得了台面”，似乎不费吹灰之力便能接下叶家的经营活计，而且“点子又多”。其次是唐月霜的穿着使他们终于觉出了好，认为女人“露一点肉”是值得的。然而这女人终究是不起作用的，叶念慈留她不过是一种摆设，闲时看一看、摸一摸。毕竟叶念慈的心事不会花在这上面，况且业已年过半百，不是生育年龄。可是两年后的一个秋天的夜晚，叶家大院传出了婴儿的啼哭。这声音随风飘荡惊醒了全村各户。第二天，村里传出：叶老爷喜得三太子。到了第三天，人们又知道：那孩子死了，葬于青云山脚。

这短命的孩子的来龙去脉村里人心下清楚。有人掐过手指，认为“时辰不对头”。甚至还有人私下声称，叶老爷那物件十年前就“竖不直了”。那孩子的啼哭仿佛穿山越水飞向千里之外，最后落到了叶之秋的窗前。一个中午，叶之秋正在为一家报纸赶稿，蓦然听到这声尖锐的啼哭。他烦躁地把头伸到窗外，可是非常奇怪，窗外除了那棵银杏树便一无所有。等他重新坐定，那哭声再次响起。叶之秋顿时觉得心跳加速，血液的奔腾犹如浑身爬满了蚯蚓。他意识到一桩可怕的事终于发生了。

那个夏天对叶之秋来说仿佛十分遥远。他希望它从自己记忆里完全消逝。他恨那阵突如其来的风。如果它不把一粒微尘送到唐月霜的眼里，后来的一切将不会发生。他也恨自己，不该打消去河边垂钓的计划而留在院子里徘徊。那女人轻柔的歌喉使他两腿无力。

风过之后，她突然走过来说：二少爷你帮我一下。接着她向他抬起那张美丽的脸庞。叶之秋一时手足无措，于是她又说：

快些儿，我难受死了！

他伸出手，像小时候捉蜻蜓似的落到那白皙的脸上，轻轻撑开她的眼睑。他从她清澈如泉的眸子里窥见了自己的尴尬。然后他轻轻一吹。那一刻他脑子里一片空白，他吻了她，吻过了就后悔。

放肆！她厉声说。接着她又朗朗大笑。那笑声把刚才风聚拢的乌云全然拨开了……

可是十年后，那团云又停滞在叶家大院的上空。它不会散去的，叶之秋忧伤地想。

第十四章

我刚刚铺开稿纸，正考虑这一章如何开头，一个约莫十二三岁的男孩跑上楼来，交给我一封信。“是一个白胡子老头叫我送来的。”他说，“还叫我向你要一块钱。”

“那老头现在……”我急切地问。

“他走了。往后山走了。”男孩说。

这肯定是一樵！我掏出一块钱塞给男孩，他就很欢喜地离开了。我关上房门，慌着拆信，果然是一樵写的——

今夜子时故道北岸等候。

一樵

不用说我是很激动了。自从青云山一别，我原以为再也见不到这位异人了——我一直这么看他，可是现在他主动找我，能不令我惊喜？在过去的一年里，这个一樵是我重点考虑的人物之一。世上绝没有无缘无故的事。我敢断定，一樵与叶家、与郑海不仅有关而且关系密切。他绝不会是个一般的“船上人”！我抽烟，连划断了三根火柴。我努力让自己平静一些，于是去看窗外。太阳明显地西坠了，西方是一片金黄。这个南方最令人不安的季节才刚刚开始，今年的夏季据说特别的漫长。一樵约我，目的安在？在以后的几个钟点里我始终在想这个问题。但愿他是在为我指点迷津。

晚饭后天便暗了。这天来了电影队，在村南的大稻场上放映，两部片子连放。陈士林问我是否也去看看，我说在城里看过了，人又不太舒服，想早睡。他便不再言语，嘴一揩即晃晃荡荡地出了门。一路哼着京戏。我弄不清是哪出戏里的，只觉得是须生的腔调，似乎味道还正。糙坯子这天从窑上回来了，他没去看电影，倒是端坐在他得来的电视机前。尽管屏幕效果很不佳，他还是悠然自得，边喝茶边摇着蒲扇。听我说“不舒服”，他就立刻把音量调弱。自那天陈士林当着我的面骂了田藕，这姑娘见我话也少了。我也有点尴尬，如果不是我在这儿住，陈士林说不定把所有的斑鸠都给了秦贞，也就免去了那场争执。我上楼不久，田藕给我送水来。她好像大病过一场，人变得单薄了。不过她的脸色看上去还蛮好。毕竟是含苞欲放的年纪。我请她坐，自己靠在床上。她顺手帮我把鞋脱了，这个举动又使我生出浪漫念头。我真想伸手拉住她，拉到自己怀里。可是她突然说：

“我见到一樵了。”

我立即坐起来，心想这是可能的。可我希望把这件事瞒过去，不想让第二个人知道。

“在哪？”

“在梦里。”

我松了口气，笑了，你这姑娘可真逗。田藕却一本正经地说：“他是从天上下来的。是一片云，风把他吹到了这儿。他好像很饿，找我要吃的……我把屋檐下的一挂腊肉给了他。可他说，这肉不香。”

“他什么打扮？和青云山上见到的一样？”我不妨就着她的话说。

“不，不是。”她说，“他今天穿着一件夏布做的衬衫，裤子是黑色的，还夹着一把黄油布伞。”

“他还说什么了？”

田藕想了想，说：“好像……后来他对着我画了一个圈。这是什么意思呢？”

我笑着说：“就是说这是一个梦！”但我脑子里又闪过了那道诡秘的

签文：蛇吞其尾。我想此刻我的笑容一定十分僵硬。

田藕沉默了。少顷，她站起身说：“我走了，你歇着吧。”她显然还想说些什么，于是我说不忙，再聊会儿也许人感到轻松些。她淡淡一笑，问道：

“那天陈士林……对你说起我妈了？”她显得小心翼翼，“你别瞒我。”

我有些为难。田藕毕竟是晚辈，上辈人的恩恩怨怨让她知道难免伤感。我说：

“他只简单介绍了一下。不过他对你母亲，怎么说呢，还算是理解吧。”

田藕说：“我母亲不会回来的。这样也好，免得在两个男人中间……我是她女儿，这样说她会遭雷劈的。”

我说：“我觉得陈士林对你母亲是尊重的。他不像别人想的那么缺乏教养。”

田藕又是淡然一笑：“陈士林的确是个人物呀……你认为他真是我的叔叔吗？”

我很奇怪她的提问。这完全是明知故问。不等我回答，田藕又说：

“我总觉得我奶奶待他赛过亲生。可是，我不希望有这么个叔叔！”

月光如水，四野蛙鸣起伏。稻场上的电影还未散，不时有枪炮声传来。那大概是一部战争片，其中再穿插一点儿花花草草。我看看表，子时已至，便披上衣轻轻下楼。电视机还亮着，全是雪花点儿，节目业已演尽。可糙坯子早就伏在桌上睡了，鼾声如雷。他的脚下点了一盘蚊香，所以看上去他是处在云雾之中。我替他关了电视机，然后出门。一只大狗在门外逡巡，见我过来竟摇起尾巴。说实话，就这样我也有点怯它。可是等我临近，它却掉头走了，走得悠悠晃晃，方向与我一致。在以后的过程中，我们保持约十米的距离。在故道中间，这畜生支起一条腿撒了一泡漫长的尿，然后抖抖毛发，突然朝“对岸”奔去，一会儿便无踪影了。这狗会不会是一樵遣来接我的？我停下来，警觉地观察周围，再点上一支烟。我想一樵必定早已到了，正在一个僻静的位置窥视着我。因此就大模大样走过去，到了一个土坡后面，这时我又发现了那条狗。它盯着我，这回却不摇头摆尾了，而是四腿绷直把自己撑成一张满弓。

我心里一惊，觉得这家伙会出其不意向我扑来，不禁捏紧了拳。

忽然背后一声低咳，我忙转身，一樵已在面前，紧接着我差点儿失声叫出，他的装束竟然与田藕梦中的形象完全一致，连那把黄油布伞也未省去！我稳住自己，向前迎了一步："老先生，久违了！"

月光中的一樵更似一位仙翁，微风吹拂着他那部美髯，像摇曳的一束芦花。他和一年前毫无二致，身板依然硬朗。他对我点点头，然后从口袋里掏出一个东西——大概是吃的，朝脑后一抛，那狗便嗖地奔开。

"村里还放着电影吧？"他说，"枪可不是那般响哩！"

我们分别坐在两块石头上。他又从口袋里拿出一个小瓶子，让我亮出掌，倒上一些油剂的东西。他说："你朝手膀上抹抹，防蚊虫，我自家配的，管事。"我就照做了。

沉默片刻，他似乎有些吃力地说：

"本不想打扰你。可是这些日子我老是睡不安稳，觉得那院子里还会闹出事来……我很抱歉。"

"您老太客气了。"我说，"我一直想同您好好聊聊。"

"其实，也没什么好聊的。"他沉吟道，"过去的事都馊了，况且你也大致清楚了。"

"不不，我不清楚。"我说，"甚至越想越糊涂。我来，是想请老先生指点迷津的。"

他笑了笑。这是我第一次见到他笑。他说："我想你来这地方，也是煞费了一番苦心。叶家那个院子，从来就是不太平的。那些人，也都是或人或妖、或神或鬼，人妖相间、神鬼参半。就是落到阴曹，也难修来世。恐怕阎王爷也辨不了真假呀！"

我打断他："但是您一向清楚。"

他有些吃惊，可是没有解释。

我继续说："您不是什么'船上人'，您同那个院子有着非同一般的关系。恕我直言。"

他微微叹息了一声。他说："我已经老了，是什么人都不大要紧的。既然黄土已埋到了颈脖，就让最后一锹土再盖上吧……"

"那么，"我看着他，"这最后一锹土由谁来盖呢？"

他捋捋胡须，说："这不重要。其实我早就不存在了，死了，现在同你说话的是另一个不相干的老头。”

“你是说我在同一个死人谈话?”

“就算是吧。”

“借尸还魂！可是尸与魂是两码事。我也能做到这一点，所以我有把握把叶家的事写完，又何必到这儿来请教一个‘不相干’的老头呢？一樵师父，如果您不想对我说些什么，我是不是可以离开了?”说着，我慢慢站起来，拍打着屁股上的尘埃。

他漫不经心地说：“你在逼我?”

我立即顶回去：“是你在自行相逼。”

他又一次陷入沉思。我注意到他的胡须在微微颤动着。这时的月光被风揉皱了，氤氲之气弥漫开来。少顷，一樵对我看了看，示意我重新坐下来。接着他用比较低沉而且略带沙哑的音调说：

“你会把你的书写完的。至少，你以为是写完了它。你的书还会印出来，有不少人喜欢。你因此能拿到一笔可观的收入。可是，你不会满足，要不你就不会再来这罐子窑了。你做的事已经不是在写一本书……人是在一张大网里活着，要钻出来而又不将网挣破，就得受苦、磨难。祖祖辈辈便是这么过来的。有时候，你也许认为自己出来了，其实那是一时的错觉。你不妨依你的模子往下写。你现在，或许在写叶家二少与唐月霜的通奸吧？他们有了个儿子，据说死了；事隔十载，又来了一个年岁相当的男孩，就是那个叫陈士林的。你大概认为至少是在琢磨着这两个孩子是同一人，就是说，那个有辱门庭的私生子当初并没有死。有人将他送走了，藏了起来。那个人是谁？我看谁都可以，比如说六指夫妇或者大少爷叶千帆……”

他舔了舔嘴唇，继续说：“自那以后，叶家二少很少回来了。他很后悔自己的不检点，或者干脆把那女人忘了。你知道，女人走到这一步便不会回头。她一心要报复，甚至会要叶之秋的命。不过后来的结果恰恰相反，她死了，从马上跌下来，落到山凹里，这又是怎么回事呢？二少爷先下手害了她？可是突然失踪的却是叶千帆。这其中会不会有文章可做？不到一年里，那院子出了第二条人命。叶老爷第一个走倒也自然。但是，紧跟着的不该是唐月霜哪！那年她才三十一岁……不说了，说也白说，人死如灯灭，死了倒也干净……”

我沉默了好一会儿，问道：“您当年……”

“我是船上人，常来这儿。”他说。

“听说郑海也是船上人。”我说。

“我也听说过。”他站起来，“可我不认识郑海。不认识。”

“那么您知道一些郑海的事吗？”

“他的事这一带知道的人多的是，我要说的你全知晓。他也死了，葬在青云山。”

“他的墓却失踪了！”

“那大概是给风吹跑了吧……”他说，“时候不早了，该分手了。你快回去，那姑娘还给你留着门。”

“你是说田藕？”

“是个好姑娘。”他抚摸着那把黄油布伞说，“你可以把她带走……你娶了她吧。”

我一时没词了。

一樵说：“你最好还是娶了她。”

然后，他转身沿故道走了。那只消失了很久的大狗又突然出现，把我们隔开。

那个夏天的事在无数个深夜化为一条蛇爬进了叶之秋恬静的梦境，使他惊醒。而几乎在同一时刻，他的两腿之间出现了一片冰凉。他忍受不了这种双重的折磨，在黑暗中抖瑟着换掉短裤，接下来便靠在床上坐等天明。

这时他已经结束了大学生涯，但还离不开大学这个环境。他留校担任历史系的助教。校长是日本人，同叶念慈有过生意上的往来，私交尚好。其时战争的硝烟使整个国土染成灰色，阴雨连绵的秋天开始了。一个黄昏，叶之秋正在宿舍批改作业，忽然有人叩门。他以为是学生，便随口说：“门没关，请进。”于是门慢慢被一只纤细的手推开，叶之秋一见就弹了起来，感到血从脚跟迅速涌至头顶。但他很快掩饰过去，或者说一种新的冲动压过了惶恐，他抓住了那只手。门关紧了，他把她紧紧搂在怀里，尽情地去感触她并不丰满的胸脯产生的柔软。他怕她，但更需要她。以后的几分钟里他们都没有说话，期待着窗外的暮色蔓延。他们搂抱着慢慢移到床边，然后又慢慢地倒下。他们开始重复夏天的故事，身体的每个部位都自然得到了对应位置。他惊异她的大胆做爱方式以及不加掩饰的狂热。等短暂的呻吟消失之后，他又生发出一声短叹。

怎么？累了还是后悔了？她闭着眼睛说，嘴角藏着一丝冷笑。

他没吱声。他想越过她的身体拿香烟，但她拿住他的手，放在两乳之间。

你是拿我当老婆，还是拿我当继母？这时她睁开了双眼，看着他。

拿你当女人。他说。

供你享乐的女人？

请别这么说……我想静一静。

沉默了良久，天也见黑了。他想该出去吃点东西了，就准备穿衣服。她又一次拿住了他的手：之秋，你不是想出国吗？把我带上。

出国？他冷笑道，现在是战争时期，谈何容易！再说，你一走，老爷子谁来伺候？

他可以再娶三太太。她说。

不，他边穿衣服边说，你还不了解他。他离不开你，所以……

所以你就决定离开我？她一下坐起来。

叶之秋没有回答。这个问题太尖锐了，太难了。可是他又不能不回答。他想与其现在含糊过去倒不如直说了事。日子拖久了，会惹出更大的麻烦。他看着她，屋子太暗了，没法看清她的表情。他想她一定是流泪了，他自己也有些不好受。出去吃点东西吧。他轻声说。

她静得像一片影子。

那……我去买点干的，就回来。

他悄悄出了门。这时候天又落起了小雨，他犹豫了一下，还是走进了雨幕。冷雨淋在他的脸上，他觉得很舒服。这件事不能再继续下去了，他想，无论如何得结束这一幕。可是那实在是个叫人神魂颠倒的女人啊！风雨中他依稀可见父亲那张严肃的面孔。他心里剧烈地颤动了一下，紧接着打了个寒战。他不恨父亲，甚至替父亲悲伤。这种双重的背叛是致命的。他在黑暗中咬牙切齿地诅咒上帝：婊子养的，你不公平！可是他一筹莫展……

雨越下越大……

半小时后，叶之秋浑身透湿地回到宿舍。他没有开灯。等他走近床头，忽然一道闪电划过——她走了！叶之秋脑子里嗡了一下，立刻抄起雨伞，准备去码头。然而他最终还是去了与码头相反的方向。当末班轮的汽笛沙哑飘过之后，他已感到四肢无力，但头脑却彻底清醒过来。他在城市的背面徘徊了很久很久。

直到不久前，我才接触到希腊大诗人乔治·塞菲里斯的作品。这位外交官出身的诗人由于“他的优秀抒情作品中洋溢着一种对古希腊文化遗产的深挚感情”而荣获1963年度的诺贝尔文学奖。

《厄洛蒂科斯洛戈斯》系希腊文的音译，其意是“爱恋的言语”。这首长诗的第四小节是这样的——

两条蛇，美丽的、彼此分离、岔开的长舌，
爬着，搜寻着，在黑夜的树林里，寻求一次荫蔽中的秘密的爱；
它们不眠地寻求着，不喝也不吃东西。

盘旋着，缠绕着，它们那不餍的欲望
延伸，折叠，旋转，在身上绕着圆圈，
它们为星空的法则所暗暗支配，
扭动着灼热而不可抑制的狂乱。

森林像根震颤的大柱站着在守夜，
而寂静是一只银杯，那儿有时候，
会落进清晰而完整的回声，像一把
精工的凿子吊在割断了的绳子上头……

雕像突然醒来。但躯体已经消失
在海上，在风中，在太阳下，在雨里。

于是自然赐予我们的那些美人诞生了，
然而谁知道有没有灵魂在世上死去。

那分离的两条蛇一定在幻想中盘旋过了，
(森林因鸟类、嫩枝、花朵而大光辉)
它们那迂回的追求仍在继续，
像那带来悲恸的周期轮转不已。

关于性爱我似乎没有必要饶舌了。我觉得性爱其实是简单的。一个男人和一个女人，彼此需要，如此而已。我在企图理清叶家过去乃至由此延伸到现在的“种种关系”时，自觉性爱是一把极好的钥匙。从某种意义上，我预感到，性是推动这个艰难跋涉的故事向前行进的重要因素。这不是哗众取宠，也不是偶然，而是在所难免。

——作家手记

“你见到他了?”

“谁?”

“别装蒜了。我看见了那条狗。”

陈士林说完，坐到床沿上，脸上露出不阴不阳的笑容。我给他泡茶，或者说我以此来进行掩饰。他必定是要探听昨夜的内容的，可我不想告诉他。于是我这样说：“他东扯西拉了半天，我好糊涂。这个老头很古怪的。”

陈士林依旧那么笑着看我。“你也许说得不错，那是个古怪的老头。”他说，“你不用瞒我。他说了些什么，我不关心。”

“其实你很有数，对吧?”

“不，不是这样。”陈士林说，“叶家的事，编来编去就那么个模子。反正男男女女搞到一堆，难免要生是非。你晓得唐月霜有过一个儿子，死了——至少是怀疑死了；那么你就以为这孩子是二少爷与二姨太搞出来的。可是我印象里，二姨太不喜欢叶之秋，倒是同大少爷很接近的……”

“你说细些。”

陈士林喝了口茶，把茶叶细嚼着咽下去。他说："我来不久，便随唐月霜住。她好像很喜欢我。她每天上床很早，睡得很迟。一上床就把脚塞到我腋窝里。她是汗脚，所以很凉。她上床时我一般都被弄得一惊。有时候她靠在床上抽烟，我怕呛，缩到被子里。她的皮肤也非常细，贴着她好像偎在一条大鱼边上。我还特别喜欢她的脚味，酸酸的。"可是有一天夜里，我被一股浓浓的脚臭味熏醒了。接着我感到床在吱吱呀呀的又摇又晃。我刚想叫，突然响起"啪"的一声，显然是打耳巴子的声音。

"我晓得是怎么回事了，可是不敢吱声。过了会儿，床平稳了，唐月霜狠狠踹了我一脚：起来，把灯点上！她骂我脑瓜仁子叫狗吃了。我战兢兢地下床点灯，看见她一脸的怒气还在。你去把大少爷给我喊来！她大声说。我正要去，又停下了。我怯怯地说：大少爷出门了。唐月霜闭着眼睛，好久才骂了句：死到外面别回来！过后就流泪了……"

我插上一句："就是说，那股脚臭是叶之秋带上床的？"

陈士林说："按理是这样的。可也难说，这屋子里总是神出鬼没，外人插一腿也不可知。只有唐月霜心里明白。第二天我偷偷盯着叶之秋，他和以前没什么两样，照讲照笑的，好像根本不知道昨天夜里的事，也许真的不知道吧。几天后，大少爷回来了。他一到家就被唐月霜叫去了。叶千帆出来的时候脸色很阴沉。我想唐月霜一定是把那夜发生的事对他说了。这天晚上，很晚了，我被香烟味呛醒，听见唐月霜在同叶千帆说话。基本上都是女的在说，男的话很少。唐月霜声音不高，话却很重，大概的意思是说日子没法过了她一定要离开什么的。她还说'要鱼死就得网破'。叶千帆劝她冷静一些，说真要走，也好。唐月霜说'我不能就这么走'。怎么个走，没说。我偷偷从被缝里看了，叶千帆立在床前，两腿绷得笔直。过了会儿，他说如果没有事了，想去窑头看看。唐月霜说：'你走，你走！你走得远远的！你以为你自己多么干净，去问问天吧！'这是什么意思呢？我想唐月霜也不是随便乱说的。不过叶千帆还是离开了。

"又过了几天，唐月霜提出要去县城，祭祭城隍；只要大少爷陪他去，还不许他骑马，她也不坐轿。县城离罐子窑不算远，当天往返是容易的。可是他们在县里歇了一晚。到第二天的黄昏才回来。是因为叶千帆不慎撞到了一截树桩上，伤了腰，才耽误的。内伤外伤都有，以后隔一天便请本村的王郎中来推拿换药，不多时也就好了。”

“你说的王郎中……”

“就是王裁缝的老子，早作鬼了。”陈士林说，“不管怎么讲，这县城一夜总是要招惹闲言碎语的。那以后唐月霜不再出远门了，甚至连这院子的门也很少出。她也很少把大少爷叫到自己屋里来。有时候叶千帆主动来看她，她似乎也客气，实际上是冷淡。大少爷提出来让我娘夜里陪她，那女人又不肯，却说：死了倒也罢了。没过多久，她果然死了……这个你晓得，不说了。这女人，红颜薄命，有什么可说的呢？”陈士林把茶喝干，叹道：“也真惨哪！死得不明不白，连她自己也弄不清楚。也许清楚，可说不出话了……”

“你当时在场？”

“出事时不在。我看着她断气的。她不可能闭眼，她冤！”

“唐月霜去世时多大年纪？”

“这个……不清楚了。”

“可是一樵清楚。三十一岁。”

“这也不奇怪，老人对过去的事记得实在。何况这是当时轰动乡里的一桩大案。”

“也许当时一樵就站在边上。”我说。

美丽的唐月霜下葬后的第三天，县保安大队派人来抓嫌疑犯叶千帆。这之前的几小时，据说“天空飘满了乌云”。叶千帆便是乘着这样的气氛，于一个黎明突然失踪的。他的失踪使这桩疑案射出一线亮光。在局外人眼里，最公正的说法也是叶千帆在那匹大白马身上“做了手脚”。他杀死了大白马。然而这一举动很容易被人看做是掩耳盗铃。谁也不会忘记，当平素文弱的叶之秋当众左右开弓打了兄长两耳光，并且骂他“下手太毒！”之后，叶千帆仿佛瘫痪，英武之气荡然无存。所以一贯相信做贼心虚的人们至此完全放弃了“大少爷是好心”的观念。甚至有人进一步设想：几个月前在青云山脚向叶老爷发射暗枪的也是叶千帆所为。

当时的政治形势已出现了崭新局面，解放军渡江在即，李代总统不得不在南京城的上空兜两个圈子，从此一去不返。不久，《时报》在第四版刊登了一封“告家人书”，作者叶千帆。这篇不足五百字的小文其中提到“余半生浪荡，一事无成，愧对列祖列宗。今离乡背井，去台谋生。余已解甲归田，无大展宏图之志，但求农桑小耕。……余客寄异乡，深知寒暖，唯望家中兴旺平安”。这封公开的家书作于民国三十八年四月十一日，距大军渡江仅仅十天。

我在省档案馆查到这份东西，当时的想法是：叶千帆此举没有实际意义。继之认为：此举非常荒唐。既然一个人连人也敢杀，又何苦这般彬彬有礼呢？既然是突然失踪，又何必显露出蛛丝马迹呢？

唐月霜的死与叶千帆的失踪一般看来是有联系的。但是从一樵和陈士林所提供的情况看，唐叶之间有着特殊而微妙的关系。诚然，唐月霜也认为叶千帆并不干净，可是她依然信任他。我们姑且不去说县城那一夜是怎么过的，至少，我们很难找出叶千帆加害唐月霜的理由。除非那个聪颖的女人掌握了什么要害之物，以至于叶千帆不得不对其下毒手。然而这种推断还是站不住脚的。叶千帆是行伍出身，而且身上有枪，如果他决定杀人，将会把一切办得干净利索，不留痕迹。他再蠢也不至于把人们的视线吸引到自己身上。就是说，有人欲除唐月霜同时嫁祸于叶千帆，这是惯用的极端毒辣的一箭双雕！

此人是叶之秋？

但突然失踪的又是叶千帆！他的消失使人们的怀疑成为事实。如果他本人确实是冤屈的，他的逃离就显得毫无道理可言。逻辑是不对任何人宽容的。这一结果我想叶千帆当时一定十分明白。他也一定反复考虑过。最终，他还是选择了失踪。也许是别无选择。

关于叶千帆在县城无意中被撞伤，王裁缝介绍的与陈士林并不一致。“伤的确是伤了，”王裁缝说，“但不是撞伤的，是烫伤。”王裁缝说当时他父亲所配制的方子是治烧伤的。他提醒过父亲，郎中的反应是“瞪了一眼”，并说“你懂个么子！”王裁缝认为父亲是在有意隐瞒这一点，可他不明白为什么要隐瞒。

叶千帆伤愈后，唐月霜送给了王郎中一笔数目可观的钱。“那天我在家。”裁缝回忆道，“叶家二姨太送钱来，我父亲还不敢收，太大了。唐月霜的脸色很不好，临出门时还叹了一句：我真是遇见鬼了！我后来听说，那一回他们是在城隍庙里歇脚的。”

糙坯子对这件事也还有印象。他曾做过一回下手，帮助大少爷换药。“好像不是在腰上。”他开始这么说。很快他明确指出所伤的位置是“靠近肚脐的地方”，因为“有几根毛”所以他记住了，不会错。

基于这两点的出入，那个故事的片断自然有别于我最初的设计。我暂时不去写。尽管想象是自由的，但仍然需要自圆其说。

——作家手记

第十五章

糙坯子从窑头下来的那天晚上村里正放着电影。他在家里守着那台“雪花飘飘”的电视机。连日的劳苦使他疲惫而憔悴，不久便昏昏睡去。我从故道北岸回来的时候，他还伏在原来的地方，不同的是鼾声已趋于平缓。他睡得很沉也很香，粗糙的脸上浮现出近乎幼稚的表情。我仍没有惊动他。当时这院子里好像没有第三者，稻场上的电影正处于生死攸关的时刻。据说最终还是一个悲剧，不该死的全死了。

我感觉到，人们对糙坯子住扎窑头表现出极大的关注。因为他在进行大胆的试验。他本人无疑被上面视为改革者。这个时期，县广播站反复播送着介绍陈士旺先进事迹的稿子。地区电视台在我来罐子窑之前，也曾专程到此采访过他。糙坯子守电视机与这件事有关，可是迟迟没有播出。据乡长秦贞说，没有播的原因在于陈士旺同志新的试验尚无结果。“安排电视台来采访他，目的是给他鼓鼓劲。”女乡长说，“同时给他一点压力。”就是说，采访实际上是一个骗局，而糙坯子却当真了。我没料到秦贞居然会有这样的手段。联想到在县里所听的关于她将出任副县长的传闻，我对这女人还真有点刮目相看了。

然而糙坯子的试验仍没有结果。或者说出现的结果都是不佳的。他失败了。至少是暂时的失败。于是今天的上午，秦贞上门来了。

病愈的秦贞平添了三分娇媚，举手投足的幅度也因此变得得体。她的穿着与季节十分谐调，是一件浅紫色加碎花的连衣裙，乳白色的皮凉鞋散发出她那种年纪的女人固有的端庄气息。当时我正在窗口吸烟。糙坯子在院子里修理一座老式挂钟。秦贞悄悄在他边上坐下来，他见了便慢慢立起，可是秦贞又将他按下："坐呀，老陈。"

糙坯子想去给乡长泡茶，秦贞摆摆手，表示不渴，说一会儿还有事等着。

"老陈，你瘦多了。"秦贞说，"也真难为你了！"

糙坯子埋着头，说自己没有把工作做好，辜负了领导的一片希望。

秦贞也叹了口气，说："我也有责任。我有些时候没同你谈了。"

"这怎么能怪你呢乡长！"糙坯子完全被感化了，站起身说，"是我的错！我骄傲了吧？"

秦贞沉默了一会儿，示意糙坯子重新坐下。然后她说：

"老陈哪，改革可不是一帆风顺的。这几年你有了不少进步，组织上心中很有数。而且组织上一直在考虑你的组织问题。但是，我也要批评你几句。你把改革看得太简单了，以为一觉睡醒就马到成功。还有，组织上宣传你、表扬你，是对你的鼓励，你不要自满，这你也认识到了。千万要警惕，不要让荣誉成为包袱……"

"乡长，你……"

"你坐。失败了没啥了不起的，失败是成功之母嘛！要认真总结经验，吸取教训。从多方面找一找，首先是思想上……"秦贞顿了一下，好像没词了。她借拢拢头发掩饰过去。

糙坯子说："乡长，我是一心想把改革搞成功。你说我这思想上……"

"也很简单。"秦贞说，"一心是远远不够的。要多心，就是依靠大家的力量，集思广益。俗话说得好，三个臭皮匠顶个诸葛亮。遇事要多同大家商量。你如今已是个领导了，千万不要脱离群众。比如说，有人向我反映，说你这些日子一直把电视机关了，要不就闭着门自己看，这就容易脱离群众了。你说这可是思想上的原因？"

糙坯子头埋得更低，不再做声。

秦贞看看表，站起来，顺手拍拍糙坯子的肩，说："老陈，振作起来！不要被一时的挫折所吓倒。组织上，从林专员到我本人，还是信任你支持你的！”

糙坯子很感动地说：“乡长，我这人……是不是太笨了？”

秦贞一摆手说：“谁说你笨？一个笨人能做出漂洋过海的产品吗？”她看见洗衣的田藕已经走进了门，又补了一句：“你家这一支我看都是非常聪明强干的！”

这句话很有意思，明显是在讨田藕的好。我还注意到，秦贞说这话时身体还向田藕那边侧了侧。我觉得秦贞这样做并不合适，很小气；田藕不过是个乳臭未干的黄毛丫头，犯不着把她放在眼里以至于“有失身份”。更糟的是，田藕听到后的反应简直令人惊讶——她用力把衣服啪地一抖，晾在绳子上：“我们要是聪明强干，怎不是个乡长县长的？”

秦贞本来是想离开，可这样一来，她没法走了。秦贞始终没有朝我的窗口看，但是知道我仍在屋里。我想她一定会把这个尴尬的局面漂亮地收拾了，才会去忙别的。糙坯子也没料到女儿会这么歪斧子砍下来，便立刻骂道：“你怎么这样同秦乡长说话?!”

秦贞倒很大度地笑着走近田藕，说：“田藕真是个现代青年，我喜欢这种性格。”

田藕照样忙她的，眼睛不看乡长。

秦贞接着说：“乡长县长算个什么？芝麻大的官儿……你有抱负，很好。你将来考了大学，出来了前途一定无量……”

“我不会去考大学的！”田藕突然抬高嗓门说：“我哪儿也不去，就守着这个院子！”

糙坯子冲过去推了女儿一掌，斥道：“你疯了？连好话歹话也听不出？”

秦贞连忙拉住糙坯子，脸上红白相间，如果再这么下去，我担心她会支持不住。我赶紧下楼来，听见田藕在近乎撒野地嚷着——

“我疯了！我就是疯了！”

培根说：“心思中的猜疑有如鸟中的蝙蝠，他们永远是在黄昏里飞的。”

从我第一次来罐子窑见到田藕，我就觉得她的性格很难琢磨。我不是指她身上仿佛城里人的气质，也不特别注重她的美丽容颜。

我来的时候，正是她母亲——那个叫枝儿的与人私奔不久。可她并不表现出过多的忧伤。以后她很少向我提起母亲，即使谈起来也显得不大情愿。她的陈述似乎是言不由衷。她的确很聪明，也十分自信，但是她决意不考大学，而要“守着这个院子”。这种显然不合时宜的选择给许多人带来遗憾与困惑，也使她增添了一分神秘色彩。而她却心安理得地把日子打发下去。她很迷信。在她心目中，梦与现实仅一纸之隔。还有她少见的固执，像是从娘胎里带来的。这种个性与她的年纪很不相称。她还是一个姑娘。

田藕这阶段的两次冲撞在我看来显然是不近情理。它几乎迫使我改变对她持续一年的好感。可是，我总觉得事情并非如此简单。这中间会不会存在着奥妙呢?

还有一个莫名其妙的问题。我在那天夜里与一樵分手时，他希望我“把她带走”，希望我“娶了她”而且重复一遍。这个未免唐突的要求让我不知所措。我不可能表态。因为这件事可行性极小。我不会因为田藕的可爱而全然不顾我们之间的差距。问题还不在此，我想一樵也深知这件事非同小可。问题在于：一樵明知此事棘手却还是要把它直截了当地提出来！难道这就是他约我见面的目的？他说：那院子还会闹出事来……

谁闹？田藕吗?

毕竟田藕已是个货真价实的女人。用陈士林的话说，女人差不多都是怪物。

——作家手记

他们动身很迟。

六指的船泊下后，叶千帆先跳上岸。他本来打算叫六指把二姨太背下船，可是她已伸出手：“扶我一把，大少爷。”

于是他只好接过那只鱼一样的手，轻轻一提，她便落在他怀里。他一动不动。这时候六指已经把船挪开了。这个老实巴交的船夫嘟囔了一声：几时来接?

叶千帆说：黄昏。

船悠悠离去。两只水鸟追逐着从他们眼前划过，不久便潜入雾气之中。这天的雾很厚，等它完全散开，太阳已经升得很高了。阳光依然很弱，又时而隐入云中，使天气一直处在暧昧不清的状态。不过这种天气赶路还是十分惬意的。唐月霜撑着她从家乡带来的绢面遮阳伞，不紧不慢地走着。跟在后面的叶千帆看上去像是她的贴身保镖，一只手始终插在裤袋里。阳光在他擦得锃亮的马靴上跳动着。他注视着那把伞。那真是一把好伞。浅绿色的背景上是一树醉人的桃花。最引人注目的乃是一对乳燕，颇得任伯年之风神，姿态好自由。

大少爷，你看我们今天能赶回来吗？

可以。

这天气好像要变……

难说。

大少爷，这些日子你辛苦了。三天两头地出门……可别累倒了。

我以后注意点。

这年头风云莫测，做事得多长几个心眼……

知道了。

叶千帆听出这弦外之音，心想这女人实在太精明了，什么事也瞒她不过。可是现在她这样说又是什么意思呢？她究竟知道了些什么？她不可能知道。因为那些事外人是看不清的，只是捕风捉影罢了。这女人是不是在投石问路？她怎么突然关心起这一点来？难道是受人之托？那么她的背后一定站着另外的人。这个人可是什么样的事都能做得出来的……

突然她停了下来：老大，你的事办妥了吗？

低沉的声音和阴郁的表情使他抛弃了刚才的幻想。他相信自己的直觉：面前这个娇弱的女子已经掌握了——至少是大致掌握了他的动向。她为此而担忧。这一瞬叶千帆产生了强烈的恐惧感。如果那些事昭然若揭是会掉脑壳的！他的食指不禁放到了冰冷的扳机上。

她说：你把手拿出来。

他就顺从地做了：你误会了。

她冷冷一笑：是你误会了。你以为……

他打断她：不。我相信……

她也打断他：你相信的太多了！

他不说了，浅浅地笑了一下。

她觉得这个男人笑的时候就像一个孩子。她细细打量着他，然后意识到自己犯了一个错误：这个男人是应该骑马的。

我不该让你不带着马来。

走走也蛮开心的。

我喜欢看你骑马的样子……

那我以后可以天天骑给你看。

她把伞一下收拢，于是她的面容突然变得开朗。她看着他：你不是希望我早点离开吗？

他避开她的眼睛，不说了。然后他的右手又下意识地插到裤袋里。

我讨厌把手藏起来的男人！她厉声说着，转过身，把伞重新撑开了。那时她想，“伞”这个字一定是造错了，因为伞下永远是一个人……

那个动人心魄的身体出现在一片天蓝色的背景上像瓷器般优雅，你很容易以为这是安格尔或者鲁本斯笔下富有古典主义情调的身体。现在她向你走来了，飘然而至，你没有理由不将她拥在怀里。……

“出什么事了？”田藕走到床边问我。

我定定地看着她和周围的环境，手伸到桌上去拿香烟。

“你醒了吗？”她说。

我点上香烟：“我做了一个梦。”

“噩梦？”

“不，不是噩梦……”

“那你叫什么，怪吓人的。”

“我叫了吗？叫什么了？”

“好像……是在叫我。”

“我梦见你了。”

“梦见我？”

“对，是你……”

“我到你梦里去干什么呢？奇怪。”

“好像……我忘了。”

“你没忘。你不愿意说。”

“我真的忘了。”

“你一定在欺负我。你们城里人都坏。”

“你这么恨城里人？要是你以后也做了城里人呢？”

“我不会做城里人。绝不。”

“可我总觉得你是个城里人……”

她很不以为然地笑了起来。她说你是在讨我的好吧，看不出你这人还会绕弯子，你一定是……她没把话说完，用手摸了摸耳根。

我看着她的侧面。她没有束胸，因此当微风吹来时乳房的轮廓显得很清楚。这使我又一次沉溺于刚才的梦境之中。我拿住她的手，将她拉到床前。她坐下了，但是她把手轻轻抽回。她说：“你最好别这样。”

我并不为自己的行为感到难堪。我吃惊的是她的冷静。

“我知道你现在想什么。”她说，“我不丑。我的气质也不错。这样的女人会受到许多人的喜欢。你大概也在其中。不过你不是真心实意地喜欢我。你在这儿住久了，觉得闷，就想找女人了。但事情过了你反而更闷，因为你并不想娶我，再见到我你会害怕的。你是个胆小的男人。你不敢负责。”

我说：“你是个心理学家。”

“这是很明显的事。”她转过脸对我说，“如果我们换一下位置，我也会那么想的。”

我说：“你很聪明。你应该去考大学。”

她沉默了一会儿。

“我多次这么想过，可还是放弃了。”她说，“上大学会给我带来也许一辈子都无望得到的实惠。可也会使我丧失一辈子追求的东西……”

我问：“追求什么呢？难道这和你上大学势不两立？”

“是的，”她站起身，“人是很脆弱的。例如我进了城，我不能保证我设计的一切不会改变。我不想改变它……我发现我是对的。你别再问我了，将来你会知道的。”

正说着，陈士林进屋来了。田藕便想离开，陈士林喊住了她：“你和秦贞吵了?”

田藕毫不示弱地:“吵了。”

陈士林坐下来,点上烟:“不管怎么说,人家总是好心吧?”

田藕哼了一声:“我看不出。”

陈士林叹了口气:“你已经不是个孩子了,待人接物得有个分寸。你妈走了,你父亲刚刚露了点头……”

田藕说:“其实你心里瞧不起他。你拿他当猴……”然后离开了。

陈士林拿烟的手微微颤抖着,自语道:“他可不是猴呀!”

我穿好衣,把茶杯续上新水。我考虑了一下,觉得还是把那夜一樵最后说的意思告诉陈士林。他听后深深吸了口烟,说:

“如果你们有缘分,倒是件好事。”

我笑着解释这不过是随便说说而已。而且我已经在恋爱。(我只好这样解释。)“即使我有此心,她也不会有意的。”我说。

“你同她谈了?”

“没有。”我说,“但是我能感觉到是这么回事。她的思想和她的年纪极不相称。她的清醒让我吃惊。”

陈士林沉吟道:“这孩子就是太清醒了。这会毁了她的!”

“有这么严重?”

陈士林慢慢点了点头。他说:“一个女人如果太精明了,下场总是很悲惨的。比如说,当年的唐月霜……”

他们到达县城时太阳已悬于中天。战争使本来并不热闹的小城变得沸沸扬扬。街上所有的店面都敞开着,人们争相抢购必需的货色。只有茶楼酒肆生意萧条,总是剩着几个精瘦的老叟缩在清冷的一角,守着一壶茶或者半壶酒,长吁短叹地议论着战事。

姓郑的又出来了……

不是说给……这个了吗?

那是谣言!我这次下江南……亲眼得见!

说说看说说看……

那可真是仪表堂堂,两手持枪,有百步穿杨之功……有人来了,按下不表吧。

于是老板转身迎过去：二位来了，楼上请……上茶——

他们对那个角落看了看，然后随老板上了楼。这家叫做鸿兴堂的酒馆在县城是颇有些名气的。但他们还是第一回来。楼上很清洁，陈设也好雅致，这使她感到愉快。坐定之后，伙计送上茶，由老板亲自来斟：

先生、太太要点什么？

她看了“先生”一眼。她原以为“先生”会显出一副可怜的窘相，可是“先生”则打开了那把不多用的大折扇，摇了两摇。

她拿过菜单，又看了看他：我来点可以吗？

他矜持地点了点头。

她就将袖口稍稍向上提了提，然后用手腕支着腮，像读书一样审视着菜单，很快点好了菜。她点了不少，还要了一壶此地生产的米酒。老板满意地下楼去了。这时她问他：

这些菜对你的胃口吗？

我的胃口很大。

大到什么地步？

带血的不吃蚊子，带腿的不吃桌子。

她“扑嗤”一声笑起来。她没有想到“先生”居然也有如此的幽默感。这一刻她的心情特别的好。她下意识地把身体朝他那边倾了倾，想站起来，可是伙计已将珠帘撩开，将酒置于桌上。她看了那伙计一眼，突然发现这个发育不良的小男人生着一张苍老的脸，而且很丑。也就在同一时刻，楼下的街道上响起了一串急促的马蹄声，他站起来凑近窗口对外张望着，右手又放进了裤袋。这个举动冲淡了她适才良好的心情，尽管她明白这可能是职业的敏感，但她还是有点不悦。由一个心不在焉的男人陪伴着分明是耻辱，她想。不多时菜纷纷上来了，可是她的胃口已败。

你不能把那个铁家伙留在家里吗？

我带惯了。

是不是到了娶媳妇的那天也照样带着？

也许是的。

我讨厌它我痛恨暴力！

他沉默着把一杯酒慢悠悠地喝尽，然后才说：我也讨厌它。可是人家有，你就得有。没有便会吃亏的……

她知道他此刻一定是在想他的父亲。那一枪没有击中老爷子然而老爷子还是魂归西路了。老爷子是个好人，是可以选做这地方城隍爷的人。她的鼻子突然酸了起来：

那一枪……究竟是谁打的？

不知道。

你是不想知道？

不，我必须知道。

你猜想会是谁这么卑鄙呢？

猜想是不行的。

可是应当先有猜想……那一枪……距离那么近，却又没有击中，不是很奇怪吗？

你接着说！

杀手都是老练的。而这个杀手……

也同样老练。

那么，就是说，他手下留情了？

什么原因让他发生这一念之差呢？

杀手也是人……

突然砰的一响——他的酒杯落到地板上，碎了。她惊得立起来：你怎么了？

我喝多了，他说。

后来的事说明他讲的是实话。离开鸿兴堂，他们径直去了位于县城东南角的城隍庙。他走得很吃力，好像努力在控制着自己不栽倒。她于是搀扶着他，起先是轻轻的，而后暗暗使了劲。她觉得自己仿佛在搬动一棵树。等到了城隍庙，她已经气喘吁吁以致跌坐在冰冷的石阶上。今夜看来是不能走了。而且天色也开始改变，太阳失踪了，四方破碎的灰云正悠悠向头顶上集合，风使静止的树梢左右摇摆，令人眩晕。

住下吧，她说，我也倦了。

他未置可否，用手支着脑袋。

她找到庙里的主事，先捐了一笔钱，然后问：有客房吗？我们想歇一晚。

主事说有。不过主事又说，按庙里规定，男女不许同室而宿，夫妇亦然。

她笑道：既然是香客，自然要虔诚。

主事道：夫人大驾光临，小殿蓬荜增生辉，伺候不周，还望海涵。

她觉得这样也很好。从主事那里回来她体会到身轻若燕之感。先住下，用井泉洗一把脸，然后去进香。再以后呢？她没有多想，不过她对“以后”总是特别自信而神往的。日子一天一天地过下去，日升日落，月圆月缺，看上去是毫无变化地周而复始。但是事实上日子没有一天是同样的。岁月不动声色地修改着一切，像风一样……

但是她发现“先生”不在了。

该不是被风刮跑了吧，她愤愤地想。

叶千帆突然离开城隍庙这一细节不属于我的主观想象。王裁缝谈起过这件事。他说那天的下午他在县城做豆腐的马驼子家做活，出来买纽扣，正好看见了叶千帆。“他好像是从丁字街口出来，”王裁缝说，“我正要叫他，可他又折进了一条巷子。他没有看见我。”王裁缝说那时候大约是在下午三点的光景，天色开始有些昏暗了。叶千帆看了看天，似乎“神色不定”而且“步子飞快”。显然是要办一件急事的样子。“后来我还去那个巷子找了，也没找到叶家老大。”裁缝回忆道，“我想同他一道回来，因为时辰晚了，怕路上遇上歹人。我晓得叶千帆总带着盒子。”于是裁缝在县里住下了。第二天一早，他听到叶千帆昨夜也在城隍庙里住下了而且还受了伤。裁缝在长水的岸边见到了他们，他和他们同船过渡。

“我没想到二姨太也在县里。”裁缝说，“她很不耐烦，在船上老是嫌六指笨手笨脚的。”

“叶千帆伤得重吗？”我问。

“他坐在船上，看起来没有多大的事。后来我父亲开出的方子，明眼人一看就晓得不轻。”

“你能肯定是烧伤?”

“这错不了的！可是叶家对外偏说是撞伤……”

裁缝边说边打着手势，这时候他的手凌空停住，我便知道有人进了院子。转过身去，陈士林的墨镜上跳着两团灿烂的阳光。他的嘴角藏着一丝轻蔑的笑，显然我同裁缝的谈话他全听见了而且不以为然。他为何不继续窃听下去呢?

王裁缝对陈士林点点头，很不自在地离开了。他，还不止是他，我发现这里的人差不多都有些畏惧陈士林。其实他并不掌握着什么权力，而且可以说混得非常糟糕。严格地说他一直是寄人篱下，处境不尴不尬的。但是人们怯他——多么奇怪的心理！

“你不觉得这地方到处都是郑海的战友吗?”他摘下墨镜说，“像风一样，刮到谁身上谁都要抖那么一下。”

这话听起来是专门嘲弄王裁缝的，但又不仅仅是，似乎还有弦外之音。我很自然地想到林重远。我没有打算现在同陈士林进一步谈下去，因为这几天他的情绪很不稳定。他心事很重，憔悴的形容使我意识到他的暮气。他好像待在下午里走不出来了。

这是昨天的事。当晚我写下了叶千帆陪同唐月霜进城逛庙那一节。我想，叶千帆是个严谨的男人，他不至于公然在先严辞世不久便与年轻的继母招摇过市。而且更不会在县城过上一夜的。这是明目张胆的作乱，有无可辩驳的瓜田李下之嫌。可是叶千帆到底还是进城了，就是说他非进城不可，他另有目的。以后短暂的失踪正好证明了这一点。他没醉。他不可能醉。他一定是装醉，以摆脱唐月霜，去办自己的事——那的确是一件急事。至于是什么样的事，我们无法知晓。所以我在那一节的最后，把叙述的视角定在唐月霜身上，以增加神秘感。当然最终叶千帆还要回来，回到城隍庙，这时天已晚了。他知道这时候提出来赶回罐子窑是不现实的，况且雨已经开始下了。于是后人的记忆里增加了一个难忘的风雨之夜……

“如果你是叶千帆，那天夜里你会怎么做?”我问陈士林。

“你希望他们爬到一张床上，对吗?”他狡猾地反问我。

“这未必不可以。”我说，“人在途中心一般是浮动的……”

陈士林摇摇头，说：“一般毕竟是一般。可叶千帆绝不是个一般的男人!”

我笑道：“你这也不过是一厢情愿的猜想而已。”我觉得他一定是有点根据的，希望他说出来。果然，陈士林吸了一口烟说：“不是猜想。很多年后我遇见当年城隍庙里的一个更夫，谈起过那天夜里。他说他们根本没有就寝，一直是在殿里清坐着……后来他听见一声惨叫，那已是三更天了。他跑了进去，看见叶千帆蹲在香炉边上，女人在一旁发呆，像是被吓住了……”

“伤在腰上?”

“是的……”

“可有人说是在肚脐边上。”

“你干吗不说是伤了鸡巴!”

城隍作为神，始于周。《周礼》有载，腊祭八神之中即有水庸。水者，隍也；庸者，城也。后水与城结合，于是水庸相溶，谓之城隍之神。据《续道藏》载，城隍乃“剪恶除凶、护国保邦”之神，且又管领亡灵。道家每做醮事，须致“城隍牒”，方可使亡灵到坛。唐以前，城隍极少有固定的庙宇，城隍爷也只是个概念。

有名有姓的城隍爷抬出来是在唐之后，至宋遍及全国，如苏州祀春申君、杭州祀文天祥、上海祀秦裕伯，皆以生前积善、有功于当地者为城隍之神，权以为乡里民心安慰。可是有些城隍神，考其史籍却与当地毫无瓜葛；这大约是那地方历史上实在难觅胜任者，故移植他乡英雄。据说范仲淹就被“租借”了多处。

官方对城隍的重视由后唐末帝李从坷始。清泰元年，末帝正式御封城隍为王。这活动以后由明太祖朱元璋推到极致。这位洪武皇帝登基不久即对城隍发生了浓厚兴趣。他不满城隍现有的地位，以为受了冷落，遂命礼部调查。而后，由他亲自安排调整。按当时的地方官吏制度，重新钦定城隍神之封号爵级：

敕封京师城隍为帝，开封、临濠、东和、平滁为王；

府城隍封号“监察司民城隍威灵公”，官秩二品；

州城隍封号“监察司民城隍灵佑侯”，官秩三品；

县城隍封号“监察司民城隍显佑伯”，官秩四品。

同时规定各级城隍的服饰应有差别，并配备“判官”、“衙役”等伴于城隍左右。

这位皇帝真是煞费了苦心。他收编了城隍自然有他的考虑。洪武二十年，朱元璋下令改建京都城隍庙，再塑金身。竣工时，他对翰林院学士宋濂颇有感慨地叹道：“朕立城隍神，使人知畏；人有所畏，则不敢妄为。”

以上资料源自一本叫做《诸神由来》的小册子（程曼超著）。后来我又专门查看了县志“祭祀篇”，但没有找到我想要的东西。县志只提到“县城东南有城隍庙，建于洪武十一年，毁于1950年”。至于这位城隍爷是何许人，县志默然。据一些老人说，从前供过汉高祖的颖阴侯灌婴，又说供过史可法，但都是“听上辈人说的”。所以当时的城隍爷究竟是谁，似乎无人知晓。也许县志的编撰者们有意掩盖了这一层，以为是不光彩的事吧。

——作家手记

第十六章

他返回城隍庙时已是暮色苍茫，天空飘满了雨丝。他很不理解这时季的雨居然如此令人骨彻。不过这冷雨落到脸上又是非常舒服的，所以他一路上像是有意放慢脚步，径直从雨幕中穿过。而在皮肤上发出滋滋的轻响，就像一块烙红了的铁慢慢浸到水里。他想这样能使自己尽快冷静下来。现在他太需要冷静了。

路过一家卖烧饼的小铺子，他停下来一下买了十个。等走进城隍庙烧饼只剩下了一半。这其中至少还有一个是属于他的。他想得暂时留着等会儿与她一块吃，这样她可能会吃得香一些。当然她还会责备他，那只好随她去了。他只有这么一点空隙，把那件事办完。可是后来的情形同他想的完全不一样。她没有责备他，而是用关切的语气问道：

你的事办完了吗?

他微怔了一下，点了点头。他想再作解释便会显得愚蠢可笑。

还顺利吗？

他又点头。他不希望她继续问下去，于是匆忙拿出怀里的烧饼：你一定饿坏了，趁热吃吧！他先咬了一口。

她将他剥下的潮褂子晾好：你应该等天黑了……别以为只有你口袋里有块铁！

他停下来。难道她知道了一切？不可能……他仔细回忆了进城来的每个细节，以为都是极周密的。可是她这么说并非信口雌黄！他的手又不禁向裤袋里插下去……

怎么，想杀了我？她嫣然一笑，坐到他的对面开始吃东西：要杀也得先让我填饱肚子。

你真会说笑话。

那你把手拿出来，这样我才踏实。

他就照做了。她看着那只手，然后果断地拿住了它——这手真凉！

这时候外面完全黑了。她已看不清他的五官，好像这片影子是一个来自阴曹的魂灵。她捉住了他，而且为了证实这一点她把那只凉手捏得很紧很紧。可是他稍一用力便挣脱了。我去点灯，他说。

我喜欢黑暗。她说了这么一句，连她自己也感到这话软乎乎的没有信心。她为刚刚过去的那个试探性的举动感到脸部的潮热。不是羞耻，她想自己可能是彻底崩溃了，像外面被风刮下的任何一片黄叶。两只小虫子在她的眼下爬动着。她没抹掉它。她看着他把火柴弄得嘎吱响。他划火柴的动作是那样的笨拙，连断了好几根，等到他把燃起的火柴杆伸向香油灯时，一阵尖锐的风立刻将它扑灭。她一下站了起来，仿佛受到了启示与鼓舞。黑暗中她尽情地舒展了一下身体，绷紧的衣服如两只掌从她的乳房抚过……去进香吧，她想。她还没从激动中拔出，他已经出门了。沉重的脚步顺着回廊渐渐远去。他进殿了，这是感应，是天意。

好空洞的殿呀……

微暗的灯，微暗的香火，一切都是微暗的。他伫立着，不去看城隍爷善恶难辨的面孔和凶神恶煞般的判官小鬼。倒是那一对长长的楹联，看一眼便记住了——

百善孝为先，论心不论事。论事天下无孝子；

万恶淫为首，论事不论心。论心世间少完人。

他“哦”了一声，回响还是很大让他心悸。他闭上眼，可是一切仍是微暗的，像稀释了的血滔滔流动。这恐怖的颜色已经浸入了夜的深处，他感到压抑与沉重，心肺像填上了烂泥，淤塞了。他恨不得去一个宁静的湖边痛快淋漓地咳上一百次，把血都咳出来！

更夫的梆声，空洞无力地飘过……

多漫长的夜！

一阵浓烈的香火味弥漫开来，他睁开眼，看见她正双手合十地立在自己稍前一点位置上。他注视着她纤巧而不失丰盈的背影，不禁向前挪了半步。这时候单调的梆声又嗒嗒地响起来，他分开脚，觉得这样身体稳一些也轻松一些。可是他的呼吸较为粗短，他怀疑她的后颈上已有了感觉。果然她回过头来：

真静呀……你不觉得太静了吗？像死了似的。

这样很好……

都死了。只有两个人还活着……可活着又有什么意思呢？

他避开她的眼，去看周围。他又注意了一下那副拖得很长的联子，字是学何绍基的，倒也很像。他想如果用汉简或者魏碑来书写，可能更好一些，更有力。

这联子写得如何，大少爷？

我看不错。

你是喜欢上联呢还是下联？

何必分开着看呢？

我想你一定喜欢上联。你害怕下联，恕我直言了，大少爷。

他惨淡地一笑。这女人错了，他想，我实际上更喜欢下联一些。然而她又说：

不过你是伪装着害怕。你喜欢下联，因为它让你解脱了，成为货真价实的正人君子……

我不懂你的意思。

你怎么不懂？你懂，你比谁都懂！

他着实吃了一惊，眼前腾起一团白雾。恍惚中他记起无数个激动而羞耻的梦境。那个雪白的肉体流水一般通过了他的梦。他侵占了她。他不能不侵占她。他和她仿佛相溶了，化在一起了。这梦魇像一块磐石压迫着他，又像是一根针，扎在心上，只知道每每掠过痛楚而没有一滴血。他害怕这梦，又不忍逝去这梦。他原以为这梦完全是属于自己的，可是早就出现了一位窥视者——由她亲自扮演的窥视者！

他靠到那根刻着楹联的柱子上，望着边上跳动着的蜡烛。烛光使他的脸忽明忽暗，他轻轻吐出一口长气。窗外渐渐密集的雨声听起来像很多尖细的手指在挠头似的。她朝他走过来，偎着他，用手将他滑落在额前的一缕头发拢上去，然后她开始听他的心跳。好狂呀，她说。

他一动不动，可是他意识到身体的一个部位正在变化。他想把怀里这个温柔消化掉……

她抬起脸看着他：都睡了……只有我们醒着……你的胃口不是很大吗？那就把我吃了吧！她紧紧抱住了这个坚硬抖瑟的身体。

他的眼睛一下睁得很大，因此那烛光格外地红了起来。烛光摇曳着，仿佛是一个老人的胡须——浸了血的胡须。他听见那老人呻吟了一声，像一只受了伤的杜鹃在雨中悲啼。他伸出手，一把拿过那个火红的烛台……

接着更夫听见了一声惨叫。

“你不能这么写！尽管写得很好看……”陈士林看完了这一节劈头就是一句。

我有点不悦。我倒不在乎以上这一节放进书里可否增色，我考虑这完全是有可能的。我不相信叶千帆和唐月霜之间没有一点浪漫。说白了，叶千帆是个健全的男人，他不能不对女人无动于衷。

可是陈士林竟然眼睛湿润了，这让我吃惊，让我手脚无措。他用手支着额头，轻叹道：

“这样写我娘会难过的……”

“你是说……”

“你坐下。我慢慢告诉你……”

陈士林把房门关上，望望窗外，好像要把很远的东西看清似的眯着眼，然后坐下，用有点慌乱的同时又是谨慎的口气开始了叙述——

“我本不想告诉你的。也不会告诉任何人。可现在我没有办法了，你的书终归要印出来，让很多人看，我不能让人产生错误的印象——就是说，我有责任为娘说几句话。也许她老人家不计较这些，可我计较。一个女人一辈子不会爱许多人，但最终彻底占有她的，只能是一个。如果连‘这一个’都是假的，那她就太惨了……

“我不否认叶千帆与唐月霜之间有点不清不楚，但这是单相思，是唐月霜的一厢情愿。叶千帆绝不会爱她，他只爱我娘。你不要为了你的书浪漫一些离奇一些就胡说八道——你不要生气，我们是不是算朋友了？朋友之间说话最好不拐弯，你要相信我。其实历史上的叶千帆并没有光彩，甚至还有污点，但不能因为这个让我娘去乱爱。纵使叶千帆一无是处，我娘爱他，他也爱我娘，又有什么法子呢？

“我不是凭空乱讲……我到这地方不久，就觉得娘和大少爷很好。倒也不是见了什么偷鸡摸狗的勾当。好像只要大少爷在家，娘的脸色就十分好看，欢天喜地，充满青春活力。我说过女人心里有事，脸上便藏不住。我娘是外省人，生性开朗，也活泼，可是不像这地方的娘们儿凑到一块就扯和男人的事。她只是让心里的事堆到脸上，任人去猜——不过外人十有八九都猜离了谱儿，像你一样。能觉出这一点的，大概就我了。也许因为这个，娘特别疼我。有一回我在河边扳罾捞虾，看见娘在另一头与大少爷说话。他们说些什么我不知道。我看见他们谈得很欢，也很神秘。娘手中的棒槌有一下没一下地起落着，时而停一下，又时而笑一下，并不把水搅得很响。大少爷蹲在埠头边上，轻轻松松的样子，嘴里还含着一根狗尾巴草。那情形若是拍到电影里去一定是很优美的，我当时看了就这么想过。我看过一回电影，叫《渔家女》，讲一个画家同一个渔家姑娘相好的事……

“那天夜里，我随娘睡。屋子里就我们娘儿俩，六指带糙坯子进城送货去了。那是个昏昏的月夜——月亮很迟才升出来。娘靠在床上纳鞋底，我躺下了。娘纳得非常慢，老怨麻索太涩，反复地过蜡，还是涩。我突然欠起身，问娘：我不想姓陈了。娘随便地回了句：你想姓什么？我说姓叶，随大少爷姓。娘愣了一下，一时没话了。我又问：你为什么不嫁给大少爷呢？你们好般配。我就把河边的心事说了。娘用指头戳了一下我的额头，说你这小鬼精的哪来这些怪念头，叫你爹听见准会一顿好打。我说六指不算我爹。我可以自己认爹。娘就说，那也好，将来大少爷娶媳妇了，你就认那女人作娘吧。我立刻说：娘我认定过了！娘听着，眼泪一下子汪了出来，把我搂得好紧好紧。过了好些时候，娘才说：娘的命不好，只有这么个着落……不过娘想开了，有许多事如水中的月亮，可望而不可求的。然后她轻轻吁了口气，把灯吹灭了。月光正好铺在床上，娘大概一夜没睡……”

陈士林讲到这里停下来，续上烟，又向窗外张望了一会儿，神情又犹豫又警觉。我没有插话，因为不想把他拽出那个气氛——回到过去不是件容易的事。很多事，相距甚远，人的感觉也自然迟钝了，很难找到最初的鲜活。陈士林也不例外。他的叙述有不少地方是理性的。但他很投入，口齿又伶俐，能把一个本来极平常的场面讲得有声有色，让你关注并将你化了去。陈士林摸摸下巴，继续说——

“半夜里，我被尿憋醒了。这才发现娘不在床上，就觉得心虚。急慌慌地把尿撒完，回到床上不敢睡。月亮分外的亮，村子里静得吓人，狗声不时远远地送来，你没法不心乱，总觉得要生出什么凶事。我缩到被子里，蒙着头，想娘的事。娘会去哪呢？我很快想到大少爷的屋子，就又下了床，摸到窗边向对面楼上看，全是黑黑的。后来我才晓得，我错了。那是鸡叫二遍头上，娘回来了。她先到床边看了看我，替我把被子塞塞好，然后轻手轻脚地打水洗身子洗脚。

“第二天，我发现娘换下的那双绣花鞋上尽是泥，就知道她昨夜出门了。她可能是从那个后门翻墙走的。很多年后，民间开始流传她曾为郑海干过事，我就想到了那个夜晚，觉得是可能的。我就问了娘。她一口否定自己与郑海的关系。至于那个夜晚的事，娘的回答很坦然。她说她去找男人了。她说她不能不找，因为六指，用她的话来说，‘那根指头生错了场子’……”

在陈士林看来，莲子所说的“男人”自然是叶千帆了。但陈士林忽视了以前说过的一个细节——他随船的那天半夜，船娘也突然不见了；而那个规定环境里是没有叶千帆的，倒有叶之秋。我提出质疑，狡猾的陈士林却成竹在胸，他说："难道叶千帆不能骑马赶到江边吗？"从地理上看，他的话倒也是可能的，从罐子窑到江边码头，骑马顶多只需小半天的工夫。至于叶千帆那时是否在家，除了糙坯子已无人证实。糙坯子显然是记不清了。

另一个让人震惊的问题是莲子最后那句充满机智的话。这就意味着可怜的六指是一个性无能者。于是事情复杂了：倘若果真如此，那么糙坯子是谁种下的呢？糙坯子是否知道这一层？莲子临终前是否向他有所交代呢？陈士林几乎是乞求我万万不可把这一点捅破。我答应了他。然而不捅破，这篇小说又将如何写下去呢？

——作家手记

如同枯萎的禾苗一经甘雨滋润便即刻直起了腰，行署副专员林重远的不期而至使沮丧已久的糙坯子精神为之一振。忧愁风卷残云般退去，代之以欣欣悦色，布满一方脸。

林重远是中午到的，他没有在县里逗留，绕道从邻省直插罐子窑。据秘书小刘介绍，他们动身时是凌晨五点，在路上吃了早餐。小刘说老头子有点不踏实，决定下来检查督促一下。"其实他一周前才出院，身体还很虚。"他说，"而且医生也嘱咐他休养一阵子。"可是当我见到这位专员时，感觉并非这么糟糕。林重远的气色的确苍白一些，然而不像病容，属于少见阳光的那种白。他的精神也不错，从容得很，与我握手也十分有力。只是他的手没有以前那么柔软，干巴一些。

"你的事做完了吗？"他说，"我等着拜读哩！"

我说自己是信天游，游到哪算哪。"也许没有写完的那一天了。"我说。

"你们作家总是喜欢故弄玄虚！"他说，然后做了个很潇洒的手势，邀我入席。

这是我们第二次在一起吃饭。上回吃的是螃蟹，这回则吃黄鳝。乡长秦贞在一旁抱怨舅舅怎么也不提前来一个电话，说一点准备也没有。这黄鳝还是刚才糙坯子骑车去邻村收购的。本来他想差田藕去，可女儿不理会。我就说，林重远来，应该由乡政府出面接待。糙坯子说理是这个理，不过自己"表示一下"也是人之常情，况且这时候乡里找人也难。我就不再劝阻。糙坯子出门时还埋怨田藕“真不懂事”。

菜是临时拼凑的，自然毫无特色。酒倒是上品，为正宗的“古井贡”，这是秦贞的私货。杜重远对这些并无兴趣，只是提醒“不要太复杂化”。他想用餐后先休息一下，坐了大半天的车，很累。这时候光线暗了许多，原来陈士林堵在了门上，仍是那身怪异的狩猎装束，枪筒上挂着一只色彩绚丽的山鸡，不用说是为秦贞打的。秦贞一见，立刻两手一拍大腿：“这下好了。有了压台的节目……”她迎上去，像授勋似的把山鸡举起来，回头对着林重远说：“舅舅，你到底还是有福之人，这山鸡……”

“不是山鸡，”陈士林摘下墨镜说，“是凤凰的私生子。”

在场的人差不多都被这句海阔天空的话逗乐了。秦贞娇嗔地白了陈士林一眼：

“你这人就爱胡吹！”

“谁胡吹了？这本来就是凤凰中最贱的一种！”陈士林说完，转身欲走。这时候林重远慢慢站起来：

“小……哦小陈，留下一块吃吧。”

这句话听起来很滑稽，好像是要把“小陈”留住一块给吃了。林重远及时意识到了这点，于是又作了修饰：“我是不劳而获，你是劳而不获，这不公平嘛！”

陈士林平淡地说：“我吃过了。再说，这鸟儿一时也炖不烂的。”

我插了一句：“怎么又成鸟啦？”

大家又笑。陈士林舔舔嘴唇，笑道：“人嘴两张皮，说什么不可以呢？”就对在座的点了点头，扬长而去了。秦贞从厨房里跑出来，边跑边喊：“哎，你等一下，我有话同你说……”不一会儿秦贞回来，喜洋洋地说：

“这人就神经兮兮的！不过，倒是个人才。”

林重远默想了片刻，扶扶变色眼镜说：

“是个人才。我正考虑，好好用一下……行署打算成立一个乡镇企业协作办公室，让他去干，我看是合适的。”

秦贞高兴地说这实在太好了。可是又谨慎地问：“他不是国家干部，连户口……”

“这不难。”林重远摆摆手说，“我们的用人政策不能太呆板。不是说‘不拘一格降人才’吗？先干，具体的问题我再做工作……”

秦贞几乎感激得想哭，气也短起来。事情来得太突然了，她像失去了地球的引力似的飘飘乎乎的。但越是这样便越不踏实，就问：“你不是随便说说的吧？”

林重远身子往后一靠：“我这把年纪了还敢随便？俗话说，为官一任，造福一方。既然还在台上，就得多做些事情。这事我考虑了很久，决定试一试。”

秦贞忙把酒斟上，举杯齐眉：“为舅舅独具慧眼干一杯!”

林重远淡然一笑道：“独具慧眼的不是我吧？”

这一说，秦贞的脸便飞起了两片红云。她倒也镇定地把酒一饮而尽了，然后抹抹嘴角说：“其实你这是在挖我的墙脚哩！我还跟着戴红帽子喝酒，真成冤大头了。”女乡长说着又给自己斟上了，眉间露出一丝难以察觉的惆怅来。

林重远没有就这个问题继续扯下去，岔到另一件同样“考虑了很久”的事情上，这便是糙坯子的改革。适才糙坯子送黄鳝来，林重远很热情地接见了他。林重远说任何改革都是一项艰巨而复杂的工程，出现挫折和失误也都是很自然的事。“不要在乎这些，”专员打了个手势说，“暂时的失败也许能换取永久的成功。”这类简短有力语重心长的教诲无疑会使糙坯子重整旗鼓。他谢绝了专员共进午餐的邀请，匆匆离开了。我想这会儿他正在作坊里或者窑头卧薪尝胆吧。现在，林重远谈起这件事，显得要沉重一些。他仔细听取了秦贞的汇报，吩咐秘书记录。秦贞着急的是“没有多大的进展”以致工作上“有些被动”。这话让专员不很高兴，他站起来，离开桌子，踱了几步然后严肃地批评道：“你这种情绪不对头。做领导的怎么能如此消极呢？谁说没有进展？任何进展都是螺旋式的，有起有伏，但总的趋势是向上的。不看到这一点你还当什么官呢？”

秦贞似乎很想辩解，但给林重远制止了。

“暂时没有结果并非坏事，”专员口气转为温和地说，“因为希望还在……”他大概怕冷落了我，便朝我看了一下：“作家，你说是不是这样？”

我颇为轻松地说：
“这倒很像我的小说。”

叶千帆卧床的那几日始终被一股恐怖的气味所压迫。这气味有时是伴同那个嗞啦啦的声音一块来的。现在回想起那天夜里的事他便感到毛骨悚然。他很难让自己相信这是亲手干的事。当时，他还记得，烛签触及身体最先出现的是一股烤焦了的臭煳味以及嗞啦啦的响，接着是一缕淡淡的青烟和剧烈的痛。他一阵晕眩，听到身边的女人尖锐地惨叫起来。女人的惨叫似乎不仅是出自惊骇而是最后的绝望。在这件事过去的半天后，那女人突然变成了另一个人，深棕色的眸子透露出对他的轻蔑与憎恶。而这个时候，他心底莫名生发出了懊恼。他想自己可能是个废物，装腔作势地活在人间。那女人早把他看穿了，在长水岸边，她定定地看着他然后低沉地说了句“你真可怜!”等六指把船拢近，她把他像托运的一件行李似的扔到舱里，自己坐到另一端去用沾满香水的手绢擦汗。忽然她的手凌空停住，继之眉头微皱，他知道那上面有自己大把的汗，有着与香水犯冲的气味。当她把那方手帕轻飘飘地扔到水中时，他心里像刮过一阵穿堂风，纳满了苍凉……

一连几天，唐月霜未来探视。她在自己屋子里除了睡觉之外就是没完没了地拨弄着那把月琴。弹的都是些忧伤的曲子，连树上的雀儿也不叫了。琴声悠扬，叶千帆一听便联想起那条老河的流水。他觉得自己此刻不是躺在病榻上而是浮在那条河里，好轻松，好自在——那真是条女人河啊！他翻了个身，由腹部升起的疼痛迅速扩张到整个身体。这时候房门“吱呀”一声开了，莲子端着一小碗吃的进来：疼得厉害？

他苦笑了一下。莲子的出现使他窒闷的胸腔变得松爽。他让她坐到床沿上。他看着她然后拿过她的手。这个小小的举动给了他一份巨大的慰藉。我是对的，他想，我不是忠孝难以两全的可怜虫，而在于我早就属于另一个女人了。就是这个女人。莲子。她占据了我的潜意识，尽管我在那个空洞的大殿里把她忘了……叶千帆叹息了一声。他痛恨自己不能自圆其说。他想天下的男人骨头原来是一样的轻。这使得他的情绪倏然转为暗淡，他放下了她的手，同时把脸磨到一边，去看窗外苍白的天空。

莲子显然不能看出男人此刻的心思。她的记忆中早就把县城那神秘的一夜勾去了。她知道他是有要紧的事才去县里的，陪二姨太敬香不过是个送上门来的借口。但莲子不希望他们在县里过上一夜。这个事实曾短暂地给她的心涂上一片阴影。那天夜里她没有睡好，她也想到自己所担心的事上。后来的情形让她在惊吓之余也掺进了一点安慰。可是当糙坯子告诉她大少爷的伤口是在“靠近肚脐眼边上”的时候，她不禁又生出一团疑云。她企图说服自己，又怕说服实际上成了哄骗。不过她又想，倘若真发生了令她担心的事也不要紧，只希望他别瞒，别找借口。而且在她看来这样也许会更好一些……

你吃点吧，莲子说，你不能不吃东西。

我不想吃……

不吃东西是下不了床的。你不是还有许多事要跑吗？

我的嘴好苦。

这是甜的……

我说过我不吃糖水蛋！

是莲子汤……我的汤……

叶千帆慢慢坐好，接过莲子汤，正要用，听见楼上的月琴戛然而止，显然是断了弦子。他于是又将碗放下：莲子，我有话同你说……

先用了吧，莲子说，我晓得你要讲什么的。

不，你不晓得……他便把城隍庙里发生的事一五一十地讲了，最后他似乎很内疚地说：其实那一刻，我把你忘了……我倒是看见了老爷子的胡须，就……

莲子拿起汤匙喂他，堵住了他的嘴。难得这男人一番诚实，她想，眼睛顷刻湿润了。她想起第一次见到他时，就认定这是个诚实的男人。后来她对他说了。他就问凭什么这样想呢？她说凭他的眼睛。黑多白少，这样的眼睛是让人信任的。他笑了一下，笑她太傻了，因为天下这样的眼睛多的是。他警告她：小心上当。她却说上当也不悔，于是他感激地拿了一下她的手，就像刚才一样。

你真下得了手！莲子说。然后又轻声地：让我看看……

没关系的，过两天就会好。

不，我要看看！

这，这不是太难为人了？

你怕我吃了它？

莲子说着“扑嗤”一笑。这时院子里传来六指的声音：

二少爷回来了？

格雷厄姆·格林说：“男人和女人都知道自己有罪。他们知道自己造成的苦痛，他们的过错，他们的谎言，他们的背叛。”

格林先生这句箴语显然是事后的归纳。因为按培根的理解，“就是神也很难于恋爱中保持其聪明。”（此语原出自公元前一世纪普布利利亚斯·西拉斯。）培根又说：情欲泛滥的时候正是在人心力极弱的时候。

对于一个年轻的男人而言，情欲本身是没有具体对象的，或者宽容地说，即使有也飘忽不定。一些在这个男人看来都是可爱的对象会纷纷自觉进入他的意识，储存起来。至于他将同谁做爱则是另外的问题。所以，细心的读者也许会注意到，我在描摹叶千帆“无数个激动而羞耻的梦境”时，处理得非常之虚，甚至可以说是一笔带过。而且，我连续使用了人称代词——她。就是说这个“她”有一定的包容性，至少包括了叶家大院里两个可爱的女人。我几乎这样地想象：叶千帆梦境中飘动的那个青春的身体实际上只是一个符号。她完全是抽象的，完全地提纯了。当现实中出现“规定情境”时，这个符号便对象化具体化了，从而使一切变得货真价实。这情形犹如一首诗的投影。

弗兰西斯·培根在论述恋爱时对有一点似乎显得没有把握。“我不懂为什么，”他说，“武人最易堕入爱河。我想这也许和他们喜欢喝酒一样；因为危险的事业多需要娱乐作为报酬。”

历史上的叶千帆并不好酒。但是，从种种迹象看，他的确是在从事“危险的事业”。

——作家手记

第十七章

“我又看见了！那只眼睛……”

“哪一只?”

“不知道……他和上回一样，面对着墙睡……简直是真的！你猜它会流出泪来吗?”

“这也不难。我有位朋友出访日本，看见有出售性伙伴的商店……”

“完整的一个人吗?”

“对。除了思想应有尽有，几乎和我们一样。我那朋友握了一下‘她’的手，体温是35℃，而且握久了会出汗。”

“我的老天!”

田藕说这真是不可思议，说科学完全疯狂了，发展到了岂有此理的地步。她接着说起一部叫做《未来世界》的美国电影。一些社会名流被吸引到一个史无前例的旅游胜地。“进去的时候是真人，”她说，“等玩出来已经成了机器，但他们还是挂着自己的面目。他们被人玩了，却不知道……多么可怕!”

“这不过是一部科幻影片。”我笑着说。

“幻想总是一天天被科学变成现实的，像蚕吃叶子一样……”她似乎有点忧虑地说，“要不是我亲眼所见，我怎么敢认为那只眼睛……就是现在，我也没有把握从两只中间指出一个假的来！只有两只，二分之一，百分之五十……都不能做到!”

我发现自己受到了她情绪的感染。事情正如田藕所言，我在同林重远接触时，几乎忘记了他存在着这一生理上的缺陷。我当然不至于去问他；即使我问了，我想林重远也会幽默地回答：你看呢？你们作家不是历来自视敏锐吗？这个本来很容易让我忽略的细节经田藕的再三提起，仿佛在我心头形成了一块阴影。我由此生发出许多感想与忧虑，以致我对目下的劳动产生了怀疑。然而在另一方面也让我不安。这就是田藕，她的情绪越发显得病态——敏感的女人差不多都是病态。一件平常的顶多只是一笑置之的事可以让她浮想联翩。她的心理负担太沉了，这会使她的一生永远笼罩着阴影，她的脚下将是无边无际的沼泽地……

“你想的实在太多了，”我轻松地说，“女孩子就爱小题大做、自寻烦恼。”

田藕便浅浅一笑，说：“谁叫我落在这屋子里呢？什么怪事都让我给碰上了……”

我趁机劝道：“你还是应该走出去，离开这儿！”

她沉默少许，说：“我常常这么想过……可是我最后总说服不了自己。有些事，我放不下，怎么也放不下。”

“你是担心你父亲没人照顾？”

“这也是一个原因吧。”

“那么……还有什么让你放不下呢？”

“你别问了。以后你会知道的……”

田藕说完就进厨房收拾去了。过了会儿她又跑出来，把堆在走廊上的几件脏衣塞到提桶里。“我还是先去洗衣吧，”她说，“这会子一个人在厨房待着，怪怕的。”

“我觉得你胆子挺大的。”

“是这样吗？”她像小羊似的歪着头看我，“一个人要真是胆大包天，那会是怎样的情形呢？”

“那一定活得非常非常潇洒。”我说，这句话带有一点挑逗性。

“你们城里人胆子一般都小，是不是就活得很累？”

“城里人未必都胆小，不过差不多活得都挺累的。楼房、噪声、排队，让你喘不过气来。你干什么事都觉得受到监视，而且还罚款。”我说着就动手帮她拿这拿那，可是她不让我碰。她说：

“城里人不是爱干净吗？”

她本来是想大笑一下的，但意识到楼上有要人在午休，就立刻咬紧牙齿，让笑容无声地扩张在脸上，让你想到一朵夏日荷花。然后她戴上草帽下池塘去了，黑儿追随着她，我是很想陪她一块去的。这时分池塘边上一定静得可以让人放肆。我没有去，因为几天前的那个下午所发生的事尚未消化掉。田藕是理智的，清醒得令人惊讶。她不会让你捡到什么便宜。最叫我失望和沮丧的，是她根本没让你往她心里去，而你却时常想到她，并以为这是感应。实际上你顶多只能在梦里大手大脚罢了！

我一直望着她的背影，有些惆怅。午餐的酒此刻在胃里很不检点起来，很恶心，又无法呕吐，睡到床上哈欠连天却越发清醒。这种状态是令人憎恨的。于是就坐到槐树下，盲目地张望着，田藕的笑和林重远那只可以取下浸泡在水里的眼球无端地重叠到一块，云一般飘过来飘过去，不禁去想了那道艰涩的人生命题：荒诞。人生存于荒诞之中，而往往不觉得……

叶千帆下意识地将被子抄抄紧。他注意到坐到床沿上的莲子挖苦地看了看他，那意思很明显：二少爷回来了你慌什么！也许是这个轻轻一击使他固执了，所以当莲子准备站起来离开屋子时，他说：

就这么坐着，给我喂汤。

你这人真像个娃娃，莲子说，就照他吩咐的去做。汤并不多，莲子喂得很慢很慢。她知道他要把这一幕拖延到二少爷迈进房门才罢。不一会儿虚掩的门被推开，接着是叶之秋的声音：

你受伤了?

莲子冷静地把最后一匙汤倒在叶千帆嘴里，然后平淡地扫了一眼横在门口的二少爷，起身离开。她从他身边走过时嗅到一股馊馊的汗味。六指在院子里吼道：二少爷回来了还不做饭去？她也很凶地回了一句：你手断了！

叶之秋背手掩门，坐到刚才莲子坐的位置上。那地方还很暖，他想莲子一定在这屋子里待了很久。伤得厉害吗？他问。

过两天就能下床了。

不会是枪伤吧?

要是枪伤就不会在这个位置，叶千帆说，又指了指心脏：而在这。

叶之秋把香烟装到象牙烟嘴上：外面的风声很紧，你最好——他原想说你最好少活动，又觉得措辞不当，便改成：你最好少走动。”

你不是也没闲着？叶千帆说。

叶之秋对这句具有挑战性的言辞付之一笑，点上烟，意味深长地吸了一口，我必须出去。因为我无法忘记父亲的死……我就是为这个回来的。

叶千帆把身体靠在床上，望着一丝丝从眼前悠过的烟雾。沉默了片刻，他问道：这回出去弄到了点什么？

你想知道？

我心下也有一本账的。

你应该打开。

可能和你的不一样。

你是想瞒住我？

不，现在还不是时候……

但愿你我的判断基本一致。

我想很难一致。

那么，就是说你我之间最终会有一个是错的？

苍天有眼。

楼上的月琴又轻轻拨响了，像和风细雨，又像遥远的暴风骤雨。叶之秋徘徊着，叹道：她的琴弹得很好……

这调子也是很好的。

老爷子是听不到了……

这也难说。魂是不会散的。

你这样多愁善感，不像武夫倒像个诗人。

我相信魂。

叶之秋不说了。他想老大永远是固执的，你很难让他放弃一个微不足道的习惯，何况这是一种信仰。灵魂是什么？是空气。看不见摸不着。灵魂还不是空气，因为空气无所不在。灵魂就像眼前这缥缈的烟雾一样，只有在你需要它的时候才显现，但很快就消失了。

那琴声转为铮铮切切而且节奏也逐渐快了起来。这旋律让叶之秋想到很久以前的那个江城雨夜。他觉得当时雨打到门前的芭蕉上就是这样的音响。这曲子不是《雨打芭蕉》，可意识中的画面却是。他为这个联想感到不安。他似乎明白过来：楼上的女人是在用琴回忆。她只能以这种方式延续着生活……

这女人……真让人受不了。他沉吟道。突然他意识到这句话仿佛泄露了什么，又很快补充说：她留在这里，是很碍事的。说着就去看了叶千帆，意思是听听他的看法。

叶千帆对此没有表明态度。他说是走是留由她自行决定。他又说：碍事好像也谈不上吧。

叶之秋紧跟一句：你说的是真心话？

床上的叶千帆侧了侧身。他听出了老二这句话的含义，不禁掌心出了汗。他隐约记得，在离开城隍庙后，确切地是在丁字街口，他好像听到有人在很远的地方喊了他。但那人绝不是老二。后来在办那件事的过程中，没有出现任何可疑的迹象。即使有，他也不会惊慌失措。让叶千帆不踏实的，是几乎在同一时刻，老二也离开了家——他做什么去了?！难道他果真是在私下调查青云山脚的那一枪吗？

叶千帆笑了笑：我的事很简单。我要做的，大概任何人也碍不住。

叶之秋也笑道：你这么自信？

叶千帆出其不意地亮出左轮手枪：它会帮我。

这部小说出现的人物关系为我始料不及。当年叶家大院的同胞兄弟与两位来自外省的女人，彼此之间的所谓感情纠葛不是一对一的，也不是三角的，而是复合后引起的一定程度上的混乱。这给我的创作带来了极大的困扰，以致我时常手足无措。我需要说明的是：作者并非无端地强行组织起这种恼人的关系，至少有部分的理由。

时间和空间的限制，使得这两个女人最早注意到二少爷叶之秋。那个时候，大少爷叶千帆还在军旅之中。莲子或许和大少爷也很熟了，但她还是个小姑娘。等她到了含苞欲放之年，在她面前走来走去的就只有二少爷。她没有理由拒绝二少爷的爱，这是青春的需要。二少爷后来的见异思迁尽管让莲子伤心，不过这只是一块愁云，风过即散。莲子已是落花有主，因此她和二少爷的事，毕竟是摆不上桌面的。况且唐月霜以后的处境也很糟糕，对于莲子这样的女人无疑是一种安慰。两个女人有了命运的共同点，所以在对待叶之秋的问题上，很容易一致。然而她们又互相提防，因为“那个黄昏，一匹白马在村口出现了”。张爱玲说：所有的女人都是同行。这“同行”自然包括当年叶家大院的两个女人，虽然她们是那样的悬殊与差异，但仍不失为同行——事情就复杂在这里。

故事理所当然地会发展下去。以上四个人还将充当主角。我无意制止，也无法制止；这就像他们之间的情欲之火，一经点燃便没完没了，除非消亡。情欲的过程远比一次做爱的过程漫长而丰富。

奥季塞夫斯·埃利蒂斯说：“又要爱又要梦想，那是犯重婚罪。”——这即是情欲的写照。

——作家手记

林重远的午休据他后来声称是“很罗曼蒂克的”。但他没有叙述具体的情形，或者不愿说出口。“我很诧异，”他说，“我以为自己已是日薄西山了……这真难以理喻。”

不用说这句话当中的省略号给了我无限的联想。我仿佛觉得穿着讲究的林重远原来是一丝不挂的，正和一个也许不止一个女人狎戏。林重远显然还被浪漫的梦境激动着，两颊现出动人的红晕，眼睛——两只眼睛都非常明亮。有什么事会像性的复活那样令一个老人兴奋与欣慰呢？老人好色不是丑事而是一件很吃亏的事。我记得我尊敬的一位文学前辈曾就此系统地发表过灼见，大意是说：老人好色，其方式含蓄而凝重，所以伤神；好而不得，所以伤心；得之难为，所以伤身。这实在是绝妙的概括。可是林重远却神采奕奕。我想这可能是两个原因所致：其一，他大约还不能算是老人；其二，他是一个有身份的人——生活对这种人总是宽容的。因此他刚才的话除了刺激我的想象力之外，还给我以可贵的坦诚与幽默感。

林重远优雅地呷了口茶，说：“那张老床还真是舒服。比席梦思好。”

他指的是我睡的那张床。我先后睡过两回至少有五十次了，倒不觉得它和别的床有什么两样。我说：“它让你做了场好梦，所以你觉得舒服。”

“还不是这样，至少不完全是。”他说，“床和鞋一样，舒服不舒服全在于感受……怎么样，我们交换一下，这两天我就住这里了。我喜欢那张床。上次来我就觉得它很合适。”

我没有料到他会如此认真。当然这不过小事一桩，我没有理由不表示同意的。但是我也不准备离开这个院子，我叫来田藕，让她替我另收拾一间房。

“这是什么好场子，值得你们贵人这般抬举？”田藕说，“你们城里人……”

“城里人是不是很奇怪?”我故意把她的话岔开，因为不放心她冷不丁地捅出一句让专员难堪的话来。

林重远走近说：“不欢迎吗，小鬼?”

田藕浅浅地一笑：“哪敢呢！专员驾到，蓬荜生辉……”

林重远略有惊讶地说：“看不出你这小鬼还满腹文采！不错，好，很好!”

田藕不再言语，拿过水瓶给我们续上水，便进屋去了。林重远看着她的背影，叹道：“这姑娘生得颇有灵气……她怎么不念书了?”

“有很多人，包括我，都劝她去考大学……”

“考大学还要劝?”

“可还是劝不动。她不想进城。”

“这是不可以的，待会儿我同她说。”

“最好还是别说。她好像不是固执，我想总是有原因的吧。”

“她恋爱了吗?”

“可能没有。我没看见她和小伙子接近过。”

“那么还有什么理由让她舍不得离开这块土呢?”林重远从石凳上立起来，打开折扇，在树荫下踱着步，又说：“现在的年轻人，思想居然这么复杂……”

树上的蝉突然鸣起来，好像还撒下了几滴尿什么的，落到我的脚背上。这时林重远的秘书小刘回来了——他刚才是去乡里通知秦贞他们，来这儿谈一谈。可是只有他一个回来。小刘进门就说：“秦乡长想请你到乡里去谈——那儿有电扇。”

“你再去请一次。”林重远说——“请”说得很重，“就说我老了，腿不好使，请她行个方便！我不需要电扇!”

这回林重远是真的火了，连局外人的我此刻也感到如坐针毡。小刘连忙调头跑开了。我倒不是同情小刘，而是替秦贞担心。显然秦贞这么做是大逆不道的，但我清楚她是不得已而为之。午餐后林重远提出要到这儿来歇息，秦贞就进行劝阻，但没有用。“你不要干涉我的自由。”林重远说。秦贞说路面不好没法行小车，林重远说可以安步当车。现在又折腾成这种局面……秦贞也难，她怕进这个院子，怕这里一个几乎可以做她女儿的姑娘。然而我却不便解释。秦贞自然还会硬着头皮跨进这道门槛面驾的。我决定充当一次斡旋客，趁林重远上厕所之际，我进屋找到田藕，告诉她等会儿乡长来要冷静一些最好客气一些。“至少，论年岁她是你的长辈，情理上要过得去。”我说。

田藕听着回过头看着我问道：“你以为我是个胡搅蛮缠的小女人?”

“我不是这个意思。”我说。

她冷冷地说：“我给她脸就怕她不要!”

叶千帆伤愈后的第一个黎明天空布满着阴霾。但他的心绪已调整得相当好。他恢复了晨练，青霜剑划破晨雾好像禁锢的空间戳出一个窟窿，新鲜之气鱼贯而入。他感受到这空气的湿润，甚至从中嗅出一点犹如新茶的清香。那时候月亮还不曾隐去，启明星却非常暗淡了。四野的鸡鸣断断续续地传来，东方仍是一抹黛色。只是那黛色的尽头显现出一线奇亮。他想今天必定是个阴天，但是不会有雨。这样的天气他是喜欢的，因为能使人保持格外的清醒。等最后的收式完成，他把剑放到石桌上，然后贪婪地吸着空气，舒展身体。这时他才感到由腹部生出一丝疼痛来。他慢慢坐下，槐树枝头的露水滴到颈窝里，很凉。他轻轻抚了一下腹部，那道伤痕非常光滑，只有一处的边缘略有些毛糙并且渗出了黏液。接着他嗅出一股淡淡的血腥味，就将腹部的手抽出——并没有血迹。他起先以为这是错觉，是那个残酷的场面又一次侵扰了自己的潜意识。可是这气味没有因他的清醒而消散，相反却变得浓郁了。他警觉地观察了四周，心下绷得好紧。他想这气味就在自己身边……突然，他盯住了石桌上的剑，慢慢将它握住，于是浓烈的血腥气呛得他险些一个趔趄。他简直傻了。

叶千帆的记忆里，这把青霜剑是从未沾过血的。父亲只用它练功健身，连防身也派不上用场。父亲的功夫极好，生人是很难近得了身的，除非用枪。叶千帆想射向父亲的那一枪委实有些奇怪，距离那么近却没有击中——唐月霜怀疑得有理。她认为那个老练的杀手不过是手下留情罢了。什么情?杀手以完成行刺为目的，他手下留情又怎么回去交差?但这个杀手是幸运的，因为他要杀的人最终还是死了。父亲是被这个杀手用意念杀死的！叶千帆用中指和食指从剑刃上缓缓滑过去。莫非这剑知晓一切？这无端发生的血腥味难道是一个暗示？看来，这剑是非见血不可了，它饿够了！叶千帆顺手一个斜劈，天已大亮。

他依旧要去河边遛马。然而马早已被人牵走。他想六指实在是个老实勤快的人。也许因为这个，他觉得很对不起六指。毕竟莲子是放在他名下的。而且当初因为这个事实，他仇恨父亲。他甚至看出了父亲的伪善。他也很懊悔，不该过早地暴露自己对莲子的好。可是又必须这样，否则有人会抢在他前头……那时父亲总不准他回家；即使回来了，也是被父亲训斥一遭而后匆匆赶走。后来他求过父亲，求他老人家开恩，成全了他和莲子。父亲吸完一袋水烟后平声静气地说：一个男人治国齐家平天下，一个军人要战死沙场马革裹尸还。如今国家危难，山河破碎，你怎么能儿女情长英雄气短？正是这番话让他觉出了父亲的陌生与伪善，他顶撞了一句：商女不知亡国恨，可你不在乎……父亲打了他一耳光，正色道：你居然敢这样同我说话！你给我滚，我没有你这个儿子！他一个立正，然后转身，迈着标准的军人步伐走出了家门。不久，父亲把莲子许配给了六指。然而几天后的一个夜晚，莲子来军营找到了他……

村子还很平静，那些公鸡们叫累了，见天上的星子抹去，它们觉得自己的事完成了，便吱吱地回到母鸡身边，以延续刚才断了的梦想。叶千帆披着衣服，悠悠朝河边踱去。那河在晨光下呈现出翡翠的颜色，也暗暗亮着。他的视线搜索着那马。好几天不曾近它，他很是想念。那真是一匹出色的马！也许这辈子只有它永远陪伴自己浪踪萍迹了。他的心境不觉灰暗，随口打了个唿哨。这哨音在宁静空旷的河边显得那么清脆悠扬，忽然间，左侧的芦苇晃动起来，白马从后面闪出，一阵奋蹄便奔到主人面前，接着是一个急刹，扬起前蹄，嘶鸣里马背上的人重重地摔下，叶千帆立刻上前将那人拽到自己怀里——竟是唐月霜！

这忘恩负义的家伙竟敢……她说，喘着气，并不看依然搂着她的叶千帆。

老马总是识途的。叶千帆说，它跟了我十年。

你以为它忠心？唐月霜这才推开叶千帆，说：我才训了它十天，它不是也服帖了？

那是假相。它不会真正地服你，除非我死了……

是呀，它有福气，遇到不测还可以改换门庭。它好自由……

叶千帆不响了。他本想说“你也可以改换门庭”，但意识到这是句残忍的话，便咽了下去。他用手抚摸着马鬃，想牵着马悄悄离开。这心事仿佛被唐月霜猜中，她抢先把缰绳抓到了手里。她说：

大少爷，我有两句话不知当讲不当讲。

你请便。我听着。

她犹豫了一刹，淡笑着说：你是不是该有个家了？

这个，我会考虑的。

一个男人是不能靠吃零嘴过日子的。这样会更饿。

叶千帆被这句尖刻的言辞刺痛了。而腹部的疼痛这时也骤然升起。这双重的痛楚使他眼前一片黑暗，他的身体紧贴着马腿，他觉得马也在战栗。他轻微但又是沉重地说：

你过分了！

我难道讲的不是事实？唐月霜浅笑着说，明人做不得暗事。日子久了，会招惹出麻烦来的。

你这是在报复！

你不妨这么想着。我是怎样的人，你日后会知道的。说完，她轻巧地跃上马背，一勒缰绳，白马又扬起前蹄一声长嘶。她紧紧夹住马鞍，一溜烟向东边奔去。

叶千帆追随着那团于朝霞里辉煌无比的光影，有一种被掏空的感觉。他想这下是真的饿了。

在很多时刻，我脑中总闪现出这样一个念头：美丽的唐月霜是注定要死去的。我并没有什么根据，也不是因为有了既定的结果再回过头去作一番附会。这个判断纯属直觉。

从第一次接触到“唐月霜”这个名字，我就产生了不祥的预感。这个名字很容易让我想到红颜薄命、昙花一现、冰雪消融这类悲剧性的字眼。许多年前，我的一位表姐因一次意外的沉船事件死于非命。那年她十九岁，已出落成十分标致的青春玉女，属于那个时代少见的美人。据说她的水性是极好的。但是那个早晨天气很坏，江面上风陡然大起来并且有雾。而她，因为轻微的感冒离开了甲板，转移到了下舱。可能就是在这须臾间，悲剧发生了！又据说她后来已经挣扎到了圆形的窗口，甚至小半个身体业已探出，但她的脚完全被后面的人死死抱住了。现在我回想起这件事，心情很平静。我觉得这是一种“关系”所致。一个人，尤其是一个女人，一个美女，只要陷入了“关系”便离黄泉之路不远了。死死抱住表姐的人实际上是她初恋的对象。他没有理由不爱护她（比如说劝她进舱避风什么的），没有理由不救她（比如说最后抱住她的脚），但最终他以爱的方式把她杀了！

唐月霜无疑是个“关系”人物。她几乎同当年叶家大院所有的人都有着“关系”。这“关系”有时是潜在的，无法证实，但存在着。如果我们武断一点，不难发现任何人都有理由——尽管不够充足，去暗算她。她是个不同凡响的女人，又知道得太多，这种人不死简直是个奇迹。倘若唐月霜能活到今天，这部小说将是另外一种样子，或者根本就不存在了。然而别的人则无能为力。他们至多只能纠正小说的局部，却无法改变小说的趋势。唐月霜的位置决定了她在这部小说里举足轻重的分量。因此她的死注定是一个谜。

——作家手记

乡长秦贞在迈进门槛的那一刹脚步明显地不灵便，仿佛是通过一片雷区。但在林重远看来，这是下级出现过错后的怯懦。所以他怜悯似的让脸上滞留已久的怒容平了去，然后又像是大度又像是挖苦地说了句“这么热让你们跑一趟，我很抱歉”。就让他们坐。与秦贞一道来的还有副乡长和办公室主任，他们的神情除了尴尬还流露着对自作聪明的女乡长的埋怨——你以为你这“舅舅”什么都依你？这下把我们也坑了！秦贞很凄楚地笑了笑，想说什么又没有说出来。这三人还汗涔涔地立着，直到林重远重复一句“坐下谈吧”，这才慢慢坐下，眼光放得很虚。

说实话，这局面让我心酸。我曾在官场上泡过几年，那种表面正经其实内在复杂的气氛令我痛不欲生。有时你一个咳嗽竟把首长给得罪了而你还自以为首长对你很赏识。我不得不落荒而逃。至少为了自己能多活几年，必须那样。当然，眼下秦贞所面临的是双重的压力。为了让气氛缓和些，我安排田藕给他们沏茶。“就算是给我一个面子吧！”我说。田藕却笑了，说你这人心倒好慈，就按我说的做了。我注意到秦贞在接茶的时候欠了下身，两眼充满着感激。这个良好的反应给了田藕极大的快慰，似乎是完成了一次复仇。她回到屋里抿嘴一笑说：“你看见她脸白一块红一块了吗?”我没吱声。这一刻我对这姑娘产生了反感，觉得她未免欺人太甚了。她很快意识到这点，便敛住笑容。眼看着脚尖喃喃地说：“我是不是很坏?”我按了按她的肩，说：“她也不容易，算了吧。”说完我便上楼去了。在楼梯上我忽然想：我说了一句没头没脑的话，因为秦贞与田藕之间究竟为何反目，我至今不清楚。

林重远召集乡领导来，中心议题是讨论研究糙坯子的改革。但这是个非常棘手的题目。林重远只是起了个头，声明自己此番下来主要是了解情况，希望在座的各位畅所欲言。可是在座的对制陶业显然是一知半解甚至是不知所云，于是只能检讨着“没有把工作抓好”。整个交谈完全是涩巴巴的，以至于秘书小刘的记录无从下笔，时而担忧地望着头上的树冠，生怕什么虫子会随时落到自己身上。林重远似乎很专注地听着，还不时作思索状，其实，我敢说他的心思还被那张老式床系着。谈话终于出现了一个长长的停顿，大家都好不自然。这时，林重远拢起折扇，开始说话了。他没有批评他们，而且把目光传送到几千年前，大谈起中国陶瓷的历史。他从神农氏抟土为坯烧冶成陶的传说开始，讲到“陶都”与“瓷都”的鼎盛时期；从宋代浙江的哥窑与弟窑，讲到明代苏州的大秀与小小秀。这些本来具有传奇色彩的内容一经林重远绘声绘色地表述，听者是长精神的。连我也不知不觉地被他俘虏了去。我很钦佩他的见多识广。这种顾左右而言他的风度尤其让我心悦诚服。在转瞬之间，我几乎把这位副专员看做了一位历史伟人。

“中国是陶瓷大国，”林重远说，“英文里的中国叫 China，实际就是陶瓷的意思。我这次来，目的是给你们鼓劲。对陈士林同志的改革……”

“是陈士旺。”秦贞轻声纠正道。

“对对，对陈士旺同志的改革，一是要肯定，这是个态度问题；二是要支持——不能只是嘴上支持，要舍得花学费，比如说安排他出门参观取经；三是要帮助他总结，找一找原因。”林重远喝了口茶，将折扇打开接着说：“总之，不要急躁，要冷静一些。我们的眼光要放远一些，不要急功近利……”他突然停下来，对门口看着，原来是一只狗正用腿支着门框撒尿。

“谁家的狗这么……神气？”林重远说。

“是条野狗吧。”秦贞随口说。

副乡长正欲操起大扫帚将它轰开，被专员制止了。“撒尿是很惬意的事，让它尿个痛快。”

这一说在座的都笑了。我当时在楼上，只能看见那狗斜支着的腿和源源不断的尿。会不会是跟着一樵的那只大狗呢？我看不见。不过我觉得应该是那条狗，因为这畜生走后不多时，陈士林进门了。见到树下摆设的阵势，他想避开，可林重远已把他叫住了，邀他一块座谈。“你在这方面是行家，”专员说，“我想听听你的意见。”

陈士林笑了笑：“我已经洗手不干了。”

林重远摆摆手：“这个状态不好，要不得。这样的年纪怎么能暮气沉沉呢？难道还不如我这个老头子？”

陈士林说：“我哪能同你比呢？你什么都有了，我是一无所有……”

秦贞碰了一下陈士林：“你就不能说点正经的？”

陈士林说：“我不是在说笑话。首长难得来一趟，谈谈心不行吗？”

秦贞严肃地说：“现在是研究工作！”

林重远这时站起来在边上踱着步，说：“这样很好嘛！随便一些，放松一些。小陈，我还要住几天，也会找你谈的。你往下说吧。”

陈士林默默点上香烟，也站起来：“我实在没什么好说的。”

秦贞埋怨地：“你看，让你说正经的又没词了！”

陈士林也正色道：“你懂什么！”

这下让秦贞彻底失去了面子，她几乎想哭，可是没等眼泪涌出来，一个青年匆匆跑进了院子：

“糙坯子晕倒了！”

大家顿时惊住，还没来得及做出反应，田藕已从屋里冲出，大嚷道：

“你们别再难为他了！”

第十八章

唐月霜从河边遛马回来的路上遇见了下河沿洗衣的莲子。像往常一样，莲子主动招呼了一声。但是她脸上泛起的惨白与两眼透露出的张皇让唐月霜心下不禁顿了顿。她想刚才河边的事一定没有绕过莲子的眼睛。叶千帆搂着她的那一刹那间，莲子可能就站在一棵树的后面。

为这两件衣下趟河？她说，你可真勤快。

我不喜欢脏东西堆在眼睛里，莲子说。

这是什么意思？唐月霜很不舒服。她想莲子现在是越发地张狂了，也变得聪明起来。女人就是这样，当她与你拥有同样的权利时，她便与你平起平坐了。唐月霜记起一个外国名人曾经说过的一句话：女人是无阶级的。于是她说：

我身上是不是很脏？

莲子很诧异地：太太你怎么……

不，我是很脏了。待会儿我想洗个澡。

天还凉着……

凉了好。我喜欢凉凉的天气。你先去帮我准备着吧。

后来的事让莲子很有些意外。她替二姨太打好水，找好衣，准备离开时唐月霜说话了：

你就留在这儿，帮我搓搓背。

说着唐月霜就把房门插上了。然后坐到梳妆台前把头发上的饰物一一取下。她从椭圆形的镜子里看到手脚无措的莲子。她想象不出一个女人正视另一个女人的胴体将是怎样的滋味。但她认为这必定是相当有意思的。她开始让莲子帮她脱衣。莲子脱得很慢很慢，脱得小心翼翼，仿佛不是在脱衣而是在揭一张人皮。她觉得莲子的手指有些颤抖了。你弄得我好痒，她说。接着她自己很潇洒地把贴身的小衣裳也脱了去，向前走了几步，又慢悠悠地转过身来正对着莲子。

莲子完全被面前这个瓷一样的身体惊吓住了。她想起有一回帮二少爷晒书时，其中一本外国书被风撩开，现出一个女人的身。那个身体真是好看哪！那个身体和这个身体怎么如此的相似！莲子感到心跳得十分的乱，脸颊也跟着烧起来。她轻轻地叹道：太太你好俏。

是吗？唐月霜淡淡一笑说，你真这么看？

像画上一样的。莲子说。

那你就好好看看吧！唐月霜说着扭了一下腰，借着镜子自我欣赏了片刻。不多时她听见门响了一下，便本能地用手护住乳部。回头一看，莲子已经不在了。她走过去重新把门插上，突然笑了起来……

这放浪的笑声经过二少爷叶之秋窗口的时候仿佛凝固了。他不知道那屋子里又发生了什么事。有很长时间了，他不曾听到她这样的笑。现在听见了倒觉得这笑里分明藏着另外的东西，而且是冲着自己来的！他没有能力把它驱散就像在林子里不能把蚊子驱散一样。蚊子的可恶并不在于它叮了你吸你的血，而是成功之后这个渺若尘埃的东西仍然嗡嗡地向你炫耀，让你折服，承认自己是惨败的一方。蚊子似乎是专门来对付英雄的。叶之秋把窗户关好，颓然坐到太师椅上。屋里渐渐闷了，他想这一趟回来实在太窝囊，可是他不能不回来。我早就把自己交出去了，他忧郁地想着，事到如今想改弦易辙已为时晚矣……今天是几号？他看了一眼窗外的槐树，茸茸的新绿铺开了，这让他感到意外。日月如梭，可织下的总是无边的愁……

六指进屋的时候他差不多睡了。这个憨厚的仆人弯着腰轻声说：二姨太让你过去一下。

一听“二姨太”，叶之秋顿时清醒过来而后问道：什么事？

她只说你去一下，六指说。

他慢慢把自己从椅子里拔出来。会是什么事呢？他整理了一下衣服，又觉得那笑声从严实的窗缝中挤进了屋子。他定了定神，随口说：她不是去遛马了吗？

马让大少爷牵走了，六指说。

他一惊：老大下床了，怎么不早告诉我？

六指也吃惊地：我，我忘了……

叶之秋气愤地斥道：你真是个废物！

在过去的半天里，糙坯子大概每隔一刻钟都要呻吟一次。这就使原来的中暑演变成了一次真正的病，谁见了都要生出三分同情。他从窑头被抬下来的时候几乎成了一个汗人、一个泥人，浑身上下找不到一寸干净的地方。陈士林让田藕打了一盆温水，关上门替糙坯子擦了身体，换了衣，然后说这样就行了，不需要去找医生。“他累了。让他实实地睡一觉。”他说，把换下来的脏衣交给田藕去洗。

显然槐树下举行的会议是无法再继续了。这对于乡领导，无疑是最好的解脱方式。林重远也沉重地表示“以后再谈”，就让小刘送客。他的意思已非常明确：在罐子窑工作期间，他就此下榻。秦贞也不再劝，只说待会儿派人送一台电扇过来。可是田藕却说：“这屋子常闹鬼，你不怕？”这句话过于唐突以致让边上的人全都静了下来。还是林重远机智地打破了尴尬：

“我这辈子也算有所见识，唯独不曾见到鬼，这下可是大开眼界了！”说着，带头哈哈一笑，很快传染了大家。林重远环顾四周又叹道：“这屋子好哇，冬暖夏凉，环境也幽雅，不能不视作一块风水宝地！”

乡干部离开后，林重远又回到了楼上。屋子已腾好了，我搬到另一头的一间，就是从前唐月霜住的那间，下面便是陈士林的房，原先为叶千帆所有。这间屋子现在已很平常，除了门窗的格式，几乎难觅过去的踪迹。我将行李挪出的时候，林重远已脱了鞋靠到那张旧式床上，他很歉意地说：“让你折腾了，很过意不去。”我说这很方便，用不着客气，再说这张床于我又没有价值，倒是埋没了它。林重远自然听出了其中的调侃意味，用折扇指着我说：“又拿我老头子开心了！”看得出他的心情很好。他又说：“我是不是太固执了？”

“固执得可爱。”我说。这是心里话，我觉得林重远有时就像个固执得可爱的顽童。也许他的确是个老人了，人老了便不觉回归到孩提时代，这是很自然的事。

他抚摸着床沿，叹道：“这实在是一张好床，纯樟木，叫人睡不够似的。”

“但愿阁下夜夜逍遥于温柔之乡！”我说，两人相视一笑。接着他叫来小刘，给他找一份什么文件，又让小刘留心楼下糙坯子的情况，说有什么异常得及时告诉他。

等我回到现在的房间时，田藕已帮我把毛巾挂好了。她对林专员的住宿仍然感到不悦，嘟嘟囔囔个没完，说小庙容不得大菩萨，弄不好反而会生出些是非来。我劝了她，并责备她心眼太多了。

“我怎么心眼多？”她不服地反驳说：“你不觉得这事好奇怪吗？这屋子有什么好，他为什么每回来都要住这儿？”

“那，我不也是同样奇怪吗？”

“你和他不一样。”

“有什么不一样呢？”

“至少，你两只眼都是真的！”

说着她自己把自己逗笑了。不过经她这么一点拨，我心下也起了疑云。世上的事大都不是无缘无故的，林重远对这座老房子如此痴迷，难道说他与此有着什么关系？可是这几乎是不可能的假设，林重远是北方人，虽然经历中有过一截在这一带工作的事实，但与叶家是不曾有粘连的。他和郑海是战友，郑海又隐约同叶家打过交道，是否因为这个呢？还不是。成语中有爱屋及乌一词，不等于反过来说成爱屋及乌同样有理，况且叶家大院并非郑海的故居嘛！

“我这两只眼算是白长了。”我说。

“这是什么话？”

“因为很多东西都看不清楚。”

“那就用心去看——心眼多有什么不好呢？”

1962年不知道什么季节里的一天，约瑟夫·海勒独自坐在法尔岛的一间平顶房的屋顶上，开始构思他的小说。这之前作家已写出了成名作《第二十二条军规》，但销售量很不稳定，没有挤上《纽约时报》的畅销书单。这一天，据后来作家本人声称，“心情很不安”。他说：“我希望开始写一本新书。”但这本书“写什么我还没有主意。我在等着发生点什么事！”——“发生点什么事”在英文里是“Something happend”，可译作“出了毛病”——即是长达十二年之后海勒的第二部长篇的书名。《出了毛病》的发行理所当然地被看做美国文学里的一件大事。也就在这个时候，约瑟夫·海勒接受了著名的《巴黎评论》的记者采访。他告诉记者："我的小说的开始方式都很特别。我不是从一个主题或是一个人物开始，而是一个未经准备突然冒出来的句子。"接着作家回忆起十二年前在法尔岛那个"心情很不好"的一天的情形。"就在我发愁不知该干什么好时，一个条件符合的句子冒了出来——'在我工作的那间办公室里有我惧怕的四个人，其中任何一个又都是另外几个惧怕的对象'。"这句话后来已印成铅字成为《出了毛病》开篇的语言。漫长的十二年里，约瑟夫·海勒要做的工作便是应着这句话，再"一点儿一点儿往下蹭"直至"蹭"到最后一句。

我在这个夏日的黄昏中突然想起以上的事情，不知因为什么。我的写作方式和约瑟夫·海勒有相似之处。就是说我也有过"一点儿一点儿往下蹭"的经历。我注重"写作中"的状态，觉得事前的思考往往是多余的，而事后我尽可能做到离写字台远一点。或许我也是在等着发生点什么事情吧？其实很多事情早就发生了，只是我们还没有意识到。

——作家手记

浴后的唐月霜穿着鹅黄色的睡衣优雅地靠在藤躺椅上，手里翻着一本《李易安词选》。这情形在叶之秋眼里完全成了一幅古典主义油画，而门框正好是个画框。他倚在框边，觉得过于逼近造成了欣赏的障碍，便向后退了两步。这实在是个少见的美人。虽然十年过去了，她还是这样美。而且韵味有增无减。叶之秋想起在大学时，偶尔与同事讨论女人，有人曾这样说过：少妇永远比少女有魅力。那人还认为这一观点涉及中西文化的差异。西方人并不关心女人的贞操，相反认为处女是令人乏味的，因为不具备性经验。而一个对性感到陌生的女人将无魅力可言。叶之秋对这种论断当时很不以为然。但是不久，在经历了那个浮躁的夏天之后，他无条件地放弃了原来的立场。此刻，叶之秋更是深信不疑了。眼前的这幅画让他激动，让他记起那一连串的细节。他根据她衣服的皱褶去推测她的身体，由此急剧上升到那个大胆的做爱方式……他轻轻吁出一口长气，接着感到内心深处的阴冷与苍凉。

唐月霜依旧翻着书。她知道这个男人在门外已经审视了自己很久，而且也能想得出这男人此刻在回味着什么。可是她感到了不安，因为那男人所想的一切她竟也去想了。她企图扼制住这些思想，但是不行。她想人实在是个悲哀的东西，有时却无法管住自己，就像脸红一样，你没法让它不红。但这红晕业已失却了从前的性质，不再是羞涩，而是耻辱。现在她不能不恨这个男人。她曾想过宽恕他，然而越来越多的迹象表明这已经是不可能的了……

叶之秋低声咳了一下，表示自己来了，然后专注地等着她的目光与自己相遇。可是她没有抬眼，相反，她把那本小书捧得更高，挡住整个的脸孔，并且开始去摇晃压在身下的椅子。这轻慢的姿态也未能使叶之秋感到难堪。当迈进门槛时他又重新想起：会是什么事呢？这个女人似乎是神经质的，你根本无法把握她。我来了，他说。

我知道你来了，她继续翻书，你不会不来。

叶之秋顿时觉得有点不对头，这句漫不经心的话听起来好像还埋着另外的意思。这时候唐月霜把书合拢了，刚才脸上泛出的红晕已完全褪尽，她说：

我请你来，奇怪吗？

不，我没这么想。

你在撒谎。

有这必要吗？

当然有。你是个习惯撒谎的男人。

叶之秋立刻有了某种不祥的预感。那个霸占大脑的做爱场面也悄然消散了。他觉得面前这条轻微抖动的小腿很像一把刀子，不过锋刃很钝。他冷静地说：

要是没什么事，我想走了。

这么急？是不是看大少爷又出门了？

这下叶之秋确实怔住了。事情远比他想的要复杂得多！他用余光瞟了一眼唐月霜——她正盯着他，目光又冷又辣。他努力克制住内心的冲动，转过身淡笑着说：

他出门与我何干呢？

那要问你呀！

我可真糊涂了……

你这样聪明的人居然也会糊涂？

我不明白你在说些什么……

唐月霜从椅子上站起来，走到窗前去看了看院子。她像是第一回发现这院子是如此的空大。天色渐渐开朗，密集的阴云已被风吹散，看来雨是不会下了，但仍然还是个阴天，明天也不会晴的。她说：

二少爷，这儿的天气像不像伦敦呀？

这又是何意呢？叶之秋感到惶惑，他想这个女人脑子也许是真的乱了。他回答道：

有点像。不过伦敦的雾大，每天要到这个时候才散……

唐月霜不禁笑了起来。这笑声和刚才一模一样，叶之秋有了一种强烈的被捉弄的感觉。他决定跳出这个神经质的氛围。等他转身欲走的时候，他听到了那女人笑声中迸出了一句话：

你的记忆力不错哇！

这天夜里，林重远邀我下象棋。我谢绝了。因为我的棋很臭。棋这种东西，是很高尚的文化活动，不好轻易去碰的。我以前对把棋类列作体育运动不甚理解，后来渐渐懂得，这么划分也有一定道理。棋是心智锻炼的极好方式，这就意味着对弈的双方必须势均力敌，否则就毫无意思了；尤其之于强的一方，无疑是一次折磨。当然我并不了解林重远的棋艺水平高低，但这种人至少是我所不能敌的，这是我的直觉。另一个原因——或许是更重要一些的原因，自听了田藕的那番话后，我对这位操北方口音的专员隐约有了一种介乎惶恐与疑虑之间的感觉。我还是想接触他，但不想长时间同他那么近地面对面坐着。如果他走了一步妙棋，激动起来，一只眼球突然蹦到棋盘上，我想我会当场昏死的。尽管我胆子并不算小。

所以我向他推荐了陈士林。“这个人棋艺是很高的。”我说。其实我这完全是臆测。

林重远扶了扶眼镜，似乎有些迟疑。不过还是很高兴的样子，便吩咐小刘去找人。“他可能在乡里。”林重远说，“就说我请他只是下棋。”显然，专员对陈士林是“有所了解”了。他们一定单独接触过，但谈得不太融洽。

小刘走后，我问林重远：是否果真想把陈士林挖到上面去？我又说这个人的确是个人才。

“谁说不是呢？”林重远吸了一口烟说，“这个人，虽然小毛小病不少，可我还是蛮喜欢他的。他知道我的动意，好像不怎么积极似的……”

我犹豫了一下，说：“会不会是秦乡长不想放他？我是说她个人……”

林重远摆摆手说：“也许是这个原因。秦贞这孩子很不幸的，不到四十的人，丈夫却闹病了……人嘛，本质上是一样的，谁愿意一辈子就这么耗了？她同我说起过和陈士林的事。我又能怎么办？我只是提醒她，不要把事情闹开，闹大。眼下不是要换届了吗？拖些日子，等待水到渠成……我这个专员是不是太开放了？”他笑了起来，又接着说：“其实我这也是在为小贞子操心哪！如果将来，她是副县长了，而陈士林还不是个吃商品粮的，这不别扭吗？”

“她可能想到另一端去了。”我说，“怕陈士林鲤鱼跳龙门，眼界一下变阔了……”

“你看，这岂不是旧的矛盾解决了，新的矛盾又产生了吗？”林重远潇洒地打开折扇，样子很叫人敬重。说实在的，我有些如释重负了。甚至可以说，这位专员给我的印象现在是最好的。或许这也是他快要下台的缘故吧！当官的倘若卸下乌纱，人情味便又足了起来。

陈士林果然是在乡里，浑身散发着酒香。他手里还提着一台崭新的鸿运扇，是秦贞让带来的。可是林重远对这个电器并没有好感。“这屋子很凉快，”他说，“再说我也不习惯用这种东西。空气流动谓之风，是不好仿制的。”他叫小刘把电扇送到我屋子里去，又幽默地说了句：“算是一种补偿吧。”我知道他又在暗示那张床。

陈士林码棋的手势很雅致，一望便知是个行家里手。他请林重远执“帅”，林重远也没谦让，但要求陈士林先走。陈士林不假思索地移炮，林重远自然跟着跳马；陈士林上士，林重远出车。一开始的几着双方走得都非常利索，但是都不轻易吃子。我和小刘在边上观战，不好出声。棋是林重远带来的，是一副极好的棋，牛角的坯子，魏碑的刻字，置于枣木的棋盘上声音很是清脆。双方的进展比较缓慢，直到各自被对方削去一些重兵，才显出一种势态来。林重远的棋道似乎略高一筹，下得颇有胆识，宁舍单车而救双马。这双马几乎同时杀过界河，始终连环；临近逼宫前才突然分开。陈士林审视片刻后，做出反应——把手中吃下的红子交到林重远面前，说："姜果然是老的辣！"我这才知道第一盘陈士林输了。

第二盘一开局陈士林便显得谨慎，迟迟移不了一步。我看着便有些急了，而后又感到闷热，就下楼去上厕所，在院子里吸一支烟。月亮已升出山背了，橙黄橙黄的。今天大概是农历十三的样子，那月像被天狗夺去了一小口。一个人影从树下闪出，是田藕。她忙结束了，刚洗过澡，浅浅的香水味从头发上飘过来。

"他们在下棋？"

"对。"

"谁输了？"

"第一盘老陈输了。"

"我就知道他会输的。"

"输赢是正常的事……"

"不，他是认输的！"

我不由怔了怔。我望着田藕，她在绞自己的辫梢。我说："不过林重远的棋的确下得……"

"他绝下不过陈士林！"她打断我，"孬种，只知道平时嘴硬……"

"你想得太远了，田藕。"我说，"下棋不过是玩玩嘛！"

"既然是玩何必分胜负呢？"田藕说，"陈士林肯定是有求于他！"

我一时没词了。月下的田藕渐渐清晰起来，我蓦然发觉，她的双眼像是涌出了泪，盛着淡淡的月光。这颇让我意外，这情绪很容易打动我，可我又不知该怎么去做。安慰她？这不成笑话了吗？仿佛是拿一颗糖去哄一个娃娃……

"田藕，给我倒杯水……"屋里的糙坯子呻吟着唤道。

田藕便进屋了。我也跟在后头，慢慢回到楼上。刚到门口，突然听见林重远严厉地说：

“你是什么意思？”

他站起来，刷地把折扇打开。陈士林仍旧坐着，手里玩着两粒棋子。过了一会儿，陈士林才说：“我只有这个水平……”

“还在骗我！”林重远越发严厉地说，“你以为我这样赢了会舒服？你这是在……侮辱我！”

在这部长篇小说里经常出现一段所谓的“作家手记”，可能是不明智的安排。至少一部分读者会因此而指责我。诚然这么做很大程度上破坏了习惯的阅读方式。本来这部小说的结构——倘若有结构的话，就已经相当复杂了，过去的事和现在正发生着的事很不调和地堆到了一块，而且“空白”比比皆是。这些我自己也清楚，但是尽管如此我仍不愿割舍掉这些“作家手记”，因为这部小说不是事先规定好了的，它的命运全在我的“写作中”。我需要调查，更需要想象——对“过去”进行一番感觉。小说是这么一种由感觉贯穿始末的游戏（但它不失为严肃）：小说家由感觉开始再把感觉调理好诉诸文字然后请欣赏者感觉。所以“作家手记”的出现有时会给大家带来诸如“哦，原来和我想的一样”（或者“和我想的不一样”）的安慰，虽然很少很少。

另一个理由是“作家手记”会岂有此理地把你刚刚理顺了的线索或者情绪拽断。这种看上去几乎不近人情的选择无疑是一次冒险。作家似乎是故意这么干的，故意使他的小说造成不断的“短路”，而作家的意图在于提醒读者的行为是一次阅读，同时有兴趣的话不妨于“短路”间做自己的判断。

还有一种天真的想法，“作家手记”如果还灵光的话可能会让读者把自己看成作家。也就是说，是你在写这部小说，你记下了这些随想，你将怎样去往下写？彼此交换一下位置。

至于“作家手记”本身与这部小说有无直接的关系，那是另一个问题。总之我请求读者不要把这一类的文字看做可有可无。

——作家手记

我有一个毛病：睡觉认床。我不是说我对业已交给林重远的那张床恋恋不舍，而是突然新换一张床第一夜便无法入睡。这在任何时候都是一样的。这种感觉与失眠不同。失眠是不想睡，认床是想睡没法睡，更难受。我折腾了好久，深知这毛病又犯了，就索性开了灯，靠在床上吸一支烟，翻翻书。我又想了刚才发生的事，觉得林重远有点反常。他对秦贞他们发火是不足为奇的，可对陈士林也摆态度——仅仅因为下棋，就颇令我费解了。不过我对此并不反感，虽然这之于一个行署副专员是有失涵养的，但放到一个半老的人身上又是那样的可爱。他那么认真，那么固执，那么小题大做。训斥完陈士林，他又重新回到位子上："来！给我再来！"陈士林也显出了孩子般的不自在，正犹豫着，林重远已替他把棋码好了。于是再杀一盘。这是一盘真正的绞杀，一盘持久的拼斗，双方都使出了全身的解数，下得大汗淋漓。这盘棋至少持续了两个小时，结果还是打了个平手，和棋。我看得出，双方都没有和的意思，都不肯善罢甘休，然而又都无奇招了。林重远深深叹了口气，点上香烟，然后找出一只漂亮的小本本，一丝不苟地记下了这个残局。我算是长见识了。陈士林下完棋就离开了，说是去塘里洗个澡。林重远拍拍他的肩说："夜晚了，小心着凉。"两人一道下楼去，林重远打算去看一下糙坯子，可田藕说她爸已睡着了……

窗外很静，偌大的院子泛着青青的月色。槐树的枝影轻晃着，衬着远处的蛙鸣，使这静的夜又生出几分神秘来。我的表不知何时罢工了，因此我又感到了这夜的广阔。实际上夜已过去了，这时分是新的凌晨开始，可习惯上总把这截时光看做昨夜的继续。我专注地看着于薄云中穿行的月亮，分辨那隐隐的山。我小时候就时常这样做，总觉得月亮让人神往。因为月的情调是淡淡的，淡淡的欢乐，淡淡的忧愁，淡淡的让人看不够……

"橐橐，橐。"

分明听到了声响，可是不明白响从何来。我下了床，四处看了看，接着听见陈士林的声音："你没困下吧？"

这声音是从我床底下传出的。我这才记起，楼下是陈士林的屋。我蹲下来说："我认床，睡不着，上来聊会吧！"

很快，床底下的一块楼板被顶翻了，然后是陈士林的头冒出来，他似乎不费力气地就上来了。我暗自一惊：又是机关！

“这屋子是不是太鬼了？”陈士林这样问道。我勉强地笑了笑。我说这屋子总让人感到意外，我像是陷入埋伏似的。“说不定有一天我会倒霉的。”我说，“结果还不明白，自己是被人玩了，还是被鬼玩了。”

陈士林光着膀子坐到床沿上，说：“人和鬼有时候是分不清的。鬼总是钻到人心里。”

“这句话倒很有某种哲学意味。”我说。

“你别向我搬书本。”他说，“什么哲学？都是骗人的，要不就是给自己壮胆。”

“这恐怕有些片面吧。”

“片面？片面有什么不好呢？天地这么大，凡事谁能讲个全的？都是片面。不过是谁的嘴大算谁狠罢了！”他接过我递上的香烟，点上，继续说：“就说你这本书吧，还不是靠道听途说加上胡思乱想呼啦啦写出了那么多？你敢说这不是片面？”

“我这是小说……”

“小说又怎么的？还不也是人写的？你可以这样写也可以那样写，或者干脆把这样和那样都弄出来。你是不是这么干的？”

“你这话倒对我很有启发……”

“我的话不值钱。你们这些作家说到底还只是小作家，因为你们总被文件支配着……”

“可能不像你所说的这样吧。”我似乎有些本能的不愉快，语气也不觉变得冷淡了。陈士林倒不在乎这些，相反靠到我的床上，悠悠把烟吸完，然后说：“要是你没见到那个通知，你还会下来吗？”

我着实吃了一惊：“你也见到了？”

他未置可否地笑了笑：“我说过，一个幽灵会纠缠我一辈子……你这次一来，我就觉得有什么大事情发生了。事情正如我所料的一样……”他又突然坐了起来，“可是，这难道是最后的结果吗？就这么了结了？”

“不，”我说，“至少暂时还没有了结……”

陈士林深深叹了口气，又重新靠到床上。这一刻显得特别的寂静，我有了一种六神无主的感觉。很显然，陈士林的话给我震动很大，我联想到第一回我临走的情形，想到从青云山得到的那道签文——蛇吞其尾。

那一回我几乎是很悲哀地离开罐子窑的，自以为彻底失败了。我不能冲出那张无懈可击的大网，仿佛我只能选择束手就擒了！然而命运一夜间发生了转机，正如一句外国电影里的台词所说的那样：门堵死了，但窗户还开着。我被这一线的希望之光所激动、所鼓舞，我深信我会达到自己预期的目标。我又来了，这里的一切看上去和昨天没什么两样。但是，我终于识出了那鱼一样潜在的运动……

“没有了结。”我说。

“你真这么看？”陈士林又突然坐起来。

“我觉得故事像一条蛇似的向我爬过来了。它还没来得及咬住它的尾巴……”我说，“不过，这部小说的第二部，似乎可以了结了。”

第三部

所谓解释，就是把一种现实归纳为另一种现实；而真正的现实绝不是那种最明显的现实……

——列维·斯特劳斯

第十九章

这年的夏天显得特别漫长。夏天是回忆的季节，过去发生的许多事似乎只有在这个季节里，才渐渐变得清晰起来。我和陈士林交谈的那个晚上，从某种意义上，已成为这部小说的关键。尽管我们没有澄清一些事实——这几乎是不可能的，但这个晚上的分量却是十分的沉重。我像是第一次才发现，陈士林是那样的忧伤，而且自始至终是在竭力抑制着内心的激动。我们后来的交谈完全被一种纯粹的悲凉气氛所笼罩。陈士林这样叹道："一个人活过了大半辈子，结果还不知道自己是从哪儿冒出来的，又有什么意思呢？"他木然望着窗外的月亮，又像是经受不起夜的寒气似的，双手紧紧环抱住膀子。过了好久，他揉了揉眼睛，说："也许我上错了船。"我于是记起他在山上的事。记起那个遥远的半夜，一个身材魁梧的男人去抚摸他的身体。我就问他下山之前是否发生过什么事情？我的意思是想说，一个不到十岁的孩子如此孟浪总会是有原因的，毕竟这是一次冒险。陈士林思忖着，显然对那时候的事记起来是很吃力的。吸完半截烟之后，他似乎要开朗一些。语调也变得轻松，他说：

"我这人是很迷信的。我从那座山上跑下来，并不是了解到了一些什么背景。不过话又说回来，这件事对于一个小孩子，不是简单的事；八字是捏在手上的。

"那个夜里来看我的男人，就算是我老子吧，也不是一点痕迹没有留下。他和老樵夫出门时是迎着风的，所以两人路上说的话，断断续续我听到了一些。但是听不明白，比方那男人说，'等雾一散，船就好走了。’可他又说：‘雾最好迟一些散，还有许多的事……’听起来像是许多的事得趁着雾干似的。你说，这是哪门子鸟话？我当时就记着一个‘船’字。他一定是船上人，我就这么想的。当然现在你会问：就算是这么回事，可你知道他是哪条船上的人呢？

“我说过我很迷信。有些事情，就说梦吧，是很奇怪的。我不大做梦。但是那天夜里他们离开后，我先是很难过地想了好一阵子，也哭了，慢慢地又睡着了，大概在五更头上，我做了一个梦。这个梦我一辈子也不会忘记的。其实梦本身很简单，我在喝奶，含着一颗小草莓似的奶头。我一定是饿坏了，大口大口地喝。那奶子便越喝越大，慢慢膨胀起来，最后变得有一只大磨盘那么大，我整个地睡在上面，嘴里还含着奶头。这时候听见一个女人——就是喂我奶的女人，我始终看不见她的脸，说：‘你长大了，不能再待在山上了。你要到水里去……明天黄昏前，你跳到江里去，到时会有一条船把你捞起来。你千万不要离开那船，永远不要……,我就醒了。这时山上已经大亮了，可是老樵夫一宿没回来。我还在想刚才的梦，突然产生了好奇的冲动：我倒要好好应验一下！我那时完全被这股冲动支配着，也不伤心了。屋被锁着，我就从窗户翻了出来，一溜烟地下了山……

“事情果然是这样的！说出去，没人会相信。这世界就这么个玄妙，有的事明明是真的，却不让相信；而一些假的东西，往往会被视为千真万确。很长时间过去后，连我也渐渐有些不安了。我记得当时向我划过来的船不止是叶家这一条，但我从一开始跳下水的刹那，心里就认定了这条船……难道我错了?!”

我没有回答他。因为我不知道怎样回答。他的那个梦，我觉得非常优美，似乎内涵也相当丰富，让我想到性，想到所谓“恋母情结”。显然我的联想是武断和不可思议的。这时候天也开始见亮了，村里的鸡们争先恐后地啼起来。这声音仿佛给了人一种期待，觉得开始的一天是晴朗而清新的。我有了些倦意，便走到窗口想临窗向远处眺望一会儿。但是一眼我就看见了在槐树下打太极拳的林重远。他起得真早，而且拳法也很不错。我又想起昨晚下棋的事，便问陈士林：“你觉得他的棋下得怎么样?”

“我想他算得上高手。”陈士林说。

“就是说，你也是高手啰?”

他笑了笑，似乎对这个评价默认了。

我又问：“最后一盘，如果你再琢磨琢磨，会赢他吗?”

“不行。”他肯定地说，“你把他估计得太低了……如果换另一个人来，说不定会赢。”

“那个人是谁?”

“一樵。我的棋就是跟他学的。”

在离开唐月霜屋子之后的一天里，叶之秋有了一种陷入沼泽的感觉。他越来越清醒地意识到，他和那女人的纠葛已经完全不属于男女私情的性质了。事态正违背着他的意志日益恶化，他感到太突然了!

唐月霜请他去，意思实际已很明显，是在捉弄他甚至是在要挟他。她的每一句话都是暗示性的警告。现在他不再怀疑这一点了。可是他又很困惑：这个几乎足不出户的女人怎么会对自己了如指掌呢? 难道她在外面安了什么钉子? 这个可能性也不能排除。这女人曾在青楼混世，在沿江一带颇有些名气，几乎可与旧时秦淮八艳相媲美，外面的人事通达是可想而知的。然而外人绝不会知道他此行返里的真正意图。怎么办? 叶之秋倒吸了一口凉气，一时间竟束手无策了。他想起几天前唐月霜邀老大进城的事，那可疑的一夜他们做了些什么? 女人天生就是个笨瓜，一旦你骑到她身上，她便会把心掏给你的。倘若唐月霜对老大说了一些情况，那可就糟了! 老大现在又出去了，他的伤才好，这就是说他要办的事迫在眉睫，刻不容缓! 叶之秋看了一下日历，四月十四号，他的时间剩下也不多了，可是他几乎还在原地打转转……

他去了马棚。六指正在铡草，见二少爷过来，便用衣袖揩了一把鼻子，做出听候吩咐的样子。叶之秋递给他一支烟，然后说：

铡这么多? 别把马给撑死了。

大少爷说要多备一些。

马不是还没到家吗?

大少爷说到家就要……

就是说还要跑？跑得很远？

大少爷没说。

你怎么一口一个大少爷？叶之秋不悦地说，你以为他……

这时候一阵马蹄声在门外响起来。叶之秋想离开马棚，可是已来不及了。他的背能感觉到老大的目光，而且那目光一定是警觉的。他也从六指呆滞的眼神里看出了这一点。于是他就手接过铡刀的把柄，用力压了下去。干草齐刷刷地落下来，这又给了他一点愉快。他准备铡第二下时，听见老大说：

你干得可真不赖呀！

叶之秋停住手，这个动作完全与心下的一顿是同时出现的。他回过头看了看向自己迎来的叶千帆。我想试试我的力气有多大，他说。狠狠地把刀铡了下去。

一旁发愣的六指这才像做了一件错事似的挠着发青的后脑壳，说：二少爷，这是粗活……你别受累了……

粗活要细做，叶之秋说，你没见大少爷多么金贵这匹马吗？

说着就丢下铡刀，走近了那马。这真是一匹好马呀！叶之秋赞叹道。但是那马却生分地向后退了去，还打了个响鼻。

它好像不喜欢我，叶之秋说。

我看是怕你，叶千帆说，它没见过什么世面。

真是奇怪，这么烈的马居然怕我这一介书生……我真想骑到它身上去。

你不妨试试。

它会不会把我摔个半死？

它不像你想的那么厉害，也不会以为你驾驭不了它。

真是这样吗？

你不是常说，在伦敦，别人爱称你作白马骑士吗？

也许它真像个女人……再烈，但只要你骑了上去，也就服帖了。

不过我得告诉你，它可是一条真正的汉子。那货比你我都大！

兄弟俩同时笑了起来。他们都没有留意那个沉默寡语的六指，此刻已停止了铡草，脸上像涂了一层铅。叶家兄弟笑着离开了马棚，这笑声刺激了那匹白马，它似乎烦躁不安地动弹着四蹄。等六指过来拴它时，它突然竖起前蹄爆发出一声兴奋的长嘶。六指用力拽住缰绳，然后低沉但又是恶恶地说：

再叫，老子一刀铡了你！

关于六指，我总感到抱歉。在这部小说里他几乎过着影子一般的生活，时隐时现。而作家本人也只是蜻蜓点水，常常一笔带过。实际上这位叫陈宗森的农民身上不是不存在可写之处，严格地说，他身上有着另一种奇异而神秘的色彩，这是我现在的觉悟。

陈宗森其实也可以视作叶念慈的养子，但他的身份是叶家的仆人。而这种介乎主仆之间的地位使他长期受到另一种性质的信任和器重。他可以和叶家的每一个成员保持若即若离的关系。这就好比医生和病人的关系，你如果需要他你就得把自己如实交给他。

作为保镖，六指对叶念慈是忠心的。这个结论我们至少可以从青云山下那惊心动魄的一幕看出。因此当初叶念慈把莲子许配给他也是情理之中的事。但这个一身是力的男人却不具备对付女人的条件——倘若陈士林所言是实而不是攻讦的话。他是个性无能者，他对自己的情况是清楚的，对自己的老婆日后的变化则更是明白无误，然而他始终不动声色。这正是我的困惑所在。我实在不敢相信一个男人居然会安静地去做一只王八。那么，叶家后来发生的一系列令人震惊的事和六指有无关系呢？

这个可怜的男人于很久以前的某个夜晚殁于江里，连尸首也不知下落。可是谁也无法相信这个事实，它一直是个谜一样的传说。如果这是确实的，倒真是应验了民间的一句俗语——河里淹死会水人。

——作家手记

那只大狗又出现了。

那狗只把两条前腿绷紧支撑着身体很专注地看着院子。这时候槐树下练拳的林重远停止了动作，两只凌空悬起的手臂使他看上去像一只苍鹰。这个情势非常有趣，仿佛是两军对垒时出现的短暂间隙，双方都在谋划下一轮的交手。等田藕从屋里出来，这个僵局才被打破。林重远慢慢收回手，那狗也慢慢把前腿放倒，伏在门槛上。林重远笑着对田藕说："这狗真是有意思，好像同我摽上了。"

"它不是来摽你的。"田藕说："它是来看它的孩子，来看黑儿。"

林重远不再说，回屋洗脸用餐去了。田藕这才唤黑儿出来。黑儿像个绒球似的滚到田藕膝下，并不去看门外的爹。做爹的于是喉咙里发出车水一样的声响，还矜持地摇了摇尾巴。可是黑儿仿佛对这些暗示无动于衷，只顾在田藕脚下翻滚着，脖上的小铃铛叮叮乱响。大狗突然绷紧身体，撑成一张弓，然后沮丧地离去了。田藕就说黑儿你真是个不孝之子，劳你老子又空跑了一趟！说着又把黑儿抱起来，尽情地玩着。我下楼来刷牙时，田藕还在逗着那小宠物。我就说可别把这小东西宠坏了，狗是个极有灵性的东西。太宠了不好。

"其实它是很可怜的。"田藕说，"它和这周围的狗不一样，所以可怜。"

"我倒不觉得，"我说，"但我怀疑它和刚才那大狗有血缘关系。"

"你是因为它们长得不像才这么看的？"

"这当然也是原因之一。它们不是一个种。"

"这你就不懂了。"田藕说，"黑儿是男的不是？儿子像娘，没准儿黑儿它娘就是个洋婆子呢！"

我们笑起来。我觉得这时候的田藕是最动人的，青春美丽开朗如果搭到一个女人身上，怎么能不动人心魄呢？我不禁又一次从这欢乐中暗暗生出一丝惆怅来。要是田藕愿意进城念书。我真想舍命追求她。田藕仿佛看出了我的心思。便将目光闪过，去看怀里的黑儿。那小宠物也像是受到了鼓舞，居然放肆地用嘴去拱田藕的乳房。田藕惊吓得一松手，黑儿突然跌到地上，发出一声尖叫，就势翻了个跟头，晃晃地逃走了。田藕的两颊全涨红了，骂道："这小孽种！"

我便知趣地走到一边去刷牙了。刚刷好，糙坯子从屋里出来，人显得有些憔悴，看样子又像是要去窑头。田藕就劈头盖脸的一句："你是不是还想叫人把你抬回来？"

糙坯子笑了笑，轻声说："我没事的。"

田藕更是高声地："没事就在家闲着！别让那些花花纸弄昏了头！"

"你这叫什么话？"糙坯子低沉而严厉地说："我总得……这不关你

的事!”就把草帽往脑门上一扣，推开女儿走了。

田藕很委屈地坐到石凳上，眼睛湿润了。我不知怎样才能安慰她，只希望有什么东西可以使她分心。然而我又不明白，田藕对父亲的工作为何如此反感。在罐子窑，糙坯子如今是很受尊敬的，王裁缝说他是“人杪子”，有福相。虽然目下他的改革有了些挫折，但并不影响上面对他的重视；相反，上面似乎格外地来关心他了。林重远不是亲自下来现场办公了么？田藕的心态真让我琢磨不透……

“你父亲也很不容易……”

“你以为我这是在拖他的后腿？”

“不，我想你要多给他安慰。”

田藕沉默了。过了片刻，她站起身惨淡地一笑，说：“他这是在自作自受!”就回屋去了。院子里只剩了我。昨夜一宿没睡，人现在有些疲倦了。我想吃过早餐再补睡一个上午或者一整天。林重远今天是作何安排的，我还不清楚。他这次同我接触，有一点让我很意外，他不再向我说起他的战友郑海了。也许他觉得该说的已经全说了，他也不能因此而太多地分散精力。不过我还想同他就这件事说下去，至少，我要把我的一些想法告诉他。看样子林重远还会住几日，他不是喜欢那张床吗？

秘书小刘过来问我，是否知道陈士林在哪里，上午专员要找他谈话。

“在他自己屋子里，”我说，“他可能睡沉了，你喊几声。”

“他不在屋里。我刚才从窗户看了。”小刘说。

他出门了？什么时候走的？我没有离开院子，而且林重远也在场。我突然想起了那扇鲜为人知的门……

那是生命之门呀一个弱小的不安的精灵哪来这般力量爬过了那么狭窄的道路一头把这门撞开了昏迷中的她陡然感到身体一下被掏空了接着她听见接生婆的大剪刀咔嚓一响她知道这个胎中的生命从此与她割断了联系获得了独立她轻松了但轻松只是暂时的一刹她明白这个生命从诞生之时就注定要遭受一场空前的劫难她呻吟着昏黄的灯光中她听见了一声清响的啼哭仿佛哭落了满天的星星又一个黎明到来了然而黎明前的黑暗并没有逝去秋天是多么萧条呀这时候接生婆凑近她说恭喜呀太太是个男孩她望了一眼襁褓中的那个粉红色

的皱巴巴的小脸不禁泪如泉涌……

受潮的枕巾在后半夜变得冰凉，唐月霜醒了。她的手还在按照梦中的规定平放在腹部上，那不时动弹一下的小身体已消失了，剩下的是一摊烂如豆腐的肚皮，很容易把它抓在手里。她慢慢坐起来，不想点灯。那孩子此刻还抱着她的脚，均匀的呼吸吹得她的脚心痒丝丝的。她想这孩子倒是很温顺的，要是自己的肉还在，差不多同他一般大了。她注视着落到床前的那块明净的月光，觉得很像一眼泉，又仿佛一面不规则的镜子，正清晰地向她反映着过去。

那个弱小的生命还没来得及尝一口母亲的奶水便死去了。这是叶千帆亲口说的。他透露这一消息时脸色阴沉。很不幸，他这样说，我知道你很难过，所以没及时告诉你……她当时并没有哭，只是觉得自己像是从云端跌了下来，一阵强烈的眩晕。这无疑是个骗局！她想这一切全是由老爷把手操持的，可是她没有理由去恨老爷。当初老爷是明媒正娶，事后老爷也是视若珍宝。老爷对她是宽宏大量的，但不允许她生下这个孩子。我拿他当什么好呢？老爷有一回在屋里这样叹道。她看见老爷的双眼浑浊了，不禁心酸至极，突然跪了下来。老爷将她扶起，说这事毕竟还是自己的错，说自己太不明智了，说早晨和黄昏是不能同时出现的。她深深地感动了，在老爷怀里哭成了泪人儿。不久老爷出远门了，以后也不大回来。倒是在几个月后的一个傍晚，一匹白马走进了这个幽静的院落。那时候西天的日头业已沉没了，可是恰恰还有一线余晖抹在白马的身上，于是这马像金银合铸而成显现出惊人的辉煌。她脱口而出：好神气的家伙！接着她注意到槐树后面的那个青年军官的背影，她知道是谁回来了。军官这时也默然转过身来，冷峻的目光里又似乎含有一丝诧异。那一刻她竟有些慌乱，右手下意识地放在微微隆起的腹部上。我回来了，军官说。你是……千帆？她故作惊喜地说，怎么事先也不捎个信？是路过还是……军官淡笑了一下说：我解甲归田了。

后来她老是懊悔自己同千帆见第一面的情形。她觉得自己失态了，几乎乱了方寸，尽说了些地道的老妈子的言语。她想有一种男人就是这么奇怪，你一见他便感到不自在，甚至惧怕。叶千帆便是这样的男人。她忘不了他的目光，这目光很容易让她失去自信。也许他是惊异我的美丽吧？她终于这么去想了一次，但很快心虚了。她想这个男人和那个男人虽是一母所生，然而绝不可同日而语。这样思忖下去，她便不怀疑自己原本是女流之辈，恨起自己的轻薄来，同时又觉得自己命若琴弦，奏出的皆是一江春水……

一天，叶千帆来到她的卧室。她又一次感到了不安。不过这次只是隐隐的，她克制着内心的波动，做出漫不经心的仪态。但她的手又不觉放到了腹部，她有了一种预感。果然，默坐片刻之后叶千帆说：孩子不好要了。她没有爆发，只是把腹部按得更紧，就在这一刹，她的手明显地感觉到被腹内的那块肉弹了一下。他已经长成了……她说。叶千帆低头沉思着，少顷又说：否则父亲进不了家门。她霍地站起来，扶住他的膀子几乎是乞求地说：帮帮我！求你帮帮我！让我生下这块肉，生下了我就离开……她眼前一黑，歪倒在他的怀里。

大少爷此后不再提这事了，然而她还是忐忑不安。她觉得这事没有了结，不过她想大少爷不像是那种阴森的人。她感激他。在临近分娩的前夕，阵痛中的她竟生出一个念头：天哪，这孩子为何不是这个男人的呢？她翻滚着，大汗淋漓，但一声不吭。她仿佛又见到了那匹辉煌的马，向她缓缓走来。她大叫道：别走开！接生婆说太太我在这。她还是叫别走开别走开。太太你在叫谁呀。那匹马……

一场噩梦！唐月霜觉得一股寒气自脑门贯到了脚心。槐树的枝影在月光中摇曳着，起风了。她长长地吁出一口气，仍不想睡。那孩子动了一下，嘴里吧嗒吧嗒响，像是梦见了什么好吃的东西。这声音使屋子变得空旷。接着她感到拇指给那孩子轻轻咬住了，又是吧嗒吧嗒响，她突然笑了——这小东西原来在找奶！拇指越来越痒，她忍着。她想这小东西真是个怪胎，能扛一斗米了居然还贪奶，也许他从来就没喝过一滴奶才这样吧！她一直等着那吧嗒声完全没有了，才把脚慢慢抽开。然后又移到那端，借着月光去看孩子的脸。睡梦中的男孩脸像个未成熟的柿子，腮帮软乎乎的，嘴角还挂着口水，两个鼻翼翕动着，令人想起蜜蜂颤动的双翅。这孩子我养定了，她想，我不能再失去一个儿子！

夜，静得像湖一样，万籁俱寂，唯有风声沙沙。这时，楼下发出“吱呀”一声。唐月霜定了定神，轻轻下床，赤脚走近窗口。很快她发现了一个人影悄悄向马棚移去，这是叶千帆！

整整一天陈士林没有露面。

我觉得这事是有点奇怪的。显然陈士林是在有意回避林重远，但究竟是什么原因促使他这样做，我心里没底。林重远要把他弄到上面去，这对于一般人而言自然是连磕头也来不及的好事。可陈士林不是一般人。这件事秦贞是倾力相助的，她的眉目流盼着比翼双飞的欢悦。所以我就好疑惑，这陈士林果真是个怪胎，凡事经他一折腾，就显得神神秘秘玄玄乎乎。

于是林重远只好修改了他的工作安排，把这一天的时间用到糙坯子身上。他去了作坊，又上了窑头，观察了制陶的整个流程，工作是很深入的。在他动身时，我提出希望能同他就郑海的问题再聊上一次。他说可以。“等我把一些事了结，我们好好聊。”他说，“我会一如既往地配合你的，当然我不会抽你的稿费，彻底地无私奉献！”这诙谐的语气与他手中的折扇、脸上的变色镜非常一致。你不能不认为是一种儒将风度。

我回到屋里，想静下心来写几页稿纸。我已经写到了那匹辉煌的马，写到了那个未尝一口母乳便夭折的生命，再往下是一个安静的月光如水的后半夜，唐月霜发现叶千帆悄悄走出了自己的房间——就是我脚下的这间。我便仔细把屋子看了，设想当年主人的布置。唐月霜一定是站在我现在站的位置上，否则她就看不见马棚。我又去看了床下的那块活板，试了试，搬不动它。看来启闭这机关的权利是在陈士林那里，也就是说最初这权利握在叶千帆手中。但是我又发现这活板左右两端都有过安装铰链的痕迹，而且是相反的，这便暗示唐月霜也曾一度拥有这权利。现在我可以肯定，这机关是当年的大少爷和二姨太共同策划的，他们是同谋。至于这机关的设置目的何在，我会敷衍出许多来，不过现在我不想说。就像这机关一样的不可告人。

这时候有人敲门，我以为是田藕送开水来，便迅速回到台子前。我说请进，门就开了，但进来的却是王裁缝。他的神色稍带慌张，像遇上了什么麻烦似的。这让我有点意外。我请他坐，他轻声问道：“楼上没别人吧?”我说没有。然后我把房门关上，问他是不是有要紧的事说？他点点头，又突然摇摇头，说："也不是什么了不起的事……"我的直觉认为王裁缝在一秒钟内改变了主意。可我不希望这样，我说你是不是想起什么了？有话尽管放心说，我替你保密。裁缝两手搓着膝盖。舔舔嘴唇说："我遇到了一件怪事。事不大，但委实古怪……我今天早上到门口塘里洗烟筒，洗着洗着，猛然听见对面的林子里有人喊三和尚……"

"三和尚？"

"三和尚是我的奶名，"王裁缝说，"我做孩子那会儿头上不长发，排行老三……你看这事几多的怪？"

见我没反应，王裁缝又忙说："这个名字几十年没人叫过，连我自己都差不多忘记了。一般人怎会晓得？"

"那你觉得村里的人……"

"村里没有人晓得。"裁缝打断我，"邻村就更不谈了。你想想看，像我这一辈的村里还剩几个？"

"晚一辈的会不会有人知道？他们也许从前听上一辈说过的。"

"不会不会！"裁缝似乎有些激动地说："我这奶名叫到念私塾时，就止了。当时的先生是个正人君子，对学生严格得很，不许互相以小名绰号称。"

"你的意思是说只有和你年纪相仿的并且与你熟悉的人才知道你叫三和尚？"我边想边说，"那你觉得会是谁呢？"

王裁缝苦笑着说："我当然不晓得。我答应了一声，没有人从林子里出来。我这才有些醒了，也跟着怕起来……难道还有人活着在？要不就是我撞见鬼了……"

我心里顿了一下，看着他，觉得他的话没有说完，就问："那口音听起来像谁呢？"

裁缝沉思着，像努力地在想，又像是努力地去掩饰。他的眼神流露出懊悔，因为他不知怎样才能自圆其说。终于叹一口气，说："恐怕我耳朵生毛病了。"但是在我看来，这话是言不由衷的。见他想离开，我突然插上一句：

"是叶家兄弟吗？"

王裁缝着实吓了一跳，连忙摆手说不是，绝对不是。接着他说叶家兄弟的口音是如何如何的，他怎么也能听出来。"我不能乱说，"他强调道，

“说不定他们早不在这世上了!”

我于是不想再难为这老人，送他下楼。院子里没有人，大门槛上湿了一摊，想是那只大狗方才又来过了。临出门时裁缝又说这事就算一风吹过，莫再提了。我说放心，毕竟是小事一桩。裁缝却执拗地：“你千万别说出去!”我便认真地点了点头。

我在院子里点上香烟，踱了几步，把王裁缝刚才说的大致回想了一遍。我觉得那老人是事到临头乱了方寸，而这个乱可能是出于一种心理障碍，比方说怕承担责任与后果。其实他多虑了，反倒弄得我不知所措。我回到屋里，一边想着一边上楼。忽然一个毛茸茸的东西向我脚下滚来，我吃了一惊——是黑儿！然后是田藕从柱子后面闪出来：

“他向你说什么了?”

“哦，还是落实政策问题……”我笑着说。

田藕也笑了。是那种诡秘的笑。

我有必要对“现实”作些解释。

这部小说有一半的篇幅是写现实的——现在的人和事。它基本上是作家本人的观感。就是说，这块文字里只有一个视角，即作家的视角、我的视角，这也是基本的，因为还有现在人物的一些穿插叙述。由于这个前提的存在，所以带来很大的局限性，和一切第一人称小说没什么两样。我们不难看出“现实”也与“过去”一样有着偌大的以外的故事空间，然而作家决定不再进行“主观缝缀”，这是基于对“现实”的认识与考虑。

事情似乎发生在大家的身边，因此如果作家自作多情地越俎代庖，势必会弄巧成拙犹如画蛇添足。读者中不乏明眼人，他们会轻松地把“现实”料理得很好，我深信这点。

需要提醒大家的只有一点：这里的现实仍然是，甚至仅仅是小说中的现实。

——作家手记

第二十章

大少爷……这么晚了还出门?

有一笔买卖急等着要做。

是大买卖?

不算小。

多长几个心眼，别让人耍了。

我心里有数。

就一个人去?

还有这马……

真是匹好马……如果我想要，你肯让吗?

我愿意……等过几天你生日……

难为你了，还记着我的生日……你真舍得?

我说一不二。

还是你留着吧。我喜欢看你骑着它……

……那我走了。

等等，我还有一句话……我那孩子真的死了?

是的……

可你当时为什么不让我看一眼?

怕你难过。

你杀了他?你既然答应让我生他就不该再把他弄死!

你以为我是这样的人?孩子是自然死亡……

我不信，不信……

天下不信的事很多，可是没有办法……我走了，你多保重。

千帆!

还有事吗?

你穿得太少……

跑起来就暖和了。

路上小心……你最好还是等天亮了再走。

天已经亮了……

叶千帆一抖缰绳，白马便撒开四蹄把月光践踏得斑斑驳驳，须臾消逝在那片林子里。唐月霜倚着门框立着，伸出手仿佛要捞一把月似的。这手多可怕呀，她想，像死神的手。其实死又有什么好怕的呢？倒是彻底地安静了……十年了，这十年不知萌生过多少次的死念，可都只是一瞬间的事。很多事没有了结，很多事牵拽着，不甘心就这么算了！

一个微弱的声响从槐树那面传出，她警觉地一转身：

谁？

哦，是，是我……

六指？你在监视我？

不不，我起来撒，撒尿……

是谁派你来的？

太太，我真是撒尿，不信你看这裤子上……

你闭嘴！看在老爷的份上我饶你一回。在这院子里谁敢骑到我头上撒尿，我会叫他好看的！

六指拎着裤子走了。唐月霜默立了一会儿，正想回到楼上，忽然听见六指在屋里嘀咕“这娘们儿又钻到哪去了”，便心下一惊。她想莲子一定是随大少爷走了，在那片林子里等着呢！莲子这小贱人命可真好呀，原来这就是叶千帆的买卖！唐月霜觉得一盆凉水迎头淋下，但是心里却窝着一团火。骗子！这屋里尽是骗子！她下意识地朝地上啐了一口。然而就在这时，厨房里亮起了灯光，接着听见莲子的声音：

太太，外面寒气重，当心着凉。

唐月霜靠着廊柱闭了闭眼，然后去了厨房，莲子正在灶下烧水。于是她说：

六指正寻你暖被窝哩！

他睡小床。

他肯吗？你看他一身的力气……

可他缺了根无形的骨头。

唐月霜一惊，慢慢走到灶前。灶膛里的火映红了莲子的头发和脸，于是那流出的泪便像血一样。唐月霜不禁蹲了下去，捉住了莲子的手。可是莲子倒笑了笑，用手背揩去眼角的泪珠，说：

他那个手指头生错了地方……

这一说，唐月霜也笑了。她想不到莲子还有如此的幽默感。她把莲子的手捏得好紧，说：

原来你的命也苦……

女人的命都是一样的，太太。

你别叫我太太。

我叫惯了。

如果我不是“太太”，就好了……

这也是命。

是命……是命……

你去睡吧，太太。

我睡不着……我刚才做了个梦，梦见我那孩子……

太太，这事都过去了，你想开点。

我怎么能……能想得开呢……

太太你别这样，身子受不住的！

莲子，有句话我说出来你不会生气吧？

你说吧，太太。

你那块肉是……他的吗？

我倒真想是这样的……

莲子咬着嘴唇，两行眼泪无声地淌下来。两个女人偎在一起，不再说话。锅里的水已经开了，热气弥漫着像罩了一层雾。这时，柴房里传来窸窸窣窣的声响，莲子一下立起，拿过油灯。她们搂着走进柴房，看见柴火中的那扇小门打开了。接着一阵突如其来的阴冷的风将油灯扑灭……

日落之前陈士林回来了。他像是出了趟苦差似的疲惫不堪。这种一日不见如隔三秋的印象很让我生疑，似乎那浓密的胡子是才长出来的。有类似化妆的感觉，极不真实。他没有吃晚饭，抑或在外头吃过了，合衣躺在床上抽烟。我来看他的时候他也并不招呼，眯着眼看自己吐出的烟圈。我不想打扰他，准备离开，可这时他又坐了起来：

“他找我了?”

“对,”我说,“想找你聊聊吧。”

“有什么好聊呢?我不会随他去的。”

“你都知道了?”

“秦贞告诉我的。我也叫她转告我的态度……总之,我不想进城。”

我接过他递来的香烟,点上。他的态度如此果决,我总觉得有点意外,因为有悖情理。陈士林无论怎样能耐,毕竟还是个农民。我不敢说林重远调他到城里去干算是龙门之跃,然而这无疑是一次机会,别人做梦也不会去想的良机,岂能轻率放弃?

“你应该慎重考虑,”我说,“机不可失,时不再来,别由着性子。”

他笑了笑说:“我都什么年纪了,哪还有什么性子?我只是不想去,懒得去。”

“这根本不是理由。”我说,“你心里最清楚。”

他似乎有所震动,重新躺倒,叹道:“人做事未必都是有理由的。比方你写这本书,又有多少理由可言呢?可你还是哗啦啦地写下去了,没准儿还是本好书!”

这种近似诡辩的反驳倒让我无言以对了。我想他的话也的确有些道理,人是个复杂的东西,出现在小说中的人就更是难以捉摸了。生活中的陈士林同我小说里的陈士林不是一回事,可我却不知道哪一个更复杂!其他的人也仿佛如此,他们有时和小说中的同名者是很协调的,然而更多的是矛盾。这是一种特殊的形影关系,给人的表面印象永远只能是“大致差不多”,其实相距甚远。

“你写到哪了?”陈士林问道,“是不是还在围着郑海打转转?”

“现在看来,”我说,“郑海倒是次要的了。”

他一下坐直:“怎么是次要的?你不想写他了?”

“我没法写。”我说,“他像风一样,只能感受它,却无法把握。”

陈士林续上一支烟,沉默了一会儿,说:“也许你是对的……可我不希望这样,不希望……”

我看得出他内心的沉重。这让我想起一年前,我第一次来罐子窑的第一个晚上,他向我说的一句话——“这个幽灵也许会纠缠我一辈子。”当时我除了感到一点疑惑之外,没有多想。可是现在,我却想到了一个连我本人也不敢相信的问题。我于是说：

“你是不是认为……”

他做了个手势打断我的话，然后说：“那个夜里上山来摸我的人就是郑海……这些年来我一直在这么想……”

“你是说，郑海是你的父亲？”

他苦笑了一下，很平静地点点头。他说：“樵夫叫他陈先生，其实就是郑先生的意思。那一带的方言，‘陈’和‘郑’是一个音。”

我说即使是这样，也显得证据不足。战争时期出现这样的事虽然很平常，但作为一个历史事实，尤其是像郑海这样的人物身上很重要的事实，不可轻率处之。“那么，谁是你母亲呢？”我这样问道。

“就是我娘。”他说，“娘临终前把我喊到她屋子里……”

我吃惊地看着他：“这是真的？”

他叹了口气，说：“事情麻烦就麻烦在这上头。那天，娘把我喊去……开始她还是很好的样子，让我替她换衣服。她说她的命数到了……我以为她是在说胡话，可是看到她的眼睛突然那么明亮，我吓住了。人死之前的那一刹就是这样的。娘叫我坐在床沿上，拉过我的手，说有些话该对我说了。我就叫她说，我听着，记着。娘好像又不愿意讲似的。眼泪不停地往下淌。可偏偏这个时候田藕在院子里被马蜂叮了，痛哭起来，我连忙跑下去给她搽药。等我转身上楼，还没进娘的门槛，就听见她像是挣扎着喊了一句：‘海……’便咽气了……”

我不免有些遗憾地问：“就这一个字？”

“就一个字，海。”

“会不会是孩子的‘孩’呢？”

他瞪了我一眼：“我讲的你不信，你他妈就知道信当官的！”

我连忙解释：“我不是这个意思。”

他越发气愤地说：

“你就是这样的！他们怎么说你就怎么信，你为什么不去说他们‘证据不足’？几封信能说明什么鸡巴问题？老子一夜会给你写出几十封几百封！”

我只好不说了，想离开又怕他失去面子，下不了台，就点上香烟默默吸着。这时候，陈士林突然抽泣起来，他说：

“我从哪来的？难道不是人日出来的？”

陈士林所说的无疑是件大事，之于这部小说也算得上是爆了个冷门。但他显然不是理直气壮的，他实际上和我一样对这桩事感到疑惑，只不过在感情上比我投入得多。他仅仅是一种猜测，一种感觉。

民间关于莲子曾帮助过郑海进行革命工作的传说，对陈士林的这一猜测起着推波助澜的作用。无风不起浪，郑海和莲子由共同的理想走到一起进而结合继之生子，这也是有可能的事。然而陈士林却忽略了另一个观点——他纠正了我原来所安排的叶千帆同唐月霜之间的感情关系，说“这样写我娘会难过的”。他又说一个女人一辈子最终只会爱一个男人，只有一个男人才能“彻底占有她”。那么这个男人究竟是叶千帆还是郑海呢？

我为此又专门走访了王裁缝。他现在好像有意回避我，对郑海的那种热情也消退了。我有些意外，但我还是提出了这样一个问题：莲子是否还生过一个孩子？裁缝说那些年他不常在家，只记得莲子的孩子比二姨太的孩子早生一年的样子，季节差不多，也是秋天。在我离开的时候，王裁缝又重复了上回的意思：关于“三和尚”一说，全是耳朵出了毛病所致，让我千万别捅出去。

陈士林还提到了信——林重远保留的郑海给他的信件。这东西的复印件我曾给陈士林看过，当时他只是付之一笑。现在他的态度很明确，他不相信这种带有档案性质的东西，并认为是伪造的。尽管这个可能性也难以排斥，但我还是觉得陈士林言重了，想得有点离谱。因为无论从哪方面看，林重远都不至于干这种事。也许是“郑海的战友”使陈士林对林重远产生了对立的情绪，他怀疑这一点，却又相信自己是郑海的儿子了。

人实在是一个谜。

——作家手记

那时候天空里总有一股煤油的气味，仿佛只要点一根火柴，世界便会燃烧。这是个干燥的春天，几乎没有落过一场有模有样的雨。

但是几天后的一个拂晓，唐月霜被一声春雷惊醒。这是第一声春雷，好像自遥远的天边滚来。她觉得浑身的筋骨出现了少有的酸胀，需要外来的力量把自己紧紧钳制住才感到舒服。她惺忪地看着窗外越发灰暗的天空和沉重的乌云，心想一场大雨将在所难免。

然而起风了。

风像一把刀子刮薄了那些沉重的云，刮青了天，于是又使这一天同过去的情形相同。这实在是个多疑的季节，她想。人的痛苦在于期望太多，结果往往被无端捉弄了。她不想再睡下去。穿好睡衣坐到椭圆形的大镜子前，开始整理自己的头发。她觉得头发散披着比挽成髻要好看一些。接着她吃惊地发现了三根白发，就一一拔了去。可是头发脱离头皮瞬间产生的轻微疼痛又让她有了一种莫名的快慰。她很自然地想到那首著名的词章，不禁吟道：多情应笑我，早生华发……

这时她听到了由远而近的马蹄声。

第一眼看见叶千帆时她竟喊了声“老爷”。也许是从叶千帆的眉宇间让她找到了和叶念慈的联系，而更多的是叶千帆倏然出现的忧郁与临死前的叶念慈的神情完全一致。也许不知从何时起她已把他们合二为一了。

怎么？买卖没谈成？

叶千帆没吱声，坐到凳上。然后从皮靴里摸出香烟，点上，费力地吸了一口。

他平时很少吸烟。她想他此番出门一定是遇到了极大的麻烦。可她现在不准备去打听这些。她抚着白马粘满尘埃的鬃毛，觉得这马也和人一样的忧郁，眼大无光。六指来了，用那多余的指头抠着宽大的鼻孔。

宗淼，你随我来一下。叶千帆说完，把半截烟扔到地上用靴子踏灭，去了自己屋子。六指愣了一下，大约“宗淼”这称呼太生疏了。大少爷叫你呢！唐月霜说。六指猛然醒过神来，追叶千帆而去。唐月霜继续抚着白马，想牵它去河里洗一洗，又担心这样会让它受凉——这马正出着汗。大少爷一定是没命地往回赶的，把马累成这样。他也累了，显得又憔悴又苍老。这一趟出去想必是格外辛苦，可到底发生了什么事呢？

突然听见叶千帆屋里“啪”的一响，好像是什么坚硬的东西砸在桌子上。紧接着传来叶千帆的吼声：

你他妈的瞎了眼！

她惊讶地搂紧那马的脖子。千帆这样粗暴是从未有过的。她来不及多想便立刻跑过去，可是门已经打开了，六指缩着脑壳沮丧地走出来，眼睛有点红。他嘀咕着什么牵马去了。唐月霜迟疑地走进千帆的屋子，一眼就看见了桌上的那把左轮手枪。

沉默。

她慢慢拿过手枪，说：你太累了，睡一觉吧。要不要先洗个澡？

叶千帆摇摇头。

买卖不顺心是常有的事，她说，想开点。

倒不是不顺心……

那你为什么这样烦躁？

我只是不想做这笔买卖。

是不是没个赚头？

不，是赚得太大了。

噢……那可得好好掂量掂量……不过，该做的、非做不可的，还得去做。

叶千帆沉思着，把身体重重地靠到椅背上，眼光集中到墙角的那只蜘蛛上。他觉得此刻自己就是那只蜘蛛，艰辛地工作但最终把自己织到网里。这时唐月霜又说道：

你要是不动，别人恐怕就抢先了。你父亲不就是吃了这个亏吗？

难道非如此不可？叶千帆自语道。

你好自为之吧。唐月霜说着便悄悄离开了屋子，她没忘记带走那把手枪。

这天夜里我又失眠了。大概是喝了浓茶的缘故，加上天气有些闷热。楼下没有动静，我估计陈士林又去了秦贞那里。这样想了便有一种和异性接触的欲望，自然盼望田藕能来坐坐，闲聊一会儿。可是她已经睡下了，带着她的黑儿。林重远在外面跑了一整天，直到天黑后才回来。那时陈士林还在屋里，可专员没有唤他过去。我想秦贞已转达了陈士林的态度，林重远觉得不便再提这件事，况且也只是想法而已。小刘说，专员今天有些不舒服，午餐时仅喝了一碗西红柿鸡蛋汤。所以，我没去找他谈郑海的事。我躺在床上看钱钟书的《围城》，看到方鸿渐和孙柔嘉在三间大学交谈的那一节，觉得人生有时实在是将错就错。方鸿渐仅仅是为了那么一点尊严，为了给李梅亭一点颜色，便让孙柔嘉一口吞了下去。看久了，人有些倦，可又睡不进去，只好披上衬衣去院子里乘凉。这时候大约是子夜时分。

没料到林重远先来了，也披着衣，坐在石凳上抽烟观月，那情调委实有些典雅。我走到他边上他才发觉，好像我的到来打断了他的思绪。“你看这月色多好，”他说，“城里是看不见这等月色的……”

“或许因为这个，很多人不愿进城。”我说，在他对边的石凳上坐下来。

“你是指陈士林？”

“不止是他。”

“还有谁？”

“田藕。她的成绩很好，可不肯考大学。”

林重远笑着说：“这一家人还真怪……不过人各有志，安守田园之乐也乃人生快事！”

“这是一种境界。”我说，“可是很传统。”

“传统的境界……我同意你的归纳。”他把折扇打开摇了两下，“这种境界的美好，完全靠人去领悟。很多人不明白这一点，有些人虽然明白但不愿意去得到它，还有些人明白过来又为时晚矣！”

“那么你属于哪一种人呢？”

“我想我不会属于第一种人，和第二、三种人也不完全相似，大概属于二、三之间的那种状态，就是说，我很矛盾，也很不轻松……”言毕，他又去看月。

这番话在我看来仿佛掷地有声，尽管都是些极平常的言语。我把它理解为一个临近黄昏的人的心声袒露。心声的情感是原装货。这时林重远又转向我：

“那姑娘睡了吗？”

“我想是睡了。”我说，朝田藕的屋子看看。

“你是不是爱上她了？”他问道，不等我回答又接着说：“你的眼光不错。这姑娘的确很让人喜欢。看得出你又很矛盾，毕竟她是个农民……不过这些困难都只是暂时的，我也会帮助你……”

我笑了笑说：“你说的或许不错，可即便是一切现实问题都解决了也无济于事。她对我并不怎么感兴趣。”

林重远吃惊地看着我：“这是真的？”

我点点头，我说田藕曾经向我表明过态度，在这个问题上，她对我是不信任的。她有所担忧，害怕遭受类似传统戏曲里出现的那种始乱终弃的厄运。

“始乱终弃？”他笑起来，“这是从何谈起呢？想不到这姑娘还如此封建……”

我不同意这种说法。我觉得田藕不是一个简单的女孩子，她与这个时代的关系是密切的。一个女人为自己的利益深思熟虑不能看做封建。她一定有她自己的安排。“她追求的是完美，”我说，“至少在她看来是完美的爱情和由此导致的婚姻。”

“你认为有完美的爱情和婚姻吗？”林重远说，“你客观地说。”

“有没有是另一回事。”我说，“这仿佛宗教，信则有，不信则无。有些人一辈子虽然是单身独处，但始终在爱河里漫游。”

“你这是柏拉图的论调，看起来是一种辩证意味，但本质是形而上学的。”他笑着说，“精神至上终归是脱离实际的。”

“可是很美。”我反驳道，“就像你在夜阑人静时坐在这棵槐树下赏月一样充满诗情画意。你难道不觉得你的灵魂被月牵去了吗？月亮唤起了你的记忆，你不觉回到了过去那些难忘的岁月里。你在追思一件往事，抑或在重温初恋的梦境。月亮让你想起一个曾经向你投来的秋波，抑或让你想到一道至今隐隐作痛的伤口。你望着那月亮，于是又记起了许多令你自豪的经历，也许突然想到让你懊恼的某个细节。你在这月光里激动、沉思甚至默默忏悔——这些都是精神的化身，都是那么动人……”我停止了这番高谈阔论，因为林重远点上了香烟。

“你怎么不说了？”他回头看看我，“你往下说……”

“我说的太多了，很抱歉……”

“你说得很好。真的，很好……”林重远意味深长地吐出一口烟，说：“你不是个小说家，倒像个诗人……人是需要诗的。”

这一刻林重远显得特别安详，而且还带有凝重的肃穆。他像接受月光洗礼般地伫立良久，然后开始踱步。槐树的枝影在他身上移动着，把他染得斑斑驳驳。他的背有些佝偻，这使他变得像一位名副其实的老者。露水已经出现了，寒气滞留在我的胳膊上，我想劝他去休息，这时他说：

“我准备明天走……”

“天气很热。乡下要凉快一些……”

“家里还有一摊子事，不能再住了……说实话，那张床真舒服。”

“那你就买下带走吧。”

“不行的。床这东西不能乱挪。这张床只能摆在这屋子里，搬到任何地方都不会有这种舒服……不过，以后我还会来，还会睡它。”

“有一件事不知你是否了解，是关于郑海的。”

“郑海？你说说看。”

“据说他有一个儿子，可能留在这一带……”

“这是讹传。郑海生前是没有成家的。”

“他会不会和一个女人相好呢？”

“这个……我没有理由说它。我们的交往中，一般只谈工作。他很严谨。”

“可是这个传说……”

“你不要痴迷于某种传说，要重证据。”

“证据有时也是靠不住的。”

“至少比传说有分量吧？”

“却没有传说优美……”

突然传来两声狗吠。我们沉默下来。不一会儿，一片乌云遮住了皓月，地上顿时转暗，空间变得狭小而深邃。等月亮重新显露出来时，我觉得它和刚才的面目已经大不相同了。

那个晚上我和林重远的交谈是难忘的。在以后的许多日子里，我还时常想到那夜的月色以及由此生发出的典雅的氛围。我们仿佛接受了一次月光的洗礼。但是后来出现的一个细节给这个妩媚的月夜蒙上了一层阴影。

狗吠声终止了我们的谈话。我不能断定这是怎样的一只狗。（在我的印象中，一樵身边的那只大狗是从来不叫的。它很像一位智者，也很像一名间谍。）不过有一点可以肯定：门外的狗吠是冲着我们来的。于是我们静立了一会儿，又一次感到胳膊上的凉意，就离开了院子。此刻月光把槐树的身影写到了墙壁和屋檐。

突然出现的狗吠声并没有根本改变这个沉醉的月夜留下的美好印象。我们甚至不愿去注意这个事实，它的意味和从槐树上滴落的一粒露珠一样平淡。我们各自回到自己的房间，林重远连灯也不开。看来他对环境熟悉了，或许是不忍去破坏这个月夜的意境。我开始有些睡意，合衣躺到床上，大约不久便浅浅地睡去了。我在梦中还在同林重远进行交谈，但是谈话的地点已经改变了，转移到一座很抽象的山上，白云在我们身边流淌着。他向我诉说了许许多多，遗憾的是我一句也没听见。山上的风很大，松涛盈耳。于是林重远用手势比划着，那都是些充满深情的手势，我觉得是在描摹一个悲剧的起源。我有些明白了，而这时突然出现了一条金色的蛇昂着脑袋窜向了林重远，接着是他的一声绝望的呼叫，然后我醒了。

不可思议的是这声虚构的惊叫被证实了！或者说我实际上是被这客观存在的叫声所唤醒的。起初我怀疑这一细节的真实性，可是第二天一早，田藕见面就低声问我：你听见天亮时他叫了一声吗？我惶惑了。这是多么难以理喻的现实！主观与客观、现实与超现实、理性与非理性，竟在一瞬间达到了惊人的统一，重合到一点上。

只有一种解释：

我们共同制造了那个惊险的梦境并且各自扮演了自己。

——作家手记

第二十一章

那声惊叫差不多是和鸡鸣狗吠同时出现的。因此这一天的黎明在我眼里要显得比以往浑浊一些。我没有向田藕描绘那个略带恐怖色彩的梦境，因为倘若事情与我的猜测一致，那么这个梦的陈述权则归我和林重远共同拥有。我不能单方面地进行介绍。我于是这样回答田藕：好像听见了，但感到不很真实。田藕对我白了一眼，说："你这人真会说话！"就下厨房准备早餐去了。

路过林重远门前我不觉住了脚。屋里没有动静。我想林专员这会儿可能又睡得挺香了，那张床会给他一种甜蜜的补偿的。可是门竟在这时打开了，林重远略显臃肿的身躯填满了狭窄的门框。"你没多睡会儿？"他微笑着问道。我来不及现出窘态，便接道："我们大概是同时醒的。"他很愉快地说这就叫心有灵犀一点通，然后同我一道下楼来。我们对那个可能彼此知晓的梦境只字不提。

林重远决定今日启程，所以早饭后，秦贞领着乡干部来给首长送行同时聆听临别赠言。这一回秦贞进这个院子要自然一些，倒不是因为她不在乎田藕了，而是田藕暂时离开了这个环境，去池塘洗衣了。秦贞还特地通知了糙坯子，安排他参加与专员的合影。糙坯子便换了上回出门开会的那套蓝制服，很感激地站到林重远的身边。林重远提议把槐树作为背景，并让我来进行拍摄。"你们搞文学艺术的，会拍出美感来的。"他说，"不过我这个形象基础不理想。"我说你是很有风度的，可以想象出你年轻时的风流倜傥。林重远哈哈一笑，把折扇合拢矜持地放在两手之间。这个道具与他脸上的变色镜交相辉映，让人一眼就可看出谁是首长。我把焦点放在林重远的脸上，放在两眼中间。（哪一只眼睛是假的呢？）我揿了快门，然后又拍了一张。接下来是我和林重远的合影，由小刘来拍。小刘很怯地说他玩照相机不在行。秦贞就说要是陈士林在就好了。这时的秦贞，脸上显出很失望的样子，这自然是为陈士林惋惜，也即是为她本人惋惜。林重远走过去问："昨天同他谈了？"秦贞点点头，又摇摇头，说："这人太犟了……"林重远说这事就暂时放放吧，以后再说。秦贞却激动地说："以后？等你下台了还有指望？"林重远停了会儿，比较严肃地说："不要感情用事。"然后招呼大家落座，糙坯子一一斟茶、拿烟。

"该说的差不多都说了，"林重远清清嗓子说，"你们的工作总的来说还是有成效的。方向没有错，典型也没有抓错。现在的问题是下一步怎么办，要有个计划。我这两天去周围看了，这地方的条件还是不坏的，有潜力可挖……陈士旺同志最近的新想法，我看可以再试一试。常言道有志者事竟成嘛！我是很乐观的……你们信不信？”

大家都说信。可是突然一个微弱的声音插进来：“我不信！”大家朝那声音望过去，田藕正背着身子在晾衣服，她是什么时候进门的？这声音在场的人都听见了，糙坯子顿时上了火，就骂了句：“大人讲话你插什么嘴！”

田藕仍嘀咕：“我也是大人……什么有志者事竟成？我想当撒切尔，成吗？”把手中的一件衣服凌空一甩，发出“啪”的一响。

林重远微笑着说：“这孩子倒蛮幽默的……”

田藕一转身说：“我不是说笑话，是说真话。这地方的土质不行……”

糙坯子站起来斥道：“你懂什么土质？”

田藕也高声地：“我怎么不懂？罐子窑的土全是红壤，就只能烧出这等的贱货！”

糙坯子脱下一只鞋朝女儿砸去，骂道：“你才是贱货！”我连忙拉住他，边上人也来劝阻，可是糙坯子还在挣扎，脸气得白一阵红一阵。林重远没有料到事态会急剧恶化，自然也有些不安起来，他想说几句话来制止这场家庭风波，但已是杯水车薪了。秦贞手脚无措地往槐树荫里躲，仿佛这树荫是间屋子，进去了便与外界隔绝了。那边的田藕毫不示弱地站在原地，激动地说：

“你以为他们是在为你好吗？他们是在玩你！你那罐子是真出口了吗？如今人撒尿的东西也比这罐子强百倍，你们还想改什么革？”

糙坯子哇地哭起来，骂道：“你这不要脸的，你逼走了你娘还想逼死老子吗！”

田藕晃了一下，转身就往门外跑去。可是陈士林进来了，他一把抓住田藕。

糙坯子几乎是歇斯底里地叫道：“你放了她，让她去死！”

陈士林冷冷地说：“该收场了！”

大家把糙坯子架回屋里，他大叫起来：“天哪，我这是作了什么孽呀！”田藕也抽泣，黑儿在她脚间偎着。致命的打击使她看起来已像一株芦苇那样的虚弱。但又仿佛确实是死过了一回，因此含泪的目光中又透露出一分无所畏惧来。屋里的声音渐渐平息下去，一直默坐着的林重远这时抬腕看了看表。他该走了。门外的车子在等着他。可他总希望这个院子能真正地恢复平静，才好离开。然而这已不可能了，他只能把这份遗憾揣着，将它带走。

我和秦贞送林重远出门。他在门口停下来，又回头看了看这个院子。然后异常沉重地说了声："我很抱歉……"

在大少爷叶千帆返回家门的当天傍晚，二少爷叶之秋也回到了罐子窑。这是他此番回故里探亲的几十天中，单独外出最长的一次。他在外面住了一周。据他声称是去青云山考察释道合流的渊源关系，他要作一篇论文。但是在外人看来，二少爷一定是做了什么很辛苦的事，以至于一周之中他的形象发生了显著的变化而判若两人。

这是一九四九年春末的一个傍晚，村里人正围着昏黄的油灯在吃夜饭。然而最显赫的叶家的上空却没有一缕炊烟。因为这一天是叶念慈的"满七"。七七四十九天之前的那个春寒料峭的夜晚，德高望重的叶念慈魂归西路了，为后人留下谜一般的两根指头。按照当地的习俗，所谓"满七"是下人戴孝期满的日子。这一天要全家禁食守夜，灵堂秉烛添香。所以叶之秋一走进家门便即刻嗅到一股浓郁的香火味，他为这味道所恼，心底的哀伤重新泛起。那时分天还没有完全断黑，院子里阴森寂静，他倚在门框上，凝视着眼前这幢别致的建筑。他觉得这屋子仿佛是一件纸扎品，再也经受不起风雨了，说不定有一天会有一把天火将它化为灰烬。这屋子完了。叶家完了……

二少爷你回来了？六指的声音自草垛后面传出。从他灰暗而又呆滞的眼睛里，叶之秋并没有发觉什么反常迹象。可是这时六指又怯怯地伸出那根多余的指头凌空晃了一下。叶之秋还没来得及悟出这是何意，楼上的一扇窗户便突然打开了，接着他望见了身着素服的唐月霜。他觉得这女人仿佛是活在传说中，落在现实的只是她的投影。在女人平静的面容上刻写着难以察觉的冷酷。他想也许是有什么大事将要发生了。他躲开女人俯视的目光，沉重而迅速地去了楼上。香火的气味越发浓烈。当他来到父亲的灵堂时，老人安泰的眼神使他不禁倒退了半步，他就势坐到左侧的椅子上，看着老大把一炷新香插入铜炉里。

我来迟了，叶之秋说，我是急着赶回来的。

叶千帆回到原来的位置上，沉默着。兄弟俩对面望着各自凝视着靠近的烛台。红烛高烧，烛泪暗流，烛光里弥漫着哀伤与苍凉。烛光产生了恍若隔世的感觉，又把人带入逝去的岁月，唤醒睡死了的记忆。逝去的将永远逝去，不该忘却的将永远不会忘却。

你去青云山了？半晌，叶千帆才问道，你的事办完了吗？

还没有。叶之秋说，不过我想快了……

你这个一贯的无神论者怎么对宗教有了兴趣？

我想揭穿宗教的伪善面目。

宗教这种东西倘若能轻易地揭穿，就不会有那么多的人去信仰了。

你是说我在做无效之劳？

我不是这个意思。揭穿宗教者其实也是因为一种信仰，信马克思，信尼采，或者别的什么。都是可信的，但不要去妨碍他人。

你这是调和……

是和睦。与人为敌者必将为人之敌。

你难道不觉得中国的宗教是一大悲哀吗？

也许是。有人信教是专为利己，或祈护佑自身。或祈算计他人。这是一种悲哀，但还不是真正的。真正的悲哀在于一些口称不信教者却又喜欢装神弄鬼……这倒真该揭穿！

你真把我弄糊涂了……

我想我已经把话说清楚了。

叶千帆说完，对着父亲的遗像肃立了片刻，然后离开了。叶之秋迟疑地目送着他，觉得那个男人每走一步都是很吃力的。叶之秋慢慢把自己从椅子里拔出，对着烛焰点燃把玩多时的香烟。他很困惑，想不到这个行伍出身的老大也有口若悬河的一天。好一番宏论，但绝不是在同他商谈什么宗教，而是传递了另外的意思，是警告？他取下眼镜拭着，吐出一口烟，暗自笑了！

莫非是这副眼镜给人壮了胆吧！

楼道上又响起了脚步声。这是唐月霜过来了。她同样是走得很慢的，走得拖泥带水。然而这声音现在听起来完全没有懒散之感，倒是平添了一份惊慌。那女人重新出现时脸容显露了迷人的温柔，这或许是烛光映照的结果。他想女人在烛光里总是特别温柔的，但是他很快将身体一侧——女人手里拿着枪！

我吓住你了？她说，你坐呀，二少爷！

他勉强地咧了咧嘴：你怎么也玩起它了？

我来给老爷守夜。

父亲生前是从来不碰这东西的。

可最后却叫这东西碰了他，不是吗？

叶之秋默然注视着那把枪。这不过是一块普通的铁，却能产生如此强大的威胁。它能轻松地将一个生命毁灭于顷刻之间。可是父亲的死则是漫长的，经历了整整一个冬季。他想象得出父亲在那截最后的时光里是怎样的心境。痛苦、恐惧、焦虑，这些山一般的沉重压迫着他，又如同一把锋利的刀子在切割着他的肉体。老人实际上是受凌迟之罚！太残酷了，太毒辣了……我永远不能忘记那罪恶的一枪！

二少爷你在想什么？

我在想……父亲临终前的两根指头……

是呀，那两根指头……怎么，你也不清楚？

叶之秋为之一怔，他已从唐月霜那双迷人的丹凤眼里觉察到了一个巨大的恐惧！也就在这一瞬间他意识到自己的行动出现了严重的失误。天哪，这简直是……他冷静而严厉地问道：

太太，你这话是什么意思？

唐月霜为这意外的反应也感到内心一阵惊慌。但她竭力控制住了自己，并不解释，而是意味深长地一笑。她转身走开，在将要迈出灵堂的门槛时她没有忘记把那把左轮手枪留在茶几上。

著名的叶家实际上已于四十年前破落了。其时正是民族历史发生惊天动地变革的前夜。在这样广阔的背景下，叶家的兴衰犹如沧海一粟而不为人正视，是很自然的事。

作为叶家的建业者，叶念慈原来不过是一名手工业主，一位江湖老客。逐渐开阔的视野使他企图放弃安贫乐道、饱食终日的原则。而民族的危机又把他刚刚调整的理想变为现实——他走出了罐子窑，投身于民族救亡的洪流。这仿佛是命运的安排。当你的民族处于危难之际，你只能选择正义和良知。八年的抗日战争使叶念慈获得了一种前所未有的自豪感。他觉得自己为这个民族尽了心力，同时重新认识了存在的价值。他几乎想违背祖训去干另一种事业，以便把自己同民族的命运扣得更紧。在那些日子里，沉着持重的叶念慈显得异常焦躁，甚至满树的槐花也不能叫他心动而留恋田园的恬静。他有了一种失落感，觉得自己与时代的距离拉远了……

但是正如战争是和平崩溃的产物一样，和平本来就是战争的间歇。新的战争爆发了，叶念慈似乎本能地卷了进去。当他意识到这是一场更加残酷的战争，是同室操戈，是中国人杀中国人时，已经欲罢不能。他的命运被他人掌握着。抗日时期他同日本人的周旋被视为卖国行为，而在不短的时间里，他又由汉奸成为抗日英雄。他被抛到历史的十字街头，彷徨着。也许在那个时刻，叶念慈才深切地感受到有生以来最大的孤独。他失去了左右逢源的信心，也就陷入了进退两难的境地。他决意返回最初属于自己的位置上，重振家业。但这只是一厢情愿。况且，他的良知又不允许他对这场战争袖手旁观，弥漫的硝烟中是寻觅不到一块世外桃源的。他们坚持做了一些在他看来是正义的事情，然而热情却消退了。正是在这样的时刻，有人向他举起了枪，但是，没有瞄准。

这只是随手一枪。

——作家手记

叶家大院在经历了一次意外的波动后显得异常平静，仿佛一切都冷在那里，连槐树的叶子也丝纹不动。天上没有一片云，空气中有一种焦烘烘的味道，人感到又热又闷。这天的黄昏姗姗来迟，但是这个黄昏是被风送来的，也似乎暗示着一场大雨将在所难免。

乡长秦贞邀我去她那里用餐，自然陈士林也去。可是陈士林却摇摇头，沉重地叹了口气。这个反应让秦贞很有些失望，她没有再劝甚至连不悦的眼神也没有，就默默地走了。我迟疑不决地望着这两人，觉得很棘手。这时候陈士林把手里的半截烟掐灭，对我说：“还是去吧！”我们追上秦贞，发觉她的眼圈已经红了。我暗自一惊，心想这件小事是不至于去伤一个女人的心的，然而又的确是伤了这个女人的心。陈士林对此熟视无睹，一路骂着这狗日的天怎么老不下雨，骂得咬牙切齿。

这回秦贞没有从床底下拿酒。陈士林也不索，表情平淡且有些心不在焉。他的言语明显地少了，但他似乎也不掩饰这种反常。或许在他看来一些事情都是那么清晰可辨了，欲盖弥彰反倒更加愚蠢。这让我很不安。我自始至终是个局外人，希望通过采访来完成一部书。我原以为“过去”是座陡峭的山，爬上去是很困难的；可是事情却恰恰相反——很不轻松的是现在而并非过去。我在“过去”的那片天空里越发感到身轻若燕来往自由，而“现在”则是一口井，落进去便沦为井底之蛙。我只能逼真地看见一片叶子却不能去想象这叶子是从哪棵树上落下的。这是真正的悲凉，因为你对身边发生的一切不知所措。你唯一的选择只是跟在后面起哄。

“你今天话这么少……”秦贞望着陈士林说，“想存着对谁说呀？”

陈士林停住筷子：“我的话不中听。”

秦贞把一块咸鱼夹到他碗里：“你不能拣些中听的说吗？”

“都是不中听的。”陈士林说，“中听的全让你舅舅说尽了。”

秦贞说：“他难道不是为了你好？你这人也太……我不说了，作家在这里。”

陈士林放下筷子，淡笑了一下，说：“我这人，天生的贱命，城里的那套做派，我消受不起。就像目下城里时兴的旅游，他们眼里的风景和我眼里的风景是不一样的。我眼里尽是些野山野水……我不就是个野种吗？野种就野种吧，反正大半辈子都过去了，倒也不见身上少掉什么物件……”

“你一扯就远！”秦贞说，“谁嫌你这个了？”

“我嫌。我没有一日不嫌！”陈士林有些激动地说：“做人就图个自在，穷也有穷的乐子。总比送给人家踩着好。落雨了，你没有伞你就缩到屋檐下去，让人说你叫花子好了。但你要是缩到他人的伞下，你非但躲不了雨反倒淋得更湿，作家你说是不是这个理？”我还没来得及表态，秦贞便说："你这人太消沉了！"

陈士林把碗筷推开，说："消沉未必就坏，活跃未必就好。这要看什么事……没有一九五八年的活跃哪有一九五九年的消沉呢？那时我比活跃还活跃，结果呢，被人玩了自己还蒙在鼓里。就拿眼前这事看，也犯不着你那舅舅多费心事的。我不是说我，是说罐子窑。田藕那孩子话在理上，这地方的土质不行。没有高岭土，要不罐子窑就叫景德镇了。也没有宜兴的紫砂。罐子窑的土只能做罐子烧夜壶。"

秦贞很不服气地驳斥道："你这人就少志气！你嘴上讲不躲到人家伞下，可还是巴望着人家的伞。什么都是人家的好，我看将来讨老婆也这样！"

"老婆自然是人家的好，不错的。"陈士林调侃道。"我这光棍眼里，人家的老婆就更好了。"

秦贞的脸微红着，可眼里又充满着感激。见我注意到她，便故意沉着脸对陈士林说："你少给我东扯西拉。你说罐子窑的土质不好，怎么我们产的罐子也大量出口了？"

"出口？"陈士林轻蔑地说，"你穿草鞋出国是不是这草鞋也算出口了？那些罐子原本是给土产公司装出口皮蛋的。结果皮蛋途中变质了，罐子贱卖给当地的华侨腌咸菜。这他妈的也叫出口？"

秦贞似乎真的动火了："你这是嫉妒！"

陈士林停下来，点上烟，淡笑着说："好好，我嫉妒。那么你马上要当县长了，我是不是也嫉妒呢？你放心，我陈某不会出你的洋相拆你的台，这样你对上也好交代，一了百了，顺顺当当。你打你的伞，我戴我的斗笠。"

"你这是什么意思？"秦贞突然不安起来，眼睛盯着陈士林。

陈士林默默吸着烟，眼睛竟也有些红。过了很长一会儿，他才轻轻地叹道：

"天下没有不散的筵席……很对不起了。"

秦贞颓然坐下，伏在桌上抽泣起来。

叶之秋把左轮手枪放到桌上，看着坐在桌子那边的叶千帆。那时候外面的天空已经发白了，鸡鸣声此起彼伏。然而这个黎明仍是阴沉的，而且显得疲倦，仿佛和这屋里的人一样彻夜未寝。对于叶家兄弟来说，过去的一夜是如此的漫长！烛光里的叶念慈用恩威交融的眼睛注视着自己的两个儿子，当最黑暗的时分降临之际，老人的脸呈现出一片鲜红。他的儿子后来只是肃穆地静坐在他的灵位两侧，相对无言。等到两根蜡烛完全消融，父亲的脸色暗淡下去，兄弟俩才进行了“满七”最后的仪式——绕灵位默行一周，然后三拜。

那把枪正是在叶之秋跪地叩首时让叶千帆发现的。他从叶之秋异样皱褶的衣纹里认识了那把属于自己的小东西。显然是唐月霜把这把枪交给了老二，可是那女人为何这么做，叶千帆却一概不知。他没有追问这件事，所以现在那枪放在桌面上，他也没有表现出丝毫的惊讶，甚至不去多看一眼。他想老二来一定会有话说的。他等待着。

这是你的东西，叶之秋说，你最好不要乱放。

老二的语气是平静的，但叶千帆还是能听出这话中之话，似乎是一语双关。他把枪慢慢拿到手里，像把玩一只小鸟似的拨动了一下转轮。然后他说：

我喜欢把它放在裤袋里。

当然，这样好看一些。不过很累赘。

累赘？肩上扛个脑壳，裆里吊只鸡巴，不也同样累赘吗？

这句粗俗而幽默的话并没有引起叶之秋的兴趣。他只是浅浅一笑，似乎是在笑老大一反常态的故作潇洒。这个男人越来越深不可测了，叶之秋想，也越来越老练。他刚才拨动枪的转轮其实是在检验膛上是否有子弹。现在那枪还握在他的手上，一旦有事他便会在一秒钟内把子弹射出去，无论对手是谁。那枪的有效射程是五十米……

我这么晚来，你不觉得意外吗？

应该是这么早来，外面的天已经亮了。

可我总觉得昨夜没有过去，就像父亲还在屋里睡着一样……

不。这时候他在院子里练剑。

是呀，练剑。父亲太天真了，以为这年头剑还能防身。父亲口袋里倒真该有把枪。

那也无济于事。所谓明枪易躲，暗箭难防。倘若向父亲射击的人能站出来把老爷子杀了，我倒真有三分的敬佩……

那个杀手太愚蠢了，也很不在行。

我看是太胆怯了。

胆怯？不错。只有恩将仇报的人才如此胆怯。他不是怕他的敌人，而是害怕自己的灵魂！所以事到临头他的手发抖了。

叶千帆慢慢站起来，但是拿枪的手松开了。枪还在原来那个位置上，于晨曦中闪着寒光。他在回味老二的这番话。显然这番侃侃而谈触动了他以致几乎迫使他放弃刚刚形成的一个念头。在叶之秋说这番话时，他注意到这个斯文的书生面色现出罕见的冷峻，镜片后的眼睛里还透露着一丝轻蔑。他暗自冷笑了一下，然后突然转过身：

可奇怪的是父亲的手也在发抖！

叶之秋望着老大阴沉的表情也站了起来。这不是冲动，而是惊讶。恍惚中他仿佛看见了父亲那只颤动的手。父亲为何伸出两根指头？难道这老人直至临终还有所顾忌，生怕泄露了什么？可是他又分明不肯将苦衷与隐痛禁锢同自己一并埋葬。他选择了暗示。然而这暗示却有可能导致一场悲剧的延续与扩大。这必定是老爷子万万没有料到的！叶之秋正想说话，听见院子里传来唐月霜傲慢的声音：

我就不信有过不去的河！

女人是在说马。那马的确很烈，不过她现在已基本降住了它。那马这些日子一定累坏了。却仍然犟。这是秉性。秉性是不能改变的。于是马短嘶了两声，四只蹄子碎碎地蹈响着，然后形成规律的节奏，远去了。这时候叶千帆走到门口，对院子里正提着斧子准备去修船的六指说：

你跟着去看看。

我这手里的活……六指说，语气是犹豫的。

你不能先放下吗？叶千帆有些不耐烦地说，谁急着要用船？

六指不响了，把斧子扔到石桌底下。

叶千帆退回来，随手掩上门。屋里暗下来，叶之秋已经坐下，把香烟装入象牙烟嘴。是我让六指修船的。他说，我想明天去江上走走。

叶千帆一边挽着袖子一边说：这几天天气不好，江上恐怕很不好走。

好在风向对头。叶之秋吸了口烟说，顺风而下我想不至于会遇上什么麻烦的。

俗话说，天有不测风云……你还是谨慎为好。叶千帆说完，坐到原来的椅子上。

叶之秋这时拿起桌上的枪，说：你是不是愿意它借我一用？

叶千帆突然哈哈大笑：

老弟，你过谦了！你怀里揣着的难道是一只鸟吗？

第二十二章

县里传下话来，决定增补陈士旺为本届人大代表。这消息不算突然，也没有在小小的罐子窑引起多大的热闹。因为明眼人都能看出，这是林专员一手抬举的结果。而且之于糙坯子的形象，似乎也有点不够光彩的。罐子窑人就是这么个古怪的心理，当初你混不成个样子，大家怜惜你；一旦你的日子好过了，大家便开始数落你的手段。满窑都是做一样活的，手艺如何，彼此心下都有底的。糙坯子的手艺在什么档次上，大家清楚，只是不当面说罢了。我这两天所听到的，差不多都是些关于糙坯子的“隐私”。诸如用罐子装皮蛋的所谓出口，也都不胫而走。我就有些诧异，觉得这罐子窑人不像我想的那么简单。然而他们的议论，又不能完全算是嫉妒。他们似乎也想得很开，感叹的是这些好事儿怎么全叫糙坯子摊到了。

这些议论糙坯子显然装在耳里的。但他没有因此改变面色，有一种闻所未闻视而不见的风度。他像平常一样安排着自己。在每天的晚上，他端着一壶冷茶坐在颤抖的电视机前，轻摇着蒲扇。电视节目很糟糕。我知道这个敦厚的男人并不在乎这个，他是在尽情地享受着荣誉。这时候田藕便在厨房里不断弄出些声响来。他们父女间的那场风波并没有平息，看来会僵持一段时间。田藕那天的情形给我们的印象太深刻了。父亲突然抛出的那句恶毒的话使她险些晕倒。可是局外人却只感到茫然。连陈士林也不知所措。“怎么说田藕逼走了她娘呢?”我问陈士林，希望他能说点什么。陈士林沉默了良久，终于只是叹道：“天晓得这是怎么回事!”说这话时陈士林的表情异常凝重，仿佛是在努力回忆。但是在我看来，他是在决心掩埋一个巨大的秘密。我不相信他也是局外人。

因此我决定和田藕谈一次。为了避人耳目，我又把这次谈话的地点安排在户外。(那屋子机关太多!)这夜还有月亮，虽已不再明净，但仍然给这个夏夜带来了几分温柔。我们沿着那次去青云山的路，也即是长水的故道，缓缓而行。事先我大致想了一下谈话的脉络，不能太陡也不可太不着边际。我想从陈士林开始。我说了关于陈士林同她母亲以前的关系，但隐去了糙坯子乘虚而入的部分。“如果不是因为陈士林坐牢，你可能就是他的女儿了。”我这样说。

田藕浅笑着说：“这是上帝的旨意。”

她又说：“这安排未必不好。”

“你好像对陈士林有看法?”

她想了想，然后说：“怎么说呢?他这个人一眼是望不穿的。其实这些年他活得很不如意，很不走运。”

“那么，”我说，“这回上面想调他去，为何他又不肯呢?”

田藕就抿抿嘴，说她也不明白。她觉得这里面一定有很复杂的东西埋着。“我想这就是陈士林吧!”她说。

她的语气是赞赏的，并且为此而感到自豪。她说这样陈士林就完整了。停顿了一会儿，田藕突然用低沉的声音说：“你知道吗，他曾经想自杀。”

我委实吃了一惊。田藕却又笑了。那是好几年前的事了，田藕说，是个晚上。那天村里放电影，陈士林没有去。田藕说吃晚饭的时候她就觉得陈士林神色很不对头，“脸上荡着一股阴气”。所以电影刚放了一会儿。她就折回来了。“我很害怕。”田藕说，“我没有从大门走。大门掩上了。我是从后墙翻进去的，再绕到槐树后面。我不想惊动他。”在后来的一个钟头里田藕没有听到屋里有什么动静。陈士林抽了很多的烟。烟味从门缝里钻出来，使田藕越发觉得“像要出事的样子”。

田藕说到这里停下来，似乎不想再说了。可能她也意识到她的判断很没有力量吧。于是我轻松地说：“你太敏感了。”

显然她听出了我话中的揶揄，就扬起眉毛看我：“难道非要见到什么才是可信的?”她把脚下的一块石子踢飞，黑儿便晃悠悠地追过去。田藕说后来陈士林熄了灯，人也没出来。她觉得他可能要动手了，就让黑儿去叩他的门。黑儿跑得比刚才快，到了门口就像个刚断奶的孩子似的嗷嗷乱叫。陈士林突然把门打开，他走出来的时候月亮正好照在他的脸上。“他穿得一身整齐，衣服的叠褶清清楚楚，胡子也刮净了。”田藕有些激动地说：“他把黑儿抱起来，亲它。我看见他流泪了……”

“你……没同他说话?”

“他看见了我，慢慢走过来，坐在石凳上。我在他对面站着。他看了看月亮，过了很长一会儿他才问我，人死的那一瞬间是不是很痛苦？我没吱声。他又说人死的样子怎么那么难看，他说人在两头的样子都是特别难看的，而夹在中间，人又实在不好受。我听不懂他的话。”

“你不觉得这与你母亲有关系吗?”我这样问道。我注意到田藕这时的表情显出了一丝慌乱，然后她用手撩了撩头发。

“也许是。我母亲爱陈士林……她肯定找过他。可这是个没法解决的问题。陈士林是个德行无常的男人……”

“所以他要解脱。”

“不。”田藕说，“他不会因为一个女人才干那种事的。他很会解脱。他和秦贞混到一块就是一种解脱。也许他根本就不爱我母亲！要不，他怎么不同她私奔呢?”

我沉默了。渐渐地，我对陈士林产生了一点怀疑。田藕的口气是非常自信的，她不认为陈士林是那种一往情深的男人。我又问：

“你母亲离家又怎么解释呢?”

田藕说她至今也弄不清楚什么是导致母亲出走的真正原因。“当然她是感到在这屋子里无法待下去了。她和我父亲是分着住的。”田藕像是边想边说，“为这事我还劝过她。可是到头来，父亲却怨我……”田藕没有就这件事往下说，她只承认在母亲出走的前一天，她们吵了一架。吵架的起因是黑儿咬烂了母亲的一只鞋。

那个清晨莲子一直没有出现。

在六指无奈地随唐月霜遛马之后，叶之秋突然意识到这一事实。莲子是什么时候离开的？昨夜灵堂里就似乎没有见到这女人的身影……她去哪了?！叶之秋还没来得及深思下去，叶千帆像匕首一般的目光已将他的胸脯挑开——枪。一把勃朗宁手枪。但他现在握着的是左轮。这两种枪都是可以连击的并且可以使用同一种子弹。从父亲胯下穿过的也是这种子弹——六指从船帮里挖出了一粒，很像缩小了的核桃。这东西已在叶之秋袋里放了很久了。此刻他感到了它的沉重。他就是为了消除这份沉重来找老大的。然而老大仍是那么固执，他远不及唐月霜有悟性。叶之秋在经过足够的铺垫之后，决定开诚布公地同老大作进一步交谈。他相信同胞手足之间是能够沟通的。可是这时他想到了莲子。旋即，他有了一种被自我捉弄的感觉。他看着老大微微抖动的二郎腿，他想自己简直太浅薄了，视线完全被父亲的死牵去，而老大似乎看得更远一些。老大实际上是虚张声势，是声东击西，是调虎离山！他想立即就走，不再作茧自缚。但是，已经迟了！已经赶不上莲子了。而且老大是那么从容不迫地认识了他怀里的勃朗宁。

叶千帆在等着叶之秋把勃朗宁掏出来。这个动作的完成时间是三秒钟。三秒。三秒很快过去了。叶之秋并没有把手伸向怀里，而是很潇洒地把那把左轮推到他的面前，然后慢慢站起来，吹了吹象牙烟嘴：

我很佩服你的眼力。

过奖。其实很简单。一嗅便知。

嗅?

是的。它上面有一种特殊的气味……

特殊的气味？我懂了……但绝没有血腥气！被激怒了的叶之秋突然抬高嗓门说。

叶千帆冷冷一笑道：那它就是个废物。

沉默。屋内的空气仿佛凝结了。然而这冷漠的氛围又让他们彼此走近了一步。这是一种奇妙的效应，类似自然界中的物极必反现象。叶之秋渐渐平静了，接着他感到了轻度的虚脱，动作也显得有些迟缓。当他准备开门时，听见叶千帆说：我想你该去休息一下。你累了。

叶之秋反问道：你呢？……

我也累了，像那匹马……

可你还会骑它的。

也许……这是最后的一次。叶千帆躺到自己床上，望着窗外，叹息道：我们都累了。

你躺着会觉得怎么样？

同样是累。我想这是命中注定的事。男人的命。男人可能都很看重一种使命的东西，因此便为之辛劳，甚至不惜血本。父亲是这样的男人。我们呢，似乎也是……

这是男人的天性。肖伯纳说过，世界上有两样很脏的东西：政治和阴户。而几乎所有的男人都喜欢去搞……男人都是不安分的。

不安分？是的，是不安分……有时我常这样想：究竟是因为天下的不太平才引起男人的不安分，还是男人的不安分造成了天下的不太平？说不清……很多事情做起来，事前与事后的想法却是南辕北辙！就难免要扪心自问：这是何苦呢？但是想把腿拔出来又似乎不甘心……

叶之秋在床前踱着步。显然他被老大的这番话打动了。他认为这是肺腑之言。可是他又觉得，与其说老大这番话是自我表白，倒不如说是对他的规劝。老大是以这种方式企图阻止自己上那条船，然而又表示还要动用那匹已经很累了的马。尽管“可能是最后一回”。看来老大不想再虚着干了，要明目张胆地去做完那件事。老大是什么人？谁在背后点拨他？叶之秋在老大的对面停住，很冷静地说出一句话：

你不觉得父亲的死与那个郑海有关吗？

叶千帆没有及时回答，但在思索这个终于被老二抛出的问题。他反问道：

你的意思是郑海杀死了父亲？

也许是。叶之秋说，青云山那一带差不多都是郑海的“防区”。

叶千帆从床上坐起来：我倒觉得，可能是有人认为老爷子帮了郑海，才下了手。就目下的形势看。这个可能是不是更大一些呢？

你好像认识那个郑海……

不。我只是和你一样，很想见识他。

叶之秋一时语塞。过了一会儿，他认真地扶了扶眼镜，说：不错，我是想见识见识……

两人平静地相视着，又同时微微一笑。

门突然被推开，脸色苍白的六指跌了进来：

太太……太太从马上……

年轻的欧内斯特·海明威说：“小说自身在写作，我得奋力跟上它。”

小说的发展总是让人始料不及的，它把微笑出售给历史。在新近于台湾出版的我的一部小说集里，我将这句话写进了它的序言。不久前，我在接受故乡的一家报纸记者采访时，曾这样介绍：在写作之先，所谓构思阶段，我不愿意把要写的东西想透。甚至尽可能使一些比较完整的东西消解，让它们始终处于一种暧昧、可疑的状态。此其一。第二是我非常注重“写作中”——我相信写作中的运气。至于事后，我一定会远离我的写字台去干点力气活。

所以这部小说的结局会是什么样子，我是完全没有底的。而某些原先设计的关系，几乎全被小说自身的力量所击破。作家指挥不了小说，只能永远做小说的奴隶。这无疑是小说的革命。

显然，小说业已走向结束阶段了。它所采取的是蛇的姿势。只有这种姿势才能越过陷阱。

这是一条狡猾的蛇。

——作家手记

我和田藕返回村口时发觉了那条大狗。当时黑儿很突然地向一棵枣树的阴影里扑去，牵走了我们的视线，接着大狗肃穆地从树后闪出，狐疑而阴险地注视着我们。

可是我没见到一樵。

黑儿随着它那位可疑的父亲去了。田藕并不制止，她说黑儿会自动回来的。“狗是个灵性的东西。”她不无骄傲地说，“也最忠实。”

我们在树下又停了一会儿。月光从枝叶中筛泻下来，把我们染得斑斑驳驳。这是个窒闷的夏夜，没有风，一切景物都如舞台上的布景那样的不真实。故事也不真实。我粗略地把这一年来的事回想了一遍，总觉得每一个人对我所说的话都留有余地。那也许可以看做故事的外延。在故事之外，会有更优美的传说。我看着田藕，她似乎有些忧伤。突然，她很紧张地往我边上一靠，惶恐的神色让我不知所措。她说：

“我见到了一团火！”

我顺着她的手势看过去，那是一条通往“龙窑”的小路，在月光下平静得像一条蛇。我没有看见火，但是我相信田藕所见不是错觉所致。那是一种神秘的感觉。我们慢慢转过身，往村里走去。田藕还没有摆脱惶恐，走得非常小心。我们不再说话，因此脚步声沙沙响起来。这时自对面走来一个人影，是糙坯子。他肩着簸箕，手提一柄铁锹，像是要取土。我同他打了招呼，他似乎很犹豫地停下来。而田藕便在这当儿错过了父亲，独自往前去了。做父亲的迟疑地看着女儿的背影，终于只是叹了口气。过了片刻，他才说：“孩子的话不错。”他承认这地方的土质的确很差，但又认为“还是有办法的”。他说这几天他四下看了，又查了乡志，发现那窑头的背面有另一种土，叫做“狗屎泥”的。他现在就是去取那种土，想再试一试。“可是刚才……”糙坯子说，“有人不让我去取……”

“谁?”

糙坯子的脸上重叠起阴影，这使得他的皮肤看起来像一块被风化的石头。他显然是有话要对我说，可是又忧心忡忡。这种矛盾的心理导致他语气的不连贯，在后来的叙述中他可能采取了另外的方式，而把事实本身掩盖起来。他说他刚才做了一个梦。“我可能是累了，”他这样说，“我在躺椅上睡着了。当然不是睡得很沉的，迷迷糊糊，人像云一样的轻……后来有人在林子里对我说话了，听起来是一个老人，口音沙哑得厉害。他说你还想去取那种土吗？我说要去的。他就叹气，说你不能去动那块土，千万千万……”

“为什么不能动?”

“他没说。”糙坯子叹道，“这真是怪事……”

“你以前做这种梦吗?”

“没有，从来没有。”

说完他看着我，大概是希望我就此现象继续发表意见，再作些解释。但是我已无话可说。我劝他今夜别再加班了。他于是很疑惑地问：“你也觉得这里面有问题?”

“不不，我不是这个意思。”我笑着回答，“我看你有些疲倦。”

他也笑着，但笑得有些勉强。他说他的时间不多了，想争取在去县里开会之前搞出些眉目来。说着，我们准备分手。这一刻糙坯子变得有些沉重，把铁锹从左手换到右手。他好像下了很大的决心似的说：

“有件事，我一直想同你谈……我的父亲其实是郑海……”

我不能不感到震惊。

“这是真的。是我妈在世时亲口对我说的。她不许我告诉任何人……她说不和郑海有牵连，人要活得自在些。”他停顿了一下，望望头上的月亮，又接着说：“我还留着一件小褂，是用郑海的衣料改的。你不信，可以去问问王裁缝。是他改的。”

我递给他香烟，他谢绝了。他说这事说起来话长，改天再慢慢对我说。然后，他就上了刚才“滚过一团火”的小路。我目送着他，觉得那路仿佛落满了青霜。我停在原地吸完了一支烟，返回到小林子边上，田藕从里面走出来，吓了我一跳。

“他对你说了些什么?”

“没说什么。”我说，“他说他去取那种‘狗屎泥’来试试。”

田藕显然是不相信的，然而也不再问下去。我们迟疑地站了一会儿，就折进了村子。这一路上彼此都缄口不语。等进了院门，陈士林风风火火地从屋里出来，见面就问田藕：

“你爸呢?”

“去窑头取土了。”

“窑头？他怎么去那里取土!”

“是去取‘狗屎泥’。”我说，“他准备……”

“简直是乱弹琴!”陈士林打断我说，“那儿的地势很凶险……再说‘狗屎泥’又能玩出什么绝活呢?”

大家都不响了。陈士林蹲在地上吸着烟突然跳起来骂了一句粗话，就出门了。

这时的月光显得特别清冷，村里一片寂静。

他们赶到“龙窑”脚下，唐月霜已经奄奄一息。

据事故的目击者六指说，二姨太策马驰上窑头的那会子，白马并没有受惊。惨剧发生在唐月霜下马的瞬间。当时白马像是感到屁股奇痒似的摇晃了一下，失去重心的唐月霜便如同一片叶子那样轻盈地飘了下来，落入近三丈高的坡下。

唐月霜静静地躺着，身体压平了一片狗尾巴草。她依旧是美丽的，四肢极度放松，像是浴后的那种酥软的酣睡。她的面部非常干净，只有右耳孔里流出一股细细的血液，仿佛是爬出一条蚯蚓，作为背景的那匹雄壮的白马，纹丝不动。如一尊汉白玉的雕塑。

同时出现在叶家兄弟眼中的唐月霜都是一样的虚幻，犹如隔了一层薄雾。他们在距离她两米的地方停住，沉默使时间变得漫长而冰冷。他们都被这突如其来的悲惨事件吓住了，不寒而栗。在村里的人逐渐围拢过来之后，冰冷的气氛开始消融。叶千帆慢慢走上前，放倒一条腿，伏在唐月霜流血的耳边低声呼喊：

月霜你醒醒……有件事我要对你说……你一定要听我说……等我说完，你会睡得更香的……你能听见吗?!

周围的人声被他突然高扬的嗓门压住。但是唐月霜却无法听见。叶千帆用手捂住了面孔，身体显出了摇晃。而这时，沉默良久的叶之秋奋力一把将兄长拎起：

你……你下手太毒了！

然后是左右开弓的两记耳光。叶千帆没有动弹，仿佛大梦初醒。他看着叶之秋充满悲愤的眼睛，重新响起的人声让他把目光最终落到那匹白马的头颅上。他就这样注视着，而白马这时也扭过脖子注视着他。接下去是六声枪响。白马的头颅完全裂开，像闪了腿似的悠悠倒了下去。等那马的四蹄停止抽搐后，叶千帆才轻轻说了一句：

你这婊子养的！

……

那个时候莲子出现在河边。突然传来的枪响使她为之一震，疲劳感顿时消散。她意识到家中发生了大事，但她绝没有想到唐月霜惨遭不幸。等莲子赶到“龙窑”脚下，人们正拥着横抱二姨太的叶千帆沉重地返回。于是莲子靠在一棵树上，目光同大少爷有过短暂的交流。大少爷完全沉浸在无限的悲哀之中，他的双眼已经为泪水模糊，因此莲子眼中的内容他一无所知。莲子从唐月霜僵硬的身体上看出了事情的性质，就不能自制地扑过去，嚎哭起来。然后她本人也倒下了，后面的叶之秋和六指将她架起。她几乎是像一摊泥那样给拖进了叶家大院。而太阳正把院内照得分外明净。

掩埋唐月霜的尸体是在第二天早晨进行的。一并埋葬的还有那匹白马。它的坟在唐月霜的墓冢稍后一点的地方。由于唐月霜不是叶念慈的原配，加上又是外乡人，因此按祖制规定她不能葬在叶家的坟地上。叶千帆选择了长水岸边一块朝阳的坡地，作为这个红颜薄命的女流之辈最后的栖息之所。在唐月霜的墓碑上，也只有这么几个字：

唐月霜女士之墓

(1920—1949)

碑文由叶之秋所书，采用“唐隶”之风。墓碑迎着东方，与长水流淌的方向一致。整整十年前，唐月霜便是由这条汩汩流水驮到罐子窑的。这条水现在正以回忆的方式默默流淌着，仿佛在倾诉一个女人不幸的一生。青石一般的河面上散落着几点粉红色的花瓣，这是莲子刚刚撒下去的。这花瓣在叶千帆眼里业已成为唐月霜魂灵的象征。而作为一贯的无神论者，叶之秋对这种比较典雅的祭奠方式此刻也关注着。人们用悲凉的目光默送这些花瓣随波逐流。按这种流速，明天的黄昏她便可以回到家乡了。叶千帆暗想着，不禁随那花瓣走动起来。

大少爷你快看!

莲子惊异的喊叫使叶千帆住脚。他顺着莲子的手势望过去，发现那些花瓣突然调头了，并且在与叶家大院相对的位置上打着转!叶千帆怔怔地注视着这难以理喻的景象，热泪夺眶而出。这时候叶之秋也走近来，点上了香烟。河面上的风大了，因此那些花瓣也加快了旋转，渐渐汇聚到一块，形成一朵整齐的花。叶千帆喃喃地叹道：

苍天有眼！

接着那些花瓣又扩散开来，开始沉没，一点一点地沉没。直到最后一点粉红色消失，叶千帆才背过身去。他听见叶之秋说：

一个旋涡……

叶千帆沉默着向泊在水边的船走去。这时他忽然想起。整个葬礼过程中，六指一直没有出现。他的手下意识地伸进裤袋，然而那已是一支空枪。这一刻他认识到杀死大白马是一个很大的错误。但他并不后悔。他想让那匹马躺在唐月霜稍后的位置上，是最合适不过的了。

这地方对待死人的料理，是极讲究的。不同的死有着不同的待遇。寿终正寝者，一切从优，丧事操办得体面堂皇，是地地道道的白喜。死在门外的，尸首搬运回来却不能在屋内停放，只能置于门口临时搭起的棚里。最不走运的是那些非正常死亡者。病死的要摔碎一只药罐子，淹死的要砸破一口水缸，意味着引以为戒。更过分的，要算自缢而死的。先得一把揪住死者的头发，左右开弓狠抽两巴掌，然后跺脚咒道："现世宝，早知如此何必乱投人胎！"无论男女老幼高低贵贱都得这么个着落。当年唐月霜的死，由于那匹马被叶千帆崩了，所以在她的身上，没有做多的手脚。

入棺要看时辰，安葬要测风水，自不必说。这里的风俗，一般是人死三春不入土，露棺地面，周围用砖头砌起，顶上披脊盖瓦，谓之"丘"。三年丘毕，须重新开棺整骨。其时若发现棺内尚有一块未烂尽的布，便有不少人来争夺，拿回去给孩子缝一条围兜或者做一件小褂，以为是很吉祥的。意思是不怕阎王爷的朱笔勾到这孩子的名上，因为有了替死鬼。如果那死者是有名望的人，这布就更有价值了。

糙坯子所说的"郑海的料子"便是这种布。

王裁缝说这事也真是奇了。当郑海的棺木重新打开时，他的那件黄咔叽布的褂子"几乎没有怎么烂"。"大家就感叹了，"裁缝回忆道，“说到底不是凡人，衣都这么经烂!”裁缝说那件黄褂子剥下来后就到了莲子手里。大家也不争抢，大约是莲子曾帮过郑海跑过交通的缘故。“当天晚上，莲子就让我改了一件小褂，说给糙坯子穿。”裁缝又补充一句：“如今糙坯子这等红火，与这小褂的保佑是有关的。”

这是一九五二年春天的事。

——作家手记

第二十三章

惨剧实际发生在子夜光景。那时候我正准备同谈兴很浓的王裁缝道别，并谢谢他刚才关于这地方殡葬习俗的介绍。我认为这些很有意思也可能是很有用处的。裁缝说，这都是老式的做派，如今不兴这一套了。人死了往火葬场一拉，倒也省事。裁缝又说重新整骨装殓的郑海于第二天的黎明送往青云山。据说这是依照上面的裁决做的。青云山为三省交界的地方，这样郑海便归三省所有了。“那是个雨后的黎明，”裁缝回忆道，“人们一早就起来了，跟着棺木走了好一大截子。但一直跟上山的，大概只有莲子了。”这以后发生的事裁缝无从知晓。裁缝说莲子在山上过了一夜，也许两夜。她返回罐子窑时“好像变成了另一个人”，着实瘦了许多，以至于“很难看出奶子”。

我把茶喝尽，又递给裁缝一支香烟。他把烟熟练地夹到耳轮上，然后送我出门。这时我听见有嘈杂的人声自窑头铺过来，却听不清嚷着什么。我有了不祥的预感，便匆匆放掉裁缝干瘦的手，朝人声奔去。人声也渐渐迎我而来，等我赶到几小时前曾停留过的那棵枣树下，我已经看到了横抱着糙坯子的陈士林！在他们的身后是唧唧喳喳的人群。我完全被惊吓住了，居然说不出一句话。陈士林从我面前走过时也一话不发。我跟着人群走，到了叶家大院，只见一个小伙子抢先下掉了一扇门，平放到院子中央。然后是陈士林慢慢把怀里的糙坯子安置在门板上，身体往后一挫，坐到地上。月光仿佛全集中到糙坯子身上，他浑身是土，七窍冒血！

披头散发的田藕从屋里冲出来了，两个中年妇女紧紧搀扶着她。显然她已知道了这个不幸的消息，已昏过去几回。她伏到糙坯子身上大嚎一声：“天哪——”便又昏了过去。几个小伙子七手八脚地把田藕往屋里搬。这时，陈士林从地上爬起来，摸一把鼻子对我说：“你也去吧。”我迟疑了一下，问他糙坯子是不是还有救？陈士林吃力地摇了摇头。接着他接过别人递来的一叠草纸，将糙坯子歪曲的脸严严盖住。

我坐到冰凉的石凳上，怔怔地看着糙坯子直挺的尸体。我目睹了一个生命的毁灭。人的生命实在是脆弱的。死是一件容易的事。眼前的事那么平静地发生了。很多年过去后，当这幅悲惨的图景在我脑海里重新得到复制，我突然意识到这完全是上帝的安排。辛劳一世的糙坯子终将被自己布满老趼的大手所埋葬。而在此时此刻，我除了震惊和悲哀，还能想到什么呢？在这个不寻常的夏夜，朦胧的月光使辽阔的天空充满着虚无。

乡里很快来人了。这种事情对于女乡长秦贞来说是很难操办的。其实我的估计完全错了。秦贞仿佛早已料定了这一结局，除了不敢正视糙坯子的遗体外，这位中年妇女把一切安排得井井有条。我便从中看出了她的干练，且生出了几分敬佩。秦贞表情凝重地把陈士林叫到一旁，告诉他乡里准备把糙坯子的后事“一把揽过来”。

“糙坯子是为改革献身的，是烈士。”她说，“应该由政府出面。”

陈士林叹了口气，吸着烟。

秦贞继续说：“丧事要从简，但规格要高。要争取县里送一个花圈，另外，我舅舅会发唁电的……”

陈士林冷冷地说：“不行！”

秦贞有些意外，口齿也变得不很伶俐了：“怎么不行？”

“这太便宜你们了！”

陈士林把烟蒂扔到脚下踏灭，望着月亮说：“人都死了，要图个实惠……你们真要插手，就破点财，把糙坯子热热闹闹地送上山，别他妈的尽来虚的！”

秦贞很吃惊地望着他，半晌才说：“这，合适吗？”

陈士林厉声道：“不合适就别插手！”说着，撇下秦贞进屋去了。

这时的秦贞面部显出了僵滞，委屈与尴尬参半的表情使她看起来像一台突然电力不足的留声机。她被所有忙碌着悲痛着的人们冷落了。我慢慢走过去，这似乎是出于对一个孤立无援的女人的怜悯。秦贞也不再掩饰有失尊严的表情，问我这事该如何收拾。我说还是入乡随俗的好。她认真考虑着我的意见，然后叹息道：

“钱是小事。就怕影响不好……”

我苦笑着说：“事到如今还怕什么影响呢？”

秦贞眼里闪着泪光，说：“我好难呀！要想对得起死人就要得罪活人，要不得罪活人就要给死人抹黑。”

接着她向我谈起几小时前的一件事。

她说吃晚饭的时候糙坯子到了乡里。她以为他来是有急事，可事实上他几乎什么也没说。她问他可吃饭了，他点点头；然后又突然说乡长你这里还有酒吗？她说有，就拿出酒。他把酒瓶子玩了一会儿，才喝，喝了三口的样子。秦贞说当时她就觉得糙坯子有点反常，因为他平时根本不沾酒。于是她就问糙坯子到底出了什么事，还劝他改革的事不要太急。糙坯子笑了笑，样子有些古怪。他木讷讷地坐了一会儿，听见食堂喊开饭了，才站起来。秦贞送他出了乡政府的大门，在门槛上，糙坯子停下来问：乡长，我要是为改革死了，可还算得上烈士？秦贞说她听了这话脑子嗡了一下，她想他大概是给酒精刺激的，他差不多是在说醉话了。她就说：老陈你这是想到哪儿去了！糙坯子还是笑笑，不再言语，离开了。秦贞难过地说：“我没想到他真的就离开了……”

女乡长在说这番话时显然是有顾虑的，而且声音很轻。她希望我任何时候都不要把这个补充的细节披露出去。“对陈士林也不要说。”她郑重指出，因为“这样会把事情弄糟的”。

我沉默了。我联想起糙坯子成为烈士之前在蛇一样的小路上与我交谈的情形。想起他的那个梦，想起田藕所见的那团火。我诧异这些偶然在同一时刻的集合。这是些荒诞不经的偶然！最后，我又想起了那道可怕的签文：蛇吞其尾。蛇的全部努力在于最终消灭自己。

谁也不能断定大少爷叶千帆是何时离开罐子窑的。在唐月霜清冷的葬礼举行完毕后，相关的人们顺原路返回。叶千帆走在最前头，与后面的人相距大约两丈。但是他分明沉重地迈进了叶家大院。他似乎还回了一下头，凄迷的目光从每个人的脸上平移而过。

这是最后的一瞥！

那是个漫长的下午。叶家的上空始终盘桓着一块浅灰色的云。昔日的月琴声挥去了。昔日的马蹄声也挥去了。偌大的庭院顷刻之间失去了平衡，唯有夕阳与槐树的阴影相伴。

那个下午叶之秋很不安定，尽管他在自己书房里静躺着闭目养神。这姿态在莲子看来完全是一种欺骗。她知道这个男人惯于玩这种伎俩。他并不累，莲子想。他的血比平时流得更快。莲子在凑近他放下一杯清茶时注意到叶之秋波动的太阳穴。她想这可能是眼下阴谋的继续。六指去哪里了？那个窝囊了一辈子的男人去哪里了?!莲子正想着离开，但是叶之秋拿住了她的手。叶之秋的眼睛仍旧闭着，均匀地呼吸着气，半晌才慢条斯理地说：

你怎么不随他去呢？

莲子心里顿了一下。她突然觉得自己实在太傻了。他走了……他难道真的走了？

二少爷，你这是……莲子轻轻抹去叶之秋的手。我不懂你的意思。她说。

叶之秋这才欠起身子，一边把香烟塞进象牙烟嘴一边说：

老大走了。恐怕这辈子不会再回来了……叶之秋看了莲子一眼，然后点上烟。

莲子的身体往后移了移，牢牢地看着二少爷。

二少爷在莲子面前来回走动着。唐月霜死了，他叹道，老大的日子也就过到头了。

不，不……莲子喃喃地说：他不能走。他不能这个时候走！莲子抱着自己的膀子哆嗦着：这样会叫人以为是他把她杀了……这会洗不清的！莲子软软地坐到凳子上，哭泣起来。

二少爷站住。他的背影似乎反映出他被莲子对老大的痴情所震撼。这时他听见莲子说：是你逼走了他。

不，二少爷冷笑道：不是我在逼他。是你或者是他自行相逼！

莲子停止了抽泣，泪珠几乎被叶之秋投来的冷峻目光全部粉碎。叶之秋正色道：

一个男人是不能忍受两个女人的撕扯的，不能永远活在人鬼之间。

他不是这种男人……

他是。叶之秋说，莲子，你不懂男人。你尤其不懂叶千帆这样的男人……当然，他现在离开还有别的原因。他是赶着去办那件大事……不是这样吗，莲子？

莲子慢慢站起来，说：二少爷，我该走了。

去找叶千帆？

莲子也冷笑道：既然二少爷说是我逼走了他，我何苦还要去寻人家呢？

莲子，不许以这样的口气同我说话！

那你叫我怎么说？像从前在床上那样吗？

叶之秋扬起手准备照面前这张好看的脸颊打下去，但在半空中悬住了。莲子纹丝不动，于是高悬着的那只手悠悠降了下来，抄住了莲子圆润的腰：我太难为你了。

莲子还是不动弹。当男人的脸向她贴近时，她将面迅速转开：二少爷，别费工夫了。

叶之秋紧紧将莲子搂进怀里。

莲子一字一句地说：二少爷，我正来红的，你不怕脏了你洁白的身子？

……

那个漫长的下午就这样融进了莲子的记忆。很多年后，当年迈的莲子站立在地狱的门槛上，或许又回想起这一截难以消磨的时光。她突然记起叶千帆那短暂而含蓄的最后一瞥。她这时才完全明白其中的一切含义。莲子仿佛知道，大少爷沉重地闭上自己房门之后的内容。在那天的黄昏，莲子坐在老槐树下把那间每天最早亮灯的屋子打量了很久。然后她想到了那块活板、那扇神秘之门。等黄昏的颜色铺满庭院，莲子像往常一样去了河沿。那时候长水像一条美丽冬眠的大蟒，在夕阳的余晖里尽情展现着粼粼波光。微弱的风吹皱了这一江春水，却仿佛送来了外江船队的棹声。莲子静坐在青石埠头上，双脚浸在清澈的水里。于是一群鱼秧围拢上来，啄着这藕似的腿。这小动物造成的快感迅速流遍了莲子的身体，让她想起哺乳婴儿和男人简单明朗的抚摸。

那时候莲子想：外江的船队不会来了。

米兰·昆德拉在解释他的长篇处女作《玩笑》时，曾这样宣布：

《玩笑》的故事情节本身就是一个玩笑。不仅仅是它的故事情节，甚至还有它所表达的"哲理"也是一个玩笑。

在这位天才的小说家看来，一个人陷入了玩笑的圈套而遭到飞来横祸，然而他个人的灾难在外界看来却是荒谬可笑的。《玩笑》起源于一件捷克小镇上发生的真实事件：一个姑娘由于偷取公墓里的鲜花作为献给自己情人的礼物而被捕。从而触发了作家的灵感，因为在米兰·昆德拉眼里，这件事已非同寻常。用他本人的话来说，即他的悲剧在于这玩笑剥夺了他悲剧的权利。由此作家进一步指出：历史的悖论与个人生活具有相同的基本特性——人们拼命挤进天堂的大门，但是，当这扇大门在身后砰然关上时，他们却发现自己是在地狱里。

历史总是喜欢开怀大笑的，作家最后这样总结说。

——作家手记

事情正如我所料，秦贞最后还是妥协了。她甚至全部接受了陈士林的条件，答应给糙坯子割一口全杉木的棺材，做"五领三腰"的丧服。只是把"请瞎子说书"改为放一场电影。她认为这样好一些，没有迷信色彩，但仍然是不够严肃的。"毕竟是件丧事，"她说，"总不能弄得欢天喜地的吧?"

陈士林缄口不语，似乎有不满足的意思。我觉得应该适可而止，不要太难为秦贞了，就接过来说："我看这样可以，老陈你看呢?"陈士林懒懒地立起来，点点头，说天气还暖着，尸不能久留，便差人去周围买杉木了。

这时候天已破晓，村里弥漫着晨雾。熬了一通宵，人有些乏了，可是没有睡意。大家都为糙坯子忙着，院子里人来人往，啼哭声此起彼伏，谁见了鼻子都酸。于是秦贞要我同她到外面走走，我同意了。走过糙坯子的遗体，我不禁住脚，总觉得这不是事实，而是梦幻或者是彩排一幕悲剧。我和秦贞去了长水的故道。这一路上，我的思路杂乱如麻，始终沉默着。可是秦贞却感叹不已。她说这件事真是太突然太奇怪了，糙坯子好像知道自己大限已到似的，把后事都安排好了。“但人们还是不理解他，”秦贞抱怨道，“他们违背了死者的愿望，好心办了错事，太封建了！”

“你为什么不解释？”我说，“我觉得你可以把糙坯子的遗愿对大家说出来的。”

秦贞停住脚：“这怎么能说呢？这样会让人以为糙坯子是……是自杀。”

我暗自一惊。我怎么竟没想到这一层？经女乡长这么一点拨，我倒清醒了许多。我没有去过出事现场，但我可以想象出那地方，用陈士林的话来说，是“很凶险”的。难道糙坯子果真是这么想的？他凭什么这样想？他陈士旺正处在一生中最辉煌的阶段呀！我不能不感到极大的困惑。

“秦乡长，”我说，“你对这件事是怎么看的？我是说你觉得糙坯子会自寻绝路吗？”

“这只是个巧合。”秦贞回答得很轻松。但她的神色却不很安定。她或许已经在后悔了，不该对我点拨，把事情弄复杂了、弄被动了。我们继续往前走，一群黑色的小鸟扇形展开从面前无声地飞过。走了几步，又停下来。远处的青云山的轮廓这时分最为清晰，给人以逼近感。秦贞理了理头发，对我说：

“有件事还得麻烦你。”

秦贞说着就叹了口气。她说糙坯子的牺牲（她第一次用了“牺牲”），无论怎么讲对乡里甚至对县里都是个损失。他是为改革献身的。死得其所。“虽然，”秦贞强调道，“他生前还没有完成新的试验，但这种不屈不挠的精神无疑是要发扬的，因此要宣传。陈士旺是个好典型。”

我明白了。但是我没有做出秦贞所希望的反应，也没想给予回答。

“这事还得抓紧才是。”秦贞又叮了一句。

我口苦得很，就想抽烟。可是烟盒已空了。我把烟盒揉成团扔到地上，然后说：

“眼下要紧的，是给死者张罗一口棺材。”

……

棺材没有着落。

出去的人于吃早饭的时候都相继回来了，都说现成的杉木难搞。有人物色到一方的楮树，问陈士林是否将就着点？陈士林说不行，坚持要用清一色的杉木。这时候乡长秦贞上前说，天气原因事情不能再耽搁了！陈士林吸口烟，说这事不麻烦你了，一边歇着去。然后退后几步一挥手：

“拆屋！”

大家都很惊讶，却又不敢去制止。陈士林见无人动弹，就自个儿找来梯子往墙上一靠，准备上房顶。忽然间门外响起了一声极嫩的狗吠，大家一齐朝门口看去，是黑儿回来了！于是田藕从屋里跌出来，弯腰将黑儿抱起，这才注意到它尾巴上拴着一张折叠的纸条。田藕把这纸条递给陈士林，他犹豫了一下，迟疑地把条子展开，是一封简信，只有寥寥几字：

棺已备好，来牛王庙取。

没有署名。但我很快想到了一樵。倘若这事确属那位仙风道骨的一樵所为，那么他与这一家子究竟是何种关系呢？他到底是哪路好汉！

牛王庙坐落在长水西岸不远的山洼里。庙实际上已不存在了，只剩下一个废墟。这周围的荒坡上，是七零八落的坟冢。有几只乌鸦在坟与坟之间无所畏惧地踱着。我们从坍塌的正殿穿过去，看见这残垣的后面竟有间灰暗但完整的小屋。门是虚掩的，陈士林轻轻咳了两声，把门推开，里面立刻散出一股浓烈的山漆气味。走进去，果然看见迎面的墙沿下放着一口锃亮的棺材！陈士林用手将棺材抚了抚，又勾起食指敲击了两下，然后说：“真地道！”就吩咐他人将绳索备好，抬走。

陈士林是最后一个离开那间小屋的。我在外面等他。大约一袋烟的工夫，他出来了，认真地将房门扣好。他的眼睛已有了些湿润，但是没有说什么。我们在废墟上停了一会儿，彼此点上烟。我把自己对这件事的看法同他说了。他的眼光放得很虚很远，似乎并不往心里去，依旧沉默着。也许他对发生的一切都非常清楚吧，我想。

枪声给那个久久不愿离去的黄昏画上了句号。在枪响的瞬间，河边的莲子突然感到天地间失去了界限。暮色包孕了一切。在几十年后的一个细雨蒙蒙的傍晚，莲子把那个黄昏之后的情景描绘成“一切都长了毛”。那时候莲子正转身往村里走，在见到一伙荷枪实弹的士兵后，莲子找出了一个熟悉的身影，他刚刚自村口的枣树后面闪出——这是六指！

但是六指后来始终没有出现在叶家大院里。莲子知道这班带枪的家伙是冲着谁来的，心下却很坦然。于是莲子尾随那伙人而去，在她接近大门时，听见了二少爷冷漠的声音：

怎么连门也不敲就进来了？

说着就一步一步走下楼来，左手持着象牙烟嘴。二少爷走近一个挂盒子炮的矮子：你们想干什么？

我们是奉命前来捉拿凶犯的！

谁是凶犯？

叶千帆。

证据呢？再说，你们来迟了一步。少校走了，游山玩水去了。

叶之秋优雅地吸着烟，坐到石凳上，接着说：这是本家的私事，就不劳驾各位弟兄了。请转告你们县太爷，敝人改天登门拜谢！莲子，送客——

莲子就重重地把大门打开了。等那班人刚离开，叶之秋咬牙切齿地吐出两个字：

废物！

也许这时候叶之秋才陡然意识到，怀里的那把漂亮的勃朗宁已经不在了。但他并没有因此而恼怒。他想事到如今或许用不着这玩意儿了。不过，那实在是一把好枪。在每天的晚上，他都要用绸布将它擦拭一遍。他喜欢摸它冰凉的表面，喜欢在黄昏之际从窗口向远处的目标瞄准。现在倒轻松了……

第二天，叶之秋一早便起床了，像他一个多月前回来那样装束着，来到莲子门口。他知道莲子一宿没睡，而他也不过是打了个盹。莲子打开门便很有些意外：

二少爷，你这是……

我该走了。

那，那什么时候再回来？

不回来了。这是叶家全部的钥匙……

二少爷……

莲子，我唯一拜托的，是想你带好这两个孩子。

这你放心，二少爷。

我对不住你，莲子。我对不住很多人……

二少爷……

莲子，你不能叫我一声之秋吗？算了，不难为你了……

莲子记得那是个烟雨蒙蒙的早晨，叶之秋提着皮箱打着雨伞走上了通往小码头的路。他没有回头，只是在半路上将雨伞收拢，让毛毛细雨落到脸上。在以后的几天里，莲子始终与两个孩子相伴。有一天傍晚，门口来了个陌生人。那人自称是外江的船夫，是六指江湖上的朋友。莲子忙问六指呢？那人说六指在外面躲风，怕卷进家中这场命案，因为唐月霜出事那天，边上就只有六指，而且那马一直是他喂养的。莲子说现在风头过去了，县里只盯着叶千帆，让六指回来。陌生人说这只是假相。接着陌生人用脚在潮湿的地上写了个“牛”字，压低嗓门说：晚上到这地方来。然后那人压低斗笠走了。莲子目送那人好长一截子，心里打起了小鼓。那人拐弯时遇到一阵由巷口蹿出的风，不禁身体斜了斜，衣摆随即撩开，露出了别在后腰上的驳壳枪。这个冰凉的东西使莲子在黑暗降临时分不寒而栗。

但莲子还是闭门外出了。她叮嘱两个孩子不要点灯不要说话谁叩门也别开。然后她进了厨房找出大菜刀，藏到篮子底下。莲子是自那扇暗门出来的。其时外面的雨细了，风却比天黑前更大。莲子急急地走过一段泥泞的小路，听见了长水的响声。叶家的船依旧泊在那里，油纸灯笼里还剩有半截蜡烛。莲子没有点亮它，而是将这蜡烛取下塞到怀里。接着她升帆起锚，于是船便借着这灵性的风悠悠向对岸驶去。莲子用舵把支撑着身体，她累了。直到船抵到沙滩上，莲子才松了松腰。这时候她突然想：我这是来找谁的？那个陌生人并没有明确指出这一点。而那个“牛”又可能是两个地方：牛王庙和牛头岭。莲子一时心绪乱了，她望望对岸的灯火，心想要折回去是不可能的了，逆着风，她一个妇道人家是无论如何也摆弄不了这条船的。然而再往前走便是乱葬岗了，那可是个鬼魂出没野狼穿梭的地方！莲子越想越感到恐惧，一股凉气爬上了背脊。她握住了那把大菜刀。

这时候她听见一个低沉的声音：我在这儿。接着一个挺拔的身影慢慢竖起，莲子鼻子一酸，手里的篮子和菜刀全落到地上。那人两步迈到莲子面前，把女人软软下坠的身体一把揽在怀里……

陈士林回忆说，二少爷叶之秋离家后的有一天晚上，他娘的确不在房里。他说他当时又被那个巨大的乳房“压醒了”——这不知是第几次了，他总摆不脱这个梦魇。至于娘去哪里，做什么他无从知晓，但他认为“娘一定是去办一件急事”。

陈士林还清楚地记得，关于大少爷叶千帆随蒋军撤向台湾的消息是在这之后传到罐子窑的。当时人们普遍认为，叶千帆重返军旅这一着走对了。因为这样不仅可以摆脱地方上对他的追捕，同时也含有戴罪立功的意思。何况那时战局已发生了根本性变化，国防部无暇顾及一名校官涉嫌的命案。

我的意思是，叶千帆不能就这么一走了之。他至少要和莲子见上一面，交代一下。这便是那一夜莲子出门的内容。陈士林说他没有见到什么陌生人，倒见到门口的地上有一个脚画的“牛”字。“我还在上面撒了泡尿，”他说，“把‘牛’变成了‘干’。”

你为什么偏要认为娘是去同大少爷约会呢？陈士林问。她难道不可以去见别人吗？比如说郑海。

我说当然可以。我申明，这样安排绝没有别的意思，完全是小说自身的需要。

小说的逻辑对常人来说往往是站不住脚的，但又往往具有征服力。

我指的当然不是所有的小说。绝不。

——作家手记

第二十四章

糙坯子的葬礼如期举行了。县、区、乡三级都献了花圈。民政部门同意把陈士旺的以身殉职作为烈士考虑，要乡里抓紧报材料。在下葬的当天，行署副专员林重远拍来了唁电，措辞却不是例行公事的，而是很朴素的一句话：士旺逝世，我很悲痛。这份唁电给我以亲切感，甚至一定程度上调整了我对林专员的看法。这天晚上，秦贞安排在叶家大院放电影，因为是香港的功夫片，所以吸引了不少人。陈士林热情招待了大家，端茶散烟还炒了许多瓜子。这个男人现在突然变了，脸上阴沉的颜色似乎给水洗去了。对他这种达观我是又惊讶又钦佩，陈士林不愧为一条汉子，拿得起也放得下。

陈士林是敏锐的。他显然已经看出了我的心事，担心我对他的误解。于是料理好这一切，他便走近我说：出去转转吧。

我们就出门了。这时候月亮刚刚起山，村子已安静下来。我们脚下的这条路，便是几天前糙坯子走过的那小径。从这个角度看去，那棵枣树和平时的样子不同。像一只干瘦的胳膊却伸张着粗肿的五指。我告诉陈士林，那夜田藕就是在这里见到一团火的。陈士林“哦”了一声，并不歇脚。这条路的末端是个下坡，再往下，是一片杂草丛生的沼泽地。陈士林说这边上有一个泉眼，水自地下渗出，终年不断。我们借着月光从较干的土面踩过去，往西北角一拐，就豁然见到一面土壁。在土壁的顶部即是龙窑之首。这天窑熄火了，几缕很浅淡的烟随风飘过。陈士林停下来，指着暗处的一堆乱土说：糙坯子就在此出事的。

这实际是一块普通的土呀！

“我想他当时是没命地往里掏……越掏越深，结果，塌了。”陈士林蹲下来说，“我只来迟一步。我想他一定听见了我的话。我喊了他。”

“你是说你追来时他还活着?”

“活着的。我在坡上喊，叫他住手，叫他从眼里出来。他没回话。几秒钟后，听见一声大响，土崩了……”

“可是你……”

“我什么?”陈士林霍地站起来，“我连忙冲过去，可是我陷进了那块沼泽地！我难道会见死不救吗？”

“不，老陈，我不是这个意思。我是说……这些事全搅到一起了，太偶然了，像是在劫难逃。”我递给他香烟。

陈士林看看月亮，表情又有些沉重。过了片刻，他说：

“这块土是动不得的，是龙脉。我以前并不信这个……可是我很不懂，糙坯子干吗偏要动这块土呢？这不是找死吗？”

我心里一动，很想把秦贞那番话说了。但是不等我拿定主意，陈士林又接着说：

“也许是他实在没有退路了。你还记得那回林重远来吧？他中暑了，给抬下了窑。其实他并没有中暑。他没法向林重远交代，所以只好装病。我不是栽他。我去屋里看他，拭他的额头，全是汗。哪有这样中暑的呢？我又切他的脉，但他把膀子绷得紧紧的，就是不把手伸出来。他知道我识破了，所以恨我。他几乎恨了我一辈子……现在他给逼得没有一点余地了，罐子窑人都盯着他，秦贞也盯着他，那个林老头子照样盯着他！你说，他怎么办？我心酸的就是这个！”

我无言以对。而且我被陈士林这种斩钉截铁般的分析弄得不知所措。我想起培根关于死亡的一种解释：一个人虽然既不勇敢，也不困穷，然而为了倦于屡次做同一的事，也会寻死的。培根又说：死可以打开名誉之门，熄灭妒忌之心。生时受人妒羡的人死后将受人爱。总之，死可以了结一切。在这个月色惨淡的夜晚，面对这堆沾血的乱土，我要做的不过是把这支香烟吸完。不说了。无话可说。但是陈士林却没有回去的意思。于是我们又折过去，再岔到长水的故道。这时他突然问我：糙坯子临死前同你说过什么吗？他的口气很随便，但在我看来，他是考虑再三才这么说的。他陈士林或许就是为了这个才约我出来的。

“你关心这个？”我反问道。

“我不过随便问问。”他浅笑了一下接着说：“其实对你说什么，我大概也晓得的。”

我也浅笑着。这狗日的！

陈士林续上一支烟，说：“他是想认亲爹吧？”

“何以见得呢？”

“这也不怪，”陈士林说，“既然我有这念头，他也该有的。但我们不一样。”

“怎么个不一样?”

现在陈士林沉默了。他似乎是想把头绪理清楚一些，同时寻找最准确的表达。我们在一块断裂的青石上坐下来。陈士林侧过脸来问我：你听见什么声音了吗？我说没有。

“可我听见了，”陈士林说，“是这条河流动的声音。”

陈士林说虽然这条河业已不存在了，但它却没有被消灭。也许现在还有些人，从这些泥沙里翻出的卵石上去想象这河，然而再过几年、几十年。它什么都看不见了。到那时候，还是有人记住它的，记住历史上曾有过这么一条河……“人心中的东西是抹不掉的。”陈士林这样说，“它不需要得到证实。也无法证实。”

我自然是受到了这情绪的感染。他的意思我明白。但是我认为完全反过来，认为那些可以证实的事都值得怀疑，我也不能够接受。我想糙坯子或许掌握了什么凭据，才作出这个结论的。可是，不幸的糙坯子如今业已作古了，对于我这无疑是个很大的遗憾。我甚至怀疑，陈士林也知道这些，但他把它们掩盖起来了。我回想起这漫长的一年里同陈士林的接触，每次交谈他都闪烁其词。这一切究竟是事情本来的面目还是人为混淆的结果？

“我想糙坯子不至于胡诌吧，”我说，“这似乎没什么必要。”

陈士林没有回答，吸着烟。过了一会儿，他拉着我站起来，说：“你这样写小说一定很累。”

“有时也很轻松。”我说。

那人后来几乎是把莲子横抱到庙后的小屋子里。他把她放倒在地铺上，自己也跌坐下来。黑暗中莲子认真地听着男人有力的喘息声，摸索着拿过他的大手，按到心口上。男人为女人均匀的心跳感到吃惊，他想这女人真是好胆量。男人又想，女人的眼力都是那么好，什么事都瞒她们不过。她们有鹰一般的眼和狗一般的鼻子。男人想着就笑了。就觉得好轻松，连日的疲惫不觉抖去了。这时他听见女人说：

点灯好吗？我怕黑。

男人说没有灯。

于是女人就像攀附藤萝似的抓住男人的胳膊欠起身，说：我带着蜡烛。

女人把火柴塞给男人，自己持着那半截蜡烛。女人想这蜡烛真好，她只需要亮一会子，看看这个男人的脸也让男人看看自己的脸。够了，就亮一会子。以后她需要的是无边的黑暗，像坠落到一只深井里，与世隔绝。好像这天地间只剩下最后一对人。

男人过了好长一会儿才划着火柴。蜡烛于嗞嗞声响中渐渐明起来，女人却吃了一惊：

大少爷……你瘦脱形了！

大少爷就把蜡烛放到一只破罐子里，微弱的光亮使这间不大的屋子更显得狭窄与幽深。那扇窗户完全被蓑衣蒙住了，墙角的蜘蛛网又和斗笠差不多。莲子木木地看着大少爷，不禁泪珠滚动。

他们来捉过你。

我知道。

你不能老藏在这儿。你躲远点。

可我不能不见到你。

你要命还是要我？

都要……

男人这时转过身去，把女人紧紧搂到怀里，同时用手背将女人脸颊上的泪痕抹去。女人感到乳房开始酸胀，希望男人用厚实的胸脯挤压它们。可是男人没有这么做，反而又把手松开了，平静地躺到草上，轻叹了口气。

你是不是想她了？莲子轻轻说了句。然后温柔地睡到大少爷边上。

他看了看她，想说什么又没说。接着他将身体侧了侧，斜压着她。他想这女人真是个精灵。死去的那一个也是。女人都是精灵。想到这里他突然起了警觉，问：

你是怎么知道我在这一带的？

不是你叫人……

那人什么长相？

细高个，脸很窄……你没叫人捎信？

两人松开，同时坐起来。叶千帆意识到这件事的危险所在，但无法判断危险来自何处。也许在这个时候，他那一贯的自信心才开始真的崩溃。在听过莲子紧张的叙述之后，他陷入了沉思。他对那个于暮色细雨中匆匆而过的长脸人毫无印象。他想那人真是神机妙算，轻轻一点拨，竟使一切围绕他转起来。那人一定把叶家盯了很久……他拿出了那把左轮手枪。

二少爷走了？叶千帆问道。可是他又后悔这么问。他觉得自己显然犯了一个严重的错误，只要遇上麻烦，他首先会想到老二。或许老二长期以来也是这么想的。这就更糟了！

走几天了。他说他可能不会回来了……

叶千帆从莲子躲闪的眼神里看出了一丝思念之情。这给他对老二的理解提供了佐证。女人的心是一面镜子，是专门反映男人的。

你们都难为了对方。莲子说，你们是同胞兄弟可你们怎么就处不到一块？你们应该多想想老爷，想想他临死前的两根指头——那是要你们在一起好好过，不要分离！

莲子说着就哭泣起来。叶千帆很吃惊这女人的悟性，在昏暗的烛光里，他浑浊的目光又一次像油一样从莲子身上缓缓流过，然后他把枪放到靠墙的一排土砖垛上，冲动地搂住女人，把她压在身体之下。

这儿不能多待了。女人说。但她的话已经被男人坚硬的嘴唇堵住。重新激起的欲望之火使男人和女人暂时忘记了处境的凶险，却使欲望更加强烈。他们在草铺上迅猛地耗尽了一切精力。等他们像从沼泽地中挣扎出来之后，罐子里的蜡烛已经燃到了根部，烛光开始颤抖，男人和女人松软地偎在一起，似乎在等待最后光亮的消灭，让黑夜把他们卷入温柔之乡。也就在这时，蒙窗的蓑衣被突然从外面顶开，紧接着一个蒙面人破窗而入。那人第一个动作是拿过置于土砖垛上的左轮手枪，在他的另一只手里，稳稳地握着一把勃朗宁。那人把两支枪同时对准面前的两个目标，然后用肩头把蒙面的黑布搓去——是多日不见的六指！这个平常近乎呆滞的男人现在有了惊人的敏捷，铁青的面色上泛出狡黠而淫荡的一笑：

大少爷，你们辛苦了！

六指作为叶家第三位神秘的失踪者——我坚持这么认为，无疑与叶家整个走向衰败是有关的。这个卑微的男子在唐月霜身遭不幸之后再也没有出现。重新活跃的六指是在作家的想象之中。据糙坯子生前回忆，他“父亲”的死讯是“很长时间之后”才传回罐子窑的。“有人在江上看见了他的尸首。”糙坯子这样说。但所谓的尸首还是下落不明。人们对这件事并没有过分地关注，甚至是淡漠的，它顶多只能成为一个教训，告诫后人牢记水火无情。另一个意义，在某些人眼里，这宗意外的命案并非意外，而是一种报应，因为与六指涉嫌唐月霜悲惨的结局相关。

正如布罗代尔所指出的：“事件是历史上昙花一现的现象，它们像萤火虫一样逝去，几乎没有闪光就回到了黑暗之中，常常进不了人们的视野。然而，每一事件，无论多么简单，都确有其意义，它照亮了某些黑暗的角落，甚至某些历史背景。”我们今天仍然没有把握去谈论唐月霜的非命之死，是一次意外事故还是一次策划的阴谋。我们更没有理由去怀疑六指是这场阴谋的制造者。我们仅仅只能作出这样的设想：六指的突然失踪并非偶然，他将会使这个故事的轮廓更加复杂，同时又将使故事的本质趋向明朗。这是一种奇怪的逻辑，犹如蛇吞其尾。

——作家手记

几天后，县人民代表大会如期召开了。开幕那天的议程增加了一项：全体起立，为陈士旺烈士默哀一分钟。这次大会的高潮是换届选举，产生新的领导机构。正如会前普遍预料的那样，秦贞当选为副县长。但是据后来与会的代表说，秦贞最后没有随新一届政府班子上主席台就座，她告假了。这个举动给人们的印象是“不好意思”。汉语是一种暧昧的语言，单就这“不好意思”的解释，至少有“腼腆”与“羞愧”两种。而之于秦贞，似乎两种成分都有。

也就在这天的黄昏，衣着整齐的秦贞回到了罐子窑。在经过短暂的迟疑之后，她迈进了叶家大院的门槛。那个时候，田藕正在老槐树下支起火焰焚烧父亲的遗物，浓烈的青烟随风升腾飘荡，使这个黄昏过早地失却了光彩而暮气沉沉。秦贞就倚在门框上看着舞动的火苗，听着不时响起的噼啪声。她的神情恍惚而凄迷。我不知道田藕是有意冷落她还是没有看见，这场面是很让人尴尬的。于是我放下手稿，准备下楼来打破僵局。但又觉得，看来秦贞的不期而至，是瞄着田藕来的。我作为旁观者（或者是窥视者）或许更合适一些。

“田藕，”秦贞这时说，“你忙吧？”

田藕就回过身，倒是出人意料地笑着答道：“是秦乡长来了……现在该叫秦县长了吧？”

这意外的热情很让秦贞感激，但又仿佛是如坐针毡的不自在了。天地良心，我听不出田藕的话语里含有一丝的揶揄。我只是觉得，这热情来得太陡，与以前的冷若冰霜反差太大。田藕这小女子也真是个特殊的角儿！我的直觉是，今天这场戏一定非常精彩。我不想惊动她们。

田藕说刚才广播里还播着新一届县政府的事，说秦贞当选是众望所归，说这下你们一家能团圆了，然后关切地问：“你可是来辞行的？”

“不，我是来……”秦贞手脚无措地说，“我来看看你。”

“你太客气了。”田藕说，“我现在很好。”

“虽然你父亲不在了，可组织上……”

“我真是很好，县长。”

“你别这么叫，田藕。”

“你本来就是县长了嘛！”

说着田藕就进屋给秦贞沏茶了。那堆火渐渐熄灭了，而余烟更浓、更呛人。田藕把茶送到秦贞手里，然后用一截细竹竿去拨动火堆，让它重新燃起来。

“都烧了？”秦贞喝口茶问。

“烧了，”田藕说，“驱驱霉气。”

“你父亲是个好人……”

“好人不长寿……我爷爷也差不多是这个年纪死的。也不是正寝。”田藕的语气沉重了一些，毕竟她还在戴孝。

“我对不起你父亲，田藕！”秦贞难过地说，“我万万没有想到……”

“这怎能怨你呢县长？天有不测风云，人有旦夕祸福，生死由命，富贵在天。你喝茶，我这就好。晚上在这儿吃饭，陈士林打兔子去了……”田藕一气说了这些。言毕，端起一盆凉水浇到那堆灰烬上，发出嘶嘶的响。火灭了，烟也尽了，院子也似乎静了下来。这时候，太阳只剩下最后的光芒，西天由橘色演变成黛色。

我在楼上踱着步。田藕这番戏剧性的表演，在我看来是很不可思议的。我不知道她这种雅量是从哪儿获得的。她对秦贞一贯有偏见，甚至有敌意，而现在则一反常态地卖起乖来！她的父亲惨死不过半月，她强作欢颜是不难理解的，但现在的她却是由衷的平静与想得开，想得太开。我不能不感到困惑……

秦贞说有件事要同田藕商量。“是这样的，”秦贞说，“县里马上要兴办麻纺厂，集资招工，每人五千元。因为你是烈属，我想是可以照顾的……”

田藕就笑了，说县长的好意她领了，不过她不想进城去当什么工人。“我连大学都不想考还指望什么招工呢？”田藕进一步说：“我说过哪儿也不去的，就守着这个家。”

“你还是好好想想。”

“我早就想过了。”

“这是大事……”

“我想的也是大事，县长。”

接着是田藕开始忙晚饭了，虽然她努力挽留秦贞，但实际上是以这种方式下逐客令。秦贞谢了，表示以后还会来的，就送出了大门。我望着那女人的背影，居然生出了一分怜悯。我想秦贞来并非是要谈帮田藕招工的事，而是另有用意。她似乎是要同田藕谈一笔交易，同时寻求一种心理上的平衡与解脱。

院子里响起了田藕低沉而轻松的歌声。那是一支很老的歌，是描写男欢女爱的。

这天晚上，陈士林没有回来吃饭。也没有住进其他客人，这顿饭就我和田藕在一块吃，气氛倒不冷清。田藕好像显得特别的高兴，居然还陪我喝了两杯酒，其实是我陪她。我不希望田藕是这个样子，她应该像以前那样的清纯，不要轻易丢弃这个年纪最可爱的东西。所以，在饭桌上我很少同她搭话。我想她可能看出了我的反应，因此在饭后送水上楼时，她坐下了。她问秦贞来了你可都看见了？我点点头。她说我今天的态度总算可以吧。我说：“你这是故意做出来的。”

她就笑了。她说这你就错了，我不是在出她洋相，我也是真的高兴。

“为她当选副县长？”我试探地问。

“不，她当什么官我不在意。”田藕不屑地说，“我是为我自己。”

我冷静地看着这位不过二十岁的姑娘。她拥有的气质、文化、智慧，都是与这个年龄极不相称的。（很长时间以后，我仍在想这个问题。）她的性格竟如此怪僻，以致我无法去认识她。点上香烟，我问她：

“你真的很快活？”

“难道你看不出来？”她说，“这说明你这人还不了解女人。你说一个女人最大的愿望是什么？是上大学吗？是招工赚大钱吗？不是。女人和男人不一样。女人就是女人。女人要靠着男人活。别看城里的那些女人多么逞能，干这干那，其实都是装的。她们内心只装一个东西：男人。我不是在说醉话。我没醉。这个家现在好了，没人了，太平了……我能不高兴吗？我会有的，有城里女人的一切，有城里女人没有的一切，你说是这样吗？你不懂？亏你还是个作家哩！”

“我想，我现在懂了……”我说。我真是个十足的傻瓜！

突然门开了。陈士林阴沉地站在门口。看来我们的谈话他都知道了。

田藕站起来，问陈士林可吃晚饭了？陈士林没吱声。田藕又问：是去秦贞那儿喝酒了吗？喝分手酒？

陈士林轻声说：“你喝醉了，去睡吧。”

田藕说：“我没醉……我是高兴……”

陈士林猛一转身，出其不意地打了田藕一巴掌：

“你疯了吗田藕？！”

最初的一刻莲子是恐惧的。她觉得那两个黑洞洞的枪口分别对准了自己的两只眼睛。只要六指的食指一动弹，顷刻间她的脑袋便会粉碎。她怕，她不想就这么轻巧地去见阎王爷。但是叶千帆面对死亡却毫无惧色，他握住了莲子微微战栗的手，盘腿坐立着。

大少爷，还没亲热够？六指说。这个男人脸上浮动着空前的得意。他大概想像猫逮老鼠似的先耍一阵子然后消灭。

莲子意识到刚才的做爱场面一定被六指窥视了。而且她断定六指以前也有过不少类似的经历。现在她明白了。难怪六指从来不向自己打听哪怕是试探性地打听孩子是谁的。也从来不妨碍她与叶家少爷的接近。原来这个卑贱的废物需要这个！需要借别人的男女之欢来使自己快乐。他就是靠这种下作的行为来打发光阴的！莲子想起自己第一次发现这个可怜的东西于半夜月下艰苦手淫，那种像过鸦片瘾一般的丑恶表情使她恨不得一刀捅了他！可她绝没有想到，自己最终会落到这个废物的手里，而这一天已经到了。也许是叶千帆的镇定神色使她增添了勇气，也许是六指一贯的无能让她恢复了胆量，莲子突然哈哈一笑：

你都看见了？你可真有眼福呀！

闭嘴！你这臭婊子！

六指换上一副阴险的面孔，同时把枪端平。

沉默着的叶千帆这时昂了昂头：

你就是冲这个来的？既然如此，何不早些下手呢？

六指略为怔了怔，然后把一条腿架到土砖垛上，冷冷一笑：

大少爷，你是个明白人。我陈宗淼虽说不是江湖上的正角，却也见识过一些世面。老子不会那般小肚鸡肠，为一个臭娘们儿来与你拼命的！

那你为何要对我下手？

怎么，怕死了？想活倒也不难，不过有一个条件。

你说吧。

只要你把那个郑海交出来，我可以让你带着这婊子远走高飞。

我根本就不知道什么郑海？

姓叶的，你少跟老子磨牙！我他娘的在叶家忍气吞声，就为了这个。

我说了，我不认识郑海。

那你就是郑海！

我？你看我像吗？你应该去问问叶之秋，他这次回来也是为了那个郑海……

不，他也是郑海。

这不奇怪了吗？我们兄弟都成了郑海……我看你是弄错了。

错了？我也许错了，可是老爷能错吗？

你说什么？你说清楚！

叶千帆不禁浑身一怔。摇曳的烛光里浮现出父亲那张恩威相融的脸孔。这形象时而清晰时而模糊，最后像一团迷雾似的漫开。六指冷蔑而阴险的目光全部集中到他身上，他仿佛被这目光击倒了，感到一股寒气直往心口钻，莲子扶住他。莲子说六指你这狗娘养的！叶千帆竭力使自己平静下来，他制止了发怒的莲子，然后对六指说：

是的，我就是郑海……郑海是我，不是叶之秋。你不必去找他了。

六指扬扬手中的勃朗宁说：

大少爷，你这句话说晚了。

怎么，你已经……

我也是身不由己呀！

你这浑蛋！莲子骂道，你这没良心的畜生，叶家对你的恩情还少吗？

不错，说的是。六指说，我就是要报这个恩……好了，老子没工夫了！

等等！叶千帆叫道，你把话说完……

六指犹豫了一下，而后又冷笑道：

你想死个明白？好，老子依你。最后依你一次。叶千帆，你总不会忘记老爷升天前的那两根手指头吧？那是说……

砰——

一声枪响。

倒下的是六指。

烛光随之而灭……

尼采说：“一种作者是将所有灯火（从一个点灯的经验他便能很快地将之偷取回家）的光线都收集在他的书本里；另一种则只给予人们影子和灰黑色的复制品——原作在这之前便早已矗立在他的心灵中。”

关于这部叫做《风》的小说，至此大概可以粗略地画上一个句号。我的意思是说，小说的结局已基本呈现，但还不是真正的结局。这也许是一部永无结局的书。至于另一种字体排出的结局当然同它的整个文本一样，都是作家的虚构，读者不必认真。我相信读者会设计出很多更漂亮的结局来。

我这个结局，在写就的当晚，曾请陈士林看过。他并不很感兴趣，但表示“不妨先这么写着”。陈士林说过去的那些事，他都觉得其中存在着一个巨大的误会，然而又无法解释清楚。“比如说我吧，”他叹道，“究竟是谁弄出来，仍然是个问号。”说这番话时他显得有些悲伤。对此我完全理解。就眼下而言，他与田藕的忘年之恋——姑且这么说吧，也是不可能有所进展的。在那个淡抹着伤感色彩的秋夜，我们最后都以沉默的方式越过了零点。而那时候，田藕正搂着她的黑儿在庭院的老槐树下轻唱着同样古老的歌谣……

然而我的结局又似乎变得可信了。第二天，我离开罐子窑是与进城买布的王裁缝结伴。在临近城关的桥边，裁缝用胆怯的口吻向我吐露了一件要闻：郑海的棺材里其实装着六指。“重新开棺时我在边上。”裁缝说，“我一眼就看见左手指骨有六根！”我大为震惊，可不久又把它淡忘了。对这个细节的重新关注是在一年以后，它使我相信我所安排的结局至少还有几分道理。

这年的冬天，我在列车软卧车厢邂逅了一位现已退役的将军。很巧，他曾参加过渡江战役，任团参谋长。而且他的部队所要攻占的，正是高村至马家圩一带的防地。于是我提到了郑海送江防部署图一事。将军对此还有记忆，他说情报的确是一个叫郑海的人获取的，但直接送来的却是一个姑娘。将军说这份情报太重要太及时了。他们过江后，曾多方打听过那个郑海，然而一无所获。将军最后说，据他判断，这个郑海可能是个化名，可“郑海”在这一带又名声挺大。

“也许这是个永久的谜，谜底只能在各人的心中。”

——作家手记

第二十五章 （尾声）

著名的叶家大院于一个隆冬的深夜化为灰烬已是多年前的故事。实际上在作家的记忆里不过是一片风景。谁也无法知道那场无端的大火是怎么引起的。人们只记得，在那个充满欲望的夜晚，不期而至的大风凛冽地从这片土地刮过，使人们普遍放弃了操演性爱的念头，而一味沉醉于温柔之乡。那是个多梦的时节。当黎明降临之际，人们才恍然大悟，然而已无法改变叶家彻底毁灭的事实。于是这个凄楚的故事却以优雅的方式在历史的侧面开始了安静地流传。

那也许是一场天火，该烧的全都烧了。当作家后来伫立在那片废墟上，他从这个景象联想到亨利·摩尔的著名作品《拱门》。作家再也没有见到陈士林和田藕。显然他们没有成为火中的凤凰。作为叶家大院最后的幸存者和最后的失踪者，他们自然会使这个具有古典悲剧情调的故事涂上一笔新的颜色。同时出现在废墟面前的还有副县长秦贞。她似乎是以哀悼者的身份前来的，然而这个能说会道的女人现在已无话可说。在我们离去之时，阔别已久的黑儿突然由废墟里蹿出，仰天高吠。它业已成为一条野狗，可怜的小东西……

第二年清明的前一日，我被当地行署邀请上了青云山，前来出席重修郑海墓的揭碑仪式。实际上这已是个空墓，知情人眼中它与高大厚重的汉白玉墓碑显得很不谐调。碑暂时由红绸面蒙着，期待行将下台的副专员林重远来揭。青山依旧，白云依旧，人面却是一日不见如隔三秋了。我第一眼看到林重远不觉吃了一惊，迟到的暮色使他的仪态格外像个老人。但他的精神还是很不错。我们像老朋友一样不拘形式地交谈。看来他的兴趣已经转移了，很不愿意涉及官场的人事纷争，而是纵横于琴棋书画之中。林重远算得上见多识广之士，言谈中颇有曾经沧海难为水的气韵。自然，他关心《风》的进程。我说这部书大致写完了。他对这种回答并不满意，说什么叫“大致完了”呢？他明白我的表述并非意味着对书稿的润色修改。我于是作出这样的解释：就像大火使叶家大院成为一堆废墟，但关于叶家的故事却没有完结一样，《风》大概永远只是一部暂时休止的书稿，它将在读者心中以多种方式得到延伸。

林重远把身体往后靠了靠，又扶了扶他那副精致的变色眼镜，沉默了。他似乎在思考着什么，又似乎对所考虑的东西显得没有信心。当他正准备讲话时，那位曾经做过我的向导的年轻道士推门进来，对林重远说：外面有人找您。

林重远连简单的询问也省去了，就随来人走出房门。在门口，他一边整理衣服一边对我说："过去的一切都会成为美好的怀念。我欣赏普希金的这句诗。"然而他这一去就是半天，直到黄昏也没有回宿舍。我突然产生了一种不祥的预感，很替这位专员担心。我于是找到年轻的道士，他正在给菜地施肥。他说林重远和一个老人到"铁顶"下棋去了。而那个老人就是一樵。我的脑子不禁嗡了一下，便邀道士一同向"铁顶"走去。这时外面已拥来暮色，山腰的流云也转为暗淡。

年轻的道士问我是不是还在调查叶家的事？我点点头。他就说他想起了一件事，也是他爷爷告诉他的。他说叶家二少爷其实并没有死，有人想要他的命，可结果只使他身上失去了一件东西。道士说他就想起了这个，或许对我有点用处。我说这是个非常重要的细节，然而此刻我的心绪却不允许我关注它。说着我们已到了那个铁亭子面前，但是并没看见一樵和林重远。在亭内的石桌上的确置着一盘棋，那是个残局，是个我所熟悉的残局——和几年前在叶家大院里林重远与陈士林对弈的结局完全一样！

这天晚上我通宵未眠。我的思绪纷乱无比，那个残局在折磨着我。临近黎明之际，我才有了一点困意，便合衣而卧。可是刚刚躺下，一阵急切的敲门声就将我惊醒了。我似乎已经感觉到一桩可怕的事终于发生了，某种意念操纵了一切，别无选择。我忙乱地打开房门，那个年轻的道士便跌撞了进来，然后结结巴巴地说——

林……死了！半夜里……一条蛇……钻进了他的夜壶……

……

我独自去了阴阳界。那片茶园依然是苍翠欲滴，它让我想起一双女人的手。在重修的郑海墓上立着两只黑色的小鸟，像是凝固了一般。当我接近时，它们便扑地向远方飞去，渐渐融入了天空，成为这个朦胧背景的一笔颜色。那块厚重的汉白玉石碑还由红绸面蒙得严严实实，现在该谁来揭去呢？

我徘徊着……

蓦然一阵清风，仿佛自九霄而落，优雅地将那红的绸面从容撩开，而后吹进了幽谷，墓碑便赫然呈现了——

这已是块无字之碑。

1991年春末至秋初

于合肥寓所西窗之下

（连载自《钟山》1992年第3—6期）

附　录：

想象与形式

——关于《风》的一些话

现在看来，当初关于《风》的种种安排是毫无必要的。这部小说所暗示的一切差不多都是“闪烁其词”。这似乎是历史的形态，然而也是小说的形态。这形态正对我的胃口。

《风》缘起于我的一部不曾出世的中篇小说《罐子窑》。罐子窑是确有的，是我母亲的故乡。早在1986年我就写出了这篇东西，有六万字，可是我不感到满意，就一直压着。在平静的时代却时常想起它。

1990年夏，我在歇笔一年后开始写作中篇小说《蓝堡》、《流动的沙滩》和《爱情岛》。这几篇东西可能代表着我对当代小说尤其是所谓“新潮小说”的所作所为。我甚至觉得，作为小说家，我最好的中篇也不过如此了，于是兴趣转移到了长篇。我写过一部长篇，就是《日晕》，由海峡两岸颇有声望的出版社分别出版了，也引起了一些关注。但是我的一位朋友曾经说过类似这样的话：《日晕》写得很潇洒，但是它有一种“习作感”。这是非常准确的批评。显然，我希望新的一部长篇会改变这一点。很长一个时期以来，我一直对当代长篇小说的创作持悲观态度。我的悲观也许仅限于形式，或者说营造方式。无论是朋友的还是我的，大都让我悲凉地感到“气数已尽”。青年小说家一旦迈上长篇的台阶，似乎脚就很难提得起来了——我是在“革命”的意义上强调这种忧虑的。

这便是我在写《风》之前的心态。

我越来越切实地感觉到，作小说有一个叙事意识问题。短篇有短篇意识，长篇有长篇意识。《大淖记事》的字数不比《阿Q正传》少，但前者还是短篇，后者无疑是典型的中篇构架。作为长篇应该有怎样一种意识？我说不清楚。我只是隐约感到可以这样或不可以这样。之所以把六年前的《罐子窑》扣下来，可能就是一种直觉判断：它好像是部长篇才对。

写作是一次精神漫游。我写东西，无论长短，大都省略了所谓的“构思阶段”。小说赖以生存的基本条件是小说家的想象，这想象又时常是即兴发挥而出，从第一个句子开始。小说家是在营造一个想象的世界或想象的现实，就像《去年在马里昂巴德》中的那个男人所叙述的那个想象的约会一样，一步一步地，让女人适应了并最终相信，与其私奔。想象是需要情绪的，因此我很看重那么一种状态，“写作中”的状态，就像根据心绪的好坏去喝酒一样。应该说，在写《风》的日子里，我的状态调整得还不错，因此会比较轻松地把它写完并且有兴趣看了一遍。

现代小说的创作从某种意义上而言是形式的发现与确定。可以肯定地说，我是先找到了属于《风》的形式然后再去写《风》的。三种字体的安排并非故弄玄虚，是需要。《风》是“历史回忆”＋“作家想象”＋“作家手记”，三者合成。回忆是断简残编，想象是主观缝缀，手记是弦外之音。正是这种形式在诱惑着我，让我冲动，欲罢不能。鲁枢元兄在读完《风》之后把这种形式理解成三种颜色，非常令我佩服。这无疑是一次发现。我们在交谈中涉及一个有趣的话题：小说的可看性。不是可读性。即小说家在创作中对将要出现的图景的可看程度。我说我差不多是一目了然，连人物身上的一粒纽扣我都能看见。那时我要做的其实只是把看见的东西记下来而已。不同的是，我只能逐渐看到而不是一开始就纵览全局。这种感受在写《风》的过程中贯穿始终。

我已经说过，《罐子窑》是《风》的缘起。其实《罐子窑》在后来的《风》中已完全消解甚至渺无踪迹。《风》所叙述的是一个虚无缥缈的故事，是一个极端浪漫的传说。《风》似乎是说了些什么，又仿佛什么也没说，它以暗示的方式最终给人们留下的只是印象和疑云，随风飘逝……但是《风》所确定的形式以及“写作中”倾注的那份情感，至今让我怦然心动。

对《风》，我是尽了心力的。

1993年12月31日　海口

潘军文集

第叁卷

中篇小说·短篇小说卷

文化艺术出版社
Culture and Art Publishing House

在合肥（1988年秋）

| 和汪曾祺先生（1993年春，海口）

丨出席“天涯人生笔会”，与作家韩少功、马原、陈村、蒋子丹、张曼菱、孙甘露合影（1994年夏，海口）

拜谒陈独秀先生墓（2000年11月，安庆）

在云南丽江玉龙雪山（2001年秋）

在北京书房（2003年夏）

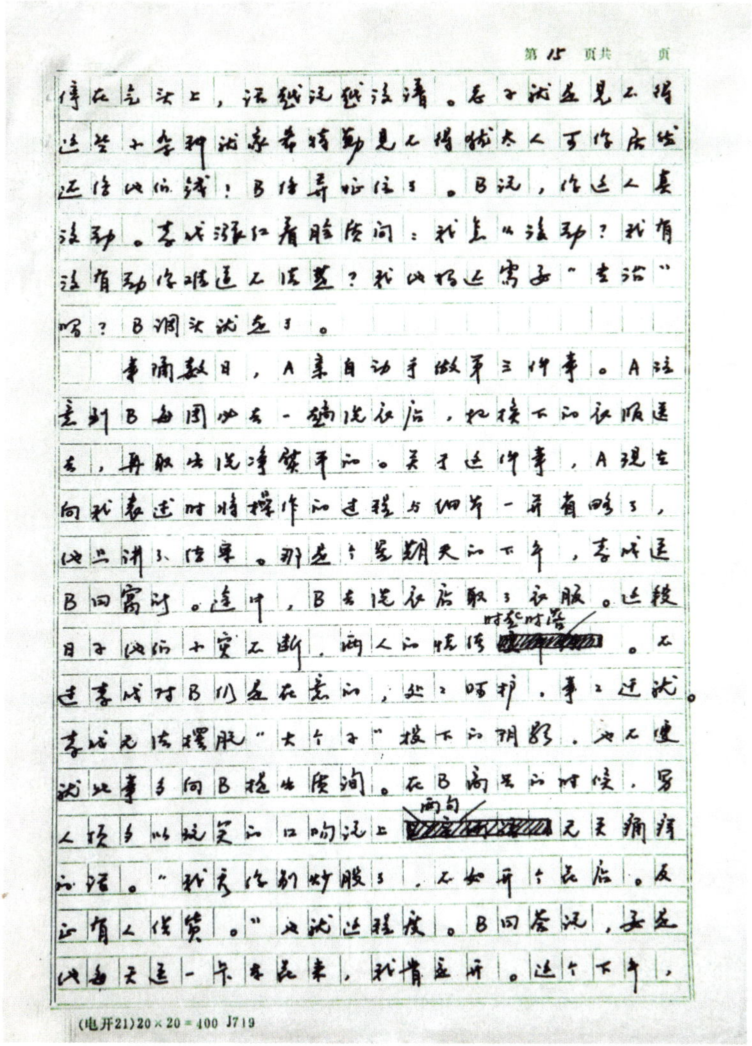
第15頁共 頁

停在舌头上，话越说越说不清。李子就是见不得这些个杂种，就象希特勒见不得犹太人，可你居然还给他们钱！B惊异怔住了。B说，你这人真没劲。李成涨红着脸质问：我怎么没劲？我有没有劲你难道还不清楚？我比得过这窝子“老治”吗？B调头就走了。

事隔数日，A亲自动手做第三件事。A注意到B每周必去一趟洗衣店，把换下的衣服送去，再取出洗净熨平的。关于这件事，A现在向我表述时将操作的过程与细节一并省略了，他只讲了结果。那是个星期天的下午，李成送B回寓所。这时，B去洗衣店取了衣服。这段日子他们小吵不断，两人的情绪时起时落。不过李成对B仍是在意的，处处呵护，事事迁就。李成无法摆脱“大个子”投下的阴影，也不便就此事再向B提出质询。在B离开的时候，另人终于以玩笑的口吻说上两句无关痛痒的话。“我看你别炒股了，不如开个花店。反正有人供货。”又说过程度。B回答说，要是他每天送一朵来，我肯定开。这个下午，

(电开21)20×20=400 J719

手稿

| 小说集书影

《潘军文集》第三卷
目　录

中篇小说

海口日记 …… 3
朗诵南方风景 …… 39
杀人的游戏 …… 65
对门·对面 …… 87
故事 …… 122
关系 …… 151

短篇小说

溪上桥 …… 185
假面小孩 …… 194
报人 …… 203
对话 …… 210
对窗 …… 220
1962 年，我五岁 …… 228
抛弃 …… 236
半岛四日 …… 244
和陌生人喝酒 …… 251
上官先生的恋爱生活 …… 259
1967 年的日常生活 …… 267

某部的于村 …… 275
纸翼 …… 283
轻轨 …… 292
临渊阁 …… 302
枪，或者中国盒子 …… 314
草桥的杏 …… 322

潘军文集

第叁卷

中篇小说

海口日记

1

由犁城到广州的空中距离我不知道是多少，但空中的飞行时间是一百分钟。麦克·道格拉斯82型飞机样子像条泥鳅，据说昂头腾空的时候很性感。以往我坐飞机最怕天气不好，遇上气流，飞机就像只大鸟，机翼呼扇呼扇。而我每次都在能看见鸟翅的位置上。那时我就想，最好的材料也难以承受这样的扇动，如果它断了呢？后果当然不堪设想了。可是全世界每天有多少万人坐飞机，他们当中有总统和诺贝尔奖得主，一旦飞机升空，我同他们就完全平等了。他们能掉下去，我为什么不能？他们不掉下去，为什么偏偏是我掉下去呢？这样一想，问题就基本解决了。我们都是俗人，没有必要自以为是，命大命小这会儿可不是由我们说了算。我与其去看舷窗外的白云还不如看空姐的脸。她们的表情虽然有点做作，不过我还是很喜欢。

今天是个好天气，能见度高。在一万米高空往下看，山川河流像一些散乱的绳子。云很低很薄，飞机稳得像碰上了磁铁。在我右边的那个过早谢顶的男人已经睡着了。可一发饮料，他一下就弹了起来。我想他一定是经常坐飞机的缘故，他怎么会这么准地醒来呢？

先生，可乐、啤酒还是茶？空姐问。

那人说：每样来一份吧。

空姐又问我，我说我只要茶。

每样都来一份的男人其实也只喝茶，他把两个易拉罐放进屁股下面那只皱巴巴的包里。那包还空，我想他还会再装进点什么。我因为只要了茶，谢顶的男人后来就不怎么理我。我觉得奇怪，我并没有做什么。

突然飞机的翅膀又扇起来了，窗外阳光灿烂。红灯亮了：请系上安全带。

怎么在阳光里飞也抖？我问空姐。

空姐说阳光反射成多少度角受到膨胀所以……

我还是没听明白。

我不喜欢广州这个城市。它给我的感觉是一种特殊的莫名其妙。比如说，我在街上经常看到一些马来人种的脸，就怀疑自己是走在胡志明市。广州所谓的好天气就是不下雨，你能感受到温度但根本见不到阳光。地上的所有投影都很古怪，你很难判断出方位。再就是语言的障碍，我不懂粤语。和一个讲粤语的人交谈是一件很辛苦的事，我只能从口形上去推敲某种语义，所得的判断基本上都是错的。所以说广州是一个不好判断的城市。

我不想在广州作短暂逗留。在广州要做的事，是和一位朋友见面。他是一家文学刊物的负责人，我们只通过电话，不能算认识。后来我就去了那家杂志社。我说我要找谁，立刻就有一位五短身材的英俊胖子从电话机边站起来，说就是他了。接着他审视了我一番，说：你怎么一脸晦气？我着实吓了一跳。我们后来东拉西扯了不少事，最后话题又落到坐飞机上。胖子说他坐飞机怕的不是气流。气流的原理很简单，他懂。懂的东西自然是不怕的，就像懂电的人去摸高压线一样。我怕打铃，他说。丁当一声你弄不清发生了什么事，空姐也不作任何解释，让你自个儿消化去。经他这一说，我也认为打铃是令人担忧的，如果不发生什么事，为何要打铃呢？我回想几小时前的那次航班，几乎是铃声不断一路打了过来，手心还真出汗了。

2

昨天在广州上船，于海上漂了一夜，现在总算是到了海口。这条船叫“玉兰号”。另外的几条分别叫做“海棠”、“芍药”、“丁香”什么的，全是花名。广州就叫花城，不过我在广州的街市上并没有见到多少花。这个季节不是花的季节。

船在海上，一开始是很不错的。每回见到海，我都要思索一个朴素的问题：哪来的这些水？我知道回答这个问题并不难，可我还是要思索。那时我就一个人站在船头，看着越来越蓝的海。没有人跟我说话。我像一个无人认领的包裹随便扔到了这条船上。我想这也很正常。在我边上，有一对男女在公开接吻。我无意中看到了这个类似西方电影里的画面，但不好看第二眼。不仅如此，我反倒有些紧张了。我就纳闷地走开一点，听见那男的说：你牙缝里有根韭菜。女的说：去你妈的。

不久船开始晃了。接着哇里哇啦地响成了一片。我不晕船，这点优势很让我自豪。我在甲板上来回走动，抽烟，大声地咳嗽。香烟在口腔里没有出味就给风吹走了。二层在放录像，一部香港的赌片《龙虎大老千》。我进去的时候里面只有三个人，看上去都是跑单帮的，腰上系着很沉的钱包。我坐到最后一排，脱了鞋，双腿支到前一排的椅子上。那会儿感觉特别好。香港的电影都是拙劣搞笑的货色，搞得你非常难受时就卖钱了。没过多时我就睡着了。我还做了一个梦，梦见我在晕船在大口地呕吐。我想这也有点奇怪。

这个码头叫秀英。又是与花与女人相关的。可我一路上没有和女人有过任何方面的联系。我在这个叫秀英的码头停了一会儿，看见大片的椰子树和画上一样。我喜欢这种树，像一把伞，没有枝蔓，偏离了一切树的概念。我立在树下看着刚买的海口市区图，发现这个城市很小，做省会似乎有点勉强。我这才意识到自己是到了一个岛上。我来的时候，朋友们劝我冷静。他们说这个年纪不太适应出外谋生。不错，南方赚钱的机会是多，可这也不意味着钱可以随便捡呀！他们就这么劝我。劝得我脸都红了。我说我并不是为赚钱。他们就质问：那是为什么？我说我也不知道。

我可能属于那种做事不计后果的人。这种人是不能做大事的。但这种人的好处是，先把事做了再说。

这时有人同我说话了。是一个女人。

先生，能借你的地图看一下吗？

“先生”这个称呼听起来真是顺耳。我把地图给了她。她居然很漂亮，打扮也很得体。她的侧面很像我在大学时见到的那个外语系女生。那个女生我私下认为是校花，我每次买饭，总要看看她排哪个队。可我没有同她说过一句话。男人见到真正的美女，总是缺乏胆量的。后来毕业了，我还打听她的消息。据说她嫁给了一个瑞士人。

她看完地图，礼貌地还给我。她又说：你是第一次来吗？

第一次，我说。

这儿还真是不错，有点异国情调。

说完她戴上墨镜就走了。我看见她上了一辆红色出租车。那车肯定是那年走私的货，皇冠1.8型，四个缸。当时买这种车大约只花五万元人民币，真他妈便宜。我点上香烟，觉得自己刚才有点不妥。应该同她多说几句话，互相通一下姓名。我想她一定是先观察了我一会儿才向我借地图的。就这么让她走了。

3

来海口几天了，今天才算安定下来。这几天我住在陈一帆那里。他是我的校友，学哲学的。海南建省不久，他就来了。陈一帆是一个有风度而且稳健的男人。他来海口不是为升官发财，而是为了爱情。他原来有老婆，后来又认识了现在的妻子王娟。当时他在犁城的政府部门当副处长，王娟是他的属下。他们的爱情是从桌子底下踢脚开始的，踢出麻烦后，陈一帆就带王娟亡命天涯了。现在他们过得很好，陈一帆和几个朋友一起做公司，王娟在家里研究股票。我在陈一帆那里暂时落脚，有几个晚上，他很认真地同我交谈。他问我有什么具体的想法？我说没想好。他就责备我没想好就来了？我说如果这地方待不下去，我就换一个地方，反正不想回犁城。陈一帆要给我一些钱，我说我随身带了点，暂时不缺。见他为我着急的样子，我就说：你忙你的，我到处看看。

我原想去几家报社、杂志社看看，可否先找一个饭碗。后来这个念头打消了。这些部门过于家庭化，外面编稿子里面在炖牛肉。我觉得这很容易让人分心。我喜欢专心做一件事，当然这种事越简单越好。这样想下去，我就想到了开车。这十几年，除了写稿子，我唯一的本领就是开车了。我还是B牌，可以开货车或者轿车。我不想去给某个人开专车，也不想去开大吨位的货车。开出租车很对我的胃口。我把随身带来的钱押给了一家车行。我领到的车也是红色皇冠1.8型。这让我很自然地想到码头上见到的那个女人。我想海口就这么大，没准儿哪天她会坐到我车上，这样我们就能多说上几句话了。认识了就好。我觉得我选择了一个好职业，它轻而易举地就满足了我物质和精神两方面的追求。这本来是一个很复杂的问题，没想到这么快就叫我搞定了。

领车回来，在滨海大道的边上发现了一条大船。是一艘很破的货轮，原是被一家公司拖来做水上俱乐部的。结果合作的另一方临时变卦了，不投钱装修，撂在这儿。我是因为好奇才上去看看的，管事的人就问我，可不可以来看这船？如果同意，他们就负责把一个大舱收拾好，并且安一部电话，我可以随便住，住到资金到位那一天为止。他们不收房租。我当然同意。

我住的地方是船员开会的场所，很宽敞。南北各有五个圆形的窗户，顶上还有一个活动的天窗。我喜欢这个非凡的环境，它让我心旷神怡。它的造型和某种神秘感唤起了我的想象力。我有一种独立王国、岛中之岛的感觉。我花了一天的工夫收拾。在旧货市场，我买了一台 18 吋的虹美牌电视机和一台万宝牌冰箱。我把这些弄上船后，管事的就笑了，一副放心的样子，说这下就风险共担了。他爽快地答应，三天内负责把电话给我接过来，而且市内的话费由他们报销。

天气真是很好。有人说世界上最好的阳光、空气和水都集中在这个岛上。我想这不是夸张，一周下来，我的脚明显不臭了。

4

我现在每天能挣五百块钱。如果我一天工作 15 个小时或者接到一个去三亚的长途，就能挣八百甚至一千五。这还不是最大的好处。开车可以同形形色色的人说话。开车不允许你乱想一些不三不四的事。当然，开车还会遇到一些意想不到的情况，往往也很刺激。

一般情况下我只开到晚上 12 点。同行建议我调整一下，从上午十点开始到午夜两点。这种安排比较好。他们说：海口的一天是从晚上开始的。

5

昨天碰到一桩麻烦事。我送客人到滨海大酒店，回来时上了一个女人。她大概喝了点酒。一上车就躺下了。因为天黑，我不能断定她是不是漂亮。我能感觉到她很年轻，她的睡姿像个富有而闲散的女人。我问她到哪里。她说随便，想兜兜风。我建议她去白沙门，那儿风大。她说不。我不想在城市兜，城里尽是灯，我讨厌灯。她的意思是可以往郊外跑。当时我认为这是档好买卖。我一晚拉着她转悠就够了，不需要干到两点。我就调过头，往灵山那边开。这一路上她只打酒嗝，不同我说一句话。半个钟头后我打开收音机，里面正报道着当天的交通事故，说又有人的车在万宁那边被歹人劫了。我就有点不安。我的意思不是怕她是劫匪，怎么说她是一个女人。问题是越往前走路越黑，过往的车也渐少。这路不是循环的，城市与我的距离越来越远。我就把车停了。我问她是不是可以了。她说不可以。她说你最好拉到天亮。我知道麻烦了，没有人这么搭车的。我说我的油快完了，再往前跑回来就是个问题。她这才动了动身体，还打了一个哈欠。接着她说：

我没有车钱。

我当然很恼火。计价器数字已蹦到了87.70，加上返程就是175元。可她说没有钱。

小姐，这是我的饭碗。

她好像是笑了一下。她说饭碗又怎么样？找个饭碗不难。说着她叫我过去，把裙子掀起盖住脸，嗡嗡地说：你来一下吧。

我明白她这饭碗换饭碗的意思。可我不想来。我没有思想准备，说来就来。我不能同一个脸都没看清的人来一下。再说我还怕得病，怎么说她也是个婊子。我就打开顶灯。这时她倒问起我是不是有病。我说我别的地方可能有病，但那个地方从不生病。她就在裙子里面笑了，说：那就把灯关了吧，我实在是讨厌灯。我摸摸她的腿，皮肤真是很好，像鱼一样光光滑滑冰冰凉凉的。我抄腰把她抱出车，她说车里不是很好吗？我说我不想来。我也不要你的车钱，我得回去洗澡。她就推了我一下，说：你想把我撂在这？我不想再同她啰嗦，就上车开始调头。车一开动我就轻松了。

如果婊子不是女人，可能就没有后面的事。我在路上跑了大约三分钟，心就软了。怜香惜玉是我们这一代男人的薄弱环节，再说我们还有同情心。海口是个复杂的地方，我在这深更半夜把一个妙龄女郎扔到荒郊野外会引起麻烦。如果有人强奸她甚至把她杀了，没几天公安局就会上我的船。这样一想，我就有点同情自己了。是我拖出来的人还得由我再拉回去。我又调头去接她，她正坐在路碑上吸烟。见我的车来了，她就把烟一扔，胸有成竹地走过来，说：我知道你跑不远。这回她坐在前面，一上车就把收音机开了，摇滚乐咣咣当当地响。这一路上我没有再说话。接近城市，我发现她居然也很漂亮。我的心情明显好转了一些，慢慢地又有点忧伤。这样的姑娘真不该去当婊子。问题是从古到今婊子十有八九都是漂亮的。

但是我没想到她会一直黏着我。她跟我到船上，夸我屋子整得很有情调。我就想，婊子也是有档次之分的。这一位还能谈谈情调。她还说喜欢我写的毛笔字，说：你的书法很不错。而且她还建议：你这种人根本不该开出租，应该到大公司另找一个好饭碗。我没怎么理她。我说你打算玩到什么时候？她说：我今天就睡这了。然后把长袜子一拉，说：你不亏吧？我说我根本没打算和你来。她反问道：你不想来又拖我到这里干什么？我说我怕人强奸你。她一下就笑了，说我早就被人强奸了，天天强奸。我说这不是强奸，这是卖淫。强奸是不花钱的，也不收钱。她一时没话了。趁这空隙，我拿起一床席子去甲板上乘凉去了。她如果真的不走，我就睡这儿。这个行为让我想起一部老片子。

今天我起来后她已不在了。她何时走的我不清楚。她把我的屋子简单整理了一下，还拿走了我的一幅字（好像是“月落乌啼霜满天”），在原先挂字的位置上贴着一张用毛笔宣纸写的大借据：借你五百元，管几天饭，以后还你，别骂我。

我想我是倒霉了。

6

现在也没有人来纪念五一节了。大家只顾挣钱花钱，这都与劳动人民无关。劳动人民这个概念也越来越含糊了。以前一提劳动人民，我就想到宣传画上手持钢钎或肩扛大锤的工人和怀抱一捆麦或手攥几棵苗的农民。这形象拾块钱人民币上也有。后来印伍拾圆纸币，又加了一个戴眼镜的老书生——他显然是知识分子。这些人一看就是没有钱的，他们当然也没钱花。可从小到大我见到报章上都是一个声音：他们是主人，是社会的财富。就是说他们是能挣钱的，不明白的是钱都跑到哪去了。

我心情很好。我觉得我是典型的劳动人民。一个人能切实感到是自食其力，是自己养活自己，心情自然就好。我每天都能进几张，这比从前领工资领稿费都痛快，好在一天也不间断。几天前一个漂亮的小婊子“借”了我五百，我一点也不心痛，就当自己调休了一天。我发现开出租这个职业真是好极了。

车过人民桥，那边就是海甸岛，规划中是高级娱乐区和别墅区，就是说有钱人待的地方。一个头发披肩的小子抱着吉他在桥头卖艺，唱的是刚传开的《亚洲雄风》。小子唱得确实很好，边上围着不少吃盒饭的工人和一个拍电视剧的剧组。大家为他喝彩。小子一高兴就把词给改了，唱道：

> 我们亚洲，人民最贫穷，
> 我们亚洲，热血都白流……

我来接陈一帆。他的公司就在海甸岛一幢玻璃写字楼里。陈一帆说他要去机场，怕路上塞车就提前预订了我。他不主张我开车。他说你这是吃饭没事干。其实他正好把意思说反了。我们在车上闲聊，听着古典音乐。陈一帆说，有一家杂志想请我去当执行主编，月薪三千，问我干不干。我说不干。他说为什么不干？我说不为什么，就是不想干。我说以前人家向我组稿，请我吃饭开笔会，现在调过头来不合适。他说不比你开出租强吗？我说开出租很好。他说你这家伙有毛病。

我想陈一帆的话也不无道理。说我有毛病的人很多。从我爹开始，到我前妻李佳，加上从前的一些同事和同学，反正不少。他们认为我多少有些古怪，行为举止比较离经叛道。比如说我认为有些机构像人身上的肚脐眼一样，看不出有什么用处，而政府还照样大把地拨钱。再比如说，我时常幻想这辈子要和张曼玉做夫妻。即使她不是大明星我也一样幻想。我就特别痴迷她那种仪态，真是风情万种。还有就是，我总把自己想象成古稀之年，习惯以这种往事如斯的眼光看眼下。我把自己安排在想象中的一所故乡的小木楼上，看着那条永不干涸的河流静静流淌。就是说，我爱把正做着的事理解成回忆中的片断，这样就很容易宽解自己。谁年轻时没几桩荒唐事呢？这些事到老便是一句笑话。

7

昨天送陈一帆到机场，又碰见了第一天在秀英码头见到的那个女人。她戴着墨镜反倒好认，脸上更简单。我就主动走过去同她打招呼。我说你好，想不到这么快又见面了。她愣了一下，显然记不起我是谁。但她在我还没有难堪时就布起了微笑。她说哦哦，你在忙呀？她还是没记起我。我就问：你又要走了吗？她说不，她说她正送几个法国人上飞机。法国人想在这里搞一个矿泉水项目，她是译员。我脑子就嗡了一下。我认为世界上的巧合不会很多，但这个巧合让我碰上了。我说你是学外语的？她点点头。我又问你是不是犁城大学毕业的？她说不是，她说不知道这个犁城大学。我有点失望了。然后她给了我一张名片。她叫苏晓涛。我也把呼机号给了她。电话过几天就装好了，我这样解释道。

我想给这个苏晓涛打电话。犹豫再三还是没有打。我过了这个年纪凡事得迟缓一点老谋深算一点。一天下来人显得累，晚上不想干了。我借了几盘录像带，全是布鲁斯·威利的系列。布鲁斯·威利的银幕形象是一个臭鸡蛋，总是被弄得脏兮兮苦歪歪的。30 岁以前我喜欢罗杰·摩尔演的 007。我不喜欢他的孤胆英雄喜欢的是他身边的美女。这些女人后来被一律称作“邦德女郎”。布鲁斯·威利这个臭鸡蛋有一个漂亮的太太黛米·摩尔（她也叫摩尔）。他是在拉斯维加斯赌桌上向她求婚的。当时他说你嫁给我吧。摩尔就说：好。于是布鲁斯·威利第二天就宣布：婚姻就像赌博一样，这一局我他妈的赌赢了！

赌输了的是我。我和李佳是大学同学，她比我低一班。我们的婚姻有一度被视作郎才女貌。我们离婚没有什么导火索，自然而体面地离了。离婚的那天是个阳光灿烂的日子，我们合打一把遮阳伞，一瓶矿泉水递来递去。我们这般恩爱地去离了婚。如果不是去离婚，我们就不会这般恩爱了。

布鲁斯·威利陪了我一晚上。明晚找谁，我还没有想好。出租录像的那个小子老给我推荐他妈的《金瓶梅》。我懒得理他。我想你他妈懂得什么《金瓶梅》呢？隔着玻璃看一个男人把几个女人搬来搬去。老子还不如上街拖一个婊子回来。我又想到那个漂亮的小婊子……

8

我已不是青年，今天就算了，5 月 4 日。

9

黎明前一场雨把我吵醒了。这屋子就是这点不好，全是铁的，雨落在哪个地方都响。我躺在床上欣赏着我的所谓书法作品。那个小婊子无端拿走了一幅字让我很高兴。我的字暂时还变不成钱，她拿去肯定会挂起来。从前的婊子棋琴书画都会一点，说明嫖客基本上都是文化人。所以宽容一点讲，那类婊子，比如说李香君、董小宛，应算知识分子。李香君还算得上有正义感的爱国型的知识女性。一把桃花扇搞来搞去，最终搞成了千古绝唱。对她这种人，现在辞书上都称作名妓，其实就是著名的婊子。我不懂为什么大家特别忌讳“婊子”这个词。《中国妓女史》也不叫《中国婊子史》，真是很怪。以前我在大机关供职，一个处长同打字员搞上了，事发东窗。部里开会让他检讨。他说，我和某某某在互相情愿的前提下仅发生过一次不正当的男女关系。我非常讨厌这种辞令。如果我是当事人，我就会说是的，我们搞了一下。那天夜里那个婊子就问我：哎，你到底来不来？我说不来。她问为什么不来？我说我不想同一个连名字都不晓得的女人来这事。她就笑了，她说看不出你这人还有点像许仙。这话真她妈让我惭愧。

今天运气极糟，上下午都让老警搞了，搞了两下，一共搞掉四百块。他搞我，还要我付钱。他说我的车停错了地方，我说这儿没有不许停车的标志。他说怎么没有？就用手指了地方，那儿也确实有个标志牌，被他妈的用“专治男性不育”糊住了。我说这看不清。他说看不清也不等于没有。他又说本来只罚我一百，但我的态度太坏，必须严罚。如果再坏就再罚。他的眼神被墨镜遮住了。下午是因为闯了红灯。这个鸟岛上有不少红绿灯和人差不多高，我的视线总习惯往上射，就闯了。罚得我没脾气，也还是二百。这么搞了两下，晚上就不想开了。我在滨海大道上像个魂似的飘来飘去，最后飘到一堆土著里。我同他们一起看业余剧团演的琼剧《三看御妹刘金定》。演刘金定的那个女的威风凛凛唱腔洪亮，唱得我热血沸腾一句也听不懂。在大街边上搭台唱戏，全中国也就只有海口了。这样想想，一晚上站下来就很值。

10

去国商接人碰见了苏晓涛。她所在的公司在 12 层。我们是在电梯里遇上的，我们都很意外又都比较高兴。电梯里就我俩，不说话肯定不合适。我就说：我总觉得是见过你的。她说不可能。她说人都是这样，彼此认识了，就觉得以前好像见过。我摇摇头，我问怎么你不觉得以前见过我呢？她就笑了。出电梯时她问：你那里电话装了吗？我说快了。我说我是住在一条船上，电话装起来啰嗦一些。你住在船上？她感到很惊奇。于是我就作了解释。她说哦，是这样，那蛮有情调。

怎么两个女人都说了这句话？一整天我都想这事。情调是个什么东西？

11

电话装好了。号码是 250068。我上街印了名片，那上面就只写了姓名和电话号码和 BP 机号码。我的身份已变得模糊，地址也不好标——别人都住街边，我住船上，标上了大家会认为我是搞水运的。我已经开了出租，再加上水运，就成了水陆两栖的货色。装电话的那个小子满口京腔，很会说，七绕八绕就成了某某人的远亲。我想你小子要是某某人的远亲还会跑到这儿来装电话吗？你要是远亲，我就是微服私访的皇帝了。我给了那小子两条 555 烟，他说电话回去就给我搞通。他说有了电话就等于有了个哥们儿，陪着你，帮你，还不要管饭。我想这话也对。

到了晚上，电话果然就通了。对方一个女声问：250068 吗？声音清楚吗？我说声音非常清楚。她就不想多说一句话了。我掏出通讯录和一堆名片，想把电话号码散出去。我先给李佳拨，她不在。我又给陈一帆拨，家中也没有人。然后我就想到了苏晓涛。电话打过去，没人接。我怕打错了，就对了一下名片，没错，不过是办公室的号码。我又打了她的 BP 机。她没回。再打一遍也还是没回。别的我就不想打了。我守了一晚上的电话，打来打去都是空的。后来我肚子饿了，决定出去遛一圈，到排档上喝杯啤酒。出门时我又拨了一下电话，刚下船我的 BP 机就响了。拿出来一看，还真是 250068。

我在排档坐到午夜，人还是很精神。我又去市里兜了两圈，想挣回一条 555 烟。有一个操江浙口音的小老头一边剔牙一边夸南边的夜生活如何如何丰富。我就问：你那儿不好吗？他说差多了，连搓麻将都抓。小老头见我很随便，又问找个小姐什么价？我说这要看找什么档次的了。小姐还分档次？他好像啥事不懂明知故问。我说这百合和菖蒲也不是一个价的。小老头就直了直腰，说：最后一班车，我看找个玫瑰就蛮合算了。他的情绪一下变得出奇的好，哼起一支老歌《花儿为什么这样红》。为什么这样红？我不知道。小老头问：都说女人是花，那男人是什么？我说，是肥料吧。

12

我给苏晓涛打电话。我问，昨天打你呼机怎么不回呢？她说哦，250068 是你呀！呼我两遍都收到了，可实在不知道是你。我说你记住这个号，是我家里的电话。她说你不是住在船上吗？我说对呀，对我来说那就是家。她就在电话那边笑了。我立即就说：哪天你来玩吧。她说好，等忙完了这阵子。

我承认这有点勾引的意思。苏晓涛说话做事都很谨慎。我喜欢谨慎的女人。我当初找李佳，就是因为她谨慎。我们的恋爱阶段先后跨五个年头，这一千多天我们都是谨慎的。我们接吻只是嘴唇相碰，我们拥抱全都隔着衣服。其时大学里女生流产已不是新闻了，可我们一样谨慎。

李佳说，有些事必须到结婚以后才可以做。我同意了。虽然我心里有些难过，但还是为找到一个谨慎的女人感到自豪。我和李佳的问题在于：结婚后还是谨慎。我们睡在一张大床上不像夫妻，怎么看都像哥们儿。

于是又给李佳拨电话，她在。我说我这里已装上电话了。她说你混得还不错嘛。我说以后聊天就方便了，电话由我负责拨过去。她说你是不是又想回过头来同我谈恋爱呀？我说这个可能也不排除。李佳就叹道：如果是这样，你别同我聊，你去同我妈说，看她老人家还有没有兴趣认你做女婿。我说废话嘛，我是同你谈恋爱又不是同你妈。她说去你妈的小子，别想什么好事都占了。李佳现在说话也不斯文了，有时候比爷们儿还狠。我想时代也是真的发展了，从前床上说的话现在可以放到大街上随便说。在这样的年头，我还居然幻想着花前月下。我想我是真有点老了。

晚上去看陈一帆。他还是不满意我的现状。他问我是不是赚一把钱就走？我说不是。那你为什么？他瞪着眼问：难道以此了却残生？我说残生不残生倒无关紧要，反正就一个人，也没什么好牵挂的。陈一帆说：我看你还是同李佳复婚算了，两碗剩菜一块热热。我就问：你干吗不热？他说我的情况已经不同了。正说着，王娟散步回来了。几十天不见，她肚子已大了起来，穿着一件宽松的大T恤，上面印着两只狗。王娟见我还有点不好意思，忙着削个菠萝就缩到卧室去了。陈一帆说，你都看见了吧？我现在和你不一样。我要做的，是让这个孩子的爹千万别死掉。陈一帆说这话时语气有些重，我就问：你怎么会这么想呢？陈一帆说：我很累，真他妈很累。在中国砸掉一个饭碗还真不是容易事。我说你太贪心了，其实一个人一生花不了多少钱。钱到最后只是个数字，和电话号码一样。陈一帆点上一支烟说：你不懂。开弓没有回头箭。我既然从机关出来，就不会再回去上班的。我就笑了，我说你们这帮家伙胃口太大，都想当国家栋梁、民族英雄。世界是你们的，不是我们的。我们是在你们的世界里混碗饭吃。陈一帆说什么你们我们，世界既不是我们的也不是你们的，归根结底是他们的。他们永远朝气蓬勃，永远是早晨八九点钟的太阳。我说我不喜欢太阳，喜欢雨，喜欢雨天同一个女人偎在床上。

13

凌晨醒来，知道身上发生了一点事。我好奇怪，我已 36 岁，居然还出现少年的勾当。看来我的生命力还真旺盛。用自来水把下身冲了几遍，后来干脆就不穿衣了。这个形象让我想起《现代启示录》里那个美军中尉，在一架老式吊扇下光着屁股练习拳脚。

这件事的起因比较下流。我在梦里把苏晓涛泡了。我们双方自愿含情脉脉彼此挑逗。她的挑逗方式像诗，我则像曲艺，所以最终由我把好生生的一个诗情画意给毁了。现在想起来还是有点悔。这样的梦总做不长。从前梦见有人追杀我，一追就是半夜，跑得我气喘吁吁，鞋也掉了裤带也挣断了，总算勉强活了下来。那个年月很懂得珍惜生命，怕死，但活起来挺狼狈。那时我在机关上班，不迟到不早退，成天在忙可不知忙什么。我对那个阶段的生活感到厌倦，一点不怀念。我后来就离开了机关，离开的那天机关照例要开欢送会，我真想说：去你妈的。我后来就去了作家协会，一天班都不上但照样拿钱。我觉得这也不好，不公平。中国就是这么一个有意思的国家，把作家艺术家们集中起来养着，一养就是一生。结果是养者勉强，被养者还嫌不舒服。我觉得写作纯属个人的私事，不需要建立专门的机构更不需要开会。倒是应该把这钱用在印方格稿纸，发给那些愿意写作的人。

这个早晨我稀里糊涂地想了这些莫名其妙的事。我该出车了。昨天后半夜下了场雨，外面的空气无限的好。生意特别好做，不到中午就赚了三百出头。吃过午饭，顺便洗了一下车。这车还是不错，红颜色特别地道。听当地人说，那年倒汽车，只要有空场子就停放着汽车，从直升机上看海口简直就像一个麻将场。那情形可谓壮观。从洗车场出来，立即有人搭车。一看，是那个小婊子。她也一下认出了我，不自然地笑了。她说你好许仙。我也笑了，我说现在我可找不到没有灯光的地方。她说对不起，我还借了你五百块钱呢，我今天身上没带。我说那不是借。怎么不是借？我给你出了条子。她生气地说。我说不是借。她说不是借，难道是偷不成？我不想再理她，连按了几下喇叭：妈的妈的妈的！她拍了一下我的肩：停车！我就把车停了。她跳下去，然后把门一摔：我会还你的!

海口就是他妈太小了。一下午我都缓不过气来。我想我确实有点问题，连婊子都看不起我。那天晚上我真该同她来一下，这样五百块钱去了便有了个说法。于人于己都释然。

14

这里的阳光是白的。海口地处北纬20度，阳光直射。中午那一会儿让人受不了。从大陆来的女人骑单车都戴护臂，一直护到腋下。做女人确实要辛苦一些。女人本不该辛苦，因为上帝造人是有分工的：男人挣钱，女人花钱。现在不是这样，女人挣钱很厉害。上午的一位乘客一上车就开始打手机，内容是谈龙昆南那边的一块地，她是炒家，又买又卖。像这样的女人我每天都能碰到。我的女乘客打电话的姿态很好看，不好的是她把呼机别在裙裤上。如果她同我熟悉，我想我会提醒她的。我甚至会对她说，女人是不适合带呼机的。可是女人都不带呼机，男人也麻烦。有个家伙告诉我，他每天夜里同时给九个女人打呼机，谁先回他就同谁泡。

到了晚上，我就给苏晓涛打了呼机。她很快就回了。电话里有个男声在唱卡拉OK。我想她此刻肯定是在歌厅的包厢里。她说喂，你在家呀？我说车出了点毛病，晚上闲着呢。她说好哇，闲下来挺好。这话什么意思？我有点后悔，她明显地在敷衍我。我问你干吗呢？在歌厅里泡呀？她说她在陪客户，是今天刚从内地来的银行人员。我又问，你知道什么叫卡拉OK吗？她停顿了一下。我接着说，就是把自己的欢乐建筑在别人的痛苦之上。她一下笑起来。她的笑声真让我高兴。然后她就问，有事吗？我也停顿了一下，我说：我想同你聊聊。她说我知道，明天你等我电话吧。我心里热了一下，我说等你忙完了，就拨过来。你是说今晚吗？她问道。我说对，今晚。然后我就把电话放了。我知道这么做太明显了，但既然已经做了，也没什么不好。我靠在床上看《布拉格之恋》。根据米兰·昆德拉的小说改编的这部片子也很好，不好的是那个托马斯太瘦了。男人不能太瘦，这是我前妻李佳说过的。李佳这些日子在弄什么我不清楚。电话里她的语气一如既往地从容不迫，好像算定了有一天我会同她复婚似的。李佳就是这么一个角儿。

大约快 11 点的时候，苏晓涛的电话来了。她先是说今天累了一天还没洗澡什么的，然后就问我有什么事。我有点失望，我没有什么事，只是想同她聊聊，海阔天空不三不四地聊聊。她这一问，我就变得郑重起来。我说你的声音很好听。她说她有点感冒。是不是因为感冒声音会好听一些？她笑着问道。我说也许吧。我又说这个周末一起吃顿晚饭吧。她说可以呀，不过时间别定死。谈话就这样疲软地结束了。毫无意思，我发现我他妈的是老了，连勾引女人都显得这么愚蠢。

这个晚上过得太糟糕了。我关掉电视，爬到船顶上去吹风。城市的灯光还是十分好看。不远处的一个工地上，打桩机嗵嗵地响着。我来这个岛上也有好几十天了，感觉上还是有点像出差。

15

原想约苏晓涛出来吃饭。很不巧，她下午要出差，机票是 4 点 20 分的。她说几天后就回来，到时呼我。她又说，这个月奖金蛮可观，回来后我请你吧。我知道她在安慰我。这个感觉不好。我和女人相处，历来都是我去安慰别人的。我曾经想，在我弥留之际，把这辈子爱过的女人召集起来开个会。这当然是个狂妄的思想，但是富有生气和诱惑力。我希望苏晓涛能出席这个会。作为会议的召集者，我有责任把她们彼此介绍一下，让她们握手和碰杯。等她们一一对上号后，我会大声说：我爱你们。我这辈子就是这么一一爱过来的！

可能胡想得太多，下午果然就出了点小麻烦，我追尾了，把一辆本田雅阁的尾灯碰烂了一只。司机是个精明的小子，他抖着腿问：怎么着？我二话没说给了他二百块。他说这灯可是进口原装的。我说行了，保险公司能不认账吗？他想了想，说只好回去讲是倒车时碰的了，你再给我打张收条吧，写收到赔偿费二百块。我明白过来，这小子一进一出就吞了四百。但也只好写。那小子说：抬头写四达公司。我愣了一下，这不是陈一帆的公司吗？我还是写下：今收到四达公司汽车赔偿费二百元。那小子满意地开车走了。我立刻去公共电话亭给陈一帆打电话。他在那头正忙着，问什么事？我就把刚才的事说了。我说你那个驾驶员赶紧炒掉，吃里扒外的家伙！他嗯了声，说知道了，又约我晚上一起吃饭，在小洞天。

陈一帆仍是一副疲倦的样子，一顿饭手机乱响，谈的全是地呀钱的。他的四达大厦刚动工，由于地质勘测不准确，比原先的预算要多投一千多万。他说本来资金就短，想撑到正负零靠卖楼花周转，这下又得去找了。一千多万，找起来也确实难了他。我劝他寻求一方合作。他说目前已是两方合作了，再找一家，剩下的就只有汤了。而且对外的形象也不好，让人认为四达的实力有问题。我就不便多说了。后来又扯到那个驾驶员身上。陈一帆笑着说，那小子搞这种小名堂已不是一次两次了，可他舅舅是内地一家银行的实权人物，算了。陈一帆说，这年头银行是爹。

16

昨天同陈一帆吃过晚饭，又去了摩根酒吧。这个酒吧布置得倒蛮有情调，有几十种小瓶啤酒，看上去很舒服。还有一位萨克斯手，我们进去的时候他正吹着《梁祝》。这个曲子用萨克斯吹也很不错。我们坐下，要了三种小啤酒，红、黑、黄各来一份。在海口有这么一个地方真是很好，我说，有沙龙气。陈一帆说，你这家伙骨子里还是个骚人墨客，其实在屋子里敲敲电脑不是很惬意么？我说你干吗要折腾？他说我的情况不同，我是受朋友之托，而这个朋友又不是别人，是王娟的哥。王娟这个哥哥是浙大建筑系的高材生，1988 年海南建省就下海了，做梦都想盖一座自己设计的楼。可是去年得肝癌死了，积劳成疾吧。临死前把这一揽子都托给了我，要我把他的骨灰盒安放在基石下。陈一帆这一说，我心里一下变得好重。我没有见过王娟这个哥哥，但我能感受到这个人的气息。正谈着，王娟的电话来了，说有点不舒服。陈一帆便先走了。我慢慢喝着啤酒，还想着那个死去的男人。我自然有些感伤，想这下海也好不容易。男人一旦有了目标就会拼命。而男人的目标又往往是需要拼命的。

临近子夜，酒吧到了所谓“情调时分”，熄了全部的灯，每个台子上都换上了蜡烛。男男女女开始下舞池了，萨克斯手吹起柔曼舒缓的曲子。墙上都是晃动的人影。我正想离开，忽然间灯光大亮，只见几名公安冲了进来，我知道这是突击扫黄。而这时一个小姐坐到了我的对面，低声说：大哥救我！我一看，竟是那个小婊子！她肯定是来坐台伴舞的，面色慌张。我也低声说：快报你的真名、住址，就说你是我的女朋友。然后我又自报了家门。她说她叫方鱼儿，家住长春斯大林大街，今年24岁。这时公安宣布：都坐好，检查身份证。不一会儿，检查到我们台子。公安先拿了方鱼儿的身份证。然后一一问我。我一一作答。我又说我们住在一起。公安说，非法同居也不合适。我笑着说，如今不都是先上车后买票吗？公安就笑了，说可以走了。方鱼儿就挽起了我的胳膊。

我们就这么挽着走了很长一截子。外面已有风，走起来还算舒服。方鱼儿说：大哥，今天真是谢你了。我说出门在外也不容易，同是天涯沦落人吧。她一下挽紧我，没再说什么。我说去我那儿坐坐吧。她点点头。我们一直走到船上，舱里还闷着，就拿了张席子到船顶上，那儿风飕飕的。

这个夜晚方鱼儿对我说了不少事。她原在长春一家厂子，厂子倒了，就带了点钱到了海口。原想做做小生意，结果被人骗了。我就问，怎么不去公司应聘？她说她文化太低，再说就是进去也不过是当公关小姐，还是陪人吃饭跳舞，钱却赚得少。我说怎么讲也是个正经事，犯不着像现在这么混。方鱼儿沉默了一会儿，说她有一个患小儿麻痹症的弟弟，她想替他多攒些钱。她顿了顿，又说，我其实也是看人的，那个人至少要顺眼，要……有个香港老头想包我，我没干。

我叹了口气。我也不知道方鱼儿这些话是真是假。但我还是有些感动。一个女孩子，无亲无故，从北方跑到最南端，弄到这步田地。我握着她的手，问她：你看我顺眼吗？她有些害羞地笑了一下，就顺势倒在我怀里。我搂紧她，贴着她的胸。她低声问我：你今天怎么这样？我说，今天我知道了你的名字，不是吗？于是我们做爱，做得大汗淋漓。过后又洗澡，上床睡觉时天差不多已亮了。

我醒得很迟。睁眼一看，方鱼儿已不在了。她把房间整理了一下，留下了五百块钱。

我一下感到很伤心。这一天里我都在咀嚼昨夜的事，我伤心之极。

17

我承认，这两天我惦着那个方鱼儿，主要是惦着席子上那点事。像我这种年纪，和几个女人有过肉体的接触并不叫人吃惊。女人和女人不一样。虽然和方鱼儿就一夜风流，但凝固在我的记忆里。我和李佳做了近十年的夫妻，可是在床上从来就不出汗。每回李佳都说没意思。后来我也这么看了。我想一定有很多的夫妻在床上感到没意思，所以最终以“性格不和”为由去办了离婚——其实是床上不和。男人是贪婪的，在床上却不自私。男人希望通过自己的劳动使女人在他眼下获得幸福，那么男人就更加幸福。男人就是这么个东西。

方鱼儿是个精灵。我们在一起那种状态让我痴迷。那会儿我觉得她就是个宝贝，整个过程称得上完美。她呻吟，她说：天哪天哪天哪！最后我们全像被子弹射中了那样瘫倒，周围听不到一点儿的声音。过了会儿，她才问我：你好吗？我说好。她说她也很好。

可是她走了。我一直在找她，找不到。她也没来电话。我有些不安，觉得有点趁人之危。如果她也这么想，我就惨了。

晚上借了一盘莎朗·斯通和威廉·宝云演的《偷窥》。片子拍得很好，剧情也好。《偷窥》中也有一个讨人厌的作家，那家伙变态，成天想杀人。威廉·宝云演的那人也变态，他通过一面秘密的电视墙来窥视这幢大楼的每个房间。他有他的理论。他说生活本身就充满喜怒哀乐，不需要什么肥皂剧（我想也可以不需要小说）。那人每天就靠这个度日。真实的东西当然是最诱人的。可是，我们看不见真实。即使是在被窝里也还是看不见。

18

接了一个去三亚的长途，价格敲在1200元。乘车的是一对男女。男的大约50出头，女的不过30岁，两人是来开会的，却装出一副夫妇派头。他们一上车就很亲热。女的说空调冷，男的就把西装脱下来给她披上。两人一路上就商量一件事：到底开几间房？是两间还是一间？两间不方便，一间又不安全。他们为此好懊恼。女的就埋怨了，说都是你，要是离了就不会这么麻烦。男的说快了，儿子一上大学就离。女的说有这简单？他娘那个病歪歪的样子，你就不怕机关里说三道四？肯定离不了。男的就感叹，说人生啊人生。女的说人生个屁，你就是自私。这两人的口音像是湖南的。这几年毛泽东的湖南话听多了，所以他们的交谈我大致听明白了，就这点破事。

车过万宁，看见了“洪常青就义”的那棵大榕树。这个故事是真的，洪常青真名姓李，是一个英俊的男人。因为是真的，我就很感动。一个人为了某种信念，把命拼掉，这让人钦佩。万泉河是一条美丽的河，并不宽，但水流湍急。两岸的植物茂密，绿葱葱的。我放慢车速，欣赏着这眼下的河。车内的这对男女依偎着睡了，似乎睡得很香。我很想抽一支烟，很想把车停下，跳到万泉河洗个澡。

傍晚时分，车抵三亚。我还是第一回来三亚，直觉判断这是个奇异的城市，美得浪荡。我把那对男女送到南中国大酒店，然后住进了一家小旅社。刚住下，就有女子上门，问要不要按摩？我问怎么个价？女子说这要看正规还是不正规。我笑着问，不正规什么价？女子答五百。我说我开了一天车也不过挣几百块，为那几分钟的乐子撂出去，不合算。女子就说你这人真是想不开，然后转身去了别处。天渐渐黑下来，我去公共浴室冲凉，审视着自己的裸体，觉得还是很合算。

三亚的晚上比海口安静。立在桥头，看渔船纷纷入港，心情变得十分好。岸上灯火稀疏，有一刻，我竟想起了故乡。我的故乡在长江中下游的一座小城。我在那里度过童年和少年，而现在我突然地老了。

19

苏晓涛一回来果然就呼我。晚上我们在国商的“潮江春”吃自助餐。她说请我，我说这不合适，单当然由我来买。她就笑了，说你们男人就知道在这上面要脸。我说，你的意思是说男人在别的上面不要脸啰？她连忙摆手，没这意思，我不想抬杠。我买单是因为我可以报销，我是总裁助理。既然这样就算了，我说，你混得真可以，明年能自己开公司了。苏晓涛说，我可不想独立门户，操那么多心。等挣了点钱，我还是想出国。我就问：出国有意思吗？在人家地里能找到感觉吗？她说这样想就太狭隘了。只要有一个利于自己发展的空间就行。我不再就这个话题接下去。发展空间？这话现在我听起来感到可怕。她嫌空间小，我呢，嫌空间太大。我从大陆跑到一个岛上，从书房跑到出租车，没觉得有什么不好。再过几十年或者十几年，我就到一个盒子里去了。

吃过饭，我请苏晓涛去我那儿。她说晚上还有点事。我知道这是托辞，就笑了笑。苏晓涛有点不好意思，说：我这人是不是没劲？我说，是我没劲。她就不响了。我谢了她，自个儿走开。我没去开车，想在街上走走。这个晚上没劲透了，我想我还是很傻。

和苏晓涛分手后我突然想到方鱼儿。我真想在路上遇见她，然后同她上我的船或者床。我不是让鱼儿这会儿来做苏晓涛的替身，我就是想她，想同她彻底地搞搞。我很沮丧。街上的灯光很骚，空气也很骚。这是一个骚透了的夜晚，男人和女人都待不住家。我混迹在这些孤魂野鬼之中，想几十分钟前自己还同某个高雅的女人在谈什么生存空间，觉得实在可笑。其实那个女人花钱买单只是向我表明她如今已是总裁助理。我来同她吃饭是想进一步接近她，然后泡她。就这么简单。男人和女人之间也就剩下这么点东西了。

20

去华侨宾馆看一位从犁城来的朋友。在门口，碰见一张熟脸扑过来。这是个演员，拍过不少电影。他大约觉得奇怪，怎么边上没人注意他并找他签名什么的，所以一阵响亮的咳嗽后，用那带脑腔共鸣的声音自言自语：这儿的天空真他妈的蓝！我看了那老小子一眼，心想你这家伙肯定吃错药了，跑到这地方来找安慰。这地方不吃这套，咳什么咳？能把满街的视线咳过来吗？如果你想把自己炒一下，不如上天桥把裤子扒了。

犁城的朋友是我的邻居，是来开订货会的。他给我捎了件东西，一条红裤带，李佳所托。李佳说今年是我的本命年，她近日两次梦见我出了车祸。朋友笑起来，说你还在她梦里，你们的缘分没尽，复婚算了。我说复婚简单，问题是一复婚大家又都烦了。朋友说婚姻就是这么回事，你看重它，它还是个东西；你不看重它，连东西都不是。后来我就寻思着，婚姻其实也可以实行合同制的。两个人在一起处得好，就将合同往下续；处不好，合同一到期就好结好散。免得大家戴着婚姻这顶帽子去干那些偷鸡摸狗的事，法院也省心。

晚上给李佳挂电话，谢她还惦着我。可她说，我这是看在往日情分上，我他妈的嫁你时是处女。我说我们如今是离了婚的结发夫妻，法律不保护我们，我们就自我保护。李佳说，我们充其量算是个亲戚吧，这倒也不错，李佳又问我身边有没有女人？我说偶尔有。她就笑了，问女人和女人是不是不一样？我说是。李佳问你和别的女人在一起时感觉如何？我说至少汗还是出的。李佳说，哦，那我服气。李佳的语气像在评价一件削价商品。我想还是有区别，离婚了，大家全变得理智了——理智得似乎有点过头。放了电话，我去了顶层。那儿还是很舒服，微风从海上拂过来，夹杂着椰子的清香。我点上烟，想着和李佳复婚的事。我觉得还是没意思。我和李佳只能偶尔一见，时间稍长一点，比如半个月，就不行了。我想夫妻的日子是不能总靠忍耐和宽容来往下过的。

海平线上不时扯出一线亮光，没准儿后半夜会有雨。

21

昨夜后来果然就下雨了，是中雨，缓缓地落着。那时我还没有睡，靠在床上看丘吉尔的《战争回忆录》。我喜欢这个不可一世的胖子，我同时也嫉妒他。温斯敦·丘吉尔那个下午正在家中修理矮围墙，结果白金汉宫传下话来，让他去做海军大臣。不久他又成了不列颠的战时内阁首相。战争摧毁了伦敦却成就了丘吉尔，如果没有那场战争，这老胖子干什么呢？

我发现我已是无所事事了。而且我一点也不痛苦。上岛的时间虽不长，但人是明显地胖了。我的腰围已达二尺六寸，腹部隆起，头发也越来越稀疏。我才 36 岁，如果不出意外，我至少还要再活 36 年。那时我的腰围会是多少？

在这样的夜晚，当然会有许多人活得有滋有味。也当然还有许多像我这样的人百无聊赖。我庆幸我还有辆出租车可开……

陈一帆又要出差了。下午送他去机场。他两手空空，不像是出差。

我就问，你他妈怎么什么也不带，就夹一只公文包。他说，我带了身份证和信用卡。我看看这小子，谱也大了。可是他却叹了口气。飞来飞去！他说，我一年有半年的时间是在天上过的，妈的！

机场陷在城市里，飞机下来时很吓人。这本是一个规模不大的军用机场，海南建省搞特区，就先凑合着用了。今天还算好，机场的人流量不大。时间还早，我和陈一帆在外面抽了支烟。陈一帆看看天色，突然问我：今天飞机会掉下来吗？我就笑了，我说你怎么想到这事？他说，从前坐飞机不感到害怕，现在是坐一回怕一回。上回从上海回来，飞机遇上强气流直落二百米，小桌板上的咖啡全掀飞了。这事我一直瞒着王娟。陈一帆说，我有一种预感。我说我也有预感，我预感自己会得诺贝尔奖，会同张曼玉结婚，可能吗？这不是预感，是幻想。因为有幻想，大家才不把谁放在眼里，不是吗？陈一帆不再说，脸色变得阴郁。这时一个给人照相的土著走过来，问我们要不要合影留念？我没理他，陈一帆却说照两张，一次性快照。于是就拉我同他站在一起。相片很快出来，我们各留一张。我突然有些难过，好像今天是来送陈一帆赴刑场似的，生离死别。陈一帆拉着我的手，说：万一飞机不争气，王娟就托付给你了。我说，你别再瞎想了。到了，给我那儿挂个电话。他点点头，从容一笑地走了。

我一直看着那架波音 757 起飞，飞到视野之外。

22

在老街吃早点时碰见了一位熟人。他原是内地一家刊物的编辑，也写小说，后来还自费上了北京的鲁迅文学院，去年来海口开什么会，看见小姑娘口袋和胸脯一样高，就决心不走了。他说那个晚上他突然发现自己至少白活了 20 年。别的都是假的，他这样感叹，只有钱最真实。钱这东西确实太硬了，碰它不过。这位来自闽南的男人后来做过公司的业务经理、非正式的证券经纪人、房地产交易的中介者。但从他一脸倒霉相和失去全部光泽的皮鞋看，我断定此人没有发财。再往下一打听，他现在又到了海口的一家文学刊物，当主编助理。他说主编是位老太太，每年掏 50 万，从不管事。言下之意那刊物是他说了算。

你给我们写一篇吧，他说，我当头条发。

我笑了。我说我跑到这儿来写小说是不是有点傻×？我说我现在不想写。写作太复杂，我想做些简单的事、过简单的日子。

他很惋惜地看着我。我想他肯定也用这种很惋惜的目光不止一次地看过他自己。他拍拍我的车，说：你这是体验生活吧？我说扯淡，生活不需要体验。生活像空气一样围绕着你，你吸就是了。我们上车，去了船上。这个上午生意是做不成了，有人要同我谈文学。他环视了一会儿，翻翻台子上的几本书。他说，我那儿有新译过来的米兰·昆德拉，要不要看？我说不要。我说我现在看不了正儿八经的书。我们开始喝啤酒。他列举了一大串作家名单，又指出这些人中的营垒变化，说谁要调到什么位置上，再回头把谁给收拾掉。我说你别给我谈什么文学界。我爱文学，但从不爱文学界。而且我历来是只交朋友，不入队伍。如果有人红口白牙地找我麻烦，我不会同他理论，但总有一天我会同他打一架，动胳膊动腿。他好像很诧异。他说哦，是这样。你的为人不像你的小说，你的小说很含蓄。这时他的情绪又转为忧伤，他说，小说是完了。现在中国只有一个人还读小说，就是张艺谋。

23

夜里的空气比白天好。天一黑，城市就变得简洁，像个地道的背景。

24

李佳来海口了，大约是办什么案子。李佳在大学也是读汉语言文学专业，毕业分到了公安厅二处，搞经济案件。我印象中，李佳善于砍价但不会算账。那年高考她数学只有三十几分。李佳是前天到的，拖到今天才打我传呼。其实就是不离婚，我们之间也是这么平平淡淡。我和她做夫妻的那几年至少出了20趟差，可她从来不送也不接。和你过日子像打麻将当相公，有一回我对她说，虽然也摸也打，但和了不算。既没有赢家的喜悦，也没有输家的懊恼。一句话，平庸。她不以为然地笑笑，说：生活就是平庸。你这人总拿生活当小说，可你的小说又都不生活。

你这家伙迟早是完了。我想这是肺腑之言。

我去琼苑宾馆接李佳。她穿着便服，戴着墨镜，在大门口等我。远远地就看见她晃来晃去，还吃零嘴。我按按喇叭，她走过来，说你胖了，谁替你补的？我说在这地方喝风也胖。然后我问她：去哪里？李佳说，陪我逛逛街吧。我可以逛上三个小时。

我就知道是这个结果。我把车停了，陪她由博爱路去解放西。我问她想买什么？她说不买什么，只是想逛。见我不接话，她又说：你要是忙就算了，我一个人逛。我说离婚了不能客气点吗？她说我失礼了吗？你这人真没劲。我说你也没劲。我忽然觉得，我们之间一点也没有改变，而且比原来还复杂。从前做夫妻，可以抬杠可以吵；现在得忍着，得讲礼貌。索性反目成仇也好，又偏不是……我越走腿越重，后来就和从前一样了，她在商场里面逛，我坐在门口台阶上吸烟。逛完一家商店，我问李佳，想不想去海边游泳或者去我那里看看？李佳说：我现在一点浪漫劲也没有，电视里的花前月下都倒我胃口。我说不想就算了，你忙你的，我忙我的，回头一起吃蛇去。李佳说，你别破费了，这边公家给我安排得好好的，攒几个钱再去讨个老婆吧。这回你得看准了，找个爱好文学的，日后给作家洗臭袜子眉都不皱一下的。我说我现在很乐意做一个司机。李佳就鼻子哼了一下，说你们这些人骨头就是轻，耐不了几天寂寞，自己便会自动跳出来招摇过市，不信你走着瞧。我和你过了那么多年，你屁股一撅，我就知道拉什么屎。你居然还说我不理解你，其实我是把你理解透了，让你受不了。

许多年前，我在大学碰到一个刚进校的新生，梳着两条齐腰的辫子，总是在那片杉树林里读陀斯妥耶夫斯基。由于近视而不戴眼镜，她的眼睛看上去忧郁而朦胧，睫毛也长。这个叫李佳的新生在三年级时答应毕业后做我的老婆……

我越想越清晰。这个晚上我粗略地把这些年同李佳在一起的生活理了一遍。时间不经意地改变着人，把每个人都改变得十分有理。这个世界已经越发没有头脑了，人却相反，人的头脑越来越管用。所以人在一起总是处不好，因为都聪明。我想，天下的夫妻基本上都是想离婚的，区别是有的想到了就做，有的只想不做。至少，城里是没剩多少好夫妻的。

25

陈一帆自那天飞走后就没有来过电话。电视这些日子没有类似空难的消息，他当然是安全抵达了。我想这狗娘养的应该来个电话，要不那天在机场的折腾就像是在作秀了。那张一次性快照我夹在《交通手册》里，无事拿出来看看，据说这种照片保存不了几年。到了晚上，我给王娟挂了电话，问一帆现在何处？王娟说她也不知道。王娟说陈一帆离开前雇了一个小保姆，留了点钱就走了，说是一个星期就回来，今天都五天了。我从不过问他生意上的事，王娟这样说，他也不说这方面的事。放下电话，我的心变得有些乱。我有种不祥的预感，陈一帆或许碰到什么麻烦了。

李佳没有呼我，我也不便去宾馆看她。离了婚的女人可以跟任何男人拉扯，唯独不能的是她的前夫。这规矩真他妈有点怪。这个晚上我有些烦躁。我已经很久不这样了。我也不清楚因为什么烦躁，身上穿条短裤也嫌碍事。后来我就把灯关了，短裤也脱了。我冲了凉，不想揩干身上的水，这样风吹起来更舒服。我又一次想到《现代启示录》上的那个美军中尉，他在西贡一家破旅店里就是我现在这个样子。我想那时他也正处于烦躁之中，兴许还夹带了一点苦闷。而我是没有苦闷的，只有烦躁。

有电话来，我以为是李佳，其实是苏晓涛。她说喂，干吗呢？我说洗澡呢。她顿了一下，又问：好了吗？我说谈不上好还是没好，我想洗就洗，已经洗三回了。她就笑了，问船上是不是很热？我说热倒不热，就是想洗，想让凉水浇浇身子。苏晓涛说，你怎么了？我怎么听起来很不带劲呀？我说没什么，我这里水电都不要钱，没事就冲冲洗洗。苏晓涛问，我可以去看看你吗？我说来吧。这是苏晓涛第一次主动给我打电话。倘若这个电话是前几天打来，我肯定会很兴奋。我会抓住这个机会往下蹚，蹚到哪算哪。电话来得不是时候。里根当年竞选总统，有人挺身质问他：你这老家伙，凭什么当总统？里根说，凭两点：其一是我对美国人民的爱，其二是我坚持性交。就是说只要能性交就表明不是个老人了。这么一想，我便有些悲哀。你不是想泡她吗？她来了，你又不兴奋。

苏晓涛是九点左右到的。那时我的头发还在滴水。我问好找吗？她说好找，这儿就停着一条大船。她说你这儿很像个秘密据点，一些仁人志士躲在这里捣腾个《挺进报》什么的挺合适。她又说你这家伙鬼得很，怎么这几天没电话了？我说，我的电话对你不重要。她就问：对谁重要？我说对谁都不重要，或许对我老爹老娘还有点意思，证明他们这个老儿子还健在。苏晓涛就笑了，说你该不是失恋了吧？我说无恋可失，就是有恋，这年头失了也就失了，大家都想得开。她就叹了声：我的天，你也这么想。我说我为什么不能这么想？我早就这么想了。世人皆醉，唯我独醒——那是孙子，装出来的。苏晓涛喝了口水，问道：那你说以前见过我，也是装出来的？一个借口？我摇摇头。我说不是。我就觉得你是外语系的那个女生。苏晓涛沉默了一会儿，随手拿起一本书翻看，说：没错。我就是那个人。我有些吃惊，弄不清是怎么回事。苏晓涛说，我讨厌过去。我不愿意去谈论从前。她的脸上泛出红晕，好像是在大庭广众之下被人误解了似的。她说我知道你在中文系，毕业前写了一个很轰动的话剧，毕业后又出了好几本小说。而且我还知道你比我大五岁。我到南方来是想寻一个新的起点，好把从前的一切全忘掉，没想到一下船就遇到了你。又是从前……

我打断她。我说从前未必不好，我倒觉得从前的生活很有色彩，只是生活的那个人不像是我，是我的赝品。说着我也笑了。今天是周末，一男一女在一起应该谈些轻松的话题才对。苏晓涛说，海口这地方好像天天都是周末。

26

苏晓涛昨天的打扮很青春。一件牌子很硬的鹅黄色 T 恤，一条有背带的牛仔裤，肩上还有个皮背囊。她的发型也改了，形状像个蘑菇，刘海整齐。她这个样子看上去顶多只有二十七八岁。这是个让男人动心的形象。其实昨晚我们只是握了一下手，而且感觉不太好。她的手太瘦，没什么水分，握起来像握了个模型。我觉得手对男人女人都很重要。手是性的先行官。

我们从九点坐到十一点半。两个多钟头说的全是废话。她一直就坐着，我在她眼前走来走去。后来我坐到她边上，她侧了一下身子，意思大概是说：你要干吗？我什么也没干，继续同她说废话。我听见她的呼吸十分均匀，就知道这个女人是让男人饱眼福的那种。我突然就想到了李佳从前在杉树林里读陀斯妥耶夫斯基的那个样子，不禁笑了。苏晓涛就问，你笑什么？我说一个人整天挨饿，不挣钱买米却买了许多碗，各式各样。她便用手支着下颏开始思索，这又让我紧张。我又问她，现在还想出国吗？她点点头。她说我这个人计划性很强，我想做的就必须做成。我随口应了句：做成了又怎么样呢？她似乎不高兴了，她说，你怎么这样想呢？我就不再吱声了。

我想我这个人是真的完了。这些年我像是在踢一场没有裁判也没有观众的足球，踢得稀里糊涂精疲力竭，现在我自亮红牌把自己罚下场。我太累了。我不知为什么累成这个熊样。

不想出车。躺在床上继续看丘吉尔的《战争回忆录》。“二战”的时候，据说老丘吉尔找了许多替身四处活动，我想那是很排场的。我也有替身，而且很多很多，只是他们长得都不像我。

27

天气极好，天蓝得吓人，云也吓人，一座山似的向你压过来，可它分明又是软软的。

28

去街上看了《情人》。小说以前我看过，也喜欢。玛格丽特·杜拉斯老了，所以要回忆。人一回忆就说明开始老了。梁家辉演那个来自旅顺口的中国人，似乎比旧时的男人好看，屁股也壮了些，不过演起来倒也逼真。那个体瘦多病的中国男人最后给少女杜拉斯留了一枚祖传的戒指，这就把她害了，一害就是半个世纪。

看电影出来，外面的天还很白，还可以在城里跑几圈。看车的老太太说，你这人不像是靠车吃饭的，这么好的天生意不做，来看电影。这语气真像我妈。我多给了她十块钱，可她不要。她说我看你也是大陆人，好生挣点钱回去吧。老婆在家等呢！我说我没有老婆，老太太就挖了我一眼，嘟嘟哝哝地走一边去了。我想老人家大概在说，你小子怎么混的？这么大岁数居然还没混到一个老婆！我把车倒出来，落下玻璃对老太太说：您肯定能活到99。

生意还是好。两个小时几乎没怎么闲。我喜欢跑龙昆南这一带，路是分道行驶，也宽，开起来很舒服。海口没几条好路，城里的路像得了食道癌那样简直叫人想跳海。天色渐晚，我不感到饿，就接着开。收音机里一个女人在嗲声嗲气地同你聊“黄昏风景”，没几句话却乱用了不少词，还问你开心不开心。我不开心。我一点也不开心。我也不痛苦。我只是无聊，无聊得想去过街天桥上拿大顶。

李佳呼我。她说明天回去，晚上来看看我。她的口气作派俨然是领导同志。我说去接她，她说不用。她说我知道在哪，那上面有厕所吗？该不会每天倒马桶吧？说着冷笑几声，把电话挂了。这就是典型的李佳，总他妈的想整死我。从前和她做夫妻，只要我一铺开稿纸，她就差我去买酱油打醋。她就见不得我写几个字。她一结婚就背叛了那个在杉树林里读陀斯妥耶夫斯基的女孩。我说写作是我的理想。她说理想个屁。她说你就是喜欢而已，就像别的男人喜欢嫖娼喜欢打麻将一样，是玩，是彻头彻尾的玩。她说就是有一天诺贝尔文学奖颁给你这号人，那也不表示你的成功，而是那个奖的失败。她说得振振有词。后来——那是离婚的前夜，我对她说：我是应该同你离婚。至少为小说我也应该同你离。她一下就笑了，是我从未见过的那种迷人的笑。那时我很自豪地想，李佳真是个了不起的女人，只是我实在消受不起。

我还是先洗了澡，顺便把室内收拾了一下。刚忙完，李佳就到了，穿一身制服，还他妈的戴着帽子。而我只穿了一条小短裤。我问：你没带枪吧？她鼻子皱皱，反问：什么味？像是青草味。我说青草味只有女人身体里才有，我这儿没女人。她说你别屁话，给我把裤子穿上。我往床上一躺：这是我的场子，我想光着就光着。她取下帽子，视察似的走来走去。她说到南方来没见你有多大长进，倒是染上露阴癖了。说着就把我的裤子扔给我。我笑了，叫她坐过来。她问想干吗？我说你这么问话，说明你心术不正，心里有鬼。她说你少来这套，你那四两肉你爱给谁给谁。这时我就把灯关了。黑暗中听见李佳说：你这狗娘养的公然藐视法律。

还是和从前一样。

李佳说：没意思。一点意思也没有。我没吱声。李佳就伏到我肩头，问：你和别的女人在一起有意思吗？我说还是有点意思。李佳问：怎么个有意思？我说和三级片差不多吧。李佳立刻就坐起来穿衣，一边穿一边说：那是装的，绝对是装的。我拉住她，说今晚别回宾馆了。她说：这哪行。我不能在你这儿过夜。这话一说，我心里倒是有些酸了。我在黑暗中看着她把衣穿好，准备开灯。她拦住我：算了，就这么黑着坐一会儿吧。你这脸我不看也罢。过了很长一会儿，李佳问道：你打算在这地方玩到什么时候？我说搞不清楚，如果玩腻了，就走。反正现在也简单了。李佳又问：你就这么玩上一辈子？我说这也未必不可，我自食其力，没有给社会造成什么负担。李佳就说去你妈的，你就玩够吧！不过我还是建议你趁早买一份养老保险。

29

只要看到椰子树，我就有了某种安慰。它证明我确实脱离了从前。这话是苏晓涛说的。可现在的问题是，由于我的出现，她的从前又他妈的回来了。在“从前”这个问题上，我们存在着分歧。今天我们去听盛中国的演奏，一路上她都在叹气。你是一个标志，她这样说，你让我想起许多不该想起的往事。我说我的感觉恰恰相反。我虽然讨厌那所大学，但喜欢那些年发生的事，其中包括在食堂买饭时偷看外语系那个女生。她就笑了，问：我变得厉害吗？我说你这是在炫耀。你要是变得厉害我能一眼认出你么？她又叹了声：我其实变化很大。

一个能容纳50来人的小厅，一个布满柔和灯光的小舞台，然后盛先生的演奏开始了。给盛先生伴奏的是一位日本女人，很文静很礼貌地弹着钢琴。自然要演奏《梁祝》。大家听得很认真，很斯文地喝着椰奶。苏晓涛说，琴拉得很棒。我说是的，很棒。可这个场所不是拉琴的地方，是吊膀子的。苏晓涛笑了：你闭着眼听不就得了？我说这些人都是装的，装得那么高雅那么有教养。苏晓涛就问：那我们呢？也是装的？我说是。

苏晓涛便不响了。我知道她心里很难过。你不是喜欢我现在吗？现在我们就是这个样子。我们一边挖空心思地挣钱一边还要显现出文化品位。我们就是这种货色。所以我们要把堂会理解成音乐会，把消遣说成欣赏，把饼干说成克力架，把性交说成爱情，把闲着没事说成空虚，把无人来访说成孤独，然后把自己看做卡夫卡或者弗朗索娃·萨冈。全他妈的扯淡。据说某市还有个小子，生意做砸了就沿长征路蹚上一遍，把自己当做毛泽东……

《梁祝》一完，我们就离座了。苏晓涛出来就说：别送我了，我想一个人走走。这是我意料中的。我就说别走久了，这地方乱。她说你忙去吧，还能挣几张呢。我今天真是犯了大错，耽误了你的生意。我就笑了，我说我还是陪你走走吧。她不理我，转身走了。我跟在后面。苏晓涛的自尊心真是玻璃做的。太容易碎了。走了好一截，我拉住了她：去我那儿吧。她说不。我说那就去海边如何？她没说话。我跑回去把车开过来，把顶灯也卸了。然后我们就去了白沙门。

那时月亮刚升起来不久，海上罩着一层烟霭。我们没有下车，落下玻璃，潮声此起彼伏地在耳边回响。

你是不是什么都不信？苏晓涛问道。

我说你的问题太复杂，我回答不了。

她说，你这人状态不对。

我说我的状态早就不对了。我甚至没有状态。

后来——那是我们分手之后，我就想：如果今晚在海边、在车里的那个女人不是苏晓涛而是方鱼儿，绝对就是另一个样子了。我不知道为什么突然这么联想……

30

王娟一早来电话，让我过去一趟。我问出什么事了，王娟说见面谈吧。我便有些紧张，心想一帆可能惹上了什么麻烦。等见到王娟，她的样子十分想哭，我就更加不知所措。王娟把小保姆支走，关上门眼泪就往下淌。一帆出事了，她抽泣着说，一帆肯定出事了。我让她慢慢说。她说一帆昨天半夜来了电话，说他可能被人害了，让她回犁城娘家候产。

王娟问怎么被人害了，一帆说电话里讲不清楚，然后就匆匆把电话挂了。王娟说这个电话好像是偷偷打出来的。我问王娟，一帆现在何处？王娟说不知道，又哭。

我就劝王娟，事情还没有出来，这么哭会伤身的。王娟的肚子已经很高了。会是什么事呢？我想一定是经济问题，与钱有关。而且这事陈一帆肯定早就有数。我又想到他这次出差与我在机场的分别，兴许这家伙就做了准备，知道要出事。我没把这些告诉王娟。

从王娟那里出来，我觉得天好像都不蓝了。我现在就怕遇见这种沉重的事。看《阿甘正传》时，那个在越战中丢掉一条腿的中尉一出来，我他妈的就受不了。它破坏了我对那根羽毛的感觉。我知道一条腿的设计是艺术，甚至是杰作，可我还是受不了。我想陈一帆是不会给我来电话了。我从《交通手册》里拿出那张快照看了看，它还是清晰的。我不知道它何时会褪去颜色。

31

一连几日都是阴天，小雨。去三亚的路上我就有种预感，没准儿今儿要倒霉。果然回来走到 125 公里处就追尾了。我当时正低头弹烟灰，又看到那张快照，头还没抬起来便听见“梆”的一响，车身随即一挫。前边那辆丰田客货两用被我顶到了路边，而我的引擎盖全卷起来了。

错在我。没说的，掏钱。那司机也是大陆人，还算好说话，只收了我十张。我的车动不了，这儿又没地方挂电话。天他妈的不作美，雨发疯地下起来。我就缩在车里。还好，收音机的电源没弄坏，能响。我随便调到一个台，里面是一男一女在侃“文人下海”。男的说某某原是大乐团的指挥，现在成了香港的大地产公司的老板。女的说某某某是著名作家，曾经写过轰动一时的什么小说，最近来海口主持招商。介绍完了，他们就开始评论，基本上都是废话。我于是换了一个频道，时而一段音乐时而一段广告。

雨点打在玻璃上。远处不时有闪电，但听不见雷声。我将座位放倒，躺下。天黑得像锅底，这个地段是山区，几里路见不到一盏灯。虽然有车不断地从我边上驶过，可是没有一辆肯停下来。我看看表，刚过 12

点。海口的歌舞厅正是吹灯拔蜡的情调时分。

收音机里这时已是“听众点播”节目。女主持人说：一位来自北方的小姐点播甘萍的《大哥，你好吗?》，献给她的一位可亲的朋友，因为过了零点，就是他的生日了。她祝他生日快乐，出车一路平安。

我一下坐起来，然后拿出身份证借着香烟的亮光看。是的，过了零点也是我的生日。我的本命年刚刚结束。我居然还活着。大哥，你好吗?我不好。我一点也不好。我吸着烟，忽然想到了鱼儿。这歌可能就是鱼儿为我点的。来自北方……大哥……出车——这就是鱼儿!

我现在特别想鱼儿。她今夜会去我那儿吗？她肯定去过。我必须马上回海口。然后我就跳下车，站在公路中间等往海口方向的货车，雨还是很大，我的脸都被雨点打麻了。不多会儿，一辆东风车迎面驶来，我高举着双手，表明我不是车匪路霸。那车逼近我，司机关掉远光灯，按过几声喇叭便停了。我说请你们把我的车拖回去，我会给钱。司机的口音也是北方的，没多说就答应下来。

我又上路了。车抵海口，天色已白，雨也住了。36 年前的这个时辰，我刚刚落地。接生婆一剪子绞断脐带，直到现在，我的肚脐眼还在生痛。

32

我没有找到鱼儿。

这几天我晚上都去摩根酒吧。小姐好像又换了一茬，全是生面。我问她们可曾见到一个叫鱼儿的北方女孩？一个很丰满的妇女反问我：你是猫吗?

不用说我很沮丧。我后来也就不找了，没事就守着电话看一些莫名其妙的录像。我的车还在修理厂，保险公司认了百分之六十，我至少还要掏五六千。王娟每天都来电话，为陈一帆提心吊胆，边说边哭。我重复地劝，重复地安慰。我也想对一个人诉说，可我找谁呢？谁来安慰我?我呼过苏晓涛，对方机主已经易人，说苏晓涛刚离开这个公司。我有点难过，觉得苏晓涛应该来电话打声招呼。不过我又想，这样也好。我和这女人是水与油的关系，搅和不到一块去的。

那位当主编助理的朋友又来电话约稿，还说要请名家来开笔会重整旗鼓。我说我还是不想写。朋友就问：你是不是也在写一部大的？我便对着电话哈哈大笑。我说一个鲁迅至少可以压三代人，你想往哪儿大？你还真以为那些招摇过市的家伙了不起呀？他们顶多能写一部或者10部20部厚的。从来就不曾大过。朋友就也笑，说人有时尽他妈的吃错药，临死头还是昏的。朋友说，算了，这鸡巴刊物老子也不编了，改天一起喝酒。放了电话，我突然感到一阵燥热，便把衣服扒了。我挑出一支狼毫笔，打算在皮肤上默写唐诗。墨汁很凉，毛笔画在皮肤上痒丝丝的。我由小腿开始，再大腿，再肚皮。末了，我又以肚脐作瞳孔画了一只独眼——看上去像是患了白内障。我把两条腿支到舱壁上，点上烟，隔着烟雾欣赏着这肚皮大腿上的千古绝唱。

后来我又大叫了几声，真爽。

33

台风是午夜时分由文昌登陆的，刮到海口差不多已近凌晨。

台风如虎啸，挟带着暴雨。

街上的椰子树一夜间全成了荡妇。

34

台风过去以后的这些日子，我的日记也停了。这个季节大陆已是落叶知秋，可岛上仍是绿油油的。我这才意识到，南方没有秋天。

我接到了苏晓涛的电话，她已在上海，正办理着赴美留学的签证。她说逛书店时看见书架上有一本我的小说，就买下了。我想如果不是这样，她是不会有电话来的。苏晓涛说，临行前本想去我那儿看看，几次路过都没见到船上亮灯。后来我又觉得，她说，不见也好，见了又分开反倒心里变得重了。我说你运道不错，这下如愿以偿了。你还有新的计划，你当然也还会如愿。她说但愿吧，其实现在……算了，不想谈这些，你好吗？我说就这样，只是觉得日子太长。然后我们又谈了一些乱七八糟的事，什么房地产滑坡、股市A股不如B股、国产电视剧一塌糊涂，如此这般。苏晓涛突然问道：你想我吗？我犹豫了一下，说想过。现在想也是白想，你离我越来越远了。她说：我曾经离你很近的。我说那也是远。凡手摸不到的就是远。我们就都沉默了一会儿。后来苏晓涛说：有件事我想还是告诉你的好。我其实以前不认识你，真的不认识，我是在北京读的本科。你的那些个人情况，我是从一本刊物上翻到的。我也不知道为什么要去冒充你们学校那个外语系的女生，现在想起来觉得还好奇怪。你真以为我是她吗？我笑了笑，我说你们的侧面很像，现在这已不重要了。

电话差不多打了一个小时。我看看表，刚过十点。我想苏晓涛真是凡事都有计划，她当然知道夜间九点之后长话费减半。苏晓涛最后用英语对我道了晚安，声音又亮了。她还会说法语甚至西班牙语，我这么想着。一个人可以用多种语言同人交流，这是能耐。这个人在我生活里忽进忽出，毫不拖泥带水，真修行得可以。外面已开始热闹了，我得出去遛遛。我换上了一件大红T恤，光了脸，挂了随身听。我摘了顶灯，戴上耳塞。马连良一叫板我就踩了油门。我沿着滨海大道往秀英的方向开，城市渐渐退到了我的背后。

今夜我自己泡自己。

35

陈一帆果真出事了。与他合作的那方曾为他的公司担保，并以不动产抵押，由他出面贷款，再联手投到“四达大厦”上。钱弄出来，累计有三千多万，但是所出具的担保、抵押文件全是伪造的，这便构成了金融诈骗罪。一帆在犁城落网，他被押送海口收监的那天，王娟正好飞往犁城回娘家候产。他们在空中失之交臂。一周后，王娟生了一个八斤重的女儿。

李佳也参与了这宗案件的侦破。她那次来海口，就是为这事。犯罪的和破案的都是我亲密的人，他们静悄悄地做了一切，我却什么也不知道。

陈一帆被判处有期徒刑十年。昨天晚上，李佳给我挂了电话。她说你现在可以去看看陈一帆了，我回头去看王娟。李佳又问我什么时候回犁城？我说不知道。我说我脑子现在很木，耳鸣也厉害。李佳停顿了一下，问道：你在海口有人了？我说曾经有一个，可现在找不到了。

今天我去探监。一帆的头发已被剃掉，双手提着裤子，很谦虚的样子走过来。我们之间隔着一层玻璃，我一点也感受不到他的气息。有一分钟的时间我们就这么对视着。后来，我们同时拿起了话筒。他说，我的头发剃了。我说剃了还会长。他就淡笑，说：头发一剃等于尊严给没收了，现在我算懂得了什么叫割发代首。我以前还写过一篇随笔，把曹孟德挖苦了一顿，其实他是对的。陈一帆边说边摸着发青的头皮，我没插言，看着他摸。他说过几天就去服刑的农场。据说是植树。他说他喜欢植树，他每天可以种上五棵，这样一年下来就是1825棵，十年便有18000多棵了，那就是一片大林子。陈一帆挠挠头接着说：刑满时我53岁，我就申请去看那片林。

陈一帆对妻儿只字不提。

从监狱出来，外面的天还是很白。我把车停了，去买点喝的。我的腿变得好软。天桥上有一个瞎子正用自制的二胡拉着《潇洒走一回》，没有人管他，也没看见有人给他扔钱。我给他捎了瓶矿泉水，蹲在他面前，很有些痴迷地看着他的表情——他几乎没有任何表情。一曲终了，我把水递到他手里。瞎子说：你在听还是在看？我说也听也看。瞎子问：我能摸摸你的脸吗？我说你摸吧，就把脸凑给他。瞎子粗糙的手指由我的天庭沿鼻梁往下再滑向两腮。瞎子问道：我俩长得有些像吧？

我说是的，我们很像。

1997年11月15日　合肥寓所

（原载《收获》1998年第3期）

朗诵南方风景

缘起或者致《莽原》

1994年夏天与这篇小说有关。夏天往往是我写作的季节，所谓挥汗如雨。这种季节与计划的分配让我想起农村的双抢——我拥有三年作为农民的历史。但是那个夏天我的心情受到了意外的破坏，一些不该发生的事竟在一周内相继发生。种种迹象表明我在南方不宜多留，于是像只折翅的鸟沮丧飞往中原。飞机在暮色中低徊降落，轮胎嘭地触地那一刻我觉得时差起了变化，郑州的夜比我想象的来得快。

几天后友人通知我：《莽原》杂志社请我去玩。友人是位名气很响著述颇丰的学者，为人厚道且具男人风采。其时他正替《莽原》主持一个学术对话栏目，腾我一席之地与他做伴。我的天资注定我是个不善正经言辞的人，否则我不会写小说而上主席台去作报告。吸引我的是《莽原》自身，莽原这个大气的词汇。全中国凡叫文联或者作协的院子大概差不多，至少是颜色——青灰色，如雨中的天空。别致的是这家文联各协会的牌子不是并排竖挂而是一层层摞起。歌颂的语言可以把它们比作将军胸前的那些彩色杠杠（我至今不知那为何物，只知道是好东西，越多越好）。

对话在很乱很艺术的《莽原》编辑部进行。具体操办这件事的是位声音很好普通话很好的女编辑李，俊秀的面貌与朴素的装束给我以亲切感。李说你来郑州你得给我们写稿我们有新栏目你现在还写不写？我怎么能不写呢，我说。我说我写。“对话”之后是饭局。饭局之后是主编的热情约稿。我是谁这我比谁都清楚，自然受宠若惊。

结果还是没写。我遇上了一件不顺的事，被人玩了一把，连抽烟都没了味道。我对《莽原》失信了并为此抱愧至今。在我离开郑州之际我竟没有勇气向《莽原》辞行。但我知道，郑州我还会来，而且有可能住上一个不短的时期。

1995 年 9 月的一个早晨我受到神的指引，意识到在日后的个人生活里将会发生一件大事。半月后，即 10 月 12 日（那天结婚的人很多），我匆匆乘上合肥至郑州的 272 次夜行列车，秘密开始了我的第二次中原之旅。我选择位于经七路与经八路之间的省煤炭厅招待所作为安身之处，这里距文联不足一箭之遥。这天晚上我拜访了一位我敬重的前辈作家，他也是我的同乡。我们神聊至子夜。临别，我带走一卷新近出版的《莽原》。我喜欢作家的那篇往事漫忆，一贯的调侃之风（他为此付出代价也获得光荣）让我对往昔的日子居然产生了几分神往。作家叙述的年代是我的童年。

还是这个晚上，我舒缓地躺在床上阅读一位年轻朋友的散文。作者显然不够老辣的文笔下却流淌真正的悲壮与忧伤，这是一次关于母亲、英雄和革命史的变奏之声。我于细密的铅字中重新认识了北方和草原，最终读出的是一片苍绿，这颜色让我心悸。过了很久，黎明与细雨同步而至的时刻，绿色过渡为蓝色，草原随之幻为大海。

一切自此开始。

日本望远镜

这个给你，邦说，东洋的玩意儿，自动对焦，倍数很高的。你从这儿能看过琼州海峡。

你当然还可以看人家窗户，邦又说。

果然能看过琼州海峡，彼岸灰蒙蒙一片，那是大陆。现在我意识到我是在岛上。南方之南的海南岛。

邦说你们这些文人就是黏黏乎乎的，真出门了又不时回过头。你就看吧。每天看。等有一天你不想看了你小子就成真爷儿们了。你们这些文化人。

你好像不是？我回头看邦。

我不是。早就不是。不过我那几首诗能压一代人，你信不？邦一边理头发一边说。

我笑：你他妈还说不是。

日本望远镜就这样到了我手里。我掌握了它99天，然后又在一个晦气的夜晚将它失去，这个我在后面的文字另作解释。关于这架日本望远镜我曾有一篇很小的文章，发在《新民晚报》上，题目叫《有一些可看的东西》。显然是个虚伪的标题，明眼人一望便知我不过是略施了雕虫小技。在那篇不足千字十分明朗的文章里我扮演了一位正经的歌手，蓝天绿海这个那个的一番如此而已。

“可看的东西”往往是不说的。

那时我希望邦早些离开。希望天黑。邦晚上有应酬，他的头发他的皮鞋和他的凌志车一样亮。邦的形象已接近贵族，但他自己不承认。暴发户吧，邦说，这国家没有贵族。贵族是用血证明的。几代人的血。咱们同胞查祖宗三代都是农民吧？

邦欣赏自己这番宏论。腰间的呼机再次响起。邦看也不看地出门，对我说：晚上不回来了。

我和邦是大学同学，就天分而论，邦的能耐不亚于徐志摩。邦极富才情又极其狂妄，是个连金斯伯格也不买账的家伙。邦两年前被人一脚踢下了海。踢他的人是他的局长，邦睡了他女儿。后来邦在叙述这件事时神情专注。其实是他女儿睡了我，邦说，我一直是躺着的。看过《本能》吗？我当时的姿式和小道格拉斯一模一样。

这天夜里我在别墅顶层的平台上待了很久。我所处的位置是海甸岛沿江三路与四路之间。海甸岛是岛中之岛，一条很脏的海甸溪把它与海口市区割开，因此比较安静。海甸岛规划中是海口市最大的一片别墅区。好像什么风格的别墅都有，俯看下去像一个建筑模型沙盘。我在黄昏和天黑之前看海，看琼州海峡。大陆在视野中，这样我就有了一种未被抛弃的感觉。那时候是我一生中最晦气的日子。我途经广州去《花城》见好朋友田瑛，这个略知巫术的土家族胖子一眼识破。你一脸晦气，田瑛强调说。（在以后许多梦境里，我与田瑛时常相遇。终于有一次他说你现在好了你还会更好你知道你眉宇间有一股气吗？）

邦所料不错，我现在需要看人家窗户。中国人外国人都喜欢窥视。高贵者和卑贱者都喜欢窥视。人都喜欢窥视。这是一个很无奈的事实。

所以窗帘是必不可少的。

这天夜里我守住了一扇造型别致的窗户。一扇窗幔薄如轻绡的窗户。在这篇小说结束的时候，我恍然大悟：

我不过守住了一个阴谋。

洋·恐怖之云

1994 年夏天我在离开《莽原》编辑部后与编辑李有过几次交谈。李纯正的普通话掩盖了她的祖籍。她是广东人。她当然也能说出规范的粤语。我对粤语的态度近乎仇视。但在那个下午，正是李随口而出的几句粤语勾起了我对南方的玄想。

没有人被云所惊吓的，我告诉李，我可能是第一个。

这种近似神经质的故事导语让李有了瞬间的惊奇。我开始叙述我的亲身经历。可我的故事开篇不顺，总是被不断的电话铃声中断。我失去了耐性。以后吧，我对李说，以后再说。

你最好把它写出来，李要求道。

重现的画面在一年多后再次出现。电视屏幕右上角显示出此刻是 1995 年 10 月 15 日 1 时 27 分。我的心情有点感伤，我又一次在梦的天空里与它遭遇。另一原因是我在这个夜晚没有拨通一位朋友的电话。我于感伤中怀念，那过去的和刚刚发生的。

是一个正午。我借邦的车去一个叫洋的地方。实际上我此举非常盲目，甚至有点鬼使神差。我想我有过把车瘾（那时我刚刚会开车）的嫌疑。但重要的是我被“洋”这个地名所吸引。这一浪漫情怀归罪我作为小说家的素质。我实在是喜欢洋这个方块汉字以及这个悠扬的音节：yang。

你要当心，邦告诫我。

我不会碰你的车，我说。

我根本不是说车，邦纠正说。然后看了看天空，欲言又止。

我是个无照驾驶者。准确地说是一个伪照驾驶者。我的驾驶执照是一个尖嘴猴腮的湖南小子弄来的，二百块。上帝给了他一双贼手，他可以伪造各种有效法律证件。钞票也可以做的，但小子不敢。那次他送执照来别墅，邦问他：能做结婚证吗？他说当然可以。他说一个三百，五个以上减半。邦就笑了：那就来五个吧，要不要先打订金？

洋距府城约30公里。洋其实与水没有关系。洋的边上是杂乱无章的乔木，居然没有一棵椰子树，可它偏偏拥有“洋”这么一个好听的名字。我以时速60公里接近了洋。洋那时正置于烈日的暴晒之下。纬度使阳光对这个岛屿情有独钟。

我缓缓停车。反光镜里一辆乳白色的本田跑车缓缓跟上，也停下。

有喝的吗？一个女人的声音。

车窗玻璃悠然落下，一个颇具丰韵的女人，墨镜和红唇搭配极佳。女人朝我这边伸出手。那是一只仅次于杨惠姗的手。（杨在电影《玉卿嫂》中那个手的特写让我铭记终生。又是yang！）

我对她摇摇头。车里的确没有喝的。

于是白色的车梦一般飘走了。我下车，去找僻静处方便方便。地平线看上去很低。

接下来就出事了。

起先，我只是随意的一眼：一块云。一大片湛蓝湛蓝的天空上有一块云。没有风，云却在扩张，生长，迅猛生长，与地平线相连接。一块拔地而起的云，呈现出升腾扩张之势，而且越来越厚越来越白越来越向你逼近。

我蓦然一阵抖瑟。那云还在迅猛地长、迅猛地升腾与扩张，占去了大半个天空，软软地向你逼近。白白的、软软的、巨兽一般地向你逼近，上部豁然裂开——它要吃了你！

一身冷汗。邦的告诫仿佛自九天传至：你——要——当——心——

散发青草味的声音

从洋逃回的当夜我开始发烧。我自觉是一个胆大的人，12岁那年就玩过雷管，17岁在农村夜间的山路上与狼相遇，21岁在大学以餐叉当刀去与物理系那个大块头拼命，这些都过来了。没想到36岁在海南岛上被一块云彩惊吓成病。这是一个奇迹，我至今认为。我的命相注定我终生会同一切白白软软的东西相克，这大约也是我在情场每每失意的一个不可忽视的原因。那个夜晚我无限忧伤，对自己的前途不再抱有幻想。我想自己大概是完了。那是一个空心的夜晚。

我没有告诉邦白天发生的事。那句简单的告诫在我看来充满玄机，我开始检点这些日子与邦相处的全部内容和细节。邦晚上仍有应酬，请银行界人士吃饭卡拉OK。邦私下称那些人叫杂种。邦最恼的就是要千方百计去讨好这帮杂种从他们口袋里掏钱。在以后的一个晴朗的日子邦终于收拾了他们。我的思路最后回到那架日本望远镜上，现在我觉得它精致的表面有点可疑。我不明白邦为何要送这件东西给我。但我没有深想下去。我惦记着那扇窗户。我已经空守它很多夜晚，除了见到一把吉他一顶草帽我便一无所获。可是这两样东西勾引了我。一个头戴草帽怀抱吉他的女人已多次走过我的梦境边缘。我深信梦境中的女人最终会被望远镜射中，然后在某一个傍晚走进我的生活。

又是徒而无功。我虚弱的身体如同风中芦苇，可见欲望之火纵使在死人身上也会照样燃烧。人就是这么个东西。我在顶层徘徊着，思绪鱼一样潜入大海，游过琼州海峡。这时候想听人吹萨克斯。但听见的是电话铃声。今晚第三个电话，我想又是找邦的。

1988年第6期《收获》杂志所载中篇小说《南方的情绪》中，我曾接到一个神秘女人的电话，内容平淡声音古怪，散发着青草味。这种超验感觉使我在一个时期里魂不守舍。我不知哪里出了毛病。现在，我又嗅到了这种味道，电话的另一端无疑是个女人。

找谁？

就找你吧。我是随便拨了个号码，请别挂掉。我想找个人说话，是大陆人就行。

说吧。

你是哪一年上岛的？

刚来不久。

喜欢这地方吗？

说不清楚。我只想随便看看。

随便看看？我怎么觉得你不随便呢？

感觉而已吧。我是个很随便的人。

可我的感觉一般都是很准的。比如说，我感觉你的年龄在35至37

岁之间，你的实际身高不足一米七，稍胖，头发很好。你的五官还不错，鼻子尤其好看。你知道男人鼻梁高意味着什么吗？我说得对不对，先生？

接着说吧，你的音色不错。

再往下说你也许就不爱听了。

没事的，你往下说。

你来岛上的原因我大致清楚，但我现在不想说，可以吗？我知道你这人挺爱面子，文人嘛——我相信你是个文人，甚至会写小说，小有名气，待在小说里很潇洒对不对？我想你在小说里干了不少坏事，以别人的名义。其实你还算个正经人吧。你也是个理想主义者，内心很古典，追求完美，你身上还留着书生气。喂，怎么没声了？

听你说，说吧。

你的意思是我感觉不错（她得意地笑）？

这倒未必。你接着说。

你看，虚伪了不是？两个人说话还不来点儿真诚？好了，就到这。我还会找你，这个电话号码我可记下了，拜。

青草味也随之消散。青草味让我想起很久以前一个女人的身体。这种类似《生命中不能承受之轻》中托马斯的体验业已成为尘封的历史，回首让我恍惚。我思索着刚刚发生的这个不可思议的事实，再次回想白天的经历。那个开白跑车戴墨镜嘴唇如一道伤口的女人。找我要水喝的女人。我于观念中将二者重叠。我想我可能是落进一个圈套了。

你或许见过我

在过去的几十天里邦无视我的存在，像添置一件家具似的将我束之高阁。我名义上是邦的助理，实际是他的食客。在邦的眼中我是个落魄书生，腋下夹着两本线装书和一根乞食箫。我觉得这不是长久之计，况且，这套别墅这部电话这架望远镜都有可能给我找麻烦。我要同邦谈谈。

邦至今保持着诗人的敏锐，我刚坐下，他就开口了：

想走了不是？回大陆还是跳槽？

在这待久了也不是事，我解释道，这么闲着，凡事插不上手。

谁说你闲了？邦从大班椅上直起腰，你不是一直干着吗？

我干什么了？

邦以习惯的手势结束了谈话。他马上要去外地出差。闷了出去转转，他拍着我的肩膀，采风采花采什么都可以要不让几个记者来专访一下？邦说在他回来之前让我务必不要离开。

我不明白邦为何要这样做。邦与我不算深交，在我印象里，邦也不是大方人（大学时代的邦总是怀疑同寝室的人偷挤他的牙膏）。我实在有点犯糊涂了，但我意识到事情绝不会像邦所说的那样轻松。恕我小人之心，我觉得邦是希望我扮演一个投奔者，一个他的随从人员，而不是他的昔日同窗和客人。他需要这种氛围。他当然还可能有（或者肯定有）其他需要，这我就不知道了。（毛主席说：世上没有无缘无故的爱……）

我需要另作安排。至少，要有一个计划。我不想涉足邦的生意。我的心智和胆魄都不是他的对手，但我也不想就这么尾随其后。我到南边来是想换一口空气，能赚钱当然更好，学点写字以外的本领。总之，我不能让邦养着。

那个下午我心烦意乱。

你不是一直干着吗？邦是这样说的。这是什么意思呢？邦告诫说你要当心。当心什么？我差点被一块云彩吓死。邦送我一架日本望远镜他说你就看吧一直看吧——这就是我的近期生活。

改变或者暂时改变我生活状态的是一个女人。这不是后来的事。在邦离开不久她便出现了。不是我记忆里的女人，也不是想象中的女人。所以当她说“你或许见过我”时我就有些吃惊。我想她可能是个演员，拍过些电视剧什么的，以为全国人民都见过自己，到哪儿都有饭吃。但她不是演员。从前我学过音乐，她说，学钢琴。

从前？我看了看她。

我遣用“从前”这个词，是希望那些日子离我远些，以便忘掉。她这样解释道。

可从前我也没见过你，我说。

我们不纠缠这个问题好吗？她笑了笑，现在我们认识了。我觉得你这个人……的确不错。

你找我有事？

随便谈谈吧。

又是随便谈谈！几天前的晚上一个女人随便拨了个号码于是就随便找到了我于是就随便谈谈可我怎么就觉得不随便呢！正如电话里那个女人所指出的：你不是一个随便的人。

我是一个意志薄弱者，喜欢想入非非，喜欢企及一些难以企及的目标。拿破仑那句“不想当元帅的士兵不是好士兵”害了不少人，包括我。拿破仑未当元帅之前是不会这么说的。我前半生的失败多少与拿破仑有点关系。拿破仑当了元帅，再回头夸自己是好士兵，都占去了。我呢，永远当不成元帅，结果反觉得肩上的大枪更沉了。我这辈子总是落入一个接一个的陷阱，似乎在劫难逃。

现在需要一段闲话

这篇小说写成这样子我始料不及。我写小说的方式多多少少有点像打麻将，靠碰运气。我不知道故事将如何发展，写完一句再去想第二句，就像把牌一张张摸上来一样。如果有人碰吃，往往会错过一张好牌，所以我一般是在夜深人静时开始写作，丝毫不能受打扰。我现在住的屋子紧挨着街道（纬三路），车子很多，这非常痛苦。我有很多句子就这么被汽车给“碰吃”了。这是小说读起来不够畅快的一个原因。有点东扯西拉的感觉。放弃习惯一般人做不到，况且到了这个年纪。我不使用电脑写东西，那完全是操作而不是写作。一个作家可以面对虚无但不能面对一台机器，这感觉不舒服，像裁缝。我喜欢钢笔、黑墨水和略渗的方格稿纸，喜欢一手拿烟一手执笔在纸上划来划去的状态。

谁也无法看见一棵树在眼前生长，但我能看到我的小说慢慢“长”出来。这个未知不断显现的过程让我无限愉快。我的努力旨在把小说写得有点意思，就这么大出息。

小说似乎完全展开，人物相继登场，我夹在中间跑龙套，而且还有些悬念和暗示，这些都让我头痛。我不是说故事的高手。但是自己酿的酒只能自己来喝，我需要对自己的行为负责。

一小时前我去一家小电影厅看了《红玫瑰和白玫瑰》，是根据张爱玲的一篇小说改编的，刚得台湾“金马奖”，但拍得非常糟糕。我将近五年没有看过电影了。我拒绝的主要是那个环境。我不喜欢我的黑暗中流泪时听见邻座嗑瓜子或者搞出些男女间小名堂的响声。环境这东西有时候很重要。比如说我在这篇小说里所营造的环境，包括真实的和虚幻的，某种意义上规定着整个小说的基调，这是十分无奈的事。很多时候，小说领导着作家，我似乎插不上手了。

另一个需要申明的是：小说中的“我”未必都是我。“我”有时不叫潘军。

摩尔和柴可夫斯基

女人从咖啡色小包里拿出咖啡色的摩尔烟。在南方，这已不是景观。我喜欢摩尔，她说，叫摩尔的总能吸引我，比如亨利·摩尔。

那个雕塑家?

喜欢他的作品?《拱门》还是《蘑菇云》?

我都喜欢。

喜欢《家庭》吗?

《家庭》?

就是一家三口坐在长凳上的那个。

有点印象。对，三口，就那么坐着。

就那么坐着，一家三口。

女人站起来，优雅地吸着摩尔。摩尔在她的指间和心间慢慢地燃烧着。女人的侧面线条流畅而明快，女人仍在说：就那么坐着。

这时候给女人一杯水是适宜的。(另一个女人曾向我伸出手：有喝的吗?似乎是超前的提示。)

后来我们开始约会。后来我称她琪。

琪的意外出现使我放弃了离开邦的计划。琪对自己的出现丝毫不作解释，我问过三次，她都是一种回答：你或许是见过我的。这种闪烁其辞让我十分困惑，但我已无心探究。琪淹没了一切，抚平了一切，在相处的日子里，琪以小鸟依人之姿全面满足了我这个自命不凡的男人。在琪手里，我是一台黑色钢琴，琪弹出的每一个和弦都是那么完美，无可挑剔。

我记下与琪初次约会的日子。这一天是我上岛后的第 99 天。这也是日本望远镜失踪的日子。（现在，我不再需要它。）

这天夜里，我和琪在泰华大酒店坐了很久。我们用了自助餐，然后喝茶。琪似乎胃口很好，兴致也很高。我们谈了些发生在大陆期间的旧事，琪仍坚持说“从前”。

从前，在大学里崇拜过许多死人。琪说，像贝多芬、德彪西、肖邦，都死了，忘了。忘不掉的就剩柴可夫斯基了。喜欢他吗？

听过几段曲子，我说，我是门外汉。再就是他和梅克夫人那点事。

是啊，梅克夫人。琪沉吟道，不容易。

琪又点上一支摩尔，突然问道：女人抽烟是不是令人厌恶？

想抽就抽吧，我说。

我对着镜子看过，琪笑了笑，样子嘛，怎么说呢，有点滑稽吧。只能这么去想，要不抽它不成。摩尔，我喜欢的。亨利·摩尔。还有一个罗杰·摩尔，詹姆斯·邦就数他演得棒。你们公司那个邦呢？

你们很熟？

算吧。他最近忙什么呢？

无非是生意上的。他很忙。

你们合得来吗？

还不错。我其实没替他干什么。

邦这人还能写诗吗？

他很聪明，有才华的。

邦不愧是邦啊。他也不容易。

酒店将打烊，穿红马夹打黑领结的“少爷”殷勤走来要求买单。我正准备拿钱，琪却先了一步，说：再加二百，买你们钢琴用一刻钟。她从座位上缓缓立起，又缓缓走向琴台，静思片刻，十指突然同时重重落下——

柴可夫斯基。《悲怆》。

也许是来寻找一盏灯

灯的光线不比一根白骨更亮

但灯的命令是最高的。灯的语气坚定、有力
使万物归拢，成为真理

——摘自《田桑诗抄·灯》

中原诗人田桑是我的朋友。1991 年一个北风呼啸的晚上田桑抱走了我的《风》。后来田桑以河南人民出版社责任编辑的形式出现在长篇小说《风》的版权页上，那时他已不叫田桑。田桑这个优雅的名字始终与诗和情书相连。

我此次来郑州，田桑送我一册称作《发现》的诗刊和《田桑诗抄》，都是油印本。对这类的“版本”我历来重视，朴素的表面和少量的印数使我获得某种欲望的满足。阅读自下午开始。阅读让我无法相信田桑那双小眼睛具有力度的洞察，就像我无法相信几天前那位年轻朋友对北方与草原的感悟。我一下觉得自己是老作家了，余下的文字是用于替青年人作前言后语。但我引用田桑的诗不是序的开篇。《灯》的第二小节是：

远远地，一个人在风雪中倒下
灯没有搀扶他。灯发出命令，要他自己站起来

中原的水土营养着豪迈与奔放（这在田桑的诗和年轻朋友的散文中已不难看出）。这是一个可疑的奇迹。我印象里的中原往往与战乱、瘟疫和假电线有关。这种不愉快在很多时候为一条黄河的形象所遮掩。

一条已不宽阔的黄河。

我的中原之旅也许就是为了寻找一盏灯。老百姓点的灯。

在南方的那个时期，我过着自己照亮自己的生活。客观上那个时期海口市夜间停电也是家常便饭，小功率发电机销路很好。我用香烟照亮自己。想象中我处在伦勃朗的调子里，享用着极不方便的诗意。我怕热，又没有耐性，这样后半夜总是在别墅的顶层平台上度过。一天夜里，突然来电了，视野中周围的窗口相继快速明亮，形势如同多米诺骨牌。唯有我熟悉的那扇窗没有亮，显得格外黑暗和深远。我有些惆怅，怀念起失踪的日本望远镜。（后来，邦在谈起这宗悬案时显露出诗人素质。有一只上帝之手，邦随口吟道，于梦中将它移开。上帝的行为一贯与偷窃没

有关系。）

邦也没有开灯。客厅里只剩下他在低声哼着一首俄国民歌。他赤裸的身影如梦幻一般在户外光线映照下呈青蓝之色，邦斯文扫地的形象让我顿生不祥之兆。我想这个男人一定是遇到了麻烦。（琪说：他也不容易。）我有些手脚无措，像接近保险丝那样走近他。室内异常闷热。

把空调开了吧。邦说，不要开灯。

我递给邦一支烟。

今晚不打算出去？邦问道：那个弹钢琴的觉得怎么样？

这你比我清楚，我说。

是呀，邦抽烟，搞艺术的，柴可夫斯基抱养的丫头。这岛上有形形色色的人，如今又多了个新潮作家。现在还想着回大陆吗？

有时也想，我说。

邦朝我这边挪了挪，拿起茶几上的半杯洋酒喝了一口，说：

有时候觉得人这一生真他妈太长。漂来漂去，漂来漂去，哪儿都不开心。美国、香港、意大利，看他们跟看女人差不多，就个把月的新鲜劲吧。扔掉还难。坐下来吧，看点什么，写点什么，也照样没劲。没劲透了。

人有时得哄着自己过，我说。

没错。自己逗自己玩。辜鸿铭当年头上留着那根猪尾巴，就是逗自己玩。这老爷子是真老王麻子。邦说完哈哈大笑，站起来，这才打开灯，全部打开。他的眼睛不很清澈，略有点红。邦利索地穿好衣服系好领带，然后把摩丝认真朝头上弄了弄，车钥匙在指间一转：走人了，夜生活去。

邦出门时对我眨眨眼：给那弹琴的打呼机，后面加“119”。

在海边临摹记忆中的风景

1981 年夏天，一个以旷课著名而又由于意外给学校带来荣誉的大学生，随“夏令营”的队伍，由合肥经泰山而至青岛，第一次见到了海。这次经历让他替自己悲哀。多年以后的数次飞行经验，把这种悲哀推向极致。人实在不算什么。

这个某种意义上悲观压倒狂妄的大学生就是我。11 年与海成为近邻。

对海的神往起源于我少年的一次梦幻。那是一次萨尔瓦多·达利式的梦幻，陆地如一片桑叶被海蚕食成为岛屿。陆地荒芜蒿草丛生，森林被移植到海面。海无声。少年迟疑的口哨顺树干向上，于树梢向旷野般的海空扩散。树叶纷纷落下，森林瞬间成为躯体，为阳光浇铸。而海已冰封，呈现出一派苍茫。

这个奇异的梦境决定了我与海的缘分。

那时候我喜爱去海边散步。我通常去的海滨是秀英码头和白沙门。它们的方位在海口市的正北和西北角，从不同的角度面临琼州海峡。我更多的是去白沙门，它在我视野中，距我的住处大约两公里。白沙门的海水没有想象的蓝，呈青灰色。这也许是距离造成的视觉遗憾。近的东西往往不美。这也是很无奈的。但我不能不走近海。

我在海边没有遐思玄想，沙滩上也没有斑斓的贝壳。我喜欢看海的博大，听潮的起落。渔歌是灭绝了，甚至连帆影也灭绝了。昔日的船老大脸上的沧桑业已消退，给你看的是粗脖子上足有半斤重的纯金项链。这风景已失败，看一眼心累。

这是琪的感慨。琪因此拒绝去秀英码头而来白沙门。这儿很好，琪说，只有海。

有一天琪问我：你想家吗？

我点点头。我说我尤其思念女儿。（那时候我女儿六岁。）

我也是，琪说。我儿子要在的话……也幸亏他走了。我现在没什么好挂记的。

琪说她这辈子不会要孩子，绝不。

你知道一根羽毛的分量吗？琪问道。

我有些茫然。

琪停顿了很久，才接着叙述：

我怀孕时，据有经验的女人说，从妊娠反应看是个儿子。我很想要个儿子，长得像我。另一个原因，说起来很悲哀，是我想有个儿子好拴住自己的男人。我知道，我这么考虑过于天真，但还是这么考虑。结果呢，肯定是失败。他的事不久全弄出来了。我没有地方好退了。我去医院做人流。那滋味真不是人受的。我没有让他陪我去，这样就被那群白衣人认为我是有私生子了。让我躺着，自己把自己剥个精光，然后是分开腿，最大限度地分。然后她们像检查牲口似的弄来弄去，还不许你叫疼，好像是自作自受。我想我是自作自受，就忍着，一生的汗和血都挤出来了，还有眼泪。终于完事了，我哆哆嗦嗦地系裤子，这时一个女护士用钳子夹着一根像羽毛一样的东西，在我眼前一晃：看看吧，这是孩子的脊梁骨。我哇的一下哭开了……

琪抹了眼角的泪花，点上烟，又笑了笑：你看，我都成祥林嫂了。她大口吸烟。

以后是离婚。琪往下说：离婚倒平静。现在我根本不恨他。他不过是和别的女人睡了一觉，男人差不多都这样。从前那个男人是这样，后来的男人又会怎样呢？差不多。女人的悲哀就是她不该是女人，要不，就把自己看做是男人，和尚摸得我也摸得。我知道这么说你会不开心，但这是实话。最束手无策的是面对规律。规律，意味着一网打尽。

邦说： 岛上只有偶然

1993 年 6 月，加拿大汉学家胡可丽女士由北京陈晓明博士指引，来海口与我会晤。这位高个的洋人后来曾在电视剧《斯诺与毛泽东》中扮演斯诺曾经的太太。那时，我恰在郑州。

胡是一位电影活动家，据说蒙特利尔电影节与她十分相关。那次胡来海口，是想了解关于中国先锋派小说的所谓“发展趋势”。但对这个令人费解的问题我恰恰无法回答，回避的方式是请她去“维多利亚”吃一顿西餐。

席间，胡兴致很高地问我：身边有小蜜吗？对这种很北京的表达我只是一笑付之。

你过得很开心是吗？她问道。

我是个小人物，老百姓的开心总是有的。我回答道。

可你的小说很忧郁，是法国式的。

不，还是老百姓式的。

这次会晤让我再次想到琪关注的亨利·摩尔，那个“一家三口，就那么坐着”的《家庭》，也是老百姓式的。

琪十分赞成我这一说法。琪然后又看着我说：你应该回家。

我无言。

琪帮我把衬衫领子翻整齐，说：你看，我在假扮圣母了。

我轻声说：不要离开我。

琪平静地说：我这人不好。真的不好。

琪说完准备出门，她的神情告诉我这已是没有任何仪式下的告别。

琪！

琪就这么走了。我不断打她的呼机，她没有回。第二天又打，回了，电话里却是另一个愤怒的女声：这个呼机转让了！我没想到琪这么斩尽杀绝。琪像一片叶子，静静落下又随风而逝。

于是阴冷的日子再次回到我身边。我想起邦的著名论断：这岛上只有偶然。一切。你愿意和不愿意的、希望和不希望的、爱和不爱的，纯属偶然。

何必当真呢！邦重重地靠在大班椅上，把香烟推给我，对她来说不过是一笔生意罢了。

她同我做什么生意？我质问邦，我能给她什么？

你给了她一个好男人的关怀，邦说，难道还不够？老莫里哀不是说过：女人最大的心愿是让人爱她。不是吗？邦走过来，拉我坐到沙发上：这么说你有点伤心，你会说我已堕落到俗不可耐的田地。其实即便堕落，仍不失为一种生存方式。你我这种年纪，火气不该再盛。爱是好东西，谁都想要。可哪儿找去？人间恐怕是没有的。人间已难容极致的美。所以那个害苦多少人的汉字最好永远待在字典里。

邦的语气逐渐变得低缓。这种尖刻的话语此时对我仍不失为一份慰藉。我意识到，无论是离开这个过大的岛屿还是离开邦，都将是一件非常困难的事。

天色很迟才暗了去，有风，街灯不那么逼人了。我们决定出去转转，不开车。邦今夜选择了一件红色 T 恤和一条本白色的牛仔裤，扔掉了手提电话和寻呼机，显得英姿勃发。让这个夜晚与女人无关，邦吟道：因为我们累了/即便在梦中/也拒绝任何昂贵的香水/需要像尸体一样躺着/一动不动/任凭鼾声呼啸。

我们最后去了府城一条著名的小街。沿街都是发廊与酒吧，灯火温柔，软歌像蛇出笼一样四处乱窜。倚门而立的“洗头妹”激烈的目光打过来，察你，给你老练而拙劣的飞吻。我不禁横生出几分张惶。邦仿佛龙归大海，检阅似的不时向两侧的她们招手，嘴里却说：够可以了，何其辉煌！

一个女声飞来：不来陪陪太太吗？

邦说：太太心太狠了，专宰老公。

女声：钱不往太太身上花往哪儿花？

邦说：尿壶里！

城里没有炊烟

我在写作这篇《朗诵南方风景》的同时，并列写作《散文十篇》。通常的情况是在小说无法“长”出来的时候，开始写散文。这并不表明我对散文的态度轻慢，相反，我畏惧散文——“十篇”之中首篇即为《怕散文》。我历来认为散文存在着一个“说清楚”的问题，这很不容易做到，学识与阅历的局限使我在散文这道门槛上踌躇不前。于是我写小说。我在80年代中期意外发现了这种不需要说清楚的文学形式，如同大提琴找到了一把好弓。我的小说总是说不清楚。

比如这篇小说。

整个情形仿佛是：我正在落入一个可能的陷阱同时又企图为读者设置另一个陷阱。一些不断抛出的实证模糊了读者的视线，现实与虚构似乎可以随意打通，我在这个时空里走来走去，就像这几天在小说与散文之间穿梭不停。

但你并不自由，这是邦的指责。邦说你活得太累太在意自己你以为你是什么？

邦接着就叫出一个好看的女孩：过来，“哈尔滨”，这位好先生给你。好心应有好报，对不对“哈尔滨”？

我知道自己又进了邦的圈套。来时说好是洗桑拿的，邦说这家最好，程序多，很舒服很舒服。没想到最后的程序是按摩。

先是踩背。“哈尔滨”从我的脚跟一直踩至颈项，又在几个关节部位加力扭转，酸胀齐出，几个回合下来，舒服是有了。

先生，“哈尔滨”说，请翻过身，平躺，我好给你按穴位。

我没翻过来是不便翻过来。一个部位正起着变化，本能和欲望成为它的支点。

怎么啦先生？要不要我帮你翻身？

我坐起来：小姐，我已经不累了。

那、那我得工作呀，她说。

钱照付。那儿有张凳子，你坐，我们聊聊可以吗？我点上烟：我去过哈尔滨，很好的城市。

“哈尔滨”一笑：你可能刚上岛吧。

这时有人在门帘外面说：

四号房，楼下有一位叫琪的小姐电话。

你可以想到那时我是多么的喜出望外。琪并没有离开我。琪始终在看不见的地方注视着我，看不见的地方。可我需要见到她，我生活里不能没有琪。我急切地拿起话筒，只听见“嗒”的一声，电话挂了。

那种沮丧可想而知了。我知道琪离我不远，甚至就在这边上某一个电话亭里，但我无法看见她。很长时间以后，我在飞越琼州海峡的云层里，蓦然意识到那一夜琪的良苦用心。

我没有再进四号房。我就坐在吧台上，要了一杯啤酒。我心绪已乱，期盼琪会再来电话，当然这已是不可能。不一会儿，钟点到了，邦懒散地走下楼来结算付款。

你这边多少？邦问我。

我没回答。

给 80 吧。“哈尔滨”说。

80？邦回头看看她：今天这么大方？

“哈尔滨”转身就离开了：人家比你好嘛！

这次经历至今被邦视为一折老戏。我知道他会嘲笑我所谓的骑士风度。但我没想到他会那样说。

你这人虚伪得可以，邦一进屋就说，也许正因为这点，我讨厌你们那个圈子。我是堕落，但堕落比他妈的虚伪来得真诚。和电影明星睡觉可以夸夸其谈，睡了小保姆就死不认账，这算什么鸟？

我虚伪吗？我气得冲到他面前。

你以为不？邦正视着我，玩女人还要打着爱情的旗帜——心安理得？理所当然？这他妈是吃软食！

我竟无言以对。那一刻，我自觉是被邦打败了，而且败得很惨。我去了顶层平台，四野灯火灿烂。城市正处在最疯狂的时分，现代建筑的轮廓使天空出现断裂，而那时，我只想看见一缕炊烟。

20 年前，一个男孩喜欢在黄昏时去山岭上看炊烟。

后来一个女孩陪着他看。

再后来，男孩子进城了，留下了女孩。现在他才意识到：城里没有炊烟。

琪的可疑 · 重提望远镜

往事如烟。在过去许多下雨的日子里，我时常幻想着自己的晚境，一种叶落归根的思绪过早地进入了我的内心。“很多年以后”——加西亚 · 马尔克斯式的叙述让我神往。我幻想老年的我坐在故乡小楼的西窗之下，面对一条自目前淌过的小河检索平生。小河也是我的乳名。这似乎意味着，此生我与水结下了不解之缘。我父母双亲的姓氏都包含着“水”和“田”的意蕴，而我心中最大的水面在南方。

你一定爱过很多女人。有一次琪对我说：你很多情，又细腻，你总能从不同的侧面去爱她们。你不想丢失任何一个方面。

琪或许是说对了。

你的小说很现代，但你的心灵很古典。琪又说。

琪在这次幽会后不久，走出了我的生活。那些夜晚，我的时间都用于记叙琪与我交往的始末。我期待琪在我笔下重现。但是，我惊讶地发现字里行间掩藏着种种疑点，琪的可疑让我手脚无措。被称作琪的女人以“或许见过”为由于半天之内成为我的朋友。她仿佛是投其所好地向我奉献了亨利 · 摩尔和柴可夫斯基。接下来奉献的是她的肉体。那种做爱方式令我吃惊却又是我数次的梦寐以求，大汗淋漓的瞬间死亡让我铭心刻骨。然而这一切，现在看来，是经过了事先的编排。

琪在做完这一切后立刻离去。琪就这么走了，唯一的馈赠是那个挂断的电话。

于是奇异的电话在这个深夜再次响起。我拿起话筒，嗅到了青草味，我知道那是另一个女人，永远处在我看不见的地方却对我了如指掌。

可睡下了，先生？

没有。

我知道这些日子你睡眠不好，情场失意大都如此吧。

你到底是谁？

我说过这个不重要。我们打交道多年，不需要纠缠这个，就算我是一个声音可以吗？

你确实是一个声音。

我知道这阵子你丢失了很多，先是一架日本望远镜……

这你也知道？

其实那东西没丢，不过是物归原主罢了。

物归原主？你是说邦……可是我问过他，他说不知道。

你不是邦的对手，哪方面都不是。

可是邦……

邦送你望远镜当然意味深长。有很多的意思，这个你自个儿琢磨，作家嘛，这点能耐还没有，就知道用望远镜去看人家窗户？

你在监视我？

我不需要这么做，那是另一个女人的事。你在用望远镜看窗户的时候，她可能也在用望远镜看你，只是她在暗处。你们或许在望远镜里遭遇过一两次，至少她是这么认为的。好了，不说了，我已经是侵犯隐私权了。

形势急转直下

1993 年夏，中共中央政治局常委、国务院副总理朱镕基于一个温馨的夜晚，面对中央电视台摄像机打了一个有力的手势：宏观调控。电视屏幕上朱副总理一贯严肃的表情里显示出高层领导人整顿金融秩序的决心。同一日，中央决定免去李贵鲜中国人民银行行长职务，改由朱副总理兼任。据消息灵通人士透露，这项重大金融政策的出台，与朱副总理之前两度考察海南有关。面对日趋过热甚至白热化的房地产业，朱副总理说：该降降温了。

我在写作以上这一节时有几分得意。我觉得这种新闻笔法突然出现在小说里，如同足球的一个变线，使小说的语言获得了意外的感觉。如果是拍电影，我对来访的两位文学朋友说，此时剪一些新闻纪录的片子上去，再“啪啪啪”打出一排排字幕，肯定有味道。

两位朋友在读过这篇小说的手稿后，意识到形势已急转直下，小说正大步走向结束。不知道结尾是怎样的，朋友说，要不，我们各替你写一个结尾？

这当然是好主意。如果每一位读者都这样做，按自己的解读方式去自圆其说，对我是一件非常幸福的事。

形势急转直下了，邦有一天这样告诉我，知道迟早会有这一天。这下，可以看见跳楼表演了。

大量的拆资必须在中央规定的时间内返回大陆，于是银行界人士又飞来了。不过这回他们不是当爹的是当孙子，爹改由邦之流出任。爹有爹相，尽管邦掌握的公司欠银行贷款本息累计已达三千万，但他从容不迫。邦不像他的某些朋友，整日忙于四处躲债，不接任何电话。相反，他抛头露面，业余时间不再读他看得起的惠特曼或者韩波，而驾车去郊外打高尔夫球。

这是素质，邦不无骄傲地说。

那些日子我每天都接待几批大大小小的银行家，不知赔了多少笑脸说过多少好话，但越这样，索债的银行家口气越硬，最后便是一份“法庭上见”的艾迪美敦书。

邦一笑付之：玩这一手，太小儿科。

邦说世间万物皆是环环相扣，相生相克，谁也离不开谁。谁也别想甩了谁。这也是生态平衡嘛！邦以这种口气宣布了今夜的决战。当邦约请的对手走进自己宽敞豪华的办公室时，邦一反常态，坐在大班椅上微笑着，改口称这位行长为“公孙先生”。行长却感到陌生而困惑，这位保养得很好的胖子在高级眼镜后面认真揣测邦的心理，而邦在心理上已先赢了一盘。

谈判单刀直入。

怎么个“法庭上见”呢？邦仍温和地说，我这人不爱吃朋友的官司，会伤感情的。

公孙先生口气也温和了：老总，你也替我想想，为这笔钱，我已经飞第三次了。

不，邦打断说，是第四次。第一次你是送钱来的，考察项目。不知公孙先生可还记得，那次我是陪你去望海楼，然后去府城，后来又到五公祠，在那棵长歪了的椰子树下……这些公孙先生都忘了？

公孙先生顷刻抽泣起来：我太难了，我会受处分，会倒大霉……

邦依旧温和地说：钱，没有的。至少暂时没有。如果你们坚持要法庭上见，我乐意奉陪。你不觉得我一个人坐牢好冷清吗？

那是个漫长的夜晚，公孙先生沮丧地离开后，邦让我关闭了办公室所有的灯。偌大的房间显得空空洞洞，我们相对无言。月光慢慢透入，邦伏在大班台上，双手捂着脸。这个姿势至今鲜活地存放在我的记忆里。这种姿势表达了一种属于男人的痛苦，无论他是高尚者还是卑鄙者，是英雄还是流氓，都不乏深刻。

我说过这是一个漫长的夜晚。

已是后半夜，我仍是翻来覆去。邦的姿势我无法摆脱，我想找他谈谈。我有很多话要找他谈。

他的卧室亮着灯，但他不在床上。我就去了顶层平台。

只穿一条短裤的邦背对着我，在看黑色的琼州海峡。在他手里的，是那架日本望远镜。

这时候想听你弹琴

1993 年是我的本命年。按照家乡的习俗，我在腰间系着一条红带——它原来是系在一瓶酒上。那一年果然发生了许多事。先是在羊城手提箱被盗，四万元化为乌有，接着是 40 天后在海口至三亚的 157 公里处发生车祸，价值 38 万元人民币的日产本田雅阁型轿车，在行驶不足两千公里后变得不堪入目。但是我安然无恙。这种破财折灾的亲历，使我在后来的日子里变得“看上去像一个脾气好的男人”。我认为我活到今天不过是个侥幸，就像 1992 年 10 月的一天，我从合肥飞往广州，同一时刻，一架波音 737 由广州飞往桂林。这两架飞机肯定在某一时刻在一万米高空中隔云相会，结果，魔鬼的手抚摸了它，它摔了。关于那次桂林空难的事故原因，官方的权威新闻媒体至今缄口不语，成为中国航空界迄今最大的疑云。民间对这次悲惨事故传说却经久不衰，如同鸟翅的阴影划过雨后的天空，为本来就充满神秘的南方又添上了神秘的一笔。

那一年最大的事，我至今坚持认为，是我认识了一个叫琪的女人，虽然已是天各一方。琪现在只表明一个观念，一条词语甚至是一个汉字，这些都不会时过境迁。

神秘女人的电话已开始得到印证。我仔细回忆她说过的每一句话，无一不证明琪是这个阴谋的参与者，而整体策划者是邦。他们何苦要这样做？难道仅仅是为留下我，让邦从我身上找到一种平衡与满足？我作为尚有呼吸与心跳的文学化石陈放在邦的别墅里，以唤起他对昔日的缅怀。邦是个什么都不想丢弃的男人。

但事情绝不会这么简单，精明强干的邦绝不会做杀鸡用牛刀的事，至少，他希望一箭双雕。故事并没有完。基于这种心理，我放弃了去找邦就那架望远镜今在何处对质的打算。我不动声色，和邦如常交往，我想我会弄清自己的切身问题，同时揭穿一个可能的阴谋。邦其时正为摆平公孙先生挖空心思，清洁的衣着掩饰着内心的惶恐。如果稍加留意，不难发觉他的外强中干。

一个阳光灿烂的早晨，邦那颗高悬云端的心像鸟一样终于着陆。他胜利了，软硬兼施击败了对手而化险为夷。

晚上签字。邦一边倒马丁尼一边说：把全部贷款转为投资。投资就意味着风险共担，同舟共济了。

文件上规定现在不准银行从事投资业务，我提醒邦。

“现在”和“以前”不过是个时间概念，反映到合同文本上就只是个阿拉伯数字，这有何难？邦舒心一笑，一饮而尽。

这天晚上邦酩酊大醉。先是吐，吐得乱七八糟，后是痛哭流涕，说一些听不懂的言语。我和几位员工把他擦洗干净，再搬到床上。不一会儿，他沉沉睡去。我仍守着他，在黑暗中回想着上岛这一年多时间里的种种不凡经历。最终纠缠我的还是与琪的短暂爱情生活，它仿佛雨后的彩虹，虽然转瞬即逝却色彩纷呈。

邦的梦呓打断了我的思绪。梦中的邦声音很像一位少年，他说：

这时候想听你弹琴。

最后的风景

1993年6月，作家马原和他的朋友刘成伟来海南岛拍摄大型纪实文学片《中国文学梦——100个作家的自白》。这是最后一站，马原说。在选择所谓外景地时，曾向中国文坛寂静的天空打响“爸爸爸”三枪的韩少功建议：去白沙门。

这样，白沙门成为《中国文学梦》最后的风景。其时白沙门只有一间墙上涂满“游泳门票五元一张”和“大量批发矿泉水”的破房子，比你想象的还要破，近似60年代乡间的排灌站。除此之外，满目是海。这间破陋小屋后来成为我们合影的背景。

在后来很多日子里，破陋小屋时常与“堡垒”、“岛屿”和“诺亚方舟”这些词话相关联，让我怦然心动。正如此刻，我在中原的一盏灯下，深深地怀念着南方那一些朴素的风景，无边无际的海就是中国文学梦以及我全部的梦。在这个世界上，我以寻梦者的姿态走过了38年。

一位朋友，他也是小说家，曾对我说：爱情是拯救这个堕落世界的最后神话。那时我与琪正处于热恋阶段，朋友的话让我对自己的行为视作宗教而肃然起敬，我有了一种为概念作出诠释的满足。然而神话在不久的一天因一个叫邦的男人的一句梦呓而濒临破灭，第二天晚上而全面走向崩溃。

那时候邦散淡地坐在窗前，像刺绣一样用摩尔烟蒂认真烫自己的胳膊。烟蒂与皮肤接触散发的气味使那个夜晚充满诗意。那时我觉得邦是位大诗人。在我离开他时，我第一次发现他白皙的胳膊刻有一串圆圆可爱的伤疤，像让人遐思不尽的省略号。

但是那个晚上在我记忆里无法省略。

最初以为邦是在谈一笔生意。我经过他的卧室，听见他在电话里说了些“转让”、“协议”、“不反悔”之类的词，我听腻了它们。但是邦进一步强调说：

在这个岛上有什么不可以转让呢？况且，下家是不错的，比我靠得住，这不是你自己的感觉吗？那个协议可是你起草的。

邦躺到床上，用肩胛与腮夹着话筒，声音低缓：我是靠不住的。我累了。一个人靠我就耗了半条命……那东西是好，可咱玩不起。一玩真格的准砸。你最好也别玩……你怎么说我都行，我都认。别这样……我挺好，真的挺好……听你弹琴，什么就都过去了……还是那句话吧，如果不好，你随时来，绕几圈都行……

我明白了，仍然是一笔生意。但是，很奇怪，我并没感到有什么特别的不适，或许是那些词汇让我习以为常，的确是一笔生意而已。

邦好像在叫我，大约又有什么吩咐。其实那时我就在他门外的楼梯拐弯处，这个阴暗的角落却能看到他光洁的背影。

我没有进去。

我后来一个人去了白沙门。那时月亮刚刚升起，海面渐渐显现出木刻一般的波光。这个感觉十分好，平平静静，这种心境显然是姗姗来迟了。我就那么平平静静地站了很久。两年后，一位作家在中原郑州的一间屋子里，凭着三分经历三分想象和三分才气，搜肠刮肚，把这一切装进了整整 70 页的方格稿纸。在最后一个凌晨，蓬头垢面的作家把他写下的文字通读了一遍，然后将其命名为——

朗诵南方风景

附记

1992 年 4 月 9 日，我离开合肥去了海南岛。两个月后，我放弃有关职业作家的全部待遇，开始自谋生路、自食其力。这种后来被习惯称作“下海”的行为使一些朋友替我担忧，因为在他们看来，我算得上一个正经的小说家，而且具有“探索精神”。这让我感动至今。那时我想，我会以自己的方式去完成一切。所以后来马原在拍《中国文学梦》时问我：如果让你再活一次，你还会选择当作家吗？回答是肯定的。我又说：

我只是做喜欢做的。对写作，喜欢，就足够了。

1995年9月间我开始有空回到书案，那种静夜于灯下写写画画的欲望重新燃起，仿佛暗示一个小说家的素质不曾丢失。10月13日，我抵达郑州，当夜想起欠《莽原》的稿子已拖下了一年之久。于是就有了这篇《朗诵南方风景》。

小说似乎就这么“一挥而就”了。

1995年10月　郑州

（原载《莽原》1996年第3期）

杀人的游戏

南洋画廊

靠近海甸溪的德胜沙路历来是一条嘈杂而肮脏的商业街。海南建省之前，德胜沙是海口市的主要街道。这里残存着从前南洋风格的一些老建筑，一些电影曾以此作过故事的背景。所以作家潘军一上岛，就注意到这条幽深的老街。他发现，这条街上没有一棵树。

1992 年 2 月，德胜沙多了一家“南洋画廊”。艺术史上没有什么“南洋画”，这家画廊也不是南洋人开的，南洋是画廊老板的名字。画廊是静悄悄地开业的，连一挂鞭炮也没放。精明人南洋希望人们于不经意中发现它，造成一种历史悠久老字号的感觉。那年他 33 岁，处于人生功成名就的初级阶段，也是最莫名其妙的时期。人在这个年纪最好玩，南洋后来这样总结道。

南洋是 1990 年携同妻子唐小松上岛的，那时他们刚结婚。两人双双辞职，变卖了所有家当，除了钱就只带了一件东西：《红色或五月四日》，这是南洋的成名作。最初，南洋受聘于一家广告公司，唐小松在两家歌厅当客座歌手。唐小松是学大提琴的，攻室内乐。南洋认为这是最高雅、最纯的艺术。从前他在大陆看唐小松演出四重奏，就觉得那是四个聪明人在一起聊天。南洋希望唐小松在家专业练琴，闲时给自己当模特儿。可唐小松说，我可不想在你脸底下讨生活。这女人如果只靠着男人，日后肯定都成了祥林嫂。结果一试歌喉，竟收到了意外的效果。用南洋自己的话说，你出道比我早。一年下来，两人挣下了十几万，于是画廊的事就正式操办起来了。南洋原是学油画的，到了南方之后才突然想改国画，据说是受到了云的启发。类似的感受作家潘军也有。有一次他们去一个叫洋的地方，站在路边上撒尿，忽然间就看见了一块很大的云，自地平线上升起，越升越高，越逼越近，仿佛要吃人似的。他们把这次的感受称为恐怖之云，1995 年，作家把它写进了一篇叫做《朗诵南方风景》的小说，那是一篇散淡而忧伤的文字。从这天起，南洋决定改作国画，他喜欢把墨调成层次倒在一块玻璃板上，然后用生宣纸按上去，就成了“恐怖之云”。南洋放弃油画的另一个原因，是他觉得油画没有前途。如果我有一个儿子，他这样对作家说，一不练足球，二不学油画。但是画家的妻子不同意这种说法。唐小松说，没有油画，我甚至可能不会嫁给他。南洋貌不惊人，个头又低，身上看不到常见的那种艺术家的气质，属于那种面熟却又总难记住的男人。这与他的作品受到的评价大相径庭。他的作品，用一位权威人士的话来说，是“现代眼光对古典情怀的透视”，是“形式感对诗意的锻炼”。

“南洋画廊”主要是出售一些世界名画的临摹品。南洋本人当然不会做这种“动物反刍”的活儿。他只挑选，然后把印刷品从画册上裁下来，标上放大尺寸，寄给他从前的一些学生，让他们干。过些日子，南洋便回大陆收购。尽管他出价不算低，但心里总有点剥削的感觉。他有一次对唐小松说，我好像是地主收租。唐小松说，这有什么？我不是每夜给资本家唱堂会吗？南洋往床上一躺，说：好好赚吧，等过了百把万，回老家买套公寓，安度晚年去。唐小松说现在就想几十年后的生活，太早了。南洋说我觉得现在就已经老了。唐小松笑了笑，没往心里去，可南洋又说：我老了。

红色·五月四日

几年前，作家潘军曾在北京看过南洋的油画，这幅 148cm × 120cm 的人体作品让人流连忘返。作家曾在晚报上撰文称赞过这幅名为《红色或五月四日》的作品，说色彩的使用十分大胆，以红调子统治整个画面，好像不是在描画女人而是在烧冶女人。南洋这些年只画女人体，认为任何观念与景象都会在女人体上得到完美的表现。这也是最完美的境界，他说。那次现代人体艺术大展上，南洋以这幅《红色或五月四日》一举成名。国家美术馆曾想收藏这幅作品，但作者没有同意。令人困惑的是画的标题。红色不难懂，不懂的是五月四日，肯定不是为了纪念青年节的，那么是什么意思呢？对此，作者只是说，无非是一个日子吧。

1990年5月4日是南洋和唐小松首次做爱的日子。也是这幅油画开始创作的日子。那天晚上，大提琴手来到画家的画室，周围的人体写生让她激动而惶恐。她没有想到这些富有生气的画会出自毫无艺术气质的南洋之手，但她说的又是另一个话题。

你们当画家的，对女人身体没有神秘感，是这样吗？

不是。一般人只想到做爱，我们还发现了艺术。

你将从我身上看到什么？

都看到了。

于是男人便把灯熄了，把女人抱到铺着毛巾毯的地板上。地板很硬。女人问：你同几个女人这样过？男人说你之前有过两个。女人问：谁好？男人说你好。男人又说我不是迎合你，你确实非常好。女人说你也很棒，别忘了这个日子。男人说我不会忘，我会用我的方式强调它。

一个小时后他们又开始了另一种合作。南洋让赤裸的唐小松站到事先布置好的灯光下，足足看了一刻钟。他说你太美了，美得让我不知所措。说着就拿起五号油画笔直接用红色勾勒轮廓。女人和红色都让画家处于兴奋状态，他画得特别顺手。以后的情况大致就是这样，他们都是先做爱，后工作。等完成了这幅画，两人便成了合法夫妻。南洋在画的右下角写下这样的字样：

赠给 XS，NY

唐小松很感动，问南洋：你以后还能画出这种水平吗？南洋吸完一支烟，才说：我想哭，我一点也不想画了，觉得自己一下给掏空了。唐小松说，我会帮你充实起来，我们可以不要孩子，这样我的形体就不会变化。

1993年底，南洋有一次同作家潘军说，他这辈子做的最蠢的一件事，就是不该以自己的妻子为模特儿，来画了这幅《红色或五月四日》。作家感到很吃惊，又一想，觉得很对。那时南洋显得十分沮丧，他说：其实在那一天，我就已经把她杀了。

贵妃之梦

这个早晨南洋从梦中醒来感到精疲力竭。他先去洗了澡，觉得自己身上有类似蛇褪皮的感受。他洗了很长时间。

南洋坐在晾台上，想努力回忆那个刚刚逝去的梦境。这是一个奇异的梦，一些女人体像树叶似的从树上飘下来，落在他这个男人的周围。南洋的梦境一贯与女人身体有关，都是很美的造型和很诗意的情节，而且历来他是不出场的——他一般只充当窥视者，藏在空气中观赏她们的表演。然而这次不同，他成了主角，成了花蕊。女人们围着南洋做一些苦苦挣扎的动作，又都嘻嘻哈哈。只有一个丰乳肥臀的女人面含怨容，搂着他。那女人说：我叫杨玉环，从华清池边来，我找你找了九九八十一天。南洋便很诧异：你不是李隆基的女人吗？那女人始才妖媚一笑，说：他不行，我就想做一回你的女人，你行。南洋又惊又兴奋，一使劲，感到自己身上发生了事。那个时候他当然还不明白贵妃之梦的意味深长。

后来南洋翻了一些弗洛伊德的书，又看了达利的画册，觉得很有趣。他又找到作家潘军，耐心地叙述了梦中的每一个细节。作家很欣赏这个梦，但所讲述的则是一部法国电影《去年在马里昂巴》，那是一部作家参与执导的影片，剧中的男人一口咬定和那个女人有约。这不奇怪，南洋说，奇怪的是那个女人居然相信了。

从这一天起，南洋有了冲动，他想作一幅关于杨贵妃的画，名字便借助了白乐天的《长恨歌》。“回头一笑百媚生，六宫粉黛无颜色”，这句子他还记得。“入宫”、“出浴”、“醉酒”、“马嵬坡赐死”、“长生殿幽会”，这些都是不朽的杨玉环。南洋曾去过洛阳龙门石窟，对面隔河相望的是香山，白乐天就埋在那里，那的确是个好地方，让人不舒服的是那上面有一块绿草坪，那天恰好有一男一女在打网球，而且女的还把短裤给挣破了。

磨刀石

作为画廊老板，南洋挥不去那种剥削人的感觉；但作为画家，他又被女人体剥削着。南洋双份地占有着女人，回报自然是加倍地做她们的奴隶。总有一天我会死在她们身上，他时常这么想。女人是一块磨刀石。而他是唯一的一把刀，这把刀已磨了十几年，自然锋利无比。婚后的画家每周都要以妻子为模特儿进行作业，他发现自己不知不觉地养成了职业的依赖性，就像女人在床上时那样依赖他。这是双向的劳资关系，南洋开玩笑说，但说的又恰恰是事实。这个关系一直保持到他们上岛的最初两年。

南洋在晾台上伸展了几下身体，仍感到不舒服。这个早晨想的事太多了，思绪又那么乱。到南方来这几年疲于奔命，总算有了这么个画廊，一日不去心里便不踏实。南洋像往常那样先准备好早餐，匆匆吃完，把留给妻子的那份放好，看看表，时候已不早了。他正准备出门，听见电话响了，有些不悦，怕吵醒了卧室里的妻子。可是唐小松已在里面对着分机说话了：喂？哪位？哦……您怎么知道我家里电话的？

南洋还是骑着摩托离开了。车一拐进德胜沙，南洋就有些烦躁。这鸟地方又破又脏可生意又他妈特别好。那个年月正是一夜间冒出一百个暴发户的时候。有钱人舍得把钱往所谓艺术上砸。有钱人最怕的是让人说没教养、趣味低下。没见那些老板影星歌星对小报记者说么，他们爱好的是文学和艺术，其实十有八九是扯淡。有钱人不懂艺术，但往往是艺术品的占有者。文森特·凡·高的《鸢尾花》在所兹比拍卖行以5390万美金的价位售出，而凡·高本人却拿不到一分钱，他生前是那么穷困潦倒。如果凡·高还活着，他还是照样拿不到一分钱。然而这种悲哀的事却被看做是惊世骇俗。南洋一想到钱，就觉得这东西太硬了。

南洋的画室在画廊的楼上，一间大约40平米的屋子，开着两扇窗。除了临街的嘈杂，画家对自己的工作间还是比较满意。他没有作过多的布置，只是挂了那幅《红色或五月四日》。这个上午南洋没有下楼，就坐在这幅画面前吸烟。画中的人物五官不是唐小松的，唐小松奉献的只是身体。南洋和有些男人不同之处在于，那些男人是通过女人的脸去猜想她们的身体，而他恰恰相反，他看重的只是身体。这幅画整整画了600个小时，每一个细节至今都很鲜活。南洋发现，女人在做爱后会更美。南洋不习惯白天做爱，有一种光天化日之下的感觉。这种心理使他身体紧张，精力分散，而且还常常想到陈腐的海鲜味。唐小松很不舒服，唐小松说你是不是该用点什么鞭了？南洋没吱声。南洋心里埋怨：谁让你晚上没空呢？那时他就想到，这样下去将是一个问题。后来南洋又想到黎明前的那个梦境，便给一个朋友去了电话，那个人就是作家潘军。

天鹅之死

1990 年 2 月的一个雨后的黄昏，青年画家南洋在河边散步，突然听到了一支动人的大提琴旋律，这便是圣－桑的《天鹅》。

《天鹅》是圣－桑的大提琴协奏曲《动物狂欢节》的第 13 乐章。在西方人眼里，13 不是一个吉祥的数字，但这部乐曲的第 13 乐章则成了圣－桑的代表作，音乐的经典。这是近 100 年前的事了。据说圣却桑这位马台雷尼教堂的著名管风琴师，在离开教堂和尼德梅耶尔音乐学院之后，去了尼罗河的东岸。几天后，《天鹅》的旋律从一个小木屋正方形的窗口传出……

那时南洋就站在窗下，但这个窗口是圆形的。出现在青年画家眼中的是两个女人的背影，一个是省歌舞团的大提琴演奏员唐小松，另一个是她怀里的大提琴——发明这种乐器的洋人一定是受东方女人的胴体启发的。在他们认识并迅速成为好友之后，有一次画家说：你的工作好像是在搞同性恋。唐小松吓了一跳。画家又说：同性恋也是文化。不过我还是希望你能嫁给我，就算是癞蛤蟆尝到了天鹅肉吧。结果这一天就来了。这一天是 1990 年 5 月 4 日，一个红色的夜晚。

当唐小松脱下最后的衣服时，南洋有些慌乱。他知道自己是交桃花运了，遇见了真正的美人。唐小松那时还没有真正接触过男人。她曾经和一个很远的表哥有过初识云雨的经验，但很快就完事了。她有一种恶心的感觉，这使她非常失望，好像是打开一只层层包装的盒子，最后发现里面不过是一只简单的发夹，可要可不要。她的好奇心像灯一样熄灭，但也没有什么长夜难熬的寂寞了。几年后，一个貌不惊人的画家重新点燃了这盏灯。那时唐小松就觉得奇怪了，同样是男人，差别居然如此之大。南洋显然很有经验，挠到的都是痒处，就如作画那样，笔到意到，直至彻底将她摧毁。唐小松离不开这个男人，她希望他身体健康、精力充沛。男人说，你是我的老板。女人说：我不会炒你，永远不会。

白天的做爱失败后，南洋有些压力。他希望妻子不要再出去唱歌，尽管她的歌是越唱越红。唐小松的音色有些特别，属于女中音，和大提琴的音色很接近。这个女人与大提琴总有缘。南洋有一天对妻子说，算了，晚上别出门了。妻子一边化妆一边说：我好不容易才火起来，现在退隐岂不是太吃亏了？南洋就没再吱声。这是什么地方？海南岛！各人头上一方天，谁靠谁呀。

这天晚上，唐小松回来很早，因为有一家歌厅停电。她看见丈夫在卧室里心事重重地走来走去，以为是今天画廊的生意不好，就问：出什么事了？南洋还在想黎明前的事，没说话，只对妻子摆摆手。唐小松又问：那你这副鬼样子干什么？让人看了烦不烦？南洋有点不高兴地回了句：我不是专门做给你看的。我也没想到你今天会回来这么早。唐小松一下给噎住了，把鞋一甩：嫌我碍事，那好，我洗了澡就走，晚上不回来了。说完便去了洗澡间。南洋走到晾台上吸烟，觉得自己被那个梦弄糊涂了。夫妻俩好不容易有了这么一个漫长的夜晚。结果弄成这样。他吸完烟，听见洗澡间里没有水响了，就过去轻轻把门推开。唐小松一愣，本能地抱住自己水渍未干的裸体。南洋说：把手放下来，让我好好看看。唐小松怒气未消地把门一关：去你妈的！

等唐小松穿好衣出来，南洋已经不在屋里了。这时候电话响了，唐小松想了想，没去接。她没有出去，在晾台上坐了很久。后来她拉起了《天鹅之死》，但她不知道，那个时候，南洋就在楼下的树影里。

国画女人

那个时期，画家南洋正潜心琢磨着以中国画来表现人体的方法。他研究了蒋兆和、黄胄、范曾、王子武、刘文西，以及卢沉、周思聪夫妇等人物画家的作品。但以上这些画家的共同点，是所画的人物都穿衣服，他们几乎不画人体。中国画的表现力用于人体受到了局限。历史上能称作大师的国画家，很少是画人物的。吴道子好像是个例外，但他的贡献是在用线上。南洋想大胆地引进一些西画的技巧，不仅仅是在素描关系和色彩的变化上。他要寻找新的笔触和造型手段，获得鲜活的感觉。中国画的写意中，有一种称作没骨的技法，南洋琢磨的就是这种，以色代墨，隐去线条。当然，这条路很不好走。

唐小松仍然不赞成丈夫的主张，多次劝丈夫回到油画上去。没有油画你能有今天吗？她说。南洋说，我在油画上只能达到这个境界，那些大师横在前面，迈不过去的。唐小松说，你这人现在怎么变得越来越钻牛角尖呢？南洋想，这怎么是钻牛角尖呢？我不钻这个还能钻什么？唐小松断言，这么下去，南洋不仅永无出头之日而且还会把过去积攒的老本全垫进去。

那些日子两口子有点僵。以前一过晚上 11 点，南洋的摩托车就在歌厅外面停下了，等唐小松完了，两人就骑车兜上一圈，兴致好时还去海甸岛那边的白沙门海滨看看，然后去吃大排档。现在唐小松不让丈夫去接了，说打的一个月花不了多少钱。其实南洋心里清楚，唐小松几乎都是搭一些公司老板的车回家，回来的时间也一天天地晚下去。南洋不想点破，觉得男人成天操心这种事很无聊。他只要求妻子在家里时把 BP 机关掉。他讨厌那小东西。那天晚上南洋在楼下树影中听完唐小松拉的《天鹅之死》后，产生了莫名的感伤。他没有回家而是骑车去了德胜沙。在街口，南洋遇上了一个很漂亮的小姐。

先生，现在几点了？

我没有戴表。

你怎么这样面熟呀？

这话应该我说。我还应该说你是不是拍过电视。

我不是开玩笑，先生。你和我家乡的那个男人长得太像了，连痣都长得一样。

别绕了，什么价？

这个嘛……低于五百不谈。

五百？你那玩意镶金边的？

南洋就离开了。回到画室，南洋光着膀子对墙上那幅《红色或五月四日》，足足看了半个钟点，不禁叹了口气。无论是作为丈夫的妻子还是画家的模特儿，唐小松给南洋的印象都完全变化了。当南洋目击妻子胴体的那一瞬，他像被一颗小口径子弹射中了。他惊讶，然后感叹。他从这个身体上居然找不到一点从前的记忆。时间真是个怪物。

画家在这个夏夜心烦意乱。后来他铺上宣纸，竭力想把梦中的那个女人凭记忆画出来。我现在只剩下一个女人了，他想，我得紧紧抓住她。南洋用淡墨调上朱砂，挥洒了几笔，与梦相距太远了。他很懊丧。他又想起刚才在街口遇上的那个小姐，多少有点后悔的意思。要是把她带上来，这会儿正是来劲的时刻。结果这个晚上，画家给国画女人一口一口地吃掉了。国画女人的魅力在于，你永远无法真正占有她，而她却无处不在。这是半年后画家的总结。

少女白果

少女白果走进画家南洋的个人生活是那年秋天的事。作家潘军说：南方没有秋天。海南岛地处北纬20度，阳光直射，一年有近十个月的日子是穿衬衫。所以在南方谈起秋天，总带有一点象征的意味。对于画家南洋来说，秋天不是缅怀，而是向往。他和唐小松是在秋天里结的婚，尽管她老埋怨这个季节不好。

那个上午，南洋刚进画廊，就看见一个女孩在挑画，是文森特·凡·高的《星空》。女孩看上去正是含苞欲放的年纪。从侧面看，她还很漂亮，而且皮肤白皙。这个女孩就是白果。南洋后来对作家潘军说，我喜欢叫她少女白果。少女与年纪无关。一些女人到了更年期仍幻想着与一个小伙子在悬铃木后面接吻，说明她还是少女。南洋说少女是一种情怀。作家同意了这一观点，三年后将它写进了一个短篇。

少女白果显然不满意这幅临摹品，想换一幅。可员工说，他们一般只有一幅，等卖出去了再补。少女就感叹了，说凡·高的画主要是看笔触，像刀砍下去一样有力，错落有致，你们只是往色彩上靠。南洋有点意外，就说：你明天再来。当天下午，南洋把调色板刮干净，自己动手临摹了一幅《星空》。他还是头回这么做。说来也怪，那个女孩的简单几句话对他很安慰。第二天黄昏前，白果来了。南洋就领她上楼，当时《星空》还在画架上，没有装框。白果仔细看了画，又侧过脸去看南洋：是你画的？南洋就笑了笑。白果说谢谢你，我出双倍的价。南洋说：你出画框的价就行了，这算我送你的。他们就这样认识了。南洋知道这个叫白果的女孩很喜欢美术，也写过诗。他想留她多坐一会儿，一起聊聊，就去楼下拿矿泉水。那时南洋想，像这样的女孩，这岛上还真不多。

南洋上楼时看见白果正立在窗边，专心地在看那幅《红色或五月四日》。这时候夕阳自窗口透入，穿过了白果的裙装，她的身体轮廓非常清楚。南洋迟疑了片刻，接下来就愣住了——这个身体竟然从梦中走出来了。

少女白果知道画家在门边观察自己，但她肯定不知道自己"穿帮"了。所以当南洋递给她矿泉水时，她只说：她很美。是你妻子吗？南洋坦率地说：身体是我妻子。白果又说：她的确很美。

当晚南洋就去了作家潘军那里，兴致勃勃地同他谈起了这次神奇的邂逅。不可思议，南洋说，她完全就是那个杨贵妃，尤其是腹部的弧度。作家却说，这好像是个骗局。不是她骗了你，就是你骗了我，或者自欺欺人。南洋就笑了，说一切是千真万确，如果是想泡她，压根儿不需要装什么绅士，更不要找一个好听的借口。总之，这个晚上画家是很得意的。于是作家就鼓励他去试试深浅。这一说，南洋的笑容就消失了。他估计这事成不了。那么好的一个姑娘凭什么光着身子让你画？

索性没有白果的出现，南洋也就认了，走另一条路去画《长恨歌》。而现在白果就在身边，一个电话就可以去喝茶的，他无法摆脱活人的诱惑。在不久之后的一个夜晚，南洋在电话里向白果暗示了这个意思，但被对方委婉而礼貌地拒绝了。有一天，南洋在来画廊的路上碰上了一次不大的交通事故，他险些给一辆宝马车撞坏。车主是东北人王超，所开的"东北老乡"酒店在海口一直很火，南洋同他有点头之交。王超很不好意思，想送南洋去医院查一下。南洋说没什么，活动了一下筋骨。但在这时，他看见车上还坐着另一个人，这人就是少女白果。南洋很困惑，为什么白果不下车来打个招呼呢？

沮丧的日子

南洋被车撞的第五天头上，唐小松接到南京父母家中的电话：父亲得了疑难病症，母亲和兄嫂都希望她回去一趟。南洋交给唐小松一叠钱，让她买点东西给岳父。可唐小松没有要。我自己有，她说，我看以后在经济上还是分开吧。南洋很吃惊：为什么？唐小松说，你不是很崇尚美国吗？美国人就是这么搞的。南洋说，经济上分开那还算什么家呢？唐小松说，家不家的其实不就是一张床吗？南洋就没有再做声，细一想，这话也对。

那些日子画廊的生意不好。宏观调控了，房地产成了空中花园。房子都卖不出去，谁还来买什么世界名画呢？可是南洋手头正缺一笔钱。他发现自己完全离不开模特儿了，就整天钻酒店和歌舞厅，去找那些坐台小姐。这些女人是肯干的，只要付钱。这天南洋就带回了一位。女人一进画室就问：怎么连床都没有？南洋说：我不碰你，只要你把衣服脱了，按我的要求摆个姿式，我照样付你钱。女人说：这多不开心呀，太累。南洋说，我可以多付。女人问：包我一晚你肯出多少？南洋说，我一般不占用你晚上的时间。我下午包你，从三点到六点，如何？女人就做了一个很腼腆的表情，说：其实我下午的时间也是蛮宝贵的。先生你出个价吧。南洋说：每小时一百。女人做出吃惊的样子：一下午才挣三百？不干。南洋说那就四百吧，比打炮还贵。女人想了想又说：加个八吧，大家都图个吉利。南洋有点不耐烦，说：你快脱吧。女人问：你怎么不脱？南洋说我干吗要脱呢？我只看你。女人就磨磨蹭蹭地边脱衣服边嘀咕：一个人脱，多不好意思。这女人完全脱光后，南洋首先便被那一对乳房打倒了。那乳房像小孩脑袋似的左顾右盼，无论从哪个角度看，都让人分心。画家于是掏出二百块钱，让她走人了。女人出门时留下一句话：你这人能当政委。

类似的事故还发生了几起，画家还是不能如愿。他想自己如果是皇帝就好了，可以选任何女人而且还不需要付钱。画家为“选妃”花去了好几千块，但这个数目他没放在心上。伤他筋骨的是另一件事。

那天夜里，南洋在画室里翻阅有关唐代服饰的资料，忽然嗅到一股浓烈的焦糊味。他下楼一看，画廊已经着火了！当时两名员工去看录像了，走时忘了关电扇和烧水的电炉，肯定是什么易燃的东西吹到了炉子上。南洋发现时，火势已蔓延到堆放的油画，越烧越猛。而外面还以为是在开家庭舞会。南洋自然很慌，但手脚没有乱。他重新回到楼上画室里，抱着那幅油画从窗户跳到别人的房顶上，然后去街对面打119。德胜沙街本来就窄，加上那时正值夜生活的高峰期，等消防车挤进来，一楼该烧的差不多都烧了。幸好这小楼是预制件结构，否则后果更糟。

这次火灾导致了画廊的停业整顿，并处以很重的罚款。房东是当地土著，还算好讲话。见画家落到这步田地，也没多啰嗦，只要求“简单地恢复”一下。其实这“简单地恢复”不比重盖一座房省多少。这么一折腾，南洋的底子基本上空了，第二个月开始时他便改抽希尔顿。

南洋没有把这件事告诉在大陆的唐小松。

意外的电话

南洋是一个性格内向甚至有点孤僻的男人，从来不招摇。当初唐小松嫁他，这一点是起关键作用的。唐小松是明白人，她知道任何女人都不会拥有一千个花前月下的日子。而且既然是嫁人，总不希望有临时搭伴的想法。在她眼里，南洋是个有安全感的丈夫。这或许与他的职业有关。南洋在美院工作时，几乎每天都要在光着身子的女模特儿面前走来走去，日子一久，他那根神经可能就麻木了。南洋还是个腼腆的男人，有一次联欢会上，有人问他最怕什么？他吱唔半天才说：最怕在澡堂里碰上熟人。

上岛后南洋还是深居简出，朋友很有限。除了作画，他最大的乐趣是同朋友聊天。一般都是他去别人那里，因为引到家中来，唐小松就非得参与不可，东一句西一句地插话，搞得他很紧张。现在唐小松回大陆了，画廊又关了门，他想请几个朋友来家中聚聚，这其中自然有作家潘军。南洋正准备打电话，但电话已先响了。他拿起话筒，说话的是一个女人，操东北口音，她说自己是拍卖市场的。南洋说，我不认识你。女人说他们近期要搞一次名家书画拍卖，想征求南洋的那幅《红色或五月四日》。南洋问：你怎么知道我的电话的？女人说得有点含糊，然后就笑了。南洋没有考虑卖画的问题，出于好奇心，他就问：底价多少？那女人说：不低于五万，你拿七成，至少有三万五吧。南洋问：是美金吗？电话里的女人就又笑了。南洋很礼貌地回绝了对方，然后很自然地想到一条成语：趁火打劫。

后来南洋就去了潘军那里，进门就说到这个电话的事。我当然很意外，南洋说，我他妈的又不是吴冠中，有什么好拍卖的？作家说这无疑是个意外的电话，结论是有人盯这幅画已经盯了很久。这一说，南洋便不响了。两人谈到吃晚饭的时候，便上了街。刚拐到正路上，就遇上了

“东北老乡”老板王超的宝马车。南洋一下心沉，他好像有某种预感，遇上这辆车没准儿就会有大麻烦。上回碰了一下，结果画廊给烧了。但是王超的车已经停下了。王超见面就问南洋：画廊咋整的？南洋只是笑笑。到了吃饭的时候，遇上开酒店的朋友，没啥说的，于是就去了“东北老乡”。这顿饭是在包厢里吃的，王超本人也在。那时王超正在筹划从越南进口一批椰子，据说卖给厂家一个椰子能赚五毛。但今晚没有多谈生意。王超虽是工科出身，可在艺术上趣味也很不低。他说潘军的《风》让他想起奥立弗·斯通的《刺杀肯尼迪》，而且惊异这种同一时间不同空间、不同文化背景、不同艺术形式的默契。这说明人类的感觉是共同的，王超说。南洋似乎一句也没听进去，他在想那个叫白果的女孩。他想提起她，又觉得未免有些唐突。酒过三巡，三人的话渐渐多起来。这时王超又把话头给掐了，顺手拿起一张光盘放进唱机里，几秒钟后便响起了大提琴曲《天鹅》。

从“东北老乡”回来，南洋又去了画室。一楼的画廊里好像还散发着焦糊味。南洋重新铺开一些资料，用枯墨勾勒着记忆中的人体造型。画了几笔，他又回头去看看那个窗口。那天黄昏少女白果就站在那个位置上。南洋叹息了一声，想无论如何这幅《长恨歌》是画定了。他对画面的形式感已有了一些满意的考虑，比如背景就用拓片形式把白乐天的诗文残缺不齐地弄上去，造成一种出土的感觉，与新技法塑造的人体形成对比。南洋想，现在什么都不缺了，就缺少女白果。

事情往往就这么巧。第二天早上，南洋躺在床上便接到了白果的电话。白果想约画家谈一件事。南洋问什么事？白果说见面再讲吧。白果又说：与你的画有关。

与画有关

第二天晚上他们就见面了。隔几十天不见，这个白果好像突然长大了，女人味十足。南洋脑子里掠过一个念头，但他没用语言表达出来。而且南洋又发现，白果做过美容了，至少是把单眼皮变成了双眼皮。南洋觉得这样不太好，本来是个清清纯纯天然去雕饰的女孩子，现在多少有点像娘们儿了。单眼皮有什么关系呢？南洋想，单眼皮还有一种神秘感呢。南洋只看重形体，这当然是职业眼光。即使作为男人，看重的也绝不是这个。比眼皮重要的东西太多了，比如皮肤——不仅仅是个白的问题，更要紧的是细腻圆润。好女人的皮肤摸起来像玉一样，冰凉冰凉的有弹性。再比如性。性是个奇怪的东西，肯定各人的条件都不一样。现在离婚率越来越高，而离婚的理由大都是“性格不和”。这其实是扯淡，本质的东西是床上不和。（所以唐小松关于床的理论他是同意的。）南洋的思路这么蹚下去，好像眼下要讨论的是另一个问题，与画无关了。

我想，白果说，我可以做你的模特儿。

南洋吃了一惊。他根本没有想到白果一上来就把这层纸给捅破了。他竟然无言以对。

你现在还有这个心思吗？白果说。

南洋看了看白果，就说：你让我感到意外。你好像总让我意外。画家的脸上起了感激之情，但白果接下来的一句话令他更为惊讶——我需要用这幅《红色或五月四日》作交换条件，白果说，我不要临摹品，要原作。南洋想都不想地说：这不可以。白果就叹了口气：看来我还是太自信了。南洋问：你偏要这幅？为什么？白果说：我喜欢，就像你喜欢我的形体一样。

谈判没有成功。

南洋为此很苦恼，一连几日都失眠，而且又都在黎明时，两个女人的身体轮番进入他的梦境。他抱住她们，分别同她们做爱，不想丢弃任何一个。醒来之后，南洋发现并没有什么实质性的东西，似乎又放松了。南洋没有把白果找他的事告诉任何人。

1996 年，当南洋和作家潘军同船而渡重返大陆时，他才将这桩尘封三年的故事袒露出来。那时候，他这样说，我实际上是在玩杀人的游戏。这一天恰好是 5 月 4 日。

画家南洋在那一年的秋天陷入困顿。秋天来了，他没有觉察到。后来他说，直到一个光着身子的女人连打三个喷嚏后，他才相信，秋天果然来了。这个女人便是白果。

在第一次谈判破裂后的第五天黄昏，南洋给白果去了电话，说：接受你的条件了。白果在电话里一时无话，南洋就问：你怎么了？白果说，没什么，我们是不是马上动手？南洋说一周后你来，我有件事先要办。

重现的影像

我没有当一个男人的面脱过衣服，你信吗？白果这样说。

南洋说，你不要强调这个。我们是有条件的，也有君子协定，我没有想去做绘画以外的事。

你一点都不重视我。

你错了，我几乎是在拿命重视你。

我的身体真是很美吗？

是的，它很美。

但我还是觉得你不重视我。

你让我怎么重视，做爱吗？你是不是还想说你是处女？

白果一下就哭了，哭得很伤心。南洋递给她一条毛巾毯，不想多说什么。他今天的脾气很大，因为这之前刚刚完成的一件事让他心灰意懒。他失去了往日作画时那种应有的冲动，找不到感觉。

我这是在干什么？他问自己，和她睡觉吗？如果只是为了睡她，那么这个代价就太大了。可是白果已经靠在他怀里了。南洋掐灭烟，又顺手将灯熄了，他迅速将白果放倒，好像是报仇似的压到她身上，做他该做的一切。白果一直不吱声，十几分钟之后突然将男人死死抱住，又哭又叫：你杀我，你在杀我！你杀吧……

完事之后，南洋还躺在地板上。屋子黑黑的，他只能看到白果的一排牙齿。杀？他想，谁杀谁呀？然后就叹了一口气。白果挪到画家边上，说：这样也好，免得我以后同你合作时心理有负担，也免得你分心。南洋说我不会分心，你把我想成一个妇科医生就可以了。白果说你今天好像是存心同我过不去，我哪点对不起你，你说？一切都是事先的约定，是你让我来的。南洋不吱声了，觉得这女孩的话没错，自己不该把气撒到她身上。南洋在黑暗中笑了一下，就问：我怎么样？白果说，比我想象得要好。南洋就坐起来：你来时就做了睡的准备？白果说，能不做吗？我反正是豁出去了，也算是为艺术献身吧。我们干吧。南洋故意问：你还不够？白果捶了他一下，自己去把灯开了。等她转过身来，南洋便很吃惊了，看来女人在做爱之后就是很美！这一刹那他想起了唐小松，想起了两年前另一个似曾相识的夜晚，他的心越发往下沉了。

南洋布置好一切，走近白果很温柔地拿着她的手说：谢谢你。白果一下就落泪了。白果说，你别这么讲，我们是有条件的。

他们的合作很默契。

仿佛是一个轮回，每次他们都是先做爱、后工作。白果精力充沛，而且身体的技巧很好。这时候南洋就想起一位朋友说的话，现在看女孩子，必须增加十岁，别以为她们什么都不懂，他们甚至比我们懂得还多。那时画家想，要离开这个女人，将是一件困难的事。她对我是不是也这样？唐小松说我不行，我现在不是很行吗？女人什么都可以弄虚作假，唯独身体的语言不能。和白果在一起的日子多了，那件懊丧的事对画家的打击力便自然减弱了。画家在南方这个虚伪的秋天里竟然有点春风得意了。与此同时，《长恨歌》的创作进展也出乎意料地顺利。白果毕竟是一个悟性很好的女孩子，她的种种暗示给画家以激情和启发。时至今日，南洋对那一段岛上时光仍很留恋，他对作家潘军说：白果是个好女孩，但我不认为她是少女了。潘军说：我们以往的失败，就在于轻敌呀！

可疑的诺曼底

这天南洋下楼去买香烟和饮料，返回的时候正好看见白果披着毛巾毯背着身子在打电话。她的背影让画家感到很神秘，他就迟疑地站在门边。南洋只听到了这么一句：

我已经完成了诺曼底登陆。

南洋觉得有点奇怪。从白果的语气看，她似乎是在向什么人汇报，语气坚定而自信。等白果放下电话，南洋便咳嗽了一声，做出刚上楼来的样子，把矿泉水和可乐递给她。白果仍然有些吃惊，说：你吓死我了。南洋说，是你吓了我。白果脸一下就红了，问：我怎么吓你了？南洋说你的神情让我吃惊。白果很勉强地笑了笑，说：我一丝不挂呢。南洋就问：这屋子里难道还有第三个人？南洋始终没有提电话的事。他后来就一个人琢磨起“诺曼底”来。诺曼底可以说是战争转折的代用语，那么，他和白果之间的事也算是一场战争吗？男人和女人倒也可以称作敌对的双方，做爱的时候难道不是你死我活吗？

两个人的情绪都有点别扭。南洋说，今天不作画了，只做爱。白果的身体往后一退：你又吓我？南洋说：你不愿意？你不是口口声声让我杀了你吗？说着就开始脱衣，白果说：我不愿意！南洋一把就将女人搂到怀里，开始吻她的颈项。白果挣扎着但没能抵挡得住，就范了。等一切干净之后，她有气无力地闭着眼说：这回最好。

南洋坐在一边吸烟。诺曼底？白果的诺曼底不就是为了那幅画吗？照电话的语气，她显然是为别人这么做的。那个人又是谁？那个人凭什么非要这幅画不可呢？那个人可能就是拍卖市场的吧？按他们所出的底价，即使这幅画拍出去，拍卖市场得到的也不过区区几万块钱，犯得着下这么大的功夫？还有，白果本人又能得到什么？他想不明白了。但有一点他决心已下，尽快完成这幅《长恨歌》，和白果脱钩。他越来越觉得这个叫白果的女孩很不简单。

按当初的口头协议，模特儿白果必须在画家南洋基本完成人体造型后，才能得到《红色或五月四日》。现在南洋决定提前把这幅画给她。这些日子和白果在一起，南洋就已经把它取下来了，并用布扎扎实实地包藏起来。他害怕这幅画，好像他和另一个女人正在做爱，唐小松突然出现在床边。

这画你先拿去吧。南洋说。

这恐怕不好吧，白果说，我们有协议。

迟早是归你的，拿去吧。

不，我现在不拿。

如要你不拿，可能明天我就把它烧了。

你怎么了？

别惹我，要不我又想了。

想呗。

你不告我强奸了？

想，可人家可能不信。

你不简单。你是个妖精。

那你是什么？

我是个笨蛋。

与妖共舞

唐小松自从回南京之后，一般一周同南洋联系一次。电话都是打到家里，差不多都是在晚上十点左右。两人在电话里也没有多少话讲。南洋有了一种做了百年夫妻的感觉。这天南洋接到电话比平时晚了两小时，他已经睡下了，电话把他拖起来，他不以为是唐小松。这次电话有点意外，唐小松开口就问：你想不想我呀？南洋说，一躺到床上就想了。唐小松停顿了一下，又问：这些日子你忙什么了？南洋避实就虚：瞎忙。唐小松接下来问：你现在做什么？南洋说睡觉呀，广义的睡觉。唐小松又停顿了一下，说：我怎么觉得你床上有人呢？南洋说：你要不要同她说话？唐小松说：你连喊三声“我爱你”。南洋就坐好，抬好嗓门说——

我爱你　我爱你　我爱你

电话到此就结束了。南洋自嘲地摇摇头，觉得自己是有点堕落的意思了。活到这份儿上，人生就显得特别长。前一天中午，他和白果去海口宾馆吃饭，进门就碰上了一个“科学相面”者，颇有术士之风。术士说南洋至少要活到86岁，南洋吓了一跳：还要活那么久吗？术士便噎住了。南洋给了他50块钱，贴近他的耳边问了一句话。术士就打量了一下远处的白果，说：南山之鸟。画家便赶快离开了。后来白果问他，老头同你说什么了？南洋说，他说你不能生孩子。白果说那不更好吗？南洋说不，我倒真想你给我生一个儿子。白果说，你干吗不去找唐小松生？南洋说她一结婚就上环了。白果说上了就不能取吗？这又不是高科技。这个晚上南洋后来就去想关于生孩子的问题了。他觉得最聪明的科学家也人工造不出一个孩子来，但最笨的人随便一弄孩子就出来了。世界就是这样让人欢喜让人忧。

两天后，唐小松回来了。当时南洋正在画室里作画，正在兴头上，门突然给钥匙捅开，唐小松出现在门边。南洋倒不觉得有什么，不自然的是白果，赶紧穿上睡袍，头不敢抬。而这时唐小松已经说话了：

我好像在哪里见过你。

白果还是低着头，不吱声，样子很令人同情。南洋给唐小松递矿泉水，她没有接，把钥匙环在食指上转了一下，对丈夫说：我晚上不在家吃饭，你们接着忙吧。就离开了。南洋再看白果，发现她的脸色很不好，就问：你怎么了？白果说：我有点儿冷。

两人下午的活儿到此就算干完了。白果心理上有负担，这很正常。不正常的是她离开时说的话。她正视着画家的脸问道：你说我是妖精，那你老婆是个什么？

画家一时找不到认为恰当的词。

白果又问：你现在还敢同我做爱吗？你肯定不敢，可是我敢。我甚至可以当着她唐小松的面同你做！

南洋火了，说你怎么可以恨她呢？这不完全反了吗？

白果就笑了一下：是不是因为我睡了她男人？

南洋说，你真是个妖精。

白果说，你老婆也是。

这件事发生后白果就从南洋视野中彻底消失了。几个月后，画家去三亚鹿回头疗养，一个偶然的机会使他获得了关于这个年龄不详的女人的消息。那夜南洋在洗澡间泡了很久，然后他对着那面大镜子说：你是一个十足的笨蛋。再以后他就变成了一只鸟——那已不是南山之鸟了。

颜料未干

从前的大提琴手唐小松在外面住了两天后，于第三天的傍晚回到了家里，但她没有带回随身的行李，这显然是一种暗示。唐小松动手做了晚餐，然后又刷了碗，好像把该做的都做了。

饭后，夫妻俩对面而坐，沉默了好久。这种气氛布起来，南洋心里就大致有了谱。唐小松点上一支绿摩尔，说：南洋，我们离吧。南洋心里还是顿了一下。为什么？他这样问了几遍。唐小松很从容地说：我们都不是从前的那个样子了，再守在一起，也没多大的意思。南洋就问：到底发生什么事了？唐小松抬眼看了看丈夫说：难道非得弄出人命来才算有事吗？南洋便叹了口气。

唐小松站起来，每个屋子都走了走，表情显出一点感伤。她看着现在挂到卧室里的那幅油画说：我什么都不要，只要这画。我喜欢红色，也忘不掉那个日子。

我忘了？

我不知道。

画廊失火，我就……

你是不是想说，你就抢出了这幅画？那我可真要好好谢你了。

你真想离吗？

唐小松背过身停了片刻，说：刚下的决心，五秒钟前。你知道为什么吗？

南洋不吱声了。

唐小松问：诺言是不是很重要？

南洋说：当然。

唐小松说：那就请你不要怪我了，因为我这样做，也是为了履行一个诺言。

1993 年 12 月，一个可以穿西装的日子，南洋和唐小松在海口市办理了协议离婚手续。协议书关于财产分割的条款是这样表述的——

双方婚前财产归各自所有，婚后的财产全部属于男方。

承办人为了慎重起见，进一步询问女方当事人：婚后财产全部属于男方？

唐小松回答：是的，全部。

从前的大提琴手没有摘走卧室里的那幅油画，原因是她担心这幅画至今颜料未干。

唐小松留给从前的丈夫的最后一句话是：

世界上没有两片同样的树叶。

杀人的游戏

一个手持弓箭的男人，在几百年乃至几千年前的一天，追赶一头跛鹿。他把它逼上悬崖，正待张弓，那鹿忽然回过头来，变成了一个漂亮的姑娘。他们做了夫妻。他们从前相遇的地方，现在叫鹿回头，是三亚市著名的景点。1994 年春节后的一个细雨迷蒙的下午，两个大陆人到达了这里。

那时南洋才离婚两个多月，忧伤像身影一样追随着他。家庭的失去时常让他惶恐不安，他对陪他出来散心的作家潘军说：我像是走在云上。这两个男人在鹿回头玩了很久，最后的话题又回到那个久远的民间传说上。画家发现这是个可疑的传说，充满矛盾。比如说，面对一个手持武器的男人，那头鹿该不该回过头来？回头是意味着征服还意味着投降？再比如，那头鹿幻变为女人是圈套还是计谋？还有，幻变为女人的鹿还属于不属于猎物？作家没有正面回答这些问题，而是很武断地指出：这头鹿在回头之前就已经被射中，因为它是头母鹿。但是，这仍不失为一个美丽的传说。

美丽的传说一般都是杀人的游戏，画家这样总结道，至少包含了这个意思。这个晚上他们谈得很迟。画家说，我从事的，就是个危险的职业，杀人的游戏。我的刀是我的才华。我用同样一把刀分别杀死了两个女人，而她们都是好女人。作家沉默着。作家似乎有些厌倦这些疯言疯语。他觉得南洋不该说这种与身份性格不太贴切的话语。那是个春意很浓的晚上，是南方最好的季节，没有必要让它沉浸在伤感之中。作家后来提起那幅油画的事，想知道一些相关的细节，他不明白唐小松为什么突然宣布放弃拥有它的权利。对此，画家缄口不语。

灯熄了之后，听见画家在黑暗中说：我很卑鄙。

故事到了这里，其实已经完了。但作为带有疗养性质的旅游，这才刚刚开始。作家是个对旅游总提不起精神的家伙，曾在一篇小说里把旅游视作“花大把的钱去过颠沛流离的生活”。然而这次有所不同，三亚的风光让人流连忘返，在雨天也不例外。同时作为画家为数不多的朋友之一，他觉得有责任去陪伴这个人顺利度过阴冷的日子。第二天是个极好的天气，他们准备去天涯海角。在路上，他们再次同一辆宝马车相遇。

“东北老乡”的老总王超将车停到路边，说是到三亚来接一位朋友。南洋似乎不习惯站在路边交谈，就说：你忙吧。意思是各走各的路。王超递给两人香烟，然后对南洋说：你犯了一个错误。南洋有点吃惊，就问：什么错误？王超说，不应该让女人自己挣钱自己花。王超又补充一句说：上帝造人是有分工的，男人挣钱，女人花钱。

南洋好像还没有听明白，而且对王超居高临下的语气有些反感。他往前走了两步，看了那辆宝马车一眼，再次想起了发生在去年的那次事故。如果当时王超真的把他撞坏了甚至撞死了，一切都会是另一个样子。他实在不喜欢这辆高级车，不是出于嫉妒。他觉得自从被这辆车碰上后，霉气就上身了。

王超走近南洋，看看天空说：你该知足了。世界上极少有男人在双重地占有一个女人的，你是，而且至少是两次。

这话一说，画家突然就想起了那个叫白果的女孩来。他问王超：你和白果很熟？

王超就笑了笑。

南洋又问：她多大了？

王超说：我也不清楚。

南洋问：她现在在哪？

王超说：在美国，普林斯顿大学读书。是我帮她办的，我得兑现诺言。

南洋说：你这家伙原来杀人不眨眼。

……

黄昏时分，他们返回住宿地的路上，再次谈起关于鹿回头的传说。作家问：如果那头鹿不是母的呢？画家说：我一定会把所有的箭全射出去。

画家在这个片刻很奇怪地想到那个黄昏，一个叫白果的女人带走了那幅画。那画裹着白布，很像一具被汽车压扁了的尸体。那就是我吧，他现在才知道。白果最后深情的一瞥没有让画家心颤，因为那双眼睛多了一层眼皮。他妈的好玩，画家现在说，单眼皮变成了双眼皮，一个家变成了两个家。

这他妈与眼皮有什么关系？作家说。

身后传来了汽车喇叭声。那辆宝马车自两人身边开过去了，丝毫没有减速。但南洋还是发现了一个熟悉的身影——那是个女人，她的背影很像大提琴。

1996 年 9 月　郑州

（原载《山花》1997 年第 4 期）

对门·对面

1

法院裁定离婚的第三天一早，A的妻子（实际已是前妻）带人来搬东西。那时A在马桶上读一篇关于世界杯预选赛的述评。外面乒乓响着，A感到大便很不流畅。所以搬东西的整个过程A没有见到。等他提着裤子出来，觉得客厅一下显大了。A靠墙穿好裤子，想去洗脸。这时前妻把一串钥匙交给他：

你最好还是换把锁。

A就笑了一下。钥匙上还散发着香水味——是法国的一种不太响的牌子。A还记得，他最后一次出车挣的几张钱就换了那么一小瓶香水。那东西怎么这样贵？前妻然后就走了。这是个漂亮的女人，她的背影也一样漂亮。这样的女人嫁一个出租司机是有点亏。凡事都是买卖，是买卖就得公平。A突然想起少时看的一部外国影片，黑白的，叫《废品的报复》。A现在觉得自己就是一种废品，至少是次品，退回来是很自然的事。

这年A三十岁，身高一米八，长相算得上英俊，体格也健美，不抽烟不喝酒不打麻将，但还是成了废品。

A这个上午没有出车。他点了一下钱包，还有307元。A替别人开一辆夏利出租，每天给雇主交120元，其他费用自理。A已经开了一年，每天大约工作14个小时，月收入平均两千出点头。现在A想喘口气。他计划以后每天工作六小时，刨掉杂七杂八，日收入30元不成问题。盒饭不贵，一天两餐只需十元，零花十元也够了，那么还可以余下十元，以防应急，比如交通违章罚款之类。

A 没有朋友，他的亲戚也不在这个城市。

中午，A 下楼去街上买盒饭。刚出院门，右侧那个卖报刊兼营公共电话的老太太就对他比划着。老太太是个天生的哑巴，A 不懂手语，但基本的意思他明白：离婚了？我看见大卡车把东西全拖走了。你这孩子命可真苦……哑巴老太眼泪在眶里打转，A 不断点头，最后又买了她两本关于足球和兵器的刊物。

拐过弯，A 看见一辆银灰色的本田雅阁 2.0 型轿车徐徐驶过来。这是九三款。这车提速快，又省油，百公里只要八升。A 认真地看着车，开车的是个体态略显臃肿的中年男子，脸上总是十分的红润。这是 B。边上那位气质优雅的女人是他的太太 C。他们大概不是原配，A 每回见到他们都这么想，看来全世界的人都会离婚的。A 闪到路边，让轿车过去。轿车驶进一个圆形的门，那是个崭新的小区，高级公寓楼，与 A 住的这边一墙之隔。

2

对面那个男人像是离婚了。

哪个男人？

就是中午进门时碰见的那个高个儿。

他住在对面？

我常看见他站在窗台上擦排油烟机。

你能看出他离婚了？

他客厅里就剩了台彩电。

你还看见什么了？

你……你这人怎么这么没劲？

C 离开了晾台，把吃剩的零嘴扔到垃圾桶里。显然她有些不悦了。B 依旧调着咖啡，像每次一样，他先递给年轻的太太。

生气了？我不过是开个玩笑。

你总开这种玩笑。

这咖啡调得怎么样？

C 没接话，去鞋架上找出一双酒红色的鞋，用缎子掸着。外面的天色已转暗了，好像还有一点细雨。B 觉得女人擦鞋的动作也很优雅，他用欣赏的目光看着她把鞋弄好，穿到脚上。然后他又把刚才那杯咖啡递到女人手上：还得出去？

不是有个外地的同学来了吗？

明天看不行吗？

你是不是想跟我一起去？见证一下？

你太敏感了。

谁太敏感？我还是你？

好好，我不说了。其实我不过是……你带上伞，天变了。回头我去接你。老李说九点以前车还过来。

不用了。同学聚会谁知道要闹到几点。有我的电话记一下，有事呼我。

说完，C 换上衣，把头发理了理，就出门了。她没有带伞。

这时候 A 正在路边用自来水管洗车。他看看天，雨实在是太细了。他想还是冲一冲好，免得明天麻烦。刚洗好车，那个优雅的女人自圆门里出来了。

这车走吗，师傅？

不走。

我有点急事，麻烦你……

你不是有车吗？

让人借走了。我真是有点急事。

A 不好再说。他放好卸下的顶灯，坐到位子上。C 坐在后面。A 一边开车一边通过倒车镜观察着 C。女人一直是在对着小方镜修妆。她肯定不到三十，A 想，至少比那男人小二十岁。可是那家伙有钱。钱能把一切摆平。钱绝对是个好东西。

请往右拐，就下个路口。

A 推上方向灯。穿过乱糟糟的街区，车走上了一条新修的支路，它的尽头是一个叫做“世外桃源”的别墅区。A 弄不清为什么是“源”而不是“园”。他想肯定不是写错了。

停。就这儿停。

女人下车，拿出一张伍拾圆的给 A：不用找了，谢谢你。

A有点奇怪。这儿离别墅区还有一华里的样子，女人却叫了停。他开始调头，等他把车倒好，女人的身影已完全从倒车镜里消失了。A努力回想刚才女人嵌于镜中的样子，觉得实在就是一幅挂历。这样的女人是给人看的。A不禁这么叹了一句。

A在街边的小棚子里破例要了杯啤酒。现在他想的是白天前妻来搬东西的事。那都是些新东西。结婚刚过一年多点，就离了。这也好，日子久了反倒要多挂记。现在他只记得她是个处女。这很重要。A想自己这辈子不会再碰上第二个处女了。对于处女，凡事得让着点，包括有朝一日她要同你离婚。

A没有喝完啤酒就重新上路了。他把收音机开得很响，里面正放着一支刚流行开的歌《心太软》。这歌很破，A这么想。

3

师傅，你刚才送我太太去哪了？

B从那堵墙的阴影里走了出来，递给A一支烟。A说，我不抽烟。这个瞬间A想起女人中途叫停的事，好像明白了什么。他问：你打算去接她？我不想再动了。

不，我是……B自己点上烟，我是担心……

我的车爆胎了，她换了一辆。

换了？那你看见……算了，谢谢你。

A望着B沮丧的背影在黑暗中笑了笑。他没有多想，8点40还有场足球。A走进自己这边的院门，看见哑巴老太守着那台14吋的黑白电视机看广告。一个年轻的女子正在打电话，面很生。A后来知道她是D。

这个晚上A感到很疲倦。客厅里沙发没有了，原来放在低柜上的电视机现在搁到两只拼拢的方凳上。A就坐在地板上。地板太硬，他在屁股下垫了只枕头。地板也很新，是A自己学着铺的。那些日子A为这事费了大劲。如果知道到头来这些地板只是为了安放一只屁股，A肯定不会那么卖命。地板铺好，妻子很喜欢。当天他们就在地板上来了一下。A觉得在地板上做这种事比床上好，稳定而没有声响。那一次A流了许多汗，额上的汗滴到妻子眉毛上，把画上去的部分都润开了。那一次最好。

A 打开电视机，离足球赛直播还有几分钟。A 从头搜索着频道，他希望在这几分钟里能有个女人跳出来为他唱支歌。可是没有，只有一队学生在合唱，边上一个女人在作钢琴伴奏。这个女人……频道跑过去了，A 又拨回来，这不是刚才坐他车的那个女人吗？A 直了直腰。镜头在女人手上停住，再慢慢移到脸上。女人的身体微微有些摆动，还舔了一下嘴唇。A 很喜欢。A 觉得有些事颠倒过来做特别有意思，比如说一个很小的孩子大人似的支起二郎腿。A 喝了口水。等他抬头，镜头又甩到那队孩子身上去了。

这时有敲门声。

是打电话的陌生女人 D。A 有些意外。

先生，我想借拖把用一下。我在对门，刚搬来。

拖把在卫生间，自己拿吧。

明天还你可以吗？

你用就是。

D 拿着拖把走了，带上门。A 重新坐到枕头上。合唱已经结束，正放关于牙刷的广告。A 把音量减弱，回到足球直播的频道上，也还是广告，一个美女在吃方便面，说味道怎么怎么好。A 讨厌方便面。对门的女人在唱着歌。对门的房子空很久了，据说是因为另一个女人吊死的缘故，一直租不出去。房子至少空了一年甚至更多的时间。A 没注意对门会有人，从未注意。A 生性孤僻，从小就爱一个人玩。这个晚上对门的女人一直在唱歌，时高时低。女人肯定是外地来的，A 想。现在这个时代只要有钱有身份证就可以随便跑。A 想等自己有了钱也换个地方，他对这个城市反感了十年。A 又想起刚才对门的女人叫他先生。A 第一回听见别人这么称呼自己。A 不禁又笑了。他觉得自己怎么看都不像是先生。先生能坐在地板上看电视吗？A 伸了个懒腰，现在，足球赛开始了。

第二天，A 出门时看见拖把靠在门边上。等 A 出车回来时，在楼梯上又碰见了 D。D 手里拿着汉显的呼机，匆匆下楼去回电话。D 只对 A 笑了一下。A 发现 D 有一对浅浅的酒窝。这时 A 自己的呼机也响了。他没有看，知道是天气预报或者股市行情。A 觉得这个呼机现在可以卖了。以前别着它，是因为家中有人，好掌握他的行踪。

于是当天下午A就把呼机卖了，卖得十分便宜。A回来时又碰见了D，她还是匆匆下楼去回呼机。人和人不一样，A这么想。

以后A差不多每天都见到D。A觉得这个女人好像不怎么出门，好像全部的生活内容就是回呼机。

后来A才知道，对门的女人只是白天不出门。女人一般是天黑后走，晚上回来很迟。自从借拖把之后，女人就没有再敲过他的门。A觉得这也很怪。

4

A这个白天没有出车。明天有个长途，A把车送进修理厂保养一下，再加一些电池补充液。这车的灯光很差。像每天一样，A有早起的习惯。上过马桶，A要做50个俯卧撑。A不吃早饭，但要喝一杯新沏的茶。对昨天的茶叶，A总是把它拨到晾台上的花盆里。A不知从哪张报纸上读到过，泡过的茶叶养花很好。A养花很用心。这些花都不名贵，不过A以为，花只要好看就行了。好看是因人而异的，A自己觉得好看那就是好看。A小心用茶叶喂着花，这时下意识地朝隔壁的晾台上看了看。晾台收拾得很干净，晾着D的衣服。A看见D的胸罩衬在一件上衣里面。

A住的这幢楼很旧，谈不上什么设计。两边的晾台紧接着，如果没有防盗网，可以随便爬。A从晾台的一角最大限度能看到隔壁的客厅、过道以及卧室的门——这门开着，D的两条腿叠在一起，就两条腿，小腿，但是很白。

到了中午，A又去了晾台。D的两条小腿还是叠着。A想这女人肯定累了，五个钟头都是同一个睡姿。

下午，A出车回来捎了一面穿衣镜。A把镜子搁到晾台的角上。镜子反映出来的效果似乎更好。A在镜子前面晾上了一件旧风衣，A需要看时就把风衣拨开。

D出现在镜中。D穿着一套碎花的睡衣在厅里走来走去。过了一会儿，A发现D朝晾台这边走来了，就把风衣放好，然后喝茶。

你今天没出车？

明天出长途，车送去保养了。

开出租很来钱吧?

也没多少钱，还累。

是呀，谁都想不累又挣钱。这地方不错，很静。你是当地人?

不是。我在这个城市住了十年。

十年?一个城市住十年?你这人耐性肯定好。我这三年就跑了五个城市。

你做生意?

打工呗。哪儿有钱上哪。

你做夜班?

夜班?对，我是夜班。

然后D就回屋了。A撩开风衣，镜中的D在卧室里换衣服。A能看见D的半截身影，是下半截。于是A用脚背把镜子顶高一些，就看见了上半截。但是D已经穿好了衣服，正把头发挑出来。D的呼机又响了，她看了看，然后拿起包就从镜中消失了。没多会儿，A听见了D的关门声。

A找到两块砖，把镜子垫到合适的位置上。做完这些，A感到有些饿了。这时A问自己：我这样做卑鄙吗?回答是肯定的。不过A这个阶段需要卑鄙。A甚至想，迟早会有一天，他要把D搬到床上或者按在地板上。

A很懒散地下了楼。卖报刊的哑巴老太热情地把一份影视杂志递给他。老太太以前不这样。A拿过来看看，封面和封底都是美女。A想，这老哑巴还真他妈的会做生意，知道我离婚了就把这种杂志递上来。A亲了一下封面，老太太就乐了跷起大拇指。A正掏钱时，一个女人近了，是那个画一样的C。C对A点点头，然后向老太太比划着，老太太递了她一份《世界服饰》。C很仔细地翻看，又要了一份当天的晚报，就走了。A望着C的背影，觉得某个地方同前妻有点像。她会弹钢琴。可是A从来没有听见这附近有钢琴声。哑巴老太凑过来，对A很诡秘地比划着。A知道她是在发表对C的评价，但不知道是怎样的评价。一年后，A在一个特殊的场合又见到过类似的手语，经人翻译，A才明白意思：这样的女人是克夫相，任何男人都会栽在她手上。A在那个寒冷的下午长吁了一口气，打内心敬佩老哑巴的先见之明。

5

第二天一早 A 就去了修理厂提车，然后又去加油站加满了油。这时不过六点的光景，城里的车很稀疏。A 很快就出了城，他要去县里接一个进城做胃切除手术的病人。天有雾，晨露透着几分寒气。其实还在九月，城里中午仍是很热。昨天后半夜落了场雨，柏油路极干净。A 以 60 迈的时速行驶，始终挂在三挡上。这条路基本上见不到人和车，A 还是小心驾驶，因为路面过于单调，很容易造成视觉上的麻木，况且雾也没散开。

不久，A 发现前方弯道处有辆车翻了。车肯定打了个滚，然后侧立着像墙一样，两个轮子悬在半空。A 减速，发现这也是辆银灰色的本田雅阁。于是 A 就下了车。

凑近一看，A 吓了一跳。正是常见的那辆本田，B 像包裹似的堆在一角，有小半个脑袋嵌在玻璃里，血还在流。引擎盖还在热着，可能是刚翻。A 想把 B 弄出来，但车门打不开。A 用手背放在 B 的鼻下，觉得有暖气儿。A 左右看看，发现 B 的皮包甩在一棵树下，便拾起来。皮包很沉，A 想 B 的手机一定在里面，就弄开了它，然后 A 愣了——整整十万元现金。A 看看四周，雾还是没散。A 把钱取出来用衣服包好，扔进了自己的行李箱，上面还压了只备用胎。A 把皮包重新放回树下，又想了想，拿出手机试了试，居然没摔坏。A 拨通了 110：月石公路 13 至 14 公里之间出了车祸，人还有气儿，快来救一把。对方让 A 重复一遍，A 重复了。对方又说：请报您的姓名单位。A 把手机关了，塞回皮包。A 很快就赶路去了。

C 得知丈夫出事是在中午。她刚从外面吃饭回来，看见有两名警官蹲在她门边抽烟，C 便有了一种不祥之感。C 疑心丈夫在生意往来中出了什么纰漏。所以当听见车祸时她是意外的，但神情还比较镇静。

伤在哪？

外伤在头上腿上，内伤正查着。

这样 C 就随警方去了医院。那时 B 刚做完抢救手术，处于昏迷状态。B 的头肿得很大，缠着许多绷带。C 就流泪了：怎么会是这样，怎么……他一向开车很好的。C 有些泣不成声了。

然后警方带 C 去了医院的会客室，那里已有两名市局的警官在。他们开始公事公办地了解情况。他们问，C 答。

B 是什么时候开车离家的？

前天下午。

请讲具体一点。

下午三点多吧，午睡起来就走了。

你知道他去 × 地的事由吗？

催款。有家公司欠他钱。

哪家公司？欠他多少钱？

盛昌贸易公司吧，欠多少钱我不知道。我从不过细打听他生意上的事。

B 动身前给你打电话了吗？

没有。他不这么做。

就是说你也不知道他今天会回来？

对，不知道。

你和 B 结婚多久了？

两年多。这个重要吗？

我们只是了解一下，请别误会。今天我们就谈到这里。可能还会找你的。这段时间，希望你不要离开市区。

我能离开吗？

别生气，我们是按程序办事，相信你会配合的。

C 极不习惯这样的谈话，她觉得这不是什么谈话而是审讯。她有些气愤，不明白一起车祸怎么会如此这般的发挥。C 回到病房，侧面坐在床边，不时看一下点滴。C 不敢正视那颗缠满纱布的硕大头颅，她很难相信这就是 B。C 的泪水淌了很长时间。值班的医生进来，建议 C 回去休息，该干什么干什么。医生说，B 撞成了严重的脑震荡，神智一时难以恢复。而且，B 的两条腿都是粉碎性骨折，目前正努力复位，效果如何暂时还不好预测。

你不妨先备一辆轮椅吧，医生这样说道。

6

A 是临近黄昏时返回的。

离住地还有一截路，A 看见了 C 的背影。C 低着头，走得很慢。A 也放慢车速，以为 C 会叫停，可是 C 没有。A 猜想 C 一定是从医院回来，就是说，B 的命是保住了。否则这么长的路 C 是走不回来的。A 把车停到街边，丢给人两块钱借水管洗车。A 一边洗车一边等 C 走近。C 的表情很苦，也好像一下子见老了。C 进了那边的圆门，今天她不会过这边来买晚报了。没准儿晚报上就登了她先生的事呢。

A 洗好车天已转暗了。A 打开行李箱，拿出那包东西，很随便地从行人面前走过。他走进院子，见到对门的 D 又倚在那里打电话。A 回到家里，把卧室的窗帘拉上，只开了台灯。然后他把衣服抖开，钱铺了半床。A 把钱放整齐，一共 12 捆，面值佰元的八捆，伍拾的四捆，正好十万。这时 A 才有些激动。他用拇指和食指反复搓着一张佰元的钞票。这是真的。绝对是他妈的真的！A 欣赏着这些钞票，甚至认真在读加盖在捆条上的银行验款人员的名戳。A 也想到刚才碰面的 C，没有什么不安。对于有钱人，十万块钱根本算不了什么，不会伤筋动骨家破人亡。再说他并没有偷，这钱是从树旁边拾来的。如果不是他及时报案，B 兴许就完了，这十万块救下一条大款的命，也说得过去。至于那女人的苦，不是钱造成的。只能说她命不好。或者只能说也该轮到她受罪了。

A 把钱放到一个旧纸箱里，盖上几张旧报纸，用脚推到床下。他留下了一捆伍拾的，当即拆散，先往钱包里填了一叠，余下的就顺手放入床头柜的抽屉。然后 A 就去洗澡了，这才觉得有些乏。洗好澡，A 光着身子上了床，他不想睡，想靠一下。这个屋子的结构很不好，面积也紧，只有两间。朝南的那间大的做了客厅，朝北这间是卧室，一张双人床落下就没有多少地方了。这种房子可能就是专给单身汉住的，可 A 用它来结婚。A 挪了挪身体。他想今天这钱实在来得太迟了，如果早来半年，老婆兴许就不会走。他会加上几万买间新格局的两室一厅，他还会给女人多买一些时装和首饰。A 抚摸着生殖器，把它弄得很挺拔，再看着它一点一点小下去。

这个晚上对门的D没有出去。A听到隔壁的歌声，就走到晾台上喝茶。A撩开风衣，看见镜子里的D正在厅里叠衣服，头发还湿着，很奇怪地堆在顶上。过了会儿，D去上马桶了，出来时一根红绳子挂在颈上。D用这红绳当裤带。A立刻明白今年是D的本命年，就是说D只有24岁，实际是23岁，本命年是过虚不过实。D系好裤子，左右摆动了一下。这女人的屁股长得很不错，圆圆的，微微上翘，显得饱满而结实。A想她的乳房也应该如此，按比例缩小罢了。这时，D的呼机又响了。

第二天，A去电信局申请装电话。而且是办加急的，多交了一千元。

一周后，电话装好了。A的号码是2648518。为了这个吉利的号码，A给关系人送了几条烟。这天，A很早就收了工。吃过盒饭，他就到哑巴老太那里翻杂志。老哑巴又对他比划：你有人了吗？你得尽早找个人呀小子。A把一天里乘客给他的香烟都给了老哑巴。然后，他开始拨2648518。每拨一回，A都要等忙音出现才挂机。A在这个黄昏至少拨了十回。A想，对门的那位应该可以听见铃声了。

天黑后便下雨了。这很好，A看看天，这场雨确实很好，不妨一连下他个把月。A回到家里，用毛巾擦了擦头发上的雨水，就坐到了沙发上——现在他已有沙发和必要的家私了。A依旧是看电视，频道来回倒着。没多会儿，D就在外面喊门了。

我能用一下你的电话吗？雨太大了……

用吧。

在哪？

在睡觉那屋。

谢谢，我不是长途……

没事，你用吧。

7

你还记得你丈夫离家时的情况吗？比如说他是不是有些什么异常……

没有。他很正常。

他是几点出门的。

下午三点多。这我已经说过了。

有一个问题还望你能如实回答。你们婚后感情怎么样?

这是什么意思?

请坐下。我们需要掌握这方面的情况。

如果不怎么样呢?能说明什么?

这个我们暂时不便多说。

可你们却要我说!

对!你必须说。这对大家都有好处。你们婚后感情怎么样?请回答。

一般。

就是说很平淡,可以这样解释吗?

是的,很平淡。我们之间没什么话说。

仅仅是没有话说?

那还能怎样?他是我丈夫……

你冷静一下。有些事我们不妨告诉你。可以肯定,这不是一起普通的车祸。我们调查了那个盛昌贸易公司,B 出事前一天提走了十万元现金,但是事故现场没有见到。这至少可以说明,涉及此案的还有一个人……

你们怀疑是我?

不,不是你。案件发生的那天早晨,你在跑步,取牛奶的哑巴老太太可以证明这一点。

那么……那个人是谁?

这正是我们要找的。

C 在这个傍晚陷入到莫名的恐惧之中。警方的判断不无道理,证据有力。警方显然是故意抛出十万元的事实起暗示作用。那么那个人究竟是谁呢?是 B 的对头?车匪路霸?谋财害命或者……C 不寒而栗。她这才意识到警方是向自己暗示另一层更可怕的意思。

C 隔着玻璃看着病床上的 B。他的头已小了一些,可神志仍不清醒。C 现在盼着的就是 B 能睁开眼,能说几句话,把问题弄清楚。她实在受不了警方锐利的目光和冷峻的语气。为什么一些犯罪嫌疑人会在所谓的"心理攻势"下崩溃,C 这回明白了。她还没犯罪,警方也没怎么攻,但她自觉已经崩溃了。

C从医院出来，已是华灯初上。街上的人行色匆匆，雨使这个城市变得朦胧。C立在路边，这时A的出租车来了。C上了车，这次她坐在前面。

回家吗？

不，我还是去上回……

知道了。

A从前面的十字路口往左拐，把刮雨器调到低速。

你先生怎么样了？还昏着？

对。

没事，会好的。

但愿是这样……我想打个盹，到了喊我。

还在那路上停吗？

对。

你最好系上保险带，万一我急刹……

好，我系。师傅，我想问你，车翻了能把人摔成那样吗？

这要看是怎么个翻法，说不好。

他……太惨了……

C又抽泣起来。C从小包里拿出纸巾擦着眼泪，同时又施了点粉。她确实很倦，但不再想打盹了。她茫然地看着窗外的雨。这个女人算是倒霉了，A这么想着，没准儿后半辈子会全垫进去。国家好像不许同一个傻子离婚，A记得有类似这样的条文。眼下这条路女人会常跑……A停住车，又问：雨不小，再往前开点？女人摇摇头。女人说如果方便，九点来这儿接她。A说可以。

A后来就去了一家录像厅。看录像的只有七八个人，却充满着臭脚味。录像是转着放，不清场，想看个通宵都行。录像是香港的一部搞笑的片子，A一点也不觉得哪里好笑。于是A就半闭着眼，他不想这个时刻女人在别墅里干什么。不至于上床，极有可能是扑在一个男人怀里诉苦，男人会像哄孩子那样轻轻拍着女人：不要紧，都会过去的，一切都会慢慢好起来的。A在黑暗中笑了，他觉得自己想象出来的也是一部录像，而剧中那个男人就是他。

八点三刻，A就到了别墅面前。雨这时已经小了。A把车的方向刚调过来，C 便从路边的一棵树后面走出。她来得更早，衣服差不多湿透了。C 一上车就说：快走，回家。

然后她哭出了声。A 给弄糊涂了。

8

一个月后，关于 B 发生的车祸大家不再议论了，连哑巴老太也懒得比划。人的好奇心越来越受到时间的限制。A 依旧像平时那样每天出车六小时，夜晚也还是看电视。对门的 D 已是常客，除了用电话，D 有时也陪 A 看一会儿电视。D 喜欢看港台的电视剧。他们的相处很随便，D 有一次甚至没有戴胸罩。

当时 A 躺在床上看报纸，D 来用电话，就坐在床沿上。于是 A 透过衬衣看见了 D 的乳房，完全符合他的想象。D 这次的电话说得不短，差不多就是聊天了。A 不心痛电话费，但听着听着就觉得电话那边应该是个男人。A 就侧了侧身，把原先给 D 支腰的那条腿放平，D 晃了一下，笑哈哈地放了电话，就想离开了。

把门给我带上。

没准儿待会我又得来，省得你起来开门。

我得睡了，明天一早……

你骗我……

孙子骗你！

D 走后，A 在床上愣了许久。他想自己还是太笨了，早该想到女人的电话通常都是打给男人的。A 煞费苦心用电话将女人勾到了床边，可这个女人却用他的电话同别的男人调情。这事真他妈的窝囊。

这天 A 下楼来买报纸，远远就看见 D 在同哑巴老太“聊天”，两人都比划着像做什么游戏似的。A 走过来，D 便笑了笑，两只浅酒窝很明显地跳出来。乐什么呢？A 问道。D 笑而不答，把手中的葵花子匀一点给 A，就走了。她的屁股还是很不错地藏在牛仔裤下。哑巴老太用胳膊碰了 A，又指指 D 的背影：这姑娘怎么样？我看就她了。这可是送上门的缘分哪！A 看见老哑巴把两个拇指拼到一起，心里还真暖了一下。

这时候 C 出现了，她还是来买《世界服饰》。A 觉得很久没有见到 C

了，看起来C还不错，只是气色一般。这个女人怎么看都是一幅画。

你先生出院了？

没呢。

你每天还是……

我习惯了。

A把自己的电话写在纸条上递给C。A说你需要用车时拨过来，我一般晚上都在。C微笑着点点头。A突然有些局促，他想起了那笔钱。当然A始终认为，女人的不幸与那笔钱毫无关系。C短暂的笑容却在A心里划出了很深的痕迹。如果我住在别墅，这女人至少会坐在我的腿上。A不知怎么这样想了。那个雨夜的情景重现在A的眼前。女人的衣服淋透了，女人一直在路边那棵树下等他的车，女人一上车就哭了……

你会弹钢琴？

你怎么知道？

从电视里看到的……

我好久不弹了……再见。

这天黄昏，A又站在晾台上那面镜子前喝茶。D在镜中时隐时现，穿着一条大摆的花裙。后来D将腿弓起来往趾甲上涂蔻丹，裙子便滑到了大腿的根部。D的皮肤很白，A能想象出这样的皮肤夏天一定很凉。D的短裤也是花的。A慢条斯理地喝着茶，那件悬挂的旧风衣在他背后轻轻摆动着。A又想到才见过不久的C。如果对门的女人不是D而是C，A可能不会甚至不敢在晾台上支起这面镜子。这很奇怪，A喝了口茶，同样是女人，A从来没有对C产生过什么非分之想。当然，C之所以是C，就注定她不会住到他的对门来。C在墙的那边。那边和这边是大不一样的。

D又来用电话了。A没有迎过去，仍然站在晾台上，把风衣挂好。D这回的电话不长，没多会儿工夫就离开了。A坐到沙发上穿好袜子，该出去吃盒饭了。于是A去卧室拿钱包，刚拉开抽屉，A一眼就发现钱少了几张，钱包里也少了点。不用说，是D拿了，就刚才那会儿。A粗略估计了一下，D拿走了四百元左右。A从床底下拖出那只纸箱，拿出一捆伍拾元面值的，从中抽出九张，七张放回抽屉，两张塞进了钱包。

9

四天后的傍晚，A 发现钱又少了。这回是准确的数目，3700 减去 500 等于 3200。抽屉里少了八张，钱包里少了两张。A 还是补齐了。晚上，D 来陪 A 看电视，一边嗑瓜子。D 说最近有个台湾的歌星来开音乐会，问 A 想不想看，她可以弄到票。A 没吱声，喝着茶。这女人真一副好胆，A 清清嗓子，把一口痰从晾台上喷下去，喷得好响亮。

你这人怎么这样不文明？D 说，你要是吐到人脸上怎么办？

我下去替他擦，罚款也行。A 说完用茶清清喉咙，又喷了下去。

D 看看 A，很不高兴地离开了。

到了第七天中午，A 刚出车回来想洗个澡，D 又敲门了，自然是回电话。

我洗澡，A 说，待会记着把门带上。说完就进了卫生间，把热水器打开。水哗哗响着，A 站到马桶上透过很高的小侧窗往卧室里看。D 背对着门，一边打电话一边拉开抽屉。D 突然有些犹豫，她大概是惊讶这些钱的取之不尽总不见少，所以拿钱的手一直悬着。

于是 A 从后面将 D 搂住了。D 一点也不害怕，侧过脸看了看一脸是水渍的 A，然后就开始解上衣的扣子。A 拉上窗帘，看着 D 把衣服一件件脱下，他觉得 D 也算得上是一个美人。D 自己脱好，又帮 A 脱去内裤，这才说：看不出你这人还很卑鄙。A 笑了笑，很温柔地把 D 放倒了。

电话突然响了。A 拿起话筒：喂？

没有声音。A 以为是电话闹了毛病，就放下了。A 过后便把脸埋到 D 的两乳之间，手正往下探，电话又响了。A 这回坐直了，等电话响过三声，他才提起话筒。A 没吱声，电话里也没有声音。A 觉得有些怪，一直这么提着。大概过了两分钟，A 听见了对方挂电话的声响，然后是一串忙音。A 这下是真的吃惊了。

D 已穿好衣服，再把 A 的内裤扔到他腿上。清账了，D 说，这电话惹的麻烦事也真多。D 说完就过自己那边去了。A 缓过劲，不禁骂了句：操！

不过 A 很快就想明白了。

A在这个下午后来多少有点心花怒放。他目睹了一具姣好的女人胴体，而另一个女人也目睹了他的上半身。A挑了一件牌子过得去的T恤，走进了墙那边的圆门。A还是第一次接近这幢高级的公寓楼，他认为该是第二单元，四楼或者五楼，左侧，这个方位不会有错。A在四楼停住了，他发现左侧的门口有两只装高级妇女用品的漂亮盒子和一双布满灰尘的男人软底拖鞋。于是揿了门铃。

门只打开了一点，C平静地看着A，没有想请他进来的意思。

找我有事？

没事。

我在看书……

那我打扰了。我不过是也想看看你……

A笑了笑，转身想下楼，他知道C的目光还在自己背上，就又说了一句：

我只给过一个人的电话号码。

门“砰”地关上了。

10

你丈夫有什么同他过不去的人吗？

他人缘很好。

有没有过匿名电话？

打错的有。

常有吗？

偶尔有一两个。

男人还是女人？

有男有女。

那天他是下午三点左右离家的？

是的，你们是第三次问这……算了，你们问吧。

他是不是也欠别人的钱？

不知道。我说过我不问他生意上的事，从不。

你们结婚不过两年，按理日子是不应该平淡的，20年还差不多。

按什么理？感情这种东西本来就复杂……

没错，是复杂。

我没有别的意思……

我们也没有说你有别的意思。你说感情复杂，你是这么说的没错吧？

……

外面的天在临近六点的光景就开始暗了。街上已有零星的落叶。城市这一年的秋天比较纯正，C 觉得好久没有见到这么明显的秋季了。C 喜欢秋季，但是这个黄昏她十分悲凉。已经过去了两个多月，丈夫仍是处于半昏迷的状态，神志仍是不够清楚。他每天吃一点流质，难得睁开眼。他的眼神夹杂着稚气与狐疑，从不呻吟。这时候 C 就感到害怕，她审视着 B 那张表情与年龄极不和谐的脸。他会傻吗？医生说不会。医生说能够得到恢复。当然，医生又说，这还得有一个过程。医生最后又叮嘱：轮椅看来还得准备着。

C 刚走下医院门前的台阶，A 的车就到了。显然 A 一直是在等 C。可是 C 没有上车，转身折进了边上的一条小街。A 还是尾随着，有节奏地按着喇叭，街两旁的目光陆续打在 C 身上，C 便停住，坐到了车后面。

那天怪我……

我累了。

去哪？

随便。你不想开的时候就停下来。

C 说完就整个地躺下了。A 不再吱声，吃力地从小街穿出来，拐上了另一条路。A 有点气愤。A 想如果现在躺在后面的是 D，他会把车开到一片林子里，麻利地把她做了。女人和女人还是不一样。女人至少有两种吧，A 想，一种给人看，另一种给人骑。突然 A 又觉得气顺了，他有生第一次感到这么骄傲。我拥有这两种女人。我有。渐渐，远处的别墅区向 A 逼近了。A 此刻心里没什么不好受，他记住了路旁的那棵树，平缓地把车停下。C 没有及时爬起来，只是低声问了句：到了？A 说到了。

到哪了？

老地方。

C 慢慢直起身，突然厉声道：谁让你往这开的？

我以为……

你以为什么？

没什么。你不是说可以随便开吗？

我真怕同你们男人说话。我说不过你们……你干吗不打表？

我也想兜兜风……

打表，送我回家。

于是A两把就将车调过头，利索得如同表演。C直晃荡，C说你这人疯了，你是不是也想把车掀翻让我也睡到那该死的病床上？C说你停车，你停不停？A没停。A顺手打开收音机，调频音乐台正放着一首古典的民乐，优美而舒缓。A随着这旋律同样舒缓地开着车，他觉得这会儿车不是跑在路上而是在玻璃上……

夏利车在圆门对面停下来。那时候D正在报亭让哑巴老太看手相。D好像是在等待A的归来，眼光流露出急切。D看见C气呼呼地下了车，把一佰圆钱扔进了驾驶室。

这个晚上后来D与A寸步不离。D说她才知道自己的屋子里曾经吊死过人，她怕。D坐到A的腿上，她能感到A的那件东西正顶着自己，但她却问：你刚才是不是把那女人在车里干了？A笑了笑，A说我不会干她，我只干你。说着就伸手把D的裙子从后面扯了下来。D说你狗日的真是他妈的有艳福。A说，你也有福，过会儿你就知道了。

这时电话又响了，A没去接。

11

对于C来说，这一年从夏至秋的经历永生难忘。夏季开始的时候，C便对婚后的生活颇感沮丧。那时中年的B正埋头于他繁杂的商务。这是个奇怪的男人，对比他小21岁的妻子倍加宠爱却无力照料，由最初偷情时的早泄转为婚后阶段性的阳痿。每回在床上，面对B的心有余而力不足，C总想到馋嘴的老太太而没有一副好牙。C甚至这么对B说：你好比一位踢足球的，盘带有功夫但就是没有临门一脚。B就解释，B说我这些日子确实累了，等忙完了这阵，我会好起来的。C说，那时我也该老了。这时的C自然有些懊悔，她自责当初考虑过于简单，其实，B

不就是有钱吗？除了钱他能有什么？他连对面那个擦排油机的男人也比不上。不久，在一次同学聚会上，C 的视线被另一位很有风度的男人牵走了。那个人也是老板，住在别墅。那个人也真诚。但是那个人胆小。当警方第二次向 C 询问后，C 去别墅向男人寻求解答。这是什么意思呢？C 在男人怀里委屈地说，难道怀疑我伙同什么人谋害亲夫？那个男人当时就沉默了，接着手也沉默了，从女人的胸部缓缓移开。这是个事儿，男人说，这绝对是个事儿。男人说不能认为警方的询问没有道理。女人从床上爬起来：可是我们能干那种伤天害理的事吗？男人扶扶眼镜：我们？怎么是我们呢？我这些日子一早就去了建筑工地，我的同事完全可以为我作证，我甚至上厕所都有人陪着……再说为区区十万块钱我犯得着……

那个晚上男人只说“我”。

C 叹了口气。在这个秋阳炫目的下午，女人感到浑身无力，仿佛所有的关节都松动了。女人再次走到晾台上，想起那次同丈夫为安装防盗网发生的争执。丈夫坚持要安，她坚决不同意。我不想这个家成为一个笼子，她几乎是在抗议了。丈夫最后妥协了，但还是皮笑肉不笑地说了句：一张防盗网也挡不住你的视线嘛！她气坏了，将手中的咖啡全倒在地毯上。后来丈夫走了，要去县里催款。她这才把皮鞋放到男人面前。她想这个男人也不容易。可是没想到这一走就发生了那么多的事……

对面的窗户开了半扇。那个男人出车了。那是个很不错的男人，善解人意，但脾气看来有点倔。那个男人实在有些可惜。如果他多读几年书，或者他的运气好，哪天被某个电影导演看中，他的一切兴许就会改变了。太阳渐渐偏西，过不了多久男人就会回来。自打离婚后，他一度显得很懒散，可是这些日子又来劲了。他对门住了个女人，后来这女人还上了他的床。这个看上去很不正经的外乡丫头居然有那么大的魅力？C 冷笑着，她想那个男人已是饥不择食了。

外乡女人的歌声飘过来，断断续续，不过听起来也还顺耳。她的声带条件不错，只是她无法唱出任何一首歌的感觉。她懂得感觉吗？C 的目光追随着外乡女人的活动。D 今天穿了一条大花裙裤，在裙裤上居然别着呼机。D 好像刚起床不久，头发杂乱地盘着。D 进厨房，从冰箱里拿了罐什么饮料，又从碗柜里拿了几瓣蒜，然后坐到客厅里新添的沙发上，一边吃蒜一边欣赏着脚趾甲。过了会儿，D 又进了卧室，她把床单揭下来很响地抖了几下，再铺铺好。那床单该有多皱多脏！那女人收拾好床，又打开床头柜的抽屉，从里面拿了些钱，轻巧地放到袜子里。C 很是吃惊。C 想这不是随便地拿钱，拿的钱是不会往袜子里放的！

这个晚上 C 一直在想这个场面，她想对面那个男人实在是太窝囊了，竟把家交给了一个贼。

几天后的一个上午，C 在菜市上碰见了 D。她们互相看了一眼，就像以前在哑巴老太报亭前碰见那样。C 戴着墨镜，优雅的身影使小贩们手忙脚乱。C 注意着 D，看见她从一个胖妇人侧面挤过去。一会儿胖妇人就惊叫起来：我的钱包！我的钱包不见了！C 再也无法见到 D 了，她像烟一样消失得自然而无踪迹。菜市上乱起来，胖妇人扑通坐到地上一声高过一声地哭喊着，C 安静地注视着这一切，她现在觉得是该做点什么了。后来，她就拨了一个电话。

12

小区派出所的人是黄昏来找 D 的。那个时候，D 正兴致勃勃地给 A 做一道家乡的粉蒸排骨。调料配好，刚蒸上，门就响了。D 以为是 A，打开门后才明白是怎么回事。她差点想哭，她觉得 A 实在是太狠了，睡够了便把她交给了警察。

你不是会跑吗？警察说，你以为我们找不到你？可群众的眼睛是雪亮的。

于是警方开始搜查，D 说：这不是我的家，我住对门。

那你怎么进来的？

他把钥匙给了我。我们……算了，我不想说了，跟你们走。

警方还是把两边都搜了。警方在 A 的房子里没有发现那个装有巨款的旧纸箱，在 D 第二次从抽屉里拿钱后，A 就把纸箱重新放回了车里。D 收拾好，又在锅里添了瓢水，就随警方下楼。她希望警方不要铐她，警方没同意，只是在她两手间搭了件衣服。

在楼梯上，D 碰见了 A。A 最先看到的是一个年轻的警察，正迟疑着，D 就出现了。A 似乎有话要说，可是 D 的一口唾沫已啐到了他脸上：

你这没良心的！

A 一下傻了。A 后来才知道，D 是一个惯窃，不过每回都不敢做大动作。这个晚上 A 心烦意乱，他觉得 D 太糊涂，手不该向外伸。D 可以偷他身上任何一件东西。粉蒸排骨的香味弥漫开，A 的眼睛有些湿了。毕竟，他睡了 D，睡过了就是他的女人。他低头坐在沙发上，寻思着这件事是怎么挑起的……

电话响了。A 去了卧室，没有开灯。他看见对面的窗口很明亮，隔着薄纱，C 拿电话的身影也还是十分优雅。

你那边出事了？

对，出了点小事……

你觉得是小事？

本来就是小事，其实……你好吗？

我没什么，又没有人敢开我的抽屉……

你是说……

我不想再说这事了，它让我恶心！

A 这才明白，他挂上电话，连外衣也没穿就奔墙那边去了。A 一气登上四楼，还是平静地揿了门铃。A 说是我，我有话说。C 刚打开门 A 便一步跨了进去，将门关上，然后把 C 按到了很厚的绣花地毯上。

你想干什么？

干你！

你这流氓，我要喊人了！

你喊吧，你还可以报警……

放开我！放开！放……

后来一切都安静了，灯也关了。这是个有半片月亮的夜晚，月亮透过窗纱射进室内，A 的身体一半在月光里一半在女人怀里。女人用手指梳理着男人汗涔涔的头发，女人说：你知道吗，我可以告你强奸。男人闭着眼说：你干吗不告？要不要我替你把电话拿过来？女人拍了拍男人额头：你这人太野了。你是在报复。男人说，现在不是。现在是爱情。女人就问：你和她在一起又算怎么回事？男人说：那也是爱情。女人生气了。

爱情？你不觉得和一个小偷睡觉很肮脏吗？

肮脏的也是爱情。不是爱情又是什么呢？

滚！

于是男人就滚了。那时月光散发着寒意，A 只穿着件短袖 T 恤，感到膀子有点凉。A 从报亭走过，看见哑巴老太正用异样的眼神打量着他和他身后的那个圆门。A 想这老哑巴心真跟明镜似的。

天确实凉了。树上的叶子落去了不少。A 在这个秋夜翻来覆去，看着对面那个熟悉的窗口，没有再见到灯光。A 有点后悔，刚才做那件事时不应该关灯，应该看着女人那张与众不同的脸如何变化。现在他一点也不觉得自己睡了她，压在身下的好像还是 D。除了地板变成了地毯，A 没意识到区别在哪。所以在 A 看来，做那事的人是别人而不是自己，或者说，自己只是在想象中做了那件事。A 想这感觉真他妈的奇怪。接着，A 觉得有些饿了，就去了厨房。粉蒸排骨的香味还残存着，A 揭开锅盖，不禁叹了口气。A 想，过两天该去给 D 送几件厚的衣服了。

13

请坐，我们还想了解一点情况。

说吧。

你说你和你丈夫婚后生活很平淡……

那不是我说的，是你们说的。

可你承认了对吗？平淡可不可以解释为夫妇间缺少应有的感情？也就是说……

是的，我们缺少感情，缺少信任，甚至缺少性生活，这样回答你们满意吗？

谢谢你的坦率。那么，恕我直言，你们之间有没有哪一方，或者双方，和别的人有过感情上的纠葛？

宪法保护每一个公民的隐私权。

这我们懂。我们对你个人的隐私不感兴趣，我们要的是线索。希望你能够理解，你难道不希望这个案子尽早了结吗？所以我们的出发点是一致的。你回去冷静考虑一下，改日就这个问题我们再谈。

还得谈！简直没完没了无休无止除非……C 看了一眼病床上的 B，

他又睡了。除非你清醒过来，把一切说清楚，否则我一辈子摆脱不了嫌疑！C 流泪了。

医生把 C 叫走。医生正式通知她，B 的双腿都将面临着截肢。我们已经尽了最大的努力，医生说，但必须实施手术。C 像个木头人似的靠墙站着，觉得失去双腿的不是丈夫而是自己。医生又说，手术成功后再安上假肢，经过锻炼，一般的行走可以完成，不会整天依赖轮椅。

差不多也是这个时候，A 开车去了拘留所，给 D 捎去两套衣服和一件羊毛衫，还有些吃的东西。之前 A 托人找了所长，否则不可以在拘留期间进行探视。A 跟着一名警官走过了三道门，又经过很长一道走廊，进了一间空房子，里面就一张长条桌和两把旧椅子。警官让 A 登记，在“与被探视人关系”一栏里，A 小心地写下了：男友。警官说：“男友”很含糊，A 就改成了未婚夫。警官就笑了，说现在还有未婚夫这一说吗？但也没有再为难 A。不一会儿，D 被带来了。A 把东西放到桌上，推给 D，问：还好吗？D 苦笑了一下，说：我冤枉你了。我后来知道不是你出卖我。A 说这事过去了。D 说不，D 说：没过去。A 说你别再生事了懂吗？

两人沉默了一会儿。A 问道：会判你刑吗？D 说这事属于推一推拉一拉，可大可小。A 就问怎个拉法？D 说花钱呗。公家私家都得花钱。A 想了想，说：钱不难。我会想法子。不过你得表个态，出去后立刻洗手，可以吗？D 这时就落泪了。D 说你这样待我我能不洗吗？D 抽泣着，D 说我知道你喜欢我，我知道你在晾台上放了面镜子……

当天下午，A 又去找了所长，提出保释 D 的要求。所长还算热情，说你这人还真像条汉子，其实 D 不算你什么人。就是你们有一腿也没什么，况且她还偷过你的钱。A 说不是偷，是拿，背着我拿了点吧。所长就笑了，说这回可不是千儿八百，得几万，你得费点劲了。A 说，钱我带来了。所长的笑容慢慢收起来，说：你先去办手续交钱，放人至少要到 15 天以后，这是政策。A 说行行，怎么说也比判个一年两年好。说着从包里拿出了两条烟和两瓶酒，都是中国最高级的。所长说，这点东西我本可以收下，不过我一收下你就会小瞧我了。A 说我这是表示一点心意而已。所长把手摆摆，说你帮我教育了人就是感谢了，这样吧，等你们日后结婚了，我去喝喜酒。

办完这件事，A 觉得像刚洗过澡似的轻松。他把车开进了洗车场。车被吊起来冲洗，A 就躺在车上，听着音乐。那是一支小号独奏曲，好像是在清晨的草原上吹响，嘹亮而悠扬。A 在这一天里不停地忙碌，现在他只想埋头睡上一觉。

A 在街上吃过饭，回到家已是近九点的光景。刚拉开灯，电话就响了，自然是 C 的。看来 C 一直在等他回来。

你能过来一下吗？

有事？

我心里很闷。我都快死了。

我洗完澡就过去。

洗澡的时候 A 又想到那笔钱，已花去一半了。如果有一天 C 知道是我拿了她老公的钱，会怎样呢？

14

A 一天都没出门。他从床上移到沙发上，又从沙发回到床上，怎么躺都觉得不舒服。

昨夜的事让他不安。

A 去了对面，还是进门就将 C 抱住。C 说你别吻我，我不想从你嘴里嗅到人家的大蒜味。A 就笑着抱 C 上了床，说你这样的女人不该吃醋，说着把一枚钻戒套在女人手指上。女人说我不稀罕这种东西，我只看重我们之间的那种状态。男人说，我不懂什么叫状态，但我想我能使你快乐。女人问：你快乐吗？男人说我当然快乐，其实我只要每天见到你，就很快乐了。女人说我懂你的意思。我和别人在一起没有这个样子，你真的很出色。男人问：那你能嫁我吗？肯定不会。你我没有夫妻的缘分，就是你不后悔，我也后悔。我不想让外面人指我的背，说这小子居然还讨了一个会弹钢琴的老婆，又那么漂亮。

女人叹息道：我现在只想要一个健康的丈夫。可是就连这点要求都成不了现实。你知道吗？他会马上截肢，以后就坐着轮椅了……我才 29 岁……

C 在 A 怀里哭得像个孩子。A 搂紧 C，A 说以后我可以常来陪你。C

说，这样也不是事，你总归是要成家的。A说我可以不成家。C说你不用安慰我，下午我去公安局取我丈夫的皮包和手机，我看见你的车停在拘留所外面，你肯定去看她了。A说我只是想把她弄出来，没想同她结婚。我……

你别解释了。你这人不坏。C下床拿香烟，感叹道：这事越拖越复杂了。警方问了我几次，一步一步把话题往命案上引……

命案？不是车祸吗？

现场还有一个男人，拿走了十万块钱，目击者报了案，吓得不敢留姓名。警方怀疑这个拿钱的男人与我有关系，好像是场阴谋……

车祸和命案现场能看出来。

可是钱呢？怎么解释？

也许是路人拾走了。

有这么简单吗？

也许就这么简单。

A后来就有些分神了，听不清C又说了些什么。那时候月亮正从一簇很厚的云层中通过，屋子里一下变暗了。A开始穿衣服，准备离开。C说，你今晚就住这吧。A正迟疑，C又说：算了，你走吧。万一明天警察上门来，还真说不清。于是A就走了。报亭的老哑巴正收摊子，A不好再躲过去，便主动打了个招呼。老哑巴停了手里的活，把A拉到报亭里进行了一番教导：你真糊涂！你忘记了我说过的那女人克夫吗？她男人不是倒霉了？你是不是想再跟着倒霉？你说是不是？A摇摇头。A“说”她家水龙头坏了，我去帮她修理。老哑巴鼻子响亮地哼了哼，接着忙自己的去了。

现在A又回到了沙发上。他想就算以后警方知道了他与这件事有关，也不能当谋财害命来定。他只谋了财，没有害命。当然这钱拿回来不怎么体面，但他毕竟没犯法。怕就怕自己说的人家不信。如果真的不信，这事就麻烦了。警方完全可以假设他早就盯上了那辆本田车，而且潜伏在路边，装作熟人搭便车时趁机下手……A确实犯愁了。那笔钱已花去了一半，A想，得抓紧挣回来，然后主动交给警方或者匿名寄过去，这事就算摆平了。至少他心里平了，还能怎样？他想事实就是事实，白的就是白的，警方不会把它说成黑的。他想不会。

翌日一早，A就出车了。他想大不了拼命干上半年，像离婚前那样早出晚归，凑齐那笔钱不算太难。可是如果这段时间警方查到了呢？这就没辙了。你把人家的钱花了，怎么说也是理亏。我真得抓紧才是，A想。

A连续干了三天，每天工作15小时。突然这么调整，A感到确实有些吃不消，好像一根皮条，已经拉松了，再使它紧起来就不容易。到了第四天，一位鹤发童颜的斯文老者坐了他的车，给A带来了意外的好运气。老者是美术学院的教授，一上车就打量A。老者问：你身高多少？体重多少？A一一作答，但不知老者因何而问。下了车，老者又仔细将A审视了一番，然后问：你可以替美院做模特儿吗？A一开始以为是时装模特，就说可以。后来才知道是人体模特儿，便笑了笑：大老爷们儿哪能干那号事。老者仍执著地说服，说其实也没什么，就像男人去当助产士一样，是艺术，是科学。如果你同意，老者说，价钱好商量。我们教研室有香港企业家资助，会开出很好的价的。你的条件非常之好。A就问：你们出什么价？老者说，按每小时150元计，每晚三小时，白天你照样可以开车。A想了片刻，又问：

我可以戴上一副墨镜么？

15

事情远比A想象的要困难，不是一副墨镜可以解决的。当A在更衣室脱衣时，他的浑身便开始抖了。A想起从前和老婆的一次谈笑，老婆问，什么事让你最不好意思？是不是在大街上叫错了人？A说不是，A说是在澡堂子里碰见熟人尤其是碰见老师。老婆觉得奇怪，问：为什么？A说不知道，就是不好意思，没法躲。约定的时间已到，A还是感到紧张。那位教授走过来，递过一瓶冰镇的可乐。没关系没关系，教授说，你大可不必这么紧张……当然，第一次也难免。A觉得教授的这些话仿佛是在安慰一位将入洞房的新娘。A擦了擦汗，心想这事答应得太草率了。可是这事来钱，一晚下来可以挣小五百，十晚便是五千。钱。转悠一辈子还是为了钱。挣点钱也真他妈的不容易。A喝完可乐，教授便问：可以进行了吗？A舔舔嘴唇，然后把短裤脱了，戴上墨镜，披着一件过膝的睡衣，随教授走进了画室。

画室里至少有十个学生，其中有三个是女的。他们似乎摩拳擦掌多时了，当A一出现，室内刹时静了下来。教授把A安置在一座小台子上，打开效果灯光，又让A摆好一个姿势，让A的视线固定在左前方的某个点上，这才请A拿掉睡衣：半个小时休息一次。

后来A就只听见沙沙的铅笔声了，像割草那样。A使劲盯住左前方那个点，不久眼前就有些模糊了，他只能看见一个女生的红衬衫。

这个晚上A喝光了两瓶啤酒，躺到了地板上。不久他听见了电话响，但实在是爬不起来。如果那个穿红衬衫的女生是C，情况会怎么样呢？A弄不清为什么要这么去想。

电话重新响起是在翌日上午。A在地板上睡到后半夜，冻醒了，便草草用热水洗了个澡，爬到了床上。没睡多长时间，C的电话就拨了过来。

你总算愿意接我的电话了。昨晚你上哪了？

开车。

一天都见不到你的人影！

我接了一个长途，累坏了……

你怎么突然勤快起来了？你不是过得优哉游哉吗？我根本不相信……

除了开车，我还能干吗？

你过来，我有话跟你说！

电话随后便挂断了。A很不情愿地爬起来，去马桶撒尿。A想女人就这么个东西，同你有一腿了便可遇事不讲理。有什么话可说呢？无非是再出一场汗。A看看窗外，天十分晴朗。这真是个极好的天气，A想C的皮肤在日光里肯定与月光里有所不同。C的床是镀铜的，床头有五根支柱，其中有两根较粗，一拳握上去正合适，那是A的两个支点。A当然还有一个支点。今天我会看清她的表情变化，我必须看清楚。

A到的时候C正在厨房里熬粥，准备中午往医院送。C穿了件很雅致的睡袍，头发凌乱地用一条手绢束着。A倚在门框上看着C活动，觉得这个女人怎么打扮都让人看不够。A觉得很自豪，但是这个瞬间他又想到女人所说的命案。怎么会成命案呢？A以为确实有些荒唐。如果A

在那个比较遥远的雾蒙蒙的早晨不拿走十万块钱，一切就简单了。可是拿了钱车祸就成命案了？A没法想通。

你老公好了？

只能说有所好转吧，脑子还不太清楚。

会好的。

但愿吧。再不好我可真撑不住了。我现在一见警察就发怵……

你怕什么，你又没有做什么。

可脑子是人家的。人家不这么想，人家压根儿就认为这事没那么简单。

这事本来就是简单。

你别跟我谈这个。你说，昨晚上哪了？

开车呀，我除了开车……

那为什么不接我的电话？是不是在外面做了什么亏心事不敢接？

怎么会呢？

A说完就将C抱上了床。他利利索索地替C脱去睡袍，觉得C的皮肤与想象中有距离，而且没有脸上白。A没有作过多的铺垫就压了上去，但是却失去了一个支点。

你怎么了？

我……这他妈的怎么回事……

你说，昨天晚上到底干什么了？

我……

别碰我！

16

你考虑好了吗？

考虑什么？

上回我们不是谈好了吗？我们希望你不要回避那个问题。我们这样问也没有其他意思，完全是为了工作。情感纠葛我们能够理解，毕竟你和你丈夫年龄上有较大的悬殊，我们只想从中……

我拒绝回答。

当然，你有权对此保持沉默。不过……

我想你们已经知道，今天是我丈夫截肢的日子！两条腿！

谈话就这么结束了。C 独自坐在医院会客室里，想象着那个警官最后的目光。那个冷得像刀锋而又意味深长的目光。后果？后果就是自己将守候着一个截去双腿的男人打发残生。这是报应。C 想着，现在一切都晚了。这个时候，C 就特别想念 A。可是这个男人也似乎在变。C 多少有点后悔，觉得把自己交给那个男人确实显得过早了。

一连几日，C 没有再拨电话过去。晚上，C 将客厅里的灯熄了，就坐在沙发上，隔着窗纱有意无意地看着对面。A 差不多都是十点半回来，然后就是洗澡、看电视。他的背影很厚实很宽阔，这么好的体魄怎么会不行呢？兴许这男人就是累了。C 这么想下来，觉得那个白天自己的言行对 A 有些重，男人都一样，那个方面最脆，不能轻易去碰。于是 C 又拿起了电话，想想还是放下了。她想自己应该过去一次，给男人一个台阶。

C 从报亭经过，没有注意那个哑巴老太。她没想到老哑巴充满敌意的目光一直追随她进入那个昏暗的门洞。在不久的日子里，C 这个晚上的行动由老哑巴用手语复制得淋漓尽致，给女人带来了意想不到的麻烦。

C 的突然来访，令 A 有些难堪。C 穿了一件带圆点的红衬衫，外面套了件羊毛马夹。在 A 迷乱的视线里，C 和那位写生的女孩融为一体，A 居然有些不知所措了。

你来了……

你不过去，我只好过来了。我是不是很贱？

怎么这么讲。你来看我，我真高兴。

真的？

当然……你坐，我给你倒水……

你别忙，我就坐会儿。那天是我不好，我太任性了，伤了你。我向你道歉。

不不，怪我……

然后他们就去了卧室。A 拉上窗帘，同时又拿出一条新床单，认真地铺好。男人第一次吻了女人。他觉得女人像糖似的慢慢在自己怀里化开了。但他却仍然无法使自己的力量凝聚到那一点上。这回女人没有说话，而是细心地照料着，结果无济于事。男人翻到一边，重重叹了口气：

我完了。

女人侧过脸看着男人。她感到吃惊，那是她生平所见最为沮丧的男人脸孔。她抚摸着他，轻声问道：你是不是有事瞒着我？

男人沉默了很久，终于把一切从头说了。女人听完这些，颤抖着坐起来，紧紧抱住一个枕头：我的天……原来是你……

我只拿了钱。我还报了案……我没杀人。你信吗？

我信有用吗？

事情就是这样，我只拿了钱，我还。

没这么简单……

本来就是简单的，我只拿了钱，我没杀人！

你别对我吼，我怕……这下真让警察说对了，怎么偏偏是你呢？你赶快去自首。

我没犯法，怎个自首？

那你打算怎么办？就这么瞒下去？

我还钱就是。我肯定还。

C 抖抖嗦嗦地穿好衣服，嘴唇的颜色变得和脸色差不多。C 说，你别再找我了。就算我们没见过面，不认识。临出门时，C 没忘记取下那枚钻戒，把它放到了茶几上。清脆的一响让 A 觉得像是听见了枪声，自己被打中了。

17

从那时起，C 便像被噩梦追逐似的终日魂不守舍。连日的失眠使她的容颜变得异常憔悴。她看见 A 还是早出晚归，好像什么都没发生一样。她不知道这个男人将怎样来收拾这个烂摊子。男人很倔，认准这事简单，其实简单的是他自己。C 在恍惚中度过每一分钟，她觉得这一连串发生的事仿佛命中注定，最终还是把自己牵扯进去了，躲也躲不过。

C 在这个下午后来开始擦拭她的钢琴。这是 B 送给她 26 岁生日的礼物，但自从这架琴搬进这座公寓，她就没怎么弹过。她觉得至少有两个半音键不准，原打算很快请调音师上门，不知怎的总是把这事给忘了。

再以后C就索性不碰它了，那些散发出忧郁的日子，C常常觉得自己也成了一架失去音准的钢琴。

C的身影在净亮的琴面上晃动。女人不禁审视着自己的体态与面容，感到很悲凉。这时，门铃响了。C以为是送轮椅来的搬运工，打开门，她便心里一紧：两名警官略含微笑地注视着她。C想起丈夫出事的那天，就是这两名警官蹲在她的门口抽烟。那是开始，现在该是结束了。

可以进来吗？

请吧。我知道你们会上门的，我知道。

你知道？

你们无非是怀疑我同对面那个男人有不寻常的关系，是的，我们好过，但这是在我丈夫出事之后。这不是阴谋。而且他只是拿了钱，还报了案……

两名警官互相看了一眼。其中一个年纪稍长的走到晾台上，向对面窗口看了看，回头问C：怎么会这么巧呢？你说他只拿了钱是吗？

对。他还报了案，他没杀人。

何以见得？

我……我可以拿我的人格担保……

人格能替法律担保吗？

……

不过你能主动把这些说出来，还是很好的。对面那男人在吗？

他出车了。

他有呼机吗？

他……他刚买了一只。

警官把电话拿到C面前：呼他，让他回来，说有急事面谈，不，就说你被开水烫了，就说这些。

C有些沉重地拨了电话。没多久，A的电话来了，C按警官的要求说了。A说立即赶过来。放下电话，C便哭了：他真的没杀人，他……C说不下去，跑进了卧室，掩上了门。

两名警官同时舒了口气，又同时露出了无比得意的笑容。他们不能不得意，因为他们本来是想请这个女人为“警民联欢会”作钢琴伴奏的，没想到却把市局久攻不下的案子给破了。两名警官很有滋味地抽完了一支烟，等第二支烟刚掏出来，门铃就响了。

警官打开门时，A 还在像马一样大口喘着气。A 什么也没说，就跟他们走了。A 挺拔的身影被夕阳拉得很长，A 踩着自己的影子，觉得那影子很像一条沟。刚出圆门，A 就看见了一个熟悉的体态从报亭里迈出，那是 D，她出来了，手里除了一只旅行袋还有两条鲫鱼。

你这是……

我没犯法。这是门钥匙，在家等我。

我等你。

D 目送男人上了那辆带挂斗的蓝白摩托，正踌躕着，哑巴老太追过来开始对她比划。D 从老哑巴近乎迷乱的手势里却得到了最为清晰的判断，她向右挪了几步，看了看那个公寓楼的窗口。然后 D 把鱼送给了老哑巴。

第二天，D 又去了菜市。她始终立在出口的一根方柱后面，没多久，C 出来了。C 今天还是戴着墨镜，脖子上松散地系了一条图案优美的纱巾。D 跟着 C 走过这条小街，等到了一片空场时，D 叫住了 C。

我们谈谈。

我不同小偷谈。

我是小偷，你又是什么？

C 愤然离去。D 对着那个矜持的背影喊了一句：

记住，我还会找你的！

18

这一年的秋天似乎持续很长，已经是 12 月了，树上的叶子还没有落尽。A 进看守所有些日子了。每次提审，A 总是一句话：我只拿了钱，我没杀人。警方没收了 A 的余款 53000 元，又变卖了 A 的一些值钱的家当。警方没有查清 A 作案的前因后果，倒是把 A 同两个女人的交往弄得水落石出。他们不禁摇头叹息，没想到就这么个开出租的把两个女人都给泡了。A 如何发落已成了棘手的问题，似乎种种处理方案都不合适。

然而几天后事情出现了转机。

B 在那个有霜的清晨恢复了神志，记忆中最先出现的是妻子 C，接着就是那笔钱。当 B 意识到两条腿猝然变短了时，自然痛哭不已。哭声惊动了值班医生，他们给了 B 普通的安慰，然后再内部分享由此带来的特殊欢乐，因为他们是成功者，这个病例将使这座医院的声誉变得名副其实。

警方是上午赶来的。B 向警方哭诉，说都是自己太大意了，弄得自食其果。警方就不打算再问什么了，通知 B 适当的时候去局里取那笔钱。

不，B 说，那钱我不要了，奖给那位报案人吧。没有他，我恐怕早成骨灰了。

警方没有表态。

第三天，A 放出来了。

A 首先想到的是给家中的 D 打个电话，可是没人接。A 就匆匆上路了。A 身上没有一分钱，没走多远，感到有些饿，就找一个摆茶摊的小贩要了杯水喝。A 听见水落到胃里的声音很空洞，他想得尽快走，晚上让 D 再做一顿粉蒸排骨。这时，一辆出租在 A 边上停下来。接着是 C 的声音：快上来。

A 就上去了。C 捏住 A 的手，两人都没说话。一刻钟后，车在公寓圆门边停下了。C 说：

去我那儿吧，我有事同你说。

就这儿说吧。

我是真的有事！

A 就随 C 去了。C 一进门就将 A 紧紧抱住，然后抽泣起来。A 就问：你哭什么？我并没有怪你。我说过这是个简单的事。

C 拭去眼泪：你知道吗，我怀孕了！

A 这下有些惊讶了，A 问：几个月了？

C 说刚三个月。C 说我很想要这个孩子，真的很想，我都快 30 岁了……

A 说：那就要吧。我也想要。

可是，C 说，我能要吗？他马上就出院了，我怎么能……

A 说：没事，大不了我再进去一回吧。这不是问题。问题是我们……

我们怎么了？

我们怎么看都不像夫妻。问题是这。

卧室的门便在此时打开了。B 像尊塑像似的坐在轮椅上，由 D 推着来到客厅。D 冲着 C 一笑：我说过，我会再找你的。

C 咬牙切齿地骂了一句：流氓！

D 点点头：没错。你又是什么？

B 摆摆大手：事到如今，大家都别再说什么了。你们都是健康的人，让我这个残废讲几句吧。

B 拨动着轮椅接近 A：是你报的案？

A 点点头。

也是你占了我老婆？

A 又点点头，然后蹲到 B 面前：你是不是想抽我俩嘴巴？你可以抽。

B 没动手，又转到 C 边上：你怀了他的孩子？

C 没吱声。

B 又问：你还想嫁给他是吗？

C 还是没吱声，背过身去拭眼泪。

B 叹了口气：你能告诉我，我们婚后有几天真心的日子吗？一个月？十天？

C 突然叫了起来：你为什么不问问你自己？你哪一天相信过我？哪一天没盯梢？

B 摇摇头，叹道：你们真不该救我，真的不该……

然后 B 就将轮椅使劲转到了晾台，谁也没料到这个失去双腿的中年男人会那么敏捷地翻过围栏。A 最先冲上前，但还是晚了一步。B 像个麻包似的自四楼摔下，那个时候，报亭里的老哑巴正用心在看天上的一只飞鸟。

事情就这么发生了。

半小时后，警方呼啸而至。室内的三个关系人均被带走。现场的目击者只有那个卖报刊的哑巴老太太，在喝过一杯热糖水之后，老哑巴用极不连贯的手势向警方作了这样的解释：

我只看见 A 的手落在 B 的肩上，但我弄不清 A 是拉还是在推。

1997 年 12 月 25 日　北京月坛之侧

（原载《花城》1998 年第 3 期）

故事

故事背景与人物

这个故事发生在 1997 年。故事开始的时候是那一年的年初，春节后，当时地上的残雪尚未融化。故事结尾则到了今年。

故事发生的地点是城市。我们可以把它想象成中国的任何一座城市。我们业已生活多年的城市正在失去特色，连方言都不再纯粹了。所以这一点与构成故事几乎不存在联系。当然，故事结束的时候，城市已经不重要了。就像一台大型的诗剧，到了尾声，天幕上虚无缥缈，舞台上没有一道布景。

进入这个故事中的人物主要是两个人。一男一女。我习惯以 A 表示男性，B 表示女性——这个字母总让我联想到一位丰满孕妇的侧面。另外还有两个男人也在这个故事中忽进忽出。其中一个叫李成，32 岁，是新亚公司的总经理。他是一个好脾气的男人，凡事都显得稳重，不喜欢跃跃欲试。另外一个男人我们不妨称他作老金。这一年，老金正值花甲。除了谢顶，他算得上一个保养良好的人。按现行的说法，老金属于华裔美国人。他在国内有投资，所以在我们故事开始的时候，这位金先生就出现了。

现在我们再回过头来重新审视故事的主角 A 和 B。那年 A 也是 32 岁，未婚。这个年纪的未婚男人一般都是很聪明的，就是说，不想下一步死棋。A 当然也不例外。A 从 17 岁起生活中就不缺少女人，而且差不多都是美女。A 是一位职业摄影师，善于抓拍。但他从不拍彩色照片。我们是用肉眼去发现女人，A 却是用镜头。他的 300mm 长焦距镜头可以把百米开外的对象拉至眼下，伸手可触。这些女人在躺到他的放大机下不久，便陆续躺到了他的床上。A 当然要同她们做爱，过后就把放大好了的照片分发给她们。那些年 A 没有赚到钱但是赚到了幸福。据后来 A 说，他没有爱过那些同他做爱的女人。或者说，即使有爱的欲望，那也是几秒钟的事。倒是有几个女人在完事后认真地问过 A：你爱我吗？A 对此皆一笑付之。1998 年秋天，A 在朋友家的麻将桌上结识了作家潘军。后来他们就成了朋友。有一次 A 对作家说，他当时之所以不爱她们可能是因为两点。第一，A 开始于 17 岁的初恋令他大失所望。他为同班的一个女生与小流氓动了刀子，拘留半个月。等他放出来后，那个被他暗恋着的女生却同班主任通奸事发。第二，A 在 25 岁那年下乡采风，在河边看到了一双“干净的眼睛”——他认识了一个叫菊的姑娘。菊是位乡村教师，豆蔻年华。他们约好一个月后再见。可是，在第 27 天头上，菊姑娘下水捞猪草不幸遇难。事隔八年，A 谈及此事还是很难过。尽管那时的 A 已经过得很好了。

关于 B，我了解得很少。我首先不能准确地说出她的年龄，只能说她只有 20 多岁。我认识她时她也并没有怀孕。她说她可以怀孕，只是暂时不想怀，因为“某种原因”。B 谈不上有多美，但气质不俗。她身上散发着“角色”的光辉，怎么看都不像是生活中人。或许是这个原因，我们的交往总是保持着距离。其次，B 的经历我也不太清楚。她曾上过大学，但在三年级时心思就放到了股票上，于是就退学了。那个时期她尚未成为职业股民，她去了一家公司，做推销笔记本电脑的生意。B 在那家公司前后干了四个半月，便因为“一件不愉快的事”给辞退了。这之后，她才转为专业炒股。我们故事开始的阶段，B 已在一套月租金三千元人民币的高级公寓楼里操纵着股票机，其时她对股市的直觉判断可谓出神入化。不用说，年轻的 B 大发了，也算事业有成。“上帝造女人是让她们到这个世界上来花钱的。”这是 B 亲口对我说过的一句话。

故事开始

那么，我们的故事便开始了。作为故事的叙述者，我有责任使这个故事讲得高级一些。在作为一名小说家之前，我的理想是去当一名电影导演。我拥有良好的美术基础，对造型具有本能与职业性的双重敏感。

1997年早春季节，我去海南岛拍摄一部叫做《大陆人》的长篇电视剧，这是我执导的第一部影视作品。为了第一个镜头我苦思了整整一个冬天，终于找到了。那个镜头最初出现的是出租车内一个焦点很虚的小镜框，等焦点变实后，我们才看清框内人是邓小平——他刚逝世。这个镜头提示了时间和一件大事，提示中国的历史又过去了一个阶段。在这之前，我们在出租车里看到的只是毛泽东和周恩来。那时我不知道眼下的这个故事也发生在1997年2月，也将从一张照片开始，所不同的这个人不是个伟人。这个人出现在尼康F2相机的取景框内，是个女人，无疑就是B了。那是一个下午，城市陷在寒气与残雪中很安静。B穿着一件驼色的呢大衣从一家四星级的酒店出来。她围着酒红色的围巾，因此看上去她的气色比往日要红润一些。B刚从转门中转出，一辆白色的奔驰车就缓缓驶到了。这是来接B的，车很新。B打开车门坐了进去，对开车的男人笑了笑：你是不是埋伏在这儿？我刚出来你就到了。男人说是巧合，完全是巧合。我怎么能埋伏呢？B便不多说，她也觉得可能就是个巧合，这个叫李成的男人是不会编瞎话的，也不太会讨女人喜欢。这个下午B的心情一直很好。她同李成相识两个多月，也睡到了一张床上，现在她有点喜欢这个男人了。B当然不知道还有一个男人是真正的埋伏者，此人就是摄影师A。

在那些日子里，摄影师实际从事的不是摄影行业。他所干的那种事在国外不算新鲜，而且也不丢人。“算是私家侦探吧，”一年后的今天A这样对我说，“从那个下午开始，我就盯梢她了，有人愿意出钱。”

那天A骑着一辆中日合资的摩托，一直跟在白色奔驰车后面。后来B去了时装大厦，去了附近新开业的一家证券交易所，去了新华书店。那个叫李成的男人始终陪伴着，两人如同形影。暗处的A整整拍掉了两个胶卷。最后，李成送B回了她的寓所。在他们走进电梯的时刻，A也走进了寓所对面的那幢一模一样的公寓楼。A在楼梯拐角处支起了他的相机，这个角度固然不好但足以表现对面的窗户了。A看见李成不紧不慢地拉上了窗帘，在纵深处，B正摘下她那条酒红色的围巾。这是A所拍的最后一张照片，它预示着窗帘后面又将出现一个新的故事。其实那个黄昏的情况不是这样。相处两个多月，李成已熟知B的脾气习性——B从不在自己的床上同男人做爱，她甚至讨厌在这个月租三千元的空间里有男人的气味。B 和李成的幽会是在那家四星级酒店，那儿有李成长包的套房。

然而这最后的一张照片却给 A 带来了好运气。正是根据这张照片，A 肯定了那一男一女的关系。当天晚上，他走进暗室把照片一一冲洗加印，然后就给他的雇主打了电话，让他带钱来取照片。A 说，事情已很清楚，那两个人就是那么回事了。A 又说，他们不像是随便泡泡，倒像是正儿八经的恋爱。电话那边便有了一个停顿，接着那人说：我马上来。

那人走进 A 居住的这个杂院已是子夜时分。他是打的来的，同几天前一样，他没有让出租车拐进小巷，而是停在巷口。那人付完钱，把羽绒服的帽子戴好，就进了巷子。巷子很深，背阳一边的积雪还很厚。那人踩着雪碴往前走，经过一个卖馄饨的挑子时他迟疑了一下，似乎想坐下来喝上一碗。然而他还是走过去了。那人敲门时，A 正坐在沙发上喝啤酒，把电视频道固定在世界杯外围赛的专题上。

A 开门，让那人进来。屋内生着炉子，很暖和。那人摘下帽子，于是我们就一眼看见了他的谢顶。

故事发展

自称是金先生的男人在那个冬夜显得无比沮丧。他面对茶几上这一堆刚烘干的黑白照片一语不发。显然他承认了这个事实。A 的照片证明了他的预感。金先生付给 A 五千元人民币。在 A 看来，这位华裔美国老头出手还算大方。生意就这么做成了。电视里的球赛专题仍在进行，A 一直没有关掉电视机，不过是调低了音量。A 这样做是不想久留这位金先生，既然钱货两清，这事就算一阵风吹过了。可是 A 没有料到故事不仅没有完，而且又往下发展了。

你能让他们分开吗？金先生临出门时突然向 A 提出了这个要求。他的一条腿就踏在门槛上，好像 A 不答应，他就不想迈出去。

这又何必呢？A 喝了口啤酒说，我倒觉得他们很般配的，您别介意；

可我需要他们分开。金先生回过头对 A 说，如果你可以做，我就不用再找他人了。我当然要加钱的，两万怎么样？

A 还未来得及做出反应，就听见金先生又对价格作了调整：那就三万吧。你不是想开一个影楼吗？金先生说完，便从口袋里拿出了支票，填写了一万元。他把这张支票压在烟缸下，说：我先预付你三分之一订金。

A后来对作家说，当老金撕下那张一万元支票时，他觉得连电视机里的声音都消失了。他唯一能听见的，就是撕支票的咔咔声。这个声音不久又在他梦中反复出现过。A接受了这桩新买卖。“我知道这很缺德，”A回忆说，“但那张支票实在太漂亮了。”

1997年3月，A开始运作这桩买卖。他说他当时的状态很不错，十分兴奋。他觉得自己成了一名间谍和一名杀手，这都是他向往的职业。他认为这件事既不触犯法律又有一个刺激的过程，当然还有一笔数目可观的佣金，是值得一做的。A以后甚至不为钱所吸引了，他为这个有趣的过程所支配。他像一名职业特工人员那样，分析目标，制订计划。在A的屋子里，至今保留着一块白色的“黑板”，他每天要记下当日的行动安排和工作疑点。他还去旧货市场买了一台差劲的386电脑，把自己整理出的资料全输进去，储存起来。比如1997年3月7日，A作了以下记录与分析：

> 今天随他们去逛街。在天桥上，一个小乞丐向他们要钱。男人没理，女人却给了十元。男人对女人说：“这孩子是个小骗子。”女人有点不高兴，女人说是骗子我也给。（这说明女人很有同情心，心地善良。男人却有些小气。好女人应该是不喜欢小气的男人的，何况那家伙是个老板。）

再看3月12日——

> 下午有雨，他们在一家小馆子吃饭，吃的是小米稀饭和韭菜饺子、玉米饼。（他们吃惯了山珍海味，大概想换个口味吧）女人碰见了两个熟人，好像是大学同学什么的。女人没有向这两个男人介绍李成而是走到一边同他们说话，眉飞色舞。李成不乐，也没多说什么，只是埋头吃。我后来偷偷帮他们买了单，我想李成知道肯定会不高兴，这就对了。（千里江堤，毁于蚁穴，从一点一滴开始，不怕不成事。）

3 月 18 日是这样写的——

他们从酒店出来，男人把车钥匙给了女人。我这才知道女人也会开车。上车前，男人发现引擎盖上有鸟粪，便用纸擦了。男人好像低声骂了一句脏话，脸都涨红了。（我想刚才他们在酒店高级套房里没有睡觉，要不男人的脾气不至于这么坏。他是在借鸟粪出气。当然他也心疼这车，像心疼女人一样。）

诸如此类乱七八糟的东西 A 记了不少。但是后来的事实证明，它们很有用。A 据此制订出下一步的计划，这些计划的思路也确实对头。A 现在抖落这些时仍不失几分激动，并以马克思主义文艺批评家的一句口头禅作了总结：一滴水也能反映出太阳的光辉。

到了这年四月，A 的第二阶段行动又开始了。如果说第一阶段 A 主要是以观察分析为主，那么第二阶段便要以行动为主了。如同勾引一个女人一样，离间一个女人也是需要步步为营的。况且在 A 看来，后者难度似乎更大。A 首先放弃了主攻女人的企图，改为佯攻男人，以此造成女人对男人彻底的失望。A 认为，像 B 这样的女人一旦对与她做过爱的男人感到失望，便会毫不迟疑地将他赶下床去。于是 A 决定做三件事。

第一件事，A 买通了一个小女孩，定期定时去给 B 送红玫瑰。每周末一次，时间在晚上十点。此时李成会送 B 回寓所（B 从不在外面过夜）。第一次，李成与 B 刚刚走出电梯，那个小女孩就从柱子后面闪了出来，还上前对他们行了一个队礼，郑重地把花交给了 B。小女孩没有忘记 A 的叮咛，说：是一个大个子叔叔让我送给您的。B 自然感到意外：大个子？她把自己认识的大个子合排了一遍，还是不知所措。边上的李成对“大个子”有一种本能的畏惧，因为他是个矮子，穿上皮鞋才是一米七。这一次他们都没有往心里去，B 只认为可能是一位出差来此地的同学或熟人，花也只表示礼节。第二个周末，小女孩又来了，手中的花由 9 朵变成了 19 朵，话仍是那么一句：是一个大个子叔叔让我送给您的。李成就问：还是上回那个？小女孩说还是。李成就看了看 B。B 笑了，说你看我干吗？你应该感到自豪才对。等进了屋，李成认真把花数了一遍，说：下个周末恐怕是 29 朵了。B 说，想送就尽管送呗，他不怕麻烦我还怕什么。李成这时便问：他是谁？B 眉毛一挑：你问我我问谁呀？李成淡笑了一下。B 却严肃地说：李成，我生活里没有第二个男人，记住这句话。说完，B 就进卫生间洗澡去了。等她洗完澡出来，李成已经离开了。这个晚上 B 有些纳闷，她怎么也弄不清从哪冒出来一个“大个子”。但她也没多想，她作息很正常，起居有规律，到了 11 点半，就是真有大个子坐在她的床沿，她也会睡去的。

第二件事没有规律性，但与第一件事是并行展开的。A 出了十块钱，让一个小乞丐把“专治男性不育”的告示贴在那辆白色奔驰车上，好像十分有针对性。李成当然是生气了。那个小乞丐当时就在边上看着他。B 倒是笑了，她也给了小乞丐十块钱，让他冲洗告示。小乞丐一进一出就挣了二十，来劲了。于是连续几天都自发地把“专治白癜风”、“专治脚癣”之类的告示偷偷往白色奔驰车上贴，结果弄巧成拙，让李成给逮住了，抽了他俩嘴巴。我操你妈！李成一下吼了起来，我剁了你！从后面赶来的 B 将李成拉开，小乞丐捂着脸逃走了。李成还在气头上，话越说越没谱。老子就是见不得这些小杂种就像希特勒见不得犹太人可你居然还给他们钱！B 给弄怔住了。B 说，你这人真没劲。李成涨红着脸质问：我怎么没劲？我有没有劲你难道不清楚？我他妈还需要“专治”吗？B 调头就走了。

事隔数日，A 亲自动手做第三件事。A 注意到 B 每周必去一趟洗衣店，把换下的衣服送去，再取出洗净熨平的。关于这件事，A 现在向我表述时将操作的过程与细节一并省略了，他只讲了结果。那是个星期天的下午，李成送 B 回寓所。途中，B 去洗衣店取了衣服。这段日子他们小灾不断，两人的情绪时起时落。不过李成对 B 仍是在意的。李成无法摆脱“大个子”投下的阴影，也不便就此事多向 B 提出质询。在 B 高兴的时候，男人顶多以玩笑的口吻说上两句无关痛痒的话。“我看你别炒股了，不如开个花店。反正有人供货。”也就这程度。B 回答说，要是他每天送一卡车花来，我肯定开。这个下午，李成随 B 去了寓所。原定两人晚上去听一场音乐会的，有个西欧的铜管乐团来城市作文化交流演出。为了表示对艺术的尊重，B 需要从里到外都换换衣服。他们走进门，客厅里的红玫瑰十分夺目——这是昨晚那个小女孩送来的，已达 39 朵。李成对音乐完全是外行，但此刻是不敢扫 B 的兴的。B 换衣的时候，男人便注意看着那束花，他很想把它扔出窗。要是将来结婚了，再发生类似的事，我一定……男人还没想好一定什么，就听见女人呀了一声。李成回过头，看见B从洗衣袋里拖出了一件带条的大衬衫，男式的。

这是怎么回事？B问道，又像是自语。

你问我我问谁呀？李成这样回答道。

肯定是洗衣店搞错了。B说。

这么巧……李成淡笑了一下。

那个时刻A就在对面的楼道上。他的眼睛紧贴着照相机。他看见B一下站了起来，对着李成扬起了一只手。“我愣了一下，”A回忆说，“接着感到左腮又热又痛，好像那一耳光抽在了我脸上。”

故事出现停顿

城市的那一年春天是在一夜间过去的。一场突如其来的大雨之后，天气明显转暖了。那个来自西欧某国的铜管乐团前两场的演出仍是西装革履，到了第三场，他们只好穿衬衫了，领带松散地系在脖子上，指挥也脱下了燕尾服。

那也是个令人烦躁的夜晚。

A约金先生去了一个叫做“午夜”的啤酒屋。他们畅快地喝着啤酒，谈论着香港回归。金先生兴致很高，说香港回归之后，香港的政治与经济如果像报上说的那样稳定繁荣，他有可能将自己公司的总部从洛杉矶迁至港九。我毕竟是炎黄子孙，金先生说，我的根在中国。金先生似乎真动了感情，越往后说声音就越颤抖，眼泪也跟着淌下了。于是A为他点了一支《我是中国人》。金先生说这歌好，真的很好。两人大约坐了两小时，A才结了账。这之后他们就沿环城马路散步，初夏的夜风不时掠过他们的手臂。这时候A拿出了一个很厚的牛皮纸信封，交到了老金手上。A说：那事我不想干了，这是那一万块钱，点点。

金先生自然感到意外，因为几天前他与A通电话，得到的回答是“事情进展顺利”。他很高兴，并在电话里暗示将对A作三万元佣金以外的奖励，但他要求必须见到“肯定的结果”。A说，我会让你见到的，很快就会。可是事情竟起了变化。现在A已经坐在路边的隔离桩上，点上了香烟。他在等待老金的答复。如果老金不作答复，他也准备烟抽完就走。

何必要半途而废呢？金先生沉默片刻后这么说，是觉得佣金不够？

不，A 说，我只是不想干了。

就算是帮我一个忙吧。金先生仍在说服。

A 站起来，问道："你干吗要拆开他们？我总不能稀里糊涂地去帮这个忙吧？

金先生不自然地笑了笑，说：有些事情我暂时不便说，很抱歉。

A 于是就离开了。刚走几步，他听见老金在他身后说：你该不是爱上她了吧？A 停下来，老金便又走近。老金说，如果是这样的话，也算是成交。我只要那女人离开李成。

为什么？A 回头再次问道。

老金没有回答。

故事至此出现了停顿。当然小说还得往下写。1997 年 5 月 4 日，青年节这天，A 离开了城市，乘夜行列车于翌日黎明抵达了一个叫清埠的地方。那是个衰败的旧码头，却拥有一面秀水。他想在这里住上一个时期，顺便拍上一些照片。几年前，A 便是在这儿遇见那双"干净的眼睛"的。作为摄影师，A 平生最大的遗憾是没有将这双眼睛记录在胶片上。"我随身带来的胶卷全拍完了，" A 回忆说，"清埠又买不到。我同她约好，一个月以后再见。她同意了。她当时正撑着一条小船去给邻乡一个生病的孩子补课。" 后来的事我们已经知道了。

这一次 A 来清埠，是在他那间暗室里决定的。A 同老金分手后，回去就先洗了个澡。在洗澡的过程中，A 把这些日子所干的事粗略回想了一遍，其中有些细节居然记不起来了。他觉得奇怪。好像这些事是别人干的，自己不过是个用照相机作记录的目击者。这天夜里 A 后来就进了暗室。他把从前同自己相处过的那些女人的负片全翻了出来，重新一一放大洗印。"那一夜我真是很无聊。" A 回忆道。暗室里只有一台老式华生电扇，A 光着膀子，干得大汗淋漓。"我不是想象在同她们做爱，我是想做一个游戏。" A 这样对作家说。A 要做的游戏其实也很简单。他把这些女人的面部全用纸贴上，只留出她们的眼睛。这些照片裁剪得整整齐齐，像一副扑克牌。于是 A 就像玩牌似的洗来洗去，抽出一张猜测，对了打“√”，不对打“×”，然后再抽出一张。“成功率如何?”作家这样问 A。他一下就笑了，说惭愧惭愧，一连猜五个全是错的，不及格，我这人真是有些卑鄙。第六张对了还是另有原因，那个女孩眉心有颗痣。A 喝了口茶，继续对作家说：

到了第七张，我突然吓住了。因为我面对的是一双“干净的眼睛”，而这绝对是不可能的！我小心地将“她”面部的纸撕去，出现的竟是 B。我不知道 B 的照片怎么混进来了，我盯了她那么久，从来就没有发现她有这样的眼睛。

那时已是 1997 年 5 月 4 日的凌晨三点。A 又洗了个澡，然后进暗室把连日来偷拍的与 B 有关的照片逐一放大。相纸感光后放入显影液中，A 看见 B 在水中渐渐清晰了。“液体晃动着，”A 回忆说，“我好像觉得那双眼睛真的活起来了。”不久天已大亮，A 的工作结束了。他打开窗户，城市的清晨空气也散发着煤油味，使他在这一天里感到异常疲倦。

1997 年的夏季对 A 来说，是乏味而漫长的。他在清埠一家简陋的小旅店里消磨时光。小镇的古拙之风业已散去，连石板路也浇上了沥青。A 几乎找不出旧日的痕迹，只有在黄昏的时候，他去那条河里游泳，才觉出一点轻松来。他常去老街上拍照，想拍点明末清初遗下的老房子，可是现在当地人没有几年前那么热情了，也不围观，只要他付钱，否则他们就用草帽或蒲扇将他的镜头挡上。“我真是被弄得哭笑不得，”A 这样对作家说，“不过我又想，这也许是个报应。”一天夜里，有人敲门了，是一个打扮得像年画似的女人，丰满的身体仿佛在花露水里浸过。女人摇着团扇，问 A 要不要服务？A 不知所措，他的视线被女人左顾右盼的乳房所迷乱，但他看清了女人嘴里有一颗金牙。

A 在清埠住了两周，便像贼一样逃去了。

故事又有转机

“人生有许多事情确实不可思议。”1998 年秋天 A 向作家潘军谈及这段往事时这么感叹道。A 的语气似乎有些漫不经心，给人一种局外人的感觉。另一种感觉是，这段往事不是发生在一年前而是在十年前。A 大概注意到作家的表情反映，便宽厚地一笑，说：“从清埠回来后，有一天我刮胡子，觉得镜子里的那张脸不像是自己的。后来我干脆就把胡子留上了，留成了现在这个样子。”

1997 年 7 月 1 日，中国政府对香港恢复行使主权。城市的那个夜晚热闹非凡，人们都从家里跑出来观看由市政府组织鸣放的焰火与礼花。在市中心的大型电视显示屏周围，簇拥着喝啤酒的男人和跳迪斯科的女人。人们狂欢之余，不经意中见到附近原先的那家皮鞋专卖店变成了装修一新的影楼。第二天，晚报的中缝里就出现了这座名为“黑白空间”影楼的广告。不久，生意好起来了。

影楼的落成标志着 A 过去那种“玩”的生活终结，至少是告一段落。这个男人足足玩了 15 年，是一只倦鸟，现在他需要找棵树落下来。已过 30 的他那时只有一个念头，就是多挣些钱，然后去过父母要求的那种“正常人的生活”。他开始以选择太太的眼光去留意身边的女人，包括他的某些顾客。但是女人们往往看重的是他对照片的优惠打折，过后就把他忘了。这让 A 很困惑，从前他玩的时候，摆平一个女人易于反掌；如今他不玩了，女人只不过把他视作一台尼康 F2。他想这世界真是变了，变得自己连腿都不知往哪儿迈。

在这样的时候，A 想到了 B。他把 B 的负片全找了出来，挑出一些进行放大加工，做成不同的效果。他最喜欢的是 B 欲上白色奔驰车的那个瞬间：B 在打开车门的同时下意识地朝镜头这边望了一下，她的头发飘动起来。A 把这张照片制作成了高调，因此照片上最为突出的就是 B 的那双“干净的睛睛”。1998 年秋季的一个傍晚，A 让作家参观了他的暗室。不足六平方米的空间，B 的照片镶在各式大小不一的镜框里占满四壁。后来作家也承认，作为男人，他也被那张照片打动了。

故事的转机是在一个雨夜。

那场雨下得真是时候，使城市挣脱了连日的炎热，临时抄袭了秋意。A 当时正躺在沙发上欣赏一部盗版的 VCD《齐瓦哥医生》，一边喝着啤酒。A 记不得这个故事的来龙去脉，但被那些精湛的画面所吸引。那些画面实在是太美了，古堡、雪原、白桦林放射出动人的影调。一年后，A 与作家潘军成了朋友。他从作家的书柜里发现了一部前苏联的小说《日瓦戈医生》，于是将这部书带回来看了一遍，然而感受却很不一样。A 向作家继续谈论着那个雨夜，心情显得特别好。自从影楼开业以来，每天的营业额均在三千元左右，剔去成本开支，A 估算一年下来可净挣十万。如果没有后来的事，A 早就鸟枪换炮过起云上的日子了。后来的事开始在这个雨夜的十点。

A 接到了一个电话，对方是女声。女人自称从晚报上看见了“黑白空间”的广告，想预约明天上午。可是 A 说，上午不行，上午的时间已被一家企业约定了，他们要拍灯箱广告。下午怎么样？

女人说下午她要飞深圳，机票都已订好了。女人说她在一个朋友家里见到过“黑白空间”的作品，认为不错，才拨打了这个电话。

A 说，那就等你从深圳回来吧。

这时候电话有了个停顿，接着女人问道：你现在有空吗？

A 本想谢绝，但客户的信任又让他不好意思开口。“她提到了‘作品’，”A 回忆说，“影楼里能出什么‘作品’呢？可我还是有些得意。”于是 A 同意了，约好一小时后来“黑白空间”见面，不见不散。A 放下电话，关掉 VCD，然后就拿起头盔出门了。那时候雨已转小，雨丝在路灯下飞舞使城市的夜看上去朦胧而神秘。街上几乎没有行人，稀疏的车辆不时从 A 的摩托边驶过。出门时，A 没有换鞋，就穿了件尼龙防雨衣。他想就一会儿的事吧，那个女人顶多拍两个胶卷。样片出来，哪些需要制作的，是女人从深圳回来以后的事。A 从立交桥下拐出来，刚提速，就看见眼前大亮，然后他看见自己的一只拖鞋像蝙蝠一样飞起，以后就什么也不知道了。

A 醒来是在第二天的傍晚，他躺在离影楼最近的一家医院里。“我的两条腿都上了夹板、打了石膏，吊起来了，”A 回忆道，“我这才知道发生了什么事。我把手伸进裤裆，那件东西还在，还有感觉，也就放心了。”一小时后，两名交警坐到了他的床前，开始询问发生在 18 个小时之前的交通肇事逃逸案。警方提供的情况是：昨夜临近 12 点时，这个医院接收了他，是被两名看上去像外地民工一样的男人送来的，并且还留下了五千元的现金。但是，警方认为，民工是不会有高级轿车的，民工肯定是受车主所托，把 A 送到了医院。那么车主是谁？那是辆什么车？警方希望 A 尽可能回忆出点什么。A 摇摇头。A 说，我只看见了我的一只拖鞋在飞。

许多天以后，警方找到了那个肇事逃逸者，正是那个预约拍照的女人。那时她正努力帮A把轮椅推上一个斜坡，警方就来了，亮出了一只塑料袋，那里面装着两片白色的车漆。

这个女人是B。

故事一波三折

1998年秋天我从A的暗室走出来，外面的天色也转暗了。A那时腿已恢复得很好，但似乎是习惯性地拄着一根黑色拐杖。他在我面前悠闲地走动着，形象如同一位失败的淘金者或者一个倒霉的艺术家。不过那一天里，他的情绪始终很好。他在向我叙述自己的那段往事时有着按捺不住的炫耀，甚至近乎夸夸其谈。以致使我后来常常把这件本来真实的事情看做了虚构。A谈兴正浓，执意要留我吃晚饭。我本想推辞，打算去宾馆看望一位外地来组稿的编辑，这时，B来了。我们是第一次见面，她显得有些局促，把随身带来的一个大西瓜交给A，斯文地坐到边上的一把小椅子上。B与照片上的那个女人判若两人，当时我的印象是，她至少已由作品成为素材。A给我们作了介绍，就出去买凉菜去了。A那时的背影倒真成了艺术形象。在我写这篇小说时，A拄着拐杖走进暮色的姿态又浮现于眼前。

那天，我同B几乎没说什么。

几天后的一个下午，B呼了我。电话里她从容得多了，她说想同我谈谈，想对她和A之间的某种事“作出解释”。显然，A把什么都告诉她了。我欣然同意，所以这后来的故事我是从两个渠道听来的，虽然说的是同一件事。

先听B的——

我至今不知道那天晚上干吗要那么急着去拍照。我想以自己的照片制作一个台历，其实那时才七月。我真是有些奇怪。当然我这个人很任性，想做的事恨不得马上去做。放下电话，我立即找出了12套衣服，四季都有。我是不是有点自恋倾向？

李成半个月前去了深圳，谈一个房地产项目。香港回归了，他觉得南边会出现新的机会。他希望我过去一趟，我同意了。那些日子我们相处得有些冷淡，发生了那么多古怪的事，我虽然搞不清楚，但觉得该多给他一点安慰。他对我很好，就是不自信。我只要不在他身边，他就有点魂不守舍，电话里就问“出什么事了?”这也挺烦的。

那天夜里我开着的就是他那辆奔驰车。我历来开车是很谨慎的，特别是雨天。我刚从立交桥下来，车速很慢。等我提速时，手机响了，是李成从深圳打来的。我拿起电话，再抬头，就看见一辆摩托从桥底下钻了出来，想刹已来不及。我撞上了那摩托，看见那个人弹到了五米以外的地方。我吓得差点要晕过去，下车后浑身哆嗦得不行。我走近那人，听见他在自言自语地哼哼，地上又没有血，心下才踏实了一些。我想这人肯定是伤了。这时有两个外地民工路过，我给了他们两百元，请他们帮我把伤者送到了医院。我身上就五千多点现金，全交了。

第二天上午我又去了医院。在走廊上我听见有人对昨夜的事发表议论，说被撞的人虽然脱险了，但至少有一条腿可能保不住。我心里立刻又重了，没有勇气进那间病房，当然就更不敢自首了。我要做的只是通过邮局给医院住院部匿名寄了一万元钱。我在附言上注明是给二区五病房三床的——那会儿我还不知道他叫什么。做完这件事就到了中午。我赶回去收捡行李，把那12套服装又重新挂到衣柜，这时，李成又来电话了。李成说几小时后他去机场接我，又说这回再陪我去香港兜一圈，电话里他兴致好极了。我一语不发，听他说。他足足说了不下五分钟，突然问道：“你怎么了?”我还是没吱声。李成便又问：是不是出什么事了? 我一听这话就来了火，我说是，出事了！出大事了！我不飞了！说着我就把电话挂了，然后哇哇大哭。我大概哭了很久，李成的电话不断往这儿拨，铃声一串接一串，我不想再接。

我没有去深圳，李成也没有飞回来。后来他说他当时手头的事丢不开，而且他要在深圳等一个客户。那几天我思绪乱到了极点，所有的电话我都不接。每隔一天我去趟医院看看，大概是第五趟吧，我才看清了他的脸，也弄清了他就是那个影楼的摄影师和老板。我只是隔着玻璃看一眼两眼，那会儿他已经和同屋的病友又说又笑了，可还是躺在床上，吊着腿。我当时还是觉得愧疚，每回都想进门去坦白。如果不怕警察找麻烦，我自信他会原谅我的。我虽然隔着玻璃戴着墨镜，但我看清了这个男人脸上没有恶相。那时我就是这么想的。

再听A的——

我已经说过了，只要那件东西没弄坏，别的我都不含糊。大夫给我看了片子，说右腿是粉碎性骨折，完全恢复的可能性不太大。可我凭直觉判断，他们讲的是屁话。医生总是把自己的余地留得很大，就像中国足球一样，一失败教练就把责任推到球员身上。你看我现在恢复得不是很好吗？我那时最讨厌的是病房里的气味，天他妈的又热得厉害，所以石膏夹板一卸，我就嚷着要轮椅。我要活动。要四处看看。警察隔三差五地来找我，连个苹果也不带。他们关心的只是案件，我真不想理他们。听说那个肇事者偷偷给我寄了一万块钱，我就觉得那个人良心还不错。我对警察说，算了，找到那人也没多大意思，不告不发吧。警察似笑非笑地看着我，我想他们肯定弄误会了，以为我在怀疑他们的办案能力有限。以后他们也就懒得来了，我倒是轻松了许多。那时我也常想，撞我的是什么人？我确实认为应该是一个女人，女人总是胆小嘛。可我没想到就是她，万万没想到，不敢想。

我从没留意有个戴墨镜的女人常在窗外注意我。直到那天下午，有人帮我的轮椅爬坡，我才吓了一跳。当时她的脸离我顶多一尺，我的呼吸马上就短了。以前我多次看她就这么近，但那是在镜头里，我嗅不到她的气味。我说不出话，表情据她后来说像一块抹布。其实那一瞬间她的表情也很傻，她说你现在坐轮椅早了点，应该卧床。说着她的脸便红润了，躲开我的视线，装出若无其事的样子去看天色，说没准儿一会儿有雨。我们停在住院部的门厅里。我平静下来，对她道谢。她摆摆手，继续看天，又拿出汗巾纸擦了擦汗。我想一定是那个叫李成的男人也住院了，这么巧。这些日子我差不多把她忘记了，或者说我只把她当成一幅作品保留在记忆里，她的脸她的身体都是平面，她的表情凝固在某个瞬间。我忽然叹了口气。她似乎很敏感地转过脸。你怎么了？她问道，是不是腿疼得厉害？我说不是。我说我心里发闷，乱得很。她一脸狐疑：你心里也乱？

警察便是在这个时候出现的。这个我已经对你说过了。后来她就给带走了，那时我真的还没反应过来。这天黄昏，其中一个警察又来找我，说下午带走的那个女人什么都招了，事故现场找到的油漆同她的车漆又完全一样，案件算是告破。你赶快找个律师吧，警察一边剥橘子一边说，把谈索赔的单子列出来。说这话时警察又用似笑非笑的眼光看着我，那意思我明白：小子，因祸得福了吧？那女人是大款。我躺下来，违反院规点上香烟。我说，我不想告她。警察把橘子从嘴边拿开，问：不告？我点点头，接着我说事故的当夜我喝了酒，我也有责任。警察就问是啤酒吗？我说不是，是二锅头。警察一下就火了，说你他妈的干吗不早说？天这么热，让我们费了半天劲，你小子撞死活该！

故事以新的姿态在飞

1997 年 8 月 26 日，B 在经过 15 天刑事拘留后放了出来。这一天是个阴天，但对于 B 来说仍不失为一个好天气，她至今记得当时的感觉：天空像海一样壮阔，而且是波动的。

来接她的是李成。他是在 B 拘留的第四天头上回来的。有人在奔驰车维修部看见了李成的那辆车在换左大灯，遂拨打了他的手机。李成推测一定是 B 闯了祸，才取消了深圳之旅。男人的心悬了一个多月，这回放下了。在仔细询问车况之后，李成便飞回了城市。他在南边把该办的事全办好了，那个从香港过来的客户也见了面并很轻松地谈成了一笔生意。如果没有李成后来的周旋，B 至少要拘留三个月。李成在这个城市还是玩得转的。在来拘留所之前，李成还去了那家医院，给 A 送去了一些进口的营养品。他由衷地感谢了这个男人的诚实，表示今后若有用得着的地方，没有二话。我们就算不打不成交吧，李成激动地对 A 说。后来的事情证明，李成是个说话算数的男人。不过在那时，A 听了很不是滋味，“连骨头也尴尬了”。

李成还是开着那辆白色奔驰车。左大灯换了，引擎盖的一角也弄平整了，新喷的漆。可李成觉得还是很别扭，似乎开起来不顺手了。那会儿又正值汽车行驶的高峰期，一路都是红灯，都是堵。李成不禁有点骂骂咧咧，边上的 B 却一声不吭，茫然看着窗外。

这车他妈的怎么回事！李成自语道。

B 说：保险公司只认了 60%，余下的我给你补。

李成说，你别误会，我不是这个意思。

B 说：我是这个意思。钱已转到你账上了。

李成把车停到路边，责备道：你干吗这样？我俩谁跟谁呀？啊？

B 说：你是你，我是我。

然后 B 就下车了。当夜，李成又去找 B 了。他这回也买了一束玫瑰，是 49 朵。B 刚洗完澡——这个下午她就一直浸在浴缸里。她在拘留所待了 15 天，与两个妓女一个小偷合住一室。她也没觉得有什么自尊不自尊的，只是忍受不住蚊虫的叮咬。B 在浴缸里粗略数了一下，身体上有 18 个红点点，这是暂时无法洗掉的。李成把花插到瓶里，从后面搂住了 B，接着就吻她的颈项。B 没动弹，说：想来就脱裤子吧。B 说这话时一点也没用劲，说得异常平静也异常平淡，可是李成却引起了更大的不安，他知道 B 是从不在这张床上同他来事的。李成的手随之就沉默了。两个人都坐下来，李成坐在沙发上，B 坐在床上，时间便从这两人之间穿了过去。那个时候，医院里的 A 正打开李成送来的营养品，一种苦甜参半的口服液，带有镇定安眠的作用。所以那个晚上 A 睡得很香。A 依稀记得自己做了一个梦，那只拖鞋变成了一只鸽子，停在了他的窗台上，注视着他的那间暗室。

第二天，B 出现在 A 的面前，穿着一件宽大的 T 恤，手里拿着一束黄白相间的花，A 叫不出这花的名字。A 已经在练习拄双拐了，他的左腿已接近恢复，右腿仍有些问题。A 傻笑着，口腔里又泛出了那种口服液的味道。A 问：你还好吧？B 点点头。A 说昨天李成来过了，送了许多东西。B 没吱声。A 颠了几步，说李成该想办法替你在里面挂一床帐子。他显得有些语无伦次。1999 年秋天，B 向作家提到了这个细节。B 说，这句话让她差点落了泪。“这个男人也注意我的身体，”B 说，“但没有忽视我身体上的红斑。”

这以后每隔一日 B 就来医院探视。他们一般是坐在树荫下聊天，话题全是海阔天空。但是 A 明显地注意到女人逐渐走进了阴郁，他猜想一定是她同李成之间出现了问题。于是他有意把话题牵到那个男人身上，他甚至问起他们将在何时举行婚礼，尽管那不过是个仪式。B 说，我从未想过要嫁给谁。真实的情况是，B 再也没有去过那个著名的酒店，她同李成的关系已经拉得很开。李成当然是不甘心的，他自觉没有做错什么。有一回他去找 B，焦躁之余又诚恳地问道：我做错什么了？B 说，你没错，是我错了。这令李成感到困顿，他又进入了习惯的思维轨道，他问：出什么事了？B 不禁看了男人一眼，叹道：还需要出什么事呢？

不过后来也的确出了一件事：B 的股票几乎全线崩溃，彻底被套牢了。这无疑使女人如临深渊。1997 年的夏季，国家风调雨顺没有天灾，但是这个女人的日子雪上加霜，她的心灵提前经历了冬天。

一个雨后的傍晚，B 又在树下见到了 A。这回是女人发现了男人的沮丧。“当时已经是七点多钟了，外面的天还是很亮。”B 回忆道，“我远远地就看见他坐在石凳上，用拐杖机械地捣着地面。”B 记得雨后的天空出现了奇异的云霞，一只浅黄色的蝴蝶从男人宽厚的肩头飞起。A 在等待，兴许是等得有些不耐烦了。于是 B 在远处就喊了一声，她相信这一声男人是听见了，可他并没有回头。

你怎么了？B 这么问道，并把路上买的饮料递给 A 一听。是不是片子结果不太好？

A 叹了口气，说片子结果不错，过几日他便可以出院了。

那应该高兴才对呀！B 说。

A 用拐杖敲敲石凳，说：你坐下，我有话对你讲。这话压在我心里好久了，我必须讲，当面对你讲出来。

本已坐下的 B 又站了起来，她感到诧异，她断定男人会讲什么，而这是她根本不想听的。这些年有许多男人都讲过类似的话，她听够了，甚至感到害怕。B 说：你别讲。

A 说：不，我今天非讲不可！

B 说：如果你讲，我现在就走。我不会再来看你了。

A 还没有讲，B 真的就走了。以后的几天 B 也就没有到医院来。1998 年秋天，A 在同作家谈到这一段时，忽然意识到他与女人在那个明亮的傍晚进行的短暂交谈，实际上导致了一场误会。“现在看来，她当时可能以为我要向她作爱情表白。她被这个弄怕了。”这样从容地总结道，“其实你知道我想说的，是另一件事。我从不对女人表白。”

一周后，A 出院了。从医院回到自己的屋子，A 还是心情愉快，虽然屋子里霉气很重。A 在住院的日子把影楼委托给了一位朋友管理，但住宅一直没让人进来。他担心住进来的人会乱翻东西。天气很好，A 把所有的窗户都打开，再把所有的电扇打开，一个上午他都在进行打扫。等收拾完暗室时，他已累得像一头卸了磨的驴。太阳开始西移，阳光软软地照在那些镜框上，产生出特殊的效果。“它们像作了压膜一样整体呈现出清洁。”A这样说道。那一刻，男人体味到了真正的忧伤。男人后来就把身体放平在竹席上，他想该实实在在地睡上一觉，这是躲避一切烦恼的最好方式。为了保险起见，他把李成送的那种口服液余下的几支全喝了。这时他又想起一个久违的人，就是老金。他差不多已经忘记了老金的面目，浮动在眼前的只是一个谢顶。他弄不明白，那老家伙为何要花钱拆开那一对人儿。没多会儿，A沉沉睡去。

雨是在天黑透之后下起的，伴有不小的风，使城市又拥有了一个舒服的晚上。风雨声拍击着门窗，A便是在这杂声中醒来的。室内一片黑暗，因此闪电的光弧得到了强调，可是没有一声雷。A单腿跳了几步，打开灯，接下去是急着跳进暗室，他担心这场急雨会弄坏他的放大机。这时候，他见到一件沮丧的事终于发生了——

暗室的四壁只剩下了那些空镜框。

故事进入冬季

1998年秋天我同B的交谈是自由而松散的。谈话历经近三个钟头，地点是城市北面的公园。我们租了一只脚踏船，在那块不大的湖面上兜圈子，这与我对谈话的评价是一致的。B并不是对某些问题难以启齿，而是很有策略地回避着。B承认，最初对A这个人“充满感激”，这个男人以酒后行驶为由把车祸的责任揽过去了一半，她不能不感激。但后来的事让她惊讶不已大失所望。“那时我才知道，他帮我其实是为自己赎罪。”B感叹道，“他不过是在帮他自己。”

B是大雨来临之前找到A的住处的。这场雨造势已久，迟迟不肯落到地面。B到达时，天气尚未转暗。这几天她每日都给医院去一个电话，担心A的腿会有反复。今天医院说，二区五病房三床已办理了出院手续。于是B上街买了一副铝合金拐杖，按图索骥地找来了。她先去了那个“黑白空间”影楼。打听到了A的住宅。“我本可以先打个电话的。”B回忆说，“想想还是没打。我害怕他在电话里说些什么。我那时只想尽早把这件事了结干净。”

B在窗口便发现了自己的照片。第一眼，她以为看错了，等她伏在窗口注意看时，她不寒而栗，一屋子的照片全是她的！“我简直不敢相信，我被这个男人盯梢了半年!”B仍有些气愤地回忆道，“那一刻我脑子里翻起了许多事。我甚至怀疑这起车祸有无背景，我感到莫名的恐惧。”

尽管这样，B还是进屋了。门虚掩着，A松弛地躺在竹席上，霉味还是较重。B没有叫醒A，她还处在无边的困惑与恐慌之中。她站在一边注视着这个睡得很沉的男人，她怎么也不能从那张敦厚的脸上看出卑鄙来。室内的光线越来越暗了，B进了暗室，把自己的照片一一卸下。当她决定离开时，她没忘记把那副尚未拆封的铝合金拐杖留下。

几天后，A拄着这副铝合金拐杖去了那座久违的公寓楼。门卫告诉他，B已于昨天搬走了。门卫说那个女人兴许要离开这座城市，因为她连钢琴也打折处理掉了。

“我没有再打听她，”A这样对作家说，“我那时的感觉，她像一只鸟似的飞去了。不是候鸟。”

不用说，男人在那些日子里沮丧而悲凉。1997年的秋季便是在这样的时刻裹挟这座城市的。可是没有人感觉到季节的变化，因为在他们看来，这个城市的秋季总是一晃而过，树上的叶子仿佛一夜间落光。商店从九月开始就出售新款的羽绒服和各式各样的帽子，川式火锅的生意也随之红火起来。人们淡忘了秋天，却对冬季作出超前的渴望。

坐落在市中心的“黑白空间”影楼照常营业。尽管秋天不屑光顾这座城市，但在这个小影楼里，虚假的秋色正作为真实的布景。顾客们发现，在落满枫叶的林间做出忧思的情状是十分开心的事，在秋雨潇潇的小巷打起一把黑伞也极富有情调，他们愿意出钱，把自己的照片制成挂历或者台历或者往昔纪念册。他们或许也想以这种方式追忆转瞬即逝的秋天。一些老顾客也常来光顾，他们最大的发现就是A又回来了并带回了一副铝合金拐杖，然后做出夸张的表情询问长短粗细，再羞答答地暗示出进一步的优惠打折。

那些日子，陪伴男人左右的，就是一副铝合金拐杖。

我们的故事便这样走进了冬季。如果没有后来的事情，这个故事实际上可以结束了。时间虽然过去了很长一段，却使故事出现了新的意外——我承认，这个故事有着无法回避的戏剧性，作为小说，它的文本意义和叙事策略都遭受到了不同程度的侵犯和扼制。

1997年的冬季我记忆犹新。那时我正躲在城市的一家宾馆里策划着一部电影。室内的暖气充足，我只需要穿上衬衣便可指手画脚。我的制片人过于精打细算，让我成天同他不厌其烦地讨论器材设备、财务支出这些枯燥的话题，而我只想得到一个有趣的故事。我的心情被弄得很糟糕，印象中那个冬天如同一篇生硬呆板的社论，索然无味。那时我还不知道，眼下我正写着的这篇小说与冬季有着密不可分的关系。

那是个无雪的冬天。从城市近半个世纪的历史来看，每年的初雪都降在12月份。权威人士很新潮地把这个也纳入厄尔尼诺现象加以观察，在报纸上发表文章。也有人认为这是张家口地震所导致，似乎变化从地壳移升到了天空。时代已逼近世纪末，人们也习惯了信口开河，况且又不违背法律。“没有雪，气候干燥，日子过得像压缩饼干。”这是A在1997年12月16日输入电脑的话。但是这一天发生的一件事，他没有记。

“黑白空间”影楼一般是在上午九点开门。这天，刚开门没多会儿，便来了一对顾客。那时候A正在把前一晚洗印的照片挨个装进纸袋，听收银员抱怨近期的生意涨跌。玻璃门映出顾客的身影，A抬起头，接着看见那个男人正对着他微笑，是李成。而他边上的女人，A从未见过。A自然有些意外，显得慌乱地跳出柜台，李成便伸出了手，顺带介绍了女人，说，这是我妻子。A就问：你结婚了？李成说刚登记，婚礼两天后举行。1218，李成说，又要儿子又要发。我今天来陪她照几张相，顺便给你送帖子。说着就从呢大衣袋里拿出了大红烫金的请柬。A自嘲一笑，说：我这副模样有煞风景吧？李成说，我可是特地来的，专程来的。A注意到李成的表情有些重了，似乎明白了另有一层意思，也就不再推辞。A于是吩咐化妆员替李成的妻子化妆更衣。趁这会儿工夫，两个男人去了里间。A知道李成有话要说。果然刚落座，李成就叹息了。李成说，B不辞而别，也不再同他联系了。李成又说，他和B在一起虽很愉快但总是紧张。他总怕失去她，又一直挠不到痒处，只好这样了。当然，突然决定和现在这女人结婚，也还有其他因素。李成还是有些伤感，没有再往下说。

后来出现在相机取景框内的李成又是另一副形象了。他显得几乎有点英姿勃发。他亲热地搂着漂亮的妻子，做出随意交谈的样子，以造成“抓拍”效果。A忽然想到，将近一年前他偷拍李成和B的照片中，也有类似的场面。A 连续拍了三张。“其实第一张就很好了，”A 回忆说，“我不知道干吗要拍下三张。”

1997 年 12 月 18 日夜八时，A 携带那副铝合金拐杖出席了李成的婚礼仪式，地点是那座著名四星级酒店的顶层旋转厅。为了以示郑重，A 临时买了一套藏青色的全毛西装，头发也破天荒地打了摩丝，以致不少人把他看做了一位手头阔绰的学者。那是个极有浪漫情调的冷餐会和鸡尾酒会，来宾们在柔曼的弦乐中、在温馨的灯光下低语交谈，一边等待着新郎新娘的出场。A 立在靠近吧台的角落，身体大部为花篮投下的阴影所笼罩。那副铝合金拐杖却格外突出在人们的视线之中。人们有意无意地朝这个位置看上一眼。A 正视着这些眼睛。他不久便同一双诧异的眼睛相接，当他相信两股视线必定交织之后，悄然离开了现场。此时《婚礼进行曲》悠扬动人地在他身后奏响。

故事最后的意外

那个逝去的冬夜在 A 的记忆里刻下了一道深痕。

风很大，街上冷冷清清。A 拄着双拐走在人行道上，过往的车灯间或从他身上掠过。记不清过去了多少辆车，A 仍在走，走得飘飘忽忽。“我的脸一定是吹麻木了，”A 回忆说，“腿也不像长在自己身上，但我走回来了。”

A 回家已是晚上八点。他记得刚进杂院就听见邻居的电视机里在重播中央台的新闻节目。那时他感觉到累了，便倚在一棵树上歇息，其实这树距他的门口不足 20 米。这时，一个略显佝偻的身影从对面迎过来，此人是差点被我们遗忘在故事之外的金先生。他显然已等候多时，但 A 不再吃惊，因为几小时前他们已经在旋转厅里见识过了。于是 A 说，很抱歉，天寒地冻让您久等了。他算定这个老头会来找他，但他根本不曾料到，这个华裔美国老头就是新郎李成的父亲！李成神采飞扬，举着高脚酒杯向来宾介绍老金，说“家父昨天专程从洛杉矶赶来”。那时 A 觉得自己的心变成了一块铁，碰上了巨大而无形的磁力。他眼前的大厅是摄影棚，来宾是群众演员，发生的事是虚构，他本人也是化了妆的配角，可是一切就这么货真价实地发生了。许多天后，A 回想起这一幕时，仍有恍然若梦之感。

或许金先生那夜是多喝了几杯，他后来的谈话既不连贯又滔滔不绝。这个富有的男人实际上是在满足自己诉说的欲望。他需要大把大把地倾诉，但在这个城市里，他无法找到第二个能耐心听他诉说的对象。

以下是老金的诉说——

李成是我儿子这你已知道。他和你同年，是我前妻所生。李成两岁那年，就是 1967 年，我出去了。我是因公出去的，后来也就没回来。我实际上是抛弃了他们母子，可那时候我没有条件回来，我的上司被关押，我的一些同事也受到株连。我不想就此多说了，在从商之前我是有着特殊身份的人，国家某个部门至今保存着我的个人档案，尽管已没有任何意义。

我后来娶了一位犹太人，同她生了两个儿子。在我移居美国之后，我试图同李成的母亲联系，一直得不到回音。我还委托一位香港朋友给他们带过钱，后来据说被没收了。到了 1985 年，有人给我带来了不幸的消息：李成的母亲去世了。那时李成还在读大学，接济他的是一位远房表亲，一个手艺不错的木匠。我急着想回大陆，可我的犹太老婆坚决反对，因为我事先隐瞒了一切。我想不到犹太人也这么狭隘，当年他们被希特勒弄惨了而我们也吃够了日本人的苦，应该同病相怜才是，可她硬是不明白。她大骂我是个骗子，哭得呼天抢地，然后就卷走了两个儿子和我的全部财产。我险些沦为乞丐，想回来也是力不从心。我后来去了洛杉矶，一切从头开始，等待着运气好转。

我其实还是靠着中国发达起来的。那些年，我主要帮着一些美国、日本的公司开拓中国大陆的市场。我当年的那些被打倒的同事，现在都过得荣耀了，他们确实帮了我许多忙。我呢，不过是把他们的孩子担保到美国来读书。可我居然帮不了我自己的、也算唯一的儿子。1993 年我回来，找到了那位木匠远亲，希望他做些工作让李成认我这个没有尽职的父亲。结果很失望，李成拒绝了。这孩子甚至拒绝与我见面。我第一次见他还是在银行大厅里，他来提款，我远远地看着他踌躇满志的样子，泪水模糊了墨镜。李成那时在生意上刚刚起步，他那个新亚公司我调查过，实际注册资本不过人民币 50 万元，雇员连他本人也就五个，两间办公室，使用一部分机电话。

于是我决定在这个城市注册一个公司。我的打算是，以这个公司同李成的公司做生意，把“利润”流给他。这是一种变通的方式，我当然不公开出面。这个公司主要做笔记本电脑的销售，我能直接从境外拿货，再降价卖给李成。不到半年，李成那个公司自然面貌大变了。

现在我该谈谈 B 了。

我们认识真是一个偶然。是一个晚上，我记得像是在春天，我约请一位政界的朋友去听音乐会，但他因故不能来。我本没有退票的意思，但看见有人在门口等票，就把余下的这张给了她——你千万别误会我是在用这种手段勾引一个完全可以做我女儿的人。尽管那时我是独身，但我毕竟在大陆生活了 30 年。我们这代人骨子里既有儒家学说又有毛泽东思想。不过我也承认，B 给我留下了美好的印象。我欣赏爱好音乐的女性，李成的母亲从前在剧团打扬琴，后来那个犹太女人会吹长笛。而且我通过简短的交谈，终于觉到这个女孩子有较高的文化水平，气质不俗，也具交际能力。于是几天后，我决定聘用她来公司负责一个部门。她果然就做得很好。

金先生谈到这里停顿了一下，A 给他沏了杯茶。从这个男人保养很好的脸上，A 看出了一种古怪而复杂的表情。老金的倾诉虽然对 A 产生了吸引力，但他还是觉得有些疲倦。他不习惯这种从头道来的讲述方式，而且那一刻他的注意力也出现了分支，他在捉摸 B 现在何处？A 重新坐到老金对面，把谈话引向尖锐。

你后来还是把她泡了？A 单刀直入。

老金连忙解释：不不。我没有怎么她……我试探过，但她体面地躲开了。我欣赏她，我只是希望、等待……

所以你雇我破坏她和你儿子的关系，A 说，你受不了这个起码是精神上的乱伦对吗？你要解脱，你无法忍受被自己反复意淫的女人和自己的儿子同居？你干吗不花钱雇人把她杀了？

A 显然是激动了。

老金低头叹息，两眼汪汪。最后他竟不能自制地哭泣起来，他说：我不敢面对这个后果，我害怕第二次失去儿子——那时我已有希望与李成沟通。

A 突然又对这个谢顶的男人产生了怜悯。他想最初老金并没有做错什么，如果李成不是他的儿子，这个老金完全可以参与竞争，或许也有机会呢。其实压迫老金的东西并无形状，却有重量。

那个夜晚A后来又走进了暗室，他重新放大了B的照片，再一一装进四壁的镜框。这件事做完已是翌日凌晨，外面大白了。

故事在新年大雪中结尾

“你应该相信缘分。”1998年秋天A这样告诫作家。后者对这句话内心很不以为然，但有兴趣把这个故事听下去。

A开始了新的寻找。现在他觉得最要紧的是打听到B的下落。B不能就这么“失踪”下去。实际上这种寻找带有极大的盲目性，B几乎没有留下任何一点线索，她的消失毫不拖泥带水。一段时间下来，A差不多感到了绝望。他想这个女人也许真的离开了这座城市，而且钱大概也花得差不多了，否则不会连钢琴也卖掉。A唯一没做的，是在报上打出“寻人启事”。如今的B还有兴趣留意报纸中缝的一个电话号码么？A十分沮丧。结果他被自己的行为弄得神经兮兮，往往一个意外的电话铃声都会使他跌倒。这个男人经历了有生以来最大的痛苦，有一次竟用铝合金拐杖敲碎了一块玻璃。

1997年就这么悄无声息地过去了。城市没有下雪，尽管天气预报不断强调近期有降雪的迹象。A又一次把影楼委托给他人管理，自己像个梦游者整天四处晃荡。那个时期，人们总看见一个长满胡子的瘸子坐在小茶馆里喝茶，他差不多喝遍了这个城市所有的茶馆。“我在等待一个奇迹出现。”A总结道，“我觉得她无法走出我的视野。”

还是一个夜晚，A从外面喝茶回来，蓬头垢面狼狈不堪。他的钱包让人偷了，没丢多少钱但人遭了罪，他又是拄着双拐颠回来的。他像包裹似的堆放在沙发上，然后就打开了电视机。这时候他很希望听到一支轻松的曲子。频道不停调换着，没有音乐。然而此时奇迹出现了。A注意到一个专题节目，是对本市第一个戒毒所的报道，记者的话筒正对着一个女子——她的面部做了“马赛克”，但A看透了这后面的一张脸，是B！“我从不怀疑直觉，”A冲动地对作家说，“那个女子一定是B!”于是A欠起身凝视着21吋屏幕。记者问：你为什么吸毒？女子不语。记者启发：是受人引诱吗？女子答：没有。记者进一步问：你后悔吗？女子一笑：比起对男人的失望，这算不上后悔。女子还有话，但镜头切换了。

第二天一早，A 打车去了位于市郊的戒毒所，果然从登记簿上查到了 B 的姓名。半小时后，A 在一间很大的会客室里见到了 B。但他绝没有想到这是一次富有喜剧色彩的会见。

最初的一瞬他们都感到意外而吃惊。A 难以置信眼前这个形容憔悴衣着不整的女人就是 B。那双“干净的眼睛”哪里去了？那个倨傲优雅的身影哪里去了？“真是不堪入目，”A 回忆道，“我宁可看‘马赛克’，至少可以想象。但是我又特别可怜她。可她，你猜怎么着？她居然对我笑了，笑得没有一点修饰。”

B 毫无拘束地坐下，问：你怎么找来了？A 无话。B 接着说：你好像很关心我。A 调整了一下坐姿，他的视线被窗外监管人员的身影牵走了。他们在打篮球，打得很难看。B 继续说着话，A 却不想听了。于是 B 敲了一下桌子，说：给我搞点东西，就一点点。我一下恐怕戒不过来，得悠着点，缓冲一下。A 非常诧异，说不行。A 说戒毒必须强制坚决。B 无意听这种政府声音，继续哀求道：你明天就给我带来，你肯定有办法。等我出去，我立马嫁给你，我说话算数决不失约。A 气愤地用铝合金拐杖敲了一下水泥地面。监管人员推门进来：怎么了？A 说没什么。监管人员把 A 叫到一旁，说：你要多劝劝她。我们说什么她都知道，也说不过她。她这人意志太差，不合作，这样下去要吃苦头的懂吗？A 点点头。A 说我懂，让你们受累了。

三天以后，A 第二次去了戒毒所。这次他随身带了相机，他决定了一种方式。“我要拍下她的那副模样，”A 这样对作家解释，“让她自惭形秽无地自容，我想女人的天性总是爱美的。”事后，A 才知道自己太可笑了。B 大大咧咧任其随便拍，一副无所谓的样子。后来他在暗室里将这些照片做出来，不禁感叹。一个女人连尊严都不在乎还会在乎美吗？那个时候，男人在黑屋子里号啕大哭，他为人类的失败泣不成声。

那一夜 A 通宵未眠。他感到胸闷心慌，于是拄着拐杖到户外散步。那时大约是清晨六点左右，天未大亮，只有几个老人在枯萎的树林中比划太极拳。A 茫然向西走着，人倒是轻松了一些。他坐在一块沾满露水的石头上想吸几口烟。但很快又打消了这个念头。他想不妨试试从今天起开始戒烟。于是他又开始行走，途中一歇息，他就下意识地把烟拿了出来。看来人的毅力的确是件不容易的事，A 这么想，连男人戒烟都这么费劲何况是女人戒毒？A 的倔劲上来了，他觉得有必要先证明一下自己，就像注射青毒素之前的皮试，所以后来 A 一想抽烟就立刻行走。他毕竟是个瘸子，动起来不轻松，久动就是难以支撑了。那天 A 是看着太阳一点点升起来，又一点点移到西边。A 至少走了十个小时，最后又走进了市郊的戒毒所。等他坐下时，他的四肢近乎失去了知觉，连把拐杖放好的力气都没有了。

监管人员对 A 的来访没有什么干涉。他们只是觉得这个瘸子有几分怪异，常常来劝一个其实与他不相干的女人。

B 进来后劈头就是一句：你怎么又来了？你是不是还想拍我？拍裸照？

A 笑了笑，他本想对 B 宣布今日起戒烟的计划，结果胳膊怎么也抬不起来，接着便失去重心地跌倒了，B 忙扶起他，使劲拽他的胳膊，A 突然大叫起来：痛！痛死我了！B 吓了一跳。监管人员立刻推门闯入，质问 B：你把他怎么了？B 说没怎么，这个人是自己跌倒的。监管人员瞪了 B 一眼，就去搀扶 A。A 仍在叫痛，A 说我的胳膊断了！监管人员慢慢将 A 的羽绒服剥下，又撩起羊毛衫和衬衣，然后就惊讶了——这人的两腋肿得像婴儿的屁股，青紫一片还磨破了皮。

监管人员问道：怎么弄成这样？

A 像牛一样喘息着，大汗淋漓，然后轻声说：我是走来的。

B 也被这景象吓住了。她责骂道：你疯了？你舍不得钱坐车活该！

A 平静下来，说：我没疯，我身上有钱，我只是要走给你看。明天我还走。你一天不戒成功我就一天不停止走，用你送的这副双拐。

于是 B 就哭了。B 说你这不是折磨我吗？A 说没错，我就是他妈的折磨你，因为你也在折磨我！B 扑通跪下，说我求你明天别走了，这样下去你的手也会残废的。A 说手残了我就滚过来，滚到你面前。B 失去理智似的用头撞墙，监管人员把她拖走了。

1998 年秋天 A 在对我讲到上述这件事时并没有多加渲染，而我已经被震动了。正是这个轻描淡写的画面让我改变了原定写作一部长篇的计划，而决定拍摄一部电影。我仅仅对我的投资人讲述了这一个细节，他便答应掏钱。“走路人人都会，”他说，“但这么个走法，没有几个人能做得到。”不久，我便首先投入到文学剧本和导演台本的创作。那些日子我的生活一直伴随着A的行走。这个以两根铝合金拐杖支撑身体的男人，每天清晨六点出门，往返行走达30公里，回到家已是夜间十点。他每天只做这一件事，目的是给一个女人看，风雨无阻。很多次，出租车在他边上停下，好心的司机把头伸出窗外对那瘸子喊道：上来吧，我顺你一段，不要钱。瘸子谢了他们，但没有上车去“顺”。瘸子坚持在走，他的腋下在红肿破烂之后变成了两块手掌一般的趼……

剧本的结尾是这样写的——

大雪纷扬，这是人们期盼已久的雪。

戒毒所的大铁门“咣”地打开，女人出来了，她的脸高高仰起，迎着雪花。然后，她看见了男人，他现在只拄一根拐杖，穿着一件呢大衣，倒很有了几分风度。在男人身后停着一辆红色的出租车。

但是女人没有上去，她想同男人在雪地里走走，多么好的雪，不走很可惜。男人同意了，让出租车开走。新鲜的车痕留在雪地上给人以纵深的感觉。

于是他们开始了行走。男人从怀里拿出一个东西送给女人，说：新年快乐。

那是女人从前的照片，已制作成了精美的台历，有12张。最后一张是女人在戒毒所里的照片，背景尽是铁栅栏，像个笼子。男人这么做似乎有点冒险，因为这毕竟是一张难看的照片。

女人拿出钢笔，在这幅照片的背面写下了加拿大女诗人安妮·埃拜尔的两行诗——

> 我是一个瘦骨嶙峋的女孩，
> 但有美丽的骨头。

他们没有再说什么，牵起手往前走着。经过一个斜坡时，女人滑了一跤，男人来扶，结果俩人都摔倒了，一身是雪。

女人嗔怪地：你还帮我？你能帮我什么呀！

男人犹豫了一下，然后贴近女人耳朵说出了一句话：我能帮你生一个孩子。

他们顺坡势下滑，如同冲浪一般，只是溅起的不是浪花而是雪花。

镜头越拉越远，不断升高，以致他们成了雪原中的两个黑点。但他们的笑却引起了回声，此起彼伏……

音乐便在此时缓缓而起，这是全剧唯一的旋律，它是一种发自内心的祈祷。

在这样的衬景下，演职员表自下而上。

1998 年 8 月 26 日　北京

（原载《东海》1998 年第 9 期）

关系

1

男人和女人差不多是同一时刻到达三味茶社的。从木楼涂有橙色的阳光判断，这一时刻应该是下午5点20分光景。不是黄昏，但电影里的黄昏都是这会儿拍下的。如果真的临近了黄昏，胶片记录的则是夜晚：天空是一片深蓝，胶片上的时刻总要超前一个时辰，男人这么想着，觉得选择这个时刻来和女人见面不太合适。现在呈现于他眼前的仿佛就是黄昏了，离夜晚仅一步之遥。尽管海口的夜总是姗姗来迟。密度。男人想到这个术语。在摄影学上，这个词表示光对所摄事物的宽容性。

当男人推开茶社古拙的大门时，女人的目光像一只倦鸟正落在他的肩上。女人刚坐下，狭窄的楼梯上便响起了沉闷的脚步声。然后，男人略显佝偻的身影出现了，视线也向这边投了过来。

于是女人欠了欠身，打开了微笑。

男人：不好意思，不知道那条路改单行线了，又兜了个圈子……

女人：我也刚到。

男人：喝点什么？

女人：柠檬茶。

男人：加冰块吗？

女人：对。你呢？

男人：我喝绿茶。不过南方的绿茶太次。

女人：你现在可以喝到好的绿茶了。

男人：我这次还专门带了一斤龙井。

女人：坐船很辛苦吧？

男人：就是熬人，我倒不晕船。其实我头回上岛就是坐船的，玉兰号，这回是丁香号。

女人：我没坐过船。

男人：偶尔坐一次还是很有意思的。

女人：我倒想偶尔一次。

男人：真的，我们当初应该坐一次。

女人：你答应过。

男人：我答应过？

女人：你当然答应过。你说想让我陪你看看海。算了，干吗还这么较真儿呢？这已经不重要了。

男人：可我真的记不起这事了。坐一次船是很容易的，不是吗？

女人：现在不容易了。这条航线很快要停开了。

男人：是因为不赚钱吗？

女人：这还用问吗？

男人：怪可惜的。我是说坐船不一定不好，虽然熬人，虽然不舒服，但能在海上漂上一天一夜，看见日落日出……不过这回我什么也没看到，除了海，连鸟也没见到。我一直盯着监视器，海水也不蓝了，像湖水。

女人：从前你坐船是因为省钱。那时你很穷。

男人：我现在也不富。原先的钱全折腾光了，所以才回头搞电视剧。电视剧是个破东西，不过倒挺挣钱的。

女人：你又编又导，一部大戏下来数目不会小吧？

男人：还你的钱倒足够了。我今天把支票带来了，你没改名吧？

女人：我有必要改名吗？

男人：那就好。你拿好。最好你给我写张收条，表明这笔债已经了了。

女人：我不写。

男人：这不好。

女人：怎么不好？当初你拿走时打过借条吗？

男人：那时你是投资人，是股东。

女人：我从来没说我是股东。

男人：怎么说也是我们共同在做一件事情吧？

女人：我是在支持你，信任你。

男人：信任我把生意做大？可我偏偏栽了，血本无归。

女人：我早看出你不是做生意的材料。

男人：早看出？这话不真实。你能把八万块压到一根木头上？

女人：你这人真没良心。

男人：好了，不说了。说什么也晚了。你现在过得还好吧？

女人：这你就别操心了。你还是去操心你的电视剧吧。你一到，海口的报纸就替你吹开了。要不是看到报纸，我还怕见不到你呢。

男人：所以你及时来了电话。

女人：当然，我要拿回属于我的东西。

男人：你现在拿到了。收好，这张支票让人爱不释手。

男人的担心是多余的。真正的黄昏还没有开始，女人柠檬茶里的冰块还没有溶化，他们的谈话就干净地结束了。女人收起支票，戴上墨镜，先起身离去。她的步态依旧是动人的。男人从窗口往下看，女人从容地拦了一辆红色出租车。那是辆旧车，但提速很快，一会儿便消失在街市上。男人这才点上香烟，突然笑了一下。男人的笑让服务小姐不知所措，以为自己哪儿做得不对。于是男人对小姐解释道，他是在笑自己。

2

男人编导的电视剧第二天便正式开机了。这部戏写起来很轻松，男人在海口前后待了三年，一切都历历在目。男人甚至在文学本上就已经看到了未来的片子，所以现场的处理显得十分从容。制片部门的计划这一阶段是拍内景戏，美工选的景点也很不错。美工问：导演，像那么回事吗？你那时上岛住的房子和这儿的感觉有多大差距？男人说：我倒没吃什么苦，上岛没几天就进了一家大公司，当起了分公司的老总。男人说那时海口的老总比椰子还多。不过，男人又说，我对生意没有兴趣，我讨厌商人。那个时期我也讨厌我。

1992 年春天的海南岛热不可耐，但到了晚上，又让人感到舒适。风从海面拂来，浸着椰子的清香。那个时候，大陆的女人还没有完全脱下羽绒服，而岛上的姑娘都换上了裙子。发明裙子的人是伟大的，男人想。

一块布围上，女人就变了，变得引人注目，就像陶坯过了一层彩釉。那个晚上男人在街上闲逛，留意每每从眼前飘过的裙子，而他自己却穿了一条短裤。后来男人在一个书摊前停下了，他发现自己的一本书被盗印，夹放在众多的美女封面中。男人拿起书，版权页上标明的出版社纯属杜撰，内文错字连篇。男人自语道：妈的，糟践老子！男人买下了这本书，他的心情转为恶劣。这时候一个女声送过来：你写的吗？男人回过头，看见说话的女人正用和善的目光打量着他。女人留着短发，穿着一条阿拉伯图案的大摆长裙。男人突然觉得女人的眼睛特别亮。

你刚上岛吧？女人问道。

男人点点头：你怎么知道？

女人：我看出来的。你上岛顶多一周。

男人：还真是。你看得出来？

女人：只有刚上岛的男人才穿短裤。

男人看看四周，穿短裤的还真只有自己，就说：奇怪，这么热的地方，居然不兴穿短裤。

女人：也不兴穿凉鞋。

男人：你来多久了？

女人：快一年了。我在《特区周末报》，这是我的名片。

男人：我在……

女人：我已经知道你了。这书是你写的吗？

男人：我被盗印了。

女人：是你的书被盗印了。

男人：不过今夜我还是很高兴。

……

胖子场记匆匆走来：导演，光布好了。

男人打开监视器，说：演员随光合一遍。

演员就上场了，按导演的调度走了位。男人觉得还不错，可以正式拍了。但他又把现场服装叫过来，说：让男演员穿短裤。服装说没有准备，打算立刻去买。男人说：别去了，海口买不到短裤。说着，拿起剪刀把一条长裤剪了。

第一天的戏拍得还算顺利。考虑到磨合，晚上没有下达夜戏的任务。

吃过晚饭，主创部门一起看了回放，之后就自由活动了。1997 年的海口已经彻底没戏了，夜晚的灯红酒绿不过是一种虚张声势。但是之于从未来过海口的人，这地方仍是神秘的。剧组的人三五结队地上街玩去了。男人洗过澡，光着膀子坐到临街的晾台上。他的视线巡逻了这条挤满发廊和出售 VCD 光盘铺面的小街。男人安静地吸着烟，似乎在努力地感受岛上从前的气息。在男人迄今为止的生活里，那两年称得上是生命的欢乐时光。从海关钟楼传来了十下沉闷的钟响，男人穿上衣，拿起了车钥匙。

海口的路不复杂。

三年前男人离开海口时，龙昆南路的这座立交桥尚未竣工。桥上的灯光很好。在桥上，你可以看见远方的海和夜航的船。男人开着这辆捷达车，寻思着该去一个地方看看。所以一下桥，他就右拐上了滨海大道，直奔海甸岛那边了。那个时候，男人所在的公司就在这里。几天前他带美工摄像来选景，原想在从前的公司大楼拍一场戏，不料大门上已贴了法院的封条。现在男人要去的是一个生活小区，在这里的一套小屋里，他曾支起过一张大床。房东是当地的土著，居然还是个文学爱好者。当初这个爱好使他每月少收了两百元的房租。男人很想知道，从前他住过的房子如今由谁住着？而且他想和房东聊聊，如果后者愿意，他想邀请房东跑个龙套，在剧中扮演一位修防盗门的师傅。

男人把车停在小区的门口，刚下车，就看见女人自一棵椰树下走出，这让男人多少有点意外。

男人：你还住这儿？你不是新买了房吗？

女人：我是来收钱的。

男人：收谁的钱？

女人：我搬家时把所有的东西都作价给了房东，一直没工夫来收这笔钱。

男人：收到了？

女人：房东去深圳了。

男人：你现在是多方面的债权人了，可以到处收钱。

女人：这话什么意思？

男人：没什么意思，好事嘛。

女人：你是在说昨天我不该收你那笔钱。

男人：不不，那是你的钱，该收。

女人：当然。

男人：而且你还觉得亏了，当初要是存到银行里，还长出了利息。

女人：没错。

男人：真好玩。我们也有算账的日子。不过算清楚了还是挺好。

女人：你这人真是没劲。

男人：我想也是，没劲。

女人：戏开始拍了吗？

男人：拍了。

女人：你不会把我们的事往里写吧？那就太无聊了。

男人：我写的是戏，不是自传。

女人：就是将来写自传也别写那一截子。

男人：我没想过要写自传。

女人：那就好。你晚上没事了？

男人：对。

女人：去白沙门吧，这儿蚊子太多。

男人：白沙门好像新添了一个茶座。

女人：不去茶座，就看看海吧。今夜的月亮还行。我来开车。

3

1992 年 5 月的一个夜晚，男人和女人去了白沙门。男人刚学会开车，他去报社接女人的路上显得紧张而慌乱。那时海口的车密度为全国之首，男人费了很大劲才勉强把车停到车位上，前轮也没打直。在女人看来，这个男人有些卖弄。女人对男人的好感并不在乎他会开车。你车开得很赖，女人说，我开得比你好。

男人说：我只觉得今晚需要一辆车。

女人说：倒也是，等于随身带了两把椅子。

男人看了看女人，欲言又止。他还是觉得女人的眼睛好明亮，却不知是何缘故。女人驾车的确很好，换挡给油都自然流畅。半小时后，他们到达了白沙门。其时这里还是一片荒芜的海滩。只有一家简陋的小店，专门出售矿泉水及一些普通的面点。他们买了一箱矿泉水。这是一个有月光的夜晚，月亮并不大，但海平线在视野中还是很清晰。远处的船上跳动着橙色的灯光，拍岸的涛声起落有致。男人和女人下车走动着，喝矿泉水。

女人：你会游泳吗？

男人：会，我九岁就会游了。

女人：在海里游过吗？

男人：1981 年在青岛游的，是大学生夏令营。我第一次见到了海，吓死了。

女人：海吓住你了？

男人：我从没见过这么大的水面。

女人：我第一回见海也是在青岛，是 1984 年。我只觉得海很美丽，拍了不少照片。我不会游泳，但买了一件漂亮的泳装。

男人：泳装的功能不错，还可以拍照，现在又可以拍他妈的 MTV 了。其实你该在海里打个滚才是。

女人：我怕弄脏了泳装。

男人：这就怪了。

女人：那件泳装我后来一直挂在自己屋子里。

男人：我知道，你又拿它当挂毯了。

女人：都说海水很苦，又咸，是吗？

男人：没错。

女人：怎么个苦咸？

男人：你不妨尝一口。世界上所有的海水都是一种味。你现在就尝吧。

女人：别说了，我觉得矿泉水的味道都变苦了。

男人：你这人太脆弱。

女人：你呢？

男人：我怎么了？

女人：你刚才说第一次见到海时怎么着了？

男人：我吓死了。

女人：这不也是脆弱吗？

男人：不不，这是两码事。我是被海的壮阔震住了。算是触景生情的一种吧。

女人：触景生情？

男人：对，不是条件反射。

女人：你将来老了可千万别得前列腺的毛病。要不，一放自来水，你就会尿裤子的。

男人：这还是条件反射。我只触景生情。比如说多少多少年后，我又一次见到海，就会想到从前有这么一个月夜，我和一位漂亮的女人在海边……

女人：那时你就记不得了。

男人：不，我肯定记得。

女人：男人只记得一时，女人才记得一世。

男人：这是陈见。

女人：不，是真理。

女人说完就回到了车上。男人抽完一支烟，也上了车。他先帮女人把座椅放倒，然后自己也放倒座椅。这样，两人就并肩躺下了。男人抓住女人的手。女人笑了笑，女人说：我以为是带了两把椅子呢。

男人说：不，是一张床。

现在，那边音乐茶座的客人已见多了。放的曲子是1997年流行的一首破歌《心太软》。男人和女人在海边散步，刚才他们在车里坐着聊了一会儿，男人想上厕所，就下了车。等他回来，女人已站到了海边。这还是一个拥有皎好月光的夜晚。应该说，五年前在车上做爱的那一幕至今仍是鲜活的，他们都想到了。他们是在缅怀1992年夏季开始的爱情。这儿，是那幕爱情的起点。

女人：你说多少年后……其实不过五年吧。

男人：五年？你觉得时间过得快么？

女人：有时觉得。

男人：我一直觉得很慢。我想我可能有点老了。去年我在北京筹备这部电视剧，在一家酒店住了三个月，觉得个个服务员都漂亮。其实是我老了。人一老，眼光就宽容了。

女人：你又泡了几个？

男人：泡？我不泡。我是真心相处。这你应该了解。

女人：那你又处了几个？

男人：我能同时处几个吗？相处是不容易的。我们换个话题吧。

女人：你现在和我说这些，没什么呀。

男人：这我知道。你不在乎了，这很好。

女人：我们曾经说过，不再见面了。

男人：但这部戏只能在海口拍。再说，那张支票我得亲自交给你。你取了吗？

女人：取了，也开始花了。今天我买了一只矿泉壶。

男人：你是个会过日子的女人。

女人：你认为我俗，是吗？

男人：人都俗。

女人：五年前你也这么想吗？

男人：我只认为你太脆弱，可惜没引起重视。这是个失误。

女人：你也有失误？你多自信呀。

男人：我的失误在于我太自信了。

4

海口的天气一直很好。在男人印象里，四月的海口应该是很热了，这一年却早晚还觉凉。男人当机立断，把秋天的戏调上来先拍。制片主任对这种调整有些意见，他觉得导演多少有点随心所欲，白交了一周的场租。男人说：我这是为你省钱呢。我的外景戏都有纵深关系的镜头，你能让满街的人都换上秋装吗？现在拍掉，我们一点不费事。

秋天的戏总是带有一点悲凉。剧中的男主角是一个作家，在岛上混了一年，混得很糟糕，于是就乘船回大陆，在甲板上徘徊，酸溜溜的看着愈来愈远的海口。没有一句台词，但男人给出的时间很长——这也是作为片尾字幕衬底的。船用的是往返于琼州海峡的大轮渡，气势略嫌不够。而且行驶到海峡中央又颠簸得不行，弄得两个摄像手忙脚乱，男主角也呕吐了。不过从监视器里看，效果还挺不错。有点意思，男人自语道，不过南方其实没有秋天。这句话让胖子场记听见了，可是他听不懂。在返回的路上，场记问男人：导演，南方真的没有秋天？男人笑着说：如果有，那也是虚伪的。我们现在拍的并不真实。场记若有所思地点点头，实际上更不知所云了。

男人说的倒是实话。岛上三年，他没有经历过一个秋天。海口的印象永远是一团火。这个晚上后来下雨了。雨绵绵的，竟也显出了一点儿秋意。男人又坐到晾台上，视野中的城市蒙蒙一片。不知怎的，这情景让他起了一阵忧伤。他隐约听到一支老歌的旋律。那歌叫《在雨中》，香港那边过来的，1992 年正火着。在一次大陆艺术家沙龙聚会上，男人和女人同唱了这支歌，大家都说唱得很棒。那个晚上也下着雨，雨声很吵闹，但他们特别高兴。其实这支歌之于他们，在这一夜并不意味着示爱，而是庆功——他们挣下了一笔钱。20 万。广告提成。他们都觉得这笔钱来得太轻松了，让人不敢相信。可是确实能从银行里提出来而且可以随便花出去。

女人：我提出了一万。

男人：没骗我吧？

女人：我都花掉三千了。我给你买了双鞋，你试试。

男人：我总觉得不真实。

女人：你这人做不了大事。

男人：我没想到……我从来没见过这么大的钱，我真想不干了。

女人：你想干吗？

男人：有这 20 万，我们去内地过隐居生活。我可以安心看些书了。

女人：20 万只能买一间公共厕所，早着呢。

男人：我们去小镇上买房，顶多五万。我其实一点也不喜欢城市。

女人：可我喜欢。我不想提前 30 年过退休生活。

男人：你不是说，我到哪你就到哪吗？

女人：干吗非要我依你，你就不能依我？

男人：我是真的讨厌城市。

女人：你还想再插一回队？

男人：我也不向往农村。我一直觉得小镇挺好，有商店和邮局什么的。福克纳就没离开过属于他的小镇。

女人：你不是福克纳。

男人：可这老头的生活总诱惑我。

女人：你还不是老头。别说了，趁我们年轻多挣些钱没错。现在机会多好。

男人：这钱让我觉得可疑。

女人：可疑？人家没少给一个子儿……

男人：我不是说这个。我是说这钱来得太轻松，让人不踏实。

女人：我都花了还有什么不踏实的？

男人：钱要一分一分地挣。

女人：你是不是太农民了？

男人：查祖宗三代，大家都是农民。

女人：行了，我的钱我花。你那十万留在银行下崽吧。

女人说完这话就去洗澡了。那时他们刚住到一块，几乎夜夜做爱，之后才洗澡。现在女人去洗澡，也就表明今夜休息。男人安静地听着洗澡间的水响，想抽支烟。可是烟盒里空了。男人就下楼去马路对面小店里买烟，看见路灯下雨丝已经软了。小店里，房东正在同店主等人在搓麻将，一边谈论着他和女人。房东用夸耀的口吻说这对儿是典型的郎才女貌，岛上还不多见。这岛上多的是老板和鸡。男人不禁笑了一下，觉得房东的话对自己很鼓舞。他想女人当初看中的或许就是这个，一点与众不同吧。

这个晚上男人在外面多转了一会儿。细雨落到脸上很舒服，这细腻的触觉，文字是无法描写的。那时他觉得自己仿佛置身在一个秋夜，细雨传达的气息，让他想起了20年前的初恋……

5

剧组的工作进展顺利。不足一个月的时间，镜头量已消去了一半，三天一集戏的计划得到了保证。制片主任自然高兴，主动改善了伙食，并不时给导演捎来一条烟或者一包洋参茶。全剧组的人对导演已刮目相看。起初，他们私下认为这个男人胆子太大，从未拍过戏，上手就是20

集。现在他们放心了，甚至对男人的才华公开表示钦佩。男人是沉着的。在成为一名小说家之前，他的理想就是当影视导演。那时他刚进大学，从图书馆借来的第一本书便是库里肖夫的《电影导演基础》。就是说，男人对这个行当潜心已久，现在不过是厚积薄发而已。

这天，从北京飞来了一名女记者，是打算进行追踪采访的。她在报纸上得知有一部反映海南的片子在拍摄，并且知道该片的编导是个在岛上混过几年的作家，便有了极高的兴趣。记者突击看了剧本，第二天晚上即开始了访谈。虽为女性，言谈举止却比男人还大大咧咧。她一口咬定这个剧本带有自传色彩，问题自然单刀直入。

记者：如果方便，我想知道剧本的自传成分占了多少？

男人：这不是自传。

记者：你的意思是说，故事纯属虚构？

男人：没错。

记者：那么，感受是不是真切的？

男人：要是你被感动了，说明这个问题我已经作了回答。

记者：我的确受到了感动，但我也读出了属于你的一点尴尬。

男人：我不觉得意外。

记者：剧中的那个作家是个古典浪漫主义者，你也没我想象的那么开朗。你甚至有点古板，剧组的那些女孩子背后总叫你做大叔。

男人：她们当面也这么叫。我觉得这挺好。

记者：可我认为“大叔”不是块挡箭牌。

男人：她们很乖，我何需设防？

记者：你心里有一道防线。

男人：是吗？

记者：正如剧中的插曲，叫《一个人的时候》，让人伤感而向往孤独。于是我便想，这个岛或许是你的一块伤心之地？

男人：迄今为止我一生中最快乐的日子，也是在这儿度过的。

记者：故地重游，感慨万千吧？

男人：我不过是来拍一部片子。

记者：就是说，你计划中没有重返海口的愿望？

男人：重返海口意味着重新拥抱一个女人，但是时过境迁，人事全非……

男人的手机响了。来电显示的号码是熟悉的，男人迟疑了一下，还是接了。男人抢先说道：我正忙着，一会儿给你挂过去。对方说：我只有一句话，现在我就在你对面的西餐厅里。如果你有空过来，请把窗帘打开。男人说：我已经吃过饭了。女人挂了电话。男人对记者笑笑：我说到哪了？一边轻松地将窗帘拉开。

半小时后，男人去了西餐厅。

女人今晚重换了一套衣，而且把长发梳成了独辫——这是以前男人所喜欢的。女人正在吃一份蔬菜色拉，喝西瓜汁。她给男人预备了红茶和一碟夏威夷果。男人在门边点了支烟，借这工夫，他打量着女人的背影。女人这套服装的款式和色彩都挺不错。

女人：你很忙是吗？

男人：今晚没夜戏。

女人：我看见剧组的车没动。拍得挺顺？

男人：还行。

女人：我刚从杭州回来。去上海组稿，顺便拐到了杭州。

男人：火车站拆了吗？

女人：没呢。杭州真不该有那么破的火车站。一下车，我心凉了半截。

男人：你以前没见过？

女人：1994 年我是坐飞机去的。

男人：回来没坐火车？

女人：回来也是飞机，我们先到深圳的。

男人：我怎么觉得是坐火车到上海的呀？

女人：那你肯定是和别的女人坐了火车。

男人：行行，别一见面就抬杠。上回说坐船，这回又是飞机火车的。

女人：我是说，对过去我比你记得清楚。

男人：你不就是想说我见异思迁吗？这就怪了。

女人：怎么呢？

男人：该说的以前我都说过了。

女人：你在怨我？

男人：不，我现在没这个权利。

女人：好像造成这种局面的责任人是我？

男人：咱们不谈这个好吗？

女人：我要谈！

男人：有什么好谈的呢？支票你已经拿到了。我不知道你还想要什么。

女人：我只要属于我的东西。

男人：那就谈点别的吧。

女人：回忆有一半也属于我。

男人：你找我来，是想让我充当你回忆的提示器？

女人：你这人变了，真的是变了。

男人：变得刻薄了？

女人：应该是恶毒。

男人：这或许是单身独处的缘故，我想你会原谅吧？

女人：你还在乎我的原谅吗？这样也好，我心里倒一下子干净了。这次去杭州，我居然面对西湖自作多情地哭了……

男人：西湖是个让人伤感的地方。

女人：我他妈的还去看了我们住过的房子！

男人：这是怀旧。你这个年纪最好别过多的怀旧，对容颜有损。

女人：我还有什么容颜？

男人：你还是很漂亮。

女人：本来我想拖到你拍完片子才回来……

男人：我恐怕还得待上一个月，很抱歉。

女人：那一年我飞到杭州，为的是匆匆见上一面，现在却为了避开你，真有意思。

男人：你是不是觉得，我太妨碍你了？你男朋友生气了？

女人：他在大连。

男人：你应该从上海飞大连。

女人：我想坐一趟火车。我飞不动了。

6

1994 年 4 月，杭州是个雨季。男人此行的目的是帮一位做房地产的朋友谈笔生意。朋友野心勃勃，想在淳安买下一个岛开发度假村。这个狂妄的设想并没有激发起他的热情，诱惑他的是杭州这座令人想入非非的城市。他随朋友去淳安住了两天，谈判进展顺利。但他还是私下提醒朋友审时度势，宏观调控意味着金融秩序的整顿，银根紧缩只是第一步。朋友的头脑还算冷静，还是第三天一早，他们甩下那一堆图纸，不辞而别杀回了杭州。

朋友安排他住进了西湖边上的一套公寓。他痛快地洗了个澡，然后躺在床上拨通了女人的电话。那个时候，女人正在为赴深圳的笔会做准备，她已经预订了机票。

男人：会议什么时候正式开始？

女人：后天。我想明天就过去。

男人：非去不可吗？

女人：报社抽不出人了，再说这事从一开始就是我经手的……

男人：……

女人：你怎么不说话？

男人：我在看雨中的西湖。

女人：想什么呢？

男人：想明天与你一道游湖、喝茶。

女人：就这？

男人：这是白天的活动安排……

女人：你这人真鬼。

男人：我是个触景生情的人……你快把电话挂了，先退票再订票。

女人：可是只有一天的时间……

男人：春宵一刻值千金。我们不是有钱了吗？

男人挂了电话，坐到了晾台上。雨淅淅沥沥地下着，西湖的上空形成了薄薄的烟霭，只有六和塔时隐时现。后来？

后来应该是电话又响了。那是吃晚饭的时候，女人电话通知了她明天飞抵杭州的航班号，她说：你必须夹道欢迎。

现在，他该上车了。今天出外景，在老街。他很痴迷海口的老街，那些残存的南洋风格的旧建筑，任何机位拍出来都将不俗。男人匆匆收拾好，顺手带了把伞。场记问道：导演，这么好的天带伞干吗？男人有些恍惚，笑道：刚才我还在杭州呢。场记越发困惑，就问：你梦见杭州了吧？男人摇摇头：不是梦。梦是虚构。准确地说，是我的魂儿去游西湖了。

要拍的戏不复杂，但是场面控制很头痛。机器一支，围观的人便上来了。一个镜头连拍七条都有穿帮，没法用。男人有些烦了，只好把机位调到一家杂货店的楼上，并且用长焦距来吊。总算勉强过关。后面的镜头相对简单一些，景别都是中近景，控制的范围小多了。戏的内容是男主角摆脱一个看相的术士，后者断定他有飞来横祸，前者不屑地一笑，给了那术士十元钱。不料术士未接，却将这张票子斜折了两下，又还了回去。男人便问：先生嫌少？术士不语，转身离开了。男人始才觉得奇怪，目光茫然。

对这场戏，导演未作阐释。他说：大家别追问了，问也白问，因为我也不懂其意，我不过是觉得需要这样一笔色彩，就这么简单。摄像后来推了导演一下：你这家伙骨子里还是小说家，电视剧里玩起安东尼奥尼了。

午休的时候，男人的电话又响了。对方还是那个女人。

女人：不好意思，吵醒你了。

男人：没事，我在看报纸。

女人：上午我去了你们现场，我去买花，听见你在吆喝——你嗓子怎么哑得那么厉害？

男人：没办法。

女人：你备一点金嗓子喉宝，再坚持喝胖大海，挺管用的。

男人：谢谢。

女人：什么时候变得这么绅士？

男人：是礼貌。

女人：我想问问你，那十块钱的设计是什么意思？我不懂。

男人：我也不懂。

女人：废话，不懂你拍什么？费了半天劲。

男人：这是两码事。《阿甘正传》首尾的那根羽毛你懂吗？但这个镜头花了20万美金。

女人：你别打岔。我问你，是表示对钱的憎恶吗？还是钱引来了麻烦？

男人：我说过，我自己没弄懂。

女人：虚构这个细节有意思吗？

男人：这个细节恰恰是真实的。

女人：真实的？我以前怎么没听你说过？

男人：我怕说不明白，所以没说。

女人：你什么时候遇见看相的了？

男人：我们赚那笔钱不久。

女人：那家伙对你怎么说？

男人：他只说我脸上有灾。

女人：难怪你后来破财了。

男人：破财不是灾。破财是为了免灾。

女人：破财怎么就不是灾？没人给你投资，你还能拍电视剧吗？

男人：这话说不清了。

女人：你呀，假清高。你一辈子都会栽到这上头，别嫌我俗。

男人：我早就是个俗人了。这不，我拍电视剧了，我得赚钱还债……

女人：你这是什么意思？

男人：别误会……

女人：又绕上这个了，烦不烦？

男人：你太敏感了。

女人：是我还是你？

男人：要不，就是我们都太脆弱了。

女人：别把我硬扯进去。

男人：那好，脆弱的是我，行了吧？

女人没再说什么。

7

杭州的气候不标准。

飞机在天上盘旋了两圈才落下。女人一出现，男人便对她挥手。在男人身后是朋友的那辆黑色凌志车，正被细雨洗得锃亮。女人是第一次到杭州，在她印象里，杭州和西湖是一回事。所以在通往市区的路上，女人总在说：我看不出这儿就是杭州。于是，他们便在一个十字路口下车了，临时决定去逛西湖。朋友约定，晚上一起吃饭。男人说：算了，她就半天时间，玩起来没个准的。朋友说：玩好了就打我手机，饭总是要吃的嘛！

男人和女人雇了一辆三轮车去西湖了。雨中的西湖宁静而朦胧。他们打着一把伞缓缓走动，成为这著名风景里一个不确定的点缀。将近一年后，这情形在男人杂乱的梦境中得到复制，略有不同的是他们没有打伞。冷雨浸透肌肤，男人便从这彻骨冰凉中醒来。但他没有叫醒身边的女人。那个深夜，男人沮丧不堪。海南的经济形势风雨飘摇，他的公司已撤回了大陆。男人原想委托他人去经营公司，自己仍留在岛上和女人把好日子过下去。但是，公司在大陆发展得不尽如人意，一连几个项目都做亏了。男人有些心灰意冷，对公司的前途不再抱任何幻想了。

男人咀嚼着刚才的梦境，渐渐起了一种莫名的不安。杭州的飞行幽会或许是个错误，他这么想着，我们不该去凭吊西湖。他仿佛第一次意识到，西湖的美属于凄美，这正是一切关于西湖传说具有悲剧倾向的真正起源。

他弄醒了女人。

女人：几点了？

男人：四点差一刻。

女人：这么早把人弄醒……你不是八点的飞机吗？

男人：我想把机票退了。不想飞了。

女人：那公司怎么办？

男人：自生自灭吧。

女人：你倒好大方。

男人：就算我们什么钱也没赚，我烦透了。

女人：现在烦了，当初干吗去了？

男人：当初……当初你不也认为……

女人：这事与我没关系。

男人：我认赔还不行吗？

女人：那你至少得把我的八万找回来。我要买房子。

男人：我现在还真没这能耐。

女人：那我不管……别碰我行吗？

男人：你怎么这样？

女人：我哪样了？

男人：行，你睡吧。

女人：把烟掐了，你也睡会吧。

男人：我不想睡。

女人：你打算一直坐到天亮？

男人：坐坐也挺好。

女人：那你去晾台上坐吧，六点半叫我。

男人：你别送我去机场了。

女人：还是送吧。然后直接去单位。

男人：你睡吧，我去弄点吃的。

女人：冰箱里有速冻饺子。

男人：我吃点面包就行了。

女人：你这回大概什么时候回来？

男人：说不准，我得把公司理顺。

女人：理得顺吗？

男人：反正不会轻松，走着瞧吧。

女人又睡去了。到了六点半，男人没有叫醒她。男人立在床边有点依依不舍地看着熟睡中的女人，突然发现了一个早已存在的事实：女人的眼睑上文有眼线。这正是女人目光灿烂的原因。男人觉得自己太大意了，竟然在近两年之后才明白。在这个万里无云的早晨，男人的心情变得有些黯然。当飞机掠过琼州海峡时，他的睡意浓烈地袭上来，没多久便踏上了梦乡的门槛。

男人这回见到的，是西湖上空飘动着的一把黑伞。

制片主任又在催场了。雨刚过去，阳光从云隙中透射出来，形成了几条有力的光束。这景象在内陆是无法见到的。男人指示摄像拍一个空镜。摄像问：多长？男人说：给我拍 15 秒吧。然后男人就去椰树下抽烟了。刚才下雨时男人躺在小车里闭眼想了许多，头有点痛。连日来的加班加点使他看上去有些苍老。他的话也明显少多了。那个随组采访的女记者注意到男人的郁郁寡欢，见缝插针地把话题打开。

记者：导演，你最后一次离开海口是什么时候？

男人：1994 年 10 月。这与采访有关吗？

记者：就是说，你与这个岛已经疏远两年半了？

男人：我并没有疏远她，只是保持着距离。

记者：心理上是这样，但地理上仍是天各一方。这好像很无奈是吗？

男人：是的，无奈这个词很准确。

记者：我曾经读过你的一篇小说，内容记不清了，甚至连名字也忘了，但是有一句话我至今没忘——凡手摸不到的就是远。

男人：我写过这样的句子。

记者：很精彩。

男人：其实很片面。有时候一张纸就是一堵墙，海与岸之间也存在着距离。

记者：这话也蛮有意思。

男人：别记了，你这样让我紧张。

记者：我觉得你很矛盾。

男人：人都矛盾。

记者：我仔细读过剧本，整个基调实际上很悲观。

男人：我就是个悲观主义者。上回你说你读出了我的几分尴尬，倒不如说你识出了我的沮丧。

记者：沮丧？

男人：男人到了这个年纪，才体味到沮丧。从前讲孤独、讲痛苦之类，基本上是无病呻吟，很矫情。孤独的人是从不言孤独的，就像风中的一棵树。

记者：你所言的这种沮丧是……

男人：很简单，没有能力把日子过好。我羡慕那些会过日子的男人和女人。

8

那年在杭州时，做房地产的朋友曾问起过他们的关系。男人侃侃而谈，话语间流露着掩饰不住的骄傲。朋友说，你们可够浪漫的，搞飞行幽会。朋友接着又说：这浪漫过不了三年，不信你等着瞧。

果然是不幸言中了。

去年他去北京，在民族宫门前又与那位朋友不期而遇。他们便去咖啡厅闲聊。朋友对男人的一些事略有所闻，上来就问：你们完了吗？不等男人回答，朋友又往下说道：怎么样，我说过不了三年吧？这种事不能当真。男人说：我是认真的。朋友摆摆手道：那不叫认真，叫投入。认真是不会那么快就上床的，当然也就不会那么快地下床。男人说：我时常想起她，很怀念。朋友就笑了，说你怀念的不过是一个女人的名字，偶尔想想，暖一下自己。你一离开海口，我就知道这事没戏了。就是你再让她飞到北京来，热乎几天，分开后照样是没戏。海口不是家，是个临时码头。你见过在码头睡一辈子的人吗？

朋友这段话，后来被他写进了剧本。现在又成了剧组广为流传的一个警句，用来教训几个四处泡妞的小子。这两个月下来，剧组内部倒没有生什么乱子，大家的注意力全散到外面去了。听说有两个女演员时常被大奔驰接去吃消夜。自然还有不少男人把钱送到小姐手里，其中有个别人偷偷去医院打一种进口消炎针了。剧组就是这么一个烂摊子。或许是地理的原因吧，这儿毕竟是中国的南方之南，是一个岛。岛总是和寂寞联系在一起的。当年上岛的那些人大都是淘金者，但也不乏寻梦者。人需要一部分活在梦中。是梦，便有醒的时刻。道理很浅显，似乎没有什么想不开的。问题是，一个人不能去重复做一个梦。一个已知的梦本身就是枯燥。

离封镜的日子越来越近了。所有的重场戏都已拍完，余下的过场戏收拾起来其实只需要一周时间。但作为导演的他有意放慢了节奏。他对制片主任说：最后阶段还是缓一点吧，免得出错。弦绷得太紧会断的。

今晚又没有安排夜戏。剧组的几个人想邀他去狮子楼喝啤酒、听京剧段子。他谢绝了。他打算去拜访过去的几位朋友。正要出门，女人来了，还带了一些水果和一件 T 恤衫。

女人：我来的不是时候吧？

男人：要是晚十分钟，就白跑了。

女人：那你忙吧。

男人：没事，坐吧。我给你沏茶。

女人：我带着矿泉水。这儿说话方便吗？

男人：没什么不方便的。

女人：我明天去三亚，大概要住上几天。我怕你很快会走——你走之前还会给我打电话吗？

男人：当然会。我一周之内不会走。剧组也有去三亚玩一次的安排，我不打算去了，太累。

女人：这把导演瘾过得如何？

男人：没意思。自找苦吃。

女人：你不是早就想圆这个梦吗？

男人：这算什么梦？纯粹就是为了挣钱。

女人：这也不错。

男人：对，没钱我哪敢见你？

女人：你又来了。

男人：我说的是实话。以前你在电话里总埋怨我不飞回来看你，其实……

女人：你往下说。

男人：其实那时我拿不出那八万块。我甚至连往返机票的钱都得去借。

女人：我没要求你找到钱才回来。

男人：不，你要求了。

女人：那是赌气的话。

男人：不是赌气，是十分明确的要求。

女人：你在拿这个当借口。

男人：借口？为什么？

女人：好轻松地与我分开。

男人：你这么想？

女人：我只能这么想。我分房子，你不回来；我生病，你照样是不回来。你让我怎么想？你把我一个人扔在了这个岛上！

男人：我扔你？我成什么人了？

女人：你连起码的责任都不负，逃之夭夭，我恨你！

男人：好好，你恨够了吗？

女人：一提这个我就来火。

男人：我们出去走走吧，免得火气下不来。

于是他们就开车往秀英港方向去了。这条道很宽，男人挂着四挡，沿路的椰树飞快往后撤去，风紧紧地刮在脸上。这是一个恍惚的夜晚，却拥有一轮明净的月亮。现在他们停车的地点应该是城市背后。这儿有风。不远处是停泊在码头的船，它们的倒影映在水里很优美。男人和女人都注视着那片倒影。过了一会儿，他们才把谈话继续下去。

女人：海口是没戏了，只剩下些风景。

男人：这儿就是个玩的地方，我一直这么看，没想过在这岛上扎下去。

女人：我的情况不同。我是正式调过来的。

男人：这是个问题。

女人：什么问题？

男人：我是说，我们从一开始接触，各自的考虑就不一样。你稳定，而我是在流动。

女人：这又怎么样？

男人：稳定带有归宿感，你就得找丈夫，买房子，置办一些乱七八糟的东西。我呢，只需要揣着身份证和信用卡，顶多再拎一只箱子。

女人：你打算这么漂上一辈子？

男人：我不知道。我不喜欢从前生活过的城市，回故乡又觉得早了点。但我也讨厌这种“在路上”的日子，这两年我住了四个城市，住的全是标间——陈设都差不多，有人叫我“住标间的男人”。我总是在出差，一进标间就觉得时空没发生变化，见不到自己熟悉的东西，就闷。还有，电话号码不断在变，一些朋友无法与我联系，我差不多让人遗忘了。

女人：你这都是自找的。男人不要家，女人又何必要这种男人？不怕你伤心，我现在对我们的分手不觉得后悔。

男人：这我知道。所以你不能说是我在找借口。

女人：那是另一个问题。

男人：你调整得不错，我很高兴。

女人：……

男人：我知道你这两年也不容易……你现在可以结婚了。

女人：我有这个计划。你呢？

男人：暂时还没这方面的考虑，想再单纯地做几年事。

女人：你这人欲望太多。

男人：我必须强迫自己多做事。我得把每一天的时间挤满！

女人：……

9

后来男人就送女人回去了。女人现在的住处是海口南端新开发的一个小区，报社在这里有两栋楼。小区的环境尚在完善整理中，不过道路已全修好了。男人随着女人的指示，把车一直开到楼洞面前。女人住在四楼。

男人：房子不错，装修了吗？

女人：春节前刚完工，要不要上去看看？

男人：算了，你明天一早去三亚。

女人：那好，谢谢你送我回来。

男人轻巧地调过车头，落下窗玻璃对女人挥了挥手，离开了。出了小区门口，他把车停在路灯照不见的地方。男人望着远处那栋楼的一个窗口，期待着里面亮起灯光。但是那窗口一直黑着。男人想，此刻女人可能就立在窗前。男人慢条斯理地吸完一支烟后，重新发动了车。他有意把车滑到路灯下，突然提速插上大路。这个晚上男人又在城里兜了一大圈，觉得眼下发生的这件事怎么看都像是一次外遇的前奏，尽管这外遇缺少应有的刺激。一对曾经相爱的人在分手两年后又开始了勾引，故事正朝着低俗的趋势发展，让人啼笑皆非。但十分地真实。人就是这么一个怪物。背靠背时你把一切理得清清楚楚；一旦脸对脸，这些便全乱了。女人说得对，再见是个错误。

已经很晚了。

男人又用水淋了一遍身体，草草揩了揩，只穿上一条小短裤。他坐到椅子上，像接受一次审讯那样注视着墙上比自己高大的影子。与影子也是可以交谈的。

你也认为重逢是个错误？

是的。我们不该再见面。

你完全可以避免这次重逢。你把那张支票寄给她又有什么不妥？

我想过，但放弃了。近在咫尺，不见不近人情。

不，你其实在向女人炫耀。你看，我把你的钱找回来了，现在我亲手交给你。

我只想兑现诺言。

你是想看到女人拿到钱之后的尴尬。甚至以此引起她的自责和后悔。你最想看到的是这个。

我是真心想了却一笔债务。

这是否有点自欺欺人？

我可能有一点失误了，不该选择黄昏去做这件事。如果在上午，或许会简单一些。黄昏总是容易让人伤感的。

那是个虚伪的黄昏。

如果拍出来还是逼真的。

同一张负片上，黎明和黄昏没有界限。日出和日落的意义都是人为的，不是吗？

这没错……

所以重逢怎么看都不像是一个故事的终结，倒更像一幕戏的开始。你们都在演戏给对方看。比如说刚才……

刚才怎么了？

刚才你难道不想上楼吗？

我确实动过这念头。

女人也在等待着你下这个决心。

如果我上去了，进了那间想必是布置得很漂亮的房子，我担心……

你担心会看见一双陌生的大拖鞋？

我想是的。

你甚至想象得出那双大拖鞋的颜色。

我觉得是蓝色的。

你不认为蓝色是你的专利吗？

可现在这个专利已经转让了。

你再打开你边上的这件T恤，肯定也是蓝色的。

我不想打开。

你也不打算穿它？

现在我觉得还是光着身子舒服。

本来，你这个时候已经在床上了。

不，我不会上床。

那么就在地板上。你的嗅觉历来灵敏，那床上有你不喜欢的气味。

我没有想同她做爱的意思。

不对，你回答得不诚实。

事实如此……

事实往往不重要。当你们在那家三味茶社重逢时，你们已经重新占有了对方。床上不过是一次印证。

……

手机突然响了，声音显得特别尖锐。来电显示的还是那个号码。男人听见女人的声音很惊慌，就问：你怎么了？

女人：我看见了一只耗子！

男人：耗子？

女人：我不敢睡了……

男人：没事，耗子不会上床的。

女人：我不睡，浑身痒痒……

男人：再冲个凉吧。

女人：要是耗子在洗澡间呢？

男人：奇怪，新房怎么会有耗子呢？

女人：你这话什么意思？

男人：我只是觉得奇怪……

女人：你是不是以为我在说瞎话？好让你再开车过来陪我？

男人：你怎么这么敏感？

女人：我告诉你，我还没那么贱！

女人把电话挂了。

10

几天后，这部电视剧封镜了。依照惯例，剧组这天晚上吃关机饭。制片主任事先企图以一条片尾鸣谢字幕来抵消这项开支，结果店家临时变卦了，好说歹说才同意打七折。这最后的晚餐气氛也没有预想的那么热烈，几个女人下午就陆续消失了；另外几个男的也出去和别的女人另摆了台子。制片主任很高兴，因为这样可以减掉一桌，折算起来等于打了五折，而且字幕也不需要打了。

男人再也没有接到女人的电话。这使他看上去有些阴郁。现在他感到有些疲惫，如果不是怕扫大伙的兴，这顿饭他也不打算吃。男人渴望的是立刻躺到一张软床上，蒙头大睡一宿。剧组明天的计划是去三亚观光，接着就解散了。这之后男人将去故乡休息两周，再返回北京做后期。这样，大半年的时间便打发过去了。在北京的日子男人依旧是住标间，这让他烦恼。他曾设想在北京租一小套普通公寓，这样可能会亲切一些。但一想到生活上那堆琐事，设想很快就放弃了。

我得尽快有个家。男人多次这么想过。我需要一位贤淑达理的妻子。原以为这不是个问题，然而试过几次，男人有些失望了。男人觉得自己和异性交往中总横着一道无形的影子，构成了比较与参照。他注意到走近的女人们如今都文有眼线，明亮的眼睛越发可疑。其实男人心中已有了一个模式，他不希望这样。他希望的是获得一种全新的生活，而不是对过去的抄袭与临摹。男人最大的沮丧就是这个。

那位女记者端着干白葡萄酒过来了。

记者：祝贺你。

男人：谢谢。

记者：我想这会是部成功的作品。

男人：电视剧谈何成功？我不过是把它做完了。

记者：明天你不去三亚？

男人：我有点倦，你们去玩吧。三亚是个不错的地方。

记者：我知道“天涯海角”和“鹿回头”。我更喜欢“鹿回头”这个名字。

男人：传说也很美。不美的是那座雕塑。

记者：传说从前有一个猎手，手持弓箭追逐一头跛鹿。追到悬崖上，正待张弓，那鹿变成了一位少女，于是一场杀戮演变成了千古绝唱的爱情……你不觉得不可思议？

男人：爱情有时也带点血腥味。

记者：暴力在征服爱情。

男人：也可以说，爱情在向暴力投降。

记者：这爱情未免太脆弱了。

男人：爱情本来就是最脆弱的东西，可以向任何东西屈服，权力、金钱、时间、空间……

记者：我为那头鹿惋惜，她不该回头。她难道没看见面对的是一张弓吗？

男人：但她更重视一个男人。回头自有回头的道理……来，为鹿回头干一杯如何？

记者：这该是杯苦酒。

男人：到了明天，你仍会在那儿拍下许多照片的。

……

宴会不多时便草草结束了。天突然下起了雨，伴有强烈的闪电和浑浊的雷声。男人被拦在一家出售盗版 VCD 光盘的小店里，这儿正放着《布拉格之恋》，苏联的坦克刚刚冲进沉睡的城市。那是个极端恐怖的夜晚。接着是惊讶不已的特丽莎。然后镜头切到了翌日清晨，柔弱的特丽莎挤在抗议的人群里第一次对苏军坦克举起了相机。她不断揿按着快门，一名军官拔出手枪对着镜头嚷着——这是用广角镜头拍的，因此手枪显得特别的大。手枪指着特丽莎，然后是“砰”的一声——这不是军官的枪声，而是特丽莎的快门声，这是主观的音响……

男人还是捏了一把汗。这片子他曾不止一次地看过，而且这不过是一部电影，担心似乎有点可笑。外面的雨越下越大，雷声也渐渐近了。小店的老板骑着摩托湿淋淋地进来，对自己女人说：收摊吧！今夜弄不好有地震呢！女人问道：谁说的？老板说是听军区的一个朋友说的。男人在一旁笑了笑，觉得很荒唐。能预报地震的人绝不会待在这个岛上。可是，男人又想，两年前海口确实是发生过3.8级地震的，那一次震中在北部湾。那一次他在哪儿？杭州还是北京？总之是在某个城市的某个标间里。当时他在看《新闻30分》节目，得知海口昨夜有了地震。他立即拨通了女人的电话，但回应的是一串空洞的忙音。他这才意识到他们已经很久没联系了，这个号码已没有多少意义。男人在那一天里懊恼而沮丧，情绪怎么也调整不过来。似乎有一种预感，过去的一切已成为记忆。

这场雨看来一时半刻难以结束。男人走出小店，很快就给打湿了。雨打在脸上有点疼。跑回住地，男人用浴巾揩干身体。他的脏衣服已有一堆，晾着的也没见干。我只能穿这件了，他拆开那只牛皮纸包装袋，T恤果然是蓝色的。男人穿上它。刚才淋雨的感觉使他穿这件衣服时特别的舒服。然后，他慌乱地拿起了车钥匙。

11

女人：雨说来就来……

男人：我不是雨。

女人：是来向我辞行的？

男人：就算是吧。

女人：那你已经做到了。

男人：要是我妨碍你了，我马上就走。

女人：你看着办吧。我这儿不许抽烟。

男人：今天我是客人。

女人：我没有抽烟的客人。

男人：你男朋友不抽烟？当然，他不能算客人。

女人：他不抽烟。

男人：男人应该抽烟，这话是你说的，是吗？

女人：我记不清了。

男人：不过在这么漂亮的房子里抽烟确实让人惭愧。这房子不错，布置得也好，浅黄的基调用蓝色点缀，很雅致。我喜欢窗帘这种蓝，和你从前那件睡衣的颜色很接近，还有这件T恤……这电话怎么摘了？

女人：别动。今晚我不想接任何电话。

男人：出什么事了？

女人：没有，就是不想接。

男人：这屋里每件东西都是新的，包括垃圾桶。

女人：就人是旧的。

男人：人也是新的。你和以前不一样了。

女人：是老了还是丑了？

男人：不，不是模样。

女人：那是什么？

男人：我也说不清。

女人：是你的感觉变了。

男人：也许吧。这间是书房？

女人：不想参观一下卧室？

男人：算了，那是私人领地。

女人：我倒希望你看一下。

男人：你是在挖苦我？还是示威？

女人：我不敢。我怎么敢呢？

男人：你想让我看看床是吗？看看两个枕头是否并排放着？

女人：既然是客人，说话就该客气一点。

男人：好好，我马上走！

女人：你就不该再来！

男人：是的，我昏头了……一个家伙胡说今晚会有地震，我他妈的居然相信了！可我急着赶来只为了参观一个女人的卧室，欣赏一张大床……

女人：不，不是一张床……你过来，你过来看看清楚！你看见了吗混蛋？

男人：我看见了……还是那张席梦思……

女人：我什么都扔了。唯独舍不得扔的就是它……你嗅嗅！你嗅嗅你从前的汗味！

男人：……

女人：好了，现在，你可以走了。

男人：我有点累……

女人：你最好躺到沙发上去。

男人：这床有一半还属于我。

女人：你还是起来吧。我们谈谈。

男人：我不想谈。

女人：我们去客厅，面对面地谈谈。如果今晚真有地震，这也算是一个不错的结局。

男人：死在床上比死在沙发上要好一些。

女人：问题是没有地震……

男人：我们假设会有……

女人：不，我已经经不住假设了……

男人：我不觉得是这样。

女人：你走之后，我只假设过我们曾经有一个孩子，但很快打消了。

男人：打消是对的。

女人：我们中间隔的东西太多，一个孩子是解决不了问题的。

男人：何必要解决什么问题呢？我们本身就是问题，谁来解决我们？

12

两天后，男人撤离了海南岛。

因为补拍一个镜头，男人仍需要再坐一回船。天空一片湛蓝，白云像羊群一样笨拙地移动着。海口渐渐远了，海水也越来越蓝。男人立在船尾，出其不意地对着模糊的海岸线大喊了一声。

那位女记者诧异地问道：导演，喊什么呢？

男人说：喊一位朋友。

记者一笑：这么远，能听见吗？

男人说：听不见，但我需要喊一声。

1998 年 12 月 11 日　北京

（原载《江南》1999 年第 2 期）

潘军文集

第叁卷

短篇小说

溪上桥

一

寨子本身是极平静的。一条青溪刚刚漫过卵石，沿寨子边缘曲曲弯弯地淌着。淌了几多年，不见干也不曾作乱。

溪上有座桥。

桥是楮木的，叉着六条腿。桥面不足五尺宽，立于上能看清在斑斑卵石间戏水的鱼秧。过了桥，山便紧紧地逼上来。山不算高，但陡。山上活着翠翠的竹和青青的草，自然也是一岁一枯荣。偶有那杜鹃的啼声自一汪绿中泛出，溪儿便起了彷徨。环山脚有一条新拓的公路。县内循环班车每隔两日从这里过一趟。

寨子不大，近三十户人家。

深秋的一个黄昏，桥头来了一位高大的老人，披着黄褐色的军呢大氅。他是将军。五十几年前他从这座桥上走出来，上了山。那会子他大约 17 岁。

将军是第一次回故里。这儿早就没有他的亲人了。他曾几次动过回来看看的念头，都让这事那事给耽误了。如今担子业已卸尽，守在家里等人杀棋不如进山转转。

这会儿天的黄色褪尽了，暮气醉醉地撵上来，于是寨子便一下子退得好远。寨子上空升起一排炊烟，如白桦林子；升至丈余高即与暮霭融作一体。这时节的树皆像墨描出的，且默默地立着。雀儿不知飞到哪里去了。没有人声，也听不见狗叫。唯有脚下这溪梦也似的丝丝流淌。将军把大氅挽在胳膊上，眯眼把寨子细细梳了一遍。寨子的变化是明显的。从前这地方仅有宋大先生家是瓦房，现在瓦房是一律的且挺挺地竖了几幢小楼。将军立在桥头吸完了一支香烟。他用单脚放到桥面上按了按，然后悠悠踱过去。过了桥他发觉那棵歪脖子老槐委实粗了不少。他还发觉，那梢上筑了一个空巢。

迎面拢来一个人，脚步好急。将军以为是来接他的。县里提前通知了，一切安排就绪。将军这次回来本不想惊动他人的。他谢绝了县里要人的陪同，连小车也懒得坐。这辈子一个人待会儿的时间太少了，热闹事却见得多。

那人近了，却没有径直过来，而是拐到老槐树脚下，扯开裤腰撒了一泡好尿。

将军乐了。

“可是根生啊？”

“嗯。你是哪个？”

“好家伙，认不出我了？”

“你……你老哥从么场子来的？”

“哈哈！老了，都他妈老了！我是从这场子出去的！哈！”

“哦，你是光头呀……是听讲过你要回来耍耍的。”

这光头的小号，将军听起来好耳热。根生也老了。若不是拐到槐树脚下撒尿，将军是绝不能一眼就识出的。给宋家放牛那会儿每天擦黑，两人把牛由对面山上牵过桥，就都要立在牛背上瞄着老槐的脚撒一泡弯弯的尿，看哪个撒得远撒得久。有一回尿被风扫进牛眼，牛纵了一下，把光头掀到地上。

两个老人挤开暮色往寨里走，不多会儿村干部赶来了，个个穿得整齐。将军不认识他们。他们年轻。“我上山的时候你们在哪里呀？”将军把年轻人逗乐了，提提领子。他们领将军进了一个小院。这屋子是在早先宋家的基脚上翻新的，如今做了客室。以往区乡干部下来蹲点，就歇这。屋子几天前又突击粉刷了，极白。将军住在东头，是个套间。卧室里一切都换了新的。客厅的用具清一色的竹编，倒也别致。

“条件差，首长……”村长说。

“不错不错！”将军招呼大家落座，这才发现老根生已不在场了。

二

从认出老根生起，将军就替他后悔了。你他妈当初要是随我出来，不死就也成将军了！

这天夜里老根生没有再现脸。

村干部陪将军吃了洗尘酒水，过后又汇报了这几年寨子的变化情况。将军好兴奋，用火柴棒把牙捣得格格响。一直聊到月儿白了，才告结束。村长是个精明干练的男人，食宿安排得井井有条，还派了两个民兵在院子里站岗。

“撤了撤了！”将军摆摆手，“我给人看了大半辈子，撤了。”

村长还在迟疑，两个民兵却已拖着半自动挪开了步。其中一个出门就哼起歌子：

> 你到我身边，带着微笑，
> 带来了我的烦恼……

山里的秋夜寒气已显稠了。今夜将军自然是难以成眠的。他微带三分醉意在院子里徘徊，呢大氅挂在一只肩上。月是极好的。城里从来就见不到这么洁白的月。地上像铺了一层鹅绒，踩上去软软的、酥酥的。将军一支香烟点着吸不了几口。院墙外的那株枫还在，但探进来的枝椏业已砍去了。那枝椏当时有碗口粗。树的叶子落尽了，从稀疏的枝缝平望过去，能看见对面的山，蓝蓝的如一尊兽盘着。

那山还叫狗牙岭么？

狗牙岭上有支武装，正招兵买马。他们放牛时就撞见过，好怯。那伙人不像是这一带的，讲话好快。有个黑脸胡子，那伙人叫他司令佬。黑脸胡子拉枪栓吓唬牛倌，也请他们吃月饼。后来听说队伍要往江西大山里开，去杀阔佬。

“跟胡子吃粮去！”

“人家不要，嫌我们矮。”

“老子也敢杀阔佬！”

“你敢?”

“敢！你可敢?”

“你敢我就敢!”

“不许反悔，根生!”

寨子里只有宋大先生是阔佬。宋大先生有三个堂客。那天擦黑他们赶牛回栏，宋大先生立在院子里同小堂客说着一段戏文。他们从边上走过，听见宋大先生说：“回去吃饭吧，快些吃。完了我领你们进城听戏。”

在牛栏里，根生轻声问光头：“还搞么?”

“搞!”

起风了。于是月便有了茸茸的边。谁家的狗时而懒懒地吠几声，反觉得寨子睡熟了。将军从地上拾起大氅，缓缓进了屋，把晃晃的月亮关在门外。他把行李随便安排了一下。最大的一袋盛的是糖果，荷兰进口的。不过今晚没散出去一粒。

他躺在床上吸烟。现在他晓得这个位置是宋大先生的书屋，一间剖作了两室，门窗的款式自然早更换了。宋大先生书屋里也摆了张床，很势派，好像也是这么贴墙放的，也有这么宽。

月影斜了。

将军又欠起身。他记得院子门还没闩。

三

翌日的天气极好。天白前落了一阵细雨，把山里润得油亮。推开门便觉得爽爽的空气浴软了身子。

将军一早就披着大氅出来转悠。遇到寨子里的人，都打一声招呼，且在心里盘算这面前的脸子该是谁家的后代。有几个粉粉的细伢，从自家的门里挤出脑壳，眼眨眨的，嘴却坚持圆着。将军很喜欢这些孩子，并不把笑排开。脸皱得厉害细伢子就越发的怯。将军把糖果一把把地塞给他们，细伢子就搓搓手，接了，吃了，说好收风。细伢子过了怯生阶段，便嘎地显出原形来，跟随将军四处走动着，互相比比划划，猜这猜那。活泼得一边将褂子剥下，学将军的样子披着，一边腾出手去摸呢大氅上的铜纽扣，或者趁将军点烟时拿过气体打火机试几下。

“毛狗！”过来一位妇人把玩打火机的细伢扯到旁边训道，“你总毛手毛脚的！”就把打火机从小掌心抠出还了将军，歉意地咧咧嘴，领着自己的孩子要走。将军说没什么要紧没什么要紧。毛狗便从娘的腋下滑出，跳开了。妇人也不再逮，挎篮子下河沿了。毛狗又贴过来，问：

“你打过日本佬？”

“打过的。”

“打死几个？”

“这个……十来个吧。”

“才十来个？电影片子里……哒哒哒！”

毛狗端着“机枪”扫走了，其他的也尾随而去，一片“哒哒哒”。这些毛头，没有这十来个垫底我还……电影也真他妈的不实事求是！枪是那么响么？将军微笑着。这些不是同细伢子聊的。

太阳一露脸子就离地丈把高。寨子黄灿灿的，好暖，好柔和。于是有一排雪亮的自行车把阳光裁开，淌过了桥。车上驮着土产与鸡鸭，其势也好海。骑车的皆是男人。这些汉子忙过“双抢”，就进城去行交易，鸟也似的往往返返，把自家的门面收拾得好光溜。村长也在其中，不时起一个歌头，大家就跟着哼起来。那歌子砸到溪上，惊得鱼秧把白肚在阳光里亮几回。

将军继续转悠着。寨子里老人不多了。60年前后死掉的一批倘若还在，将军断定是都能认得自己的。如今晓得他就是光头的，怕只有老根生了。

“光头，我，我冷……”

“钻牛×去！”

“我……”

“莫做声！”

那天夜饭刚歇，瓦就响了。雨不小。戏没听成，宋大先生同三个堂客摸了两圈麻将，就回书屋了。宋大先生隔五六日轮着与堂客伙困一回。这夜他是独身而卧。

他们是三更头上爬上枫树的。两人同时挂上那根枝桠，往院里吊。枝桠弯得厉害，落地脚不麻。赤脚走起来不响，纵有响也被雨声吞吃了。他们先去抽开了院门的大闩。爬窗户时天扯起一道青霍，根生看到光头腰间别的山斧，裤裆里就滋过了一线暖……

这个根生……将军把塞在稀牙里的火柴棒吐掉。这个根生正贴墙坐在矮凳子上，眼眯眯地照日头，顺带看着晾在簸箕里的玉米粒子，不让雀子挨近。他把一只鞋退了，让日头往鞋膛里射。赤着脚搬到另一只膝上，趾丫叉得老开，且用一根手指插进去来来回回地转动，嘴里“唏唏”地响。一只黑狗，极壮，偎在主人边上，眼也眯眯的，好像从来不叫。倒是几只鸡雏杀气腾腾地争夺着一条蚯蚓，细爪挠得尘土纷扬。

将军抄了抄大氅走过去。有碎碎的鸟啼在背后。

四

“身体不错嘛!”

“不大害病。”

“儿女还好吧?”

“不淘气。”

“蛮好蛮好……来，抽这个!”

“我吃不惯带皮嘴的。缺劲。”

“快呀，好快……我那年走了，你可生乱子了?”

“没得。”

“我进了山还……”

“哦。”

“要不是第二天队伍开走了……”

“哦。”

根生佬差晚辈送来茶水瓜子，又坐下依旧抠着趾丫，依旧“唏唏”。将军换了支香烟。日头好暖，大氅披不住了，就搭在膝上。两人默坐着。这时候顺着屋檐歪过来一个不过三岁的男伢，两只手背过去把开裆裤扒开开的，鸡儿像蚕一样蜷着。细伢喊了声“爷”。作爷的用眼睃睃，就从怀里摸出两根吸水烟的草纸媒子，松展开，对将军说：“老四下的。”踏上鞋过去给孙子揩净屁股，又指着将军吩咐细伢喊爷。细伢就脆脆叫了声爷，扯扯裤腰弹走了。

“几个孙子呀?”

“三个。两个孙女。外孙也是两个。”

"蛮好蛮好!"

"如今都扎了，倒也省事。"

根生佬点着纸媒子，咕咕噜噜吸了两筒黄烟。将军立起来看看房子，吸烟时他把过滤嘴掐去了。

"这屋子基脚不错，可以盖成楼房嘛!"

"原先是那么思谋的。我多了句嘴。爬上爬下的，嫌累。"

"是呀，累。累了一辈子。进了山就扛九斤半。有时一夜要跑80里……"

"哦。"

"不那么跑小命可就丢了……"

"哦。"

这老人把纸媒子压在铜烟袋下，立起来把前后拍拍，背着手又去了老槐树脚。离槐树不过五尺的场子是条细石子铺成的机耕路，时有三三两两的邻村人通过。农忙时拖拉机跑得多。根生佬半个背对着路面，手开始往裤腰上抄。

"逮野兔哟!"

"嚯——"

逗笑的是桥那边过来的两个小伙子。根生佬还是那么端着，尿弯弯的不断。接着又飘来一串自行车铃铛声，却不及适才的口哨软耳。根生佬抖抖裤腰移过身子，眼前游过了浅浅的几团彩云。

将军笑掉了烟蒂。笑过又替老家伙叹了口气。其实你是捡便宜的。斧子我捏着，血只往我手脸上迸。你站在边上闭眼也中。我俩伙拎一颗脑壳爬上山朝司令佬面前一甩，功劳不就平分了?

"山里日头不错。"

"嗯。"

"如今可还做田里生活?"

"不了。"

"操劳了一辈子，该享享福了。"

"闲着也累。"

雀子叫响了。根生佬拨了黑狗一脚。黑狗纵身射出，喉管拉开了锯。轰飞了雀子，这畜生又围着簸箕巡了一遍，点着步子回到主人脚边，偎下了。将军伸手把狗毛理了理，又刮了一下狗鼻子，说：

“好狗。我养过的狗不下十条，都短命……那年打何家祠堂，我带狗去摸哨……”

“哦。”

“结果刚贴近那畜生就叫了，老子一刀下去……”

“哦哦。”

日头渐渐移到头顶，地上一片辉煌。

五

将军是半夜里醒来的。他发了梦。醒了便睡不进去了。他在床上靠了一会儿，舌苔涩了，烟吸不上劲，就掐了。他去洗脸。洗过了还觉得脸上布着一层热乎乎的像薄粥样的东西。他给太阳穴抹了一点风油精。他打算去院子里吹吹风。不过这念头一闪出就给打消了。院子还是昨夜的院子，月依然是昨夜的月。

晚饭后村长和几个支委来看过将军。彼此谈了一些目下国家的形势变化。将军拿出听装的“大中华”请他们抽，都道这号烟连黑市上也没露过脸子，很不错很不错。将军好快活，紧一把手脸又请大伙来品“555”。大伙接了，并不点，夹到耳轮上。村长说晚上还有点事，不多坐了，有空就再来叙。将军送他们出了院门。

几个人急急地走着，听不清是哪位冒了句：“快些，只剩三分钟了！”

三分钟后寨子里灯一律暗了，只有浅浅的蓝光在人面上晃动。一股曲子从众家窗户溢出，淌遍了整个山洼。是电视连续剧《西游记》的主调门儿……

将军又洗了把脸。一抬头，就见一个极大的灰影竖在面前，身子往后一挫。娘的！倒给自己的影子吓住了！他没动，望着涂了半壁的身影，觉得还是英武的。只是腰板不直了。狗日的马克辛，老子整整扛了你八年！

鸡啼两遍不久，天显白了。这会儿寨子全汪在晨雾里，青青白白难得划开。将军走出房门，顿觉脖子上淌过一缕凉意，极舒服。吸完一支烟，他悠悠打起了太极拳。

天极高远。等星星一粒粒灭尽，地面上渗出了黄。

那溪边的棒槌捣衣声随风断续地送过来，其间又夹杂着年轻女子的调笑，仿佛瓷与瓷的相击。这块水土自古就营养出一代代鲜活女子，衬着这弥漫于天地间的绿。将军循声缓缓而去，立在她们背后的坡上。溪流潺潺，负着朵朵芙蓉，静观棒槌的舞蹈，其乐亦陶陶。女子们在谈昨夜的电视片子。说女儿国国王活像哪家的堂客。说扮猪八戒的实际上生得好端正。说《西游记》放完了跟着就是《秋海棠》，据讲也好招眼，男的扮女的比女的还好看几多哩！

“棒槌！棒槌！”

“叫秋海棠来捞！”

笑声荡荡，溪上青影融作了一片，流不完，淌不尽。

老槐树脚下有个浅坑，汪着尿水，也好清澈。这坑虽浅然而大约永远不会见干的，就像跟前这条溪。槐的根须有几条暴露于土面上，硬硬的，亮亮的，却又不知弯到何处去了。

将军陡地觉得小腹酸胀得厉害，就用手去摸索裤扣。

你挑着担，我牵着马，
迎来日出，送走晚霞。……

洗衣的女子们回来了。将军急忙缩手，同时又着胳膊将呢大氅撑得开开的，眼由树根望到树梢，那个空巢还停在上头。然后他一步一步地走了。

背后的歌子还在唱。

“我这几夜老做一个梦……”

“哦。”

“我一走上桥，桥就塌了……”

“哦哦。”

1987年10月12日　于泾川山庄

（原载《北京文学》1998年第1期）

假面小孩

1992年春季开始的日子，在海口几家大公司和非银行金融机构的豪华写字间，很容易见到欧阳抗美典雅不俗的身影。这一年，她已届不惑。欧阳抗美在大学读书时使用的不是现在这个名字。叫欧阳斐。知道这个底细的人很少。同年九月的一天，欧阳抗美在一个十分特殊的场合会见了作家潘军。她用地道的北京腔说：一个人的名字其实是一部书。作家检查那一年的笔记，对那次不寻常的会谈曾作过如下表述：

> ……历时150分钟的谈话始终是在压抑的气氛中进行的。她不停地喝一种洋酒，在酒中加冰块。在倾诉往事时，她的眼神显得极其淡漠，似乎她所说的并不是她自己的事。

这其实是两个女人的故事：欧阳斐和欧阳抗美。

1952年3月欧阳斐出生在北京什刹海一个知识分子家庭。她的父亲是一位有名气的记者，供职于一家大新闻机构，曾多次随国家领导人出访。她的母亲是一位话剧演员，那时刚从部队文工团转业到地方。这个环境使欧阳斐在很小的时候就享受了秀兰·邓波儿的待遇，她聪颖漂亮，天真可爱。她被选入少年广播合唱团，曾参加拍摄过一部著名的儿童影片。1964年10月1日，她参加了在怀仁堂举行的国庆15周年茶话会，是给中央领导人献花的少年之一。在欧阳斐的私人照相簿里，生动地记录了以上这些美好怀念。但是，正如任何一片天空都会出现乌云一样，每一个人的命运中都隐藏着苦难。少女欧阳斐的苦难开始于1966年秋天，这一年她发现“什么都改变了”。她的父亲已被认定为叛徒，并有

“充当里通外国的间谍”之嫌，遭到正式的逮捕。不久，她母亲因出身于资本家的家庭，又因主演过一部“为彭德怀鸣冤叫屈”的剧目，被发配到西北的一座干校进行思想改造。她们家的房子也换了，由什刹海搬到了公主坟。这样，不满 15 岁的欧阳斐与年愈花甲的外婆相依为命。她不能参加红卫兵组织，受到同学们的冷落。毛泽东第一次公开检阅红卫兵的这一天，少女欧阳斐第一次萌动了自杀的念头。然而从前的荣誉制止了她。她无法与这些告别。那本珍贵的影集藏在一件旧大衣里，没有被抄走，这个东西救了少女的命。多年后，当欧阳斐得知著名作家老舍是在太平湖自尽的，不禁心酸落泪。她为自己哭，因为她当时也选择了那个湖。我不知道为什么要选择太平湖，她这样说，也许是我曾在那儿拍过电影吧。欧阳抗美在谈论欧阳斐的故事时，没有一点忧伤。她甚至认为那个 15 岁的少女与老舍先生之间有一种感应。这个细节在今天已成为一种天赋的点缀，仿佛眼泪变成了珍珠。

第二年，欧阳斐便去了北大荒。知青的生活是艰苦的。那本影集可以在一定程度上消除少女精神上的痛苦，但丝毫不能减轻她肉体的负担。她很怕苦，更怕累，却不怕死。这是一个奇怪的逻辑，现在她这样总结道：毛泽东说中国人死都不怕还怕吃苦吗？我正好相反。那时我觉得，如果一个人活得连狗都不如，就应该去死，这是最简便的解脱。当然她并没有去死，在谈及这个结果时，欧阳抗美做了一个手势，说：是性救了我。团里有一个副政委（她不愿披露他的名字），据说家庭有点来头，人也长得气宇轩昂。这个男人一直很照顾欧阳斐。她很感激他，也乐意与他相处。他是唯一看过她那本影集的男人。有一天晚上，她去向他借书，当时他躺在床上，可能是有点不舒服。他让她坐在床沿上，轻轻喊她小斐。她有点不好意思，低着头翻书。这时他突然把她搂住，关上灯，然后又压到了她身上。她紧张害怕，挣扎，想喊人，可是一会儿她就不动弹了。这件事，欧阳抗美说，可以看做是强奸与通奸之间的那种状态。我可以去告他，那么他或许就完了，我也赔进去了。我不想告。另一个原因是性的魅力。第一次我不舒服。但是几天后又有了一次——这次我没有怎么反抗，甚至后来还配合了，感觉特别好。那是不曾有过的、想象不出的感觉，一下便抓住了我。慢慢地我发现自己离不开这个感觉，我需要他。我同他在一起，白天的疲劳感全消失了。那时候，我一点也不想家。

不久，欧阳斐被安排做了播音员。她和副政委仍有幽会，但不是恋爱。副政委坦率地告诉她“只能保持这种友谊”。到了1977年，欧阳斐才知道这个男人的家庭背景，居然吓了一跳。那时她已返城读大学——这也是副政委一手经办的。她知道他已成家，但又难以割舍这段男女之情。副政委说既然难以割舍又何必非要割舍不可呢？于是幽会一直延续着。结果，他们的事在几年后被她丈夫发现了，这个男人没有能力征服自己的对手，所以只能选择离婚。1988年，欧阳斐成为单身女性。这时她觉得该是做点事的时候了。

在欧阳斐的故事里，不难看出一册影集、一个男人之于一个女人的重要性。但是，它们还不是这个女人故事的两端。故事仍在发展，没有结束。到了本世纪90年代最初的日子，这个女人的身体上诞生了另一个灵魂，这便是后来大名鼎鼎的欧阳抗美。

第一次听见“抗美”这个名字，是在1990年的2月14日。这天是情人节。欧阳抗美回忆说：我们当然幽会。在北京，他还有别的住处。这一次我们都有点得意忘形。被子也扔了。到了他来劲的那一刹，他突然大声叫：抗美抗美——他显然是在叫另一个女人。完事后，我点出了这个。我问“抗美”是谁？他有点不好意思，说：是小孩他妈。

那时她还不知道“抗美”这个名字有多么重要。这个名字的出典一目了然。取这个名字的小孩属于革命家庭。她就想了这些。她还知道一个事实：叫抗美的那个女人目前正在国外做访问学者。这年五月的一天，她出席了一个由当年几位兵团战友操办的假面舞会，地点是在燕山酒店，离她的住地很远。回来的路上，开车送她的人说有事求她。她问什么事，那人说目前海南的形势正在升温，房地产看好，想通过她弄一块地。那人又补充说，这事由副政委的爱人张抗美出面，稳成，因为张抗美的父亲的一个部下是海南省的要人。她问：你们为什么不去直接找副政委？那人便递过一个眼神：副政委能买我的账吗？她说：那我试试。没过几天，她和副政委见面了。她问房地产买卖是怎么回事？副政委有点意外：你怎么关心这个？女孩子折腾这个没必要。她喜欢听他叫自己“女孩子”，但她说：我是个女人了，总得为下半辈子找点依靠。她知道话这么说很管用，因为他欠她。果然他不响了，低头抽烟。她帮他脱衣服，一边脱一边说：我能发展好，也减轻了你心里的负担，你这人心很善。这么多年，你总在帮我。男人搂着她，很内疚的样子，问她作何打算。她说：我想去海南，你帮我通通路子，弄一块地。你老岳父的部下在那边挺管事的，让老人家给我出个路条吧。

不久，副政委帮她拿到了老人家的条子。写得很简单：小孩有点事想请你帮助一下，如果原则允许，就拜托了。她很高兴，她问：小孩指谁？副政委说：指我。老头以为我要办事。放心，有他的签名怎么写都可以。这时候她脑子里闪过一个念头：我也可以做这个“小孩”。几年后，欧阳抗美对作家潘军说：那时候我懂得了什么叫一念之差。你现在应该知道我为什么叫“抗美”吧？

她决定调整方案。那个时期，她做了大量的调研工作，主要是有关房地产项目如何操作，房地产公司如何管理方面的。同时，她了解了张老的个人经历，包括他曾经的三次婚姻情况。还有副政委本人的家庭背景。她的计划很大：第一，改名为“抗美”——如果对方认定她是某某人的女儿，她便不惜以后的一切，做一回“钦差大臣”。倘若对方不认定，无非是个同名者，仍然可以当“小孩”。第二，她决定独立干，因为这事不难操作，只要弄到他的批文和红线图，她便可以“炒作”，钱一出来先给政府，剩下的归自己所有，是简单的“空手道”。第三，由此开始，抓住时机，以期更大发展。

1991 年 10 月，欧阳抗美在海口市出现了。她的表演天才得到了杰出的发挥，当那位被称作“吕叔叔”的男人看过首长的条子后，果真毫不犹豫地把她当做了“小孩”。这个男人印象中，首长的确有一个小孩叫抗美的，至于为什么姓欧阳，她只作了这样的回答：我随我母亲姓，算是一个纪念吧。这意思显然暗示着一次婚姻的离异。谁会就此刨根究底呢，况且，她是非常受到吕叔叔欢迎的。这在第一次的酒宴上就清楚反映出来，她尝到了鱼翅和鲍鱼。吃过饭，她来到吕叔叔家中，送上两幅在北京荣宝斋买来的字画，然后开始交谈。她的话题紧扣个人经历，在谈到国庆 15 周年向中央领导献花时，她兴奋地拿出了那册影集。（普通人家的孩子能有这份殊荣吗？）这一幕至今清晰，欧阳抗美说，为了确保真实，我还当着姓吕的面给北京拨了个电话，说我到了，吕叔叔对我非常热情等等。副政委说：你稳着点，不顺利就回来。我说：等事情有了眉目，就回北京。我放下话筒心里突然有点内疚。当时我并没有把改名和冒名顶替的事告诉他。等以后他知道了，我的事已办妥了。他当然很生气，说太过分了，居然拿他当枪使。可他这些年拿我当什么使呢？他不说。欧阳抗美说到这里，拿出一张巴黎进口的粉纸在脸上轻轻拭了拭。这个动作给一旁倾听她诉说的作家留下了很深的印象。作家在笔记中强调了这个细节——

> ……她像是决意拭去什么痕迹，又像是仔细把什么修饰得更好。但不管是什么意思，经过那种高级粉纸的擦拭，她的脸色更为动人了。

年龄对于一个女人是重要的。年龄对有的女人是一种奇迹。既然这个女人以“抗美”命名，也就等于把自己的年龄明白地写到了脸上。那时她已接近40，她为生命中这个数字的来临感到惶恐，尽管辞典里有徐娘半老丰韵犹存一说。每天就寝，她都要面对镜子审视面容，看看皮肤是否有松弛的迹象，毛孔是否被阳光晒开。或许是事业初战告捷带来的鼓舞，欧阳抗美女士是自信的。她的五官和神情都蕴含着那种可贵的“娃娃气”，白皙的皮肤与适度的化妆营造出的青春并不可疑。她没有生育的历史，颀长丰满的身材仍令人瞩目。最重要的是她骄傲的个人经历，显赫的“家庭背景”，使她在任何场合都是鹤立鸡群。她谈吐不俗，可以同你谈中南海，谈毕加索和室内乐。她手势优雅，可以在你感到愉快的时候同你喝一杯马丁尼。这些都是一个大家闺秀或者一个女贵族的品质。

40岁是一座桥梁，欧阳抗美女士说，它沟通50来岁的叔叔与30多岁的弟弟。这可能是对的，至少在这个女人身上证实了这一点。那位被称作“吕叔叔”的男人对欧阳抗美有着特殊与微妙的关怀。他当然不敢动首长的“小孩”，但是如果是“小孩”自动地伏在他肩上或者替他整理领带什么的，他不能不激动。欧阳抗美从一开始就觉悟于斯，所以往往说出一点“家族的不幸”，比如“母亲”被抛弃，“父亲”脾气很坏之类的话题，并且怆然涕下。那时候吕叔叔就轻轻拍拍她，说都过去了，想开点。欧阳抗美总是担心有一天事情会败露，因此超前对这位吕叔叔做点工作，是必要的。这种男人很容易拴住。当然，目前这只是一根绳索。欧阳抗美的最初阶段由于这个男人的一手操办，顺利度过了。她的公司完成了注册，不久，一块地的问题也有了眉目。这时候她需要由人来垫支一笔订金，她才可以拿下红线图。她的目标开始转向金融机构。这样，由吕叔叔的牵线，在不到一个月的时间里，欧阳抗美结识了一批大大小小的金融家。经过观察与权衡，她选择了大洋信托投资公司的总经理李庆。

李庆原是华东某省的一家银行的信贷处副处长，硕士学历，虽然当时只有35岁，但为人老成，办事干练。他出任大洋信托的总经理，据说是由于一位女行长的力荐，那位行长“待他像妈妈一样”。后来，当欧阳抗美成为李庆的“大姐”之后，她才得知这个青年可能是一个私生子，他是随妈妈长大的。在李庆闪烁其辞中，欧阳抗美总觉得这个男人一直是和妈妈睡在一起，因此有时候看起来他是个“父亲般的孩子”。李庆来海南岛，还有另一个原因，就是婚姻不幸福，他的妻子总与他妈妈处不好，而他又无法摆平这个矛盾，只好眼不见为净，一走了之。

那个时期，欧阳抗美女士说，我很累。我的心像海鸥一样，忽上忽下。夜晚我感到孤独。我想躺到一个男人的怀里，甚至不管他是谁，我都情愿。我和副政委好了几十年，现在突然就断了。我每次给他挂电话，他都让他孩子接，听见女声就说不在。他已经瞧不起我了，我骗了他。

也就在这个时期，另一个男人走进了她的身体。这个人就是李庆。他切入的时机非常好，因为当时她处在“一碰就受不了”的境地。李庆在那个天空中飘动着“可疑的云彩”的夜晚来到了她的寓所。他说：我不知道为什么，就来了。她说：这么晚了。他说：我知道晚了，可我要来。她说：既然来了，就别走了。然后他们开始接吻，吻得如饥似渴。他们关了灯，月光洒了一床，月光下女人的身体格外迷人，他边做边说：你真好，太好了。她说：我比你大很多。他说：我喜欢大的。但她觉得这个男人没有什么力气却偏偏喜欢玩花。这以后他们私下同居，有时候她还得专门替他炖点什么汤。她不怎么适应扮演这个双重角色：母亲和情人。

第一笔生意不久便成了。大洋信托以信贷方式给了欧阳抗美五百万，作为那块地的15%的订金。有人不同意这样做，认为贷方既无资产抵押又缺少经济担保，会有极大的风险。李庆说：什么风险？那块地升值潜力一望便知。李庆是个精明的老板，他是在看见这块地的价值后才拍板的。而且，他还让大洋信托成为第一任炒家。欧阳抗美拿到红线图的九天后，大洋信托便以每亩差价三万五的价位吃进了这块地，一个月后又以差价五万的价位抛出。大洋信托在前后不到两个月的时间内收回了那笔贷款并且获得了可观的利润。

欧阳抗美所得为人民币230万元。她难以相信这一切是真的。一个女人，两手空空来到这个大岛上，现在竟有了这么多钱！她的确被吓住了。她让出纳去账上提款十万。等十捆整齐的钞票放在她面前时，她突然哭了起来。她问出纳：我可以花它吗？不知所措的出纳说：这是你的钱怎么不能花呢？她拿出一捆最新的钞票扔给出纳：拿去，分给大家！那时我完全傻了，欧阳抗美女士说。这钱像变戏法似的。在以后的一个月里，她开始将公司迁址，将办公室装潢，并购了一辆白色的凌志300型轿车。

你知道为什么南方的老板喜欢自己开车？她问作家潘军。作家说：这样方便。她又问：怎么个方便？作家说：怎么都方便。她说：没错。

对于一个年近40岁的女人，欧阳抗美女士深知，青春已悄然从身边溜去，一根草绳能系住一头牛，但系不住一个男人的心，况且，她不想再扮演一个母亲，哄着儿子，然后再同他做爱。这种类似乱伦的感觉时常让她恶心，她认为应该把自己同李庆的关系理理清楚，互不拖欠。于是，在一个月光皎美的晚上，在白沙门海边，等他们在白色凌志车里完事后，她递给了李庆一个小包，那里面装着20万人民币。李庆什么都没说，又一次吮吸了她的乳房。欧阳抗美当然也不会忘记她的那位吕叔叔。她单独约他出来跳舞，然后再去海边开车兜风。这一次，她主动吻了吕叔叔，并把男人的手放在胸脯上。男人一边告诫“小鬼冷静点”，一边还是把该做的事全做了。最后，她同样递给了男人一个小包，数目则是10万元。因为今晚这个男人得到的太多了。

这期间她回了一趟北京，她探望了不常来往的父母，给他们添了几样电器。母亲问：南边的钱这么好赚？她说：那要看是什么人了。母亲问：你算什么人呢？她一听火了：我哪点都不比他们差！她父亲从书房走出来，依旧是严肃的面孔。她不说话了。这一瞬间她感到特别心酸。如果当初要一个孩子，放在两个老人身边，会使他们晚年愉快一些。她不打算住在家里，父亲的训导她会受不了。临出门时父亲冷不丁地问道：同那家伙断了吗？她说早断了。其实她心里也在问：当真断了吗？习惯是一个可怕的东西，这些年的若即若离，欧阳抗美早已习惯了“那家伙”，就像习惯了自己的枕头。在他面前她十分放松，一点也不自信，像只羊似的。面对他就像面对一面镜子，她能找到自己。他的谈吐，他的手势，他的抚摸以及他的做爱能力，这些都习惯了。和别的男人在一起她找不到这种感觉。

她给他的办公室去了电话。现在他已是一位年富力强的司长，在电话的另一端正考虑如何把精神文明建设落到实处。她要求见面，他说今天很忙。她说必须见，在老地方，如果晚上 12 点之前他不到，她就跳楼。他在电话里笑了，然后提出一个吃饭的地点和时间，就把电话挂了，我知道这回是真的没戏了，欧阳抗美女士点上摩尔香烟说：这个男人把睡觉的地方换成了吃饭的地方。

1992 年 3 月在北京西直门外的一家不起眼的小馆子里，一对长达近 25 年的情人终于在烛光中分手了。他们共同回忆了过去的片断时光。那些苦难中的恋爱场面使男人和女人相对无言。女人第一次见到别人落泪了，她想替他擦，但他用手捏住了眼睛。男人不希望女人在南方久留，男人说：你现在的处境很糟糕。但在那个气氛里，女人无法去领会这层意思。她觉得自己像一个溺水者，只想拼命去抓住什么。然而这已是不可能的了。分手的时刻到了，男人送女人上出租车，他们握手。男人说：一路珍重！女人的嘴唇颤动着，轻轻吐出三个字：副政委。

如果当时我听了他的话，欧阳抗美女士说，从南方撤回来，脱离商场，我可能会……现在说这些似乎有点可笑了。

她还是完完全全地陷进去了。她的网络越来越广，生意也越做越大。在那些日子里，人们在一些重要的场合，总能看见那辆白色的凌志车和它优雅的女主人。人们以惊羡不已的语气谈论这位单身贵族，猜想什么样的男人夜晚与之相伴。

1994 年 4 月，欧阳抗美因行贿罪受到检察机关起诉，被处以六年有期徒刑。她是因那位吕频频的巨额受贿罪而被“带出来”的。这个男人还揭露了她冒名顶替进行诈骗的行为，争取立功。但是这项罪名不能成立。检察员在北京调查取证，另一位有身份的男人说：法律没有限制公民有选择姓名的权利。至于那张纸条上的“小孩”，实指欧阳抗美。

1995 年 6 月，欧阳抗美“由于劳动态度端正和积极组织劳教人员的文娱活动”，减刑两年，并因健康问题“保外就医”。在一个夕阳很好的黄昏，一个男人坐到了她的床边。

1996 年 10 月　郑州

（原载《山花》1997 年第 2 期）

报人

多年前，当马列生还是一个乡村小木匠时，就做起了记者梦。梦的起源可能与一部叫《停战以后》的电影有关，那上面有一位仪表堂堂、正义凛然的新华社记者薛平。这个很英雄很潇洒的形象伴随乡村小木匠度过了枯燥的年月，又于70年代中期的一个下午，将他送进了县城拘留所。那时马列生才17岁，自制了一份新华社记者证，暗地进行着采访。记者证制作很考究，是用《毛主席语录》改造的，也有公章。马列生此举纯粹是想过把记者瘾，他采访的内容都是粮棉增产拾金不昧之类的好人好事，但他自己成了15天的坏人。如果我当时有18岁，马列生后来说，可能要被判刑。

这件事对马列生刺激很大，村里人都说小木匠冒充记者，话传进耳里，比破坏军婚还难听。马列生想，妈的×，冒充！老子非要当回记者给人看看。第二年，国家形势发生了大变化，不久高考恢复了。马列生决心考大学，而且只报新闻专业。师傅问：中么？你都该讨老婆了。徒弟说中。徒弟说齐白石40郎当岁才开始学画，随便画画就成了大师。师傅问这个姓齐的原先做么子？徒弟说：和我们一样。徒弟又说人都是天生的，是哪块料前世都定好了。马列生果然就考得不错，分数一公布，过了录取线72分。但是最终没有录取——政审通不过，还是冒充记者的茬儿在，那年高考还讲这个。马列生有点难受，更多的是兴奋，觉得自己随便考考就超过了录取线72分，依这成绩，上复旦新闻系没多大问题。我天生就是当记者的料，他想，来年再干。在翌年高考来临前，马列生为县公安局长做了把逍遥椅送了去，请求县局对他当年的那点事复查一下，重新出个结论。局长很欣赏小木匠的手艺，又对其高考遭遇有些同情，就答应帮他这个忙。局长教导说：想当记者，动机是好的，又没有诈骗行为，你当时怎么不找我？马列生听了这话直想哭。

1978 年 9 月，马列生告别了生活了 21 年的乡村，去上海念大学。他没有被复旦录取，但学的还是新闻，算如愿以偿了。可是不久，他又厌倦了。他不是讨厌新闻而是讨厌新闻学，认为那是死人的东西，学起来没劲。他开始旷课，重新置了一套木匠家伙，偷偷去为附近的市民打家具。他想攒点钱，利用暑假的时间去追踪一些新闻热点。这事很快让校方知道了，分管文科的副校长亲自找他谈话，郑重发出了警告：如此下去将荒废学业，成绩不及格是毕不了业的。马列生想，没考试你怎么就知道我不及格呢？我考给你看。结果是每学期考试，马列生的成绩都在前六名。而且，他时有“大特写”、“曝光”之类的文章发表。其中有一篇题为《中国黑孩》的特写，是反映农村流动人口超计划生育现象的，发表后引起了社会广泛关注，屡次得奖。这篇为学校争得荣誉的作品却没有给作者本人带来好运，毕业时，马列生被分到西北一家《人口报》。你不是对人口感兴趣吗？系领导这样解释道。马列生想，人口不就是人民么，怎么不让我去《人民日报》呢？算了，幸好这辈子自己只让学校分配一回。

在西北一待就是九年。马列生守着“青春秘诀”和“避孕指南”这两个栏目，倒也自在。他曾动过调到党报工作的念头，又打消了。觉得无边的会议新闻更没意思，还常常因为排错了要人座次惹麻烦。马列生喜欢新闻职业，做梦都想办一张大文化范畴的报纸。1991 年夏天，一位来自海南的同学找上门来，要马列生“出山”。这位同学原在北京一家新闻机构工作，叫齐放，两年前去的海南，现任《南方广角报》的总编助理，月薪三千，还不加广告提成。齐放说西北是太冷清了，应该雁南飞。马列生问：我去了具体做什么？齐放说做记者部主任，月薪暂定一千八。马列生当然就动心了，他想特区毕竟是特区，记者还像那么回事。

办妥了手续，一个月后马列生就飞往海口。这是他头回坐飞机，荣誉感压倒了恐惧感。他看着一路的云彩，觉得南方的天是晴朗的天，心情很舒畅。他想自己正值干事的年龄，这次总算等到了机会。他又想起从前冒充记者的事，不禁失声而笑。记者，当了几年的记者，除了比旁人多知道一些美容、避孕的招儿，还有什么呢？这时候邻座的一位军官偏过脸来，问第一次去海口？马列生定了定神，说是。军官问：出差还是旅游？马列生说：我去工作。军官又问：公司还是机关？马列生说：是报社，《南方广角报》。军官就很高兴的样子，伸出手：太好了，我们交个朋友，我叫汪崇文，就是崇拜文人的意思，偏偏自己成了一介武夫，在海南××队工作。马列生也很高兴，说：我叫马列生，至今不是党员。汪崇文哈哈大笑，说到底是记者，反应这么快。于是就开始留姓名地址电话。马列生按齐放的名片写在军官的通讯录上，注明是“记者部主任”。汪崇文中校军衔，是一个团的副政委，两人兴致勃勃地聊着，好像没一会儿工夫，飞机就降落了。分手时汪崇文说，改日一起聚聚。马列生很喜欢这结识的第一位朋友，就像喜欢坐这趟飞机一样。

齐放来接站，把马列生领进一辆奥迪车，自己驾驶。马列生很吃惊，说你还会这手？齐放说南边一般都自己开车。马列生有所感触地点点头，说这样好，尤其是干记者这行的，自己开车就方便多了。齐放说：过些日子我教你，凭你老马这脑瓜仁子，也就一天工夫吧。马列生说：这么快？齐放说要不能叫特区吗？车从机场车路拐出来进入闹市区，马列生被沿街的景色吸引住了，觉得自己是在出国考察。这个城市不大，甚至很小，但过于紧凑，街上的车挤着开，一路都是堵。等过了人民桥，车才跑快起来。齐放介绍说，这儿叫海甸岛，是岛中之岛，规划中是高级娱乐区和别墅区。报社就设在这里。马列生听着，想起纽约的百老汇和曼哈顿，有种贵族的感觉。他说：这地方很好。正说着，车速减慢了，然后在一套很漂亮的写字楼前停下来。这楼的门边镶着许多好看的镀铜的牌子，基本上都是公司，《南方广角报》夹在中间，很突出，有点众星捧月的味道。马列生下车后去了洗手间方便，又对着大镜子整理了一下仪表。在西北待久了，人怎么看都像兵马俑，环境对人的改变总是不知不觉的，就像水改变石头。马列生想，等会儿总编接见，第一句话怎么说。第一句话很重要，像一条新闻的导语，能否抓住人就在它了。见到您很高兴。我很愿意在您主持下工作。虽然初次见面，但……这些都不理想，太一般。马列生还不知道总编是男是女是老是少，事先没向齐放了解清楚，这显然是个疏忽。算了，见面就直呼您好吧。报社在第六层的一个大写字间里，其中隔了两块作为总编室和财务室。马列生多虑了，他们进来的时候，只有一个女孩在打电话，好像在谈什么生意。马列生环视了一下，觉得和自己想象的很不一样，乱，报纸堆了一地，而且卫生也极差，几张桌子上都有灰尘。这儿像一个仓库，他想。齐放递过香烟，说这几天忙着出报，人都去搞发行了。马列生问邮局的订数怎么样？齐放说不用考虑邮局，马列生问是不是完全自办发行？齐放说发一点吧，报纸印出来，主要往企业送。这话让马列生不大明白，一个企业能买你多少报纸呢？这时候，那个女孩打完了电话。齐放就介绍了他们，女孩是报社的美编叫秦琼。马列生一听就乐了，说壮士。齐放说，秦琼名秦泠，因为很多人不识“泠”而念成“冷”，就取这个家喻户晓的名，做了一回好汉。说着就到了吃饭的时间，三人一道去了一家叫“名人”的馆子，由齐放代表报社做东，为马列生接风洗尘。席间，马列生小心地问秦琼，总编在哪里。秦琼说拉广告去了。马列生很惊讶：总编还拉广告？齐放说：怎么不拉？你以为是在《人民日报》呀？

《南方广角报》是周报性质，八个版。报社实行的是采编合一，版面承包。马列生负责二三版，关于社会新闻和经济动态，有时也出一点人物专访。对这种组合，马列生觉得有点一般，想在适当的时候同总编谈谈，做些改进。但一周的时间下来，马列生还是没有见到总编。那间总编室实际上只摆着一张写字台，由齐放用着。马列生心里没有底，就打算去外面看看，听听读者的反映，顺便采写一点东西。到了南方就得了解企业，这也是马列生需要补充的知识。于是在一个阳光灿烂的上午，他去了一家房地产公司。这家公司的老板，据说是三千块钱起家的，经历也很传奇。他想这种人是值得了解的。没准儿还能做朋友。谁知一见面，那个看上去很严肃也很不耐烦的男人说：你已经是第五个了。一上午就来了五个记者，还能做什么事？我简单地回答你，我们公司近期不做广告。马列生正欲解释，老板就自己离开了，看都不看他。马列生生气了，说：你这人怎么这个样子？老板回过头：你要我什么样子？把支票给你吗？马列生严厉地说：我是记者，不是拉广告的。我想了解的是人，不是钱。老板对他拱拱手，说：先生谢谢啦。不过我说的也是实话，如果不是“两 ji”缠着我，我的生意不止这个样子。后来马列生问秦琼，“两 ji”是什么意思？秦琼说：白天记者，晚上妓女。

这天晚上马列生一个人去了东湖。他从来没有过这么难受，那滋味比 17 岁坐拘留所不知要难受多少倍。街上车水马龙，霓虹灯让人眼花缭乱。边上的一块空地上，一些人正围着看要猴。那是一只年轻的猴，敏捷而顽皮，向观众表演拉车，奔动的节奏和看着锣鼓的点子。几圈下来，猴子便拿着一面锣向周围讨钱。马列生想，这个城市离不开钱，连猴子都懂。他放了两块钱在锣里，看着猴脸，猴似乎不满足，于是马列生又放了五块。一年后，记者马列生和作家潘军一起喝茶时，绘形绘色地谈起了这个晚上。马列生说，那时他感觉自己就是那只猴。

这以后马列生的神情就黯淡了。他不想出外采访，整天坐在报社编稿。所谓编，也不外是抄抄摘摘，重拟一个标题，再让美编秦琼配上几幅古怪的大照片。马列生隐隐约约感到，齐放对自己有点看法。齐放希望马列生杀出去，争取企业的赞助，但又不好意思明说。齐放只是说：老马你要发财，光靠工资哪行？马列生一想也对，在这个环境里还搞什么新闻呢？赚钱吧，等赚了几万，回西北守着婆姨当自由撰稿人，也不错的。这天下午，马列生正在校版，忽然进来一个风风火火的胖老太太。马列生以为是到报社来投诉的，正准备接待，胖老太已进了总编室，齐放不在，她抓起电话就打。马列生想干预，看看边上人都不动，自己初来乍到，不想管这茬事。胖老太的嗓门大得惊人：列总呀报纸出来您看见了吗？照片很清楚很帅吧？500 份够不够？以后还得靠您多支持哟，您看这余下的两万块钱……哦，明天就转，谢谢谢谢！回头我请您去卡拉 OK。跳舞？我老了……还不显老？瞧您说的。胖老太打完电话，出来拿矿泉水，发现了陌生人马列生，就打量着。秦琼过来介绍，说这是总编，这是齐放的同学马列生。胖老太就和马列生握手，说：不错不错，一看就知道是把好刀。马列生很不自然，也有点紧张，除了问好便说不出任何话。胖老太看看表，说还有点事，得先走了，并让秦琼下班时记着关空调。马列生还傻站着，怎么看这胖老太都不像总编。他悄悄把这想法告诉秦琼，说自己感到失望。秦琼就笑了，说报纸靠广告生存，广告要靠人拉，老太太一年能拉 80% 的广告，她不总编谁总编？马列生问：她哪来这大的本事？秦琼说她老公是某某局的头儿，老板们含糊。马列生哦了一声，又说：以前别人夸我是好手笔，怎么刚才她说我“是把好刀”呢？秦琼乐不可支，说领导的意思你就自个儿琢磨吧！

马列生不打算在这种报社再干下去，但又不想轻易跳槽。这段时间他结交了一些新闻界朋友，听他们介绍，似乎彼此差不了多少。记者的兴趣是在广告上。马列生有点阴郁，他想当初走这一步是草率了。他同齐放谈了几次，觉得办一张好报在南方未必造不成影响，齐放说钱呢？启动资金谁出？马列生说，一张报纸启动资金要不了多少，等办出影响了，这广告会自动找上门的。齐放说，如果能找到启动资金，登记的手续他有办法。这天两人散步又到了东湖，看见湖面上漂着脏东西太多，让人很不舒服。齐放说，他妈的只顾赚钱，这么脏的环境却无人来管。这一说，马列生倒有了主意，他想如果报社来牵头，组织人力把东湖打捞干净迎接国庆，主管部门一定会支持的。齐放说，这不是犯傻吗？你组织谁？马列生说，只要是门对东湖开的，都必须有人出人、无人出钱。我估计都不愿出人，只出钱。集中起来，一定会有好几万。齐放说依这个做法，钱是会有的，但要雇人力打捞，费用也不会小。马列生说不需要雇人力，他有办法。当夜就去找了汪崇文，两人见面都很高兴。谈过一刻钟，马列生就谈出了打捞东湖的事，说特区的发展离不开精神文明建设，如果部队能出面，意义则更重大。副政委说这很方便，派一个连就完成了。马列生心中暗喜，就说：我们主要负责宣传和后勤服务，到时候把电视台和几家报纸都弄去，把气氛好好造一造。汪崇文是个荣誉感很强的军人，听了这话十分满足，说：军民共建精神文明，好！我们说干就干。

事情果然不出马列生的预料，主管部门很支持，当即出具了文件，要求与东湖环境有关的单位都要积极参加，违者罚款。马列生和齐放分头跑，等他们会合时，已收取了近七万元。只有两家愿意出人的，马列生让他们派女性，说安排做后勤服务工作。到了九月底的一天，名为“军民联手治理东湖”的活动开始了。汪崇文副政委带来一卡车战士，并第一个跳进湖里打捞。马列生让电视台的记者拍下这个场面，提示说：给一个特写。打捞工作进行得如火如荼。马列生负责宣传采访，齐放负责给记者发红包，秦琼负责安排给战士送汽水。马列生现场采访一个战士，请他谈几句。那战士憋了半天，说：出蛮力的总是我们当兵的。马列生心里一紧，感到有点内疚。几箱汽水值多少钱呢？他找到汪崇文，问是不是给战士们发点劳务费？副政委大手一摆：发狂？扯淡！

钱就这么赚下了，面子里子都很好看。下一步是准备办报，可是齐放的态度变了。你还打算来真格的？齐放说，算了，把钱分了吧。马列生说这怎么可以呢？这样赚钱岂不太轻松了？齐放说几万块钱就把你弄成这样紧张？见过炒房炒地的么？一转手就是百万千万，还不吓死你。马列生说不行，这钱派不上用场，就算是愚弄了汪崇文这样的朋友。齐放想了想，提出一个折衷的方案：两个人提成三分之一，三分之二用于办报。马列生只好同意了。

1992 年 2 月，由马列生任总编的《特区展望周报》创刊号出版，限省内发行。马列生把四方化缘来的 15 万元全花在这张报纸上。等作家潘军上岛时，这张报纸已因资金不足停刊了，它的生命为 72 天。这个数字，正是当年乡村小木匠第一次高考超过录取线的余数。

1996 年 10 月　郑州

（原载《山花》1997 年第 2 期）

对话

1

金萨克是杭城一家酒吧。它的营业时间自下午一点开始至翌日凌晨。据店主介绍，在开业之初的几个月，生意一直不怎么样，但不久就好了起来。现在，金萨克已是颇有名声的酒吧了。每天夜晚，酒吧的客人总是很多。人们喝啤酒、洋酒以及各式的时尚饮料，听一位女歌手唱英语歌，听另一位男摇滚歌手唱摇滚倾向的流行歌，低声讨论物价、股市和爱情这些话题。到子夜，大家不约而同地静下来，幽蓝的灯光下一位萨克斯演奏者登场，在电钢琴师的伴奏下，开始用这件著名的西洋乐器演奏同样著名的中国乐曲《梁祝》。而这个时刻，从边门里走出一个理平头、手提一只保温桶的男人。他上楼，在靠近窗口的那张台子坐下来。显然男人是老客，店主一般是把这个位子留给他，而且还给了他一张制作考究的贵宾卡。男人看上去接近40岁，个头不高，壮实，背稍有点佝。他总是要一杯生啤，偶尔也要一点小吃。他一边喝酒一边听萨克斯，不同边上人交谈。但这个晚上，一位还算年轻的女人坐到了他的对面……

女人：可以坐这吗？这儿离空调近，我很热。

男人：请稍微坐偏一点，我没别的意思，我只是想看到一点街景。

女人：杭城的夜景还不错的。

男人：当然。洒水车再多一点就更好了。

女人：我没想到……我是说我没想到萨克斯吹《梁祝》会有这么好的效果，真没想到。

男人：你很懂音乐？

女人：谈不上懂，就喜欢吧。我曾经想学声乐，但条件不好，音域不宽，音高还可以。你是搞音乐的？

男人：不不，我这双手顶多敲敲电脑吧。音乐需要天赋，不是我这种人能做的。不过听听也蛮好。

女人：对。萨克斯的样子我也很喜欢。

男人和女人这之后几乎没有再说什么。他们好像在专心听萨克斯的声音，男人慢慢喝着啤酒。有几次他想抽烟，但都自动放弃了。《梁祝》奏毕，他们鼓掌。男人的手再次放到烟上。

女人：你想抽烟是吗？

男人：不好意思。

女人：请随便吧。酒吧是公共场所，是花钱买的座，要是因为我坐在你对面，不好意思的应该是我。

男人：你别这么说……其实我抽烟有时候完全是下意识的动作，抽不抽也是无所谓的。

女人：那又何必呢？你抽吧。男人抽起烟显得精神，我不是说你不精神。

男人：那是电影电视上的男人。我抽烟只是嗜好，而且我从 21 岁开始，就抽这个牌子的烟。

女人：你这人一定很传统。我是随便说说的。

男人：没关系。很多人都说我很传统，连我妈都这么说过。

女人：看不出你还很幽默。

男人：我幽默吗？这倒是头回听见。

女人：你是不是天天来金萨克？

男人：经常来。

女人：我碰见过你，总拎着这只桶。

男人：是保温桶，装点吃的。我上班的地方比较远，食堂的饭又不太好吃，就每天自备一份中餐。晚餐就凑合过去。

女人：其实晚餐比中餐重要。晚餐要吃好。

男人：可我没有时间，转不开。

女人：而且你这种桶装吃的，口味肯定变了。

男人：有营养就行。

女人：长期这样恐怕不好。

男人：是呀，也许过些日子就好了。我倒是习惯了，所以也看不出有什么不合适的，就是上车不太方便。

女人：干吗不买辆摩托？

男人：我是想买，可我女儿不同意，她说报上总看到摩托出事。

女人：女儿多大了

男人：今年十岁，上三年级。

女人：孩子倒蛮懂事的。

他们谈到这里同时沉默了。萨克斯手开始演奏一首外国乐曲，听起来有些忧伤。男人把最后一点啤酒加到杯子里。女人的柠檬茶也剩下不多了。男人看看窗外，街上已经很安静，没有几辆车在动。杭城的夜很朴素，然而依然很热。夏季是杭城最无奈的季节。女人用汗巾仔细擦了擦嘴和手指，然后对黑马夹招招手，把“贵宾卡”和钱递过去，她要走了。

男人：你也常来？

女人：来过几回。你慢慢喝，我走了，明天上午还有点事。再见。

男人：再见。

2

男人和女人在一周之后第二次见面。还是男人先到，他边抽烟边对门口看看。女人进门后，男人站了起来。女人在楼梯口处停了一下，那儿有一盏灯。女人进门时其实就看见了男人，他今晚穿着一件 U2T 恤。女人还看见了那只保温桶放在窗台上。在楼梯上女人同店主打了个招呼，好像还送给店主一件什么小礼物，然后就向台子走来，男人再次欠了欠身。

女人：来多久了？

男人：刚来一会儿。《梁祝》才吹呢。

女人：这几天你天天来？

男人：星期四没来，加班太迟了。

女人：这件 T 恤不错，谁帮你挑的？

男人：我自己挑的。我都是自己挑。

女人：你眼光不错。

男人：瞎碰吧。

女人：皮肤黑的人不要选亮色。

男人：我皮肤……哦，现在是黑了，晒的。

女人：你别介意，我说话很随便的。

男人：这样很好。

女人：你在医院工作?

男人：不，我是在企业干。

女人：那你身上怎么总有股药味?

男人：是吗?

女人：我鼻子很尖的，确实有药味。

男人：是不是我去药房买风油精的缘故……你还要柠檬茶还是别的?今天我请你好吗?

女人：不用客气。我和朋友聚会一般都是 AA 制。

男人：当然也有特殊的。

女人：你真要请我，那我就要人头马了。

男人：好，人头马，我也要。我今天就是有点想喝洋酒。

女人：算了，还是 AA 制吧。

男人：你看，说好了又变。

女人：要不我请你，两杯柠檬茶?

男人：我不喝柠檬茶。饮料和茶兑在一起，我无法想象是什么滋味。

女人：那就尝一尝吧。

男人：不行不行，怎么说应该是我请。

女人：你这人很要面子。

男人：也可以这么说吧。你能再来，我很高兴。

女人：我是经常来的。

男人：这，这当然……

女人：对不起，我确实经常来。这个时期我睡眠很糟糕。

男人：光听音乐不行，你得去看医生。

女人：谢谢。可我不怎么相信医生。我也不喜欢医院，进了那个环境，好像没病都病了。

男人：你对这些很敏感。

女人：是指你身上那股药味吗?

男人：你还惦着这事……下次我来，一定先洗好澡。如果还有药味，那就说明我这人是药做的。

女人笑了，身体稍稍朝后靠了靠，这使她的乳房看上去更饱满。女人是漂亮的，两眼明净，眉毛很浓，自然。萨克斯在演奏那支苏格兰老曲子，边上的一对年轻男女在低声嘀咕，说这儿缺少一个小舞池。人头马已放置好，男人向女人举起酒杯，女人又笑了一下。他们喝酒，正准备交谈下去时，男人腰间的BP机响了。他看了一下，女人从包里拿出手机给他，可他有点沮丧同时又有点慌乱地说，他有点急事，得先走。女人没说什么，又喝了口酒。男人拎起保温桶走开，在楼梯上犹豫了一下，他又跑上来，找到黑马夹把单买了。他看了一眼女人，此刻她的视线正放在窗外。她的背影也很漂亮。

3

大约两个多月过去后，男人在一个雨后的黄昏走进了金萨克。这个时间，酒吧里没有表演，也没有什么客。背景乐曲低弱地响着。男人还是朝楼上的老位子走去，他刚上楼，就发现了那个女人。除了第二次女人在楼梯处停留片刻外，男人是在正常的光线下见到她。这回男人发现，女人的皮肤也很白皙。女人还是喝柠檬茶，正用小勺子挤压杯中的柠檬片。男人走过来，女人显得有些意外，甚至有些紧张。她的小勺子用力不匀，使茶水溅出了一点。

女人：来了，这么早……

男人：今天没什么事。你也很早。

女人：那只桶呢？

男人：扔了。

女人：扔了？

男人：扔了。我想想还是扔了……我用它有六年了。

女人：你调动工作了？

男人：调动工作？没有，我的工作还不错，没想过要调。

女人：那么，就是单位的伙食改善了？

男人：你还是在说那只桶……伙食并没怎么改善。我只是不想再拎一个东西在手上，或者说不需要。现在我两手空空，很自在。你看，我们坐在这里像是专门来谈那只桶似的……

女人：你现在真的很轻松？

男人：是的。

女人：六年，不容易。你该轻松轻松了。今天我想请你，想喝什么？

男人：扎啤吧。

女人：先吃晚饭吧。你肯定没吃。

男人：这儿是没有饭菜的。

女人：那你干吗来这么早？

男人：我想占这个位子。我喜欢这个座，怕来迟了。

女人：那也得吃了饭才来呀。

男人：在路上我吃了一笼包子。

女人：你这人很倔……晚餐还是要吃好一点。

男人：现在我一见厨房就发怵……

女人：那对孩子也不合适。

男人：孩子和我妈在一起，会吃得好的。

女人：是这样……住多久了？

男人：也是六年。你吃了吗？

女人：你看呢？

男人：走，我们先出去吃点东西。我最近赚了点钱，我们去好点的场子。说好了，我请你。

女人：我哪儿也不想去。我有点累，不想动。

男人：可这儿没有吃的。

女人：要不这样，咱们先聊会，然后去吃宵夜？

男人：这样安排好。你饿吗？

女人：女人是不容易饿的。何况我在减肥。

男人：你没有必要减什么肥。现在这样，蛮好。

女人：我还是想减掉一点。

男人：不不，一点也不要减，真的。

女人：我是不是比上次又胖了？

男人：我不觉得。其实胖一点有什么不好呢？

女人：你还是觉得我胖了。

男人：你看，我这人真的不会说话了。

女人：我是胖了嘛。

男人：就算是吧，但我认为很好。这个年纪的女人应该……丰满一点，这样显得……

女人：愚蠢？

男人：是……性感。

女人：哦，这样。

男人：我这么说你不会生气吧？

女人：你没说错什么。

男人：谢谢。跟你聊天很轻松。

女人：是吗？我想问一下，今天你怎么来这么早？

男人：我说过了，我想占这个位子。而且……

女人：而且什么？

男人：我有一种预感……

女人：预感？

男人：是预感。

女人：你很相信预感？

男人：是的。我有一次打麻将，本来可以和了，六筒，但我预感还会再来一张五筒，结果打出去的三筒让人碰了，然后我自摸了，单吊。

女人：常打麻将吗？

男人：不常打，只和几位朋友。他们找我。他们非常好，知道我……

女人：知道你很累，来帮你散散心？

男人：你怎么知道？

女人：我也相信预感。你现在可能不会再玩麻将了吧？

男人：你……你是这么想的？为什么？

女人：因为你不需要拎那只桶了。

男人：你是……

女人：你身上也不会有药味了。

男人：……

女人：你不容易，六年，不容易。

男人：……

女人：你是个好人。

男人：你是谁？

女人：以后我会慢慢告诉你的。来，我们先喝一杯好吗？

4

这以后男人每天来金萨克，可是女人突然消失了。男人一个人坐在老位子上，重复每夜的生活。在他的对面，轮换坐着不同的人，奇怪的是都是女人。这些女人也不时同男人聊上两句，男人只是敷衍。他在反省，是不是由于自己的出言不逊而使她不再露面？那时男人便有些沮丧。他这辈子有不少睡过觉的女友，但能聊天的女人却很少。随着年岁的增大，聊天好像越来越重要了。男人在忧郁中度过了炎热的夏天。在这一年秋天刚刚开始之际，男人在酒吧的门口发现了那个女人的身影。他喊了她。她像以前那样开朗地笑了一下。她的牙齿洁白如玉，但她的气色却不如以前，显得有些灰暗。他们握手，然后去了老位子。这个晚上酒吧的客人不多，很幽静。那名萨克斯手换上了一副金丝眼镜，依旧吹奏着《梁祝》……

男人：见到你，我真高兴。

女人：谢谢，你好吗？

男人：还行。我刚刚写完那个臭稿子。

女人：我读过你的书。我早知道你不在什么企业。

男人：我，我那是随便说说。你好像还知道我许多事，你很聪明。你最近怎么不来这儿了？

女人：我在办离婚。

男人：离婚？办得……怎么样？

女人：总算办完了，像生了一场大病。

男人：你气色有点不好。

女人：气色不好倒没什么。现在我轻松了。

男人：轻松就好。你要不要先喝杯柠檬茶？

女人：今天我想喝酒！

男人：人头马？

女人：不，扎啤。我其实不喝洋酒，味道像药。

男人：你对药特别敏感。

女人：我那位是医生……

男人：哦……

女人：在××医院……

男人：是这样……

女人：现在你该知道了吧。

男人：我没想到……

女人：如果不是那只保温桶，我们可能不会认识。

它太让我眼熟。我在电梯里就见到过，可我确实记不住你的样子。你想想看，六年，我能不熟吗？

男人：这么说，你一开始是在试探我？

女人：也可以这么说吧，请原谅。

男人：我早该想到。

女人：她走的时候，痛苦吗？

男人：还算好，说走就走了。那天晚上……

女人：你赶到了？

男人：赶到了。我从这儿赶到医院，她的神志还算清楚，我握着她的手，女儿也在边上……她走得还算平静。我把她送回了老家，和她母亲葬在一起……

女人：她在的时候，你们过得好吗？

男人：应该说还好，就是没什么话说。

女人：现在很多夫妻都没有话说。也许恋爱的时候都说完了吧。这好像是规律。

男人：那倒不是。

女人：我觉得是。没有话说，很糟。

男人：说话在你看来特别重要。

女人：本来就重要，你不这么认为？

男人：前几年我倒不觉得，可能是我老了吧。

女人：别逗了。

男人：是的，我现在特别喜欢回忆，这种心态就是老了。

女人：那是你们文人的酸劲儿。

男人：我好像对什么都很难产生激情，这很要命的。我甚至怀疑有一天我会把自己弄掉。

女人：你别吓我。唉，你这是累出来的，我能理解。

男人：其实，人生本来就太长了……

女人：这种话你留到你小说里去写吧。我到这儿来，是想轻松一下……我喜欢听萨克斯。

男人：我想问一句，如果在听我说话和听萨克斯之间选择，你选什么？

女人：我当然选听萨克斯。你是不是很失望？

男人：这是对的。

女人：对的？

男人：与人交谈太具体，与音乐就是抽象。抽象是美。

女人：不过在听完音乐之后，我选择听你说话。

男人：这种安排不错。

女人：至少不需要付钱是吗？

男人：可现在我不想说。我想我们该出去走走了。

女人：我想说。

男人：如果我们之间的话很多，就留着以后慢慢说吧。以后的日子很长。

女人：有多长？

男人：那要看你的身体状况了。

女人：我这种人可不容易被勾引的。

男人：你认为此刻我在勾引你吗？

女人：……

1997 年 6 月　合肥

（原载《东海》1997 年第 9 期）

对窗

离婚以后，于先生就搬出了原先的家。本来他想租一间普通的民房，把自己的东西随便堆放一下。这几年于先生基本是走南闯北地帮人家做事。他如今是个自由撰稿人，写一些影视批评方面的文章，在圈里还是小有名气的。一些剧组经常出钱请他，让他写，让他负责某一大片的舆论炒作。于先生乐于此道。因为，一、他的才华只能在这个程度上发挥。他写不了小说，也写不了那种练达的散文。二、怎么说也是别人请他的，而且有钱可赚，精神和物质两方面同步得到了满足。还有，三、影视圈美女如云，其中不乏想同他于先生搞好关系的人。她们虽然还没有同于先生上床，但某种暗示还是有的。比如说握手的时间长一点，坐得近一点。那么气息就让于先生感觉十分的好。于先生对女色很挑剔。可能是他所见的女人过于浅薄了，也可能是他有限的才华害了他，使他成了高不成低不就的男人。他同前妻的离异，据说就是嫌那女人太俗，经常为买菜吃点亏这种琐事可以理论半天。于先生是文化人，他当然无法忍耐下去。现在于先生的余地大了，但他说：我才不吃烂桃一筐呢！

于先生正留心报上的租房启事，一位出国做访问学者的朋友把钥匙给了他。于先生很高兴，倒不是因为省钱，而是方便。朋友那里是两室一厅，生活设备齐全，于先生只要住进去就行了。

环境对人是有约束力的。很久以来，于先生就渴望有一间宁静的书房。以前在家里，老婆嫌他抽烟，嫌他丢三落四，总是在他写稿子的时候让他去冲开水。他受不了，不知那几年是怎么熬过来的。现在好了，屋子里就他一个人，他可以为所欲为。朋友的屋里有电脑，还有传真机，于先生可以足不出户，把稿子发往四面八方。所以于先生调整了工作计划，往往只在剧组泡上三五天，回来就能写一个月，不需要像以前那样在剧组现写了。于先生四十出头，这个年纪的男人心是在往下沉。

当然也有不尽人意的地方。比如说晚饭、洗衣，都是问题。于先生曾设想请一个小保姆，又觉得有瓜田李下之嫌。朋友的房子落在大学校园里，是知识分子成堆的地方，口碑还是很重要的。那么就只好吃食堂了。于先生没有上过大学，这一点曾在他心里留下阴影。有人说他自学成才，他感到有些尴尬，怎么听这话都含有讽刺的意味。好在如今他多少有了点名气，偶尔收到编辑部转来的一封读者来信，他就很冲动。每天去食堂排队买饭，于先生总是把自己收拾得很整洁。他的餐具也是很时髦的。他希望与众不同，有别于那些蓬头垢面囊中羞涩的年轻教师。其实并没有人来注意他，食堂哪天都是乱哄哄的一片。于先生当然也没怎么往心里去。可是另一件事把他的心绪弄得不平静了。

这天于先生到晾台上收衣服，不经意地看见了对面的窗口嵌着一个女人的身影。那是个身材苗条、皮肤白皙的女人。楼距很近，于先生一望便知她的年纪不出三十，明显地散发出少妇的那种丰韵。当时她倚在窗边看一本很厚的书，不时用纤细的手指撩一下柔松的乌发。这真是楚楚动人。于先生见过的美女太多了，可内心如此激动确实极少。于先生放慢了收衣的速度，又朝对面看了几眼。他发现她也往这边看了看，然后就离开了。她的身影遮住了墙上的一只非洲面具。

第二天，于先生也到晾台上来看一本厚书。没过多久，那女人便出现了，这回是面对着这边，视线往上看——天要下雨了。于先生干咳了几声，想把对面的视线咳过来。可是适得其反，那女人转身就进里屋了。于先生十分懊丧，检讨着自己的过失。我真是好蠢，他自责着，居然不会去吸引一个女人！这天晚上于先生破例喝了点酒，想趁酒意倒头就睡，以忘掉白天那幼稚的一幕。结果还是翻来覆去折腾到天亮。

后来的几天于先生没再敢往晾台上去。像每个步入中年的男人一样，作为文化人的于先生越发看重一个异性的气质。其实气质是个什么东西，大家也都说不准。眼下的问题是，于先生在气质上犯了错误，以致他无法写出文章来。于先生整天在室内抽烟踱步，像个思想家。在没有办法从气质上突围出来时，于先生希望此刻能接到一个剧组的邀请电话。结果没有，于先生真是有些无奈了。

于先生刚坐到电脑前，忽然对面有人喊：606，衣服掉了！

喊话的是一个男声，有些苍老。于先生跑到晾台上，看见那个窗口立着一位老者，用手往这边指。于先生用竹竿将吹到树梢上的衬衣挑上来，向老者致谢。老者刚离开，那个女人就出现了，给窗台上的花浇水。于先生有些紧张，但那女人这时对他笑了笑。于先生不知所措，然后心里一下暖起来。

回到屋里，于先生一边叠衣服一边在想刚才的笑容。他分析至少包含两层意思：第一，她对我并无反感，那天的转身离开不过是偶然的巧合；第二，兴许对我还有好感。因为经验告诉他，这种气质的女人是不会对一个陌生男人轻易微笑的。可能还有第三……于先生不想深思下去，他觉得自己是杯弓蛇影，其实事情并不严重，而是始料已及的正常。

接下来于先生开始想那个老者。显然是她的父亲，可是这么大的闺女和父亲住在一起意味着什么呢？不可能未出嫁，可能的倒是嫁出去后又回来了，也就是离婚了。她也离婚了！于先生豁然开朗，他想这对面的关系或许就是某种暗合，是一种上苍安排的缘分。于先生又激动了。冷静下来，他首先想到的是证实。于先生不是学校的人，自然不便去向人打听。他选择了观察。于先生当天就去街上买了一架进口的日本望远镜，高倍，自动聚焦。他把观察点放在卧室里，每天躲在窗帘的缝隙后面往对面看。

对面的屋里就只有父女。老者一定是个教授，时常夹着书本出门进门。这说明房主是老者，女儿确实是回了娘家。另外，女儿是几乎不出门的。为什么？是因为离婚回了娘家面子不好看吗？女儿每天的生活内容很简单：看书，给花浇水，洗衣服。她好像从不做饭。于先生为自己的判断感到骄傲，他开始策划进一步的动作，那就是交流和接触了。

天气渐渐暖了。于先生换上了名牌 T 恤。他认为这个年纪穿 T 恤比穿衬衫合适，前者象征着青春，后者则表示暮气。前者洒脱，后者古板。他的设计又对了。

于先生到晾台上修理电熨斗，主动同对面的女人说话了。于先生说，今儿天不错，真想去乡下跑跑。女人就问：钓鱼吗？于先生顺着她的话说：对，钓鱼，顺便采采风。他想对自己的职业做点暗示。女人没有接这层意思，却说：这件衣服不错，像灵魂。于先生很意外，他想到底是书香门第，出口不凡。于先生反倒有点自悲，初次说话如果让对方看轻自己，那就太可惜了。所以他匆匆收了场。

没过几天，于先生又到晾台上收衣服，女人正擦窗户。他们互相笑了笑。这回是女人先说：你能把影子同你分开吗？于先生一愣，这是什么意思呢？形影不离，难道是……于先生说：分不开。女人说：能分开，你只要把灯关上。于先生心中大喜：关灯？

老者回来了。老者将一把东西递给女儿，让她离开了窗口。于先生有点扫兴，这老头还挺封建。

这天晚上，于先生又按捺不住地向对面观察。以前他晚上是不向对面看的，觉得这不道德。可是今夜他说服不了自己。女人的话撩拨着他，他的血性必须得到证明。对面的另一个窗口是女人的卧室，虽然有百页窗，但从缝隙里多少还是能看到一些内容的。于先生看见女人在灯下进进出出。她穿了裙子。她的腿她的胳膊真是很白。于先生能想象出这皮肤的光润和弹性，还有温度——冬暖夏凉。于先生还从侧面看到了那对乳房，居然在暗中用手比划了一下，一手捂住，那是最好的。于先生就这样看到那个窗口关灯。很自然，于先生不能不兴奋，也不能不进卫生间把自己体内多余的一点东西处理掉。于先生大汗淋漓，口干舌燥，软塌塌地躺到了床上，澡也不想洗了。

这一夜于先生睡得很好。

第二天，于先生接到一个剧组的传呼，让他赶赴桂林采访。于先生婉言谢绝了。对方是老朋友，就说你他妈怎么回事？你不是让我提供一个来桂林的机会吗？于先生说近期他不便出门，朋友就问：你惹麻烦了？于先生没作更多的解释，把电话挂了。人生得一知己足矣，至于功名，就暂时他妈的了。于先生现在的信心越来越足。他想起一位将军的话：没有攻不破的城。何况这是里应外合。于先生的工作计划乃至生活规律全部打乱了，按对面的指引重作调整。于先生以前是晚上写稿，上午十点左右才起床，早中餐合并。现在改了，对面的女人一早就起床，就到窗边看书，于先生不能错过，他就在晾台上做健身操、练哑铃。他觉得这样不错，既锻炼了自己，也借机向对方展现了体魄——男人的身体是不是很重要？

这年的季节变化似乎更快一些，刚进五月，就热得厉害。对面的女人也越穿越薄了，有时一整天就穿睡衣，很透，于先生稍一用心就能看见里面的胸罩和小短裤，他想，这事还真得趁热打铁了。仅仅这么观察、偶尔说上几句是不行的。大家都拖不起，这个年纪可谓一寸光阴一寸金。

于先生决定上门了。他希望有一个自然贴切的借口，比如捎封信什么的。可是大学有邮政所，报刊信件全都分发到各系、各部门。那么，送本书给她呢？她不是喜欢看书吗？于先生出过一本小册子，但这种东西分量太轻了，送不出手，人家是看厚书的，肯定又是适得其反。向她借东西呢？也不妥，如果是左邻右舍还说得过去。去对面爬六楼借东西未免就太唐突了。于先生又陷入了苦恼。然而机会却在这苦恼中来了。今天于先生在校园散步，回来的路上碰到一位居委会的老太太，她抄水表，就负责那栋楼。于先生就接近了，说老人家，我来帮你抄吧。起先老太太很狐疑地看着他：你是谁？于先生说，我是记者，来大学采访员工的生活情况。老太太还是有点不信，跟着于先生跑了两个单元。于先生手脚很快，老太太就慢慢放心了，话也多起来，说大学的宿舍区电有问题，大热的时候空调一开就跳闸。又说离菜市太远，要是让菜贩子进校园又怕不安全，这也得反映。于先生还真一一记了。在当自由撰稿人之前，于先生的确是晚报的记者，记者证还保留着，只是忘了带而已。到了第三个单元，老太太也确实累了，就不再跟，于先生真是大喜过望。

于先生一气抄到四楼。在五楼和六楼的拐弯处他歇了会儿，借楼道上的玻璃照了一下自己，把汗擦了，头发也拢整齐。他开始想见面之后的谈话措辞。大家都是过来人，不需要多绕弯子，得直接把人约出来。迈过这一步，后面的水就好蹚了。

于先生敲门，门开了。女人今天依旧一身睡衣。于先生说：你好。女人笑了笑。于先生肯定家里没有老者，姿态便放松了。他说自己替居委会老太太抄水表，顺便看看她。女人还是没说话，给于先生倒了杯凉水。于先生抄完水表，坐到女人对面的沙发上。他环顾了一下室内，对布局和陈设很满意。这是个会持家的女人。读书而善持家，这样的女人不多见。于先生问，这些日子忙什么呢？女人说：我就怕外语这关。于先生心里又犯了嘀咕：外语？她在忙外语，就是说职称问题，由中级到副高。于先生往沙发上一靠，说是呀是呀，你们还得考外语。这个罪我可是不受了。写写稿子，去剧组看看，开开笔会，我觉得也不错，自由自在。女人说：我昨天是一只鸟。于先生不免有点忧伤，昨天，是呀人人都有昨天，青春年少无忧无虑。于先生说：明天这只鸟可能又回来了。可女人说：我不想回来。我想飞得越远越好。于先生明白了，他站起身，像领导那样拍了拍她的肩：过去的事不要再想了。晚上我们出去走走吧，七点我在西门口的中巴站等你。

从女人那里出来，于先生便有身轻若燕之感。在楼梯上，于先生碰到了老者，多少有点不自然。老者严肃的神情令他生畏，以致险些踏空了一脚。不过，对这次会面取得的成效，于先生还是肯定的。唯一的埋怨是女人应该及时进屋再套上一件衣服，这样要庄重一些，毕竟眼下自己还是个陌生男子。

作为男方，于先生当然要早去几分钟。和以往不同的是，今夜于先生穿着十分随便。他不希望给对方留下什么刻意的痕迹，不要一开始就显示出他是追求者。事情很自然地发展到了今夜，一切都是水到渠成。时间到了，女方没有来。于先生点上香烟，心里嘲笑着：女人就是女人，气质好的也不例外，初次约会总得端着点，然后扯七扯八地作出解释，什么刚出门就碰上了一个熟人之类。于先生安然踱着步，中巴一辆接一辆地开来又开走，时间不觉地过了半个钟头。于先生多少有点急了，就去西门口迎。他的视线笔直地向纵深射去，希望立刻就射中那个十分熟悉的身影。可是很遗憾，这条路上除了一个卖冷饮的妇女，就只有几辆停靠的卡车。怎么回事呢？于先生很纳闷，守约也是修养之一，初次约会就这样居高临下，显然是不合适的。于先生在冷饮摊买了一瓶可乐，突然想到了那个老者。难道是这老头出面干涉了？看来事情比想象的要复杂。在这个初夏的夜晚，于先生后来同卖冷饮的妇女谈起了个体经营的政策与前途。妇女抱怨税收和费用还是太高，于先生则晓以利害，阐述国家的发展就在于税收，只有锅里有了碗里才会有。他发现这个微胖的女人对自己的态度变得冷漠，就又买了她两包烟。

不用说，这个晚上于先生是沮丧而气恼的。他忽视了一个问题，白天抄水表时应该问一下对面的电话号码，还有她的姓名。于先生走到晾台上，对面的窗口灯光依旧，而且百页窗升上去了一半。于先生一眼就看见了那个老者在客厅里挺着肚子看电视。老者把沙发拉开了一点，背堵着门。于先生心里顿时有数了，联想到不久前他把女儿从窗边支开和今天在楼梯上那种眼神，老者显然是在从中作梗。这老东西，你难道想把闺女放进冰箱冻起来吗？你女儿已经很不幸了！你女儿恨你，她想变成鸟离你而去，远走高飞！于先生虽然气愤，但这会儿心情又转亮了一些，因为问题不在女儿身上。他想 90 年代末的世纪之交，想抽刀断水是幼稚而可笑的。还是他妈的教授呢！

女儿始终没有到客厅里来。

于先生又走到卧室向对面看，百页窗虽落满了，但缝隙调到了最大的程度。室内只有一盏台灯，女人躺在床上还是看那本很厚的书。于先生刹时有点伤感。这个时候怎能看得进去书呢？人心难测，或许她本人也……于先生叹了口气，渐渐地有些悲哀了。可是他的视线又不忍移开，近在咫尺而不能相见，这无疑是折磨。于先生拿起望远镜，他想观察女人的表情，倘若是从容不迫，那么这幕戏就该收场了。对于女人，于先生什么都可以付出，唯一不能付出的是他的自尊心。他不能容忍自己在一个女人眼里无足轻重。

出现在望远镜里的女人神情有些忧郁，于先生的心跳便加快了。接着他又发现了一个重要的细节：那本厚书居然拿倒了！于先生感到震惊：这意味着什么？可怜的女人她在痛苦，她迫于老父的淫威而不能出门与意中人约会，她简直是现代封建家长制的牺牲品！于先生已不能自制，他真想冲到对面去营救他的女人。

这时，客厅里的电话响了。

是朋友从美国来的。朋友问你那儿几点了？于先生说差五分十点。朋友说，哦，时差正好是 12 个小时。朋友好像听出于先生的语气不大对头，又问：老于，怎么你今天话少了？是不是有人上门找麻烦了？于先生叹了口气，说：也算是吧。朋友就问：是系里头头来交涉房子吗？你告诉他，这房子我买了。就是拿了绿卡我也照买！于先生便把话题引到了对面，正想苦诉一番衷肠，不料朋友立即将话打断：老于，你可千万别去惹那女人。她和你我是不一样的。于先生很困惑：怎么不一样呢？我们相处得应该说不错，只是那老头……

朋友在电话那边笑了：那女人考了三年大学没中，脑子就坏了。

于先生头脑里“嗡”的一响：喂喂，你说什么？

朋友说：她是个神经病。

1997 年 10 月　合肥

（原载《漓江》1998 年第 1 期）

1962 年，我五岁

戏园子边上有口井。

井老了，口上尽是绳槽。看不见有人来洗菜淘米，连洗衣的人也看不见。外婆说，人身上油干了，衣就不脏。井台上生了青苔，麻雀这会儿不来了。井水清，伏在井口能照见脸子。喊一声，嗡嗡地像个老人。外婆踮脚摸来，扒开屁股就打。外婆从不急着来撵，怕把我撵下井做鬼。

日头移到顶上，暖得想困。肚里一响接一响，得去戏园子找妈，找外公。我带着我的勺我的碗，戏园子一会儿要发饭。躲了外婆，到树后面撒尿，看见树皮给人剥了，昨天还在呢。剥了皮的树丑。戏园子还响着锣鼓，咚咚锵锵，肚里就更响了。妈说剧团正赶排新戏，给省长看。省长比毛主席只小一级，薪水不算少。外婆说，省长是个麻子。外公说不是，是斑。麻子是天生的，斑是熬夜熬的。外公说，这年月当个省长也作难。

进了戏园子，大人们正摆着姿势照相，要往报上登。妈拿着比我还大的玉米咧着嘴笑。妈好久不笑了，看着看着就不像是妈。她不看我，让照相的人支来支去。照相的人也是省长带来的，插着两支钢笔，像个老师。我走到院子里，几个晒太阳的男人拢过来，摸我的鸟。我夹着腿喊妈。有人问：说，留鸟做么子？我说：做种！大人笑，举我，把我腿分着叉到他颈上。我被顶到后台化妆室，那人就几笔把我勾成花脸，送到照相师面前，让我比划一个端膀。照相师没有叫我笑，只数一、二、三，就“咔嚓”一声。我说：我要吃饭。

妈给我洗脸，自己也洗，边洗边说：你总是这时辰来，还夹着碗！我说我要吃饭。妈说你就知道吃饭，哪天不是让你吃饭的？让你吃过菜吃过糠么？外公走过来牵我：走，家去吃。我说家里没有饭，食堂有。

外公说：我们打回去吃，外婆还煮着鸡蛋呢。妈去食堂买了两碗饭。外公问：怎么两碗？妈说，省长夜里看戏，县里招呼主要演员今天加一碗。妈又说，这饭寡口吃也香。外公说，天天吃萝卜，嗝气和放屁都是一样的味。妈说，下个月又得配一半糠了，还好，是细糠。外公看看天，说：熬过春上，兴许就如意了。

外婆真煮了鸡蛋，是拿银簪子同江苏佬兑的。外婆说，吃了鸡蛋，我该进幼儿园了。外婆说：好好念书晓得么？给你老子争口气晓得么？妈打断说，莫讲了。我看看妈，她变得不高兴。我就问妈：我老子是哪个？妈说吃你的饭！

有人进家，是侉子。他是我表舅的儿子，比我大也比我瘦。外公问：你怎来了？你父呢？侉子说：在窑上，做碗。外公就叹：饭都糊不到嘴还做什么碗呢！外婆问：是你妈唆你来的吧？侉子不做声。妈拉过侉子，把自己的饭给了他，说：吃一半，带一半回去给你弟。侉子说：弟死了，不用带。侉子就埋头吃起来。外婆舀两勺鸡蛋给侉子：弟几时走的？侉子伸出三根指头。外婆点点头：有三天了，葬下了吧？侉子摸摸嘴：找人讨了个旧箱子，是樟木的。侉子很快吃完，舔着嘴看我的饭。我用胳膊护着碗，瞪他。外婆又盛了碗萝卜给他，他又哗哗吃光了，还舔嘴。外婆就把侉子领进了厨房，让他喝萝卜汤。

妈看着我把饭吃尽。妈说：你一点也不剩呢。我说，我剩的你吃么？妈说：狗剩的我也吃。

省长来看戏了。戏园子里多加了两盏汽灯，好亮堂，可是还看不清省长脸上有没有麻子。他是个矮胖子，头发往后背，一身都是黑呢料子。省长边上是县长，他们一边看戏一边说着什么，省长不时一笑，牙好黑。

都说妈在戏台上会变。妈今夜变得好小，梳两条小辫，拿一把红伞。戏也小。叫《抢伞》。说一老一少划着船去见下乡来的毛主席。太阳太晒，他们生怕毛主席晒黑了，抢着去给毛主席送把伞遮日头。我不懂。晒黑又不是病。倒是应该给毛主席送饭去才对，不能饿着。我跑到第一排，一会儿看台上，一会儿扭过头去看第五排的省长。汽灯嗞嗞地响。我憋着尿等毛主席出来，可他就是不出来。我认得毛主席，家家都贴他的像，好大好大。他的头发式样街上看不见，下巴上有粒大痣。外婆说这是福相。中国算毛主席最大，第二大的是刘主席。可外婆又说省长只比毛主席小一级……

忽然汽灯出了毛病，明一阵暗一阵。几个人扛着梯子跑上台，打汽，换纱罩。县长站起来，站着台上吼：怎么搞的？台上的人就更忙更乱：瘦长子团长跑来给省长县长倒茶，县长又说：不是都吃饱了吗？省长就笑笑：饭也不是万能的嘛。算了，等吧，戏还是很好，可以拉到省里去演演。不多会儿，汽灯又弄得大亮了。锣鼓咚咚锵锵地响起来，接着演。

没有看到毛主席，我不高兴。后面的戏我也不想看了，就跑到后台。妈正洗脸，我去外公那里。外公今夜不唱，在后台替人穿衣，无事就坐在衣箱上吧嗒着黄烟。我对外公说：你们骗人，毛主席没有来还送什么伞！外公说，毛主席在北京呢，怎会来？我说，戏里说来了。外公说：那是戏。戏是扮的。我问：就不能扮一个毛主席么？外公磕磕烟筒：毛主席不能乱扮。妈收拾好过来，说：走吧。边上立即有人说：不能走，待会儿省长要接见，要合影。完了还要留下来开会学习。妈说，都几点了，还学习？那人说，还不是汽灯惹的事，肯定学。妈就让外公领我先走。

外面的月亮毛毛的，像个坏汽灯。路过老水井，外公说，我一岁的时候，外婆抱我从戏园子夜里回来，在井边碰见了狼。外婆差点吓死。我问：狼呢？外公说狼到别处找吃的去了。要不，就是人把狼打了吃了。

我上幼儿园了。妈给我买了蓝书包，装了本子和铅笔。可是幼儿园不写字。阿姨只教唱歌，做游戏。有一支歌叫《红色妹妹》，不好听。游戏也不好玩，丢手帕，丢到谁后面谁还是唱歌。幼儿园就是唱来唱去。一支歌唱下来，小朋友都叫饿了。第一天，幼儿园还给每人发两块饼干。第二天发一块，第三天就不发了。大家一叫饿，阿姨就生气。阿姨说：饿什么饿？我还饿呢！大家害怕了，再唱，喉咙出奇的小。阿姨也不想教，靠在门框上闭着眼晒太阳。阿姨好胖。外婆说那不是胖，是肿。阳光下的阿姨总是亮亮的。

我不喜欢幼儿园。第四天我就不想去。外婆哄我，说好好念书，日后有出息了当省长。当了省长就不饿了。我骗外婆，她一转身我就溜上了街。

街上的店越来越少。昨天落过雨，石板路上晃着人影。我看见了一辆小汽车，黑的，像只馍。街两边的人都伸出头来看，说是省长的车。汽车喇叭一响，大家的头又都缩了回去。我好高兴，追着汽车跑。有人认得我，说呀，摸摸裤裆看，卵子可还在？我还是跑。一阵跑下来，又饿了。我不敢回家，怕妈打，就坐在水泥管子上看天。天上没有一只鸟，云倒是散了，太阳显出了脸子。忽然街上又响起来，两边的人又伸出头，往深处看：劳改队来了。我站在管子上，看见劳改队的人都拉着板车，他们去修大桥。劳改队的人低着头走，不少人都戴着眼镜，是发的吗？在劳改队的后面是两个背大枪的兵。那是真枪，比戏园子的枪好。

劳改队从我边上走过去。一个，两个，三个，四个，五个，六个……有人把我抱下来，说：回家去。我看看那人，好黑，也戴眼镜。那人塞给我一块山芋粑，就走了。

中午回来，妈正洗着衣，见面就问：放学了？我嗯了声，把书包丢到凳上。妈又问：今天学什么？我说还是唱歌。妈问什么歌，我答不上，想躲。妈一把扯住我，照屁股两下，脸一虎：你这不争气的东西！你这么小就逃学，就扯谎！你老子晓得，还不给气死？我吓得躲到床底下，听见妈对外婆说：人家看见了，在街上追汽车呢！今天不给他饭吃，饿他一顿！我在床底下说：我不饿，劳改队的人给了我山芋粑。妈停了好大一会儿，突然哭起来。妈一哭，我就好难过。我从床底下爬出来，跪到妈面前，也哭。

外公什么也不说，低头咕噜着水烟袋。这会儿他手里的草纸媒子怎么也吹不着。外婆就将烟袋夺了：吃了饭你去桥上看看，那人可缺衣短衫，就晓得抽！外公说：报上讲“右派”还是人民家里的矛盾，怎的一劳改就没个头呢？外婆说：早知这样，还不如判个三年五载的，这会儿也释放了。外婆说着眼也红起来。

他们说的我听不懂。

到了夜里，妈散戏回来，把我抱到她床上。妈问白天给我山芋粑的那人可好？我说好。妈又问：你晓得那是你什么人吗？我摇摇头。妈说：是你老子，你爸。他离你时你才半岁。你鼻子不通，鼻涕出不来，他就用嘴吸……不是天下每个老子都能这样做的，你要记住。我说，我不逃学了。

戏园子里来了个新人。每天一早，他就在井边上洗脸刷牙，过后便唱：雄鸡，雄鸡，高呀么高声叫，叫得太阳红又红。外公送我上学，喊那人作饶老师。我看清了他是个跛子，就问外公：跛子也唱戏么？外公说：他拉琴。外公又说饶老师原来不跛，修桥时给砸的。饶老师拉小提琴。每夜演出，他总是站在侧幕边上拉，支着跛腿，晃来晃去。生人见了都不以为他跛，觉得小提琴就该这么拉。

饶老师对我好，给我糖吃，说我的鼻子生得像我爸。饶老师也是劳改队出来的？我就问了，饶老师说是。妈拉我过去，说我不懂事。饶老师说：这伢懂事，聪明。

夜里，我困不着，在帐子里玩饶老师给的糖，还剩三粒，就剥一粒吮几口，又用玻璃纸裹上，塞在枕头下。妈散戏进家，外公和外婆便过这屋来，把煤油灯拨亮。外公问：饶老师怎的放了？妈说：他摘了帽子。外婆说：我家那人的帽子呢？妈叹口气说：他犟呢。非说自己不错。非要吵着平反。外公问：可平得掉？妈说，听省里那个记者讲，是在平，先党内后党外，等吧。外公放下水烟袋：万一平不掉，先把帽子起了也中，老放在桥上不是事。隔日我再去同他言语言语。

大人的话我一句也不懂。后来我梦见我也戴了顶帽子，街上的人都看着我笑。原来我光着屁股。我捂着鸟跑，捂着捂着就尿床了。外婆替我换垫絮，说：都五岁了，还当水佬？我对她讲了刚才那个梦。我说我也要戴帽子。外婆一听就骂我。

我跑到了中班。中班不是天天唱歌，阿姨还讲故事。这个阿姨跟妈一样小，也好看。原先那个肿阿姨因为偷我们小朋友的饼干吃给开除了。小阿姨的故事里没有神仙也没有鬼，不同外婆的。外婆喜欢讲孙猴子猪八戒，小阿姨讲小白兔和大萝卜。小阿姨还让我们做拔萝卜的游戏，问谁来装萝卜？大家都举手。小阿姨觉得奇怪：怎么都喜欢装萝卜呢？一个小朋友说：装萝卜就不饿了。小阿姨点了头：哦，是这样，那就轮着装吧。

有一天，小阿姨把我叫到她房里，拿出一把花生给我吃。她低声问：你爸还在桥上吗？我点点头。她又问：几时能回来？我摇摇头。小阿姨说：你爸是我的老师。你想不想你爸？我说不想。小阿姨眼睛一大：不想？我还想呢，你爸人好。

中班的日子过得快，眨眨眼，厚衣可以脱了，街上的树慢慢绿起来。不知哪来的两只燕子，在我家屋檐下做了窝。

夜里我还是去戏园子看戏。幕间休息，我到后台讨水喝。外公把他的小泥壶递给我。饶老师歪过来，对外公低声说了些什么，外公就去找妈了。瘦长子团长叼着纸烟、披着衣在边上走来走去，问我：你爸可回家了？我摇摇头。我不喜欢这个团长，他的牙齿又窄又长，指甲也是。过了会儿，外公从服装室出来，向团长请了假，说送我先走。团长把头一点：走吧。

远远地看见家里亮着灯。外婆还在纳鞋底呢。起风了，外公拢着我，他的手很凉。路过水井，我问外公：井里有鬼么？外公说，鬼不会住到井里。我就问鬼住哪里？外公说，鬼混在人中间，分不清，但不会讲人话。我还是有些不懂。

推开门，一个人影从灯下立起来，是给我山芋粑的人，我老子。他对外公说：爸，散场了？外公说，快了，就把我支过去。爸把我拉到他的两腿间，他的手也凉。爸问：现在还逃学么？我摇摇头。爸就说这很好，学生是不能逃学的，要守纪律，听老师的话。煤油灯跳着，屋里忽明忽暗。爸用剪子剪了灯芯，又把灯罩呵气擦了擦，屋里亮了许多。爸生得老气，皮黑。我问：你是劳改队？他笑了，说现在是。我又问：你的帽子呢，起了吗？他说没有。帽子在哪？给我看看。我推着他。外婆过来要拖我去厨房洗脚，爸说：我来吧。他就替我洗脚，洗得我脚心好痒痒。他边洗边讲故事：话说唐僧师徒三人……我打断他：不是四人吗？他说：暂时还是三人，等到了流沙河收了沙和尚，就成四人了。

门又响。我说妈回来了。爸说不是，妈进家总是要干咳几下的。就不是，是饶老师。他说，妈今夜回不来了，团长刚才通知要加班排戏。外公把水烟袋“啪”地一放：排戏？排他娘的×！饶老师和爸握握手。爸问：腿怎样？饶老师说：就这样了。比起老康他们算好，命没丢。说着，就出门了。爸送饶老师回来，对外公说：我还是走吧。只请了半天假，天亮前得回。外公叹道：回吧。

爸后来再也没有回家了。

学期完了，天暖了，我拿回了一张奖状。外公笑着把它贴到墙上。好久了，我不见外公笑。放假了，我想去外面套知了。外婆说哪还有知了，早成人屎了。妈给我买了彩笔，让我画画。妈说不许画吃的。我就画了房子、树、太阳、汽车还有燕子。我家的燕子窝空着，那对燕子又飞走了。外婆说：是让人偷去吃了，那人肯定要短寿。

一天，妈大早就拖我起床，帮我换衣换鞋。妈说今天我们下安庆，坐汽车，安庆是大码头，在江边上。安庆还有一座大宝塔呢。我问妈是不是去安庆唱戏？妈说：去看你爸，他要走了。我问：他往哪走？妈说：回他老家，在巢湖。我问：还修桥么？妈不再接话。

天下着细雨。我们坐的车比省长的车大很多，可是没有顶。坐车的人都撑着伞。雨落在伞上一点也不响。妈的脸色泛黄，没有戏台上好看。妈这会儿变得有些老，越看越像外公。车上的人都认得妈，同妈打招呼，夸妈《小辞店》唱得好，《抢伞》也好。妈就一一谢了大家。有人问我们下安庆做么子。妈说扯布。我就好奇怪，妈在扯谎。汽车像喝醉酒的人那样扭着走，一路响喇叭。有人就哇哇地吐了，那人还说：怪事，还有东西往外吐呢？

这是我头回坐汽车，好喜欢。我也喜欢汽油味，起劲往鼻里吸。路边的房子和树全往后跑，放电影一样。我想唱歌。妈说，等到了安庆再唱吧。车过大桥，突然“砰”的一响，爆胎了。车往右边斜，大家堆到一起呀呀叫。司机把车支到一旁，扯着喉咙叫大家下来。有人说，倒霉，出门就碰见了鬼！又有人接话：青天白日哪来的鬼？那人鼻子哼哼，又说：老康就是在这里给大梁砸死的，没见到这车往右斜么？大家一下静了。妈领我走到人后，让我吃茶叶蛋。我问妈谁是老康？妈不答，看看这桥。司机骂骂咧咧地开始换轮胎，对大家问：哪个带草纸了？给老康烧一刀纸吧，免得他再捣乱。一个老女人就说她有。刚才说话的那人拿过草纸堆在桥中心，点火烧了。妈过去帮他打伞。草纸烧得很快，青烟笔直往上升。那人叫起来：你们看，这又是风又是雨的，烟却不散呢？

妈也说，真是很怪。妈伏在桥栏上，看桥下跑的水。我往水里扔了一块石头，听不见响。妈摸着我的头，说这桥整整修了三年。忽然妈的嘴咂了一下，说：忘了把你的奖状揭下来，给你爸看，让他也笑笑。说着妈的眼就红了。雨大起来，天也暗了，云像烂棉絮似的向上卷。妈拢紧着我，把伞压低。妈轻轻问我：想你爸么？我点头。妈说等到了安庆，她和爸领我上宝塔。那塔有七层，从顶上看江里的船只有一只鞋那么大。

车弄好了。司机走过去。看见妈就说：是你们呀，到驾驶室挤挤吧。妈问：里面还有哪个？司机就说县长家小姨。妈说算了，人多了不方便。妈又问，几点可到得了安庆？司机望望天，说这鬼天鬼路还真不保险，有急事？妈说没有，就笑着领我走开了。车重新开起来，还是走得好慢，慢得我想撒尿。妈怪我：刚才怎么不尿？边上人说：尿吧，雨冲冲就走了。

很迟才到安庆。

安庆的街多，汽车也多，房子比县里高。妈领我去了一个叫李伯的人家，可是爸不在。李伯说，爸去码头弄船票了，上头要爸 24 小时内去巢湖报到。妈就问：不是说一个礼拜内报到吗，怎的又变了？李伯说这太正常了。妈水也不喝就拖我往码头上赶，李伯叫了一辆三轮车，多给了车夫钱，让他加劲。三轮车在雨中穿着，铃铛不停地响。到了码头，一打听，爸乘的那班船已在半个钟头前开走了。

父亲再次见到我们母子是在 13 年后，那年，我 18 岁！

——谨以此文献给外公由之先生在天之灵。

1997 年 10 月 25 日　合肥

（原载《作家》1998 年第 1 期）

抛弃

1

很长时间以来，柏达先生一直为离婚的事苦恼。柏先生是犁城大学中文系的副教授。1978 年高考恢复后第一批考进去的那拨人，留下来教书的唯有他。严格地讲，在大学四年级的时候，柏达就承担了助教工作。他协助吴子期教授批阅我们的古典文论作业。如今，他已是系里这方面的权威，并且开始带硕士生。柏达年长我三岁，今年 42，据说这次上报的教授中也有他。柏先生喜爱书法，也收藏一点陶瓷。大约是这个缘故，他把我视为比较可靠的朋友，而不怎么和别的同学交往。所以他要离婚，我是较早知道的。“我实在和她过不下去了，”他总这么感叹，“到了秋天就离。”可是秋天过去了好几个，柏达的婚姻还是这一个。后来连我也反过来劝他。我说算了老柏，王茹华也不容易。你真想在婚外搞点什么就悄悄做，完了就完了。像每对夫妻一样，真正的离婚不是吵架中提出的，而是深藏于心，期待着最佳时间。问题是柏达先生藏得太深，也拖得太久，我想他早该疲倦了。

王茹华是柏达的第一批学生，小他七岁。虽然戴着眼镜，但看上去十分文静，笑起来还是很动人。“一个戴眼镜的女孩子让男人动心真不容易。”时至今日，我都佩服柏先生当初发出的这种感慨。后来柏达就娶了王茹华。因为嫁人，王茹华放弃了报考吴子期教授研究生的机会，教授就幽默地叹道，你们都抛弃了我。婚后第二年，他们匆匆有了儿子，显得措手不及。那些年柏达夫妇基本上是围着孩子转。现在孩子是忙大了，柏达却想离婚了。

柏达是个性情古典，性格内向的人。除了教书著书，业余就临临碑帖，玩玩陶瓷。他玩陶瓷，其实是想在家中分散出一点注意力。“我不愿一进门就对着那两片小玻璃，”他说，“我宁可面对陶瓷。”这句话有几分刻薄，我想这两个人的缘分确实该尽了。男人不喜欢女人，这事就不可收拾。不过柏先生谈离婚，不像别的男人，总去数落自己老婆的这个那个。他只谈自己。他一谈离婚思路就相当开阔。他由性格、志趣这些心理的东西发端，再慢慢涉及生理上的种种不和谐。他有例证。比如说他谈到有一次同王茹华做爱，居然连汗都不出。“还有一次，”他说，“她随手拿过一张晚报，整版整版地看！”接着柏先生就大发感慨了。他说所谓夫妻感情不在于什么性格不和。夫妻感情是在床上一点一点搞出来的。而我们……我有问题吗？事情到了这步田地，就是朋友，也不好多劝了。我总不能对王茹华说，下次你和老柏在一起的时候，别再看报。况且柏达举这个例子最恼的是他本人。他多少有点担心自己的能力。他渴望一个女人在他的不懈努力中获得新生，就像三级片里的那样。

柏达要离婚的消息，社会上鲜为人知。他只告诉了有限的几个人。这中间也包括行将去美国加州定居的吴子期教授。吴教授已年近花甲，对学生辈的这些家长里短根本没有多大兴趣。柏达因为是他的高足，又是他指名留校的，所以柏达离婚的事，他还是表示了一点关心。教授在听过学生不连贯的表述后，由衷地叹了口气：还是顺其自然吧。

2

柏达迟迟不能离婚，主要原因是两方面。一是担心儿子的归属。他深知和王茹华争这个孩子将是十分困难的。他非常想要这个儿子，甚至过早地把孩子作为余生的寄托。另一方面，是怕王茹华难以承受这个巨大的打击。王茹华属于那种从不生事的知识女性，在市图书馆工作。而且给人的印象总是很累。我每次见到她，她都很客气。我没有看见过她化妆的样子，但她始终不显老。有时候她由儿子陪着逛街，熟人都很吃惊，认为她没有这么大的孩子。是你弟弟吧？人们爱这么笑她。有一个阶段柏达为这种言论感到满足。他不怀疑其中是否有恭维的成分。那个阶段刚评上教授的柏达心情还可以，离婚的念头也差点打消了。但是不久，事情又起了变化。柏达去黄山开会，遇上了另校的一位女教师。据柏达后来向我介绍，这人很漂亮，明眸皓齿，而且性格开朗。“她在会上的发言并不精彩，”柏达说，“精彩的是她的气势，富有煽动性。”于是柏先生就第一个被煽动了。他找机会同她接触，吃饭坐一桌，乘车坐一排。到了会议末尾，议程安排游黄山。柏达爬过黄山，如果心里不存这点事，他是想提前回犁城的。现在他当然要爬第二次。都知道黄山的某处护栏铁链上有许多连心锁。那是恋人们的誓言。爬山的恋人都买锁，锁好后把钥匙扔到山谷里。与会者没有恋人，但那个女人买了两把锁。在没有人注意的时候，她把其中的一套钥匙塞给了柏达。下山的当晚他们就睡到了一张床上，尽管爬山很辛苦。这次艳遇在柏达心中起了波澜。首先，他认为婚还是得离。因为生命只有一次，这次的经验使他打消了自我怀疑的顾虑，证明他还是可以燃烧的；其次，缺少性爱质量的婚姻本身也是不道德的。但是到了第三，他又犹豫了。从前柏达与王茹华离婚只是强者离开了弱者，思考的范围是如何安顿好弱者，舆论的范围也仅限于对弱者的同情。现在如果离婚，虽然没有事发东窗，但柏达在良知上会进行自我谴责。“我不能因为一个女人而离开另一个女人，”他冲动地对我说，“这是赤裸裸的抛弃！”柏先生能赤裸裸地同另一个女人上床，但还是不愿意赤裸裸地离婚。

事情又拖了一阵子。

柏达决心调整到最初的轨道上去。他中止了同那位女同行的联系。原来他觉得这件事很棘手，结果比他预想的要好。这得助于天时，因为柏达那个暑期被派出去改高考试卷，是不允许同任何人写信打电话的。等他回来，也就没有再收到对方的信和电话了。这事就这么淡过去了，柏达感到松了一口气。那么，剩下来就是怎样让王茹华思想上有所准备了。仅攻这一点，柏先生还是有信心的。

3

后来柏达就开始按计划实施了。他每天分配给儿子的时间明显增多，除了辅导他的作文，还陪他下五子棋。有时父子俩一边下棋还一边用简单的英语进行会话。这是什么？这是一头猪。这是黑毛的猪吗？不，它不是，是白毛的猪。柏达这么做，是让王茹华检测他和儿子的情感基础，衡量他独立育子的能力。可是王茹华在一旁保持着沉默，有一回还流了泪。“我不知道她泪为何流，”柏达对我说，“她还会不放心吗？”我说就是王茹华把儿子给你，也还是会不放心的。柏达叹道：这还差不多。对王茹华，柏达采取的是时间错位之策。他那时每周三有两个课时，所以天天坚持著书。他家是两间半的房子，其中一间是书房兼客厅。柏达从晚上九点半开始，一直写到下一点，有时甚至两点。而王茹华多年养成的习惯是十点必须上床。这样一来，夫妻间实际上已开始了分居。王茹华不作任何暗示，这是柏达意料之中的。“我想等这本书写完，”柏达说，“离婚就差不多了。”

问题是，这本书印出来后，王茹华还是没有提离婚，反倒把柏达的书一本一本地要去，送给她的同事。柏达这才觉得，这事真的难了。和很多狡猾的男人一样，柏达希望由王茹华这方面首先提出离婚，这样日后解释起来就方便一些。可这个王茹华死活不提，而且总在危机将至时表现出特殊的冷静。有几次柏达都想开口，但一看王茹华那副小鸟依人的样子，便把话题咽了下去。最近的一次，是因为王茹华周末出去参加一个集体舞会，回来晚了点，柏达就借题发挥：“这个家如果对你没有了吸引力，干脆拉倒算了！”他振振有辞。他希望王茹华接上一句“算了就算了”或者“拉倒就拉倒”，结果王茹华只嘟哝了一句：“你又喝酒了？”就去蹲马桶了。

那天夜里柏先生几乎一宿没睡。第二天中午，王茹华提前下班，还带回了一只咸鸭。一家三口美美吃了一顿后，柏达倒头便睡了。夜里，王茹华带儿子看《玩具总动员》去了。柏达一个人在家，正想来我这儿看陶瓷，吴子期教授上门了。从教授严肃的神色看，柏达估计是为自己离婚的事。教授可能对这件事改变了态度，决定亲自过问一下。果然就为这事。吴教授点上烟就问：“还打算离婚？”柏达就微微点了头。教授又问你都想好了？柏达迟疑了一下，说出自己担忧的两个方面。教授就叹道：“这是每个离婚者都遇到的问题嘛！”柏达这才想起，教授也是离婚者，而且两次。教授的话似乎带有几分劝慰也带有几分鼓励，他好像心里一下松了很多。接着，柏达又提出了第三个担忧：这件事倘若引起后遗症，会不会影响自己的晋职？教授踱了两步，然后说：“学术问题是严肃的，不能同家庭问题扯到一起。再说，我还是高评委的副主任，该说的我自然会说。”

依我的判断，柏达后来敢于提出离婚，与这个晚上吴子期教授的“声援”关系重大。

4

大势已定，余下的只是寻找突破口的问题。尽管吴子期教授给柏达打了气，柏达内心还是希望能从王茹华那边找到一点借口，甚至希望有什么不太令他难堪的把柄在握，这样提起来会理直气壮一些。柏达开始观察妻子。渐渐地也发现了一点破绽和苗头。比如有一次他夜里中途回来拿钱包，听见王茹华在打电话。他一露头，王茹华就把电话给挂了。还有一次，他无意中拿了王茹华的BP机，乱按了一下，王茹华听到响声就过来把机子拿开，接着就把电池拿下了。柏达就问你下电池干吗？王茹华说没电了。等王茹华走后，柏达把退下的电池安到剃须刀上，照样能刮，他便有些疑惑。王茹华每周必定要夜间外出一次，没有具体的日子，但外出一次带有规律性。而且回来的时间都比较迟。柏达便决定来一次盯梢。他想只要有什么不对的苗头，第二天就摊牌。

这次盯梢没有成功。王茹华先去了一家眼镜店，柏达看见接待她的是个老女人。她们除了谈眼镜还能谈什么呢？后来王茹华一出门就上了出租车，柏达想追已来不及了。回来的路上他拐到了我那里，主动地说刚才盯梢了王茹华，并将自己责骂了一通。“我这个人也很可耻。”他说，“心里想抛弃她却还要让她说我抛弃得对。”他这一说，我就懒得说了。我还是坚持我的观点，这家伙想离婚，够呛。

不久，王茹华提出要回上海父母那里休假。这个安排以往都是放在春节，这回改变了，她也不作任何解释。柏达当然同意，象征性地帮着张罗一番，就把王茹华的火车票给订了。可王茹华说她这回不想坐火车，想坐飞机，而且自己已托人订好了票。柏达便没吭声。他想订就订吧，多花几百块钱算不了什么，反正要离婚了。他把钱给王茹华，王茹华说我有。整整一个月，王茹华来了三次电话，内容只有一个：孩子好吗？柏达说孩子很好，生活自己料理，学习很自觉。王茹华就嗯了声，说那就好。在这一个月里，柏先生开始了单方面的离婚热身赛。他从第一句话开始，然后假设出王茹华的反应，比如惊讶、发愣、泪如泉涌等等。一直假设到最后——他们含泪拥抱，于抽泣声中互向对方道一声“珍重”。如果王茹华向他跪下，他也会同时跪下，对她说：我欠你的，怎么说也是我欠你的！他被这些假设感动得热泪盈眶。这个赛事过后，柏达先生自觉已是死而复活，心如止水了。他几乎是摩拳擦掌地等待着王茹华的归来。

王茹华如期回到了犁城。这回她的气色变得很好，还略施了一点淡妆。她给儿子买了不少东西，也给柏达买了一套牌子过得去的西装。这又让柏先生犯了踌躇。趁王茹华洗澡的工夫，他偷偷给我挂了电话。他铺垫了许多，然后问我怎么办？我说：去你妈的，这事以后别再提了。王茹华洗好澡，换了一套崭新的睡衣，样子有些妩媚。她问柏达：你洗吗？柏达说我今天不想洗。王茹华又去孩子屋里看了看，说孩子睡了，你还是洗个澡，别熬夜了。柏达知道这是信号，但这会儿他脑子太乱，还是说：我不想洗。王茹华说不洗就不洗吧。然后她就仔细沏了壶茶，坐到柏达对面，问：你是不是有话对我说？柏达原来设想的第一句话应该由自己说，现在突然颠倒了过来，一时语塞了。

王茹华呷了口茶：你是不是想离婚？

柏达说那时他心里一颤，他没有料到这层纸由王茹华点破了。既然已经点破，他也只好仓皇上阵了。他点上烟，拖延了几分钟，然后把思路再一次打开，正想一层层把话题深入下去。王茹华却打断了：“你不必作什么解释，我只想问你想好了没有？”

柏达就点了点头。

王茹华说那好，你拿纸来，我们现在就签协议，其他的都好说，你要儿子，我也给，但儿子上大学必须在我身边，无论我在哪。

柏达一下就傻了。

5

这年秋末，柏达和王茹华以协议的方式去民政部门办了离婚。不久，王茹华就辞职回了上海，她要带儿子过寒假。这桩离婚居然没有在犁城引起什么反响，但在大学内部还是有点消极因素。有人在职称评定会上，以此对柏达提出了意见，认为这是道德不良的问题。但是一向温文尔雅的吴子期教授拍案而起，说都什么年代了还抓阶级斗争新动向？他这一讲，别人就不好多言了。吴教授说，中文系古典文论，我一离开，柏达就是大梁。仅此一点，他就该晋职，否则还成什么古典文论专业？事情就摆平了。后来听人说，这之前教授就私下做过一些评委的工作，毕竟师徒胜父子。

突然离婚的柏达面对妻子的迅速撤出，自然一下子还调整不过来。他感到自己没有着落，便又重新给黄山邂逅的那位女同行打长途。电话一通，他就心跳加快。他说他是柏达，柏老师，犁城大学的。对方显然是一时难以想起有个叫柏达的男人，但语气还是很热情。柏达有点伤感，他提到了黄山，提到了锁和钥匙。这下对方记起来了，连问你好吗老柏？柏达说我刚离婚。对方就笑了，说怎么这么怪呀，我刚刚结婚回来。柏达一口气咽下去，说：哦，是这样，我祝你幸福。对方说：谁知道呀，不过眼下还凑合。谈话就这么喜忧参半地结束了。这天夜里，柏先生又到我这儿看陶瓷。他用勾起的食指和中指敲着一只青花的山水瓶，说：人都说女人是花瓶，我想也是。女人是陶瓷的花瓶。是陶瓷，不是玻璃，手感很好，但看不透。

春节一过，柏达就去上海接儿子。正好我也要去那边改稿，便结伴而行。柏达还有些不好意思，让我陪着他见王茹华。他没有上从前的岳父家，而是让王茹华把儿子领出来。我们约好时间在红磨坊见面。由于塞车，我们到晚了一点，王茹华母子已坐到了座位上。一见王茹华，我和柏达都吃了一惊，她没有戴眼镜，妆也化得很好，可以说很漂亮。王茹华倒大方地对我们直招呼，直笑。然后就是闲扯，谈浦东的东方明珠电视塔，谈地铁和高架桥。我忍不住地问王茹华：怎么一回上海连近视也好了？王茹华说哪呀，我戴了博士伦呢！其实犁城的时候就有，不常戴就是。柏达一听便点了支烟，大口吸起来。吃得差不多的时候，王茹华让孩子到对面去打游戏机。我知道她有话要同柏达说，也想抽身。可王茹华把我拉住，说你又不是外人，一起坐坐吧。王茹华对柏达说，儿子你要带好，我就这么一个儿子。柏达故作轻松地说：你还可以再生嘛！王茹华一笑，我不可能再生了。我马上要出国。柏达就抬头看她。王茹华理了一下头发说：是去……美国加州。老吴说那边实行的是学分制，结了婚还可以读学位。柏达一听头就低下了，他把杯中的残酒倒在了烟缸里。

我们同王茹华分手后，外面的风还刮得很紧。我问柏达，怎么连王茹华在犁城时戴博士伦都不知道？柏达说：“她才不戴给我看呢！妈的老东西……”柏达将外套的领子竖起来，牵着儿子。儿子很高兴，说这个寒假过得最好，妈妈没怎么叫他写作业，每天只安排他多念几遍英语。于是儿子又要求同父亲进行英语会话。柏达说：好吧，儿子，你问，我答。

这是什么？

这是一头猪。

你是谁？

我也是一头猪。

……

1997年11月　北京

（原载《北京文学》1998年第2期）

半岛四日

第一天

第一天女人是很辛苦的。女人坐了一天一夜的火车来到半岛。女人这次是为了见一个男人。好几年前，女人——那时还是个女孩吧，在这个新兴的沿海城市遇到一个比她大五岁的男人，后来就嫁给了他。去年这个人又不管她了，走了。女人在31岁这年才觉得自己像个女人，该经历的都经历了。女人上个月满32岁。虽然旅途漫长，一宿没怎么睡，女人看上去还是俊俏的。此刻地上的影子全移到了东面，这个季节岛上就有些热了。女人现在想的是尽快洗个澡，然后好好睡上一觉。于是女人按照事先的约定，乘出租车去了月光宾馆。

月光宾馆位于半岛的东端，没有任何星级，但可以看见海。城市在发展，这个宾馆也重新装修了，换上了蓝色玻璃幕，霓虹灯也重新作了安装。但是室内的变化并不大，好像只仅仅换了窗帘。女人很熟练地处理好一切，然后去总台留言：如果有一位徐先生来访，请电话通知她。

女人来这里就是为见徐先生。他们是初次见面。从照片上看，徐先生并不像个生意人而像一位数学老师，谈不上吸引力但给人以信任感。女人现在很看重这一点。中介者说，徐先生比她大14岁。这没什么，女人当时想，这或许是个优点。

月光宾馆使用的是矿泉浴。水喷洒在肌肤上十分滑溜，总有一种没干净的感觉。女人揩掉镜子上的雾气，边抖头发边审视自己的裸体。她觉得镜中的那个身体还是不错，这是没有生育的结果。女人曾流过两胎。等她想怀第三胎时，那个人不合作了。那个人先是辞职下海挣钱，后来就有了许多麻烦，再后来就是离婚。有时候女人想，这大概是个阴谋，那个人把一切事先都设计好了。就像演戏一样，一幕一幕发展下去，最后是收场。女人庆幸自己没有和那人生个孩子。可是如果有了孩子，那人还会走吗？女人时常这么两头想，想得好累。

挂上“请勿打扰”，女人合上窗帘就躺到了床上。她打开电视看了几分钟广告节目，很快就睡着了。女人还做了梦，梦见自己还是在洗矿泉浴，怎么洗都洗不干净。旅途的劳累使女人始终保持着一个睡姿。等她醒来才发现室内的光线全暗了。女人顺手开了灯，懒散地去上卫生间，不经意中发现有张纸条在门下。她拾起来，那上面写着一行字：

这时候该拉开窗帘看归帆

女人感到气堵在胸口。她坐在马桶上把那张条子不断对折着撕碎，还骂了一句粗话。由于情绪陡然波动，女人的小便很不流畅，并且用手纸时还碰到了手背上。于是女人在用肥皂洗手时又骂了一句。

不过，女人还是把窗帘拉开了。正是夕阳余晖涂满海面之际，海像点着了一样，一片橙红。海空上翻飞着成群的海鸥，等它们散开，渔家的帆影就显现出来了。女人几分钟前恼怒的心情很快得到了调整。她的表情甚至可以说是愉快。她想，海一点也没有改变。

第二天

第二天临近吃午饭时，徐先生来了。女人第一印象是，徐先生显得比照片上那个人年轻，而且也精神一些。女人似乎得到了某种安慰，她想一般的男人遇上这种事或许要反过来做，挑一张比真人好的照片。女人拿出家乡的绿茶给徐先生沏上，徐先生便欠了欠身。徐先生问女人是怎么来的？女人说坐火车。徐先生就感叹，说应该坐飞机。女人说，我想沿途看看风景，这条路好些年没走了。

约见的地点是女人挑的。当初中介者征求女人意见，可以随便挑。女人随口就说：那就半岛吧。那时徐先生在香港，中介者建议女人借机去看看香港，把新马泰也顺一下。女人说，现在花人家的钱还为时过早。

徐先生环顾室内，说半岛有几家三星四星的酒店，建议女人换个地方。女人说，就这挺好。徐先生听出马桶有滴水声，说这会影响休息的。女人说，自己家里的马桶也滴水，习惯了。女人心想男人和男人不一样，这位徐先生像位父亲，懂得心疼人。从前那个家伙只知道一天换一双袜子，从来不洗。你让他修个水龙头什么的，他便拿只盆去接着。家里到处都是滴答滴答，就像个一碰就散架的破东西。

女人的眼睛有些红丝。徐先生还是坚持说这地方有碍休息。你肯定没睡好，徐先生说，你该不是替我省钱吧？女人就腼腆地笑了。女人说我以前在这里住过，这里能看到海。徐先生敞开西装，说你这是恋旧呢。女人的脸便一下子红了。徐先生说，恋旧的人一般都善。徐先生很有滋味地品着茶，说茶好，这茶是“（谷）雨前茶”，香港是不容易喝到的。徐先生是60年代初由大陆去港的，所以他的口音不带鸟语味，这让女人觉得亲切。她给徐先生续水，徐先生便又欠了欠身。女人倒不好意思了。女人说您别客气。女人说您就把我当做一个熟人吧。徐先生舒展的表情被这句话弄收敛了。一个熟人？有必要由香港持护照乘飞机来这个叫半岛的地方见一个熟人么？女人很快意识到自己措辞不当，可又不知怎样加以改变。相亲还真不是一篇好做的文章，女人想，这刚开头就不知往哪儿落笔了。

还是徐先生处事老道。他站起身说：我们先去吃点东西？你可能连早餐还没用吧？女人这才轻松了一些，问：您怎么知道？徐先生说，我进大门时遇见了修炉灶的师傅，知道今天这儿开不了伙。不过半岛虽小却有两家很地道的潮州菜馆，我们就去那里，打的士十分钟。女人说我不太爱吃潮州菜，我喜欢吃川菜。这附近有一家“小金川”，去那儿怎样？徐先生笑了：你处处替我省钱呢！女人说不是，只是图个喜欢。徐先生说好，就依你。

两人就散步去了。酒店生意很好，正是上客的时间。他们拣了一个僻静的座，要了菜和啤酒。现在谈起来自然要从容一些。徐先生介绍了自己目前的生活状况。他太太两年前死于胰腺癌。他的儿子刚去美国读书，家中还有一个喜欢音乐的小女。女人认真地听着。女人问：您喜欢音乐吗？徐先生说，我是个五音不全的人，因为女儿喜欢，我当然也就喜欢。女人说，您是位好父亲。徐先生却检讨，说自己长年在外忙生意，欠孩子很多。所以……徐先生喝了口酒，所以这也是一个原因，希望家庭能完整起来。女人淡淡地笑了笑：其实像您这种身份的人，这事不难。徐先生说，那要看怎么想了。在香港，交女朋友很简单。但真的拍拖，让那人做你的太太，就不容易。说着徐先生就松了松领带，问女人：我这人是不是很传统？女人说：人骨子里都传统。女人又问：香港是不是很乱？徐先生说，倒不是乱，是挤。你觉得乱，那是电影录像中见到的。女人问，在香港不懂英语能生活吗？徐先生说，英语不难，颠来倒去就是 26 个字母。不像汉语、汉字，多一点少一画或者四声去掉一声，就全变了。不过汉语汉字又是中国人的骄傲。徐先生说，语言这东西一丢，这个民族也差不多就完了。其实人和人在一起，不就是要找“谈得来”的吗？有很多的话要说，天天都有话，天天都说不完。从前我和我太太……请别介意，我是说……女人理了一下头发：您说得很好。

徐先生看看表，说：你先休息，下午我们再去海边走走。

女人笑笑，点点头。

徐先生对服务小姐做了个手势：买单。然后就拿出了钱夹。

服务小姐对他们微微一笑：刚才有位先生已替你们买过了。

第三天

第三天女人还是起得很迟。本来是该昨天下午去海边的，结果女人回到月光宾馆就上了床。女人感到累，费了好大劲也没找到最佳的姿式。女人以前习惯贴着男人的腋下睡，习惯嗅男人腋下那股淡淡的汗馊味。后来女人改了，虽然不容易，但毕竟是改过来了，就像婴儿断奶那样。女人在这个下午心绪像电压不稳的灯光。我现在觉得，选择半岛明显是个错误。三点的时候，徐先生来过电话。女人那时神志尚有些迷糊，语气和声音都是潮湿的。徐先生问：你是不是很累？女人说：有点吧。徐先生立即就说，那你接着睡，回头我搬过去。女人说不必了，您还有生意要谈，有个形象问题。徐先生在电话那边有点诧异：你怎么知道我还带着生意？女人说，我想是的。生意总是特别的忙。徐先生说：生意现在不谈。女人说：我们明天去海边吧。

他们计划去海边游泳。女人是在这地方学会游泳的。那个男人托着她的腹部，托着她的下颌。女人喝了几口海水，那是极其咸得苦涩的水，女人至今还有回味。天气很好，沙滩上已聚集了许多游者。泳装是越来越漂亮了，女人的好兴致仿佛缘自这些泳装。女人想到自己的形体和肤色，她已物色到所需要的泳装，孔雀蓝带黄斑点的那种。这东西应该自己来买，女人想。女人走到柜台边，正欲掏钱，手突然住了。

女人担心又有人先一步付过钱了。

徐先生走过来。女人说：我不想游泳了。我想爬山。徐先生就问：这地方有山吗？女人说，出城五里，有一座很孤立的小山。山上的植被却是很好。徐先生点点头：行，我们去山上看看。然后很宽厚地一笑。

于是他们乘的士出城。这一路上女人有一种从窘境中挣脱出来的轻松感。如果那个人突然从海里冒出来，她一定是手脚无措。昨天那个单是他买的。他好像算定了她要去“小金川”。他也算定了在第三天她会来海边游泳的，和一位港商。那么，就让那混蛋在海里泡着吧！女人不禁笑了一下。徐先生说：你今天气色不错。女人说：我睡够了，而且没有做梦。徐先生说，我能看得出来。女人似乎有点娇嗔地问：你能看出我是不是做了梦？（她第一次说了“你”）徐先生说，不是，梦属于隐私权，我不能侵犯这个。这是说，你这一觉睡得很实、很沉。女人就想，没错，这一觉像是睡过了十年。女人越发感到自己和徐先生在一起一点也不紧张了。昨天买单的事，他们都感到意外。女人原想找个借口搪塞过去，可是徐先生却先开了口：看来为我省钱的人还不止你一个。在返回月光宾馆的路上，徐先生对这事只字不再提。靠近小山的路面不好，车有些颠。女人不时碰到徐先生的膀子。这个男人还是很结实的。

和以前不一样的是，上山的台阶一直延伸到了顶端。山腰的那个亭子像是重新油漆了。他们拾级而上。游客不多，和城里相比，这儿已是宁静有余。徐先生感叹，说这地方很好，算不上世外桃源，也算别有洞天了。徐先生说可以考虑在这里盖一个度假村。女人就问：能行吗？徐先生左顾右盼，说：不妨一试。第一，这儿离市区不过五公里，是闹中取静；第二，这儿是半岛的制高点，可以一览市容与大海；第三，这儿的植被优良，茂林修竹，空气清新，利于疗养休息。女人想，到底是商人，一眼就能看出财源来。于是女人说：您真是职业眼光。徐先生就爽朗一笑：回头我就去同市里的头头脑脑谈谈。他们出地，我拿钱。女人注视着徐先生渐渐红润的脸膛。她想这个男人现在有点兴奋了。

到了山腰的亭子，两人决定歇息一会儿。徐先生出汗了，就去不远处一个摊点买矿泉水。女人立在亭子里，对着目前的那个山洼有些出神。那山洼是天然形成的，像一口锅，“锅底”有水，十分清澈。女人拾起脚边一块石子，用力往“锅底”一掷。这时一个男孩走向了她。

男孩把一束野花给了她。

女人有些吃惊。

男孩说，有位先生给了我十块钱，让我在这里等人。他说哪位小姐向山洼里扔石子，就把花给她。我等了好久，就你扔石子。

女人便又给了男孩十块钱。男孩一走，女人的眼泪就淌下了。

第四天

第四天晚上女人没有去徐先生那边吃饭，而是在一个小摊上匆匆吃了碗粥，就去了海边。那时月亮刚拔出海面，烟霭氤氲，女人觉得自己一脚踩进了梦境。女人刚立住，一个声音便追了过来，是个男声。

我在这。我知道你会迟来十分钟。

有话快说，我还有事。

别给我来这个。我问你，那人行吗？

行不行不关你的事。

怎么不关？我就是为这个来的。那人越看越像你爹。

爹就爹，我喜欢。

你不喜欢。

我就是喜欢。我回去就办掉。

你是逼自己喜欢。你其实……

别碰我！

我重新追求你不行吗？

你王八蛋。你甩了我又想霸着我，没这好事！

我怎会那样。那是黑社会。

那就离我远点。

要是你不来半岛，我会离你远点的。

……

行了，别哭了。今晚月光很好。

你滚！你不是个东西！

我不是东西，是人。

你站远点！

我已经够远了。手摸不到的地方就是远。

……你把我毁了……

我做的也许不够好。不过，结婚、离婚都不影响我爱你，是吧？

我恨死你了。

我知道我知道。回头我给你洗脚。你看月亮好大……

你住哪？

在你楼下。你知道，我喜欢在下面。……你倒没怎么瘦……

你以为我离你就活不了？

不不，我哪有那么骄傲。可能活得不太好吧。我也是。

现在还远吗？

不远。现在这样很好。真的很好。你不觉得这样好吗？

……

1997 年 12 月　北京

（原载《山花》1998 年第 3 期）

和陌生人喝酒

1997年11月，我应北京一家影业机构邀请，着手一部电影的创作。事先谈好，写什么和怎么写，他们都不干预。而且经过几番接触，这部影片将由我自己执导。他们只希望我能搞出一个“有意思的故事”，对我的能力似乎不再怀疑。然而我不感到轻松，事实上，我自己把自己架起来了。以往的经验告诉我，这样的合作从一开始就是难题。我得到了一个虚幻的自由，却戴上了实在的枷锁。一周下来，我发现我想写的故事几乎全都没有意思。我的信心在慢慢丧失，甚至想把对方预付的款子退回去。

我当时住在西城区南礼士路的核工业部招待所。这个位置应该说还不错，交通便利。向南走200米就是复兴门外大街，有个地铁站。通常的情况下，我都是乘地铁去西单购物，或者去民族宫喝茶会友。在等候中，我慢慢觉得周围的一些面孔不那么陌生了。至少有两个人我有印象，那是一男一女。男人大约与我年纪相仿，40岁的样子，但个头比我高，也清秀一些。他戴着一副还算讲究的眼镜，喜欢不断看表。那个女人则年轻一些，应该不过30岁，每回都背着一只大提琴，神情却有些忧郁。这两个人彼此并不认识，共同的一点是对我都显得比较客气。我想他们一定也看出了，我是个游手好闲的外省人，手里从来就不多拿什么东西。

有一天，我从西单买书回来，又与男人在地铁碰上了。这回他主动对我笑了，说你是来出差的吧？我点点头。他说，这趟时间可不短，有一个月了吧？我说今天是27天。他说：我差不多四天碰上你一次。我有些吃惊，这是个精细严谨的男人。这个人应该是上海人才对。但我对他很有好感，我觉得他的生活应该充满着数字和计算，这有趣。而且我还想到了达斯汀·霍夫曼演的《雨人》。南礼士路站到了。我们下车。这时他突然问道：你能喝酒吗？你晚上要是没有别的安排，我们喝一点？我买单。说着他就拍拍手提的一只大盒子：我去买裤子，却摸奖得了一个微波炉。

这样我们就进了一家重庆火锅店，开始涮起来。他的微波炉占了一把椅子，在喝酒的时候，他有意无意地总要摸摸它，或者调整一下摆法。好像这个微波炉是他孩子似的，他恨不得给它要上一听可乐，喂上几口菜。我想这个男人近期大概没有碰上什么好运气，而且我断定，他是一个孤僻的人。我们要了一瓶红星御酒。这种酒度数不高，大概是部队一家酒厂产的，在北京销得很好。我的酒量极有限，但这种飞来的聚会本身有吸引力。我活了40年还是头回和一个陌生人喝酒，怎么想都有点不可思议。试想有一天你在大街上被人拦住，那人提出来要和你一块喝酒，你会怎么样？

酒一喝，话自然就多起来了。为了叙述方便，我称他A。以下就是A的讲述。

今天我真是很高兴。我预感会碰见你，果然就碰见了。这还得感谢摸奖，我本来不想摸，因为以前尽摸一些牙刷牙膏，留也不是扔也不是。可我还是排队摸了，你看，摸到了这！这东西其实也不值多少钱，而且据说用起来也很麻烦。不过这是个好兆头。我今年一年都不顺。我是说如果不是摸奖前后耽误40分钟，我们就碰不上了。地铁几分钟一班，又是高峰期，碰上不容易。因为这个，我要和你喝酒。你看我四天就碰上你一次，你的活动又没有规律性，这概率！人与人的交往有时候特别奇怪，差那么一点点，意思就全变了。比如说有一天你在电梯上碰见一个女人，当时就你俩，谁也不说话。这时候你发现她头上有片纸屑，你可以不管；那么一会儿她就走了，你们这辈子恐怕见不上第二面了。但是你管了，你说，小姐你头发上有片纸屑，并帮她拿开。那么她会脸红红地谢谢你，接着你一句我一句地聊起来，电梯开到21层才停住，你们已经认识了。一年以后，这个女人做了你老婆。

你别笑，这不是没有可能。干脆对你实说了吧，我和我老婆就是这么认识的。很玄吧？你不要认为北京人爱玩玄的，那时候我还不算是北京人，刚刚大学毕业，分到了北京。我是83届的，政教专业，一个没意思的专业，单位却分得不错。我老婆当时在一家企业当出纳，薪水丰厚，如果那回不碰上我，她会嫁给一个牙科医生。他们谈了两年，没想到我意外地插了一杠子。

婚后第二年我们生了个儿子，八斤一两，62 公分，简直无可挑剔。这个孩子综合了我们两个人的优点，人见人爱。我不是在说酒话，哪天我把他领出来给你瞧瞧。而且这个儿子还不闹人，很好带。一般的家庭这个阶段是困难而危险的，可我们很好，小日子过得滋润无比。因为这个家，我和她的生活也十分单纯，除了上班，差不多都待在家里。一切井井有条，谁会料到我们今天会离婚呢？

这事还得从头说起。

前年秋天，我这个处又新分来了一个大学生。女孩子，性格开朗。你最好不要用这种眼光看我，别以为这女孩是第三者什么的。但是我同我老婆的离婚，又和这个女孩有关。

这是个人缘好的女孩，处里的人都很喜欢她。唯一的缺点就是电话太多。于是有一天下班我留住了她，开门见山地同她谈了。我说上班的时间哪来那么多的电话？她有些不以为然地笑了，说没办法，都是朋友来的。我说这儿是机关，没有惊天动地的大事，这样的小节便很突出了，今后要注意。她点点头，说处长你真是个好人。你把我留下来，我还以为你会对我说点别的什么呢。我听了很吃惊。别的什么？我从来就不对其他女人说点别的什么。我干咳了两声，收拾桌子准备离开。这时听见她说道：除了你，处里每位先生都请我吃过饭，还有跳舞的。我就更吃惊了，我可一点没看出来。接着她从包里拿出香烟，递给我一支，说：我们好好聊聊吧。

她抽烟很老道，谈吐不凡。她后来说的那些话与她的年纪极不相称。她说处长你家庭很幸福是吗？我说还行吧。她说您别介意。我问一个问题：您对我从来没动过心？我说这怎么可能呢？她却问：怎么不可能呢？除了你妻子，你就没有爱过别的女人？我说没有。她进一步问：连念头也没有？我还是说没有。我说这绝对不是虚伪，事实就是如此。她一下笑了起来，说处长你这辈子太冤了。那会儿我也放松了一点，对她谈了我的恋爱经过，我说我们结婚十年从未红过脸，可以说是相敬如宾。她按灭香烟，说：这也太奇怪了。我弄不明白，这奇怪吗？

1997 年秋天这个晚上我和陌生人一起喝酒，听他说话。我感觉他是在满足诉说欲，我这个外省人是最好的对象。但我也发现，在某些方面他有点闪烁其词。他的话断断续续构成不了一个完整的故事。我从来没想过，这可以写成一篇小说。直到很久以后，当我们再次在那个地铁车站相遇时，我才意识到这篇小说已是篇现成的东西。这样我便有权力改变一下叙述角度与方式。小说不要求以法律为准绳，但你眼下读着的这篇小说却是以事实为依据的。我有必要作出这种申明，再往下写。

那个晚上办公室里的谈话没有持续多长时间。到了六点一刻，A 就打住了。这些年 A 一般都在六点半之前回家，他得留出五分钟来走路，十分钟搭乘地铁。北京这么大，可 A 上班很方便，这也是让他满意的一个方面。A 到家的时候，妻子正把一只大砂锅端上桌，排骨汤的香味弥漫开来。女人照例要问候一声：回来了？洗手吃饭吧。A 就进了厨房，洗好手，顺便拿出味精、胡椒和盐——像每次一样，排骨差不多都是他迈进家门的前一分钟炖烂的，而放调味品历来是他的事，他一放就准。晚餐过程中还兼顾两个内容。首先是儿子汇报这一天里在校的学习情况，座位调整了没有？课堂测验了没有？作业完成了多少？还剩多少？其次才是夫妻之间的交流，说点各自单位白天发生的事。A 进门时就觉得妻子今天气色不太好，显得疲倦。他先以为女人到了经期，可是一看手表上的日历，不对，女人的例假应该在三天以后。女人喝了口汤，说上午检察院的人去公司了。A 哦了声，脸却对着儿子：你们语文老师换了？儿子说没换。儿子接着把自己的话一口气说完，埋头吃饭了。A 这才转过脸问妻子：你刚才说检察院什么来着？女人叹了口气，说他们的财务部主任让检察院提走了。男人揩揩嘴说：那小子迟早会有这么一天。女人说她和她的同事都被一一问过话，从明天起还得从头到尾地查账。她烦，也有点怕。男人说：你怕什么？你又没有什么猫腻！女人说心烦和害怕与猫腻没有关系，谁都讨厌在怀疑的目光下去回答乱七八糟的问题，而且还在笔录上按手印。男人说，你必须配合司法部门的工作，怕是毫无道理的。女人看了丈夫一眼，说你这人真怪，你眼前发生了一起车祸，没有谁会认为你轧死了那个横穿马路的，但也不能因此就剥夺你害怕的权利呀！于是男人便宽厚地一笑，喝汤了。

这天晚上夫妻俩睡得都不怎么踏实。A 没有对妻子说下班前在办公室同那个女孩子交谈的事。他一夜都在想处里的几位先生同女孩单独吃饭、跳舞，居然在自己眼皮下悄悄发生了这一切。第二天上班，A 处处留意，想看出一点破绽。结果他的感觉是一切似乎都没有发生过，女孩的电话还是有增无减。第三天，A 出差去延庆搞一个调查。那个女孩子想跟他一块去，A 没同意。女孩是在电梯里对处长提这要求的，当时没有第二个人在场。女孩就开了个玩笑，说：处长，我头上没有一片纸屑吧？A 一下就脸红了。女孩笑道：您别紧张，我可没有破坏你那个美好家庭的意思，而且我非但不破坏，还会促进，您就放心出差吧。A 说：今晚谁请你吃饭？女孩反问道：您肯破费吗？A 一笑付之，为自己出言不逊感到后悔，刚才这么说的确莫名其妙。

A 在延庆待了一周。回来的前一天，他照例要往家里打个电话，让妻子多做一个人的饭菜。车过长城居庸关，A 想起这个暑期该带儿子来这里玩上一天，他早就答应过了。这时候他觉得应该多想想儿子。延庆七天，A 总想到处里谁会再请那女孩吃饭？如果他最先请了，那女孩会不会就不同其他男人一起吃饭了？要是他和女孩一起吃饭，碰上熟人又怎么解释？女孩因此像书上说的那样闯进他的生活呢？这委实是一个头痛的问题，可是不想还不行。

A 的妻子还是被公司的案件所困扰，连做爱都显得没有什么激情。女人例假刚过，本该是个好日子，但连日的查账令她疲惫不堪。我真不该学财会，她对丈夫说，我现在一听数字就起鸡皮疙瘩。丈夫拍拍她，说你命中注定是吃数字这碗饭的。女人感叹道：我为什么不学音乐呢？那样 1、2、3 不就成多、来、米了？A 给弄笑了，把妻子搂到怀里，可妻子打了一个漫长的哈欠。

机关还是老样子，每个人埋头做自己的事。就是看报，也一样埋头。女孩子的电话还是多，没有人说她。A 也不说，但他开始留意电话的内容，偶尔能听出那么一点暧昧。A 想其他人肯定也听出来了，早就听出来了，可他们还是私下约请了她。他们当中有两位比自己年纪还大呢。

这天下班前，A 接到妻子的电话，说外地的一个同学来了，晚上同班的几个一块聚聚。A 本想提前十分钟走，结果局长要同他谈点事，反而弄迟了。他给儿子打了电话，让孩子先吃点饼干垫垫肚子，把门关好。A 回到办公室，大家都走了。他匆匆收拾桌面，这时发现玻璃台板下面压了一张音乐会的票，就是今晚八点半的，北京音乐厅。A 一下就想到了女孩子，显得有些紧张。这无疑又是道难题，去，不合适；不去，明天上班见面会很尴尬，也不合适。回家的路上 A 一直就这么左左右右地想着，到了南礼士路站，居然忘了下车。A 踅回到家已将近七点，从冰箱里拿出速冻饺子下锅，他看了一下外面的天，还没有完全黑下来。这时他主意拿定了，去。他想这样也好，免得那女孩子没完没了，虽谈不上什么勾引，但多少会影响今后的共事。他觉得似乎没有必要把这件事搞复杂，所谓心理障碍也显得多余，不就是一场音乐会吗？没准儿那女孩还请了处里其他人呢。

于是，A 简单洗了个澡，并换了一件新买的 T 恤。他想这不是为了取悦于女孩子，而是表示对艺术的尊重。今晚是中央乐团的交响乐演出，据说李德伦会重新执棒。这时候 A 想起，自己常在南礼士路站见到的那个背大提琴的女人，她会不会也在中央乐团？那是个看上去很忧郁的女人。

8 点 20 分，A 走进了北京音乐厅。观众差不多都到齐了，A 张望着，很快就发现了自己的那个空位，同时也注意到了一个熟悉的女人背影。但不是那个女孩，而是他老婆。

陌生人那个晚上拉拉杂杂说了不少，说实话，到这里才引起我的兴趣。可是偏偏此时他的呼机响了，他看了一下，说很抱歉，有件急事。我没有理由留住他，给了他一个房间电话号码并记下了他的呼机，想让他过几天去我那儿聊聊。然而一连几天过去，A 没有来。我呼了他两次，也未见回话。我想我犯了个错误，不该对 A 说我正在写一部电影。这个男人可能很在乎隐私权。那几天我沉浸在这个悬而未决的故事里，很自然地想到了那个女孩。我想这位年轻自信的姑娘原来不过是开个善意的玩笑，结果事与愿违地拆散了一个美满的家庭。

我们不妨这么设想：

那个女孩子分别给男人和女人送了一张票，当然是悄悄送的。于是男女双方都对此做出了反应。我们已经知道，男人的反应显然迟钝而费劲。当他走进音乐厅看见自己老婆背影的那一刻，他惊讶不已。女人电话里撒谎了，男人却还不明白。他退到一角，注视着那个空位。老婆以为这个空位将由谁来填满呢？是她的主任（那家伙不是让检察院提走了吗?）是从前那个牙医？还是一个能安慰她并能使她更加快乐的男人？总之，不会是他这个做丈夫的。这时候灯光转暗了，男人沮丧地退场，而舞台的大幕正徐徐拉开。

那个晚上A应该是走回来的，没有搭乘地铁。他联想到妻子每回的应酬事由，一下子觉得充满了疑点，几乎处处经不住推敲。他不敢再这么想下去了。A整个晚上都在等待。临近11点的光景，妻子回来了，还是无精打采的样子（是边上那个空位一直缺席?）。A不动声色，照例会把拖鞋递给女人，随口问道：同学一块玩得好吗？女人说不就是吃吃喝喝那一套嘛。后来……A问：后来怎么了？女人那会儿已坐到了马桶上，说：后来一个人喝醉了。

女人对音乐会只字不提。很长时间过去后，这个男人或许会想，如果那天晚上听音乐会的是他和那个女孩，他大概也不会对妻子道出真相。但那一夜男人是悲伤的。他真希望妻子所讲的那个喝醉了的人是自己，因为这样他就去不了音乐厅，也就没有后面的一切。

至于这个家庭后来是怎样解体的，我无须妄加推断。这两个人当初因为一片纸屑走到了一块，当然也可以因为另一片纸而分开。

1997年北京的深秋异常干燥，供暖却提前了。我呆在房间里像洗桑拿一般，整天就是一身秋衣。我在考虑着一部该死的电影，迟迟下不了笔。没事可干时，我便去那个地铁站，看一份无聊的小报。我期待再次与陌生人相遇，但是一次也没碰上。连那个背大提琴的女人单薄的身影也从我视野中消失了。不久，我便回了合肥。我在北京和一个陌生人喝酒，其实是去年的事，可印象中总觉得相当遥远。春节刚过，这家影视机构又催我了，因为忙于装修房子，直到三月底我才成行。这回我主动提出要住核工业部招待所，倒引起了他们许多猜测，以为我与这附近的某个女人泡上了。

那时候北京的街头到处都是《泰坦尼克号》的海报。一天，他们给我送了两张票，明显地是让我找个伴。我于是给熟人打电话，结果他们都是走不开，或者一时赶不过来。北京确实太他妈大了。这时，我想起了A的呼机。电话很快就回了，却是一个女声。她说这个呼机的机主已易人，而且原先的机主也调动工作了。我就很冒昧地问了句：你是他什么人？她说：是他以前的部下。我便断定是那个女孩子，于是就多说了些话，我说我曾与你过去的处长喝过一次很特别的酒。她立刻在电话那端笑了，说这事她听说了，太好玩了。这时我才把话头扯到下午的电影上，想不到她一口就答应了。

电影是在小西天中影公司的放映大厅。按照事先的约定，我手执两听可口可乐。不一会儿，一个穿浅蓝色羊毛衫的女孩笑着朝我走来了。A的介绍是准确的，这就是一个漂亮活泼让人心动的姑娘。几句寒暄后，我们又谈到了A。她说处长这人挺好，就是活得不对劲儿。不过离婚离得还像那么回事，她说，双方吃了一顿，还互赠了礼物。A的礼物是一块透明裸芯的机械表。A对女人叹道：你要是这块表就好了，哪儿不对劲，我一眼就瞅出来了。女人也叹了句：这有劲吗？

我回味着这个细节，似乎也有了感叹。这时又听见女孩说：不过这玩笑是开大了，他们都经不起。我便问：你有点后悔？她眉毛一挑：我后悔什么？你千万别误会，那票可不是我送的。

这真让我费解了。

那么，票又是谁送的呢？很长时间以后，我突然明白了许多。我想这件事做起来并不难，而且做事者早已是胸有成竹了。或许这本就不是个玩笑。

上个月的一天傍晚，我去五棵松看望一位同行，又从南礼士路站上地铁。车开动后，我意外地发现了A的身影，但我没有过去。当时他正同一个女人低声交谈着什么，看上去很甜蜜。而那个女人现在不需要再背大提琴了。我远远地看着他们，吃惊一瞬间便过去了。我突然想到一年前的那场交响乐音乐会，又想到十年前某个电梯里的一片纸屑，觉得一切都在情理之中。不久，五棵松到了。我走出地铁站，外面已是华灯初上时刻，这又该是个美妙的晚上，我这样想着，身轻若燕。那时候我的朋友正在马路对面使劲对我挥着手，喊着什么，不过我一句也没听见。

1998年7月21日　北京立水桥

（原载《上海文学》1998年第3期）

上官先生的恋爱生活

在石镇尚未形成市的规模时，上官先生就已经超前过上城市人的生活了。这位县文化馆的美工是我学画的启蒙老师。他其实比我大不了几岁，但由于他和我父亲是同事，在1978年之前，我视他为长辈。那时我常去他的宿舍。在那间18平米的屋子里，我第一次见到了咖啡、睡衣、电动剃须刀和一套至今还看得过去的组合家具。上官先生长相英俊，身材挺拔，除了会画，还会拉小提琴。他的风度和才华像旗帜一样在古老的石镇飘扬，如同他的姓氏容易让人判断其出身名门望族而绝非三教九流。多年以来，上官先生的形象一直统治着我。我甚至公开模仿他的某些做派。比如把呢大衣的领子竖起，再衬上一条暗红色的格子围巾。用今天的话来说，二十几年前我就深明了一种叫做气质的东西。

从前那些日子，上官先生可谓威风八面。凡有大的庆典，石镇主要街道的宣传栏上都会出现他的宣传画。那是用30张道林纸拼起来的巨幅，需要搭脚手架进行绘制。每次作画，先是由小工们把白纸平整地糊上水泥墙面，再由我把排笔颜料一一摆好。这阵锣鼓过后，上官先生始才登场。他从不用炭条打轮廊，而是直接用排笔蘸上赭石洒脱地画起来。他也从来只画那些主要的部分，比如人脸和手，余下的边边角角都由我完成。围观的人很多，大家在夸赞上官先生的同时也美言我几句。我自然心中窃喜，上官先生却不为所动，目不斜视地挥动着画笔。他穿着一件自己设计的大褂子，看上去像个严肃的科学家。这件沾满颜料斑点的工作服，成为日后石镇风衣流行的真正起源。

1977年秋天，石镇的街上出现了第一个穿风衣的人，但不是上官先生。穿风衣的是一个年轻女人小陶。后来大家知道，这个小陶是曾在石镇附近农村插过队的上海知青，现在从省卫校分回来了，是一名助产士。这使她很不愉快。小陶的理想是回上海，哪怕在里弄小工厂糊火柴盒什么的。其时政治形势已发生了根本变化，原先那些上海知青正以各种名目纷纷回调，小陶却像一只苍蝇似的落到了原地。年轻美丽的小陶穿着米色风衣走在落满梧桐叶的大街上，成为那一年秋天石镇最为忧伤的风景。她神情黯淡地走着，没有引起更多的注意，却意外地走进了上官先生的视野。

那个下午，上官先生正在文化馆门前为人调试一台海鸥牌相机。当他上好胶卷，把镜头对向富有纵深感的大街时，穿风衣的女人便处在透视中心点的位置。我的激动首先来自那件风衣，上官先生后来这样对我说。然后，他认出了小陶。上官先生曾下乡为知青辅导过参加文艺调演的节目，和小陶算是熟人。小陶他们那年演出的是一个叫做《算盘歌》的表演唱，八个女生手持八把算盘载歌载舞。小陶是领舞，上官回忆道，她的条件和感觉最好。这八个女生中有三个是上海知青，台上一站，台下便清楚了。事情就这么奇怪，上海人还就是上海人。

如果不是小陶的出现，上官先生兴许就同我一起考大学了。他最初想考浙江美术学院，后来听说浙美招生的名额极少，又想改考中文。那些日子，他常去我家借复习资料。我觉得他有不错的文科底子，过关没多大问题。可是有一天他把借去的书全还来了，他说：我决定放弃。我疑心他是有精神负担，怕名落孙山而失了面子。上官是当之无愧的小镇名流，他若考而不取，日后往下混就难了。我父亲却说，上官是因为恋爱而舍弃了功名。金榜题名与洞房花烛皆为人生大喜，父亲说，兼而有之则难。这绝对是废话。然而上官先生果真就成了这理论的实践者，他与护士小陶恋爱了。

才貌双全的上官先生历来就是石镇姑娘们暗恋的对象。可是这么些年下来，仍然没有谁能成为上官的意中之人。上官不喜欢她们。他也不掩饰对石镇女人的反感，说她们走路像鸭子那样叉开着腿，说话大嗓门还带脏字，连穿衣都不懂得颜色搭配。有一回他多喝了点酒，话就更离谱了。上官说，石镇的女人洗屁股洗脚用的是同一条毛巾同一只盆而且还不换水。他振振有词，一副胸有成竹的样子，好像私下做过普查。他还建议我以后千万别娶这地方的女人做老婆。女人嘛，上官先生说，要的就是个情调，你再看看人家小陶：站有站相坐有坐相，待人接物落落大方，不是吗？

我承认小陶在石镇确实有点鹤立鸡群，但也没有上官先生说得那么完美。小陶五官端正，可是搭配在那张大脸盘上总有点不和谐，比如说眼距过大。小陶的皮肤白皙，但毛孔较粗，颧骨上还有淡淡的雀斑。我想这些上官先生肯定比我清楚。他也不是视而不见，而是看重了那种叫气质的东西吧。

于是这两个气质相投的人坠入了爱河。他们出双入对，夺走了街上全部的目光。1977 年的恋爱节奏还是缓慢的。石镇地盘不大，居民的好奇心却长时间不能满足。他们关注这一对男女的行踪就像关注物价一样。他们欣赏这对恋人在小雨中的漫步和骑车去山里的野游。甚至有人仿照他们的生活方式，开始养花养鱼，置办组合家具。多年后，我写了一篇《石镇的家具革命》，便是从上官先生谈起的。在那篇夸夸其谈的短文里我颂扬了革命先驱上官的那股大无畏气概，也暗示了他对爱情的不倦追求。我重点提到了接吻。我说：两性间的交往除了目的性性行为之外，还必须重视过程性性行为及边缘性性行为。这后二者虽然不怎么实惠，却充分展示了性关怀的美感。显然，这篇文章有借题发挥之嫌。而且我必须坦率地承认，这也是盗用了上官先生的观点。

上官先生和小陶姑娘的恋爱既古典又现代。他们以身作则，坚持婚前不发生性关系。那时小陶一下班就骑车去了文化馆。一见面，两人便掩门接吻，再开始交谈。上官先生很得意地告诉我，他喜欢这种情调。就是结婚了，他们也将把这一习惯保持下去。每天回家，先接吻，后做饭。我觉得这很像外国电影里的场面。上官说：这又有什么不好呢？这年冬天的一个夜晚，我去文化馆挂长途电话，看见上官的屋子里灯光昏暗，小提琴如泣如诉的旋律飘过了我的头顶。我便去敲了门——屋里点满了蜡烛，上官和小陶表情肃穆，原来他们在共度圣诞平安夜。我有些抱歉地离开了。回到家，我对父亲说了这些。父亲不以为然地说：上官想在石镇搞一块试验田吧？我父亲是在教会中学读过书的，却对主敬而远之。他每天忘不掉的是准时收听“美国之音”。

春节一过，我便接到了大学录取通知书。启程的前一天，我去向上官先生辞行，可是他下乡采风去了。小陶也没有从上海回来，医院说她超假了半个月。我郑重告诉父亲，如果上官结婚，务必代表我送上一份厚礼。然而这份礼迟迟没有送出去，上官和小陶的恋爱突然就发生了变化。

直到现在，我也没有弄清当年这对完美恋人分手的直接原因。那年暑假回来，我曾小心翼翼地问过上官。我说你们那么般配，怎么说完就完了？上官苦笑了一下，点上香烟（这之前他是不吸烟的），那是一种牌子很臭的烟，他一吸就咳个不停。但他终于没有作出任何解释，神情透着一言难尽的感慨。最后，他只说了四个字：沮丧不堪。我有点不知所措，就想陪他去乡下散散心。我们约好第二天出发，可是当夜这家伙就先溜了。他在门上贴了张条子，叫我不要找他。

那个暑假我没有离开过石镇。关于上官与小陶分手的种种传闻我多少听到了一些。有人说，他们最初的不偷快来自小陶饮食习惯的改变。小陶自从来到石镇，只爱过两种东西，除了上官还有茶鸡蛋。小陶特别爱吃石镇小贩制作的茶鸡蛋，每天都吃，有时一吃就是五个。据说上官先生对此很反感。这很让大家困惑：茶鸡蛋难道不能吃吗？我倒表示理解。我甚至担心上官接吻时会产生异样的感觉。还有一件事听起来也有点不可思议。有一次省画院来了几位画家，文化馆由上官出面陪同接待。这几个画家都是上官的朋友，也曾帮过他不少忙。上官陪他们去山里转了一圈，回到石镇，他向他们介绍了小陶。大家都夸小陶温文尔雅，说上官到底是画画的，眼光如何如何不错。上官让小陶在屋里做了一桌菜，为省里朋友饯行。他突击把屋子用三合板隔了一下，把外面布置成精巧的小餐厅。小陶在走廊上做菜，一盘盘端上来。上官选择的餐具很讲究，小陶的菜委实也做得出色，地道的上海风味。于是又博得画家们的一致夸赞。小陶前一晚是大夜班，遇上个难产忙了一宿，所以只向客人敬了杯酒便离席去了里屋。这有点传统妇女的味道，不难想象日后成为主妇的她将是很贤慧的。画家们兴致勃勃地又吃又喝，话题从小陶谈到上海女人，又从上海女人谈到日本女人和法国女人，最后谈到他们正在和北京的同行联系，准备秋天搞出一个石破天惊的人体画展，并建议上官也来一张，就画小陶！上官没有思想准备，但创作的欲望是燃起了。他似乎有点不好意思，一个劲地向朋友敬酒。

这时，大家听到了一个声音。

是里屋小陶的鼾声。

我不知道这件事是怎么传出来的，也难辨其真假。倘若是真的，我可以想象到那一刻上官的窘迫与尴尬。我向父亲问起过此事，父亲说他听到的是另一种说法。那夜小陶是忙累了，也躺到了上官的床上，但并没有打呼。上官的惊讶来自小陶的眼睛——她睡觉时是半睁着眼。这是事实，父亲说，医院里的人都知道。父亲又说：这有什么呢？你妈不是睁眼和我睡了 30 年吗？

我想上官的惊讶应该转瞬即逝，不安却会停滞一个时期。但这件事无关痛痒，因为这之后上官还有兴致进行人体画的创作。

上官先生的人体画创作开始于五月的一天。他闭门不出，整天地在看安格尔和鲁本斯。但这些纸上的东西毫无生气，他这样对小陶说，人体画离不开模特儿。

小陶很聪明，就问：你是不是想画我呀？上官沉默了许久，说自己很矛盾。作为艺术家，他当然渴望小陶成为模特儿。但作为未婚夫，他还是希望信守诺言，把美妙的一刻留到神圣的日子。小陶就笑了，说你拿主意吧，我好安排时间。那时小陶被抽到了县工会，参加排练一个叫做《春天》的大型舞蹈，她是领舞。上官还是举棋不定，说自己先依靠资料往前走几步再说。于是就动手了，很快，消息不胫而走。

最先知道这件事的是一个瓦匠。这个人上屋检漏，从窗户上看见上官在作画。瓦匠就张扬了，说文化馆的那个画家天天躲在屋里画光屁股女人，画得像真的一样。大家就以为，那被画的对象必定就是小陶。有人还当面问过她，是不是真的脱光给上官画了？小陶笑道；我愿意，他还不敢呢！可见那会儿小陶还是开朗的，不往心里去。但是这件事越传越邪乎，有传闻说上官以画画为由，想婚前检查一下小陶的身体，看看她是不是处女；还有人说这对人貌似高雅，实为肮脏，先干一下，再画一下，边干边画，边画边干。有一天上官出来买调色油，百货公司的一个年老妇女便打趣说道：上官，你这些日子可瘦多了，看这小脸给上海刀刮的！上官还是不知所云。小陶沉不住气了，她几乎每天都让人追问。

她一上街，店铺里的人都把头伸出来，皮笑肉不笑的。小陶觉得自己是在游街示众，便委屈地对上官发了火。

你别画了！我没被你脱，倒叫满街的人给脱光了！

上官这才意识到此事的非同小可。

据说上官为了澄清事实真相，还专门写了一篇文章，送到了县广播站。宣传部知道后，便及时将稿件抽下，又分别安慰了两位当事人。部长说，搞艺术总是要付出代价的。当然，今后也要引以为戒，不要过早张扬。

于是上官的这次创作就夭折了。多年以后，我见到了它的色彩小样，觉得画上的那个女人还真的很像小陶。我想这也正常，小陶给上官的印象太深刻了。那时小陶已调回了上海，有消息说，她刚刚结婚。这天夜里，我和上官在石镇西头一家小酒馆的楼上喝酒。我问上官，对小陶是不是很怀念？上官说，怀念当然还有，不过尽是些沮丧不堪的事儿，这感觉还真奇怪。正说着，从雅间走出几个人，都显得喝过了量。他们口齿不清地对上官打招呼，然后就下楼了。我听见他们在楼梯上议论着一条裙子什么的，忽然就想起了一件事。

1978 年 6 月石镇撤县建市，历史翻开了新的一页。为此，石镇组织了系列的庆祝活动。其中最有影响力的，是一台综合性晚会。整台晚会的舞美设计是上官，除此之外，他还带着小提琴加入了伴奏的管弦乐队。晚会是露天的，地点在人民广场，据说观众有五万，可谓声势浩大。夜幕降临，大幕拉开，舞台上灯光渐渐亮起，开场的节目便是由小陶领舞的《春天》。台上的姑娘都穿着浅绿的长裙，只有小陶穿的是粉红色真丝裙。桃红柳绿，很合石镇人民的胃口。万绿丛中一点红的小陶舞姿优美，动作极富专业性。那个时刻，我想大家也许暂时忘记了，台上这个女人是不是真的脱光给人画了。音乐声大作，舞蹈走向了高潮，小陶一个大跳之后接旋转，越转越快，但是那片粉红色突然从大家眼中消失了，转动的是两条腿。等大幕抢着合上，大家才明白，这女人刚才把裙子转掉了，于是嘘声四起，音乐却戛然而止。

事隔 20 年，石镇人民早就忘记了小陶当年的舞姿了。记忆犹新的是从前一个护士，上海人，在台上跳掉了裙子。甚至还有人记得，这护士的右腿上有一块巴掌大的胎记。

很多年后，我去上海修改书稿。一个下午，在淮海路的一家鞋帽商店门口，我意外地遇见了已是五岁孩子的母亲的小陶。她似乎没有太大的变化，倒是面部的雀斑比从前浅了。小陶很热情，要我去她家看看，她刚刚忙完房子的装修。可我的时间有限，只好谢绝。我们就站在路边聊了会儿。我说她走得太快，调动办起来也那么顺利。小陶突然就笑了，说这得感谢那条裙子呢。小陶说“裙子事件”弄得她很狼狈，觉得没法在石镇混了，就去找领导哭诉。原先领导是不放人的，现在倒起了同情心，认为这种情况换一个环境可以理解。领导的语气很沉重，小陶说，好像我被人在光天化日之下强奸了。小陶说得眉飞色舞，不知怎的，我倒真的有些怜悯远在石镇的上官了。我问小陶，这些年是否见过上官？小陶摇摇头，笑容也敛结了一些。小陶说上官这个人很有意思，也很好，只是摸不透。即便她不调回上海，也未必嫁给上官。后来小陶又问道：他成家了吗？我摇摇头。小陶便叹了口气。

那天夜里，我想给上官挂个长途。电话接通，想想还是挂断了。我不知该对他说些什么。这些年我走南闯北地折腾，回石镇的机会少了。偶尔回去一次，又屡屡同上官失之交臂。父亲说，上官至今还是独身，有空就去山里写生，不画人物，只作风景。他把小提琴送给了我妹妹，以此换走了我家的一只波斯猫。他给波斯猫订了一份牛奶，自己倒喜欢吃茶鸡蛋了。

去年夏天我来北京筹备一部电影的摄制，住在北郊的立水桥。我住的酒店是新开业的，设施正逐步配套，只有总台一部电话，许多朋友无法与我联系。这家酒店的服务生差不多都是从重庆万县那一带招来的，年轻活泼，彼此讲起家乡话还很动听。有一天，总台让我去接电话，拿起话筒我吃了一惊，对方居然是上官先生！他此刻就在北京，是来参观俄国风景画大师列维坦画展的。我便邀他过来一聚，算起来，我们已有近十年没见面了。

一小时后，上官乘面的到了，我在门口迎接他。上官突出的变化是蓄了须，头发也白了许多。我们握手，彼此都有些激动。上官说，车往北行，一路的荒凉，便寻思我混得很不如意，否则是不会扎到这儿的，现在他放心了。这个下午上官就在欣赏酒店的格调，对巴洛克式的装修、德式的小阳台、带风景画廊的酒吧赞不绝口，说有点世外桃源的意思。然后，他就开始注意那些衣着一新的服务生了，眼睛也跟着亮起来。上官说，这儿的姑娘个个都很漂亮。我笑了笑，把咖啡推到他面前。上官小心地搅动着咖啡，又添了块方糖，自语道：如果不是她们漂亮，那就是我老了。

他似乎还说了点什么，但被传来的萨克斯旋律彻底掩盖住了。

1998 年 11 月 10 日　北京

（原载《作家》1999 年第 1 期）

1967 年的日常生活

吃饭

石镇历史上没有吃早饭的习惯，早餐实际是早点，普通人家一般都去街上买油条和烧饼，条件好一点的，可以吃上包子和掺有腊肉丁的烧麦。到了 1967 年，街上的几家早点铺都相继关门了。因为武斗，面粉运不进来。石镇这一带只产水稻，不种麦。

那时我家的成员是：外祖父、外祖母、母亲、我和妹妹。家庭的经济来源是外祖父和母亲的薪水，他们在剧团上班，两个人工资合起来有百余元，糊口有余。菜市上猪肉七毛四一斤，鸡蛋六分一个。家长是外祖父，他是一个俭朴的老人，负责每日的采买。外祖父有一个致命的弱点，耳根软。他在菜市上转悠，买回来的货色却不怎么样，猪肉上好像总有一排奶头。这便招来外祖母的责备：你这佬！又是哪个多喊你一声爷了？外祖母只能通过她的分类搭配来弥补这种过失，肥肉熬油，骨头熬汤，油渣用来炒白菜，这样一家人吃起来还是很香的。到了这年四月，石镇开始流行吃忆苦饭了，通常是每周一次。内容大概是以细糠和野菜为主。野菜是外祖父领我去附近农村挖来的，有马齿苋和荠菜。外祖母将马齿苋洗净晒干，和油渣伙烧，荠菜则剁碎捏成菜团子。细糠总要掺兑一些米粉，熬成粥糊。经这样的料理，一顿忆苦饭其实也并不难吃。然而不久事情就来了，居委会的头头听到举报，说某某人家用油渣烧马齿苋，是蒙混过关。于是外祖母被传去质问了一番。

你晓得为什么要吃忆苦饭吗？

晓得，是记着旧社会的苦。

旧社会你也用油渣烧马齿苋吗？

也用。我从16岁就是这么烧的。

你家是贫农吗?

是贫农。

你这个贫农有问题。你几十年都用油渣烧马齿苋?

五九年六〇年没有，可这算新社会。你难道要我忆新社会的苦?

外祖母的回答一声高过一声。她很坦然，因为她知道“五类分子”中没有一类是“有问题的贫农”。

五月，吃饭之前得向毛主席请示汇报了。天天如此，餐餐如此。

外祖父说：祝毛主席万寿无疆!

我们说：万寿无疆，万寿无疆!

我问外祖父：无疆是什么意思?

外祖父回答不上来，就说：总归是个好的意思吧。

有一天我母亲拾到一张传单，上面说经过最先进的科学检验，毛主席能活到106岁。外祖父戴上老花镜，把那份传单看了又看，叹道：管我们两代人是够了。然后用极其怜悯的目光看着我和妹妹，一副爱莫能助的样子。他的意思我懂，好像将来毛主席不在了，我们这些孩子都会成为孤儿。那一刻的气氛十分沉重，我鼻子酸酸的，而我妹妹突然大哭了起来——她是被大人的肃穆吓哭的。正在做饭的外祖母由厨房跑来，抱起妹妹就瞪了外祖父一眼：你对孩子胡说些什么了?外祖父苦苦一笑，躲到一边抽水烟袋去了。

这天晚饭外祖父没有吃，但他依旧带领全家进行了“汇报”。外祖母突然嘀咕道：106岁离万寿还差得远呢!外祖父连忙制止：你这张嘴迟早要闯大祸!外祖父躺到床上，落下蚊帐，他的叹息时重时轻。半夜里我起来上马桶，路过堂屋，看见了月光里外祖父的身影，在对着毛主席画像祈祷。他说：毛主席呀，你老人家一定要选一个好接班人啊!

由于这一年长江汛情严重，中下游地区普遍受灾，到了十月，石镇的粮食供应要搭配一半的山芋干了。这种山芋干和米一块煮成的饭特别难吃，于是大人便将米省给孩子。我和妹妹每餐都能吃上饭，大人们则用米汤熬锅巴，再就着它吃山芋干。从这天起，我们家吃饭的请示汇报自行取消了。因为外祖父认为，每餐吃这种东西，毛主席知道了心里也许不太好受。

睡觉

我从三岁起便和外祖父睡一床。我们家以前睡觉都很迟，要等到戏园子散场，外祖父和母亲演完戏回来，一起吃点宵夜。1967 年因为两派武斗，剧团关门了。剧团内部也分成了两派。一派叫“好派”，意思是造反派夺权“好得很”；一派叫“屁派”，认为不是“好得很”而是“好个屁”。在我印象中，“屁派”属于少数，而我母亲恰恰就是一个“屁派”，外祖父这种没有派系的人被斥为逍遥派。我问他逍遥是什么意思？他说：跟逛菜市差不多，总之是很闲了。那些日子他的确很闲。有一天他抱回来一头小黑猪，专心地饲养着。他还用黄梅戏青衣的腔调哼唱道：外面武斗我逍遥，人家生伢我养猪。这样每天一断黑，外祖父就早早上床了。其实他也并没有睡着，在等候我母亲的归来。外面的风声一日紧过一日，都说“屁派”已被“好派”包围，总攻的日子快到了。

我母亲当时同她的战友们集中在石镇最大的招待所里，很少回家。我曾去那儿玩过几次，看见他们都戴着柳条帽，肩挎帆布包，里面装着石块，每人手里还提着一根木棍。但是所谓武斗的气氛并不浓烈，两派不过示威似的每天在街上跑来跑去，口号倒是喊得很响。外祖父想让母亲撤回来，又怕人家耻笑，说他女儿不革命。细一想，觉得石镇这小地方，两派的人彼此都是抬头不见低头见，真的交手大约不可能。街上的警报是剧团一个小生用嘴对着高音喇叭学出来的，舞台上的聚光灯也充作了桥上的探照灯，这些看起来都还像唱戏，区别不过是戏台变大了。然而秋天的一夜，石镇的天空果真响起了枪声。

枪响的时候，外祖父正在屋后小河里涮夜壶。那也是个月夜，密集的枪声听起来像发湿的爆竹。外祖父一阵抖瑟，夜壶也扔了。他急匆匆地跑回家，正想出门寻他的女儿，电又停了。外祖父摸出火柴，怎么也划不着。后来还是外祖母用抽水烟袋的纸媒子将煤油灯点亮了。外祖母说，你没听见那枪是闷响吗？民国二十九年日本人过来枪声比这还脆，离石镇还差五里远呢！外祖父急着跺脚：我总要把女儿领回来吧！外祖母就把我妹妹放到床上，拢拢头发说：要去我去，我一个堂客家别人放不进眼。两人正商量，传来了急促的门声，是我母亲，像是真从战场上撤下来似的，风风火火。我母亲说，“好派”要从桥东打过来，他们有枪，“屁派”指挥部决定暂时放弃城镇，撤向农村，走农村包围城市的道路。说着，我母亲摘下腕上的“上海牌”手表交给外祖父，又交代道：要是城里难住，你们就去老家罐子窑。这时街上的哨声一阵阵地吹响着，我母亲又去追赶自己的队伍了。外祖父笨拙地关上门，眼泪滚出了松弛的眼眶。

从此我的睡觉发生了变化。那时学校已经停课，外祖父要求我白天睡觉，从早饭后开始一直睡到晚上十点起来吃饭。这样夜就显得特别漫长。石镇的电厂夜间 12 点停止工作，我们守着一盏煤油灯坐着，听外祖父说从前的故事。外祖父是黄梅戏的老艺人，工青衣，他的唱腔受到广泛称赞，但舞台之下却不善言辞。他的故事像没有油渣的马齿苋那样乏味，当时我就没有印象。作为家长，他肩负全家生命财产的责任，我们得听从他的安排。他把过去跑鬼子反的经验挪用眼前，认为夜间若有不测，跑起来腿不会打软，一气可以跑到安全地带。他对这场武斗的规模和性质没有底，对零星的枪声感到恐惧，于是就努力去作最坏的打算。他甚至想在床底下挖一个地洞，万一有人抄家，就让外祖母和孩子躲进去。这个念头刚刚生出，外祖母火气就上来了：我们又没犯法，怕什么？毛主席不是还在吗？外祖父叹道：可毛主席为什么不发个话呢？人民家里的矛盾犯得着动枪吗？

1967 年我们过着晨昏颠倒的生活。那些阳光明媚的时刻，我却像个病人似的躺在床上。我的外祖父始终合衣假寐，他挂记着唯一的女儿，对外面的形势保持着警惕，还得饲养一头猪。最初的几日，我不习惯这种起居，翻来覆去。外祖父就用一块黑布将窗户蒙上，把打鸣的芦花公鸡也宰杀了。他还把那块手表的时针拨到我原先就寝的时刻，放在我的枕边。外祖父说：你闭上眼，心里想着外面的太阳是月亮，慢慢就睡着了。我说：太阳不会变成月亮。外祖父说：古人造这个“日”，就是让你晓得，日倒过来还是日。

逃亡

武斗使石镇的日常生活陷入瘫痪，街上的一些店铺关门后，菜市也清冷下来。而且形势仍在恶化，有消息说，前来“支左”的部队暂时来不了，“好派”将进行冬季攻势。一天，我母亲托一个农民捎来了信，说他们的队伍目前实行分散转移，化整为零，各自去乡下投亲靠友，以待新的革命时机。信上说她准备走水路去罐子窑二舅家，让我们去同她会合。这样，外祖父便着手安排全家的逃亡。

罐子窑距石镇实际不过 15 华里，但那条路上认识外祖父的人很多，而且“好派”设下的关卡也多，外祖父认为不安全。所以他决定绕道而行，走山里。这条路解放前常有歹人打劫，外祖父仍有些担忧。于是他去柴市上雇了一名独轮车夫与我们结伴，条件是一条香烟。这车夫是罐子窑那一带的人，曾看过外祖父的《荞麦记》，便爽快地答应了。外祖父让我妹妹和那头猪分坐在独轮车的两边，交代说，如果路上遇到关卡盘查，就说我们是山里进城给孩子看病的，顺便贩猪。外祖父然后又翻出一些破衣烂裳，让我和妹妹换上。不料我妹妹死活不肯，说外公不喜欢她，要把她送人。外祖母劝好半天才解决问题。准备停当，外祖父悄悄把我领进内屋，让我把棉衣毛线衣全脱了，把那块“上海牌”手表一直戴到我的腋下，再将衣穿好。然后他紧贴着我腋下听了又听，又隔衣摸了又摸，才露出放心的表情。

这支逃亡的队伍在午饭后动身了，离开石镇的时候没有引起任何的注意。天上的太阳明明晃晃的，我怎么看它都像月亮。我不停地打着哈欠，想睡，这时分正是我的夜晚。那辆独轮车上，我妹妹已经睡着了，尽管那头猪一直不停地嚎叫挣扎。外祖母想把那猪卸下牵着走，让我坐上去。车夫说这样不配重，车不好推。于是外祖父就想背着我走上一截，我又不肯。我觉得我已经很大了，腋下的那块手表又给了我一种奇特的使命感，像“鸡毛信”那样重要。我突然使劲跑起来，山道向我逼近，我觉得自己应该像鸟一样飞在他们前面。然而这只是一股劲，越往下我的腿便越沉。外祖父牵着我的手，竟递给我一支香烟，说：你吸几口就不困了。我就真的吸了一口，呛出了眼泪。

天色有变，不久便下起了雨。我们去路边一个茶棚避雨歇脚，趁这工夫，我在店家长板凳上睡了一觉。这是我有生最幸福的睡眠之一，刚躺下脚就踩上了梦的门槛。我梦见自己在一棵大树下躲太阳，树叶纷纷而下，地上的叶子全部幻变成乌鸦的尸体，突然一只尸体又动弹了——

我便从这恐惧中惊醒，发现自己正伏在外祖父的肩上。雨已止，山也翻过，眼前是一条明丽的河流。两边的天像点着了似的，我们已同独轮车夫分手，正往渡口而去。外祖父说，过了这条河，对面就是故乡罐子窑。我落下来，帮外祖父牵着猪。谁知上船时，这头少年猪猛地挣脱了绳索，拼命地跑去了。外祖父说：算了，这一路上也难为了这畜牲。说完，老人的脸上显出微笑。然后他从我腋下仔细地取出“上海牌”手表，吃惊地发现它已经停了，停在他几十天前拨到的那一刻上。这块总要慢几分的手表是60年代我家财富的集中体现，1967 年的一天我把它戴在了腋下，它冰凉的表面像大夫的听诊器一样让我很不舒服，可是至今我仍能听见它秒针走动的声响。

上学

1967 年我上小学三年级，其时“文革”已进行了一年。最初接触到这场革命是在一个下午，我们的班主任夹着一份报纸，在黑板上写下标题：捣毁“三家村”，彻底闹革命。

我就以为老师将要讲的是一个打游击的革命斗争故事。“三家村”让我联想到“沙家店”和“苏家埠”，是个地名；“捣毁”无疑是战斗，合在一块便是在三家村这地方打一仗的意思。我兴致勃勃地期待着，结果老师念的报纸我们一句都听不懂。当然，这并不影响革命的开始。于是不久，我们就看见了贴满校园的大字报，看见白发校长被高年级的“红卫兵”拖上台批斗，之后又鸣锣游街，但我不知道校长犯了什么错误，只觉得好玩。那时石镇的街头天天都有人游街，一放学大家就去看，很兴奋，而且受到感染和鼓舞。我曾想跟随高年级的同学去串连，但是人家不要我。为这事我伤心了一阵子，心想再过几年便会参加革命了。

1967 年 9 月 1 日，开学的第一天，我们领到了一本《毛主席语录》，其中有些段落，语文课本上也有，比如《纪念白求恩》。围绕这个，授课的老师要讲许多。加拿大在什么地方？白求恩并不姓白，他姓诺尔曼；我们中国的姓一般只有一个字顶多两个字，外国的姓却很长。晋察冀是什么意思？什么是纯粹的人什么又是脱离了低级趣味的人？

老师讲得大汗淋漓，问道：大家懂了吗？

大家齐声说：懂了！

其实不懂。尤其不懂什么叫“脱离了低级趣味”。但是大家可以背诵。能背诵就表明是懂了。

语文老师姓产，是学校的教导主任。这人长得形同仙鹤，又戴着一副高度近视的眼镜。平时学生们都不怎么愿意接近他。产老师是学校水平最高的人，所以每班与《毛主席语录》有关的语文课都由他来讲。他以前喜欢看戏，兴许是这个缘故，每次见到我都要笑一下，或者摸摸我的头。那次讲完《纪念白求恩》，他问我是否真的懂了？我说不懂什么叫“脱离了低级趣味”。他便扶扶眼镜，说你慢慢就懂了。我去过他的宿舍，发现他很整洁，茶杯放在一只小碟子上，写字用毛笔，而且爱写繁体字。我就向他要一张毛笔字，他似乎有些犹豫，但还是为我用信笺录了一首毛主席诗词《咏梅》。他写的是小楷，我觉得比新华书店买到的《雷锋日记》字帖还要好。

我家与学校仅一墙之隔，所以我上学都是翻墙而入。上过《纪念白求恩》，我突然觉得这样做应该算是低级趣味，自然要脱离掉。但是这堵墙不久被准备武斗的某一派凿开了一个大洞，我又可以心安理得地出入了。有很多黄昏，我钻进学校的操场去玩双杠，在那上面竖倒立。学校的大字报越贴越多，一层又一层的。一个黄昏后，我无意中看见了产老师瘦削佝偻的身影，正举着一盏马灯在看走廊上的大字报——我想那一定是写他的，因为边上配有他一幅漫画像，一望便知。他认真地看着，还不时用小本子记下点什么，看了很久。等他走了，我便也跑过去看。那会儿天色已暗，借着路灯我仍能看出这一排的大字报全是写他的，其中一篇的标题是：低级趣味的产××。我自然被吸引住了。这篇文章的意思我现在记不清了，忘不掉是关于产老师“低级趣味”的几个例证：

1. 从不穿布鞋、球鞋，只穿皮鞋，而且每天都擦；

2. 从不吃食堂里的菜，自己用煤油炉另炒，有时还用苏修进口的一种电炉；

3. 经常看线装书，违反国家规定大量书写使用腐朽的繁体字；

4. 至今保留着旧京剧的唱片；

5. 结过三次婚，变相玩弄妇女……

没过几日，产老师便正式给揪出来，成为隐藏的修正主义教育黑线分子。他不能再上与《毛主席语录》相关的课了，被打发到办公室去刻钢板。据说他刻得很吃力，常常因为写进了一个繁体字而返工，但他的字又刻得很好。

有一天我们上算术课，讲的是四则运算的应用题。地主王有财剥削农民，大斗进小斗出，大斗比小斗多出四升，农民刘苦根交租三担半，第二年春天已被迫向地主借粮五斗，这样王有财一共剥削了多少？算术老师正在黑板上列着算式，突然音乐老师闯了进来，宣布将上午刚发下的歌谱收缴。音乐老师对算术老师耳语了几句，后者的脸色倏然变白，也帮着收起歌谱来。大家却不知所措，私下议论着这首新歌大概有什么问题，不给唱了。

当天下午，消息传出：产××利用刻钢板恶毒地攻击毛主席，将“万寿无疆”的“万”刻成了“无”。这是一条反标。这是最严重的反革命事件。很快，穿白制服的公安来了，要将产某铐走。但是这个人突然不见了。

连续三日的搜捕仍无结果。

第四天，一个渔人用网从石镇菱塘湖里拖出了产老师的尸体，除了那副高度近视眼镜完好无损外，全身都已浮肿，但看上去像一个魁梧的男人。他的尸体后来被故乡产家湾的人连夜抬走了，埋在他已故的两个妻子之间。若干年后，他老迈的遗孀在坟冢后面种下了一排灿烂的桃花。

结语

整整30年后，我在故乡石镇的小楼上对我十岁的女儿讲述1967年的日常生活。我说，那时候我也是十岁。女儿显然没有兴趣，只问：这是故事吗？

1998年12月　合肥

（原载《山花》1999年第3期）

某部的于村

1982年10月，24岁的于村从北京一所综合性大学分到A市机关某部。他来某部报到的那一天，遇见了另外两个也来报到的青年。他们先去了办公室，秘书看了看他们几个的介绍信，用手指示了一个方位，叫他们去干部处转组织关系。实际上三人中只有一个姓高的戴眼镜的青年有组织关系。闲谈中于村知道这人是来自本省的一所普通大学，便有了一点优越感。但又想，既然在省里的大学也能进省机关，那何苦当初要去北京呢？至少多花了些钱吧？再一想就觉得不太对劲，也许这位姓高的是高才生才有进省机关的可能，那么是否意味着他于村就是北京的普通生呢？过了会儿，干部处的分管处长来了，对新来的大学生说，具体工作安排要等部领导回来开会研究再定。处长说：你就先去办公室帮忙吧。这样，姓高的青年被派去侍候一位病人，于村和另一个人被派到资料室，临时帮助整理旧图书。虽然这件事不轻松，但在于村看来，和旧书打交道毕竟还是比和病人打交道好一些。那时于村当然不会知道，其实从这第一天起，他和那姓高的命运就出现了根本的变化。

于村在资料室前后干了半个月，成天翻书堆。这些书封存了近二十年，不过比起当时市面上的新书，又明显地好了许多。按照机关的意见，这批书在经过整理后以极低的折价卖给机关内部的人。这中间自然也包括新干部于村。但是他不能优先购买，只能和大家一起行动。有个姓何的主任打了个很生动的比喻说：这就像跑步比赛，你不能偷跑。

于村当然不会“偷跑”，这不道德。很长时间过后，他又对自己说：这是犯规的。

卖书的那天，资料室外面挤满了人，等分管领导发出命令后，人便像决了堤的水一样涌了进去。不一会儿工夫，于村半个月的心血便白费了。那些摆在书架上整整齐齐的书全翻乱了，每个人只顾着抢自己想要的书，这种形象比起每天在办公室的正襟危坐简直判若两人。所幸的是，于村自己想得到的那些书基本上还在。于村花了几十元钱就得到了几百元钱的实惠，这是他进入某部后的第一次安慰。但是后来的事就开始变得枯燥了。于村被分到研究一室，主要研究文教卫生方面的政策。如果他是外人，对"研究室"是会产生好感的，可是等他成为研究室的一员后，他就有了一种被欺骗的感觉。研究什么呀，成天就是写材料、印材料、发材料。他总是公开这么说。室主任就是那个老何，论年龄可以做于村的父亲，他私下对于村说：机关都是这样，研究室的好处就是不怎么出差。可于村说：我倒情愿多下去跑跑。

于村不久就得到了第一次出差的机会。他去的地方是靠近长江边上的一个小县城，此行的目的是调查文艺团体的改革情况。这个县的剧团唱的是黄梅戏，于村的家乡也是唱黄梅戏的，因为这点缘故，使青年于村一路的心情格外地好了起来。他觉得仿佛是一次探亲。

于村是随主任老何下来的。他们刚到，县政府办公室的人把他们安置在招待所最好的小楼，开了一个套间。接待他们的是一个姓鲁的秘书，也是今年刚分配来的大学生。由于年纪相仿，于村被对方的热情弄得很不好意思。不一会儿，县里的分管书记就赶来了，谈话不过十分钟便吃饭，自然又是一顿丰盛的午餐。席间，老何的话题明显地比在机关时多了，以至于让于村觉得这个平素窝囊的中年人原本也是很幽默的。老何的胃口酒力也很好，于村却不行，几杯直通通地下肚，太阳穴就跳得快了，只好借上厕所避开。那个鲁秘书随他一块儿出来，问他定级了没有？于村说：我刚来呢。那秘书说：还是你们在上面好，一定级就是副科。于村说：副科算什么？机关的办事员最低的就是副科了。那秘书说：可我们在下面，想到这一步没有五年八年是不行的。副科放到下面就是副局长，出门就可以带车子了。这一说，于村便明白老何刚才的洒脱劲是怎么回事。按照组织原则，在这一桌上老何就是名副其实的首长。

第二天上午，他们在县有关部门的陪同下到了剧团开座谈会。地点是后台的化妆室，却脏得吓人。由此就可以想象得出剧团面临着怎样的困境。剧团的人称他们作"省里领导"，声情并茂、声泪俱下地反映基层文艺团体的破败局面。于村认真听着情况介绍，自己的情绪似乎也受到了感染。他看见老何也一副认真思索的样子，只是不停地调整坐姿。渐渐地于村就嗅到身边总有一股子臭气在萦绕着，低头朝脚下看看，也没有看见类似粪便的异物，觉得怪，突然听见一个响声自主任腰下传来，断定是放屁了，差点儿想笑。强忍了下去还是如鲠在喉地不舒服，只好再次借故上厕所脱离现场。

于村跑到空旷的剧场里痛快地笑了好几声。回音叠起，好像不止他一个人在笑。笑过，他又点上了一支烟，刚吸一口，隐约听见有人在哭，是个带有童音的女声，闻声望去，便看见在舞台的大幕边上侧立着一个身体单薄的女孩，看上去不过十五六岁。这个穿着灯笼裤的少女显然是剧团招收来的学员，兴许是因为练功吃苦或者想家才这么伤心的。于村便走过去，亲切地问道：怎么了小同志？是不是想家了？他忽然感到自己的语气有点不对头，像电影里见过的类似政委的味道。于村有些尴尬，却不知道怎么从这局面里撤出来。这时，女孩开口了。我不是想家，女孩说，我是怕被送回家。

于村这才知道，这个剧团因为日益不景气，决定从去年招收的一批学员中裁去一部分，其中可能就有这个叫毛妹的女孩。据毛妹介绍，当初招收她时就有不少的争议，主要是嫌她个子矮。如果不是剧团小旦行当奇缺，她就根本进不来。

省里领导，您帮帮我吧！毛妹抽泣着说，那口气简直就是乞求了。

于村的心这才真的软了一回。他安慰了这个实际年龄已有 18 岁的姑娘，表示可以“说说话”。他倒是履行了诺言，在为期一周的调查结束后，他把这件事委托给了那位鲁秘书。为了有力一点，他谎称毛妹是自己的一位远房亲戚。等回到机关一个月后，有天下午，于村正在装订材料，接到了鲁秘书的电话，说那件事办完了。于村开始愣了一下，费了很大劲才想起“那事”来，连声称谢。不久，毛妹也给他写了信，说自己命好遇上了贵人什么的。最后，毛妹说自己已改了名字，不再叫毛妹而叫毛梅了。不过于村倒觉得，还是叫毛妹好一些，他想需要指出这一点来，结果因为抽出去防汛连信也没回。

1985 年，于村在机关干了 4 年，越发觉得没有味道。他每天的工作还是写材料、印材料、发材料。处里新来了一个副主任，就是那位当年和于村一起报到的姓高的青年。当初这个人被派去侍候的病人，是单位的二把手。半年后，一把手因为作风问题下台，他扶正了，便挑姓高的做了秘书。如今几年一过，姓高的就提拔了。事情看上去一点儿也不复杂。这一年好像就是提拔年，几乎每天都能听到谁提拔了的消息。于村本来对提拔之类的事并不怎么感兴趣。但是身处这么一个具体的环境，似乎连木头人也不会无动于衷了。这样于村就隐约地感到有点压力。越是有压力，他就越是看不起姓高的副处长，也越感到这人对自己很挑剔。譬如每回于村写的材料，姓高的总要大改一通，然后还让于村重新誊一遍。这样几次下来，于村就觉得自己像是姓高的一个秘书。而在姓高的那里，俨然就是很自然的事了。于村心里窝着火，总想找机会发泄。

这天，又是安排于村给部长写讲话稿。是为大书法家邓石如纪念馆落成的祝词。大家知道于村对文艺很熟悉，自然这工作就非他莫属了。于村倒也有兴趣，比起以前那些枯燥的材料，这次自然有意思一些。他翻了很多资料，想写得精美一些。第二天，于村就把材料拿出来了，交到主任老何手里，老何说：我对这个是外行，还是高主任看吧。于是就交到了高那里。于村本想等结果，想看姓高的这回怎么下手。这时来了一个电话，一听，是个女声，就找他于村。对方问：是于老师吗？于村就很困惑，我什么时候成老师了？他说：我姓于，请问你是……

我是小毛呀！

当如今叫毛梅的姑娘出现在于村眼前时，后者还是很吃惊。他没想到“女大十八变”这句俗语在这个毛梅身上会表现得如此具体。眼前的毛梅分明就是个亭亭玉立的美人儿，你无法把她与三年前的那个黄毛丫头联系起来。于村当然高兴，甚至动过一瞬的邪念：搂着这样水灵的姑娘睡觉真是人生一大快事。可他还是不明白毛梅为什么要称他作老师？我像老师吗？吃饭的时候他这么问道，我倒真希望有你这样一个学生呢。

不叫老师叫什么？毛梅说，我总不能叫你小于吧？

于村心里便颤了一下。是呀，是存在着一个怎么称呼的问题。如果我是处长或者主任，那么今天毛梅就不会叫我作老师了。莫须有的老师。那一刻于村心里特别地酸。

毛梅是来省里观摩的。她现在是县剧团的后起之秀了。第二天晚上，于村请毛梅出来散步，他们走到环城马路上，说些海阔天空的话。于村问：你想不想到省里来工作？

毛梅说：想呀，人往高处走这个理我还不懂？可是我怎么来呢？

于村知道毛梅是有意把话递过来的，当然这也很好。于村说：这事我有数了，但不能急。其实这个晚上于村就想说：你嫁给我算了。

话虽没有出口，但事情最后还是做了。在分手的时候，他们拥抱了，也接吻了。据于村后来说，这是他有生以来抱过的、吻过的第一个女人。但他惊讶的是，这事做起来怎么如此的镇静而自然。

和毛梅的接触（于村认为这是真正的接触）即意味着恋爱。于村自然很兴奋，但也预想到了，这件事可能会改变自己的某些方式。简单地说，他现在不能只图一个人自在了，得注意搞好关系。他想，把毛梅从县里调到省里绝没有当初使她留在剧团那么简单。凭他自己的能力想办成这件事显然不易。本来，他自觉在机关没有太多的烦恼，虽然没有怎么重用他，但他很自由——他可以在法定的八小时以外去干自己有兴趣的事。他是学中文的，业余时间总爱给晚报写一些杂感。这些东西可以使他达到两个目的：在机关内部受到尊重，每月增加收入。那时的工资很低，像于村这种副科的级别，每月就只有六十几块钱。而他的稿费平均起来比工资还要高。因为这个，于村心里有些平衡。你姓高的不就是个副处吗？不就是比我多出二十几块钱吗？于村甚至在心里这样想过，以每月的经济收入，自己就是部长了。这可能就是于村看不起别人尤其是姓高的副处长的原因所在。

这天上班，于村看见自己起草的讲话稿已放在桌上，又被姓高的副主任改了一番。他一见就生气了。什么玩意儿！装什么孙子！他就这么嚷着。当时边上并没有第二个人。但是话音刚落，老何与姓高的以及其他人都鱼贯而进了。于村看见他们每一张原本松弛的脸转瞬间都绷紧了，显然自己适才的发泄被大家在门外听见了。他感到自己的表情还在怒着，心想若此时收敛就不好下台。于是血就往上涌了。于村把稿子朝姓高的桌上一撂：你有什么好改的？是不是你动手改了就表示你水平比我高了？

姓高的说：我没这个意思，你太多心了。

于村说：我告诉你，这次你自己来誊。

办公室的人都过来劝了，说小于你冷静点小于。于村没有看见老何，后来才知道主任不知什么时候出去打开水了，而平时他是几乎不打开水的。

于村和高副主任吵架的事很快就传开了。当天下午，他被带到部长那里去谈话。部长严肃地批评了他，说：要主任干什么？就是让他对研究室里每一项具体工作负起责任，改稿子是很正常的。

于村不自主地回了一句：那何不让他自己动手起草呢？

部长说：起草就是你的工作了，这也很正常，你同样要负起责任。机关每一项工作都是有程序的。

那个晚上于村感到十分难受。他想这下自己的处境变得难了，甚至想马上调走。可是往哪儿去呢？他原想尽快把毛梅调上来，没想到现在自己也面临着找去处。想到这里，于村就特别地伤感。他走出去，外面正下着雨，他也没带伞。雨淋在脸上倒是舒服一些。这是青年于村平生遇到的第一次压力。路过一家小馆子，于村想进去喝点酒，突然里面吵了起来，一个大汉被人从里面推出，那人喊道：得罪你怎么样？老子不犯法，就是皇帝也治不了我的罪！于村吓了一跳，他弄不清这大汉是什么身份的人物，但那人的这句醉言却把他从沮丧中捞了上来。

这以后于村就变得奇怪了。每天上班他是第一个到，而下班也是第一个走；不请事假但也不接受加班；机关开会他不溜号，但从不发言；他允许别人改他的稿子，但决不重誊一遍。他出差按平均数去，捐款按平均数，甚至打开水也是按平均数。有一天老何在下班时留住他，说想与他谈谈。于村开口就问：我又做错什么了？老何说你没错，你做得很好。老何说：我今天是以朋友的身份与你交交心的。主任绕了很大一个弯子才说到正题。主任说小于，在机关干就得有好忍性，所谓十年的媳妇熬成婆。于村说：主任，我实话告诉你，我是既不愿当媳妇也不想当婆婆。就这一堆了，大不了把我扫地出门，那也不至于扫到地球外面去吧？老何一下就被噎住了。

于村在晚报上接二连三地发表杂感，加之他经手写的材料被省委负责人批阅过，机关大院里很快就传出了这样的评价，说某部有个姓于的笔头子很不错。但这小子又他妈的特别犟，不好使。这期间，于村也在忙着未婚妻调动的事，但一涉及到找人求人便止步了。他自觉找不上人，也不想去求人，可是县里的毛梅又朝思暮想地盼着早日上来。姑娘每月一半的工资都花在长途电话费上。姑娘在电话里哭泣，说这么拖下去她会很快老掉的。好像就真成了明日黄花。于村心里着急，却又一时拿不出办法来。

但他下了决心，如果软的不行就来硬的——结婚算了。一个省内的分居还能不解决吗？

这年的秋天，于村和毛梅结婚了。他们在分居了一年后调到了一起。据说最终还是老何替他的下属跑成的。毛梅还干本行，在A市黄梅戏剧团工作，由于自身条件好，进来了就很受重用。两出戏一唱，竟在市内获得了好评。

故事说到这里，需要一次提醒了。你们也许没忘记，1982年分到某部的是三个青年。那第三个就是我。我的情况比较特殊，在不到一年的时间里，我病了四次。到了第五次，我得了慢性肝炎，一头扎进医院差点出不来了。等我完全好透了，于村的现状又使我茅塞顿开。我知道最不适合在机关的不是于村而是我。这样我就干脆请了病假，回家复习准备考研究生一走了之。到了1988年，我考取了。我离开的时候正是新部长上任之际。这个面目清秀的中年男子，以超凡的记忆力和平易近人闻名省内。为此他特别吩咐办公室准备一次宴席为我饯行，很让我受宠若惊。吃饭的时候，话题就很自然地扯到了当年的三个大学生身上。大家恭维了我几句，但说着说着就说到了于村。有人说：小于这个人倒不坏，能力也很强，就是不适合在机关待。新部长就问为什么？那人说：他很犟呢，不过又没有明显的毛病。这时老何插言道：工作中还真离他不开。新部长说是吗？我倒要见识一下了。他的口气很自信，具有一种挑战意味。

不久，我在南方听到消息，就在我离开两个月后，于村突然得到了提拔，令机关全体人吃了一惊。我也很意外。

我再次见到于村是在1993年春节。我回A市探亲，在街上遇见了于村，当时他正和毛梅带着儿子去看一个画展。这是我第一次见到毛梅和他们的孩子，便有些吃惊，因为毛梅的个头很高，甚至可以说很时髦，像个模特儿。于村现在已是研究一室的主任了，人也像是发福了许多。他叫毛梅领孩子去看，硬是拉我去他家。他说我们得好好叙叙。他刚分了一套三室一厅的新房，装修也很不错，使我意外的是，墙上却挂了一幅老何的书法，一看就很有功力，学的米芾。我就问：是那个老何吗？于村说是，不是他是谁呢？我就感叹道：想不到老何还有这一手？于村说：这叫会打不出手。这话一说，于村突然就沉默了，过了会儿才说：你知道吗，老何上个月才走。追悼会上那些挽联没有一个比他的字写得好的。可他走了。

我们一直谈到傍晚，于村执意要留我吃饭，这时，毛梅和孩子回来了。于村打发老婆赶快做饭，我就说：别忙了，小毛晚上还要演出吧？

于村就一笑，说：她改行了，调到资料室来了。

那何必呢？我说，小毛是个好演员。

谁说不是？于村说，这事不能怪我，怪她自己不争气。你听说过女人结了婚还长个子的吗？

见我有些摸不着头脑，于村又补充道：她那个剧团男演员都是矮子，没有人能和她配戏。她得顾全大局。

说到这里，来了电话，于村去卧室里接，我隐约听见他说：喂？部长……这事我正要向您汇报呢……行行，我明天就去查一下，您放心，报告我自己动手……

于村回到客厅，想很快找到刚才的话头，就问我：我刚才说到哪了？

我说：男人都是矮子。

于村眨眨眼睛，似乎还没有明白过来，只说：是呀，怎么这个地方的男人都是矮子呢？

2000 年 5 月　合肥寓所

（原载《作家》2000 年第 8 期）

纸翼

后来楚翘想，对于一个她这样的女人，2000 年 10 月 18 日这一天是值得回忆的。

这一天实际上很平常。每年都有 10 月 18 日，只是按照人们的习惯，把这样的一天看做结婚的好日子，楚翘一早就看见街上有许多迎娶新娘的彩车。她的同事王涵也选择这个日子把自己给嫁了。王涵是前年分来的大学生，人长得还算漂亮。楚翘心里清楚，自己虽然比王涵大了几岁，但就女人的气质与风韵而言，她仍然不失自信，楚翘这一年二十八岁，已婚，没有孩子。她的丈夫刘东是一家电脑公司的营销经理。

楚翘今晚要去参加王涵的婚宴。可是临下班之前，她接到了一个电话。对方是个男人，声音动听但很陌生。对方说：你好，我们不认识。

楚翘说：当然。

我是一个出差到你们这个城市的男人，对方说，我只是随便拨了一个电话，我想如果对方是位女士，我就邀请她共进晚餐。

这是机关的电话。楚翘说。

我不管，但是我很高兴，因为现在与我说话的果然是位女士。

楚翘就把电话给挂了。

她想这简直是个笑话，怎么会有这样的事呢？没过一会儿，电话又响了，楚翘犹豫了片刻，还是接了。这回对方说得很简洁：很抱歉，我已经记住了这个电话，明天我还会打的。

楚翘有些生气地说：你这人怎么这样？这是机关电话！

对方继续说：我也记住了你的声音。只要是这个声音，我就会……

楚翘又把电话给挂了。但是临出门的时候，她突然有了一点后悔。为什么要拒绝呢？为什么不能在电话里客气地聊上一会儿呢？陌生人，一个有趣的陌生人。可是现在的结果却很糟糕，在那个看不见的男人的记忆里，肯定留下了一个乏味的女人印象。带着这样的懊恼，后来楚翘迟到出席了王涵的婚礼。在婚礼上，许多别出心裁的安排她都没有印象。女人的好奇心驱使她只想一个问题，就是刚才给她打电话的男人会是什么样子？无疑这是一个浪漫的男人，也是一个富有幽默感的男人，但猜测就到此为止了。

第二天，楚翘按时上班，同事们都在议论昨天王涵的婚礼场面，说了许多赞扬的话。楚翘却一个人在电话旁边翻着报纸，她觉得那个男人还是会来电话的。但是很遗憾，从八点半到十一点半，没有一个电话是找她的，因此她就产生了一种疲惫的感觉，觉得这一天过得特别漫长。下班的时间又到了，楚翘第一个离开。她想以这种方式尽快摆脱掉这种莫名其妙的感觉。当她走进电梯间时，忽然想起自己的一本书落在了办公室里，便又走了出来，走回去。她感觉平时每天走过多次的走廊显得长了。她急着把门打开，突然电话就响了。她被这意外的铃声所惊吓，但却毫不迟疑地拿起了话筒。

你好，接得真及时。是不是怕别人抢先接了？

我是……

楚翘本想说我是回头拿书的，碰巧遇上了这个电话。但是她很快意识到，这样的解释显得没有力，于是就改口说：你这人怎么回事？难道还非逼我打 110 吗？

男人在电话的另一端说：我一直考虑给你打电话。我觉得应该在你下班的前夕打比较好，因为那时候办公室的人该差不多走光了，你这儿毕竟是机关嘛。

楚翘说：既然知道，你就不该这个样子。这样太荒唐了。

荒唐？男人说，我从来就没有意识到有这个词。

楚翘说：我不是那种可以给人消除寂寞的女人。我希望你放尊重点。

男人说：到目前为止，我的所作所为都是得体的。

楚翘说：那只是你的感觉。你想过没有，你的举动会使别人紧张的。

男人说：别说得这么严重呀，你今天有空吗？我请你吃饭。

楚翘说：你觉得这可能吗？

男人说：为什么不呢？

楚翘说：我不想再说什么了，只希望你以后别再来电话。

说完，她就把电话给挂了，在楚翘离开办公室时，她听见电话铃在身后再次响起，在空寂的走廊里显得格外响亮。

楚翘把这个秘密告诉了新婚的王涵。她说：你看我这样处理对吗？

王涵一边吃着自己的喜糖一边说：你这个人也太认真了，其实见面吃顿饭又有什么了不得的呢？

楚翘被王涵的话弄得有些窘迫，说：我们的情况不一样。

王涵说：怎么不一样？

楚翘说：我家刘东总在外面出差，我不想我们之间闹出什么麻烦来。

王涵说：不就是一顿饭嘛，你想得太复杂了。

楚翘说：我不想这样。

王涵说：你就知道你家刘东在外面不这样？人在外面，心都是浮的。

楚翘说：刘东不是这样的男人。

王涵说：那是你以为。男人都是这样。

楚翘说：既然你看透了这一点，为什么还要结婚呢？

王涵说：这是两码事呀。女人结婚就是找一个依靠，但未必就是感情上的依靠。你下回再接到这个人的电话，就答应他，我可以替你去吃这顿饭。

楚翘被王涵给说得手足无措，这个时候，她就感到王涵到底还是比自己年轻一些。

一周过去，楚翘再也没有接到那个陌生的电话。但是，她的心情却更加沉重起来了。她感觉自己每天上班失去了一种既害怕又温馨的期待。这已经不是什么好奇心了。她想可能是自己在电话里的语气过于严肃了，使人望而却步。她又想，也许是这个男人出差离开了这个城市。总之，那个不知什么形象的男人就此消失了，事情往往就是这样，因为没有形象，所以就没有更深的记忆。从这时起，楚翘的心里产生了内疚。她走在街上，看见任何一个陌生的男人把脸对着她，就觉得他应该就是电话里的那个人。而当她每天晚上，躺在床上接丈夫刘东从外地打来的长途时，已经不再那么兴奋了。只是问：你什么时候回来？刘东说我还早呢。

女人便不想多说了。倒是做丈夫的判断出了什么事，就问：你没有遇上什么麻烦事吧？

楚翘说：我每天过着两点一线的日子，会有什么麻烦可言呢？

刘东在电话那边笑了，说：你要是寂寞，就出去找朋友吃顿饭吧。

刘东这句随口说出的话使楚翘感到有一种讥讽的意味。

这天临下班时，楚翘有意拖延了时间，在自己的桌子上整理过去的一些信件。实际上这几天她都在拖延，她在等待那个随时有可能出现的电话。外面的天色已经慢慢地黑了，一天又这么过去了，楚翘准备离开。这个时候，电话响了。楚翘有些迟疑地拿起电话，轻声问：喂？

是那个人！从呼吸中楚翘就有这样的感觉。

男人清了清嗓子说：不好意思，我这些天没有给你打电话。

楚翘说：这样不是很好吗？

男人说：我在你们的城市里病了，现在还躺在床上呢。

楚翘停顿了一下：怎么病的？严重吗？

男人说：没什么。我的胆囊有点问题，有结石。

楚翘说：那会很疼的。

男人说：是呀，进来的那天晚上，疼得我直不起腰来，我就像个残废人似的，蹲着走，上楼下楼，挂号拿药，简直……

楚翘说：你的客户单位怎么不管你？

男人说：我没有什么客户。我是自费来你们这儿拍照的。

楚翘说：你是摄影师？

男人说：对。我是一个风光摄影师。

楚翘说：你现在感觉怎么样？

男人说：很快就出院了。

楚翘说：你在哪家医院？我觉得应该去看望一下才对的。

男人说：你这样说我就很高兴了，但是我还是不希望你来。

楚翘说：为什么？

男人说：我不希望女人看见我病恹恹的样子。

楚翘说：你这人太好强了。

男人说：我只是觉得这样好，不为什么。

楚翘说：你什么时候离开？

男人说：现在还说不好。我还要进山去呢。外面的天已经黑了，你回家吧。

楚翘说：好，你多保重。

电话到此就结束了。女人还保持着原来的姿势，看着窗外的天慢慢黑下来，然后就看见了雨。她觉得雨是和自己的泪一道来的。

你觉得他为什么不要求我去看望呢？楚翘这样问王涵。

也许他会觉得自己躺在病床上的样子不精神吧？

就为这个？

这还不够吗？

我觉得他是不愿意见到真实。真实的我和真实的他。

算了吧，楚翘。我看你们既然已经错开了，就让它永远错开好了。

楚翘有些失望地离开了王涵那里，当她再次回头时，看见门口的王涵怀孕的迹象已经十分明显了。她想这个王涵一定是因为怀孕才决定结婚的。可是自己的情况不是这样。她和刘东在恋爱期间一切都很规矩，她是以处女之身去做新娘的。楚翘想，自己是否也到了该要一个孩子的时候了。

楚翘再次接到男人的电话是在两天后。还是在下班前，那个男人告诉她，自己已经到了山里。

楚翘问：你还会回来吗？

男人说：当然。我回来就和你联系。

楚翘又问：那天，你怎么会想起拨这个电话呢？我觉得你不像是一个很随便的人。

男人说：我当然不是随便的。你这个号码的后四位数1018，其实是我的生日。

楚翘说：哦，是这样，那么你每到一个地方是不是都这样做呢？

男人说：我在外面还是第一次过生日呢。

楚翘说：那等你回来，我请你吃饭吧，我为你饯行。

男人说：好，我们就这么说定了。不过单还得由我来买。

男人在打电话的时候似乎在同时做着什么事情，电话里显得有些杂乱。于是楚翘就问：你在忙是吗？

男人说：我本来要出门，结果……

楚翘问：出什么事了？

男人说：见鬼，我的裤子拉链卡住了，怎么也拉不上来。

楚翘笑着说：就为这个呀？那我教你一个偏方。你用肥皂把卡住的地方抹一下试试。

男人说：这样行吗？

楚翘说：你可以试试。

然后楚翘告诉对方一个新的电话号码，说：我马上要换办公室，以后你可以打这个电话。

男人说：我记下了。这个电话什么时候打合适呢？

楚翘说：随便。上班的时候都行。

楚翘告诉男人的电话其实是自己家中的电话。因为从这个星期开始，她要在家里写一份关于旅游项目的可行性报告。

这天晚上，楚翘开始在家中写材料。可是白天的事使她有些分心。她自己也觉得有点好笑，彼此没有见过一面，连名字都没有通报，但是这件事就是搁到了心上。楚翘写不下去，就用稿纸盲目地折叠着一只纸鸟。她发现这个儿时的游戏如今已经不会玩了，好不容易叠出个形状，但是显得很难看，一只笨鸟，她看着觉得好笑。这时，客厅里的电话响了。楚翘自然以为是刘东的，开口就问：你到底什么时候回来？再不回来我可就跟人私奔了。

然而电话却是那个自称是风光摄影师的男人来的。男人说：很抱歉，我预感到这是你家里的电话，不知道现在说话方便不方便。

楚翘自然有些尴尬，好在电话里对方感觉不到。但尴尬只是一瞬间的事，女人心里还是感到高兴。她说：你很聪明。

男人说：其实你可以直接告诉我。

女人说：我是想让你自己去判断。

男人说：你觉得我会在晚上打这个电话吗？

女人说：没想到会有这么快。怎么样，在山里玩得还好吗？

男人说：山里还是有意思的，你丈夫出差还没有回来？

女人说：对呀。

男人说：就是说我们现在可以在电话里放纵一下了？

女人说：你想干什么？我知道你们男人就是这么个分量。

男人说：你知道我为什么喜欢给你挂电话吗？

女人说：不知道。

男人说：因为我喜欢你的声音。

女人说：我的声音特别吗？

男人说：我觉得很动人。

楚翘虽然笑咧咧的，但是内心还是受到了一种震撼。

接着他们就说了一些漫无边际的话题，男人总是要求楚翘多说，这使她感到有些紧张了。她说你这么讲我可就真的不好开口了。

最后，女人问：你裤子上的拉链好了吗？

男人告诉女人：你的偏方很管用，我的拉链已经好用了。

可以想象得出那个晚上对楚翘应该是多么的愉快，但是不可想象的事情也就在那个时刻出现了，当楚翘放下话筒时，她才注意到一个浓重的身影就竖在对面的墙壁上。那是她的丈夫刘东的身影。楚翘心里一阵慌乱，还没有来得及开口，刘东的话就抢到了前面。

那边是谁？男人的声音虽然轻慢，但是却有着掷地有声的分量感。

楚翘说：你什么时候回来的？

刘东点上香烟：我在问你，那边是谁？

楚翘还是在勉强地笑着说：你别急嘛，我会慢慢告诉你的。

于是刘东第三次质问妻子：那边是谁？

楚翘突然感到了前所未有的委屈，自己的嗓门也提高了：我不认识！

刘东冷笑道：可你认识人家裤子上的拉链，不是吗？

楚翘说：我就是不认识！

然后她的眼泪便涌了出来。尽管如此，女人在这个晚上还是把事情的原委仔仔细细地对丈夫说了。她的丈夫一直在看着她的眼睛，这使她感到自己越往下说疑点就越多，似乎她在刻意编造一个拙劣的谎言。所以她用一种可怜而无奈的语气结束了自己的坦白——我知道，无论我怎么说，你都不会相信的。

刘东沉默了片刻，然后说：要是我这么对你说，你信吗？

楚翘无言以对。

楚翘把自己和丈夫的事告诉了王涵。后者说：这个刘东也太那个了。你们连面都没有见过，连对方长得什么样子都不知道，就更谈不上别的事了。

楚翘说：可他就是不相信呀！

王涵突然也沉默下来，说：也难怪他了。要是我，我也会不信的。

楚翘说：可这些都是真的呀！

王涵想想又说：倒也是，国家也不抓思想犯罪嘛。

说完这句话，王涵就陪着楚翘去找刘东。但是刘东已经把自己的铺盖搬回父母那边去了。

这件事过去了一段时间，楚翘和刘东还是分居着。刘东也还经常回来，把自己换下的衣服随便扔进洗衣机里，好像他回家不是看妻子而是看洗衣机。洗完衣服，他又走了。楚翘忍不住地对丈夫说：刘东，你不能这样对待我！刘东说：我没有怎么样呀？我是打你了还是骂你了？男人的语气仍然是那么不动声色。这样的时候，楚翘就特别想念那个无端给自己惹上一身麻烦的电话。摄影师说过，山里的电话信号不好，这段时间可能与她不能联络。但是摄影师已经有过承诺，一回到城里就会与她见面的。楚翘想到这里，突然产生了一种与那个人私奔的念头。她想自己要是当初真干点什么就好了，这样她就敢于面对自己的丈夫了，大不了也就是个离婚吧？

但是摄影师的电话还是没有来。

刘东却回来了。楚翘想这个男人可能是相信了发生的一切不过是一次玩笑，再这么下去未免小题大做。楚翘下班回家时，看见刚洗过澡的刘东光着身子横躺在床上，心里觉得很不舒服，她随手将被子拉开盖住男人，倒不是怕丈夫着凉，而是不愿正视他的裸体。刘东手里正翻动着一本武侠小说，头也不抬地对老婆说：我把衣服洗了，你晾一下。

楚翘没有说话，但还是把衣服一件件地从洗衣机里拖出来，再一件件地晾到院子里去。在晾到刘东的一件真丝夹克衫时，女人发现这上面的拉链也卡住了。她就拿肥皂在卡住的位置反复涂抹，可还是不能滑动。这个瞬间，女人想起了已经仿佛很久没有音信的摄影师来。她不禁在心里自问：那个人怎么就不来电话了呢？

楚翘抬头看天的时候，看见了一只白色的小东西从眼前划过，她一眼就看出那是自己叠的那只难看的纸鸟，不知什么时候被当成垃圾扫出去了，然而现在它却能借助一阵风力起飞。楚翘被这个不可思议的事实惊吓住了，她感觉这只不可能的小鸟在自己的头顶上划了一个大圈，然后飞出了她潮湿的视野。

这年的冬天，楚翘在整理这一年的报刊资料时，无意中在晚报上发现了一条消息，那上面说十二月十二日中午，一辆由山里开往城里的客车翻了，遇难者七人，其中就有一个著名的风光摄影师。

楚翘仔细推断出这个日子，觉得车祸发生的时刻就是白色纸鸟飞出自己视野的时刻。

6 月 30 日　合肥

（原载《安徽文学》2001 年第 9 期）

轻轨

从地铁 2 号线西直门站出来，可以换乘 13 号线往北。这 13 号线就是大家通常说的轻轨了。所谓轻轨，字面上看，大约就是与常规的铁轨比较，材料显得轻便一点的意思。因为它是铺设在城市内部，不出远门，好像也就不需要特别牢实似的。但北京人不怎么愿意唤作城铁，而叫轻轨，听起来显得玄乎，这是北京人的做派。上海如今支起了一条由德国进口的磁悬浮列车，施罗德亲赴沪上剪彩。据说很让上海人引为骄傲的。可是上海的磁悬浮意义，一半脱离了城市交通的概念，转为一种时尚的饰物。因为票价不菲，往返一趟得花三百块，于是就有人拿它来请客，说：走，阿拉今天请侬坐磁悬浮白相。电视上自豪地介绍，春节期间的磁悬浮票子早早就预订完了。这真是一种奇观。由此看来，北京的轻轨远不及上海的磁悬浮排场，但它实惠，围绕半个北京城走一遭，只需要三块钱。轻轨一通，自然部分缓解了京城的交通。尤其是往北边去的，可以到达回龙观和霍营，也只需四十几分钟。如果你去清华，那就相当地方便了。由始发站西直门开步，经过大钟寺、知春路，在五道口站下来，走不了两站地就到了清华的东门。

因为轻轨的通车，北京城最北边的房价突然就上扬了。北京历来就是看重城北地带的，说那是上风口，无论是科学的空气还是迷信的风水，都道一个好。因此那北边的地价房价永远就高于南边。这南北的划分，依的是那条著名的东西而贯的长安街。于是天安门、紫禁城算在了北边，中南海、新华门也在北边，即使是十三陵，那不也还是在北吗？之后距离市中心每隔一环，相当地位、相同品质的房子，价格就有了相当的差距。譬如北二环边的，一平米一般要万儿八千；三环的就只要七八千了。等过了北四环，房价会有一个明显的下跌。毕竟那儿目前还不发达。实际上四环外就是城外了。但是如今轻轨通了，那里似乎又有点红火了。这样一来，搭乘轻轨去北京最北的地方看房的人便多过以前。每天在轻轨上来来往往的，大都是去回龙观一带看房、买房的主儿。

北京的轻轨通车很仓促，为了赶上国庆，先把由西直门到霍营的那一段通了。轻轨一共就四节车厢，却是相当的老化。与新建的现代感十足的车站很不匹配。不过车内并不感到怎么拥挤。四环以内、居住城北的，一般都还有钱。出门不是私家车就是打的士。何况还有发达的公交大巴。轻轨方便的主要是五环外的那些人。用北京话说，这回他们合适了。乘轻轨从西直门出来，经过城里的时候，乘客还有一种高高在上的感觉。入夜时分往两边看看，灯火煞是辉煌。可是越往北，灯光就越发地暗淡了。等过了五环线，几乎是漆黑一片，那就是标准的农村了。

每个周末，或双休日，轻轨上去五环外看房的人总比平时多。这个周末就是如此。不到下午四点，那些提前下班的人便到这里集合了，等候着开往回龙观方向的轻轨。这是 2002 年 11 月的一天，北京最好季节里的一个周末，不过天气似乎有点嫌凉。在最后一节车厢里，乘客不是很满。他们一簇簇地进行着交谈。这些人穿戴各异，话题却相当一致：看房。只要是来看房的人，大都是成双结对。他们计划是要在北京安一个家，是家，按习惯就至少属于两个人。

投资这里的人显然是发财了，一个戴眼镜的北京男人对自己身边的北京女人这样说。男的大约在四十岁光景，女的略小一点，气色却比男人憔悴。女人暂时没有说话，低头看手里的一张房产信息地图。那上面早就画满了只有她自己能看懂的符号。

那是啊，这些老板还很有远见呢。边上的一个穿短风衣的外地青年男人接过话头说，去年一平米卖两千多的，现在变成三千多了，一套房子下来就这么凭空多出了十来万。

谁叫你去年不下决心呢？他的女朋友外地青年女人说，你这人做什么都不赶趟。

外地男人说：以前不是嫌远吗？哪知道这轻轨说通就通了……后悔的药咱不吃，这回得一刀拿下。

听了这话，对面的那个穿长外套、始终戴着墨镜的女人，我们姑且称她叫 A 的，抹着口红的嘴角便起了一种不屑的笑，那意思仿佛是：不就是一套房嘛，至于这样吗？这个女人的年龄处于最暧昧的那个阶段，不过看上去颇有点风度，给人一种距离感。你能猜得出墨镜后面的那双眼睛是美丽的，但可能含着冷漠。

在她边上，靠近门的位置是位穿着休闲西装的中年男子B。这个人自打上车就开始不停地搓手。他没有卷进关于房子的话题，而是突兀地、自言自语地说：没想到天会突然变得这么冷……还是应该开车。

有车为什么不开呢？戴墨镜的女人A似乎是无意中接过了B的话头说，车里至少暖和点啊。

B就笑了笑，说：那是，可是我要从金融街开到回龙观，那一路的塞车可要了命。还是坐轻轨利索点。再说，我还没坐过轻轨呢。就是没想到这车里会这么冷……

A也微笑了，难得这个已经步入中年的男人还持有这份好奇心。女人把脸侧了侧，说：出入金融街的也上回龙观看房？

B犹豫了一下，说：各人的想法不同吧。

A点点头，表示赞同B的看法。

知春路站到了。坐在A和B中间的一个学生模样的姑娘下了车。于是他们坐近了点，交谈的声音也随之低了下去。

B说：其实我今天只是去看看，未必真买。

A说：像你们这样的人，应该早就有房了吧？

B说：我家住在菜市口一带。

A说：我说呢。那位置多好。现在是准备买第二套房，周末度假用？

B说：怎么说呢……你好像不是北京人吧？

A明白B是有意岔开了话题。但她还是点点头，说：我在北京住十来年了。

B说：你的北京话很地道。

A说：可还是被你识破了啊。

B说：其实我也不是北京人，大学出来后就留在这里了，比你多住了十年。我是做金融的。我想，你应该是搞艺术的吧？

A不免有点吃惊，说：能看出来？

B说：有这种感觉……但你可能不会是演员，应该是……

A笑着打断了B的话：我明白你的意思，做演员的是不会上这回龙观买房的，他们有钱。

B有点不好意思，说：当然文艺圈也有爱到郊外买别墅的。不过，我劝你千万别买别墅，到处都是窗户，都是门，一个人在家总感觉不安全……

B说到这里突然停顿了一下，又说：对不起，我可能说错话了。

A没解释什么，把身体往后靠了靠。这时，又一站到了。

轻轨经过了五六站后，进入到一条隧道，噪音顿时大了。那感觉和地铁完全一致。等重新走上地面，周围的环境陡然荒凉起来。这时，那个外地的年轻女人说话了：怎么还没到啊？

外地男人说：还有好几站呢。

外地女人说：这么远？

外地男人说：近了能便宜吗？

戴眼镜的那位北京男人插话说：远有远的好处。

他的妻子北京女人放下手中那张房产地图，看了看他，说：我就看不出远有什么好处。我们是没辙才奔这儿来。

北京男人扶了扶眼镜说：凡事都有利弊嘛。

北京女人说：行了，你少来这一套，我都听烦了。

北京男人就暂时收了口，低声嘟哝道：先看看再说吧。

这两人刚停住，外地女人又对外地男人说：看来想买远点的也不只是我们啊。都说现在北京人几乎全撤到四环外去了，这城里都被外地人占下了。

外地男人说：是啊，北京有钱的并不多，可外地有几个钱的，都扎北京来了。

外地女人叹道：我们混得可不怎么样。

外地男人说：这得看和谁比了。怎么说咱也比那些租房子的强吧？北京这么大，光我们这些“北漂一族”就有三四百万吧。

外地女人笑了笑：要是我们有这么多钱就好了。那就不跑这么远的路来看房了。

外地男人拍拍外地女人的肩头说：慢慢来，没准儿过两年我们运气好了呢。

外地女人说：那我们就把现在这一套卖了。再回头去买三环以内的。

这时，那个戴眼镜的北京男人又插话道：就是有钱，我劝二位也别这么干。

外地女人觉得好奇怪，就问：为什么？

北京男人正了正身体，说：这城里的房子问题可大了去了。其一，是空气质量差；其二，是噪音污染重；其三，是价格太离谱。您啊，以后钱要是富余的话，还不如买辆车，那多舒坦。

外地女人对北京男人笑了笑，说：那我可不干了。城里再怎么着也还是城里。我现在是没钱才往外扎，有钱的话我还希望住进中南海呢。

大家哈哈一笑。

对面的男人 B 手机响了。他先看了看来电显示再接听，说：有事吗？

听不清对方说什么，只听见 B 断断续续地说：我不在单位，在外面……替一个朋友办点事情……你不认识的……晚饭不回去吃了……家长会？等我回家再说吧。

B 放下手机，他的目光和 A 有了短暂的交接，但他没有说什么。他的神色似乎显得有些不安，又开始搓手了。

过了片刻，A 才说：做男人的也好辛苦啊。

B 回过头，说：是的，总是忙。

A 淡淡笑了一下：结了婚的男人或许更忙吧？

B 说：那自然。我结婚已经很久了。

A 说：可你看上去还很年轻啊。

B 说：老了，孩子都快上大学了。

A 有点意外地说：是吗？有这么大了？

B 说：我结婚在那个时候也不算早。

A 说：我想应该是个女儿吧？

这下是 B 觉得吃惊，说：这也能看出来？

A 说：是感觉，和你一样。

B 说：总有点根据吧？我确实是个女儿。

A 说：有女儿的男人做事一般比较优柔寡断。对不起，我在胡说呢。

B 看了看 A，想说什么，却没有说出来。但他的笑容是诚恳的，带着一点钦佩。

也许是为了掩饰刚才的冒昧，A 好像无话找话似的说：现在的房子面积越盖越大，其实真没这个必要。

B 点头附和道：是啊，孩子一出去，家里就剩俩人，真没必要那么大。

A 说：家非得是两个人吗？

B 有点惊讶，一时没接上话。

A 说：我的意思是说，家和房子是两码事。家或许得两个人以上，房子未必都是两个人住。

B 说：可也总不能老是一个人住吧？

A 说：为什么不能？我要是发展商，就盖上一批精美的小户型，保准好卖。

B 说：据说有人已经这么干了。就四十平米，一室一厅，外带厨卫的精美装修。

A 说：我想，这或许是一个趋势。

B 说：趋势？

A 说：人都想要一个属于自己的空间。从前呢，以为是家，现在又觉得不一定是家，应该是房子吧。

B 说：不过，有时会感到寂寞的。

A 的嘴角又掠过了那种不屑，说：这个年代克服寂寞的办法多的是，可想得到一份清净与自由却很不容易。

B 看着 A，希望女人继续往下说。但是男人的手机又响了。听起来又是一个女声。男人下意识地转过身去，压低声音说：我快到了……大概还有两站吧。你最好找个暖和的地方，今儿这天气很糟糕。

男人这回把手机关了。他回过头，看见女人已经把脸对着窗外。他们的交谈就这么结束了。

轻轨运行十一站后到达了回龙观。车上的人几乎下完了。一走出站，各自就奔各自的方向去了。B 感觉外面更冷，他把西装的扣子全部扣上，然后把手机重新打开。在他准备打电话的时候，他忽然想到了刚才那个女人 A，就四下张望着，觉得应该与她打个招呼。他们的交谈很有意思，但是他没有看见那个女人的身影。而这时，另一个女声从路边的一个广告牌后面传了出来，对着B的背影喊了一声：我在这儿呢！

B闻声回头，看见了一个更加年轻的女人。

两个小时后，刚才看房的这些人差不多又在同一个车厢里见面了。夜幕已经拉开，列车上的灯光好像电压不稳似的很晃眼。人们都显得有点疲惫，情绪也显然没有来时那么高昂了。那个喜欢看房产地图的北京女人一脸不高兴地对丈夫说：广告上的话真不能听，说得那么好，照片那么漂亮……

北京男人一边擦拭眼镜一边答话：推销嘛，都这样。基本上都不是实景拍摄，电脑拼凑出来的。不过我们看的那套房的楼层、户型都还可以，又是板楼结构。

那个外地女人就问：到处都听到板楼、塔楼的，有什么区别？

北京男人戴好眼镜说：板楼就是有南有北互相通气的，这个好；塔楼呢，是只对着某一个方向，没法透气，价格自然要低一些。

外地女人点点头，说：哦，是这样……其实住家没什么大不了的吧？

北京男人说：那区别可大了去了。

外地男人就急忙问：那么，要是价格相差无几，五环外的板楼和五环内的塔楼，你选哪个呢？

北京男人犹豫片刻，说：这得看你自己的主意了。不好说，反正买房子不是一件轻松事，要兼顾到方方面面。难。

外地女人说：还不是难在一个钱上。要不哪来这些比来比去的？这世上原本就没有又想好又想巧的事，可大家总以为有。

外地男人就说：所以啊，我们要面对现实。

外地女人说：我反正是看不中这里了。要是以前的同学来北京找我，那还不让他们笑话死了——某某人的家住在“北京的农村”呢，周围都是红高粱。

外地男人说：也没这么悬吧？北京的北边发展会很快的。这奥运会一办下来……

外地女人说：等发展起来了，我们也快老了。

外地男人说：不至于吧？

外地女人说：我问你，我们当初为什么要到北京来？不就是要享受作为首都的快乐吗？哪能一辈子在那种地方猫着？

外地男人说：也不是每一个有钱的人都住城里的。我们公司的老总，还住到通县去了呢。

外地女人说：那是他周末度假用的呢，他城里肯定另有一处房子。

北京男人清了清嗓子，说：其实啊，我们对住宅的选择一直有误区。外国人的居住观念和中国人完全不同，他们喜欢自己的家远离闹市，尽可能地与自然亲近……

外地女人说：是吗？那就让你们北京人去做外国人好了，我们外地人来做北京人。

大家又是哈哈大笑。

那个叫B的男人还是坐在原先的位置上，他环抱着臂膀，神情显得有些黯然。这个人心事重重，自然没有兴趣加入到这支谈话队伍里去。他在寻找适才坐在身边的那个女人A，她不在这节车厢里，也或许就没有赶上这趟车。B感到有一种莫名的失落，现在他很需要和她聊聊。于是在一站到了之后，男人趁着上下车的混乱去了另一节车厢。刚过去，他就看见了那个熟悉的身影。

A坐在这节车厢的一个角落，眼睛看着窗外。她从玻璃上看见了就在自己身后站着的B，突然有些紧张。女人慢慢回过头来。他们对视了一眼，然后彼此都有点不自然地笑了。

A往边上挪了挪，示意B坐下。

A说：选中了？

B坐下后就摇头，说：来之前我就觉得没戏。

A说：那为什么还要来呢？

B说：怎么说呢？

A说：一言难尽吧？

B说：你看得怎么样？

A说：我简单。只要决定了，明天就可以打款签合同。

B说：那你决定了吗？

A笑了笑，说：那还没有。户型还行，两室两厅的……

B说：你刚才不是说想要一居的吗？

A 说：我得有一个工作的空间。只是楼层差点，我想要顶层的，但是都卖完了。

B 说：顶层价格便宜点？

A 说：不是因为便宜——在北京，这里的房子已经够便宜了。我是不想听见头顶上有脚步声。特别的不喜欢。

B 再次抱起胳膊，说：这天变得可太快了……

A 说：你好像更冷了。

B 笑了笑：刚才还能感受到一点西边的阳光呢。

A 停顿了一下，侧着脸看着 B 说：怎么就一个人回来了？我看见你那位的背影了，是无意之中。

B 有点意外，但不显得局促，只是没有接话。

A 说：抱歉，我只是有点好奇而已。

B 说：没什么。本来是应该一起上车的，还约好晚上去听音乐会，结果……怎么说呢，发生了点小问题。

A 说：她很年轻。我想也应该很漂亮吧。

B 说：还行，就是脾气比原来大了。

A 说：那是年龄悬殊的原因。

B 叹了口气，说：现在看来，这件事没有做好。

A 说：这种事一般很难做好。

B 说：刚开始不是这样的……

A 说：刚开始都不是这样。

B 说：时间一长，就觉得还是有问题……

A 说：你是为她买房呢，还是为你们？

B 说：现在连我自己也弄不清楚了。从春天忙到秋天，就是不停地看房，看哪都不如意……你看了几处了？

A 说：没看几处，我是奔着这个方位来的。在城里住十年了，想找个清净点的地方。

B 说：那上班方便吗？

A 说：我基本是在自己屋子里上班。做自己想做的事。

B 说：哦，那真好。

A 说：就这点好处吧，挣不了多少钱，养活自己没什么问题。我这人还知足。

B 说：或许有一天我得向你学习，最后为自己买一个清净和自由吧。

A 说：我们情况可不大一样。

B 说：其实内心是一样的……你喜欢北京吗？

A 说：怎么说呢？以前我以为自己会择水而居，我不喜欢干燥的城市。可我在这个城市住了十年，几乎可以背诵她……你呢？很喜欢北京？

B 说：我去湘西凤凰的时候，看见作家沈从文的墓碑上有这样的碑文——“一个战士不是战死沙场，就是回到故乡。”

A 说：我也见过，是黄永玉写的。

B 说：对。我不想做一个战士，那太累了。但北京对我来说却一直是一个沙场。我想，如果有一天我确实感到累了，或者彻底老了，我就离开这里，回我的故乡……

A 说：像沈从文那样？

B 说：我是自己走回去，不是让人送回去……

A 说：一个人到世上来，挣了钱，买这买那的，就很难为自己买到一份清净和自由。

B 认真点了点头。

A 说：就算是自欺欺人吧，房子多少能给自己带来一点安慰。

他们沉默下来，看着窗外，视线落在很远的地方。那儿目前还是一片荒地，黑暗的荒地的尽头立着两台挖掘机，正在加班施工。不久，那儿又将有一个新的小区了。北京这么大，盖了这么多的房子，可很多人不知道哪一套将是自己的……不知道……

在晃眼的灯光中，轻轨又经过了一站。

2003 年 5 月 5 日，北京，正是“非典”横行时

（原载《山花》2003 年第 7 期）

临渊阁

临渊阁，位于乌县南郊青云山下。相传为明嘉靖年间所建藏书楼。后于万历年间遭遇天火，至清康熙年间重建。之后又经战乱被三次损毁，至民国二十七年修葺。“文革”间，再次遭捣毁，阁内藏书均付之一炬。今有乌县人、当代著名作家叶萧先生所著小说《临渊阁》，便取材于此。近年，县政府拟斥资重建……

——《乌县县志·旅游篇》

我记忆中的临渊阁不过是海市蜃楼，我无法走近它。我只记得故乡的路，记得那里古老的城墙，清澈的河流，秀丽的山川，还有到处开放着的向日葵……

——叶萧《临渊阁》

1

作家叶萧的那部《临渊阁》，刘子林是在云南丽江大研古镇一个小书店买到的。当时他开着三菱越野吉普车进行拉练式的旅游，跑遍了大西南。见到这本书，刘子林便对随同的秘书说：这个叶萧，是我父亲的学生呢。那个晚上，刘子林一口气把《临渊阁》看完了，才知道，这不是一部历史小说，而是现代的一个伤感的故事。合上书，刘子林眼前便浮现出一张少年英俊的脸来，那是十六岁时的叶萧。虽然当时刘子林才五岁，但记忆里这张脸十分清晰。严格地讲，叶萧不算是父亲的学生，他没有授过叶萧一堂课。但是，父亲却非常赏识邻班的这个叫叶萧的学生，总是把叶萧的作文借来，拿到自己的班上来念。一个甲班的老师，喜欢乙班的学生，这种情形是比较特殊的。多少年后，在已经是拥有资产过千万的礼品公司老板刘子林看来，还是一个谜。

从西南回来之后，刘子林决定把公司的总部从上海迁至北京，进一步拓展业务。他把这个计划通知了父亲，想听听他的意见。父亲认为不错，又说：到了北京，你一定要去登门拜访一下叶萧先生。刘子林随口答应了，但不知道父亲为什么要在电话里这么提醒。不错，叶萧如今已是著名作家，是名人，但他不是官员，与做生意有什么关系呢？

北京很大，但刘子林还是很快从省驻京办事处一个熟人那里，打听到了叶萧的手机号码。他希望及时与叶萧取得联系，却又担心冒昧。于是他选择了短信的方式。他给叶萧发了这样一条短信：叶先生，您在北京吗？然而一天下来，叶萧没有回复。刘子林不免有点失望，也有点生气，心想暂时不见了。第二天上午，叶萧的电话来了。叶萧说：请问，哪一位给我发了短信？

刘子林就突然显得拘谨，说：您是作家叶萧先生吗？

叶萧说：我是叶萧。

刘子林说：我是……我是刘永昌的儿子……

叶萧说：你是小凯吗？

刘子林说：我是，我是小凯！

刘子林有些激动了。他没有想到，三十年过去，叶萧还记得他的乳名。这让他打消了某种顾虑，也破除了距离感，他甚至觉得，叶萧这个人很亲切。

后来的事实正如他的预感。当天下午，叶萧在位于回龙观的家中接待了刘子林。一见面，两人不免都有些吃惊。在刘子林看来，眼前这个叶萧和记忆中的叶萧完全不同，与报纸电视上看见的那个叶萧也不尽相同，他觉得这个四十多岁的男人无论是穿着还是举止，都与一个著名作家很不协调，过于随便了，以至于抽烟的时候把烟灰弹到边上的花盆里。叶萧首先问起刘永昌老师的身体状况，刘子林说很好，他在几年前就把父母从乌县接到了省城，为他们买了三室两厅的房子。父亲退休后，主要做两件事，练书法，看足球。叶萧说，这就好，下次他来北京，一定要通知我一声。接着叶萧又问刘子林到北京来有何打算？刘子林说，我也没有一个系统的设想，但不满足于只做礼品行当，想干点别的。叶萧说，上海对于一个生意人应该还是一个很好的舞台啊。不过，来北京发展也不错。上海是一个容易让人满足的城市，你有什么愿望，好好做了，基本上就能够满足。而北京的情况却不同，因为北京人——当然不是所有的，好高骛远，喜欢夸夸其谈，一个出租车司机张嘴就说可以把帕瓦罗蒂拉到北京来开演唱会。所以……正说着，邮递员送特快专递来了。那是一封来自家乡乌县政府的公函。内容是重建“临渊阁”的工程即将完工，希望叶萧能够题写这三个字的匾额，并且捐赠一些自己的著作珍藏。

叶萧笑了笑说，这个“临渊阁”啊，还真的给重建了。可我又不是一个书法家，字原本写得就差劲，加上现在一直在用电脑，就更难得使笔了。

刘子林说：他们是看重你的名气呢。

叶萧说：什么名气？我就是一个靠写字吃饭的人，再说，中国已经有一个鲁迅在那里放着了，谁还配谈名气？这个时代，实际上错过谁都不遗憾。

外面的天渐渐黑了，刘子林提出一道出去吃饭。叶萧满口答应，说夫人出差了，正好可以不动炊。出来的时候，叶萧看见自家门前停着一辆挂着上海牌照的宝马车，就问：小凯，这是你的车吧？

刘子林点点头：我出门还真离不开车呢。

叶萧说：北京地方大，有车办事方便。不过，以后来我这里，不如乘轻轨，既省钱又不堵车。

刘子林说：叶大哥，你喜欢吃什么风味？随便点好了。

叶萧说：自然是家乡风味了。这附近就有，还算地道。

2

刘子林和叶萧就这么见面了。但是以后的日子里，他们之间并不怎么来往，偶尔彼此通一个电话。叶萧说，北京这个城市太大了，有点大而无当，电话里能说清楚的事，你就别跑了。不久，“非典”来了，就更不想走动了。直到六月间，刘子林才从报纸上知道，叶萧去了一趟马德里，作家的那部《临渊阁》又在西班牙获奖了。于是就借这个机会去了叶萧家，见面就说祝贺你啊叶大哥，能在国际上获奖，中国作家好像没几个。叶萧说，什么国际奖，也就是马德里几个书商折腾出来的一个玩意儿，无非是免费让我去那里玩了一趟。刘子林说，报纸上都是说国际奖啊。叶萧说，报纸的话你能信吗？西班牙文学含金量高的是塞万提斯奖。刘子林决定回一趟家乡，去看看年迈多病的外公。他问叶萧是否也有探亲的打算，如果有，就一起预订机票。叶萧说，我没有时间回去了，要去成都开一个关于中国古建筑方面的会，我对此有兴趣，顺便再去西藏看看。不过，得请你帮我捎点东西回去。

叶萧所托的东西，一是为“临渊阁”匾额的题字。但他说，这不是他的字，他是请一位书法家写的，一共写了两幅，任选。再就是向“临渊阁”捐赠自己刚出版的一套八卷本精装的《叶萧文集》。叶萧说，书很重，本来是打算邮寄的，又担心路上会损坏，就累你了。刘子林说，没事的，我一下飞机，会有人带车到机场接我。叶萧说，那就好。然后，叶萧又交给了刘子林一只大信封，说：这是给你父亲的，是一件皇家马德里队的球衣，是西班牙一个书商送给我的，上面有劳尔、菲戈、齐达内、卡洛斯、罗纳尔多等人的签名，我知道他特别喜欢这支球队，就带给他好了。但我不敢保证它不是赝品。刘子林说，那我父亲肯定乐坏了，我先替他谢谢你。叶萧说，物有所值就好啊。

从叶萧那里回来，刘子林本想给父亲去一个电话，告诉他，自己近期要回去，而且叶萧还送了他一件珍贵的皇马球衣。但是，妻子的一句话让他犯了踌躇。妻子抖开那件球衣左右察看着说：这不是真的吧？北京秀水街这种东西多的是呢。刘子林一听，觉得很不是滋味。若真如妻子所言，那么父亲便无端地被这个叶萧愚弄了一回。他实在想不出，从未受惠于父亲的叶萧，有什么理由把这么稀罕的礼物送给父亲——倘若它确实是真的话。可是他暂时也无法判断它不是真的。刘子林想，这球衣不妨先放上一放。如果以后叶萧问起，就说走时匆忙，忘记带了。

几天后，刘子林飞抵了省城。可是很不巧，父母不知道他这时候会回家，已经于前一天去徽州一带旅游了。于是刘子林便包了一辆出租车直接赶到了县里，想先去看看外公和舅舅一家，回头再返省城。舅舅的家就在青云山下，距离重建中的那座“临渊阁”不远，但那里已是标准的农村了。刚下出租车，刘子林远远就见到了在乡镇企业当会计的舅舅，便大喊了一声。舅舅停下来，嘴里还咬着一根牙签，很疑惑地看着面前这个穿T恤衫戴墨镜的青年，不相信他是自己的外甥。等出租车开远了，舅舅才说：你没开车回来啊？你不是说你公司里有七部车吗？刘子林觉得好奇怪，我为什么要开车回来呢？这个困惑还没有打消，舅舅又说：你看，你连一套像样的西装都没穿。刘子林一下明白过来，舅舅指望着外甥衣锦还乡呢。他笑了笑，说：我已经去北京了，那么远的路能带车回来吗？舅舅说，你在上海干得好好的，怎么又要去北京呢？那里不是正闹“非典”吗？刘子林不想再说什么，跟着舅舅回家了。老迈的外公躺在床上，实际上已经认不出外孙了，看着刘子林，目光直直地说：你是大队的司机吧？刘子林说，外公，我是小凯啊，回来看您来了。外公还是坚持说他是大队的司机，开拖拉机。这时候，舅舅把他喊到了楼上，拿出自己的西装，说：你赶快把我的换上吧，一会儿乡亲们会来的。刘子林说，舅，我这件T恤可是正宗的法国货，花了我两百多美金呢。舅舅说，什么？这么贵啊？一点也看不出来。

刘子林没有换上舅舅的西装，天这么热啊。他觉得有点累了，便躺下来，看着楼房后面的那条小河。小时候，每回放暑假，他都要回到舅舅这里住上一阵。那时舅舅家还是普通的平房。他喜欢和村子里的小伙伴在这条河里光着屁股洗澡，运气好的时候还能摸到一条鱼。他也喜欢去河对岸那片柳树林里用蜘蛛网粘知了。到了晚上，就四处逮萤火虫，把它们集中装到一只小瓶子里，放在床头……那时光真是不错，可惜太短暂了。忽然，楼下院子里有了动静，仔细一听，知道是左邻右舍的乡亲们来了。他正准备下去，可是门却打不开，原来舅舅不知什么时候已经把门锁上了。接着他听见楼下的乡亲们在热情地问舅舅，小凯做了大老板了吧？舅舅说，倒是在北京、上海都开了公司。乡亲问，那一定挣了大钱了吧？舅舅说，是吧，光小车就有七八部，他自己的那辆宝马车就值一百好几十万呢！乡亲们就不敢多问了。这个瞬间，刘子林心里特别不舒服。过了一会儿，乡亲们走了，舅舅才上楼来了，阴着脸说：你这个样子，让我对乡亲们真不好交代，还以为我在吹牛呢。刘子林看了看舅舅，从包里拿出一万块钱，说：舅，明天你去酒店包上几桌，代我请村里人吃顿饭好了。舅舅看了看钱，说：也好，面子上总得支应一下。另外，几个堂房兄弟家的孩子，也得发几个红包吧？刘子林就又拿出了一万，说：你看够吗？舅舅说：用不了这么多。刘子林说：余下的留作家用吧。

3

第二天，刘子林还在梦中，就被舅舅唤醒了，他激动地说：小凯，快起来，王县长他们来了！

刘子林很意外，说：哪个王县长啊？

舅舅压低嗓门说：就是从前在我们乡当过书记的那个王矮子，他现在是副县长呢。

刘子林还是有点纳闷，说：我不认识他啊。

舅舅说：他是专门过来看你的，你如今是个人物了，你怎么连自己是谁也不知道呢？你快点下来，就在楼上洗脸刷牙，我叫你舅娘给你端水上来。

刘子林想，我昨天下午才回家，怎么这么快县里就来人了？

那位西装革履、把皮带扎在肚脐之上的王县长，刘子林还是觉得陌生。但是王县长却没有这个感觉，见面就热情地握手，说：是刘总吧？真不好意思，这么早就把你惊动了。这话说得让刘子林很害羞，王县长的年纪至少与叶萧一般大，这么说话实在让他尴尬。

王县长说：刘总啊，你在外面的成功，家乡人民为你感到骄傲啊。

刘子林腼腆地说：我不算成功，其实真的不成功……

王县长说：俗话说啊，三岁看老。我早就说过，刘老师家的公子将来是要成大器的——

我可不是事后诸葛亮，你舅舅可以作证的，当年我在乡里的时候，是不是这么说过？

舅舅一边给王县长一行递上“大中华”，一边满脸堆笑地说：说过，是说过……

王县长看看表，起身说：刘总，我们就不坐了吧，车在外面等呢。

刘子林有点疑惑：还有事吗？

王县长说：走，今天我代表县政府为你接风。

刘子林有点不知所措，说：这怎么可以……

舅舅赶紧说：你别磨蹭了，王县长这么忙。

刘子林就这样被推到了外面。他正要上车，忽然想起叶萧托办的事，就说：你们稍等一会儿，我拿点东西。

饭局很隆重，吃的是海鲜，喝的是五粮液，气氛热烈。在谈过一阵北京的“非典”之后，王县长说，家乡的建设，今后还希望刘总多关心啊。刘子林说，自己的公司目前还只是做礼品的，和县里的业务似乎挂不上钩。王县长说，县里有些项目，譬如说青云山、临渊阁的旅游，还是可以考虑的嘛。刘子林说，如果做旅游纪念品，倒不失为一条思路，不过利润很薄的。王县长说，我们这个县，历史文化很悠久，古城墙保存得还可以，还有临渊阁——虽说没有宁波的天一阁名气大，可最新的资料证明，我们建得比它早啊。天一阁是明嘉靖四十年建的，我们的临渊阁至少是建于嘉靖三十六年……

刘子林没有这方面的知识，只好附和着说：重建临渊阁是好事。

王县长说：乌县历史上，也留下过不少历史文化名人的足迹啊，李白来过，杜牧也来过，八大山人画过，黄宾虹也画过，也出过一些文化名人的，远的有曹操……

刘子林小心地问：曹操好像不是我们这里人吧？

王县长说：曾经生活过一段时间的，据说还在这里娶过一房小啊。朱熹也在这里办过学堂的。这是远的。近的呢，有徐锡麟——他虽然是绍兴人，但行刺恩铭的准备，是在我们这里进行的。即使是当代，那也还有过像大画家方天佑、大科学家任宜、京剧名丑刘天秀……还有我那位老同学、著名作家叶萧，总之是不少的。

刘子林说：说起叶萧，这回他还托我把“临渊阁”的题词带回来了呢。

说着，就从挎包里拿出了那两幅字。大家便围了上来，说这字还真是写得不错。刘子林就说，这不是叶萧的字，是叶萧请别人代写的。这话一说，王县长就感叹了，难怪啊，我还真的吃了一惊，叶萧小说写得可以，没想到字也这么厉害。

边上有人附和说：叶萧写不出来这种字的。

又有人说：其实还不如王县长你亲自写。

王县长摆摆手说：酒话，我哪能写得？

边上人说：你是分管文化的县长，怎么写不得？

王县长说：题字都是名人做的事，我不是名人嘛。

边上人说：在我们乌县，你就是名人啊！

王县长说：我告诉你们，让叶萧来题这个匾，是上面的意思呢。去年底，马市长下来检查这临渊阁的工程，谈起这块匾，就说，可以请你们县走出去的那个作家叶萧来写。他那部叫做《临渊阁》的小说，可是很有名的，得了国家奖啊。马市长还说他出访澳大利亚的时候，在悉尼图书馆里见到过叶萧的书。

边上人便很惊讶，说：不会是同名同姓的吧？

刘子林又插话说：不会。我去过他家，他的作品至少被翻译成了九种文字吧。最近，《临渊阁》一书又在西班牙得了奖。

说着，就把那套精装的《叶萧文集》拿上了桌子，说这是叶萧捐赠给“临渊阁”的。大家眼前又是一亮。王县长拿过一册翻了翻，说：哦，文集啊，了不得，我可只看过《鲁迅文集》的啊。

另一个人说：是自费出版的吧？

刘子林说：叶萧就是靠写字吃饭的，自费出版那还不饿死？

又一个人说：那他肯定和这家出版社的社长关系不一般，要不……

刘子林说：怎么会呢？人家是名作家，书稿总是被出版社争着抢着呢！

边上的人就一下不做声了。还是王县长先打破了沉默，说：叶萧确实混得不错啊。真没想到，当初一个靠剽窃起家的人，日后也能在西班牙得奖。

这话一说，大家就哈哈笑了起来。说“把别人的衣服挖一块下来当做自己的手帕啊”。刘子林却笑不起来，因为这件事他曾经听父亲说过。那是叶萧在大学时的毕业论文，拿到刊物上发表的时候，编辑部漏排了一些引用资料的出处，于是就有人在报纸上指责叶萧剽窃，说他“把别人的衣服挖一块下来当做自己的手帕”。但是这件事很快就澄清了啊，那家杂志社为此专门刊登了“启事”，公开向叶萧道歉。那是将近三十年前的旧事了，怎么这些人还记忆犹新？于是刘子林说：叶萧在外面的影响真是很大的。我在云南丽江还能买到他的书。就是这部得奖作品《临渊阁》。

边上人说：现在奖也太多了。报纸上都在揭发，很多评奖有暗箱操作的。

刘子林听出了这话的意思，就反问了一句：那么，他在西班牙获奖也是暗箱吗？

那人有些尴尬地说：我不是说叶萧啊……来来，刘总，喝酒！我再敬你一杯。

刘子林说：我不能再喝了。

那人说：做老板的哪能不喝酒呢？

刘子林还是没有把杯子端起来，说：外面宴请历来是不劝酒的，大家自便。我今天实在是喝了不少了。

然后他问王县长：王县长，我可能过两天就走了……

王县长有些意外：难得回来一趟，还不多住几天？

刘子林说：公司刚迁到北京，还有一堆事啊。

王县长想了想，就说：其实呢，我们今天一起聚聚，主要是联络一下感情。家乡能出你这样年轻有为的企业家，是家乡的光荣……

刘子林说：王县长，有什么需要我做的，就说吧。

王县长说：你刚才不是说了，重建临渊阁是好事吗？可是好事总是多磨，我们的工程预算超了一点，不多，就一百万的缺口，所以呢……

刘子林说：我明白了。这事让我回去考虑一下，我会尽快给你们答复的。

王县长立刻就握着刘子林的手，说：那就太感谢了！

刘子林说：我需要和其他董事们商量一下，公司毕竟不是我一个人的。

王县长说：可以理解，可以理解。如果一百万有问题，那么就八十万好了，五十万也可以。家乡办点事很不容易……

刘子林说：这我知道。如果没有别的什么事，那么我就走了，谢谢你们的款待。

王县长说：哪里话，亲不亲，故乡人嘛！

突然，有人叫了一声“不好”，所有的人都看着他。那人举起一册《叶萧文集》说：叶萧没有在上面签名呢！

王县长问：每一卷上都没有吗？

主任说：都没有。

王县长说：这个叶萧！我要的就是他的亲笔签名嘛！

4

刘子林在家乡就住了一晚，翌日黄昏便搭乘最后一趟班车返回省城了。他留给了舅舅五万元，以便为外公治病。他觉得自己和这块土地的距离一下子拉远了。他想起叶萧那部《临渊阁》里有这样的文字："……我记忆中的临渊阁不过是海市蜃楼，我无法走近它。我只记得故乡的路，记得那里古老的城墙，清澈的河流，秀丽的山川，还有到处开放着的向日葵……"而这些，刘子林都没有看见。

在大巴车上，刘子林的邻座是一个看上去像干部模样的男人。那人一上车就和刘子林闲聊，在知道他是在北京做事之后，便说：最近我们县出了个年轻的企业家，也在北京呢，你们认识吗？

刘子林说：他叫什么名字？

那干部模样的人说：好像叫刘……

刘子林说：是叫刘子林吗？

那人说：对，就是刘子林。你们认识？

刘子林说：见过几面。

那人说：是吗？都说这家伙很能干，三十几岁就赚了几千万。

刘子林说：也谈不上吧。北京能人多。

那人说：我听说，这家伙是靠老婆发起来的，是吗？他老婆是一个部长的女儿。

刘子林说：他老婆是一个医生的女儿。

那人说：不会吧？

刘子林说：千真万确。

那人说：那至少是院长的女儿吧？权力也是不小的，经常给大官检查身体……反正这小子能混。

刘子林问：你打听刘子林做什么呢？

那人说：我儿子在北京读书，专业不怎么好，明年毕业了，我想趁早找一下刘子林……这种事必须赶早，你说对吗？

刘子林笑了笑，就埋头看一份报纸了。那是县里的报纸，头版上醒目地登载着两条消息——

乌县籍著名作家叶萧作品《临渊阁》近获国际奖。

王副县长昨日会见回乡省亲的青年企业家刘子林。

5

从故乡回来之后，刘子林一直没有和叶萧联系。他不知道和叶萧见面后该说些什么，担心叶萧问起这趟故乡之行。另一个原因，还是那件皇马球衣，他没有交到父亲手上，目的就是想找机会验证一下它的真伪。他越发觉得，这对他太重要了。他被这个莫名其妙的念头折磨得好辛苦。然而这机会果真就到了门口，8 月 2 日，皇家马德里俱乐部来北京打友谊赛，六员虎将都来了。于是刘子林托人找到了接待这支豪华球队的一个官员，把那件球衣带了过去，同时塞了一个红包。第二天，结论出来了，是真的。并且还补充到了贝克汉姆的签名。那官员不无羡慕地说：小子，你知道在黑市上这件球衣值什么价吗？两瓶路易十三啊！

第二天，刘子林派专人乘飞机飞抵省城，把这件球衣送到了父亲手上。

他很想马上就去叶萧家，真的想给作家捎去两瓶路易十三。但又觉得这个举动显得很荒唐。这算什么呢？他想，难道真的成了黑市上的交易？此时，他似乎有点意识到了，为什么自己到北京来之前，父亲要他一定要登门拜见叶萧先生。他在客厅里坐了很久，看着外面的天渐渐黑下来。但这个晚上一件意想不到的事情让他未能成行。临出门时，电话响了，然后，一个接一个地响个不停。电话来自一个方向，都是家乡乌县的，他们说的也都是一件事，或者说是通过他验证一个事实——你知道吗，叶萧出事了。他在机场携带摇头丸，被警方拘留了。据说他还涉嫌贩毒，这可是要掉脑袋的啊！

刘子林吃惊地问：消息准确吗？

对方说：怎么不准确，报纸上都捅出来了，明明写着“作家叶萧”，不是他，是谁？

最后一个电话是那个王副县长来的，他不无感慨地说：我早就料到，这个叶萧迟早会有这一天的！太可惜了……

这个人最后又说：刘总啊，关于临渊阁的事还务请你放在心上啊……这是精神文明建设，我们乌县历来就是重视的……

刘子林说：我会很快答复的。

这一连串的电话接过，刘子林就觉得很难受。他想，是否应该给叶萧家去一个电话了，安慰一下他的太太。他这么做了，电话很快接通，他有些胆怯地问：喂，请问是叶萧先生家吗？

对方说：我是叶萧，你是小凯吧？

刘子林吃了一惊，说：我是啊……叶大哥，你回来了？

叶萧说：我刚从西藏回来。这么晚来电话，有什么急事吗？

刘子林说：听见你的声音，就没事了。

叶萧在电话那边笑了起来，说：我明白了，你也是为“摇头丸”吧？今天我家的电话都打爆了……

刘子林说：也难怪啊，报纸上都在说。

叶萧说：那是另一个叶潇，比我多了三点水，是写散文的。

刘子林说，原来是这样啊，可把我急坏了。然后就简单说了这趟回家的情况，说你托我办的事情已经办妥了。

不料叶萧在那端叹了口气，说：关于这个临渊阁，现在看来，真不过是我小说里的海市蜃楼了，历史上未必真存在过啊。“文革”期间被焚毁的实际上是一个叫“灵元观”的道观，根本就不是什么藏书楼。我曾经查过一些资料，对此早有怀疑。最近在成都会议上又遇见了一位古建筑专家，他出示的考据令我惊讶……

刘子林则更为惊讶，一句话也没说出来。

2003 年 12 月 12 日　北京寓所

（原载《北京文学》2004 年第 5 期）

枪，或者中国盒子

1999 年 9 月一个阴晦的星期天早晨，从文在简陋的寓所里接待了一个儿时的伙伴。这个人原来的名字叫李开运，现在叫李全。他的不期而至让从文显得不知所措，毕竟已经有多年没有联系了。如果不是额头上那道月牙形的刀疤，从文真难断定面前这个西装革履、神情自负的男子，就是从前那个爱流鼻涕的同桌。李全告诉从文，自己目前在南方开了一家经营建材的公司，并爽快地问从文有没有兴趣跟过去一块干？李全还当场承诺，愿意支付从文十万的年薪和百分之十五的干股。从文慌张地戴上眼镜，只说这事来得太突然了，他毫无准备。对于在机关当副主任科员的从文来讲，这自然是一个千载难逢的好机会，几乎就是一夜暴富。可他最终还是谢绝了对方这个过于潦草的建议。他说自己不是做生意的材料，也不适应南方潮湿多雨的气候。其实真正的原因，是他坚信天上没有掉馅饼的事。他觉得这个从前的李开运，现在不过是在开空头支票，甚至是随意借题发挥来暗指他的不得志。

李全也没有多劝。人各有志，李全说：我不勉强你，等你想好了，随时给我打电话。说着就给了从文一张印制考究的名片。李全没有说明，他此番来这个城市的真正意图，但给从文的感觉，好像就是专门为动员自己而来。这让他很有些感动和不安，同时私下计算着这笔意外的接待开支。事实上，李全在从文这里住了三天，没有花从文一分钱。这三天里他都是早出晚归，独自行动，晚上带回一些打包的卤菜和整箱的听装啤酒，和从文起劲地聊天。聊一些儿时那些鸡鸣狗盗的破事。

第四天早上，从文还在睡梦中，李全碰醒了他，说自己今天要走了，公司里有点急事。

说着，李全把一个一尺见方的小包裹放到了从文面前，说临时寄存一下，等下次来了再带走。从文点点头，本想起来叫一辆的士送李全到机场，但是后者已经迈出门了。从文要做的，便是把那个小包裹放进柜子里。

从文没有料到的是，这个以前的李开运、现在的李全，竟是一走了之。时间过去了一个多月，竟然连个电话也没来。在从文看来，李全的这次来访好像真的就是上个世纪发生的事了。

2000 年 5 月，从文在一个黄昏里再次想到了李全。准确地说，是想到了几个月前李全临时寄存的那个小包裹。这天晚上，从文要出席一个同事的婚礼，所以提前下班回家。洗完澡，在柜子里翻衣服时，无意中瞥见了那只放在一角的小包裹。他就把它端出来，第一回觉得这个东西的分量。然后就引起了好奇心。他想这么一个小东西，李全居然还要寄存，可这到底是个什么东西呢？他闻了闻，没有气味，又晃了晃，也听不到响。但他的好奇心更加旺盛了。李全为什么不愿意带着它上飞机呢？还是不敢？这样一想，他心里便咯噔了一声。他怀疑这里面有可能是毒品。李全在叫李开运的时候，就是一个容易闯祸的家伙。他曾经用一根皮带抽趴下了三个人，但也挨了人家一刀（留下了那道月牙形的刀疤）。这些年李全去了南方，都说混得不错，看上去也确实不错，衣冠楚楚，出手阔绰。但从电视上见到的那些玩命贩毒的，基本上都是这般模样的人。从文带着这点心思出门了，琢磨了一路。在之后那个显得过分排场的宴席上，他硬是回忆不起来，自己吃了点什么，居然嘴里这么苦。

人的好奇心是很难克服的。那只摆在眼前的小包裹使这个夜晚变得十分漫长。从文翻来覆去地睡不着，小便也变得频繁，后半夜他想想还是起来了，然后就从抽屉里找出了剪刀。揭开外面的一层报纸，里面露出了一只硬纸盒，上面用透明胶带封着口，封得很整齐。从文小心地拆开，里面又是一个纸盒，还是用透明胶带封口。于是再拆开，里面还是一个纸盒，还是用透明胶带封口。如此反复三次，盒子越来越小，从文的心却越跳越快，等彻底打开之后，从文的心几乎就要跳出胸膛——

里面是一把锃亮的手枪。

从文惊吓得往后一退，似乎那把枪已经发射了，把他击中。

果真是枪啊，他内心这么感叹着。怪不得李全那小子不敢带着它上飞机呢！等这阵惊吓过去之后，他渐渐平静了，他像研究一个模型似的伏在这把枪边上，几次都想用手去碰碰。从文从小到大没有碰过真正的枪支，甚至没有这么近距离地审视过一把手枪。在极短的时间内，从文从好奇转为惊吓，再由惊吓转为意外的满足。毕竟，枪这种东西不是任何人都能拥有的。这个晚上，从文最后的动作，是把这支枪握在了手里。那一刻，他竟感到十分惬意了。

第二天从文一觉睡醒，睁眼就看见那把钢蓝色的枪，在阳光中神气十足。他又伸手拿过来，握在手里，觉得手感特别好。握枪的动作不止一次地唤起了他少年时代的英雄梦想。他有一种温暖的感觉。从文当天就上书店淘了一本关于枪械兵器的小册子。从这本小册子上知道，他拥有（或者暂时拥有）的这把手枪属于六四式制式手枪，是为了纪念中国人民解放军前总司令朱德六十四岁诞辰而命名的。这种手枪的特点是小巧，五十米之内可以防身，三十米之内极具杀伤力。从文还按照书中的图谱，学着慢慢把枪分解，当他用右手向后拉住套筒时，一枚闪亮的子弹跳出了枪膛。子弹的意外出现让从文再次受到了惊吓。如果没有子弹，这把枪如同一个玩具；可有了子弹性质也许就成为凶器了。

他不能不为此担心。

上班的时候，从文去机关资料室查看了《刑法》。

《刑法》第128条：违反枪支管理规定，非法持有、私藏枪支、弹药的，处三年以下有期徒刑、拘役或者管制；情节严重的，处三年以上七年以下有期徒刑。

从文意识到如果不及时交出这把枪，那就已经构成了犯罪。但是他又想，私藏不应该是他这个样子。首先，所藏枪支理应是属于自己的，而他的枪是李全寄存的；其次，事先他并不知道李全寄存的这个小包裹，到底是个什么东西。他可以把那几个盒子重新封起来。

于是从文就想把包裹恢复原样。这时候，问题来了。用透明胶带封口的盒子，每拆一次，胶带都沾上了表面的纸屑。现在要想恢复原样，几乎就是不可能。那么，即使有一天警方查清了这支枪的主人，从文也逃脱不了干系——你既然知道里面是什么东西了，为什么不报案呢？为什么？从文解释不了。他想，还是尽快报案吧。枪械属于国家管制的物品，也是容易横生是非的东西，还是离自己远点的好。从文很快拿起了电话，准备拨110。但是拨了11，他又把电话挂了。他想到了问题的另一面。

如果警方顺藤摸瓜去找李全，怎么办？这等于他把李全出卖了。李

全拥有这支枪，但未必就拿这枪去作案。他或许像南方那些老板一样，从广西、云南那边弄支枪回来防身壮胆呢。从文打小就看不起告密者，何况现在还是这种没有利益关系的告密。还有，假使有一天，李全从天而降，来取这个包裹，怎么办？能说交给警方了吗？即使没交，拆开看了都可能是一个问题——一个敢于私藏枪支的家伙有什么干不出来呢？

从文的脑子一下就乱了。他决定还是先给李全打电话，可是李全名片上所有的电话都打不通。李全是不是已经“进去”了？还是出境在逃？要不就是已经死了？有一天后半夜，他做了一个噩梦，梦见李全向他讨这把枪来了，伸过来的手特别大。他当时吓得连尿都出来了。醒来之后，他把枪又拿在了手里，最后放到枕头下面——他觉得这个举动很像一个大人物的做派。奇怪的是，自从这把枪放在枕头下面，噩梦便彻底远离了从文。

枪最终没有交出去。时间很快就到了夏天。从文每天下班回来，第一件事就是把枪从枕头底下拿出来，握着，比划着，对一个虚拟的目标瞄准着。有一天他突然萌生了一个更加大胆的念头：何不找机会把这枪打响一回呢？这样想着，他就兴奋起来，迅速作出了决定。这个星期天，骑自行车到郊外的山坡上，对着一面池塘把枪打响。他为这种安排激动不已，晚上喝了点酒。他已经很长时间没有这么快乐地喝酒了。从文是一个性格孤僻的人，长相又有一点窝囊，这些年因为和局长的关系紧张也影响了仕途，至今还是一个副主任科员，所以他没有名片。一个小公务员是不需要名片的。他的一些同学如今混得都不错。在机关的，有的已经升到了副厅长。在大学里的，有的已经当上了正教授。还有成为知名作家的、出国访问学者的、做起大老板的。总之，他属于混得最不得志的一类。这种晦气也集中反映在爱情婚姻上，有的同学已经离过两次婚了，他却刚刚获得一次正式的恋爱。

从后面的情况看，倘若不是因为爱情，落在从文手里的这把枪或许就另有安排。

第二天黎明，正当从文要去郊外进行实弹射击的时候，他接到了女朋友小惠的电话，说她中午要来省城。小惠是一个小学教师，和从文是老乡。他们的恋爱开始于一年前，但实际上半个月就同居了。小惠是来省城看一个展览的，从文去车站接她，一路好高兴。可是等来到自家的门口，他才忽然想起来，那把枪还压在枕头下面。从文顿时就心虚了，开门的钥匙拿错了两回。他的慌乱与笨拙引起了小惠的注意，小惠说：你怎么了？好像不是进你自己家似的。从文腼腆地笑着，说：你来了，我好激动。等一进家，他就装着铺床，小惠以为从文迫不及待想寻欢，显得有些羞涩，说你这人，一关门就急着铺床。从文红着脸说：那是啊，小别胜新婚嘛。小惠说：什么新婚啊，我可没说要嫁你呢，看你混得熊样。说着，就坐到马桶上去了，门却没有关严。趁着这工夫，从文用枕巾把枪一裹，从卧室拿到客厅，塞到了沙发底下。

小惠说：你在藏什么东西吧？

从文说：没有啊……我在收拾呢，太乱了……

小惠说：不对。每次收拾房间都是我的事，你肯定在藏什么东西。

从文说：人是会变的嘛，我现在勤快多了。

小惠边系裤子边说：放屁，你肯定在藏什么见不得人的东西。你说，是不是哪个女人的短裤落下了？

从文差点想哭了，说：你真冤枉死我了，不信，你搜查好了……

小惠没有搜查，但是也没有和从文上床。显然，从文的解释是不能令她满意的。于是女人带着一股子怒气断然离开了这间屋子。

小惠走后，从文像个孩子似的哭了起来。

这天晚上，从文一个人走在城郊的马路上，想着白天里发生的事，心里特别委屈。他不能埋怨小惠，现在回想起来，他自己都觉得当时藏枪的动作十分可疑。小惠说得不错，那确实是见不得人的东西。可是他却没有理由向自己的女人解释，女人也不肯给他这个机会，说走就走，一走了之，就和那个该死的李全一样。他恨死了这个从前的李开运，平白无故地把他坑了。可是，这事最要怪的还是自己，谁叫你那么好奇呢？如果不打开盒子——那个典型的中国盒子，不就太平了吗？

这时身后有人喊了他。

从文回头一看，从路边林子里走出了一个比他高半头的男人，一脸的横肉，目光却锐利得像一把刀子。那人直截了当地对从文说：哥们儿，手机给我用一下，我有急事。

从文觉得来者不善，没敢搭理，想尽快走自己的路。但是前面又出现了一个男人，戴着摩托车头盔，拦住了去路。

分明遇上拦路打劫的了。从文只好老实地把手机交出去。后面跟上来的横肉二话没说，拿着手机就走了。前面那个头盔，示意从文把双手举起来，搜走了他身上仅有的二百三十一块钱。从文说，哥们儿，你总要给我留下一张“的费”吧？头盔就抽出了一张十元的，轻巧地扔在了地上。从文拾起这张纸币，已经不知道惊吓了，这个瞬间他有的全是后悔，后悔今晚没有把那支枪别在腰上。他想，如果刚才那个瞬间出其不意地掏出枪来，指着那高个子横肉，那是什么样的感觉？那家伙还敢这么横这么抢吗？另一个头盔敢不发动摩托跑吗？他想起有一次出差去北京，到首都剧场看了北京人艺演出的老舍话剧《茶馆》，别的差不多忘了，但有一句台词此刻却格外清晰地蹦了出来——“没枪的干不过有枪的”。

此后，每回只要是夜间出门，从文就偷偷把那支枪别在了腰上。不久，秋天来了，从文买了一件深蓝色的挺括的风衣，又换了一副好点的墨镜，还自己设计缝制了一个帆布枪套，斜挎在腋下。这一年是他们大学同学毕业十周年聚会，四面八方的同学都来了，有的还带着小车。从文自然也出席了。大家一见从文，都说从文的样子比以前酷多了。一个当作家的女同学认为，从文的主要变化还不在外表，而是由内而外散发出了一种男人的洒脱与豪迈，这是难以置信的变化。无论这种言辞是否带有夸张的成分，从文都感到幸福。在这次聚会上，从文自始至终没有怎么说话，也没有怎么喝酒，只是挨个到每个同学那里坐坐，好像要让大家都能领略到他这种气质。大家先是集体聚餐，然后分小组活动。从文那个小组，后来在班长的带领下去唱卡拉 OK，班长如今是一个县级市的市长，所以一进来就宣布，今晚把这个酒店的多功能厅包了。班长说，大家尽兴吧！于是几个爱唱的女同学就抢先拿过了话筒，轮番唱起了当年流行的一些老歌子。从文觉得这些歌子一个共同点就是感伤，听得他眼睛都湿了。

忽然音乐停了，大家看见一个魁梧的男人把插头拔了。后来知道是隔壁几个打麻将的嫌吵，就过来干预了。这男人说，你们唱够了没有啊？够能闹的了，闹得我手气好背！这一说，同学们都不响了。那个当作家的女同学说，算了，大家散了吧。大家似乎也都默认了。这时，黑暗中一个方向传出了从文的声音：接着唱！这场子是我们花钱租的，谁还敢霸着不成？

从文的话引得大家紧张起来。大家意识到会有事情发生。果然，那魁梧的男人就直奔从文那边去了，一路说着：哟嗬，你小子好狂啊！

从文继续埋在阴影里说：本来嘛。

班长上前劝说：从文，你少说几句。

班长又把香烟递到那人面前，赔着笑脸说：先生，我们这位同学今天喝多了……

突然，只听得一声玻璃爆碎的脆响，穿风衣的从文走出了阴影，大声说：我根本就没有喝多！

然后他把班长推开，自己跟着那人去了麻将室。几个女同学都想哭了，当作家的那个摇着班长的衣袖说：赶快报警吧！

班长也紧张得不知所措，这里毕竟不是他的地盘，何况又是公款消费。

但是很快，从文已经从隔壁的麻将室出来了。他的表情十分从容，脸上也没有大家期待中的青色和红色，唯一的变化是把那件深蓝色的风衣挽在手臂上。陪着他的还是刚才那个男人，这回却换上了笑脸。那人对大家拱拱手说：大家请随便唱，今晚的单，我买了！

事情像一阵风似的过去了，但大家至今不明白其中的奥妙。大家只是私下感叹，一个副主任科员怎么就那么容易把事摆平了？

从文陪着这支枪默默度过了三年。这把枪让他尝到了前所未有的苦头，却也给他带来了前所未有的快感。他想枪实在是一个奇怪的东西，能让一个自卑的人变得骄傲，也能让一个懦弱的人变得勇敢，还能让一个谨小慎微的人变得大大咧咧。从文每天回家都要背着枪在镜子面前站上一会儿，他以欣赏的目光看着镜子里的男人，时常出其不意地把枪掏出来，做出射击的姿态。他还像香港动作片里那样，把枪拿在手上很艺术地转动着。有时候，他把镜子里面的人想象成各式各样的嘴脸，然后用枪指着他们说：怎么样？有种的上前一步？你小子怎么不横了？你他妈的还敢压制老子吗？你有什么屁话就跟这把枪说吧！你问问我这把枪答不答应……

这样的时候他才体会到什么是热血沸腾。

他想佩带着这把枪，去县城把小惠接回来。然后陪她走一段夜路，最好能再遇见一宗拦路抢劫的事情，那么他就有理由把这支枪打响了。他想过要用这把枪蒙面去抢局长的家，用枪指着那颗秃头，逼他打开保险柜，他相信里面有很多钱。而且已经考虑周全了，把即将抢来的钱一半用于结婚，一半捐给“希望工程”。他甚至想过在一个夜黑风高的晚上杀回老家去，用这把枪去干掉当年的村长，这家伙曾经调戏过他的姐姐。

我得把这把枪打响一回。他总是这样对自己说。

这个故事到这里实际上已经没有下文了。关于从文和这把枪，后来社会上有许多的传闻，但都没有什么意思。有人说，从文在一个夜晚，偷偷把枪扔进了一口老井，从此了却了一桩心事。也有人说从文最终还是把枪交给了警方，似乎没有受到多大的追究。但是最新的版本则是另一个样子——

2002 年 10 月一个下雨的黄昏，从文正在检修房间天花板上一根漏水的管子，站在一个高凳子上。屋子里散发着无限的霉气让他心烦意乱。这时，他感觉有人在拍他的小腿，低头一看，脚边下站着一个理板寸的男人，竟是失踪几年的李全。和几年前相比，从文不再感到意外了。相反，他在这一刻异常地镇静，对李全说：李开运，你终于还是来了。你是来拿你的东西的吗？

李全含糊地点了点头，一条腿还轻微地抖动着。

于是从文就从腋下把那把枪像占姆士·邦德那样迅速拔出，往下一点，对着李全的脑门抠动了扳机。

枪像受潮的爆竹那样响了，李全如同一根木头那样往后倒了下去，不到两分钟就咽了气。从文看着李全扭曲的脸，觉得刚刚被自己打死的这个人一点也不像是李全，脸上一点自负的痕迹都没有了，却唤起了他对从前那个李开运的记忆，流出的血好像也不是血，而是鼻涕。有点可惜的是，子弹的入点打碎了额头上那块月牙形的刀疤。从文拿起一块硬纸板，盖住了那张可疑的脸。

然后，从文带着这支枪去了附近的派出所自首。当警官质问他作案动机时，从文沉默了一会儿，看着交出去的那把枪说：

我只想把它打响。

2004 年 9 月 28 日　北京

（原载《人民文学》2004 年第 12 期）

草桥的杏

杏是草桥村的一个姑娘。附近的人都晓得草桥有一个好看的哑巴女子，叫杏，养了几十只鸡。

通常每隔三天或四天，杏都要去县城集市上卖鸡蛋。杏养了五十只母鸡，两只公鸡。母鸡们三四天就下了一百来只蛋，杏凑够了整数就去卖了。杏每次都只卖一百只蛋，这是在县城里念中学的弟弟教她这样做的。杏不大识字，耳背，也开不了口，弟弟就比划着告诉她，不论大小，一个蛋都卖三毛，十个就是三块，一百个就是三十块了，好记，好算账。一个蛋卖三毛钱，杏嫌贵了，弟弟说不贵。咱家这是土鸡蛋，弟弟说，如今城里人用的东西要洋的，吃的都喜欢土的。弟弟就把“每只三毛，概不还价”写在了一块硬纸板上，交给了姐姐，告诉她：不要老是坐在一个地方卖，不要见城里人对你笑就让价，不要让人尽挑个大的。弟弟又说，姐，要是遇见戴大盖帽穿制服的人冲你过来，无论什么色，都要赶紧溜走。杏点着头，把这些都记好了。

杏不是天生的哑巴。爹死的那年春上，十三岁的杏打摆子发高烧，几天都不退，病熬过就张不开嘴叫妈了。不会叫妈，妈就留不住。第二年，妈就跟别的男人走了，落下了杏和弟弟。杏不会说话，但还有几分听力。村里的红白喜事吹吹打打放鞭放炮她能听见，公鸡早上打鸣也听得见，当她面大声说话——实际是喊话，也能听得大概。但是村里的人都不愿大声对她喊话，只有弟弟才会。如今弟弟进县城念书了，杏就把远房的一个寡妇婶娘接来和自己一起住。可是婶娘平时也不肯大声对她喊话。平时杏就只能跟院子里的鸡们说话了。这些鸡，都是杏用蛋小心孵出来的，一天天喂它，看着它长大，之后就数它们下的蛋。

虽说不大识字也不能说话，可是十九岁的杏还是很招人眼。她梳着两根齐腰的辫子，喜欢穿一件绛红格子的褂子，黑裤子，白球鞋。她去县城卖鸡蛋的时候，总能在路上遇见几个回头看她的男人。杏以前不喜欢男人看自己，遇见了，就低着头快快走过去。到了去年，突然就喜欢男人看她了，遇见了也不再低头，不过是把眼睛侧过去。没多久，就有人上门来说亲了。有本村的，也有邻村的，还有一个后山来的木匠，本人没来，却托人捎来了一张相片。杏看着相片上的那个男人觉得眼熟，额头上有块镰刀一样的疤，心想可能是有一回在路上遇见过。她去县城，要走十几里的山路。婶娘见杏拿着相片不肯放，猜姑娘起了心事，就凑近比划着问：你喜欢吗？

杏就红了脸。

于是婶娘就把那木匠的情况大概说了，那人姓王，叫三宝，常年在外面做事，一年下来能挣两万块。

杏听得还真切，想自己要是光靠卖鸡蛋，不吃不喝，攒上两万起码也得十年。她当然要吃喝。还要每个月给念书的弟弟存上一百元。杏想自己这辈子是不会存到两万了，不过，要是嫁给了这个王三宝，自己就不会再靠卖鸡蛋攒钱了。她会要求男人供她弟弟念书，念完中学念大学，一直念到大学出来挣钱为止。要是不答应，就不嫁。

杏比划着问：他多大年纪啊？

婶娘停了一会儿才用手比划：三十八。

杏心里咯噔一声，想怎么会这么大呢？这相片上可看不出啊。

婶娘说：相片是十年前拍的呢。

杏没再比划，心想爹要是还活着，差不多也就是这个年纪。杏叹了口气，放下了相片。

婶娘就劝：大是大了些，可是男人大，晓得心疼人啊。再说，他一年就挣两万……

杏没有再说什么，进自己屋了。

这个晚上，杏没有睡好觉，翻来覆去地想嫁人的事。村子里每个月都有娶亲嫁女的，操办得越来越红火。杏喜欢听锣鼓鞭炮，也喜欢看新娘子那身新衣。杏想自己要是嫁人，一定也要这般的红火。除了不会说话，杏觉得自己一点都不比草桥的姑娘差，也比得过嫁来的新娘。后半夜，杏在想嫁人之后的事，她在邻居家电视上看见过，嫁人，入了洞房，新郎和新娘就要抱着亲嘴，再脱光衣服睡到一只枕头上，男的压着女的。从古到今都一个式样。杏没有脱光衣服睡过觉，想不出那样睡觉的好处。觉得沉，觉得喘不过气。可是，男人女人要不那样睡觉，女人就生不出孩子。就像公鸡不骑到母鸡身上，母鸡就下不出能孵小鸡的蛋。天亮的时候，杏已经在想女人生孩子的事了，她一听见谁家的女人夜里大声地哭，就知道那女人生孩子了。她想，女人家生孩子肯定是很疼的，所以要哭，就像母鸡下蛋之后要满院子乱叫。杏就这样想了一夜，看着窗户外面的天一点点黑下去，又一点点亮起来。

秧门开过，后山那个叫王三宝的男人就到草桥来了。杏在后院喂鸡，婶娘乐呵呵地跑来，凑近她耳边大声说：相片上那个人来家了。

杏一听，心里就跳乱了。

她把婶娘推在前，自己跟在后头。进了屋，就看见桌上堆放着两瓶酒和几包糕点，还有一件红毛衣。一个梳分头的男人和另一个戴着黑眼镜、手里拿着大盖帽的男人对面坐着抽烟。杏瞄了一眼就认出，梳分头的那个人是王三宝。那个一直玩着帽子的，不是军官，也不是警察，搞不清是做什么的。杏一见到大盖帽就有些心慌，心想那该是木匠托的媒人吧。杏一来，三宝就站起了，对着杏先看了看，看过就有些不好意思地笑了：你是杏吧？

边上的婶娘说：你得大声喊才行。

三宝就大声喊了：你是杏吧？我是后山的王三宝。

杏用力点了一下头，表示自己听见了。接着就去为客人倒茶了。她倒茶的时候，看见客人一直在偷看她，心下就更跳得乱了。倒好茶，赶忙又去后院喂鸡了。杏一边想，这个木匠比相片上显老，不过这个男人敢当着外人面对她喊话。一会儿，王三宝也跟来了，还是看杏，还是笑。杏知道这个男人肯定是看上自己了，耳根就觉得好热，却也笑了。三宝说，杏，我喜欢看你笑的样子。杏没大听清楚，但晓得木匠说的肯定都是好话，就又笑了一下。可是背过身去一想，自己今后要光着身子和这么老的男人睡一个枕头，还要让他压着，就觉得便宜他了。

那天王三宝没坐上一会儿，留下东西就随大盖帽走了。大盖帽是乡税务所的征管员，姓李，人唤李税务。

李税务问王木匠：你可中意啊？

王木匠说：人是很好的，可惜不会言语。

李税务说：要是会言语能摊上你么？没准儿我还回去跟老婆打离婚呢。

王木匠说：不过话说回来，不言语也有不言语的好处，日后夫妻间少了口舌，倒也省心。

李税务说：那你打算么日子再来打礼啊？

王木匠说：秋后吧。可要是把人讨回家，那还得过上年吧，她年纪不到，不合法呢。

李税务说：这交给我好了。不就短了一岁嘛，找找人，花点钱。

王木匠说：花钱不是问题。

李税务说：那就没有问题。你预备着吧，等你过年回来，干脆择个日子把杏接回家算了。免得你裤裆里的鸟找不到窝……

那天傍晚，城里念中学的弟弟回来了。杏就把他拉到屋里，把王三宝的照片给他看了，自己却盯着弟弟的脸。她很快就看出弟弟对这门亲事不满意。弟弟把照片随便一扔，喊道：杏，你傻啊，这个男人不是你丈夫，是你爹呢。

杏就不做声了。杏想，弟弟心里是心疼她的。她其实怕的就是弟弟一脸满意的样子。弟弟一走，杏就和婶娘谈了心事，嫌王三宝年纪大了，自己不想嫁。婶娘也没多劝，只说：那就回了吧。

杏点点头。

这天夜里杏睡不着，翻来覆去，一闭眼，面前就是王三宝大声对她大声喊话、对他笑的样子。再一想，木匠一年能挣上两万块呢，又有点舍不得回了。可是弟弟这头不满意，真不知如何是好。

日子就这么过去了一段。杏还是过着往常的生活，每天喂鸡，隔四五天去一回县城卖鸡蛋。有一天，杏卖完鸡蛋回来，忽然觉得小肚子酸胀得不行，想尿，看看路上，还是行人不断，边上也没有长成的庄稼遮掩。幸好不远的坡上有一座破窑，就急忙奔那儿去了。

窑洞里很黑，杏四下看看，没人。刚进去，一只黄鼠狼“嗖”地蹿了出来，吓了她一跳。这一惊吓，尿就更急了，裆下也湿了。幸好裤子安的是松紧带，一褪就能蹲下尿了。提上裤子，忽然一个小东西跳到了眼前，仔细一看，是一只小鸡，毛绒绒的，翅膀上还带着血，就想，这一定是刚才那只黄鼠狼拖来的，还没来得及下喉呢。杏把小鸡捧在手里，那鸡的翅膀还在扑扇着，小黄嘴不断张着。杏心里说，莫怕，我晓得疼你呢。

杏从窑洞里出来，迎面就见着了一顶大盖帽。杏没敢抬头，趁着那人没说话就从他身边溜了过去。这时，那人喊了她。

那人说：你是杏吧？怎么连招呼也不打就走啊？我可是你的大媒人呢！

杏没怎么听清楚，还是走了。

那人笑了笑：我倒忘了，这女子耳背呢。

说着，他就扯开裤子尿了起来，抖着腿，吹着口哨：《路边的野花你不要采》。

杏带回了小鸡，用香油给它抹了翅膀上的伤口，再涂上牙膏。没过几天，这鸡的翅膀就长好了。田里稻子还没黄，小鸡就已经长成模样了，是只独一无二的芦花母鸡。院子里一圈看过去，就数这只芦花鸡打眼。于是就惹得两只公鸡成天围着它转悠。一个中午，杏蹲在门槛上吃饭，忽然看见花公鸡一下逮住了芦花鸡，咬着冠子骑上背。杏竟有些生气，便脱下鞋照着花公鸡使劲砸过去，把它们轰开了。婶娘看见，就说，杏，你咋把它们轰开呀？啊？轰开了，来年你哪来孵鸡的蛋啊？

这理杏懂，可还是这么做了。

田里的稻子转眼间转黄了，天气热了起来。天一热，鸡下蛋就少，歇窝了。杏得十天半月去一回县城集市。这天，杏积的鸡蛋有一百只了。像往常一样，杏出门前都要先把鸡蛋过数，整齐码好。她是一双一双地数。十双是一层，隔上一层草，再码一层。数蛋、码蛋都是杏喜欢做的事，总是带着笑脸。没多会儿，杏就码好了四层，到了最上头一层，才发现少了一只。杏不信自己数错了，就把篮子里的鸡蛋全都数着拿出，还是一双双地拿，一只只地数，但还是少了一只。杏再把鸡蛋重新放回篮子，过了数，还是少了，杏的嘴撇了撇，心想自己真是好笨，连整数都弄错了，差点想哭。忽然，后院里传来了一阵嘎嘎的叫声。

杏撒腿就跑到了后院，看见那只芦花鸡正撅着屁股在柴火堆上跳着、叫着。杏凑近一看，果然在草窝里发现了一只白生生的鸡蛋。杏拾起鸡蛋，热烘烘的，蛋壳上还带着鲜红的血丝。杏就知道，这是芦花鸡生的第一只蛋啊。杏可怜地看着芦花鸡，心想，你疼吧？头一回肯定是疼的，疼你就多叫几声吧。

今天是个阴天，集市上显得冷清，老客户来的不多，面前尽是些生脸子。县城里的女人个个脸模子都生得好，像电视里的人。与生脸子做买卖就好头痛，一个鸡蛋死活要还价，把三毛钱还成二毛五。可是杏历来是不还价的。她开不了口，就把弟弟写的牌子放放好。好大一会儿工夫，杏的鸡蛋只卖出去一半。又过了一会儿，天色转暗了，看上去雨就停在头上。忽然间，那边闹了起来，接着就有小贩子做贼一样跑过，杏一看，就知道是大盖帽们过来了。她赶紧挎上篮子钻出了人群，一口气跑出了县城地界。刚想歇口气，雨又来了。杏接着又跑，这下跑得不急，怕颠坏篮子里的鸡蛋。不一会儿，雨就弄湿了她的衣服。路上没有什么人，过往的车子也陡然少了，天地安静下来。杏看见了那座破窑，就思磨着去那儿躲雨。

窑洞里很暗，更是静了。杏躲进来，想把贴身的衣服脱下挤挤。正解了上衣扣子，忽然看见一个人影跟了进来，她没来得及看清人脸，但看清了那人手里提着的大盖帽。那人一进来就骂：狗日的天。

杏赶紧护住了篮子里的鸡蛋，却忘记了已经解开的扣子。她的胸脯就这样显露出了一点，迎着了大盖帽的眼睛。

那人干咳了两声，上手就来拿杏的篮子。杏死活不肯，和那人争夺着。她一使力气，就把篮子压在身子底下，双手紧抱着，一动不动。她想，要夺走篮子里的鸡蛋，除非把她也一起夺走。那人的手果然就住了，从篮子柄上移了下来，落到了杏的裤腰上，身体像一床潮湿的被子那样盖下来。杏晓得什么事要发生了，她使劲扭着身子，使劲并着腿，可她还是舍不得腾出手来去推开压在身上的男人。她用嘴咬，认准了那只粗壮的胳膊，一口咬下去。那人“哎哟”一声，用力抽出了手，跟着就一拳挥在了杏的脸上。杏眼前一黑，好像陡然看见了家里那只花公鸡腾地张开了翅膀，身子软了。

没一会儿，那人从杏身上下来了，又干咳了两声，走了。慢慢的，杏觉得自己的腿冷，才看见自己光着下身，就急忙把裤子提了上来。杏听着身后没了动静，就回头看了看，外面的雨就一阵子，歇了。那个人已经走出了窑洞，正撒尿。原来这混蛋今天不是要抢她的鸡蛋，也不是追来罚款。杏松了口气，这才把篮子拿到有光的地方，把鸡蛋重新查上一遍。一双、两双、三双……只有二十三双半，单了一只。杏记得清楚，今儿只卖了二十六双，怎么就单了一只呢？杏接着又数钱，十五块六毛，一分不少。她就怀疑自己肯定是错卖了，被城里人蒙走了一只，认了。杏站起来，这才觉得下身有些疼。刚站好，就见到一只鸡蛋从裤管里滚了出来，杏眼睛一亮，开始还以为是自己看错了，弯腰拾起来之后，才信是真的。鸡蛋在自己身上焐热了，完好无损，好像是鸡刚下的，蛋壳上还带着血呢。不是血迹，用指头抹一下，还发黏。是新鲜的血。杏不明白，这是咋回事，这里并没有鸡呀。再一琢磨，就觉得这血该是从自己身上流出的。

那人完了事，就开始发动摩托车，把大盖帽挂到车把上，轰的一声走了。杏还是没看清那人的脸，但这回她记住了他的车牌号，后面三个数是048，正好是她今天余下的鸡蛋数目。杏忽然觉得，这个身影有点熟悉，却一时又想不起。

杏挎着篮子走回了家，她走得很慢，双脚都是泥。到了村子，天就黑了。婶娘去村里喝喜酒去了，家里没有人。杏没吃晚饭，弄盆热水把自己下身洗了，又觉得疼。杏早早上了床。躺在床上，听着不时传来的鞭炮声，哭了起来。没多时，婶娘回来了，杏起来开门，阴着脸。婶娘就问：杏，你咋了？哪难过了？杏不做声，关上了门。到了后半夜，婶娘突然听见了杏的哭声。她趿着鞋跟到杏的屋子，使劲地敲门，大声在门外喊着：杏，你咋回事啊？你把门开开！

杏不开门，但慢慢地就不哭了。

第二天，婶娘问杏：你昨夜咋回事了？哭得那么凶。

杏没做声。

婶娘又问：是不是发梦了？

杏还是不响，到后院喂鸡去了。

“双抢”一过，树上的叶子开始落了。外面做工的庄稼人赶回来帮了一阵子忙，又该走了。收完稻子，村子一下子闲了下来。田里没了庄稼，天地就显得开阔。杏养的鸡也歇窝了，一天收不了几只蛋。杏就躺在后院的草堆边，看着那些找食的鸡。下河洗衣的时候，杏看着水里自己的脸模子，觉得没有以前好看了，像霜打的秧。她有些难过，慢慢地就想到了那个后山的王三宝，这个男人不是说秋后回来吗？咋就没回呢？兴是在城里住久了，对这穷场子没了牵挂吧。杏洗好衣，低着头往家走，看见婶娘正满脸堆笑兴冲冲地往这边来。婶娘凑近杏的耳朵说：王三宝来了！

杏就跟着婶娘回家，远远地就看见木匠正在替她家修门。三宝还是梳着分头，新衣服脱下了，露出两只光着的胳膊。这男人结实。见杏来了，木匠就放下了手里的斧子，对着她笑，大声喊话：杏，我回来了。杏又看见院子里放着一辆新自行车。婶娘说，这是三宝替她买的，说今后去县城卖鸡蛋，就不要走十几里的路了。杏听明白了，忽然就觉得鼻子酸得厉害，头一低进屋去了，过后就没再出来。三宝也觉得奇怪，跟了过去。看见杏正坐在床沿上纳鞋底，埋着头不看人。三宝就问：杏，你这是咋了？

杏还是没说，眼睛变得湿了。

三宝却很高兴，以为杏在想他，就说：杏，要是你没有什么意见，我想过了年就接你过去，如何？

杏自然没有听出三宝的话，但从三宝笑眯眯的神色中，知道了话的内容。但她说：不！

三宝有些吃惊：不？如何不啊？

杏说：我不！

两人正僵持着，就听见外面响起了一阵摩托车的响声，接着有人在喊三宝：三宝，你还没正式讨人家回去，咋就一回来就往姑娘屋子里钻啊？

原来是媒人李税务骑着摩托车来了，岔着两条腿停在院子里，没熄火。杏扒在窗户上看，接着就吓了一跳，她再次看清了那辆红色的车和车屁股后面的三个数：048。

三宝笑着走出来，给李税务拿烟点火。两人凑在一起谈笑着。忽然间，杏从屋子里冲了出来，抄起门边上的斧子，横着眼就对李税务逼过去。李税务脸色刹时就白了，叼在嘴角的烟也落了，连忙转过摩托车就跑，杏突然嗷嗷大喊着，跟着追赶。木匠愣住了，连忙来夺杏手里提着的斧子，说：这是咋了？这是咋了啊？

草桥村的人都端着饭碗出来看。他们看见村里的哑巴女子正撒腿追赶着摩托车上的李税务，村里人都晓得，杏出事了。

当夜，杏把城里念中学的弟弟找回来，把一切都对弟弟比划清楚了，要他替自己写状子。她要上乡里告狗日的李税务。弟弟哭丧着脸，写一行，抹一下泪。写着写着，却又把写好的状子团了。杏一把夺了过来，要出门。弟弟就拦住她，喊道：姐，忍了吧！

杏还是出门了。她找到乡派出所，把状子递了。派出所很快就把李税务找来，可是对方顿时就翻了脸，吼起来：这女子卖鸡蛋逃税，报复我呢。她连话都不会说，就凭这张皱巴巴的纸你们就信啊？她说我强奸，凭什么？啊？

李税务的话，杏句句都听清楚了。凭什么？心下也虚了些。

见杏低着头，李税务就吼得更凶了，说你这不知好歹的东西，老子好心给你讲个婆家，你倒好，反咬我一口。

一提咬，杏就跳起来，抓住李税务的胳膊，李税务挣扎着，杏还是把他的袖子捋起来，可是，那上面的牙印却没有了。这一下，杏的眼泪就下来了。派出所的人把杏拉开，说有话好说，别动手。他们忘记了杏说不出话。李税务在给他们散烟，杏走了。

杏有些日子没有出门卖鸡蛋了。一天吃饭，哇地吐了一地。婶娘觉得不对头，追到屋里要看杏的肚子。杏不让，可婶娘还是看出了名堂，急得直跳脚，说你这死人，自己的事咋就瞒得这么严实？肚子显了啊！杏还是没声响，躺在床上睁着眼。婶娘要拖杏去卫生所，把肚子里那块肉偷着拿掉。杏死活不依，不动。婶娘说，人家是戴大盖帽的，你告不倒。

第二天，杏又开始出门了。她不是去卖鸡蛋，光着手，梳妆整齐。村里人见到杏都装作没看见。杏的弟弟也好久没有回来，只让婶娘每月给他学校里寄钱。

一连几天杏都是这样早出晚归，没有人知道她在做什么。

又是一个阴天，李税务又习惯来那座破窑洞边撒尿了。刚撒完，就听见身后有了动静，回头一看，杏从里面走出来了。

李税务这回没跑，而是叼着烟笑着，说：怎么着，你是不是想我了？该不是在偷看我撒尿的东西吧？想看吗？我掏出来你看看？

杏也咧了一下嘴，猛地把衣服往上一掀，把整个肚子露出来。那肚子已经有些圆了。

李税务顿时就愣住了，一额的冷汗。他拉住杏的手，说谈谈吧，有话好说。只要你不告我……

杏把手一甩，走了。

当夜，李税务就给杏的婶娘偷偷送了一万块钱，想私了。说只要杏把肚子搞掉，以后大家就是亲戚，什么都好说。婶娘觉得也合适，就找杏谈了。杏把钱收下，存到了银行里，可是出了银行就不想去卫生所，她不肯把肚子搞掉。婶娘说，你告人家，又要留人家的野种，这算什么名堂啊？

杏比划说：一码是一码。

婶娘没法对李税务交代。后者就打电话给在外地做工的王三宝，叫木匠抓紧时间回来，有急事。于是几天后的一个晚上，木匠就到了草桥。来之前，李税务对他把条件都谈好了。只要哑巴尽快把肚子搞掉，他可以马上在当地给木匠揽一个装修的活做。木匠见生米已经煮成了熟饭，也只好认了。木匠说，别的不怕，就是担心杏的月份深了，不大好搞。木匠又说，要不，我就把这个肚子认了吧。李税务说不行。李税务说这女子鬼精着呢，她留着肚子就是要落个凭证。肚子不搞掉，可就要了我的命了。

那天晚上王三宝在杏的屋子里磨蹭了一会儿。木匠说：杏，趁早把肚子搞掉吧。毕竟，你也收了人家一万块，抵得上你卖十年的鸡蛋。

木匠的声音不大，杏没听清楚。杏想，这个男人不会再对她大声说话了。

木匠说：搞掉了，我就接你走。

杏双手把肚子护着严实。

木匠叹了口气，起了身。杏把那件红毛衣还给了他，又把前些日子木匠送来的那辆自行车推出来，让男人骑走了。

没过几天，李税务就到乡派出所自首了。派出所的人二话没说，就把李税务铐上，带着他在草桥村走了一个来回。草桥的人被这阵势看呆了，私下说，看不出，这个哑巴女子硬是扳倒了一个大盖帽。

第二年春上，杏产下了一个七斤重的男孩。是顺生。草桥没有几个人知道这件事，那天夜里他们没听见杏哭。

2007 年 3 月 5 日　北京寓所

（原载《北京文学》2007 年第 7 期）

潘军文集

第肆卷

中篇小说・长篇小说卷

文化藝術出版社
Culture and Art Publishing House

不惑之年（1996年，合肥）

潘萌十岁（1996年，合肥）

丨茂名笔会，与作家范若丁、文能、苏童、叶兆言、田瑛合影（1996年12月）

在北京牛汉先生书房（1998年夏）

在北京寓所（2003年夏）

在常熟柳如是墓前（2003年夏）

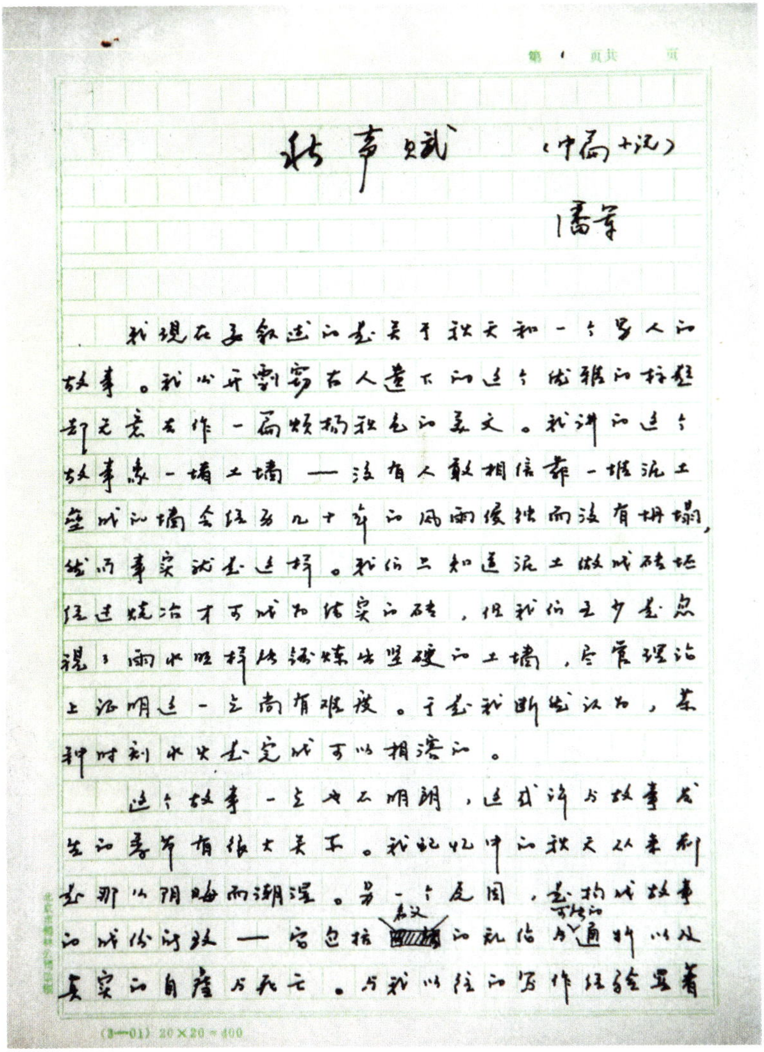

第 1 页共 页

秋声赋 （中篇小说）

潘军

我现在要叙述的是关于秋天和一个男人的故事。我必须剽窃古人遗下的这个优雅的标题却无意去作一篇描摹秋色的美文。我讲的这个故事像一堵土墙——没有人敢相信那一堆泥土垒成的墙会经历几十年的风雨侵蚀而没有坍塌，然而事实就是这样。我们只知道泥土做成砖坯经过烧冶才可成为结实的砖，但我们至少是忽视了雨水怎样将锤炼出坚硬的土墙，尽管理论上证明这一点尚有难度。于是我断然认为，某种时刻水火是完全可以相济的。

这个故事一点也不明朗，这或许与故事发生的季节有很大关系。我记忆中的秋天从来都是那样阴晦而潮湿。另一个原因，是构成故事的成份所致——它包括名义的礼俗与可能的通奸以及真实的自虐与死亡。与我以往的写作经验显着

(3—01) 20×20＝400

《秋声赋》手稿

独白与手势·白
潘军 著
人民文学出版社
手势·蓝
潘军 著
人民文学出版社
独白与手势·红
潘军 著
人民文学出版社
潘军实验作品集
（上卷）
花城出版社
冷眼·直言
潘军小说文本系列
霸王自叙
悬念
中国工人出版社

《独白与手势》初版书影

《潘军文集》第四卷
目　录

中篇小说

秋声赋 …… 3
我的偶像崇拜年代 …… 35
从前的院子 …… 60

长篇小说

《独白与手势·白》 …… 89
附录：
《独白与手势·白》初版后记 …… 305
《独白与手势》（修订版）自序 …… 307

潘军文集

第肆卷

中篇小说

秋声赋

我现在要叙述的是关于秋天和一个男人的故事。我公开剽窃古人遗下的这个优雅的标题，却无意去作一篇颂扬秋色的美文。我讲的这个故事像一堵土墙——没有人敢相信靠一堆泥土垒成的墙会经历几十年的风雨侵蚀而没有坍塌，然而事实就是这样。我们只知道泥土做成砖坯经过烧冶才可成为结实的砖，但我们至少是忽视了雨水照样能锻炼出坚硬的土墙，尽管理论上证明这一点尚有难度。于是我断然认为，某种时刻水火是完全可以相容的。

这个故事一点也不明朗，这或许与故事发生的季节有很大关系。我记忆中的秋天从来都是那么阴晦而潮湿。另一个原因，是构成故事的成分所致——它包括名义的乱伦与可能的通奸以及真实的自虐与死亡。与我以往的写作经验显著不同的是，在这个故事开始之际我便瞭望到它的结局。这让我很受折磨，我现在讲述它就是想摆脱心中持久的压抑，就像雨天回家急着甩掉一件雨衣那样。

我必须从很久以前说起。

1957 年

故事中的这个男人叫旺。这一年，旺 26 岁，却是菱塘村唯一的光棍。用今天的眼光审视，旺的条件其实一点不差。他身材高大，面目清秀，读过几年的私塾，会写对子，能算账。虽是孤儿，但经济殷实。土改时旺的成分划为上中农，田地虽归为公有，但政府没有没收他屋后的那片小桃林。旺本人的职业是以摆渡、打鱼为生。旺打光棍，在村里人看来是自小喝了那点墨水的缘故——旺总想找一个多识些字的女人。识字便会知书，知书也就达理。可是菱塘一带方圆几十里，又有几个断文识字的女人呢？关于这一点，我父亲的说法是另一个样子。父亲是在1957年秋天认识旺的，那时他正在主持石镇黄梅戏剧团的招生。有一天，一个书生模样的人夹着一根斑竹箫来了，这便是旺。父亲热情地接待了这个年轻人，让他放松地吹上一段。“他很腼腆，”父亲回忆起，“侧着身子对着我，最后还是用很足的中气吹了。”旺的演奏自然不成功，怎么听都不太对劲。后来我父亲发现，那根箫居然少了一只眼。我父亲认为，旺考剧团真正的目的还不是想来吹箫，他可能是指望日后在剧团内部找一个唱花旦的老婆。因为那天没有过关之后，旺不是低头就走，而是站在窗外认真地看着其他人的应试。父亲说：“那时我就觉得，他一定是看上凤了。”

宽泛地讲，被称作凤的姑娘在那个年代也算是个票友。她是我母亲的崇拜者，而且胆大，时常开演之前就一直在后台看我母亲化妆。以后熟了，便去我家串门，捎上些当地的时令土产。我母亲并不怎么喜欢这个凤，但她无法拒绝凤的笑脸。凤考剧团目的很明确，就是想有一个文艺界的身份。她认为女人唱戏是最好的选择，用她的话说：上街冲开水，一路都有人看你。然而很不幸，凤的嗓子条件太差了，她是个左嗓子，这是无法矫正的。那时候干什么都还讲规矩，父亲自然没有同意。据说那天凤是一路哭回去的，倒也满足了她“一路都有人看”的愿望。

旺抢先一步回到了渡口。因为这个早上他是看着这个凤姑娘坐他的船的。但他不知道这姑娘与自己有一样的心思，也要去报考县剧团。现在旺仔细回忆着，觉得这姑娘肯定经常坐过他的船的，觉得她应该是河西陈家牌那一带的人。那可是个极穷苦的地方，解放前还时有歹人劫道。旺觉得奇怪，怎么以前就从没注意过这个凤呢？而更奇怪的是，他认为这姑娘唱得没有什么不好，只是拖腔有些飘了——凤唱的是《小辞店》的段子，是年轻寡妇夜盼情郎的内容，唱飘了固然不太好。于是就因为这一点的缘故，旺记下了凤。旺从堂房兄弟手里接过撑篙，又把这一天里摆渡的收入分一半给那人，想让他快走。那人却一门心事地向旺打听剧团是否要他？倘若要，旺肯定会从此把这条船交给他，自己去当正经的公家人。那人说：哥，你使这把箫比使这撑篙灵便。旺冷淡地说：我不会再吹箫了。说着果真把那支箫扔到了很远的水面上。堂房兄弟从未见过旺有过如此严峻的神色，便收起那把角子毛票离开了渡口。这个时候，旺才陡然感到了沮丧。这根箫是父亲手里传下的，两代人吹下来却不知缺了个孔？1957 年这个秋日的黄昏，旺的心情与天气一样灰暗。唯一令他眼前偶尔一亮的，是凤姑娘那张白净的大脸盘。现在，凤来了。

凤的双眼都已哭得红肿，这使她没有心思去想摆渡的年轻艄公白天曾在剧团的窗外站过很久。对于凤，今天的打击是致命的，意味着终生梦想的突然幻灭。她明白我父亲委婉表达出的意思：不是她唱得不好，而是老天爷不想让她端这只饭碗。左嗓子好比胡琴没有调正弦，弓松了马尾，蛇皮开了口子。看着凤那副霜打的模样，旺感到心里生出了隐隐的痛。但这个腼腆的乡村青年不知该用何种方式去安慰姑娘。那时他更多的担心是河西那段小路不好走，天色将晚，那段路上有三里的乱葬岗和两里的茅草地，谁又能保证解放了没有歹人呢？

就在旺这阵担忧中，事情起了意想不到的转机。

那根被扔出去的箫，随水漂了回来，漂到了船边。凤发现了它，便挽起袖子将它从水中捞起。这时旺说：我刚才把它扔了。

凤这才慢慢想起，年轻的艄公白天也在剧团院子里露过脸的，就问：你考中了么？

旺摇摇头，旺指着往下滴水的箫说：我的箫少了个眼，吹不成调。

凤的心情开始好转，她说：可我觉得也很好听的，你再吹一段吧。

旺说：我不想吹。

凤说：你为我吹一段不中么？

旺说：你要吃鱼，明天我可以张网。箫我是不吹了。不吹它也饿不了肚子。

凤便不再劝了，叹道：我是真有好些日子没沾过荤腥了。说着，她又开始落泪了。这回她不是因为剧团落榜，而是感叹自己的身世。后来旺才知道，凤没有父亲，她不知道谁是自己的老子。她在三岁那年随娘嫁到陈家牌给陈大肚子做小。她娘出身青楼，无奈地怀上了这块药打不掉的肉。到了她十岁那年，解放了，第二年陈大肚子被镇压。眼下的光景是母女俩相依为命，日子倒也不愁过，可是娘与从前的相好还偷偷摸摸地来往，这让凤非常厌恶。凤考剧团，摆脱家庭应该也是一个原因——这是我的推断。在剧团无望的情况下，另一个途径便是嫁人。她很快就做到了。

我父亲至今固执地认为，遗传基因在这个叫凤的姑娘身上起着不可忽略的作用。他推测就在这天夜里，凤最终的选择是爬上了旺那张早已置办的新床。凤躺在年轻艄公怀里哭诉了自己的身世。几天后，旺到陈家牌给那位从前的窑姐送去了一大笔钱。那女人倒也爽快，没过多久就带着这笔钱和一个做茶叶生意的相好远走他乡，从此没有回来。父亲对这个构想甚为得意，很快将它写进了剧本。他惟一的调整是把旺送去的那笔钱改成了祖传的一对玉镯，但他没有料到当这台叫做《玉镯记》的新编现代戏上演三个月后，他因此成为“第二次深挖”出的右派。

不管我父亲的推断是否准确，有一点则是不容置疑：凤和旺睡到一张床上时，她还不满 17 岁。这是当时的《婚姻法》所不允许的。他们后来也没有补办什么手续，只是在村里摆了三桌酒水，由从前的族叔做了证婚人。不过从故事往下发展看，这倒也省去了许多的麻烦。

1960 年

凤和旺过了三年没有怀上。

转眼旺已近了 30 岁，没有子嗣便是最大的苦恼。旺弄不清问题出在哪一方面，尽管凤一直是把自己看做不中用的女人。旺四处寻访了乡间郎中，替自己和凤不断地煎着中药，仍然是没有动静。日子一天天紧了，大食堂已于一年前熄了灶火。田里收不起庄稼，塘里也打不到一尾鱼，连树上的青毛桃也早早被周围的孩子全部偷光。旺舍不得去撵吓那些孩子，觉得这些孩子吃了他的桃好似嘬了一口凤的奶水——凤会有奶水么？他做梦都想女人那对并不算小的奶子里突然会射出一线白白的奶汁来。他想这第一口奶无论如何得留给自己。这种幻想竟使他变得有些疯狂，每个晚上他都要伏在那奶上认真地吮吸很久。有一天他突然惊叫道：甜！

凤苦苦一笑，摸着男人的脸说，是我抹了些甘油。接着女人坦白了一个惊讶的事实，女人说：旺，我不来红了。

旺开始是喜出望外，他知道女人不来红就是怀上了。但他很快明白过来，女人是因为什么而没来红。旺问道：几时不来了？

凤说：热天里就不来了。村里的女人都不来。

女人说着就抽泣起来，女人说：旺，村里的人差不多都肿了，已死绝了好几户，我没给你生养也算是帮你省了一张嘴。旺，你带我跑出这鬼场子吧！

旺说：一样的荒年，往哪跑呢？再说跑也得有脚力，我们能跑出十丈远吗？

凤说：我怕死呀，旺！

旺放平女人，劝道：不会饿死的，我地窖里还余了些细糠和桃干子，对付着越冬还行。熬到春上，草也就绿了，牛羊能吃的，人慢慢嚼下去也不会得病。兴许春上年成会转好一些。

旺这么劝着，心里也很内疚，觉得女人跟着自己遭了大罪。旺很想把家里几件还能值钱的东西一船送到石镇当掉，给女人换回一顿饱饭。可是这顿饭吃完，往下的日子该如何过呢？旺想着要细水长流，想着先是活命。这个家原本就少人，几代了，这个家不能再死人了。一个都不能死！

那天晚上旺就这么想了一夜。第二天一早，旺自己下灶间做了几个糠粑，把凤的那份里掺了些桃干，便匆匆去了船上。他想今天沿这条灵水河跑远一些，怎么说也得网上一碗小鱼小虾的，给女人补补身子。女人不来红还叫什么女人呢？那时分村里阴森森地透着凉气，没有人声，也根本没有鸡鸣狗吠，家家户户都闭着门。这是个有霜的早晨，东方不泛红晕，看来又是个彻底的阴天。旺缩着身子来到渡口，意外地看见一只灰鸟停在船头上，他一解缆，那鸟便扑扑地飞远了。旺看着这鸟飞翔的身姿，心情变得很复杂。他想世界上肯定没有饿死的鸟。鸟之所以饿不死是因为它有一对好翅膀，它总能找到吃的。可这只灰鸟为什么偏偏停在这儿，他感到困惑：这儿还有吃的么？那鸟的块头不小，模样有点像鹰，它到底发现了什么，还是飞累了，在这船上歇上一会？旺后悔手里没有网，要是一网撂出去，没准儿会把那鹰样的东西逮住，那可真不比一只鸡差呀！

旺惋惜地把目光从空中收回，收着缆绳向自己的船走去。这时，他又吓了一跳！他看见船舱里一堆稻草盖着一个孩子，大约四五岁的样子，看不出死活。原来刚才那灰鸟是在等这一口。旺揭开草，一眼看见这是个男孩，小鸡巴皱得像块老干姜。旺用手背放在孩子鼻孔下试了试，感到还有些暖气在慢慢呼出。然后旺发现了孩子贴胸的褂子里夹着一张草纸，上面写着这孩子的生辰八字，霎时就明白了。这一年里旺见到过不少死孩子，像这样还未断气的弃儿还是头回遇见。于是旺便拿出一块糠粑，用水化开，往那孩子嘴里喂。孩子很快脸上显了活气，肉也动弹了。等这块糠粑喂完，孩子便睁开了眼，但眼珠转动起来很困难。这孩子不哭不闹，也坐不起来，活像个木偶。他唯一能做的动作是咂嘴。旺把袋里的糠粑全掏出来，放到孩子手边，就把船调离了岸。这天风大，船虽无帆却能顺水淌得很快。旺只需用撑篙支配着方向。旺偶尔回过头看看那孩子，现在他已经坐在船的另一端吃了。旺看他时，他便停住。旺觉得自己有点喜欢上这孩子了，旺说：吃吧，都吃了。等船拐过河湾，那孩子突然站起来，扒出小鸡巴对着河水撒尿，居然撒得很远。旺看着那小指头一样的东西，心里说不出有多高兴。就叫他指头吧，旺这么想着，这算小名，大号得好好想想。

被称作指头的孩子到七岁那年才有了正式的名字。旺为此专门去了附近的农场，找到正在那里劳教的我父亲，谨慎地提出了这个要求：给孩子取个名，明年好送他进学堂。我父亲问旺，希望指头的名号含点什么意思？旺说：庄户人家，不指望有大出息，只要能生养接代，把日子过得红火些。于是我父亲张口就来：那就叫“火”吧。火就是生命。野火烧不尽，春风吹又生。“当我念白乐天这句诗时，”我父亲回忆说，“我发现旺的眼神有点迟疑。我想他可能很忌讳这个‘野’字。”

1960年火还是指头，他活过来了，借助的倒不是春风而是几块糠粑。活过来的孩子和正常的孩子没有两样，他不认生。我想这不奇怪，那是个有奶就是娘的年月，那孩子的亲生父母也算是好眼力，把骨肉抱到了旺这条船上。这天，旺还是没有打到一鱼半虾。就在他沮丧地准备收网时，那孩子突然叫了一声，指着靠近岸边的草丛让旺看。旺顺着孩子手指方向看过去，很快发现那儿偎着一窝老鼠。旺迟疑片刻，对掌心吐了口唾沫，搓了搓，然后扭动身体一网向老鼠张开。那一网打起来的是七只老鼠，个个都比鸡巴粗。旺当时就把船停了，与那孩子在岸上起了火，支起陶罐烧了一罐开水，将七只老鼠全泡了。然后煺去皮毛，断其首尾，剖肚开膛，剔尽杂碎。整个过程和杀鸡宰鸭完全一样。这堆老鼠肉足有一斤多。旺小心地告诉孩子，回家后不许对娘说这是老鼠肉，否则连汤也不让他尝一口，孩子频频点头。旺摸着孩子的小鸡巴，说：叫我一声大，指头。孩子没叫，但他接受了“指头”这个诨名。1960年这个秋日，旺的脸上浮现出久违的悦色。他领着指头往回走时，西边露出了失踪一天的阳光，把男人和孩子轻捷的身影写在了地上。旺感动地看着这活动的影子，心想，身后跟着一个孩子终归比一条狗强。

那时候凤正在门口和一个鸡毛换灯草的货郎交谈，她想用一口破铁锅换取一只顶针，似乎是成交了。见旺远远走来，那货郎便摇着拨浪鼓离开了。凤这才注意到旺身后的孩子，便问是谁家的，她见着怎么眼生？旺把凤支到屋里，先亮出“兔子肉”，再把关于孩子的原委说了。凤一听就起了气：这是何年月，你捡什么不好偏要捡回来一张嘴？旺仍笑道：我还捡了根小鸡巴。不料这一说凤更伤心了，立即淌出眼泪。你这不是咒我不能生养吗？她哭诉着，你是想逼我死呀旺！旺用衣袖将凤的泪水揩了，旺说：凤，救人一命是积德。我们也不老，等年成好了，再生不迟。

门慢慢推开了，那孩子怯怯地立在门口，轻轻喊道：娘。

几十年后当我决定写这篇小说时，感到异常的困惑。五岁的指头只喊娘却不叫旺一声大，究竟因为什么？而且在以后的日子里，这个叫“火”的男人也从未称呼过他胜似生父的这个养父。他与养父平日的交往中用的都是含混的语气词，如“哎”、“嗯”之类。我在此提示这个细节，因为在我看来，它是对故事的某种暗示，而且还具有宿命的意味，这一点也不夸张。

1963年

旺第一次对凤动粗还是在三年前的那个秋夜。起因不是那个捡来的儿子，而是一罐“兔子肉”。旺在这一天里是第二次下灶间，他用一口陶罐来煨七只剥皮老鼠。生铁锅里咕咕噜噜翻腾着开水，陶罐密封后塞进了灶膛，依靠着灭了焰的文火。不多时，鼠肉的香味便弥漫在三间宽敞的草屋里，让人直吞口水。兴许是这香味的诱惑，抑或是听见了一声渴望已久的“娘”，女人愁苦的心情在天黑之前渐渐有了好转，正着手用男人的旧衣给这孩子粗针大线地改件衣裳，她想饭后得给指头洗个热水澡，驱驱寒气。

旺没有料到老鼠的肉居然如此香美细嫩。他小心地尝了一口，恨不得把这一罐子肉全吃下去。旺不忍心留一半给下顿，就全端上了桌。他想明天再带着这鬼精的指头往灵水的上游走一趟，没准儿又能逮到一窝。

这无疑是个温馨的夜晚。一家两口现在变成了三口，还能吃上香味四溢的“兔子肉”。凤说：兔子肉真香呀，可就是个小，是奶兔子吧？旺点点头，说正好一窝，可惜大兔子窜了。凤便有些难过，说要不是碰上这样的荒年，哪忍心去害这小性命。旺说：吃吧，多吃些。说着就端起罐子把最后一点汤倒在女人碗里。指头差不多快吃光了，眼巴巴地看着旺。男人把目光觑了过去，心想这孩子肚子却一点也不比大人小。突然，他听见那孩子说了句：不是兔子，是老鼠。旺吓得一哆嗦，看见凤两眼发直，正一个劲地想呕吐。旺急忙抱住女人，另一只手紧紧捂住她的嘴，大喝道：不许吐！

凤挣扎着扭动身体，她已被旺反剪了双手。旺就这么同女人相持着，看见那孩子趁机已把凤剩下的肉和汤全吃了，旺气愤地骂道：婊子养的！指头自然知道闯了大祸，吓得躲到了桌子底下。

我现在写到这里，似乎还能记起一点指头小时候的形象来。大约就在1963年的春天，旺领着指头——那时他刚被我父亲命名为“火”不久，来我家询问关于进学堂念书的事。旺打算让指头进石镇的学堂，最好能同我在一班。那天外婆给我们蒸了一碗鸡蛋当菜，让我俩坐在水缸边上吃，拿缸盖当桌子。鸡蛋刚放稳，指头便将自己的饭卡到菜碗里，再用筷子一搅。那饭和鸡蛋搅到一块的样子十分难看。指头便是用这种方式占去了属于我的一半。多少年后我父亲说起这件事还感叹道：火这点精明全是饿出来的。

让我们再回到1960年的那个秋夜。凤终于没有把咽下去的老鼠肉呕吐出来，手臂的疼痛压制了肠胃的蠕动，以致后来给指头洗澡时都拧不干毛巾。凤没想到旺会这样对待自己，虽然她也知道男人是希望自己肚子里能多进一点油水，但她不能容忍旺骂她是婊子养的——她认定旺是在指桑骂槐，而她的确就是婊子养的。怀着这委屈，凤抱着指头早早上了床。她抚摸着孩子瘦弱的小身体，孩子却突然摸了一下她的乳房。凤愣了一下，把孩子往里边推了推，说你困吧。然而这出其不意的抚摸却唤起了凤对白天的遐想。那个贼眼溜溜的货郎进门东张西望查看旧东西，其实是侦察这屋里可有男人。凤一眼便识出这人的心术不正，可奇怪的是，她非但不讨厌而且似乎有意去等待着某种预想的结果。凤说：你看够了吗？货郎讪笑着应道：哪有够的呢？我在这地方先后跑了50里，还真没见过这等白的肉。凤说你少嚼舌根。货郎说：我晓得你身上哪块最白。说着就上手摸奶。凤打掉货郎的手，说：你滚吧，灶间有口破锅拿了去。货郎说：我这人天生就喜欢破东西。

现在，那耳熟的拨浪鼓又在村口响起了。这是1963年秋天的一个下午，天却仍有些闷热。凤刚刚洗完澡，她那23岁的女人之身经过一年好光景的调理，显得十分动人。凤没有生养，因此乳房还是那么结实，腰也未见粗。她的皮肤越发白皙，连她自己闲时也忍不住摸上几把。凤对身体唯一的不满意是嫌屁股小了些，她想这或许就是不能生养的关键。凤一想到这便生出了忧伤，从前她多少还怀疑旺那一方也有毛病，如今她相信问题确实在于自己。她和那个外乡的货郎偷偷摸摸地过了小一年，也仍没有怀上。凤和这人睡，最初的动意便是为了借种，以证实自己的有用，也好把这功劳记到旺头上。凤明白地告诉货郎，只要她怀上，就不许这人在菱塘露脸，否则便一刀剁了他的鸡巴。货郎自然满口答应，私下认为自己运气很好，一年下来女人居然毫无动静。但是事情渐渐就起了变化，凤很容易比较出来，外乡的货郎床上本事很大，是个调理女人的高手。凤觉得，离开这个男人也是一件困难的事。

那时候旺总是早出晚归，通常的情况下是天阴撒网天晴摆渡。网到鱼虾，便拿到石镇菜市上去卖，带着指头，差不多到天黑时才回到菱塘。所以只要是天阴，那外乡的拨浪鼓便在村口响了起来。

货郎把担子落在村口的茶棚里，喝上一碗茶后，便神不知鬼不觉地消失了。他隐身在凤屋后的桃园里，敲窗为号，再从灶间的后门潜入屋内。凤从来不许这个男人上旺的床，他们的行事一般都是在西屋指头的那张小榻上。这天货郎进来时，凤已经是光着身子躺下了。连日的晴天使货郎断了顿，掩上门便急不可待地想上身。而凤更希望男人先好好把自己浑身舔上一遍。凤说：你舔我，舔够了再许日。货郎反问道：你何曾舔过我？凤笑着说：你是臭肉，我是香肉。你今生莫作这指望。货郎自然不计较，认认真真做了起来。凤享受着这美妙的时刻，又想，自己从未要求旺这么来过。旺太斯文，做什么都一板一眼，凤觉得说不出口。旺做这事每回都要吹灯。凤的心情有些复杂了，她知道这么做很对不住旺，可身上这狗男人就是比旺做得精细，做得有劲，做得让她舒服。

这个时候，门突然开了，门口站着背着书包的火。

凤和货郎都惊吓得说不出一句话，只顾扯着被子遮身。然而火没有言语，低头退了出去，还把门带上了。凤这才后悔自己的大意，如今这个叫火的儿子上学了，回家没有准时辰。紧接着，女人害怕了，抖抖瑟瑟地穿上衣服，捂着脸哭了起来。

八岁的一年级学生火从进学堂第一天起就憎恨念书。他是班上年纪最大、个头最高、也是坐在最后一排的学生。他还是这班上唯一的乡下学生，老师们好像都不喜欢他。上学一个多月，他没有站起来发过言，也没被叫到黑板上去写过拼音。火感到有压力，感到自己是一只杂毛鸡混在鸟里。这天上课，老师说到了吃，就让同学们挨个说出一样好吃的东西来，不许重复。鸡、鸭、鱼、虾、肉、蛋、梨子、桃子、桔子、柿子、西瓜、冬瓜、黄瓜……好吃的差不多全被说光了。火坐在最后，轮到他，他说：老鼠。大家哄堂一笑，老师也笑了，就问：老鼠能吃？

火坚定地说：老鼠好吃！

老师大声说：不对！

火当时就委屈地哭了——我记得非常清楚。到了第二节课，火的影子便不见了。我想事情可能就发生在这个下午。火没有像平时那样，散学之后去菜市上找旺，径直回了家。

那个下午后来火就坐在渡口，看着天一点一点黑下来。然后他看见了旺用扁担挑着空鱼篓的身影，火便把泊在岸边的船撑了过去——这是他头回摆弄这船，却一点不显手生。旺看清了儿子，顿时有了意外的激动。这孩子长大了，长得比树还快。指头，旺说，他又改口说：火，把篙子给我。

火没给，却从怀里掩出了一条大黑辫子，递到旺手上，火说：娘走了。

旺还没来得及反应，又听见儿子说：娘跟摇拨浪鼓的走了。

1973 年

我再次见到火是在十年之后。旺盖了新屋，我父亲让我代表他去菱塘送一份贺礼。那时我已念高中，身体也开始了发育，很愿意像个大人似的到处走走。我当然也想见见火——这个只和我一起念过半年书的同学。自从凤随外乡货郎私奔后，不久火就辍学了，对此旺特别伤心，曾用竹梢子狠抽过儿子几回，可是火仍是憎恨念书。有一回旺对我父亲说，他是一心想让火念出书的。胸无点墨之人日后谈何出息？旺这么感叹道。这使我父亲很有些尴尬，因为当初旺前来替儿子择名时，并没有表达这个深层的愿望。我父亲这人虽然上过外国佬的教会学校，但骨子里十分迷信。他认为一个人的名字差不多就是一个人的命运缩写。比如说凤。凤总是这山望那山高，总是择良木而栖。所以凤的结局我父亲似乎一点也不意外。我父亲私下后悔没有给指头取名为崇文、志学之类，但他沉思片刻之后，又这样劝了旺并为自己开脱：如今不是唯有读书高的年月，你看我，头上这顶右派帽子还戴着，运动一来便躲不过。人各有志，就别难为火了。

这以后火就顶上半个劳力，随旺行船了。撒网、扳罾、摆渡，样样在行。然而旺的内心是不满足的，他对这个儿子缺乏文化深感失望。多少年后，当我和年迈的旺坐在一起喝茶时，老人仍这么叹道：火要是多念上几年书，兴许就能做个国家人了。火到底是哪根狗鸡巴日出来的？现在我对自己的推测显得很有信心，我大致能猜出那些年旺的心思了。

1973 年的秋天难得一个好天气，我在菱塘渡口见到了阔别十年的火。这个比我大两岁的伙伴却比我高出了一头，成了十分魁梧的男人。他首先认出了我，并说我和小时候的变化不大。这话让我觉得他更像个成人，而且我竟有些莫名的自卑了。火手持撑篙，左右开弓地行船英姿成为我记忆中那个秋天里最为亮丽的风景。我现在写着这篇小说，火这个年轻艄公的形象依旧那么鲜活，然而又有几分潮湿。

旺盖了当地称作“明三暗五”格局的房子。这房子让人刮目相看，主要是外墙四壁一色的青砖到顶。因为只有经济充足的人家，才可能摆出这种架势——一般人家只用半截青砖，另半截用土砖。而且除了盖房，旺同时还另请木匠重新置办了一房家具，采用的式样全是那时石镇刚刚开始流行的大衣柜、五斗柜之类。这分明是打出了一张广告，旺要替火操办婚事了。那年火 18 岁，也没到法定的结婚年龄。果然没有多时，上门提亲的人渐渐多了——这是我后来知道的。

那次我在菱塘住了一夜。城里人文化人这种双重身份使我处处受到最高的礼遇，而我送来的不过是我父亲书写的一副楹联。这些年我时常想，我们家对旺一家人并没有什么实际的帮助，充其量不过是替他在石镇办事找些门路而已。然而旺的回报很厚，每年的端午、中秋和春节，他都会送来几尾鲜活的鱼。送来了也就坐上一杯茶的工夫。我父亲能做的，是在剧团演新戏时给旺送去两张戏票——他的用意很明显，希望旺尽早找个伴。凤飞走的那年，旺不过 30 出头；即使在十年后，他也不老。旺这么些年带着火独处下来，在我看来是个谜。

我是个睡觉认床的人，凡睡另床的第一夜总是要折腾到天亮。那天夜里我与火同宿一屋，我睡在给他预备的、尚未油漆的新床上，他仍旧睡从小的那个小榻。我们说了一会话，火便哈欠不断地上来了。于是我也不好意思再说，就吹灯睡了。我翻来覆去，火已经鼾声如雷。我在想着明年高中毕业将要下乡插队的事，火或许就在梦里寻他的媳妇了。我总觉得火要结婚是一件不可思议的事情。那时我虽然也对异性有所渴望，但对结婚这个具体行为想都不敢想。

半夜里，发生了一件事。

隔着蚊帐，我看见旺掌灯轻轻推开了这扇门。他大概是起来上便桶路过这边，顺便进来看看。旺先替我压了压帐子，又检查了火榻边的蚊烟，正欲离开却又停住了，旺看着熟睡的儿子，竟慢慢把他贴身的短裤扒开，似乎要查实那地方是否生长了阴毛。那地方的确也显出了一块浅黑，旺这才满意地笑了。我隐隐约约听见了他的自言自语，他说：总该作用吧？然后他就离开了。这件事当时我觉得很好笑，事隔 25 年，再想便有点沉重了。我想旺对传宗接代的生育繁殖渴望到了极限，居然感到了一种巨大的恐惧。这种意识根深蒂固，也使他对这个不是自己鸡巴浇出来的儿子格外地宽容了。这个儿子虽没有一颗孝心，但有一副健康的身体。

新屋落成不久，旺便开始替火相媳妇了。然而这件事的进展很不顺利。上门提亲的那几户，旺都看不中。旺又一次采取了十几年前的老尺度，不过也略有调整，要实际得多。从前他向往女人有城里人的气味，向往女人的能歌善舞，向往女人的眉目传神，甚至向往女人的多愁善感。现在这些都已不构成主要的条件。旺要求的其实也就两条：有文化，身体好。他还委托我父亲帮他留留心。我父亲却有些诧异，质问道：你何必要求女方有文化呢？言下之意是：你那儿子又有多少文化？旺听懂了，旺说：火没念到书，要是女方也一样睁眼瞎，日后生出来的人还是一样烂在田里、淌在水上。“旺重重叹了口气，”我父亲回忆道，“在那个瞬间我好像发现这个男人一下老了许多。”

1973 年的秋意日渐浓了，黄叶漂满了灵水河。盖房的劳累与替子相亲的烦恼使旺生过了一场大病。他明显地衰老了。旺新置了一条船，又养了三只鱼鹰，让火每天出去捞捕。他自己只想守着这个陈旧的渡口。那些日子正学大寨，菱塘村的主劳力都抽到后山开山造梯田去了，渡口显得十分的清冷。旺便横生出几分的孤寂，有一天，他找出了从前的那根斑竹箫，从容地又把它吹响了。不成调的箫声似乎产生了格外的忧伤，旺半闭着双眼，脑中又浮现出十几年前渡口的那一幕，凤的形象仍然那么的生动，仿佛伸手可触。凤与货郎那点事，旺其实早已看出来了，但他没有料到凤会随那外乡人飞走。旺没有惊动凤，私下也是因为怀疑自己的生育能力。旺算不上烈性汉子，但却有着惊人的忍耐。

有人要过渡了。

是个看上去 20 上下的姑娘，剪着齐耳的短发，穿一件暗红格子的衣裳，脚上还是凉鞋，但又穿了袜子。这个发现给旺带了一点愉快，因为这一带的姑娘穿凉鞋是从来不穿袜子的。

旺问道：过渡么？姑娘？

姑娘说：我想听你吹箫。

这又让旺感到惊讶，这一带的女人都认为这是笛子，她们从来就不知道“箫”。不用说，旺对这姑娘产生了好感，就又问，姑娘，你叫什么？

姑娘说：我叫霞。

旺拾过一根树枝递给姑娘，说：你写给我看看。

于是姑娘就在地上写了个“霞”。

旺满意地笑了。这一带的女人有几个能写得出这一堆笔画的“霞”呢?

1973 年这个秋日下午，旺在渡口与陌生的霞姑娘进行了热烈而认真的交谈。他很快了解到，霞是后山刘湾人，小学毕业，今年 21 岁，而且待字闺中。然而问及霞的家庭，姑娘便不言语了。几天后，旺托人打听到，霞是地主刘双秀的小女儿，前些年“文化大革命”正热火时，红卫兵从刘家抄出了一张作书皮的委任状，于是刘双秀又成了现行反革命被公安逮捕，一判就是十年。

又过了几天，旺去刘湾上门提亲了。我父亲认为旺是经过一番思想斗争才决定下这着棋的，因为那是个极端黑暗的年代。而我对此持异议，我认为这是旺的个性所致。即使面对黑暗，人的态度也是大不相同的。有人敢于反抗，有人逆来顺受，有人忍耐，也有人视而不见。对于一个盲者，黑暗的意味又是什么呢?

旺很顺利地结上了这门亲。

据说火不满意。火嫌霞比自己大了三岁，又嫌霞屁股太大，“像稻箩一样”。旺并不感到生气，旺看中这个霞自然与这屁股有关的。没过几天，旺就代表儿子去公社把结婚纸裁了。办登记的人开始不同意，说火的年龄还差一岁多。旺便给那人带了一篓大鲫鱼，解释道：女方年龄超了，来回扯扯，就不差了。于是这门婚事就这么扯平了。

1975 年

这年春节过后，我便经过联系来菱塘插队。其时霞刚刚生下一个八斤重的儿子。所以给这孩子取名的任务，旺郑重地交给了我。而我已摸透了旺的心思，就给这孩子命名为“书”。但是旺觉得“书”与“输”读音一样，让我再想。我正动着脑筋，这时听见霞说：就叫“平”吧。平平安安的“平”。霞这么说着，两眼很快就湿润了。这一刻屋里变得特别安静，好像连空气也重了。旺点点头，脸上的笑容已敛了去，旺说：就叫平，平安、和平，好。

霞这次给我留下的印象很深刻。我觉得，霞不像个农村女人，尽管屁股大了些。她算不上漂亮，但一双眼睛很有内容。霞平时不爱说话，要说也十分简洁。这个年轻的农家媳妇也谈不上是“王谢之燕”，但言谈举止中总还沾有一点大户习气，比如说她总是愿意在玻璃茶杯上盖上一块手帕，在椅子上加放一块花布角对成的坐垫。桃花开时，她每天都要采回几枝插在瓶里。她还把那根箫挂在墙上，并在箫的末端拴上了红毛线编成的缨子。霞从不当人面奶孩子，也从不在白天去倒马桶。总之，在我眼中霞至少看上去像个城里人。我甚至这么嘲笑过火：人家哪点不强似你呢？屁股不大，能给你生出八斤的儿子吗？那时火已感到很幸福，一直是笑而不答。我父亲后来多次表示旺这着棋走得不错，他又抖落出解字的老套子，说：霞为火之形，火乃霞之神，形神兼备，这缘分倒也是前定。可实际呢？

我不知该怎样来表达旺对孙子平的喜爱。这孩子实在是可爱，白白胖胖的小身体，胳膊腿像莲藕一样。圆圆的脸圆圆的眼睛，一头乌亮略稍卷曲的头发，两片红润的嘴唇。而且这又是个聪明的孩子——看出来的聪明，他的眼睛跟着霞的手指灵活转动，到了这年秋天，学语的平可以摸着墙壁移步了。而旺更多的是把孙子扛在肩上，有时候孩子撒尿了，做爷爷的也不落下。这年旺 42 岁，是菱塘村最年轻的爷爷。菱塘这一带的方言里，对爷爷的称谓实际唤作“爹爹”，而对父亲的口语表达又很丰富，可以喊“大”，喊“伯”，也可以喊“爷”。霞来菱塘后，对旺称爸，这是历史上的第一回。霞想把“爹爹”纠正为“爷爷”，但是火不同意，火说：这么一改不就乱了吗？霞说：不改才叫乱呢！说着就拿出字典来验证，刚查着又合上，这时她才记起年轻的丈夫只会算账却认不了几个字。

火至今没有喊过旺一回“大”或者“伯”的。霞过门不久就注意到了这个事实。有一回，霞在床上问男人：我怎么从来没听你喊过爸呀？

火没有言语，装作没听见。

霞便有些困惑，还是追问。火这才冷冷地说了句：他不是我大。

这天夜里火简单地对女人谈了自己的身世，女人感到吃惊，表情却十分复杂。最后女人说：火，你这养父可一点也不比生父差呀！

火说：我晓得，可我喊不惯。

自从有了平，火便随儿子喊旺作“你爹”——你爹呢？到你爹那儿去，让你爹带你玩。霞这才觉得舒服一些。我一直认为，火那天夜里的轻描淡写是霞认识旺的真正开端，她对旺的敬重由此产生。但是后来的事实证明，我的判断是过于肤浅了。

这年秋天最后的日子发生了一件事。是公安局来了通知，说现行反革命分子刘双秀在服刑中意外死亡，让家里派人速去劳改农场收尸。霞的哥哥远在新疆教书，姐姐又要伺候长年瘫痪在床的娘，这收尸的事便落到了她身上。霞接到通知时并没有表现出过分的哀痛，她琢磨着怎样才叫“意外死亡”。那时候旺已经在安排木匠赶制棺材了，他这样劝着儿媳：人都得走这条路，这一走也就了了。

第二天天刚蒙蒙亮，白坯的棺材便抬上了那条旧船，旺和霞上路了。那时分灵水河的两岸都是静悄悄的，河面上散落着芦花，情景煞是悲凉。旺使劲撑着篙子，他们要逆水行舟 30 里才能接近那个劳改农场。不多时，船把菱塘村甩到了身后，水面也豁然开阔了许多。旺这才对儿媳说：霞，想哭就哭吧！

于是霞的哭声惊起了芦苇中的点点白鸟，它们在人的上空盘旋一圈后，向明亮的地方飞去了。这是 1975 年秋天里一个寒气浓重的黎明，我能想象出它的颜色和它的表情，我从中再次听到了那根少了一个眼的斑竹箫的阵阵悲声。很多年后，当我决定当一名电影导演时，我便时常想到这个逝去已久的黎明，它像一张负片的效果呈现于我的眼前。

河水悠悠，然而霞那时还不知道，她的父亲刘双秀就淹死在这条河的上游。当霞得知父亲是落水而死便感到十分惊讶，因为父亲是懂水性的。直到 1980 年的秋天，县法院才寄来一张纠错说明，那上面用简单的文字改变了对刘双秀死因的说法，指出：因抢救国家财产不慎身亡。那张纸同时也表示，刘双秀的现行反革命罪由于缺乏有力的证据，不予确认。而这一天，差不多就是刘双秀十年刑满释放的日子。我十分的不理解，既然那个刘双秀是“因抢救国家财产”而死，为何不说“不幸身亡”而要用“不慎”呢？这一字之差却是天壤之别，因为它意味着该由谁承担责任。再有，“由于缺乏有力的证据”一说是何意思？是否认为那张用于包书的委任状还算证据之一呢？还有，那需要用人命抢救的究竟是什么样的“国家财产”？关于这一点，当时任何方面都没有更多的解释。1993 年，当我重返菱塘着手写一部长篇小说时，霞才告诉我事情的真相。原来那所谓的国家财产只是一堆牛吃的干草。消息来源于当年同在那个农场劳改的犯人，他也曾参加了抢救，他说山洪冲走了草垛，犯人们下河捞草，湍急的河水把人和草搅到了一块。

霞叹了口气，想说什么却终于什么也没说。那时的霞已有些衰老了。

那年秋天，旺和霞往返用了四日。等他们安葬好刘双秀回到菱塘时，家中的平已经高烧了两天。平染上了急性肺炎，正在石镇的医院注射链霉素。孩子的病起因是受了风寒，为此，他们夫妻发生了一次激烈的争吵。霞责怪火没有带好孩子，一定是只顾自己睡了而忘了给孩子盖好被子。看着孩子青紫的屁股布满了针眼，霞气得骂出了一句粗话：就顾着自己摊尸！

火也跳起来骂道：我摊尸？你老子才摊尸呢！

这句话无疑刺伤了正值丧期的霞，她浑身抖瑟得说不出话。这时旺走了进来，扬手就对儿子一耳光，骂道：你是吃屎长大的？滚！

那天夜里，火到我这儿住了一宿。我也说了他几句。我说你无论如何得向霞认个错，这句话确实太伤人了。火望着煤油灯，答非所问地说出了一句没头没脑的话，他说：霞看不起我。这很让我意外，我说：她看不起你还能做你老婆，给你生儿子？火重重叹了口气，眼睛也跟着潮了。这句话当时我并没有往心里去，好几年后，当这一家出现惊心的一幕时，我才蓦然觉得火所吐露的确是肺腑之言。

平的病不多天便好了。但是，这个病过一场的孩子好像一夜间改变了模样，很乖，很腼腆，也不整天呀呀个不停，像个懂事而胆小的女孩。起先大家都没有当回事，只觉得是尚未复原的缘故。有一天吃中饭时，家中的那只大花猫突然挠翻了热水瓶，发生一声爆响。大人全吓了一跳，只有平若无其事地在一旁玩着皮球。霞立刻意识到了什么，便抱起儿子喊道：平，亲亲妈妈！平不理睬。霞又高声重复着，孩子仍然毫无反应。霞一下就哭了。

第二天石镇医院证实：平因注射链霉素的副作用导致了失聪。

1977 年

三代人出门求医已过去了一年多。所到之处差不多都是一样的回答：这种药物导致的失聪目前国际上都无法治愈，只能面对现实。而现实就是这个活泼的孩子已成了聋子，也就和哑巴没有区别。医学现在能够证明，人类没有天生的哑巴，都是因先失聪而后失语。所以从前的那些聋哑学校今天都改成了聋人学校。当一个孩子在没有掌握语言表达能力之前而失聪，那么这孩子自然就成了哑巴。

平掌握的语言只有“妈”和“爹”。平还没有来得及喊“大”就因火的疏忽患病失聪。在霞看来，这似乎也是一种报应。这报应是双重意义上的，其中包含着对火忘恩负义不尽孝心的惩罚。我时常想，霞对火的怨恨从平失聪那时起实际上就形成了。但还没有达到厌恶的程度。这一点，旺是很容易发觉的。于是在火离家打鱼的时候，旺总要对霞劝上几句。旺说：毕竟夫妻一场，这事就带过吧。趁着年轻，给平再添个弟弟妹妹。霞不吱声，默默地淌着眼泪，把平搂得紧紧的。

到了这年秋天，霞又产下一子。这回她给儿子取名为二平，于是原来的平便成了大平。从这时起，大平和爹爹睡一张床了。无论是对长孙的关注，还是对残疾人的同情，旺对大平都看得格外的重。健康的人对残疾人的观察角度一般都是变形的。在旺眼里，大平对事物的反应十分敏捷。或许是这孩子失去了听觉，所以他的视觉功能异常突出。一根针落到角落里，他很快就能找到，而他替霞穿针引线也只是眨眼工夫。这个失语的孩子每天对旺只吐出一个含混不清的“爹”，而这一字千金的呼唤足以暖热旺那颗日渐衰竭的心了。尽管这两年里跑过不少医院，失望而归的旺对孙子治愈的信念都不曾有过动摇。旺总觉得这孩子命中是不该聋哑的。他依稀记起“文化大革命”那阵子，有一部《无影灯下颂银针》的电影，讲的就是用祖宗的针灸使聋哑人开口说话。片中还唱着一首嘹亮的歌子，头句就是：千年的铁树开了花，万年的枯枝发了芽。旺怀疑铁树开花和枯枝发芽，但他相信孙子终有一日会开口说话。这不移的信念使这个中年男人变得兴奋而固执，他决定上北京一趟，去找中国最好的医院，寻最好的针灸医生。

第二天，旺在饭桌上宣布了这个决定。火立刻就反对，火说：聋哑是治不好的，就死了这份心思吧。这一年里也不知花了多少冤枉钱。旺说：我不花你一个子。霞当时在里屋给二平喂奶，外面的话她都听见了。霞也知去北京不会有意外的结果，但她明白这次出门与其说是给儿子治病，倒不如说是为公公寻医。而且她实在听不下去丈夫对钱财的计算，好像大平不是他的儿子似的。于是霞出来说：爸，去吧，我随你去。

旺摆摆手说：二平离不开身，就我和大平去，你放心。

霞说：我带着二平。我嫂子娘家在北京，有个熟人要方便些。

火瞪了媳妇一眼，想说什么，却被一旁的大平出其不意的一声“爹”给打断了。

几天后的一个阳光明媚的早晨，两个大人带着两个孩子上路了。他们将从石镇坐汽车到省城，然后再改乘傍晚发出的那趟直达北京的火车。旺在那一天里心情特别好，就像一个在大漠里跋涉的旅者突然发现了绿洲那样，阳光里的旺显得激动而精神抖擞。但他不知道这时自己离命运的阴影只有一步之遥。

我此刻在北京的寓所里写作这篇小说，已是20多年以后的事了。我越往下写，心情就变得越沉重，也越发复杂起来。几个小时前我在靠近什刹海的一条老胡同里闲逛，没有人会注意我这个外省人在想什么。我在想这附近的一座聋人学校。去年的秋天，我为一家影视机构拍了部电影，讲叙的是一个乡下老人与城市孩子短暂而欢乐的相处。剧中的孩子就是个十岁的聋人，小演员便是由我在这所学校挑选的。最初，制片商主张用健康正常的孩子来模仿饰演，他担心沟通的困难会使拍摄进度延缓。而我坚持要用聋人，我说：不是任何东西都可以模仿的，你能模仿聋人的心灵聋人的感情吗？那天我来到学校，一眼便注意到了靠窗的那个孩子。我从这孩子难以察觉的忧郁表情里发现了大平昔日的面容，继之想到饱经沧桑的旺……

我已经在台灯下静坐很久了，几次把笔提起来又放下。望着烟缸上燃烧的香烟，我开始意识到，这个故事往下发展有多种的可能性，因为素材本身充满着矛盾与悖反，而且隐喻与暗示的指向也十分难以确定，比如已经出现的那把少了一只眼的斑竹箫。所以我必须申明，我只能做出一种朴素的选择，而把另外的选择留给我的读者。

这天，他们来到了北京一家著名的医院。办完挂号手续，一位看上去很慈祥的女大夫接待了他们。与以往不同的是，这回一见面旺就说大平能说话，只是打错了针。大夫迟疑地看着。为了让大夫相信，旺打着手势比划，让大平来喊自己。结果孩子还真的喊了一声响亮的“爹”。大夫也真有点意外，但她还是耐心地说服着旺。大夫说，像这种耳膜高度损伤的情况，靠针灸也是解决不了的，倒可以借助先进的助听仪器来提高一定的听力，但目前国际上的研究还有待发展，中国就更谈不上了。刚刚粉碎“四人帮”，一切都得从头来。大夫建议说：你们夫妻最好把重点放到孩子的口型练习上，模仿口型实际上是在帮助发音。你们夫妻对孩子……

旺打断说：我是孩子的爹。

大夫说：是呀，我没说错，你们夫妻……

霞插言道：大夫，这是我公公。我们那边的“爹”不同于这边的“爹”，是爷爷的意思。

大夫这才醒悟，红着脸说对不起。

往往就是这样，人的心如同一根弦子，不经意地拨动了，便会产生震颤。女人更是如此，因为女人的心更敏感也更细腻。这个女人就尤其如此了——我甚至可以把一种假设追溯到1973年的那个秋天，霞去灵水渡口安静地听着刚刚步入中年的旺吹箫。那忧伤的箫声唤起了霞对狱中父亲的思念，也唤起了对自身命运的感叹。在经过短暂接触后，霞实际上对面前这个如父如兄的男人也产生了好感。所以几日后当她在厨房里得知是旺来提亲时，最初的一刻竟以为自己将以身相许的人就是那个沉着清秀的艄公。她凭女人的直觉感到，这是个可以信赖可以依靠的男人，尽管比自己大了整整20岁。霞读过孙中山和宋庆龄的故事，就不觉得十分意外。况且那时的境遇也容不得她多作挑剔。但是，这个男人是为18岁的儿子来提亲的，这倒成了真正的意外。

然而霞还是同意了。她根据什么决定自己的终身大事，我想原因不会太简单。这其中是否也包含着已形成了的对旺的眷恋与信任？为什么霞在那根箫上缀上红缨子并一直将它挂在自己屋里？更奇怪的是，这个叫平的孩子一生只学会了喊“爹”喊“妈”——霞会怎么想？霞从中得到的又是怎样的慰藉？

我不认为我的解释是牵强附会的演绎，我会逐步证实我的假设与推断。

可以想象出北京的那几夜霞内心的不平静。这个女人此时已明确地站到了两个男人之间。她敬重这个并不老迈的公公也就意味着轻视那个小于自己的丈夫。所以本质上这是一个女人对一个男人的敬重，其中的同情与爱怜是无法剔除的因素。事实上，这个女人已在虚妄中与渡口吹箫的艄公温情地度过了多年。

在返回的火车上，霞注意到了旺的一个变化。他没有像来时那样把大平抱坐于膝，而是让孙子隔在了他和她之间。火车在动人的激越音乐中缓缓驶出了北京站，旺便和衣假寐了。男人有意的回避反倒向女人泄露了心思，霞仿佛得到了某种印证，女人的心像突然打开了一扇窗似的射入了强烈的阳光，一种前所未有的温暖正紧紧逼近了身体。

1978 年

我在菱塘插队的那两年经常去旺家吃饭。旺与我家走动多年，实际上我早已把他看做了一位亲戚。早先，凤没有私奔时，我喊旺叫姨夫。后来凤飞走了，我便改口叫叔了。我母亲把我联系到菱塘用意很明显，就是图旺一家人对我的照顾。有一个时期，那是 1977 年的下半年，我被借到公社中学教英语。大概每个周末我都去旺家吃顿晚饭。有一天我去的时候，家中就只有霞在收拾屋子。她当时坐在旺的床上，正注视着一根辫子——我还以为是她的，就说：这么好的辫子真不该剪。霞显得有点慌张，说这辫子不是她的。说着便匆匆将那根辫子重新包入一块红布，塞进了垫絮下。我这才意识到辫子可能属于一个叫凤的女人，但我已经记不起她的形象了。后来霞认真地告诉我这件事千万别说出去。霞说：我是无意翻到的，大平尿了床，我晒被絮……

霞拿出北京带回的香烟招待我，又问我：男人是不是都喜欢梳辫子的女人？我说我是喜欢的，我还说我喜欢电影《苦菜花》里娟子留辫子的样子，后来剪掉就觉得不舒服了。说着，我突然意识到不对，就解释说：我不过是随便说说，不是说你留短发不好。霞笑了一下，说：我如今想留辫子也迟了。

但是她还是留了。在我离开菱塘去上大学的时候，她的辫子差不多到了腰间，只不过没有放下来，而是编好之后盘在头上。这个 26 岁的女人其时已是三个孩子的母亲了——她又生了个儿子，取名三平。关于这个孩子，我印象中她是不想再要的。我记得有一次火大发脾气，把一面穿衣镜给砸了。那天我刚从学校回来，想收拾行李回石镇准备参加第二年的高考，火气冲冲地来了，要我把住处的钥匙给他。他说：老子不与她睡了！我弄不明白这小两口究竟因为什么闹翻了，霞这才刚刚出远门回来。我就说：有什么好吵的？小别胜新婚嘛！火便气更粗了，说：什么新婚？回来就让老子戴套子！那东西是人戴的吗？

因为避孕，他们闹成了这样。然而春节过后不久，霞的肚子又显了。我父亲认为，霞这都是为了满足旺的心愿，旺这辈子就想着儿孙满堂，从前那些年他太孤单了。我想这大约不错，但我没有料到这个三平在腹中就惹下了许多麻烦。那时农村正抓计划生育，霞再度怀孕的消息一经传出，公社的干部就上门了。先是罚款两千，旺二话没说，把钱码上了桌。接着是谈人流，公社干部让霞第二天就上医院。旺还是二话没说。但是翌日一早他就让媳妇随船走了，不知把女人藏到了什么地方。旺在这条河上跑了几十年，谁也无法知道沿岸有多少他的朋友。这个秘密旺对谁也没讲，包括儿子。他担心贪杯的儿子会不慎泄露，只说：等生下来了，我俩去接。旺的举动被视为对抗基本国策，他不仅再次受到罚款而且还在公社关押了七天。

多少年后，我父亲才转告我，那个早晨旺逆水走了十几里，把霞交给了一个花容不再的女人，就是凤。这真令我难以置信。“我也是很迟才知道的，”我父亲回忆说，“但我弄不清这两个人是何时重逢的。”凤自从与外乡的货郎不辞而别后，有过一段欢乐的时光。后来货郎患上了肾病，这好日子就到头了。1993 年我回到菱塘，一个秋阳软软的下午，霞曾与我有过一次长谈。她提到了 1978 年春天的逃亡生育，但更多的是对凤的印象与感激。霞说凤与她的想象很接近，只是比实际年龄显得老一些，看上去像一个在幕后帮腔的过时演员。她是一个得男人喜欢的女人，她就是活脱脱的女人。不过那时她的境遇不好，男人像风中的芦苇一样整天披着一件灰衣，摇摇晃晃的。“他们都是好人，”霞这样说道，“他们让我觉得，人活一遭实在不容易。我好像比旺更近他们一些。”霞在谈话中第一次改口叫旺，我注意到了。于是我便对传闻中的某些事改变了一些看法，那时我想，命中注定的事都在情理之中。

1978 年的秋天对这家人来说是一个极其阴冷的季节。就在三平出世不久，村里隐约传出了这样的风声：谁是这孩子的父亲？人们联想到一年前的那趟翁媳结伴的出门远行，又结合眼下逃亡生育的事实，民间关于“扒灰”的津津乐道便不胫而走。人们越这么想，这件事就越像真的。连从三平的长相上似乎都得到了某些印证，比如说他们的额头都很高，耳朵都显小。让我困惑的是，倘若是谣言中伤，这家人怎么没有一个站出来挺身驳斥呢？但我很不愿意传闻就是事实。我心目中的旺不是这个样子。我就要离开这里，我真不希望这家人再有灾难。那天，旺摆了丰盛的酒菜为我饯行。他泰然自若的神色给了我很大的安慰。他破例喝了几盅白酒，叮嘱我好好念书，将来也好把他这几个孙子带一带。旺特别提到了大平的助听器，让我帮着打听，一有消息便立刻汇款。谈话的气氛我认为很好，但就在这时，火插上了一句话，他说：我也想走。霎时安静了，火进一步说：我想去温州跑生意。

旺咳嗽了两声，表态说：三平才满月，你媳妇一个人拖三个伢，你好意思走？

火说：我又没有奶，在家也是多余的。

霞说：你想走就走吧。

火说：你以为我不敢？老子什么都敢！

旺把酒盅猛地摔到地上，让霞把孩子抱走，旺厉声说：你敢什么？厨房里有刀，有斧子，你拿来砍了我！

我不知如何是好，正想劝，忽然看见大平扑通对旺跪下了：爹！

这个场面至今让我心酸。带着这沉重的心情，我告别了菱塘村。我后来在电话里还曾交代父母，抽空去看看旺那一家。我父亲说：都过去了，他们现在很好。父亲说火最终还是选择了做买卖，在石镇街上开了一家鞋店，还买了一辆进口的摩托车，这已是几年后的事了。

1983 年

这年秋天我到北京出席一个笔会，住在西直门外的上园饭店。正巧，这家饭店同时接待了一个医疗器械方面的订货会。我便去了会务组，询问助听器的事。工作人员向我推荐了一种瑞士进口的产品，说是专门供给聋哑学校学生的，效果不错，当然价格也不便宜，合人民币两千出头。我迟疑了一会儿，想想还是买下了。笔会结束，我就抽空回了故乡石镇。我记得那是中秋节后的第四天或者第五天，石镇的街头还摆满着没有销尽的月饼和糖炒栗子。我在街上转悠，想找到火开的那家鞋店，把给大平买的助听器交给他，并对他讲清如何使用。结果很意外，那个被称作平安鞋庄的店铺已经转让了，正在改头换面地布置成一个发廊。我心里不禁顿了一下，想火没准儿是把鞋店开砸了。所以回到家，我就对父亲提到了这件事。父亲也觉得意外，因为他以前听到的消息是鞋店的生意一直很红火——为此他还很得意，似乎火能有这运气与他当初的命名很是有关。不会吧？我父亲思忖着，节前火还给我和你妈各送了一双保健鞋呢！那时候我母亲正在院子里晾晒咸鱼，这鱼也是节前旺送给我家的。她忽然想起什么似的走过来，说：是不是出什么事了？要不父子俩怎么不一块来呢？我母亲仔细回忆他们分别来时的情形，说旺先来，像往常一样扔下了几尾鱼，不过这回连一杯茶都没喝。我母亲还提到了旺的左手，她说：那只手一直缠着纱布，春天里就这么缠着，总不见好。旺说是扳罾时给篾划破了，我催他去医院换药，别感染了。他倒是也去了医院。这一说，我父亲就困惑了，因为有一次他向火问起旺的手伤时，火说是被蛇咬了一口。我父亲还追问是什么蛇，倘若有毒，可千万不能大意。

火来我家送鞋是在中秋节的前一天，不是骑那辆进口摩托车来的，我母亲还笑他车是不是给人偷了？火说：我把它卖了。然后他就把鞋拿出来，非要让我父母当面试一下，若不合脚他便去店里换。做完这些，火又问家中可有什么力气活需要他干的？我母亲说没有，但火还是帮他们把夏天乘凉的竹床架到了阁楼上。火在我们家跑了这么些年，我母亲感叹道，这回才让我觉得是真的懂事了，好像变成了另一个人似的。

我一边听着一边踱着步，心里感到很不安，那气氛很像一场巷战中的短暂间隙，充满着恐惧的静寂。这天夜里我差不多失眠了，很迟才入睡，而黎明前的一场噩梦又使我惊醒。我梦见了赤身裸体的火。我梦见火在火中。我梦见熊熊烈火中的火在以一种挣扎的姿势舞蹈，很像这地方业已失传的傩的形象。一种不祥的预感折磨着我，于是当天色大亮后，我便骑上自行车奔菱塘而去。这又是一个阴晦的天气，天空灰蒙蒙的令人厌倦。我沿着灵水河西行，河的两岸正是芦花怒放，不禁让我想起白乐天那著名而忧伤的佳句：“霜叶荻花秋瑟瑟！”大约两个小时以后，我到达了渡口。隔岸望去，旺的那条旧船静泊在岸边，船头停着一只黑鸟。

我没有见到旺的踪影，而其他的渡船似乎也没有人管理，整个河面安静得像一面玻璃。就在我踌躇中，忽然对岸传来了锣鼓唢呐声，通过错乱的树枝，一支出殡的队伍闯进了我的视野，我的心一阵紧缩，然后我看清了一切……

28 岁的火选择一个中秋月圆之夜作为自己人生之路的尽头，已是 15 年前的旧事。时至今日，他的死仍像一道鸟翅掠过的阴影让我战栗。火死在自家屋后的那片桃园里，但谁也不敢相信，那根由几股红毛线搓成的细绳会悬起一具青春的身体。从前，这东西是拴在那把少了一只眼的斑竹箫上。

关于火的死因，民间至今仍有不一的说法。而我的分析与这些传闻截然不同。当 1993 年我住进菱塘后，我便更有理由来坚持自己的见解了。这当然得助于一个女人的坦率与磊落。当我还在为谨慎的措辞与询问的角度犯难时，霞的一席话让我茅塞顿开。以下便是霞在 1993 年秋天的叙述，我不过对某些字句作了些技术性的处理——

我是爱旺的，你想说的意思我明白。我没有理由不去爱这样的男人。你要是女人，你也会爱他。说实话，我生这几个孩子，都是为了旺。他孤单了一辈子，孤单怕了。我不能让他再孤单。我与火过不到一块去，这你在村里插队时或许已经看出来了。火除了上我的身子就不会再想别的。当然，后来他做了生意，腰里钱多了，也就不再稀罕我了。我知道他在石镇有相好，做女人的知道这个很容易。但我希望他这样，真的希望，有一回他做梦抱着我喊别的女人名字，我弄醒他，让他看我的脸，我说：我们也签一张合同，这辈子就只做挂名夫妻吧。他冷笑着，说想不到你还嫌弃我了？我说对，我就是嫌弃你。你就是有一座金山，我照样是嫌弃你。他盯着我看了半天，突然说：你真的和老东西搞上了？我没理他，躺下哭了。那时我就觉得自己命苦，这辈子都会毁掉。我是真想马上就跑到旺那间屋去，抱着他好好痛快地哭上一场。

那年从北京回来，我就有了找旺的心思。我敢这么想，除了我爱这个男人、舍不得这个男人，还在于这个男人与我丈夫血缘上实际一点关系没有。我私下感谢这个，真的感谢这个！因为这让我心里干干净净的，我为什么不去找旺呢？我当然要去。

那时候火常到温州、南京一带去进货，我找旺很方便。于是有一天晚上，我就早早把大平抱到了我这屋。那天正好停电，旺去石镇看戏去了。我帮他换了一床新被单，替他备好洗澡水，还有意把煤油灯撤了，换上了一座蜡烛台——那烛台还是凤手上置办的，多少年没有用过。然后我就静候他回来，那个春夜，我有意穿了件很薄的衬衫，把盘在头上的辫子梳得整整齐齐，放了下来，它差不多到腰下了。我对着镜子照了很久，觉得自己还真有几分好看。大约到了下一点的光景，我听见村里的狗叫了，接着便听见了旺的咳嗽声。我突然就觉得心跳加快了，咚咚响，那一刻我实在想哭。旺回家了，见我的房门关了，就没有来抱大平。我在黑暗中等着，等着他把澡洗完。等那声洗澡水倒过之后，我便轻悄悄地推开了他的房门。他正在解衣扣，见我进门便怔了一下，然后转过身又把解开的扣子给扣上了。这时我走近他，我说：旺，今夜我睡这张床。

旺仍背着身，没有接话。

我从他面前走过去，准备把被子打开，这时他一把拽住了我，说：我是你孩子的爹！

我说：可你不是我公公！

旺说：我怎么不是？

我说你就是不是！我说你苦够了，我也苦够了，我今天就是死也要死在这张床上！

旺使劲捏着我的手，浑身哆嗦着，眼泪像孩子似的一条线往下淌。我也在流泪。我们真是泪眼望泪眼，苦心对苦心啊！突然，他松开了我的手腕，我以为他会抱住我，哪知道他转身抓起了那座烛台，用烧红的烛签往掌心一扎……

霞说到这里号啕大哭起来。她抽泣着说：可他怎么知道，那烛签是在扎我的心啊！

我真想作一幅插图，放在这篇小说里。我担心一些人不明白什么叫做烛签。那是用铁打成的一根钉状的东西，但它是棱体，顶端尖锐，约四寸长，足以穿透一只掌心。烧红的烛签与皮肉交融发出的滋滋声响与焦糊味，成为我对那个春末之夜的烙印。旺以这种方式斩断了女人的情思，也抑制了男人的欲火。他不惜毁灭生命的辉煌来维护道德的尊严，可我却无法再有更多的感叹。我的记忆中最后只剩下了一片衰败而惨烈的色彩。那是红色，一种接近黑的红色。

1993 年

往事如烟，十年又过去了。

我带着一部长篇小说的提纲由省城回到石镇，原想在家里静心完成，却正赶上房屋的装修。于是我便决定去菱塘。我给村里挂了电话，让他们转告霞，给我腾出一间屋子。今年是火辞世十周年，我也想去山上看看他的坟。

第二天，大平便来接我。转眼工夫，这孩子已经是 18 岁的小伙子了，个头比我高过不少。大平继承了父亲健壮的体魄，而相貌上更似他的母亲。我父亲却从孩子腼腆斯文的表情中发现了旺从前的身影。他说 1957 年旺报考县剧团，差不多就是这个样子。他又强调道：神似比形似更重要。

大平在市聋人学校读了七年，精通流利的手语，也能模拟一些口语进行简单的交流，他在石镇摆了一个刻图章的铺子，也偶尔写些楹联、画一些花鸟虫鱼，据说还很受农民的欢迎。他的进一步梦想是当一名替身演员，因为他自觉会些武功，而且敢于吃苦。这便让我想起凤来，几年前她便像走亲戚一样，每年都要去菱塘看看旺的一家。旺受伤的左手就是由凤治好的，大概是用了一种什么民间偏方。不过后来我才知道，这说法并不准确，至少是片面了。

这天，我是坐船去菱塘的。大平撑船的能力显然是在两代人之上，灵活而轻捷，每一篙都十分有力。那天正好又是顺风，船行在灵水河上就像剪刀裁开一面缎子，我感到十分舒畅。

旺又重新盖了房，是两层八间的楼房，并且前后都打了院子。后院那片桃林业已改成了竹园，我想这自然是想忘掉十年前那沉痛的一幕吧。我被安置在楼上一间明亮的屋子里，隔壁是大平的卧室，他还另设了一间所谓的办公室，里面挂满了他的字画和史泰龙、施瓦辛格、成龙的剧照，还有他平时习武的剑与棍棒。二平和三平合住一屋，他们都已是高中的学生，住校，只有到周末才回来。

我到的这天旺不在家。霞说，凤那边传话过来，那从前的货郎病情加重，旺便带着几千块钱去了。旺捉摸着那人不会拖过多日。霞不禁感叹道：我现在是真的相信命了。后来我们便去院子里慢慢谈起来。霞的情绪很镇定，好像谈论的并不是她自己，这和她的坦率一样让我吃惊。直到谈起那把烛签时，她才涌出抑制不住的泪花。这时，大平已从渡口回来了。我便独自在村里转悠，尽可能地回避熟人。我觉得勉强的寒暄会令我心烦意乱，宁可沉浸在悲伤之中。于是我抄小路去了河边，那时日头刚刚落入西山，天空的晚霞都异常绚丽，仿佛火一般燃烧着。

突然身后有人叫我。

转过身，我才注意到一个粗糙的男人从一棵同样粗糙的杨树后面闪出，怯怯地向我走来，这人便是旺的那个堂房兄弟，一个游手好闲的无赖。他递给我香烟，我没有接。我问道：有事吗？

他憋了半天才说：你是来调查的吧？

我觉得奇怪，就反问他：你怎么知道的？

那人越发胆怯，两只手像动物一样端在胸前，他说：我晓得你如今是省里的公安……

我知道他弄错了，把我老婆的身份移植给了我，菱塘人有不少这么认为的，甚至有人托我疏通关系从大牢里放人。眼下这人是何居心我尚不清楚，但我突然意识到可能与火的死有关。我咳嗽了两声，拿出一副胸有成竹的姿态，对他说，既然你知道我是来调查的，有什么话就如实说吧。

说着，我还有意掏出了笔记本和钢笔。

那人果然谈的是火。在他后来断断续续言不成句的交代中，我却意外地获得了一个基本完整的事实，它帮助我证实了火的死因。如果不是刚才霞告诉了真相，我真有可能遁入曾经多次被我否决的那个焦灼不安的思路。

传闻与火的警惕是同一时刻形成的。但我认为，火脑中的这根弦一直没有松懈。这个缺乏文化但天生精明的男人对另一个男人的认识始终困顿而迷惘，他以男人对男人的方式去了解这个孤身独处的养父，根本不相信一个男人会清心寡欲几十年。火在 15 岁那年便燃起强盛的欲火，时常幻想着与女人交欢。他摆脱不掉多年前目击的那个肉欲的场面，以致在后来烦恼的时候便认真去想凤的那对雪白的乳房和乌黑蓬松的阴毛。火偷看过村里姑娘上茅房，甚至企图强奸一只鹅。我想当年旺急着给儿子找媳妇，除了子嗣这个原因，还在于他早就看出这是根过早不安分的鸡巴。结婚以后的火由于性欲的满足有过一段美妙时光，然而很快就意识到，霞的心思并不在他身上。他们的第一次争吵起源于那把箫——火不想这东西挂在自己屋里，在他眼中它就是另一个男人鸡巴的象征，他早就想一刀把它劈了！然而霞没有允许，霞明确地告诉小丈夫她喜欢。霞在火愤怒的注视下平静地用红毛线搓成一根细绳，再把它编成一束红缨缀在箫的末端。但那时她根本不会想到，多年以后这根红绳会成为丈夫结束生命的有力帮手。

火在煎熬中选择了逃避，但此时这个精明的男人更多的是阴险。他的逃避可以看做一个圈套，他坚信终有一日会抓到把柄，并一举将另一个男人摧垮。火开起了鞋店，经常出远门进货，但没有人知道他在村里安排了眼线，并给这人每月开出200元的工资。这个人就是旺的堂房兄弟。

1983年的那个春末之夜，这人因在麻将桌上作弊被逐，百无聊赖地在村里转悠。他当然照例要在旺的屋后巡逻一会儿。频频的徒劳而返使他心灰意冷，他担心这样下去不仅得不到那只渡船，还会让每月兑现的200元飞掉。然而这个深夜他有了好运气，他仿佛听见旺的屋里传出了女人的声音。于是他精神为之一振，迅速钻过桃林潜到窗下，这时屋里的灯光突然灭了！接着他听见了女人的惊叫和男人沉重的呻吟……

这都是真的。在河边，这人这样对我说道：我没有瞎编，一点都没有。过了几个月，火从温州回来，我便对他说了。我还说这事算了，让他想开些，我说，我说……

你不要说了！我厌恶地将这家伙甩开，继续沿河边走去。望着渐渐黝暗的灵水河，我心里纳满了悲怆。我想起几十年前在这个荒凉的渡口，年轻的旺救起一个行将饿毙的小生命，但这孩子果断地拒绝喊出一声“大”。那时候，这孩子才五岁！他为什么不喊而且在以后二十几年里一直把这个字咬紧？一个五岁的孩子能知道什么？能预见什么？难道这一切果真就是天意？

天苍苍。心亦苍苍！

第二天上午，霞陪我去后山看望火的坟茔。火葬在朝南的一面半坡上，坟上的草已经到了枯萎的季节。坟的后面是一片桃树，我想这肯定是从那屋后移植的，倒也构成了一种风景。霞说每年的桃花都开得很茂盛，奇怪是这些树移上山后便不再结果了。

后来，霞仔细回忆了火死前的情形。霞说火那次从温州回来之后，当夜便同她打了一架。起因还是那把箫，火这回是真的想把它劈了，手里攥着一把斧子。霞当然要制止，她把箫抱在怀里，说：要劈就连我一块劈了！她说火气得浑身发抖，最后狠狠地抽了她一耳光，骂道：你这贱×！

我无法忍受，霞回忆说，第二天一早我便带三个孩子回了娘家。那时候旺去看凤了，她男人正在石镇医院抢救。我记得那是中秋节的前一个星期。我回娘家之后，旺才回来。我担心家中会发生什么事，就让二平回来看看。二平后来对我说，他爸爸把鞋店很便宜地卖掉了，摩托车也卖掉了。我没多想，只以为他又想抽出钱去搞别的买卖。但我怎么也没料到，他这是在安排后事！他把所有的钱以我的名字存进了银行……

霞不禁眼泪溢出，但很快又让自己平静下来。她把坟上的杂草一一剔掉，然后说：有一件事我至今不明白。

我问是什么事？

霞说：二平说他爸爸嘴里老念着“纸”，好像到处找纸似的。火死后，村里不少人也曾对我说，火那几天嘴里也总是纸呀纸的。他要纸干什么？村里人就怀疑他是想要纸钱，可我不相信，也不明白。

霞用寻求解答的眼光看着我。

我又能说什么呢？

1998年

我的小说已经走到了结束的时候。这是1998年的冬天，我蛰居在北京靠近天坛的寓所写着这篇忧伤而潮湿的小说。秋天的时候我赶回了故乡石镇，然后又同我的父母去了菱塘，吊唁我们共同的一位朋友旺。

旺死于心肌梗死，这是医生作出的结论。我只知道这个命运多舛的男人走得异常平静，不想惊动任何人。在他去世的前半年，他把丧夫的凤接回了菱塘。我见到凤时她已明显地老迈了，而霞也比五年前更为憔悴。这两个女人在悲伤中把旺送上了山，葬在火的坟之前——当初那个位置，旺是替自己预备的。旺的棺木中同时放了三件东西：一根箫，一条辫子，和另一条辫子。三件东西用那根红绳拴到了一块。

在清理其他遗物时，意外地发现了一只藏在旺床底下的藤箱。两个女人与我父亲商量后，撬开了锁，里面盛满了一堆草纸。这些草纸一律裁成了五寸见方，每张上面都印着暗红的血迹和浑浊的脓斑，令我很不舒服。我父亲仔细查看了它们，然后用不容置疑的语气说：这是旺擦手用的。我父亲还找到了一块拇指大的薄物，说这是伤口上的痂，显然是旺自己撕下的——旺有意不让受伤的手好起来。我怔怔地看着这一箱的草纸，突然明白了旺的此举用心。而且我对当年火嘴里念叨的“纸”的困惑也一下解开了——如果我的理解没有偏差，我相信以下的虚构会令人诚服。

请跟我一起回到1983年的秋天，回到中秋前一周或者五天的那个夜晚。当时，天上的月亮还没有圆满，但它的倒影映在灵水河里仍不失为一种美丽的凄迷。我们看见旺的船泊下了，他端着受伤的左手，另一只手简单而笨拙地拴好了缆绳。真不敢相信这个男人一只手怎么能撑动这只旧船，而且逆水上行十几里。或许是霞真情吐露的折磨，抑或眼下风艰难处境的困扰，这个晚上男人格外地感到心情沉重。但他还不知道更大的灾难在家中静候着自己。

旺推开自己的房门，看见明亮的灯光下小桌子摆了几道凉菜和一瓶酒，他还来不及意外，火便从帐子投下的阴影里走出了。火开门见山地说：我们得把账清了。

旺迟疑片刻，坐下来问道：如何清？

火也坐下来，先斟好酒，然后撩开西服从怀里摸出了一把斧子，放在桌上。

旺说：要我转过背么？

火冷冷一笑：你错了。我不杀你，是要你砍了我。我这条命是你捡来的，你想要，随时我都会交。

旺说：我没想过要你的性命。

火说：我宁愿你取我的性命也不许你碰我的女人！

旺正视着火，一饮而尽。

火说：你那鸡巴是次品，最好的女人给你都是浪费。可你又不是个省油的灯，这我懂。

旺厉声说：你就懂个鸡巴！

火说：对，我就懂这个。我不相信你是怕腥的猫，我今天要听你一句实话。

旺说：你想听什么实话？想晓得我喜欢你老婆吗？

火说：对。也一饮而尽。

旺调整了一下身体，说：我喜欢你老婆，喜欢霞。这小半年来，我夜夜都想她。我当初真不该把这么好的女人交给了你，这才真是浪费！

火点点头，说：好了，你可以砍了。你要我转过背么？

旺说：我要你面对着老子！

说着，旺抬起左手，把缠绕的纱布一层一层地撩开，亮出受伤的创口——这创口已经又一次结痂了，然而旺却果敢地把它揭了去，刺心的剧痛令他眉头一锁。火虽然不知所措，但也暗自心惊。他实在不愿意多看这血脓交加的伤口一眼，但旺把手亮到他的眼前。

旺说：畜生，你好好看看！我要让你晓得烛签是如何穿透这块厚肉的！

但是旺修改了事实真相。他把那次霞的行动改作了自己的企图，他说如果不是听见熟睡的大平梦中喊出了一声“爹”，他就不想拿起这座铁铸的烛台。

旺说：没有男人不想女人的。可有些女人再好也容不得你多想，容不得！天理容不得！

这时，旺从床底下拖出了那只旧藤箱，打开锁，火便看清了一切。火怔惊得嘴唇发抖，眼前掠过的是旺不停地撕痂、不停地擦血揩脓的惊心场面，火觉得这堆草纸上的血迹脓斑像一只只剜下的眼珠，他被这一堆眼珠愤懑地蔑视着，他竭力想从这些眼珠中挣脱出来，他只希望这就是一张张平常的纸。

火大叫一声：纸！

一连几日火都在念叨：纸、纸、纸！

火没有焚去这堆纸，最终却被这堆纸化成了灰烬。

15 年后的秋天，这堆纸在两个男人的墓冢之间付之一炬。那时我在现场，我目睹了它们焚烧的全过程。那被火蒸腾随烟而起的灰屑呈现在我的视野里，如同一群纷飞的黑色蝴蝶，直到现在仍在我的窗前萦绕。秋天过去了，我的故事结束了，但我怀疑冬天。

1999 年 3 月 16 日　北京天坛之侧

（原载《花城》1999 年第 4 期）

我的偶像崇拜年代

每个人都有所谓的偶像崇拜年代，每个人崇拜的偶像各有不同。有人很早就崇拜英雄，有人一贯崇拜领袖，这样的人——当时他们都是孩子，不过那会儿就已经被大人看好了，舆论普遍认为他们将来会成就一番大事，具体地说，这些孩子最终都会做官。石镇在历史上做过府县两级的衙门，因而人的眼光就格外高。尽管那时全国都在说“工人阶级是领导阶级”，但我敢打赌说，没有人家情愿自家的孩子——哪怕是女孩，去当一名工人。在他们看来，工人从来就只有当劳模的份儿，与领导是不相干的。我外祖父一生所得的奖章有半斤重，1974 年退休时仍然是工人，只在前面多了个“老”字。外祖父最大的愿望是盼着有朝一日我能当上科长，哪怕是膳食科也行。可惜他阳寿不高，只活了 69 岁。要不然，我想我就是不择手段也要满足他老人家这一心愿的。我真是个不肖子孙！

其实我小时候属于被看好的一类。我算得上品学兼优，而且一进校门，我就一直担任班级的行政职务，当过学习委员、文体委员，最高爬到过副班长。有一个时期，大概是四年级吧，我是十分崇拜英雄的，但他们都是电影里的英雄。我特别痴迷王心刚演的洪常青，喜欢他那副被拷打后头破血流的样子。他颤颤巍巍地大笔一挥写下“砍头不要紧”，他傲然挺立在熊熊大火中高喊口号，啊，我简直激动得要命！那以后我就愿意穿旧衣服，甚至幻想自己有一天摔断了胳膊扎着绷带去上学。我也喜欢赵丹扮演的许云峰，他在酒楼被叛徒甫志高出卖，拿着礼帽那么从容不迫地一步一步地走下楼梯，很长一个时期里都是我私下模仿的对象。可是我一点也不喜欢李玉和与郭建光，虽然他们的照片铺天盖地，但我发现他们的服装全是上等的呢绒毛料所制，补丁是假的，伤痕也是假的，从头到尾全是唱，怎么看都还是戏——我在剧团里待厌了，那些演员刚才在台上还是呼天抢地，一到幕后就乐不可支，又抽烟又擤鼻涕，实在叫我不舒服。我想那时候我是一个不折不扣的现实主义者，对虚拟的东西很排斥。这与多少年后我的观念完全背道而驰。

英雄崇拜的时期我很充实。唯一的苦恼是在我有限的接触里找不到可视为偶像的英雄。电影里的那两位不过是我心目中英雄的化身而已，电影也还是假的，他们和剧团的那些人本质上毫无区别，我欣赏的是英雄的造型。就是说，我无法见到真实的英雄，偶像就更是无从谈起了。我想活着的英雄一定很少，英雄之所以能成为英雄，最关键的是最后他们都舍弃了性命，就义了或者牺牲了。要是没有这个他们就当不上英雄。于是我们对英雄的向往只能往下降一格，把见到“我是某某生前的战友”那种人看做了一个愿望。这是一种印证的心理，我只能通过生前战友的介绍来树立我的英雄偶像。不久，机会真的来了。

我们省那时名气最大的英雄是为保卫一座大桥光荣牺牲的。这天我们学校请来了英雄生前的战友。这无疑是一件大事，学校像过盛大节日那样布置得张灯结彩。但是，英雄生前的战友对此有看法，认为铺张浪费而不严肃，他说我们今天学习英雄，其中一条就是要学习他的艰苦朴素，据他说英雄的一双袜子就缝缝补补地穿了四年。校长很尴尬，说您一来就给我们上了生动的一课，连忙叫人把那些彩条什么的弄掉了。报告会在操场上举行，四面都接了高音喇叭，生前战友不标准的普通话却非常洪亮，回声不绝于耳。但他的报告我觉得一点也不精彩，我想听的是关于英雄的故事，可他基本上是在说他如何如何地学英雄。比如说他坚持每天背诵两段毛主席语录，坚持每周给五保户挑一缸水，坚持每月给家乡的小学寄五块钱。他引用毛主席的话说：一个人做点好事并不难，难的是一辈子做好事。可谁能保证他能一辈子做好事呢？但是，有一件事却令我们震惊不已。生前战友说为了能每时每刻和毛主席在一起，他把一枚领袖的像章别在了胸肌上。说着，他突然就敞开了胸襟，证实了自己的言论——他的胸前果真有枚像章扎在肉里，盖住了小奶头。生前战友走到大家中间，让同学们井然有序地进行参观。大家不敢大口吸气了，那情状就像面对一颗随时都会爆炸的地雷。一个叫许言敏的女生突然面色苍白晕了过去，会场嗡的一声有些乱，于是这场报告会就以生前战友抱着许言敏去医院抢救而结束了。

这个画面至今还很清晰地保存在我的记忆里。我们跟着生前战友一口气跑到了石镇医院，他的力气并不大，一路上都是气喘吁吁跌跌撞撞。我们真想上去换他一把，可是又不敢提出来，因为像这样的英雄行为似乎就该属于他这位生前战友，我们不能抢而且我们也不配。结果他妈的糟透了，许言敏倒是吊过一瓶葡萄糖就没事了，那位生前战友却大吐了几口鲜血，在石镇医院住了半个月。随行的几个同学后来都受到了不同程度的处分，老黑被取消了红卫兵资格，大头被勒令全校作检查，我则被撤去了副班长的职务。最惨的要算白皮，他犯了双重的错误，因为他在同学中还散布过错误言论，说生前战友在别领袖像章时打过麻药。白皮的处分是开除留校察看一年。我们几个一夜间就这么成了后进的学生，在同学中很孤立，座位也全都调到了后排。这是1968年的秋天，是我英雄偶像梦破灭的年头。但是很奇怪，我虽然对英雄没有了兴趣，却时刻幻想着自己身上有一种英雄行为和英雄气概。我不想当英雄，因为我怕死。怕死的人是当不了英雄的，不死的人也当不了英雄，充其量不过是生前战友——那又有什么劲呢？那人要是真有劲我们几个也就不会倒霉了。老黑说许言敏不重，有一回下雨天他背过她。那个人就是没劲儿。我却不这么看，我觉得那人是在乎自己抱着的是一个女孩，他不敢抱紧，一直虚托着，这就很累了。大头说归根结底还是没劲儿，要是他能像电影里的"狼牙山五壮士"那样，不要说是托，就是举也会把许言敏举到医院，医院离我们学校还不到两里路呢！我们争论着，只有白皮一言不发——这家伙可不敢再瞎说了。

我们几个总想找机会改变形象。对校方的处分我们内心是不服的：我们并没有干什么，我们只是不想去抢英雄的饭碗。现在落到如此下场我们怎么能服气呢？那个委屈劲儿真是没法说。不久，学校掀起了"学英雄见行动"的热潮，同学们三五成群的组成了"学雷锋小组"，我们四个人很自然地到了一块，恨不得把天下的好事全做完。但是我们又不想去做那些过于平常的好事，比如说给五保户挑水什么的，我们要的是让人吃惊刮目相看的效果。于是脑筋就朝着一些稀奇古怪的方面动了。老黑提出要教隔壁的哑巴背诵毛主席语录，那哑巴至少有70岁了，是个单身孤老，老黑平时喜欢和他一块下棋，因此会一些简单的手语。我们觉得这个主意很好，立刻就着手实施，我还为这个计划取了个代号叫“铁树行动”。开始的几天，老哑巴表现出异常的兴奋，跟着老黑比划着一些诸如“千万不要忘记阶级斗争”、“向雷锋同志学习”之类。但就是这么简单的话手语表达也还是不利索。比如说“阶级斗争”，比划出来的就是一伙人和另一伙人在打架。“雷锋同志”也成了打雷和刮风的人。我觉得很好笑，就私下对老黑说，这恐怕不行吧，弄不好全成了笑话。老黑说，怎么不行，意思一点也没有歪曲呀？手语就只能比划个意思。再说石镇有几个人懂他妈的手语呢？我也就不再说了。可是新的问题来了——老哑巴不干了。那天我们去的时候他硬是不开门。结果大头气急了，抄起一块砖头砸了玻璃，老哑巴才颤巍巍地把门打开。老黑激动得比划威胁，那意思大概是：你要是反对学习毛主席语录你就是反革命，我们就叫镇上的专政队来抓你！老哑巴“说”，他要做生意，他的茶摊已经好几天没摆了，饿死了谁管？这时候白皮就掏出了两块钱给他。白皮说以后每月支付哑巴五块钱学习费，要是他一个月能背诵30条语录就再奖励两块。白皮让老黑把他的话翻译给哑巴，老黑又把五块变成了六块，两块变成了四块。这我们一下就识破了，老哑巴很高兴，白皮却生气了。白皮说，反正我只出五块，另一半你们摊。

这件事引起了我们内部的矛盾，白皮差一点儿就想退出了。白皮家有钱，因为他受的处分最重所以他愿意出一半。我觉得“铁树计划”主要靠老黑，于是就同大头商量，另一半的五块我可以出三块，他出两块，老黑就算了。用今天的眼光看，这就是开了个袖珍的股份有限公司，老黑算是技术入股了。总算平息了事态。不过那时候的十块钱可是大钱，菜市上的猪肉才卖七毛三一斤，鸡蛋最便宜时六分一个，我们等于每个月要给老哑巴进贡15斤猪肉或者150只鸡蛋，真他妈有点冤。对于我，钱从哪儿来还是个问题。我没有零花钱，早点都是外祖父专买。我唯一的办法就是从大人口袋里偷，而且一次还不能偷得太多，以免动静大了被发觉。三块钱我至少要偷五次。但不管怎么说，我们的“铁树计划”在顺利地进行，舆论也很快出去了，终于引起了校方的关注。校长亲自带人调查，他们被老哑巴流畅的比划弄得目瞪口呆，校长立刻就表扬了我们，而且当天就把这件事报告给了县革委会。县里也很高兴，让政工组的人赶快整理材料往地区报。没过几天，地区报社派了个记者，要对我们的先进事迹进行采访，还拍了许多照片。记者看好一片葵花地，让我们四个人围着老哑巴手捧一本毛主席语录，做出孜孜不倦的样子。不久，这张照片就登上了地区报，我们几个都成了石镇的名人！原先的处分自然全撤销了，我不仅恢复了副班长的职务，而且还被推荐为县里学毛选的积极分子，将于年底去省里参加“积代会”。但是我却有些不自在，因为“铁树计划”是老黑的创意，我出的钱也没有白皮多（这一点我们当然一直隐瞒着），让我一个人如此突出肯定不妥。我其实也看出了他们几个心里的不愉快，现在我们在一起时似乎没有什么话说了，而且在给钱的问题上也出现了扯皮的迹象，白皮就两次暗示说他最近想装一台无线电收音机什么的。老黑则说自己的手语词汇不够用了，再教下去有困难。大头说干脆算了吧，不如换点别的事做，比如说包一条街扫扫。这种情绪让我心里很不舒服，可我又不知这台戏该如何收场。

然而不久事情就起了大变化。

十二月的一天，省里来了一批人要在石镇召开现场会，内容还是围绕着如何活学活用毛主席著作。县里挑选了各式各样的人物登台介绍情况，其中就有那个老哑巴。这一下可闯了大祸，因为省里那批人中有一位手语专家，是专门来鉴定这个哑巴的学习水平的，以便作进一步的宣传。但是看过老哑巴的表演后，那专家就吓得脸色苍白——很长时间以后我才知道，那天老哑巴在台上紧张得不行，以为要批判他，就率先把我们几个给揭发了，“说”我们如何对他进行软硬兼施让他背诵“一伙人和另一伙人的打架”。结果台下的人热烈鼓掌，哑巴却吓得尿了裤子。

有一天上课时许言敏悄悄递给我一张纸条：你们都是骗子。我吓了一跳，放学时把她叫到操场上。许言敏就说了关于教老哑巴学语录的事，说你们胆子太大了，居然骗到了省里。许言敏的爸爸是县政工组的副组长，我想她的消息肯定可靠，再说我早就怀疑老黑那家伙所谓的手语水平了。我很害怕，可奇怪的是没有人来追查我们，没过几天我还是照样去省里开会了。那时快过春节了，学校放了寒假，那个冬天真叫我魂不守舍。从省里回来，我想想还是把许言敏的话对他们几个讲了，我说我们犯了错误，老黑就涨红了脸很快哭了起来。白皮说哭什么，你早干什么去了？你当初就不该逞这个能！大头说白皮你也得凭良心，要是没有“铁树计划”你那处分能拿掉吗？白皮一下给噎住了，过了片刻才说，走着瞧吧，真金不怕火炼，我们一定要做出些事情给笑话我们的人看看！看看谁是孬种！

不用说我们的思想压力有多大了。那个寒假我们一天也没有闲着，一早起来就他妈的扫马路，然后又去给几条街上的军烈属挑水，一天下来累得腰酸背痛像狗一样，可也没见什么人夸我们几句，好像我们是劳动改造立功赎罪似的。春节一过，新学期跟着就来了，我觉得老师看我们几个的眼光都有些异样，总是似笑非笑的。但是仍没有人来揭露，非但不揭露，而且一有像样的活动就会提到那件事，说我们如何克服了重重困难让最高指示深入到了一个哑巴的心中。一天，县里要组织学毛选的队伍去邻县传经送宝，其中又点了我的名。可我一看见许言敏那双好看的大眼，耳根就立刻热了，我心里发虚，只好装病不上学了。家里的大人觉得奇怪，怎么突然就病了呢？我母亲替我量了体温，一看，还真是不低，到了38．59C。我整个就是给吓病的。

我在家里躺了三天。老黑他们一放学就过来陪我。现在我付出代价了，他们好像也不再对我有什么看法。四个人的关系明显地好过以前。大人不在场时，他们就通报了学校的情况，说一切看起来很太平。只是许言敏像一颗定时炸弹，随时有可能爆炸。不过，老黑说，她好像很买你的账，不会捅出去的。我苦笑着，我说你们真是头脑太他妈的简单，许言敏不说难道她父亲也不说吗？我的意思是这事早晚得亮到台面上来，我们好看的日子在后头呢！大头说，那他们为什么按兵不动呢？他们等什么？是呀，他们等什么？这个问题我们总是想不明白。正说着，忽然听见外面响起了警报声，我们愣了一下，以为一年前平息的武斗又闹起来了。再一听，又觉得不像，武斗的那种警报要刺耳一些。这时大门“吮”地推开了，白皮一脸是汗地冲进来，上气不接下气地说，快！造纸厂失火了！于是我们便随白皮跑了出去，跑到河堤上就看见了远处的造纸厂上空火光冲天浓烟翻腾。那时大约是夜里九点多钟，外面的风很狂，真他妈的冷呀！但是很快我们就跑得出汗了，个个像马一样地大口喘气。我们一口气跑到失火现场，消防车还没来得及打开水龙头，只有一些人在排队传水来救火。我们加入其中，盆呀桶呀地传来传去。我们并不感到累，反而越干越兴奋。失火的地方是造纸厂的草料库，那些越冬的干草太他妈的容易烧了，靠几盆水是扑不灭的。没一会儿，水龙头接通了，可是掌头的消防员手没抓稳，水枪一歪，把这边的人扫倒了一片。最要命的是高压水枪激起的草灰喷了我们一身一脸，个个像皮蛋似的。我们几个浑身全湿透了，冷风一吹，每个人的身体便像筛糠一样抖个不停。这罪可他妈的遭大了。就这样折腾到了天亮，火终于扑灭了。我后来在作文里这样写道：望着扑灭的火，我们的脸上都露出了胜利的笑容。这时，一轮红日正在我们身后冉冉升起……

救火使我们从过去的“铁树”阴影里走了出来，这一回我们是自己给自己平反了。我们获得了一种真正的英雄气概。我记得那天早上，当我们又湿又脏地从大街上走过时，那些买菜的大人全都看着我们，那感觉就像是刚从战场上凯旋的将军，用今天的话说，绝对是他妈的一个酷。

我已经说了，对英雄由于缺乏身边的偶像，崇拜的日子一晃而过。但是对领袖的崇拜却一直伴随着我。这又与电影有关。你看过《列宁在十月》和《列宁在1918》吗？前苏联演员史楚金演的那个列宁真叫盖了帽。他演得比真列宁还列宁，我特别喜欢他走路的那种快节奏小碎步，一只手总插在口袋里，肩膀有点歪，太让我痴迷了！给列宁配音的那个中国演员（很久以后我听说是张伐）的声音语调也了不起，时常给我们错觉，好像列宁是中国人。我开始模仿了，我模仿列宁的步伐走路（至今我的肩膀还有些歪），模仿张伐的声音说话。“安静点同志们，苏维埃政权目前正面临着危险，我们的敌人正从东面和西面向我们发起进攻。”就是这样！我模仿列宁（实际上是史楚金）的眼神与手势这么说着，老黑俨然一副华西里的姿态站在我身边。“但是，”我走到桌子上，“苏维埃政权是不可动摇的！”我身体前倾，左手斜插腋下，右手伸出去。大家热烈鼓掌，这时候我身后“砰”的一响，许言敏这个女特务向我开枪了，我便倒在了老黑怀里。

我们当然也崇拜毛主席，但是不敢模仿。毛主席太伟大了，我从来就没有见过街上有人留他一样的发型。大头的爸爸原先下巴上也有一颗肉痣，“文革”一开始他就去医院把它弄掉了。我想这是对的，中国有七亿人但毛主席永远只能是一个。可我们只能从电影上或者从画报上见到他老人家。他总是在《东方红》的曲子中出场，满面红光，但他好像不爱说话——我们从来就没有听见过他的声音，于是这个问题就成了悬念。我们为此着急也为此幻想，不知道毛主席该用怎样的声音说话。我们恨那些拍新闻电影的家伙，凭什么不让我们听一听毛主席亲口说句话？有一天，石镇的电影院张灯结彩，要放映毛主席第几次接见红卫兵的宝片了，我们学校自然要组织集体观看。放映之前每个班都要唱语录歌，一阵接一阵地唱。我们班由我指挥，我觉得唱得最好。我们唱“世界是你们的，也是我们的”，唱“我们都是来自五湖四海”，那场面真叫声势浩大。电影开始了，毛主席乘着敞篷吉普车通过了天安门广场。红卫兵们欢呼不已，个个热泪盈眶地高呼：毛主席万岁！突然，毛主席大手一挥说：人民万岁！我们愣了一下，因为这句话是毛主席亲口喊出来的！这太让我们意外了！于是立刻有人带头高呼：毛主席万岁！大家全体跟着喊起来，那一刻我们好像也到了天安门广场。但是我隐隐约约地产生了一种难过的情绪，我觉得毛主席的声音太高也有点细，与我想象中的伟人之声完全不一样。我当然不敢把我的想法说出去。这个悬念已经解开了，我真不希望这样。

那一年，石镇的革委会主任去北京参加了国庆典礼，归来时带回了两件有伟大意义的东西，一瓶金水河里的水和一只芒果。这东西陈列在县工会礼堂，各单位组织参观。芒果我们从来没听说过，猜想是一种可以吃的水果，要不毛主席怎么会把它送给工人阶级尝呢？我们不止一次地去参观了，那只芒果放在一只玻璃匣子里，模样像个大猪腰子，橙黄橙黄的。大头悄悄地碰了我一下，说，是甜的。我反问道，你怎么晓得？大头说他一嗅就知道。回来的路上，大家就嘲笑大头，说他的鼻子比狗还厉害，隔那么远就知道芒果是甜的。大头说，不是甜的难道还是苦的吗？大家还是嘲笑。忽然白皮说，一个县有那么多的工人，一个芒果怎么吃得过来？老黑说这芒果不是让人吃的，是纪念品懂吗？大头说本来就是吃的东西，怎么个纪念法？不吃可就烂了。我就说，也许最后要奖给县里最好的工人吧。

但是没过几天，我们听到了一个惊人的消息——那只芒果让人给偷了！消息还是许言敏带来的，我们当然也就不怀疑。第二天，许言敏又告诉我们，说那只芒果并没有全给偷走，只是有人在上面咬了一口。于是我们就笑大头，说真是英雄所见略同。不料大头翻了脸，说你们要是再这么说我可要把“铁树”的事揭开了！我心里一惊，觉得大头不该动要挟之念。大头平时是很憨的，怎么连句玩笑也挨不住了？第四天，我们正上着课，忽然校长来了，把大头叫了出去。校长一脸的严肃，大家就很紧张。伸头一看，操场上还站着两名白衣的公安。他们很快把大头带走了，教室里顿时就乱了。校长返身回来，宣布了大头的罪行——原来果真是这小子偷吃了芒果。

这在当时无疑是个大事件。如果不是大头年纪小，加上他舅舅是地区的什么核心小组的成员，他肯定就得被判刑了。大头被拘留了15天，开除了，准备转到很远的农村去上初中。临走的那天，我们瞒着家中的大人去同他告别。大头好像变成了另一个人，眼光十分呆滞。我们送他一些钢笔日记本什么的，却不知该怎么说话了。大家闭口不提芒果的事，只说要保持联系，经常写信。大头一语不发，到了临上车的时候，这小子忽然问道，你们想知道那只芒果是什么味吗？我们还没反应过来，这小子接着说，它没有味，它是蜡做的。

我们就这样读完了小学，那是1970年的秋天。我记忆里的那个秋天一点也不明朗，雨季很长，石镇的每一条街脚都起了青苔。大头走了，一直不给我们几个写信，我感到说不出的失落。那一年学校提前放了寒假，我们百无聊赖地待在家中，也不再想去做好事了。天一放晴，我们就去附近的农村钓鱼。马上就上中学了，我们好像一夜间长大了很多，觉得像个男人似的。于是关于女人的话题渐渐代替了英雄和领袖的话题。女人也是我们需要的偶像，可我们身边根本找不到配做偶像的女人。他们老说许言敏对我有意思，我压根儿不往心里去。我嫌她嘴太大而且一口四环素牙。我喜欢《英雄儿女》里的王芳，如果将来我找老婆就找这样的人。很多年后，我在北京的街头看见一件双排扣的女式秋装，便毫不犹豫地买下，邮寄给了我妻子。但她一点也不高兴，她说，这件衣服早就过时了。

才13岁，就这么不安分了。钓鱼的时候我们通常要跳到河里洗个澡。秋水很凉，一上岸我们就冷得不行，裤裆里的那件小东西一点尊严都没有了，像块嫩生姜。不过有一天我们发现了奇迹——老黑那个地方居然长出了几根毛！这当然也算一件大事，因为这是个信号，就像一声雷之后必定会有雨。我们围着老黑起哄，那家伙却扭扭捏捏地害起羞来，而且此后也不和我们一块钓鱼了。但我还是很兴奋，那以后我便时常躲在厕所里偷看自己，他妈的就是没有动静。老黑却越来越摆谱了，有意与我们拉开距离，一有空就去和初三高一的人打篮球，那分明是一种傲慢，似乎仗着那几根稀毛，在他眼里我们都成了小孩。到第二学期的时候，问题变得更复杂了。

这又关系到那个许言敏。这个总以公主自居的女孩有一天居然和老黑偷偷摸摸地去看了场电影，正巧给白皮撞上了。但白皮没有惊动他们，观察得倒很仔细。一散场白皮就来找我，说得明明白白生动得叫人受不了。灯一暗老黑的一只手就他妈的不见了，白皮说，不晓得伸到哪儿去了！我就问另一只手呢？白皮说，另一只手始终放在她的肩上。我又问，后来呢？白皮说后来他们去小巷子了。你是不是很难过？我心里顿了一下，我说，我他妈有什么可难过的？我早就说我根本不喜欢许言敏。那你气什么？白皮这狗娘养的好像是幸灾乐祸地看着我。我一下站起来，我气了吗？我只是觉得他妈的好玩。

我当然是气了。白皮不说我自己也感觉得出来。我想我真是有些古怪了，以前许言敏老对我递眼色，还送我一些画报彩笔什么的，我都不觉得有什么，现在老黑上前了我突然就受不了了，好像老黑抢了我的饭碗。第二天，我注意观察他们的表现，觉得情况并没有白皮说的那么严重。老黑在课堂上一副认真听讲的样子，发言积极，不过回答的问题基本上是错的。许言敏就更像什么事都没发生似的，一直在埋头做笔记，我看她时她也不看我。我倒他妈的心烦意乱，眼前总晃动着老黑在黑暗中消失的那一只手。它会往哪儿伸呢？

我后来对白皮说你他妈的骗我吧？白皮说我要是骗你就是孙子。那我怎么一点也看不出来呢？我这样问道。

白皮就把我拖到一边，样子神秘地说，这就对了！这就说明他们是来真的！你见过做贼的人像贼吗？

我说做贼心虚，可他们不是这样。

信不信由你，白皮说，我反正是为你好。

这怎么叫为我好呢？白皮的意思好像许言敏是我家的一件东西，比如说伞，你不用别人就用了，而我只能淋雨。那一天里我越来越不舒服了。我想不管怎么样我得点许言敏一下，这很有必要。于是下午放学时我故意让她留下来帮我出黑板报，让她抄稿子，她的字向来不错。正好这一期有她的一首诗《葵花朵朵向太阳》。我把它安排在最醒目的位置上，还特意配了一幅尾花。她很高兴，说你喜欢这首诗吗？我说喜欢。我接着又说老黑比我更喜欢。许言敏用困惑的眼神看着我，说，他还没看到你怎么就说他更喜欢呢？我没接话，使劲用彩色粉笔描着葵花。许言敏嘟哝道，你这人真有意思。我冷笑道，比昨晚的电影还有意思吗？

我不知道当时许言敏是怎样的表情，因为说完这句话我就把粉笔头一扔，提起书包头也不回地走了。我知道我点中了，很怕她当我的面哭。回家的路上我心里沉得要命，我有点后悔，觉得这样对待许言敏很不公平。那个黄昏天又下雨了，我坐在后院的屋檐下，眼前的雨一排排落在石板地上，溅起的水花像小奶嘴似的。我一点口味都没有，晚饭不想吃了。我很想到许言敏家去一趟，这种心情以往是没有过的。大人觉得很怪，外祖父摸了一下我的额头，以为我闹病了。他那粗糙的手弄得我很不舒服。我看着天一点点地黑下来，然后就上阁楼准备去睡觉了。我躺在床上翻来覆去，似乎又看见老黑那只手朝帐子里伸来。没多会儿，我听见外祖母在楼下喊，小敏来了。

用多少年以后的话说，这算得上是心有灵犀。我还真他妈的激动了一下，但我的脸上很无所谓。而且我终于用许云峰被捕时的步伐下了一回楼。我说，你怎么来了？

我不能来吗？我有话问你。

电影的事吗？你不说我也知道。

你知道什么？

我什么都知道。

你知道个屁！

许言敏既委屈又愤怒的样子让我有些害怕。我担心她会当着外婆的面与我吵起来。那时候老人正在厨房里洗脚，迟疑的水声令我分心。我外婆倒是喜欢这个小敏，在她眼中这女孩很乖巧，斯斯文文的，每回来我家都是礼貌有加谦虚有加。于是我们就上楼了，窗外下着小雨，室内亮着一盏台灯，气氛突然就变得神秘起来，我想这也有点怪。而更奇怪的是有一段时间我们居然无话可讲。屋顶上的雨声越来越响了。

后来，许言敏说清了这件事。原来是老黑这小子打着我的旗号去送票给许言敏的。老黑还说我怕别人讲闲话不好亲自来，请她原谅。到了电影院又继续撒谎说我万万没想到今天是我妈的生日，我来不了就让他来陪。这个狗娘养的把我整个地卖掉了！

第二天我找到老黑说，我们该把账清清了。这家伙一听就明白是怎么回事，却满不在乎的样子，说，怎么个清法呀？我说放学后在北门小河边见。说完我就走了，心想这小子真是越来越狂了，竟然一点不含糊。他不知道要打架吗？他不知道他从来就打不过我吗？以为裤裆里比我多几根鸟毛就能赢我吗？

果然一放学我们就在小河边见了。他还比我先来，双手插在裤袋里，一条腿还叛徒一样地抖动着。我把书包一扔，说，你知道我为什么要揍你吗？

老黑说，我们是决斗。

我差点想笑。决斗？为许言敏决斗？我说，不是决斗，你和谁好我不管，但你他妈的不能败老子的名声。我今天就为这个揍你！

老黑听了这话突然有些紧张，说我怎么败你名声了？他的表情却给我信任，那是很难装出来的表情。于是我就把昨晚许言敏讲的那些全说了。老黑一下就流出了眼泪，说，怎么会是这样呢？她明明对我说是她爸爸单位发的票，让我陪她的，还叫我别告诉你呢！

我给弄傻了。他们说法不一却又一样诚恳一样流泪。我该信谁？

直到今天我也没弄清楚究竟是怎么一回事。不过我和老黑那天没动手，我后来的力气全用于劝这小子想开点去了。没有人劝我想开，我也很难想开。但是这件事让我暗地里伤心了好一阵子。现在看来我的伤心不无道理。“我该信谁”对于我永远都将是一个问题。我的前半生如此运气不佳，十有八九是因为栽在女人和朋友手里。可我又怎能去过没有朋友没有女人的日子呢？

我不知道该怎样来说那个许言敏。她和我同岁，我们从幼儿园起就是一班。有一个时期我们的母亲还是同事，都在石镇剧团，后来她妈妈嗓子倒了，就改行去做了会计。那时候剧团的人老爱拿我们开玩笑，说我是她家的小女婿（剧团演过这出戏）。我在十来岁时就与女婿这个词有关了，但是不懂其意。有一回我问许言敏，你知道什么叫女婿吗？她想了想，说，就是以后做我老板的人吧——石镇的女人喜欢叫自己的男人做老板。我觉得好奇怪，接着问，那我们是不是要结婚？她说当然要，不结婚怎么能做老板呢？

结婚好玩吗？我好像挺有兴趣地问道，你说结婚是怎么一回事？

结婚就是我们并排睡在一张大床上。

就这么简单？

对，像我爸和我妈、你爸和你妈一样。

那我们现在不就可以结婚了？

现在不行。结婚是大人做的事。

他们在床上还做别的事吗？

不做，就并排躺着，躺过一阵就要生小孩了。你知道小孩是从哪儿出来的吗？

不知道。我想女人身上肯定有一个小洞洞。

屁话，小孩是从腋窝里出来的。

腋窝里有洞吗？

到时候它会裂开一个口子。

那一天后来我们就并排地躺在床上，谈着这些古怪的事，一边看着一本《人民画报》，上面有很多毛主席接见红卫兵的照片。许言敏指着一个戴帽子又戴眼镜的女人说，你看，这就是毛主席的老婆，姓江。毛主席是她的老板。

我吓得坐起来，你别乱说！

我没乱说，她就是毛主席的老婆。

毛主席没有老婆，从来没有！

毛主席是不是男人？是男人就会有老婆！

你这话反动！

你才反动呢！你连毛主席讨个老婆都不肯，让他老人家打光棍怎么的？

我们不欢而散。许言敏一走我的眼泪就淌下来了。我从来就没想过毛主席也有老婆。毛主席怎么会和石镇的男人一样有老婆呢？很多年后我还为这种奇怪的心理发笑，但还是不很明白那时的我怎么会那样去想。那个时候，我心目中最真实的毛主席是我们学校大门口巍然屹立的毛主席塑像，他的手比一顶草帽还大。到了尼克松访华那一年，我从电影上看见毛主席才突然觉得他很像一个老人，而且觉得他走路的样子和我外祖父差不多。

许言敏是个很有趣的女孩，如今虽已是一个15岁孩子的母亲了，但是心理上仍不失一分天真。1993 年长江发大水，我们省灾情严重，于是就有四方捐款，其中包括一些影星歌星。但是有个专演毛泽东的特型演员没捐，许言敏听说了就气得不行，说，他居然还演毛主席，他也配？此后她再也不看那人演的电影了。据说她还给电影厂写过信反映此事，要求把那个演员开除掉。

那件事谈开后我和许言敏的接触便不像以前那样随便了。平时在班上我们几乎不讲话，因为我不再相信她。但是很怪，她好像比以前漂亮了，而且越来越漂亮。冬天来了，她穿着一件黑呢大衣，那是她妈妈的旧衣改的，但我觉得很合身。她的辫子也长长了，辫梢齐腰，是最好看的阶段。我尤其喜欢她戴口罩的样子，不仅遮盖了那一口四环素牙还平添了几分神秘感。最要命的是她的胸脯一天天地高了起来，爱在我眼前晃来晃去。我真后悔那次没有和老黑在河边打一架，那天要是我不问，老黑也就不会主动说，我也就只信了许言敏一个。我们真该说打就打。老黑比我还伤心，一想起他那天哭的样子我他妈的就受不了。老黑那天之所以敢同我交手，是过分相信了爱情的力量——这是很长时间以后他亲口对我说的。又过了很长时间，年近 40 的老黑在南方某个城市遇见我时又反过来说，爱情是他妈的最没有力量的。那时，他第二个老婆刚与一个做拉链生意的温州小白脸儿私奔不久。

那年冬天许言敏真是差一点和我好上了。然而即使是这样，她也与我心中的偶像沾不上边。偶像这种东西就是可望不可及，哪能唾手可得呢？哪能在石镇的街上随便乱窜呢？

但是不久我觉得下这个结论还为时过早。

石镇是个典型的本地和尚念经不灵的地方。比如说剧团，本是省里挂得上号的，但在石镇的演出就很少有过客满。可是邻县的某个破剧团来演几天，弄票还得找关系。这地方人的好奇心出奇地旺盛，屁大的事会闹得满城风雨。谁结婚了谁死了或者谁偷人了谁坐牢了，那消息传开只是一会儿的事。你走到街上不出十步就会碰见一张熟脸。于是生人落户便自然地引起全体人民的关注。如果这生人不仅是个女人而且还是个漂亮女人，那么这女人无疑就成了那个阶段石镇的明星。

1971 年春天，一批省戏校的毕业生分到了石镇剧团。突然间来了十几个青年男女，而且还是文艺工作者，产生的轰动效应可想而知。他们穿着统一的练功服装，三五成群地在街上晃悠，简直成了一道亮丽的风景。剧团特意给他们组织了一次专场演出，想借这批新生力量振作一下。演出可谓盛况空前，连演三场都座无虚席。但是舆论没过几天就起了变化，那几个男的普遍受到了批评，不是对长相的挑剔就是对演出的责难。喉咙像拉大锯似的，身板硬得像石头，这样的人石镇街上有的是！言下之意他们是多余的。反过来说，女生得到了肯定。分来的那几个女生共同的一点就是皮肤都很白，于是便一白压三丑了。我从小在戏园子里长大，日久天长自然就有了所谓的专业眼光。我并不像街上那些人那么认为，倒觉得有两个男的条件不错。戏校的学生住在剧团的老宿舍，离我家仅隔了一个莲花塘，没事的时候我就去找他们玩。他们其实也比我大不了几岁，又一律喊我母亲老师，所以我一去便受到热情的接待。这样一来与老黑白皮的接触明显减少了，而我却不觉得。有一天白皮在莲花塘边截住了我，这小子用警告的口气对我说，要是我再和戏校那些家伙混在一块儿，我们的友谊就一刀两断！我着实吃了一惊，没想到事情会这么复杂。

他们有什么呀？不就是每月18块钱吗？白皮不屑地说道。

他们是我妈的同事，家又不在此地。我这样解释，我不过是把他们当客人待。

你是不是看上中间某个女的了？白皮突然冒出这么一句。

你他妈的屁话！我连他们的戏都懒得看还有兴趣看人吗？说着我就生气了，脸涨得通红。

白皮这才软了口气说道，不是就好，免得伤了许言敏。

这与许言敏有什么关系？

你不是又和许言敏好了吗？

谁说的？

老黑。

老黑的话你还信吗？

许言敏也承认了。

她承认什么？

她说你们谈开了。

谈开了就是散了，你见我这些日子理过她吗？

你不理就是你的不对。

我为什么非要理她，我又没有和她干什么！

其实我觉得许言敏不错。

那你去和她好吧！

她喜欢的一直是你。你也在心里喜欢她，这事你瞒得了别人可瞒不了我。要不你会去找老黑算账？

我不过是要把事情搞清楚。

既然已经搞清楚了你就更不该不理她。

谁说我搞清楚了？

你自己说的。

我只是想搞清楚但不可能搞清楚我干脆就不搞了！

和白皮吵过，我心里很不好受。我知道那件事要搞清楚很容易，只要把他们找到一块儿对质就妥了。可是我担心甚至害怕这样一来三个人都会很难堪，我会因此失去他们两个。我不想这样。真的不想。我只希望这件事就这么淡过去。可是白皮如此上心倒出乎我的意料之外。这事最先就是这小子挑起的，现在当和事佬的也是他，我真给这家伙弄糊涂了。关于白皮我后面再谈，现在我接着说戏校的那些人。他们当中的五个女的在我看来都很一般，从她们身上我看不出一丁点儿艺术气质，充其量和石镇医院的护士差不多。我最受不了的是她们拿我当孩子看，好像她们是我妈的同事于是也就可以全体当我妈了。她们大呼我的乳名，有一个姓秦的黄毛还动不动摸我的脸。另一个姓马的大脸盘每一次见到我都要拿糖给我吃，这个方式对我妹妹倒十分合适，我想要是她递给我一支香烟我肯定会对她改变看法的。总之，这五个女人我都觉得没劲。

那时候剧团正在大搞移植革命样板戏，所有的服装道具都是从北京买的，布景也必须按书上规定制作。剧团的美工是从乐队改行的一个跛子，手艺很一般，这样团长就叫我去帮忙。在石镇，我的绘画颇有名气，耸立在镇中心十字路口的《毛主席去安源》就是我和文化馆的人一块临摹放大的。所以只要有空，我便去剧团画布景了。那活和刷墙没什么区别，还得登高爬低的，几天忙下来我就毫无兴趣，但又不敢撂挑子——这可是他妈的政治任务啊！有一天我正画《红灯记》的海报，边上围了很多人，七嘴八舌地夸我，说李玉和的眼睛怎么怎么有神，铁梅还真有点像我们的小吕呢！我一愣，剧团哪来的小吕？这时我听见身后的一个女声说，我哪有这么好看呀！我就侧过身子，很快就看到了一张陌生而漂亮的面孔，我想这恐怕就是那个小吕了。

后来我才知道，小吕也是这一批从戏校分来的，因为有病推迟报到了两个月。听我母亲说，这一批学生中小吕是成绩最好的，本人的条件也最好。那年小吕 19 岁，称得上豆蔻年华如花似玉，而且还有大城市人的气质——气质是个什么东西我说不清楚，但我能感觉到。不知从何时起，我对略有病态的女人十分欣赏。这也许与我偷看《红楼梦》和《家》有关，于是在那个黄昏，林妹妹梅表姐的形象和小吕的脸重叠到了一起。

那以后我闭上眼就再也看不见许言敏了。

我几乎每天要去一趟剧团。他们排戏，我就坐在后排看着。他们以为我在看布景的效果，没有人会知道我是在看小吕。有一种女人是百看不厌的，那时我就觉得小吕是这种女人。看了，便想接近，一起说会儿话。她们都住单身宿舍，但是我不能只往小吕屋里去。通常是在其他人的宿舍转上一会儿，再去她那儿。她的房子布置得像她本人一样，怎么看都舒服。墙上有许多从过去电影画报上剪裁下来的明星剧照，每幅四边都用废弃的油光彩纸镶着边框。这是一个细心的姑娘，也是一个整洁的女人，她的屋子历来是干净的，称得上一尘不染。

这天我又来了。我到的时候屋子里没人，门虚掩着，她可能去街上打开水了。这是一个星期天的下午，老宿舍里没什么人，显得很安静。我突然就有了莫名其妙的心慌，总觉得会有事情发生。来时我已想好了理由，托她在省城的熟人给我邮寄几本画册。我想这样也许她会提出让我给她画一张素描肖像，我随身带了画夹和写生工具。我会理直气壮地看她很久，而且我相信我们会有很多的话说。这应该是一个完美的设计。我等待着，但我的眼睛却被一件小东西抓住了。那是她的胸罩，晾在衬衣里面。1971 年的石镇是看不见这种东西的，我也只是从形式上作出了判断，这一点不困难。问题是这个东西给我的刺激太强烈了，在我眼里它已经不是胸罩而绝对就是女人的乳房。她的乳房！我甚至想动手去摸摸它了！那前后几分钟里我简直像个贼，激动和恐慌搅和到了一块儿。就在这个该死的时刻，我听见了她的脚步声。我刚一回头，她已到了门口，手里拿着几朵栀子花，香气顿时溢满了屋子。

小吕看见我总是很高兴的样子，一点也不吃惊。但是我却还没有缓过气来，仿佛真的偷了她的一件东西被她捏住了手腕。这花漂亮吗？她一边把花放到玻璃杯子里用水养着一边说，你看它多香，我真该再多买一点。

我说那我去为你再买吧。她说算了，说过几天再买。她问我要不要喝水？我说不要。我说我到这儿来找颜料，见她的门开着，就顺便过来看看。说完，我就离开了。那一刻我就想早点离开，14 岁的家伙能有多大的出息？但是一离开我又后悔，恨自己太他妈的窝囊。我要是能拿出对付许言敏那一种风度就好了。这真是个要命的毛病。男人如果见到真正的美女内心一定是胆怯的——这是我很多年以后的总结。

事情并没有完。这天夜里我第一次做了个幸福而可耻的梦。我梦见了小吕的身体，我拥抱着那柔软的身体，把头埋在比身体还要柔软的两乳之间。我对女人身体的神秘感并不是十分的强烈，因为我在剧团美工那里偷看过徐悲鸿的素描和外国的油画，但是像这样把女人的身体和一个具体的女人联系起来并且享用，这还是第一次。我想我们应该是做爱了。在那个遥远的深夜，我的少年之躯诞生了一种前所未有的愉快。那不过是几秒钟的事，但却是永世难忘的几秒钟。我从那极度的愉快中醒来，感到两腿之间是彻骨的冰凉。我朦胧地意识到奇迹发生了！我仔细检查着我的身体，它的周边也终于呈现出了浅浅的黑色。现在，它已经很伟大了。

然而新的苦恼接踵而至。我陷入了一个怪圈——我越是喜欢小吕就越去想她的身体，越做那种幸福而可耻的梦，梦醒之后便会对自己深恶痛绝一番。那时我不知道“亵渎”这个词语，我只是觉得那么想那么梦很不应该。我认为好女人都是干干净净的，也许连屁都不会放，我怎么能让我的偶像在梦里一丝不挂呢？

我变得有点怕见她了。因为一见面我就觉得她在我面前是裸体。天渐渐热了，夏天是个危险的季节，而我处在危险的年龄。但在女人问题上，我显然还不敢冒险。

有一天我在新华书店遇见小吕，她开口就问，你怎么不上我那儿玩了？我说学校正忙着排练欢送高年级毕业生上山下乡的晚会节目。她就很好奇地问道，这儿的学生也下乡吗？她的意思是说这儿已经是农村了。我说当然要下，下到真正的农村去锻炼。我心里突然有些不舒服，我不希望小吕把石镇看作农村。我匆匆走了，小吕可能还在琢磨什么才是真正的农村。不过没多少天这个问题便解决了。那年五月间剧团组织送戏下乡，这回他们是去真正的农村。而我却去了真正的城市——上海。

去上海的决定很突然。我们的校长刘大肚子有一天在《解放日报》上看见了个独幕话剧，认为对教育革命很有好处，就立即组织人员去上海观摩。一行三人，由一位家在上海的老师带队，另外两名学生是我和许言敏。上午通知，下午就出发了。我母亲只给了我15块钱。我们由石镇坐汽车到水市，再从那儿改乘轮船直达上海。对于我，上海是城市的偶像。虽然大家都唱过“我爱北京天安门”，报上也一直在说“北京是世界革命的中心”，但自从那年我妈从北京串联回来说“北京一点也不好玩”后，北京在我心中就失去了位置。我还是相信我妈的。我不明白毛主席为什么偏要选一个不好玩的地方待着。我对上海的了解是从我家那只浅绿色帆布旅行袋开始的，那上面印有外滩风光的图案，让我觉得像是外国，像欧洲或者美国。它们都是臭不可闻的资本主义国家，不过风景又都很好。现在我就提着这只上海旅行袋去上海了，我还真他妈的激动了一宿没怎么合眼呢！另一个原因是许言敏和我在一起——我虽然暗地里喜欢小吕，但是也不想拒绝许言敏喜欢我。用现在的话说，这很排场，我居然搞起了一龙二凤式的小三角。我和许言敏爬到最顶层，看着长江两岸的灯火，我很自信地对她说，我身上只有15块钱，但照样去上海遛一趟。许言敏说，你知道为什么挑你来吗？是我向刘校长说的。

我很吃惊，刘大肚子和许言敏的父亲既是同乡又是同学，这话有可能是真的。我突然觉得很难受，刚才的激动便化掉了。

许言敏说刘校长想要排这个戏，我就说只有你能排。

许言敏说我知道你对我有意见但我有好事还会先想到你。

许言敏说和你一块出来我很高兴我没有别的意思我不过是……

不过什么？我打断她，你以为你是校长的校长吗？你以为你怎么说我就怎么信吗？我可以回去但你有本事把戏排出来吗？

我们一下就闹翻了。许言敏犯了一个致命的错误，不该拿一个男人的自尊心开玩笑，哪怕是一个14岁的男人。

第二天傍晚，船抵达了上海十六铺码头。望着乱糟糟的一片破败景象，我不禁倒吸了一口凉气。我的城市偶像便在这个瞬间变得破烂不堪。

很多年后，我因业务关系几乎每年都要来上海两三次，没有一次是乘兴而来开心而归。在那个自以为是的城市里我一点也找不到感觉，我想这与我第一次来时的印象不好有关。我宁可守着那个旅行袋上的上海，它至少给我以想象力。

我在上海前后待了两个星期，回来时已是那一年的五月底了。我身上的15块钱除了给家里买了一把大汤勺基本上都买了美术资料。我给白皮和老黑每人买了一条仿军用皮带，还为小吕买了一对琵琶样式的发卡，她别在头上一定会很好看的。那时剧团正在农村演出，我在家中只住了两晚就借白皮的自行车进山了。田里的稻子转黄了，一片丰收在望，山清水秀，鸟叫蝉鸣，和上海相比山中多了一大块的安静和一大片的蓝天，空气明显地清新了。我一口气蹬了30公里，到了目的地，天色已近黄昏。刚到村口我就远远看见一个人像是小吕，但不明白她为什么要打一把伞，太阳软了，还需要遮阳么？当演员的就这么娇气。我加速蹬过去，喊了她，她便吓了一跳，说是你呀，你这么快就回来了？上海挺好玩吧？

我说上海不好玩。她的话我听了很不是滋味。怎么叫“这么快就回来了”呢？我并不觉得快。但是见到她，我还是很高兴的。我不明白她为什么没有晒黑，是这把伞的功劳吗？我就说，你真娇气，太阳快下山了，你还打伞。她一下就笑了，她说哪里呀，我是要上厕所，这里的厕所都没有门呢！说着，她便把伞递给我，又说，那你替我看着点，我一会儿就好。

我突然觉得心里有些异样，我想这应该是很大的信任，这和一个女人向你托付终身没有多大区别。这时候剧团的人陆续过来了，我便有些紧张，就赶快撑开伞遮挡了过去。我好像听见我妈在说，那边那个人是不是我儿子？

那天我就住下了。剧团的人分别睡在两个大仓库里，蚊子出奇地多，那些男人的汗味脚臭更让我无法忍受，我干脆就不睡了。外面是一片月光，蛙声此起彼伏，微风吹过来很舒服。我沿着一条通往河边的小路慢慢走着，想明天什么时候把那副发卡送给小吕，我该对她说些什么？我意识到这将是一个大动作，是毫无遮掩的暗示。她会感动吗？

正想着，忽然听见左边的小树林里传来一男一女的说话声。那男的好像是拉二胡的麻子程兵，女的竟然就是小吕！他们在商量一件什么事，麻子说，你别怕，天塌下来有我呢！小吕说，天塌不下来，但我可能从此就塌下来了。他们向远处走去了，我的脚不知不觉地软了起来。我想他们的确是在商量一件可怕的事。他们或许不怕，害怕的是我。那个晚上太他妈的折磨人了。我想到极不愿意想的地方再往回想，等于是把自己吊起来再替自己松绑。我不过 14 岁呀，我哪能承受类似老婆偷人的痛苦呢？所以天一亮我就蹬车回了石镇。这天又是一个星期日，石镇的天空万里无云，可我心头却在下雨。我站在大桥上，望着东去的琴河，一种很苦很恶心的感觉在胃里翻滚。车胎爆了，我沮丧地推着这辆破车向车铺走去。我觉得街上的人都在看我，听见有人把痰吐得很响亮。没过一会儿，身后传来了许言敏的声音：你昨天去乡下了？刘校长让我们去汇报呢！我看着许言敏，就见她的嘴还在动着却听不清她又说了些什么。那一刻我真想扑到她怀里痛哭一场！

我父亲曾经郑重指出，我是一个睡得着醒得快的人。这话对于我接近真理。对于 14 岁的我来说那就是纯粹的真理。现在我已经 40 了，患上了严重的神经衰弱，睡眠成了人生的一大问题。这两年我在北京做事，有一天去长安街上溜达，我突然发现脚下的身影已完全是个标准的中年人身影，那么缓缓地移动着，让人很容易联想到你的前列腺不健康。那天晚上我去北京音乐厅听了一场音乐会，坐在我前面的是一对少男少女，看上去也不过十四五岁吧。我不禁想到了 1971 年的我。石镇历史上从来就不曾有过什么音乐会。我为我的故乡所作的贡献之一是填补了舞台上话剧的空白。我得感谢那个莫名其妙的话剧，它帮助我摆脱了 1971 年的苦恼。那些日子我的全部精力都投入到话剧的排练中，只是偶尔从抽屉里见到那副琵琶发卡，心里才有了一点不好受。我想这情绪可以算得上是忧伤了。这发卡我得找机会送给小吕，无论她是否和麻子干了什么。

一个月后，话剧正式在石镇剧场演出了。学校为了重视，请剧团的人来帮助化妆。来人中就有小吕，而且她指名要替我化。这是我们距离最近的一次接触，她的手无比痛快地抚摸着我的脸，我能感觉到她皮肤散发出的动人气息，然而我的心跳却没有增快。

用我父亲的话说，那个时刻我大概是睡醒了。

不久，暑假又来了。这个假期我准备和老黑白皮去罐子窑学制陶器。那是我母亲的出生地，我已有好几年没去了。临出发的前一天，我到剧团去向小吕辞行，想把那副发卡亲手交给她，但我不想说这东西是几个月前在上海买的。那天剧团不排戏，她应该是在宿舍里。我从那片莲花塘前走过时，看见满池的莲花都开得像小孩子的脸。走到老街口，忽然见到几个白衣公安押着一个男人正匆匆朝这边走来，后面跟着许多围观的人。近了一看，那人是麻子程兵！他被麻绳五花大绑着，脚上只有一只鞋。我一下意识到是他和小吕犯事了，心跳得自己能听得到响声。这时人群中走出了白皮，他说，这小子栽了！我便问如何栽了？白皮说，他摸高压线呢！剧团那个小吕是军婚你难道不清楚？

我还真不清楚。那会儿我真替小吕着急，就连忙往老宿舍奔了。但是小吕的房门紧锁着，只开着半扇窗。我立在窗前，看见她的蚊帐都已经卸了，猜她八成是回了省城家中。我去附近小店里买了一块手帕，把那副发卡仔细地包好，从窗口扔到了她的床上。

事情的真相并非如传言所说。小吕其实不过是曾经与一个军人恋爱，在分到石镇之前，她就动过想断的念头。是恋爱那就属于双方的事，小吕没有非爱军人不可的义务。这在当时我就明白。我不明白的是这么一个如花似玉的姑娘为何要去爱一个拉胡琴的麻子？这件事在石镇闹得沸沸扬扬，几天后，麻子程兵被挂牌游街，那巨大的牌子上赫然写着“流氓分子”。麻子没有坐牢，大约在拘留所关了两个月就释放了，但受够了皮肉之苦。小吕不久也回来了，她好像一下子长大了许多，看上去已是个典型的妇女。到了这年的秋天，有一天我母亲回来说，小吕找团领导要开介绍信，准备和那个程兵登记结婚。母亲说，看不出，小吕还是个有骨气的女人。

但不知为什么，他们的结婚报告迟迟没有批。很多年后我才听说，原来是县革委会的一个副主任在暗地里作梗。那个人的老婆得了乳腺癌，一时又死不了，于是那人就想把小吕这张牌扣在手里。1993 年我在海口办公司，一个阳光明媚的上午，我接待了来自故乡石镇的一位面目清秀的年轻人，他是来求职的。在简短的寒暄后，我才知道面前的小伙子就是小吕的儿子，已经 18 岁了！他还给我看了一张照片，说是他母亲交代的，送给我既是纪念又是证明。照片上的小吕抱着两岁的儿子，依旧是那么的美丽。而让我怦然心动的却是她头上别的正是我的那副发卡！那个瞬间我几乎是落泪了。我感到一种酸楚的幸福在我的体内涌动着。我知道我那幼稚的爱获得了深厚的证明。时间实在是流得太快了，不经意中就过去了20几年。我留下了这孩子，并安排他去驾驶速成班学习。小伙子倒是很聪明，没多少天就能熟练地开车上路跑了。那时我很想与小吕通一次电话，也想邀请她来海口玩玩，却终于没有做。我觉得过去的事还是保存在记忆里比较好。一天，小伙子紧张得跑来说他出事了，因为喝了点酒，开车撞倒了一个路边小摊，幸好没把人弄死。我一听就火了，扬手打了他一耳光。这个鲁莽的举动让我们都有些意外。我生气地叫道，你知道我为什么揍你吗？他吓得不敢做声。我想他不会知道。他怎么会知道那冲动的一刻我已把他当成了自己的儿子？那天晚上我不禁想到了22年前的那个秋天。我记得有一天打开水遇见了小吕，当时我们都有些不自在，随口说了几句天要下雨之类的废话，然后她就离开了。那正是她一生中最艰难的日子，而我却不再去看她了，我想她心里是有数的。其实我没有一点嫌弃她的意思，我不在乎别人怎么说她，但是我不愿意看见她和另一个男人在一起。我怕的是这个。

我又回到了朋友中间。那个暑假我的情绪恶劣到了极点，去罐子窑学制陶的计划也临时放弃了。后来还是老黑提议说去看看大头，这小子和我们有一年多没联系了，即使是春节也不回石镇。我们就搭车去了那个公社，一路问过去，直到天挨黑了才找到大头的亲戚家。可是大头却不在，那亲戚说他去邻县的一个铜矿上做小工了，每天能挣八毛钱。我们只好给大头留下一封信，让他过年一定回趟石镇。

那个暑假后来我们什么也没干。有一天我突然心血来潮地想写小说，而且想写长篇小说。我就去街上买了一摞稿纸，成天躲在小阁楼上爬格子了。最先知道这件事的是许言敏，她是听我妹妹说的。为此她还让我妹妹带来一张条子，上面就写了一句话：你的小说里有我吗？这倒给了我启发，我为什么不能写写自己呢？可是细一想又发憷了，我总觉得我们几个干了一大堆坏事，而我们又个个希望自己能成为英雄，这好像很矛盾。我把这心事曾对白皮吐露过，他倒很不以为然，他说你斗私批修呢，你没有一分为二地看待自己，我们不是还救过火吗？

可这种事太少，我说，再说写起来总觉得有点不好意思。

有什么不好意思？难道还有假吗？

我总不能自己夸自己吧？

那你就夸我吧。将来你的小说出名，我就跟着出名。这没什么不好。

出名有意思吗？你走到外地谁会知道你是石镇的白皮呢？

报上会登很多照片的，慢慢地就认识了。

认识了又怎么样？买东西能少给一分钱吗？

倒也是。我家对面的鞋匠长得就像陈永贵，但他还是修鞋。

算了，我不写了。

也许你将来会写。

这个无聊的暑假总算是混过去了，开学没多久天气便转凉，树叶不知不觉地落，但是很怪，这个秋天缺雨。秋干冬冷，这是我外祖父的预言。他还说来年的年成不会太好，因为雨水都攒在那儿，一下起来就会没完没了。我们不关心年成的好坏，就想早点毕业，去过那种自己挣钱自己花的日子。念书没有意思，没有一门课让我们感兴趣，老师也懒得教，时常叫大家自习。于是就有人在教室里用从化验室偷来的酒精灯烤花生吃，弄得一屋子都香。有一天上几何课，驼背汪老师正在黑板上画梯形，猛听见“砰”的一声爆竹响，吓得差一点儿晕倒。但硬是查不出是谁放的爆竹。驼背恼羞成怒，大喝一声，猪！你们这些无知的活猪！大家一下笑了起来。驼背便立即去找刘大肚子汇报了。下午，广播通知全校开大会，一看校长之流铁青着脸坐在台上，我们就以为要集体受到死整。老黑低声对我说，坏了，我要倒霉了。我这才明白那爆竹是这狗娘养的点的。我骂道，你活该！你他妈的太过分了，你那鸟毛算是白长了。老黑狡辩说，我以为是烟火，没想到响了。这时，刘大肚子拍拍麦克风，用力清了一下嗓子，说，注意了，现在传达中央文件！关于林彪反党集团反革命罪行的报告。

我们一下子就吓呆了。这怎么可能呢？但是谁敢瞎说?!

我觉得以“林彪事件”作为我的偶像时代的终结点是非常合适的。所以我的这篇小说到此也就可以结束了。为了使“这个故事”相对完整一些，我想对故事外的若干情况再略作交代。去年秋天我回了一趟石镇，是来参加大头的葬礼——他死于非命，一辆卡车撞掉了他半个脑袋。在殡仪馆，我们只见到了他的身体，看上去还是很魁梧。大头叫张顺强，生于 1958 年 9 月，死时刚过 40 岁生日没几天。大头在农村只念完了初中，后在赤岭铜矿当临时工、合同工，1989 年起带着老婆和两个儿子回石镇，开了一个日杂商店，据说生意还不错。除了老黑，我们原先的同班同学基本上都来了。老黑原名李龙，后改为李朝阳，当时他正在四处寻找他的第二个老婆，就发了一份唁电，并给大头的亲属电汇了一千元。大头下葬的那天，白皮和夫人许言敏乘一辆奥迪车从省城抵达，两人都十分悲痛。白皮紧握着大头妻子的手说，你生活上还有什么困难，要不要我和县长打声招呼？白皮大号王奇志，1982 年大学毕业后就留在了省直机关，现任省外办第一副主任。他在大学毕业后的第二年与在部队医院当护士长的许言敏结婚，但他们是从何时恋爱的我不得而知。

这几年我走南闯北地四处瞎撞，虽然家在省城，但和白皮也是难得一见。所以那次碰到就想一起好好聊聊。于是他在县招待所包了间房，让许言敏带孩子住回了娘家。他女儿长得不像他而像许言敏，因此我敢断言这孩子是第二胎。白皮委实吃了一惊，说你怎么知道不是头胎？我说一望便知，是头胎必像父亲无疑。他就很腼腆地笑了，说还真让你说对了，就是二胎。他说这事至今无人知晓，那时他还在大学念书呢，就把一个女兵的肚子搞大了。我说，你这家伙手段够高明的，难怪人说会咬人的狗不叫呢。白皮说，要是我那时不把她拿下，她也许就嫁给另一个主任了。我当时心想，如果我和许言敏当初就正儿八经地好上，那孩子就该长得像我了。我不知道我为什么要这样想。

那天晚上我们聊得很迟，又喝了不少酒，却毫无睡意。想起 20 几年前的那些事，又联系到大头的死，一种很复杂的气息在我们之间穿行着。外面的鸡开始打头遍鸣了，电视机里正播放着《风雪山神庙》，白皮就评论说这东西拍得很臭，还没有我们那回救火好玩。我同意他的看法，我说电视剧就是个破东西，却时常有人让我去参加什么艺术研讨会。电视剧还有艺术吗？他说还不如来研讨研讨我们呢。说着，他很神秘地凑近过来，问道，你知道那场火是怎么回事吗？

我看着他，片刻之后说道，我刚知道。

然后我们就哈哈大笑起来。

1999 年 5 月　北京—合肥

（原载《时代文学》1999 年第 5 期）

从前的院子

命运对于过错总是盲目的，只要有一点点的放纵，命运就会变得冷酷无情。

——豪·路·博尔赫斯

1

去年秋天我计划写一部长篇小说。和以往一样，每写一部长点的东西，我首先想到的不是内容而是所谓的形式。在那部想必是忧伤而潮湿的故事中，我企图做一次叙事的冒险——除了文字，我还准备掺进大量的照片和绘画，后者当然不是插图，它应该成为叙述的另一种方式，构成另一个层面。

这样，我便需要回故乡石镇拍一些照片，同时把尘封已久的写生作业翻检出来。在我决定去当一名小说家之前，我的理想是当个有才气的画家。这个从前的理想已经疏远了我二十年。不过我相信，再过二十年它又会回来——六十岁之后我不想再与文字打交道了，面对小说我已毫无才华可言，而绘画除了满足我残余的想象，还可以延年益寿。

我是秋天行将结束之际回来的。那天是个阴雨天气，石镇的街上人影稀疏，看上去有些清冷。我记忆中的秋天从来都不明朗，但我似乎对眼下这个萧瑟的季节格外关注。这有点怪。

第二天放晴了，阳光很好。我便带着一架尼康 F2 开始实施我的计划。我首先要去的，是位于后街那个从前的院子——我在这里生活了近二十年。石镇现存的老街只剩下两条半，应该是民国初期遗下的，建筑风格类似江南的徽派民居。不同的是，徽派民居的格局都是一个整体，石镇的老街却是独门多户。一个门洞向后延伸扩展，住着十几家，由回廊连成一个整体，这便形成了所谓的院子。没有围墙的院子。在我看来，这种结构更接近上海的里弄，不过是低矮一些，最高的也就是二层。我一直觉得，现在的房屋结构是造成今天故事缺乏的一个不可忽视的因素。虽然大家住在同一幢楼上，但是平时几乎没有交往。每家的门都是紧闭着，每家都有防盗门，据说家用报警的装置已经开始出现。这样的时候，我便不由得怀念起从前的院子来。然而一想起这个院子，我的心又开始变得沉重了。这就是我为什么迟迟不肯写它的原因。

从前的院子位于半边街。

半边街坐北朝南，总长不足一公里。南边临着一条活水河，名字很好听，叫琴河。它发源哪里我不清楚，但我知道它九曲八弯之后，另一端通向长江。早先，半边街是个商埠，外江的船在这里停泊，进行盐、布匹、陶瓷以及鸦片的交易。我一直疑心从前的半边街上设有烟馆和妓院。琴河流经半边街时造成的形势很有趣，它可能在上游某个洲嘴绕了个弯子，所以看上去水势是往西淌。河的沿岸一律用不规则的石头垒砌成坡，有一丈高。我们下河沿需要踏过二十几级台阶。半边街的街道也有丈余宽，除了沿河堤植有一排杨树，街道上全都是铺着浅褐色的麻条石，雨天是很好看的。

当年这院子住的人家差不多都相继迁走了。院子本身却没有多大的变化，只有当中的那棵枣树伐掉了，低矮的树桩上晒着一双圆口布鞋。我依次拍下门前、窗台、楼梯、回廊和小青瓦的屋脊，似有些怅然。这大概与我的怀旧倾向有关。阳光下的这个墙角爬满青苔的院子，现在有一半处在自身造成的阴影中。我突然意识到，院子的记忆是一个现成的故事，而且这个故事中的人一部分已经死去了。在这个秋阳明媚的上午，我的心情却渐渐转为凄凉，但感觉上又是困顿而迷惘的。我似乎是第一次真正地看到，从前的院子竟是那样的深不可测，仿佛隐匿着人生的扑朔迷离。我点上烟，想沿着这条即兴的思路走下去，这时听见身后传来“噗噗”的声响，是一个男人在阳光下拍打着那双圆口布鞋。这是嘉林，我一眼就能认出。嘉林现在应该有五十的光景了，但看上去和从前似乎没有什么变化。嘉林就像一块化石，印证着这个院子。他还是一副清秀的模样，一头蓬松的黑发，一张永远微笑的脸。他身上穿的还是那件浅绿色的毛线背心。然而他不会知道此刻站在他边上的是他从前的朋友。他大概和我成为朋友不久便不认识我了。

我想，这个故事就从嘉林讲起吧。

2

嘉林在 1976 年春天与我成为朋友。其时我在离石镇三十华里的梅岭公社插队，嘉林则已是梅岭中学的语文教师了。他是师范专科毕业，虽为工农兵学员，但能力足以胜任工作。嘉林的父亲原也是位中学教员，后来大概因为历史上有“三青团”一页，便收了他的教鞭，给了他一杆铁笔，让他在教务处刻写钢板。嘉林的妹妹嘉秀是我的同班同学。有一段时间，学校里传言我们有恋爱之嫌。但嘉林与我做朋友，并非这个缘故，相反，那阵子我觉得他超越了做哥哥的权限，兼有护花使者的使命，对我充满敌意。这家伙甚至还威胁过我一回，拿着一把生锈的大剪刀对准我的喉部，质问我对他妹妹可曾动过邪念？逼我招出与他妹妹相处的种种细节，比如说是否摸她的奶了。这实在是无稽之谈。我就说，我连对嘉秀动美好念头都没有哪能动什么邪念呢？这家伙一听更是火冒三丈：你是说她还不配让你小子动邪念？我真不知该怎样解释。但我私下认为，嘉林的理解并无偏差。

那年春节刚过，因为梅岭中学的一位教英语的女老师调往南京，我便临时借调到职。我原以为这是嘉林在背后帮的忙，好让我从田里爬上来歇息一阵，以减去皮肉之苦。后来才感觉其实不然，对我的到来他似乎没有我预想的欢迎态度，显得很烦躁，就像我抢了他的饭碗似的。这让我很是困惑，我们现在宿舍住隔壁，我们石镇的家又是同一个院子，他没有理由讨厌我。所以平时一有空我就带上一包好烟去找他聊天，装出一副若无其事的样子。嘉林表面上也还不失谦谦君子之风，并说公社早就应该把我调来，以加强英语的教学。但这些话绝对是言不由衷的，而且我一看他的表情就知道这家伙心不在焉，好像在想什么心事。对这个比我年长七岁的男人，我没打算去揣摩他的心事，也没想着日后与他做朋友。我不喜欢他那种神神秘秘的样子，也反感他的过于整洁。

那时候还没有双休日一说。一般每个星期六的下午我都回石镇，星期一早上再赶回来。我自然要邀嘉林同行，但他说：我骑车呢。他有一辆崭新的“飞鸽”牌自行车，是院子里的碧霞帮他从百货公司内部买的。这样我就只好一个人去公社的汽车招手站等候过往的班车，而更多的是指望能搭上便车——同院的司机老于天天都在这条路上跑，碰巧了我就省了钱。从学校到汽车招手站大约三华里，往往都是嘉林用自行车把我带过这段路，然后他就骑车先走了。不过有一点我感到很奇怪，明明他是走在我前面的，可是一路上却看不见他的影子。到了石镇也还是看不见，去问他家人，都说他这个星期天不回来了。他父亲说，嘉林刚刚提拔为教导主任，有很多事缠着，我便不再多问。学校星期日从来就不加班，除了厨房的那个老头，全体老师都回家了，有什么事可缠呢？

一个阴雨的周末下午，我在公社又一次巧遇了老于的那辆大解放。走到半道上，我突然想起宿舍的房门没锁，就只好让司机调头回去。搭便车本来就有心理负担，再这么一折腾我就更不好意思了。于是我谎称明天学校有会，不回去了，请老于给我家里捎个话。我匆匆走回到学校，老师们差不多都离开了，只有那个炊事员老头在那边铲煤。天色已开始转暗，雨也渐渐大起来。我感觉身上有点酸，便想蒙头睡上一觉，等醒了自己拿煤油炉下碗面对付一顿。关好门，拉上窗帘，我躺到了床上，睡意却消失了。这种微暗、寂静以及均匀的雨声，又让我想入非非。我想这时候如果有一个女人与我并排躺着，肯定是人生一大美事。那时我十八岁，还没有初识云雨的经历，但对性事充满幻想。我时常幻想着与电影上的某个女主角同床共枕，有一回还想到了院子里的碧霞——我觉得她和某部电影的女主角相像。当时碧霞已是一个三岁孩子的母亲，比我至少大五岁，所以我更多的是在想她的脸。

我正这么胡思乱想着，忽然听见隔壁嘉林的房门开了，受潮的门发出难听的声音，开得轻巧关得果断。嘉林没走我很高兴，心想晚上可以与这家伙一起聊天了。学校没有什么人，我们可以海阔天空胡说八道。这时，我好像听出隔壁是两个人的脚步声，接着又听见嘉林语气亲切地说：淋湿了吧？然后是倒水和洗脸的声音。我期待着，好一会儿才听到一个女声说：小琴今天有些闹人，险些过不来了。

我着实吓了一跳，这分明是碧霞的声音，小琴是她的女儿。我一下子就明白过来了，原来嘉林和碧霞还有这么一腿！很奇怪，我居然也他妈的兴奋了，而很快心情又转为复杂，弄不清是羡慕还是嫉妒。最后是偷窥的念头占了上风，但是这堵土墙找不到任何缝隙。外面的天完全黑了，雨声淅淅沥沥，不时伴有轻雷和闪电，古今中外这都是做爱的最佳时机。我现在耳边还似乎萦绕着那一刻他们在床上发出的声响，我甚至都能从这不绝于耳的声响中分辨出做爱的阶段与细节。可以想象出那一时刻我是多么的备受煎熬。如同一个陪斩者，别人的事很快就完了，我却惊魂难消。我在黑暗中捉摸着自己的身体，也捉摸着隔壁那对男女从何时起就滚到一张大床上的。碧霞的丈夫根男以前是侦察兵的一个连长，一次训练中弄伤了左眼，现在成都附近的一家兵工厂当车间主任，身份还是现役。军婚是高压线，碰不得的，这么一想我便替嘉林感到担忧。纸包不住火，天长日久这事肯定就会捅出来，嘉林便没有什么好果子吃。可是我又不便对嘉林暗示什么。我此刻都不敢弄出一点动静来。他们在隔壁大大咧咧地做人生最开心的事，我在这边挨饿憋尿连大气也不敢喘。他妈的那一夜可要了我的命了！

我原想天一亮就逃走，不料隔壁那对人又来了精神，似乎在半梦半醒中又做了一回。我只好继续装聋作哑，趁着雨急时站在窗口哆哆嗦嗦地把尿放了，又一头栽到床上，不多时也就睡了去。我还做了个骄傲的梦，梦里的伟人我当仁不让了，我骑在碧霞身上，但是除了她的脸，别的地方还跟以前一样的不清晰，怎么看都不真实。那身体仿佛是平面的，没有弹性没有温度。我正苦恼着，猛听见有人敲门，空洞的声音令我慌张，好像我刚才真的做了什么。我透过门缝先看了一下，门外居然是衣着整齐的嘉林。在他身后，阳光照在沾有雨滴的树叶上，绿得叫人睁不开眼。我故作哈欠连天来掩饰我内心的慌乱，懒散地打开门：天晴了？

嘉林把一封信递给我，什么也没说就回他屋里了。我好奇怪，外地没有谁知道我已到了学校，而且字迹也很陌生，连邮票都没有。我拆开信，就见上面只写了一句话——

我们不容易，求你保密。

我立刻明白这是碧霞所为。可他们怎么知道昨夜我缩在隔壁呢？这时，听见炊事员在喊我和嘉林吃饭。我想大概是这老头今早对嘉林说了些什么，才引出眼下这堆尴尬来。嘉林这家伙还在等待我作出反应呢！于是吃过午饭，我就去了他的房间。我还没来得及说，嘉林便先开口了。

他说自己和碧霞一直相爱，而更多的是说碧霞作为女人如同守寡的日子是多么多么的不容易。那语气给我的感觉是他一直是在埋头苦干地做好事，在舍己救人。我还能说什么呢？我只能表示我很理解，我说，碧霞的确不错。这家伙好像受到了极大的鼓舞，刚才凝重的表情一扫而空，几乎有些神采飞扬了，他划动着双臂激动地说道：我的朋友！我嘉林的眼光是绝对不会错的！在石镇你上上下下地瞧瞧，有几个女人胜过碧霞的？我不在乎她结过婚，我不在乎她有孩子，我只想这辈子和她在一起！

面对这个假想的情敌我不知所措，完全被他的气势震慑住了。等气氛有所缓和，我才又回到两年前那个庸俗的话题上，我问：你最初对碧霞动的是不是邪念？

他爽朗地一笑，说：邪念是对一个好女人的最佳评语。

3

很多年后我才真正懂得这样一句话：少妇的魅力是无法抗拒的。和姑娘相比，少妇显得热情大方而毫不羞怯。这当然只是肤浅的理解了。1976 年我虽然还不知道少妇碧霞内心的隐秘，但从那个雨夜隔壁的动静里，我已深知这是个拥有过硬的床第功夫并能使男人愉快的女人。嘉林的评价毫不过分。在石镇，包括剧团、医院里的那些女人，能把碧霞比下去的还真是不多。那年碧霞二十四岁，白皙光洁的肌肤使她看上去比实际年龄要小。她有着标致的五官和丰满而不失苗条的身材。没有人相信她已是一个三岁孩子的母亲，但都清楚这是个已婚的女人，尽管她梳着两根齐腰的辫子。这个百货公司的业务员是骄傲的，也是风骚的，喜欢以与众不同的穿戴来强化自己鹤立鸡群的地位。

“隔墙有耳”之后，最初几回我见到碧霞都有些不自在，总觉得她那一对丰满的乳房很活泼。她却没事似的，还时常托我给嘉林偷偷捎去一点吃的用的。作为回报，她把公司清仓打折的处理品，比如电池呀枕巾呀水果罐头之类，优先替我家留上一份。有一回她还给我张罗了一件橡胶雨衣，说是军用品转地方内销的货色。她还说她丈夫根男的那个厂就是生产这类东西的。我听着听着突然就笑了起来，碧霞却认真地说道：我没骗你，是真的呀。我就越发笑得厉害了，她这才醒悟过来，使劲捶了我几下，说你这该死的！碧霞离开后，我似乎有了些惆怅，脑中倒是真的生了邪念。我想像碧霞这种什么都“过来”了的少妇，倘若真下决心勾引大概也不是难事。她既然看得上嘉林也就不该有理由轻视我——我自觉一点也不比嘉林差。我和嘉林的区别在于：他想到做到，我是光想不做。我还在欣赏碧霞的脸时，他就已经把这个女人弄上床了。

我把那件雨衣抖开，上面确实有一方注明“军用品”的图章。这时，听见对面司机老于的女人吴玉芳在喊我，还一个劲地招手。吴玉芳原是纱厂的挡车工，因患风湿性关节炎病休在家两年了。以前她是个很讲究的女人，虽然没什么文化，长相却不可思议地有些洋气。据说当初老于和她恋爱，还以为她是大户人家出身。这个女人天生心灵手巧，她的衣服都是她自己动手做的，穿出来很别致。在我看来，吴玉芳的致命弱点有两个，一是和谁都处不好关系，所以她病休在家，厂子里从来就没有人上门来探视过，也没见有人来催她上班。二是不会生孩子，她和老于结婚差不多近十年，也没见她大过肚子。但她自己总对人说，问题出在老于那方面。当然这个解释并没有人相信，我外婆就不信，老人说：能不能生，一望便知。她这个长相就不是做娘的命。

我跳下回廊，走过去问道：吴大姐，有事吗？

吴玉芳放下手里那只大黄猫，低声而有力地说：你不要和碧霞那个狐狸精搞到一起。

她的口气比我妈还严厉，我就解释：碧霞替我买了件雨衣，很便宜。

便宜没好货，吴玉芳说，她自己就是个贱东西！

我感到诧异，实在不明白这个吴玉芳怎么对碧霞怀有如此大的仇恨。这个人几乎是半瘫痪状态，足不出户，何以知道三十里外的风花雪月？倘若是信口开河，这样的话要是传到碧霞的耳朵里岂不是惹火烧身？我就打圆场说，碧霞就是这么个热心人，有什么好事就会先想到这个院子。

吴玉芳却不以为然地冷笑着，说你还小，有些事不懂。她说：哪有男人长年不在家，脸开得像桃花一样的女人？

正这么说着，老于回来，手里拎着一摞子中药。司机好像已经猜到自己女人又在数落什么，一进门就把她架到里屋，说：你这人，腿闲了嘴又不闲！

吴玉芳还在嚷着：你巴望我闲着是不是？我就是不闲！

门“砰”的一声关上，后面的话我就听不见了。

这件事当时并没有给我留下什么印象。重新关注它是在一年之后。不过吴玉芳的话让我觉得很好玩，她的意思是：独身寡居的或者长期分居的女人如果脸色鲜美，那无疑就不是好东西了。这样的女人就活该是霜打茄子的模样。我很想把这种理解告诉嘉林，想提醒他，知道或者猜想到他和碧霞有关系的，那院子里并不只是我一个。但是我又觉得自己的解释似乎显得没有什么力量，也就不打算说了。嘉林是个敏感的男人，我怕表达含糊，反而引起他对我的误解。这是完全可能的。我记得有一次碧霞当着嘉林的面夸了几句我的画画得不错，嘉林的脸色便不那么自然了。我敢打赌，事后嘉林肯定要对女人啰嗦一顿。或许是这个原因，这以后嘉林就特别希望我对他妹妹嘉秀有好感。他说嘉秀如何如何聪明，如何如何贤惠，而且对我历来印象很好。说这话时，嘉林正在用那把生锈的剪刀剪趾甲，好试穿碧霞给他织的毛线袜。我看着那把剪刀直想笑。两年前，这东西曾抵着我的喉管呢。

然而嘉林的好梦在这年秋天即将来临前就结束了。我记得那是一个晴朗的星期日，碧霞为嘉林的父亲买到了一台黑白 12 吋电视机。在当时，这种东西是要凭票才能购买的。由于县里还没有建立差转台，要接收来自水市的讯号必须竖立天线。这样嘉林就得从阁楼翻上屋顶。他上屋的动作称得上是敏捷。我们都热情地帮他往上面递材料，正忙着热火，忽然就听见刚从河边洗衣回来的嘉秀大喊道：危险！

所有的人都吓了一跳，吓过了又都很疑惑，因为大家不知道危险何在。

我就问她有什么危险？我的意思是这屋子并不高，即使是嘉林从上面摔下来也没什么大不了的。

嘉秀的脸顷刻就红了。嘉秀平时是不爱脸红的。她不再做任何解释，只说：哥，你赶快下来吧！

嘉林反倒生气了，在上面冲了妹妹一句：你乱嚷嚷什么？

正说着，门口热闹起来，原来是碧霞的丈夫根男从成都回来了。这是我第一次见到碧霞的男人，与我感觉中的很不一样。根男很魁梧，尽管左眼如今有点斜视，但还是一副忠厚的样子。他看上去比碧霞年长不少，像她的一个叔叔。那时碧霞正在院子里洗头，她的辫子松开头发显得特别多。即使这样，透过这茂密的发丝我也能看见她的表情在那个瞬间变得异常复杂。当她把头发拢起来，过来接丈夫的行李时，她的脸色已有些苍白了。碧霞说：怎么也不提前说一声？根男说：我打过电话，公司里说你调休呢。根男说着便开始给大家散发香烟和糖果，散了一圈，又仰起头对屋上的嘉林说：嘉林，下来抽支烟吧。嘉林说：我戒了。根男说：你手指头好像还黄着吧，抽吧。嘉林说：我是真的戒了，不信你问碧霞。碧霞正试着丈夫给她带回来的一把漂亮的红色尼龙伞，随口答道：人家不抽你何必呢？根男便笑着说：我最佩服戒烟的男人。这时突然传来哗啦一声大响，大家又是吓了一跳，看见屋顶上的嘉林果真摔倒了，刚竖起的天线也跟着倒下来，险些砸了我。碧霞脱口而出：嘉林，算了吧！

这时远远地听见一个女人在大笑，不用看我就知道是吴玉芳。

4

吴玉芳不合时宜的笑声令我吃惊。我甚至对这种病态的幸灾乐祸很反感。可是，由此给我带来了另外的情况却是我始料不及的。嘉林最后还是把天线竖立好了，他从屋顶上下来，没有回家去调试电视机，而是去了吴玉芳那里，指着身上的浅绿色的毛线背心对她说：吴大姐，我刚才摔倒，人没事，就是把这件背心划了个小洞，你手巧，帮我补补吧。

吴玉芳说：你这洞我补不了。

嘉林说：我看行吧。

吴玉芳说：看上去行，实际上很费事。破在当中，所有的线头都断了，除非拆了重织。

嘉林说：我早该知道这个道理。可是我不想把它拆了。

吴玉芳说：即使补了，也不是原来那个样子了。

嘉林说：我还是不想把它拆了，我穿习惯了。

这天黄昏，我和嘉林吃过晚饭去河边散步，他的情绪自然不好。可我又不知道该怎样劝他，就说：你们得当心点了，这院子里有人背后都长着眼睛呢。嘉林却故作轻松地说：你是说吴玉芳吗？

不等我回答，他又说：她不会。她也不敢的。

我便有些困惑，说：嘉林，你别太不当回事了，那女人可是嘴不饶人的。

嘉林停住脚，稍微犹豫了一下，然后就对我说了这样一件事情。那还是几年前嘉林在水市读师范的时候，有一天，嘉林正在宿舍里看书，忽然进来了吴玉芳。女人是来水市检查身体的，想让嘉林帮她找个熟悉的妇科大夫。嘉林便知道，这女人还是对自己不能生育的事实难以接受。尽管这样，嘉林还是请假陪她跑了两家医院，结果都很含糊。其中一家要在第二天进行化验。于是嘉林就带她住进了一个刚回家生孩子的老师宿舍，这样可以省下房钱。晚上，嘉林还准备请女人去下馆子，女人却不肯，硬是要买菜回来自己动手做，女人说：嘉林，你还没有吃过我做的菜呢。嘉林只好同意。这女人果然手巧，嘉林回忆说，没一会儿工夫，就张罗好了四菜一汤，样样可口。两人就这样吃着喝着，到了快十点的光景，嘉林便起身告辞，这时吴玉芳突然就不说话了。我预感到会有什么事情要发生，嘉林说，我自己的心也骤然跳快，但我还是想走，就在我转身的那一刻，她从后面抱住了我。我感觉到她的乳房紧贴在我背上，热烘烘的，然后我就转过了身，我说：这好吗？她使劲地点头，伸手就摸我的下身，接着就把灯关了。

于是在这个春意融融的夜晚，十九岁的嘉林把童贞交给了二十三岁的吴玉芳。他们在一起过了三天，每天至少做爱三次。到了第四天，吴玉芳一早就提出要走，因为丈夫老于将在今晚跑长途回来。这个女人把一切都算计好了。临走时，女人把利用三天的时间织成的一件毛线背心交给嘉林，说：你要一生都穿着它。嘉林说：我会的。女人又说：我这回要是怀上了，孩子生下来就叫小林。嘉林说：你千万别这样，这件事就算是在梦里做的。两人竟也是洒泪而别，但是以后嘉林就不再想了，因为他在这不久便爱上了班上的一个女生。这年的暑假，嘉林一天也没有回来，实际上他是以这种方式通知了吴玉芳，他们的戏是真的说完就完了。嘉林唯一对承诺的兑现，是至今还穿着那件浅绿色的毛线背心。

对这个结果，我猜想吴玉芳是不甘接受的。而更不能使这个天生好胜的女人面对的，是这年的年底院子里搬进了另一个女人，就是碧霞。据说碧霞之所以要搬到半边街住，是因为很久以前她死去的母亲是在这里出生的。她说她喜欢这里的水土，尤其喜欢那条西去的琴河。这个叫碧霞的女人不仅比吴玉芳年轻貌美，还比她具有女人的活力，尽管她的丈夫不在家。而且，这个女人一来，就立刻吸引了嘉林的目光。

这应该是吴玉芳仇恨碧霞的真实原因所在。可是她又奈何不得，她所能盼望的就是碧霞的丈夫回来，那么，现在她倒是如愿以偿了。

我和嘉林沿河边走着，正好遇见碧霞和根男下河沿洗衣。男人拿着洗衣凳走在前面，女人端着盆跟在后面，他们的女儿走在父母的中间。见到我们，女人便借着理头发把目光虚了过去。嘉林就叹息道：他妈的女人。叫人爱不够，也叫人恨不够。

我不知道他在说谁，就问：你和吴玉芳的事碧霞知道吗?

嘉林说：告诉她干什么?这事与她没有关系的。你看，她那斜眼男人一回来，她就不往我这儿看了。

这话我听得不舒服，明明是你嘉林占了便宜的，再有所抱屈就不应该了。我就说：碧霞也确实不容易。

嘉林鼻子里哼了声：我倒要看看，她男人走了怎么办。

然而我们都没有想到，根男这回不是短期的探亲，他是正式调动回来的。事先没有任何的消息，连他的妻子碧霞也不清楚。半个月后，根男被任命为县交通局的副局长。我想这才是嘉林真正面临的危险。然而在那个黄昏，嘉林最后对我说的是这样的一句话：我犯了一个错误。

这在当时似乎是一句极为平常的话，很多年后的今天，我站在这个破落的院子中央，看着当初说这句话的人那么仔细地拍打着一双圆口布鞋，蓦然感到“错误”这两个字竟是那么的准确。我早该想到，从前的院子本身就是个错误。为了表现这一点，我想在以下的文字里有时候可能会更换一个视角。因为有些事情我是很久以后才得知的，我不是目击者。你不妨把它看做一种叙事的策略。

5

1976年8月的那个下午，嘉秀看见哥哥在屋顶上竖天线，惊呼了一声危险。当时她不做解释，却使我横生了一份好奇心。第二天，我在河边遇到嘉秀，很突然地想起昨天她所说的危险来，就问：“你到底是说什么危险呢?”嘉秀犹豫了好久，才说了一件令我既惊讶又可笑的事。我看见一只黄色的东西从他裤裆里钻过去了，她紧张地说，起先我还以为是吴大姐养的那只猫呢，可是她的猫在她怀里。那分明不是猫。我说：那是什么呢？嘉秀说：是个不好的影子，我真怕它沾上我哥了。嘉秀果真看见了一只猫状的东西自嘉林胯下穿裆而过？她的闪烁其词更是让我感到云遮雾罩，不过时间稍长，我又把它忘记了。

我不知道我那时为什么对嘉林的妹妹嘉秀没有兴趣。很多年后，我自己还不时这么想过。我想这或许与那个碧霞也很有关系。女人不能放到一块儿比较，从前那院子里倘若没有碧霞，嘉秀的位置肯定要突出得多。再说，我始终是不把嘉林放在眼里的，我怎么可能容忍他独领风骚？我没在他和碧霞中间插一杠子就算是高姿态了。

我已经申明过，我和嘉秀之间并没有什么私情之类的事实。我们不过是同班同学，家住同一个院子。或许我们太熟悉了，我整个少年时期的梦境都与嘉秀无关。所以那一年嘉林用剪刀抵着我的喉头时，我真是做到了脸不变色心不跳。我本来应该是个对女人反应迟钝的人，如果不是出现“隔墙有耳”那一幕，我对异性的向往还将推迟数年。这件事催化了我的身心发育，但是我心中那么一点觉悟最终还是叫碧霞拿去了。当我的同学三三两两地进行秘密初恋之际，我却还沉浸在一对乳房的无边幻想中。正是这种可悲的定势，使我忽视了嘉秀对我的关注和暗示。我记得有一次，嘉秀来到梅岭中学给他哥哥送菜，顺便也给我带了一些。当时嘉林去公社开会了，我接待了他妹妹。嘉秀一来就忙着替我洗被子，那阵势仿佛一位来部队探亲的家属，弄得我很紧张。我想抽身暂时避开，可她偏要我在边上陪她聊天。结果学生们都以为是我的对象来了，下课就来起哄，嚷着要吃糖。那时嘉秀也去了农村，她那个大队几乎都是上海知青。她说有个姓马的大个子总给她送东西，她很为难，不知道接还是不接？我就说接，不接白不接。她又说那个姓马的想约她春节一道去上海玩，她不知道去还是不去？我就说去，不去白不去。嘉秀一听就来火了，说你是个死人，我算是看透你了！说着就丢开没洗完的被子，骑车一溜烟地离开了。

在我看来，那个所谓姓马的大个子的事是嘉秀自己编造的谎言。即使是真的，我也一点不失落，反倒觉得减轻了一种负担。我的心思很复杂，我明知不可能对碧霞怎么样，却又依照这女人的模子来规定异性的标准，于是这种古怪的观念导致我十八岁以前的生活比一张白纸还要洁白无瑕。我的生活真是被碧霞活活断送了。

自从根男回来，在外人眼中，碧霞的苦日子算是出头了，尽管这女人的脸色总是艳若桃李。那个时期碧霞与嘉林的关系似乎是中断了，就像胡琴的弦子那样猝不及防说断就断了。我就觉得，这对双方的当事人无疑是残酷的。我记忆中这之后他们只有一次的接触，那是一个雨夜，我在学校房间里备课，突然听到有人在敲我的窗户，再一看，就见到了碧霞那张凄迷的脸淋在雨中。我立即去开门，女人浑身湿透地进来，手里那把漂亮的红伞没起任何作用，雨太大了。女人随身带着一只大旅行袋，鼓鼓囊囊的。她说她刚出差回来，想在梅岭停一夜。说这话时她一点也不避我，她早把我看做自己人了。那时候嘉林正在公社听什么报告，无法与他联系，我就只好让碧霞先洗把脸，换换衣服。然后我就带上门离开了，到走廊里去抽烟。我想这个碧霞也算是多情女子了，丈夫回来了还忘不了嘉林这一口。不过我对他们的通奸一点也不反感，我甚至很理解。那时我虽然不具有男欢女爱的经验，但对想象中的通奸怀有极大的兴趣。我觉得一个男人和一个女人带着紧张的状态做爱，比心平气和的睡觉肯定要刺激一些。通奸在石镇的民间表述叫偷人，这一个偷字，本身就意味着矛盾，既要干又担心被人发现还要自我谴责。几年以后，我在大学里听到同寝室的人说，大凡私生子都是极聪明的，譬如小仲马，说这是因为偷情的状态所致，那时男人的精子最为活跃，逮到了就是造就了一个天才。真是好一个偷字了得。

过了会儿，碧霞开门出来倒水，对我说：我好了。

我回到屋里，一眼就见到碧霞的乳房从的确良衬衫里透露出来，我吓了一跳，没想到我的幻想会这么快的变为现实，而我又不敢正视这个现实。我们对面坐着说话，迷乱的视线有意无意地从“现实”上掠过。我不知道碧霞是否感到自己的“穿帮”，她说：你不会笑话我吧？

我说我很理解。但是，我又说，这样下去总归不是个办法的。

碧霞就问：嘉林对你说什么了吗？

我说他能说什么呢？这不明摆着吗？

碧霞就叹了口气，说：说实话，打小琴他爸回来，我就想着与嘉林断，我们一开始也就这样说好的。可是真到了断的时候，我又放不下了。

我跟嘉林过得习惯了，连他身上的气味我都习惯，真不知怎么好。

我没说什么，心里直盼着嘉林早点回来，好把面前这对乳房移交给他。但是这个晚上嘉林很迟才回来，当他见到碧霞在我屋子里后，他似乎也没有表现出应有的喜悦，他说：你从哪儿来的？怎么不提前打个招呼呢？

碧霞说：我从南京出差回来，怎么好打招呼？

两人见面就发生了摩擦，我夹在中间很不好意思，我就对嘉林说：你们回那边说吧，别吵，碧霞总是来看你的嘛！

嘉林却没有动弹，抽起了香烟。

碧霞这下就委屈得发作了，拿起旅行袋就要走。我一把拦住她，说：碧霞你别这样！

碧霞说：你别拦我，我今天总算认得这个畜生了！

嘉林这才改了口气，说：我也没怎么说你嘛！

碧霞说：我贱，我送货上门，我……

嘉林一把捂住她的嘴，连拖带抱地把碧霞弄进了自己的屋，门砰的一声关上，然后就隐约听见了碧霞的哭声。后来的事我不知道，我离开了房间，去一个熟人那里打扑克了，我不想留在屋子里听隔壁的动静。可是很奇怪，那个晚上我每摸一张牌——特别是红桃，都觉得那是碧霞的乳房，折磨得我好辛苦。

6

那个时候，司机老于正在远离石镇四十华里外的地方卸货。这天他拉的是煤，可能因为刚洗过的车弄脏了，司机的脾气变得异常暴躁。一个小时后，司机在临近梅岭的一座大桥上撞倒了一个菜农。所幸的是人还活着，老于手忙脚乱地把人送到医院，一检查，这个人还真伤得不轻，一处流血两处骨折。老于把病人安顿好后，就急忙去学校找嘉林。他担心自己的过失会引起周围农民的殴打，希望嘉林能出面进行调解。司机一到就使劲地敲门，大声地呼喊，却不知里面的两个人刚把衣服脱光。司机说：嘉林，你开门呀我是老于！我出事了！嘉林这才哼了声：我穿衣服呢。过了会儿，嘉林出来了，拦在门口故作惺忪地问：你出什么事了？司机说我撞到人了！嘉林就问：死了？司机说：在医院呢，你快帮我去看看吧！梅岭这一带人野得很呢！嘉林带上门，无意中碰倒了碧霞那把红色的尼龙伞。

这天晚上，嘉林在医院陪老于折腾了一夜，鸡叫头遍时才回来，但是碧霞已经离开了。翌日还是个阴天，早上我在学校食堂见到一脸沮丧的嘉林，就轻声问他是怎么回事？他似乎是自嘲地一笑，说：女人嘛，还不是那副德性？我试探着问道：算了？嘉林说：天要下雨娘要嫁人，也只能这样了。我居然替他叹了口气，不过我对他们确实也很同情。

司机老于在梅岭医院熬到第二天上午，县交警大队便来人了，带队的就是新上任不久的副局长根男。老于便像见到救命恩人似的哭了起来。司机说局长你无论如何要帮我呀局长！根男说：你别急，我先了解一下情况。人还活着嘛。这样司机就随处理事故的人去了现场，看见自己的车斜撞到一棵树上，引擎盖都变形了，司机又是一阵叹息：我这下可栽大了。现场的人正忙着勘测，副局长便对司机说：你这刹车是不是有点问题呀？说这话时他还递了一个眼色。司机立刻就明白这是在为自己减轻责任，就说：对对！我的刹车差不多是失灵了，我本想回来就修的。副局长说：事故的原因比较清楚，你先安心照顾好伤员吧。然后副局长还特别叮嘱：老于呀，这回你得破费一些，就算是破财折灾花钱买平安吧。

他们顺原路返回，在医院的附近，正好遇上了前来看望司机的嘉林和我。一想起几小时前副局长的老婆还在我隔壁的那张大床上睡着，我就显得有些紧张，好像是我睡了他老婆似的。嘉林倒是没事似的，对根男说：没什么大不了的吧？

根男说：主要是刹车有毛病。

嘉林说：那就好，中午我请客吧，一来给老于压压惊，二来也是为你大驾光临接接风。

老于说：还是我请！这回真是幸亏有了你们帮忙。

根男说：算了算了，碧霞出差才到家，一回来就发高烧，也在医院呢，我得赶回去。

这话一说，我们几个都不做声了，就此分手。根男他们的车开走后，嘉林的脸色就开始变得难看，显然他已不打算再请客了，有些敷衍地对司机说：老于，有什么不方便的去学校找我。老于立刻接过话头：别的倒没什么，就是手头缺现钱。嘉林就问：多少？司机说你要是有就借我三百吧。

嘉林被这样的开口噎住了，说：这差不多是我一年的薪水呢。

老于说：你帮我想想法子吧。

嘉林说：这我可帮不了你了，别的倒好说。

老于说：真没有就算了，看来我还得回头去找碧霞男人。

嘉林就说：那你去找吧。

这句话说得很响亮，听出来嘉林是有些生气了。老于没有说“根男”却顺嘴说了个“碧霞男人”，所以整个话听起来似乎就像在嘲弄这个嘉林根本不配做碧霞的男人。嘉林说完便掉头走了，天色又开始阴暗，老于跟着说：嘉林，我先去你那里借把伞吧。

嘉林头也不回地说：我只有一件雨衣。

老于说：昨天我还看见你屋里有把红伞呢！

嘉林煞住脚，转过已变得苍白的脸，说：你还看见了什么？

我心里一下就紧张了，话到这里我才听得明白。司机语藏机锋，但中学教师在经过短暂的惊讶后却意外地摆出了一副应战的姿势。他的目光更是明显地透露出高傲与鄙视，那眼睛在说：你看见我和你老婆做爱了吗？

老于的气焰顿时就灭下去了，他自找台阶下来，说：要不就是我眼花了吧？

嘉林说：当司机的眼神得好，别该看的没看见，不该看的又看到了。

回学校的路上，嘉林一直在骂老于，说这个狗日的，居然还想拿我一把，真他妈的不是个东西！我却在思考另外的问题，我想，老于刚才变得那么胆怯，也许他早就知道吴玉芳和嘉林有一腿了。这当然只是我的猜测。

当天下午我借嘉林的自行车从梅岭回来，想拿几件换季的衣服。刚进院子，见到正在踢毽子的小琴，就问：你妈呢？小琴说：我妈害病了，刚从医院打针回来。我想碧霞一定是昨夜淋雨的缘故，很想去看看她，顺便证实一下她和嘉林的关系是否真的了结了。正踌躇着，远远看到根男从河边洗衣回来了。我们迎着面，我感觉根男像是有话对我说，心里便一阵紧。我担心昨夜的事已经败露，不知该怎样来应对。这时，就看见吴玉芳家的窗户里扔出一件东西，正好落在从河边回来的根男脚下，根男就拾起来，是一只旧台灯。接着听见吴玉芳的声音：我不要的，根男。

根男说：还是好好的嘛。

吴玉芳说：灯头松了。

根男说：换一个不就中了？

吴玉芳说：我不喜欢用松垮垮的东西。你喜欢你就留着吧。

根男就笑笑，把旧台灯放在她的窗台上。我看见根男的脸色陡然变得阴沉下来，低着头从我身边走过。我忽然大吃了一惊，因为我好像听懂了吴玉芳适才的那番话。这个女人虽然还算不上是个长舌妇，但话一经她的嘴里发出即意味着阴险。

7

那个黄昏我后来才知道，司机还是回石镇了。他神色恍惚地走在街上，一想到自己今后将伺候两个瘫子，便感到无比沮丧。但眼下他急需的是尽快张罗到一笔钱，好稳住伤者，也使处理事故的负责人放心——他总觉得根男关于“破费”的提示是敦促他送礼，以免去自己可能的拘役之苦。这样他就又一次想到了那把红伞。他甚至有可能这样想过，这个话最好个别地对碧霞直接挑开，再提出借钱的要求。他认为女人不敢拒绝，像碧霞这样的女人是肯定会含糊这一点的。于是司机没有直接回家，而是从河边绕了一圈，他知道每天这个时候，根男都会带着女儿到琴河里游泳的。果然，那父女俩就真在河里玩耍。暮色开始转浓，老于便迅速向碧霞家的后门走去，但他不知道，就在他通过河边之后，河里游泳的根男也抱着女儿上了岸。他差不多就是看着一个男人的身影钻进自家的后门的。

根男毕竟是侦察兵出身，职业的敏感使他对这个傍晚的特殊迹象引起了重视。院子里的人都知道他带女儿去游泳了，谁会这个时候去他家？而且还是从后门。于是根男就站在那棵枣树的阴影里，等候那个人出来。他想知道是谁。可是十分钟过去了，没有见人出来。这时，他看见司机自外面回来了，根男本想和司机打声招呼，可一见司机那副惊慌失措的样子就一下明白过来：刚才进去的那个人影就是老于！这个人从后门进去却从前门出来，再绕到院子的大门回家，为什么？他下意识地退到树的阴影的深处，然而那时他不知道这并不是真正的阴影。这一幕我当然没有看见，但我确实看见根男抱着小琴站在树影里，当时我正出来倒水，险些把一盆脏水泼向了树下的父女。小琴呀了一声，我倒吓了一跳，就问：没泼到你们吧？根男答非所问：太热了，到树下凉快会儿。

根男回到家时，吃惊地发现自己的女人刚从澡盆里爬起来，正穿着衣服。根男说：你感觉好点了吗？

碧霞说：洗了澡浑身轻松了许多。

根男说：晚上你想吃什么？

碧霞说：我什么也不想吃，没口味。

根男便帮妻子把洗澡水倒了，很轻松地问了句：局里没来人找我吧？

碧霞说：没有。

说完这话她就重新回到了床上，把灯也关了。

男人轻轻带上房门，一边做饭一边计算着时间。这前后十分钟，妻子必然是在澡盆里，就是说这个老于是看见了一切的，可是女人却不做一点解释！他已经向女人发出暗示了，女人还是一点风也没漏。从这个晚上起，根男开始信马由缰地走上了一条歧途，但他的判断并不是完全的错误。

很多年后碧霞对我说，老于走进她家的时候，屋里很安静，只有厨房里亮着灯。他以为女人此刻正在做饭，便轻轻推开了虚掩的门，一抬头就看见了碧霞光着身子在里面洗澡，两人一打照面，都惊吓得说不出话来。后来根男回到家时她刚穿好衣服。男人并没有问起刚才是否有人来过，她于是也就没说什么。那一天他的脸色一直不好，碧霞回忆说，我怕提这种倒霉的事情会让他不开心。

在转业军人看来，这个夏天的傍晚绝对就是可疑的了。但这个性格内向的男人没有采取质问的方式去探明事实真相，他错误地使用了暗示与沉默，甚至以疏远的方式来对待他刚刚团聚的漂亮妻子。他把司机诡异的行踪与司机老婆下流的暗示结合起来思考，接下来他便开始顺着这错误的惯性越滑越远了——这是我几年后的分析。但女人不知道，这个意外事件在两年后却不可思议地改变了她的命运。

不久，这个家庭便开始有了争吵。每回的争吵都是为一些鸡毛蒜皮的小事，譬如有一次为碧霞剪头发的事。根男说天热了，让碧霞把辫子剪了。女人不肯，男人就说：孩子都这么大了，你总得像个妈的样子吧？女人说：梳辫子就不是妈了？你妈都六十好几了，她还梳着辫子盘在头上呢！男人说：我知道你为什么舍不得剪。女人便质问：你说清楚？男人不说了，当天就找趟远差离家走了。以后这个人好像经常出差似的，眼不见心不烦。碧霞后来把这件事告诉我，问我是不是对根男说了些什么？我说没有，我说：碧霞，我能干这种事吗？不过我还是提醒她，纸包不住火，没有不透风的墙。碧霞就哭了，说：我已经与嘉林断了，还要我怎么的？

可我们怎么也想不到，根男的怀疑竟不是冲着嘉林来的。从以后的事实看，这真是典型的歪打正着。这以后，我是真的没有看见碧霞和嘉林有过接触了。我现在仔细回忆起来，那个阶段，司机老于倒是经常去碧霞家里，他是出于何种居心，这我就无从知晓了。直到这年的秋天，一件大事的发生，才让我茅塞顿开。

8

那个傍晚司机很快就从碧霞家前门走了。在他经过院子的回廊时，根本就没有注意到枣树的阴影下有一双斜视但仍不失机警的眼睛。他回到家里，妻子吴玉芳正在给一只猫洗澡，洗得十分认真。司机在这几十个小时里遇见的灾难女人一无知晓，女人很久以来就已经适应了男人回家无规律的日子，她印象中男人不过是又跑了一次长途而已，所以她没有看见男人慌张的神色。直到男人长长喘了口气，女人才漫不经心地问道：你吃了吗？

司机没吱声，在喝过一杯茶后，他几乎有点痴迷地看着女人给猫洗澡。那一刻，司机的眼前又重现了刚才的一幕，他的直觉印证了一个事实，碧霞的裸体完全就是十多年前吴玉芳的翻版。尽管那只是紧张的一瞬，但给司机的这个感觉却难以磨灭。他甚至记得这两个女人的乳房都一样的有点上翘。

吴玉芳又说：你要是没吃，锅里还有点剩面。

但是男人的手已经落到了她的肩上。

女人说：你不饿吗？

男人说：我饿！我饿！

说着就把女人横着抱起，往床上搬。女人手里还抱着猫，女人说：你干什么？

男人说：干你！

女人便挣扎着说：你莫不要脸！

司机还是不顾一切地压到女人身上，同时腾出一只手来解裤带，突然他感到自己的手背上一阵火辣辣的剧痛，接着看见几道很深的爪痕，细小的血珠正从翻开的白肉里渗出。司机还来不及大叫，那只大黄猫就已经发出了锐利的叫喊，两只淡绿的眼睛闪现着罕见的凶光。司机受到了惊吓，咬牙切齿地骂了句：婊子养的！

这个晚上后来司机就睡到了竹榻上，他奇怪地发现，自己过去几十个小时里的头绪纷乱竟在这一刻平息了。好像昨夜出车祸的是另一个人。司机的眼前还是晃动着碧霞的裸体。然后他就开始猜想女人对这件事的态度来，他很想知道女人此刻的心情。不过有一点他可以肯定，女人不会把这种事告诉自己丈夫的。他想不会。兴许是这点好奇，第二天上午，司机便早早去了河边，他知道，不一会儿，碧霞就会来洗衣的。果然，司机刚吸完一支烟，就看见碧霞端着盆远远来了。司机便迎了上去，说：昨天的事我真是无意的。

碧霞看了司机一眼：这事我都忘记了，别再提了好不好？

司机说：我其实是想找你借点钱，我出了车祸，就在你家根男手上处理的，他倒是帮了我。

碧霞说：什么便宜都叫你占了，你还好意思借钱？

司机说：我借钱也还是为了感谢你男人。

碧霞说：我男人不要你感谢。

司机说：我本想找嘉林借，可他说没有。

碧霞说：我也没有。

女人说完就甩开司机走了，但她不知道此刻自己的丈夫就在不远的地方注视着这边。司机还想追上去把话说完，这时根男在他身后咳嗽了一声。司机转过身，感到副局长今天的脸色远没有昨天那么好，心下就打了鼓，他有些胆怯地问副局长自己的事是不是就算完了？

副局长说：我这里倒还好说，就怕公安那边不好说了。

司机有些意外地说：公安不是根据你们的勘测来定吗？

副局长说：那是两回事，桥归桥路归路。

说完也走了。司机觉得副局长是带有气愤离开的，就琢磨：难道是因为我没有及时送礼？抑或碧霞把昨夜的事说了？司机便一下陷入了云雾之中。到了中午，两名公安就来到院子，二话没说便把司机铐走了。

吴玉芳这才知道老于犯了事，便大声地哭了起来，院子里又被惊动了。但是只有一个人来安慰她，这个人就是嘉秀。很奇怪，刻薄的吴玉芳在这院子里几乎和谁都搞不好，唯独嘉秀是个例外。如果没有前些日子嘉林在河边的那番回忆，我还是不明白。现在，我似乎慢慢开窍了，我知道那年吴玉芳去水市看病其实来自嘉秀的建议。但嘉秀是否清楚看病的结果是她哥哥失去童贞呢？有一点倒是毋庸置疑的，这件事使吴玉芳对嘉秀产生了极大的好感，她回来后给嘉秀带了许多小东西，还亲手为嘉秀缝了一条裙子。她们的友谊从那时起就牢固地建立了。在吴玉芳眼里，嘉秀无疑就是她的小姑子，这也是她多次热心地劝我和嘉秀好的原因所在。唯一不同的是，我还没有发现嘉秀也一样仇视碧霞。

老于被拘留了十五天，放出来时已是人瘦毛长。在拘留所的半个月里，他越发觉得自己的倒霉是因为不合时宜地看见了一个女人洗澡。他认定是碧霞把一切告诉了根男，后者便推翻了刚下的结论，对他实施了报复。既然事情已经弄到这种地步，他也就想一不做二不休了，干脆把嘉林和碧霞的事说出去。可是，他的把柄也攥在人家手里——当年嘉林和吴玉芳那一腿，外面的人是不知道的。他很担心这个。然而眼下自己这口气不出又实在憋得难受，于是经过较长时间的思索，司机选择了另外的主意。

老于放出来的当天下午又一次来到了琴河的边上，他知道碧霞的男人又出差了，而且知道这些日子他们两口子过得不太开心。他想，这个碧霞的心思还在嘉林身上。看着碧霞向河边走来，司机眼前又一次出现了女人的裸体，不过比以前要模糊一些。女人一走近，司机就从一棵杨树后面闪出，对女人说：我出来了。

女人很意外，回答却是镇定的，女人说：你出来关我什么事？

司机说：是你男人把我搞进去的，我冤。

女人说：你觉得冤就去告他吧。

司机说：我不想告他，我想对他告你和嘉林。你不会不记得那把红伞吧？

碧霞这才内心吃了一惊，冷笑道：你也是个长鸡巴的，怎么总去盯人这种事？怪不得你老婆的肚子总大不起来。

司机说：可我能让你的肚子大起来，不信你和我试试？

碧霞就对老于脸上吐了一口唾沫：你敢？

司机说：我有什么不敢的？大不了我再进去一回就是。我今晚就去你家。

很多年后，碧霞向我说起这一幕时已经不再是惊慌了，而是一副好笑的神情。她没有说在那个遥远的晚上，老于是否真的如他所说的那样去过她家，她只说：没有这件事，我和嘉林也就不会走得那么远了。

9

日子过得很快。这年的秋天，国家的政治形势发生了根本性的变化。紧接着高考恢复了，我和嘉林商量，想辞掉学校的工作安心回家复习。嘉林说这很好，人不读书是没有前途的，口气像我的父亲。我就问他是否也准备复习应考？他说：想还是想的。不过我还有更重要的事要做。我问什么事比高考还要重要？他想了想，说：你以后会知道的。他的回答不能使我满意，反倒诱发了我的好奇心。我离开梅岭中学的那天，本想和嘉林去外面喝两杯，可他不在屋里，门也没锁。我就进去等他，看见他的桌子上摆了几本地理方面的书，这不是他所教的课程，我想这家伙实际上还是在暗地里做应考的准备，对我留一手呢。书中还夹有一张条子，那上面乱七八糟地写着一些英语单词，我只认识其中几个，如：map（地图）、radio（收音机）、money（钱）、medicine（药品）。这不是复习应考是什么？我想嘉林这个人城府还是很深的，况且又极端爱面子，不到大功告成那一天他是不会对我说真话的。各人有各人的脾气，我觉得也不必点破他。

我回到了石镇，每天在阁楼上看书，觉得累了，就到院子里来晒晒太阳。其实也想看看碧霞，遇上了就同她说上几句话。现在想起来，我觉得男人的心理某些方面很一致，我和司机老于都曾不同程度地窥视过碧霞身体的私处，于是对这个女人便有了占有的欲望。这种占有的反应不过是在意识上，而非行动。因为没有行动，它就往往比较强烈。譬如我几天见不到碧霞，就感到有一种莫名的失落。我问过小琴，孩子说她妈出差了。我想碧霞也该回来了。我在院子的回廊上来回走动，那时候吴玉芳正抱着她的大黄猫在捉跳蚤。女人这段时间似乎脾气变好了一点，我想这也许和碧霞几天没有露面有关。不一会儿，老于买菜回来了，司机的神情看上去似乎在想什么心事，以至于他女人喊他都没有反应。于是女人抬高嗓子说：明天给我买点猫鱼吧。

司机说：明天我没空。

女人说：你总不能看着猫饿死吧？

司机说：饿死倒省心。

女人说：好，算你狠，明天我自己去买，我爬着去！

司机说：那你就爬吧！

吴玉芳正要发作，这时嘉秀急匆匆地来了，一副想哭的样子。我预感到一件大事已经发生，便迎了上去。我问嘉秀：出什么事了？

嘉秀说：我哥不见了。学校里来人找他，还以为他在家病着呢，已经好几天没见到人了！

吴玉芳就说：怎么会呢？嘉林他……

话还没说完，女人的眼泪就下来了。

嘉秀说：梅岭有人看见他和碧霞在一起……

吴玉芳咬牙切齿地说：这个骚狐狸！

突然屋里传来一声爆响，我想大概是一只暖瓶炸了，却没有听见老于的声音。

也还是这个下午，根男来到了我家，连日的奔波使他的脸色看上去像一块咸菜，斜视似乎也明显于以前。他说碧霞的单位并没有安排她出差，这实际上等于说人已失踪了好几天。他寻遍所有亲戚家，还是不知下落，直到上午传来嘉秀的话之后，他才如梦初醒。我犯了一个大错误，根男说，事情比我想象的要复杂。现在，他急着找我要嘉林的情况。他问嘉林最近有无什么反常？我说看不出什么反常的，我一直认为他是在梅岭复习迎考呢。这时，我突然想起那张写满英语单词的条子来，我又记起了一个词：compass（指南针），我们教材上是没有这个单词的，头一下就觉得大了。迟疑了一会儿，我还是把自己的猜测告诉了根男，我说：他们是不是想越境？根男仔细听完我的介绍，然后就去公安局报案了。

这件事很快轰动了石镇，越传越邪乎，都说嘉林带着碧霞先去了广州，然后从那里偷渡去了香港。还有人私下议论，说嘉林的父亲是国民党长期潜伏的特务，在香港有联络点。为此嘉林的老父还真被公安局带去问了话，老人什么也不想说，只骂嘉林是个孽种。这场男女私奔差点演变成了一起重大政治事件。

从后来的情况分析，碧霞肯定是对嘉林说了老于要挟自己的事。嘉林本来是可以控制住这个司机的，却因为害怕自己在碧霞心目中的形象轰然坍塌，始终没有把他和吴玉芳的那段往事说出来。他不敢冒这个险，而选择的却是一条更为冒险的途径。

10

大约在一个多月以后，县公安局接到了昆明那边的电话，嘉林和碧霞在缅甸边界附近被捉获，要这边速去提人。县里把这个消息通知了根男，后者表示要一道前往，却没有得到批准。这样，在得知越境未遂者押解到省城之后，根男便在琴河边找到老于，想请司机连夜跑一趟。两个男人紧张已久的关系在这个黄昏得到了缓和。他们的心情如同天上的阴云一样沉重，也一样的着急，某种意思上，碧霞是他们共同的女人。面对司机，副局长还多了一层抱歉，他肯定不止一次地嘲弄过自己，当了半辈子的侦察兵，却在关键的问题上选错了目标。而在司机方面，更多的是自我谴责，他的内疚在于天性中的卑鄙。

副局长说：我犯了一个错误。

司机说：我也是。

事到如今他们也没有更多的言语，只想早点把女人寻回来。两人约好，晚饭后就动身。

老于回家后就开始收拾东西，这时，吴玉芳的轮椅拦到了门口。女人说：天要下雨了，我身上很痛。你晚上帮我拔拔火罐。男人说：我答应了根男，要去省里接碧霞。女人沉默了片刻，厉声说：不许去！

老于说：我已经决定了。你让我过去。

吴玉芳死活拦在门口，说：你今天敢去接那个婊子，我就死给你看。

老于说：你这个人怎么心不是肉长的？你没见根男这些日子头发都急白了吗？

吴玉芳说：我看是你在急，你早就对那狐狸精动心思了，还当我不晓得？

老于气得打了女人一耳光，骂道：我看你才是个狐狸精呢！

司机从女人身上迈了过去，女人抓起一只茶杯扔向男人，没有扔上便号啕大哭起来。她的哭声十分凄惨，整个院子里都听见了。大家却不敢多说什么，生怕又引起别的麻烦，这个院子的麻烦真是太多了。

根男的女儿小琴临时放在我家，由我外婆带着。这孩子好像也知道了什么似的，就问老人：我妈是坏人吗？外婆说不是。孩子说：那他们怎么老在背后说她？老人说：人生下来就是让人说的。外婆哄睡了这个孩子，便感叹道：这个碧霞呀，放着好日子不过，这下要吃大苦了。她问我嘉林和碧霞会不会坐牢？我说也许会，但他们不能算叛国。外婆说：国是没叛，可家给弄散了。最后吃亏的还是孩子。我们看着熟睡的小琴，很有些难过。然而那时我们还不知道更大的灾难已迫在眉睫。

几乎是在两个男人出发的同时，天下起了大雨。这场雨好像憋了许多天似的，一下起来就非常猛烈，真算得上是倾盆大雨。雷电也十分厉害，一道电光闪过，紧接着就是一声炸雷，其声如同利刃劈开一根粗竹，于黑暗中传来令人惊魂落魄。那一夜让我很不安宁，外面是风雨雷电，对面是女人的哭泣呜咽，我心乱如麻地看着窗外黑透的天空，一阵闪电掠过，我仿佛就能看见碧霞那张业已苍白的脸来。而她的乳房却完全消失了。说实话我很感动，我想这个女人为了爱情居然敢舍弃一切，这是一般女人所不能够的，而她竟做了！但那个时刻，我更多的是为女人今后的境遇担忧，我不知道这件事还会闹出什么来。

第二天，天放晴了。一夜的大雨使石镇的天空变得很清新。我懒散地从床上爬起来，想带小琴去河边玩玩，正要出门，看见我父亲正和几个公安站在院子里低声议论着什么。一个高个子朝我这边看了看，问道：这是根男的孩子吧？我父亲说是。高个子说：让她跟我们走吧。说着就过来牵小琴，小琴说：我爸呢？高个子说：在医院呢，他病了，叫我们来接你。小琴说：他怎么病了？他不是去接我妈了吗？高个子说：你妈过两天就回来，先去看你爸吧。然后高个子就抱起小琴走了，剩下的两个走到老于家门口，敲门喊话：吴玉芳在家吗？没有人回答。

我已经预感到什么不妙了，趁这工夫，我低声问父亲出了什么事？父亲也低声地回答：车祸。老于的车翻了。

我心下一紧：人怎么样？

父亲说：老于没事，根男怕是不中了。

我吓得再也说不出什么来。那边，公安还在敲门，屋里一点动静也没有。公安就问我父亲：他家有人吗？

我父亲说：有呀，昨天几乎哭了一夜呢。

公安就说：昨天就哭了？她还真有预见！

这时就看见吴玉芳的那只大黄猫从窗户里猛地蹿了出来，发出一声尖锐的惨叫，然后便顺着回廊上的柱子一阵风似的上了屋顶。我们被这畜生突如其来的敏捷动作弄得目瞪口呆。可是里面依然是没有动静。两个公安互相看看，其中一个说：翻到窗户上看看吧。于是另一个就上了窗户，刚往里看，很快就“呀”的一声摔了下来，那人口齿不清地说：史（死）了……人史（死）了！

公安在镇定下来之后，撞开了门，这时院子里的人都一下涌了过来，我夹在人缝里，看见吴玉芳衣着整齐地躺在床上，她的白皙的脖子上拴着一条麻绳，另一端拴在床那边。她的嘴上粘着一张活血止痛膏，因此这个案件一开始就被视为谋杀。可是很快就排了，因为留在那膏药上的全是她自己指纹。她是自杀已确凿无疑。至于这张膏药，警察的分析是吴玉芳企图嫁祸于丈夫，他们都知道这对夫妻不和已有多年了。但我不这么看，我想这是怕自己被勒后舌头伸出来。这个天生爱美的女人临死前连这个细节都想好了。我不明白的是，这个几乎是瘫痪多年的女人，怎么还能完成这样的动作？她那条腿哪来的力量？

而更让人吃惊的是，后来嘉秀哭泣着替吴玉芳净身更衣，她吃惊地发现女人身上许多部位都贴有活血止痛膏，在每一张膏药上都用圆珠笔清晰地写着两个字：嘉林。

11

车祸发生的准确时间是1976年12月28日21点17分。

据后来老于介绍，他们的车在离开石镇三十华里后，便上了那座大桥。几个月前，司机正是在这里发生了一次车祸。那一次，司机的恍惚除了心情急躁外，还在于一个直接的原因——他感觉一个猫样的东西横穿马路，便下意识地把方向用力一打，结果却撞上了人。司机当时并没有把这一点说出去，怕被耻笑为无稽之谈。他隐约记起，也就是不久前现在的交通局副局长回来的那天，院子里有人看见了同样的东西。司机总觉得这两个东西其实是一个东西，这个似乎无形的东西像梦魇一样追随着他。当汽车接近那座大桥时，司机的双腿突然出现了痉挛。我一上这桥就觉得腿软得不行，司机回忆说，雨又特别的大，刮雨器怎么刮也刮不开，我急着踩刹车，不管用，我嘴里说坏了，眼见着车就翻下了桥。

老于大难不死，根男却在送往医院的途中便断了气。

1977年元旦后的几天，嘉林和碧霞双双被押解回了石镇。他们在监狱里关押了几个月，却迟迟没有判刑。不久，我接到了大学录取通知书。在我离开石镇的前一天，我通过一个熟人的关系，去监狱探望碧霞和嘉林。可是碧霞不肯见我，而嘉林已经被送往市神经病医院去了。

在回来的路上，我遇见了老于和小琴。他们也是来探监的。

几个月后，碧霞被释放了。她托老于变卖了所有的家当，然后在一个没有月亮的晚上，带着孩子悄然离开了石镇，据说是去了江南的某个小城。这之后我们就再也没有碧霞的消息了。有人说，碧霞曾去水市神经病医院看望正在接受治疗的嘉林，但后者已经不认识她了。

1997年3月，我因为拍摄一部电视剧，去江南选外景。

有一天剧组的车自街上经过，我意外地看见了一个熟悉的身影，就是碧霞。我立刻叫停车，去追赶她，我大喊了一声：碧霞！她下意识地停住了，但没有回头，还是一个劲地往前走。于是我就跑到了她前面，对她说：碧霞，你还记得我吗？她很快就想起来了，笑了，说：怎么是你呀？你吓死我了。我说：我还怕看错人了呢。

这天晚上我就去了她家，等进了门我才知道，她现在的丈夫就是司机老于。他们的结婚照挂在卧室里，但那不是在照相馆里拍的，而是两张照片的拼合。两人的视线似乎不很一致。我没有说什么，碧霞倒是把话讲开了。她说：没想到吧。连我自己都没想到会嫁给老于——那院子里的男人我最看不上的就是他了。

我说：人生本来就是无法预测的。

这天晚上，后来碧霞才对我说起那一年关于洗澡的事。碧霞说，当她在厨房里听见背后的门声时，还以为是根男进来倒开水，她还说了声“把袜子拿给我”，老于还真的把袜子给递上了。两人一打照面竟说不出话来。过了很长时间，碧霞说，我从牢里放出来，一回家老于就给我打洗澡水。他说你好好洗洗吧，洗了就是个新人。说完就端起一把小椅子在边上坐下了。见我半天不动，老于说：你别不好意思，我是看过你的。我心乱如麻，懒得理他。他又说：看过了就算是我的女人了。说到这里，碧霞自己也笑了起来，说：你听听，这是什么王八话！

我说：不过老于说的也不能算错。

那天晚上我还有事，就匆匆告辞了，临别，碧霞说：等老于出车回来我们一起吃顿饭吧。

可能没有时间了，我说，既然知道你们在这里，以后我还是会来的，碧霞。她说：我现在不叫碧霞。

她说她早就不叫这个名字了。

2000 年 3 月　合肥寓所

（原载《山花》2000 年第 5 期）

潘军文集

第肆卷

长篇小说

独白与手势·白

石镇：1967 年 10 月

你眼前的这条小巷，是故事开始时的路。你会注意到这已是经过复制的石板路，而且天空中飘飞的雨丝，也是后来加上去的。不错，我此刻正在复制三十年前石镇的那个夜晚。三十年前，那是 1967 年的 10 月，一个深秋的夜晚。在这部感觉不会很短的书里，我还将以文字以外的手段去复制很多东西——它们将成为这部书的另一个部分。是文本的另一重。也许是始作俑者，但我想它至少是有趣的。这样的画面不是插图，因为它不是说明，而是叙述。很长时间过去后，有人问我，为什么将这本书取名为《独白与手势》？我说，所谓独白，是我的自言自语；而手势，是我无法言说的，只能比画。我还说，你不妨把这部书的文字部分看成是“独白”，把图画部分理解为“手势”。然而无论是文字还是画面都还有局限，比如，它们都无法表现声音。

1967 年 10 月的这个夜晚，石镇的天空除了细雨还有稀疏的子弹。弹痕无踪，枪声却是沉闷。白天的时候有消息传来，石镇已完全被 A 派控制了，B 派已转移到了琴河的东岸。石镇的制高点是位于桥头的人民饭店。那是一座老式的四层楼土木建筑，没有一根钢筋。暗红色的砖体与铁青色的屋脊一直是石镇解放以后的鲜明象征，但现在它成了 A 派的指挥部。楼后的水塔上已架起了探照灯，粗大的光柱控制着琴河上的那座大桥。然而枪声最初是从哪儿传出的，仍是一个谜。石镇的居民谁都没有料到，枪声会在今夜响起。还是白天的时候，人们看到一架双层翅膀的农用飞机在石镇上空盘旋，然后撒下雪片一般的传单。那是一个号外，印着最高领袖要文斗不要武斗的指示和促进革命的两派实行大联合的通知。这是石镇的天空有史以来第二次出现飞机。第一次是 1941 年，日本人的飞机在这儿兜了两圈，投下了五颗炸弹。

飞机掠过的时刻，少年正在自己的阁楼上折叠着一只纸鸟。飞机巨大的轰鸣震动着瓦片和窗户上的玻璃。少年伏到窗口，他看到了飞机甚至看到了驾驶员。不用说少年是兴奋的，他放下纸鸟与其他人一起开始追逐着飞机，尽管飞机很丑陋，远不及画报上电影上的飞机漂亮，可它毕竟是第一次真实而清楚地出现在少年天真的视野里。这个少年是我。很多年后，当我乘麦克·道格拉斯 82 型飞机去南方时，我突然想起了这往昔的一幕。我惊异它感觉的背景几乎一点没有褪色，但我无法破译，那一天我为什么在折叠着一只纸鸟？

昨天我又回到了石镇。这些年我浪迹四方行踪不定，过着那种被视作“在路上”的生活。我差不多和所有的朋友失去了联系，他们很难找到我。关于我的种种传闻在日渐减少，我想这倒是很好的。没有比遗忘更虚无的事。我在茫茫人海中行走却不被任何人觉察，似乎行走的那个人不再是我，而是我的影子。这是莫大的安全，是恐惧背后的温馨。有一天我洗脚，意外地发现后跟部结起了层层老趼，如同一匹老马钉上了

一副蹄铁。我于是就有了一些莫名的忧伤，想自己走过的那些路实在是有些硬了。或许只有这时候，我的脚才伸向了石镇。

由犁城到石镇，夜间行车一般在三个半钟头，我习惯在子夜时分出发。那时大雨刚刚停歇，空气清新，我听着一支老曲子开着车。天奇黑，车灯的光柱十分干净。这辆日产本田车是几年前我在海南岛时买下的，可行驶不过五万公里。在这不过五万公里的里程中，至少有三分之一跑的是石镇的路。我想我确实有些老了。倦鸟总归要落到一棵树上。也在这时，我开始清算自己的过去。梳理记忆是一件复杂而不容易的事，我深知这一点，也多次遭受失败。我一直在寻找故事的起点，这与最早成型的记忆不是一回事。

历史上的石镇与水市有着千丝万缕的联系。发脉于青云山的琴河主体落在石镇，并由此于清末时期形成了一个码头。沿琴河东去六十公里即入长江，小巧古拙的水市便坐落在江的北岸。此刻，我已站在三岔路口。我的前方十八公里处就是水市，但我需要右拐上路。这路的尽头是我的故乡石镇。我在路边作了小解，又点上了香烟。一个路边加油站的姑娘在向我招手，希望我能做她一笔生意。我走过去，我说我不需要加油。因为抽烟，我没有进去。我同她隔着窗户说话。她问我是哪里人。我说石镇。她摇摇头，说石镇的司机她都认识，她猜我大概是外地来的采购员。我就用石镇的方言同她交谈，这回她似乎是相信了。接着她就对我道出了一件事：你晓得么，县政府要搬迁了，新县城不再落在石镇。

政府的搬迁我毫无兴趣，我担心的是，由于这一举措会改变石镇的某些方面。对于像我这样有怀旧倾向的人，难以忍受的是在故乡的土地上寻不见昔日的踪迹。而且我畏惧搬迁这个词语。

车继续西行。在这以后几十分钟的驾驶中，我的心情逐渐变得恶劣。不久，车到了琴河大桥，感觉突然向右倾斜了。我停住车，果然是坏了一个轮胎。那时候已是凌晨四点，桥上没有一个人。我烦躁地换着轮胎，听着很远的地方传来的鸡鸣。汛期已过，琴河却还在涨水，微弱的天光下河流是黝暗的，像犁过的土。河水沉吟着自桥下通过，东方也露出了一线浅白。后来，我又看见了一只大鸟的身影，它仿佛是在追逐这条河。我的故事便在这一时刻找到了开头。

——1997 年 10 月 8 日

雨是在傍晚时下起的。

少年那时还沉浸在白天的兴奋中。他看见了飞机五次自头顶上掠过，他也抢到了一大包传单。虽然他看不懂这个号外，但他非常热情地把它们分发给街上的大人。这件事让他得意洋洋，他感到自己长大了，很了不起。然后他去了人民饭店，向一个戴眼镜的瘸子要了一张蜡纸和一块钢板、一枝铁笔。我要把传单刻出来、印出来，他说，发给我的同学。瘸子是少年的语文老师，姓马，河北人，他能讲标准的普通话而且嗓门洪亮。少年也是马老师最为钟爱的学生，如果不是这个孩子的父亲是右派，他会让孩子当班长。他从不怀疑自己的眼力。在革命没有到来的那几年，少年时常去老师的宿舍，听他拉手风琴，唱《莫斯科郊外的晚上》这样的外国歌。有一回，老师从抽屉里拿出一面小圆镜，让少年看背面的一个女人。她漂亮吗？老师问道。少年点点头，问：是你老婆？老师笑而不答，又拉起了手风琴。现在革命来了，马老师由四（1）班的班主任成为石镇 A 派的宣传委员，背着手风琴住进了人民饭店。他多才多艺，凡是来自中央的精神，都是由他亲自播音。他还会用嘴模仿戒严的警报。石镇架起了不少高音喇叭，每天黄昏临近，马老师的警报声便会回荡在空中。

不过这一天没有警报。

你现在追随少年爬上了这个阁楼。只有这个朝北的窗口，光线很冷。那个下午，少年就伏在这张桌子上，一丝不苟地刻着钢板。你要是刻过钢板的话，就该知道铁笔隔着蜡纸与钢板摩擦的声音是多么的动人。少年其实在盲目地刻着钢板，在发出的动人声音中，他看到了另外的图景，那是小说《红岩》里的，一个叫作成岗的革命者也在一个阁楼上刻印着《挺进报》。他十分自然地把自己视作了成岗烈士，他不能不为之激动。但这件事他没有做完。他听见外婆在楼下喊：小丹来了。

小丹是个皮肤白净、两眼清澈的女孩，是少年的同学。他们的父母也是同事，都在石镇的黄梅戏剧团。少年走下楼便问小丹：你看见飞机了吗？小丹摇摇头，小丹说我只听见飞机的响声，还以为是马老师学出来的呢。少年于是再次夸大其辞地谈论几小时前的壮观，可是小丹一点也没有受到感染，她说：我有点饿了，想吃饭。我外公在水市死了，我爸爸妈妈一早就走了，让我到你家来吃饭。小丹说完，外面就落雨了。不久天也黑了下来。

外婆伺候两个孩子吃了晚饭，就有人传话过来，说街道居民委员会要组织加工缝制红旗，马上又要大游行了，庆祝两派大联合。这消息令外婆表情舒展。连日的警报声笼罩着石镇，天一断黑就实行灯火管制，每家只允许点一盏煤油灯。那一年外婆不过五十四岁，但看上去已相当衰老。从外孙出世那年算起，她就没有睡上一回安稳觉。十年过去了，这十多年发生的事真是不少。外婆洗好碗，又把小丹拉到里屋去洗了脚，就带上针线出门了。外婆让少年插好门，不要开电灯。于是在这个有雨的夜晚，两个十岁的孩子在煤油灯下开始翻阅一本《人民画报》。女孩指着一个穿军装戴眼镜的老女人说：你晓得她是谁吗？她是毛主席的老婆。

男孩很吃惊：你瞎讲，毛主席没有老婆。

女孩说：毛主席是男人吗？男人都有老婆。

男孩生气了：毛主席没有！就没有！

孩子的分歧由此开始。男孩委屈到了极点，两眼闪动着泪花。男孩无法接受这个事实就像相信女人不会放屁一样。可是有一天他清楚地听见教音乐的何老师确实放屁了，为此他晚上只吃了半碗饭。男孩的气短了，他害怕地看着画报，还是不情愿相信那个女人是毛主席的老婆，他轻声提醒女孩：你不能乱讲，这话反动。

女孩说：你才反动呢！你连毛主席讨个老婆都不让。

女孩说着就穿上了鞋子，生气地说：我不在你家睡了，我要回去。男孩说：你一个人在家会怕的。女孩说我不怕，反正我不想睡你家。男孩说：外面下雨呢。女孩说：我借你一把伞。男孩说：那我送送你吧。

1967 年 10 月的这个雨夜对少年是深刻的。你会慢慢知道这个晚上多么不同寻常。你看见那两个孩子打着一把黄色的油布伞走过了小巷，但你不会想到，多少年之后，这把伞成为一朵饱满的向日葵，开放在一个男人的梦境里。

小丹的家住在琴河大桥那一边。

他们走出小巷，就遇到了一群头戴安全帽、手执木棍的人。这是 A 派的巡逻队。与以往不同的是，他们今夜是在跑动着。他们的步伐很整齐，胶靴有力地踩在石板路上，发出刷刷的响声，雨水灿烂地溅起。那群人似乎在低声议论着什么，男孩只听见一个“枪”字。但是男孩并不感到害怕，却被另一种东西所压迫。那是羞涩。当巡逻队的手电朝他们这边射来时，男孩把伞压低了。他听见有人说：是一个孩子吧。另一个人说：不是一个，是两个，一男一女呢。巡逻队没有停下来，从孩子身边跑过去了。这之后，伞下就只有了重重的呼吸声。伞一直就这么低压着，男孩双眼直盯着地面，他数着走过去的青石板。等这些青石板完全消失了，男孩知道他们已走上了大桥。这时，男孩才抬起伞，又换了一只手，并让女孩与自己交换一下位置。就在这时，桥面突然一片雪亮。

探照灯射来的那一刻，两个孩子全都僵住了。女孩紧紧靠着男孩，拽着他的袖子，浑身哆嗦着说不出一个字。他们等待着身后的质问，可是一点声音也没有，反倒出奇地安静。那时候雨似乎收了。他们不敢回头，他们也不敢去想象身后的情形。他们要做的是把手拉到一起，拉在他们身前。然后，他们慢慢移到桥面的最边沿，试着向前迈出一小步，再一小步。

砰！砰砰砰砰！

枪声响起了。枪声从大桥的两边几乎同时响起，从两个孩子的头顶上空呼啸而过。最初，他们不以为是枪的声音，听起来很像受潮的爆竹。但这个时候，背后传来一个洪亮的声音：

桥上的孩子快卧倒！

孩子听出了这是马老师的标准而洪亮的嗓门。他们从这急切的声音中意识到前后响起的都是枪声，可他们没有卧倒。他们本能地跑了起来。他们的手一直拉在一起所以跑动起来很笨拙。他们终于跑过了这座桥，也就在这一刻，雪亮的探照灯光消失了，夜黑得像炭，枪声此起彼伏。

当时我和小丹的手就是这么拉着的。那个夜晚后来我就留在了小丹家。她一进门就哇哇大哭，哭得都不像是她的样子了。因为她在哭，我自然就不能再哭，而且我还必须哄着她，让她不哭。我记得我冲了一杯冰糖水给小丹，她喝了一半，把另一半留给了我。她说，你别走了。我说我不会走。实际上我是没有胆量再走过那座大桥。三十年过去了，这个恐怖的夜晚一直是我记忆的死角。我守着小丹度过了这无比漫长的一夜，她躺在床上，我坐在床沿，她的一只手始终在我的掌心。我看着惊魂未定的她渐渐睡着，突然产生了一个想法。我们压低着那把伞走过了一段路，再过十年或者八年，我就敢把这伞高举起来，让全石镇的人都看清楚，伞下的两个人不再是两个十岁的孩子，是我和这个叫小丹的姑娘。

今天下午我去街上转了一圈。人们还是在谈论政府搬迁的话题，更多的担心是刚买下的房子会不会因此贬值。我去了我的第一个母校——实验小学，原先的老房子差不多已拆光了，留下的只是大概的方位。南端的几棵悬铃木还在，很粗壮，有一棵被伐掉了，低矮的树桩上停着一只黑色的鸟，仿佛在关注着我。我情不自禁地轻唤了一声：马老师。那鸟便扑地飞去了。这几棵树是马老师栽下的。1967 年 10 月石镇发生的两派武斗，只有马老师被打死。据说他之所以被射中，是两个原因。其一，他的嗓音洪亮，又是普通话，而且还少了一条腿，很容易被确定为目标；其二，射中他的人是一名女民兵神枪手，那把枪是毛主席亲自发给她的，瞄谁是谁。可我的推测不是这样。我想马老师可能是从什么地方冲了出来，大喊叫我们卧倒，才暴露在探照灯下，然后他卧倒了，再也没爬起来。马老师的尸体没有运回河北，就埋在石镇西边的坡上。那是一片杂乱的墓地，无人问津。后来连墓碑也不知弄到哪里去了。1978 年，我在犁城大学图书馆发现了一张照片，才知道当年马老师镶在小圆镜背面的那个女人叫杨丽坤，演过著名的电影《阿诗玛》和《五朵金花》。那时我想，马老师的确算得上那个时代一个有眼力的男人。

石镇的秋天是怡人的。以往，我还没有在这个季节回来过。两天前我回来时，父亲去了水市，今天下午才回来。父亲已近七旬，精力还不错，食欲也正常。但对事情的反应能力已明显衰退了，说话重复而啰嗦，喜欢随手关灯。这两年我每次回石镇，与他的交谈都是仓促的。他也不再向我抖落一些在他看来是新鲜的事了，而每次都会说：你知道吗，谁谁已经死了。然后就说出那人临死前的种种征兆和死亡过程中的某些刻骨的细节。死去的那些人都是他的朋友，他们交往近半个世纪。但是父亲的脸上似乎看不出一点悲伤，谈论的口气如同在说一件削价的商品。他依旧如往地伺候着他的九只猫。这些猫都不是纯种的波斯猫，越往后传就越杂乱，连毛发都由纯白掺进了别的斑纹。

我从街上回来的时候，父亲正在院子里调配猫食。父亲问我，这次回来能住多久？我说想多住些日子，想写一部长点的东西。他点点头，说他很喜欢我年初写的一个短篇，水市和石镇的几个老友也看了，也很喜欢。其实那不过是一篇普通的小说。后来父亲又说：抽空去一趟水市吧，齐叔叔看来怕是过不去今年。我心里顿了一下，问父亲需要带点什么东西。父亲说：你什么也别带，就坐在他床边上，陪他说会话。

——1997 年 10 月 12 日

水市：1974 年 12 月

沿着上面这条路一直往下就是长江了。你注意看，左边有一个巷口。那天晚上，齐叔就站在巷口，等候着少年和他的母亲。少年记得，齐叔叔披着一件烟灰色的棉大衣。

那年，少年高中毕业，在这年的冬季来临的时候，少年的生活里发生了不少大事。班上的男同学正踊跃报名参军，虽然兵种不够理想，但至少可以不下农村当知青了。少年被县征兵办公室安排去街头绘制大幅的宣传画。在石镇，少年的绘画才能受到普遍称赞。树立在镇中心的大幅油画《毛主席去安源》便是他几年前的杰作。人们谈论这个孩子时总要联想到他的父亲，说那是个多才多艺鹤立鸡群的男人，只可惜当了右派。实际上，少年最初对父亲的判断就来源于石镇居民的传说。少年自己的印象里没有父亲，或者只有一个轮廓，完全没有面目。这是一个假想的轮廓。有一次，他在阁楼上对着镜子画自画像。他下了很大决心，在自己脸上作了富有想象力的安排。

但这不是父亲，倒应该是未来的他。石镇的人都说少年长得像他母亲。少年从不向母亲问及自己的父亲，母亲也一次没说。所以父亲很多年来一直是处于失踪的状态，只有特殊的时刻，少年才突然想起他还有一个父亲在世上。比如说，现在。你不要报名参军懂吗？母亲说，你有一个右派的父亲。母亲就说了这么一句，就奔医院去看护她自己的父亲去了。这个瘦弱白皙的女人是石镇出色的黄梅戏演员，但在舞台之外的地方，她的言语很少。1974 年是母亲的本命年，36 岁，命中注定会有一道深坎。果然在这年冬天，她刚入古稀的父亲因病去世了。外祖父的死对少年的打击很大，从此这个家就只剩了一个小男人了。那无疑是一个阴冷晦暗的冬天。少年捧着外祖父的遗像走在送殡队伍的前列。扶棺的是他的母亲。已患上白内障的外婆领着三个外孙女跟在棺材的末端。这支由石镇剧团组织的送殡队伍携带着唢呐、小号和萨克斯管，一路吹奏着《国际歌》，来悼念这位黄梅戏的前辈艺人。但是不久，组织者便受到了撤职的处分，说他做得离谱了。那人不服，便质问：无产者为什么不能唱《国际歌》？被质问的人拍案而起：难道还要下半旗吗？这人最后又暗示，死去的那个唱戏的老头曾经有一个划为右派的女婿。

外祖父送上山的第三天，石镇的新兵连出发了。这天仍然没有阳光。少年在桥头看着一辆辆带篷的军用大卡车从眼前驶过，心里很难受。他的几个好同学都在车上。最要好的冯维明现在担任了新兵连的班长。他的军帽让少年用大搪瓷缸装开水熨得平平整整。现在他们都在向他挥动着军帽，在笑。雨后的道路上没有烟尘，少年目送着军车走完了大桥，似乎还能看清同学的面孔。后来他又沿河边走了很久，他发现河水淌得很慢。忽然间，一件东西被脚带出了沙土，那是一副样式很老的眼镜。于是他在河里将眼镜洗干净，戴上，眼前的景物模糊一片，大桥整个扭曲了。谁遗失了这副眼镜？直到 1990 年秋天，一个省城下来的水利勘测队，在这条河的边缘无意中刨出了一堆眼镜。大家对此惊愕不已，一时间都弄不清它们的来龙去脉。

第二年，一个小说家把它记进了自己的笔记：

> 1957年初，琴河拓宽河道，绝大多数劳工均为地区之右派分子。其时天寒地冻，劳工风餐露宿，营地皆扎河滩，虽垫有稻草棉絮，仍难御寒气。一宿之后，棉絮均被浸湿，如儿童尿床一般。至翌年全面跃进，劳工每日工作量骤增为十八小时。年底，新河开通，而劳工伤病死亡者众，一般以芦席裹尸，就地掩埋……

二百多年前的一个雾霭迷蒙的早晨，一叶扁舟由青云山而下，在石镇码头作短暂停靠后，便顺流通江直达水市，再北上进京。那时谁也无法料到，这条仍不起眼的小船日后竟会载起半部中国戏曲史。发生于公元1790年的“徽班进京”正是从琴河开始的。后来大闹天桥，轰动紫禁城的程长庚、杨月楼，都是石镇这一带人民，史称“无石不成班”。北上的徽腔很快成为京昆的基础，而散落在江河湖泊上的，逐渐演变成了采茶调、花鼓调和黄梅调。到了本世纪七十年代末期，与黄钟大吕的京剧相对，小桥流水的黄梅戏一夜间独领了风骚。但很少有人知道，黄梅调的正宗韵律源于石镇。

1953年春天，一个在水市大学学习外语的青年，本应该去朝鲜战场当志愿军的翻译，却因战争走向尾声未能成行。这个青年人后来竟丢弃了自己的专业，来到石镇从事黄梅调的搜集整理工作。那时的水市还是省政府所在地，青年的家也住在城里，他的父亲是一位出色的手工业主，主持着水市著名的一座酱坊。不过在那时，酱坊已开始衰败，坐落在江边的那座小楼刚刚没被收充公，成为征纳航运税赋的公事房。青年是到石镇文化馆上班的，负责剧目的整理。文化馆位于石镇的西端，一座木制穿枋带回廊的二层楼。青年住在楼上，他的后窗下是一片莲花塘。青年住下的头一个晚上，就听见了莲花塘对面的孙家祠堂里单调的锣鼓声。他可能因为旅途劳累而感到厌倦，但是不久他便为纯正的黄梅调寝不安席。这个晚上后来青年就去了孙家祠堂，在忽明忽暗的汽灯下，他看清了一个小姑娘正在有板有眼地唱着《小辞店》。在侧幕边上，立着一位穿长衫的中年男人，他的表情与这出伤感的戏文似乎毫不相干，显得平淡而枯燥。中年男人要做的，便是把端在手里的泥陶壶递给唱戏的小姑娘，让她下场后喝上几口。台下的青年注意到了这个细节，由此断定他们的关系是父女。他很想上台去同他们聊聊，同时对一把胡琴的伴奏提出意见。这胡琴太干巴了，他自语道，还不如清唱呢！这时候，有人递给了他一碗茶。青年侧过身，想掏出零钱付给这位在戏园子卖茶水的妇人。可是妇人没有接，妇人说：你这位先生是大码头来的吧？青年有些局促，说：我是从水市来的。妇人又问：严先生近日可还在城里登台？青年说还在，并说：我和严先生是朋友。青年说的这位“严先生”便是日后名声大噪的严凤英。青年这才知道，卖茶水的妇人和台上的父女是一家人，和严凤英曾在一个班子里搭过伴，中年男子即是著名的青衣由之先生。一种异乎寻常的情绪在青年心中涌动着，他觉得自己和这一家人的缘分似乎已是前定。五年后，他被他们所接受，成了他们的女婿。

据说由之先生当初对这门亲是显得冷漠的。在婚期临近的前几天，他脾气很坏，几乎每天要摔烂一只碗。但他深知独生女儿的个性，覆水难收已是事实。他也奈何不过自己的堂客，在妇人看来，男人的不满是嫌女婿比女儿大了十一岁。她觉得这不是个问题，因为她也小由之先生十一岁。然而在 1957 年元旦后的第三天，当女儿被众人送上石镇文化馆的那座木楼时，由之先生竟独自关在家里号啕大哭了。这让他堂客十分生气，她骂道：你这辈子在台上还没哭够么？养女总是要给人的，你就不为姑娘讨个彩头？由之先生用衣袖拭尽泪痕，然后从枕头底下拿出了一张签文。堂客不识字，但她知道这是一道凶签。

签文出自青云山脚下的一个瞎子。半年后，这个家庭发生的事证实了瞎子的预言。

我还在梦中徜徉，父亲推门进来弄醒了我，接着告诉我一件事：剧团昨夜烧了。我问是怎么烧的。父亲说事故的原因正在调查。有人说是遭到了雷击，电线起火。我匆匆穿上衣服，随便洗了把脸，骑上自行车往剧团去了。那一片天空仍是灰暗的，像一块旧补丁，余烟尚在升腾着。一路上，我碰见的差不多都是剧团的职工，他们的脸上滞留着悲痛与沮丧。我问：烧得怎样了？他们说：你看看就知道了。远远看去，剧场的轮廓还算完整，我得到了一点安慰。可是当我迈进烧焦的门槛时，我完全被眼前的景象怔住了——

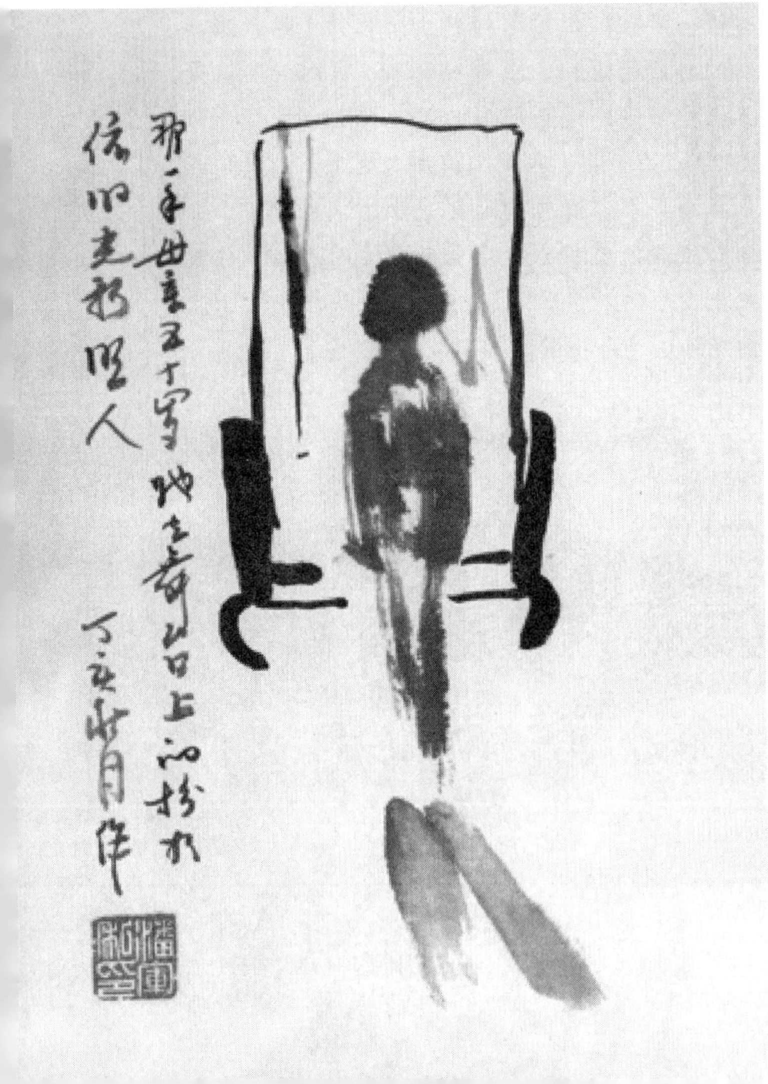

我说不出话。我的胸口完全堵住了，耳边似乎还回响着焚烧发出的爆裂声。这把天火烧掉了我的摇篮。我是在戏园子长大的。五岁那年，我触摸写有母亲姓名的广告灯箱被电流击过，我的右手小指至今还是略显弯曲。我帮助过这个剧团画过许许多多的布景。我父亲创作的剧目，最初是在这个舞台上立起来的。而我的母亲在这个舞台上站了近半个世纪。现在，它已成了废墟和焦土！我从剧场走到后台，从逆光中看见了母亲瘦削的身影。

母亲面对的位置应该是一面镜子。那是她的穿衣镜。镜子的左边是一个衣柜，放着她常用的行头。右边还有一个脚箱，那是外祖父生前使用的。在没有戏的时候，老人总是坐在这箱子上吸着黄烟。这面镜子记录了我母亲的一生。她九岁随外祖父走江湖，十二岁顶梁演《金钗记》，石镇剧团一组建，她便成了当家花旦。母亲的戏路很宽，除花旦青衣，她的小旦和刀马旦也十分出色。中年之后，她开始演老旦或者反串小生。1987 年，我陪同一位戏曲史学家来石镇考察，便在这个剧场看了母亲主演的《孟丽君》。那一年，母亲五十岁。她在舞台上的扮相依然光彩照人。这个没有进过一天学堂的女人凭着过人的天赋与毅力，在这个舞台上挺立着，耗尽了全部的心血。

我走近母亲，轻轻扶着她。早已泪痕满面的她此刻无力说出更多的感叹，她只是喃喃地说：太惨了。

母亲只说了这一句。

——1997 年 10 月 15 日

那个阴冷的下午，少年离开河边后又去了老街的一家日杂商店。他想选购几件农具。县“五·七”办公室已通知，凡下乡插队的学生必须于年底前去所在地报到。日杂商店的人对少年很热情，因为他们常请这个孩子来这里写楹联。那都是些根据客户需要现写现卖的货色。日杂商店的负责人是一个精瘦的老头，据说从前和少年的父亲私交甚好。在他看来，少年的字比他老子更有风骨，面目也清秀得多。所以在少年选购完农具之后，他又额外送给了孩子一条毛巾和两块肥皂。1988 年，当石镇人争相议论一部关于天灾人祸的长篇小说时，这个刚从日杂商店退下来的老头却在添油加醋地介绍着该书的作者，同时也炫耀着自己的先见之明。

少年又一次走过了那条小巷。一个小女孩正在巷口踢毽子，毽子踢飞了，落到矮屋的瓦楞上。少年放下手里的东西，替小女孩取下了毽子。小女孩用水市的话谢了他，少年有些意外，来自水市的声音让他在这一瞬间想起了小丹。

小丹一家是武斗平息后的第二年迁回水市的。算起来已过去五年了。

搬走的那天，少年随外祖父回了老家，那是个离石镇十五华里的乡下，叫罐子窑。外祖父走江湖之前，是一名手艺不俗的陶工，能从一团熟泥中拉拽出各式各样的罐子和壶。那天，少年正在简陋的作坊里用心制作着花盆，他想把这件东西带回来送给小丹。半个月后，他回到石镇时，母亲把一封信交给了他。信是小丹来的。信上只说水市的中学很乱，那些同学把她看做是乡下人，她很苦恼。少年感到有些失望，他觉得这封信写得差劲，也写得干巴，而且字也相当难看。但这毕竟是他有生以来收到的第一封信。于是他撕下了它的邮票，夹在笔记本里。第二天，他在带回的那只小花盆里栽下了一朵花。这花后来养了两年，少年却叫不出它的名字。不过，他还是很喜欢那张邮票，时常会拿出来看看它。

很多年后，在一次特殊的场合，他突然意识到这张小图画带来的某种暗示，感到了刻骨的忧伤与悲痛。

老街是狭窄而陈旧的。

你如果对建筑感兴趣，便会发现这条不长的街上还存有一些徽派的老房子。从街面上看，这些房子显得单薄而简陋，但它们鳞次栉比，纵深广阔，一个门洞的后面有十几户人家。少年的家就在这条街上，在最里面，后门正对着一条小河。那天下午，少年就是从后门进家的。他看见三个妹妹都在小院里吃着包装很漂亮的水果糖，尚未从丧期步出的外婆在生煤炉，用蒲扇驱散呛人的柴烟。少年便放下手里的农具，想接过扇子。外婆说：你于阿姨来了，在里屋。

于阿姨就是小丹的妈妈，是一名小学教员。她是从水市来的，她已经有五年没有回过石镇了。少年兴冲冲地推开里屋的门，看见于阿姨正和母亲坐在床沿上交谈，但是他有些惊讶，因为母亲的双眼已经红得厉害，而且于阿姨也没有表现出应有的喜悦，她只叹了声：孩子们都大了。少年这时似乎感觉到，一件意外的事已经发生了，但他不能确定是什么事。

母亲站起来，平静地说：收拾一下你的画，我们去水市。

少年问：就走吗？

于阿姨说：我是来接你们母子的。你爸爸回来了。

谁也不会注意那个黄昏从石镇驶出的一辆装粮食的大卡车。少年的母亲和于阿姨坐在驾驶室里，少年陷在粮食堆中。车向东行，他看见渐渐退后的西边天空突然整个地红了，像在焚烧。这一天里阳光失踪了，却意外地给天空涂抹上了最后的晚霞。在以后漫长的人生岁月里，这个黄昏的晚霞沉淀在少年的记忆深处，变得古怪而奇异。

很多的时候，这怪异的图案被理解成沙漠，没有飘逸却日益凝重，它的形状又时刻为风沙改变。在这片沙漠上看不见旅人的足迹，你听到的只是那个人粗重压迫的喘息之声。

父亲的突然出现，在少年心中引起的是一种极为复杂的感觉。那是激动伴随着恐慌、欣喜搅拌着悲凉、亲近又不想亲近。1957 年秋天这个孩子从母腹爬出时，他的父亲已经成为右派。到了 1962 年，父亲平反无望只能遣返原籍。他曾经想把儿子带走，但遭到了拒绝。你自身难保难道还要把儿子弄死？年轻的母亲这么争辩着。于是，男人和石镇梨园这一家人分手了。他们对各自的组织打了报告，却不被允许对簿公堂。他们最后由组织出面代办了离婚。男人就此离开了石镇，第二年有消息传来，说这个男人在兴修水库中淹死了。女人感到困惑，她不相信这个事实，因为这个男人的水性实在太好了。1954 年石镇遭受前所未见的大水，正是这个文化馆的干部挨家挨户给剧团的人送来粮食的，他怎么会淹死呢？但是女人也不敢去验证这个事实。1962 年女人不过二十五岁，却已是一个五岁男孩的母亲了。过去的一切像是一出苦戏的彩排，这个女人还没有来得及弄懂戏文的意思，大幕便落下了。她不经意中扮演了一个无人替代的角色。1965 年，女人有了第二次婚姻。但这一次还是没有给她带来好运气，在跌跌撞撞几年之后，她自己走上了法庭，放弃了一切财产而要回了三个女儿。这一天，正是她三十五岁的生日。

天渐渐黑了。少年站起来已经可以看见水市的灯火。风很大，但少年浑身发燥。他在这前后两小时里思绪纷乱，他感觉到父亲的轮廓在慢慢清晰起来，但面目则更加迷离。他现在离父亲越来越近了，近到伸手可触，可他还不知道父亲是什么模样。这感觉在折磨着他，他甚至感到了疲倦。他已经习惯了没有父亲的日子，现在这一切突然改变了，他显得不知所措。他难以想象一会儿将有一个男人被指认为自己的父亲，而他必须接受这个事实。

汽车便在此时驶进了市区。与石镇相比，水市显得要繁华得多。街道宽阔，楼房高大，灯火灿烂。卡车没有直接进市区，而是在西门的一个路口停下。他们都下车了，然后就沿这条路往南走，走上坡面，远远地就看见齐叔在那个巷口等候着，但少年没有见到齐叔的女儿，他的小学同学于小丹。

当年那座老房子业已拆除，你见到的仍是一个复制品。1974 年 12 月的那个夜晚，水市的街面十分冷清，走动的行人都将大衣的领子竖起来，那一夜风大却不显出声音。无声地逼迫着你。齐叔领着他们走进这座房子时，里面已坐满了人。他们都是父母的朋友，在等候着这离散一家三口的团聚。少年已有些紧张，他在判断着谁将是自己的父亲。而这时候听见齐叔说，父亲刚刚去邮局给石镇剧团挂电话了。少年的心有所平缓，他坐在靠门的那张椅子上，屋里的大人正打开他的画夹，在传看着他的画。不断有人推门进来，都还是父母的朋友。他们得知某某人从巢湖边上回来了，必须见上一面。毕竟，他们也是分别了十几年。这些人都是黄梅戏的有功之臣，从最初的《打猪草》、《闹花灯》到鼎盛时期的《天仙配》、《女驸马》，都有他们不同程度的付出。这些是很长时间之后少年才知道的，那时，他已是一名小说家了。那个晚上，人们更多谈论的是母亲当年的演出和眼前少年的画作。少年显得有些羞涩，这时，他看见坐在对面的母亲表情发生了变化，她的视线落在了少年的身后。少年便下意识地转过身，一个身材矮小、肤色黝黑，穿着一件略显臃肿的棉袄的男人正从门槛迈入。接着他听见母亲轻声地说：

这是你父亲。

1974 年 12 月我在水市与父亲见面，其时我刚满十七岁。如果走在街上，他不会认为我就是他唯一的儿子。他离开我们母子已有十二年。一个轮回。实际上，这个父亲对于我是刚刚诞生——童年的记忆早已消失得一干二净。依稀可辨的是 1962 年秋天，我随母亲去水市，和一个男人一起吃西瓜，但我无法记起他的形象。所以当他被母亲指认后，我显得很尴尬。面前这个男人完全是一个地道的农民伯伯，与石镇人所说的那种风度翩翩、才华横溢简直格格不入。我难以把诸如大学、外语、志愿军翻译、戏剧家这些字眼与这个陶俑似的形象联系起来。但这个人就是我的父亲。我喊了他，接着一种亲情的气息非常自然地传递在我们之间。很多年后，我写过一篇小说，其中一个细节是讲一个产妇怀疑护士把自己的孩子抱错了。那个护士质问她：你凭什么说抱错了？产妇说：我一嗅就知道这不是我的儿子。她的话被视为不可思议，但却是对的。原来这个母亲的孩子生下后就死了，丈夫怕她受刺激，才借别人的儿子一用。我要表达的，正是这种“一嗅就知道”的亲情。

那天晚上，齐叔后来烧了一锅胡辣汤，姜味也浓，大家都喝。大人们谈论着这些年发生变化的一些人事，比如说谁得肝癌死了，谁摘了帽子，谁已调动改行了。我才知道，这些人往日也是不多走动的，尽管这个城市很小。然而正是这些人促成了一个家庭的团圆。在那个年代，他们只能自己帮自己。夜已深，人们陆续离去。我已经知道小丹陪她的一个表姐去城西住了，今晚不会回来。我似乎有些失落，很想见到她的一张照片，可是没有找到。这时候，父亲才开始看我的画夹，那都是些素描和速写，也有两张色彩写生，其中一张画的就是我从罐子窑带回的那只花盆，但栽的是一棵向日葵。父亲看过，没说什么，又让我写几个字。我便用钢笔写了“鲁迅先生”。他还是没说什么，接过钢笔也写下了“鲁迅先生”。这让我诧异，因为他的字写得实在太好了。

我们在水市住了五日，父亲又返回了巢湖农村。不久，我收到了由齐叔转来的父亲的第一封信。在这封信中，他让我冷静地思考一个问题。“你这辈子是想留下几本书，还是留下几张画？”他这样写道。我回信十分肯定，我说我此生必须做一个出色的画家。那时我还不知道达利和毕加索，心中的偶像是列宾、苏里科夫，甚至包括列维坦这样的现实主义风景画家。

现在我得说说小丹了。第二天，大人们要去另一个地方聚会，于阿姨便安排小丹回来替我做饭。那时我还睡在床上。我的床头挂着一件钢丝背心，那是齐叔用的。他回到水市以后被安排到码头当搬运工，腰椎受了重伤。齐叔和父亲是同一批在石镇划上右派的，为此父亲一直感到内疚，因为当年是父亲把他拖到了石镇，他们想在黄梅戏的渊源之地大干一番伟业，结果却双双成了右派。那个上午我有些懒散，靠在床头看一本过期的什么杂志。昨夜的事对我并没有造成什么影响，只是觉得突然了一点，忧伤却是在一年之后。这时，门外有了声响，小丹回来了。

第一眼见到小丹我还不敢相信，她已完全像个成人，而且长漂亮了。这或许得助于她的一面口罩，这个平常的东西使她眉眼呈现出极大的诱惑，也使她的头发显得更有亮泽。我喜欢女孩子戴口罩一定源于此刻。这种喜欢同欣赏雪后的景象心理上是完全一致的。雪使一切删繁就简，于是在你的视觉上便产生了既熟悉又陌生的奇特效果。我记得小丹取下口罩后说的第一句话是：你饿吗？她的口音已完全变成了水市腔，软软的，但听起来很舒服。我说我不饿。她又问我的鞋码多大。我说三十九码。她就有些吃惊，说你只比我爸爸小一码呀。小丹说她妈妈让她今天为我买一双球鞋。我想这应该是送给我去农村的礼物吧，就问小丹：你下乡吗？小丹说怎么不下呢？我的户口都寄过了。我们就这样随便说着话，我起床时，她就把我放在椅子上的毛衣什么的一件件递给我，然后又去厨房替我准备洗脸水。她问：你带牙刷了吗？我说忘了。她说那就用我的吧。我看见她把牙膏挤到一把小牙刷上。二十多年过去了，这个画面仍是那么鲜活生动地保存在我的记忆里。我在感到寂寞的时候，总是凭借着这样的记忆来慰藉自己。某种意义上，我们其实已经长久地占有着对方。但小丹不是我的初恋。

——1997 年 10 月 17 日

梅岭：1975 年 2 月

这就是梅岭。它并不高，但陡。一条很瘦的石子公路从岭间跌落下来，岭脚的这个小村子叫牌楼。这年春节刚过，少年便来到了这里。那是个有霜的早晨，公路两边的枯草白花花一片。他肩着行李和农具，走得摇摇晃晃。在接近村子时，他发现了一只很小的黑狗，它跟了他一路，后来他就收留了它，取名副官。

少年被安置在生产队队屋的破屋里。队屋一般用来开会学习，但那时更多的是用于祭奠村里刚死的人，在这儿摆设灵堂和说书。他住下后的几天里，总有人问他怕不怕。他觉得奇怪。怕什么？鬼吗？他大大咧咧地一笑，我不怕死人。那个时期少年似乎有些兴奋。干活虽然很累，但非常自由，不想干也可以不干。差不多每天黄昏，饭碗一丢，他就带着小狗副官去了梅岭。由石镇开往水市的最后一班车总在这个时刻在岭脚下停住。司机脸一黑，叫所有的乘客下车，再让他们把大客车推过岭。这个景象让副官激动，它在边上嗷嗷叫个不停。那时少年坐在一块黑色的巨石上，悠然看着岭脚村落升起的炊烟，他很喜欢这道自然的风景。

但他从未画过炊烟，因为每天炊烟的形态都在变化，他不想束缚这自由的东西。他甚至自欺欺人地认为，地上的炊烟升到九天便成了云朵，它们都是变化而自由的生命。

1975年春天难以磨灭。两个月前，他见到了失踪十二年的父亲，也见到了离别五载的小丹，他的心情很好。在水市的那几天，他和小丹玩了很多地方。一天夜里，他们去剧院看戏，小丹介绍他认识了她的表姐雨浓。他一下对这个名字有了好感，接着他发现了雨浓的美丽。戏不怎么样，但那个晚上他激动不已。雨浓那时刚从卫校分配在市第一人民医院手术室，或许是这个原因，散戏之后她坚持要看少年带来的画作。绘画一定要懂人体解剖对吗？雨浓这样问道。于是少年拿出钢笔在纸上信手画出了一个男人体，骨骼和肌肉准确无误。雨浓的脸上露出了钦佩与惊讶，说：你画得真好，你以后一定得上美术学院。少年在这个瞬间有些难受了，他想起了不久前同学的入伍，觉得上美术学院是绝不可能的事。他将去农村，从那儿上大学要靠推荐，这就轮不上他了。少年说：我上不上美术学院没关系，但我会做一个不错的画家。那时候小丹正在边上洗衣服，说你别胃口太大，能在剧团画布景就不错了。他有些不悦地看了小丹一眼。外面响起来，下雨了。雨浓看看表，说明天有手术，得早点睡。小丹就让少年用伞送送表姐，她还得把衣服洗完才能过去。少年突然听见了自己的心跳。

雨中的街道上行人稀疏。你或许觉得这一幕同故事开头的那一幕有几分相似，只是现在这把伞已举得很高。从前的那个雨夜充满着恐怖，现在伞下是一片温馨。他打着伞，另一只手插在裤袋里，他的余光一直停在雨浓的脸上，为她的刘海和长睫毛所痴迷。但是这一路上他们彼此没有更多的言语。雨浓问：你明天走吗？他说可能走，因为母亲将有演出。雨浓说：下回来水市，找我。你估计什么时候能来？他说不知道。雨浓又问：你和小丹同年？他点点头。雨浓笑了一下，说那你也可以叫我表姐了。他没有叫，他说其实你只比我大两岁。雨浓说大一天也是大呀。没多会儿，到了雨浓的家门口。雨浓谢了他，并让他记住她家的门牌号码。

他回来时，小丹正在为他铺床。你怕冷吗？小丹问道，要不要给你灌一个热水袋？他说不需要，我不怕冷。小丹突然对他一笑，问道：雨浓很漂亮是吗？他愣了一下，点点头。他说雨浓像一个电影演员。小丹说，她不喜欢雨浓的工作。他有些不解，说女孩子当护士不是很合适吗？小丹说，我可不想天天翻人肠子。这句话令他很生气，就去厨房洗脸了。以至于小丹何时离开的他也不知道。这一夜，他过得极不平静。大人们还没有回来，他偷了齐叔的一支香烟，在厕所里吸完。这是他生平第一回抽烟，觉得辣。但以后就慢慢抽上了。第二天，他被父亲唤醒时显得有些慌乱，因为他做了一个十分羞耻的梦。

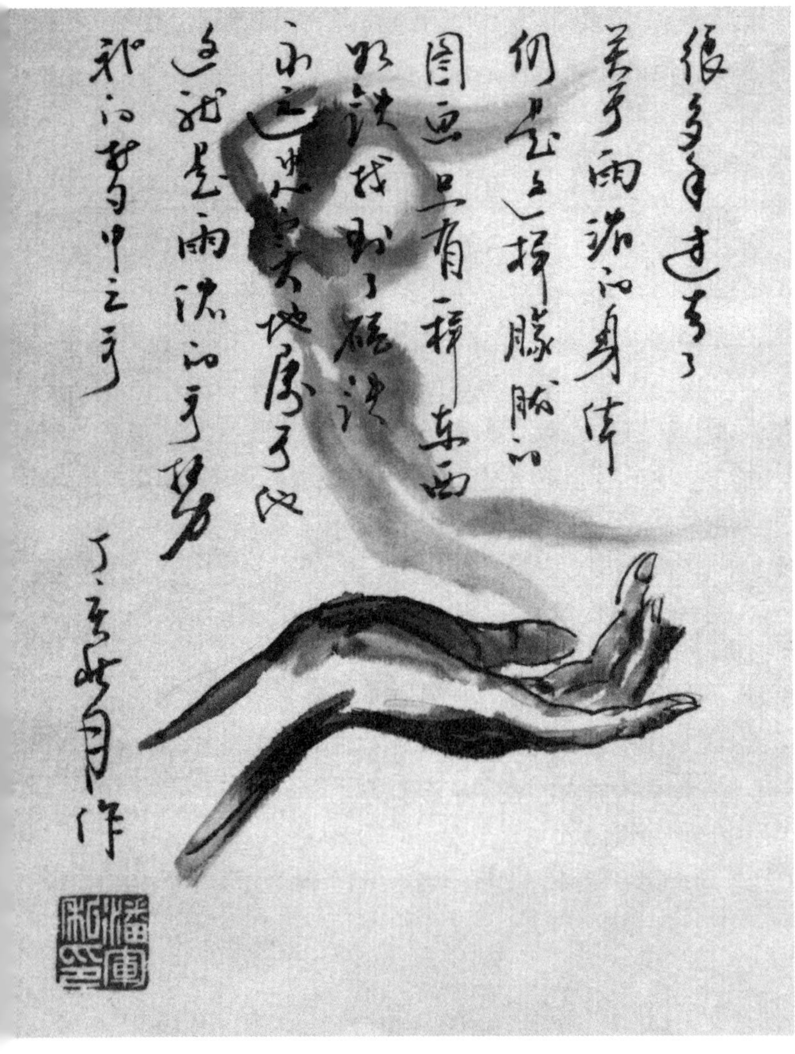

副官突然惊叫地窜起，他的思绪随之中断，接着他发现了一条绿色的细蛇正昂头注视着这边。他拾起一块石头砸过去，那蛇“嗖”地腾空跳了起来，再快速钻进了蒿草之中，就像高压水枪射过似的，蒿草整齐地倒向一侧。暮色浓重了，月亮浅淡的轮廓出现在炊烟的背后。1975 年 2 月的乡村之夜阴森而寒冷，少年坐在煤油灯下临摹着一本著名的连环画。他的窗户没有玻璃，而用一块装化肥的塑料袋钉死。

有雨的时候，窗户便如炒豆一般。这个夜晚显得宁静，这个夜晚的他又格外地不平静，他有了强烈的对性的渴望——他不断梦见雨浓的身体，但全都不清晰。那些像柳叶一样的身体在飞动着，千姿百态……

很多年过去，关于雨浓的身体仍是这样朦胧的图画。他与这些身体在梦中纠缠，但他一次也没有拥有过。有一次他几乎亲近了她，可无论如何也抱不紧，就像在水里捉不住一条大鱼。只有一样东西如铁找到了磁铁，永远忠实地属于他，这就是雨浓的手。

1992年我在海口，有时候夜里无聊便出去看录像带。一夜看根据白先勇小说改编的《玉卿嫂》，台湾影星杨惠珊的那个手的特写让我震动。这正是我的梦中之手、雨浓的手。那个晚上后来我想起了许多事，内心塞满了忧伤。在我决定写这本书时，最先占据我思维的也还是这只手。我从犁城返回石镇的那天夜里，在那个总让我迟疑的三岔口，我其实在思念着雨浓。多年以来，我把雨浓视作我的初恋。可我从未向她表白过。我今天的坦言仍是在对自己进行安慰和疗治。有一个时期，我的父母私下认为我和小丹相处得挺好。他们对此持中立态度。那时期我经常去水市，却屡屡和小丹失之交臂，她差不多总是在我到来之前过江了，回到她插队的地方。大人们当然不知道我是为了雨浓而去水市的，直到1976年秋天，一场意外的事故才使他们暗自吃惊。但是小丹知道我的心思，我却感到了困惑。

这些年我总在反省。我发现在自己几十年的人生经历中，情感的方式带有许多规律性。在每个阶段，总有两个女性从不同的位置介入到我的生活中来，形成一个球体的两半，于是这生活便滚动起来甚至飞腾。当一半受光时，另一半则处于阴影之中。

但是我不能失去其中的一半。如果真是这样的话，我的生活就形同陀螺在原地打转，除非用鞭子抽着走。

今天早晨起来我就检查了一下车，油还不少，去水市是足够了。年迈的外婆抱着一盒西洋参过来，让我捎给齐叔。老人已八十三岁，视力消退殆尽，神志却还清楚。她一辈子都不会忘记齐叔这个男人。我五岁进幼儿园，每天的接送都是这个外婆。一个雨天，外婆来接我，正碰上齐叔来接小丹。那时齐叔刚刚摘了右派帽子，而我父亲却遣返了原籍。

外婆的眼红了。齐叔知道老人在想什么，便抱起我，让外婆牵着小丹。多少年老人一直对我重复唠叨着这一幕。她也曾向我试探过我和小丹的关系，她盼望小丹做她的外孙媳妇。1975 年冬天，老人去水市做白内障切除手术，小丹伺候了她半个月。

见到齐叔给我带个好。外婆说，他要是还能动，就接他来石镇过一向。老人禁不住泪水溢出。我扶她坐到阳光里，顺便号了一下她的脉搏。老人拭拭眼泪，又问：小丹夫妻还和气吧？我说他们过得不错，去年刚分了房子。老人问：你看见过了？我说是小丹在电话里讲的，我们常通电话。

父亲走过来说：抓紧时间走吧。

由石镇出发，行至八公里后有两条路可以通水市。我现在走的是往南去的一条石子公路，不用说我想在梅岭脚下停一会。

这些年我回来上不了这条路，每每都是从当年的公社边上一擦而过。1988 年我从省委机关回来探亲，一位副县长曾陪我重返梅岭。那次县里派了一辆伏尔加车，副县长还带了秘书，显得有几分派头，却让我紧张。我没有走进牌楼村，只到公路边上的一个菜棚坐了会儿。公路边上横七竖八堆放着不少石碑，这大概是农民们的副业，但村子的面貌几乎没怎么改变。当年我住的那个破屋还在，窗户上还是钉着化肥袋，显然一直没有人住。我后来问卖茶的年轻媳妇，可记得有一个知青曾在此插队？媳妇一口就说知道，并说这人现在是省里的干部，可她想不到这人此刻在喝她的茶。那一会，我好像情绪有些波动，细想离开此地已有十余年。现在呢，又是十年过去了。以前读过一些朋友描写知青生活的小说，总觉得过多的壮怀激烈，又过多的悲怆苦难，让我隔膜。或许那时我太幼稚，抑或这儿与塞北南疆显著不同，我对这段生活和这块土地都没有太多的留恋。

我把车停在梅岭上。刚才路过村子时，我试图停下，又很快改变了主意。说实话，我不想亲近那些岁月。我不是革命家，没有规定圣地的欲望。我也不是企业家，能掏出大把的钱资助这儿旧貌换新颜。我是个作家，但多年以来我寻找不到恰当的方式作一次完美的表达。我宁愿把这儿当做一道风景，看一眼就够了。

——1997 年 10 月 18 日

那个后半夜他听见了狼嗥。起先，他以为是哪家婴儿的啼哭，但副官惊慌失措的样子让他明白了。狼的叫声十分悲惨。他仔细听着这悠扬的悲声渐渐远去，他想这匹狼一定是潜入了山里。过了些日子，狼又回来了，并在一个星光惨淡的夜晚与他相遇。当时，他们相距不过二十米。

那天晚上他去公社广播站吹口琴，吹的是《打虎上山》。他对着麦克风吹奏，有线喇叭传出的效果倒很像是手风琴。但这个节目还是出了点问题，临近结束，蹲在旁边的小狗副官兴奋地叫了起来。公社武装部长后来责问道：你这是打虎还是打狗？这让广播站的负责人很紧张，据说第二天还写了一份检讨。他却感到很开心，一出公社大门就点上香烟，然后撒尿。副官站在一旁对着墙角的一只蛤蟆做出攻击的姿态，喉咙里发出拉锯般的声响。他踢了踢副官的屁股，说你他妈的害我犯政治错误。副官就老实了地在他后面一声不响。天开始暖了，田里的稻生长得很好。他的腰又觉得酸了。插秧那一阵，每天黎明即起，一直忙到天黑，有时候还得带饭去田埂上吃。难得有这么一个夜晚，也难得有这份外快——去公社广播站吹半小时口琴队里可记半个工，折人民币三毛四分钱。他想去河边看看，或许能摸两条黄鳝。这个季节的黄鳝很肥。于是他就插上了一条小路。零散的几点蛙声使夜更加宁静，月亮渐渐亮起来，路上像落了一层霜。

忽然副官的喉咙里又在拉锯。他抬头往前看，小石桥的正中央蹲着一只狗。但仔细一看，这分明不是狗，副官是不会对它的同类挑衅的。狼！他一下觉得腿软了，接着向后退了两步，他看清了狼的粗尾巴横在一边。他弄不清是副官贴着他还是自己挨着狗，总之那一刻他们像长在了一起。他又向后退了一步，他想，如果狼很快扑上来自己的第一个反应该是什么，是躲闪还是迎击？他的手伸到裤袋，紧紧握住了那把口琴。但是，狼掉头走开了，走得不紧不慢。他便退着跑到了公路，吓出了一身冷汗。很多年后，那时他在海南岛，他向一个女人叙述这一幕时，作出了别样的思考。他认为那匹狼实际上已从心理上消灭了他。眼前浮动着那狼持重的行姿令他肃然起敬。

那以后他很少夜间出门。即使出门，也需要带上一件武器。最初他选择了菜刀，后来他又请当地的铁匠打了一条链鞭，他把它系到了腰间。他也感谢副官的忠勇，当狼来临的时刻同他“长在了一起”。副官成长得很快，到了这年夏天，它已变成了一个意气风发的小伙子。这条有洁癖之嫌的狗居然像水牛一样喜欢待在水里，它的毛发总是那么一尘不染，在阳光下呈现出乌亮。

不久，“双抢”到了。这是一年中最难熬的季节。每日起早贪黑。他忍受不了任何一件农事，想告假去水市。可是他又羞于启齿，队里正缺劳力，连外地干散活的瓦匠都召回了，学生们也整天扑在田里。他没有理由退却。那些日子他把自己看成了副官的同类，他累惨了，食欲减退，一有空就躺到树阴下。副官在边上巡逻，替主人驱赶着苍蝇。

一天夜里，他被安排在稻场上看稻。睡在竹床上，望着天上的月亮，他很沮丧地想道，这种日子何时能有个尽头？现在他才意识到户口的分量，他已是地地道道的农民了，而不是以前的下乡学农。他和村里人没有任何区别，他不可能被推荐上大学，而招工的指标历年都很少。这个公社有一百多名知青，来自上海、西安、犁城、水市以及石镇。从以往的情况看，越是大城市下来的就越容易先上调，那么他就是底层。即使轮到石镇，也还必须优先满足那些有来头的人家的子女，就是说，他是底层的底层。他不能不沮丧。

副官不知从哪里窜来了，对着它的主人直摇尾巴。他想这畜生饿得真快。这时他听见村里的孩子在喊：下放学生，有人找你来了！他欠起身，看见月光下一个姑娘正被几个孩子簇拥着向这边走来。他看不清她的脸，迟疑着穿上背心。那人近了，并叫了他的名字。天，竟是雨浓！

雨浓是参加地区医疗队到石镇进行巡回医疗的。她工作的区域不在梅岭，而是清埠，靠近琴河边上的一个公社，距梅岭大约二十公里。明天她的工作就结束了，所以今晚让公社的车送她来了这儿。雨浓给他带了一篮子鸡蛋和一瓶麦乳精，她说鸡蛋是清埠的那些病人家属送的，留给他当菜。

他突然有些伤心，他不明白怎么会这样。煤油灯下，雨浓穿着一件紫色的的确良衬衫，上面印着白色的藤蔓。她刚洗过的头发束着一方手帕，像一只大蝴蝶。雨浓看着他，说：你瘦了，也黑了。他笑了笑，把一盘蚊香移到雨浓边上。雨浓又问：还在画吗？他说还在，就把画夹打开。雨浓一张张看着，评价着。他在旁边替她打着扇子。现在他觉得心情好起来了。雨浓指着一张肖像素描说：这有点像我。他没吱声。雨浓又问：是我吗？他有点不好意思，说我是凭记忆瞎画的。雨浓说我没你画的好看，我的眼睛没这么有神。他把茶杯递给雨浓，说：下次去水市我对着你写生吧。雨浓侧过脸问：什么时候去？他说"双抢"结束。雨浓点点头，又问：画小丹了吗？他说没有。他说小丹的特征不明显。这句话显得毫无底气。雨浓就不再问了，把一个盒子从包里取出，那里面装着红药水、紫药水和常备的药品，还有胶布棉签之类。雨浓说，身体要注意，梅岭这一带有血吸虫病史，要保持定期检查。然后她说：我得走了。

他抬起头，问：就走？

雨浓说：车还在公路上等着呢。

他没有再说什么。副官从外面跑进来，安静地蹲在了他边上。

多少年来我一直为没有印证那个晚上雨浓的心情而懊恼。事实上，那天晚上她一离开，我就感到后悔。我不满十八岁，没有勇气去拥抱一个女人，我后悔的就是这个。我不在意雨浓的拒绝或接受，只需要一个确切的结论。但是一切就这么过去了，构成了一个永远的悬念。那个晚上我辗转反侧，一宿未眠。黎明时天下起了大雨，我把副官锁在屋里，动身往清埠赶了。

雨越下越大，雷电交加，公路上见不到一个人和一辆车。没有多久，我浑身已淋透了，伞无济于事。那些雷电！似乎就劈在我的附近，现在想起来还很害怕。我想雨浓他们一定是乘船回水市，那班船我以前坐过，早班开航在九点，我应该是能够赶到的。那时大约是清晨七点，我已经走了一半的路，觉得很有把握，而且雨也渐渐小了。但是我的脚已被凉鞋的金属纽扣磨破了。鲜血淋漓，雨水浸到创口火辣辣地痛。于是我停到路边一座废弃的茶棚里，拔了几棵草来隔开纽扣，同时把上衣脱下来拧了一把，这时，一辆摩托车在我边上停住了。骑车人撩开雨衣帽子，对我叫道：这么早去哪呀？我认出这是石镇邮局的老王，他负责跑这一线的邮路。我有点喜出望外，没想到这么早会碰见他。我说去清埠。他头一歪，说快上来吧。然而我没有想到事情给弄糟了。

老王是去一个叫刘家桥的地方报丧的，邮局的一名职工昨夜得脑溢血突然死了。刘家桥虽然离清埠只有三公里，但那名职工的家却在山之北。而且我们一到，死者的家属就像天塌了似的对老王跪下，哭得死去活来。我看老王一时动不了，只好重新上路，这时的脚便更加疼痛，几乎每走一步都不容易。结果等我赶到清埠码头，去水市的早班轮船刚刚开走。我甚至看见了它的影子在烟雨之中……

那个早晨我沮丧而痛苦。我呆呆地站在那个小码头上，很想找到一件活干，因为我身无分文，口袋里只有三斤粮票。我想挣出一张船票去水市，把昨夜没有敢说出的话，对雨浓说出来。可是码头上不存在散活，我只好亦步亦趋地返回梅岭。我不知道我是怎样走回来的。这一天里，我饿着肚子走了近五十公里的路。回到自己屋子，副官一下子就将我扑倒了。这畜生也饿了一天，把该吃的全舔光了。我不禁流下眼泪，开始生火烧水做饭。那会儿，我感到冷得不行，牙齿格格地碰到一起。我打了八个鸡蛋，吃了三个就不想吃了，余下的都喂了副官。当夜，我便发起烧来。我躺在床上，脚上涂了红药水、缠了纱布，又吃了几片治感冒的药，不久便沉沉睡去。我又一次梦见了雨浓，依旧是那么的不清晰。我能看见的看清的还是她的手。所不同的这回是一双手，半张开着，像是在迎接着什么，更像是在使劲抓住什么。那时我没想到这梦中的手势竟是一个可怕的隐喻。

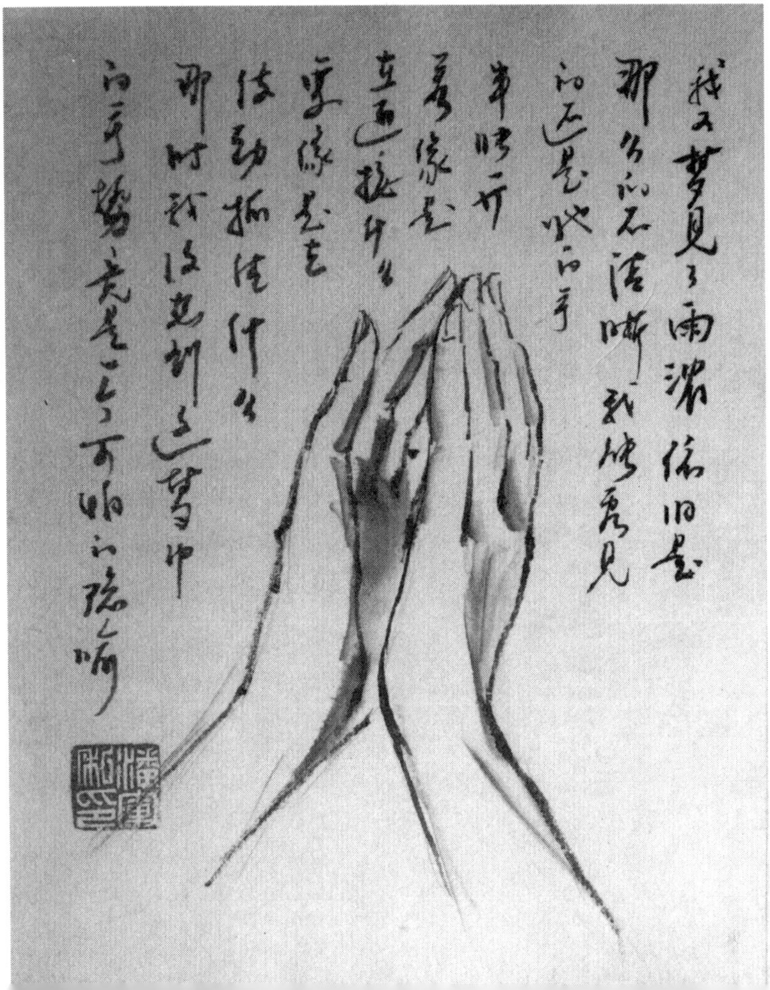

二十多年过去了，我无法摆脱这梦中的手势。我总是在假设，假设那一天我赶到了清埠码头，对雨浓说出“我喜欢你”、“我爱你”，以后的事或许就是另一个样子了，甚至我们两人的命运都将因此改变。然而这一切已不可能。现在，我驾驶着车已临近了水市，路边的风景不断从眼前掠过。城市在变化着。我奇怪地发现，这个城市好像每年都在修路，其中有些路是挖了修修了挖，没完没了。这个城市给了我太多的回忆，可每一次接近她，我都显得笨拙不堪，我似乎总是一个匆匆过客。

——1997 年 10 月 18 日

病中的齐叔是安详的。他已从医院回到家中，放弃了治疗。他的情绪很稳定，比我想象的要乐观。这种病想通了也就那么回事，他说，我每天坚持锻炼、吃药，该干什么干什么。但是于阿姨难以承受这个打击，一见到我就止不住地哭了。她说你齐叔这辈子可真没过什么好日子啊，老天怎么能让他得这种病呢？

齐叔在我心中的位置不亚于我父亲。那些年我来水市，就住在齐叔家。我和齐叔睡一张床，每晚都聊得很迟。他是个稳健从容的男人，从他永远微笑的脸上你看不出他此生遭过了多少罪。我母亲一直视齐叔为他们那一代人的楷模。齐叔虽然没有留下一个剧本或者一首曲子，但他留下了自己的身影，无论他活着还是死去，这身影都存在。这是一个捆着钢丝背心的身影。

中午，齐叔让我看他近期写的大字。他临的是王羲之的《兰亭序》，临得一丝不苟。他说王羲之的字让他联想到舞台上的青衣，静中见动，平中出奇，韵味是慢慢咀嚼出来的。这样就谈到了我的外祖父由之先生。齐叔回忆起 1956 年陪中央人民广播电台的一位编辑来石镇录制外祖父的唱腔，说老人的唱腔有一种特殊的“沙味”，自成一派。但我母亲没有走这条路，她的青衣是从花旦中演变来的，苦中仍不乏甜味。这很像她本人，齐叔说，你母亲一生坎坷，但内心是从不脆弱的。正说着，小丹回来了。她接到家里的电话，下班直接到了这儿，还捎了一些菜。

小丹问我，这次可把孩子带回来了？我说没有，女儿正上学。她又问我能在水市住几天。我说随便，不受时间限制。她说在报纸上见到我在做导演拍电视剧，问什么时候能放出来。我说不清楚，我只管拍。见我情绪不高，她也就不想再问什么，进厨房帮着准备午饭去了。

实际上我和小丹就是这样的状态。每天在一起与隔十年见一面几乎没有什么差别。1984 年秋，当我彻底离开水市时，我曾对她谈到这种感受，我说：我们之间不知道是缺了点什么还是多了点什么。她沉默了一会才说：这样也好。我早就把你看做是一家人了，未必要天天睡在一张床上。第二年，我们各自都结婚了。她丈夫在市政机关工作，据说现在已是一名科长。那是个面目清秀斯文有余的男人，每天刷三遍牙。奇怪的是小丹每回去商场购物，摸奖摸到的也差不多都是牙膏。有一次小丹对我说：你能认为我同他没缘分吗？这话把我俩都逗笑了。

午饭吃得很迟，小丹也就请了假，不上班了。齐叔需要休息，我和小丹便坐到晾台上交谈。对父亲的病，她已作了充分的思想准备，她只祈祷父亲能在明年走，看见她儿子上中学，而且走得舒服一些，不要痛苦。虽这么说，但她还是流泪了，把手伸给我。她说：到时候你要回来！我说我会的，我会把齐叔送上山。我握着小丹的手，她使劲地用拇指掐着我，掐出一道很深的痕迹。过了会儿，她好像想起了什么事似的抬起头。她说：回头去看看雨浓吧。

我的心陡然重了。

——1997 年 10 月 18 日

水市：1975年10月

从前那个细雨迷蒙的黄昏，少年就站在这个位置望着日益污浊的长江。他的眼神呆滞得可怕，嘴角还挂着一点血迹，那是从喉咙里咳出来的。他在江边已站了很久，现在，那个叫小丹的女孩来到了他身后。小丹喊了他，他没有回头，后来小丹就把手递给了他，小丹说：你握握我。他就握住她，可是总觉得握不紧。这一瞬间他想起以前小丹说过的一句话。那是有一回小丹替他看手相，发现他十个指头都是簸箕，小丹就说：你这人将来抓什么都会抓不紧的。他当时竟哈哈大笑，笑小丹如此迷信。现在他信了，但他不敢相信一周前发生在眼前这条江上的事是真的。

这年“双抢”刚过，他被抽回石镇参与筹办一个路线教育展览。这事若在以前，他很乐意，因为每天可以补助一块两毛钱。可这次来得不是时候，他想去水市。他已经答应过雨浓，要为她写生。他甚至想画一幅她的油画肖像，连画框的尺寸都考虑好了。雨浓的肤色白皙，表情含蓄，他觉得可以处理成逆光效果并且做成冷调子。第一次见到雨浓时，她穿着一件黑色的雪花呢短大衣，他觉得这也很好，粗犷的笔触与细腻的面部正好形成一个对比。当然，他会建议雨浓衬上一件红色的毛衣，那是唯一的暖色，但提示了面部。这应该是完美的设计，眼下却不能实施，所以他恨这个展览，盼着早点结束。这件事一直拖到了十月中旬，他领到了四十二块钱。他把三十块给了母亲。上个月，他在新华书店见到了一本《连环画精选》，那是全国展览的作品集，八开精装，定价十五元，全县就进了两本。他想买，母亲把买米的钱给了他，再去向别人借钱来买米。他当时心里很难过。他把钱交给母亲时，母亲说：你不是要去水市吗？带着吧，给你齐叔于阿姨买点什么。他说，我还有十二块。母亲想了想，只收了二十块。

第二天一早他就出发了。两小时后，他到达了水市。在车站他暗自想着，是先到齐叔那儿还是去先见雨浓？他选择了后者。于是他从一条小路斜插过去，那儿有条老街，走过这街，离雨浓的家便不远了。他停在一家商店前，借着玻璃门的反映整理了一下头发，觉得自己背着写生夹、提着油画箱显得很神气。然后他进去买了一盒巧克力和两瓶橘子罐头。他感到街上有不少人在打量着自己，还有两个小孩在追着要看他的写生夹。他的心情很好，他想这个城市迟早会接纳他的，至少，他有希望到市剧团来画布景，这并不影响他成为一个画家。1975 年 10 月，少年在秋日的阳光下抖尽了辛劳与疲惫，但不知道此刻阴影离他只有一步之遥。

眼前就是那个熟悉的门牌了。那扇门就这么敞开着，迎面的墙上涂满了枯树阴影。从这儿走进去便是雨浓的家。那次，他就站在这个门口，看着雨浓的身影消失在墙的后面。他没有进去。现在他又一次听见了自己的心跳。他犹豫片刻，迈过了门槛。这个杂院住了几户人家，他路过时，一个洗菜的老太太一脸狐疑地看着他。他避开老人的目光，正想推雨浓的家门，突然从里面走出了小丹。他还没有来得及惊慌，小丹便一头撞到他怀里号啕大哭：你才来呀！你死吧！

这时，他看见了桌上摆放着一团黑纱缠绕着雨浓的遗像！他一下坐到了地上。

很多次，很多次我想写下这一段，都放下了钢笔。明天是雨浓的祭日，她已经离开我二十二年。这些年来，雨浓的死像梦魇一样盘踞在我的心头，我把它看做是我体味痛苦的真正开端。

1975 年 10 月 20 日，水市是个阴天。新近出版的地方志对这一天有着太多的渲染：阴云密布，秋风萧瑟，江面大雾初开，船影绰约。但在二十岁的女护士雨浓看来，这一天很平常。她原想在这个调休日去裁缝店做一条呢裙，可是一早就被卫校的同学喊起来了，约她一道去江对面的大渡口看菊花，顺便买回几盆。说来也怪，仅一江之隔，南岸的菊花就是开得比北岸的好，而且价格也便宜。雨浓是一个十分随和的姑娘，自然不会扫大家的兴，况且她也很喜欢菊花。

那个年代，水市还没有养花的风气，街上也见不到一个花店。她们大约是八点光景出门的，去赶九点的过江轮渡。那时候天空飘着微雨，雨浓和同学挤在一把伞下。到了码头，她看见卫校的刘老师在栈桥上向她们招手。雨浓这才意识到还有另一层意思。刘老师是个白面书生，比雨浓大七岁。在校的时候，同学们都说刘老师对雨浓特别好。刘老师送给雨浓的毕业礼物就是一盆白色大理菊。现在刘老师迎过来了，他已买好了船票。同学们把雨浓推到刘老师的伞下，说他的伞大一些。雨浓并不腼腆，还是礼貌地喊了一声“刘老师”，后者倒感到局促了。不一会，上船的时间到了。

那天过江的人并不多。他们依在船舷栏杆上，谈论着一些同学的近况。江面上风大了起来，雨浓的头发吹乱了，但她的兴致很好。交谈中，她不时把手臂伸出伞外去迎斜飞过来的雨丝。或许是为了体现对雨浓的关心，抑或是避开其他的同学，刘老师以风大会感冒为理由让雨浓与自己去了底舱。雨浓没有拒绝，但她不知道这个瞬间没有被拒绝的却是死亡。

当他们走进底舱几分钟后，突然听见一声巨响，旋即船体倾斜，失重的人们像麻包一样被抛到了一侧。几乎是在这同一时刻，粗大的水流从不同的方向灌入舱里，淹没了嚎叫声……

只是几分钟的事。几分钟便结束了一百二十七个生命。小丹后来告诉我，这条渡轮行至江心被上游下来的一艘运煤的驳轮拦腰撞沉。雨浓当时如果不进底舱，安全是绝对没有问题的，她随便抓住一件东西即可求生。留在甲板上的其他几个同学全活了下来。那位刘老师也存住了一口气，等来了救援之手。傍晚，打捞工作结束，据目击者回忆，遇难者的尸体整齐地排放在江边，像一条小路——那是通往另一个世界的路啊！雨浓的尸体蜷曲着，像怕冷似的。可她的两只手全伸张着，她的确是想抓住什么，她才二十岁！她不想死！

一年后，我凭记忆制作了这幅版画。小丹感到震惊，因为这几乎和雨浓最后的手势一模一样！而我说，这是我的梦。那时候小丹依偎着我，说你和雨浓来生一定会在一起的。我记得那天夜里我正发着高烧，小丹一直守在我身边。她的父母回原籍池州替老人迁坟去了，家中就只有我们。吃过退烧药，我一身都是虚汗。小丹用热水替我擦洗。我看着她，突然觉得上帝在帮我做出最初的选择。我便抓住了她的手。她似乎不感到惊讶，而是叹了口气。她说：我俩都是农民，要是我们好了，将来我们的孩子也会是农民，你说呢？我什么也没说。这时，她抽泣起来。窗外又下雨了。那一夜，我们后来和衣躺在了一起，我握着她的手，看着窗外一点一点亮起来。这些年我时常被大学请去作讲座。每次解答学生递上来的字条，其中总有这么一道：能谈谈你的初恋吗？甚至：你第一次接触异性心情如何？我说：我的初恋不是童话而是一首挽歌。我最初对异性的感觉是可悲的，那时我们活在一个不可思议的年代。你们不会想象到一个人连欲望都可以磨灭，但这确实不是虚构。

1985 年秋天，雨浓的骨灰安置到了公墓。那时我和小丹都在筹备着自己的婚事。小丹在电话里说到雨浓，我便委托她在雨浓的坟上栽上一圈菊花。以后每年雨浓的祭日，小丹都会这么做。明天，这件事该由我来做了。

——1997 年 10 月 19 日

副官大喊的时候，他正在田地喷农药。闻声望去。大队书记和一个敦实而斯文的男人叉腰站在公路上，旁边停着两辆自行车。大队书记姓王，对知青不错，喜欢安排这些城里来的学生出个墙报、演个节目。少年洗洗脚，他想大概又是要出墙报了，继续批林批孔吧。来来，书记摇着大手说，这是公社盛文书记，看你来了。于是盛文书记伸过手同他握了，问：田里的事都会做了？他点点头。然后盛文书记又问：你英语学得怎样？他说还可以。盛文书记笑了笑，说：回去收拾一下，明天去公社中学代课，教英语。初一初二初三都归你。说完，两位书记推着自行车走了。他听见盛文书记说，这小鬼长得不像他老子。

他似乎明白了一点。但这突如其来的美差让他手脚无措。这是真的。就是说从明天起不需要再下田了？就是说从这个月起可以领到工资了？就是说晚上看书画画有电灯了？他大喊了一声，田里的人全都吃了一惊，连副官也跳到了一旁，紧张地看着主人。他无法掩饰这种失态，一口气跑回了那间破屋。进门之后，他突然抄起门后的锄头把那口铁锅砸烂了。那锅里还剩有一点水，漏到灶膛，很快让柴灰吸干，淌出灶口的只有一线。副官蹲到他腿边，这畜生却沉默了。

当天下午，他带着副官回到了石镇。当他告诉母亲这消息时，母亲问：老盛调到梅岭了？他以前和你爸处得不错。母亲又说，老盛也划过右派，六二年甄别的政策是先党内后党外，因为他在党内，就先平反了。母亲最后说：给你爸写封信吧。叫他以后来信直接寄到学校，别再让你齐叔转了。

于是在那个春夜，他在自家的阁楼上为远方的父亲写信。这是1976年他给父亲写的第一封信。春节的时候，他和母亲又去水市与父亲见面了。父亲带来了许多土产，还为外婆安排做了白内障切除手术。拆线的那天，外婆问母亲：你们能复婚吗？母亲说：不是时候。那样儿子兴许就烂在农村了，我总想让他有机会再念几年书。外婆问：那要等到几时？母亲说：等到儿子三十岁为止。要再没有机会，我这做娘的也算是尽心了。外婆叹了口气，说早知这样，还不如当初不离；离了也还是划不清界限。广播里不是老讲，右派算是人民家里的矛盾么？

对于少年，他迫切需要的不是再读几年书而是摆脱皮肉之苦。他忍受不了“双抢”一类的折磨。代课教书最大的恩惠是替肮脏的肉体找到了一张舒服的床和一盆洗澡水。那天夜里，后来他又想到了几个月前遇难的雨浓。他想倘若雨浓还活着，那么他可以每个星期天去一趟水市。他甚至幻想，他在江边写生，雨浓替他打着一把遮阳伞，一直从黎明画到黄昏。这个浪漫的幻想保持了二十年。1995年。他把它写进了一篇小

说，但是写得很糟糕。他似乎明白了一个道理：幻想是无法表达的。

他要去的中学就是这个样子。这不是个完全中学，只是一个极小规模的初中，三个年级三个班。他承担的也就是三个班的英语课。课本还是他读初中时用的课本。第一课：毛主席万岁。中国共产党万岁。中华人民共和国万岁。第二课：工人阶级是领导阶级。千万不要忘记阶级斗争。抓革命，促生产。第三课：教育必须为无产阶级政治服务，必须同生产劳动相结合。第四课：小华学工，工人师傅问他，这是什么？这是一把锤子。小红学农，农民伯伯问她，那是什么？那是一把镰刀。小兵学军，解放军叔叔问他，这是什么？这是一把枪。……

不需要备课。

报到后的那一天里，他忙着收拾房间。窗外挤满了学生，他们对新来的老师感到好奇。这个老师比他们大不了几岁，背着画夹，牵着一条黑狗，有时还吹口琴。这景象令他兴奋。于是他推开窗户，说：同学们好！

学生们一齐喊道：老师好！

他觉得学生们把天都喊亮了，使这一天的黄昏无限延长。

晚上，学校照例举行了教师聚餐以示欢迎。校长是个口齿极不清楚的男人，喜欢披一件旧呢大衣，喝酒时也不肯脱下。学校一共九名教师，全是男性，紧紧围着一桌。大家不约而同地夸奖他，但更多的是称赞盛文书记的眼力，说盛文书记刚刚到职就这么重视教育，为学校注入了新生力量。最后校长抖抖肩上的大衣说：这下，学校的教师住房木料，该不会是个问题了。说着就从怀里摸出一份文字材料，交到了少年手上。校长说：你是盛文书记派来的，明天就劳你去公社跑一趟，让书记优先把报告批一下。少年说：我明天有课。校长说：不急不急，调一下调一下。于是大家再次举杯向他这个新生力量敬酒，他莫名其妙地便给灌醉了。

很多时候，他就坐在这间教室里，学生们放假回家了，教室似乎一下大了许多。这个环境让他想到石镇的剧场，又让他想到西方的教堂。他想，人们去剧场是为了看到一些身边不曾有过的事情，去教堂是想听到平时难以听到的声音——他没有见过教堂，但他能想象出它的肃穆与庄严。直到很多年之后，他在上海拍摄一部电视剧，去了佘山的一座历史悠久的教堂，才印证了这种感受。现在他坐在这里，却是在思考如何面对卷土重来的苦难。1976 年 7 月是一个难熬的夏天，而且汛情严重，绝对是一个灾年。他原想回石镇完成一幅版画的创作，正准备同校长打声招呼，一个老师进来传话，说校长有事找他。他问什么事。那老师显出为难的样子，说你去就知道了。他很敏感，觉得肯定是有麻烦来了。于是他去了校长房间，校长披了件衬衫，很客气地递给了他一支烟，说：坐，坐！他心里越发毛了，问道：有事吗？校长往藤椅上一靠，说：是这样。学校接到公社指示，代课教师这个这个，暂时回队，听候通知。你去会计那里这个这个，把工资结一下。校长说这段话时一直玩烟盒，不看他。他顿时就明白了：自己将被扫地出门。原因是上个月盛文书记离开了这个公社，去县里当粮食局长了。

他第一次目击了人的丑陋。但他不恨这个校长。这个喜欢披一件衣服的小人物无力挽留他的离去，就像几个月前无力拒绝他的到来一样。

这一天，他懂得了权力。他曾经是权力的受益者，如果不是盛文书记同父亲从前有过私交，他也照样不可能脱离农田。新来的公社书记是学大寨的劳模出身，尽管他不抽纸烟而吸黄烟，但他一旦坐在同一把椅子上，他的做派和他的前任如出一辙。将顶替少年出任代课教师的，是这位书记表哥的女儿，刚刚从水市下到这里。

他也觉出了自己的悲哀。我不像个男人，他这么想着，不就是苦吗？中国有多少农民在祖祖辈辈地吃苦，哪一日不是面对黄土背朝天？苦不死人，累不死人，人活一口气。你的父亲不是农民吗？他已在农村活过了十五年。小丹不也是农民吗？你难道连一个女孩都不如？这样想下来，他轻松了许多。天渐渐黑了，他蹲在教室的一角，把课本和教义全烧了。望着那团火焰，他觉得自己似乎刚从一个漫长而沉重的大梦中醒来。

当夜，他带着副官回到了梅岭。

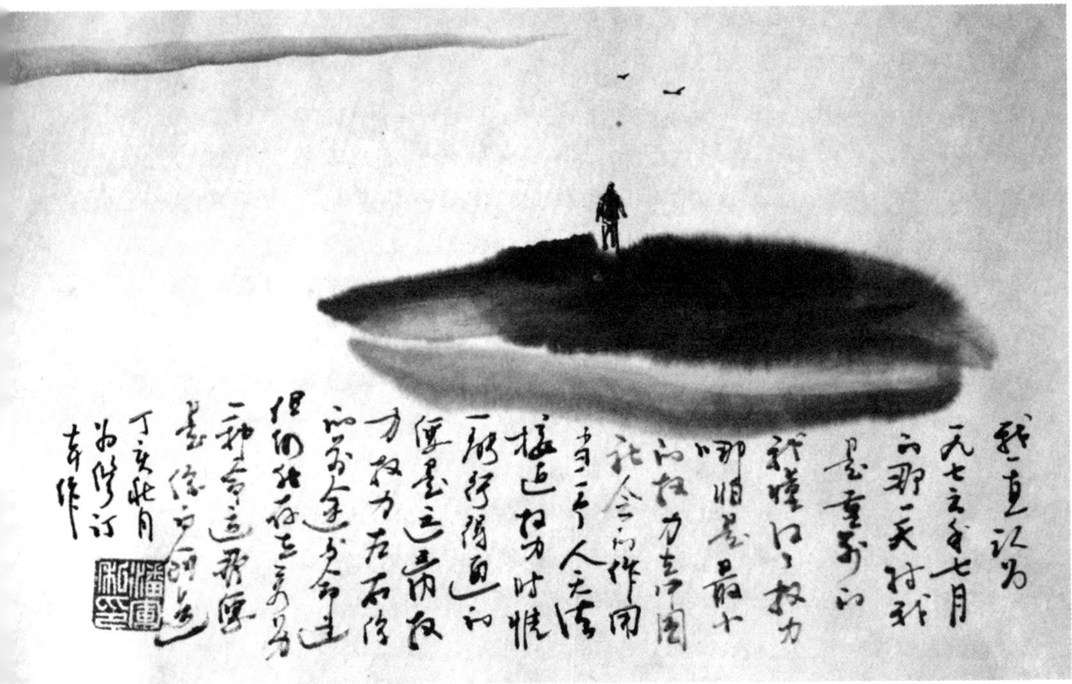

我一直认为，1976 年 7 月的那一天对我是重要的。我懂得了权力——哪怕是最小的权力，在中国社会的作用。当一个人无法接近权力时，唯一能行得通的便是远离权力。权力左右你的前途与命运，这固然是无法忽视的存在，但仍然还存在着权力控制之外的另一种前途、另一种命运，那便是你的创造。正如农民创造粮食、母亲创造生命一样，权力是剥夺不了的。尽管权力可以扼制、限制你的创造，但创造本身的力量足以能同权力抗衡。没有一种权力可以规定音乐的具体性，因为旋律的形态是抽象的；也没有一种权力可以控制竞技的规则，所以体育比赛的魅力在于与生俱来的公平；更没有一种权力可以改变季节的更替、自然界色彩的转变。权力可以消灭生命，但消灭不了生命的辉煌。我的生命在于我的创造——二十多年前，我悟出了这一点。这便是我的世界观的雏形。我朴素地信仰它，就像信仰阳光、空气和水。

一个漂泊者唯一需要的是自我生存能力。一个夜行者唯一需要的是可以照明的东西。如果还需要增添什么，那就给漂泊者以力量，给夜行者以胆魄。这便足够了。多年来我就是这么想的。我觉得我活得挺好。我选择了一条远离权力的生存之道。用我母亲的话来说，你只能靠自己。既然在这个世界上连一只狗都可以活下去，人凭什么不能活呢？那个遥远的晚上，我面对副官这么想。贫瘠的公路上只有我和我的狗，远处的稻场上隐隐传来看场人唱的小调，天上的月亮十分明净。我们没有进牌楼村，直接上了梅岭。我坐在那块以前看炊烟的大石头上，抽着“光明牌”香烟。这种烟当时是二毛五分钱一包，插队的那两年，我一直抽它。

不久，大队在梅岭的东侧坡上盖了一个林场，把全大队散落各村的七个知青，集中到了这儿。那已是1976年的9月了。

从雨浓的墓地回来，我请小丹去江边一个叫“酹浪阁”的馆子吃饭。馆子不大，窄窄的三层，南面临江。那时天色将晚，江面上行船的灯火显得明亮了。我们坐在三层，边上只有一个司机模样的人在喝啤酒。最初的一刻，我们都没有说话。小丹似乎有些疲倦，不时打着哈欠，连眼泪都打出来了。然后她就笑了，说我俩真是很怪，我在你面前从来就没觉得自己是个女人，什么都不遮掩。我说：十岁那年在我眼里你就是女人了。我说起那天晚上送她回家的情形，记忆中最深刻的不是头上响着枪声，而是那个男孩想很快长到十八岁，直起腰杆把那把伞打起来。小丹有些痴迷地看着我，说你这人怎么到死也改不了脸红的毛病？她又把手递给我，问道：我老了吧？女人四十豆腐渣。你倒是耐看了。你现在和谁在一起？我说一个人。小丹叹道：你根本就不该和李佳离婚。感情这东西哪有十全十美的？这时菜上来了，我们也要了啤酒。我替小丹斟上，说：我们要在一起也一定会出鬼。小丹想了想，点了一下头。我早就看出李佳和小丹之间的某种联系，她们有相似之处。我与李佳前后生活了十年，那是她最好的年华。我们最大的收获是有了一个灿烂的女儿。

后来我便给李佳去了电话。女儿的钢琴声清晰可辨，成为父母通话的伴奏。李佳问：你现在在哪里？我说在水市。李佳说：我想你该是在那儿。然后她就笑了。

我明白这笑的意味。我在水市的故事不过刚刚有了个序幕。

这个晚上，江上的月光最后形同烟霭，明天将会有风。

——1997 年 10 月 20 日

梅岭：1976年10月

一个明媚的早晨，他去大队林场报到了。他是最后一个。他到的时候，其他的知青正在门口洗脸刷牙。大家都是熟人，因此也没有过多的亲热。这时一个叫尹玲娟的女孩突然问了句：你不教书了？他愣了一下，说：学校在盖房子。这句没头没脑的谎话立刻让他感到羞耻。他没有勇气说“学校不要我了”。他找到属于自己房间——那是北边的一间屋，把副官关在门外。然后一个上午他都在收拾、整理。他把自己的一些素描和水粉写生挂在土壁上，又挂上了一床新帐子。这个环境渐渐使他的心绪调整过来，在学校，他那屋子差不多就是这样布置的。十月是农闲季节，加上林场初建，领导又没有到职，知青只是在山上干一点散活。他听见外面的农具碰击声。知青们临时在一个上海学生周瑞的带领下上山了。他把煤油灯又擦了擦，这才点上光明牌香烟。和牌楼村的那间破屋相比，这间屋显然好多了。至少窗户上有了玻璃，而且顶上还有几块亮瓦——也是玻璃的，挤在青瓦之间，以增加屋内的照明度。

副官在门外叫起，接着他听见了敲门声。他打开门，一个双眼混浊、头发蓬乱的瘦弱男子在对着他笑。他差点没认出这是邻队的上海知青张志松。他去学校之前，这人可不是这样。他问道：你病了？张志松做了个要烟的动作：不好意思，我香烟吃光了。他给了张志松一盒烟，说：你没上山？张志松说：我没力气干活，周瑞有，让他干好了。他们说话时，副官就蹲在中间。张志松摸了副官的头颅，说：这狗真肥。副官突然触电似的跳到主人这边，喉咙里却不拉锯。他有点奇怪，这畜生竟认起生了。他轻踹了副官一脚，把它轰到了外面。

不一会，山上的知青回来了。张志松便趿着布鞋回了自己屋。他住在最西端的南屋，对面的北屋是公用厨房。当时这些知青的关系还保留在各个生产队，每人每月交出一定数额的大米和菜油，林场统一调配。知青们洗了手，都陆续来了他这儿，边聊天边欣赏墙壁上的画。在牌楼村的那一年实在是太寂寞了，只有雨浓去看过他。去年的这个时候，雨浓不幸遇难，时间不经意中又过去了一年。他心里有了些忧伤。大个子周瑞拿起他的口琴吹起来，吹的是一段沪剧。大家说沪剧没有黄梅戏好听，周瑞放下口琴，说：土了吧？你们石镇水市的人就知道一个黄梅戏。正说闹着，尹玲娟在外面喊：快来！拿脸盆来呀！大家全跑出去。只见尹玲娟手指着公路说：送酱油的板车过不了梅岭，让我们推，放他几盆酱油！周瑞一听，让刘卫兵去找皮管，然后就以领导身份去同拉车人交涉了。

一共三辆板车，分别装着酱油、糖酒和肥皂。周瑞谈得很成功，对方给我们三脸盆酱油、半盆酒和十条肥皂。除张志松外，六个知青不分男女都去推车过岭。忙了一个多钟头，大家满载而归。周瑞一进屋就敞开夹克衫，原来这家伙趁忙乱之际又悄悄弄了两包砂糖，一左一右地别在腰间。这下可是大赚了！为了以示庆贺，大家每人出五毛钱，让刘卫兵去公社剁肉。那时的猪肉是七毛三分钱一斤。这天，大家都没吃午饭，下午也不打算再上山了，就忙着筹备一顿丰盛的晚餐。厨子老何是大队派来的，他还回去从自家菜园地拔了一些蔬菜，算凑了自己的一份。只有张志松没有加入，他整天闭门思过似的待在屋里，不轻易出来，也不轻易与人说话。到了吃饭的时候，尹玲娟和另外两个女知青徐平、卓亚丽一道去敲张志松的门，还是没有动静。周瑞把脸一沉：不理他，我们吃！大家也就不再叫，各自找碗去了。这时天下起了雨，屋上的瓦渐渐响起来。大家都倒了些酒，周瑞提议为这个大家庭的繁荣昌盛干一杯。刘卫兵却摆摆手，说：还是为早日上调干一杯吧。于是大家喝酒，话题引到上调。尹玲娟说今冬明春有招工的指标，全是国营单位，可能还有三线兵工厂，梅岭至少能摊上两名。徐平纠正说：顶多一名。徐平的一个表姐夫在县"五·七"办公室，她的话自然更具权威性。这一说，周瑞的脸色有些白了。按以往的做法，上调基本上是先来后到，那样张志松的优势则大于周瑞，这两个上海人是一届毕业的初中生，因为生病，周瑞迟来了半年。他们在梅岭已经干了五载，平时说话一大半是梅岭的腔调，只有两个人一块时才说上海话。不过近来他们的接触明显减少了。大家注意到周瑞的神情变化，又各自想到未来的前途，一时间沉默了。

公路上传来了几声狗吠，副官便奔了出去。不一会，这畜生也叫了起来。大家朝门口望去，一个身披军用雨衣、手持三节电筒的中年男子走了进来，大声说：都吃起来了？不错嘛！大家还没有反应过来，那人接着又说：我姓程，组织上派我来大队林场任职。从现在起，我就与你们共同战斗了。

不知是谁带头先鼓了掌。

林场场长是个相当令人乏味的男子，我第一眼见到他就断定此人来者不善，他似乎是派来管制我们这些知青的。这个中年人心理变态，又有过分的荣誉感。他曾在南京军区服役，把亲眼见过陶玉玲视为一生中最大的荣耀。他一来，林场的气氛突然变得紧张了。白天干完活，晚上还经常开会，学报纸。他本人也在这里支了张床，名副其实地与我们同吃、同住、同劳动。其实他家距林场不过三华里，他不回去住，是怕知青中间产生男女问题。他对此忧心忡忡，觉得丝毫麻痹不得。这个人也常使出一些小伎俩，比如说，有时候收工后，他宣布今夜回家去住，但等到子夜时分，他又突然杀了个回马枪。那时候副官在门口一叫，知青就在屋里笑，说场长这人实在太无聊了，他想看到什么？他希望抓到什么？

知青们在忍耐。但任何忍耐都是有极限的，一旦超过，便会适得其反。知青们不能容忍自己的尊严受到无端的蔑视，不久便还以颜色，男男女女时常聚到深夜，又说又笑。那实在是做给场长看的，是对挑衅的宣战。1988 年，石镇那位副县长陪我来梅岭时，在乡里的一家小酒馆，我又见到这个场长，他在同几个人喝酒。我们互相都注意到了对方，也都没有打招呼。副县长轻声提议：是否去那边喝一杯？我摇摇头。我说那个人欠知青太多，我不能同这种人喝酒。那个人当年在我们头上行使着耀武扬威的权力，把我们当成他家里的长工。而且那个人不知天高地厚，十分无耻。副县长听过哈哈大笑，以为我是在说酒话。其实我说的一点不过分。

场长的形象在我记忆中是一个兵痞出身的班长。他也是扛大枪的，但他又能调动手下的一班人。他无限夸大了这点权力，也把这点权力用到了极限。他为这种变态的权力欲所驱使，希望大家绝对地服从。他建立了请假制度，喜欢批条子，还大言不惭地宣布，将来无论是上大学还是招工，他这儿都是头一关。言下之意是他掌握了知青的命运。问题是，1976 年秋天这个国家发生了惊天动地的变化，他所幻想的那一切全落了空。他的失落感便从此开始了。当他还在为失去统治最后一名知青扼腕痛惜时，周围的农民已在拼命地挣钱了。

当年在梅岭林场的几位知青，包括我家乡石镇的，后来我都没有见到过。周瑞和张志松先后回了上海，刘卫兵考取了武汉的一个航运学校，尹玲娟和徐平在水市工作，卓亚丽嫁了一位军官，也不知在哪儿扎营了。我时常想起他们。我曾经拿大学四年的集体生活与林场不到一年的经历作过比照，让我更加留恋的是后者。我的写生夹里至今保留着二十年前林场生活的影子。

那些局部让我联想到整体，它丰富了我的回忆，让我激动。我还画过他们的肖像，但更多的是画了他们的手。

我能从这些手势中认出他们的容貌。很多次，我在想象中与这些手相握。它们像空气一样飘忽不定，我握不住，可我能够体味到它们传递来的气息。这些被炭铅固定的手势在我的想象中呈现出光泽、温度和柔软性，我仔细分辨着这气息的味道，像焦木和铁锈，像新鲜的泥土。有一次，竟让我想到了蚯蚓的血。我原以为蚯蚓的血是泥的颜色，没想到它居然和所有的血一样鲜红。

1983年夏天，长江经历了自1954年以来最大的汛情。琴河告急，石镇出现巨大的内涝，父亲从洪水中首先捞起的是我的这些画。后来他告诉我，他是凭直觉抢救了它们。在他看来这每一幅写生的背后都该有一个故事。一个阳光灿烂的日子，父亲把这些受潮的画一一晒干，又喷上了松香水。那时我刚从江堤防汛指挥部下来，回石镇休息。我记得我在小院里帮外婆生炉子，忽然一阵风，将一张画吹到了我的身边。

那个上午，我的心绪变得非常暗淡。这张画唤起了我的回忆，又让我在现实的关口局促不安，它让我想到人生的戏剧性和命运的不可捉摸。那正是我一生中最沮丧的时期之一。我结束了为期四年漫长而枯燥的大学生涯，迎来的却是更为枯燥的机关时代，面对的又是一个尴尬而无奈的问题。我会慢慢说出这一切的。我需要慢慢说。

昨天我和小丹在“酹浪阁”小酌，除了对雨浓的思念，我其实也想起了另一个女人，她就是韦青。关于我和韦青的一些事，小丹知道的不多。但她断定，我在农村插队时是爱过的，而且爱得真实而具体。在这部以小说的名义书写的文字里，这个叫韦青的女人实际上已经出场了，她与故事的背景融为一体，没有引起关注。叙述的策略是造成这种印象的一个原因。另一个原因，是我很不情愿提到这一笔。在写作这部书的过程中，我曾不止一次地想过，把关于韦青的段落删除。我无意去写一个微不足道的男人的成长史，我的兴趣是这个男人的历史中女人的投影。男人的历史实际上是爱的历史，却是女人来写成的。撰写者有可能是一个，但更大的可能是几个甚至十几个。每一个女人的介入，都会使这部历史得以修正甚至改变。在我看来，韦青就是这样的女人。然而她的昙花一现对于我总是意味深长。她的手势限制了我对女性的想象力，甚至，控制了我的梦境。

此刻，韦青正在梦中吧？她客居西半球的洛杉矶，十二小时的时差使我们彼此的思念晨昏颠倒。时间使这种感觉变得越来越迟钝了，成为某种仪式，就像每年寄来的一张圣诞卡。那卡上始终重复着一句话：

一个人的时候，过去与你相伴。

——1997年10月21日

半夜里，他又听到了狼嗥。

这大概是山中的最后一匹狼吧？他这么想着。点上煤油灯，墙上立刻出现了自己怪异的身影。他的睡意渐渐淡了下去，想着那个月夜在桥头与狼的相遇。狼没有袭击他。狼似乎洞穿了他的空虚与怯懦，放了他一马。狼不屑与这种动物交手，持重地回到了山里。他没有看清狼的面目，记忆犹新的是狼高贵的行姿。很多年以后，在南中国海的沙滩上，他突然又发现了这狼的足迹。

他惊异这种奇迹出现在眼前，他注视着，浪潮一波一波地扑向沙滩，然而狼迹犹在！于是他的思绪与那个十分遥远的乡村之夜焊到了一块。

少年的寂寞或许正是在这一夜弥漫开的。连日的阴雨天气使林场的知青变得懒散，除了睡觉，似乎就是起来吃饭了。那时女知青们就站在屋檐下梳头，低声交流仅属于女人的话题。这些日子，好像周瑞与尹玲娟更近了，刘卫兵也在努力向徐平靠拢。平时不怎么吱声的卓亚丽从上个星期天开始，帮他洗起了衣服。他陪她去了河边，替她打伞。卓亚丽的手在水里摆动着，引来了很多的小鱼。他说，你的手一定很香。卓亚丽说，是肥皂香呢。他发现卓亚丽的脸颊泛起了浅浅的红晕。后来他想，如果这天没有后面的事，他或许会同卓亚丽好上。这个喜欢摆弄头发的姑娘很安静，干活也是一把好手，她蹲在埠头上有节奏地搓揉着衣服，突然指着裤子的一个部位说：你这少了一粒扣子。他有些不好意思，没话了。他们中间只剩下了棒槌的声响，那会儿，雨不觉停止了，河边的空气十分清新。

厨子老何来河边挑水，对他说：梅岭中学派人送信来了。他想应该是父亲的信，就将伞收起，先回去了。他对卓亚丽说：一会儿我来晾。然后他把副官留在了河边，陪伴洗衣的姑娘。

当他回到自己的宿舍，看见一个身材苗条，梳着短辫的姑娘正在看墙上的画。他迟疑了一下，学校没有女教师，他们不认识。那姑娘倒是大方。说：我叫韦青。校长让我把这些交给你。说着，她指了一下桌上。他笑了一下，给这个叫韦青的姑娘倒水，问道：你是水市人吧？韦青点点头。韦青说：学生们常提到你，把你说得很神，所以我一定要见见。你比我想象中要矮一些。他的脸色显得阴郁了，因为他现在明白，这个韦青便是将他顶走的那个陌生人。韦青喝了口水，又问道：我这么说你不高兴是吗？他这才做出若无其事的样子，说：我本来就不高，可能是六〇年熬了苗吧。这时副官回来了，韦青害怕地躲到他身后。他笑了笑：这狗不咬人，它在讨你好呢，没见它对你摇尾巴吗？韦青说：我天生怕狗，还是让它走吧。于是他将副官支到了门外，突然听见“叭”的一响，那是卓亚丽在晾衣服。他就喊了一声：一会儿我来晾吧。卓亚丽却说：你忙吧。

他掩上门，又给韦青续了点水，说：谢谢你，让你跑了好些路。韦青说：我是骑车来的。谁的信，字写得那么好？他说是一个亲戚的。除了信，还有省里报社寄来的样报，那一期刊登着他的一幅速写。韦青又拿出了四块钱放到桌上，说：这是王玉才家给你的。他父亲送了一篮子鸡蛋，我提不动，在公社食品站把它卖了。他说，我打过王玉才。韦青说：你把那孩子打好了。他问起王玉才的成绩。韦青说成绩不错，发音尤其好。韦青停了会儿，又问：你干吗要离开学校？那儿比这儿差吗？他没有回答，拿起桌上的四块钱去厨房找老何了。他让厨子去剁肉，再替他捎上两包光明牌香烟。

他没有理由埋怨韦青。倒是一段时间以后，韦青知道了他们之间的这种替代关系，显得有些不安了。不过这个下午他们还是相处得很好。后来韦青要求他给她画像。他迟疑地说：我还是先画你的手吧。韦青有些诧异：为什么？我的手特别吗？他说我不了解你，我担心画不好。韦青问：你是怕把我画丑了？他笑了笑。韦青又问：你是说你已经了解我的手了？他们被这句话逗乐了。那时这两个人不会知道，关于手的故事将成为他们记忆中最为灿烂的光点。多年以后，当这两个人重温手的故事时，窗外正飘飞着那一年的初雪。那是个寒冷而温馨的夜晚，他们守着一支蜡烛，相对无言。

以后的每个星期天，韦青都来林场看他。地域或许对人，尤其是对女人有着明显作用的，与林场的三名女知青相比，韦青似乎鹤立鸡群。其实这个韦青算不上十分漂亮，她的肤色远没有卓亚丽白皙，眼睛也比不上尹玲娟水灵，但整体给人的印象就是舒服一些。她的神情与言谈举止都有着城市姑娘的从容与自信，很像外国电影中的女护士——这又让他想到了雨浓。1976 年梅岭的秋季阴雨连绵，少年却意外地收获了一片蓝天。他很快发现，韦青已很难从自己的生活里分割出去了。这种感觉有别于其他。他喜欢雨浓，但那只是一种想象与思念，就像面对一幅画那样；他也曾经想和小丹好起来，可是这些年他与小丹无意中早成了一家人，每回面对彼此都十分平静。很多年后的一个傍晚，他在南方的寓所独处时，认真总结了当初与韦青的情感源头。他觉得雨浓和小丹分别占据了一虚一实，很像一个梦中情人与一个结婚十年的老婆。但对于恋爱中的男人，实质性的冲动恰恰在于虚实相间的状态。男人的欲望建筑在云彩和黄土之间——这是一个巨大的、难以填满的空间。

不久后的一个雨夜，韦青突然来了林场。那时他正在修改着一幅画稿。副官没有叫，这畜生已谙熟韦青和主人的关系，所以韦青的到来几乎没有人知道。她先去北边敲了一下窗，他立刻明白了，去开了大门。他发现韦青没有骑车，手里就拿着一把花伞。他们在堂屋里都没有说话，但他的心跳极响。等进了宿舍，韦青关上门就气喘吁吁地说：我怕死了！他问怎么回事。韦青说她去公社听报告，好像看见了梅岭这边的灯火，就想过来了。一路上没有碰见一个人，她想唱歌可是怎么也唱不出来。他去厨房打来一盆热水，说：你擦一把。就去了堂屋，坐在黑暗里抽着烟。其他知青的屋里不时响起说笑声，他很是不安。他想，韦青今晚会走吗？这个问题折磨得他好苦。他没敢再往下想，但他对女人身体的渴望在黑暗中非常真实地复活了。

重新回到宿舍，韦青正把淋湿的外衣挂到门后。她的身体被暗红色的羊毛衫裹得结实而丰满。韦青说她累了。他说：你躺一会吧，把鞋脱了。这句话的明显用意令他心跳耳热。他尽量做出轻松的样子，给韦青沏了杯茶。韦青问：几点了？他说还早吧。他说：我没想到你今天会来。韦青靠在床上，却没有脱鞋。他说你把鞋脱了，那样舒服一些。他低着头走动着，等抬起头时，韦青正凝神看着他。他想韦青一定是在等着他抬头，他心里越发乱了。他笑了一下，问道：你是不是想我替你脱？韦青的脸上现出不多见的羞涩，但还是迎着他的目光点了点头。他就过去把韦青的鞋脱了，顺势把她的腿搬到床上。他听见韦青拍拍床沿说：你坐我边上吧。

他坐下了。韦青用手指理了理他的头发，说：你瘦了。是我让你受累的，我才知道。他没有反应过来，韦青接着说：如果我不来，你还会留在学校。昨天我去学校后面，还看见你用油漆写下的标语。他说：要是我们两个中间能留一名在学校，那还是留你的好。你是女的。我不想看见你下田。你现在这么躺着特别好，我也高兴。韦青说，我真想这么躺下去。刚才路上我就是这么想的，一进来我就躺着，让你坐我边上，给我说你以前的事。他将煤油灯移近，看着韦青的脸，问道：你冷吗？韦青说有点儿。他将被子拉开，替韦青盖好。韦青说，我得把裤子脱了。韦青就脱了长裤，露出开司米的毛裤，韦青的腿很直，他就说：你跳舞一定好看。韦青说，我在学校读书时一直是跳领舞，你下回去水市，我让你看照片。他说：我不要看照片，你最好能跳给我看。他忽然浑身哆嗦了一下。韦青拿起他的手，说：很凉呢。他没有吱声。于是韦青就将被子撩开了一角。他隔着羊毛衫触到了韦青的乳房，轻轻问道：我伸进去？韦青平静地点点头。他先将手放到韦青的腋下暖了一会，然后就慢慢伸了进去。这时韦青已将胸罩的扣子解开了。他一下握住了它。接着他说：我要看看！他看见韦青的眼睛半闭着，便笨拙地将韦青的半身衣服全脱了，然后就看见了韦青的两个乳房骄傲地挺立着。他的呼吸越发短促，他的脸就埋在韦青的双乳之间。韦青将被子盖好他，将灯吹灭了。他慌张而迫不及待地脱了衣服，将韦青搂到怀里。韦青也触到了他的下体，韦青说：我们要了吧。他顾不上回答，吻着韦青，再压到韦青身上，突然叫道：不行！他感到自己提前把事做完了也把床弄湿了。韦青问：你没事吧？他说没事，重新将灯点亮，将床收拾了一下。然后他有意看了一下韦青的下体，觉得和自己想象中很不一样。他回到床上，仔细抚摸着韦青。他通过抚摸印证了韦青的下体，他看看她，说：一会儿我要进去。韦青问：会怀孕吗？他说：我不射到里面。韦青不禁笑了一下，说：我以为一碰就怀孕呢。韦青又开始抚摸它，说：它现在很乖。它怎么会一下变得那么大呢？

第二次，他平静得多。他没有灭灯，让韦青配合着、指引着，慢慢进入了。他问韦青是不是很痛。韦青说有一点。韦青问：你好吗？他说好。他说特别好。他注意到韦青流血了，想替她擦。韦青从枕头下面拿出自己的手帕，将它换了一面，说：用这个吧。他小心地擦着，看见血在手帕上印出了一个形状。很多天后，他告诉韦青，这个形状很像一片折断的羽毛。

第一次性经验是不会磨灭的。那是无法讲述也无法描绘的感觉，但可以肯定，是生命中最大的欢乐。当长期朦胧的幻想瞬间成为现实之后，我依然觉得犹在梦中。性的好奇心并没有因此破除，反而加重了；于是不断重复性的感受成为必然。那个秋夜，我们没有睡。我们无法放弃对方的身体，都想把做爱的过程无限延长。第三遍鸡叫后，韦青起床了。我们悄悄走出大门，天只有一点儿灰白，寒气还浓。韦青依着我，说：我真不想起来。我现在只想一间没有人打扰的屋子，放着一张软床。说着她又将伞撑开，我们在伞下接吻。其实路上没有人迹，倒是有几只鸟从头顶上飞过。我问韦青晚上能不能再过来。她说当然是想，不过怕引起别人注意，猜到什么。我说，那我就去学校吧。韦青犹豫不决，最后还是同意了。她让我来晚一点，带上几本书，倘若碰见了熟人就说是来送书给她。

我们便这样往返走动着。林场的知青自然也看出我们不同寻常的关系，却没有过多的议论。连场长也在装聋作哑——这个精明人早已搞清了韦青的来头，怕惹上是非吧。其实后来我才知道，韦青的父亲也不过是水市的教育局长，和县委书记一般高的官。1982 年我大学毕业，分到市委机关工作，在很多场合下我们见过面，但从未说过一句话。那是个看上去保养很好、性情温和的男人。韦青曾提出我去她家见见她的父母，她觉得父母可以接受我。韦青的意思是想使一切名正言顺起来，有一次，她甚至提到了结婚。她说她父亲有条件把我们都送进大学，等大学一毕业，我们就把事办了。这无疑是诱人的计划，不过显得过于轻松了些。那时我只想能和韦青常在一起就足够了，却没有想得那么远。而且，我很怕母亲知道。韦青倒是挺大方。她利用到石镇开会的闲暇时间去了我家，并为我从家里带回了绘画材料和一罐肉酱。她向我描述了见到我母亲的情形，以激动的语气说：你妈对我很好。于是第二天，我就搭乘邮局老王的摩托回了石镇。一进门，我便注意到大妹头上的发夹，显然是韦青给她的。那时候母亲刚从河边回来，她的表情一如既往地平静。我帮母亲晾衣服，期待着听见她对韦青的评价。母亲开门见山地问道：你和韦青在谈恋爱了？我很不好意思，说只是处得不错而已。母亲一直没有看我，晾好衣，她吐了两口酸水——那时她的胃病很严重，我立即去厨房弄了杯凉水让她漱口。这时母亲说道：你们可不是一样的人呀。她就说了这一句。不用说，我感到很沮丧。在那一天里我似乎都打不起精神，吃什么都不香了。然而不久，母亲的预言却得到了证实。

韦青突然就不来林场了。我苦苦等了一个星期，她还是没来。我就借了辆自行车去了学校，一路上都在假设韦青生病卧床的样子。我想当我推开韦青的房门时，她会扑到我身上，声泪俱下地埋怨我：你怎么才来看我？你早该想到我会病的！那天还是个阴天，风大，我一口气骑到学校，正赶上学生放学。这都是我的学生，可我无心同他们多谈。我就问：韦老师在吗？他们说在。有一个学生突然问：韦老师是你老婆吗？我笑了，但一种不祥的预感迅速掠过了心中。我想既然韦青没有生病，那么这一切便太反常了。我就是怀着这样忐忑不安的心情向韦青走去的。那会儿她正在和一个男教师在打乒乓球！

我站住了。我停在走廊的柱子后面，注视着打球的韦青。她打球的姿势很糟糕，却有很高的热情，边打边喊叫着。这是个无比轻松的背影。我想，这一局该打完了。

1982 年，我与韦青在水市再度相逢。一个月色迷蒙的晚上，我们散步去了江边。我提到了上述那一幕，我叹道：你居然还可以挥动球拍，不简单。我的挖苦使她难受，她一声不吭，最后，她哭了。我把手帕递给她，一下子便想到了我们初夜韦青使用过的那方手帕，那帕上血的形状鲜明地出现在我的眼前。那真是一根折断的羽毛呀，我内心叹道，注定是飞不高的。

有一点我至今困惑。在我二十年情感旅程里，韦青的身影始终伴随着时隐时现。每一次出现都不同程度地改变了我原有的生活格局。韦青仿佛是一个不朽的省略号，它不仅表示意义的省略，更多的是表现意味的延长。我和韦青的故事随时都可能结束，但每一次结束都酝酿着新的开始。我甚至怀疑有一只无形的手编排了这一切。昨天夜里，我做了一个梦。我梦见多少年后在石镇的那座小楼边上，两个老人在笨拙地修剪庭院中的花圃。他们一头银发，口齿不清地进行交谈。他们谈论着天气、花木和下一周的菜谱。这正是我和韦青。最后，我们谈到了死亡。韦青对我比画着，她的声音突然消失了，但我还是从她不连贯的手势中明白了话语的意思。她说：

你是我第一个男人，也是最后一个。你死了，我就把你埋在这个院子里，可以吗？

她居然用英语又重复了一遍。

——1997 年 10 月 22 日

梅岭：1976年10月

秋日的阳光在马尾松针叶上颤动着，山的颜色变得异常杂乱。其他的植被枯了，泡桐树的大叶子早已落光。副官每天盘坐在梅岭之巅，注视着眼下这条弯曲的砂石公路。这个有灵性的畜生似乎懂得主人的心思，好些日子不叫了。

突然而至的失恋之苦使少年在这些日子无精打采，他开始临摹一本反映战争年代的连环画，借以消磨时光。那时林场的知青聚在一块，玩一种叫做攻老K的扑克游戏。大家没敢叫他，也无力分担他的懊恼。周瑞说：还是自己酿酒自己喝吧。这个上海人以一种过来人的口吻说三道四，一边暗地里背着尹玲娟同大队的女赤脚医生私通。

这天，学校又来人捎信给他。信还是父亲的。送信人是教物理的方老师，那天同韦青打乒乓球的男人。方老师说，韦青又回水市去了，家里让一辆吉普车来接的。纸包不住火，方老师说，你和韦青的那点事谁都晓得。上次韦青的父母专程来了学校，当时就要把韦青转走。韦青不肯，韦青说我保证同他断还不行吗？方老师那天在隔壁批改作业，听见韦青哭得很伤心。方老师埋怨道：你不该把这件事捅到台面上，全公社都晓得了，那还不黄掉？他们那样的家庭能敞开门让你进去吗？他笑了一下，他说：我不从门里进去，难道还要翻墙不成？那一刻他的心情突然奇怪地好了起来，但他还是不能理解韦青为什么有兴趣打乒乓球。

后来他同方老师去了公社的小餐馆，要了两碗杂烩面和一盘猪耳朵。他希望方老师能多谈点韦青的情况。方老师说，韦青不过是下乡打个滚而已，两年一过，她是肯定要推荐上大学的。她怎么可能陪你在梅岭呆上一辈子呢？这句话让他心里顿了一下。一辈子？他觉得连腿都软了。他想到了父亲，马上意识到方老师这句话并非是信口开河。单从林场的情况看，若论招工，他一定是最后一个。在这个秋日的黄昏，他心里纳满了苍凉。他觉得自己是走在圆形的跑道上，末路和前途已经没有了任何界限。

由石镇开往水市的末班车到了，两个搭便车的乡下人塞给司机一只老母鸡，爬进了驾驶室。司机不屑地看了那两人一眼，手往后指了一下。于是那两个人便尴尬地从驾驶室下来，上了后面的篷车。不一会，供销社的女会计进了驾驶室，手里捧着一瓶正吃着的橘子罐头。女会计喂了司机一口，司机淫荡地咧着嘴，轰了几下油门，车开走了。

他望着这辆篷车摇摇晃晃地融进暮色，眼前还浮动着那两个搭便车的人的表情。他估计那只老母鸡至少有三斤半重，怎么说也值四块钱。从这儿到水市的车票价格是两块六。那两个人为了省下这一块二毛钱爬上爬下，实在有些不值。天黑了，公社今晚有电影《决裂》。上个月他在石镇看过这部片子，他不喜欢，就记得一个老教授在大讲“马尾巴的功能”，当时下面的观众全笑了。他觉得奇怪，这可笑吗？马尾巴的功能为什么不可以讲呢？露天电影的放映点在公社门口的坡下，紧挨着公路。他和方老师就是在这里分手的。他还在想刚才开过去的篷车，如果他搭上这车，电影一结束他就该到水市了。他想见到韦青，尽管这已无济于事，但见一面还是应该的。这个晚上他后来就坐在一截断墙上看完了电影《决裂》，他觉得一切都很好笑，因为那是银幕的反面。

返回林场的路上，他这才想起了自己的狗副官。下午他送方老师出来，这狗就不在跟前了。这个夜晚没有月亮，星光清冷。他走在公路上，总感觉副官会嗖地从哪个方向窜出，来到他面前。可是狗一直没有出现。等他走到林场宿舍门口，还是没见到副官的影子，这倒有些怪了。于是他向黑暗中喊了几声，依旧是没有回应。他想这畜生或许是到邻村找对象去了。这本该是个恋爱的季节。

他有些疲倦，想用热水泡个脚。厨房里已没有了热水，他看见女知青屋里还亮着灯，便敲了门，向她们要一瓶开水。卓亚丽问道：你没回石镇？他说我去外头转了一圈。卓亚丽说：我们都以为你回石镇了呢，副官也没在。他问道：你们也没见到副官？徐平从帐子里露出脸说：中饭后还在梅岭上转悠，我见到过。他没有再打听，拿着水瓶走了。泡脚的时候，睡意浓浓袭来，他顾不上倒洗脚水，就爬上了床，急忙脱了衣裳，拥紧了被子。他似乎还能嗅出枕巾上韦青留下的梳发油的桂花香味，不久，他便死一般睡去了。那几个小时里，他的意识完全死亡了。如果不是膀胱涨到了极限，他肯定会睡到翌日上午。他讨厌半夜出门上便桶。那时候大约是凌晨三点左右，天上现出了很细的月牙，万籁俱静。他抖抖瑟瑟地尿完，看见厨房里还亮着灯。关上大门，他立刻嗅到了一股浓浓的香味从厨房传出。他觉得有些蹊跷，便去了厨房，看见张志松从锅台后面直起身来，手里还拿着火钳。张志松混浊的目光直勾勾地看着他，表情像个十足的傻瓜。

他问道：你这么晚烧什么？

张志松说：烧点吃的。我饿狠了。

他又问：是肉吧？

张志松支吾着：对，是肉……

他没有再说，看着张志松那张古怪的脸。这个人今天如此紧张，简直像个贼。他想这小子一定干了什么坏事。他咳了一声。

突然，张志松对他扑通跪倒。他吓了一跳，脑中迅速飞过一道凶光。他一把揭开锅盖，看见一只狗腿正泡在酱油中！他大叫了一声，副官的脸便在这惊叫中呈现了。他一脚将张志松踢倒，抄起火钳朝这贼人的头劈了下去。

我操你妈！我杀了你这婊子养的！

张志松死命抱着头在地上翻滚，大喊：你打死我了！你打死我了！

知青们全惊醒了。周瑞第一个冲进来，将他抱住。接着是刘卫兵和尹玲娟，他们慌着把张志松拖到了外面。他看见张志松一脸是血，自己的手也被那小子用菜刀砍出了一道很深的口子，血正往外涌。周瑞让卓亚丽和徐平拉住受伤的他，自己跑去喊赤脚医生了。卓亚丽一见到血就浑身哆嗦，紧接着就哇哇哭起来。那边，张志松还是在捂着头喊叫要死了，屋子里乱成了一片。

我至今不知道张志松是怎样弄死副官的。第二天，大家去张志松队里一个驼背家，找到了狗的皮和部分被腌制的肉。驼背非常害怕，口口声声说自己不清楚是怎么回事，张志松拖来的就是只死狗，他只是帮着剥了，想落一张皮子做夹袄。周瑞问我怎么办。我说埋了吧。刘卫兵抄起一把锄头砸烂了驼背的锅，骂道：杂种，你连狗都不如！

林场的知青都喜欢副官，那是条通人性的狗。我们把副官埋到梅岭朝阳的那面坡上，三个女孩都哭了。后来大家凑钱让老何另买一口锅，老何还不知道昨夜发生的事，问道：买锅做什么？这口锅好好的呀！徐平便小声对厨子说了。老何吃惊地退了一步：我的天！早知如此，我买猪肉来换呀！

我一生就养过这一条狗，竟落到这样的下场。这些年读的小说，凡描写狗的，从杰克·伦敦的《雪虎》到特罗耶波尔斯基的《白比姆黑耳朵》，无一不打动我。这样的狗是可以做朋友的，它们不是供人取乐的宠物。在那个秋天的一日，我凭记忆为副官画了一张肖像。

1988 年 10 月，我因筹备一部电视专题片的拍摄，去了江南。一天夜里，我观摩了娜塔莎·金丝基主演的《豹妹》。黑豹的面部特写是影片的最后一个镜头。黑豹那双流露着深情而绝望的眼神让我怦然心动，我不禁想到已死去十二年的副官来。我想我的副官最后的眼神也该是这个样子。去年冬天，我去广东茂名出席一个文学笔会。最后一天，大家兴趣盎然地坐船游水库。主人安排得十分周到，中餐是在船上吃狗肉席。我当然是不会吃的，甚至都不愿嗅到这肉的气味。我提着一枝双筒猎枪上了岸，向天空打了二十枪。

“副官事件”并没有就此了断。我们从山上下来，远远就看见场长披着衣坐在门口抽烟。场长见我扎着绷带，好像得到了某种印证，就问：昨夜动刀了？我不想理他，径自回屋了。或许正是这个举动激恼了他，让他感到一点权威都没有，所以这人立刻就去公社汇报了。他说两个知青为一条狗打架，险些闹出了人命。公社一听就紧张了，让大队派基干民兵把这两个人先逮起来。场长便去找了民兵营长，到了中午，矮个子营长就带着两个持枪的民兵来了林场。那时我正躺在床上，刘卫兵匆匆进来说：公社要关你们了！我说关吧。然后我就出去了，看见营长正在点烟。营长歪过脸问我：怎么回事呀？我根本不听，坐着听候发落。营长把一只鞋穿好，说：你不对我说，就上公社说吧。然后就叫民兵去喊张志松出来。张志松不开门。营长大吼一声：你再不开，我们可要动手了！这时，门突然开了，张志松手持菜刀站到营长面前，说：你动手呀？你怎么不动手呀？你动手老子就先砍了你再去挨枪子！气氛一下就紧张了。营长的脸变得惨白，那会儿场长不知溜到哪里去了。还是几个知青隔到了对立双方的中间，把他们拉开。周瑞说：这是知青内部的事，已经解决了，还去公社干什么？张志松把菜刀狠狠扎到门框上，大哭大号起来。几个人连拖带抱把他送回了屋里。营长自知无趣，背着手离开了。

张志松是个十分古怪的人。那时他整天待在屋里，什么事都与大家反着来。你吃饭时他睡觉，你睡觉时他吃饭。而且因为队里停发了他的口粮，他一直是在蹭饭吃，大家剩多少他就吃多少。上海几个月没有钱来，可能同家里的关系也闹僵了。他把能卖的东西全卖了，一心静等年内的招工。他门后面挂着一排衣服，从来不洗，轮着穿。有一回他对我说，等到招工那一天，他要把自己所有的东西全烧掉，不带走一点霉气。可是招工迟迟不来。即使来了，他也不是周瑞的对手。周瑞毕竟还干着活，人缘也不错。但是不久，周瑞的麻烦也来了。

一天上午，我们正在山上间树苗，看见公社武装部长和大队民兵营长又来了。这回不是民兵，而是穿白制服、戴大盖帽的公安。我以为又是冲我和张志松来的，便下了山。场长挥了挥手，叫大家歇会儿。我便有些奇怪：怎么刚上山就歇了？等大家三三两两地下来，武装部长用手指了一下周瑞，沉着脸说：你收拾一下，跟我们走！周瑞还没有反应过来，两名公安就将他推进了屋。不一会儿，听见周瑞在里面大哭，再出来的时候，他已经戴上了手铐，泪珠还挂在腮上。大家不知所措，尹玲娟也哭了。等他们走远了，场长才把锄头一笃，说：看见了吧？不好好接受再教育就要走邪路的！然后他就宣布开会了。场长说，周瑞犯了破坏军婚罪，至少要判六七年。大家这才明白，场长指的是周瑞和大队赤脚医生的那一腿。可是那个赤脚医生并没有结婚，不过是以前和村里一个当兵的有点意思，连上门礼都退回了男方，这怎么能算军婚呢？

于是我们就去找了那个赤脚医生，希望她能站出来替周瑞说句公道话。可是她不敢，她说如果证明周瑞是冤枉的，那么她便成了勾引周瑞的人，也就成了“破坏上山下乡”，这也是可以定罪的。刘卫兵一听就急了，说：那你为什么不去坐牢？女人的眼泪一下涌了出来，说：我肚子里还有条命呢！我们只能保一个，无论如何我等他出来还不行吗？女人哭诉着，我们听了也心酸。回到林场，我同大家背着场长商量，想写一张诉状递到公社去，说周瑞和赤脚医生完全是自由恋爱，要求上级核查，释放周瑞。大家都说死马当做活马医，不妨先这么做。我立刻就动手写了，让大家都签上名。尹玲娟先是不肯，说周瑞不该脚踏两只船。徐平就骂了她，说现在是救人要紧，你管他几只船呢？尹玲娟就哭着签了，说她和周瑞的事今后不许再提了。我用复写纸写了两份，一份由我和刘卫兵送公社，另一份由徐平送到她表姐夫手里。我们正要动身，张志松出来了，说：我也签一个吧。我便把笔给了他。那一刻，我觉得这个人还是很好，又递给了他一支光明牌香烟。

我决定还是先去学校找韦青。她同公社书记是亲戚，这对解决问题有利。这是我与韦青分手后的第一次见面。上一次，我见到的只是她打乒乓球的背影。我到的时候，韦青正在上课。我在门外喊了她一声，她很是意外，脸一下就红了。学生们也都纷纷站起来往我这儿看。我也有些不自在了。韦青让大家自习，很镇静地走过来，问道：你手怎么了？我说砍柴弄的。她说砍柴怎么会砍到手呢？我支开话题，简单地说了一下周瑞的事，想请她帮这个忙。她说：你就为这事来的？我点点头。我们便一下沉默了。我把材料交给她，骑车离开了学校，一路上都想回头。

材料递上去了，可是迟迟没有结果。一天夜里，林场全体知青被通知去公社听传达中央紧急文件。我们以为要同苏联打仗了，觉得这也很好，与其落到这个穷乡僻壤不如上前线拼命。等到了公社，才知道是一举粉碎了“四人帮”。

我记得当时公社政工组长把我叫到他屋里，在文件正式传达之前，他先向我透露了一点，说中央又出了反党集团，让我猜猜是哪四个人。

我一口就猜中了三个，唯独不敢猜的是江青。政工组长便让我再猜，还说猜错了不要紧。我这才试探性地问道：该不会是江青吧？政工组长点上一支烟，说：事物都是辩证的，你越认为不可能反而就越可能。当初林彪暴露，谁敢信呢？可偏偏就是那么回事。我想我是猜中了。事隔二十余年，我还是有点奇怪，怎么全猜中了呢？那时我不过十九岁，没有什么直接和政治挂在一块的事，根本谈不上什么嗅觉。我想我不过是不喜欢那几个人罢了，这是一种直觉。倒是上辈人敏感于斯，不久，我接到父亲的一封长信，他详尽地阐述一个新的历史时期很快就要到来。在那封信的结尾，他引用了雪莱的诗句——

既然冬天已经来临，
春天还会远吗？

——1997 年 10 月 25 日

梅岭那一年的冬天异常干燥。雨水在秋季降完了，雪又迟迟不能落下。农民像蛇一样待在家中，算计着粮食能否吃到开春。同水市和石镇相比，这地方似乎感觉不到外部世界的变化，一切如同往常。

这期间他又去了一趟水市，还是住齐叔家。他从齐叔明朗的表情里得到了某种安慰。齐叔说，你要抓紧复习从前的功课，高考很快要恢复了。高考这个词对他陌生而新鲜，就是说今后上大学不用推荐了？他第一次看到了一种叫做希望的东西着实在眼前出现了，他感到这东西像一块磁铁，只要你属于铁做的，它就能把你找到。虽然高考的消息迟迟没有被官方证实，但是迹象已日趋明显，水市的一些知青纷纷回城了。这天，小丹也从江南回来了，那时候他正在帮齐叔往腰上贴膏药。在见到小丹的那个瞬间，他突然有些不安和愧疚。他想起自己和韦青的那段情感生活，总觉得对小丹构成了一种背叛和伤害。小丹的变化不大，除了头发剪短了，一切看上去和去年差不多。小丹说：我在报上看到你的画了。回头你给我画张像，你从来没画过我呢。他说，我画不好你。我们太熟了，反倒画不好。小丹想了想，说：你讲得也对，我俩就是太熟了。后来他们就谈了一些农村的事，又谈到了高考。小丹问道：你还是考美术吗？他说那是。小丹说：回头我帮你借点资料吧。我认识一个朋友，他哥哥以前是师大艺术系毕业的，很正规。正说着，窗外响起了自行车铃铛声。小丹推开窗，对一个眉清目秀的男青年说：这么快呀？我还想洗个澡呢！男青年说：那我在电影院门口等你。然后就骑车走了。

他注意到小丹的脸有些红晕，心里大致清楚了。小丹关上窗，说这青年是和她一起插队的，叫苏建设，刚才说借资料就是找他。小丹越说越不自然，他倒是很专心地听着。他说：你快洗澡吧，人家等着呢。小丹问：你觉得那个人怎么样？他笑了一下，说：我不过刚看了一眼，人倒是很精神。小丹说：他这人很老实。说着，小丹就进厨房涮澡盆去了。家中就剩他俩，他坐在齐叔的屋里看这几天的报纸，都是声讨“四人帮”、歌颂华主席的大块文章。他不喜欢看这种空洞的文字，况且此刻又没有心思。他想那个叫苏建设的青年肯定是和小丹恋爱了，他们会睡到一张床上吗？小丹的洗澡声不时传过来，他突然感到胸口堵得慌，一种呕吐的感觉在胃里蠕动着。小丹的胴体在他眼前浮现着，她的姿态和呻吟的表情与韦青完全一样，不同的是她躺在另一个男人的身体之下，她流血了吗？他发现自己成了一名窥视者，目击了小丹和苏建设做爱的全过程，他被这种幻象折磨得狼狈不堪。

然后，他悄悄离开了。他直接去了汽车站，赶上了去石镇的班车。但他不想回石镇，决定在梅岭下车。他想自己应该准备迎接另一种由希望带来的生活了。两小时后，班车抵达了梅岭公社。那时虽不过下午五点，但暮色已经很浓了。他去路边厕所里撒完尿，刚出来，就听见一个声音在喊他，一看，竟是周瑞！他看见这个上海人已被弄得人瘦毛长，几乎判若两人，就说：你出来了？周瑞点点头：上午才放的。一开口这人就流泪了，接着说：我一直在这里等熟人，我不想回林场了，小尹肯定会骂我，我对不住她。我给她写了一封信，你替我转交吧。他问周瑞晚上住哪儿？周瑞说在前面一个公社，那儿也有上海的知青，明天就从那里搭车去水市，再乘船回上海。他们又谈到那个正怀孕的赤脚医生，周瑞说过些日子他让弟弟来一趟，把行李托运一下，再把那姑娘接回上海坐月子。他问道：你是决定同她结婚了？周瑞沮丧地说：走到这一步，也只好这样了。她也不容易，我将来让她在里弄找点杂事做，户口是没办法了。走一步看一步吧。

几天后，他借来了一辆板车，把全部行李架上去，准备拖回石镇。刚要动身，场长披着军大衣突然出现了。

场长问道：你这是干什么？

他说：回去。我要复习考大学。

场长笑了一下：光凭考恐怕不行吧？再说，等你考上再搬东西也不迟嘛！

他也笑了一下：老子还考不上吗？

场长一愣，但又一时找不到词，只是哼着鼻子。

他激动起来，大声说：只要凭考，老子就没有什么怕的！

这时候他唯一想听到的是副官的呼应。

石镇：1977 年 7 月

这就是我的画室。那时候每天要在这个狭小的空间里呆上十几个小时，画静物、石膏素描，偶尔也画一点色彩。我当时的理想是报考浙江美术学院——那一年好像也只有这所著名的美术学院来这个省招生。浙江美院的报名与初选是同步完成的，即你必须具备报名的资格，你必须在全国一级报刊上发表过美术作品或者参加过国家级的展览。而这两条我都具备。我按报纸上公布的招生简章将规定的作业寄至杭州，不久便收到了该校的准考证和复试通知书。考试的地点是犁城艺术学校。母亲典当了自己的手表给我凑齐了盘缠，1977 年 7 月的一个早晨，我由石镇搭车出发了。那时我觉得希望“哓”的一下落到了我的面前，梦想仿佛伸手可触。可是等到了犁城，我的心便凉了一半。浙江美院四个专业一共在这个省招五名新生，而初选者将近三十，这实在太渺茫了！

专业课考试有三项：素描人像写生、速写、命题创作。前来主持招生的是一位姓周的教授，他是位小有名气的国画家，有着令人尊敬的仪表和亲切的态度，但我不喜欢他的画。两天考试结束后，第三天有十三个人被通知体检，其中也有我。这对我显然是个鼓舞，冷却两天的心又热了起来。体检完毕，周教授把这十三个人集中起来，说了一通模棱两可的话，让大家回去等通知。一切便这样结束了。散了会，周教授把我叫住，领我去了曾经在他那儿进修的一位艺校老师家，问道：你父亲的问题一直没解决？话来得突然，我回答得吞吞吐吐，我说好像是。周教授又问：你的文科成绩如何？我说我在中学时文科一直是优秀的。周教授说：要是这回美院不取你，我建议你明年改考文科，名额多，也有规定的硬性标准。画却没有，一张画放在那里，说什么都可以的。说着，他铺开宣纸，为我写了两个字：登攀。我心里陡然一沉，知道自己的戏完了。

那时石镇正传送着我考取美术学院的消息，人们把我去犁城考试看做应付程序的走过场。所以我一回来，很多人就到了我家，说了一大堆恭贺的话，他们说“早就看出来了”，说“这下可出头了”，如此等等。甚至还有人提前送来了贺礼。我想只有母亲知道我难以录取的情况，所以她总是从容地对别人说：可能性不大，等明年吧。这个傍晚，我把犁城考试的情况一一对母亲说了，我说没希望了。母亲说：明年再考吧。我沮丧无比，想起周教授说的那些话心灰意冷。母亲说：你必须考到三十岁。

那个炎热的晚上，后来我又上了阁楼。我拿起一根炭精条凭想象画了受难的耶稣。

其实那时我对圣经故事所知甚少，多少年后我还为这十九岁的布尔乔亚式的忧伤情调感到不可思议。那个晚上，我面对自己这件作品想了很久，我问自己：放弃绘画吗？这实在是不可能的事。可是明年的情况也不可能发生根本性的转变。那位教授说得不错，对我这种人的确需要“硬性标准”，社会永远不会对你产生弹性，于是你就必须拥有一种绝对的本领。如果你百米跑出九秒，如果你发明治愈癌症的良药，如果你能听懂飞禽走兽的语言，如果你是刀枪不入的人，如果……

我没有“如果”。那时我最大的苦恼是志向与生存的矛盾。为了生存，我必须放弃志向，去适应一种硬性的标准。我得先把户口从农村转上来，由农民成为学生，再由学生成为干部。没有比这个更实际的问题了。那时我还不知道，发生在 1977 年夏天的种种波折是命运的安排。我来到这世上，该干什么或不该干什么，其实早已经规定好了。命定的事是无法改变的，就像你改变不了你的血液。

有一件事至今令我惊讶。那年夏天我刚从犁城考试回来，因为所在的生产队还存有我的一些余粮，我便又回了一趟梅岭。我搭的这辆便车，是去公社收购站拖废品的。等我把粮食弄来，这辆车也大致装好了。我把一麻袋稻子架上车，气喘吁吁地坐在一堆旧报纸中间。忽然我发现一张受潮的省报副刊上有父亲的名字。我太意外了，就小心地将这张报纸抽出来。这张标有 1957 年 5 月 21 日的省报，副刊版上登载着父亲的一篇叫做《菱塘新歌》的小说，大约三千字。后来我才知道，这是父亲唯一发表的小说，几个月后，他被划为右派。那个下午，我坐在废品车上把这篇小说读了又读。我并不喜欢，但我一生中最大的选择却于不经意中完成了。这张报纸比我大半岁，整整二十年过去了，它居然在一个乡村的废品收购站里与我相遇，它找到了我！我的心变得很沉，我想，父亲没有成为一个小说家，他的梦得靠我来圆了。1986 年，我在第一本小说集的出版后记中记录了这件事，我这样写道：难道两代人做一件事还不成吗？言语中透出了几分豪迈，一种使命感在驱使着我，觉得可笑是在几年以后。我的文学梦开始于 1977 年，二十年后，这个梦醒了。

——1997 年 10 月 26 日

像往常一样，石镇的早晨仍是喧嚣嘈杂。附近的菜农总是在这时候沿街卖菜，交通拥挤不堪。那时少年还在睡梦之中，这个僻静的角落听不见菜农们的叫卖声，惊醒他的是大树上过早鸣叫的知了。

他已经有好些天没画画了。原先挂在墙上的素描写生被全部拿掉，取而代之的是一些关于中外历史的图表。历史这门课整个中学阶段居然没有开，现在他依靠的是范文澜主编的那套《中国通史》和东拼西凑的外国史资料。这个早晨他显得迷茫而困顿，无数的战争和农民起义把他的脑子搅成了一锅粥。他一点兴趣也没有，但似乎又懂得了历史发展的某些规律，比如朝代的更替靠的都是起义和战争，比如文明的具体发展总表现在战争的装备和手段上。历史上的苦难总比欢乐要多，和平似乎成了战争之间的停歇。每一次社会的变革总要流血，所谓历史的长河实际上是一条血河……二十年后，他从一部外国影片里听到了一个男孩对历史的评价：当人变坏了，历史便开始了。当人变好了，历史就结束了。这是他迄今听到的对历史最精彩的界说。

1977 年的夏季冗长而缺乏想象力。热闹一时的高考过去了，关于这次高考的话题才刚刚开始。中学时代的几个朋友常来他这个阁楼上聊天，他们向他介绍试卷和标准答案。作文的题目叫《紧跟毛主席，永唱东方红》。他觉得这不像是作文题而像报纸社论的标题。从前的高考作文题是富有诗意的，比如《雨后》。他忽然觉得高考和自己想象得很不一样。这年的高考是由各省自行命题，文科考语文、数学，历史地理算一门，还有政治。不久，分数线划定，只要 180 分即可录取。然而即使这样，石镇的考生过线者仍是寥寥无几。一天晚上，他悄悄去了母校石镇中学。校园里十分空寂，附近农田的蛙声此起彼伏。他看见一直查封的校图书馆亮着灯光，就走了过去。那儿有一个身材瘦小的秃顶男人在捆扎旧书。这人姓陈，曾是语文老师，因为历史上在国民党军队里当过教员，“文革”之初即被打倒，至今也未翻身，在学校监督改造。有一次全校开大会批斗他，让他交代反党罪行。他实在交代不出来，就哭，就在裤裆里撒尿。可这样也没饶了他，让他站到一只很高的椅子上。尿液顺着他的裤管往下淋。这一幕少年记得非常清楚，他觉得一个成年男人弄成这个样子是值得同情的。后来这人终于坦白了一件事：有一回看完电影《红日》，晚上做了一个梦。他梦见天上有许多机翼印有青天白日机徽的飞机。他承认他的灵魂深处是在幻想国民党反攻大陆。于是他被淹没在一片打倒声中。

少年轻轻咳嗽了一声，陈老师回过头，老花镜滑到了鼻梁下。陈老师问道：你这回考得怎样？他摇摇头，他说我给美院耽误了。陈老师说，你的文科很好，应该考文科。他说：我明年就考文科。陈老师递给他一支烟，他有些尴尬。陈老师说，你要写文章。你父亲文章写得很好的。他忽然感到亲切，便帮陈老师捆书。接着他发现有不少文学书，其中有司汤达的《红与黑》、劳伦斯的《虹》、巴金的《雾·雨·电》。他问道：这些都是坏书？陈老师想了想，说：可能暂时用不着吧。他说：我拿走？或者我回去拿钱买下来。陈老师笑了一下，说我没有这个权力，明天你去收购站，同他们谈谈。他说好，把想要的那些书捆在了一块儿。陈老师想想又说，这批书可能要直接送到纸厂化浆。纸厂远在石镇的五十公里之外，看来这事难了。说完陈老师出门转了转，回来后对他说：我把这些书堆在窗户下面。然后，就这么做了。那个窗户少了一块玻璃。少年立刻就懂得了老师的意思，便匆匆离开了。几小时后，少年拖着一辆用轴承做的滑轮车再次接近了母校图书馆。那时四处漆黑一片，天上只有微弱的星光。少年伸手从窗户里面拨开了插销，把那些书一本本掏出来，装了整整一大麻袋。他很有些紧张，汗从头发根部渗出，流了一脸。但他得手了。

这些书中，有几册是五十年代《文艺报》的合订本，其中有关于“胡风集团”的材料和反右派的文章。对于十九岁的他，胡风与右派，都不陌生。但对于同代人，他显然是过早接触到了这两个字典中无法查找的词汇。这些书后来伴他度过了一年的好光景。将近二十年后，石镇中学因为要竞争省重点中学，四方写信向校友求助捐书，因为省重点中学的其中一项达标是藏书必须过十万册。在一个晴朗的日子，他又将这批当年偷来的书完璧归赵了。同时，他也送了一套自己新近出版的文集。那位陈老师业已作古。父亲平反回到石镇后，曾去拜访过这位昔日老友。他们在一起玩了四圈麻将，二十年的话一言难尽。但陈老师谈起那回里应外合的“偷书”仍是眉飞色舞。他说，我教了一辈子书，却把教学生偷书当成了杰作。几天后，这位石镇中学最好的语文教员在讲解朱自清那篇著名的《背影》时，脑溢血突发，死在了黑板的右侧，享年五十七岁。

石镇的冬天是美丽的。石镇的冬天无风而有雪，那雪静静地落，落得均匀，落得完整。那时你站在桥头往镇子看，就觉得每家的屋顶都像一块豆腐，在阳光下升腾着微弱的热气，连鸟儿也不忍去破坏这完美的图画。

桥下的琴河在冬季变窄了，两岸的沙丘上摇曳着干枯的芦苇与杞柳。清晨，这河是结了冰的。胆大的孩子敢从这冰河上溜到对岸去玩耍。到了中午，河上的冰便开始融化，那时你倾听化冰的声音就像遥远的琴瑟。

冬眠不觉晓。昨夜的雪落满了小院，那棵枣树仿佛玻璃制成的。少年醒来发现这变化的自然，感到特别兴奋。他很想出去画一幅油画写生，但那些颜料早已干枯了。后来，雪又让他想到了小丹戴口罩的样子。他和小丹有半年没见面了。他想春节去水市，那时父亲也会从巢湖回来。1977 年的冬天这个国家也像开了封的冰河，但是流动得十分缓慢。从水市传来的消息，北京正在考虑落实政策。这从父亲个人的变化中也看出了端倪。父亲被临时聘请到当地公社中学教外语。但在一年前毛泽东逝世时，他和那些四类分子一起被捆在一座庙里，接受荷枪实弹民兵的看管。这是他一生中接受的最后的管制。上个月他收到父亲的来信，父亲重点谈到了高考，说千里之行，始于足下，一切从头开始。他觉得父亲并不了解自己的过去，高考不过是一件很自然的事。所以他在这个冬天里，差不多都是在读那一堆从母校偷来的小说。现在他觉得，放弃绘画已不再那么困难了。文学所营造的空间似乎更大。绘画的空间只是一瞬的凝固，文学的空间却在流动着。他甚至想着手写一部长篇小说了。

这是令人愉快的一天。离别三年的朋友冯维明从成都复员回来了。他刚洗好脸，维明就进了院子。他一直认为在那些入伍的同学中，冯维明是最优秀的。冯维明这天穿着父亲的旧呢子军装，围着一条暗红格子的羊毛围巾，显得很英俊。当他知道维明真的不是探亲而是复员后，便猜测这其中的原因。维明说：你别猜了。我急着回来，是想赶明年的高考。明年是全国统一命题，我们没有考不上的道理。冯维明是自信的。这个出生在军官家庭的青年有着与生俱来的优越感。他的父亲是县人武部政委，但资历很深，是在当年皖南新四军里扛过几天枪的。入伍前，冯维明的理想是当一名职业军人。但是他那个部队是个物资供应站，他看了两年的仓库。后来，据说站长的女儿看上了他，可他又不愿意，说那个女孩一脸的雀斑。冯维明的处境变难了，干脆彻底脱了军装。现在，冯维明说，我的目标是上大学外语系。维明说国家最缺的就是外语人才，语种偏冷最好，比如说德语和西班牙语。这个上午，他被冯维明设计的外交官生涯弄得不知所措。他觉得维明见识很不一般，这种职业别人是不敢想也想不到的。他想从前确实把这个冯维明想得太简单了。

文科将来一定是到机关了，维明说，你想做官？

他愣了一下。他从来没有想文科的毕业生前途就是做官。教师，记者，文化干部，这都是文科的前途。但他告诉冯维明：我决定当作家。他忽然觉得“决定”这个词用得特别好。很多年以后，他回想起这个冬天在石镇阁楼上与冯维明的谈话，仍然有些怦然心动。但那时不会想到，自己这一生和冯维明将有种种纠缠。

于是，他常和冯维明一起讨论复习的事。那时维明集中精力突击英语，他拥有这方面的天赋与激情。关于语文、政治、历史与地理，都是由他将一些试题做好，再让维明抄去背诵。他们复习得似乎很轻松。有一天，冯维明借了一枝小口径步枪，背着照相机，两人去郊外的大成湖打鸟。冯维明的枪法很准，几乎是弹无虚发。他们租了一条渔船，在大成湖上兜着风。这一次，他们谈论着爱情。维明说他不准备在大学里恋爱，因为这会给分配带来麻烦。万一分不到一块怎么办？维明说，再调动又得花气力。这可不是在石镇，凡事老头子出面就妥当了。他越发觉得冯维明比自己成熟，但他说：你是不是想得太多了？冯维明举起枪，瞄准水面上的一只白鸟，一枪击穿了鸟的颈项。然后维明将枪竖着举起说：你能不瞄准就扣动扳机吗？他笑着点起香烟，觉得冯维明这句话很有点哲学意味。他本来想谈谈韦青，然而这念头在枪声中消灭了。

似乎有一种感应。第二天，他去菜市上买菜，无意中竟看见了一年未见的韦青！

他们的视线有了瞬间的相碰，但是很快被一把伞隔断了。那时他仿佛又听到了冯维明的枪声。那声音是微弱的，但在湖面上显得异常清脆。他的情绪在这一天里低沉而杂乱，后来他就去了冯维明家。路过石镇中学门前，他听见一群人在议论着几个月前的高考，说谁谁考取了，谁谁只差两分。他突然意识到，韦青一定是来领录取通知书、转户口的。就是说，她考取了。她身边那个略嫌臃肿的妇人无疑是她母亲，这对母女视察似的逛着街市，对小镇的风景颇有兴致，以投下最后的一瞥吧？

那时候冯维明正对着一台老式录音机，用标准的普通话把关于历史的复习答题输入。这样就不需要看书了，冯维明说，每天听他几遍。他想冯维明真是一个精明人，干什么都有条不紊，手段高明。维明已经知道原来的同学中哪些人考取了，一个不漏地报了出来。他感到有点惊讶，因为至少有一半的人是出乎意料的。维明递给他一支烟，说：这就是考试。有许多东西你可能不懂，但你能背诵，照书上一字不差地做了，你照样可以拿分。他就没有再说什么。

他在冯维明那儿一直待到晚上。这是1978年开始的日子，四野的残雪尚未化尽。月光如水，使这个冬夜看上去无限透明。镇中心的高音喇叭正放着浓烈的《交城山》，偶尔听见一串爆竹声，那是在宣布谁家的子女考取了。这时他便有了些心酸，也有了些胆怯，很怕碰见一个熟人来问：你考取了吧？所以他一直走在路灯照不到的地方，脚下的雪渣吱吱作响。等他推开小院的门，他看见韦青正在和外婆说话，内容是关于老人的白内障手术后的复明程度，三个妹妹都在边上吃着糖。听见门声时，韦青回过头，对他笑了一下：晚饭吃了吗？

他点点头，说：楼上谈吧。

于是韦青就随他去了阁楼。这个凌乱的环境却让她产生了几分欣喜，韦青问：你的画呢？我想看看。

他说：我已经不画了。

然后他又问：你是来向我辞行的吧？你妈知道吗？

韦青愉悦的表情便敛住了。

他躺到床上，抽着烟。他说：我知道你考取了，但你没有必要用伞挡住脸，我没有想看你的意思。

韦青很委屈地站起来，想离开，他一把抓住她的手，说：我还是要祝贺你，韦青！

韦青流泪了。韦青说你就这样祝贺我吗？你知道我今天为什么来吗？我是给你送复习资料的。

说着，她从包里拿出一摞书，可他没让她完全拿出来，他说：我不需要！

韦青没有再说，下楼走了。他追出去，但没有走到韦青身边。他跟在韦青大约二十米的地方，看着她走进人民饭店。事隔多年，他还为这个晚上的鲁莽感到懊恼。他说不清自己的情绪是报复还是嫉妒，或者是在竭力维护作为一个小男人的自尊。但无论怎么说，他的行为对韦青构成了伤害。那时他全然忘却了，这个女人是为自己流过血的！

几个月后，1978 年度的全国高考开始了。

1978 年夏季的这个晚上，石镇全镇停电，但是剧团照常点汽灯演出。那时我正躺在竹床上收听侯宝林的相声段子。小院的枣树纹丝不动，那是个闷热的夜。不久，冯维明骑车赶来，说考试的分数下来了。我俩便去了县教育局，街上一片昏暗，到处都有手电的闪光，就像农村的夏夜去田埂上逮青蛙一样。教育局的门口已被陆续赶来的考生包围了，一个负责高考的科长举着马灯，正给拥着往楼上走。那人看到我们，就说：你们别来了，都取了！维明在黑暗中狠捏了我一把，说还得查一下分数，这才踏实。于是我们都把分数查了，抄到纸片上。冯维明考得比我还多几分，似乎有些不好意思。他说我怎么会比你多呢？我说你有录音机嘛。

其实从高考的第一天，我就知道自己必取无疑。我回来告诉母亲，说今年肯定得走。母亲说：反正我是准备着你考到三十岁。她对高考的态度也就是这句话。从教育局回来，我就在等候母亲散场。外婆和妹妹们都高兴。外婆说这下好了，去年人家送的贺礼不用退回去了。妹妹们笑起来，嚷着要外婆明天杀鸡。到了临近十一点的光景，母亲才回家。我还没有开口，母亲就说：你取了吧？刚才街上的人对我讲了。然后母亲就拿出大妹用的小算盘，把我五门课的成绩反复打了三遍。这时她才放松了一些，说：我也算对得起你老子了。明天给他写封信吧。

这时候，月亮升起来了。外婆带妹妹们去睡了，我和母亲坐在竹床上。她点了支烟，似乎有许多的话要说，却终于没说出什么来。她突然自语般地问道：超出分数线八十七分，应该没有问题吧？这是我第一次听到母亲缺乏自信的感叹。当时我并没有更多的想法，只说怎么会呢？这已是很高的分了。母亲又说：明天你去医院体检一下，看看身体如何。我说我身体一向很健康。母亲说：还是先检一下好。你这回要是在体检上出了纰漏，老天可真是和我过不去了。

很多年过去了，我在故乡的小楼上回忆起那个遥远的晚上，心情不能平静。我想起母亲很多的经历。一小时前，二妹从美国俄亥俄打来电话，告之她已平安产下了一女婴。这些日子，母亲一直为这件事寝食不安，甚至去青云山为二妹求签。时间过得太快了，1967 年，母亲正怀着二妹，却被拉上剧团的舞台，接受无情的批斗，胸前挂着一块写有“资产阶级三名三高黑线分子”的大牌子。那天我在台下，我看见母亲挺着大肚子，自己把牌子挂到胸前，自己站到一只很高的凳子上。她的目光显得异常平静。后来她说，她当时最怕的是从凳子上摔下来，那样二妹恐怕就保不住了。从 1974 年到 1979 年，我们家六口人，全靠母亲每月六十元的薪水支撑着，而我因为要买绘画的材料，要买书，每月差不多都要花去这个家庭全部经济来源的三分之一。母亲在那个深夜表现出的不自信，实在是经受了太多的失望，她几乎只剩下了最后一点力气、一点希望。她难以承受更多的幻灭。从二十岁初为人母到三十六岁独立支撑六口之家，长期的磨难使她很早就成为一个没有乳房的女人。她拥有的是一个男人的胸膛。1992 年，母亲突然决定信佛。在我家的神龛上，供起了大慈大悲的观世音菩萨。她每日三次敬香，十分的虔诚。那时，我已去了南方。第二年冬天，二妹去美国，我和同在海南的小妹飞抵上海，与父母和二妹会合。我们在上海玩了两天。多年以前母亲就告诉我，说晚年有两个愿望：坐一趟飞机，玩一趟上海。这回她的两个愿望都实现了，但她已失去了兴致。我们在萧瑟的外滩缓缓走动着，母亲一路都没有言语，总是趁大家不注意时悄悄抹去泪水。第三天一早，我们去了虹桥机场。二妹办好了登机手续，同大家告别。二妹对母亲说：妈，我走了。母亲说：走吧。二妹突然哭泣起来，像小时候那样扎到母亲怀里。母亲理着女儿的头发，把她的发卡重新别了，说：是好事，哭什么？走吧，好好过日子。二妹走了，我们还在机场，等待着那架波音 747 升空。母亲的泪水沁在眼眶里，我说：想哭就哭吧。母亲还是把泪水抹了，然后说：我这一生就打过一仗，把你们都养大了。我胜了。

高考的录取通知书不久就下来了。我被录取在犁城大学中文系。1978 年 9 月初的一个阴天，我离开故乡石镇前往这个叫犁城的都市。从这一天起，我算是出远门了。母亲交给我一百元钱，这是我父亲十六年来的全部积蓄。

——1997 年 10 月 27 日

犁城：1979 年 10 月

我从水市返回石镇是在昨天傍晚，当时天正下着小雨。秋意开始浓了，沿途所见的树木落叶萧萧。细雨中山色迷蒙，坡上少许的茶树透着自然的生机。据说秋茶是最好喝的，但是不宜采摘，否则便断送了茶树的生命。我在城里待久了，渴望见到这活的山水，所以一路上车速都放得很慢，从水市到石镇的七十公里路程，我竟开了一百分钟。再过几天，我又得走了。北京的一家影业机构在催我做一部长篇的电视剧，我将在北京住上相当长的一个时期，这是我自我放逐生涯的又一个驿站，但绝不是最后一个。我不止一次地想过，我最后的停泊地可能还是故乡石镇，就像一首流行歌中所唱的那样：从终点回到起点。我下个月年满四十，却在提前渴望着叶落归根。我想我的心态显然是老了。

想想也是，我离家已有二十年了。

1978 年 9 月，我去犁城上大学。后来又阴错阳差地把户口落在了这个呆板的城市，一住就是十多年。我不喜欢犁城，而且对我最后的母校也缺乏应有的激情。在我全部的小说作品里，大学这一块生活至今还是一块处女地，苍白得没有一点血色。从开学的第一天起我就在等待着毕业，因为我深信，这里学不到任何东西。七七级、七八级学生大都是从社会上来的，年龄、经历有着很大的差异。开学的头一个月，课堂上老师和学生都可以公开抽烟。有个农村来的且是三个孩子父亲的老学生还抽水烟袋，一堂课要吹掉一根草纸媒子。但是，师生间的距离却因这些有趣的事拉近了。大家成了哥们儿，一些事比较容易通融，比如旷课。我发现有好几门课老师的讲义都是由几本书凑合起来的，而这些书我都从图书馆借来看过了，便不想再上。我事先同授课老师打了招呼，所以后来老师说我是“有礼貌的旷课”，这真让我心旷神怡。大学四年让我怀念的是我的几位老师，他们心胸开阔地放了我一马，使我有一半的时间留在了图书馆。1996 年，我回母校开关于后现代主义文学的讲座，突然对十八年前坐过的阶梯教室有了亲切感。那天，我的几位老师坐在最后一排，而且还在记录，这实在让我惭愧不已。老师朴实的身影让我反省从前的傲慢与轻浮。不过那次我还是信口开河了。我说：对于一个愿意从事写作的人而言，大学这道门槛显得无关紧要。大学的设计——至少是文科大学的设计，如同一个门框的设计，它要照顾到人的高矮胖瘦，所以规定了两米的高度和九十公分的宽度，然而作家更愿意从窗户翻进去。大家鼓掌了。一位戴眼镜的女同学说：作家是贼吗？大家哄堂大笑。我说是，他要偷走的是你的灵魂。于是大家又给了掌声。我承认那是一次有卖弄之嫌的演讲，让我愉快的是与老师的团聚，我爱他们，尽管我实在算不上一个好学生。

现在我该说说北京了。

1979 年暑假我第一次去北京。任务是学校科研处下达的，为卸任的校长撰写回忆录搜集资料。这位校长曾在皖南新四军里干过，有几位战友在京城做官。选择我做这件事是因为我在全省大学生作文竞赛中拿了奖，而且北方的一家电影制片厂正同我洽谈着一个电影剧本。我的写作才能第一次被官方重视，于是才有了这样一趟美差。我在北京住了一周，采访了那几位身居要职的老革命。谈起往昔峥嵘岁月，老人们都显得有些激动，而我却因为另一件事心不在焉。我在火车上遇见了一个女孩，是犁城财贸学院的，刚刚接到录取通知，身轻若燕地来北京走亲戚。财贸学院距我们学校不过一箭之遥，我想我们今后见面会很方便。她长相文静，梳着两条齐腰的辫子，言谈简洁却不俗。几年后，这个叫李佳的女孩长大了，于一个雨天同我打着一把伞，走进了民政部门的结婚登记处，成了我合法的妻子。

我和李佳就是这么认识的。那时她才十八岁，青春年华。时间于不经意中又过去了十八年，太快了，此刻我的眼前仍然浮现着当年的李佳。这时分由犁城开往北京的特快刚过徐州，硬卧的车厢灯已经熄了，只有车厢连接处还亮着灯……

——1997 年 10 月 28 日

从这儿望过去，无法看到那个女孩的身影，刚才她就在灯光下看着一本厚书。车停了，这是徐州，当年淮海战役的舞台。他想她或许下车看看这夜的景色了，铁轨边有许多小紫灯，女孩子肯定会把它视作花朵。于是他也下了车，果然就看见那女孩在向一个小贩买橘子。她只买两个橘子，小贩似乎很不情愿，女孩就又挑了两个梨。他觉得有点好笑，这真是个孩子。现在夜凉爽了，从旷野上吹来的风让人暂时忘记了这是八月。他环视车站的周围，很想看到当年那场战役的遗迹。如果杜聿明固守徐州，战争又该怎样收场？杜聿明不服，想用一块砖头敲碎自己的脑壳，可他为何要换上一套士兵服装呢？他难道不会用枪吗？杜聿明当了半辈子的军人，最后却成了演员。火车的气又开始喘了，他回到车上，先到了车厢连接处，也看起了一本书。她还会来这儿吗？他想着，我会等到天亮的。在等待中他琢磨着将要说的第一句话：你看的是什么书？小说？你喜爱文学？我就是中文系的，你呢？你今年是不是应届生……

但是后来的第一句话是她说的。她说：你吃橘子吗？

谢谢。可你就买了两个。

我每到一站都买两个。

这么个买法？

各地的橘子味道不一样。徐州的就没有宿县好。

这是徐州的？

不，是宿县的，就一个了。

不好意思，好的让给我了……去北京玩？

去我姑姑家。高考忙了一阵，现在该轻松一下了。

你喜欢文学？

对，我的第一志愿就是中文。

我是学文学的。你这本书是……

陀思妥耶夫斯基的《罪与罚》。你觉得这书好吗？

哦，挺好的……

他有些不好意思，因为他还从未读过陀思妥耶夫斯基的书。俄国作家他只读了列夫·托尔斯泰和屠格涅夫，还有契诃夫，高尔基要算到苏联才是。他不敢就这个话题谈下去，怕露出马脚。于是他问道：你常去北京吗？

不常去。你呢？

我还是第一回去，为学校出差。

出差？学生还出差？

为我们老校长写回忆录，去北京采访。

那你的成绩一定很好。

还行吧，其实以前我是学画的。我的画在北京展览过。

现在他有效地控制了谈话的方向，这个晚上后来就成了他个人的专场演出。几小时前，这个踌躇满志的大学生还在徐州站私下嘲弄着杜聿明，认为这位四星将军乔装打扮不过是想活下来。现在呢，他的侃侃而谈其实是想赢得面前这个邂逅的女孩的好感。她在听他的叙说，听得很专注。她的眼睛很大，眉毛的形状很美，睫毛也长。她的眼神尤为特别，好像始终虚着而且爱眨，这让他陶醉，那时他根本不会想到导致这种眼神的原因是近视。1979 年 8 月的这个夜晚，北上的列车上，两个年轻的大学生交谈了一个通宵，看着华北平原上渐渐染上曙色。这是他们最初的相识，也是几年后他们缔结姻缘最原始的基础。他们共同走过了一段风雨历程，然后又在一个阳光明媚的日子里分手。那一天，他们回首注视着当年的这趟夜行列车，发现无论怎么看，这个基础都显得过于薄弱。但作为一个爱情故事的序幕，它又呈现出最自然淳朴的光芒。

你吃橘子吗？

我给李佳挂了电话，告诉她我明天回犁城。电话里，女儿在弹奏着钢琴，是理查德·克莱德曼演奏的那首著名的《秋日的私语》。女儿是在模仿，生疏的指法结合着她顽皮的天性，使这首感伤的曲子成了轻快的旋律。这是我和李佳的纪念，也是我们最大的收获和最后的安慰。我想，没有别的女人今生会再为我生一个孩子了。我和李佳离婚已有三年，相处却如朋友。在犁城，我们各有寓所。通常的情况下，在我外出期间李佳和女儿还是住在原先的房子里。等我回来后，李佳又把女儿交给我，自己回寓所过一段轻松的日子。我把这种做法称之为“换防”。每个周末，李佳会买些菜过来，我下厨房烹制，一家三口和美地吃上一顿——在我心目中，只要是和女儿在一起，这个家庭就不意味着解散。有一次女儿问我：你们能复婚吗？我看你们在一起挺好的呀？我笑着

说：我们是挺好的，但是只能偶尔一聚。你还小，不懂。女儿说：我怎么不懂？你们就像一对刺猬，碰到一块就互相扎着，分开了又彼此看着！我不禁惊讶，女儿长大了。这孩子才十二岁，刚上初中，个头却已和她妈妈一般高了。李佳为此自豪。女儿可以穿妈妈的旧衣了，可以陪妈妈一道逛街了。甚至有人还把她们看作了姐妹。但是，从另一个角度看，这个女儿来得太早了。她匆忙出世无疑成了父母最终分手的一个重要原因——我和李佳几乎没有一天的二人世界，我让她过早扮演了母亲。那时，我们被生活折磨得疲惫不堪，以致双双成为现实生活中不堪一击的失败者。

一个男人和一个女人，共同生活了十年，实际上情感是无法剥离开的。婚姻的有无已经变得不重要了。法律只能改变外在的形式，却难以改变情感的实质。这是两个人一生中最美好的十年，这十年孕育了恋人之爱、夫妻之怨甚至兄妹之情，更孕育了作为一个人的尊严。十年，铭心刻骨。我还是从头说起吧——

十八岁的李佳楚楚动人。在这个少女面前，大学生活与爱情故事是同时展开的。新学期到了，我因北京的采访推迟了几日返回犁城。等我回来，这一天正是农历八月十五的中秋佳节。那夜，财贸学院正在举行欢迎新生的联欢会。我去找李佳，她的同学告诉我：李佳正在团委办公室忙着化妆，今晚她有节目。于是，我早早进了学校的礼堂。那会儿，我突然想到了另一个女人，就是韦青。三年前在梅岭，韦青曾答应给我跳舞。此刻，韦青所在的那所大学是否也在举行着联欢晚会呢？韦青是否也将粉墨登场翩翩起舞？我眼前浮现着韦青在江边留下的最后的背影，与月光融为一体……

李佳表演的就是独舞《春江花月夜》。低回婉转的箫声是我最喜欢的民族器乐，张若虚此一孤篇是我最喜欢的唐诗，当我看到李佳打开两把羽扇左右顾盼时，我的心下剧烈一挫。我意识到我已经爱上了这个少女。很多年后，我和李佳在西子湖畔欣赏着著名的断桥残月，我回忆起了这个晚上。我说，张若虚以一首《春江花月夜》大气磅礴孤篇压全唐，而我在那一刻已经爱上了你，并且最终结为连理。这仿佛也是前定。但李佳说：这是一个前定的错误。

舞蹈《春江花月夜》以形体语言叙述了一个怀春少女的浪漫憧憬。这部由陈爱莲女士成功推出的杰作，那一时期正盛行大江南北。因诗而音乐，又因音乐而舞蹈，不同的语言讲述着同一个故事。但是，我们没有讲好。作为小说，我已没有能力去讲述关于爱情的故事。我不过是在回忆一个男人的情感经历。这经历其实很平乏，缺少色彩，然而却显得真实。爱情的故事业已被大师们讲完，一个时代的枯竭便开始了。世纪末，人性濒临堕落的边缘，爱情拯救不了这个时代，杯水车薪的危机弥漫在日益污浊的空气里，我甚至可以看见二氧化碳在芸芸众生中飞翔的姿态。

十几年前财贸学院舞台上的灯光转暗了，大幕徐徐合上，而我和李佳的故事才刚刚开始。我去了后台，看见李佳一边卸妆一边对陪伴的同学说什么地方跳错了。我站在一只很旧的柜子旁，安静地等待着她的发现。但是她始终没有看我，倒是其他的女生不时向我这边望上一眼。一个女生碰碰李佳，问道：是找你的吧？李佳这才走过来，然后呀了一声，说是你呀！你什么时候到的？我说晚饭后，我刚从北京回来。李佳说：那你等我一会儿，我先洗洗脸。你看到我跳舞了？我点点头。我说跳得不错。李佳说：我没有基本功，动作都到不了位呢。我说这不重要，重要的是你完成了。李佳又说她跳错了。我看不出来，我说，倒觉得很流畅。说完，我先出去了。1992 年秋天，我由南方回来，在一个月夜我与李佳在晾台上交谈，我忽然想起从前那个晚上李佳所说的“我跳错了”。我说：我一直不知道你错在哪。李佳笑了一下，说：我倒是知道，可我的问题在于没有勇气去纠正。然后，我们沉默了。

故乡今夜无月。确属秋天的天空星光惨淡。我家的晾台实际是餐厅的顶部，很大，父亲一直想把它变成一间三面有窗的玻璃书房。或者作画室，父亲说，你想作画的时候就回来。这倒是个不错的建议。我早有一个计划，六十岁之前舞文，六十岁之后弄墨。六十岁是个界限，我可以彻底结束这种颠沛流离的生活了。那时我叶落归根回到石镇，我的双亲可能不在了，我不会让他们远离我。院子里那块地我是为他们预备的，我将种上草坪和鲜花，让他们安息其中。每个清晨，我会从楼上下来，陪他们喝杯热茶。那时，我女儿在哪？北京？上海？深圳？还是俄亥俄她二姑那儿？或者是墨尔本她大姨那儿？总之，女儿会离开我的。我倒是希望她能和她母亲生活在一块。那时候，这偌大的房子里就只剩下我了？还会有一个女人同我朝夕相处么？

我在晾台上抽完了一支烟，手臂有点凉了。从这个位置，可以看到石镇的半边街。石镇的路灯始终不明亮，或许是这个缘故，我每次回来都有一种恍然若梦的感觉。

似乎很远的地方传来了一个妇人的呼喊，断断续续。我想，她的孩子可能跑丢了。

——1997 年 10 月 30 日

梨城从来就是喧闹的。眼下这条街是梨城的主要街道，由东而西延绵了三华里，狭窄使它看上去像一根消化不良的肠子。据说当初规划这条街的是第一任市长。他走了二十步，以此确定了街的宽度。但此人是个矮子。1979 年的梨城经历了一次著名的冰雹袭击。关于这次袭击的话题完全可以谈上一百年。人们由此重新审视了脚下这块土地，追溯楚汉相争的古旧踪迹和淮海战役一次不同凡响的围点打援。人们还联系到发生在十多年前的“文革”武斗，两派交火的枪声与冰雹袭击的音响十分相似。

冰雹是突然从天而降的，没有任何征兆。一阵昏天黑地的狂风呼啸过后，蚕豆大的冰雹便扫射了整个城市，据说市郊出现的不比乒乓球小多少。那个时刻，他和李佳正坐在一个幼儿园废弃的秋千上晃荡，谈论着学校的伙食和图书馆。李佳想通过他弄到一张犁城大学的借书卡，因为财贸学院的文学藏书极为有限。李佳感谢的方式是每周从家里给他带上一瓶肉丁炸酱。我家的炸酱可好吃呢！李佳说。这时狂风就刮过来了，天陡然大暗。他叫了声不好，急忙把李佳从秋千上抱下来，一口气跑向不远处的滑梯。滑梯的造型是大象，现在他们是在象的肚皮之下。冰雹在他们眼前炸开了，李佳还没有反应过来，只问：这是怎么了？天色越来越暗，带有哨音的风声和玻璃的破碎声混杂在一起，包围了他们。突然，一根水泥电线杆给刮倒了，扯断的电线碰出"啪啪"的火花，距他们只有两米远，犹如一条吐信舞动的大蛇。李佳害怕地贴着他。他说，没事，木头是绝缘的。在他们头顶上冰雹射击着大象，声若鞭炮。他感到牙齿的缝隙里塞满了沙子，眼难以睁开了。这个瞬间，他想起了1968年秋天石镇的那个雨夜，密集的枪声划过了他和小丹的头顶……

这次冰雹袭击前后不过二十分钟，城市受尽了皮肉之苦，但他与李佳的距离意外地拉近了。第二个星期天下午，他去13路公共汽车站接李佳，感觉这个女孩突然长大了很多。后来他们去看了一场电影，那是一部外国片子，讲述一个艺术家同一位芭蕾舞演员的忧伤爱情故事。电影即将结束的时刻，他捉住了李佳的小手。他没有作任何试探，捉得很果断，很紧。他慢慢感到手心出汗了。不多会，灯亮了，观众纷纷站起，坐椅的碰击声凌乱而刺耳。他扶起李佳，牵着她走出电影院，天已经彻底黑了，轻微的寒气扑面而来。他问道：冷吗？李佳说不冷。他注视着李佳的侧面，她已摘去了眼镜，长睫毛又明显了。从这女孩的脸上看不出一点羞涩，她似乎很平静。街道上正是车辆行驶的高峰期，扬起的灰尘呛人鼻息。于是他们插上了一条小路，把闹市甩到了身后。

小路是宁静的。那时他希望脚下这条路没有尽头，就这么一直走下去。李佳没有声响，近视使她行走的姿势有点摇晃，也许是倦了。这是一个弱不禁风的女孩，他这么想着，这女孩的安静仿佛与生俱来。他很喜欢，接着便有了一些不安，为刚才在黑暗中的握手。他几次想提起一个自然贴切的话题来冲淡一下业已发生的冒昧，但是都觉得过于掩饰。

路在一寸一寸地缩短，已经望得见财贸学院教学楼的轮廓了。不远处的三岔道口，将是他们结束这一晚的地点。他停了下来。

他说：我刚才是不是太冒失了？

李佳说：没什么。你不是都已经抱过我了吗？

回答依旧是平静的。可他还是准备拥抱李佳。她向后挪了半步，然后说：我想考虑一下。我觉得这一切来得太快了，其实我们才刚刚认识。

他说：那好。你肯定累了，走吧，我看着你走。

李佳点点头，从挎包里拿出了一瓶肉丁炸酱放到他手上。李佳说：下星期你别去车站接我。有事我会去找你的。

这句话让他心下顿了顿。他目送着李佳通过马路，消失在梧桐树后。渐渐，他有了一些伤感。对于李佳，接触确实是快了一点。可他是“过来人”，他需要来自异性全面的安慰。如同一只在天空中盘旋的苍鹰，他不能永无止境地张开翅膀，他需要在一棵树梢上落下来。他自然想到了韦青。总是在无边的寂寞裹袭之际，他开始努力去想初识云雨的那个乡村之夜。那时他希望韦青的胴体清晰地得到展现。这诱惑足以打垮他对任何异性的向往。如果现在韦青立在他的面前，他也许会毫不犹豫地拥抱她，然后去找一家简陋的旅馆，重新找回那不可替代的最高感觉……

这个时刻，韦青在干什么？她会同另一个男人在一条小路上散步吗？她会躺到另一张床上愉悦地接受那男人的身体吗？韦青不会忘记她的血已经流过了。那根折断的羽毛！他浑身颤了一下，一个部位已充满了血，像满弓绷紧了弦。做爱使韦青扎根于记忆，也限制了他对其他异性——包括刚从身边离开的李佳——的深入渴求，除非出现新的做爱。他觉得自己像一件刷过油漆的家具，只有更新更浓的油漆才能将从前的痕迹盖住。在这个枯叶飘零的秋夜，他总结出了这一条规律，并由此支配了以后漫长的时间。

夜八时，我抵达了犁城。行前照例会与李佳通一次电话，告诉她确切的时间。所以我进门时，她已经在整理自己的提箱了，把叠好的衣服朝里放。女儿在里屋写作业，反复提醒妈妈不要错拿了她的梳子。李佳便有些烦，说我就是拿错了又怎么样呢？我头发脏吗？女儿说：反正拿错了不好。李佳叹了声：你妈这辈子还真是拿错了不少东西。女儿回头说：你不就是想说你拿错了爸爸吗？李佳笑了，说写你的作业吧，明天归你爸爸伺候了，我得歇歇。李佳把房门带上，问我：你爸爸妈妈还好吗？我说还好，只是剧团给烧了，对母亲的情绪有所刺激。李佳说：这有什么？烧了再盖一个新的嘛！我说：县里财政紧张，拿不出钱。再说，即使以后盖了新的也会是另一个样子了，找不到旧时的痕迹。

李佳又问我，在犁城能住几日？

我说想多住些时候，陪陪孩子，就怕北京那边突然来电话。

李佳说：最好多住些日子，这孩子其实很恋你的。

我们在客厅里坐下来。这儿也是我的书房，还有一张单人床。从前我时常熬夜写东西，就睡这。李佳已将被套、床单、枕巾都换好了。我们继续谈论孩子。李佳说：孩子如今已上初中了，学习压力增大，还要练琴，不抓紧不行。你这样长年在外，光给几个钱解决不了问题。李佳说她一个人挑这副担子很吃力。我无言以对。我想李佳这些年几乎全部的精力都给这个女儿耗去了，她很不容易。这次见面，她明显有了憔悴。由此我能推断出她近期生活得不够如意，三年前离婚时的自信已发生了动摇。这是我所担忧的。我之所以至今还没有把注意力放到某个具体女人身上，最深层的原因，是在等待着李佳先行一步。我希望看见她获得新的情感生活新的爱。对于李佳，这困难吗？如果再等上三年五载李佳还是独身呢？我没有想下去。有一个成语叫鸳梦重温，浪漫而美好，但是与我们无涉。其一，我们从未有过鸳梦；其二，一个已知的梦境本身就是枯燥。那么，又是什么使我们丧失了选择的热情而迟疑不决呢？

你可以随时找一个女人。李佳说。但我不愿意看到你再有一个孩子。

我说，我还没有想过这个问题。

你这个女儿很脆弱，她不能面对父亲把爱像蛋糕一样切出一块给另外的孩子。我也会有想法。我准备再陪女儿两年，等她上高中，这也算对得起她了。以后，你必须负起责任。李佳这么说道。

你随时可以把她交给我，我说，不要因为孩子放弃你的一切。

我有我的安排。李佳说完，拎起箱子出门了。她又说：冰箱里还有排骨和带鱼，孩子很快要期中考试，让她吃得讲究一些。你回来就别再做自己的事了。

我一一允诺，送她下楼。在楼洞口碰见了一位过去机关里的同事，寒暄了两句。后来李佳说这很好，免得让人背后说三道四。我笑道：这有什么呢？即使你留在这屋里。李佳说：你不在乎我可在乎，我是女人。然后她就独自上前了。她的行姿和十几年前完全一样，总让我感到她脚下很软，仿佛走在棉絮上，也仿佛是走在虚幻的梦境里。这个女人在梦中行走了很多年，又自己把自己唤醒，带回来的只是一种行姿。她的不幸在于不该以这种飘飘忽忽犹豫不定的姿势来走一条比石头还硬的路，也在于过早唤醒了自己。对于一个拥有知识和敏感的女人，很容易找到存在的局限和不足的，况且与她相伴的这个男人本身就是个错误。李佳错误地抓住了本不该属于她的男人，她错在哪，只有她自己知道，就像十几年前在舞台上表演《春江花月夜》一样。

现在，我越发相信命运了。

1979 年秋天犁城的冰雹袭击似乎不能算是“始乱”，但确实暗示着“终弃”的结局。那时我抱着她从浪漫的秋千奔向一头笨重的“大象”。昏天黑地的气氛下，这座木制的大玩具俨然成了宿命的诺亚方舟。那正是悲剧和伤感盛行的年代，我们被自己刻画的形象所打动。我们双双沉浸在一场短暂天灾导致的忧郁情调里，咀嚼着尚未发生的爱情。很长时间过去后，有一回李佳这样对我说道：

你不觉得这是瞎子摸象吗？

我们都笑了。我们在欣赏对方灿烂的笑容。然后，我们乘上漂亮的汽车去一个风景秀丽的地点，那儿，是我们婚姻最后的法律终结场所。那天是一个阳光明媚的日子。

有一种女孩子拥有对空泛的爱情最细腻最深刻的理解，因此对具体的两性生活笨手笨脚乃至一筹莫展。李佳就是这种女孩。她的爱情观来源于该死的文学。另一个源头则是她的一位中学老师——一个可以做她父亲且又具备关怀女生手段的男人。1981 年 3 月的某日，在李佳的引领下我见到了这位老师。我的直觉让我相信此人是一个不折不扣的伪君子和意淫狂。这个人热情地接待了我们，在不到一小时的谈话里，他至少占用四十分钟向我大谈中学时代的李佳是一个多么让人操心的女孩。他指出李佳诸如丢三落四、好逸恶劳、心比天高之类的缺点，并以长辈的语气告诫道：你们应该看远一点。那时我的感觉是我和这个鸟男人在办一项移交手续。似乎从这个晚上开始，他正式把李佳托付于我了。这真让我恶心。但是，李佳对这个老男人是敬重而钦佩的。她甚至幻想我能以他为楷模来重塑自我。十几年来，这家伙始终是横在我们之间的一道魔障。它左右了李佳的心情指标和判断力。我们的爱情本会昙花一现，然而命运又调整了安排。这一调整导致我们长达十余载的狼狈不堪，几乎只剩下了最后一口气。

我该从哪儿说起呢？

——1997 年 10 月 31 日

犁城：1981 年 12 月

这片水杉林位于犁城大学与财贸学院之间，无疑是一道风景。在许多黄昏，你会见到李佳飘忽不定的行踪。天气好的时候，夕阳的余晖会穿过树隙照进来，形成一道道动人的光束。那时李佳便会觉得这儿也是一个舞台，她仿佛还是踩着《春江花月夜》的旋律节拍，在读陀思妥耶夫斯基的书。她唯一的反感是林间残存的一些报纸和卫生纸。有一回她还发现了一只皱巴巴的避孕套。1981 年的大学是安分而宁静的，但 1981 年的大学生已显得躁动不安。校园里到处都是喇叭裤和迪斯科旋律。那又是所谓“伤痕文学”不可一世的时代，一些莫名其妙的人用文字大诉别人的痛苦到处混吃混喝。犁城大学中文系还开了一个关于“伤痕文学”的系列讲座，吸引了包括附近医学院、财贸学院、工学院在内的许多人。李佳也来听过一次，但是讲座并没有打动她。“伤痕”时代她还是个孩子，和沉重的阶梯教室相比，她更喜欢这片杉树林。

1981 年春天少女李佳经历了初恋的幻灭。她已清醒地认识到自己的初恋远没有书中那么美丽而忧伤。她不过是在火车上遇到了一个邻校的男生，后来他们散步、看电影、在小馆子里吃两菜一汤，差不多隔两周给那男生送去一瓶家中带来的肉丁炸酱。这就是初恋的全部。少女李佳伴随着这些枯燥的内容不经意地度过了一年，却已相当地疲惫。在家的时候，她就会想到那位中学老师的话“看远一点”。她实在看不出所谓远一点的地方究竟是个什么东西。是性吗？她在十五岁时开始意识到性的存在——那是在“农业基础”课上，一个女老师在讲授花朵的授粉。李佳从女老师具体的演示中突然悟出，男人身上也将有一种类似花粉的东西授到女人体内。不久，她从一本《赤脚医生手册》里了解到那东西叫精子。人的授粉称之为性交。就是说，男人的阴茎必须进入女人的阴道，然后精子进入子宫寻找卵子，这便是全过程。那本手册上还有男女生殖器的插图，它完全背离了李佳的想象，远没有小男孩的“蚕宝宝”玲珑可爱，甚至面目可憎。

那本手册只字不提性交的欢乐与快感。这一点，小说倒是提供了。无论是陀思妥耶夫斯基还是列夫·托尔斯泰，都在赞美肉体，但这仅仅是文字的肉体，连温度都没有。她自然要怀疑这肉体之欢的真伪，在尝试过接吻与拥抱之后，她的感觉一落千丈。什么“春心荡漾”，什么“浑身酥软”，什么“像触电一样”，全不是这么回事。她不习惯他嘴唇的潮湿和鼻息带来的凉风，还怕弄乱了自己的头发。

远一点的地方未必好看。在这个黄昏来临之际，少女李佳正努力作出一个决定，这便是分手，尽快结束这场汤泡饭一般的初恋。她决定把问题彻底摊开：我们不是儿戏，我们是真诚的，但是这种恋爱确实乏味，不是吗？

后来她也就这么对他说了。意外的是，他并不觉得突然。这让李佳有些伤心，觉得是一种轻视。相爱的人面对分手应该是心潮起伏，应该是洒泪而别，现在这些假设都没有出现。他显然是有备而来的，把曾经装过肉丁炸酱的玻璃瓶子洗刷得十分干净。他还带来了一套用照片制作的书签，照片上是他的国画小品。这算是对肉丁炸酱的回报吧？李佳的情绪一下子变得恶劣，似乎又感受到了他嘴唇的潮湿和鼻息的凉风。她问道：你怪我吗？

他摇摇头。他说我比你大五岁，怎么能怪你呢？

我只是觉得我们不合适，李佳说，但你是个好人。你不怪我就好，毕竟……

毕竟什么呢？是有过抿紧嘴唇的接吻还是有过隔着毛衣的拥抱？他自嘲地一笑，觉得还是不说什么为好。既然眼下是结束的地方，那就尽早走出这片看上去很美其实并不舒适的林子。

你其实还是个孩子。他说。这句话说完，他就先离开了。在回校的路上，他的耳边一直响着由近而远的火车声，然后是：你吃橘子吗？他为这句话心酸。他没有从后门进来，而是走了捷径，爬墙而过。那时天刚刚黑，教学楼的每个窗口已亮起了灯。他在墙头坐了一会，抽了支烟，李佳的形象不断浮现眼前，伸手可触。这形象是静止的，连睫毛都不眨动，又显得那么久远。他想到每次和李佳拥抱总有一种抱不紧的感觉。他厌恶这感觉，为这感觉沮丧。

就这么完了？他想着，心里越发凌乱了，一口气怎么也不顺畅。他觉得还应该同李佳谈一次，认真谈谈。机会还有，因为李佳还有一本乔治·桑的小说没还来。但是几天后，他从学校邮政所收到了这本书，李佳没有写信。那时他才真的意识到，李佳是决定不再同他见面了。

这一天，他旷课去了郊外。

他当时就走在这条土路上，走了很久，竟没有碰见一个行人，也没见到一只鸟。路显得幽深而静谧，城外的天空突然变得高大，仿佛竖立起来了。然而他不觉得孤寂，有的是一种轻松的伤感。这伤感像玻璃上的一层薄雾，抹去之后看到的是另一个女人，就是韦青。昨天夜里，久违的韦青意外地访问了他的梦境。韦青是乘一片羽毛来的，她从那片杉树林的上空掠过，最后停在他寝室的窗边。那时他赤身裸体地站在床前，手里居然拿着一只剥开的橘子。他听不见韦青在说着什么，但从她的口型上，他还是听懂了一句话。

韦青说：这不是我的橘子。

韦青总是很适时地光顾我的梦。他这么想着。但他不明白梦中的自己为何一丝不挂？他的确在梦中把自己脱光了，短裤塞在枕头下面，这已在早晨得到了证实。他有些慌乱地把蚊帐压紧，看着同寝室的人陆续走出。昨天深夜我下过床吗？他越发不安起来，有人见过一个裸者在校园里游动吗？关于梦游的种种传说纠缠了他很长时间。他深信自己绝不是个梦游患者，然而梦中把自己脱光则是无可辩驳的事实——在以后十五年里，这个事实呈现得更加明显，他的困惑也随之加重。他清晰地看见自己的裸体像金属一样在黑夜里穿行，奇异的姿态介于飞翔与堕落之间……

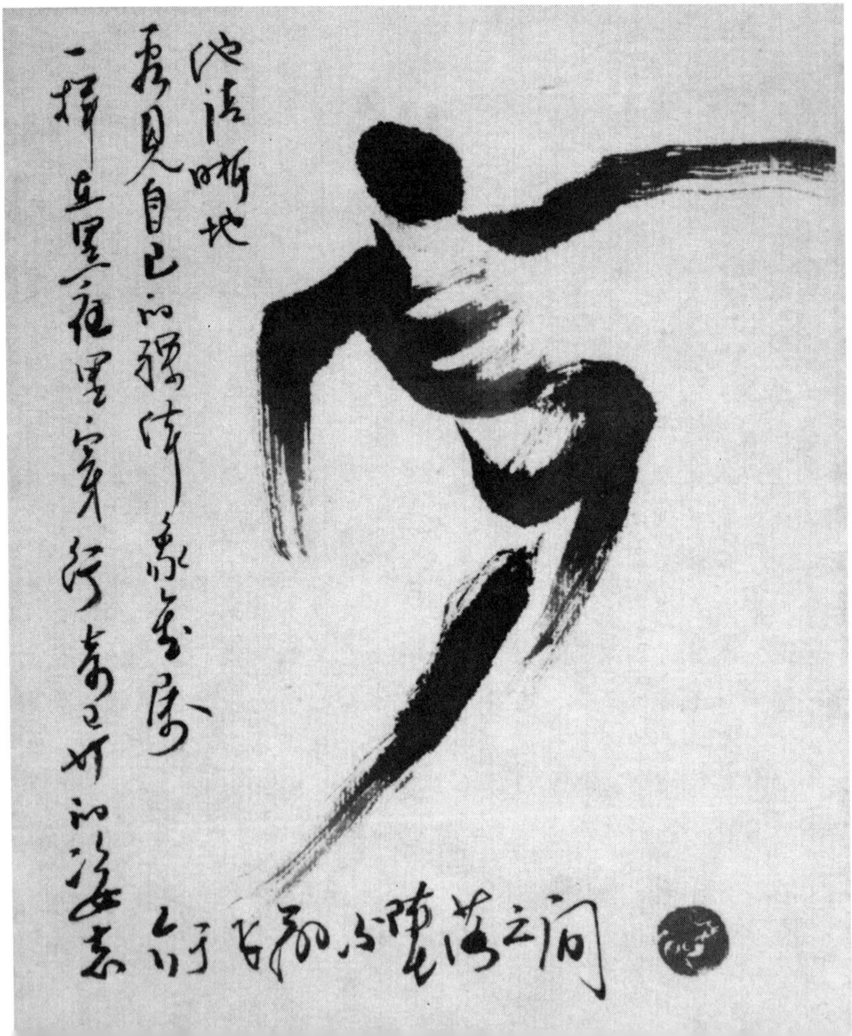

13路公共汽车站。

你见到李佳了吗？每个星期日的下午，或者黄昏，她会在这儿下车的。那会儿还没有实行双休日制度，这女孩只能回家住上一夜。她每周如此，这是规律，所以真想见她并不难。冬天来了，少女李佳肯定穿了一件藏青色的呢外套，那是她母亲过去穿的，重新翻改过。不过李佳穿起来很得体。她还会围上一条鹅黄色的羊绒围巾，她的辫子应该长到腰以下了。还有，她也喜欢戴一面大口罩。这并不妨碍你认识她。她的睫毛很长，眼神永远的朦胧忧郁似看非看，这很美是吗？但你不会立刻知道这美与近视有关。1981年就是一个莫名其妙的年头，时间老气横秋地流淌着，转眼便进入了冬季。犁城的冬天十分丑陋，往往一场小雪把地面弄得斑斑驳驳面目可憎。此时的另一个不幸是校园里席卷而来的舞潮。食堂、礼堂以及教室和办公室，一夜间都成了舞厅。犁城的八所大学成了八个歌舞团。大学生们互相走动，彼此跳来跳去，在邓丽君温柔有加的歌声中拙劣地扭动着身体。这是一群在社会中混过多年的家伙，已被囚禁了三年，他们荷尔蒙过剩又不敢公然放肆，意外地找到了一个发泄精力、缓冲手淫的好形式。他们不再喊冷了。他们有理由可以去和女人随意拥抱了，这些嘴上喊着思想解放骨子里却是强奸犯的杂种。

下雪的时候，他忽然想到了李佳。

他们已有九个月没见面了。他记得他们是在那片杉树林里分手的，是三月间的事，在造访那位父亲一般的中学老师的第五天或者第六天的黄昏。这是最后的一面。如果不是后来李佳以邮寄的方式还书，他肯定还会去财贸学院找这女孩的。当他从学校邮政所取出那本书时，他陡然觉得装在牛皮纸信封里的不是一本小说，而是一个男人的自尊心。这颗自尊心密封在纸袋里，扔进邮筒又装入邮袋，经过多双陌生的手之后，又回到了他这儿。

男人的自尊让一个女人拿走很重要吗？

我这次回来有一项具体的事要办，就是想把房子装修一下。这房子是我在犁城机关工作时分配的，半年前我买下了产权。房子坐落于省委机关宿舍大院内，有着完全配套的生活设施和特殊的安全保障。历史上这儿称作“红门”，自然是犁城最佳的居住地点。这些年我过着一种自我放逐的生活，没有尽到为父之责。现在我只能通过这类事作些弥补，希望女儿有一个舒适美观的居所。女儿大了，开始有了自己的社交圈。她的口袋里除了课程表还有钱包和电话号码簿。我喜欢听她在电话里同她的朋友谈意甲和英超、NBA和迈克尔·乔丹。但她又特别痴迷《红楼梦》和酒井法子。这是个天性活泼的孩子，是我最大的慰藉。十二年前的夏天当她来到人世时，惊人的啼哭让我激动不已。她睁着大眼，当夜就吮吸手指，一头乌黑的卷发下是十分光洁的脸庞，呈现出我的骄傲我的希望。那是个下着微雨的黎明，空气清新，我倚窗守候着我的女儿，看到了另一副情形——那是多少年后，朝气蓬勃的女儿搀扶着老迈的父亲，走在落满黄叶的林中。夕阳的余晖透过树枝的间隙洒落在我的眼前，我面对的将是死亡。这虚幻的景象让我忧伤，我不知道在最后的时刻怎样才能松开女儿那只柔软的手。那个微雨的黎明，女儿的生明确地提示着我的死。但我在暗暗地发下誓言：至少要确保女儿长到三十岁，才能让她的父亲死掉！这是一个父亲的誓言。

现在，女儿起床了。她似乎已经适应了我与她母亲的这种“换防”。在她的感觉中这个家庭仍是完整无缺。等她梳洗完毕，我开始与她商谈房子的装修计划。昨天夜里我画了很多图纸，想把现有的家具全部作废，并重新添置一些电器。可是她没有表现出多大的兴趣，她说：我无所谓，反正房子是你们的，我不过是暂时住在这儿。我感到意外，想不到她会作出如此冷漠的反应。女儿倚在门框上，手里捧着从微波炉取出的牛奶。又说：爸，我这么说你很伤心是吗？可我就是这么想的。这个星期日咱们也别在一块吃饭了，我宁可和同学去逛书店。我大了，一顿饭温暖不了我。

这话对你妈说了吗？我从沙发上站起来。

等你走了，我会对她说。我妈这一年买了不少衣服，没有一件我觉得好看。女儿又喝了口牛奶，她说：我妈现在脾气也大了，但我不怪她。

说完，她开始收拾琴谱，准备去老师家上钢琴课。这之后她将去她外婆家吃午饭。我想我应该陪女儿去上这堂钢琴课，她不需要，但我需要。我已经意识到李佳对女儿的判断是不准确的甚至是错误的，这孩子心理上已是大人。我突然联想到以前的几次电话，女儿回答得总是含含糊糊，像是敷衍，像是回避，其实是她当时不便与我多作交谈，因为这

屋子除了她和李佳，还有另外的人在场。那个人一定是个男人。真难为了这孩子！

这个上午我的心情如同犁城的这片天空一样灰暗。在那位钢琴老师家，我的视线始终追随着键盘上女儿滚动的手指。老师是个小老头，算得上犁城的一名音乐权威，与我曾有过一些交往。他说，你女儿有极好的音乐天赋，如果能再刻苦一些，就更好了。我说，现在学校的作业量太大，这孩子的书包至少有十公斤。我不指望她将来在音乐上有多少造诣，能当做一个业余爱好就不错了。老师说，其实女孩子毕生做音乐也挺好，音乐能使人的灵魂纯净。我点点头，说这要看孩子自己的选择。老师显得有些固执，说：孩子重要的关口，大人有责任帮助选择，不能完全放手。

回来的路上，我问起女儿对音乐的态度。女儿说她听见了老师与我的交谈。搞音乐纯净吗？她反问道，你没见连中央乐团都快下岗了吗？我搞音乐，谁管我饭？我说：我管。女儿说：爸，你不可能养我一辈子。其实我对钢琴没多少兴趣，我是为你们弹这琴的。妈给我买了琴，我能不弹吗？妈想用这台琴拴住我，怕我学坏，我明白。就像你现在急着装修房子，想让我高兴，让我安心学习。上次考试我没考好，妈当时就哭了……我一个人要来安慰你们两个，我太累了。

我握住了女儿的手。

女儿指间的痛仿佛传递到我手上，所谓十指连心的痛在我四十岁这年才真正体味到。这几年我和李佳的种种努力为的都是一个目标，不让女儿的心灵受到创伤。我们彼此都在考虑，把各自下一步的安排推迟到女儿上大学之后。然而眼下的事实已宣告了我们的失败。我们伤害了这个孩子却让孩子来慰藉我们，自私的是我们，该指责的也是我们。天下有很多父母为了孩子的利益不受侵犯而牺牲自己的全部，我们却做不到。我们没有对天职尽责。

出租车艰涩地通过了这条繁华嘈杂的街道。我的胃很不舒服，一股酸液在食道里涌动着。这个二十年没有引起我好感的城市，此刻却给了我莫名其妙的温馨。或许，我到了该回来的时候了，她才流露出对一个游子浪人的柔情大度！我随时可以回来，回到“红门”里的家，回到李佳和女儿身边，让一切重新开始？可是，我并不老，李佳还属青年，如果没有不测，我们还可以活四十年甚至半个世纪。这是多么漫长的日子！我说过，一个已知的梦境本身就是枯燥，况且这个梦的时间将长达五十年……

爸，你的手好凉。

没事……

我喜欢你画的图纸。

这是草图，回头我再征求一下你妈的意见。

爸，不用花那么多的钱。

爸有钱……

挣钱不容易，我知道。

爸想让你和妈妈住得舒服一些……

爸，我就在这下车吧。

不，再拐进去一点……

出租车拐进一片住宅区，在第四排一幢灰色的楼第二个单元前停下。女儿下车了，她又说：爸，你去食堂吃饭吧，一个人别烧了。晚上我们去“肯德基”。

我点点头，看着她走上楼梯。这个楼洞因楼距太近总显得光线不足。我已经三年没有来过了。最后一次，那是1994年的春节前夕，我买了两盒西洋参送李佳回这儿。李佳说：你最好别上去。我把礼品递给她，她没接，转身上楼。我把东西放在楼梯台阶上，走出了那片阴影。那一天我步行了很久，看着天一点一点黑下来。地上的残雪已结成冰碴，踩在上面其声如梦中的磨牙。恍恍惚惚的路灯揭示着城市冬日的贫血与虚弱，一切看上去都极不真实……

在这个冰冷的城市藏匿着多少虚伪。每天，人们用暧昧的眼神表达着关于出卖、索贿、背叛、通奸的肮脏话题，语言却用于讨价还价、吹牛拍马和教训孩子。他们激动地打着手势，于是围绕城市的一切阴谋便从这下流手势中诞生了。每天都有犯罪。每天都有阴谋。每天都有噪音、废气、污水……

一场雪又能掩盖多少劣迹呢?

那是我一生中沮丧不堪的日子。我茫然走了很多路，却找不出这个城市的方向。后来，我看见了13路公共汽车站的站牌。这个不祥的数字在那个逝去的冬夜让我再次正视了命运的不可捉摸。

——1997年11月2日

1981年犁城的那个冬夜本来与他没有关系。从下午起，他就躲在帐子里读库里肖夫的《电影导演基础》。这是一部很厚的书，有许多剧照和插图，读起来有点意思。他对电影的兴趣，最初起源于少年时代见过的一张照片。那是崔嵬导演《青春之歌》的工作照，偌大的摄影棚里，逼真的布景和落雪的效果在灯光下散发出诱人的色彩。一“墙”之隔，划分出现实与虚构的两个世界。于是这张照片就沉到了他的脑海，再幻变成一个气势非凡的梦境：少年站在高高的脚手架上，指挥着现场拍摄——那是一部战争片，翻腾的硝烟中杀出大量的骑兵。这以后少年的心思几乎全用在了电影上，他自制了一台幻灯机，在玻璃片上画出一幅幅的画面，一面石灰墙当作了银幕。有一个叫小丹的女孩是他忠实的观众，这也是唯一的观众。那时石镇附近的农村常有露天电影，放映《地道战》、《地雷战》和《平原游击队》。他和小丹扛着一条长凳去看，有时候去晚了，他们就坐到银幕的反面——电影里的人一律用左手吃饭左手打枪，他们很开心。他告诉小丹，将来他要拍电影，并答应让小丹来演主角。小丹说：你做梦吧！小丹说电影只有大城市里的人来拍，我们是小县城的人，只比乡下人好一点。他说，我们不会永远待在小县城。毛主席从前到处钻山沟沟，后来不是到了最大的城市吗？小丹说，你这话反动，你不能跟毛主席比。他吓了一跳，轻轻地解释道：我只想拍电影。1977年高考恢复时，他才得知北京有一座电影学院，但不知怎样才能报考。后来他贸然给校方写了一封信，不久有了回音，但是那一年的招生已经结束了。

在犁城大学的这三年，他一半的兴趣放到了电影上。但他没有打算日后去做一名编剧，他想干的仍是导演。他觉得这个行当能够调动他的全部才华。这个诱惑远远超过了去当一个作家或者画家。他在给冯维明的信中表达了这个愿望，然而却遭到了后者驳斥。这是异想天开，冯维明说，谁会信任你这样一个来自县城的小子？国家养了那么多的职业导演当摆设吗？你是文化部长的儿子吗？他自嘲地一笑，想，维明的话没有说错，如果他真是文化部长的儿子，一切都不成为问题，理想顷刻成为现实。但眼下的现实是，上帝没有派给你一个当文化部长的父亲而只给了你一个刚刚右派平反的父亲。那个瘦小的中年人此刻正骑着一辆旧自行车，去乡下辅导业余剧团。你看清这现实了吗？他又想起那个美院教授所说的“硬性标准”，想起母亲常挂在嘴边的那句话：你只能靠自己。可是这些扑不灭他对电影的狂热，就像一瓢冷水不能使醉汉清醒一样，固执的他给自己制订了一套打入电影界的方案，并已着手实施。他想起好莱坞一个叫弗朗西斯·福特·科波拉的男人，在执导《教父》和《现代启示录》之前，这个人成功地写出了剧本《巴顿将军》而获得奥斯卡最佳编剧奖。派拉蒙公司的老板当初选择科波拉来拍《教父》，正是从文学的《巴顿将军》中看出了其诉诸影像的功力。这个信息无疑对他很鼓舞，于是，他写了一个电影文学剧本，寄给了北方的一家电影厂。半个月后，他收到了电影厂总编室热情洋溢的来信，对剧本给予了很好的评价。那封信还表示，剧本现在已送到了一位著名的导演手上，在适当的时候，厂方将派人来犁城与他商谈剧本修改事宜。

开局比想象的要好。那时他觉得，电影界的大门已对他裂开了一条缝隙，他仿佛看见自己的梦想已由空气形成了一团云彩，无形变作有形，停在了头顶上。他的计划也越来越具体了——如果电影投拍，那么分配时他有可能让电影厂来要他；如果那位著名导演赏识他，在这次合作之后他有可能成为副导演或者导演助理；如果……如果财贸学院的那个叫李佳的女孩了解这一切，还会同他分手吗？有一天下午，他从街上逛完书店回来，那片杉树林再次吸引了他的注意力。他想在那儿停歇，想等待一个曾经熟悉的身影出现，结果天下起了雨。雨浇灭了这个念头，他觉得上天的安排可能就是这样，一切都该顺其自然。

冬日的天色很容易转暗。今天是星期日，寝室里的同学都去了市里，现在陆续回来了。有人在议论晚上的舞会，说外语系的一个女生跳得特别好。那人撩开他的帐子，问道：你去吗？他摇摇头，说礼堂太乱，和澡堂差不多，跳不出意思。那人就说：把你的西装借我一下吧。他指指门背后：拿吧，干洗时你掏一半钱。然后他就起床了，打算去洗脸间。这时，系办公室秘书推门进来，递给他一张纸条，说电影厂的人已经到了犁城，让他尽快去一趟。

于是他就去了。

现在看来，这是一次极为糟糕的会晤。从电影厂来的导演和责任编辑是一对标准的笨蛋。长达两个小时的谈话让人啼笑皆非。那个体态略嫌臃肿的导演自以为是地提了十二条意见，又甩出一个“有突破”的构思框架，明确地指出让他按这个思路重写。那编辑也不时添油加醋，说这样就对了。他一语不发，觉得这不是在谈论电影而是在谈一宗买卖婚姻。这个戴眼镜的男媒婆要把他卖给这个糟老头子做妾，但却不知这人裤裆里挺着一根坚硬的鸡巴。谁操谁呢？电影？操你妈的电影！

他想他的神色已表达了自己的立场。离开时，那位编辑送他下楼。在楼梯拐弯处，编辑郑重地说：你好好考虑下导演的思路，毕竟，你还不懂电影。

他笑道：我十岁就懂电影了，不懂的是电影界。

那一刻他的心情就是这个样子，像一堵腐蚀的老墙，千疮百孔，鸟翅的阴影像锯一样将它锯开，也许只有他的尿才能使它弥合。所以逃出这座优美的宾馆后，他急着要做的是赶快找一个阴暗的角落撒尿。滚烫的尿液冲击在残雪上发出爆裂的声响，这是对梦想最好的发言。很多年后，当他走进北京电影制片厂的一座摄影棚时，这爆裂的声响竟激发出他惊人的想象力。这个仿佛废弃仓库一般的地方居然锁住了他的一个梦，实在显得不可思议。

晦气的一夜。坐在 13 路公共汽车上，他还在为刚才的事懊恼。合作显然不可能了，所谓综合艺术到头来不过是综合了平庸。艺术可以综合吗？从这个意义上，写小说要幸福得多。小说可以坐在马桶上写，可以写到香烟皮上，没有人来给你提十二条意见。你完全可以大大咧咧地在方格稿纸上建筑你的独立王国。1981 年的中国有小说吗？这个瞬间他听见了火车声，悠长的汽笛穿透了干燥的夜空。是那列火车么？车厢的连接处还亮着灯，那个一边吃橘子一边读陀思妥耶夫斯基的女孩哪里去了？他叹了口气，看见这辆早该淘汰的大公共缓慢地接近了13路站牌。学院路到了，售票员用犁城土语吆喝着，先下后上。他跳下车，到一棵粗大的梧桐树后面点上香烟。等他转过身，一颗流星带着细小的光弧从他头顶上空向西北方向坠落。他的视线追寻着这道转瞬即逝的光弧，但那时他还不知道这是上帝的一个暧昧的手势。

然后他就见到了李佳飘忽的背影。

很多次，我和李佳都谈到那个夜晚。如果那一夜我们没有在13路车站碰上，还会有后来发生的一切吗？李佳说不会。我已经把你忘得差不多了，她说，我那时只想安心把书读完。我想你也不会再来找我了。

李佳说那个晚上她本不想回校，因为第二天上午没有课，她可以在家里再住一宿。可是晚饭后她接到同学的电话，说有一个讲座于翌日上午八点半开始，主讲的教授来自北京，曾参加政府工作报告的起草，算得上权威。同学还说，讲座结束后，她们想利用中午那一会时间，把元旦晚会的节目再排练一下。于是李佳就提前离家了。那时不过八点，从她家到学校大约十一站路，但中途要转一趟车。即使这样，她在路上所花费的时间也顶多一个钟头。然而转车时，她遇见了以前中学的一个同学，现在手表厂工作。两个人谈起来就没个完，之后又去路边的小摊子喝了瓶酸奶。我不知道这么磨磨蹭蹭是为了等你，李佳说，似乎是在劫难逃了。我说，当时我见到了一颗流星。冬天是很难看到流星的。

那是一颗灾星吧，李佳叹道，为什么偏要降到我俩头上？

重逢是一种奇异的现象，它强调了短暂的激动和夸张的愉悦。在重逢的那一刻，烦恼和痛苦都会失踪。所以自古以来重逢都是喜出望外，诧异之后便是幸福。1981年那个冬夜，我和李佳所走的路不过是以前行程的百分之一甚至千分之一，但是意义比过去重要一百倍乃至一千倍。我们像一对落水者，在行将溺毙之际各自抓住了对方伸出的一只手，似乎只有作出这种选择，才能够活下来。这显然是重逢导致的错觉。重逢意味着失而复得，意味着最后的机会，于是我们抓住了而且抓得很紧。

李佳问我，你还是一个人吗？我说是的，一个人。这极为普通的对话在当时却蕴含着弦外之音。在李佳看来，面前这个男人一直在等着她，期待着她重新投到他的怀抱。我呢？我所得到的无疑是一次明确的试探——如果你也还是一个人，那么我们可否重新开始？世上的事往往就是这样，简单可以复杂，复杂也可以简单，所谓爱情都是糊涂和不讲理的。李佳没有想到，当初决意离开我却成了最终走近我的动力，我却因为第一次的匆忙失去则格外珍视这回归的第二次。

第二次意味着什么？甜蜜？幸福？沮丧？懊恼？痛苦？我无法说清楚。

第二次给我带来了婚姻、女儿，却让我最终失去了家庭。房子已不能作为家庭的象征，尽管它需要一次彻底的装修。

十三年前我结婚时，父母用尽了家中全部的木料给我置办了一房家具，现在已没有用了。昨天我叫来旧货市场的人，粗略估算可值七百元。价格谈定，那人便让民工开始搬运。这时李佳回来了，问道：全卖了？我点点头。李佳说：留下一个柜子吧，把它挪到晾台上堆堆杂物。她就挑出了一只，指使民工往晾台上搬。旧货市场的人不大情愿地说：那你得退我八十块钱。李佳给了那人一百元，说：这柜子我买了。

家具搬走，房子一下显得空荡而陌生。那只柜子孤单地立在晾台上，像这房子里的第三者，注视着我们。

沉默是令人伤感的。我们默然收拾着书籍和衣物，觉得东西太多，怎么理也是乱。这是一个家的气息，一个十年之家的物质沉积。像儿时玩的一种“垒宝塔”的游戏，我们千辛万苦地用一片片碎瓦垒成一座塔，最终的目的不过是用一块石头将它击溃。这是一个不可理喻的游戏，它以艰辛的创造为代价换取一瞬的毁灭之乐。但它隐匿着最朴素的宿命观，从你垒第一片碎瓦起就预示着将有毁灭的时刻，仿佛生预示着死。这游戏远没有燕子衔泥筑巢那么富有诗意而令人神往。

我把装修的方案对李佳说了，问她有什么意见。李佳说：我没必要再参与了，你女儿满意就行。而且，我也不想出钱。

钱当然由我出，我说，包括刚才那只柜子。

不，柜子是我想买的，李佳说。我得让你知道，我一生中最好的十年都装在那里面。

——1997 年 11 月 5 日

水市：1982 年 9 月

眼前这条街那时还算水市的主要繁华街道，你会明显觉得与犁城不同，沿街的建筑物透露出江南风韵。水市坐落江北，却不掩饰对江南的青睐。据说民国初时水市的男人去江南行商，大都落得个血本无归的下场，却带回了一个个与秦淮粉黛可争高下的老婆。所以今天水市人有着白净的面目和纤细的身材，连语言语音都散发出母系那一支的阴柔。这是个浪漫温情的小城市，走在街上你看不见一缕豪气，但你会被她的小巧玲珑所触动，她保养得很好，你会觉得这块水土非常适宜过生活，也能渲染你的多愁善感。

1982 年夏季开始的时候，水市人正在推敲一种窗式空调，在确认价格可以承受之后，人们普遍关心的是这种空调的寿命。与此同时，养花成为这年的时尚，取代了风行已久的养金鱼。历史上的水市从来就是养尊处优的，这里没有贫穷，也没有暴富，缺少刺激却减去了冒险，发展缓慢但社会稳定。如果你已经过了五十岁，你完全有可能把这儿看作最后的归宿。然而那时你才二十五岁。

你可能没有料到你又会回到水市来。你不想回来是你对这座小城有着一种距离感，这儿离你的家乡石镇很近，但你厌恶一只苍蝇的飞行轨迹。另一个原因，是你不想同那个财贸学院的女孩分开。你们正式恋爱了，需要经常见面，因为这个你希望分配在犁城，留在那姑娘身边——你们对这场一波三折的爱情总是显得信心不足，分开与其说是痛苦，倒不如说是危险。你们总抓不紧对方却又害怕失去对方。是这样吗？

那时他正为此苦恼。如果没有李佳，他对毕业分配几乎没有要求。犁城大学此生只会分配他一次，那就让她分好了。还能分到地球之外吗？而且，他讨厌辅导员那副刁钻的神情，让他想起以前在林场的那个场长。到处都有这种人。辅导员其实无权过问分配，却总是大言不惭地说他有一票在手，而且还是关键的一票。这个人又特别爱占小便宜，一本挂历就能让他乐上半天。相比之下，系主任要可爱得多。这个大腹便便的中年人至少还看重一个学生的成绩，还有职业道德，但他天生胆小，很难指望他会站出来为某个受屈的学生讲几句公道话。

分配果真那么重要吗？在和冯维明的通信中，他们讨论过这个问题。冯维明的回答十分肯定，他以在部队的经验说，如果他当时没有分配到供应站而是留在了司令部，那么他的命运将是另一个样子，没准今天已是副团职了。分配是一个关口，维明说，它决定着一个人的起点高低。他想冯维明的观点不算错，但只适合于行政那一套。他对行政没有兴趣，想的是能够留在犁城。他觉得这应该是可能的。第一，他虽然旷课但成绩一直名列前茅；第二，他为老校长整理过回忆录；第三，他写的话剧在全国大学生会演中得了一等奖，为学校赢得了荣誉。他把这三条理由告诉李佳，后者也认为问题不大。但她担心学校会按户口所在地的方式进行分配，虽然不科学，但容易服众。李佳问：如果留在犁城，你打算干什么呢？他说或许先到某个报社干一阵子编辑记者什么的，再逐渐过渡到专业创作上来。李佳说你没想过坐机关吗？他笑道：我这样子像坐机关的吗？李佳说，我觉得机关里办事要容易一些，这也是我父母的意思。他想了想，说：进了机关就是混进了官场，不自在的事就多了。

那时社会上开始有“四化”干部的舆论，机关需要大量的文科毕业生，据说各级的组织部都来学校翻档案了。

五月，分配方案公布，果真是机关的名额居多，占去了一大半。但是能够留在犁城的只有二十来人，这个数字勉强可以应付犁城的学生，他们都不想分到外地，也就意味着外地人分进犁城很困难。这种形势对外地学生极为不利，他们向校长反映，说分配不能像过去对工农兵大学生那样，“哪里来哪里去”，这还是极“左”的一套。分配必须因人制宜，应该人尽其才。甚至有人在食堂门前张贴了大字报，声称不提高分配的透明度，就是破坏改革。1982 年，“改革”是最响亮的词语，“改革开放”是最鼓舞人心的口号，它让人正视一个民族的命运和一个国家的前途。但是中国人首先要考虑自己的命运和前途，那一届的大学毕业生更是如此，他们为何不贴大字报申请去边疆呢？

这是一批真正的政治投机分子，一批名副其实地向社会讨债的家伙。从考进大学的那天起，他们就在等待着分进机关，以取得接近权力的新起点。他们拉开大干一场的架势，不择手段地去达到目的。

他轻视这些人。很多年后，当他在不同场合见到这些人时，他仍然掩饰不住轻视的表情尽管这些人差不多都混到了处长甚至副厅长、厅长。他觉得这些人活得没劲，因为目标太明确。人生其实是一个困顿而迷惘的过程，看透了也就失去了意思。他对写作的痴迷与此有关，写作的过程也是困顿而迷惘的，不像某项科研，可以瞄准一个目标亦步亦趋地往上走，最终获得一项成果。写作的诱惑在于未知的不断显现，写作者如同夜行者，始终在假设中行走。

五月下旬，一件不幸的事发生了，二班一个姓张的男生跳楼自杀。作为这桩惨案的目击者之一，他向校方和警方提供了以下证词——

今天下午大约三点一刻，我在宿舍里拆蚊帐，想洗一下收起来。我去窗口吐痰，看见一个黑东西从上面飘下来，还以为是谁扔掉了一件旧棉衣。然后我听见“嘭”的一声，再看，就看见地上趴着一个男人，血往外淌，腿还在动弹。楼上的人这时也嚷嚷起来了，说不好，有人自杀了！我跟着大伙跑出去，姓张的同学已被别人抬起来，我也帮了一把。

大家急着把他往学校卫生所送，可能半路上就没气了。

我看到的就是这些。这个同学平时和我们在一个阶梯教室上大课，样子有些腼腆，不知道因为什么就这么走了。

后来他听二班的人说，那个下午大家去宿舍里议论着分配方案，认为系里肯定还会坚持“哪里来哪里去”的原则，顶多不过是把班长学生会主席之类的角色塞进大机关，装一下门面。其实这种人最应该去支边。二班有两名进藏名额，至今没有人报名。说着说着，那姓张的同学就从床上翻出了窗户。这件事在犁城大学引起了不小的震动，但出人意料的是愈演愈烈的分配风波竟以此画上了句号。没有人再闹了，也没有人再贴大字报了，这是多么奇怪的事！好像姓张的学生不是自杀而是被镇压下去的，大家受到了惊吓，却不明白那人为何而死，死得是否值得。那人的血居然替校方帮了大忙，于是校方理直气壮，强调做好毕业生的思想政治工作。校方杀出重围，荒唐不经地把一切理顺了。

于是，他被分配到水市市委宣传部。

现在他已走过了这条花香四溢的老街。这条街的尽头便是市委大院。

他向卫兵出示了全部证件。卫兵告诉他，宣传部在最后面的那幢三层楼上。当他提起行李迈进这道门槛时，突然自问道：

我是不是卖到这儿了？

如果 1982 年我没有去水市而是留在了犁城，我和李佳还会结婚吗？于是，我又想起一个词：离别。在一对恋人间，古今中外离别意味着相思之苦，这似乎无一例外。虽然有“两情若是长久时，又岂在朝朝暮暮”这样虚怀若谷的佳句，离别照样是一种痛。然而这种推断却不适合我和李佳。我至今记得，当我把分配的结果告诉她时，她显得比我还平静。她说，这下离你妈倒是近了。她说我们分开一段也没坏处，你可以常回来看我。这后一句话明显不是在安慰我了。我暗暗吃惊。我吃惊的是这种反应偏离了一个少女的情怀。这应该是我妈的反应才对。自从我们重逢之后，我们便进入到准军事化的恋爱阶段。一周约会一次，内容基本上是去公园、看电影、下馆子。我们也接吻，但必须抿紧嘴唇，这和第一次没什么两样，区别是当事人清楚了约会的性质：这是恋爱，不是闹着玩的。有一次，我们在公园玩到很迟，我搂着她，另一只手试着伸向她的胸部，她一下哭了起来。我吓得手足无措，问她：我做错了吗？她什么也不说，哭得像个孩子似的。那是一次真正的哭泣，凝聚着忧伤与悲愤。多少年后，我再次提到这个细节，问道：我不明白，你怎么哭得那么凄惨？李佳说：那一刻我自觉是把自己交出去了，我不想就这么交出去。

1982 年的离别对于我和李佳意味深长。除了恋人常有的别愁相思，更多是拉开一段距离，彼此再看看。离别之于我们是一种冷静的观察与自省，又似乎是等待时间的检验——不是检验恋爱的质量，而是检验当事人的承受能力。就是说，如果这离别的几年没有风云变幻，便说明我们认可了这个恋爱再承受它的一切后果。这是一次哲学的恋爱，思辨吃掉了想象，理智取代了情感。很难想象它的一方当事人是一个年方二十的姑娘。而我不是柏拉图。我血气方刚，我需要的是情感的冲动和欲望的燃烧，我需要女人的娇嗔女人的媚眼女人的骚劲女人的身体！

一切都显得格格不入。那么，当初为什么不放弃呢？这又是离别导致的后果。离别意味着等待，等待意味着债务，债务意味着偿还，偿还意味着结婚——这真是个怪圈。我们双双陷入其中，乏味的恋爱这时却成了沉重的枷锁，锁不住肉体倒锁住了两个人的观念。我们是恋爱中人，我们自然要给对方以忠实以专一以循规蹈矩。离别让我们忽略了对方的弱点，离别也强化了重逢后的喜悦，尽管那还是抿紧嘴唇的吻，隔着毛衣的抱。如果我当初留在犁城，我还能忍受这种准军事化的恋爱吗？李佳还会觉得该嫁给我吗？离别如同水中窥月雾里看花，倒是利于我们耐心地欣赏对方了。的确，我们是在欣赏，不是在爱；欣赏是挑剔的前奏，只有爱是不顾一切的，把好的坏的看得惯的看不惯的喜欢的不喜欢的，一揽子兜过去。

我们因欣赏而结合，再因挑剔而离异。没有爱，也就失去了宽容。

这些是 1982 年至 1984 年两年间，我和李佳的情书。刚才我把它翻了出来，却没有再读它的欲望了。我相信它仍能触动我的心弦。这包东西也证明了我们对待这宗姻缘的态度，既不想珍视它又难以将它割舍，于是就随便捆捆，束之高阁。现在我想买一只漂亮的皮箱来装它，这已是离异后的第三年。我想我这辈子不会再为另一个女人写下这么多的情书了，我已疲惫，措词的重复会让我汗颜不已。这些情书还是标准的情书，倾诉的还是恋人絮语，但是内容空泛，弥补的形式是抒情的语词。

还需要指出的，我的情书有一些是不真实的，我隐瞒了我在水市期间的某些生活，但我所表达的，仍是对一个女人的爱慕。虽然，这个女人不是李佳。或者说，在某种意义上，我把李佳当作了那个女人。这是我的卑鄙，我不需要解释。在我和李佳结束婚姻法律形式的那年秋天，我曾对她坦言了这段生活。那时她用一种旁观者的标准眼光看着我，发出从容的微笑，说：你的故事很动人。

然后她又说了一句让我吃惊的话：其实你当时告诉我，我还是会嫁你的。

我问：是宽容吗？

她说：不，是无奈。

我想这不是言不由衷。无奈这个词准确地表现了她在 1982 年的心态。其实，无奈的岂止是她一人呢？我也是无奈的。我的无奈在于我没有能力将自己的恋人点燃，而我的欲火每刻都在焚烧。我像一个在茫茫沙漠中艰难跋涉的行者，渴望看到一片绿洲喝到一口甘泉，我差不多已被欲火烧焦……

——1997 年 11 月 7 日

他被派到了宣传科。

宣传科当时已有五人，是最大的科。科长姓汪，年纪四十六，是部里资格最老的男人。这个人在宣传科干了八年的科长，一直提不上去，据说是脚力不够。于是这人便开始混了，每天不迟到便早退，有时上班泡了杯茶，打开半截抽屉，人影就不见了。如有人找他，都以为他没有走远。其实那时候他正在街上替家里换液化气或者戴一副墨镜逛菜市。但是这人又很坦率，第一次见面，掩上门就问新来的大学生：你是“永久牌”还是“飞鸽牌”？永久就是在这个部门干下去，飞鸽是过两年调走——你对象不是在犁城吗？人往高处走，犁城比水市好。水市连火车都没有，一个机场还同部队伙用，停不了大飞机。

他一下就觉得科长这人好亲近。至少比几个部长可亲。部长说他是新生力量，是人才，这话听起来很不真实。部长看他的神情和街上人打量空调的神情差不多，感兴趣的是又多了一个人好使唤，这个年轻的大学生据说笔头子还可以，练他两年就能拿住大材料。什么叫宣传部？宣传部就是写材料、编材料、发材料的地方。你没见到有两台打字机，三台油印机吗？（那时还没有电脑和复印机）这儿成天就是打字机“噼噼啪啪”地响，油印机“嗞嗞啦啦”地响，电话铃“丁丁铃铃”地响，这是一个噪音交响的空间，你得适应。你的办公室在这儿，进去吧。左边那张桌子那个文件柜你可以用了。

他还是有点兴奋。这个环境让他想起梅岭林场的小屋。大学四年一切都发生了变化，到现在才真的看出来了。他由农村打入了城市，由农民变成了干部，由每日挣四毛钱的工分改为每月领五十三元的工资。没有“国家农民”一说，有的只是“国家干部”。这社会本来就存在着等级之分，国家要养一批人，再让这些人去管住国家不养的人，其中一大块便是农民。农民自食其力，他们的健康形象印在人民币上，但最没有钱的是他们。所以农民意识一般表现为对钱财的斤斤计较上，因为他们最穷，必须斤斤计较才能活人。美国有“农民意识”吗？日本有吗？所以农民翻身最值得扬眉吐气了。他欣赏着室内的陈设，觉得这是个读书写作的好场所，以后每个晚上他会安静地坐在这张台子面前。但是这把椅子不舒服，最好能换一把。他忽然想起毛泽东在《湖南农民运动考察报告》里说过的一句话：痞子也可以到少奶奶的牙床上滚三滚。原来毛泽东对老太爷的高楼也没有兴趣。他不禁笑了起来。正好科长路过门口，问道：你笑什么？他说：我笑这把椅子。

安顿好天就黑了。这一批新分来的大学生暂时还没有宿舍，临时住在市委招待所。新的宿舍楼正在装修，大约两个月后交付使用。市委招待所处的位置因袭了从前的名号，叫“状元府”。究竟是否出过状元已无从查考，但这并不影响名号的漂亮与吉祥。

新分来的大学生四人合住一个单间，到他这儿只剩了三人。所长说，这张空床得留着，还会有人来，你们别往上面堆行李。他们就住下了。同屋的两人一个是他的校友，叫杨文胜，哲学系的，分在讲师团；另一个分在政法委的叫陈波，来自西南政法学院。他们年纪相仿，经历也差不多，很容易谈到一块。陈波说这两届的文科学生分得都不错，基本都在城市机关，因为国家面临着干部的青黄不接。杨文胜说这两届的人经历很特殊，素质不一般，进入社会便对过去的工农兵大学生是一个冲击。杨文胜还说在校时就知道他的名字，知道中文系某某人写了一个得奖的话剧，后来又拍成了电视。他心中得意却做谦虚地摆摆手，但说了一句实话：我上大学不过是解决了一个户口问题。陈波就有点较真，说：户口不重要，重要的是我们这些人改变了身份。中国有十亿人，干部占多少比例？这在西方就是国家公务员，旱涝保收的差事，你不能轻视这个。他给大家发烟，说：你们的专业都对口，我却不能。宣传部要我不过是写材料，可我想写的是小说。杨文胜说：那你将来到文联去。宣传部到文联只是一句话。陈波说：别别，人往下走容易。宣传部管的是一个口子，文、教、卫、体，往哪儿去都成，你先干几年再说。

那时他想，我可能干不了几年，我得调回犁城去陪李佳。

然后大家想去街上喝酒。他说不行，说我得去看一个亲戚。他找所长借了辆自行车，就奔齐叔家去了。街上华灯初上，风从江边吹过来，使这个夏夜拥有一份清凉之感。路过水果摊，他买了一些苹果和香蕉。他觉得这街上的行人都在看自己，眼光都充满着狐疑。这时，卖水果的小贩随便问道：你不是水市人吧？

他反问道：你以为我不是？

当然不是，一听口音我就知道了。

你听毛主席口音是哪儿人？

湖南嘛。

可他住北京。

小贩有些不知所措地看着他，找他钱。他想这小贩肯定以为自己是个神经病，要不就是个没事乱找茬的主，心里特别高兴。这算个什么鸡巴城市呢？连铁路都没有，公共汽车不过十来站，人却这么张狂！可是这个城市同自己又有着特殊而复杂的纠葛。他祖父曾在此发迹，外祖父在这儿跑过码头，父亲在这地方读大学，现在他又来这里工作了。他生命中曾经出现的三个女人也都在这个城市。红颜薄命的雨浓，青梅竹马的小丹，还有韦青——他不知该怎样来看待这个女人。他们已有五年没见面。韦青应该于半年前就分配了，她学的专业是高分子化学，她会在这个城市吗？没有任何消息，但是这个女人经常不期而访地光顾他的梦境，使他在梦中急不可待地把自己脱光……

他进门时，小丹正在洗头。家中就只有小丹，齐叔由于阿姨陪着去上海看病已有半月。小丹没有想到今夜他会来，小丹说你个鬼东西怎么也不来封信说一声？他说：我分回来了，在市委宣传部。小丹说好呀，进了市委就没有可愁的了，日后我们办事也多了一条路。他一边换拖鞋一边说：给我弄点吃的吧。小丹便忙起来，又问道：你要不要先洗个澡？他说：我没带洗换衣服。小丹说：穿我爸的吧。说着就先替他洗了澡盆，打好了热水。这才是回家的感觉，他想。一天里的疲惫全被水洗去了，浑身顿时轻松了许多。小丹还是小丹，你天天在这或者隔十年来一次，她都是这个样子。他想要是当初和小丹好上，那么现在就该着手筹办婚事了。他们都没有看到有这么一天，这个国家的形势没有人能够预测。他渐渐有了一些悲凉之感，想这人生有时真是无奈。

后来他们就去了江边。天上有很好的月亮，江面上生出氤氲之气，看上去像蒙上了一层薄纱。过江的最后一班轮渡正在江心行驶着，嘹亮的汽笛叫人惊心不已。他们沉默着。那一刻，他们都在想死去的雨浓。小丹像从前那样把手伸给他，轻声说：这么快，我们就长大了。

那张空床现在堆上了行李。下午，他回来赶写一份部长的讲话稿，进门就注意到这个，正寻思着，一个人影从窗边闪过。等这人提着水瓶进门，他差点喊了起来：维明！

他怎么也不会想到，这张空了一月之久的床铺是留给冯维明的！他

记得维明在信中说自己有可能去北京，在国务院的某个部委。

冯维明似乎有点沮丧，一边沏茶一边说自己的情况。他原来是想去北京，但那个部委要一名学西班牙语的不是留在部机关，而是放到本系统的一所技校。我何苦要去北京教书呢？冯维明说，再调整，余地已经不大了。我只好通过老头子在省里想办法，临时要了一个名额，到了市委办公室。

市委办公室用得着西班牙语么？他说。

冯维明说，管不了那么多了。真想搞专业，我还可以考研究生嘛！

其实专业这个概念已经很含糊了，特别是文科。

这话他听不明白。文科专业怎么就含糊了呢？他想冯维明的意思大概是想说，在机关里无专业可谈吧？这倒不错。他上班这些日子，写了一堆乱七八糟的材料。而对付这个，用科长的话来说，一个中专生的能力足够。如果当初知道会到机关干活，何苦要再读上他妈的四年大学呢？他告诉冯维明，在机关很无聊，闲得让人想吞鸦片，忙起来又让人想跳楼。冯维明递给他一支烟，说其实上大学也就是弄块好看的牌子，有时候这块牌子还挺管用，没有还不行。这个国家正在改革，明年就要落到实处，先从机构开刀，紧跟着人事制度干部制度都要发生大变化了。所以，冯维明以总结的口气说，我们这些人赶上了好势头。然后他又问：你还不是党员吧？那你得赶紧写一份申请。

他一下笑了起来，说：我倒想写一份调动申请，我女朋友在犁城，明年就毕业了。

冯维明责备道：你这个人怎么总长不大呢？你才分出来就向组织上递这种申请岂不荒唐？结果人非但走不掉，反倒弄坏了影响。

他喝了口茶，说：我确实不想在机关干。

冯维明质问道：机关哪儿不好？

他说：机关哪儿都好，就是没意思。你看我写的材料，全是从中央文件、省里文件一个腔调套下来的，没有一点的想象和创造。

冯维明说这叫同中央保持一致，必须这样。你千万别在机关耍书生气耍文人气！你根本不懂得机关。

那天两人就这么理论了几句。后来他想，冯维明的这些话还是对的。机关就是机关。机关必须有机关气。你要适应文山会海，你要注意言谈举止。领导来了，你得赶快从椅子上站起来，他说什么你都得点头，他批评你哪儿做得不好你照样微笑。你不要觉得你委屈，问问冯维明，问问杨文胜陈波，他们其实一样委屈，这没什么。你要是觉得气不顺，那说明你错了，机关不会错，你得想办法调整。坐机关要的就是一股子熬劲，一股子忍劲，千万别使性子，这不是你家，是在机关。

他几乎每天都这么劝自己。他调整得不错，因为他压根没想在机关多待，只想熬过两年之后调走，到犁城重新开始一切。那时的人事政策是这么要求的，新来的大学生必须干满两年才可调动。这两年怎么说也得熬过去的。再说，人家每月出五十三块钱雇了你，就是让你干让人家满意的活儿。没有人愿意花钱来养你的兴趣和想象力。你当然也可以不干，你敢吗？这样想下来，他也就没什么不平衡了。白天的时间反正是卖出去了，八小时之后仍可以自由支配。这间办公室到了晚上就是天堂，那时他就留出一圈台灯的光亮，照出一个自由舒畅的世界来。也就在这个时期，他正式开始了小说创作。他觉得小说这种形式非常适合自己的表达，那种被称作小说家生活的生存方式充满着诱惑力。威廉·福克纳正是因为羡慕舍伍德·安德森的小说家生活才萌生写作之念的。在福克纳看来，那种“除了下午喝茶，其余时间用于写小说”的日子是最为理想的人生安排。这实在是美好的安排，他想，一个人能找点自己当家做主的事做并不容易。

他喜欢这样的气氛、这样的情调。从前那些穿长衫的先生，总是与一盏青灯为伴，一杯苦茶，一盒香烟，听着窗外的风声和檐下的雨滴，蝇头小楷行走于纸砚之间。这是他心目中标准的文人形象。他觉得走在这些老先生身后是值得骄傲的事。然而这生活又显得清冷而寂寞。每个晚上放笔之后，他就有些想念远在犁城的李佳了。他们通信很频繁，每周一封，甚至两封。但从李佳的信上看，她的情绪很不稳定。而且她所倾诉的不像是一个恋爱中的少女那种特有的情怀，倒像是一个过来人对情感的反思。李佳说：我一直为我们的性格差异担忧。李佳说：有时我问自己，这就是爱吗？李佳说：也许我就是属于那种“柏拉图主义者”，我看重的是恋人精神上的默契。李佳说：分开这么久了，我居然没有梦见过你一次，连我也感到诧异。

他为此沮丧不已。有时，他也想长痛不如短痛，与其这么不死不活地吊着还不如置之死地而后生。可是，李佳并没有做错什么。

1982 年的秋天对这个男人而言是一个伤感而疲惫的季节。他在用书信的形式和一个少女的形象谈恋爱。这形象是一张平面的照片，眉清目秀却没有气息，肌肤光洁而失去温度，整个感觉就像隔着玻璃接吻或者戴着手套握手。这个男人开始变得阴郁而沉默寡言，恍惚的神思使他看上去像一个大病初愈的人。他事事显得心不在焉，烟瘾却越来越大。他时常深夜出门，喜欢独自走在这条小巷里。

水市现存的街道，只有这条巷子相对而言保持着旧时的风貌。这巷叫墨子巷，相传清末大金石家也是大书法家的邓石如，少时曾在此鬻字谋生，遗下墨迹而得其名，遂唤至今。这条古拙幽静的巷子给他带来了短暂的安宁。他喜欢注意自己被路灯拉长的身影和清脆的脚步声，喜欢看这沿街的楼阁建筑和倾斜的坡势，更喜欢看尽头江面上错落闪烁的灯火。这影像总是动人的，给了他特殊的一份安慰。

现在，他又来了。这是个微雨之夜，有风，因此雨丝在路灯的映照下像一片雾，地面异常光洁地发出黝亮。他没有打伞，只穿了件风衣。微雨落在他的脸颊和手臂上，痒丝丝的很幸福。街上的行人稀少，这儿也听不见汽车声。不远处卖馄饨的小贩有气无力地摇着拨浪鼓，使这巷子格外显得深不可测。他觉得有点饿了，就朝那馄饨摊走去。这时，从后面过来了一辆自行车，他正要躲闪，那车却停下了。然后他听见有人在喊他的名字，他回过头来，那人已撩开了雨衣的帽子。

这个人竟是韦青！

就是这样，我和韦青在那个微雨之夜于墨子巷中再次相遇了。这情形看上去像一部并不高明的好莱坞式的老片子，但我却不能忘记。我说过，我的心态确实有些老了，过去的事不断逼近眼前，越来越清晰。回忆在1997年已经成为我日常生活里一个组成部分，我来不及梳理它，我也不想去梳理它。我需要守着这份回忆，这样我就会对窗外的声音充耳不闻。在这个资讯沉重信息爆炸的时代，回忆让我宁静，心如止水。

1982年秋天我和韦青重逢，其时她已在上海工作了半年。她是回水市养病的。如果不是遇见了我，她想过完中秋节就走。这之前，她不知道我分配在水市。

为此她同父亲发生了争吵，她责怪这个从前的教育局长过于自私，不透露一点风声。即使作为朋友，我难道没有看看他的权利吗？韦青的父亲自然也很恼火，一气之下把女儿赶出了家门。于是韦青就住到了一个同学家。然而这件事给我带来了压力，一下陷入到两难的境地。当年，韦青因为父亲的教训与我分手，如今却因为我的存在同父亲反目，这似乎表示了一种加倍的补偿，而在我看来，就像获得了一笔不义之财。我的内心顿时起了慌乱，不知该以怎样的脸孔面对这个韦青了。同时，我在琢磨下一封给李佳的信将从何发端。毕竟已是时过境迁，各人的情况都发生了变化但是感觉是无法欺骗的。那个微雨之夜我们视线相遇的最初一瞬，就明白无误地向对方显示了心底的波澜——我们至今仍在深爱着对方。这是人生初始的两性挚爱，时间的流逝只能模糊它的轮廓，空间的转移也只能淡化它的表面，却使它的本质内涵更加暴露凸现，如同野火春风的狂舞！

韦青的那个同学不久便去部队探望丈夫了。那屋子就由韦青住着。据说她母亲曾几次去找女儿回来，韦青不肯，又说得替同学看好房子。其实她是在等待我的造访。而我却迟疑了。我在提醒自己迈出这一步意味着什么，我在强化对另一个女人的责任，那时我还想努力去做一个虚伪的好男人。可是这男人的信心是一捧雪垒起的，天一放晴便会眼睁睁地看着它融化掉，最终成为一摊浊水……

一个黄昏将至的下午，我正要下班，接到了韦青的电话。

她说：我做了一条鱼，太大了，想让你来帮我吃了它。

我说好，我真的好久没吃鱼了。

放下话筒，我便骑上自行车奔韦青所指示的方向而去。那是临江一幢孤立的旧楼房，暗红色的墙体现已风化，没有一面是平整的。西墙上披挂着干枯的“爬墙虎”，面目狰狞，但开着一个温情的窗口。

我想，韦青已在这窗前站立多时了。这地方距离江岸确实太近，十步开外就是混凝土的防洪墙。而我分明是一尾过江之鲫，有人可以从窗口钓我。但是，我何尝又不是一只猫呢？

然而这次见面的结果大出我的所料。韦青闭口不谈从前，话题始终扣着现在。她像一位脾气极好的大夫耐心询问患者的病状那样关心着我的近况。你对象在犁城是吗？她一定很漂亮。什么时候让她来水市玩玩，

我很想见见她。我没别的意思，只是有点好奇。

我有点烦了，我说：韦青，你没必要说这些。我觉得你不该和你父亲吵翻，你得搬回去！对过去的事，我一点也不怪你。

韦青诧异地看着我：你一直觉得我欠你的？

我无言以对。我的眼前飘动着一片折断的红色羽毛，这微弱的光亮竟

晚的情形每一次再现都让我魂不守舍。我和韦青默然相对，那空气是悲凉的。后来,我轻声问起她的病情,我不知她到底患了什么病,为何要放弃上海的医疗条件。韦青说:我没有病,我只想回家来看看。也许,我该走了。

说完，她去了卫生间，好久没出来。

我的眼前只剩下了一具鱼的形骸。

——1997 年 11 月 8 日

石镇：1982年11月

我在水市工作的那两年，每隔两周都要回石镇一趟，所以一到周末下午，石镇人会在汽车站看见我父亲瘦小的身影，推着一辆过于笨重的旧自行车。我父亲是1979年回石镇平反，重新安排工作的。他又去了文化馆。与此同时，与我母亲办理了复婚手续。我们这个家庭在经历十八年的风风雨雨之后终于得以完整团圆。1986年，我在第一本小说集的出版后记上记载了这件事，我写道：父母的青春已葬在故乡的湖泊里，打捞不起了，再见已是夫妻重相顾，两鬓白如霜。

1978年10月1日，中华人民共和国成立二十九年的这天，我由犁城乘火车去了一个叫灵桥的地方看望我的父亲。这个位于美丽的巢湖之滨的小村子是我的祖籍，而我才第一次走近它。其时政治形势正发生根本的变化，父亲在公社中学教英语，一面干着漆工。下了火车，步行四公里，我直接去了那座山坡上的学校。很快我就发现了夕阳下父亲略显佝偻的身影，他正在油漆一排新添的课桌。父亲没有想到我会来灵桥，竟有了些不自在。他说：你怎么来了？学习那么紧张。我说国庆有两天的假。

那天我穿着一套黑色的呢制服，别着大学的校徽，显得有些英姿勃发。我的到来便吸引了许多人，谁也没有料到这个还乡劳教十六年的右派会突然冒出这样一个儿子。我父亲的表情很复杂，他似乎在竭力掩饰着内心的激动，却又希望这个消息不胫而走。父亲没有领我走上大路，而是从村后的田野里绕了一圈。那时分农民们还没有收工，田埂上还插着学大寨的红旗。我们一前一后地走着，若无其事地谈笑着，农民们全都放下了手里的活，往我们这边看。我能听见他们的议论声，这情形让我自豪，迈过一道沟坎，我挽住了父亲干瘦的胳膊。

就在这间草舍，我父亲默默度过了十六个春秋。人生有几个十六年？一个人怎样去过十六年这进门一盏灯、出门一把锁的日子？到了掌灯时分，父亲点上煤油灯，我们爷儿俩下厨房做饭。这个带风箱的土灶上只

有两个碗，父亲说：我们吃鸡蛋下面吧。明天我去集上剁肉。

我在灶下，用棉花壳子当柴火，拉起了风箱。父亲在煎鸡蛋，却有些焦糊味。我问父亲：油是不是放少了？父亲迟疑地说：还少吗？那我再放一些。我突然有些鼻酸，风箱的声响如同一个肺癌患者的喘息。村口广播里正响着国庆招待会的迎宾曲，播音员高亢的腔调、诗化的语言在热情洋溢地宣传着二十九年的光辉成就。我离开土灶，进了里房，沉默地坐在父亲的床榻上。我看见桌上那块小镜子的背面，镶嵌着我母亲当年扮演七仙女的剧照。那时，母亲不过二十岁吧。“大姐常说人间好，男耕女织度光阴”——在那个煤油灯照亮的草舍之夜，这唱词让我痛楚心悸……

石镇的老人至今仍在谈论着我父亲。他们心目中的这个知识分子有着了不起的才华和仁义的心肠。他们看过他写的戏，读过他的文章，索取过他写的春联，也委托他写过状子。1979 年父亲重返石镇成为一条新闻，那些日子，每天都有许多人来家里探望他。然而我的眼中看不见这些。我眼中的父亲是一个节俭得近乎小气的人，一个不肯扔掉一件旧东西的人，一个见熟人就先下自行车打招呼的人，一个可以给十岁的孩子泡盖碗茶的人。他的现状与他的传说是那样的格格不入，几乎没有一点相似之处。我感到诧异与困惑。有一次，我问母亲：二十年前父亲是这个样子吗？母亲说：要是这个样子，用枪指着我我也不会嫁他。母亲笑着，又叹了口气，不想再说什么了。

每次回来，父亲总在汽车站接我。等我走时，他又把我送上车。1982年11月，我随部长到石镇检查关于计划生育方面的工作。我们乘着一辆老式的北京吉普车，直接去了县委招待所。一下车，县委分管书记和宣传部长便迎了上来，一阵热烈的寒暄。这时，我发现父亲正推着自行车在一棵古怪的树下，便跑了过去，想把他介绍给我的部长。可是他说：你们在谈工作，我不便打岔，有空就回家看看你妈吧。部长和县里的头头注意到这边，就款款走过来。部长伸出他厚实的手，父亲竟双手接住。部长说你这孩子不错很聪明呀！父亲说让领导费心了他还年轻。父亲的脸上刻满了感激之情，好像部长是我今世的大恩人。我心里直觉得委屈，一种难忍的耻辱在折磨着我。

我和父亲的第一次冲突由此引发。当晚，我回到家里，进门便冲着父亲喊道：爸！你根本不需要用双手去握那一只手，你根本不用对他千恩万谢！如果这个国家不发生变化，宣传部会要一个右派的儿子吗？你即便对这个叫部长的人下跪，他也不会高抬贵手！

父亲被这突如其来的责问弄得发蒙，竟说不出一句话来。他蹲在边上擦着那辆单位配发的破自行车。半晌，他轻声用家乡的土语说道：伢，你的八字几多硬，不可知啊！

那一夜，我彻夜未眠。这些年里我时常想起父亲，总想从他日益衰老的形象上发现一点从前的光泽。父亲已是古稀之人了，他是一部历史，一部潮湿的典籍。他曾经在石镇像陶瓷那样闪亮，而今却看不见一层釉色，岁月使它还原为泥土，与这块贫瘠的土地相融。我深爱我的父亲就像眷恋这片泥土，但是我无法对他表达我的忧思与梦想，我甚至找不到一种恰当的语言来倾诉作为人子的心声……

——1997年11月10日

水市开往石镇最后一班车的发出时间是十七点。像往常一样，机关的周末下午时间都比较松弛，用于打扫环境卫生。忙完这些，他就去赶末班车。这个周末他原本不打算回石镇。自从和韦青相遇，他就没打算另行分配周末的时间，觉得应该和她在一起，尽管那次闹得不欢而散。他有点纳闷，不明白韦青为什么闭口不提他们的过去。他也问起过韦青的个人情况，后者的回答总是闪烁其词。韦青说：我会让你知道一切的。韦青又说：其实这已经不重要了。韦青的话很实际，他想，你不是正和那个叫李佳的姑娘恋爱吗？既然一切都已成为过去，又何必旧话重提呢？可是韦青，当两个曾经相爱的人再度面对面地呼吸时，那滋味该有多苦啊！

这种纯粹的暧昧关系让他陷入新的苦恼，他担心日益复活的旧情会抵消对李佳本来就不够的激情。然而，他又渴望着旧情使自己燃烧，肉体的诱惑像蛇一样捆绑着他。每个夜晚他辗转反侧，频频的手淫弄得他浑身乏力憔悴不堪。黑暗中的呻吟如同这个秋天的一首挽歌，他甚至嗅出了空气中死亡的气息正移近自己的窗口。

他苦苦挣扎着，想获得情感的突围。这时候，通往石镇的路便会成为一条逃遁之道。不久前他从故乡搞调查回来，胃溃疡又加重了，每天伴随着酸水和疼痛。他告假一周，打算回石镇静养。他想再回水市时，韦青或许就离开了，一切都会慢慢平静下来。然后，他得找一趟公差去犁城看看李佳。再过两个月春节就来了，他想同李佳商量，这个春节来石镇见见他的父母。这意思曾在信中表达过，可是李佳没有作出确切的答复。她只说春节还早。

太阳西沉，沿街的梧桐树干上挂着微弱的橘色。他正往车站赶，忽然一辆湖蓝色的上海牌轿车在他边上停下，紧接着听见冯维明的喊声，让他快上。这车是市委组织部的，司机又是冯维明的战友，去石镇送一批学习材料。冯维明现在是市委办公室秘书科的一员，常伴书记们左右，人缘也十分好。

你最近气色很差，冯维明问道，是不是急着想去犁城？

他笑了笑：我胃不舒服，想回家住几天。

冯维明递给他一支烟，说：明天我们出去走走，我觉得你情绪有些不对头。

他觉得冯维明的语气很像一位队伍上的指导员，不过听起来很入耳。现在，他有点佩服这个男人了。这个人无论在哪儿都能把自己迅速调整到最佳状态，朝气蓬勃，而他却总是暮气沉沉。他不知这人在感情上是否也有苦恼，一块工作了这么久，他们还没有就此很深入地谈过。机关宿舍楼盖好后，他们是一层楼上的邻居，时常晚上一起聊上几句。凡涉及男女之事，冯维明往往一笑付之，或者说：天下美女如云，你爱得过来吗？他欣赏冯维明的达观态度和那种轻松劲，想这人不去纠缠儿女情长，倒也不失为幸福。

第二天一早，冯维明就上他家来了。那时他还躺在床上，睡意正酣。冯维明弄醒了他，说县委书记今天中午请客。就请我们两个，冯维明强调道，眉宇间透着毫不掩饰的悦色，说不清是荣誉感还是自豪感。他眨眨惺忪的眼睛，指指床头柜上的香烟，让冯维明抽，然后说：主要是请你，顺便把我带上了。冯维明一把拖起他来：别废话了，穿吧。他笑道：我说的是实话。我在石镇长了二十五年，哪一任县委书记对我这么破费过？你当然不同，你从小就和他们住一个院子，如今你又在市委书记的鞍前马后，很重要的。冯维明打断道：什么话？现在我们不是在一个大院里上班吗？他边穿衣服边说：那不一样。宣传部哪能和办公室一般齐的？我看那院子里最没劲的就是宣传部，部长都没参加常委。不过，我无所谓。

冯维明弹了烟灰：你还是想走？

他说：当然走，不走干吗？

冯维明说：我劝你沉住气。最近中央又来了文件，明年就全面进行机构改革了，强调学历和年龄。你最好别错过这千载难逢的机会。

他说：我不是这块材料。我也不想做这块材料。都去当官，谁当老百姓呢？

正说着，父亲进来了，让他和冯维明去吃早饭。冯维明礼貌地说已吃过了，父亲执意说再添一点。冯维明也就不再推辞。早点是煎鸡蛋下面条。父亲小心地问咸淡如何，油是否又放少了。他从父亲的眼神中看出了一种莫名的紧张，一下子觉得心头塞进了块棉絮。他跟进厨房对父亲说：爸，你歇着吧，我是你儿子，不是市委下来的干部。

父亲问道：中午县委书记请客？

他说：这些人，装装样子吧。要是你当右派那阵子他们给我一个包子，我都会对他们磕头的。

父亲说：过去的事，算了。

他有些吃惊地看了父亲一眼。父亲没有注意到儿子的表情，又去擦那辆旧自行车了。

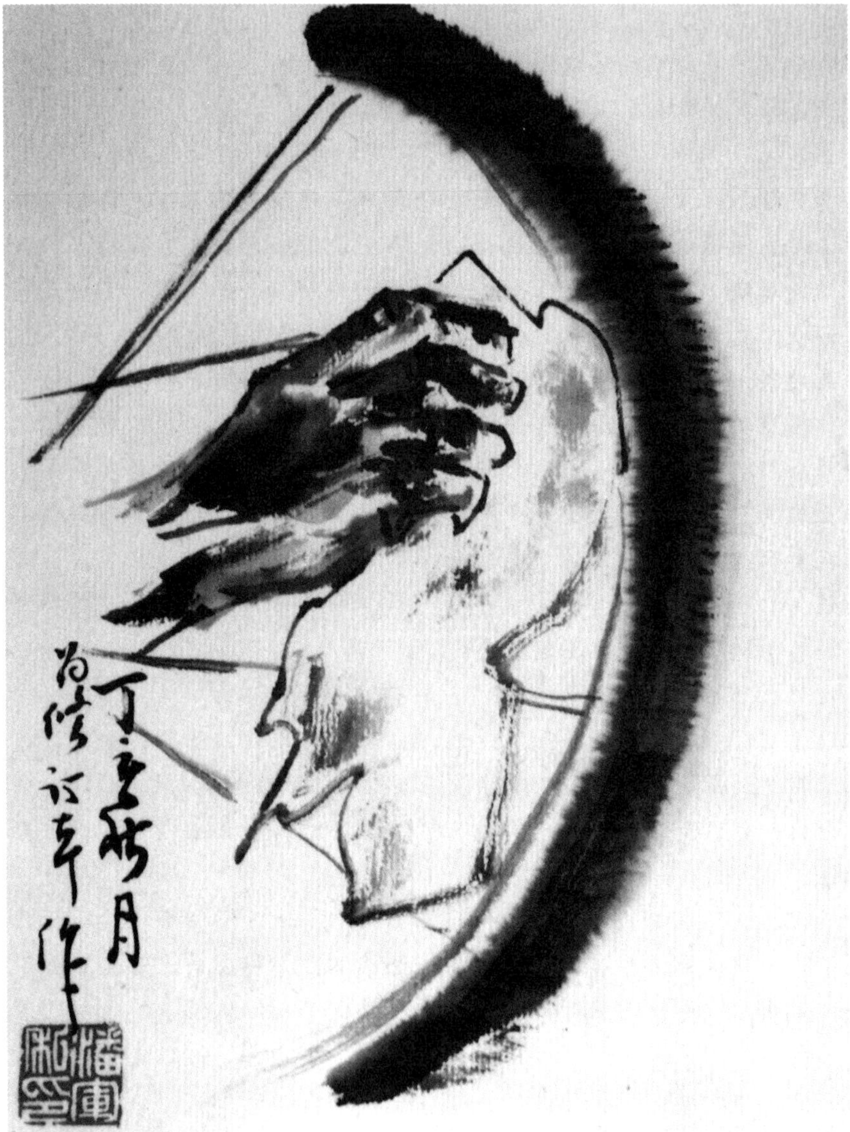

锈迹斑斑的齿轮带动着嵌满油泥的链条，父亲苍老的手缓缓地摇动着它。这声音已完全没有了金属感，倒像石头敲击着一根镂空的朽木。这声音平缓而均匀地响着，一下又一下，扎进了他的大脑皮层。多少年过去了，这声音仍时常在他梦境中回响着，越来越空洞。

这个星期天父亲请来了木匠，打算把家里积累的木料加工成板材。这些木料其中有一部分是外祖父退休时计划配发的，有些年头了。父母知道他和李佳的事，虽然他们没有见过李佳，但从照片上看，李佳很让他们满意。父亲问他，李佳春节会不会来石镇看看？他说：她来不来无所谓。母亲责问道：怎么叫无所谓呢？谈恋爱就好好谈，总归是要结婚的。母亲又说：你们分开已好些月份了，你该抽空去看看人家。他没吱声，去里屋躺下了。他能感觉父母困惑的目光正打在自己背上。

他想刚才母亲的话是一次暗示。这几次回来，他很少谈到李佳，母亲肯定为此担忧。母亲似乎窥探到他内心的隐秘，她不希望儿子在情感上出现任何波折。上辈人尝够了苦头，不能让下辈人再尝一遍。但是母亲又曾经念叨过，感情的事若处理不好，实在是比死了娘老子还伤心。他也曾问过母亲，如何叫感觉好？母亲说：我不懂你们现在年轻人知识分子的调调，我只知道这一男一女面对着，要从心里笑出来。母亲没有说错，她用最朴素的语言表达了人间最复杂的情感。从心里笑出来——他与李佳缺的不正是这个吗？所以他们的离别不是离别，重逢也不是重逢。十几年后，当他与李佳办妥离婚手续之后，他们曾有过一番长谈。他说，自从我们结婚以来，我不知出过多少次差，你却一次没送过我，也一次没迎过我，我们见面，在一起，有过“从心里笑出来”的时刻么？李佳笑了起来。李佳说：我现在就是从心里笑出来的。

他躺在床上，胃又有些隐隐作痛。他在想，是否应该去一趟犁城，把李佳那头拴紧一点？这也许能帮助自己闯过韦青这个关口。韦青总说想走，却至今待在水市那座长满爬墙虎的屋子里。现在这怪异的草木开始蔓延到他的心上了，斩断它，你的心难免会滴血。

你与韦青相见，从心里笑出来吗？你忘不掉这个韦青是你感觉到了这发自心底的笑还是在贪恋她的肉体？那次你去那间屋子，你完全可以拥抱她，吻她，和她做爱，她会拒绝吗？她是否也在苦闷中期待着你类似施暴般的举动？可是，你们却在演戏。你们在表演着绅士淑女般的矜持与清高，彻底背叛了上帝赋予你们最动人的初夜，使那个傍晚充满了晦气。他不禁长叹了一声。突然，他仿佛听见了韦青的声音，就在院子里，好像是在与母亲打招呼。他一下坐了起来。不是仿佛！韦青找上门来了！他听见母亲在外面喊他，说小韦来了，让他出来。他慌忙穿上鞋，看见韦青已随母亲进了客厅。韦青今天打扮得很雅致，脱下风衣，露出淡黄色的羊毛衫以及略显丰满的身体。韦青对他微笑道：病好点了吗？

他拢了拢头发：我没病。

然后他准备去给韦青沏茶，可是父亲已把茶沏好了，端给了韦青。他们不认识，于是他介绍道：这是我爸爸，这是韦青，以前插队和我一个公社。

韦青礼貌地对父亲欠身道：叔叔好。

父亲有点不自在，显然被这意外的礼貌给绊住了。他问起韦青的近况，韦青一一作答。韦青说自己学的专业不好，材料保护，其实就是研究油漆这类东西。父亲说：我在农村时就干过漆工，手艺还不赖。他在一旁看着，觉得父亲的情绪变得特别好，很轻松。韦青说：我对油漆这类化学物有些过敏，想改行去教书，我想去师范大学教英语。父亲笑着说：我以前也教过英语，我是正宗的英语专业，而且还是美国佬教的。

看着父亲和韦青一见如故的交谈，他觉得有一种说不出的安慰。他不想插进去，便去院子里看木匠锯木料。这时，母亲走近了他，轻声问道：你们又见面了？他感到母亲的神色有几分严峻，就解释说：韦青回水市养病，碰巧遇上了。母亲说：我看你们是同病相怜。犁城那头你打算怎么办？人家可在等你！他还想作进一步的辩解，但母亲已出门冲开水去了。

韦青从包里拿出一只相机，走过来对他说：我想在石镇、梅岭拍些照片，能陪我去吗？他点点头，说我们骑自行车吧。

他料定韦青会拍下这房子。韦青自己拍的，只有这片景物，她没有走进其中。后来，他们上了梅岭，坐在从前他们坐过的那块黑石头上。他记得有很多次，他们就坐在这儿看岭下农家的炊烟。现在，他在轻声念一首唐诗：

莫笑农家腊酒浑，
丰年待客有鸡豚。

山重水复疑无路，
柳暗花明又一村。

那次我们在梅岭上一直坐到黄昏，又一次见到了迷人的炊烟。前几年我写过一篇关于炊烟的散文，记录的便是这次的感受。在那篇忧伤的文章里，我这样写道：城里是见不到炊烟了，记忆中拥有炊烟的天空在山里。这炊烟织进了我最初的梦和最初的爱，每每从梦中醒来，总感到周围弥漫着悲怆的气息，爱已失踪了很久……

我和韦青都在回忆，但对这回忆又都缄口。也许真的是沉默是金，不言说的在于难以言说。直到太阳落山，岭上的风大起来，我才扶起韦青。我们的手一样凉。韦青说，她不打算在石镇过夜，我就送她去了公社车站。不久，由石镇开往水市的末班车便到了。在候车时，韦青问我：你什么时候结婚？快了吧，木匠都上门打家具了。我说那不过是把一棵树锯成板而已，我没考虑结婚问题。韦青说今天我好开心，谢谢你，什么时候回水市，还要劳你帮我把照片洗出来。她知道宣传部的那间暗室归我保管，我的暗房技术也不差。我告诉她，明天就回去。她说不急，让我在家多住几日。我说假期也满了，没必要小病大养。这样，我们就约好，第二天晚上八点见，她直接去那间暗室。

送走韦青，我再骑车回到家，天已完全黑了。家里在等我吃晚饭，父亲见韦青没有一块来，有点意外。他努力回忆着，总以为韦青的父亲他一定是见过的。母亲说：水市那么大，几十万人你都见过？你打右派是哪年的事？父亲说：也许见面会想起来。

很明显，父母对待韦青是截然不同的两种态度。吃过晚饭，母亲单独把我叫到里屋，严肃地说：我不干涉你的恋爱自由，但你不许脚踏两只船。即使你和李佳不成，也必须去犁城当面说清楚，对人家有个交代。我叹了口气，问道：妈，你是不是还记着以前农村插队的事？那也不能全怨韦青。母亲说：我没什么可怨的，但是从我内心来讲，不想和当官的人家结一门子亲。说着，母亲流泪了。我知道母亲是一个有骨气的女人，她鄙视权力以及与权力相关的一切。但是母亲，您怎能了解我的苦衷？我没有勇气承认我和韦青当年的暖，也没有勇气坦言我和李佳现在的冷。我只能叹息，只能听从命运的摆布。命运是无法抗拒的。

直到今天，我仍只能自言自语。或者把它看作一个故事，诉诸我的笔端。我说过，我的生命阶段里往往总有两个女人，她们磨砺着我，她们也同时在雕刻着我，情感对于我始终是一把双刃剑。多年以来我挥舞着这把剑，刺击着我的女人和我。我们的血像风一样呼啸，散发出咸味，我的生活便如同被这血风鼓起的伞，张开、坠落、再张开……

再过十几天我就年满四十岁了。四十是个可怕可叹的数字。尽管报纸上仍冠我以青年作家，但我的身心已完全是个中年甚至老年。去年的一日，我在犁城的街上碰上一个相面的术士，张口就言我能活到八十九岁。我着实吃了一惊，这个数字太大了，简直让我不敢相信。我哪有力气再活那么多的时日呢？像我这样的男人，活着其实是一种重负。而我又不能自寻短见，我不能以这种方式去推卸我对女儿的责任，免去我对父母的孝心。所以，活着也是一种义务。我当然也渴望活着，渴望热血沸腾，阴茎永远勃起，在天鹅湖里畅游几个来回。我不敢设想没有女人的生活，不敢设想疾病和阳痿。林语堂八十岁被女儿搀扶着去逛商店，竟拉着女店员的小手不肯放，竟颤抖着嘴唇说不出话热泪盈眶，我能领会这老人的心情。但我将来不会去效仿他。我会回到石镇的小楼上，一遍又一遍地回想这辈子与女人们度过的灿烂时光，然后带着这不可磨灭的印记去选择一种安详不恐怖的死亡方式。我没有欧内斯特·海明威和三岛由纪夫的勇气，选择猎枪和切腹刀，轰掉大半个脑袋或让肠子流满一地。这一天离我还有多远？

——1997 年 11 月 9 日

水市：1982年12月

第二天上午他回到单位，正赶上上班时间。科长找到他，说有份材料需要送到省里，让他立刻动身去犁城。对你是趟美差吧？科长说，公私兼顾还省盘缠，你可以住上两天。科长又说：告诉你小对象，放寒假来水市玩玩。这地方没犁城好，倒还是有几处古迹的。

他就去找了韦青，说自己马上要去犁城出差，照片只好拖几天再洗了。那时韦青还没有起床，眼睛明显地浮肿，他想她昨天回来的路上肯定流了不少泪。韦青似乎看出他的心思，就说眼肿是因为枕头低了的缘故。韦青说：你们这下可团聚了。她是叫李佳吗？他点点头，说李佳目前正在犁城郊区的税务部门实习，再过半年也就毕业了。说这话时他一直看着窗外，韦青在他身后穿衣服。韦青说：你走吧，祝你玩得开心。他心里突然有些酸楚，说：但愿吧。

车到犁城已是下午。离开数月，这个城市竟有了些亲切感。街道上的树叶全落光了，而且又经过了修剪，所以道路看上去比以前宽敞了许多。他的心绪好了起来，想尽快去见李佳。这一路上他都在想他们的事。再过半年李佳就毕业了，然后他得考虑调往这座城市，接下去就得着手筹备婚事了。这些看起来有些匆忙，有些不安，可是缓一步又似乎没有必要。人人都是这么过来的，婚姻是人人想要的结果。他想，等这个结果下来，那些理不清的烦恼便会都剪断了。所以婚姻有时也是解决问题的一种手段。他想这次就同李佳谈这个问题，如果没有意外，这个春节李佳应该来石镇一趟。这样，眼下他与韦青的故事便会成为一份安静的记忆了。韦青当然也有自己的安排，许多事都不以人的意志为转移。其实即便转移，又当如何呢？

办好公事，他就乘公共汽车去了郊区。

李佳实习的那个单位没有人，据传达室的那位半老太太说，都出去忙事了。那妇人问他是李佳什么人。他说：我是她男朋友。妇人就笑笑，没有再说什么。妇人的表情有些诡秘，她响亮地嗑着瓜子。他转身打算离开，想直接去李佳家里。这时听见那妇人说：你去电影院看看吧，别说是我讲的。

这是什么意思？他感到困惑，是指李佳上班时间偷偷去看电影吗？那电影是一部关于革命战争的老片子，值得看吗？李佳既然那么喜欢陀思妥耶夫斯基，何必如此消磨时光？他找到电影院，站到对面的一家店铺前。等一支烟抽完，电影散场了。没有多少观众，很快他就看到李佳和一个男人走在其中。他有些惊讶，想这个比自己老气的男人大概是李佳一个单位的。下台阶时李佳险些滑了一跤，那男人一下扶住了她。他们对视着笑了笑，男人对李佳说着什么，李佳的表情似乎有些迟疑，但还是与那男人走上了一条小路。

他这才感到情况不妙。联想到刚才传达室妇人最后的那句话和诡秘的神情，他意识到李佳这个下午不是在看一场电影。他没有追过去，却努力在想那个男人的脸，越想越不清晰。天已暗了，这是个不晴朗的日子，李佳和那男人还打算去哪里？他心中顿时起了慌乱，觉得有什么事可能发生了。

后来，他在街上转悠了很久。差不到快到九点的时候，他决定去李佳的家里。他想必须把下午的事搞搞清楚，悬在心里总不是个滋味。敲开门，李佳已经在屋里了，见到他还是有一种意外的喜悦。李佳说你怎么突然就来了？能住几天？他说也就两三天。他注意到桌上的菜还没有收掉，一只空碗和一双筷子，想李佳也是刚刚到家，就问：实习很忙？李佳说这些日子总是加班，突击催税款什么的，每天早出晚归。他看看李佳，没有往下接话。李佳的父母也问起他在水市的情况，他说工作倒不重，就是没意思。然后，他和李佳就去了北面的小屋，掩上门，他拥抱了她。他想吻她，但李佳说：我刚吃完饭，没漱口呢。他就觉得这拥抱很像外交礼仪形式，应该出现在人民大会堂东门外广场的光天化日之下，而不是在这间朝北的小屋里。他问李佳，毕业论文打算写什么。李佳说论税赋制度改革。接着他又谈起春节想让李佳去石镇，李佳说：我跟我爸爸说过，他不同意，说不结婚不能在男方家中过夜。

过夜又怎么了？他有点不悦，就是我们单独过夜又怎么了？

李佳也不高兴地说：这是我们家的规矩，你急什么？

他说我不急，我一点也不急，我不急是因为这不像恋爱，一点都不像。

那你说怎样才像？李佳说，见面就拥抱接吻然后未婚同居？

这时，外面响起了李佳父亲的咳嗽，接着进来倒开水。他站起身，顺势说：伯父，我该回招待所了。李佳父亲便与他握手，又吩咐女儿送一程。李佳父亲说：明天过来吃顿饭吧。

外面风刮得很紧。1982 年犁城的冬天异常干燥，空气中充满着尘土味。地上已给风刮得干干净净，见不到一片枯叶。13 路车站下没有人迹，给人一种特殊的孤寂感。他们走到这站下，他提起了一个话题：明天去看场电影吧。李佳说明天还得加班。他扔掉香烟说，我也很忙，也许明天得走了。李佳不解地问：不是可以住两三天吗？他说：你看来很好，我放心了。李佳沉默着，过了一会才说：我其实不好。李佳的语气突然变得沉重，而且也不再看他。

他问道：出什么事了？

她说：没有……

他说：有事最好别瞒我……我感觉到你有心事。

她叹了口气：以后信中说吧。

他扶着她：不能现在说？

李佳的眼睛湿了，有些吃力地说：我实习的那个单位，有个男人对我很好……我们很谈得来。那人没有什么才华，却很实在……

他放下手：我懂了。

李佳说：你懂了什么？我没做任何对不起你的事！

他质问道：那你哭什么？你痛苦是吗？为难是吗？你们一块看电影是不是就不痛苦了？

李佳感到意外：你监视我？

他说我犯不着干那种缺德事，但我很懂“谈得来”是什么意思。你也不存在什么对不起我，对得起你自己就行了。

车摇摇晃晃地来了，他很快上了车，连头都没有回。

翌日，他随部里那辆吉普车返回了水市。

当夜他就走进了这间暗室。红色的光线使这个狭小的空间显得温暖。（刚进来那阵子他还打开了电炉）红色在这个晚上也很动人，让他想到革命、博爱和马蒂斯。他现在觉得心情舒畅多了，手也随之热了起来。韦青的照片一张张显现而出，看上去效果还不错。这种利用一个女人去忘却另一个女人的方式属于他的独创。但他深知这方式仅仅只是一支吗啡，忘却不是件容易事。有时候，你越想忘却的东西会越记得清楚。这不奇怪，奇怪的是某种感应存在于他和李佳之间。他仔细推算过，自己在墨子巷遇见韦青和李佳在郊区邂逅那个“谈得来”的男人，几乎是同时发生的。（这糟糕的感应在以后的十几年中又多次得到了印证）或许正是这种感应，使他敢于正视眼下的一切，也使他不那么吃力地从苦恼中挣脱出来。他的心理实际上并没有倾斜，那么也就没有必要去责备李佳了。和女人相比，失衡的这一头还是自己。你敢对李佳坦言在水市发生的故事吗？你敢承认你身边也有一位至少是谈得来的女人吗？

现在你考虑的是如何进一步地了断和李佳的关系。你已经对后者做出了姿态，比如说“连头都不回”。但你是否意识到，李佳可能是故意挑起这个话题的，不过是递给你一个台阶，然后跟在你身后与你一块下来。你们都已被这宗莫名其妙的恋爱拖垮了，筋疲力尽，也确实到了该了结的时候。接下来，你们会不再通信。天各一方会省去许多不必要的麻烦。所以真想了断不是一件难事。

他把韦青的照片从水中捞起来，放到烘干机上。然后他点上香烟，想怎样去给李佳写这最后一封信。口气一定得平和，要有一副大度从容，要表示事出有因的理解，还要多少拿着点，算是好聚好散吧。他想这封信还得尽快写，要是李佳的信先到，问题就复杂了。比如说李佳来一番道歉，怎么办？你不理睬便是小肚鸡肠，便是小男人——这是否又夺去了你的尊严？

这时有人敲门。他以为是科长，便将韦青的照片用废报纸盖上。等打开门，他意外地看到来人就是韦青！

你怎么知道我回来了？他一边掩门一边说。

韦青解下围巾，脱下呢外套，说：下午我逛书店，看见你坐在小车上。怎么了？

什么怎么了？

我是说怎么这么快就回来了？

事办完了嘛。

和李佳吵架了？

没有……她实习，下去催税了。

不对。

怎么不对?

你喊什么?

他没再言语，把烘干的照片一张张拿出来，然后用裁刀将照片的边框切齐。

他一刀一刀地切着，十分利索，发出的声响很有力量。这真是把好刀。当他切“梅岭小屋”这张风光照时，他的速度一下放慢了。这张照片他放大了两张。他慢慢切出一张，用图钉按到墙上。

这是我的，他轻声叹道。等他回过头，发现韦青已是满脸泪水。他将韦青紧紧抱住，用嘴去吻这不断涌出的泪。他们接吻，韦青咬住他的舌头，他的手双双探向韦青的衣服下面，探向那双微微颤动的乳房，紧握着。然后他坐到椅子上，让韦青触摸自己坚硬的下体。他听见韦青呓语般地呻吟着，说我要我要，他将风衣垫到地上，再把韦青放倒……

疯狂的做爱使他像箭一样从弦上发射出去。他睡在韦青身上，不想再动了。过了一会，他听见韦青对着他耳边说：去我那儿吧。我先走。

他问道：为什么不能一块走?

韦青说：这毕竟是在机关院子里，熟人多。

韦青走后，他还躺在地上。做爱的余味还没有散尽。他想这才是一个人的活法，居然挺过了这么些年。他又想，今天这行为迟早都要发生，李佳的事不过是心理上的一种借口吧。现在他不会内疚了，他已经决定与李佳了断，况且韦青七年前就是他的女人，现在不过是重新把她接回来。他想韦青之所以从家里搬出来另觅住处，就是在等这个结果。

骑车去韦青那儿的路上，他感觉自己像飞。

韦青已把床铺好，并排放着一对枕头。屋内只开着一盏台灯，橙色的光效神秘而温馨。他们一块洗了脚，韦青的脚喜欢压在他的脚背上，并不时用趾甲挠他的小腿。他们对视着，他觉得女人真是个怪物，做爱之后变得明显地动人。他替韦青揩好脚，把她抱到床上。等他收拾好，韦青已把自己脱得只剩下一副胸罩和一条内裤——这是留给他的活。于是，他先脱光了自己，再仔细伺候床上的韦青。他蹲在床上，欣赏着女人的身体，一只手始终放在女人下部。很快，女人潮了，他又硬了。

这次是平静地进行。他故意放慢抽送动作，想咀嚼这久违的肉体之欢。韦青说：你很棒。你真的很棒。他说：我每天得这样。韦青灿烂地笑着，突然翻到他上面，坐在他身上快速地动起来，嘴里喊着关灯关灯！他腾出一只手伸向台灯，觉得韦青的五官像撕碎了一样。黑暗中，女人的呻吟声越来越大了。

大约是我从犁城回来的第三天头上，我郑重地给李佳写了一封信。和在暗室里井井有条的考虑不一样，我完全撇开了她对我所说的那件事，竭力倾诉的是我对这场恋爱的总结。我说我早就察觉到这不是恋爱，我的激情已经在煎熬中全部耗尽，余下的不过是一缕思念，而人是不能靠思念来维系爱情的。我说我现在真正懂得了什么叫不合适，既然如此，再作苦苦厮守就没有任何价值了。大意就是这些。奇怪的是这封写起来冷静理智的信，再读一遍竟有些忧伤。几年前火车上的那一幕一次次地闪过我的眼前。

我与韦青的关系倒是正常发展了。可不知为什么，我总觉得这种关系带有偷情色彩，秘密的，不想惊动任何人。从我这方面看，压力主要来自两个方面。其一是李佳，我还是感到自己的行为是就汤下面的背叛，可耻的自责挥之不去。另一方面来自我母亲。她总记着当初插队时的事，认为我和韦青不是一种人。1982 年我们家庭已不再被社会歧视，但我母亲仍不断受到过去那漫长的阴影的困扰。万一母亲执意不允，我又该当如何？再从韦青那方面看，她似乎挣脱了家庭的束缚，然而对这种偷情式的同居也没有异议，她怕什么？是怕过分刺伤她的父亲吗？那位保养很好的从前的教育局长经常来宣传部开会，我们见面时并没有想象中的那种难堪。我觉得应该同她谈谈才是，毕竟我们分开了好几年。

有一天，是个星期日的下午，我们去江边的临江寺吃豆腐宴，顺便爬一下寺内的七层宝塔。吃饭的时候我问韦青，打算什么时候回上海？她说她请了三个月的病假，原想安心复习考研究生，改变一下工作环境，现在她在犹豫。然后她就问我，和李佳到底怎么样了。我还是说不合适，彼此都拖累了，不如卸下包袱轻松一下。她问这包袱真能卸了吗？我说我给李佳写了信，这么久了还未见回，也许就不回了，就这么算了吧。韦青感叹道：人的感情是复杂的，此一时彼一时，女人就更复杂。李佳不回信不等于放弃。我说她已经放弃了，在犁城身边有“谈得来”的男人。我看见他们快乐地从电影院出来，然后又去散步，或者去一个什么地方。

韦青抬起眼看我：就为这？

我反问道：这还不够是吗？你是不是非要我亲眼看见他们从床上下来？

韦青说：如果真和男人上床了，你能原谅吗？

我说不能，绝对不能。

韦青就没有再说什么。

临江寺内的这座塔建于清嘉庆四年，名目是镇水。塔建得完美，其工本足以筑一道牢固的江堤。但是我们这个民族自古以来就是崇尚精神的民族，塔便是钱财码起的象征，它镇不住水但镇定了人心。1995年我去杭州，在西湖之畔的人造景观“塔林”里觅见了水市的这座优美的塔，自然想到那个遥远的星期日下午。韦青忧郁的面容久久现在我的眼前，尽管那次伴我游湖的是另一个可爱的女人。那时我想，我和韦青的悲剧就是从这个下午开始的，从而铸成我这一生的大错！

分手的时候韦青告诉我她有些不舒服，让我晚上别过去了。我以为女人到了行经期，就点点头。韦青的气色很难看，最后几乎连路也走不动了。我用自行车驮着她，后来又将她背上楼。我建议她去看医生，她摇摇头说：我只是感到倦，没事的。第二天，我原想去看她，结果部长让我随他出差，说走就走。我来不及去和韦青打招呼，便匆匆给她发了封短信，告诉她我三天就回来，叮嘱她好好休息。谁知这一去就是一周，等我返回水市，正赶上圣诞节。

1982年水市还没赶上过这洋节的时髦，人们谈论的话题是天气预报说近两日会有雪降。天色看上去的确如此，云层压得很低，水市仿佛是在干燥与喘息之中生存。我刚进办公室沏上一杯茶，韦青的电话就来了。这之前她先后来过三次电话，询问我出差是否回来了。电话里的韦青声音喜悦中掺有几分凄凉，她说你总算回来了，今天正好是圣诞节，她马上去买菜。我说我这就过去，挂了电话。

我骑车沿江边的那条路过去，快接近韦青那座楼时，迎面驶来了一辆殡葬车。死者是个中年男子，照片看上去很健康的。车上摆满了花圈，亲属的哭喊声和鸣放的鞭炮声混杂一块，让人心悸不已。我想死去的男人一定住在那幢旧楼上，也一定死于非命，这让我很不舒服。到了楼边，正好与买菜回来的韦青相遇。我们都穿着黑呢外套，似乎赶来给那死者送葬的。韦青说，我出差的那天，楼下的这个男人惨遭车祸，那几天楼道上塞满了花圈。韦青说：我好害怕。我便握住了她的手，说：现在你不用怕了。我们上楼，在楼梯上发现了一朵白纸花。

现在看来，这朵白色纸花是某种隐喻。我对颜色历来很敏感，有着许多可能是牵强附会的诠释。人的身体如果打开，是色彩斑斓的。头发和瞳孔是纯正的黑色，血液和心脏是标准的红色，胆汁是绿的，经络是蓝的，肝脏的表面是棕红，切开则是粉红，这类似平静与兴奋状态中的阴唇。粉红的还有牙床，健康的舌苔以及处女的乳头。中国人的皮肤是浅浅的黄色，真正的黄属于体内的黄疸。骨头白得无光无泽，精液白得闪耀灿烂，乳汁白得接近透明……

但我无法知道人的情感是什么颜色。

——1997 年 11 月 12 日

韦青熄灭了全部的灯，点上一屋子的蜡烛。在这个冬夜，水市没有哪间屋子有这种温馨浪漫的情调。卡式收录机里低放着一首古典的钢琴曲，那张“梅岭小屋”已被镶嵌在精致的镜框里。韦青买了牛排和三明治，又自己拌了蔬菜沙拉和水果布丁。他带了瓶干红葡萄酒，现在斟到了高脚酒杯里。既然过洋节，似乎就该吃西餐。这些看上去有些做作，但是也对日常生活做了调节，所以他还是很喜欢。吃有时就是一个气氛，不过别把节奏放得过于缓慢。这是冬天的晚上，一个男人和一个女人最好的位置是被窝里。他吃得很快，酒倒没怎么喝。韦青却相反，一直是在喝酒。于是他提醒道：别喝那么多，这酒有后劲。韦青说没事，喝酒暖和。他觉得今夜的韦青有些反常，神情恍惚，好像没喝酒就有了几分醉了。他拿开杯子，说：我看够了，韦青。

韦青轻声问道：够了吗？

他迟疑地问道：你想什么呢？

韦青抿了抿嘴说：我在想台阶上那朵白纸花……很怪……什么意思？

他笑了笑：别瞎琢磨，咱们睡吧。

韦青说：今夜我想你多陪我坐一会。

他站起来说：你还想守岁吗？我可是想到床上去守你。

说着他去了卫生间。这时他开始想，韦青一定是有什么心事。是什么呢？结婚？现在谈结婚不现实，至少先得让双方的父母沟通一下，把从前有的那些不愉快的事抹抹平吧？这种基础工作做起来并不困难，父母毕竟是父母，可是韦青怎么显得如此心重呢？他回到小客厅，看见韦青还保持着原来的姿势，两只手平放在小方桌上。他突然发现烛光下的这双手特别优美，就拿起了一根蜡烛……

红玉般的烛泪一点一点滴到十枚指甲上，这应该是世界上最漂亮也最动人的蔻丹。这双手经过他的创造成为一帧作品。他激动地把这双手举起来，就像捧着一位大师的经典之作，他感叹道：真美！

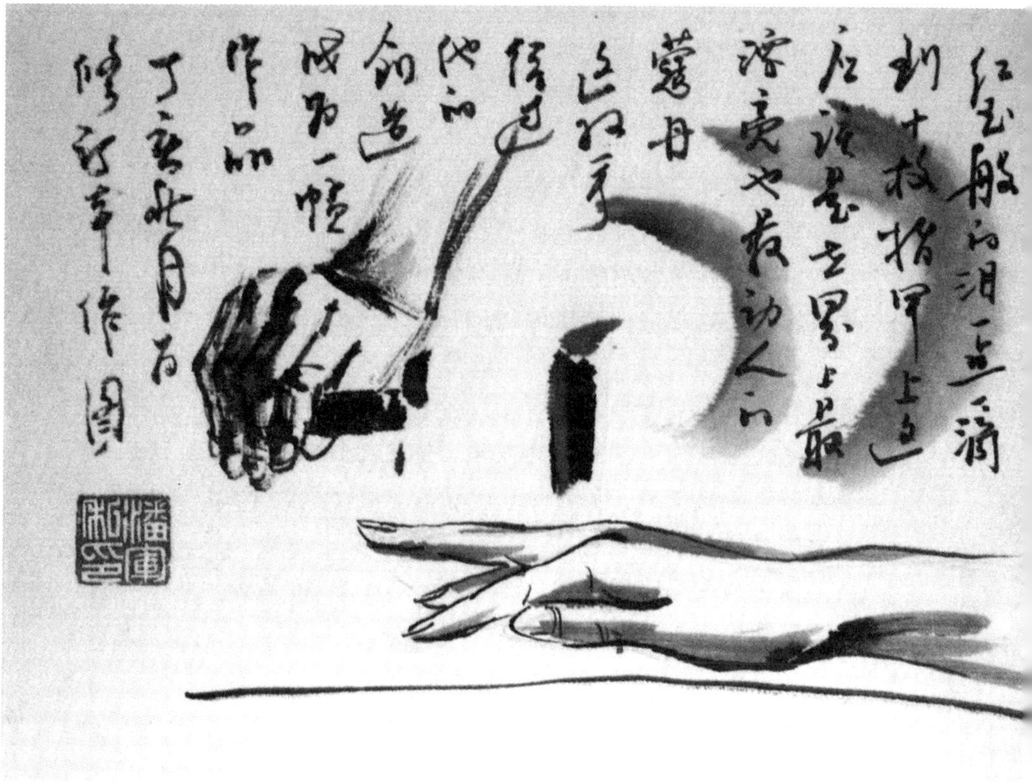

韦青问：喜欢吗?

他说：喜欢……

韦青说：你要真喜欢，我敢一刀剁下来送给你！

他吃了一惊，想韦青现在是真的醉了。

韦青说：你信吗?

他搂住韦青，说：我信……

韦青慢慢推开他：你坐下，我有话说。

他们又恢复到面对面的关系。韦青从他烟盒里拿出一支烟，就着蜡烛点上。这很让他不舒服，他从来就讨厌年轻女人吸烟，有一种风尘感。

他说：你最好把烟掐了。

韦青看了他一眼：你看不惯？

他说：对。

韦青又问：你还看不惯什么？

他越发生气了：韦青，你醉了！

韦青又吸了口烟：我没醉……我想知道你还看不惯什么。我这几天都在想我们的事。我没想到这次回来会撞上你，更没想过还会和你睡到一张床上，这都是天意……

他打断道：你到底想说什么？

韦青说：你别急，我会把一切说清楚。你还记得那天在临江寺我问你的话吗？我说如果她真和男人上床了，你能原谅吗？你说不能。你说绝对不能。我想你没讲假话。

他厌烦地说：怎么又扯上这事了？这与我们有什么关系？

有关系，韦青掐灭香烟说，那个“她”不是李佳，是我。

他一下怔住了，直视着韦青。他更为惊讶的是面前这张姣好的脸上显示着高贵的平静。韦青的目光停滞在那十枚指甲上。死寂的片刻之后，韦青接着说：

那个人是我同班同学，人不坏，在我生病期间一直照顾我。如果这回不遇见你，我可能会嫁给他……

他霍地站起来：你约我来就为说这个？

韦青淡淡一笑：这些我本可以不告诉你……

他冷笑道：可你还是告诉我了。

韦青这才看着他说：现在我觉得，告诉是必要的了。我想你可以走了。

他沉默着靠住墙。他的身影由于多处的光源而分裂出一组，涂满了两面墙壁。他感到痛苦此刻正从指尖开始游遍全身，很想跑到旷野里去嘶喊一通。在他的眼前，韦青已在用小勺子慢慢清除指甲上的“蔻丹”，每刮一下都让他心痛。他低声说：别刮它。

但是韦青没有住手。

1982 年的圣诞之夜已随风而逝。十五年后的今天我再次从记忆中将它打捞上来，心情仍是那么沉重。那个夜晚实际上宣告了我作为一个男人的彻底失败。我最终还是离开了那个盛满烛光的屋子。韦青说，她想一个人躺会儿。韦青说每个人都不能做勉为其难的事，该在哪一步适可而止，大家都好好想想。其实那时她就已经想好了，没有想好的是我。

我从那幢旧楼走出来，外面正下着雪。这是人们期待已久的初雪，可在我眼中却变成了白的花絮。一种祭奠的意味强烈地感染着我。

那一夜我并没有走开。我站在远处的一处屋檐下，注视着韦青窗口的烛光。我想等到它们全部灭去才离开。烛光一直在燃烧，熄灭时天已大亮，而我差不多成了个雪人。那个夜晚我被沮丧和痛苦团团围住，又感到前程惘然，不知如何同韦青去走以后的路。走在街上，我打量着每一个过往的年轻男子，仿佛觉得他们都有可能是和韦青上床的那位。地上的雪很薄，已经被早上的行人和汽车碾得破烂不堪，枝头挂着的也纷纷扬扬地下落。这是个不冷的冬天，呈现的形象和散发的气息都让你感到可疑。这是个虚伪的冬天。

也就在这天上午，我收到了李佳的信。当科长把那封沉甸甸的信交到我手上时，我显得迟疑不决。我把信放到抽屉里，仍在忙工作上的事。那时机关天天都在谈机构改革和人事变动，说谁有可能直接进市委班子，谁又会提拔到省里，而这些人都有文凭，看来中央这回是动真格的了，没有文凭的全部一刀切。我对这些毫无兴趣。我从科长身上看到了我的未来。很多年后，我在南方意外地碰见这个老机关——当时他刚刚退休，为一家服装公司组织货源。我请他喝早茶，同时把新出版的一部长篇小说送给他。他很高兴，夸我混得不错，说我不走机关这条路非常英明。我说这还得感谢你呢！你是我的一面镜子，就像托尔斯泰是俄国革命的一面镜子。他哈哈大笑，说这话是列宁说的。他说列宁的遗体还陈放在红场，据报上讲有位科学家想从遗体皮肤上提取细胞，想克隆出另一个列宁，吓得老百姓上街打标语游行。这个世纪真可谓风云莫测。

然而在那个冬天的上午，我感到惆怅而迷惘。我原想在水市机关混过两年就往犁城调动，现在已不现实了。犁城本身不构成任何对我的吸引力。那么，继续在水市干下去，这种状态就得有相应的调整。我得向我的朋友冯维明学习才行，否则我便无立锥之地，我非但一时去不了文联，而且会死死地压在机关最底层，尽管我有文凭。我深信文凭只是一种摆设，想弄一张文凭很简单，比如后来就出现了名目繁多的培训班，泡上几个月，一张“相当于大学”的文凭就到手了。文凭对我这种人永远是一张废纸。而对另一种人，文凭就成了官场跑道上的一支兴奋剂。

来自事业和情感两方面的压力让我身心交瘁。晚上，我躺在床上看李佳的信，她写了八张纸。但是信中并未提及上回见面所说的那件事，却用很大的篇幅在讨论已经过时的“潘晓话题”。她说自己很快就要走向社会了，感到惶恐而不知所措。同时她又诉说了我不在身边的诸多不便，比如说论文的润色、分配的选择甚至“感到穿衣也缺了面镜子”。她几乎没有触及到我信中任何的一个话题。但她写道：“我总觉得恋爱与婚姻的方式不同，有些事应该留给婚姻生活。”我惊讶于这种表达，因为它既是对冷漠的辩言又暗示了她守身如玉，让我彻底放心。那一年，李佳才十九岁！我想她真有可能成为一名才女。

我也悟出了一层意思，李佳写这封信并不是想和我现在了断。她以通信的方式占有着暂时不想舍弃的恋爱。我最初的满腔热情使她有理由相信，这个男人犹如一只风筝，无论飞到哪儿，线都会掌握在她手中，除非她想撒手。

忽然有人敲门。我下床去把门打开，来人竟是韦青父亲！我一时局促，请他进屋。他说时间很晚了，就从口袋里拿出一封信交给我。然后他说：韦青走了。

走了？我大为吃惊：几时走了？

韦青父亲说：下午五点的轮船，她母亲陪她一块走的。

我没有再说。

教育局长此刻保养很好的脸上也流露出一点歉意，说：她不让我把信早些交给你。

然后他就持重地离开了。我拆开信，那上面就写着一句话：

一个人的时候，过去与你相伴。

我潮湿的眼前浮现的是暮色中的长江，一艘轮船正顺流而下……

我仿佛看见韦青穿着那件黑色的呢外套站在船舷甲板上，茫然注视着江边越来越远的宝塔。这忧伤的情形让我想起多年前雨浓留给我的最后的一幕。我其实早已在心中把她们叠到了一起。我爱她们！这些年我与她们在记忆中厮守，在梦境里团圆，可无论怎样，我都难以抚平心中的伤口与鞭痕。我在情感上其实是一个乞丐，而且债台高筑……

——1997 年 11 月 15 日

犁城：1984 年 11 月

转眼工夫，春节又到了。记忆中的这个春节清冷而无聊。直到除夕这天的下午他才回石镇，其时街市上已安静下来。家家户户都在准备年夜饭，孩童们提前燃放着鞭炮，剧团的新剧目完成了最后的彩排，将于大年初一公演。这是父亲重返石镇后写的第一部戏，是根据传统剧目改编的，是一出悲剧。似乎不合时宜，石镇历史上每年的初一到十五，舞台上演出的都是忧伤沉痛的戏文。很多年后，北京人模仿港台开始炮制所谓“贺岁片”，拙劣的搞笑使都市百姓乐不可支，他便想到故乡石镇业已成为灰烬的舞台。但他困惑，石镇人为何在吉祥喜庆之日去选择悲伤？

那天，水市开往石镇的班车最后只剩了他一个人。下了车，他很快发现了推自行车的父亲。你没去犁城？父亲这样问道，我以为你去看李佳了。他没吱声，把随身的行李放到车上。一路上他都在想，今年春节是决意不去犁城了。这个举动分明是做给李佳看的。也许，这便是最后的了断。他觉得自己这一年里感情上经历了太多的疲惫。徘徊在两个女人之间，现在又同时将她们失去，倒也拥有了一份难得的清静。那种迟疑不决、优柔寡断的情绪不能滞留在心中，这会弄乱一切的。现在他将另起炉灶，去寻求一个新的开端。水市不是久留之地。这块阴性的水土孕育不出阳刚之气。他觉得自己该走得远一点。往北走。但具体怎么个走法，他脑中一片空白。他只是想离开，想走。

父母已看出儿子的心思，却又不便多问。1983 年的春节就这么平平淡淡地过去了。年初二，冯维明想邀他一同去给几位新老县委书记拜年，他拒绝了。他说我并不认识他们。冯维明说，毕竟是家乡的父母官，有一个礼节问题，再说上回人家还请了我们。他说我还是不想去，我不知道和他们在一起能说些什么。冯维明有些不悦，说：你这人太傲慢了。他反问道：我傲慢吗？我或许真有那么一点傲慢，因为我父亲已变得太谦虚了。

这是一次不愉快的谈话。冯维明走后，他的情绪变得恶劣。一个学西班牙语的如今居然从容地做着市委办公室的秘书工作，不仅没有烦恼，还干得颇有兴致，怎么看都是一件不可思议的事。这个人现在瞄准了另外的标靶。（你的枪法历来很过硬几乎弹无虚发一枪命中目标的要害部位可是维明你这么瞄着难道就一点不觉得累吗？）在市委大院，同时分来的大学生中，冯维明口碑甚好，据说他有望成为“第三梯队”的一员。春节一过，水市的机构改革将全面铺开，冯维明完全有可能进入到更好的位置，然而这些果真有意思吗？一个人的一生可以干出许多让人惊讶或者羡慕的事，但未必件件都有意思。他觉得这个“有意思”很重要。至少对他是重要的。他想跳来跳去，就是奔这“有意思”去的。眼下的问题是，这下一步该怎么迈？借助调动这个想法不现实，几乎行不通。余下便只有一条路可走，就是考研。可是再读上两年书又有意思吗？上大学解决了一个户口问题；考研要解决的问题是调动。很多年后，当社会发展到可以揣一张身份证随便跑的今天时，他才觉得自己当初的顾虑是多么幼稚。他把大部分的精力用于解决实际生活中一个又一个的问题，其过程便成了今生最大的乏味。

然而在这一天，一件意想不到的事发生了。他刚刚吃完午饭，想到里屋看几页卡夫卡，就听见门外响起了一个熟悉的声音：是这儿吗？然后他就见到了李佳风尘仆仆的身影，正向引路人道谢。

他十分诧异：你怎么来了？

李佳微笑道：我来拜年。

说着就把手里的礼品递给他，随他进了屋，这时父母和外婆全都迎了上来。父亲说：小佳你该来个电话我好去车站接你呀。李佳说，犁城到石镇是直达的汽车，石镇地方不会很大，找上门应该很方便。结果我一下车就碰上了这周围的人，多么顺利！李佳这样说着，一边大方地看着门口围观的孩子，把糖果分发给他们。孩子们哄起来：结婚！结婚！新娘子来了！

他不禁笑了一下，把李佳带到了里屋。掩上门，他帮李佳脱去呢外套，这个瞬间让他感到很温暖。李佳的脸上也流露出一种幸福感，这是三年的恋爱中从未有过的感觉。他一边沏茶一边打量着李佳的侧面，然后说了一句：石镇下午可没有车去犁城的。

他的意思是在质问：你爸爸不是不允许女儿在男方家里过夜吗？

李佳看了他一眼：我想在这儿住三宿，然后你送我回去。可以吗？

你决定了？

我决定了。

1983年春节李佳确实是自行决定来石镇的。她向父亲郑重地提出了这个要求，并已做好这样的准备：如果父亲不同意，她也将擅自行动。情况比她预计得要好，她父亲没有多说什么，只提醒女儿要入乡随俗。这次行动的目的很明确，她不想使这场三年之久的恋爱流产，决心把它从危险的边缘挽回。她轻易地就做到了。

这些年我总在想我和李佳之间的关系。我不得不承认李佳的某些能力在我之上。她十九岁时就可以控制一个年长她五岁的男人。这个男人的全部性格弱点尽在其掌握之中。她可以爱他，也可以冷落他；她可以需要他拥有他，也可以同他拉开距离或者暂时将他遗忘。甚至在婚姻解除三年之后，她的言行仍能有效地去影响这个男人，以至他不能轻松自如地去面对下一步的情感选择。

但她最为致命的错误也正在于此。她在爱情生活以及由此导致的婚姻生活中引入了实用主义原则，总是在危在旦夕之际做出最后的努力。她也过分相信了这个男人的承受能力。这个人毕竟不是田里的一棵禾苗，一瓢水终归是救不活的。她为此辛劳了十余年，也为此付出了最为昂贵的代价。她犯了毛泽东同样的错误，以为别人能够按照他的意志去改造思想乃至改造世界观。但她又的确能暂时扭转颓局，这不能不说是一种能力。

我们又一次扣到了一起。既然人已经来了，再言其他都显得多余。最要命的是，我一想到在水市与韦青的相处，就觉得对李佳很歉疚。这种莫名其妙的心理让我在那个时期脾气格外地好了起来，就像一个欠债人路过债主门前那般小心翼翼。我的思路重新返回到原先设定的轨道，那就是尽快调往犁城，调到李佳身边，从而从根本上改变了我和李佳的一生。

有很多次，我问李佳，当初她那么果决地去石镇将我抓回，是基于怎样的考虑。她说：我只是觉得你不该属于别人，但我来不及去考虑这个男人究竟是否适合我。这话真让我啼笑皆非。我说，你的行动类似抢购某种商品，你不过是想抢先占有它，至少满足了欲望。李佳说，如果我同你分手，再去同别人接触，情形又会怎样呢？

1984 年 10 月，我调到了犁城，在省委下属的一个政策研究机构供职。这次调动出人意料地顺利，前后只用了半个月。我因一篇反映老区人民疾苦的调查报告引起了有关领导人的特别重视，由组织部门出面办妥了调动手续。在那篇充满忧愤之情的文字中，我列举了穷困山区原始的经济形态导致的诸如近亲联姻的种种恶果，提出了教育的必要性，认为这是根本的扶贫。调查报告后来印成省委的一份内参分送到有关部门，不久，有人便来水市看我的档案了。

这一年，我的生活中还有另一件重要的事。我被邀请去北京出席一个著名的笔会，似乎表明了我在文学创作上的崭露头角。那也是在秋天，我住在西山的宾馆里，窗外是层林尽染的红叶。我心情舒畅地给李佳写信——她刚刚分配到犁城的审计局。在这封信中，我第一次郑重地提到了结婚。我眼下就只剩结婚这一档子事了，我还会想什么需要什么？1984 年我的运气很好。我离开水市时，曾想把一张贴花储蓄的折子转给机关的会计。我说我马上要走了不便寄钱到水市来贴花，希望他帮助处理一下。但这个人很不好通融，说机关账上没有钱，他本人也不想要。我便不多说了。这天晚上，我在办公室收拾书籍报刊，无意中看见了省报公布的贴花储蓄号码——一等奖的号码居然是我的！我不过贴花六十元，中奖却得了三百。这事我总觉得特别怪。

就要走了。离开水市的前一天，小丹陪我去看了雨浓的墓。日子竟过得这么快，算起来，雨浓已长眠了八年。我们在墓地呆到日落时分，摘回了一朵白菊。晚上，小丹在我宿舍里帮着收拾，除了被子，所有的东西都整理好了。这时小丹说，我有点冷。我便想给她找件衣服。小丹说：算了，别再开箱子了，我上床躺一会。我突然感到小丹今夜的情绪有些异样，以为她同那个苏建设闹了别扭。我坐到床沿上，想提起话题。但是小丹说：你也上床吧。

我略有迟疑，但并不感到紧张。我简单地脱了外衣，上床，小丹就随便地躺到我怀里，握着我的一只手。小丹说：我真不想你走，可我也从来没想过要嫁给你，怪不怪？我说这的确有点怪。我说我倒是动过要娶你的念头的。小丹说，我觉得这样也挺好，你以为呢？她的手伸到我内衣下面，我便将灯关了。然后我们脱尽了衣服，开始了亲吻和爱抚。这些做起来都那么平静，只是心跳快了。小丹说：我们认识了二十几年，不在一起总觉得有点儿亏。她被自己这句话弄笑了。她又说：你不会觉得是乱伦吧？我说：我感觉是对老夫妻。做爱之前，我突然问道：你是处女吗？小丹说怎么问这个？我说如果是，我就算了，不碰你。小丹轻轻在我肩上咬了一口，身体贴紧了我。

水市对于我有着太多的回忆。这座至今不发达的城市却屡屡成为我梦中的海市蜃楼。

我的离开自然不能算作错误，但无疑是生命的损失。这些年我走南闯北，曾在不少著名的城市蛰居过，但没有一座能够像水市这样给予我激情和想象。我生命的光泽全被现代都市大厦的阴影所遮盖，喧嚣夺去了我内心最后的宁静。这些城市向我提供格式一样的标准房间，向我提供内容重复的服务，我完全成了一个住标准间的男人。在那个拥有电视电话热水洗澡的十五平米的空间里，我最想看到的是我的书房。在那些年轻服务生热情礼貌的脸上，我捕捉不到亲人的表情。我在照度总是不够的台灯下看着当天的城市晚报，没有一条新闻让我相信，给我亲切感。我的空间里缺少生命的气息。这样的时刻，我便思念起水市和故乡石镇，那情绪确实可以称得上魂牵梦绕。1984 年秋天我的离开，实际意味着我断了这条返乡之路。虽然每年的春节我还会回来，但这只是一种形式。

当一个游子成为故土的匆匆过客，那种忧伤是难以描摹的。或许因为这个，我羡慕威廉·福克纳。

——1997 年 11 月 17 日

又下雨了。雨是从昨天后半夜开始落的。雨其实下在今天凌晨，人们习惯把这段时间看作昨天晚上，因为光的缘故，人们还无法接受黑暗中的凌晨。

落雨时分，他正在招待所里读一本萨特的著作。译者艰涩的语言使这本名气很大的书索然无味。几次他都想把它扔了，但他又睡不着。调到犁城已有一个多月，他还是不习惯。大机关似乎一切都很正规，安静得像一座医院。但从每个办公室的格局看，它又像个裁缝铺。这儿的每张桌子都整齐地放着，靠近窗口的肯定就是处长。他是新来的，因此他的桌子离门最近。这个处人不多，六个人中却有三个处长。这个处所做的工作也还是写材料、印材料、发材料。除此之外，还得编一个叫做

《政策研究》的小册子，每天都忙得不可开交。和水市宣传部相比，这个单位唯一的优势是每月给大家提供一捆卫生纸的福利。在水市，因为那位科长在混，所以科里的几个人也比较散漫，而散漫总是和自由连在一块的。现在情况变了，这个处长以身作则，成天把头埋在桌子上。他那鞠躬尽瘁的身影好让人感动，然而一轮到下乡搞调查，这人就病了。那时候他就想，这人是坐病的。这人总埋头坐着，其他人便不好意思站着走动。于是他休息的方式便是多上几趟厕所，或者多出差。他喜欢去山里，一边调查一边呼吸新鲜的空气。尤其是去江南那一带，诗情画意的风景令他心旷神怡。他想倘若和一位可爱的女子做伴，每年定期在这山中过一些时日，必定是件美事。但这女子一定不会是李佳。

现在他与李佳近了，每天都能见面。凡是周末，他会去李佳家吃顿晚饭。李佳的父母对他调入省委是满意的，但对他的心猿意马又表示担忧。他们不主张这个未来的女婿日后去文联这种过于松散又毫无实惠的单位，觉得省委机关是个不错的起点。这种情绪影响了李佳，她说：我们已不是学生，得多想一些实际的问题。李佳现在开始关心住房的分配与两个人每月的储蓄，开始考虑结婚的旅行路线和最佳的生育年龄。这些给他带来了快慰也造成了忧虑。他觉得李佳一夜之间变成了另一个人。这个人不是二十三岁而是三十二岁，有着十年以上的社会经验和生活履历。听着李佳谈论机关的人事变动和某个要人的升官背景，他忽然感到当年在火车上夜读陀思妥耶夫斯基的那个女孩不见了。上个星期天，他陪李佳去理发店剪头发。当剪刀横向那两条乌黑的大辫子时，他的心为之一颤。他想，一个时代宣告结束了，而另一个时代则悄然开始。剪成短发的李佳呈现出别样的风采，但他仍然为那剪去的辫子而伤感。他觉得奇怪，李佳怎么会那么若无其事呢？那辫子至少养了十年，就是一颗痣让激光搞掉，也该有点儿舍不得的。可李佳说：我一点也不怀念少女时代。李佳说你这人感情细腻得有点变态，要是你得了阑尾炎，你是否也拒绝手术呢？

李佳的能言善辩总是令他暗暗吃惊。他不希望李佳成为这种世事洞明的女人，尤其厌烦这种女人来改造自己。他渴望的是小鸟依人，是温情脉脉，是对日常生活的粗线条。或者什么都没有，只剩下一个男人和一个女人，在最基本的物质条件下过最平凡的日子，把大量的时间分配给有意思的事。但是，这可能吗？李佳对生活的态度历来是严谨的。她重视实际和秩序。有一天他们逛街，相继发生的三件事都让他们不舒服。首先，他把一把折叠伞落在公共汽车上，她埋怨了几小时，由看不惯一个男人丢三落四上升到和一个粗心男人建立家庭日子将会过得狼狈不堪。接着她沿路挑选一条牛仔裤，每挑必试，每试必退，每退必说：这是冒牌货。他便质问：既然你认定是冒牌货又何苦左比右试呢？李佳说：你要是烦了，你可以不陪我。说完就又进了一家服装店。这回他没跟着进去，坐在门口台阶上抽烟。不一会里面吵起来了。李佳又说是冒牌货，想把价格拦腰一砍。那女店主便来气了，坚决不卖。他把李佳拖开，说买东西只是图个喜欢，相中了买下就是。李佳正色道：你不要以为你不砍价就有风度，其实人家赚了你的钱还打心眼里瞧不起你！最后是，路过新华书店，他想和李佳进去看看新书。李佳说：你那几架子书难道都读完了？他被这句话噎住了，独自进了书店。他的情绪变得十分恶劣，又掺有一种隐痛。这个姑娘怎么一点也不像大学里的那个李佳呢？

这情绪就像窗外阴晦多雨的鬼天气，延绵到今天都没有调整过来。而今天，是个特殊的日子。

他们约定去民政部门进行婚姻登记。几天前说好各自从单位里开具介绍信，昨天电话里谈定，上午九点在中市区民政局门前会合。昨天还是个晴天。

雨中的街道湿漉漉的，像一张刚从水里捞出的照片。当时他就打着一把黑伞，站在这街的边上。街上行人匆匆，车辆拥挤，散发着阴郁的气息。他有些沮丧，怎么挑上这么一个日子呢？这日子似乎透着不祥之兆。他徘徊着，用力吸着烟。如果过了九点仍不见李佳，他立刻去给她办公室挂电话，想建议改期。但是现在李佳飘忽的身影在雨幕中出现了。她的气色不够好，但很平静。现在他们合打了一把伞，并肩进了民政局的大门。这对人根本不像是来登记结婚的，而像出席一次极不重要的会议。

那天的情形就是这样。我们不仅没有“从心里笑出来”，即便在脸上，也察觉不到一丝的笑容。这情绪当然不对头，所以进了门厅，我便停下了。我问李佳：你考虑好了吗？李佳没有吱声，显然她的内心没有表情那么平静。于是我进一步说道：如果你还没有考虑好，我看不妨换个日子。说着，我把刚收拢的伞又打开了。我在等待她转身迈出第一步。

这时李佳说：办吧。反正跟谁都是结婚。

轮到我开口了。我在考虑措词，因为李佳实际上已向我表明了态度。固然她也矛盾，在这样的关口她容易失去信心和主见。但是我们都犯了不该犯的错误，共同做起了一锅夹生饭。李佳没有更多的解释。她迈进了婚姻登记处的门槛，而我也顾不上拉她一把。我要做的最后姿态是让她首先签字。她签了，我自然也签了。这签字沉重而草率，就像一对被炒鱿鱼的员工领取最后一份工资。事隔十几年，当我们回忆起这一幕时，李佳仍在埋怨我。她说如果当时你拉住我的胳膊就好了。我说，我不明白，这么些年我们都在希望对方先走一步，这很奇怪。李佳叹道：其实我俩心眼儿都不坏，只是过不好。我们的错误在于做了夫妻，如果是朋友或者情人，那或许是天底下最佳的一对。我干吗要当你老婆呢？老婆是头等倒霉的角色。

现在我们在晾台上这么交谈着，前来装修房子的工人已经进驻了。我把方案拿给李佳看，她提出地面不宜采用地板，应该换地砖。我说一屋子地砖会使这个空间变得像个澡堂子，地砖只能用于厨房和卫生间。李佳便列举了地板的种种弊端：其一不便打扫，其二容易生虫，其三价格太贵，其四今后重新油漆麻烦。我正想反驳，工头忍不住地插言道：现在哪还有人家铺地砖呢？我们在这院子里做了一年，家家都是地板。李佳想了想，说那就铺地板吧。我不禁笑了起来，轻声说：我费了那么多口舌说服不了你，一个工头两句话便搞定了。我们真该离婚。李佳也笑道：我这还是一个老婆的责任心在作怪。要是你情人，我才不问这些呢。情人只惦着一张软床。

说着，她又对那只旧柜子看了一眼。今晚我得住招待所了。十几年前我由水市调到犁城，住的就是这家招待所。我的屋子在最东端。眼下宾馆业不景气，招待所空房很多。东端的这屋成了临时仓库，堆放着棉被和损坏的电扇。我找到所长，他几乎认不出是我了。我说明来意，并说如果不太麻烦，我仍然想住原来的那间房。所长满口答应，立即令手下去收拾。然后他问起我和李佳以及我们的女儿，感叹日子太快。所长说当初这招待所一共住了六对夫妻，数我们两口子最般配也最有钱什么的。他当然不知道最先离婚的也是我们。没过多久，房子收拾好了。我便与所长道别，说晚上还得赶一篇稿子，改日再聊。

外面的天黑透了，临街的一家歌舞厅门头上的霓虹灯映照着这间屋子，机械地变幻出粉红与浅蓝的光晕。天空中飘着细雨，灯光下的姿态很缠绵。

我没有开灯，静静地看着这潮湿的夜和这凄迷的雨。我的身影在玻璃上忽明忽暗，但我看不清自己的面容。这屋子现在没有一件东西是我熟悉的，我便顿生出莫名的失落感。我环顾周围，想着当初的格局与布置。后来我发现了一根钉子还在墙上，这钉子上还裹有一层胶布，是当初悬挂结婚照的地方。

1985年中秋之夜，我把二十三岁的李佳接到这间屋。没有任何仪式，也没有通知其他朋友。傍晚，我们在她父母那儿吃了晚饭，然后就散步回来了。我们准备翌日乘早班车到石镇，住上一周。这便是整个蜜月之旅。这设计出乎我们的意料，但又是最终拍板的方案。那个时期，李佳的身体状况很糟糕，肠胃不适，又患上窦性心律不齐，险些演变成心肌炎。而更糟糕的是她的情绪。她终日愁眉不展对结婚失去了全部的热情。她似乎在向我偿还上辈子欠下的一笔债务。我不知所措，就像一个生疏的水手在驾驭一条陷入旋涡里的船，使出平生之力也无济于事。这个低血糖的开端其实已预示了我们日后贫血的婚姻生活，分手在所难免。但我们谁也没有料到，这日子一拖便是十年！

我只能说，这个玩笑开得太大了。

——1997年11月18日

犁城：1986年3月

一年半前倾向将他调来犁城工作的那个人称作“严涛同志”，就像中央称“耀邦同志”那样。严涛同志并非官宦之后，都说他是一个人干出来的。那年严涛同志四十五岁，正是干大事的年纪。这个中学地理教员出身的“文革”前大学生，因为伶俐的口齿和惊人的记忆力无意中引起了官方重视，以为实在是干政府办公室主任的好材料。他从此投身官场，在邓小平没有提出“四化干部”之前，他就已经成了四化干部。到了1983年，他遇上了官场的好年景，连跳两级成为更大的主任，主持着这个被视为省委省政府决策智囊和参谋的庞大机构。严涛同志平易近人，爱才，讲话不带脏字，汇报数字准确，这些优秀品质在省直机关有口皆碑。最近有消息说，这个人又将调到国务院的某个部委任职，上面已派人下来考察了。严涛的晋升对他也是个好消息，他想现在可以考虑往文联这类单位调了。如果严涛不走，他还不敢动这个念头，觉得有点过河拆桥骑驴找马的意思。严涛出面把他调来是便于使用而并非照顾他的个人问题。这一年多时间里，严涛几乎每回出差都带着他。在单位内部，他俨然是严涛同志的人。这个印象让他极不舒服。没有人会知道，其实他心里并不佩服严涛。几次接触他就感到这是一个故作高深的人，其素质充其量还是个中学教员。他拥有的还是中学教员的口齿和记忆力，毫无过人之处，不过是当初发现他的那个伯乐素质更差一些，才显出他的才能。严涛倒是具备了惊人的综合能力，因为凡拿不准的事，他都主动到处里听听别人的意见，结果许多好见解经他一综合，就会成了他严涛的——而且他不带稿子，查无实证。古今中外唯独官场上没有版权和著作权。官场上倒也不乏才华超群之人，比如温斯敦·丘吉尔，比如理查德·尼克松，比如孙中山和毛泽东。

他感到了一种无形的压力。每天上班，机关里一些人在用异样的眼光打量着他，而另一些人又私下向他打听严涛的去留。他不明白，这重要吗？然后便很厌恶，觉得受到了莫名的侮辱。倘若这个严涛当了皇帝，他便让人看作了太监。于是这情绪就在寻找爆发点了。

不知出于什么缘故，机关举办了一次书画展览。他学过美术，自然这展览他得参与筹备。每个处送来的字画都由工会出资统一装裱。严涛同志也写了一幅，还做成了全绫裱。严涛的字谈不上任何碑帖师承，它的基础是粉笔。而且这位领导人不懂得书法的基本要求，改直书为横写，还使用了标点符号。果然大家都说好，但是他还是直言不讳地指出了这个常识性的错误。立轴的行草是没有横写的，他说，书法也不能带上标点。这话使在场的人吃了一惊，四周倏然安静了。严涛倒是哈哈一笑，说：我这不能算作书法，我是写毛笔字。说完，就背着手离开了。他不理解严涛的回答，这个人其实是狡辩。不是书法那裱它干吗？书法和写毛笔字在这个具体环境里怎样区别？你严涛干吗就不承认做错了呢？这一刻他的脸色很难看。处长把他叫到一边，说：你不该在这种场合说这种话。严涛同志其实是很器重你的，你没感觉到？这就更让他困惑了：受到器重就必须奉承他严涛？再说受到他严涛的器重就很光荣吗？

他说：我不需要任何的器重。

处长感到十分意外。边上的人眼光全看过来，以为他犯了什么病似的。

他有些激动地说：我不适合在机关干，我对这里的工作毫无兴趣。我尤其厌倦去伺候某一个人。如果命中注定我必须这样，那我肯定回家伺候我妈。

他这才感到一口气顺了。

第二天，李佳便知道了这件事，立刻训斥道：你怎么逞这个能？这不是捉虱子往头上放吗？严涛写字算不算书法与你何干？你不想在机关混那你有本事调走呀？文联就那么好进吗？就是进了文联何年何月才给你分上房子？你难道要拖着我住上一辈子招待所？

他一语不发地听着。李佳的责备全在理上，他无言以对。而且她的身体又不够好。他边洗碗边想，昨天的行为不过是向大家表明一个态度：他不是“严涛的人”。昨天这事也让他真正懂得了这个严涛。这是个虚伪的家伙。给这号人当拐杖难道不恶心么？他真希望严涛早点离开，去当更大的主任。可是他要是不走呢？他会记住这次尴尬然后实行报复？这可怕吗？他不禁笑了笑，自语道：除非他把我杀了。

屋里的阴云依旧没有散去。李佳早早上了床，余怒未息。他坐到床沿上，想宽慰妻子几句。他希望她不要把这件事看得太重，兴许还是件好事，会加快他去文联搞专业。他这种人只能去搞专业。你难道不觉得我耗在机关里有点可惜吗？他调侃道。李佳欠起身说：我现在不需要一个才子，我要的是一个实实在在同我过日子的丈夫！你不能只图自己一时痛快，你得想想你是个有家的人了，而且……

他并没有打断她。

李佳叹道：我怀孕了。

现在，他得走过这条空洞的走廊去见严涛同志。这条道每天他要走很多趟，从来就没觉得艰难。但这个晚上他的腿提起来有些沉重。这条道你得走过去，然后推开那个套间的门，坐到一个叫严涛的中年男子面前。你先做出若无其事类似套近乎的样子，观察一下那人的脸色。倘若他还和蔼，你就开始把话题引向几天前的那次小小的不愉快。你得道歉，说自己为出言不逊感到懊恼，甚至把自己骂上一通，说自己忘恩负义不知好歹让领导失望了。于是严涛同志就会把手一摆，说他早就把这事给忘了，并且还会说你没有做错什么，坦率是一种可贵的品质。接下来你必须做出更内疚的表情，说自己鼠目寸光胸无大志，还继续检讨自己的骄傲与散漫，即使想当作家，过早失去了这个高屋建瓴宏观考察生活的位置，将是一件多么遗憾的事！这时候严涛同志可能会善意地批评你几句，说今后要安心工作，积极进取……

这幕戏会这么演吗？

他显得毫无信心。眼下首要的困难是把这截路走过去。这无疑是条可耻的走廊，那一端插着一面白旗，如果你按照刚才想的去做的话，绝对就是无条件投降。这之前他已向妻子投降了，答应对自己的过失作挽回的努力，至少要求得暂时的平安，指望明年分上一套房子。孩子生下来怎么住？保姆怎么安顿？李佳偏偏挑这个时候怀孕，他越发地慌乱了。

他往前迈了一步，又停了下来。今夜他是来同严涛谈话的，不是乞求施舍。他应该让严涛知道他早有离开的动意，怎么个离开都行。不管严涛怎么想，他都要准确表达这个立场。在机关待久了人会傻的，这个干净秩序的空间缺氧。要谈就谈这个，要么现在就转身离开。很多年后他回头正视这个夜晚，觉得当时自己内心的矛盾怎么看都不可思议。那状态很像一个小学生面对一张疑难考卷，紧张只是一会儿的事。当这个孩子再长大一点，回头再看就会觉得每一道题都很简单。

然而这个晚上一桩意想不到的事让他见到了，以致让他后来的日子变得沮丧不堪。

他轻轻推开严涛办公室的门。这个套间外面是客厅，里面才是办公的场所。外面没有灯，从门边的位置看不见严涛那张宽大的办公桌，却能看见墙上的投影。那影子反映出里面有两个人，除了严涛还有一个烫头发的女人，但他们是堆在一起的。他颇为惊讶，进退两难只好重重地敲了敲门。然后他看见墙上的影子分开了，他还看见女人正很快地理着头发。严涛同志镇定的声音传过来：请进。

他便慢慢进了里屋，发现烫发的女人是机关的打字员，现在正坐在一旁用订书机装订材料。他脱口道：主任，我想请几天假，我老婆怀孕了，反应很厉害。

严涛说：这事同你们处长说就行了。

他说：我怕你最近要出差，所以……

严涛微笑着说：我最近不出差，好好照顾你爱人吧。女同志这个阶段最需要体贴，代我问她好。

他说了声谢谢就离开了。走在大街上，严涛那张温文尔雅的脸一直闪现在他眼前。他怎么也难从这张脸上看出流氓相来。这个晦气的晚上后来他去了城市西边的一家啤酒屋。李佳今夜回娘家了，他可以自由活动。这个狭小的啤酒屋在犁城名气很大，老板据说是个女大学生，因为学潮被劝退。啤酒屋的生意一直不错，他到的时候里面已坐了不少人。这些人在大声谈论着关于倒彩电和批化肥的话题。他不懂其中的生意奥妙，但很有兴趣听下去。这些人年纪与他相仿，看上去也是副学生相。他忽然觉得自己被束之高阁，一种被抛弃的滋味很不好受。他沉闷地喝着啤酒，想到了一个被以后证明是十分重要的问题。在一个权力社会里，唯一的制衡方式是金钱。这二者可以换算。你是厅长你拥有四室一厅，但我可以花三十万去买同样的住房，于是这厅长就只值了三十万人民币。与其忍气吞声低三下四用毕生精力去乞讨一个厅局级待遇，不如想法子挣钱反倒纯粹。权力和金钱本来就是孪生兄弟。如今农民不理睬村长是因为农民腰包鼓了。眼前这个女老板若不是被劝退，会有这座兴旺的啤酒屋吗？这么想下来，他便有些兴奋，庆幸自己几小时前没有去向严涛投降。

第二天他没有上班。他去接李佳，喜形于色让后者不免困惑，以为他昨夜和严涛同志谈得不错。而他却抖落了一个夹生的设想，说自己很想辞职，然后和几个朋友一起搞点生意，比如说搞一家广告公司什么的，深圳那边的广告业就非常兴隆。李佳惊讶地看着他，说你这人怎么像个孩子似的？钱就那么好挣吗？居然还想到了辞职！要是你在银行里存上一百万，你就是辞去中国公民我也不管。他笑了笑，说不过是个设想而已，也未必不是一条路，万一被机关开除了呢？李佳瞪了他一眼，说你干吗不想想在机关提拔了呢？然后就问他昨夜同严涛谈了没有。他便小心地说出“墙上堆在一块的影子”来，说看不出严涛还好这一口。李佳这下是真的生气了，责怪道：你根本就不该进去！这事有朝一日传出来，严涛一定会认为是你在散布流言！

他心里顿了一下。这层意思他确实没有想到。

那年春天到来的时候，机关里便有了关于严涛作风问题的风声，这表明他现在这把椅子坐不长了。严涛要走已成定局，但不是往上走。我想风声实际上是吹给上面来考察的人听的，其实是否真有人下来考察他，至今也没多少人清楚。官场上钩心斗角不是新闻。吹这股风的人自然是严涛的政敌，比如说副主任金一凡之类。这个人总以本省的理论权威自居，曾在《红旗》上发表过文章，但他绝口不提文章发表的年代。1993年我在南方，一天夜里我上街闲逛，买了两块菠萝，小贩便撕了张旧纸给我擦手，我发现这正是金一凡的文章，他的笔名叫金典。这篇“经典”是研究普及大寨县对批判“四人帮”的深远意义的，于是我知道了文章大致的写作时间，当然今天可以大度地说这是“时代的产物”。

我在犁城那个单位上班，每回写大材料，都是在金一凡的主持下。他对我的批评是说我写的东西缺乏逻辑性。这可不是写小说，他总忘不了说上这一句，言下之意是小说这种东西根本就算不上文章。可让我十分开心的是，差不多每次我执笔的那个部分，报到省委书记那儿都是最先通过，这又是什么“逻辑性”呢？自从机关内部传出严涛作风问题的风声，这个金一凡忽然对我亲切了。有时在走廊上碰到，他都会热情地同我打声招呼。这让我很不自在，好像严涛真是由我出卖的，李佳的预言不幸言中。金一凡确有目的，有一次他把我叫到办公室问道：机关里传严涛同志一些事，你信吗？问得十分狡猾。我说我对这些不感兴趣。我知道金一凡想从我嘴里掏点什么，这么做十分卑鄙，但合乎他的逻辑性。他不会不想，严涛一走，主任的位置便是他的，他需要那张大台子去写署名金典的文章。

这时候的严涛已是春天里一片没落的风景。尽管他作报告口齿还是一样伶俐，记忆力还是那么惊人，但明显地底气不足了。他的面色黯淡无光，是一张典型的缺少性生活的脸。我倒是有点同情他了。这个人要是始终站在中学的讲台上，没准会成为本省最优秀的地理教师，结果命运却安排他当了一大堆的主任。

那天我从金一凡办公室出来，正巧碰上了严涛。我记得我在那一刻里有些慌张，也有点尴尬，就像在公共澡堂里赤裸着身子撞上了一个同样赤裸的熟人。我感到特别懊恼，想严涛肯定会以为我在帮金一凡整他的黑材料。于是我便成了恩将仇报的小人，成了叛徒和卖友者。这真是天底下最窝囊最倒霉的事，让我遭遇了。那一天我的情绪一落千丈，好像跌入深渊的不是严涛而是我。我的眼前飞动着奇异的景象，让我惶然而茫然。

我仿佛让人诱进了一座迷宫，怎么走都觉得不对。

临下班时，严涛不出所料地来了。他先问了我家里的情况，比如说爱人是否做定期检查之类。绕了一会，他很从容地问道：你对金主任没说什么吧？但他的眼神告诉我是，我已经对金一凡说了很多了。我于是反问道：你觉得我会说什么？我能说什么？严涛就故作轻松地笑道：我倒不怕人在背后说什么，我相信组织。这真是虚伪到家了，你不怕那你问我这些干吗？

机关里这点破事把我家里也搅得不安宁。那些日子李佳动不动就数落我，说我这下是彻底地栽了，里外都不是人。终于引发了自结婚以来最大的一次冲突。我大叫道：我做了什么？我讨厌那个无聊透顶的单位！李佳一气之下摔碎了一只茶杯。

那时候我对李佳的埋怨，是她不支持我尽快脱离机关那种险恶的环境，去轻松地走另外的路。我也理解她的苦衷，她希望过平安稳定的日子，把家弄得像一个家样。李佳不能不后悔，这后悔由始而来，所以她怀孕几个月后才告诉我。这意味着她曾动过人流的念头，也表明她在做离婚的打算。但是她最终还是放弃了。我和李佳从恋爱到结婚再到离婚，全部过程都伴随着迟疑不决当断不断的节拍。漫长的十几年下来，两个人心累到了极点。现在，家倒像个家样了，再过半个月装修便结束，几十平米的空间会焕然一新，然而我们已不是夫妻。

——1997 年 11 月 23 日

1986 年春天对犁城最后的馈赠是一场规模宏大的流行感冒。城市每个角落都在打喷嚏发低烧。大街像人的肢体一样无力，地上到处是痰和揩过鼻涕的纸屑。这时的机关便更像一个医院了，每个人都在吃药，疗治和预防变得同样重要。对感冒的恐惧掩盖了对严涛作风问题的好奇心，人们现在关心的是属于自己的身体。四体不勤本来就是机关人隐匿的病灶，或许因为这一点，这些人的医疗待遇总是优于其他人，正如无休止的会议对其他人也是刑罚一样。似乎是一条规律，凡是经常开会的地方一定是问题成堆的场所，也就一定是贫穷和落后。那时候沿海一带人们是不乐意开会的，哪怕你愿意向与会者支付一笔开会费。这个省的领导班子频频更换，而高层的人事变动带来的不过是口号翻新。每一届都有动人的誓言，每一届也都把工作搞不上去。所以在外省人看来，这地方总与洪涝灾害相连，于是这洪涝灾害也就成了一班人平庸无能的口实与

台阶。与此同时，丑闻爆出不胫而走。某一届的主要负责人因涉嫌一宗受贿案垮台了，某个省委秘书长锒铛入狱了，然后是某个副省长乱搞女人受到查办，又一个副省长外养情人在人大会上落选。这一连串的事件成为百姓茶余饭后的谈资，其影响恶劣远远超过了一场流行感冒。现在新一届的班子又形成了，新的负责人开始了整肃，扬言这回要动真格的。这话听起来好像在说，以前动的都不是真格的。人们对新的精神口号业已失去了天真，凭直觉就不愿意交出信任感。所以省委机关大会开到一半的时候，便有人溜号了。他是其中一个。

他想去一趟书店。这是城市给予他的最后一块乐土，翻检书籍的乐趣能有效地冲消种种烦恼，况且这里还放着他的第一本小说集。书店本来占据着很好的市口，但是现在这儿要修一座人行过街天桥。从图纸上看或日后从直升机上鸟瞰，桥的形状活像一只老王八。这设施让他极不舒服，这条历史遗留下来的狭窄街道成为今天城市的重负。没有人敢拆了它，这条街被称作“犁城第一街”。1958年秋天的一个阴日，毛泽东视察犁城，站在敞篷吉普车上对这条街夹道欢迎的群众挥动着帽子。这个场面已进入历史的相册。但之后的三年里，这个省究竟饿死了多少人，历史却不作统计了。不统计不等于没有这一页历史，人民自己会记着。人民分得清哪些是天灾哪些是人祸。灾难同样需要一座碑。

人行过街天桥正在日夜突击实施，晚报上公布的消息是“五一”前竣工，算是献给本市劳动者的节日礼物。但它更有可能是市长礼服上的一枝玫瑰，今后他便可以宣布：犁城是座现代化的城市，你看，我们也有了过街天桥，我们可以对外开放了。这话绝对不是调侃。去年犁城街上跑起第一批黄色面的，便有人以此大做文章，说这是“向首都看齐，向特区学习”，后来政府首脑在这种舆论的基础上，正式提出了所谓新的战略口号。“近学”什么，“远学”什么，一要“走出去”，二要“请进来”。于是乎一阵风，干部都去沿海特区考察了，没见带来什么经验，倒是抱回了一堆走私内销货。有人站出来批评，说这种远远近近的考察完全是变相公费旅游。而得到的解释是：学习总是需要一笔学费的。尽管这是一笔昂贵的学费，但该交还得交。

他看着眼下这施工的场面，心想过些日子这铁的架构便会被宣布为新犁城八景之一。这如果是条步行街多好。步行街就不现代化吗？

城市的面目像一个橱窗。

忽然听背后有个女声喊他。他转过身，看见一个陌生女人在对着自己微笑，这让他有些局促，他小心地问道：是喊我吗？

陌生女人大方地说：你不认识我。我是韦青的同学，我在她那儿看过一本杂志，上面有你的小说和一张很神气的照片。有一次我们逛街——那是去年的事，她无意中翻到了它。后来她就对我说了你们的以前……

他去旁边的一个摊买了两杯果汁饮料，有些激动地问道：韦青过得好吗？

陌生女人看了他一眼，做出一个“不怎么样”的表情，而且有些夸张。陌生女人说韦青的工作和家庭都不顺心，最糟糕的是孩子怀到七个月，在腹内绕脐窒息而死，剖腹拿了出来。她自己也险些丢了命，陌生女人叹道。

他直感到两腿发软，便靠到一旁的邮筒上。那个瞬间在他脑中沸腾的是韦青剖腹的血腥场面，他仿佛看到躺在产床上的韦青像一条孤单的蚕，正在接受人工的抽丝。韦青蜷伏着，没有一点挣扎的力气，她的脸苍白得像一张旧纸。他听不见韦青孱弱的呼吸声，耳边响彻的声响是那些狰狞的不锈钢器具。

公共汽车到了，他匆匆与陌生女人道别，上了车。这辆车摇摇晃晃慢到了极点。临近火车站还有两站路，车又被红灯拦住。他跳下车，拼命地跑了起来。他要买去上海的车票，越快越好！火车站售票处人头攒动，他气喘吁吁地跑来，塞给一位农村大爷十块钱，让老人帮自己带张票。老人就让他站到队伍里，问小伙子是不是出了急事。他一个劲地点头，说我爱人要生孩子。老人便感叹这是阴阳一层纸，把那十块钱还给了他。他谢了老人，但突然迟疑了。我爱人？他想，是的，我爱人也正怀着身孕，而我现在这么急着去上海看另一个“爱人”，我算什么？韦青的丈夫不是我，不是……

去哪儿？售票员冷漠的声音吓了他一跳。他没有再看这人第二眼，就闪到了一边。他也没有回头，他想此刻刚才那位大爷困惑的目光正打在自己背上，他没有勇气去与之相接。当他疲惫地走回招待所时，他隐约听见了火车出站的汽笛声——那正是开往上海的车次。

这个幻想的画面至今让我心悸不已，一种沉重的负罪感也将伴我终生。与我在街上邂逅的那个陌生女人，没有说明韦青手术的具体时间，于是我时常想到那个死于腹腔里的孩子很有可能是我的！1986 年春末，我曾经给韦青写过一封长信。在这封伤感的信中，我暗示了这种不安。我不知道那个夭折的小生命是怀着怎样的心情拒绝来到这个世上，我这样写道，但他的离去让我悲痛！我甚至感到，割断与这个世界联系的不是他而是我，我苟活于世是一件极不体面的事，然而我还必须苟活。半个月后，信被送回来了，信封上贴着“查无此人”的标签。我怀疑韦青调动了工作，也曾想通过水市她父母那儿再作打听，可一想到自己的情况已非从前，这念头也就慢慢打消了。我已经愧对一个女人，不能再把另一个女人也伤了。这件事给了我警示，想自己也该作一次彻底的反省，和李佳去踏踏实实地过日子。这年夏天，女儿的出生给我带来了新的信心和热情。不久，我们告别了我现在写字的这间屋，迁入了“红门”。单位交给我的是一套六十年代盖的老房子，这实际是阶段性的调配，但在李佳看来却总是严涛风波直接导致的恶果。哺乳期的李佳情绪变得古怪而急躁，几乎没有一天是好脸色。她时常为一点小事与我发生争吵，而我只能忍让。终于在一个下午，争吵达到了升级。

那时我父母双双来犁城伺候李佳的月子，还带了一个农村表妹，这样加上我实际是四个人。我们总想让她母女养得好一些。然而李佳仍还是不满意，不是指责尿布没洗干净就是埋怨奶瓶消毒不够。她说你们可以不重视我，但没有理由不重视这个孩子！这话简直不可理喻，我责备道：不重视来这么多人干吗？来旅游吗？你没见我母亲带了十六包中药吗？说完这话我就生气地离开了，去了招待所的另一间屋。我母亲从我的脸色上知道，我们又吵了，就小心地问：怎么了？我说没什么，孩子闹，一吃奶就好了。我能怎么说呢？我之所以不紧挨着另开一间房，是怕父母听见我们的争吵而难过。就在这时，李佳抱着孩子冲了进来，孩子脸上全是吐出来的奶液，李佳哭着嚷道：你们太狠了！我孩子弄得这么可怜！她又指着我说：你听好了，孩子一满月我们就去离婚！

这是她第一次提到离婚。孩子吐奶本属正常，我实在惊讶李佳为何当着我父母的面如此恶语相加？如今在这离婚后的三年里，我确实也曾想到过复婚，因为这对女儿终归是件好事，但一想到类似上述的情形，我便不寒而栗。我惧怕那阴影笼罩怒气冲霄的家庭生活，我可以放弃温暖，更不奢望爱情，但至少我得求到一份安静。这是我最后的权利。

1986年！

机关和家庭的重负让我喘不过气。我们的“严涛同志”和那年春天同时离开了，但他的春事话题经久不息。严涛自然暂时不能往上走，却也没有因此朝下滑。在经过“批评和自我批评”之后，他又去了省直另一个厅局当了另一个主任。组织部门把这种安排称作“平行移动”。这让我想起那个不晴朗的下午严涛说过的一句话：我相信组织。与严涛共事一年多，听他流利地说过许许多多的废话，唯独这句话俨然像是真理。

没过多久，这个荷尔蒙过剩性生活失调的男人家庭矛盾公开化了，那时大家才知道，原来是他老婆把他举报了。

严涛留下的位子，组织上没有交给金一凡金典同志，而是从水市提拔了一个姓刘的副书记补缺。此人年近六旬，掐头去尾算五十七周岁。我在水市工作时每回去机关卫生所拿药，总看见他撅着屁股在那里打针，一副病的样子。现在这人似乎什么病也没了，整日红光满面像化了妆。这真是怪事。但这个人工作和生活上需要一个“用惯了”的秘书，于是也就把他以前的秘书一并调到了犁城。而这个秘书便是我的中学同学冯维明！三个月后，冯维明又成了我那个处的第三位副处长，我的顶头上司。我现在写到这里，维明当时那貌似谦逊实则春风得意的面容和仪态跃然纸面，栩栩如生。他握住我的手，说希望今后多帮助多支持。我讪笑着，使劲捏了他一把。但我表达的不是祝贺，很长时间过去后，我对维明这么解释道，我当然也不是嫉妒，或许我是希望你珍重吧。官场上从来就是如履薄冰，否则为什么偏叫它机关呢？机关这个词意味着明枪暗箭防不胜防，前途和末路总是混沌难辨暧昧不清。我还能说什么？

——1997 年 11 月 25 日

水市：1987 年 1 月

1986 年底，犁城的冬天出奇地寒冷。他的住房格局怪异，竟没有一间屋朝南。阳光每天下午才能照到屋内的某个角落，那已是疲软的阳光，而且一会儿便溜之大吉。阴冷和潮湿使这套老房子像个地下室，一股霉气总驱之不尽。查阅一下那个时期他所写的手稿，篇末都注明着：写于西窗之下。很多年后，他将其中非小说的文字编成了一本小册子，取名《西窗偶记》。后来他去书店里发现了好几本与“西窗”相关的集子，如《西窗随笔》、《西窗漫话》、《西窗沉思录》等，觉得有些奇怪：作家与这“西窗”似有不解之缘，是否与李商隐那首著名的绝句有关？西窗秉烛无疑还是温馨浪漫的优美图景。但他的西窗只是对那段阴冷时光的纪念。

李佳没有像她所说的那样，“孩子满月后就去离婚”。她疼爱这孩子，为此接连更换了五个保姆。如今孩子已经半岁，怎么看都好玩，她下不了放弃这孩子的决心，于是便把自己全部的爱倾注在女儿身上。李佳的内心仍是苦不堪言、悲观至极。她的怨气也毫无顾忌地写在脸上，委屈却无处诉说。每天晚上她带女儿早早上了床，而他要做的，除了在西窗下另支一张床之外，就是在李佳脚下放上一只热水袋。这对夫妻其实开始了分居。李佳是一个性冷漠者。正是这至关重要的一点，使她内心的苦怨日积月累，无处排遣。他们的爱情从结婚那一天起就彻底死亡了。他们后来花费十年心血来寻求或挽回的爱，实际已是爱的观念与形式，本质的爱早就不复存在。

没有和谐，没有默契，更没有水乳交融和息息相关。一切看上去都是冰冰凉凉的。

对这两个人，每天上班倒成了休息和放松。有一次，他因一项调查去了审计局，便顺道去看看李佳。在走廊上他就听见李佳的笑声，这笑声竟是如此爽朗，如此开心，连他都被感染了。他看见李佳正与几位男同事交谈一宗强奸案，预审员问人犯（那时还不叫犯罪嫌疑人）：生殖

器是从哪儿掏出来的？人犯是个农民，不明白生殖器为何物。预审员便大叫一声：就是鸡巴！李佳欢快的背影让他沮丧无比，他觉得自己来得真不是时候，破坏了这其乐融融的气氛。他们发现了他，其中一个高个儿问道：找谁？

他说我找李佳。大家这才知道他是李佳的丈夫，便热情相待，并说久闻大名拜读大作之类。李佳的脸上还滞留着笑容，说你来得正好，我们处今天聚会，马处长过生日请客，晚上我就不回去了。正说着，被称作马处长的男人进来了，手里抱着两箱苹果，说：你们去办公室领吧，一人一箱，小李这箱我替你领了。李佳谢了副处长，又指着他介绍道：这是我丈夫。马处长就伸过手说：幸会幸会！早就听说小李嫁了个当作家的丈夫，我还是第一次这么近地看一个作家呢！他觉得这话有些阴阳怪气，但面前这个男人的面相倒很憨厚。他递给这人一支烟，这人说不会，说他抽烟是浪费，只有作家们抽烟是激发灵感云云，听得他心里直想笑。于是简单寒暄几句，他就离开了。李佳让他把那箱苹果带走，吩咐说：你放一半到冰箱，另一半这个星期天回去带给我父母。

李佳在人前与在人后判若两人。这天晚上，李佳很迟才回来，明显比以前愉快，还给他捎了一条烟。他竟有点感动。他想或许过去妻子在这个家陷的时间太多了，才使得心情那么灰暗。女儿来得太快，他们几乎没有一天的“二人世界”，所以一切都显得措手不及，日子才过得这么狼狈。那时孩子和保姆都睡了，他想趁这工夫同李佳谈谈心，彼此作些沟通。他们太需要沟通了。他给她倒了杯水，问道：玩得挺好？李佳说局里和一个港商弄了个歌舞厅，去跳了会儿舞，想不到处里几个家伙都跳得不赖，还有会跳“探戈”和“恰恰步”的。他问：老马也能跳？李佳说不会。李佳说你别叫人家老马，人家不过比你大两岁，也是七八届的，最近才提为副处长。人不可貌相，这家伙前途无量呢！他便笑道：我并没有说他相貌如何，更没有贬低人家的意思。当然我也不会羡慕。李佳顿时就不悦了，说你这是吃不到葡萄说葡萄酸。他有些惊讶，觉得妻子根本不该这样来想他。脱离机关是他一贯的念头，人各有志，干吗人人都必须挤在一条官道上呢？他叹了口气，说：李佳，你真不理解我么？我是存心想搞专业的。李佳说：你这专业其实早被时代淘汰了，是个失败的行当；即使有一天你取得成功，也不过是失败中的成功者。他愣了一下，说：你讲的或许不错，问题是我喜欢这个失败的行当，怎么办呢？李佳说：就是因为你一个人喜欢，所以全家人都跟着倒霉。说完，她去洗脚了。

他很难过。他仿佛又看见了当年李佳在火车上夜读陀思妥耶夫斯基的情形。毕业才几年，李佳的观念全变了，变得陌生而令他诧异。现在他意识到这日趋激化的矛盾将不可调和，他和李佳都窥见了来日那片巨大的阴影，将笼罩这个岌岌可危的家庭。这个家庭就像放在桌面上的一只鸡蛋，稍不平衡便会破碎而难以收拾。

这个幻象让他心颤不已！有很多次，这幻象出现在梦中，竟惊出了他一身冷汗。

几天后，他带着这种忧虑乘上了去北京的列车。这已是1986年最后的日子，他去首都出席一个规模空前的青年文学创作会议。他彻夜未眠，一直站在车厢连接处看着外面快速掠过的黑色旷野，很想听见一个声音：你吃橘子吗？

他至今认为十年前的北京之行是个错误。

政府花大把的钱，把全国几百号青年作家召到京城，听了一番语重心长的教训，意义何在当时他就极不明白。写作纯属个人的事，没有什么人能指导这项特殊的劳动，况且想指导的人本身能力就有限。当代文学最大的遗憾是缺少大师。会议召开的前一晚，他们像被押着似的去参加一个“文学晚会”，听一些人乏味虚假地朗诵豪言壮语，是一件莫名其妙的事。倒是其中有一位未出席的表演者，现场放出的一段录音给了他较好的印象，大意是说：不要把什么都推给历史，因为历史是人民创造的。伟大的历史和不伟大的历史都为人民所创造。再说，推给历史又能怎样呢？

北京就是这么个奇怪的地方，一点事会弄得像过节一样，哪怕是寂寞清冷之事。但是两天后，他们听到了中共总书记胡耀邦辞职的消息。可能因为这件真正要紧的事，关于文学的会议便草草收场了。与会代表领到了一些出版社卖不掉的文学书，真带回去的却不多，都在走之前堆到了门外的走廊上，惹得宾馆服务员大发雷霆。若想清除这堆漂亮的垃圾，非需要几辆大卡车不行。

他不适应北京的冬季，干燥得每天淌鼻血，虚火上升导致牙痛喉肿。北京对他永远是陌生的，于是在会议结束的前一天，他便匆匆离开了，于翌日上午返回了犁城。他惦念着在襁褓中的女儿。那天不是个星期日，但李佳没有上班。他走到西窗下听见她正在客厅里接电话，声音不高但充满着热情，她说：你得给我时间，让我想想……这毕竟是件大事。窗外的他顿生疑惑，随之产生了不安。这时，出来晾衣服的邻居老太太见到了他，就喊：你从北京开会回来了？他便支吾着，同时听见屋内的李佳说：他回来了，回头见面再说。显然这个电话是不便让他听见的，可命运偏偏安排他扮演了这个可耻而尴尬的角色，强加的窃听比强加的罪名更让他难受。他走进家，看见李佳已迎过来，她的表情因强制的镇定而变得呆板，她很想表现出若无其事的轻松劲，但那一刻竟很困难。

你没上班？他这样问道。

我也出了趟差，昨晚才到家。李佳一边说着一边削苹果，削得极不利落，地上的断皮厚薄不均。

孩子让保姆抱出去串门了。他洗了把脸，然后坐到李佳对面，他问道：很抱歉，我刚才听见了你的电话。我想知道，你与电话那边的人在商量什么一件我在场不便的大事。你最好别骗我。

李佳一下沉默了，削了一半的苹果也放到了茶几上。她的神色转为沉重的平静。过了片刻，她说了。对方就是那个憨厚而前途无量的马副处长，他们平时相处得很好。老马的家庭一直不正常，这回一道出差，他们谈了好几次，渐渐就有了一种同病相怜。李佳说老马对她很照顾，就是扫地，也顺手把她桌子底下带上一把。李佳说老马和你不一样，是个顾家顾口的人，能给人以安全感。李佳仍忘不了要强调一句：我没有做什么对不起你的事。这话好几年前她也说过，连措辞都一样。不过现在听起来倒不让他产生格外的痛苦了。李佳说得很诚恳，平淡的陈述比事实本身还让人信服。他想李佳公然宣布文学失败了，但她还是善于用文学的眼光去看待别人，去判断问题，因此别的男人扫地带去她桌底下的几片纸屑，足以能把她打动。这个细节后来成为他记忆中的一个亮点。李佳没有做错什么，错的是角色。几年后他在一篇随笔中谈到：老婆情人化是好老婆，情人老婆化是好情人，说的仍是眼光和角色。

他问李佳：眼下怎么办？

李佳有些为难地表明了这样一种态度，她原想私下同老马再接触一阵子，倘若真是那么合得来，便各自离婚然后再行结婚。

他说：这就不必了，你同老马谈开，说我等办了离婚手续之后立即请你们喝酒。

然后他就把电话交到了李佳手上，去邻居家找孩子了。他想明天就带孩子回石镇。

第二天，单位安排我去水市搞一项关于农村改革的调查。我便让石镇的父母赶来犁城，帮助照料女儿。我建议李佳住回娘家，因为这对离婚会有好处。再说，让她离开孩子一个阶段，彼此都适应一下。李佳敢走这一步，对我们都是一种解脱。我没有什么怨恨。只是在一点上我感到困惑。李佳为何不同我争这个人见人爱的女儿呢？哪怕是虚晃一枪也是个交代呀？我想可能是这个孩子把她折磨够了，这孩子确实闹人，不好带。

这次大规模的调查是主任刘新上任后的第一把火。这人试图给沉闷的机关工作带来新的生机，认为不能浮在上面搞研究，待在屋里当参谋，应该走到最基层，下马观花、解剖麻雀。主任刘有一套过硬的基层工作方法，开口闭口说自己文化水平有限，理论一知半解，唯独能联系一点实际。这话让副主任金一凡很不舒服，觉得太有针对性。不讲理论，他金典同志就失去了逻辑性。但是，主任刘的话很缜密，兴调查之风还受到省委负责人的称赞。于是各处室只留了个别体弱多病者，其他人全撤下去了，要求干他三十天，回家正好过春节。

我和冯维明一组，因为我俩都来自水市，情况比较熟悉，就没有多派人。我们计划把水市所辖的六县都跑一遍。冯维明现在不像在水市那会儿那么敏感，要从容一些，但仍是谨慎的。他也不再就我的状况发表意见，很公事公办的样子。去水市的路上他唯一关心的，是胡耀邦之后的中国政治，问我在北京可听到什么传闻。我说不知道。我确实也没听见什么。但是我已明显地感觉到，我和冯维明之间已有了隔膜。他是我的顶头上司，又曾经是我的同学，我们是很好的朋友，这种关系很微妙。在冯维明看来，工作关系大于私交，但又不能因为工作而失掉朋友。所以每回他向我布置什么，都尽可能做到分寸得当滴水不漏。这恰恰给了我一种压力。如果冯维明不是我的朋友，我可以直来直去，不满则言。现在我还得把他理解成副处长，否则便意味着我因嫉妒而不买账了。这让我痛苦，因为它改变了我的某些方式。

行前，我向冯维明提出，可否单独行动？就是说我们与市委的陪同人员一块儿，各跑三个县。这样会摸透一些，他同意了，反正调查提纲是一致的。我又提出我不去石镇，说父母今天到了犁城，已见过面了。冯维明这时大概看出了我的情绪有些不对，问是不是同李佳又吵了。我说孩子太闹，谎称保姆撂了挑子。我又想起他的个人问题，以前听说过他的对象去了澳洲，两人一直在吊着。我问维明，今年会不会把事办了。

他说等对方拿了学位再说。我又问：拿了学位人会回来吗？冯维明便笑了，说腿长在人家身上，这可不是发个文件就能解决的事，走着瞧吧。那一刻我对冯维明其实由衷地敬佩。这个男人既不好色也不多情，在女人问题上如此达观，实属不易。而我正相反，似乎注定一生都会在感情上跌跌撞撞。我是否也该缓口气了？那时我想，等完成这次调查后就与李佳把离婚手续办了，静心写点东西，把女儿带好。我这个人说到底还是自私，自己的欲望高于一切，我这辈子实际是和自己的欲望纠缠不休。我对情感近乎贪婪，但眼下却需要一个真空时期。

这样，我又一次亲近了水市。现在这里就只有小丹了。我给小丹去了电话，约好晚上八点在江边某个地方见面。在我离开水市不久，小丹便与苏建设结婚了，去年初生了个儿子。远远地看她走来，似乎比以前胖了一些，很像个母亲。我从阴影中闪出，吓了她一跳，说这么冷把我叫到这里喝风呀！我说没什么地方好去，不如去江边走走。小丹于是叫了辆三轮车，告诉车快去水市二小，那是她母亲的学校。我们坐上车，小丹就说：到这里就知道打电话了，怎么在犁城一个信儿也没有？我说你老是有我的信儿，苏建设同意吗？小丹说苏建设不是那种心眼多的人，他只要看见老婆还有气便放心去刷牙了。说着，小丹便把手套脱了，把手放到我的掌中，我迟疑地又是紧紧地握着，小丹这才问道：出什么事了？我叹了口气，说待会再说吧。

水市二小坐落在城南的一个坡下，考虑到于阿姨上班较远，学校给了她一间单人宿舍。小丹成家后，这间房子暂时由保姆住着。现在小丹把我领到这儿，倒成了最好的处所。进了门，小丹仔细看着我，说你这脸色怎么灰蒙蒙的？这哪是你的脸呀！我突然涌起一股心酸，眼泪在眼眶里直打转。面对小丹我变得如此脆弱，就像一个受人欺负的孩子回家一头栽到母亲怀里。压抑多年的委屈似乎在那一刻全部喷涌而出，我紧紧抱住小丹，竟说不出一句话！小丹有些慌了，连声问道：你没事吧？你冷静一下，你慢慢说。我还是紧紧抱着她，等待着这痛苦的淡出。过了好长一会，我才坐下来，说：我没事了。

然后便慢慢诉说了和李佳的一切。

小丹很诧异，说你们怎么过成这样？这不是活受罪吗？

我说这的确是活受罪。我们早就该分手了。我刚才的难过，是为我和李佳共同的不幸。离婚对我们都不构成打击，我难过的是我们无端地让命运捉弄了。她嫁任何人都会比嫁我好，我也是一样，哪怕当初娶一位村姑，也不至于弄得这么焦头烂额。

小丹也叹道，早知这样，当初她还不如与苏建设翻掉。如今这弯子绕大了。

我便说：你别这么想，我来看你没有这个意思，这对苏建设也不公平。

小丹责备道：我有这意思！要是没这个儿子我就去找你。你现在这个样子看了让我心烦，让我难过，这样下去你会拖死的！

说着，她也流泪了。一边从箱子里翻出一条新床单换上，又让我同她换了一只干净的被套。小丹说晚上她不回家了，苏建设出差去了南京，儿子由保姆管着。显然她出来时就这么考虑的。小丹说：我们之间这辈子就这样了，要是有一天苏建设知道了，怎么办都行。她说她也从来不去问苏建设什么，据说他和人民医院的一个化验员挺要好。小丹说：我不会成心把这个家搞散，但我也不会屈了自己。

1995 年我去杭州做事，曾把小丹接去过了半个月。有一天逛西湖，我问她把我看作什么人。她说：有时是前夫，有时是旧情人，有时还是表哥一类的角色，说不清楚。她说能说清楚的是几十年爱一个人不容易。

——1997 年 11 月 26 日

似乎有一种感应，那天夜里我写到小丹，第二天一早就接到了她的电话。她说：我爸爸昨天夜里 11 点零 7 分走了。我还是觉得很突然，对小丹说：我现在就动身，你要照顾好你母亲。小丹这时有些难过，说爸爸走时很痛苦，把席梦思都咬烂了一块。小丹哭着叮嘱我开车小心，又说我父母现正往水市赶。

放下电话，我的眼前出现的不是齐叔消瘦的面容，而是这样的背影！

我忘不掉这“件”钢丝背心。一路上这东西总在我眼前晃动着，捆住的却是我这颗长期供血不足的心。这东西齐叔穿了它整整四十年，直到他的身体成为尸体，才得以脱下。齐叔，您不会再穿这东西走进焚尸炉了。我不能允许铁的渣滓弄脏您洁白的骨灰！

我给齐叔撰了一副挽联：

一生清白，老人遗产不过几根白骨，
半世风雨，书生感慨无非一句呻吟。

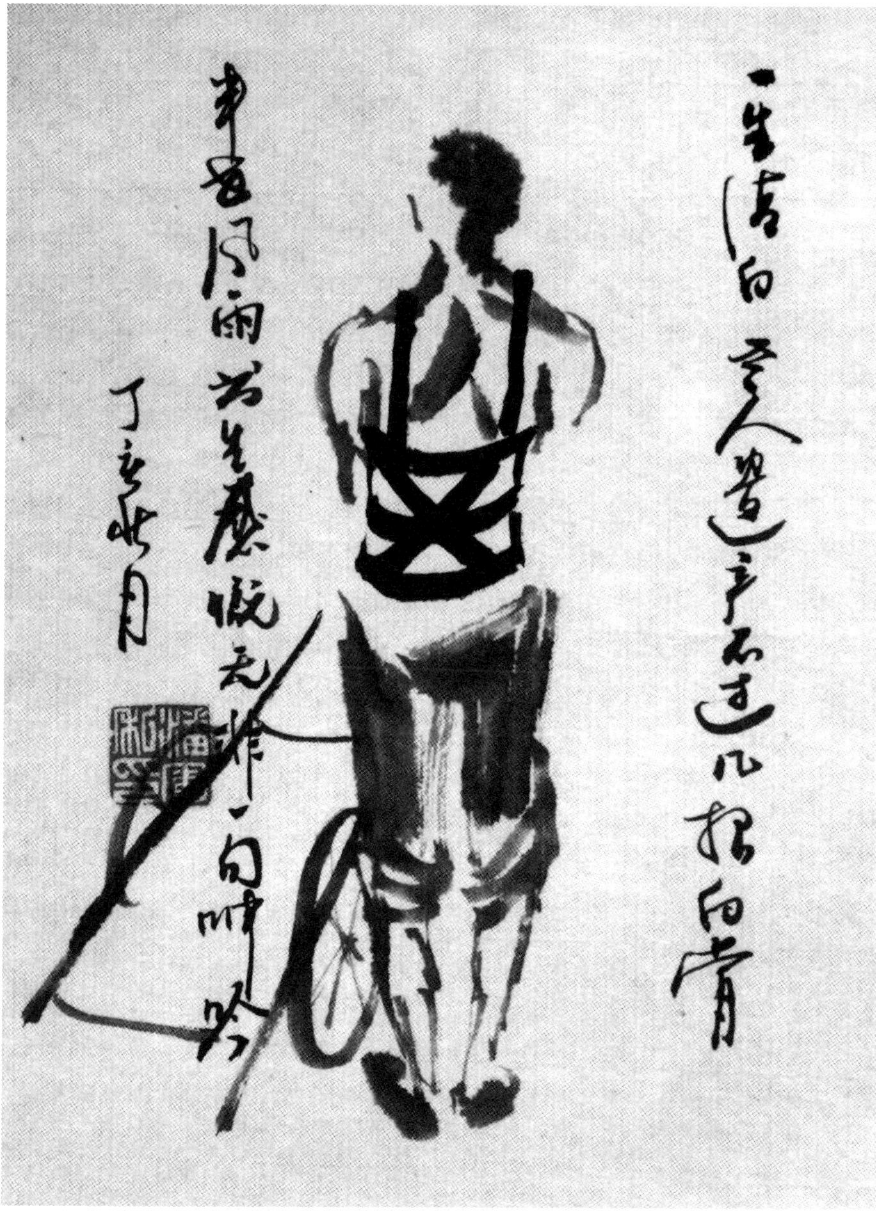

送走齐叔，我母亲担心过度的悲伤会把于阿姨拖垮，便把她接回石镇过一阵子。我则留在齐叔屋里。每天我在他的遗像前点上一支香烟。小丹有时过来陪我，如今我们竟都是四十岁的人了。过去的一幕幕依旧那么清晰，又仿佛被雨水淋湿，回想起来不免几分凄然。眼下又是一个冬季，窗外的叶子已经凋零。这几十年里，有很多的冬季属于我和小丹。尤其是十年前的那个冬天，那是我一生中最阴冷的日子。那天晚上，我才惊恐地发现，自己险些成了一个废人。而我不过三十岁，无论如何都不敢正视这个事实。是小丹疗治了我，使我挣脱了一张恐怖的罗网。我在水市附近的一个月里，只要相距不是太远，小丹都会让我回到那间小屋。她在屋里生了一只火盆，一丝不挂地向我展现着她的胴体。她吻遍了我的全身，直到我慢慢燃烧。她领导着艰难的做爱过程直至被领导。终于在一个大雪纷飞的晚上，我找回了从前的自己。我们几乎是通宵地做爱，展现出生命前所未有的辉煌。1987 年 1 月是我性爱复活的节日。性爱激发了我对生活的热情，那时我渴望的是一切重新开始。但是等我返回犁城后，情况又发生了意外的变化。

李佳三天两头地回来看女儿，并捎回一些菜，对我父母明显地礼貌。显然她没有住在家里，但这种迹象意味着什么我心里大致有数。一天黄昏，我接到了一个陌生女人的电话，对方自称是老马的爱人。她说老马已同她谈了和李佳的情况，她表示理解，并说这都是她平时对老马关心不够造成的，她也有责任。所以她决不会同丈夫离婚的，也希望我能原谅李佳。陌生女人说：他们才相处几天呢？我不信八年的夫妻感情对付不了几回谈心——他们并没有做什么嘛！

让这个女人来开导我岂不荒唐？我告诉李佳并让她转告老马，我需要同他谈一次。第二天李佳回话说马副处长出差了，而且一时回不来。这便很让我瞧不起了，我说：自古男人做事都是敢做敢当的。李佳辩解道：我们并没有做什么！我一下火了起来：你以为我在乎吗？我是真心希望你过得好，我也该释放了！

说实话，李佳在我心中的分量从那一刻起减轻了。我尊重她的选择，但我轻视她的调头，我更痛恨我的窝囊！我为什么不能坚持去离婚呢？是李佳的茫然让我彷徨还是幼小的女儿让我裹足不前？抑或上苍赋予我们的痛苦还显不够？或者我在感情上天生就是一副软骨头？现在看起来这些都是过眼烟云了，我倒是别有一番感慨。人的情感生活，最痛苦的莫过于不和谐的夫妻关系。但这只是一层意思。另一层意义是，最难割舍的也是夫妻之情。有时候，我把这种理解视为天字第一号的恶作剧，因为夫妻只有在离异之后才会去珍视对方。于是我便怀疑这婚姻制度的合理性，我无意去挑剔婚姻法规，我针对的是婚姻这种千年不变的形式。某种意义上，让两个人厮守一世就如同让一个人一生只吃一种食物、穿一件衣裳、读一本书一样地不可思议，尽管道德对此很恼火。

我告别了水市，告别了小丹。三个小时的夜路，到达犁城已是临近十一点的光景了。城市高大的建筑物几乎每个窗口都拉上了帘子，亮着微暗的灯光。这时分，有多少夫妻正在做爱？又有多少夫妻是同床异梦？

——1997 年 12 月 4 日

犁城：1987 年 7 月

李佳是春节后回来的。那时不满周岁的女儿正患病毒性感冒，作为母亲，李佳理所当然地要回到孩子身边。孩子是她出入这个家的特别通行证。李佳不再提及离婚，用她本人的话来说，她当初只是有一种想离的欲望，以为早些让他知道，可以逼他就范，其实很不现实。他想，真正的现实是那个姓马的男人没有离成婚。这个家不过是李佳的退路而并非前途。从这时起他和李佳以孩子为中心内容又生活了几年。后来他把这个阶段称作婚姻假释期。

1987 年，胡耀邦的下台和大兴安岭的火灾，使这个国家格外令人忧虑而焦灼。年初《人民文学》杂志因一篇小说惹起的民族问题风波，也成了人们谈论的话题之一。在机关里，那些每天喝茶看报的人一夜间对文学发生了兴趣，都来向他借阅那一期的《人民文学》。他说：我不订期刊。我对那篇小说也没有兴趣。人们又问：那篇小说问题大么？他说：好的小说从来都与问题无关。他只能这么说。他不会建议他们去接触一个叫博尔赫斯或者福克纳的老人。有意思的是，他关于小说与问题的信口开河传到了金一凡金典同志的耳朵里，于是这人就认为其观点极无逻辑性。有一天，他被金一凡叫去汇报不久前的那次赴水市的农村调查。但他的感觉是，金一凡真正关心的是那一个月中，冯维明向他透露了什么没有。譬如说，调查行动是否有针对性。倘若有，其背景是否来自高层？省委负责人的称赞是随意性的表扬还是倾向性、实质性的支持？金一凡就是这么一个神经过敏的人。胡耀邦执政时期，他曾就本省农村实行联产承包责任制的某些做法，给前者写过一封信，结果胡耀邦作了几句话的批示，这便成了金一凡最大的资本。现在胡耀邦辞职了，他金一凡就觉得一切都变得很不正常，似乎下一个辞职的就轮到他了。这合乎他的逻辑性。

那次他被金一凡连番的暗示弄得头昏脑涨。等谈完“工作”，金一凡便改暗示为明言，说起了“小说与问题”。金一凡认为他的这种观点不对，甚至是错误。小说能不反映问题吗？金一凡说，从“伤痕文学”到“反思文学”再到“改革文学”，有哪些小说不是反映问题的？不反映问题作家谈何社会责任感？他没说什么，因为这又很合乎金一凡的逻辑性。最后，金一凡同志说：只有深刻反映社会问题的小说才会经得起时间考验，为历史所记载。

这时他才说：可能会有另一种文学史会记载另一种小说。那些小说只提供语言和想象。说完，他就离开了。他能感觉到背后的金一凡一定是很不愉快的。但是这没有办法，既然谈到小说，他就需要坦言自己的立场。那一天他的情绪有些黯然，觉得自己从事的这个行当有一种说不出来的甘苦。他获得了写作过程中未知的不断显现的激动，又必须面临作品带来的种种烦恼。文学的愉悦无时不与功名的诱惑对抗着，存在与发展使你在妥协与媚俗的边缘徘徊，有时你就得打出一面白旗。他又想起年初北京的那个“文学晚会”。文学居然与晚会勾搭上了，作家与明星又有何区别？不久以后，文学开始走进了地摊，作家的照片成为畅销杂志的封面，以至一堆无聊小报就能生造出一个著名作家，以至一个电影导演就会捧红一个作家，成为中国文学界最失败的种种风景。

可悲的是他本人有时也是这败坏风景里的一笔无耻颜色。几年后，他只身去了南方，开始了自我放逐的生活。那是一次对家庭和文学界的双重逃离。其策划则始于1987年的夏天。那一天，是女儿周岁的生日。他在沙发上布置了十件东西，让刚刚学步的女儿玩“抓周”的游戏。结果这孩子三次都抓起了一本书。他激动地把女儿高高举过头顶，说：我的女儿！他为拥有这个爱书的女儿骄傲得落泪了。这天晚上，他和李佳有一次长谈。这是一次朋友式的谈话，理智而坦白，自始至终平心静气。过去的事已成为历史，不需要再纠缠谁是谁非。他们看重的是现在和将来。李佳说，我想把孩子带到上小学再离开这个家。她说我现在唯一的寄托就是这个女儿，我信赖的是血缘。我们今后也不必再吵了，想想终有分手的一日，吵就没有意义。他现在觉得，李佳实际上是一个外强中干的女人，对生活极度悲观。这个女人的梦想过早地结束了，余下的便是打发光阴。所以她总是很累，总是睡不够，也总是有发不完的哀怨。人是需要梦想的，人因梦想而活。梦想如同一条横亘于眼前的地平线，你见到了它你就必须接着走。从这个意义上看，存在就是虚无，人生如梦。然而做梦的过程是美丽的，生命本身是美丽的。

他告诉李佳，自己一直在考虑脱离机关甚至脱离文学界。这让李佳有些困惑，她问道：你不是一直爱这行当吗？他说：我爱的是文学，不是文学界。而且我也不会以写作为谋生手段。写作难以谋生。李佳说：写作怎么不能谋生呢？以你的才华，如果你写一些贴近生活的东西，写一些符合形势的东西，你一辈子会过得很好。然后李佳就列举了本省的几个人，说这些人的功力和感觉都远不及你，却比你来得实惠，什么都捞到了。他说：我本来就没想过靠写作来捞取什么，我只是喜欢。李佳说：你这人太固执了，我倒是希望你变得实际一些。你混好了，对女儿将来会很有用。你至少能养得起这个孩子。

他说，如果想赚钱，应该用赚钱的方式，比如做生意、炒股票。他说写作是看家本领，人不能拿看家本领去开玩笑，就像一个化妆师不宜去开美容院。

李佳便反问道：什么叫看家？看家就是养家。如果当初你听我一句话，我们会走到这步田地吗？

那时我的想法其实很简单。我想挣钱对我来说不应该是件十分困难的事。我设想做广告生意，设想为电视台制作栏目，设想过开一家书店。这些都是能挣钱的手段，而且我力所能及。我对文学界的失望在两个方面：其一是我不满现行的衙门化体制，说起某个作协主席是厅局级待遇，我就以为是一句笑话。我印象中，全世界只有苏联和朝鲜有类似中国的这种作协体制。我也不主张靠政府来养一些专业作家，这种雇佣关系会使作家和作品都变得十分尴尬。所谓职业作家，国外一般指的是那种靠卖文为生的专栏作家和靠畅销书发财的写手。政府的钱，应该针对性地发放给那些能够写作的人，而不是养一堆以文学为名义的机关。因为有与行政级别看齐的待遇，文学界便不安宁，丑闻迭出自然最平常不过。其二是我厌恶这个“界”庸俗不堪的学风，完全丧失了最起码的职业道德和学科标准，剩下的不过是乌合之众的欺行霸市与肉麻吹捧。

所以我必须彻底与之断绝关系。1992 年，在我决定去南方之前，我先辞去了在省作协的全部职务。我觉得我应该有另一种生活。

和李佳交谈的第二天晚上，我又去了城南的那家啤酒屋。我从女老板嘴里得知海南将要建省的消息，说邓小平要把海南岛建成中国最大的经济特区。年轻的女老板现在对学潮已经没有了兴趣，已在超前考虑将去海南岛投资的项目。她说想在那里开一家玻璃店，因为海南要开发，首先必须是房地产，而盖房子是离不开玻璃的。女老板显得信心十足。但她的情绪并没有怎么感染我，让我惊讶的是她的胆识与眼光。这个女人顶多二十三岁，却能对世事作出如此敏捷的反应，且又不是文化人惯有的那种海阔天空，不简单。可是我突然转移了话题，很唐突地问道：赚钱是不是很有趣？女老板愣了一下，然后很沉着地答道：这要看你的欲望了。一种人赚钱是需要钱，另一种人是为赚钱而赚钱。我是第一种人。我需要钱买房子买车养老，我还需要钱办我想办的时装公司，需要钱出国旅游。我的乐趣是在赚到钱之后，不管大家怎么说，我还是相信，没有钱是万万不能的。钱甚至能帮你买回公道。

说到这里，她便有些激动，拿起我的烟点了一支。她告诉我她叫林之冰。名字有点怪怪的，又有点老气横秋。林之冰说我们其实是校友，她在校团委办公室还看见过当年我为学校挣来的那张大学生会演的奖状。林之冰闭口不提学潮那档子事，只说过去仿佛一个梦。这个梦结束了，她便开始去做别的梦。

那天夜里我和林之冰聊得很晚。因为是周末啤酒屋的生意比较清淡，这倒有点奇怪。林之冰说，犁城的男人一到周末都会在家陪老婆，而恋人这一夜的处所必定远离灯光。这一说，我们倒笑了。林之冰突然问道：你是不是离婚了？

我反问道：你看像吗？

林之冰说：我算不准你是否离婚，但我敢断言你的婚姻不如意。从你第一次来，我就注意到了。

我起身告辞，说：你认为婚姻有如意的吗？

我和林之冰就这么认识了。现在我仔细回忆那个周末之夜，觉得双方最后的话语都有些暧昧。林之冰不是那种靠眉目神情打动我的女人，不是那种看在眼里拔不出来的女人，她属于那种谈得来的朋友。投机相洽的话语是我们交往的前提。我和林之冰的关系从一开始定位就十分准确。我们都不信任婚姻，都觉得彼此可以成为患难之交但不会成为终身伴侣。林之冰后来说，我们都是以自我为中心的人，这种人永远只能做朋友。因为我们是异性，所以成为情人便是一件很自然的事了。

关于情人与妻子（或丈夫）的描述，最为精彩的话语出自李佳。有一次，那是我们离异后的第二年，我与她散步路过林之冰从前开过的那家啤酒屋。李佳问我有何感慨。我说林之冰给我最为深刻的印象是通情达理。李佳便嘲笑道：情人大都这样。情人看见的是孔雀的正面，孔雀开屏能不美吗？而老婆却绕到了背后，看见的只是脏屁眼。

李佳说，我们真是太冤了。如果我们是情人，我脑中就不会层出不穷那些油瓶忘了盖呀，水开了懒得冲呀，多开一盏灯浪费电呀这种破事了。情人吃饭嘴一抹走了，老婆却要收拾一桌子脏碗。老天对我们最大的不公，是让我们莫名其妙地夫妻一场。

那些年我们过得很不容易。虽说一些事谈开了，但我们仍不能理智地对待每一天。两个人有一个孩子，每天需要面对着，需要共同应付日常生活，还需要做出和好如初的姿态向外界展示。我们在等待着。李佳等待着女儿长大，我等待着李佳下一步的安排妥当——无论她作何选择，我都为她祝福。对李佳，我永远感到歉疚，因为她是我女儿的母亲。我们在彼此投下的阴影里度过的那些时光是人生最值得留恋的时光，是另一种的青春作证。一个男人不能给自己的妻子带来幸福，怎么看都是一种无能。我时常这么检讨着，李佳或许也有类似的自责。正是基于这一点，我们都尽量避免再去伤害对方。我们甚至强作欢颜去取悦对方，那种苦衷只有当事人才能体味。那些日子，两个人全部的欢笑都是虚伪的，愁苦却很真诚。这些愁苦让我想起我们仍是法定的夫妻。我们于愁苦中等待着一场玩笑的结束……

——1997 年 12 月 5 日

为了减少和李佳的正面接触，他决定着手写一部长篇小说。写作的时间自然是晚上，地点却挪到了机关办公室。李佳也希望这样安排，她担心的是被动吸烟会不利于孩子的健康。于是每晚《新闻联播》后，他提上一瓶开水，带上一盒风油精，去办公室了。办公室与住所同在一座大院内，当中只有一堵墙和一道岗。他想每晚可以写到十二点甚至下一点，回家后李佳正在熟睡中。翌日早晨李佳又会先他一步出门去赶班车。这样，每天他们的见面时间便只剩了两顿饭的工夫。

1987 年的夏天可谓酷暑难熬。白天城市的最高气温一直在摄氏三十八度居高不下。夜晚无风，驱不散的闷热使空气中充满了煤油味。他打着赤膊在电扇下仍是汗流不止，于是就在脚下放了一盆凉水。他把双脚浸泡在凉水中，几小时下来，这水也热了，他又换上一盆。然而稿子却写得十分顺手。望着渐渐厚起的稿纸，他有一种说不出的开心。那时他觉得写作真是一门好手艺，最重的烦恼也敌不过一杆笔。他想起一个外国佬说过的一句名言：最伟大的东西都是管子制成的，比如枪、男性生殖器和我们手中的笔。三件东西他拥有两件，他不能不开心。但是他也偶尔生出一点悲哀来，他不明白李佳为什么就敌视这门手艺。李佳，我的要求其实并不高。他这么感叹着，我需要的不过是一张桌子，每天让我在上面伏两小时就足够了。

这天晚上，冯维明来了。看见他这副挥汗如雨的样子，冯维明便生出了几分羡慕。这羡慕看起来是由衷的，他就觉得有些奇怪。冯维明不是那种浅薄之人，决不会因为他在事业上成了点气候就一改过去的态度。他注意到冯维明近来显得憔悴，但不知道这人什么地方不顺心。

冯维明看了他的几页稿子，又点了一支烟，说：做自己想做的事，苦中有乐，至少心灵是自由的。这方面看，我便远不及你了。如果我当初坚持去搞西班牙语——不，这还不一样，因为我最终放弃它根本还是在于失去了兴趣。有时候我也想过，我究竟对什么有兴趣？你以为我看重仕途？不是的。仕途之乐在于治国齐家平天下，我们天天做的什么？

他着实感到意外，冯维明竟会有这番感慨！他印象中的这个冯维明历来是从容不迫的，面前从来就没有什么坎坷。冯维明眼下是不是遇到了什么麻烦？于是他问道：出什么事了？

冯维明说：会有什么事呢？我只是感到特别的累。主任又住院了，我刚从那儿回来。他的儿子女儿躲得远远的，我却要每天跑三趟。我父亲去年病故，我连回去奔丧都迟了一步……

说着，冯维明的眼睛湿润了。冯维明说父亲临终前还惦着他的婚事，说苦撑了这么久还是没有见到第三代人。冯维明这个晚上是来等澳洲的电话的，可是一直等到十二点，电话铃没有响。冯维明便不想再等，怕耽误明天一早去医院照看主任。临走，冯维明还说：不好意思，影响你写东西了。他说：维明，我们是朋友。人一生最终剩下的就只是朋友。父母要死，儿女要另立门户，老婆离开不过是迟早问题。

这一刻，他们都有些激动。

那时天空刚刚布起雨幕，城市仿佛凝固的热浪开始化解。他立在窗口，等待着冯维明的身影从视野中通过。可是冯维明没有出现。他想冯维明可能换了一条道。那是一条弯道，两旁生长着葱郁的樟树，每天清晨老干部们喜欢在那儿练习养身拳脚，一边听着新闻和报纸摘要的广播节目。现在，这个首脑大院在淅淅沥沥的雨声中显得格外的寂静而空旷。他却有些孤独，不想去找回几小时前掐断的思绪。这时，电话铃响了！他以为是澳洲打来的电话，便抓起话筒，听到的竟是那个女老板林之冰的声音。

林之冰说啤酒屋刚刚打烊，就随手拨了这个电话，想看看他可在。林之冰知道他近期在写一个长篇。

林之冰问：还想写吗？

他说今晚他几乎没写什么，和一个朋友叙旧刚结束。

林之冰说：要是你不太疲倦，就过来坐会儿吧。

我到的时候，林之冰正在收拾自己的小东西。我便感到，今晚我们可能会去另一个地方。于是关于性爱的欲念自然地生出。虽然林之冰说店里值更的伙计在场谈话不方便，但我仍理解为一种托辞。所以上出租车的时候，我故意扶了她一把。她光润的肌肤让我非常惬意。

果然，去的地方就是林之冰的寓所。那是犁城最早的一批公寓楼。林之冰在最高的一层租了一个小套。进来时，值班的老头用狐疑的目光打量着我。林之冰便给他一包烟，请他帮我们开了电梯。我的尴尬在电梯里达到了极点。后来这便成了林的笑料，说我骨子里还是个好男人，居然还知道脸红。

林的屋子陈设很简单，但布置得颇有情调。她对花布有特殊的癖好，几乎所有的东西都离不开花布的装饰与点缀。孤立地看，那都是些俗气的图案，没有变形，色彩也十分浓艳。但是集中到一块便出现了意外的效果，明亮的色块传达出生动活泼的气息，俗到了极端便不再是俗。这种安排非常吻合主人的气质。很多年后，当我鬼使神差地做起服装生意，一次去浙江柯桥的面料市场考察，蓦然想到了当初林在犁城的这间房子。那天我跑了很多店面，终于在一家极不起眼的小店里找到了这种印花的面料。主人向我抖开这花布时，林的形象便在那个瞬间清晰地出现了。然而我只买回了一小段。随行人员自然不理解我的心思。后来我把这段布制成了一幅床罩和两只枕头套。于是这之后的许多不眠之夜，我独自重温了与林在一起的日子。那个时期，我因生意屡屡受挫生活得沮丧不堪（我将在小说第二部中提及），是这富有朝气和生命力的图案给了我亲切的抚慰。

和林之冰的接触就像在听一首轻松的古典乐曲，照亮没有紧张的感觉。开始我们是坐在凉台上喝茶，处在这么高的位置，在这么深的雨夜，很快就有了凉爽。林的所作所为都非常磊落。她说好些日子没见我去啤酒屋，总觉得有点儿失落，突然就很想见我。你可以坐晚一点吗？林说。

我说：你不介意，我可以陪你一宿。

很明显，我有些闪烁其词，其中透着男人固有的狡黠。但我的行动又使适才的言辞变得十分可笑，我拉过林的手，从后面搂住了她的身体。

我的手从林的腰间向上滑动着，最后停在她结实的乳房上。林扭过脸吻着我的颈项，我们逐渐开始接吻。接着林说：去洗澡吧。

这是我有生第一次和一个女人共同沐浴，也是第一次在喷淋的水帘中做爱。林的身体丰润爽洁像一条鱼。林就是一条活泼会呻吟的鱼。后来我将这条鱼抱到花丛中。我们并排躺着，仿佛置身于一个花花世界。林亲昵地告诉我说，你很棒。林说她几天前就在设想今夜的情景，就把我想象得很棒了。林起身给我重新沏了杯茶，又拿起指甲钳来给我剪趾甲。这时她发现我的双脚很浮肿，问是怎么回事。我说是在冷水里浸泡久了的缘故，

不是病。林于是就有些心疼，叹道：我若做你老婆，是不会让你受这份罪的。但是我这种人天生不是个老婆料，我做不了任何人的老婆。

林之冰实际上是一个柔情的女人。在以后的相处中，我越发觉得最该去当老婆的就是她这种类型的人。但我没有道出这感受，我害怕因为这种观念而改变两个人的角色，使问题复杂化。虽然我同李佳的婚姻已没有前途，但我不能明火执仗公然与某个女人同居。犁城不大，我不想把事情弄得沸沸扬扬。林之冰自然也不希望出现这种难堪的局面，那时她只对我提出一项要求，她说：我唯一不能容忍的，是你从另一个女人的床上回到我这张床上。以后她又进一步声明道：如果有一天你们夫妻和好如初，或者你又爱上了别人，我们就不需要再见面了。我希望你在给我感情的同时也捎上我的尊严。

那天晚上我们谈了一宿。黎明时，我们又开始做爱——其过程十分地漫长。林在高潮临近的前夕将灯熄灭，她骑在我的身上不停地摇晃着，肆无忌惮的呻吟让我无比兴奋，我觉得我会把她杀了，剧烈的挺进带来痛不欲生的快感，我们几乎是在同一秒钟迎接了高潮。

然而这个早晨后来让我很尴尬。离开林之冰的寓所，我匆匆赶回“红门”，正好碰上等候班车的李佳。那会儿我的头发还没有干。李佳平静地看着我，什么也没说。我倒是心虚地支吾了几句，问今天该买什么菜。李佳说：你看着办吧。

女人是奇怪的。敏感的李佳一眼看出我在这个城市有外遇，心理上突然就不能平衡了。李佳视我为一本过期的刊物，她看完了或者不想再看了，可以随便扔到某个角落，但她不允许别人把它拾起来掸掸灰尘，更不允许招呼不打就拿走。直到今天，她还是这种心态。昨天她过来看装修的进度，顺便把这个月的长话费单据交给我。依据当初口头协议，凡长话费均由我支付，她只管市话费用，当然她也不打长途电话。费用每月都是她先垫付，等我回来一并结清。这本是件正常的事，但她从另外的角度作出解释，她说：你给远方的某个女人挂了几百块的长途，却由我这个前妻垫付交费，能让我平衡吗？

我于是赶紧交给她一张活期存折了事。我想我这辈子都要面对这种不平衡了。1994 年我在回答南方一家妇女杂志的提问时，曾谈到这种状态。我说女性往往是不平衡的，除去与生俱来的某些不平等的因素，还在于在婚姻这一特殊人际形式中，女性无论是事实上还是假想中，大都自觉地把承担的一切看作了牺牲。如果我们承认这一点，实际表明婚姻从诞生之日起就失去了合理性。失败的婚姻在于不明智的索取，在没有血缘关系的基础索取远远高过血亲的情感，并绝对地霸占到底，这是连神也办不到的事。

——1997 年 12 月 7 日

犁城：1988年4月

犁城春暖花开的时节，一位满面红光的人却悄然谢世，讣告上标明：享年六十岁。倘若这人还健在，就只能算五十八岁了。谁也没有料到主任刘这么痛快地走了，当消息传到机关时，他还以为是恶作剧。但是不久冯维明证实了这一点。

主任刘是去年底转院去上海的。转院的理由却不是因为病情加重或恶化，而是犁城医院的设备受到限制。没有人怀疑这一说法的真伪，但人们普遍认为去上海治病绝对是个错误，因为今年上海突然爆炸了一颗称作甲肝的“原子弹”，三十万人受到威胁，整个华东极度恐慌。而主任刘就是死于肝病，且祖籍又是浙江沿海地区，他在治疗期间是否也吃毛蚶了？

这时候，金一凡金典同志要站出来说话了。作为现在主持机关日常工作的负责人，他有责任对死者的病因作必要的说明。他说主任患的是肝癌，而肝癌是不会一夜爆发的，况且是晚期肝癌。金一凡的意思实际是说，一年前主任刘从水市调来时就是个癌病患者，这一点被组织部门考察时忽略了。可选拔的干部很多，为什么偏偏要挑一个病人？金一凡的暗示很有用，没过几天，机关内部便有人对死去的主任刘大加演绎了，说主任刘总是找熟悉的大夫上门看病，是隐瞒；说主任刘每天上班要喝一杯酒弄得红光满面，是伪装；说主任刘当初向组织部门提供的病历档案纯属捏造，目的就是力争搭上这最后一班车。

这些话传到耳里，他似信非信。他想起在水市机关的卫生所里见的那个刘副书记，总是撅着屁股打针的情景。那是一种什么针呢？是止痛的还是麻醉的？肝癌是疼痛的病，这个人忍耐了多久？他又想到了冯维明。如今主任刘说走就走了，撂下了“用惯了”的冯维明，后者无形中便成了众矢之的。机关内部的人历来不欢迎这种外来户，也历来轻视靠给领导倒水拎包上来的干部。可是，冯维明又做错了什么？如果说他真的有错，那就是他没有算到主任刘这么快会死。冯维明这一枪的确没有打准。尽管现在冯维明格外地小心谨慎，但其所承受的压力丝毫没有减轻。而且祸不单行，从迹象上看，他同还在澳洲的对象关系完全断了。那个女人至少有近半年的时间没有来过一封信和一个电话。

于是他想今晚约冯维明一块吃顿饭聊聊。没想到下班前办公室发生了一件不愉快的事，以致他当众摔了一只茶杯。

是晚报送达的时候，处长那鞠躬尽瘁的背影突然跳动了，像发现新大陆似的宣布道：这儿有一条关于治疗癌症的新型疗法叫热疗，既不同于化疗也不同于放疗，你们看看！大家便抢着看报纸。处长一边踱步一边说：我们的刘主任走早了。这第一把火还没烧完呢！人呐，光急着搭车不行，还得想着替自己加油。冯处长，你同意我的观点吗？

冯维明看了处长一眼，又埋头做自己的事了。他看见冯维明整个脖子都红了。他看不下去，猛地把茶杯摔到了地上，处长吓了一跳，其他人也都吃惊地回过头。

他说：人都死了，再这么数落不觉得无耻吗？

处长有些惊慌失措，说：你怎么这样说话？

他说：我就这样说了，就说你这人无耻，怎么的？你敢把我从窗口扔下楼吗？

冯维明连忙过来拉住他。他甩开冯维明的手，指着处长的脸说：什么东西，老刘在位时你一天至少跑五趟！

说完他就走了。

苍茫暮色中城市露出夜的嘴脸。虚伪的灯光下只有这个橱窗神气活现地展示着春天。那时他就站在这些时髦美丽的木偶面前，等待着沮丧的冯维明。他想此刻冯维明一定是在同处长替自己作最和气的解释，说他文人气质太重，讲话没有分寸，如此等等。而那个鞠躬尽瘁的背影也会自动下台阶，做出他妈的大人不计小人过的姿态，说：年轻人嘛！然后第二天一早肯定会去向金一凡同志诉苦，说自己无辜受辱，组织上不能视而不见。他甚至会一口咬定下午的事与冯维明有关，他们是同学，又都是水市来的，他们就是在搞小圈子。

不多时，冯维明来了。后来他们就去了老街的一家小酒楼。他记得有一回冯维明说过，这条街很像水市的墨子巷。现在他们坐在楼上临街的窗边，天色转暗，沿街便亮起了小摊小贩卖烧烤、炸串子的灯火。犁城的小贩是不轻易吆喝的，他们大都是国有企业的职工，业余搞点外快以补贴生活。

喝过一杯酒，冯维明说明天想回石镇小住半月。一来他想休息，二来弟弟“五一”结婚，如今父亲不在了，他得出面帮着张罗。接着冯维明谈到了澳洲的女友，说两人的关系彻底结束了，对方刚刚嫁给一个外国老头，几乎可以做她的爷爷。我不怪她，冯维明说，都是为了生存，我只是有点懊悔，当初不该放她出去。这事在我意料之中，不像主任的死。我要是料到今天这个结果，我是不会急着往犁城调的。

他说：官场上都是身不由己。你打算怎么办呢？

冯维明说其实想通了也没什么大不了的，谁也未必敢对我怎么样。我厌烦的是那种无形的东西，压得你喘不过气。

他感叹道：你我有一点是共同的，都是孬种。你是一门心思走这条路了，那就不该有什么牢骚，因为是你自己的选择。我呢，不想赖在这机关里，却又没有勇气把饭碗砸了，搞得不伦不类，和尚不像和尚，道士不像道士。实际上吃饭并不是难事，比如说我们也在这街上支一个摊子，敢吗？不敢。为什么不敢？我们当然可以找出一百条理由，其实最根本的一条我们还没有说出来，那就是我们太拿自己当人了。

这个晚上他本想和冯维明去林之冰的啤酒屋接着聊，但因后者要去向金一凡告假，就在酒楼前分手了。于是他独自沿着这条老街向南而去。他手里拿着一本著名的文学期刊，这是昨天邮局才到的，上面登载着他的那部长篇。杂志社很重视这部作品，除用三分之二的篇幅一期载完，还配发了他的创作谈和约写的评论，并在封二上发表了他的近影与小传，这几乎成了他个人的专号。他自然有些得意，也自然要送一本给林之冰。尽管他们的交往是若即若离，但他感到离开这个女人将是一件困难的事。然而走在这条街上，他突然想到了韦青！

他清晰地记起在墨子巷与韦青不期而遇的那个微雨之夜，韦青撩开雨帽的手势栩栩如生。

他又想起在新华书店前碰见的那个陌生女人，她提到韦青逛街时买了一本载有他小说和照片的刊物。接着，他在想象中见到了那具已经完全成形的婴儿，突然张开了一只小手……

他为之一颤！

1988年4月13日第七届全国人大第一次会议，审议并通过了国务院关于设立海南省的议案，划定海南岛为海南经济特区。这无疑是那个春天最为亮丽的消息。它至少冲淡了人们对甲肝驱之不散的恐慌，也使“蛇口风波”黯然失色。所谓“蛇口风波”不过是所谓青年教育家的当众出丑，本是一件可笑的事，再闹便是无聊了。海南建省唤起了大陆人对岛屿的向往。当年深圳成为特区，人们没有反应过来，甚至很多人还不知道有深圳这个地方，把圳念成了“川”。当深圳的魅力动人地展现而出时，去就只剩下花钱旅游了。人们自然不肯再错过这个机会，一时间“下海”成为最流行的词汇。

那天晚上我去啤酒屋，几乎一屋子的人都在谈论下海。有一个戴眼镜的青年男子，正在向林之冰等人介绍着海口。这人刚从海口回来，海南省政府挂牌那一天他在现场，并说和许士杰梁湘握了手。他虽然有些夸夸其谈，但谈吐很具诱惑。我注意到林之冰的情绪特别兴奋，眼睛明亮，两颊绯红。我和她接触了这么久，似乎这时才发现她的美丽。这应该是个错误的感觉。林没有注意到我，而我也不想介入到他们中间去。我想我当时可能会有一种失落感，有一种类似两代人的隔膜。手里这本新鲜的期刊已被我握出了汗，我有点后悔带来这东西。就在准备离开时，那个平时值更看店的伙计端给了我一杯啤酒，并喊了我一声老师。林之冰这才发现我，走过来说：我正想给你打电话呢。一起听听？余强刚从海南飞回来。

余强就是那位眼镜了，我想。但我仍不想和他们挤在一块。我说：你们聊吧，我是路过，进来看看你就行了。然后便喝了两口啤酒，往门口走去。我低声告诉林，晚上我不过去了，孩子正感冒。林拿过那本期刊，随手翻了翻说：是给我的吗？我正好晚上看。我说今晚你就别看了，快想想你的玻璃店吧。这话一经说出，我便有些心酸。我好像已经看见了林向我道别的情形，这只是迟早的事。这提前预告的分手折磨着我，其痛楚不亚于癌病患者接到最后的诊断书。那个晚上我躺在西窗之下想了很多事，半夜里爬起来打算把这些都记在纸上，却又找不出头绪。后来我就画了一堆几何模型，越画越精细，但我不知道这个由几何形状构成的空间是否就是我的情感世界。

事隔多年再次面对这奇异的图景，我还是深感困惑。但我为它表现出的宁静与和谐怦然心动，我仿佛从日益喧嚣的世界中挣脱而出，等待着一声长吁。

——1997 年 12 月 8 日

第二天上班他迟到了。刚落座，同事便告诉他，说金主任让他马上去一趟。他琢磨肯定是说昨天同处长的那点破事。处长现在不知去哪儿了，他那鞠躬尽瘁的背影一消失，窗户便明亮了许多。

他走到金一凡的门口，看见里面已经坐了好几个人，其中一个是电视台的什么导演，曾与他合作过一部反映洪水灾难的专题片，事后却克扣了他近一半的稿费。于是他说：我一会再来。

金一凡摆摆纤细的手说：就等你了，快坐吧。

他有些茫然地坐到那几个人一起，那位导演主动伸过手说：还记得我吗？他干笑着，心想肯定因为什么事又要同电视台搞到一块了。电视台差不多都是白痴，又都是牛皮哄哄，中国的好记者是拿笔的，不会扛着机器到处向人索红包。

金一凡同志清清嗓子，开始讲话了。角色调整使他说话的风格与语气也相应改变，他现在不大注意逻辑性了，喜欢东扯西拉随手拈来。喜欢这个那个的没完没了。总之，他已经不再是从前那个金一凡了，或者说是另一个版本的金典。现在我们的金典同志说：今年是十一届三中全会的十周年，这是个盛大的节日，宣传部、电视台的同志打算与我们联合制作一部大型电视专题片，好事嘛！回顾这光辉的十年，我们省是值得骄傲的，山重水复，柳暗花明，有许多值得一表。但我认为，应该强调的是我们的农村改革，可谓敢为天下先，走在全国的前列。十年辛苦不寻常呐同志们，但我们走过来了，告别了贫穷，黄鹤一去不复返……当然啰，这是我个人的意见。具体怎么搞，一要听省委省政府的，二要各位集思广益，三要下去摸点情况，四要敢于探索，总之，要搞好。

金一凡喝了口水，指了指他说：既然人家点将，我不能不支持。你把处里的工作移交一下，全身心投入。你最近在创作上有进步，很好，前些日子我在报纸上看到你的长篇小说目录，虽然没有来得及看，但能在那样的杂志上发表，说明具有一定的水平。这回大家很信任你，让你担任总撰稿，要认真对待，更要谦虚。另外在理论上要补补课，回头我给你推荐几本书。

当天下午，他便临时住到电视台包的房间去了。导演这回十分殷勤，因为他指望这部片子获得职称晋升。宣传部派来的两个人拎来了一大捆材料，说他们不知道专题片怎么做，他们只能当当参谋和助手。那时他对这件事并没上心，想最后的结果无非让呆板的材料来点文学化，像个说明词罢了。所以他建议，不妨先下去跑一圈。大家认为很好，导演摩拳擦掌地说事不宜迟，最好明天就走，台里给这个组配了专车，很方便。但他说不行。我还有点事要处理，他说：过了“五一”吧。他倒不是故意要拿那导演一把。他想现在要紧的是和林之冰认真谈一次。他摆脱不了昨夜林的那张激动的脸，就像雨后的虹一样奔放。

于是他给林打了呼机留言：黄昏我去花房见你。

他是有意留言而不与林直接通话。他不想听到林兴奋的声音，希望在自己到来之前林预先进入情人角色，暂时把南方的鼓舞收起来。后来的事实证明，林之冰完全领会了他企图表达的意思。黄昏不久来临，他骑车去了林的寓所。林的门虚掩着，他换了拖鞋，关好门，就向卧室走去，接着就见到了这幅如此绚丽的图景。

这是条美人鱼。一条刚要从蓝色的海洋里跳到花圃中的美人鱼。他的手从这条鱼身上一寸一寸地移过。鱼仿佛沉睡，仿佛陶醉于这花园的香沁之中。现在，鱼醒了。鱼慢慢脱去男人的衣服，鱼慢慢坐到男人身上，鱼抚摸着男人雄起的性器，再引导它进入自己微热湿润的体内，几秒钟后，鱼开始回归大海。鱼不断跃出海面去呼吸着咸腥的空气，鱼在挣扎，鱼的嘴贪婪地吞着浪卷起的泡沫。当窗台上最后一缕晚霞消失之际，鱼的呻吟便成了夜晚最新鲜的消息。

那一夜，他们谈了很久。

虽然半年前的约定是那么清醒理智，但面对即将到来的分手，他们仍怀有切不断的忧伤与悲痛。这无奈的离别近乎残忍，可是，又有什么力量能制止并改变这个结果呢？林之冰说她已打算把犁城的啤酒屋盘出去，这间屋子下半年的租金她也不打算再交了。林说：我现在对这个城市的怀念，就是你了。

他握着林的手，说：海南刚刚建省挂牌，那还是块不毛之地，不能再等一阵子吗？

林之冰说：这些她都想到了。她说她毕竟是和那些打工挣钱的不一样，她这几年开啤酒屋有点积累，去南边重要的是找机会，也不会吃多大的苦。林之冰问道：你想过陪我去吗？

他说：我想过。昨天晚上我想了一宿。但我一时下不了决心，辞职和女儿都让我迈不开这一步。我知道，这个时候你其实最需要我在你身边，至少有个人好商量事，睡觉也用不着害怕……

林之冰拭去眼泪说：你不用内疚。人生就是无奈，很多事都是可遇而不可求。我是学数学的，我记得初中二年级几何上到圆这一节，讲到两个圆的相切，共有的只是一个切点。我想我们就是这两个圆，各有各的天空。虽然我们仅仅拥有这一个点，其实这已经很够了，真的很够了。问题是，我在这个点上陷得太深了，就觉得特别难……

说到这儿，林之冰一头跑进了卫生间，对着马桶呕吐起来，吐出的全是稠稠的酸液。他轻轻拍着林的背，然后再次从后面搂住了她。

1988年5月3日，我随电视台的采访车去了乡下。按照预先拟定的提纲，我们打算去不同特点的几个地方实地考察。这次的乡村之行让我想起一年前的那次调查，从某种意义上，我已经把它理解成调查的继续。我对这个农业省份有一种复杂的情怀。这里既有率先包产到户日后成为中国农村改革圣地的样板，也有至今穷得叮当响一味靠政府救济的村落。这块并不富饶的大地曾经燃起联产承包责任制的星星之火，但又因土地的重负与新兴的商品经济失之交臂。我对这块土地的感慨一言难尽。当我们返回犁城已是6月上旬，没过几天，中央电视台播出了六集电视专题片《河殇》。我记得这部片子播到第四集时，金一凡同志亲自给我挂了一个电话，他说：你看《河殇》了吗？你看看人家是怎么搞的，思路开阔，很有气势，我觉得你们要借鉴人家的经验，把东西搞得有感染力一些。

《河殇》很快热遍了全国。电视台的那个导演急得团团转，说自己倒霉，慢了一步。我感到奇怪，这怎么叫慢了一步呢？我们并不是在作一篇同题作文。我当然明白这个人是痴迷于《河殇》这种形式，其实《河殇》里说的那些事，我敢起誓绝大部分他不懂。我是搞这一行的，我都有些不知所云。我既不懂马克思，也不懂费尔巴哈。我不懂“黄色文明”，也不懂“蓝色文明”，但我知道黄色文明绝不是指黄河、黄土和黄皮肤，因为日本人的皮肤也是黄的，塞纳河和密西西比河也没有一夜间变蓝。时至今日，我脑中的《河殇》仍是一位叫张家声的演员的优美悦耳的解说。我喜欢这个人特有的音质、天才的节奏感以及平实的语气。一部《河殇》给我留下的印象是奇异的：解说词大于画面，而解说则大于解说词。

电视台现在的观点很明确，就是希望我们搞出一个类似《河殇》的东西。我便有些作难了。其一是我不具备这种能力，我不过是一个写小说的，我重视的是想象而非思辨，追求的是叙述而非哲理。其二是原先我们想搞的片子，若嵌入类似《河殇》的框架很困难，至少是生硬的。这一路上，我们几个人大致找到了一条思路，就是立足于脚下这块土地做文章。在当代中国，这是一块最先觉醒也最先复苏的土地，其历史地位不容置疑。在这个前提下我们进入反思，指出土地对人造成的心理钳制，指出承包受益后的农民安于现状，甚至滋生出惰性而不敢把自己从土地中解放出来，投身到商品经济洪流中去。然后进而指出：历史的骄傲与荣耀假如不正确对待，便会成为今天的重负，农村改革若不深化便会在自然经济形态里兜圈子。正是在这个意义上，我们纪念十一届三中全会十周年。这也是我们作为创作者最朴素的责任感，因为我们不希望这个省在外界眼中永远是“洪水灾害”，我们试图作一次呼吁。于是我对电视台的人说：与其作空泛的感叹，不如发一声实在的呐喊。我只能这样去写。我没有一点咄咄逼人的意思，但我确实做好了抽身的准备。总之，我不会干东施效颦这类蠢事。电视台最后只好让步，说不干预，但坚持要在这部名为《面对黄土》的专题片中插入一些权威人士的实况采访。我想在他们眼中，这是《河殇》值得借鉴的特色之一。

那个夏天我便着手做这件事了。五集专题片写起来其实不费事，我等于连分镜头本都写了，电视台的导演不过是照上面找素材带而已。但我不想这么快写好，因为我实在是讨厌回机关坐班。这儿的食宿条件相当不错，我每天只是象征性地写那么一会，然后就回家带孩子去了。女儿刚过两岁，正是好玩的阶段。那时她最大的爱好是四壁涂鸦，特别喜欢画一种古怪的图案。

有一天，我的一位从事现代陶瓷与现代剪纸艺术的朋友来访，看到墙上这些图便夸赞说：这孩子不简单。朋友说他绝无讨好之意，接着他轻声说道：这孩子很忧郁。我着实吃了一惊，这图案怎么会“忧郁”呢？朋友说：你看这线条，没有一笔是果敢的，非常重又非常柔，拖笔如此之长，像思绪愁肠一般。你女儿不认生，声音又洪亮，却画出这样的笔触，你这当爹的不该好好想想？

我开始相信这位朋友不是危言耸听。那个下午我被这些图案折磨得很苦。我带着女儿，和她玩拼图游戏。我凝视着这孩子的一举一动，心里充满了苍凉与内疚。这个活泼可爱的生命，偏偏是我和李佳创造的。从她诞生的那天起，我们三个人就从未睡到过一张床上！这个图案一直萦绕在我纷乱的脑海，以后每次我离家远行，它都呈现在我的视野中，像一只脱线的风筝，像挂在天空上的一串放大了的省略号。几年后，当我和李佳最终商量出眼下这种“换防”制时，我深层的依据便是这个图案。

现在，十二岁的女儿来练琴了。放琴的屋子是先装修完工的，只剩下油漆工序。女儿如今不再画了，她对练琴其实也是心不在焉。可我还想对她作更多的要求，我甚至憎恨她那只硕大的书包。有时我也劝李佳，不要对女儿管束太琐碎，也不要把女儿全部的时间填满，多给她一些自由。李佳强调的是社会竞争激烈，她得为女儿将来的前途着想。我说，她的前途就是自由舒展像鸟一样快乐。这是人类最美丽的前途。女儿弹奏的是杜舍克的 G 大调回旋曲，这是她去年考级时的作业。每次练琴她喜欢以这支曲子作前奏热身。我也喜欢，这的确是支优美而轻快的旋律。它让我想起日出和山间流水，想起纷扬的柳絮和拱桥的倒影。后来，我又想起上次回来她对我所说的一段话。那次我们谈到将来去国外读学位的话题。女儿说，她既不想去美国姑姑那儿，也不打算去澳洲大姨那儿。我想去日本的早稻田，她这样说道，我讨厌日本，但我实在是喜欢早稻田这个名字。

——1997 年 12 月 10 日

犁城：1988年12月

孤傲的林之冰是在那年秋天的一个下午离开犁城的。当时他正在电视台的机房合成这部《面对黄土》，根据画面的节奏调整解说词的长度，制作已接近尾声。林之冰的电话打到了隔壁的办公室，接电话的是那个导演，他刚从厕所出来。导演这些日子实际是四处闲逛，片子他已插不上手，但这个人的宝押在这部片子上，所以以监工自居十分自然。导演说：他正在工作。说着就把电话撂了。过了一会，林之冰的电话又来了，这回她先说有急事，并说：我是他爱人。导演便不敢再怠慢，去机房叫他。他以为就是李佳的电话，拿起话筒才知道是林之冰。

林之冰说她本不想打这个电话。

他立刻意识到林要走了，就问：你现在在哪儿？

林之冰没有说，但他从话筒里听见了一阵尖锐的飞机引擎声。他说：你在机场吗？我马上过去！

林之冰说：你别来了，我马上就要登机了。林的声音突然哽咽，她说：别忘了我亲爱的！

然后她就挂断了电话。

他像掉进了一口枯井，眼前突然就黑了。那一秒钟他相信是真正的失明！他匆匆跑到街上拦住一辆出租车直奔机场方向。他想飞机有可能误点，有可能正在排除一次地面故障，他一定会赶到机场的。林已经通过了安检，但候机厅是透明的，四壁都是玻璃，他可以见到她！

林，你不是去南方开一个玻璃店吗？那就先让我们隔着玻璃道别吧！

当出租车刚刚拐上通往机场的高速公路时，由犁城飞往羊城的麦道82型飞机正呼啸着拔地而起。他叫停车，惆怅的目光追随着飞机，看它穿过云层，直至从视野中完全消失。在那个阳光不肯久留的秋日下午，他心头最后的一片叶子落了。他单薄的肢体就像路边的一棵丑陋的杨树，在北风中抖瑟着。他不禁想起很久以前的雨浓和几年前离别的韦青，无常的命运竟把相似的遭遇赐给了自己。一种近乎悲怆的忧伤缠绕着他许多年，他曾经想躲避、想疏远这种情绪，现在他开始热爱它了。他想能够证明生命的，便是这悲怆的忧伤。很多年后，他时常这么假想着，他会走在一条林中小径上，夕阳把他佝偻的身影拉得很长。那时他会独自咀嚼这份凝重苦涩的感觉，去找回从前梦中的脚印。

那个下午后来他去了原先的啤酒屋。现在它已是个茶楼了，崭新的装修很醒目。人事全非让他怅然若有所失，但他还是想进去安静地坐上一会，去感受那离人留下的气息。然而就在他推开玻璃门的那一霎，他看见了李佳的侧影。李佳正和一个清秀的男人在喝茶，看上去已坐很久了。这意外的情形顿时让他起了慌乱，他自然没有进去。后来一路上他都在努力想那个男人，总觉得在哪儿见过却怎么也记不起来。那是一张陌生而熟悉的白脸，显示着持有者的温和与懦弱。

李佳回来得很晚。见他在家，她感到有些意外，因为这段日子他都住在电视台包下的宾馆里。李佳问：孩子睡了吗？他说刚睡，保姆也刚睡。李佳就没有再问，去卫生间洗脸了。这会儿工夫，他给她灌了只热水袋，塞在被窝里。李佳进门时，他觉得她的气色明显转好了，但仍然很怕冷。这屋子本来就寒。这个晚上他原想和李佳认真谈一次。分居这么久了，这么拖下去终归不是个办法。他们都还年轻，熬是没有前途的。但是女儿还小，李佳这个时候是不会撇下孩子的——也许是一年前的匆忙过失，使她变得格外疼惜这个孩子而不肯撒手，她越来越像一个称职的母亲了。李佳要把孩子带大，可是孩子有带大的一天吗？《宪法》的依据公民是年满十八周岁的成人……李佳似乎已经习惯了眼下的这种生活，似乎守住这个孩子就守住了一切，她再次从一个极端跳到另一个极端。

让他更诧异的是，这个不满二十六岁的女人如今竟不存有一丝虚荣心。她从来没有觉得自己生活里有值得向人炫耀的方面，就像任何事情都不能引起她的兴趣。时间过去很久以后，连她本人也承认了这个事实，那时她说：我是一个乏味的女人。生活给予我的除了一堆责任，就只有女儿这仅此一点的乐趣。

1988 年秋天的这个夜晚，他最终还是离开了寒舍西窗下的床榻，去了机关办公室。他想或许林之冰会有电话打过来，同时查看一下近期的信件。那部长篇小说给他带来了一些好运气，这段时间他收到了许多读者来信和一些杂志社的约稿。这让他感到了少许的快乐，心情好的时候，他甚至有点沾沾自喜——一个人偶有沾沾自喜并不是件容易事。后来他就将这些信一一读了，这时发现报纸底下放有一包香烟和两包喜糖。他想机关最近又有谁结婚了。然而几天后他才得知，结婚者就是冯维明！他委实吃了一惊，这个冯维明居然不显山不显水地把这件大事给办了。半年前他还在等澳洲的电话呢。接着他进一步知道，冯维明的新娘是省里一位要人的女儿。他们是在上海华山医院认识的，当时这位未来的新娘正准备接受卵巢摘除手术。

大约是电视专题片做完的第二天，冯维明约我去犁城西郊的柏树岭。那天他要了一部伏尔加车，由他本人驾驶，他还带了一支崭新的小口径步枪，说这是体委的某个人送他的结婚礼物，他今天是第一次使用。我

便问了句：那人怎么知道你喜欢玩枪呢？冯维明说想知道的自然就知道了。我侧过脸看着冯维明，他久违的英气总算露出了一些端倪。很自然，我想到了多年前我们去石镇大成湖上的那次游猎，冯维明一枪穿透了那只白鸟颈项的血腥场面还是那么清晰。

然而这一次他打得很糟糕。他几乎是乱打一气，清脆的枪声自小洼里传出，惊飞了一群群的灰褐色小鸟和同样是灰褐色的野兔。我倒是刻意地瞄准，幻想着弹无虚发，结果当然是一一落空。我天生不是玩枪的料，我这样说道，我还是玩笔吧。所幸的是它们都是管子做的。冯维明说：谁又是天生玩枪的料呢？我吗？我其实是练出来的。他这才露了一手，对准一株枯树上停立的一只乌鸦，抬手就是一枪，乌鸦应声落地。然后我们就向那枯树边上走去，冯维明一脚将刚才击毙的黑鸟踢到了一边。

冯维明似乎不想再走了，我们便停在这枯柏边上，开始喝随身带来的水——那时市面上还没有矿泉水，我们背了一只军用的水壶。我抽的烟还是冯维明的喜烟，我记得牌子是香港产的那种红双喜。

冯维明一直看着我，说：你干吗不问我几句？

我心下顿了顿，说：一切都办妥了，问什么呢？问怎么这么快？这么突然？

冯维明说：你难道不想问问，凭什么要娶这个连月经都没有的女人当老婆？

我完全没有料到冯维明会想出这种质问。虽然我能感觉到他在这一刻心里很沉重，但我还是故意做出轻松自如的样子，我说：别人怎么看不重要，你爱她就行了。

冯维明说：爱就那么重要吗？我当初一门心思地爱着澳洲的那个女孩，她不照样嫁给了一个老头？再说，你爱李佳吗？李佳爱你吗？你们不是也生了个漂亮的女儿？

我被这一梭子扫晕了。在我印象里，冯维明从来没有像这么尖锐也这么坦率地表露过心思。我突然变得有点害怕他了。

冯维明重重叹了口气，说：你不知道我这一年里过着什么日子。主任一死，我好像成了孤儿，整天替人受过似的四处赔不是。我做错过一件事吗？金一凡这狗娘养的对我指手画脚，我怎么挠也挠不到他的痒处。

你知道那回你对处长摔了个杯子惹了多大麻烦？如果不是电视台搞这部片子，他想在中间露脸，他会整死你的。

我打断他说：这我不怕。

冯维明越发激动地说：可我怕！我从水市到犁城是真正的举目无亲，我怕人算计，怕穿小鞋，我已经走上了这条路，无法退，不像你拿香烟皮写文章都可以换钱的。我必须稳稳地站住，只能进不能退！我父亲尸骨未寒，我老娘的医药费报销一拖就是三个月，我弟弟结婚，女方家庭一改前言突然提出要彩礼，这在以前可能吗？

那次，冯维明点上烟接着说，你这边摔完杯子，处长便去找金一凡告状了。我知道你是在替我打抱不平，我总不能眼睁睁地看着你倒霉呀？那时我就下定决心怎么干了。我在楼梯上截住了金一凡，我一边作解释一边暗示我和现在的岳父的特殊关系——我说虽然在上海很辛苦，但也有所收获，我说我开始相信缘分了，就这些吧。金一凡是个聪明人，他自然听出了这弦外之音。我们在小酒楼分手后，我立刻去了女方家，而且我很坦白地说，我唯一能保证的是一辈子善待你，别人怎么看我不管，说我是因为你父亲向你求婚我也一样理解，因为这是事实的一部分，承认不承认它都存在。我老婆当时还很感动，说这样对我不公平。我说关于生育的问题我慎重考虑过了，就是按封建的说法，我还有个弟弟嘛！如果说我对我老婆有爱，那就是从那一霎产生的。我好像是被自己的行为感动了，我分明在利用这个家庭、利用这个女人，是赤裸裸的交易，但我突然意识到这个没有卵巢的姑娘其实很善良，她同样也需要公平……

冯维明无法再说下去，眼泪大颗地往下掉。我已经受到了感染并开始同情他。那一天我又一次正视了人生的艰难，同时掂出了友谊的分量。我甚至在反省自己以前对冯维明的种种挑剔与轻视，从中也找到了自己的浅薄。我也由衷地祝福冯维明能像他所保证的那样，善待他的老婆。我相信他们有爱。生活有时会弄得人不知所措。正如美丽的爱情大都以悲剧结束，不高尚的开始也有可能带来最后的幸福，尽管多数是出现在文艺作品里。我和冯维明的故事还将延续到这部小说的第二部《蓝色》——1990 年，冯维明随岳父一家举迁海南岛。两年后，我成为他小家庭里款待的第一位来自大陆的客人。那时他已是政府某个部门的处长了。他们夫妇抱养了一个女孩，竟和我女儿长得有几分相像。在我和冯维明开怀畅饮时，那孩子在一旁唱着“小燕子，穿花衣”，勾起了我对远方的女儿的无限眷恋……

——1997 年 12 月 12 日

你现在看到的是五集电视专题片《面对黄土》的第一个镜头。我从一摞素材带中找到了这片田野以及那座竖立在田野尽头的老牌坊。这个镜头也是片头字幕的衬景。那时与画面同步出现的雄浑的交响乐，我记得最先出现的是一支长号的独奏，它似乎是代表我们清了一下嗓子，紧接着我们便说话了。我们说了真话，说实话，也说了许多煽情和貌似哲理的话。但没有说一句假话，当然我们也说了不少忧伤沉痛的话，因为我们不想呻吟而是想呐喊。缺乏学识使我们不能高谈阔论，但良知不允许我们信口开河。能证明我们的是广大观众的呼声，当这部片子首播之后的半个月内，电视台收到的观众来信已达三千多封，成为有史以来收视率最高的节目。

片子播出后的效果他始料不及，这时他忽然觉得累了。就像翻过一道岭似的，途中他非但不觉得疲惫还感到兴奋，累是后来的事。看来干什么都全靠一口气撑着，连做爱也一样辛苦。这个下午他原想沉沉地睡上一觉，结果刚躺下，机关办公室打来了电话，说金主任让他立刻去一趟。他不知道金一凡是什么时候回到机关的，几个月前他去北京参加了一个理论辅导班，探讨国际大循环理论和农村的产业结构调整。但他知道金一凡目前仍然是主持工作的副主任。机关这一点没有部队好，部队副就是副正就是正，机关却都成了正职。从来没听说过谁把刘部长喊成刘副部长，而王副处长总会让陌生人感到是王处长。机关就是这么怪。

多日不见，我们的金一凡金典同志明显臃肿也明显严肃了。当时副主任金正戴着老花眼镜在研读上一期的广播电视报，那是《面对黄土》的专号，除了第一版的消息和节目预告，二、三、四版全文发表了解说词。他突然觉得这个空间的气氛不对，似有一种阴森潜伏着。于是他轻轻咳了声，表示自己来了。

金一凡挥了一下纤细的手，说你过来。接着秀气的食指使按到一版的某个位置上。金一凡严肃地说：这上面说邀请了某某单位的同志，这同志就是你，你能代表这个单位吗？前几天电视上也是这么说的，我听得一清二楚。

他愣了一下，原来就为这事。但他没看出消息措词上有什么不妥，于是他解释道：这上面讲的是某某单位的同志，对其他单位的人也是这么个提法，并不表示我代表单位，只是说明我是这个单位的人。不是吗？

金一凡生气地站起来：给大家造成的印象就是你在代表本单位，很不好！已经有好几个同志向我反映过的，你这是什么意思？

他没有料到儒雅的金典同志如此逻辑性，而且面目如此可憎。他的口气也硬了，他说：如果我是运动员去参加奥运会，轮到我出场广播里就会宣布，下面出场的是中国的某某，难道谁还认为我是赵紫阳？就算这个提法让人误解，那也是电视台的事，与我何干？我什么意思？现在我明确告诉你——我不仅不想私自代表这个单位，我连是这个单位的人都不想!

这时门边和门外走廊上已站了不少人，却没有谁进来劝止。金一凡下不了台，便命令道：你必须写检讨!

他冷笑道：我不会写检讨。我会写一份申请，请你高抬贵手开除我，越快越好!我是吃五谷杂粮长大的，不是吓大的，你以为你是谁呀?

金一凡拍案说：我是主任!

他把门用力一掼：副的!

当夜他就着手写辞职报告。这东西十分好写，他特地选用了毛笔。他写下八个字：

厌倦机关，要求辞职!

那时分窗外正飘着犁城这一年的初雪。在他记忆里，犁城的这片天空从来没有落过如此美丽也如此壮观的雪!他凝视着这白色的精灵，感到心情无比舒畅。在多年后的一个夜晚，他于梦中与这场雪再度重逢，融为了一体……

冯维明是很迟才知道他与金一凡闹僵的。争执发生时，冯维明正在医院陪老婆进行身体复查。现在冯维明赶来了，二话没说先撕了他的辞职报告。冯维明说：你辞职干什么?辞职就是你自己的事了。

他说：我自己的事又怎么样呢?我倒应该感谢金一凡，对我这种优柔寡断的人，作任何选择都得由人在背后踹上一脚。

冯维明质问道：你是不是想证明他金一凡这一脚很有力?你是堂堂的国家干部，不是他金一凡家中的伙计。你不违纪犯法，他能对你怎么的?他敢对你怎么的?再说这件事错不在于你，金一凡整个就是荒谬，你干吗要赌这口气呢?即使要走，也不该挑这个时辰!

冯维明最终还是说服了我。但我决意离开机关是无法改变了。一年后，我由机关调入到作家协会，从事专业创作。关于这次调动，某种意义带有发配的性质，但感谢上帝，我实在是求之不得。从水市到犁城，我在机关前后呆了八年之久。这漫长厌倦的一页却带给了我莫大的荣誉感，因为当初我是怎样进去的最后还是那样地出来，除了政府普调的工资有所增加，我可以自豪地宣布我一尘不染。那八年我问心无愧！在一些人看来，这是一份失败的履历。这一点也不错，甚至精辟，但我要说的是，这无疑是幸运的失败。

我还想补充一点金一凡金典同志的故事。我毫不隐讳我的观点：在我接触的大大小小的官员中，此人最为卑鄙也最为可怜，因为他在卖人的同时也展览了自己。1989 年夏天，当《河殇》受到批判时，在一次座谈会上，金一凡金典同志高兴地说：我认为，《面对黄土》就是我省的《河殇》。这部片子从头到尾散发着对农村改革的怀疑情绪，企图动摇“大包干”的历史地位，该不该批？

据我所知，金一凡之所以对此事耿耿于怀，根本原因不是记恨于我——他这位副厅级的干部自然不会把我当成对手，而是在于：当初这部专题片中没有安排他这个理论权威实况访谈，这不符合逻辑性。其实原先计划中有他，只是那会儿他人在北京学习，也就删除了。另一个更为深层的原因，是这个人长期以来自视农村改革的有功之臣，尽管那时他再也不提胡耀邦在他的信上作过批示。

但是很遗憾，金一凡金典同志的倡议没有得到与会者的响应。因为大家隐约知道，当初这部片子的终审权不是电视台也不是宣传部，而是直送了省委常委。

往事如烟，不知不觉这部小说的第一部已走向了它的结尾。可我的思绪还部分停留在那个记忆犹新的冬天。那年圣诞节的前夕，我意外地收到了韦青寄自美国洛杉矶的贺卡，那上面还是那样一句话——

一个人的时候，过去与你相伴。

一个人。最自由的是一个人，最孤独的也是一个人。最快乐的是一个人，最忧伤的也是一个人。一个人会孤芳自赏，一个人也会顾影自怜。一个人最无所顾忌，一个人也最惊魂落魄，一个人的时候最渴望有人与你耳鬓厮磨，一个人的时候也最厌烦听见另外的鼾声。最小的是一个人，最大的也是一个人。

对一个人，我还需要多少感慨？

北京的电话一小时前来了。那部关于南方与岛屿的长篇电视剧已通

过了终审，现已转入紧张的筹备阶段。制片人希望我尽快飞去，力争在春节前开机。我在北京的工作计划大致已排到2000年，但我不喜欢在那里度过冬季。在我心目中，北京不是我这条船最后的停泊地。

我的房子已装修完工，我现在需要把这把崭新的钥匙交到李佳手上。可这个家怎么看着像宾馆呢？

今天是 1997 年 12 月 15 日，犁城下着雨。我倾听着这淅沥的雨声，写完《独白与手势》第一部最后的文字。我会在放松的时候去写作它的第二部《蓝》，那是关于我在南方之南那个岛屿上的叙述。我还需要说明的，我只是这部小说的作者而并非故事中的主角，第一人称的叙述是我的钟爱。但我也坦白地承认，故事发展的线索与我的履历有关——这是由于我的胆怯造成的，因为脱离了我熟悉的历史我便有些不知所措。我熟悉的是我决不会忘记的。于是最为讨巧的做法是让故事的主角与我结伴而行。我们相依为命地度过了一百个不眠之夜，但我们很难成为朋友。我甚至不太喜欢这个由我一手炮制的男人，在我看来，他的一意孤行有时显得不可思议，但我十分羡慕他拥有不断的艳遇。我们最终还是分道扬镳了，这我一点不埋怨，他有他的路，语言使他身轻若燕。我唯一要做的便是目送他远去的背影。

现在这人已经来到了犁城的那条街上。这是临近子夜的时刻，街上人迹稀疏，冷雨纷纷扬扬。这个人手里打着一把黑色的雨伞，走在窄窄的人行道上，偶尔有机车自他边上掠过。他的步伐仍嫌迟疑，可以说有点茫然。我后悔没有把他车成一个盲者，使之神情与步履达到和谐。但他分明看见了雨夜的天空中飘动着千姿百态的手势——那都是女人优美的手，正传达着关于生命与宿命的话语。

男人专注地倾听着，把伞从左手换到了右手。这个动作让他想起三十年前的那个秋雨之夜，在一个叫石镇的地方，一个十岁的男孩企图用一把黄色油布伞去抵挡呼啸的弹雨，以保护另一个也是十岁的女孩。那一夜，男孩把害怕与哭泣的权利让给了女孩，但他一点不后悔。男孩那时最大的渴望是快快长到十八岁，以为这样便可以直起腰杆做人了，伞下便不再有恐惧与羞涩。这是个生就一副浪漫骨头的男孩，三十年后他又开始相信用手会捧起一捧水。他认为凡手能捧住的水是最纯净的，也永远不会干涸。

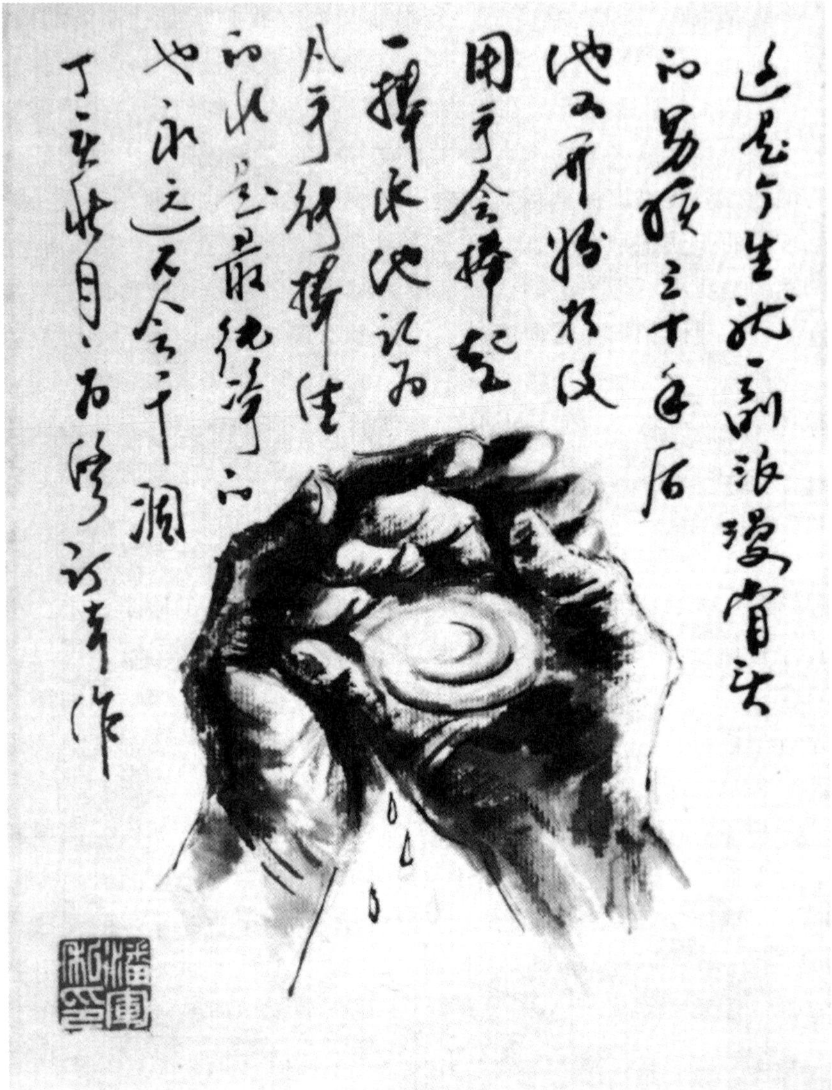

1999 年 3 月 3 日写毕于北京—合肥

2007 年 7 月 15 日，修订于北京

（连载于《作家》1999 年第 7—12 期）

附　录：

《独白与手势·白》初版后记

这部书最初想写它的时间是1993年夏天，其时我在海口。我的小说写作，一般都是源于叙事形式的冲动，尤其是长篇。我需要首先找到一种与内容相对应的形式。换句话说，我是因为怎么写的激动才会产生写什么的欲望的。

然而在当时的情况下，这仍是一个较朦胧的想法，我无法腾出一大块完整的时间来写这部不短的东西，况且还将涉及大量的图画部分。我知道我要写的可能是一部有趣的小说，但就叙事而言，又无疑是一次冒险。于是就这么搁下了，一搁就是五年。直到1997年2月，我重返海口拍摄《大陆人》，脑中才又泛起要写这本书的念头，并且我已有了书名：独白与手势。

去年秋天，我在北京拍摄《对话》，人民文学出版社的刘海虹女士向我组稿。我便谈了这本书的设想，她立刻就有了浓厚的兴趣，并希望我尽早完成它。这样，在《对话》做后期的时候，我于一个雨天的后半夜开始写《独白与手势》的第一个句子。但在完成五万字之后，我感到我要写的还不是一本书，而是三本。我想等这三本书写完，这个世纪也就过去了，算是一个交代吧。

《独白与手势》第一部《白》，由《作家》杂志1999年7—12期连载发表。这份具有广泛影响的文学期刊发表长篇尚属首次，我感谢主编宗仁发先生对它的钟爱与支持。人民文学出版社对这本书予以重视，责编刘海虹女士和负责审定此稿的高贤均先生，从一开始就投入了很大的精力，他们的关心令我难忘。

我事先没有料到，本书的图画部分要耗去我绝不亚于写字的气力。我需要拍大量的照片，还需要画出一些。因为我的劳动不是为这本书寻找几幅插图，我要寻找的是构成小说叙事的另一个层面。

现在，我刚写完《独白与手势》的第二部《蓝》，还将继续第三部《红》的写作。我写得还算轻松，但也很累，因为某种意义上，我和书中的那个男人一样忍受着持久的心灵磨难，尽管这不是回忆录。我不免生出几分惶恐，好像这种真切的体验会惹出意外的麻烦。这让我想起欧内斯特·海明威的一个著名短篇《印第安人营地》。临盆的产妇经过长时间的挣扎活了下来，而她的丈夫却因无法忍受死亡气息的折磨，割断喉管自行解脱了。于是年幼的尼克问父亲：死难不难？

他父亲说：死是很容易的。

潘　军

1999 年 8 月 16 日　北京

《独白与手势》（修订版）自序

《独白与手势》之《白》、《蓝》、《红》三部曲，写于1999年前后，第一卷《白》和第三卷《红》，首发刊物是《作家》杂志。第二卷《蓝》则是由《小说家》刊出。之后由人民文学出版社2000年和2001年统一出版。毫无疑问，这是我的一部重要作品，也是我在小说形式上的一次冒险——我把图画引进了文本——这些图画不再是传统意义上的插图，而是构成了小说叙事的另一个层面。因此，《独白与手势》应该是一个复合的文本，由文字和图画共同构成。图、文之间是互动的。无论今天还是以后，别人怎么看，作为作者，我对这种尝试迄今依旧是怀有几分激动。

之所以需要进行一次全面修订，基于以下三个原因。首先，由于当时的我漂泊不定，居无定所，写的和画的都显得比较急就，我本人需要进行一次修订，包括文字和图画两个部分。其次，当初由于出版技术上的局限，使本书的“图画部分”没有达到预期的效果，这是很觉遗憾的，几乎成了我的一块心病。再次，是初版的印数较少，一些热心的读者很难买到，我在网上经常看见他们求购的消息，有的还直接写信向我索书。因此，事隔六年之后，我完成了这次全面的修订，交文化艺术出版社重新出版。修订本的面貌将焕然一新。

这次修订工程不小，除了对文字部分进行修改之外，更重要的是，对全书的“图画部分”作了彻底的更新，统一换成了水墨，使之形式上得到和谐。读者现在看到的书中图画，绝大多数都是这次的新作。

以前看过这本书的一些读者，常常有一种误解，很容易把这本书看作我本人的准回忆录。这是不确切的。第一人称的叙事可能是导致这种判断的一个原因，另一个原因，我必须承认，这本书也确实打上了我个人履历的印记。但这只是一种故事背景的颜色，我要写的，是一个男人三十年的情感心路历程，以及这个人在这三十年里心灵磨难与煎熬。还有读者给我写信，询问为什么这本书取名为《独白与手势》？说实话，当初取这个名字，我没有怎么多想，只觉得这是一个不错的名字，用它命名一部长篇小说很合适。等书的第一卷《白》写完之后，我忽然有了别样的理解。我愿意把“独白”看成文字，可以把“手势”看作图画；或者，“独白”是倾诉，是言说；“手势”则是比画，难以言说。说的，和难以言说的，就是《独白与手势》。

初版是分别以三个单行本陆续出版的，这次，我接受了责任编辑李世跃先生的建议，把三册合为一卷。

是为序。

潘　军

2007 年 10 月　北京寓所

潘军文集

第伍卷

长篇小说卷

文化艺術出版社
Culture and Art Publishing House

| 世纪之交（2000年春，合肥）

北京作品研讨会（2000年5月）

在西沙（2005年10月）

在北京书房（2006年10月）

在黄山脚下（2011年夏）

丨与潘萌在大峡谷（2012年1月）

丨《独白与手势》插图

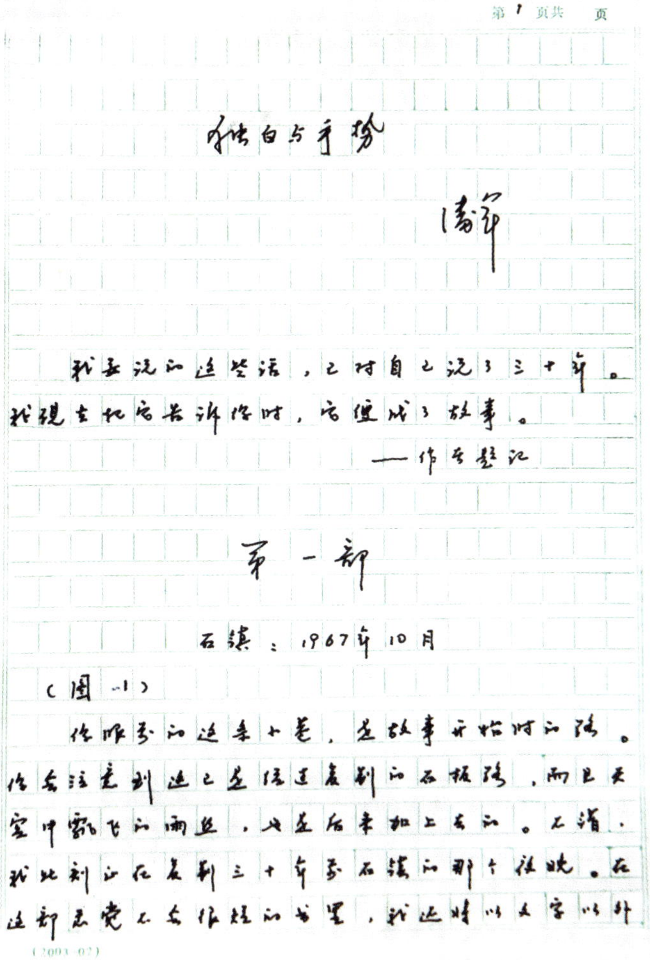

第 1 页共　页

独白与手势

潘军

我要说的这些话，已对自己说了三十年。我现在把它告诉你时，它便成了故事。

——作者题记

第一部

石镇：1967年10月

（图一1）

你眼前的这幅小卷，是故事开始时的场。你应注意到这已是经过裁剪的石板路，而且天空中飘飞的雨丝，也是后来加上去的。不消说，我此刻正在裁剪三十年前石镇的那个夜晚。在这部[illegible]不会作[illegible]的书里，我这时以文字以外

（2003-02）

丨《独白与手势》手稿

“潘军作品”书影

《独白与手势》修订本书影

《潘军文集》第五卷
目　录

长篇小说

《独白与手势·蓝》 …… 1

附录：

初版后记 …… 187

《独白与手势·红》 …… 189

附录：

初版后记 …… 377

潘军文集

第伍卷

长篇小说

独白与手势·蓝

犁城：1992 年 3 月

犁城的三月是令人沮丧的。前一个冬季滞留的干燥使新春显得毫无生气。然而这又是一个无法躲避的季节。那时候他整天伏在桌上，不是写作——他已经歇笔两年，而是修筑桌上长城。孩子快上学了，他也由省委机关去了文联，时间突然多出了一大块，如何填满倒成了问题。无聊似乎第一次真正显示出来，而消除无聊最好的方式就是打麻将。有时他居然一个人打四方，嘴中还念念有词：他妈的怎么就不上牌呢？这个男人的形象也变了，胡子蓄得很长，头发也很长，看上去像一个晦气十足的流浪艺术家。这么一个人每天趿着拖鞋在“红门”里晃悠便时常引起哨兵的警惕，他们总爱下意识地盘问他，让他出示工作证，而他的工作证已经交出去了，于是就得费些口舌。他当然也恼火，有一次还几乎同当兵的吵了起来，他说，我是不是看着像个坏人？毛泽东长征时头发比我还长，周恩来的胡子也比我长，你觉得他们有哪儿不对劲吗？

他想这地方不能待了，可是不待这儿又待哪儿呢？如果有一笔钱就好了，就可以另买一套房子，不再住这鸟地方。钱就是个好东西。钱有时候就能为你买回个公道。林之冰这句话没错。钱还会给你赎回一个尊严。很久以前他就认为，当代中国出现过两次奇特的革命。第一次是1966年，革命的结果是神与人的距离消失了。第二次是1978年，以权与钱的交换作为收获。二者都是有悖于革命的初衷，却给中国人以意外的欣喜。这种喜悦绝不亚于1949年的翻身解放。人们发现自己长高了，不再习惯仰视他人。面对一种叫做权力的东西，大家完全可以用金钱加以抗争，至少能够平衡自己。你是厅长你能住四室一厅，但我可以掏三十万买同样的甚至更好的房子。就这么简单，如果你有本事挣钱的话。这总比仰人鼻息夹尾巴装孙子强一点也容易一点。他想，我倒是该动动这个脑筋了。离开机关的这两年他倒是做成了两笔生意。一笔是同一个驾驶员倒卖了两箱酒，另一笔是给电视台拉了个广告。两笔所得两千多，也没费什么工夫，心里还很滋润。他想当初如果李佳支持自己搞公司没准现在就已经发了。自从脱离机关后，李佳的情绪似乎变好了一些，很少有牢骚，也能容忍他彻夜不归地打麻将。他觉得有点奇怪，但是一种不祥的预感总时常掠过他的心头。他想这肯定不是个偶然。分居的事实丝毫没有改变，冷战的局面越发完美，很像一场巷战的间歇，寂静意味着更大的恐慌。

另一件困惑的事是几年前飞到海南的林之冰一去没有音讯，如同断了线的风筝。这只风筝在梦中是非常美丽的，像尔瓦多·达利的绘画，具有强烈的动感和惊人的想象力，而且还有温度。风筝飘逸的翅膀最后总幻变为女人劈开的双腿，映衬于蓝色背景之上。那是一片纯粹的蓝，大陆上是无法寻见的。后来，风筝消失了，只剩下了这片蓝色。1992年的春天因为梦中的这片蓝色渐渐变得有些可人，而暖风却是从一个老人手臂之下吹向大陆的——邓小平的南巡使这个国家的命运再次发生了巨变，让人惊喜而不知所措。人们仿佛看见了一种被称作希望的东西又出现了，无梦生涯行将宣告结束。对于随时可以放弃梦想的中国人，这个春天无疑是值得纪念的，因为它意味着权力的回归。梦想的权力。

梨城以其习惯的步调跻身于春天的行列是意料之中的事。但她的投影似乎更有趣，不出几日，几乎所有的机关门面都挂上了一块牌子，上书某某公司，成为一大景观。而公开的解释无比理直气壮：这就是改革。这就是让一部分人先富起来。机关有总公司，每个处室还可以设分公司，人尽其才，各显神通，有权吃权，有智吃智，无权无智则搞点小本营生。李佳的单位把作息时间都改了，早上七点上班，各人去菜市买菜，集中起来，女的洗男的切，井然有序。下班提前一小时，全体到街上卖盒菜。谁说国家机关工作人员放不下架子？一周下来，人均分得三十七块，这利润还算少吗？我们不笨，只要上面给政策。文联的人是清高的，要做的不过是把沿街的办公室改成商用门面，包租出去，得钱而省力。文联本来就是可有可无的单位，文件上不是说要内部挖潜吗？于是就这么挖了。那些日子，梨城的天空充满了欲望的气息，街头巷尾一片发财声。梨城历史上出产一种臭豆腐干子，再次成为城市的门面似乎理所当然。外省人来此一游，首先不习惯的是满大街的臭干味和让你睁不开眼的杨花飞絮。但是一顿饭之后，客人的印象不经意地改变了，臭干子产生的亲和力使陌生人对这座狭小的城市感到惬意，以至于看上去杨花似雪。

这是个奇异的现象。

他总觉得会发生点什么事。身边的一切都有些不可思议，让人莫名其妙地兴奋。那时他还不知道将要发生的事会给他这一生带来怎样的作用，但梦中的那片蓝色越来越真切。几年后，当他乘坐波音737型飞机从万里蓝天中穿过时，他才蓦然想起当初的忧虑是多么幼稚，蓝色的暗示其实是显而易见的，它至少意味着南方的诱惑。1992年的春季，这个男人在一个雨夜从沉睡中惊醒，他为那块蓝色所压迫，而饱和的膀胱成为开启思维的一把钥匙。他解完小便就再也睡不着了，索性重沏了一杯茶，坐在灯下，想写点什么。他曾在这个窗下写过许多东西，比如《西窗偶记》，现在下笔却变得异常艰难。真是久违了，这支笔！隔壁的屋里传来女儿悦耳的梦呓，然后李佳醒了，她也去了卫生间。等回来时，她推开了他的房门。李佳问你怎么不睡了？他说我睡不着。李佳说那我们聊聊吧。男人突然感到好亲切，好像妻子这种温柔的语气是从别的女人身上移植过来的，但他还是很感动。他又觉得女人一定是有什么要紧的话要对自己说。他坐到床上，把椅子推给了李佳。

李佳说：你就这么混下去？现在外面这么热闹你就不打算找点事做做？

他说：我在想。

李佳说：你这个人我是弄不懂了，以前在机关时你写作，现在到文联了你又不写；人人都在想法子挣钱你却安心在家一个人打麻将？你就不为你女儿想想也得为你自己想想吧！

男人沉默了一会儿，然后说：我想出一趟远门。

按计划，电视剧《北纬20度》摄制组是今天上午在广州集中。那时我正在一万米的高空，由犁城到羊城的飞行时间是两个半小时，但是这个航班晚点了。六年前这个航班也同样是晚点，想起来总觉得有点别扭。机场的广播仍是同样的腔调，说飞机有故障需要排除，说得人心里直发毛。飞机可别老有故障，那感觉就像有人拿枪指着你。1992年我离开犁城那天是清明节，一个标准的阴晦天气，我在机场滞留近三小时，险些放弃了南下计划。因为这计划本来就是一念之差的产物，根本谈不上周密。那天晚上我和李佳的谈话严格讲起来只是一次漫谈，我只说要出一趟远门，我厌倦了这个城市以及我在这城市的生活，我想出去走走。李佳说这样也好，两个人拉开一段距离看看，即使将来离婚，心里也会轻松一些，像现在这么过下去终归不是个办法。好在孩子也渐渐大了，家中又有保姆，她说她一个人完全能对付。李佳的话给我的感觉，与其说是鼓励我出去闯荡，倒不如说是表达了她自己的某种愿望。当然，这也是我想要的结果。回想起来，我们相处的这些年，其实比任何一对夫妻都默契，区别只是方向错了。我们一直是朝一个方向努力，比如说我想走也就是她希望我远行，比如说她打算离婚也就是我在等待着这个结果。甚至当我对某个女人感兴趣时，也就蕴藏着她对另一个男人引起关注的可能性。如果说有一只手在刻意编排这一切，那么这无疑就是上帝之手。

白云机场从来就见不到一片白云。白云是外省人的错觉，也是设计者的骗局。六年前我第一次接近她就是这个感受，后来，我索性破天荒地将这感受写成了一首诗。我对广州这个城市也十分厌倦。异常拥挤的车流人流和鳞次栉比的楼厦令人头晕目眩，满街都是马来人的面孔与如同左嗓子喊出的鸟语，让我恍惚觉得置身于河内或者雅加达。我这次来广州是要拍一部叫做《北纬20度》的电视剧，二十五集，某种意义上，可以看做对当年南方生活的一种回顾。作为观潮者或者下海者，我觉得把那几年的生活叙述出来似乎是一种责任。一个陌生人闯入一个同样陌生的世界，那感受一定是不同寻常。另一个原因，是我需要圆自己尘封达二十年之久的导演梦。我喜欢这个职业不亚于写作，或是说这是另一种写作，用镜头写作。去年冬天我在北京组建剧组正赶上这一年的初雪，我的心情好极了，每天通宵达旦地工作，不知疲倦。或许是一个作家来当导演有几分新鲜感，那几天经常有记者来采访。这让我很不适应，我已经有很多年不同传媒打交道了。一天，我正要出门，又有人不期而访，是一个女人。这个自称几年前在海口见过我的女人很时髦，也十分健谈，但是我却毫无印象。她说，你或许记不起我了，这没关系，香客都认得菩萨而菩萨却认不得香客。这话说得让我脸红，我说，其实那时我到南方不过是试着换个活法。她说我知道你活得很轻松，也很滋润。这话听起来像是挖苦。女人说着便讪笑着看我，目光明显带有挑逗。经过这阵铺垫，女人才亮出底牌，她说：我是桑晓光的朋友，当时也是同事。我很意外，就说：你们那报纸倒了吧？女人点点头，又问：你们现在还联系吗？

你们，是指我和桑晓光。我迟疑了一下，我说我们已有很久不联系了。她就笑了，她说很久是多久？三年吧，我说，我们有三年没联系了。

似乎是从这个下午开始，桑晓光的形象在我意识中重新变得清晰。这是一个眼光透射出似水柔情、四肢散发着甜美爱意的女人。她那小鸟依人的仪态像握在手中的一块绸缎让我舒适惬意。但那已是过去，我现在不过是在挥霍我的记忆。而记忆中的她仿佛一块液晶屏幕上的影像，不同的角度都会折射出不同的色彩，一染指，就会出现污点。这个冬天，桑的形象如同我的身影，只要有光便会与我构成切不断的联系。而我却不想再拥有这联系了，真的，不希望。对于我，这是需要付出巨大勇气的，我担心如此反复重叠的若即若离会使记忆的天空失去最后一片蓝色。我需要守住我的领空。

——1998 年 2 月 20 日

那是他第一次坐飞机。沉重的恐惧感驱逐了好奇心，空中飞行的一百分钟让他心跳紊乱，莫名其妙的铃声和空姐虚伪的笑容使他一阵阵燥热。他坐在中间临窗的位置上，巨大的机翼在乌云中频频颤动。它会断吗？终于，飞机开始下降了，他长长地松了一口气。其实他知道，绝大多数的空难都是在这个时候发生的，但是一种儿童的心理在悄悄鼓舞着他：毕竟离地面越来越近了。当轮胎着陆发出“嘭”的一声时，压在心里的一块石头总算落了地。他的心着陆了。几年后，他在一次长途飞行中安稳地睡了一觉，然而梦中的那片蓝色却悄然退去。

在广州住过一宿，翌日上午九点他乘上了“玉兰号”轮船。这艘破旧的船载满了来自大陆四面八方的淘金者，这时他才得到关于海口的众多消息，那消息由于十分诱人而显得很不真实，但他愿意听。过了珠江口，海渐渐蓝了。不久万山群岛也被撇到了身后，海豁然开阔，他的心情也随之好了起来。昨晚在广州他感到沮丧而失落，一种对前途茫然的恶劣情绪盘踞在心，以至于久久不能入睡。他觉得自己的腿将要伸进的是一块沼泽，看上去很美但走起来吃力，甚至可能落入陷阱。他的不安在于不想转过身来往回走，那样的话，所谓的前途实际上就成了末路。这个空洞的意念很快转化为最实际的考虑——生存。我首先得养活自己，他想，养活我的女儿。那时已经很晚了，他想给犁城的家中打个电话，想听听女儿的声音。但是他又害怕这个举动会使自己裹足不前，虽然空间上远隔千里，而时间上他不过才离家几小时。这种迟疑不决牵肠挂肚的心绪是不利于一个人出远门的。后来，他在洲头咀码头上转悠了很久，望着珠江两岸辉煌的霓虹灯火，他默默发下誓言：无论如何这一步不能退。

眼下，海也沉默着，或许是晕船的缘故，乘客们大都进了舱里。几只海鸥不断从船艏掠过，也无声，如同纸鸟。唯一的声响是大海的涛声，喑哑而悲壮。在他的左侧，几个操四川口音的青年正在兴致勃勃地拍照，而右边的不远处，站着一个年轻女人，看上去大约二十五岁，穿着素雅，风勾勒出她丰满而不失匀称的身材，但五官却因一副墨镜显得神秘。他从她身边走过时嗅到了一股浅淡的香味，他很想停下来，同她说上几句话，以消除旅途的郁闷。可是她似乎窥测出他的心思，很自然地走开了。一个骄傲的女人，他不禁一笑，一个浅薄的男人。都说漂亮的女人全跑到南边来了，这差不多成了一个社会问题。他又一次想起了那个林之冰，那个来无踪去无影的女人。三年，竟然得不到她一点音讯！临行前的那个深情厚谊的电话道别仿佛是上帝打来的。现在他眼前浮现的林之冰不过是睡在大花布上的一具婀娜多姿的身体。然而记忆已变得不再美好。或许正是这个原因，使他的这次南行选择从一开始就变得十分纯粹——他需要的是一种远离而并非寻找。几年后的一个秋日黄昏，他蓦然意识到，自己不经意中所完成的其实是大陆对岛屿的选择。有趣的是，那时的他又想躲到大陆的某个角落，过一种偏安一隅的书斋生活了。这就像两面镜子的相对反映，幽深和无限只是一幅暂时虚幻的假象。

船的倾斜越来越厉害了，涛声形成了一种此起彼伏的轰鸣。他伏在船尾的栏杆上，注视着犁痕一般的浪花。四野茫茫，水天一色，这壮阔而恐怖的形势令他兴奋不安。从萌生南行之念的那一天起，这种极端矛盾的情绪就渗透在他的血液里，现在不过是集中爆发而已。他真想对着海来一番歇斯底里的吼叫，那将是一次空洞而淋漓尽致的宣泄。大陆远去了，休养生息三十六年的大陆远远地去了。脱离意味着解放，但也意味着被抛弃，这便是人生茫然的本质。

那个女人还在。她倚着舱壁在吃水果，像是橘子。他很自然地想到十三年前与李佳在北上火车上的邂逅。这个瞬间他突然涌起了一股莫名的激动。后来他又觉得不奇怪了，因为这女人毕竟让他想到了与自己相关的两个女人——一个是他法定而分居的妻子，另一个则是他最后失去的情人。这么多年过去了，他的女人像鸟一样纷纷飞来又纷纷离去，遗下的只是一块块回忆，供他聊以自慰。好在他如今已经适应了，有时候他甚至觉得没有女人的生活反倒单纯。人的空虚也是有单纯的，就像一张白纸，失去了想象却获得了自由。他又一次回过头去看那个女人，希望她能把那副墨镜摘下来。他想那应该是一双很漂亮的眼睛。他还有一个近乎荒唐的判断：这女人可能也一直在留意自己吧？他小心地往那边踱过去，而女人几乎同时掉过身来，他们相向而行地交换了位置，就在摩肩之际，一件意想不到的事情发生了——有人跳海了！从船艏传来的惊呼让人震颤，紧接着每个舱里的人都跑了出来。他和女人一齐冲到左舷向船尾看去，只见一块浅红色的东西飞速向后掠过，很快就从视野中消失了！轮船紧急刹车，但已无济于事。于是这个悲惨的事实迅速成为全体乘客一下午谈论的话题。他们慢慢知道，跳海的是一个十九岁的姑娘，原因可能是殉情。他心里一下显得很重，他说：这年头还有人殉情，真不容易！女人似乎还没有完全从惊骇中挣脱出来，双手环抱着身体，喃喃地说：怎么这样？这太可怕了。女人不知何时摘下了墨镜，美丽的眼睛透露出忧伤和惶恐。而这时他却走到了一边。他想起了雨浓，那也是被水吃去的姑娘，也是十九岁！雨浓的不幸也是与天杀的爱情有关——倘若那个爱慕她的老师当时不是劝她去底舱避风，她是绝不会沉到江里的。雨浓在那个遥远的秋天不幸遇难一直是他回忆的死角。

不久，汽笛鸣响，仿佛是对刚刚死去的姑娘的一次致哀，轮船拖着笨拙的身躯重新起航。这时候，阴郁一天的空中裂开了几道缝隙，强烈的阳光穿云而出，辽阔的海面呈现出暗红色，跳动的波光闪烁着死亡的阴影，而这触目惊心的景象又如生的警示。死是容易的，活着却很艰难。人活着是一种义务和责任。但是活着的目的远没有死的目的明确。那个十九岁的姑娘为情而死，死得明白干净，而船上这些人却茫然无措地活

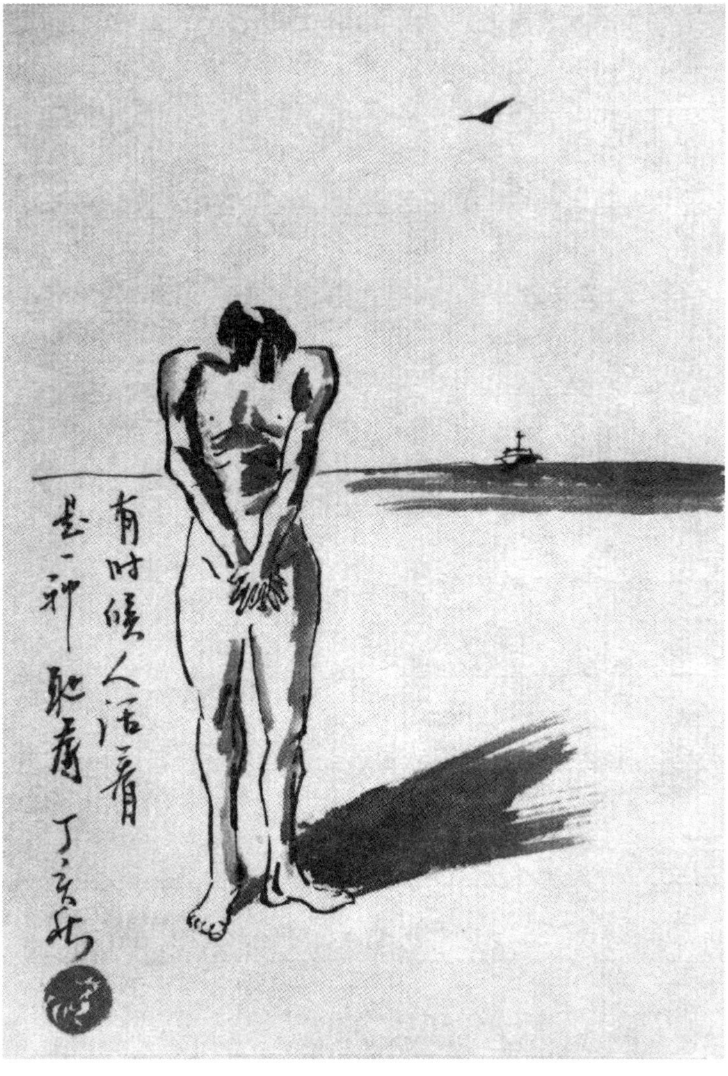

着。有时候人活着是一种耻辱。尽管这样，人还是贪生怕死的，昨天的飞行过程至少证明他就是这种人。人对肉身所承受的痛苦有着与生俱来的恐惧，这可以追溯到幼时的害怕打针，即使是一个生命垂危的人，在弥留之际，也仍然对肉身的行将消灭感到魂不附体。人对生的渴望远远超过对活着的检讨，或者说活着是本不该检讨的。从这个意义上，人的境界远不如一只鸟。鸟的一生是飞翔的一生。鸟在生命的最后时刻会毫不犹豫地用最后一点力气飞到最安静的地方，舒缓地收起自己美丽的双翅。除了被人类所射杀，地球上是看不见一具鸟的尸体的。多么清洁！

在那个寂寞而惶惑的下午，他的心绪渐渐有些悲凉了。很多年过去——他一直觉得那是很久以前的事，这次惆怅的旅行还是像雾一样让他困惑不已。他远离了大陆，而对岛屿的向往因为这次航海漂流失去了应有的激情。一种不祥的预感仿佛浪潮追逐着他，但是没有湮灭南方的诱惑。

海口：1992年4月

摄制组在洲头咀码头开机后，通宵达旦地干了两天，于昨日上午搭乘“丁香号”客轮开赴海口。作为导演，我要沿途拍下一些带环境的镜头补充到未来的片子里去，所以我无暇去回顾当年走这条路线时的感受。记忆里的那个十九岁的姑娘殉情自杀似乎也成了一个抽象的符号。就像看一部普通的故事片，死亡不过是银幕上的一种表演。遗忘其实是容易的，然而我还是诧异这种淡漠，有时候我甚至觉得这心理很卑鄙。

现在，我该谈谈桑晓光了。你或许已经感到，她就是船上那个戴墨镜的女人。是的，那就是她。但是我需要说清楚，那一次我们后来并没有更多的交谈。船重新开航后我好像再也没有见到她的身影了。这是我们的第一次聚散——第二天中午，“玉兰号”抵达了海口秀英码头。下船的时候，我有过一瞬的迟疑，想再看看她，但我的注意力很快就被那片仿佛异国情调的椰林所牵制。然而从以后的事实看，倘若没有这次旅行，我们就未必有下一步了。人是奇怪的，重逢的意义远远大于初识——中国人爱把这现象理解成一种缘分。在将近半年后的一个晚上，我们再度相遇于一个电压不稳的电梯间，那种激动却显得异常而由衷。

上午十时，从海上就能看见海口的建筑群景观了。剧组的人员聚集在船艄，一片欢呼雀跃，但他们哪里知道，这时离抵达岸边至少还有两小时的航行呢。对于生活在世纪末的青年人，面对一幅凝固的风景进行两小时的注视是需要足够的耐心的。即使是做爱，这个时间长度也会导致乏味。海口这个形象亮得太早了，当她消磨了观赏者有限的热情之后，理所当然地受到冷淡似乎在所难免。诱惑往往在于一晃而过。和几年前相比，秀英港显得萧条而清冷。有消息说，这条航线将在今年秋季来临之前关闭。这样看来我的这次旅行带有纪念意义。我忽然想到，我曾经答应过桑晓光再从海上走一趟，还设想把我们相识相爱的经过写成一篇不留底稿的文章放进漂流瓶里，在我们相视第一眼的位置上扔进苍茫的大海。这个传统而浪漫的设计在当时仍是让我们感动——我们好像以此

找回初恋的情怀。做这件事并不困难，但是我们都把它忘了。

前站的工作人员把我们带入了一个叫做云海的酒店，位于龙昆南路附近。1992 年这个地段可谓寸土寸金。按照市政的规划，这儿属于“金融贸易区”。海南建省之后，最先开发的区域就是这里。我上岛的时候它已经初具规模了。在海上看到的那片犹如海市蜃楼的建筑群就是这儿。但那时还没有立交桥。摄制组一行近五十人被安排在六楼。我的阳台可以清楚地看见那座过于古怪的桥梁。1995 年 2 月的一个月夜，我和桑晓光开着一辆本田车从这座刚刚通车的桥上通过，转了几圈竟然下不来。我当时说，这座桥简直就是一个迷宫。她好像什么也没说，神情黯然。这应该是我们最后一次见面。第二天一早，我飞离了这座日渐冷落的岛屿。现在，我又来了。我不知道桑是否还在这岛上。三年前她打算买房子，后来又听说她想调到北京，去一家新闻单位供职，都没有被证实。那个北京的女记者也不知道她的消息，只告诉我桑曾经想嫁给一个马来西亚商人。这不对，应该是新加坡，我知道这件事。李佳也对我说过，她两次接到过同一个女人打来的电话。她断定对方就是桑晓光。她可能过得不太如意吧，李佳说，要不怎么会又来电话呢？我说：我不希望这样。这是去年冬天的事。

制片部门的意思是想在明天举行一个新闻发布会，所谓舆论先行。下午他们去忙着布置会场了。我的计划是把内景戏安排在第一阶段，这样美工置景人员的余地会相对大一点。于是匆匆吃过午饭，我就和助手们奔现场了。电视剧的美工任务有一半在于选景，这个景点选得不错，只需稍加改造便可以投入使用。明天的拍摄通知书我签发了，然后我对大家说：不要让记者随便进入现场，猫着腰把活干完，力争七十天封镜。大家情绪很高。现在他们对我的能力似乎不再怀疑了。在广州的时候他们是担心的，毕竟这个口若悬河的家伙只是一个作家，没有干过导演的活儿。但是等第一天的工作结束，这问题便不存在了。那时我想，要是没这两下子，这一摊还真不好收拾呢。我对导演这个行当潜心二十年之久，而眼下不过是在做一笔买卖。我公开说电视剧是个破玩意儿，但又非常能赚钱。这个戏的筹备前后拖了三年，我希望它能成为一块跳板，好让我尽早过渡到电影的制作中。我想我这辈子最后要做的事就是拍几部电影了。

我要了剧组的车。余下的时间我想去看看海甸岛——这个岛中之岛。这块闹中取静的地方曾给我带来过不少欢乐，如今却让我伤感不已。我从博爱路的老街插入人民桥，这桥突然间变得宽敞了。没有堵塞，车顺畅地通过，这在几年前是不可思议的事。我前面的那辆奔驰车玻璃上贴着“本车转让”的启事。转让给谁呢？眼下的海口是真的没戏了。才几年时间，这个玲珑剔透的城市就弄成了这样。几分钟后，我到达了当初我服务过的南岛集团公司大厦，想见见我过去的同事。但是，这座十八层的高档写字楼漂亮的玻璃大门上贴着三张不同法院的封条。不用说我是意外而惊讶的。我很难相信这是事实。对面的那家小卖部倒是还开着。我走过去买了一包香烟，售货的是阿昌的媳妇，一个干瘦的女人。她还认得我，她说：你是回来向公司要钱的吧？我笑了一下，我说我出差，顺便来这儿看看。女人说：有什么好看的呀，房子归法院了，人都走光了！阿昌也到东莞那边找活儿干去了。

人去楼空。一切都已成为过去。

——1998 年 2 月 25 日

那时候岛上的一切都令人兴奋。他坐在一辆机动的三轮车上，去省政府宿舍区找冯维明。在广州上船时他曾打算挂个电话，结果没有人应答。冯维明现在是某个部门的处长，三年前他随岳父举家南迁时心情显得比较暗淡。这个本该去做西班牙语翻译的同龄人在犁城莫名其妙地卷入了一场权力的角逐，大伤了元气，最后不得不靠选择当高干女婿来寻求保护与解脱。不过如今的情况彻底改变了。他的岳父是省里的要人，他妻子据说对他也很体贴。他们还抱养了一个女儿，比他女儿还大半岁。他原想在冯维明那儿先落一脚，可是当他找到门口时，邻居才告诉他冯处长出差去北京了，而家属则住回了娘家。他有点失落，就去找作家协会的一位朋友。这位朋友上岛几年了，靠办一份纪实性刊物为作协挣了包括房产在内的家当。于是他被安排到了作协的客房，一个称作五公祠的地方，风景独好，蚊子也多。在这间不大的屋子里，他第一次看见了红尾巴的壁虎和猫崽一般大的老鼠。然而它们仍然和椰树芒果一样叫他兴奋。几年后，他甚至觉得自己对海口的记忆就是从这一刻开始的。安顿好之后，他便去了街上，这时天色已近黄昏，蓝了一天的天空逐渐涂上了玫瑰红色。他想，该给李佳去个电话了。

李佳似乎是在等待这个电话。铃过一声，李佳的声音就传过来了。他说，我到海口了。李佳说我怎么觉得你还在中菜市买菜呢？他们笑起来。这种轻松的感觉真是久违了！这感觉注定要在他们分开之后才能产生。然后他向她介绍了海口的第一印象，他说这是一个接近疯狂的岛屿，连老鼠都不可一世。他女儿抢过了话筒，女儿问道：爸爸，你什么时候回来？他愣了一下，然后说很快。女儿说：你骗人。他的心里顿了顿，情绪又变得沮丧了。他突然意识到自己是到了一个硕大的岛屿上，而且不是半岛，四周被海包围。观念上，他是漂浮的一个东西，就像一片叶子或者一根羽毛。但是他不是自费来这岛上旅游的。我来干吗？他不禁自问，看热闹吗？到这儿来写小说？现在他对自己的决定改变了看法，

他想自己走出这一步显然过于匆忙了。

夜来得很迟。海口的夜充满着惊心的活力，情形如同一只刚剁掉脑袋的公鸡，扑腾腾地乱飞乱叫散发出血腥气。所谓夜生活无非是找个小姐去歌厅酒吧或者床上泡泡。那些光怪陆离的霓虹灯和各式各样的名牌车让他想到香港的庸俗电影。但是这怪异的活力还是让他觉得十分新鲜。

当地的土著称那些来自大陆的人叫"大陆人"——这是一个有趣的称呼。这称呼有一种亲和力，仿佛所有来海口的大陆人全成了亲戚。显然海口是一个具有移民倾向的城市，这特别对他的胃口。当人与人的背景全部虚化之后，人可能就拥有了一份类似鱼的自由。对他来说，无论将来发展如何，海口都不过是一个码头。这一点很明确。我只想玩玩，他对自己说，我当然要玩尽兴的。

这天夜里他沿着几条老街闲逛，暂时把下一步搁置到一边。老街残存的那些南洋风格的旧建筑让他愉快，几个想谈生意的小姐同样让他愉快。毕竟这些大陆还是罕见的。逛街的时候他留意着玻璃店，但直觉又提醒他，那个林之冰即便没有离开这个岛，也不会在此开一个玻璃店的。那是个心比天高的女人，怎么可能甘心守着一个寒酸的店铺呢？她自然也不会守着一个男人，哪怕这男人是总统。想想和林在犁城的那些日子，不觉有些恍然若梦。可他又想，难道在如此之小的海口就再也见不到她了？从地图上看，海口的面积不过是北京的一个区，作为省会的确有些勉强。或许某一天，他想着，我会在街上碰见她。可是，碰到了又怎么样呢？对她说，你为什么不和我联系为什么不打电话？他自嘲地一笑，把烟头弹向路边的一摊水里，听见了嗞的一声。后来他就回到了五公祠。作协的客房外间是阅览室，他找出当地的几家报纸随便翻翻，觉得很有趣，每份报的版数都不少，广告铺天盖地，创意却千篇一律。几乎每家房产发展商都宣称自己的物业是别有洞天是皇家花园，好像海口的居民全是皇亲国戚。海口真是一个不可思议的地方。他又注意看了那些招聘广告，自然没有招聘作家的。不过，他想着，凭自己的能力在这岛上找个临时饭碗应该不是件难事。这也挺好玩的，不妨明天到几家公司看看去，除了写作，我这种人是否还能派点别的用场。他躺到床上，舒展开四肢，这时传来了敲门声。

是作协的一位领导，似乎带有象征性的慰问。但这是个不苟言笑的中年人，他的一举一动令人狐疑。这人的言辞也十分干巴，远没有他的小说那么具有感染力。我听说你来了，领导说，我来看看，我想知道你打算在这儿住多久，我就这个意思，我没别的意思，最近我们想调几个同志来，房子很紧张的。

他说：我懂你的意思。我不过暂时住几天。

领导说：你最好说清楚，几天是多久？

他说：三天。

人有时候坐着是不舒服的。想给屁股找一把合适的椅子并不是一件容易的事。对于我这类天性懒惰又喜欢养尊处优的男人，需要每天增加运动量。我不能坐着，况且那椅子是别人的。我在别人的椅子上已经坐了很多年头了，所以总是不舒服，或者我舒服别人不舒服。这个于人于己都尴尬的局面确实到了该改变的时候了。我必须得找一把属于自己屁股的椅子或者永远站着。第二天，我记得是 1992 年 4 月 13 日，我给南岛集团公司秘书处挂了一个电话，向对方通报了自己的情况，说希望能同他们的总裁刘锐谈谈。接电话的恰好是刘的秘书，一个口齿伶俐的上海男人，姓钟，给我的感觉很精明，也很亲切，我们在电话里谈得比较投机。他让我留下电话，说尽快给我安排。放下电话，我突然有了一种预感，觉得在南岛公司那幢漂亮的写字楼里，有一间屋子将属于我。尽管那时我还不知道这家名气很大的企业在什么方位。我之所以要和刘锐谈，是昨天夜里看了他一篇关于投资环境的论文，我不懂经济学上的术语，但作者洗练的文笔让我重视。我也曾听过所谓儒商一说，到南方来倒想有意识地接触一下这类人物。更何况眼下我正面临着被人扫地出门的境遇。所以将要发生的那场谈话对我至关重要。

然而一天过去，南岛公司的电话并没有来。

我在极度焦虑中度过了 4 月 13 日。这个不吉利的日子。那一天里我哪儿也没去，是典型的困兽犹斗。我的窗外是郁郁葱葱的热带植物，绿得极不真实。关于五公祠，我仅仅知道从前这儿应该是一个悲凉的地方，据说苏东坡落难时也在此歇过脚。如今却成了海口的风景名胜，为市政创造财富。这现象不知怎的就让我想到伤疤与奖章的关系。看着那些前来观光的游客，我的心情开始变得有些复杂了。黄昏又至，我走到那座水泥亭子里，看着天上的蓝色一点点退去，有些忧伤地想起许多事。十八岁那年，我被人从公社中学赶回了田里。二十五岁大学分配让人从省里赶到市里。两年前又让人从机关赶到了人民团体。我这种人好像注定一辈子要让人赶来赶去。所以我干脆自己赶自己。这至少能给我带来自由，尽管这自由并不怎么轻松。不轻松的自由还是比轻松的统治好。这么一想，我就觉得焦虑似乎是没有理由的。我既然敢于迈这一步，就不会轻易把脚收回。

现在，我得考虑明天的拍摄计划了。上午的新闻发布会上我自我吹嘘了一通，说要拍出一部让人欲哭无泪的片子。有记者问，这部片子是否带有个人自传的性质？我回答说不是，但我又说：我的感受是十分真实的。我在这个岛上前后生活了三年，目击了她的潮起潮落，一切皆历历在目。下午，摄制组进入现场，开始拍剧中的一位打工者上岛后租房的那场戏。环境布置得比较肮脏，美工担心有些过了，便问：导演，像那么回事吗？我点点头，我说我见过许多大陆人，刚上岛时住得比这条件还差。我那位作家朋友就是其中一个，曾经点过半年的蜡烛，从井里打水喝。同他相比，我的运气好多了。1992 年的海口已经很像样子了，但是疯狂也是从这一年开始的。你只要看看街上的红绿灯为什么那么矮，就应该猜想出有多少小车需要这种独一无二的照应。海口是全国小车密度最高的城市，这大概要追溯到 1984 年的倒卖汽车的狂潮。那时从空中看，海口就像一个硕大的麻将场，只要有空地就会有汽车，整整齐齐地摆放着。六年后，这副牌洗开了。

今晚没有安排夜戏。剧组的人晚饭后便三三两两地逛街去了。对于一个陌生人，海口永远是有吸引力的。而在我眼中，她无疑是美人迟暮，风情万种一去不返。一个城市衰老得如此之快是不可思议的。这种可怕的神奇让我至今不知所措。这或许正是我要拍这部片子的原因所在。

窗外月光明媚，这个季节的海口气候是怡人的。在大陆，姑娘们还在穿羽绒服，这里的女人已经换上裙子了。发明裙子的人和发明旗袍的人一样值得尊敬。他们包装了女人却又加倍地把女人暴露给了男人。他们懂得服饰的真谛。那一年在海上，正是桑晓光的那条印有阿拉伯图案的长裙首先夺去了我的视线。桑是一个懂得打扮的女人。在我后来与她相处的日子里，几乎每一天，她都给我崭新的形象。她现在该是什么打扮？她还在这个岛上吗？1992 年，岛上正流行着一首叫做《今夜你会不会来》的香港歌。现在我打算把它用到《北纬 20 度》中去，但只是背景音乐。

——1998 年 2 月 26 日

南岛集团总部位于海甸岛人民大道的西侧。1992年这座十八层大厦云集着来自大陆十八个省市自治区的三百余名大学生。其中硕士四十五人，博士九人。这样的人才结构在海口称得上首屈一指。4月14日，海口又是一个晴朗的好天气。上午十时，钟秘书驾车把他接到了这里。总裁刘锐的办公室在二楼，那是一个宽敞明亮、陈设雅致的空间。尤为令人瞩目的是正壁上悬挂着一位中央首长的亲笔题词。这似乎暗示着他曾经在中央某个部门工作的履历，又容易使人对他的背景产生一种莫名的神秘感。他走进去的时候，刘锐正在打一个国际长途，间或使用着英语，所以他最先看到的是刘的背影。这是一个颇有气势的背影，给人以亲切的震慑。当刘锐转过身来时，他发现，这个四十出头的男人是英俊而稳健的，而他的东北口音也给人一种天然的信任。刘锐很健谈，言谈话语中透彻地反映出他出色的逻辑思辨和语言组织能力。刘的知识面很广，在后来两小时的交谈中，他们从东欧政局的变化到邓小平的南巡，从日本的综合商社到中国的国有民营企业，从汤因比的《历史研究》到杰克·伦敦的《马丁·伊登》，称得上是海阔天空。但最让他得意的是，刘锐说：我看过你的小说，好像挺现代的。这时候刘锐起身踱了几步，接着说：我倒是希望你能够留下来，在南岛办一个文化公司。

这让他始料不及。他说：我没有办过公司。不过我愿意试试。

刘锐说：你尽快拿出一个方案来，我可以给你二十万。

他问道：借我？

刘锐说：是投资。你最好今天就住过来。

一切听起来是那样的难以置信，但却是真实的。离开刘锐的办公室，钟秘书就安排车随他去了五公祠取行李了。当天下午，他住进了南岛集团的招待所，那是一幢刚刚装修完工的别墅。行前他没有忘记把作协客房的钥匙交给那位领导，他说：我说过只住三天，其实才两天。他真想说我一点也不感谢你，因为这些房子并不是领导挣来的，而是我的朋友们。晚上，他去看望那位朋友。对方以为他是辞行，要离开，就送他一条烟，说带在路上抽吧。他说，我一时恐怕走不了了。然后他就把白天的事对朋友说了，津津乐道的。朋友笑着说：你是真想大干一场呢还是赚一把钱就走？小说呢？还想写吗？

他也笑道：我不过是玩玩。写小说也是玩。

以后的几天他便投入到文化公司的筹备中。虽然一切都是陌生的，但非常的刺激。南岛集团实际上属于官办民营企业，既有堂皇的牌子又有灵活的机制，主要从事金融和房地产业务。现在刘锐想办一个文化产业的子公司，大概出于整体经营上的考虑。在那次谈话之后，他感觉刘的志趣远不在生意上，这位拥有博士学位和高级职称的男人其时已经是省政府的高级官员。公司不过是一个舞台，刘要唱的则不仅仅是经济的戏。这个人是大有作为的，他想，这个人的梦想也远远不在海南。他又想到自己，尽管一切来得有些措手不及，但仍需有一个大致的计划。我是个做事不计后果的人，他躺在床上这么想着，这种人注定做不了什么大事，但可以先把事做了再说。我是凭兴趣干事的，我喜欢走一步看一步。问题是现在情况有些不同，我拿了人家的钱。二十万，对于 1992 年的文人无疑是个天文数字，不谈怎么赚钱，就连花掉也是一个头痛的问题。压力和刺激几乎是接踵而至，看来不认真花点心思对付还不行。筹备在紧张地进行着。他的办公室在十楼，全新的用具令他欣喜。然而从他进驻的第一天起，这些不说话的东西都是要算钱的。房租、水电、电话、交通以及固定资产折旧，全要算钱。当工商注册税务登记办下来后，集团的结算中心主任陈元田便通知他：你已经花掉三万六了。

他吃了一惊：怎么会那么多呢？

陈元田说：搞公司可不是写小说，容不得随心所欲。刘锐给你的二十万花起来是很快的。显然，陈元田的这句话带有情绪。这个留过洋的上海人是当年和刘锐在北大荒兵团的战友，某种意义上，现在是集团的内当家。从来没有见过此人笑过，而每天这幢楼上都能听到他的叫喊声——和其他子公司老板争吵。好像除了刘锐就再没有人喜欢这个陈元田。

和陈元田简短的谈话给他的触击很深。他不由得想到，别人的钱并不是那么好花的。从这个意义上看，与其说陈锐给他的是二十万，倒不如说是一次机会。而他也不想在此充当一名门下食客。是公司就意味着赚钱，这里的所谓文化不过是赚钱的另一种手段罢了。诚然，刘锐并不指望他能赚出多少钱来，但也不会源源不断地让他花。这是十分自然的事。眼下一切手续俱全，就看他怎么练了。原先考虑的那些项目怎么看都有些海阔天空，不是投资过大就是关系不好协调。一时间他感到茫然无措，沸腾了半个月的心陡然冷却下来。这天夜里他在给李佳的电话中显得有些沮丧，他说我现在每天都在花人家的钱，像流水一样，我担心这么下去会弄得不可收拾。李佳说：不是说好了算投资吗？投资就意味着风险。他说：要是这样的结果，那我在道义上就欠了刘锐了，而且我也失去了一次难得的机会。李佳说：那你看着办吧。你这种人心血来潮惯了，这事磨磨你也好。

后来他就到了这儿，白沙门。这应该是海口的最北端，对面就是雷州半岛。晴朗的下午，你可以越过琼州海峡见到大陆的边缘。你看见了你就感到特别温暖，就觉得自己还没有被大陆所抛弃。你像一个胆怯的小男孩，走出来玩得很开心却又不时回过头去看看自己的家门。月光很好，海上升腾着朦胧的雾霭，这本是一个幽雅的夜晚，现在却变得忧伤。

如果有一个女人陪伴，情形肯定就大不相同了。这一次他没有去想林之冰而是在想船上的那个女人。当那个十九岁的姑娘跳海时，他们奔到了船舷，她不禁抓住了他的手臂。这个细节他记得很清楚，他甚至记得女人的手很凉，像鱼的皮肤。现在他仔细地想着女人的容貌，觉得与某部电影里的女主角十分相似，但那部电影本身却非常糟糕。涛声渐渐响了，海边的情侣也慢慢多了起来，而他已在考虑离开。他走过一片沙滩，在坡上停下来点了支香烟，然后又转过身，忽然想到一首流传不广却很精彩的诗——

一眼望去，
街上全是美女，
都是别人的。

犁城：1992 年 6 月

两个月不知不觉地就过去了。文化公司没有做成一笔业务。我每天坐在那把黑色的大班椅上晕头转向地忙着，和一些乏味的术语数字打着交道。没有业务却又招了三个人，这让陈元田很恼火，有一天吃午饭的时候，他在电梯间碰到我，劈头就是一句：你是不是打算把刘锐划给你的二十万全部花光才开始赚钱呀？当时边上还有我的一个员工，我觉得好像挨了这小子一耳光，竟无言以对。陈元田说：四个人，倒正好是一桌麻将。电梯停下，我一把揪住陈元田的领子，把他拖到楼梯拐弯处，对他说：没错，我就是来花钱的，花完了就开路！我的脸反映在他的两块近视镜片上很无赖。陈元田有些紧张，说你想干吗？你不是个作家吗？我说作家并不吃素，我讨厌干活时边上站着一个拿摩温。

当晚我就打算去找刘锐，想同他谈谈陈元田的事。可是我突然想到这个结算中心主任经常与人的争吵，刘锐不会是不知道的，我敢断言，陈的指手画脚是得到了刘的默许。他们是一起滚过稻草的战友，而我不过与他萍水相逢。这对搭档正是习惯里常说的那种红脸白脸，是统治手段，是政治。那一刻我对刘锐的印象发生了转变，我想世上真是没有无缘无故的爱，在这个梦里都疯狂的岛屿上，谁会大把地拿钱让你大把地花呢？我开始悟到了刘的用意，他仅仅是给我支一个台子让我表演，一旦戏唱开了，我不但要自己养活自己，还要与他实行票房分账。无论刘锐是多么的有水平有学位，但他是个商人，而天下的商人是没有肯做赔本的买卖的。我这才觉得自己实在是天真得可爱。

然而这又很公平。你能因此就埋怨刘吗？你能认为刘在对你玩心眼吗？刘说过给你的二十万是投资，投资就意味着回报，尽管李佳强调的是风险，但是对我而言问题的两个方面都不是好滋味。我想起多日前与李佳在电话里谈到的道义一说，不禁有些难过。这倒不是懊悔我的自作多情而是瓦解了我对刘锐的信任。我后来之所以要离开南岛集团，最初的动因便是这种觉悟。事隔六年，南岛集团由蒸蒸日上到负债累累以至资不抵债全面崩溃，我想除了客观上的原因之外，与作为总裁的刘锐失去大家的信任感关系甚大。现在我的眼前还浮动着那三家法院的封条，一种近乎悲凉的情绪困扰着我。在北京的时候，我曾多方打听过刘锐的消息，也很想再同他一起聊聊，但都没有如愿。有消息说他去了美国，又有说四处躲债行踪不定，还有说已失踪了两年。总之，这个绝顶聪明的人退出了历史的舞台，不再是红极一时的风云人物了。

这个下午我想得太多了。剧组的发电机坏了，看来一时修不好。我躺在树下的一张吊床上，听几个小子神侃。昨夜组里有人出去找小姐了，一人说，很便宜，只要一张。又有人说，个别女演员已经两晚没有回来住了。剧组就是这么一个烂摊子，鸡鸣狗盗在所难免。昨天夜里制片主任就找到我说起过这事，显得忧心忡忡，他担心这样下去会惹出许多的麻烦，要我去骂几句。我笑道：这是个不改革也开放的年代，何必去操那份闲心？我只能在现场说说，工作之余还是自负其责吧。下午的活儿没法干了，不如早点收工，晚上安排夜戏的计划。于是我便宣布解散，大家提议去白沙门游泳，这是个好主意。

这儿的面貌变化很大。已经建成了一个带有娱乐性质的天然泳场。1992 年这里还是不毛之地，没有任何建筑。那时我没事就来白沙门，躺在白色的沙滩上，看海，看天上的云。它们都是富有动感的东西，让我喜欢。有时候我觉得海的喜怒无常和云的变化莫测是人生的自然版本，是启示录，但更多的时候我凝视的是它的美丽。有一天，那也是一个下午，我看到了一朵奇异的云彩。它从海平线上升起，骤然向四方扩散，一会儿工夫便拔得无限的高，形同蘑菇，并向我紧紧地逼过来。我仿佛置身于核爆的中心，一种强烈的恐惧感缠住了我，以至于我头晕目眩，险些栽到了地上。

那几分钟里我的意识出现了真空，我也听不见自己的声音，这种状况我一生中只遇见两次。另一次是我十七岁那年，我梦见太阳破了，熔岩像蛋黄一样流淌下来，地上的一切全都浇铸成金灿灿的如同塑像。很长时间过去，我仍然不能从这美丽的恐惧中挣脱出来。那云是白白的、软软的，无声地向你逼来，却足以能把你击溃。

白沙门，蕴涵着某种暗示。

——1998 年 3 月 2 日

看人脸色的日子是难过的。在文化公司的会议上他这样告诉大家，花人家的钱总是心虚，要想踏实，那就看看我们在座的有没有本事，自己挣钱自己花。到南边来其实就得自己养自己，我不想让别人养着，你们也别指望我养。赚不到钱，我们就得在这栋楼里见人矮三分，或者趁早散伙。大家的心情一下子变得很沉重，以后的几天里公司像死了人似的，除了电话铃声便一片沉寂。账面上只剩下不到十万块了，其实真正的开销顶多四万而已，让陈元田那么一算就变成了这个结果。他把全年的房租费和固定资产折旧首先提走，就是说，这个公司还没有开张便花掉了六万。然而还得服从，一点脾气也没有。南岛集团内每个子公司的财务全由结算中心统一掌管，刘锐这一手很厉害。但他的解释又十分冠冕堂皇。他说结算中心的性质是内部银行，资金统筹运作会最大限度地发挥资源效益。这看上去似乎无懈可击，然而却也对他手下的人造成了最大限度的伤害——不知他是否想过。

一天，他记得是在六月，他到华侨饭店去看一位从水市来的朋友，就是以前在市委机关工作时的同事陈涛。陈涛来海口调查一个案子，先找了冯维明，后者还在北京学习，无意中得知他也在这岛上。陈涛还是一副白面书生相，和多年前相比，显得更为瘦弱，但当初的那种要干一番伟业的热情显然是消退了。1983 年机构改革那阵子，陈涛和冯维明的呼声都很高，但是冯维明所处的位置要好一些，仕途上，市委办公室自然强于政法委。冯维明现在已经是处长，而且从北京回来是肯定又要往上提一下的，这一提便成了高级干部。陈涛还只是个科长，如果没有奇迹发生，冯维明的现在便是他陈涛毕生努力的目标了。不过陈涛似乎也看开了，他说官场上就这么回事，如今是商品社会，最过硬的东西莫过于人民币了。陈涛说：还是你好哇，来去自由又有钱花，你这人生才叫个人生，我们不过是活着。

陈涛诚恳的语气传达的却是讽刺的意味，让他感到尴尬，而他又不能露怯，还装出一副春风得意的样子请吃饭。他们边吃边谈，他差不多是即兴说了一些虚张声势的谎话，说自己如何如何想点子挣钱，如何如何在这人才济济的海口打下了一块地盘。陈涛听得津津有味，奇怪的是连他自己竟也被这子虚乌有的辉煌弄得热血沸腾。结果陈涛说：老兄，你这就是我的一条后路了，要是今年不把我动一下，我就到你这儿来干，我情愿给你打工。说得他心下一顿，心想不等你陈涛来，我兴许就溜之大吉了。

他走出华侨饭店，心里越发不是滋味。好像街上的人都用嘲弄与鄙夷的眼光看他。甚至那些路灯也是居高临下地对他不屑一顾。

他便盯着这些灯杆出神。他所处的这条滨海大道挂满了庆典的彩色条幅——那时的海口几乎天天都是像过年一般。忽然，他心里动了一下，他想如果把这些灯杆利用起来，作为广告的发布位置，一定是异常醒目的。这个突如其来的创意仿佛在心里拨亮了一盏灯，让他激动不已。他立刻就想着手操作，去同市政部门交涉，先拿下灯杆的广告发布权。但冷静一想，却又顾虑了。他觉得像这种无需投资的项目很容易让人偷了去，不等你手续办完，别人就已经利用它把钱赚到手了。与其这样被动，倒不如先斩后奏。于是当天下午，他就去了一家正待推出新楼盘的公司，他直接找到老板，开门见山地对他说，我可以一夜之间让你的物业家喻户晓。很巧，那老板从前也是个文学爱好者，办公室里有一份名气很大的报纸，这一期副刊的栏题恰好是他的题字——这似乎表明他还算得上一个名人，很自然地增加了对他的信任感。而且老板对灯杆上插满彩旗的广告效应十分欣赏，说这很像迎接一位外国元首的规格。不到一小时，生意居然就谈成了，合同金额六十万！合同一签，便给了他一张二十万的支票作为订金，还强调说不要回扣。交个朋友吧，老板说，有机会送我几本你的大作，我好好拜读。他说这没问题，其实他心里在说：我的大作刚刚完成呢。

几天后，海口的八条大街上飘满了彩旗，简直成了一大景观。人们还没弄清是怎么回事时，他们就赚了三十多万了。他让人给市政部门交了几万的管理费，因为及时，便逃脱了罚款。这第一笔生意给了他很大的鼓舞，他给大家发了丰厚的奖金，又正式通知陈元田：刘锐划拨的余款九万八我不要了，如果需要把以前的投资再划走也可以，但那样我就得离开南岛集团了。陈元田倒不无幽默地说道：你自由了。那时他心想：自由？在这个充满欲望的岛上，狗屁的自由不过是靠钱赎回来婊子。我他妈的就当了几十天的婊子！

他想现在该回趟犁城了。

那时海口与犁城的直达航班刚刚开通，我上午还在海口，两个半小时后，就出现在犁城的洛川机场。六月的犁城天气应该很热了，但这些日子由于第三号台风在海南文昌一带登陆而变得有些凉爽，仿佛秋天提前而至。我离开家已有两个月了，这是我自结婚以来离家最长的一次。想到很快就要见到女儿，我心里非常激动，想这孩子一定又长高了，在幼儿园又学到了不少东西。我匆匆走出机场，突然发现了李佳站在出口的栅栏边，这是我没有预料到的。我们结婚七年，这是她第一次迎接我。而且这次并没有因为近视而受影响，她很远就注意到一个西装革履的男人是她法定的丈夫。李佳挥了挥手，脸上的笑容让我想起我们在大学的年月。

李佳说：这么快呀，飞机还真方便。

我说：其实花几个钱给天上也就当在家门口上班了。

女儿在幼儿园，这时候正睡午觉。我还是跑去了，贴着窗户玻璃看她——她没有睡着，对我偷偷地招着小手。这时，年轻的女老师走来同我打招呼，说下午是游戏课，我可以把女儿提前接回家。这个女老师很开朗，一年前我送女儿来报到，她就告诉我，说曾经因为读我的一个长篇小说剖鱼时割破了手。她似乎感觉到我和李佳之间有些隔阂，就试探地问道：你们还好吧？你这次回来还走吗？我说还走。女老师说，那小孩她妈一个人带孩子可够辛苦的了。我说那是，目前还只能这样。

和幼儿园女老师的简短谈话给我造成了沉重的压力，刚才的兴奋不觉淡了下去。想到我和李佳的婚姻现状，我一下就回到了以前那种情绪。女儿一天天地大了，她的父母竟越走越远，这样下去对孩子没法交代。我这次回来给李佳带了一枚蓝宝石的戒指和一根纯金的项链，上面缀有五颗心。但这似乎已不是迟到的爱情信物，也不能说是变相的报答，准确地说，应该是一种纪念——我们毕竟一起走过了多年，毕竟是夫妻一场，过不好则是另一回事。至于下一步怎么办我心里仍然是没有底的。关于南方的谈闻掩盖的不过是暂时的现象，我想，用不了多久便会自然而然地故态复萌，回到我们从前的轨道——这是上帝预先设定的轨道，改变或调整都将困难，甚至根本不可能。这个感觉李佳其实也有，她不想作出任何性爱方面的暗示，而是替我晒了垫絮换了床单并买了一些我喜欢吃的菜。晚上，一家人热闹了很久，等女儿睡了，我和李佳换到书房里说话。她问我到底赚了多少钱。我说钱是赚了一点，我不能贪污但可以支配。李佳说那你一辈子就是这么赚钱花钱呀，那又有什么意思呢？我说一步步来吧，以后的事谁能预料？我想我最终还是会回到我的书桌上写我想写的东西。李佳突然说了一句伟大的话：文学救了你却害了我。这些年过去，我对这句话仍是欣赏。我想当初李佳如果不爱好这个文学也就不会爱上我，也就不会那么多愁善感顾影自怜了。所以她现在很怕她女儿重蹈覆辙，除了《安徒生童话》，她便不许女儿看其他文学书。可是这孩子已偷偷把《红楼梦》看了两遍。

那天晚上，李佳后来问我身边有没有女人。我摇头，我说暂时还没有。李佳笑了一下，那意思是认为我在说瞎话。她大概想说你这家伙在犁城这么一个落后的地方都不安分，谁信你到了大特区的海口会老实呢？而我暗自吃惊的是她谈论这个话题的语气，那是一种局外人的从容语气，就像谈论数月前“霞飞”广告的风波，好像我的堕落与否对她无足轻重。我不禁又猜想，或许李佳已经安排好一条后路了，眼下不过是离婚的一支前奏，采用的是渐进的方式，由弱而强。

以后的一个月里，除了大把地花钱，我好像无所事事。这期间我回了一趟石镇，父母现在才知道我已经去了海南。我父亲显得忧心忡忡，总觉得离开单位自谋出路是一件危险的事。而我母亲的担心是不希望自己的儿子日后成为一个小老板，以为那并不光彩。我于是作了些解释，说自己的打算是挣了些钱后再来安心写作。我说我不想做一个寒酸的文化人。然后他们就问到了我的婚姻状况，说这样下去终归不是个办法。李佳自从和我结婚，这些年就没再来过石镇，每年的春节我父母都要用诸如节日加班值班之类的理由去搪塞街坊的疑问。我们的关系其实已没有好解释的，但作为父母，总不希望儿子在这个问题上越陷越深。我母亲总是叹道，失败的婚姻那可是比死了父母还伤心的事啊。

一天夜里，我无端地梦见了远在美国的韦青，醒来觉得有些奇怪。似乎每当我陷入情感的困境时，这个韦青便不经意地出现了。她好像在我家的院子里喂鸡，优雅的手势和温柔的话语给我带来了幸福。那时这个院子没有第三个人，韦青的背影在秋日的阳光下显得有些瘦弱，等她转过身来，我不禁吃了一惊——她已经完全是个老妇的形象，牙齿差不多落光了！我看不见自己的面目，但想象中的我则更为衰老得可怕。我便是从这时刻从梦境中挤了出来，一脸是汗地靠到床头，忧伤的心情一直延续到天亮。这种对衰老的恐惧感在那个深夜显得异常的深刻，这或许也从另个方面反映出我的情感生活是多么的苍白。我后来在日记中把这段时光称作情感生活的真空时期。

我在《北纬20度》的导演阐述中指出：我要表现的是一种海与岸之间的焦灼状态。这其实也是我那时的心情指标。在我所接触的“大陆人”中，极少有人把海口当家的，哪怕你是无家可归者。海口似乎天生就不具备家的条件，我无法在一个岛屿上去解释家这一概念。海口就是个码头。所以后来刘锐征求我意见是否正式调过来时，我不假思索地表示了谢绝。我希望能够保持住玩的精神状态。但是，在犁城住上半月后，我却像泄了气的皮球似的，突然就失去了继续闯荡的情绪。我每天接送女儿，买菜做饭，不再像以前那样烦躁和敷衍了。而且我自己也感觉得到脾气好了许多。公司不断有电话来，谈话的末尾他们都要问上一句：老总，你什么时候回来？不会就此把大伙撂了吧？我这才意识到自己还肩有一份责任，比起过去的日子，显然平添了些沉重。然而这么快地就让我离开女儿，心里还真不是个滋味。孩子就要放暑假了，可以整天和我在一起，但是我却想着要离开，这种折磨让人心累。于是我便与李佳商量，想让她和女儿随我去海口度假，这样我也就不再分心。她迟疑地同意了。几年后，李佳回顾这次海口之行不免感叹，她说我发出的是一个极其错误的信号，她以为这将是家庭重修于好的开端，但是没想到罪恶在她离开后不久就他妈的发生了。我太傻了，她愤愤地说，我差一点儿还打算把家搬到海口呢！

这几天的拍摄进行得还算顺利，平均每天的镜头量达到七十，制片方很高兴，今晚让大家加餐，之后是去一家夜总会跳舞。我想把前几日拍的素材从头到尾过一遍。我在浴缸里泡了一会儿，看着自己日益臃肿的身体，一种老之将至的感觉油然而生。冬天的时候，我在北京的一家饭店里安静地度过了四十岁生日。只有我一个人，窗外飞着雪，那时候我的心情黯淡到了极点。我几乎不敢面对四十岁这个事实，我总觉得我还属于青年。我讨厌人生的中年就像讨厌滴在稿纸上的一团墨水。这个阶段的人尤其是这个阶段的男人有着所谓成熟的思想和丰富的阅历，同时还有旺盛的精血，因此他们会变得格外的贪婪。他们的欲望极端膨胀，充斥视野的全是疯狂。我不知道我将怎样去面对我的中年，我脚下的土地显得极不踏实，以至于每走一步我都气喘吁吁。

我就像一匹在沙漠上行走的骆驼。

——1998 年 3 月 6 日

犁城在 1992 年的夏季表现出前所未有的可爱。南来的寒流形成虚假的秋意镶嵌在夏天的镜框里，于是人们充分享受着这种自然错位的实惠，同时为空调的缓购松了一口气，以期进一步的降价。街上的行人衣着绚丽步履从容，满怀喜悦地品味着这四季如春的感觉。海口有这么舒服吗？你还是赚一把钱回来算了。几乎每天都有人这么劝他。他说，我也没打算在海口待一辈子，不过我也没打算将来老死在犁城。那时他心里却想：我的家装在我口袋里。

这天下午，他去街上给女儿买玩具，在一家工艺品商店，他发现了一种金属珐琅挂盘。他仔细察看着，其实不过是搪瓷制品，但经过特殊的工艺处理，它的表面呈现出一种磨砂效果，看上去很有美感。他打听到这东西就是犁城搪瓷厂生产的，便立刻赶去。在车间，他找到了那位年轻的技师，问道：这东西能成批地生产吗？技师说除非是固定的图案，否则不行。技师说厂里搞这东西原意是作为广告公关的，没想要大批量地进行开发。街上的那几件都是脸盆底弄的，成本很小，工夫花在手工制作上。他琢磨着，又问道：如果是我指定的图案，你有把握做出来吗？技师说：只要不复杂就没问题，你看一眼你就会干了，工艺流程很简单。他说：我现在就想试试。他果真就按技师的指点做出来了一只挂盘。当挂盘从电炉里出来时，他的考虑也完全成熟了。

他准备做一笔买卖。

第二天，他电告公司，立即将海口的几家大公司的企业标志电传犁城。下午，他带着这些标志图案去了搪瓷厂，同负责业务的经理开始交涉了。他说：我要一万只。这个数目对日益不景气的搪瓷厂无疑是有诱惑的，况且他出的价格又很优惠。于是不到半小时，双方就草签了协议。他留下图案，要求看到样品后再做正式合同并付订金。他又去了一家皮革厂定做了几只与挂盘配套的包装盒。那盒子采用仿羊皮包装，内衬蓝天鹅绒，外加烫金字样，看上去让人爱不释手。这么一加工改进，原来的挂盘便一下子升了格，连搪瓷厂那个年轻的技师都怀疑这东西还是不是脸盆底制成的了。真是货卖一张皮，他满意地笑着，现在这东西就算得上个玩意了。他想，等自己把这件礼品送到这几家公司老板手中时，他们能不吃惊吗？他们怎么也不会想到自己公司的标志是怎样嵌入到了这件“金属珐琅挂盘”里的。他们能不高兴吗？只要他们高兴你会没有钱赚吗？至于价格，余地是十分宽广的，因为这是工艺品，工艺品是不好估价的，你能按一块黄杨木的价格去收购一件黄杨木雕吗？工艺品卖的就是一个喜欢。

那几天他因为这件事兴奋不已。现在文化公司账上有钱了，那个陈元田便不好再作梗。在合同签署之后，他一个电话过去，第二天预付的订金款项就到账了。对这个顺手拈来的项目他信心十足。而且他估算着，只要一万只挂盘顺利脱手，价格没有大的变动，二十万的利润便垂手可得了。这么一来他的公司就挣了五十多万，一年半载是花不完的。他长吁了口气，想起前些日子在集团内部的忍气吞声，就感觉是做了一场噩梦。看来人确实是需要一点压力的，他想，现在老子可以大声地宣布：我在南岛集团喝的每一滴水都是自己挣的！

李佳颇有些诧异，她没想到这个连“头寸”都不知道的小文人竟真的把钱赚到了手。工艺挂盘这件事就发生在面前，凭直觉她认为也是会赚钱的。在李佳看来，这个男人的确不笨，只要他兴趣所至，便会把一件事干得很像样。但是李佳又非常清楚，这个男人仅仅是凭兴趣做事的，这便不会在某一件事上耗得太久，大概只有写作是个例外。对待女人他也是一样的德性，所以这种男人将一辈子生活在恋爱中，这种男人根本就不配有家庭。这是李佳对他失去信心的根源，然而那时的女人又重新陷入了矛盾。本来她的设想是彼此拉开距离适应一下，结果恰恰是因为分开反倒加深了男人对家庭的看重与眷恋。这情形很像当初他们的恋爱，如果那时这个男人不是离开犁城到水市工作两年，他们肯定就彻底分手了。现在，他又提出一家人去海口度假了。李佳在那个凉爽的夏季真正感到了迷惘，她隐约觉得在这宗漫长而疲倦的婚姻中，自己第一次处于了被动地位。她发现自己对这个男人开始有了依赖，与当初的企图摆脱差距甚远。对于女人，这无疑是一颗不幸的种子，女人日后的痛苦已经在所难免。

很多次，李佳对1992年的海口之行懊悔不已。在南方的几十天里，新鲜的风景和新鲜的菜肴使女人不知不觉地完成了心态转化。她仿佛预见到了一种全新的生活正向自己款款而来。海口的面貌以及阳光空气和水都给李佳留下了好印象，于是以迁徙摆脱过去的策略在她头脑中逐渐酝酿成熟。那时她想，如今孩子大了，男人发展得也不错，与其各奔东西还不如齐心协力把家庭搞好。李佳想过些时候，等男人把基础再打牢一些，如果没有其他障碍，她便准备办理调动手续了。我们可以重新开始，她私下里这么想，一旦家搞漂亮了，这个男人也就恋家了。她觉得应该换一种方式与男人相处，这便是尊重他的选择。看来重塑一个男人是过于理想化了。三十岁的少妇李佳在那个夏季对计划中的未来显得信心十足，却不知道这仍然是命运安排的一个陷阱。

我们是那年的七月初由犁城飞抵海口的。集团又安排我们住进了别墅。副总裁齐之荣还专门在望海楼设宴给李佳接风。齐之荣是军人出身，为人厚道，对文化人显得比较尊重。我进南岛后，与他的接触中一直是很开心的。他希望我能尽快调过来，并说刘锐对我的印象不错。而我已经有了我的判断，只是难于言表罢了。老齐在李佳面前把我夸赞了一番，说一个文化人能在海口施展开拳脚，并能把钱给挣出来，实在是很不容易。我似乎也有点飘飘然了，席间大谈工艺挂盘项目，还将带回的样品请他过目。老齐看过，觉得很意外，说这个项目抓对了，并说它已经具备了实业性质，如果这一炮打响，他就建议刘锐投资兴建一个工艺品厂。老齐和我谈得兴致勃勃，一旁的李佳则更为欢欣，因为一切迹象似乎都印证了她的判断。那天晚上，后来李佳谈到了实质问题。她说她回去准备同父母商量，要是他们没意见，她就着手与海口这边联系。审计部门还是缺人手的，她说，这样的话我还在小政府，你在大社会。我听说这种家庭结构最合适。李佳的话让我感到意外，像这种大动作依她的性格是根本无从谈起的，而现在她居然还打算实施。我立刻打消了她这个念头，我说海口只是个临时码头，你见过在码头睡一辈子的人吗？李佳却不以为然地反问道：那你的家在哪儿？我一下没话了。这正是我最大的困惑，我想，难道我的家果真装在我的口袋里？我的沉默引起了李佳极大的不满与气愤。她刚刚培养的憧憬遭遇了毁灭性的打击，于是她便即刻返回到了原有的思维定势——这个男人的确是不可信赖的，自然就更谈不上有所依靠了。半个月后，李佳带着一腔怨恨提前结束了假期，登上了返程的海轮。我记得那是个阴霾四伏的天气，海面上笼罩着乌云，气压低得让人感到窒息。我建议她推迟几日，等订到机票再走不迟。但她执意不肯，说走就走，她说：我是需要家的，我的家在犁城。

几年后李佳回忆起这次旅行仍不无感叹。她说当海口的景物在她眼前开始晃动时，她的泪水不禁夺眶而出。她说她有生以来第一次真正尝到了幻灭的滋味。她说对于女人，痛苦不过是片刻的不幸，幻灭才是一生的灾难。

此刻我就站在秀英码头。今天要拍的是 1992 年“大陆人”抵达海口的戏。我们雇了两百名群众演员，副导演正安排他们做出卖力的欢笑表情。码头上拉起了大红横幅，上书：大特区热情欢迎你！我们企图制造一个虚假的繁荣景象来唤起大众对海口昨日的回忆，但是从整个剧情看，这个喜气洋洋的布置恰恰是对悲剧效果的一次铺垫。趁着灯光还没有布置好，我走到一个僻静的角落安静地抽了一支烟。我的眼前呈现出李佳离开时的那个伤感的天空，我依稀记得或者仿佛看到有一只白色的鸟在追逐着那艘笨拙而沉重的海轮。那应该是我。我的女儿随她的母亲又一次离我而去，我却像一根锈锚扎在了这个孤独的岛屿上。那一天里，我沉浸在无限的忧伤之中，这揪人的感觉时至今日也未从我的心头彻底走出去……

——1998 年 3 月 15 日

海口：1992 年 9 月

男人从秀英码头返回公司已经是黄昏时分。那艘船离岸不久海口的天空就下起了大雨。不知这场雨是否也淋到了那艘船上，他这么想着，今天真不是个离开的日子！李佳的脾气就像最近几天的天气，变化之快让人猝不及防。但他明白李佳的心思，他想李佳是带着怨恨走的，同时夹带着受伤的尊严。那天晚上的交谈后来草草收场了，但是他却一宿没合眼。女儿睡在他们之间，头靠着母亲，手拉着父亲——这个姿势保持了很久。等孩子翻身，他便悄悄下了床，去了隔壁的酒吧。他倒了一杯人头马，灭了全部的灯光，然后坐到靠窗的沙发上。月光洒落在他身上，效果很像一张低调处理的照片。在那个漫长的深夜，他的身体被月光和黑暗所分割，而他的心似乎已大卸八块，受着痛苦的煎熬。他回想起与李佳相处的前前后后，觉得自己就像一只蚕蛹，被一团团剪不断理还乱的情丝紧紧纠缠。但是这只蛹迟早是要变成长翅膀的蛾子的。长翅膀的未必就是蛾子。苍蝇也有双翅，而这虫子的飞行轨迹不过是一个圆圈……

雨越下越大，码头上腾起一片雾霭。他退到候船室，惦念着那艘船。后来他就渐渐睡着了。他梦见了一片蓝色的空间，有一双翅膀在风中鼓动着，然而他却不知它们属于什么身体。这个困惑追随了他很久，仍是一个悬念。

不知不觉中又过去了一个月。如果不是那笔生意，他怀疑自己能否轻松地打发走这段特殊的时光。与大陆相反，八月的海口除了正午有一阵暴热，其他的时间并不难熬，尤其是晚上，从海上吹来的风夹带着椰子的清香拂过城市，产生了惬意的凉爽。工艺挂盘项目进展得十分顺利，他所到的每个公司都产生了同样的效果，客户们皆表示出意料之中的满意。刘锐也认为这个项目不错，但他的思路不是要办一个什么厂子，而是企图把这个项目引到法国。我们可以借题发挥，刘锐说，在欧洲建立一个桥头堡，这样我们就伸出去了一条腿。我们另一条腿自然要落在美国。刘锐让他暂时把这种转手贸易停下来，花工夫就该项目在欧洲运作的可行性做些分析。他觉得这事开始变得有些荒唐了，这算他妈的什么项目呢？欧洲人要你这个烂脸盆底干什么？他明白刘锐的意思是醉翁之意不在酒，不过是巧立名目借风过湖。而且他觉得刘锐也有了些妄自尊大，一点破事便是欧洲美国，开口闭口就是跨国公司，好像他是个国际商务使者，到哪儿都是畅通无阻。尽管这样，他还是按刘的意思做了，果真弄出了一个“可行性报告”交给了集团总部。几天后的一个下午，他在楼梯上碰见刘锐，就问报告看了吗。刘锐说看了，但同时又通知他，这个项目从现在起他可以不插手了。这是他始料不及的。

这是什么意思呢？他后来想了很久仍是弄不明白。于是他去找了齐之荣，想搞清楚刘锐的用意。齐似乎有些难言之隐，就只好说：按总裁的意思办吧。直到下个周末的晚上，他才无意中得知了实情。这一次又是北京来人了，好像是一个部长，刘锐自然要设宴款待。每逢这种场合，刘锐都要让几个具有代表性的人物作陪。刘锐要介绍说谁是博士，谁是教授，谁是高级工程师，谁是作家，然后免不了要加重语气来一句：我们这儿什么人都有！言下之意是我刘锐的旗下人才济济。这话并不过分，但是他总觉得如坐针毡。部长并不认识我，我也不需要认识部长，何苦要受这份罪呢？他这么想着，忽然听见刘锐说，南岛集团下一步是把重心向国外市场倾斜，为实现集团的跨国公司目标打好基础。我们已经派人去法国考察了，刘锐说，想先与巴黎的一家公司合资办一个开发中国民间工艺品的厂子。他感到吃惊，原来刘锐不过是让他做了些下手活，这与会议上所说的“谁的项目谁负责到底”完全是两码事。那个纸醉金迷的晚上，刘锐的侃侃而谈对他已失去了吸引力，等宴席撤去，转入卡拉OK式的轻歌曼舞时，他便悄然离开了。

外面是一个姣好的南国之夜，椰风习习，月光妩媚，然而他已失去了好心情。街上的行人已经很多了，这将又是一个疯狂的夜晚。有人说海口的一天是从晚上开始的，这话不准确，应该说海口的一天到晚上才有看头。他沿着滨海大道往海甸岛的方向走着，看见人民桥的南端有当地的土著正在搭台唱戏，唱的是琼剧《三看御妹刘金定》。琼剧的腔调和粤剧很接近，那个女主角嗓门洪亮，唱得热血沸腾，但是他一句也不懂。于是就离开了。他想，做一个看客其实是很舒服的。他本来就该做一个看客，充其量做一个票友，而大可不必粉墨登场，结果他真的下海了，唱出来的腔调连自己也弄不懂了。不多会儿，他回到了集团的大楼。他想今晚写几个字。很久没有写作了，尽管此刻心情黯然，但写的欲望却显得格外强烈。进门时他瞥了门前的石狮子一眼，不禁暗自发笑。我他妈的就是这个东西，而且我还得缴纳场租费。然后他就进了电梯，门正要合上，忽然听见后面一个女声叫道：等一下。

他急忙用身体挡住电梯门，那女人便从他的腋下进来了。电梯间就他们，气氛自然有些尴尬，他们都侧身而立，各自有不同的视点。女人一直看着脚下，但是他从不锈钢镜面的反映中觉得她并不陌生。

接着他认出她就是“玉兰号”上见过的那个戴墨镜的女人。

我心里顿了一下。电梯很快就到了十楼，我得下去了。我想如果我再不吱声，兴许这辈子我们都没有说话的机会了。于是在我离开电梯的前一刹那，我说：我们见过是吗？她抬起头，显得有些紧张，但是她很快就想起来了。她脸红红地说：是你呀，你在南岛？我说我在十楼的多少号房间，请她待会儿来玩。她点点头说她要去贸易公司看一个老乡。

我便又强调了一句：待会儿见。电梯门合上，我的脚下突然轻松起来。

这个晚上我显然是不能写作了。似乎有一种感觉从我心里升腾而起，它至少表示我们给对方留下的印象是良好的。我做出一副平静的姿态坐到写字台前，闲览着当天的报纸，而我的内心却越发地不平静了。我在等她。我在想着即将进行的交谈的第一句话。这种感觉显然已超出了普通接触的范围，带有暧昧的色彩，从而奠定了某种基调。实际上我是在期待着某种印证。如果那个晚上她没有来到我的办公室，自然就不会发生以后的一切了，我的这种感觉便会迅速解散干净。但是没过多久，她来了。当那几下略带迟疑的敲门声响起后，我仿佛对我们未来的图景一目了然了。我有了一种类似征服者的喜悦，这超前的欢欣实在有些莫名其妙。

我现在可以正视她了。她的眼睛非常漂亮，而且明净灵活，让人心动。桑晓光这个名字也给我以好感。这个来自武汉的女人原是一家报社的记者，如今虽然还在报业工作，但大部分的精力却用在广告策划与房地产中介上。在她走进我这间办公室之前，她已经从她那位老乡那里知道了关于我的一些情况了。所以我们的交谈从一开始就比较从容，话题仍然是半年前船上的邂逅引出。她说她一眼就看出我是第一次到海南来，因为只有初上岛的男人才会穿一条短裤。而她已经早来了一年。我本来是打算坐飞机的，她说，可是前一晚我做了一个噩梦，就改乘轮船了。她没有解释那是怎样的噩梦，但我感谢这个梦魇。我说倘若没有你这个梦，我们现在就不会这么面对面地坐着说话了。我以为这句话会带来轻快，可是我注意到她的脸色陡然出现了凝重。我又给她拿了一瓶矿泉水，降低声音说：你怎么了？我是不是说错话了？

她很不自然地笑了一下，说没什么，只是觉得没有必要再提那个梦了。

谈话就此打了一个结。这之后我们完全是东扯西拉地谈了一些不着边际的事，什么封岛呀，特别关税区呀，再造一个香港等等，我们仿佛成了电视台某个专题节目的嘉宾主持。那时大约是临近十一点的光景，她挪动了一下身体，似乎表明要走了，又像是等待着我的进一步挽留。于是我说：要是没什么事就多聊一会儿吧。她反问道：你有事吗？我是不是耽误你很久了？今天是周末。我说我没事，我每个周末都没事的。这句话明显带有暗示，我似乎急于向她表明我身边没有女人。她笑了一下，她说她觉得有点奇怪，居然在电梯里又见面了。我说其实在船上我就预感到我们还会再见。

你那么相信预感吗？

我只相信我的预感。

我记得当我说出这句话以后我们便陷入了沉默。1992 年夏季的那个晚上对我是重要的，在序幕之后，我和桑晓光的故事就是从这个晚上正式开始的。此刻，我离开了剧组的驻地，正沿着那个晚上我们共同走过的路往前行，这是一条靠近海甸溪的小路。

你现在看到的是昨日的风景。但这却是我用心复制的画面。这条小路我们仅走过一次，然而它却是我们开始的路。旧时的足迹早已不复存在，我也无找寻之意，不过是借此把我的记忆再描一下，因为我虽然害怕重蹈覆辙，但还是不希望这块记忆的天空受到污染。我说过我需要这片蓝色。

然而，一件意料之外的事出现了。我看见在这条小路的尽头立着一个女人的身影——是桑晓光！她显然已等候我多时了，这一回是我走进了她的预感。

怎么是你呢？我走过去说，我没想到你还在这个岛上。

我一直在。不在的是你。

我始终把这儿当个码头。

这回能靠多久？

两个多月吧，已经过去半个月了。

可我印象里你已经失踪三年了。要不是从报上看见电视剧拍摄的消息，还真难得一见呢，你现在谱大了。

我是想等忙过这阵，再说我还得打听，你电话号码换了是吗？

我早换了。

是不是骚扰电话太多了？

是又怎么样？

不怎么样，这说明你魅力不减当年。

你这人怎么一点儿没变？说话还是这么酸溜溜的！

都四十出头了，没法变，好坏就这样了。要是你不忙的话，找个地方喝茶吧。

后来我们就去了一家叫做“子夜”的茶楼。她开着一辆新买不久的白色都市高尔夫，驾驶娴熟，还是那么有派头。我们在茶楼上坐了将近两小时，却没有说多少话。她保养得还是很好，只是气色显得有些疲倦，眼神中透出不易察觉的黯淡。我想她过得并不如意——李佳曾这么说过，但是现在我又能说什么呢？我甚至几次想中断这种不伦不类的接触——我乐意去做一个恋爱中的男人而不想扮演一个旧日情人的角色。我想还是让过去成为记忆吧，这是最明智的考虑。到了分手的时刻，我说：回去晚了点，你那位不会有意见吧？我突然想起，几年前的那个夏夜我也说过同样的话。

我已经厌倦被人管的日子了，她说，我厌倦。

——1998 年 3 月 17 日

沉默在一个夏夜出现在一男一女之间是意味深长的。你预感到什么呢？他想着，你是否预感到一会儿这个漂亮的女人会投向你的怀抱？你对这个女人印象深刻，几个月前在白沙门你就认真地去想过她，可是你没想到眼下她就坐在你面前！

隔着一张写字台就这么沉默着。这一刻显得多么的安静。似乎谁都不想首先去打破沉默，或者说两个人都在寻找打破沉默的方式。他看着她，那目光已经是赤裸裸的，毫无遮掩，但她始终在看她的手——它们交错一起不停地动着，像刚脱壳的雏鸟。这时，他觉得一句话该说了，他轻轻地喊了她，她抬起头便被迎面的目光击得一惊，脸色骤然泛起了红晕。女人的紧张还没有过去，男人的话就已经脱口而出：

我可以爱你吗？

女人绝对没有想到男人会这么直截了当。那一刻，女人感到不知所措，但她内心的激动则通过她丰满的胸脯暴露得一览无余。女人没有吱声，咬着嘴唇，又把头埋下了。她听见男人说：我是认真的，不过现在你不要回答我。什么回答都不要。如果你觉得我们还可以一起谈谈，三天以内给我一个电话。

要是过了三天呢？女人说，还见面吗？

不，男人说，那会很累。现在我送你回去。

这个男人很霸道，女人这么想着。可是正是这一股霸气使她在那个夏夜辗转反侧。

电梯间仍然是两个人。女人有些顾虑，所以把双手抱在胸前。但是男人并没有做什么，甚至都没有拿正眼看她，与刚才判若两人。很多天后，女人这样对男人说：你这家伙是个高手，引而不发，好让我自动上钩。女人说要是那天晚上你就动手，我会一耳光把你扇开的。

后来他们就走上了那条小路。在路的尽头他问了女人：回去晚了点，你那位不会有意见吧？女人说“那位”出差了。女人以为他会说那我送你到家门口吧，但是男人没有说。男人拦了一辆出租车，撂给司机二十元钱，说：把这位小姐送回家。然后就替她拉开了后面的车门。

这个晚上他不打算回宿舍了，因为他预感到女人会来电话。他冲了个凉，光着身子坐到阳台上。从这个位置可以看见很远的海以及海面上夜航的船舶。这时，他想到了李佳和女儿。和以往一样，每次面临新的情感，他心里都显出隐隐约约的不安。将近三年，他没有新的艳遇，于是那颗浮动的心也渐渐沉落了，现在突然出现了变化，他毫无准备，这种不安便更为强烈。他似乎已经感到，与桑晓光将要发生的情感是无法阻挡的，也不会是过眼烟云的逢场作戏。尽管这个女人有家，但从她今晚的表现看，这个家对她没有吸引力，也不至于有多少束缚。这是典型的外遇，他想。这种感觉不好，是赤裸裸的通奸。通奸之于爱情总有剔除不尽的亵渎，不干净。问题是这个女人又非常可爱，她的顾眼流盼彻底地打动了男人，充分调动了男人的爱意和性欲。这个时候，性就是一条蛇。

一切都没有发生，他不过是在假想中见到了那条蛇。

电话突然响了！

他用力使自己平静了一下，才拿起话筒，女人的呼吸便传了出来。

还在呢？

我在等你的电话。

又是预感？

没错。

看来我太老实了，我是怕……

你不来电话，我会很着急，一宿都不会睡的。

你现在困吗？

我们接着聊。

那你说吧，我很喜欢听你说，也能想象出你说话的样子。

我说的够多了，你说，你的声音很漂亮。

我该从哪儿说起呢？

桑晓光那个晚上在电话里说的事令我吃惊。话题还是从那艘船谈起的，她说她刚在武汉的家中做过流产，静养了一个月回来上班。因为她丈夫每天忙于公司业务，加上她又到广州看一位亲戚，所以就没有让男人来接她。船到海口，她兴冲冲地赶回家，没想到家中已经住进了另一个女人，而且那女人还微笑着问她：你是谁？她说：这话应该由我来说，你是谁？那女人就明白了，然而并不怯，仍旧是微笑着说：问你丈夫吧。桑晓光被这突如其来的灾难气得差一点晕倒，立刻就住到了一个朋友家。那时她想起在广州做的那个梦，她梦见自己变成了一只白鸟，在空中盘旋，翅膀一直在滴血……

我早该想到，她这样说，我忘了这儿是海口。

现在呢？我问道，你打算怎么办？

我想我迟早会离婚的，她说，这块阴影在我心头过不去。

然后她就哭了，哭得很伤心。怜香惜玉是我们这种男人的劣根性，况且电话那端的女人今夜已经走进了我的生活。一股虚夸的英雄气的东西鞭策着我，好像这个女人自九霄落下，而我能将她接住。我说你别再哭了，这没什么，真的没什么，等一个好天气去把手续办了吧。

我好像说得过于简单了。其实我真正想说的意思是：没关系，有我呢！在那个深夜，我的确想对桑晓光承担些什么，似乎这已是义不容辞的责任。而且那种通奸的罪恶感也自觉地消解了，我把她视作了一个独身女人。这一点很重要，我并不想成为第三者去肢解他人的家庭。这与其说我还有残余的道德观，不如说我在怜惜自己——我无法容忍一个刚从丈夫身边醒来的女人又爬到我的床上。我承认我是一个自私的男人。

电话一直打到了天亮。第二天是星期日，我便去了一家新开业的酒店包了间客房，舒舒服服地洗了个澡，想好好睡上一觉。可是由于过度的兴奋竟不能成眠，眼前总浮动着桑晓光那张明眸皓齿的脸，这张脸的表情随着她昨夜的电话故事不断变化，支配着我的想象力。我在宽敞的床上翻来覆去，直到黄昏才勉强睡了会儿。我醒来已是晚上将近九点的光景，觉得该给桑打个电话了。我便呼了她，不一会儿电话过来了。你怎么在那儿呢？她说，我以为你就在办公室里打个盹呢。我说我得踏踏实实地睡上一觉。她就问，睡踏实了吗？我笑道：马马虎虎吧，意思到了。她说不好意思，弄得你这么累，昨晚的电话打得太长了，我从来没有打过这么长的电话。我说我也没打过，算是填补了个人生活的一项空白吧。然后我又说要是没别的事，就过来接着聊。她似乎有些犹豫，但我已经把电话给挂了。我起床把自己收拾了一下，望着镜子里的男人，觉得他还有几分英俊，我不禁自嘲一笑：我他妈的又成恋爱中的小伙子了！然而我一点也不轻松，和以往的经历相比，我总觉得多少带有一些勾引的成分。一切来得都非常突然，一个电话就传达了全部的意思，很可能一会儿就将上床——这是不是太快了？我很自然地想到了那个林之冰。当初在犁城我们也是一步登天，结果呢？

桑晓光很快就来了。她显然也没有休息好，脸庞有些浮肿。和昨晚明显不同的是，她的情绪忧郁而低沉，好像完全是另一个人。她也是腼腆的，我们在电话里已经把两个人交往的性质挑明了。我一边倒水一边观察着她，我想她此刻一定很矛盾。因为她在电话里是这么表明的，她说：如果我打算离婚，才有可能去接受新的爱，而我爱的那个人是我所信赖和依靠的。我要的是真爱。这其实是说：你能给我这样的爱吗？桑晓光所说的“真爱”无疑是以婚姻为最终结果的，而这个结果至少目前我还不能给她。更何况在我深层的意识里我是不会因为一个女人去同另一个女人离婚的，那是赤裸裸的抛弃。尽管我和李佳的婚姻是无望的婚姻，但是这也应该与第三者无关，有朝一日的离异仅仅是表明当事人的无能，而不是外来干涉的结果。

气氛不是我们所预期的那个样子。现在我仔细回想起那次的见面，觉得我很像一位心理医生，正面对客户的咨询。而她所言的那些恰恰是我自身的难题。我们开始陷入一种沉重的局面，对下一步似乎都没有底，都不敢轻易迈出。所以这一次理性占了上风，在简单的几句交谈之后，我建议她洗个澡，而我需要出去吃点东西了。然后，我带上了门。

外面的空气很好。地面上的热浪已被海洋所吸收，清爽的凉风掠过我的胳膊很舒服。我走到一个大排档，要了一份炒面和海螺冬瓜汤。那一刻我显得十分的清醒，既然我已经看见了未来的路并不平坦，我何苦非要惹火烧身呢？如果这个女人为我离婚再等候我的迎娶，仅此一副担子便可将我压垮。我害怕这个。我要承担的不是这样的后果。

等我返回酒店时，桑晓光已经和衣躺在床上了。她睡得很沉，昨晚的事对她而言也一样非同寻常，她应该更累。我不认为她是有意作出某种暗示，她的确是累了。我走近她，替她脱了鞋子，又盖了床毛毯，然后将床头灯熄灭。时间又到了十一点，这个晚上还会发生什么事？我无意去想。后来我就坐到台子前打算写点什么。镜子里反映出女人的睡姿是优雅的，但是我发现，她的手不美，比较短粗，像孩子的手。我于是又熬了一个通宵，写下了一堆废话。黎明时分，桑晓光醒了。她这才意识到自己在一个陌生的男人身边过了一夜，显得有些慌乱。她说你怎么不叫醒我？这多不好。我说这没什么，就当是在火车软席车厢吧。说这话时我仍在写写画画，连头都没回。她走到我的身后，一只手像鸟一样轻轻落在我的肩上。

这个平常的动作出现在镜中却成了令我感动的画面，至今也没有褪色。我在这部《北纬20度》中有一组男女主角握手抚摸的叠化镜头无疑是受此启发的。我和很多女人握过手都没有太多的感触，而这一次竟让我怦然心动。我握着的这只手并不漂亮但我却握了很久。没有更多的接触，就这么握着。很长时间过去，我产生了这样的理解——我们是想竭力抓住对方，而命运往往作出相反的安排——你越想抓紧的便叫你彻底失去。

——1998年3月20日

桑晓光自从家中出事后便与丈夫实行了分居，在靠近府城那一带租了一间民房。现在他们认识了，他便建议她住到海甸岛这边来。她自然是同意了。桑晓光的乖巧让他满意，他想李佳就特别缺乏这个。李佳的个性太强，所以他们的生活总是针尖对麦芒以至于两败俱伤。他喜欢没有主见的女人，尤其喜欢有知识而无主见的女人。这倒不是自以为是，让女人什么都听他的，而是他从中获得了一份信任。他觉得女人的信任是对男人能力认可的一种标志。房子很快就落实了，约好今天搬家。他安排公司的员工忙了一上午，大家似乎看出了他们的关系，干得很起劲。只有广告部的邢蓉显得有些神色黯然。这个来自成都的姑娘平时是很活泼的，今天却一反常态，寡言少语。他注意到了这个变化，但没有往心里去。几个月前，这个二十出头的女孩来公司应聘时，他就意识到某种意义上这个女孩是冲着他人来的。这个文静的姑娘在大陆就读过他的小说，而且他们还时常交谈一些关于美术的话题。说她对他怀有几分崇拜也不为过。但他没别的想法，他觉得如果在自己公司内部搞出些名堂是可耻的，那情形无异于教师诱奸女学生。所有的女人都是同行，看来张爱玲这句话很对。但是上个月李佳来时，邢蓉倒与她相处得不错。她们在一起的时间比他还长。法律有时候还是威严的，他想，这个邢蓉不敢轻视李佳是因为后者占着妻子的名分，而桑晓光不过是另一个女人，一个有夫之妇，一个微不足道的小报记者。到了中午，桑晓光请公司的员工去饭店吃饭以示答谢，邢蓉便借故离开了。那时桑晓光正沉浸在新的感情生活里，因此无暇留意这个细节。一旁的他却看得很清楚，但那时他还不知道在未来的日子里这个叫邢蓉的女孩子是多么重要。

那天他兴致勃勃地作了一幅画，是泼墨大写意的山水。这幅画挂在床头是非常合适的。画使这个空间发生了变化显而易见，他本人也很满意。好久不画了，所以作画的过程他有些兴奋，画得大汗淋漓，以至整件衬衣全湿透了。桑晓光说：去冲个凉吧，洗澡间在外面平台上。他看了女人一眼，突然抓住她的手，把她也拉进了洗澡间。桑晓光被这突如其来的举动弄得有些紧张，说：你怎么了？他说：我想要你！女人迟疑地问道：现在？男人点点头：对，现在。说着男人把女人搂到怀里，同时拧开了水龙头。

水像刀子一样切下。水很快浸透了他们全身。女人的身体在湿透的衣服下面产生的诱惑超出了男人的想象。那是一种立体而朦胧的诱惑，具有无与伦比的震撼力。水像是冰冷的酒，他们浸泡在这酒里，他们不能不醉！水最终还原为水，但已浇不灭他们的欲火。他们是在水中燃烧！当他们的身体完全结合到一起时，那扭动的身躯如同升腾的火焰，他们发出的叫喊声仿佛火在风中的呼啸……

这是 1992 年 9 月的标志。是南方之南的标志。是岛屿的标志。

广州：1992 年 10 月

南方没有秋天，这是我多年前的断言。现在看起来，这或许是我后来决意要离开南方的原因之一。我无法忍受生命中剔出这个忧郁伤感的季节。我生于秋天，我的恋爱也基本上发生在秋天，我在秋季承受过许多侮辱和打击，而我最得意的作品也是在这个季节里完成的。

和桑晓光的相爱无疑是我在 1992 年的一件重要的事。但是在开始的时候，这爱情是极不真实的。某种意义上，这不过是一个独处三年的男人和一个分居六个月的女人共同炮制的一场风花雪月。尽管女人一直在强调着“真爱”，男人在自欺欺人地改变着通奸的性质。性从最初就支配着一切，这甚至可以追溯到他们相遇的那艘旧船上——当那个十九岁的姑娘跳海时，女人害怕地紧靠着男人，而后来男人最值得回味的却是女人光润细腻的肌肤。像鱼或者玉，他自语道，有着凉爽的表面。

从那个黄昏以后，我们的接触自然越来越频繁。她那时供职的报社很忙，每天都是早出晚归。但有时候中午我们还想见面，于是就那么紧紧张张地爬到床上，例行公事似的做爱，然而质量又非常之高，每一次都是大汗淋漓气势汹汹让人欲罢不能。这种性默契是难能可贵的，我珍惜这个，实际上它也是我们难以割舍的原因所在。在那前后几十分钟里我们忘记了一切烦恼，不知身在何处。我记得有一次停水了，自来水龙头拧开忘了关，结果等两个人完事了才发现水什么时候又来了，流得一地都是，鞋也漂了起来。我的性爱经历不算贫乏，但与以往相比，这一次显得尤为强烈。桑是一个好女人，我时常私下这么感叹，也是一个女人味特别足的女人。然而我也想从中找出性与爱的比例，总希望感情的砝码重一些，好以此对自己的人格作出响亮的证明。我很想从桑晓光身上找到过去与韦青的那种感觉。

高潮转瞬即逝。快感之后便是困惑。这困惑又需要新的快感来慰藉，需要高潮迭起。1992 年夏季在我印象里是过于漫长了，那时我并不知道秋天其实已经来临，太多的汗水模糊了我的视线。

很多次我脑海里浮现出这样的画面，可我又不能对其作出充分的诠释。我只是隐隐约约地觉得它蕴藏着某种暗喻。我没有把这个感觉告诉桑晓光。不久，她去北京参加一个新闻学习班，计划要住两个月，这对我们无疑是不好忍受的。本来她想放弃，但据说学习班颁发的结业证书将对职称评定有利，我还是劝她去了。我说你和我不一样，职称对你还是有用的。她说如果你能养活我，我就立刻放弃。这自然是一句笑谈，但也透露了她的某种安排。桑就是一个需要依靠需要归宿的女人。虽然当时她不过二十五岁，但已有了一次失败婚姻的记录。婚姻无论对女人还是男人构成的影响都是巨大的，它会让人很快老起来，这与婚姻的成败无关。

我的心思重新回到生意上。文化公司的业务已逐渐做起来，日子不愁过，但是自从工艺挂盘那件事之后，我和刘锐的关系开始疏远了。他可能并没有什么感觉，在他眼中，这个公司只要不向他伸手要钱，只要我还在他的旗下，就没有事可操心的。而我也失去了想干一番事业的好心情，原先打算做的像城市雕塑、拍摄大型电视专题片那样的项目，再也不能给我以激情了。我的生活开始变得奢侈，大有挥金如土之势。我奢侈得心安理得，因为这钱是我挣的，我不能贪污但大把地花它则是天经地义。这天，我找陈元田交涉，想买一辆奥迪车。我说按集团规定，下属子公司在自身财力许可的情况下可以添置包括汽车在内的固定资产。陈元田当即查了我们的账，说文化公司账面上只有十几万。这怎么可能呢？我质问道，我们起码还有四十几万才对呀！我要求查清账目。陈元田说，集团自身订的那笔挂盘礼品购置费先挂着；另外贸易公司借了你们十五万暂时周转，下个月还你，利息照算就是。我生气地说：这事至少该同我打声招呼吧？不料陈元田反问道：有这必要吗？我高声说：有。在文化公司我是爹！我告诉你，这车老子买定了！

我是有意这么嚷嚷。我知道陈元田很快就会到刘锐那儿告状的。我必须要让刘锐清楚我不是一个电视小品里的白面书生。我回到办公室，静等着刘锐的传唤。我是打算今天把一切全摊开的。然而一天过去，刘锐并没有找我，第二天约我谈话的是副总裁齐之荣。老齐开始不切正题，还是像以前那样夸我，然后才说集团最近扑了几个大项目，资金需要量很大，难免对子公司的用款有所限制，但这只是暂时的。我说这本来不该成个问题，只要事先有个商量。我没赚到钱时看人脸色，难道赚到钱了还看人脸色？再说，上面说话得有信用，光许愿是行不通的。你们今天讲承包，明天讲入股，后天又说给子公司的老总分一套别墅，能兑现吗？不能兑现又怎么办？这么下去谁还愿意跟着你们干呢？齐之荣听了面色有些沉重，但最终也只能一笑置之。

那天晚上我感到伤心而沮丧，觉得自己像是落入了一个又深又黑的陷阱。几天后，我去了广州，这个始终不能让我感兴趣的南方大都市那时却有一个开心的笔会。我见到了我的一些久违的文学朋友，海口的那些烦恼便很快忘却了。我现在写东西很困难，时间全出卖给了金钱和爱情。我的一些朋友倒是硕果累累，一夜间都成了当代中国文坛的著名作家，有的差不多是明星了，所到之处都有记者跟踪和读者签名。我不知道自己是羡慕还是嫉妒，总觉得混在其中有些不伦不类。很长时间过去后，有朋友这样说我：只要看见某某人的小说不断，就知道这家伙的生意做砸了。这真是肺腑之言。

昨天，桑晓光又来了电话，说她的一个熟人正要自费出一本小说集，问我能否替他作序。那个人我一点也不熟悉，自然也就谈不上读过他的小说。我有些犹豫，说等看过他的作品之后才能决定。她在电话那端不以为然地笑了，说你是不是把自己太当回事了？我说至少要负责吧，不看作品我从何谈起呢？她就叹了口气，说你当初要是拿写字的态度来对待我们的关系，我们也不至于落到今天这步田地。后来我们就谈到了广州——这段往事我们曾多次说过，但是每一次谈它的感受都不尽相同。我忽然想到刚刚辞世的日本导演黑泽明的那部不朽之作《罗生门》，故事中人所作的表述之间出现了远远大于故事本身的空间，那是叙事的空间而并非想象的空间。然而无论是作为当事人还是叙事者，我觉得要说明白我们的关系，仍是一件难事。

——1998 年 3 月 22 日

笔会很快就散了。羊城的朋友想留他多住几日，看看在广州能否找点项目。在朋友眼中，他是个能折腾的人，是老板，但他们不知道他是个说了不算的老板。一想起临行前和集团结算中心闹的不愉快，他就觉得眼下这日子很窝囊。这样的时候他自然就想回犁城了，他想在犁城虽然过得沉闷，但不需要看任何人的脸色，李佳不会再管他了，他能整天和女儿在一块儿。这次来广州，他就想顺便回去一趟。他已经踏上了大陆，不回去是办不到的。于是他给家中挂了电话。是保姆接的，告诉他李佳前两天去了深圳，也是开一个会。他就要了李佳住地的电话，心想隔得这么近总不能不联系。倘若时间赶巧了，他们可以一块儿飞回犁城。结果李佳他们去珠海观光了，会务人员说需要两天才能返回。他似乎有了一点失落感，这感觉显得奇怪，也令他困惑。他想假如李佳是他的情人而并非他的妻子，那个下午他肯定就追到了珠海。现在这么近却无法联络，好像也是命中注定的事，没准等你到了珠海她又回了深圳，失之交臂，缘分尽了一张纸就是一堵墙。

这时手机响了，是桑晓光从北京来的，说他们的学习班提前结束了，明天就可以飞回海口。他说，我现在人在广州呢。桑晓光问那你什么时候回去？他迟疑地说：我想顺便回犁城看看女儿，想住些日子。桑晓光停顿了片刻，说：我们已经有四十多天没见了，你这一去时间又不会短的。他说，孩子她妈也出差了，家里就只有保姆，这时候我确实想早点回到她身边。桑晓光说：那我们就在广州见一面吧，我现在就去改票。

翌日中午，他去白云机场接到了桑晓光。那个时刻，李佳大概正在珠海开往深圳的豪华游轮上。据几年后李佳本人的分析，当她把疲惫的身体放到深圳的床位上时，在几十公里外的广州某个宾馆里，一对狗男女的偷情刚刚走向尾声。那一天里我都觉得眼中有揉不去的沙子，李佳说，而且我嗅出了一股腐朽的青草味——那是某个女人裤裆里发出的气味。李佳相信自己作为女人的直觉一贯是惊人的，但是她却隐瞒了同时间发生的另一个事实。

就是这样，高潮中透射出隐匿的阴影。从中午到黄昏，他们就一直在床上。轮番的做爱使他们成了一条在波峰浪谷里颠簸的船，在此起彼伏中度过每一秒。纵欲掩盖了一切，观念成为虚无。在那几个小时里意识已接近死亡，连肉体最终也失去了意义。室内的光线越发暗了，他碰碰女人，该离开这张床了。女人只买到了晚上的机票，海口如今是热线，如果今晚不走，就只能拖到三天以后，或者改乘轮船。但他不想女人一个人再在一望无际的海上漂流二十几个小时，那将是寂寞而乏味的。他说，就晚上吧。你一到就给我电话。我明天回犁城。女人接受了这种安排，女人说早去早回吧，别把我一个人放在岛上太久。这句话听了让他心酸，他第一次感到女人很不容易。在广州的时间仅仅是几小时，然而却意外地改变了他的观念——他觉得这时的自己是真的爱上了这个女人。

飞机正点起飞。广州至海口的飞行时间大约五十分钟，等他从机场返回，他想桑晓光一会儿该到了，就匆匆洗了个澡，然后躺到床上等女人的电话。女人的气味还滞留在这张床上，使他陡然感到了寂寞。这时，羊城的朋友看望他来了，他很高兴，于是就把自己与桑晓光的爱情故事一一谈出，越谈越激动。不料那朋友说：你以为你这辈子就只爱她了？可能吗？他反问道：为什么不可能？朋友说别抬杠，你这种人我见得多了。再大的热乎劲也就两年吧，不信咱们走着瞧。尽管头上淋了一瓢冷水，他还是热血沸腾，他说你不了解我，你更不了解她。朋友说我只了解时间，时间的结论会更精彩。

一提时间他便看了一下表，已经过去近两个钟头了，桑晓光的电话还没有来。他想女人这会儿大概在洗澡吧，于是又同朋友继续聊下去。他的神色显得心不在焉，他说：我在等她的电话。朋友说不是刚走吗？他笑了一下。朋友说，都一样，你这不过是第一阶段，算热恋吧。但是男人越往后去这热恋就他妈的越短。不信你到六十岁的时候再热恋一回看看，恐怕时间就只能用秒计算了。朋友显然是个高手。但他说：我不信这个，我只信我的感觉，我现在离不开这个女人，我想我一辈子都会离不开她，我就是这么想的。朋友说：要是她死了呢？你能打几十年的光棍？你别这样看着我，我不过是开一个玩笑而已。他一下陷入了沉默，片刻之后他轻轻地说：我可以为她去死，你信吗？朋友愣了一下，说咱们别谈这个了，你还是等电话吧，我去洗个澡。

时间在一分分地过去，已经是临近十一点的光景了，桑晓光的电话还是没有来。隔壁的洗澡水稀里哗啦弄得他心烦意乱。怎么回事呢？他拿起话筒往海口拨过去，那一端仍是忙音。忽然，他从嘟嘟的忙音中觉出了一种不祥之兆，便立即又给白云机场值班室挂了电话，询问那次航班是否安全降落在海口机场。他说我有一位亲人在飞机上。一个冷漠的声音对他说：不清楚，我们只负责它安全起飞。然后电话就挂断了。又是一串忙音。他顿时觉得眼前一黑……

朋友从洗澡间出来吓了一跳，连忙扶起他：你怎么了？

他一把抱住朋友说：出事了！她的飞机出事了！

然后他像个走失街头的孩子似的号啕大哭起来……

所谓走火入魔也不过如此了。那一夜我真不知道是怎么过来的。当时我似乎认定了那趟航班已经失事，桑晓光遭遇了不幸。而这不幸全是因为我，是我杀了她！我不能想象她为什么不来电话，没有任何理由。我的神经质也弄得我那位朋友不知所措，他甚至懊悔自己的那句玩笑之语：要是她死了呢？我们好像陷在死亡的气息中，周围弥漫的都是血腥味。后来，那时大概已是翌日凌晨五点钟，他陪我到珠江边走动，一路劝着我，说不会是空难，绝对不会。我便想到不久前发生在桂林的那场神秘空难，那一天，我正好在天上，而且是同一时刻。我相信我所乘的这架飞机与失事的飞机在一万米的高空中有过相遇，但死神的手落在了它的肩上。

天渐渐亮了，我们回到宾馆，还是没有海口那边的消息，电话还是忙音。我的朋友已经支持不住了，一躺下便呼呼大睡。我仍沉浸在虚妄的悲切中，为我的女人祈祷。我已决定今天不回犁城了，没有桑晓光准确的消息我是不能作出后面的安排的。到了上午九点将近，屋子里突然响起了电话铃声，是她的！原来昨夜她的电话坏了，就这么简单。我心里的一块石头总算落地了。我说，哦，是这样。她大概听出我的声音有些异样，就问：你怎么了？我说没什么，现在一切都好了。

我这次从广州来，那位朋友还在用这件事笑话我，说那一夜搞得他不得安宁，鸡飞狗跳的。但他又感叹道：男人对女人能有如此的惦念，对双方无疑都是一种幸福。我说这话现在听起来像是挖苦，我们当初的争论算是有结果了。两年，也就是两年。不过这两年应该是我一生之中的最好时光，到今天我还是这么认为。现在，我的窗前正下着雨。剧组上午休息，摄影师带人出去拍空镜了，我告诉他我需要逆光下的雨。需要雨在老街的黑屋脊上流淌的那种感觉。但我还不清楚这些镜头将来用在片子的哪些段落。雨这种情绪的东西对我是永远的需要，就像我的生命中不能脱离秋天。

1992 年秋天开始的时候我在羊城逗留。那场人为的虚拟劫难过去后，我的心绪好到了极点。那时我根本不知道真实的劫难已经找上门了，含糊的敲门声被我忽视得一干二净。几小时后，我登上了广州至犁城的飞机。由于忙着为女儿买玩具和服装，我差不多是最后一名上飞机的乘客，自然机票签到了后舱的末排。没多会儿，飞机就升空了，我这才看到真正的白云。后舱有些颠簸，我的心脏便有些不舒服。于是我站起来想作些调整，以往的经验这样做很有效。突然，我发现中舱靠近窗口的位置上坐着一个熟悉的背影，竟是李佳！这简直是戏剧性的情节，我真不敢相信自己的眼睛。我正想走过去，这时看见坐在身边的那个西装把手轻轻放到了她的肩上。我心里一挫，脚下便迟疑了。我不认识那西装，我想他应该和李佳在一个单位或者一个系统。但他们未必是在会议上才认识的。他们低声谈笑着，好像涉及到了音乐，因为西装的手指不停地在李佳肩上敲着节奏。这种暧昧的情调让我不舒服，我厌恶那只手，但是我不厌恶李佳。想起昨日在广州的所作所为，我只觉得这似乎是天意。我唯一懊恼的是不该搭乘这趟飞机。

天转瞬暗了下来，飞机一头钻进乌云，碰上了某个地区的雷雨天气。机舱里红灯亮了，接着空姐发出通知，解释情况让大家系好安全带。西装的手也随之落了下来。我回到座位上，觉得飞机越来越颠得厉害，但我不想系安全带。那个瞬间是一片死寂，我在想要是真的出事了我会一下冲到李佳那儿，把她紧紧地抱住——这也是命运对我们最慷慨的安排。

很多次，我被这幻想的画面感动得热泪盈眶。我这个内心虚弱的人却愿意活在如此惨烈的氛围中。在那个遥远的二十四小时里，我连续两次面对了死亡——尽管那是虚妄的死亡，但死亡的阴影是无比真实的。死亡赋予我的意义是真实的。我为我的情人祈祷担忧，我愿意和我的妻子一起粉身碎骨，但是肉体的劫难却疏远了我，命运留给我的是无以穷尽的另类浩劫。我没有告诉李佳这件事。飞机安全降落在犁城洛川机场

后，我在附近的一家小馆子里吃了晚饭。我破天荒地要了一小瓶二锅头，慢慢地喝。那时李佳应该到家了，或许正和女儿一起玩耍。李佳能如此调整自己，对我倒是个安慰。事实上我们这些年狼狈不堪地过下来，她也没有怎么委屈自己。我就是这么看的。我们之间除了一个孩子的牵扯就再也不剩其他了。眼下不过是等待，等待孩子再长大一些——这话她重复过多次。我们在等待中度过了一年又一年。天空中又响起了巨大的轰鸣，又一趟航班进港了。我这才离开了小酒馆。

意外的是李佳并没有先我而归。保姆只说孩子妈妈也是今天回来。我突然感到有些气愤，为我女儿感到不平。有什么理由可以把女儿扔到一边呢？我很自然地想到那一年她和那个老马的破事，她当时准备和我离婚，却忘了与我争一争女儿的监护权。她甚至明确地告诉我，她愿意放弃这个孩子！对李佳，这一点我是永远不会原谅的。我和女儿一起玩着，这孩子明年该上一年级了。我有些后悔，那一次离婚由于我的优柔寡断半途而废，如果斩钉截铁，这孩子我就会送到石镇，放在我父母亲身边。石镇的教育在这个省是名列前茅的。这孩子一定会是个好学生。我想起她“抓周”时的情形，十件东西她三次都选了一本书。我记得当时我的眼泪都溢出了眼眶。现在，我得给我女儿打个电话了。犁城的房子去年冬天装修好了，她有了一个不错的书房。但是她最近的兴趣是迷上了那些卡通漫画。李佳对此很生气，说这样下去学习成绩会直线下落，每回电话里都要嚷这件事。我却不忍去说，一想到女儿的书包有十八斤，我就憎恨时下的教育。我觉得那些制定教育方针的人没有一点人性，而且也是无能之辈。但这就是中国，一个历来忽视人的天性的古老民族，一个自己不会玩也不让孩子玩的东方文明大国。它的想象力哪里去了？

——1998 年 3 月 25 日

犁城：1992年11月

他在等待着李佳。那时候女儿和保姆都已经睡了，窗外的路灯在风中孤独地摇晃着。犁城这一年的秋天似乎来得太早，不到十一月，树头的叶子便开始飘零了。这一个多钟头他感到非常不舒服，闭上眼好像就

出现了李佳和那个西装调情的场面，那差不多是他和桑晓光在一起的赝品。他们做爱了吗？他觉得这个问题在深沉的夜里实在是显得天真，那就像第一次看毛片时的心情，总想知道别人与自己在方式上究竟有何不同。这种下流的好奇心每个男人都有，但此刻他关心的是李佳是否真的把自己交出去了？从前他一直在寻找种种理由来对自己进行安慰，总以为李佳不过是和自己过不到一块，她渴望的只是另一种生活而非外遇。他甚至以李佳从不撒谎为骄傲，自然也就谈不上

什么欺骗了。现在他发现自己简直就是本世纪最后一个理想主义者，自欺欺人得可爱。他又想到了桑晓光，这个女人至今也还是有家的，但她会对自己的丈夫——哪怕是即将要离婚的丈夫说：我有外遇了？或者说我已经爱上了别人？类似这样的言辞电影里倒是经常出现，所以电影总是不真实。

他听到了李佳的脚步声，但听上去并没有想象中那么轻快。钥匙在门锁里费劲地转动着，他立刻就把门打开了。李佳吓了一跳，说你什么时候回来的？他说没多久，我在外面转了一圈。

什么时候离开海口的？

有十几天了。

去哪儿转了？

广州有个笔会。

你今天是从广州飞过来的？

不，上海。你呢？

我是从广州。

广州到犁城的航班应该早到了，晚点了？

晚点了几个钟头。

那趟飞机总是晚点。

这次回来能待多久？

随便吧。

下次就该到春节了。春节还回来吗？

回来，我想带孩子回石镇。

你休息吧，时候不早了。明天我不上班，我有话和你谈。

不能现在谈吗？

我累了，明天吧。

然后李佳就去洗澡了。他回到自己的书房里，习惯性地掩上了门。刚才他们以谎言进行的对话他觉得很有意思。看来说谎并非一件难事，他想，说谎而不脸红也可看做一种修炼的。他突然想到十几年前在北上的火车上第一次见到李佳的情景，他怎么也忘不了那女孩对他说的第一句话：你吃橘子吗？这么一句话竟然能打动他是多么的不可思议！那时的李佳会撒谎吗？他觉得不会。一个干净而体面的女孩应该与谎言无关。明天李佳要同他谈。谈什么？是立刻摊牌吗？把三年前夭折的那幕离婚大戏接着演完？现在孩子倒是大了，就此脱离母亲的手臂似乎也是水到渠成。这个小事精明的女人习惯超前为自己找一条后路，就像把全年的卫生巾和感冒药一次性批发回来。她一旦想通了便动作很快。夏天的时候她还在考虑是否举家南迁，秋天才到她又着手安排离婚了。这实在是一个难以捉摸的女人。对这种女人唯一的方式就是随她去，想什么都显得多余。他也累了，的确到了该放松地睡上一觉的时候了。

这个梦境是在黎明时分出现的。他不知其意，只觉得自己的手被一团纸状的东西缠住了，但无论怎样也挣不脱。他像是从一块巨大的石头下面拱出来似的累得气喘吁吁。外面的天刚见亮，早起锻炼的老人脚步声显得很空洞。他不想再睡了，靠在床上抽完一支烟就去拿奶了。红门大院此刻一片沉寂，空气很潮，看来今天又是个阴雨天。果然到了李佳起床的时候，雨绵绵地落了下来，居然听不见一点声响。李佳梳洗好，突然提出让保姆回家休息两天。保姆说她想等到中秋回去。李佳脸色阴沉地说：你现在就走，我和小孩他爸爸有事要办。当时他在客厅里收拾昨夜女儿弄乱的玩具，李佳的话就是当着他的面说的。李佳似乎是让他做好心理上的准备，这也就意味着将要开始的谈话的严肃性。于是保姆很快就收拾着离开了。男人为自己泡了一杯茶，然后坐到女人对面，他说：你现在可以说了，其实你不说我心里大致也清楚。那时他真想再说不就是离婚吗？这事如今并不令人惊讶了，无论是你还是我。然而从后面的事实看这个男人显然是过于自信了。当李佳把话题打开时，他一时间竟是瞠目结舌。李佳问：桑晓光是谁？

李佳说一个长得还可以的小报记者是吗？

李佳说你们通奸那么久了对我不打一声招呼是不是太不够意思了？

这是我一生中最懊恼的事。我一直在等待着回犁城，希望能当着李佳的面坦率地陈述一切，而现在的事实是她向我揭露了一切，就像捉奸在床。这慢了半拍事情的性质就改变了，导致的后果可想而知，它虽然对婚姻的前途无损，但是却瓦解了我的内心。我本可以力争去做一个诚实的男人，现在却沦为一个虚伪卑鄙之徒，为女人所不齿。尽管我立刻承认了一切，但是已无济于事，因为在李佳眼里这已是招认，并非坦白。那天李佳说完这些就回娘家了，我深陷在无限的沮丧中，自觉精神已被彻底击垮。这是以往没有的感觉，是一种人格失败的感觉。后来我就开始想李佳是如何知道这一切的。慢慢地我便想到了那个成都的女孩邢蓉，她应该是李佳的眼线。至于她是自愿还是受托来担任这个角色的，我就不得而知了。我不想去追究，也不会去对一个局外人制造麻烦，我只希望李佳不要以此为借口（其实不能算是借口）来与我离婚。我们离婚只能是一个理由，那就是我们的能力都不配来维系一个正常的家庭。这是唯一的理由，也是最真实的理由。或者毫无理由也行——婚姻又有多少理由可言呢?

说来很怪，我正思考着离婚，桑晓光的电话就打来了，她也在考虑同样的问题。她说她觉得离婚怎么说也不是件小事，所以想听听我的意见。我于是给了她这样的答复：不要为任何人去离婚，包括我。然而这句话她显然没有听懂，甚至是误解了，她说：我没有要赖上你的意思。我暗自一惊，觉得她也是一个敏感的女人，而且脾气也不小，这是几个月前我从未想到过的。我就说：你误会了，桑。我的意思是，是否离婚纯属你个人的选择，不要因为外部的某个原因去调整或者改变这个选择。我又说：倘若我和李佳离婚，那也绝对不是因为某个第三者的存在，而是我们这个婚姻本身没有前途。桑晓光在那端沉默了，过了很大一会儿，她才叹了一口气说道：看来你也是个怕负责任的男人。

电话就此挂断了。

这是一次不愉快的通话。我没有说李佳已经知道了事情的全部真相。我不知道为什么没有说。现在看来，当时不说的理由或许就是怕给桑晓光的离异加重砝码吧！我不想在她的离异过程中有意无意地去扮演任何角色，更不希望她因为我而离异。这绝对不是她所言的那个所谓的责任问题，而是为了维护某种尊严。我不认为一个女人为我抛家别子是一种荣誉，但我坚信男人为一个女人抛弃另一个女人是耻辱。尽管古今中外不少文学作品一贯地讴歌这个，我仍然固执己见。然而直到今天，桑晓光还是把我当时的出现看成了与前夫离婚的一种动力。她后来一系列近乎丧失理智的做法皆源于此。就在刚才，我接到她的邀请，要我晚上去一个叫“假日海滩”的地方与她见面。电话里她似乎和以前的感觉没什么两样。只要我稍一迟疑，她便以激将的口吻说：你来不来？不来我就收线了。我笑道：你是不是该改改口气了？她说我为什么要改？就凭我为你拼掉了一个家庭我也不会改的。说完她自己也忍不住地笑了。这笑声令我心颤。我的眼前仿佛又呈现出另一个桑晓光来，那是个开朗而给人带来愉快的女人，一个善解人意通情达理的女人。那个女人称得上美丽。

因为这个，我修改了我的工作计划，把原定要拍的两场夜戏挪到了明晚。制片主任有些不悦，说一切都已安排妥当了，希望我还是能如期进行。我说我想要雨后的街道，要地上布满水迹的反光效果，难道你愿意雇消防车浇吗？这时一个剧务人员说，天气预报讲明天会有雨的。主任便高兴了，说晚上就算了吧，让大家轻松一下，到歌厅跳跳舞去。我说你们去吧，我想去看一位朋友。主任就问是女朋友吧？我说还真让你讲对了，但她马上要做别人的老婆了。

“假日海滩”坐落在秀英港以西的一片海湾。1994 年我离开时，这儿还是和白沙门一样的不毛之地。现在它成了颇有名气的露天浴场，前来游泳的人还真是不少。我到的时候，西天的晚霞尚未完全消失，辽阔的天空上扯着彩练一般的玫瑰色。这景象颇似我初上岛时的那个黄昏，当时我寄居在五公祠。

从这神而往之的图画中我能悟出那时期我的状态，是那么的游移而难以把握。那是一个典型的浪子，一个彻底的游人，他的脚下有无限的可能性，而心中却没有任何目标。我怀念那段称得上辉煌的人生岁月，但此刻我的怀念多少带有祭奠的意味了。一切都已成为过去，这是无法改变的。

按照约定，我在停车场等候她。我刚抽完一支烟，她的车便到了。我想她一定在某个地段等待我的车过去，但我没必要点破。她对我招招手，说你能待多久？我说晚上没事。她点点头，说那就好，然后就把一晚上的安排说了：先游泳吧，过后我请你去唱卡拉 OK，在宝岛。还有几个熟人一块儿，你不介意吧？

我说我不介意。

她摘下墨镜，似笑非笑地看着我，突然说：要是我说我今晚嫁人你介意吗？

我也笑道：就是我介意又怎么样呢？

她问道：你什么意思？

我不想再说了。

——1998 年 3 月 26 日

事情的发展完全出乎了他的想象，李佳在发泄完自己的一腔愤怒之后却没有顺势提出离婚问题，而是作出了一个惊人的决定：你给我回来。李佳说如果你不打算回来也行，那就把孩子带到海口去。

李佳只字不提离婚。他一下就不知所措了，他不明白像李佳这么一个天生要强的女人怎么会突然变得如此的宽容？直到一年后，在一个风和日丽的下午，李佳才无意中道出自己这个秋天里的心思。我就是要再拖上一年，她说，我的东西即使我不用了，我也不愿让另一个女人大模大样地去使，我宁可把它给摔了。他不禁为之心惊。他想在这个与自己做了八年夫妻的女人眼里，自己不过是一件东西，就像挂在门背后的一件旧衣服。1992 年的这个秋天，男人又一次被赶到了命运的十字路口。他原以为一个女人会把他推向另一个女人那里，这样他也许就会轻松一些，但是这个女人不仅没有这么干，而且还把他给扣住了。女人的心理实在是太怪了。她们对任何“东西”都有着与生俱来的占用欲。女人和男人的占用欲是截然不同的。男人的所求只是一旦的拥有，女人则是终身的霸占。这是天性使然，而改变天性是人力所不可为的，唯一的指望在于天性自身的妥协。或者命运中某种机缘的出现。那个秋天具有嘲讽意味，他陷入了两难的困境，李佳却获得了空前的自由。李佳像挂一顶帽子似的把孩子挂在了他身上，自己倒是变成了一只蝴蝶来无踪去无影地轻松飞舞。这个家对她而言如同免费的旅店，兴致好时就吃上一顿睡上一觉。他只能认了。几天下来他便觉得累得不行。保姆没来，他想这又可能是李佳的设计，女人似乎是以这种方式在对他进行惩罚。同时也是一次漫不经心的试探——你究竟能够走多远？这话他也多次自问过，但是好像永远没有答案。这是典型的进退两难，他不想退回到这个家，也从未想过将要和某个女人去组织另一个家，他的爱实际上早已不可避免地分成了两半：爱这个女儿和爱让自己心动的女人。很长时间过去后，在北京的某个寓所里有人曾这样对他说：爱一个已婚的男人是危险的，而爱上一个有女儿的男人简直就是在走钢丝了。因为纵使是天下最自私的父亲也决不想推卸最后一项责任，那就是自觉成为女儿的守护者。而不与女儿分离则是起码的要求。这话倘若出自某个伟人之口，无疑就是真理。回顾和李佳相持的这些年，几番潮起潮落，起的原因各有不同，而落的理由只有一个——为了女儿！（假如他们生的是一个儿子必定是另当别论，至少他会割舍的）上帝偏偏让一个多情的男人得到一个女儿，用心可谓良苦，也带有几分险恶。

在犁城的那些天他和桑晓光通了几次长时间的电话。彼此交谈的调子似乎越来越低沉。他能感到她的内心很苦，因为她已打定了离婚的主意，而对这之后的前途又显得毫无把握。谈话的末尾，女人都要哭上几分钟，女人说你还会回来吗？你要是不回来我怎么办？他就劝慰说：我会回去的。即使不为你我也得对公司那一摊子负责呀，我很快就会回去的。有一天，桑晓光突然说了这么一句：我觉得我做错了一件事。他就问：你做错了什么？然而女人没有解释。后来他又几次问起这个话题，女人还是不回答。女人只说：认识你我并不后悔。这也就是说，所谓的“错事”与他们相爱的事实没有关系，但那究竟是件什么事呢？他感到困惑。不过一些天过去后，他又暂时把它给忘了。

趁着中午没人，他又给李佳的单位去了电话，想让她抽空回来一趟。

他说：我们得谈谈。李佳就问：我们还有什么好谈的吗？他说这么拖下去总不是个办法的，有什么不能当面说清楚呢？李佳说：既然你能背着我与人通奸还有什么需要当我面说的呢？他说：我们还是好结好散吧！李佳就在电话那端冷笑了，然后说：你总算把心里的话说出来了，但我明确地告诉你，我现在不想和你散。你要是等不及就上法院好了，我奉陪到底。说着便把电话给挂了。他气恼得真想立刻就去把女儿接回来，然后赶下午的班车回石镇。问题是这孩子毕竟还是小，这么早身边就离开了父母亲是残忍的。李佳再怎么样也是孩子的母亲，她离不开这个女儿，女儿也离不开她。这与几年前的情形已大不相同，用她自己的话说，我好不容易把孩子带大了，我能就这么轻而易举地把她交给你吗？当然还有另一个方面，那就是这女人目前还没有将自己安排好。飞机上的那个西装未必就是她的意中之人，所以她才有心思不厌其烦地来与他周旋。这应该是问题的关键所在。女人就是这样，他想，女人如果爱上一个男人往往是不顾一切的。然而对于有过一次婚姻失败记录的女人而言，下一步的选择自然是慎之又

慎，但仍然是不顾一切。

很自然地他想到了突围这个词。军事学上这个词语是指对一次围击的突破，意味着杀开一条血路。这个词若是挪用到情感上则预示着焦头烂额的局面难以收拾。1992 年的秋天对这个男人而言是难熬的季节，而眼下不过是开始，将要发生的故事会更精彩。在一个雨后的傍晚，他在犁城的一条不起眼的小街上获得了一个令他大为惊讶的消息：那个整整销声匿迹四年的林之冰此刻正囚禁在海口的大狱里！传递这一消息的就是他曾经在酒吧见到的那个眼镜（他已记不起那人的姓名了）。那人说林之冰涉嫌一宗汽车零部件走私案，上岛没多久就栽了，判了五年。为什么不早点告诉我？他问那人，我至少可以去看看她的。那人觉得有些奇怪，就说我根本不知道你也到了海口。说这话时这家伙取下眼镜擦了擦，重新戴上眼光里便含了不屑：为什么要告诉你？你以为你们有一腿就他妈的牛×吗？他没再搭理那小子，匆匆走了。回来的路上他的心绪变得十分复杂，他埋怨林之冰的糊涂，替女人落到这番下场难过，却又为解开了一个疑团感到安慰——林不是一个水性杨花的女人，断了联系只是身不由己。林甚至算得上是个能替人着想的好女人。

他觉得是该回海口了，也许能找人为林做点什么，比如说保释。他自然就想到了冯维明。去海口这么长时间了他还没有见到这个同乡朋友，据说他在北京的学习结束了，极有可能要往上拔一下的。于是，他便很快给冯维明的办公室去了电话，结果让他兴奋不已——对方说，冯处长眼下就在犁城！

我首先给石镇维明母亲那儿挂了电话，打听他在犁城的下落。但是他母亲不清楚，只是说维明三天前离开石镇的，这次回来主要是替他父亲迁坟。犁城不大，够上档次的酒店没有几家，找一个人不是难事。这样我就抱着电话簿一个劲地拨，结果还是查不到此人。这时我便有些着急了，总觉得这个兆头不好。一想到林之冰还在监狱里待着，我心里就很不好受。这也许与我当时的心境有关，我处在两个女人的夹击中，她们以不同的方式对我施压，然而我竟从第三个女人那儿寻找到了突破口。所以我在那天下午毫不迟疑地告诉李佳，我必须立刻赶回海口，接着就把关于林之冰的一切和盘托出。我说：我得想法子把那女孩弄出来。李佳对这个“借口”显然感到突然，沉默了片刻，她说：你有这能耐吗？我说：我至少要试试。

正如我预料的那样，在这件事上李佳不好阻拦。她甚至都不敢来嘲弄我这类似唐·吉诃德式的动念，但眼睛里透露的却是难以觉察的忧伤。我又说：你给我一个月的时间，我去把这件事办了，然后回来处理我们之间的事。李佳颇有些轻视地看着我，说：你怎么一下如此尊重我了？我说你没有必要来讽刺我，我们之间这么耗下去终究不是个办法。李佳说：你现在别跟我提这个，什么时候该提了，我会通知你。要抛弃也该是我他妈的先来抛弃你。说完这话她就去出席一个同事的生日宴会了。犁城到海口的直飞航班每周就星期五一趟，这天是星期三，就是说我后天才能回去。我立刻预订了机票，然后就给桑晓光挂了电话，但是我并没有说明我是因为另一个女人才急着赶回海口的。有一点让我觉得意外，桑晓光在电话里的情绪并不是我想象的那么高兴，相反，让我感到比较低沉，就像她已经知道我的成行并非她的缘故所致似的。我说：后天就能见面了，要是有空去机场接我吧。她淡淡地答道：看吧，我争取去。这实际上是说她不会去。我心里便觉得重了，因为这与半个月前我们在广州“飞行幽会”的那种狂热显然冷却了许多。或许是离婚的事处于箭在弦上这种状态令她伤感吧，我想，这应该是唯一的原因。

说来也巧，我踏破铁鞋寻找的冯维明就在这天晚上到了我家里。当时我正在给女儿洗脚，冯维明衣冠楚楚地坐到了我面前，吓了我一跳。几年不见，这家伙发福了，和犁城当秘书那阵子相比整个地大了一圈，和人们概念中的“官”十分吻合，一望便知。我就说，你这人真是神龙见首不见尾，我一门心思去海口投奔你，你家的门却总是对我锁着。冯维明四下看了看，轻声问道：和李佳的事办妥了？我笑着摇摇头，把女儿送到了里屋床上，让她去玩冯维明带来的那只电动熊猫。这时，冯维明劈头就是一句：你去那岛上赶什么时髦？我早就听说你去了，怎么样，尝到文人下海的滋味了？

我不知该作何解释，就说：这不是一时能说清楚的。

冯维明说：你在刘锐那儿能练出个什么名堂来？也许你能挣个两百万，可对一个有钱的人来说，这叫钱吗？中国像这样的小老板不下三千万，但中国有几个好作家呢？

我说：我从来没有想过要做一辈子的生意。我到南边主要还不是为钱。

那为什么？冯维明进一步质问道，为女人？大陆就找不到一个好情人？

为轻松，我说，特区的确要宽松一些。

冯维明说：真要是为你想的那种轻松，你应该考托福去美国。你这人还越活越小了，莫名其妙。

这的确是一个悬而未决的问题。我为什么要去南边？我的种种解释都不能自圆其说，我没有习惯上那种非去不可的理由。当初我只是想出一趟远门，就这么简单。我说过我是一个做事不计后果的人。我就对冯维明说，我们别理论这个了，总之走出这一步我不后悔，也从没想过要把脚收回来。冯维明就问：下一步呢？是打算在海口扎下来还是见好就收？我说我还没有想到所谓的下一步，只能走一步看一步，走到哪算哪。不过，我又说，我没打算在海口扎下去，那只是我停靠的一个码头而已。

冯维明似乎很认真地听着我这番话，也像是在替我进行思考，这倒让我觉得惭愧了。我好像成了一个大问题，差不多所有的人都来关心我了。我记得我离开机关时，那位金一凡金典同志与我作了临别前的交谈。那时我因一件被他们认定是严重错误的事扫地出门，所以金一凡的话听起来是句句语重心长。他说你很聪明，你很年轻，你只要好好搞将来是会大有作为的。但他自始至终没有向我说明什么叫“好好搞”。或许他私下认为只有像他那样才称得上“好好搞”了。我当时就按捺不住地笑了。金一凡大惑不解地看着我，亲切地问道：你笑什么？我没有一点讽刺你的意思。我就说：我笑我以前怎么就没有好好搞。他就更觉得不可思议了。在他看来，那个时刻我应该哭才对，才与他倡导的“好好搞”相匹配。我觉得我和机关里的人说话特别费劲，老和不上调子。当然冯维明的情况不同，毕竟我们是朋友，年纪也差不多，他讲的那些也不是没有道理，那就看我从哪个角度去理解了。眼下，我急着要谈的是林之冰的事。林之冰他见过，也知道我们之间的关系不同寻常。于是我就把情况介绍了，我说反正人是给判了，现在不过是让她少受点罪。冯维明想了一会儿，答应回去了解一下。他说只要原则上没问题，他可以帮这个忙。然后这家伙还奚落了我一句：看不出你不仅是个情种，还是个侠客。

这样，两天后我和冯维明搭乘一架麦道 82 型飞机飞回了海口。正如事先我所预料的那样，桑晓光没有来机场接我。那天海口是个阴雨天气，飞机在空中盘旋了好几圈才降落着陆。一看到雨中的那些椰树，我就骤然感到自己又一次回到了一个硕大的岛屿之上，而再大的岛屿也不能脱离孤独这个词语的笼罩。

——1998 年 4 月 2 日

海口：1992年12月

桑晓光在他到达海口的当晚来到了他的寓所，那时候他刚洗完衣服，正在阳台上晾着。所以他看清女人是打出租车来的，而且为找零钱和司机磨蹭了一会儿。那司机可能是找不开一百元的票子，还欠了她几块，于是她便让司机去路边的小店换了。这个平常的生活细节给他的刺激却很不平常，他突然觉得女人身上的那股激情可能消失了，这再次印证了他在犁城时的某种判断。但他不想平静地去面对女人。既然是爱，那就不能是平静的。他感到是等了好一会儿才听见了敲门声。

第一眼看上去女人是明显的瘦了。他们拥抱着，然后接吻。女人说：对不起，没去机场接你。他说没什么，见到你我就踏实了。女人问：真这样？他点点头，他说相爱的人分开简直就是犯罪。但是女人却说：我的感觉正好相反，你不觉得我们在一起的时候有犯罪感吗？

他内心剧烈地顿挫了一下，然后就轻轻把女人给推开了。

这之后便是难堪的沉默。他点上一支烟去了阳台，有些茫然地看着那条南北走向的人民大道。夜色已十分地浓厚了，海甸岛新起的别墅群在彩色的效果灯光照射下给人以强烈的视觉诱惑。但在离开市区不足二十公里的一所监狱里，还有个女人在受苦。那也是我的女人呀，他这么想着，倘若我早来这岛上半年，这个女人肯定就不会错走这一步了。对林之冰眼下的处境，他时常觉得内疚，而刚才桑晓光那段不合时宜的开场白，又使得这种内疚之情急转为刻骨的思念。很长时间过后，他在一个北方的深夜突然想到这个晚上，感触颇深地发现自己这颗男人心竟是那么的脆弱与敏感。桑晓光不过是片刻游离了他的情绪，而他却毅然地去想另一个女人了。但他不承认这是薄情。他只觉得这种感觉不好，不像是有情人之间的那种“从心里笑出来”的感觉——他总忘不了母亲这句貌似平淡的话。桑晓光有心事这他能猜到，他不满的是女人以此来冲淡属于他们两人的这份感情。如果这中间存在一种所谓的犯罪感，那无疑证明李佳的结论是对的——这不是爱情而是赤裸裸的通奸。

你想什么呢？女人走近他轻声问道。

想你刚才的话。

我不过随便说说。

不，我不这么看。我觉得这种感觉你早就有了。

我的确有时候很矛盾。

你其实也并没有说错，我们的行为是通奸。

干吗说得这么难听呢？

至少也是爱情名义下的通奸。

桑晓光突然就抽泣起来，这使他手脚无措，心于是也随之软了。他紧紧抱着女人，他是在以这种方式道歉，他说：你别这样，求你了！他说我知道你不容易，我们都不容易，我们不能再这么折磨自己了！

然后他就把灯灭了。月光倾泻在这个狭小的屋子里，倾泻在宽大的床上，倾泻在两具赤裸跳动的身体上，这两具身体正被泪水和汗水所交融，所黏合，他们几乎是在哭喊中呻吟，在悲痛中做爱，直到仿佛久违的高潮同时降临之际，一切才平息下来。那一刻出现了绝对的寂静，连呼吸声也像是消逝了。他们仿佛成了两具新鲜的尸体……

这是一个开端。在和桑晓光接触的两年里，每当出现情感的危机时，只有一种方式才能使之化解，这便是做爱。完美的做爱成为调和感情的权宜之计，暂时掩盖了矛盾的实质。这是他很久之后的总结。

我记得就在那天晚上，在我们大汗淋漓的做爱之后，桑晓光对我说了关于她离婚的情况。她说她已经和男方谈过了，准备协议解决，下个星期就办手续。但是我能感觉到她当时的心情很不平静，而我的心里也自然地沉重了。尽管我曾反复申明，离婚只是她个人的决定，这中间不存在什么第三者，但事到临头，我还是有一种道义上的压力。倘若我不走进桑的生活，桑兴许就下不了离婚的决心，至少，她不会离得这么快。这个可能性不能排除。我给这个女人带来了希望，为她铺了一条不错的后路，所以她很快行动了。这应该是事实的本来面目，我必须承认它。这或许就是我后来屡屡对她让步的最深层的原因吧。直到现在她还觉得我欠了她一笔。那天在“假日海滩”我们又谈到了1992年底的情形，她说她那时太天真了，也太对我抱有信心，总觉得我从我那个摇摇欲坠的家庭走出来是迟早的事，就耐心等待着好日子的到来。可没想到最后竟是这么个结果，她说，你太让我失望了！

我后来不还是走出来了吗？

可等你出来，你已经变成了另一个人了。

变得你认不出了还是你不肯认了？

你是男人。你的境遇和我不一样。

这大概不错，但还不是一个弃妇的哀怨与六神无主。在我看来桑晓光的离婚顶多只是在协议签署的那个瞬间内心有过一颤。她不该有什么懊悔。她的委屈在于我这头的砝码突然轻了，我们之间失去了女人最为看重的那种平衡。虽然通奸的历史业已结束，但接下来便是安排她扮演名副其实的第三者。这就是她所言的境遇。离婚后的桑时常怀有一种吃亏的心理，那情形颇似过去有身份的女人去替人做小，自卑与霸道集于一身。我对这个变化看得非常清楚，而且更为糟糕的是，我也不自觉地产生了沾光的感觉。然而我已很难与这个女人分手了，那种需要亲近又害怕亲近的痛苦折磨了我很长一段时间。

我们开始有了争吵。而几乎每一次争吵的起因都是微不足道的。她总有一股怨气冲着我，有时甚至让我感到莫名其妙。有一次，我们竟为打麻将吵了起来，我不过是指出她少了一张牌，是“相公”，只能陪打不可和牌。她一下就毛了，说：我不愿意陪打！说着，拿起挎包夺门而出，弄得在座的两位朋友目瞪口呆。我觉得很没面子，心想既然玩都玩不到一块儿了，爱又何从谈起？不知怎的，我突然感到那一刻很像以前我与李佳的生活，紧张而压抑，我何苦要守着这份日子呢？但一想到她还没有走出离婚的那块阴影，我又只好把这口气咽下去。

我觉得我们是该好好谈谈了。

那是1992年的圣诞平安夜，我们去“南天大酒店”吃西式自助餐。当时我们正好在帮一位四川的朋友做一块地，项目是桑晓光介绍过来的，让我找找看有没有下家，对方答应的佣金不薄。在当时的海口，这种事几乎天天找上门来，但真正做成的极少。像我们这种业余中介者不过是抱着死马当做活马医的心理，不敢真有所指望。然而事情很凑巧，几天前从犁城来了一位信誓旦旦的年轻老板，执意要在海口的房地产大碗里分一杯羹，一上岛就找到我，要我替他找项目。我便顺手牵羊地把那一卷红线图复印件递了过去，不料此人竟然产生了兴趣，约我们到“南天”再叙。我有了愉快的直觉，觉得此事很有眉目，因为这位年轻老板的这笔巨款是从银行贷来的，他急需选项把钱放下去，否则每日的高昂利息会够他受的。而且，桑晓光抓的那一头也是真正的土地使用权拥有者，这中间没有另外的环节。去“南天”的路上，我们仔细分析了情况，兴致勃勃，几天来横在两人之间的那种晦气因此一扫而空。很久之后，当我决计彻底离开这个岛屿时，我在万米的高空蓦然回首，才感到我在这个晚上犯了一个致命的错误——我忽视了促使我们情感转变的外在因素，那便是金钱，尽管那时我们还是两手空空。

生意上有条告诫：不与朋友做生意。因为最好的朋友也可能为钱而反目。

爱情里也应有句教诲：相爱的人千万不要谈钱。因为这个话题会导致许多麻烦。——就在几天前，我还在重复这句并不精彩但确是教训的话。当时我们浸在海水里，桑晓光对我谈论着近期的股市行情。她说你给我的那笔钱我都放到股票上去了，如果现在抛掉能赚上六千。我说，你最好别再和我谈钱，这是个乏味的话题。她就讪笑着问道：你是不是还惦着那笔钱？我说不是我惦着，是你。你以前不是在电话里说过，我们现在就只剩下金钱关系了吗？这是你的原话。她的脸色一下就沉了下来，说：你要是还觉得那笔钱给我太冤了，我马上就退你！我笑了笑，我说：不，我没觉得冤；只是觉得那笔钱来得太轻松了。

说完，我就从水里走出来了，带水的身体经风一吹不禁打了个寒战。我恍然觉得我又回到了1992年那个圣诞平安夜，那一夜我们是难以名状的愉快，因为那位年轻的老板决定买下这块地，并表示明天就与彼方见面，要是具体细节谈妥了，可以即刻签约。这个结果显然是来得太快了！从“南天”回来正是零点时分，海口的大街上飘散着人头马的香气，这个仿佛一夜之间发育成熟的城市此刻已变得忘乎所以，彻底地沉醉了。

又是一屋子的蜡烛。透过朦胧的烛光，我凝视着桑。好久了，我难见这样的容颜感觉，几分纯真，几分凄迷，几分惆怅，令我心动。但是在夜晚完全静谧之后，我又渐渐地起了不安。那个深夜我的确是想得太多了……

——1998年4月4日

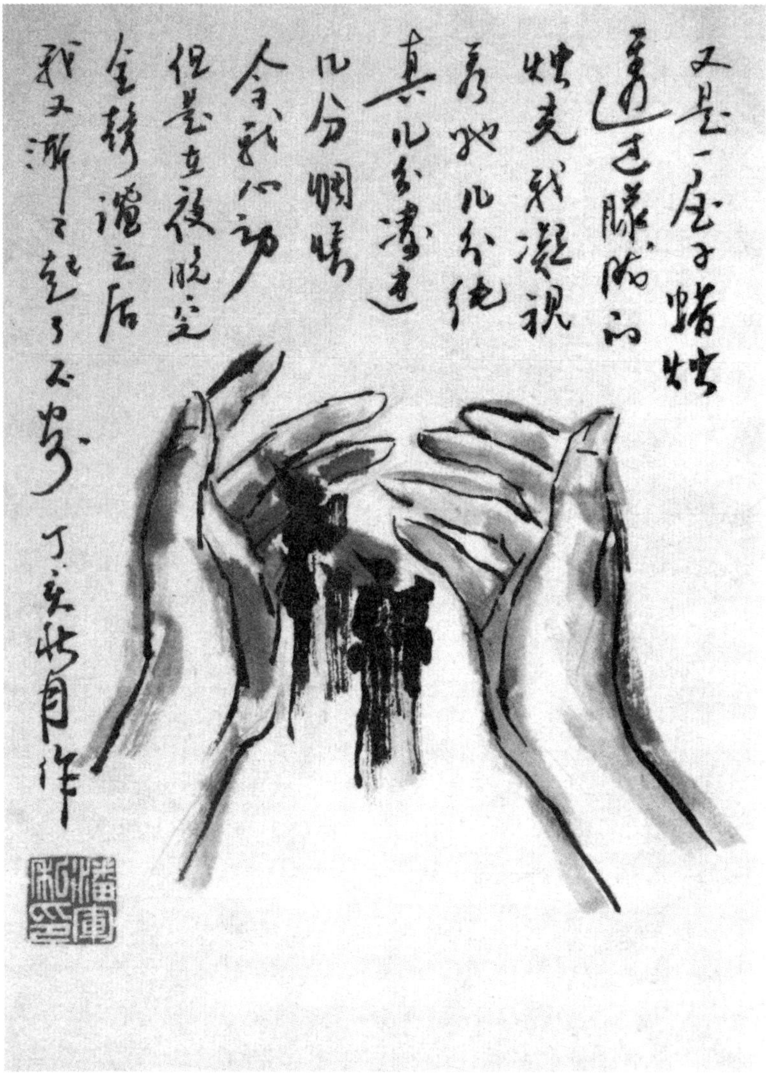

后半夜的月光越发变得清冷了。他一直没睡。在又一次完美的做爱之后，他仍然是毫无睡意，这与书中常说的不一样。书中总说男人射完精便不再顾女人自个儿睡了，认为这不妥，是自私的表现。他想写这种书的家伙肯定是一个性无能者，男人为什么一射完精就要睡呢？他从未有过这种经验，但他会感到，缺乏做爱的夜晚一般是个不眠之夜，今夜的确有些反常了。那时候他身边的女人睡得很香，安静得像一条有着体温的鱼。女人的睡姿很美，她的肌肤白皙而光润，总与季节构成最为和谐的关系，夏天的时候很凉爽，现在天气转凉了，所以这身体便散发出温暖。这是一块暖玉。

月光在女人身体上反射出一层浅蓝色的光晕，这是一种悲凉的调子，与他此刻的心绪趋向一致。他悄悄地起了身，披上睡衣去了阳台。在微冷的风中，他感到这一夜将是漫长的。几天前，冯维明带来了消息，那个林之冰已于不久前给保释出狱，可能离开了这个岛。就是说他又慢了一步。尽管冯维明说你的心意到了，他还是感到十分沮丧。是谁为林之冰担保的？如果那也是个男人，就够他嫉妒一辈子了。这种失落感是外人难以体味的。那几天他对桑晓光始终是淡然处之，甚至想过，倘若女人就此与他分手，他也就认了。人就是这么奇怪，得到的和失去的在心里留下的烙印总不是一样深刻。

他又想起了另一个女人，就是韦青。整整九年前，他们也是在圣诞平安夜相聚，然后在一片烛光中分手。几年后韦青从大洋彼岸给他寄来了圣诞卡，那上面就只写了一句话——

一个人的时候，
过去与你相伴。

总是在最寂寞的时刻，韦青出现在他的幻觉中。那是他生命中的第一个女人，是“过去”的开端，是爱的源头。南方的夜气浓重，停留在手臂上带有明显的黏度。他仿佛觉得是韦青的手从黑暗的空气里向自己伸来，抚摸着自己颤动的躯体。他舔了一下胳膊，微咸的，这是海上来的风。此刻，海的方向是一片雾霭，他的视线完全被阻隔了……

文化公司在这个阶段的发展仍然是顺利的，但是发展的方向却与文化越来越远了，和其他的公司已看不出有什么区别。这倒符合陈元田的意思，这个号称留英的博士一再强调的就是什么赚钱做什么。现在的情况和以前大不相同了，陈元田对他很客气，其实是不想划出买车的款子。为这事他也专门找过刘锐，而且话说得直率：文件上是这么讲的，子公司有自身财务的支配权。刘锐却大而化之地说：你们要把精力放到进一步开展业务上，买车只是迟早的事，用得着这么急吗？这种有失信用的回答令他极不舒服。即使谈文化项目，刘的话也还是冠冕堂皇的，从来就谈不上什么实质性的支持。譬如说前些日子他想把海口的城市雕塑做起来，这就需要集团的投资并与市政部门交涉。当时刘锐问的第一句话是：这个项目能赚钱吗？他说能。他说我可以把雕塑的底座作为永久性的广告位置处理，既美化了城市的环境又替资助的企业立了块碑。他说我们只要先启动起来，在全国范围内公开征稿，再公开拍卖。我们其实不要政府一分钱就把这件事做了。刘锐打断他说：那我们赚什么钱呢？我们不承担兴建公益设施的义务。他仍坚持：只要我们敢冒这个险，我觉得至少可以赚上一点制造费。刘锐颇不以为然地笑笑，说：现在南方的形势多好，在资金成本如此高昂的情况下，我们有必要去做这种吃力不讨好并且担风险的项目吗？谈话至此，实际上已宣布雕塑项目给枪毙了。他也不想再说什么了，退出了总裁办公室。那时他想，以前只觉得刘锐身上有政治，现在倒感到他骨子里就是个商人。看来冯维明的话没错，在这种人手底下是干不出什么名堂的。他想，或许是到了该离开南岛的时候了。问题是离开之后的何去何从。

今天是圣诞节，公司的员工集体去"昌隆大酒店"聚餐。桑晓光因为临时有一个采访任务没有来。在员工眼里，她早就是老板娘的角色了，但大家都对她的印象挺好。只有邢蓉是个例外，每回桑晓光到公司来，这个邢蓉的态度总是那么平淡。而桑晓光却永远看不出这点，她以为邢蓉就是个性格内向的姑娘，从不多事。这无疑是个错误。一想到李佳对他在这边的情况掌握得如此清楚，他就觉得这女孩不简单。他一直想找机会同她聊一次，但不想责备她。换一个角度看，邢蓉并没有做错什么。兴许是桑晓光没来的缘故，邢蓉今天的表现不同往常，话明显地多了起来，而且歌也唱得不错，带有专业素质，这倒有些出乎他的意料之外了。邢蓉还邀请他唱了一曲二重唱《哭沙》，他突然变得紧张，以至其中的一句总是慢了半拍。玩得差不多的时候，他让大家安静下来，谈到了公司目前的处境，他说：集团对我们的支持越来越小了，我们有些想做的事看来在南岛没法做，要只是赚钱花钱，这有悖我下海的初衷。

气氛顿时就冷了。有人问道：老总，你是不是要离开？

他说暂时还谈不上。他又说：我必须想远一点，不能让别人牵着鼻子走。

这时邢蓉说：如果你认为我派得上用场，你到哪儿我都愿意跟着。

接着其他人也说了类似的话。

他谢了大家，同时为他们跟着自己没有赚上什么钱而感到内疚，他说我真想把账上的几十万块钱分了，然后让大家各自去干有兴趣的事。这虽然是句笑话，但他思考企业的产权关系却是从这时开始的。到南方来，赚钱是起码的要求，像南岛集团这种靠所谓的个人魅力以及画饼充饥式的许愿，最终是难以笼络住人心的。

其实对一个下海者而言，每天都该思考自己的下一步。

那时我最大的不踏实还是生存。假如我不想离开南岛，这当然就不是个问题，但是我既然已经看到未来的那一幕并不诱人，再做流连便是很不明智了。折腾了这么久，我个人并没有赚到多少钱；离开即意味一切重新开始，我差不多还是两手空空。然而就在此时，一件意外的事改变了我难堪的处境。

从犁城来的那位年轻老板在经过几番犹疑之后，决定要买下那块地。消息来得突然，以至我还来不及兴奋，钱就已经赚到手了。按照事先的约定，他这一头给我的佣金就达六十万，这当然不是个小数目。桑晓光应该得的更多，她那边是卖家，具体是多少，她没说，我也没问。这笔生意就这样不经意地做成了。我记得当我拿回那张六十万的转账支票时，我还不敢相信这是真的，感觉上就像拾到了一捆假币。直到入了银行户头，我才意识到自己是发财了。我进一步认识到此钱非彼钱，此钱我可以随便去花它了，无须再看他人眼色。

很多次我这么想过，如果在1993年初我带着这笔钱离开海口，回到大陆的某个角落就此潜心写作，我的生活就该是另一个样子了。这笔钱并没有把我的胃口吊起来，反倒使我想收心了。这不足为奇，我本来就是个写字的人。我对钱的要求始终是够花，为钱所累在我看来绝对是件蠢事。但是，我又表现出迟疑不决，因在某种意义上我已是个无家可归的人，命中注定我必须浪迹天涯，在流动中度过我的一部分光阴。海口又只是个临时码头，而且我也无与桑晓光再组家庭的动议——我从来就没有把这个女人看做妻子，哪怕是片刻的判断。我记得有一天我看一部关于第二次世界大战的纪实片，看到纳粹大举进攻波兰时，苏联也趁机

重兵压境，于是一个完整的波兰顷刻之间便被瓜分了。波兰的不幸在于夹在两个特殊的大国之间——西边是以黩武著称的德意志，而东边又是拥有沙俄扩张传统的苏维埃。对德国，那条“波兰走廊”是到达东普鲁士的实际走廊；而俄国人心目中的西部疆界便是波兰本土。我想这与我的处境颇为相似，我的不幸是总夹在两个女人之间——她们都是了不得的女人。

还不仅仅是观念上的问题。几天后，那已是1993年1月的中旬，桑晓光突然来了电话，要我陪她去那个四川老板那儿拿钱。对方说转账不方便，干脆就直接给现金了，那将是一大袋子的钞票。桑晓光怕路上不安全，让我要辆车，并要我亲自驾驶。这当然没问题。可是等我们驱车赶到那家公司时，四川佬已在天上了——那家伙留了一张条子，说是有急事飞回成都，务请原谅之类。条子上反映不出是怎么回事。我便觉得不妙，就说：那小子不会耍滑头吧？桑晓光的脸色一下转为苍白，口中却说不会的，朋友之间哪能这么干呢？于是当晚，桑晓光就往成都挂了电话，结果令她震惊不已——空号！

她给人骗了。这个打击对她而言是巨大的，她几乎就崩溃了。我就说：算了，这种钱丢了不要心痛，有当无吧；再说我那儿还有一份，就一人一半吧。她流泪了，边拭泪边摇头说：那怎么行？那是你的钱。我说：我们还需要分得这么清楚吗？她还是坚持说不行。于是我就换了个说法，我说：等以后找到那小子，你再还我好了。就这么定了，一人一半。明天你就把钱转过去。她说别，都放在你这儿，我需要时你帮我取就是。

这件事当时看就十分自然，丝毫没有矫情，也丝毫不带交换的意思。我不觉得有什么值得多虑的，如果换一个男人，也会这么处理，甚至会比我做得更好。

这笔钱对我很重要，某种意义上它成为我最可信赖的一条后路。我浮动焦躁的这颗心到此时才算真正地沉静下来。我突然有了身轻若燕的感觉，思路也随之开阔了许多。我想我可以不再受制于人了，可以随时把这个狗屁公司一脚蹬开，可以躲到某个山清水秀的地方去写作或者绘画，可以把我女儿养到大学毕业再送到美国。有一天，我对桑晓光说，我真想回我的故乡石镇，去过类似舍伍德·安德森的那种日子——下午写写东西，其余时间用来喝茶聊天。当年威廉·福克纳就是受这种诱惑走上文学之道的。她感到不可思议，她说你这不是又活回去了吗？这简直就是退休生活。我说我一点也不喜欢城市。她说：可我喜欢。她说她爷爷的家乡厕所连门也没有。我说我不是想再插一次队，只是想选择一个有商店邮局电影院的小城。她一下就沉默了，好像这个计划马上就要实施，一时间神情黯然。

我的情绪也转为低落。虽然我不过是随口说说而已，但是我清楚地认识到，这绝对不是个愿意与我结伴同行浪迹四方的女人。我放弃了这样的发问：要是我真想离开海口去一个小镇上安度余生呢？我不敢问。

我也不敢奢望在二十世纪末物色到这样的女人。突然间我想到了那个四川姑娘邢蓉，圣诞节那天她轻声说的那句话——你到哪儿我都愿意跟着，在此一刻竟是那样的令我感动！我不认为这是恭维。可她为什么又要充当李佳的眼线呢？我实在有点糊涂了。那一天我沉浸在阴郁的气氛里难以自拔，其实窗外的天空是罕见的蓝色——一种接近透明的纯蓝，我梦中的背景。

——1998 年 4 月 5 日

春节将至，南岛集团要把各下属子公司的总经理集中到三亚的某个度假村，召开一个计划工作会议。于是在这之前文化公司便放假了，大家约好除夕之夜当新年钟声敲响之际互通电话，来年再聚。虽为萍水相逢，但是一年处下来彼此之间都有了情谊，离别时竟有些伤感了。这就是岛屿的天然凝聚力。男人分别把大家送到机场，并将返程的票款作为红包发给了他们。今天轮到邢蓉走，由于海口上空的气候不标准，飞机晚点了。趁这工夫，他们去了边上的咖啡厅。他觉得该与这女孩单独谈谈，想知道她对公司以及他本人有些什么看法。邢蓉似乎揣摩到了他的心思，所以谈得很坦率。她说她同意他对这个公司前途的判断，认为像他这样的人不能再在南岛干下去。这不是你希望的舞台，她说，你应该早拿主意，否则就被动了。他不禁叹息道：其实我的舞台不过是一张纸，我最终还会回到书桌前的。邢蓉就问：那你为什么还要拉开这副架势呢？一个作家的野心与钱不该有多大的关系，何况你现在又不缺钱了。

我也这么问过自己，他说，我离不开过去生活的一半，但又畏惧它的另一半。

邢蓉说，我懂你的意思。我能感到你的家庭不幸福，但我觉得你不该选择逃避。

我暂时还只能这样。

这么下去不是个办法。而且……

而且什么？你随便说，我听着。

我认为你和桑晓光在一起不合适，你别介意。

你讨厌她？

不，我没这个权利。我只是觉得你们不合适。

怎样才叫合适呢?

她并不真的懂你。

你能具体谈谈吗?

我现在不想谈。

他差点想说，你难道只对李佳谈吗?他担心点破这层纸会从此失去这个女孩，他不想得到这个结果。也许就是当局者迷而旁观者清，这个邢蓉从另外的角度看见了另外的东西。很长一段时间过去后，在某个雨后的黄昏他又一次想起了这回简短的交谈，不禁心酸至极。那时他已离开海口两年了，重新开始了孤身漂泊。他的身边没有一个女人，又几乎和所有的朋友断了联系，面对的却是高筑的债台与无边的寂寞。那个时刻，他最想见的，就是这个叫邢蓉的女孩子。

三亚召开的计划工作会议某种意义上成了刘锐个人的演讲会。刘锐的口表能力是一流的，仍不失感召力。他从海南特别关税区的酝酿说到全国经济形势的走向，从金融房地产的势头展望到跨国公司的蓝图，自始至终回荡着一股豪气。最后一天，各子公司才开始谈新一年的计划，谈项目以及与之配套的资金支持。刘锐对此很不满意，他认为像这种一做事就向集团伸手是惯坏了的毛病，必须从观念上改过来。刘锐说：你们要懂得“南岛”这块牌子的含金量，要学会运用我们的无形资产。那口气就像“南岛”是李嘉诚的“长江实业”，到哪儿都是夹道欢迎。

他实在是觉得有些可笑。

对文化公司的发展，他在会上只做了个简单的说明。他说：我只希望集团不要放弃组建这个公司的初衷，集团是个整体，各个子公司的业务范围应该有所不同，对它的要求自然也应该有所不同。如果这个公司也只顾拼命赚钱，那么我建议就把“文化”这个字眼去掉。

很显然，他带有情绪。他希望自己的发言能引起刘锐的重视，希望他们认真地交换一下意见，好让他痛快地去做几件实在的事情。但是，刘锐没有找他。会议一结束，他便听到了这样的风声，说某某人之所以在会上发一通牢骚，是集团没有给他配车。他简直给气坏了，觉得受到了极大的侮辱。他清楚这风声来源于陈元田那伙人，他们是刘锐的心腹。

但他现在没什么可怕的，毕竟，他身上已有了属于自己的一笔钱。

回到海口已是暮色苍茫时分。他直接去了桑晓光那里，可是人不在。房东告诉他，女人已经有两天没回来住了。他想女人或许又出差了，那个破报纸居然还四处组稿。于是他就打了她的手机，得到的回答是用户没有开机。这时他忽然觉得很累，四肢像棉花一样软塌塌的，走到街上，他看见地上的身影就像晾着的一件衣服。不多会儿，一辆小车在他身边停了下来，是其他两个子公司的老总，他们要去府城那边洗桑拿，二话没说就把他给拽上了车。

府城那条街当时被称作“红灯区”，沿街布满了桑拿浴和发廊，实际上就是色情行业的幌子。那些小姐肆无忌惮地拉客，生意十分红火。他们刚走进门，里面的小姐便把发绿的眼光齐刷刷地投过来。买单的哥们儿就问：先洗澡还是先按摩？他说：我只洗澡。哥们儿不屑地看他一眼，那意思是你小子装什么蒜呀？他干脆挑明说：我不按摩，我怕痒。说完就自个儿进了浴室。哥们儿也不再多劝，只说你是作家，什么生活都该体验一下，文学上不是讲源于生活高于生活吗？他心里突然觉得好苦，天知道我到底算个什么鸟！这时手机响了，是桑晓光来的，女人在一声轻吁之后只说了句：我办掉了。

海口：1993年3月

女人的心理总是那么难以捉摸。桑晓光在离婚之后的一段时间里，和我的接触很自然地减少了。以前，在她看来是男人欠了她的；现在法律手续一办妥，她就觉得自己对不住以前的男人了。这说明这个女人心地还很善良，倘若没有这一点，我想今天我是不会再与她见面的。1993年春节后，我因在犁城等待女儿的开学典礼，加上遭遇了一场重感冒，直到三月中旬才飞回海口。行前我没有给桑晓光打电话，而且人到海口几天也不想与她联系。但是这并不表明我在有意同她疏远，我也无心去晾她一阵，只想腾给她一段时间，好让她独自把离异后的烦恼消磨掉，再带着全新的感觉回来。我就是那么想的。直到有一天，我们在老街博爱路偶然相遇，问题才变得严重起来。她无疑是很吃惊的，并带有强烈的气愤，她质问我为什么这样对待两个人的关系，这是不是太不负责了？我当时没有做任何解释，而是请她去“泰华”喝咖啡，我说：没有发生任何事。

泰华大酒店坐落在滨海大道以北，一个闹中取静的好地带。以前我们经常来这儿喝茶。三月的海口就可以穿衬衫了，我不由想到自己在这岛上已度过了一年，心绪变得有几分苍凉了。那一年是我的本命年，三十六岁，可是我对自己的前途仍然感到茫然。我不知道我还能在这个岛上待多久，更不知道下一步往哪儿蹚。所以那次谈话一开始就陷入了僵局，我们沉默了好久。我知道桑晓光会因此不安，可我实在是不想说什么。我眼前的这个女人尚未从离异的阴影里走出，我觉得说什么也显得多余。其实我的态度已经反映出来了，她应该明白。但是，我却不清楚她的态度，就此了结似乎不太可能，而像这么平淡地处下去又有什么意思呢？我甚至想过，倘若我们找不回那种“从心里笑出来”的感觉，这种状态将会成为我和李佳的另一个版本。这正是我的沮丧所在。

在似乎是漫长的沉默之后，桑突然问道：你又爱上别人了？

我就反问：你是不是希望我爱上别人？

如果你爱上别人就跟我直说。

你不觉得这话问得很荒唐吗？

那你为什么不和我联系？

我为什么不和你联系？你想过这个问题吗？

我变得有些冲动，我说我不希望面对一个两眼充满哀怨的女人，更不愿意她把另一个男人的影子带到我怀里来。

她慢慢站起来，说：你这人太自私了！

说完她便离席而去。不用说，这是个糟糕的结局。我似乎是第一次感到，我不是一个能够体贴女人的男人，但我实在不想对女人隐瞒我的这种心理，更无力去承担某种道义上的责任，这不能视为自私与狭隘。我担忧的是这场感情的前途。

孤独又一次走近了我。很多次，我坐在这片海滩上，望着此起彼伏的浪潮和天空中变化莫测的云层。我对面的雷州半岛是大陆的边缘。我用朋友送的一架日本望远镜观看着辽阔的海面，这只白鸟每次都闯入我

的视野。我羡慕这飞行的生物，它那舒展的羽翼令我神往。我惊叹它的力气，居然那么悠然自得地飞翔在云海天地之间。这就是时隔五年之后，我要拍摄这不朽生命的内在原因。现在，我就站在从前我习惯的位置上，摄像机支在我的左侧。监视器里天空一片湛蓝，海面的波涛层层叠叠平和有致地推向岸边，但是我却始终没有看见那只白鸟……

半夜里，天开始下雨了。剧组一个女演员的电话吵醒了我，说是害怕，总觉得阳台上有个人影在晃动。我就说，那是你自己的影子。说完我就把电话给挂了。这种破事在剧组不足为奇，何况这个剧组又是扎在一个岛上。剧组本身就是一部戏，人们在假定的环境里却愿意演出真实的故事。近几年来我神经衰弱得厉害，醒了便无法再睡。于是我就端了把椅子坐到阳台上，看着于闪电中暴露的雨丝。渐渐地我看出了一种罕见的凄美，而我的思绪又回到了几年前另一个似曾相识的雨夜。

那一夜也是从电话开始的。

——1998 年 4 月 8 日

你睡下了吗？

刚想睡。你呢？

我在看书，丘吉尔的《战争回忆录》。我喜欢这个老胖子。

那你看吧。

下雨了，把窗帘拉上，你怕闪电。

你来电话就为这个吗？

我主要是想听听你的声音。你的声音很好听。

现在还好听吗？

我想是的。

怎么不说话了？难道声音也吝啬不成？

其实我的声音对你已经不重要了。

还记着在“泰华”的事呢？那是我的错，我可能太狭隘了。

这事过去了……也真难为你，遇上我这么个喜怒无常的女人。我以为……

以为什么？

我以为你不会再来电话了。

你觉得会吗?

我真这么想过……喂?你在听吗?喂喂?

电话突然中断了。女人立刻重拨过去,但男人没有接。一阵阵的忙音令女人感到不安。她担心自己在电话里说错了什么。雨越下越大,敲击着窗户。女人这时是真的有点害怕了,但是更加后悔,她想这个夜晚如果依偎在男人怀里该是一件多么幸福的事。他们肯定会疯狂地做爱——这将是怎么都不够的一夜!过了好长一会儿,男人的电话又打过来了,声音却没有刚才那么清晰,女人问:电话怎么回事?

男人说:出了点毛病,不过现在没事了。

你在哪儿?怎么电话里乱哄哄的?

我在阳台上看雨呢。

别淋了,当心感冒。

没事的,阳台上的风很舒服。

你这人有时候很傻。

是吗?我想我应该是个很认真的傻瓜。

别任性了,阳台上有雨。

我身体很棒的。你不觉得我很棒吗?

你别撩我。

我是问你,我是不是很棒?

你很棒。

真的?

真的,你真的很棒……干吗喘气?

我有点累了。

你刚才还说很棒呢!快进屋吧。

你不开门,我如何进得去?

你在哪儿?

我刚到你的门口……

那是难忘的一夜。当我赶到桑的住宅时,手机的电池正好用光,而我差不多浑身上下都淋透了。我索性将自己扒光,赤身裸体地站到那个宽大的阳台上，让雨来一回彻底的冲刷。我希望这场好雨把我连日来的烦恼与苦闷冲得干干净净！四野黑蒙蒙的，雨声环绕着我，每一回闪电和雷鸣都叫我兴奋不已，我真想在这样的空间里来一番狂喊，把我心中的淤血全喊出来！

难忘的一夜。我们迫不及待地做爱，那情形就像一对发情的猛兽，恨不得撕了对方。第二天醒来，我隐隐觉得两胸火辣辣的疼，一看，那上面布满了女人昨夜留下的指甲痕，和细鞭抽过的没有两样。那时她还

在睡梦之中，舒展的身体像一尊瓷器。我从不同的角度欣赏着这迷人的胴体，后来竟情不自禁地用她的口红把它画在一张方凳上。那只是信手几笔，却画得极为传神，我担心今后无法再画出这样的效果来，于是几天后，我把这只方凳的四条腿给锯了，做成了一个很不错的镜框。1994年我离开海口时，我曾想把这件不寻常的作品带走，但是桑没有同意。那时她说：放在我这里，你兴许还会回来看它一眼。对于你，它不是什么纪念，而是一个逝去的梦——你是个永远活在梦里的男人。你一生都在寻梦。

在《北纬20度》的第十集里，我几乎是照搬了这个细节，今天正好轮到拍这场戏。但是要想复制昨天的图景已显然不可能了。首先，我们的审查机关不会容忍在庄严的电视媒体上来展现一个女人的裸体——哪个角度都不行。其次，我们的女演员不会在现有的片酬下完整地脱一次——还是哪个角度都不行。于是我只好把机器支在她的背面，镜头卡在她的上半身。摄影师不由得苦笑道：还不如来拍我的背面呢！但是，这就是中国。她留给你的往往就是一个背面。

我让美工来画那幅口红速写。他画了几次都不能令我满意。美工私下认定这个细节绝非杜撰，就说：导演，你自己来吧。我摇摇头，我说：我现在是怎么也画不了了。但他执意要我试一次，我只好动手，结果完全不是那么回事，没画完我就抹掉了。最后还是让美工重画了一次，就这样拍了。我盯着监视器，心里很是忧伤，我想这或许就叫逝去的将永远逝去吧，连复制都这么困难。

这场戏拍完已是晚上十点多了。洗好澡，我躺在床上把拍下的再回放了一次，仍然是不满意，看来只能指望后期制作做些补救了。我忽然想和桑晓光通一次电话，想再听听她的声音——我总觉得她的声音通过电话的过滤会更动人。但我没有直接去拨打她的电话，而是呼了她，留言为：现在说话方便吗？过了很长一会儿，她还是没有回。我便有些惆怅，就打了她的手机。这下倒是很快就通了，我立刻就问：怎么不回话了？我呼了你。

她轻叹道：我不在海口了。

你在哪儿？

杭州。

你什么时候去杭州了?

昨天。

出差?

不，我想玩玩。我的窗外不远就是西湖。

什么时候回来?

你什么时候走?

我懂了。

找我有事吗?

现在没了。祝你玩得开心。

我想她做得很对。1994 年 6 月我就说过这样的话：我们这辈子要想把对方忘得干净，就不要再见面了。这如同我们想分手，最便捷的办法就是离开，不在同一个城市。地理上的阻隔是平衡心理的最佳方式。那时，我们实际上是处在分手的前夕了。但我却没有这个准备，尽管我深知和这样一个女人相处，可怕的不是时间而是空间。这是个需要爱的女人。这是个感情与毅力不成比例的女人，她无法忍受的只有一点，就是寂寞。从 1993 年那个雨夜之后，我们的感情发展到空前的高度。而随之而来的同居生活无疑是我生命的黄金时代。我们同样害怕分离，我们都担心空间的捉弄。天各一方的境遇会使我们的感情变得空洞无物。苍白的感情将使我们的关系发生断裂。但我万万没有想到，最终敲开我们关系缺口的恰恰不是感情而是另一个东西——金钱。

很多次，一想到这层意思我便感到胸口堵得慌。我不愿意去回忆与金钱相关的种种内容。在和桑晓光接触的那两年中，最令我懊恼的，就是当初没有让她把那三十万块钱一次性拿走。虽然我不止一次地对她说过，你去银行重开个户头吧，免得我三天两头地跑。她说不需要那么麻烦，她随要随取也很方便。那时我根本不知道，她只是碍于情面换了一种提款方式而已。直到有一天，邢蓉下班时告诉我，说桑晓光来了电话，她在上海出差让人给偷了，叫我尽快电汇三万块过去。邢蓉顺便问道：你们的钱放在一起？我回答得很含糊，说暂时这么放着，谁要谁取。邢蓉就说这样不好，说即使你们是夫妻也最好在经济上搞清楚，现在一般都是“AA 制”。我突然意识到了什么，不到半年，连同这一笔她已经提走近二十万了。她显然不是消费，而是拐了个弯子转款。但是我也没什么不舒服，既然我说过“一人一半”，她如何支配属于她的一半，就是她个人的事了。我只是不明白，桑为什么要以这种方式来对待我。这似乎是担心我的言而无信，怕我食言。这才让我真的伤心了，我想倘若桑果真怀有这心思，那分明是对我的侮辱，我们的戏就该彻底收场了。

那一夜我很难过，躺在床上想了许多往事。我想到1975年在梅岭插队，雨浓给我捎来了一篮子的鸡蛋。想到那几年我去水市，和小丹在那间低矮而潮湿的厨房里一起做饭。想到1983年和韦青共同度过的那个圣诞平安夜。最后，我想到的是李佳。在十五年前的那列北上的火车上，她把唯一的最甜的橘子递给我……

很长时间过去后，当我陷入一生中最艰难的处境时，我产生了这样的想法：这笔钱委实来得太容易了，因此它导致的种种报应将在所难免。

——1998年4月11日

桑晓光从上海回到海口已是那一年的五月。这趟差用她的话说是劳民伤财，但是女人的容颜并没有因此而憔悴，倒是比原来显得更白皙一些。他原以为是报社安排了这趟差事，现在才知道桑晓光是在帮一位朋友做汽车生意，这实在出乎他的意料。他说你简直疯了，居然玩起了汽车！女人说，我现在做生意还真有点入门了。女人还说在上海外滩遇见一个看相的老头，说她不久便会大发。他不以为然地笑道：你别折腾了，女人最大的悲哀就是为钱所累懂吗？女人说，要是你能养我一辈子，我情愿现在就退休，在家给你当专职太太。你能吗？他心里立刻顿了一下，口气好像也软了，他说：那得看怎么个养了，粗茶淡饭应该没有问题。女人说：我这等金枝玉叶，你粗茶淡饭地伺候不觉得惭愧呀？就是我愿意，你能给我一个家吗？他不再吱声了，他不喜欢女人又把这个话题拎出来。女人注意到了男人的情绪变化，但还是把自己的意思表达完整了。女人说：所以我必须抓紧时机挣钱，好给将来养老。我靠不了男人，就只能靠我的钱。

女人的意思其实并不错，他想，我不也曾这么想过吗？但糟糕的是它印证了关于那一笔钱拐弯提走的判断。这是一脉相承的思路。他顿时觉得倒了胃口，以至于连做爱都失去了激情。女人对此很敏感，但她没有意识到导致男人生理上变化的是金钱。

你怎么了？

我有点累。

这不像是你的东西。

你觉得不像吗？可它就长在我身上。

你是不是乱来了？

我是那种人吗？

要不就是手犯毛病了。

别废话，睡吧，明天刘锐还得找我谈话呢。

刘锐答应让你们买车吗？

他的话不能信了。

那你不能自己去买呀？

我们的账全由狗日的结算中心管着，款转不出去。

那你傻了，当初就该另设一个账号，体外循环。

那么干道义上讲不过去。毕竟刚上岛那阵是刘锐收留了我。

其实像刘锐这样的老板不该这么小气，不就是一辆车吗？

别再说车了。你是不是做汽车生意做上瘾了？

你还真别说，我那朋友手上那批车还真是不错，一水日本进口原装，有凌志、本田、皇冠3.0。

不是走私的水货吧？

所有的手续齐全，价格也比海口便宜不少。

你这回赚了多少？

我才开始联系呢。怎么样，我们再联手做一次？

算了，你没见我连做爱都嫌累吗？

你是不是有什么心事瞒着我？

我能有什么心事呢？睡吧。

……

他依稀看见这幅图景是在翌日的黎明时分。正是这个怪异的画面使他从沉睡中醒了过来，他想读懂它，然而事实是很长时间里他都没有理解。在这个散发着咸味的早晨，男人的全部精力最后集中到赤身淋浴上，他或许是想借以清醒一下困惑的头脑，将这个不知所云的画面洗刷干净。

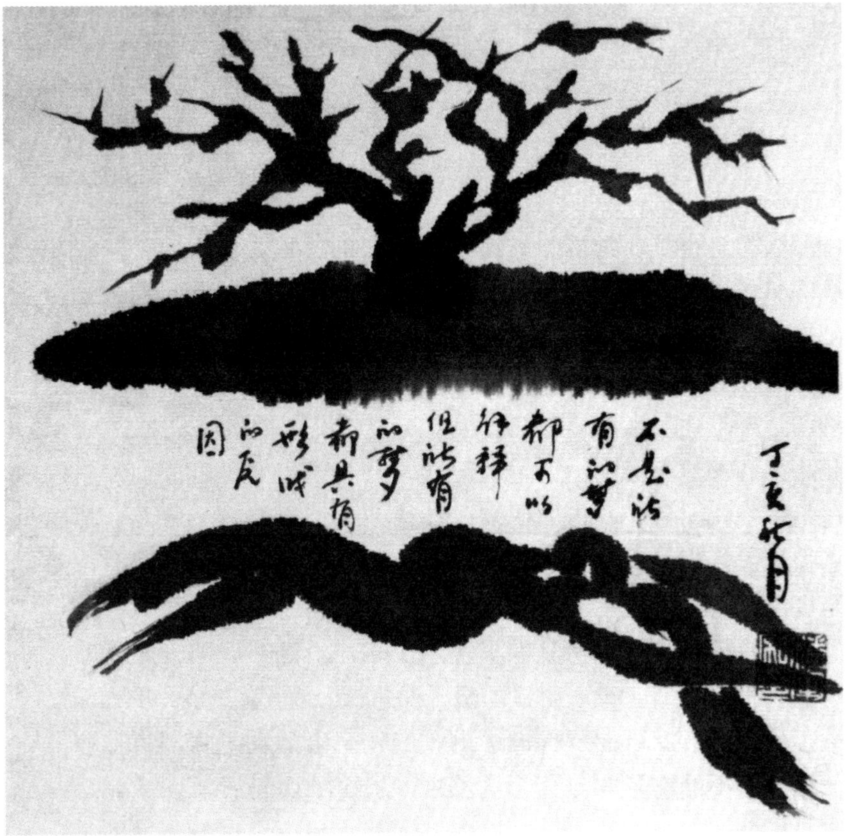

都说日有所思夜有所梦，但这个梦是在黎明时才出现的。黎明不应该属于夜晚。而且梦一般都是流动的，具有夸张的活力和变形的色彩，可这个图景凝固而苍白。或者说这就是一个死亡的梦境。所以后来他这样劝慰自己：不是所有的梦都可以解释的，但所有的梦都具有形成的原因。

这是1993年的5月，是海口进入高温季节的起点。这个地处北纬20度的岛屿的狂热早已超出了时令的温度，也超出了人们的正常想象范围。此时，大批的“大陆人”正像潮水似的蜂拥而至，因为传说要实行“封岛”，然后是“再造一个香港”——这似乎已经不是一个口号了，而是正在付诸实施的现实。但是这个男人却一点也不喜欢香港。只要看一眼香港的电影就知道那是个什么玩意儿，他这么想着，我喜欢巴黎。如果全世界选举首都，我肯定会投巴黎一票。

于是在这个清晨，男人再次萌生了离开之念。

犁城：1993 年 8 月

人的一生是非常奇妙的也是不可知的过程。说人生是一盘棋，这个比喻虽然老套了些，但却是那么惊人的准确。一子落定便关乎全局，牵一发而动全身，倘若不慎，兴许这一盘就输掉了，悔之晚矣。这几年我时常想起当初挣到手的那三十万，然后作出种种安排设想，觉得任何一种的结果都比现在的样子好过很多。譬如说我就此金盆洗手，钱进银行，我再静心去过书斋生活，重操旧业，那日子自然是舒服而滋润。或者把这笔钱委托给善于商道的朋友，我待在书房里当一小股东，那也是轻松愉快无忧无虑。问题我没有作出类似选择，或者说由不得我决定了，于是就偏离了方向，莫名其妙地走上了一条羊肠小道。这个我慢慢再谈。

1993 年 8 月的一天，我又飞回了犁城。这是我离开犁城时间最长的一次，将近半年。我所居住的房子要拆迁，而我已经不再是“红门”机关里的人了，有可能被趁机逐出。李佳来电话反复强调了这一点，她说无论如何不能离开“红门”，这对女儿的生活起居损失太大。这样，我安排好公司的工作就上了飞机。当天下午我便出现在犁城的街头，想给女儿买点吃的。和每次一样，一跨进“红门”我的心跳就自然而然地加快了，总觉得女儿会突然从什么地方露出脸来。那时候女儿正在家门口的空地上和同学一起跳橡皮筋，打扮得很漂亮，好像一下子长大了很多。我喊了孩子，她便像鸟一样地飞来，却不再让我抱她，拿了串香蕉似乎是很不好意思地跑开了。我心里有点不是滋味，这孩子已经开始摆脱大人的手臂了。抑或是这一年多我和孩子相处的时间太少了，孩子见我才如此生分。一种莫名的忧伤顷刻流遍了我的全身。

没多会儿李佳下班了，见面就把电话里讲过的内容又重复了一遍，然后说：本来我不想打扰你，你不在家时我和孩子过得挺好，可这件事非你回来不可，我插不上手。

这等于是骂了我，而我却无言以对。好在这时电话响了，她先我一步去接，也就是找她的。电话现在已经移到了卧室，她说了几句，然后把门关上继续去说。我想这应该是某个男人的电话，看来我不回来她的确过得挺好。但这毕竟还是我的家，我待在我的屋子里竟反倒不自在了，事情居然会变得这么怪。记忆中也就是从这天起，这怪异的感觉像影子一样盯上了我，我在自己家里不知不觉地成了一个客人，总担心由于自己的不慎而妨碍了李佳。那天晚上，我就像是道歉似的提出上犁城最好的饭店去吃一顿，李佳也欣然同意了。吃饭的时候气氛还是很好，到了差不多快结束时，我让孩子去一旁玩游戏机，然后征求李佳的意见，说想正好趁拆迁这个空当带女儿出去玩一趟。李佳就问是海口吗？我说不是，我说是带孩子去她没有去过的地方，譬如说苏州无锡。李佳微笑着问道：是去那个地方和哪个女人会合？不等我回答，她用警告的口气对我说：我绝不允许你让我的女儿去面对另一个女人。这孩子永远都只有一个妈。我说你想到哪儿去了，我不过是想让孩子暑假生活过得有意思一些。

你现在觉得有意思了？你以为带孩子遛一圈就把一切都弥补了？

这也是为女儿好呀，我难道连带女儿玩的权利都没有了？

你根本就不配当一个父亲！

可我就是她的父亲怎么办？

不行！

回家的第一天就这样结束了，不欢却不能散。这天晚上我躺在床上想了很久，觉得这是个问题，和以前完全不一样了。自从女儿上一年级以来，李佳的观念和立场都彻底地改变了。她从对这个孩子的自动放弃转移到加倍呵护，并以此对我进行报复。这是我无法忍受的。我感到很是不安，因为这个问题将成为日后我们离婚的阻碍，我们会像那些受难的男女因中间存在一个孩子而继续受难。当然最不幸的还是孩子，跟着我们无辜遭罪。所以无论如何我都不能放弃这个孩子。李佳呢？她会怎么想？她是否也这么考虑？倘若是，那么我们之间就不是一下子可以解决的问题了，这场漫长而艰难的马拉松很难看到终点。就像即将开始的拆迁一样，我心里乱成了一团麻，面对全面毁坏的秩序，我难以理清头绪，不知该怎样来收拾这个焦头烂额的局面。

那真是个沉闷而烦躁的夏天。

——1998 年 4 月 13 日

对于中国人，某种意义上房子是作为家庭的象征或者外在形式存在的。每一次拆迁都会使这个形式得到改变，人们把毕生的积蓄用于新房的装修，以便使这个纯粹的私人领地变得更加可爱，成为一个越来越漂亮的匣子，至于这匣子里装什么东西则另当别论了。家庭也是需要包装的。大街上经常出现的那些成双结对的夫妻们，想必出门时都经过了一番精心的打扮，并且在人前都夸张地做出相敬如宾的样子，然而有趣的是没有人觉得不自然。大家早已习以为常，大家也差不多都是这么做的，笑别人等于是在笑自己。所以拆迁仍然是家庭的一件大事，未来的新房子尽管不能安慰自己，但足以取悦别人。

眼下这次拆迁让他很为难。他不可能会有激情——一对即将离异的夫妻还需要新房吗？有一天，他忽然这么想：要是这次的拆迁提前几年进行，他和李佳的关系会怎么样呢？会因为这个契机一举改变吗？他会把新房子装修一番，再添置几件时髦的电器，他们会珍视这个家吗？过去的那些不愉快会像扔旧东西那样扔干净吗？这个可能性不能说一点没有。而现在已不是那么回事了。哪怕是住进一套豪华的别墅，他们也无法找回新鲜的感觉。李佳说的没错，拆迁就只是为了孩子。“红门”离女儿的学校仅隔着一条街，而且这里的生活设施配套，卫生，安全，环境在犁城是首屈一指的。就是说，他不能离开“红门”。他也没有任何理由离开，他是拆迁户，理应是优先考虑安排的对象。但是，事情后来却不这么简单。很快，办公厅房管处找他谈话了。那位体态臃肿的副处长开门见山地对他说：你是外单位的人了，按我们文件的规定，你必须搬出去，由你现在的单位解决住房。他说：我是拆迁户。文件上说拆迁户的利益首先要保证。副处长说，拆迁户是指还在省委机关工作的人，你已经到文联了，那是人民团体。他说：这个大院里住着许多不在省委机关的人，你们能让那些人都搬出去吗？要是这样，我立刻就搬。副处长说，现在的文件做了调整，我们是按新文件精神办的。这人然后就两手一摊，做出一副爱莫能助的样子。

他说：我不会搬。你们可以强行把我的屋子拆了，也可以把我绑走，但是我不会搬！

事情一开始就这么不顺利。与此同时，文联的几个头头也作出了无关痛痒的反应，没有人来替他与办公厅作解释，他们只担心这只球会踢到文联来，只反复强调文联没有房子，文联解决不了这样的问题。他感到不可思议，心想这事还真他妈的见鬼了，我本来是有房户，难道拆迁了还成为无房户了？天下居然还有这样的拆迁？

李佳也很着急。她担心的是被大院扫地出门，她实在是太喜欢这个完美无缺的居住环境了。这天她下班回来说：你不能就这么硬抗，要去活动，找找人。

他说：我是拆迁户，我不过是要求住在我原来的地方，这还要找人吗？

李佳说：问题是你有可能住不了。

他说：难道还不讲理了？

李佳说：讲理？理是什么？权就是理！

他说：我决不找人！

李佳说：你一辈子就是吃了这个亏！

他说：我愿意！

两人就这么吵起来了。李佳生气地把手中的茶杯一摔，厉声说道：你要是这回被人撵出去，我就带女儿回娘家，你一辈子也别想见这孩子！

这天李佳果然就带女儿回了娘家。地上这只摔碎的瓷杯嵌入了他的记忆。后来有很多次，他都想起这只破碎的杯子形象，觉得很像他自己，谁都可以来摔它，而摔烂它竟是那么的容易！他并不埋怨李佳，只是有点儿替自己可怜。他不禁想到那句旧诗词：百无一用是书生。他想这也应该算是千古绝唱，一句感叹却是那么高屋建瓴。一个书生就是一只瓷杯，选择陶瓷制造是因为会使它变得干净而且有一定的装饰性；它是器皿，既可以用来装人的饮品也可以用来插花养草，在痰盂缺乏的情况下可以权且充当痰盂，在某些时候还可以供人撒气；它拥有光洁接近透明的表面，但无法改变脆弱的本质，所以一摔就烂。但在几百年后，后人有一天从地下挖掘出它的碎片，又视它为珍奇文物，摊放到红丝绒上供人瞻仰。所以梁实秋说：一个诗人在历史上或许还有点作为，但住在隔壁简直就是个笑话。

在这个“红门”里他历来就是句笑话。几年前他调离机关时，几乎所有的人都在笑他。他们热烈地鼓掌，这举动公开的解释是表示对一个同志离开的欢送，其实他们眼神里流露的内容是：你小子栽了吧？而单位的领导同志则毫不掩饰他们的欣慰，他们这才松了一口气，觉得清除了一大隐患，纯洁了队伍。他们改变了前辈的做法，不希望他“哪里跌倒哪里爬起来”，而是让他这里跌倒那儿爬起。或者不爬起也没关系。但他们有一点很觉意外，这个已经跌倒的家伙居然对他们说了一声“谢谢”——这是他娘的什么意思？感谢组织上的关怀吗？还是不堪一击神经弄错乱了？我们并没有把他怎么的呀？我们一直是抱着“治病救人”的态度处理问题的呀？这家伙真是个笑话！我们是省委的重要机关，机关是不能容忍笑话存在的，这起码是不严肃。我们身边出现笑话是一件不幸的事！所以这样来看李佳也是可以理解的，她应该比任何人都不幸，因为她和“笑话”同居一室，深受其害自然胜过“隔壁”。那个下午后来，他就蹲在地上收拾瓷杯的残片，感觉就像在整理自己的遗骸。有一小片溅到了方桌底下，他伏身爬进去将它拾起，然后对自己说：

这是牙齿。

在那个夏天，我实际上心里对即将来临的拆迁也没有底。虽然我知道把我撵出“红门”很难，但是继续居住在这个格格不入的环境里我也很不舒服。那时我真想拿那笔钱去买上一套房子，这样至少会省去许多我不愿意面对的事。那个时候，我打心眼里希望李佳能是一个与我患难与共的伴侣，我们可以远走他乡，离开“红门”离开犁城离开一切我们不愿意面对的环境。我们甚至可以住到偏僻的山里，去过一种与世隔绝的生活。当然这不过是妄想。在我这半生中，我是从来不曾求过人的，如今却因为这种不平等的拆迁制度让我去求那些我所不齿的人，我实在感到恶心。可是我得想着女儿，同时我也必须维护自己起码的生存权。时间已到了八月的下旬，老楼的拆迁已经开始了，除了我这一家没有动，其他人家都相继搬干净了。每天我的耳边都充斥着最原始的拆迁声，民工们挥舞着大锤在砸烂墙壁和门窗，不到几天工夫，老楼就成了一片废墟。接着水电也断绝了。

就是这样。那时你只要在夜间从这片废墟前走过，你就能看到一盏灯；要是你有兴趣凑近那扇窗口你就能看见我。我躺在一捆捆书籍中，身边放着脸盆毛巾牙膏牙刷和一纸箱矿泉水。陪伴我的是一支蜡烛和一盘蚊香。这是一个肮脏而有诗意的氛围，有一种墓穴的感觉。几年后，我为中国一家颇有声望的演出团体写了一台叫做《废墟》的话剧，应该是1993年拆迁的启示。在这个剧作里，我企图表达人的一种无可奈何的情绪，一种绝望，一种于黑暗中对光明的祈祷。

房管处的人每天都来巡视，质问我：你什么时候搬？我不理他们，安静地读我的书。他们就进一步威胁道：你别当钉子户，这样对你没好处！我反问道：我倒要看看是怎样的没好处，逮捕我还是开除我？来人冷笑道：我知道你是个作家，作家又怎么样？我告诉你，你就是再有能耐，你也抗不过最软弱的组织。我想这人的话没错。我算什么？个人算什么？人算什么？但是我不想退却，我必须捍卫自己。如果他们强大，那么就把我埋在这片废墟里好了！

几天后，事情起了变化。

那位副处长又来了，这回事先在宽阔的脸上布满了微笑，见面就说：你的问题解决了。要是你坚持住新房，原来的面积不能给你，另外楼层只能是七楼，就是顶楼。如果你放弃新房，我可以帮你换相对旧一点的房子，面积稍小一些，但楼层绝对的好。我就问：为什么我不能住原来的面积和原来的楼层？那人说，你别再“为什么”了，能留你在“红门”里住就很可以了，毕竟你是外单位的人嘛！这话说得真他妈的慷慨大度而无耻。我还是要问：这院子里外单位的人还少吗？那人笑道：他们都是厅以上干部，这是政策规定。

我想我不需要再说了。

经过权衡，我选择了换房。这样我至少不需要去当一年的拆迁户。李佳对此非常不满，她指责我不负责任，同时也十分鄙视我的无能。她说：你清高什么？你以为找找人就跌了你的面子？你这面子值几个钱？我说：我的面子一文不值，但是我还不想去跌。敝“脸”自珍是我的权利。李佳气愤地说：你别再自欺欺人了！要是你当初在机关好好搞，也落不到今天这般的下场。让孩子跟着你倒霉你还好意思谈什么面子！我沉默了好久，最后轻声说了句：我一定要离开这个城市。在那个下午，我对今后的生活大致安排好了。我的想法是在和李佳办完离婚手续之后就彻底离开犁城，带着我的女儿，我要为这孩子选择一个干净而美好的环境。等孩子长大了，我要把她送到世界上最好的城市去。问题在于，李佳会不会把女儿给我？她现在的主意似乎变了，而且通过这回房子的事，她越发地不信任我了。这是我所忧心的，争夺女儿不是我想看见的一幕。

然而今天这个结果也是我当时无法预见的。一小时前，我刚和女儿通完电话。她一个人在家，无聊地看着电视。她向我诉说了作业之苦和考试之累，说毫无意思整个儿人成了学习机。她说：爸，我想念完初中就去美国。我就问：年龄是不是太小了？她说什么小呀，我比妈妈个头还高呢！反正我是不想念这种破书了。我说这事得和你妈妈商量，她大概也不会同意你这么小就出去的。女儿便不高兴地把电话给挂了。

也许孩子的选择是对的，我想。

——1998 年 4 月 16 日

这是他在废墟里的最后一个晚上，屋子里除了没有搬完的几十捆书，就没有多余的东西了。这是一个雨夜，雨从黄昏下到现在势头不见减弱。他拿着蜡烛，去每间屋子看了看，觉得腾出的空间居然如此之大。但是这个偌大的空间从来就不曾有阳光的光顾，阴冷而潮湿，而他的一家竟在这儿生活了八年！（几天后他住进交换来的寓所，清晨五点他就醒了，窗外的光线——不是阳光，竟刺得他睁不开双眼！）这八年的代价却没有使他得到一套新房，他换到的还是七十年代所盖的旧房，他拥有了阳光，但生存的空间却变得狭小了。没有办法，他这么想着，这是人家的地盘，“能留你在‘红门’里住就很不错了”。这种侮辱你还得忍耐，这种不讲理你还得面对。这就是中国。尽管“CHINA”的本意是陶瓷，但你不过是一只摔碎的瓷杯。这不是比喻，而是宿命。

雨声在这个夜晚显得空洞而虚无，废墟透露出阴森，四周是逼人的寒气，这是个背叛季节的夜晚。他像一个幽灵似的在这个空间转悠着，巨大的身影写在石灰剥落的墙壁上。告别是沉重的，因为这不是彻底的告别，只是一次挪动，连转移都谈不上，他还将可耻地赖在这个叫“红门”的大院里，年复一年。他躺下了，不禁流出了两行眼泪，泪水淌到嘴角，竟是和海水一样的咸——难道世界上所有的海洋里盛的全是眼泪吗？难道海洋的发源地是人眼？那是几代人的泪？

这时，他隐隐约约地听见了敲门声，敲得十分犹豫。

他拿着蜡烛去开门，刚打开，一阵风把蜡烛扑灭了，但他看清了来人的面目，竟是五年未见的林之冰！这太意外了，以至他好大一会儿都慌乱得点不上蜡烛。他们在黑暗中说话。

真是你吗林？

是我，不是鬼。

可我是鬼，你不觉得我像个幽灵吗？或者像个盗墓者，守着这片废墟……

不，我不觉得，你好吗？

谈不上好，只是比以前自由了一些。

这就好。我刚刚才有自由……你听说了吧？

我很迟才知道，我一直在打听你的情况。

我知道，谢谢你。

你这么说让我惭愧……

我是真的谢谢你，点上灯说话好吗？我现在特别怕黑……

蜡烛重新点上了，林的脸在烛光中显得很不真实，可他并不感到困惑，五年了，这张美丽的脸庞只是偶尔从梦中一掠而过，像风中的一片云。他又点了一支蜡烛，却不敢拿正眼去看女人，他的心跳也紊乱了。他们就这样站在一堆书中间，面对着两枝蜡烛，似乎都有些局促和不安。短暂的沉默之后，林之冰说：要是你这儿走得开，我们出去走走好吗？他点点头，说：这儿太乱了。林之冰说，那倒没什么，我只是想你再陪我一回，在这个城市里走走。他突然意识到他们之间的状态已经改变了，女人今夜是来告别的，告别他和这个城市。他点上了香烟，然后轻声问道：你要走了？

女人没有应答，眼睛凝视着蜡烛。

会走得很远是吗？

女人点点头，两眼含着泪水。

这是我们最后的一面？

女人背过身去把眼泪拭净，但还是不想说什么。

他长叹道：都变了……

女人这才轻声问了句：你怪我吗？

我怪自己，他说，当初要是我陪你一道去南方就好了。我最懊悔的就是这个……

女人也叹道：那时我就想你能在我身边。是真的想。可我知道你走不开……我哪能想到你这么快就过去了……

我几乎找遍了海口每一条街上的玻璃店。

那时我住的地方没有一块玻璃……

别再想它了，就算是一场噩梦吧，都过去了。

不，它没过去，它还在追着我，所以我得逃，逃得远远的。

……

那个雨夜后来他们就沿着这条老街走去了。雨渐渐地小了，天空意外地明亮了一些，能看见稀薄的云层在快速地流动。这本该是个有月亮的夜晚，一个不该忧伤的夜晚。无论是刚才在烛光里的道别还是眼下在细雨中的茫然而行，都让他们感到痛苦。命运不负责地把这两个不堪一击的人集合到一起，却又无端地将他们拆开，他们无力反抗，只能听从这种摆布。几天后，林之冰将去澳大利亚的墨尔本，将以陪读的身份去和一位旧日的同学朝夕相伴。这已是无法改变的事实。我觉得这是最好的选择，她说，我必须彻底地换一个环境。他默默地点了点头，心里突然涌起了一阵酸楚。这是一种极复杂的情绪，他既替女人可怜又加倍地

可怜自己；既为女人即将开始的新生活祝福又为自己目下的处境伤感。他或许还羡慕女人，因为女人还有嫁人这一条出路，但他却无力来保护自己的女人不受侵害。好几年前，一个叫韦青的女人就这样去了美国，这一幕现在竟又重演了！而他却仍然只能目送她们像鸟儿一样飞去……

如果我现在离婚了，你还会走吗？他轻声问道，但立刻就感到后悔。

你别做这种假设，女人说，我现在经不起任何的“如果”了。

他自嘲地笑了笑，说：林，按你的选择做吧，我们都还年轻。我希望你记住我的最后一个“如果”，就是——如果有一天你在澳洲住厌倦了，就回中国大陆，无论我在哪儿我都会去机场接你。

……

海口：1993年10月

林之冰在那个雨夜曾问我：你打算出去吗?

我摇头，我说我是写小说的，离不开我的母语。

她又问：你现在不是在做生意吗?

我说：我不是在做生意，而是在挣钱，我现在需要钱，但我这辈子命中注定的还是写作。

这些年有许多人这么问过我，在他们看来，在挣钱中写作或者边写作边挣钱是一件不可思议的事。有人甚至谴责我这是亵渎神圣的文学。这倒是奇怪了，居然把手伸进了我的私生活！好像我干什么事先要请示他们，要经他们批准，要听从他们的指手画脚，简直莫名其妙。对这种病态的家伙我自然不想理会，但我发誓要用另一种方式去收拾。我不能无端地被人欺侮。但是，我却无力面对一种无形的东西。我时常想起我刚上岛时，在白沙门海滩看见的那一面恐怖之云，那是我一生中在光天化日之下亲历的噩梦，而它的形式又是美丽的。这些年我总觉得像被什么东西追逐着，也似乎总在一张无奈的大网里左冲右突，我在疲于奔命中度过我生命的每一分钟，日复一日，身心交瘁。我一直渴望着宁静，渴望着无忧无虑，但这种生活总在唾手可得之际屡屡与我失之交臂。

1993年9月，我在犁城刚刚安排好拆迁，就接到公司邢蓉的电话，说她在食堂吃饭时听见陈元田和一个陌生人聊天，说要把文化公司给卖了！邢蓉说她不懂这是什么意思，但觉得不会是好事，问我能否尽快赶回来？我也很困惑，居然还有卖公司一说。我想所谓卖，大概不是集团对文化公司的人事变动，或许是进行资产改组，把南岛的全资改为股份制，然后把控股权转让出去。这中间肯定要包含所谓的“无形资产”——否则便谈不上卖了。这个文化公司当时在海口已做出了一些名气。这么一想，我便感到了不安。于是第三天我飞回了海口。

这次我首先去了冯维明那儿。我想了解南岛集团近期的发展情况，想知道官方对这个企业的看法。冯维明说最近省政府要对一些担任企业领导的人员做些调整，其中包括不再允许某个人政企一肩挑。按照这种精神，冯维明说，刘锐就存在一个选择问题，要么放掉南岛安心回来做官，要么辞职一门心思去搞企业。冯维明判断后者的可能性更大，因为在他看来，刘锐天真地犯了一个常识性的错误，以为搭一个经济的小舞台就能唱一出政治的大戏。冯维明说：海南是特区，但这还是中国的特区呀，政治永远决定一切。政治可以叫经济活起来，也可以很快叫它死掉。经济永远也无法改变政治——经济基础决定上层建筑，这不过是理论上的一句口号而已，我们不是喊了几十年了吗？但哪一回是靠经济来“决定”的？

我觉得冯维明的解释是对的。在我印象里，刘锐的“政治情结”从来就没有打消过，他的抱负一直是在政治上，他希望能靠南岛这个经济舞台来圆政治的梦，但几年下来，南岛不过是供一些高官吃喝玩乐的夜总会，那些人压根儿就没打算来帮这个年富力强的男人实现在政治上的进步，倒是花了他不少的钱。刘锐如同政治上搁浅的一只小船，眼下他只有一条路，那就是守着这个集团公司——他或许早有了这种准备，所以商人的气味越发浓重了，包括要把当初当做一块门面的文化公司给卖掉。冯维明认为我当初考虑太草率了，没有和刘锐就文化公司的产权关系达成法律协议。你至少要坚持“技术入股”，冯维明说，这样你就能占25%的股权，现在等于你赚再多的钱也是他刘锐的，你一个子儿也是带不走的。

可我当时怎么能想到这些呢？我面临的是一个全新的生活，既兴奋又心虚。那时我只想努力把这个公司搞起来，只想别让刘锐对我的信任落空。我哪里能知道拥有经济学博士学位的刘锐会有这一着后手棋？

要是刘锐决定把文化公司卖了，你怎么办？冯维明这样问道。

我还没想好，我说，这事太突然了。

还是带上那些钱回犁城吧，安下心来写你的东西。

写东西没错，问题是我不想回犁城，那是个找不到感觉的城市。

可你的女儿在那里，你总不能带着孩子去过一种高贵的流浪生活吧？

难就难在这儿，有时候我真想回石镇。

废话，你还没到七十岁，谈不上落叶归根。

我只想活到女儿三十岁……

这句话说得让我自己心寒。人活在这世上确实太累了，我想休息，我想安息，但我必须把我的女儿带大，陪她到三十岁。这是无法推卸的责任。从冯维明那儿回来已经是晚上十一点了，我冲了个凉，然后就坐到阳台上接着去想自己今后的安排。那时候桑晓光正在家乡武汉继续与朋友合伙做推销汽车的生意，这段时间我们的联系也相对减少了，每回的电话都不过几分钟，而一年前的一次通话总不下一小时，有时甚至长达数小时。我想这两种状况都是反常的，问题是我们彼此都已习惯了。我意识到不对，但是无心去改变它。不知从何时起，我有了这样的感觉：桑晓光不是我要找的那种女人。或者说，她能做我的情人却不能做我的终身伴侣。从她身上我很难找到相濡以沫患难与共的感觉。我不知道这是否与我在犁城再见林之冰有关，在那个晚上，这感觉变得十分地强烈，可我为什么又不同她分开呢？我们之间究竟让什么牵扯着？是性吗？难道果真是完美的做爱使理性的种种不适变为和谐？还是因为那笔钱的转移使我变得小气？说实话我很困惑，而且我对我们之间的这种状态也十分忧虑。我不喜欢一个女人整天为钱所累，钱对女人是危险的，但女人天生就离不开钱，上帝造女人似乎就是让她们到这个世界上来支配钱的。如果说挣钱是男人的责任，那么花钱就是女人的义务。其实，人生在世又能花多少钱呢？如果我们是真心相爱，就不该再这么下去，是到了换一种活法的时候了。

那天晚上我想了很久。鉴于刘锐处理文化公司的动议，我也不打算在南岛继续干了，至于下一步朝哪儿迈，我想等桑晓光回来认真合计一下。我希望能说服她（这已谈不上是默契了）按我的意思做，支持我安下心来写作——我已经完成了挣钱的任务，如果再陷在商海里拔不出脚，那就不是我了。要是她不能体谅这一点，那么我们就该考虑分手的问题了。

我不知道那时桑晓光最实际的想法是什么，因为后来发生的事全都超出了我的设计，而我从此置于了极其被动的地位却别无选择。那是1993 年的10 月间，我记得很清楚，我在这个大岛上经历了第一次也是最后一次的台风……

——1998 年 4 月 20 日

你经历过台风吗？你要是有过这种经历你就会认为自然的力量无与伦比，你就会觉得那是一次世界末日的彩排。但同时你也领略了一种声势浩大、恐惧惊心的壮美。

台风是下午裹挟着暴雨抵达海口的。其时天昏地暗，整个城市像奴隶一样匍匐着，一任风雨狠毒地鞭笞。满街的椰树仿佛吞了大麻似的在癫狂地舞蹈，不一会儿就有一棵被拦腰摧断，发出的咔嚓声如同房屋的坍塌。而真正的房屋的坍塌声在风暴中听起来犹如远雷。雨是密集而犀利的，即使是铝合金的窗户也无法阻挡，雨水竟能从几乎没有的缝隙中渗透到室内。雨打击着玻璃，好像随时都有可能把它射穿。机场关闭了，港口也关闭了，大街上看不见一辆行驶的车，电路被迫中断，一时间海口仿佛成了一座死城！

那时候他们正赤身裸体地躺在床上。做爱的高潮恰好是台风的起点，他们已有不短的时间没有在一起了。不知是久别重逢的格外喜悦还是台风制造的这一特殊氛围的影响，这次的做爱达到了前所未有的辉煌。是两次。第一次匆匆而过，好像热身一般；第二次则十分地漫长，他们不断地变换着姿势，那劲头简直是在拼命，在高潮临近的时刻他忽然产生了这样的感觉：这是一场你死我活的战争。我们是在以对方为敌，我们恨不得以爱的方式来杀死对方！这就是战争，有趣的是这是一场拥有双方胜利的战争，或者说他们都以为自己征服了对方。他们唯一没有想到的是失败。

男人在这个黄昏情绪变得很好。在经过半个月的考虑后，他已拿定了主意，就是彻底从商海里抽身而出，回到自己的案头。他想把那笔钱连同以前赚的一齐放到一家金融机构，全部变换成有价债券，这比银行储蓄要好得多。另外，公司的邢蓉向他提供了一个信息：深圳有个老板有意投资文化产业，比如说搞影视之类。那人是邢蓉的一个远房的亲戚，据称曾经也写过诗，想与他面谈一次。他想这或许又是个机会，最让自己看重的是能够把挣钱与兴趣结合起来，他早就想过一把导演瘾了。所以这次桑晓光一回来，他就想对女人宣布这个消息。可又担心这消息来得太突然会使女人不安，女人的情况和他不一样，她是正式调动到海口的。但是他说了刘锐想卖掉文化公司的事，而对此桑晓光并不感到意外，她反倒责备男人何苦这么在南岛忍气吞声。女人说：你又不是自己不能干，你早该离开单干了。我不懂你到底欠了刘锐什么。男人不由得摇了摇头，说：我现在不欠了。那时他想去深圳发展的念头更为强烈，细一想，实际上自己在海口也一直是找不到感觉。他当然希望女人与自己同行去深圳，而不是挑头单干。

但是他没想到女人于不经意中谈起了一个话题。女人说：你买辆车吧。

开始他以为女人不过是随口说说，就也随便答了句：等我挣了几百万，我一定要买它一辆“宝马”。

女人说其实“本田”就足够了。女人说这种车性能不错，又特别省油，价格最适合“中产阶级”。女人说她朋友手里的这批车中就有93 款雅阁2.0型的，比海口的价格便宜不少。女人说就是冲着刘锐的那副德性你也要买一部气气他。女人说有种蓝色特别适合你。女人说……

你是不是做汽车生意真的上瘾了？他打断道：你真想我现在就买辆车？

女人停顿了一下，又说：我是觉得这是个机会。

他说：我买了车还养不起车呢，没准连吃饭都成了问题。

女人有点不悦了，说：你也别太危言耸听了，好像我是成心害你似的。我是向你做生意吗？我赚了你多少钱？是那三十万吗？你要是后悔我马上退给你！

这是哪挨哪了？他感到意外，说：你怎么能这么想呢？我不过是说现在买车时机不对。

别再提车的事好吗？

这下是女人打断了他。女人说完就立刻把自己收拾好，要走。他拦住她，问道：你今天是怎么了？

女人平静地说：我累了，不想再说话了。

说完，桑晓光就真的离开了。那时台风刚过去一会儿，外面还下着小雨，天却完全黑了。他走到阳台上，看着女人上了出租车远去。但是他内心的困惑还没有过去，他觉得刚才这事简直太奇怪了，一个玩笑居然就演变成了一场争吵。桑晓光不是那种脾气很坏的女人，尽管有时也喜怒无常，但一般来说还是通情达理的。难道就因为买车？难道她不知道现在远不是买车的时候？难道果真是为了出针对刘锐的那一口气？还是其中另有原委？他怎么也想不明白。

几天后的一个上午，有人不期而访地来到了他公司的办公室。这是个看上去瘦弱且有几分文静的男人，似乎有点面熟，但他实在想不出来在哪儿见过。于是他就问道：我们见过吗？那人说没有。不过，那人说，我经常听小桑谈起你。然后那人就将公文包打开，拿出了一摞印刷精美的本田汽车销售材料。他这才明白来者就是桑晓光的那个朋友，现在他们又成了生意上的合伙人。

那人说是桑晓光叫他把资料送来的，如果有意要买，具体的细节可以再谈。那人就说了这些，然后便匆匆离开了。

他的心思不在买车上。他觉得这一点也不像是桑晓光做事的风格，她是个极爱面子的女人，怎么可能在一场突然的争吵之后再让人直捅他的办公室呢？而且，他总觉得刚才那人他就是在哪儿见过的。这事越来越蹊跷了，他想给桑晓光去个电话核实，同时也好缓和一下两人之间的关系——他们又有好几天没见面了。正犹豫着，桑晓光的电话来了，开口就问什么人是否来过，如果来了，不要与他多说，别再谈买车了。他感到不解，就说那人刚走一会儿，说是受她委托把汽车资料送过来。一听这话桑晓光就火了，说：真是莫名其妙，我不过是说你有可能买车，那还是在武汉时在电话里随口说的，我根本就没有叫他送什么资料来！

他说：人家也是热情嘛，何必动气呢？

这种事已经发生好几次了，桑晓光说，他这个人一辈子也改不了急功近利的毛病，叫人讨厌！你别再理他。

电话就此挂断了。他突然醒悟过来，刚才那个男人就是桑晓光的前夫！他曾在桑的影集里看见过那人的照片，那时他们还是法定的夫妻。

你可以想象出我当时的心情是多么复杂。桑晓光已经和那男人离婚近一年了，现在却又两人一起做生意——在我看来这至少是另一种的藕断丝连。我虽然没有法律上的名分，但感情授权于我需要维护起码的尊严。而我更为气愤的是，桑晓光居然瞒了我这么久！一个女人竟和她的前夫一起来做自己情人的生意，这算怎么一回事？然而这事就真实地发生了！可是仔细一想，我又觉得事情不会这么简单。桑晓光既然选择了离婚这条路，就不会轻易掉头往回走，况且是刚刚选择。她是个头脑清醒的女人，但同时她又是个处事简单的女人。总之那时候我的思绪很乱，不知道如何来解释眼前的行为。不过有一点似乎很坚定，那就是该和桑晓光分手了。无论是爱人还是情人，分手都不是件容易的事，一般都需要某种契机的出现。就拿桑晓光来说，当初如果不是她在家中撞到另一个女人，那么也就很难说要和丈夫分手了。然而事情又有它的另一面，契机对分手起到了强制性的作用，但却难以磨灭旧时的情感，某种意义上还存在着加深的可能性。因为感情一旦丧失，便意味对它的眷恋。这就是人的情感怪圈。

现在我就面临着这个怪圈。我的契机出现了，分手在即，但我怀疑自己在这之后的漫长岁月里能否心如止水。我说过我骨子里其实是个极其懦弱的男人，多愁善感与生俱来，我的血始终是忧郁的但又很烫。在那几天里，我竭力忍受着感情的折磨，可我又不想去点破那层纸。直到一个晚上我患重感冒卧床不起，桑晓光来看望我，事情才出现了新的转机，但这又是一次预想不及的转机，从某种意义上讲，它几乎改变了我后半生的运行轨迹。

也许她觉得是时候了，桑晓光在那个晚上向我坦言了关于汽车生意的前前后后。她说她的前夫自从离婚后就一蹶不振，整天与人打牌赌钱，把以前的老底子差不多都输光了。而那个女人也弃他而去，他实际上已到了精神崩溃的边缘了。有一天在街上碰见他，桑晓光说，我实在是吃了一惊。他难过地说对不起我，说他把好端端的日子给毁了。可是事到如今还有什么好说呢？我没理他，想走，他似乎很羞怯地说：能借我一点钱吗？这句话把我的眼泪说下来了，这个人怎么就突然变成了这个样子？他以前也是个很骄傲的男人呀！我把身上带的三千块钱全给了他。过了几天，我的一位同学在上海揽到了这笔汽车生意，我就介绍给他了。我说这是我最后帮你了，你要是再不振作起来，以后就别见我了。

于是桑晓光就全身心地投入进去，那时我正在犁城忙于拆迁的安置。她之所以瞒着我是担心我会胡思乱想，她说只是在生意上帮那人一把。她说与其说我是在帮他倒不如说我是在帮自己。她说：这样我至少心里平静一些，我们毕竟也是夫妻一场，而且他是我的初恋。可是我没想到这笔生意如此难做，原先答应的几个客户一到签合同就一一变卦了，弄得我下不了台，我差不多是白忙了一场。而他每天都来电话询问进展情况，一听他那软巴巴的声音我就受不了，我是成心想帮他的，我希望他能通过这笔生意改变一下精神面貌，这样我记忆中的那个男人还是个男人，尽管我不会再去爱他。

说实话，我当时听了这些很受震动。这大概也是我内心最软弱的一块，我总不愿意看见一个女人的失望，况且这个女人是我的情人。那时我一边劝着桑晓光一边想着买车的事，其实我已拿定了主意，这车得买。就是我一天不开它我也必须买回来。一辆车对那个男人来说所挣的钱也不算多，但是能使他重新开始一种全新的生活，能让桑晓光的心情好转，也算是值得。我的潜意识里或许还有这样的考虑：你既然已经得到了这个女人，你就该割舍其他的利益，正如鱼和熊掌不可兼而得之。

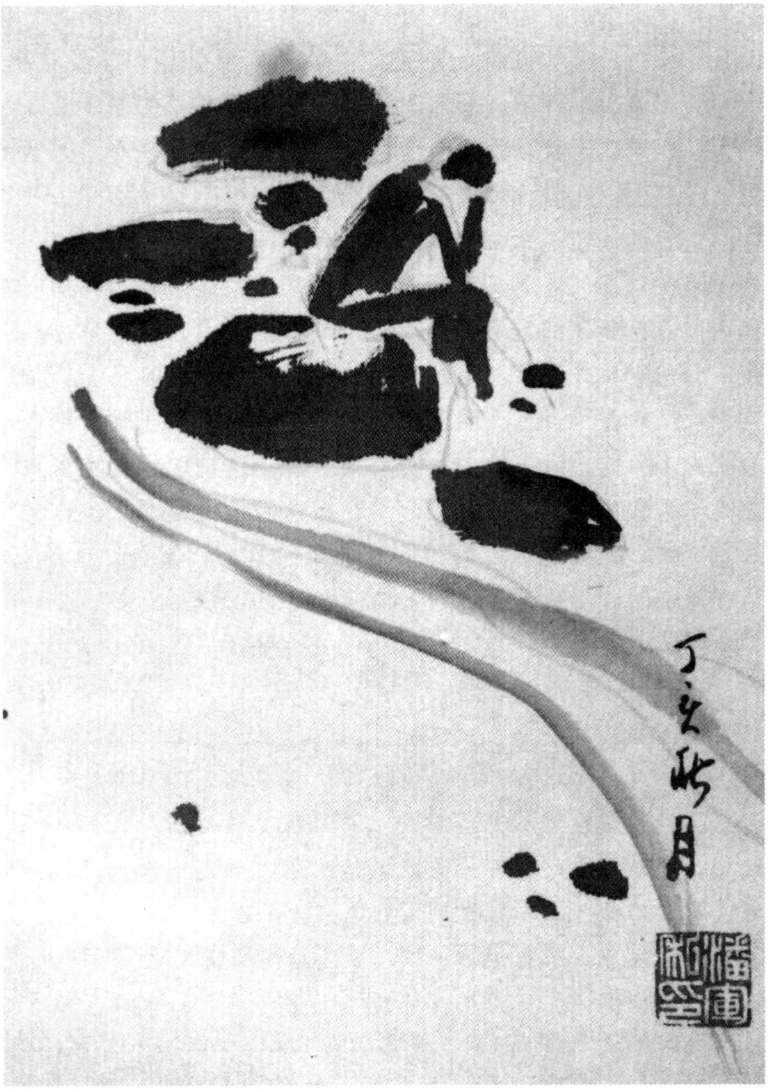

于是第二天我就呼了那人，说车我已经选好了，让他来公司做合同。那人似乎不敢相信这是真的，就问：你现在就买吗？我说钱我已预备好了，就按你的价吧。然后我把具体的事情和支票交代给了邢蓉，她显得很惊讶，还以为我是冲着刘锐去的，便劝我冷静一些。她说：你这人太书生气了，何必要出这口气呢？你不是打算去深圳吗？到那边再买也不迟啊，还会省掉日后过户的麻烦。我自然不想多作解释，就说这是替一个朋友代买的。然后我就离开，我不想再去面对那个男人，让他殷勤地谢我。还是让他去谢他的前妻吧。我还对邢蓉说，如果桑晓光来电话，就说我出差去三亚了。事实上，这天下午我就是去了三亚。犁城来了位熟人，冯维明要我陪同去三亚休息几日，而且他说有事与我商量。在去三亚的路上，我谎称疲倦一直假寐，心里很不是个滋味。我想这笔对我如此重要的钱转眼间就变成了我毫不需要的汽车了，我今后的路如何走？难道陷在这个孤岛上开出租？这么一来，我还进得了书房吗？我一年的稿费连养这辆车都是妄想。我等于是拿出三十几万给自己买回来了一个豪华的包袱！几年后，当我对李佳说起这事时，她听着直摇头，她说你这人太情绪化了，怎么就这样把自己的后路给断了呢？你还不如再送给桑晓光十万元，用于她去安慰前夫。李佳这句调侃其实还真不失为两全之策，可我当时硬是没有想起。我想这可能就是命了。这便是我所说的一着走错。或者说不算大错但却是我命运的转折点。这是 1993 年的 10 月，从那时起，我开始进入了狼狈不堪的日子。

——1998 年 4 月 22 日

或许是一种巧合，就在他感到前程茫然之际，冯维明给他划定了一张新的蓝图。在牙龙湾游泳时，冯维明突然提出：我们搞个公司吧。冯维明说你与其在刘锐那儿不死不活，还不如跳出来彻底地做他一把，这样我也好帮你——我正好手头有笔钱，一百万，是位朋友托我买股票的，我可以说服他先给我们垫一下，算是启动的股本吧，你那儿能拿出多少？

这话问得他哭笑不得，他说：上午还有点，现在差不多是一点都没有了。

然后他就说了买车的事。冯维明一听就生气了，说你这是胡来嘛，无米之炊你倒先备上了一只金碗，怎么连逻辑都不讲了？

这样，他只好把桑晓光的情况说了，他说：这个时候我不帮她谁帮？

冯维明问道：看来你今后就是和这女人过了？

他说：这是两回事，不是他妈的交易。

冯维明沉默了片刻，叹道：都是为女人呀！

接着冯维明对他谈起了一件从未说过的事——

我去年在北京学习时认识了一个女孩子，冯维明说，最近来信说想到海口来发展，我不好拒绝，但又担心这事日久天长会纸包不住火，要是闹到台面上就糟了。你知道，眼下正是我的重要关口，据我老丈人说，常委会近期要研究我的工作问题。所以我就想我们办个公司，一来算是我帮了你，二来那女孩也有了个着落——她在别的公司干我不放心的，反正都是我的朋友，一举两得吧。

他想这个冯维明也确实不容易，当年在犁城为了摆脱困境选择了这么一条路，不惜娶一个连月经都没有的女人，现在有点外遇也是可以理解。但是这一百万得说清楚，是参股还是借贷，否则就不好操作了。他想要是借贷就算了，不如到深圳去当个高级打工的；倘若是投资参股，倒是可以考虑，因为这样至少还能够继续在这个岛上陪桑晓光一程，看看两个人的发展如何。他就把这想法对冯维明说了，他强调道：维明，这笔资金的性质必须说清楚，“先垫一下”是什么意思？借我还是以后会抽走？

冯维明说：当然是投资。反正我保证这笔钱永远沉在公司里运作好了。

他说：那就意味着风险共担了。

冯维明说：一切照章办事，不过我不好出面的，我全权委托你经营管理。

他说：我现在就这么一辆车，折算不过三十几万。当然我们真要搞，我会想办法再去弄点钱的。我们之间股份悬殊太大，这个家我也不好当。

冯维明笑道：你这人真有意思，有的事粗枝大叶，有的事又异常仔细。我们是什么关系？还用得着斤斤计较吗？我要是只图个人发财，还会把这样一笔钱交给你练手吗？

他倒是受了感动，对冯维明过去的那些陈见似乎也在这感动中打消了。不过，他说道，亲兄弟还明算账嘛，没有规矩也难成方圆。

冯维明说：我信任你就是给了你压力，我相信你能练出来。现在海南的形势极好，据说明年有望把“特别关税区”搞起来，这是不可多得的机会，得抓住。我觉得你肯定能做得很出色，再说我自然也会在外围帮你的。

要是真做砸了呢？他打断说：我们全赔进去了怎么办？

冯维明一拍胸脯：认了。

他说：冲着你老兄这句话，我们干他一场！

两人说到这里情绪都显得有几分激动，望着亚龙湾这世界上最蓝的海水，他们想起了十八年前在故乡石镇菱塘湖的那次狩猎。那是他们参加高考的前夕，也是他们对这个世界发生憧憬的时刻。他记得冯维明的理想是将来当一名外交官，而他就想当个作家。他们设想在未来的一日一起通过巴黎的凯旋门，然后再上埃菲尔铁塔喝比利牛斯山产的一种老牌子的葡萄酒，还想去瞻仰一下巴黎圣母院和卢浮宫。他们想了很多，唯独没有想到有朝一日会合伙做生意……

日近黄昏，冯维明陪犁城的朋友去大东海买珊瑚了，他独自来到了“天涯海角”。

夕阳下的海泛着酒红的光晕，给人以沧桑感。游人已在相继离去，海边渐渐变得清冷。一个中年的乞丐向他乞讨，他给了那人十块钱。但就在他给钱的一瞬间，他从那人呆滞的瞳孔里看见了自己变了形的脸。他不禁心里顿了一下，继之一股忧伤的感觉汹涌而出。他默然向海边走去，浪打透了他的双脚，极不舒服。他的眼前还浮现着自己那张变形的脸，便再次转过身去看那乞丐，但是那破败的人形已消逝得无踪无影！这使他非常地困惑与不安起来，他怎么也不相信那个人会这么快地就不见了。在这个迷惘的黄昏，男人最后竟被一种不祥的气氛团团围住了，以至于在返程的路上失去了方向感，平白无故地在城里多绕了一圈。很长时间过去，他在一次醉酒之后想起了这次奇异的经历，仍然有点魂不附体。那个时候，他正处在命运的低谷。

三亚：1994 年 4 月

我现在就站在几年前站过的地方。我身后是那块著名的礁石。海似乎变小了，从前的水痕深深地刻在石上。剧组今天一早从海口出发，计划用两天的时间把三亚的几场戏拍完。考虑到大家没有到过这块旅游胜地，我向制片主任建议先安排游玩，以便之后集中精力把戏拍好。与海口相比，三亚的风光则更为迷人，透露出自然的美丽与天生的野性。海口太过于雕琢了，当年几百亿资金撂到那里营造的却是一个俗不可耐的氛围。如今除了那些空洞的楼宇像碑一样耸立着，剩下的就是叹息与哭泣了。这两个月的拍片让我把这个城市又梳理了一遍，面对这满目接近凄凉的风景，我已不再为之动容，欲哭无泪，然而我并不后悔。

昨天夜里，桑晓光来了电话，她还在杭州。她问我片子拍得如何，什么时候封镜。我说快了，也许就十来天的时间吧。她说：这恐怕是你最后一次与海口打交道了。她的语气明显地带着伤感，似乎是说这也是我们最后的交道了。我自然有些难过，就说：未必吧，这地方冬天还是令人向往的。我想这句话或许有语病，海口不存在冬天，连有没有秋天也值得怀疑。我应该说，在大陆下雪的时候，我想念这个岛屿上的阳光。北纬 20 度，阳光直射。有人断言，这里拥有地球上最好的阳光、空气和水，这是人生命的三要素，所以这里的人寿一般都很长。但他们忽视了另外的一点，就是这里的人天生一副老相——憔悴而衰老的面容却拥有漫长的生命。这正好与城市的面貌相反：年轻的，但却是短命的。

1993 年是一个不寻常的年头。这一年里竟发生了九起劫机事件，这在当代中国是空前的。另一件震动全国的事，是北京长城机电公司沈太福的十亿元非法集资案，春天里就闹得沸沸扬扬，沈太福在京举行了两次新闻发布会，声言要状告中国人民银行。但到了夏天，这个人就在首都机场给逮捕了。国家工商局开始对其进行检查，而中央也决定由国务院副总理朱镕基兼任央行行长。在一个温馨的夜晚，副总理面对中央电视台的摄像机镜头打了个有力的手势，宣布了“宏观调控”的开始。这在热浪蒸腾的海南岛引起了强烈的震撼。人们似乎对“宏观调控”这个新鲜的词组感到陌生，但对副总理发表电视讲话的语气与表情印象深刻。他们相信这回中央是下决心要整顿金融秩序了，然而又觉得整顿的时间大概不会太长——冯维明就是这么认为的。他从北京的一张报纸上看到一个企业座谈会的纪要，那上面有人提出了对“宏观调控”的不同看法。冯维明据此判断：这不过是一种权宜之策，旨在理顺沿海地区与内陆地区的资金平衡关系，同时打击金融界的经济犯罪。所以他仍主张我们这个公司要尽快搞起来，但不轻易涉足房地产业务。可我还是觉得公司的启动时机不对，有点低谷切入的意思。但我已不好再做选择了。

在与冯维明经过反复磋商后，我于1993年底正式离开了刘锐领导的南岛集团，决定另组了一个公司。那时刘锐正在美国考察，所以我把辞职报告递给了齐之荣。他大概已知道我清楚了刘锐对文化公司的处理意见，也就没怎么多说，只是执意要在“昌隆”请我吃鱼翅。我谢了他，说我还不打算就离开这个岛，今后还会见面的。那时我的精力全放在新公司的筹备上，因为这回是给自己干了，所以夜以继日地奔忙着而不知疲倦。1994年春节，我回故乡石镇探亲，在水市机关工作的那个陈涛又来找我，说这回决定了要随我去海口，动因是组织上没有解决他的副处级待遇。同时，经他的引见，水市的一家银行行长向我许诺，等宏观调控这阵风刮过就给我一百万的贷款。并且表示：如果第一次的合作成功了，他们将对我的公司长期供血。

种种迹象无不表明我们这个公司大有希望。

但是，在公司经营方向上，我和冯维明还存在着一点分歧。我主张名副其实地专心致志于文化产业，这也是我的强项；冯维明却认为除了房地产，什么赚钱做什么——这让我想到以前陈元田说的话。冯维明说：我们首先要完成原始积累，而后才能挑三拣四地干自己想干的事。或许是公司的性质变了，所以这个意见我很容易地听进去了。于是我们先在海甸岛盘下了一家中型规模的餐馆，经过重新装修，更名为“大陆人”。与此同时，我们又里应外合地争取到了几家大企业的广告代理。两个月干下来，势头十分的好。直到这时，我才觉得是长吁了一口气。

由于买车那件事，桑晓光和我的关系也越来越融洽了，现在她不觉得欠她的前夫了，却又像是欠了我什么，凡事都变得小心翼翼。可我不希望这样，我对她说，要是不买车，我或许就不会下这个决心挑头干了，没准已离开了这个岛。眼下我只想早点完成所谓的原始积累，然后去干自己想干的事。她就问：你还打算干什么？我说我还是要回到自己专业上去的，写写东西，作作画，拍拍电影什么的。桑晓光说，到那时我就来帮你管这个公司吧，反正我也闲着无聊。然后她问道：那时你总该离婚了吧？我只是笑了一下，没有回答。我离婚是迟早的事，但必须由李佳先开口——这是否就是我的虚伪？每回一想到这里我便感到不安，我明知这是个无望的婚姻，但真的放弃它我仍然会伤感的，我不知道李佳是否也有类似的感觉。我们的婚姻像这样处于自生自灭的状态已经很多年了，我们都不想去对它负责。我们到底在等待什么？难道也需要更重要的契机才会出现奇迹吗？

就在这天的下午，桑晓光带来的一个意外的消息引起了我的关注。这消息与我的婚姻没有关系，但却暗示着公司的命运不容乐观。

——1998 年 4 月 23 日

你知道吗，北京可能要给长城公司的沈太福判刑。桑晓光进门就说，我刚和那边的同行通过电话。

查了快一年了吧？他随口答了句，说也该有个了结了。

这人也太嚣张了。

是呀，说谁把钱交给他年利率就有 48%，那我们还需要折腾什么？干脆把钱投给他算了。说完这些，他就去洗澡了。他想那个长城公司的罪过是高息揽储，非法集资，扰乱了国家的金融秩序，而沈太福本人却是以贪污罪和行贿罪逮捕的。宏观调控已经进行近十个月了，大量的资金限期从海南撤回，房地产业却还是这么硬挺着，有行而无市。这些老板还在做最后的指望，总觉得这调控明天就会结束。

洗完澡，他给冯维明挂了电话，把桑晓光带来的消息说了。冯维明说他知道了，而且他了解得更具体：不仅是判刑而是要判死刑。

这会不会是个信号？他问道。

什么信号？

中央要加大宏观调控的力度？

你觉得会吗？

我觉得有这个可能。

就是加大力度与我们也没关系吧？我们现在还不存在大额贷款问题。

问题是银根再这么紧缩，海南的房地产就彻底没戏了。那些大公司一垮，我们做谁的生意？你别考虑太多了。马上就是椰子节了，中央要来领导，你没见这阵子股市一直攀升吗？

他没有再说什么。他想冯维明的见解有一定的道理，中国人习惯把许多的希望寄托在某个要人身上。这一点，有文化的与没文化的都一样。这也是最省事的思想准备。

两天后，海南省第二届“椰子节”举行了。然而开幕这一天的气候不佳，是个阴雨天气，风也不小，那些红红绿绿的标语横幅被刮得乱七八糟，一些准备多时的团体表演节目只好被迫取消了。人们对这种刻板的搭台唱戏已感到厌倦，没有多少人去赶这个热闹。那时他坐在会场外的一个极不起眼的角落，眼睛盯住了一只升空的红气球。因为悬挂的条幅断了，所以它上升得最快也最高。它在细雨中飞翔的姿态很奇特，先往上冲一程，又朝下跌落一截，再左右摇摆不定地寻找继续攀升的方向，最后，它终于破了！他的视线似乎也随之被扯断了，一种虚幻的破裂声却萦绕在他的耳边……

很多次，他都把这目击的情景理解成幻灭的具象。他认为那气球很沉，而且盛满的绝不是虚无的氢气，它的确是透明的，但是它很丰富，其程度与他的想象面积完全吻合。他记得那个上午自己是淋着雨回来的，然后去“大陆人”酒店喝了一碗辣糊汤。这个酒店现在由邢蓉负责——原来打算把它交给冯维明的北京女朋友，结果那个人因为职称评定一时来不了。为这件事他和桑晓光还闹了一点不愉快。桑晓光说，你对这个邢蓉过于信任了。你与其把酒店交给她还不如交给我呢！他反问道：你想辞职来做吗？你舍得丢弃记者这块牌子吗？桑晓光说：我可以兼做，反正报社也没多少事。他没同意，他说做酒店也是门学问，邢蓉在成都是做过酒店的。桑晓光说：怪不得那女孩愿意紧跟着你，你这么信任她呀！他很不喜欢桑晓光的这种语气，他说：桑，你最好不要过问我公司的事，你也是股东，尽管只有八万，到了年终看报表好了。桑晓光一听他如此公事公办的口气，就没再吱声了。

他向邢蓉了解这几天酒店的经营情况。邢蓉说生意还稳定，每天的营业额能达到一万多，照这个水平，两年投资回收应该不成问题。邢蓉说：就是一些老客户的钱很难收上来，影响资金周转。另外一个问题，是白吃的人越来越多，几乎每个相关的政府部门都有。正说着，一个税务专管员带着一帮朋友来了，直接进了包厢。那人看见他就笑嘻嘻地迎了过来，说生意挺火嘛，两个月的工夫名气就做出来了，不错不错！他给那人递烟，那人把烟叼着，似乎在等待着他掏打火机。他感到十分厌恶，可脸上还得把笑容坚持住。他心里骂道：什么东西！换个码头准饿死你！要不是为了生意，老子眼里会有你这号人吗？你小子见我一面还是你的光荣呢！

幸好这时电话找他，他才摆脱掉这个无赖。

电话是冯维明来的，说晚上带一桌人来消费，都是一些政府主管部门的实际掌权者，把这些关系拉上对今后的生意发展自然好处多多。冯维明提醒说：不要让人看出这个公司与我有关，一点蛛丝马迹也不能流露。类似的意思冯维明已经表达过很多次了。这个商场的隐身人实际上丝毫不放弃幕后的操纵。但对投下的这一百万解释总很含糊，一下说是朋友借的，一下又说是同学委托他在海口找项目。公司登记注册，冯维明出示的是一张别人的身份证，据说那个人几年前就去了加拿大。他想这笔钱其实就是冯维明自己的。但这一点他始终不会点破的。冯维明好不容易熬到了这一步，眼下又处在提拔重用的关口，在经济上肯定不能闹出麻烦。但他希望冯维明能为公司解决一些实际问题，譬如说把那些吃饭只签单而不给钱的人的钱要回来。于是他说：你打几个电话吧，我派人上门去收好了。冯维明却说这不合适，说会引起人家的胡乱猜测，不好。

他说：我不能只制造表面繁荣吧？

冯维明说：沉住气，“椰子节”不是开始了吗？海南的戏还长着呢！

他放下了电话，眼前仿佛又出现了那只膨胀的气球，它的结局不过是一声脆响……

1994 年 4 月 11 日，经中华人民共和国最高人民法院核准，原北京长城机电科技产业公司总经理沈太福以贪污罪和行贿罪被处死刑。虽然这个案子审理近一年，但这个结果还是令我吃了一惊。我倒并不关心沈案的前因后果，而是从这个案件的审理中看到了国家整顿金融秩序的决心和打击经济犯罪的力度。金融是整个经济的命脉，那几年大量的资金拆借和各种名目的非法集资，使中央银行失去了调控能力，形同虚设，使得海南的房地产膨胀到了一个前所未有的程度，一直升温到了白热化了。那么现在的“宏观调控”完全是指令式的，容不得讨价还价，自然也容不得考虑局部的经济运行规律了。那些房地产的炒作商，把从内陆银行套来的钱全压在原本打算“过一手”的房产地产上，企图“借鸡生蛋”无本赚钱，现在却一下给套牢了，而国家银行的钱难以抽回——吃大亏的还是国家。国家的钱在几年前就在海口培养了一批暴发户，现在国家觉悟了，不再给钱了，但这并不影响那些暴发户的利益，而是使一批指望依靠暴发户发财的专业银行倒了大霉。血本无归的就是他们。

尽管冯维明对形势的估计很乐观，我还是时常感到不踏实。我的想法很朴素，就是海南的资金一旦抽回，那些房地产公司便会垮掉。而房地产业是海南经济发展的龙头，它瘫痪了也就意味海南的戏完了。这就是人们常说的那种“泡沫经济”效应。

“椰子节”过去了，报纸上铺天盖地的大幅广告开始羞答答地改变腔调了。虽然每家公司还在吹嘘自己的物业是“皇家花园”是“别有洞天”，但在价格与付款方式上都不约而同地改了口。他们已经扛不住了，他们在想尽办法突围，但是为时已晚。到了四月底，我们的日子也不好过了，一边是广告生意很难再做下去，一边是酒店的欠款收不上来，而公司的开支却有增无减。我不能不为之忧虑。这样，我又约冯维明谈了一次。在这次交谈中，我提出了一个毫无准备但又必须考虑的思路，那就是及时把公司转移到内地发展，不在海口恋战。冯维明感到异常吃惊，说：海口这一摊怎么办？酒店的近百万的投资不管了？我说：找人承包或者转手卖掉。他好像一时没了主张，只是说：这个动作太大了，太大了。我也很急躁，说海口过年过节的日子过去了，我们也别再做暴发的美梦了，要不改辙，要不散伙，这么耗着肯定要出大事的。但冯维明还是表态说：再等等看吧，等过了上半年再谈下一步。

这时我又想起了深圳那一档事，就让邢蓉赶快去与那边联系。结果那个老板已举家迁到了香港，深圳这边只象征性地留了一个办事处。我想，这个时候杀到深圳大概也不是好时机。那么，我该往哪儿去呢？

这天下午我突然接到三亚一家公司的电话，说是要为在东南亚招商制作一部电视专题片。对于这送上门的生意我自然刻不容缓，就带陈涛驱车前往了。这是我这辆车第一回跑长途，也是第一次上高速公路正式地跑起来。海口太拥挤了，道路又极不宽畅，开车总是那么压抑。现在这么舒服地开着，倒感觉有了几分惬意。那时海口至三亚的高速公路尚未全线贯通，到万宁就是一般公路了。陈涛刚学会驾驶不久，开车的欲望特别强烈，就提出想试一把。我就与他换了，提醒他这车性能挺好，提速特别快，脚不要离煞车。那会儿我满脑子想的都是如何谈这笔生意，会有多大的赚头。我又想起在犁城和电视台搞的那个叫做《面对黄土》的专题片，觉得制作不是难事，请一个会扛机器的摄像就齐了——这一点桑晓光能帮忙，她和电视台的人熟。

突然听见"梆"的一声，接着我浑身剧烈地一挫，一抬头，看见我们的车把前面的一辆双排座撞到了公路边上，同时我还看见我这辆新本田的蓝色的引擎盖向上卷了起来。我的头一下就觉得大了。追尾是我们的责任，幸好那辆车没怎么损伤，司机也还好讲话，赔了人家一千块就摆平了，但我们这车却走不了。陈涛已吓得面无人色，这时候我也无心再说他几句，问题是这地方前不挨村后不靠店的，眼见着天色逐渐昏暗，总得想个法子把车拖走才是。我就给冯维明挂电话，他不在，家属说他去广州出差了。再找桑晓光，也不在，去文昌采访了。我只好给邢蓉交代，让她立刻联系一辆面包车赶到这里。她焦急地问道：你们人怎么样？我说人没事。不过这时候听见一个女孩子这么问候，我心中还是觉得温暖。然后，我就让陈涛搭过往班车赶到三亚，对他说，先接触上，不谈具体，一切等我明天过去再说。陈涛还没有从撞车的阴影里拔出来，哭丧着脸，我就说：别想这个了，让保险公司处理吧，别误了正事。

打发走陈涛，我看着这辆拿到手还不到两个月的坏车，那片受到蹂躏的蓝色让人伤心得想哭，好像撞的不是车而是我。我的周围全是大山，偶尔过去的车也不看我一眼，而天色越来越暗了，风也随之大了起来。那一刻，我感到异常地凄凉，觉得自己像一件无人认领的烂包裹扔到了这深山野洼里……

——1998 年 4 月 24 日

天彻底黑了，风渐渐大了起来，不一会儿，雨也接踵而至。躲进车里，他觉得时间似乎在这一刻停滞了，把他和这无边的黑暗拴在了一起。这是他从未有过的孤寂，其中还掺有惶恐，不由使他想起十八岁那年在乡下与狼狭路相逢的情景。那一次，狼放过了他。或者说狼对他没有什么兴趣。然而这些年来他时常产生一种感觉：那匹狼始终尾随于他的身后，与他保持着适度的距离。甚至在他突然转过身时，他仿佛能发现地上的狼迹！人太可怜了，他想，人的脆弱与生俱来，没有任何力量能保护人的心灵不受恫吓不受胁迫不受侵犯。1994 年这个天涯海角的山中之夜，男人好像是在地狱的边缘徘徊，他那瘦弱的灵魂在风雨中飘荡着，发出了歇斯底里的呼喊，但是却听不见一点声音……

时间凝固了。极度的劳顿使他在车里打了个盹儿，若不是几点冷雨溅到脸上，或许他就能一觉睡过去。四野茫茫，不时扯过刺眼惊心的闪电，夜气越来越浓，雾一团一团地从眼前飘过。雷声似乎很远，也很沉闷。他把头伸到车窗外，仰起脸索性淋了会儿雨，刚才那一会儿的焦虑慢慢地消解了，神智也清醒了不少。车毁了倒不是什么大事，修修也就可以了。但这次突如其来的车祸总让他感到蕴涵着某种暗示，是不祥之兆。眼看着海南的戏就要落幕了，他的公司却还滞留在这个荒废的码头，前景已十分暗淡了。可冯维明仍在犹豫不决，还在期待着局势的转机。青年政治家这回忽视了一个问题，就是总把“宏观调控”狭隘地视为单纯的经济手段，是权宜之计，孰知它本身就是政治。海南这一幕的潮起潮落他是亲历了，对这个岛他已不抱任何幻想，他想唯一的出路就是尽快撤走，这就意味着放血。照他的估算，如果把酒店盘出去，再把一些家当变卖掉，至少要赔进去五十万。也就是说，这个成立不到半年的小公司一下便几乎输掉了半壁江山。然而再这么坚持下去，不出三个月，整个家就给抄了——他不能不为之胆战心惊！

他点了支烟，怎么吸都觉得有些漏气，吸不起劲。这时，一辆红色夏利出租汽车在他的侧前方停了下来，接着他看清了下车的人是邢蓉。他急忙打开车门，让邢蓉赶快进来避雨。他问道：面包车呢？我不是叫你落实一辆面包吗？

邢蓉缓过气说：在路上抛锚了，正在抢修，我怕你着急，就先……你喝水吧，还有吃的。

车弄成这个熊样，我哪还有胃口，抽烟都觉得苦。

陈涛到三亚了吗？

早该到了，这小子吓糊涂了，也不知道来个电话。

车是他撞的？

谁撞都一样，这兆头多他妈的不好。

你还是先吃点吧，是八宝粥，不难咽下去的。

他就吃了。这个片刻他对这个叫邢蓉的女孩很是感激。他想这是一个沉着而心细的女人，她的处事能力与她的实际年龄并不相称。要是当初一上岛就遇见她，他想他们会相爱的，而且也会过得很好。这个念头已出现过好几回了，今夜则更为强烈。他想这有点对不住桑晓光，假如桑晓光没有出差，遇到这种事会做得像这个邢蓉一样妥善吗？一年前是绝对没问题的，他想起那次在广州的飞行幽会，仅仅为了见上一面，仅仅为了几个小时的相处，女人就从北京飞来了。那是什么感觉？难道每对男女真正的恋爱就只有那么一年半载的好光景？米兰·昆德拉好像说过，男人对女人的寻找无非两种方式：一种是在一个女人身上去寻找全部女人的感觉，另一种则是在许多女人身上去寻找不同的感觉。全部的感觉会集中到一个具体的女人身上吗？他怀疑这点，就是说他应该属于运用第二种方式的男人——他大概总是爱着某个女人的某个方面，而又不想放弃其中的任何一个方面，这无疑是一种贪婪，是对情感特权的妄想。这比起政治特权虽然一样卑鄙，但是值得。所以这些年来，他愿意远离政治却无法不亲近女人。

面包车还没有来。风雨也似乎没有停歇的意思，只是比刚才稍稍弱了一些。他忽然觉得一男一女待在这辆崭新而破烂的车里也不失为一种情调。他向邢蓉谈了公司下一步的设想，说转向内地看来已是箭在弦上。邢蓉便问具体去哪儿？他叹了口气，说暂时还没有什么头绪。邢蓉停顿了一会儿，带有试探性地问道：桑晓光会跟你走吗？

他似有些为难地说：可能不会。她是正式办了调动的。

邢蓉进一步问道：那你对你们的事有信心吗？

他说：这不好预测。以前我担心的是时间，现在又得考虑空间问题了。天各一方，确实有些残酷。

又停了会儿，他听见邢蓉说：我总有这种预感，你最后还会回到李佳那儿。

他心里顿时有了隐痛的感觉，好像自己等待的不该是女人这种预感。他想，那件事也该问问这个邢蓉了。于是他在考虑好措辞之后，说：小邢，有件事你处理得不太妥当，当初你不该把我和桑晓光的事说给李佳。

邢蓉惊讶地问道：什么？我说的?!

邢蓉说我从来就没有和李佳通过电话！

海口：1994 年 5 月

1994 年的那个山中之夜，邢蓉的回答当然叫我感到吃惊。我相信这女孩没有撒谎，同时觉得冤枉了她这么久很过意不去。那么，又是谁向李佳通风报信的呢？尽管这已经不重要了，但我还是不希望它成为悬念。不久，我恍然大悟过来，其实这件事一点也不复杂。我和邢蓉在车里坐到天明，那辆面包车总算是到了。那时雨止风静，空气十分新鲜，我让邢蓉押车回海口，自己便搭乘班车赶往三亚。经过一上午的洽谈，我拿到了这笔赚头不大但却有意外收获的生意。那家公司的副总经理叫王高，是中原蓟州人，下海之前是蓟州电视台的记者。他在几年前的一次电视节目交易会上看过我搞的那部《面对黄土》，说印象如何如何深刻。这笔生意就是他牵的线。王高在三亚这个公司干得很不得志，眼下的宏观调控使海南的经济形势每况愈下，他也是感慨万千。他问我今后的打算如何。我就说：走是肯定的，问题在于往哪儿走，走到那里干什么。王高说：其实干电视还是很好，不如往这条路试试。我就说了原先深圳那档子事，觉得是错过了一次机会。这事当时也就是随便聊聊，没想到半个月后，有一天王高从三亚赶到海口，说他和蓟州那边通了电话，说蓟州现在很活跃，因为京九铁路的方案有所调整，蓟州将成为一个枢纽，成为中原的一个新型的商贸重镇。如果你有兴趣的话不妨去看看，王高说，我在那儿人头太熟了！不像在海口。

我突然问道：你能帮我打进电视台吗？

王高就问什么意思，是不是有东西要卖给电视台？

我说：不是卖，是买。我想买蓟州电视台的黄金时间，每周半小时。

我的意思是买下这个时段，办一个有特色而被观众喜闻乐见的栏目，然后再做贴片广告的生意。我料定像蓟州那种电视台节目水准肯定不高，我们只要认真来做，绝对会有竞争力，不怕广告上不来。这样，我们既为电视台无偿提供了一档节目，又通过交换来的广告时间有钱可赚，相得益彰。王高一下就显得很兴奋，说这是个极好的创意，但又对节目成本感到忧虑。每周一期，一年就是五十来期，那可是一笔不小的数目呀！王高说，万一赔了呢？我就说：赔了是我的。你只要帮我把关系理顺，拿下这个项目，就是大功臣了！

这不过是个即兴的想法，却让我们不断地细化了。那一天我们谈了很久，从栏目的设计到节目的编排，竟谈出了很多不错的思路。譬如说，我们通过北京、上海、广州的三家文学刊物建立兼职的记者站，这样外埠的信息素材就委托他们去做了，我们只需在蓟州成立一个总编室，外加一个为栏目服务的广告公司就能运转起来。

于是不久，王高就辞职回了蓟州开始操办这个项目了。与此同时我又和冯维明就公司的前途反复谈了几次。这时已到了1994年的5月，海口的一些大公司正加紧向大陆回撤，大势所趋，我们似乎也做不出更好的选择。冯维明对蓟州项目反应暧昧，他既承认这可能是个有钱好赚的项目，又对它的可行性表示怀疑，因为在他看来，意识形态领域历来是管得很紧的，不容易插进去。我便解释：我们是在为电视台干事，终审权是他们的，出了名也是他们的，我们不仅省了他们的节目成本而且还交管理费，他们难道还不同意？

冯维明说：理论上讲得透的未必能在实际中行得通。

但他同意先把海口这边的事收拾干净。

这回，是我们替自己打广告了，想把酒店和车一起卖掉，尽可能地回收资金。结果来谈酒店的还真不少，车却无人问津。当时这辆车才从修理厂拖出来，看上去和新车没有二样，然而在我心理上还是留有阴影。有一天我开车去报社接桑晓光，到了门口找不上停车位，我一下就急了，跳下车我不禁自言自语地说：你这车可真是给我添乱了！谁知这句话正好被出门的她听见了，所以在回来的路上她问我，是不是真想把车卖了。我说是，广告都打出去了，就是没人来谈。她很是沉重地说：是我不好，我害了你。她的脸色也随即黯淡了，然而这种貌似道歉实为埋怨的态度让我极不舒服，我就回了她一句：晓光，你这么说是不是过了点？她立即要我停车，她要下去。我就真的停了。

她把车门用力一摔就掉头往回走了。

这是自买车之后我们之间的第一次红脸。如果说我后悔，那一刻我是真的后悔了。我想这个女人变化实在是太大了。为了让她心情好受，我差不多已经是倾家荡产断了后路，到头来她非但不领情反而还弄得我神经紧张，简直就是惯出来的毛病！然而我又想，也许我没几天就要离开这个岛了，我们的关系已到了重要的关口，女人这时候心里必定是不好过的，何必要雪上加霜呢？我们走到这一步终归是不容易的。

事隔几年后的今天，桑晓光对当初的买车觉得确实是难为了我。一小时前她来电话说，她在杭州的街上看见了一种新款的宝马，跑起来十分神气。她还记得我以前说过想买一辆宝马的事，就说：要是我现在成了富婆，我一定要送你这种车。我说：我现在什么“马”也不需要了。我说我也不希望她成为富婆。说到这里，我们不约而同地叹了口气。

三亚的月亮是这样的妩媚。明天，我又得转回海口了。

——1998 年 4 月 26 日

1994 年 5 月下旬的一个黄昏，男人从三亚交完那部招商片，返回海口的路上，突然接到公司邢蓉的电话，说酒店的事处理完了，是冯主任带着一个客户来签约的。

男人就问是多少价格。邢蓉说：五十八万，比事先估计的要好一点。

男人松了口气，然后很快就大吃一惊，因为他听见电话里又说：冯主任让人把支票拿走了。很明显，冯维明要撤资。

他立即就往冯维明家里去了电话，询问是怎么回事。

冯维明说：见面时再谈吧，我这儿现在有客人。

说着便把电话放了。十几天前，这个男人由处长提拔成了主任，成了副厅级的高级干部，所以说话也跟着高级起来了。变化之快让人猝不及防！

当晚，他们见面了，地点是靠近秀英码头的一个酒店。去年公司组建时，他们曾来这里打过两次保龄球。今夜还是打球，他们到的时候已经没什么人了。等偌大的球厅只剩下他俩时，冯维明才向他解释关于撤资的事。那笔钱本来就是一个朋友的，冯维明说，现在经济形势如此不好，加上你又做了回内地的打算，所以我考虑还是抽一些回来。这也是对朋友负责。那谁来对我负责呢？他打断说：其他股东的利益谁来保证？

其他不过是小股东嘛！

在利益上大家都是平等的。难道公司也搞特权？

你这么说就不好了。我当初是拿你当朋友，要不我会为你弄上这一百万？

你为我？我又为谁？

咱们就别争了，就算你体谅我一回吧！余下的四十二万算是借你了，你给我出张条子就行。

你这不是把投资变成借贷了？冯维明，当初你可是拍了胸脯的！你是不是还打算放我的高利贷？

他把球一扔，走了。不欢而散。

那真是一个悲凉的夜！后来他就独自来到秀英码头，望着停泊在岸边的那几艘旧船以及浸在水里的倒影，心中难过到了极点。他难以让自己相信刚刚发生的一切是真实的，他连做梦也不会想到有一天和冯维明会有这番遭遇。他们从小一起长大，以后又双双上了大学，成为石镇的骄傲，再后来又成为同事——在犁城机关的那段日子，他们可以说是相依为命彼此搀扶，怎么现在竟为钱搞成这般模样?！这是他一生中最大的懊悔，如果不是因为这笔钱，他们之间是绝对不会出现裂痕的。他深信这点！钱这时又成王八蛋了。他已经被钱弄得焦头烂额了，钱让他失去了对爱情的信任，现在钱又开始瓦解他的友谊。钱太可怕了！钱为何如此的可怕？是因为中国人太穷还是中国人太贪？抑或是中国人对这东西就是天生的绝对信任与绝对崇拜？钱能让相爱的人分手，钱能使亲密的朋友离间，钱甚至还能使骨肉相残！（报纸上几乎天天有这类消息）钱真他妈的是万能的！

一种恐怖的气息在他身边弥漫开来，那气息仿佛也是蓝色的，也是梦幻的形态，但给予他的却是梦魇般的令人窒息的压抑感，是一种近似活埋的感觉。这感觉远离死亡却能够把死亡的过程拉长，并且把死亡的痛苦放大数倍。他似乎是绝望地自问道：我还能信任谁？

事到如今也只好面对了。第二天，他让邢蓉把酒店移交给了别人。第三天，他召集了公司会议，把公司面临的困境和盘托出，然后他说：我们得离开了，至于去哪里还没有个头绪，如果这个月底还找不着突破口，这个公司就宣布解散了，大家就各奔前程吧！这番话一说，气氛就变得凝重了，一个担任出纳的女孩当场就哭了，其他人都不出声。他走到阳台上抽烟，望着前方那些业已停工的楼厦预制件框架，他不禁自嘲

一笑。那时他想，一切仿佛都规定好了，本命年意味着在劫难逃。

桑晓光连日来都显得坐立不安。当酒店正式转让后，她意识到男人这回是真的要离她而去了。这使她有了一种如梦初醒的感觉，好像自己是在梦里与这男人过了两年，现在男人要走了，才突然回到了现实之中。但是女人已无力改变这些，她只能眼睁睁地看着这人的离去。这个时候，女人对年初买车的事觉得懊悔了。她原想不过是帮前夫一把，同时替自己赚回个面子，没想到由此引起了连锁反应，不知不觉地就把一切给弄乱了，乱得不可收拾。现在男人要走了，是真的要走了，那么这以后就成了未知数——现在连她对他们的前途都不抱信心了，还能指望男人怎样？可她是需要这个男人的，他们相爱，和这个男人结婚曾是她恪守的目标，为此她下了很大的决心，甚至想和他能有一个孩子，甚至……

门声中断了女人的思绪，男人回来了。这几天男人住到了她这儿。连日来的操劳与焦虑使他看上去明显地憔悴了，脸上泛着一层黝黑。男人的言语也少多了，那种口若悬河的侃侃而谈远离了他们的生活，以至于连做爱也显得缺乏热情。她给男人沏了杯茶，然后打开电视机，想让男人看九点钟转播的一场交响乐，她希望在海口最后的日子里给男人留下个贤妻良母的形象——男人们差不多都喜欢这个样子。但是她怎么也没想到这个晚上后来竟是另一番情形。那场音乐会迟迟不来，节目前的广告却绵绵不断。一个女人在讲述一种新型的洗衣粉是如何如何地好，桑晓光说：你听，这声音听起来好像电话里的李佳。

男人从沙发上欠起身，问道：你什么时候和李佳通过电话？

桑晓光一下给噎住了，紧接着两颊现出了红晕。面对男人平静但是直视的目光，女人觉得还是把那件过去了却总使她不安的事说出来的好。

女人说：是我告诉李佳我们的关系的。我当时是想……

男人打断说：我早该知道。

男人就说了这一句，然后去外面洗澡了。

她对着我的背影说：我一直为这件事后悔你信吗？

我说我信。我说你现在讲什么我都信。

她一下就哭了。外面的天很黑，我脱光了身体，把水龙头接到这个大而不当的阳台上，没完没了地冲了起来。海南的水很怪，或许是太纯了，淋在身上总有点儿“隔”，滑腻腻的，像是洗不干净的感觉。我把浑身搓得火辣辣的，还是觉得没洗干净。我洗了好久，听见桑晓光在屋里抽泣，似乎今夜就是我们分手的时刻了。其实我已经不再计较这件事了，女人的用心良苦也算是看重了我吧。我的心还是被公司的处境牵扯着，没有精力来对付这儿女情长。但是这个晚上我洗好澡便穿上了衣服，这当然属于反常。而且后来我们一直没有说话。我在外面坐了很长时间，回到屋里时，她已和衣睡下了，从均匀的呼吸看她睡得很踏实。我就想起那次在广州，因为电话的故障让我折腾了整整一夜，情形可谓悲壮。

现在倒练得皮实，心仿佛结了茧，一觉之后什么就都过去了。

昨天我们在三亚“鹿回头”拍了一场戏。那个著名的景点起源于一个美丽的传说。但很少有人认为那是个悲剧，人们完全沉浸在男耕女织的田园牧歌气氛中，却忘记了这段千古绝唱的爱情实际上是屈服投降的产物。譬如说那男人手里如果没有一张弓，那鹿会停下来并且变化为美女么？再譬如，那鹿倘若不是身临绝境，她还会停下来给那传说中的小子当老婆吗？这些算不算是条件？算不算是交换？连千古绝唱的标准神话都这么不可靠，我这逼近世纪末的家伙还有什么想不开的呢？我想这世界上最可怀疑的东西恐怕就是爱情了。爱情也最脆弱，可以向任何东西投降。

从前那个晚上我的心大致是麻木了，然而在事隔几年的今夜我又觉得不平静。我好像是在等桑晓光的电话，这是一种死水微澜的感觉。她避开我已有多日，若再不回来，我或许很快就走了。走了也就走了。

“鹿回头”……

我没有更多的感叹了。

1994 年 5 月对我而言是一段焦灼不安的时间，那情形如同我在去三亚的路上发生的车祸，同一时间与四面八方全都失去了联系，陷入到无边的风雨黑暗和一个钢铁废墟中。我差不多就是躺在了棺材里，成了一具尚可呼吸的尸体。酒店这件事使我与冯维明的关系出现了僵局，已有好几天没通电话了。公司的员工开始陆续离开了，其实他们是在体贴我，不想白拿我的钱。而剩下的则是陪伴着我，我真是感谢他们。就在这个时候，我终于等到了来自蓟州的电话，王高说那边的头绪全部理清了，他的一位同学刚被提拔为蓟州电视台的台长，表示大力支持，条件优惠。王高在电话里比我还兴奋，声音激昂，让我赶快过去签合同。他这么一说反倒叫我不踏实了，觉得这件事不该这么顺利，我就反复询问了一些细节，譬如管理程序、财务独立以及广告时间等，王高还是说一点问题没有，让我当机立断，不要错过这个极好的机会。

我还是犹疑不定。为了慎重起见，我想让邢蓉和陈涛先去蓟州接触一下，要是事情和王高讲的差不多，就代表我与电视台草签个意向书，再着手前期筹备工作。同时，我也好集中精力拿出一个比较完备的栏目策划方案来。第三天，他们就出发了。我送他们到机场，当飞机呼啸升空时，我这颗潮湿已久的心总算感觉到了一点儿暖意。这是 1994 年 5 月的一个星期日的上午，海口的天空万里无云，涂满了蓝色。但这已经不是我向往的那种蓝色了，在我的视野里，它过于实在，失去了应有的想象力。而且它也不再是透明的，就像我小时候在石镇照相馆见过的那种布景，于方寸之间冒充天空。

然而它就是天空。可疑的天空。

——1998 年 4 月 28 日

他给冯维明去了电话，家属说不在，说去琼海了，要等两天才能回来。但他的感觉是冯维明此刻就在客厅里看报纸。他就说：维明回来请他给我来个电话，我很快就要去蓟州了。果然第二天下午，冯维明派人来了。那是一个保养得很好但面目不让人喜欢的陌生人，大约五十岁，拿着冯维明亲笔写的条子，自称是那钱主的亲戚，来办余下那四十二万的“借款”手续的。他一听就非常反感，说：我不需要借钱，而且我也不认识你。那人便冷笑道：这事不清，你想离开海口恐怕没那么容易。

他气得把桌子一拍：你想干什么？威胁我还是把我杀了？

那人倒显得平静，说：还是立个字据吧，就按银行利息总不难为你吧？

他说：你让冯维明来。我们没什么可谈的。

说完，他就下楼了，想开车直接去省政府院子找冯维明。但是他看见那辆车的边上已经站了三个身体魁梧的青年，显然，他们是有备而来，要扣留这辆车来做抵押。他觉得这简直太恶心了，他难以把眼前的一切与一个从前在名牌大学读西班牙语、如今身为政府高级官员的男人联系起来。这已经不是钱的问题了。就在这个瞬间，他打定了主意。

他和那个陌生人返回办公室，他告诉那人：我现在就给你打条子。

然后他很利索地做了一切手续，并把车钥匙和有关证件交给了那人，说：请你转告你的冯主任，我会带钱来赎这辆车的。

那人感到有些意外，满脸堆笑地说：这就对了，大家都方便。

这口气不禁让他想起小时候在国产电影里见到的拷问共产党人的场面。他还记得，十岁那年，他们几个小伙伴模仿《红色娘子军》，他演南霸天，拷打扮演洪常青的冯维明，要他写“自首书”，说只要你洪先生肯与我合作，我南某保你荣华富贵。“洪常青”一阵大笑，挥笔写下“砍头不要紧，只要主义真，杀了洪常青，自有后来人”。

“洪常青”是真有其人，本姓李，他就义时背后那棵老榕树还活着，立在万宁的公路边上。那次去三亚的路上，他还特意停车去看了那树。那时他想：一个青年，就为着某种信念敢于舍去性命，这精神到什么时候都是值得尊敬的。那时的人活得艰苦但却是那么充实。这个下午那棵老榕树的形象一直浮现在他的眼前。它似乎在向他展现着一部很厚的历史，又似乎是一篇启示录，让他激动而忧伤地回想了许多事，那都是些无法说清的现实和纠缠不休的过去，它们尘封在记忆里但是却难以磨灭。然而他在这个岛上的故事是到了告一段落的时候了。几天后，他又接到

蓟州那边的电话，一切进展顺利，公司的筹备工作也大致完成。他想，该动身了。他事先没有告诉桑晓光，等拿到了机票，他在“潮江春”预定了一张台子。那时他想，这或许就是最后的晚餐了。

似乎是某种感应，这个晚上突然停电了。这一片街市完全处在微弱的星光之下，月亮暂时失踪了。酒店迅速换上蜡烛，而且也不再有客人光顾，整个大厅就只有他们这一对即将分别的情侣。于是在这个感伤的环境里，男人和女人以低沉的声音开始了交谈。

你还会回来吗？你要是不回来，我怎么办？

我会回来看你的。

你对蓟州的事那么有把握?

我只能走一步看一步——这些年都是这么过来的。这是命。

什么时候能稳定呢?

不知道……

我现在好后悔……

后悔什么?

当初我们有那笔钱时，我该听你的，去一个安静的地方过日子。

这事过去了，别再想了。还是祝我有好运气吧。

等你在蓟州脚跟站稳了，我就调过去陪你。

再说吧，其实我没想过要在蓟州扎下来。毕竟我还有个女儿。

你最后还是要回犁城?

不，我不可能再折回去的。我是说，我将来在哪儿，要看孩子的发展。

可你女儿今年才上小学二年级……再说，她母亲会让她随你吗?

我想会的。总有一天会。

要是不给呢?

那就这么耗下去吧。反正……

反正什么?反正你一个人无所谓?你的责任心呢?

我现在负不起任何责任。我头绪很乱，真的，我不敢设想以后。

你这个样子让我难受……

有时我好想大哭一场，可这解决不了问题。

我真担心这样下去你会……

我不会去死。至少我会活到女儿三十岁。

蓟州：1994 年 6 月

中原对于我这样的人其实是不合适的，这是一年后我的判断。我是个习惯在南方生活的人，喜欢看见连绵的青山和秀丽的水泊，喜欢看见蓝天和雨季，喜欢听见平缓的而不是一惊一诧的语音。喜欢吃米饭而厌倦面食更害怕羊肉烩面。虽然我现在与那条著名的黄河挨得很近，但我在领略过它的风采之后立刻就怀疑蓟州这个城市的食用水的处理能力。而且我去的时候，黄河的水面十分地狭窄，水流却艰涩而迟缓，裸露的河床上呈现着垃圾，整个地脱离了我亲切的想象，让我沮丧。蓟州是个不伦不类的城市，既没有现代都市的繁华，也缺乏中原历史的古迹，却在未来的发展规划中有一个很时髦的飞机场。似乎这样才能与京九的枢纽位置相匹配。但在当时，它使用的还是经过改建的军用机场。当波音

757在蓟州机场降落后，黄昏也像轮胎着陆那样“嘭”的一声降临了。这是1994年6月初的一个黄昏，蓟州是一个多云的天气，我这个外省人带着深切的焦虑踩上了一块陌生的土地，尽管事先的消息是那么令人鼓舞。这或许是受离别的感染，几小时前我还在酷热难耐的海口，桑晓光送我到了机场。在我即将通过安检时，我回了一下头，看见女人的眼泪忍不住地夺眶而出。那一刻，我受到了震动。这是真情的泪水，是一个女人对一个男人的无力挽留而抛洒的幻灭之泪，甚至就是对爱的悼念之泪。人真是个奇怪的生物，明明在理智上站不住脚的东西，情感上却难以拒绝，这就像是考试时的自我作弊，图一时过关痛快，不懂的还是不懂。

邢蓉他们已在蓟州完成了新公司的注册，并租了两套房子，置办了办公与生活起居用品。这个架势一拉开，就表明我们要在这个中原城市干上一阵子了。等我把关于电视栏目操作的一揽子设想向大家抖开时，他们显得特别地兴奋，笼罩在头顶上几个月的愁云似乎一扫而空。我也按捺不住地激动，因为我已经看见了这个项目成功的雏形，只要和电视台把合作的协议一签，我就有信心也有能力使这个栏目在中原一鸣惊人。我一直认为，中国新闻界优秀的人才都在报业，电视这个历史短暂的行当里称得上有水平的人寥寥无几。我不知道这一行里是否有著名编辑著名记者，充斥两耳的是一些具有明星色彩的主持人。这些人的特点是基本上识字（因为他们经常念错别字），会说普通话，长得还可以（当然仍需要化妆），拥有三流演员的演技和一副成功者的风度。他们在荧屏上或忧国忧民或打情骂俏，然后把自己炒热了好出书做广告挣钱。

为了稳妥起见也便于有效地进行操作，我到蓟州之后并没有立即去与电视台方面洽谈，而是先杀向了意在蓟州大展宏图的几家大型企业摸底。这些厂家每年投向蓟州的广告费都在千万元之上。剔除人为的因素，厂家的广告心理是都会选择那些收视率高的节目。这就是我的信心所在。我在这些企业跑了一圈，心中更有数了。厂家对我们栏目的思路很赞赏，但口头的表达与实际的节目毕竟还是两回事，他们希望能看到至少一期的样品，这样才好谈贴片广告的赞助。于是我们很快就悄悄地动起来了。为了确保节目质量，我特地从北京请来两位朋友帮助，（并通过他们拿到了刚刚辞世的一位德高望重的老作家生平最后访谈的镜头素材）我们埋头干了近半个月，把这个样板做得非常精美。等我再把它送到那些老板眼前时，几乎无一例外地受到了称赞，往下的事就好谈了。经过几番接触，很快我们就分别与一家啤酒厂和一家房屋开发公司达成了协议，他们以协办的名义每年给我们两百万。而我预算中的节目成本是一百二十万左右，就是说，我们还没有干起来，钱已经赚到手了。我踏实了，压在我心头的这块沉重而沮丧的石头总算搬开了，我在绝望中又诞生了一回。现在是到了和电视台正式洽谈的时候了。那是 1994 年 7 月的上旬，蓟州的气候刚刚觉得热，在去电视台的前一天黄昏，公司的几个人一道去黄河边上散步。大家的情绪都是前所未有的高涨，言谈之中洋溢着一种荣誉感，好像只有我们才能干出这样的节目。一路上每个人都在谈选题，也都在算经济账，觉得按这个势头下去，一年挣上个两三百万不是问题，而且还挣得体面。我说，你们别净想好的，好的不想它也照样在那儿，还是多想想不利的方面吧。我虽这么说，心里其实也一样得意。最让我感到不可思议的是：我在开放的海南没玩成过一回“空手道”，却在闭塞的中原得逞了——等赞助的钱一到位，我们实际上就没花自己的钱。

现在想起来我对当初的那个策划还是有些沾沾自喜。我记得钱钟书说过，有本的生意还是生意，无本的生意却是艺术。那个时期，我差不多私下就是以商场艺术家自居了，我整天和书刊报纸广播电视打交道，但是我能从中赚出钱来。我又想起在南岛集团的那段日子，要是刘锐信任我支持我，类似这样的事我早就做起来了。现在不过是失之东隅，收之桑榆罢了。看来，蓟州这着棋我是走对了。

那天夜里我沉沉地睡了个好觉。

——1998 年 4 月 29 日

一早，王高就来了。今天是和电视台交涉的日子。这个在南方闯荡过的年轻人依旧保持着白领的装束，一身都是名牌，意气风发。相形之下，他倒显得有些窝囊。他不想打领带，更不愿意在头上弄点什么摩丝啫喱水之类。若不是邢蓉提醒，也许他连胡子也不想刮了。但他有他的设计，他在蓟州最好的酒店预定了一个豪华包间，并准备在宴席之前给台长送上几本自己的小说——据王高介绍，台长以前也做过辉煌的文学之梦，这样既便于交朋友，同时又暗示了自己的能力，是值得信任与合作的。事后看来，这的确是个不错的设计。

台长姓冒，比他年长七岁，看上去是一个老实巴交的男人，不善言辞但十分爱笑，几杯酒过后这个人便乐不可支。台长说久仰久仰，台长说好事好事，台长说方便方便。整个洽谈的过程基本上是他和王高的声音，台长只是搭话，只是首肯，只是喝酒。这情形仿佛说相声，他是逗哏，捧哏是台长。这倒让他心下发虚了，这么谈下去会有结果吗？于是趁台长去洗手间时，他低声问王高：这人情况不太对，只是吭吭叽叽的，好像总不切正题。王高就笑了，说这人历来就这样，要不怎么能当台长呢？王高说：放心，一会儿他就会跟你把协议签了。你只要强调一是在他的领导下，二是有钱大家赚，就行了。

果然不出王高所料，等酒喝得差不多了，他把该说的都说了，台长就把协议草草看了一遍，说：不错，你们考虑得很周到，比草签的那个还细致，签吧。

就这么签了。签完了他还觉得吃惊。

送台长出门时，外面的天气很热，那人就问王高：你家空调装了吗？今年看来不装还真是不行呢！

王高说：这事你别操心了。

台长说：哪能不操心呢？老婆去北京开他娘的会去了，家里大事小事全套在我身上。

王高说你别管这事，还是多想想我们今后的合作。说着就把台长推上了出租车。等车远去王高才转过身问他：这困难么？

他笑道：小事一桩。

第二天他就叫陈涛买上两台分体式空调连同发票一起送到了王高那里，让后者处理去了。然而这件事让邢蓉很不高兴，她说：这也太快了，当时放盐当时咸！他把她叫到自己的办公室，掩上门说：这是中国。商场上你每走一步都是靠钱铺出来的路。

邢蓉说：我懂，可是我看不惯。

他说：看不惯也得看。这不过是个开头。

邢蓉叹了口气，说：是个可耻的开头。

他说：是可耻。我们只能可耻地活着。

这个下午后来他就在办公室无聊地坐着。邢蓉的话让他想到这两年在商场的经历，几乎每一笔生意最后都得靠可耻的手段才能拿下。可是没有办法，除非你脱离这个肮脏的环境。这样他又觉得那辆车买得太误事了，而出发点不过是为了使一个女人心情好，大有一笑千金的意思。离开海口快一个月了，桑晓光与他还保持着密切的电话联系。女人的声音还是那么动听，有时称得上是情意绵绵。桑晓光说想飞蓟州一趟，他没同意，他说等我忙完了这事的开头再说吧，这个时候我不便分心。这大概是十天前的事。那时他正在多媒体机房里做片子，为一个三维动画的片头忙得昏天黑地。现在总算像个东西了，与电视台的合同也顺利签下，明天就能争取赞助商预付一部分款项了。他想等拿到这笔钱后立刻就飞海口，把那四十二万的余额当面交给冯维明。那时他会平静地说：维明，我们之间现在全结清了。他只想说上这么一句。然后他就和桑晓光一起把那辆本田车开回蓟州来，行程两千五百公里，一路心情舒畅。

天不觉地黑了。这最后的思想转变了他的情绪，他走出办公室对大家说：晚上我们出去吃饭，吃完再去跳舞唱歌，统统由我买单！

1994 年 7 月的这个晚上，男人的心情越来越好了。他一展歌喉，连续唱了八支歌，全部是二十年前的老歌。这一年正是《红太阳颂》余音绕梁的日子，那些标语口号式的歌词他觉得好笑，但旋律却把他带入了往昔岁月。日子真是过得好快，他想着，转眼间神秘的毛泽东就一百岁过去了。他还记得在自己十岁那年，曾经为毛泽东有无妻室和一个叫小丹的女孩子发生了激烈争吵，以至于不欢而散。当时他固执地认为，毛主席没有老婆；没有是因为他是伟大领袖。后来这个问题被遗憾地证实了，他无端地流了很多眼泪。这莫名其妙的伤感几十年他都没有想明白，倒是在整整三十年之后成为他一部小说的开头。

从前那些日子尽管没有音响彩电但并不觉得枯燥。从前不懂信仰但有信仰还有崇拜——从崇拜领袖到崇拜英雄，从崇拜女人到崇拜城市，他度过了一截充实饱满的好光景。现在是既无信仰又无崇拜，没有神话也没有童话，整天想的就是挣钱花钱，真有点行尸走肉的意思。所幸的是他还明白什么叫醉生梦死……

外面的舞厅里响起了约翰·施特劳斯那首不朽的旋律《蓝色的多瑙河》。邢蓉过来请他跳舞。华尔兹他是喜欢的，蓝色是他钟爱的颜色，而流动的水很久以前就被他视为生命的特殊形式。他们愉快地跳着，舒缓地旋转着，那时，他不禁想起了远在几千里之外的桑晓光。此刻，女人在干什么？会在灯下等候他的电话么？他觉得这是自己对女人最为深刻的一次思念，尽管并不强烈。

从歌舞厅回来已经是子夜时分，我似乎还没有什么倦意，洗过澡，躺在床上看一本关于全球艾滋病调查报告的书。看了几页，精力便又分散，想着明日与那两家企业最后的洽谈，把赞助敲定。我们的样片当时对电视台还是保密的，主要是担心被剽窃，要是他们走到我们前面，我们也就泡汤了。赞助款一天不到账，我这颗心就是悬的。而且万一厂家突然有变化，我们就很难下台了。我们总不能做一期节目就溜之大吉，让人家替你擦屁股。按我们自己的经济能力，充其量可以干上一个季度，也就是做出十来期的节目，这完全是赔本的买卖。所以赞助的事显得相当重要。那时我就处在这样的关口，要不赔光，要不一上手就赚，可以说是冒险，是背水一战。成败在此一举，最后还是自信支持着我没有乱方寸。

电话突然响了，铃声在深夜里显得特别尖锐。我预感是桑晓光的。果然就是她，但一开始就让我觉得不太对劲，她的声音变得低沉而且暗哑，好像刚哭过一场似的。她说：是你吗？我说当然是我，这是我的宿舍呀，没人与我合住。她就停顿了。我心里暗自一惊，想这女人肯定又是遇上了什么不顺心的事，就问：怎么了？是不是出什么事了？谁料她在那端一下就哭了起来，这下可真把我吓坏了！

我追问道：到底发生什么了？你好好说，慢慢说，谁欺负你了还是惹上麻烦了？

她这才说：我遇见了一个人……

这回轮到我停顿了。我明白发生了什么。

她接着说：他是个新加坡的商人，对我很好……他想让我随他去新加坡，还说先在我的户头上存上一百万，表示承诺……

我打断道：你爱那人吗？

她说：我不知道……

你就知道一百万？

这是他说的，我还没有接受……

你在犹豫是吗？你在掂量一百万和我哪个重对吗？

我心里就是很矛盾，所以……

所以你这么晚了还给我打电话？那我告诉你：一百万比我重。

然后我就把电话给挂断了。过了会儿，铃声又响了，我把电话线摘开，绕成了一团。

这是我始料不及的。我离开海口不过一个月，十来天前她还说要飞过来一趟呢，怎么这么快就成了这个局面？我真是很难想通。然而事情既然已经到了这步田地，说什么都显得多余了。我难过的是，没想到我和桑晓光的这段恋情最后会以这种方式结束。这是个最无趣也最通俗的方式。它在我的自尊心上划了一道口子，使我原本还是美好清洁的回忆蒙上了一层阴影，顷刻间变得龌龊起来。我也替桑惋惜，她犯了一个致命的错误，把次序弄颠倒了。她应该先与我提出分手，再去新加坡花那一百万。

这个晚上我又是一宿未眠，忧伤滞留在我心里，无法排解。但我已不觉得痛苦了。那时我认为，忧伤是情绪，我没有驾驭它的本领；而痛苦则意味着一个男人的立场。我不知道这是否有点自欺欺人，但我就是这么想的。

黎明的时刻，这艘船闯进了我的意识。这是我和桑相识的起点，促成我们相识的是女人在广州做的一个噩梦——她放弃了飞行而改为航海。在那无垠的海上，我们遇见了一个十九岁姑娘的殉情自尽，那个瞬间总让我想到人生的无望，想到活着的尴尬。几个月后，当我重返海口，与桑晓光作沉静的话别时，我眼前仿佛又出现了这条笨重不堪的铁船。而那时我已没有更多的感叹了，我只是羡慕那个死去的姑娘，她带走了爱，却把爱的沉重与耻辱留给了我们……

今天，是 1998 年 4 月的最后一天。我这部《北纬 20 度》的拍摄已到了尾声，再过几天就可以封镜了。剧组的演员开始陆续地离去，大家彼此拥抱，有的甚至是相泣而别。遇见这情形我总是悄悄地走开。这些年我的生活里，类似的场面实在是太多了，敬而远之也许是最好的方式。感情这东西如同雨后的彩虹，来得快去得也快，好像挺符合时代的节奏。我不敢相信这时代还残存着恒定不变的情感，但是我不怀疑情感自身的美丽。从某种意义上看，美丽往往存在于短暂的时间甚至是一个瞬间，就像落日的辉煌风中的云姿黑夜里的闪电，以及我们向往的一见钟情。很快我也要走了，这一走可能一辈子就不会再来，我和桑晓光也许就终生难以相见了。这么想下来，心里竟有些怅然。难道我们还需要一个仪式吗？

——1998 年 4 月 30 日

不知是由于水土不服还是因为昨夜突然而至的那个不好的消息，男人在去公司的路上就感到浑身不适。先是一阵阵地作冷，像打摆子似的，接着又开始发低烧。原定上午去厂家的计划临时做了调整，改在了下午。男人悄悄对邢蓉打了个招呼：如果桑晓光再来电话，就说我出差了。邢蓉有些犹豫地问了句：你们又闹了？他没有作任何解释。果然，桑晓光的电话很快就来了。他不禁笑了一下，然后掩上办公室的门，四肢无力地躺到大班椅上。外面邢蓉在说着瞎话，好像桑晓光知道是在对她撒谎，使得邢蓉一个劲地解释。男人听着，慢慢地觉得眼睛湿了，好在这时他打了个喷嚏，在下属眼前挽回了一张面子。邢蓉进来说道：你最好别这样，有什么不能直接讲清楚呢？

他说：没什么好讲的了。

邢蓉说：那你就别让我说瞎话了。你知道吗？她在电话里哭了。

他说：也就一会儿的事吧。

邢蓉很是诧异地看了他一眼：你这人其实也挺狠的。

他一下站了起来，想说什么，却还是把到嘴边的话咽了下去。

如果不是这一天有意外的收获，男人或许要在这个介于失恋与被抛弃的泥沼里挣扎好久。下午，他强打着精神去了啤酒厂，当他把与电视台的协议书递给厂长时，那个山东人毫不犹豫地就在赞助合同上也签了字，然后让财务科按合同立刻给他们转 50% 的款，也就是人民币陆拾万元。望着这张支票，他突然显得有些手脚无措，竟像个小贩似的向对方暗示着回扣。他说：您有什么要求尽管提，我们知道该怎么办的。

山东人大手一挥，说：你别给我说这个，我所以支持是看出你们在正经地做事。你们这个思路挺不错，能在蓟州产生轰动效应的，这对我们产品也好呀！另外我还有个想法，就是如果这个栏目真火了，明年我们联合来办，我独家赞助。一年不就是两三百万吗？

他说：这太好了，我们肯定能打响的！

最后厂长说：我有个儿子，今年高考看来没戏，他又不想复读。这孩子就喜欢你们这个行当，我想要是你们做起来了，就让他跟着你们学学——这不算回扣吧？

他说：你要是信得过我，明天就可以叫孩子来上班。

现在，他又潇洒了。

这个晚上后来他随厂长去了一家山东馆子。到这时他才知道厂长叫张临生，山东临沂人，曾在部队干到副团。或许因为他们都是异乡人，抑或从一开始他们就谈得投机，他破天荒地喝了将近半斤的白酒却没有醉倒。他只感到头越来越痛，神智并不糊涂。张临生说，蓟州这地方的人事不好处，这儿的人胆大心眼小，经济落后又他娘的自以为是，自我感觉特别好。

他有点答非所问地说：我只是喝不惯这里的水。

厂长拍拍他的肩说：你才来，日子久了就觉得水不是个问题，有问题的是人。

然而山东人的忠告在这个晚上毫无意义，反而让他觉得有点危言耸听。来蓟州一个多月，他的事办得十分顺利，其过程算得上是简单明快。这是个喜出望外的开端，他实在想不出往后会遇见什么不测。头又痛了，与厂长分手后他搭乘出租车回到宿舍，一进门就哇哇吐开了，喉咙和鼻腔被刺激得火辣辣的，他顾不得脱衣服便端起一盆凉水从头淋下，然后就摔倒了，不省人事……

不知过了多久，他才觉得灯光有些晃眼。可他看不清周围的环境，眼前一片斑斓，像儿时玩的肥皂泡泡。他竭力睁着眼，渐渐地感到看清了一只手——

逆光下的这只手很美，修长而富有弹性，无疑属于女性。这是韦青的手么？还是林之冰的？要不就属于少女李佳……

你们都不管我了？你们都把我抛弃了？你们都在恨我是吗？你们是不是觉得我在沉沦在堕落在走斜路所以你们像咬过耳朵似的集体离我而去然后让我年复一年日复一日地流浪像狗一样整天想着怎么活下去活得毫无道理毫无价值毫无尊严！

我爱你们操你们忘不了你们有时真恨不得宰了你们！

可我征服不了你们，最后打白旗的总是我……

他听见有声音在喊他，这是邢蓉的声音。女人轻声问道：你喝水吗？

他欠了一下身：几点了？

五点一刻。

你在这儿待了一宿？

其他人才走一会儿。干吗喝那么多酒呢？这很伤身体。

我没醉。我真的没醉。今天怎么安排的？

你今天最好睡一觉。

我睡够了，你们上午放假吧。

你没事吧？

现在好了，你回去休息吧。

那我走了……

邢蓉，谢谢你……

一个男人的一生其实就是与女人结伴而行的一生。我没有勇气去设想做一个孤单的独行客。我的生命里离不开女人，这是我的真理。但是，表现在邢蓉身上又很复杂，我总觉得这个时候无论如何不能对她萌生任何念头。我刚刚被桑晓光踢开，要再回头来找邢蓉，那情形无疑就像对她摊派一件次品而有失公道。那是对她的侮辱。我也许能拿走女人身上任何东西但不能拿走一个女人的尊严。

邢蓉回头看了看我，然后就离开了。这一眼叫我很不好受，似乎带有嘲弄与责备。这声突兀的道谢实际上已把她给伤了，虽然发自我的内心但她会觉得很虚伪。在她看来我是以这种方式回避感情上的尴尬，说穿了我这个人还是爱自己的。她是公司员工，没有伺候老板醉酒之后的义务。她之所以付出是因为她对我的信任，也可以说是对我的爱。这个四川姑娘跟随我两年，并没有得到什么实惠，却给了我许多的帮助与温暖。而最让我不安的，是她还得忍受着情感的折磨——在海口的那些日子，她的内心是很苦的。对于邢蓉，我最懊悔的是一年前的深圳发展计划未能如愿。这不仅是错过了一次生意上的机会，而且也使得一次可靠的情感与我失之交臂。说实话，当初我考虑去深圳，不排斥有与桑晓光结束关系的因素。我甚至私下把这两个女人作过比较，虽然邢蓉不及桑晓光漂亮，但显然是比她高尚。她们是两种女人。一种女人愿意为男人而活，另一种女人则是要男人为她活。但这不能理解为奉献——我认为爱这种东西是不可以随便奉献的。这是一种寄托方式，爱一个人就如同在爱自己。爱与被爱都是幸福。我曾经对我妹妹说起过邢蓉，她认为我将来如果娶了邢蓉会很享福的。这当然是笑谈，但也的确是实话。我未必需要一个年轻而有文化的保姆，但作为终身伴侣，心心相印同甘共苦理应是起码的条件。好几次，我想起三亚的那次车祸，想着那个风雨交加的山中之夜，也是邢蓉陪着我坐在那辆撞坏的车里，心中自然就产生了一种风雨同舟的崇高感。我认为这就是人间最可宝贵的感情，是毋庸容置疑的爱，尽管没有一声表白。

在来蓟州之前我曾和邢蓉谈过一次话，我让她慎重地考虑一下再做选择，因为与沿海地区相比，蓟州对个人发展的机遇要小得多，某种意义上我是在玩一次冒险，也是一次赌博，我不希望别人跟着我赔进去。她当时就说了一句话：就算是去玩一趟吧。这果决的态度给了我很大安慰，也一定程度上化解了我的焦虑。我在蓟州这些日子，生活上全靠邢蓉的照料。那时我因为劳累过度，整个状态是精神振奋身体虚弱，三天两头的感冒。而且桑晓光这么一弄，可谓是雪上加霜了。我没有对邢蓉挑明这件事，但她肯定是预感到了这回不像是一般的争吵，我拒绝海口的电话就是拒绝打电话的那个女人。

我想，还是把一切交给时间吧。眼下要紧的是赶快把项目做起来，趁热打铁。所以一连十多天我都在考虑前几期的选题与制作形式，甚至在考虑在前五期节目播出之后怎样来把这个新栏目炒热，以吸引更多的广告。我的思路十分清晰，每个环节都经过了反复论证，对今后的管理与发展也制订了一套规划。我想要是蓟州一炮打响，明年我的目标便是郑州或者济南。公司每个部门都在按计划运转，一切井然有序。

然而事情突然间起了变化。

我记得是个星期二的上午。那位冒台长一上班就来了电话，说局里的领导想和我谈谈关于栏目的事。台长的口气很急，又说已经派车来接我了。我当时以为是选题上的事，觉得应付起来不是难事，大不了把局里认为不合适的部分拿掉就是，我们可以换上别的。王高也没当回事，只是一味埋怨台长太窝囊，屁大的事都要捅到局里，抓着虱子往头上放。等到了局里，我一看几个局长都在会议室，心下不禁顿了顿：看来今天这事不简单。

局长主持会议，这个过早谢顶的中午男子用浓重的鼻音首先批评了电视台，说像合作栏目这样的事竟然不和局里打声招呼，搞先斩后奏，是违背了纪律。

这个调子一定，我心里立刻就发毛了！我一个劲地看着冒台长，希望他尽快站起来解释几句，但那人却只是不断点头，分明就是当众承认了错误。那人根本就不去想错在哪里，却先承认了。

局长清清嗓子，继续说：新闻单位是党和政府的喉舌，怎么能和一个公司搅到一块儿呢？公司充其量只是与广告业务发生往来，怎么能直接插手节目制作呢？全国也没有先例嘛！台里必须写检讨。总而言之，这个合作不能搞了，出了问题谁都负不起这个责任。

他们找我来就是让我听候宣判，但我没料到竟会是死刑！我必须说话了。无论这个事实能否更改，我都必须向这位局长说上几句。我强压着气愤，面对着局长问道：您看过我们的第一期节目样片吗？

那人点了点头。

您觉得哪儿违背了纪律？

这是两码事，局长说，问题在于这种做法。

我们是受蓟州电视台的委托来制作的，每个环节都由台里把关，我们其实就是为台里打工，难道打工也违背纪律？连中央电视台都经常请协作单位制作节目，怎么能说是“全国没有先例”呢？我不明白局长您刚才所说的问题是什么，更不知道您怕负什么责任。

一时间会场出现了难堪的沉默。

过了会儿，那位局长才微笑着说：这事不怪你们，我批评的是我们家的电视台。

我站起来说：我只希望在座的各位局长、台长把我们的节目再看一遍，还我们一个起码的公道。

说完，我就离开了。

现在想起来也算是书生意气吧，其实哪还有什么公道可言呢？问题的关键我当时认为是我们少烧了一炉香。直到去年的春天，我与几位作家去蓟州签名售书，王高来宾馆看我，才知道当初那件事的症结所在。王高说事情坏就坏在我们把节目制作得太好了。这让我很是困惑。难道问题竟然出在一个“好”上？王高说：你们干得这么好，他们就觉得没面子了。王高说这不是臆测，而是事后他亲耳听见那位局长说的。局长说电视台这么多人难道是吃干饭的？将来弄出一个轰动的栏目，结果还是从海南过来的几个无业游民搞的，你叫我的脸子往哪儿搁？我怎样对市委交代？怎么对几百万蓟州人民交代？同时他要求电视台的业务骨干把我们这期的节目好好观摩一下，说看看人家是怎么干的。人家不花钱就把事做漂亮了呢。

我不知道这叫什么逻辑。签名售书结束的那天晚上，那位局长来看望作家们。他已经改当什么部长了，但说话的鼻音依然浓重，他和作家们一一握手，握到我头上，他似乎愣了一下，连忙满脸欢笑地说是你呀，老朋友了老朋友了！

我于是说：老朋友就不需要再握手了。

我发现我说话也带上了鼻音，这大概是感冒所致。蓟州这块水土看来是真的不适合我。

——1998 年 5 月 2 日

蓟州：1994年9月

与以前几次不同，这回的感冒持续的时间很长。这种不起眼的小灾拖久了也很麻烦。人一旦病了，心态也随之作了调整，整日躺在一张陌生的床上，口枯舌燥，四肢松软。那时便羡慕有力气的日子，便觉得活动是件值得骄傲的事，便以为从前的一切基本上都算幸福。就想，这人的幸与不幸总是相对的。其实真要是把那点儿钱赔光了，人也就轻松了。蓟州的项目彻底完了，在蓟州发生的不过是一个白日梦以及一堆开支——大约赔进了三十万。这笔钱给那位局长买回了一颗高度负责的心，顺便给台长买了两台空调。就这么简单。

他们是奔着与电视台的合作来蓟州的，现在这事黄了，公司一夜间成了空壳，就像一条搁浅的死船。

这一幕像是海口那一幕的重演，但这回他已失去了回旋的余地。他面临的差不多就是绝境，生的可能性实在是渺茫得很。他不由想到冯维明以前说过的话，说意识形态领域如何如何，倒是不幸被言中了。既然一切已无法改变，也就只好面对了。他的压力还是在于冯维明的那笔钱，现在他觉得可以理解为借贷的还款了。他不会因为这个去与旧日的朋友打官司，不会咬住这笔钱是投资而非借贷，是风险共担而非本息偿还。他想既然这笔钱是经我的手玩完的，我就会承担责任，这责任与法律无关但在道义上沉重。而且这笔钱的来源看来很不简单。他想起有个晚上，自己接到了一个匿名的电话，一个陌生的声音对他进行严肃的提问：听说冯维明和贵公司在经济上有来往是吗？

他着实吃了一惊，就问：你是谁？

陌生的声音冷笑说：请原谅，暂时还不便告诉你。

他也还以冷笑：那我就没什么可说的了。不是暂时，是永远。

他气愤地把电话给挂了。卑鄙之举，他想，挂电话的人肯定是冯维明的政敌，或者是往日的对头，想靠捕风捉影来把冯维明整倒。但是那个人是怎么知道他在蓟州的电话的？难道还有另一种可能——冯维明让心腹之人来摸他的底，看看他会怎样对那个陌生的声音言语？是一次不友好的试探？他想如果事情真是这样，那么冯维明就更可耻了。那时他真想面对冯维明大嚷一通！冯维明，你的水平居然低下到如此地步，我要想卖你还能等到今天？我凭什么卖你？就凭你中途撤资把投资变成借贷化险为夷不想亏一分钱我就把你给卖了？你要这样想你他妈的可真没治了！

后来他还是给冯维明写了一封信，重点提到了这个匿名的电话，并表示自己会尽快把那笔钱送到海口，赎回汽车。然而冯维明没回信，也没来电话。

倘若项目没有这个突然变故，也许他已经去了海口了。一想到这一层，他就非常沮丧。他担心自己在冯主任眼里成了一个无赖，卷了朋友的钱溜之大吉。这是他最大的不安。可是眼下从哪里能得到四十万呢？项目泡汤了，啤酒厂的赞助款不能挪用，得替人家送回去才是。煮熟的鸭子飞了。

于是几天后，他又去了张临生那儿。山东人还以为他是来催第二批款的，见面就说：等我忙完这几天怎样？眼下正是生产旺季呢。你放心，我张某人说话算数，绝不少你们一个子儿。他心里不觉地酸了，把那张陆拾万的支票放到厂长桌上。然后他说：这事吹了，但我还是要好好谢谢你。

厂长一愣：咋吹了？

他说：就是吹了。没有个咋。

接着他就把事情经过简单地说了一遍，山东人把两手一摊，说这他娘的就是典型的蓟州人，先“结婚”，跟着就叫你“离婚”。

他自嘲地一笑：我还没“结婚”呢，不过是梦里娶了一回媳妇。

山东人问道：你现在咋办呢？

他说：还没想好。看来蓟州这地方是难以立足了。

山东人拍拍他的肩说：沉住气！这时候最要紧的就是沉着。

后来很多回他都想起山东人的这句话。当一个人濒临绝境之际，能得到一句问候那也是莫大的赠予。所以他感激邢蓉，在这个极端困难的时刻与他相伴。那时整个公司完全陷入了瘫痪，员工们也只好考虑走了。但他没有想到陈涛这么快也要离开——大约在项目宣布流产的第三天，陈涛似乎有些腼腆地对他流露了去意。陈涛说水市的组织部门近期要放一批干部去县里挂职，他觉得是个机会。其实这个人从来就没有打消过当官的念头，不过是脚踏两只船罢了。

陈涛走的那天夜里，他主动找邢蓉谈了一次。这回他开门见山地说：你打算去哪儿？要是想去北京或者广州那一带，我可以帮你联系。

邢蓉说：等我帮你把手头的事处理完再说吧。要走，我哪儿也不想去了，回成都。

他说：那也好，毕竟是家。

邢蓉问：你呢？你下一步怎么打算？

他摇摇头说：不知道。

他说我现在成了一个夜行者，只能凭感觉前行，但我还会边走边吹着口哨。

1994 年夏天我在中原蓟州莫名其妙地栽了跟头，眨眼工夫就撂进黄河里三十万，连个水泡也没有见到。这件事实在是伤了我的元气，也促使我想尽早从商场抽身。然而这个残局如何收拾，仍是个不好解决的问题。我等于把自己的钱全折腾完了，而且还得想法子去还冯维明那四十来万。我原想通过水市那位行长帮助一下，给我一笔贷款好把海口的事了结，拆东墙补西壁。谁知一打听，那人因为受贿刚刚锒铛入狱，由座上宾成了阶下囚。我又一次落空了。我想这或许是我本命年的余韵未绝，晦气还沾在身上，怎么做也还是不顺。我只能自认倒霉了。与此同时，桑晓光那头又起事了，她还是不断地来电话，却不再提新加坡那百万的承诺了，说话的口气也恢复到原先的从容自如，好像什么也没发生。她只说自己不舒服，病了，想我飞过去看看她。说来说去就这一个意思。我呢，不想再说什么了，但听了心里也的确不是好滋味。我和这个漂亮女人有过不少美好的回忆，我的出现又加速了她家庭的解体，如今我又不去问她，把她一个人撂在那个孤岛上，总觉得很歉疚。如果不是新加坡插一腿，我想我早就过去几趟了。在男女感情上我是个心胸狭窄的男人，缺乏宽容，但我不想检讨。

二十年前我就幻想一种清洁的男女之爱。一对一地终生相爱是我的梦寐以求。尽管日子逼近了世纪末，我还是认为爱情如同眼睛这个比喻很生动，很对我的口味，眼睛是无法接受一粒沙子的。我承认我对所谓爱情有过多次的思想背叛，但在行为上我始终恪守一个原则：决不先负女人，哪怕是我不爱的女人。这也许是我最大的虚伪与可耻，可是没办法，我就是这么个货色。有时候我觉得我像一只鹰，总是支着翅膀，对女人保持着警惕，而一旦有沙子钻进我眼里，我便突兀地飞起——远离是我应急的方式。我的悲剧在于：每一次都飞不高，而且还习惯性地在那片耻辱的天空里作有气无力的盘旋。

有一天桑晓光又来电话了，说她近期要做手术，妇科有点问题。她的意思是希望我能飞过去陪她一阵。这让我很为难，去与不去都不合适。我就说现在蓟州这一摊子正乱着，情况很不妙，我倒也想出去散散心。话说得模棱两可，很暧昧。她就低声地哭了，很伤心地问道：你真的不管我了？

这一问一哭叫我心神不安。那时我实际上就已经做出了决定，还是得去一趟海口，女人在这个时候是需要关心的。再者，就是分手，我们也应该面对面地谈上一次，把话说清楚。遇见这种局面，我就立刻成了一个优柔寡断的男人，这似乎也是一种劣根性。于是这天下午我就自己去民航公司订票了，准备这个周末飞海口。这件事我没有告诉其他人，连对邢蓉也没说，我担心她会因此看轻我。等我订完票回来，桑晓光的电话又来了。这回她提出了一个令我吃惊的问题，就是钱。她说：我动手术需要一点钱，你看能不能把我那八万块钱给我？

这简直太让我意外了！我在蓟州的处境她应该可想而知，怎么这个时候突然来这么一下？我就说：公司的财务现在很紧张，拿不出这笔钱。

她一下就急了：我要动手术了，你怎么这样？

我说你是有单位的人，生病住院单位不会不管的。

她质问道：你说，这笔钱到底给还是不给？

我说：我没说不给，只是现在真的拿不出。

一点都拿不出吗？就不能给我借点？

我在蓟州举目无亲，你让我找谁借？

她就把电话挂了。过了一会儿，便又拨过来，这次的口气更重了，她说：你真没辙我也不难为你，但你得给我打张条子！

我说这没问题，我立即给你打。

她进一步说：要以你的名字，把一切都写清楚。

这回是我把电话挂断了。但是那一刻我已不再感到惊讶，只是觉得胸口堵得慌，需要不断地进行深呼吸。我认真拿起笔，写了一张工整的借条，签上了我的名字，还加盖了印章。这种条子我已经是第二次写它了。然后，我让邢蓉去把它寄出去，我强调说：记住，发特快专递。

这应该是我和桑晓光的历史中最黑暗的一天。她何以这样对我？我至今也想不明白。去年我在北京时，广州那位哥们儿来组稿，住到了我这儿。一晚，边聊天边看电视，他说某个电视剧里的女主角很像是桑晓光，就又笑话了我几句。他说：怎么样？我说你们好不出两年吧？我就谈了我们后来因为什么破裂了。我说我万万没有想到在那么困难的时候她会让我给她打条子，这事要在小说里看见，我都觉得不真实呢。朋友哈哈一笑，说什么话，这太真实了！你以为爱情是铜墙铁壁呀？

我说我怎么也还是想不通的。

朋友说你小子一溜烟地走了，女人当然就得考虑后路了，眼见着人笼不住了，那还不急着把钱弄回来？

我说这好像太简单了。

朋友说就这么简单。

现在看来，朋友的话没错。男女的事有时就是这么简单。

——1998 年 5 月 3 日

傍晚，邢蓉走进他的办公室，说财务上把账大致清了一遍，基本上是平的，问是不是可以办移交了，会计急着想回家。

他默默点了点头，手中还在玩着自己的印章。这方印还是多年前他习画那阵子一位金石老先生替他刻的，那上面还留有边款：只研朱墨作春山。这真具有讽刺意味，如今哪还有春山可作？倒成了债务的铁证。印盖上去的那一瞬，他感到心脏剧烈地一颤，他越发觉得这红的印就像一副枷锁，美得残酷。

邢蓉这才轻声问道：你什么时候还借她八万了？

他苦笑道：借？就算是借吧。借了还掉，一了百了，倒也干净利落。

邢蓉似乎还想说什么，却终于没再开口。

他掩上门，看着外面的天一层层地黑下来。后来他又想到了那艘铁船，第一次觉得那个不知名的姑娘的死不是写实，而是象征。象征往往比写实更有力，他想，我们的相遇从一开始就预示了死亡。现在总算是走到尽头了。

这天晚上他意外地接到母亲从故乡石镇来的电话。母亲问：有一个姓桑的女人说你欠了她八万块，有这事吗？

他说：这事我自己处理。

母亲说那女人口气很厉害，说你拿了她的钱就再也不见面了。于是母亲就告诉那女人：你放心，我儿子欠的钱要是还不起，由我做娘的还。她追着要你打条子，你打了吗？

他说：我打了……

最后母亲说：你要是外面不好过，就回家来。

他说：没事的，我很好。

放下电话，他的眼泪就跳出了眼眶。这时，男人对女人已不仅仅是失望了，还带有痛恨。这个女人完全失去了理智，简直就是疯狂！他气愤地想着，怎么也不能把当初如胶似漆的相爱与眼下正发生的事实拼贴到一起。那个晚上男人被彻底地激怒了，他发誓要尽快弄到一笔钱，就是偷也要把那八万首先去掉！这一天在男人心里扎进了一根针，每跳动一下就会引发一阵刺痛。很长时间过去，男人回想起这一天的情形仍然感到恐惧，但他还是不敢相信这些绝非杜撰。1994 年对于这个男人是灾难的一年，命运似乎把他今生全部的挫折与打击汇集到了一起，想置这人于死地。他整个地笼罩在无边无际的阴影之中。

实际上他已经被弄死了，现在大家看到的这个家伙不过是个赝品。这个人也是身高一米七一，体重也是七十四公斤，依然抽着三五牌的香烟，每年写三十万字的小说，一味地模仿前任的腔调与做派，但这个人的心换了，换上的心脏至少已用过一百五十年，循环的血液颜色和酱油差不多。1997 年 10 月，有人在中国首都北京见到过这人，并热情地为他介绍一位拉大提琴的女友，这人感激不尽，好色的品性继承得很好，但他说了一句莫名其妙的话：这个女人将来会让我打条子吗？

那一刻，他又看见了阴森的 1994 年，夏天已经过去，秋天来了。

蓟州的秋天藏在弥漫的黄沙之中，远不是画报上那回事。你就是每天擦上十遍，室内还是有一层微尘。一杯水喝完，杯底就见到了沙子。

黄河就更是黄了，黄得凝重，逶迤东去的仿佛是锈的铁流，让你不敢相信东边还有着一片无边无际的蓝色。

秋起的时候我雇了一匹枣红色的老马，沿着干涸的河道溜达，颇有些西风古道的意思。我的视野里都是些萧瑟的景象，那时我常常想，中原这块土地实在看不出多少的蹊跷来，不明白为何自古就属兵家所争，遗下逐鹿之美名。直到一天我去了洛阳的龙门石窟，才对这地方产生了眷恋，那时，我却想离开了。

去洛阳的计划是早就拟定了的。原想等我们的电视栏目五期播过，请一些朋友来蓟州开一个座谈会，再集体去看看那伊水的两岸——龙门石窟和白居易墓。现在情况变了，但我还是想去一趟洛阳。那时公司的事务都处理完了，会计一走，也就只剩下我和邢蓉了。我就想和她一道出去散散心。同时觉得这大概是个仪式，玩过这一趟，邢蓉也会走了。前些日子她妹妹来了电话，说她父亲的病最近有加重的趋势，想让她回去看看。邢蓉就只有这个父亲，靠她妹妹照顾，但她妹妹想在国庆前后结婚。我想邢蓉这一走也许就不会回来了。这么一想，我心里便有些伤感，似乎这才感到自己是真的走到了山穷水尽这一步了。有时我觉得我就是座岛屿。一座浮岛，周围是无边而苍茫的海。我心里也矛盾，一方面我不想这女孩离开，一方面我又不愿去连累她，我已经是债台高筑，四面楚歌，仿佛离乌江一刎也就一步之遥，鼓过三更，灯枯油尽，是到了别姬的时候了。但是从前看过的武侠小说里诗剑逍遥的江湖情怀又让我觉得很鼓舞。我曾不止一次地幻想过那种神雕侠侣般的生活，好像人除了吃饭恋爱，就是练功习武，单纯而潇洒。那自由如风中行云，称得上飘逸，而我的自由却是像穿上了一件雨衣，潮湿而沉重。

那天晚饭后，我们去街上散步，一路上谈着去洛阳的事。我说已和啤酒厂的张临生说好了，让他派车跑一趟。邢蓉就笑了，说你这人倒是个乐观主义者，这时候还有玩的好心情。我说其实想通了也就那么回事，我不信我这辈子都背时倒运，总有顺的那一天。

邢蓉说：你还有五十万的债务，我愁的就是这个。

我突然反问道：你觉得凭我的能耐这会永远是个问题吗？

邢蓉沉默了一会儿，然后说：你只要保持这个状态就行了，我信。

不知从哪一刻起我拉住了她的手，现在又拉得很紧。我们后来就一直这么拉着。

那是9月下旬的一天，我们散步回来的路上正好被房东截住，催着要交四季度的房租。这房东大概也看出我们垮台了，害怕赖账，三天两头地催钱。邢蓉就叫我先回去，自己把房东拉到一旁交涉去了。那时账上所剩还不到两万，我就想，管到年底的花销还不是问题。回到宿舍，我又开始想自己的下一步，觉得面前的路也就两条，一是像两年前那样去找一个安身吃饭的地方，以等待新的机遇；二是回到老本行上，靠稿费解决温饱问题。但无论走哪条，前提是必须离开蓟州——哪怕是重返海口，也比耗在这个黄沙黄水的地方强。海口找不到机会，但毕竟还有南方的气息，毕竟还面临着海，毕竟还可以看见一方蓝天。

然而目前我是回不了海口的。我已经想好了，我回海口的那天就是清除两笔债务的日子。因为这不是一般的债务。

邢蓉还没有过来，我突然感到了一些寂寞，刚才路上那牵手的感觉越发地强烈了，浓浓地袭上来，这种感觉已经疏远我好些日子了，现在却再次找到了我。我想，今晚得和这个叫邢蓉的女孩说点什么了。我想我必须对她说：你不要离开我。我们从头再来。

我向往已久的那种生活其实已经出现了。

这时候听见邢蓉在门外喊：帮我开一下门。

我去开门，就见女人一脸是汗地立在门口，手里拿满了自己的行李。女人说：我退掉了一套房。

这一天是 1994 年 9 月 28 日。很多次，我把它视为生命再度诞生的日子。那个遥远的中原秋夜开始的一切都是崭新的，我坚信我后来的好运气频频而至都离不开这个值得纪念的晚上。这个晚上透析的是我生命的全部。那时我想，一个男人的贪婪不是别的，就是要得到一个好女人。你拥有了这个女人，你就觉得一身的晦气都抖搂干净了。这个女人给予你的应是一般女人所不能给的，那就是一个男人无法剥夺的尊严和必须坚持的自信。

——1998 年 5 月 4 日

犁城：1994年10月

人生有时就是一台戏。美国影片《偷窥》企图揭示的就是这个主题。那个由威廉·宝云饰演的饭店经理，我不认为是个变态狂，他通过隐蔽的电视监视系统对每间公寓进行偷窥，是因为觉得生活本身比“肥皂剧”更好看，于是偷窥成了这个人的精神寄托。

我的前半生中可以说是充满了戏剧因素，这或许与我的遗传基因有关，我的父母都是从事戏剧这行的，我母亲怀我在腹六个月还在台上演出，据说，那是一出悲剧。我之所以几次迟疑不决来写这部关于自己的书，最大的心理障碍就是这些难以抹去的戏剧性。某种意义上我很不喜欢这种奇巧跌宕的因素，它很容易把我精心营造的自然状态破坏掉。但是很遗憾，我无法回避这些，理由只有一个，它是真实的。如此看来这就形成了矛盾：因为真实我写，而一旦写进去又显得不真实。然而这就是我的生活，我的人生。

1994年9月最后的阳光落到了我的身上，我以为从此走进了温馨灿烂的日子，却不知此时自己的阴影就在脚下。第二天，9月29日，我突然接到王高的电话，说郑州有朋友想看一看我们做的那期电视栏目样片，要我立刻赶过去谈。我很兴奋，手忙脚乱地准备着。那时候邢蓉正在洗衣服，听到这个消息也非常高兴，她提醒我尽可能把条件降低一些，眼下最要紧的是求得项目成活，把名气打出去。

这样我上午就动身了。匆忙之中连手机也忘了带，等人到了郑州，才想起来找个公共电话给邢蓉打过去，但是她不在屋里，或许上街去买床上用品了。昨天晚上我就对她说过要买，我说我们要让一切都新起来。我在郑州的朋友很多，都是文学界的，所以一到便有饭局。大家难得一见，酒喝起来就没个完的。那时在大家心目中我还是个能折腾的人，这两年我的情况也时常见诸报端，于是就以为我在海南发了横财，如今又打起中原的主意了。说得我啼笑皆非，还得硬撑着是个有钱的主的模样，频频举杯感谢。郑州之行令我愉快，尽管这愉快里掺有苦涩。但是生意谈得不顺，对方是电视台的一位小头目，想干出成绩给上面看，又担心这事公开化，淹没了他的功劳。他的企图是想让我永远很廉价地把片子卖给他，却不想让我正面介入，说是借我一臂之力，其实是想我替他个人打工，剥削我。我自然不能同意，我说：这不是通奸，总是在阴暗里搞。我要的是光明正大的合作，而不是雇佣。

晚上，我又给邢蓉去了电话，结果感到很意外，她还是不在。那时已是近十一点了，她不该不在屋里呀，她怎么可能不等我的电话呢？我脑海中迅速闪过那次在广州给桑晓光打电话的经历，不免又往坏处想了，担心她突然生病或者遇上别的什么麻烦。那会是什么麻烦呢？也不知自何时起，这种神经质的担忧像影子一样缠上了我，一有意外就首先想到不测。这或许是每个漂泊者共同的感觉，人在途中，每走一步都觉茫然。

我谢绝了郑州友人的挽留，第二天一早就上了火车。四小时后，我回到了蓟州，一口气从车站赶回住处。我喊了邢蓉，没有应答。我于是打开门，看见室内收拾得干干净净，接着我就见到了她留给我的条子——

家中出事，我须立刻回蓉，详情等我电话。

珍重！

大概一周之后，是个雨夜，我终于等来了那千里之外的电话。原来是邢蓉的妹妹出了车祸，惨遭了不幸。邢蓉在叙述这件事时竭力想使自己平静一些，但最后还是忍不住地哭了。我对不起妹妹，邢蓉泣不成声地说，如果我在家，也许死神会看上我的。你知道，我们是孪生姐妹……

邢蓉最后说：亲爱的，我恐怕很难再帮你了，你要多保重，凡事想开一些，你要好好活着，你要……

她无法再说下去了，电话里是一串忙音。我的眼泪早已淌下，而我的眼前出现的却是邢蓉遭遇车祸的悲惨情形，它不像电影里常见的那种变格高速摄影，飘飘若仙般的充满诗意，它就是血淋淋的，就是一个鲜活的生命的毁灭！很多次，这血腥的画面闯入了我的梦境，总让我一身冷汗地于夜半时分惊醒……

我的梦又一次碎了。我想我该离开中原了。诺亚方舟上连蚂蚁都是成双结对，而上帝却执意要我独自去走以后的路，我不知道这路还有多

长。第二天，我给邢蓉汇去了一万元，又把剩下的六千全部提了现，开

始打点行装了。在离开之前，我还是乘长途汽车去了洛阳，在伊水之侧作了半日的逗留。伊水南北而贯，一桥连接东西，西岸是气势恢宏的龙门石窟，东岸是清丽肃然的白香山墓。中国的石窟寺渊源于印度，据考，公元三世纪就已传入，所以其早期的雕刻技法带有南亚次大陆犍陀罗艺术风格痕迹，而至南北朝以后，本土的精神占了上风，化为中国式的佛教艺术，于唐时登峰造极。相传奉先寺的大卢舍那就是照着武则天的模子写生雕刻的。我不信这个，我觉得这位仪态从容、神情超凡的女佛形

象应该起源于一个乡村少女，这只有那个不知名的石匠晓得。

我羡慕那个石匠，他以这伟大的方式留住了自己心中最好的女人。我也羡慕那位白乐天，中国历史上像他这样走运的文人并不多，白老西儿生前就选人间天堂的苏杭做官，且官做到了刺史，晚年又相中了这依山傍水的精舍隐居，活到了七十五便长眠于香山。然而后人记不得这点实惠，诗人最终还是活在了他的《长恨歌》和《琵琶行》里。这是诗人的方式，为的也还是女人。我羡慕的就是这个。那个黄昏我徘徊在古代的石匠与诗人之间，风声乍起，伊人不再，眼前的香山伊水也渐渐暗淡了去，我心中充满了凄凉。三年前我去海口，落脚的地方是苏东坡发配待过的五公祠，现在我欲归去，白香山的墓冢又成为最后纪念的背景，这种难以破译的暗合我至今不明就里……

——1998 年 5 月 5 日

铩羽而归。男人又一次回到了犁城。那是个细雨凄迷的星期六早晨，火车的汽笛在空中回荡着，如同哀丝号竹。犁城的街道上人影稀疏，才进十月，寒意就侵入了这座城市，一切看上去都显得那么清冷。一夜的旅途劳顿，使男人原本就憔悴的面容平添了一份倦色，那时他最想的是蒙头大睡，然后由女儿把他弄醒。

雨是从昨夜开始下的，女儿一定是听着这沙沙的雨声走进了梦乡。女儿的梦中会有我这个父亲吗？男人忧伤地想着，一边把钥匙从锁孔里抽出。女儿此刻尚在睡梦之中，他不想惊动孩子。男人坐在自家的门口，拿出剃须刀把胡子又光了一遍，他不想让女儿从父亲的脸上看见失败。但他想，李佳是完全料到了的。昨晚临上车之前，他们通了电话。他告诉李佳明天回犁城。李佳就问：蓟州那边的事是不是做不开了？他轻叹了口气，说：不顺。他们就没有再说什么。

他很佩服这女人的嗅觉。这么多年下来了，他们了解对方就像熟悉自己的身体，但是情却不同手足。看来理解的未必都是爱，甚至有时候问题恰恰就出在过多的理解上。男人正想着，门开了，李佳睡眼惺忪地说了句：回来了？就又进卧室接着去睡了。

男人的床铺在自己书房里，被套床单以及枕巾又都换过了。这让男人很有些意外，同时也生出了几分的内疚，觉得这个家要是从这时开始，情形是大不相同，然而这已经晚了，过去的阴影实在是太多。这个早上男人后来新烧了一壶水，沏好茶，坐在书房里细细品尝——他总算是又喝到了一口好水了，蓟州那三个月里喝的那叫什么水呀？当然最好的水还是在海口。整整三十个月之前，男人就是从犁城去南方的，他把这次远行看做生命的起点，但是万没料到绕了一大圈子竟又折了回来。这真是一个漫长的玩笑，男人想，下一步呢？男人突然觉得这三年里一直就在想着"下一步"，想得精疲力竭，而眼下却没有了所谓的"下一步"，或者说这下一步与上一步没什么区别，他从终点又回到起点。当初去南方男人似乎带着琴心剑胆，如今琴断剑折，所剩的就是一腔忧愁了。

他着实感到累了。

当天下午，他便像以前那样开始操持家务。他给女儿烧了酸菜鱼和火腿芦笋，孩子吃得很欢。孩子说爸爸的菜做得就是要比妈妈好，李佳就笑了一下，说：你爸爸除了会烧菜还会什么？他也笑了，他想李佳这话没错。我还会什么？那感觉带有败军之将何以言勇的惭愧。倒是女人过得挺滋润的，胖了，也白了，神情自若，浑身散发着少妇的风韵，这应该是爱的成果才对。李佳能调理得这么好，他感到高兴。但是第二天，他送女儿去少年宫学画的路上，又忍不住地问孩子：你妈电话还是那么多吗？女儿看了他一眼，表情迟疑地说：不太多。他觉得难为了孩子，不该这么问。刚才孩子那一瞬的表情让他很不安，似乎是第一次感到，这孩子长大了。

1994年10月，犁城的天空很少有过晴朗的日子，气候却十分怡人。男人每天买菜做饭，余下的时间就是去一座叫做"鸿泥"的陶吧消遣。陶吧的主人是他从前的朋友，原是个工艺美术师，痴迷陶艺，就与人合伙开了这么个边喝茶边玩泥巴的场所。这无疑是个好去处，很合他的胃口。

望着旋转的泥团，他感觉像是返回到了童年。三十年前他随外祖父去老家罐子窑，一个遥远的秋日下午，他看着老人从一团红泥里拽出了一只陶罐，顿时就爱上了这手艺。于是以后的每一年秋天，他都要回一趟老家，为的就是这爱。他因此有了一点制陶的功底。这个爱好一直延续到1978年他进大学。现在再玩，心情却是天壤之别了。一天下午，犁城的两位记者在这儿遇见了他，就想采访，他谢绝了。但对他们还记住他还是一个不错的作家很是感激。每次回犁城，他都会收到一些读者的来信，他们询问他

的近期作品与生活，他们问哪儿能买得到他的书。每每面对这些陌生的问候，他的心情就会变得异常复杂。这几年像着了魔似的被一堆无法想象的杂事纠缠，他难得写点什么。唯一能使自己解脱的是他还能认真地去写，而且他也从未想过将来要成为另一种人——他也成不了另一种人，他做这行已是前定，就像一个人无法改变自己的血液。

这天，他收到了邢蓉的来信。女人在信中谈了回蓉之后的情况，说自己现在已到了一家电讯业务公司上班，那儿离家较近，便于照顾病中的父亲。人生无奈，邢蓉这样写道，要面对多少躲不开也绕不过的事啊！有时觉得人活着就是义务，妹妹的死使这感觉更加强烈了，现在我无法去选择生活，而是让生活来选择我，直到把我放弃。

邢蓉提到了那一万元，就问：你还有饭吃吗？邢蓉说你还是早点从商场抽身吧，回到你的台子面前，你至少要养好你的女儿。邢蓉写道：我曾经想将来一定要替你准备一间漂亮的书房，看来连这点事也做不了了。

收起信，他不禁想起那恍然若梦的一夜情怀，心中难免生出了感伤，想这大千世界的无常，实可谓白云苍狗了。

1997年3月，我去成都选这部《北纬20度》的演员，在宾馆里意外地听说了一个故事，竟与邢蓉有关。那天，这家宾馆的门前出了一起车祸，据说受害的是一位姑娘。人们议论着，便联想到三年前发生在这附近的另一起车祸，死去的也是一位姑娘，认为这个地方的风水很有问题。我当时正在茶座里和一位女演员聊天，听到这议论就感到所说的可能就是邢蓉的妹妹。于是我就问了这位演员，三年前遇难的那个姑娘是不是姓邢？演员说是，问我怎么知道的。我谎称是从一张小报上看到的。演员就感叹了，说那件事很有戏，也非常地感人。她说那对孪生姐妹几乎是同时爱上了一个画家，后来姐姐退出了，只身去了海南。那画家人很不错，画也挺棒的，据说他画的那些人体作品，都是以自己女朋友为模特的。不料就在他们即将结婚的前夕发生了这个惨剧，画家痛不欲生，简直就要崩溃了。但是有一天，他的女友又走进了他的画室，对他敞开了身体——这就是死者的姐姐。后来……

我打断说：后来的事我已经知道了。

可能因为这个原因，我没有给邢蓉去电话。我不想破坏这个凄美的故事，我要做的就是对那个曾经属于我的女人由衷地祝福。既然邢蓉认为妹妹是替她死去了，那么她就该替死者活着，好好活着——这是我们彼此的祝愿。几天后，我离开了成都，当飞机从双流机场升空时，我还是忍不住地落泪了。在以后飞行的两个多小时里，我也飞速地把自己这半生的经历大致梳理了一遍，突然总结出一个有趣的公式——毁我的帮我的同是两种人：朋友和女人。但无论如何，我都忘不掉他们。

我说过，1994年的10月犁城是个雨季。但是10月24日却是一个阳光明媚的日子。这天早上我像往常一样去菜市上买了菜，回来后还把被子架出去晒了。那时大约十点多，我想抽完一支烟就动手做饭，李佳突然进家了。我以为她哪儿不舒服，提前下班了。正想问，她先开了口。她说：出太阳了，我们今天去把手续办了吧。

尽管我对婚姻的解除早有准备，然而事到临头还是觉得很突然。我就问：你想好了？

李佳说没什么可想的了，迟早的事。她说：我们还是协议吧，你要女儿，我也给，但你现在带不方便，我还和孩子住一起。

就是说我只是法律上女儿的监护人？

是这意思。孩子长大了，就不存在这一点了。她爱跟谁就跟谁。

那你去单位开介绍信吧。

我已经开过了，你去文联开吧。

那好，我现在就去，回来我们再谈协议。

协议也没什么可谈的，我只带走我自己的东西。你要是赚钱了，就给我一点。

我给十万吧，但我现在还拿不出。

那就等你有了再说吧。

我给你打张条子。

说着我就打了条子。这是我打的第三张条子。不过这一次没有人逼我，是我自愿。这一次也没有盖章。当天下午，我们就去了中市区的民政部门。那是一个风景如画的地方，面临着一湾清流。阳光意外地强烈，我们合打了一把遮阳伞，一瓶矿泉水在手中递来递去，所以登记的人就把我们往楼上引。楼上是结婚登记处。我想起整整十年前那个秋天，我们来办理结婚登记，那天却下着倾盆大雨，如今看来算是意味深长了。

按照要求，须现照一张二英寸的黑白相片。是快照，一分钟就出来了。但照片上的那个男人怎么看都不像是我。很快，手续办完了。我和李佳十年的夫妻，五年的冷战，了结却不过是半小时的事，如白驹过隙。思至此，就不能不觉出人生的荒谬来。

那天我们是乘车而去，步行而归。阳光一直很好。

——1998年5月7日

男人的钥匙插进锁里，居然门没有开。女人说，用我这把吧。女人开了门，又说：你那把钥匙也用得太少了。然后就麻利地换拖鞋，突然手悬在空中，笑着叫道：现在这不是我的家了。

男人也笑了一下：你女儿还在这屋里。这可是离不掉的。

女人的表情有了刹那的阴郁，对男人说：这事暂时别告诉孩子。

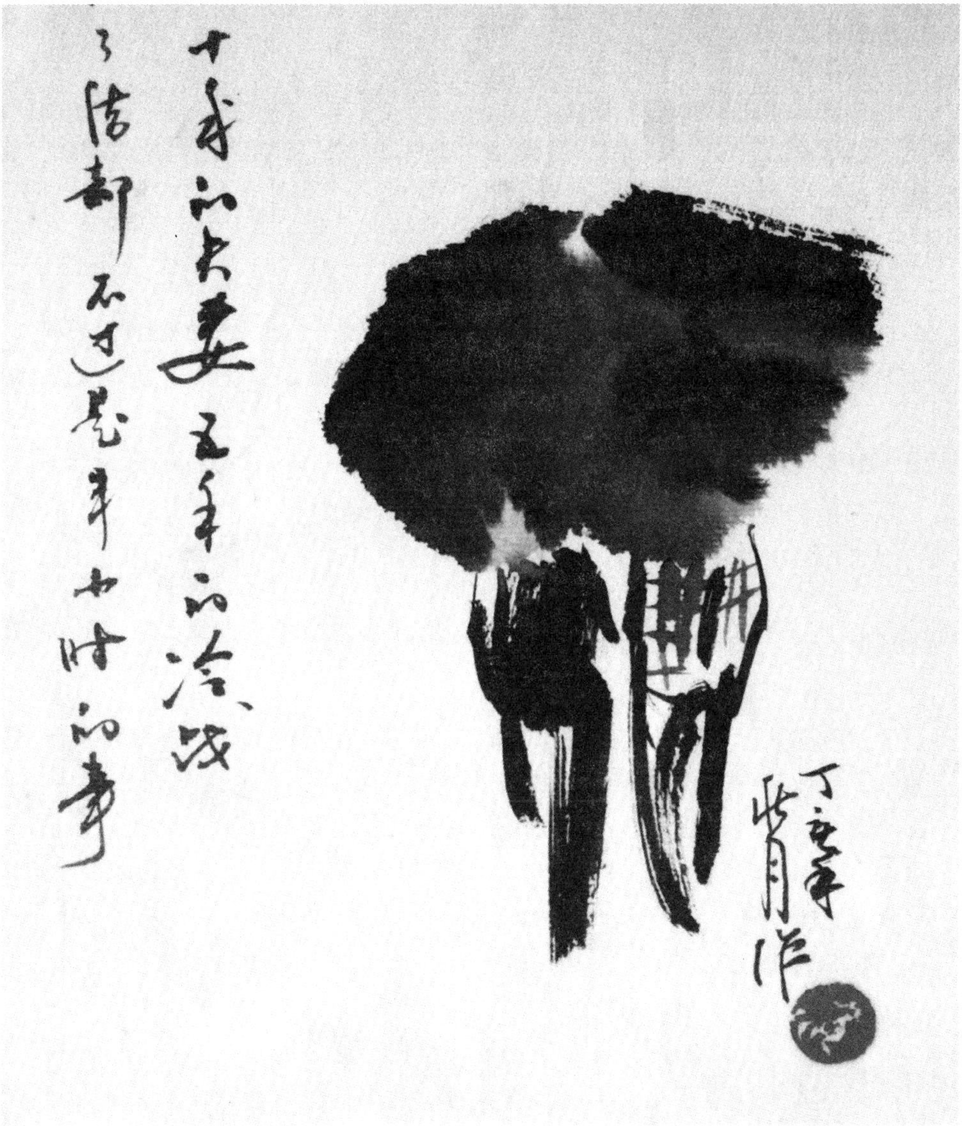

男人点点头，就进书房了。现在他知道了女人为什么这么果断地把这件事办了，原来不过是因为一套房子。她单位盖房，领导关心地找她谈话，说早就听说你和某某人要离婚，要是真离，这回的房子就要考虑她；否则以后可能就没机会了。

这就是离婚的契机。但是男人觉得这契机不好，还不如闹出个第三者体面。离婚理当是感情破裂，离婚也还是为了感情，所以离婚值得尊重，与房子有何相干？

也许这不是契机而是借口。

过了会儿，女人走到了这边，说：这下是真的离了，我们结得糟糕，离得倒还漂亮。

男人说：离了干净。

两人沉默了一会儿，似是尽在不言之中。那个时刻他们都在想对方的过去。男人的思绪很清晰，他从多年前那列北往火车上的相遇，想到一片杉树林中捧读陀思妥耶夫斯基的这个少女。从新婚之夜想到女儿的诞生。蓦然间，男人想起了一件事。

男人灭了香烟，说：那次你从深圳回来，其实我们坐的是一趟飞机。

女人很诧异，就问：你不是从上海飞回来的吗？

男人说：我骗了你。

女人：……

男人说：后来你又骗了我。我想你和那个穿藏青色西装的家伙……

女人打了男人一耳光。

男人仍然往下说：在飞机上，我一直看着你们的背影。那趟航班很糟糕，飞机颤个不停，那时我想，万一飞机出事了，我就朝你冲过去，抱住你，要是我们没有这个女儿，我想那个结局挺好……真的挺好，很浪漫，很公平，所谓生不同床死同穴，生得平平淡淡，死得却轰轰烈烈，就像徐志摩……那个瞬间，我们就全部属于了对方，就彻底干净了……

他们就紧紧地抱住了。这样的冲动在十年的婚姻中从未出现过，却不可思议地在离婚的第一天诞生了。

也许命中注定他们只能在法律之外相爱。这一天应该和他们相遇的第一天焊接在一起，属于情人的节日而非夫妻的纪念。情感的悲哀就在于永远只有一瞬的美丽。这美丽是脆弱的，根本支持不了婚姻的重负，更谈不上对一宗失败婚姻的挽救，这一瞬只能供奉在意识的神龛之上。经历过这场波澜，他们现在需要的是把角色重新定位：我们做不成彼此信赖的夫妻，但我们能成为可靠的朋友。对此，他们深信不疑。

几天后，男人在“红门”附近租了一间普通的民房。但白天的时间仍然在家中做饭。每个晚上男人坐在灯下，习惯性地回想着往事，觉得自己这三年里好像是演算了一道最简单的加减法，先是不断地得到，然后又依次失去。而这道题至今还未有结果，却是趣味横生。一个后半夜，男人从睡梦中醒来，撒完尿之后睡意顿消，他就洗了把脸，用剩茶漱了漱口，然后突然决定要写一部长篇小说。

他想以这种熟悉的方式对自己作一次清算。

海口：1995 年 2 月

从那时起，我的全部精力都放在了那部小说上。我写得很顺手，每天差不多能写四千字，有时达到五千。所以仅仅一个月零几天，小说的第一部便杀青了。我的一些编辑出版界的朋友知道我在埋头写个长点的东西，就事先约了这部稿子。最后我还是把它寄给了北方的一位老朋友，他主持着一个受到广泛称赞的文学期刊。稿子寄出时，我才将它命名为《北纬 20 度》。

于是在 1995 年 1 月，这部小说公开发表了。从写作到发表，所经历的时间是两个半月。这个速度并不让我意外，我自觉写东西历来手快。但这部小说给我带来的好运气让我始料不及。

小说发表的同时，一家出版社就与我敲定了出版合同。这家出版社以前就出过我两本书，但都赔了钱。而这回他们显得信心十足，首版印数就定在五万册。就是说，我至少可以拿到十万了。这叫我高兴，我便提出：你们最好先付了这笔钱。他们爽快地同意了。

然后是北京一家影视机构要买下它的长篇电视剧的改编权，所出的价格还是十万。而我的要求是，这部电视剧将来必须由我本人担任编导。经过几番接触，他们对我的能力似乎也不再怀疑，但是目前还只能是先买下改编权，有效期为三年。显然，余下的那些钱还是镜花水月，可望而不可及。可我实在是太需要这笔钱了！我又想起了以前林之冰对我说过的一句话：有时候钱能为你买一个公道，赎回你的尊严。钱这时又成好东西了。

或许人世间果真有感应一说，有一天，我接到一个电话，是一个陌生的男声，自称是林之冰的朋友，刚从墨尔本回大陆。那人约我在犁城饭店见面，说有要事面商。我心里不禁颤了一下，立刻就过去了。刚进大堂，一个体态修长面目斯文的男人就向我迎了过来，说我和书上的照片距离很近，然后就自我介绍说他复姓上官，单名一个文。他说代林之冰小姐问候我。我就问：林过得好吗？上官说很好，在那边发展得不错，张罗着一家中国餐馆。我们就去了酒吧，上官文说他比林之冰先出去两年，主要从事出版业务，范围除了澳洲，还涉及港台东南亚一带。这次回大陆我就想组一些青年作家的书稿，上官说，其中当然也包括您的。他说这批作家的书在外面的销路还不错。那时我就觉得，这个人不太像我常见的那些书商或者出版经纪人，没有人会先说你的书好卖，然后再与你谈价的。我想这或许是林之冰的一手安排，料定我在生意上栽了便以这种方式来接济我。所以后来我和上官文也没有就价格作洽谈。他出价两万美金，买我四部书稿，连同这部刚问世的《北纬 20 度》。我说可以，但我提了一个要求：您不要用美金支付，就按官价给我人民币吧。

那人似乎感到不理解，我想这种情况他在国内也许还没有遇见过，但我也无心多作解释。临别时，我托上官文给林之冰捎去了这本登有《北纬 20 度》的期刊和一件我在鸿泥陶吧烧制的作品。

这是一只手。一个男人的手。我的手。我深信我的女人会经常握住它。我没有更多的话要对林说了，这只手的语言比我的倾诉也许更为丰富。就像我现在写的这部书，我已经说了不少，但更多的却是我没有说的。

那时已经距离春节没多少天了，我还是决定要去一趟海口。我手头的钱集中起来已有四十来万，余数并不多，就想先向朋友借一下，以凑成五十万好还给另外的朋友——无论如何，他们都还是我的朋友，我希望这样。于是我就同李佳谈了，我说很不好意思，我欠你的钱没法给，反过来还得向你借。这事我还不想让我的父母知道。我说现在借钱似乎是不礼貌的，所以想来想去还只能对你开口。李佳就问还差多少。我说八万。李佳说她拿不出这么多，但表示替我想想办法。也就在这天，我突然接到了那位山东人张临生的电话，说他在报上看见了对《北纬 20 度》的评论，很为我高兴。说我的确是个人才，所以现在他想拍广告，就觉得我最合适。他说：你得帮我这个忙。我说是你在帮我，我心里有本账的。接着我们就谈了一些细节，我建议去北京拍，用 35 毫米的电影胶片，成本虽然略高一些，但出来的效果绝对要强过磁带。山东人说：你造个预算，我把一切都包给你。你把我儿子带上见识一回，但别给他发钱。我也就明说了，说这回我需要赚你十万。山东人就说没问题，接着他说：上回你要是把那六十万卷走了，我也只好干瞪眼，所以我老张拿你当朋友。那个下午我真是感慨万千，觉得人与人之间的信任建立起来并不困难，然而丧失它也同样不困难。

一小时前，我从外景地回来，今晚并没有夜戏，我主要是去验收美工部门的那一场景的搭制效果，同时确定一下明天拍摄的机位。这大概是我们的最后一场大戏了，同时也是全剧的尾声。剧中的那个男人在海口折腾一番后，将要离开这个岛屿重返大陆，他的身后就是两年前送他来的那艘轮船。我认为这应该是个雨天，而那个男人却不能打伞，我要让他淋够——我想表达什么？证明那家伙还在冒充好汉，还是告诉观众这小子混惨了如落汤鸡一般？抑或是借一场无端的风雨来渲染一种悲切的气氛？我倒说不清楚了，但我需要雨。

剧中的男人离开的时间确定在1995年2月。那个时候，我正由北京飞往海口。

——1998年5月9日

波音737型飞机在经过三小时四十分钟的飞行之后，笨重地降落在了海口机场。这趟航班很空，大约只有一半人。在北京订票的时候，服务小姐问他是否订往返的，因为回来的票很紧张。他说不用。小姐就说：您是去海口过年的吧？现在很多人愿意到外地度假的。他笑了笑，心里在说：我是去海口还债的。

每回坐飞机他都有一种莫名的恐惧感。但是这次的情况变了，当飞机在北京上空完成爬高后，他便有了阔别已久且又浓重的睡意，不多会儿即慢慢地睡去了。于是男人的梦便悬浮在了万米高空。

它们跳动着，像火，也像是显微镜下的精子，或者就是火的精子。

它们跳动着，那是迎接精子来临时刻迸发而出的舞蹈，那形态也如火的光焰，或者就是火的舞蹈。

无论何时，火的形态都会构成某种启示，这是男人梦醒之后的总结。

那一天海口的阳光很软，天高云淡，机场上异常繁忙，那些大陆人正急着赶回去过春节，他们中间的一些人这一走也许就不会再回来了。然而记忆中这边的天总还是蓝的，它或许不再是梦的颜色，但却是回忆的提示。这是个值得回忆的岛屿。

男人在海口宾馆住下之后，立刻就给冯维明去了电话。冯主任在，但是没有想到是他的电话。他们已有很久不通电话了。男人说：冯主任，我到了海口。我来还你的东西。冯主任稍有迟疑，然后热情地说：别叫我主任好不好？晚上我们老地方见吧，我给你接风。有些事我得当面跟你解释才是。

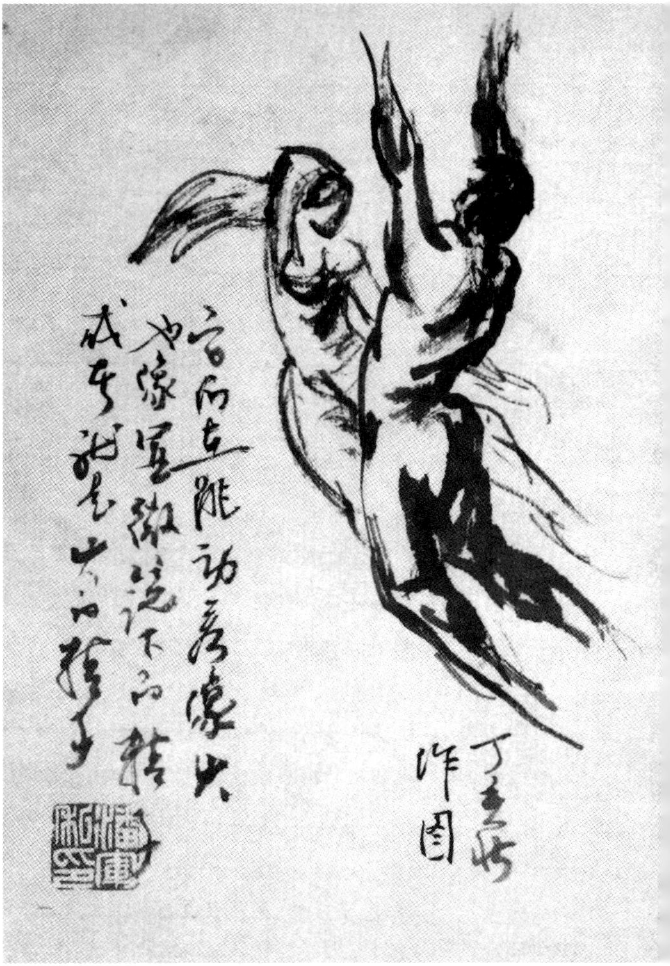

于是天一黑他就去了靠近秀英码头的那家酒店。冯维明没有来，来的还是那个以前见过的陌生人，开着他的那辆本田车。陌生人说冯主任晚上临时有个活动，说很抱歉，明天他去宾馆看你。男人没说什么，就把一张存单拿了出来，然后换回了自己的条子，当时就将它撕了。撕过了又有些后悔，觉得该把这东西留起来，作为纪念。陌生人一边抄着存单密码一边解释，说当初处理这事时冯主任出差了，事后知道还批评了他们，说你们怎么能这么干呢？朋友之间有什么不好商量呢？

男人打断说：你今天身上带刀了吗？

陌生人有些意外，也有些尴尬，但是却无言以对。

男人点上烟，把收回的车钥匙在手里掂了掂，上了自己的车。然后他落下窗玻璃对着那陌生人说：请你转告冯主任，这笔买卖我们都赔了。我赔了钱，他赔了鸡巴。

然后，他一踩油门急速离开，直插那条风光怡人的滨海大道。现在，他该去会一个女人了。这夜的风称得上凛冽，刮到脸上竟然有点儿麻。这一路上女人的面容一直闪现在风中，却是在不断地变化着。但这张脸现在怎么看也是平面的。男人一口气把车开到泰华酒店，在那儿给女人打了传呼。电话很快就回了，女人那会儿正在KTV包厢里唱歌，背景中的音乐还是那支香港老歌：今夜你会不会来。

喂，谁呀?

我。

真是你吗?在哪儿呢?

在泰华。

你在海口?!

我上午才到，要是方便，你过来一趟，我把你的东西交给你。

……

半小时后，他们相见了。那时男人就坐在咖啡厅里，正面对着酒店的门口。他不知为什么要挑这个位置。也许是为了让自己的情绪得到适应吧，从门口到咖啡厅的这一段路大约有五十米，他想看见女人是怎样走过这五十米进口花岗岩的。女人的步态女人的神情在这半小时里都成了悬念。男人就这么安静地坐着，抽着烟，视线一刻也没有脱离那个金光灿烂的旋转门。他忽然想起美国的一部叫做《旋转门》的影片，剧中的那个金发美女自从通过一道旋转门，就成了另一个金发美女，于是这两个相貌完全相同的女人拥有的却是两种完全不同的生活。

这部本应是糟糕的片子就因这点设计变得不同凡响。旋转门……

这时，女人的身影在旋转门中出现了。女人是慢悠悠地朝这边走来的，视线向下，但她在走过一半的路时，脚下一软，好像是被什么绊了似的，男人立刻就下意识地从座位上跳起，想去扶女人一把。女人身体斜了斜，并没有摔倒。她似乎有些难为情，不过还是对边上看她的人从容地笑了笑，说：这儿怎么这么滑呀?

这个意外的插曲倒使他们的相见变得自然了。男人像以前那样替女人把椅子移开，再回到自己的座位上，然后吩咐小姐：两杯咖啡。

女人纠正说：我要柠檬茶，加冰块。

然后女人回过头问男人：过得好吗?

还行，男人说，你呢?

一般吧。和你离开时没什么两样。

那就好。

我变了吗？

你指哪方面？

全部。

我只觉得你的容貌没变。

容貌也变了，我都有白头发了。

说到这儿，他们都沉默了。男人望着女人慢慢搅动冰块的手，突然想捉住它。这念头是他刚才等待中的设计所没有的。于是他又点了支烟，不料女人也从包里拿出了一包摩尔，顺手拿过男人的打火机点上了，这让男人感到吃惊。

你怎么抽上了？

这话应该问你才对。

掐了吧，我历来……

我知道你历来看不惯女人抽烟。可你不在，我总得找个伴儿吧？

你不是有伴儿了吗？

那是后来的事。

后来？好像不该是后来。

是的，你一走我就另有所爱了，这回答你满意吗？

我没别的意思。

可我有。你说两个人的生活要透明，我才把什么都告诉你。那不过是女人最真实的想法，哪个女人不爱钱？

难道就没例外？

我没把自己卖出去，我只是矛盾，没着没落的。你一走了之，想你回来看我你都不肯，你说，我凭什么信任你？就凭一周一个电话？用电话霸着我？你是黑手党还是黑社会？

所以你就让我打条子是吗？还把电话打到我母亲那儿？你以为我他妈的是个骗子？是个无赖？那么好，现在这个无赖把支票带来了，你收好，密码很好记，920919，1992年9月19日。

说完我就走出了酒店。本想就此离开，但往回一想，腿就迈不开了。

1992 年 9 月 19 日那个晚上怎么也挥之不去。我在停车场上不断地抽着烟，身上凉飕飕的，现在已不是风的印象而是水的痕迹——那夜的水像刀子一样刻在我背上，似乎现在还一阵阵地火辣辣地痛！过了很长一会儿，桑晓光出来了，双手环抱着，这也是冷的感觉。我心里的酸楚这时已浓烈到了极点，好想与女人抱头痛哭一场。但我克制着，转身迎向了她。我说，我送你回去。她不语，微暗的灯下我能看见她的眼里闪着泪光。我就把车门打开，对她说：去兜兜风吧。

后来我们就去了白沙门。

那时已是子夜，月亮停顿在海的上空，海面波光粼粼，涛声低回。我们没有下车，就坐在座位上。这辆车自买回来后我们就没怎么用，如今倒成了一只龟壳，虽可以遮风挡雨让人畏缩而眠，但却是与生俱来的重负。我时常担心一只乌龟被人踢翻过来，那会怎么样？这卑贱的生命会自己翻身吗？我担心。儿时听见的关于乌龟和兔子赛跑的故事，在我活过半生之后才意识到是个骗局，是彻头彻尾的谎言。没有人相信乌龟能跑过兔子，但我们还是信以为真了几十年。而当从这无辜的生命中攫取了谦虚忍耐之美德为社会所吹捧后，又无情地给它扣上了一顶绿帽子。这简直就是裤裆里的纳粹。

1995 年 2 月，我和桑晓光再度重逢，引起的波澜是我事先完全没有料到的。我原打算像对待冯维明那样交完支票就走，然而一见面，这种设想就顷刻瓦解了。这情形与我和李佳的分手之际十分相似，但在那天晚上，我始终没有提及我已离婚的事实。这是我很卑鄙的一面，好像若提起这个，坐在我边上的女人也许又会重新燃起希望之火。而我不希望这样，我知道我们之间已不存在希望这种东西。即使有，那也是昙花一现，接踵而至的便是无尽的失望。我们都不是以前的我们了。望着眼前的景象，我们的心情都变得很复杂。我们曾在这里度过不少美妙的时光，留下过许多欢声笑语，而今夜我们沉默了。又过了一会儿，我替她把座位降低，对她说：春节打算回武汉吗？

她摇摇头，然后她说：你不该来。

我说我得把你的东西交给你才是。

她拿出那张支票，说：你拿回去，它本来就是你的。

我说：别再提这事了。这事过去了。

她苦笑了一下，说：人都走了，我还要这份钱干吗？我不知道当时是怎么想的，太失败了，算我对不起你了。真的，我有些过分了，我没想到事情会搞成这个样子，我怀疑我脑子是不是有病，可那时我真的很绝望，没有任何人帮我，生病连个倒水的人都没有……我知道你也不容易，现在说这些又有什么用呢？

说到这里，她就抽泣了，同时把我的一只胳膊抱在怀里。这个举动如同拉开一个闸门，潮水顷刻之间便汹涌而出，余下的事可想而知了。我们依旧是疯狂地做爱，那感觉完全是对第一次的公开抄袭，是彻底的复制。我们也的确就是在复制昨天，但我们最终获得的还是一个赝品。

那一夜我们就在这车上度过了。

很多次我都在咀嚼这一夜。那时我就想这世界如果还有爱情一说，那么这应该是它的本色。爱情不仅仅是美好与甜蜜，更多的是无奈与苦涩。爱情未必都是崇高的纯洁的，有时也他妈的肮脏可耻，但它还叫爱情。

天下雨了，这很好，希望这场雨延续到明天，这样我们就省去了许多事，至少不再需要消防车了。不过海口是个气候无常的城市，今年的雨又全都下到长江和松花江去了。这场戏拍完，我就该离开这个岛了。我就给桑晓光打了手机，回答的还是：你所拨打的用户没有开机。

——1998 年 5 月 10 日

这场戏从下午两点开始我们就在现场等待，万事俱备独缺雨。天一直阴着，乌云像经过电脑处理似的流动得很快。这样的气氛没有雨实在不是道理。全剧组的人都耗在秀英码头，围观的人也越来越多。摄影师沉着脸对我说，剧中提示的时间是个黎明，而这么等下去光效差不多就像是黄昏了。我突然笑了起来，我说同一幅画面上你能分清黎明和黄昏的界限吗？难道黎明是狼黄昏是狗？

我们还是坚持等。将近两小时后，雨他妈的来了。现场一片忙乱，各就各位，我大喊了一声：干吧！

一共只有八个镜头，却调度了五个机位，轨道升降全用了。因为剧中那个小子我不让他动，于是我们就得围着他动了。从监视器中看，效果还不错。这场雨就是漂亮，但也把我们等苦了。等不是个滋味，而人的一生有一大半的光阴就是在等中度过的。

最后一个镜头拍完了。这是个升降加摇的设计，它的起幅是码头边的那只锈锚，然后摇过了雨幕以及椰林，在海上形成落幅。这是个空镜，但也可以理解为剧中人的主观，似乎寓意着海对岸、岛屿对大陆的向往，而它的意味无疑是反讽的。随着光圈的加大，海置换了颜色，一片苍白，一片苍茫，而后，音乐骤起，是大提琴或者萨克斯的独奏……

我喊过收工之后，剧组的人一齐欢呼起来，这下是真的完了！围观的人群也渐渐散开，他们的表情像受了骗，原来电视是这么个拍法，不好玩。我从监视器前直起腰，顺手把戴了两个多月的那顶冒牌的耐克帽给扔了，好像为自己平了反似的。我晃悠悠地走出来，想赶快回去洗个澡。这时，我不经意地看见侧前方的一把鲜艳的红伞下站着桑晓光。我连忙跑了过去，问道：什么时候回来的？

她说昨天。我很想你去机场接我，她说，怕你分不开身，现在倒成了我送你了。出去吃饭吧，也许你明天就走了，算是为你饯行。

我是不是该洗个澡？

那就先去游泳吧。还去白沙门？

我想去看看你的房子，方便吗？

我那儿没有大拖鞋。

那我赤脚。

你开车吧。

我知道往哪儿开？

我可以指路，但到了楼下你要猜哪个窗口属于我。

我已经猜到了，是挂蓝色窗帘的那个。……

你怎么了？干吗像个孩子，都三十出头的人了。

本来我想等你走了才回来的。

那何必呢？

可我还是……

房子很漂亮对吗？

漂亮谈不上，但很干净。

东西全是新的，我知道你很重牌子。

只有一样是旧的……

我知道。

你未必知道。

我知道，因为那上面留着我从前的汗味……我知道……

……

1995年2月，有人看见一辆蓝色的本田雅阁2.0型轿车于一个雾气浓厚的黎明越过了琼州海峡，行驶在去广州的路上。但是刚过徐闻地界，这辆车的变速箱突然起了火。在经过三天的修理后，蓝色车又跑了起来，车速仍然还是很快。又过了几天，这辆车大概在江西的境内停了下来。据目击者说，当时这辆车正面临一个复杂的路口，开车的那个男人好像是迷路了。于是有人给了他地图，可男人说：我就是按这图走的，但我忽然觉得这么走不对。

你怎么连地图都不信了？

男人什么也没说，把自己的车开上了一条很瘦的砂石路。他一走，后面的人就笑着直摇头，因为那条路不是国道，据说已荒废了多年，不过仍然还有关卡和罚款。

后来就没有这辆车的消息了。

1999 年 7 月 28 日合肥寓所

2007 年 7 月 20 日修订于北京

（原载《小说家》2000 年第 1 期）

附　录：

初版后记

《独白与手势·蓝》原计划是放在2000年完成的，这么考虑，主要是两方面的原因：其一是我在写完第一部《白》之后，需要作一段时间的休整，想听听朋友及读者的反映；其二是我想抽空再去一趟海口，做针对性的实地考察并拍下一些照片。其时我正在筹备电视剧《海口日记》的运作，想自己再做导演。我想等去海口拍完片子，然后再静下心来写《蓝》。然而正如俗话所说，计划总赶不上变化，《海口日记》的投资方有固定的合作班底，我要坚持自己导戏便有点强人所难，于是就把剧本给卖了。紧接着，一些期刊编辑部得知我在写所谓长篇三部曲时，便不断和我联系，他们像事先约好了似的众口一声：还是趁热打铁吧！再就是，写完《白》的我其实也未能从这种新鲜的叙述形式里走出来，有一种意犹未尽的感觉，这便有了里应外合的基础。还有一个站不住脚却十分真实的理由，就是我刚买了一台笔记本电脑，正练着，需要靶子——从前我是竭力反对换笔的，但近期我的脖子不行得厉害，时时发出嘎嘎的响，就害怕，可又担心用这东西找不着写的感觉。我用的是拼音，于是就有朋友劝我改用五笔，说那样快。而我执意不从，觉得把一个漂亮的方块汉字活生生地拆开再组装起来是一件不可思议的事。那时我就想上手就拿拼音拼出一部长篇来，认为二十万字拼过，怎么样也熟练了。于是便跃跃欲试地做起这件事了。从某种意义上，这次的换笔，是对我找到的这种形式的一个小的补充，因为它也给予了我刺激。

与《白》不同，《蓝》规定的故事时间前后不过三年，所以相对而言要集中一些。在这部小说里，除了延续了一个男人的情感旅程和心灵磨难，我着意要表现的是“我”在海与岸之间的那种焦灼状态。这种情绪，曾经在我其他的中短篇里表达过，但我觉得还不够淋漓尽致，我希望它能成为我对南方最后的思念。

兴许与合肥冬季没有供暖有关，我发现我大部分的文字都完成于夏天，所谓挥汗如雨，而我早已习惯成自然。《蓝》文字部分的写作大约只花了七十天，脱稿日期是7月28日，正尽酷暑，这使我仿佛又一次回到了那个位于南方之南、地处北纬20度的岛屿，不禁恍然若梦。

《蓝》首发刊物是《小说家》2000年第一期，正好与《作家》连载的第一部《白》相接，现在人民文学出版社将这两部同时出版，是让我愉快的。整整十年前，我的长篇处女作《日晕》就是由她出版的，使我获得了一份特殊的慰藉，我自然要谢谢她！

我有一篇叫做《关系》的小说，也是写南方的，在那篇小说的结尾，我也写了一个男人对海南岛的告别，当时他站在船尾，在这个男人的视野里，海水越来越蓝。这时，男人出其不意地对着接近模糊的海岸线大喊了一声。于是有人问他：喊什么呢？

男人说：喊一位朋友。

问话的人一笑：这么远，能听得见吗？

男人说：听不见，但我需要喊一声。

1999年10月25日　北京天坛之侧

潘军文集

第伍卷

长篇小说

独白与手势·红

我是一个生于11 月 28 日的男人。

有一天，一个自称是我小说读者的人给我寄来了一本书，叫《生命密码》，作者是美国人盖瑞·寇奇奈特和胡斯特·艾尔佛斯。

这本书指出，生于这一天的射手座男人，意味着一生独行。

——作者题记

北京：1999 年 2 月

穿棕色羊皮夹克的男人在经过整整一夜的旅行后，于这个看上去阴晦不堪的早晨到达了本次列车的终点站北京。从站台上看，地上的残雪斑斑驳驳，仿佛一顿大餐后的杯盘狼藉，让人极不舒服。车站的过道比以前更暗了。因为装修，这个原本陈旧的老站显得格外杂乱无章，充满视野的全是建筑材料和施工的安全网。到处都能听见大声的咳嗽，而此刻广播里正在朗诵一篇气势磅礴的社论。男人突然产生了一种不安的感觉。他放慢了脚步，看着那些着急的旅客从后面拥上前去。

几分钟后，男人走出了北京站。他立刻就感到一股浓重的寒气扑面而来。早春二月的京城比他想象的要冷得多，不过空气却意外地有些湿润。对于男人，首都早已失去了新鲜感，甚至有些厌倦了，这段日子他总是与这座城市发生关系，仅去年就跑了四趟。不过那几次都是来去匆匆，挣一把钱就走。而这回的情况有所不同——一家公司想与他合作一个专门制作影视的工作室。这件事对男人来说还是有吸引力的。长达七年的漂泊不定的日子他已经过够了。他也希望能有相对的稳定。尽管他不喜欢这个城市的空气，但是做所谓文化方面的事情，还只能选择北京。

看来我得在这里住上一段日子了，男人想。可我不知道能否适应这个不可一世的城市。这时候，男人看见有人举着写有他姓名的纸片向这边走来了。那是一个同样穿着羊皮夹克的女人，不过是流行的那种酒红色，质地也明显地优良。那女人看上去大约二十五岁左右，东张西望的神情很可爱。男人想，这或许就是那家公司的一位办公室的秘书什么的。男人不想及时地迎过去，而是站到一根方柱的后面进行带有欣赏成分的观察。他总觉得面前划过的这张脸是在哪里见过的。在哪里呢？男人又实在想不出。也许所有的男人都会有这么一种近乎意淫的邪念，只要遇见一个可爱的女子，便以为和自己很亲近。现在，那年轻的女子看过来了，她的视线十分明朗，以至于男人慌乱地被它牵引而出。男人扔掉香烟走近说，小姐，我就是你要接的人了。

女人放下手中的纸片，大方地笑了一下，说：你怎么和我感觉里不太一样？

不太一样？就是说也还有一样的地方？男人同时心里在说，我现在离你们女人的感觉越来越不一样了。就把地上的皮箱拎起来。女人说我来吧，男人说别，它很重的。他们就这样说笑着向一辆红色的丰田车走去。女人在打开行李箱的时候对男人自我介绍说：我叫王珏，是中奇实业公司的公关部经理。

女人的简单介绍却让男人想到了南方。经理？这个词生疏好些日子了。这个词现在听起来一点也不生动。但是他这一刻的心情已变得很好。他看着边上这个叫王珏的女人很自然地想到了另一个至今还在南边的女人，她叫桑晓光。那也是个开车很好的漂亮女人，她们的侧面有些相像。但他想，漂亮的女人最好别开车。他不知道为什么会这么想了。

后来的几天里男人一直在想这个问题，似乎毫无道理可言。他觉得有些东西女人是不宜玩的，车就是。女人只要开车，哪怕是世界上最破的车，也会把身边的任何东西忘了，包括男人。同样，他也不喜欢一个男人去弹钢琴。这两件大东西因为支配它的人性别互换，也会导致荷尔蒙的一种转移，男人和女人会因为它们进行疯狂的自恋。女人倒可以去玩枪，男人可以拉大提琴——那感觉应该是像搂住一个女人吧？

红色的丰田车从东单口拐出，驶入了长安街。男人看到兴建中的东方广场也被建筑安全网包裹着。这个长安街上块头最大的建筑物群肯定要在九月底前完成它的面子装修，至于内瓤则可以慢慢来。不过这个名称不好，世界上找不出两个毗邻的广场。它容易使人产生这个城市人口很少的错觉。事实上这个城市最多的就是人。

要是中国每条街都能像长安街这么宽就好了。问题是这条街在高峰时期也一样地塞车。现在，天安门广场正在向他逼近。广场的周围也实行了隔离，那里面也正在进行一次规模宏大的维修。即使是作为最高权力象征意味的天安门，城楼边上照样搭设着钢筋的脚手架。1999 年应该是北京城的维修年。这个城市毕竟太老了。

然而在很多年前，这儿被大家视为中国的心脏。那时他最大的理想就是在这个心脏部位照上一张相。这个儿时的理想直到他成为青年的那一天才得以实现，而且是凭借着一句谎言实现的。他插队的那个公社，书记的老婆得了不治之症，他却谎称自己有个本家的叔叔在北京友谊医院当什么主任，他说他可以效劳。于是，在那个炎热的夏季，他搭上了开往心脏的火车。但是第一次的北京之旅并没有想象的那么开心，插队知青漫无边际地在京城游荡，不仅没有找到兴奋点还在光天化日的天安门下被偷了钱包。他很沮丧，沿着长安街拖着腿走。当他正准备走进一条小巷避开日头时，忽然听见了一声巨响，紧接着一道红色的光弧从他眼前掠过，他才看清发生了一起车祸——被撞的是一个穿大红色连衣裙的姑娘，她轻盈的身体从车上飞过，被抛到了十米开外，当时就不能动弹了。人们立刻围了上去。他挤在人缝里，只看见那个姑娘的血从腹部渗出，染到裙子上竟变成了黑色……这么多年过去了，这触目惊心的一幕他总忘不掉。他无法想象在如此宽敞的大道上会发生这样的惨剧，他也不能接受人的鲜血染到红布上怎么会变成黑色。

坐了一宿的车很累吧？

还行。后半夜还是睡了一会。

是软卧吗？

对。

软卧不好。要是同包厢的有个脚臭的，就受大罪了。我可没说你的意思。

他们几乎同时笑了起来。尽管这是个不太适宜的玩笑。他觉得这个王珏小姐天生就该是个当公关经理的料，这么快就以这种独到的方式消除了他们之间的陌生感。王珏的做派并不张狂，她的言谈举止都是那么和谐而统一。这是个典型的北京姑娘。他想她对自己的情况一定了解了不少，以至于在初次见面时就显得如此随便。北京就该是个随便的城市。北京人似乎与生俱来一副见多识广的派头，哪怕是胡同口的一个卖报纸的老太太，你只要和她聊上三分钟，你就会感到她可能是某位要人的街坊邻居，更别说是作为一家大公司的公关部经理的年轻女人了。

车继续北行。等过了亚运村，开始进入到一片别墅区。男人调整了一下坐姿，不由想起自己几年前去海口的经历来。当时他在南岛集团，他的第一个住宿地也是在一幢别墅里。但那个时候他已经不是个客人了，他成了那个集团的一员。男人很不愿意记起这一幕来。他觉得无论怎么看，当初的选择都是一次失误。他放弃了做客的权利，也就意味着自动去接受一份莫名其妙的约束。不知当时为什么那样想了。或许是因为自己刚刚脱离业已习惯的稳定，一旦失去，便会有说不出的恐慌来，他急需找到一种新的依托。这很像一个刚离婚的人，向往的自由突然间到手了却又手脚无措，像只无头的苍蝇成天团团转也不知在忙些什么，甚至会担心一顿晚饭的着落。那么，现在好了，男人想，从去南方的那一天到现在，整整的七年过去了。这七年过得那么缓慢，有时又觉得过得飞快。都说人生是一个过程，是时间的某种印证，这种过于抽象又过于空泛的表述总呈现出自欺欺人的色彩。人生是什么？这其实是连神也无法回答的问题。

我下榻的地方是一座崭新的宾馆。王珏说，这个叫做“冠华酒店”的实体也是他们公司的物业，三星级的标准，还没来得及开张。你是我们的第一位客人。王珏说着，就从行李箱里帮我取出行李。女人的腰很费劲地直起来，我便连忙过去，说：我来，很沉的。

还真是，怎么这样沉呀？

我笑了笑。心想，能不沉吗？我的一个家可全在这里呢。

我被安排在三楼朝北的一个房间，编号 304。是我自己选的。这个漂亮的饭店设计得很别致，有点北欧一带建筑的特点，在大堂与客房之间是一个小巧玲珑的花园酒吧。从我的窗口可以鸟瞰花木、雕塑以及人造的小桥流水。这里还摆放着一架白色的三脚钢琴。总之这是个别有洞天的环境，我很满意。我设想在以后我的工作之余，可以立在这窗前抽支烟或者走下来一边喝茶一边欣赏某个女人弹奏钢琴。

来前电话里经纪人和我谈的条件应该说还不错，投资方尊重我的一些构想，并说在资金上给予保证。最初，他们希望和我签订一份合同，想让我以技术入股的方式与他们合作一个子公司，我毫不迟疑地拒绝了。海口那一幕对我永远是一重阴影，我被那个叫公司的家伙折磨得差点要了命。我好不容易杀出了重围，现在只想喘口气了。回想这七年，我除了赚钱就是赔钱，再这么折腾下去，我会彻底崩溃的。我现在不过是找个饭碗，如果这个问题不突出，余暇的时间我想再写出几本书来。这就是我想要的下一步。

当晚，我见到了这家公司的老板，一个看上去十分踏实的中年男子，与我在南方见到的那些西装革履的白领完全不同。但是在这个宴席上，有军人、新闻界的人和政府官员。这就是典型的北京了，即使你是想做一双拖鞋，也得有各种类型的人物介入。整个饭局持续了近两个钟头，他们谈论的中心话题是不久前发生在京城的一起特大谋杀案。而我对此又不感兴趣，却还要作出颇有兴致听的样子来给他们看。我宁愿去想那座漂亮的酒店，它至少会给我带来愉快。饭局结束，接下来是去一家著名的夜总会。我借故旅途疲劳推辞了，于是老板派车送我回来。路上，我向司机打听酒店开业的事，我说我没想到你们会有有这么一座饭店。司机说，这就算是内部的招待所了，朋友来了，得有个吃住的地方。司机的口气一点也不比老板小，也就是说，这位老板的朋友很多，多到需要一个三星级的酒店才可安置。下车时，司机塞给我一个纸包，他说：这是五个，要不要点点？

我说不用。我接着说：这是订金吗？

司机说：什么订金，你先花吧，老板说一个男人手头没钱可不成。

然后他让我给他打了张收条。也许是被前几年的拮据弄怕了，当我从司机手里接过这笔钱时，竟生出了几分的激动。

我毕竟是个俗人，在钱的问题上我没办法清高。我想明天得先给李佳汇过去三万。离婚已经四年，协议中我给她的十万元直到现在余款才算有个了结。李佳没有让我给她打条子，她手中的条子是我自愿出示的。昨天在犁城是李佳为我饯行的，我们去了一家火锅店吃涮羊肉。李佳当然知道大名鼎鼎的东来顺在北京，但她还是建议吃涮羊肉。我让你提前感受一下北京的气息，李佳说，我预感你这次去北京会交上好运。至少是桃花运吧。我只好勉强地笑了笑。我想李佳的潜台词大概是说，那一年我们在北上的列车上相遇不能算作好运吧？那一年是1979年。二十年过去了。二十年前的那个夏夜，李佳请我吃了一枚橘子，而现在她又请我吃涮羊肉，怎么看都像是个呼应的过程。

趁李佳去洗手间的空隙，女儿问我：我看你们相处得还不错呀，你们能复婚吗？

孩子的话使我觉得有趣但不是个滋味。我没想到会有这么一天，让孩子来做父母的复婚工作。我说这不是个简单的问题，其实不复婚也不影响我们做你的父母的。女儿说：你们太奇怪了。

奇怪吗？这个晚上我后来就在想这句话。我说过，只要这个孩子夹在我和李佳之间，这个家庭就不意味着解体。或者说，解体的只是一种被法律看重的婚姻形式。我走下楼，到了那个花园酒吧。我的手抚摸着这把造型别致的椅子扶手。在我的眼前，是一些忙碌着的年轻男女们，据说有很多是从重庆招来的服务生，也有职业学校送过来培训的实习生。我注意看那些姑娘们，觉得她们个个都是充满活力，干活不知疲倦，而且模样都还好看。我想这或许就是一种衰老的征兆吧。人一老，眼光就越发地变得宽容了。可我刚过四十，这理应是个年富力强的人生阶段。我过四十岁的生日那天也是在北京，是在西城一个招待所里。我记得那一天的北京正在下一场大雪，窗外一片苍茫。没有人来陪我，我也没有给任何人打过电话。我后来沿着复兴门外大街走了许多路，内心充满了忧伤——这忧伤分明不是因为孤独，而是对衰老的恐惧。一种灯枯油尽的伤感像磁铁一样牢牢抓住了我。

现在，这种感觉又来了。我的视线最后被一样东西所牵制，就是它，这台三脚钢琴。

在我的感觉中，我似乎已经注视它很久很久了。

——1999年2月15日

一周过去，合作的事情没有任何进展。老板自那天吃完饭后就再也没有露面。男人成天待在房子里看电视和晚报，偶尔接待几位来访的朋友。做《北纬20度》那回，剧组的成员大都来自北京。他们合作得不

错，这回自然还想与他有再次的合作。北京似乎就是个搞影视的地方，昨天他去什刹海那一带胡同里转悠，一下子就撞上了三个拍电视剧的摊子。这在经济萧条时期倒成了唯一的生财之道。但是电视剧怎么看都是个破东西。他想，自己今后的安排可能还要保证每年做出一部长篇的破东西来，先挣出一笔钱，这样才能安心去做自己喜欢做的事情，那就是继续写小说了。这是一种滑稽的、令人啼笑皆非的安排。仿佛他是古董商，一件破东西卖出去却相当值钱。他需要以此谋生，然后再去过一种安静不慌的日子。看来人对这个世界的恐惧感来自许多方面，一些有形和无形的东西都会使你魂不守舍。他想起那年在海口的白沙门，想到那幢无端的云彩，总感到一阵胆战心惊。他甚至觉得，自己的这一生是从恐惧中开始的。1967 年 10 月石镇的那个雨夜，密集的枪声从头顶上呼啸而过，那时他才十岁。可是，有形的恐惧往往与兴奋结伴而行，或者说恐惧之后接踵而至的便是兴奋，这又是个不可思议的事实。只有无形的恐惧不是这样。白沙门竖起的那幢恐惧之云实际上已是横在心中的一道洁白的阴影，这是他很长时间以后的觉悟。

回忆总是删繁就简。时间会过滤一切。在这百无聊赖的一周中，他时常要陷入到回忆之中。位置与视角在几十年之后都不可避免地出现了变化，他吃惊地发现，自己仿佛正在走出自己的回忆。记忆中的那个男孩，那个少年，那个青年，甚至那个正在迈进中年的男人，全都不像是自己了。这就像整理一摞过去的旧相册，面对从前的我怎么看也还是陌生。他成了旁观者，成了局外人，成了对从前那个我的批评家。这便是习惯中认为的那种反思吧？他不喜欢这个暧昧生涩的词语，他愿意接受另一个词语：检讨。

外面的天又开始转黑了，这一天又算过去了。今晚酒店的歌厅调试音响，据说设备都是一流。还据说要来两个时下京城当红的歌星。酒店经理刚才通知他，让他也过去凑份热闹。经理说：去吧，成天一个人待着我看着都闷得慌。他答应了，但他却提出了一个连自己都觉得唐突的问题，他说：我怎么总见不到弹钢琴的来呢？

经理说：你是指楼下酒吧里那架钢琴吗？快了，开业准来。原先约定的那一个嫌这儿路远，我们又得重新物色。你喜欢钢琴？

他说：我不过是随便问问。

经理说：其实那无非是个摆设。

他想经理的话是对的。最好的钢琴搁在酒吧里也是摆设。可他还是有些困惑，自打住进这家酒店起，他就开始惦念着那架琴。这有点怪。然而在很多天后，他才意识到这架琴其实是一次大胆的暗示。

这个晚上的计划后来还是起了变化。有个朋友，就是那位《北纬20度》的摄影师，突然在晚饭前来了电话，请他去吃一种“三巴汤”，然后再去听一个意大利的铜管音乐会。他匆匆打了辆车赶往约会地点，见面就问那朋友：什么叫“三巴汤”？朋友哈哈一笑，说动物身上，当然是指雄性的，除了嘴巴尾巴还能有什么巴？这汤可红遍了北京城的！

他笑道：我不知道北京人还这么会吃，就凭这个丁当响的名字，北京也配称得上是文化中心了。

朋友说那是，要不怎么有那么多文化人艺术人都来北京扎摊呢？朋友说：我看你干脆正式加入“北漂集团”得了。反正你什么都丢了，何不图个自在？

他心里大响了一下，一句话差点儿说出：我还有个女儿呢！

这个晚上他第一次感到了沮丧。他无法回味起那道著名的“三巴汤”，也很难陶醉在铜管乐中，在听音乐会时，他明显地分心了。他的思绪纷乱而恍惚，眼前仿佛在放映一部关于他这前半生随意剪辑的录像，跳跃，不清晰，却能使他受到震动。是的，如今他是什么都丢了，女儿是他唯一的财富，这是他万万不可放弃的。可是，女儿在一天天长大，下半年就升初三了，身高已超过了她母亲李佳。春节时，二妹从美国挂来了电话，说他们一家正准备由俄亥俄移居到西海岸的洛杉矶。他们现在发展得不错。二妹说：哥，你要让你女儿把外语基础打好，最好念完高中就送到这边来。念完高中？他迟疑地说：这是不是太小了？二妹说怎么小呢？直接读本科不是挺好吗？你不至于把孩子留在身边一辈子吧？他笑道：这倒不会，我尊重她自己的选择。后来他就把这件事对女儿说了。他以为这孩子会感到事到临头的惶恐，没想到女儿却说：还要等到高中念完呀？我恨不得马上就走呢，我都被作业折磨死了！尽管这是一次非正式的交谈，但女儿日后的去向大致描绘清楚了。也就是说，还有四年，这个孩子就该飞走了。余下的内容可想而知，那无非就是每月例行的几个电话，越往后越少，再就是隔上三年五载地见上一面，再往后，他就完全老了。四年，那是一晃而过的。

那天晚上，他给李佳打了传呼，让她回这边一趟。李佳当时正有一个应酬，电话里问是不是孩子出了什么事。他说想谈谈女儿几年后的去向。李佳说：不是几年后吗？几年后的事那就几年后再谈吧。

然后李佳又问：你是不是想娶个正式的老婆了？

他说：你怎么会这么去想呢？

李佳说：其实我觉得你还真是应该有个老婆的好。

这或许就是李佳请他吃涮羊肉的依据。现在想起来，他觉得女人就是比男人敏感一些。时间已是凌晨三点多了，他还是没有睡意。电视里播着译制节目，一个老者在用沙哑的声音讲述一个历史上著名的悬案。那是个充满血腥又扑朔迷离的案子，半个多世纪过去还没有解开。但是越来越多的证据表明，人们长期以来信奉的某种结论可能是错的。

最初，是一滴血样的东西，如山间泉水似的响亮，凝重地落在一面水里。接着渗开，像泼墨留在生宣纸上的痕迹一样。再以后是这面水慢慢在眼前竖立起来，仿佛雨帘，又伴有急雨敲窗的效果，你便被这片颤抖的红色所包围，你会感到致命的窒息紧紧地捆绑着你的身体，你无法动弹，无法呼吸，你的手像中风一样哆嗦个不止，但是眼前的这片红雨却越来越急骤，你努力用你的指甲从雨帘中挖开一个孔来，你想抵制咸腥的气味，你想听见自己的心跳，于是你奋力一搏地挣扎而起，指关节在崭新的墙纸上留下了四个浅凹……

我认真地记下这个梦，是在今天的下午。这是个阴雨的天气，但我的窗外看不见雨，只能听见夸张变形的雨声——雨落在透明的钢化玻璃顶棚上，如同笨重的机械发出的轰鸣。我需要记下这个梦，因为类似的梦魇已纠缠了我几十年。我没有能力来驱散它，更没有力量来摆脱它，我唯一可以做的，就是认真地把它记下来。但我还是第一次看见这个梦的颜色。

我已经在不安中度过了十几个小时。我的耳鸣越发地严重了，可是，我又能听见电流的声音——如果你把电视机的音量完全关闭，我就能清晰地听见电流的声音，那是一种尖锐而又低沉的怪音，它穿透了我的耳膜，回旋在我的脑腔。起初，我以为这种不适是由于一年前没完没了的装修所致，那个时期我无论到什么地方好像都与房屋装修结缘，冲击钻的声音持续不断地在我的周围响起。现在看来，这个判断是过于简单了。我觉得这应该是另一种梦魇，有声的梦魇。如果我的记忆没有出问题，这个梦魇至少是从 1957 年秋天开始的。在一个秋色迷惘的黄昏，我出生在一个叫石镇的地方，一个普通的人家。我听到这世界上的第一个声音不是我的哭泣，而是接生婆铰断我的脐带的剪刀声，那绝对是一把生锈的剪刀。

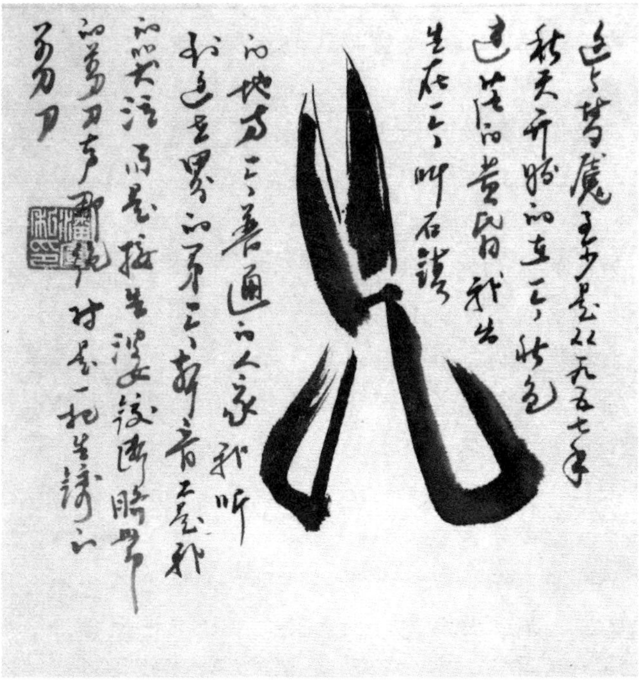

我想得可能太多了。在这个阴沉的下午我出现了不规律的头疼，一阵阵的。这所名为冠华的酒店对于我实际上已成了一座豪华奢侈的监狱，没有人管我，也没有人来给我交代工作。我仿佛一座活动的雕塑，整日端着架子无所事事。但是我已经拿了人家的五万块钱了，并且也开始花了，总得有个名义吧？于是我呼了王珏，电话很快就回了，她说她刚下飞机，从深圳回来。

我正想晚上过你那边呢，她说，一起吃顿饭吧？我私人请你。

我说：项目的事怎么没动静了？

她说：这个我不太清楚，我的工作是把你安顿下来。没动静不是更好吗？

我说：我不能闲着，总得干点什么吧。你们这儿又不是五角大楼，干吗分工那么仔细呢？我还以为我们会一起共事呢。她说：我提出过，可是老板没表态。再说，我手头这一堆破事也没完。你别着急，忙的日子在后头呢。见面谈吧，再见。

和王珏的简短通话却给我带来了很大的快慰。我不想去推敲她在电话里的表述是否带有应酬的意思，我宁肯信以为真。实际上，从十天前我们第一次在北京站见面，我就对这个女人怀有好感，她让我想到了桑晓光。我与桑又有近两年没联系了，我们好像是故意这么做的，既然事过境迁，淡忘就是最好的怀念方式。我深知，像我和桑这样的关系是不宜再见面的。桑晓光现在何处，我还真是不清楚。但我相信她还会找我，在她需要的时候。而我不希望这样，尽管死灰复燃的可能性几乎等于零，然而当某一天我再次面对那张动人的脸时，我的内心即刻就会不平静。这是千真万确的。我不知道其他的男人与我会有什么不同，如果你与某个女人同床共枕了，你是否会忘记她？而我是这样的男人。我记忆中的女人都与性密切相关，很多时候，我像整理断简残篇那样一丝不苟地整理着我的性爱历史，虽然具有不可再生性，但仍然使我怦然心动。我甚至敢于公开承认，正是这些激动而伤感的回忆支配了我对每一天生活的态度，这就是我生命的支柱。

二月的北京寒冷而干燥。天黑得很快，雨倒是不知不觉地住了。我打开窗，看着花园酒吧日臻完善的面貌，心情在慢慢转好。那架钢琴还死着，居然上面还坐着一个幼儿在玩积木，这是经理的孩子。酒店的服务生从昨天起就开始换上了工作服装，姑娘们穿着青花图案的便衣上装，下面是大摆的橙红色的绒裙，色彩搭配很不和谐但依然生动活泼。这就是青春固有的魅力。我在楼道上徘徊着，在期待着王珏的到来。我在想，这顿饭在哪儿吃合适？我想去外面，王珏不是有车吗？那车很漂亮，真的很漂亮，开到哪里都会令人注目的。现在，这辆车该到哪儿了？安贞桥还是亚运村？

然而等到了八点，王珏还是没有出现。她也没有来电话，我找出她的手机号，想拨一个，但想想还是没这么做。我觉得王珏的迟到或者不到，都是会有站得住的理由的。女人的理由总是多于男人，也永远站得住。电话一直没来。我在这个夜晚意外地陷入到不安中，小便频繁，洗脸间的镜子里那个男人一脸的疲倦，原因在于一次毫无道理的期待。可是，这个王珏不该是如此粗枝大叶的人，即使有什么急事，电话总该会来一个的。这很方便。她本可以一边开车一边拨打手机。为什么不打？难道那辆车里还有另一个男人？那个男人会限制她解释一次失约？失约算不了什么，问题是这个细节破坏了我对一个女人刚刚建立的好感。我担心的是这个。

这时，我突然听见了一声轰鸣，是那架钢琴发出的，似乎以此证明它拥有着生命。

——1999 年 2 月 26 日

杭州：1999年3月

现在，男人打开了那本叫做《生命密码》的书。这本书是一个自称是他的小说读者的人于半个月前寄到犁城的。自从他恢复写作以来，由于作品不断发表和广泛转载，他每个月都要收到一些读者来信，但像这样匿名给他寄书的还是头回。如同这本俨然神秘的书一样，这位读者没有留下任何只言片语，也没有留下地址，信封上只注明：杭州，你的读者。

作为占星学的专著，严格地讲，《生命密码》算不上一研究成果。这套由美国人盖瑞·寇奇奈特和胡斯特·艾尔佛斯编撰的书籍，充其量只是一堆牵强附会的通俗读物。这套书共有六卷，每卷解释两个星座。中文版由台湾一家出版社出版。他得到的是最后一卷。他生于11月28日，属射手座，与天蝎座并到了一块。

他自然要首先看看与自己有关的部分，于是就翻到了11月28日。实际上关于这一天的解释也就是一页，然而这一天的导语却赫然写着三个字：独行侠。

那一瞬男人很是惊讶，他联想起过去一些报刊对自己的专访侧记，有许多相似的提法，譬如独行客、一意孤行、我行我素之类。这种不可思议的暗合使他在那个雨后的黄昏魂不守舍，他仿佛意识到，自己这一生仿佛都经由一只看不见的手精心编排好了。

他带着这本书到了北京。现在当他准备好好读它时，手机却响了，而且又是杭州。是一家文学期刊社来的，要他去领一份奖。他本不想去，但是对方诚恳地解释说，你还是飞一趟吧，本来人就不多，你若再不来，这个事做起来就冷清了。他觉得不好再作推辞，就答应下来。同时在想：我能在杭州见到给我寄书的人吗？要是通过晚报的采访，把这事说出去，也许那个神秘的人就该露面了。那应该是个女人才对。这样一想男人便很愉快。杭州就该是个浪漫的城市，就该风情万种。男人想起几年前与桑晓光的那次“飞行幽会”，不觉有了恍然若梦之感。那一次，他们因为一天的时间双双飞抵杭城，可谓春宵一刻。如今事过境迁，回想起来还是有些感慨系之。男人在北京耗了十几天，什么也没干成，出去转一趟也好。于是他就给老板去了电话，说明了情况。他说：我只待几天。老板说：没事，你安心玩吧，咱们的事看来还得往后推一阵子。

他打断道：还得往后推？

老板说：我临时抓了个新项目，觉得是个好机会，就调整了一下。

他进一步问道：你估计咱们的事要推到什么时候呢？

老板说：也快，我想不会迟于三月底吧。这段时间你随意安排，什么时候动，我会叫人通知你的。

放下电话，他突然有了一种不好的预感，觉得这个开局不怎么样。在犁城时，这家公司几乎每天都有电话来，老是问他何时启程。现在他来了，却又将事情一味地往后推。他们耗得起我可耗不起，他想，我得做事挣钱。这个年纪闲着不是个办法。难道要我坐在这个环境里写小说？写不出来。我看不见一样熟悉的东西，看不见自己的一本书，连一本字典也看不到。他想这两年所到之处都是住着大致一样的标准房间，光在北京他就住了十几处。有一次他对一个记者说，我现在成了一个“住标间的男人”，我感觉不到时间和空间的变化，因为标间与标间，几乎没有任何的差异，连服务生的表情都是那么相似。标间不是写小说的场所，倒可以用于写电视剧。写小说只能回到犁城，或者故乡石镇。本来，他的安排是尽快把这部电视剧做完，然后带着这笔钱回到犁城，在夏季来临之际开始写一本书。现在一切都变了，他不知道像这么推下去会有什么结果。

每次都是这样，总是在系上安全带的那一瞬懊恼不已，后悔不该乘坐飞机。飞行中遇上强气流的颠簸，躲避积雨云层的调整下降，出其不意的铃铛声，都让他惶惶不安。可是从北京到杭州坐火车需要近二十个小时，对于临时性的出差显然是不合适的。飞行是唯一的选择。

这个航班没有满员，至少有三分之一的空位，因此显得比较宽敞。在前面的头等舱里，几个电视记者正在采访一个西装革履的老胖子。看上去是个有钱的华侨，大概要很快掏钱给杭州了。然后，男人听见了一个女声，她是主持人，好像是说一段开场白。他没听清楚，但他觉得主持人的声音很柔美。男人便侧了一下身体，朝前面看过去，很快就看见了一个穿着暗红风衣的修长背影。他当然希望这个优美的背影能尽快转过身来，但是没有。这个浅薄的念头转瞬即逝，后来男人便又去翻那本《生命密码》了。他还在被行前的那个计划所诱惑。再后来，男人不经意地睡去了。直到飞机开始下降，广播通知请系好安全带、收起小桌板时，男人才醒来。他一睁眼就发现了那个暗红色的背影，就在面前，在看那本书。

是你的书吗？女人回过头对他说。很有趣。

你是说书还是说我？

当然是书，我是天蝎座。

然后女人就把书还给他，说声谢谢，再次转过身去，走到前面原来的位子上。这以后她就只和她的同事聊天了。男人有些懊丧，他觉得和一个陌生女人的交谈不该就这么仓促地结束，更何况那是个看上去气质不凡的女人。

飞机迅速下降，他的耳膜在隐隐胀疼。很奇怪，每到这个时候，所有的乘客都不再说话了，飞机的引擎似乎也关闭了，机舱内一片静寂。是人们意识到一种巨大的危险在潜伏着？从航空事故看，绝大多数的灾难是发生在飞机降落的过程中。人们在期待着哈姆雷特式的是生还是死？而他的想法恰恰相反。从他的心脏感觉到飞机下降的那一刻起，他才会感到放松。这是一种儿童式的幼稚心理，那时他想：毕竟是离地面越来越近了。一万米，五千米，一千米，一百米，直到轮胎与跑道摩擦发出嘭的一声，他几乎是感动地想，脚踏实地是一件何等幸福的事呀！

城市的面目就像中国人眼中黑人的脸，越发没有区别了。你会认为这就一定是杭州吗？她也可以叫广州、郑州、福州，也可以叫武汉、成都、长春。流行的建筑风格和统一的装修材料使城市成为孪生兄弟，即使是语音方言，也日益地不纯粹而令人怀疑。好在杭州还有一面西湖，可以为杭州作证。另外，还有一条钱塘江。

现在，我又被人安排到钱塘江边上的一个三星级的酒店，进入到一个新的标间里。这个标间依然是两张床，两把罗汉椅和一张小圆桌，一件低柜和一件嵌入墙体的挂衣柜，一张写字台和一盏亚麻布罩的台灯以及一个落地灯，一台 21 英寸彩色电视机，一部分机电话。我甚至一眼就看出低柜上的那台电视机和北京冠华酒店 304 房间的那台是同一个牌子。

我这是在杭州呢还是在北京？

前来领奖的作家都是我的朋友。这几年文学掉价了，所以大家见面的机会也大大减少，现在见了自然很是亲切。但我们闭口不谈文学，说明我们的头脑还正常。同屋的哥们儿问我，你怎么从北京飞呀？我说我在北京做事呢。今年想给一家公司做电视剧。他说，你最近小说也没少写呀，哪来那么多的时间？我说我别的都当出去了，剩下的就是时间。

哥们儿从皮包里拿出一本新出的书送给我，说：我知道你来，就把给你的带来了。

我说回去好好拜读。

哥们儿说：你别当面奉承好不好？这年头有人能记住书名我就感激不尽了。我记得这套书也有你一本呀，给我寄了吗？

我说我退出了。

他便有些不解：退出了？为什么？嫌版税低？

我说：我讨厌那个编委会。尤其讨厌主编，那是个什么都想要的家伙，除了名片上一大堆的头衔什么都没有。

哥们儿哈哈大笑，说：你还这么当真呀？他爱主编就让他主编呗。

大致安顿下来，我给一位叫张毅的朋友去了电话。他是我几年前在海口南岛集团的同事，在一家房地产分公司。下海之前张毅是杭州某个银行的科长，却爱好文学，我们一直处得很好。以前我每回来杭州都是由他一手安排。1996 年秋天，我处在最狼狈的时候，只有这个张毅还经常与我通电话。我们聊得很痛快但我心里想的却是如何开口向他借钱。我不知道我为什么最终还是没有开口。这年秋天行将结束时，我应张毅之邀来到了杭州，当时他想和台湾商人合作淡水养鲈鱼的项目，想让我帮他一起策划。我谢绝了。我说我这种人可以在头脑里想得天花乱坠，但一落到现实里，十有八九是碰得头破血流，注定要栽。我说，哪怕日后我成了亿万富翁我也不会染指投资业务了，我情愿去做慈善事业。张毅很意外，因为在他看来我还不至于这么悲观。他说：其实男人应该做做生意。人一做生意，心就磨成茧了，日后还有什么可怕的呢？

我说，你的话不无道理，但我原本就不是个勇敢的男人，我的心智与胆魄都不够用，能从那块泥沼里爬出来已是侥幸了。

张毅就感叹了，说中国的市场经济都他妈是无序状态，游戏没有规则，难就难在这儿！

游戏没有规则的岂止是商界？

我记得那次他还问起了桑晓光，见我一笑置之，他就没有把这个话题打开。

晚饭后，张毅开车到了我的住地。和几年前相比，他似乎老了很多，但仍然一副豁达开朗的样子。他说你别住这儿了还是去我那里吧。我那里虽然没有中央空调但有个人自由。说完这话，他就对我诡秘地笑了起来。我说：你小子这是同情我呢还是挖苦我？嘻嘻哈哈地抽完一支烟，然后我们就去了他在市中心投资的一个酒吧。从酒店出来不多会车便驶上了钱塘江大桥，狭窄的桥面让我很不适应。我突然想起这里曾经诞生过一位烈士。他是为搬掉横在铁轨上的一根圆木而牺牲的，当时的宣传咬定是有阶级敌人破坏。这件事想起来我就有困惑，不明白在大桥两端都有岗哨的情况下，那根至少重达五十公斤的圆木是怎样弄上铁轨的。我没有任何亵渎英烈的意思，但我的判断是，那根木头应该是从一列运送木料的车皮上滚落下来的。我不知道为什么至今没有人出来纠正。是否减去“阶级斗争”的因素，英烈的事迹就变得不再动人了？我不这么看。

杭州的夜晚平淡而清冷。酒吧的生意倒不错。这个酒吧照样也搁着一架三脚钢琴，是黑色的。不过它不是摆设，我们到的时候，打工的钢琴师已经在演奏一首我所熟悉的旋律了。那是个留着长发的男人，穿着粗条绒的西装，戴着小圆墨镜，因此看上去像个盲人乐师。他闭着眼吗？他在想象着和哪个女人举行这“梦中的婚礼”？但是这个人弹奏得不错。

我们上了夹楼，在靠窗的一张台子落座。很快就有侍者端上了两杯扎啤和一个水果盘。一路上我已经把我的近况大致说了，我告诉他，我会在北京住上一个时期的，那儿的生活条件倒还可以。张毅说：男人老待在酒店可不行的。说完，他又笑了。我明白他的意思，就说：算了，不想再招惹什么事了。张毅说：这种事可不在于你招惹，真的来了，你肯躲吗？我谅你也不会。我说：真的，我这几年下来，没觉得有什么不适应。朋友说：那你可就闹毛病了。这可不像是你。

我心里像是被什么东西碰了一下。我这几年就是这么过来的。从离开蓟州那一天起，我的心思就完全用在了欠债还钱上。我纳闷的是，为什么我欠——就算是欠吧——别人的钱都得连本加利地偿还，而别人欠我的我却一分也要不回来？犁城一个小子至今还欠我十八万，我居然连他的影子也见不着。借我三千五千的就更多了。我根本没有勇气也没有本领去向这些人讨要，好像不好意思的倒是我了。我不是个多么宽厚的人，问题在于我的窝囊。

张毅递给我香烟，问道：和桑晓光还联系吗？

我说：很久没联系了。

我隐瞒了我们在海口重逢的事实。但我又想，我在海口拍《北纬20

度》时，桑晓光为了避开我是在杭州住过一阵的，那时她是否找过张毅谈起我们的再度重逢？

桑的形象在这一刹那竟是如此清晰地在我眼前浮现而出。她的背景是海，是白沙门的那片海，我甚至仿佛听见了那此起彼伏的涛声。但令我诧异的是，她身后的海已经不是蓝色而是红色。这种红和我行前在北京所经历的那个梦魇的颜色竟是惊人的一致！

怎么，我是不是说错什么话了？张毅这样问道。

没什么，随便聊吧。我喝了口酒。

海口还是个好地方，张毅说，什么时候我们约好再回去一趟？

我是不想再去了。那地方现在怎么看都是个码头，在我印象里，是个旧码头。

一生中能在码头上泡几年倒也蛮开心的，你说呢？我们也算是半个江湖中人吧？

我是打定主意退出江湖了。

其实你现在这个样子还是在江湖上。

我倒觉得更像是“在路上”。

在北京有女人吗？

没有。

是暂时没有吧？

但愿吧，谁能料到明天会出什么事呢？来来，咱们干一杯。

这才像你。

钢琴的旋律再次升起，是《梁祝》。这首本该由小提琴独奏的国产民曲改作钢琴来表现，平添了一份热情，记忆中的忧伤于欣赏者的陶醉中不经意地就被覆盖了。艾略特说，四月，是一个残忍的季节。今天是1999年3月的第一天，3月该是怎样的季节？

——1999年3月1日

所谓颁奖会其实不过是一次自作多情的拙劣表演。与会者只有两种人：领钱的和吃饭的。在这样的场合下，所谓的文学充其量是一个看起来还算体面的借口。写作原本是私人的事，如今却要拖上台面，搞得像过节一般热闹，怎么看都不失为滑稽。前来领奖的几个作家都不具备明星的脸盘，于是面对众多的摄影机和摄像机镜头出现几分狼狈便在所难免。依照组织者的安排，获奖者每人都得说几句话。作家们自然首先要致谢，还要有所荣誉感，倒是其中有位来自东北的作家说了一句大实话，他说：我觉得这种活动最好少一些。下面便有了一片嘘声。轮到他说了，他便附和道：如果这份奖不是由我的几位朋友操办的，我肯定是不来了。

这时，一个女记者站起来说：我想知道这是为什么，是文人的清高还是故作姿态？或者就是奖金的数额太小了。请原谅我的直率。

他抬头一看，说话的竟是昨天在飞机上看他书的那个女人。这种戏剧性的场面从前出现在他的小说里，被批评家们认为是幼稚得可笑，如今发生在他的日常生活中，在他看来便是幼稚得可爱了。他微笑着，认真地看着她说：不为什么，我讨厌坐飞机。再说颁不颁奖我都是要写作的。都说文人清高，这是个陈见——我还从来没见到过清高的文人。

会场上顿时就爆发出一阵哄笑，接着响起了热烈的掌声。

接下来就是在《花好月圆》的乐曲中进行了颁奖。给他颁奖的是一位铝厂的老板，这次活动的赞助商。这个穿格子西装的年轻人对他说：你讲得很好笑。他说：好笑吗？要是这样，我真该多讲几句。正聊着，刚才即席提问的那个女记者含笑向他走来了，说：我想单独和您谈谈，可以吗？

这正是他所希望的。于是他们就走到了外面的这块空地上。开始转绿的草坪让他很高兴。他们坐到一把长椅上，记者递给他一张名片，她叫肖航，是电视台的主持人。

他问：是真名吗？

她说：以前是杭州的“杭”，上大学后改了。

他又问：为什么要改呢？因为这个“航”表示志向远大？

她说：不，是这地方叫“杭”的人太多了。

他说：可我更愿意叫你杭州的“杭”。

她说：别，我既然改了，自然有改的道理。咱们不谈这个吧。

这个肖航是开朗的，但他似乎又从女人的眉宇之间觉察出了一丝阴郁。这个瞬间，他感到自己身边的这个有着时髦身材的女人在气质上，和十多天前在北京见到的那个王珏很相似。肖航的这件暗红色的风衣让他想到王珏的红色汽车。她们都属于那种闯世界的女人，充分的自信导致的自命不凡毫不掩饰。但王珏的表情中是没有阴郁的。真奇怪，怎么这几天老想到王珏？

正式的交谈开始了。自然还是从昨天飞机上见到的那本书谈起。她说你也喜欢这种书吗？那口气是他不该喜欢似的。于是他就把这本书的来历对女人说了。他说：某种意义上我就是冲着这件事来的，我很想找到那位寄书人，你能帮我这个忙吗？

肖航说你这可就难为我了，杭州这么大，怎么找呢？肖航接着说：问题还不是这。既然那个人——我觉得是个女人，连地址都不留，你就是到处打广告，她也是不会出来的。如果我是她，我就会这么做。

可她为什么这么做呢？男人说，她连我的生辰八字都搞清楚了，为什么就不肯出面呢？

肖航说：也许她早就出面了，只是你不知道而已。怎么说你都是在明处。其实昨天在天上我就认出你了，你这个时期照片漫天飞。

女人的口气似乎有点不屑，令他难为情。媒体就是个可怕的东西，凡事经它一闹便不得安生。其实他这几年就是多写了几篇东西罢了。这个肖航看来是个有心人，对这回来领奖的几个作家事先都做了摸底，所以谈起他的近况如数家珍。她感兴趣的话题是：你怎么又回到文学上来了？

他说：那是你们觉得而已。我从来就没认为我离开了文学。这倒不是因为文学有多么的神圣，它只是我日常生活的一个部分。

肖航问：你真这么认为？

他笑道：你别以为我这么说很矫情。写作不过是门手艺，写他十几年是因为喜欢，这是唯一站得住脚的理由。一个男人很不容易持久地喜欢一样东西的。

肖航问：那么你当初怎么毅然决然地去海口做生意呢？而且现在你又在北京搞电视剧了。

他说：我得挣钱。你不觉得挣钱是男人更重要的责任吗？我和别人不同，我历来是把写作与挣钱分得很开的。所以严格地说，我是一个写作的爱好者。你说我不图喜欢又图什么？

肖航说：我有点相信你的话了。

他站起来活动了一下身体，接着说：我就是这么想的，当然我作这样选择最初也是出于无奈和被迫。

被迫？

对，被迫。

你能具体谈谈吗？

今天不谈了。以后我们会有时间谈这个话题的。

那边在喊吃饭了。饭前还要合影，他们向酒店的大门走去。这一路上，他们轻松地谈论着关于天气的话题。肖航说，下午的安排是游西湖，但是看不见荷花了。他说：西湖的美应该是一种人间的凄美，没有荷花倒更能接近这个境界。不过，他又说，这么多人去意思并不大，像赶集似的。

这句话说出后他就有些后悔。他觉得这太像勾引了。他很不情愿肖航悟出这一点，就及时换了个话题，他说：你这件红风衣很漂亮。

合影的时候，他们自然地站在了一起。

西湖的惆怅与生俱来。从这个意义上把西湖作为现代旅游景点是一件不可思议的事。西湖的价值不在乎为政府多赚几个钱，它理应成为寄托离愁别恨相思之苦的场所。你见过花钱买眼泪的事吗？淡妆也好，浓抹也罢，无论三潭印月还是断桥残雪，西湖的美本质上就是凄美。这似乎是命定的。你甚至都不妨把它看做一切悲剧的起源。

为什么是三个潭？我这样问自己。

历史上这座桥从未断裂过，真的是一种奇异的光照效果才留此美名吗？我还是在自问。

不知是我的一句带有勾引意味的暗示，还是命中注定的阴差阳错，当会议的计划由游西湖改为打保龄球后，我接到了肖航的电话。她说她在西湖边上等我。她没说等我们。我想这个肖航一定是事先就知道了计划的改变，就是说，她愿意接着单独与我谈。这样的话便能使我兴奋了。我这种心情还不能看做是对一次普通艳遇的期待，倒很像一次缺乏足够心理准备的恋爱开端。我爱上她了？一见钟情？我并不想急于承认这点。我需要的是这个事实。

今天是个多云的天气。我到的时候，肖航已经在那儿了，站在一个报刊亭边上看一份时尚杂志。她还是昨天的打扮，只是把散披的头发扎成了一条独辫。在她边上还靠着一把红伞。出租车在她对面停下，我匆匆跑过马路，我说：你等久了吧？没想到杭州居然有这么大。

她说：你在北京待久了，上哪儿都觉小。说完，她就买下了那份刊物。等我们走进西湖的大门，她又把刚买的这份刊物送给了收门票的姑娘。我就问：你不是才买的吗？

她说：我已经把它看完了。不买觉得不好。

我说：你是个仔细的人。

这时她问了我：你喜欢杭州这个城市吗？

我说：我喜欢西湖。

你还能住上几天？

这倒没什么约束。会议完了，如果我还想住，就住到朋友那里。是男朋友。

她就笑了。她说：你也是个仔细的人。

我倒有些尴尬了。我说：确实是我的一个非常好的朋友，他开了个不错的酒吧，叫金萨克。

我常去金萨克的。

要不，晚上我们就去那儿？

这才上午，你把晚上就安排了？

气氛是轻松而愉快的。我们这个上午就这么随意交谈着，说到哪算哪，不像昨天那么公事公办一本正经了。和一个漂亮的女人这样进行明朗的谈话，对我已是久违。这种感觉很好，好就好在你没有任何心理负担。这种交谈的意义不在于沟通，而在于欣赏。我想这就够了。你不妨把它看做某次的列车旅行，至少是消除了寂寞。可是，我来的时候并不是这么想的。我是来赴一次约会的，是进一步的接触。这样一想，我便生出了一点感伤了。我不知道肖航的心思，或许她本来就把这个举动看得很平常，就像宴席上对客人敬一杯酒，只是一种礼仪的需要。这种感觉与我的年纪不很相称。我都四十出头了，却还一如既往地幻想着花前月下。

这片微缩塔林还在。每次逛西湖，我都对这片人造景观引起关注。这倒不是因为它造得怎么好，而是这里有水市的那座振风塔的模型，它让我记起一个叫韦青的女人。今天是 1999 年的 3 月 2 日，但我对 1982 年 12 月 20 日的那一天记得很清楚。那也是个阳光失踪的日子，我们去登振风塔。几天后，我们在一起过了圣诞节。那个忧伤而寒冷的夜晚多少年来是我记忆中的一块石头。韦青也该有四十了，我无法想出四十岁的韦青的形象来，我只祈祷她过得好。时间如同流水，不经意就过去了十六年。那个时候我们多么年轻。现在我和这个叫肖航的女人一起游西湖，就像戴着手套与人握手，总有种隔膜的感觉。这么一想，我对西湖的印象即刻就淡了，还是找个什么地方去喝茶的好。

后来我们就去了西湖边上的一家茶楼。芳香的乌龙茶很对我的口味，但对那种繁琐的炮制过程感到厌倦。我告诉服务小姐，我这儿没事，她可以去照应别的台子。然后我对肖航说，我要是住在杭州，一定会常到这样的茶楼上来坐坐的。

肖航说：所有的人都会这么说。但是真住下了，就很少光顾了。你决定了吗？

决定？

决定什么时候走呀。

走很简单。

还是回北京吗?

不，回犁城。从杭州到犁城有直达的火车。

你不是刚从家里出来吗?

反正目前在北京也还是闲着。

那就在杭州多住几天吧。你不是说想去绍兴看看鲁迅的故居吗？我陪你去。

方便吗？

人是我自己的，有什么不方便？我本来就和电视台是临时签约关系。

我想我真是老了，话说得这么蠢。但那一刻我内心真是很高兴，我觉得自己至少没有让这位年轻貌美的女人厌倦，这在1999年，便是对我很大的赏赐了。我们兴致勃勃地喝着茶，谈论的话题也变得宽泛起来。我们谈到了去年奥斯卡获奖影片《美丽人生》和时下的巴尔干战局。我说 Life is beautiful 译成“美丽人生”不准确，准确的译法应该叫“生命美丽”。人生与生命不是一个意思，我这样说道，人生过于抽象，而生命是具体的。至于科索沃，那不是我们能关心的事。他们要打就让他打吧。这个世界实际上从“二战”结束后就没有过一天的太平。这时，她的手机响了。我能听见对方是个男声，就借故去了洗手间。

但是，当我从洗手间出来时，我突然吓了一跳——

我看见了玻璃门上闪现出一个红色的身影。是那个我几乎忘记的北京姑娘王珏！

这是个幻觉，但又如此地清晰。我没有把它说给肖航了。

——1999年3月2日

杭州：1999年3月

雨大约是昨天后半夜开始落的。那个时分男人正在梦中跋涉。白天的那个幻觉使他诧异，但他无法弄清这个瞬间的白日梦含义何在。他的梦也被雨淋湿了，那块鲜艳的红色像西瓜的剖面，散发出诱人的气息，却又让你怀疑。

现在，他的窗外一片朦胧。雨下了整整一晚，城市完全笼罩在烟雨之中。从这个位置可以看见西湖的一角。会议散了，他住到了这套由张毅安排的房子。这是一套两室一厅的公寓，设施齐全。张毅给他新置了床上用品，张毅说安心住几天吧，等天晴了我开车送你们去绍兴。张毅又说，我只负责把你们送到目的地。这一说，他倒不好意思了，他说：还是一块玩吧。张毅说，你怎么现在变得虚伪了？你真希望我夹在你们之间吗？

什么你们你们的？他说，我和那个主持人不过才认识几十个小时！

张毅说：几十个小时就够长的了。现在是什么年头什么节奏？难道还要先写几年的情书才能上床吗？

你别说得离谱了，他说，我确实没有什么别的意思。我想在你这儿玩几天，绍兴也不想去了，免得你这小子胡思乱想的。

张毅说：我倒觉得你来杭州干一阵子不错。我们真可以联手干点事。

他打断道：你别再和我谈生意好不好？

张毅说：那你就安心在杭州搞爱情吧。昨天那个肖航我看蛮好，比电视上还好看一些。我拴不住你，但那个女孩有办法。

他摇摇头：不行的，北京那边我已经跟人家做了合同。我至少要当给人家一年。再说，在杭州搞影视搞不出个名堂，稿费片酬谈不上去。

张毅说：赚钱的方式挺多嘛，何必要认定一棵树上吊？

正这么说着，门铃响了。自然是肖航到了，她带来了一包打印纸。昨夜在金萨克大家都认识了，因此也没有过多的客套。他及时用眼睛向张毅暗示：别再胡说八道了小子。张毅索性告辞，说：你们忙，有事打电话。

屋里少了一个人顿时就显得冷清。他给肖航倒了杯水，说：我们今天怎么安排？

肖航说：我听你的，你是客人。

客人？他想，我怎么到哪都是客人？但他还是很高兴，他在咀嚼“我听你的”。女人此时已移到了窗边，她放松的身姿被蓝色天鹅绒的窗帘所衬托，使她原本就白皙的肌肤更增添了一份光洁。她在看那西湖的一角，晶莹的目光中透着一丝茫然。不过这种形象很有些让他痴迷，他想如果这个女人是桑晓光的话，那么此刻他就会毫不迟疑地从后面抱住她，然后吻她，然后和她做爱。他发现有一个事实已经很明显，就是只要他从某个女人身上看见桑的痕迹，他便会想到肉体。但他不觉得这是个肮脏的念头。问题是，面前的这个肖航总让他想到那个来去匆匆的王珏。那完全是个未知的女人。他不明白自己怎么就无法摆脱她的影子。

我想，他走近肖航说，绍兴算了，下回再说吧。那些景色我在图片上也见得多了。实际上也就是去对先生的故里做一次凭吊而已。

你还是喜欢鲁迅的？

当然，我没有理由不喜欢他。

你是否感觉到鲁迅是压在你们这些人头上的一座山？

他是座山，可我没觉得是压在我头上。

我一直觉得，当代作家对鲁迅都怀有极大的恐惧感。

我们别就这个问题追下去好吗？我今天不想和你谈工作。

我的工作早完成了。你还想去哪儿玩？

雨这么大，就在这儿随便聊吧。

这也好。我们今天可以谈点私人的话题。你女儿多大了？

十三。个头比你低不了多少。如果不是来杭州，我就想回去了。

你这还是一种出差的感觉。不是出门。

你所说的出门是怎么个意思？

就是无家可归的意思。这才是名副其实的漂泊。你到外面其实是为了做事，譬如搞搞影视什么的。一旦事情做完，你就会立刻回家。我这么说你不介意吧？

不，你说得挺好，挺准确，我这几年就是如此。

你不会想到在某个地方相对安顿下来对吗?

暂时不会。除非我把女儿送到国外了,或者她上大学了,到那个时候我就会做出这种安排。

你设想过会在哪儿呢?犁城?北京?

也许我最终会选择一个靠海的城市吧,譬如大连、青岛。

你喜欢海?

对。我不喜欢长江,尤其不喜欢黄河。

那么西湖呢?

西湖边上的房子据说是全中国最高的价位,我怕是买不起了。算了,还是走一步看一步吧。

话说到此出现了停顿。似乎是有意做这样的设计,以便对话的双方都能有思考的余地或者换个话题。在他看来,对话极有可能向更私人的领域发展。但他不想去掌握对话的主动权,他觉得像这样一男一女的个别交谈,最好是由女人做主的好。这也非常符合作为客人的身份,他想,这时候我愿意把自己交出去。

女人抬起手去理滑落到额前的一缕头发。他第一次注意到女人的手很美丽。突然,他发现了这只手的腕部刻有一道疤痕,像一条细小的幼蚕乖巧地匍匐着。他立即把目光移开,头脑中像被发条紧了一把。割腕?她割过腕?

于是这个上午男人的思绪整个被这道疤痕所支配,以致后来他们出去吃饭他都觉得失去了胃口。

这个叫肖航的女人有着漂亮的仪表和优雅的气质以及一道精致的伤疤。我还无法来预测她将在我的生活中起到什么作用。那道疤痕挫伤了我对她可能的激情,却给我带来了不安的遐想。如果从一个作家的角度,我很愿意知道这道疤痕的来历。但是,从一个男人的角度我厌恶女人光洁的肌肤上这块污点。它比一位有过生育历史的妇人无法抹去的花肚皮更令我伤心。这不是一道普通的伤口,而是一次灾难的见证。那是怎样的一次灾难?肖航看起来是个有着成熟思想的女人,究竟是遭遇了怎样的不幸才决定如此轻生?

也许是我过于敏感了。面对那只手,我竟不知怎样来对待,是及时地握住它还是平静地放开，我始终没有作出决定。夜幕很早就拉开了，窗外的雨却未曾停歇。下午我哪儿也没去，肖航上单位了，说是要编一个带子。晚上的安排暂时还没有决定，她让我等她的电话。她说：如果五点钟我还没完，你就自己对付吧。我说我等你。说这句话时我能感觉到自己的目光含有特殊的意味。我肯定会等她的。我在这座城市逗留，就是因为面前的这个女人。这已是昭然若揭的事实。

别，肖航说，我的事没准的。

你总得吃饭吧。

有时候我晚上就不打算吃。

她又说：我晚上不觉得饿。

但我的感觉是她晚上另有安排。这个感觉不好但我能够理解。人与人之间有许多事是不需要解释的。我不由想起在北京的那个晚上，那位王珏小姐电话里说好了要与我共进晚餐，结果没有来。那个女人也不作解释。

那就再联系吧，我这样告诉肖航，晚上我不出去，在屋里敲敲电脑，把晚报约好的一篇随笔赶出来。我这又是在暗示，很愚蠢的暗示。

我会来电话的，她说。她对我笑了一下。

然后我送她上了出租车。我站在一个公共电话亭边，好像在让她从汽车的后视镜里看见，我在雨中目送了她很久。这又很愚蠢，而且拙劣，像是表演。我不能不为此沮丧。在我与女人交往的历史里，我似乎还没有过如此的拙劣。回想起我与肖航接触的这三天，整个过程都是那么不流畅，就像吃一顿夹生饭。而且反映在方方面面都显示出矛盾，莫名其妙的谨慎与同样莫名其妙的勾引搅拌到了一起。没有预想里的冲动，激情昙花一现，我们好似两根受潮的木柴，燃烧起来很困难。即使是烧着了，想必也会弄得烟雾缭绕。这是以往不曾有过的。可我弄不清是什么原因造成了这个局面。我发现我已经与从前的那个我判若两人了。从什么时候开始的，我变得这样的患得患失优柔寡断？

雨下得响了。我躺在床上。我的朋友张毅也没有再来过电话。此刻我就像一片叶子那样飘落在这西湖的边上。孤寂包围着我。单调的冷雨是我听到的这世界唯一的声响。我拨通了犁城的电话，但是没有人接。我不知道今天是星期几，李佳和女儿去了哪里。回家的欲望又一次强烈

地抓住了我，肖航说得不错，我不是一个出远门的男人……

电话铃声骤然响了。我没有及时地拿起话筒，我想这应该是肖航的。等铃声响过几下，我才拿起话筒：喂？

一个陌生的女声：是刘经理家吗？

你打错了。

错了。好像一切都搞错了。我原本是可以不来杭州领这份破奖的但我居然来了。原本是害怕坐飞机的竟也无奈地又坐了，并且还邂逅了一个女人。原本我应该在完事之后就回犁城的但因为这个女人我竟没有走。原本我应该适时地握住近在咫尺的那只手的结果却在一道陈旧的疤痕前出现了迟疑。我想我委实迟钝了。我记得去年的一个秋日，我从西单图书城出来，阳光把我的身影写在面前。那是个标准的中年男人的身影，缓慢而持重。我讨厌这具行尸走肉，现在我却深知，一个人企图背叛自己的影子事实上是一件不可能的事。这是存在自身的痛苦。那一刻，我才意识到，在我的生命里还是缺少了一项不可忽视的成分，这就是爱情，就是女人，就是性。我难以活在真空地带。对情爱的渴望在那个刚刚过去的冬季呈现出前所未有的贪婪。我不知道自己属于爱的奴隶还是性的乞丐。

那真是一个漫长的冬季。它的严寒至今未曾消失。在这个冷雨纷扬的三月，没有烟花，没有莺啼，有的仅是莫名的不寒而栗——我仿佛看见那道疤痕正在回归到初始的面目，它的位置已由女人的腕部转移到了腹部。那是一道刚切开的伤口，如同十分性感的女人嘴唇，被细黑的羊肠线所缝合，但还是渗出了一滴鲜血。

这时，电话铃又响了。

——1999 年 3 月 3 日

肖航的电话是在夜间十一点刚过才来的。那个时候男人正在洗澡，裹着浴巾慌乱地拿起话筒，听见女人的声音温柔地传过来，他的心情一下就得到了调整，他说：我以为你不会来电话了。

为什么这样想呢？女人说，我可不愿意你这么想。怎么了？

我突然感到很想你。但我不希望你听了觉得突然。

应该是意料之中对吗？

对。我留下了就已经说明了一切。你别认为我很冒昧。

可我还是觉得有些突然。怎么说呢，我真不知道怎么对你说才好。

你过来说吧。

现在？

对，我等你。

我都睡下了。

要不我打车去接你如何？你告诉我具体地址。

女人沉默了一会，他们应该互相都能感受到对方陡然加重的呼吸。最后，女人同意了，女人说出了详细的住址，其实他们相距并不算远。这就是杭州，远没有北京那样的大而不当。男人匆忙穿好衣服，还对着镜子梳理了一下头发，他不喜欢镜子里的那个男人，所以他把头发使劲地揩干，用手指随便理了理，想恢复到洗澡前的那种比较自然的样子。然后，他就出门了。外面的雨差不多已经停歇，但寒气逼人，远处的几块霓虹灯显得异常地憔悴。男人很快就拦住了一辆出租车，司机掉过头，从一条小巷穿过，就上了西湖边的道路。男人看见西湖的上空有一团厚重的乌云正在随风化开，很像电脑处理的一种特技效果。他想明天会是一个不错的天气，看来绍兴还是要去的。男人好像已经看见了明天的景象，那是一个男人和一个女人，并肩闲散地走在水乡的桥头。他们的倒影落在清碧的河流上。从男人的神情步履中丝毫看不出他是来凭吊鲁迅的，倒极像是对陆放翁的一次公开效仿。

很快就到了。女人站在一只广告灯箱的边上，远远看上去像一幅冷色调的油画。女人实际上已走出来了一些路，后来她也始终没有对男人说明自己住宅的位置。她显然是不想男人知道，也不想引起周围人的注意。车在她身边停下，女人和男人都坐在后面。这样一上车，男人就握住了女人的手。这只手上没有任何的疤痕。

男人的手指从女人指间穿过再握住它。两只手越握越紧。一路上他们没有再说一句话。掠过的灯光使女人脸上忽明忽暗，这种神秘感对男人具有非凡的吸引力。男人的心绪在这一段时间里变得纷乱，他觉得自己突兀地揭开了这个序幕，但对故事的发展还是有些不知所措。他为赢得这个晚上这个开端而激动，却又显得信心不足。最要命的，是男人意识到正在发生的事实含有几分庸俗，这种心理说白了和在路上捡到一只钱包大同小异，原本不属于自己但确实又得到了。

一切随着惯性发展，等回到屋里，他们就拥抱在了一起。

要是我今晚不跟你过来，你会怎么想？女人说，会明天就走吗？

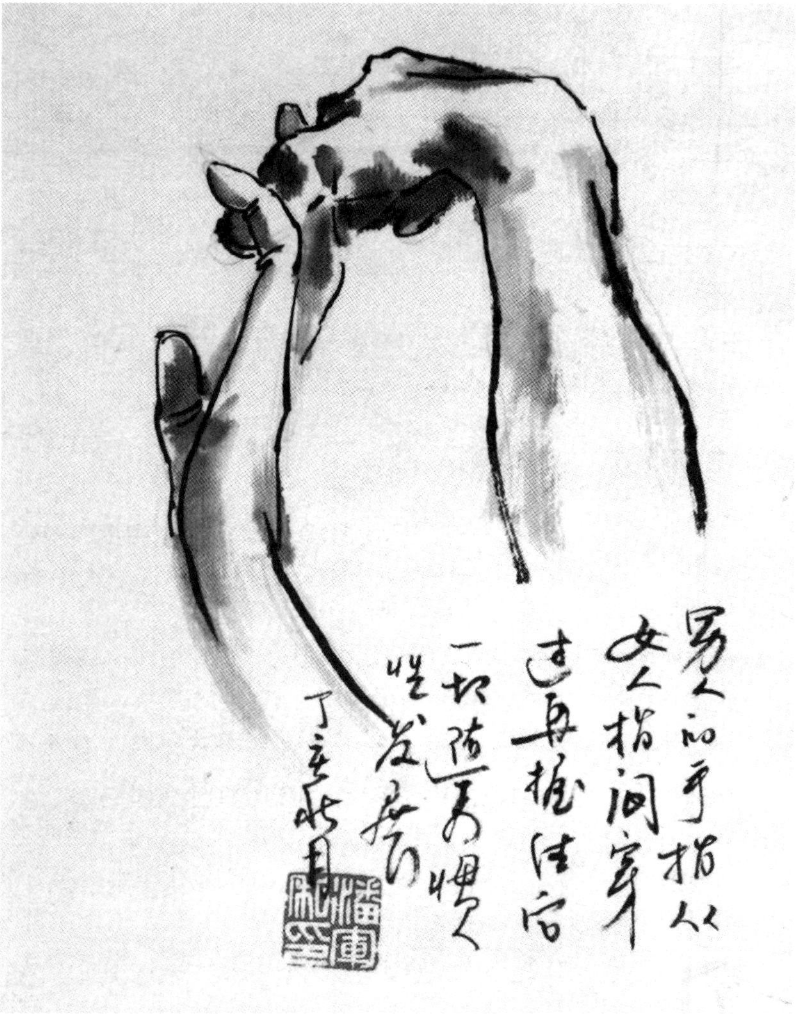

我想会的。我留下来就是想见证一下我们的缘分。

你认为我们有缘?

是的。你看世界这么大，我们竟在一架飞机上相遇……

我不这么看，女人说，爱一个人很困难，也很辛苦。

那你怎么看待我们现在?

我不想回答这个问题。我们或许能在一起开心地过几天，然后剩下的就是记忆了。

就这么简单?

我不想把事情弄复杂，这很愚蠢。

这时，他们才坐到沙发上。客厅里只开着一盏落地台灯，光线很柔和，有点像伦勃朗绘画的调子。女人有些懒散地靠在男人身上，玩着男人的手指。女人说：你的手很性感。有人这么说过吗？

有。男人说，我在海口时，一个女人这么说过。

真的？

对，连措词都一样。

我和她长得像吗？

皮肤很像，都是鱼的皮肤。

鱼的皮肤？

我是说光润、细腻和我的手感。

她很漂亮？

我认识的女人都很漂亮。

你这前半生和几个女孩子好过？

别问我这个好吗？

我想知道我是老几。老七还是老八？

这个晚上实际是从这个时候开始的。女人又说起了那本神秘的书。女人说：看来天蝎座只能和射手座在一起了，但是不会永远在一起的。男人说：为什么不呢？男人紧紧地抱住了女人。这一瞬间变得特别安静。他凝视着女人的眼睛，他数出女人一只眼的睫毛有五十六根，睫毛投下的一圈浅黛色的阴影让他心醉。然后，他横抱起女人走进了卧室。女人半闭着眼睛，身体有效地配合着男人脱去衣服。男人打开了床头灯，女人的胴体没有脱离男人的想象，是那样的白皙与光润，散发着清淡的香水味。这是一床很宽大的丝绵被，遮住两个身体还有不少富余。在足够的亲吻与爱抚之后，女人就骑到男人身上，女人说：我想好好看看你。于是女人从他的颈项开始，一寸一寸地吻下来，男人感到那种久违的美妙体验也正在一寸一寸地生长。他欠起身，想看清女人在自己身体上认真的耕作，一种异常强烈的满足感渗透在他的血液之中。

女人说：你皮肤很苦。

一夜风流。翌日我醒来的时候肖航已经离去了。她给我留下了一句话，是用眉笔写的：

我出差去外地，不要再等我。

我不能不感到失落。我没有料到事情这么快就走向了结束。昨夜的经历就像一场春梦似的过去了，却给了我漫长的遐想。我立刻拨打肖航的手机，但是她关机了。显然她是故意这么做的。我甚至怀疑所谓的出差也不过是托词，她其实早就安排好了。她一定还在杭州，但是决意不再见我了。

我想，这座城市已和我没有关系了。我就站在这个窗口，天放晴了，可是窗户的玻璃上还留有昨夜的雨迹，似乎是凝固着，感觉不到会很快风干。它们在疲惫的阳光下呈现出橘色，成为我对昨夜记忆的一种提示。但那个时候我没觉得在下雨，我觉得雨已经住了。我和一条暖血的鱼在一起度过了生命中又一次刻骨铭心的时刻。做爱之后，我们仍没有睡意，我在考虑我们的下一步。我对她说，要是北京那边的事一拖再拖，我就中止合作，转到杭州来发展怎么样？她立即制止道：别，这不现实。

怎么不现实？我是自由的。

可我不自由。她侧过身，面对着墙说：我的情况你还不知道。我是结过婚的，我那位三年前去了西雅图。

我这才知道她属于那种留守女士。我心里有了一点忧伤，但并没有感到怎么意外。我想象她这样的女人在我出现之前身边是不应该缺乏男人的。

我说：你很快会走？

一直这么想的，不会拖得很迟。她说，可我不知道真的过去了会怎么样。

这不是随便可以预测的。

我去那边能干什么呢？我外语又不行，也不想再读书，做家庭主妇又显得过早。

我没有再接话。这个问题不是今晚能谈清楚的。我就搂住她，但她说：睡吧，明天我还得上班。

灯灭了。对面街上的霓虹灯透过窗帘使室内散发出极浅的红色光晕。雨是何时又下了又于何时停歇，我都不知道。

这一觉我睡得太沉了。

现在，我沿着西湖边上的这条道缓缓走动着，我的身边是刚吐出新绿的柳芽。这春天的消息却没有让我振奋，我仿佛还滞留在那个刚刚逝去的冬季里。我想我也到了该走的时候了。于是在一个公共电话摊上，我给张毅挂了电话。结果是他的三处电话都没有人接。我又改拨他的手机，很快通了，但出现的声音却很陌生，那是个男人，喑哑的江浙口音令我极不舒服。他问：你是谁？我说我找张毅。他又问你是谁。我有些生气了，我就说：你告诉我这是不是张毅的手机。那人说是，但又说张毅现在不在。

真是活见鬼。张毅怎么会也不在呢？撂下电话，我打车去了火车站。那时候的杭州有这样一个丢人现眼的火车站是杭州的耻辱。而几小时后我还得从这耻辱的火车站里通过，去一个同样丢人现眼的地方犁城。在火车站，我又拨打了肖航的手机，得到的回答仍然是没有开机。我的心情在这个时候已经很是恶劣了，我为自己有这副心情感到惊讶。为什么这些年来，一遇上稍微的不顺利我就会朝一些不好的地方想呢？以至我女儿每天放学晚了点回家，我都出现莫名其妙的紧张。难道这就是所谓的世纪末情绪，充满着焦虑与恐惧？

开往犁城的火车是下午五点一刻出发。我收拾好就去了张毅的金萨克。酒吧还没有到营业时间，我就把公寓的钥匙交给了值班经理。我问他们老板去哪儿了，经理说不知道。经理还说他已有两天没见到他的老板了。我心里不由得颤了一下，总觉得张毅会遇上什么麻烦，可是一想到他那副豁达开朗的样子，我又觉得我的担心显得多余。但我还是这样向那位经理交代了，如果见到他的老板，让他转告我的出发时间。

然而，直到开车的前一刻，我也没有发现张毅的身影。

——1999 年 3 月 4 日

犁城：1999年3月

怎么又回来了？李佳见面就这么问道，北京的事情黄了？

拖着呢，他说，这个月底才动作，我去了一趟杭州。

正好，我过几天要出差。李佳说完就准备上班，出门时又说：今天你接手做饭吧，我不回来吃。

他点点头，说：今天我请你吧，我在杭州领了一份奖金。

李佳头也不回地说：你还是把钱攒起来重新讨个老婆吧。

女人的背影好轻松。可以想象出这些日子她的心情一直很好。他想女人或许又有了新的着落，否则脸色是不会这么鲜亮的。李佳真正想说的是希望他也有个安排，这样他们彼此就不会再有牵挂，人生的第二步才算正式开始。他觉得这很奇怪也很有意思，好像总有某种默契存在于两人之间。

这个早上男人的情绪忽然有了些好转。杭州的疑虑与烦恼经过一夜的火车颠簸似乎消失殆尽。只是在洗澡时，他才意识到自己这具略显臃肿的身体四十个小时前是被一个女人亲近过的，他因此有些心乱，继之又产生了恍然若梦之感。他沮丧地想，日子真是越来越乏味了，看来就是肉体也证明不了什么。

洗完澡，他着手检查近期的信件。那都是一些寄赠的期刊杂志和读者来信。还有几笔汇款。他简单地算了一下，这几笔钱加上刚从杭州领到的这份奖金，正好可以给女儿买一台配置时髦的电脑。女儿现在很迷这东西。她总是拿两张学习软件作幌子，其实是专心致志地玩游戏。但不管是学习还是游戏，给她买台电脑都是必要的。她正处于学习的阶段，也是玩的年龄。还有一层意思，也许是最重要的，就是他不愿意女儿把对他的依赖置换成对他的这台电脑的依赖。上一次出门时女儿曾对他说：爸，你要是出差能把笔记本电脑留给我，我也许就不想你了。

这句玩笑话使他难受了好一会儿，尽管他觉得女儿能这样的大大咧咧是值得欣慰的。女儿大了，她总得独立出去，总得去闯，那个时候做父亲的他就是想再帮女儿一把也插不上手了。人就是这么一步步过来的。但是这一天逼过来太快了。他的手机在这时候响了，来电显示的是一个陌生的号码，但听到的是熟悉的声音：我是肖航，你好吗？

你在哪儿？

在宁波。我确实是出差了。

那你干吗把手机关掉？

我怕听见你的声音会改变计划。

你担心我会追到宁波，当着你同事的面吻你？

别这么说，我是想……

你想得太多了。

我不能不想。我们的情况不一样。

可你现在又把电话打过来了。

现在我觉得你该到家了。

我刚到家没一会。

我说过，你是个好父亲。见到你女儿，就说杭州有个肖阿姨问她好。

电池报警，他提醒肖航：你改拨我家的电话吧，手机的电池快没了。

肖航说：先说到这吧，祝你一切顺利。

他说：别经常关机，让我好找到你。

肖航说：你多保重。到了北京和我说一声。

他说：我会的。我很想念你。

肖航说：我也是，昨天离开你那里，我心里到现在还重着，可我不能再伤心了。

电池完了。肖航再也没拨过来。他给她的手机拨过去，对方已经关机了。男人沮丧地坐到沙发上，他想，如此匆忙地离开杭州或许是个错误，可是继续留下又能怎么样呢？春宵一夜或者两夜？那个肖航显然是不想把事情复杂化，她心里最想的还是尽早飞往西雅图和自己法定的男人团聚。这是个既传统又现代的女人。不，这个说法还不准确，谈不上什么心理矛盾，实际上这件事还是一次普通的艳遇。这种事在今天就像一滴水那么自然。

这个上午男人把他在杭州的经历简单地梳理了一遍，心情很不自在。他和那个叫肖航的女人本以为是遭遇了爱情，但更多的却是被即将诞生的爱情吓跑了。肖航说：我不能再伤心了。这说明她的心是被爱情伤过多次，几乎已到了承受的极限，所以守住法定的先生是最为明智的选择。男人自己何尝不也是如此？然而眼下这个男人还不想对婚姻有所渴望，他从来就认为婚姻这种形式没有什么道理。

最后，男人又想到了女人手腕上的那块疤痕。

你怎么这么快就回来了？女儿放学回家见面也这样问，和她妈一样。不过女儿还是很喜悦，鞋一换就去玩我的电脑了。

我系着围裙在忙着做饭。李佳中午不回来，她可能晚上回来拿自己的东西。这么快地走了又回，在我七年的自我放逐生涯中还是第一次，因此在感觉上我还认为自己并没有离开这个家。上一次，是在春节前，我也是从北京回来，然后匆匆赶往石镇去陪三位老人过年。他们的年龄分别是六十多、七十多、八十多。女儿没有随我回来，说假期要上钢琴课。女儿已有三年的春节没有回石镇了。今年的春节过得异常地清冷，比平时的一顿饭还简单。到了正月初三，水市的朋友来车接我，这样我就去水市住了几天。那几天除了喝酒打麻将就是聊天，毕竟大家也是分别了多年。我给小丹去了电话，但没有人接，大概去外地她丈夫家过年了。一天晚上，我独自去了江边，想去看看当初韦青住过的那个屋子，意外的是，那儿已变成了一道新防洪墙。我于是有了一种凭吊的感觉。那个遥远的冬夜又一次从我记忆的深处泛起，仔细算起来，韦青已离开我十六年了。自我去南方以后，我就没有再收到过韦青的圣诞卡，她是否还在洛杉矶我没有把握。如果在，我会让二妹去看望她的。除夕之夜，二妹照例要挂来电话，和以往不同的是，这次她提出要我每天抽一个小时来学习英语。她说：你就一个女儿，最后还是到这边来养老吧。这句话说得我心里一沉，我觉得在二妹的眼中，我离“老”实际上已经只有一步之遥了。难道我真的很快就要老去？

此刻，我的女儿正在书房里专心致志地玩着电脑游戏。她给我的背影是热情洋溢里透着沉着，我似乎这才意识到，她的要离开不是一句戏言。现在她喜欢的是歌星李玟，她说有许多同学都说她长得很像这个李玟。我喜欢李玟的歌，她说，但我更喜欢她的路。经她的介绍，我才知道这个李玟曾经在美国学医，是拿过硕士学位的。这孩子的独立性从小就反映出来，我为拥有这样一个女儿骄傲。但她从不以有一个作家父亲为骄傲，甚至还经常挖苦我几句。有一回她说：爸，我不崇拜你你是不是很失望呀？我说不。我说：感到骄傲理应是上辈对下辈的心理，反过来就是可悲了。这是前年的事了，那时我的《北纬20度》正走红，其他的书也接连不断地在出，报纸上电视上搞得沸沸扬扬，我被记者们包围，而十一岁的女儿却无动于衷，这很好，真的很好，这孩子将来一定比她父亲出息。

吃饭的时候我问女儿，将来想干什么？

她说她暂时不想这个问题，但出国是必需的。

那么，我问道，你打算什么时候走呢？

我希望初中毕业就走，但妈妈认为至少要念完高中。你认为呢？

你得在国内读完本科。

那不行，那样我就太老了。

你走了之后，我和你妈妈每年都会去看你的。

我想将来把你们都搞过去算了。

你还是先把你妈搞过去吧。

那你怎么办？

我一个人就好对付了。

那不行。你病了怎么办？

去医院呗。

医院不是什么都能办好的。

这句话着实让我心动了。我注视着孩子，突然对她产生了歉意，要是我和李佳不走到这一步，这孩子就不会有这样的精神负担。

后来我们又谈到了她的发展方向，女儿一口气说了很多，海阔天空。譬如说她们几个要好的同学若干年后要办一家收视率最高的电视台，推出一流的歌手。我听得津津有味。我插言道：你无论干什么我都不反对，唯一我不主张你干的是文学。

为什么？你不是搞文学的吗？妈妈也爱好文学呀？

可文学把我们都害了。

严格地讲起来，我和李佳的媒人是陀思妥耶夫斯基，而最后离间我们的是我的作品。我不止一次地想过，倘若当初我安心走一条官道，过着机关——家庭两点一线的日子，或许我们也会像这“红门”里的人一样地养尊处优了。可是这确实是一个幻想。差不多是李佳抛弃陀思妥耶夫斯基的时候，这个亡灵加倍地缠上了我，于是我的移情别恋便在所难免了。昨晚在火车上我还是像以前一样失眠，我在车厢的连接处不断地抽烟，眼前出现的 1979 年 8 月的那幅画面一点也没有发黄。我甚至还能记起当年李佳头上发卡的样式和颜色。那个时刻，杭州的一夜春宵业已抛掷脑后。我想，我也许是在衰老了。一个人的衰老首先是从记忆的变形开始的。具体地说，他对刚刚发生过的事记忆总是呈现出模糊状态甚至是遗忘，而对一些年代久远的事又越发地记得清楚。这就是衰老的最初信号。望着窗外快速掠过的夜色，我的心在慢慢地下沉。一个男人平生爱一样东西并不容易，我鬼使神差地走上了这条路，掉头是不可能的。几年前在海口，一位记者曾向我提问：如果再让你做一次选择，你还搞文学吗？我说：还搞。要是现在有人再提此类问题的话，我想我会加上一句：我不会再娶一个爱好文学的老婆了。

——1999 年 3 月 6 日

和全中国一样，犁城这一年的兴奋点是忙着庆祝国庆五十周年。政府在市政建设上花钱像流水，总以为一夜间会改变城市的形象。在东面的一块百亩空地上，两年前就在动工兴建一个广场，投资上亿。那一片是工厂区，报纸上说当初拍板这一计划，主要是为了工人阶级的休闲。这当然是很好的，但是这个城市的企业每况愈下，形势越来越令人担忧，下岗的工人每日俱增，据说他们每月只有一百二十八元的生活费，还据说其中一部分人的生活费难以兑现。让他们饿着肚子休闲就有些勉强了。今天的报纸上还在说这件事，说广场正在加班加点地施工，确保十月一日之前对外开放。在第一版上，还配有市长视察工地的大幅彩照，那个气色很不错的男人头戴安全帽正在施工人员中看图纸，右手指向前方。但是这幅照片有一个问题，就是市长手指的方向不对，因为从方位上看，他所指的前方应该属于一条污水河，倒像是治污的意思。如果真是这个意思，那无疑是积了大德。

很巧，男人在菜市买菜时，碰见了拍摄这张照片的摄影师，于是就谈到了这张照片。男人随口把自己的想法说了：我总觉得市长的位置站得不对。

摄影师说：他一定要以广场为背景，可要是拍他的侧面又不合适，就挪了一下。

原来是新闻秀。就是说这是一张摆拍的新闻照。就是说市长在昨天友情客串地当了一回演员。他本来就是市长，何必还要演呢？男人困惑的是这个。

从菜市买菜回来，刚回到“红门”里，他遇见了文联的一位负责人，他们曾经在机关是同事，刚提拔到文联任职不久。那人把他叫到一旁，对他说：你还是回来吧。

他感到很突兀，便想知道为什么叫他回来。

负责人说：我前些天翻档案，才晓得当初你的挂职停薪手续并没有办，工资也一直还在表上。

他说：我是接到单位的证明的。

负责人说：那大概是临时开的，没有报经人事局和财政厅批准。现在上面已不许再搞了。

他说：就是说这是个骗局？

负责人笑道：你别这么想，回来就是了，反正你是专业作家，也不存在坐班的。从下个月起来单位领工资就是。

他说：下个月？我从1992年起就没领过文联的一分钱，这七年的钱怎么说？

负责人说：这是前任手里的事，我不过是先同你通个气。

他感到很气愤。他绝对没有料到自己的单位会给他出示一纸伪证并且存档。这是明目张胆地吃空额。要是他突然死了呢？难道这笔每月由财政拨款的薪金一直领下去？那是谁指使领的？这笔钱累计起来不过五万吧，不是什么大事，问题是做法太恶劣！

当天下午，他去文联找到了当家的书记，开门见山地说：那件事总得有个说法吧？

书记说：既然当初手续没有办，就回来吧。

他说：就这么简单？

书记说：这是前任的事，就别追究了。你现在这么红火，还在乎这笔钱吗？

他说：我不在乎钱，但我在乎欺骗。你们利用我没关系，但是不能又利用又欺骗。

说完这话他就离开了。书记送他出来，还是希望他息事宁人，免得使事情复杂化。

他说：是你们把事情搞复杂了。

书记说：回来上班不就解决了嘛！

他说：我要是不想回来呢？

书记说：要是能办提前退休也行。

他说：我今年四十二，你觉得是退休的年龄吗？

书记解释说：我只是在想一个办法。

他说：办法很简单，就是你们到你们的上级组织去检讨，我把这笔钱捐给山里的孩子。

书记哈哈一笑，说：这是前任手上的事。

前任？前任是个什么角色？他对那个人已经毫无印象，仅记得那人拥有一副永远微笑的面孔。那个人大概就只会当面对人微笑。他是否也有背后哭泣的时候？也许没有，但总有一天他会在梦里抱头痛哭一场。

这是一个阳光极不明朗的日子。

从文联院子出来我就不舒服。我已经很久没有进这道门槛了。1990年我从机关下放时，当时的负责人一面对我深表同情一面把我牢牢悬挂着，两年没有任何安排，也没有一个部门愿意接受我。那时我已经出了六本书，却还不能成为专业作家，而这个人没有一部著作却能做文联首长。直到我只身去海口，没想到给我开出的还是张假证明。在那些人眼里，我只是一根自生自灭的野草。但即使是野草，也会一岁一枯荣的，所谓野火烧不尽，春风吹又生。而我的生，绝没有凭借任何的春风。这是我今生最大的光荣。可是谁能知道，这自我放逐的七年是恐惧的阴影紧追不舍的七年。除了无端的冷漠和压制，这七年我经历了三亚的车祸、羊城的遭窃、朋友的背信、情人的反目和家庭的瓦解。1993 年 9 月的一个夜间，我从上海飞海口，飞机在万米高空遇上了强气流而直落两百米，小桌板上的咖啡飞到了我脸上，氧气面罩在我眼前像秋千一样晃动。我经历了一场死亡的热身赛。我在极度的恐惧中度过了一百五十分钟。那也是我大脑出现的最长的空白时间。然而就是这样，我也还是无怨无悔。我在大学时代就幻想着有一天能走进这座不起眼但对我极具诱惑力的院

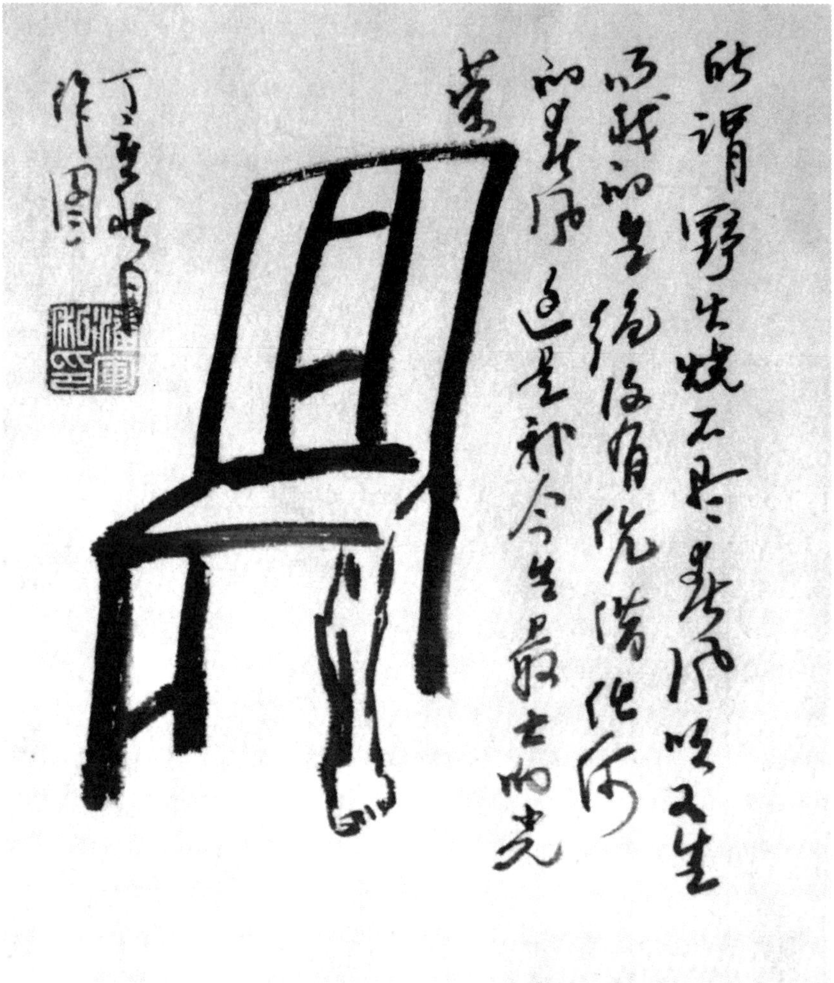

落。如今我却更愿意对它敬而远之。

我回来的消息不胫而走。今天上午我就接到了作协的通知，让我下午去参加主席团会议。我回答说：我已经辞去了一切职务，怎么会再去参加这个会呢？再说按章程这一届的作协早该换届了，还有什么会好开？对方就让主席来同我说话。我制止说：要是这样，我就挂电话了。说着，我放下了话筒。我厌倦作协这个组织，我更对那位主席反感。那个人原本和我不认识，人缘极差，但以前也因政治问题受到了一些排挤。这个人原本是做梦也当不了主席的，是我们这些年轻人为他鸣不平，才一致把选票投给了他，希望他上台后能为基层的会员做几件实事。但是这个人当选后唯一急于要做的，是一早起来重新印制了一张标有主席头衔的高级香水名片，然后就带着老婆不知去向，一走就是几个月，把作协工作撂到了一边。他的无能和无耻都超出了我的想象，再和这种人共事便是我的耻辱。我平生厌恶什么都想要的人，我也瞧不起名片上印上一大堆职务头衔的人。

那位书记的话虽然是脱口而出，但是在我的心里还是引起了波澜。他居然想到了让我退休。他本人为何不退呢？他至少比我大十五岁。我似乎明白了，他们是组织里的人，他们的进退升迁都由组织一手包办的。而他们又来充当我的组织领导，因此可以对我提出提前退休的建议。其实十年前我就成了他们的一件包袱，所以那位微笑的前任把我一挂就是两年也在情理之中。他们只需一张假证明就轻松地把我给打发了，对我唯一感兴趣的是我每月那几百元的工资，克扣下来多少有点作用。现在这笔钱垒得大了，他们便担心无法收场，万一东窗事发，摆上桌面怎么看也还是个事。我想这大概就是他们急于要我上班的动机了。

事情一点也不复杂。

我和北京通了电话，我告诉那家公司，事情怎么拖没关系，但必须先付我三分之一的订金，否则我就不会再去了。对方说这事得向老板汇报。到了晚上，老板的电话来了，他答应了我的要求，并强调说项目很快就启动。老板说这个月的十八号是冠华酒店正式开业的典礼，届时会有许多名流云集，希望我能赶回去参加。老板说：在你们文艺界，我是有很多的朋友的。

这话听起来一点也不使我亲切。我喜欢的是文艺，而不是文艺界。从来不是。

——1999 年 3 月 9 日

北京：1999年3月

在犁城的那几天里，除了每天给女儿做饭，男人余暇的时间就是看盗版的VCD光盘。犁城有几个音像市场，盗版的光盘比北京还要便宜。使他意外的是，在这里他居然找到了像伯格曼的《芬尼和亚历山大》，基耶斯洛夫斯基的《蓝》、《白》、《红》，波兰斯基的《钥匙孔里的爱》，贝托卢奇的《我独自跳舞》，安东尼奥尼的《云上的日子》这样的优秀经典作品。这是他心目中的电影。他们表现的是人类社会共同关心的问题，如处境、恐惧、爱和宗教感。这在中国的电影里是根本无法看见的。中国的一些大牌导演不是装腔作势就是迷恋那些小情绪，或许正是这个原因，他觉得自己应该来做导演。这种自信心在他与几位著名的电影人有过几次交往之后显得尤为强大，他似乎一眼就能看见那几个人水准的高低，而他事先预备的几分敬重顷刻消散。也正是这种理想的支配，他必须和一些影视投资人打交道，电影毕竟不是一个人能玩得起来的。这一点，远没有写小说舒服，如果你是个天才，就是坐在马桶上用香烟皮也照样能写出惊世之作。

那几天李佳不怎么回来。李佳现在担任了一点行政职务，外面的应酬自然就增多了。这当然是她的解释。在他看来，女人大约是在恋爱。有一天，他接到一个男人的电话，是找李佳的，对方问：请问李佳在吗？他说不在。对方又问：你是她……他说：我是她孩子的爹。对方说哦，谢谢。电话就此挂断。他不由得笑了，谢谢？谢谢我是孩子的爹吗？我是孩子的爹是天经地义的，不谢我也照样还是。他想电话的那一端应该是个温情而怯懦的男人，应该还有几分腼腆，这都是好的，都很对李佳的脾气。但是这种男人往往很虚伪，不知李佳可曾这么想过。女人不能和一个虚伪的男人搞到一起，他想，那可比被流氓强暴还倒霉的。这天晚上后来李佳回来了，说是参加一个什么开业典礼，得了几件礼品，其中有一只时下比较流行的西服提袋。李佳说：这东西送给你。你常年南来北往地跑，用得上的。说着李佳就把这提袋打开，拿件西服示范了。

他说：我知道怎么用了，谢谢。李佳说谢什么，你这回从杭州回来不是还给我带了化妆品吗？

他想李佳还是那个李佳，有时候直率得让人难受。为什么要把这两件事拴到一起呢？难道我们之间现在只剩下了最原始的易货贸易式的以礼还礼？女人心里或许就是这么想的，像这样的女人真不能和一个虚伪的男人一起生活。于是，他说起了白天的那个电话。他说：那个人我不认识，但我能感觉到他脾气很好。李佳对此显得毫无兴趣，不想就这个话题谈下去，而是和他郑重地谈起了女儿。这孩子最近的考试很不理想，李佳说，你知道吗？我对这个孩子的希望正在一点一滴地散失。你也不要以为你女儿天资过人，其实很一般，而且她还心比天高，总觉得自己了不起呢。其实她就是个普通的孩子，她的将来也必然很普通。他认真地听着，但他不同意李佳的看法，他说：我觉得孩子各方面都很正常，一次考试说明不了什么，更何况目下这种应试教育本身就是问题。李佳说你这是盲目乐观，其实是不敢负责。我要是有一天真把孩子交给你，你让我怎么放心？

那我就回来安心陪女儿，他沉着地说。

你带我也照样不放心。李佳说完，就收拾东西离开了。

他送李佳出门，李佳说：别送了，我让单位的车来接我。你什么时候去北京？

回头我和那边联系一下。他关上门，走到阳台上，看着李佳的背影消失在黑暗中。那个时刻，他有了一阵的心酸。他想李佳这些年走的路也委实不容易，某种意义上，她更是孤立无援。

几天后，北京的电话来了。他便预订了车票。本该是昨天晚上出发，但是昨天下午女儿的学校安排了家长会。李佳说：你最好能去开这个会。她的一个老师很喜欢你的小说，你最好送上几本书。他完全同意了，想李佳作为母亲也是用心良苦。家长会开得很愉快，女儿在校的情况并不像李佳说的那样糟糕，尽管这次考试的名次有所下降，但那是因为政治课分数影响的缘故。会后，他与几位老师交换了意见，送上书，没完没了地致谢，好像是他欠了他们许多似的。

今天临出发前他和女儿去了肯德基。他坐着台子，女儿负责张罗，每人要了一份套餐。他告诉女儿，购置电脑的钱他已经交给了她妈妈，可以任意配置。女儿说：我们上网吧，再各自设一个 E－mail 怎么样？他说：等我忙完了这阵子。女儿说：你哪有那么多忙的？我们没事在网上聊聊天多好？他说：你先跟网友聊吧，但别耽误了学习。

天不久便黑了，父女俩打上出租，女儿一路上都在唱一首酒井法子的日语歌。他先把女儿送进“红门”，再直奔火车站。

他对女儿说：妈妈要是不高兴的时候你就得乖点。

女儿说：我一直是很乖的呀！

他说：要是她生病了，你就及时给我打电话。

女儿说：这话你应该亲自对她说才对。

冠华酒店的开业典礼十分隆重。

正如老板所言，他的朋友确实很多，除了文艺界，别的什么界一些有名头的人物也不少。在这个仪式上，有时下当红的歌星、影星，有京城活跃的记者，有前乒乓球世界冠军，还有不少的司局长和某某人的亲戚。但这个刚下火车的男人极不适应这种过于热闹的气氛，于是在开宴的时候他溜号了，回到了那原先住过的 304 室。

这间屋子看上去并没有怎么收拾，靠窗的地方，地毯上还隐隐约约地能看出他的脚印——那个晚上他在这个位置站了很久。那一天是 2 月 26 日，当时外面正下着大雨，他在等候着一个叫王珏的女人。他原以为这将是一个故事的开始，可是这个故事还没有开始就意外地结束了。现在，他眼前只剩下一片红色，那是王珏的车。他努力想记起她的形象来，但怎么想都只是一个轮廓。而且在今夜的仪式上也没有见到这位公关部经理。倒是另一个女人的面目越来越清晰了，那个穿红风衣的女人。他想该给肖航打个电话了，如果女人方便，他很想邀请她来北京一趟。他似乎觉得这种心理很不健康，好像与自己交往过的女人，只有在有了一腿之后才能在他的记忆里扎下根来。这与从前的理想完全背道而驰。从前的时候他更多的是幻想一个女人的偶像，譬如林青霞，譬如外语系法语专业的那个女生。现在他对女人的关注好像除了肉体还是肉体。我真是堕落了，他想，可我又不知怎样才能管住自己。就像现在，我盼望的是尽快和杭州的那个女人取得联系，然后等待她飞过来共度良宵。

但是肖航的手机还是没开。这使他慢慢变得心烦意乱，以至于在后来的几小时里他就整个地泡在浴缸里。

望着自己这具日渐臃肿的身体他十分懊丧。这是个毫无生命气息的躯壳，是个连拥有者都感到厌倦的皮囊。这身躯还将失去水分，慢慢干枯，最终形同木乃伊，直至被烈火烧成灰烬，于是一个生命就完全地结束了。生命就这么简单。但这个过程又是如此漫长。其实计算一个男人的生命应该从他阳痿那一天算起，到了这一天，这个男人活在世上也就是混口饭吃了。男人应该知道，最能证明自己价值的是女人。所谓名誉、地位、金钱和权力，都无法来慰藉一个男人的生命，男人的一切光荣都建立在女人身上。欧内斯特·海明威是深知这一点的男人，所以，当他意识到自己对女人无所作为时就果断地拿起了双筒猎枪。这个举动超过了他的一切文学成就。

他突然又看见了肖航手腕上的那块月亮形状的疤痕。据说割腕最好的地方就是在浴缸里，血浸在温水里不会凝固，这样会流到最后的一滴。很多天过去了，这块疤痕还是成了他凝视死亡的一件标志，但他此刻还不知道真正的死亡信息已经到了他的门前。

有人敲门，他匆匆从浴缸爬起来，对外面说：就好。然后就急忙穿了衣服，打开门。是老板和公司的两位部门经理，个个都是红光满面的。

老板说：你怎么跑回屋里了？有几个朋友还想见见你呢！

他说：我不习惯这种杯来盏去的场面。

老板说：闹得慌是吗？在北京做事冷清了可不成。

说着，老板搓搓手，谈了他关于影视项目的设想。他说准备先搞一个百集电视剧系列，二十集为一个段落，拿这个去占领中央台的某个频道，这样一来是既做了产业又拉动了房地产。

他将信将疑地看着老板，说：一百集太长了吧？就是胡编也没那么容易。

老板说：是呀，要是容易的话，我能把你请来吗？

他说：我也是没什么把握的。我也许只能给你开个头，余下的你找别人吧。

老板说：这不行，我还就相中了你。你的订金我给你带来了，先付你二十万。等第一部的二十集做完了，我就再付你二十万。你就安心在这待着吧。这个酒店可是按三星的标准建的，生活上还有什么不如意的吗？

他说：生活上倒是没问题，主要是得先干起来。

老板说：别急，你忙的日子在后头，有你忙的。不过这几天你让我缓口气，安心在家看看资料，想出去玩就说话。

说完，老板就告辞了，让司机留下来与他办交款手续。司机拿出一张支票，请他写收条，他说：你还是直接帮我存进银行吧，免得我跑来跑去。

司机说自己明天一早要去天津。

他说：那就让王珏来办吧。我怎么今天没见到王珏呀？

司机看了他一眼：你不知道？

知道什么？

王珏死了，就在你去杭州之前出了车祸。

这应该就是2月26日事故的发生地。很多天过去了，我仍然无法承认这是个事实。我总觉得这是多年前我目击的那幕惨剧的延续。时间使它化为一个幽雅而恐惧的梦魇，走进了我的意识。在那个以红色为背景的梦魇中，青春的鲜血像梅花一样散落在街上，被雨水冲走。那个时候，我站在这个梦魇的边缘地带，麻木的表情如同一个十足的傻瓜。谁也不会知道我已是欲哭无泪，谁也不会知道我在记忆中把朋友的尸体一片片地缝合起来。这个梦魇压迫了我几十年，但永远不能使我忘却。即使有朝一日我突然死去，我也会把它带入地狱之门。眼前的事实无疑使这个难以磨灭的梦魇颜色更加鲜艳夺目，我这才知道，我到北京的第一天，我们曾经乘坐的那辆漂亮的红色汽车实际上是死神发出的一次暗示。从我见到王珏的第一眼起，我们就双双被死神盯住了。但死神首先选择了她。为什么?！是因为她比我年轻还是因为她是个女性——难道死神也是好色之徒？抑或是因为我会下棋——伯格曼的《第七封印》里的那个骑士就是通过这种方式来摆脱死神的纠缠的。

我已经有很多次与死神失之交臂了。1993年秋天的一日，我从犁城飞往广州，另一架飞机从广州飞至桂林，我们几乎同一时间在万米高空遥遥相望，结果，死神的手抚摸了他们。关于那次空难，官方至今没有令人信服的解释，而恐惧的阴影像风一样在南方游荡。或许因为这个，我决意离开了南方，离开了那座伤心的岛屿。我成了一个逃亡者，但没有人会相信，在他们看来，我活得十分滋润，以至让某些人寝食不安。

没有人知道，我是在逃避恐惧与死亡的追剿。突然的敲门、深夜的水滴以及大街上一个陌生的注视，都会让我心悸。在这几千个日日夜夜里，没有一天我不感觉到这种气息……

2月26日那天晚上，被称作王珏的姑娘大概刚刚结束一宗愉快的生意谈判，便接到一个作家的电话。她从对方低沉的语气中就能感觉到，这个男人很寂寞。因此她临时取消了晚上的活动安排，决定与这个男人共进晚餐。她或许想以此了结这个男人对自己的非分之想，这种人她见得多了。于是她掉过车头，向西边驶去。那时正是城市的雨下得异常猛烈的时候，雨在沿路的霓虹灯的映照下变幻成红色，这是她所喜欢的，她或许觉得自己正处在幽雅的梦幻之中。她打开车内的音乐，那是肖斯塔科维奇的《第七交响乐》，她从这位伟大的作曲家的口叙传记中得知，这首著名的乐曲并非是对希特勒入侵苏联的愤怒，而是另一种的控诉。或者说，这是对人性的最后的呻吟和呐喊。她喜欢这首曲子，为此她跑遍了整个京城的音像商店。

当乐曲进入一段行板时，她开始右拐，突然迎面遇上了一辆警车，她熟练地躲避过去，可是她没想到警车后面还拖着一辆违章停靠的面包车。刹车已完全来不及了，她的那辆红色小车便像响箭一样射进了警车与面包车之间，于是顷刻之间这辆车从里到外都红了……

此刻，我还站在这里。刚才的那个血腥的场面我不认为是幻想。如果我的推断没有错，对王珏的死，我是负有责任的。如果不是我那个不合时宜的电话，女人或许不会冒雨赶过来接我。她会走向东面而不是西方，那是另一条路，是生的路。上帝就这样无端地捉弄着我，竟让我无意之中扮演了一名刽子手！

人的生命竟是如此的脆弱。我又一次想起我的那位死于非命的姑娘。很多年前，在那个夏季行将结束的时候，她死在这条宽敞的路上。谁也不会相信在这样的路段上会发生一起惨剧，她被一辆大车迎面撞死，她死得是那样的不明不白。关于这起车祸的原因，后来的解释一直是闪烁其词。现在，这张难以褪色的图画又再次被加深。但是人的记性是越来越差越来越健忘了。在刚刚结束的那个盛大的仪式上，没有人对我谈起这个刚刚死去的姑娘，好像她的死不过是无意中碰碎的一只玻璃器皿！是中国人的记性本来就差，还是觉得在这样热闹的场合去谈论一个微不

足道的死者不合时宜大煞风景？

今夜，整个北京城都浸在雨中。我冒雨回到酒店，但是我丝毫没有被淋湿。我为什么不能走回来？抑或是这些年我被雨淋怕了，而从前我是不习惯打伞的。

雨越来越大。雨点洒在我窗口的凉棚上发出隆隆的声响，像笨重的机械履带，这声响在半夜发出竟是那样的栗然……

——1999 年 3 月 18 日

男人在那个雨夜又一次进入到红色的梦魇中。与以往不同的是，这回他没有成为梦境的主角，而是一个袖手旁观者。他看见这片潮湿的红色像风中的一面大旗在飘舞着，在这个背景下，有很多肢体在舞蹈。那是一种具有原始意味且又接近疯狂的舞，散发出无与伦比的野性和灵性。男人看不见所有舞者的面目，他甚至都感觉不到这些舞者是否有头发，但他认定舞者都是些女性，因为身体划出的线条呈现出惊人的流畅与美丽。可她们的头发哪里去了？也许是这点遗憾，男人后来对这个恢弘的场面慢慢起了厌倦。他想离开，但他的腿似乎一点力量都没有，他无法支配自己的意志与行动。最后，他咬紧牙关——他都能听见自己的牙齿剧烈摩擦发出的森森声响，终于迈开了步子。男人记得自己穿过了一条很长的走廊，这是一条用报纸糊成的走廊，地上散落着大量的书籍和眼镜的碎片。男人小心翼翼地走着，但还是一不留神地摔了一跤，他踩到了一件滑腻腻的东西。男人拾起这件东西不禁大吃一惊——

这是一颗还在颤动的心脏。

男人便是在这样的恐惧中醒来。他意识到这是一个梦，但并没有因此而感到释然。他不想再睡下去了，现在时间大约是临近黄昏了，男人已睡了很久。从中午起他就躺在床上，他是有意这么做的。连日来的不祥之兆总让他惶惑不安，他害怕进入黑夜，更害怕被那个红色的梦魇所纠缠。他甚至设想从今以后过一种晨昏颠倒的日子，把夜晚的时间用来写作。但他不知道这一觉竟睡得如此之长，仿佛睡了半个世纪。梦中，他再次遭遇了那片红色。

他看着台历，今天是1999年的3月28日，他在北京又过了十多天。除了对一个叫做王珏的姑娘的悼念，男人的生活没有任何改变。王珏的死让他想到雨浓——这几十年来他一直把雨浓视作自己的初恋，她们都是意外地丧生，她们的死也都与一个男人有关。雨浓带走了遗憾而把思念留给了他，王珏却什么也没带走，也一样没给他留下。或者说，给他留下了巨大的空白。这是个无法填充的空间。他还想到了另一个陌生的女人的死，那是几年前他去南方时，在广州开往海口的轮船上，一个穿粉红色衣服姑娘的跳海殉情。这件事仿佛就发生在昨天，可奇怪的是，人们对死者都是那么的健忘。现在他回忆起来，王珏死的那几天，这个公司的人上上下下地都在忙碌着这个豪华酒店的开业筹备。如今酒店开业了，也仍没有人为那个曾经活跃的姑娘的缺席感到悲伤，连惋惜之词也没有。那个司机只是随口说了句王珏死了，就像说我感冒了那样轻松。他要急着去给汽车加油，好明天随老板出差去天津。这就是人生。他想，北京人的热情下面其实是一种近似冷酷的漠然。他记得在前年的冬天，他也在北京，当时住在南礼士路边上的一家招待所里，那一天正是他四十岁的生日，他没有告诉任何朋友，闲着无事，就关在屋里写了一篇叫做《对面》的小说。等他写完这个短篇已是翌日早晨的七点多，窗外正飞着这一年的初雪。他走出来，想在雪地里尽情地走上一段路。在这行走的一个多钟头里，他感觉他的对面全是冷漠的面孔。

现在，室内的暖气让他忘记了季节。男人疲惫不堪地坐到窗边的椅子上，随手拉开了窗帘——强烈的阳光刺得他睁不开眼睛。他觉得很奇怪，现在这时间的阳光本不该是如此强烈的。经过仔细辨认，才知道这是一种反射的效果，西边最后的阳光照在对面的玻璃幕上，正好反射到他的眼睛里。他感到自己是在一口深井里埋了很久，又突然叫人挖出了地面。也就是从这一天起，男人对阳光表现出了不可思议的畏惧。

在男人重新拉起窗帘，去卫生间小解时，他听见了楼下那个花园酒吧里传出了钢琴声。

最初，我认为钢琴声是从音响里传来的。那是《梦中的婚礼》中的主旋律。但很快我就明白这不过是一个生手的即兴乱弹，节奏和力度都露出明显的缺陷。然而我还是很愉快。我在这里前后累计已经住上一个多月了，除了看晚报和电视里那些乏味的节目，就没有更好的娱乐。这台琴当摆设也很久了，今天总算有人来弹它。可是，琴声很快就消逝了，好像刚才我听到的是幻觉。这倒使我有些好奇了，我想很快知道是谁弹了那琴。

等黄昏的余光暗淡之后，我走出来，走到酒吧里。华丽的灯光下，除了几个服务生在收拾顾客遗下的残酒剩茶，我没有发现别人。我似乎有了些失落感，就随便拖过一张椅子坐下。这些服务生早就与我熟识，也知道我是他们老板请来的客人，很快就给我上了一杯绿茶。这是刚买到的新茶，它的清香让我想起不久前在杭州的那几日。我的眼前便出现了肖航的身影，她的音容笑貌栩栩如生，好像刚才就坐在我的对面。但是她那件暗红色的风衣却令我不安，我知道这还是没有从另一个女人不幸阴影里走出的缘故。我喝了口茶，这茶的滋味远不及杭州喝过的乌龙。突然停电了，整个酒店笼罩在一片黑暗之中。这是一种朦胧的黑暗，但它比真正的黑暗还要叫人心悸。我的眼前奔动着轮廓模糊的人影，嘈杂声仿佛自天边而来。我陷在惶惑的感觉中，思绪一下子变得很紊乱。我好像置身在童年时代的一个雨夜里，总觉得有很多人在我家的窗户下跑动着。

就在这样的时刻，有人把一盏蜡烛送到了我的跟前。

我的视线顺着这只好看的手向上，停在面前一张同样好看的脸上。我发现，我并不认识这个服务生，她的装束应该是属于总台的，我每天都要从那儿经过几趟，怎么会没注意到这个姑娘呢？

你是新来的吧？我这样问道，我以前没见过你。

我上班刚刚半个月。我知道你是304 房的客人。

你也是重庆的？

对。我是来实习的。

实习?

我们学校一共来了五个。

实习多长时间呢?

三个月。

想家吗?

头几天有点，现在好了。

你叫什么名字?

沈芷平。草字头加个停止的止。

这像是个旧社会的名字。你别介意，我开个玩笑。

是我外公取的，他说芷是一位中药，又能开很香的白色的花。

你外公是位中医?

他不是中医，但他希望我出门在外身体健康。

所以就让你随身带着中药?

她笑了起来，露出了两颗小虎牙。在刚才的交谈中，我已经在烛光下把这个叫芷平的女孩子看清楚了。她有着可人的面貌和很好的身材。这身藏青色的西装她穿着很精神，显得挺拔，盘在脑后的发髻使她看上去像个小少妇。但她的年龄实际上也就二十出头吧。这时有人在喊她，她便礼貌地向我告辞，去了她的岗位。我注意着她的背影，那是个青春而又端庄的身影，每一步都散发出朝气蓬勃。我突然想到了已故二十三年的雨浓——她们的背影与行姿竟是那样的相像！与此同时我心里渐渐出现了一种前所未有的酸楚，我为自己的年龄和日益衰老的身心而感到沮丧。如果我减去了十岁，我这样想着，我会毫不迟疑地去追求这样的姑娘的。

这是个心绪复杂的夜晚，已经很晚了，我依然无法入睡。有几次，我都想去大堂总台那边走走，去再和这个刚认识的姑娘聊聊天，可是又觉得这是个不可思议甚至大逆不道的念头。我差不多可以做她的父亲。似乎今夜我才知道，一个正在步入中年男人的地位竟然如此尴尬，滋味是如此不好受。

——1999 年 3 月 28 日

北京：1999 年 4 月

在这个惆怅的春季，男人的意识一直很恍惚。在极短的时间里他先后认识了三个年轻的女性，但给他的感觉却仿佛是在打开一本老相册——照片上的一切都已发黄，他看得十分吃力。而且更加奇怪的是，他总是从她们三人的身上看出了过去的情人形象，譬如肖航的冷静让他想起韦青，王珏的开朗总带有小丹的色彩。王珏的死使他不能不和雨浓的遇难联系起来。而肖航的忧伤神情再次让他感受到和李佳相处的日子，可是当他们做爱时的状态，又简直就是在犁城和林之冰或者在海口与桑晓光在一起的翻版。即使是在这个刚说过几句话的重庆姑娘身上，他也看见了邢蓉的影子……

我这是借眼前的现实在缅怀过去，他多次这么想，可是怀旧正是迈向衰老的第一步。所以自这个春季开始时，沮丧与恐惧就一直追随着他。在过去的几天里，他还是无所事事地在屋里待着，不想写一个字。他也时常去大堂里转悠，在值班的女孩不忙的时候和她说上几句无关紧要的话。他知道自己的谈吐对这个姑娘很具吸引力，但同时他又为此举深感不安。你居然企图勾引一个完全可以做你女儿的姑娘？这种缺乏逻辑基础的谴责似乎很有力量，使他不敢往深处去想了。但是，青春的魅力是很难抗拒的，他对此显得信心不足。为什么就摆脱不了这种困境呢？是好色的天性驱使还是性饥渴的现实无望改变？他说服不了自己。他想自己不是想千方百计地寻找一个性伴侣，这不难，为什么在这个沈芷平出现之前，他对别的女孩子的好感会适可而止呢？而这个看上去和其他人并无多大差别的姑娘，第一次出现就那么强烈地抓住了自己？他还是回答不了。

这家酒店由于手续上的问题始终没有把房间的电话搞通。每次有电话来，他都要来大堂接。自从和沈芷平认识了，只要是她的班，凡他的电话来都由她来传唤。在这个小小的空隙里，他们可以说一会话。今天又有电话来了，是一个颇有名气的电影明星，他们曾经有过两次的合作。沈芷平就问，是演什么的那个人吗？他点点头，他说：你觉得这个人的戏怎么样？沈芷平说：他演得怎么样我不知道，但他演的片子我都不喜欢。他觉得这种回答很有趣，便接过话头说：你是说他没有遇上过一个好剧本？那么你看过《北纬 20 度》吗？沈芷平说：我听说过这部电视剧，没看过。他说：如果你想看，我可以把带子找来。

他希望沈芷平说愿意，可是她说：我得上班了。

他们就这样说着一起走往大堂。他走在后面，看着她的背影，他越发地觉得这背影具有无法抗拒的魅力。很多天以后他告诉她：我好像很难走出你的背影了。

这次的电话他似乎说了不短的时间。他尽量把话题展开，使自己作为编剧与导演的身份一览无遗。那时候沈芷平正在替一个客人结账，几乎就没再看他一眼。这又让他感到尴尬，所以一放下电话他就尽快回到了房间。他躺在床上，他在心里责骂自己：你他妈完了！你以为今天还有女孩吃这一套吗？你还有什么可卖的？

这一天他无比沮丧。他感到自己像一只松了箍的水桶，非但不可能再盛起水，而且本身就是个累赘。这样的时候，他便习惯走进过去，去检索自己这辈子和女性交往的历史。像一个溺水者抓住一根救命稻草一样，他努力回忆着那些早已逝去的却还是惊心动魄的细节。或者说，这仿佛一个癌病患者急需的一支减轻伤痛的吗啡。寂寞，在这个春天将去的季节像蜘蛛结网一样死死粘住了他。他动弹不得，也无力去挣破，但又不可思议地囿于其中细细地品尝着它的滋味。就像一只受伤的狼，在荒原上自己舔自己的伤口。

于是，他再次拨打了肖航的手机。意外的是，这回一下就通了。他问：肖航吗？

肖航却反问道：你今天怎么有空来电话了？

他说：我给你挂了很多，你总是关机干吗？

肖航说：我很少关机的。

这就怪了，他说，我确实是经常拨这个号的。

肖航笑着说：这说明我们之间没缘分。

他说：怎么说这种话？

肖航说：你过得还好吗？

他说：不好，很不好，简直糟透了。

肖航说：你其实身边什么也不缺，顶多就缺个女人吧？出去走走吧，北京那么大。

他说：你真希望我出去走一个回来？

肖航说：这不是我希望不希望的事，而是迟早的事。你放心去走吧，我不会吃醋的。

说着，女人在电话那端又笑了。这笑声很清脆，好像就在隔壁笑出的。

就这样喜忧参半地结束了。肖航的声音还是那么好听，可是她的手似乎放得也太快了，就像抓住一样，以至他弄不清该怎样来对待他们刚刚发生的那一幕。是艳遇还是算爱情？抑或是一场由艳遇转化的爱情？怎么看都可疑。不过他又觉得，女人的方式或许就是正确的。不放手又能怎样？难道还需要重复一次在海口的履历吗？时至今日，他还认为当初离开海口是一次致命的错误。他没有任何道理把桑晓光一个人扔在一个岛上。更何况那岛叫海南岛。他记得自己曾在一篇小说里这样说过：爱情是最脆弱的，可以向任何东西投降，譬如权力、金钱、时间、空间——他确实不敢再面对那种天各一方的日子了，他现在需要的是和一个女人朝夕相处，相厮相守，耳鬓厮磨。

肖航的电话实际上也说明了对他的放弃。或者说，是一次毫无顾忌的提示。这个仅有一夜之欢的女人却对他有着深刻的理解，难以理喻吗？但这就是现实。他的现实。他不能不佩服肖航的洞察力。正是这个原因，使他在后来的日子里无法将这个肖航遗忘在记忆之外，女人以虚无的方式至少是部分地占有了他。

那个时候，我总是不由自主地向自己发问：这就是我的生活？这生活什么时候是个头呢？肖航说得不错，我顶多就是身边缺少一个女人。她的意思是说我的其他方面都很得意了。然而她不知道，对于我这种男人，失去女人的岁月无疑就是空心岁月，失去女人就等于失去了我的全部。我不是急需找个女人睡上一觉，这在当今的中国，到哪都不是个问题。我可以充当一次或几次嫖客，可以用钱来解决性的苦恼。我要的不是这个。事实上，我在南方的几年里，也未曾有过类似的经历。我不愿和一个连名字都不知道的女人去睡觉。我需要找一个爱我的同时也被我爱的女人，而且不能再和这样的女人分手。我必须把自己的肉体与灵魂一起交给这个女人保管起来，使它们不再流浪。我珍惜这种一对一的恋爱。它的清洁会使我得到安慰。我要的就是这个。

但眼下的问题是，我身处首都的一个偏僻的角落里，缺乏社交的环境，我不想走出去，也没有什么合适的人走进来，生命就这么日复一日地消耗着。所以当我遇见沈芷平后，我的激情似乎一下给点燃了。这就是我明知难为而为之的原因。年龄的障碍似乎很难使我放弃对这个姑娘的追求了，可我还是不敢轻举妄动。毕竟这种追求从一开始就带有勾引的色彩，我觉得要是顺这条路走下去，就是到手了我也会后悔的。我真是有些焦虑了。

就在我处在这样的关口，一件意想不到的事打消了我的犹豫，从而也改变了事情的性质。

那是两天前的下午，大约在四点钟的样子，我正在房间里看书，忽然又停电了。等我拉开窗帘，才看到外面的天色正在迅速地变得阴暗，紧接着，大风裹挟着暴雨来了，一时间天昏地暗，形势令人发憷，似乎世界末日来临也不过如此吧。正不知该怎么办，这时就听见沈芷平在门外叫我：304 赶快出来吧！

我立即开门：这是怎么了？

要地震，她紧张地说，你快些出来！

谁说要地震了？

他们都在说，都跑出去了！

不会的，我说，就是真的地震了，躲到厕所里就没事了。

你还是出来吧！

我突然轻松下来。我说：你是信他们还是信我？

她说：你这人怎么这么犟呀！

我说：你出去吧，我死了不怪你的。

她很生气地离开了。

天越来越暗，雨也越来越大，这场诡异的暴风雨前后持续了近一个小时，它让我想起几年前在海口遭遇的那场台风。对于北京这样的城市，这种惊心动魄的景观确实是罕见的。加上半年前张家口的地震事实，人们有这种联想也属自然。张家口地震发生时我恰巧在北京。我记得那是接近中午的时刻，我当时还躺在床上，突然感到身体在动，起先我以为是某个神经部位的痉挛，便有意识地绷紧身体，但还是有轻微的动弹，我这才意识到肯定是某个离北京很近的地方发生了地震。一小时后，中央电视台《新闻30分》节目证实了这一事实。我感到有点意外的，是北京人没有一点儿慌张。到了下午，这已是胡同里的谈资了。这种优秀的心理素质至少可以追溯到1976年，当唐山地震发生后，北京人有的不是一种恐惧，而是空前的劫后余生的幸福。北京人似乎从来就不知什么叫做恐惧。或许是他们经历过的恐惧太多了。然而，刚才那个来自重庆的姑娘知道，她和我都一样害怕这种突如其来的恐惧，有所不同的，是我同样也痴迷于这种恐惧。我感觉中自己已被这种恐惧追逐了很多年。我甚至能体味到在子宫内部的那种血腥、那种黑暗、那种潮湿。尽管那是我母亲的子宫。我艰难地脱离了母体，接生婆那把生锈的大剪刀发出的狰狞的声音至今还在我的耳边萦绕。我的脐部至今还在隐隐作痛。当第一缕阳光向我的眼球刺来时，我的眼泪先于我的啼哭向世人证实了我的存在。我是不幸的种子，忧伤的化身，悲剧的梗概。

诡异的暴风雨过去了。它刺痛的是我那根原本就脆弱的恐惧神经。

我走出了黑暗，走进了空气，外面的天空竟然是那样的晴朗，似乎刚才我亲历的那一幕只是个幻觉。我的耳边又开始充斥北京人那种流畅的表达。他们谈论着今夜的保龄球馆和桑拿浴室是否正常营业，谈论着最近的一批坐台小姐相貌令人失望，谈论着怎样把某个环节打通摆平。他们唯独不想谈的就是刚才的恐惧。

他们闭口不谈。

由于暴风雨造成的停电，晚上餐厅没办法开伙。我想去亚运村吃顿麦当劳，顺便逛一下那儿的书店。我已经很久没有逛书店了。这些年的东奔西走，其中一个使我难受的事，是我看不见我自己的书房，这是我住标间不舒服的原因之一。

——1999 年 4 月 2 日

在这个综合书店里，给予文学的位置只有一个不足两平米的角落，但他并不感到悲哀。政府工作报告中关于文学艺术也就两句话吧？这个时代已经不属于文学，这是个制造权利、钞票、腐败、灾难与时尚的时代。多年前一个叫李佳的女人就曾经这样对他宣布：文学在这个时代已成为失败的行当，即使你有一天成功了，你也不过是一个失败中的英雄。她的话今天听起来真是高屋建瓴高瞻远瞩。他在这里看见了自己的两本书，一望便知都是侵权的盗版。这种事年年都有，也年年无奈。也就在此时，他看见了沈芷平。她在看一本关于流行音乐的小册子，手里还拿着台湾歌星张信哲的两盘歌带。他便走过去，轻声喊了她，但她还是吃了一惊，那目光似乎在怀疑他是在暗地里盯她的梢。

吃了吗，丫头？

没呢。我不饿。

那咱们去吃点？

我真的不饿。你是要我陪你吃吗？

没错。

那你再等我一会儿好吗？我想再看看。

好，我也看看。看到你有点饿的时候。

不过后来他们没有去麦当劳，而是去了附近的一家小馆子。当他们走进门时，时间正好过20：00，那时他们就坐在这个位置。

他把菜单递给她：你点吧。

她就问：你能吃辣的吗？

他说可以。说完他就去找卫生间了。店员告诉他这里没有卫生间，店员说：过马路往左拐有公厕。

男人出门便感到一阵冷风袭过来。他抄紧了衣服，还是觉得有点儿冷。不过他现在的心情很不错。事实上，自那阵妖风怪雨袭击开始，他的心情就奇怪地转好了。虽然这个叫沈芷平的姑娘没有留在他的房间里，但此刻她又一次出现在了他的面前。

当男人回到小馆子时，菜差不多已经上齐了。青椒土豆丝、麻婆豆腐、干烧小黄鱼，很简单。于是男人说：太少了吧？

还有一个煲，沈芷平说，狗肉粉丝煲。

狗肉？

老板说他们这儿的狗肉挺好的。

我不吃狗肉。你最好也别吃。

可是……

老板，狗肉退了！

老板说已经做好了。男人就说：钱照算，给我换一道菜……

沈芷平说：别换了，就这样吧。我本来就不饿。

他感到坐在对面的姑娘很委屈，眼泪在眼眶里直打转，可他此刻不想作任何解释。他想自己刚才可能太冲动了，嗓门太响，让人下不了台。他担心这个沈芷平会离开，他想如果这姑娘真的生气走了，自己一定会很伤心的。男人觉得这个时候最好尽快跳出这个令人烦躁的空间，于是他提出把菜打包，带回住地吃。

沈芷平说：那会凉的。你就在这吃吧，我等你。

一个很宽容的姑娘，他想，但他还是说：我现在好像也不饿了。

然后他们便上了出租车，直接开到了酒店的门厅前。电还是没有修好。酒店里的客人差不多都出去吃饭了，只有几位当值的服务生在微弱的烛光里走动着。没有人注意他们从一辆车上下来，他的担心显得多余。他把手中的饭菜移交给沈芷平，意思很明显，就是不希望她很快走开。他在大堂里点了一支蜡烛，慢悠悠地走回到自己房间的门口。他看见烛光下的沈芷平比平时要端庄一些，而且，这个姑娘的年龄似乎一下子长了五岁。

进门之后，他首先放稳蜡烛，再来脱去身上的夹克，他感到有点儿热了。

沈芷平从后面帮他脱了。

一个女人的影子便在这个瞬间自他心里重现了。这是韦青。这是1983 年秋天的那个韦青。他记得在水市的那些日子里，每回去看韦青，进门之后她都要从后面帮他脱下那件米色的风衣。那是个风衣和伤感一并流行的年代。他记得那件风衣，记得那件风衣曾经铺在水市机关暗室的地上，记得那件风衣带给他们的折磨。

这个晚上该不会发生什么事吧？他居然这样地想了。

烛光下的姑娘此刻很沉静。过了会儿，姑娘才说：你性子怎么这么急呢？

不等他回答，她接着又说：你一急，我就觉得你没素质。

他心里挫了一下，还没有女人这么当面说过自己呢，这个小女人却一针见血，说得他一点脾气没有。他坐到靠窗的椅子上，正好被她投下的阴影所覆盖。沈芷平说：人家好心给你点狗肉，想让你暖和点，可你……

她说不下去了，背过身不想理他。过了会，他才低声说了句：你想知道我为什么不吃狗肉吗？

沈芷平转过身来，不知所措地看着他。

他点上烟，还是用比较低沉的声音说：我在农村插队时养过一只狗，叫副官，养了两年，结果让一个上海杂种半夜给煮了。

沈芷平惊讶地站了起来。

他说：后来我给它画过一张像……我至今还保存着。

她说：在这吗？

他摇摇头：在石镇，我故乡的家里。

她说：下次能带给我看看吗？

他说：过几天我可以画给你看。它在我的脑子里。

这时候，电来了。灯亮的那一瞬，他看见面前的沈芷平已是两眼晶莹。

北京：1999 年 4 月

昨天电来的时候我突然感到有些饿了。带回的饭菜已经变凉，沈芷平便拿到她的宿舍里，想用电炉帮我热一下。她让我趁这会儿工夫先洗个澡，她说：半小时以后我再过来。半小时够吗？我说我洗澡很快的，你不是说我是个急性子吗？

她笑了笑，似乎有些腼腆。我喜欢这种腼腆，这些年我从女人脸上看够了妩媚、温柔、风骚或者矜持，唯独没有见到的就是这种自然流露而出的腼腆。它像一根保险丝一样，接通了我沉积在心底层的那种古典情怀。事实上，来电的那一刻，我的内心已经被这个叫沈芷平的重庆姑娘点亮了。

浸在浴缸里，我感到浑身的细胞在发生着裂变，不断的流水从我的

身体上滚过，产生出惬意的快慰。然而一回想起这个春天的经历，又不免有些伤感了。王珏的死和肖航的来去无踪像两块沉重的石头压在我心上。人生的荒谬与生命的脆弱立体地呈现在我的眼前，我曾经几乎被击垮过去。我相信我是一个彻底的悲观主义者。我的流浪实际上是逃亡，这种生活开始于1992年的那个春天。我从长江的边上逃到了南中国海的岸边，后来又去了黄河的腹地。现在，我蛰居在中国首都的一个标准间里，那些曾经趟过的大河如今都集中到了这只精致的浴缸里，成为一潭死水。我已经不再是我，我可能就是我的一个标本，我身边的水可能就是那种叫做福尔马林的药液……

这便是我还活着的现状。激情与冒险似乎已经远离了我。但是我一点也不感到遗憾。过去的那几年仿佛一场噩梦，虽然至今还在追逐着我，但毕竟是醒了。这种劫后余生使我体会到亡命的艰难。我想我怎么也不会再重蹈覆辙了，就像一个人不可能在一条河里淹死两次。我需要一只梯子，让我从这潭死水里爬起来。

抹去镜面上的雾气开始剃须。镜子里的那个男人此刻的表情很是古怪，镇静中渗露出一丝慌乱，这个晚上其实还没有开始，还没有到说再见的时候。但是我的等待在这一刻突然变得十分焦急。我甚至担心她不会再来了，她可以让别人把热好的饭菜送进这间屋子。果然就是如此。我刚走出洗澡间，就听见有人按响了门铃，是三楼的保安。先生，他说，饭菜给您热好了。我向他道了谢，但是我又说：我现在没有胃口，麻烦你帮我把这些处理一下，再给我买几袋方便面。

我承认我很失望。时间已临近九点，无所事事的我唯一的着落就是回到床上，去看那些和我一样无聊的电视节目。刚才我还是衣冠楚楚的样子，现在又弄乱了。电视里在播一部老电视剧，说的是知青插队那阵子的事儿。片子无疑是老了，可那种气息还是感染了我。时间已经过去了二十几年，那时的我才十七岁，而沈芷平还储存在她父亲的体内。我们是名副其实的两代人。正是这种障碍使我踌躇不定，裹足不前，可我却还在等待，等待一个腼腆的姑娘时常在我眼前出现。这会使我得到安慰，使我的身心重新活跃起来。然而即使这样，我也回不到十七岁了，那个生命刚刚勃起的阶段。

门铃又响了，我想是保安给我送方便面来，便去开门，但进来的是沈芷平。她也刚刚洗过澡，头发上的水珠还没有揩干，她换了一套粉红色的运动装，显得光彩照人。在她手里，拿着一只塑料袋，里面装着方便面和苹果。

你去给我买了？我这样问道。

现在吃吗？她回头看我：我还买了包鱼泉榨菜，是我们家乡产的，味道很好。

今天晚上我怎么老给你添麻烦？

你这人是不太好伺候，她说，一边替我泡方便面：你别生气，我随便说说的。

你穿粉红色很好看。

宝气吗？

什么叫宝气？

就是土气。我们那里叫宝气。

不宝气。

说着我就靠到了床上，注视着她的背影。她的动作十分灵巧。等她做好一切，我对她说：你坐过来吧，我得看着你说话。我指了指床沿。我惊讶的是自己说这些话时居然如此果断，一点也不犹豫，而且，带有命令的口气。

她转过身在原地看着我，直到我又一次拍了拍床，才腼腆地走过来。她知道这样走过来意味着什么，但她还是到达了指定的位置，慢慢坐下来，然后我就拿起了她的右手。

你的手很好看。

你以前对别的女人都这么说吗？

我生命中的女人，手都非常地美丽……

你想给我看手相？

不，我只想这么握着它……这样的手应该去弹琴。

我弹过，可是弹不好……要不我就不出来了。

你们实习多长时间？

半年，已经过去两个月了。

就是说，再过几个月就得回重庆了？

对。

想过不回去吗？

其实我不愿意回去的……回去没意思。可是留在北京又能干什么呢？从前，我只想着怎样去做一个好女人。现在连这种念头都没有了，觉得做什么都没意思……

是呀，人人都感到没意思……

然后，我们拥抱了。我已经下了决心，今晚必须把她留住。

——1999 年 4 月 4 日

和以往任何一次不同的是，这个晚上后来发生的一切都显得平静而熟悉。他们似乎是在等待这个结果，或者说，这个结果完全是意料之中的。很多天后，他们谈起这个晚上时语气中除了一点好奇之外，就没有更多的感慨了。他有些困惑，于是便把这种感受坦率地告诉沈芷平，他说：我觉得心跳都没有加快。而且，我也没感觉到你的紧张。沈芷平便笑了，说：我总觉得我们已经认识很多年了。

这或许是真的，他想。仔细回忆起来，那个晚上他们肉体接触的每一个步骤都是那么地从容不迫。甚至可以说，来自肉体的默契早已到达。当他紧紧搂住她的腰部时，感觉就像搂住了一床柔软的锦被，自己身体的每一个部位都被置放得非常舒服。然而做爱的高潮却是在沉默中得以完成的——这使他暗暗吃惊，因为它和预期的指标有所距离。

还有一个细节不可思议。当他准备进入她的身体内部时，他竟问道：你是处女吗？如果是，我就不想要你了。女人没有回答，其实是回答了。在这个世纪行将结束之际，一个二十二岁的女人本身就是回答。

以后的几天里都是这样。他倒觉得，占有这个女人远不及欣赏她来得愉快。他尤其喜欢的就是她身上的那种仿佛与生俱来的腼腆。可是，占有一个女人从来都是以性为标志的，性的不完美也就意味着，即使你能够主宰这个女人的全部也不表明是一次胜利。或者就是失败。

外面的天又开始下雨了。这是 1999 年北京的春末，细雨绵绵似乎暗示着这一场风花雪月只是一次幻影，显得毫不真实。这样的时刻，男人就会想到生命中的另外两个女人：李佳和桑晓光。几年前和李佳的离异让他时常为他们之间性生活的障碍所懊恼。在他看来，男女之间倘若在这方面出现问题，前景便很暗淡了。男人的关系是不能靠观念来维系的。性是纽带。和谐的性生活便是性爱，便是一对男女无法离开的真正理由。也许是唯一的理由。所以尽管他和桑晓光最后已经是接近反目成仇了，但是，他还是无法忽视她。两年前他去海口拍摄电视剧《北纬 20 度》，当最后一个镜头结束之后，他的视野里便只剩下了一把红伞……

他记得自己当时是那样冲动地向红伞下的那个女人走去的。他们在伞下有过一段很长的对话。她说她新买了房子。她说她几乎把所有的旧东西都给扔了，只留下了一件。他说我知道，那是一张席梦思，他说那上面留着我们从前的汗味。

那个晚上后来男人就去看了桑晓光的新房子，一切在意料之中，这个女人总会把她的寓所收拾得既体面又豪华。屋子里盛满了怀旧的鲜花，但是那张曾经被他拥有的席梦思却被放置在一个灯光清冷的角落。男人走近它，用手抚摩着它冰凉的表面，然后回到宽敞的客厅里与从前的女人说话。谈话的内容却是关于海南前途，男人建议说：你最好换一个地方，别守着这个房子，虽然它很漂亮。女人更多的是在倾听。墙上的那面时钟在静悄悄地走动着，很快便走过了深夜三点。再后来，男人就离开了。在他迈出房门的那个瞬间，来自心尖上的一阵颤痛使他差点想转过身来，与此同时，他能感到脊背上正爬行着两行女人的眼泪。那个晚上，男人感觉仿佛是从一场大梦中走出来，其步态完全是跌跌撞撞。几个月后，在犁城一个停电的雨夜，男人就着一根蜡烛，写出了自己有生以来的第一首诗——

钢琴在三更头上开始敲打
曲目不清
这个时间还坐在沙发上
表明
今夜我怎么看都像
一个客人

现在，男人在床上把这些告诉沈芷平时，语气已经显得相当地平淡了。可是女人却听得很专注，好像还受到了一些感染。这些天来，男人对她说得最多的就是李佳和桑晓光，他说：一个男人爱过一个女人其实是难以磨灭的。某种意义上，遗忘她们就等于撕毁了自己这部历史中最为珍贵的几页。

她说：是因为“男人的一半是女人”？

他说：不是一半，是全部。

她微笑着看着他，又问道：那么，我应该是你的第几页呢？

他犹豫了一下，说：我希望是最后一页。

她便从他身边坐起来，说：你一下午的话都好坦率，就这一句虚伪。

他也坐起来，想辩解，但她打断了他：你别怕我伤心，也许过不了多久，我也会成你的客人了。

这一刻我的尴尬竟被惊讶抑制住了。我想不到这位不过二十二岁的女人如此坦白。她面带微笑地揭穿了我，却不使我躲避她的目光。我很快便轻松起来，同时我又有一点担心，她是否还有别的男人？我就问：你以前和几个男人好过？她却反问：你们男人是不是很在乎这个？这倒叫我脸红了，就掩饰说：

我随便问问。

接下来我又问她，对我们年龄上的差异怎么看？

她说：事情都这样了，还能怎么看呢？

我说：你可以就此撒手的。我不会缠着你，那样没意思对不对？

她说：你别觉得我是认为你很了不起才和你这样。我不是。

我说：你的意思是不是说，换一个人你也照样？

她犹豫了片刻，说：只要我觉得人好。那天若不是你说了你的狗，我也许……对不起，我不是故意藐视你，我真就是这么想的。

我说：你是对的。

她有些紧张了，坐到我腿上说：你生气了？你别生气，你笑起来很年轻的。

我便笑了笑：只要你认为我还年轻就好。我应该年轻才对。

我们就这样闲聊了一下午。再过一会，她该去接班了。这个班将从下午四点上到晚上十二点，然后，她会再回到这里。通常的情况下，我利用这段时间来进行写作。这部电视剧其实早已完成，但我不想过早地拿出去。投资方资金的周转看来是出现了问题，他们会这么拖下去。我想这也好，反正现在我不着急了。因此我决定来写一部小说，不过写什么我始终还没有想好。

沈芷平在卫生间梳头化妆。我喜欢她把头发挽成髻的样子，她穿上制服就显得端庄，很好看。每次她上班前，我都要整理一下她的花领结，再拥抱她，送她出门，一直看着她走下楼梯。她的背影总是非常动人。而在那个瞬间，我又开始渴望与她回到床上了，尽管我们离开那张床只有半小时。这是一种奇异的感觉，是一种富有戏剧性的结构倒置，一种情感状态的逆行或悖反——床的魅力从一开始就出现了，然而紧接着便是丧失，等离开床了却又迅速培养出了新的冲动，再次构成对床的向往。在这个过程中，床的位置重要又似乎不重要，它是起点，也是终点，却难以成为情感的支点。

我关上门。外面逐渐响亮的雨声使我无法振作起来，我便又回到床上。被窝里还留有她的体温和气味，我便很自然地沉浸到刚才做爱的回忆中。她是乖巧的，在这个方面从来不提出任何要求。无论我怎么做，她都是顺从。但是我却不感到满足，因为我体会不到她作为女人的愉快与欢乐。我向往的是一种男人与女人的战争，是棋逢对手的那种较量，而现在，我差不多是在和一名战俘交手。我为我们不在一个段位上感到沮丧。从前那种你死我活的状态已经失踪了多年……

大约在晚饭前，我接到了一个陌生男人的电话。这个人自称是杭州张毅的朋友，来北京办事。他说：要是方便的话，我们一起谈谈。我们便约好在亚运村附近的一家茶楼见面。去的路上我有了一种不祥的预感，联想到我离开杭州的那个黄昏，张毅没有去送我，之后也没有解释的电话追到犁城，我就觉得事情有些不妙。可这么多天过去了，这件事便也淡忘，如果我现在去见的是张毅本人那该有多好。

很快我就到了。远远看见一个男子从南窗的台子边站起来，觉得面熟，马上便记起我和这个人是在“金萨克”见过的。他是张毅的一个小兄弟，姓童，大家叫他童经理。

张毅怎么样了？我见面就这样问道：这家伙好久不跟我联系了。

他无法和你联系，童经理说，他进去了。

进去了？什么时候？

就在你上回离开杭州的前一天。

怎么回事？

童经理说，还是和过去海口的那些事有关。张毅是做金融的，负责给公司引资，那几年他从杭州弄过去不少钱，结果其中一笔回不来了。

这与他有什么关系呢？他不过是个中介者，不是当事人。我说：除非他从中拿了好处，他会这么傻吗？

童经理说：查了一个多月了，什么也没查出来，人却不放。

这是违法的，我气愤地说，刑事拘留最长的时间只能是十五天。

童经理说对方办得很巧妙，他们没有让张毅进监狱，而是把他软禁在一个乡间废弃的水泥厂内。那是一幢破旧的五层楼，上面只住着张毅，下面有人把守。

这和私设公堂有什么两样？

所以我这次来北京就是想找找人，童经理说，看来不找人是不行的。

得申诉！我说。

不能申诉，童经理说，你知道在中国办事，很多是不好搬上台面的，那会把事情搞复杂。

我沉默了。我突然想到几年前我和冯维明的纠纷，最终选择的也是法律之外的一条路。很多次，我都在作这样的设想：倘若当初执意要和冯维明对簿公堂，后果会怎样？他或许也会“进去”，但真正失去自由的却不是他，而是我。一只无形的手会伸到铁窗之外来控制我，我的身后便会永远拖着一条看不见的、却是十分恐怖的阴影。

张毅至今还被关押在那幢寥无人迹的破楼上。对方振振有词地解释：这不是监狱。他们的话固然不错，却给了我另外的启示——监狱并不意味着高墙铁窗，也并不意味着镣铐哨兵，监狱就是一张网，甚至会是一张无形的网，只要剥夺你的尊严和自由，就不算有辱其使命了。

——1999 年 4 月 11 日

第二天，他又去见了那位童经理。他给张毅写了一封长信，并捎去了新近出版的一套小说集。这些作品是他自三年前恢复写作以来的收获，其中的一些篇章是关于海南的。张毅很爱读他的小说，他希望自己的这些书能陪伴这位好朋友度过最困难的时光。但他却无力为他“找人”。他对童经理说：事情有了转机，务必及时给我一个电话。童经理说：会有转机的，会有的。这话听起来倒像是在安慰他似的。

张毅的境遇再次唤醒了那个驱之不散的梦魇。中午，这个恶魔便迅速地上了身。情形和以前大致一样，还是呼吸感到艰难，还是四肢不能动弹，意识还是清醒的，所不同的是，他不再慌乱了，他开始了搏斗。他把残余的力气凝聚到脚踝，仿佛在等候一个时机蹬踏而出——如同跃出泥沼。他能感到双脚在紧张地战栗着，然后，他成功了。等他坐直身体时，沈芷平正好进门，见状便立刻走近，扶着他的肩膀：怎么了？

他呼出一口长气：鬼压胸。

什么？

他喝了口水说：我们家乡把这种梦魇叫做鬼压胸。

沈芷平说：是不是手压住胸口了？

他摇摇头：我的手放得好好的，像被捆着似的。

沈芷平说：你应该去看看医生才是。

他还是摇摇头，叹道：医生是治不好噩梦的。它跟随我很多年了，会一直跟我到棺材里。它不会放过我的。

沈芷平很难过地看着他，把茶杯递到他手上。他握着她的手，反过来安慰她，他说：没事的，它整不死我。

女人还是流泪了。女人轻声问道：你是不是太紧张了？我觉得你好像很累，要不要我陪你出去走走？我是说我们可以离开北京一段日子。

他笑笑：班不上了？

她说：这没事，反正实习也快结束了。我可以请假。

可是去哪呢？

去哪都行。

去你家怎么样？他看着她，然后解释说：我送你回重庆，站在对面的街上看你进门，或者在你家的附近租一套房住下来？

你别吓我，她说，我父亲要是知道会打死我的。他只比你大八岁。

他搂着她说：你看，我们都成了无家可归的人了。

她说：我们可以自己建一个家的。

你是说嫁给我？

这没关系，我只要和你在一起就好。

这个时候他们都想到了做爱。于是男人就准备脱衣服，但女人制止了他，女人说她不喜欢这么一本正经的，况且自己还在班上。她说：别太像结婚了。

人人都向往偷情，连这个小女人也不例外。是因为偷情来得刺激吗？他心里这么想着，觉得很开心。他们接吻。与此同时他的手从女人制服里伸进去，去探那对不太丰满却很结实的小乳房。他使劲握住它们。女人在他的身下，仿佛昏昏欲睡，她的手好像是第一次主动来抚摩男人的下体，显得小心翼翼，然后开始抬高自己的腿。男人把这条修长的腿扛在肩上，审视着女人那个越发晶莹的部位，动作略带粗野地进入了。很快他就听见了女人的呻吟，这呻吟十分微弱，像蚊子的呼喊，却给男人带来了极大的欢乐。他们从床上滚到地毯上的那一刻，男人临近了高潮，他迫不及待地想从女人身体里退出来，但是，他的腰部已被女人的双手牢牢箍死。男人叫道：放开，不能在里面的！

女人没有放开。女人似乎早有准备，决定来一次背叛。

风暴过去了，他们还在地毯上躺着。

男人责备道：你怎么这么任性呢？要是怀孕了怎么办？

女人说：打掉就是。

男人说：废话，这很伤人的。

女人说：我总觉得我这辈子都不会怀上的。其实，我真想跟你要一个小孩。

这句话让男人颇感意外。密实的窗帘遮蔽了窗外所有的阳光，这个空间就永远是晚上。夜晚应该属于普天下相爱的男女，他们也不例外。但是，这毕竟是个虚伪的夜晚——在后来的日子里，男人常常这么想着，却不知道为什么。

石镇：1999年4月

那个晚上——当真正的夜晚来临后，我和沈芷平有过一次长谈。还是延续着几小时前她关于想要一个孩子的话题。我很诧异，像她这样的年纪怎么就渴望去做一个母亲？她本人还是一个孩子，最早的独生子女。她的父母都是生意人，家中的经济状况殷实，有一栋带庭院的三层小楼。显然，父母是不希望这个女儿日后落在外面的。他们肯定要等一个女婿上门。我问过沈芷平，她说她之所以出来，就是想逃避父亲看中的一个男人，那个人也是做生意的，是一个建材公司的老板，为人倒还忠厚。可是我不喜欢他，沈芷平说，我也不想早早把自己打发掉。

可是，我这么问她，你又说想要一个孩子？

我是觉得……我自己很失败，她有些沉重地说，我没有一件梦想成真的事，哪怕是一个很小的梦想。

比如？

她靠到我身上，把一只手伸到眼前，说：那天你说我的手好看是吗？我自己也觉得好看。你说这样的手应该去弹琴，是的，这就是我的愿望，很小的时候我就想将来去学音乐，学键盘，弹拨也行。我向我父亲要一架钢琴，他不同意，他说太贵了——那时我们家还不富裕，而且，我父母经常吵架，闹离婚，他没有心思顾及我的要求。后来还是我舅舅给我买了一把电子琴，是国产的，但可以弹。我就跟我的一位老师学，不到半年，我就能弹得很好了。有一天，老师去了我家，对我父亲说我学琴有天赋，他希望父亲能给我买架钢琴，因为电子琴弹久了会耽误事的，指法改不过来。可我父亲说小孩子不就是个玩吗？弹琴毕竟是不能当饭吃的。老师只好说，那太可惜了。后来父亲对我说，我可以给你买钢琴，但是你能保证将来考上音乐学院吗？我心里发虚，却还是点头了。父亲说那好，明天我就给你买，你得给我先写一份保证书。

怎么会这样呢？我插言道，即使算是父母给儿女的投资，那也是不计回报的呀！

可我的父亲就是这样。沈芷平接着说：从钢琴买回来的那一天起，我就感到我不是在弹这架琴，而是在拼命地扛着它。那一年我才十五岁，比现在还瘦，我能扛得住吗？可是一想到父亲把多年积蓄的一万多块掏出来，一想到他和工人们一起把琴弄进家，流了那么多的汗，我的压力就更大了。父亲是爱我的，但是不理解我，我记不得我们一家三口可有过在一起开开心心的日子，好像没有。结果，我让父亲失望了，没有考上音乐学院，连音乐学校也没有考取。第三次考过，父亲没有收到录取通知书，却收到了我的一位中学同学写来的情书——像往常一样，只要是我的信件，他可以不经我同意就拆——一下就发火了，说我欺骗他，把同学的信和那张保证书都撕碎了，再扔到了我脸上——我记得那是1996年的8月14日，三天后，就是我十八岁的生日……那一天，我想到了死……

十八岁的沈芷平最初想去投嘉陵江，那是一个微雨天气的后半夜，山城重庆正处在沉睡之中，这个身材单薄的姑娘给父母留下了绝笔，信中再三向她的父亲道歉，她只提出了一个要求，就是希望父母不要离婚。她似乎是很镇静地写完了这封信，然后就悄然出门了。她从一条小巷穿过，便直奔朝天门码头。街上看不见行人，只有少量的出租车从她身边驶过，每一辆车与她接近时都会自动减速。最后，有人对她说话了，问她要不要乘车。她说不要。但是那辆车还是停下了。司机说：上来吧，我捎你一阵，不要钱。她谢了司机，却还是走自己的路，也许她觉得这是生命最后的一段路了，需要亲自把它走完。她的镇静与肃穆引起了那位好心司机的关注，这之后便一直减速与她同行。司机说：姑娘，我不是坏人，你要是有什么心事，上车来和我谈谈吧，我女儿差不多和你一般大。

那真是一位好大叔，沈芷平现在这么感叹道，看着他那副担心的样子，我就觉得很抱歉，但我没有对他说出自己的心事，我只说我没考上学，心里头很闷，想到江边坐坐。谁知道他竟责备我，说，孩子，这可是你不懂事了。这么晚了，一个姑娘家出门，你父母能放心吗？来，我送你回家！

我一下就哭了，沈芷平说，我伤心地想，我怎么就没遇见这样一位好父亲呢？这就是我要和你好的原因，这就是我想要个孩子的原因，我会把我全部的爱和梦想都给这个孩子。我自己可能不是个好孩子，但是我有信心去做一个好母亲，称职的母亲，你信吗？

我说我信。我相信沈芷平对我说的一切都是真实的，并为此感到难过。某种意义上，她可能就是把我当成一位父亲来爱的，这种复杂的爱从一开始就形成了，所以我们相处这些天里，她的温顺远远超过了任性。这不是她的天性，不是的，她只是企图从我这儿找回自己一生中丢失的那份情感。从我领会到这层意思起，我便预感到我会进入到一个无法克服的矛盾之中，而且极有可能最终要令她失望，因为这辈子我是决计不想再要第二个孩子了。我的孩子在犁城。

晚上，我接到父亲的电话，说外祖母最近一些日子身体状况不太好，问我能否抽空回石镇一趟。父亲说北京现在有了直达水市的火车，但那是趟慢车。

——1999 年 4 月 20 日

由北京开出的那趟火车在经过十八小时的行驶后，于这天的下午抵达了水市。男人刚走出站，就听见了小丹的呼喊。感觉中小丹好像没怎么变化，只是头发焗成了微红，使她看上去并不像一个四十出头的女人。出发前，他给小丹去了电话。小丹说：转到这边来你就想到我了？平时一点声音也没有。他说我给你挂过几次电话，都没有人接，我说的是实话。小丹问：还是一个人吗？他说还是。小丹说：算了，我看你还是回犁城和李佳复婚吧，两碗剩菜倒在锅里一起热热。他说：我还不至于饿成那样。小丹说：我知道，你这家伙身边少不了女人的，但是你总不能一辈子这么漂着吧？

自从 1984 年秋天离开水市，这十五年里男人和这座江北小城的交往屈指可数。城市的变化到处可见，但是无论怎么变，其小气的格局是早已定型了的。要是当年不离开水市会是怎样的情形呢？他想不出，或者说他根本就没有去想，这座城市之于他更多的是一种回忆的需要，是一次次伤感的缅怀……

小丹毕竟是小丹，一个能揣摩他心思的女人。她指挥出租车从一条老街通过，雨浓的家就在这条街上，但是如今这里已经没有人住了。雨浓的父亲一年前随儿子移民去了加拿大的温哥华，雨浓则陪伴着母亲安睡在公墓里。雨浓要是活着，今年四十四岁。他想不出这样年纪的雨浓是什么样子，于是他就对小丹说：雨浓走了二十四年，却为我们永远留下了一个二十岁的倩影。小丹说：回头我们去雨浓坟上看看吧。

夕阳下的墓园有一种特殊的静谧，周围的林子正是苍翠欲滴的时节。清明过了，但是那种湿润的气息还弥漫在这片天空下。有几只黑色的小鸟无声地从他们头顶上飞过，他们坐在雨浓面前，从前的事仿佛发生在昨天，时间流逝得真是太快了。

小丹说：雨浓要是能留下一个孩子就好了，我会帮她带大。

他说：我也这么想过……

小丹说：你是想做那个孩子的爸爸吧？

他说：为什么不呢？

小丹说：你想过我们之间有孩子吗？

他说：没有，我总把你看成是一家人。还记得吗，那一次我来水市住在你家，忘了带牙刷，你就让我用了你的。

小丹说：哪一次？我怎么不记得？

他说：很久了。那时候雨浓还活着……但是我没想过，我们会有孩子。

小丹说：我是想过的。其实插队那阵子，知青偷偷生孩子的多的是。

他说：真要是那样，一切都会是另一个样子了。

小丹说：那我们会离婚吗？

他说：这得看我们怎么过了，反正两个人厮守一辈子都不容易。

小丹就叹道：要是男人都是女人的牙刷多好！牙刷是不给别人用的。

他说：可我还是用了你的。男人有男人的毛病，没办法。

小丹说：什么没办法？把你撵回山里，看你能折腾几天！

他说：不撵回山里，也折腾不了几天了，你不觉得我很老了吗？

小丹说：别在我面前装老。

他说：我看你倒过得挺滋润的。

什么话？小丹把手伸给他说：你看，我这手那还叫女人的手呀，都皱成这样了。

他握着小丹的手，然后告诉她，自己想连夜赶回石镇去，等外婆的病情稳定了，再回水市安心住上几日。

其实我离开石镇才三个月。春节的时候我在家中住了一周，然后就接到了北京的通知。今年的春节家中特别冷清，小妹因在上海加紧补习外语，准备参加今年的“托福”考试，没有回来。家中只剩下我陪三位老人过年。年初一，二妹从洛杉矶打来电话，说现在她的状况有所改观，想让父母今年过去住些日子。母亲说暂时还不行。她担心年迈的外婆在这期间万一有个三长两短的会赶不回来。我就说：你们还是抓紧时间出去看看吧，等手续办好了，我就回来照顾外婆。母亲说你正在做事的阶段，哪能成天守着一个老人呢？我们的交谈让外婆听见了，于是老人便发出了感叹：都是我连累你们了，我死了，这个家就太平了。养人有什么用？大了，翅膀硬了，个个都像鸟一样地飞走了，连个窝也不要了！

这个春节就这么过去了。

外婆上个月跌了一跤，行动开始变得迟缓。父亲在电话里没有说清楚，现在我知道了，就很有些生气。我责备父亲：她这个年岁是经不起这么跌的！父亲沉默着，他的表情显示出一种忍受。他本人也是古稀之年，这几年外婆的性格越发古怪，以至于平时他们三人之间很少有交流。他们每天的生活除了一日三餐就是守着一台电视机。遇到败胃口的节目，三个人便陷在三张沙发里打着呼噜。父亲曾经计划写回忆录，后来这念头又被打消了，取而代之的是和几位老友玩麻将，如今县里抓赌正盛，也只好偃旗息鼓了。想想，他们的时间还真是不好打发。实际上父亲的电话是个借口，他们很希望我能在石镇每年多住些日子。这样看来，我还是需要在犁城买一套房子，早点把父母搬过去，以便照顾他们。以前我总有回来的考虑，现在想想似乎不现实，县城一旦搬迁，石镇就更加冷清了。我想这次就与他们谈谈。钱不是问题，况且目下房地产业不景气，到处都可以办银行按揭。

晚上，等外婆睡下后，我把自己的想法对父母说了。

母亲有些犹豫，说这件事还是等等，毕竟外婆年事已高，说走也就走了。母亲的意思是要等到把外婆送上山那天，在老家罐子窑还有祖坟。

父亲插言道：外婆现在说不在乎火葬了。

我说：这不行。必须土葬，把她和外祖父葬在一起，再合立一块碑。这项费用全部由我来出，我要把老人热热闹闹地送上山。

我又说这件事与举家搬迁不矛盾，外婆真到了那一天，雇一辆车就是。

母亲说：就怕老人故土难离呀。

我说：你们也是老人了，趁着现在外婆还能动弹，还是搬吧。

母亲说：其实，我在这地方真是住得厌倦了，一辈子都扔在这里。我是又想你常回来，又不想你在家门口露脸——那有什么出息呢？水才往低处流呢。

父亲说：那还不如移民去 America 算了。美国的政策是，直系亲属有多少移多少。

母亲说：移过去不行。美国再好，那也是别人的国家，住久了不自在。再说，儿子总不会永远不结婚吧？

我说：我的事你们就别操心了。我先得把你们安顿好，再把女儿送出去，就是说，近五年里我不会考虑这个问题，反正一个人也习惯了。这几年还是抓紧做点事吧。

时间已临近子夜，我借口买烟，骑着父亲那辆旧自行车出门了。今晚的月亮很好，我便踏着这皎洁的月华去了琴河的堤上。

这条河总能勾起我很多的回忆。但此刻，回忆已经随风而去，我看到的是离我并不遥远的未来。今天晚上与父母的交谈，与其说是在安排他们，倒不如说是在清理我自己。人这一生想起来其实很简单。如果把它分成四份，那么前四分之一的日子，是由大人对你负责；这之后的两份，是你对与你相关的一切负责；最后的一份是你余下不多的时光，需要你对自己来负责了，这便是你的残生。那时，你的父母已经离开了人世，你的儿女也将独立前行，你的伴侣或许已经与你分手，从那时起你的阳光便失踪了，唯有黄昏与你相伴。孤寂像一张大网笼罩着你，而你已无力突围。没有人会注意那个每天出门买一份晚报的老头，没有人会在下雨时递给你一把伞，没有人会想起这个老人也曾经有过辉煌。谁能记得？谁可相依？

也许，我会在一个雨夜接到一个问候的电话。也许，我会在一个码头上看见来接我的人。也许，在我七十岁或者八十岁那天，有人会给我点上一屋子的蜡烛。也许，在我弥留之际会有人坐到我的床沿……

这都是我的女人！我还滞留在她们的记忆里，如同她们永远活在我的心中。

——1999 年 4 月 23 日

石镇的早晨是明丽的。四月的风吹绿了树木，吹蓝了天空，也吹皱了他的心情。在这几天里，他每天都要骑车去那几条老街上转悠。当他打定主意要搬迁后，他突然对这个自清代康熙年间就已成规模的老镇产生了眷恋。他拍下了很多照片。

这种街头茶座让他感到亲切。这条街叫丁字街，从他开始记事的时候起，这儿就是个茶水炉子。他在这儿不知冲过多少次开水。那时的热水瓶外壳是竹篾做的。每天上小学他都要经过这里。有一天，他发现茶水炉的老板娘生了一个漂亮的小妹妹。那时他还没有妹妹，他觉得躺在摇篮里的这个一头黑发的小女婴挺好玩，就爱坐在边上摇她，以至于忘了上学。老板娘说：你不上学吗？他居然撒谎了，说：我们老师生病了。就这样他逃了三天学。到了第四天，老板娘把他母亲叫来了，于是他拔腿就跑。很奇怪，他一走，摇篮里的女婴便哭个不停……

有人在身后叫他。

他并不认识这个比自己明显要年轻的男子。那人喊他老师，接着递上名片，是县图书馆的馆长，姓刘。

听说您回来了，刘馆长说，正想登门拜访呢。

都是一个地方人，别这么客气了，他说，有什么事就在这儿谈吧。

于是他们就坐下了，要上了一壶茶。送茶上来的还是那位老板娘，却已是满头灰发之人。她当然不知道，现在喝她茶的是从前帮她摇孩子的那个小学生。

刘馆长说：我们想搞一个本籍文化名人的陈列室，主要就是您了，所以想得到一份您的手稿，不知道您是否愿意。

他说：我可以送一份。

刘馆长说：那太谢谢了。可是我们的经费您知道……

他说：我是赠送。

刘馆长说：我们可以给一个证书。

他说：证书也别给了。我要证书干吗呢？等我回到犁城，就给你们寄吧。

与这位年轻的图书馆馆长分手后，男人的心情陡然沉重起来。是呀，都有人来张罗自己的手稿了。他的手稿是比较齐全的，至少有三百万字吧，何必只送一份呢？这些东西女儿未必能看得上，女儿要继承的充其量也就是他的著作权。按现行的法律，这份权益会延续到他死后的五十年。那么他的手稿、藏书、日记这些东西都会束之高阁，或者付之一炬。如果还有人愿意要，那就通通地捐出去，捐给家乡，捐给母校，捐给朋友……

真需要一份遗嘱了。

这时候男人便想到了沈芷平。昨天夜里他们通了电话，女人问：你外婆的情况怎么样？他说：神志还很清楚，就是行动不太利索。女人说：那就请个保姆吧，免得把你父母也拖累了，他们也都是老人了。他说：谢谢你，你想得比我还周到。

后来他又说，自己还准备回犁城看看女儿，这样估计再折回北京，应该是五月的中旬了。

话说到这里，沈芷平犹豫了一下。她说：你忙吧，我这里都好。马上就做实习鉴定了。

其实女人是想说，等你再回来，我也该走了。

他一下感到很失落，说：你一定要等我回来，知道吗？

女人说：我会等的。

犁城：1999 年 5 月

几天前的晚上，大约十点钟的光景，看电视的外婆突然变得不能动弹。我把她抱到床上，父亲立刻骑车去医院喊医生。在这前后十多分钟里，老人的神智已不清楚。等我把她靠到床上，才慢慢缓过劲来。她对我说：要是现在死就好了，趁你在我身边。我说：你不会死的。老人说：人都要死，我现在什么都不怕了。

俗话说：七十三，八十四，阎王不请自己去。外婆今年八十四，即使离开人世，也是寿终正寝。这个我心理上早有准备。我惊讶的是，老人的“什么都不怕”。老人对活着似乎已没有多大的兴趣。她的女儿已不再是从前舞台上那个亮丽的当家花旦了，坐在她的对面，差不多就是她过去一起在太阳底下纳鞋底聊天的街坊。她的外孙和外孙女都已离她远行，即使仓促地见上一面，她也无法找回往昔孩子们对她的依赖。她甚至能感觉到，孩子们给她的礼物只是一种敷衍。她总是抱怨：你们也不肯和我说说话。也许，人到了这个年岁，活着真是一种负担？医生诊断，外婆是因为受凉而引起肠道不适，而且，胆囊也有些问题。我却认为老人的病在于心。那天夜里医生走后，我和父母又在一起商量。1976 年老人在水市的白内障切除手术看来不能算成功。我的意思是，能否去犁城再做一次？母亲说：算了，她这个年纪，身体的承受力有限。父亲也说没有把握。我说：老人要是眼睛看得清楚，心里也就亮堂了。母亲说：等秋天再说吧。

这样我在石镇又住了几日，等外婆的体质有所恢复，于今天的傍晚回到了犁城。

时间已经进入五月，这座城市却还处在冬眠。暮色中，城市的面目呈现出一种怪异的陌生感，很难相信这就是我曾经生活过十五年的地方。如同卡夫卡笔下的那个 K 走不进城堡，我也走不进这座城市，这种感受现在越来越强烈了。在这个城市，我是一个多余的人。十年前，我调到文联的时候，没有一个具体的单位愿意接受我。我的档案被塞在一只陈

旧的铁皮柜里。就这样，我被“挂”了两年。我是在这种情况下决定去南方的。那是 1992 年的 4 月 5 日，清明节，犁城的洛川机场上空一片阴霾，似乎带有某种祭奠的意味。但飞机还是照常起飞了。当飞机穿过厚厚的云层时，我清楚地意识到：这真是一块耻辱的天空！

现在，我又回到了它的底下。城市在冬眠，而我的心却已休克。春天过去了。春天在这座城市没有留下一点痕迹就过去了。长途汽车在进入主要街道的那个十字路口停了下来，司机说：只能到这了，前面走不通。旅客们便嚷嚷：再往前开点儿不行吗？司机不解释，自己先下了车。我有些意外，等下了车才知道，前面的路已经被一些下岗工人用自行车给堵住了。以前在电话里曾经听李佳说过类似情形，今天倒是亲眼所见了。我在路边站了一会，想拦一辆出租，结果等了很久，根本就看不见一辆出租车的影子。后来听一位老工人说，今天出租车司机集体罢工了，以抗议市政的收费规定。这位老师傅看上去很和蔼，我就问：这到底是为什么？整个交通瘫痪了还叫城市吗？老师傅看了我一眼，说：人总得吃饭吧？人要口饭吃，这要求不过分吧？五十年下来，厂子倒了，工人的饭碗砸了，每月一百来块钱还一时兑现不了，怎么活？上上下下的都说为人民谋幸福，其实下面的人民不要幸福，只要活着。

我有些激动地递给他一支烟，可他没接。这时候，街上的灯火已经陆续地亮了，最初的时刻，这些灯光给我的感觉很潮湿。没有出租车，城市一下子变得空洞而萧疏，脚下的路也越发地沉重起来。我茫然走在街上，口渴得很，就在路边的小摊子上买了瓶冰镇的矿泉水。一口下去，感觉像吞进了一把刀子，直抵我的胃。临近"红门"，天色已经彻底地黑下。门前那对写着"欢庆五一"的大红灯笼，经过风吹雨淋，显得十分憔悴，在它下面，是站哨的卫兵。与以往不同的是，今天的卫兵是持枪上岗的。我讨厌枪。我讨厌全世界的枪。

李佳和女儿不在家，可能是上她父母那边去了。家里收拾得很干净。我近期的一些期刊信件整齐地放在写字台上，边上还有李佳留给我的一张条子，其中有这样的话——

我们去玩了，如果没有吃，冰箱里有方便面。信是你女儿拆的。

我不饿，倒是觉得有些累了。于是先洗了澡，再躺到床上。我想该给小丹一个电话才是。电话是小丹的儿子接的，问我：你是谁？我说我是你妈妈的朋友。那孩子便喊：妈，又是找你的。过了会儿，才听见小丹懒洋洋的声音：谁呀？

我说是我，我到了犁城。

小丹的口气就变了：我还以为是我们单位的那个家伙呢。

我说：你又招谁了？

小丹说：我能招谁？别以为我是你。

我说：我怎么了？

小丹说：不是说好回水市过几天吗？怎么又走了？

我说：犁城这边还有点事情要处理。

小丹说：你别骗我。你小子是怕……算了，不和你说了。安心当别人的牙刷吧，我不嫉妒。

说着，我们都笑了起来。这种气氛让我高兴，让我感到轻松。我想再过二十年，等我们都是名副其实的老人了，聚到一起谈天说地，搓上几圈麻将，那日子也是很诱人的。人这一生说简单也真简单，最后也就剩下几个莫逆之交。

月亮很迟才于天空显现出来，给我亲切，一种十分遥远的亲切。似乎到今天才明白，这月亮和人的思念确实有着关系。

——1999 年 5 月 6 日

李佳和女儿回来时他已经睡下了。朦胧中他听见开门的声响，脚步在他床前显得迟疑。可是他实在睁不开眼睛，疲惫此时已变成寒夜里的一件裘皮大衣，紧紧地包裹住他的身体，化为温暖。这张简陋的床铺却总能给他安适的睡眠，不过也常常是无梦的睡眠。

这一觉男人睡得很踏实，直到今天早上，还是李佳的一个电话把他唤醒的。李佳说：睡得好吗？他说很好。李佳说：那今天开始就由你做饭了。他说当然。他说：昨天夜里我已经制订好一周的菜谱了。李佳说：你这次就住一周吗？他说：北京的事情还悬在那儿，我得盯着。李佳说：是得盯着，别都让人掏走了，你总得给你女儿留点吧？

她只担心我把钱财给了别的女人，他这么想着，即使我已经沦为乞丐，她也免不去这种担心。

起床，然后去菜市买菜。阳光很好，但菜市上散发出的臭海鲜气味特别难闻。在南边前后待了三年，对生猛海鲜男人一直就是敬而远之。那个桑晓光是喜欢吃这些东西的。李佳似乎也是。而且奇怪的是，两个女人的吃相都十分相像。可他不行。不仅不行，反倒为此闹出不少笑话。一只螃蟹会整得他非常尴尬，第一次吃鱼翅差点以为是粉丝，倒是石斑鱼很对他的胃口。在吃的问题上，女儿的喜好与他是惊人的一致，譬如粉蒸肉、鸡蛋羹、清蒸鱼，譬如红烧排骨、爆炒腰花、火腿冬瓜。从前李佳总是埋怨说，这些东西营养价值有问题，胆固醇还高。她主张多吃鱼虾和鸡。他说，这就是我们的不同了，我吃的是胃口，你吃的是营养。他想人真是很怪，没有缘分两个人不仅睡不到一块，而且也吃不到一块，这日子过起来就难了。有人说夫妻的过程就是不断的适应过程。很多人就这么彼此适应了一辈子。他们却适应不了，所以中道而别就在所难免。时间过得很快，男人想，转眼间和李佳分手已经四年了。这四年里他们除了不在一张床上睡觉，不在一只钱包里花钱，其他方面似乎看不出什么变化。或者说，变化没有表现在客观上。他们也没有那种相敬如宾的客套，看上去一切都十分自然。该埋怨的李佳依然埋怨，该指责的李佳照样指责。这倒也好。

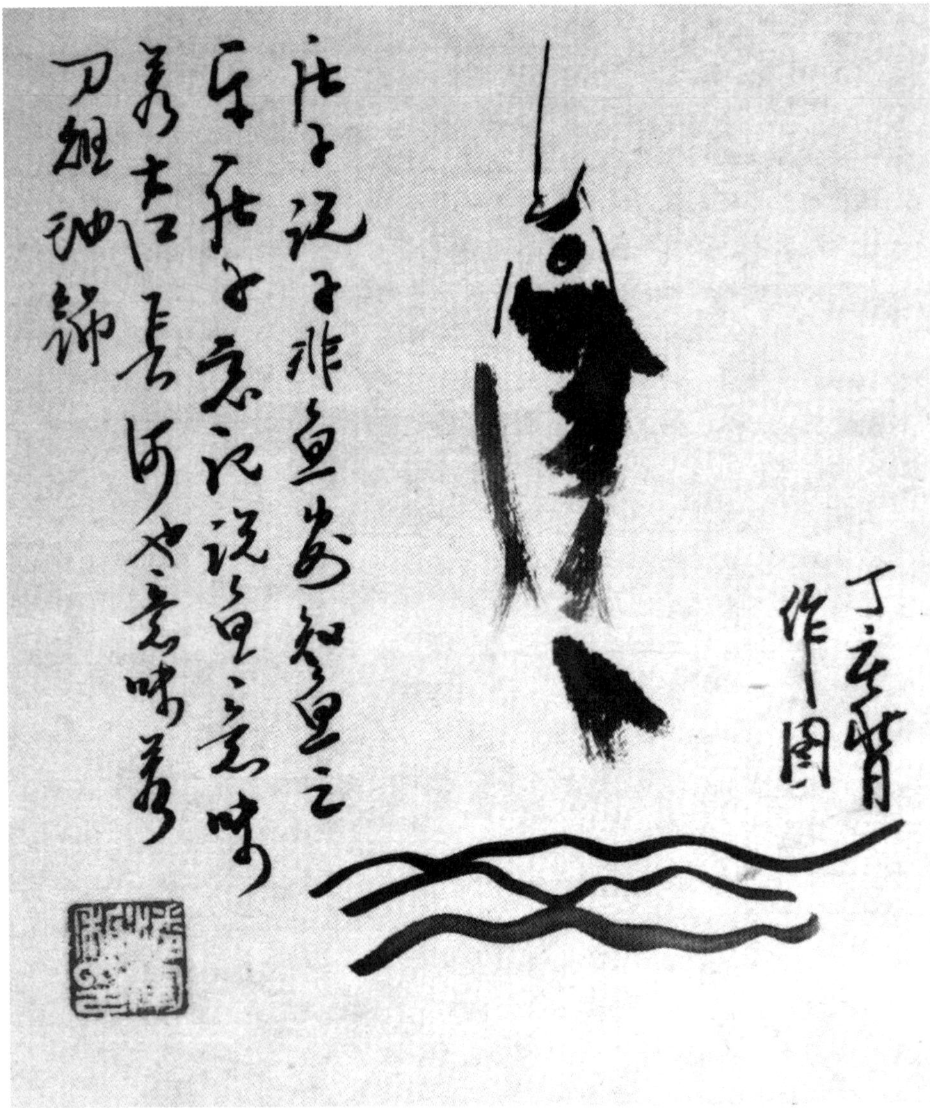

和以往一样，对久违的厨房男人还是抱有极大的兴趣的。他喜欢烹饪，这些年云游四方，每到一处，只要发现特色的菜肴，他都会记下来，带回犁城学着做给李佳和女儿尝尝。于是从广州带回来了咸鱼茄子煲，从海口带回了清蒸石斑鱼，从长沙带回了剁椒鱼头，从郑州带回了鲤鱼过黄河，从济南带回了鱼子炒蛋——这些菜肴居然都和鱼相关。这种感觉非常奇妙，仿佛证明了他的才能，树立了形象。有时候他不禁暗自发笑：自己写了三百万字的小说没有得到李佳和女儿的一点重视，剽学几道菜肴却赢来了无限夸奖。他想我的前世一定是个壮志未酬的厨子，我实在不该投一个作家胎。

我也是一尾鱼，他想。

所以我离不开水，他又想。

庄子说：子非鱼，安知鱼之乐？

庄子忘记说：鱼意味着大江长河，也意味着刀俎油锅。

客厅里的电话响了。男人关掉灶火，去接电话。对方是一个陌生的女声，问李佳在吗。他说李佳上班去了，你呼她吧。对方稍有停顿，小心地问道：你是不是……

他说我是她女儿的父亲。

对方就说她是李佳的同学，说：我们同一个寝室，你还记得吗？那时候你经常来我们学校呢。

是呀，他说，都二十年过去了。

对方说：你们是不是复婚了？

没有，他说，不过我们一直相处得很好。

对方说：李佳在我们面前可从来没有说过你的坏话。

她不会的，他说，这个我很清楚。

对方说：你们还是应该好好一起谈谈。

他说：我们一直在谈着，谢谢。

电话结束，他坐到沙发上抽烟，怎么也记不起对方是谁。李佳的寝室倒是历历在目，她是下铺，帐子里还挂着一张山口百惠的年历画，这或许是她本人与山口长得有点像。李佳喜欢用格子的床单，枕头边上总是堆着许多文学书：陀思妥耶夫斯基和海明威的小说，惠特曼和叶赛宁的诗歌，还有他最初的习作手稿。他还记得李佳的一面小镜子，椭圆形的，粉红色的塑料边框，背面镶嵌着她十八岁时的照片……

那时候李佳真是漂亮。从那张照片上你根本不会想到她是近视。那是一种冷静的美，冷静得近乎凄凉。

电话又响了。他感觉应该是李佳，果然就是。

李佳说：中午我有一个应酬，不回来吃了。

这一天里电话很多，最后一个电话是北京的一家出版社来的。是约稿。他们计划要出一套关于作家人生经历的书，一本散文随笔集。按照要求，还需要选出几十幅照片穿插其中，所谓图文并茂吧。文章是现成的，只需要做一次挑选即可。照片却要费些工夫才能翻检出来。我幼时的那些照片差不多都在“文革”抄家中散失了。唯一的一张，还是由我父亲保存下来。那是我平生第一次照相，摄于1958年的春天，我半岁。直到上大学之后，准确地说是在和李佳恋爱之后，照片才慢慢开始多起来。记得我们第一次照相是在1980年的秋天，刚开学不久吧。一个并不晴朗的星期日，我借了一台“海鸥120”，和李佳来到犁城的郊外。

我们当时就置身在这样的环境里，以天空和自然作为恋爱的背景。那是我们第一次的合影，也是我们恋爱生活中难得的一个亮点。现在，当我重新面对这些“老照片”时，心情还是相当的复杂。那份青春的年月对于我们，说不清是留恋还是淡忘，说不清是刻骨铭心还是不堪回首。但总之，它逝去了，是伤逝而去。

女儿和我的交流日渐少了，她的时间挤得满满的，课余便把自己锁在小屋子里看卡通漫画，要不就是趴在新添的电脑上。对她而言，父母只需提供她的后勤保障和经济援助就足够。我想起遗嘱的事，突然觉得自己很荒唐，因为这个女儿似乎并不需要什么继承的著作权。我的财产充其量也就是写下的那几十本书而已，她留着只是个念想，她甚至都没有时间把它们看上一遍。

中午吃饭时，我对孩子说，你把最近的作文拿给我看看吧。她说没什么好看的，都是命题的东西。

那就把你自己写的挑几篇给我看看吧，我说，如果你愿意的话。

她似乎有些勉强，但还是去拿了两篇周记送到我面前，她说：别改。

爸爸只是看看而已，我说，看过了我们可以交流一下。

然后她就走了。下午没课，她要和她的几个小姐妹一道去逛电脑市场。

女儿的周记一篇叫做《雨中的感觉》，另一篇叫《拒绝长大》。在这一篇里，她这样写道——

我每天洗脸的时候，就怀疑镜子里的这张脸是否属于我。是的，我感觉到我在渐渐长大，但是这种感觉却不能使我愉快，相反，它比自然的灾害还令我恐慌。想起我们小时候，是多么的无忧无虑，可以做自己喜欢做的任何事情。再看看周围的大人，又是多么的叫人失望——常常因为一点私欲利益而勾心斗角，活得一点也不真实。所以，我就在心里默默向上帝祷告：既然您赐我生命，就让我按照自己的意愿活一回吧。

女儿大了，人生的烦恼伴随着她的身心一并在生长。女儿所说的“周围的大人”，首先包括的应该是她的父母。

晚上，我意外地接到了中奇公司老板的电话，他告诉我电视剧的项目现在可以正式启动了，希望我早点回去。我说一周后就走。我想我得给女儿多做几顿饭才是。然后我立即通知了沈芷平。我告诉她，一周后最好把班调一下，别做夜班了。

她在电话里腼腆地笑着，她说：304 我一直替你留着。

我说：干吗这样呢？住哪间不都一样？

她说：不一样。304 是属于我们的。

她停顿了一下，接着说：我每天都要进去看看，你的烟味还在，那时候我就觉得，你离我不远，就站在我的身后。

——1999 年 5 月 7 日

北京：1999 年 5 月

位于北京城东南的角楼初建于明英宗正统四年亦即公元 1439 年。连年的战乱烽火，使这座美丽的城楼遍体鳞伤，遂进行了多次修缮。其中，以清乾隆年间的那一次最为出色。1900 年，八国联军侵入北京时，这座楼是前沿阵地，所以直到今天，你还可以从它伟岸的身躯上看得见累累弹痕。这是历史的见证。

这座城楼现在就在男人的视野之中。他离开了吃住三月之久最终一事无成的那个冠华酒店，在这座城楼的边上租了一套房子。

几天前，男人在犁城接到沈芷平的电话，说她无意中听见老板谈电视剧的事，好像他们不想干了。因为老板说，既然赚不到钱，那何必要投资呢？等他赶回北京见到这个自称是热爱艺术的老板时，他才知道事情的真相。原来计划收购片子的那家电视台的节目部负责人，在他回石镇的时候，和自己当会计的情妇携巨款外逃巴西，国际刑警中国总部已经发出了红色通缉令了。买主没了，制作方自然也就随机应变。

没有办法，老板说，我们只好调整方案。

他就问，经过调整的方案又是什么呢？

老板便像第一次见面时那样重新抖落开，说他们打算搞一部百集的大型电视室内剧，北京的影视圈行话叫“情景喜剧”。老板说：还是请你做编剧，我们可以一步步地来。

那么这一次呢？他打断说：我写的五个剧本的稿费是否应该先结清？

老板的表情便一下僵滞了。过了片刻，老板才留下一句话：我们研究研究。

他感到很愤怒。这种事已经是遇见多次了。下海经商那阵子，欠他钱的主，不是永远躲着不照面，就是照面耍无赖，其结果是，他不仅追不回一分款，还要倒贴盘缠。而他欠别人的钱，包括他的朋友、情人、前妻，却一分不少地给足了。他倒没觉得自己有多么高尚，只是他无法使自己无赖。做《北纬20度》时似乎也是这样的，一切都谈好了，一旦封镜，投资人的脸就变了，要把后期的价格大大降低。投资人大概以为，这是他执导的第一部电视剧吧，以为“自己的孩子自己疼”。但是他予以拒绝了。当时他说：电视剧是个破东西，除了能帮我挣几个钱还有什么？我怎么可能在这上面建功立业呢？太小瞧我了吧？于是就断然放弃了后期工作。这一回却在前期便卡了壳。他想“研究”的结果无非是赖掉几个钱吧，这也就是老板急着召回他的原因。什么启动？看来也只能是再次自认倒霉了。在钱的问题上，他总是显得那么笨拙，一点天赋也没有。可是像他这种人居然还在商场上滚过好几年，真是不可思议。

他想又该到走人的时候了。不过这回走，他不会走出北京城的。当天下午，他给所有在北京的朋友都打了电话，希望他们帮他找一间可以安身的房子。事情很顺利，有位朋友正准备去美国当为期两年的访问学者，房子空了出来而且设备齐全，租金也说得过去。联系好这些，他的心情有所好转，然后便着手收拾东西。这时，沈芷平来了。

他把自己的安排对女人说了，他说：这地方不能再待下去了，结完账就走。

女人问：他们会给你结吗？

他说：结是肯定会结的，只是我要吃些亏了。要是他们不结，那就由他们养着我打官司吧。

女人说：算了，宁可吃亏也别打官司。

男人说：不过我还是要感谢这家公司的。没有这档事，我们怎么能见面呢？

女人说：别的没什么，我就是有点舍不得这间 304……

男人把女人抱到腿上，他看见女人的眼睛湿润了。男人突然心尖发出了一阵颤动，他意识到，腿上的这个女人很快就要离他而去了。而这一去，便意味着他们之间远隔千山万水，甚至也许就是此生难以回还！

此刻，我站在窗前眺望着那座角楼。这个古老的建筑物提醒我身在北京。我对这座城市没有什么特别的好感，她太大了，大得让你总有失去方位的感觉。但是，离开城市宾馆酒店的标准房间，仍不失为一件值得庆贺的事情。即使是住在租借的房子里，也会慢慢找到一种归宿的感觉。更何况，我身边还有沈芷平。

昨天，我和那家公司把账结了。起先，老板希望我能接手搞那个“大型情景喜剧”，他没有想到我会一口拒绝。

我说：这东西我搞不了。

老板说：怎么会呢？这种幽默的东西不是更好弄吗？

我说：这不是幽默，是搞笑。

老板说：对，搞笑，现在老百姓不就是喜欢搞笑吗？你们写什么不是一样地赚钱？

我说：有些钱我是不愿意去赚的。

老板说：你们这些文人还是忒清高了。

我说：文人其实一点也不清高，但他们有权进行最普通的选择，就是什么该要，什么不该要。

等到了结账的时候，忽然一个电话把老板唤走了。老板说钱已经由出纳从银行提出来了，具体的手续由会计来办。这么绕了几道弯子，最后的结果是我损失了一半钱，二十万。不过，原先写出的剧本，老板也不打算再要了。我不想再就此说什么，还是早点离开的好。会计说：老板吩咐晚上一起吃饭。

我笑了笑，未置可否。事情弄到这步田地，还吃什么饭呢？

当天晚上我就住进了朋友的这间屋。朋友在美国的西雅图要住上两年，我给他的房钱是每月一千五百，其他费用自理。我更换了所有的床上用品，便感到像是自己的床了。因为我觉得，在别人的床上，是做不出自己的梦的。但是朋友是个单身，屋子里只有一张窄床。朋友解释说，因为一直筹划着出国，就尽量省了开支。其实这个人一般都是睡到别的女人大床上去的。我想我得抽空去买一张大床才是。

原来计划，明天去接沈芷平过来看看。但是外面的天一黑，我就感到特别寂寞，就有了一种没有着落的感觉，其中夹杂着很幼稚的凄惶，好像一个走失街头的小孩子。于是就给她去了电话，我说这边一切都安排好了，晚上能过来吗？她正当值，要到十二点才能交班。她犹豫了片刻，说：等会儿我给你去电话吧。

我踏实了，我知道今夜她会过我这边。但是时间越过了十二点，电话还是没有响。怎么回事呢？难道她改变主意了？我又给那边去了电话，对方一个女声说，沈芷平已经下班了。那么我想，她或许出门了吧？她应该来个电话通知我才是。她答应过的。我已经很久不这么焦虑了，我害怕这种发生于深夜时分的焦虑，它总让我产生不祥之感。尽管每年的夏季来临北京的治安都会抓得很紧，但晚报上这几天还是在报道各式各样的命案。我后悔不该打那个电话，我不知道是继续守着电话还是尽快去那边看看。我该把手机留在她身边，以便随时与她联络。怎么就没想起来呢？

好在这时电话响了，她的气息似乎能传递过来。没等她开口，我就说：你在哪儿？

她有些喘息，说：在你对面的街上，那个电话亭边。你下来接我吧。

我立即跑下楼去，越过街道，看见她站在路边的一棵梧桐树下，身旁放着一只皮箱和一只旅行袋。显然她是搬过来了。这情形让我想起了另一个女人，那也是来自西南的女人，就是邢蓉。在蓟州的那个晚上铭刻在我心里，而今夜无疑就是往昔的重现……

你搬过来了，真好……

我想还是搬过来。

那边的工作呢？

不干了，反正实习鉴定我拿到手了……我从304偷了一件东西。你猜猜？

我哪能猜得出呢？

是烟缸。我喜欢这个烟缸，你的专用。

——1999年5月15日

从这个位置看过去，你会大致清楚当时他们一起生活的场景。男人每天的工作还是写作，就坐在那张台子面前。他已经答应一个书商，把电脑里这部一直没有写完的长篇小说写出来。那时候女人会一声不响地操持着家务，或者戴着耳机听张信哲的情歌。等他一段写完，他会主动去找女人说话。他们交谈着今天的活动和明天的安排。有时，他们会突然想起做爱，然后一起洗澡。这种突发其来的性生活会使女人获得很好的感觉，她总是问：为什么人们习惯晚上做爱呢？

笔记本电脑里储存着这部没有写完的长篇小说，内容还是关于南方的。这部日记体的小说开始于去年的冬季，第一人称的叙事方式一直为他所喜爱，然而因为电视剧的事耽搁至今。现在重新拾起来，还是能唤起一种类似空谷回音的亲切感。那是一段难以忘怀的生活。他记得博尔赫斯说过这样的话：回忆和遗忘都是艺术。他甚至觉得把自己对南方的感受写出来是不可推卸的责任。至于男人和桑晓光的故事，却没有引进。但这个故事的若干片断他曾不止一次地对现在身边的女人说起过，后者听得总是那么认真，丝毫没有醋意，反倒有一回这么说过：你们分手很可惜的。女人说：你们当时就想不出更好的办法吗？

男人说：没有办法。其实我们之间最大的敌人还不是情感上的，是空间。你知道吗，相爱的人是不能分开的。

话说到这里，女人便沉默了。

男人意识到自己的话触击到了女人最敏感的那根神经。时间在慢慢地过去，已经是五月下旬了，再过十几天女人的实习生活行将结束，她会重新回到她熟悉的山城去。她会在一家四星级的酒店服务。最初，他们也会经常通通电话，但是这种电话必定会越来越少，以至有一天彻底中断。这就是前景？相比之下，还是那个叫肖航的女人头脑清楚，春风一度便无影无踪。那是个一心要去美国的女人。美国就那么好？这不，美国人的导弹刚刚扔到了我们驻南联盟使馆的头上了，那是孙子才干得出的缺德事。然而不管怎么说，一想起这个叫肖航的女人，男人心里还是有些不是滋味。在他看来，男女的事不该这么简单，简单到了无可附加的地步。在后来的日子里，那件暗红色的风衣时常出现在男人的梦境边缘，若隐若现。

现在，身边的这个女人也很快要走了。也许会有那么一天，男人出差飞到重庆，住进那家酒店，接待他的会是这个沈芷平吗？她会提前留出304房间吗？即使这样，这个女人还会像现在这样依偎在他怀抱里吗？那时她早嫁人了，有孩子了，每天下班的时候会有一个比他年轻很多的英俊男子，骑着摩托来接她回家……

他想，自己手头的活得先停下来。女人很快要走，应该利用这段时间多陪她出去玩玩。毕竟这是北京呀。这个位置离天坛很近，明天就去天坛吧。带着相机，给她拍些照片。于是，他把这安排对沈芷平说了，女人却显得犹豫。女人说：还是待在屋里吧，这段时间外面查得很厉害。

他说：查什么呢？我们又不是黑户，更不是通缉的罪犯。

她说：要是查你的暂住证怎么办？

他说：没有，我不是暂住，是常住。

他想没准我今年内就会在北京买下一套房子扎下来。户口？现在钱就是户口。但是这个城市的空气太差了，有碍于人的健康。

第二天，一件本来无关紧要的事，却在他们之间引起了不小的烦恼。男人从街上买胶卷回来，看见沈芷平在写信，便随口问了句：给谁写信呀？

沈芷平有点不自在，说：过去的一个同学。

他说：如今写信的可不多了，是男同学吧？

沈芷平说是。沈芷平说就是以前给她写信的那个男同学。

他躺到床上说：你们一直在通信是吗？

沈芷平说：断了小半年了。昨天我去冠华拿东西，刚收到……你要看吗？

他说：我怎么可以看呢？这对人家也太不尊重了。我只是觉得……

觉得什么？我没有别的意思。

那你最好过几天再回信。这么快就回，人家会怎么想？

那让人家久等就好吗？

男人一下坐起来说：那你回吧！用特快专递发！

他看见对面的女人表情想哭，意识到自己做得不好。他想我这是怎么了？我有必要这么醋意冲天吗？这个女人不是你的一件东西，况且她以前就有过男人，并不是你想的那么单纯——这个时代找不到单纯。

他走近女人，说：等你写好信，我们去天坛好了。

女人把写了一半的信撕了。然后她跑进了卫生间，关上门。男人有些沮丧，想女人这会儿又该认为他没素质了。过了一会，他对里面说了句：你没事吧？

女人回答说：我在化妆。

天坛公园并不是北京城最抢眼的旅游景点。除了外省的游客，当地土著很少光顾，只有一些玩鸟、唱京剧、耍拳脚的老人，一簇一簇的，使这个从前皇帝祈年的地方看上去像个疗养院。他倒是很喜欢这个幽雅的环境。眼前这些参天古柏和历史建筑树立在蓝天白云的背景下，有一种豁然开朗的感觉。北京的天空出现这样的蔚蓝色，在今天怎么看都是个奇迹。男人的心情现在得到了好转，刚才的那点不愉快过去了，似乎连日来的劳顿与焦灼也一扫而空。他想如果在这个环境里支起画架作一天的风景写生，应该是件十分惬意的事。男人把这个想法告诉女人，男人说：最好用水彩。水彩是一种半透明的颜料。女人说：那你就用水彩吧。

可是，男人说，你干吗呢？那不是把你晾住了吗？

女人说：没关系，我可以在边上陪你。

男人说：要是你在边上弹琴，该多好！

昨天从天坛回来，一路上我想了很多。自古以来，所谓文化人的前途无非是入仕与归隐，所谓达则兼济天下，穷则独善其身。仕途我是历来拒绝的，但我也从未想到过归隐。我曾多次想过叶落归根，这与归隐有着本质上的不同。前者不过是一种自然的法则，后者则是对现实的无奈作出的选择。历史上的归隐无非两种，其一是暂时屈服后的退让与妥协，是一种失败之后的韬光养晦，以期有朝一日东山再起，重现江湖。其二是人生的一种彻悟，以求隐匿山林精舍，采菊东篱。但之于我而言，

似乎这两者都不是。我是逃避。我要逃避的不是城市的喧嚣，也不是自己应尽的责任，而是那种无形的恐惧阴影的追逐……

这样的地方我已向往久矣！还是在大学的时候，我第一次读到梭罗的《瓦尔登湖》，那种与大自然相依为命的生活便吸引住了我，于是我心目中的“瓦尔登湖”就形成了。这是我记忆中似曾相识的图景，它已经在我的心里塑造了三十年。每天，我可以在山间小道上散步，可以在水边写生，可以在林中阅读，可以去老街找街坊交谈，可以和我的女人一道去观光赏景，泛舟垂钓……

这困难吗？对我来说并不。只是时机未到，我需要等待。我要等到把女儿送出国去，还要等到把父母送上山去，就是说，这一天实际上已不可能到来了，因为那个时候我也是日薄西山，到了耄耋之年。

幻想有时候是一种借口。在今天，这种古典情怀的向往却很难抵御时尚的冲击。这是一个被超量的资讯、迅捷的传媒所包围的时代。这是一个金钱、美女、股票、炒作、明星欲、政治掮客、公众人物、电视嘉宾、贪污受贿、腐败堕落、暴力犯罪相映成趣的时代。谁能逃得过这张大网？甚至很多人不是还处心积虑地往这张网里钻吗？我能例外？譬如说此刻的我为什么要来北京呢？这地方好吗？威廉·福克纳一辈子待在他的家乡约克纳帕法，那个密西西比州的乡间小镇，那个他自认为只有“邮票那么大的故乡本土”，但他在有限的空间里达到了时间的无限。而我们这些人则相反。我突然感到自己这些年的路完全走错了……

我深知在北京这个地方是写不好字的。眼下我不过是为了一个女人留在这座城市，同样，那个女人也为了我而没有回家。我们在干什么？是企图建立一个自己的伊甸园还是在幻想中欣赏乌托邦？我们是两只离群的鸟意外地落在了一棵树上。但是我感觉在这棵树上难以建筑我们的巢穴。这是一种悖谬的现象。我为了一个女人留在北京，却总觉得是临时搭伴。这显而易见的事实还是令我困惑。

昨天夜里，我有了梦。我梦见了两尾红色的金鱼，它们在水中游动着，与现实不同的是，由于它们的活动，周围的清水开始转为一片混沌的红色。而且越来越红，好像这红色的液体是从它们身体内流泻而出的，它们仿佛颜料做成的鱼。

——1999 年 5 月 22 日

北京：1999 年 6 月

像室内的花一样，日子很快就出现了难堪局面。首先是男人无法写出东西。他总是感到身后站着一个人，不知道古人那种“红袖添香夜读书”的滋味是怎么品尝出来的。他的习惯是，只要写作，最好就能享受

到五平方公里内实行戒严的特权。女人也能感觉到男人的烦躁，尽管这烦躁总是小心地掩饰得很好。实际上这样的时候女人也是不安的，所以通常她总是利用这段时间去逛街或者去看老乡。甚至有时候就买张地铁票和几份通俗小报，从崇文门坐到五棵松再倒回来，于是半天就给打发过去了。到了晚上，男人有意识地将时间腾出来，这原本就是属于两个

人的时间，男人觉得不能独占。一般的情况是，在吃过晚饭之后他们会沿着二环线散一会儿步，到报摊上买一份当天的晚报。回到住地，余下的时间就是看电视了。然而两个人的口味又大不相同。男人喜欢看新闻时事节目或者外国电影，女人则喜欢看港台歌星的MTV。但是女人是贤惠的，她只在男人不看的时候来看，而且把音量开得很小。这样的时候，男人就感到很抱歉，同时又似乎有些无奈了。

临近子夜，他们自然要开始做爱。做爱作为一天生活的总结在最初的一个星期里怎么看都必要。他们每晚都做。为了达到最佳的状态，他们尝试着各种姿势。但是，男人很清醒地意识到，他并非是乐此不疲，事实上他已经感到了辛苦。这是件力气活，男人想，再累也得自己干。男人隐隐觉得自己在女人身体上的劳动带有一种补偿的意味，好像奉献的是自己。但他从来没有把这个念头说给女人，他觉得太卑鄙，至少会引起不必要的误解。可是男人就是这么想的。男人又想，自己可能真是变得老了，连做爱都难以胜任，硬撑着，时间一长便会露出马脚的。一天晚上，男人干了很久却进入不了高潮，他有点害怕地想：我的精液难道都射完了？另一个使男人奇怪的是，这么久了，女人居然就不避孕也不怀孕。于是男人便怀疑起自己：也许我的精子全他妈的死绝了。这还不是衰老吗？

这种事情是不是每天都要做？有一天女人这样问道：别人这样吗？

那也未必，男人说，想做就做呗。

你想做吗？

当然。男人嘛。

你真的想吗？我觉得你好累。

你呢？

我无所谓的，你可别生气。

我想我该是有些老了吧。

我没觉得你老。

可我自己觉得。

男人停了下来，不由得轻叹了口气。他能体会此一刻什么叫做真正的沮丧。女人用身体紧贴着他，女人很想通过这种方式使男人平静下来。可是这个时候，男人希望的却是把自己的身体完全舒展开来。朋友这张床是个单人床，现在两个人睡起来便感到有些挤了。于是男人说：今晚我们分开睡吧，我睡沙发。

女人说：我睡沙发。在家的时候我就经常睡沙发的。

男人说：那不合适。

女人说：你累了，好好睡一觉吧。

男人说：其实累倒未必，就是有点儿倦。

女人笑了笑，抱起枕头和毛巾被去了沙发上。窗外的月光透进屋，使这个狭小的空间显得比白天的时候要宽敞一些，也宁静了一些。

这是一个十分舒朗的夜晚。男人像是一匹在大漠中长途跋涉的骆驼，终于走进了绿洲。很快，屋子里便响起了男人的鼾声。那时候男人不知道，也就是从这个晚上起，女人开始了失眠……

我醒来的时候已经是翌日接近正午了。屋子里没有人，桌子上留有我的早餐，没有留言，我想沈芷平大约出去买菜了。进卫生间洗脸，看见牙膏已挤在牙刷上，便很自然地想到了水市的小丹。在我这几十年里，被一个女人这么照顾，似乎还是第一次。这样的女人真是应该娶回来当老婆的。但是，她好像并不这么想。她这个年纪谈婚论嫁还为时过早。我呢？我已经对她表明过态度：女儿不送出国，我是决计不打算再婚的。也许全然放弃这个念头。婚姻这种形式越看越没有多少道理可喻，至少对我是这样。不过眼下我想，应该换一张双人床才是。我不能总让她睡到沙发上。

我突然觉得自己有些奇怪。从李佳那会儿起，我就不习惯与一个女人共枕一宿。李佳对我的烟味汗味以及脚气都很反感。她睡眠非常讲究，你只要稍一翻身她就醒了，之后便是没完没了的责备。所以孩子一出生，我便自动去书房里另支一铺。算起来，我和李佳做了十年的夫妻，但在一张床上睡，也就一年光景吧。倒是和桑晓光同居的那两年里称得上如胶似漆，以至每次离别分开总有几天的不适应。现在，这种独处又成了习惯，我真怕一时间难以纠正过来。我不能这样下去，真的不能。要是一个男人只是在做爱的时候去亲近女人，那么这个女人就成了一本工具书，用时随手翻一下，然后便束之高阁，这实在是极端的恶劣。我想我得赶快去买一张双人床来。

《新闻三十分》节目过了，沈芷平还没有回来。似乎受到刚才那思绪的鼓舞，我迅速吃了早餐，就出门买床了。靠近瓷器口有一家家具店，并不费事。但是我没想到会遇上一件麻烦——临付款时，我才知道钱包被贼人偷了。钱倒不是很多，也就两千的样子，只是身份证和一张女儿的照片在里面，让我觉得气愤。床没买成，我顶着烈日回来，衬衫全湿透了。门还锁着，沈芷平也不知去了哪里。我洗了澡，重新回到床上，思谋着该去银行取钱了，要不连买烟都成了问题。可是经过刚才这一折腾，我感到很是疲倦，四肢无力，头晕目眩，头一落枕困意便袭了上来……

我们又一次遭遇了！

那不过是一杯水，分明是一杯纯净的白水，微弱的涟漪却使我感到惶恐。我感到自己的身体已骤然浓缩，接着慢慢开始了悬浮。我知道我的躯体已经成了一条小鱼，装进了这个有水的杯子。难以置信的是，就是这一杯水，竟也能给我很大的压力。我知道氧气在迅速地挥发，我的生命在倒计时，可我还在挣扎着，想跃出这只杯子。我在杯子里呐喊：让我出去！我宁可死在没有水的地方，我不要这杯水的施舍。就在这时，无端地滴进了一点血，血的重量使杯水震荡，于是立即有很多的血丝像章鱼的脚不断对我伸出来。然后，它们形成了一张网，一张用血丝织成的网，将我紧紧地网住。遥远的地方，一只杜鹃鸟在发出笑

声……

我便在这鸟的笑声中惊醒了。周围漆黑，窗外是雨，时间在我的噩梦里穿行了两百分钟。在那两百分钟里我是一条一寸长的鱼。我的后脑在剧烈地疼痛。沈芷平还是没有回来，我这才变得焦急。在我给她所有的熟人打过电话后，这种焦急便如同浸泡在汽油里，在我心头彻夜地燃烧。然而我不信我的女人会不辞而别，我不信她已离我而去。

这漫长的一夜对我确是煎熬！

——1999 年 6 月 3 日

第二天上午，男人在睡梦中听见了敲门声。事实上，男人是处于朦胧状态，所以当门声响过第二下时，他便一跃而起，直奔门而去——

门外是两个警察。

男人第一个直觉是怀疑自己哪个地方出了问题。哪个地方呢？在这个瞬间，他看见了冯维明的脸。他想会不会还是因为那笔钱……

你认识一个叫沈芷平的女人吗？警察平淡地问道。

她是我女朋友。

什么样的女朋友？警察说。

我们是恋人，男人说，她怎么了？

警察没有回答，继续发问：你住这儿吗？

是借住，男人说，这是我一个朋友的房子，他去美国了。

你好像不是北京人吧？

我在北京做事。

做什么事？

这也需要回答吗？

只要不是涉及国家机密，你都得回答。

这是我的私事。

警察看了男人一眼，说：私事？我问你就是公事。你的身份证——

男人说：昨天被偷了。

昨天？警察讪笑着：这么巧？那就请你随我们去所里谈吧。

男人说：到哪儿谈都行。你能不能告诉我沈芷平怎么了？

警察说：这也是我们的私事。走吧，带上点钱。男人说：钱也被偷了。不过我可以到银行去取。

等男人到了派出所，他才知道，沈芷平在买菜时遇上了突击检查，她没有办暂住证，就临时关押在这里。如果交不出罚款，就会被遣送回家。男人走进派出所时，看见一间空屋里挤满了人，这些人都属于“社会闲散人员”。至于男人自己的问题，则要简单得多。他向负责人说明了自己的单位、职业和犁城方面的电话。男人忽然想起最近某一天的晚报上还有一个版关于自己的专访，还有照片。为了让他们相信自己不是个坏人，他建议警方把这期报纸查出来。他说：我的确是一个“社会闲散人员”，但从不违法。

他们还真的把那张报纸给查了出来。那位负责人上上下下地打量着他，很迟疑地说：照片上的这个人是你吗？怎么看起来比你精神多了？

他说：我历来上像。

负责人就把身体往后一靠说：作家也不能例外对不对？该交的还得交对不对？这是法制社会人人平等对不对？

他说对。他说太他妈对了。

事情这才有个了结。他站在院子里等候沈芷平。一会儿，女人出来了，头发盖着大半个脸。等女人把头发撩开时，男人吃了一惊。一夜之间，女人仿佛变成了另一个人似的，眼神十分暗淡，嘴唇毫无血色。女人远远地走过来，像风中的一杆芦苇那般，男人不禁迎上去拉住了女人的手。

他们就这么拉着走了回来。男人放满一缸洗澡水，想让女人好好洗个澡。男人说：你别动，我来替你洗。女人就照做了。女人让男人把她脱光，让男人把她抱进浴缸里。男人吃惊地发现，女人白皙的身体上出现了很多的暗红色的斑点，都是蚊子咬的。男人一下感到胸口给堵住了，鼻子发酸，男人问：为什么不及时给我打电话呢？

女人有气无力地说：他们不让。他们要审过了才许打。

女人说：再给我加点热水，我冷。

女人说：我好想家……

很多天后，男人一想起这天早上警察的不期而至，心里便涌起一种极其复杂的感觉。我压根儿就没有去想他们是否找错了门，或者他们只是来询问一件无关紧要的事情，我首先想到的却是我做错了什么，我在

什么地方露了马脚，我有什么把柄落在他们手里，尽管我心里清楚我从来与杀人越货纵火强奸贪污受贿没有关系，但我还是这么想了。

男人想：我为什么要这么想?!

男人对自己说：你好贱。

从那以后沈芷平就更害怕出门了。她的活动半径大约只在一平方公里以内，她甚至都不敢出去买菜。我们在附近一家小饭馆订餐。有一天，说好了一道去北京音乐厅听交响乐，临出发时她又变卦了，她说她身体有些不舒服。那天晚上她很早就上了床，不久便睡着了。我回到电脑面前，想把未完成的小说往前走几百字，精力却很难集中。等我刚刚找到了一点儿感觉，我忽然听到了背后的鼾声。一开始我还以为是隔壁邻居发出的，仔细一听才确定打呼的是沈芷平。我很诧异，因为她以前没有这个毛病。我无法相信一个年仅二十二的女人会发出如此响亮的鼾声。即使是我母亲，也不至于这样。这个感觉太糟糕了，它让我对青春产生了怀疑。我走近她，替她把压在胸口的手臂放下，又把被子拉松，鼾声停止了，但过了一会，又响了。

那个晚上我什么也没做成。我关了灯，把窗帘拉开，月光洒进屋内有一种梦幻的感觉。但是这个梦一点也不浪漫，毫无诗意，也挑不起我的性欲。我的情绪不是沮丧，而是悲哀与怜悯，我想一个外省人在北京谋生太不容易了，一个人活着实在是太艰难了，以至于让衰老的鼾声提前四十年就响起……

我没有把打呼的事实说出来。但我们的日子过得乏味应该是彼此都能感受到的。我希望沈芷平能去上一个电脑班，学点平面设计方面的知识。我甚至告诉她，要想在北京扎下去，得有一个相对稳定的依托，譬如说搞一个平面设计工作室，以我目前的经济能力和在北京的朋友关系，投资不算大，活也不愁接，我们不妨试试。但是她对此似乎没有什么兴趣，她说：如果不是因为你在这里，我是不想待在这个城市的。

昨天，她又告诉我，下个月是她父亲五十岁的生日，她准备回家一趟。

我问她：你还准备再回来吗？

她说：我没有想好。

我不想就这个问题深入问下去。她要离开，只是迟早的事情。我想的是，以这种方式来结束我们的这段缘分不是最佳的方式，而我又想不出哪种方式最佳。我们相处了几个月，不能说是过得多么好，但可以肯定地说，过得很轻松，我似乎没有感到有什么压力。这是一段平淡而又幸福的生活。它不能使我燃烧，却能让我舒适。这仿佛是一次情感历程的滑行，虽然缺少激情的冲动，但是有着良好的惯性，几乎全部的能源都出自一个年轻女人的善良。而我却没有好好待她，这还不能完全怪罪于我的自私，我们之间的差异显而易见。除去年龄方面，我从沈芷平身上既找不到肖航那种共同语言，也找不到桑晓光那种如胶似漆，我的精神与肉体两方面的能量都没有得到有效而充分的发挥，这应该是问题的症结所在。然而，失去这么好的女人又使我心情沉重……

这个晚上对我而言又无疑是一次煎熬。沈芷平还是早早地睡下了，她是一丝不挂地躺进了毛巾被里，分明是在等待我。她喜欢在那种半梦半醒的状态下做爱，她曾经说过，这种感觉比较好。而现在的情况是，做爱似乎成了抵抗恐惧的一种有效手段。我好像在哪一本书上读到过，爱的对面就是恐惧。我无心再干别的，想躺在浴缸里泡一会儿，可我又担心今晚又会听见她的鼾声，那样的话，我恐怕尽不了自己的责任了。就在这个时候，我的手机响了。

我没有想到，竟会是桑晓光的电话。而且，此刻她就在北京。

——1999 年 6 月 13 日

北京：1999 年 6 月

桑晓光是从一位文艺圈的朋友那里得到男人的手机号码的。电话里他才知道，这个桑晓光已经在北京工作半年了，现在一家网络公司当网页主持人，网上的名字叫“烛影”。

你知道我为什么要取这个名字吗？女人这样问道。

不清楚。男人说。

你是有意这么说还是贵人健忘呀？

别打哑谜了，有话见面再说吧。你还愿意见我吗？

有什么不愿意呢？我们毕竟……明天我请你吃饭吧。

电话就这么结束了。然后，男人关掉了手机。

意外的电话使男人在这个晚上有了意外的激动，于是关于南方那些逝去的岁月在男人的脑海里再度重现。那是些难以磨平的岁月，就像“烛影”一样难以磨灭。男人当然记得，1994 年 6 月，当他决定离开海口去中原蓟州时，他曾为桑晓光填写了一阕词，用的就是“烛影摇红”的词牌。后来他把它书写在宣纸上，送给了女人。再后来，那已是第二年的秋天了，他去海口看望女人，却没有在女人屋子里看见这件东西。他知道，事情已经发生了变化。在他再三的追逼下，女人承认，男人的作品被另一个男人撕毁了。于是这个晚上，男人住进了酒店。第二天，女人来酒店时，男人已在飞往中原的飞机上了。现在，这个“烛影”又出现在北京了，可能距离男人只有一箭之遥……

男人回到了床上，然后就开始抚摩身边的女人。女人光润的肌肤让他想到的却是南方的那些不眠之夜。男人亲吻着女人的身体，与此同时，男人感到自己的呼吸、心跳以及下体都逐渐紧张起来，他压在了女人身上。此时的女人犹如在一场春梦中逍遥，她并没有真正醒来，她的口腔里还散发着那种熟睡已久的酸味。但是女人的身体语言又分明在告诉男人，她很清醒，她的每个动作都是挑逗与暗示，都是积极的配合。当男人的抽动越发激烈时，女人发出了呻吟。呻吟一直持续到男人那期待迸发的几秒钟，那一刻降临之际，男人感到仿佛将女人彻底穿透了，以至于女人发出一声惊叫，月光便在这个瞬间变得刺眼起来……

第二天，男人醒来的时候，身着粉红色睡衣的女人已经在收拾房间了。女人的头发刚刚洗过，裹着一条干毛巾，显得很迷人。男人让女人坐到边上，握着女人的手，另一只手又在抚摩女人的大腿，他发现，女人里面还是没有穿衣服。

女人说：我刚洗过澡呢。

男人说：昨晚好吗？

女人点点头：我说过，我只能在睡熟了以后……

男人说：那么今天晚上还是让你先睡好了。

女人说：你行吗？还是隔一两天吧。

男人笑了笑，突然出其不意地将女人拉进了怀里。他们又开始了做爱。不过这一回的效果并不理想，男人虽然很有力量，但是觉得很麻木，似乎一切都还没有苏醒。后来男人对女人说：早晨是不适宜做爱的。

他们在床上躺着说话。在说过一些琐碎的事情之后，男人告诉女人，昨天夜里桑晓光来了电话。男人说：她在北京。

女人说：那你得见见她吧？

男人说：我们请她吃顿饭怎么样？

女人说：还是你请吧，我就别去了。

男人说：你不会乱想吧？

女人说：我不会的。要是我以前的朋友来了，我也会这么做。聚散都是缘对不对？

这个早上的谈话虽然平淡，却给了我不小的震动。我真切地感受到自己现在像个男人样地活出来了——坦荡、干净地活出来了。这应该是我这四十年里一项重大的人生收获。我生活在一个充满谎言的世界里，我的漫长而令人厌倦的情感生活也一样为谎言所包裹，我本人其实早就成了一名谎言制造者，只是我没有勇气承认这一点。我从来就不敢设想有朝一日会断然与欺瞒决裂，在我看来这很不容易。但是今天一个年轻的女人却帮我做到了。

与桑晓光见面的地点选择在方庄，一家不起眼的湘菜馆。我到的时候，桑晓光已经在了。她戴着墨镜在看北京流行的一份叫做《精品购物指南》的通俗小报。女人的样子很有些优雅，让我不由想起几年前我们在南中国海上的邂逅，也让我想到那个颇有点神秘色彩的肖航。从形象上看，她们很相似。但是肖航身上有一种骨子里流出来的纯粹，这应该是我总容易想起她的原因所在，尽管我们只有一夜之欢。

桑晓光似乎是在悠闲地看报，实际上我敢保证，这个女人的视线早就投射到了我的身上。她只是要恪守着她那份与生俱来的矜持罢了。她是女人，我曾经的女人。

如果我问“来很久了吗?”她必定会说“我也是刚到”。如果我说“过得还好吗?”她就会答“马马虎虎吧”。如果我说“还是一个人吗?”她会立即做出这样的反应：“我已经厌倦了两个人的日子。”

这就是桑晓光。这就是我要走近的女人。

我径直走到了她的对面。她站了起来，问道：还好找吗，这地方?

我说：这地方我来过。

然后她就摘下了墨镜。除了感觉上她有些胖了，女人的变化并不是很大。她说：菜我已经点好了，我想，你的口味不至于怎么变吧?

你知道，我的胃口很宽。我说，海口的工作呢?

辞了，她说，海口的戏唱完了。

房子呢?

想卖掉。不过现在卖不出价了。

那其实是一套很不错的房子。

是不错。要不我就留着好了，先暂时租给别人，等我老了，每年的冬季回去住一阵。海口的冬天还是很舒服的。

海口没有冬天，连秋天都没有。

那你的意思是不留它?

我只觉得这个计划太遥远了。

说到这里，桑晓光便笑了。她的笑容还是很迷人。她给我添了茶，说：女人和男人不一样。女人过了四十就没戏了。你算算看，我还能蹦跶几年?

我说你现在不是挺好吗?都上网站折腾了。

我倒是在网上看到几回关于你的消息。对了，我们公司想买你的全部小说版权呢，你肯吗?

不肯。网络和文学没关系。

你上网了吗?

没有。

你应该上网，对你的写作会有很大帮助的。

这我不信。我只相信我的能力。

你还是那么自信。

自信吗?其实我一直是一个很自卑的男人。

这倒很新鲜，我以前怎么一点也看不出来呀?

菜上来了，有腊味合蒸、剁椒鱼头、肉末咸豆角、腊肉萝卜丝、醋熘白菜，都是我爱吃的。我说：菜点得挺好。

她说：可能吃不了，我原来以为会是三个人。

我说：是吗?

她说：你怎么不把你那位带来?

我说：你还知道什么?

她笑了笑，说：我只知道你身边有女人。要不，昨天晚上你是不会那么急着把手机关掉的。这很正常呀。这才像你嘛。来，为你的日子过得这么滋润，我敬你一杯。

接着她又谈起了他们公司要买我的小说。

——1999 年 6 月 14 日

这顿饭吃得很不舒服，像商务活动，说来说去还是绕到了购买小说网络版权上。男人想，这件事本身很简单，他的小说在市场上并不抢手，桑晓光之所以出面谈事，本质上是想树立她自己在公司的形象，好像她一出面就能把事摆平。男人想起那一年的买汽车。那一次，女人的真实目的并非是为了帮助她的前夫，而是为了证明自己的能耐。这是个不示弱的女人，但是智商不高。

事情没有结果，男人要做的是掏钱买单。桑晓光说我可以拿回去报销的。男人说我知道。不过我还知道，我应该来买这个单。

于是就分手了。他们各打一辆车奔向不同的方向而去。坐在车上男人便有些后悔，心想今天这件事处理得不好。即使桑晓光真的是为了证明自己的能耐，那就让她证明一次好了。有什么不可以呢？这会令她伤心的。男人想，过几天应该再联系一次。

下车的时候，男人远远看见沈芷平在楼下公共电话亭里打电话。他觉得很奇怪，屋子里不是有现成的电话吗？他没有走过去，后来也没有把这个说出来。等沈芷平先离开，他才慢吞吞地跟在了后面。他进屋的时候，女人已经在整理背包了。女人问：谈得还好吗？

没什么好谈的，男人说，毕竟都过去了。

她还是一个人吗？

不知道，我没问这个。给我放水吧，我想泡个澡，一身臭汗。

女人便放下手里的事进了卫生间，一边刷洗浴缸一边说：跟你商量个事，晚上我想去看一个老乡。要是迟了，我就不回来了。

去吧。把我手机带上。

我不需要手机。

我需要。我好找你，免得又像上回那样……

说完，男人就躺到了床上。卫生间里响着水声，但听起来似乎很遥远。男人感到精神疲惫，四肢无力，口干舌燥。中午他并没有喝多少酒，一瓶王朝干白差不多都让桑晓光喝了。在他的印象里，这女人也是不胜酒力的，今天是个例外。然而这个女人并没有流露出一丝对往昔的伤感，她很镇定，甚至称得上是春风得意。男人想，时间真是把杰出的刻刀，不经意中把什么都改变了。现在，男人似乎感到这次的见面有些多余了。以前他曾想过，如果想了却他和桑晓光之间的恩怨，如果试图把这个女人从心里彻底抹掉，唯一的办法就是永不再见。他一直担心再见会导致死灰复燃，他害怕的就是这个。可是，时间扭曲了一切，像这样公事公办不是挺好吗？这样不是让彼此都感到轻松吗？这个时代还有什么比轻松更珍贵的？既然一切都过去了……

男人的心情在这一刻转为复杂了。他感到这是自欺欺人。事实上从桑晓光的电话响起的那一刻起，男人的眼前就出现了一片蔚蓝，他的魂魄便融进了这片蓝色。他仿佛又一次看见了那个巨大岛屿的边缘上，自己风中抖瑟的身影，但他的生殖器却变得无比坚挺，以至于他后来在月光下分不清被自己压在身下的是哪个女人……

尽管男人没有欺瞒，但是现在看来这种感觉有些糟糕，就像白衬衫上染上了一滴墨水，一经染上，想彻底地洗掉是不可能的了。他想他和桑晓光就是这种关系，他们不能再见。在这几十分钟里，男人明显感到自己不自然，而且，这种迹象连沈芷平也能觉察得到，否则她不会选择这个时候去看什么老乡。全世界的女人都一样地敏感，只是这个女人不愿表露出来罢了。这个女人很快就要走了，这一走或许就不会再见。世界有时候会让你觉得很大，一张纸也能成为一堵墙啊！

这前后十几个小时都被那个桑晓光拿去了，他感到不可思议。沈芷平一走，桑晓光会就此重新介入到他的生活吗？男人突然想到了这一点。他有些害怕了。难道真有一只看不见的手在编排着左右着这一切？为什么桑晓光竟在此时从天而降？为什么？

此刻，他浸在浴缸里，在不断地放着热水，但他还是感到冷。沈芷平什么时候离开的他不清楚。他匆匆洗好澡，带着未擦干的水滴回到床上。外面的阳光很好。他觉得有些眩晕，身体好像被空气托举着，男人想，也许该生一场病了。

大约在黄昏时分，我感到上腹部的右侧开始了疼痛。我以为是胃的毛病，譬如急性胃炎什么的。我在农村插队时落下此症，后来进大学，四年比较规律的生活又使它慢慢见好。这些年的走南闯北，胃部常有不适，特别是在中原的那两年。中原的水质糟透了，它来源于黄河，无论怎样的净化都让人生疑。那水喝到肚子里发胀，制成的酒也容易醉人。没想到北京的水也这么差劲。水让我思念起海南岛，那里的水真可算得世界上最好的水了，还有那里的阳光、空气——生命的三要素，海南都是最好的。所以在南方一个人的生命力总是那么旺盛。我在南方几乎每个晚上都睡得很迟，而翌日也起得很早的，算起来，每天我只能睡上四个小时吧，却从来不感到疲倦。

对我这样的男人，生命中的有些女人的位置是无人可以替代的。譬如说韦青，她是我此生的第一个女人；譬如说李佳，她是我结发的妻子，我们有一个女儿；譬如说桑晓光，她曾经带给我一个男人最大的满足，尽管我们的结局很不尽人意。但是我总隐约地感到，这并非真正的结局。我们之间的关系如同一出大戏，第一幕落下意味着第二幕即将进行，只有短暂的幕间休息，灯光一经转暗，新的演出便悄然开始……

腹部的疼痛在加剧，难道会是胃穿孔吗？我的汗已经出来了……

天完全黑下来。我在床上翻动着，然后，我看见了李佳——从前在犁城的家里，每次生病都是李佳给我帮助，虽谈不上怎么照顾，但是她可以替我拿药，替我去单位办理有关手续。我已经几十年没有住院了，今晚看来是在劫难逃，我何必要到这北京来住院呢？拖是拖不过的，我得赶快去医院……

一小时后，我被一辆红色夏利驮进了靠近灯市口的一家医院的急诊部。给我诊断的是个戴眼镜的中年大夫，她那散乱的、略带干枯的头发使我很难对她产生一种信任感。她让我躺下检查，问我症状。我说肚子疼得厉害。她说：肚子范围很大，你说清楚，这儿还是这儿？她粗短的手指按得我很不舒服。

我说：大夫，先给我打一针止止疼吧。

那就打一针吧。大夫说，一个小时以内不许喝水。先去交钱。

从病榻上下来，我怎么也站不住了。交钱在一楼，注射在二楼，我像个侏儒那样捂着肚子一步一步地挨过每一级台阶。

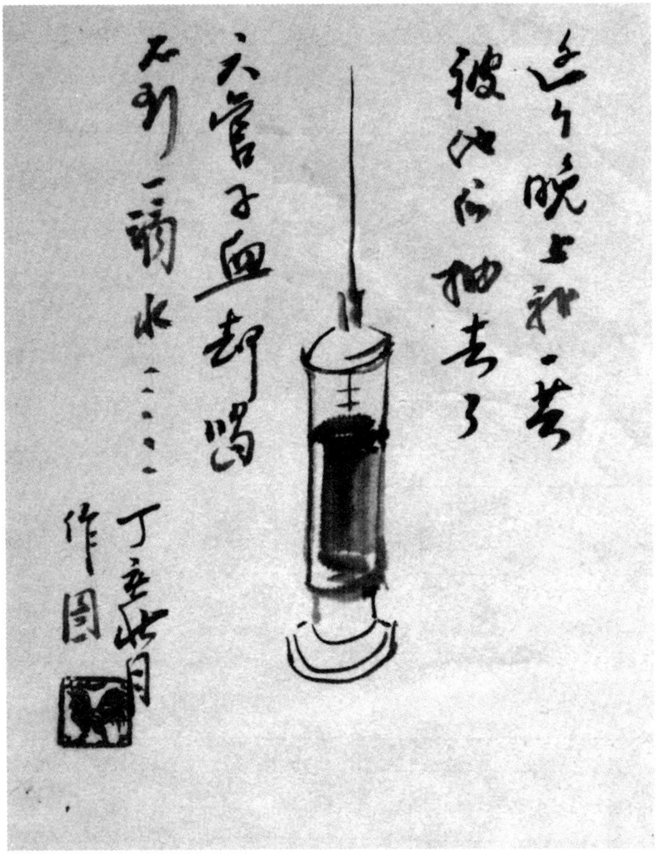

一针杜冷丁过后，很快就有了反应，但不是止疼，而是口干。我觉得口腔和喉咙里在急剧干燥，连唾沫都没有了，气管好像在紧缩。我想以前从书上看见的“见血封喉”也不过如此吧。我找到那位大夫，对她说：让我喝口水吧，哪怕是漱一下口也行呀！大夫说不行。大夫说：喝了水你的血样就不准确了。于是就抽血。抽过了，化验过了，血里似乎看不出什么问题。那大夫就问我：你是不是偷喝水了？我说没有。大夫说：那怎么血里看不出东西呢？你肯定偷喝水了。我说没有呀大夫，我怎么会拿自己的身体行骗呢？那大夫就出去了。过了会儿，刚才给我抽血的护士又托着盘子来了，再抽。我问护士：不是抽过了吗？护士说：医生让再化验一次。护士又问：还那么疼吗？我点点头，我说：你对大夫说：我疼得想叫喊了！护士看看我，说：你不是北京人吧？你身边得有个人才是。

这样，我请这位护士给我拨通了手机，让她转告沈芷平我现在何处。接下来还是检查，急性胃炎推翻了，怀疑是胰腺炎；再推翻，又怀疑是肠梗阻。最后连那个大夫都心虚了，便去找来一位年岁大一点的男大夫。这个男人还是一样的在我的腹部按来按去，他说：再验一次血吧！

这个晚上我一共被他们抽去了六管子血，却喝不到一滴水。

——1999 年 6 月 16 日

沈芷平是在男人做完 X 光放射后赶到医院的。那时候，男人已经疼得麻木了，脸色苍白，衬衫几乎被汗浸透。急诊室的病榻上那条肮脏的白床单被男人的身体揉成了一团。露出的垫褥更是不堪入目，散乱的线纱，发黄的棉絮，酱油色的血迹，男人觉得自己仿佛被扔到了垃圾堆里，自己也就成了一堆垃圾。所以，当年轻女人伸出手来握住他的手时，他说：你真是个拾垃圾的。说完，他笑了笑。女人却眼泪禁不住地流下。女人不说一句话，一直握着他的手，在后来的时间里都没有松开。不久，男人便昏睡过去。

1981 年 3 月 30 日，时任美国总统的罗纳德·里根在华盛顿的希尔顿饭店前遇到枪击。在总统送往手术室进行抢救时，他感到自己的手被一个年轻护士的手“紧紧地握住”了。几年后，里根先生在回忆录里这样写道：这是一只女性的温柔的手，使我产生了一种非常美好的感觉。甚至到现在我都觉得很难用语言来形容这只手给我带来多大的安慰。

昏睡中的男人想到的还有另外一件事，那就是几年前在中原蓟州，当时他也是病倒在床，当时也是一个来自巴蜀的年轻女人坐在他的身边，紧握着他的手。这一切就像是重现。这一切现在看来是那样的相似。邢蓉走了，沈芷平马上也要走了。男人突然感到泪水涌出了眼眶。这不是梦中的泪水。这种情况对男人而言实在是久违了。两只手紧握着。男人感到自己的身体在往下沉，沉到一片深水里……

等男人醒来，已是翌日的早晨了。他的手已移到了胸前。输液针头还扎在手背上，这一夜男人总共输了大小八瓶，手背都变得青肿了。腹部的疼痛感业已消失，但是身体却很是虚弱。女人熬了一个通宵，眼圈都发青了。见他醒来，女人说：你饿吗？

男人摇摇头：你辛苦了。去吃点东西吧。

女人说：我不感到饿。

男人说：等这瓶点滴完了，我们就走。

女人说：医生讲要住院观察几天。

男人说：不，我不住院。

女人说：这件事上就别任性了，住下吧，我陪着你。

男人说：我不能住下。一个健康的人进了这种地方都会给弄出毛病的。你看治到现在，他们还弄不清我是什么病。他们就知道抽我的血。

正说着，那个戴眼镜的女大夫来了，让他去做B超。

男人便问：昨天晚上你们怎么不让我做？

大夫说：昨天晚上没有人值班。

回答就这么简单。然后，那大夫扭头去了。男人坐起来，自己将手背上的针头拔掉。后来的事还是简单，B超的结果一目了然，是胆结石。男人的胆囊里有两颗结石，大小分别是1.8厘米和1.2厘米。医生建议动手术。于是女人吓了一跳，女人害怕地问道：要把你的胆割掉吗？

男人说：我不会让他们割的。

男人接着解释，说这种病就是平时注意少吃油腻的东西，发作起来一阵风，过去了便无踪无影。男人说：现在，我们可以回家了。

回家的感觉在那一刻真是特别地温馨。我们一起痛快地洗了澡，然后在浴缸里做爱。我没有感到自己身体上有什么不适，只是觉得做爱的过程缺乏应有的酣畅。这都是我的女人显得紧张的缘故，在她看来，一个刚离开医院的人是不应该急着做爱的。等我们完事后，她轻声问道：怎么样，疼吗？我说不疼，我很舒服。我说：晚上我还要。她的眼睛突然变得很明亮，这下似乎是完全相信我是真的没事了。

这天晚上我们把地板擦干净，打上地铺，十分舒展地躺下，但是做爱的计划随着漫无边际的聊天不知不觉地取消了。我知道，这是即将分离的前奏。其实我们之间或许应该进行一次长谈。该从何谈起呢？面对这样一个心地善良的年轻女人，我感到丝毫没有理由进行挑剔，可是我又无法克服沟通的困难……

时间快进入七月，几乎每日都是高温。没有雨。已经好久没有雨了。

今天是六月二十六日。沈芷平将乘黄昏那趟直达重庆的列车回去，为她的父亲祝寿。尽管她反复向我解释，过些日子她还会回来的，可我心里还是不敢相信。我有一次无意中从她的电话里听到，那座豪华的酒店业已竣工，可能马上就要开业了。她不告诉我，是怕我伤心。而我也不必去点破。我给了她一万元，她有些意外地问我：给我这么多钱干吗？我说：我不在你身边，能够帮你的就是钱了。

我又说：有空就给我来电话吧。我手机会每天开着。

她说：你要是决定做手术，一定要等我来了再做。

我点点头，突然觉得有些心酸，就提起她的行李先出门了。透过梧桐树的缝隙，我看见太阳已走到了天坛祈年殿的后面，天空开始呈现出橘红的颜色。有几只鸟在那片天空上飞行，这很难得，在这座城市里，我好像很久没有见到鸟这种东西了。

我还是第一次来北京西客站。这个耗资巨大不伦不类的建筑物从来就没有引起过我的好感，在它的面前我感到十分压抑。我买了站台票，沿着一条迷宫似的通道到达站台。开往重庆的车横在眼前，真是很破，而我却要将我心爱的人送上这趟破车。但是我不后悔为什么不让她乘飞机回家。这些年下来，我对航空是越发地不信任了，况且几年前在重庆的天空里是出现过空难的。科学进步得很快，不知会不会有那么一天，科学能让人自己飞起来，让人平安而惬意地飞到自己向往的天空去……

车轮滑动了……

我们的手松开了……

我的身体紧靠着站台上的柱子，目送沈芷平远去。当列车驶出我的视野之后，一种极其复杂的情绪便慢慢在我的心中升起了。怅然若失很明显，但在这之下，我似乎也有了如释重负的轻松，这让我感到羞愧与无奈。我不知道这是痛苦的离别还是意外的解脱，界限模糊，甚至我们之间的经历也好像显得久远，那些在身体上瞬间留下的烙印好像正被隆起的脂肪所掩盖，只能看到浅显的痕迹了。这多么可怕！仔细回忆起来，自从和这个沈芷平认识后，我就没有认真地去考虑怎样才能把她留在身边。我几乎没有做这方面的任何努力。如果我做了呢？如果我决计今生要和这个女人白头偕老，她还会走吗？难道这个世界真的到了一点东西都留不下的时候了？

天彻底地黑下来。城市经过连日的高温蒸发，空气中弥漫着劣质煤油的味道。西客站周围到处都是卖杂货的小贩，出租车八成放空，热而萧条是城市这个季节的特征。这个位置距离我的临时住所至少有二十华里，我真想走回去。时间现在对我已经没有什么意义了，我可以恣意地挥霍它，无论散步还是做爱，在这一点上都是相同的。

我深知这就是堕落。

——1999 年 6 月 26 日

北京：1999 年 7 月

第三天沈芷平的电话来了。手机响的时候他正在马桶上读一张无聊小报，上面说着中国足球的破事儿。男人一看来电显示，知道是重庆方面的电话。声音听起来很小，而且并不感到亲切。不是讯号弱的原因。女人说：我到了，我现在是在家里。男人说：坐火车很辛苦吧？那么远的路。女人说：我爸爸在厨房做菜，回头没人的时候我再给你打过去吧。说着就把电话给挂了。男人感到一口气还堵在喉咙里，就这样被噎回去了。男人想，这算哪门子事呢？来个电话还这样偷偷摸摸的，简直荒唐。

从卫生间出来，男人把椅子端到窗前坐下，点上烟，看着远处的旧城廓，心里很不是个滋味。他想，和这个沈芷平的故事到此仿佛就结束了。他不大相信女人还会回来，以后的一切将如同他多次做过的设想。这不，女人只要进了她那个家，连声音都改变了。这是个逆来顺受惯了的女人，所以她最终接受的还是习惯。此刻令男人感到不安的，是不好对发生在他们之间的这段感情作出确切的定性。它既不同于露水之缘，也不同于炽热的情爱。若是前者，当事双方的背景应该很模糊，甚至连姓什名谁都不一定清楚，需要的只是一时的冲动；而后者无疑是以可信的情感为基础的，需要爱得死去活来。这些他们似乎都没有。然而这段生活倘若放在婚姻里，则又能显出光彩。放在任何婚姻里都称得上美满。这个女人天生一块做老婆的材料，谁娶了她都不会后悔的。

可是，为什么不留住她呢？

还是以前的那些理由？

是，又不完全是。男人想，我也许最需要的还是独身，我已经像一匹脱了缰的野马，过惯了无拘无束的生活，再回到常规的日子恐怕不可能了……

男人又想起了那本《生命密码》，那上面说，生于 11 月 28 日的射手座男人，意味着一生独行。难道果真是命定？

一连几个晚上，男人像个幽灵似的在附近的街上漫无边际地闲逛。没有人注意到这个外省人的表情，却每次都有人来做他的生意——推销黄碟。

先生想要就说个价吧。

不要。

咱的货都是特别清晰版的，一点马赛克没有。

我见过这种东西，没什么劲。

那你说什么有劲？

小贩似乎误会了，接着说：想不想真练？全中国漂亮的女人都跑到咱北京来了，给您介绍一个？

男人一笑付之，走自己的路了。

他忽然感到刚才那小贩的话很耳熟。前几年人们都说漂亮的女人全去了南边，如今南边没戏了，便来首都扎堆了。很自然，男人想到了桑晓光。已经过去半个多月了，桑晓光再也没有来过电话，这有些反常。男人仔细回忆了那次在方庄和女人的见面，尽管后者开门见山地问起过他的近况，但是男人却没有正面回答，好像连默认的意思都没有显示出来。就是说，桑晓光无非是一次推测而已。难道她们真的通过一次电话——就在他生病的那天夜里？他之所以把手机交给沈芷平，其实是想显示自己的坦诚，同时给桑晓光一个明确的指示，倘若她真的来过电话的话。

人真是很奇怪的动物，男人想，那个时候他不希望桑晓光重新卷进来，现在却又猜疑她为什么和自己断了联系，不是近在咫尺吗？难道是因为没有把公司委托的事情办妥，感到跌了面子，生气了？男人轻轻叹了口气，觉得自己这么想很不应该，有些对不起那个刚离开的重庆姑娘了。一个男人年纪越大，就越实在，越庸俗，越失去耐性，所谓精神的东西就越发脆弱，任何信念都出现了崩溃，他会总想着那些看得见摸得着的东西，爱情也不例外——这是后来他得出的结论。

重庆方面的电话在一周过去后渐渐地少了。在我看来这是意料之中的事情。我不想去推测她为什么要这样，惊讶的是我自己对此所持的平静态度。我不感到焦躁，相反的，我觉得现在可以每天在电脑面前认真坐上几小时了，而且写起来居然还顺手。那样的时刻，我体会到了不被打扰的写作快乐。我心里很清楚这是自私的表现，但是这种快乐由于久违而显得十分真实，以至于每当我在键盘上敲出一个好句子时，都会有初学者的那种情不自禁的兴奋。即使是晚上，在某个下雨的深夜，我也只是有些浅显的寂寞感而已。那时我就会想到给远在西南山城的沈芷平去个电话，但是我终于没有这么做，因为行前她对我反复交代过，她会与我主动联系的。我知道，她还是害怕那个家。她也不可能摆脱那个家对她的控制。

三天前北京开始下雨。连绵不断的阴雨天气使城市的气温陡然下降了很多。到了晚上似乎还有了一些凉意，其实秋天还远着呢。我有些困倦了，想期待一个社交活动的出现来调剂一下。可我又不想给在京的朋友打电话。我从晚饭后起就躺到了床上，没有开灯，这样可以看清窗外的雨丝——它们在路灯的映照下姿态很好看。我就这样看到了接近九点的光景，想想还是决定给重庆去一个电话。她家的号码我在黑暗中都能拨准确的。

电话很快通了，是个男人的声音，那应该是她的父亲吧？

喂？你找哪个？

老曹在吗？

哪个老曹？你打错了。

对不起……

我放下电话，在黑暗中自嘲一笑，我当然知道错了，我也不知道有这个“老曹”。

人真是很奇怪的，这才分别半个来月，就这么淡忘了，偶尔的一次联络还得说瞎话。我开始有了一点伤感，觉得这与沈芷平的为人极不相吻合。如果她想给我打电话，即使家里不便，也会去街上打，这并不困难。我没想到我也同样会受到轻视，而且来得这么快。这时，我突然记起那一次她在楼下公共电话亭里的情形，觉得事情可能比我想的要复杂。与她通话的那个人是谁？是她的老乡吗？（后来她确实去了老乡那儿）可是以往找她的老乡都是直接把电话打到我们住处的。那个人是谁，只有沈芷平自己心里清楚。

外面还下着雨，人在屋子里待不住了。这附近不远的地方有一个酒吧，那里将是我今夜最佳的处所。酒吧的布置很特别，几乎完全按照三十年代的格调。

后来我就坐在靠近楼口的这张台子，要了一杯黑啤，听着老式留声机放出的《夜来香》。陈旧的乐曲使我有了一种置身于一部老电影的感觉，但是我周围的这些人穿着都很新潮。他们低声交谈着关于这个国家前途和自己命运的话题。然后我发现，今夜在这个怀旧的酒吧里，只有我是一个人闷坐着。服务的小姐已经多次向我递以困惑的眼神了。可我还必须坐下去……

再后来，我的电话响了。

——1999 年 7 月 6 日

犁城：1999 年 7 月

男人没有想到，这个电话竟是肖航来的。他们已经好长时间不联系了。准确地说，是联系不上。男人曾经拨打过女人的手机，每次听到的则是另一个女声：用户没有开机。男人想，那个时候女人一定正埋头做她的移民准备，所以现在一听到女人的声音，男人就以为她的事情办好了。男人说：你是和我辞行的吧？

我倒希望是这样，肖航说，我到北京来了。

你在北京？

见面方便吗？

这话说的……我现在一个人在外面，告诉你怎么走……

大约四十分钟以后，他们在这个酒吧见面了。第一眼看上去，他们都觉得对方很疲倦。春天里的肖航穿着一件暗红色风衣的飘逸形象随风而逝，业已成为记忆中的一道风景了。他能感到她的不顺利，这种感受在这个雨夜越发显得强烈。男人不会忘记，在杭州的那个晚上天上也下着雨……怎么一个人泡吧？肖航问道，你在等什么人吧？

就算是吧，男人说，这个人现在来了。

真是一个人？

一个人不是很好吗？我早习惯了。

这和我的感觉可不大一样。

事情办得怎么样？

今晚不谈这个。我们有多久没见了？

四个月。

这四个月你都在北京？

不，我回了犁城一趟，还回了老家。怎么突然到北京来了？

想来。来看看你不成吗？

那我可受宠若惊了。肖航，是不是签证办不下来，到北京这边想想办法？

我说过今晚不谈这个。来，喝酒，为我们的重逢。

他们干了一杯。这两个都不善喝酒的人在喝下一杯后，表情都出现了改变，彼此看起来都有些陌生。而共同的一点是，都仿佛刻下了悲伤的痕迹。然后，两人之间出现了短暂的沉默。时间在一分一秒地流逝，男人在考虑，这个晚上女人会住到哪里？女人肯定是安排好了，问题是，他们之间的关系非同寻常，这是一对曾经的情侣在异地他乡的重逢，需要的是尽快找到一张大床。这是人之常情。但是，这种暗示从一开始就取消了。我的枕头上还留有沈芷平的气味，男人想，这么做岂不太荒唐了？这个晚上还会出现什么？将怎样结束？这些对男人来说心中都没有底。所以在以后的谈话中，男人一直采用听的方式，顶多就是作些插话。女人这个晚上的话题很凌乱，她说了些小时候的事，说了些在大学时代的事，说了自己最近读的几本关于国学大师陈寅恪的书。说了自己秋天里想去一趟辽东半岛，说她辞掉了电视台的合约，最近没有做事的欲望。女人闭口不谈的是此次北上的目的，而这一点却是男人最为关心的。

住下了吗？男人忍不住地问道。他后面似乎还有话，但没有往下说。

我住在和平里一个亲戚家，女人说，你是不是担心……

我是想知道你是不是方便……

要是不方便呢？

那就住到我那儿去。

女人就笑了，说：你说这话好像在赌气似的。

赌气？男人也笑了：我跟谁赌气？

跟你自己呀，女人说。她把面前的酒一口喝下。

男人苦笑道：我现在连跟自己赌气的兴致都没有了。

女人说：不至于这么惨吧，我看报纸上老在说你的事。

男人说：你还这么关心我？平时怎么不来个电话？

女人说：我怕骚扰你呀。

男人说：是你怕被骚扰吧？

女人说：别斗嘴了，外面的雨好像停了，我们出去走走？

这是典型的一条北京胡同。对这两个外省人来说，雨后的结伴而行宛如一首淋湿的诗歌，伤感而阴郁。他们的身影富有诗意，但他们都不知道这条胡同的尽头在哪里。男人越发感到这一夜的情形和几个月前在

杭州的那一夜太相似了，区别是这一夜没有了期待。他们沉默着走了很长一截子，快到胡同口的时候，女人说：我有一个建议，不知道你以为然否？

什么建议？

你应该回犁城去，和你前妻复婚。

怎么突然想到这个了？

女人停下来，轻叹道：一个人很不容易的。这次见到你，我感到你其实在外面这样漂着很辛苦。

所以你一定得出国找家的感觉?

对。我以前只以为，女人需要家。其实男人更需要，尤其是你这样的男人。

男人想了想，说：我想过，但我没有勇气去试。我已经习惯了一个人。

女人说：这是自欺欺人。婚姻缔造了家庭，所以婚姻才显得这么重，法律上的关系解除，力量很薄弱的。我不和你联系，是因为我们都是一样的人。感情都是火花，一瞬间的事，或者说永恒的只是记忆……即使你身边没有人，今晚我也不打算住到你那里去的。即使住到你那里，天一亮，我还会不辞而别——我来北京已经一个星期了。

男人有些意外，他以为女人今天才到。女人有意把他们见面的时间压到了她临出发的前一个晚上。男人说：这又何必呢？把票退了吧。

没这个必要了。女人说：从刚才我见到你的第一眼，我就这么提醒了自己。

肖航走了。等她走了我才意识到分手的匆忙。我应该坚持让她留下，我们至少可以多在一起谈谈——现在谈得来的人比睡得来的人要少。我们有许多话要说，而且还有一些悬念需要解开，譬如她为什么要这个“航”而不要那个“杭”，譬如她手腕上那个小月亮是怎样的来历，譬如她那个早晨为什么要不辞而别……可我还是让她走了。

从那一天起一种不安的情绪就盘桓在我的心头。同时，胆结石的阴影也时常笼罩着我。每天我住在这所陌生而狭小的屋子里，看着窗外的骄阳，看着杂乱的街景和烟尘中的古城楼，感到十分茫然。我简直就弄不清自己为什么还要待在这个北京。是因为那个书商的事情未了还是期待另一次电视剧的合作？那些人总是请我出去吃饭，却始终扯不上正题。可是就这样的破事是无法钓住我的，我想我还是在等待着那个叫沈芷平的女人吧。但是从迹象上看，她或许就不会再来了。

我每天最大的愉快，是晚上给犁城的女儿打一个电话。孩子很快就放暑假了，是把她接到北京还是我回到犁城，一时没有想好。

昨天，还不到吃午饭的时候，我忽然接到了女儿的电话。一听是她的声音我就预感到家里发生了事情。女儿说：爸，妈妈病了。

什么病？我着急地问。

我也不知道，她在医院打点滴。女儿说：你快回来吧。

女儿说完就把电话给挂断了。我能感觉到这孩子很有意见。于是我来不及细想，便给民航公司的售票处去了电话。可是没有今天到犁城的航班。这样我就简单收拾了一下径直赶到了北京站。我很快就从票贩子手里拿到了车票。晚上七点四十分，列车正点驶出了北京站。这个晚上我几乎没有睡。像每次那样，我基本上就待在车厢的连接处抽烟。

“你吃橘子吗？”——二十年前少女李佳在这样的地方对我说的第一句话仿佛还在我的耳边回响。整整二十年啊！

我看着我的手，已经变得如此地苍老。手背上每一条经络依稀可辨。这纯粹就是一只垂死的手，可我今年不过四十二岁！我的手好似一面镜子，它照不见我的脸，但能照彻我的心……

经过提速的列车呼啸着在黑色的田野里疾驰，可在我的感觉中它还是走得缓慢。

——1999 年 7 月 10 日

你回来干什么？躺在病床上的李佳见面就这样问道。李佳说：我可没让女儿给你打电话。我没事，你没见到我还在看书吗？

说着把书扔到床头柜上，侧了一下身，然后躺平了。

李佳还是李佳。男人想。话只要从她嘴里出来便成了刀子，割得你哭笑不得。可是这个时候用得着同她争辩吗？李佳，你不就是想说我是在自作多情么，这话也不错。

是不是病毒性感冒？男人小心地问道。

李佳说：我只是不想吃饭，想躺着。我没事，回去陪你女儿吧。

男人想了想，又说：你想吃什么，回头我给你做吧。

李佳说：别，我可担当不起。

男人走到李佳面前，说：要不我给你带点水果？

李佳笑了笑：哪个女人把你调教得这么温柔呀？我心领了，快走吧，一会儿我们单位要来人。

来人怎么了？男人这才有些生气，说：我给你丢脸了吗？

李佳说：你别嚷嚷好不好？这是病房。

男人不想再说，替女人倒了杯水放下，就离开了。他感到身上一股子药味，和一个多月前在北京那个医院的味道完全一样。男人想，所有的医院都是这个味道，他不喜欢。外面的阳光很扎眼，这个夏天实在不让人高兴。男人刚刚走出医院大门，就碰见了李佳单位的人，其中两个人他还认得，只是叫不上名字。他们倒是首先喊了他，似乎很惊讶，一个女人挂着不自然的笑容说：你回来了？李佳肯定很高兴吧？

男人说：她怪我呢。怪我不该赶回来。

那女人说：那是对你撒娇呢！我看哪，你们干脆……

男人打断说：我们相处得还可以。

那女人说：是呀，你看你这么急着就赶回来了！

男人说：我得回去给女儿做饭了，有空上家坐坐吧。

男人走出医院，在一棵垂杨的树荫下点上香烟。他忽然觉得有点兴奋，还有了一点不可思议的自豪感。他想，只要这个女人还是一个人，那就还该划归我管吧？这种美好的感觉以前从未有过，即使是李佳坐月子的时候。月子里的李佳除了对女儿诞生的喜悦，就是对他的怨恨了，好像她这一步走错了，好像她不该同他来生这个孩子似的。

家里很乱，女儿的书本杂志扔得到处都是。厨房的水龙头在滴水，地板上也显得脏。但是这毕竟是自己的家呀，这种家的亲切是无法代替的。事实上，这些年来，男人的意识里这儿从来就是家，所以每次当他一踏上犁城的土地，回家的感觉便油然而生。在他心里，这个空间才是他真正的避风港。在北京突发胆结石的那个晚上，他最先想到的就是回家。现在，他回来了。

男人开始做清洁工作。在之后的两个小时里，他干得满头是汗。尽管火车上的一宿他几乎没有睡眠，但他并不感到怎么累。看着收拾好了的屋子，看着擦得明亮的书橱，男人心里有种说不出的快慰。接着就是洗澡，男人看见莲蓬头上套了一只袜子，这肯定又是李佳干的，她认为只有这样才不会浪费水，也才洗得舒服。李佳唯一不愿想的是由于这只袜子的存在，使这个漂亮的卫生间变得狼狈。男人便将袜子去掉，扔进了垃圾桶。

洗过澡，用新烧开的水沏上一杯龙井，然后从书橱里随便拿起一本书，男人坐到沙发上，享受着家的舒适与惬意。这个上午他过得很不错。他看看表，想着中午的菜谱，他想今天得让女儿吃得开心点。于是一支烟抽完，男人又开始忙了。这时，客厅的电话响了。男人很愿意接这个电话，可是当他喂了几声后，对方把电话挂了。这个电话无疑是找李佳的，男人想，对方无疑是个男人，或许是李佳的父母——他们不愿听见他的声音，这很正常。可这里毕竟是我的家我的寓所我的电话呀，这算什么鸟事呢？

到了中午，电话又响了，这回是女儿来的。孩子说：老爸，我在外公家吃饭，晚饭再回去吃。

行，放学以后顺道去看一下你妈妈。

你没去看她吗？

我刚从医院回来。

那就这样吧。

女儿每次在那边都不愿意多说。她很懂事，可这样的年纪就让她面对人与人之间那种微妙的关系，怎么看都是一件残忍的事。一想到这一层，做父亲的他就感到羞愧。所以基于这一点上，他又特别希望这个孩子早点出国，去大洋彼岸的洛杉矶她姑姑那里。这样才可以解脱，他想，无论是对孩子还是对自己。

男人把做好的菜蒙上保鲜膜放进冰箱，自己泡了一份方便面。他想一个人吃饭实在是咽不下去。

李佳在医院住了整整十天。据我所知，她患的就是病毒性感冒。以往这种病她并不愿意住院，顶多就是按时去打点滴，因此我有点困惑，我不知道李佳为什么要小病大养。那几天里，我每天都要去一趟医院，给她送点需要的东西。我一般都不多坐，很担心在这样的场合与我从前的岳父岳母相遇，那样会使双方都感到难堪的。老人不会给我好脸色，在他们眼里我完全就是个不义之人，我抛弃了他们的女儿，尽管离婚一直是他家女儿首先提出的。

有一天，我给李佳送去几个芒果。当时病房里只有我俩，李佳突然问我：见到芒果你会不会想到海口那个女人呀？

我笑了笑，我说：你这样一说反倒让我想起了。

李佳说：我一直想知道，从你们男人那里感觉，女人和女人是不是有很大的不同？

我便反问：你指什么不同？是性吗？

李佳说：当然指这个了。

我说：我想是的。

李佳说：那我就奇怪了，怎么会不同呢？

我说：可能是指状态吧。

李佳很不屑地说：说到底还是心理上的差异。是男人的见异思迁。

谈话到此即由无聊变得乏味了，再往下说肯定就是不欢而散。我自然不想招惹这种麻烦。所以以后的几天里我都是匆匆来去，我甚至觉得李佳不该住这么久，这里是医院，不是疗养院。直到昨天女儿正式放暑假了，李佳才提出来回家。今天下午我和女儿去医院接她，她让我把一些用具带回去，自己便和女儿直接去逛街了。看着她们手挽着手的背影，我就想，这个家本是很不错的，可我们硬是经营不好。

她们回来的时候我已经把晚饭安排妥当。我有意做了一些清淡的口味，譬如咸水虾、蒜蓉豆苗之类。我和李佳还喝了一杯王朝干白。女儿则用可乐，她说：欢迎二位回家。

李佳说：我只是临时陪你住住，还是欢迎你爸爸给你找个新妈吧。

女儿问我：你会吗，老爸？

我说：爸爸老了，没人要了。

女儿说：不见得吧？我老爸还是不错的哟！

李佳说：你老爸最近可火着呢，没见到那么多人给他写信吗？

我说：别听你妈瞎说，那都是读者来的信。

我们三个人已经好久没在一块吃饭了。这样的气氛使我感到愉快。饭后，女儿去找同学玩了。李佳想洗头洗澡，我就回到书房看书。这几天在犁城没事的时候我喜欢逛书店。我买了一些世界名著，是人民文学出版社以前出的那一套装帧豪华的版本。其实这些书我不缺，我买它是考虑到收藏——由于是几年前的存书，所以价格比较便宜。这些书里就有陀思妥耶夫斯基的《卡拉马佐夫兄弟》。现在我拿起它，自然就会想到大学时代的李佳，想到那片杉树林，想到我们苦涩的初恋。

但是不管怎样的苦涩，保存在我记忆里的都还是一幅感人的风景。我是一个喜欢风景画的男人。记得少年的时候，我从一本旧期刊上看见列维坦和提香的风景作品，旋即产生了一种难以名状的忧伤。我不知道我当时是否流泪了。画中的秋天让我感到萧瑟，画中的黎明让我感到清冷……

忽然李佳湿着头发跑了出来，问我：那只袜子呢？

我说我扔掉了。

李佳说你是不是嫌难看？

我说本来就难看。

李佳说这就是我们的不同。你要好看，而我要的是实用。

说着，她又去找来一只旧袜子，蒙到了莲蓬头上。

我感到很好笑。她说得对，我们是不同。我走到凉台上，看着外面的天空，似乎在期待着一只鸟飞过。但是我没看见。

李佳又在喊我，说她的洗脸毛巾烂了，让我从橱子里拿条新的。我便很快拿了。我正考虑如何送进去，就见卫生间的门向外推开了一点，李佳从里面伸出一只手来。我就把毛巾认真地放到了这只散发着肥皂香味的手上。而在这个瞬间，我心里苦到了极点……

——1999 年 7 月 22 日

犁城：1999年8月

那是一个沉重而伤感的晚上。李佳洗好澡，对他说：今晚我住这里，孩子可能这两天要不舒服。

这段时间你就住这儿吧，他说，刚出院，我给你调养一下。

那不用，李佳说，又不是做流产。

李佳躺到他的床铺上，接着说：我给你生了一个，流过两胎，对得起你吧？

他说：怎么说起这个了？

李佳说：我要让你知道做女人不容易。

他没接话。

李佳叹了口气，说：你知道我为什么要住院吗？

他说：为什么？这话问得奇怪。

李佳说：我这次职称没有通过。有两个比我后分来的却通过了，我不服。

他说：这有什么想不开的？等下批呗。

李佳一下就坐了起来：你真是站着说话不腰疼。凭什么让我等下批？很多大的审计报告都是我做的，我哪点不比那两个人强？我他妈的不就是不爱往头头家钻吗？

他说：其实也就是多那么一点儿人民币，别为这个伤神，不值。

李佳说：不是钱的问题，是一个人的尊严，你懂吗？

他说：顶多就是个面子吧。要尊严就痛快地把职辞了。既然你的专业不错，还怕弄不到一口饭吃？

李佳说：我没这个气魄，也没这个能耐。别人可以靠家庭靠老公，我能靠谁？

谈话到此出现了沉默。他们坐得很近，但是都没有去看对方。女人的眼睛湿润了，男人的呼吸也显得短促，有一个字眼同时镶嵌在他们的喉咙里，却很难吐出来。这个字眼就是复婚。他们都没有提，没有，他们就这么沉默着。

这时电话响了，女人说：我来接。就从床上起来去接电话。男人便有意避开，去了朝北的房间。但他还是能够听见女人的说话声音。女人说：有什么事吗？女人说我现在有客人回头再联系吧。女人说明天我给你挂过去。男人听了觉得很不舒服。这是我的家啊，我他妈的居然成了客人？他想这个电话应该还是前些天接到的那个空电话才对。不多会儿，楼梯上响起了女儿的脚步声，于是女人便去了自己的床上。女人将灯闭了。这间屋子里现在只剩下他这儿有灯光。女儿一头大汗地进来，匆忙打开电脑，开始玩从同学那里借来的新游戏软件。女儿一边玩一边问：我妈呢？

你妈睡了。

怎么这么早就睡了？她以前不这样。

她病刚好。

我看她没有什么病。

那你干吗急着给我挂电话呢？

是她让我做的。

……

男人点上一支烟，自己出门了。今夜的月光有些朦胧，街上的行人熙熙攘攘。城市的这条支行道上摆着许多小贩的摊点。男人经过这条街时突然有了一种饥饿感，这很奇怪，他想，我不是刚刚吃过吗？

几天后，李佳提前了休假，带着女儿出门旅游了。她们将由犁城去苏州无锡，再去杭州。就是说，孩子的这个暑假又不能和他在一起了。他就提出和她们一块去，可李佳说随行的还有她单位的同事，不方便。到处都是不方便，男人感到气愤，但一想前妻近来的情绪很糟糕，也就不再争辩，觉得她出去散散心也好。临行前他交给李佳五千元钱，但是女人没有要。女人说：你还是把钱攒着再娶一个老婆吧。我这辈子就带着女儿过了。

我剩在了家中。这些年来像这样的情况似乎还是第一次。若是在以前，这样的日子是我梦寐以求。每个星期日，我都希望李佳带着女儿回娘家。这样我就可以拥有完整的一天用于写作了。我可以一口气写到黄昏，然后去我岳父家吃晚饭，把老婆孩子接回来。可现在呢？时间突然多了出来，像水一样溢出，我却没有了写作的欲望。我不知道这是为什么。涣散自然地发生在我身上，没有激情，没有冲动，连吃饭都成了负担。我很想回石镇一趟，可是一想自己今年已经回去过了，这念头便也打消了。

说来凑巧，也就是这样的时候，肖航来到了犁城。

肖航是到南京参加一个校友聚会，取道来犁城的。她拨通了我的手机，说她人在南京，问我在哪里。我说我回了犁城。她说与她估计的一样。我接着就说了李佳和孩子出门旅游的事。我的意思很明显，就是希望她能来犁城一趟。我说：南京与犁城靠得很近，你来吧。什么时候来，我到车站去接你。

肖航沉默了片刻，说：要是你前妻还在犁城，你还会这样邀请我吗？

我说：怎么不呢？我已经离婚四年了不是？

我得承认，肖航是很敏锐的。连我也纳闷，我为什么会这样？李佳并没有限制我，她也没有理由来限制我，但是我还是紧张，以至我在犁城的时候，只要是当李佳的面接到一个异性的电话，都是那么的不自然。这太奇怪了。可我不希望这样，真的不希望。

肖航说：这件事暂时还是别说死吧，我再想想。

我说：你来吧，这没有什么。

见她没有表态，我又说：也许你很快就去太平洋那边儿……

我突然有了感伤，好像肖航的这个电话真是从大洋彼岸打来的。南京距离犁城不足三百公里，可在我的感觉上竟是相当地遥远。这种感觉仿佛通过电讯传递过去，肖航后来的语气也转变了，她说：等我办完了事情，我很快就过去看你。你一定得去车站接我。

我说：我会的。

那时我想，我不能再让这个女人轻易从我身边走掉。

于是在第三天的下午，我们在犁城见面了。当她的身影从这条道上走来时，我的眼睛竟然被泪水所模糊。我毫不犹豫地冲上前去拥抱了她。我说：谢谢你。谢谢你来看我。

我们终于又见面了。我接过她的行李，再去路边拦过往的出租车。在上出租车的那个刹那，她贴近我的耳边说：我住哪儿？

这是个暗示。我想我的回答肯定是慢了半拍，我说：这个我来安排。

但是她说：我可不想住到你家里去。犁城最好的饭店是哪儿？

就是犁城饭店，我说，是四星级的。

那我就住那儿，她边上车边说。然后告诉司机：去犁城饭店。

出租车绕过一个转盘，上了犁城唯一的高架桥。从桥上望下去，犁城仿佛长高了许多，这是我以前没有感觉到的。这沿路都是新建的一些高大建筑，两旁的路灯和树木也更换了，显得精神。于是肖航说：犁城还是很漂亮的。

我说：这儿的人却并不富裕。下岗工人每月只有一百二十八元。

她感到惊奇：怎么会这么少呢？

我说：企业上不去，你看到的这些楼房，有的其实里面连电梯都还没安装。

那人怎么上去呢？

等有了钱再上去吧。

真是奇怪……

不久我们到了。我拿过肖航的身份证去总服务台替她办入住手续。她说：押金由我来交。我会找到地方报销的。

我说：可你到犁城是来看我的。

——1999 年 8 月 7 日

他们走进了这个标准间。其格局与几个月前他在北京住的那个 304 竟是那样地相似！连台灯和电话机都是一个牌子。男人在这个瞬间看到的是另一个女人的脸，那是个更为年轻的女人，现在却像断了线的风筝一样。兴许是这点迟疑，男人在替肖航沏茶时不小心烫了手。那时候女人正在卫生间里洗脸，但她在走出之后，也感到面前的男人神色有些恍惚，就问：你不舒服？

男人说：不，我只是昨晚失眠了。

是因为我要来？女人说，那我太高兴了。

说着，女人拥抱了他。身体的接触使男人对刚才的片刻疑虑及时打消了。他们没有接吻，他们就这样拥抱着，在想，是先做爱还是先吃饭？

这时男人听见女人低声在说：我好像有点不对了，你倒没事似的。是不是我来得不是时候？

男人说：你这不是在骂我吗？我的身体迟钝是因为我老了。

女人说：我会让你变得年轻。

他们准备上床了。这是他们第二次上床。男人说：我先洗个澡吧。

女人点点头，自己躺到了床上。男人背过身去脱光衣服，进了卫生间。他用淋浴，想简单地冲洗一下。他的身体似乎还是不怎么兴奋。他好像难以摆脱在北京亚运村以北的那个叫做冠华酒店的生活，他眼前总是晃动着那个沈芷平。正是这个原因使得男人的身体发生了变化。男人想，选择这个酒店实在是个错误。过了会儿，男人裹着浴巾出来，中央空调使他带水的身体顿时起了鸡皮疙瘩。而女人已经钻进被窝里了，露出半截戴着胸罩的背脊。男人似乎有些犹豫地上了床，当他过于凉爽的身体和女人温暖的身体紧贴一起时，他感到了一种无限的满足。而且，他的下体也像久旱逢甘雨的禾苗，立刻显出了精神。本能的力量掩盖了男人的尴尬，也把男人从自责的边缘拉了回来。他解开女人的文胸，把女人拥在了怀里。

它一点也不迟钝，女人说，它可能有点世故。

不是世故，男人说。

那是什么？

它顶多有点疲倦吧。

疲倦？就是说回到犁城你也没让它闲着？

你误会了，我的意思是……怎么说呢，是支配它的部门很疲倦。

我可没有怪你。怎么样，对我的身体陌生吗？

怎么会呢？

……

后面的话被吻堵回去了。他们开始进入了状态，男人感到女人身体上散发出来的气息还是那样的迷人，但她的皮肤似乎已没有在杭州时的光洁与细腻，甚至有些松软。男人没有经过足够的铺垫就冲进了女人的身体，而且很快便感到自己直奔高潮而去，他一边做一边告诉身体下的女人：等会儿我们再好好地做成吗？

女人说：随你吧。我既然来了，就把自己交给你了。

于是男人心安理得地完成了第一次。然后，他们一起去了卫生间，一起冲洗，镜子里的两具裸体不经意地看上去很像一幅油画。男人突然有些感伤地说：我们分开得太久了。

他们仿佛被这句话感动了。女人说：我现在真是有点怕“分开”这个词了。

他看见女人的眼泪突然涌出，觉得什么事一定是发生了。等重新回到床上之后，男人小心地问道：是不是签证没戏了。

女人叹了一口气，说：他欺骗了我。

他？男人立刻明白这个“他”并不是指的自己，接着问：他有别的女人了？

女人摇摇头，说：这个我心里早有准备，要真是这个我也不会怪他，男人嘛……

那是什么？男人欠起身，他不明白还有比夺走自己老公更使女人伤心的事情。

女人也坐起来，拿过男人手里的香烟吸着，女人说：他根本就没有拿到绿卡。可他上个月才对我说清楚……他让我苦等了三年！

是这样……那就算了吧！

算了？是呀，不算又能怎样呢？你知道吗，对于我这个年纪的女人，爱情并不重要了，重要的是生存。

难道不出去就不能生存了？

可我的计划不是这样的……现在，全乱了。要是我早知不能出去，我就不会这么傻等，我就会注意和原单位搞好关系，我就准备来过一个正常人的日子，随便和什么人都行！

你冷静一些……

可是女人还是泣不成声起来。他把女人搂在怀里，再慢慢地躺下，他希望能尽快用第二次做爱来冲淡女人的悲伤。男人用力握住自己的下体，想让它片刻紧张起来，挺立起来。以往的经验告诉他，这第二次总是能使女人满意的。后来的事情和男人的想象完全一致。第二次，没有任何的前戏，当男人感到自己的火候到了，便立刻冲进了女人的身体。他剧烈而快速的抽动使女人发出了欲死不得的呻吟，女人高声叫道：你想杀死我吗？

这时，男人的手机响了。

男人自然不会在这样的时候去接这个电话。电话一直响到第十二声，令人心烦意乱。男人一点也不在意这个电话，继续干自己的事。事情持续了近半个小时，第二次高潮终于降临了——这仿佛是他们双方渴望已久的高潮，它的冲击波竟是那样的巨大，在高潮掠过之后的几分钟里，那种快乐仍还在各自的体内荡漾着。他们浸在汗里，汗把洁白的被单染得斑斑驳驳。他躺在她的身上，听见她说：我们多像两具尸体。

男人又一次看见了那个幻象：那两条仿佛用红颜料造成的金鱼。但它们不是尸体，它们还在水中游动。它们也不是重叠着，而是依偎着。

昨天的事情后来有些沮丧。起因还是那个不合时宜的电话。

看一下来电显示吧，肖航说，也许是个要紧的电话呢。

要是急事还会打来的。我这样说。其实我心里还真在惦着，我总觉得刚才这个电话与沈芷平有关，尽管她已经好久不来电话了。从走进这个房间的那一刻起，我便有了这样的预感。我点上香烟，肖航从我身上越过去，把手机拿给我，她说看看吧，别让给你打电话的人失望。说完她还对我诡秘地笑了笑。

电话号码是陌生的，但区号是023，这是重庆。我想自己的表情肯定出现了变化，而肖航也一定是看出了，女人没有问是在等待着男人的坦白。

可能是她的。我说，我在北京结识的女朋友，重庆人。除她之外，我不会有023的电话。

那你拨过去吧，人家等着呢。

可这不是她家的电话。

你是不是怕我不高兴？

不是。我确实对这个号码陌生，可能是个公用电话。她在家里不敢给我打电话。

为什么？

我比她爸爸只小八岁。很久不打了。

有多久？

有一个多月了吧。她离开北京的时候是在六月。

肖航沉默了片刻，再说：是呀，现在一个多月都显得久了，可我却傻等了三年。

怎么又把话说回来了？我有些生气了：难道不和那小子结婚你就活不下去？

她立刻打断我：对我而言，结婚就是活着。

那你可以随便和一个人去结婚。

随便？这就像买东西，平时眼见的都是喜欢的，可是真要买了，怎么挑都不满意。我想嫁你，你肯吗？

说完，她撩开毯子，去卫生间洗澡了。她将门插上的声音十分地清楚。

显然，这个意外的结局使我们都感到了伤心。

我在想那个电话。我想沈芷平一定是遇见了什么急事，否则是不会突然偷着给我来电话的。那是什么急事？是她把我们的事情对她父母说了还是别的什么？我们几乎不通电话了。人就是这样，现在的人就是这样，是很容易被所处的环境同化的。我想起前几年在海口，在岛上待得久了，我便忘记在犁城还有妻子女儿；一旦回到了犁城，就觉得留在岛上的桑晓光的形象是那样地不清晰。爱又能分担什么呢？沈芷平在北京时和我在一起，是她需要和一个她中意的男人在一起，如今她离开了，她便需要在周围重新物色一个，事情原本就这么简单，我何必自作多情呢？也许刚才那个电话就是个错误的电话，我这种人却要琢磨半天。

过了一会，肖航出来了。她穿着白色的毛巾睡衣，头上扎着白色的毛巾，像一个外国电影里常见的那种有钱的少妇。而我还是裸体。身上的汗已经全收了，我也懒得再洗，我对她说：劳驾替我擦一把吧。她便这样做了，然后就沏了两杯茶，把一杯递到我手上，说：你好点了吗？

我不知道她这话的意思，明明刚才是她自己不悦了，现在倒回过头来安慰我，她是想对已经发生的事情作一次挽回，不想使这短暂的幽会蒙上任何的阴影。我纳闷的是，怎么每回和女人相处，我都是被动的？一整天我都在想这个该死的问题。

——1999 年 8 月 8 日

北京：1999年8月

他把自己在北京的故事对她说了。但他不愿说出沈芷平这个名字，他只说她是个重庆姑娘，一个心地善良的好女孩，他说：那些日子都是她在照顾着我。

既然这样你为什么又要放她走呢？肖航说，你完全可以留住她的。

是的，他说，我相信我能够把她留住，可是我总觉得我们之间缺乏许多东西。

这是不是一种托词？

绝不是。感到缺乏不是我单方面的，她也有，她甚至比我还多。所以和我在一起时她总是诚惶诚恐，很紧张。

那是你没有重视人家。

也不能这么说。我想年龄的悬殊是一个问题，很重要的问题，这样就导致了后来许多的不同。

难道当初你就没有看清这些？你这不是明知故犯吗？

可我是个男人，我不可能对一个如花似玉的姑娘转过身去。

如花似玉？哼！

你哼什么？

我高兴。

你不是说我不重视人家吗？怎么我刚说了句好听的你就不快活了？

谈话险些崩了。男人和女人都意识到这根本就是一次不必要的争执，他们需要的是好好珍惜来之不易的时间。对于他们这样的人，放弃时间等于放弃了生命，为什么不好好相处几日呢？男人想，人家是来看我的，人家现在的心情很糟糕。当着一个女人的面去夸另一个女人永远都是致命的错误，男人不能去向女人的本能挑战……

第三天上午，男人决定离开这间熟悉的酒店标准间，带女人去了犁城附近的乡下，那里有山有水，在山水之间残余了一些明清的老房子，却还没有开发成旅游景点。

事情果然如男人所料，一见到这些陈旧的建筑，女人的心情立刻起了变化。这儿太美了，女人说，我们应该住到这儿来。

这儿的建筑与绍兴那边不同，男人介绍说，它是徽派的，据说从前有一些徽商到这一带做生意，见到这里的姑娘很漂亮，就不想再走了。

还是古人潇洒，女人说。

真要你在这里住上一年半载，你又觉得不行了。男人一边给女人拍照一边说。

要是你陪着我，我肯定行的。女人说完，看着男人的脸。男人的表情很镇定，男人说：这儿离犁城太近了，我希望去一个看不见熟人的地方。

是看不见你前妻吧？女人说，你累不累呀？

男人苦苦一笑，跑去找来那边一个作水彩写生的小伙子，把相机交给他说：请给我们拍几张合影。

然后就站到了女人身边。他们一共照了三张，最后一张，男人从后面搂住了女人，女人的头靠在男人肩上。那个作画的小伙子说这张最好，他毫无顾忌地问道：你们是情人吧？

这句突兀的话让男人感到了一阵紧张，他不知该怎么解释。倒是女人显得开朗，她反问道：你怎么断定我们就不是夫妻呢？

那小伙子说：夫妻的笑容总是很僵硬的。

于是三个人都笑了起来。小伙子收起画具同他们告别，走了几步又回头对他们说：你们很般配的。我是说你们做情人很般配。

他俩竟有些感动，但是却陷入了沉默。他们拉着手，走进了这条小巷……

这多像故乡石镇从前的那条老巷！三十多年前，当他还是一个孩子的时候，在一个细雨纷飞的夜晚，他就拉着一个女孩的手在巷道里走了。那是个温馨的晚上，也是一个恐怖的晚上，小巷是那样地幽深，那样地深不可测。随着岁月的流逝，那巷子显得越发地狭窄了，只有脚下的这些石板越来越光洁，雨落在上面的时候，可以照见你的脸，你这张布满沧桑的脸——这是你形象的历史，只有你才读得懂它。

现在，他们进入了一个农家院落。穿过天井，他们看见一个年迈的老妇在编织着一件篾器，看上去是一只篮子。由天井泻下的光线映照着老人灿烂的白发，真如银丝一般。肖航走上前问候老人：老人家，您今年高寿？老人说：八十五了。肖航说：家里人呢？老人说：我男人出门做生意了，儿子媳妇在田里。

他们互相看了一眼，好像明白了什么。他们原想在这里交钱吃顿饭，现在看来不成了，只能换一家。

出门后，女人轻声问男人：你相信她男人出门做生意了吗？

男人说：那也许是民国年间的事了。

就是说，她等候了半个多世纪？女人不无惊讶地说，天，这太可怕了！

其实她等候的只是一个愿望。男人这样感叹道。

这句话说完，男人的手机又响了。来电显示的还是来自重庆的号码。很多天后，男人在一个阴郁的下午这样想道：正是这个电话，使未来的一切全都改变了。

由犁城飞往北京的航班是在晚上七点十五分。机票不紧张。我在接到沈芷平的电话后当即作做了这样的决定。那时候，肖航故意避开了，去了村口的那座小桥上。

沈芷平在电话里只说了一个事实，她怀孕了，问我怎么办。她的语气并不生气和着急，她说：我一直以为不会的，结果一检查……

你赶快去订明天飞北京的机票，我说，这件事由我来安排，你得完全听我的。我会在机场接你的。

然后我就挂了电话，去桥上找肖航了。我对她说我们得离开了，我只说有一件急事要回北京处理。

肖航说：是关于那个女孩的吗？

我说：对，与她有关……

肖航说：能对我说说吗？

我说：我想以后再告诉你。

肖航说：那我也该走了。我回杭州，坐火车。

我说：我们电话联系，我手机一直开着的。

肖航很麻木地摇摇头，说：我想我也许不会再给你打电话了。

我握住她的手：为什么？

因为我不愿意再看见另一个女人在一边难受……她的眼泪禁不住地流了下来，她并不掩饰。最后她说：我不会再去为守候一个电话而通宵地失眠，这种罪我受够了！

后来，我们就在这里分手了。出租车在这座立体交叉桥上转了几道弯子，驶上了不同方向的路，那个瞬间我心乱如麻，城市在我眼里彻底地倾斜了。我眼前的景物全都是潮湿的，其实这一天阳光明媚，是这个季节难得的好日子。

天渐渐黑了。飞机正点起飞，奇怪的是，万米高空还是无比晴朗，好像我们身处的是两个世界。等天又一次黑下来时，首都的灯光已经映入了我的眼帘。我又回来了。我又得住进那个曾经计划修葺的小巢，然后再去陪一个女人做人流手术——这令我惊悸而惶恐。这种事情只在我和李佳之间出现过，除此之外，还没有一个女人怀过我的生命。我想起那一年在水市，想起韦青的后来遭遇，我总觉得与己有关，可这毕竟是个猜测。而现在竟是真实。孕育在沈芷平腹中的那个生命有几个月了？

这个晚上我几乎一夜没合眼。直到黎明前才开始有了倦意，但是，那个久违的梦魇再次袭上了我的身，我仿佛被无数根绳索捆绑着，像一个行将溺毙的落水者那样不能动弹，不能呼吸，不能挣扎。我的周围是一片猩红的颜色，我的肉身浸在这红的液体中承受着灭顶之灾……

接近正午的时刻，重庆飞来的航班到了。

我在出口等待沈芷平。不久她的身影就出现在我的视野里。她穿着一件小碎花的连衣裙，肩挎一只背包，手里提着中号的旅行袋，简单的行李使她在这趟航班的人群中显得突出。而我却有些不安起来。这是典型的出差人的装束。也就是说，动身之前她就没有想过要在北京久住。

她只想把眼下这件事解决掉。

尽管这样我还是有些激动。我喊了她并对那个方向扬了扬手，然后我从接站的人群里挤过去，接过她的旅行袋。我说还好吗？她说还好。我说第一次坐飞机害怕吗？她点点头，她说：我不敢往下看，可是没想到这么快就到了。

在从机场回我们住处的路上，我们坐在出租车的后面继续交谈。我说我们太大意了，这样会伤身体的。她只说没关系，就一会儿工夫。她丝毫没有责怪我的意思，这个女人的魅力就在于她本性的善良。我紧紧地握住她的手，我说你能再次回到我身边真好，我真高兴。她说她也是，她在电话里听见我的声音时就在想我们的见面了。

我说：要是没有这件事，你还会给我打电话吗？

她没有回答，似乎靠在我的肩头上睡着了。但是，我看见她的泪水从眼角淌了下来。在不足二十四小时的时间里，我看到了两个女人的泪水，我不能不感到沉重。我不能不引起自责。我总觉得是我造成了她们的不幸，我辜负了她们的感情她们的爱，这是无法为自己开脱的，也无法饶恕。我并不想这样，真的不想，我内心的渴望根本就不是这个样子……

——1999 年 8 月 12 日

当天下午，他们去了附近的一家医院——就是他上回治疗急性胆结石的那家医院，再次做了 B 超检查。女人确实是怀孕了，已经有三个月。妇科大夫是一个妈妈一样的妇女，态度和蔼，神情慈祥。她问沈芷平：是第一次吗？后者说是。妇科大夫说：那为什么不要呢？沈芷平便看了看边上的他。他解释说：我马上要出国，她一个人在家不方便。妇科大夫说：那其实更好，避免了妊娠期的房事，对胎儿发育有利的。

他不知该怎样回答了。这时听见沈芷平说：那就不做吧。

他感到很突然，说：不是商量好了吗？

妇科大夫说：你们拿好主意，决定做就明天一早来，空腹，先验血。

B 超显示的这个图形像一幅天文照片，那团似乎在旋转的光晕仿佛一颗星云。明天这颗星就将永远成为流星，陨落到一个极其肮脏的地方。

从医院走出来时，外面的天已经变得很阴沉。男人感到有些疲倦，想在不远处的一个卖水果的摊点边歇一下，忽然听见一个女声在喊他的名字。他站起来仔细朝四周张望，并没有发现熟悉的面孔。这个奇异的错觉使他临时取消了陪女人逛街的念头。他买了两杯可乐，然后就去街边拦出租车了。他对女人说：我们回去吧。女人点点头，女人的心情也变得黯淡了，女人说：我好困。

这个下午怎么说都很糟糕。看来解决这件事远没有想的那么轻松，这应该是他们共同的感觉。

不久天就黑了下来，随即也听见了风声，一片转黄的叶子不知从哪棵树上落到了男人的衣袖上。1999 年北京的夏天还没有过去，秋天似乎过早地降临了。但无论怎么看，这都是一个令人疲惫不堪的季节。一切和以前一样，他们回到住所，便各自找到了安放身体的位置。男人睡到了沙发上——他想就这么睡下去好了，他太需要好好地睡上一觉了。他甚至不再害怕今天黎明前的那个梦魇。

此刻，睡在单人床上的女人却丝毫没有睡意。但是她也没有辗转反侧，她的身体始终保持着一个舒展的姿势。也许这样会使自己不再感到恶心，在重庆的时候她最担心的就是这种生理反应会被父母看出来，这是她想来北京做手术的理由。所以当男人问到“要是没有这件事，你还会给我打电话吗?”她没有回答。她知道重逢对于他们除了一时间的冲动之外，不会有更多的喜悦。这一点，她早就看出来了。但是使她意外的是，从见面到现在，时间已经过去了好几个钟头，男人却还没有碰过她。屋子里越来越黑，也越来越静，男人的鼾声在均匀地响着。她很愿意听这鼾声，就像她最初习惯男人留在那间 304 房间的烟味一样。但是那只烟缸呢？她好像在这间屋子里再没有见到这件不起眼的东西了。

女人想找到那只烟缸。这个念头非常强烈地驱使着她，她便从床上爬起，为了不影响男人的睡眠，女人只开了小客厅里的灯。然后她就看到了那只烟缸，里面盛满了烟蒂。那些烟蒂由于积压得太久，已凝成了一个整块。女人把它们倒在垃圾桶里，再去卫生间洗刷。并不难洗，洗过的烟缸还是原来的样子，只是女人再也无法嗅到那股特殊的烟味了。女人有些难过，不留神手下一滑，那只玻璃烟缸摔到了马赛克的地面上，发出清脆的一响，女人同时也“呀”了一声，连忙将门关上。

响声还是惊动了男人，他似乎一跃而起，随手将卧室的灯打开，男人问：怎么了？你在干吗?

女人在卫生间里说：我在洗澡。

男人咳嗽了几声，看了看表，已经是八点多了，他们还没有吃饭。男人于是穿上鞋子，对里面喊了声：你洗吧，我去买点吃的。

这个有风的晚上并不使人凉爽，反倒闷得慌。男人去了对面的一家小饭店，要了两份炒面，然后又对老板说：明天上午给我炖一只老母鸡，用砂锅炖。

老板说：上午只能用压力锅炖，时间来不及。

男人说：不，用砂锅炖，我可以多付你钱。越烂越好，把浮油去掉，清淡一些。

老板就没有再说什么，接过男人预付的五十元钱走开了。

那时候屋里的女人还在洗澡。兴许是第一次怀孕的复杂感情，女人总感觉自己的腹部在微微地跳动。三个月的生命会动吗？女人被这个问题纠缠着。但是明天她就不会再有这种感觉了。女人不禁又流下了眼泪。她明知这个生命难以挽留，却还是拿不定去掉他的主意。外面响起了门声，女人下意识地咬住了嘴唇。她竭力使自己镇定下来，将身体揩净，再用浴巾围住，慢慢走进卧室，看见男人正在用牙齿撕开一袋她家乡产的“鱼泉榨菜”。

等会儿再吃吧，女人说。她在等待男人的视线，想让男人看看自己。男人抬了一下头，又去弄那袋榨菜了。

女人说：你不想来一次吗？明天恐怕就不行了——得等很多天的。

男人的手住了，他坐下来，感到泪水一下子沁满了眼眶。那个瞬间男人的脑海里旋转的全是那团星云。接着，他看见了一把大剪刀，正狰狞地向着女人的身体张开……

我抱起了她。她的身体竟是如此地轻盈。我把她抱到了床上，然后我的脸就紧贴着她的腹部，我好像在倾听那个尚未成形的生命的跳动——很多年前，我有过类似的经历。那时我的妻子李佳正怀着我的女儿，但那个时候我也一样地心情沉重，怀孕没有给李佳带来欣喜，相反平添了一份沮丧，在她看来，青春就这么毁了。直到女儿出世后，她才迟迟地找回做母亲的感觉。现在女儿成了她的朋友，此刻她们正在苏州或者无锡开心地玩着，好些天了，她们一直没有给我来过电话。

沈芷平抚摩着我的头发，很快她就发现了一根白的，但她没有替我拔掉，她说这样白发会越来越多。然后她欠起身，帮我脱去了 T 恤。我想去洗个澡，我对她说身上有汗。她说：我喜欢你的汗味。我想让你出汗。

说完这句话，她便关了灯。黑暗中她的手顺着我的腹部下滑，再稳稳地握住正在勃起的下体。我不免有些吃惊，在我和她交往中像这样的主动似乎还是第一次。而且这种主动性随着做爱的深入而加强。她仿佛变成了另一个人，一个性能力十分过硬的女人，最后她竟坐到了我的身上，动弹的节奏也越发地快起来，直到我一声大喊，她才紧紧地将我抱住。她凑近我耳边说雄起雄起！我差点想笑，我说：你今天怎么像个妖怪似的。她还是紧紧地抱着我，轻声问：你好吗？我说好，你呢？我也很好，她说，晚上一起睡吧，我不怕挤。

我说：这样你休息不好的，明天还要做手术。

她说：明天……是不是很疼？我有点害怕。

我说：别怕，我会在外面等着你……都怪我。

她说：我不怪你。我也一点也不后悔。真的不。

可我会，我说，我会一辈子感到不安。

这个晚上显得十分漫长，我的耳边总是嗡嗡地响，又觉得很远的地方有一只什么鸟在断断续续地叫着。我心里特别不是滋味，想这几年自己就像个乞丐，从这个女人身上流浪到那个女人身上，把一切都搞得混乱不可收拾。后来，我听见了雨声。雨很快就下大了，夹杂着雷电，空气慢慢变得清新起来。但是这一带的电线线路出了问题，一时间周围黑森森的。只有在闪电掠过时，我才看见窗外的建筑物，我才意识到我是住在中国首都的一间小屋子里。我身边的女人已经睡着了，这是个心事不重的女人，她的安逸在于永远躺在一个好男人的怀里。而我不是这样的男人，我不配，我也无法去向这个目标努力。我又一次想起那本星相书，生于11月28日的射手座男人注定就是一生独行……忧伤再次从我心底升起，我在黑暗中点上烟，每吸一口，眼前便涌动着一簇温暖的光晕。然后，我从这密集的雨帘中看见了我家从前的煤油灯，每逢下雨的时候，它在外婆手里就会变得很亮……

这场雨持续的时间很久，一直落到今天早晨还有零零星星。我们去的时候，那家医院还没有开门，而街上已经很乱了。过往的汽车自行车使我目不暇接，这个城市实在是太拥挤了，人的活动空间在不断地缩小。我突然觉得自己犯了一个错误，为什么偏要在这北京做人流呢？难道只有北京才能做人流？或者说北京就是一个人流的地方？这不是一个复杂的手术，一点也不复杂，可我还是选择了北京。其实我们与北京没有任何关系。我们是外省人，皇城从骨子里从来就不会接受我们。

医院的门户开了，我和我的女人走进去，首先是交费，然后是验血，

接下来便是女人走进手术间，我留在昏暗的过道上等候。我找到那位妈妈一样的大夫，想对她说点什么，却终于开不了口。这时候沈芷平忽然从里面跑了出来，面色苍白，我立即迎上去：怎么了？

她紧张地说：怎么要那么多的钳子剪子？

原来她被那一堆医疗器械给吓住了。我握着她的手，那手很凉，我解释说，你看到的只是个器械包裹，大夫会根据你的身体条件做出选择的。我说：别怕，我就在外面，离你只有十米。

里面在喊人了。我再次送走了我的女人。当手术间的门严肃地对我关起时，我顿时感到了一阵眩晕，手扶着墙壁慢慢地坐到长椅上。从这一刻起，时间骤然变慢了。紊乱而空洞的心跳声非常清晰。不知怎的，我居然想起了欧内斯特·海明威的那篇著名的《印第安人营地》，我觉得我就是那个睡在上铺的心悸不已的男人……

我期待着面前的这扇门尽早地打开……

——1999 年 8 月 13 日

北京：1999年9月

男人永远也不会忘记这个阴雨绵绵的早晨，北京的天气竟是这么怪异。当经过手术的女人出现在面前时，他心里的一块石头落地了。女人的面色更加苍白，连嘴唇都失去了血色。他扶着她，轻声地问道：怎么样？

女人只是摇头。女人说：我好冷。

于是男人给女人披上一件随身带来的外套，但她还是显得不够。男人说：要不就在医院里住几天吧？

女人说不。女人说：这地方我一分钟都待不下去了，回家，我们回家。

但是家在何处？

那不是家，那不过是临时租借来的一处狭小的栖身之所。我们是这个世纪最后的流浪者，流浪的人是没有家的，男人这么忧伤地想着，心里一片苍凉。很多天过去了，男人的神情还是刻着这个早晨的印痕。那几天他精心伺候着手术后的女人，他希望女人身体早点恢复，倒也很见效，女人的容颜迅速有了明显好转。她只是埋怨那家医院，说自己想看一眼从体内出来的那个东西，结果大夫就是不肯。妈妈一样的大夫说没什么好看的，然后就把那东西扔进垃圾桶里了。女人喋喋不休地就是说这件事。男人不想制止，他从街上买了许多张信哲的歌带和影视画报，想使女人从这件事上分心。他们自然是分床而卧，女人每一夜睡得都很香。有一天深夜，睡在沙发上的男人隐约听见了女人在哭，便开了灯。他发现女人实际上是在梦里哭泣，但是呓语清楚，女人说：娃儿没有了……

男人感到心尖掠过一阵刺痛。他没有惊动睡梦中的女人，就静静地站在边上。后来他再次找出那张 B 超图形，似乎想从这团可疑的星云里窥出一个生命的秘密。他在想，如果这个孩子留下了，会是什么模样？是男还是女？他怎么也想不出，而且想得好累。这件事过去了，尽管他深知他会背着这件事过上一辈子。

生命是那么脆弱。很多回，男人觉得累了就来到这条河边站上一会儿。他想起多年前在这里死于意外的那个陌生女孩，想起春天里来接他的那个王珏，想起肖航腕部的那条疤痕，想起几天前从沈芷平身体上剜去的那块肉，感到她们之间形成的就是一条死亡之河，人生其实就是一次死亡之旅，人从生下来的那一刻起就意味着向着死的目标迈进了，这不过是一场死亡竞赛，死亡的马拉松。

这一天回来的时候，沈芷平已经在洗衣服了。女人的气色看上去很不错。女人问今天几号了。

他说八月三十。他说：昨天我往犁城挂电话，孩子已经报到了。

沈芷平说这么快？这么快就到九月了？

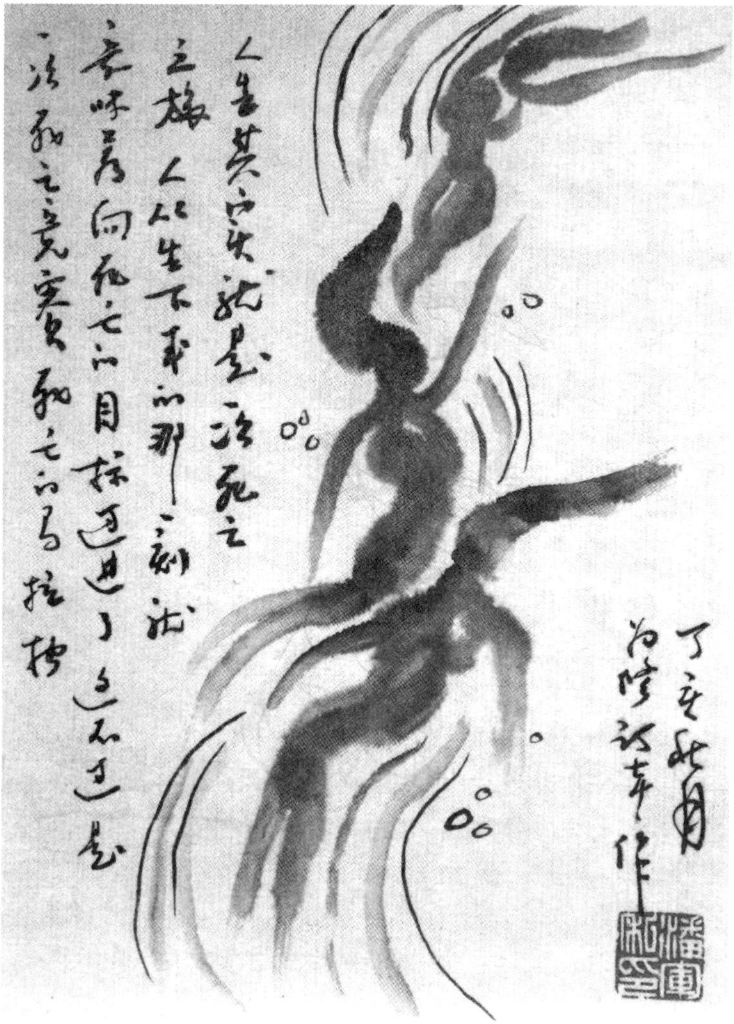

他看见女人手下显得迟疑，便觉得女人有心事，但是他没有再问。他希望女人能和自己谈谈，就说：我们今天出去吃饭吧。

女人说不想去。接着她说：那个桑晓光还在北京吗？

男人说：应该还在吧。你怎么突然问起她来了？

女人说：没什么，我总觉得她还会对你很好的。

男人说：我们从上次见面到现在一直没有联系。

女人说：为什么不呢？

男人更加困惑，他不明白女人为什么要突然挑起这个话题。他想起那次和桑晓光的短暂相见，没有觉得有什么唐突不妥的地方。于是他试探地问道：她来电话了还是……

沈芷平立刻打断说没有。女人说她只是随便问问而已。然而在男人看来事情并不是这么简单，他预感到在他们之间很快将会发生一件事，但那时他还不清楚究竟是什么事情。直到几天之后他才如梦初醒。

现在想起来我已经不感到惊讶了。就在刚才，我再次去西客站送走了沈芷平。事情当时觉得很突然。下午，本来约好去崇文门饭店和那个书商谈出书的事，结果那家伙因为什么更重要的事情临时改变了主意，让一个部门经理先送来了两万元的订金。其实是以这种方式催稿。我知道这种人是做不了主的，一些条件没法谈，于是便匆匆作罢，返回住处。在我正要喊门的时候，我听见了里面的声音，沈芷平在打电话，她说：我今天就走……后天你去车站接我吧。

凭感觉我想对方不是她的父母。

她说：你别说了，回去再说好不好？你要是这样想就算了，信不信由你……别再给我打电话了！

她很生气地挂断了电话。

我断定对方是个男人。会是她以前的那个男友吗？我在门口犹豫了一会儿，还是没有敲门。如果我今天不是急着回来，屋里的女人也许就不辞而别了。这不能不使我难过。事情既然已经到了这一步，再说什么便显得多余。我转身下楼，走到第一阶时突然感到腰部酸痛，就坐下来抽完了手中的烟。我想我无意去改变这个事实，只是觉得过于突然了些。实际上我应该明白，当我第一次送走沈芷平时，她就没有考虑再次回到我的身边。这不是她的过错。如果说真有错的话，错在于我，我没有权利去改变她的安排。

重新上楼，我认真地敲了敲门，我说：是我，我回来了。

过了片刻，沈芷平将门打开了，不用说她的脸色显得慌张，而我却装作没看见。她说怎么这么快就回来了，谈得顺利吗？

我瞥了一眼卧室，她的旅行袋放在了角落，拉链还没有来得及合上。她把拖鞋放到我面前，这时我轻声问道：要走了吗？

她僵持了一瞬，不作回答，眼睛看着地上。

我说我们说说话吧。我说：要是没有这件事，我们也许就很难见面了。你的电话越来越少，后来几乎没有了，其实我应该想到，你在重庆过得比在北京要好……那个人对你好吗？

她终于回答了：还可以。

那就好。和我在一起你总是很紧张，连发脾气都受到了限制。那个人至少会让你发脾气。你这个年纪就是发脾气的年纪，那个人能接受你的任性，说明他人不错。

他是我过去的同学。

还是以前那个人？

对。其实上次他来北京找过我……他是一路靠打工过来的。

就是那一次你说去看一个老乡？

对……我看他很不容易，人也瘦了……这次我一回去他就知道了，他说他想和我结婚……

你答应了？

没有。我说我还想多读点书，想学电脑，他说他和我一起学。

你来北京他知道吗？

知道，我说我一个好朋友要做手术，我必须照顾他。

她流泪了，泪水大颗地从面颊滚落下来，仿佛掷地有声。我抱着她，拭去她的泪，我感到自己的声音在颤抖，我说：我唯一悔恨的是，让你吃了苦头。很对你不起。

别这么讲，她说，我们之间就这点缘分吧。我走了，谁照顾你？你能和桑晓光再好起来吗？

我还没这么想过，我说，倒是想离开北京了……这个城市的空气很糟糕，我想去山里走走。有一本书上说，我这一生命中注定都会是一意孤行。你拿到车票了？

她说她已经通过一个老乡买到了。她说：我本不想告诉你的。我知道这样分开我们都会不好受……你以后还会去重庆看我吗？还会给我寄你的新书吗？

我说我会。然后，我从口袋里拿出那两万块钱，塞进了她的旅行袋。她不要，她说你现在不应该再给我钱了。我拉住她的手，我说：什么话？什么应该不应该的？你用这钱回去买一台钢琴或者电脑，你每天用它，就当是在陪我说会儿话吧！

她扑在床上号啕大哭起来。我背过身去替她收拾行李，我的眼泪禁不住地往下淌着，流到嘴角，咸得厉害。过了很长一会儿，女人的哭泣声停止了。屋子里这一刻变得特别安静，我能听见自己短促的呼吸声。女人没有更多的话语，去了卫生间。再出来的时候，她已经化好妆了。她的神情似乎很自然。如果不是熟悉，你很难相信这是一张刚刚哭泣过的女人脸。我竟有了一些局促，不知道应该用怎样的目光注视她。但有一点很肯定，就是我产生了少许的失望。我厌恶这感觉，甚至为这不良的感觉感到羞耻。我没有任何理由来要求这个女人对我眷恋不舍，而她也不需要我给予的同情。这局面呈现出我们之间自相识以来少有的尴尬。我想尽快摆脱它，但这时，我听见女人说话了。

她说：如果做掉的那个孩子不是你的，你还会这样对我吗？我是说“如果”。

我头脑里嗡了一声，怔怔地看着她。

她接着说：我希望你说不会，这样你就会很快重新开始。你这种人一生都需要“开始”。

我说：我现在害怕这样的结束。

她说：我也害怕，但这是早迟的事情，从认识你那一天起我就这么想过，我只能陪你走一阵子……我记得你在你书里说过，对于相爱的两个人，手摸不到的地方就是远……

时间在风中飞舞，这是1999年的9月开始的日子，我们的故事却正在走向结束……

——1999年9月3日

对于这个男人，眼前这样的铁轨其实就是记忆的一种阶梯，将指引他进入到一个虚无缥缈的空间。

它也是生命的一种隐喻符号。

那些黄昏，男人总是散步来到这里，似乎就是为了唤起日益衰退的记忆。他愿意沉浸在这伤感的记忆之中。那个叫沈芷平的女人业已离开，现在已经和她的男友相聚在一起了。那天，女人最后还是坚持不让男人去车站送她。女人说：车一开起来，我就没事了。但这句朴素的道别却让男人心里不好受。是害怕当着众人的面流泪还是害怕泪水破坏了才化好的妆？也许在车站还有别的人送她吧？那个人是谁现在已经不重要了。

车会很快开起来，难道他们的故事也真的就这么快地过去了？

男人说我送你到车站，我不下车，然后我回来。这算是折中的方案，后来也就这样做了。那一路上他们再也没有说话。等出租车到达西客站时，这一天的黄昏也同时到达，西天一片橙黄，在太阳湮灭的位置则是炽眼的火红，仿佛燃烧的森林。女人下车了，他们的手就此松开。女人的身影很快便消失在人流之中。

男人告诉司机，回刚才上车的地方。但是等司机把车开上环线时，他又改变了主意。他让司机把车内的歌曲音量调大一点，他说：我们顺着环线兜一圈，我想听听邓丽君。现在听她的歌好像很难了。

那都是些二十年前的老歌。奇怪的是，二十年前他却不喜欢。他甚至觉得其中几首都不耳熟，仿佛新近才推出的。邓丽君不幸地去了，留下了她的歌声，留下了今夜令他感动的歌声——

任时光匆匆流去我只在乎你，
心甘情愿感染你的气息。
人生几何能够得到知己，
失去生命的力量也不可惜。
……

城市的夜晚到处都是一片忙碌。市政部门在加紧准备着张灯结彩，以迎接即将来临的共和国五十周年庆典。在清河的阅兵村，那些精心挑选出来的士兵，每天都在顶着烈日训练。电视上看见他们流了许多的汗，有的甚至中暑晕倒。电视上还看到，执行训练的军官用尺子在量他们的步伐，要求异常严格。这与城市的管理一致。据说这段时间外省人来京十分地困难。他想，我这个外省人也到了该离开的时候了。于是他给李佳挂了电话，询问孩子上学的情况。女儿读初三了，日子过得真快。

李佳说你现在在哪？

他说我还在北京。

李佳说你怎么又去北京了？

他说我过几天就回去。

李佳说你最近别回来，我外地的一个表妹来了，暂时住这里，不方便。

他说你自己的房子呢？

李佳说我父母住了，他们的房子在装修。

他说那好，我不回去。

李佳说你在外面不是有很多的女人吗？

他没有接话，但是他心里在说：我现在没有一个女人了。《生命密码》中有这样的表述：

生于11月28日的男人由于总是我行我素，致使他们的家人和朋友经常被他们时而挑衅、时而敏感体贴的两极化言行搞得不知所措。这种人拥有自己的一套思想体系，只不过在传达这些思想时往往以一种多变的形态，夹杂着反讽与严厉而直接的评论，反反复复，实在让人摸不着头绪。但他们总有自己的一套解释方式。

男人现在觉得，自己便是这样的怪胎。

从这时起，男人在心里便开始酝酿一个计划，那就是去独自作一次旅行。他想去远离城市的山区，不打算写作，而是沿途写生——他已经很久没有作画了，这个梦想一直延续到今天还没有实现。

若不是那个书商的事情未了，我可能第二天就会离开北京。那个书商本来是和我谈一部长篇的，现在却又提出要编我的小说选集，计划出五卷。版税和印数都还过得去，只是要求我年内要交出这部尚未完稿的小说。这我没有把握，我坦率地告诉他，我现在没有写作的欲望，甚至有可能今后一段时间不打算写小说了。他好像很惊讶，说你现在正火着，你的书很好做的，怎么说不写就不写了呢？

我告诉他，我的前妻在多年前就这样对我说，我是一个生活在小说里的人，而我的小说一点也不生活。所以我不相信我的书会卖得很好。

事情便这样暂时搁置下来。最后的结果是长篇推迟到明年的第一季度交稿，先把过去的作品编出来，并重新写序言。这件事不算累，但是琐碎，我需要到图书馆去查阅那些老杂志，再逐一地复印。其实我对出书历来兴趣不大，我只有写的欲望，而现在连这个欲望都没有了。那些天我就在干这件事，天气不好便整日昏睡。有时，我会去建国门地铁附近买来一堆无聊的小报。我没有给桑晓光打电话，倒是给远在杭州的肖航拨过几次，但对方都是关机。在犁城分手时我曾答应过她，把此次来京的目的对她说明，我觉得在电话里说一宗流产会自然一些。至于为什么要对她说我并没有多作思考，也就说说而已，比不说要好吧。可是她不开机。我想她也许猜到了，猜到的结果会比实际的结果更坏，更证明我不是个东西，这也只好随她去想了。女人都是这样，在她们眼里，爱和恨是没有界限的。

今天是1999年9月22日。多年之后，当我的这些手记公开出版时，读者也许会陡然感到，从这一天开始手记的语气似乎改变了，变得有些无动于衷。好像我在这里写下的不是自己的心得，而是在记录另一个人的行迹。我本人也觉得有点奇怪，可是我却无意去作纠正，我甚至怀疑自己会不会再写下去了。我说过我准备出外写生，实际上去哪个方向至今还没有想好。能肯定的是，我不会再选择城市。因为城市早已没有风景。

下午我去了西单图书城，想找几本画册看看，可是那个地方很乱，有一个歌星正在进行签名售书，周围挤着许多人和许多记者。歌星能写书还要我们做什么？北京这地方真是很怪，什么事都会搞得热闹非凡。前几年这里在搞“情景喜剧”，其实就是“肥皂剧”，肥皂是很大路很便宜的货色，结果竟打造出了一批喜剧艺术家。后来这里又生产了“贺岁片”，那是港台艺人不再要的玩意儿，却在京城挣了大钱。台湾的琼瑶来北京逛了一趟，回去胡编了一个什么格格，抡到大陆来照样也是发大财。据说领衔主演的女演员如今身价百万千万。北京除了这个还有什么？这儿是一个打造时尚的作坊。倒是那道“三巴汤”很不错。

在我准备走进地铁时，我的手机响了。对方是一个男人，费了很大的劲，我才听出是杭州张毅手下的那位童经理，他又到了北京。但这次不是找人，而是陪张毅出来散散心的。

张毅来了真叫我高兴。我立刻改打出租奔他的住地了，他们住在圆明园边上的一个小宾馆，连出租车司机都觉得很不好找。我们在周围转悠了半天，才从一个卖煎饼果子的老太太那里摸到了门。等见了面，我的高兴劲即刻就去了一半，我感到面前的这个保养得白白胖胖的男人不像张毅，而是张毅的赝品。这个人现在连胡子都刮光了，像做过化疗似的。

你小子出来了怎么也不及时来个电话？我说，真他妈不够意思。

张毅说没什么没什么。说着看看四周，又掩上门，很神秘的样子。

既然出来了还有什么好怕的？我递给他一支烟。

他拿着嗅了嗅，又放下，说：我戒了。

我最烦戒烟的人，我说，抽吧。不抽烟怎么聊天？

他说：你知道吗？现在有一种追踪烟的仪器，美国进来的，很厉害。你最好也别抽。

我被他说糊涂了，可他却是一本正经的。

他接着说：你知道我为什么选择住这个地方吗？这儿有很多树，只有树能挡住那个探测仪器，我在杭州每天都在种树，已经种了……

我觉得有点不对劲，高声说：张毅！你没事吧？

他吓了一跳，脸色更白了，他说：我没事……我怎么会又有事呢……我只是种树，这不犯法，对不对？

这时候，那位童经理进来了，手里拿着一堆方便面。见状便对我递了个眼色，我明白了，同时我的鼻子也骤然发酸。张毅在指责童经理，质问他刚才进来为什么不报告？然后他又看了看方便面，又是拿到鼻子底下嗅了嗅，问：这个牌子靠得住吗？

童经理说靠得住，又解释说这一带只有这个牌子的方便面。

我走进卫生间用凉水洗了一把脸，等熬过了这悲痛的一刻，我才出来。我温和地对我的朋友说：张毅，我们出去走走吧，这附近就是圆明园，那儿有许多的树……

然而当我们来到这里时，我已经不想再说什么了。

我对北京的告别，就是无话可说。

——1999 年 9 月 22 日

江南：1999年11月

是上路的时候了。

整个十月男人都在筹划这次行动，把一切琐事全都抛开，感觉真好。从现在的事实看，这个男人把在北京写字卖文挣来的钱都花到了这次行动上。他先从一个演员朋友那里买下了一辆二手的切诺基，接着又从一个作家同行那里廉价收购了一架型号过时了的尼康相机，然后在这个基础上进行了改装。他把吉普车后面的座位卸了，放上崭新的卧具和画具，又在车顶上安置了四只夜灯，看上去有点美国西部片道具的派头。男人本想再买一枝双筒猎枪，但是现在国家禁止出售这种东西。

但是，跃跃欲试的男人在行动的路线上却迟疑不决。最初，他打算沿着唐人开拓的那条丝绸之路走上一遭，去看看大漠敦煌，然后再折返西藏，但是又觉得这样过于玩命，自己没有那样的胆魄，同时对这辆车的性能不抱乐观。后来他又考虑经山海关直插辽东半岛，沿黄渤海湾走，却又认为那一带现在到处都是高楼大厦玻璃幕墙，与北京并无多大的差别，形式太像一次旅游了，一路都是养尊处优。这个男人就是个反复无常的货色，且又热不得冷不得。他自己也感觉到自己变化了，从前的他不是这个样子。从前的他做事基本上不计后果，虽做不了什么了不得的事情，但至少是先做了起来。时间已至十月的下旬，北京的天气在一天天地变冷，男人便有些急了。他想若再不动身，这件事兴许就会黄掉。李佳的表妹年底之前会离开犁城，到那时男人便没有什么理由留在外面，而把女儿搁置一旁。

这天晚上，男人应邀去公主坟那边参加一个类似沙龙的聚会，据说一个刚从巴黎回来的家伙受了子夜出版社的委派，要找几个作家谈合作意向。其实也就是聊聊天喝喝啤酒。北京就是这样，明知道事情有诈，却还富有激情。于是男人就把刚接过来的切诺基从院子里开出来，一上道便把所有的灯光全给打开。结果，第一个十字路口麻烦就来了。

你这是怎么回事？警察指着那四只抢眼的灯说，灯怎么开的？

他记不得交通法规关于灯光的条文，就说：这不是刚过五十周年大庆嘛，图个热闹……

警察说：你不觉得你晃了人家吗？

他说：这又不是战争时期，还实行灯火管制不成？

警察说：我对战争没兴趣。

有兴趣的自然就是罚款了。男人的兴致一下就败了下来，立刻把车撤回。那边的电话又在催了，问他到了那里。男人说：我在地铁。后来他就从崇文门进了地铁，感到还是在地下方便一些。

不久到了复兴门站，男人下车换线，一不留神竟坐错了方向。但他还没有意识到，他的注意力一上车就被一个小女孩夺去了。她顶多十岁的样子，在神情专注地玩塔罗牌。男人就坐到她边上，问她：你在干什么？

她看了他一眼，然后用一种沉静的语气说：我在占卜。我的朋友要出一趟远门。我需要告诉他方向。

男人暗自吃惊，他不知道这个女孩的年龄究竟是十岁还是一百岁。那么，男人说，你觉得他该往哪个方向去呢？

她没有回答，却让他帮她抽出四张大阿尔克那牌，然后摆成初级的"钻石展开法"，再让男人一一翻开。

这四张牌依次是隐者、吊男、太阳、死神。

男人再次追问：他应该往哪个方向？

她闭上眼睛，过了很长一会，才吐出两个字：西南。

说着她的一只手在男人眼前划过，他惊讶地发现了一个事实——在她细小的腕部有一道月亮形的标志，不知是胎记还是疤痕。但是这个瞬间男人看清了一张女人的脸。又一个站到了，上来很多人。男人下意识地双臂环抱着胸口，等他再转过身来，那女孩已经不见了……

我就是她的朋友——后来男人这样想到。现在，我需要上路了。

当天晚上他打开地图，确定了现在的路线。男人打算先一口气开到安徽芜湖，在那里经过短暂的修整，往下便进入到皖南山区。然后便是经宣州而至徽州，再进入赣北上饶地区。从那里西行而下，过九江大桥，便是水市的区域了——他仿佛走了一圈，又回到了自己的出生地石镇。从时间上看，计划到家的日子正好是 11 月 28 日，他的生日。

在这个寒气浓重的黎明我开着车出发了。那时候我们伟大祖国的首都还在幸福甜蜜的梦中沉睡，期待着雄鸡一唱东方欲晓，期待着东方红太阳升。报上总说每一天都是新的，这话听起来一点也不错。是新的，非常的新。旧的是我这样的人。我真是越来越旧了，旧得像一根生锈的螺丝钉。

好久不开车了，出城的时候还显得手忙脚乱。不过适应起来挺快。眼下这条路我不熟悉，但凭感觉我认为行驶的方向大致不会错，因为不久太阳便在我背后升起……

所谓的长途其实也就是第一站，从地图标尺上看，北京到芜湖的里程是一千二百公里，一天可以到。如果车不争气，我就在苏州或者南京停下来，顺便会一会那里的朋友。他们还在写小说，我暂时不写，我要作画。都说绘画陶冶性情，而我图的是延年益寿——我说过我要力争活到女儿三十岁，这之前不能叫她的爹死掉。

果然，车在苏州附近抛锚了。于是花五十元钱请人帮着拖进城去。其实毛病不大，电瓶的故障，很好弄。我临时住进苏州大学的招待所。这所具有百年历史的学府前身是东吴大学，不知道为什么要改名号，是觉得旧吗？可北京的颐和园还叫颐和园。我喜欢这个校园，喜欢她的建筑和满园的桂花香。

听学生说，由于连日天气转热，桂花才重新开了，而且比上一次更为香沁。整个下午我哪儿也没去，就躺在草坪上贪恋这一袭桂花香，这就是迟桂花吗？杭州有桂花吗？想是有的，要不郁达夫何以写得出？我又想起了肖航。要是她能和我一起来，多好！行前我想到了这一点，希望她能与我结伴同行。然而她的手机还是关着。

黄昏时分去附近老街上走了一圈。苏州的老街很长，也很窄，所以就有了尴尬。让汽车通过显得拥挤，改为步行街又觉得漫长。对于今天的人，散步的耐性总是有限的。

老街上的风景很美。

下一次我一定要与肖航同来，我们可以在这老街上租上一间屋子住上半年。早晨上街买菜，黄昏下河洗衣，闲来舞文弄墨，雨时散步逛街。这样的日子美国有吗？

住了一日，第二天傍晚到达安徽芜湖。本来计划要提前两小时的，

结果出苏州时高速公路被封了。据说是上面来了要人，又据说是来了外宾。突然出现了许多的警车，气氛便好紧张。我在回旋路上兜了二十圈，那个把关的警察见我都烦了，可我还是不想绕道。

我在镜湖边上住下来，它让我联想到西湖。三天前进入宣州辖内的泾县，那儿有一面太平湖，还有桃花潭——桃花是无法见到了，当年李白至此，作《赠汪伦》一诗，如今竟成了旅游的招牌。宣州内有敬亭山，但是这里距离大名鼎鼎的黄山仅百公里，游人大都不在此停留，直奔黄山去了。这一带我不陌生，多年前曾陪友人来玩过，后来又在这里出席了一个笔会。有趣的是，我至今也没有登过黄山。在我看来，这个黄山太美了，太过于雅致，仿佛一尊巨大的盆景——我不喜欢盆景，我喜欢野山。皖南的秋天也是极美，现在北京的西山正是红叶满目，而这里的山上叶子大都还绿着。早晨竹林中传出清脆悦耳的鸟鸣，让我感动。我已经好久好久没有听过鸟叫了。北京没有，杭州好像也没有。

昨天是个阴天，没有雨，我去了茂林。

作为近六十年前的皖南事变的发生地，泾县茂林在现代中国历史上有着不可忽视的地位。它是国共第二次合作流产的见证，那一次，共产党领导的新四军遭了重创，军长叶挺被俘，政委项英为奸人所害。在这件事上，老蒋怎么看都是个小人，而那个上官云湘也由此臭名昭著。项英不懂军事，却总是以党的名义召开军事会议，而叶挺又恰恰不是中共党员。所以往往这样的时候，叶将军就只能上山打猎去了。

晨七时即起，始发徽州。历史上的徽州指的是皖南的黄山与白岳之间的地带，古称“一府六县”。按如今的区划，除安徽的绩溪、旌德、歙县、休宁、屯溪、祁门之外，还包括江西的景德镇和婺源。而徽州人则有很多是中原的后裔，他们的先人为躲避战祸来到这里，之后才觉得这儿是世外桃源。现存的建筑上尚存这种迹象。几百年来这里没有遭遇过战火，因此也就没有离乱。书上说，这里的青山秀水营养了世代淳朴民风。可是三百年前的这里就已经有了著名的“徽商”——商人淳朴吗？徽州的商人有很多一结婚（一般在十六岁之前）便出门做买卖，直到发了大财或者做了大官才衣锦还乡。苦的是他们的女人，一等就是一辈子。所以这一路我都能看见贞节牌坊，有许多旅游团打着旗子在参观，在照相。就想，时间真是个奇迹，年头不同，凄风苦雨竟也成了秀美风景。

至绩溪停歇，前往上庄拜谒胡适先生故居。先生少小离家，1949 年后即为海峡所隔，客死异乡。据说老人临终前还躺在病榻上，用绩溪方言诵吟古人的诗篇：庾信生平最萧瑟，暮年诗赋动江关。听来令人凄切。胡先生一生最大的误会是和政治纠缠不休，他的长相就不像是个玩政治的，不知他当时是怎么想的。

我计划在从前徽州府衙的歙县住下来。那儿有一条优美的练江。在这条江的两岸有像雄村这样的老村落，明清遗下的古民居镶嵌在苍山秀水之间，那才是我真正想要看的。

——1999 年 11 月 7 日

那些黄昏，在练江的边上总能看到这个男人的身影。他的栖身之所是在县城附近的渔梁镇上一家私营的客栈。男人住在楼上，推开窗户，越过质朴的渔梁坝即是练江。作为新安江的上源之水，练江从来都是宁静地活着。这是一条赋有灵性与高雅气质的水。对于一个久居都市的男人，能在这样的天地里活动身心，无疑是一种幸福。这些日子男人基本上都是沿练江而行，早出晚归，拍了很多照片，也画了不少写生。每到黄昏时分，他就坐在这渔梁坝上，看渔人驾一叶轻舟指挥鱼鹰捕鱼，听妇人舞动棒槌起落有致的捣衣声。这生动的人间图景总让他流连忘返。也还是这样的时刻，他不由得感到了清冷与孤寂。男人觉得自己这一年过得特别累，似乎有一张无形的大网罩住了他。现在他需要的是彻底安静下来，好让经过的一切坠入记忆的深渊。男人对自己的这次出行是满意的，他至少是摆脱掉了那个红色梦魇的纠缠。连日来他都睡得很踏实。然而另一个事实是，这个男人所有的梦境也一并失去了。很多时候男人会认为自己是活在虚无的山水之间，像风那样。

今天是1999年的11月24日。按原订的计划，男人应该在十天前离开歙县而至屯溪，再到黟县去看看像西递这样的村落。否则他不能在四天后的28日回到故乡石镇，去过四十二岁的生日。可是没有办法，他需要继续住下去。一早男人就雇了一条船，打算经雄村进入到新安江的主流。但是后来这个计划有了改变。在他看来，江面一经开阔便失去了灵秀之气。倒是江畔那座称为“小南海”的孤岭吸引住了他的目光，他便去了那里。听人介绍，这“小南海”即是岑山的潜口。据说因东晋陶潜曾一度隐居在此而得名。在男人行将离开时，来了一个从浙江淳安的千岛湖转来的旅游团。那个年轻的女导游背影很精神，也穿着一件暗红色的风衣，款式与肖航的那件一样。由于当时天下起了小雨，女人的伞完全遮住了她的面部，令男人怎么也看不清。他甚至觉得这就是肖航，以至于差点大喊一声。这个荒唐的念头，男人想，好不容易才从重围里突出来，别自作多情了。那本书上不是说我这样的人总是反复无常搞得别人惊慌失措吗?

男人就这样看着那个背影消失在烟雨之中，他们乘的是一艘轮船。

然而那个时候男人还不知道这个晚上还会发生什么。他回到那个小客栈时天已经黑了，雨也随之大了起来。男人感到很疲惫，便想赶快洗个脚上床。他去厨房打热水，看见后厅里一伙人围着在看盗版的VCD，是个外国片子，名字很怪——《你知道死亡的颜色吗?》

男人后来就和衣倒在床上假寐，没想到就真的睡着了，直到从一个极度困惑的梦境中苏醒。

这个梦很简洁，一点也不复杂。这个梦也不新鲜，还是与水有关，与红色有关。但是这个梦现在发展了，不可思议地发展了。

男人清晰地看到，原来的两尾金鱼，现在只剩了一条；水已成冰，这条红色的鱼便凝固着镶嵌其中，像常见的琥珀那样。这是一个残酷而凄美的梦。

男人看看表，时间已是十一点四十分，临近子夜了。他想记下这个梦。等他刚准备坐下，一个刺耳的声音突然响起，沉寂多日的他的手机响了，来电显示的是肖航的号码。

是你吗肖航？男人有些激动地说，真是你吗？

是我，肖航说。

你在哪儿？手机里声音怎么这么乱？

我在海上……

海上？

我在由烟台去大连的海轮上…………

好悠闲啊。

这条船此刻正在下沉……

你开什么玩笑？

我没开玩笑……

你是不是喝多了？

你听——

电话里传出嘈杂的背景声，其中夹杂着孩子的哭喊，还听见有人在高声叫喊："让妇女儿童先上救生艇！"

男人的心骤然提了起来，跳得像打鼓。他口齿不清地说：肖航！你是在骗我对吗？你说你确实在骗我，你在吓唬我……这是不可能的事！

肖航抽泣着说：我大概还有十分钟的时间，这最后的十分钟，我还是愿意留给你……

他的眼泪不住地往下淌……

亲爱的你快说话吧，我想听你说话！说什么都行……

肖航，你赶快上救生艇！

浪太大了……靠不过来……那边起火了……

你赶快上去！上去！

船已经在倾斜了……我怕！我不想死呀亲爱的……

我爱你！你一定要……活下来……我求你活下来！活下来！你一定要活下来！

……

肖航！肖航！肖航——我爱你——

……

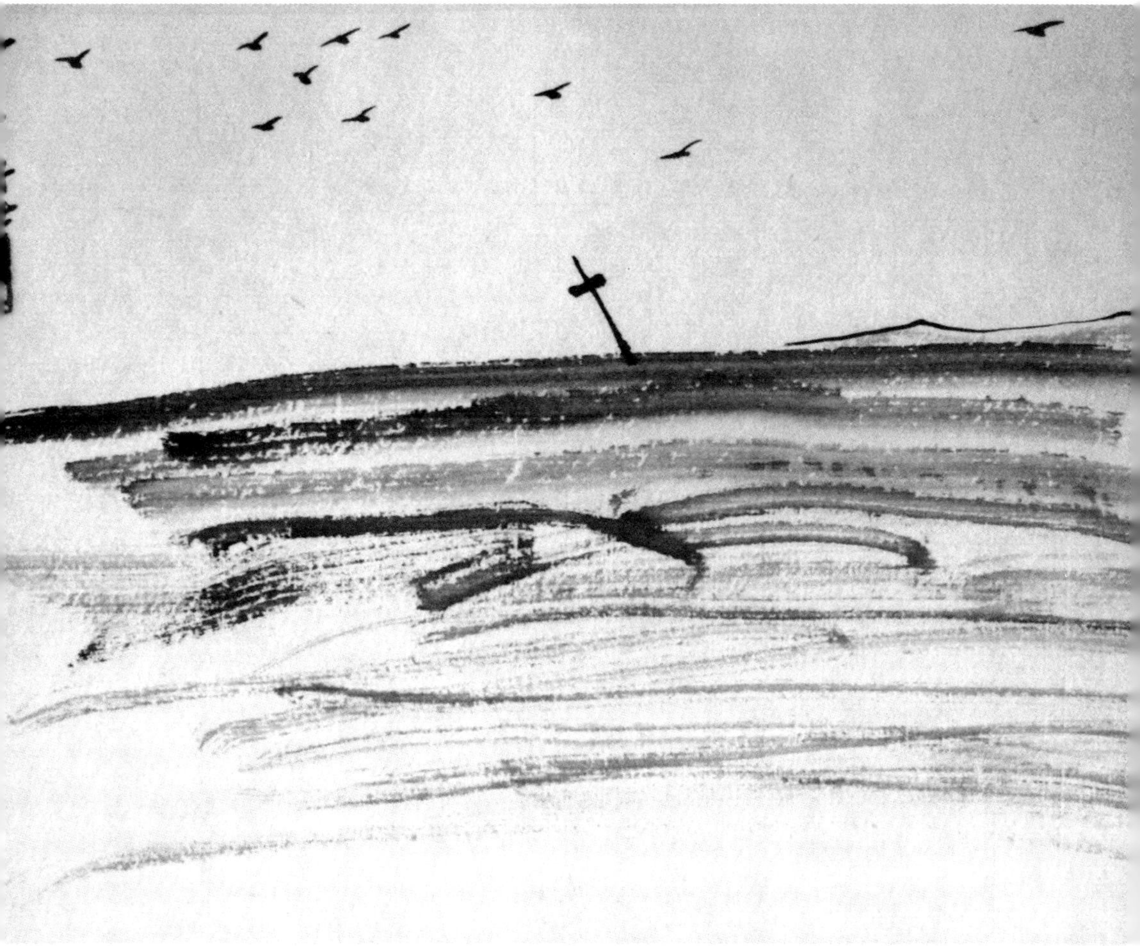

山东烟大轮船轮渡有限公司“大舜”号滚装船，昨（24日）晚因风高浪大，动力丧失，在牟平姜格庄附近海域搁浅倾斜。

船上共有旅客船员312人（作者注：应为302人），截至记者发稿时为止，已抢救生还36人（作者注：应为22人）。

“大舜”号滚装船昨日下午去大连，因海上风浪太大，途中返航。

16时30分发现二层甲板有烟雾，请求救援。烟台救捞局、烟大公司、烟台港务局轮泊公司相继派船救助。

但因风大浪高，无法靠近。

——新华社济南11月25日电

三天后，故事中的男人到达了事故地点。

他的眼前只是苍茫的大海。

这一天是11月28日，他的生日。

——2000年10月30日

北京——合肥

2007年7月修订于北京

（原载《作家》2000年第12期）

附　录：

初版后记

作为长篇三部曲的最后一部，《红》的基调是预先就有所设计的。我对音乐虽然是门外汉，但是在写作《独白与手势》这个阶段，我的头脑里始终有一部交响乐的旋律在萦绕着。就是说，某种意义上我已经把《红》理解为“第三乐章”了。直觉上我会考虑把它写得与前两部有所不同，我需要它具有更多的抽象性，或者具有一定的象征意味。我所说的“设计”，指的就是这个。显然这种设计不是通常的那种小说构思。我依旧放弃了那种提纲性的准备，而依赖于我的即兴发挥。于是，我用很大的篇幅写到了梦魇的纠缠和死亡的暗示，与之相对抗的则是爱与生命的辉煌。这种爱，我视为宗教，它就站在现实的恐惧对面。

《红》的写作历时三个多月。原计划这部小说的完稿是在去年的年底。然而十月份，我参加在南京举办的中国书市期间，突然接到了《作家》杂志的电话，他们因为偶然的事故，希望我能把《红》及时地赶出来，在第十二期上发表。但是，当时我还没有写完，之后我又去了苏州和徽州，等折返合肥才匆匆写完了最后的三万字。由于刊物篇幅上的限制，后来发表的《红》实际上已经删除了一些，而且对图画部分也只能做象征性的安排了。这之后，我再次对小说进行了修改，并一气呵成地完成了她的图画部分。现在，我把它正式交到了人民文学出版社。

《独白与手势》的前两部《白》与《蓝》自问世以来，引起了一些关注。许多朋友曾不约而同地问过我：以后是否还会做这种图文交织的小说？我说也许不会了。因为我已经从《独白与手势》里获得了这种形式上的陶醉，不需要再有第二回。

潘军

2001 年 4 月 15 日　北京天坛之侧

潘军文集

第捌卷

剧作卷

文化艺术出版社
Culture and Art Publishing House

在书房（2011年10月，北京）

| 写作中（2006年10月，北京）

| 皖河边上（2009年夏，怀宁）

在外景地（2009年12月，河南）

和女儿在话剧《霸王歌行》首演海报前合影（2008年3月，北京）

北京人艺演出话剧《合同婚姻》海报 （2004年3月，北京）

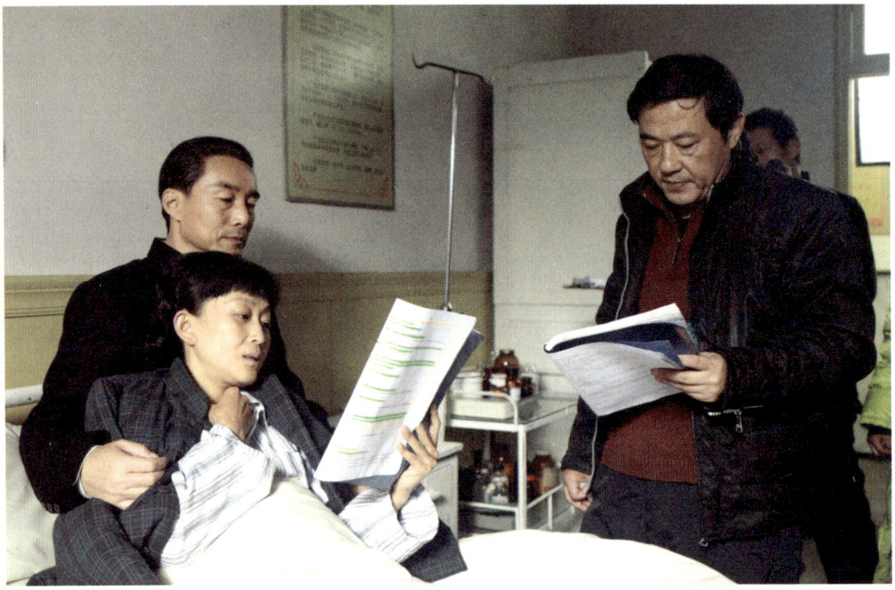

《粉墨》拍摄现场，与演员陈瑾、施京明（2010年12月，上海松江）

《河洛康家》工作照，和主演陶红（2009年11月，河南巩义）

在拉斯维加斯（2012年1月）

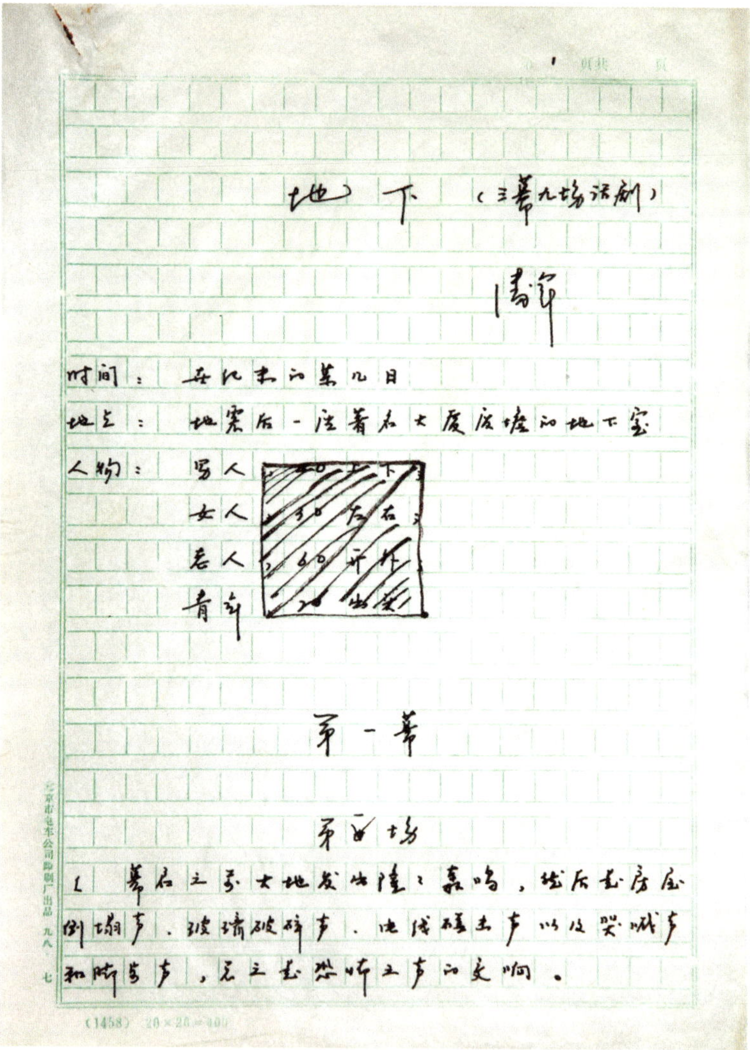
第 1 页共 页

地下（三幕九场话剧）

潘军

时间：世纪末的某一日

地点：地震后一座著名大厦废墟的地下室

人物：男人

女人

老人

青年

第一幕

第一场

1 幕启之前大地发出隆隆轰鸣，然后是房屋倒塌声、玻璃破碎声、电线爆裂声以及哭喊声和呼救声，总之是恐怖之声的交响。

（1458） 20×20=400

《地下》手稿

《潘军文集》第八卷
目　录

话剧

地下 …… 3
合同婚姻 …… 40
重瞳——霸王自叙 …… 73
附录：
从小说《重瞳》到话剧《霸王歌行》 …… 107

戏曲

江山美人 …… 115
爱莲说 …… 140

电影

草桥的杏 …… 169
纸·盒子 …… 217
天亮 …… 261
天足 …… 297
重瞳——霸王自叙 …… 343
附录：
关于电影《重瞳——霸王自叙》的编导阐述 …… 396

潘军文集

第捌卷

话剧

地　下

（三幕九场话剧）

时　间： 世纪末的某几日

地　点： 地震后一座著名大厦废墟的地下室

人　物： 男人

女人

老人

青年

第一幕

第一场

［幕启之前大地发出隆隆轰鸣，然后是房屋倒塌声、玻璃破碎声、电线碰击声以及哭喊声和脚步声，总之是恐怖之声的交响。

［一阵尖锐的救护车声呼啸而过，渐远。静场片刻，幕启。

［最初舞台上几乎一团漆黑，渐渐看清了天幕上出现的一场地震之后的破败景象。这是个黄昏，但舞台上应该是我们常挂在嘴边的那种“伸手不见五指”的黑暗，因为这是地下。不折不扣的地下。我们之所以看清了一切，是借助了主观的光。这种“规定情境”预示着这台话剧将呈现出有趣的欣赏——剧中人蒙在鼓里，我们却一目了然。

这应该是一个大厦的地下层，也即 B 层，很空旷——我们将会看到两个光区或者表演区，客观上它们没有联系，距离使之产生隔绝，连声音也受到阻碍。

舞台上横七竖八地躺着钢筋混凝土的断裂部件，还有压扁的汽车，地上散落着电线、摩托车头盔等东西，这些凑到一块却十分像一个现代装置，自然也是一面出色的布景。在静场中，我们听见了清晰的水滴声，滴得十分均匀，让人不禁想到时间这个庞大的概念。

可能是因为这格外透明的水滴声起了作用，我们突然发现一个东西动弹了，之前我们以为他也是某节断梁。这是个男人，仿佛大梦初醒，对几小时前地上发生的事浑然不知，看来遗忘是很容易的。

男人 （像平时那样懒散地打了个哈欠）又停电了？这阵子怎么老是停电？还真黑……（拎着裤子像是要去卫生间）门呢？这屋子面积怎么一下子变大了？（忽然想起）我的天！她还是让人把这堵墙打了！我说过多少次，这墙是承重墙，随便乱打是会惹出事的，弄不好整个楼都会塌掉！可，可她就是不听！她非得要弄出一个大点的厅来！要这么大的厅干什么？现在又不流行开家庭舞会了，即使想跳舞，花几块钱去体育场呀！我不会阻挡的……（叹气）唉，还是偷偷让人把墙打了。其实该打掉的是我那面墙。你把我长期撂到那间小屋里算怎么回事呀？那本来是女儿住的嘛！女儿如今也大了，你不穿高跟鞋还没她高呢！你们睡一床看上去别扭，再说，我又不老……没办法，还是打了！（发觉有点不对头）不对呀，这屋子也忒大了点。这比我们部长家还宽敞……这是哪儿？我怎么越摸越没谱……（尿憋得难受）没办法，管不了那么多了！（四下摸摸）这儿没彩电吧？（扯开裤子撒尿）啊，舒服！黑暗中撒尿还真是人生一件美事……

[男人的尿声听起来像雨似的。

[这声音打破了女人的梦境，她从一根倾斜的柱子后面爬起来。

女人 （梦呓般地）又下雨了？

[男人大吃一惊，听着。

女人 这阵子怎么老是下雨？想晒个被子都这么难……这雨怎么骚烘烘的？

男人 （慌张而语无伦次）你，你不是带孩子去北戴河了吗？我实在是……

女人 你做得太过分了。

男人　我可能是做过分了点，可这憋的滋味只有当事人才能体会，我实在不知道这儿是家……

女人　（有所触动）家？你总算还知道有个家……一走就是三年，把我们娘儿俩撇到一边

男人　（有点困惑）那是我梦中打的主意，我觉得在家里是个多余的人，就像丢到晾台上的那辆旧单车，不过打打气还能去菜市上遛遛。（觉得不可思议）你居然能看见我的梦？要不，就是你还在发梦——像你这种大白天里都唉声叹气的女人，梦里一般都会把自己看成是秦香莲的姐妹，这很自然……

女人　（抽泣起来）你太狠心了！

男人　你看，还加码了！不过说实话，我宁可在黑暗中听见你的哭泣，也不愿在白天里面对你的白眼。哭可能会令你伤心，但也令我感动，所以你每日一哭我就很快打消了某种念头，觉得你也不容易……

女人　你才知道?!

男人　不，我早知道了。其实从我们结婚的那天起，我就知道你嫁错了人，或者说我娶错了人。面对一个怨妇，我还有什么可说的呢？我是不会混，小四十的人了到现在还只是个副主任科员，但作为老婆你不能给我白眼，否则我就觉得整个人类没希望了。你更不应该用分居来惩罚我……

女人　（转为生气）你给我住口！照你的意思，分居是我有意造成的？

男人　我认为是你的责任？

女人　你放屁！当初是你口口声声地说机会难得，是你念念叨叨说学位重要……

男人　（不解地）这与学位有什么关系？我是没有学位，但不等于说就可以随便分居呀？

女人　你还好意思谈分居！（又开始抽泣）你一个人在外面花天酒地，我们娘儿俩对付一顿是一顿。我一个不到30岁的女人，平白无故地守了三年活寡……

男人　（着急地）你醒醒好吗？

女人　（哭泣止住）我没说梦话！

男人　（摸索着走过去）好好，趁现在我们都清醒着，孩子又不在家，好好谈谈……在哪呢？你吭嗽一声好吗？

女人　你以前不总是说我在你心里吗？

男人　我可没这么说过。我现在只想你在我床上……（摸到了女人，想抱）

女人　你别说来就来，这么久了，我还真不习惯。

男人　其实我也不习惯……不过，小别胜新婚呢！

女人　三年，这种小别我可不想再有了。

男人　三年？（自嘲一笑）以前说新三年，旧三年，缝缝补补又三年……

女人　你拿我当袜子呢？

男人　不，我给你当被子……（拥抱女人，突然感觉异样）你，你怎么一下变得这么胖？我都搂不过来了……

女人　（打掉男人的手）你撒手！回家抱你的苗条女人去！

男人　这是从何说起？在这个地球上我就一个家呀！

女人　这不是你的家！你滚！

男人　毕竟我俩还没离婚嘛，你让我往哪滚？

女人　（委屈而泣不成声）我知道，你回来是和我办离婚的……你变了，你嫌弃我……你走的时候我 121 斤，这三年我掉了 15 斤，可你还说……

男人　（暗自吃惊）那也还有 106 斤呀？你历史上体重可从来没有超过……

女人　（打断）王志平！你想离婚就实实在在跟我提别拿我的体重当借口！

男人　（恍然大悟）我明白了……怪不得这三年来你总是跟我过不去，原来你心里惦着的是另一个男人！你说，王志平是谁？

女人　（也有所困惑）你，你的手呢？

男人　（伸手）手可以给你，但今天你必须把话说清楚……手在这！

［女人抓住男人的手突然咬了一口，男人就惊叫起来。

男人　（气愤地）你居然还敢咬我！

女人　（严厉地）我要让你记住，你的中国名字叫王志平！

男人　我不是王志平！

女人　你真不害臊！你可以忘掉这个家忘掉你的妻子儿女，可我没想到，你连你的名字都忘掉了！

男人　（大为困惑而又无奈地）我什么时候叫过这么个破名字的呀，小琪！

女人　（惊讶）小琪？

男人　（镇静下来）陈小琪，咱们毕竟是读过书的人，有什么话坐下来好好说，这么东一榔头西一棒的，我都弄糊涂了！

女人　好，那我现在就让你清醒！（挥手就是一耳光，居然打着了）

男人　住手！你……你千万住手！我，我清醒了，我完完全全清醒了！小姐！

女人　小姐？

［两个人架在一起。

男人　是的，小姐？我们错了！我不是你丈夫，你也不是我老婆！

女人　（惊吓地后退）那，那我们是谁？

男人　（沮丧地）我们是一个男人和一个女人，我们压根儿就不认识！

女人　那，那我们怎么关到一间黑屋子里了？我可什么也没干呀！

男人　小姐，你别急，这儿不该是牢房，没有这么宽敞的牢房……你看得见我吗？

女人　我只听得见你的声音。

男人　我也是一样。你还记得现在是什么时间吗？

女人　（努力回忆）好像是黄昏了吧？我刚刚来接班……

男人　你干什么工作？

女人　我原来在纺织厂，后来厂子倒闭了，就到处找事做。我到这儿来看车，今天是第一次上班。

男人　这就对了。是黄昏，我到这儿来取自行车……然后，感到有人从后面猛推了我一把……

女人　我可没推你！我可能伏在桌子上打瞌睡呢！

男人　（彻悟）天哪！

女人　（害怕地）怎么了先生？

男人　（悲伤地）我们被埋在地下了！

女人　（惊讶地）埋……地下了？！

男人　（悲痛欲绝）该死的地震！

女人　（惊恐不已）地震?！不，不，这不可能……（哭泣）这不是地震！

男人　（放声大喊）喂——这儿还有活的！

喂——这儿埋着活人呢！快来挖我们上去——

[切光。

第二场

[灯光复明，照出的是另一个表演区。那边是一个电梯口，还有一个大约是停电时使用的步行楼梯的一角。

[老人和青年看上去像是来出差的外省人，携带着行李，穿着也很整齐。和第一场的人物相比，他们显得理智而清醒，对目下的处境胸有成竹。现在，老人似乎很悠闲地坐在自己的黑皮箱上，青年却站在楼梯台阶上倾听着。

青年　我好像听见那边有人在喊……还不止是一个人……

老人　那是错觉，年轻人。

青年　（厌恶地）你怎么还用这种口气对我说话?

老人　我说错了吗?

青年　你的话或许没错，但你的口气错了！你大概又忘记了现在的处境吧。

老人　我对眼下的处境很清楚。我们是在地下。

青年　那就请你不要再用地上的口气对我说话。那种口气牵动的表情让我很不舒服。

老人　（冷笑）你居然还能看见我的表情?

青年　（走下台阶）还需要看吗?我此生的不幸之一，是在黑暗中也摆脱不掉你的这种表情……与你一起埋到了地下，真是不可思议！

老人　（站起身，理理衣服）看来，人与人过于熟悉了，未必是一件好事。它至少限制了你的想象力。（踱步）其实，我倒希望你能忘掉我的表情而记住我的背影。

青年　（也冷冷一笑）你这么一说，我还真觉得你的背影有时候还是很动人的，比如说，上台领奖的时候……

老人　我知道，你们年轻人在嫉妒我，总认为我得到的太多。所以我已经在遗嘱中写明，把那笔奖金平均分配给你们青年人，我只看重荣誉。

青年　你以为那是荣誉吗？

老人　（困惑地）怎么，你对荣誉本身也持怀疑态度？

青年　你这么表达不准确，是那份荣誉本身就很可疑。

老人　这倒令我困惑了。我还是第一回听见人说，世界上有可疑的荣誉。这可是连叔本华也没有涉及的命题，倒很有趣。就像地下一样有趣——什么都改变了，变得让我很不适应。你刚才说，我说话的口气还是地上的样子，我想这或许是个错误。可是你完全使用一种陌生的方式同我对话，这难道不算是更大的错误？

青年　（自责地）不，我的错误在于应该用现在的这种方式——地下的话语方式，在地上与你对话。这才是我的错误，致命的错误。

老人　尽管你的观点还有待于推敲，不过我还是为你这种勇于承认错误的态度而高兴。你没觉得此刻我正面对你微笑吗？

青年　可是你的微笑同样让我不舒服。我感觉不到这种笑容的温度。

［沉默。

［老人重新摸回原来的地方，打开皮箱，拿出矿泉水和一包点心。

老人　还是暂时放弃那种有形而上之嫌的讨论吧，我们该吃点东西了——我还是应该谢谢你的提醒，否则我恐怕不会买上这一堆有利于心脑血管健康的食品。现在，我更关心的是我的胃。你要不要尝点？

青年　（卸下背包，也拿出食品）我有。

老人　（边吃边说）你不觉得奇怪吗？

青年　什么奇怪？

老人　我们这么丰衣足食地准备着，似乎有意在等待着这场考验。

青年　这只是个富有戏剧性的巧合。不过，你老人家的回忆录肯定会多上几页了。

老人　（叹息）这个时候说回忆录显得有些多余了。我只祈祷在这些食品消耗殆尽之前，听见上面响起挖掘机的声音……

青年　你认为我们会活下去吗？

老人　（生气地）这一点你也怀疑吗？

青年　我有怀疑的权利。（激动地）当初建这座大厦时，我们就怀疑过它的抗震能力。为此我们先后给你呈过五份报告，你压根儿就不理睬。

在你眼中我们永远是乳臭未干的毛头小伙子，不能让你产生信任。那时候你在想什么？作为这项工程的负责人，你想的是走下飞机舷梯时的荣耀，面对众多镜头的剪彩以及这个城市给你的荣誉……你不觉得惭愧吗？

老人　作为外请的专家，就只负责这座大厦的框架设计。防震应该是基础部门的责任。

青年　（气愤地）你这是狡辩！如果你没责任，我们干吗要出差再来这儿向人家道歉？

老人　我们只是起一点安慰作用，对方也并没有提出让我们负责。问题不是出在框架上。比萨斜塔的框架歪曲了几百年，不仅没有倒塌，反倒成了举世闻名的奇观……

青年　照你的意思，我们造了一片风景？因为北京的圆明园也是由于废墟而扬名四海的。

老人　（缓和地）这个问题，还是等回到地上以后再讨论吧！

青年　（沉重地）不，我们上不去了……

老人　（严肃地）在这样的时刻，我不能允许你散布这种悲观的论调，这很危险！

青年　我倒觉得，在危险的处境里谈论危险的话题，也不失为人生一件趣事。

老人　你这种情绪令我失望！

青年　事实是你从来就不对我抱有希望。在地上，我的作用充其量不过是你老人家的一根拐杖。不过，现在情况不同了。你对我开始寄有希望了。这希望是在地下诞生的，或者说，是黑暗使你对我产生了希望……

［灯光渐暗。而另一个表演区则渐明。

第三场

［灯光渐明后，天幕转为夜晚。废墟的轮廓挑着一弯惨淡的月亮，气氛有几分可怖。

［现在，男人和女人都已精疲力竭。男人沮丧万分地支着脑袋，女人仍在低声抽泣着。

男人　（心烦意乱地）你哭够了没有？

女人　（泣不成声）没有人知道我们在地下……我们会死的！

男人　暂时还死不了……

女人　可我会死！

男人　你那么大块，要死也一定会死在我之后……咱们干吗老谈死呀？不是还在说活吗？

女人　我怎么这么倒霉呀！（又开始哭）

男人　又来了！小姐，你就认命吧！（站起身摸向女人那边）其实，依我看老天爷对咱们不薄……

女人　还不薄呢！

男人　你听我说。假如我早一分钟来取车，假如你迟一分钟来接班，情况肯定比现在要惨，没准儿就砸死在大街上了。这是一。第二，你丈夫在美国，儿子在乡下姥姥家；我呢，今天一早老婆带女儿去北戴河旅游了！她们肯定都没事，安安全全的……

女人　（情绪有所好转）还有第三吗？

男人　有哇！第三就是安排我们滚到了一块……

女人　（警惕地）一块怎么了？你可别往歪处想！

男人　你?!

[男人突然不说了。

女人　（着急地）先生，你怎么不说了？

[男人还是不吭声。

女人　（越发着急地）先生！先生！

男人　（淡笑）怎么样，这黑漆漆的地下，两个人是不是比一个人强点？

女人　（不好意思）先生，对不起……

男人　咱们这也算是同舟共济吧！

女人　先生，同舟我懂，共济怎么讲？

男人　共济就是有东西一块吃……

女人　别说吃好吗？

[女人肚子里发出饥肠辘辘声。

男人　什么响？

女人　是，是我肚子里响……

男人　很抱歉，我不该提……那个字。（故作松弛）这儿水倒不缺，就缺……那个。我们真还得想办法找点那个，没有那个，恐怕就死定了……

女人 （痛苦地）可我不想死！我儿子明年就该上小学了！

男人 你以为我就那么想死吗？放心，我们不会死，不会，至少一时半刻还不会死……（摸到一根柱子上躺下）我想上面该在抢救了，没准儿一觉醒来就轮到挖我们了。

女人 （埋怨地）你还有心思睡觉？你睡得着吗？

男人 睡得着睡不着没关系。我总还是个男人，这种时候我应该从容点。

女人 那你这不是在等死吗？

男人 其实，在地上活着也挺累。我忙忙碌碌几十年还不知忙了些什么。这下好了，一了百了。

女人 （着急地）可你刚才说老天爷让我们滚到一块，就是让我们做伴活下去！

男人 （欠起身）我这么说过？

女人 你就是这么说的！

男人 （站起来）这话还真叫人感动！你看，我的脸都红了……

女人 我拿什么看呀！

男人 你，你可以拿手“看”呀！要是发烫就说明红得厉害……来，脸在这。（摸过女人的手往脸上放）是不是很烫？

女人 （突然缩回手）你什么意思？凭什么让我摸你？

男人 （尴尬地）都这步田地了，我还能有什么意思？你生气了？

［女人不吱声。此时他们差不多就是面对面地站着，但他们不知道。

男人 你肯定生气了。你鼻孔里呼出来的尽是凉气。

女人 （吓得后退一步）离我远点！

男人 这黑咕隆咚的我哪分得出远处……（七转八转，一下撞到了女人身上）

［两人同时跌倒。

男人 （慌乱地）小姐，我不是故意的！小姐，你没事吧？小姐！

女人 （生气地）我没死！

［男人吓了一跳，一边擦着女人喷到脸上的唾沫星子，这下他也生

气了。

男人 （气恼地）我告诉你，别太拿自己当回事了！还蹬鼻子上脸呢！你以为你是谁呀？有这副好嗓门你朝上面喊呀？也不想想现在是什么时候……

［女人突然哭泣起来。

［音乐渐起。

女人 （难过地）先生，别怪我……我只是不习惯……我有三年没和一个男人在黑屋子里待过，对不起……

男人 （叹息）我不怪你。（停顿片刻）其实我这个人不坏。要不我怎么在机关待了18年还只是个副主任科员呢？（转为忧伤）打小我妈就说我心眼死，后来几乎所有的老师都说我没开窍，再后来工作了，处长科长又说我不灵活，如今我老婆也一直埋怨我太窝囊，连我刚上初中的女儿居然也说我不会混——还是当着她同学的面说的！可我，我就是不知道自己哪儿出了毛病……算了，不说了。还是抓紧时间想辙弄点吃的——这个字躲不掉。可上哪儿弄呢？这儿要是个超市就好了……你肯定饿坏了吧？

女人 （捂着肚子）还行……

男人 别骗我了，也别回避，这或许能激发我的想象力，我就不信这儿找不到一点吃的

女人 我有点闷。这儿好像没空气了……

男人 我倒觉得到处凉飕飕的。

女人 那是寒气。

男人 寒气也是气呀……

［切光。幕落。

第二幕

第四场

［幕启，天幕上又是一个白天，晴空万里。地下似乎也明亮了——当然是主观的光效。

［首先亮起的是老人和青年的这个光区，我们可以看见老人在电梯间

用电动剃须刀剃须，然后又用小梳子梳头，一切如同地上的生活。青年在台阶上蜷伏着睡觉，用衣服盖着身体，分垫着头。

［老人走出电梯间，开始打太极拳。

青年　（被声音弄醒）你倒是井井有条，和地上的生活毫无二致。

老人　我讲究秩序。

青年　（坐起来，用矿泉水漱了下口）我现在有点佩服你了。你这也算得上是大将风度，泰山崩于前而面不改色。

老人　我不过是个乐观主义者而已。在困难面前，人是需要一点精神的。

青年　（发出笑声）精神？

老人　这可笑吗？

青年　（走下楼梯）这座大厦是你设计的，你清楚现在我们这个位置很利于被发现，所以你的乐观确实有点可笑。用不了24小时，我们就被救上去了。到时候，你老人家又会上台作关于乐观主义精神的报告了。

老人　（气恼地）不像话！弘扬这种精神难道也值得你怀疑吗？

青年　不，我不怀疑。不过我有责任提醒你，你我随身携带的食品也就够对付24小时了。要是这之后上面还没有动静的话，你的精神恐怕就不起作用了。

［老人停止在某个架势上，显然他有点心虚了。

青年　那时候，你设计的这座大厦便成了你最豪华的坟墓，我也成了你的殉葬品。等我们被挖掘出去，应该开始腐烂了……

老人　（恐惧而恼怒地）住口！你以为几句危言耸听就能动摇我的意志？

青年　但愿没有。我祝你老人家万寿无疆。

［青年开始在台阶上做俯卧撑。

［老人渐渐垂下了脑袋。

［灯渐暗，另一个表演区渐亮。

［转入另一个光区。可以看见男人和女人都在地下摸索着。

男人　你摸到什么没有？

女人　还没呢。

男人　无论摸到什么都别扔。

女人　（摸到头盔）一顶头盔。

男人　可以拿它当盆使。（摸到一团电线）我摸到了一团电线……

女人　留着晾衣服吧。

男人　晾衣服就算了。滴下来的那点水活命就不错了。也许有别的用处……（摸到一个罐头样的东西，尝了一口又吐出来）呸！

女人　（吓了一跳）怎么了？

男人　车蜡！我还以为是罐头……

女人　（有所启示）车蜡？

男人　没错，味道还挺高级的！

女人　（突然兴奋地大叫）我们有救了！（激动地向这边摸过来）你在哪呢？

男人　（击掌）在这……对，我碰到你的手了……（抓住女人）

女人　（拿过车蜡）太好了……

男人　（不解地）这东西不能吃，你别饿糊涂了！

女人　（越发激动地）我没糊涂，这儿有车！

男人　车？

女人　至少有一辆汽车，是白色的面包车，我接班时办的手续……车上肯定有吃的东西！

男人　你没记错？

女人　绝对不会！

男人　在哪个位置？

女人　我看不见呀！

男人　没事，只要有，就不会从我手中漏掉？

女人　你等等？刚才那团电线呢？

男人　在这，要它干吗？

女人　（拿过电线）把一端系在男人腰间，另一端自己握着）我不动，你动；以我为圆心画一个圆？

男人　（兴奋地）嗨！你可真有本事！

女人　（骄傲地）让我们开始吧！

［音乐起。男人开始了搜索。

男人　我要来一个地毯式的轰炸！

女人　小心别碰着!

男人　放心……

女人　用手护着脑袋!

男人　护着呢!

女人　祝你成功!

男人　祝我们成功!

女人　要我为你唱支歌吗?

男人　省点力气，等我摸着了再唱……

［男人接触到汽车，发出“咣”的一响——一束强光射在汽车上。

男人　（激动地）我，我……我摸到了!

女人　（不敢相信）真，真的?

男人　（用力敲击车身）你听!你听!

［音乐声大作。

［舞台上一片辉煌。

［女人顺着电线摸到男人跟前，突然晕倒……

［切光。

［另一个表演区渐亮。

［一阵汽车声……

［老人从沉睡中惊醒而起。

老人　你听!这是什么声音?

青年　（懒散地）是汽车声。

老人　（如释重负地）他们总算注意到了这个位置!

青年　好像又开走了吧?

老人　（倾听着）走了?

［汽车声远去，消失。

老人　（愤愤地）怎么能这样无视这座著名大厦的存在?!

青年　是著名的废墟和著名的人物。

老人　（不解地）简直不可思议!

青年　我倒觉得抢救工作，应该从最不著名的地方开始。因为那儿的人没有医疗费和人寿保险。(开始吃东西)

老人　你又吃东西了?

青年　对，我饿了。

老人　你应该有计划地消费。面对这种错综复杂的局面，我们得做好长期的准备。

青年　我可管不了这么多。长期？就是一口不吃又能坚持多长？

老人　上个月，我好像从晚报上看到一则消息，说有一名矿工在井下坚持了 29 天，终于等到了营救……

青年　我看到的是一名青年矿工。

老人　是吗？（故作从容地）那我还告诉你一个消息。临来之前，我去医院做了全面的体检，除了心脑血管不那么尽人意，其他方面结果超出了我的想象。而且，坦率地说，我的性功能也毫无障碍。

青年　这我相信。你的肉体甚至比我还年轻。

老人　虽然你的话属于溢美之词，但对我的鼓舞还是很大的。现在我似乎更相信那句老话了：生命在于运动。

［老人又开始练习太极拳了。

［灯渐暗。

［音乐转为一种轻松的旋律。

第五场

［天幕又是一个阳光明媚的早晨。

［表演区同样改变了光效，看上去很温馨。那辆面包车现在清晰地出现在舞台上。在它边上的水泥柱子上摆放着食品、矿泉水和一把口琴，显然都是从汽车上弄到的。

［舞台上还拉着两根电线。一根通向高处，那是水泥的位置。另一根则通往幕后，让人觉得蹊跷。

［女人在高处用头盔接水，洗脸，擦身子，然后摸着电线走下来，敲击汽车。

女人　喂，该起床了！

［男人从车上下来，打了个舒畅的哈欠。

男人　几点了？天还没亮吧？

女人　我们哪有天亮天黑的。反正都是晚上，每个晚上都在停电。

男人　你说，这车里怎么就没个电筒打火机什么的？

女人　有根蜡烛也成呀?

男人　这黑灯瞎火的真受不了。

女人　我可知足了。你看，吃的喝的都是一水的进口货，住在车上比睡席梦思还舒服。哎，你去洗脸吧，给你“盆”。

男人　我得先上卫生间。(摸到那根电线，往幕后走)

女人　哎，走远点!

男人　知道知道，文明咱懂。(下场)

[静场。

[音乐渐起，女人的情绪转为忧伤。

女人　这日子何时是个尽头啊?黑漆漆的，什么都看不见……这么久了，上面一点动静也没有!这么高的楼，我们在最底层，什么时候才能轮到挖我们出去?什么时候我才能看见阳光?呼吸到新鲜的空气?让我看看我的儿子，我的家?

[停顿片刻。

女人　志平，你已经有九个月没给我们写信了。你寄来的钱，我都替我们的儿子存在银行里……志平，地震那会儿，你要是知道我被埋在这阴森潮湿的地下，你会飞回来吗?要是我死了，你会把儿子接到美国去吗?志平，我做梦都盼着你回来?志平……

[男人不知不觉地上场，下意识地应了一声。

男人　我在呢?(发觉不对)你不是在喊我吧?

[女人拭泪，不语。

男人　人在困境中都爱自言自语。自己对自己说上一会儿，心里会舒坦一些。我已经这么过了不少年了……

女人　(打断)你吃点东西吧。

男人　(拿起食品，又放下)我暂时不饿。

女人　你是担心东西吃光了。

男人　怎么说呢?这地下和地上总得有点区别。平常时期和非常时期也得有点区别。不过，你可以随便用——男人和女人更应该有所区别。

女人　(有些感动)你这人……挺好。你叫什么名字?我不喜欢什么先生小姐的。

男人　(思索片刻)你就叫我志平吧。

女人　（意外地）你？

男人　我一点没有占你便宜的意思。这不是啥也看不见吗？你可以把我想象成那个混蛋！

女人　你怎么骂他？

男人　不该骂吗？他把你们娘儿俩一扔就是三年，你居然还舍不得骂他一句混蛋？而且还是个冒充的混蛋。这可不像你的性格，小琪。

女人　你喊我什么？

男人　（停顿一下）很抱歉，不知从什么时候开始，我就把你当做我们家那口子了……

女人　（生气地）你住口！

男人　（接近女人）你听我解释嘛！

女人　我不听！别碰我！

男人　我都碰你几回了！你不是说我这人挺好的吗？

女人　挺好我就得做你老婆？

男人　我不是那个意思！

女人　那你是什么意思？

男人　（为难地）我，我不过是想和你做一个游戏……

女人　游戏？我们又不是孩子！

男人　大人也是需要游戏的！比孩子更需要！游戏可以缓冲你的疲劳，可以减轻你的烦恼，可以调整你的心情，可以圆你的梦——我们是不是太累了？太烦了？太苦了？

女人　（有所触动）那，那怎么个玩法？

男人　（高兴地）其实很简单。你拿我当你的志平，可以随便撒气解恨；我呢，拿你当我们家那位，我……

女人　（警惕地）你也随便来吗？

男人　我就同你说说话……

女人　就说说话？

男人　像夫妻那样唠叨。

女人　没别的了？

男人　保证没有——你干吗老防着我？在地上的时候我就过着分居生活，难道在地下还有什么奢望？

女人 （不禁笑了）这有意思吗？

男人 （沮丧地）我想总会有一点吧？要不这日子怎么过呢？

女人 那，那我依你。

男人 谢谢你，小琪！

女人 你可说来就来！

男人 那当然，小琪。

女人 多别扭……不对！

男人 怎么不对？

女人 你这不是让我老公和你老婆成一家子了吗？

男人 （无奈地）这只是个游戏嘛！一切全都是假设和想象，何必那么当真呢？我只是想消除我们之间的一种障碍，让我们在这黑漆漆的地下过得轻松一些……要是真的，你干我还不干呢！

女人 （轻松地）你们男人是不是都怕自己老婆同别人好了？

男人 这还用问吗？

女人 假如你老婆不留神同别人好上了……

男人 打住！

女人 我是说假如！

男人 这种事没有假如！

［静场。

女人 （试探地）你生气了？

［男人不语。

女人 你真生气了，志平？

男人 （缓过劲来）让我怎么说呢？说真话你会以为我不宽容，说假话嘛我自个儿心里又憋得慌……小琪，我知道你其实也不容易……

［男人和女人不自觉地进入了假定的角色，但似乎又让我们感到，这并非一个游戏。

女人 你要是知道这个就好了。我是做好等你回来离婚的……其实，我没做什么对不起你的事，我就同他单独看了几回电影，有一次他送我回来，在胡同里抱了我一下……

男人 既然你把问题摆开，我不妨接着你的话说几句。你苦闷、寂寞，这我能想象出来。可你不该去同主任那种货色扯！

女人　他不是主任，是科长……

男人　那是他以前的职务——这号人就是会混！可他除了头上有顶破帽子，手里有点小权，他还有什么？一见他那个过早的谢顶我就恶心！

女人　他不是谢顶。

男人　那他肯定弄了个假发什么的。他这人浑身上下就没什么真东西……

女人　不，他对我是真心的。我每个月的液化气都是他来换……算了，咱们别谈他了。你好不容易回来一趟……你坐下歇会儿，我给你……

男人　你别忙，我就站着挺好，坐了一天的飞机，回家就停电，这时差会颠倒了……不过，总算是回家了。

[音乐。

[切光。

第六场

[天幕如同第五场。

[表演区灯光渐亮。老人披着衣服、支着脑袋在瞌睡。青年从电梯间落下来，显然他刚才是爬上去探听外部情况了。

青年　（忧虑地）还是没有一点动静！我的表早已停止了起动，时间凝固了。居然是死还是活至今仍是个悬而未决的问题，可直觉早就在帮助我抵御了恐惧——这个与生俱来的局限。我感到奇怪？是我的神经过于紧张导致了麻木，还是我的心理因为不肯屈服于一个老人而显得刻意的强盛？年轻看来是个荣誉，然而在地上的时候，我却将它忽视了！从我成为“上班族”的那天起，这荣誉便在不知不觉中消失，暮气像风一样追逐着我，提醒我怎样去察言观色和见风使舵。似乎只有这样，才能抵达希望的彼岸，踏上成功的台阶——但这些还是很可疑。我的思想成了一块风干的牛肉，血脂偏高，血压也同样偏高，腰围却以每年两公分的幅度增长——我早就在怀疑，这具150磅的身体是否还挂在我的名下？或许是这个原因，我才肯将它交给死亡而毫不迟疑？最明显的例子是，从前我每次坐飞机都十分害怕，机舱里的铃声让我战栗不已。直到这次，我突然不害怕了——我甚至敢于去假设坠机的那个辉煌的瞬间，把它和传说中的凤凰涅槃相提并论。我在一万米的空中明确地感觉到，我的生活又开始与诗歌接近了，而在这之前，它却是一篇社论。（停顿片刻）这很好。在没有时间概念的黑暗空间里，非常便于我思考某些问题。我似乎从来没有这么清醒过……

［一阵汽车声驶过。

［老人突然惊起，倾听着。

青年　你大概醒了吧？

［老人不语。

青年　我知道你醒了，你的左手举在耳边，但仍然无法使车停下来，真遗憾，汽车居然敢于藐视权威？

老人　（咳嗽几声）我没有什么遗憾。我已经是这把年纪了，我的才智已经毫无保留地贡献给了社会，生活上也没有什么可牵挂的，可以接受命运的任何安排——这或许就是你们所说的那种“平常心”吧？

青年　这也算“平常心”？

老人　一个人连生死都置之度外，难道还不算是“平常心”？

青年　我看是别无选择。或者叫无奈。没办法，死亡是不理睬特权的，要求人人平等。我顶多只能把最终的安息地腾给你，以表示对你的尊重。倘若有求生的可能，我保证你老人家优先……

老人　（冷笑）你真令我感动！

青年　你是不是觉得我的言词很虚伪？

老人　我没有必要将这层纸点破。我们在地下不过是几十个小时，你的变化已经让我惊讶不已了！

青年　这倒令我欣慰。

老人　我感到困惑的是，我一直是器重你的，把你当做我最得力的助手，没想到你居然会对我怀有如此深厚的成见？我甚至怀疑，在我沉睡的时候，你不止一次地对我萌生过杀机……

青年　（大笑）我可不屑于扮演一个地下杀手。

老人　就是你现在的这种笑声也让我的身体感到不安，但是，我无所谓。

青年　能让你害怕是我的荣誉。

老人　害怕的只是我的身体！

青年　这也是对我的褒奖。不过，你放心，我唯独不想征服的就是你的身体。地震发生时，你应该记得，我是伏在你老人家身上的，就像电影里通常所见警卫员保护首长那样。

老人　难为你做出了这种反应，这我也会牢记在心，等到了地上……

青年　（打断）我不指望有所回报。那个时候，我不过是把你当做了一个老人，法律和道德都规范了我做出类似反应。当然，我更希望你是一个小孩。

老人　尽管这样，我们还是没有摆脱死亡的阴影。（忧伤地）当一个人的生命临近以小时来计算的时刻，说不害怕，那是自欺欺人。

青年　我现在确实不感到害怕，而且，我似乎也习惯了生命在黑暗中的状态。我越发觉得，死亡和黑暗是同样有趣的话题。

老人　这话题非常沉重！古今中外，能割舍生死的人毕竟寥寥无几呀！

青年　你刚才不是还在夸夸其谈“平常心”吗？

老人　我是在强调一种精神。

青年　岿然不动？视死如归？人类的患得患失根本就不配去想这些体面的话题！相比之下，我倒觉得动物在对待生死问题上比我们要达观得多。你见到过一只鸟的尸体吗？除了被人类所射杀，我们都不知道所有的鸟儿最后去了什么地方……

老人　是呀，这些鸟最后都飞到哪里去了？

青年　（感慨地）我想，它们一定是去了它们该去的地方……这地方早就为它们看好，远离人类，远离它的同类，甚至远离一切需要远离的环境，它们用最后一点力气振动疲惫接近极限的双翅，向死亡之地飞去……多么清洁！多么高贵！多么美丽！

老人　（不无感叹地）鸟的一生是自由的，所以它有权利选择最完美的死亡方式。而我们是不自由的，我们需要承担种种责任，这便意味，活着是一种义务。比如说，你不能以死来免去你对父母的孝心，我同样也不能用死来勾销对子女的抚育。还有，我们都希望在有生之年对社会多做贡献，同时也使我们的遗憾尽可能地减少。等有朝一日到了弥留之际……（停顿）就是现在吧，我们才会感到问心无愧……

青年　你感到了？

老人　（伤心落泪）我没有料到命运会作出这种迅速而有失公正的裁决！你知道，无论是我的精力还是我的体力，我至少还可以再干上 10 年。

我已经制订好了下个世纪的工作计划……

青年　你倒成了跨世纪的人才。

老年　我是非常有信心的！

青年　你还有什么遗憾？

老年　一言难尽！我准备9月份去洛杉矶出席我儿子博士学位的加冕典礼；10月份我要参加小女儿的婚礼；11月份是我夫人的个人画展，我是剪彩人之一；12月份北京要召开我的学术思想研讨会……我的日程排得满满的，所以别人见我需要预约……现在说这些又有什么用呢！（怆然涕下）

青年　你最好冷静一下。如果你刚才能说的这些都属于遗憾的话，那么我确实也有几桩。和你相比。我感到莫大的惭愧。你有那么多有出息的孩子，我却至今是孤家寡人。你已经离过两次婚了，我却还没有过一次成功的恋爱。就这么给埋了，还是真有点不甘心。可又有什么办法呢？我们出不去，外面的人目前也没把我放在眼里，我们的食品差不多已经吃光，死亡开始抚摸到我的肩了——假设死是无疑的，我们是否也该像西方人那样，请神父来替自己作临终前的告解？我是个缺乏信仰的人，但我从不怀疑宗教的精神，我相信每个人的心中都会有一位上帝，它的名字不一定叫耶和华。而且我也相信地狱是存在的。

老人　你怎么不相信有天堂呢？

青年　我也信，只怕是你我都拿不到天堂的入场券。

［沉默。

青年　你该又说我危言耸听了。但我知道此刻你在战栗，这很好，真的很好。我觉得你可以做我的神父了。

老人　（困惑地）你什么意思？

青年　（诚恳地）我需要忏悔。

老人　忏悔？

青年　是的。

老人　这合适吗？

青年　当然合适。

老人　如果你心里感到烦闷，我们可以交交心，或者作些批评和自我批评。忏悔我看就不必了吧？

青年 （毅然地）不，我需要忏悔！

［静场片刻。

［音乐起。

青年 （走至台口，双脚跪下）我亲爱的主啊，请饶恕我这个无足轻重的小人物！我深知末日已经来临，我愿意接受这最后的审判……回想起来，我的种种过错让我感到魂不附体，现在，当我别无选择地把这具肉体交还给您时，我才意识到，我的灵魂是多么的有失清洁，我几乎是枉来人世走了一遭，我的行为如此有失检点，丧失了做人的很多原则！我的野心让我焦躁不安，我的贪婪驱使着我做出了许多泯灭良知的选择，疯狂的占有欲像一块阴云始终盘桓在我的心间，使我远离了人类的善行和美德；我无法摆脱功名的追逐就像无法与自己的影子分手，为了一点膨胀的私欲，我不惜出卖自己的人格，践踏自己的尊严……我生活在阳光下，而我的心里只有阴暗，我对这个世界缺乏真诚与激情，所以最终被它抛弃势在必然——人类的宽容、和谐、安宁以及美好，全都背叛了我！这种众叛亲离的折磨却造就了我的卑鄙与委琐，某个时期我似乎青云直上、神采飞扬，而正义与良知水一样从我的指间滑过。我虽然才二十几岁，但我的心早已衰老。在我的眼中，看不见一条地平线，可是每日总是那么行色匆匆，与一些肮脏乏味的事情打着交道。我甚至没有了梦想——一个无梦的人是不配拥有明天的！亲爱的主，倘若您能赐我第二次生命，我会格外谨慎地去支配它的，以一个人的原则去安度每一天的每一秒钟——我仿佛听见了……

［青年忏悔时，老人始终感到忐忑不安，似乎青年是在替他做忏悔。这个结果是出人意料的，谁也没有想到，一个作为神父的人竟显出比告解者还不安的状态。只有在青年说到“我仿佛听见”时，老人才为之一怔。

老人 （急促地）你听到了什么？

青年 一个声音……（站起来）

老人 是汽车声吗？

青年 不，是丧钟在敲响……

老人 丧钟？（失望地）丧钟为谁而鸣？

［幕落。

［全场灯暗。

［音乐响彻舞台。

第三幕

第七场

[幕在口琴声中徐徐开启。

[天幕上又是一个夜晚。

[男人和女人都坐在汽车上。男人在吹着口琴，是一支轻快的曲子。女人在“开车”，一副煞有介事的样子。

[大幕完全拉开后，“车”也就到“家”了。女人先下车。

女人 （得意地）怎么样，我车开得还稳当吧？

男人 不赖。刹车还不够自然，先用脚点一下，不要一下踩住。

女人 （娇嗔地）人家才学半天工夫嘛！

男人 你很聪明，这我和你谈恋爱时就看出来了。（下车）

[现在他们仿佛不是生活在黑暗之中，很容易地就判断出了对方的位置，几乎都是脸对脸地说话了，这有点不可思议。

女人 真的？

男人 那还用问？要不我能那么痛快地就娶你了？

女人 你这话的意思，好像我还不配你痛快？王志平呀王志平，你忘了当初是怎么死乞白赖地缠着我，我家的门槛都让你给踏凹了，连我爹的痰盂都是你抢着倒！

男人 （下意识地）你爹不是 74 年就过世了吗？那时我才刚上初中，求婚是不是早了点？

女人 （生气地）呸！你倒咒我爹？

男人 （醒悟过来）对不起，我，我又……出去了……（马上改口）那也没什么，不过是我表达感情的一种方式吧。我尊敬你爹，当然也尊敬他老人家的痰盂，这叫爱屋及乌。

女人 （哭起来）你要不是把我爹哄好了，我才不嫁你呢，比我大 13 岁……

男人 这也不算大。我在美国的邻居汤姆，新娶的一位太太比他小 23 岁呢！

女人 （逗趣地）你是不是也想比试比试？

男人 （羞涩地）当然……

女人 当然？

男人 （改口）当然不会……我犯得着吗？家里的太太好好的，我，我吃饱了撑的？

女人 别人不都说，老婆是人家的好吗？

男人 也有人说“糟糠之妻不下堂”呀！这人和人不一样。要不，我能一拿到学位就回来吗？

女人 （有所触动）你真是这么想的？

男人 我人不是都站在你面前了吗？

［女人不禁落泪。

［音乐渐起。

男人 小琪，你怎么了？

女人 我，我不敢信……

男人 （也受到感染，但克制着）我这个人就这么点出息。什么绿卡呀签证呀，没什么劲。美国再好，可毕竟是人家的地盘。家再破，那也是我自个儿的。狗还不嫌家贫呢！你看，现在不是挺好嘛，这么大的屋子，就咱们两个，虽然停电，可我照样能看见你的笑脸——我真是很久没有看你的笑脸了！你的声音也变温柔了，像是从别的女人身上移植过来似的——不不，你就该是这种声音，我梦中熟悉的声音。现在我能每天听见你的声音，真好！

女人 你的声音也变了。

男人 是吗？

女人 你以前说话气没这么粗。

男人 我这是因为激动！

女人 真难为你了，你见到我还能激动……

男人 这话说的！（凭感觉搂住女人）这很正常，一别三年……（突然意识到不对，连忙放下手）不对！

女人 （并没有觉得）怎么不对了？

男人 （掩饰）应该是……相见时难别亦难，这是句唐诗。

女人 我知道，是李商隐的。

男人　你还知道李商隐？

女人　不是你教我的吗？你临走的那天晚上，也是停电……你就点了根蜡烛，念了这首诗——“春蚕到死丝方尽！蜡烛成灰泪始干”，我一听就哭了……

男人　我干吗要这么书生气呢！这都世纪末了，还玩这种古典情调的才子佳人，酸溜溜的！

女人　我一点也不觉得酸。

男人　我倒觉得心里有点酸了……（停顿片刻）不过现在好了！这三年咱们总算苦过来了，我多少也挣了点钱，还带了几件电器。车买了，过几天你就办执照，每天上下班接我——让我也享受一下部长厅长的待遇。

女人　我想跑出租。

男人　跑什么出租呀！

女人　跑出租挺好呀，楼下老陈一天能净挣小两百呢！

男人　我不稀罕你出来挣钱。

女人　美国的女人都是在家里？

男人　那倒也不是。咱们干吗要套人家美国模子呀？我是怕你累了。

女人　我可不想在你手下讨生活。你要是再走三年，我还不得饿死？

男人　我不会走了。明天我就去新单位报到，专业虽不完全对口，但工作环境还不错。

据人事部门透露的风声，我可能还另有安排。

女人　还安排什么？

男人　（难以启齿）大概让我当主任吧。

女人　当主任？

男人　据说还不是副的，是一把手。

女人　和你在家一样。

男人　哪能这么比呢！我，我要管很多人，很多事！

女人　管那么多？

男人　当然。怎么说如今的我也算是个可用之才嘛！

女人　你不嫌累？

男人　（困惑地）累？怎么会累呢？我都憋了十几年了！其实我早就具备这个能力。你看我们楼上老吴，除了吹牛拍马还会什么？就这样还混成了副处！再看对面老孙，不就是局长的小舅子嘛！一提拔就去劳动服务公司当了总经理，吃喝拉撒全报销，手里还掌握着几套房子，爱给谁就给谁。每次我见到别人上他家送礼我这气都不知打哪出！什么东西！（突然停顿）你在听我说吗？

女人　（疑惑地）你是王志平吗？

男人　我……

女人　你以前可不是这样想的。

男人　（伤心地）这股怨气我一直憋在肚子里。

女人　出国的时候，你对我说，你这辈子只想圆一个梦……

男人　没错呀，我是想圆这个梦。

女人　不，不是这个当主任的梦……

男人　那，那是什么梦？

女人　我记不清了。但我记得你原先的那个梦想很光荣。你说人的梦想应该是光荣的。后来，蜡烛灭了，你搂着我，你问我：如果我们都是瞎子，这到底是幸福呢还是痛苦？

男人　那当然是痛苦了！

女人　（果决地）不！你当时不是这么说的！你说瞎子心里的世界比我们这些正常视力的人要大得多！也丰富得多！瞎子心里没有落日没有衰老，没有消失的云彩，也没有凋谢的花——你说你要是瞎子，我就永远是18岁！我们的梦想也永远是18岁！你说这个梦想就会像一只鸽子，永远不知疲倦地去蓝天上扑腾腾地飞着——这个天空比现在要蓝得多，广阔得多，是梦中的蓝天，云彩像羊群一样，像波浪一样，像白牡丹一样！

［男人受到震动，悄悄走到一旁坐下。

女人　（转为忧伤）可是，我挺纳闷儿，我们干吗要等到眼瞎才看到这个梦呢？你一走三年，信越来越少，现在总算把你盼回来了。可你的心思又一下让“主任”迷去了。我不反对你当什么主任，不过经你刚才这么一说，我怎么觉得这脸挂不住呢？

男人　（沉重地）小琪，你别说了。你……你坐我边上来……

［女人走近男人，仍然是“看得见似的”行动，她坐到男人边上，很乖巧的样子。

男人　（内疚而动情地）原谅我，刚才我只是一时的冲动。过去的几分钟，我好像睡过了很长的一觉，浑身酸溜溜的。我也不知道自己哪根神经搭错了，会，会那么去想。这次回来，一进家我就感到特别轻松，真的，就是能和你这么挨着说会话，我就很知足了……我还需要什么呢？没有什么比两个人心心相印、相知相爱更幸福的事了。

女人　你不是说，老天爷是让我们做伴的吗？

男人　对，是让我们做伴的！

女人　让我们互相搀着，去走每一天的路……

男人　是的……

女人　这路很长……

男人　是的……

女人　不太好走……

男人　是的……

女人　可我们会走过去的……

男人　我们会……

女人　一直走完……

男人　走完……

［男人和女人相视着，在他们的眼中，黑暗完全消失了。

［舞台上出现温馨的光效，音乐渐起……

［男人和女人就这么久久凝视着。

［光渐暗。

第八场

［天幕如同第七场。

［表演区灯光渐亮。老人在喝最后的一滴水，与几日前相比明显地苍老了，衣着也很不整洁，领带松松垮垮地挂在脖子上。青年躺在台阶上，他也失去了以前的那种精神状态。看来，他们确实到了最后的时刻。老人把矿泉水空瓶扔到地上，发出空洞的一响。青年欠了欠身，又躺下了。

老人　（绝望而有气无力地）最后一滴水！生命的三要素已经失去了两个，只剩下这一点稀薄的寒气了……面对人力不可抗拒的因素，我只能把它视作自然规律——这要是意识形态范畴的问题就好了，我一定会有办法推翻它！可偏偏不是！我现在是真的感觉住在坟墓里了，但我并没有死亡呀！我的呼吸还算正常，脉搏虽然弱了点，不过跳动得还比较匀称。老天爷你怎么就不高抬贵手放过我一马？让我这么一个活生生的人去体验死亡的过程？（叹息）如果真是体验也就罢了，那不过是一次紧张的彩排，就像舞台上那样，等大幕徐徐落下，我便会从容地爬起来，走到幕前去用鞠躬迎接观众的掌声与鲜花……

［青年禁不住地笑了，笑得很冷淡。

青年　有道是"寂寞身后事"，你倒还挂记着掌声和鲜花。您真算得上一个彻底的乐观主义者。

老人　（沮丧无比地）面对黑暗，能听见你发出的笑声，不论是怎样的笑，对我都是莫大的安慰。你随便笑吧。

青年　你觉得我在笑吗？

老人　我看不见。现在我已是个百分之百的盲者。即使从你的声音判断，我也很难把握我们之间的距离。我痛恨这黑暗，但我却没有反抗的勇气，只能忍耐……

青年　忍耐也是面对黑暗的方式之一。不过我觉得，最好的方式还是视而不见。

老人　视而不见？

青年　（慢慢爬起来）这个方式意味着黑暗与光明的界限消失，如果我们做得更自然一些，或者还能打通现实与梦想的路线。

老人　（渴望地）光明！似乎现在才懂得光明的价值，为时已晚……

青年　光明并不是黑暗的反义词，梦想也不是现实对应的另一个方面。你所理解的那种光明其实是光亮——一根火柴就能使你满足。

老人　不，我渴望的是阳光！

青年　那也还是个光亮。它或许能照暖你潮湿的身体，但无法进入你失血的心灵。

老人　（困惑地）我怎么听不懂你的话？

［青年走下台阶，显得步履艰难。

［音乐渐起……

［舞台上的光效随着青年以下的独白而出现相应的变化。

青年　（深情地）我这几天也一直在思考，什么才是光明？我对光明的理解是从这黑暗的地下形成的。我想起了一件往事。那是很多年前，我还是个小学生。有一天，我从黄河的故道边走过，远远看一个消瘦的老人面对一截新鲜的树桩默立着，他已显佝偻的身影在夕阳中微微战栗。我觉得奇怪，就问：老爷爷，您在干吗？老人沉痛地对我说：孩子，我在悼念一棵树，它刚被人砍杀了！老人肃穆的神情使我不敢窃笑，我又问：树知道痛吗？老人说：它痛，但它忍受着。它忍受的其实是我们人类的无知。十几年后，我陪一位来自西半球的女士去游览一个著名的园林。当她看见一棵小树被扭曲着置入盆中供人玩赏时，不禁放声大哭！她说：这么好的生命为什么不让它植根大地去自由地生长？为什么要如此摧残它?!

老人 （不解地）你的故事不乏动人之处，但我还是看不出，这与对光明的解释有多大的关系。

青年 所以我们是悲哀的一类。所以这个世界至今还充满着虚伪和邪恶，暴力肆行，战争不断，城市里见不到蓝天，乡村也失去了田园的气息。人类主宰着这个日益污浊的地球，从不放弃占有与征服。河流在污染，树木在枯竭，丹顶鹤一去不返，鲸鱼集体自杀——多么黑暗！这才是真正的黑暗！这黑暗是人一手造成的，人生活在黑暗之中却习以为常。信任失踪了，诚实在瓦解，城市的每个角落都在举行假面舞会，街头巷尾传递着流言蜚语，行贿者畅通无阻地受到款待，撒谎者成为大雅之堂的座上宾，卖友者做好了平步青云的准备，变节者正在争取法律的保护，高倍望远镜满足了偷窥者的欲望，网络能使下流的话语变得迅捷，伪币开始成为商品流通的工具，而商品又成为人类交际的手段，以巩固可疑的情感……还需要说什么呢？世纪末，世界已经濒临堕落的边缘……

老人 （沉重地）我是看不见希望了。但在这弥留之际，我们就向往着光明……也许是我平时太大意了，对地上的一切，我都十分地眷恋。假如有来生，假如上帝能赐我第二次生命，我会像现在珍惜一滴水那样去妥善支配我的分分秒秒。（叹息）我这一生留下的愧恨太多了，得到的意味着失去，这句老话针对我还是比较合适。我确实得到了很多，可最终都找不出一件足以慰藉我的东西，而失去的那些，现在看来都显得珍贵——所以我将是死不瞑目！我是多么想得到再生的机会！上帝，请伸出你宽厚仁爱之手拉我一把吧！带我走出这道黑暗的幕障，给我光明……

青年 其实，光明不在上帝手里，而是在我们自己的心中。

老人 （惊惑地）你说什么？光明在，在我们心中？你是这样说的吗？

青年　光明在我们心中沉睡了多年，难以苏醒。除非……

老人　（迫切地）除非什么？

青年　除非我们脱胎换骨，丢弃那些不当的欲念……

老人　（打断）我们可以一切重新开始。人之初，性本善……

青年　除非我们不以怨报怨，以仁爱之心待人……

老人　（打断）我们可以试试！

青年　除非我们让正义和公道返回人间……

老人　（打断）这应该也不算太难吧？

青年　除非我们让良知首先醒来……

老人　（打断）这很容易！

青年　容易？

老人　我想是的。

青年　也许就是很容易。比如说，每个人都不说一句假话，这是连三岁的孩子都能做到的，又有什么难呢？如果每个人都不说一句假话，那么谎言便失去了市场，真理就会回到原来的位置上。如果这个世界上人按人的原则、鸟按鸟的原则、树按树的原则去生存发展，所有的生命和睦相处，人类向往的那种光明便会从天而降——这个世界就会被爱心汇聚的圣光照彻！这个世界就会接近透明而无限辉煌！

［音乐止。

［沉默。

老人　（坐下）只可惜，我们是看不见了……

青年　是的，我们看不见。我这番话算是对下个世纪的赠言吧，尽管我是个微不足道的人。有幸活着的人们，我由衷地祝福你们：好好活着！

老人　我们在黑暗中等待着死神的光临，我好像已经听到了他迟疑的脚步声……为什么迟疑？是被我们洗心革面的虔诚所感动，还是错误地计算了我们的大限？你听！你快听！脚步声似乎远了……越来越远……

青年　先生，那是外面的风声。

老人　你是说，死神已随风而去？从此远离了我们？

［老人开始变得有些癫狂，竟发出了令人不寒而栗的大笑。

老人　太好了！这是一个奇迹！奇迹！

青年　先生！

老人　奇迹呀！

青年　先生！

[老人在笑喊声中突然倒下，青年努力将他扶起……

[切光。

第九场

[天幕上又是一个阳光明媚的早晨。

[舞台上两束光同时照出两个表演区。

[这边，男人和女人依偎在一起，看上去很甜蜜；

[那边，老人靠在断柱上奄奄一息，青年正把所剩无几的水往他嘴里灌。

[以下的表演交错进行。

女人　我有点冷……

男人　那，那我把空调关了。（做一个虚拟的动作）

女人　我还是冷……

男人　那……（抱紧女人）这样好吗？

女人　这样好……咱们睡吧，儿子今天不回来，咱们踏踏实实地睡一觉。

男人　我扶你去车上睡——真不该赶上这时候装修，屋里乱糟糟的，还老停电……

女人　等装修好了，你一定得给我买张最好的床——我好像几辈子没睡过一觉了。

男人　没问题，我至少会买张结实的。

女人　什么意思？你还嫌我胖？

男人　不是这个意思。

女人　那是什么意思？

男人　（为难地）我是说……叫我怎么跟你说呢？反正是好意思吧。

女人　（明知故问）你说，什么好意思？

男人　（羞怯地）一说出来，我就不好意思了……去睡吧，当心碰头。

[女人会心地一笑，上车。

男人　（对车里）祝您做个好梦！也祝我在你梦里美满幸福……

女人　美的你！（将车门关上）

［男人伸了个懒腰，自己也坐下，支起了脑袋。

［老人发出了一声呻吟。

青年　先生！你醒醒！先生……

老人　（有气无力地）我，我还活着吗？

青年　您还活着……

老人　可我怎么觉得是死过了一回？

青年　我们都死过了一回。

老人　就是说，我们还活着？

青年　对，我们活着……

老人　人不可能死两次，对吗？

青年　人可以置于死地而后生……

老人　（叹息）早知会死，何必要生呢？

青年　这由不了我们。您不是最讲辩证法吗？

老人　你真不该把我弄醒……

青年　先生，您得坚强些！

老人　我刚才好像做了一个梦……梦见了我那白发苍苍的母亲，在一个桥头等着我——那是什么桥呢？是奈何桥吗？我走近她，给她下跪，可是，她竟给了我一耳光……（摸脸）现在我的脸还有点发热……

青年　（递水）先生，您喝点水吧？

老人　怎么还有水？不是都喝光了吗？

青年　这是最后一瓶。前几天我一直在喝上面漏下来的生水——现在生水也没了。不过我相信，我们最困难的时刻已经过去了。

老人　别骗我了，年轻人。我已经接受了上帝的安排，你还是帮我解释一下那个梦吧！我觉得它意味深长……

青年　自己的梦应该自己解释。

老人　如果那座桥就是奈何桥，我母亲在桥头拦住我，是否意味着我的阳寿未尽？或者……

青年　或者什么？

老人　（难以启齿）或者我在世上做得不妥，无颜去九泉之下拜见她老人家？

青年　先生，您能作出这种解释，我为您感到……

[老人一阵咳嗽，似乎又昏迷过去。

青年　先生！先生！

[这边，女人突然拉开了车门，男人吓了一跳。

女人　我还是感到冷……

男人　车里不是有床毛巾毯吗？

女人　（害羞地）你，你怎么这么傻呀！

男人　（明白过来，走进车）你是说……

女人　你知道我说什么？

男人　你的意思是……

女人　你知道我什么意思？

男人　（语无伦次）当然，我知道……其实这也是我的意思……是的，冷，一个人都会感到冷，尽管是夏季，那车倒挺宽敞，是的，比较宽……可是，可是我还是一点准备都没有……

女人　你以前可不是这个样子。

男人　对，没错，我以前很从容，手知道往哪儿放……

女人　你以前这个时候脾气最好……

男人　是吗？我脾气一直很好的……

女人　我是说最好……你一点也不慌。

男人　我现在慌了吗？（手脚无措）还真有那么一点……

[女人走近男人，紧贴着他。

女人　抱我……

[男人试着拥抱女人。

男人　那，那我抱了……

女人　抱紧我……

男人　那我真的抱紧了……

女人　你的心跳得好快……像第一次那样的，你的呼吸又短又粗……

男人　我，我希望永远是这样，是第一次……

[男人和女人开始抚摸。

女人　你瘦多了……胡子长得好快……等来电了，我帮你好好洗个澡……

[男人突然把女人推开。

男人　不，这，这只是个游戏！

女人　这不是游戏！

男人　这不是真的……

女人　这是真的！

男人　这是个梦……

女人　这不是梦！不是！不是……

[女人一头扑到男人怀里。

[这时，传来了隆隆的挖掘机的声音。

男人　你听！

女人　我不听！

男人　你听你听！这是上面发出的声音啊！

[男人和女人倾听着。他们的造型被“定格”。

[那边，青年从地上挣扎爬起来，踉踉跄跄地走向老人，唤醒他。

青年　（迫切地）先生！你听！

老人　（呻吟般地）什么……

青年　你听！这是挖掘机的声音！

老人　别再骗我了……让我就这么睡，睡过去吧……

青年　先生，这是真的啊！你听，这声音离我们越来越近了！

[青年扶住老人，倾听着。

[挖掘机声越来越清晰，此起彼伏。

[这边，男人和女人又“动”了起来。

男人　你听清楚了吗？

女人　（喜出望外地）天哪！我，我们真的活过来了！

男人　我们活过来了！

女人　感谢上帝！

男人　感谢你，亲爱的！

女人　亲爱的？

男人　（动情地）是的，我感谢你！感谢你和我做伴，帮我度过了黑暗与死亡……是你给了我超凡的勇气和过人的毅力，让我找回了一个男人的品质……这黑暗中的分分秒秒对我是多么重要啊！我，真想守住它！也守住你……可是……

女人 （大梦初醒般地）可是只要有一线阳光射进来，咱们这个梦就刺破了是吗？

［男人沉痛地低下了头。

女人 （梦呓般地）不，这不是个梦，不是个游戏……这应该是真的，亲爱的！

［挖掘机声越来越近。

［女人像受到惊吓似的躲到男人怀里。

［造型再次"定格"。

［那边。老人终于清醒了，像充了电似的爬了起来，令人难以置信！

老人 （激动地）是挖掘机的声音！德国进口的那种履带式挖掘机！它的工作进度是惊人的！年轻人，我们的祈祷奏效了！我不是说过嘛，这座著名的大厦怎么会被遗忘呢？

［老人的语气又回到了"地上"——这似乎是无法改变的。

［青年一时愕然。

青年 先生，您又活过来了！

老人 应该说是我们活过来了。

青年 （坚定地）不，我只是刚刚诞生！

老人 这不过是另一种修辞表达方式吧。总之，我们没有死。

青年 真是遗憾！

老人 （惊讶地）遗憾？应该感到幸运才是呀年轻人！

［青年发出一阵狂笑。

老人 你笑什么？

青年 不该笑吗？

老人 对对，应该笑！应该用笑声来庆贺我们活过来了……

青年 （打断）不，我只是刚刚诞生！

老人 年轻人总改不掉自身的固执……

［幕后传来呼喊：下面有人吗？

［老人立刻收拾起来。

老人 我的领带呢？我可以想象出外面云集着很多记者，我可不想他们说我有失体面……

[幕后传来呼喊声：下面有人吗？

[这边。男人和女人在深情地“凝视”着。

男人　在喊我们呢……

女人　我们不急……

男人　对，不急……

女人　亲爱的，抱我！

[两人紧紧拥抱。

男人　亲爱的，闭上眼……

女人　（幸福地）这样真好……

男人　是的，真好……

[一缕阳光射入。

[音乐骤起。

[我们看见老人衣冠楚楚地拎着皮箱迎着阳光从容不迫地走去了，还一路招着手。

[舞台上剩下了男人、女人和青年。他们位于舞台的两侧，像雕塑一样。

[幕后的喊话声：下面还有人吗？

[大幕在音乐声中徐徐落下。

（全剧终）

1999年4月16日

北京——合肥

合同婚姻

（多场次话剧）

——根据作者同名小说改编

人物表：

苏　秦　男，40岁，自由撰稿人。

陈　娟　女，33岁，某外企部门经理，苏秦的“爱人”。

李小冬　女，35岁，机关干部，苏秦前妻。

高宗平　男，42岁，某公司业务经理。

顾菲菲　女，30岁，陈娟同事。

第一场

时　间：当代，春天里一个雨夜

地　点：北京，地铁口

［幕启或者“亮场”时，传来十下钟声，由远而近，在夜间显得非常清晰。紧接着就是闪电和雨声，打破了这种宁静。

［一个四十岁的男人顶着报纸上场，他叫苏秦，高挑个，偏瘦，是一个自由撰稿人。他是来躲雨的，一边在打着手机……

苏　秦：（打电话）……喂，你声音大点行吗？我这儿下雨呢……小马，你还在海口呢？那儿不是早没戏了吗？别逗了，到时候就不好说了。生意场上有句话，叫“千万别和朋友合伙……”我挺好的，挺自由，待在家里……我整天就是看看闲书，上上网，给无聊小报写点准风月谈，够吃够喝就行。回犁城干吗，那儿已经没什么牵挂了。好，你多保重，常联系。……（挂上电话，看看天色，雨还在下）好家伙，这天可是说变就变啊，就跟人脸似的……看来还真一时走不了，还不如带把吉他在地铁里卖唱。别以为地铁里卖唱的都是奔钱来的，其实这是人家的舞台啊！这人活着，得有两样东西，一个舞台，一个床。舞台嘛，可大可小，看你能耐了，可是床得舒服——人生有一大半时间是在床上度过的……

苏　秦：（打电话）……喂，你声音大点行吗？我这里在下雨呢……

［舞台一角出现了李小冬，她是苏秦的前妻，三十五岁，看上去是在机关工作的那种女性。

李小冬：（打电话）我是谁你难道听不出来吗？

苏　秦：听出来了。我怎么可能听不出来呢？

李小冬：你在哪呢？声音乱糟糟的！

苏　秦：北京啊，在外面，天正下雨呢……有事吗？

李小冬：你什么时候回犁城迁户口啊？

苏　秦：我最近特别忙……

李小冬：别老说忙，这都拖几年了？苏秦，我告诉你，咱们离婚就是离婚！

苏　秦：李小冬，你这话是什么意思？我哪点不像是离婚？我以前回去，顶多就是蹭你一顿饭吃，我蹭过你一次觉睡了吗？

李小冬：别废话，我只想你尽快回来把户口迁走！

苏　秦：我已经辞职了，你叫我往哪迁啊？往街道居委会？

李小冬：你往哪迁我不管，但你必须迁走。

苏　秦：你是不是……最近不方便了？

李小冬：这你少管。

苏　秦：我没有想管的意思，我是关心……

李小冬：你要是真关心我就快点把户口迁走。

苏　秦：你这人怎么老户口户口的没完啊？如今这年代是揣着身份证和信用卡满世界转悠，户口已经没有意义了。

李小冬：但对我有用。

苏　秦：有什么用？

李小冬：它是一个家的证据。我们已经不是一家人了，就没有必要继续共同掌握这个证据。

苏　秦：深刻。太深刻了。其实到现在我才知道，你是一个深刻的女人。

李小冬：其实你想说的是，我是一个刻薄的女人。对吗？

苏　秦：我是说，你刚才关于户口的话让我感慨万千啊！

李小冬：是吗？我对你还有这么大的……魅力？苏秦，你该不会是想回头再来和我谈恋爱吧？如果是那样的话，你应该去和我妈说，看看她老人家还有没有兴趣认你当第二回女婿……

苏　秦：废话，我就是回头，也是和你谈恋爱，又不是和你妈。

李小冬：行了小子！我没工夫听你瞎白话。我们在一起那几年，你觉得有意思吗？

苏　秦：怎么说呢？和你过日子有点像打麻将当相公。

李小冬：这话新鲜。

苏　秦：虽然也打也摸，可是和了不算。既没有赢家的喜悦，也没有输家的懊恼。一句话，平庸，太平庸。你看，我守着一个深刻的老婆，却带来了一份平庸的日子。

李小冬：好了，我现在已经帮你结束了那个平庸的时代了，所以，我郑重地请你回来把户口迁走，开始你辉煌的时代去。还有……

苏　秦：还有什么？

李小冬：把你的新地址通知你所有的朋友，别再往我这里寄东西了，为了本破杂志，我还得三天两头地为你跑邮局，你不觉得难为人吗？

［李小冬下场。

苏　秦：行，这事我立即就办……喂，你怎么样？过得还好吗？你不是说要来北京开会吗？到时候告诉我一声，我去机场或者车站接你——虽说如今咱们领了“绿卡”，又急了……

［响过一阵轻雷……

苏　秦：（不无感叹）这女人……当初在大学的时候，就这么较真儿！这人哪，还真是有个命的问题。要是当时分手，也就彻底分了。谁知道，临毕业的时候，她又跑来找我，说“我还是跟你好吧”。我问她，你现在想通了？她涨红了脸说，你都看过我了。……这事要搁在今天还能叫事吗？看过了？我本来不就是想看吗？睡过了又怎么样？（忽然听见有人喊，吃惊地回头——）

[走来了打着伞的陈娟，她的年龄在三十岁左右，穿着入时。

陈　娟：（将信将疑）是苏秦吗？

苏　秦：你是……啊，陈娟！

陈　娟：（高兴地）真是你啊！老天爷，怎么在北京遇上你啊？还好吗？

苏　秦：挺好。我可是早就知道你在北京傍上大款了啊！调过来了？

陈　娟：算是吧。

苏　秦：怎么叫“算是”啊？

陈　娟：我是……一句话说不清楚。怎么，在等人？

苏　秦：躲雨呢。

陈　娟：李小冬一起来了吗？

苏　秦：没呢……我们领“绿卡”了。

陈　娟：办移民了？

苏　秦：她没移，我移了……

陈　娟：她挺好的吧？

苏　秦：她……提拔了……

陈　娟：当处长了？

苏　秦：不，是由老婆成了前妻。

陈　娟：（意外地）你们……分了？

苏　秦：不，是离了。

陈　娟：这么回事啊！这可一点也看不出来啊！

苏　秦：能看出来的离婚根本就不叫离婚。离婚嘛，都是悄悄的……都离三年了。

陈　娟：你们男才女貌的可是很般配啊！

苏　秦：我们般配，但不合适。我琢磨着，婚姻这东西啊，不是选劳模，两个优秀的人在一起未必就有一份同样优秀的生活。倒是两个合适的人在一起，可能会有一份合适的日子。难得合适啊！

陈　娟：是因为你不好吧？

苏　秦：天大的误会。咱们是老同事，我是那种人吗？是合不来……

陈　娟：那你当初怎么就到一块了？我不信你们男人这套借口。

苏　秦：当初……嗨，别提当初了。分开了，也挺好的。不过离婚的时候可费了劲呢。

陈　娟：是财产问题？

苏　秦：没有理由啊。到了民政部门，接待我们的那位过了中年的女人一本正经地质问我们，你们离婚，有什么“非离不可的理由”吗？言下之意是我们的理由不过硬。我便纳了闷，这离婚原本是人的一项权利，干吗还要出示“非离不可的理由”呢？我就说，当初我们结婚的时候，你们可没有问过“非结不可的理由”啊。

陈　娟：（笑了）你可真会说。

苏　秦：你呢？过着资产阶级的日子吧？

陈　娟：我也刚离……

苏　秦：哦！

陈　娟：我很简单。有一天公司里没事，提前下班，一推门就看见他和一个女的滚在沙发上……我连那个女的脸都没看清楚。

苏　秦：气晕了？

陈　娟：我把门带上了。

苏　秦：你倒冷静。

陈　娟：过了会儿，那女人抱着衣服走了。他立刻就对我跪下了……我一下就火了，我说你起来好不好？你这样做对得起刚才为你脱裤子的那位吗？她会很伤心的！这样一说，他又站起来了——第二天我们就办妥了。

苏　秦：陈娟啊，你可真让我刮目相看了！那时候咱们在一个办公室，我可一点没看出来你原来是具备大将风度的啊！

陈　娟：我变了吗？

苏　秦：各方面都变了——是往好的地方变。我这可不是恭维你啊。

陈　娟：别张嘴瞎话就来。你过得还好吗？

苏　秦：挺好的啊，挺自由，待在家里……还没买房子呢，先租着。我整天就是看看闲书，上上网，为无聊小报写点准风月谈，够吃喝就行……

陈　娟：你倒自在。

苏　秦：可仔细想想，我也弄不清楚为什么要在这北京扎下来。这人活着，得有两样东西，一个舞台，一张床。舞台嘛，可大可小，看你能耐了，可是床得舒服——人生有一大半的时间是耗在床上啊……我不是到北京来找舞台的啊！

陈　娟：就是说，是来北京找床的了？

苏　秦：天涯何处无芳草，我干吗偏要来北京……嗨，我自己也说不清楚了。

陈　娟：哎，你晚上还有别的安排吗？

苏　秦：没有，我本来想等雨停了就走……

陈　娟：你看，雨已经停了……咱们去酒吧坐会儿？

苏　秦：去那干吗？

陈　娟：那也不能在这戳着吧，跟盲流似的？

苏　秦：（看着陈娟，想了想）要是你不介意，去我那儿坐会儿。

陈　娟：（也看了看苏秦，点了点头）看来，这个主意不错……

［暗场，音乐起……

第二场

时　间：紧接前场

地　点：苏秦住宅

［灯亮时，苏秦和陈娟已经坐在沙发上交谈了。

陈　娟：你这儿不错啊，什么都是现成的。租金多少？

苏　秦：一个月三千。

陈　娟：那还不如按揭一套合算。

苏　秦：我也这么想过，可是……

陈　娟：可是什么？你这些年应该赚了点钱吧。

苏　秦：不是钱的问题，假如我要是在外地遇上一个可以做老婆的女人怎么办？再把北京的房子卖了？

陈　娟：你刚才不是说，不打算再结婚吗？

苏　秦：话也不能说死啊。有时候想想，婚姻也确实还有婚姻的好处，比如生病了，身边能有个人倒个茶递个水什么的……

陈　娟：得，这还不如雇个保姆。

苏　秦：我不是那意思。

陈　娟：苏秦，你这种男人啊，我大致是知道的。吃饭睡觉的时候想要婚姻，看书打麻将的时候又要独身，当你拥有一个人的自由的时候又在缅怀两个人的温馨……天下的幸福哪能都让你一个人占去了？

苏　秦：我是说，我还不老吧？也还有点魅力吧？难道后半辈子就这么下去？太孤独了，也太残忍了。

陈　娟：你不是孤独，是寂寞。

苏　秦：对，是寂寞。孤独发自心灵，寂寞源于肉体。心灵这玩意儿，我一个人可以对付，可肉体……肉体是个奇怪的东西，太奇怪了，尤其是这个年纪……

陈　娟：你啊，骨子里还属于那种古典情种，像那种一夜风流的事八成不会干。可你又见谁爱谁，对谁都真诚。

苏　秦：我呢，不爱主动追逐女人。但是一旦遇上相互顺眼的，也不轻易错过。人与人的相遇与错过，往往都是瞬间发生的事。

陈　娟：这话我同意。不过我还想问问你，你对女人的要求，是不是就一个“顺眼”？

苏　秦：当然不是。从前我对女人的要求是八字方针——通情达理，温柔贤惠。现在觉得这个标准过于迂腐了，都什么年头了，还这么古色古香？不现实。就做了修改，多加了四个字——看着顺眼，聊着开心，睡着舒服。

陈　娟：我太同意了！

苏　秦：这也未必不是件好事。对社会嘛，或许增添了点不安定的因素，但对个人却是非常的自由了。

苏　秦：其实啊，这男女的事情，是既简单又不简单。简单嘛，是说上床就上床；不简单嘛，是说下床就下床……

陈　娟：（大笑）好！

［说着，苏秦站了起来，伸了个懒腰。

陈　娟：（敏感地）你这该不是在向我下逐客令吧？

苏　秦：哪里哪里！我这腰好些日子不用了，却还老酸……

陈　娟：（看了看表，起身）哟，还真是不早了啊！

苏　秦：别啊！你看，咱们算得上是看着顺眼，聊得开心……

陈　娟：话说完了？

苏　秦：最后四个字暂时不好说——没有调查就没有发言权——要不，咱们先从简单的做起？

陈　娟：简单?!

［突然停电了。

苏　秦：你看，停电了，真是天意……

［另一个光区里，出现了李小冬，苏秦又走向了她——这是苏秦的主观。

李小冬：看来，你小日子过得不错嘛。用你的话来说，是不平庸了，对吗？

苏　秦：现在还说不好……我说，你干吗老惦记着我的事啊？

李小冬：（冷笑）惦记？

苏　秦：怎么，这话也伤你自尊了？我知道，我现在不过是你窗前的一棵树，虽然给你既遮不了风也挡不了雨，可偶尔看上一眼，也不失为一片风景吧？

李小冬：即使是风景，那也是失败的风景。

苏　秦：是啊，一棵风吹雨打的树，将渐渐在你的窗前苍老，变成一堆枯枝败叶……可你就从来没有担心过，有一天这棵树会被人砍了去？

李小冬：我倒是希望早点被人砍了去，免得……

苏　秦：免得什么？免得挡住了你的视线？

李小冬：是。

苏　秦：你……撒谎！

李小冬：撒谎是你们男人的专利。

苏　秦：你绝对是在撒谎！李小冬，我知道你不是这样想的！你不是！

李小冬：我就是这样想的。这么想，又有什么错？我不喜欢和一个曾经做过我丈夫的男人继续保持那种暧昧的感觉。我讨厌这种感觉，它很肮脏！

苏　秦：可是它最真实！

［一阵沉默……

苏　秦：是的，我们离婚了……三年了……可是这三年里我怎么老是心神不定呢？

李小冬：你没有必要这么想，你不欠我什么。我自然也不会再要求你什么了。

苏　秦：不，我不是这个意思，我是觉得怎么有点行影相吊呢？有时候我甚至会想，我们真的离婚了吗？

李小冬：这难道还需要怀疑吗？

苏　秦：毋庸置疑，可它一点也不真实啊！

李小冬：等你有了新的相好，它就特别真实了。

［李小冬消失，回到客厅，来电了。

苏　秦：哦，灯亮了……这灯亮得一点也不是时候……

陈　娟：我喜欢明朗。

苏　秦：那，那就别含蓄了。陈娟，你别离我那么远好吗？

陈　娟：我不就站在你跟前吗？

苏　秦：男女之间，手摸不到的地方就是远啊！

［两人拥抱……

［灯渐暗……

［音乐渐起……

第三场

时　间：紧接前场

地　点：苏秦的大床上

陈　娟：苏秦，我问你一个问题——我是老几啊？

苏　秦：什么老几？

陈　娟：我是你第几个女人？

苏　秦：这个问题我不予回答。

陈　娟：你可是我第二个男人啊！

苏　秦：第二个？有一个计算公式，只要按照女人所说的数目乘二，再加三，就是女人实际的男人数——二二得四，加三为七——我起码是你第七个男人！

陈　娟：你坏死了！那我再问你一个问题——和她们比，我怎么样？

说实话，有那么费劲吗？

苏　秦：嗨，你这个人刚才在沙发上没有什么问题，怎么一上床这问题就不断啊？

陈　娟：你肯定认为我不够好……

苏　秦：你没见我一脊梁都是汗吗？我觉得啊，咱们还真是做到了那“十二字方针”了。

陈　娟：你这么说，不是在暗示让我马上嫁给你吧？

苏　秦：虽说暂时没这么想，不过，理想的婚姻也不过如此啊。

陈　娟：可是，时间一长，彼此都会感到厌倦的。就像美国的那部《廊桥遗梦》，剧中那对中年男女爱得那么刻骨铭心，让人感动。可是他们仅仅是相处了四天啊！

苏　秦：四个月大概也不会有问题。

陈　娟：那要是四年甚至四十年呢？还会这样吗？

苏　秦：所以说，婚姻总是让人感到紧张……

［陈娟的手机骤然响起，她接听。另一个光区出现了高宗平。此人看上去很儒雅，西装革履，戴着眼镜，年纪四十岁左右。

高宗平：是陈娟小姐吗？

陈　娟：您是……

高宗平：我是高宗平啊！

陈　娟：哦，是高先生啊！您在哪呢？

高宗平：在上海。我今天在机场的出口，看见一位女士，侧面太像你了，我差点就上前打招呼了……

陈　娟：您不会就因为这个给我打电话吧？

高宗平：我就是为这个啊。怎么，难道给你打电话还非得需要一个站得住脚的理由吗？

陈　娟：那我谢谢你了。

高宗平：我当时很激动。我想怎么这么巧呢？昨天我们刚在北京见面，今天又在上海遇上了！那我们可以在上海一块玩玩了，至少可以一块吃顿饭吧？可是这时候她忽然转过头来，不是你……弄得我胃口一下子没有了，到现在肚子还空空荡荡。

陈　娟：（笑）是吗，那真不好意思……

高宗平：陈小姐，我们认识的时间也不短了，可我们还从来没有一起吃过一顿饭，这好像很不正常。

陈　娟：不会吧……做生意吃饭的规矩，其实我不太喜欢。

高宗平：可做朋友是需要吃饭的。选择一个有特色的地方，点上几道爽口的菜肴，要上一杯红酒，一块说说话，这感觉难道……

陈　娟：（打断）高先生，我现在是在一个朋友这里……

高宗平：哦，不方便。那这样吧，陈小姐，等我回北京，再正式邀请你。

［高宗平下场。

陈　娟：这个人真逗……

苏　秦：好像很热情啊。

陈　娟：是我的一个客户，老是说请我吃饭什么的。

苏　秦：男人和男人不一样。有的男人喜欢请女人吃饭。我呢，更愿意和一个女人睡觉，当然是让我心动的女人。

陈　娟：人家未必就对我有什么意思。

苏　秦：没关系啊，他饮食，我男女。挺好的呀！像你这样的女人，肯定不是我一个人喜欢的。

陈　娟：假如我只想你一个人喜欢，你能做得到吗？

苏　秦：你们女人总喜欢提这么绝对的问题。其实谁都明白，没有人一辈子只爱一个人，神都做不到。

陈　娟：我想，这大概是你不想再要婚姻的理由吧？你现在这么自由，可以随便跟任何顺眼的女人好。可是苏秦，你想过没有，人是会老的。

苏　秦：问题是，我现在还没老。（两人重新翻倒在床上）

［暗场。

第四场

时　间：一些天之后的周末

地　点：某公司，陈娟办公室

［这是一个窗明几净的外企公司办公室。陈娟在和苏秦通电话……

陈　娟：喂，有事吗？

［苏秦在另一个光区出现。

苏　秦：没事就不能给你打电话啊？今天是周末，回来吗？

陈　娟：我在加班呢，可能会晚点儿。

苏　秦：那我就做你的饭了。哎，陈娟，我有个建议……

陈　娟：什么建议，说。

苏　秦：你干脆搬过来住算了，免得这两头跑，也不是个事。

陈　娟：你让我想想好吗？

苏　秦：好，你想吧。

［苏秦下场。

［陈娟正在思索着，她的同事顾菲菲来了，这是一个时髦的女人，三十来岁，刚从美国回来不久。

顾菲菲：小日子过得不错呀，你最近是不是和哪个网友见面了？

陈　娟：我才不干那种傻事呢——都是“见光死”。

顾菲菲：也未必啊，我都见过十来个了，挺刺激啊。

陈　娟：网上的家伙都是虚虚乎乎的，我可没这份闲心。

顾菲菲：也不尽然啊。网上有网上的好处，两个人八竿子打不着，于是就可以胡说八道。甚至还可以在网上做爱。

陈　娟：网上做……怎么做啊？

顾菲菲：很简单，你就把你的感受直截了当地说出来，发给他。他也一样发给你。

陈　娟：那也只是一种幻想嘛！

顾菲菲：性幻想对人类永远都是充满魅力的，要不，怎么会有外遇、情人这样的词语呢？我啊，一看就知道你最近过得很开心，连脸上的斑点都浅了——良好的性生活是具有美容作用的，这是科学。

陈　娟：（有些窘迫的）菲菲，我认识的那个人根本就不是什么网友，是我过去的一个同事……我们在北京遇上了，而且，我们还都是单身……

顾菲菲：这么巧？那我可得祝贺你了！

陈　娟：（拿出苏秦的照片）喏，就是他。

顾菲菲：哟，人虽不是帅哥，却是蛮有情调！这个人大概有四十了吧？

陈　娟：差不多。

顾菲菲：挺好……你这个年纪啊，就应该找这样的男人。看上去有三分精神，三分才气，三分诚实——哎，我这么说你不生气吧？

陈　娟：我倒想听听你的意见。

顾菲菲：也谈不上什么意见。不过，我对什么阶段的女人找什么样的男人，还是有点研究的。二十岁的女人，应该去找帅的；三十岁的时候，应该去找有情调的；可一旦过了四十岁，那就应该去找一个脾气好的了。

陈　娟：你能说具体点吗？

顾菲菲：可以呀。二十岁的女人是情窦初开，成天幻想着不是花前月下就是白马王子。可是这个阶段的女孩子并不懂得男人，所以只能去找帅哥。俊男靓女，激情碰撞，那才叫如火如荼啊。

陈　娟：那三十多岁的女人呢？

顾菲菲：三十岁，是女人最有魅力的时候。既有挥之不去的少女情怀，又有风情万种的妇人姿态。这个阶段的女人就应该玩点情调了。可这玩情调可不简单啊，你得物色到对手，得在一个段位上，所谓情投意合，要不就没法玩了。但是切记，别忙着分出胜负，只要你情我愿，就不妨多来它几个回合，把你作为女人的滋味一点一点地尝够。从前说男人贪色，其实女人，尤其是三十岁的女人，比男人有过之而无不及。

陈　娟：那四十岁呢？

顾菲菲：四十岁？女人过了四十岁就是个问题了。所以别再幻想着云里雾里的，要赶紧实行“软着陆”，即使不行，那就“迫降”好了。总之得回到地面上来，让一个男人把你接收过去。这个男人得像足球场上的守门员，别的男人把你踢来踢去，唯独他用双手把你抱着，抱得紧紧的。那么，这个人得是个脾气好的老实人，要不，会随时把你扔了，就不合算了。当然啰，无论女人在什么阶段找的男人，有一点是共同的，就是他们得有钱才是，别让他们“吃软饭”。

陈　娟：天啊，你可真是一套一套啊！菲菲，那你是什么样的女人呢？

顾菲菲：我？顶天立地的女人啊。我既想要云霄之上的浪漫情怀，又想要脚踏实地的物质享受。有人说我是一个“情感空姐”，一会儿天上，一会儿地下。

陈　娟：何况，还飞国际航班。你还打算回美国吗？

顾菲菲：美国已经对我没有什么兴趣了。或者说美国暂时对我失去了吸引力。我去美国，和别人最大的不同，你知道在哪吗？

陈　娟：这哪知道啊。

顾菲菲：别人是去洋插队，我呢，是去买养老保险。

陈　娟：你在美国买养老保险了？

顾菲菲：是啊，我的保险就是我儿子杰克。

陈　娟：菲菲，我怎么不太明白你的话啊。

顾菲菲：陈娟，一个女人不能有后顾之忧。当我意识到怀上了杰克时，我就对自己的未来有数了。

陈　娟：单身母亲一般来说应该是很不容易的。我还是不明白……

顾菲菲：你看，按照美国的法律，杰克属于美国公民。就是说，等几十年之后，我老了，他也大了，我就可以去美国靠着儿子养老了。再说，我和他父亲离婚的时候还得到过一笔补偿金和抚养费，这笔钱数目还可以，我把它存进了洛杉矶银行。现在，我拿自己的钱养活儿子，别的男人养活我——这不是两全其美吗？北京的生活水平还是便宜啊。

陈　娟：（吃惊地）天啊，你连几十年之后的事都安排好了……和你比，我简直是个白痴。

顾菲菲：哦，你的客户来了。

［这时，那个叫高宗平的客户来了。

顾菲菲：高先生，你又是来请我们陈小姐吃饭的吧？

高宗平：顾小姐，我今天还确实有这个意思。

顾菲菲：那得挑一个好点的地方才是。

高宗平：这不是问题，北京这么大，可供挑选的地方太多了。

顾菲菲：你怎么就觉得不是问题呢？

高宗平：（纳闷）难道这还是个问题？

顾菲菲：不是问题，是大问题。因为陈小姐的饭，好像已经有人给做了……（下场）

高宗平：什么意思？

陈　娟：是高先生啊，请坐。（为高倒水）

高宗平：谢谢。陈小姐，上次你们提供的报价清单，我们回去经过董事会讨论了，觉得是可以考虑的。

陈　娟：那好啊，这样就可以操作了。

高宗平：现在主要是付款方式上，按三分之一支付订金，恐怕有点困难。

陈　娟：那你们打算支付多少呢？

高宗平：总金额的五分之一。

陈　娟：这个幅度可太大了，高先生。您知道，我们公司虽然是外企，但在资金的周转上，也还是比较紧张的啊。

高宗平：你看，和你这样的小姐讨价还价，真让我尴尬啊！

陈　娟：咱们是各为其主，有什么好尴尬的？这样吧，我回头和老板说说，双方各让一步，四分之一好了——您可以接受吗？

高宗平：我得回去跟董事会商量一下。

陈　娟：那好，我等你的回话。

高宗平（起身）：陈小姐，你是不是该下班了？

陈　娟：差不多了。怎么，您还有事？

高宗平：我想晚上请你吃饭啊。你看，我在上海的时候就已经把请柬口头送达了。

陈　娟：高先生，我不明白，难道非要一起吃顿饭不可吗？

高宗平：可我不明白的是，我们为什么就不能一起吃顿饭呢？

陈　娟：恕我直言，高先生，您有点固执。

高宗平：不是固执，是执著。陈小姐，我这个人用北京的话说，有点“一根筋”。自从认识你，我就觉得与你做朋友，是很愉快的一件事，甚至有一种类似男人的成就感。而和你共进晚餐，那无疑也是一件……

陈　娟：（打断）高先生，真不好意思，我今天得回家……

高宗平（有些意外）：回家？陈小姐，如果我没有记错的话，你上回对我说，你是一个人啊。怎么忽然之间就有了一个家呢？

陈　娟：高先生，我说的一个人，不是指独身，是指我暂时一个人在家——那天我爱人碰巧出差了。

高宗平：你爱人？

陈　娟：是啊，我爱人啊——怎么了？

高宗平：爱人？……

［暗场。

第五场

时　间：当天晚上

地　点：苏秦住宅

［陈娟匆匆上场，苏秦扎着围裙在等候。

苏　秦：你总算回来了！

陈　娟：差点回不来了。一个客户硬是要请客……

苏　秦：还是那姓高的吧？

陈　娟：对。

苏　秦：这哥们儿有点意思。干吗老是爱请人吃饭呢？

陈　娟：可我还是觉得在家里吃饭香，就推了。你看，我什么时候变成你老婆了！

苏　秦：那你想好了吗？

陈　娟：什么想好了？

苏　秦：搬过来啊，这样三天两头地跑，多累啊！

陈　娟：你说得好轻松啊。

苏　秦：本来就不沉重嘛。如果有一天你住烦了，或者你觉得别扭了，可以随时离开。

陈　娟：就图这点方便？

苏　秦：难道还不够吗？这不是方便，是自由。

陈　娟：那咱们这算什么关系呢？情人关系？还是同居关系？我该以什么面目对你？我在外面又该怎样把你介绍给别人？我怎样去对我父母说？我……

苏　秦：行了行了，还没完呢。你就说，咱们结婚了，是夫妻。

陈　娟：可我们明明不是夫妻啊！

苏　秦：你就这么说。

陈　娟：我说不出来。

苏　秦（坐下来，点上香烟）：说白了，你还是想要婚姻啊。

陈　娟：我没觉得婚姻有什么不好！哪个女人不想要婚姻？但是，苏秦，我不会逼着你和我结婚的。

苏　秦：这不是逼不逼的事。婚姻可怕吗？不可怕。咱们不都是从婚姻里走出来的人吗？我就是觉得婚姻不是什么好东西——比方说，婚姻是台冰箱吧，那么大批的婚外情和离婚，是不是可以理解为返修和退货？这说明什么？说明生产这个产品的流水线有问题。这个流水线，就是婚姻制度——人类最大的败笔。

陈　娟：我一点也不想关心婚姻制度是不是什么败笔，我担心的是，时间一长，日子会慢慢地变得很乏味……或许，婚姻就像歌里唱的那样吧——“平平淡淡才是真！”

苏　秦：狗屁啊！为什么要平淡？人生七十古来稀，斩头去尾二十年。就这点光阴，大部分就这么“平淡”了去，那还配叫日子吗？所以，这些天我一直在瞎琢磨着……

陈　娟：继续说呀，琢磨什么？

苏　秦：说起来似乎有点荒唐，我琢磨着，这婚姻原本就是两个人的事，犯不着把政府拖进来，这婚姻也是可以实行多种制度的，比如说，合同制。

陈　娟：合同婚姻？我听着像国外骗取绿卡假结婚的！

苏　秦：瞧你说的！我这不是想……开拓点嘛！

陈　娟：婚姻本来就是一种契约关系，你不觉得是多此一举吗？

苏　秦：你听我把话说完。政府给的婚姻，暗示着一种终身合同，希望的是白头偕老，尽管也允许离婚，但大家因为这样的牵扯和那样的麻烦，就不愿意这么干了。不是有部小说叫《懒得离婚》吗？于是就凑合着打发了这一辈子。这种平淡的婚姻无非就是三种前途——忍耐、欺骗、离异。

陈　娟：那你构想的合同婚姻呢？

苏　秦：核心内容是，当事的双方制订一份属于自己的合同，是有期限的，一年一签，好则续约，不好则终止。

陈　娟：哦，绕了这么一个大弯子，我总算是明白了。你这是在为自己找方便呢，和这个女人睡上一年，再换个女人睡上一年，如此一生下来你可没白过啊！

苏　秦：看你把我想得多么狭隘啊！这么跟你说吧，麻将为什么那么诱人？关键在于这个游戏浓缩了人生的精华。第一，民主——麻将首先讲的就是民主，参与者既是指挥员又是战斗员，既是政策的制定者也是政策的执行者。是点炮包还是三家汇？清一色算五番还是十番？事先都得进行民主评议。而不像这现实生活中，政策总是来自上面，咱们平头老百姓只有执行的份。第二，平等——上了麻将桌就实现了平等。无论你是什么身份什么角色，都一样。你是部长不等于你总是自摸，我是科员也不见得总是点炮。在这张桌子上虽然硝烟滚滚、暗藏杀机，却看不见任何的欺压和剥削。第三，自由——怎么打完全就是你自个儿当家做主，无须看别人的脸色，爱怎么打就怎么打，全凭一个高兴，自负其责，自食其果，自己酿的酒自己喝。第四，矛盾——这是麻将的乐趣关键所在。你既要与三方为敌，又指望三方来成全自己；既要死死卡住下家，又要蒙混上家喂你吃牌，自始至终把自己置于腹背受敌、进退两难的境地，不失为人生一乐。

陈　娟：还有第五吗？

苏　秦：有啊，第五就是希望了——麻将的魅力，除了具有天然的进取机制外，还在于具有一种永远的可能性——它总是给你希望，而且让你觉得这希望近在咫尺，唾手可得。即使你今天惨败而归，回去之后照样能做出一个大获全胜的美梦，因为你会想——明天，我难道还会输吗？

陈　娟：天哪，你简直就是一个麻将博士了！

苏　秦：你难道不觉得，我构想中的合同婚姻，和这麻将的精髓很相似吗？我们按照自己的愿望订立自己的规矩，每一条每一款都是量体裁衣，那么执行起来，可就是如鱼得水了。

陈　娟：听起来很诱人，但感觉上还是觉得像个圈套……

［音乐起……

［灯暗。

第六场

时　间：紧接前场

地　点：苏秦卧室

［已经换上睡衣的两个人在讨论着合同。

［苏秦写完，开始朗读。

苏　秦：合同书，甲方——还是你来做甲方吧。

陈　娟：无所谓，我就当乙方好了。念吧。

苏　秦：甲方，苏秦，男，1963 年 3 月 2 日生；乙方，陈娟，女，1970 年 10 月 12 日生。甲乙双方经过反复协商，就实行合同制婚姻……

陈　娟：是试行，试验的试。

苏　秦：那我改改。（修改）就试行合同制婚姻关系达成如下协议。

一、概念。本“合同婚姻”，既不同于法定婚姻关系，也区别于普通同居关系。具体解释为，在合同有效期内，双方按照现行《婚姻法》的标准，履行一切相关责任和义务。

陈　娟：应该说，认真履行。（修改）

苏　秦：好。认真履行。当合同期满、双方已决定不再续约时，相关责任与义务随之解除。二、称呼。在合同期内，双方对外一律称彼方为“爱人”。不得使用“丈夫”、“妻子”、“先生”、“太太”、“老公”、“老婆”等敏感字眼。

陈　娟：也不许称“我男朋友”和“我女朋友”，加上。

苏　秦：（加上）三、经济。家庭开支由双方均摊。在日常生活上严格实行“AA 制”，各自拥有自行的经济支配权。除双方赠送的礼物外，各自财产归已所有，不得分割。（点烟）你来读吧。

陈　娟：（继续）四、理赔。在合同期内，如果一方违背合同精神，给另一方造成伤害，应赔偿受害方人民币十万元——觉得多吗？

苏　秦：干吗看我啊？就好像我要违约似的。就写十万，谁违约谁活该。

陈　娟：五、生育。如果双方愿意生育子女，或无意中导致乙方怀孕，即使在合同不再履行后，也必须按照各自工资标准的三分之一支付子女抚养费，至年满十八岁为止。将来子女的相关费用，也由双方均摊。子女享有双方的财产继承权。六、升格。当双方都有意愿，将此婚姻升格为法定婚姻关系时，应及时到民政部门办理登记手续。七、其他。未尽事宜，可根据条件变化，对条款进行修改或增删。

苏　秦：这里得加上一个“随时”，随时进行修改或增删。

陈　娟：（修改）八、本合同有效期为一年。合同期满，可续约，可终止。如续约，双方须重新签订合同。如果在合同期内有任何一方提出终止，另一方有权保留两个月的协商时间。九、本合同一式两份，双方各执一份。自签字之日生效。十、双方必须严格遵守合同条款，以人格担保。

苏　秦：好！好极了！咱们签字吧！

陈　娟：看你急的……我得好好从头看一遍……（打了哈欠，下场）

[苏秦还在为自己的创举陶醉着，电话突然响了起来……

[李小冬出现在一个光区里——这还是苏秦的主观。

李小冬：你还没睡呢？

苏　秦：没有……我忽然觉得有点闷……

李小冬：那是你心荒了。

苏　秦：心慌？我干吗心慌啊？

李小冬：不是慌乱的“慌”，是荒地的“荒”。

苏　秦：哦，这个“荒”啊……对，我就觉得心里长满了草。

李小冬：所以啊，地不能老荒着，你四十岁了，得在北京找一个适合的女人，安一个家。苏秦，你四十岁了，四十岁的男人不能再睡在码头上了！搭上哪班船算哪班！

苏　秦：你这话听起来怎么如此语重心长啊？咱们做夫妻的时候，你好像没有说过这样的话啊！

李小冬：我们太熟悉了。熟悉得让人觉得可怕。

苏　秦：这难道就是我们离婚的理由？

李小冬：当一个人把另一个人看透以后，那是很恐怖的。

陈　娟：我要是怀孕了怎么办？

苏　秦：恐怖？

陈　娟：恐怖？有什么恐怖的？

李小冬：是的，恐怖……我们的悲剧，在于我们做了夫妻。倘若我们是情人，或许我们会为我们的相遇所陶醉的。在情人眼里，看到的是一只孔雀的正面，是丰满美丽的羽毛。可在一个妻子眼里，她看到的是这只孔雀的背面……

苏　秦：背面？那，那可一点也不好看啊！

李小冬：可我看了你五年！

苏　秦：真难为你了……

陈　娟：谁难为谁啊，这不是咱俩人的事吗？

陈　娟：我觉得两个月有点短，起码三个月。

李小冬：你身边好像有人了？

苏　秦：啊？……

陈　娟：啊什么？

苏　秦：就写三个月。

陈　娟：我去趟洗手间。（下场）

苏　秦：我……你不是说最近要来北京吗？

李小冬：是，也许我明天就到……你怎么知道，你不用来接我。（消失）

陈　娟：苏秦……

[苏秦有点怅然。

第七场

时　间：翌日上午

地　点：机场咖啡厅

[飞机的轰鸣声掠过……

[苏秦和李小冬已经坐在咖啡厅了。

李小冬：不好意思，飞机晚点，让你等了两个钟头。

苏　秦：你现在怎么变得这么客气了？

李小冬：角色变了，自然什么都得跟着变。

苏　秦：我只是没想到，你变得这么快。

李小冬：其实你的变化更大——看你这一身鲜鲜光光的，该不是又得做新郎官了吧？

苏　秦：犯得着这么急吗？

李小冬：我怎么觉得你已经结婚了呢？

苏　秦：是你自己结婚了吧？

李小冬：你觉得我还会吗？

苏　秦：我虽然不经常回去，可你的事，还真是知道不少。

李小冬：那你说说，你都知道些什么了？

苏　秦：比如说，你提拔了。比如说你马上要分福利房了。比如说，你和那个副厅长……不过这事我得说你几句了，人家那可是有家的啊！

李小冬：如今好男人不都是在家里吗？难道还要在马路上找？

苏　秦：也有好男人从家里走出来的。

李小冬：你是在说你吧？

苏　秦：我对你已经不重要了。我只是希望你不要去当一个无聊的第三者。我尤其讨厌一个女人为了达到自己的目的就……

李小冬：说啊，就怎么了？

苏　秦：就出卖！

李小冬：真是笑话。即使我现在出卖，那也还是在出卖我自个儿，我可没有出卖你苏秦的老婆。连一个死囚犯对自己的身体都有处置权，我一个大活人难道对身体没有支配权？

苏　秦：好好，你随便卖好了。但愿你卖个好价钱。

李小冬：别说得那么难听好吗？

苏　秦：你做都做了，还在乎人说？

李小冬：还是说说你吧。女方是谁？我认识吗？

苏　秦：我可以告诉你，是陈娟。

李小冬：陈娟？以前你们办公室梳辫子的那个？

苏　秦：对，是她……

李小冬：我听说，她不是嫁了个大款吗？

苏　秦：那是以前。我们在北京遇上了……

李小冬：这也算是缘分啊！北京这么大，芸芸众生，怎么就你们俩遇上了？我得恭喜你了，苏秦。

苏　秦：其实我们至今也还是相对独立的。

李小冬：什么叫“相对独立”？你们不是已经结婚了吗？

苏　秦：我们的婚姻，比法定的那种自在……

李小冬：哦，你们是在同居吧？

苏　秦：又比同居严肃。

李小冬：苏秦，你别再对女人绕什么弯子了。女人和男人不一样。女人是想要归宿的。

苏　秦：也不是每个女人都这样吧？你不就没要吗？

李小冬：谁说我不要？我只是没有遇见合适的而已。找到了，就找到了归宿。

苏　秦：什么才叫归宿呢？是家吗？那什么又是家呢？一个男人和一个女人，再加上一个孩子或者两个孩子？就这么点内容？

李小冬：你应该最有体会啊！

苏　秦：我的体会非常简单。家，就是一个放屁都不用憋的地方吧。

李小冬：那不是家，是厕所！真是抱歉，苏秦。以前我太大意了，没有给你腾出一个随便放屁的地方，让你活活憋了五年。

苏　秦：也没这么严重吧……

李小冬：好了，我没有兴趣高谈阔论了。到了正式结婚的那一天，别忘了通知我一声，我得给你们送上一份厚礼才是……

[李小冬起身，准备离开，欲走又止。

李小冬：不过……我还是想给你一个忠告——

苏　秦：什么忠告？

李小冬：做老婆的女人，都一样。

[李小冬径自走了。

[苏秦有些困惑……

[暗场。

第八场

时　间：一段日子之后，已经到了秋天。

地　点：陈娟办公室

[陈娟在用电脑。

[顾菲菲拿着一本杂志上场。

顾菲菲：陈娟，在和网友聊天呢？

陈　娟：我才没这个闲工夫呢，看看新闻。

顾菲菲：有八卦吗？

陈　娟：没注意，应该有吧。

顾菲菲：是啊，天下这么大，到处都是战争啊，恐怖啊，劫机啊，地震啊，非典啊，也该有点风花雪月的才对。要不，这个世界该是多么糟糕和乏味啊。

陈　娟：菲菲，昨天和你一起吃饭的那个男人，是你男朋友吧？

顾菲菲：哦，那个染头发的？

陈　娟：是啊。

顾菲菲：哦，是我去年的男朋友，刚从巴黎回来。我今年的男朋友正好去了纽约，在一起叙叙旧……

陈　娟：菲菲，你可真够潇洒的啊。

顾菲菲：聪明的女人一般是先找个爱你的人做丈夫，然后再去找你爱的人当情人。

陈　娟：我可不如你聪明啊。

顾菲菲：我这已经很收敛了，一年就处一个。你知道咱们大学同学王露？就是那个副总会计师，人看上去不怎么样吧？可换男朋友像换手机一样，出新款就换。

陈　娟：这也太勤快了吧？

顾菲菲：各人有各人的活法，只要他过得舒服。陈娟，尊重一个人的生活状态是对这个人最大的尊重。这是符合人性的。说说你，还是和你那个过去的同事住在一起吗？

陈　娟：是啊，怎么了？

顾菲菲：从春天到秋天，这时间也够长的了……

陈　娟：但我们过得还不错。

顾菲菲：这我能看得出来。很不容易啊，不过……

陈　娟：不过什么？

顾菲菲：作为女人和你的朋友，我还是希望你别太投入了。男女之间的事最怕的就是太投入。谁投入的越多，谁受的伤害越大。

陈　娟：那假如我们两个人决定在一起生活了呢？

顾菲菲：（递过那本杂志）这是我刚收到的美国朋友寄来的《生活周刊》，这上面有篇文章，你可以看看——就是这篇《爱情保鲜期》。

陈　娟：（看杂志）“爱情保鲜期”？

顾菲菲：这位美国著名的性学专家最近进行了一项可贵的调查，并在调查的基础上又做了有趣的生物实验，形成了这份调查报告。上面说，根据人类大脑皮层的接受能力和生殖器官的敏感极限，最有质量的两性生活只能维持在210—250天之内。也就是七个月到八个半月的样子，这是爱情的保鲜期。

陈　娟：是吗？这说得也太玄乎了吧？

顾菲菲：我是相信科学的。而且这个调查也非常符合我的实际——我和杰克的爸爸就是在相爱248天里分手了，那时杰克才生下来一周。

陈　娟：哦……原来……

［苏秦突然进来了。

陈　娟：（有些慌乱）你，你怎么来了？

苏　秦：我去图书大厦买书，路过你们这儿……

顾菲菲：陈娟，你得给我们介绍一下吧？

陈　娟：哦，这是我的好朋友顾菲菲，从美国回来的。这是苏秦，我……爱人。

顾菲菲：你爱人？

陈　娟：是啊，他是我爱人。

顾菲菲：好个陈娟啊，在我眼皮子底下结婚了，瞒天过海，也不请我喝杯喜酒！

苏　秦：顾小姐，改天我们请你。

顾菲菲：你看，还是苏先生慷慨。

陈　娟：菲菲，你别这么咋呼好吗？

顾菲菲：好好，你们聊，一对新人，话总是说不完的……陈娟，这杂志你还看吗？

陈　娟：先搁我这吧。

顾菲菲：那好，再见！

［顾菲菲下场。

苏　秦：这就是你说的那个将来靠美国儿子养老的？

陈　娟：你说这干吗？

苏　秦：这人怎么神叨叨的……

陈　娟：行了。有什么事吗？

苏　秦：你好像很不愿意我到这儿来啊。

陈　娟：不是，这是公司啊！

苏　秦：你还是有顾虑吧？

陈　娟：……

苏　秦：陈娟，要是你觉得我们现在这样别扭，国庆节就去登记好了。按照合同的第六条——升格。

陈　娟：你真是这样想的？

苏　秦：（从口袋里拿出了一枚戒指）这个，我一直就装在身上啊！

陈　娟：（激动地）苏秦！

[电话。

陈　娟：来了——我去一下。（下场）

[这时，那位高宗平来了。两个男人一见面，便有了一种怪异的尴尬。

高宗平：请问，陈娟小姐在吗？

苏　秦：她……她去老板那里了，一会儿就来。

高宗平：您也是她的客户吧？

苏　秦：客户？谈不上……谈不上……

高宗平：陈小姐，很能干啊！

苏　秦：是吗？这我还真不太清楚。

高宗平：她有品位，气质真好，能和她打交道，是很愉快的。

苏　秦：对，她这个人还真是给人带来愉快……你找她有急事吧？

高宗平：其实也没什么急事，但很要紧。这件事我已经筹划了很久，一直就没有落实。我想今天是无论如何也不能再拖了，再拖下去，我会有一种挫败的感觉。

苏　秦：听起来好像很严重啊？

高宗平：严重？不，是重要。相当的重要，当然在外人看来会十分平常。

苏　秦：如果方便的话，您能对我说一声吗？

高宗平：也没有什么可保密的。我今天来，是想请陈小姐吃顿饭的……

苏　秦：（恍然大悟）哦，我明白了……

高宗平：不不，你绝对不明白！

苏　秦：我确实明白了。

高宗平：你怎么会明白呢？

苏　秦：那……要不你接着等吧。她马上就会回来。（欲下场）

高宗平：先生，你不打算再等了？

苏　秦：我在另一个地方等她，等她回来睡觉……

[高宗平大为震惊。

[灯暗。

第九场

时　间：紧接前场，黄昏——夜晚

地　点：苏秦住宅·客厅

[电话铃声大作……

[苏秦躺在沙发上接电话。

苏　秦：喂……小马啊，你在哪呢？哦，回犁城了，我说嘛，电话这么清楚……你说什么？李小冬出车祸了？严重吗？是哪条腿骨折了？哦……我知道她父母在外地，我知道……这个电话是她让你打的吗？哦，我不是那个意思，我当然不会无动于衷的，我是那种人吗？行，谢谢你啊，小马，我抓紧……

[放下电话。

苏　秦：怎么会出这种事啊！夏天见面的时候人还是"拽拽"的嘛！（又突然抓起电话）喂，航空公司售票处吗？有今天晚上飞犁城的航班吗？有，太好了，是几点的？晚上八点一刻，行，我订一张，马上就取……行，行，谢谢……（看看手表，再次拨电话）喂，是金达利公司吗？我找陈娟……下班了？哦，谢谢……（继续拨电话，但无人接听，无奈地放下，急忙下场）

[屋外响起了一阵轻雷，好像天要下雨了……

[陈娟进门，换鞋。

陈　娟：（对着里面喊）亲爱的，我回来了，这鬼天，又像要下雨了……

（看见一桌子的菜，随手吃了一块）真好吃！

［苏秦提着旅行包上场。陈娟很惊讶。

苏　秦：你总算回来了！

陈　娟：怎么？你这是……

苏　秦：（急促地）是这样的。我刚才接到犁城小马的电话，说，说李小冬出车祸了……

陈　娟：什么？人怎么样？

苏　秦：一条腿骨折了。所以，所以……

陈　娟：你准备赶过去伺候她？

苏　秦：对，她父母不在身边，别人好像也插不上手……

陈　娟：她不是有单位吗？

苏　秦：是啊，可单位顶多也就是出个钱什么的……所以我想和你商量，也订上了晚上去犁城的机票……

陈　娟：你连机票都已经订上了，还和我商量什么？

苏　秦：主要是事情紧急……（拿出一个信封，放在桌上）这是下个月的房租和水电费，按合同是由我支付的……

陈　娟：你想得真周到啊。连下个月都安排好了。

苏　秦：这种严重的骨折恐怕需要一个较长的时间才能恢复。

陈　娟：要是下个月还不能恢复，你是不是就一直伺候到她康复出院呢？

苏　秦：你，你今天说话怎么阴阳怪气的？这可不像是你啊！

陈　娟：嫌难听是吧？那你可以不说啊！

苏　秦：（按住怒火）陈娟，你不要这么咄咄逼人好吗？

陈　娟：我还咄咄逼人？我简直连个人也算不上了！

苏　秦：（发火）你，你怎么连起码的同情心都没有啊！

陈　娟：（含着泪）苏秦，你没有权利这么指责我，你欺人太甚了！

苏　秦：陈娟，我可以明确地告诉你，只要那个女人还没有被别的男人正式接过去，那她就还归我管！

［说完，提着旅行袋夺门而出。

陈　娟：（掩面而泣）苏秦，你会后悔的！

[音乐骤然而起……

[雷声，闪电，终于下雨了。

[陈娟在沙发上哭泣，她忽然感觉到了口袋里的那枚戒指，拿出来，放到了茶几上。然后，她注意到了茶几上的花，似乎已经落下了许多的花瓣，她一片片地拾着……忽然，她站了起来……

陈　娟：多么好看的花啊，这么快就凋谢了！我数过了，落下的花瓣是249片，（又拾起一片）又落下了一片，250，不多不少——多么令人讨厌的数字！我怎么就没想到，应该尽早把这束花扔掉！昨天它看上去还是好好的，怎么一夜之间就凋谢得这么厉害……我居然就没有识破，被它的假象所蒙蔽……终于下雨了……

[敲门声。

[那个叫高宗平的来了，手捧着一束鲜艳的玫瑰。

陈　娟：（紧张地）谁？

高宗平：陈小姐，是我……高宗平。

[陈娟开门。

陈　娟：高先生，你怎么知道我住这儿？

高宗平：该知道的自然就会知道。请原谅我的冒昧……我是不是应该先换一双拖鞋？

陈　娟：我这里就一双男人的拖鞋……那是我爱人的……

高宗平：那我就换这双吧。

[高准备换鞋，被陈娟拦住。

陈　娟：别！你别换了，我这里反正也挺乱的，明天我会打扫。

高宗平：不好意思，打扰了……（献花）

高宗平：这花希望你能喜欢。

陈　娟：这花，很漂亮……

高宗平：陈小姐，我是一个直率的人，所以有些话我就开门见山了。

陈　娟：您请便。

高宗平：我们认识这么久了，直到现在，我才知道你真实的生活。今天，我见到了你的那位苏先生……

陈　娟：（心里有数了）高先生不至于会因此轻视我吧？

高宗平：怎么会呢？那是你个人的选择啊。

陈　娟：那就好。

高宗平：我听顾小姐说，你跟你现在的男朋友签了一份合同，这太让我奇怪了，也令我担忧，这是我今天来这里的目的。

陈　娟：高先生，我可以明确地告诉你，和我在一起的那个男人，不是我的男朋友，而是我的爱人。

高宗平：爱人？你们其实并没有……

陈　娟：那不过是一个法定的程序问题，或者是一个形式问题。但爱人这个词，在我心目中一点也不比法律赋予的丈夫意义轻。

高宗平：我欣赏你这种达观的态度。

陈　娟：其实我要的只是一种纯粹。

高宗平：看来，你过得比我想象的要好，这我就放心了。不过，我还是要坦白地告诉你，我是喜欢你的，我依然觉得我的机会还在，我相信，我最终是能够赢得这个机会的。我今晚来的第二个意思，是祝你生日快乐！

陈　娟：（惊讶地）生日？天哪，今天是 10 月 12 日……我居然连自己的生日也忘了！

高宗平：我记得。那次，你在电话里预订机票的时候，我坐在你的对面，我听见你说身份证号码，其中有 701012。

陈　娟：（感动地）谢谢你，高先生……其实，作为女人，我自觉并不出色。

高宗平：喜欢的，就是最好的——这是我一贯的原则。陈小姐，这一桌子的菜似乎没见人动过，也凉了，我们是不是找一个安静的地方共进晚餐？这是迟到的晚餐。

陈　娟：（感慨地）迟到的晚餐……

［灯光渐暗，陈娟和高宗平下场……

［雨声大作……

第十场

时　间：紧接前场，深夜

地　点：犁城医院

［身着病员服的李小冬躺在床上，昏昏欲睡……

［苏秦提着箱子赶来了。

李小冬：（意外地）你？你怎么来了？

苏　秦：我接到小马的电话，立刻就赶机场了。

李小冬：这个小马，真多事。谁让你回来的？我并不指望你回来啊！你是完全可以不回来的啊！你不欠我什么！

苏　秦：人家也是一片好心嘛！吃瓣橘子吧，你嗓子有点哑……

［李小冬情不自禁地哭了起来。

苏　秦：你这人，都这样了，还这么要强。

李小冬：我知道你就是回来等着看我后悔的。那我现在就告诉你，我不会。和你离婚我一点也不后悔！

苏　秦：行了，好好躺着吧。我回来，是因为在这个城市里你没有一个亲人。是因为别的男人插不上手——他们习惯于躲在幕后，或者代表组织来给你献上一束花。我呢，我是个没有组织的人，也不喜欢和那些有组织的人打交道。想想也真有意思，那些在背后对你爱呀爱的男人，一有事，就都不好出面了——这都是些什么鸟啊？

李小冬：我的事不用你操心。

苏　秦：你以为我那么爱操这份心吗？李小冬，我告诉你，这回好利索了，还是老老实实找一个凡事可以为你出面的人。别瞎折腾了！

李小冬：你少用这种口气和我说话。你是我什么人？

苏　秦：我……我还真不知道是你什么人呢。

李小冬：既然你不是我什么人，那你还是回去吧。回去和你那位陈娟结婚去，趁着你还不老，让她为你生个儿子。

苏　秦：你……你是病人，我不想和你急……

［一阵沉默……

李小冬：你来，陈娟知道吗？

苏　秦：她知道……

李小冬：她没有说什么？

苏　秦：没有……

李小冬：苏秦，陈娟这个人很好，你今后得对得起人家。给她打电话时，代我谢谢她……你脸色不好，我这里没事了，要不然你先回家，不，是我那儿，你去我那儿睡会儿，那里虽然没有家舒服，可毕竟还是有一张床的……

苏　秦：我没事的……

李小冬：去吧……

［苏秦慢慢走开……他开始给陈娟打电话……

［陈娟的手机铃声在黑暗中不断响起，那铃声仿佛是一支忧伤的曲子……

［另一个光区渐渐明亮了，天又下雨了，苏秦独自站在雨中，打着伞，在打电话……

苏　秦：还是没有人接听。她一定是出去了……可她一点也没有想到，在这个深秋的夜晚，在凄迷的雨幕中，有一个男人多么想祝她生日快乐啊！这个男人什么都记得清楚，他不会忘记这个不同寻常的日子。因为，他是她的爱人！可是，电话的那一端已经人去楼空了。真仿佛，"黄鹤一去不复返，白云千载空悠悠"啊！（放下雨伞）……

现在，这里又只剩下我一个人了……一个人！最自由的是一个人，最孤独的也是一个人。最快乐的是一个人，最忧伤的也是一个人。一个人会孤芳自赏，一个人也会顾影自怜。最小的是一个人，最大的也是一个人……我的眼前到处都是高楼大厦，到处都是汽车，这个中国最大的城市就像是一个房子和汽车的集散地，占据着空间，拖延着时间，分割着天空，污染着空气，树木从此不能自由地生长，道路早已被无端地堵塞，行走的人该是多么的艰难啊！难道除了一纸合同作为保障，人就没有别的方式去面对这个世界了吗？那种彼此之间的心照不宣哪里去了？那种无须解释的气息交流哪里去了？那种尽在不言中的心领神会哪里去了？那种情真意切的心心相印哪里去了？它们都到哪里去了啊?！是的，人不能永远都在路上，不能在码头上睡一辈子，人需要回家……可是又有多少人知道，这个城市的梦想很多时候像空气一样，让人感受，却看不见、摸不着。这个城市也不是每一个舞台都能铺上红地毯的。就像我们眼前这些数不尽的房子，又有谁会知道，哪一处属于自己。即使有一天你发达了，你拥有了一处美丽而宽敞的豪宅，可你未必就真正找到了你的家园……

［苏秦看着天空，走向舞台深处……

独白：这个世界何时变成了一个大市场啊，几乎所有的行为都与合同紧密相连……那种人与人之间最朴素，也最真诚的方式，仿佛随风而逝……地面上剩下的，只有一堆合同……合同……

——全剧终

注： 该剧 2004 年 3 月由北京人民艺术剧院首演，后作为该院保留剧目。2008 年 5 月，哈尔滨话剧院再演。2010 年 12 月，美国华盛顿“黄河话剧团”在美国上演此剧，获得好评。

霸王自叙

（九幕话剧）

——根据作者小说《重瞳——霸王自叙》改编

序　幕

时　间：公元前210年春天的一个早晨

地　点：乌江边

［幕启，天幕上出现的是波涛汹涌的乌江。江天之上，是奔腾的乌云，仿佛一场大雨就要来了。

一阵云烟过后，我们看见了项羽那伟岸的身影，披着一件宽大的斗篷，外黑内红——如果是黑色，表明这是项羽的幽灵；反之为红色，那就是剧中人的项羽了，那时的他不过二十多岁，是一个意气风发的将军，但浑身上下又散发着诗人气质。这就是我们今天要塑造的项羽，他以回顾的视角，独步两千多年前的历史。此刻，他面对乌江，心潮起伏……

项羽：我要讲的自然是我自己的故事。我叫项羽。这个名字怎么看都像个诗人，其实，我自信早就是一个不错的诗人了，可民间至今流传的那首“力拔山兮”又并非我的作品——我不喜欢那种浮夸雕琢的文字。我的诗没有刻在竹简之上，一直保存在我的心中。我也算得上是一个历史人物了，可我不希望我的诗也随着我走进那部两千多年前的历史。这个国家一般是主张后人撰前史的，所以但凡那些尘封在历史中的人物，随着时间的流逝逐渐地漂亮起来。这一点，秦始皇嬴政是一个高手。他之所以要把那些书以及写书的人全部搞掉，就是想把“从前”一笔勾销，让历史从他开始。啊，历史！一个多么沉重而有趣的词啊！可是有谁真正懂得历史呢？

有一天，就在这乌江的边上，我遇见了一个小男孩……

[小男孩在乌江边玩耍着……

项羽：小朋友，你在干什么啊？

男孩：我在寻找历史的痕迹……

项羽：哦！那你应该知道什么叫历史了？

男孩：是的，我知道的，它很简单。

项羽：简单？

男孩：我觉得一点儿也不复杂。

项羽：那你可以告诉我吗？

男孩：可以呀。当人坏了，历史就开始了；当人变好了，历史就结束了。

项羽：好个简单啊！

[当项羽回头时，忽然发现那男孩已经消失了。项羽十分怅然……

项羽：小朋友！小朋友……这孩子真是个奇人啊！可我项羽不是奇人。不是。我不是你们想象中那个“力能扛鼎”的大力士，我的身高也没有八尺，我更不是京剧脸谱中那个一脸沮丧的“架子花脸”……我是一个军人，一个诗人，更是一个男人！我身上没有多少可以奇怪可以感叹的东西，只有我这双生有重瞳的眼睛……

（稍有停顿）

我也是很迟才发现这重瞳的奥秘的。那是公元前210年春天的一个早晨。就在这乌江的边上。那天，也是这样一个阴霾四伏、江水汹涌的天气。像往常一样，我闻鸡起舞，来到这里舞剑……

[舞台灯光变化，项羽脱去了斗篷，显得英姿勃发。是啊，他走进历史中，他的年纪就只有的二十几岁。项羽拔出剑，于音乐中开始舞动。

[范增上场，注视着舞剑的项羽。他六十多岁，是项羽的谋士。

项羽：（舞剑结束）这是什么剑啊！

范增：这是你祖父项燕将军的剑，少将军难道不知道吗？

项羽：我当然是知道的……

范增：看到这把剑，你就会记住你项家的仇恨和兴邦的大业啊！项老将军一生戎马，为着咱们楚国东征西战，最后被秦将王翦所戮……

项羽：亚父，你说错了。

范增：错了？

项羽：祖父并非死于王翦的枪下，他是用这把剑自裁的！虽说都是一个死，但之于军人，自裁意味着尊严。它不仅仅是关乎我项家的荣誉，而且预示着一种宿命……

范增：宿命？

项羽：是的，宿命。但很多次这把剑握在我手中，都显得那么没有分量。我向往得到的，是从前楚王散失在民间的那对青锋雌雄剑。那是干将莫邪的心血杰作，三年得以铸成。据说这剑带给人的不仅是胆略，还有灵气……我渴望它已经多年了，我要用它去找寻我真正的对手，那——就是嬴政！不要看秦始皇荡平了六国，哪怕我们楚国只剩下两三户人家，但亡秦必楚！

范增：可我听说它们已经不在人间了啊。

项羽：不，它们还在人间。亚父，安排人替我去寻这双剑吧！

范增：好！（下场）

项羽：现在，我得去吹箫了……

[项羽在吹箫，箫声悠扬……

[“幽灵项羽”再次出现……

项羽：多么动听的箫声啊！无法想象，一截竹子就能震颤人的心弦。我并不懂得音律，但我的箫声里分明蕴藏着楚歌的韵味。啊，我的楚歌！你是从来就不受五音约束的，你的魅力不在于气势辉煌而在于本质上的悲怆。这是我一生中最早的忧郁时光，我思念着死去的祖父……宿命，八年后，我在这乌江边上的自我了断，某种意义上讲，完全就是对祖父的一次公开模仿。一个人的血液是没有办法改变的……那个早晨，我用江水洗脸，那清澈的水仿佛一面镜子，照出了我的重瞳！忽然，我感觉那宽阔的江面被我的目光劈开了，我看见了那杆后来属于我的画戟，但在当时，我却在犹豫是否把它从水里捞起来。因为我意识到，只要这兵器一朝被我掌握，就意味着无边的麻烦。与画戟相比，我更喜欢此刻握在手里的这支斑竹箫……我背对着乌江，面向北方，我的箫声仍是那样的悲凉，这是亡国之声吗？然后，我就看见了那遥远的北方呈现出一片无垠的绿色，这或许就是传说中的草原吧？我喜欢这绿色，这是万物生命的颜色……

[“幽灵项羽”隐去……

［响起了急促的马蹄声，由远而近……

［吹箫的项羽张望着……

项羽：好一匹乌骓马啊！它的鬃毛在天光下熠熠生辉，它的形象简直就像一面战旗，随着凛冽的风向我奔来了！来吧，我等着你啊！你来吧，我的乌骓，我的宝马……

［幕后一声高亢的马嘶……

项羽：虞——虞！

［随着这声“虞”，虞姬像一团白云似的从天而落，落到了项羽的怀中。

项羽：（困惑地）你……你是被这匹乌骓带来的？

虞姬：是啊？请问，这里是楚国吗？

项羽：楚国？哦，是的……这里应该是属于楚国的……姑娘，你从哪儿来啊？

虞姬：我来自北方的草原……

项羽：草原？你在草原上就听见了我的箫声？

虞姬：我听到了楚歌的旋律。可我不属于草原，我是楚国人。为了躲避战祸，我从小就被父亲送往塞外放养。我问父亲，什么时候你来接我回家啊？父亲沉默了，过了很久他才说，等你听到楚歌的那一天吧！我就等啊等，等了一年又一年，直到不久前的一个早晨，我在梦中听见了久违的楚歌，仿佛天籁之声啊！我就骑上了这匹乌骓马，循声而来……

项羽：姑娘，其实你听到的只是一支前奏……

虞姬：即使是前奏，那也是楚歌的前奏啊！楚歌若再不吹响，恐怕就要失传了！

项羽：姑娘，你说得好啊！你信吗，我能让楚歌重新吹响！

虞姬：（审视着项羽）我……我信！你的眼神已经说服了我，你身上流露出那种霸气让我热血沸腾，我信！可是，你又是谁呢？

项羽：我叫项羽。

虞姬：项羽？天啊，我怎么觉得这如雷贯耳的名字，仿佛在梦中不止一次地听见过……

项羽：姑娘，你真有这样的感觉？

虞姬：是的……你莫非就是我们楚国从前项燕老将军的后代？

项羽：项燕将军是我的祖父。

虞姬：老将军近来可好？

项羽：他……他已经为国尽忠了！

虞姬：（对天）啊！项老将军，请受我一拜！

项羽：（扶起虞姬）姑娘，谢谢你！

虞姬：项羽？听起来是那样的飘逸，这应该是一个诗人的名字啊！

项羽：我多想去做一个诗人啊！

虞姬：我与这个名字多次在梦中相遇，现在我明白了，原来吸引我的不仅是我们的楚歌，还有项羽这个名字。可我没想到在这个早晨，在这乌江的边上……

项羽：敢问姑娘芳名？

虞姬：我的名字其实你已经知道了……

项羽：我知道了？

虞姬：对啊，你刚才不是对着我和这匹乌骓马大喊了一声“虞”吗？

项羽：虞？

虞姬：这就是我的名字……

项羽：这，就是你的名字？

虞姬：是的……

项羽：虞……一个多么好听的音节啊！

［两人走近，乌云之中一柱强烈的光束照射在他们身上……虞姬羞走一旁，项羽兴奋地舞剑……

［幕在京剧“南梆子”的旋律中徐落……

第一幕

时　间：公元前209年

地　点：雍丘城外

［幕启，雍丘城外大营，高悬的“项”字大旗在风中飘扬……

［项家军摆出作战的阵形在等候着来敌，他们此刻是静止的……

［范增急促地上场，项羽从大营里迎出。

范增：少将军——

项羽：亚父！

范增：好消息啊，少将军！

项羽：亚父，你慢慢说来……

范增：嬴政死了！

项羽：什么？嬴政死了？

范增：是的，秦始皇嬴政在巡视途中暴死于沙丘啊，这难道不是天大的好消息吗？

项羽：他居然就这么死了？太可惜了……

范增：可惜？

项羽：是的，我感到可惜……秦王嬴政也算得上是一代枭雄，我是多么渴望能和这样的人在阵前相遇啊！他，原本是可以做我的对手的。

范增：少将军，我们的机会来了，我们的楚国有救了！而且，我还要告诉你，大泽那边，陈胜和吴广也起事了，打的就是你项家的旗号。

项羽：这个陈胜与吴广是何许人？

范增：他们本是戍边的人，行至渔阳，天降大雨不能前行，怕逾期不到而问斩，就揭竿而起，号称“张楚”。

项羽：可是他们为什么要打出我们项家的旗号呢？

范增：少将军，如今天下百姓都知道胡亥不当立，当立的是扶苏，陈胜吴广是无名之辈，要想号令天下，就必须打出项燕老将军的旗号，方可势如破竹。少将军，这可是千载难逢的良机啊！机不可失，时不再来，我们如果再不动手，那么这江山岂不是被所谓的“张楚”唾手可得了吗？

项羽：问题是，我现在对这江山似乎没有兴趣了……

［范增惊愕不已……

［在另一个光区里，“幽灵项羽”出现了……

项羽：那个上午，亚父第一次对我表现出了失望。我没有说谎。是的，自从我与虞姑娘在乌江边相遇，我这心里就装不下江山这个字眼了。但是我又十分地矛盾，因为我曾答应过我的女人，要让楚歌在这片广袤的大地上重新吹响，让这动人的旋律响彻云霄……

（稍作沉默）

我是多么希望有朝一日带着我的女人，一马双跨，去过那种诗剑逍遥的日子啊！可是不行，我总是在这夕阳的余晖之中，与祖父项燕染血的身影相遇，他在凝视着我；而所有楚国人灼热的眼光全都落到了我的身上。残暴的嬴政把天下的百姓害得灾难深重，灭秦已经成了苍天赋予我的使命。我的重瞳又一次地重叠到了一起，每当这样的时候，我的视线便在千里之外——那是函谷关……

[“幽灵项羽”消失……

[灯光大亮，回到雍丘大营前。

报子：报——

[项羽与范增走出大帐。

报子：报告少将军，秦将李由直奔我军阵前而来！

项羽：李由？

范增：李由便是李斯的儿子。

项羽：是他？来得正好。我来会他。

[所有的将士下场。

[李由上场。

项羽：你就是李由将军吗？

李由：是的，阁下想必就是项将军了？

项羽：既然你已经看出来了，我就不必再自报家门了。

李由：作为军人，李由能与你项将军立马阵前，感到非常荣幸。你的眼神很特别，以至于让你的敌人不寒而栗……

项羽：可我从你的眼睛里看到的却是阴郁和悲凉啊！

李由：项将军真是好眼力。

项羽：李将军，看你一副少年才俊的样子，我想提一个建议。你是否可以考虑投降？

李由：这恐怕很困难。我的父亲是大秦的重臣，我是大秦的将军，在我们没有交手之前，你居然提出投降，听起来就像是在说一个市井的笑话……

项羽：（发怒）李由！你不提你那父亲我倒没什么，你一提我可真的生气了！你那老子活在这世上真是不知羞耻，他不比赵高那老狗好多少。赵高坏在表面，而你父亲李斯却坏在骨子里！嬴政干了那么多天理难容的坏事，几乎桩桩都与你父亲有关，你不会忘记那著名的“焚书坑儒”吧？

李由：（突然悲泣）项将军，你说得好啊！大秦帝国已经日薄西山，我今天来，就是来替家父请罪的。我只有以这种方式才能洗刷我李家的耻辱。你来吧，我愿意死在你的戟下！

［两人交手……

项羽：李由，你住手吧。你不是我的对手！

李由：我知道我不是你的对手，但是你大可不必手软！我李由求生不成，难道求死也无望吗？

项羽：李由……

［李由突然抓住项羽的画戟，刺进了自己的胸膛，慢慢倒在了项羽的怀里……

项羽：（震惊）李将军！你对得起你的秦国也对得起你的父亲了……

李由：谢谢你，项将军……（死去）

项羽：把李将军的尸体清水洗尘，白绫素裹，敬送秦军！

［音乐渐起……

［上来的将士将李由用白纱裹起，高举，向幕后送去。所有的人在行注目礼……

［“幽灵项羽”重现……

项羽：李由死了。他需要像军人那样地战死沙场，这当然是很光彩的死去。他想以这种方式既成全他作为一个军人的本色，也挽回他父亲的人生败笔。他的死，让我目击了一个军人和男人的尊严，一个男人的勇敢是多么的高贵！人类对死的牵挂与生俱来，人类对肉体的被消灭总是胆战心惊，人类对死的恐惧远远大于对活着的检讨。也许他们本来就觉得，活着属于天赐，是不需要检讨的。可是有多少人知道，正如很多年后一位诗人所言——有些人活着，其实早已经死了；有些人死了，但他依然活着……

［音乐大作，幕落……

第二幕

时　间：公元前207年初冬

地　点：安阳·宋义大营

［幕启时，响起宣告楚怀王圣旨的声音……

幕后宣旨声：怀王有旨，命宋义为上将军，即卿子冠军。项羽为左路将军，刘邦为右路将军，先解钜鹿之围，而后兵分两路，直取咸阳，先入关中者为王……

［“幽灵项羽”出现……

项羽：那是一个萧瑟无比的季节，阴雨连绵，秦将章邯三十万兵马将整个钜鹿城围得水泄不通，赵国危在旦夕。可是怀王却无动于衷，还把一个叫做宋义的江湖术士凌驾到我的头上。是啊，我们如今已经是兵多将广，于是他们就对我不放心了，可他们既离不开我项家的光荣旗号，也离不开我的军事才能，他们愿意大胆地使用我，却从来也不愿意给予我信任。作为军人，我当以服从军命为天职；作为项家的后代，我当以匡复大楚的基业为己任。我可以被人利用，但不能容忍的是——又利用又不信任！我讨厌那肮脏的政治……

［“幽灵项羽”消失……

［项羽和范增上。

范增：少将军，你是个出色的军人，可你却不懂得政治啊！

项羽：你现在最好不要对我谈论什么政治。赵国的使臣已经在这里住了几十天了，可宋义就是不肯发兵！这样下去，钜鹿很快就会完的。

范增：宋义的心事你难道还看不出来吗？他是想先让赵国和章邯的人马拼个鱼死网破，然后再乘虚而入，既向怀王交了差，又保住了自己的名声……

项羽：这不是军事，是政治！

范增：不过，依老夫之见，宋义按兵不动，倒也对我们有利……

项羽：对我们有利？

范增：你看，眼下季节愈发寒冷，阴雨不绝，我们的军需很快就成了问题。供应跟不上，将士的情绪就会受到影响，这就动摇了他宋义的威信，到那个时候……

项羽：我们也乘虚而入？这不也是在玩政治吗？

范增：少将军，打天下可是离不开这政治啊！

［宋义上场。

宋义：二位在说些什么呢？

范增：哦，上将军，我们只是谈论着天气，看看什么时候向赵国开拔。（下场）

宋义：这连日的阴雨，不利于行军更不利于作战啊。

项羽：上将军，我们在这安阳已经困守四十六天了。赵国的百姓可是望眼欲穿啊。倘若再这样按兵不动，那么后果……

宋义：（打断）项羽，论横刀立马我宋义不及你；论运筹帷幄你也不如我宋某人啊！所以啊，怀王和上柱国举荐我来执掌帅印，你不会不服气吧？

项羽：我现在只关心赵国的百姓何时得救……

宋义：真看不出啊，一个成天挥刀杀人的人居然也这么仁慈，我还听说你那位虞姑娘，是你在乌江边上捡来的，真可谓侠骨柔情啊！

项羽：宋义！你可以侮辱我，但不可侮辱我的女人！（拔剑）

［虞姬上场，连忙拉住了项羽。

虞姬：将军！

宋义：看看，还是虞姑娘冷静，我不过是开一个玩笑而已……

［走进大帐，下场。

项羽：这个混蛋！

虞姬：将军息怒，没有必要去和这样的人纠缠。

项羽：让你受委屈了……

虞姬：我不觉得什么，只要跟你在一起，就感到很幸福。

项羽：你这一路上鞍马劳顿，等我们打进了咸阳，我一定要让你在美丽的阿房宫里好好歇息一阵。让华清池的水洗去你伴我征战的尘埃……

虞姬：这些并非是我向往的……

项羽：那你向往什么呢？

虞姬：天下太平。这个世界不好，就在于人与人之间总是在用刀说话。

项羽：用刀说话？

［报子带领赵国使臣急促上场。

［宋义、范增等人也陆续坐到帐中。

报子：报告上将军，赵国的使臣再次求见！

宋义：这个家伙好难缠啊！那就让他进来吧。

使臣：上将军，请帮帮我们可怜的赵国吧！章邯三十万兵马已经将钜鹿围了一个月，城内已经接近草尽粮绝，如果大人再不发兵，我们可就亡国了啊！

宋义：你难道没有看见这天的颜色吗？连天的大雨，我们怎么出兵呢？还是坚持几天，等雨过天晴……

项羽：（打断）等雨过天晴，恐怕赵国就不存在了！

宋义：项将军，请你注意对我说话的方式。（对使臣）你可以下去了……

［项羽送使臣出帐，虞姬还在帐外。

项羽：赵国使臣，既然上将军如此裁决，我也爱莫能助……

使臣：如此看来，我真是找错了人了！我也错看了你项将军……

项羽：何出此言？

使臣：想你项家，世代良将，只可叹将门无后啊！说什么以报国兴邦为己任，到头来也不过是一句空洞的口号！

项羽：大胆！

［一声惊雷掠过……

使臣：像这般见死不救，谈何正义之师？

项羽：啊！

［又一声惊雷滚过……

使臣：这岂不辱没了你项家的荣誉？

项羽：啊！

［第三声惊雷滚过……

使臣：项将军，你看这天上飘的是什么？

项羽：大雨倾盆……

使臣：不，这不是雨，那是我们赵人的泪啊！望将军凭着一个军人的良知，帮帮我们赵国吧……

［说着，使臣突然拔出项羽的剑自刎而亡……

项羽：（震惊）先生！（慢慢将使臣放倒，拿起他手中染血的剑，转身对虞姬）你看见了吗？这，也是在用刀说话啊！

［言毕，提剑冲进了大营。

项羽：（愤怒地）宋义，你打算让赵人的血流尽才发兵吗？

宋义：（惊慌地）项羽，你，你想造反不成？

项羽：我不想造反，但我今天要搬掉行军路上的一块绊脚石！

［项羽诛杀宋义，提着他的头颅，向大家发号施令。

项羽：（高声）弟兄们，救赵是为了灭秦，灭秦是为了兴楚，我今天不杀宋义，国家兴亡便会毁于一旦。我只要大家为我做一个证明。日后若有小人说我项羽居心叵测，就拜托大家为我说句公道话吧！

［全体人跪下。

全体：上将军，我们跟定你了！

项羽：破釜沉舟，兵发钜鹿！

全体：破釜沉舟，兵发钜鹿！

［音乐大作……

［集体造型。

［幕徐落……

第三幕

时　间：公元前207年初冬

地　点：钜鹿城外·项羽辕门

［幕启时，天幕上出现楚军与秦军交战的激烈场面，马蹄声碎，残阳如血……

［项羽和虞姬等站在辕门外的高坡上观战，情绪激昂。

［项庄上。

项庄：上将军！

项羽：项庄，前线的情况怎么样？

项庄：那章邯一听我们破釜沉舟，认定此番我们是来和他拼命的，竟然躲着不敢出来应战！

项羽：那就轰他出来。项庄，你带人马赶快去抄章邯的后路，不得放过一兵一卒！

项庄：末将领命。（下场）

项羽：钟离昧！

钟离昧：末将在！

项羽：你向章邯的侧翼发起攻击，把他朝这边给我赶过来！

钟离昧：好！（下场）

［报子上场

报子：报——秦将王离向我阵前奔来！

项羽：好！我这正等着他呢！

［项羽拿起画戟，正欲下场，听见了虞姬的呼喊。

虞姬：上将军！

项羽：哦，虞姑娘，你还是进帐去吧。

虞姬：上将军，既然钜鹿已在我军掌握之中，你难道就不能与章邯订立城下之盟吗？

项羽：不能。

虞姬：为什么？

项羽：这是战争，是军人之间的搏杀，必须分出胜负高低。虞姑娘，你还是回帐去吧，晚上，我陪你饮酒赏月……送虞姑娘回帐！

［虞姬被士兵送入大帐之内。

［项羽冲下……

虞姬：天啊，为什么？为什么这个国家总是在用刀说话啊！

［项羽提着王离的首级上场，扔给了手下。

项羽：来人！把败将王离的首级高挂辕门之上，以振军威！

［虞姬再次冲出大帐……

虞姬：慢！

［全场愕然。

项羽：虞姑娘，你这是……

虞姬：王离将军战死沙场，他尽了一个军人的职责。他的死是值得尊敬的啊！你这样对待一个以死报国、马革裹尸的烈士，不觉得是在玷污你项家高贵的血液吗？

项羽：（愤怒地）他不过是我手下的败将！

虞姬：将军此言差矣！你们不过是各为其主，你可以消灭他，但你没有权利去侮辱一个烈士！

项羽：我想怎么处置他都行！

虞姬：（惊讶地）你，你竟然也如此的莽横？你变了……你当上了上将军，可你已经不是从前那个不仅会舞剑而且会吹箫的男人了……我真替你感到羞耻！

［虞姬悲愤地跑下……

［项羽不知所措……

［“幽灵项羽”再现……

项羽：这是我失去理性的季节。虞姬的话非但没有引起我的检讨，反倒使我越发地疯狂。不久，章邯来降，我虽然依从亚父的主张将旧账一笔勾销，但还是在一个月黑风高的晚上下令将他带来的二十万秦卒全部活埋了！很多次，我对这种暴行悔恨不迭。像我这样的人，怎么会变得如此的凶残？那是我一生中最大的败笔，也是噩梦真正的开端……我时常从这噩梦中惊醒，在梦中，我看见那些冤魂围绕着我，对着我放声大哭，然后又转为耻笑。他们所耻笑的正是我高贵的血液！我的虞姬也离开了，在许多夜晚，我独自剩在这散发着血腥气的大帐里，唯有一盏青灯相伴。那呼啸的北风，如哀丝豪竹般叫我心惊肉跳！在烛影摇曳之中，我看见一个魔鬼正向我逼近，我无法看清它的面目，但记住了它的名字——它叫权力。

［“幽灵项羽”隐去……

［项羽回到原来大帐内，在灯下夜读兵书，沉思着……

［章邯战战兢兢地上。他进帐之前，主动摘下了佩剑，交给了帐外站岗的士兵。

章邯：上将军，末将来了……

项羽：章将军，你知道我今夜把你叫来，是何用意吗？

章邯：末将不知……

项羽：那你为什么进帐之前就主动摘下了你的佩剑？

章邯：这是应该的……

项羽：不，章邯！你是在以这种举动羞辱我？

章邯：末将不敢！

项羽：那么，你就拿着我的剑好了！（突然将身后悬挂的剑取下，扔给章邯）

章邯：上将军，你这是何意啊？

项羽：我给你一个机会，你可以用这把剑取我的性命。

章邯：（跪下）上将军！章邯无意这么做！

项羽：（激动地）可我愿意你这么做！我宁可这颗骄傲的头颅被你削去，也不愿意顶着它接受你无限的蔑视！

章邯：（受到震动）上将军！该杀的是我啊！将军如此坦荡，章邯不能不实言相告。钜鹿失利，我虽兵败，但心中至今没有归顺之意。那二十万兵马，就是为了预防不测，以期东山再起！这怪不得将军多疑，实在就是章邯居心叵测，罪不可赦！

［章邯抽出剑准备自刎，被项羽夺下。

项羽：章将军！我知道你这是在替我开罪，请受我项羽一拜！

章邯：上将军！

［范增急促上。

范增：上将军！沛公已经占领了咸阳！

项羽：哦，他倒捷足先登了！

［幕急落。

［幕间休息。

第四幕

时　间：公元前206年

地　点：鸿门·项羽大帐内

［幕启，“幽灵项羽”站在高坡上向远处眺望着……

项羽：我仿佛又看见了咸阳城头飘扬的“刘”字大旗，还是从前的威风啊！自从怀王许愿“先入关中者为王”，那刘邦就一路上投机取巧，遇敌不战，遇城不攻，直奔咸阳城而去了。很多年过去了，每当我想起这函谷关下的一幕，依然感慨万千。我们这些争夺天下的人，没有一个是按照游戏规则来玩的，所以后来得到的江山总是岌岌可危。苍天在上，纵观这大千世界，每一次的江山易主政权更替，无不伴随着杀人流血失信背叛。

（稍作停顿）

刘邦入关了，这个从前的亭长第一次目击了豪华的宫殿和如花似玉的嫔妃，我能想象得出，他是多么的手足无措而又馋涎欲滴。可我从来就不曾从他那张过于白皙的脸上看出什么帝王之气，倒是一眼就看出，此人骨子里是一个不折不扣的流氓。但凡流氓之辈，从古到今都是很容易得势的，大概没有人会怀疑这个判断……而我更知道，此人的野心远不限于做关中之王，他朝思暮想的是要当秦嬴政第二。尽管他现在把部队驻扎在灞上，尽管他约法三章秋毫无犯，但这一切都不过是虚假的摆设，难以掩饰他内心的贪婪。或许这个时候，我下了要剪除这个骗子的决心，但我却在选择属于我的方式。我期待的不是杀人的动机，而是杀人的方式和工具……第三批派出去寻找那对青锋剑的人已经出发很久了，却还是没有一点消息。我知道，刘邦也一直渴望得到这双宝剑，也在派人秘密寻找这神奇的武器。可我们的用途却大不相同。刘邦得到它，是想借助神明的指引，以佐证他“赤帝之子”的身份，好以此号令三军，马上得天下。我却想利用它来杀掉这个一心想当皇帝的小人。用敌人喜爱的兵器去消灭敌人，难道不是一件值得快慰的事吗？在这个充满着晦气的日子里，我们都在等待着……

［“幽灵项羽”隐去……

［范增出现在坡上，观察天象。

［项羽上。

项羽：亚父，你在寻思什么呢？

范增：我在看咸阳城上空的那片云，成龙虎之行且现出五彩之色，这恐怕是个危险的征兆啊！

项羽：这难道就是你所说的天子之气？

范增：上将军，对沛公此人，在薛城的时候我们就已心领神会，如今他遇城不攻，遇敌不战，绕道前行，侥幸先入关，我们辛苦射鹿，他倒不费吹灰之力拾起来就走，先进了咸阳。我们不能就这么袖手旁观啊！上将军，只要你一声令下，咸阳城顷刻间便会血肉横飞，那刘邦岂不……

项羽：可我不喜欢这个方式。

范增：此事关系重大，你不可再迟疑了！我们今天请他来这鸿门赴宴，正是动手的最佳机会……

项羽：你想让我去效法从前那个游手好闲的荆轲？

范增：老夫的意思是……

项羽：好了，亚父，这个话题还是就此打住吧！

［范增失望地下场。

［一个神秘的人上场，带着两把剑。

密者：上将军！你要的东西，找到了！

项羽：（喜出望外）找到了？

密者：（递上剑）请上将军验剑！

项羽：（抽出双剑，左右开弓地将两块石头劈开）削铁如泥，果然好剑！

幕后忽然传来声音：沛公到——

项羽：（兴奋地）来得正是时候，天助我也！

［大帐灯光亮，刘邦一行和项羽、范增等人均已在座，一场“鸿门宴”已经展开，项庄在舞剑，樊哙也跳出用剑抵挡着，但似乎不是项庄的对手……

［“幽灵项羽”再现……

项羽：这便是历史上著名的“鸿门宴”的情形，所谓项庄舞剑，意在沛公。作为一篇美文，太史公的这个段落可谓精彩绝伦。但他忽视了一些很重要的细节，或者对此语焉不详，从而使“鸿门宴”日后演变成了阴谋的代名词。这令我深感遗憾！那一天真实的情况是，当酒过三巡之后，项庄跳出来表演剑舞，借机行刺刘邦，这无疑是范增的安排。接着刘邦的爱将樊哙也跳了出来，用剑抵挡，可这个昔日的屠夫根本就不是项庄的对手……

［当项庄和樊哙不得开交时，项羽突然拔剑站起，挡住了项庄的剑！一声铿锵的巨响使得满席一下安静下来。

［刘邦大惊失色，闪到了一旁。

刘邦：（惊叫）啊！

项羽：怎么了，沛公？

刘邦：（心虚地掩饰）哦，上将军，这，这是……

项羽：哦，这项庄和樊哙的剑法若是在两军阵前比试，倒也还说得过去。可是拿到这鸿门宴上就显得毫无美感了，我实在是怕如此丑陋的表演扫了沛公的雅兴……

项庄：（把项羽拉到一旁，不解地）上将军，不要拦我！

项羽：住口！你还嫌给我丢脸不够吗？你胆子不小，竟然在我的大帐里玩弄“荆轲刺秦”的把戏。你知道吗？你这是在我祖宗的脸上抹黑，我讨厌这种下流的行刺与暗杀！

项庄：我可是奉命行事啊！

项羽：你奉谁人之命？在这里，只有我可以号令三军！

项庄：我……

项羽：你喝多了！还不给我下去！

［项庄只好收剑回到席间。

［刘邦见势不妙，想趁机溜走，却被暗中注意他的范增拦住。

范增：沛公，您这是……

刘邦：哦，我有点头晕，想出去吹吹风……

范增：老夫可知沛公是海量啊！这酒才三巡，怎么就上头了？难道是上将军的酒不对你的胃口？

刘邦：不不不……好酒，好酒……

范增：（给刘邦斟酒）那，老夫敬沛公一杯！

刘邦：亚父，这，这杯酒饮过，我是不是可以上路了？

范增：上路？

刘邦：（沮丧地）这么说，我刘某人是到了我该上路的时辰了……

范增：沛公，既来之，则安之，天色还早，好戏还在后头呢！

刘邦：好戏？

项羽：是啊，还是我亲自来为沛公助兴吧！（将剑出示给刘邦）沛公，这把剑想必你也不会陌生吧？或许你还在梦中见过的。

刘邦：（看剑，惊讶）这，这不是从前干将和莫邪打铸的青锋剑吗？

项羽：对，此刻我手中握的正是干将莫邪用血肉之躯铸成的青锋宝剑，沛公，你不想来掂掂它的分量吗？

［项羽把剑扔给了刘邦。

刘邦：真是把举世无双的宝剑啊！

项羽：不，我这里还有一把！（项羽从案几下又抽出一把剑）它本来就是一对生死鸳鸯剑！

刘邦：（惊骇地）啊！

［刘邦手中的剑“咣当”落地。

［全场再次陷入静谧。

项羽：沛公的脸色当时就蒙上了一层灰，那是死亡的颜色。是的，死亡的气息已经逼近了这个男人……我想要刘邦死，但我更想让他死得服气，也希望他像一个男人那样去死，别让追随他的弟兄蒙羞。你沛公不是朝思暮想得到这双宝剑吗？现在我已经替你寻来了，我们各执一柄，雌雄任你挑选，然后我们当着众将官的面进行清算，做一个彻底的了断。胜者为王，败者也不失为英雄，这方式可算公平？如果你刘邦贪生怕死，也可以不与我交手，但你必须许下承诺，从此退出这个混世的舞台——我甚至都可以陪着你一起退出。实不相瞒，我对这江山天生就缺乏应有的兴趣，我需要的是快马加鞭去彭城与我的女人团聚……但是谁能料到，就在我准备拿出那双宝剑时，一切都因一个老人的错误举动改变了……

项羽：来，鼓乐齐鸣！

[言毕，项羽在鼓乐声中开始了自己的剑舞，吸引了全体的目光！

[舞正高潮，范增突然拿出腰间的玉玦向项羽示意……

刘邦：上将军，亚父突然拿出他的佩玉三示于你，是何意思啊？

项羽：……

刘邦：如果我记得不错的话，每回只要亚父拿出这块佩玉示人，立刻就会有一颗人头落地啊！那么，今天这颗脑袋将会是谁脖子上的呢？总不至于是我刘邦吧？

项羽：沛公多虑了！

范增：（愤怒地）刘邦！你不要太嚣张了！

刘邦：亚父言重，在上将军的大帐里，我哪有这样的胆量啊！

范增：谅你也不敢！你今天进得了鸿门，只怕出不了这鸿门……

项羽：（拍案而起）亚父！你喝多了！

范增：上将军，你千万不可错失良机啊……

项羽：来人，扶亚父下去……

[兵士将范增拖下。

刘邦：上将军，你的人格一直令我钦佩，今天我起身到鸿门来的时候，同僚就劝我不要轻举妄动。但我想想还是来了，我们不是拜把换帖的兄弟吗？兄弟之间，总该不会血刃相见的。我相信你不会杀我，即使要杀，也不是今天，因为你是统帅，而并非傀儡，不至于听从一个六十多岁的老头的指使行动吧？我说的是吗？

项羽：你一向很善于言辞。

刘邦：那，我就回灞上了。多谢上将军热情款待。明天一早，我就打开关门，鼓号齐鸣，迎接上将军的大队人马开进咸阳……

项羽：如此看来，我们后会有期了。

刘邦：后会有期，明天见。

项羽：明天见！

［项羽、刘邦作揖道别，如同定格。

［幕在音乐声中徐落……

第五幕

时　间：公元前206年春天

地　点：阿房宫内

［幕启，鼓乐声中，仿佛京剧里卫士们出场，两厢站立。项羽已在豪华的宫殿里就座，身边将士站立两侧，十分威严。

幕后传来呼喊声：秦王子婴面见上将军——

［子婴战战兢兢地上场。

子婴：败臣子婴叩见上将军！

项羽：你，真是秦王子婴？

子婴：败臣不敢言王……

项羽：哈哈哈！好一个不敢言王！

子婴：子婴今日拜见上将军，愿意俯首称臣……

项羽：子婴！

子婴：败臣在。

项羽：我听说上次你见沛公，是抬着棺材去的，而且脖子上还缠了一条白绫？

子婴：是的……

项羽：那么，你今天来见我，为何取消了这样的安排？

子婴：（紧张地）上将军是要我死吗？

项羽：我对你的死不感兴趣，我讨厌的是你的投降！子婴，你好歹也算是一国之君，尽管你在位不过四十六天。你可知道，君王是一个国家的象征，你来投降就意味着让全体秦国人变成了亡国奴。你一个人错误的举动便会让全体秦国人蒙羞受辱，阁下觉得这妥当吗？

子婴：（悲伤地）上将军，你的话让我茅塞顿开啊！子婴今日无非是替先人受过，再说什么也是多余，你就发落吧！

项羽：不对！你不是代人受过，而是替整个秦国捐躯。子婴，我不会发落你，我只憎恨你的投降！

子婴：多谢上将军点拨……（敞开胸襟，大喝一声）那你们就成全我吧！

［边上的将士一齐拔剑将子婴刺死……

［灯光转暗……

项羽：子婴就这么死了，死得如此地惨烈，倒让我内心生出了几分悲哀与敬重。这是他的命运，一个人是很难摆脱自己的命运的，就像无法和你的影子分离。我也不能。连天的征战对于我的家族和我的楚国，是重要的；但对于我本人却索然无味……从这个意义上看，我和这个子婴真有点同病相怜了！

（略有停顿）

那个黄昏，我骑着心爱的乌骓踏上了骊山。在这个并不伟岸的山丘之下，埋葬着不可一世的秦始皇。现在，这始皇帝的坟冢已在我的马蹄之下了。夕阳残照下的咸阳城，炊烟袅袅，那豪华无限的阿房宫镶嵌其中，如同一颗璀璨的宝石，闪耀着惊人的光辉，这该是帝国最后的风景了！关中虽好，可我不能久留，我的心早已去了江东，去了彭城，那里，我的女人在等待着我回家……这个晚上我陷入了一种前所未有的孤寂之中。我仿佛看见自己的灵魂像无边无际的汪洋中的一个岛屿，那岛屿是黑色的，而它又不能自行沉没。它的身躯上记录着潮起潮落，可它的见证又是那么无力。后来，我就听见了一个女人的哭声……这分明就是虞姬的哭声，是我的女人发自心底的呼喊。我惊坐而起，四下全是黑暗。清冷的月华在阿房宫的铜柱上颤动着，让我不寒而栗。她的声音仿佛子规的啼哭，那是带血的语言啊！

［“幽灵项羽”隐去……

［灯光转亮，月色下的阿房宫内，项羽从梦中惊醒……

项羽：虞！虞姑娘！是你吗？

［一个光区里，出现了虞姬的形象。

虞姬：是我……

项羽：白天的时候我已经安排人去彭城接你去了！你看，这就是阿房宫，是当今世界上最华丽的宫殿，我们可以在此歇息，对酒当歌，共度良宵！我没想到你会来得这么快……

虞姬：不，我没有来。我还在家乡。

项羽：你没有来？那你是在……

虞姬：我在你的梦里……

项羽：梦里？

虞姬：是的，我宁愿留在你的梦里。

项羽：难道，这阿房宫不好吗？

虞姬：它很好，但是没有一点人间的气息。

项羽：你是说，这座举世无双的宫殿如同一座坟墓？

虞姬：你难道不觉得吗？

项羽：是的，我真的感受到了一丝丝的寒气，正侵蚀着我的骨头……

虞姬：你看，我们今天似乎已经没有什么话可说了。

项羽：不不，我有很多的话要对你说！

虞姬：上将军，不，我现在应该喊你为西楚霸王了……霸王，听起来真是一个不错的称号。

项羽：可我的直觉告诉我，你并不喜欢这个称号。

虞姬：我不想再说什么了。我来，是想告诉你，妈妈的头发全白了。

项羽：妈妈的头发全白了？我该回家了……虞姬……

［虞姬的幻觉消失。

项羽：虞姬！虞姬——她，还是离我而去了，居然都不肯在我这苍白的梦境里多加逗留……难道，我真的变了？置身在这豪华的宫殿里，我似乎也开始怀疑起自己真实的身份了。我是谁？我还是那个不仅会写诗而且还会用洞箫演奏楚歌的少年吗？不，那个英俊的书生形象已经脱离了我的视线，太遥远了。如今我是上将军，我是西楚霸王。可我当了上将军就坑了二十万的秦卒，我成了西楚霸王，就住进了这举世无双的阿房宫，不见天下春色。我大权在握，便刚愎自用，为所欲为，倘若日后我做了皇帝，那我和那个暴君嬴政又有什么两样？

（惊讶，停顿）

啊，权力！我终于看清你的面目了。你不是一个好东西，你会使一个人的欲望无限膨胀，你会使人因贪婪而丧心病狂，你会让人间的正义和良知泯灭，你自然也会让一个贵族堕落成为流氓……可怕的权力！来人——

［一军官上。

军官：大王有何吩咐？

项羽：立即给我准备好柴草，我要把这阿房宫付之一炬！

军官：（惊讶地）大王，你要火烧……阿房宫？

项羽：是的，火烧阿房宫！

军官：遵命！

［范增急上。

范增：且慢！霸王，你果真要烧掉这阿房宫？

项羽：军中无戏言。

范增：可这阿房宫耗尽了天下百姓的钱财，把它烧了如何向天下人交代啊？

项羽：那我正好用它来祭奠这天下劳苦的苍生！

范增：霸王啊！如今秦朝已灭，天下归心，刘邦也修好了西行的栈道，知趣地去了汉中，我们本应该在这咸阳城里恢复朝纲，重整河山的，可你竟然下令火烧阿房宫，这究竟是为了什么？

项羽：很简单，我害怕在这宫殿里坐久了，嬴政会借我的身子还魂！来人，给我烧！

［天幕上，顷刻火光冲天，那便是火烧阿房宫。

项羽：哈哈哈！

［幕在音乐声中徐落……

第六幕

时　间： 公元前205年秋天

地　点： 荥阳城下——垓下·项羽大帐内

［天幕上是刚刚结束的战场，尸横遍野，残阳如血，一片凄然……

［“幽灵项羽”出现在大帐外。

项羽： 历史学家们从来就认为，我陷入所谓“四面楚歌”的局面实际上就是在这个时候开始的。这是公元前206年的秋天，一个萧瑟无比的季节。在我平息齐赵战乱之际，刘邦的部队已经悄悄接近了三秦的地界。这便是史书上所说的“明修栈道，暗度陈仓”。紧接着，汉军兵临咸阳城下，逼得章邯蒙羞自尽。一时间，汉军获得了空前的壮大，他的各路人马会师洛阳，下一个目标就是直指我西楚之都的彭城了……但是，这个人从来就不是我的对手。睢水一战，汉军死伤者竟达三十余万，那些横七竖八的尸体堆放在河里，几乎形成了一道肉坝，迫使河水改道。那都是一些好青年啊！倘若他们的汉王野心有所收敛，他们会在美丽的巴山蜀水娶妻生子，男耕女织，过上一份幸福祥和的日子的，可现在他们死了。这凄惨的景象连我的乌骓都看不下去了，它向着北方仰面长嘶了三声——北方，那是山东！

（略有停顿）

但是，刘邦又一次逃脱了。他竟然丢下了他的女人和老父亲，独自溜之大吉。无论后人作何评价，穷寇莫追还是我恪守的原则之一。这或许不符合政治家的逻辑，但体现了一个职业军人的道德观。不久，我们包围了刘邦占据的荥阳城……

［“幽灵项羽”隐去……

［项羽和范增等人正在城下谈论着。

范增：霸王，这回刘邦已经是瓮中之鳖，你可千万不要再上演一出“鸿门宴”了！

项羽：我在等待刘邦的投降。

范增：等他投降？荥阳城已经草尽粮绝，我们何不冲进去杀他个痛快？

项羽：张良已经传话过来了，说他们的汉王已经在做投降的准备了。

范增：我的上将军，这是张子房的诡计啊！刘邦虽然目下身陷困境，但他还有大片的河山在手，还有韩信几十万兵马可搏，他怎么可能俯首称臣呢？

项羽：亚父，我和刘邦之间本来就不是什么君臣关系。我不过是想让天下人知道，尽管他刘邦有张良、萧何这样的谋士，有韩信这样的骁将，但照样做不了我项羽的对手。我要的就是这个。

范增：那你当初对秦王子婴怎么是另一个态度呢？

项羽：这自然不同。刘邦是我的敌手，交战的结果非亡即降。而那个子婴是作为秦王朝最后的象征存在的，他虽然没有野心，但选择投降就是苟且偷生，会使全体秦国人蒙羞受辱，所以他必须以一死谢天下。

范增：（无奈地）这老夫就不懂了！同样是你的敌人，一个不战而降你却非要他死；一个和你战了几年打不过你，你却愿意接受他的投降——这是什么逻辑？

项羽：这是我项羽的逻辑。

幕后有人高喊：霸王，汉王投降来了！

［一辆兵车缓缓驶来，上面坐着一个酷似刘邦的男人，这其实是纪信。

纪信：（大笑）霸王，汉王已经脱险，你收兵吧！天下最后还是汉家的天下！

范增：霸王，这不是刘邦，是纪信，我们中计了！

［忽然，纪信掀开了帽帘，点燃了自己……

项羽：（敬佩地）好一个壮士！

［范增气急败坏地走了。

［“幽灵项羽”再现……

项羽：我和亚父范增的矛盾由来已久，现在，他终于离我而去了。他算得上是一个高人，张子房不可与他同日而语。亚父一走，张良又给刘邦出了新招，派人给我送来了求和信，想以荥阳东南的鸿沟为界，以东归楚，以西属汉，从此天下一分为二。那信可谓情真意切，却无法打动我。我与刘邦算得上什么兄弟？天下难道会有同室操戈的兄弟吗？但是我想，楚汉争锋，百姓苦不堪言，停止战争乃燃眉之急。是到了偃旗息鼓的时候了，张子房这回倒是摸着了我内心最软的地方……我签下了那份鸿沟协议，并且把作为俘虏的刘太公和吕氏交还给了刘邦，他倒是感激涕零，发誓从今往后按章办事，以行践约，老账一笔勾销。这结果令我满意，于是我当即下达了命令：全军将士整装待发，明日开赴彭城——回家！我的话音刚落，鼓号齐鸣，一片欢呼！我望着这些江东子弟，心中突然十分内疚——他们跟随我南征北战，每一次战斗都有人舍弃性命、抛尸异乡，他们图的是什么？他们既不能封王也不会受地，所求的仅是一个和平的日子啊！对于他们，战争是通向和平的一条险径，但绝非前途，我得带着他们回家了……也就在这天晚上，虞姬回到了我的身边……

［虞姬上，项羽出帐迎接。

项羽：夫人，你终于回来了！

虞姬：我想，是到了该回来的时候了。我带来了江东父老乡亲的问候，他们在期盼着子弟回家啊！

项羽：回家……是的，我们已经是走在回家的路上了。

虞姬：霸王，那份鸿沟协议你还是签署了？

项羽：是的，你觉得有什么不妥吗？

虞姬：我想知道的是，如果这回是你主动求和，你愿意吗？

项羽：胜利者是从来不主动求和的。

虞姬：啊，你这个人的悲剧就在于你一贯的胜利。其实我倒很愿意看到你的一次失败……

项羽：看我的失败？

虞姬：胜败乃兵家常事。这对于一个军人，才算得上完整啊！

项羽：可惜啊，仗就这么打完了！（拿出那对青锋宝剑，交给虞姬）夫人，这对青锋宝剑就劳你代为收藏了吧！

虞姬：（感慨地）我真希望就此刀枪入库啊！

［然后，项羽摘下了竹箫，开始了吹奏……

虞姬：夫君，是不是仗打完了，你又感到寂寞了？

项羽：仗打完了我不遗憾……我遗憾的是自我起事以来，大大小小的战斗经历了七十余次，却至今也没有遇见一个真正的对手。现在，战争结束了，我可以带着你，骑上我们的乌骓，云游四方，逍遥山水之间……

虞姬：你真的以为，战争已经结束了？

项羽：这难道还有什么可怀疑的吗？

虞姬：可我总有一种不祥的预感，我甚至觉得这对剑上依旧散发着一股血腥之气……

项羽：什么？

虞姬：霸王！我感觉刘邦的队伍正在悄悄地向我们逼近，这垓下，或许就是楚汉两家最后的战场了！

项羽：最后的战场？（忽然感觉到眼睛难受）夫人，我的眼睛在痛……你看看我的眼睛，是不是起了变化？

虞姬：是的，你的重瞳又一次叠到了一起……

项羽：来，扶我出帐……我应该出去看看！

[两人出帐，项羽站在高坡上观看。

虞姬：你看见了吗？

项羽：是的，我看见了……

虞姬：你真的看见了？

项羽：我看见汉军正以合围之势向我们逼来，而且我还看见他们这回打出的是韩字旗号。

虞姬：韩信？

项羽：是他……

虞姬：刘邦既然派出韩信，那么就是想置你于死地的啊！

项羽：鸿沟协议墨迹未干，刘邦就如此背信弃义，真是十足的小人！

虞姬：霸王，起风了……

项羽：是的，起风了……

[灯光渐暗……

[幕徐落……

第七幕

时　间：紧接前场

地　点：垓下·项羽大帐内

[天幕上风起云涌……

[“幽灵项羽”出现……

项羽：这两千多年来，我一直在想，对于人尤其是对于一个男人，最无耻的行径莫过于背信弃义。如果天下由一个既不信守诺言又不准备践约的家伙控制着，必定黑暗无疑。对于我，历史上的楚河汉界是我对历史的郑重交代；而对于刘邦，应该是其羞耻的标识。我履行了诺言，而这个小人却撕毁了协定。原来，鸿沟之约不过是刘邦的缓兵之计，他企图趁着我们班师回撤，企图一举将我们歼灭，一统江山。我们在这个叫做垓下的地方被韩信几十万兵马重重围困，粮草给养只能维持几天了，情况前所未有的紧急……

［两军阵前，项羽和韩信下马对话。

韩信：（作揖）霸王，别来无恙？

项羽：我现在该称呼你齐王了吧？但我更愿意把你看做一个标准的军人。

韩信：我本来就是一个军人。

项羽：可你连军人起码的德性都丢失了！你见过不下战表就来偷袭的军人吗？

韩信：霸王，军人是以服从命令为天职的。我如今既然是汉王的部下，那就该听从他的命令。

项羽：哈哈哈！韩将军，你还惦记着从前我们之间的那点恩怨啊！是的，当年我把你从楚军中撵了出去，你便投靠了刘邦，从此青云直上。从这个意义上讲，你倒是应该感谢我的成全……

韩信：可我至今不明白你驱逐我的理由！

项羽：理由？你的意思大概是想说，当初我项羽有眼无珠，心胸狭隘，容不下你这位将才吧？好，我告诉你这个理由！你知道吗韩信，我欣赏你的军事才能，但是我极端鄙视你的人格——大英雄敢当胯下之辱，伟丈夫理应能屈能伸，这是你头顶上一直笼罩着的欺世盗名的光环，可我讨厌的正是这一套！人，无论出身贵贱，但他的头颅是一样高贵的，是不可以轻易低下的，又岂能随便从别人的裤裆下钻过去？我所信奉的是“士可杀而不可辱”！韩信，我们是两种人，道不同则不相为谋。我所敬重的是那种义重如山、刚正不阿、宁折不弯的英雄气概！韩将军，你觉得我驱逐你的理由充分吗？

韩信：（恼怒地）霸王，够了！现在我该执行汉王的命令了！

项羽：这大概就是我们的不同了。我是发布命令的，而你是执行命令的，但是，你的汉王在荥阳被我围困之际，你怎么就忘记执行他的命令呢？

韩信：……

项羽：仅此一点，你就不及纪信的忠诚。现在你倒来劲了。韩将军真是个善于把握时机的人啊！你深知我行军疲惫，粮草短缺，桃子不摘自落，你轻而易举地就名利双收了！可这对于一个军人，是不是很不过瘾啊？

韩信：霸王，你最好不要逼我动手……

项羽：笑话！倘若我今天能死在你的枪下，倒要感谢你的成全了。毕竟，是你让我像个军人那样度过了生命最后的时光……来吧！

［两人交战，灯光转暗……

［另一个光区里是项羽的大帐，更鼓敲过，已经是深夜了，虞姬在等待着项羽的归来……

［项羽上场。

项羽：真没劲，连韩信也成了这样！战不了几个回合，他就缩回了大营……

虞姬：事到如今，你打算怎么办呢？

项羽：（思索片刻）突围！

虞姬：这四面都是汉军，你以为能够突得出去吗？

项羽：虞姬，我会的。我会背着你突出重围。

虞姬：不，我不想突围……我在考虑死……

项羽：夫人此言差矣！现在不是谈论死的时候啊！

虞姬：是时候了……

项羽：夫人，你怎么怀疑起我的能力了？我一杆画戟，足以挑开一条血路！

虞姬：我从来就不曾怀疑你的勇气和作战能力，但我已经觉得活得很累了。这暗无天日的日子真是好乏味啊！因为我总要面对着那些我所不耻的男人，而且这些男人最终都要成为统治者，要行使管理我们的权力。我无法忍受的就是这个。

项羽：虞姬，决战还没有到来啊！

虞姬：没有什么决战了。即使你杀了这个刘邦，还有另一个刘邦要当皇帝；即使你自己做了皇帝，你又如何能保证你和刘邦毫无两样呢？你忘记了吗，几年前你当上了上将军，一夜之间就坑了章邯二十万秦卒！

项羽：这实在是我人生的一大败笔……

虞姬：是什么使你变得如此残暴？是至高无上的权力，是刚愎自用的独裁——这是无法改变的！

项羽：（颓然坐下）……

虞姬：我做这个选择，还有另一层意思，就是不想拖累于你……

项羽：这从何说起呢？

虞姬：大王！你别大意了！韩信今天虽然败下一仗，但不会一败再败，他会一直拖住你，一直拖到你草尽粮绝，把你活活拖垮！我曾经对你说过，你的悲剧在于你是一个常胜将军，打遍天下无敌手。但是现在，我又不希望你失败了，我不希望你败在韩信的手下，这种人实在不配做你的对手，你也决不能投降！如果你是我心爱的男人，你就答应我——突出去！

项羽：我会突出去的！但我必须带着你突出去！

［虞姬拿出了那对青锋剑，审视着。

虞姬：（无限感慨地）青锋剑啊！我原以为"鸿沟协定"之后，从此就能把你置放在一个安静清洁的地方，作为这段楚汉争锋的历史见证，留给我们的子孙后代永世瞻仰。现在看来，我的想法是过于天真了……难道，你在人血之中还没有浸泡够吗？你身上的血腥之气何时才能散发干净啊！当初铸造你的人，用尽了自己的鲜血，就是希望你远离血腥，成为一把正义之剑，捍卫着人间的和平与良知啊！

项羽：夫人，这样的日子……会来的，一定会来的！

虞姬：（斟酒）大王，请饮此杯！

项羽：虞姬！（一饮而尽）

［忽然，幕后响起了楚歌的旋律……

虞姬：大王，你听……

项羽：四面楚歌……

虞姬：难道，汉军已经略地拔城？

项羽：不，这是张良的雕虫小技，企图扰乱军心。其实，他错了，我分明从这悲怆的楚歌旋律中听出了另一种声音——那是汉军对我的敬重。你听，这四面的楚歌，像大海的潮汐，由远而近。这是真正的楚歌，其声悲壮悠扬，仿佛九天而落。这凄美的歌声寄托着我们楚人最朴素的理想，那就是你向往的人间正义与和平啊！

［虞姬在京剧"夜深沉"的旋律中开始舞剑……

虞姬：（唱）劝君王饮酒听虞歌，

解君忧闷舞婆娑。
嬴秦无道把江山破，
英雄四路起干戈。
自古常言不欺我，
胜负只是一刹那。
宽心饮酒宝帐坐，
再听军情报如何。

［幕后响起三更鼓声……

虞姬：大王，鼓打三更，夜深人静，此刻正是突出围困的大好时机啊！

项羽：夫人言之有理，你我打点行装上路吧！

虞姬：臣妾……是该上路了……

［虞姬突然拔出项羽的佩剑，自刎。

项羽：（大惊）夫人！

虞姬：大王，恕臣妾先行一步了……

项羽：夫人！

［项羽紧抱虞姬造型。一束追光照射在他们身上。

项羽：虞姬在楚歌声中刎颈而去了。她的血很暖，喷射到我的脸上，与我的泪水融成了一体。几年前，我们在乌江之滨相见时，她听到的只是楚歌的前奏，而今，她已经成了楚歌的一部分……我很悲痛，但更多的是为此生拥有这样一个女人而自豪。我慢慢地将虞姬的身体放倒，小心地割下了她的首级，用撕下的战旗将她包裹，背在了自己的肩头。然后，我下达了突围的命令……

项羽：（拔出剑）弟兄们，让我们唱着楚歌上路吧！

［楚歌声大作……

［一道光束里，项羽挥剑的英姿如同一尊雕塑。

［幕徐落……

尾 声

时　间：公元前206年

地　点：乌江边（景同序幕）

［“幽灵项羽”出现在乌江边……

项羽：（无限感慨地）我又回到了乌江边……我没有辜负虞姬的嘱托，成功突出了韩信布下的天罗地网。但是我要告诉你们的历史学家，垓下突围与你们对我的美化不一样。试想，面对韩信三十万兵马，我一杆画戟怎能挑得开一条血路？我不是神，而这连神也很难做到。真实的情况是，汉军并没有怎么阻拦我，我的兵器上甚至见不到一滴人血。人血不是胭脂，是难以掩饰这历史的本来面目的。但人心自古以来就是一杆秤，千秋功罪，自有后人评说了。

［项羽来到了乌江边上，遇见了乌江亭长。

项羽：如果我这么说还欠妥当，那么这眼前的一幕又该怎么解释呢？我来到了乌江边上，居然就遇见了这位乌江亭长。而且，他还事先为我预备好了一条船——他怎么会料定我会到此？啊，太史公用心可谓良苦，非要借我之口来为我的死寻找出一个合适的托词，说我之所以不肯过江，是因为无颜见江东的父老。但这未必有些牵强了。我深知有人事先作了安排，不希望我就此罢休，给刘邦以方便。这个人是谁呢？我不知道。我一直把他视为你们心目中的那个人。这个人无疑是轻视刘邦和刘邦们的。按照西方人的解释，这个人或许就是上帝？上帝之手总是看不见的，但每回伸出来都非常地及时。然而这一回，我拒绝了他的援手……

［“幽灵项羽”隐去……

［项羽和亭长开始表演。

亭长：霸王！江东虽小，可仍有千里江山，还有数十万兵马可用啊！你还是赶快过江，重整旗鼓吧！

项羽：老人家，问题是我从来就是一个不爱江山之人啊！即使东山再起又能如何呢？

亭长：霸王，事关重大，你要三思而行啊！韩信的人马很快就追上来了。

项羽：老人家，你已经尽到了你的责任。请你用这一叶扁舟送我的乌骓过江吧！这把画戟的钢火很好，送给你，来年可以用它来打一把犁头。

[亭长接受了兵器，拭泪下场。

[项羽目送小舟远去，忽然幕后传来了乌骓马的一声长嘶，接着，马纵身跳进了乌江……

项羽：（呼喊）乌骓！我的乌骓！你……你走好……好了，都交代好了。这里，只剩下我了，这一刻是何等的安静……

[再次响起了洞箫的旋律……

项羽：（感慨地）我仿佛又听见了属于我的楚歌，真美啊！唉，想我项羽，从二十三岁起事，大小战役经历了七十六次，竟然还是遇不上一个真正的对手。作为军人，这不能不说是遗憾……

[虞姬的声音忽然响起……

虞姬：其实，有一个对手一直在追随着你。

项羽：虞姬，你，你在哪里？

虞姬：我在你的心里……

项羽：你刚才说什么来着？

虞姬：我说，其实有一个对手一直追随着你。

项羽：（困惑地）我的对手一直在追随着我？

虞姬：是的，他一刻也没有离开过你——那才是你真正的对手……

项羽：虞姬，我已经明白了……现在，该是我和这个真正的对手决一死战的时候了！

[项羽拔剑凝视着……

项羽：我看见你了，我总算是看见你了——我的对手！其实你也很普通，只是眼睛有点特别，是重瞳……

[自刎，倒地——天幕上再现了项羽倒地的“慢动作”……

[“幽灵项羽”再现……

项羽：这就是我的故事——一个男人的故事，一个军人的故事，也是一个诗人的故事。我倒下了，我的血和虞姬的血流在了一块。据说这乌江的边上至今还流淌着我们的鲜血，江水竟然没有把它冲刷干净。第二年春天，这块地方开出了一片灿烂的红花。一个黄昏，我到这里散步，遇见了一个小女孩……

［小女孩好奇地看着面前这个老人。

项羽：小姑娘，你在干吗呢？

女孩：我在采花……

项羽：哦，这地方从前是没有花的……

女孩：老爷爷，你是谁呀？

项羽：我……我也弄不清我是谁。

女孩：那你知道这片好看的花的名字吗？

项羽：这我是知道的……

女孩：那告诉我吧！

项羽：她叫——虞美人……

女孩：虞美人？

项羽：对，虞美人……

［“幽灵项羽”带着女孩走向了远方……

［天幕上，一片怒放的“虞美人”……

幕后响起带有昆腔的歌声：生当作人杰，

死亦为鬼雄。

至今思项羽，

不肯过江东。

（全剧终）

2004年2月19日，初稿

2004年8月31日，二稿

2005年9月16日，三稿

注：该剧后更名为《霸王歌行》，其演出本发表于《剧本》月刊2008年第6期，由中国国家话剧院2008年3月首演。后作为该院保留节目，先后在国内上海、深圳、南京、济南等地巡演，并赴俄罗斯、埃及、韩国、日本等地演出，获得一致好评。

附　录：

从小说《重瞳》到话剧《霸王歌行》

——与《剧本》月刊的谈话

时　间：2008 年 4 月 19 日

地　点：北京朝阳区“珠江帝景”

记　者：由中国国家话剧院出品的话剧《霸王歌行》3 月 14 日在北京的舞台上亮相了，遂引起了媒体和广大观众的高度关注。《剧本》决定发表这个剧本。作为这个戏的编剧以及母本小说《重瞳——霸王自叙》的作者，我们想请你就这个戏的创作谈谈。

潘　军：那就从小说开始谈吧。熟悉我的读者，知道在我所有的小说中，唯独这部《重瞳》写到了两千多年前。还有一个事实，即从 1992 年至 1996 年，我经历了一次“下海”。先是在海口折腾，到了 1994 年，宏观调控之后，海南岛没戏了，我又鬼使神差地去了中原郑州，结果生意还是一塌糊涂。那个时期可能是我今生最背时的阶段，几乎所有的压力都来了，有点“四面楚歌”的意思。现在回想起来，写《重瞳》，写项羽，与这个心境有关。记得是 1995 年秋天，我去广州出差，曾和《花城》编辑田瑛谈过，我说我想写项羽，而且是第一人称来写。他当时似乎有点诧异，接着他说：你能写好，你身上有一股霸气。但那个时候，我刚才说了，因为杂事缠绕，不能安心写作。孤身漂泊在郑州，写了一个开头，却不感到满意——我写小说，总是先要找到一个叙事的感觉，然后才往下进行。于是就放了下来。这一放，就是四年。到了 1999 年夏天——那时我已经“上岸”了，我在完成长篇小说三部曲的《独白与手势》的第二部《蓝》之后，突然又想到了这个在心中盘桓已久的项羽来，我感觉自己是倾听到了他的声音，尽管我们相隔着两千多年。这种冥冥之中的气息相通看起来是那样地神奇，不可思议。但我的创作欲望已经完全被调动了起来。我在重读过《史记》和《汉书》之后，注意到了一个不可忽视的事实，那就是面对项羽，无论是司马迁还是别的史家，似乎都怀着一份敬意。比如说，项羽不是帝王，但依然享受“本纪”的待遇。同时史家又对项羽的事迹语焉不详。正是这种暧昧的态度，让我发现了重新解读的可能性。

记　者：你的重读意味着什么？

潘　军：意味着发现。所谓重新解读，我的理解是在不脱离历史典籍的前提之下，换一个立场、一个角度、一种思维方式，特别是一种想象的形式，发自内心地进行一次大胆的书写。历史正是作为一种书写而流传至今，但历史不是书写在纸上的，它活在人的心中。正是在这个意义上，克罗齐那句“一切历史都是当代史”才成为名言。半个月后，我完成了中篇小说《重瞳——霸王自叙》，几乎是一挥而就。2000 年的《花城》第一期发表，就相继被《小说选刊》、《小说月报》等刊物转载，境外的《世界日报》等也进行了转载。这部小说，被列为那一年“中国小说最新排行榜”的榜首，后来的“中国小说排行榜”也将它列了进去。直到今天，每年都还有研究它的论文见诸报刊。台湾等地，还将它列为大学文科生的必读书目。

记　者：把《重瞳》改编成话剧是哪一年的事？

潘　军：2004 年。又过了四年，我将《重瞳》改编成了话剧。那一年我先后为北京人民艺术剧院和中国国家话剧院各写了一个话剧，都是根据自己的小说改编的，因此有报道说“潘军迎来了话剧之年”。为北京人艺写的话剧就是《合同婚姻》，只用了三个晚上。《重瞳》改编的时间也不长，初稿也就用了一周。改得很顺手。毕竟，我是小说的原作者，而且，我一直就喜欢话剧这种艺术形式。我出生在安徽怀宁一个黄梅戏的世家，我外祖父是黄梅戏的前辈艺人，我母亲是演员，父亲是编剧。可以说，我是在“戏园子”里长大的。在大学的时候我就自编自导自演过话剧。我还根据这个小说改编了一个京剧剧本《江山美人》，发表在《芙蓉》2005 年第五期上，也想最近把她做出来。

记　者：北京人艺的《合同婚姻》当年就上演了，怎么这部《重瞳》

却搁置了？

潘　军：是啊，一搁又是四年。算是好事多磨吧。这次日本中央大学教授兼《幕》杂志主编饭塚容先生来北京看戏，也这样问过我。我想，原因是多方面的吧，比如经费问题、演员问题，特别是剧本问题和导演问题。对这个剧本，我前后写了三稿，剧名最初就是小说的名字——《重瞳——霸王自叙》，后来又改成了《天籁·楚歌》，最后就成了《霸王歌行》——这名字不是我取的。其实，我觉得还是《重瞳——霸王歌行》准确些，小说是第一人称叙事，话剧是大量的内心独白，剧中的项羽既是自己故事的讲叙者，又是剧中人，他是一个两千年前的幽灵，面对两千年后的世界，和观众坦诚相见，袒露心声。这个视角，意味着整个话剧就是一部项羽的自叙史啊，歌行什么呢？但我还是要感谢导演王晓鹰先生，他这几年实际上一直在寻找这个戏的表现方式。王晓鹰做戏很讲究，他的《萨勒姆女巫》和《哥本哈根》，我觉得都不错。我们多次在一起谈论，我的一些设想，比如把京剧的元素用进去，他都支持。最初，他想做出一个独角戏，让一个演员串演剧中全部的角色。这无疑是个大胆的想法，但缺乏操作性。之后，我们又商量出把它做成一个大戏，但巨额的投资以及无法摆脱历史剧模式的那种乏味的形式感，又让我们举步不前了。今年二月里，我在上海拍摄电视剧《海狼行动》，一天接到晓鹰的电话，说这个戏已经在建组排演了，我着实有点意外。我说，你排吧，我相信你。其实，一个编剧把剧本交出去，工作就完成了，多费口舌不好。

记　者：首演之夜，谢幕的时候，你和王晓鹰都登台了。你当时代表剧组对观众说了一句话——“感谢在座的观众，因为你们的存在，使这个夜晚成为中国艺术的不朽之夜。”从这句话可以看出，你对《霸王歌行》是肯定的。

潘　军：她值得肯定啊！说实话，在北京的舞台上能上演这样一台戏很不容易。很多人付出了心血。除了王晓鹰导演和一些舞台艺术人员，特别是几个演员，房子斌、张昊、刘璐、田征等，都很出色啊。房子斌饰演的西楚霸王项羽，既深沉又飘逸，激情和悲怆交融，收放有度。张昊一人饰十三个角色，不管是亚父范增、秦王子婴、大将韩信，都不错。这是王晓鹰的创造，更是张昊的成功。扮演虞姬的刘璐，还是个学习京剧的研究生，她的韵白、圆场，以及最后霸王别姬时的那段梅派“劝君王”演唱和“夜深沉”的舞剑，都为整出戏带来了中国传统艺术之美。我感谢他们！我给他们送了最新出版的小说集《戊戌年纪事》。

记　者：《霸王歌行》讲述的是家喻户晓的大英雄项羽，以及那段为所有中国人熟知的历史，楚汉之争，鸿门之宴，垓下之围，霸王别姬。然而，在这台话剧中，项羽被编剧重新塑造，而这些故事，也有了另一番引人深思的解释。在《霸王歌行》之中，项羽是一个诗人气质的军人，是一个理想主义者，而剧中的虞姬也不再是那个哀怨悲惨的女性，她理解项羽，崇敬项羽，从容平静地倒在了楚歌声中，“成为楚歌的一部分”。

潘　军：《霸王歌行》最重要的意义，在于他鄙视那种亘古不变的价值取向和情感取向，张扬人类精神品格的高贵。历史上，爱项羽的只有文人和女人，李清照是二者结合的典范。政治家、军事家乃至一些男人们，是不喜欢项羽的。他们还是坚持“成王败寇”，坚持“江山”重于“美人”。我在演出说明书上写了这样的话——“舞台上的项羽是个幽灵，但他行走在今天的大街上。”

记　者：我们对照演出看剧本，发现关于刘太公和吕氏的那一小段被你删除了。

潘　军：不是删除，是原来剧本中就没有。是他们后来从小说中找出来的。我不喜欢这个演出段落，尽管每次一演到这里，观众就哄堂大笑，就鼓掌，但我怀疑这掌声很廉价。北京的话剧舞台，特别能“搞”，但这个戏不可“搞”，甚至不能笑。那天国家话剧院召开《霸王歌行》的座谈会，汪遵熹导演的观点很对我胃口，他说，这个戏应该“冷”一点，不能太热闹，要让观众的思考多于掌声。我完全同意！

记　者：对《霸王歌行》的舞台形式，你怎么看？

潘　军：我是喜欢这种安排的，是一种诗意的表达。当年，著名诗人牛汉先生在看过小说《重瞳》后说，这不是一篇小说，而是一首震撼人心的诗。潘军本质上是个诗人。无论是什么形式，我想诗性和哲理性的高度统一应该是创作者一致的追求。刘科栋的舞美设计，既融合了中国画写意和抽象，又有后现代艺术拼贴与装置的效果，整个舞台四面悬挂着宣纸，红黑色的颜料随着剧情的发展不断泼洒下来；陈列在灯光下的头盔、铠甲、竹简——只有一个地方他弄错了，陈列中应该是一副马鞍，而不是一只马头；尽管这些未必都是首创，但用在这个戏里，还是很和谐，很大气。时而穿插的现场古琴演奏和多媒体的投影；以及由张广天作曲的音乐，恢弘而悲凉的楚歌，包裹着整个剧场，这一切都为观众营造出一个优美典雅的艺术氛围，也维护了小说和剧本的先锋精神。

记　者：什么是你所说的“先锋精神”？

潘　军：先锋，意味着一种文化立场，一种探索姿态。

潘军文集

第捌卷

戏曲

江山美人

（大型戏曲剧本）

——根据作者小说《重瞳——霸王自叙》改编

人物表：

项羽——（老生）

虞姬——（梅派青衣）

项母——（老旦）

范增——（麒派老生）

刘邦——（老生）

宋义——（文丑）

赵国使臣——（老生）

艄公——（老生）

项庄——（花脸）

钟离昧——（花脸）

马童——（武生）

韩信——（文武小生）

第一场：乌江相逢

时　间：公元前210年·秋天的一个早晨

地　点：乌江边

［幕启，天幕上出现的是波涛汹涌的乌江。江天之上，是奔腾的乌云，仿佛一场大雨就要来了。江畔，芦花摇曳……在这样的气氛中，我们听到

了一个遥远的箫声，划破了黎明的寂静……

[箫声过后，京胡过门起……

项羽幕后唱：乌江上，乱云飞，白雾苍茫……

[项羽身披斗篷，佩剑，便装打扮，手持一根斑竹箫，仿佛一介书生，上场，亮相。

项羽：（唱）杞柳衰，芦花败，雁阵哀鸣，帆影孤单，好不惨然！

暴秦无道江山占，
英雄干戈起四方。
大泽风云卷，
项字旗飘扬。
碧血黄沙何所惧，
马革裹尸不彷徨。
只可叹连年征战，狼烟弥漫，
望中原赤地千里，生灵涂炭。
心中郁闷难派遣……
解忧唯寄一箫簧。
趁晓雾初开，我来在这乌江岸畔……
何日能听楚歌还？

项羽：（叹息）想我项家，祖祖辈辈为楚将，立志报国安邦，到头来却还是让秦王嬴政独霸了这大好河山。可是，祖父临终遗训，哪怕江东最后只剩下了两三户人家，但亡秦必楚！这亡秦的重任么，如今就落在了我项羽的肩上了！（抽出宝剑）

（接唱）壮志豪情气冲霄汉，
楚虽三户能把秦亡。
卧薪尝胆枕戈待旦，
不灭暴秦（我的）心不甘。

[幕后传来了马蹄声，渐渐驶近……

[天幕上同时出现了一个女人策马奔腾的画面……

项羽：啊！好一匹宝马啊！鬃毛似战旗，四蹄如疾风，它，它竟直奔我而来了！

[一阵马嘶……

项羽（大喝）：驭！

［烈马长嘶，一身白衣装束的虞姬从马上滚下，被项羽一把将她抱住。

项羽：小姐，受惊了吧？

虞姬：请问相公，此处可是楚地？

项羽：自然是楚地。

虞姬：那我适才听见的箫声可是楚歌？

项羽：这个……小姐，你是楚国人？

虞姬：是的。

项羽：可看你这一身的穿着，仿佛来自塞外啊！

虞姬：相公容禀——（唱）避战祸自幼随父去塞外，
终日里不见楚地一线天。
三年前父死伤寒症，
形单影孤度月年。
父终榻前留遗言，
楚歌如同归心箭。
从此后日日想来夜夜念，
杜鹃啼声声带血情绵绵。
忽一日楚歌仿佛耳边现，
闻箫声一马追寻到江边。

项羽：只遗憾，小姐你听见的还不是楚歌……

虞姬：不是楚歌？

项羽：你听到的只是楚歌的前奏……

虞姬：相公啊！（唱）千里听得箫声远，
楚歌不奏要失传。
黄钟大吕虽激荡，
怎比楚歌九霄扬！

项羽：（唱）楚歌不受五律限，
天马行空自悠扬。
楚歌风靡中原日，
百姓扬眉乐安康。

虞姬：敢问相公尊姓大名？

项羽：我叫项羽……

虞姬：啊，项羽！这像个诗人的名字啊！

项羽：小姐，我本想做一个诗人啊！

虞姬：这名字我仿佛在梦中听见过的啊！我想起来了，家父生前曾多次对我提起过，说我们楚国有一个项家，祖祖辈辈都是护国的将军。你，莫非就是这项家人吗？

项羽：正是。

虞姬：那从前我们楚国的项燕老将军是……

项羽：项燕老将军乃是我的祖父。

虞姬：哦，那奴婢该称你少将军了。

项羽：不敢当。

虞姬：少将军，项老将军近来可好？

项羽：老将军他么……已经为国尽忠了！

虞姬：啊！老将军已经为国尽忠了！

项羽：这，就是他留给我的青锋宝剑啊！（拔剑）只是我至今没有让它为项家添上一份光荣！我，辜负了楚国父老乡亲的重托啊！

虞姬：（唱）劝将军切莫要愁眉不展，
大丈夫理应当豪情盖天胆气壮。
乌骓宝马赠予你，
望将军驰骋沙场报国兴邦凯歌还。

[项羽引马……

项羽：（唱）多谢小姐赠宝马，
洞箫劳你代收藏。
项羽今生若有幸，
愿伴红颜琴心剑胆走遍万水千山。

项羽：敢问小姐芳名？

虞姬：我的名字，你已经晓得了……

项羽：我哪里晓得啊？

虞姬：适才我策马而来，你不是大喊了一声“虞”吗？

项羽：虞？

虞姬：那就是我的名字啊！

项羽：虞……虞……虞姑娘……

［“南梆子”旋律起……

［两人走近，虞姬羞走一旁。

［项羽兴奋地拔出宝剑，一段漂亮的剑舞令虞姬怦然心动……

［天幕上，朝阳映红了乌江。

［幕落。

第二场： 琴心剑胆

时　间：大致如前

地　点：项家大堂

［幕在热闹的吹打乐和【朝天子】曲牌中拉开，在众人的陪同下，项羽正牵着新娘虞姬从大幅的喜字前走过，步入洞房，但这只是一种剪影效果。

［天幕上，出现的是项府张灯结彩的画面。

［灯光大亮，项母正指挥着丫鬟们摆设花卉，心情喜悦。

项母（唱）：八月秋高桂花香，
人逢喜事精神爽。
多谢上苍赐良缘，
千里送来虞姑娘。
只可叹项家先辈别人寰，
为江山前赴后继慨而慷。
今日洞房花烛团圆夜，
明朝捷报频传慰高堂。

家院：老夫人，上将军和亚父前来贺喜了！

项母：快快有请！（出迎）

［宋义、范增等人上。

宋义：人生得意须尽欢，

范增：项羽今朝做新郎。

宋义：乌江相逢天作合，

范增：英雄美人结鸾凰。

宋义：亚父请——

范增：上将军请……

项母：啊，上将军、亚父驾临，不胜荣幸！

宋义：老夫人，都是自家人，就不要这么拘礼了。

项母：香草，快快去叫少将军。

香草：是，老夫人。

［项羽和虞姬上场。

项羽：（唱）自那日与虞姬相逢乌江边，

虞姬：（唱）感上苍赐良缘千里一线牵。

项羽：（唱）从今后朝夕相伴春光无限，

虞姬：（唱）好夫妻鱼水欢乐两情缱绻。

项羽：（唱）只可叹山河破碎百姓哀怨，

虞姬：（唱）随将军东征西战去迎新天。

项羽：上将军、亚父驾临，有失远迎，多有得罪！

宋义：言重了！少将军大喜，我迟来一步，还望海涵啊！这位就是新娘子吧？果然是红粉佳人、名不虚传啊！

虞姬（施礼）：上将军过奖了。

项羽：请——

项母：看茶。

［大家落座，丫鬟送茶。

宋义：少将军，我今天来，一是登门恭贺你大婚之喜，二来是传怀王的旨意。

项羽：圣上有何旨意？

宋义：圣上命我为上将军，你和刘邦为左右将军，分兵两路，直取咸阳。

项羽：分兵两路，直取咸阳？

范增：少将军，此时兵发咸阳，是大好时机啊。

（唱）嬴政暴死沙邱上，

胡亥二世命亦丧。

子婴已成强弩末，

咸阳城内人心惶。

宋义：（唱）此时发兵是良机，

先入关中谁先王。

项羽：先入关中者为王？

宋义：是啊，这是怀王的旨意啊。

项羽：如此看来，末将该秣马厉兵了！

［天色大变，惊雷滚滚。

［天幕上，乌云翻卷，时有闪电……

虞姬：少将军，天色变了！

［钟离眜上场。

钟离眜：上将军，少将军，那赵国钜鹿之城被秦将章邯三十万围困，派使臣求援来了！

宋义：他倒是很会挑时候啊！不见。

项羽：且慢。上将军，那赵国使臣毕竟是到了我的府上，还是见见为好啊。有请赵国使臣。

钟离眜：有请赵国使臣——

［赵使上。

赵使：（唱）黑云翻卷秦军压境，

钜鹿城下草木皆兵。

一路崎岖来楚营，

只盼赵国遇救星。

赵使：赵国使臣前来拜见上将军、少将军！

宋义：哼，你居然追到这儿来了！

赵使：上将军，钜鹿城已被秦将章邯三十万人马围困达一月之久，内无粮草，外无救兵，还望上将军听从怀王的旨意，火速发兵，搭救赵人啊！

宋义：大胆！你居然敢这样跟我说话？来人啊，给我轰了出去！

项羽：且慢！

赵使：少将军，请帮帮我们赵国吧！

项羽：上将军，赵楚乃是兄弟邻邦，如今赵人有难，不可袖手旁观，见死不救啊！

宋义：少将军，论立马横枪，我宋义不如你，可要论运筹帷幄，你恐怕就不如我了！你看这连天的大雨，道路泥泞，我们怎么能去干这种吃力不讨好的事呢？这章邯围困钜鹿，我们何不乘虚而入直奔咸阳？记住了，先入关中者为王啊！

项羽：这个……（对赵使）啊，赵国使臣，既然上将军已经裁决，你还是另想良策吧。

赵使：如此看来，我是错看你项羽了！

项羽：此话怎讲？

赵使：想你项羽乃是将门之后，只可惜将门无虎子啊！

项羽：大胆！

赵使：你项家世代为楚将，灭秦兴邦乃是你的使命。却到头来，你，你竟然无视整个赵人的性命，而一心想做关中之王，岂不是辱没了你项家的门庭？

项羽：啊！

［一声惊雷滚过……

赵使：岂不是为后人耻笑？

［又一声惊雷滚过……

项羽：啊！

赵使：项将军，你看，这天上飘下的是什么？

项羽：大雨倾盆……

赵使：它不是雨，而是我们赵人的泪啊！望将军看在这苍天的份上，为我们赵人留下一些种子吧！

［言毕，拔出项羽的佩剑自刎倒地。

项羽（大惊）：啊——

（唱）见赵使面对苍天以死谏，
不由得项羽心中似火燃。
我这里满面羞愧形容惭，
宋义他隔岸观火好悠然。
回转身来把心事对夫人言讲——

项羽：夫人！（接唱）

钜鹿城邦今有危难，

按兵不动义在何方？

虞姬：将军啊！（唱）

钦佩你书生本色英雄胆，

钦佩你品格高尚义如山。

项家军替天行道义，

出兵救赵刻不容缓。

宋义：（唱）少将军切莫意气讲，

打点行装你奔咸阳。

项羽：（唱）见死不救非人纲常，

末将请命一力承担。

宋义：（唱）劝你莫再去意彷徨，

自做多情闲事少管！

宋义：项羽，你不要再费口舌了，我是怀王钦命的上将军，兵权在握，你得听命于我，安分点才是！

项羽：安分？哈哈哈……只怕今天末将是难得安分了！

宋义：你难道想反了不成？

项羽：正是！

［范增摔下茶杯。

［宋义拔剑欲刺项羽，被项羽用剑拦住，然后诛杀宋义。

范增：少将军，早就该取而代之了啊！宋义这等奸人不除，大楚霸业将付诸东流啊！

项羽：诸位将军大人为证，今日剪除宋义，别无他图，只是要为这行军的路途之上踢开一块绊脚石！

［众人跪下。

众人：愿听上将军指挥！

项羽：好！破釜沉舟，兵发钜鹿！

众人：破釜沉舟，兵发钜鹿！

［鼓乐齐鸣。

［造型，集体亮相。

［天幕上，项字旗下万马奔腾！

［幕落。

第三场：鸿门惊变

时　间： 大致如前

地　点： 函谷关外·鸿门·项羽大营

［幕启：天幕上呈现出咸阳城郭，天空一片彩霞。

［虞姬走出大帐，观望。

虞姬：（唱）钜鹿之战传捷报，
破釜沉舟士气高。
项家军势如破竹把敌横扫，
顷刻间秦兵溃败如山倒。
将士们冲锋陷阵立功劳，
上将军一马当先威名标。
青锋剑直指咸阳已出鞘，
看河山旧貌新颜艳阳高照。

［幕后喊：上将军回营了——

［项羽上。

项羽：（唱）剪除宋义精神爽，
灭王离俘章邯我连过三关。
人马扎在函谷关上，
待明朝策乌骓踏平咸阳。

虞姬：上将军回来了？

项羽：回来了。

虞姬：将军辛劳，臣妾略备薄酒为你洗去征尘。

项羽：愿与夫人同饮。

［两人对饮。

虞姬：（唱）斟一樽薄酒敬夫君，
臣妾为你洗征尘。
将军平生鸿鹄志，
鲲鹏展翅万里行。

项羽：（唱）接过了夫人酒一樽，

不由心中暖三分。

夫人伴我多劳顿，

今生当报恩爱情。

［范增急上。

范增：上将军，刚刚得到军报，那刘邦一路遇敌不战，遇城不攻，已经直取咸阳城了！

项羽：哦，他倒捷足先登了！

范增：上将军啊！（唱）怀王行前把旨降，

先入关中先为王。

箭射猎物付血汗，

岂容他人随便扛？

项家世代为楚将，

几代英魂血染沙场。

报国兴邦为使命，

打江山者坐江山。

项羽：打江山者坐江山？

范增：正是啊！

项羽：虞姬，适才亚父与我言论，打江山者坐江山，你是如何看待呀？

虞姬：臣妾不便声言。

项羽：亚父也不是外人，但说无妨。

虞姬：将军容禀——（唱）项家祖辈为楚将，

世代美名天下扬。

一腔热血为社稷，

恪守职责莫称王。

范增：少夫人此言差矣！（唱）项家一心为家邦，

付出代价甚高昂。

风扫残云捷报传，

关中称王理应当。

虞姬：（唱）称王自是理应当，

祖先遗训要思量。

只要百姓心欢畅，
心中自有美江山。
项羽：（唱）美好江山放眼望，
不及心上女红妆。
兵临城下逼咸阳，
洗去征尘一马双跨逍遥四方。

［项庄上。

项庄：上将军！

项羽：何事？

项庄：沛公带人到了鸿门了！

范增：他倒自己送上门来了！项庄——

项庄：末将在。

范增：安排好刀斧手，相机行事！

项羽：且慢！我与刘邦乃是结拜的兄弟，岂能如此相待？

范增：上将军，这刘邦乃是一奸诈小人，欺世盗名，他今日来访，不过是缓兵之计。如果不除，只怕是养虎为患啊！

项羽：亚父稍安毋躁，我自有安排。传我的号令，打开辕门，迎接沛公！

［灯光变化，舞台呈现为鸿门宴的场景。

［鼓乐声中，将士出场列队，两厢站立。

［刘邦一行上。项羽出迎。

刘邦：啊，上将军驾到，恕刘邦来迟一步啊！

项羽：沛公先占咸阳，令人钦佩！

刘邦：卑职不过是先把城里打扫干净，只等上将军的人马开进了。

范增：可你为何紧逼城门？

刘邦：这个……这也是为了给上将军举行一个入城的仪式啊！

项羽：如此看来，真是有劳沛公了！请——

［众人落座。

项羽：啊，沛公，自彭城开拔，我们已有多日不见了，别来无恙？

刘邦：上将军钜鹿大捷，威震四方，我是自愧不如啊！

项羽：沛公过谦了。可还记得，行前怀王传下旨意，先入关中者为王。如此看来，我该称你为汉王了吧？

刘邦：上将军在上，刘邦焉敢称王啊！

（唱）上将军莫把刘邦耻笑，
先入咸阳不过运气好。
大军人马只是临时到，
我约法三章不犯秋毫。

范增：好一个约法三章，不犯秋毫。你分明是……

项羽：（打断）有劳沛公周到，请受末将一杯。

刘邦：大家同饮吧。

［大家饮酒。

范增：上将军，今日沛公光临，饮酒应当有歌舞助兴啊！

项庄：末将愿意舞剑助兴！

［项庄舞剑……

［项庄几次逼向刘邦，项羽见状，拔剑架住项庄，以制止项庄的行刺。

项庄：上将军？

项羽：一个人舞剑好不孤单啊！

刘邦：是啊，还是两人对舞才有情趣……

［范增突然摔杯于地。

［幕后的刀斧手纷纷而出。

项羽：大胆！

刘邦：上将军，往日只要亚父摔杯，势必就有一颗人头落地啊。不知今天这颗人头是谁的了？总该不会是我刘邦的吧？我可是你结拜的兄弟呀！

项羽：沛公不必惊慌，亚父他喝醉了……

范增：刘邦！你今天进得来这鸿门，只怕是出不去这鸿门了！

项羽：项庄——亚父喝醉了，把他架下去歇息。

项庄：这个……

项羽：违令者——斩！

［项庄架范增下。

［范增大喊：竖子不可教也！

项羽：沛公，让你见笑了。

刘邦：哪里哪里……上将军，时候不早了，我还是赶紧回去安排一下，明天一早，城门打开，鼓号齐鸣，迎接将军人马入城啊！

项羽：当真？

刘邦：当真。

项羽：果然？

刘邦：果然。

［两人对笑。

［刘邦吓得赶紧下场。其他人也纷纷退下，虞姬上场。

虞姬：上将军，刘邦他走了？

项羽：走了……

虞姬：是你放他走的？

项羽：是的……亚父他安排了刀斧手，企图行刺沛公，我没有让他得逞。

虞姬：上将军自有道理吧？

项羽：夫人！那刘邦胸有城府，野心暗藏，这些我都不难看破。可我项羽，乃是这三军的统帅，岂能行小人之举？又岂能听命于一个老叟的安排？（唱）鸿门宴暗藏了刀光剑影，

不提访顷刻间险象环生。

设埋伏刺刘邦非君子本分，

我项家担不起这千古骂名！

虞姬：（唱）上将军此安排令人尊敬，

释刘邦回咸阳得理安心。

是君子应当有高贵品行，

为小人自然是利令智昏。

［项庄上。

项庄：上将军，亚父他……不辞而别了！

项羽：亚父他……还是走了？

［幕落。

第四场：　杜鹃啼归

时　间：大致如前

地　点：骊山·阿房宫

［天幕上，远处是低矮绵延的骊山，近景为豪华的阿房宫建筑。

［幕启。

项羽幕后：（唱）引千军与万马兵临咸阳……

［项羽策马上场，亮相。马童引马。

（接唱）：策乌骓走单骑脚踏骊山。

十余年磨一剑东征西战，

灭暴秦救黎民山河重光。

项羽：马童，你可知道这骊山之下埋有何物啊？

马童：上将军，我怎么知道啊？

项羽：那我来告诉你，这骊山之下么……就是秦始皇嬴政的坟墓！

马童：什么？您是说，我们是踏在秦皇老儿的坟墓之上？

项羽：正是！（唱）观眼前好风景心中激荡，

好似那不尽黄河波浪翻。

喜的是千里江山狼烟散，

迎夫人到阿房洗去风霜。

［鼓乐齐鸣。

［灯光变化，出现阿房宫内景。

［宫女列队而出，两厢站立。

［虞姬在刘邦等人的陪同下上场。项羽相迎。

项羽：夫人！有劳沛公了。

刘邦：哪里哪里，能迎接夫人进城，是我的荣幸啊！

虞姬：大王，这豪华的宫殿……

刘邦：这就是秦始皇耗尽天下民财修建的阿房宫啊！

虞姬：怎么，这就是阿房宫？

刘邦：现在是夫人的园子了。

项羽：沛公，怀王已经降旨，封你为汉王，我乃西楚霸王，楚汉二家如今也有了鸿沟之约，我是暂借你汉王的一块宝地啊！

刘邦：上将军言重了！（唱）楚汉不必来相争，
依约鸿沟作划分。
栈道已修发号令，
奔赴西蜀去安营。

项羽：怎么，汉王这就打算回西蜀了？

刘邦：待西行的栈道修好，我即刻班师。

项羽：如此看来，你我弟兄只能后会有期了。

刘邦：后会有期！霸王，我先行一步，你陪夫人好好歇息。夫人，这园子可是举世无双啊！

［刘邦下。

虞姬：大王，适才汉王说，这园子举世无双，此话当真？

项羽：这阿房宫建筑华美，雕梁画栋，珠宝无数，算是举世无双吧！

虞姬：可我怎么觉得这大殿之内有一股子寒气啊？

项羽：夫人——（唱）多谢你伴随我鞍马劳顿，
阿房宫暂休息养好精神。
美江山收眼前无足重轻，
我今生只要你红颜知音。

虞姬：大王啊！（唱）切莫言跟随你鞍马劳顿，
臣妾我心甘情愿伴夫君。
美江山换新颜夙愿已成，
从今后两情悦形影不分。

［两人相伴下场。

［天幕渐渐变换成夜景。一轮寒月当空，万籁俱静。

［箫声渐渐起……

［项母的幻影出现。

项母：（唱）烽火连天几时休？
儿行千里母担忧。
咸阳日落才不久，
楚汉二家割鸿沟。
如今我儿王西楚，

门庭增辉心忧愁。
江东父老眼望够，
盼望子弟早回头。
盼只盼我的儿凯旋歌奏，
回家园同欢乐播种春秋。

项母：项羽，我儿，你，你在哪里？你在哪里啊——

［项羽梦中上。

项羽：母亲！

项母：我儿！

项羽：母亲——

项母：我儿——

［项羽跪在母亲面前。

项母：（唱）一见娇儿泪双流，
白发人分不清欢笑悲忧。
我儿离家讨贼寇，
为娘我无时不把儿挂记心头！

项羽：娘啊！（唱）老娘亲休要热泪流，
听儿把话说从头。
自从离家讨贼寇，
朝思暮想早归家园不离娘左右。
儿是娘亲心头肉，
娘盼儿直盼得两鬓飞霜白了头！
如今天下归汉楚，
待明朝旌旗招展归乡途。

［项母幻影消失。

项羽（梦醒）：母亲？母亲——

［虞姬上。

虞姬：大王！你，你又发梦了。

项羽：适才我又梦见母亲了！她，她已两鬓飞霜，满头白发……

虞姬：怎么？你梦见母亲已是两鬓飞霜、满头白发了？

项羽：夫人，我们在这阿房宫里居住的时日，我时常总是梦见老娘亲……

虞姬：大王，我们该回家了。

项羽：是该回家了。

虞姬：这阿房宫毕竟不是你我向往的地方啊！

项羽：夫人所言极是，这举世无双的阿房宫，真是寒气逼人啊！

（唱）阿房宫称得上举世美景，
虽豪华奢靡寒气也逼人。
居此宫不觉世外有清新，
更担忧嬴政借尸要还魂。

虞姬：（唱）阿房宫虽华美举世无双，
怎比得我家乡田园风光。
息战事枪入库马放南山，
一路歌凯旋还心驰神往。

项羽：（唱）我要把这人间的坟墓一炬烧焚，
借天火祭奠这天下苦难的苍生。

［天幕上，出现火烧阿房宫的壮观场景。

［钟离昧急上。

钟离昧：大王！

项羽：钟离将军，有何要事？

钟离昧：大王！那，那刘邦明修栈道，暗度陈仓，竟然撕毁了鸿沟之约！

项羽：刘邦？他，他竟然撕毁了鸿沟之约？

钟离昧：那韩信率三十万人马正奔我们来了！

项羽：严阵以待！

［幕急落。

第五场：　四面楚歌[1]

时　间：大致如前·黄昏·月夜

① 此场参照《霸王别姬》改编。

地　点：垓下·项羽大帐

［幕启，时近黄昏，垓下荒郊一派萧瑟。

［虞姬依门盼望着项羽归来。

虞姬：（唱）自从我随大王东征西战，
天为被地当床饱受风霜。
原指望暴秦灭天下安康，
怎料想顷刻间又起祸殃。
恨刘邦背信义毒如蛇胆，
遣韩信弄诡计十面埋藏。
我大王陷阵中兵来将挡，
此一去好叫我暗自心慌。

［幕后声：大王回营了！

［项羽上。

项羽：（唱）恨刘邦毁协议小人犯难，
修栈道欺人心暗度陈仓。
归途上遭伏击军中受创，
暂回营细思量再作主张。

虞姬：大王你回来了！

项羽：夫人担心了。

虞姬：今日战况如何？

项羽：枪挑了汉军数员大将，那韩信见势不妙，也赶紧鸣金收兵了。

虞姬：怎么，那韩信也鸣金收兵了？

项羽：鸣金收兵了。

虞姬：只怕他明日还会骚扰啊！

项羽：夫人！（唱）汉军中数韩信英勇有论，

虞姬：（唱）怎奈他十面敌难以对阵。

项羽：（唱）且忍耐暂回营再作休整，

虞姬：（唱）自古道兵胜负乃是常情。

虞姬：大王征战一日，想必是劳累了，臣妾送你歇息去吧。

项羽：也好。

［项羽下。

[天色转暗，天空升起了明月。

虞姬（观看天色）：日薄西山，暮色苍茫，风声鹤唳，此一番景象，好叫我心中惆怅啊！

（唱）看大王在帐中和衣睡稳，
我这里出帐去且散愁情。
轻移步走向前荒郊站定，
猛抬头见碧落月色清明。

[幕后传来楚歌声……

虞姬：怎么？哪里传来的楚歌之声？

（接唱）耳边厢犹闻楚歌声，
难道是汉军已破城？
低下头来暗思忖，
唤醒大王说分明。

虞姬：大王醒来——

[项羽上。

项羽：夫人，何事惊慌？

虞姬：大王，你可听见这四面的楚歌之声啊？

[幕后楚歌声再起……

项羽：我听见了！

（唱）垓下月夜起风云，
四面楚歌动心魂。
此乃韩信雕虫技，
迷惑将士乱军心。
殊不知这是汉军对我敬，
楚歌助阵心相印。
我正好趁这四面楚歌声，
杀出重围再赴征程。

虞姬：大王，你要突围？

项羽：那韩信自以为这四面楚歌而起，好让人以为汉军已略地拔城，我却要将计就计，突出重围！

虞姬：如此看来是好啊！大王，那韩信在汉军中也算得上智勇双全，你可千万不可大意啊！

项羽：夫人放心，我自有安排。

虞姬：只怕臣妾不能随你而去了……

项羽：夫人此言差矣！（唱）你我夫妻恩爱深，

岂能单骑自独行？

一马双跨出围困，

哪怕韩信十面兵。

虞姬：大王啊！（唱）此时不要情意论，

眼前形势要看清。

只要大王出围困，

臣妾虽死也甘心。

项羽：夫人，断断不可！

虞姬：大王，臣妾只是怕成累赘，有碍突出围困。一念之差，何必当真呢？来来来，臣妾为你斟上一杯美酒，并以舞剑助兴，你看如何啊？

项羽：如此有劳夫人了！

［虞姬斟酒，开始舞剑。

［“夜深沉”曲牌旋律渐起……

虞姬：（唱）劝君王饮酒听虞歌，

解君忧闷舞婆娑。

嬴秦无道把江山破，

英雄四路起干戈。

自古常言不欺我，

胜负只是一刹那。

宽心饮酒宝帐坐，

再听军情报如何。

［幕后响起三更鼓声……

虞姬：大王，鼓打三更，夜深人静，此刻正是突出围困的大好时机啊！

项羽：夫人言之有理，你我打点行装上路吧！

虞姬：臣妾……是该上路了……

［虞姬突然拔出项羽的佩剑，自刎。

项羽：（大惊）夫人！

虞姬：大王，恕臣妾先行一步了……

项羽：夫人！

[项羽紧抱虞姬造型。一束追光照射在他们身上。

[幕徐落。

第六场： 英雄美人

时　间：大致如今·拂晓时分

地　点：乌江边

[天幕上是波涛汹涌的乌江，乌云翻卷……

[幕启，舞台一片寂静，渐起风声……

项羽幕后唱：风萧萧，雾重重，杀声震天……

[项羽策马上场，亮相。

项羽：（接唱）克顽敌破重围一马当先。
贼韩信布兵马埋伏十面，
怎敌我一杆枪勇往直前。
转眼间耳边杀声俱不见，
乌骓马领我来在乌江边。

项羽：啊，老马识途，你让我又见乌江了！

[项羽系马，坐于江边吹箫……

（唱）恍然若梦观眼前，
箫声依旧忆当年。
当年在此遇红颜，
两心相许情绵绵。
锦绣江山不挂念，
愿伴红颜走天边。
到如今箫声喑咽知音绝，
高山流水对谁言？

[项羽沉睡……

（唱）梦中又见夫人面，

仿佛丽人到跟前……

［项羽在梦中与虞姬相会。

虞姬：夫君，你在这乌江边做甚啊？

项羽：我在找寻你啊！

虞姬：找我又做甚啊？

项羽：一马双跨，诗剑逍遥，去看这锦绣江山。

（唱）我与你乌江相会结永好，

虞姬：（唱）我与你琴瑟和鸣同欢笑。

项羽：（唱）我与你山水之间乐逍遥，

虞姬：（唱）我与你心潮澎湃逐浪高。

项羽：（唱）我与你海誓山盟同偕老，

虞姬：（唱）我与你在天愿作比翼鸟。

幕后合唱：化作比翼鸟，凌云上九霄。

［虞姬幻影消失。

［艄公上。

艄公：霸王醒来——

［项羽苏醒。

项羽：老人家，您这是……

艄公：霸王，小的是来接大人过江的啊！

项羽：接我过江？

艄公：大王啊！（唱）江东仍有千里江山，

大王可掌雄兵十万。

东山再起你莫沮丧，

卧薪尝胆重整河山。

艄公：霸王，趁着韩信的追兵未到，你赶快上船吧！

项羽：韩信的追兵？哈哈哈……他三十万人马围困于我，又岂奈我何？想我项羽，少年起事，身经百战，竟没有遇上一个可以匹敌的对手……实在是遗憾啊！

艄公：那大王还不重整旗鼓，再出东山啊？

项羽：老人家啊！（唱）项家世代忠心耿耿为楚将，

披肝沥胆碧血黄沙保家邦。
原以为暴秦已灭百姓安康，
怎奈是嬴政才亡又出刘邦。
倘若我重整旗鼓再起东山，
到头来楚汉争锋天下遭殃。
山河碎苍生难我的心不甘，
熄烽火免战乱我不过乌江。

艄公：什么？你，你不过江？

项羽：这乌江，便是我最好的归宿。我已经找到了我的对手了。

艄公：你的对手？在哪呢？

项羽：在我心中。这个对手追随了我一生啊！我要与他决战了……

艄公：大王，我怎么越听越糊涂啊？

项羽：有劳老人家，请带着这匹乌骓宝马过江去吧。明天，你来这里，倘若拾到这把青锋宝剑，便拿回家去，来年铸剑为犁，可保你五谷丰登。

艄公：大王……珍重啊！

［项羽牵引乌骓上船……

［艄公驾船离岸，忽然听得乌骓一声嘶鸣，然后，它纵身跳进了乌江……

［项羽震惊地奔向江边……

项羽：乌骓！宝马啊！你……你已追夫人而去，我随后就来！

［江面渐渐被朝霞染红……

项羽（拔出宝剑）：晓雾已开，旭日初升，决一死战的时候到了！夫人，恕我迟到一步了！哈哈哈……

［拔剑自刎，倒地。

［天幕上出现了不同角度“倒地”的“慢动作”……

［乌骓马一阵阵嘶鸣……

幕后一男声唱昆腔（李清照词）：

生当作人杰，
死亦为鬼雄。
至今思项羽，

不肯过江东。

［灯光变化，剧情进入尾声。天幕上已是多年之后的清明时节。乌江边上盛开了一片红花。

［一些乡亲在那位老艄公的带领下，来到江边祭奠项羽和虞姬。

艄公（感慨地）：那一年，就是在此处，与霸王诀别的啊！他叫我铸剑为犁，期盼五谷丰登。这乌江的水啊，青山遮不住，毕竟东流去，光阴荏苒，霸王、夫人的血竟浇灌出了一片红花……

一个女孩（指着天幕上的红花）：爷爷，那些漂亮的花儿有名字吗？

艄公：有，叫虞美人……

众：虞美人？

［音乐大作……

［项羽和虞姬仿佛才子佳人出现在花丛之中，两情缱绻。众人围绕着他们翩翩起舞……

合唱歌声：

沧海桑田几春秋？
万里江山数风流。
西楚霸王虞美人，
千古绝唱声悠悠。

2005年3月20日初稿，北京

爱莲说

——大型黄梅戏

人物表：

莲　花　女，二十多岁，古镇歌女

程　山　男，二十多岁，国民政府军参谋，后为少校副官

小　红　女，十六岁，莲花的妹妹

许　卓　男，三十岁，日军翻译官

老　鸨　女，四十来岁，妓院老板

何老爹　男，六十多岁，当地农民

渡　边　三十来岁，日军少佐

第一场：　元宵

时　间：1942 年正月十五元宵夜

地　点：古镇桃花寨·蓝桥边

［幕前曲后，大幕在欢快热闹的锣鼓声中徐徐拉开，舞台上一片欢腾，这是乡亲们在闹花灯。

合唱：正月十五闹元宵，

火炮连天门前绕。

唯却唯却—唯却，

花灯迎面人欢笑。

女声合唱：倒海翻江……

男声合唱：是龙灯！

女声合唱：穿云破雾……
男声合唱：凤凰灯！
女声合唱：鲤鱼灯，
男声合唱：跳龙门！
女声合唱：喜鹊灯，
男声合唱：报佳音！
女声合唱：什么花红来什么花黄？
男声合唱：梅花红来菊花黄。
女声合唱：什么花艳来什么花香？
男声合唱：牡丹娇艳桂花香。
女声合唱：红花白花蓝花黄花花花世界好醉人，
男声合唱：长灯方灯弯灯圆灯灯灯高照耀眼明。
男女合唱：正月里是新春啊！
[一束灯光照射在蓝桥上，显出莲花手持一盏荷花灯的美丽身影。
莲花：（唱）手捧莲花灯一盏，
二家有喜……
程山：（接唱）三盏灯。
莲花：（唱）三元及第……
程山：（接唱）灯四盏。
莲花：（唱）四四如意……
程山：（接唱）五盏灯。
莲花：（唱）五子登科……
程山：（接唱）灯六盏。
莲花：（唱）六六大顺……
程山：（接唱）七盏灯。
莲花：（唱）七子团圆……
程山：（接唱）灯八盏。
莲花：（唱）八仙过海……
程山：（唱）九盏灯。
莲花：（唱）九龙盘柱灯十盏，
集体合唱：十全十美满堂红！

小红：程山大哥，你回来啊？

程山：是啊，队伍正好回到了家乡休整，让我赶上这元宵花灯之夜了。

小红：程山大哥，你穿着这一身军装，好神气，好威武呢！

何老爹：那当然，要不你莲花姐姐怎么会从家里走出来呢？啊，我看呐，我们也别都站在这蓝桥边像个灯似的照着人家了……

［乡亲们散去之后，莲花含情脉脉地看着程山。

莲花：程山哥，你这次回来……还走吗？

程山：我倒是希望就此安营扎寨……

莲花：能住几天啊？

程山：你想我住几天啊？

莲花：（羞涩地）我……

程山：莲花！（唱）青梅竹马好时光，
少年情怀怎难忘？
可记得，采莲随我去荷塘？

莲花：（接唱）莲香阵阵让我精神爽。

程山：（唱）可记得，柳树林中去捕蝉？

莲花：（接唱）蝉鸣声声伴我入梦乡。

程山：（唱）可记得，中秋月下去行船？

莲花：（接唱）桨声月影叫我心不安。

程山：（唱）可记得，大年初一去进香？

莲花：（接唱）祈求佛祖保我二人……

程山：怎么样？

莲花：（接唱）恩爱一生地久天长……

程山：（唱）三年前投笔从戎别家乡，
船到江心心惆怅。
回首望，春风难绿江南岸，
情寄莲花一芬芳。

莲花：（唱）那一日倚窗凭栏送孤帆，
船到江心心忧伤。
放眼看，心潮起伏难逐浪，
不知征人几时还？

程山：（唱）山河破碎狼烟弥漫，

莲花：（唱）赤地千里难觅桃源。

程山：（唱）今宵月圆夜，

莲花：（唱）仿佛温柔乡。

程山：（唱）再见红颜面，

莲花：（唱）心中倍觉暖。

程山、莲花：

（合唱）月老红媒牵红线，

程山：待明朝花轿迎你入洞房。

莲花：待明朝伴随郎君走四方。

[两人依偎一起，共赏月色……

[突然幕后响起了笑声，小红和乡亲们一哄而上。

小红：哎耶！丑死着！丑死着！

何老爹：这有什么丑的啊？自古就是男大当婚，女大当嫁嘛！依我看啊，就趁着这回程山回乡，把你们的亲事办了！

小红：何老爹，这终身大事哪有这么容易啊？哪个要想娶我家姐姐，得先过我这一关呢！

程山：小红妹妹，你难道还有意见？

小红：我意见可多着呢！（唱）一要你对天盟誓愿，

女声伴唱：对天盟誓愿。

小红：（唱）二要你对地烧高香，

女声伴唱：对地烧高香。

小红：（唱）三要你对乡亲把话将，

女声伴唱：对乡亲把话讲。

小红：（唱）从今后待我姐姐像掌上明珠心中太阳！

莲花：小红，一个姑娘家的，哪来这些套套啊！

程山：不，莲花，小红的话说得好，我都依了！

何老爹：好好！元宵之夜，喜事成双，程山和桃花，是青梅竹马，两小无猜。如今是郎才女貌，可谓天作之合啊！你们看，灯来着——

[欢快的音乐再次奏响。

男声合唱：东也是灯！

女声合唱：东也是灯……

男声合唱：西也是灯！

女声合唱：西也是灯……

男声合唱：南也是灯来北也是灯，

女声合唱：南也是灯来北也是灯……

男女合唱：四面花灯照（哇）照新人！

［突然，空中传来了飞机的轰鸣声！

［乡亲们顿时就停止了欢闹，抬眼看天……

［程山奔上桥头观察。

程山：是鬼子的飞机！乡亲们，熄灭灯火，赶快掩蔽……

［乡亲们四下散去……

［幕后急促的马蹄声渐渐近……一传令兵上场。

传令兵：报告程参谋！日军已经开始了对桃花镇的进攻，部队立即开拔！

程山：日军进犯，我们为什么还要开拔？

传令兵：不知道，这是命令！（送命令，下）

程山（念）：明日拂晓部队全体撤离桃花镇……又是撤离！这样下去，中国的土地就要沦落殆尽了！

莲花：军令如山，你还是赶快归队吧！

程山：看来也只能如此了。莲花，我们明天一早码头上见！

莲花：好……

［程山奔上桥头欲下，又被莲花喊住。

莲花：程山！这是我的护身符同心结，你带上！

［桃花也奔上蓝桥，把自己的护身符“同心结”取下，挂在程山的脖子上。一束光照射在这一对情侣身上，如同定格。

［幕徐落。

第二场：离乱

时　间：紧接前场，翌日黎明

地　点：码头

［幕启时，舞台上已是硝烟一片，江水滔滔，阴云密布。程山站在码头上，眺望着江面。

幕后合唱：阴霾四伏万重山，
仇恨激荡扬子江。
江水呜咽如长歌，
神州何处觅桃源？

程山（唱）：日寇进犯我家乡，
临阵撤退为哪桩？
忍看故土成焦土，
犹如钢刀把心穿！
美好姻缘成一梦，
晴天霹雳惊鸳鸯。
趁拂晓我在此把莲花等望，
出虎口劳燕分飞暂别江南。

［勤务兵上。

勤务兵：程参谋，开船的时间到了！

程山：你去报告长官，我搭最后一班船离开。

勤务兵：是！（下）

［激越的音乐声和飞机轰炸声又起了！一些逃难的乡亲们纷纷跑过……

［程山焦急地看着表，很是不安。

程山：莲花，你怎么还不来啊！

［莲花赶到。

莲花：程山！

程山（喜出望外）：莲花，你总算到了，我们赶快上船！

莲花：不，程山，小红她和我走散了……

程山：走散了？怎么会走散了？

莲花：刚才路上鬼子的飞机炸伤了何大爷，我帮着送他去医院，回头就不见小红了！

程山：那，那怎么办？

莲花：程山，你还是随队伍走吧！

程山：不！我不能扔下你！（唱）箭在弓弦令如山，
眼见亲人又分散。

莲花：（唱）军情紧急令如山，
赶快登舟莫彷徨。

程山：（唱）难舍莲花与家乡，
船虽离岸心在岸。

莲花：（唱）此一刻且莫论儿女情长，
好男儿报家国志在四方。

莲花：程山，你走吧！

［两人再次分手，莲花把那枚同心结给程山挂好。

莲花：这同心结护身符是我妈妈留给我的，你一定要随身带好，见到它就像是见到了我……能保你一生平安！

程山：我会好好珍藏！莲花，你一定要保重啊！

莲花：我等你回来！

［程山登舟离岸，莲花目送程山的船渐渐远去……

莲花：（唱）望长江，
浪千叠，
烟波浩渺，
我心苍茫！
逆风千里难扬帆，
惊涛骇浪行舟难。
轻舟载去了我的程郎，
载不尽桃花对你情如山。
江水滔滔如泣诉，
难诉莲花心忧伤。
原以为，
花开之日人如花，
月圆之夜人团圆。
等你花轿到，
红装做新娘。
有谁知，

青枝绿叶遇霜降，
美满姻缘成梦幻。
程郎啊！
可知莲花寒风站？
形影相吊心孤单。
此一去前程多渺茫，
莲花我爱你把心担。
此一去生离胜死别，
莲花我为你泪哭干。
此一去不知重逢有多远？
莲花我等你到海枯石烂！
唯望你一帆风顺身安康，
待明朝旌旗招展凯歌还……

［又是几声炮火掠过，乡亲们逃难过场。小红寻找姐姐上。

小红：姐姐！姐姐！

莲花：小红！你，你让我急死了啊！

小红：姐姐啊！

（唱）元宵之夜起祸殃，
乡亲逃难人心慌。
离乱不见姐姐面，
急得小红泪汪汪。

莲花：妹妹啊！

（唱）原指望随船离江南，
躲避战祸远走他乡。
相依为命不离散，
漂泊江湖度时光。

小红：姐姐，那我们赶紧上船走啊！

莲花：晚了，你程山大哥已经随最后一艘船离开了……走远了……

［幕后突然穿来了马蹄声、狗吠声以及鼎沸的人声，乡亲们被日军赶到了码头……

［渡边和翻译官许卓等上。

渡边：（唱）铁蹄踏遍扬子江，
不到源头不勒缰。
东亚共荣为一统，
捷报频传慰天皇。

渡边：桃花镇的乡亲们，不要害怕，我们来这里，是要建立王道乐土……

何老爹：哼，好一个王道乐土！你们一来，这千年的桃花古镇只怕是要变成人间地狱了！

渡边：许的，什么意思？

许卓：太君，这位老人家的意思是，这桃花镇已经有千年的历史……

渡边：我对历史很感兴趣。我们帝国军队到这里，就是要改变历史！来人，先把山坡上那座龙王庙给我抹掉！

许卓：太君，这龙王庙可不能动啊！
龙王庙里供龙王，
座山镇水报安康。
祈祷龙王多保佑，
福临东海日出扶桑。

渡边：好，就依你翻译官的意思，暂时留住它。

［突然，江上传来了飞机轰炸声！

小红：姐姐你看——江上又开炮了！

渡边：不，小姑娘，那是皇军的礼炮！哈哈哈！

［渡边、许卓等人下……

［乡亲们赶到江边，焦急地看着长江……

小红：不好，一艘船被炸沉了！

莲花：（唱）平地风雷揪人心，
江上炮声惊断魂。
祈求苍天多开恩，
不要夺走我的郎君！

小红：姐姐，又一艘船炸沉了！

莲花：（唱）心焦急，情沉沉，
眼朦胧，头昏昏。

不求今生花好月又圆，
但求程郎能逃生！

小红（从水里捞起了那枚“同心结”的护身符）：姐姐！你看！

莲花（接过“同心结”，捧在手里）：天哪——

［幕急落。

第三场：赴难

时　间：数月后·夜晚

地　点：青楼“胭脂阁”

［幕启时，舞台上几个舞女正在跳着缠绵的舞蹈，边上还有乐妓的笙箫弹拨的伴奏。好一幅“商女不知亡国恨，隔江犹唱后庭花”的画卷。

［老鸨四边照应着客人，不亦乐乎。待一曲舞毕，嫖客随着舞女下场后，老鸨这才歇下。

老鸨：（唱）日落西山红霞散，
胭脂阁内尽辉煌。
美酒美人美歌舞，
谁说世外无桃源？

［莲花带着几副中药上。

老鸨：莲花，你上哪里去了？

莲花：我，我妹妹病了，我去给她买药去了。

老鸨：我说莲花啊，我是看你爹娘死得早，家里的房子又被炸塌了，才收留你们的。可你这三天打鱼两天晒网的，你还想不想在这里做了？

莲花：老板娘，我这也是没有办法啊！我这就去……（欲取下墙上的月琴）

老鸨：其实办法也还是有的……

莲花：什么办法？

老鸨：就看你愿不愿意了。莲花啊，你在这桃花镇上也是个青春貌美的姑娘，这年月，光卖唱，恐怕难以糊口，更莫谈给你妹妹治病了……再说，你那个心上人也死了，你还为谁守身如玉呀？你懂我的意思了吧？

莲花：不，我不想……

老鸨：你不想？那你就给我听好了，结清房钱，明天就从我这里搬出去！

莲花：老板娘，求你不要撵我们走啊！

老鸨：我这里是什么地方？是胭脂阁，不是收容所！（摸出合约）我这里有份文书，你要是想好了，你借我的钱不仅一笔勾销，而且往后还大有赚头，你好好看看，何去何从，自己拿主意吧！

［老鸨下。

［莲花惊讶万分，看过文书，颓然坐下。

［病中的小红上。

小红：姐姐，你回来了？

莲花（忙藏起文书）：哦，小红，姐姐给你买药去了……

小红：姐姐，你哪来的钱买药啊？

莲花：我向老板娘借的……

小红：什么？向老板娘借的？姐姐，这“驴打滚”的钱我们可借不起啊！

莲花：妹妹啊！

（唱）可叹父母仙乡去，
姐妹相依度光阴。
一根藤上两苦瓜，
十根手指连着心。

小红：姐姐！

（唱）十指连心痛煞人，
难忘同胞手足情。
姐姐为我多辛勤，
往后当报你的恩。

莲花：不要说什么报恩不报恩了，眼下要紧的是赶快把你的病治好，然后，我送你去老家读书。

小红：送我去念书？

莲花：对，我想送你回老家去念书，那里还没有鬼子的侵扰……

小红：那钱从哪来呢？

莲花：姐姐自有办法……小红，先去熬药吧，趁早用……

小红：那你呢？

莲花：我该弹唱去了……

［小红拿药下。

［莲花拿起文书，重新看着，心情沉重而复杂。这时，老鸨扶着几分醉意的许卓上场。

老鸨：我说莲花啊，你还不过来搭把手？

莲花：哦……

老鸨：客官，你今天可是交了桃花运了，陪你的可还是一个……莲花，好生伺候着这位老爷，不要敬酒不吃吃罚酒。

许卓（醉意）：酒，给我拿酒来——

老鸨：客官，你先在这里歇息着，我这就去拿酒……

［老鸨下，将门反锁。

许卓：酒，给我酒……

莲花：先生，你，你还是先喝杯茶吧……

［许卓抬头，莲花认出是码头上见过的那个翻译官，很是惊讶，手中的茶杯落到了地上。

莲花：是你？

许卓：对……你，你是谁啊？我怎么觉得你面熟啊……（欲拉莲花的手）

莲花：别碰我！

［莲花慌乱地想逃出门，但门已经被锁上。

莲花：开门！开门啊！

许卓：你，你给我站住！

莲花：我不伺候……日本人！

许卓：你说什么？

莲花：我决不伺候日本人！

许卓（颇为震惊地看着莲花，酒也醒了三分）：你当我是日本人？嗬嗬……哈哈哈……不，我是中国人！

莲花（惊讶地）：中国人？

许卓：对，我是一个中国人啊！

（唱）一句话说得我酒醒三分，
醉生梦死魂不附身。
小姐可知我的心头恨？
可知我梦里几回放悲声？
负笈东洋十年整，
一家三口享太平。
谁料战火焚祖国，
祸从天降难安生。
妻儿被扣当人质，
刺刀胁迫来从军。
白日里与狼共舞且偷生，
到夜晚借酒浇愁枉为人。
小姐气节令我敬，
可知我心在汉来身在曹营？

莲花（感慨地）：
（唱）听他言倒叫我顿生同情，
我与他原是同根生。
他妻儿落入魔掌身被困，
无奈他苟且偷安难做人。
可恨苍天不公平，
暗无天日起阴云。
乱世人生乱世情，
同为天涯沦落人。

许卓：姑娘，我姓许，叫许卓……老家在苏州……

莲花：哦，许先生……

许卓：请问姑娘芳名？

莲花：我，我叫莲花……

许卓：莲花？真是好名字啊！“晋陶渊明独爱菊，自李唐来，世人盛爱牡丹；予独爱莲……”

莲花：你，你不要这样看我……

许卓：莲花，我这样看你，是因为……

莲花：因为什么？

许卓：因为你和我太太长得很像……真的，很像，都是明眸皓齿，只是她的辫子剪掉了……

莲花：或许，我也该剪了……

许卓：不，你不要剪！莲花姑娘，这个地方也不是你久待的地方啊！

莲花：鬼子一来，家破人亡，我又能到哪里去呢？

许卓（拿出一些钱）：莲花姑娘，拿着这些钱离开此地，往西北去，越远越好……

莲花：先生，我怎么能要你的钱呢！

许卓：谢谢你陪我说了这么多的话……我已经很久没有说过人话了！

莲花：先生搭救之恩，令莲花终身难忘！多谢先生！

［门突然被撞开，几个流氓无赖进来。

流氓甲：听说“胭脂阁”来了个头牌，能歌善舞，还是个黄花闺女，老爷我今天得见识见识！

流氓乙：对对，花大把的银子也值得！可是大哥你看——（指许卓）

流氓甲：有人捷足先登了？谁敢在太岁头上动土啊？

［许卓慢慢转过身来。

流氓甲：哎呀，是翻译官大人！小人得罪，得罪！

许卓：你们听好了，今后不许再来骚扰，还不快滚！

［流氓一哄而下。

莲花：许先生，多谢了……

许卓：莲花，世道险恶，珍重啊！

［许卓下。

［莲花拿出了那枚“同心结”，心潮起伏……

莲花：（唱）同心结，心难同，
护身符，难护身。
可恨鬼子东洋兵，
生生夺走我郎君！
我万念俱灰，
死意几度生。
只想随这江水去追寻，

阴间也要找到心上人。
实难舍，
小妹遗留人间自飘零。
强低头，忍悲恨，
胭脂阁内讨营生。
老鸨落井下石毒计生，
逼我就范胭脂染灰尘。
心已死，意已冷，
心死意冷何惜怜此身？
乱世纷纷，
红尘滚滚，
乱世红尘了残生。
只要妹妹病愈出苦海，
莲花我，愿蹈火海坠红尘……

［莲花毅然拿起剪刀，将辫子剪下！

［幕徐落。

第四场：凯旋

时　间：三年后的1945年，中秋前夕

地　点：码头·龙王庙前

［幕启，激越的鼓号齐鸣。乡亲们在欢庆抗日战争的胜利，载歌载舞，一片欢腾。

男女合唱：八月秋高风送爽，
遍地桂花分外香。
欢庆抗日得胜利，
万里山河喜洋洋！

［乡亲们下场。

程山：（幕后唱）乘长风，驾轻舟，破雾穿云……

［一艘船停在码头，身着美式军服、披着斗篷的程山下船，亮相，放

眼四望，触景生情，无限感慨。几个随从到四周警戒。

程山：（唱）风雨过，桃花镇，一片欢腾。

一别家乡三年整，
梦里几度登回程？
眼前景物今犹在，
只恐难见心上人。
乱世离散如噩梦，
梦回大千欲断魂！
感时花溅泪，
恨别鸟惊心。
不见佳人面，
何处觅知音？
月到中秋分外明，
犹闻夜半起歌声……

老鸨（幕后）：姑娘们，赶快来呀！

［老鸨带领着一群妓女上场，拉着几个军人纠缠。

老鸨：（唱）小小船儿好转向，

东方不亮西方亮。
带领姑娘来劳军，
英雄美人配成双。

一战士：老乡，不要拉拉扯扯的好不好？

老鸨：我的兵哥哥，你们可是大英雄啊，帮我们赶走了日本鬼子，喝杯庆功酒总是可以的吧？

一战士：程副官，你看……

程山：你们去吧，这是乡亲们的一片心意……我在这里走走……

［战士们随着妓女下。

［莲花上场，她已经完全改变了模样，烫发，旗袍。

莲花：这位长官，我们走吧……

［程山闻声回头，看见莲花，两人都十分震惊！

程山：你是……莲花？

莲花：程山？

程山：真是你啊，莲花！

莲花：你，你还活着？

程山：我当然活着啊！

［莲花一阵晕眩，倒在程山怀里。

程山：莲花！莲花！我回来了！

莲花：这，这不是梦吧？

程山：这不是梦啊！

（唱）八年噩梦风吹散，
班师凯旋回家乡。
烽火连天难顾盼，
关山万里两心悬。

莲花：（唱）关山万里两心悬，
阴阳世界一线牵。
眼见帆樯被摧残，
今生难见我的郎。

程山：（唱）死海逃生身负伤，
转战南北去后方。
鸿雁折翅音信断，
从此生死两茫茫。

莲花：（唱）从此生死两茫茫，
恩爱情谊怎能忘？
今朝又见郎君面，
疑是相遇在梦乡。

程山：莲花，噩梦已经过去了！明天，我就花轿进门接你！

莲花：（恍然大悟）接我？

程山：当然是接你啊！

莲花：不，不不……你不能接我……

程山：我不接你，接哪一个啊？

莲花：我是说，这事情太，太突然了……

程山：桃花啊！

（唱）三年前本该迎你做新娘，

晴空霹雳惊鸳鸯。
劫后余生两情悦，
拜谢天地赐良缘。

莲花：（唱）程郎他满心欢喜满心笑，
莲花我满心忧愁满心焦。
可叹我如今已是青楼女，
怎能够与他比翼凤还巢？

程山：（唱）大红的花轿迎你进门，
大红的新衣穿上你身。
大红的盖头大红的花，
大红的喜字大红的灯。

莲花：（唱）大红的花轿我怎敢乘？
大红的新衣我怎上身？
大红的盖头下哭红的眼，
大红的喜字刺痛我心！

程山：莲花，我这次回来是为了接受工作，我如今已是少校副官了，可以直接禀报长官，马上就与你成亲。

莲花：不不，程山，我们不能……

程山（困惑地）：不能？为什么？难道你……你心里已经有了别人？

莲花：不，我心里从来就没有别人……即使我的人不在等着你，可我的魂也一直在等着你啊！

程山：莲花，我怎么听不明白啊？

莲花：程山，我，我会慢慢对你说的……

［幕后突然传来几声沉闷的锣响，乡亲们一拥而上，议论纷纷。

一青年：怎么回事啊？

何老爹：听说是要处决一名汉奸！

一青年：汉奸？

许卓：（幕后唱）披枷戴锁我把黄泉路上……

［许卓被两名士兵推上。

许卓：（唱）行一步喊一声黑天冤枉！
身陷狼穴非我愿，

无端杀我为哪般？
山河破碎我心碎，
同胞受难我受难。
苦熬八年噩梦散，
梦醒时分寸断肠！
良知未泯良心在，
汉奸罪名实荒唐。
眼见龙王庙宇在，
亲仇不辨虽死心不甘！

[长官上场。

长官（拿出判决书宣读）：罪犯许卓，身为日军翻译官，助纣为孽，实属罪大恶极，不杀不足以平民愤。现报请上峰批准，以汉奸罪判处许卓死刑，立即执行。许卓，你认罪吗？

许卓：不认！我是清白的！

长官：哼，你居然还敢说自己清白！来人啊，绑下去！

莲花：慢！

[所有的人都看向桃花。

莲花：长官，许，许先生，是好人啊！

[大家顿时议论纷纷，程山也大为惊讶。

长官：什么？你居然敢说汉奸是好人？

莲花：长官啊！

（唱）他妻儿被扣当人质，
刺刀胁迫来从军。
若不是他巧妙来周旋，
哪有今天这般桃花镇？
龙王庙当初被他救，
难道今天在此葬他身？
人在曹营心在汉，
他也是堂堂正正的中国人。

长官：这些情况你是怎么知道的呀？

莲花：乡亲们都看见的呀！

长官：乡亲们，你们可曾看见啊？

[乡亲们没有人言语。

莲花：有的，是他亲口告诉我的……

长官：亲口告诉你的？在什么地方？

莲花：在……

长官：是在胭脂阁吧？哈哈哈……一个青楼女子，居然敢跳出来为汉奸辩护，你胆子可真是不小啊！

程山：青楼女子？

莲花：对，我是青楼女子，可我说的都是实话！

何老爹：莲花，你不要再说了！

（唱）：莲花休要胡乱言，
大庭广众莫现眼！
你与汉奸常苟合，
辱没祖宗愧对天！

莲花：何老爹，你，你怎么也这样说呀！做人总得凭良心啊！

[人群中突然走出学生打扮的小红。

小红：住口！

（唱）你沦落风尘不害臊，
狼狈为奸你丢尽脸！
一心哄我他乡去，
你沆瀣一气忠奸不辨！

莲花：小红啊！

（唱）一席话说得我欲哭无泪，
小红她青红不分出狂言。
为姐若不蹈火海，
只恐你早已命断赴黄泉。

小红：住口！早知道你的钱是这样的肮脏，我，我宁可死掉！你，你不配做我的姐姐，你也不配做一个中国人，今天当着众乡亲的面，我们姐妹情缘一刀两断！

莲花：你……（打了小红一记耳光）

程山：莲花！你冷静一些！

莲花：你别碰我，难道就不怕我脏了你的手吗？

许卓：莲花姑娘，谢谢你慷慨陈词。许某今天一死，也就值得了……

一士兵：时辰已到！

长官：就地正法！

许卓：慢，我还有话说！

长官：快讲！

许卓（扶好眼镜，理好衣装，肃然地）：“晋陶渊明独爱菊花，自李唐以来，世人盛爱牡丹；予独爱莲之出淤泥而不染，濯清涟而不妖，中通外直，不蔓不枝，亭亭静植，可远观而不可亵玩焉。予谓菊，花之隐逸者也；牡丹，花之富贵者也；莲，花之君子者也！……”

长官：什么乱七八糟的！把这个疯子押下去！

[士兵押许卓下场。

长官：把犯妇莲花收监候审！

[莲花被士兵押住，程山回避一旁。

许卓（突然转身大喊）：莲花，活下去啊！

[幕后两声枪响！

[莲花晕倒……

[幕落。

第五场：　弦诉

时　间：几天后·中秋之夜

地　点：监狱

[幕启，正是莲花的梦幻。她与程山在月下翩翩起舞，互诉衷肠……

幕后合唱：霜打枫叶红愈浓，

　　　　　雨过彩虹色更新。

　　　　　劫后相逢难相识，

　　　　　疑是春闺梦里人。

程山：（唱）天高云淡长空雁，

莲花：（唱）雁声阵阵思乡远。

程山：（唱）人间关山千万重，

莲花：（唱）关山重重共婵娟。

程山：（唱）秋风送爽月儿圆，

莲花：（唱）月圆更盼人团圆。

程山：（唱）但愿团圆在今宵，

莲花：（唱）只恐今宵难团圆。

［莲花梦醒……

莲花：程山！程山——

［程山带着随从已经到达了牢房门口。

程山：把门打开。你们出去……

［程山走进牢房。

莲花：你，你怎么来了？

程山：我来看看你……

莲花：你是不是要送我……上路了？

程山：不，不会的……

莲花：其实，我并不怕死。我只是要讨一个公道！

程山：莲花，这是几盒点心和几件衣服……还有，这把月琴，我也给你带来了，有什么心事，就对着它说吧……

莲花：是的，我有心事……我要说……

［莲花接过月琴，开始了诉说。

莲花：（唱）转柱拨弦两三声，
　　　　　　未成曲调先动情。
　　　　　　琴弦好拨曲好唱，
　　　　　　心弦一触情难平。
　　　　　　遥想当年往昔事，
　　　　　　不堪回首饮悲恨。

程山：你慢慢说吧……

莲花：（唱）那一日，你江中遇险痛我心，
　　　　　　悲切切，恨不沉江追你行。
　　　　　　实难舍，小妹孤单身染病，
　　　　　　惨凄凄，风打浮萍自飘零。

家被毁，难栖身，
饥寒交迫风雨侵。
天日暗，夜阴森，
一弯冷月照孤魂！
乱世无活路，
青楼讨营生。
为救妹性命，
无奈卖自身。
只当身已随你去，
来世再做你的人。
三更哭你五更醒，
断弦喑哑谁人听？

程山：莲花，你受苦了……好在，这场噩梦终于过去了！

莲花：（唱）原指望，烽火硝烟终有尽，
风雨过后见天青。
怎料想，秋风乍起叶凋零，
人面似铁心若冰。
亲人变了亲人脸，
手足顿失手足情。
我无言以对忍悲愤，
犹如万箭穿透我心！
落花有意付流水，
流水无情葬花魂。
我恨日寇野兽行，
我恨人间路不平。
苍天可知我冤深？
满腹辛酸对乾坤。
苍天啊苍天！
你怎不发悲悯？
可怜我这红颜薄命人。
乾坤啊乾坤！

你怎不来作证？

还给我一个清白的魂！

程山：（唱）莲花弦诉如杜鹃，

字字带血惊我心！

历经磨难活性命，

忍辱负重度光阴。

锣鼓喧天八面凯旋声，

淹没民间女儿疾苦情。

我本当为她把冤申，

怎奈是职卑人微难从心。

思前想后意不定……

进退维谷步难行。

［一军官带着两名士兵上。

军官：程副官，时候不早了，我们得带着犯人上路了。

程山：上路？

军官：是啊，长官有令，这个犯人有变节通敌之嫌，要押送南京受审！

程山：押送南京受审？

军官：你还是赶紧把话说完吧。

［军官离开，在牢房外等候。

莲花：程山，我这一走，恐怕再难见到你了……

程山：不，莲花……我们会再见的……

莲花：别为我担心，我不怕……来，我有一样东西给你……

程山：什么东西？

［莲花从包袱里取出了那枚“同心结”护身符……

程山（大惊）：同心结？它……它怎么又到了你的手里？

莲花：同心结……护身符？它能护身么？留着做一个念想吧……来，我给你挂上，这回，你别再把它丢了……

程山：莲花！

［两人拥抱。

军官：程副官，请你快点……

程山：王参谋，你转告长官，我正有要件送往南京，这趟差，就由我来担当吧！

军官：你去？

程山：我亲自护送！

[幕落。

第六场：断魂

时　间：翌日拂晓

地　点：蓝桥边

[幕启，拂晓中的蓝桥边一片寂静，唯听江水起伏声……

程山幕后唱：趁拂晓，携莲花，来到江畔……

[程山着便装与莲花悄然上，四下察看。

程山（唱）：万籁静，夜未央，四野苍茫。

顺风顺水去彼岸，

孤帆一片迎朝阳。

[程山解缆……

莲花：程山，我们这是去哪里啊？

程山：莲花，我们不去南京了！

莲花：不去南京？

程山：对！我们去一个谁也找不到的地方……

莲花：你，你打算把我放了？

程山：我不仅把你放了，而且还要与你远走高飞！

莲花：远走高飞？

程山：莲花啊！

（唱）：难为你受煎熬苦度时光，

难为你陷苦海饱受风霜。

今朝救你出牢笼，

远走高飞去他乡。

山重水复路途远，

柳暗花明见桃源！

莲花：（唱）多谢你冒死搭救情谊长，
多谢你带我双飞去他乡。
患难之中情鸳鸯，
烈火飞出金凤凰。
从此噩梦不附身，
朝夕相伴情缱绻。

程山、莲花（合唱）：情鸳鸯，火凤凰，
生生死死不离散，
死死生生两相伴！

程山：莲花，所有的关节我都打通了，船就在桥那边等候，趁着天色未亮，我们赶快登舟离岸吧！

［两人走上蓝桥，莲花突然停住。

莲花：程山，我……不能上那条船了……

程山：什么？你改变主意了？

莲花：对，我还是要去南京申冤！

程山：国民政府已经是腐败之极，你怎能申冤啊！我们还是顺风顺水而下吧！

莲花：不，我要逆风逆水而上！

（唱）：逆风逆水浪里行，
南京城里讨公平。
若是顺风他乡去，
满腹冤屈对谁申？
莲花落红尘，
傲骨自铮铮，
身陷污泥中，
玉洁冰清心。
是人就该堂堂正正，
怕谁说人前矮三分？
大千世界，朗朗乾坤，
何必躲藏埋姓名？

若是天也暗来地也昏，
若是是非颠倒无公正，
莲花我，
对这滔滔江水喊三声——
苍天你还我清白女儿身！

程山：莲花，不要再议论了，还是赶快上船吧！

莲花：不，我不能上船啊！

程山：莲花，就算我求求你了！

莲花：程山……

[追兵上。

王参谋：站住！好一个程副官，竟敢与囚犯私奔，来人，给我拿下！

[程山与士兵搏斗。

程山：莲花，快走！

[王参谋开枪，程山为掩护莲花中弹，倒在莲花怀中……

莲花：程山！程山！

程山：（慢慢摘下护身符，交给了莲花）莲花，快走……

[程山死去。

莲花：程郎——

[舞台一片黑暗……

[灯光重现，舞台上已经空无一人，一道霞光里，“同心结”悠然落下……

[八个荷花仙子翩翩起舞……

[莲花的歌声仿佛九霄而落——

手捧莲花灯一盏，
二家有喜三盏灯……
乱世鸳鸯乱世情，
出水芙蓉不染尘。

2005 年 5 月 17 日　北京初稿

潘军文集

第捌卷

电影

草桥的杏

——根据作者同名小说改编

1　荻花荡　晨　外

一望无际的荻花，但还没有到开放的季节，看上去像是庄稼，在晨风中摇曳着……

一辆农用的小货车在荻花间的乡村公路上行驶着……

车上坐着一个二十五岁的农村女人，穿着暗红色的夹袄，系着绿格子的头巾，身边还带着一些大包小包。这就是故事的主人杏。她长相清秀美丽，但神情却是异常的沮丧，额头上似乎还带着一点淤青。

开车的是一个三十多岁的男子，叫王三宝，他是杏的男人，嘴上叼着半截烟……

2　桥头　远村　晨　外

小货车驶来，渐渐的，出现了一个坐落在山坡上的一个村落，这就是草桥，杏的娘家。从地貌上看，这里应该是皖南，山清水秀，陈旧的粉墙黛瓦，依山傍水。一座古朴的石拱桥跨越在一条清溪之上，更加显得这里的封闭与宁静。

春末的早晨，村子里炊烟袅袅……

小货车刚刚开上一座石桥，坐在车厢上的杏就拍了拍驾驶室的顶。

于是，货车便在桥头停下了。

接着，杏从车上翻下来，同时取下自己的行李。王三宝也跟着下车了，对杏比划着说：就到这？

我们这才知道，原来，杏是一个哑巴。

杏点点头，一边弄着自己的行李。

王三宝似乎并不难过：离婚不是丑事，别不好意思……

说着，就站在路边撒尿，接着说：杏，这事可不怨我，咱家就我这根独苗，不能因为你断了香火……

撒完尿，王三宝就上了车，将车调头，开走了……

杏瞥了一眼远去的车子，不禁叹了口气，然后，她回身看着自己的村子……

字幕：春分

3 草桥村 村口 晨 外

清晨的村子是安静的，几棵几百年的老树屹立在村口。透过树的缝隙，远远就能看见村口的那座老牌坊。一条石板路延伸而去……

杏的背影走进了画面，两只手都拿着行李，但一路上都是低着头，这便让人产生了一种不安。

4 草桥村 石桥 河边 晨 外

杏走过了进村的那座老石桥……

在小溪边上担水洗菜的两个本村女人，还是注意到杏回来了。

二香：那不是杏吗？

桂花：才走没多少日子啊，咋又回娘家来了？

二香：一个人带这么多东西，她男人是司机，也不送送？

5 村街 理发店前 晨 外

随着杏的脚步，我们渐渐看出了村子的全貌。

一条石板路半悬在那条清溪之上。蜿蜒而上，有两里长，街两旁都是人家，建筑新旧各异，却都一样的令人向往。你能感觉到这实在是一个古旧的村落，但又执拗地吐露出新生的气息……

杏低着头匆忙往家走……

街边的乡亲不断有人探出头来，然后就私下议论着……

当杏路过街边的理发店时，二香的丈夫，剃头佬老齐正准备开张，便招呼：杏，回来了？

杏红着脸，不好意思的离开了。

老齐看着杏的背影，一边荡着剃刀：这闺女，出嫁都好几年了，还爱红脸……

6　杏家　院子　晨　外

杏的家是一个普通的并且有些破旧的农家，有一个院子。屋子内部中间还有天井。院子主要是柴房和鸡场。杏出嫁之前就养了几十只鸡，这是这个家的主要经济来源。杏的父母都已经过世，家中就有一个外婆和一个十七岁的妹妹美兰，在县城的中学读高中。

此刻，年迈的外婆正在院子里晾衣服，她七十多岁了，满头的银丝。老人刚把衣服一抖落，她脚边的小花狗就一下窜了出去，直奔家门。接着家门就开了——杏出现在了门口，小花狗扑在她身上，但一路的疲惫，使她无意去逗狗儿。

外婆一看，楞了一下，比划着说：你咋又回来了？

杏看着外婆的手势，她没有回答……

外婆：三宝也没送送？

杏的眼睛突然就湿润了，手一松，身上的大包小包全都散落在脚边——其中一个花布包袱装满了婴儿衣服，还有一只虎头帽……

外婆立即就明白了。

老人赶紧把家门关上了，小花狗惊跳到了一边。

（暗场）

7　杏家　杏的屋子　日　内

杏呆坐在自己出嫁前的屋子里……

8　杏家　院子　日　外

外婆在鸡窝里捡鸡蛋往竹篮里放，一边嘀咕着：……你这闺女也真是命苦，哑了就哑了吧，可又不能生养……你看看，你养的母鸡，个个都生蛋，你咋就不能生养呢？

9　村街　理发店前　日　外

此刻，正是乡亲们吃早饭的时候。二香、桂花等几个妇女，端着饭碗聚集到理发店前的竹棚子里，一边议论着——

桂花：我说嘛，原来是离了婚被婆家赶回来了——这女人不能生娃，那还不退货？那男的家又是根独苗……

二香叹息道：杏真是苦命啊，长得倒跟画上人似的……

桂花：就是中看不中用！

这时，村长旺叔——一个六十多岁的男子，理好了头发，走出来：行了，怎么说，杏回来了就还是咱草桥村的姑娘，今后大伙得帮衬着点才是……

桂花嬉皮笑脸地：旺叔，这生娃的事咋帮啊？

旺叔脸一虎：你就知道生！再生，我罚死你！

正说着，本乡的税管员李成骑着一辆摩托车来了，他看上去四十来岁，很瘦，一看就是乡下那种能说会道的男人。

李成：都在呢？

旺叔：哟，李税务来了……

李成一边取下挂在摩托车把手上的皮包，拿出发票什么的，打趣地：每月来一回，就跟妇女来那个一样……

二香：李税务，电视上不是说咱农村的税都免了吗？

李成：农业税是免了，可这个体的经营税还得交……不多，你这小店一个月就几十块钱……

二香：这一个月还能挣多少？

她丈夫老齐便从口袋里掏出了三十多块钱，交给了李成。

李成和旺叔边走边聊着。

李成：大伙说什么呢？

旺叔：哦，咱村里原先嫁到后山的姑娘，叫杏的那个，离婚回来了。

李成：杏？哪个啊？

旺叔：就是那个哑巴，其实也不算真哑，就是耳背得厉害……

李成：何奶奶家的？

旺叔：对。

李成：那姑娘模样可不差啊？为什么呀？就因为她耳背？

旺叔：肚子不争气，结婚五年了，硬是怀不上……

两人渐渐远去……

10　杏家　杏的屋子　日　内

杏呆坐在床沿上……

那个花布包袱，里面装得全是杏缝制的童装和童鞋，还有一顶小虎头帽子。此刻它们全都摊放在床上，杏沮丧地低着头，一件一件的慢慢叠着……

小花狗似乎懂得主人的心事，安静地伏在门槛上……

（暗场）

11　草桥村　石桥　河边　日　外

又一个早晨来临了，草桥村依旧是那么安静。古旧的民居倒映在缓缓流动的水面上……

鸡鸣声此起彼伏……

字幕：谷雨

12　杏家　院子　晨　外

一只公鸡在高声叫着……

一只手从鸡窝里拾出一只鸡蛋，对着太阳看着，那鸡蛋仿佛是透明的……

这是杏，随着时间的推移，从她脸上，似乎看不出离婚后的那种沮丧了。

杏一双双地数着鸡蛋，往竹篮子里放……

13　杏家　天井　晨　内

杏用一支粉笔头在小黑板上写着："草桥土鸡蛋，每斤十五元，概不还价"，因为"概"她不会写，于是就用拼音写了一个"gai"。

家里的那只花狗"小花"在天井里懒洋洋地晒着太阳。

外婆在屋檐下晾着衣服，一边自说自话：美兰有好些日子没回来了，你得去学校看看她，看她缺啥不……你这妹妹心大，一个姑娘家考啥大学呀……

杏其实一句也没听见。忽然，院子传来了响亮的鸡叫，她倒是听见了，便立即放下粉笔，跑向院子……

花狗也立即追着上去……

14　杏家　后院　日　外

一只老公鸡正骑在母鸡的身上，母鸡大声叫着，却难以摆脱……

杏听到的就是这个声音了。她站在门框里利索地脱下一只鞋，朝着那只公鸡扔去，把它轰开。母鸡顿时就不叫了，抖着脖子上被公鸡咬乱的鸡毛。

外婆对杏比划着喊：你吃饱了撑着呀？公鸡不上身，母鸡的蛋能孵出小鸡吗？啊？

高声的喊，杏还能听见一点。于是，她的脸色顿时就变得低沉了，转身回屋去了。

外婆突然意识到自己说错了话，自语：瞧我这嘴……老糊涂了……

15　村街　理发店前　日　外

早晨的天街村，看上去十分的温暖。

杏穿着碎花的衬衫，挎着装满鸡蛋的竹篮子，提着小黑板迎面走来。

杏路过老齐家的理发店，在门口收拾的二香对她招呼着：杏，又进城卖鸡蛋啊？

杏腼腆地笑了一下，走了过去，那只小花狗也跟在她身后。

二香看着杏走远的背影，自己感叹着：这丫头，往后日子咋过啊？

老齐端着牙刷走出来：咋过？就这么过呗，别小瞧这卖鸡蛋，可不比咱这小破店挣得少，还不用交税……

16　天街村　石桥　日　外

花狗跟着杏走出了村口，到了桥头，杏回头挥了一下手，花狗便往回跑了。

17　村路　日　外

杏一路走来。

这一路上她遇上几个外村的男人，他们都回头看她。杏有些腼腆，低头走过去，不正眼瞧他们。

18　荻花荡　乡村小路　日　外

出了村口，在通往县城的路上，就是那片荻花荡。这个季节，荻花还没有开放，迎风摇曳着。土地虽然穷困，但独得一份天然的风景。

远远走来了杏，她的身影在一片绿色中显得那么突出……

不一会，李成骑着摩托车从后面赶上来了。他叫了声：杏！

杏没听见，但车已经在她面前打横停下了，杏这才吓了一跳。

李成：进城卖鸡蛋呢？

杏听不见，有点腼腆地看着李成……

李成这才想起杏是个哑巴：哦，对，你耳背……

接着李成就指了指摩托车，抬高了嗓门：来，我捎你……

杏还是不好意思上车。

李成拍了拍摩托车：上来吧，我正好进城办事……

杏这回听见了一点，只好坐了上去，李成开动了摩托车……

摩托车在荻花荡中穿行着……

杏坐在后面有点害怕，摇晃了两下，便下意识地抱住了李成的腰……

镜头落在了那只小黑板上……

19　县城　农贸集市　日　外

写着"草桥土鸡蛋，每斤十五元，gai 不还价"的小黑板放在杏的竹篮子边上。

熙熙攘攘的农贸市场，杏蹲在大棚的一角在卖鸡蛋，她铺着一块塑料布，上面放着篮子，篮子里的鸡蛋差不多卖了一半。

一个妇人来买鸡蛋：我买多点也不让价么？

杏听不见，自然也不回答。

那妇人口气冲了：问你呢！

杏还是不理，只指了一下牌子。

那妇人：一个卖鸡蛋的，架子还挺大……

说着，拍拍手就走了。她刚一离开，另一个妇人来了，拿起鸡蛋看了看，还对着太阳照了照。

这妇人：新鲜倒挺新鲜的……便宜点行么？

杏还是指了指牌子，不说话。

这妇人：农村人也不容易……来，我都要了。

说着，正准备掏钱，杏也很高兴。

这时候，突然就从一个角落杀出了两个城管，将杏的篮子抓住了！

城管甲：无证经营吧？商品没收，罚款……

杏害怕地跟城管纠缠着……

城管乙：别犟！再犟罚死你！

这时候，李成骑着摩托车又出现了，见到这情形，便停下车，跑了过去。

李成：老胡……

城管甲回头：哟，李成啊，今儿有空来了？

李成微笑着，给两个城管递上香烟：进城办点事……她是我们乡的，耳背，不大会言语，家里也特别困难，放一马吧。中午我请二位喝酒……

城管甲对城管乙使了个眼色，后者的手便松了。

20 县城 农贸市场 一角 日 外

紧张的杏缩在一个角落里。

不一会，李成走了过来，先把小黑板上杏不会写的“概”字补上，接着又比划说：最近城里集市上管得特别严，你要躲着点城管……

杏显然听不明白了，茫然看着李成。

李成抬高声音：城管，懂吗？就是专门管理市场的那种人……那种……

李成越说越费解，就拿出粉笔在黑板的另一面画了一顶大盖帽，接着又比划说：就是戴这种帽子的人，跟我头上的差不多，管你们的，你见着了，要躲着点，要跑……要不你这一天就白干了，记住了？

杏还是不太明白，看着黑板上的大盖帽，又看看李成的大盖帽，似懂非懂地点点头。

（学校铃声先出……）

21 县城中学 门口 日 外

放学的铃声里，杏已经来到县城中学的门前，等候着下课的妹妹美兰。她篮子里的鸡蛋已经卖完了。

不一会，美兰从里面出来了，她只有十七岁，穿戴却仿佛城里人，她拍了一下姐姐的肩。

杏一回头，笑了，把妹妹拉到边上。

美兰看看篮子，比划着说：这么快就卖完了？

杏点点头，比划：城里人喜欢。

美兰：城里人就是喜欢穿洋的，吃土的。下回你得加价……

说着，就把那块小黑板上“每斤十五元”改成“每斤二十元”。

杏也跟着乐了，然后就从口袋里拿出刚才卖鸡蛋的五十块钱，交给了妹妹。

美兰看着钱，又退了二十给杏，但杏还是执拗地把二十块钱又塞给了美兰，比划：你明年要考大学，得吃好点……

姐妹俩就这么比划着交流。过往的车辆在她们面前不断划过……

22 县城 大桥 日 外

姐妹俩又来到了县城的大桥上，边走便聊。

美兰又问：姐，你想那个人吗？

杏有些困惑：谁？

美兰：你以前的男人啊，那个司机。

杏摇摇头：他已经不是我男人了。

美兰气愤地：王三宝，王八蛋，没准是他自己有毛病呢！什么独苗，他们家绝了户才好……

这时，天空上阴云聚集起来了，眼看着一场雨就会来临。

杏指指天，意思是天色变了，她得走了。

于是，姐妹俩就这么分手了。

23 荻花荡 阴天 外

天色更加阴沉……

杏匆匆从远处走来，忽然，她看见了自己熟悉的那辆农用的小货车，大概是出故障了，就停在路边上。

这让杏十分意外，她下意识地站住了。

这时，从货车底下爬出一个男子来，他正是杏以前的男人王三宝，一脸的油污，手里还拿着修车的工具。

王三宝也很意外：又去城里卖鸡蛋了?

杏低着头，有些不自在。

王三宝走过来：今年就是点背，啥都不顺……你倒比在家那会水灵了，还是你们天街这边的水土好啊……

说着，就动手来摸杏的脸，但杏却闪到了一边。

王三宝：哟呵，这还没几天功夫，就认生了?

杏比划着：我不是你女人了!

王三宝揪住杏：不是?我说是就是!

说着，就把杏往旁边的荻花丛里拖，一边开始解开裤袋……

杏不从，挣扎着，经过一番扭斗，最后杏还是摆脱了王三宝，从荻花丛里冲了出来，一溜烟往自己的村子跑了。

王三宝提着裤子追出来，喊着：你这死哑巴，一日夫妻还百日恩呢!

他生气地朝着车胎踢了几下。

远处响起了轻雷……

24　杏家　堂屋　天井　日　内（雨）

雨水顺着天井往下落着……

杏坐在天井边上，手里拿着那顶虎头帽，想着心事……

（暗场）

25　天街村　河边　晨　外

奔流的溪水……

一只水桶沉到水里，打起一桶水。这是杏，她一早就起来挑水来了。

字幕：立夏

26　杏家　厨房　晨　外

杏把水倒进了水缸里。放下扁担，然后就取下碗橱上的篮子，去了院子……

27　杏家　院子　晨　外

杏来到院子，把鸡蛋一双双地往篮子里放。

不一会，妹妹美兰也起床了，到院子里来刷牙。

杏收着鸡蛋，忽然，手住了——她拿起了一只带血的鸡蛋。

看杏在发愣，美兰便走过来：看啥呢？

杏把那只带血的鸡蛋递给美兰。

美兰眼睛一亮：这是处女蛋。

杏不明白什么是处女蛋，就看着妹妹。

美兰：就是……第一次下蛋……

杏似乎有点明白了，把这只鸡蛋慢慢放进了篮子里。

美兰抬高嗓门：第一次很疼的，就跟女人生孩子一样……

杏突然脸色又低沉了，提着篮子走进了屋。

美兰知道又说到了杏的痛处，就喊着：我可没说你，瞧你这点出息……

28　草桥村　石桥　河边　日　外

姐妹俩上路了，美兰骑着自行车，后面带着杏。杏的手上挎着一篮子鸡蛋，篮子上面盖着那只小黑板。

美兰：姐，等我考上大学，毕业了，将来找份好工作，你就再也不用卖鸡蛋了。

她们的倒影从水面上掠过……

29　荻花荡　晨　外

美兰的自行车在荻花中穿行着……

美兰继续在说：我要把你和外婆都接到大城市去，再给你介绍一个好男人，过上好日子……

杏没听见，但脸上的表情是甜蜜的。

突然，美兰的车停下来，她想起了一件事，便从杏的口袋里掏出一只粉笔头，把原先小黑板上写的“每斤二十元”擦掉，改成了“二十五元”，对杏比划：又涨价了。

杏有些惊讶：这么快?

美兰：如今城里的物价就是这样，隔不了多长时间就涨……

杏含糊地点点头。

30　县城　农贸市场　日　外

小黑板又放在老位置上。杏还是蹲着做生意。星期天的集市，前来买菜的城里人比往常要多。杏夹在其中，正和一对夫妻交易着。

女的：这鸡蛋涨的也太快了，上个月才十五块一斤呢，咋就变二十五了?

男的：人家这是地道的土鸡蛋……快点行吗?我下午还有个会……

女的就往秤盘上放着鸡蛋，杏过称，女人掏钱了，一共给了杏五十多块钱。

杏收起钱，正想舒口气，突然，她又发现人群中有一顶大盖帽，好像是一个税务局的人，正骑着摩托车往这个方向赶来……

杏看看小黑板的背面上李成画的那顶“大盖帽”还依稀可辨，顿时就像弹簧似的站起来，拔脚就跑开了，险些撞到了一辆三轮车上……

那车夫还喊了句：怎么走路的?

30　县城　街道　日外

杏在使劲跑着，旁若无人……

街上人看着奔跑的她，都有点不知所措……

而且，仿佛是心理作用，杏发现街上的大盖帽很多，一下是警察，一下是军人，一下是工商，一下是城管，一下又是邮递员……

小黑板上的“大盖帽”晃动着……

杏辨不出这些大盖帽的身份，只要见到就躲藏着跑，一边跑一边将手里的竹篮子用布盖好，担心被大盖帽发现篮子里的鸡蛋……

31　县城　大桥　日　外

杏在大桥上奔跑着，过往的行人都显得不知所措……

最后，她消失在人群之中……

天空上，传来了轻微的雷声……

（暗场）

32　荻花荡　破窑洞　日　外（雨）

这正是个多雨的季节。

天又下雨了，而且还大，远远就看见杏顶着塑料布跑来，雨越下越大，于是杏就跑向了路边的那口破砖窑，想方便一下，顺便也躲躲雨。

33　破窑洞　日　内（雨）

窑洞里很暗，杏蹲下来撒尿，然后提起裤子，随便系了一下，接着，她开始把打湿的衣服脱下来，露出一块小红肚兜。她很丰满，乳房挺立着。

杏挤着淋湿的衣服，窑洞忽然暗了一下，杏本能地回头一看，原来进来了一个“大盖帽”的剪影，出现在了洞口的逆光下。

杏一下意识到，这个“大盖帽”和刚才在集市上见到的完全一样。于是她惊叫了一声。

正是这声叫，引起了那“大盖帽”的注意——那人一下就注意到杏的乳房……

于是，那人就扑了上来，把杏压倒。

杏以为“大盖帽”是一直从城里追着自己来的，而且要没收她的鸡蛋，便迅速用双手抱着篮子，死死不放。但她完全忘记了自己是光着身子的。

“大盖帽”却顺手轻松地把杏的裤子一下脱光了……

杏这才意识到自己遭到了强奸，于是竭力反抗，在那人的手腕上咬了一口！于是对着杏一巴掌扇了过去，杏眼前一黑……

那半篮子鸡蛋打翻了……

大盖帽也滚落到了地上……

34　破窑洞　日　外（雨）

雨越下越大……

雨水有力击打在一辆停在窑洞口的摩托车上，溅出水花……

35　破窑洞　日　内（雨）

很快，那人完事了，正系裤子，再从地上捡起大盖帽，还掸了掸灰尘，戴到头上。他走出窑洞的时候忽然想起自己还没有付费，于是，就从裤袋里掏出钱包，拿出一张二十块的票子——想想又添了一张，这张钞票在空中飞舞了一下，最后落在杏还光着的屁股上……

杏似乎还在昏迷着，她的身体之下全是破碎的鸡蛋……

36　破窑洞　日　外（雨）

雨小了点……

那人走出来——竟是本乡的税管员李成！

李成带着几分醉意，开始发动摩托车。他踩了几下，却没打上火，便骂了句：妈的，破货！

37　破窑洞　内——外　日（雨）

杏这才翻过身来，看着窑洞口——

她只看见李税务的背影，以及那辆摩托车的牌号：0210。

摩托车终于发动起来，排气管对着镜头喷出一股浓浓的黑烟。

李成呕吐了几下，显然是今天的酒喝多了点，他摇晃着骑上去，离开了……

杏看着地上那些破碎的鸡蛋，眼泪顿时就淌下了。她慢慢站起来，裤子一下退到了脚跟，于是她赶紧将裤子提起，这当儿，一只鸡蛋从裤管里滚了出来……

杏拿起那只大概是唯一没有破碎的鸡蛋，这正是早晨她发现的那枚带血的处女蛋。

38　荻花荡　破窑洞　日　外（雨）

窑洞里突然传出了杏撕心裂肺的哭声……

荻花在风中摇曳着……

（暗场）

39　杏家　杏的房间　夜　内

月光透过窗棂照进来，照在桌子上那枚沾血的鸡蛋上。

杏失魂落魄地坐在床上，盯着那只鸡蛋……

门外传来了外婆的喊声：杏，你出来吃点东西行吗？

40　杏家　堂屋　天井　夜　内

站在门外的外婆，手里端着一碗饭，老人还不知道发生了什么事，一个劲地喊：杏，你出来吃口啊！

41　杏家　杏的房间　夜　内

杏还是没有出来，抱着的身子还在微微发抖着……

镜头慢慢逼近那只放在桌子上的鸡蛋，血迹犹在……

（暗场）

42　村街　理发店前　日　外

草桥村还是和以前那样，吃早饭的时候，大伙还是喜欢聚集到老齐的理发店门前闲聊着。

桂花：昨晚上看的那个电视剧，叫着什么来着，上面那个女的，脸模子就像咱村的杏。那女的也不能生养……

二香：谁说的？你看差了……

不时有汽车和摩托车从村子边上经过……

不一会，李成骑着那辆挂着“0210”号牌的摩托车来了，李成今天又来天街收税了，从他的脸上看不出一点异样。

李成：哟，都在呢。

老齐：李税务来了？

二香：李税务，这免税的政策啥时才能下来啊？

李成停好车：别急，该下来的时候就下来了，其实我比你还急，你们这犄角旮旯我还懒得跑呢……

说着，就跟老齐进了屋子……

43　杏家　门前　日　外

杏也在门边吃饭，突然，她眼睛一亮，她一下就注意到了停在理发店前的那辆摩托车……

44　村街　理发店前　日　外

李成从理发店里出来，正要发动摩托车。

突然，杏拦住了他。

李成觉得奇怪，就停下车：这不是杏吗？咋了？

杏听不见男人说什么，而是出其不意地将男人的手腕一把抓住，接着就要把他拖走！

李成还是不知所措，连声嚷着：你干啥呢？杏？你……

路边一些围观的人也陆续凑来，低声议论着……

45　乡派出所　老刘办公室　日　内

一只钢笔帽脱开……

派出所所长老刘坐下来，看着眼前的杏和李税务。老刘是一个四十多岁的男人，相貌是忠厚中透出一点严肃。

门口聚集着二香、桂花等几个乡亲，老刘起身过去把他们轰开：看什么？走走！

看热闹的乡亲便走了，但还在派出所门前逗留着。

老刘重新回到桌子前：说说吧……哦，她不能说……那你说吧。

李成一副无奈的样子：我，我能说什么呀？我一早来草桥收税，刚到就被她一把揪住了……

老刘：为啥呀？

李成：我哪知道为啥？她上来就揪……

老刘：那她干吗不揪我呀？

在他们的谈话中，杏一下看看李税务的大盖帽，一下又看看老刘的大盖帽……

46　乡派出所　门前　日　外

这时候，村长旺叔陪着外婆来了。

二香她们还在议论着——

二香：这到底是咋回事啊？

桂花：准没好事！

旺叔：让让，有什么看的……

47　乡派出所　老刘办公室　日　内

旺叔带着外婆进了门，外婆急着问：杏，你这是咋了呀孩子……

杏一下就流眼泪了。

旺叔撇了一眼李成，心里便大致明白了。

老刘上前，搬只凳子给外婆坐：老人家，把你叫来，是想听听你外孙女想说些啥……

外婆有些紧张地：好，好……

老刘打开里面房间的门，对李成说：你先到里面候着。

李成叹了口气：我算是倒霉了……

老刘关上门，回到桌子前对杏说：杏，你说吧。有啥说啥。

48　乡派出所　门前　日　外

派出所门前的人越聚越多，大家都在议论着——

二香：李税务平时看上去不是这种人啊！

桂花：人不可貌相，就杏那俊模样，是男人都会馋。

二香：这话可不敢乱说……

49　乡派出所　老刘办公室　日　内

外婆惊吓得一下站了起来，看着杏：你说啥？你……

杏点点头，还是在哭着。

老刘和村长交换了一下眼色，他们也听出意思了。老刘走过来：杏，这话咱可不敢乱说……你有证据吗？

外婆提醒：刘，刘所长，这孩子耳背，您得喊着点。

老刘便喊了：你有证据吗？

杏摇了摇头。

老刘：那，那这事可就不好办了。

旺叔：杏，啥事都得有个凭据，对吧？

杏比划着，意思是我没说谎！

外婆含着泪劝说：孩子，咱回吧……

杏激动得比划，嗷嗷叫着，还拿起桌上李成的那顶大盖帽比划着……

老刘摇摇头：杏，如今戴这种帽子的人到处都有……我不也戴这种帽子吗？

说着，他把自己的帽子也脱下来给杏看。

杏只好随村长和外婆走了。

50　乡派出所　门前　日　外

旺叔领着杏从里面出来，对围观的乡亲说：搞错了，都散了吧……

大伙这才慢慢离开……

51　乡派出所　老刘办公室　日　内

老刘这才把里面的门打开，让李成出来。

李成却一下嚣张起来：能说的你不信，不能说的你反倒信。你这人可真是……

老刘突然把李成的领子封住，逼到墙角，低声而严厉地：你他妈的别得了便宜还卖乖……滚！老刘实际上心里明白着。

52　杏家　杏的屋子　夜　内

杏独自坐在屋子里，委屈着流泪……

外婆走进来，坐在杏的面前，难过地：孩子，忍了吧……这自古就是鸡蛋碰不过石头呀……

杏默默咬着嘴唇，看着桌子上那只沾血的鸡蛋……

（暗场）

53　荻花荡　日　外

夏天到了，荻花在风中摇曳着……

美兰骑着一辆自行车快速地通过……

字幕：大暑

54 杏家 院子 日 外

一段时间过去了。经历过这件事之后，杏显得更加木纳。她还是像以前那样喂鸡，还是一见公鸡骑到芦花母鸡的身上，便用鞋将公鸡赶走。外婆送饭过来，见了，也不再说。老人心里明白，孩子受了大委屈，只是有口难言……

老人不禁抹了抹老泪，然后把饭碗递给杏。杏接过，回到了屋里。

这时，院子里响起了自行车声，美兰回来了。

55 杏家 堂屋 天井 日 外

外婆一边把饭菜端给美兰一边唠叨：你不是说考试忙，不回来了吗？

美兰拉住外婆：谁欺负我姐了？

外婆迟疑了一下：搞错了……

美兰：咋错了？外面都在说我姐……

杏在一边吃饭，突然“哇”的一声，吐了……

美兰跑过来，拍着杏的后背，问：姐，你这是咋了？谁欺负你了？啊？

外婆一边看着，心下不禁一惊！

杏这是怀孕了！

杏推开妹妹，进了自己的屋子，关上了门。

56 杏家 杏的房间 日 内

杏手里拿着那只沾血的鸡蛋，想着什么……不时，她弯下腰来又吐了几口……

门外，传来美兰的声音：姐，你开门啊！

57 杏家 堂屋 天井 日 内

美兰在敲门：姐，咱得上医院瞧瞧……

外婆走到一边，自己嘀咕着：怀上了？那，那嫁出去五年咋就怀不上呢？

老人还是感到纳闷不已。

58　杏家　杏的房间　日　内

杏下意识地摸着肚子……

接着，她从枕头下面拿出了那顶自己缝制的孩子的虎头帽子，突然，她的眼睛里似乎绽放出一种不可思议的喜悦……

（暗场）

59　乡医院　妇科诊室　日　内

透着写着妇科的玻璃门，可以看见杏提着裤子从屏风后面走出来。

给她做妇科检查的大夫坐在桌子前，写着病历，一边说：怀孕了，已经三个多月了……

杏听不见，但她已经感觉到结果出来了。

大夫：你这是第一胎吧？你男人呢？

杏没吱声，但脸上却浮现出了笑容……

60　荻花荡　砖窑前　日　外

还是这一天里，远远就看见，李成骑着摩托车，又上那处破窑洞里撒尿去了……

61　破窑洞　日　内——外

李成吹着口哨在撒尿，涉险过关，让他有了一副很惬意的样子。

他撒完了，便提上裤子。忽然发现窑洞里的光线暗了，等他刚一转身，发现窑洞门前已经站住了杏。

李成先是一愣，接着脸上便有点邪笑：咋了，不就是那点事吗？你还像王八那样死咬着不放啊？有证据随时告我去……

杏突然也笑了一下，她是带着鄙视的冷笑，又仿佛是胜利的一笑。接着她把上衣掀开，露出了已经微现突出的肚子，让李成看。

杏比划着：这就是证据！

李成这才意识到事情严重了，顿时就傻了，口气也软下来：杏……你，你想干啥？

杏用树枝在地上写了两个字：告你！

说着，她就走出了窑洞。

李成骑着摩托车从后面追上来说：杏，有话好说……那天我喝高了……我可是帮过你啊……

李成在一路央求杏，但每一次杏都将他的手推开了。

（暗场）

62 村街 理发店前 夜 外

入夜的草桥村，家家都亮着灯，有的在理发店的棚子里乘凉，有的在看电视。老齐在拉着胡琴什么，是一段老黄梅戏“树上的鸟儿成双对”……

远远看见，村长旺叔提着一个提包，正往这边来……

63 杏家 堂屋 天井 夜 内

杏回到家，莫名其妙的收拾着桌上的东西。

外婆从里面出来，觉得奇怪，便试探着问：杏，你这一天里都去哪了？

杏不搭理，继续收拾着，还打来一盆水，开始清洗茶杯。

外婆：这么晚了你还忙乎啥呀？

杏比划着：有人来。

外婆困惑地：有人来？谁这么晚还来呀？

但她的话刚落音，外面果然就有人喊了：何奶奶，睡下了吗？

外婆看了杏一眼：你还会算卦？

老人就出去开门了。

杏把茶倒好，自己也进屋了，将门关上。

64 杏家 院子 夜 外

外婆将门打开，进来的是老村长旺叔，一手拿着芭蕉扇，一手拿着一只黑色的提包。

外婆：哟，他旺叔来了啊……

旺叔：何奶奶，杏……在家吗？

外婆：在，在……快进屋吧。

旺叔：我就在院子里坐会吧，凉快些……

不一会，杏给旺叔倒茶送来了。

旺叔看着杏，一脸的难言之隐。

杏离开了……

外婆担忧地：他旺叔，杏这孩子……没惹事吧？

旺叔喝了口茶：没有没有……

65　杏家　杏的屋子　夜　内

杏的屋子里没有开灯，她就贴着窗户站着，看着外面，月下，旺叔正和外婆说着什么……

66　杏家　前院　夜　外

旺叔在说话：……李税务呢，也承认了过失，说那天自己喝高了，当时压根就没看清窑洞里是谁，还以为是那种皮肉生意的女子……男人嘛，出这种事也是难免，那公鸡见到母鸡还上背呢……

外婆一边抹眼泪一边嘀咕着：我就晓得要出事，我就晓得……

旺叔：唉，没想到，就这么一次，杏就……你说怪不怪啊，杏嫁出去五年怀不上，那王三宝还以为杏不中用，现在看来，不中用的是那个畜生！

外婆听不进这些，就只顾抹眼泪。

旺叔：好在这事现在处理起来也不难，赶明儿我亲自送杏去乡卫生院，把肚子里那块肉拿掉就结了……何奶奶，这事可拖不得您说对吗？

外婆：那，那这事就这么算了？

旺叔：当然不能就这么算了。不管咋说，杏是咱天街的姑娘，这回是被人欺负了，我这个当村长的不能不管！至少，咱要争个赔偿啥的……李税务呢，倒也还配合，这不，让我连夜送一万块钱来，一来给杏补补身子，二来，也好供美兰念书，光指着卖那点鸡蛋，不中……

说着，他就从提包里拿出了一万块钱，放到了外婆手里：咱村里又多出一个“万元户”了。

外婆勉强将钱收下，可还是在抹眼泪。

旺叔站起来：回头您再和杏谈谈，早做准备……

外婆：他旺叔，让您费心了……

67　杏家　杏的屋子　夜　内

杏离开了窗口，坐到了床沿上，她下意识地又摸了摸肚子。

不一会，灯亮了，外婆拿着那一万块钱进来了，老人嘀咕着：你旺叔说，那天李税务喝高了……

显然，老人是想忍气吞声，把这件事私了了。

杏从外婆手里接过那一万块钱，放进了柜子里。

外婆这才问：算了？

杏摇了摇头。

外婆一愣，喊着：不算？

杏坚定地点点头。

外婆继续在喊：那，那你干吗还要人家钱呢？啊？

杏比划着：他害了我，就得赔；他犯了法，就该告！

外婆哭泣着：孩子啊，咱告不过人家，咱就认了吧……

68　杏家门外　巷子　夜　外

这个晚上李成一直贴着墙在偷听着屋里的谈话，他知道事情并没有过去，而屋里传来的哭泣又让他很慌乱……

这时，那只花狗不知从哪里窜了出来，对着李成一阵狂吠……

李成赶紧溜了……

刚到巷口，一个人影堵住了李成——原来是派出所所长老刘。

李成知道事情坏了：老刘……我，我正要找你……

老刘冷笑了一下：现在该说说了吧？

李成的头低下了……

（暗场）

（警车声先出……）

69　村街　乡派出所　门前　日　外

一辆警车呼啸而过……

正是午饭时分，村子里的人几乎全都端着饭碗跑出来看热闹了。接着就是议论纷纷——

二香：这下，李税务可真是栽了……活该！

桂花：真看不出啊，一个哑巴还扳倒了一个“大盖帽”！

老齐：谁说鸡蛋碰不过石头？

70　荻花荡　小路　日　外

警车从远处开来……

开车的是民警小吴，后面坐着所长老刘和戴着手铐的李税务。

李成瞥了一眼掠过的那座破砖窑，内疚地：老刘……

老刘闭着眼：叫我政府。

李成尴尬地改口：政府……我这算自首吧？

老刘没搭话，闭目养神。

李成：算我栽了……工作没了，党籍没了，老婆也没了……全都没了……

老刘这才答了句：你自找！一个大活人，管不住裤裆里那四两肉……做！

警车远去……

（暗场）

71　草桥村　村口　石桥　日　外

兴奋地美兰骑着自行车正往村里狂奔……

字幕：立秋

72　杏家　院子　日　外

还是像往常一样，杏又在喂鸡了。不同的是，她时常下意识地摸一下肚子。

不一会，美兰回来了：姐——

杏听见了，迎过来比划：今天咋回来了？

美兰：那王八蛋判了三年！我特地赶回来告诉你，让你出出气……

杏没听明白，似乎早把这事忘记了，就比划：你说啥？

美兰却有些生气的喊着：你说我说啥？那个害你的李税务……大盖帽，判了三年！你咋连这也忘记了？

杏明白了，勉强点了点头，回到了屋里。

美兰看着杏的背影，埋怨地：一点恨性都没有！

这时，二香在门口探出身子：美兰，旺叔让你去趟派出所。

美兰点点头……

73　乡派出所　老刘办公室　日　内

美兰已经到了这里，老刘把一杯水递给她：这事呢，总的说起来，算是圆满解决了。无论他是谁，法律面前人人平等。

美兰站起来鞠躬：谢谢所长，谢谢村长。

旺叔：坐坐……今天找你来呢，就是想通知你姐姐，去卫生院做人流手术。如今这证据……

老刘摆摆手：不需要了，案子已经结了。

旺叔：那手术可就得抓紧做，时间长了，人会遭罪的。

美兰：村长，咱几时动身？

旺叔：越快越好，下午吧，下午就去。

美兰：好！

74　杏家　杏的屋子　日　内

杏仍然坐在床沿上，手里还拿着那顶小虎头帽……

突然，她意识到自己的肚子动了一下，她吓了一跳，偷偷掀起衣服看着——那肚子似乎又显出了一些，而且，还真能感觉有动静似的……

门突然开了，杏吓得坐下，赶紧把虎头帽塞到了枕头下面。

进来的是美兰：杏，你咋了？

杏比划着：他踢我……

美兰困惑地：他？他是谁呀？

杏指了指肚子……

美兰气愤地：姐，下午赶紧去卫生院把这孽种做了！

但是，杏慢慢站起来，却摇了摇头……

美兰傻了：你，你想干啥呀，杏？

杏还是摇着头，比划：他是活的……我不想做掉……

美兰一下就抓住杏的衣领：你傻呀姐！这不是你的孩子！

杏也突然打了妹妹一耳光，怒目看着她……

杏的心声：他是！他在我肚子里，他是活的！是命！

75　乡派出所　老刘办公室　日　内

村长旺叔惊讶地站起来，看着面前的美兰：啥？你姐不去？

美兰哭泣着点着头。

旺叔叹息：唉！这犟丫头！傻呀！

这里已经聚集了二香、桂花等妇女。

二香附和道：月份深了就不好做了呀，再说了，这个孽种留着干吗？她以后不想嫁人了？

旺叔走到老刘边上：刘所长，你看，要不要上点……措施啊？

老刘：这事咋能上措施？她又没犯法……

旺叔：咋没犯法？万一她真把那孽种生下来，就莫名其妙地占了我一个计划生育的指标……这是国策啊！

说着，把趿着的一只鞋穿上，赶紧出了门。

大伙也跟着出去了……

76　杏家　院子　日　外

村长旺叔带着美兰、二香、桂花等人从外面走来了，外婆从屋里迎上来。

旺叔：咋样？

外婆沮丧地摇了摇头：好说歹说她就是不肯去呀，这死丫头！

旺叔生气地：这可不能由着她了……二香，桂花，来，帮我搭把手，今天咱就是抬也要把杏抬到卫生院！

二香她们有些犹豫……

旺叔抬高嗓门：天塌下来有我顶着！

大家这才向屋里涌去……

77　杏家　杏的屋子　日　内

旺叔一脚把门踹开，但是屋里已经没人影了，只见后面的一扇窗户大开着——杏跑了！

那只沾血的鸡蛋滚到地上，摔碎了。

外婆立即就哭喊：杏儿——

78　荻花荡　日　外

杏背着一件布包袱，用手护着肚子，在荻花丛中飞跑着，大片的荻花已经飞白……

79　乡村公路　杂货店前　日　外

杏一路奔来，到了公路上，她累得想歇会，便从口袋里拿出一根黄瓜，咬了一口……

忽然，她一下注意到了王三宝开的那辆小货车，就停在公路对面的小杂货店前。

很快，王三宝带着一个俗气的姑娘从店里出来了，两个人手里都端着碗热气腾腾的方便面，感觉是刚买的。

姑娘：跟着你就吃这个啊？还吹自己一个月能挣多少钱呢……

王三宝：到了城里我带你下馆子，先临时填个肚子……肚子……

王三宝突然愣住了，他看见杏正挺着肚子，从他面前慢慢走过……

杏这是故意做给王三宝看的，她以这种方式证明自己是个有用的女人，她要讨回自己的尊严。

姑娘：看啥呢你？

王三宝还在自语：肚子……

姑娘：你就知道看女人肚子，她是谁呀？

王三宝：是……是我以前的婆娘……

姑娘眼睛一亮，这才盯着走过去的杏：她啊？怪好看的呀……你咋说人家不中用呢？

王三宝气恼地：妈的，真是奇了怪了……

姑娘：我看是你自己不中用吧？

王三宝回手就是一耳光，连面带汤打在了姑娘的脸上，后者一下就哭了起来：王八蛋，你敢打我……

走过去的杏，一直昂着头，她的脸上洋溢着从未有过的骄傲……

（暗场）

80 荻花荡 日 外（雪）

一望无际的荻花，被一场大雪覆盖，失去了先前的美丽，但也显示出生命的顽强，依然迎风挺立着……

字幕：冬至

81 村街 理发店前 日 外（雪）

还是在吃午饭的时候，二香、桂花等村里的几个媳妇又聚集在理发店前，一边吃饭一边谈论着。

桂花：杏这死丫头还真是倔犟，这一走好几个月，居然就没个影了，连过年也不回来……

二香：也不知道她躲到哪里去了？会不会又跑回原来的婆家去了？

桂花：哪能呢！那破司机说是娶了新的……

二香：那也是白搭，他自己无用，糟践了杏。

桂花带着一点埋怨：要说这杏，也真是了不得，她这一闹腾，李税务啥也没有了，公职开了，党籍没了，老婆也跟他打离婚了……

二香很不高兴：这事可怨不得杏，谁叫姓李的欺负人？

突然，远处传来了一声婴儿的啼哭，所有人便闻声看过去——

原来，是失踪几个月的杏回来了，手里抱着一个刚满月的婴儿，那是她的儿子！

街边的几个妇女竟然都不出声了，呆呆地看着……

杏还是旁若无人地从她们面前走过，仿佛过去的一切都没有发生……

好多门里，都探出了脑袋，看着杏，却没有人敢言语……

杏就这样勇敢地抱着自己的儿子，走过着漫长的村街……

82 杏家 杏的屋子 日 内（雪）

婴儿躺在摇床里晃动着，这是一个漂亮的胖乎乎的男孩，一旁的外婆给孩子戴上了那顶虎头帽，又摸了摸孩子的小鸡鸡，感叹着：怎么说，咱家里也有个男人了……这家里好些年都没男人气味了……

杏坐在边上摇着孩子，表情显得有些甜蜜。

突然，孩子啼哭起来……

外婆对外面喊了声：美兰，奶——

美兰就拿着一只装着牛奶的奶瓶进来，依旧是阴沉着脸，她把奶瓶放到姐姐面前，什么也不说。

杏拿起奶瓶，先朝自己手背上滴了一滴，试试温度，在抱起孩子喂奶。

孩子顿时就不哭了，只管喝奶……

一旁的美兰倒流泪了：姐，你傻呀……你今后拖着这个孩子咋办呀？

杏迟疑了一下，然后比划着：我不想以后。

站在门口的外婆也难过地抹着眼泪。

婴儿大睁着眼睛，看着大人……

（哨音先出……）

83　劳改农场　砖窑厂　日　外

这是犯人进行改造的一座砖窑厂，周围有铁丝网和岗楼和几间办公室。

岗楼上，武警哨兵持枪在放哨。

此刻，管教干部老高，一个五十来岁的男子，正喊着口令：立正！

犯人们一起立正，其中就有李成，他已经完全改变了形象，头发也剃短了，猛一看还差点认不出来。

高管教：稍息！

高管教开始了训话：从今天起，你们在这里接受劳动改造。抟砖烧窑，既是体力活，也是技术活，还能取暖……你们要好好干。按照政府的政策，不是白干，是有报酬的，按劳取酬……

下面的犯人便低声议论开来——

"报酬，能有几个钱啊？"

"那总比白干强吧？"

高管教咳嗽了一下，大家又立即静了下来，他接着说：钱是小事，表现突出的，可以争取减刑。我希望大家好好表现，争取早点出去。回归社会……

他停顿了一下，指着前方的那道铁丝网说：有一点我提醒大家注意，休息的时候离警戒线远点，个别人千万不要动歪脑筋，拿生命冒险，明白吗？

大家齐声喊道：明白！

焦点聚在那面铁丝网上。

84　砖窑厂　车间　日　内

一块泥砖的坯子拓出来……

李成在埋头干活，一脸是泥水。

一个大块头的犯人走过来，问李成：怎么进来的？

李成看了那人一眼，没说话，继续干活。

大块头推了李成一下：老子问你话呢？

李成还是沉默着。

大块头：哑巴了？

这时边上另一个犯人贴着大块头耳边嘀咕着什么……

大块头脸上泛出一丝淫笑：妈的，你连哑巴也搞啊？说说，哑巴是啥滋味？

边上的犯人一齐哄笑着……

一直沉默的李成突然像疯了似的，一头撞向大块头。于是，一阵乱打便开始了，显然，挨打的是李成，他被人打倒在地上，抱头缩成一团，任凭他人拳脚相加……

这时，那位高管教来了，大吼了一声：干什么？

大家这才静了下来。

高管教：干活去！

所有的人都离开了，只剩下李成一个人爬在地上，他已经满脸是血……

高管教看了他一眼，随便问了句：没事吧？

李成低声地：没事……

（暗场）

85　草桥村　河边　石桥　日　外

时间又过去了一段，天气已经变暖和了，春天来了，村口的树又绿了，从谁家的院子里传来了黄梅戏的腔调，那还是一出老戏……

美兰骑着自行车从县城回来了……

字幕：惊蛰

86　杏家　堂屋　天井　日　内

一束阳光从天井里泻下，照着摇篮里的孩子。孩子似乎长大了不少。杏又在给孩子喂奶了，她还是和以前那样，先在自己手背上滴下一滴，试试温度，再喂孩子。

87　杏家　前院　日　外

外婆在阳光下抖着盛着老玉米的簸箕。妹妹美兰骑着自行车回来了。

外婆：今天咋回来了？

美兰嗯了一声，又问：取换洗衣服。我姐呢？

外婆：在屋里给孩子喂奶呢。

美兰没好气地：贱！

外婆叹了口气：别说了，好歹也是条命不是？

美兰进屋去了。

88　杏家　堂屋　天井　日　内

美兰站在门槛上，看着喂奶的姐姐，还是那副厌烦的样子。杏一转身发现美兰回来了，就对她笑了笑，还主动把孩子抱给她看，意思是，你看，孩子长得多好。

美兰还是不屑地哼了声。

那孩子看着美兰，突然小嘴动了起来，感觉是在说话。

杏看见孩子的嘴动了，连忙把脸贴着孩子的嘴巴，但她还是听不见孩子说什么。于是，她就把美兰拖进屋来，激动地比划着问美兰：他会说话了？是在叫“妈”吗？

孩子看着美兰，突然发出了一个“ba”的音节。接着是“baba”。

美兰的表情骤然变了……

杏还是期待着拉拉妹妹的衣服，比划：是在叫“妈”吗？

美兰委屈地对着杏喊了起来：不是！这小孽种喊的不是妈，是爸！

杏一下就楞了……

美兰委屈的流泪了：杏，你遭这么大罪连声“妈”都换不来，你值吗？

这时，外婆进来把美兰拉走了，一边说：咋刚到家就跟你姐吵啊？

杏还楞在那里，看着摇篮里的孩子，再次把耳朵贴在儿子的嘴边，这下，她自己真的是听见儿子在说“爸”。

杏看着儿子，表情一下凝重起来……

89　乡派出所　老刘办公室　日　内

老刘回过头，诧异地看着面前的杏和村长旺叔：你说啥？要去看看他？

杏点点头。

旺叔：怎么劝也不听，就是要去。

老刘还是觉得纳闷：为啥呀？

杏指着怀里的孩子，比划着：不是我要，是孩子要……孩子一直在叫着“爸爸”……

旺叔明白，便“翻译”：她说孩子会叫“爸爸”了。

老刘：当初你可是……

杏比划着……

旺叔“翻译”：她说，桥归桥，路归路，一码是一码。

老刘似乎是被杏这片心打动了，他看了杏很久，才默默点了点头……

90　荻花荡　日　外

警车在荻花荡中的小路上驶来……

91　荻花荡　警车内　日　外

这回是老刘亲自开着警车，面色凝重复杂……

杏坐在后面，抱着儿子。当警车经过那处破窑边，杏情不自禁地往外看着，然后，眼泪默默的淌下了……

老刘也注意到了杏的反应，不禁叹了口气……

（暗场）

92　劳改农场　砖窑厂　日　外

李成和犯人们继续在劳动着，他头上还缠着纱布，沉默着埋头干活。

高管教走来了，喊着：031 号，出来。

李成便马上站到了高管教的面前。

高管教：有人来看你了。

李成纳闷地：看我？

高管教：对。洗洗，跟我来。

李成：高管教，您没，没弄错吧？

高管教：快点。

李成：是！

93　劳改农场　会谈室　日　内

杏抱着儿子已经坐在那里等待了。过了一会，李成被带来了，他一见到杏，就在门口愣住了……

杏也有些发愣，眼前的李成额头上还包着纱布，模样完全变了。

他们就这么隔着一张大桌子，面对面地坐着。高管教进来，给各人发一张纸和一支铅笔。于是，他们进行艰难的笔谈。

杏先写着——“这是你儿子”

李成一愣，惊讶地看着儿子……

孩子也好奇地看着父亲……

李成的眼泪已经淌下了……慢慢写下——“对不起”。

杏也感到难过，可为了不让怀里的儿子看见，她磨开了脸……

李成写下——“我可以摸摸他吗？”

杏迟疑了一下，然后写下——“洗手！”

李成便去了一旁的洗脸池，开始用肥皂洗手，他洗得很仔细，眼泪像线一样落下……

这是，杏这才抱着孩子走过来，让孩子的脸凑过去……

李成的眼泪挂在脸上，杏见了心里也不好过，背过脸去。李成轻轻摸着孩子的脸，孩子居然和父亲有一种天然的感应，也看着他，然后，孩子笑了，这是孩子第一次露出笑脸，是那样的可爱，接着小家伙伸出小手去摸父亲的脸……

94　劳改农场　院子　日　外

高管教和老刘在院子里闲聊着。

高管教：我当了二十几年的管教，还是头一回见到这种事……

老刘：我也是……说来也怪，那孩子一见李成，就笑了……

95　劳改农场　会谈室　日　内

孩子还在笑着……

孩子的笑容似乎化解了大人的恩怨，好像他们就是一家子似的。

这时，一个年轻的看守陈警官走过来，意思是：时间到了。

李成把孩子还给了杏。

杏正要出门，忽然想起了什么，又从两个口袋里掏出了十来个鸡蛋，放在了桌子上……

李成的眼睛再次湿润了，看着他们母子离开……

96　劳改农场　门口　日　外

警车驶出了监狱，大铁门咣当一声闭上……

（暗场）

97　天街村　村街　夜　外

天空上，一弯新月……

村子安静了，杏的家还亮着灯光……

98　杏家　杏的屋子　夜　内

一滴牛奶从奶瓶里滴出来，落在杏的手背上，她在试奶的温度，然后开始抱起孩子喂奶。

门开了，妹妹美兰又回来了，她一副很无奈的样子，对杏比划：你还真去看那混蛋了？

杏迟疑了一下，点点头。

美兰还是激动地比划：你贱！

杏摇摇头，比划：我是带他儿子去看他的。

美兰比划：这不一样吗？

杏比划：不一样！

美兰一撇嘴：你简直就是一个……

眼看姐妹俩又要吵起来，突然，外面一声大响，像是什么东西倒了。美兰立即跑了出去，接着就听见她大喊道：外婆——

99　杏家　堂屋　夜　内

只见外婆仰面倒在地上，身上压着一只楼梯，老人显然是被楼梯绊住，摔倒了，簸箕里的玉米撒了一地。

美兰呼喊着：外婆——外婆您咋了？

杏也赶出来，见外婆已经人事不知，就立即把孩子递给了美兰，自己背起外婆往外跑去，美兰也跟了出去……

100　天街村　街边　夜　外

杏背着外婆在奔跑着……

美兰已经喊来了村长等乡亲，他们拖着板车，打着手电在后面追赶着。杏的孩子现在由二香抱着在。

旺叔一边拔鞋一边说：好好的咋就摔着了？杏，你等等——车来了……

杏还是背着外婆一个劲地在跑……

101　天街村　石桥　夜　外

杏还是背着外婆一个劲地往前跑，等跑过了桥，村长旺叔带着人追了上来，正安排把外婆放到板车上。大家七手八脚地把外婆搬到板车上，突然旺叔说了句：回吧……

原来外婆已经停止了呼吸。

美兰一下哭了起来：外婆——

杏怔住了，却还是不相信外婆已经去世了，执拗地要把板车往前拖，但是村长旺叔死死拦住了她，大喊：杏！人没气了！死了！

杏这才腿一软，昏倒下来……

(化)

(唢呐声先出……)

102　村街　日　外

一声唢呐，出殡的队伍过来了。

美兰抱着外婆的遗像走在棺材前面。杏抱着儿子跟在棺材边上。村长旺叔在撒着纸钱……

乡亲们按照传统的习俗走来……

103　天街村　石桥　日　外

出殡的队伍经过桥头，派出所所长老刘和小吴在指挥着交通……

(化)

104　山坡　日　外

一座新坟已经落成。

坟前，只剩下抱着孩子的杏和美兰，她们相对无言……

杏让孩子在坟前给外婆磕头。

那只花狗在边上蹲着，看着她们……

(暗场)

105　天街村　石桥　日　外

几天后的一个上午，远远看见杏送美兰去城里上学，美兰推着自行车，后面还架着一大包行李。杏抱着孩子，那孩子又见大了一些。

到了桥头，美兰站住，对杏比划：姐，你回吧。等我考过了就回来……

杏点点头。

美兰正打算走，忽然想起什么来，就从口袋里掏出一个小银锁，挂在孩子的脖子上：这是我小时候戴的……来，对小姨笑一个？

但是，那孩子就是不笑，反倒哭了起来。

美兰看看杏，比划：你看，你这儿子不向着你呢。

杏也笑了一下，示意让美兰快走。

于是，美兰骑车走了，杏还在桥头站着，目送着妹妹……

过了会，杏又开始逗自己儿子，但那孩子就是不笑，看着杏。

杏看着儿子，她的心声：儿啊，你咋就不对妈开个笑脸呢？

孩子还是不笑……

杏的心声：孩子不能没个笑脸啊！

106　村街　理发店前　日　外

杏抱着孩子走来了。路过理发店前，看见旺叔又在理发，便把孩子递给了一边的二香，自己却把旺叔拉了出来。

旺叔：干啥呢，杏，没见着我在剃头嘛。

杏比划着……

旺叔明白了，却很诧异：你要搬家？

杏点点头。

旺叔：为啥？

杏比划着，她的心声：为了我儿子天天能笑……

107　劳改农场附近山坡　日　外

锯子在拉动着……

这是一片荒地，旺叔正带着几个本村的工匠在这里为杏盖一个临时的草棚子，外带一个养鸡篱笆院子。从这个位置，能看见远处的劳改农场。

原来，杏临时把家安到了这里，同时带来了她的孩子、她的鸡、她的狗。

旺叔一边拿刀破篾一边唠叨：你这死丫头，就是个死心眼，放着好好的瓦房不住，偏要挪到这个荒场子……

杏忙着给大伙倒茶水，很是高兴……

108　劳改农场　门前　日　外

高管教正送老刘出来，门口停着警车。

高管教：……你看，就为这事你还亲自跑一趟，打个电话就行了嘛。

老刘：杏这孩子不容易，心眼又好，不来一趟我还真不放心。

高管教：还真别说，自从上回你带杏来过一趟，031号的表现一直很好呢，这样下去，就有减刑的可能。

老刘：那是好事啊，他要是早出来，杏也少受点罪了……老高，这事您多费心了……

忽然他又想起了什么，从提包里拿出一本书，交给了高管教：哦，对了，这是李成让我捎的，回头你交给他。

那是一本《手语入门》。

老刘说着，他就上车去了，警车开走……

（暗场）

109　山坡　杏的草棚　日　外

草棚已经盖好。虽然简陋，但座落在这山坡上，也是一道独特的风景。阳光下，杏抱着儿子站在草棚面前，满意地笑着……

孩子却茫然的看着劳改农场那边，隐隐约约的能看见犯人们在劳动……

110　劳改农场　砖窑厂　日外

劳改农场这边，李成和一些犯人依旧在劳动，他们都发现了，远处那道铁丝网后面的山坡上，新出现了一座茅屋和一个竹篱笆围成的院子，以及门前晃动着的人影……

李成似乎有所预感，但却不敢深想……

（化）

111　杏的草棚　孵房　日　内

一只鸡蛋在滚动着……接着，一只小鸡破壳而出……

一只只鸡蛋里孵出了小鸡……

杏背着孩子，高兴地看着……

（化）

112　山坡　杏的草棚　鸡场　日　外

大簸箕里，一群嫩黄色的鸡雏在阳光下显得格外精神……

杏的一只手托着一只小鸡，杏那么精心地看着小鸡雏……

杏的鸡场挨着草棚，规模还不小呢。

（化）

113　劳改农场　砖窑厂　日　外

李成又在拓砖坯了，还是和以前那样忙着……

他还是孤单地埋头做事，以前打架的大块头那帮人也不再欺负他了。

外面传来一声休息的哨音，犯人们都放下手里的话，到一边休息，抽烟的抽烟，喝水的喝水，聊天的聊天。

李成独自坐到一个角落，从裤带里拿出那本《手语入门》。显然他一直在暗中学习着手语。

这时，那个年轻的陈警官走过来，拿过他的书，觉得奇怪：看这个有意思吗？

李成支吾着：我，我随便看看……

陈警官把书扔给李成：瞎掰。你们这些人脑子是怎么想的？不干正事……

陈警官走了之后，李成又继续看书。

不一会，高管教过来了，喊了声：031 号。

李成：到！

高管教：跟我来……

李成便跟着高管教走了。

114　劳改农场外围　铁丝网　日　外

一道铁丝网横在面前，远远看见，高管教带着李成向这边走来。走到一半路的时候，高管教站住了，朝铁丝网这边指了指——

李成抬头，这才看见在铁丝网那边的一颗树后面，走出来了杏，以及他们的儿子。杏今天穿戴得很整齐，头发也梳理得很亮。那只小银锁在儿子的脖子上晃动着……

李成简直不敢相信自己的眼睛。

高管教：去看看吧，别过那道铁丝网。

李成点点头：谢谢政府……

然后，他低着头向那边走去了。

高管教：抬起头来，犯人也是人啊！

李成便慢慢抬起头来，走向那边……

杏抱着儿子也朝这边走去……

那些放风休息的犯人，也被眼前这幅图景惊住了……

李成和杏在铁丝网面前站住了，李成看着杏，看着那孩子，嘴唇哆嗦着，却说不出话来……

果然，那孩子一见到李成顿时就笑了。

还是杏先“开口”，她比划着：你看，你儿子一见到你……就笑了……

李成就把手伸过铁丝网的空格，颤抖着来摸孩子的脸。

然后，李成又比划着：你干吗要搬到这地方呢?

李成能用手语表达，这让杏很吃惊，也有些高兴，杏比划着：我只想让儿子每天有个笑脸……

李成内疚地低下头，比划：杏，我对不起你……

杏还是背过脸去……

115　砖窑厂　日　外

大块头跟几个犯人也朝这边看着，低声议论着什么……

大块头摇了摇头：天下还有这等事……

另一犯人：哑巴就是死心眼嘛。

大块头回手就给那犯人一耳光，吼道：你再说?

犯人们一下不吱声了。

哨音响了……

（暗场）

116　山坡　杏的草棚　夜　内

偌大的草棚里，陈设十分简陋。月光透过窗户撒在床上，杏带着孩子已经入睡了……

117　监舍　走廊　夜　内

监舍内已经熄灯了。其他几个犯人也已经入睡了，李成却还就着走廊上的灯光，在看那本《手语入门》……

118　杏的草棚　夜　内

忽然，传来了几声狗吠。

杏一下坐了起来，顺手拿起身边的一把镰刀。

过了会，狗吠声停了，杏才慢慢躺下……

119　监舍　走廊　夜　内

李成还在看书。不一会，那位年轻的陈警官来了，很鄙视地看着李成一眼，什么也没说，就随手把走廊上的灯关掉了。

顿时监舍里一片黑暗，李成的形象顿时模糊了……

（暗场）

120　山坡　杏的草棚　鸡场　日　外

杏用镰刀在树上刻着一道痕迹……

（化）

如今，那些小鸡如今已经长大了不少。杏的儿子坐在竹子做成的小推车上，和边上的花狗在玩着……

（化）

杏在喂鸡……

（化）

当太阳光线与那树上的那道痕迹完全吻合时，杏一下想起了什么，连忙解下围裙，抱起孩子……

这是她探视的时刻到了。

（哨音先出……）

121　劳改农场　砖窑厂　日　外

哨音响起……

高管教在吹着哨子。犯人们又到了休息的时刻，各自找乐去了。

李成朝铁丝网那边看了一眼，没有见到杏，似乎有些失落，又蹲到一边看那本《手语入门》去了。刚翻两页，忽然听见了狗叫，再往那边看，杏带着孩子来了，那只花狗跑在前面……

李成眼睛一亮……

犯人们也开始哄笑起来，大块头说：瞧瞧，谁来了？

李成似乎有些不好意思。

高管教走过来，对李成说：去吧。

李成这才迈开了步子……

122　劳改农场　铁丝网边　日　外

李成在摸着儿子的脸蛋，高兴得不行。

杏比划着：他重了八斤。

李成点点头，比划着：你辛苦了……

杏比划着：我是他娘呀。

李成又比划：晚上睡觉记着把门关好。

杏比划着：我知道……

接着，李成从口袋里拿出了一个小纸盒子，交到了杏手里。

杏有些诧异，比划：这是啥？

李成便将纸盒子打开，原来是一只助听器，他比划着：这是助听器，你戴上它，就能听见一点声音……

杏很诧异，比划着：你哪来的钱啊？

李成也比划着：我这个月的工资呢。我最高。政府说，表现好还会减刑……

杏不明白：减刑？

李成比划着：就是早点放出来。

说完，便帮杏将助听器戴上了。

李成又哄着孩子：儿子，叫妈妈，叫！

那孩子看着杏，果然就叫出了一声“妈妈”。

杏一下就听见了，眼泪顿时涌出来，把儿子抱得紧紧的……

这时，哨音又响起来了……

（暗场）

123　劳改农场监狱　日　外

戒备森严的监狱，远远可以见到岗楼上持枪站岗的武警……

字幕：秋分

124　劳改农场监狱　高管教办公室　日　内

这里已经坐了几个人，有警察，也有法院的人员。

李成进门，立正站好。

一名戴眼镜的法官打开文件夹：031 号，鉴于你在劳改期间的良好表现，政府决定对你实施减刑……

李成激动地竟用手语比划：谢谢政府……

法官有些困惑，看了看高管教，这是啥意思？

高管教咳嗽了一声，意思是提醒李成不要用手语。

李成这才意识到自己失态，鞠躬，说：谢谢政府宽大！

125　劳改农场　铁丝网外　日　外

李成流利的手语在杏的眼前比划着：我减刑了！

杏也显得特别高兴：减刑了？

李成继续比划着：减掉了一年半。

杏比划着：哦，那，那等儿子会走路的时候，你就能回家了？

李成感动地：回家……

他情不自禁地哭了起来。

杏用力捶了他一下，比划：这是好事，你哭啥？

李成抹掉眼泪，又显出了生硬的笑……

孩子也笑了……

126　劳改农场　砖窑厂　日　外

这边，大块头等几个犯人凑在一起抽烟休息，看着远处的李成他们。

大块头：听说了吗，031 减刑了。

另一犯人：这小子，什么都顺了……

这时，边上的一辆货车刚刚驶到——这是王三宝的车，今天是给砖窑厂送煤来的。他正准备从驾驶室下来，无意中就瞅见了远处的杏抱着孩子，正笑着和李成比划着……

王三宝顿时就很气恼，气得把方向盘一拍，汽车喇叭突然就一响。

那位陈警官便走了过来：抽什么风啊？

王三宝跳下车，堆着笑脸：不好意思，无意中碰到了……

陈警官拿出哨子一吹：干活了！来两个人，把这车上的煤卸了。

王三宝还在暗中看着正往这边跑来的李成，自语：妈的，他们倒凑成了一家子……

（暗场）

127　山坡　杏的草棚　夜　外

夜幕降临，远远看见山坡上杏的草棚亮起了灯……

128　杏的草棚　夜　内

杏点上了马灯，吹灭了手里的火柴。接着，她就在翻看着日历，其中九月的某一页被她折起来，这显然就是李成出狱的日子。

杏扳着手指算着，也就不到一周的时间了。

这时，外面的花狗跑了进来，摇着尾巴。杏有些迟疑，然后她就看见了赶来的妹妹美兰，便一下愣住了……

美兰喊了声：姐，我考上了！

杏因为戴上了助听器，所以听得真切，一下扑向美兰……

姐妹俩拥抱着，哭泣着……

摇篮里的孩子在吸着手指头，左顾右盼，看着两个大人……

129　天空　月亮

连绵起伏的山峦上，悬挂着一轮即将要圆的月亮……

130　监舍　夜　内

躺在地铺上的李成睡不着，望着窗外的月亮，手里也在掐算着出去的日子……

131　杏的草棚外　夜　外

夜已经深了，草棚里还亮着灯光……

那只花狗蹲在门前，警惕地看着外面……

132　杏的草棚　夜　内

姐妹俩躺在床上，美兰帮杏把助听器弄好，但她们之间还在用手语进行着交谈。

美兰：你能听见吗？

杏点点头，比划着：能听见一点点。

美兰：他几时能出来？

杏：还有六天。

美兰：那以后呢？

杏：以后？

美兰：你没想过以后？

杏：我不想以后……

美兰不想再说什么，她的心声却在说：也许，这就是命吧……

杏从枕头套里拿出一个布包，里面是当初李成赔给她的那一万元钱，她交给美兰，比划着：这是一万元钱，你留着上大学用……买几件好看的衣裳……

美兰流着泪，摇着头，把那钱推了回去。

杏还是把钱按到了妹妹手里，比划：你一定要考上大学，将来，好教我儿子……

美兰点点头，她抱着姐姐，像孩子一样闭上了眼睛……

杏把马灯拧小了……

（暗场）

133　砖窑厂　日　内

几天后的一个下午，李成还和以前那样在拓着砖坯。边上的大块头走过来：哎，老李，没几天就出去了吧？

李成有些激动：还有三天。

大块头：恭喜呀。

李成：你也快了……等你出去，我就办喜酒，到时候你一定得来。

大块头：还办喜酒？儿子都能走路了……

李成：那也得办。

134　劳改农场　砖窑厂　日　外

高管教和陈警官走来，一边说着：我到局里开个会，这里你盯一下。

陈警官：好。

高管教临上车之前，从口袋里把哨子摸出来，交给了陈警官。然后，他就开车离开了……

陈警官脸上现出一丝傲慢：多大岁数了，还不退？

他也离开了。

135　杏的草棚　鸡场　日　外

杏在鸡窝里收着鸡蛋，那些鸡已经长大了。忽然间一只公鸡又骑到了母鸡身上，杏下意识地急忙脱鞋，但想想又把鞋穿上了。

然后，她看着那棵树上的阳光影子，又落到那道痕迹上，便站起来解下围裙，提着鸡蛋，向屋里走去……

136　杏的草棚　日　内

杏刚进门，突然就被门后闪出来的一只大手捂住了嘴巴，她手一松，篮子里的鸡蛋落到了地上——

鸡蛋全都碎了！

杏挣脱了那只脏手，这才看清，原来闯进来的男人竟然是她的前夫王三宝！她一时手足无措……

王三宝凶狠地：你这不要脸得死哑巴，跟强奸犯搞出了这么个孽种！

说着，就抬起脚，想将摇篮蹬翻，杏一见王三宝欺辱她的儿子，便急忙冲上前去，一头撞向男人。

王三宝踉跄了两下，又把杏扑倒在床上：老子操了你五年你没动静……老子今天就操死你！

摇篮里的孩子在哭……

院子里的鸡在飞……

门口的狗在吠叫……

眼看一场暴力侵犯即将发生，杏在和王三宝扭打着，她仿佛听见了远方的哨音……

137　砖窑厂　日　外

陈警官在吹着放风的哨子……

犯人们纷纷走出来，到不同的位置休息。李成还是向铁丝网那边看着——今天他没见到杏的身影。于是，他便有些纳闷，也有些担心，自语：病了？

陈警官正好路过，便站住问：你说什么？病了？谁病了？

李成莫名有些紧张，敷衍着：我就随便一说……

陈警官冷漠地：这里能随便说吗？

李成不敢吱声了。

陈警官走后，李成还楞在那里。突然，他仿佛听见了远处来自杏那边的狗吠……

138　杏的草棚　鸡场　日　外

那只花狗在门前狂吠不已……

鸡在飞……

139　杏的草棚　日　内

杏还在王三宝搏斗撕扯着，这家伙显然要实施强暴……

孩子在摇篮里哭着……

院子里的鸡飞狗跳，乱成了一团……

140　砖窑厂　日　外

这边，李成越发觉得不对头，睁大眼睛看着铁丝网那边的山坡——

他看见门前的狗在跑动着，在叫……

他看见鸡场里的鸡正纷纷从竹篱笆里飞出来……

接着，他注意到了停在草棚后面的那辆货车……

李成担心地：出事了！

但是，这时哨音再次响起，放风已经结束。犯人们全都从四面走向车间，准备干活，只有李成还站在原地看着远方。突然，他跑起来了——此时的李成完全忘记了自己的身份，他只记得自己是杏的男人，他要去保护自己的女人，他越跑越快……

后面传来了那个陈警官严厉的喊声：031号，站住！

李成仿佛成了聋子，他根本听不见，他要越过那到近在咫尺的铁丝网，他要去救自己的女人……

他的脚下越来越快，简直像风一样！

后面的声音继续在喊：站住！

141　杏的草棚　日　内

杏的衣服已经被王三宝扯破，她也挣扎得没有力气了，但她的手触及到了那把镰刀……

杏拿起刀，猛地一挥，只听王三宝“啊”的一声惊叫……

142　砖窑厂　日　外

李成还在奔跑……

岗楼上的武警也在喊：站住！

但李成根本就听不见，他已经接近了那道铁丝网，正欲翻越……

突然传来了一声枪响！

银幕出现五秒的黑片。

黑片之后，是静的让人发怵的空镜，仿佛一切都已宣告结束。那道铁丝网依旧横在眼前，镜头慢慢升起，似乎是在替李成翻过了这道人间屏障，去接近远方无限凄美的秋色……

天空上，几只鸟在无声地飞着，不知飞向哪里……

寂静之后，我们听见了沉闷的鼓声……

片尾曲渐渐响起……

演职员表自下而上……

2010年5月21日　北京

2011年7月2日改定

纸·盒子

——根据作者有关小说改编

1　某城市·街道·外·早晨

这是一个拥有轻轨的现代都市。我们的故事与这项交通工具有关。故事开始的时间是在初秋季节。

在阅读剧本时，请注意两种字体的变化。宋体字，表示未来的影片画面是彩色的，拍摄方式以轨道、摇臂等辅助摄影器械居多，画面强调造型感。如果是楷体字，那么即表明黑白，拍摄方式以手持为主，有一种随意性的纪实手法。这将是一部彩色与黑白交错进行的影片。而且，长镜头的拍摄会很多。

随着镜头的渐渐升起，一列轻轨从我们眼前驶过……

2　轻轨车厢·内·早晨

一只戴着卡通手表的手，抓着套环。

这是一个年轻的姑娘的手，她的年纪大约二十四岁，穿着随意，但很有味道，当然人长得也不难看，甚至称得上漂亮。她叫楚翘，一个刚刚毕业的硕士研究生。她同时也是这个故事的叙述人之一。此刻，她正在用手机发短信——

今天加班，别烦我。

轻轨转弯，向纵深驶去……

3　崇文寓所·卧室·客厅·厨房·内·外

床头柜上的闹钟刚走到八点，立即闹了起来……

一个男人的手从被子里伸出来，将闹钟按停。接着他便利索地起床了，他叫马崇文，一个四十来岁的男子，干瘦，毫无精神的形象与这间杂乱无章的房子倒是很协调。

崇文的寓所感觉是一个破旧的大房间改造的，所谓卧室和客厅以及厨房，其实是连成一体的，中间用书架隔开，书架上堆着不少书，但是整个房间显得寒酸，你一眼就能看出，这是一个混得极不如意的男人。

崇文从床上下来，然后是一系列的动作：拉开窗帘，穿好衣服，跑进卫生间撒尿，接着就是刷牙洗脸……

最后，他夹起一只和他本人一样没有精神的公文包，从冰箱里拿出一块冷馒头，出门了……

这几乎就是一个长镜头。

4　轻轨·车站·外·日

随着车站广播的声音，轻轨列车驶进了某一站……

旅客们上下车。

5　轻轨·内·日

轻轨列车在关门的瞬间，崇文挤上了车，与此同时把最后一口馒头塞进嘴里，硬咽了下去。列车开动了……

刚才车上那个叫楚翘的姑娘，现在已经有座位了。她还在低头发她的短信，从表情上看，那应该是一些比较暧昧或者搞笑的内容。

崇文挤到了楚翘的边上，拉着套环。他的神情还是无精打采。

很快，他就注意到，面前这个姑娘头发上有一片纸，他下意识地想把它拿开……但这时楚翘的头歪了一下。他终于还是没有把它拿掉，反倒有点尴尬，把目光虚了。

楚翘回头了，看了崇文一眼，接着就没有再看。

确实，像崇文这样的男人不需要多看。

一声汽笛中，轻轨驶远了……

（暗场）

6　某公司·电梯·内·日

电梯的数字在变换着：5、6、7……

电梯里没有别人，只有楚翘，她还在发着短信。

等到了第十层，停住了。一个相貌端正、衣冠楚楚的男人上来了。他叫王一平，四十多岁，是某公司的一位部门经理。

电梯继续上行：11、12、13……

王一平很快就发现了楚翘头上的那片纸，于是就顺手把它取下了。

楚翘有些吃惊地回头。

王一平把那片纸给她看：你头发上夹了片纸。

楚翘勉强笑了一下：谢谢。

然后继续发她的短信……

王一平：你是新来的小楚吧？

楚翘有些意外……

王一平微笑着：我看过你的档案。我叫王一平。

楚翘尴尬而激动地：是你啊，王主任！您出差回来了？

王一平点点头……

7　某机关·办公室·内·日

一把钥匙插进锁孔，轻轻将门打开，这是马崇文。接着，他就打开电脑，开始加班赶写材料。他一边忙着，一边嘀咕：不就是个总结报告嘛，非得让我加班……

正忙着，忽然他听见了手机声。于是他拿出手机，接听：喂？

手机铃声还在响着……

崇文这才明白：哦，不是我的……

手机铃声一直在响……

崇文便起身，闻声寻过去，于是就这样走进了里面那间办公室——那是吴局长的办公室。

桌上的手机在吴局长的照片镜框下响着，还带着一点震动……

崇文拿起手机，正准备说话，但是手机铃声没了。

崇文看着手机，自语：这不像是局长的手机啊？

这时，外面的门突然开了——

一个年纪五十开外的男人匆忙进来，他就是手机的主人吴局长。显然，他是赶着来拿这部手机的，但它现在却拿在崇文的手上。

两个人都有点不自在。

还是吴局长先故做轻松地：小马，怎么星期天还来单位啊？

崇文有些紧张：哦，吴局长……我，我来加班赶材料……

吴局长拍拍崇文的肩膀：你辛苦。

崇文：我听见手机响，就……这是您的吧？

吴局长：对，忘了拿……

说着，他就接过了手机：行，你忙吧。

说着，他就打算离开，走到门口又停住，没有回头说：小马，有人打这个手机吗？

崇文：响了一阵铃，我刚拿起来，就没了……

吴局长：哦，还真巧啊……

然后，他就离开了。

屋子里就只剩下崇文了。他突然意识到，自己犯了一个错误，他的心声：这是什么意思？

他的旁白：10 月 4 日，晴。星期天。一早赶到单位加班，外面的天气很好……可我遇见了一桩倒霉的事，我真不该去碰那部手机，吴局长肯定认为我看了里面的什么内容，他肯定会这么想……

（暗场）

8　王一平家·客厅·餐厅·内·夜

王一平的家是一处挑高的屋子，用钢材搭建着复式结构，有一种居家和工作室一体化的感觉。窗外不时有闪电，一场雨眼看就要来了。

镜头从楼上一群服装裸体模特开始，摇出王一平的妻子刘蔓，她是一个三十五岁的服装设计师，相貌端庄，有这个年纪的女人特有的丰韵，此刻她正在给模特“穿”衣服，其实就是把布料别在她们身上。

从这个位置，可以看见下面的餐厅。王一平正把一份汤端上餐桌。

王一平：吃饭了。

刘蔓：我这就好。

说着，她就从楼上下来了，先去厨房洗了洗手，再回到餐厅里。夫妻俩就这么对面坐着边吃边聊。

刘蔓：见到那女孩了吗？

王一平有些困惑：女孩？

刘蔓：就是那个小楚。

王一平明白过来：哦，见到了。

刘蔓：感觉怎么样？

王一平：看上去还精明……不过以后这种事你可别再揽了。

刘蔓：你以为我愿意啊？我这也是还许校长的一个人情，要不安排好他的外甥女，咱们儿子能上那么好的寄宿学校？光“择校费”就得五万。

王一平笑了笑：正好是他外甥女一年的工资。倒还算公平交易。

刘蔓似乎想起了什么，忙从边上一个架子上拿出一只装衬衣的盒子：明天上班穿这个，今年最新的男款。

王一平打开盒子——里面是一件很别致的衬衣。

9　崇文寓所·卧室·厨房·内·夜·雨

冰箱门打开，崇文从里面拿出了一只碗面，接着就拿起暖瓶来冲，但是暖瓶已经空了，他只好去厨房重新烧水。水壶刚放上，外面的闪电就更加强烈了，一会儿，窗户的玻璃上就有了雨点。

煤气灶上的水壶在煮着……

崇文捧着碗面，坐在小马扎上，他的表情还是那样的沮丧，显然他还在想白天办公室发生的那件倒霉事。

闪回：吴局长似笑非笑的脸：哦，还真巧啊……

崇文很是纳闷：这是什么意思？他怀疑我偷看了他的手机？

一声轻雷，转移了崇文的注意力，窗外，下雨了……

10　崇文寓所·外·夜·雨

大雨笼罩着那座灰色的旧楼，闪电中可以看见墙上用红漆写着几个打字“拆!”。也就是说，这是一座即将拆迁的房子，所以没有几户人家的窗口亮着灯光……

一辆出租车从远处驶来，在这座旧楼前停下了。下车的是一个穿风衣的男人，我们看不清他的脸，但能看清这人手里提着一只盒子。

他付了车费，连忙向楼里跑去。

11　崇文寓所·卧室·内·夜·雨

崇文在吃面，就着一碟榨菜。他差不多要吃完了，还哽咽了一下，伸了伸脖子。

从房顶漏下几滴水正好落在他的碗里，还溅出了水花，弄到了崇文脸上。

崇文看看房顶，破损的天花已经湿了一片，正往下漏雨。

崇文赶紧放下碗面，找出一只脏脸盆去接漏水。

12　崇文寓所·楼梯·走廊·内·夜·雨

刚才下出租车的那个男人正走在楼梯上，镜头跟着他的脚和手里的那只盒子……

13　崇文寓所·卧室·内·夜·雨

雨水滴答滴答地落到了脸盆里……

崇文的心声：屋漏偏逢连夜雨，说的就是我……

这时，门被推开了——刚才那个男人已经站到了门口，他叫李全，年纪和崇文相仿，但看上去比崇文年轻而精神。他们是小学同学。

崇文愣了一下，竟然一时没认出来。

李全一笑：马崇文！

崇文这回认出来了：李开运？

李全递上名片：我现在叫李全。

崇文看着名片：行啊，都当大老板了……

李全随手拿了张报纸垫到沙发上：谈不上，谈不上……

这个细节还是被崇文发现了，他脸上虽然微笑着，但心里却在说：知道嫌弃我了，可三十年前我就开始讨厌你了……

14　小学教室·内·日（回忆）

县城小学教室，同桌的崇文和李全那时都是八岁的男孩，他们正在听老师讲课。崇文很认真，李全则低头折着纸鸟，鼻涕还流了出来。

崇文嫌弃地看着李全，下意识地把座位挪开了一点。

老师发现了，叫了一声：李开运！

李全一惊，鼻涕立即吸进了鼻孔：到！

15　崇文寓所 · 卧室 · 内 · 夜 · 雨

崇文把一杯茶递给了李全：来，开运。

李全：叫我李全。

崇文：干脆我叫你李总吧。

李全：咱们之间可不兴这么叫……崇文，我这次来，是请你帮我的。

崇文有些意外：你什么意思？

李全：我呢，这几年公司多开了几个，缺人手，最缺贴心的哥们，所以我想请你过去帮一把，年薪暂定三十万，怎么样？

崇文更加意外：你想让我辞职下海？

李全：辞职怎么了？放心，我先替你把后半辈子的养老保险买上。

崇文：这，这事太突然了……你容我考虑考虑……

李全：行。我明天回南边，下个月再来。要是你想好了，咱们就把合同做了。

崇文：明天就走啊？

李全起身：没办法，董事会着急开会。哦，对了，这个盒子我先放你这儿，下回来取。

说着，就把盒子架到衣柜上。

崇文：这东西不金贵吧？

李全：就一玩具。

镜头给到盒子上，它看上去很普通，却还是感觉有点神秘。

（暗场）

（轻轨运行声先出……）

16　轻轨 · 车厢 · 内——外 · 日

轻轨驶过……

镜头还是自套环而下，那是崇文的手，干瘦，慢慢滑落着，似乎怎么抓都不是很紧——原来，崇文在打着瞌睡，这个心事重的男人昨夜没有睡好。

车厢轻摇了一下，崇文一个趔趄，险些撞到了边上坐着一个男人身上。

崇文：对不起……

那人放下报纸——他是王一平。

王一平看了崇文一眼，没有回答，继续看他的报纸。他今天果然就穿着妻子给他买的新衬衫，一边还理着袖子什么的，还顺便往嘴里放了一块口香糖，慢嚼着，并朝外看了看……

轻轨驶过之处，城市的风景很美。

17　某公司·写字间——王一平办公室·内·日

电话在响……

一只手拿起话筒，这是王一平：圣达贸易公司……

透过外面写字间的玻璃墙，可以看见他一边接电话，一边还在整理着自己的新衬衣。

楚翘拿着一份文件，由外面走进了里间……

楚翘：主任，这份合同您看一下。

王一平：好。怎么样，刚到公司，是不是不太习惯啊？

楚翘：还行吧。

王一平：有什么不适应的方面吗？

楚翘：就是每天按时上班，有点困难。

王一平：“上班族”可都这样，朝九晚五的。

楚翘：我学着适应吧。主任，您这件衬衣不错啊。

王一平：哦，是我老婆买的。我的东西都是她一手操办。

楚翘：你太太眼光不俗……主任，还有事吗？

王一平正打算说话，但这时电话响了，他拿起电话……

楚翘的心声：很快我就发现，王主任有一个习惯，凡事爱提老婆。这是一个日子过得很滋润的男人……

她离开了，把门带上。

18　某机关·办公室——局长办公室·内·日

一只手在轻轻敲着吴局长办公室的门——这是马崇文。他显然还是因为昨天那件倒霉的事情而来的。

里面传来了吴局长的声音：进来。

19 某机关·局长办公室·日·内

崇文推门进来：局长。

吴局长鼻子上架着老花眼镜在办公，看着文件什么的。见到崇文他只是“哦”的声，一点也不尴尬，似乎昨天没有发生任何事情。反倒尴尬的是崇文了。

崇文把一份文件放到局长面前：局长，这是上个月的工作总结，请您过目。

吴局长：放这吧。

崇文没有走，似乎还有话说。却一时不知道怎么开口，他心虚而紧张。

吴局长这才抬眼：还有事？

崇文支吾着：吴局长……昨天，我是来加班的……

吴局长：哦，我看见了，加班很辛苦。

崇文：不辛苦……您辛苦……

吴局长又抬起眼，那意思是：你什么意思？

崇文慌了，口齿也变得不伶俐：不不，我是说……我昨天确实是来加班的，赶这份材料的，碰巧您的手机响了，所以……我刚拿起来……

吴局长打断：你刚拿起来它就不响了，对吧？

崇文：对，对……

吴局长：这你不是已经说过了吗？

崇文更加紧张了……

（暗场）

20 崇文寓所·客厅·厨房·内·夜

煤气灶点上……

崇文下班回来，顺手买回来的蔬菜、手纸、洗发水之类的东西。他熟练地收拾着，一边烧水。

然后，他就坐在小凳子上开始摘菜，摘着摘着，眼睛又分神了。

崇文的内心独白：10月6日，晴。昨天下了一夜的雨，今天晴了。可我心里还一直是阴天，那块不散的阴云，就是局长那张似笑非笑的脸……他肯定认为我偷看了他手机……看来，这地方我是不能继续呆下去了……

21 崇文寓所·卧室·内·夜

抽屉打开，崇文从里面翻找着一些杂乱的名片，找出了李全的那一张。他开始按照名片上的电话给李全拨打电话，但所听到的回答是——“你所拨打的电话已经关机。”

崇文很无奈地躺到了床上。这时，他注意到了放在衣橱顶上的那个李全留下的纸盒子。他便起身，把那只盒子取下来。盒子完全被胶带封住了，他摇晃了几下，又放了上去……

外面，炉子里的水开了，呜叫起来……

他又赶了出来……

这还是一个长镜头。

（暗场）

22 某写字楼·大厅·电梯间外·内·日

上午，楚翘背着大挎包进门，直接朝着电梯间走去。忽然她看见电梯的门正要合上，便叫着“等一下！”

一面跑了过去，挤进了即将关闭的电梯间。

门一关上，就听见楚翘说：主任，是您啊！

23 某写字楼·电梯·内·日

上升的电梯，不断变化的楼层数字：6、7、8……

今天电梯里就只有楚翘和王一平两个人。他们都是来加班的。王一平今天又换了一条领带。

楚翘：主任，你这条领带肯定又是你太太买的吧？

王一平笑了笑。

楚翘：主任，问你一个私人问题——你和太太是怎么认识的？

王一平：怎么想起来问这个？

楚翘：也就是随便问问——正好电梯里没人嘛！

王一平：我和太太，就是在这样的电梯里认识的。

楚翘：电梯里？那肯定很浪漫，赶紧跟我说说！

王一平紧了紧领带。

楚翘的话外音：这个男人一定是把与太太的恋爱当作了这辈子最有成就感的事情……

24　某电梯间·内·日（王一平的回忆）

楚翘的画外音：后来我知道，他和太太是在十一年前认识的，就在这样的电梯里。那也是一个星期天的上午，只不过，那一次电梯是由上往下……

电梯闪现的楼层数字：35、34、33……

电梯里只有王一平和他的妻子刘蔓。那时候他们都很年轻。

王一平一眼就注意到刘蔓的头发上有一片纸屑。

电梯不时停一下，但是却没有一个人上来。

他们就这么默默站着，偶尔偷偷看一眼，又立即避开。

电梯楼层的数字一直在变化着：28、27、26……

王一平似乎想伸手把姑娘头上那片纸屑拿掉，但是，还是觉得冒昧。

电梯楼层的数字还在变化着：21、20、19……

王一平咳嗽了一下，刘蔓回了一下头。

王一平终于鼓足了勇气，说：小姐……你头发上有片纸屑……

刘蔓觉得奇怪：纸屑？

王一平：对……我能帮你把它拿掉吗？

刘蔓对着电梯的镀镍镜面察看着头发，但是她看不见。

王一平：在这……

说着，就伸手把那片纸屑从头发里慢慢拿出来，很有点费劲似的。

王一平把那片纸屑放到刘蔓手上：没弄疼你吧？

刘蔓有点羞涩：没有……谢谢啊。

电梯忽然又停了，他们到达了一层，一起走了出来……

两人一边走着一边微笑着交谈，走到门外，又想起了交换名片什么的。

25　某写字楼·电梯间外·走廊·内·日

电梯门打开，这次走出来的是王一平和楚翘。

楚翘：后来呢？

王一平：后来我们就说上话了，然后就交换了联系方式……

楚翘：再后来呢？

王一平：再后来我们就结婚了，一结婚就有了儿子……

两人渐渐向远处走去……

楚翘的话外音：他说，当时要是他不主动去把那片纸屑拿下来，那么电梯一停，他们就各奔东西了。他还说，当时刘蔓正在和一个牙医谈着恋爱，他如果不及时出现，一切都将是另一个样子。天呐，人生的这件大事，就这么不经意地让一片纸屑搞定了……

（暗场）

26　郊外公路·海边·外·日

汽车行驶的主观……

这是一条环山公路，可以看见山下便是大海。和喧闹的城市相比，这里显得分外安静，没有多少行人。

车上坐着的是吴局长和秘书小何。显然，他们又是来偷情幽会的。

局长开着车，小何坐在边上，一边把一根香蕉含在嘴里，突然咬断了，她显然是联想到某种熟悉的细节，不禁笑了起来。

局长似乎是明知故问：你笑什么？

小何不答，把剩下的半截香蕉塞到局长嘴里……

汽车弯曲着向前开去……

27　海边·坡下·外·日

局长的车停在近处，远远看见他和小何挽着手在散步。

小何：什么时候跟你老婆谈啊？

局长：谈什么？

小何：你说谈什么呀？还装！

局长：咱们现在这样不是挺好的嘛！

小何撒娇地：我不！我可不想一辈子跟你玩地下！

局长：这是地下吗？你看这天是多么蓝，海多么蓝……

小何：你别闲扯好不好？

局长：这不是闲扯，是现实。眼下，我的情况你不是不知道，这回市里调整班子，我有可能……

小何：我才不管什么班子不班子呢！我就要你！就要！

说着，她把手里装有香蕉皮的垃圾袋扔到了坡下。

坡下。那袋垃圾正好落在一个男人的头上，这个人是崇文。他吓了一跳，立即冲了上来，说：谁这么缺德啊！

崇文一露头，就看见了坡上的长椅上，坐着局长和小何。

崇文傻了！

小何立即回到了车上。

崇文尴尬地：局，局长……

局长走过来，带着阴险的微笑：小马，这么巧啊？

崇文尴尬地：是巧……局长，我在等一个老同学，给他送东西……

说着，他拍了拍手里的那只纸盒子。

局长冷笑着走开了，上车。

局长对小何说：看见了吧，昨天拿手机的就是这个人……

小何惊讶地：什么？那他是不是看见里面……

局长：闭嘴！

说着将车开走……

远处的崇文更加紧张起来。

（暗场）

28　崇文寓所·卧室·内·夜

崇文在用笔写日记……

他的心声：10月26日，星期天。好不容易联系上了李开运，他又来了，约好了今天上午到海边把这个盒子给他。可是等了半天也没有见到人，最后却撞见到了鬼……

他生气地把钢笔摔在桌子上，抽烟。

然后又开始给李全打电话，这次，电话里传出来的竟是：用户已欠费停机。

崇文气得把手机扔到了床上。

29 王一平家·楼上·客厅·内·夜

一块时尚的花布搭在了时装模特上。这是刘蔓。她一边用别针别着布，一边对画外的人说：怎么样？

画外是刚来的楚翘，手里还拿着饮料：我觉得挺好。蔓姐，干脆我辞职跟你学服装设计好了。

刘蔓：怎么，在老王那里干得不舒心？

楚翘：没有没有，我是觉得你这工作有趣。

刘蔓开始为丈夫熨领带，一边说：人都是这样，自己的未必喜欢。喜欢的都是别人的。

楚翘忽然想起什么来，就问：蔓姐，你跟王主任真是在电梯里因为一片纸认识的？

刘蔓觉得意外，一笑：这人，总爱说这些陈芝麻烂谷子的事。

楚翘：我觉得特别浪漫啊！

刘蔓：还浪漫呢……

正说着，她的手机响了。

刘蔓看了一下手机号码，却把它按了。

楚翘：你怎么不接啊？

刘蔓：号码不熟悉，不想接。

楚翘觉得怪怪的，却又不便多问什么。

刘蔓：小楚，你今天来，没什么事吧？

楚翘：没有。我就是随便串串门。

刘蔓：谈对象了吗？

楚翘：没呢。

刘蔓：不会吧？

楚翘笑笑：前一个分手才两个月，得歇会……

刘蔓：这还差不多。

这时，刘蔓的手机又响了，她拿起电话，走到了门外。听不见她在说什么，但从表情上看，她有点儿生气。

楚翘似乎明白了点什么。

（暗场）

30　地铁站·外·日

翌日一早，马宗文和往常一样来赶轻轨了。他一边走一边打手机：喂，请问你们李总在吗？

对方的声音：李总出国了。

宗文：那他什么时候回来啊？

对方的声音：不知道。

31　轻轨车厢·内·日

一列轻轨刚刚驶出站台……

车厢内，马宗文又与王一平遇上了，后者还是坐着，而前者也就站在他边上，情形与上次十分相似。

他们彼此对了一眼，之后就再也没有说话了。

32　某机关·走廊·内·日

走廊里没有人，就宗文慌张地走来，路过洗手间，便赶紧走了进去。

33　洗手间·内·日

洗手间里也没有人，宗文放下公文包，准备小便。这时，听见大便间里发出“轰”的一声水响，接着，就走出了吴局长。

宗文讨好地：局长，是您啊？

局长冷笑着：怎么，连我上厕所你也跟着啊？

宗文连忙解释：局长，您真是误会了！那天我真是碰巧……

局长打开水龙头洗手：你总是碰巧……

然后他扯下纸，使劲擦了擦手，把纸团扔到了垃圾桶里，走了。

宗文端着裤子，小便半天也无法解下来。

倒是那只没关紧的水龙头一直在滴着，滴着……

（暗场）

34　崇文寓所·外·夜

那座即将被拆迁的楼房，仿佛只有崇文的房间亮着灯光。

夜似乎已经很深了。

35　崇文寓所·卧室·内·夜

崇文在灯下写日记……

他的心声：11月9日。多云。一直和李开运联系不上，我想他出国也该回来了。我后悔自己那天晚上没有及时答应他，我得尽快离开这个单位……

他点了一纸烟，接着写……

心声继续：每天一见到局长那张似笑非笑的脸，我都害怕，真的害怕……

他放下钢笔，合上日记本，目光再次落到了那只纸盒子上。

崇文看着，想想又把它取了下来，放到了桌子上。

然后，他从抽屉里拿出剪刀，迟疑了片刻，最终还是决定把这盒子打开。

剪刀剪断了封口的胶带，里面还是一只盒子。

于是，崇文又将这个盒子打开。结果里面是第三层盒子。

崇文纳闷了，但是，他也更加好奇。他终于打开了第三层盒子，里面便呈现出一个东西——

那是一把六四式的手枪！

崇文大为惊讶！

（火车声先出……）

36　轻轨·外·日

轻轨的车轮呼啸而过……

37　车厢·内·日

崇文站在车厢里，目光呆滞。

他眼前总是出现着那把手枪……

突然，一把枪抵上了他的腰间，接着听见一个声音：别动！

崇文吓了一跳，原来是一个孩子用玩具手枪在顽皮。那孩子的妈赶紧过来：对不起啊，先生……

接着就教训那孩子了。

又一站到了，他面前的一个座位的客人起身下车，但崇文却还恍惚着，没有及时坐上去。这时，后面一个人挤上来，坐到了那空位上——这是王一平。

他对崇文看了一眼，然后，例行看起报纸来。

38　轻轨·外·日

轻轨向着纵深方向驶去……

39　公司食堂·内·日

这是公司员工食堂，看上去很不错，午餐时分，员工们都在用餐。

在一个靠近窗口的位置上，楚翘和王一平也在对面坐着用餐，一边交谈着。

楚翘：主任，再问你一个私人话题。

王一平：说吧。

楚翘：你和太太结婚十年了。这十年里，除了太太，你还爱过别的女人吗？

王一平对这个问题显然有些意外，但回答却很坚决：没有。

楚翘：说实话哦。

王一平：我们日子过得好好的，我怎么可能会爱上别的女人呢？

楚翘：那我再问一个问题——你太太除了你，爱过别的男人吗？

王一平：她也不会。我想是的。

楚翘迟疑了一下：这太奇怪了。

王一平很不明白：奇怪？这奇怪吗？

楚翘端起自己的盘子离开了。

王一平却不以为然地笑了笑：现在的年轻人啊……

40　某机关·崇文办公室外·走廊·内·日

崇文也在吃着盒饭。他刚吃完，出门把空盒子放进垃圾桶里，他仿佛听见主任在里面喊了声：小马。

崇文立即就跑了进去。

41 某机关·局长办公室·内·日

崇文走进局长办公室：局长，您叫我？

局长在用牙签剔着牙齿：我叫你了吗？

崇文：我听见您在叫我呀……

局长：我没叫你。

崇文又很尴尬：那是我听错了……

崇文正准备离开，但局长叫住了他：小马。

局长走出来：你最近思想上是不是有点压力啊？

崇文：我……

局长：有一句话，我还是当面对你说了吧。

崇文：局长，您说……

局长：听说局里有人往市里写我的匿名信……

崇文：局长，我可没做过这种事！

局长：我也没说是你嘛。你这个人很聪明，又是名牌大学出来的，怎么可能给别人当枪使呢？

一听“枪”，崇文的脸色就变了惨白。

局长狐疑地看着崇文——他已经相信了，写匿名信的那个人就是这个马崇文。

（暗场）

42 崇文寓所·卧室·内·夜

一只巨大的手对着镜头伸来，接着是李全的声音：我的盒子呢？你是不是把它弄开了?!

崇文惊醒了——原来是个梦！

他打开灯，额头上全是冷汗。然后，他又把那只盒子取下来，找出了那把枪，慢慢放在桌子上……

他又打开了自己的台式电脑，开始搜索“刑法”。

很快，屏幕上出现了《刑法》条款，其中有第128条：

违反枪支管理规定，非法持有、私藏枪支、弹药的，处三年以下有期徒刑、拘役或者管制；情节严重的，处三年以上七年以下有期徒刑。

崇文惊吓得站了起来，慢慢地，他拿起那把枪，把它放到盒子里去……

他的心声：又是一件不该碰的东西，我却碰了，我他妈的手太贱了……

43 某派出所门前·外·日

翌日上午，崇文抱着那只盒子，站在派出所的门外很远的地方，看着警察进进出出。

显然，今天他是打算来报案的，但是又十分犹豫。

他的心声：11月13日。上午请假，打算到附近派出所把那只盒子交掉。可这样一来，无疑就是把李开运给出卖了……

他还是犹豫不定。

突然，一只手落在了崇文的肩上。

崇文回头一看，面前站着一位魁梧的警察，不禁有些惊吓。

警察：您有事吗？

崇文尴尬地：没，没有……

警察：我看你已经在这边上转悠半天了。

崇文：哦，我等人……谢谢啊。

警察打量着崇文一眼，然后就离开了。

44 大街·外·日

崇文抱着那只纸盒子盲目地在街上走着……

红灯亮了，但是他却没有意识到，照样抱着那只盒子走过了十字路口，因此他在大街上显得特别突出……

他从一辆车前走过——这是吴局长的车，他边上坐着秘书小何。

局长下意识地低了低头，等崇文走过车前，他又纳闷地说了句：这家伙怎么到哪都抱着那只盒子呀？

45　崇文寓所·卧室·内·夜

焦点聚在近景的那只盒子上，崇文在纵深处打电话。

崇文：喂，你们老板究竟什么时候回来呀？

对方的电话声：你是谁呀？

崇文生气地：我是他大爷！

他叩下了电话，沮丧地坐在了床上，看着那只倒霉的盒子。

他的心声：我真不该打开这只盒子……

（化）

崇文埋着头，十分沮丧……

（化）

崇文躺在床上，茫然看着头顶上一个蜘蛛网，那蜘蛛在爬动着……

（暗场）

46　王一平家·卧室·内·夜

换上睡衣的刘蔓对着镜子在抹着晚霜什么的。王一平从卫生间走出来，把手里的报纸扔到一边，先上了床。

王一平：睡吧。

刘蔓随后上床。

夫妻俩就这么靠在床上随便交谈着。

王一平：儿子这么小寄宿，我还是不大放心。

刘蔓：这不都忙嘛。早培养他的独立生活能力，也没什么不好。

王一平：倒也是……哎，今天我们那个小楚，问我一个奇怪的问题。

刘蔓：什么问题啊？

王一平：她问我，咱们结婚这十年里，我是不是爱过别的女人？

刘蔓：你怎么说的啊？

王一平：我还能怎么说？当然没有啊！

刘蔓：那她肯定觉得你好冤。

王一平：冤？我冤什么？我日子过得挺好的，干吗要瞎折腾？

刘蔓：就问这个？

王一平：后来她又问，你爱过别的男人没有？我也说没有……是吧？

刘蔓：这姑娘，话可真多……

说着，她就关了台灯。

黑暗中听见王一平说：就是……现在的年轻人……

47 崇文寓所·卧室·内·夜

崇文的电视机里一直在变换着频道……

崇文靠在床上，身上披着被子，手里拿着遥控器，打了个哈欠。显然，他是神经衰弱了，睡不着，又困意难熬，只好看电视打发时间。

忽然，屏幕上出现了一部老电影的镜头——一个司令模样的胖子，睡前把小手枪放到了枕头下面。

崇文盯着……

崇文突然从床上跳下来，又找出了那只盒子，从里面拿出了那把手枪，他试着模仿刚才“司令”的样子，把手枪放到自己的枕头下面。

然后他睡下了，关上了灯。

月光下，看着崇文很快就入梦了，但他从此没有噩梦了。

画外是崇文的心声：昨天晚上把那东西放在枕头下面，那个瞬间，我感觉自己也像个大人物。我估计自己很快就睡着了，这一觉睡得很香……我已经很久没有睡得这么香了……可是，没想到这东西今天却又惹了大麻烦……

（暗场）

48 崇文寓所·卧室——客厅·内·日

早上，睡眼惺忪的崇文正在卫生间刷牙，忽然听见外面传来了敲门声。

崇文急忙走出来，把门打开——外面是一个三十来岁的老姑娘，一看就是从外地刚来省城的。她叫小芳，是某县的一个小学教师，经人介绍，刚与崇文认识不久，两人正恋爱。

崇文有些意外：小芳？你，你怎么来了？

小芳像主人一样地自己倒水，一边用某种方言说：学校临时安排我来省城看一个展览，连夜上的车。

崇文：那你干吗不打电话，我好去接你啊。

小芳：我手机忘记带了。

崇文：你看你这人……我给你做吃的。

小芳：我不想吃，想睡……一起睡……

崇文反倒有些腼腆：那是……

小芳一边解裤带一边说：坐了一晚上的车，我困死了……

说着，就去了卫生间，门也不掩，就坐到马桶上。

崇文：那，那就先睡……

忽然，崇文一愣，他想起了枕头下面的那把手枪，就急忙溜进了卧室。

小芳从卫生间的镜子上看见，崇文似乎从枕头下面摸出了个东西，又不知藏到哪里去了。

49 崇文寓所·卧室·内·日

崇文藏好了手枪，把床收拾好。

这时，小芳端着裤子进来了，就问：你刚才从枕头下面摸了个什么东西藏起来了？

崇文有些慌乱：没有啊……

小芳：没有？我明明看见你……

崇文：真的没有！

小芳：我眼可没瞎，我视力1·5呢！

崇文底气有些不足：我确实……没有……

小芳：你是不是在藏哪个女人的短裤，要不就是胸罩？是不是？

崇文：我真的没有啊！

小芳：马崇文，我们刚刚谈恋爱，我看你大小是个文化人，年龄大我十岁，我不嫌；经济条件不好，我不嫌；这么个破房子，我都不嫌！可我不能容忍一个男人不诚实！我没离开你多少天你就熬不住了？啊？

崇文哭丧着脸：小芳，你冤枉我啊……

小芳一耳光就上来了：你这个骗子！

说着，提起刚放下的行李，立马就走人了。

崇文被打懵了，醒过来就追赶出去：小芳——

50 街上·日·外

小芳跑过马路，拦上了一辆出租车，走了。

崇文还是晚了一步，没有留住恋爱中的女人。但他还是执着地拦下后面的出租车去追赶了……

51 轻轨·外·日

一列轻轨从一座城市桥梁上驶过……

52 轻轨·车厢·内·日

车厢内，还是熙熙攘攘一片……

王一平和刘蔓夫妇今天也乘轻轨出门，他们打算是看房子。一边还看着报纸上登的广告。

王一平：这个楼盘据说很不错，主要是离咱们儿子的学校近……

刘蔓：可是价格也不便宜呀。

王一平：只要合适，慢慢来……

这时，看见一头是汗的崇文从一端挤过来了，他显然还是在找他的小芳……

崇文四下张望着……

车厢里依然见不到小芳的身影，他很着急……

当他从王一平夫妇身边挤过时，后者也注意到了他。

刘蔓低声地：看谁呢?

王一平：刚才那个人，脸熟……

53 轻轨·外·日

轻轨向郊外方向驶去……

（暗场）

54 郊外·外·黄昏

然后黄昏到了。

郊外的旷野上，渐渐少了人迹。只有崇文像游魂似的茫然走动着……

他的心声：我没有追上小芳。她走了。她这一走，估计就不会回来了。这是我此生的第一次恋爱，就这么完了。而我的一些同学都已经离两次婚了……

宗文坐在路边一块路碑上，从口袋里找出香烟，但是香烟盒子已经空了，他把烟盒揉了，扔到了一边。

就在这时，一辆笨重的摩托车突然驶来，横在了宗文面前。那上面坐着两个戴头盔的青年男子，看上去来者不善。

头盔甲：哥们，借两个钱花花。

原来他们是打劫的主。

宗文并不感到惊吓，他显得麻木，就把钱包拿了出来。

头盔甲拿过钱包，又把宗文上身捏了捏，从口袋里把他的手机也拿走了。他们正要上车，这时，宗文喊了一声：喂，给我留下打车的钱吧。我走不动了……

头盔甲已经上了摩托，但还是从宗文的钱包里抽出一张十元的钞票，扔到了地上……

一阵风把十元钞票吹走了好一截路。

宗文追赶那张钞票，弯腰把它拾了起来。这时候，他留泪了。

宗文的心声：这个瞬间我感到了自己像被人扒光了衣服，这个瞬间我觉得自己像一只无人认领的包裹，扔在了路边，这个瞬间……我今天为什么不把枪带在身上？如果刚才，那个戴头盔的家伙搜我的时候，摸到了那把枪，或许后来的一切都不一样了……不是或许，而是一定！

他把那张十元的钞票紧紧捏在手里！

（暗场）

（电话铃声先出……）

55　公司·王一平办公室·内·日

电话铃继续响着……

王一平拿起电话：喂？

传来的是刘蔓的声音：是我……

王一平：你呀。怎么临下班了还来电话啊？

56　王一平家·客厅·内·日

刘蔓在打电话，一边还摆弄着自己的布料和模特，在近景的台子上，可以见到一只快递的信封，似乎刚拆开。

刘蔓：我今晚有个应酬，外地来了两个同学，想一起聚聚。

王一平电话声：那你去聚吧。

刘蔓：今天是周末，儿子你得去接了。

57　公司·王一平办公室·内·日

王一平：这没问题，我会把儿子安顿好的……

放下电话，外面就有人喊了：王经理，董事长让你过去一下。

王一平：好的。

他就离开了办公室。他走到外面的大写字间时，从楚翘边上走过，这姑娘有意无意地看了他一眼。

58　街头修鞋摊·外·日

崇文骑着自行车赶来，蹲到一个修鞋摊前，看看四下，然后拿出了一张自己绘制的图纸，递给修鞋老头。

崇文：师傅，这个能做吗？

修鞋老头拿过图纸——那上面画着一只背挎式的手枪套。

修鞋老头狐疑地：做这个？

崇文：您别误会，我们是拍电影的，道具用……

修鞋老头：这还差不多……急吗？

崇文：很急。

修鞋老头：那得俩钟头。

崇文：我等。

说着，还殷勤地递给了老头一只香烟，后者把它架到了耳朵上。

崇文本人点上香烟，美滋滋地吸了一口……

59　公司·王一平办公室·内·日

王一平返回办公室，看看表，时间已经五点半了，他正打算收拾下班，忽然发现玻璃台板下压着一张音乐会的票子。

王一平觉得挺纳闷的。

他走到外面看了看，同事们都已经下班了。

镜头注意着楚翘的座位……

王一平的心声：请我听音乐会？什么意思？

（暗场）

60 城市夜景 · 外 · 夜

夜就这么来了，华灯初上……

一列我们熟悉的轻轨从眼前通过……

61 轻轨车厢 · 内 · 夜

王一平安然坐在车厢的座位上。他已经换上了新衬衣，看了看表，时间已经七点半了……

到了一站，一些旅客上下车，王一平也到了。

他刚起身，就有一个新上车的客人占了他的座位，他一看，竟然又是那张熟悉的脸——马崇文。

王一平似乎觉得有点奇怪——怎么老是遇见这张脸？

崇文也注意到了王一平，他抱着自己的公文包，不过，还是露出了一小截弯曲的牛皮带子。显然，那只请修鞋匠制作的枪套已经成了。

轻轨驶向远方……

62 音乐厅前 · 外 · 夜

音乐厅前，前来观看演出的人正在陆续进场……

还有的人在询问“谁有多票”。

王一平赶来了，一个青年上前问：先生，有多余的票吗？

王一平：没有……

他急忙进了门……

63 崇文寓所 · 客厅 · 内 · 夜

门被打开，然后灯亮了。几乎同一时刻，崇文抱着公文包也到家了。

他立即将窗帘拉上，从枕头下面拿出那把枪，接着就从包里取出了刚逢好的枪套里，小心地放了进去，正合适。

64　音乐厅·内·夜

王一平匆匆走来，看着手里的票，寻找座位……

突然，他站住了——他看见自己座位边上的一个熟悉的背影，正是自己的妻子刘蔓！

原来刘蔓并没有去和老同学聚餐，原来刘蔓对他这个作丈夫的说了瞎话，原来……

王一平简直傻了！他不敢走上前去，不敢去坐那个空位子。

就在这时，场内的灯光暗了下来，接着，大幕拉开，随着指挥手里的指挥棒一挥，音乐会开始了！

（这个旋律一直贯穿下去，直到这个段落结束。）

王一平往后退了……

而在一个柱子后面，露出了楚翘的眼睛。原来，她暗地里给他们各自都送了一张票。

65　崇文寓所·客厅·内·夜

而这个时刻，崇文已经把枪套背在了身上，他很酷地拔出手枪，对着镜子摆出了一个连他本人都感到不可思议的姿势！

这一刻，崇文找回了自己，镜子里也渐渐转变为彩色。

这之后，崇文的世界全是彩色的！

66　音乐厅·外·夜

王一平从音乐厅走出来了，他眼中的世界与崇文正好相反，在这个瞬间，他的世界一切都变化为黑白而晃动的……

街上是那么的杂乱，那么的喧嚣……

67　崇文寓所·客厅·内·夜

崇文对着镜子继续比画着……

他的心声：马崇文，你知道吗？原来你很酷……真的很酷！

68 街上·外·夜

王一平茫然走在街上……

他手里依旧攥着那张票根，那片纸。

他的耳边，还回响着几小时前妻子的电话：我今晚有个应酬，外地来了两个同学，想一起聚聚。

王一平的心声：她撒谎……她为什么对我撒谎呢？

他确实不明白。

69 音乐厅·内·夜

台上在演奏着一支激越而抒情的曲子……

台下，那个叫楚翘的姑娘正在看演出，但显得心不在焉。

刚才看着王一平失魂落魄的背影，她似乎有点同情，她心中也在感叹着：我可以想象得出，这个晚上，这个叫王一平的男人是多么的难受。在他心里，十年引以为骄傲的夫妻生活顷刻间濒临崩溃……是啊，为什么妻子要对他说瞎话？这十年里，这个女人对他说了多少瞎话？

楚翘就坐在距离刘蔓不远的位子上。

刘蔓也显得心不在焉，显然，她在想张票究竟是谁给她送的，而那个人为什么到现在还没出现？

她不时看一下边上的空位。

楚翘的画外音：此刻，这个女人一定在想，她身边的这个空位，将被谁拥有？她在等一个人，这肯定是一个男人……

70 街上·外·夜

王一平还在街上茫然走着……

他面前走过一个又一个的男人……

楚翘的画外音在继续：这个人可能是暗恋她的某个同事，可能是她谈得来的朋友，甚至可能就是她的某个相好……总之，这个城市每个男人都有可能去坐那个位子，唯独没有她的丈夫……

（暗场）

（轻轨声先出……）

71　轻轨·外·日

一列轻轨呼啸而过……

又一个早晨来临了，这是一个阳光灿烂的早晨。

72　轻轨·车厢·内·日

一切都和往常一样，车厢内还是那么熙熙攘攘。唯独不同的是，原先王一平坐的位子，现在变成了马崇文的。他今天理了头发，穿着一件黑色的风衣，还戴着墨镜，正在悠闲地看着一张报纸——他完全就换了一个人！

一个人挤到他跟前，仔细一看，正是王一平，他虽然还是西装革履的，但是精气神感觉是完全泻了，显得沮丧而沉默。

一站到了。有旅客下车，但王一平却没有去占那个空位……

王一平的眼前，还是昨晚音乐厅里的那个空位……

73　某机关·大门·内·日

崇文潇洒地走进了大门……

保安原准备上前拦阻，但崇文把墨镜摘下，对保安笑了笑……

他一路走来，走上了电梯……

74　某公司·电梯·内·日

电梯上升的数字在变化着：7、8、9……

这是另一部电梯，电梯里只有王一平和一个陌生的女人，那女人头发上居然也有一片纸屑……

王一平的眼前，出现的是十年前电梯里遇见的那个刘蔓……

他不禁叹了口气，引得那个女人回头看了他一眼。

王一平把目光虚掉了……

75　某机关·走廊·内·日

崇文洒脱地迎面走来……

遇见了熟人，他也不打招呼，标准的旁若无人。

同事惊讶地回头看崇文的背影，觉得好奇怪。

76　某公司·走廊·内·日

王一平也走出了电梯，他还是茫然走在走廊上，一个同事和他打招呼：主任，早啊。

王一平敷衍地点点头，就走过去了……

77　某公司·王一平办公室·内·日

王一平走进办公室，避开了所有人的目光，直接走进了自己的办公室，然后就把门关上了……

玻璃墙外面的楚翘注意到这个变化。

楚翘的心声：看来，那一小片纸的分量越来越重了，一夜之间，主任似乎变成了另一个人。以前那个经常爱把老婆挂在嘴边上的男人，已经渐行渐远，但他还不至于走出我们的故事……

78　某机关·会议室·内·日

吴局长走到中间位置上，清了清嗓子：现在开会。

这个不大的会议室，济济一堂，全机关的人都在听局长讲话。

这时，穿着风衣、戴着墨镜的马崇文进来了，他见到局长对面还有空的座位，就很自然地坐到了那里。

大家也立即低声议论起来——

“他怎么坐到局长对面了?”

“脑子进水了!”

局长也意识到崇文不懂规矩，于是又说：今天的会议很重要，大家集中精力……个别同志，请把墨镜摘了。

这时，崇文突然接过话头：局长，我今天眼睛不舒服，不过我的耳朵挺好使，您说您的，我会听得一字不落。

大家的议论声高了起来——

“怎么对局长这么讲话呢?”

“这家伙今天怎么回事啊?”

终于一个中年妇女站了起来，维护局长似的：小马，这是机关，没有人戴着墨镜开会的！

崇文的声音也高了起来：现在不是有了吗？你们是不习惯我戴墨镜吧？那我今天就乘着大家都在宣布一下——从今往后，我马崇文天天都戴墨镜，甚至会像那个香港导演王家卫一样，晚上也不摘！

会场顿时乱了……

79　某公司·王一平办公室·内·日

那张半截音乐会票根还攥在王一平手上……

有人敲门，王一平连忙把票根收进钱包里，那里面有他们一家幸福的合影。然后，他随手放进了西装口袋，然后说：请进。

门开了，进来的是楚翘。

楚翘：王主任，请在这上面签个字。

说着，就把一份文件送到了王一平面前。

王一平签完字，楚翘并没有马上离开。显然，她是打算等着王一平就昨晚发生的事情说点什么，或者她解释点什么。但是，王一平却说：还有事吗？

楚翘：哦，没了……

楚翘离开了办公室……

80　机关·会议室外·走廊·内·日

这里的会议散了，大伙走了出来，有人还在低声议论着——

“马崇文今天是怎么了？”

“这家伙，平时不这样啊！”

“不过他那个样子还真酷……”

崇文走进了卫生间。

81　卫生间·内·日

这里，就只有吴局长和崇文，两人都在小便。

局长：小马，你是不是心理上还有负担啊？

崇文：没有啊。

局长：是吗？

崇文一笑：我也觉得奇怪，突然间就没有了。

局长：我知道，你对一些事情有看法，职务上没有调整，房子一直没拆迁，成家的事也耽误了……

崇文：这些都已经不重要了。

局长有些意外：不重要了？

崇文：对，一点都不重要了。

局长：那你说说，什么事情重要啊？

崇文：活着。

局长：那也得活得像个样子啊！

崇文：您说得真好。

局长停顿片刻，又说：我知道，你还是放不下那件事……

崇文：什么事啊？

局长：就是……就是那件事……

崇文：我怎么听不明白啊，局长？

局长：关于匿名信的事，我不打算再追究了。真的。

崇文洗好手，也用手纸擦着手：哦，您说这个啊。那我告诉你，如果是我，那我肯定就不会匿名，你信吗？

说完，他把纸团往垃圾篓里一扔，扬长而去。

局长一下就楞了，小便也煞住了。

那只没关紧的水龙头在滴答着……

（轻轨声先出……）

82　轻轨·外·黄昏

一列轻轨驶过……

崇文的声音在回荡着：11 月 28 日，今天是我有生以来最开心的一天……

83　轻轨·车厢·内·黄昏

镜头还是从拉手套环开始，崇文依然戴着墨镜的样子。巧的是，在他的边上，就是王一平，他们都站着在，但状态是完全的不同。

崇文的心声在继续：我这辈子真是从来没有像今天这样轻松过，真可称得上是身轻若燕……

王一平却还是沉默而沮丧的。他的西装口袋里露出了钱包的一角。

他的眼前还是那样的杂乱……

84　轻轨站·外·夜

又一站到了。

旅客们上下车，崇文和王一平也夹在出站的人群中……

忽然，一个小偷偷了王一平的钱包，王一平一下就从恍惚中惊醒，叫道：小偷！

崇文一看，立马撒腿就去追赶……

小偷跑出了站外……

85　轻轨站外·外·夜

小偷夹着公文包跑了出来……

崇文和王一平在后面追赶……

86　胡同·外·夜

那个小偷一路狂奔，钻进了一条死胡同。一堵高墙挡住了他的去路，他已经无路可逃。他转过身，看见从后面追上来的崇文已经到了他的跟前，于是就拔出了一把短刀。

崇文一笑，将风衣突然敞开——那里面是枪套和手枪。

小偷腿立马就软了，哭丧地：我怎么这么倒霉啊！

崇文从小偷手里夺过刀，扔到了墙那边。接着又说：交出来吧。

小偷把钱包交给了崇文。

崇文：滚吧。

小偷觉得不可思议：你让我滚？我没听错吧？

崇文：下回别干这种丢人现眼的事了，滚！

小偷：谢谢警察大爷……

说着，那人就逃了。

崇文再一看，失主王一平并没有跟上，他有些茫然了，自语：这人哪儿去了？

（暗场）

87　轻轨·城市风景·外·日

又一个早晨。这已经是春天了。
一列轻轨从城市中间驶过……
字幕：三个月后

88　轻轨·车厢·内·日

楚翘坐在车内，看着窗外掠过的景物……

她的画外音：那件事情之后，我就离开了那家公司。自然，和王一平一家就没有了联系。我现在能记得的，就是那片纸……

轻轨到了一站，乘客们上下车。这时，崇文出现了，他理了光头，还是风衣墨镜的装束，显得十分从容。

楚翘以为他是盲人，便起身让坐。

崇文一笑：我不是盲人。谢谢。

楚翘也大方地一笑……

崇文发现，楚翘的头发上有片纸，便说：小姐，你头发上有片纸，我帮你拿掉怎么样？

楚翘忽然一笑，她显然是想起了王一平恋爱的事迹。

崇文便把那片纸拿下了：你笑什么？

楚翘：没什么没什么……

但她还是偷偷在笑……

89　轻轨站·出口·外·日

又一站到了。

乘客们鱼贯而出……这其中就又崇文和楚翘，他们已经认识了，一路交谈着，听不清他们在说什么，但感觉上他们很谈得来。

最后，楚翘做了一个打电话的手势，就上了一辆出租车离开了……

崇文很得意地一笑，然后消失在人群里……

90　某酒店·门前·外·日

这是一座十分气派的酒店，门前挂着喜庆的横幅，上写：中文系八四级毕业二十周年纪念大会。

一辆辆豪华的轿车驶来，这些老同学如今都是很有身份的人，在这个群体里有市长、部长、局长、教授等等……

有人打开车门：刘市长！

刘市长：千万别这么叫……

一会又有人喊：王部长，你这车好气派啊！

王部长：一般一般……

还有人说：胡大教授，我前几天在中央电视台上看见你了！

胡教授：丢人丢人……

不一会，马崇文来了，但是居然没有人认出是他。

一个女生悄悄地：那是谁呀？

崇文摘下了墨镜，对大家一笑。

女生叫了起来：马崇文！

大家便起哄起来，跟崇文打招呼。

边上有两个男人在低声议论——

“马崇文混得怎样啊？”

“听说还是科级……”

“不会吧？毕业都二十年了……”

“和领导关系很僵。不过看他那样子，倒很得意……”

91　某酒店·餐厅大堂·外·日

老同学们在喝酒，碰杯……

崇文拿着酒杯在边上，从墨镜后面看着眼前热闹的一切……

他的心声：同学相会，还是让人高兴。大家对我很热情，其实，他们都在想一个问题——我凭什么得意？在他们看来，人得意是需要理由的，比如说提拔、晋升、发财、得奖、又娶了个新太太，如此等等。而这些我都没有。是啊，一个什么都没有的人凭什么得意呢？

他自己得意地笑了一下。

刚才那个女同学又来了，找崇文喝酒。

女同学：马崇文，你变了！

崇文：我变了？我怎么变了？

女同学：咱们班就数你变化最大，跟原先那个老实巴交的样子简直就不是一个人……

崇文一笑：可我还是我啊……

崇文的画外音在继续着：是的，我变了，至少，我跟以前那个人不是一个人……我喜欢现在的我。

他看了一下镜子里的自己，心声：你很酷。真的很酷。毫无道理的酷！

（暗场）

92　街道·民政局门前·外·日

王一平和刘蔓从民政局走出来，看来，今天是他们离婚的日子。

他们上了一辆出租车。

93　王一平家·内·日

几盘精致的小菜，两杯红酒，置放在他们面前。

刘蔓：我可是很久没有吃到你做的菜了。

王一平解下围裙，苦笑了一下：就算是个仪式吧。

刘蔓：挺好的，我喜欢这个仪式。

王一平：我还给你买了个礼物，不知道你喜欢不喜欢……

说着，就从口袋里拿出了一个方盒，打开一看，是一块裸芯的机械手表。

刘蔓看了看：这么暴露啊。为什么要送我这个？

王一平叹了口气：刘蔓，我们结婚整整十年……这十年里你心里怎么想的，以前我以为自己知道，其实……

他苦笑了一下，接着说：我就想啊，要是你的心能像这块表这样，就好了；哪儿不对劲，我一眼就能看出来……

刘蔓：王一平，你觉得这样会有意思吗？

王一平：至少，它，它是透明的……

刘蔓：为什么要透明？就因为我是你老婆吗？

说着，她站起身，把周围一些模特儿身上的布料全给撤了下来：你觉得这样好看吗？

刘蔓：我们是夫妻，可这不等于我们之间一天二十四小时都要一丝不挂。光着身子吃饭、聊天、看新闻联播，你觉得美吗？王一平，人穿衣服，不仅仅是为了包裹自己的身体。

王一平沉默着……

刘蔓也从口袋里拿出一只小盒子，放到王一平面前：我也给你准备了一份礼物，自己看吧。

说着，她没有吃饭，提起包就出门了。

王一平打开小盒子——里面竟然是自己那张音乐会的票根！

他这才意识到，原来自己的妻子早就知道了真相。

他捂住了脸……

（歌声先出……）

94 KTV包厢·内·夜

“你问我爱你有多深，我爱你有几分……”

在这个很大的KTV包厢里，崇文班上的老同学在继续欢庆着。一个女同学正在演唱这支怀旧的老歌……

接着，大家一起跟着哼起来：

“你的情也深，我的爱也深，月亮代表我的心……”

只有崇文在一个不起眼的角落里没有唱，他依旧戴着墨镜，却还能感觉得到他很专注……

歌声在继续……

95 大街·天桥·外·夜

王一平孤独地走在天桥上，手里还拿着那张票根，忽然，背后一个声音在喊他“王主任？”

王一平回头，原来是楚翘来了。

王一平：哟，小楚啊……

楚翘：王主任，怎么一个人出来转悠啊？

王一平：哦，有点闷，随便转转……

楚翘：嫂子好吗？

王一平：她……我们今天办掉了。

楚翘：哦。

王一平：你好像一点也不吃惊？

楚翘：我吃惊什么？我不过是开了个玩笑而已。

王一平：你不觉得你这个玩笑开得有点大吗？

楚翘笑了笑：也许吧。其实，倒也公平……

王一平：公平？你什么意思？

楚翘：十年前你们因为一片纸走到了一起，十年后你们又因为一片纸而分开，你不觉得很公平吗？

王一平沉默了……

楚翘看看王一平，走了。

96 KTV包厢·内·夜

一曲唱毕，大家鼓掌起哄。有人正拿过话筒，准备接着唱，这时，门突然被推开了，外面两个很蛮横的男子走了进来。

大家一下就安静下来，不知道发生了什么。

其中一个胖子粗暴地拔下的插头：你们闹了一晚上，把老子的头都唱晕了，手气也唱背了，四圈不开和！

刚才那个女同学嘀咕一句：这里不就是唱歌的地方吗？

胖子：闭嘴！到别的地方嚎去！

之后就再也没有人出面说话了。

这时，角落里的崇文突然说了句：大家谁也别走，接着唱！

他的声音不大，但异常有力。

那胖子这才发现了崇文，就走过来，一把抓住崇文的肩膀：行啊，哥们！

说着，就把崇文抓了出去，大家还是没有人出面制止。

崇文临出门的时候还回头说了句：接着唱吧。

可是没有人再唱了。

他们一离开，刚才那个女同学就哭了：怎么会这样啊！你们这些当领导的管管啊！

一个同学对刘市长说：刘市长，您是市长，您……

刘市长：这不是在我的城市里，这事……我还真不好出面……

另一个同学：要不，咱们报警吧！

王部长：别别……谁知道那帮家伙什么背景？

另一个有身份的人：再说了，今晚咱们可是公款消费，传出去，影响不太好……

女同学急得想哭了：可马崇文怎么办啊？他肯定要被那帮家伙……

正说着，崇文回来了。他毫发无损，只是刚才穿在身上的风衣现在挽在胳膊上。

刚才那个蛮横的胖子也满脸堆笑地陪着崇文进来，一面跟大家鞠躬，一边说：对不起啊各位，小的有眼不识泰山，今晚你们的单，我买了！

接着，两个服务生又端来了果盘和红酒什么的。

胖子：各位尽兴，尽兴……

他正打算退出去，但崇文突然抓住了他的肩膀，把刚才那个电源插头踢到他面前。

胖子连忙弯腰把插头插好，这才害怕地离开了。

对于这一切，大家全都傻了，不知道是怎么回事。他们不明白一个什么都不是的马崇文怎么这么简单就把事情给摆平了。

崇文清清嗓子，这回是自己拿起话筒唱了起来：

“你问我爱你又多深，我爱你有几分……”

他唱得热泪盈眶！

97　大街·天桥·外·夜

夜已经深了，街上的人车都少了。崇文走上了天桥，把胳膊上的风衣撩起来穿上，挺威武地走来……

他的心声：其实这个世界很简单，只是我们把它想复杂了……

这时，他遇见了王一平。

王一平：先生，有火吗？

崇文拿出打火机给王一平点上烟。

王一平：谢谢。

崇文：不客气。

这时，王一平似乎记起来了，这个爱戴墨镜的男人，就是他以前经常在地铁上遇见的人。他正准备说点什么，但崇文已经走过去了……

98 街边·外·夜

崇文似乎也想起了刚才在天桥上遇见的那个男人了……

99 胡同·外·夜（回叙）

三个月前的那天，崇文赶走小偷后，却发现钱包的失主却没有来。于是，他就打开钱包，发现里面有一张王一平一家三口的照片，十几张百元的钞票以及几张卡，另外，还有一张刘蔓的名片和半截音乐会的票根。

他拿出了手机……

100 王一平家·内·夜（回叙）

那天晚上，刘蔓还是在为模特儿布置着面料什么的，但也有点心不在焉。显然，她也在为昨天晚上发生的事情纳闷着。

这时，电话响了起来，她来接：喂？

传来的是崇文的声音：是刘蔓女士吗？

刘蔓：我是，请问您是……

崇文的电话声：您不认识我……

刘蔓一下就把电话挂了。

101 街道·外·夜（回叙）

崇文一楞，知道对方误会了，于是一边走一边继续拨打电话……

电话再次接通，这次是刘蔓先说：先生，我不认识你，请你……

崇文急忙解释：刘女士，您先听我把话说完再挂不迟。是这样的，我拾到了一个钱包，里面只有您的名片，所以……

102 王一平家·内·夜（回叙）

刘蔓意识到自己错了：哦，对不起啊先生……

崇文的电话声：我看了一下地址，我们住得很近，我这就给你送过去……

刘蔓：谢谢啊……

103 某酒馆·内·夜 （回叙）

还是那个晚上。此刻，王一平正在这家小酒馆里独自喝酒，老板是个熟人，一边上菜一边说：王主任，您可是好久没光顾小店了……夫人怎么没一起来啊？

王一平：哦，她出差了……老板，不好意思，我今天身上没带钱，明天就给你送过来……

老板：没事的……

104 王一平家门前·外·夜 （回叙）

那只钱包已经交到了刘蔓手上。

崇文：您看看，是你们家的吧？

刘蔓：这是我先生的……谢谢啊……您请进吧。

崇文：不了……

刘蔓：先生，您怎么称呼？

崇文：哦，我姓马……再见……

刘蔓：再见……

105 王一平家·内·夜 （回叙）

刘蔓回到屋子里，继续检查着王一平的钱包，自语：这个人，连个钱包也看不住……

忽然，她发现了那半张音乐会的票根！

刘蔓十分意外，接着就从自己口袋里找出了另一张票根，一比照，正好是连号的！

闪回：音乐厅里，她身边的那个空位一直没有人坐……

刘蔓立即就傻了，旋即脸色也变了。她拿起电话就拨……

106 某酒馆·内·夜 （回叙）

王一平的手机响了，他看了看，却没有接……

107 王一平家·内·夜 （回叙）

刘蔓放下电话，沉默了。

那张票根现在已经攥在了她手里……

108　天桥·外·夜

天桥上的王一平似乎还在想着……

闪回：他在火车上经常遇见马崇文……

闪回：那个晚上，他的钱包被小偷抢了，马崇文去追赶……

王一平这才意识到，手里的那张票根是怎么到了老婆手里的。他伏在栏杆上，崇文的背影已经走远了。

王一平沮丧地把那张纸片扔下……

纸片悠悠落下，正好又落到了一个从下面走过的女人头发上……

（暗场）

109　崇文寓所·客厅·厨房·内·夜

崇文回到家，首先打开了电话留言，很快就传来了楚翘的声音：喂，老马，同学聚会开心吗？这个星期天咱们去郊外吃烧烤怎么样？我刚得了一个红包，犒劳你一下……

现在，他们已经很熟悉了。

崇文把风衣脱下，接着又把西装脱了，这才露出枪套和枪。他习惯性地走到镜子前面欣赏了一下自己的形象，又拿出枪比画了几下，玩得十分熟练。

崇文感叹一声：总有一天，我会把把你打响的。

然后，他取下了枪套放在桌子上，进厨房烧水去了，一边哼着“月亮代表我的心……”

110　崇文寓所·楼梯·走廊·内·夜

一个男人的身影出现在楼梯上……

这人的脚走到走廊上，在那只早扔到崇文门外的盒子边停了一下。显然，来人应该就是当初出现的那个李全。

111　崇文寓所·客厅·内·夜

崇文从厨房来到客厅，刚准备坐下，就听见了敲门声。

崇文开门——门外果然是李全。

崇文冷笑了一下：你小子总算是露面了。

李全也笑了一下：我来取那件东西——你小子跟小时候一样，好奇心还是那么足。

他瞥见了桌子上的那把手枪。

崇文：我也一直在等你。

李全：我知道……其实这段时间我就没离开过这个城市……

崇文打断，急了：那你还不跟我联系？

李全坐下来，拿起那把枪玩着：那天我看见你端着这只盒子去派出所了，还好，你还没敢进去，

崇文：我在等你。等你一块去派出所，把这东西交出去，免得你说我把你给出卖了。

李全：我要得就是你这句话啊！到底还是从小一起长大的，靠谱……

崇文：那就别啰嗦了，走吧！

李全：你觉得我会去吗？

崇文：这可由不得你了。

说着就将李全一把抓了起来。

李全：你干什么干什么？

崇文吼道：老子都等烦了！

李全：你别急，让我把话说完行吗？

崇文又把李全放到椅子上：有屁快放！

李全整理了一下领子什么的：其实，我就是跟你开了个玩笑……

崇文：玩笑？你说得轻巧！

李全：那回我来，就是想请你去帮我管一片业务的，我也知道，你打心里看不起我，但我还是觉得你是最靠谱的，所以就试探你一下——这玩意不是真家伙，就是一玩具……

崇文糊涂了：什么？玩具？

李全：是啊，不信，你瞧——

说着，就把枪拉上了膛，对着自己的脑袋开了一枪，发出砰的一声响。

崇文惊吓得跳到了一旁。

但李全还是好好地站在他面前，说：怎么样，这下信了吧？我当时就想，你要是把这东西交出去了，那我就掉头就走了，幸好，你扛住了……

崇文突然抽了李全一耳光。

112　崇文寓所·走廊·内·夜

屋里传出来崇文的声音：狗日的！

李全的声音：你小子……靠谱……

音乐渐起，镜头迎着破旧不堪的走廊，缓缓向前……

演职员表由下而上。

2010年9月18日　北京寓所

天 亮

序 幕

1 淮北市街头 某酒吧前 （夜 黑白片 梦境）

黑片中出现街头斗殴的打骂声——

“你他妈的嘴里干净点！”

“操你妈的……”

“你再说一句？”

“操你妈！”

“打你这个狗日的！”

一只啤酒瓶在一个脑袋上砸开……

这是1993年春天，发生在安徽省淮北市的一场激烈群殴场面。

打架的双方都是男青年，他们从酒吧出来，莫名其妙的就打了起来。那时候，郭强二十三岁，很能打，虽然他本人的额头上也被划了一刀，但他夺过对方的刀，然后不顾一切地对着对方的两个人捅了起来，先倒下一个，接着一刀插进了另一个的腹部……

刀一时没有拔出来，双方几乎脸对着脸……

郭强一下把刀拔出来，鲜血立即射到了他的脸上……

（暗场）

2　漠河　陈立新家门外（夜）

残雪中的陈立新家，是一处临街的二层楼的房子，其中一楼是个饭馆，门面上挂着“东北老乡”的牌子。

随着一声惊叫，屋里的二楼的一个窗户灯亮了。

字幕：十一年后

2004年3月 黑龙江省漠河县

3　漠河　陈立新家（夜）

陈立新从恶梦中惊醒了，额头上都是冷汗——他就是当年的郭强，如今已是三十六岁的人了。

他的惊醒，也弄醒了身边的妻子余珍，一个三十岁的女子。

余珍：咋了，发梦了？

陈立新没有吱声，喘着气……

余珍嘀咕着：你最近咋了，老是半夜发梦，还让不让人睡啊？

说着，女人伸手把边上的儿子被子盖了盖，又翻了个身自己睡去了。

陈立新下床，镜头一直跟着他走出了门……

（片头字幕开始）

这时，外面传来了鸡叫……

4　陈立新家　楼下　饭馆内（夜）

简陋的楼梯，下楼的脚……

陈立新走下来了，楼下，就是他经营的小饭馆，虽然不大，但收拾得还很整齐。

他打开冰箱，拿了一瓶啤酒，咬开盖子，大口喝了起来……

5　陈立新家　卫生间（夜）

水龙头打开……

陈立新脱光衣服到卫生间洗澡……

他看着镜子里自己的脸，不禁低下了头……

水淋在他身上……

（暗场）

6　陈立新家　门外

早晨，过往的车辆不断划过……

饭馆门前的匾额是“东北老乡”。

远远看见，陈立新在门前的电动三轮车上摆弄着上街买菜的箩筐。

余珍领着九岁的儿子陈小果从屋里出来，把孩子的帽子系好。

陈立新将儿子放到电动三轮车上。他是这家小饭店的老板兼大厨。他的老婆余珍则是收银员。

7　街道

陈立新驾驶着电动小三轮在街上行驶着……

儿子坐在车后，两只腿在轻松地甩动着……

8　小学门口

陈立新的车到了学校门口，儿子跳下车，和爸爸招招手，就进学校了。

陈立新看着儿子的背影，很迟才将车开走……

9　菜市场

陈立新在大捆大捆地把菜往三轮车上放，一边付钱给菜贩子……

10　街道

陈立新驾驶着装满菜的车，一路开着，但他还是被昨晚的那个恶梦纠缠着，眼前不断出现的还是刀子，刀子，鲜血，鲜血……

这时，一辆警车从远处迎面开来……

陈立新顿时就紧张起来，顺势把三轮车往边上一打……

突然，一辆大卡车斜插过来，刮倒了他……

一车菜撒得到处都是，鸡蛋也破了，西红柿也烂了……

（字幕终 暗场）

11　医院　病房

陈立新头上打着绷带，胳膊上也打着纱布，腿也上了夹板吊着在，躺在床上……

不一会，妻子余珍跑来了。

余珍：这是咋了啊……

陈立新淡淡笑了一下：怪我自己……

（暗场）

12　淮北市中级人民法院　门前

三十六岁的女律师张瑾是一个智性矜持的女人，相貌端庄，此刻她正站在法院门前的高高台阶上，看了一下表，显然是在等人，边上停着她的小车。

字幕：2004 年 3 月 21 日

安徽省淮北市中级人民法院

不一会，她等的人匆匆来了——是她的丈夫，叫李子涛，年纪在四十出头，一个身材挺拔，十分俊朗的男子，他是这个法院的刑事一庭的庭长。

李子涛：什么事不能回家再说吗？

张瑾：家？你觉得那还是个家吗？

李子涛：又来了……

张瑾：李子涛，这事不能再拖了，如果我们还想顾及一张脸面的话。

李子涛迟疑片刻：你想好了？

张瑾从提包里拿出一张事先打印好的纸，交给了李子涛：这是离婚协议，你要是觉得可以，麻烦高抬贵手，签个字吧。最好别在你们这儿，丢人现眼的，咱们一起上民政局。

李子涛：至于这么急吗？

张瑾：当然，今年是我的本命年，我不想把晦气带到明年。

李子涛：我正在开会……讨论十一年前那宗杀人案……

张瑾没有理他，上了自己的车，离开了。

李子涛瞥了一眼，不禁叹了口气。

（暗场）

13　漠河　陈立新家　门外（夜）

一个月后的一个夜晚，饭店已经打烊，门前没有什么人迹了。

渐渐传来了陈立新的声音：……这回算是命大吧……

14　陈立新家　楼下　饭馆内（夜）

饭店里只剩下陈立新和余珍夫妻在吃着火锅。

陈立新头上还贴着一块胶布：不过，倒也提醒了我。

余珍：提醒你今后要小心驾驶。

陈立新：不，不是这个……我躺在医院病床上就想，要是这回我真的给撞死了，你和儿子咋办？

余珍不高兴地：闭嘴！说什么呢！

陈立新：我可是说真的，你得听……

余珍：我不听！

陈立新：你先别急，听我慢慢跟你说……我想啊，儿子如今也大了，你呢，也不能老闲着……

余珍：我闲着吗？我除了干家务还兼着饭店的收银吗？

陈立新：收银不是手艺，你得学门手艺。俗话说，荒年饿不死手艺人，即使有一天我不在了，你也不至于……

余珍：你今天是咋了，老是讲这种不吉利的话，烦不烦啊！

陈立新突然发现了火锅里的血肠，便放下了筷子：你怎么又往里面放血肠了？

余珍：吃火锅不放血肠放什么？

陈立新：我不爱吃这个，你把它给捞走。

余珍一边赌气地捞着血肠，一边嘀咕：爱吃不吃……

陈立新：我跟你说过多少回了，我爱吃你们东北的红肠……

正说着，两名便衣男子进门了，感觉是出差的。

其中一个男子先微笑起来：不好意思，请问，还能吃到东西吗？我们出差，车出了毛病。

陈立新迟疑了片刻：能，我这就给你们做……

15 饭店 厨房（夜）

跳动的火苗——陈立新把炉子又捅开了。

陈立新在切菜，案子上放的就是东北的红肠。

他一边喊着：阿珍，给我搭把手……

不一会，余珍就来了：咋了?

陈立新：来，说干就干，跟着我学……

余珍：你还来真的啊?

陈立新切好一盘红肠：当然。

他放下菜刀，又去炒菜……

跳动的火苗……

陈立新对边上的余珍说：记住，炒菜要大火……

余珍：我知道，这么多年，看都看熟了，是我懒得动手……

炒菜的手……

余珍：你走吧，我做一回给你看看。

陈立新一笑，端着红肠先离开了……

16 饭店内（夜）

陈立新端着红肠从厨房出来，摆放在桌子上，一边搭讪：听口音，二位不是本地人……

便衣：对，我们是从安徽淮北来的。

陈立新一下就明白了，就在这时，一只冰冷的手铐卡在了他手上。

陈立新：其实你们一开口我就听出来了……

便衣：你很聪明，如果你刚才跑了，外面有十几只枪对着你。

陈立新苦笑着：我不会跑……跑了十一年，累了……

这时，余珍端着菜从厨房出来，一见这场面，傻眼了，手里的盘子落到了地上……

便衣警察将陈立新带走，他不禁回望妻子……

（定格，转黑白片）

字幕：2004 年 5 月 13 日，负案潜逃在外十一年的郭强（化名陈立新）在黑龙江省漠河县被捕……

（暗场）

17　淮北市中级法院　法庭外

庄严的法庭外，法警林立。

字幕：2004 年 7 月 28 日

安徽省淮北市中级人民法院

18　法庭内

法庭审理已经到了最后的时刻。

一审法官李子涛身着法官袍，正在宣读判决书：……犯罪嫌疑人郭强，犯故意杀人罪，判处死刑，立即执行，剥夺政治权利终身……

到场的听众、媒体记者全部都站立起来，其中就有律师张瑾。在她边上，就是陈立新的妻子余珍，她完全惊呆了……

19　淮北市中级人民法院　法庭外

听众散场……

电视台主持人小米正在报道：十一年前震惊淮北市的“3．21”杀人案今天正式开庭审理。犯罪嫌疑人郭强化名陈立新，在逃匿十一年后，终于在今年五月十三日在黑龙江省漠河被捕……

20　李子涛家　客厅（夜）

电视上正在转播“庭审实况”，张瑾一边修指甲，一边在看着……

屏幕上李子涛正在讯问郭强……

丈夫李子涛从卫生间洗澡出来。

张瑾带着一种抵触和不屑：逃匿十一年，隐姓埋名，娶妻生子，这个郭强也算是悔过自新了，结果你们还是判了他死刑……

李子涛反问：这些能作为不判死刑的理由吗？

张瑾：刑法的意义是什么？死刑的意义又是什么？

李子涛：死刑的存废是一个国际性的争议课题，在中国至少要争论几十年甚至一百年。我知道你是反对死刑的，可如果没有死刑……

张瑾打断：我要做郭强的律师。

李子涛听了这话，有些意外：可我是这个案子的主审法官啊！
张瑾：你只是一审法官，二审你就插不上手了，牵扯不到回避。
说着，她就起身离开了……
（暗场）

21　淮北市看守所　会见室

张瑾已经坐到了郭强的面前。
郭强抬起头：我是一个犯了死罪的人，还需要律师吗？
张瑾：当然需要。死刑犯同样拥有自己的权利。
郭强：我现在不想要什么权力了，我就想知道，自己还能活多久？
张瑾：我只能说，是在倒计时……
郭强：明白了。律师也不能让我活。
张瑾：但能让你死得干净一些……
郭强不语……
（暗场）

22　安徽省高级法院　门前　院子

张瑾的车驶进了省高级法院的院子，她走下车。
字幕：九个月后。
　　　2005 年 4 月 26 日
　　　安徽省高级人民法院

23　省高级法院　刑事庭庭长办公室

江庭长把最高法院的死刑核准裁定书递给了张瑾：郭强的死刑裁定通知，最高法院已经下来了，按照规定，一周后将执行死刑。
张瑾冷笑了一下：无话可说。
说完，她收起裁定书的副本，离开了。

24　省高级法院　院子

张瑾坐到车上，一气按动着汽车喇叭，似乎是在抗议。
楼上的几个窗户都伸出头来，以为是出了什么事。

一个值班的人员跑过来，但张瑾把车开走了。

25 淮北市看守所 会客室

那份死刑核准裁定书放到了郭强面前。

郭强表情麻木。

张瑾：你还想说点什么吗？

郭强摇摇头：杀人偿命，欠债还钱，我服……

说着，他接过律师的钢笔签了字，就准备起身离开。

张瑾：郭强，你还有最后的要求吗？

郭强头也不回：没有了。

张瑾：你难道就不想见见你的妻子儿子？

郭强站住了脚，但还是走了……

（暗场）

26 李子涛家 客厅（夜）

李子涛在收拾着行李，这时，张瑾回家了，样子有些沮丧。

李子涛：院里临时通知我，要去北京参加一个学习班，马上赶火车……

张瑾：干吗不坐飞机啊？

李子涛：机票不好落实……

张瑾还是不屑地：什么不好落实，你就是怕死。捍卫死刑的人都怕死。

李子涛笑了笑：这哪挨哪啊！看来，那件事，也只能等到我回来之后再办了，你看呢？

张瑾自己倒了杯水：签个字就那么难吗？

李子涛：我这也是临时的事……就一个月……

张瑾：行了，分居两年都过来了，那就再等一个月吧。

说着，不禁叹了声气。

李子涛：去看你的当事人了？

张瑾不语。

李子涛：这个案子我早就说是铁定的死刑案，当初我就对你说……

张瑾：你别说了，我不想听。

李子涛就不吱声了，但还是嘟哝一句：你这是何苦呢……

说着，他看了看表，就提着箱子进了卧室。

张瑾不知为什么，莫名其妙地就落泪了……

27　看守所　监舍内（夜）

此刻，死囚郭强已经上了脚镣，正独自靠在床上，思念着妻子和儿子……

28　漠河郊外（郭强的回忆）

掠过的树影……

那是去年的秋天，他驾驶着三轮车带着妻子、儿子去郊外春游……

儿子：爸，你什么时候带我去北京玩啊？

陈立新：爸天天要管饭店，等放假了再说……

余珍：你就不能歇几天吗？结婚都十年了，连北京也没去过，让人笑话……

陈立新：那明年“五一”黄金周你带儿子去北京玩吧，记着拍张照片带回来给我看。

陈小果：我要去看升旗仪式！

29　看守所　监舍内（夜）

郭强痛苦地抱着头……

（暗场）

（火车声先出……）

30　北京站　出站口

正值“五一黄金周”，北京站门前人山人海……

字幕：2005 年 4 月 30 日 北京站

人群中，出现了余珍和儿子陈小果，他们刚从漠河那边过来。

陈小果：妈，什么时候去看升旗啊？

余珍：明天……

陈小果：跟电视里看见的一样吗?
余珍：一样……
这时，李子涛也从人群中出现了，他也是刚刚下车。
那边，余珍正牵着孩子往外走。
陈小果：妈，爸爸到底去哪了呀?
余珍克制着自己的情绪：不是都跟你说了吗，爸爸出差了……
他们的谈话被李子涛无意间听见，他忽然觉得这个声音好熟悉，便回头一看——
余珍和陈小果已经走远，李子涛一时想不起来，便走进了地铁……
陈小果：爸爸真是，走这么长时间都不回来……
这时，一个小偷趁机偷走了余珍的手机。

31　淮北市看守所　监舍

郭强面对高管教：我想见我的律师!

32　李子涛家　客厅

张瑾正在收拾自己的东西，她拿起了柜子上镶嵌着她和李子涛的小镜框，不禁苦笑了一下，又将它放下了。
这时，她的手机响了。
张瑾接听：喂，我是张瑾。
对方是高管教的声音：张律师，你的当事人要求见你。
张瑾：我马上到!
说完，她就离开了。

33　看守所　会客室

郭强抬起头：我想见我老婆最后一面……我想给她磕个头……
张瑾：儿子呢?
郭强：儿子就不见了。他得上学，上回，已经从第四名落到第六名，不能再耽误了……
张瑾：法院会考虑你的要求。
郭强：我家里人知道我还有几天吗?

张瑾：肯定会知道的，核准裁定的通知书法院已经派专人送达了。

郭强：谢谢……

34　北京　某地铁站

李子涛从地铁站出来，忽然想起了什么……

闪回：在淮北市的一审法庭上，李子涛看见过张瑾身边的余珍……

于是，他拿起了手机……

35　淮北市街道　张瑾车内

正在驾车的张瑾拿起了手机，接听：喂，你到了吗？

传来的是李子涛的声音：到了……张瑾，我刚才看见郭强的老婆和孩子了！

张瑾：他们也去北京了？

36　北京　地铁站附近

李子涛在打电话：是啊，我肯定没看错……

37　淮北市街道　张瑾车内

张瑾的电话声：郭强是我的当事人，你的工作不是已经结束了吗？

李子涛的电话声：我是说，郭强的老婆这时候带孩子来北京玩，是不是她没有接到郭强的“死刑核准通知书”啊？

张瑾一下踩住了刹车。

然后，她连忙将车掉头……

（暗场）

38　淮北市中级法院　刑事庭庭长办公室

刑事庭庭长老何正在打电话，张瑾坐在边上。

何庭长：……什么？郭强的家属还没有收到？

对方的电话声：是啊，他们家一直没人……

何庭长：行，我知道了……

他放下电话，对张瑾说：老李没看错，郭强的老婆是带着孩子出门了。

张瑾急忙从手机中找余珍的手机：余珍……

她拨了，但传来的声音是“你所拨打的手机已关机”。

张瑾：联系不上。

39　看守所　会客室

郭强抬起头，看着面前的张瑾，失望地：联系不上？

张瑾：对，我一天都在打余珍的电话，就是不通。有人看见她去北京了。

郭强：她应该是去北京了……

张瑾一下紧张起来……

（暗场）

40　合肥洛岗机场（夜）

张瑾拖着行李箱赶往机场，一边给李子涛打手机……

张瑾：喂，睡了吗？

李子涛的电话声：刚躺下……

张瑾：我刚到合肥，赶去哈尔滨的航班。看来你得辛苦一下了……我联系不上余珍，法院的人说，她到现在没有收到郭强的死刑核准通知书……

41　北京　街道　出租车内（夜）

出租车行驶中的主观……

李子涛已经在出租车上，还在和张瑾通电话：我已经上了出租车，正往电视台赶……

42　合肥洛岗机场　候机楼（夜）

张瑾站在落地玻璃窗前打着手机：无论如何得请他们帮这个忙，你一定要说服他们……

李子涛的电话声：我尽力而为。

张瑾：我马上就把余珍的照片发给你，让她看见通知后立即赶回漠河与我汇合！

窗外一架飞机刚刚起飞……

43　北京电视台　新闻部　走廊（夜）

余珍的照片正在彩色打印中……

照片打印出来，便被一只手抽走。

此刻，李子涛正在和新闻部的吴主任交谈着。

李子涛：时间很紧急啊，现在距离死刑执行的时间也就两天……吴主任，我们希望电视台能帮这个忙，以满足死刑犯最后一个心愿……

吴主任：他的家属真在北京？

李子涛：我亲眼看见的！怪我一时没有认出来……

吴主任：这事我还做不了主，我得请示领导……

说着，他拨起了电话……

（暗场）

44　天安门广场

翌日清晨，国旗班从天安门城楼整齐走出……

整齐的军靴……

字幕：2005 年 5 月 1 日

　　北京　天安门广场

广场上，已经聚集了一些观看升旗的群众，其中就有余珍和陈小果，孩子心情激动，母亲则心情沉重……

闪回：陈立新回头对余珍说：明年五一黄金周，你带儿子上北京吧，记着拍张照片给我……

军乐队奏起了国歌……

国旗冉冉升起……

陈小果对着国旗敬礼……

余珍准备拿手机为儿子照相，这才发现手机没了。

陈小果：妈，快照啊！

余珍：对不起，儿子……妈手机忘在旅馆了……

陈小果失望地：真是的……

余珍就对边上一位大姐说：大姐，能用你的手机为我儿子拍张照吗？

大姐：行……

余珍：我把手机号给您，回头麻烦您发到我手机上。

大姐：行，你写吧。

余珍连忙把手机号码写给了那位大姐。

大姐给陈小果拍下照片。

余珍：谢谢啊，大姐……

陈小果：谢谢阿姨……

他们刚刚离开，背后的大屏幕上就播送了寻找他们母子的通知，并附有一张余珍的照片——

电视播音员：来自黑龙江省漠河的余珍请注意，请你看见本通知之后立即赶回漠河，有急事……

那位照相的大姐看见了，但是再找余珍，已经不见人影了……

45　漠河郊外公路　警车内

警车在行驶着……

张瑾再次拨打手机：喂，我现在正往漠河赶，电视台的通知播出了吗？

传来的是李子涛的声音：已经播出了……

46　北京　公共汽车

忙了一夜的李子涛此刻正在公共汽车上……

车内的电视机也正在播放着通知……

李子涛：电视台的新闻从今天早晨起，一直在滚动播出，几家报纸也连夜改版，刊登了启事……

他手头正看着一张报纸，上面就登了余珍的照片和启事……

47　漠河郊外公路　警车内

张瑾：太好了！

警车往远方驶去……

48 漠河 陈立新家 门前

警车在门前停下。

张瑾和法院的王副院长下车。

张瑾看着这家小饭店，心情很是复杂。

王副院长：张律师，还是先去宾馆休息一会，我们在这里派了专人蹲守，一旦余珍和孩子回来，就通知你。

张瑾：好……不过，暂时先别告诉孩子……

王副院长：我们知道……

（暗场）

49 漠河 某宾馆（夜）

张瑾还在给李子涛打电话：……第一天已经过去了，还是没有余珍的消息，我手机一直都开着在……

李子涛的电话声：别急……

张瑾：我能不急吗？还剩下最后一天的时间，如果不能让他们见上最后一面，我这辈子都会感到遗憾的！

50 北京 某招待所（夜）

晚上，余珍带着陈小果回来了。孩子手里拿着一串冰糖葫芦和玩具，显得兴高采烈的。

陈小果：要是爸爸跟我们一起来就好了……

余珍敷衍着儿子：以后还有机会的……

说着，就到服务台去拿钥匙：306。

正在看电视的服务员把钥匙给了余珍，同时还递给她一瓶水：玩了一天，挺累的吧？

陈小果：不累。

余珍带着儿子上楼去了。服务员继续看电视，电视屏幕下方一直在播放着字幕广告，其中就有寻找余珍的，但服务员根本就没有留心。

51 北京 某招待所房间（夜）

余珍正在找手机，可是怎么也找不到……

余珍：小果，你没发现妈妈的手机吗？

小果在看电视，用遥控器随便换台，一边回答：没有，不会被人偷走了吧？

余珍想了想……

闪回：她走出北京站的时候，一个男青年碰了她一下。

余珍：天啊，还真是……

她失落地坐在床上，自语：这下坏了……坏了……和你爸爸联系不上了……

陈小果安慰妈妈：妈，回去再买一个吧，现在手机不贵的……

忽然，电视上出现了余珍的照片。

陈小果叫起来：妈，你上电视了！

余珍抬头一看，电视上正在播送通知：来自黑龙江漠河的余珍请注意，请你看见本通知之后立即赶回漠河，有急事……

余珍一下站了起来……

（火车声先出……）

52　原野　火车（夜）

一列火车呼啸而过……

53　火车　车厢内（夜）

硬座车厢内，余珍带着儿子踏上了归乡之途……

陈小果：妈，怎么刚到北京就走啊？

余珍不回答……

（暗场）

54　漠河　某宾馆

合衣睡在床上的张瑾被敲门声惊醒，连忙去开门。

门外站着的是王副院长：张律师，余珍回来了！

张瑾惊喜地：好……王副院长，我洗把脸，我们直接赶到大连……

王副院长：大连？

张瑾：我在网上查了一下，只有大连有飞江苏徐州的航班，到了徐州，就离淮北市近了。

王副院长：那好，我们派车送你们去大连机场！

55　通往大连的高速公路　警车内

警车急速行驶着……

车内，坐着张瑾和余珍，王副院长坐在副驾驶的位置上。

王副院长：大连那边的机票已经订好了，这样，今天傍晚你们就能赶到淮北了。

张瑾：谢谢……

王副院长：是我们要谢谢你啊，张律师。毕竟，郭强和余珍户口落在咱们漠河……

余珍难过地流着眼泪……

王副院长：余珍，不要太难过了，你得保持一个好的状态，让郭强安心上路……

余珍低声抽泣着……

张瑾握着余珍的手……

警车向远方开去……

58　大连　周水子机场　进口处

一架飞机刚刚升空……

但是，这不是张瑾她们的航班。

字幕：2005 年 5 月 3 日下午 1 时

大连周水子机场

此刻，她和余珍刚刚下车，正和王副院长道别。

王副院长：余珍啊，见到郭强，给我带上一句话——这辈子走错了路，下辈子再改过来！

余珍含泪点点头……

张瑾和王副院长握手：谢谢你，王副院长！

王副院长：以后来漠河，提前给我一个电话。

张瑾：好！

警车开走……

张瑾：时间还早，你要不要睡一会？

余珍：张律师，我想给立新买双鞋，可以吗？

张瑾：当然可以，我陪你。

两人起身。

59　机场附近　耐克店

一双耐克鞋拿在了余珍手里，那是一双洁白的球鞋。

余珍：就这双。

服务员：这款有点老了，我们这里还有其他的款式，您不打算再挑一下？

余珍：不，我就要这双。多少钱？

服务员：九百二十一。

余珍付钱……

60　机场附近

买完鞋的余珍和张瑾一路走来，一边交谈着。

余珍：他就喜欢这款……当时因为开店，钱紧，我没让买……想想真对不起他……

张瑾：要说对不起的，应该是他。骗了你和儿子十多年……

余珍：不，不……张律师，我，我不怪他！

张瑾有些意外……

余珍：他是犯了死罪……可他对我还是个好男人，对儿子，也是个好父亲啊！

张瑾被余珍的话触动了，她沉默了片刻，才问：余珍，你和郭强——就是陈立新，怎么认识的？

余珍：我们是在做生意的时候认识的……我以前也是卖鞋的……

61　漠河　中俄边境贸易市场（余珍的回忆）

热闹的中俄边境贸易市场，熙熙攘攘……

字幕：漠河　中俄边贸市场

1994 年 3 月

余珍正在和一个俄罗斯女贩子谈鞋的生意，由于她不会俄语，所以只能比比划划地交流……

余珍：一百双以上，打八折怎样？

俄罗斯女贩子不懂，用夹生的中国话说：什么叫……八折？

余珍：就是一百块钱只收你八十。

俄罗斯女贩子：为什么只收八十？

余珍不耐烦地：少收你钱你还问为什么？你这人真是……

这时，一个小伙子过来了，用比较流利的俄语说：她的意思就是给你非常大的优惠，你买得越多，就越优惠。

他就是那时的郭强。

俄罗斯女贩子听明白了，也笑了：我要五百双！

余珍也高兴地：那就七五折！

女贩子叫人开始装货，同时在一边数钱……

余珍这才对郭强说：谢谢你啊。

郭强：不客气。

余珍：你是新来的吧？我以前咋没见过你啊？

郭强：对，我是新来的……叫陈立新……

62 机场附近

张瑾有些惊讶地看着余珍：他还能说俄语？

余珍：他也是学的，他聪明，学得快……

张瑾：你们就这么认识了？

余珍：对……一年后，我就嫁给了他；年底，孩子就出生了……

突然，远方传来了一阵雷声……

机场上空，乌云密集，远雷一阵阵逼来……

张瑾看看天空，很是不安……

63 大连 周水子机场 候机厅

果然，很快就传来了机场的广播声：各位旅客，由于气象条件不允许，今天下午全部航班将取消……

旅客们一下炸了锅，议论纷纷……

“怎么这么倒霉啊！”
“这鬼天说变就变啊！”
“我早说不能坐飞机……”
余珍看着张瑾：张律师，这，这咋办啊？
张瑾当机立断：改火车！

64　大连火车站　站台（夜）

镜头从火车站降下……
字幕：2005 年 5 月 3 日 18 时 30 分
　　　大连市火车站
一列火车正待发车……
张瑾和余珍匆忙跑来……

65　火车　硬座车厢内（夜）

随着火车的发车，车厢也开始了晃动……

车厢里还是人满为患，张瑾和余珍二人挤在一个角落里，好在还有个座位，她们就这样在嘈杂声中交谈着。

张瑾：你看，我们乘这列火车，九个小时之后，也就是明天凌晨一点就可以到达徐州了，徐州离淮北只有三个小时的车程，还来得及的……

余珍：但愿吧……

张瑾：火车不像飞机，上了车就没有什么变动了。即使是晚点，那也是前后个把钟头的事……

余珍点点头……

66　火车　原野（夜）

汽笛声中，火车呼啸着向茫茫黑夜奔去……
（暗场）

67　淮北市　看守所　会客室（夜）

此刻，高管教正在和郭强交谈。
高管教：我刚刚和张律师通过电话，飞机虽然晚点了，但她们已经改乘了火车。今晚十二点左右，就能赶到徐州了。

郭强：十二点？

高管教：你放心，市法院有专车在那里等候……

郭强：让你们费心了……

高管教看看表：还有十来个小时，去睡会吧。

郭强看着高管教，没有说话……

68　火车　原野（夜）

火车继续在向前行驶着……

字幕：2005年5月3日21时10分

69　车厢连接处（夜）

夜渐渐深了。这节车厢里，大多数旅客已经睡了。

在车厢连接处，张瑾和余珍还在低声交谈着。

张瑾：余珍，你和陈立新结婚十一年，就从来没有发现他有什么异常吗？

余珍想着：现在想起来，也还是有的……

70　哈尔滨　街头（余珍的回忆）

余珍的声音：他这个人平时是不出远门的。只有一次，那是正准备结婚的时候，我硬着拖着他去哈尔滨，给我挑几件衣服……

余珍和陈立新从一家商场出来，手里提着几只服装袋，两人都兴高采烈的样子。

余珍：这件衣服好看吧？

陈立新：对，其实你穿什么衣服都好看。

余珍：那你说，那件最好看？

陈立新凑近余珍的耳朵：最好看的就是不穿衣服。

余珍：你坏死了！

两个人就这样开心地笑着，逛着街。

忽然，陈立新看见了前面有两个警察正迎着他走来，便本能地紧张起来，又一头扎进了那家商场……

余珍回头一看，陈立新不见了，便四下张望着……

陈立新躲在商场里，透过窗户看见警察走过……

他松了口气，然后才走出来。

余珍：你跑哪去了？

陈立新支应着：我，我刚才好像看见一个熟人了……

余珍：这是哈尔滨，不是漠河，你哪来的熟人啊？

陈立新：是个老毛子……以前买过我的货……

余珍：你这死人！

陈立新站住了：你说我什么？

余珍：我说你是个死人！

陈立新迟疑片刻，才勉强笑了起来：对，我就是个死人……

71　车厢连接处　车厢内　（夜）

余珍抽泣起来：我怎么能说他是……死人呢？我这嘴……

张瑾递给余珍一张纸巾：想想，他隐藏的这十一年，实在很累……

余珍：对，他就是这么说的……抓他那天，他就是这么说的……

闪回：陈立新对便衣警察说：我不会跑，跑了十一年，累了……

张瑾：余珍，时间还早，去打个盹吧？

余珍：我不想睡……

突然，火车那一端传来了一阵躁动，张瑾看过去，那边有几个人都围起来了……

于是，张瑾便赶过去……

一看，原来是一个年轻的产妇即将临盆，腿部都有羊水和鲜血溢出了！

边上人七手八脚地把产妇放倒在座位上，议论纷纷——

“这么大肚子咋还出门呢？”

“不得了，得赶紧找医生啊！”

不到一会，广播里传出了声音：各位旅客，现在11号车厢有位产妇即将临盆生产，请妇产科大夫和护士赶快过去……

张瑾一看，知道事情麻烦了！

72　火车　餐车内（夜）

产妇已经被临时送到了餐车里，很快就有两个妇产科的大夫和护士参与抢救。

车厢两头也被乘警把持着，张瑾站在外面，偷偷看了一下手表……

时间已经是晚上十点了！

73　车厢连接处（夜）

张瑾走过来，对余珍说：这里没你的事……

余珍：张律师，火车……火车不会停下来吧？

张瑾：但愿不会……

74　火车　餐车内（夜）

那位产妇已经陷入到昏迷之中……

护士用车上急救的点滴给她输液。

两位大夫在低声商量着——

大夫甲：胎位不对，顺产的可能性没有……

大夫乙：看来只能在就近的医院进行手术了！车长——

女车长走来，大夫便和她低声交谈着……

张瑾看到这种场景，预感到情况不妙……

75　火车　车厢连接处（夜）

余珍在这里对着窗外默默祈祷着……

张瑾走来，她一样地焦急，默默看着祈祷的余珍……

这时，车厢内再次响起了广播声：旅客同志们请注意，为了抢救这位产妇，我们的列车在经过上级批准后，拟改道行驶……

余珍一听愣住了：改道？张律师，怎么能改道啊！

张瑾沉默着……

这时，那位女车长正好匆忙路过，余珍一下抓住她的胳膊，有些失控：不能改道啊！车长，我求求你们了……

女车长不解地看着余珍：人命关天，对不起！

张瑾连忙过去将余珍拉开：余珍！
余珍哭泣着：你们不能这样啊……
张瑾：总得先顾着活人吧？
余珍愣愣地：对……先顾着活人……
张瑾知道自己的话重了，便道歉：余珍，对不起……

76　火车　原野（夜）

道岔突然分开，那列迎面开来的火车驶向了另一条道……
（暗场）

77　某火车站　站台（夜）

那列火车迎着镜头驶来……
这是一家小火车站，但站台上已经停放了救护车和警车。一些医护人员和警察在做好接应产妇的准备……
字幕：2005 年 5 月 3 日 23 时零 8 分
　　　某火车站
火车到站，徐徐停下……
立即就有担架上车，不一会，那位产妇在医护人员的护送下抬出来了，然后转送到那辆救护车上……
接着，张瑾带着余珍也下了火车。
站台上，很快只剩下了张瑾和余珍。
张瑾看了看表，时间已经接近十二点了。她说：这个地方没有去徐州方向的列车……
余珍：那怎么办啊？
张瑾：别急……
她走到一边，先去小卖部买了两瓶矿泉水，递给余珍一瓶，自己也喝了一口，然后拿出了手机……
电话很快就拨通了：喂，高管教吗？我是郭强的律师张瑾……

78　淮北市　看守所办公室（夜）

高管教在接电话，激动地：张律师，你们到了？

79　某车站　站台（夜）

张瑾在远处接电话：没有……火车也遇到了一点问题。我们现在停在某车站……

80　淮北市　看守所办公室（夜）

高管教：那可怎么办啊？这边已经在做执行前的准备了啊！

张瑾的电话声：我知道……

高管教：要不，我让法院的车赶去接你们？

81　某车站　站台（夜）

张瑾：不行……这里距离淮北市至少还有五百多公里，往返就是一千多公里，无论如何也是赶不到的！所以，我想，能不能让中院直接给这边的法院来个电话，请他们派车送我们？要是这样，执行之前我们还是能够赶到的！

余珍远远看着，忧心忡忡……

82　淮北市　看守所办公室（夜）

高管教：张律师，我马上向院里请示，你等我电话！

（暗场）

83　公路　警车内（夜）

夜色中，一辆警车远远驶来……

字幕：2005年5月4日1时14分

车内，警车小马在驾驶着车，还打着哈欠。

小马：这可是我出车最早的一次了……一条腿还插在梦里呢。

张瑾和余珍坐在后面。

张瑾：小马，不好意思，搅了你的美梦了。

小马：其实也算不上什么美梦，就是梦见第一个女朋友来找我借钱……就这，当时弄得我还很紧张，老婆在家呢！

张瑾笑了一下：结婚几年了？

小马：去年才结……有了孩子，奉子成婚啊！

张瑾笑了一下。

小马：张律师，你孩子多大了？

张瑾：我还没有孩子呢……

小马：你是不想要吧？

张瑾：也许吧。就当是为国家做点贡献吧。

余珍看着一身警服的小马，却引起了回忆……

84　漠河　陈立新家（余珍的回忆）

那是他们的孩子两岁的时候……

有一天，陈立新从外面回来，刚进家就听见一声“不许动！”

他抬头一看，原来儿子穿着一身警服，拿着玩具手枪，正对着他。

陈小果：爸爸，我像不像黑猫警长？

陈立新先是一笑，接着就说：儿子，咱不穿这身衣服好吗？

陈小果：不，我就是要当黑猫警长！

陈立新突然将儿子的衣服脱了下来：不许穿！

余珍进来：你干吗啊？我刚给儿子买的……

陈立新：你干吗给他买这身衣服？

余珍：我为什么不能买啊？你说？为什么？

陈小果哭了起来……

余珍抱着儿子，看着陈立新：神经病！

85　警车内　高速公路　路口（夜）

警车突然煞住了。

余珍抬头一看，原来高速公路已经封闭了！

红色的灯光指示牌上显示着：前方大雾，高速封闭！

小马下车跟交警在交涉着……

张瑾看了看表……

不一会，小马回到了车上：前方高速全程封闭，即使我们通过了，到了别人的地界上还是照样被轰出来……

张瑾：有别的路吗？

小马：那还是有，估计会慢一些。

张瑾：慢多少？

小马：两个多小时吧？

张瑾：那可能就来不及了……

余珍再次哭泣起来……

小马：要不，咱们就走山路吧，这样会近很多。

张瑾：好……

小马将车倒出来，离开了高速公路……

（暗场）

86　山路　警车内（夜）

山道弯弯……

警车在山间行驶着……

字幕：2005 年 5 月 4 日 2 时 11 分

车内，小马在谨慎驾驶着，一边安慰张瑾：翻过这座山，等于少走了七十多公里……

张瑾：那以后呢？

小马：以后的路就好走了，省道……走过百公里左右，如果雾散了，咱们还可以插到高速上……

张瑾：只要我们能在天亮之前赶到淮北就行……

小马：那应该没问题！

张瑾：余珍，这下你可以放心了吧？

余珍：谢谢……谢谢你们……

87　淮北市　中级人民法院　院内（夜）

几辆摩托车和警车已经将车灯打开……

其中，有一辆引人注目的死刑执行车，看上去像是一辆救护车。

庭长和检察官、法警指挥人员从办公楼里走出来……

字幕：2005 年 5 月 4 日 3 时

　　　安徽省淮北市中级人民法院

所有车辆开动……

88 淮北市　街道（夜）

警车车队迎面驶来，驶在寂静的大街上……

这个阵势，看上去很是瘆人！

89 淮北市　街道　警车内

车内，庭长和另一位法官在低声交谈着。

法官：看来他们是赶上不上了……

庭长：一小时前，张瑾来了电话，说当地法院已经派专车送他们过来，可是，又遇见高速公路封闭……

警车远去……

90 山道　警车内（夜）

小马驾驶着警车还在行驶之中……

车到拐弯处，突然，迎面过来一辆马车。车灯照着马车，让马惊了！

小马也惊吓得把车轮往里面一打，车一头撞在了山壁上，损坏了。

马车也被车夫制服住。

车夫吓得不轻，口齿不清地：对，对不住……

小马跳下车，看看自己的车子，沮丧而恼怒地：你不知道这条道不能走马车吗？

车夫：知道……

小马：知道你还走啊？差点闹出人命！

张瑾也下了车。

小马：张律师，看来赶不到了……

张瑾一下没话了，她看了看表……

字幕：2005 年 5 月 4 日 3 时 40 分

张瑾慢慢走向了余珍，扶着她的肩膀：余珍，对不起……

余珍这时候反倒是克制住了：张律师，你们都尽力了……要是能够推迟一天，我就能把这双鞋，给他穿上了……

张瑾看着余珍……

突然，她又拿出了手机，可是拨打了几下，都没有信号。

张瑾：小马，你的手机有信号吗？

小马：山里都不会有信号的……

张瑾：我想联络我先生——他就是这个案子的一审法官，正好在北京学习。我想让他直接去找最高人民法院的有关领导，请求推迟一天执行……

小马：推迟一天？

张瑾：对……

小马：张律师，法律是有尊严的，这怎么可能……

张瑾：我知道这种可能性几乎没有，但，但是我还是想试试……

小马：那这样吧，你写上短信，写清楚，我骑马下山给你发！

张瑾：对……对对！

于是，她连忙开始发短信——

91　山道（夜）

马蹄疾驰……

小马骑着马，一手举着手机，在往上下赶……

92　山下　公路边（夜）

小马骑着马下了山，他勒住缰绳，看着手机——信号渐渐恢复了！

他按动了发送键，短信发送成功！

93　北京　某招待所（夜）

躺在床上的李子涛此刻正在熟睡，他似乎听见了床头柜上的手机发出了震荡，但翻了个身又睡去了……

过了片刻，手机再次发出了震荡……

李子涛侧身睁开眼，看见手机上亮着信号指示，便打开了台灯，拿起手机一看——

张瑾的画外音：子涛，我们已经尽力了，但还是不能如期赶到。现在，只有靠你了……

李子涛立即披上衣服，出门……

94　北京　长安街　出租车内　（夜）

疾驰的出租车……

字幕：北京 2005 年 5 月 4 日 4 时 15 分

车内，李子涛焦急地看着表……

张瑾的画外音继续：我知道，推迟一项死刑判决的执行日期，这在我国司法史还是史无前例的，但事到如今，我还是想通过你做最后的努力。法律是至高无上的，但我更相信，在人间大爱面前，法律也许会做出让步……

95　北京　最高人民法院门前　（夜）

出租车停在了最高法院的门前……

李子涛下车……

（暗场）

96　北京　最高法院会议室　（夜）

庄严的会议室，与会的法官已经陆续抵达……

主持者打开了郭强一案的卷宗……

字幕：2005 年 5 月 4 日 5 时 30 分

　　　最高人民法院会议室

97　淮北市　看守所　院内　（黎明）

执行行刑的各种警用车辆都已停当……

法警威严地站在车边，等待出发……

字幕：2005 年 5 月 4 日 5 时 35 分

　　　安徽省淮北市看守所

98　北京　最高法院会议室　（黎明）

这里的会议正在进行中……

主持人在发言……

字幕：2005 年 5 月 4 日 5 时 40 分

　　　最高人民法院会议室

99　会议室外　走廊（黎明）

李子涛在等待着最后的结果……

100　淮北市　看守所　走廊（黎明）

庭长、检察官以及相关执行人员走来……
字幕：2005 年 5 月 4 日 5 时 45 分
　　　安徽省淮北市看守所

101　看守所　监舍（黎明）

高管教带着即将走向刑场的郭强走出了监舍……

102　看守所　会客室（黎明）

法官正在对郭强验明正身……
法官：姓名？
郭强：郭强……

103　山道　（黎明）

张瑾和余珍拄着树枝做成的拐杖，正走下上来……

104　看守所　会客室（黎明）

郭强在按手印……
郭强在进行最后的拍照……
警察将郭强的脚镣打开……

105　淮北市　看守所　院子

外面的天已经亮了……
郭强走出来，抬头看了看天，再回头，就看见了那辆死刑注射车……

106　看守所　院子　注射车内

行刑的法医正在做最后的调试……

107　淮北市　看守所　院子

庭长看了看表……

字幕：2005 年 5 月 4 日 6 时 25 分

安徽省淮北市看守所

庭长做了个手势。

很快，两个戴着白手套的法警将郭强押上了注射车……

108　看守所　院子　注射车内

郭强安静地躺下……

法医将他的手脚逐一固定……

109　淮北市　看守所　院子

庭长的手机突然响了起来……

他立即接听，传来的是一个严肃的声音：我是最高人民法院死刑核准庭庭长……

110　北京　最高人民法院　会议室

庭长在打手机：鉴于郭强一案的特殊性，经研究，决定将死刑执行日期推迟 24 小时执行，特此命令！

（暗场）

111　淮北市　看守所　门前

一辆警车在看守所门前停住……

字幕：2005 年 5 月 4 日 12 时

淮北市看守所

张瑾和余珍下车……

112　看守所　会客室

余珍在等待着郭强……

郭强出现了，他慢慢走近妻子，对她一跪……

113　看守所　会客室隔壁

张瑾看到这样的场面，禁不住眼泪溢出，她悄然离开了……

114　看守所　院子

张瑾走到院子里，走到一个僻静的地方，放声哭了起来……
忽然，她的手机响了，她接听：喂，哪位？
传来的是一个女声：请问，是张瑾律师吗？
张瑾：我是。
女声：我知道你接手了郭强的案子，我有件东西传给你……

115　看守所　会客室

郭强抹着眼泪，劝慰妻子：我走了，你要把儿子带好……

余珍：我知道……我把手机弄丢了，要不，就能让你看见他在升旗时的照片……

这时，张瑾走进来了，把手机递给了郭强——那上面正是陈小果在国旗下的留影！

余珍：这是……

张瑾：是那位好心的大姐给我发来的……

郭强看着儿子的照片，激动得眼泪落在了手机上……

张瑾：郭强，你还有别的要求吗？

郭强：张律师，我想把身上有用的器官，比如眼角膜、肝脏、肾脏，捐给需要的人……可以吗？

张瑾看着郭强，点点头……

（暗场）

116　淮北市　看守所　院子

天色渐亮……

院子里又一次恢复到昨日的情形。但增加了一辆医院的救护车以及几位医护人员，他们有的手里还拿着保存人体器官的器具。

字幕：2005 年 5 月 5 日 6 时

安徽省淮北市看守所

117　看守所　会客室

余珍蹲在地上，将那双耐克鞋给郭强穿上……

118　看守所　走廊

穿着新鞋的郭强在法警的押送下走来……

119　看守所　院子

郭强走向了那辆注射车……
张瑾搂着余珍，两个女人的心情一样沉痛……
注射车的门关上了……

120　注射车内

那双正对着镜头的穿着新鞋的脚，在经过短暂的痉挛之后，突然停住了！
黑片。
字幕：2005年5月5日6时30分，故意杀人犯郭强在安徽省淮北市被注射执行死刑。
对死刑执行令推迟一天执行，这在中国司法史上是第一例。
（暗场）

121　淮北火车站　站台

一列火车正在出发……
张瑾在送余珍上车，她们默默无语，只是轻微地挥了挥手……
火车离开，张瑾却还站在站台上。
这时，她的手机响了，传来的是李子涛的声音。
李子涛电话声：都结束了？
张瑾：都结束了……
李子涛的电话声：我们的学习班明天正式开学……
张瑾含着眼泪：子涛，早点回来吧……
李子涛的电话声：我知道……

张瑾：我在家等你……

她关了手机，向远方走去……

演职员表自下而上……

2011年2月19日，初稿北京

天　足

1　广西东兴　飞凤村　田野

一双孩子的手在田边的水塘里摸索着……

从水面的倒影里，可以看清这是一个八岁的男孩。很快，他摸到了一件东西——那是一顶锈迹斑斑的军用钢盔，上面还有一个枪眼。

男孩很高兴，先是把钢盔戴在头上，回头一笑，显得十分可爱。后来他又将它取下当作足球，沿田埂踢着……

夕阳西下，连绵起伏的山峦……

山脚下，是一片贫瘠的村庄，炊烟袅袅……

这是中国广西东兴的边境地区，一个叫作“飞凤”的村子。

辽阔的田野上走着收工回家的乡亲，其中有些人穿着传统的壮族服装，他们赶着耕牛，扛着农具，一路说说笑笑……

男孩踢着钢盔，跟在大人的后面……

片头字幕陆续出现。

男孩抬起脚，把钢盔踢下了一处坡地……

钢盔往下翻滚……

男孩在追逐，灵活的小腿在奔跑着……

突然，传来了一声巨大的爆炸……

烟尘里，男孩的一条腿飞到了天上……

2　广西防城港　码头仓库（夜）

迈克便在这爆炸声中惊醒了，一头坐起。

惊魂未定的他一头是汗，气喘吁吁，仿佛还没有从刚才那个噩梦中挣脱出来……

迈克是一名美国人，这一年他三十六岁。他算得上一个英俊的男子，但此刻却胡子拉碴，形容憔悴，看上去就像混在纽约布鲁克林区的落魄艺术家。这座防城港码头的旧仓库，成了他的临时居所。绳索上晾着衣服，简陋的行军床边上堆放着成箱的方便面和矿泉水，床底下是一些空的啤酒瓶。

他睡在堆积如山的货物之中。这些纸箱子上一律贴有“天足”的商标，其实里面装的是假肢。尤其是一条广告用语特别有趣——

你想扔掉拐杖和轮椅，穿条裤子逛街吗？

现在的迈克成了假肢推销商，其实几个月前，他是这家“天足”公司的老板。

外面不断划过闪电，不时还伴有轻微的雷声……

3 防城港 码头（夜）

迈克从仓库里走出来，外面的天很黑，风很大，闪电和雷声时而划过，眼见着一场大雨将至……

他走到码头上，孤寂的路灯在风中显得格外迷茫，从海面上传出的轮船汽笛声空洞而悠远，一艘夜航的轮船正在远去……

字幕：广西 防城港 1998 年 8 月

迈克茫然看着眼前波涛起伏的水面……

（暗场）

4 纽约 曼哈顿大桥

水面渐渐明亮……

早晨，阳光照射在美丽的哈德逊河上，一群海鸟自水面掠过，飞往远处的曼哈顿大桥……

字幕：四个月前

纽约 曼哈顿 1998 年 4 月

在这座大桥上，依旧行进着密集的上班车辆……

迈克的车就在其中，当时的他身着灰色条绒的休闲西服，牛仔裤，外表整洁，只有忧郁的神情让我们想起，这是曾经在防城港码头见过的那个男人。

迈克一边吃三明治一边开车，顺便还听着车内的广播，这是一个财经频道，说的是华尔街的新闻，比如说谁家的股票又跌了，谁家金融机构的评级标准被下调了，一听就明白，那时的美国正处于经济危机之中。

迈克不禁摇了摇头……

5　华尔街　美国证交所内

证交所内一片混乱，证券经纪人拿着电话在嚷嚷……

电子显示牌上的交易在不断变化，数字几乎一片绿色，道格拉斯股票全线下挫……

6　华尔街　美国证交所外

那头著名的公牛雕塑，此刻似乎真的有点愤怒了。不过还是有一些游客在它跟前拍照留念，他们大都是中国人，全是灿烂的脸，给人一种幸灾乐祸的感觉。

迈克的车经过此地，他看着车外的景象，表情与那些拍照的游客是那样的格格不入。

这时，他的手机响了，他接听。

传来的是一个男人的声音，显得有些急促：迈克，你到哪了？

迈克敷衍一句：刚过那只牛。

电话里的男声：银行那帮家伙和警察已经等得不耐烦了……

迈克：史蒂文，你先对付着吧，我这正堵着呢。

果然，在他前面的路口，红灯再次亮起，路上两排车辆全都停下了……

（暗场）

7　曼哈顿某街　天足公司门前

迈克开办的是一家专门生产、经销假肢的公司，取了一个莫名其妙的中国式名字——天足。公司位于曼哈顿某条街上，看上去还是一个挺讲究的门面，几面大橱窗里陈列着各式的假肢，基本上是腿，上面照例张贴着那句醒目的产品广告用语——

你想扔掉拐杖和轮椅，穿条裤子逛街吗?

迈克的车已经停在门前。

不一会，他陪同两名银行官员和两名警察从里面走出来。

他的律师史蒂文，一个胖乎乎的中年男子，跟在后面。

银行官员：迈克，事情必须有个了断。你知道，只有美联储可以印钞票，而我们不能，贷款逾期不还，就只能封你的房子了。

迈克苦笑着：也好，从明天起，我可以安心在家睡个好觉了。

银行官员：那我们就法庭上见吧。有关法律上的一些细节……

迈克打断：法律上的事你跟史蒂文谈，我还得去工厂跟我的那群工人说声道歉，失陪了。

史蒂文点点头。

他们说话的时候，两名警察已经开始在往门上贴封条了。其中一个警察看着那张广告，不解地自语：这是什么意思?难道还要人光着屁股逛街?

迈克应道：我现在不就光着屁股吗?

说着，他就上了汽车，很快就开走了……

8　布鲁克林　假肢工厂仓库外

迈克的假肢工厂位于纽约布鲁克林区，一个比较荒凉的地方。车间已经关闭，院子里四处可见一些废弃的原材料和不合格的假肢产品，残肢断臂，横七竖八，猛一看还以为是战场。

迈克的车又停到了这里。

仓库里面渐渐传来了迈克的声音：……事情就是这样，我已经尽力了……

9　假肢工厂仓库内

仓库里堆满着“天足”排假肢产品，有成箱的，也有零散的。几十个工人在围着迈克开会，这已经是这家企业最后的会议了。

迈克的发言也到了尾声：只是很抱歉，这个月的工资实在发不出来，只能让各位拿点货回去……

工人们全都阴沉着脸，但没有人反对。

迈克不无自嘲地：或许有一天，想扔掉拐杖、穿裤子逛街的人多了，没准这批货还会涨价，不比房子差多少。

一个年纪稍大的黑人员工率先站起来：迈克，别说了，如今这个年头人连脸都不要了，谁还要腿呢？

说着，他扛起了一包假肢，又提了一只，先离开了。

于是工人们便纷纷拿起分配给自己的货物……

很快，工人们全都离开了，仓库里只剩下了迈克。他独自行走在各式的假肢中间，仿佛是走在一座屠宰场里……

他似乎是情不自禁地摸着一条“腿”……

10　新泽西　迈克家　卧室

这条腿突然动弹了，举得高高的……

此刻，迈克的妻子瑞秋正在床上和一个年轻的男子做爱，瑞秋其实是台湾人，那男子是送快递的邮差，连迈克也不知道这对狗男女是什么时候搞上的。

邮差：瑞秋，你真打算和迈克去中国旅游？

瑞秋：对，我们这次是去桂林，先飞香港……

邮差：那什么时候回来？

瑞秋：很快……回来我就给你电话……

邮差：迈克今天不会提前回来吧？

瑞秋：不会，他每天都是早出晚归……

正说着，房门突然推开了，迈克出现在了门口——

床上的两个赤裸的人惊吓万分，慌张地用被单遮挡着颤抖的身体。

但是，迈克似乎并不吃惊，又把门带上了。

11　新泽西　迈克家外

迈克的家在哈德逊河对岸的新泽西，是一座独栋的小别墅。和喧闹的曼哈顿相比，这里显然要安静很多，路上几乎看不到什么行人和车辆。

迈克的表情还是比较平静，或者说比较麻木，他正打量着停在自家的门前的这辆快递专用摩托车，然后点上了一支烟……

不一会，那年轻的邮差穿好衣服，难堪地出来了，他胆怯地从迈克身边走过，还歉意地欠了一下身，然后就准备发动摩托车。

突然，迈克不知从哪里抄起了一根棒球棍，狠命朝那邮差的腿挥去！

邮差顿时就被撂倒，滚在地上痛苦地叫喊着……

12　迈克家　卧室

从窗户里偷看的瑞秋也吓得一声惊叫。

13　迈克家　门前

迈克继续挥动着棒球棍……

瑞秋从屋里跑出来拦住他：迈克，会闹出人命的！

迈克这才住了手，扔掉了棒球棍，回手就抽了妻子一记耳光，然后用一句标准的汉语骂道：婊子！

瑞秋捂着脸跑回屋里……

邮差还在地上呻吟着：你打断……我的腿了……

迈克叼着香烟，接着就从汽车后备箱里，拿出了一副假肢，“咣当”一声扔到了那痛叫不迭的邮差面前……

（暗场）

14　曼哈顿　哈德逊河畔

几天后，迈克独自坐在河边的椅子上用饼干屑喂着水鸟。远处，就是那座著名的自由女神塑像。他没刮胡子，神情自然更加憔悴。

不一会，那位叫史蒂文的律师手里捧着爆米花摇晃着来了，坐到了迈克身边。

史蒂文：迈克，法院的裁决可能对你不利。

迈克：哪个裁决？

史蒂文一边吃一边说：两个裁决都不利。捉奸在床，离婚不难。财产嘛，存款平分；瑞秋没有工作，所以房子得归她——当初我就劝你不要冲动，应该把房子当作婚前财产加以公证，可你就是听不进去，还说什么东方女人善良……

迈克：那时我也没想到会破产……我还能分点什么？

史蒂文：也就是仓库里那一堆货了——法院是按市场批发价作价的，与你家房子的价格大致不差……

迈克火气上来了：那我把它抵给银行他们怎么就不认账了？这他妈的是什么法律？啊？

史蒂文：我已经尽力了……中国不是有句成语，叫祸不单行吗？你就慢慢卖吧……

说着，他拍拍迈克的肩打算先离开，但又站住了：迈克，你还打算去中国桂林吗？

迈克不禁叹了口气，欲哭无泪。

史蒂文：也好，出去散散心吧……

说着，律师就离开了。

一只水鸟好奇地看着迈克……

（飞机引擎声先出……）

15　桂林机场

引擎声轰鸣……

一架波音客机正在着落……

字幕：中国广西　桂林机场　1998 年 6 月

16　机场海关

这是一班来自香港的航班，旅客中大都是外国人，其中就有迈克，他已经刮了胡子，穿着一件花衬衫，戴着棒球帽、墨镜，显得很酷。

迈克递上护照，然后摘下帽子。

海关边检人员比照了一下，盖上戳子，用英语说：欢迎来桂林观光。

迈克却用汉语回答：不客气。

这让海关人员有些意外。

17　漓江　竹筏

峰峦起伏，漓江蜿蜒流长，宛如一幅水墨长卷……

迈克的身影已经出现在漓江的竹筏上，顺流而下，他对着四处拍照，心情显得特别好。

他用发音略嫌古怪的汉语自语：桂林山水甲天下，阳朔山水甲桂林……中国人说话总是喜欢绕来绕去……

这时，江面上远远飘来了歌声：

唱山歌嘞——
这边唱来那边和……

迈克闻声望去，远处驶来一艘旅游公司的白色游轮，唱歌的是一个穿着白色裙子的姑娘。

迈克转身对撑筏的老人：大爷，这是什么歌？

老人：刘三姐……

迈克有些不解：刘三姐？

老人点头。

那艘游轮正迎面开来，站在船头甲板上为游客演唱的是一个年轻美丽的女子，秀发飘飘，穿着一条白色的裙子……

18　漓江　游轮

唱歌的女子是这艘游轮上的导游小姐，叫阿玉，今年二十五岁，毕业于民族学院，长相清纯而动人。

她继续唱道——

山歌好比春江水嘞，
哪怕滩险湾又多……

19　漓江　竹筏

竹筏上的迈克激动不已，他大喊一声：刘三姐——

接着他就纵身跳到了江里，向着那艘游轮划去……

竹筏上的老人吓了一跳……

20 漓江 游轮

游轮上的人全被迈克这个近乎疯狂的举动吸引住了，大家一齐站起来，向江面欢呼着……

迈克奋力向这边游来……

很快，游轮停下了。

迈克被两个船员拉上了船。

浑身湿透的迈克看着游客，继续用汉语说：大家好，我叫迈克，是美国人。

大家为迈克这几句汉语鼓掌……

这时，阿玉也转过身来，看着迈克……

迈克也看着姑娘，一边脱下衬衫，用手挤着……

（暗场）

21 漓江码头

翌日早晨，码头上还是一片繁忙，那艘游轮正在接待登船旅游观光的客人，阿玉扶着一位老人上船：您走好……

忽然，迈克又出现在了排队登船的旅客里，这让阿玉有些意外。

边上一个叫小林的姑娘对阿玉嘀咕：这不是昨天那家伙吗？

不料这句话被迈克听懂了，他用汉语回答：对，我就是昨天的那个家伙……我就是冲着“刘三姐”来的……

他看了看阿玉，后者的脸竟一下红了。

大家一起哄笑起来……

22 漓江 游轮

游轮在漓江上划出美丽的波纹，仿佛一把剪刀，将缎子一样的江面裁开……

架子鼓再次敲打起来……

阿玉再次为游客演唱“刘三姐”——

唱山歌嘞——

这边唱来那边和……

突然，迈克也拿起了另一只话筒，接着唱到——

山歌好比春江水嘞，
哪怕滩险湾又多……

大家一起鼓掌，阿玉也对迈克笑了……
歌声中，游轮远去……
（暗场）

23　码头附近一条街（夜）

华灯初上，码头附近的这条街上慢慢进入了夜市时分。一些居民在街边摆起了小摊子，他们有不少是少数民族的，其中壮族居多。这些各式各样的地方小吃和旅游工艺品，让游客们留连忘返……

迈克走来了，开心地看着路边的摊点，然后在一家花店前，买下了一束红玫瑰……

24　码头附近　某旅游公司宿舍（夜）

旅游公司的女生宿舍是一个套间，外面是厅，里面是卧室，摆着两张床，阿玉在拖地，同屋的小林刚洗完澡，在凉台上晾衣服，两人一边闲聊。

小林：还真别说，那家伙今天唱得还真不差……

阿玉：美国人就喜欢掺和……

小林：阿玉，那家伙是不是看上你了？

阿玉：瞎说什么呢。

小林：如今嫁个老外也不是什么新鲜事，我要是有你这条件，早就……

这时，传来了敲门声，接着是迈克的声音：有人吗？

阿玉顿时就紧张起来，对小林做了个手势，慌张地躲到了里屋。

小林打开门，手捧鲜花的迈克礼貌地对她笑着。

小林：你怎么找上门来了？

迈克傻笑着：这地方不大，很好找。请问，阿玉在吗？

小林：不好意思，阿玉不在。

迈克有些失望，于是就把鲜花给了小林：这个，请交给她，她教会了我唱“刘三姐”……谢谢。

小林：行，拜拜。

说着，就把门关上了。

确认迈克离开之后，阿玉才从里屋走出来。

小林把鲜花扔给阿玉：看见了吧，这家伙想泡你。

阿玉不屑地：门都没有……

忽然，楼下传来了迈克的歌声——

唱山歌嘞——
这边唱来那边和……

阿玉和小林都跑到窗口，偷偷往下看着……

25　某旅游公司宿舍　楼下（夜）

迈克边走边唱——

山歌好比春江水嘞，
哪怕滩险湾又多……

路上的行人全都驻脚看着迈克，有人好奇，也有人鼓掌……

26　某旅游公司宿舍（夜）

楼上的阿玉不禁浅笑了一下，然后闻了一下手中的花……
（暗场）
（电话铃声先出……）

27　桂林市　某酒店客房（夜）

这是市内一家五星级酒店客房，此刻迈克已经回到了房间，正在洗手间洗脸。听见电话响，便走出来拿起了话筒。

传来的是史蒂文的声音：迈克，我是史蒂文。你现在到哪了？

迈克：广西桂林。

28　布鲁克林　假肢工厂仓库

由于时差，此刻是美国东部时间上午10点左右，史蒂文走在那堆假肢中间打着手机。

史蒂文：刚才来了一个客户，说按出厂价的一半，把库存产品全盘过去，你觉得怎么样？

29　桂林市　某酒店客房（夜）

迈克：你疯了？这个价格我连本都捞不回来。

史蒂文电话声：那这堆东西总不能老压着吧？

迈克：等我回去再说吧……

史蒂文电话声：你打算什么时候回来？

迈克：这个……这个我现在还说不好，得看情况……

30　布鲁克林　假肢工厂仓库

史蒂文：什么情况？你是不是又被女人缠住了？你这人总改不掉“东方女人”情结……

但是迈克的电话已经挂断了。

31　桂林市　某酒店客房（夜）

迈克挂了电话，靠在了床上。然后拿出手机，看着自己偷拍的阿玉照片……

他又哼唱起来：唱山歌嘞……

（暗场）

32　漓江码头

翌日一早，迈克又买票上了这艘游轮。但是这次他没有见到阿玉，他四下张望着……

这时，小林走过来：你又是来找阿玉的吧？

迈克：对。

小林：她不在……

迈克有些意外：为什么？

小林：昨天她家里来电话，说她妈妈病了，就连夜赶回去了。

迈克：那，那她的家在哪？

小林：远着呢，挨着越南。

说着，小林就忙别的去了。

迈克看看手里的票根，若有所思……

33　广西东兴　乡村公路

一辆农用车行驶在贫瘠的山道上……

车厢里坐着迈克，此刻他正看着四野的风景，又不时看一下手中的地图……

不一会，车停下了。

迈克利索地下车，他手里还提着一袋水果。他看着连绵起伏的群山、远处那片陈旧的村庄和一缕缕炊烟……

这就是我们一开始见到的地方。

字幕：广西　东兴

司机是一位年过半百的男人，指着前面的村子，用当地方言说：那里就是飞凤村。

迈克没听懂，但明白是什么意思，便从钱包里拿出一张50元面值的美金递给司机，但后者却没有要，说：你还是给我人民币吧。

迈克还是没有听懂，那司机就从迈克的钱包里抽出了两张100元的人民币。

迈克点点头。

司机又对迈克说开了，连带比划，看上去是在提醒他注意什么，可迈克终于还是听不懂方言。

告别司机，迈克走上了那条通往山村的小道……

34　田间小道

已经是收获在即的季节，小道两边的稻田都是一片金黄，几个农民正在田间干活，他们看见迈克这个外国人，全都停下来，好奇地盯着他看。

迈克对大家微笑着，一边哼唱着：唱山歌嘞……

田间里的农民全都开心地笑了……

35　飞凤村　村口

迈克终于走进了这个叫飞凤的偏僻山村。由于他的突然出现，让各家的人全都从窗口、门口露出了脑袋，他们的神情是一样的好奇，却没有人迈出家门来。连村里的狗都不敢上前……

迈克正迟疑着，这时，一个大约十三岁的少年骑着一头牛过来了，迈克便上前拦住他打听，用汉语问道：请问，这里是飞凤村吗？

少年：是啊。

迈克：我是迈克，从美国来，想找个人……

说着，就拿出手机，给少年看上面自己偷拍的阿玉照片。

少年笑了：她是我姐，我叫阿龙。

迈克很意外，接着也开心地笑了：这么巧……

可是，等这个叫阿龙的少年从牛背上跳下来时，迈克这才发现，原来他是个瘸子，只有一条腿。

阿龙：我姐不在家，她在桂林呢。

迈克有些失望：可她的同事明明告诉我，她昨天晚上就回家了，还说你妈妈病了……

阿龙笑了：那肯定是骗你的，我阿妈好着呢！

迈克这才意识到上当了，自嘲一笑……

36　桂林　旅游公司宿舍

小林格格笑个不停……

阿玉推了她一下：小林，你这玩笑可开大了！

小林：不是你让我帮你把那家伙支开吗？

阿玉：谁知道他还真的跑去了，我刚接到阿妈的电话，骂我呢……

小林：没准啊，这会儿你阿妈正在招待这个未来的洋女婿呢！

阿玉把小林推倒在床上：你再瞎说？

两个姑娘闹成了一团……

37　飞凤村　阿玉家

阿玉的家很简朴，但与农民的家还是有所不同，因为阿玉的母亲是一位乡村小学的教师，家中有书架、办公桌，电视机和电话，墙上还贴了一些“优秀教师”之类的奖状，另外还有像贝克汉姆这样足球明星的画，显然是阿龙的偶像。

阿玉的母亲刘老师，年过半百，但显得有些憔悴，她很瘦弱，戴着一副旧式的近视眼镜。此刻，她正和迈克、阿龙一起吃饭。

几个孩子好奇地站在门口，其中又有两个拄着拐杖。

刘老师给迈克夹菜：乡下的菜还吃得惯吗？

迈克：很好吃！这些，在美国根本就吃不到。

刘老师：你的汉语说得不错……

迈克：阿玉的英语也说得很棒，歌也唱得好，她很优秀。

刘老师：迈克，你在美国是做什么工作的？

迈克迟疑了一下：我以前开过工厂，后来，倒闭了……

刘老师：电视上倒是常说，美国这几年正闹经济危机。

迈克：现在想想，这样倒也不错，要不，我哪有时间来桂林旅游？也就不会认识阿玉了……

刘老师看出迈克的心思，淡笑了一下。

38　飞凤村

阿龙领着迈克出村……

这时，村里的人都陆续从家里走出来了，有的还端着饭碗。迈克忽然发现了一个事实——这个村子里的人很多都是瘸子，有的拄着拐杖，有的坐着自制的土轮椅，这让他不免有些惊讶……

39　村外　河边小桥

他们沿着一条小路走着，走过一座小石桥，迎面又走过去一个瘸子。

迈克看着周围，不禁感叹：这地方风景很好……就是太，太……

他一时想不起适当的词语。

阿龙：你是不是想说“太穷了”？

迈克：对，是穷……穷得让人都买不起一副假肢……

阿龙有些困惑：假肢？什么假肢？

迈克比划着：就是假的腿，但是，装上之后，可以穿上裤子，可以像正常人一样逛街……

他总是忘不掉那句让他引以为豪的广告用语。

阿龙：好像在电视上见过……那东西贵吗？

迈克：不贵，也就两千块，你觉得可以承受吗？

阿龙：要是桂林有，我姐肯定会给我买。

迈克：不用，我送你一副。

阿龙：真的？

迈克伸出手：来，我们拉钩。

两人还真的拉钩了。

这时，迎面又走过来一个瘸子，看了他们一眼……

等那人走远，迈克又问阿龙：这里……怎么会有这么多的瘸子？

阿龙：是地雷炸的。

迈克没有听懂。

于是，阿龙又比划着说：地雷——炸的。

迈克惊讶地看着阿龙：地雷？

阿龙：我们村有 117 个人，但只有 165 条腿；我们学校 320 人，只有 483 条腿……

迈克慢慢陷入了沉思……

（暗场）

40　桂林　某酒店客房（夜）

刚从东兴乡下回来的迈克洗好澡，正对着镜子刮胡子，听见电话铃响，便走出来拿起话筒：哈喽。

传来的是阿玉的声音，也用英语：迈克，我是阿玉……

迈克很意外：阿玉？

阿玉的电话声：今晚月亮很好，你愿意出来走走吗？

迈克高兴地：OK！

41　漓江边上（夜）

月亮落在漓江里，波光粼粼……

迈克和阿玉一起在江边散步，没想到这次的恶作剧，反倒拉近了他们的关系，两人用汉语交谈着。

阿玉：不好意思，让你白跑了那么远的路……

迈克：不，我没有白跑，我见了你母亲，她很慈祥，还有你弟弟阿龙，他很聪明，我们现在是朋友了……

阿玉：对我的家乡印象如何？

迈克：好山，好水，好风光……就是残疾人太多，有很多人拄着拐杖……

因为激动，迈克后面的话便下意识地换成了英语：阿龙说是地雷炸的，可我还是不明白，和平时期怎么还会有地雷？

阿玉的表情黯淡下来，同样也用英语回答：那都是过去留下的……将近 20 年前，那里发生过一场战争……

这一说，迈克就明白了：我好像记起来了，但我没想到就发生在那里……

阿玉：那一带是前线，双方都在埋设地雷……

迈克：有多少？

阿玉：两千公里的边境线上，双方至少埋下了 500 万枚地雷……

迈克惊讶地：500 万枚？

阿玉：这还是官方公布的数字。

迈克一声叹息：上帝，这太可怕了……地球上最美丽的地方，竟然会有这样的悲剧……

阿玉：战争虽然早已结束，可是地雷却至今没有清除干净，每年都有人不幸踩上地雷，包括像阿龙这样的孩子……

迈克再次思索着……

（电话铃声先出……）

42　纽约　史蒂文家　卧室（夜）

正在睡梦中的史蒂文突然被电话铃声惊醒。

他欠起身，看看床头柜的电子钟，此刻才是凌晨三点多。

他拿起电话，传来的是迈克那遥远的声音：史蒂文，我是迈克……

史蒂文：从中国回来了？

43　桂林市　某酒店客房

这里是北京时间下午三点多。

迈克：没有，我还在桂林。史蒂文，我找到了一块很大的市场……

史蒂文的电话声带着疑问：市场？你不是都已经破产了吗？

迈克很兴奋：我现在没有时间跟你解释，但是我要你尽快帮我把仓库里那一批货，全都发到广西防城港来！

44　纽约　史蒂文家　卧室（夜）

史蒂文将信将疑：全都发过去，市场有那么大吗？

迈克的电话声：这里的市场规模难以想象……

史蒂文：见鬼，你到底是去中国旅游还是谈买卖啊？

45　桂林　某酒店客房

迈克：中国有句成语叫顺手牵羊，史蒂文，你得尽快帮我办理一些海关的法律手续，回头我把具体的发货地址 E-mail 给你……

46　纽约　史蒂文家　卧室（夜）

史蒂文：不不，迈克，你还是先把运输费划到我账上，这样一大笔钱我不可能替你垫付。另外，这也不是我分内的事，我们之间需要一份协议，这笔生意我至少得有 10% 的提成……

47　桂林　某酒店客房

迈克爽快地：OK！

（暗场）

48　桂林　街道　某中餐馆外（夜）

暮色苍茫，街上渐渐热闹起来……

渐渐从这家中餐馆里传出迈克的声音：阿玉，过几天我想去周围走走……

49　某中餐馆外（夜）

迈克和阿玉正在用餐，一边交谈着……

阿玉：好啊，桂林不大，该看的地方你差不多都看过了。

迈克：这里的人不爱说普通话，所以我想带着阿龙，让他给我当翻译，可以吗？

阿玉：他正好刚放暑假，就是腿脚不方便。

迈克：我答应以后帮他装上假肢。

阿玉：他在电话里都跟我说了，你不用破费，两千块钱我还是能出得起的，但这份情我领了。

迈克：不用，这是我自己的产品。我以前就是做假肢的……

阿玉有些诧异：你？做假肢？

迈克：对，我的工厂能生产品种齐全的假肢，在美国，“天足”这个牌子在同行业里还是有点名气的……

阿玉笑了：假肢居然叫“天足”？这肯定是哪个中国人给你取的……

迈克：没错，是我妻子，她是台湾人……

阿玉的筷子停下：难怪你能说汉语……

迈克意识到口误，便立即纠正，有点难堪地：其实现在已经是前妻了……来中国之前，我们刚刚离婚……

阿玉避开迈克的目光，随即沉默下来……

（暗场）

50　广西　凭祥　友谊关

一艘公交大巴驶来，停下。

旅客们下车，其中就有迈克，他带着阿龙作为向导和方言翻译，到这一带考察假肢市场来了。

在他身后不远的地方，就是著名的友谊关门楼，能看见威武的中国士兵持枪站岗。

字幕：广西　凭祥

迈克用照相机给站岗的士兵拍照，又将镜头拉近，又拍下了对面的越南那边的哨兵。然后，他看了看“友谊关”三个字，问阿龙：那是三个什么字？

阿龙：友谊关。

迈克：友谊关？

阿龙：对。

迈克不禁摇了摇头。

51　凭祥乡下

当天下午，迈克和阿龙来到了一个边境村落，在村口，他正向一位村长模样的人在展示自己笔记本电脑里的假肢产品……

一些村民依旧是好奇地围在边上观看，他们也大都是瘸子。

村长用当地方言说：两千块还是贵了一点……能按批发价卖吗？

阿龙用普通话翻译：他说两千块还是贵了，问你能不能按批发价卖？

迈克想了想：十副以上可以打九折。

阿龙又用方言对村长说了。

村长又问：那五十副可以打八折吗？

阿龙继续翻译。

迈克点点头：OK！

村长很满意，也说：OK！

（暗场）

52　广西　防城港　码头

防城港停泊着几艘国际海轮，一些大型吊车在繁忙地装卸集装箱货物……

字幕：广西　防城港

不一会，一辆出租车驶来，下车的还是迈克和阿龙。

迈克看着这个大码头，不无感慨地：没想到，这个码头竟然有这么大……

这时，他的手机响了，他看了一下，接听。

很快就传来了史蒂文的声音：迈克，我找了关系，相关的法律手续全都办齐了，货已经开始装箱……

53　纽约港

一只大吊臂正起吊一只集装箱装上海轮……

史蒂文站在码头上打手机：一共是两个集装箱，等于给你全盘清仓了。预计一个月以后就能抵达广西防城港……

54　防城港　码头

迈克兴奋地：我现在就在防城港……这个港口很大……

史蒂文电话声：你的市场调查做得怎么样？

迈克：比我预计得还要好。

55　纽约港

史蒂文：那就好，别让我想起中国一句老话——煮熟的鸭子飞了。

56　防城港　码头

迈克颇为得意地：放心吧，它飞不了，你就安心用这笔钱结婚吧……

57　纽约港

史蒂文不屑地：我没你那么傻，见到喜欢的女人就想到结婚……

58　防城港　码头

迈克：我不跟你闲扯了，我得赶紧去租一间大仓库……

说着，他挂上了手机，对阿龙做了一个很酷的手势。

可是阿龙说：迈克，我饿了。

迈克这才想起该吃点东西了，就问：想吃什么？

阿龙：肯德基！

59　防城港　码头仓库

一大包肯德基和一大瓶可口可乐放到了阿龙面前。

此刻，迈克和阿龙坐在这间空旷的大仓库里用餐。两只箱子作为椅子，一只汽油桶当做桌子。

阿龙：迈克，你真的打算把假腿运过来呀？

迈克：货已经发出了，一个月之后就能到这里。

阿龙很是向往：装上假腿，真的就能走路了？

迈克：当然，你可以像正常人那样穿着裤子逛街。

阿龙：那上学也没问题了？

迈克：没问题。

阿龙：那可以踢足球吗？

迈克迟疑了一下，耸了耸肩：这个，暂时还不行……不过我相信，只要我的工厂活过来，我就能生产出能踢足球的假肢！

阿龙：你的厂子……死了？

迈克：现在看起来，只是休克，很快就会活过来……

两人拿起可乐碰杯。

过了片刻，迈克又向阿龙提起了一个话题：阿龙，你姐姐有男朋友吗？

阿龙有些犹豫：以前有过……

迈克：那现在呢？

阿龙：我姐不让跟你说这个。

迈克：好，那就不说……

两人继续吃喝起来……

（暗场）

60　桂林市　漓江码头　游轮

一段时间过去了。

又是一个早晨，小林和船员们正在布置着游轮，挂上了一些彩旗和彩灯，感觉就是像过节一样。

阿玉和几个来自歌舞学生的姑娘正在对着镜子化装、换演出的衣服……

小林走过来，问正在化妆的阿玉：阿玉，这段时间怎么没见到那家伙啊？

阿玉：他到乡下玩去了。

小林：这人真傻，先是一阵子猛追你，眼见着有戏了，忽然又钻到乡下去了，白费力气……

阿玉：别瞎说，什么叫“有戏”啊？

小林：还装呢，那次你俩到江边遛弯，我看见了……

阿玉：不就是遛弯嘛，大惊小怪。

这时，船长吹响了哨子：到点了，各就各位，今天的游客多，大家都精神点……

于是，阿玉收拾利索，前去迎接登船的游客。她的目光一直留意着人群，但还是没有发现迈克的身影……

很快，游客都上齐了。一声汽笛之后，船员们解开缆绳，游轮渐渐离岸……

就在这时，迈克从远处跑来了，一边喊着：等等我——

眼见着他就要往上跳了，船上的阿玉情不自禁地大喊：迈克，小心！

但是迈克突然跃起……

他跨上了船，然后一个趔趄，阿玉连忙扶住了他，两人会心一笑……

61　漓江　游轮

架子鼓再次敲起来……

小乐队正在演奏“刘三姐”的过门……

那几个穿着壮族筒裙的姑娘开始了舞蹈，场面十分热闹。

然后是阿玉上场，今天的她格外引人注目，为游客们倾情演唱着：

唱山歌嘞——
这边唱来那边和……

迈克也走上来，接唱：

山歌好比春江水嘞——
哪怕滩险湾又多……

旅客们鼓掌……

游轮驶向远方，风景如画……

（暗场）

62 漓江码头（夜）

夜幕降临，漓江边上不时升起焰火礼花，就像逢年过节一样。

忙碌了一天，迈克和阿玉从码头那边缓缓走来。

迈克：今天怎么这样热闹？

阿玉：今天是“七夕”……

迈克：七夕？

阿玉：中国农历的七月七日，是牛郎织女鹊桥相会的日子。

迈克：牛郎织女……这个神话传说我好像知道一点，他们很相爱。可我不知道什么是“鹊桥”。

阿玉：鹊桥，就是喜鹊们在天上搭建的一座桥。

迈克很困惑：喜鹊还能搭桥呢？

阿玉笑着：牛郎和织女原本是恩爱的夫妻，后来王母娘娘拆散了他们，用银钗划了一道银河，让他们不能相会……

迈克似懂非懂：哦，银河原来是这样来的……

阿玉：于是喜鹊们就在每年农历的七月七日这一天，用翅膀在银河上搭建一座桥，让牛郎和织女相会……

迈克：这太浪漫了……

两人渐渐走远……

63 漓江码头附近 某酒吧（夜）

这是一个幽静的酒吧，人不多，灯光也很幽暗，看上去很有情调。迈克和阿玉对面坐着，一边吃着西餐一边低声交谈着。为了不想让外人听见谈话的内容，他们这次使用的是英语。

阿玉：这次下去时间可不短，差不多有一个月了……

迈克：我几乎在边境线上走了一趟，收获很大……

阿玉：哪些地方让你印象深刻？

迈克：其实我这次下去，不是旅游。我是在进行市场调查。

阿玉很困惑：市场调查？

迈克：要想推销产品，市场调查是第一步。

阿玉更加困惑：你想推销什么？

这时，迈克打开随身带来的笔记本电脑，向阿玉展现自己的假肢产品，真是各式各样，琳琅满目。

阿玉却不感兴趣，甚至觉得有点不舒服：迈克，今天是“七夕”，你却让我看这些东西……

迈克却还是兴致勃勃：你知道吗，我将要做一笔生意。广西边境一带，需要假肢的人太多了，还有云南那边……

阿玉：每次见面你都跟我谈假肢，就不能不提这个吗？

迈克：阿玉，这笔生意我们一起做，你是这里的公众人物，有影响力，你帮我推销，我给你10%的提成……

阿玉吃惊地：闹了半天，你是在利用我帮你做生意？

迈克使劲解释：不不，这不是利用，是双赢——中国人现在不是特别爱说这个词吗？

阿玉实在无法忍受，扔掉手里的餐巾布，生气地离开了。

迈克这才意识到自己哪里出了问题，一时不知所措……

（暗场）

64　漓江码头　游轮

翌日是个阴天，那艘游轮即将出发。

迈克的身影又出现了，但这次他没有登船，而是站在一个不起眼的角落，看着船逐渐离开……

船上的阿玉也失去了往日的笑容，只顾埋头干活。

这时她的手机响了，她看了一眼，然后挂断了——显然，这还是迈克打来的。

65　漓江码头

沮丧的迈克慢慢收起手机，望着江面上已经远去的游轮，不禁一声叹息……

66　桂林市区　老街

老街上熙熙攘攘，车水马龙……

迈克茫然地走着，想着和阿玉之间出现的不愉快，神情显得阴郁，就跟今天的天气一样。

忽然，他无意中看见了对面的一个橱窗里陈设着假肢产品，便停住了……

67 老街 假肢店内

迈克推门走了进来……

这个新开张的店十分冷清，没有一个顾客，只有一个微胖的女店员在打瞌睡，见有人进来了，便打了个哈欠。

迈克礼貌地：你好。

女店员好奇地看着迈克：你会中国话呢？

迈克点点头：你们这个店是新开了吧？我以前没见过……

女店员：上个星期才开张。

迈克：我想看看你们的产品……

女店员：腿还是手？

迈克：腿。

女店员看了看迈克的腿，觉得有些奇怪——这人的腿明明是好好的。

迈克解释：不是我自己使用，我就是想了解一下这个产品……

女店员尴尬地笑了一下，就从货架上搬出了一条“腿”，放在了迈克面前，然后用抹布擦了擦上面的灰尘。

迈克仔细察看着，能感觉到他的手法很专业。

迈克：这副假肢多少钱？

女店员：这是最好的，三千八。

迈克又指着货架上另外一种稍嫌简单的：那种呢？

女店员：这个便宜，三千二。

迈克：两千能卖吗？

女店员看了迈克一眼：两千连本都捞不回来……

说着，就把那副假肢抱走了。

迈克却暗地里笑了……

68 某酒店门前

这就是迈克下榻的那家五星级酒店，出入的客人大都是前来旅游的外国人。

一辆出租车驶来，在门前停下。

迈克从钱包里拿出10美金给司机。

但是司机说：先生，我们不收美金。

迈克：哦，对，我有人民币……

然后，他就递给了司机一张10元的人民币。

司机笑了一下：先生，你得再加50元。刚才广播里说了，今天人民币和美元的比价是1比6.48。

迈克愣了一下，很快就反应过来：不好意思。

于是，他再补上了50元人民币给司机，然后下了车。

等出租车离开之后，迈克突然意识到了什么疏漏，便脱口叫了声：上帝……

69　某酒店客房

迈克抓起电话就拨号，一边把领带扯下，看得出他是多么焦急……

70　纽约　史蒂文家　卧室（夜）

此刻是美国东部时间晚上11点左右，换了睡衣的史蒂文正打算睡觉，电话响了起来，他拿起话筒。

很快就传来了迈克急促的声音：史蒂文，我是迈克……

史蒂文：你怎么总是半夜里来电话？

71　某酒店客房

迈克焦急地：史蒂文，我可能犯了一个错误……我忽略了美元和人民币之间的比价，当时所说的两千，其实当地人都认为是人民币，而我一直认为是美元……

72　纽约　史蒂文家　卧室（夜）

史蒂文一听就傻了：上帝，你怎么连这个都没有搞清楚？还说什么市场调查，见鬼……

73　某酒店客房

迈克激动地：以前这些琐碎的事都是由会计师去处理，我只管产品生产和开发……你知道，我这人一向粗心大意，我老婆背着我跟邮差偷情，半年后才被我发现……

74　纽约　史蒂文家　卧室（夜）

史蒂文打断：迈克，我没工夫听你小子瞎扯。我得明确地告诉你，这错误是致命的，这笔生意你不仅赚不到一分钱，还得倒贴进去搬运费、运输费、仓储费——你他妈的赔大了！

75　桂林市　某酒店客房

迈克：史蒂文，你看看能不能帮我想想办法，求求你了……

史蒂文电话声：那批货马上就要到广西防城港了，我能想什么办法？不找你索赔就等于是放你一马了，别再烦我！

电话里出现了“咔哒”一声，接着边是“嘟嘟”的忙音。

迈克也放下了电话，双手紧紧捂住了脸，这个打击对他确实是致命的，简直就是雪上加霜。

过了片刻，传来了门铃声。

迈克前去开门，门外站着的是一个送快递的邮差，他递给迈克一个快件：先生，您的快件。

迈克有些困惑：哪来的？

邮差：防城港，请在这里签字。

迈克一下就傻了……

76　防城港　码头（雨）

烟雨中，一声低沉浑厚的轮船汽笛……

码头上，那艘由纽约港开来的货轮正在卸货……

大吊臂正把一只集装箱运到岸上……

迈克浑身被雨淋湿，绝望地看着茫茫的水面，他眼睛里也是湿漉漉的，分不清是雨水还是泪水……

独自站在大吊车边上迈克，此刻的身影显得是那样的渺小……

（化）

77　码头仓库（雨）

那些贴着“天足”商标的货物，经过一个月的海上颠簸，如今全都堆放在这个大仓库里，迈克在其中茫然走动着……

货物上的广告用语依然很醒目——

你想扔掉拐杖和轮椅，穿条裤子逛街吗？

迈克撕下了那张广告……

（化）

78　码头仓库

迈克已经退掉了酒店，从桂林市搬进了这座仓库里，临时支上了一张行军床，周围堆放着一些方便面、矿泉水以及啤酒瓶。他一下苍老了不少，胡子拉碴，形容憔悴。

此刻他正在吃方便面，这时，听见了一声沉闷的门响，便抬头看去——

一只拐杖先伸进了门，接着就出现了阿龙的身影，身上还背着书包。

迈克有些意外：阿龙？

阿龙看着这满仓库的货物，满心欢喜地：迈克，我猜对了……我的腿该到了，开学了，我得穿着新腿去上学……

迈克递给阿龙一瓶矿泉水：对，新学期得有一个新形象……我这就给你装上！

说着，他就翻出了一只纸箱，然后用一把工具刀划开——里面是一副适合阿龙的假肢。

阿龙高兴地：哇噻！

迈克开始为阿龙装假肢……

门口的两名搬运工好奇地朝这边看着……

迈克的手脚十分利索，用不了一会，就装好了。

迈克：阿龙，站起来试试。

阿龙有些胆怯地站起来……

迈克又微调了一下长度：不用怕……扔掉拐杖……

阿龙扔掉了拐杖……

迈克：来，迈开你的新腿……走几步……

阿龙便按迈克说的做了，他慢慢挪动脚步，走了一步，接着又是一步、两步——他成功了！

阿龙一把抱住迈克，大声喊道：迈克，我可以穿着裤子上学了！

迈克也是激动不已，但他的激动还掺有心酸……

（暗场）

79　广西东兴　飞凤村

那座熟悉的村庄再次呈现在我们眼前，依旧是炊烟袅袅……

80　飞凤村　阿玉家

阿玉又回来了，正在收拾东西，把一些换季的衣服往行李箱里放。

刘老师一边批改作业一边问：这回去北京要住多少日子啊？

阿玉：通知上说是两个月。

刘老师：你都已经工作几年了，怎么还要培训啊？

阿玉：这次主要是培训外事接待业务，各地挑了一些英语比较好的。

刘老师摘下眼镜：阿玉，上回来的那个迈克跟你还联系吗？

阿玉迟疑了一下：最近没有……

刘老师：他还在桂林？

阿玉：可能吧，妈，你怎么变得爱打听了？

刘老师：我也就是随便问问，做你这行，有几个外国朋友也不是什么坏事……

阿玉：妈，我做饭了。

刘老师：等等阿龙吧，他今天一早就去了防城港……

阿玉有些意外：啊？

81　飞凤村　村口

一辆农用车在村口停下。

阿龙从上面下来，他已经扔掉了拐杖，往村里走去——虽然走得有些别扭。等他走进村，很快就吸引了许多人的目光，大家十分惊讶地看着这个少年，一时间没有人敢出声……

阿龙调整了一下书包，很自信地往前走着……

这时，忽然有个孩子问：阿龙哥，你不用拐了？

阿龙：不用了！

大家这才一起围过来，拉起阿龙的裤管，争相来看阿龙的那条假肢，用手抚摸着，议论纷纷——

"天啊，还真能走路呢！"

"穿上裤子一点都看不出来，像真的一样……"

这时，刘老师出现了，喊了声：阿龙……

阿龙回过头，微笑着朝妈妈走去……

他越走越利索，一下子就扑到了母亲怀里：阿妈，我有腿了！

母亲的眼泪顿时就涌出了，紧紧抱住儿子：阿龙……

这情形让窗户里的阿玉也看真切了，她也是一样的激动，热泪盈眶……

（暗场）

82　防城港　码头仓库　（夜）

累了一天的迈克刚刚冲了个凉水澡，换上衣服，这时，他的手机响了……

他拿起来接听，传来的是阿玉的声音，使用的是英语：迈克，我是阿玉……

迈克：哦，阿玉，阿龙到家了吗？

83　飞凤村　阿玉家　（夜）

阿玉在外屋打手机。

里屋，阿龙已经睡下了，怀里还抱着那只假肢……

刘老师坐在床边看着熟睡的儿子……

阿玉含着眼泪：他已经睡了，谢谢你为他安上了假肢……他很高兴，连睡觉都抱着它……

84　防城港　码头仓库（夜）

迈克：或许有一天，我能为他安上能踢足球的假肢……

85　飞凤村　阿玉家（夜）

停了片刻，阿玉又说：迈克，你生意上的事，阿龙都对我说了……我很抱歉，不仅没有帮上你，反而还误导了你，当时我应该强调一下，两千元是指人民币，不是美元……

86　防城港　码头仓库（夜）

迈克：不不，阿玉，这不能怪你，当时我们说的是汉语，是我自己太冲动，也太大意……

87　飞凤村　阿玉家（夜）

阿玉：我知道你眼下处境很难，可我不能去看你了，明天，我要去北京参加一个培训班……

迈克的电话声：什么时候能回来？

阿玉：两个月以后……

88　防城港　码头仓库（夜）

迈克：那，我们还能见面吗？

89　飞凤村　阿玉家（夜）

阿玉：只要你还在，回来之后，我就去看你……

刘老师在里屋看着女儿……

90　防城港　码头仓库（夜）

迈克：不，我去桂林机场接你，说定了！

阿玉电话声：迈克，你要保重……

迈克：我没事的，阿玉……到了北京，方便的时候，给我电话……

91　飞凤村　阿玉家 （夜）

阿玉：我会的，我会给你发 E－mail……晚安，迈克……

92　防城港　码头仓库 （夜）

迈克：晚安……

挂上电话，迈克看着眼前这一堆货物，不禁苦笑了一下，然后躺到床上，自语：中国有句古话，偷鸡不成蚀把米……

（暗场）

93　防城港　码头仓库

翌日上午，迈克还在睡觉，就听见了外面的敲门声。

迈克立即穿上衣服：来了……

等他把门打开，外面站着的是一个穿西装、戴眼镜的陌生男人，年纪大约四十来岁。在男人身后，还停着一辆奔驰车。

迈克：你是……

陌生男人地上一张名片，用英语回答：我叫陈其，是阿玉的朋友。

迈克看了一下名片：陈先生是做外贸生意的？

陈其：对。阿玉今天一早就给我来了电话，说了你的事……

迈克：给你们添麻烦了……

陈其：我可以先看看产品吗？

迈克：当然，请进……

于是，两人便走进了仓库……

94　防城港　码头仓库内

笔记本电脑上不断出现着一张张假肢产品的照片。

陈其看过之后，将电脑还给了迈克，两人一边看着身边的这些假肢产品，一边交谈，使用的还是英语。

陈其：迈克，这些产品的质量都非常好，而且品种齐全，问题是价格。

迈克：陈先生有什么好的建议吗？

陈其：据我初步了解，国内的同类产品，虽然质量不如你，但价格要比你的报价至少低一半，要是按照这个报价，我能帮你一次性清仓销售掉，但对于你而言，这笔生意等于就赔掉了一半，何况还有不菲的运输费……这个条件你能接受吗？

迈克：这个，让我考虑一下……

陈其：行，我等你回话，不过尽可能快一点。

迈克：我会尽快答复……谢谢你，陈先生。

看完货，陈其便上了车，对迈克挥了一下手就驾车离开了。

迈克望着车远去，脸上似乎显出了一些安慰，便立即拿出计算器开始了算账，一边自语着：赔了一半……加上运输费，还能收回多少……

忽然，传来了阿龙的声音：迈克……

迈克一抬头，看见阿龙已经站在了门口。

迈克有些意外：阿龙？你没上学？

阿龙：今天是报名……

迈克：走路习惯吗？

阿龙点点头：我已经把拐扔了……

紧接着，门口陆续出现了阿龙的一些同学——他们居然全都是瘸子，拄着各式各样的拐杖。

迈克很是惊讶：阿龙，这，这是……

阿龙很为难地：这是我的同学……他们也想把拐扔了，像我一样……想问问你，能不能便宜一点？

学生们全都带着乞求的眼神看着迈克……

迈克一时不知所措，半张着嘴……

（暗场）

95　飞凤村　田野（迈克的梦境）

一个八岁的男孩从水沟里摸出了一顶锈迹斑斑的军用钢盔，那上面还带着一个枪眼。这是童年的阿龙……

辽阔的田野上走着手工回家的乡亲，他们赶着耕牛，扛着农具，一路谈笑……

阿龙跟在后面，踢着那顶钢盔，就像提足球一样……

钢盔滚动着……

阿龙追赶……

孩子跑动的小腿……

这原本是一幅美丽动人的乡村图景，突然，传来了一声巨大的爆炸……

烟尘中，阿龙的一条腿飞到了天上……

阿龙哭喊：迈克——

96 防城港仓库（夜）

迈克便在阿龙的惊呼声中惊醒了：阿龙——

他欠起身，一头是汗……

他不断地深呼吸，似乎是想竭力摆脱刚才这个梦魇……

窗外不时掠过闪电，伴着轻雷……

97 防城港 码头（夜）

迈克从仓库里走出来，外面的天很黑，风很大，闪电和雷声时而划过，眼见着一场大雨将至……

他走到码头上，孤寂的路灯在风中显得格外迷茫，从海面上传出的轮船汽笛声空洞而悠远，一艘夜航的轮船正在远去……

迈克茫然看着眼前波涛起伏的水面……

（暗场）

（电话铃声先出……）

98 某公司 陈其办公室

桌上的电话响起，陈其拿起话筒：喂，我是陈其……

传来的是一个男人的声音：陈总，昨天你跟我谈的那笔生意，我们研究了一下，可以做。

陈其：那太好了。货现在就在防城港码头仓库，各项手续齐全，随时可以提。

男人的电话声：陈总，你看价格上能不能再让点？

陈其：张总，我不是跟你说了嘛，这笔生意，其实对方赔了一半，我们公司分文不赚，纯粹就是帮朋友一个忙……

男人的电话声：那，那就约个时间看看货吧……

陈其：行，我马上就来联系。

放下电话，陈其显得有些高兴，正打算拨打手机，这时他看见女秘书正引着迈克往这边走来了，便起身相迎：迈克，你来得正是时候，请坐……

两人坐下。

陈其：我刚和买家通了电话，他们接受了你的所有条件，提出来马上看货……

迈克却有些不自在：陈先生，这批货我决定不卖了……

陈其很是意外：不卖了？你找我不就是要销售这批货吗？

迈克：所以我必须上门向你表示歉意……

陈其：迈克，这笔生意虽然你是赔定了，但出手总归比压仓好吧？毕竟你还能收回五十多万美金……

迈克：这笔账我已经算过了……

陈其停顿了一下：迈克，我能问一下为什么吗？

迈克：因为一个梦……

陈其更是困惑，看着迈克……

（暗场）

99　飞凤村　乡村小学

简陋的乡村小学坐落在半山坡上，几间老房子，门前的操场上升着一面国旗，迎风飘扬着……

渐渐传出了孩子的朗读声——唐代诗人骆宾王的《咏鹅》：

鹅、鹅、鹅，
曲项向天歌。
白毛浮绿水，
红掌拨清波。

一辆堆满货物的皮卡车驶进了画面，向着学校驶去……

100　乡村小学　教室

刘老师正在给孩子们上课。等孩子们朗诵完毕，她又说：同学们放学回去以后，要把这首儿歌认真地抄写三遍，特别要注意几个难写字的笔划顺序……

这时，她无意中看见了窗外迈克。

学生们也好奇地看着窗外……

下课的铃声响了……

101　乡村小学　教室外

一位年纪大的校工在摇着铜铃铛……

孩子们并没有像潮水那样涌出来，因为迈克很快发现，这些孩子中也有不少是瘸子，拄着各式各样的拐杖，都好奇地围着迈克看……

迈克对孩子们笑着打招呼：你们好，我是迈克，从美国来……

孩子们起哄：美国佬！美国佬！

阿龙也挪着脚步走来了：迈克！

迈克摸着阿龙的头：怎么样，新的腿好用吗？

阿龙：好用，越来越好用！

这时，刘老师走来了：迈克，今天怎么有空来了？

迈克看看周围的孩子，感慨地：我来看看这些孩子……开学了，他们应该和阿龙一样，能扔掉拐杖上学……

刘老师叹了口气：这里很穷，孩子们可能用不起你的假肢……

迈克：我不要钱。

刘老师很意外：不要钱？

迈克语气变得沉重：昨天晚上，我梦见阿龙的一条腿被地雷炸飞了……

阿龙有些难过，低下了头……

迈克接着说：他原本可以成为像贝克汉姆那样的足球明星……所以我想，这批货不卖了，我要捐给那些连一副假肢也买不起的人，特别是这些孩子……

刘老师激动得眼泪都溢出了，紧紧握着迈克的手：迈克……

（暗场）

102　乡村小学　一组镜头

一把工具刀划开纸箱……

迈克取出一副假肢……

迈克在装配假肢……

迈克正为一个断腿的孩子安装假肢……

装上假肢的孩子扔掉拐杖，在阿龙的示范下，试着走路……

孩子们鼓掌……

又一个孩子已经安装好了假肢，扔掉了拐杖……

边上的老师和同学一起为他鼓掌……

这时，周围的一些乡亲们也都闻讯赶来了，他们不仅围观，还为迈克当下手帮忙……

迈克开心地笑了……

103　飞凤村　阿玉家（夜）

到了吃晚饭的时候，刘老师端上了一盘刚炒好的菜。

迈克正在门口洗手……

阿龙：迈克，吃饭了。

迈克：好，我这就来……

他将脸盆里的水倒掉，走进屋，三个人一起吃饭。

迈克：每次我来，都能吃到您做的这么好吃的菜，谢谢你，刘老师……

刘老师：应该是我替孩子们谢谢你……看着这些孩子扔掉了拐杖，我真是比什么都高兴……

迈克：我也很高兴，这是我这辈子做的最开心的一件事。

刘老师：迈克，阿玉给你打电话了吗？

迈克：没有……不过我们约好，有空就发 E－mail……

刘老师没听明白：伊什么？

阿龙插言：就是电子邮件，很方便的。

刘老师：阿玉要是知道你在做这件事，一定很高兴……

迈克的神情渐渐露出了对阿玉的思念……

（暗场）

104　防城港　码头仓库（夜）

迈克回到了仓库，此刻，他正在电脑上读阿玉发来的 E－mail……

阿玉的画外音：迈克，知道你在做这件善事，我真的感到了一种前所未有的幸福，我替孩子们谢谢你……

迈克在回复着……

105　北京　阿玉宿舍（夜）

阿玉也正在北京的宿舍里看迈克的 E－mail……

迈克的画外音：阿玉，这样说让我感到惭愧，应该是孩子们成全了我，让我做了一件平生最值得骄傲的事……

106　防城港　码头仓库（夜）

一双手正搬起“天足”牌产品，放上推车……

光着膀子的迈克把货物从仓库里搬出来，再放上外面的皮卡车……

迈克的画外音在继续：我的产品叫“天足”，现在看来这的确是个不错的牌子——这个天，不是天然，而是上帝。

107　北京　阿玉宿舍（夜）

迈克的画外音在继续：战争夺去了孩子们的腿，上帝就会重新给他们安上，好让他们像正常人那样穿着裤子逛街，或许有一天还能踢足球……而我，就是上帝的使者……

阿玉合上电脑，甜蜜地回想着……

她的眼前又一次浮现出与迈克相处的情形——

迈克跳到漓江，向游轮划来，第一次和阿玉相见……

迈克在游轮上和阿玉一起唱“刘三姐”……

迈克和阿玉一起在江边散步……

阿玉的眼睛不禁湿润了……

（暗场）

108　防城港　码头仓库外

翌日一早，迈克装好了车，锁上仓库，又准备出发了，一边还哼唱着“唱山歌嘞……”。

这时，陈其开着车赶来了。

陈其下车：迈克……

迈克迎上前：陈先生……

陈其看着那辆装满货物的皮卡车，不无感慨地：迈克，你可真行……

迈克：看见孩子们能扔掉拐杖，我特别开心……你信吗？

陈其点点头：我信……所以一接到阿玉的电话，我就赶来了……迈克，让我们一起来做这件事吧！

迈克有点困惑：一起做？

陈其：这些商品我们统一作价，你我各出一半。

迈克：不不，这不可以，我是捐助。

陈其：那就这样，你这次从纽约发货起的所有费用，包括以后发生的费用，都由我公司承担，可以吗？

迈克笑了一下：陈，我也想问你一句——为什么你要跟我一起来做这件事？仅仅是因为你是阿玉的朋友？

陈其的表情渐渐凝重了，然后说：迈克，我带你去一个地方……

109　凭祥　公路

蜿蜒的乡间公路上，一辆奔驰车在公路上行驶着……

开车的是陈其，迈克坐在边上，两人都没有说话。

突然，前方出现了路障和几名穿着作训服的军人，正用小旗子指挥着他们停车。

于是，陈其按照指挥将车停在了路边。

陈其和迈克下车。

一名中尉军官上前向二人敬礼：前方正在执行爆破任务，道路暂时封锁。

陈其：明白……

迈克有些困惑，低声问：爆破任务？

陈其：对……

话刚落音，就听见从山坡那边传来轰隆隆几声巨响，接着，腾起了一股巨大的烟尘……

迈克紧张地：怎么回事？难道这里还是前线？

陈其：他们是在执行排雷任务。从1993年开始，中国政府和军队已经先后进行了两次大排雷……

迈克：我能想象得出，这任务很危险……

陈其：有很多军人为此牺牲了……

前方的路障已经拆除，陈其的车开动了……

110　凭祥　军人墓园

这是一大片军人的墓地，墓碑从山脚下一直排到了山顶上，让人震撼……

不一会，陈其的车驶来了，在山脚下停住。

陈其和迈克下车，前者手里拿着一束白色的菊花，往半山腰走来。迈克跟在后面，有些紧张地看着这些墓碑，那上面镶嵌的几乎都是年轻军人的照片……

陈其：这些大都是参加过当年那场战争牺牲的军人……

迈克：他们……太年轻了……

在一处墓地前，陈其停下了，把手里的菊花放在墓前。墓碑上的照片是一名年轻英俊的中尉军官，镌刻着这样几个字——

陈平烈士之墓
(1967——1995)

迈克：陈平是谁？

陈其：我弟弟。

迈克很是意外：你弟弟？

陈其：也是阿玉初恋的男朋友……

迈克更加惊讶：原来是这样……

陈其：三年前，他在一次执行排雷任务中牺牲，年仅28岁……

迈克：上帝……

陈其：其实阿龙也不是阿玉的亲弟弟，他的父母也是死于地雷，刘老师收养了他……

迈克摇摇头：该死的地雷……

（暗场）

111　乡村　田野

连绵起伏的山峦已经出现了枯黄……

树上的叶子开始落了，随风飘舞……

秋天来了……

迈克的画外音：阿玉，转眼秋天就来了，山里的景色很美。在陈其的帮助下，我的工作进行得十分顺利……

112　飞凤村

迈克还在为乡亲们安装着假肢，边上一些已经装上假肢的孩子正在跟阿龙练习走路……

刘老师给迈克送来了一碗茶，让他歇会……

迈克一边喝茶，一边看着手机上阿玉的照片……

迈克的画外音：这次的中国之行，让我感慨万千。我在这里遇到的都是好人，比如你母亲，你弟弟，你的乡亲，特别是你，你就是我心目中最美的刘三姐……

113　北京　首都国际机场

阿玉拖着行李箱走来，一边拿手机发着短信……

阿玉的画外音：迈克，本想给你一个意外的惊喜，想想还是提前告诉你吧。我们的培训班结业了，我取得了优秀的成绩。此刻，我已经来到了首都机场，再过几个小时，我们就能见面了……

114　飞凤村

迈克看到手机上的短信，顿时就一脸的喜悦。

这时，阿龙来了：迈克，吃饭了！

迈克：不，我不吃了……

阿龙：咱们村的假肢全都装完了呀！

迈克：你姐姐今天就要回来了，我得马上赶到桂林机场去接她！

阿龙：那也得吃了饭才能走啊！

迈克：那可能就来不及了……

说着，就上了那辆皮卡车，一发动，却没打着火。于是他又连试了两次，还是不行。

他有些沮丧地下了车：这车怎么突然坏了……

阿龙：能修好吗？

迈克摇摇头：这不是我的专业……

这时，刘老师也来了：迈克，怎么了？

阿龙抢先回答：他要赶到桂林去接我姐，可是车坏了。

刘老师：那只能到镇上去等班车了……

迈克：镇上的班车很多吗？

刘老师：得两小时一班。

迈克看看表：不行，那肯定来不及了……我，我去路边等顺风车。刘老师，阿龙，等接到阿玉，我们一起回来。

说着，就打算离开。

就在此时，忽然身后传来了一声齐喊：迈克——

迈克转过身，他惊讶地看见，几乎全村的人都出来了，他们中间没有一个拄着拐杖、摇着轮椅的，他们全都站立着为迈克送行……

迈克被这个场景所震撼，所感动，眼泪顿时就溢出了……

乡亲们在喊：迈克，谢谢你……

迈克对乡亲们深鞠了一躬……

（飞机引擎声先出……）

115　北京　首都国际机场

阿玉乘坐的那架波音飞机正在升空……

116　乡间田埂

迈克在田埂上奔跑着……

117　天空　飞机内

阿玉看着舷窗外的流云……

她眼前浮现的却是——

桂林机场，前来迎接他的迈克，手捧一束红玫瑰，正向她跑来……

118　乡村田埂

迈克在奔跑着……

他仿佛看见——

桂林机场，阿玉正向自己跑来……

119　天空　飞机内

阿玉和迈克紧紧拥抱……

突然，飞机遇见气流颤抖了几下，阿玉便定了定神，系上了安全带……

120　乡间小路

前方的公路上远远出现了一辆货车……

迈克为了抄近路，便插上了一条不起眼的小路，继续奔跑着，一边挥动着手里的衬衣呼喊着……

突然，一声爆炸……

烟尘中，一条腿飞上了天空……

（暗场）

121　纽约　曼哈顿　哈德逊河畔

画面渐渐亮起，冬天来了……

哈德逊河显得异常的冷清，几只海鸟从宽阔的水面掠过……

字幕：三个月后

纽约　曼哈顿　1998 年 12 月 24 日

但是在曼哈顿，到处都布置得十分漂亮，几乎每座建筑前面都搭建着美丽的圣诞树，过往的情侣们都打扮得光鲜，装扮的圣诞老人在为行人送祝福……

一只轮椅摇到了河边……

这是迈克，他回到了纽约，但失去了一条腿，人也显得有些憔悴，甚至有些苍老。

他依旧像往常一样，用饼干屑喂着身边那些大胆的海鸟……

然后，他低声哼唱起来——

唱山歌嘞……

这边唱来那边和……

突然，身后传来了阿玉的歌声——

山歌好比春江水嘞……

哪怕滩险湾又多……

迈克慢慢回过头——

阿玉仿佛从天而降，正唱着歌款款向他走来……

他简直就不敢相信自己的眼睛！

阿玉微笑着……

迈克忧郁的脸上终于浮现出了笑容和泪水……

那位史蒂文就站在阿玉身后，他手里拖着阿玉的行李箱，显然，律师刚刚把阿玉接下飞机，却没有告诉迈克，好给他一个惊喜。

阿玉和迈克接吻……

看见这对终成眷属的有情人，史蒂文也露出了祝福的笑容……

阿玉推着轮椅上的迈克，沿着美丽的哈德逊河走去……

镜头越升越高……

歌声越来越远……

一群白鸽从城市的上空掠过……

（暗场）

黑底字幕：

从1993年开始，中国政府先后两次下达了在中越西南边境进行排雷的命令，历时7年，共清除中方一侧地雷220多万枚。

1999年8月11日，中国政府向全世界庄严宣布，中越边境中方一侧地雷全部清除销毁……

2012年7月4日，潘萌生日之夜，初稿于北京寓所

重　瞳

——霸王自叙

——根据作者同名小说改编

序　幕

1　北京·国家大剧院·外·日

雄伟的北京国家大剧院外景。镜头从建筑的水中倒影渐渐升起，呈现出整个建筑的风貌。

字幕：2010 年 9 月·中国北京·国家大剧院

一辆出租车在镜头前停下。下车的是一个美国姑娘，大约二十七岁，她叫瑞秋，是美国某报纸驻京记者。她背着大挎包和照相机，匆匆向剧院跑去……

镜头跟着瑞秋，于是，我们渐渐听见了剧场内的排练声……

画外导演的声音：各部门注意，我们合一遍……预备——开始！

2　国家大剧院·排练厅·内·（如夜）

舞台的效果灯光渐渐明亮……

这是一个颇有现代艺术装置的话剧舞台，背景是抽象的项羽铠甲，随着音乐声，这副巨大的铠甲徐徐打开，扮演项羽的演员身着外黑内红的斗篷，正向着舞台前方走来，他仿佛就是从项羽的内心走出似的。

观众席中，只有导演一人。其实他也是本剧的编剧。他是一个四十多岁、不修边幅、戴着眼镜的男子。此刻他独自坐在这里，手边放着剧本、茶杯以及对讲机、手机等。剧本封面上写着——

重瞳（多场次话剧）

瑞秋进门，她悄悄从后面走近了导演。后者回头，正打算对她说什么，但瑞秋做了个“嘘”的手势，指了一下舞台……

舞台上，项羽在独白：我叫项羽。这个名字怎么看都是一个诗人——其实，很久以前我就觉得，自己就是一个诗人。但我的诗并非留在竹简上，而是刻在我的心中……我今天要讲的，是我自己的故事……

项羽展开了斗篷……

3　乌江边·外·早晨

斗篷在翻转着，由黑色变成了红色……

历史中的项羽出现了。尽管和舞台上的那个项羽由同一个演员扮演，但造型已经完全不同。舞台上的项羽是写意的，而历史故事中的项羽则十分写实。那时他不过二十七岁，身材修长而魁梧，但浑身上下散发的并非一个武士的气息，而是一种诗人和游侠的气质。他系好了斗篷，一身素服，腰间挂着佩剑，手中却拿着一根洞箫，沿着滚滚的乌江走来……

字幕：公元前210年春·乌江

乌江的浪拍击着沙岸……

在镜头的近景处，一个年迈的梢公正在检修着他的渔具，用梭子修补他的鱼网。

项羽走来了。

梢公：少将军。

项羽：今天没出江？

梢公：涨潮了，鱼儿都去海上了……

说完，他就扛起鱼网离开了。

项羽登上了老汉的渔船，靠在帆樯上，开始了吹箫……

4　国家大剧院·舞台·夜

萧声……

舞台上的项羽在独白：多么动人的萧声啊！我虽不通音律，但我能听懂我的萧声里蕴藏着楚歌的韵味。楚歌是从来就不受五音约束的，它天生就是自由的！它的魅力不在于气势上的恢弘，而在于本质上的悲怆……

5　黄河边·外·早晨

一匹乌骓马正在黄河上饮水。

镜头从水中的倒影，渐渐移到一只女人的手在梳理着马的鬃毛……

隐约传来了悠远的萧声……

乌骓马一扬头，它仿佛听见了萧声。接着，它脱离了女人的手，跑开了……

女人回头，她不过二十岁的样子，一袭白衣白裙白披风，有着惊人的美貌和玉洁冰清的气质。她就是虞姑娘——后来的虞姬。

6　乌江边·渔船·外·早晨

项羽还在吹箫，他的神情是那样的陶醉……

7　黄河边·外·日

马蹄似乎踏着箫声的节奏，沿着岸边小跑着……

这次，虞姑娘也听见了箫声……

她惊讶地：楚歌？

接着她就去追赶她的马了。她跑起来就像云一样的轻盈……

8　乌江边·渔船·外·黄昏

项羽还在吹箫，夕阳的余晖撒满了江面，波光粼粼……

项羽的形象成为夕阳中的一道剪影。

9　山道·外·黄昏

虞姑娘骑着乌骓马沿着山道奔来……

10　乌江边·渔船·外·早晨

项羽又一次来到这只渔船上，继续吹箫……

11　乌江边·外·早晨

虞姑娘骑着乌骓马沿着江岸奔来……

项羽的话剧旁白：后来，虞姑娘告诉我，从她听见萧声的那一刻算起，她翻山涉水一共跑了九天……我问她，怎么能从遥远的黄河边上听见我的箫声？她说，她不是用耳朵，而是用心在听……

12 国家大剧院·舞台·夜

一阵由板鼓敲击而出的马蹄声……

舞台上的项羽突然站了起来，他看见了乌骓马，激动不已：好一匹乌骓马啊！它的鬃毛在天光下熠熠生辉，它的形象就像一面战旗，迎着凛冽的风向我奔来了！来吧，我的乌骓，我的宝马！

13 乌江边·外·黄昏

乌骓马在奔驰着……

项羽被马的雄姿迷住了！他是那样地专注……

乌骓马迎着项羽奔来，仿佛就是来找它的主人似的。

项羽霍然跳下船，大喊了一声：吁——

乌骓马一声长嘶，扬起了前蹄，竟然把背上的虞姑娘掀了下来——

虞像一片白云似的落到项羽的怀里。

两个人就这样相见了！

项羽似乎有些羞涩，他向后退了半步。

虞姑娘：这里，是楚国么？

项羽：是，这里是楚国……姑娘，你从哪儿来啊？

虞姑娘：关外。

项羽：关外？

虞姑娘：可我是楚国人。父亲生前告诉我，如果有一天我听见了楚歌，我就可以回家了……你吹的是楚歌吗？

项羽似乎有些内疚：姑娘，其实你听见的不过是一支楚歌的前奏……

虞姑娘：即使是前奏，那也还是楚歌啊！楚歌如果再不吹响，恐怕就要失传了啊！

项羽坚定地：姑娘，我能把楚歌吹响……

虞姑娘狐疑地：你是谁？

项羽：我叫项羽。

虞姑娘：项羽？这个名字我好像不止一次在梦中听过……难道，你就是把楚歌重新吹响的人？

项羽：你信吗？

虞姑娘情不自禁地点点头。

项羽：请问，姑娘芳名？

虞姑娘俏皮地：我的名字你不是已经知道了吗？

项羽困惑地：我……

虞姑娘：刚才，是谁对着我的乌骓马大喊了一声——“YU”呀？

项羽：YU？

14 国家大剧院·舞台·夜

舞台上的虞姑娘正对着项羽说：YU——

项羽：YU——

虞姑娘：这就是我的名字。

项羽：这就是你的名字？

虞姑娘：这就是我的名字！

京剧的旋律中，虞姑娘翩翩起舞，围绕着项羽展开了自己的斗篷跑起了“圆场”……

他们终于走到了一起……

15 乌江边·外·黄昏

乌骓马载着项羽和虞姑娘正奔驰在乌江岸边……

落日在他们身后，江面一片辉煌……

音乐激荡……

（暗场）

第一章

16 竹林·外·早晨

又一个早晨，朝阳透过竹林的缝隙射入，形成一道道的光束……

字幕：公元前209年夏·雍丘

项羽在舞剑……

虞姬在一旁焚香弹奏着瑶琴……

项羽的一套剑法十分优美，他合着瑶琴的节拍舞动着。剑过之处，竹叶摇曳，纷纷落下……

一曲终了，项羽的舞剑也以一个优美有力的收式而结束。

项羽：虞姑娘，你知道这把剑的来历吗？

虞姬摇摇头。

项羽：这是我祖父留下的……

虞姬：项燕老将军？

项羽点点头。

虞姬：以前我听父亲说过，项老将军为兴邦报国，一生征战，最后被秦将王翦所戮……

项羽：不，祖父不是被王翦所杀，他是自裁的——用的就是这把剑！

17 舞台·内·夜

项羽和虞姬在舞台上对白。

项羽：虽说都是一个死，但对于军人，自裁无疑意味着光荣。这不仅关系到我们项家的荣誉，而且预示着一种宿命……

虞姬：宿命？

项羽：对……宿命……（面对观众）这是我一生中最忧郁的时光，我思念着我的祖父。某种意义上，多年之后我在乌江边上的自我了断，完全就是对祖父的一次公开的模仿……

18 竹林·外·早晨

虞姬：少将军，你想什么呢？

项羽定了定神，掩饰着：哦，我在掂量着这把剑的分量。

虞姬：我知道它的分量——它是你项家的使命，也是我们楚国的希望……

项羽：虞姑娘，我要用这把剑去消灭我最大的敌人——嬴政！不要看秦始皇荡平了六国，哪怕我们楚国只剩下两三户人家，但亡秦必楚！

虞姬：亡秦必楚？

这时，年过花甲的军师范增匆匆跑来了。

范增：少将军！

项羽：亚父！

范增兴奋地：好消息啊，少将军！嬴政死了！

项羽十分意外：你说什么？嬴政他死了？

范增：是啊，那嬴政在巡视途中暴死于沙丘，这难道不是天大的好消息吗？

项羽却陡然觉得失望：他，他居然就这么死了？可惜……

范增很困惑：可惜？

项羽：是的，我感到可惜！那嬴政也算得上是一代枭雄，他原本是可以做我的对手的！

范增：现在已经没有人可以做你的对手了！少将军，我们的机会来了！我们楚国有望了！灭秦兴楚，雄霸天下，一统江山——我们唾手可得啊！

项羽将剑收入到鞘中：亚父，其实我对江山，并没有什么兴趣……

他提着剑走了。

范增惊讶地看着……

19 舞台·夜

舞台的灯光转暗，只剩下一道追光，照着孤寂的项羽。

项羽：我是多么希望有朝一日带着我的女人，一马双跨，去过那种诗剑逍遥的日子啊！可是，我做不到……我总是在夕阳的余晖中，与祖父项燕染血的身影相遇……他在凝视着我，而所有楚国人灼热的目光也全都落在了我的身上……

（战鼓声渐渐响起……）

20 战场·楚军阵前·外·日

楚字大旗在风中飘扬……

战鼓在擂响着……

一排排战马肃立阵前……

一排排刀枪……

一排排盾牌……

画外响起报子的声音：报——秦将李由直奔我军阵前而来！

项羽骑着乌骓马，立于大旗之下，他的身边是军师范增。虞姑娘也在他的身后伴随着。

范增：李由就是宰相李斯的儿子。

项羽：来得正好。

说着，策马向阵前奔去……

马蹄过处，掠起阵阵黄沙……

21 战场·外·日

乌骓马奔驰而来，项羽挺着一杆长枪，与李由对峙阵前……

李由，一个三十多岁的秦军将领，手持偃月刀。

项羽：你就是李由吗？

李由：阁下想必就是项将军了。

项羽：既然你已经看出来了，我就不必自报家门了。

李由：作为军人，能与你项将军立马阵前，是李由的荣幸。

项羽：过奖了。李将军，交战之前，我有一个建议——你是否考虑投降？

22 舞台·夜

舞台上，李由与项羽在对峙着……

李由：住口！我父亲是大秦的重臣，我是大秦的将军，在我们还没有交手之前，你居然向我提出投降？听起来就像是在说一个市井的笑话！

项羽：李由！你不提你那父亲我倒没什么，你一提起我可就真的生气了！他不比赵高那老狗好多少——赵高坏在表面，而你父亲李斯却坏在骨子里！嬴政干了那么多伤天害理的事情，几乎桩桩都与你父亲有关，他活在世上就是恬不知耻！你不会忘记那场著名的“焚书坑儒”吧？

李由：不要再说了！大秦帝国已经是日薄西山，我今天来就是来替家父请罪的！我只有以这种方式，才能洗刷我李家的耻辱！你来吧，我愿意死在你的枪下！

23　战场·外·日

李由大喝一声：来吧！

他策马直奔项羽而来……

项羽躲闪过去：李由，你不是我的对手！

李由：我知道我不是你的对手，但你大可不必手软！

于是两人进行了一场短暂的厮杀，项羽用枪架住了项羽的刀，两人几乎是面对面了。

项羽：李由，放下武器，我免你一死！

说着，一枪将李由挑落马下！

李由从地上爬了起来，声泪俱下地：我李由求生不成，难道求死也无望吗？

说着，一把抓住项羽的长枪，狠狠刺进了自己的心脏！

乌骓马一惊，一声嘶鸣扬起了前蹄……

项羽震惊地看着倒地的李由，也翻身下马，扶起了李由：李将军！你对得起你的秦国，你也对得起你的父亲……

李由用最后一点力气，说出最后的一句话：多谢了，项将军……

李由头一歪，死去……

李由的战马跑开了……

楚字旗下的大军潮水一样涌来，呼啸着直奔秦军而去……

项羽抽出剑直指苍穹。

队伍立即停了下来。

队伍中，范增和虞姬也在注视着项羽……

项羽环视着他的军队，一脸肃然……

24　舞台·夜

镜头从项羽举起的剑摇下，这已经是在舞台上了。他在环视着“自己的军队”……

项羽：把李将军的尸体清水洗尘，白绫素裹，敬送秦军！

四名战士从幕后上场，将李由的尸体高高举起，正步送下……

项羽目送着李由：李由死了……他需要像军人那样地战死沙场，这是光彩的死。他以这种方式成全了他作为一个军人的本色，也挽回了他父亲人生的败笔……他的死让我第一次目击了一个军人的尊严和高贵！

音乐声、鼓声大作……

（暗场）

第二章

25 导演家·内·夜

导演的屋子是一个偌大的工作间，中间搭建着阁楼，环境和导演本人一样显得杂乱无章。厨房是开放式的，与客厅连成一体。

瑞秋把刚印出来的剧照和工作照挨个“粘”在磁板上。

导演在忙着做菜，一边和瑞秋说话。

瑞秋：明天排第二幕吗？

导演：对。这之前有一个短暂的过场。两年后，也就是在公元前的207年，日益强大的楚国军队正式拉开了攻打秦国都城咸阳的序幕。不过……

瑞秋：不过什么？

导演：当时楚怀王，也就是那个十六岁的少年，并没有任命项羽为上将军……

瑞秋：什么叫上将军？

导演：就是总司令。项羽和刘邦分别为左右两翼的统帅，楚怀王甚至宣布了一条决定——先入关中者为王。

瑞秋显然不明白：什么意思？

导演擦了擦手，顺便从书橱里拿出了一张古老的中国地图，摊开，指示着给瑞秋看，他的手指在地图上移动着：你看，这是涵谷关，是大秦帝国都城咸阳的最后一道屏障……

瑞秋：这我知道。

导演：项羽和刘邦谁先进入咸阳城，谁就可以就地称王，独霸一方了。

瑞秋似乎有些明白了：你还没有回答我，谁是上将军呢？

导演：他叫宋义，其实这家伙只是一个江湖术士，并不懂得军事。

瑞秋：那为什么还要让他当总司令？

导演：当时，项羽的军队可以说是兵多将广，这样一来，就让人不放心了。他们既需要项家的旗号和项羽的军事才能，却又不给他以信任……

瑞秋：这不是军事，这是政治。

她的手一松，桌子上的地图借着惯性卷起……

26　舞台·夜

项羽和范增在对话。

项羽：作为军人，我当以服从命令为天职；作为项家的后代，我当以匡复大楚的基业为己任，我可以被人利用，但不能容忍的是，对我又利用又不信任！我讨厌这肮脏的政治！

范增：少将军，你是个出色的军人，可你确实不懂得政治啊！

项羽：你现在最好不要对我谈论什么政治。赵国的使臣已经在这里住了几十天了，而我们在安阳却驻扎了四十六天，可宋义就是不肯发兵救赵，这样下去，赵国必亡啊！

范增：宋义的心思你难道还看不出来吗？他是想先让赵国和章邯的人马拼个鱼死网破，然后再趁虚而入，既向怀王交了差，又保全了自己的名声……

项羽：这还是政治！

范增：不过，依老夫之见，宋义按兵不动，倒也对我们有利……

项羽：亚父，您这话什么意思？

范增：你看，眼下季节愈发寒冷，阴雨不绝，我们的军需很快就成了问题，供应跟不上，将士的情绪就会受到影响，这就动摇了他宋义的威信，到那个时候……

项羽：我们也趁虚而入？

范增：正是！

项羽：那我们不也是在玩政治吗？

范增：少将军，这打天下可是从来就离不开这政治啊！

项羽看了范增一眼，愤然下场……

27　辕门·宋义大营·外·日·雨

阴雨连绵……

项羽的脚快速走进辕门……

镜头随着项羽的步伐降下，展现出宋义大营的全貌——它安扎在一座深宅大院里，这里带着回廊，四处站着岗哨。

字幕：公元前207年秋·安阳

项羽一连跨过几道门，镜头一直追随着他……

28　宋义大营·正厅·内·日·雨

宋义，一个四十多岁的瘦子，留着八字胡，此刻他正在会见赵国的使臣，却又在案前漫不经心地翻着竹简兵书……

使臣：上将军，请帮帮我们可怜的赵国吧！章邯的三十万人马已经将巨鹿城围了一个月，要是内无粮草，外无救兵，我们可就要亡国了啊！

宋义放下兵书，打了个哈欠：你难道没有看见这天的颜色吗？连天的大雨，我们怎么发兵？还是等雨过天晴再说吧……

项羽掀开了门帘，走了进来：等雨过天晴，恐怕赵国就已经不复存在了。

宋义打断：项羽！论横刀立马，我宋义不及你；可是论运筹帷幄，你项羽也不及我宋某人啊。否则，怀王怎么可能让我来执掌帅印呢？

项羽：那赵国的百姓你就坐视不管了吗？

宋义：真看不出啊，一个成天挥刀杀人的人，居然也这么仁慈……难怪啊，你那么珍惜在乌江边上捡回来的虞姑娘……

项羽愤怒：宋义！你可以侮辱我，但你不可侮辱我的女人！

说着，欲拔剑。

宋义惊吓地：你想干什么？

但这时虞姬从外面闯了进来，拦住了项羽。

虞姬：将军息怒！

宋义：看看，还是虞姑娘冷静，我不过是开了一个玩笑而已嘛……

项羽愤然离开……

29　宋义大营·回廊·日·外·雨

虞姬把项羽的剑送回到鞘。他们就站立在回廊上，头上的屋檐雨滴不断……

虞姬感叹道：这个世界不好……为什么人与人之间，总是在用刀说话？

项羽走近，扶着虞姬：等我们打进了咸阳城，我一定要让你住进举世无双的阿房宫，让华清池的水洗去你伴我征战的尘埃……

虞姬：这些并非我所愿……

项羽：那你愿什么？

虞姬：我愿天下太平……

这时，刚才那位赵国使臣从正厅里沮丧地走了出来，项羽迎了过去，使臣扑通一声对他跪下了。

项羽连忙将他扶起：赵国使臣，快快请起……

使臣：项将军，请你可怜可怜我们赵国吧！

项羽为难地：既然上将军如此裁决，我，我也爱莫能助……

使臣十分惊讶，也十分失望：如此看来，我真是找错人了……我也错看了你项大将军！

项羽：何出此言？

30　舞台·内·夜

镜头切换到舞台。

使臣慢慢站了起来：想你项家，世代良将，只可叹将门无后啊！

项羽吃惊地：大胆……

使臣：说什么以报国兴邦为己任，到头来，不过是一句空洞的口号！

项羽愤怒地：大胆！

一声惊雷掠过长空……

使臣：像这般见死不救，谈何正义之师？

项羽震惊地：啊！

第二声惊雷掠过……

使臣：像这般韬光养晦，岂不辱没了你项家的荣誉？

项羽更加震惊：啊！

第三声惊雷掠过……

31 宋义大营·回廊·日·外·雨

大雨……

赵国使臣指着天空：项将军，你看这天上飘的是什么？

项羽：大雨倾盆……

使臣：不，这不是雨……这是我们赵人的泪啊！望将军凭着一个军人的良知，帮帮我们赵国吧……

说完，他突然拔出了项羽的剑自刎！

项羽震惊！

虞姬震惊！

使臣倒在了庭院之中，他的血被雨水浇灌着，顿时，红了一片……

项羽将使臣的双眼抹下，然后把他手里的剑慢慢取下来，对着身后的虞姬说：你看见了吗？这也是在用刀说话！

说完，他立即冲向了正厅，一脚将门踢开，对着宋义大喊：宋义！你打算让赵人的血流干才发兵吗？

项羽冲了进去，很快，里面传来了宋义的一声惊叫：啊——

一名宋义的亲信校尉正打算持刀冲进去，范增突然举起了自己腰间的那块环形玉玦——这是他惯用的暗杀信号，立即就有一名士兵上前将那人砍了！

虞姬也受到了惊吓，但范增从后面扶住了她：虞姑娘，别害怕……

过了片刻，项羽提着宋义的人头走出来……

庭院里，已经站满了将士，一片肃然。

项羽环视着大家：兵发巨鹿，亡秦必楚！

大家齐声：兵发巨鹿，亡秦必楚！

32 山道·外·日·雨

项字大旗高高升起……

乌骓马一声长嘶……

鼓角齐鸣……

楚军浩浩荡荡……

33　章河·外·日·雨

滔滔漳河……

千帆竞渡，楚军在渡河……

当这些船抵达岸边受到了搁浅时，前面的楚军纷纷跳到水里，搭起了“人路”，后面的战士迅速通过……

项羽站立马上，对着钟离昧将军下令：钟离将军，把所有的船都沉了！

钟离将军：上将军，船要是沉了，我们可就没有退路了！

项羽勒马一笑：我要的就是背水一战！对了，把锅也给我砸了——弟兄们，打进巨鹿城，我请大家喝酒！

边上的范增会心地一笑。

将士们开始沉船、砸锅……

项羽策马往前方冲去，虞姬伴随在他身边……

（暗场）

34　导演家·内·夜

菜从锅里盛起，装到碟子里。导演和瑞秋正在准备用晚餐。

瑞秋一边倒着红酒，一边说：这就是后人所说的“破釜沉舟”？

导演把菜摆上：对，它成了一条著名的成语。

瑞秋：断了后路，背水一战，这我能够理解。可干吗非要把锅砸了呢？

导演：因为晚饭的时间已经预定好了，在巨鹿城，那里有的是锅——来，咱们也吃饭吧。

瑞秋：这是一个无比自信的男人。

导演喝了一口酒，接着说：其实，项羽这一招也是做给章邯看的，章邯一看这个阵势，就知道项羽是来拼命的，所以心里就发虚了，只让一个叫王离的将军前来叫阵。可王离根本就不是项羽的对手……

35　战场·外·日

项羽和王离正在激战中……

不出几个回合，王离就被项羽斩于马下，当即死亡。

项羽一勒缰绳，回头大喝：来人！把败将王离的首级高挂辕门之上，以振军威！

36　辕门外·项羽大帐·外·日

王离的首级装在一只竹子编成的笼子里，正在慢慢升起，高挂于辕门外的旗杆子上……

楚军的将士在欢呼着，在喝酒……

项羽的马队自战场归来，他欣赏着旗杆上的王离首级，带着胜利者的骄横翻身下马。

一个老兵将一碗酒跪着递给了项羽，他正准备接，但后面上来的一只手将酒夺了过去——原来是虞姬来了。

虞姬把那碗酒洒在了旗杆之下，这个惊人的举动，让周围的欢腾一下子静了下来。

项羽：虞姑娘，你这是……

虞姬：王离将军战死沙场，是尽了一个军人的本分。他的死难道不值得你尊重吗？

项羽：他不过是我手下了一员败将！

虞姬：你们不过是各为其主罢了，你可以消灭他，但你不可以侮辱他的尸体！

项羽：我想怎么处置他都可以！

虞姬：上将军，你这样对待一个以死报国、马革裹尸的烈士，不觉得这是在玷污你项家高贵的血液吗？

项羽：放肆！

虞姬冷冷地看着项羽：我替你感到羞耻……

说完，她失望地跑开了。

项羽沮丧而愤怒，最后还是拔出了剑，将旗杆上的绳索砍断，王离的首级滑落而下，但他死去的眼睛却带着一丝鄙视看着项羽……

这死人最后的目光竟击中了项羽，他手里的剑不禁落下，扎在地上，慢慢摆动着……

37　舞台·内·夜

那把剑依旧扎在地上，摆动着……

舞台上只剩下了项羽，他在反省着自己……

项羽：这是我失去理性的季节。虞姬的话非但没有引起我的检讨。反倒让我更加疯狂……不久，章邯带着二十万秦来降，我虽然依从亚父的主张，将旧帐一笔勾销，但还是在一个风声鹤唳的黄昏，我下令……我下令……我下令——

38　万人坑·外·黄昏·阴天

十几匹战马拉着人造的推土机迎着镜头奔来……

镜头从巨大的沟壑中升起，我们看见了骇人听闻的场景——成千上万的秦军俘虏被捆绑着，被楚军推进了沟壑中进行活埋……

俘虏的呼喊声一片……

项羽立于乌骓马前，扶着剑，冷酷地看着眼前了一切……

乌骓马惊吓地挣脱了项羽的手，跑了……

项羽似乎有些困惑……

39　辕门·项羽大帐外·黄昏·阴天

乌骓马一口气跑了回来……

正好，虞姬从大帐里走出来，正打算把洗好的衣服晾上，忽然看见乌骓马奔了过来……

虞姬很是困惑……

40　万人坑·外·黄昏·阴天

活埋还在进行着……

那些想拼命爬上来的秦兵，不是被刀砍下去，就是被箭射杀……

项羽似乎动了一丝恻隐之心，背过身去……

41　树林・外・黄昏・阴天

虞姬骑着乌骓马穿过树林……

疾驰的马蹄……

42　万人坑・外・黄昏・阴天

挥动的铁锹……

活埋已经接近于尾声，楚军在疯狂掩盖着土……

项羽坐到了一块石头上，茫然看着阴霾四伏的天空……

43　山梁・外・黄昏・阴天

疾驰的马蹄……

乌骓马驮着虞姬远远奔来……

44　万人坑・外・黄昏・阴天

这里，活埋已经结束，刚才那个巨大的沟壑，现在已经成了一个巨大的土丘……

只有项羽还坐在那块石头上，扶剑沉思着……

一声马嘶，项羽回头，他看见乌骓马驮着虞姬奔来了，也许是心虚，他故意将脸转开了。

万人坑中，有一只干瘦的手艰难地伸出了地面，微微动弹着……

虞姬翻身下马，几乎是连滚带爬地扑向了那只手，企图将他从土中拽拉出来！

但是，后面上来的一只军靴踩住了虞姬的手！

虞姬回头，面前站立的是项羽。

他们冷冷地互相注视着……

土中的那只手不再动弹了，僵住了。

虞姬的眼泪无声地落了下来，她愤怒而鄙视地看了项羽一眼，然后跑开了……

乌骓马掉头追赶虞姬而去……

项羽孤独地站在万人坑上，天，开始下雨了……

他的心声渐渐而起：我这是怎么了？往日，这个时辰我是在读书……

45　舞台·内·夜

项羽在独白：或者是在吹箫……也许是带着虞姬在赏月……可就在今天，我居然那么坦然地活埋了二十万秦兵……二十万，这些尸体连接起来恐怕就通向了咸阳，这难道就是我的路？（他抚摩着自己的剑）我祖父留给我的这把剑不是让我来屠杀这些无辜的……这不是我……从前那个会吟诗作画的男人哪里去了？从前那个会吹奏楚歌的男人哪里去了？从前那个高贵的灵魂哪里去了？我是谁？我是谁……我是谁——

46　万人坑·外·傍晚·雨

下雨了……

“我是谁”的喊声似乎在山谷中回荡……

按剑的项羽仿佛是听见了这个声音，他猛然回头，但是身后已经是暮色苍茫……

雨越下越大……

项羽把剑扎在了泥土上，他再次看见了那只暴露在泥土外面的手，他用力一脚，把这只手慢慢地踩到了土里……

这是带着深刻忏悔的一脚。

（暗场）

47　导演家·内·夜

夜已深，室内没有的灯光，只有月光落在床前。

导演从噩梦中惊醒地坐了起来，直喘气……

瑞秋也被弄醒了，她开了台灯，坐了起来。

瑞秋：怎么了？

导演：做了一个梦……

瑞秋：噩梦？

导演没有回答，而是点上了一支香烟。

瑞秋：你是不是觉得，项羽的残暴，使他不能成为你心目中的英雄了？

导演迟疑片刻，坐到桌子前：我在想，是什么让他变得如此残暴？二十万人，太可怕了……

瑞秋：我想，这应该跟他当上总司令有关。

导演看了瑞秋一眼，然后说：我得加上一场戏，明天就排……

说着，他按灭了香烟，打开台灯，拿起了钢笔，在剧本上快速地写着……

48 舞台·内·夜

舞台上的项羽在独白：两千年过去了，每当我想起这触目惊心的一幕，我就魂飞魄散……这是我人生最大的败笔，是我项家最大的耻辱！也是我噩梦的开始……很多次，我都从这噩梦中惊醒，我看见那些冤魂围绕着我，他们在对着我哭对着我笑，他们嘲笑的是我项家高贵的血统！在这噩梦中，我终于看见了一个魔鬼正在向我逼近——我看不清他狰狞的面目，但我记住了他的名字——权力！权力！

观众席中，瑞秋有些害怕似的挨近了导演……

49 项羽大帐·外·夜

夜已深。项羽的大帐内还亮着灯光……

一个身材魁梧的身影沉重地走来，他是降将章邯，一个三十多岁的男子。

大帐前站岗的哨兵上前拦住，但是章邯首先取下了自己腰间的佩剑，交给了哨兵……

50 项羽大帐·内·夜

树立的铸铁油灯，跳动的光焰……

项羽背对着帐门，在等候着章邯进来。

章邯入帐：末将章邯参拜上将军！

项羽依然是背面站着：章将军，你知道我今夜把你叫来，是何用意吗？

章邯慢慢跪下：上将军是想取章邯项上的首级……

项羽：所以你在走进大帐之前就主动摘下了你的佩剑？

章邯：临死之人，无须佩剑……

项羽这才慢慢转过身来，低声地：章邯，你是在以这种举动羞辱于我吗？

章邯：末将不敢！

项羽突然摘下自己的佩剑，扔到了章邯面前，后者吓了一跳。

项羽：你错了，章将军。

章邯困惑地看着项羽……

项羽：我是想让你拿着我的剑，来取我项上的首级！

章邯惊吓地：末将不敢！

51 舞台·内·夜

项羽和章邯在表演着。

项羽：我宁可让这颗骄傲的人头被你削去，也不愿意顶着它接受你无限的蔑视！

章邯：上将军，章邯无意这么做啊！

项羽：可我乐意你这么做——来，拿起我的剑！

章邯：不……

项羽：快拿起我的剑！

章邯举着项羽的佩剑，跪爬到项羽跟前，声泪俱下地：上将军，该杀的是我呀！将军如此坦荡，章邯也不能不实言相告。巨鹿兵败，我虽降楚，但心中至今无有归顺之意。那二十兵马，就是为了以防不测，以期日后东山再起！这怪不得将军多疑，实在就是章邯居心叵测，罪不可赦！

观众席中，瑞秋的情绪变得不满，她起身离开了……

52 国家大剧院·外·日

瑞秋带着不满的情绪从剧院里面走出来……

导演在后面追赶：瑞秋！瑞秋！

瑞秋站住，却没说话。

导演：你怎么说走就走啊？

瑞秋：这不是我心中的项羽……

导演：你别急……我想听听你的意见。

瑞秋气恼地：项羽活埋了二十万秦兵，这是血写的历史，你怎么可以随意去篡改它？

导演有些心虚了：我没有改变……其实，我也是在寻找一种可能性……

瑞秋：你这不是在寻找，你是在粉饰，在美化！

导演沉默了……

瑞秋：可是你知道吗，人血不是胭脂，这样恰恰是毁灭了一个真实的项羽！

53 项羽大帐·内·夜

项羽扶起了章邯，他也是泪光闪现着……

项羽：章将军，你，你这是在替我项羽开罪啊！请受我项羽一拜！

说毕跪下。

章邯扶起项羽：上将军！

这时，范增匆忙走进了大帐。脸色严峻。

范增：上将军，刚刚得到消息——刘邦的队伍已经进入了涵谷关！

项羽：他倒是捷足先登了！

54 涵谷关·外·日

鼓号声中，高耸的涵谷关下，飘扬着“刘”字大旗……

字幕：公元前206年·涵谷关

刘邦，一个四十多岁的男子，正骑在一匹白马上，昂首通过了涵谷关……

刘邦对自己的军师张良说：军师，项羽的队伍现在何地啊？

张良：预计明天他们可以到达新丰鸿门一带。

刘邦：离我们倒是不远……

张良：可他们还是晚了一步。

刘邦难以掩饰得意之色：成败往往也就是这一步之遥啊！

张良：行前怀王有旨——先入关中者为王，沛公，我应该称您为汉王了！

刘邦似乎不屑：汉王？这个称呼听起来怎么就不能令我激动呢？

张良：阁下的心事，在下明白。

刘邦对手下一名将军樊侩说：传我的命令，部队驻扎灞上，入关之前，要约法三章，秋毫无犯。违令者，杀无赦！

樊侩：樊侩得令。

他的队伍浩浩荡荡通过了涵谷关……

（暗场）

第三章

55 鸿门·山坡·外·日

连绵起伏的山峦……

在山冈上，四处驻扎着项羽的军队。近景处的一块粗糙的石碑上镌刻着两个苍劲的大字——“鸿门”。

字幕：公元前206年秋·新丰鸿门

随着镜头的摇移，出现项羽的旁白：自从行前有了怀王那句“先入关中者为王”，那刘邦就一路上投机取巧，遇敌不战，遇城不攻，直奔咸阳城而去了。但是，临行之前我从他那张过于白皙的脸上，一眼就能看出，此人的野心决不满足于做一个关中之王，他想要的是做嬴政第二……

闪回：离开楚国都城薛城之前，在怀王大殿门前，项羽和刘邦分别上马，拱手作揖道别。

刘邦：项籍兄弟，你我就此一别，再见恐怕就在咸阳了！

项羽：沛公，要是你先进咸阳，还望给我一杯酒洗尘啊。

刘邦：哪里！即使是我先进咸阳，那也不过是为项将军清扫街道而已……

项羽：沛公，言重了！

项羽巡视着营地走来，战士们在杀猪、宰羊，士气一片高昂。

在山坡之上，远远看见范增在观看着天象……

项羽走来：亚父，你在看什么呢？

范增：我在看咸阳城上空的那片云……

范增的视野中，远处的咸阳城上空飘移着一朵祥云……

范增：成龙虎之形，且现五彩之色……

项羽：这难道就是常言所说的那种天子之气？

范增心事很重地：在老夫看来，这恐怕是一个危险的征兆啊！

项羽：危险的征兆？

范增：上将军，对沛公此人，在薛城的时候我们就已领教。这两年的征战，我们辛苦射鹿，他倒不费吹灰之力扛起猎物就走，侥幸先进了咸阳——我们可不能就这么袖手旁观啊！

项羽一笑：亚父，听您的意思，你不会是想让我去效法从前那个刺客荆轲吧？

范增：只要你一声令下，咸阳城内顷刻间就会血肉横飞……

项羽打断：可我不喜欢这种方式！

说完，他离开了。

范增有些失望地叹了口气。

56 舞台·内·夜

舞台上，项羽在独白：我明白范增的意思。我和刘邦之间，是到了应该清算的时候了，但我还是不喜欢那种小人之举，我需要以我自己的方式——男人的方式，军人的方式，最为公平的方式……

57 鸿门·项羽大帐·内·日

项羽用手试着剑锋，思索着……

58 鸿门·辕门·项羽大帐外·日

范增手持一份竹帖，从外面匆匆而来……

59 鸿门·项羽大帐·内·日

范增进来：上将军！沛公派人送来了帖子，他明天要来鸿门拜见阁下。

项羽将剑送入鞘内：他来得正是时候……

范增：确实正是时候！这对于我们而言，实在是一个天赐的良机啊！

项羽：天赐良机？

范增：对，天赐良机！

项羽一笑，把帖子扔到了案子上：亚父，你又想歪了。

说着，他走出了大帐。

范增有些失望，拿起帖子琢磨着。

他的手慢慢放在了自己腰间的那块环形的玉玦上……

60　舞台·内·夜

舞台上，一群舞女在起舞……

这就是鸿门宴的场景，项羽和刘邦的两班人相对而座，正在饮酒……

舞女过后，是项庄舞剑。他一个三十多岁的将军，此刻正在表演着“醉剑”……

项羽的旁白：这就是历史上那场著名的“鸿门宴”，所谓“项庄舞剑，意在沛公”。作为一篇美文，太史公司马迁这个段落真可谓精彩绝伦！但他却忽视了一些重要的细节，或者对此语焉不详，从而使“鸿门宴”演变成了阴谋的代名词。这令我深感遗憾！其实，那天的真实情形是另外的样子……

项庄舞动的剑……

61　鸿门·项羽大帐·内·日

项庄在舞剑，不时接近刘邦……

刘邦感到紧张，但表面上还是保持着镇静。

项羽在注视着……

项羽的旁白：当酒过三巡之后，项庄突然跳出来表演拙劣的剑舞，欲借机行刺刘邦，这无疑是范增的安排。但是我极不愿意看见在我的大帐里发生“荆轲刺秦”的把戏。我讨厌这种下流的行刺与暗杀！

范增坦然地捋着胡须……

对面的张良也镇静地摇着羽扇……

于是，当项庄再次逼近刘邦时，项羽突然起身，用自己的剑挡住了项庄的剑！

范增有些意外。

刘邦和张良也互相看了一眼……

项庄：上将军，您这是……

项羽：项庄，独自舞剑好似独自饮酒，岂不乏味孤单？而且，你的剑法一点也不优美……

项庄低声地：上将军，我可是奉命行事啊！

项羽：你奉谁人之命？在这里，只有我才可以号令三军！

项庄：可是我……

项羽：还不给我下去！

于是，两个侍者便把项庄拖了出去。

项羽回到自己的座位上，举起酒爵：诸位，请——

大家再次饮酒……

项羽的旁白：我要遏制这份疯狂！我不能再允许任何人来玷污我项家的名声。是的，我可以让刘邦死，但决不能用阴谋！我要让这个男人死得服气，更希望他死得像个男人……

刘邦欲走出大帐，但被范增拦住了。

范增：沛公，您这是……

刘邦：哦，我头有点儿晕，想出去吹吹风……

范增：老夫知道，沛公可是海量啊！这才酒过三巡，怎么就上头了？莫非是今天上将军的酒不对你的胃口？

刘邦：不不……好酒……好酒！

范增：既然酒好，那老夫就再敬沛公一杯。

刘邦：那，那饮完此杯，我是不是就可以上路了？

范增：上路？哈哈哈……你当然是要上路的。不过，既来之，则安之，这天色还早，好戏还在后头呢？

刘邦：好戏？

62　舞台·内·夜

项羽离开座位，站起来：好戏可以开始了！沛公——

刘邦：上将军！

项羽：刘邦！

刘邦：项籍兄弟！

项羽：你不是一直在梦想着君临天下吗？

刘邦：愚兄可从来不曾有此非分之想啊！

项羽：你怎么想的，我很清楚。今天，我们之间的事情也应该有个了断了……

刘邦紧张地：了断？

项羽：对，我想当着众将官的面，做一个彻底的了断！来，拔出你的剑！

鼓声突然而起……

刘邦：你，你这是想和我决斗？

项羽：胜者为王，败者也不失为英雄，这方式可算公平？

刘邦：这，这又是何苦呢？

项羽：如果你贪生怕死，也可以不与我交手，但你必须许下诺言，从此退出这个用刀说话的舞台——我甚至可以陪你一块退出……

这话一说，范增就很不高兴了，他的手再次放到了腰间的那块玉上……

项羽：来，拔出你的剑，像个男人！

刘邦的手微微战抖着，放到了剑柄上……

二人对视着，移动着……

一旁的张良在注视着范增……

项羽的旁白：我在耐心地等待着……只要刘邦一出手，我就可以用我的方式达到我的目的了！但是，谁能料到，就在这最后的时刻，一个老人的错误举动改变了一切……

鼓声紧迫……

63　鸿门·项羽大帐·内·日

大帐的两边的附帐内，闪现着刀斧手的身影……

范增暗中举起了玉玦！

张良也突然放下手中的羽扇，喊道：上将军！

鼓声戛然而止！

项羽回头：子房先生，您有话说吗？

张良：刚才亚父三示玉玦，如果我记得不错，每回只要他亮出这块玉，那就意味着有一颗人头落地……可我不知道，今天这颗人头该是谁脖子上的——该不会是沛公的吧？

刘邦接过话头：子房先生，你多虑了。这是在上将军的大帐里，谁人有这个胆量？

张良：我想也是……

说着，他又摇起了羽扇。

刘邦：上将军，你的人格一直令我钦佩。今天我起身来鸿门的时候，同僚大都劝我不要轻举妄动，但我还是来了。我想，我与上将军是拜把换帖的兄弟，这兄弟之间，有什么话不好说，至于血刃相见吗？

范增冷笑着：沛公，你好自信啊！

刘邦：即使要杀我，也应该不是今天，你是堂堂的上将军，而并非傀儡，怎么可能会听从一个老人的唆使呢？

范增愤怒地：刘邦，你今天进得了这鸿门，只怕是出不去了！

突然，项羽一剑劈断了酒案！

项羽：亚父，你喝多了！

范增：上将军！

项羽：你喝多了！

边上的两名侍卫将范增拖下。

张良松下了一口气……

刘邦也抹去了额头上渗出的冷汗，走近项羽：上将军，我没说错话吧？

项羽回过头：你说得很对。我项羽从来就不会听从任何人的唆使摆布，更不会去干那些鼠窃狗偷的小人勾当！

刘邦：那，我是不是可以……回去了？

项羽：请便。

刘邦拱手：多谢上将军热情款待。明天一早，我就打开关门，鼓号齐鸣，迎接上将军的大队人马开进咸阳……

项羽：如此看来，我们后会有期了。

刘邦：后会有期！

于是，刘邦、张良等人迅速离开了大帐……

64　鸿门·范增营帐·内·日

被临时羁押在这里的范增，看着刘邦一行的马队远远离开，不禁仰天大喊：错过了！天赐良机啊！

（暗场）

65　长安街 · 吉普车内

吉普车行驶中的主观，长安街上，熙熙攘攘。

瑞秋的声音：你说，要是在鸿门宴上项羽杀了刘邦，情形会怎样？

切入车内。

导演在驾驶着汽车，瑞秋坐在边上，一边吃着零食。

导演：那中国的这段历史就完全改写了。

瑞秋：从后来的情况看，范增的话没有错，项羽确实是错过了一次极好的机会……

导演：他错过的可不是一次……其实，也不能说是错过。

瑞秋：为什么？

导演：因为他是项羽。

汽车融进了车流……

（暗场）

第四章

66　骊山 · 秦始皇陵 · 外 · 黄昏

夕阳西下，骊山一片萧索。

项羽独自骑着乌骓马，踏上了骊山之颠，回望着炊烟袅袅的咸阳城……

他的心声渐渐出现了：那个黄昏，我独自踏上了骊山。在这个并不伟岸的山丘之下，埋葬着不可一世的秦始皇嬴政……

67　舞台 · 内 · 夜

项羽在独白：现在，它已在我的马蹄之下。夕阳残照下的咸阳城，炊烟袅袅，那豪华无限的阿房宫镶嵌其间，如同一颗璀璨的宝石，闪耀着惊人的光辉……这该是大秦帝国最后的风景了！

幕后响起报子的喊声：秦王子婴求见上将军——

68　阿房宫·大殿外·外·夜

子婴，一个瘦弱的三十多岁的男子，他神色慌张，正由楚军士兵押来……

69　阿房宫·大殿·内·夜

豪华的大殿，透着威严与阴森。项羽没有坐在宝座上，而是在欣赏着宫殿内的一些陈设，仿佛就不是在等待着接见子婴。

子婴战战兢兢地走进来，有些疑惑地看着项羽的背影。当项羽一回头，他便连忙扑通一声跪倒在地：败臣子婴叩见上将军！

项羽凑近看着子婴，他似乎也有点疑惑：你就是秦王子婴？

子婴：败臣不敢言王！

项羽哈哈笑了起来：好一个“不敢言王”！

子婴：子婴今日拜见上将军，愿意俯首称臣。

项羽的情绪突然变得愤怒：子婴！

子婴：败臣在！

项羽蹲到了子婴的面前，仿佛像谈心似的问：我听说上次你见沛公，是抬着一口棺材的，而且，脖子上还缠上了一条白绫，是这样吗？

子婴：对……

项羽：可你今天来见我，怎么取消了这样的安排？

子婴紧张地：上将军，您是要我死吗？

项羽站起来，这才坐到宝座上：我对你的死不感兴趣……我讨厌的是你的投降！

70　阿房宫·大殿外·外·夜

大殿外，范增在倾听着里面的谈话，显得有些困惑……

71　阿房宫·大殿·内·夜

项羽：子婴，你好歹也算是一国之君，尽管你在位不过四十六天。君王是一个国家的象征，你来投降就意味着让全体秦国人变成了亡国奴……

你没有尝过亡国的滋味，可我尝过！你一个人的错误举动便会让整个秦国蒙羞受辱，阁下觉得这样妥当吗？

子婴悲伤地：上将军，你的话让我茅塞顿开啊！子婴今日无非是替先人受过……

项羽：不对！你是在替整个秦国捐躯！

子婴慢慢站立起来，对着项羽的背影再次深鞠一躬，然后，他走出了大殿……

72 阿房宫·大殿外·外·夜

子婴恍惚地走出了大殿，一旁的范增看着他，慢慢取下了腰间的佩玉……

当子婴走到庭院中央之际，埋伏在楼上每个角落的弓箭手弯弓齐发……

无数的箭射向了子婴，把他钉到了地上！

窗前的项羽，被窗外这一惨相所触动，他慢慢落下了窗幔……

73 舞台·内·夜

灯光转暗，舞台上只有一束追光，使项羽的身影渺小而孤寂……

项羽在感叹着：子婴死了，死得如此惨烈！这倒让我的内心生出了几分悲哀。这是他的命。一个人是很难摆脱自己的命运的，就像无法与自己的影子分离。我也同样不能逃脱命运的安排……从这个意义上，我和这个子婴真有点同病相怜了……

他慢慢走出了舞台，追光渐暗……

74 天空·月亮·外·夜

月亮在浮云涌动的天空中穿行……

天空之下，是宁静的阿房宫……

75 阿房宫·寝宫·内·夜

阴森的寝宫内，没有烛光，只有从窗棂透过的月光，照射在项羽的卧榻上，他已经睡了……

忽然，门慢慢被从外面推开了。

一袭白衣的虞姬手持一只烛台，悄然而入。

项羽醒来，意外地：虞，你来了？

虞姬淡淡笑了一下。

项羽：白天的时候我已经安排人去彭城接你了……我没想到你会来得这么快……

虞姬：不，我没有来，我还在家乡……

项羽困惑地：你没有来？那，那你是在……

虞姬：我在你的梦里……

项羽：梦里？不，你是在这座华丽的宫殿里，我们可以在此对酒当歌，共度良宵……

虞姬：我宁愿留在你的梦里。

76 舞台·内·夜

舞台上烟雾萦绕，营造出了项羽的梦境。

项羽：为什么？难道这阿房宫不好吗？

虞姬：阿房宫虽好，但无有人间的气息。

项羽更加迷茫：你是说，这座举世无双的豪华宫殿如同一座坟墓？

虞姬不语。

项羽也突然觉得不适：是呀，我怎么突然觉得，一丝丝的寒气正侵蚀着我的骨头……

虞姬：上将军……

项羽：虞，你怎么也这么叫我？

虞姬：楚霸王……

项羽：虞？

虞姬：我现在是否该唤你为圣上了？圣上……

项羽：虞！

虞姬：皇帝……

项羽：虞姬！我不喜欢这个称号！我……我好像也不喜欢这座宫殿了……

虞姬：我来，是想告诉你，妈妈的头发全白了！

项羽：妈妈的头发全白了？我该回家了……虞……

虞姬消失在烟雾之中。

77　阿房宫·寝宫·内·夜

项羽大喊一声：虞——

他惊醒地坐了起来，周围是一片月光。

范增捧着烛台进来了：霸王，你怎么了？

项羽忧伤地：刚才虞姬在梦里告诉我，妈妈的头发全白了……亚父，我们该回家了。

范增很是诧异：你说什么？回家？

项羽：对，回家。

范增放好烛台：霸王，如今秦朝已灭，天下归心，刘邦也修好了西行的栈道，知趣地回到了汉中。我们本应该在这咸阳城里恢复朝纲，重整河山，你怎么能在这个时候想到回家呢？

项羽：我早已说过——我对江山不感兴趣。

范增十分震惊：我们出生入死打下的江山，难道要拱手相让于他人？

项羽没有理会，走出了寝宫……

78　阿房宫·大殿·内·夜

项羽来到大殿，范增紧随其后。

范增继续劝说着：霸王，切不可意气用事啊！

项羽：我不想做皇帝，也决不容忍别人坐享其成。天下是大家的天下，为什么要一个人来掌管？

范增：这天上，从来可都是一个太阳啊！

项羽：不，我要天上有十八个太阳！我想好了，把天下分成十八块，我项羽只要其中的一块，那就是虞姬的家乡——西楚！

范增：万万不可啊！秦王嬴政好不容易统一了天下，你若重回分封割据的老路，岂不成了历史的罪人？

项羽回过头，看着范增：历史的罪人？

他突然大笑了起来……

79 舞台·内·夜

项羽在大笑……

项羽：后来的历史学家们和范增的口气一样！我对历史是外行，我只能对自己的行为负责——我就是讨厌皇帝这个称号，我也没看见这以后的两千多年的中国历史上出了几个好皇帝！我还是愿意去做从前那个会写诗，会舞剑，会用洞箫吹奏楚歌的那个少年——他已经离我很遥远了，我必须追回这个英俊的形象。

他停顿片刻，情绪也转为忧郁，接着说：我是谁？这是一个需要弄清楚的问题……如今我是上将军，我是西楚霸王。可我成了上将军就活埋了二十万的秦兵，我做了西楚霸王，就住进了这座精美绝伦的豪华宫殿，不见人间烟火……我大权在握，刚愎自用，为所欲为，倘若日后我做了皇帝，那我和那个暴君嬴政又有什么两样？我不能再在这里住下去了！

80 阿房宫·大殿·内·夜

项羽推开大门，大喝一声：来人——

一将官跑来：上将军！

项羽：立即给我准备好柴草，我要把阿房宫付之一炬！

将官不知所措……

范增赶紧上前：且慢！

他把项羽拉到了一旁：霸王，你，你果真要烧掉这阿房宫？

项羽：军中无戏言。

范增：可这阿房宫耗尽了天下百姓的钱财，你把它烧了如何向天下人交代啊？

项羽：那我正好用它来祭奠这天下劳苦的苍生！

范增焦急地：可，可这是为了什么呀?!

项羽：很简单，我担心在这座宫殿里住久了，嬴政会借我的身子还魂！

范增哑然。

项羽重新走到门前，大殿外已经有一群将士手持了火把。

项羽：烧……给我烧！火烧阿房宫！

81　阿房宫·大殿外·外·夜

一支支火把扔到柴火上……

顿时，阿房宫的一些角落里腾起了冲天的大火……

火光映照着项羽严峻的脸……

范增失魂落魄地惨笑着：烧吧！烧吧！你烧掉的是楚国复兴、一统江山的霸业啊！

阿房宫被冲天的大火笼罩着……

82　舞台·内·夜

天幕上大火熊熊……

项羽站在一个高坡之上，望着冲天的大火，高声喊道：我是江东子弟，那里有我的白发母亲，那里有我心爱的女人，那里有我的父老乡亲，他们都在等待着我回家！就让这冲天的大火，照亮我东归的大道吧！

音乐大作……

（暗场）

第五章

83　导演家·内·日

那张古老的中国地图再次出现在我们眼前。导演正和瑞秋讨论着。

导演的手中红蓝铅笔正指引着一条路线：……你看，这应该就是两千年前项羽的大军东归的路线。可是，几乎在这同一时刻，刘邦的队伍就从这个地方——陈仓，杀回来了。

瑞秋：这就是著名的“明修栈道，暗渡陈仓”？

导演点点头：刘邦的真面目，这个时候才真正显露出来了。他很快占领了咸阳和洛阳，下一个目标就是西楚之都彭城了。

瑞秋：他倒是一心要做皇帝的，当然后来他也真的登上了宝座，成了汉高祖——我没说错吧？

导演：你说得没错。可刘邦毕竟不是项羽的对手，睢水一战，汉军死伤者竟达三十万人，尸体把河流都堵塞了，以至于改道……

瑞秋：这太可怕了。

导演：是啊，每一次江山更替，无不伴随着血流成河……中外的历史都一样。所以有人说，当人变坏了，历史就开始了；如果人变好了，历史也就结束了。睢水一战，以汉军惨败而告终，但刘邦还是逃脱了，撇下了他的老父亲和他的老婆——也就是后来的吕后。

瑞秋：一个很不称职的男人，但最后却做了皇帝。历史总爱跟人开玩笑。

导演又指着一个地点：你看，这个地方叫荥阳……

瑞秋：荥阳？

导演：公元前 206 年的秋天，刘邦就被项羽围困在这座城里……

84　荥阳城·外·日

随着导演的声音，荥阳古城的轮廓渐渐呈现在我们的视野中……

字幕：公元前 206 年秋·荥阳

古城已经关闭，处于被楚军重重围困之中。城外驻扎着楚军的人马，气氛一片萧索……

85　荥阳城·城墙上·外·日

城墙上，刘邦和张良等人在观看着城外的情形，两人的情绪都很忧郁。刘邦看了一会，不禁叹了口气，沉重地离开了……

86　荥阳城·刘邦大营·正厅·内·日

回到大营的刘邦沉重地放下了酒樽。面对如此困境，他是一筹莫展。

一旁的张良在轻轻摇着羽扇，他在暗自思索……

刘邦：子房先生，您觉得我们守得住这荥阳城吗？

张良：依城内的粮草，可以守到后天。

刘邦：后天……

张良：如果韩信将军的人马能如期到达，我们会涉险过关。

刘邦：韩信乃寡人心腹爱将，汉室江山兴衰存亡，就在此一举了。

张良却没有再说。

这时，樊侩将军进来报告：汉王！

刘邦一看樊侩，急忙迎上前问：怎么样？韩信的大军何时能到荥阳？

樊侩的脸色已经说明了一切：三天。

刘邦一听就沮丧地坐下了，突然，他愤怒地喊了起来：三天？他是来替我收尸么？

张良则慢慢走出了大厅……

87 荥阳城·刘邦大营外回廊·外·日

张良心情沉重地走来，与迎面走来的一位叫纪信的谋士相遇。此人年龄与相貌都与刘邦有几分相似。

纪信：子房先生，听说韩信的人马三天后才可以到达？

张良点点头。

纪信焦急地：那不是亡羊补牢吗？

张良不禁一声叹息，走开了。可是，等他走了几步之后，他突然又停了下来，回身叫道：纪先生！

纪信回头……

88 荥阳城外·项羽大帐·内·日

项羽正在案上看着竹简兵书。

范增撩开帐帘进来，一脸的怒色。

项羽头也没抬地，还以为是卫士：虞姑娘接回来了吗？

范增把腰间的那块佩玉取下来，放到了项羽面前。

项羽这才抬头，一笑：亚父？

范增的语气带着责备：都什么时候了，你还有这些闲心！

项羽将竹简收起：我在等待刘邦的投降。

范增：荥阳城内已经是草尽粮绝，我们理应破城而入，杀他个痛快，你居然还在等待着他的投降？

项羽迟疑片刻，把那只玉玦还给范增：难道除了杀人，我们就没有别的办法了？

范增：霸王啊！这回刘邦已经是瓮中之鳖了，你可千万别再上演一出“鸿门宴”了！

项羽：可我不想再杀人了！

范增：那你就等着被别人所杀吧！

这时，外面的一名将官走进来：报！

项羽：说！

将官递上一张竹帖：这是张良刚才派人送来的。

项羽接过竹帖，打开一看：亚父，你看，刘邦已经决定了，午夜时分打开城门，向我军投降。

范增随便看了一眼，便将竹帖扔到一边：这是张子房的诡计啊！

项羽：何以见得？

范增：你想想看，刘邦虽然目下身陷困境，但他还有大片的河山在手，还有韩信几十万兵马可搏，他怎么可能俯首称臣呢？

项羽：我和刘邦之间本来就不是什么君臣关系。我不过是想让天下人知道，尽管刘邦有张良、萧何这样的谋士，有韩信这样的骁将，但照样做不了我项羽的对手……

范增：你要的就是这个？

项羽：对，我要的就是这个！

89 舞台·内·夜

范增十分纳闷：那你当初对秦王子婴怎么是另一个态度呢？

项羽：很简单。刘邦是我的敌手，交战的结果非亡即降。而那个子婴是作为秦王朝最后的象征而存在的，他选择投降就是苟且偷生，会让全体秦国人蒙羞受辱，他必须以一死谢天下！

范增：这老夫就不懂了！同样是你的敌人，一个不战而降你却要他死；一个和你鏖战多年，野心勃勃，做梦都想置你于死地，而你反倒要接受他的投降——这，这是什么逻辑？

项羽：这是我项羽的逻辑。

幕后突然传来了锣声……

接着传出报子的喊声：汉王打开城门，投降而来！

项羽一笑，撩开斗篷出帐……

90 荥阳城·正门·外·夜

锣声继续在响着……

月色中，荥阳城的城门在徐徐打开……

只见一队人马，放下了武器，打着火把，簇拥着一辆马车，正慢慢走来。车上，安然坐着刘邦……

楚军阵营，严阵以待。钟离昧在注视着渐渐近来的汉军。

项羽和范增等将官骑马而来。

钟离昧：霸王，你看！刘邦这混蛋还是服软了！

项羽：是啊，早知如此，何必当初？

范增沉默着，却一直盯着前方的那辆车……

两军的人马渐渐接近……

突然，荥阳城的后门方向传来了喧闹声……

项羽：怎么回事？

话音刚落，只见一名将官策马而来……

将官：霸王，出事了！

91　荥阳城·后门·外·夜

突然从城中冲出的汉军在樊侩的带领下，正在与楚军拼杀，掩护刘邦和张良等人在突围……

92　荥阳城·正门·外·夜

此时的范增也看出了破绽，惊呼一声：霸王！车上坐的不是刘邦啊！我们上当了！

前来诈降的汉军也纷纷从掩藏的马车上抽出刀枪，冲上前与楚军拼命搏杀。两军交战，自然汉军死伤惨重。

车上那个所谓的刘邦，实际上是纪信，他站立起来，摘下自己的冠冕，对着项羽高呼：霸王，汉王已经突围，天下最后还是汉家的天下！

说着，他用火把把自己点燃自焚了！

项羽被纪信这一壮举所震撼，立即抱拳赞叹：好一个壮士！

范增恼羞成怒，老泪纵横，指着项羽：等着吧！你……你早晚要死于刘邦之手！

说完，他骑着马走上了另一条小道……

项羽目送着远去的范增……

他的心声渐渐而起：范增，我的亚父……你终于还是离我而去了……

93 舞台·内·夜

项羽登上高坡，目送着远去的范增：从你日益衰老的背影里，我看到了对我的失望。可我还是愿意尽早结束这场战争。楚汉争锋，百姓苦不堪言，我不忍心再看见尸横遍野、血流成河的悲惨景象！战争从来都是通向和平的一条险径，但绝非前途……是到了该偃旗息鼓的时候了，我得带着我的江东子弟回家……

音乐渐渐而起……

话外响起了导演的声音：停！

舞台上的灯光转换成亮场，导演走上舞台，一些演职员也从幕后聚集到了舞台边上。

瑞秋在抓紧时间拍摄工作照。

导演：今天就到这里吧。这段时间大家都辛苦了，放假三天。

大家欢呼：好啊！

94 长安街·外·日

导演的吉普车在行驶着，他本人在驾驶着车，瑞秋坐在边上。

瑞秋：这三天我们怎么安排？

导演：你想怎么安排？

瑞秋：我想出去走走……你最好带我去一个远离城市的地方。

导演看了瑞秋一眼，连忙将车拐弯……

95 首都机场·跑道·外·日

一架飞机正在升空，渐渐消失在我们视野之中……

（暗场）

第六章

96 今日荥阳·鸿沟·外·日

镜头缓缓摇动，展现出鸿沟的全貌，渐渐带出标有“鸿沟”的石碑。

一只手在触摸着石碑——这是导演。

照相机的镜头在不断闪现着，拍下了这里的各种景色。

导演和瑞秋已经来到了这里，他们是来度假的，但更像是在凭吊古战场，寻找那时楚汉争锋的历史痕迹。

导演：这就是鸿沟。

瑞秋感慨地：真是难以想象，两千多年前的中国历史竟然是从这里演变而来……

导演：是啊，刘邦虽然荥阳脱险，但论当时的势力，根本敌不过项羽。所以，不久他就让军师张良送来了求和信，表示愿意以鸿沟为界，以东归楚，以西属汉，从此两分天下。

瑞秋：可惜后来的情形并非如此。

导演不禁感叹一声：当人变坏了，历史又开始了……

97　荥阳·鸿沟·外·日

鼓号齐鸣……

镜头自鸿沟的底部而起，升成古鸿沟的全貌。鸿沟以东，站立着浩浩荡荡的楚军，鸿沟以西则站立着一队队的汉军。两军隔鸿沟对峙。

作为的背景黄河上，停泊着楚军的战船……

98　荥阳·项羽大帐·内·日

肃穆的大帐内，置放着两张大案子。项羽和刘邦相对而坐，正在签定历史上著名的“鸿沟之约”。

他们的身后，战立着各自的将领。只是在项羽这边，已经没有了军师范增。因此，摇着羽扇的张良就显得格外引人注目。

“鸿沟之约”已经刻在竹简之上，签字在进行着……

项羽拿起毛笔，在竹简上一挥而就。

刘邦也完成了签名。

接着，上来两个工匠，将他们二人的签名，用烧红的烙铁烫上。

张良的脸上带着难以掩饰的诡异之色。

签字结束，侍女上酒。

舞女表演着歌舞……

随着舞女的旋转，切换到了舞台……

99　舞台·内·夜

舞女的旋转……

一段歌舞之后，舞女退下。

刘邦起身，拱手作揖：项籍兄弟，多谢你给了我天大的面子，签订了这份“鸿沟之约”。从此以后，你我按章办事，天下一分为二，旧账一笔勾销。

项羽：和谈是结束战争的最好方式。但我还是想提醒汉王一句——男人当重诺言，讲信义。

刘邦：诺言……信义……霸王放心，这鸿沟之约一签，我即刻就班师回朝……

项羽：班师回朝？

刘邦立即改口：不不，是带着我的人马回到汉中。不过，临行之前，我还是希望霸王把家父和贱内归还于我……

项羽：这个我已经安排妥当了。

刘邦：那我就感激不尽了！项籍兄弟，你我就此一别了，请受我刘邦一拜。

项羽：汉王客气了。

幕后突然传来了鼓乐声……

刘邦：这，这鼓乐之声怎么今天听起来，是如此的叫人心慌啊？

项羽：不，是让我们这些当王的人灵魂震颤！

100　荥阳·鸿沟·外·日

项羽送刘邦一行走出大帐，一路却都在沉默着。他们从楚军的队伍前通过，将士们注视着他们……

项羽的心声在激荡：你看看——这些东征西战的将士，哪一个不是遍体鳞伤？这些黎民百姓，哪一家不是生灵涂炭？山河破碎，满目疮痍，面对这些，我们难道不感到愧疚？

刘邦的心声：这些都已经成为往事了，往事如烟，就让它随风散了吧……

刘邦一行上马，离去……

项羽依旧伫立在坡上……

101 荥阳·鸿沟·外·日

楚军已经撤离，这里只剩下了项羽。远处的黄河上，太阳的光辉仿佛浮雕一般。他坐在地上，用久违的洞箫吹起了《楚歌》……

项羽深情地吹着萧……

他的眼前，又一次浮现了几年前第一次在乌江边上与虞姬相会的情形……

忽然，身后传来了一声马嘶……

项羽回头一看，离开很久的虞姬和那匹乌骓马竟然奇迹般地来到了他的跟前……

项羽站了起来，相信这不是幻觉，他轻轻唤了一声：虞——

虞姬俏皮地：你怎么知道我的名字？

项羽纵身上马，把虞姬抱在怀里，乌骓马撒开四蹄奔跑着……

102 山边·温泉·外·黄昏

千万只白天鹅在飞翔着……

山边的温泉里，虞姬在裸浴……

一旁，项羽靠在树上吹奏着《楚歌》……

太阳落入黄河，一片辉煌……

（暗场）

第七章

103 舞台·内·夜

天幕上出现了清澈的月夜，一轮圆月悬挂在天空。

舞台上，项羽和虞姬依偎在一起，在赏月交谈着。虞姬一边梳理着自己的长发……

虞姬：你看，天上的月亮在对着我们笑呢。

项羽：你知道为什么吗？

虞姬：因为你已经和刘邦签定了“鸿沟之约”。

项羽：我觉得我的签名很漂亮！

虞姬：霸王，这回是你主动求和的么？

项羽：胜利者从来不会主动求和。

虞姬：你的悲剧可能就在于你一贯的胜利。其实，我倒是更愿意看见你一次失败，哪怕是小小的失败……

项羽有些困惑：你居然愿意看见我的失败？

虞姬：胜败乃兵家常事。经历了失败的军人，才算是一个完整的军人。

项羽点点头：有道理……只是可惜啊……

104 垓下 · 山坡 · 外 · 夜

山峦起伏，在山坡上是错落的营帐，楚军东归，经过了这个后来被称为四面楚歌的地方——垓下。

字幕：公元前206年秋 · 垓下

依旧是月夜……

项羽和虞姬走在山坡上，一边赏月一边交谈。

虞姬：可惜什么？

项羽：可惜仗就这么打完了……

虞姬：是不是仗打完了，你又觉得寂寞了？

项羽：不是寂寞……是遗憾。

虞姬：遗憾？

项羽不禁叹道：想我项羽自起事以来，大小战役经历了七十余次，却至今还没有遇见一个真正的对手……

虞姬：这也许就是你从来没有失败的理由吧。其实……

项羽：其实什么？

虞姬有些迟疑：其实……真正的对手，自己往往是看不见的。

这句话引起了项羽的沉思……

105 舞台 · 内 · 夜

项羽：现在，战争结束了，我可以带着你，骑上我们心爱的乌骓，云游四方，逍遥在山水之间了。

虞姬：你真的以为，战争已经结束了？

项羽：这难道还有什么可怀疑的吗？你看，“鸿沟之约”墨迹未干呢！

虞姬：可我总有一种不祥的预感……

项羽：预感？你预感到什么了？

虞姬：我感觉刘邦的队伍并没有回到汉中，而是正在悄悄地向我们逼近……

项羽：难道，这垓下就是楚汉两家最后的战场了？

虞姬：霸王！

项羽：起风了……

虞姬：起风了……

音乐陡然大作！

106　垓下·战场·外·日

狂风大作……

风中抖动的“楚”字大旗……

旗下，站立着几匹大马，位于中间的是乌骓，项羽在观望着前方，虞姬的马就在他的旁边。

项羽：我看见了……

虞姬：你看见什么了？

项羽：我看见汉军的队伍正以合围之势向我们逼来，而且他们打出的是“韩”字旗号。

虞姬：韩信？

项羽：对，就是他！

钟离昧：霸王，刘邦既然打出了韩信这张王牌，那就是想置我们于死地啊！

前方，“韩”字旗帜下，韩信正拔剑挥动着……

汉军向潮水一样涌来……

项羽：这帮小人！

107　舞台·内·夜

天幕上风起云涌……

项羽在独白：这两千多年来我一直在想，对于一个男人，最无耻的行径莫过于背信弃义！如果天下由一个既不信守诺言、又不准备践约的家伙所控制，必定黑暗无边！我履行了诺言，“楚河汉界”是我对历史的郑重交代；而对于刘邦，那无疑是他耻辱的标记。这个小人撕毁了协定，“鸿沟之约”不过是他的缓兵之计，他想趁着我东归的疲惫企图一举将我歼灭，然后他就可以安心坐上他梦寐以求的皇帝宝座了！现在，我们在这个叫做垓下的地方被韩信几十万兵马重重围困，粮草给养也只能维持几天了，情况前所未有的紧急……

激越的打击乐……

108　垓下·战场·外·日

两军对峙。

项羽持枪策马而来，韩信也前来迎战。他年龄与项羽相仿，算得上是一个英俊的将领。

韩信：霸王，别来无恙？

项羽冷笑着：我现在是否应该称你作齐王了？

韩信：你是不是以为，像我这等平寒之士不配称王啊？

项羽：我知道此刻你很得意，但我还是愿意把你看作一名军人。

韩信：我本来就是一名军人。

项羽：可你连军人起码的德性都丢失了！你见过没有下战表就前来偷袭的军人吗？

韩信：出其不意，攻其不备，我只认为只要能打胜仗的军人，才算得上称职的军人。

109　舞台·内·夜

项羽和韩信在对峙中。

项羽：自多年前我第一次看见你，我就十分欣赏你的军事才能。这一点，我自信当初没有看错。

韩信：可你最后还是容不下我！足见你心胸狭隘，有眼无珠！

项羽：那是我听说了你至今还广为传诵的“胯下之辱”的“美德”之后，就开始鄙视你的人格！一个男人怎么可以随便舍弃自己的尊严？我实在不明白，后人竟把这个下作的举止视为“大丈夫能屈能伸”？而我信奉的是，义重如山、刚正不阿、宁折不弯！韩信，我们是两种人啊！

韩信冷笑着：我没有兴趣来听这番宏论了。霸王，军人以服从命令为天职。我是汉王的部下，他的命令我当然只能执行。

项羽：韩将军，这大概就是我们的不同了。我是发布命令的，你是执行命令的，但是，一年前你的汉王在荥阳城被我围困之际，你怎么就忘记执行他的命令呢？

韩信：……

项羽：仅此一点，你就不及自焚救主的纪信。现在你倒来劲了。韩将军真是个善于把握时机的人啊！你深知我行军疲惫，粮草短缺，桃子不摘自落，你轻而易举地就名利双收了！可这对于一个军人，是不是很不过瘾啊？

韩信：霸王，你最好不要逼我动手……

项羽：笑话！倘若我今天能死在你的枪下，倒要感谢你的成全了。毕竟，是你让我像个军人那样度过了生命最后的时光……来吧！

110　垓下·战场·外·日

项羽和韩信展开了厮杀……

几个回合之后，韩信抵挡不住，只能脱离了战场逃走……

汉军退却，楚军欢呼……

（暗场）

111　垓下·楚军营地·外·夜

宁静的月夜，似乎让人觉得这里已经远离了战场。楚军的将士，依然严阵以待，保持着警惕与肃穆……

项羽带着钟离昧巡营而来，将士们起身战立，行注目礼……

突然，一处营帐里传来了嘶哑的喊声：娘——

项羽驻脚，走了进去……

112　垓下·楚军营帐·内·夜

项羽走进了营帐……

刚才呼喊的是一个重病的小战士，他的眼睛已经缠着布巾，正躺在一个老兵的怀里，奄奄一息。

小战士还在呻吟着：娘……

老兵老泪纵横，哄着小战士：土根，你娘正给你做年糕呢……

小战士的脸上渐渐泛上少许的笑容，匝巴着几下嘴，头一歪，死去了。

项羽的眼睛也湿润了。

113　垓下·项羽大帐·内·夜

虞姬换上了一身崭新的白衣白裙，正在给油灯添油……

项羽慢慢走进了大帐。

项羽从后面将虞姬抱住：虞姬，你换上这身衣服，真是好看……

虞姬心事忡忡：霸王，韩信今天虽然一仗落败，但他不会一败再败，他会死死拖住你，直到你草尽粮绝，把你拖垮！

项羽：他妄想！区区三十万人马算不了什么！我会带着你，带着弟兄们突出重围的！

虞姬：这四面都是汉军，你真的以为，你还能突得出去吗？

项羽：那就来一场真正的决战吧！

虞姬：没有什么决战了。即使你今天杀了这个刘邦，明天还会有另一个刘邦要做皇帝；即使你自己做了皇帝，你又如何能够保证，你和刘邦毫无二样呢？

项羽：如此看来，这又是宿命了……

突然，外面渐渐传来了楚歌的声音……

虞姬：霸王，你听？

项羽：楚歌？

虞姬：是楚歌……

114　舞台·内·夜

楚歌声激荡开来……

项羽：四面楚歌？

虞姬：四面楚歌……

项羽：四面楚歌！

虞姬：难道汉军已经略地拔城？

项羽：不，这是张良的雕虫小技，企图扰乱我的军心。其实，他错了！我分明从这悲怆的楚歌旋律中听出了另一种声音——那是汉军对我的敬重！虞姬，你听，这四面的楚歌，像大海的潮汐，由远而近。这是真正的楚歌，其声悲壮悠扬，仿佛九天而落。这凄美的歌声寄托着我们楚人最朴素的理想，那就是人间的正义与和平。

虞姬：将军！我曾经对你说过，你的悲剧就在于你是一个常胜将军，但我今天决不希望你失败！我不希望你败在韩信这种人手里——这种人不配做你的对手！你也决不能投降！如果你是我心爱的男人，你就答应我——突出去！

项羽：我答应你，虞！

虞姬斟酒，跪递给项羽：将军，请饮此杯！

项羽：虞……

虞姬取下了项羽的佩剑，开始了表演……

京剧“夜深沉”的旋律中渐起……

虞姬：（唱）劝君王饮酒听虞歌，
解君忧闷舞婆娑。
嬴秦无道把江山破，
英雄四路起干戈。
自古常言不欺我，
胜负只是一刹那。
宽心饮酒宝帐坐……

一曲未终，虞姬突然刎颈自尽！

115　垓下·项羽大帐·内·夜

虞姬突然自刎，项羽的酒杯落在了地上。

项羽：虞！

虞姬慢慢倒下……

项羽把虞姬搂在了怀里，悲痛地：虞！

虞姬说出最后一句话：大王，恕臣妾先行一步了……

项羽：虞！

油灯在风中抖动着……

116 舞台·内·夜

项羽紧抱虞姬造型。一束追光照射在他们身上。

项羽悲号：虞——

项羽：虞姬在楚歌声中刎颈而去了。她的血很暖，喷射到我的脸上，与我的泪水融成了一体。几年前，我们在乌江之滨相见时，她听到的只是楚歌的前奏，而今，她已经成了楚歌的一部分……我很悲痛，但更多的是为此生拥有这样一个女人而自豪。我慢慢地将虞姬的身体放倒，小心地割下了她的首级，用撕下的战旗将她包裹，背在了自己的肩头……

项羽拔出剑，站立在高坡：弟兄们，让我们唱着楚歌上路吧！

楚歌声大作……

一道光束里，项羽挥剑的英姿如同一尊雕塑。

（暗场）

尾声

117 乌江·外·黎明

乌骓马的四蹄踏着江水急驰而来……

项羽浑身溅满了血迹，他肩上背着虞姬的头颅，来到了他久别的乌江——当年，他和虞姬就是在此相会的。

此刻正是黎明时分，江面迷雾重重……

项羽的眼前，再次闪现出第一次见到虞姬的情形……

项羽：虞，我们到家了……

突然，江面上的雾气散开了，接着，我们看见一只帆船正顺风而来。那船还是当年停泊在乌江边上的那艘船，摇橹的也还是那位老梢公。

船近岸……

梢公：霸王，您回家了？

项羽：老人家，我……回来了……

梢公：那，快上船吧，家乡的父老乡亲们，都在等着您回去呢！

项羽：老人家，我不打算过江了……

梢公惊讶地：霸王啊！江东虽小，可仍有千里江山和数十万人马，你完全可以重整旗鼓，东山再起啊！

项羽：可我从来就是一个不爱江山的男人啊！

梢公：霸王，事关重大，你千万不可意气用事！韩信的兵马很快就会赶来……

项羽：老人家，您已经尽到了你的责任，请你用这一叶扁舟，送我的乌骓过江吧！

说着，他把乌骓马牵上了船……

乌骓马回头，似乎不肯离去……

118 舞台·内·夜

舞台上显得十分空荡，只剩下了项羽。

项羽：现在，这里只剩下我一个人了……我一剑在手，茫然四顾……想我项羽，从二十三岁起事，大小战役经历了七十六次，还是没有遇见一个真正的对手……

这时，虞姬的头颅在说话：其实，有一个对手一直在追随着你，与你形影不离……

项羽顿时大悟：虞，我明白了……这个对手就是我自己！现在，是到了我跟这个对手决一死战的时刻了……

项羽举起了手中的剑……

119 乌江·外·黎明

不同角度的项羽拔剑……

项羽毅然自刎……

这时，韩信带着人马已经赶到，他目击到这个情形，不禁震动……

项羽回首看了韩信一眼，微笑着，倒下……

不同角度的倒下……

韩信等人摘下了头盔，对项羽的自裁表示最大的敬重。

江心，站立在船上的乌骓马仰颈发出一声长嘶，毅然跳到了江里，为主人殉情而去！

江水冲击着项羽和虞姬的头颅……

120　舞台·剧场·内·夜

项羽的斗篷再次翻转过来，成为黑色……

舞台上的项羽在对着观众独白：太史公司马迁并不真正懂得我，倒是一千多年之后，一位杰出的女词人洞穿了我的灵魂——“生当做人杰，死亦为鬼雄”！我和虞姬的血一起洒在了乌江边上，江水竟然没有把它冲刷干净，每年的春天，这块土地上都会开出一片灿烂的红花……

天幕上，一片灿烂怒放的虞美人……

项羽：人们亲切地叫她——虞美人……

观众鼓掌、起立……

观众席中，导演和瑞秋也在鼓掌……

舞台上，全体演员在谢幕，接受鲜花……

121　国家大剧院·门前·外·夜

观众散场，鱼贯而出……

导演和瑞秋挽着手，走在人群之中……

122　长安街·外·夜

灯火通明的长安街，车水马龙。

刚刚散场的观众正走向自己的汽车，或者走上公交车。

导演和瑞秋也上了自己的吉普车，导演正打算上车时，忽然站住了，看着前方——

广阔的长安街上，从天安门方向，一匹黑马正奔驰在两边的车流之中……

那就是乌骓马，它的雄姿还是那样的美丽而飘逸……

导演深情地注视着乌骓马……

当他们相会时，乌骓马还回头看了导演一眼……

导演情不自禁地转过身，但是，乌骓马的身影已经消失了。

导演坐上了车。

瑞秋：你刚才看什么呢?

导演浅笑了一下，没有回答。但他的心声在说：我在看一个两千年前的幽灵，但是，他就行走在今天的街上……

导演发动汽车，车开走……

镜头渐渐升起，展现出长安街的全景……

片尾曲中，字幕由下而上。

2008 年 9 月初稿，12 月改定于北京

附　录：

电影《重瞳——霸王自叙》的编导阐述

这部电影改编自我的中篇小说《重瞳——霸王自叙》。小说发表于《花城》杂志2000年第一期，至今仍还有人在谈论着。几年后我又把它改编成了话剧，话剧有两个本子，一是文学本《重瞳——霸王自叙》，发表于《江南》杂志2005年第一期；另一个是演出本，发表于《剧本》月刊2008年第五期——去年三月，该剧由中国国家话剧院在京首演，取得很大成功。但剧名已经被人改成了《霸王歌行》。后来，这个戏又代表中国，赴韩国、埃及参加了国际戏剧节，据说影响也不错。其实“重瞳”是一个很好的名字，它有意味，暗示着另种眼光或者新的视角，去看待两千多年前的项羽。这个故事是老的，新的是另一种可能的解释。

第一，它没有颠覆司马迁等史家提供的历史事实，一些大的事件，如“破釜沉舟”、“鸿门宴”、“楚河汉界”、“四面楚歌”、“霸王别姬”、“乌江自刎”等，全部都在；但它确实寻求到了一种新的解读与阐释，从而重新塑造了一个全新的项羽形象。

第二，无论是小说，还是后来的话剧，以及未来的电影，都一律采取了“第一人称”的叙述方式，也即“霸王自叙”。这是一部项羽的自述史，它似乎是以项羽亡灵的视角来俯视今天的世界，检讨自己的人生，思考战争与和平、江山与美人、权力和人性这些命题。这个视角，或者这种选择，正好契合了克罗齐所说的“一切历史都是当代史”的著名论断。

第三，现在的电影文学剧本，以一部关于项羽的话剧的诞生历程作为结构线索，同时以话剧演出和电影交融的方式进行表达，这个形式感是我感兴趣的。电影展现的是故事和气氛，而话剧承担的是电影中的人物内心和情绪。话剧主要是哈姆雷特式的独白，也就是说，电影里项羽的内心，以话剧的方式打开。这应该是我愿意做这样一部电影的最大理由。

既然是把话剧和电影做到一个文本里，那么，处理的手法自然也有鲜明的区别。比如，在未来的拍摄阶段，电影部分的基调是历史的、写实的，朴素的，凝重的；而话剧部分则是现代的、舞台的、写意的、抽象的。二者之间存在着一种看似不和谐的呼应。在这部电影里，一个演员实际上是在完成两个角色，其表演方式也自然不同。另外，我会考虑全片的音乐采用京剧交响的编配，梅派那段经典唱腔作为插曲。剧本里还有一个视角，即导演和女记者瑞秋的视角，他们是当代人的视角，也算得上中西方的视角，插在其中，意在强调一种现代眼光对于历史的观照。

除此之外，选择这个题材，还因为它具有国际性。一些美国、日本的朋友曾经告诉我，项羽的故事，他们国家的人大致是知道一些的。就像我们知道“特洛伊木马”。这个基础不可忽视，失去了它就意味失去了比较。

这几年，我的主要精力都花在电视剧上，作为编剧和导演，一气拍下了所谓的“谍战三部曲”。其实我是在为电影热身。这个阶段基本上算是过去了。从明年开始，我将投入到电影创作上来，拍几部自己想拍的电影。这个电影剧本初稿完成之后，便有几家著名的影视机构与我接触，洽谈合作。也有人提出，是否一定要这么写？这么拍？我的回答是一定。和以前写小说一样，我对形式总有一种固执的痴迷。形式不仅是载体，形式也是内容的一个部分，如果失去了这个形式，我的创作欲望便会丧失。同时我还相信，这么写，这么拍，不会影响到观众的观看心理，也许他们是喜欢的，是可以接受的。但站在投资人立场上，他们更加关心的是票房，尽管大家都愿意做成一部叫好又叫座的电影。

既然涉及到市场票房，自然将不可避免地要启用明星的影响力。据他们初步测算，这个戏的制作经费应该不低于一亿人民币。那么，按照目前国内的电影市场，则需要接近三亿的票房保证，才会持平。至于国际市场，那是另一回事了。在今年的上海电影节上，我接触到几位海外的电影发行人，他们看过这个剧本后，倒是给予了我应有的鼓励和信心，都表示“看好”。但他们的“看好”能否影响到投资方的决心，我就无从知晓了。现在《作家》杂志决定发表这个剧本，写下这段话，除了对剧本作出一点阐述，也表达我对这本伴随我全部创作过程的期刊的一份感谢。

2009年12月8日　北京寓所

潘军文集

第陆卷

中篇小说·长篇小说卷

文化艺术出版社
Culture and Art Publishing House

在北京寓所（2006年10月）

| 和外婆、父母在一起（2000年夏，合肥）

去乌镇领取“百花奖”（2003年11月）

在北京（2004年秋）

与西川等参加中俄作家对话会（2005年2月，哈尔滨）

与女儿在北京寓所（2005年冬）

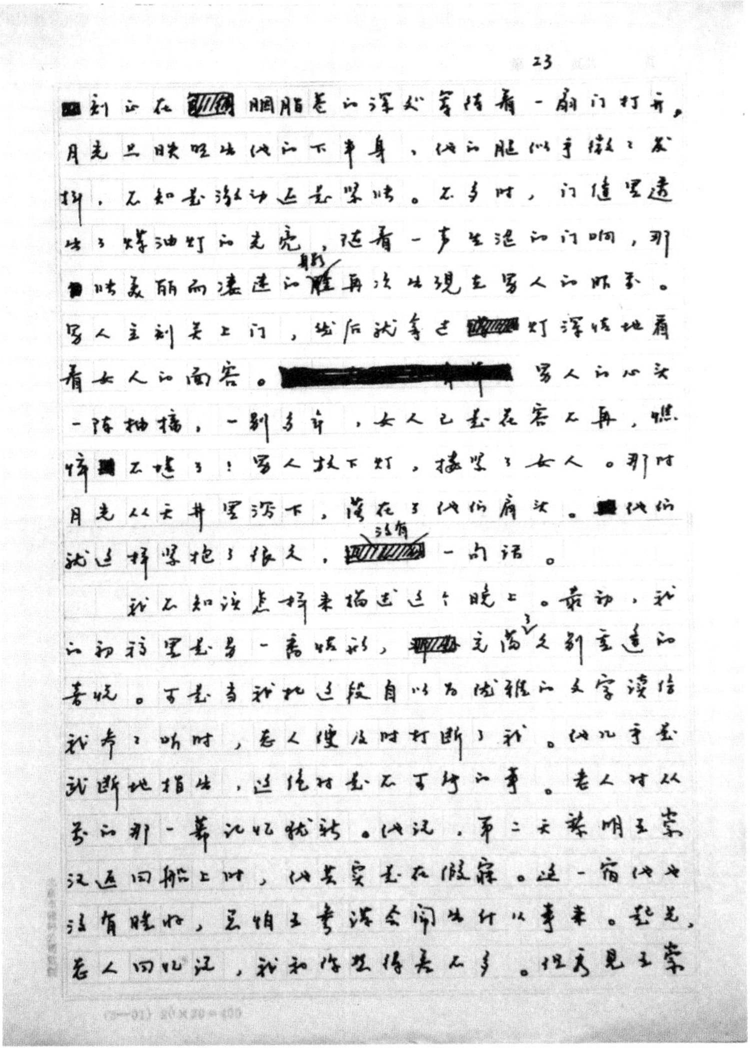

23

[redacted]刻的在胭脂巷的深处等待着一扇门打开，月光只映照出他的下半身，他的腿似乎微微发抖，不知是激动还是紧张。不多时，门缝里透出了煤油灯的光亮，随着一声尖涩的门响，那[redacted]时美丽而遥远的脸庞再次出现在男人的眼前。男人立刻关上门，然后就拿起灯深情地看看女人的面容。[redacted]男人的心头一阵抽搐，一别多年，女人已是花容不再，憔悴[redacted]不堪了！男人放下灯，搂紧了女人。那时月光从天井里泻下，落在了他们肩头。[redacted]他们就这样紧抱了很久，没有一句话。

我不知该怎样来描述这个晚上。最初，我的初衷里是另一番情形，充满了久别重逢的喜悦。可是当我把这段自以为优雅的文字读给我爷爷听时，老人便及时打断了我。他几乎是武断地指出，这绝对是不可能的事。老人对从前的那一幕记忆犹新。他说，第二天黎明王荣汉返回船上时，他其实是在假寐。这一宿他也没有睡好，总怕王秀清会闹出什么事来。当然，老人回忆说，我和你想得是太多了。但我见王荣

| 手稿

《重瞳》不同版本书影

《死刑报告》两岸版本书影，封面为作者设计

《潘军文集》第六卷
目　录

中篇小说

重瞳——霸王自叙 …… 3

附录：

关于《重瞳》的一些话 …… 44

合同婚姻 …… 48

犯罪嫌疑人 …… 91

戊戌年纪事 …… 134

附录：

关于《戊戌年纪事》的几句话 …… 167

长篇小说

死刑报告 …… 173

附录：

《死刑报告》初版后记 …… 378

关于《死刑报告》——答《北京晚报》问 …… 380

潘军文集

第陆卷

中篇小说

重瞳

——霸王自叙

1

我要讲的自然是我的故事。我叫项羽。这名字怎么看都像个诗人，其实我自己早就觉得是个诗人了，但没有人相信。而民间流传的那首“力拔山兮”又不是我的作品——我不喜欢这种浮夸雕琢的文字。我的诗倒是真有不少，可我却没有把它们刻到竹简上。我觉得最好的诗还是保留在头脑里好，也比较安全。文字是个奇怪的东西，有时候它可以把人事固定下来，这大概就成了你们所说的历史吧？于是你们就根据这些文字去揣摩从前发生的那些事儿，但你们至少是忽略了一个问题——写历史的人又是如何知道“从前”的？而且据我所知，这个国家一般主张后人撰前史，就是说，对当时发生的事是不允许做记录的，就是你记下了也不算数。这很有趣，好像后人总是高明一些。有一种较为普遍的说法是，拉开一段距离才能看清楚。这让我困惑，当时看不清的难道“拉开距离”就看清楚了？不过，我又很理解。当时的人——我指的是那些所谓的“历史人物”，总爱把自己描绘得很漂亮，所以不那么可信。这一点，嬴政那家伙是个高手。他之所以要把那些书以及写书的人全搞掉，就是想把“从前”一笔勾销，一切从他开始，这未免也太天真了。关于历史，我说不出更多的话语，但我一直在思索着。有一天清晨，我在乌江边上吹箫，碰见一个孩童，我就随便地问他：你懂历史吗？历史是个什么东西？那孩子认真地看了看我，突然说了句让我惊讶的话，他说：当人坏了历史就开始了；当人变好了，历史就结束了。这孩子说完就在我身后消失了。我还愣在那里，觉得这件事很奇怪。我想这孩子分明就是个奇人，让我想起张子房曾吹嘘过的那位黄石公。我承认这大千世界确有奇人。但我不是奇人。我不是像你们印象里的那个“力能扛鼎”的大力士，我的身高也没有八尺，非但不是，我自觉修长而挺拔的身材还散发着几分文气。我知道民间关于我的传闻，比较正宗的源头还是西汉那个叫司马迁的太史公。他写了我的本纪，慷慨给我以帝王君主的地位，把我写得挺好，至少写得比后来真的帝王刘沛公好。我想这或许与太史公当时的境遇有关，这个人不过是为李陵说了几句好话，就无端地让武帝给废了。但他仍然是个男人，他大概把自己作为男人的种种理想一揽子寄托到了我的身上。这让我同情，也让我多少有些尊重。所以我还是要感谢他——不是因为他视我为帝王。那年我到咸阳后，要称帝比写一首诗还容易，我想这大概不是海口狂言吧？我要感谢太史公，是觉得他把我的故事大致说得不错，但那还是一鳞半爪，而且许多地方不是那么回事。这就是我今天要出来说几句的原因。我没有别的意思，反正我已死过了两千多年，问题是有些事只有我自己知道，我要不说，就会越传越邪乎，以致我到现在莫名其妙地成了戏台上的一个架子花脸。这让我沮丧，我极不喜欢那个怪异的脸谱。他让我想到神魔，而我是人，是个有诗人气质的男人，是出色的军人。我死的时候也不过31岁，用你们今天的话说，我完全称得上是朝气蓬勃。

有一个叫周生的人曾告诉太史公，说从前的虞舜是目生重瞳，而我也是。太史公用了个“盖”字来表示对这说法谨慎的怀疑，但这恰恰又是真的。我想我的故事还是从我这重瞳子说起吧。

我也是很迟才知道自己生有重瞳的。那是公元前210年春天的一天清晨，我和叔父项梁从吴中来到这乌江边上度假。像往常一样我三更即起，然后就在院子里开始舞剑。我不喜欢我这把剑。我一直向往得到的是从前楚王散失在民间的那对青锋鸳鸯剑。这闻名天下的兵器出自干将莫邪之手，三年铸成。据说这剑带给人的不仅是胆略，还有灵气。我渴望它已经很多年了。然而这个早上我还不知道这剑对于后来的我具有更为深重的意味。做完这件事，我就去乌江边上吹箫了。我觉得这个时候吹箫很舒服。箫这乐器天生就是吹给自己听的，不能让别人欣赏。我不信乐谱，吹的大概要算自度曲吧，但它又严格遵守了我们楚歌的韵律。

我们楚歌的韵律是十分丰富的，从不受五音的约束。它的魅力不在于气势辉煌而在于本质上的悲怆。我每次的吹奏感觉又都不一样。那正是我短暂的一生中最早的忧郁时光，我思念着很久以前死去的祖父。关于这一点，太史公说的不对，甚至非常错误。我祖父项燕并非死于秦将王翦枪下，他是饮剑自尽的。虽说都是一个死，但之于军人，自裁无疑是光荣的。这个细节我之所以喋喋不休，是因为太重要了。它不仅仅是关乎我项家的荣誉名声，更要紧的是它预示着宿命。很多年后，某种意义上讲我的归宿实际上也是对我祖父的一次公开模仿。那一刻我想，一个人的血液是没有办法改变的，我们项家祖祖辈辈为楚将，死不足惜，但的确要考虑怎么个死法。或者说，要选择死亡的方式。像后来我叔叔项梁那么个死就太窝囊了，人家喊了他几天的武信君他就牛皮哄哄，整天价地喝酒，结果让章邯十分轻松地就把他给砍了。这也是我后来不杀章邯的真实原因所在，据说他让我叔叔与他比划了几下，还了他个大致的军人本色。而章邯本人却当了我的俘虏。

我祖父的死对我打击很大。他是个没有野心的人，却又不甘寂寞，好像不打仗就活不了。那年王翦掳了楚王，他又扶昌平君为王，接着干。最后在一个雨夜，老人让手下把他的头颅和一箱兵书交给了我这个做孙子的。这让我很为难，也很困惑，我知道祖父这个举动暗示着什么，尽管那时我不过是个孩子，但我实在对驰骋沙场马革裹尸兴趣不大。我想那时我内心还是非常虚弱的，某种意义上，我对嬴政那家伙还很含糊。他荡平了六国，一统江山，成了中国第一个皇帝，我不可能不含糊。直到这一天，事情才起了变化。

这天早晨我忽然觉得眼睛变得特别的明亮。我站在乌江边上，好像目光把江水给劈开了，一眼就能望见底。这无疑是个奇迹，我就捧了一捧水来照自己，然后便看见了我的每只眼睛里居然有两个瞳孔！而且它们正朝一块叠呢。越叠就越发地清晰。我有些不知所措，就好好洗了把脸，想让自己清醒一下。我一边犯嘀咕一边沿着江岸往东走，还是觉得这事太像个梦。这时，我看见了江心的位置上沉有一支画戟，很漂亮，但是我没有下水去把那东西捞上来。或许那时我已预感到，要想得到那支画戟，接踵而至的便是无边的麻烦。这是我所不愿意的。后来我走到一个坡上，坐下来，想借吹箫来把刚才那点奇怪忘掉，我不太喜欢这种神神道道的东西，虽然发生在我身上的这件事是真实的，但我也还是不喜欢。我就开始吹了。当时我背靠着乌江，面向北，吹起的箫声听起来的确有几分悲凉。我不知道这算不算亡国之声，但在这浑厚凄切的箫声中，我又一次地看见了我祖父项燕的背影。这样我自然就有些伤感了，想我们项家曾几何时那么风云叱咤，如今隐姓埋名地活在这吴中，与一些鸡贼狗屠打得火热，很没面子。我叔叔项梁还自我感觉良好地与那些人谈兵法，似乎随时要东山再起。但他的起与他父亲的起完全不同，他要的是那个贵族派儿，要万人拥戴的威风。这大概就是我这个侄儿最轻视他的地方了。说实话，凭我的能力要是诚心帮他，将来打出个地盘封个王侯什么的也并非难事。问题是这会送他的命的。他这种人捉起来是条虫子，放了就变成了龙，要不当年曹无咎好不容易把他从栎阳大狱里弄出来，怎么立刻就去寻仇呢？为这事我们还大吵了一顿，我说过去的事算了，别再追究了。他不听，还是把那人杀了。杀了就跑，就这副德性。所以我不愿意把刚才江底的那支画戟捞起来。我倒觉得一辈子就这么吹吹箫也挺好。

我的眼睛又出神了。怎么视野里的北方渐渐变成了绿色？而且这绿还越来越浓，像一块绿云似的朝这边汹涌而来。它当然十分遥远，我捉摸着那大约是几千里之外。难道是北方的草原？难道我这两个瞳孔重叠起来就成了千里眼？这可是连我都不敢相信的呀！然而我看见的就是一望无际的绿色。我很喜欢这颜色，据说它代表着生命的久远，我倒觉得更象征着生命的质量。我虽困惑不已，但心情十分的好。这种情绪真是离我很久了。于是，我就在沉浸着这无限的绿色向往之中重新吹奏，我觉得我这把箫传出的声音也同样非常遥远。那时我还不知道这是个刻骨铭心的早晨，它发生的一切对我都是意味深长。

我刚吹完一曲，我叔叔项梁就匆匆跑来，看看四下无人便诡秘地对我说：你知道吗？今天嬴政从浙江那边过来了！

我就随口问道：你想干什么？是不是想学张子房搞出个博浪沙第二？

项梁突然变得有些害羞，说哪里哪里，我不过是想带你去见见世面。

他这个样子让我很不舒服，远没有在栎阳杀人那阵子神气。不过我还是有兴致，也就想去看看这个秦始皇帝是何等的人物。于是，我们叔侄俩连早饭也来不及吃就骑马往会稽城赶去了。这是公元前 210 年的春天，吴中的气候很不错，晨风带着朝露迎面吹过来，惬意得很。我们是抄一条年久失修的旧官道赶往会稽的，一路上项梁对我数落嬴政，说那小子心狠残暴，十恶不赦。我就开玩笑说，你敢对他动手吗？项梁长叹一声，说：我已是烈士暮年，雄心不再。我还是调侃道：那你干吗还成天舞枪弄棒的？项梁不禁苦笑道：我项梁毕竟还是将门之后嘛！后来他就不再说了，神情也变得沮丧起来。

我对始皇帝嬴政最大的不满倒不是他的残暴而是他的虚伪下流。这么大的疆土把它统一起来，不杀人是办不到的。但是在他完成了他的使命之后，再这么干就不可理喻了。你把那些儒生也杀了实在是毫无道理可言。而且更卑鄙的是说他们企图谋反，他们这些手无寸铁的书生能反什么？拿什么反？倒是他大公子扶苏是个明白人，劝他父亲别这么乱来。嬴政说，你小毛孩子懂什么？这可不是一般的事，是他娘的政治你懂吗？嬴政就是这么个货色，虽说当了始皇帝，可骨子里仍是个下流坯。从这个角度看，民间私下传的他是吕不韦的种便不太可信。吕老头还是个学富五车之人，不会弄出这么个玩意儿。还有一件事叫我愤怒，就是那年他去湘水，不去朝拜湘君祠也就算了，反倒一把火把整个湘山给烧了。那感觉就是把湘夫人削发为尼了。他倒是振振有词地说，不就是尧的闺女舜的婆姨吗？女流之辈还称什么神呢？这不是流氓是什么？可是现在，他又装模作样地来会稽城祭祀大禹庙了。

虽是快马加鞭，我们还是晚了一步。我们到的时候已近黄昏，去禹王庙的路上全被人堵住了。这倒诱发了我的好奇心，而我叔叔则更为强烈，就埋怨这消息如何走得这么快。看来这人一当上皇帝就是他妈的不一样了，似乎连放屁也觉得是香的。我就看了看项梁，又替他惋惜了一阵，心想你这辈子就别做这个梦了。我们站在一个坡上，项梁便说这个位置看不清楚，就想往人堆里扎。我拉住他，说：就这吧，不就是看一眼吗？我当然没说我今天眼睛发生的奇迹。这时猛听见一阵锣声，有人高叫道：皇帝出巡，天下归心，今日祭奠禹王，明朝五谷丰登。听起来不伦不类。百姓们全都跪下了，又都翘首以待，一睹皇帝风采。项梁急不可待地搓着手，还真像个刺客，嘴里的口水都流到了下巴。这形象让我讨厌，就用胳膊肘碰了他一下。他却说：别动，皇帝就要出来了！

正说着，我看见从大庙正门里走出一个瘦弱而略显佝偻的形象，面色苍白，额头上尽是虚汗，他的须髯也夹杂着枯黄，这就是那个独断专横不可一世的嬴政？真难以置信！就在我踌躇中，我看见始皇帝打了个喷嚏，居然还把裤带给挣断了，内裤像肠子一样淌到了脚下。我忍不住地笑了起来，这和我18岁那年在茅房里几乎一模一样，区别是，我一个喷嚏挣断的是牛皮带而不是黄绫带罢了。于是，我就低声对叔叔说：你信吗？我可以取而代之。其实我不过是开个玩笑而已，谁料却把项梁给吓坏了，他竟把我的嘴捂住，厉声说：小子，这可是要满门抄斩的呀！我推开他那只粗糙的大手，然后就扬长而去了。那时我想，这一趟跑得太他妈的冤枉，早知这样，我还不如在江边安静地吹我的箫，看天边那片奇异的绿颜色奔我而来。那才是我该期待的悬念。

2

自从在会稽见过始皇帝一面，我叔叔项梁就想教我兵法。在他看来，那次我口出狂言却是表明了我的远大志向。他当然不知道这不过是我的信口开河。其实项梁要教的都是我祖父传给我那一箱兵书里的东西。那些书我早偷偷看够了，可以说是倒背如流。所以现在项梁来讲说，我就打不起精神。于是他就怪我没出息，只晓得像个食客那样成天摆弄一根箫。我呢，又不想去伤他的自尊心，反正就是心不在焉地听着吧。谁叫他是我叔叔呢？这一点，当然太史公不会知道的。在他那里，我俨然是个有勇无谋做事缺乏恒心的人。这就错了。我这个人的确不信邪，但我崇拜真有学问的人。譬如说，我就很尊敬孙武。我觉得他的兵法是独一无二的宝贝，真能读通它的人却不多。其中就有我这个叔叔项梁。

那些日子我格外怀念我的祖父项燕，如果他老人家健在，我想我会成为他消灭秦王朝的得力助手。现在我对嬴政的畏惧随着他那个不合时宜的喷嚏完全消除了。我的直觉告诉我，此人不是我的对手。这个时候我就觉得从前的楚南公那句话显现出了如雷贯耳的力量，那老人说：哪怕日后楚国只剩下两三户，但灭亡大秦的还是我们楚人。所以亡秦是我们楚人的使命。现在看来，就是我项羽的使命了。其实依我目测，嬴政这个皇帝气数已尽了。我甚至都敢断言，这个人没准儿在巡视的路上就会一命呜呼。他的气色已经是死亡的气色，他那个喷嚏某种意义上就是回光返照，那是他最后的一点力气。可我并不希望他就这么死掉，我希望他将来死在我的剑下。但是有一点一直困扰着我。假如我们消灭了暴秦，天下姓了楚，那又怎么样呢？这困扰总让我想到雨天里冒雨奔命的人，他们就知道一个劲地往前跑，从来也没想过前面也一样是雨，等他跑累了，差不多也该淋成落汤鸡了。也许我这么想有些消极虚无，但事情本来面目就是如此。谁能保证楚家的天下就是太平盛世呢？我担忧的就是这个。这也是我后来同意把楚王孙心寻回来的原因。我项家的使命是辅佐天下，而非坐天下。我尽了职责，却也在逃避更大的职责。所以太史公把我列入“本纪”，我个人是有点看法的，觉得不妥。我在生之时连做真的帝王都放弃了，死后却来了这么一个“相当于”，多无聊！

我对所谓的江山与生俱来就没有兴趣。我忘不掉的是北方的那片绿色。这绿色现在越来越浓了，我在观察它九个早晨之后，我发现有一个黑点在绿的背景中跳跃。但我还不知道是何物，相信它是个生命，我的好奇心与日俱增。第十天，也就是今天早晨，我终于看清了那是匹马，直奔我而来。我一望就明白这是匹日行千里的好马，威风凛凛，气宇轩昂。它那漂亮的行姿竟使我忘记了吹箫！现在，它已逼近了我，它的鬃毛在阳光下熠熠生辉，像飘舞的旗帜。我就下意识地站了起来。谁知这一站却把它给惊吓了，它长嘶一声扬起前蹄，把一个白色的东西掀到了空中，就像一片白云自九霄而落。我大吼一声——吁！那马儿便像听见军中号令似的刹住了脚，与此同时我已向前大跨了一步，接住了那片白云，这时我才看清我托在手里的是个姑娘。这倒是让我始料不及。

姑娘很美，可是因为连日的长途跋涉，脸上略显出疲倦，她好一会儿才睁开眼，见了我自然有些害羞，就问：这是何地？我就说楚地。她突然变得有些感伤，说：我总算是到家了。姑娘说她离开楚地已有好些年，对这块土地都觉得陌生了。那会儿为了躲避战祸，她被家人送到了辽西郡那一带去放羊。我问父亲什么时候才能把我接回来？姑娘说，父亲就一下沉默了。好长一会儿才说，等你听见楚歌的旋律那一天吧！我就等了一年又一年，直到十多天前……

姑娘的叙述让我听了很不是滋味。我想她至今大概还蒙在鼓里，以为我们楚人的奇耻已雪。我不知该怎样对她解释，可对着这样一双明眸说瞎话又不是我项羽的专长。我就说，你听见的还只是个前奏。她一下就明白了其意，默默点着头，然后又用宽容的眼光看着我，说：即使是前奏，那也是我们楚歌的前奏啊！楚歌若再不吹响，恐怕就失传了。这简洁的表白给我带来的鞭策却是异常巨大的，我从这姑娘眼中获取了男人最引以为自豪的东西，那就是信任。这一刻，我感觉自己像是爱上了她，可我毕竟还没有恋爱的体验与经历，还是显得有些局促。于是我就问她，你叫什么名字？姑娘说：你不是已经知道了吗？我正困惑，姑娘又说：你刚才不是喊了“虞”吗？我就叫虞。

我和这个叫虞的姑娘就这么认识了。这是我生命中的第一个女人，也是最后一个女人。反过来对她也一样。所以说我们是很幸福的。这并非我不好色，而是我从虞身上得到了女人的全部。她带给我的是一般女人所不能给予的，那就是一个男人的自信与尊严。关于虞的故事，太史公着墨吝啬，一笔匆匆带过。倒是几千年后戏台上出现了一些以她为中心的戏文，特别是经过一位叫梅兰芳的先生精彩表演，使虞的形象家喻户晓。但那个戏本身不得要领，演到最后倒像在挑拨我们夫妻关系似的。舞台上，虞趁我一不留神拔剑自刎，以此表示她对我的绝望。而真实的情况是，虞是在我的注视下从容自若地死去的，这个我后面再谈。

我和虞的相识就这么简单，但意义却是非同寻常。我不是夸耀这种不可思议的传奇性，我要说的是，她这一出现便结束了我内心长达八载的矛盾。那时我就觉得对自己的使命已是别无选择，我必须振作起来，去找我的敌人嬴政。我岂能让楚歌永远“前奏”下去？当天晚上，我就潜入了乌江，把那支漂亮的画戟打捞了上来。这真是天下独一无二的好兵器！它的造型在清冷的月光下是那样的漂亮，锋利而灵便，手感舒服，它使我再次向往传说中的那对青锋鸳鸯剑了。然后，我去找了我叔叔项梁。我对他说，我们该干了！那时候项梁正在喝酒，听我这一说，那双醉眼顿时就亮了，接着又暗淡了下去，就问：你说我想做张子房，那么现在你不是想当荆轲吗？我说，不，你误解了我，我不是想去当刺客，我也压根儿看不起刺客这类角色。我是想公开亮出旗号，招兵买马，向嬴政宣战！项梁就突然哈哈大笑起来，说：你这口气可比你爷爷大多了。宣战？你拿什么宣战？

然后他又说：我看你是让那个拾来的丫头搞昏脑子了吧？

我很生气，一把掀翻了他的桌子，说：你可以侮辱我，但我不许你侮辱我的女人。你记住了！说完我就走了，走到院子里，顺手一挥画戟，便把那棵海碗粗的槐树给拦腰斩断了。

因为这点不愉快，我和叔叔一个夏天都没有说话。到了这年夏天快结束的时候，我听到了一个既兴奋又沮丧的消息——始皇帝嬴政果然行至沙邱就暴终了！

3

时间不经意地就过去了一年。嬴政死后本应由太子扶苏继位，结果遗诏让赵高李斯给篡改了，这两个奸臣联手害死了扶苏以及良将蒙恬，把那个荒淫无耻的胡亥扶上了台。我尤其憎恶李斯，他本是嬴政最信任的重臣，明知赵高与胡亥图谋不轨，却因想保住自己的利益，置人生大义于不顾，与那两个家伙同流合污。这个貌似正人君子的李斯和赵高那老狗还有所不同，赵高坏在表面上，很容易识破；李斯却坏在骨头里。嬴政干了那些坏事，其中不少与这个李斯有关。著名的焚书坑儒就是他出的坏点子。几年后，他儿子李由落到我手里，却让我另眼相看了。那时我想，虽是父子，但骨血却不是一脉相承。李斯能有这么一个为国捐躯的儿子，也算祖上还残存了一点儿阴德了。不过他这个做爹的是真的很不让我喜欢。

秦二世一登基，我就看出秦王朝的末日将至。所以我就对我叔叔项梁说，我们要想兴邦雪耻，机不可失！可项梁还是那句话：还没到时候。我知道他的意思是期待着更好的时机，暂时不做出头的椽子。项梁就是这么个人，既不安分，却也不轻举妄动。

那些日子我的生活由于虞的出现发生了很大变化。我们可以说是朝夕相伴形影不离。每个清晨，我们还是去乌江边上，但我现在不再吹箫了，而是沿着江岸去遛她带来的那匹乌骓马。这无疑是匹千里良骥，我很喜欢。但我有一点遗憾，就是我第一次与它相见时，竟把它给惊吓住了。我想这乌骓缺乏胆量，将来拿它作战恐怕困难。虞对此也觉得奇怪，她经验里这匹马很勇敢，是不好驯服的，于是她就说：或许是它遇见了真正的主人了吧。虞还说，你身上有一股子霸气冲撞了它，我想我们都是让这股子霸气征服了。很奇怪，从前我极不喜欢这个“霸”，现在忽然觉得这个字眼很迷人，我就告诉虞，有朝一日我要称王，就叫自己做霸王。虞似乎有些困惑，就问：你不是说你以后不想称王吗？我一下就沉默了，是的，这话是我项羽说的，我不想称王，我只想正正经经地做个好男人，做个优秀的军人。但是，将来天下打下来了，我不称王又该由谁来称王呢？尽管眼下一切都不成为现实，但对这个问题我还是深感忧虑。我希望将来能带着虞，骑着乌骓，浪迹四方，去过那种诗剑逍遥的生活。当然，这之前我必须完成苍天赋予我的使命，把暴秦给灭了。我想这件事应该不会拖得很久的。

这个早晨我又把箫吹响了。那时候我的女人正对着平静的水面梳妆，乌骓在距我们不远的地方吃草。这静谧而恬淡的画面令我感动。这大概是我有生之年短暂的美妙时光了。我情不自禁地站了起来，想从后面去拥抱虞。突然一阵风迎面刮了过来，天色也跟着阴沉了，似乎马上要下暴雨。这是个变化莫测的夏天。与此同时，我感到自己的视野越来越开阔，以至于连脑后的风景似乎都看得分明了。我知道，在此一刻我的重瞳又分开了。这已不再叫我吃惊。我吃惊的是另一件事，那是几百里外西北方的消息。我把箫交给虞，女人从我的脸上看出了不平静，欲言又止。然后我抄起画戟骑上乌骓就去找我叔叔了。

你知道吗？大泽那边起事了！

大泽？项梁显然还不知道大泽为何地，就从枕头下面找地图。

你别找了，我说，应该是在蕲县的西南。他们肯定是干起来了！

项梁这才发出疑问：你何以知道？

我看见的！

看见的？你能看见几百里之外？

他鄙视了我一眼，很不耐烦地走开了。我想这也不为过，我的重瞳大概也只有我自己知道，暂时还不会有人相信我。

但是第三天头上，我的预言被一个叫范增的老头证实了。这个从巢湖边上来的老者是一个看上去很沉稳的人，鹤发童颜，目光深邃。据说以前与我爷爷有过几次交往。他此番来吴中，就是通报大泽乡的情况的。那一伙戍边渔阳的人因连天大雨所困，于是就揭竿而起了，领头的叫陈胜，另一个叫吴广。他们动作很快，范增兴奋地介绍说，如今已占领了蕲县，号称是项老将军的队伍呢！

项梁一下就生气了，说：他们怎么能这么干呢？那口气就像是人家偷了他的宝贝。

范增说：天下百姓都知道胡亥不当立，当立的是扶苏，于是就自称是项燕的军队，势如破竹，为扶苏的冤屈鸣不平。

这时我就插了一句：这也只是暂时的幌子，我们要的结果是灭秦。

然而不管怎么说，项梁内心还是兴奋不已的。我想现在他所说的那个时机应该是到了。不多日，响应陈胜“张楚”的人多了起来。关于陈胜，我知道的情况很有限。某种意义上我们也算是老乡，我们祖先受封的项地，与他家乡阳城相距不远。据说他敢造反，客观上的原因是不能如期赶到渔阳，怕掉脑袋。而主观原因则是不信王侯将相会有种，对世袭分封表示拒绝。这当然很豪迈，但是也反映出他内心的虚弱与自卑。否则，他何以会把一块写有“陈胜王”的白绫塞进鱼腹？而且又唆使那个吴广夜晚装狐狸叫“大楚兴，陈胜王”，玩这种鸡鸣狗盗的小手段？这么做的目的岂不也是想俨然装扮成一个龙种？至于谎称我爷爷的旗号我就不说了。说实话，我看不起这个。这是个素质问题，所以陈胜一拿下蕲县，他就迫不及待地自称陈王了。这样的王能久吗？

几天后，我叔叔项梁接到会稽郡守殷通的传话，要他立即去城里一趟，说有要事面商。这可把项梁吓坏了，以为自己的谋反起兵之心为官方所觉察，便要我一道前往。他说：今天这事非同寻常，你得事事小心才是。然后又贴着我的耳朵说，若是情况不妙，听他的咳嗽为号。他只要一声咳嗽，我就必须把郡守杀了。后来的事也就是如此，到了衙门，项梁进去坐下不到一杯茶的工夫，就响亮地咳嗽起来。于是我就冲进去把那人的头砍了下来。可是从那死人的表情看，我觉得他不像是对我叔叔怀有什么恶意，再说室内也没有个埋伏，我就问是怎么回事？项梁支支吾吾，说：我刚才给茶水呛了喉咙。我很生气，质问他：那你为何不拦我一下？我这把剑下还从来没有过冤魂呢！项梁有些尴尬，拍着我的肩说：杀了就杀了吧。言毕，这项梁就整了整衣冠，一手提起还在滴血的郡守头，另一只手托着郡守的铜印，威风凛凛地走到外面，高声对那些兵士们说：弟兄们，我就是项燕将军的儿子项梁！今秉苍天之意，决心与东南的陈王联合抗秦，是江东的子弟随我来！于是大家都对他跪下了。那时我就站在他的身边，剑上滞留的血腥气使我的心情变得异常恶劣。我知道，我被这个做叔叔的玩了一把。也就是从这一天起，我被无边无际的梦魇缠上了身，时常半夜里惊醒，我甚至感到，我这血管里流着的已不是我们项家那种高贵的血液了。我为此沮丧不已。我记得从会稽城回来的那天晚上，我和虞又一次来到江边，我想用沙子好好洗洗手，我讨厌那洗不掉的血腥气！后来，我们都沉默了，月亮慢慢地在我们身后升起。

4

所谓的“张楚”在那年秋天还没有结束的时候就结束了。陈胜本人后来闹得众叛亲离，连他老丈人也拂袖而去，在一个雨夜被一个叫庄贾的车夫所害。这一点也不出乎我的意料之外，陈胜一介草民，一夜间被拥戴为王，那感觉就像马路上捡到了一大袋金子。他还能想到什么？蕲县拿下，在他看来江山就到手了大半，往后的日子里他除了享受就是多疑，动不动就大开杀戒，连一起滚稻草的弟兄都杀，能不垮吗？但是，如果没有这人的振臂一呼，天下抗秦的浪潮也一时掀不起来。

我们的队伍壮大得很快。到了秋天，已称得上是兵多将广了。各路好汉之所以投奔到我们项字旗下，凭借的还是我爷爷的德高望重。用你们今天的语言表达，就是这老人的号召力。这个事实既让我欣慰又让我感到压力。我们总不能躺在老人身上吃一辈子吧？另一件让我气恼的事是范增一手策划的，他固执地认为，陈胜之所以垮得那么快，是因为没有扶楚怀王的后人当王，这不得天下人心，于是他就建议项梁找来了怀王遗失在民间的一个孙子来称王。可这个孩子当时才13岁，在乡下替人放羊，我们把他寻来，他还以为要他的命了，吓得尿了裤子。我就把范老头拉到一旁，我说：这小子连男女的事都不懂，又如何担当得起兴邦灭秦的伟业？这简直就是儿戏嘛！范增说：将军，人生有时候就是一场戏呀！说完，他就对我诡秘地笑了笑，然后就去安排“楚王”的登基典礼了，忙得不亦乐乎。奇怪的是这个13岁的孩子也竟有龙威，居然就获得了许多人的拥戴。对此我实在是大惑不解。我不禁想起陈胜以前搞的那些名堂，看来事情还真不是我想的那么简单呢。这样的时候，我便想起另一个人来。此人就是后来与我相争天下的刘季。人们习惯叫他刘邦或者沛公。我记得那是我们到了鲁地薛城之后，一个阴晦的下午，从丰乡来了一伙人，为首的就是这个刘季。因为有张子房的引见，我叔叔项梁便热情接待了他们。最初，我叔叔对这个从前的亭长很不以为然，简短的谈话中哈欠连天。后来张良对他私下讲了一件事，那就是民间广为流传的“斩白蛇”，所谓赤帝之子斩杀了白帝之子。这完全就是无稽之谈，明摆着的瞎话。就像张良当年自我吹嘘的汜水桥头的故事那样子虚乌有。但是却让项梁迅速改变了看法，他不仅委以重任还居然冲动地让我们兄弟相称。没有办法，我们这支队伍就是这么鱼龙混杂，鸟兽同群。和他们混在一起，我感到极不舒服。问题是对付暴秦，光凭我个人的力量是不可能的，我还必须与他们和睦相处。其实从这一天起，我就对这个刘季产生了厌恶，甚至想把他干掉。这个人纯粹是个光吹牛不干实事的混子，貌似忠厚，实则野心勃勃，总想着一步登天。但我必须以我的方式来解决。

我这点心思大概只有一个人清楚，就是谋士范增。我们只是心照不宣罢了。因为这个，我改称这老人为亚父。在那个无边征战的岁月里，我无时无刻不感到寂寞，只有两个人能给我宽慰，除了亚父，另一个就是我的女人虞了。

现存的这些所谓的典籍里，对我最大的忽视，就是把我写成了一个对江山十分贪婪而对女人很随便的男人。这非常遗憾，我无法接受。民间至今倒是传颂着过去范蠡与西施的缱绻情怀。对此我深为诧异，我不明白为了江山拿一个女人去做交易有什么可值得歌颂的！范蠡这个奸诈小人干出如此勾当不就是为了讨勾践的好吗？有趣的是，最后又是夫差的那封箭书使他彻底动摇，于是就制造了个双双投河的假现场蒙混过关，隐姓埋名，卷了一大笔钱带着那个狐仙一般的女人躲到定陶做起买卖了。范蠡骨子里也就是个商贾之徒。既然如此，何苦读那些书呢？读书人有时候也确实是自己把自己给糟蹋了，这当然不是全部，从前我们楚国的那位屈大夫就是好样的，他不抱美人而是抱了块石头，唱着歌子跳进了汨罗江。我说过，我的确幻想着与虞将来去过那种诗剑逍遥的日子。我们同骑一匹乌骓马，琴心剑胆地浪迹天涯，这才是人生。所以那时我就每天祈祷，希望早一天进攻咸阳，这个心愿一了，我的好日子就降临了。我已经很久没有吹箫了，每日战罢回到大帐，我浑身就显得毫无力气，疲惫不堪，我的双手沾满了敌人的血，使我很不情愿去亲近我心爱的女人。我不能不为此感到苦恼。虞当然看出了我的心思，她说：什么时候不再流血，这天下就算是太平了。这恐怕很困难，我说：即使是我将来一统了江山，我也不能保证我从此不再杀人。于是，虞就对我谈起了草原。她说她在草原的那些年，每天和羊群在一起，天高地阔，草原无边无际，有时候就觉得这似乎就是和平的景象。但是，胡人一来骚扰，她的兴致就立刻败了。有时我很绝望，虞说，我真不敢相信这天下还有一块和平的地方可供我们安生。我就说：会有的，我会替你打出这么一个地方来。

我们不久就打到了雍邱，前来应战的是李斯的儿子李由。立马阵前，我突然从这位和我一般年轻的将军脸上看出了一种极为复杂的阴郁，以致我不忍下手了。我感到这个人今天与其说是来与我交战的，倒不如说是来送死的。我很快就意识到了什么，就勒住缰绳，对他说：你最好还是投降吧，你不是我的对手。李由说：我父亲是大秦的重臣，我是大秦的将军，你这么说是不是太狂妄了？我说：李由，你不提你那个父亲我倒没什么，你一提我可真生气了。你那老子活着的确是个祸害，他不比赵高那老狗好多少。像你老子那么不知羞耻地活着，我不知道还有什么滋味。我话音刚落，李由突然在马上哭了起来，他说：项羽，我今天就是来替我父亲死的。你大可不必手软！我李由求生无望，难道求死也无望吗？说着，他就策马朝我冲了过来。我开始躲闪了他两个回合，还在高喊着：李由，你投降吧！他根本不听，倒是越战越勇了，眼泪却一个劲地往下掉。说实话，那一刻我还真是心软了。我想我完全能猜出这个年轻将军的心思了，今天他就是前来赴死的，他需要像军人那样很光彩地死去，他想以这种方式既成全自己又挽回他父亲的人生败笔，他的选择无疑是对的。第三个回合，我便一戟将他挑下，血顿时就在我眼前像礼花一样开了。我立即下马，李由大概还剩下了半口气，我就蹲下去，把这个即将要死去的人一把揽在怀里，对他说：将军，你对得起秦国也对得起你父亲了，你走吧。李由的脸上慢慢显出了微笑，他用最后一点力气对我说道：谢谢你了，项将军。

李由的死对我的震动很大。他使我目击了一次男人的尊严，所以我将他的尸体清洗干净，白绫素裹送还给了秦人。但我不知道就是这个军人与军人之间的举动使老李家遭到了大祸。几日后，我听到消息，秦二世胡亥听信了赵高那老狗的谗言，认定了李氏父子叛变通敌，便把全家满门抄斩了！这让我惊讶不已，李斯该死，但不是这么个死法，这个习惯于察言观色见风使舵的人，丧失了做人的原则立场，干过不少坏事，如今这么个死倒让他平添了几分光荣。据说他在咸阳的大狱里还写了不少袒明心迹的美文，希望二世能免他一死呢。看来人对死的牵挂与生俱来，人对肉体的被消灭总是显得胆战心惊，人对死的恐惧远远大于对活着的检讨。也许他们本来就觉得活着属于天赐，是不需要检讨的。这是个问题。我已经死过了两千多年，我的阳寿不过31岁，但我觉得有些事还是需要说上它几句。我没有以正视听的意思，民间关于我的传说至今不衰，说明我至少还有值得一说的可能性。至于我的话是否可信，那是另一个问题。

5

雍邱一战，我们全胜告捷。本来按原定的计划应该一鼓作气地直逼咸阳。不料天降大雨，项梁的主力被困定陶，而我军也只能围着外黄不动了。这让我很是焦急，因为据说赵高已经把王离的军队从塞外调了回来，要与章邯部合并，这样一来，秦军的势力就壮大了，对我们将构成致命的威胁。于是在与亚父商量后，我派人给项梁送了封快信，建议他调整作战方案，集中兵力直取咸阳。但是，我的话没有奏效，反倒让他以为我好大喜功。他认为仅凭我们自己的人马是难以与章邯王离抗衡的，于是就派他的谋士宋义去说服齐国的田荣联合行动，同时又幼稚地认为，要等天晴之后才进攻，好像雨天不是打仗的日子而是喝酒的日子。我气坏了，也感到很苦恼，因为项梁现在不仅是我的叔叔还是我的上司，我必须听命于他。军人讲的就是一个服从，这是军人的光荣，却也是军人的悲哀。我很难相信这个自幼教我兵法的叔叔在几个胜仗之后怎么变得如此傲慢。连那个无能的谋士宋义都看出了他的危险，他本人却毫无觉察！我们只好等待着，大雨连天不歇，士兵们的斗志在松懈，而在定陶，此刻想必已是纸醉金迷了。我的重瞳在这一刻又重叠起来，远方的定陶上空飘荡着一块阴云。一种不祥的预感正在向我逼近，这是死亡的预感。

果然就在这天夜里，章邯冒雨偷袭了定陶。30万大军如洪水猛兽般地把楚军的大营掀了个底朝天。那时候我叔叔项梁还在梦中逍遥自在，他仿佛听到的呐喊声成为他那美梦的最佳伴奏，等他睁开眼，章邯的剑已把他的苍老脑袋砍下了。落下的头颅上面仍是一双惺忪的醉眼。项梁一死，楚军的阵脚立刻就乱了。无奈之下，我们只好撤回彭城。后人把这一举动视作一次迁都。没过几天，大臣们带着那孩子——就是新的怀王也到了。那孩子现在似乎也有些王者风范了，也开始习惯于指手画脚地发号施令。他听信了那几个谋士的高见，觉得把兵权完全交到我手上还不是时候，认为我只会狭隘地想着为叔叔复仇，而置楚国兴亡大义于不顾。可是他们又离不开我们项家的光荣旗号，还得利用它得到天下人的响应。他们也离不开我的作战才能。这又是他妈的政治了。于是，楚怀王作出了这样的决定，让我率部去救被章邯围住的赵国，而派刘邦去攻咸阳，并说：先入关中者为王。这显然是担心我抢了刘邦的饭碗，就是说，他们这伙人本是不信任我项羽的，他们对我除了利用还是利用。我当时并没有说什么，事后，我才对亚父说：作为军人，我当以服从军命为天职；作为项家后代，我当以匡复大楚的基业为己任；但我讨厌被人利用。我不喜欢有人对我玩政治手腕。亚父范增默默点了点头，然后说：将军，天下有许多事并不遂人愿，人有时候就是让人玩的。依将军的才智势力，你可以随时废了怀王，但是这样一来，天下的百姓就会对将军另眼相看了，因为项家的天职是振兴大楚，而不是取而代之。这是项家的宿命。这话真是说到我心坎里了，我想，既然命中注定我要被人利用，再说什么就显得多余了。

正说着，赵国的使臣前来求见。这个看上去一脸晦气的男人见面就扑通跪倒，泣不成声：将军，章邯已将钜鹿围了一月，若不出兵，他们就会死于秦军的刀斧之下，您可怜可怜他们吧！

这话听了叫我难受，我想一个软弱的赵国是经不起章邯 30 万兵马的，他们的灾难就悬在了头上。我劝了那使臣几句，然后就去面见怀王了。我说得很坦率，我说要是我们像张耳陈馀之流那样见了秦军就退避三舍，那么赵国的灭亡只是迟早的事。如果我们连钜鹿的问题都解决不了，灭秦岂不是一句笑话？怀王思忖片刻，说将军有这番胆识令我钦佩，但为了保险起见，还是多去几个人吧。我就说：去多少人那不是我考虑的事，你决定好了。

结果第二天，楚怀王颁布命令，突然宣布宋义为上将军，美其名卿子冠军，统领一切。这个决定的荒谬在于，他们把一个瞎猫碰死老鼠的吹牛当成了未卜先知。就算怀王是个不懂事的孩子，难道作为上柱国的陈婴也如此的糊涂？居然相信宋义曾料定项梁会兵败定陶。我一听心里就直想笑，这个宋义是驰骋沙场的人吗？我知道，这不过是个借口，实际上是他们对我不放心。陈婴也许忘了，当初我们拿下薛城之后，是我叔叔项梁保荐他做了这个上柱国的，现在项梁一死，他倒不放心我了。我若想当楚王，一个陈婴又岂奈我何？这算不算以小人之心度君子之腹？人往往就是这样，你不提防我我倒没什么可顾虑的；你要是对我不放心，反倒叫我怒火中烧了。我项家可以被人世世代代地利用，但决不能叫人又利用又不放心！我后来之所以要把宋义给杀了，就是要以此表明我的立场。

宋义这个人实在很不知趣。你既然不懂军事就不要整天端出一副上将军的架子，动辄恶语威胁，扬言谁不听他的使唤就问斩。他就是不懂在我项羽旗下的人没有几个吃这一套的。大军开到安阳。一听说章邯王离在前面严阵以待，他就慌神了，按兵不动。这样一耗就是十多天，赵国的使者急得直哭，宋义居然还有心思喝酒。那使者又回过头来找我，希望我能说服这位卿子冠军火速救赵。我就去对宋义说了，我说我们是去救赵的，像这么耗着不是个事儿。宋义鼻子哼了哼，不屑地说：论横刀立马我不如你项羽，论运筹帷幄你也不如我宋某人，所以怀王和上柱国举荐我来执掌帅印。他倒当真了！我知道这家伙打什么算盘，他是想让赵国和秦军拼得差不多时再乘虚而入，既交了差又保住了名声，这还是政治！以我的脾气，那天我就想把这小子杀了，然而亚父认为不妥，他说：时机不到，眼下正是天寒季节，又逢大雨，我们的军需很快就成了问题，到那时士兵们的情绪会于他宋义不利的，我们……

我们也乘虚而入？我打断他说，那样我们不也在玩政治吗？

亚父说：将军，打天下可是离不开这政治呀！

我承认亚父范增的话有道理，但是我感情上还是接受不了。这天晚上，我回到大帐显得异常烦躁，虞在我身边也十分不安，她说：人这一生就是心灵磨难的一生，该忍的你还是要忍。我说我已经到了忍无可忍的地步了，再忍，我或许就不是我了！

虞说：除了动刀就没有别的办法了？

我没接话。过了会儿我听见女人轻叹道：这个世界不好，就在于总是用刀说话。

然而我还是又忍了一个月。这天，雨又来了，我一早就想去营帐里看看，刚出门，就被那位赵国的使臣拦住。那人用手指着天空说：将军，您知道这天上的雨是怎么来的吗？不等我回答，他就接着说：这是我们赵人的泪啊！望将军凭着一个军人的良知，帮帮我们赵国吧！说完，这个瘦弱的男人突然拔出我的剑从颈项横过，血溅得我几乎睁不开眼！好一个以死相谏的大义之人！我蹲下去用手抚下使臣不肯闭合的眼睑，拿起了他手中的带血的剑。闻声而出的虞此时已吓得面无人色，倚门呆立着。我看着她，对她说：看见了吗？这也是在用刀说话呢！

说完，我就直奔了宋义的大帐，那些卫士见我这来势就预感到今天会有好戏，并不拦我，反而对我投以关切的目光。我进去的时候，那卿子冠军正在喝酒，一边翻着一本破兵书。当他看到我手里的剑还在滴血，便像鸟一样地惊叫道：项羽，你想造反了吗？

我说：我不想造反，只想搬掉我行军路上的一块绊脚石。说着，我就将这奸人的头砍下了。等我拿着他的这颗小脑袋出来，外面的将士们全部列队整齐地站着，对我行注目礼。那一刻，我的双眼突然迸出了眼泪。在我一生七载的戎马生涯里，这样的场面是第一次也是最后一次。我用剑挑着宋义的头颅高声说：弟兄们，我们在安阳困守了46天，赵国的百姓已是望眼欲穿。救赵是为了灭秦，灭秦是为了兴楚，国家兴亡在此一举。日后若有小人说我项羽居心叵测，就拜托大家为我说句公道话吧！

大家说：上将军，我们跟定了你！

这个瞬间，我体会到了什么叫做军人的幸福。

6

宋义一除，往后的路就顺了。尽管那时我们的给养很困难，但是士气空前高涨。不出两日，我们渡过了漳河。那时我们也就只剩下了三天的口粮，后面的给养跟不上。于是我下令把锅砸了，船也沉了，横下一条心与秦军决一死战。后人称这个举措叫“破釜沉舟”，逐渐演变为一条成语，这多少让我感到几分得意。而我更得意的是，作为军人，我现在找到了感觉。我这时才真正体会到，我爷爷项燕为什么那么迷恋去做一名职业军人，这种快慰一般人是无法获得的。我听说两千多年后外国曾经有两个人达到了这个境界，一个叫拿破仑，另一个叫巴顿。据说他们的仗打得都很漂亮，但拿破仑打仗是为了当官，巴顿当官却是为了打仗。所以这两个人还是有着本质上的不同。我倒是更喜欢那个美国佬，而我的命运又远不及他那么如意。乔治·巴顿的仗打完了，他也就退出了历史的舞台，带着他心爱的狗去他的菜园子溜达了。我却不然，我还得没完没了地为这个打下来的江山操心——这实在是我的不幸啊。你们会慢慢体会到我这种感受的，我希望你们不要说我口是心非。

漳河被我们抛到了身后，钜鹿的城廓已呈现在我的视野中。这是公元前207年的冬季，寒风凛冽，冷雨如注，我们的队伍还是一往无前。破釜沉舟的消息不胫而走，那章邯就慌了神了，认定我此番之行是来找他拼命的。这个人在阵前与我见过一面，自己不敢交手却让那个王离来会。不出五个回合，王离便被我一戟挑落马下身首异处。我就将这人的首级悬挂在辕门头，以振军威。但是我没有料到，为此引发了虞同我的第一次争吵。虞说：王将军是战死沙场的，他尽了一个军人的职责，他的死值得尊重。你这样对待一个以死报国的烈士不觉得愧对你项家高贵的血液吗？

我说：我憎恨秦国！

虞说：你们不过是各为其主，你可以消灭他，但你没有权利去侮辱一个烈士！

我突然吼叫道：他是我手下的败将，我想怎么处置他都可以！

虞愣愣地看着我，然后轻声说：我替你感到羞耻。

当夜，虞就不辞而别地离开了我。女人是带着一腔失望与怨恨回到彭城的。这是我丧失理性的季节，虞的话没有引起我的重视，反倒叫我越发地疯狂了。不久，章邯来降，我虽依从亚父的主张将过去私人的恩怨一笔勾销，但是我仍然担心他带来的20万秦军会随时谋反，于是就在一个月黑风高的晚上下令将这些无辜的生灵全部活埋了。很多次，我对我这种暴行悔恨不迭。我不明白像我这样的人怎么会变得如此的凶残？那是我一生中最大的败笔，也是噩梦真正的开端。我时常从噩梦中惊醒，在梦中，我看见那些冤魂在对着我放声大哭，然后又转为耻笑。他们所耻笑的是我的血液！在许多夜晚，剩我独自在大帐里，唯有青灯相伴。那呼啸的朔风，如哀丝豪竹般叫我心惊肉跳！我就想，我项羽何以变得这样？难道是我做了上将军的缘故？我大权在握，便为所欲为，假如日后我做了皇帝，那我和那个暴君嬴政又有什么两样？权力不是个好东西，它会使一个人的欲望无限膨胀，它会让人变得丧心病狂，它会使良知泯灭，它自然也会使一个贵族堕落成为流氓。

一天晚上，我叫来了章邯。几十天前，这个败军之将前来投降，那个时候我似乎还分得清天下国家的轻重，尽管我对一个降将内心是轻视的。我听从了亚父范增的劝告，觉得大敌当前理应将个人的恩怨抛于脑后。况且当初我叔叔的失败，也在于他本人的骄傲与轻敌。他其实是自己断送了自己。我记得当我走出大帐来迎接章邯时，这个人感动得热泪盈眶，对我五体投地。他说：上将军如此宽大为怀，我章邯日后定随将军赴汤蹈火，在死不惜！那个时候，我颇有几分自豪感，觉得自己像个汉子，更像是项家的子孙。然而不久，我就对他起了疑心。我担心在入关之前章邯的人马会给我带来麻烦，于是就出现了上述的那惨不忍睹的一幕。翌日当章邯得知这个消息，他几乎是悲痛欲绝。我知道在他那泪眼昏花的目光中，我已经成了一个失信的小人。那目光毫无畏惧，大胆地透露出对我的轻蔑。现在这个人来到了我的面前，在进大帐之前，他自动摘下了佩剑。这个动作所表达的意思并非是消除我对他的防备，而是前来赴死的。这让我自惭形秽，更觉得此人值得敬重。于是我请他坐到我的面前，对他说：章将军，你知道我今天把你叫来是何意吗？

章邯沉默了片刻，跪倒在地：上将军，我知道，你是要我杀了你。

我默默点了点头，但是我内心很为震动，他何以能猜透我的心思？而我却居然想错了！后面将要发生的事则更叫我惊讶，在我把剑递给了他之后，章邯突然号哭起来。

上将军，该杀的是我呀！章邯哭泣着说：将军如此坦荡，章邯不能不实言相告，我带来 20 万兵马，就是预防不测的，这怪不得上将军多疑，实在就是章邯居心叵测，罪不可赦！说着，他就拿起剑准备自刎，我一把将剑夺下，感激地说：将军，我知道你这是替我开罪，请受我项羽一拜！

这件事我想永远是个悬念。我们正沉痛诉说着，亚父范增急急忙忙地跑来，见状很是诧异。但他带来的却是一个令我并不惊讶的消息：

沛公已占领了咸阳。

7

两个月前，当我们还在安阳为救赵犯愁时，刘邦的队伍就已经到达了昌邑，久攻不下，这个人居然就放弃了，一路向西直奔而去。那时我就感到，此人是惦着出发前怀王的那句许诺：先入关中者为王。

刘邦这一路上与其说是打仗倒不如说是游说，沿途的城池只要交出来，他什么条件都可以答应。不过这一手还真挺厉害，他很快就在南阳得了手，封赏那位投降的郡守为侯。后面的就如法炮制了，也就果真连连奏效。这大概可以看做中国统治的一种经典手段。所谓攻心之术，我听说往后两千多年间效仿这手段的大有人在，不仅得了江山，还得了宽大仁义的美名。这与几年后刘某人扬言的三尺龙泉得天下不是一回事，倒应该说是凭借那三寸不烂之舌当了皇帝。

刘邦的运气不错。当他胆战心惊地向咸阳城接近时，咸阳城内已是祸起萧墙了。那老狗赵高最终还是杀了秦二世胡亥，企图以立二世的侄儿子婴为王做缓冲，不料机关算尽，反倒被先发制人的子婴所杀。那子婴原想仗着五万兵马死守峣关，与楚军作最后的一搏，却未知守军将领轻信了刘邦的许诺，不费吹灰之力就把他们全部剿灭。关于这一点，我自觉不好指责刘邦和他的军师张子房。他们以可耻的手段骗取了秦将的信任，那个人还在张罗着盟约签订宴席的规格，头已被周勃砍下了。这和我失信章邯坑埋秦卒是异曲同工。很多年过去了，每当我想起函谷关下的这一幕，仍然还是感慨万千。我们这些争夺天下的人没有谁是按照游戏规则来玩的，我也不例外。这是我的耻辱。所以我们后来得来的天下总是显得岌岌可危，这是报应，苍天有眼。纵观这大千世界，每一次的江山易主政权更替，无不伴随着杀人流血失信背叛的小人之举。这不是我们中国的专利。外国也一样。倘若我记得不错，最典型的例子莫过于公元 1939 年的德国对邻国波兰的袭击。那个叫希特勒的家伙是你们这个世纪最下流的人，而另一个叫斯大林的在波兰的问题上也表现得并不光彩，他趁德国人突袭之际，也大兵压进了波兰的东部，于是这个波兰一夜间就被它的两个毫无教养的邻居瓜分了。这当然也成了过去的一页了，但我还是要在此作一次提醒。

江山原本是可爱的，只因为这么一搞，就让人失望了。我的遗憾在于，两千多年前的那个时候还尚无一点觉悟。实话相告，范增带来的消息虽不让我意外，但还是让我内心产生了震动。我能想象得出，此刻刘季的算盘是怎样拨的。这个从前的亭长第一次亲眼目睹了豪华的宫殿和如花似玉的嫔妃，对坐关中王的位子是多么的馋涎欲滴。而这个人的野心还远不限于做关中王，他心里寻思的是有朝一日做嬴政第二。尽管他现在把部队驻扎到了灞上，尽管他约法三章，这些都不过是虚假的摆设，他内心贪婪的欲火一刻也未熄灭过。

我们的尖兵在函谷关受阻，守备部队声称没有刘沛公的命令不得洞开城门。这让我气愤，我是上将军，怎么连入关的资格都作废了？只好派当阳君英布去攻了。不过片刻，函谷关便拿下了。这件事令我费解，刘季并没有站出来公开反对我，却又不许我入关，非叫我动手不可，是何居心？亚父的判断是，这是他刘邦的一次试探，想看看自己的手到底能够伸多长。我觉得此言有理，于是就叫部队于新丰鸿门停下休整。我想，现在该是解决刘季的时候了。

你们所见到的史书上，对所谓鸿门宴的段落写得都是那么精雕细刻，绘声绘色。最著名的还是太史公司马迁的这篇《项羽本纪》。作为美文，我也非常欣赏这个精彩的段落。但是你们要是把它当历史读，那就有不小的问题了。

我说过我要除掉刘季已不是一日的考虑。从我自张子房那儿听见所谓斩白蛇那一刻起，我就作出了这个决定。我倒不是害怕此人，而是直觉到此人非同一般的小人。对于男人，贪婪不算毛病，也未必可怕。可怕的是那种什么都想要的男人。而既无真才实学又什么都想得到的男人无疑就是个祸害。这种人可谓欲壑难填。这种人不除实乃后患无穷。但是如何个除法长期以来一直困扰着我。我觉得凡事都该有个方式，杀人也不例外。而且在坑埋20万秦卒之后，这个问题就变得越发重要了。我做了一件错事，我不能一错再错。眼下对于刘季，我的方式正在酝酿之中，也可以说是等待之中。我等待的不是时机，而是杀人的工具。

我说过我一直在渴望得到从前楚王遗失在民间的那对青锋鸳鸯剑。

但是后来我才知道，刘季也怀有同样的心思。多年以来，刘季和我都在寻找这件神奇的武器。而现在我们的用途却大不相同。刘季想得到它是想从中得到某种神明的指引，好以此夺得天下。我呢，却想利用它把那个一心想登基做皇帝的人消灭掉。我觉得拿敌手喜欢的武器除掉敌手是一件值得快慰的事，也很合乎我项家的规矩。然而很遗憾，我派了几批人赴楚地四方寻找，都毫无下落。我等待的就是这个。在鸿门的这些时日，我心中出现了一种极其复杂的情绪。我知道翦除刘邦已到了刻不容缓的时候，可我仍然想按照我既定的方式行事。这天，我又带着我的箫来到了一面坡上。我到的时候，亚父范增已在那儿，从老人的背影看，他在此已伫立了许久。我就走过去问道：亚父，您在寻思什么呢?

亚父说：我在看。看咸阳城的上空那片云，龙虎之形且现五彩，这恐怕是个危险的征兆。

我笑了笑，说：这难道就是你所说的天子之气?

亚父沉默片刻，又说：上将军，对沛公此人，在薛城时我们就已心领神会，如今他侥幸先入关，我们射鹿，他倒拾起来就走，此事关系重大，你不能再迟疑不决了。

我说：我知道该怎么做。

正说着，我的一个堂叔项伯领着一个男人匆匆来了。那人见面就说，他是刘邦那儿来的，受左司马曹无伤所派。说着就交出了曹司马的密信。我对曹无伤毫无印象，猜想这又是范增的安排。不过，曹司马的这封信倒引起了我很大的关切，那信中说，刘邦正企图拜降君子婴为相国，开始谋划当关中之王的后事了！这大概不会有错，这就是他刘季一贯的风格。但是，我最后还是一语不发地离开了。这个晚上我突然感到了一种莫名的孤独，似乎有点束手无策了。我并非害怕刘季，只要一声令下，咸阳城顷刻便会血肉横飞。但这不是我想要的结果呀！

或许是天意使然，就在我焦虑之际，我派去寻剑的人回来了，遗失民间的那对青锋鸳鸯剑展现在了我的眼前！这真不愧为王者之剑，让我想起传说中的英武少年眉间尺与那位神秘的黑衣人。我喜欢这个血性的复仇故事。我用食指慢慢拭过它的双刃，深信它会削铁如泥见血封喉。然后，我将它们安放在我的案几之下，眼前豁然开朗。而这时，帐外传来了急促的马蹄声。少顷，亚父和我那位堂叔项伯进来了。原来刚才黄昏那会儿，项伯以为我会明日发兵去攻咸阳，就快马加鞭地赶往灞上，对刘季通报了情况。亚父的神色明显地在指责项伯是个吃里扒外的家伙，就是说该军法从事。而项伯自有一番解释，他说之所以赶去报信也就没顾及到死，当年他亡命下邳，是张子房救了他，如今他不过是还这个人情而已。但他隐瞒了他和刘季已结为儿女亲家的事实。

项伯说：沛公不是你想象的那种人，他的部队入关以来可以说是秋毫无犯，军纪严明，如果我们对他们下手，有悖天理，也不像我们项家的为人。明天，他会亲口对你说清楚的。

亚父很不屑地看了项伯一眼说：曹司马的信上可不是这么说的！将军千万别自作多情。

我就摆了摆手，说：你们都退下，明日沛公来，我自有道理。我不许任何人再掺和这件事！

第二天的情况大致和太史公说的差不多。一早，刘邦就带着张良、樊哙、夏侯婴、纪信等人由灞上奔向鸿门。我敞开大帐，并叫陈平前去辕门外迎接。与此同时，我让项伯去负责安排今日的宴席。他明白我这意思，我就是要让他知道，我项羽不是个靠酒里投毒之类的手段来消灭敌手的小人。我最瞧不起的就是这个。男人做事得像个男人，何必要去学那个混吃骗喝最后硬着头皮去充好汉的荆轲？那不是男人的方式。我要这么干，你们今天就会觉得我和宋代的那个骚妇人潘金莲是一丘之貉了。

所以后来的项庄舞剑令我十分恼怒，这准是范增的布置，太史公却把这笔账记在了我头上。当时的情况的确很紧张，于是我就对项伯说：一个人舞剑如同一个人饮酒，太乏味，你不如和项庄对舞。这是我的原话，不知怎的，太史公又把它写成了项伯的话。试想，我若不发话，项伯敢跳出来吗？他已经被昨日的泄密弄得魂不附体了，哪还顾得上公开替刘邦保驾？我叫他项伯出来，就是要遏制项庄的这份疯狂。我不允许任何人来玷污我项家的名声。我要刘季死，但要让他死得服气，也要让他像个男人那样去死，别给追随他的弟兄们丢脸。你沛公不是朝思暮想得到这把剑吗？我今天给你找来了。我们各执一柄，雄雌任选，然后我们当着众将官的面把账算清，接下来我们应该去一个空旷的地方进行决斗，胜者为王，败者也不失为一条汉子，这方式可算公平？如果你沛公贪生怕死，也可以不与我交手，但你必须许下承诺，从此退出这个舞台。我甚至可以陪着你一块退出。实不相瞒，我对这江山的兴趣是真的觉得冷淡了。我需要的是快马加鞭赶往彭城去找我的虞。

酒喝得差不多了，剑舞的表演也接近了尾声。我朝左侧的沛公看了一眼，他的额头上已渗出了一层虚汗，脸色苍白，目光暗淡。这个人还没与我交手就已经垮掉了三分。我的手不禁伸向案儿的下面，稳稳地握住了剑柄，正欲抽出，一件意想不到的事发生了！

我对面的亚父范增，拿着他身上的那块玉玦对我再三示意：动手吧！

与我共事的将官都知道这老头有拿佩玉指挥杀人的习惯。往日只要他一举这东西，边上人就会猜到将有一颗人头落地了。可这个不明智的老人今夜竟然指挥到了我的头上！那我算什么？我这个27岁的上将军怎么能够听命于一个年过七旬的老叟的唆使，来干一个小人的勾当？这样一来，这场鸿门宴岂不成了阴谋的代名词？我岂不是彻底背叛了我的血液？

我精心安排的计划就这么让一个老人给搅了。

我咽下了这口气，一饮而尽。这也就是我后来把刘邦放走的真实原因。我知道时值今日，你们还是觉得鸿门宴从来就是个陷阱，是一次流产的阴谋，这真叫我欲哭无泪！我能说什么呢？我的解释似乎没有一点力量，但我必须强调，我所说的全是真实的。

8

往事如烟。时间虽然过去了两千两百多年，可我经历的那些事儿却在眼前停滞着，挥之不去。昨天夜里我又梦见虞了，她还是那么美丽，但她的表情却是哀怨的。黎明前，我听见了她的哭声，那是悠远而凄怆的悲声，如同楚歌的旋律，寄托着对我的无限思念与爱怜！我便从这悲声里惊醒而起，那时分，我的窗外是一弯残月。

我第一次听见虞的哭声是在我开进咸阳城的第三天。那天早上，我主要的事是接受秦王子婴的投降。我的本意是不想再捉弄这个柔弱的小男人，更不想取他的性命。但是这个人一见面就显出了一副媚态，声言只要饶他一命就感激不尽了，别无他求。我突然就对此人反感了。这并非是我的喜怒无常，我是觉得这个人实在没有一点骨气。我就问：听说上次你面见沛公，是抬着棺材去的，脖子上还缠着一条白绫？

子婴被问得不知所措，就盲目地点了一下头。

我又问：那么你今天见我怎么就取消了这些安排？

子婴这才感到不妙，就问：上将军是要我死吗？

我说：我不喜欢你投降，你知道为什么吗？因为你好歹也算是一国之君，尽管你在位不过46天。君王是一个国家的象征，你来投降其实就意味着全体秦国人都成了亡国奴。阁下觉得这妥当吗？

子婴一下就沉默了。过了会儿，这个人泪流满面地说：上将军，子婴今日实在是替先人受过，再说什么也是多余了，你就发落吧！

我说：不对，你是替整个秦国捐躯，而我也不想发落你。我不会像嬴政那样去杀一个手无寸铁的人。我讨厌的是你的投降！

说完这话，我就拂袖而去了。走了很远我还听见子婴的哭泣。等我移师阿房宫时，有人告诉我，那子婴已被人剁成了肉酱。然而这件事留下的阴影却在我心里盘桓了许久。我想这子婴也是命中注定要落到这番下场的，他要不继承王位，情形会是另一个样子了。这么一想，我便对那死人感到了几分悲哀。继之我便想到自己，同样也是逃脱不了命运的安排。我的征战对我们家族是重要的，而对于我本人却索然无味。我干的是我不感兴趣的事，也可以说很无聊，但之于国家又显得举足轻重。我就想，一个人的使命或许是神圣的，但未必都有兴趣。从这个意义上看，我和这个子婴无疑就是同病相怜了。

这个晚上我陷入到一种前所未有的孤寂之中。我仿佛看见我的魂魄像无边无际的汪洋中的一个岛屿。那岛屿是黑色的，在凄凉的月光下闪着寒光。没有人理解这块沉默的黑色石头，而它也不能自行沉没。它的身躯上记录着潮起潮落，而它的见证又是那么无力。我就这样想着，慢慢地睡去了。

不久，我听见了一个女人的哭泣。这分明就是虞的哭泣。是我的女人发自心底的呼喊。我惊坐而起，四下全是黑暗。清冷的月华在阿房宫的铜柱上颤动着，给我的感觉却是不寒而栗！白天的时候，我还曾设想派人去彭城把虞接到这世上最奢华的宫殿来，与她对酒当歌，共度良宵。而我在刚才的梦中听见的却是她如泣如诉的悲声！这声音使我内心震颤，它仿佛是子规的语言，带血的语言……

太阳映红了骊山。

在这个朝露浓重的早上，我骑着我心爱的乌骓来到了骊山的面前。这座并不伟岸的沙丘之下，埋着曾经不可一世的秦始皇。我又一次想起楚南公的话：楚虽三户，但亡秦必楚。如今秦朝已灭，大局已定。我也算对得起我的祖宗了！我想我的事情做完了。现在，连始皇帝的坟冢也在我的马蹄之下，咸阳城霞光普照，炊烟袅袅升腾。那豪华无限的阿房宫镶嵌其中，闪耀着灿烂之光，但这该是最后的风景了。关中虽好，而我不能久留。阿房宫举世无双，但我会付之一炬！我要烧掉的不是一座奢华的宫殿，而是我项羽心中的一座坟墓。我是江东的子弟，那里有我的父老乡亲，那里，我的女人在等待着我回家。

于是在这天的黄昏，我下达了焚烧阿房宫的命令。我的命令立刻遭到了一些人的反对，这其中就有刘邦。他说：上将军，这阿房宫耗尽了天下百姓的钱财，把它烧了可不好向天下人交代呀！

我说：不对，阿房宫耗尽的是天下百姓的血汗，我烧它就是祭奠这些劳苦大众。

说完这句话，我就走出了这座宫殿。亚父范增紧随而来，他这才问我：将军果真要烧了这阿房宫？

我说：军中无戏言。

范增说：我想知道将军做这件事的动机。

我说：很简单，我害怕在这宫里待久了，嬴政会借我的身子还魂。

范增沉吟道：看来将军的志向果然不在这江山之上，令老朽钦佩。但是，不知将军是否想过，这打下的江山交到谁手里才合适呢？难道将军还真的把那15岁的孩子当成真命天子？

我说：亚父尽管放心，既然我项羽不想做皇帝，我自然也就不会容忍别人坐享其成。天下乃大家的天下，一个人掌管就是独裁，嬴政败就败在这个上面。所以我愿禀告怀王与大臣，将这天下重新分配：不做大，而做小，在原先的六国基础上还可再分。

后来的史学家对我做出的这项选择是持否定意见的，认为秦嬴政好不容易统一的中国，到了我项羽手上却又把它重新实行了分封，这是历史的倒退。我说过，我这个历史人物面对历史是个门外汉，我不好就此发表看法。我只能说我个人不喜欢皇帝这个称谓，我也看不出你们这以后的历史上出过几个好皇帝。很长时间以后，有个叫孙文的男人彻底铲除了这个词汇。这是很了不起的壮举。而我在当时的情况下，实在是想不出谁能管理得好这个天下，我只能表明我没有称帝的欲望。所以我划分出了 18 个区域，封了 18 个王。我也不想排斥异己，要不然，刘邦何以能成为汉王？在这个问题上，我和范增意见相左，在他看来，鸿门宴上我的手软是大错，如今封其为汉王那就是特错了。于是他总爱重复那句话：你等着吧，有朝一日我们会成为他刘邦的俘虏的！那时我还觉得这是危言耸听，我觉得从前刘季不过是一个亭长，所辖十里，如今统治巴山蜀水与汉中，难道还不满足？鸿门宴上我没有灭他，但我自觉已粉碎了他的野心，挫败了他的锐气，我的目的也就达到了。我记得虞说过：不要用刀说话。我想，一个人的欲望总是受到良知道德约束的，刘季最清楚他自身的分量，他的确杀过一条蛇，但那蛇不是白帝之子，那就是一条最普通的蛇，稍有胆量的男孩都能办到。

我们的楚国也划成了四块，即西楚、衡山、临江和九江。我只要了西楚，定都彭城。这以后，人们就称我作西楚霸王了。那时我就想，我这下也算是功德圆满了，自由的日子似乎伸手可触。我记得在班师回彭城的路上，我有了一种身轻若燕之感。与此同时，我的重瞳又一次重叠到了一起，于是我看到那遥远的地方，我的女人在向我招手。我一鞭落下，乌骓撒开了四蹄，于灿烂的阳光下卷起了一阵黑色的旋风。这应该是公元前 206 年的春季，太史公从这时起就按汉的年代纪年了。其实刘邦登基是在四年之后，他后来这么一改，似乎显得汉代的日子长了不少。时间是个奇异的现象，人生如梦，草木一秋，一个朝代和一个人的生命一样，从诞生的那一天起就预示着死亡。发展的本质就是生死交替。这是规律。刘邦在位八年，也还是死了。他的阳寿有 63 年，一倍于我还要多。但我一点也不遗憾。

9

历史学家从来就认为我陷入所谓四面楚歌的局面实际上是这个时候形成的。认为自打这公元前的 206 年开始，我的境遇在每况愈下了。这话当然也有几分道理，然而真实的情况还不是这个样子。我不是一个能对天下负责的人，我只能对自己负责。我们项家从来就没有这个规矩。我的本意已经向你们表明了，我不是那种吃不到葡萄就说葡萄酸的人。我随时可以吃这葡萄，但没吃之前我就猜到它是酸的，所以不吃。这不是文字上的噱头，是重要的区别。重新分封之后，我也没怎么指望从此天下太平。我的想法很简单，也可以说很幼稚，我希望他们自己管理自己的地盘，为老百姓干几桩好事，即使闹，也不要把手伸到别人的土地上来。但是，情况偏偏就不是这么回事。

我回彭城不久，原定带着虞去乌江那边寻猎，过几天轻松的日子，还未出门，亚父范增就匆匆赶来了，说齐国的田荣撵走了齐王田都，又杀了胶东王田市，现在联合昌邑人彭越把济北王田安也杀了，田荣自立为齐王。亚父说：一个田荣就把整个齐国的天给闹翻，这个事的影响坏透了，必须严惩不贷。

没过几天，心藏怨恨的陈馀也在常山兴风作浪，赶跑了他的老友张耳，与代王歇沆瀣一气，赵国也乱了。

这多少有点出乎我的意料之外。我原想日后要作乱的非汉王刘邦莫属，尽管张子房再三对我表明，说汉王已烧了蜀路的栈道，发誓不再回头，我还是心存警惕。果然，在我平息齐赵战乱之初，刘季便向三秦运动了。这就是史书上记载的“明修栈道，暗度陈仓”，采取的是声东击西，倒是让久经沙场的雍王章邯上了圈套，兵临咸阳城下，章邯蒙羞自尽，接着，塞王司马欣和翟王董翳相继投降了，一时间，刘邦获得了空前的壮大。等到这年的秋季到来之前，响应刘邦的各路人马会师洛阳，他们下一个目标就是直指西楚之都的彭城。他们向我宣战了，这很正常，我倒觉得是件十分开心的事。我就对亚父说：当初在鸿门宴上，我原想和刘季进行体面的决斗，结果你老人家急着对我三示玉佩，把局搅了。我希望这回你最好与我配合默契，光明磊落地除掉刘邦这个贼子。

亚父说：霸王，你是个很标准的军人，但有时候也有几分书呆子气，历来战争都是只讲结果而不论手段的，你大可不必考虑什么规矩。

我就说：我天生就是个讲规矩的人。没有规矩何以成方圆？当初坑了章邯那 20 万秦卒还一直是压在我身上的一块巨石。

那些日子我真的很兴奋。说实话，连天的征战令我厌倦，但是真的偃旗息鼓了，我又觉得有点寂寞了。范增说这一点上我又很像我爷爷项燕。于是我开始沉醉于制订作战方案，严阵以待来犯之敌。我甚至觉得，解决我和刘邦的问题现在已是最后的机会了。有一天，尖兵来报，说刘邦的汉军全穿上了白衣，连赤色旗上也系上了白帏，声称为刚死的义帝发丧。我一听就气愤了，本来你刘邦来挑战是一件很正常的事，你不安分，要打，我只好奉陪。可你不惜以诬陷我来征战，这就他妈的是王八蛋的伎俩了！历史上的义帝死于赴长沙的道途，相传是被九江王英布的人所杀，此事与我毫无关系。现在刘季却一口咬定说英布接受了我的密令。真是荒唐！一个人做事总是有目的的，天下实行了重新分封，所谓的义帝不过是个摆设，就像后来出现的西方大不列颠帝国的女皇，我凭什么要杀那个十几岁的孩子？即使我要杀，我可以在彭城就下手，公开下手，又何苦密令英布呢？再者，这个英布又不是我的心腹之人，我怎么向他下达所谓密令？他不是很快就投降你刘邦了吗？他干吗不把我那份“密令”呈到你汉王手上，作为见面礼呢？刘季这一手很高明，既讨了个师出的名分，又振作了军威，还可以笼络天下人心，可谓一石三鸟。但就是太下流了。兴兵发丧可谓用心险恶。我被这流氓彻底激怒了！我想，这回我的手是不能再软了。

在经过周密部署后，我决定暂时放弃彭城，先让他刘邦出手，我后发制人。结果睢水一战下来，汉军死伤者达30余万，那些尸体横七竖八地堆在河里，几乎筑成了一道肉坝，迫使河流改道。这些战死的将士临死还穿着一色的白衣，现在他们是自己给自己发丧了。他们都是些好青年，倘若他们的汉王野心有所收敛，他们会娶妻生子男耕女织，过上祥和的日子，现在却成了炮灰。望着夕阳下的睢水河，我第一次感受到了什么叫残阳如血。这凄惨的景象连我的乌骓都看不下去，它向着北面仰天长嘶了三声。那是山东。

然而，刘邦逃脱了！

无论后人作何评价，穷寇莫追还是我恪守的原则之一。这或许不符合政治家的逻辑，但体现了一个职业军人的道德观。那时我想，如果你刘邦秉性不改，总有一天你还会落到我项羽的手上。我是不是很自负？是的，作为军人，我从来就是自负的。

我和刘季的这次交手，从我这方面看，唯一的损失就是让这家伙跑了。不过我又很佩服他，在如此混乱的局面下居然在亡命途中纳了妾，收了戚夫人，也算是大将风度了。他得到新人，却把旧妇和老爷子留给了我。我的手下曾多次提出把刘太公和吕氏杀了。我说：我和刘邦只是两个男人之间的事，与其他人没有关系。我也不认为这是楚与汉的问题。我有这么一个敌人，哪怕是假想敌，也算是圆了我作为军人的一个梦想了。没有敌人，军人那该多么寂寞。我本以为天下重作分封之后可以带着我的女人去云游四方，可刘汉王不让我歇着，我当然就要奉陪到底。这样到了第二年的春天，我们就对刘邦据守的荥阳城实行了包围。我倒要看看这回他刘季如何逃脱。没过几天，张子房递来了消息，说汉王准备投降了。既然如此，我也只好鸣金收兵。亚父范增却不同意，他认为这肯定又是张良的诡计，主张打进去。他说：刘邦虽然目下陷入了困境，但他还有大片的河山在手，还有韩信的几十万兵马可搏，他怎么可能俯首称臣呢？

我笑道：我和刘邦之间本来也就不是什么君臣的关系，我只要让天下人知道，他刘邦尽管有萧何张良那样的谋士，尽管有韩信那样的骁将，但最终也照样不是我项羽的对手。我要的就是这个。

亚父就说：那你当初对秦王子婴怎么是那个态度？

我说：这不同。刘邦是我的敌手，交战的结果非亡而降，很正常的。子婴是作为秦王朝最后的象征而存在的，他虽然没有野心，但投降就是苟且偷生，使全体的秦国人蒙羞。他必须一死对他的国家有个交代。

亚父长叹道：这老夫可就不懂了！同样是你的敌人，一个不战而降你却要他死；一个和你战了几年打你不过，你却愿意接受他的投降，这是什么逻辑？

我说：这是我的逻辑。

亚父也不想再辩，但从这老人颤动的白胡子看，他对我的看法越发地强烈了。他历来就主张痛快地杀了刘邦，然而他哪里知道，这个刘邦的存在对我该是何等的重要。第二天傍晚，受降的仪式开始了。等围困在荥阳城里的妇孺老人出来后，刘邦的车子就缓缓而来了。远远看见刘邦神情安然地坐着，亚父就说：汉王豆腐倒了，架子却还端着，俨然王者风范。听他这一说我忽然就觉得不对，定睛一看，就发现这是刘邦手下的将军纪信。这纪信真是好汉，不由我说，他就点燃了自己，于火中高喊：霸王，汉王已脱险，你收兵吧！天下最后还是汉家的！

我什么也没说，被眼前这悲壮的景象所感动。我当时离纪信的自焚现场只有一丈开外，我能听见烈火撕毁皮肉的清脆声响。我内心感叹道：好一个壮士！

等我掩目转过身时，亚父范增已经不见了。

10

我和亚父范增的矛盾由来已久了。

自打鸿门宴那次起，这矛盾就越发加剧。我完全懂得这老人的心思，这些年跟着我着实费了不少心。他的确算是个高人，尽管我们观念上很不和谐。我欣赏并尊重他这种老人，张子房不能与他同日而语。范增老谋深算但从来不出诡计，他讲信用，也不靠装神弄鬼来美化自己的过去。所以他的离去让我很伤感。后来我听说他病死在归乡的途中，我忍不住地哭了一场。我是个孤儿，自幼父母双亡，靠叔叔项梁一手拉扯大。项梁战死定陶，亚父便是我最后的长辈了。如今他也走了，我不能不感到悲痛！我听说现在的史书上认为，我是受到叛臣陈平的挑拨离间之计，对范增和钟离昧产生了怀疑，才把这老人气走的。这可能吗？我项羽能对一个老人恩将仇报那我就不能叫项羽了。但我承认，范增老人是让我气走的，是失望而归。这是我们共同的遗憾。即使这一回他不走，到了割鸿沟为界时，他还会拂袖而去的。亚父对我最大的意见是责怪我的轻信，而他的离开又让后来的史学家们认为我多疑——一个轻信的人会多疑吗？

还有人说，我之所以落到楚河汉界这步田地，与当初不重用韩信这个人关系甚大。我承认，自从高密潍水一战韩信挫败了大将龙且并斩了龙且本人的首级，楚汉两家的军事形势的确发生了一些变化。然而即使这样，我对自己以前的决定仍不后悔。我第一次见到韩信，对这个青年的印象很好，凭直觉我就感到此人日后是不可多得的将才。但是不久我就听说了他那至今广为传颂的“胯下之辱”的那一幕，心便霎时凉了。忍是一个男人的美德这句话或许不错，但是这个人为求一忍而不惜出卖自己的尊严，就让我觉得可怕了。甚至让我厌恶。一个男人倘若连尊严都可以舍弃，那他还有什么不可舍弃的呢？所以后来他为求自己化险为夷，竟然拿他最亲密的朋友钟离昧的头去讨主子刘邦欢喜，也就不足为奇了。我讨厌“大丈夫能屈能伸”这种表达方式，我敬慕的是刚正不阿与宁折不弯的男人气概。比如说那位救主自焚的纪信将军，比如说后来那位宁死不屈的田横将军以及困守海岛集体殉国的齐国五百壮士。这种虽死犹生的男儿风范理当万世流芳。

相形之下，他韩信也不过是叱咤风云的苟且之人罢了。他最终落到吕后之手却是出乎我的意料之外。

当时战局的微妙之处就是韩信的左右彷徨，他既畏惧我，又不肯轻率地背叛刘邦，自己私下还打着三分天下的算盘。韩信据守齐国按兵不动，急坏的不只是刘邦一个人，我也急。我总觉得这时候进攻广武多少有点乘虚而入的意思。若不打，又怕贻误战机。人言韩信善战，他却始终不敢与我进行正面接触，反倒把我好战的胃口吊起来了。我倒是真的犯了难了。就在此时，张子房给刘季出了新招，派一个姓侯的家伙送来求和信。

那信写得极其诚恳，也称得上情真意切，一看便知是张子房的手笔。这封求和书的核心部分是提出割位于荥阳东南的鸿沟为界，以东归楚，以西属汉，此后双方互不侵犯，和好如初。但真正打动我的却是，楚汉两家几年的交战，殃及百姓众生苦不堪言，停止战争乃燃眉之急。这倒是一下击中了我内心最软的地方。想来也是，我们为权力之争，最终倒霉的还是广大无辜百姓。至于说什么我和他刘季今后仍旧兄弟相称，我看就显得多余了。我从来就没有把这种人看做兄弟。什么是兄弟？那起码也该是情同手足，何以同室操戈？

这一天，虞正好从彭城来到了军营。我就让她看了刘邦的这封求和书，想听听她的意见。她看过之后沉默了片刻，才感叹道：要是你们从今往后真按这信上讲的去做，天下也就真的太平了，老百姓会指望过上好的日子。

我说：男人看重的是诺言，讲的是信义。

说着，我就签字了。我觉得我这个签名很漂亮。

虞说：你很得意是吗？

我笑而不答。

虞又说：如果是你出面求和，你肯吗？

我说：这不可能，胜利者从来是不主动媾和的。

虞就叹道：你这个人的悲剧就在于你一贯的胜利。其实某种意义上，我很愿意看到你的一次失败。我想这对于一个军人，才算得上完整。

这话倒叫我一时糊涂了。

翌日早晨，我让所有的文臣武将一律身着便装，列队于大营的辕门两侧，等候刘邦的人到来。同时我吩咐钟离昧把刘家的老爷子和吕氏领出来，打算就此交给刘邦。钟离昧说：霸王，这么一来我们就再没有什么赌注了。这话叫我不悦，就责怪了他几句。我说我本来就不是拿他们当人质的。前些日子我们攻打广武，我在城下对刘邦喊话，让他出来把老父妻子领走，可他害怕是计，不肯出来。我就说：刘季，你居然连父亲妻子都不要了，你难道就不怕我一怒之下把他们杀了？

钟离昧说：这事我在场，当时汉王竟然说，你我是兄弟，我的父亲也就是你的老子，你杀他就等于杀你老子，我还正等着你分我一杯羹呢。刘邦这样说不乏机智，但我听起来很不舒服。

我就笑了，说：这就是标准的刘汉王！你后来射他一箭，我明明看见正中了他的右胸，他却说是射在了脚上，这算什么玩意儿？

钟离昧问道：霸王，你看清楚了？

我说：不会错，我这双眼睛与众不同。

我没有多作解释。这时，外面响起了鼓角声，刘邦一行人马到了。他们也换上了便服，收拾得还真体面。我自然要迎上去，还不到跟前，刘邦就对我施了大礼，说：籍兄，我感谢你给了我这个面子，从今往后我们按章办事，以行践约，老账就一笔勾销了吧。

我还礼说：和谈是结束战争的典范，有你这句话，我很满意。

然后我就叫钟离昧把太公和吕氏交给了刘邦。不料那太公对儿子扬手就是一耳光，骂道：畜牲！你还有脸来见我！你今天是不是来分我这把老骨头的？吕氏也跟着大哭起来，说刘邦不仅不来搭救她反倒趁机纳了妾。这一闹，使得原本肃穆的和谈仪式变成了一出戏文。幸亏张子房及时将他们拉开了。这个瞬间，我和这个神秘莫测的张良对视了一眼，子房把目光虚了过去。

接下来，是双方互换文书。整个仪式进行不过半个时辰就完了。我本想留他们共进午餐，刘邦说他急着要赶回咸阳，日后再聚。我说：这也好，我们在外面也待了不少时日，士兵们思乡心切，我们得回彭城了。

刘邦又对我施礼，这回是感谢我对太公与吕氏的照顾，他说：家父贱内在楚打扰已久，如此大恩容我将来图报。

我笑着摆了摆手，说：汉王言重了。我不过是尽了本分。你我的事只能由你我解决，与他们原本就没有关系嘛！

其实我心里在说，只要你刘邦按你说的去做，就是对我最大的图报了。为了表示诚意，我当即下达命令：全军将士整装待发，明日开赴彭城！我的话音刚落，鼓号齐鸣，一片欢呼。我望着这些江东子弟，心中突然感到十分内疚：他们跟着我南征北战，每一次战斗都要有人舍弃性命，他们图的什么？他们既不能封王又不能受地，所求的仅是有一个和平的日子，而我却不能给予。对于他们，战争是通往和平的一条险径，但绝非他们的前途。我的心越发地沉重了。

这天晚上，我和虞相对坐于大帐内，红烛高烧，久违的楚歌从营中飘荡而至。将士们在联欢，明天，他们就要踏上归乡的路途了，他们的家人在企盼着团聚。我给虞斟上酒，然后轻声地问她：你知道此刻我在想什么吗？

虞不答，也不饮酒，只是一往情深地看着我。

我拿起那把画戟挥舞起来，只见烛光像礼花一样五彩缤纷。等我舞毕，虞才站起来说：是不是突然仗打完了，你感到寂寞了？

我说：仗打完了我不遗憾。我遗憾的是自我起事以来，大小战斗经历了70余次，却没有遇见一个真正的对手。

虞想说什么，却终于没有说。

我抚摸着这把上天赐予我的画戟，心里不禁涌出了几分忧伤。我对女人说，等回到彭城，我要带她骑着乌骓再去乌江边上过几日。我说那时我会把这件心爱的兵器送回到它原来的地方，上天赋予我项羽的使命，我已经完成了。

虞把那杯酒敬与了我。

11

这两千多年来，我一直在想，对于人尤其是对于一个男人，最无耻的事大概莫过于背信弃义了。如果天下由一个既不信守诺言、又不准备践约的家伙控制着，这天下必定黑暗无疑。人不要脸是什么坏事丑事都能干得出来的。对于我，历史上的楚河汉界是我对历史的一个交代；而对于刘邦，应该是羞耻的标志。我履行了诺言，而这个小人却撕毁了协定。就在我们行至垓下之时，刘邦派韩信的人马对我们实施了包围。据说最初打这个算盘的还是那个一肚子阴谋诡计的张子房，他对刘邦说，鸿沟之约不过是个幌子，也可以看做是缓兵之计，如果汉王想一统江山，这时候调兵遣将打项羽一个冷不防则是千载难逢的良机。就这样，刘邦调动了韩信、彭越、英布、臧荼等几路兵马向我扑来。我知道，我的处境很危险，陷入重围按兵不动，粮草给养只能维持到一个月。我只能选择突围。但在这之前，我需要同那位号称智勇双全的大将韩信会一下。倘若我死在他的枪下，我死而无憾。我甚至感谢他成全了我，让我像个军人那样地度过生命的最后时光。

于是第二天，我策马来到了阵前，对着汉军的大营喊道：让你们大将军出来，项羽在此恭候了！

韩信果然就出来了。和几年前相比，这个人确实有了一些大将风范，神色也比较镇定。他对我拱手作揖道：霸王，别来无恙？

我笑道：我现在该称你齐王了，但我更愿意把你看做一个军人。

韩信说：我本来就是一个军人。

我说：可你怎么连军人起码的德性都忘了呢？你见过连战表都不下就偷袭的军人吗？

韩信迟疑了一下，说：霸王，军人是以服从命令为天职的。我是汉王的部下，他的命令我自然要执行。

我说：韩将军，这大概就是我们的不同了。我是发布命令的，你是执行命令的，但是，我心里十分清楚，你是个极善于把握时机的人。我兵临荥阳时，你的汉王朝思暮想地盼你来解围，你却借故推托，仅此一点，你不及纪信的忠诚。现在你来劲头了，我想这或许是两方面的原因吧？其一是你刚得了封地，成了名副其实的齐王；其二是你深知我将士疲惫，粮草短缺，桃子不摘自落，你轻而易举地就捞到了功勋与美名，可这对于军人是不是很不过瘾呀？所以说，我今天和你交手，无非是两个结果——不是你成全我就是我成全你。我很愿意把我的头交到你手上，但不会轻松地让你拿。怎么样，我们开始吧？这或许是我项羽最后的一仗了，我希望我们玩得漂亮一些，也好让后人大书特书一番。

我说完，就勒住缰绳，在等待着他先出手。这时候我的重瞳再一次重叠起来，我似乎看见了韩信内心深处的虚弱与怯懦。这个人说穿了还是挂记着死，他怎么也舍不得把刚分封到手的几个县邑再交还给刘邦的。于是我的希望落空了，我期待已久的激烈搏杀很快就演变成了一场乏味的追剿。韩信和我交手还不到五个回合，就玩起了金蝉脱壳，一溜烟地向山里钻去了。

我后来听说，这个背叛军人灵魂的男人居然说，他目的是想诱敌深入，好一举聚歼之。倒是那些助威的士兵给我留下了不错的印象。他们不阻挡我，像退潮似的闪开了一条路。他们的脸上刻着复杂的表情，他们想为我的武艺欢呼喝彩，但又怕伤了他们大将的面子，于是他们就用一种含糊的声音表达这种不可抑制的愿望，他们叫喊着：呜嗨——呜嗨——

这很像我们楚歌里的和声。我的画戟如风呼啸，我仿佛在指挥着这壮美的和声齐唱，同时我也被深深地打动了。这大概就是你们后来听到的四面楚歌的前奏吧？

楚歌是在午夜之时响起的。那时我刚刚卸下盔甲，吩咐马夫去给乌骓洗个澡。像往日一样，虞已在大帐里给我摆好了酒菜。虽说我们的处境很不妙，但是女人并没有表现出意外的惊慌。她甚至看上去是平静的，好像眼下的局面和平常差不多。几日前，当我们得知刘邦撕毁鸿沟之约时，女人第一次显出了愤怒，当时她说：沛公年长你许多，怎么德性如此之低下呢？她也就说了这一句。

我坐到虞的面前，说：真没劲，连韩信也混成了这样！

虞说：是的，我看了都觉得没劲。

想来也觉得好没趣味，我说，怎么我老遇见这号人呢？

虞这才问道：你打算怎么办？

我不假思索地答道：突出去好了。

虞说：你认为能突出去吗？

我说：不成问题的。我可以背着你突出去。

虞沉默了一会儿，说：我不想这样。

我说：不想？难道我们还坐以待毙不成？

虞说：对，我在考虑死。

这颇叫我吃惊，这个问题我还没考虑呢。我就扶着她的肩说：别这么想，我们突出去，我们不是说好了去乌江边上泛舟狩猎吗？

虞说：我觉得活着很累，也很乏味，因为我总要面对着那些我所不齿的人，而且还是男人。而且这些人最终都要成为统治者，要行使管理我们的权力，我无法忍受的就是这个。

我打断说：所以我要与他们决战到底！

虞说：没有决战。即使你杀了这个刘邦，还有另一个刘邦要做皇帝；即使是你自己做了皇帝，你又如何能保证你和刘邦毫无两样呢？你忘了吗，几年前你当了上将军不久，一夜之间就坑了章邯20万的秦卒？什么使你变得残暴？是权力。是独裁。这是无法改变的。

我一下没话了。

虞接着说：我做这个选择，还有另一个意思，就是不想连累你。

我说：这从何谈起？

虞说：你别太大意了。韩信今天虽然败了一仗，但不会一败再败，他会一直拖着你，一直拖到你草尽粮绝，他拖得起。我曾经想过，你的悲剧在于你是个常胜将军，打遍天下无敌手，但是现在，我不希望你因为我而成为他韩信的俘虏，那种人不配接受你的投降。如果你是我心爱的男人，你就必须突出去！

这时候，我们听见了四面的楚歌声，像大潮一样由远而近。那是真正的楚歌，其声悲壮而悠扬，仿佛自九天而落。这歌声寄托着我们楚人最简单的理想，就是正义与和平。歌声从楚营传到汉营，响彻云霄。我们情不自禁地走出帐外，今夜的月色散发出清冷的寒意。虞依偎着我，轻声说：你听，这是为我以壮行色呢！

说完，她抽出我的佩剑，刎颈而去了。她的暖血喷射到我的脸上，与我的泪水融成了一体。我很悲痛，但更多的是为此生拥有这样一个女人而自豪。我慢慢把虞放倒，然后小心地裁下她的首级，用我的衣服包好，再将她系到身上。

我下达了突围的命令。我说：弟兄们，让我们唱着楚歌上路吧！

12

我必须告诉你们的史学家，垓下突围与你们对我的美化不一样。试想，面对韩信30万兵马，我一支画戟能挑得开路吗？我是做好战死的准备的，结果却没有死。我的画戟上几乎没有溅上一滴血。就是说，汉军并没有怎么拦我，或者说只是象征性地拦了我一下。如果我这么说还欠妥当，那么后来我到了乌江边上，怎么恰好就碰见了那位乌江亭长呢？而且他还早备好了一只轻舟。他怎么能料定我要到此？太史公用心可谓良苦，非要借我之口来为我的死寻一个合适的托词，说我感叹是天要灭我，说我之所以不渡江东是无颜见江东父老。这似乎很具戏剧性，是个巧合。可我作为当事人不同意这种牵强附会的解释。我深知这是有人事先的安排，不希望我就这么给刘邦方便。这个人是谁？我不知道，我一直把他视为你们心中的那个人。这个人无疑是轻视刘邦的，至少他不信任刘邦以及刘邦们。如果按西方人的解释，这个人或许就是上帝。上帝之手总是看不见的，但每回伸出来都非常及时。

然而这回我让上帝失望了。我违背了他的意志。

当我从乌江亭长手里接过船时，我要做的是把我心爱的坐骑乌骓送了上去。于是那亭长就急了，他几乎是用哀求的语气对我说：霸王！江东虽小，但仍有千里江山，数十万兵马可用啊！你还是尽快过江重整旗鼓吧！

我笑了笑，说：老人家，问题是我是个不爱江山的人啊。再说，我就是重整了旗鼓，东山再起了又当如何？再去与刘邦玩吗？要玩也行，但总得有个游戏的规则吧？如果我也不讲这规则了，岂不是两个流氓在闹得天下不得安宁吗？

那老人就此沉默了。过了会儿，他便消失得无影无踪。

那个时分，天已经微白，曙光在乌江上闪烁着黝亮。我徘徊在江岸边，心情渐渐变得有些沉重。八年前，我就是在这个地方看见远方那片广博的绿色的。然后，我又发现了现在握在我手中的这把举世无双的画戟。它安静地躺在江底的白沙里，我竟将它打捞而起。这事仿佛就发生在昨天。现在，我需要把它送回它的原处。于是我扬手奋力一掷，送走了我的武器。但就在此时，一种极不舒服的感觉缠绕着我。我想自己从23岁起事，大小战役经历了76次，竟然还没有遇见一个真正的对手。作为军人，这不能不说是个遗憾。现在，我的画戟已离我而去，我的坐骑也离我而去，我最爱的女人也离我而去了！

这世界仿佛只剩下了我一个人。

忽然，我听见了一个声音在轻轻地呼唤着我——

项羽，你听见了吗？

我说：我听见了。

我是谁？

你是我的虞！

你不该有所抱怨。

我没有抱怨老天对我不公……

其实，有一个对手一直在跟着你。那才是你真正的对手。

我知道，我刚刚知道……

那就好……

虞！虞！虞——

虞的声音消逝了。

而此时，我看见我的乌骓立在船头回首对我一声嘶鸣，然后纵身跳到了湍急的江水之中。我知道，我该与这个一直紧跟着我的对手进行最后的决战了。我抽出我的佩剑——当初的鸿门宴上，这本来应该是解决我和刘邦的手段，此刻却变成了我完成人生的助手。看来我的重瞳实在是不算什么。我头顶上还有一双亮眼——那是天的眼。从这个意义上，太史公认定是天在杀我，倒也自圆其说了。

我很轻松地就把我的头颅割下了。我最后的感觉是记得我的血很烫，带有微咸。

不久，吕马童和王翳他们赶来了。他们找到的是一具无头的尸体。他们没有找到我的头，当然也不可能找到虞的首级。这一对头颅去了哪里只有苍天知道。于是，他们只好把我的尸体当场就瓜分了，因为他们的汉王已悬赏，这具残尸却足以保证他们一辈子的荣华富贵。据说乌江的岸边还流淌着我和虞的鲜血，江浪竟没有把它冲刷干净。

……

第二年春天，这块地方开出了一片不知名的红花。有一天，一个老人领着他的小孙女到这儿散步。那孩子就问：爷爷，这些漂亮的花儿有名字吗？

老人思忖了片刻，说：有。它叫虞美人。

1999 年 8 月 22 日，初稿于北京天坛之侧

9 月 2 日，改毕于合肥寓所

（原载《花城》2000 年第 1 期）

附　录：

关于《重瞳》的一些话

在我十八年的小说写作生涯中，只有这部《重瞳》是个例外，一下写到了两千多年前。这部小说早在五年前我就想写了，我记得当时从海口路过广州，一个晚上我和田瑛一起散步，他问起我的创作近况，我告诉他：我想写项羽，用第一人称写。他立刻就说：好，你快把它写出来。能写成个长篇吗？我说我不过是有这个想法，还没敢深想呢。田瑛便又说了句：这个东西也只有你写合适。他的这句话让我有些震动，我想起不久前鲁枢元兄在评论《风》的文章里说过：潘军的身上有一股塞上军旅的霸气。两位朋友的话使这个刚萌生的写作念头变得强烈，似乎马上就想把《史记》找出来重读，开笔就来。

不久，我离开海口去了郑州。这里正是当年楚汉相争的古战场，听一位朋友说，位于荥阳境内的那条著名的鸿沟还在，那儿还立着一尊乌骓马仰天长嘶的塑像。我们本来约好要去看看的，结果却因我生意上的一堆杂事一搁再搁，终于没有成行。那个时期正是我这一生最背时的日子，我陷入进退两难的境地，差一点就彻底栽了。不过，尽管日子不顺，我的内心还不至于过分焦虑。我仍然在想着项羽，因为我很喜欢这位古代的将军，而且采用“第一人称”叙事总是叫我产生写作的欲望。我便找来了《史记》和《汉书》，两两比较，我还是喜欢司马迁。但我还是很踌躇，觉得故事新编的做法意思不大，怎么写和写什么同时提到了面前，而我一筹莫展。

又过了几日，我分别写了三个开头，拿给朋友看了，自己却不满意。我想这件事还真是急不得的，得悠着点。谁料这一悠就是五年。

去年的夏末，我写完了长篇三部曲《独白与手势》的第二部《蓝》后，总觉得这一口气还噎着，骨鲠在喉般的不舒服，就再次把《史记》翻了出来，认真读了几遍，忽然意识到自己找到了办法。

我选择第一人称叙事，实际上也就是让死人说话，让项羽的亡灵说话。而既然是亡灵，他的视野就应该是无限的，如同传说中的“重瞳”。确定这一点十分重要，它意味着这部小说具备了一种特殊的叙事形式。同时这种叙事上的策略意外地使我对把握这个题材豁然开朗。这样我就可以完全抛开史籍对这一题材的规定性，现在，我可以按照我的想象与思考来写作了。

> 我要讲的自然是我自己的故事。我叫项羽。这个名字怎么看都像个诗人，其实自己早就觉得是个诗人了，但没有人相信。

开篇我就这样写道，我心目中的项羽应该是这样的——

> 我不是奇人。我不是你们印象里的那个“力能扛鼎”的大力士，我的身高也没有八尺，非但不是，我自觉修长而挺拔的身材还散发着几分文气。

这个定位无疑具有对历史的叛逆性，这正是我所需要的。但是对于这个家喻户晓的故事，企图作一次彻底的颠覆实际上已不可能。我无法改变历史中的事件、人物，如同我不能忽视时间和地点，但是我可以对它进行重新的解读，我的责任是寻找另外的可能性。这应该是我写这篇东西最为重要的支点。

事实上，司马迁的《项羽本纪》具有重新解读的性质。最典型的莫过于“鸿门宴”，围绕着项羽预谋杀刘邦写得绘声绘色，但仔细一推敲，就觉得每个环节都很可疑，所有在鸿门宴中登场的人在太史公笔下都是那么生动，唯有项羽成了多余的人，苍白无力，这不能不让我困惑。我甚至怀疑太史公限于当时的某种障碍而故意为之，连起码的逻辑都显得如此地混乱了，以至于最后让刘邦不明不白地回到了灞上。再看“乌江自刎”的安排，正如我在《重瞳》中写到的，怎么恰巧在霸王走投无路之际，会出现那么一叶轻舟呢？如此这些，都成了我的可乘之机。我觉得，我已经有把握来写这篇小说了。在小说写过三千字后，我决定增加一个副题：霸王自叙。我要求项羽作为当事人出来说话，要求这个死去两千多年的亡灵出来把司马迁未能说清楚的、说得不妥的地方说明白。甚至咬文嚼字，譬如对项羽祖父项燕的死，司马迁写道“为秦将王翦所戮”，便遭到“我”的驳斥——

关于这一点，太史公说的不对，甚至非常错误。我祖父项燕并非死于秦将王翦枪下，他是饮剑自尽的。虽说都是一个死，但之于军人，自裁无疑是光荣的。

接下来我又强调道——

这个细节我之所以喋喋不休，是因为太重要了。它不仅仅是关乎我项家的荣誉名声，更重要的是它预示着宿命。很多年后，某种意义上讲我的归宿实际上也是对我祖父的一次公开模仿。

作为小说家，我更关心的是这种借题发挥。

重新解读与借题发挥是这部小说的两条路，但又是殊途同归。一方面，我需要对史籍中所提供的东西认真咀嚼，从中寻求新的可能性。从现在的作品看，《项羽本纪》里提到的基本上没有遗漏，但已完全不同了。最典型的是写项羽的几次杀人——他杀会稽太守是受了叔叔项梁的利用；杀宋义是为了救赵，维护了一个军人的尊严；杀王离是骄横；杀李由则是成全。在写到坑章邯带来投诚的二十万秦卒时，我犯难了。显然，我是喜欢这个项羽的。我的愿望是塑造出一个血管里流着贵族血液的且具有诗人气质的军人，一个对世界富有天真浪漫情怀的男人，一个为连天征战所厌倦的性情中人。“生当作人杰，死亦为鬼雄”，李易安的这番感叹多少年前就是我的心声了。可坑秦卒又是无可辩驳的事实。我想了几天，意识最后锁定的是权力与人性的关系。我不能回避这个。与此同时，我写了章邯的忏悔，以一种暧昧而无法证实的手段了结此事。另一方面，我的思绪完全撇开了历史的局限，把一切在我看来都可以引进的东西全部写进了小说，这是一种幻想，一种超现实，更是一种心理的真实。以至于在小说发表后，一位朋友给我来信说："这个项羽不是死了两千多年的古人，而是我们中间的一个，昨天才刚刚告别人间。"

这同样是我想要的。所以某种意义上，我反对把《重瞳》看做"历史小说"。

我曾经在报纸上看到一篇关于《重瞳》的评论，不长，却很对我的胃口。那篇文章的题目叫《云霄之上的浪漫主义》。这是不错的，我的确想把这部小说写得洒脱一些浪漫一些，我希望在刀光剑影之中看到一些温情的东西，我喜欢那种举重若轻的感觉。于是我安排了项羽的吹箫与寻剑；安排了项羽在乌江之畔与虞的那种初次相见，遥远的楚声与千里之外那一块绿色的对应；也安排了最后那样的结尾——

第二年春天，这块地方开出了一片不知名的红花。有一天，一个老人领着他的小孙女到这儿散步。那孩子就问：爷爷，这些漂亮的花儿有名字吗？

老人思忖了片刻，说：有。它叫虞美人。

关于《重瞳》，我想我已经在小说里说够了。就我个人的写作经验而言，迄今为止，还没有一篇东西在写作中能像这样地让我感到舒畅。

2000年2月17日　合肥寓所

合同婚姻

1

苏秦与李小冬解除婚约是几年前那个秋天的事情。他们在一个阳光明媚的下午，一边谈论着中国驻南斯拉夫使馆被美国佬无端轰炸，去了位于城南的区民政部门。那天苏秦开着银灰色的本田车，李小冬听着克莱德曼的钢琴曲，两人都戴着款式新颖的墨镜。他们下车后，突然感到有点热，李小冬就把随身带的那把遮阳伞撑起来了，然后把它交到了此刻还是她丈夫的男人手里。那伞是酒红色的，阳光透过伞布过滤，出现在女人脸上的色彩很妩媚。两人在这样的一把伞下，感觉仿佛情侣一般美好。等走到路边一个小摊子上，苏秦准备买矿泉水。李小冬在墨镜后面提醒男人：就买一瓶吧。苏秦就花两块钱买了一瓶，他把盖子拧开，先递给了李小冬。苏秦说：你喝吧，剩下的给我。李小冬便把矿泉水拿到嘴巴边上，不含着，这样悬着喝了几口，再把它还给苏秦。后者就大口地喝起来。等到了民政部门的门口，李小冬又说：我还想喝几口。于是苏秦便用水把瓶口冲了冲，再次递给马上就不是自己妻子的女人。女人笑着说：真是很怪啊。你看，我们要离婚了，你才变得这么事事精心。

苏秦说：你不也是吗？

李小冬说：看来婚姻真不是个东西啊。

苏秦有点尴尬地说：是啊，是啊。婚姻就是这么个东西。

这是第二次来了。第一次是发生在一周前，接待他们的是一个过了中年的妇人，像首长一样地告诫两位当事人：这可不是闹着玩的啊，同志。这个问题你们最好慎重考虑考虑，重新考虑考虑。难道——她的语气有个停顿——有什么非离不可的理由吗？

问话的显得振振有辞，听话的反倒纳闷了。离婚是人的一项权利，也是一份自由，怎么还得要出示什么“非离不可的理由”呢？

似乎没有。他们之间共同生活了四年，没有出现什么类似“第三者插足”或者“红杏出墙”的过硬理由。连一点迹象也没有。可是办理离婚就那么需要“非离不可的理由吗”？都是两个人的事，奇怪的是当初结婚登记的时候却没有人这么问过：你们有非结不可的理由吗？

后来李小冬说：我看哪，还得最后委屈你一回了。

苏秦说：你又想什么馊主意了？

李小冬说：要制造一个“非离不可的理由”呢。所以只能说你在外面乱搞了，这应该是最硬的理由。

苏秦说：你这才叫乱搞呢。

李小冬说：你在乎什么？这又不往报纸上登的。即使将来你再婚，女方有误解，我会及时赶来为你作证的。

苏秦看着远处的一个水塔，像是自言自语地说：再婚？我有病？

不知道这回他们是怎么办掉的。不过与打官司上法院相比，协议离婚还是显得轻捷。他们的事不到半个钟头就办妥了。但领证的时候多了一道手续，需要拍一张三分钟的速成像，贴到离婚证上。苏秦被一个长得民工模样的人推到照相机的面前，坐下来，感觉屁股下面的凳子太硬了。还没怎么准备，照相的人就说好了。然后是李小冬拍，也还是很快。等照片出来，他们都觉得照片上的人不像自己。

离婚证的封皮是绿色的，他们管它叫“绿卡”。

这以后，苏秦只要遇见熟人，或者有朋友来电话，问起李小冬，他就说：我们最近领“绿卡”了。

如果对方还不明白，苏秦就补充说：她最近提拔了，由老婆成了前妻。

2

苏秦和李小冬是大学的同学。他们不在一个系，苏秦学的是中文，李小冬读的是英语，而且比他低两班。他们的认识是因为省里要搞大学生文艺会演，全校抽人在一起排练一个日本的民间舞蹈《八木小调》。那是一个由五男五女组合的舞蹈，一对对的，他们正好是一对，在台上如同形影，不离左右。恋爱都是偶然的产物，就这个因素，他们便开始了恋爱。他们的恋爱在大学校园里继续了一年，进行得还算顺利。于是苏秦毕业之前的最后一件事，是和二十岁的李小冬确定了恋爱关系。他们虽然没有同居，发生性关系，但却一丝不挂地躺在了一张床上。

那是个有很好月光的晚上，两个年轻的大学生去了郊外一处农家旅馆，开了房。本来他们是做好了结合的准备的，还没坐稳，便十分温情地在黑暗中把彼此的衣服脱了。正欲行事，李小冬感到了害怕。她一下坐起来说：我还是处女啊。

苏秦说：你总不能一辈子都当处女吧？

李小冬说：要是怀孕了怎么办？

苏秦就把灯开了，李小冬吓得钻到被子里。苏秦有点腼腆地从书包里拿出了一只避孕套。李小冬一看这个曾经在学校厕所里屡见不鲜的玩意儿，情绪一下就坏了。她挖苦苏秦：没想到你还这么在行啊！

苏秦说：成人都知道的啊。

李小冬说：我就不知道！

苏秦突然感到事态一下变得严重了。李小冬的意思很明显，他曾经有过性经验。那么和谁有了，却没有对面前的姑娘说。这在20世纪80年代初期，在中国两性交往史上算是欺骗行为。他们就这样不欢而散了。两人冷淡了一个多月，到了苏秦将要走出校门时，李小冬又主动找到了他，表示还想把两人的关系保持下去。

苏秦说：我想知道，你这么急转弯，为什么？

李小冬憋了很久，才撂下一句话：你都看了我了。

苏秦当然是愿意的。他喜欢这个比自己小四岁的姑娘。在这之后的三年里，他们以通信的方式维护着恋爱，直到结婚。他们在一起生活了五年，这才发觉原来双方是这样的不合适。既然不合适，也就没有多大的意思。没有意思，也就这么客气地离了。

3

苏秦离婚后，与李小冬还在一套房里住过一阵子。不过费用却分开了，苏秦负责水电，李小冬承担煤气与市内电话。那个时期苏秦在机关工作，与领导的关系弄得很僵，所以也不想干了。到了1993年，南边的形势火起来了，于是苏秦就辞职去了海口。这期间他还隔两个月回来看看，还住原来的房子。于是就有人开他的玩笑：苏秦啊，你这样离婚不离家的，也够潇洒了，还想蹭到什么时候？

苏秦说：我不过回来蹭李小冬几顿饭吃而已，可没想蹭她觉睡。

这个男人的运气很好，在海南岛实行“宏观调控”的前夕，他成功地炒作了一块地皮，赚了几十万。意外的横财使这个持重的年轻人感到吃惊。他自然不想恋战，很快就从商场上抽身而出。当初离婚的时候，他答应给李小冬十万块钱，不过那时他是个穷光蛋，李小冬拿到手的也只是一张白条。女人就带着调侃的口吻说：你拿我当农民啊？只有某些地方的政府才给农民打白条呢。

苏秦却认真地说：你不妨先收了吧。

所以现在男人拿支票换回白条时，女人就有点惊讶。她从来就没有见过这么多的钱，也怀疑这钱的来路。她说：苏秦，你没干什么亏心事吧？

苏秦有点得意地说：你就当我傍了个富婆吧。

然后他就到了北京。苏秦不是那种愿意干事业的男人。他向往的是那种养尊处优的生活。所以在北京，他没有自立门户开公司，而在一个朋友的广告公司里当着策划顾问，帮他们做个文案，一个月拿着足以养好自己的薪水。有事就去，无事就在家里读读杂书，偶尔也写点文章。过去他有过当作家的理想，现在却不想了。他觉得这是自己和自己过不去，没有必要以一本什么书引起多大的轰动，成为别人羡慕或者憎恨的对象。他觉得就现在这样很好，很舒服。身份感对他这个年纪的男人已经没有了实在的意义。

作为男人，苏秦自然容不得自己的情感没有着落。随着时间的推移，他也到了四十岁。尽管如今对青年的界定尺度放到了四十五岁，他还是觉得已经像个中年了。苏秦的家乡在长江中下游边上的一座小县城，父母都是中学教师，如今都退休了。他在南方忙着挣钱的时候，妹妹却考"托福"去了美国加州，两年后就生了一个儿子。但在父母眼中，那还是人家的后代，所以苏秦和李小冬办完离婚，老人是很不高兴的。他父亲一直怀疑是儿子的行为不检点造成这一后果的。而母亲认为离异的关键，在于他们没有及时生一个孩子。要是你们一结婚就怀上了，就好了。母亲总这么反复感叹着。现在他们只希望这个四十岁的儿子再成一个家，怎么说也得给苏家留个后代。无论男女我们都一样高兴，父亲说，这事你必须抓紧，不能一错再错。苏秦说：我都这么大了，你们怎么还这样唠叨？我和李小冬是协议离婚的。离婚是不是很丢人？

实际上四十岁的男人苏秦也不满足于自己屋子里只有一个人的生活，虽然简单，但毕竟还少了最实质的内容。苏秦这个人的性格有点怪，他从来不主动去接近一个女人，更谈不上追求了。但是，如果遇见了，他也不想轻易错过。

在北京前后六年，与苏秦有过性关系的女人有三个。这三个女人，基本上都是阶段性的，甚至偶尔客串一下，谁也不管谁，也自然没有实际的打算与未来的展望。严格地讲，只能叫性伴侣，还称不上是情人。最初，苏秦对这样的交往感到满意，因为没有额外的负担。两情相悦已是足够。可是时间一长，难免会产生一点感情。有感情就会希望彼此专一。苏秦希望这样，但是女人们却没有相应的考虑。到了 1999 年的春天，他偶然遇见了一个来自成都的女人，是一个酒店的大堂副理。那时苏秦在帮朋友策划一个新型保健药品的营销推广项目，住在这家酒店，和她熟悉了。苏秦很喜欢女人穿职业装，喜欢女人把头发挽成纂儿。这个女人也喜欢接近他，听他说话，迷恋他说话时的手势滔滔。没谈几回，两人就上床了。他们在床上也好默契，每次做爱都是大汗淋漓，女方也都有高潮。于是这个女孩就想嫁给他。这个问题一经提出，苏秦就有了犹豫。苏秦不是对女人自身的犹豫。他觉得女方家庭的负担过重，除了父母收入甚微，还有一个患小儿麻痹症的弟弟。如果他正式娶了人家，那么这些便理所当然地成了自己的义务。苏秦是个坦率的男人，他觉得自己已没有精力也没有必要来应付这样一堆的事情。于是苏秦说：我们不能结婚，因为我实在担不起这些。那个女人也明理，不骂男人这么自私，也没有过多的要求。在与苏秦同居半年之后，嫁给了一个开火锅店的老板。她在举行婚礼前夕单独约了苏秦，希望婚后继续与苏秦保持若即若离的关系。

女人说：那个人养我，你给我感情，行吗？

苏秦想了想，说：这有点问题了。既然是婚姻，总不能一开始就行背叛之事啊。

他没有接受，以给女人买了份什么保险将此事了结了。

4

当年苏秦与李小冬的婚姻终结，虽说没有出现什么“非离不可的理由”，但也不是一点外界的诱惑也没有。苏秦办公室里有一个女同事，叫陈娟，是北京一所高校新分配来的应届毕业生，家在犁城。陈娟属于那种青春性感的姑娘，性格中又带有斯文，人虽谈不上多么出众，但还是令人舒服的那种，有着耐看的面貌和修长的身材。这个陈娟一来就看上了苏秦的仪表和才华，很主动地接近他。据几年后的她说，那个时候，她是已经有与苏秦搞婚外恋的心理准备的。有一回，苏秦因为赶一份材料，下班晚了，陈娟便替他在机关食堂里买了饭。苏秦有些不自在，说：我不能在外面吃饭啊，李小冬会不舒服的。陈娟委屈得眼睛一下就湿了，说：不就是一份盒饭吗？犯得着扯出你老婆？

这件事让苏秦感到很羞愧，他想婚姻真他妈的不是个好鸟，就这点事心里都还有障碍。很长时间过去后，苏秦把这件事对已经是前妻的李小冬说了，他说：这大概不能算是越轨吧？女人说是啊，婚姻。我这辈子反正是把这件事做过了。女人又说，苏秦，看来我们在婚姻期间并没有什么让对方很伤心的事情。我嫁给你是处女，这你总还是记得的。苏秦说：我当然记得。李小冬说：可你在这之前就有了不轨行为。李小冬又翻出“避孕套事件”。苏秦伸了个懒腰，说：这都过去几年了，你怎么还惦着这宗冤案？李小冬说：狗屁，什么冤案，我的直觉一点也不会错的。苏秦说：好了好了，我们不是都离了吗？

有人问苏秦，你和李小冬是那样的般配，怎么两人说离也就离了呢？

苏秦说：我们般配，但不合适。

那人很不理解：你可是很在乎她的啊。

苏秦说：婚姻不是选劳模，两个优秀的人在一起未必就得到一份同样优秀的生活。倒是两个合适的人在一起，可能会有一份合适的日子。

问话的人就是陈娟。再见苏秦时，时间已不经意地过去了八年，陈娟已经是北京一家大公司的什么部门经理了。他们是偶然遇见的。那个暮春的晚上苏秦去长安大戏院听李世济的《锁麟囊》，散场的时候，忽然听见身后有人喊他。开始以为是听错了，结果喊声越来越近，一回头，就看见一个高挑个的、穿着豆沙色夹风衣和高帮羊皮靴的丰腴女子在远远地对他笑，再一看，竟然是陈娟。

怎么是你啊！苏秦感到意外，也感到高兴，没想到会在这里遇见过去的同事。

我是不是变得很厉害啊？陈娟一上来就这么问。

苏秦说：你变得漂亮了啊。

陈娟说：看你这人，连讨好女人都这么拙劣，怎么张嘴就说瞎话？

苏秦认真地说：是啊，你真的变得漂亮了呢。

陈娟情绪很好。女人大都这样，即使经过了什么仪器鉴定，男人夸她的话是假的，她也一样爱听。陈娟还是抓住这个题目做文章：你这意思是说，以前的我一点也不漂亮了？

苏秦说：那也不是。不过说实话，那时我可真没敢好意思多看你。

陈娟笑了笑，说：是因为李小冬吗？

苏秦说：可能吧。我们办掉了，知道吗？

陈娟说：倒是听说过的。她现在怎么样？

苏秦说：虽说是单身，但过得很好啊，新买了房子，装修图纸还是我帮她画的。

陈娟说：你们还是藕断丝连啊。

苏秦解释说：不不，离婚就是离婚。倒是现在见面比以前客气多了。

陈娟似乎有点困惑：那是为什么呢？一分开反倒好了？

苏秦说：大概是一个角色的问题吧。

陈娟说：这话听起来还很深刻。你呢，还是一个人？

苏秦说：我当然是一个人了。

陈娟笑道：什么叫当然啊？

苏秦说：我总觉得，如果是再婚，女人应该先行一步。

陈娟说：你这还是放不下她呢。你们能再合到一块吗？

苏秦说：你是说复婚？这好像不太可能。

陈娟说：为什么？

苏秦说：过得好过不好那已经是领教过的呀。

两人说着就来到了停车场，陈娟这才问苏秦：你晚上还有别的安排吗？

苏秦说没有。

陈娟说：那你等我一会儿，我去开车。我们去三里屯找家酒吧坐坐。

苏秦点点头，心里也暗自吃惊，想陈娟这个女人还真的不简单，三十来岁的年纪，居然神不知鬼不觉地杀回北京发展起来了。一会儿，陈娟从地下车库把车开来了，是一辆刚上市的白色的小赛欧。苏秦觉得这个女人就像这辆新款的小车，不算华丽，但很实在。

于是两人就到了三里屯，进了一家叫做“子夜”的酒吧。那时候酒吧的生意刚刚上来，都是些出双入对的男女。苏秦想，这些人中间必定是没有一对夫妻的，他发现自己的心理或许有点问题了，自己不结婚，仿佛天下的婚姻都是那么不幸。他把这个心理坦率地告诉了陈娟。后者说：其实就是这样啊，否则酒吧的生意怎会这么火呢？陈娟的另一个例证是，她说最近一段时间她经常上网聊天，发现只要是类似“三十以后才明白”、“中年难过美人关”、“四十情怀”这样的聊天室，几乎每时每刻都是“客满”，可见人到这个阶段，心是多么的浮动。

他们要了两杯扎啤和一份爆米花，开始了交谈。这时苏秦才知道，这个陈娟刚离婚不久，离婚的原因很通俗，男方首先有了外遇，被她捉奸在床。

我当时一看，什么也没说，还把他们的房门带上了。陈娟说：然后我就开始打点自己的东西了。我连那个女人的脸都还没看清呢。那女人一溜走，他就对我下跪，我这才火了，我说你犯得着这样吗？敢作敢当嘛！要是那个向你脱裤子的女人看见你现在这么跪在我面前，她会很伤心的。这样一说，他又站起来了。

苏秦身体往后一靠，说：想不到你做事也很漂亮呢。

陈娟打了个手势，喝了一口酒。

苏秦感到这一刻女人一定是心情特别好。

5

那个晚上后来发生的事多少令苏秦有点准备不足。他们各自喝了两扎啤酒，结果陈娟还是执意要开车送苏秦回去。苏秦说：这么晚了，我还是打的吧。陈娟说那何必呢，我这也就是一脚油门的事啊。是你那里不方便吧？

女人这么激将一下，男人也就不推辞了。他们插上三环线，往南行没多一会儿，就到了方庄，到了男人的屋子。这是一套崭新的两室两厅的房子，装修也很雅致，但却是租用的，每月的租金为人民币两千五百元。所以陈娟一进门就说：你还不如按揭买一套房呢，首付完了，月供也就三五千块。

苏秦说：我也这么想过的，可总下不了决心。

陈娟说：这有什么下不了决心的呢？

苏秦说：主要是还没有非买不可的理由吧。说实话，我不喜欢北京的空气，只是觉得北京的钱比外地好赚一些。再说，要是在外地遇见一个女人怎么办？我是说那种适合做老婆的女人。

陈娟就笑了，说：你心里还是想着要结婚的啊。

苏秦说：话当然也不能说死啊，毕竟我还不能算老嘛。

苏秦说：有时候想想，婚姻也有婚姻的好处。譬如说人生病了，身边能有个人倒个茶递个水什么的，那还是好。

陈娟说：要是这样，那雇一个保姆不就结了？说到底，你还是耐不住寂寞。

苏秦就笑了，说：陈娟，作为男人，我虽然算不上那种风云人物，但也还是有点魅力的吧？我难道找不到一个女人作伴？

陈娟说：你这个人我大致是知道的，你骨子里还属于古典情种，像那种一夜风流的事你不会干。却又见谁爱谁，对谁都真诚。

苏秦说：很对，我和李小冬离婚这八年，就是这么过来的。我不会主动去追逐女人，但是真的遇上了相互顺眼的，我也不轻易错过。人与人的相遇与错过往往都是瞬间发生的事。

同意。陈娟说：这话我太同意了。我还想问你，你对女人的要求，是不是就是一个“顺眼”？

苏秦说：那当然不是。从前我对女人的要求是八个字——通情达理、秀外惠中。现在觉得这个标准好像是旧社会的，不现实，都什么年头了？还这么古色古香。就作了修改，多加了四个字——看着顺眼，聊着开心，睡着舒服。

陈娟一下笑了起来，把嘴里的茶水都喷到了沙发上。陈娟弯着腰说：同意，同意！

苏秦说：现在啊，男女的事既简单又不简单。简单嘛，是说上床也就上床；不简单嘛，是说下床就下床。

陈娟继续在笑：你这话虽然有点粗，不过很准确啊。

苏秦说：我这可是经过调查的啊。我问了不少男人女人，大都是这样。你看，这是不是有点人心不古、世风日下啊？

陈娟说：也有个怎么看的问题吧？毕竟现在的人活自在了。

话说到这里，苏秦便站起来活动了一下身体，说：那是，对社会或许是不安定的因素，但对个人却是自由。

陈娟见苏秦站起来，就说：哎，你这是在下逐客令吗？

苏秦点上香烟，笑了笑，说：哪里的话。咱们能见一面可真不容易。要是不想走，留下就是了。

陈娟开始还是在笑，说：这是什么话？你就不能说，是你不想让我走吗？

苏秦立即改口：对对，我希望你今夜别走。

陈娟说：我可没有别的女人那么顺眼啊。

苏秦就坐到了陈娟边上，说：其实，多年前我第一次见到你时，就觉得你特别顺眼。要是那会子我没有和李小冬结婚，也许就找你了。这是真话。

男人的气息逼近过来，女人突然就觉得有点紧张，也有点激动。实际上女人选择这么晚送男人回来，就已经有了心理上的各种准备。不过现在事情真的来了，她还是有点不自在。女人保持着原来的姿势，像在等待男人进一步的要求。于是男人走过来，凑近她的耳边低声说：先洗澡好吗？

这个晚上他们过得很好。

陈娟的确是那种耐看的女人，身材五官都过得去，如果是在校园里或者在机关里，她算得上引人注目的女人。但在社交场上，她并不抢眼。这一年，陈娟三十岁，有着少妇那种特有的风韵。当她洗完澡之后，苏秦才看到，这个女人被时装裹住的肌肤，实在比露在外面的要白皙许多。他熟练地抚摩着女人，感到怀中的这个身体一点也不陌生。他甚至想，自己可能已经在某一次梦境中，曾经拥有过这个身体。然后他们就做爱了，彼此的感觉都不错。事情完了，陈娟问：我是老几啊？

苏秦愣了一下：什么老几？

陈娟说：我是你第几个女人？

苏秦侧过身去拿烟，说：这个问题我不予回答。

陈娟就笑了，说：我们都这样了，你还有什么不好意思的？那你再回答一个问题：与那些女人相比，我怎么样？

苏秦说：你这个人，坐在沙发上没有什么问题，怎么一到床上老有问题？

陈娟撒娇地说：你肯定是认为我不好。就是！

苏秦搂着女人说：你没见我出了那么多的汗吗？

陈娟说：这是第一次嘛，有新鲜感，可能往后你就不出汗了呢。

苏秦说：那咱们走着瞧。

这个晚上他们就这样折腾了一个通宵，说着说着，又堆到了一块。直到窗外的天现出曙色，陈娟才说：苏秦，没想到你老先生床上功夫一流啊。

第二天他们睡到下午三点才懒洋洋地起床。陈娟去梳洗的时候，苏秦已经在做饭了。他用微波炉热了牛奶和火腿肠，凉拌了一个西红柿，再煎了单面的鸡蛋。他把这些摆好，再各自倒了一杯果汁。

陈娟穿着苏秦的衬衣，把屁股整个包起来了，感觉下面就没有穿什么。她把洗过的头发用干毛巾裹上，懒散地坐到苏秦面前。看着眼前这一切，女人感到由衷地高兴。女人说：苏秦，这是我近期过得最好的周末。

苏秦说：我也是。我觉得我们还真是做到了那个十二字方针。

陈娟说：你该不会在暗示着要娶我吧？

苏秦说：虽说没有这么想，不过，我看理想的婚姻也不过如此吧。

陈娟说：可是这样生活久了，也会彼此厌倦的——你说呢？

苏秦说：可能吧，婚姻总是让人紧张。

说到这里，陈娟的手机响了，可是她非但没有接，还把手机给关掉了。

苏秦说：你接就是，我不会有什么看法的。

陈娟说：也就是一个熟悉的客户，对我有点那意思，一直就是这么电话缠着。

苏秦说：那也难怪，像你这样的女人，肯定不是我一个人喜欢的。

陈娟说：苏秦，假如我只想你喜欢，你能做得到只喜欢我一个吗？

苏秦说：你们女人一爱起来就喜欢提这么绝对的问题，其实谁都明白，没有人一辈子只爱一个人，神也做不到的。

陈娟停顿了一下，说：也对。我想这大概就是你不打算再有婚姻的最大的理由吧。你现在这么自由，可以随便跟任何女人好。可人是会老的啊，你老了以后怎么办？

苏秦说：这没什么不好办的吧？即使是最好的夫妻，那也不是同一天死啊。

陈娟说：你这是抬杠。

苏秦摇摇头，说：怎么人们一谈婚姻就那么实用呢？

陈娟喝了口牛奶，说：不过听你这么一说，我觉得我好像也不再需要婚姻了。

苏秦连忙打断：别，这只是我的考虑。你是你。你是女人。

陈娟便站了起来：女人怎么了？从前女人要婚姻是指着男人养她，所谓的“嫁汉嫁汉，穿衣吃饭”。或者说想生一个孩子。这两方面我现在都不需要。我只要这辈子过得充实。

苏秦想了片刻，提出了建议：既然这样，那我们不妨先这么相处下去。你看呢？

陈娟接受苏秦这个建议，前提是也需要苏秦对她有一个承诺，她说：你不能从这张床爬到另一张床，我不能接受你带着别的女人身体上的气味回到我边上。你能做到吗？

苏秦说：你不就是要求有一个相对的稳定与专一吗？这没问题，这也是我的风格。我与异性交往，都是一段段的。

陈娟没有再说什么。

这之后他们就每逢周末住到了一块儿。苏秦不愿意去陈娟那里，总是借口“我没有车”。其实他多少有点介意陈娟过去的生活，虽然女人并没有说什么，他也什么不打听，但他还是觉得自己不愿意睡到那张床上。陈娟大概也看出了男人的心思，也不点破。两人就这样相处着，春天很快就过去了，夏天开始了。有一个周末，天下大雨，陈娟也还是来了，感到人很疲惫。于是苏秦就说：你干脆住过来得了，免得跑来跑去的。陈娟想了想，答应了，当晚就把自己的一些衣服、鞋子以及生活日用品，一箱子提到了苏秦这里。她把箱子放下的时候，不由得叹了一口气。这令苏秦有点困惑，便问：你怎么了？

陈娟瘫在沙发上，说：我好像成你老婆了。

苏秦纠正道：那不是，你要是觉得别扭，可以随时离开的，我们之间不需要履行什么法律手续。

陈娟问：就图这点方便？

苏秦反问：这还不够吗？这不是方便，是自由。

陈娟点点头，与苏秦一起把带来的衣服放进一个腾空的柜子里。这个柜子里已经放上了一些樟脑丸。陈娟对男人的细心感到满意，她的情绪也因此得到了好转。

通常的情况下，每个周末苏秦与陈娟的做爱，要有两回。而这次他们只有了一次，完事之后，两个人洗好澡，穿上新买的丝绸睡衣，坐到了阳台上。苏秦这个小区内景色很好，很安静，阳台面对着一个小广场。在北京，还真不容易找到这样安静的环境。

这个晚上他们交谈的中心，是今后的相处。

陈娟说：我们这是情人关系？还是同居关系？

苏秦说：两者都有吧，当然你也可以认为我们这是在试婚。

陈娟说：苏秦，你如实对我说，你是真的不想要婚姻吗？

苏秦说：事情都不是绝对的，要是非常合适，彼此都离不开，那为什么不可以要婚姻呢？

陈娟又是点点头，那意思是我们都努力吧，也许我们就成就了一宗好姻缘呢。

6

如果与现在的婚姻比较起来，这两个人在一起的生活显然要轻松许多。他们不需要为很多琐碎的事情操劳，不需要在经济上互相制约，也不需要那么敏感，各自的私人空间都很大。有轻松便有愉快，他们彼此不打听对方在白天里都干了些什么，他们只对晚上负责。爱情中的女人总是美丽的。那些天，陈娟到公司去上班，同事都觉得她变得特别的滋润。于是就有个叫顾菲菲的女同事问她：陈娟，你是不是和哪个网友见面了？

陈娟说：我才不干那种蠢事呢。

顾菲菲说：这怎么叫蠢事？我都见过几回了，很刺激的。

陈娟说：网上那些家伙都是虚虚乎乎的，就是传给你照片，那也和真人是两码事啊。

顾菲菲说：但网上也有网上的好处啊。两个人不认识，八竿子打不到边，于是就可以胡说八道，甚至还可以在网上做爱。

陈娟很惊讶：网上还能这样？

顾菲菲说：怎么不能？性幻想对人类永远是有魅力的啊。等那两个人一见面，等于把各自的心理都揣摩透了，要是彼此感觉好，也就那样了。

陈娟说：我可从来没有想过从网上抓一个回来的。

顾菲菲说：你别瞒，这种事见怪不怪。你和那个人一定过得很好，要不你哪有这么好的气色？

陈娟说：这还能从脸上看出来？

顾菲菲说：当然，气色明显地好了啊。连斑点都浅了呢。

陈娟心里很甜蜜地说：那倒是的，不过那个人真的不是什么网友，是我过去就认识的，正好他也在北京扎下了。

顾菲菲便用羡慕的眼神看着陈娟：这可是缘分啊。咱们这样的年纪，如果还有个好男人爱自己，那是一种福气。

其实这个顾菲菲比陈娟还小两岁，却已经是一个三岁孩子的母亲了。而且最不可思议的是，顾菲菲的这个孩子没有来路。顾菲菲是个看上去气质高雅、有点傲慢的女人，曾经在美国西雅图当访问学者，说一口流利的英语，还能说几句简单的德语。她能这么说，让陈娟心里有了很大的满足。顾菲菲不像那些人一出去就不想回来，相反，她是提前回来的。据说，她为的就是自己的这个孩子。关于这个孩子，公司里曾经有私下的议论，不过顾菲菲充耳不闻，相反，有时候还叫保姆把孩子带到公司来玩。那真是一个漂亮的小男孩，大家喊他杰克，但他绝对是中国种与中国土地的产物，无须怀疑这点。今天，顾菲菲把儿子又带来了，准备带他去过生日。顾菲菲只邀请了陈娟一个人。

他们去了长安街上新开的一家西餐馆。生意并不红火，环境却很幽雅。陈娟送给杰克一辆遥控的跑车作为生日礼物，于是这孩子没怎么吃，就和小保姆去一边玩这辆车了。顾菲菲索性让保姆先带孩子回家，她想和陈娟单独叙叙。两个女人换上了红酒。

陈娟有些感慨地说：菲菲，杰克真是你最大的安慰了。

顾菲菲说：那是。其实我当时意识到自己怀上他时，我就对今后的事情考虑好了。

陈娟问：考虑什么？

顾菲菲说：一个女人不能有后顾之忧，要不，在现实生活里会有压力的。

陈娟觉得这句话正好说反了。在她看来，女人有了孩子才是真正的后顾之忧，才是现实生活中最大的压力。她想自己当初要是和前夫有了孩子，那么兴许就迈不开离婚这一步了。

陈娟试探着问道：那你不认为一个人带着杰克有压力吗？

顾菲菲说：不，正如你说的，这孩子是我最大的安慰，也是我的一切。你大概不明白我为什么要这么做吧？我可以告诉你。杰克生在美国，按美国的法律，他就是货真价实的美国公民了，等将来我老了，他也就大了，我就和他再回到美国去安度晚年。

陈娟一下就明白了顾菲菲的用意，这个女人连“安度晚年”都想好了。她觉得与这个女人相比，自己简直就是稚嫩得可笑。

顾菲菲接着说：你看，一个女人该实现的目标我都实现了，我做了母亲，也有能力对我的儿子承担责任。

陈娟小心地问：他爸爸难道就此不管了？

顾菲菲说：这不怪他，我们当初是有协议的。按照抚养到他十八岁计算，他一次性支付了杰克的抚养费。这笔钱数目不算大，我暂时也没用，还存在美国的银行里。

陈娟继续说：那他就不想看孩子吗？

顾菲菲说：协议上规定，十岁之前他不能探视。

陈娟说：还有这么判的？

顾菲菲说：我们没有上法院，毕竟杰克是非婚生子女。我们是自己制订的协议。干吗什么事都要闹上法院呢？

陈娟用很敬佩的目光看着泰然自若的顾菲菲。

这天晚上完事后，陈娟突然说：苏秦，我想和你生孩子呢。

苏秦着实吓了一跳，说：你可别吓我。这年头男女之间收获什么都好，就是别收获一个孩子。

陈娟说：我是真有了这个念头。我不是随便说说的。

苏秦便坐了起来，从床头柜上拿过香烟，说：陈娟，咱们别孩子气。我和你在一起，最大的顾虑就是怕你怀孕。

陈娟也坐了起来，说：要是我愿意呢？

苏秦说：这是两个人的事情，当然要两个人商量着办。

陈娟说：我没有让你负责任的意思。我公司里有个顾菲菲，比我还小两岁，是从美国回来的，什么也没带，就带回了一个孩子，除了她，谁也不知道那孩子的爹是谁。

苏秦说：那孩子是美国户口。我们要孩子，没有合法的婚姻，这孩子就是“黑孩子”，将来会连累他一生的。

陈娟说：户口有什么难办的？花钱就是了。北京不能办，我就回犁城办好了。我既然敢生，就会对他负责一生。

苏秦看看陈娟，微笑道：你这个人还真一根筋呢。

见陈娟不接话，苏秦又说：哎，这事咱们也就是这么一说，别当真啊。

陈娟说：我不是随便说的。

苏秦不响了，靠在床上把烟吸完。男人重新躺下时，看见女人的眼睛略有反光。

7

可能是因为想要一个合法的孩子的缘故，在这年八月的一天，陈娟正式向苏秦提出了结婚的要求。这个时候，他们已经同居了近三个月，相处还是很好。对女人的这个要求，男人还是有些意外。他问：我想知道，如果我说不同意，你是不是马上就从这里撤走?

女人说：那也不是，只是我有点想和你结婚罢了。

女人这样的回答让男人感到满意。而且，打动了男人，他说：好，我们结婚。

这样，他们选择了一个很好的日子乘火车双双回到了户口所在地的犁城，准备办理结婚手续。事先陈娟没有对家里讲此行回来的目的，她想等到晚上苏秦上门之后，再当面把事情摆开。她想父母应该对苏秦是满意的，他们是过去的同事，而且这个女婿长得很精神，也有点品位，还有点钱，父母不该有什么看法的。下了火车，陈娟径直回家，苏秦住进了酒店。他们约好晚上见面。出租车把苏秦带到犁城大酒店时，门童就殷勤地上来替他开了车门。

门童鞠躬说：欢迎先生光临。

苏秦心里好像被什么东西碰了一下。他想自己在这个不发达的城市里前后生活了十八年，现在却突然成了客人。难道这个城市真的与他一点关系都没有了？这个瞬间，他自然想起了前妻李小冬。事实上，昨天晚上在软卧包厢里，看着窗外忽暗忽明的灯光从眼前掠过，男人的心便如同汪洋中的一叶扁舟，颠簸起伏着。他不是怎么怀念李小冬，而是觉得自己这样先行一步地再婚，感觉不是太好。对面的陈娟已经睡着了，苏秦又出来抽了支烟。他看着窗外，旷野里慢慢白了起来。

苏秦躺在酒店的床上，感到很疲惫。匆匆冲了个澡，就上床睡了。醒来一看，已是下午三点。他连忙起来收拾了一下，然后便上街为晚上去陈娟家做些准备。苏秦还是戴着墨镜，他很不希望在街上突然遇见一个熟人。既然这个城市已经把他当做客人了，他又何必拿它当家呢?

他在百货大楼买了两瓶茅台酒和几盒老年的滋补品，觉得还需要去花店买一束鲜花。毕竟这还是一件很隆重的喜事。在火车上，他与陈娟还商量，这回能否不按习俗把事情办了？陈娟没有说不，但又说其实女人穿婚纱的时候是最美的。苏秦说，我不是怕花钱，是嫌麻烦，我们可以去新马泰走一遭。陈娟就没有坚持，她知道男人的心事，不想惊动犁城的熟人，尤其是那个叫李小冬的女人。

仿佛就有这种感应。当苏秦走上人行天桥时，一眼就看见了在桥的中间张开着一把酒红色的伞，而伞下的那个女人就是前妻李小冬。他还在犹豫中，女人先开口了：是你啊？

男人说：这么巧……

与几年前相比，李小冬明显地老练多了，但她的模样却比实际年龄显小，保养得很不错。两人见面，感到意外的好像是男人。

女人说：你怎么又转回来了？

男人说：怎么叫又转回来了呢？我想回来就回来啊。

女人说：看样子在北京混得还不错啊。

男人说：还行吧，衣食无忧，也没有什么发展。

女人说：从气色上看，你过得还好啊。结婚了？

男人迟疑了一下，说：没呢。

女人说：我怎么觉得你已经结婚了呢？看你这一身鲜鲜光光的。

男人说：是你自己结婚了吧？

女人抬眼说：你觉得我还会吗？

说话间，李小冬的手机响了，听语气好像有什么急事。她打完电话，问苏秦：你这次回来能待几天？

苏秦说：看吧，事情办完了就回去。

李小冬说：那这样吧。改天我请你吃顿饭。手机号码没变吧？

苏秦说：没呢。变了我也会通知你的。

李小冬笑了笑：哦，没想到我这个前妻在你心里还有点地位啊。那好，再联系吧。

说着，两人并肩走下了天桥。女人就在街边拦了一辆出租，很快离去了。

人虽然离去，但女人刚才的笑容却还在男人的眼前没有散。在男人眼里，这笑容有些灿烂。真是难得一笑啊，苏秦想，在他们以前的夫妻生活里，男人就几乎没见过这个女人的笑脸。这还是一个美丽的女人，却是那种腐败的美丽。

苏秦在街上转悠着，越发觉得这个城市还是改变了不少，竖起了几幢高楼，街上的梧桐树也换成了樟树，散发着一点淡雅的香气。但这个城市与他已经失去了联系，唯一让他还有点牵挂的，就是这个叫李小冬的女人。

回酒店的路上，苏秦才想起来把买花的事忘了个干净。

那时候陈娟已经在酒店门口等他了，望着昏暗的天色，女人显得有些急躁。她说：你怎么到现在才回来啊，不就是去商店吗？

苏秦随口答了句：在街上遇见了一个熟人。

陈娟说：你快去上面洗洗吧，看你这一身一脸的汗。

苏秦没说什么，把手中刚买的东西交给了陈娟，自己走进了电梯。电梯里只有他一个人，镜面不锈钢反射出他的样子，他感到那个人一点也不像自己，怎么看都别扭。为什么不把实情告诉陈娟呢？为什么要回避李小冬这个名字？为什么登门拜访陈娟父母的计划在邂逅李小冬后便变得毫无激情了？他在质问自己。而且他刚才的回答是脱口而出，不假思索。这个感觉不好。

陈娟在下面等了一会儿，见苏秦还没出来，就到总台往他的房间挂了个电话。陈娟说：喂，你在磨蹭什么呢？

苏秦在电话里又一次出现了迟疑，他说：陈娟，你上来，我有话对你说。

这话一说，陈娟就觉得不对劲了。她连忙赶上去，一见苏秦还是原来的衣着，像个醉汉似的倒在床上，女人心里就来了火，说：我上来了，你有话就说吧。

苏秦慢慢欠起身，先去卫生间解了小便，然后边系裤子边对陈娟说：我刚才在街上见到的那个人，你不想知道是谁吗？

陈娟也是脱口而出：是李小冬。

苏秦默默点了点头。

陈娟这才急了，说：难怪啊，每回对你提结婚就像杀你似的，原来你还是忘不掉你的前妻。那你为什么不和她去复婚呢？为什么？

陈娟这么说着，眼泪也禁不住地流了下来。

苏秦说：为什么？我也不知道为什么。我只是觉得……

你觉得什么？说呀？

你冷静点好不好？

你让我怎么冷静？

我只是觉得，我不想先走一步。就这样。

苏秦的嗓门也随之高了。男人这么一激动，女人反倒安静了许多。在停顿了片刻之后，陈娟才说：要是李小冬一辈子不想结婚呢？你是不是也就一辈子也不结？

苏秦说：我说的只是我的感受。我不是已经把介绍信从原单位开出来了吗？

陈娟用手背将眼泪抹了，说：苏秦，我并没有怪你什么，但我是一个有尊严的女人，还不至于要赖着一个男人非娶自己不可！

苏秦说：你越说越不像话了！假如我们是夫妻，那么像这个样子又能过几天？

苏秦还想说下去，但陈娟已经扔下礼品，转身出门了。

当天晚上，苏秦还是带着酒和礼品去了陈娟的家。意外的是，陈娟已经搭晚班的飞机离开了犁城。她母亲说，女儿是接到公司的一个电话，说有个急事才临时决定赶回去的。女儿还让父母转告，如果有一个姓苏的先生来访，就这么说。苏秦明白陈娟是故意避开的。看来陈娟事先还真没有和父母把结婚的事情说开，这让苏秦轻松了很多。这个晚上苏秦是在没有压力却感到沉重的气氛中度过的。陈娟的父亲是一个退休的文化馆干部，爱好京剧，是老生行里的一个不错的票友。在后来闲聊之中还涉及到了京剧，这老人便拿苏秦当了难得一遇的知音，一发不可收地从谭鑫培、余叔岩谈到了当下的耿其昌、于魁智。苏秦也很配合，老人如果在某个段子上忘了词，他还提个醒。不过他觉得别扭的是，自己今晚本来是以女婿的身份出现在这个场合的，现在却莫名其妙地成了一个“姓苏的”。

8

陈娟自离开后就没有主动给苏秦来电话。苏秦打过去，那边就传来一个软绵绵的声音“您所拨打的电话没有开机”。苏秦知道女人还在气头上，心里理解但不舒服。陈娟有这样大的脾气，在他的印象中似乎从来没有过。看来女人一旦换了角色，什么也都跟着变了。苏秦内心这么感叹着。他不想再反复给陈娟打电话了，觉得这样做实在很无聊。毕竟还不是夫妻啊，他想，幸亏还不是。他同时也为这个感叹而惊讶。

他想自己应该在犁城多住些日子，不能这么由着陈娟。那几天苏秦就整天在酒店住着，胡乱看电视，要不就去网上与人打麻将。那些人玩不过他，只要他一自摸，总有人“异常离开”，然后又得重新搭伙。那一刻男人就想，看来什么事还真得有一个相对的稳定才是，这样聚聚散散的，也好没劲。

几天后的一个下午，李小冬的电话来了，说已经在一个叫“塞纳河畔”的饭店预订了座位，晚上请他吃饭。苏秦爽快地答应了。他提前一刻钟到了那里，结果一进门就看见了李小冬的身影。他们的座位是在一个比较僻静的角落里，暗淡的灯光看上去和谐而幽雅。

李小冬开门见山地说：你这次回来，是办一件要紧的事吧？

苏秦想了想，说：是啊，我本来是想回来打结婚证的。

李小冬有点意外，说：那好啊，我得恭喜你了。能告诉我女方是谁吗？不会是我认识的吧？我们当初可是有过约定的啊。

苏秦便想起了那个约定：如果今后再婚，彼此都不找熟悉的人。这条是李小冬提出的，苏秦也表示了同意。不过，李小冬与陈娟应该算不上什么熟人。陈娟曾经去过苏秦家，拿一份什么材料。那天苏秦和朋友去郊外钓鱼了，李小冬接待了她。后来李小冬对苏秦说：你那个叫陈娟的同事，人看上去还是很舒服的。

苏秦说：其实这个人你见过，不过不能算是你的熟人。

李小冬兴趣盎然地问：谁？

苏秦说：陈娟。

李小冬一下就想起来了：你们办公室那个梳长辫的？

苏秦点点头。

李小冬说：她比我应该小不了几岁吧，还没嫁人？

苏秦说：不，她也是离异的，我们在北京遇上了。

李小冬说：哦，是这样啊，你们也算是有缘。北京那么大，你却能遇见一个过去的同事，而且她也是离异的单身。这种概率真的不是很高啊。

苏秦感到很纳闷，她觉得李小冬不应该做出这样的反应。他并不是希望自己这个前妻散发出醋意，但至少不会感到这么热情洋溢的。像李小冬这样的女人，对自己过去的男人往往就是这样的一种态度：这男人在法律上虽然已经与她没有关系了，但还是她园子里的一棵树，不用怎么管他，更用不着小心伺候，那树在她眼里也不是一片风景。那树可以自生自灭，但不能让人砍了去。李小冬现在怎么就不拿点从前的架子呢？

不过，李小冬说，我还是想给你一个忠告。

苏秦问：什么忠告？

李小冬说：做老婆的女人都差不多。

说完这句话，李小冬就去洗手间了。苏秦一个人纳闷地坐在那里，还是回味着女人刚才那句忠告。他的脑子里总觉得有一台老式的电唱机在唱着，而且歌声还相当的遥远。

9

苏秦回到北京是一周后的下午五点。列车到达北京站，其实就等于到了陈娟的公司——它们也就隔着一条不宽的马路。如果是以往，苏秦或许会在陈娟公司楼下的咖啡厅等她，和她一起坐会儿，说上几句话，然后开车一起回家。现在他却没有这样的情绪了。犁城这一趟的折腾，他自己也好懊恼。

于是他在出租车上用手机给陈娟发了一条信息：我回来了。我们需要谈谈。

陈娟在接到这条信息的时候，正和自己的一个新客户结束谈判。这个人叫高宗平，也是外地来北京扎摊的。高先生年纪与苏秦相仿，戴着眼镜，看上去很儒雅也很有风度。他与陈娟的谈判很顺利，本来是准备晚上邀请女人共进晚餐的，而且后者也爽快地答应了。然而，这当儿苏秦回来了，女人当然就不能无动于衷。她只好向高先生解释：真不好意思，我爱人刚出差回来了。

高宗平有点诧异，说：陈小姐，如果我没记错，你刚才说过，你是一个人啊。

陈娟硬着头皮说：我说的一个人，不是指独身，是说我暂时一个人在家。

高宗平从陈娟的表情上看出，女人的这番解释显得有点牵强，但也不好多问，也就作罢了。他和陈娟一起离开了公司，一起上了电梯，只有他们。这个时刻，陈娟便有点儿不自在，就无话找话地说：高先生，你的口音可一点也不像是外地人啊。

高宗平说：我在北京前后待了八年。要是八年还带外地口音，那我的智商可能就很有问题了。

陈娟说：你看，我待的时间前后加起来比你还长，口音却还这么杂交，说明我这个人很笨呢。

高宗平连忙解释说：陈小姐，我可不是这个意思啊！

这个男人脸还红了。很长时间过后，这种久违的男人的羞涩却让女人在一个很累的梦中惊醒了。

陈娟回来的时候，苏秦已经把菜做好了。尽管在犁城留下了不愉快，但这种回家的感觉，还是让女人很幸福。犁城发生的那一幕似乎淡忘了，他们显得很客气，称得上相敬如宾。

陈娟说：你才到家，何必这么忙呢？不如晚上出去随便吃点。

苏秦说：我也就是顺手做点，我还担心你不回来呢。

陈娟说：还真是这样，本来我已经答应一个客户了……可我还是觉得在家里吃饭好。

苏秦听着，女人每句话里都嵌着一个“家”。他被这种随意自然的表达打动了，于是在女人洗脸之际，男人从后面搂住了她的腰，伏在她肩上说：过几天，我们再回一趟犁城吧。

陈娟没有回答，但她心里很受感动。

苏秦接着说：我去你家，你父母与我谈得很好……特别是你父亲，同我谈了一晚上的京剧。

陈娟说：你对他们说了我们之间的关系吗？

苏秦说：没有呢。他们拿我当“姓苏的先生”，我就觉得你也没有对他们摊牌，所以就没作解释。

陈娟说：我本来是想……算了，还是先说点别的吧。

苏秦说：陈娟，你不要回避这个话题，不要以为我对你不认真。

陈娟回过头说：我从来就没有怀疑这点。你要是那号人，我们还能这么样吗？虽然我们不是夫妻，但这并不意味着我可以包容你的放纵。我说过，我什么都可以给你，唯独需要你给我的，就是我的尊严。

苏秦说：我想我是给你留着的。

他们的谈话暂告一段落。等吃好饭，陈娟便把围裙一系，忙着刷碗去了。苏秦走到晾台上吸完一支烟，一边哼着京剧《捉放曹》的段子。然后他又去卫生间把浴缸里的水放满。他本来是为陈娟放的，但陈娟说：你陪我洗吧。

于是两人就落到一个浴缸里，澡没洗，倒是匆忙做了爱。做爱就是这么有力量，刚才那种肃穆气氛仿佛是电视上播放的，现在怎么看都不是他们制造的，也一点不真实。

女人躺在男人怀里，手在玩水，很满足地说：我们一直像这样多好啊。

男人说：是的，其实我们是可以很好地处下去的。

女人问：永远都这样？

男人说：这不好想象了，只能说希望这样过下去。

女人问：假如我们结婚了，过不了多久感情就疲惫了，怎么办？

男人说：那也得往下过啊。这不就是婚姻吗？一张纸要求你遵守一辈子呢。

女人说：也许就像歌里唱的那样，“平平淡淡才是真”啊。

男人说：狗屁啊，为什么要平淡？人到七十古来稀，斩头去尾二十年。就这一辈子，大部分就这么“平淡”了去，那还叫什么日子？经营不好婚姻，也就是不配拥有婚姻。

女人点点头说：想想也好不实际啊。

男人说：是不实际，但也不必怎么修改，全世界都这样。

女人说：不过，真的过不下去，那还是可以离婚的，对吗？

男人说：我们不都已经离过吗？总不至于会有第二次吧？

女人说：那也未必。伊莉莎白·泰勒一生结了六次婚呢。

男人说：与其这么折腾，倒不如……

女人问：不如什么？你怎么说一半咽一半啊？

男人说：这个问题我想很久了。说出来可能有点荒谬。

女人说：怎么个荒谬，说来我听听。

男人说：我觉得婚姻也应该是多种形式的，最好实行合同制。

女人笑了起来，说：你该不会是在买卖人口吧？

男人说：我是说正经的。你看，合同制有什么不对呢？

女人说：婚姻本身就是一种契约关系，也就是合同关系，你这是多此一举啊。

男人说：这我懂啊。我是说，政府给的婚姻暗示着一种终身合同，尽管也允许离婚，但很多人因为这样的牵扯和那样的麻烦，就不愿意这么做了。于是就凑合着过了一生。而平淡的婚姻无非就是这样的三种前途——忍耐、欺骗、离异。

女人问：那你想的是怎样的合同制呢？

男人说：我的意思是，当事的双方制订一份属于自己的合同，是有期限的。

女人说：哦，你绕了这么大一个弯子，我总算明白了。你这是为自己找方便呢。和这个女人睡一年，再换个女人睡一年，这么一生下来，那可就大有收获了。

男人说：你别这么狭隘。我是认真在和你谈的。你看，我们在日常生活中，任何法律、规章，都是来自上面；下面的只是遵照执行。《婚姻法》也不例外。现在呢，我们订立自己的规矩，每一条每一款都是经过我们当事人充分讨论的。然后我们执行起来就不会有压力了。这是一。第二呢，规矩还可以根据变化进行修改增删。第三——这个最重要，我们以一年为限，如果相处得好，就续签；不好呢，那就终止了。反正我觉得有意思。

女人想了想，说：听起来很诱人，但感觉还是像个圈套。

男人说：我们都这样了，还需要下套吗？

10

合同书

甲方：苏秦，男，1961 年 3 月 2 日生

乙方：陈娟，女，1970 年 12 月 14 日生

甲乙双方经反复协商，就试行“合同制婚姻关系”，作如下协议：

1. 概念。本“合同制婚姻”，既不属于法定婚姻关系，也区别于普通同居关系。它具体解释为：在合同有效期内，双方按照现行《婚姻法》的标准，履行一切相关责任和义务。当合同期满、双方已决定不再续约时，相关责任与义务随之解除。

2. 称呼。在合同婚姻期间，双方对外称彼方为“爱人”。不得使用“妻子”、“丈夫”、“我太太”、“我先生”以及“我朋友”等敏感字眼。

3. 经济。家庭开支由双方均摊。双方在日常经济生活上严格实行“AA制”，各自拥有自行的经济支配权。除双方赠送对方的礼物外，各自财产归各自所有，如果解除婚约，不存在财产分割。

4. 理赔。在合同有效期内，如果一方违背条约精神，给另外一方造成伤害，应赔偿受害方人民币拾万元。

5. 生育。如果双方愿意生育子女，那么在婚约不再有效后，各自必须按现有的工资标准的三分之一支付子女抚养费，至年满十八岁为止。将来子女的相关费用，也由双方均摊。子女享有双方的财产继承权。

6. 升格。当双方都有意愿，将此合同婚姻升格为法定婚姻时，应履行法定相关一切手续。

7. 其他。未尽事宜，可根据条件变化，随时进行增删修订。

8. 本合同有效期为一年。合同期满，可续约，可终止。如果续约，双方须重新签订合同。如果在合同有效期间有一方提出终止，另外一方有权保留两个月的协商时间，最后决定是否续约还是终止。

9. 本合同一式两份，双方各执一份。自签署之日起生效。

10. 双方须严格遵守合同条款，以人格担保。

甲方：苏秦（签字）　　　乙方：陈娟（签字）

2001年5月9日

11

还是需要一个仪式。

合同签署的那天晚上，当事的双方来到了三元桥附近的一家饭店，要了一个幽静雅致的包厢。坐定之后，苏秦拿出了一枚钻戒交给陈娟。

陈娟很高兴，拿起戒指，说，你会选东西。我喜欢这个款式，简洁。不过，我应该戴在哪根指头上呢？

苏秦说：起码这一年里，你得戴在无名指上。

陈娟便把戒指当场戴上了，说：苏秦，谢谢你。

两人拿起红酒，喝了一杯交杯酒。这个瞬间，两人都很有感慨。那是一种很特别的情绪，喜忧参半，幸福中带有轻微的忧伤，陶醉中又透露出几分清醒。他们都明白自己在扮演怎样的角色。

苏秦今夜变得善饮，一瓶法国红酒，没多会儿就光了。他还想喝，但陈娟却制止了。陈娟说：你看你这个人，怎么就像个孩子似的？

苏秦说：我今天高兴啊。

苏秦有个很奇怪的生理现象，他平时不爱喝酒，也几乎不喝。可是一旦喝起来，就完全放开了。别人醉酒一般不是呕吐就是头疼，或者喜欢说胡话，喜欢乱来。而他不是这样，他喝高了，就特别伤感，会想起自己一生中那些容易悲伤的事情，然后眼泪就情不自禁地往下流。他的这种奇怪的反应总是让边上人不知所措，以为由于什么不慎而冒犯了这个人。此刻的陈娟就是这样，一看苏秦流泪了，陈娟便开始了自我检讨，想自己在刚才哪里出了差错，使男人变得这样了。可她实在想不出，刚才还喜笑颜开的，怎么突然就这样了？女人总是敏感的。女人一敏感，总在想一些敏感的问题。于是陈娟便想到了远在犁城的那个李小冬了。很多年前，当陈娟去苏秦家拿材料时，她面对女主人就有点莫名的紧张。李小冬并没有冷落她，相反对这个丈夫的同事很客气，可陈娟还是紧张，她自己也弄不明白这是为什么。好像她心里的秘密在李小冬面前泄露了。这次，又是因为李小冬不合时宜的出现，使他们即将到手的法定婚姻变成了现在的所谓“合同婚姻”。陈娟想，李小冬真是个厉害的女人啊。和苏秦离异这么多年了，影子却还在这个男人身上魂一样地潜伏着。

陈娟说：苏秦，你别这样好不好？你要是觉得，这一纸合同还是束缚了你，那么我们就把它提前终止好了。

说着，陈娟也流泪了。

苏秦说：陈娟，你想错了。我是这个合同的主要策划人和当事人之一，我怎么能这么快就后悔呢？这不成儿戏了吗？那我还叫人吗？我这是高兴啊，一高兴就……

苏秦话没说完，就起身去洗手间了。男人在洗手间解好小便，又用凉水洗了把脸，他对着镜子看了看自己，有点不喜欢镜子里的这个男人。

从洗手间出来，苏秦便遇上了一个久违的朋友。这个人是个记者，苏秦拼命写东西的那几年，他们常在一起聚，感受那种所谓的沙龙气息。那人喊了苏秦，说你这家伙真是神龙见首不见尾啊，听说你在北京混几年了，怎么也没个信儿？

苏秦说：我给你打过电话，你的手机号码作废了。

那记者说：那是的是的，都是女人闹的。一好上就非缠住你不可，受不了这个。这不，又换了，我给你写上……

记者一边在名片上写手机号码，一边说：还是你小子潇洒，一个人，爱怎么着就怎么着。我每次和朋友谈起你，都他妈的羡慕，说你是“钻石王老五”。还是单身好，哪像我们……

苏秦随口答了句：其实也简单，过不好就离了呗。

记者说：哪有这么轻松啊？你没见人大讨论《婚姻法》那个难劲儿吗？就是感情实在不和的离婚，那也得先分居多少时候……

两人正说着，陈娟过来了。她是担心苏秦真的喝醉了，怕出事。女人的突然出现，让这个记者有点意外。他用一种很暧昧的眼神看着苏秦，那意思是：这又是你的吧？

苏秦倒一下从容了，把陈娟叫到身边，先介绍了记者，然后说：这是陈娟，我爱人。

记者一下就有点不知所措了，说：哦，哦……苏秦，这么大的事，你怎么也不对哥们儿招呼一声啊？

苏秦说：你这不都知道了？

陈娟也笑容可掬地说：改日去我们家玩吧。

回去的路上，陈娟对苏秦说：你回头得跟那个记者打个招呼。

苏秦说：为什么？

陈娟说：叫他别到处乱说咱俩的事。

苏秦说：他爱说就让他说好了。咱这也不是什么见不得人的。你在乎什么？

陈娟没有再说，她心里很甜蜜。

12

那个叫高宗平的客户又来了。这回，他一来就提出了请陈娟吃饭的事。高宗平说：陈小姐，我真的是很想单独与你聊聊的。

陈娟说：有什么话这儿不能聊吗？

高宗平说：这里毕竟是写字间，你就这么不给我面子？

陈娟说：那也不是。我是不习惯。真的，我一般不在外面用餐的。再说，我那位自己也不会做饭。

高宗平自然明白陈娟的这种暗示，但不局促，就说：你真的成家了？

陈娟想了想，说：就算是吧。

高宗平这才有些困惑：什么叫"就算是"？

陈娟说：你怎么理解都行啊。

晚上，两个人洗好澡。苏秦靠在床上看杂志，陈娟坐在边上叠衣服。

陈娟把高宗平请吃饭的事告诉苏秦，后者说：其实你就去好了，也没什么了不得的。咱们这样做，不就是图个轻松吗？

陈娟说：你就不怕我喜欢上那人啊？

苏秦把杂志往床头柜上一扔，说：这可是有合同的，得讲信誉，我还怕什么呢？大不了……

陈娟说：大不了什么？你把话说完啊？

苏秦笑着伸了个懒腰说：大不了合同期满，你提出不再续约就是了。

陈娟说：为什么就是我提啊？你是不是就盼着期满啊？

苏秦说：你这刁钻的女人，自己的事说着说着就绕到我头上了。

陈娟说：苏秦，真的，要是咱们这样生活了一年，我离不开你怎么办？

苏秦说：那就往下续啊，续到你烦的那一天为止。

陈娟说：要是你不愿意呢？

苏秦说：你别给我唠叨这个，合同上都有，自己琢磨去。

陈娟说：我要你正面回答。

苏秦坐起来，点了根烟说：其实啊，这不是一个问题，假如你觉得我的心思不在你身上了，你还这么死守着，值吗？你会比我走得还快呢。

陈娟心里放松了点，说：倒也是，我不会那么傻的。

苏秦说：是啊，你要是傻，我会觉得真是在给你下套呢。

陈娟说：还真不知道是谁套谁呢。

苏秦看着陈娟，这个瞬间他觉得眼前的女人特别迷人，自信中带着一点不容易觉察的羞涩。于是苏秦就说：你这话怎么听起来有点黄啊？

女人一下明白过来，把手里的衣服一扔，再把男人按倒在床，骑到男人身上。女人笑着说：你这流氓！

13

秋天的时候，有一天苏秦接到了李小冬的电话，说他父亲住进了犁城的医院，看样子很严重。苏秦问到底是什么病？李小冬说，你回来不就知道了？这个电话是你妈让我打的。

那时候陈娟正在日本的名古屋，参加与日方的一个合作项目谈判。苏秦预感到父亲的情况不妙，撂下电话，便坐飞机于当天的黄昏赶回了犁城。他匆匆从机场走出的时候，一眼就看见李小冬在出口处不远的一棵树下等他，手里拿着的还是那把酒红色的伞。这让苏秦有点意外，因为在他与李小冬做夫妻的那五年里，每回出差，李小冬从来就没有什么接呀送的。现在她却来了。这班飞机晚点四十分钟，他想李小冬肯定来了好久了。

男人迎着女人奔过去。女人见面就说：苏秦，你父亲患的是肝癌，到晚期了，你得有点准备，要不你妈会受不了的。苏秦一听，脑子里就嗡了起来，便靠在那棵树上不想动了，眼泪也禁不住地涌了出来。李小冬也没怎么劝他，只是不断地把纸巾递到了男人手里。后来他们一起上了出租车。临近他们以前的住所位置，李小冬要求先下车，她说：我就不陪你去医院了。

苏秦点了点头。

李小冬又把苏秦的头发顺手理了一下，说：苏秦，你都四十出头了。人到这个年纪，也就是到了该承担具体责任的阶段。你得想开点啊。

苏秦说：谢谢你。我会的。

苏秦直接去了医院，看见父亲已经躺在了病床上，身上到处都插了管子。他母亲一见儿子回来，就在医院走廊里哭得不行。苏秦把母亲搂得紧紧的，什么也没说。那时刻苏秦就觉得父母这辈子过得很不容易，他们唉声叹气的日子远远多于欢乐的时光。苏秦在南方的时候，有一次回家，正赶上父母争吵。起因是母亲收到了一封信，写信的是当年想与母亲谈恋爱的一个男人。那人现在哈尔滨，写信来，想请她过去玩玩。母亲把这信给父亲看了，于是父亲就很不高兴，说那家伙至今还放不下你啊。母亲说：你这话什么意思？父亲说：你自己总该心里有数吧？父亲的暗示很清楚，但确实很冤枉。当苏秦知道这件事后，产生了一个很怪的念头，很替母亲惋惜。可他并不因此而不安，就随口说了句：你们既然过不好，我看干脆办离婚吧。

这句话说得很平淡，却把事态给控制住了。几天后，苏秦的妹妹从纽约打来了电话，苏秦在电话里也把这意思说了，不料妹妹却说：你疯了？这么老了还离什么婚啊？苏秦说：离婚也没有什么年限啊？妹妹说：苏秦，你不要以为你自己离婚了，就巴不得天下人都想离婚！你这人有点变态！妹妹说着就把电话给撂了。

父亲的病显然是没治了。可苏秦还是想把父亲弄到北京去住院，父亲却坚决不同意。父亲倒还不是舍不得花儿子的钱，而是不想临了落在外地，尽管那是我们的首都。这样，在犁城医院住过两周后，他送父亲回到了生活了一辈子的小县城。那些日子做儿子的一直都在父亲床前守着，他告诉父亲，自己已经再婚了，并且拿出他和陈娟的合影给老人看。母亲说，这个女孩长得虽说没有李小冬好看，不过看上去脾气还不错。苏秦说是的，如果不是陈娟在日本，她会随自己一起回来。父亲就叹了口气，说：我怕是见不到了，你们好好过日子吧。

苏秦认真地点了点头，说：我们会生一个孩子的。

父亲想了想，说：那是你们的事情，你们商量着办吧。

父亲的回答让儿子感到有点意外，也多少有点费解。老人不是盼着看见第三代吗？怎么现在反倒不迫切了？这个困惑直到父亲临终前，和儿子单独进行的一次谈话之后，才得到相应的解释。关于这次谈话，苏秦已经记得不清楚了，但有两句话他是终身忘不掉的。

父亲说：我这辈子最对不起的人，是你妈。

父亲说：我最对不起她的一件事，就是让她怀上了你。

苏秦很困惑地看着垂危的父亲。

父亲说：她嫁给我的时候才二十一岁，如果她不马上怀孕，可能我们很快也就分开了。她会过得比现在好。

后来，那是在父亲去世后，苏秦把母亲接到北京散散心，转弯抹角地对母亲说出了这件事。母亲听了，还是很感动地流了泪，然后看着天安门广场竖立的那个庄严的华表，叹道：其实，换一个人又能怎样呢？

14

父亲过世后，苏秦便开始着手为母亲办理去美国探亲的签证手续。父亲的死，妹妹至今还不知道。苏秦想让母亲在那边住些日子，好好调整一下。

母亲已经知道了苏秦和陈娟的现状，就说：你不和陈娟正式结婚，我兴许也就不回来了。

母亲的话明显带着指责，她不愿意看见儿子和一个女人过这种不伦不类不明不白不清不楚的日子。但她对陈娟这个人却没有什么不满，觉得这个未来的媳妇很乖巧，也懂得讨老人的欢喜。母亲从前对李小冬的意见，是认为她不识惯，却又说这个过去的媳妇其实心眼不坏，就是个性太强，事事要占上风。这回苏秦父亲从县里来犁城住院，前前后后就是李小冬一手操办的。但她与这个家庭实际的关系已经在八年前就割断了。

那几天，陈娟回到了自己的屋子里。看着自己很久不住的房子，到处都散发出霉味，陈娟的情绪变得有些伤感。我这算什么呢？她这么抱怨着，自己和那个男人一起生活了半年多了，结果还得避着他的母亲。那老人并不是自己的婆婆。陈娟这样想，就替自己以及自己的父母伤心起来。她想这个眼下局面终归还是个问题，怎么看都缺了应有的严肃。

女人的心思男人是猜得出来的。苏秦知道陈娟这阵子心里会有压力，会感到委屈。然而他却以一种出乎女人意料的方式把这个问题解决了。那就是，让陈娟单独送母亲回故乡。起初陈娟有些犹豫，觉得不合适。苏秦就说：没有什么不合适，就怕你不愿意。陈娟一口就答应下来说：我愿意。从后来的情况看，苏秦的这着棋是妙棋，陈娟这一趟回来，情绪变得空前的好。她夸苏秦的母亲是一个极有内涵的女人，说她身上有一种“旧时王谢堂前燕，飞入寻常百姓家”的感觉。陈娟还托上海那边的一个关系，为苏秦母亲的赴美探亲签证行了方便。那个阶段，是他们实行“合同婚姻”以来最为甜蜜的日子。或许天下做儿子的都是这样，一旦感觉自己的女人和自己的妈相处甚好，就会心满意足。

陈娟回来的那天晚上，苏秦的情绪也特别好。这回是他主动提出来的，他说：春节前我们还是回犁城把事办了吧。

陈娟笑了笑，说：是因为你妈吗？

但是又一个问题随之而来了。陈娟说：你父亲不在了，你妈在美国也不会定居的，以后你怎么考虑的？

苏秦说：你这么问，意思我已经明白了。

陈娟说：我没有什么别的意思，谁都有老的那天。我只是觉得，两代人在一个屋檐下，日久天长会有很多的不便。

苏秦没有做声。他想这个问题眼下还不需要操心。

时间过得很快，转眼便到了年底。像季节的更替一样，这对合同婚姻的尝试者，在经过九个月的生活后，也进入到了冬天。

当北京下起第一场雪的时候，苏秦突然接到了犁城一个朋友的电话。那人说：苏秦，李小冬出事了。

当时苏秦正在刷牙，听见“出事”，手里的牙刷便落到了地板上。

出什么事了？苏秦急迫地问，怎么就……

朋友说，李小冬昨天和几个朋友去郊外的旱冰场学溜冰，不小心摔了，右盆骨骨折，现在正在医院里打着石膏。

苏秦焦躁地说：都这么大人了，还溜什么旱冰？是她让你打这个电话的？

朋友说：那倒没有。我只是觉得应该对你说一声。

苏秦说：我知道了。

放下电话，苏秦就打了陈娟的电话，可是却没有人接。苏秦又打她的手机，还是没有人接，他估计陈娟正在开会。于是苏秦便赶到北京站，从一个票贩子手里买了当日下午六点去犁城的车票。然后回到家，他又在网上查询了一下北京的几座著名的医院，想了解一下骨科的治疗情况。等忙完这些，陈娟的电话来了。

陈娟说：你找我啊？

苏秦说：你回来一下吧，我有事与你商量。

陈娟说：电话里不好说吗？

苏秦说：也没有什么不好说的，我只是觉得当面对你说比较好。

陈娟在电话那端停了片刻，说：又是与李小冬有关？

苏秦就简单地把事情的原委说了。他说：我得回去看看。

陈娟问：你打算什么时候动身呢？

苏秦说：我刚才去买了今天下午六点的票。

陈娟说：你连票都买好了，还需要和我商量什么呢？

苏秦说：商量还是需要的。事情紧急，所以我……

但对方已经把电话挂了。

苏秦有点生气了，虽然他能够理解女人天性中狭隘的一面，但还是有些气恼。李小冬摔成这样，你陈娟怎么就没有个同情心呢？他坐在沙发上不断抽着烟，这个瞬间，他有了庆幸没有和陈娟做法定夫妻的念头。这是他们一起生活九个月以来，第一次产生这样的念头。他感到很惊讶，因为这个念头太恶了，于是又引起了不安与自责。他调过头为陈娟想想，觉得她也不容易。事情来得太突然了。每天睡在她身边的男人，现在要回去伺候他的前妻，一去就得多少天，除了要给那个女人端饭倒水倒痰盂，还得把她抱上抱下，这肯定不是什么好滋味。等情绪稍微平静了点，男人开始收拾自己的行装了。他为陈娟留了六千元钱，因为按照协议，他负责支付房租、水电以及物业管理费的开支。

陈娟还是请假赶回来了。女人进门时，男人正把装钱的信封放到餐桌上。他从女人的脸上也看见了气恼。

苏秦说：这是这个月和下个月的一些费用。

陈娟说：连下个月都安排好了？真难为你还这么周到。

苏秦说：你今天说话怎么老是阴阳怪气的？

陈娟说：嫌难听是吗？那你也可以不听啊。

苏秦说：陈娟，你不要这样咄咄逼人好不好？

陈娟自嘲地一笑：我还咄咄逼人吗？我简直连个人也算不上！

苏秦说：咱们别抬杠行吗？我回去，也就是照顾一下她而已。她一个人在犁城，父母也不在身边。

陈娟说：我就不信她李小冬身边没有能够伺候她的男人。

苏秦说：如果真有，那我很快就回来。

陈娟说：要是没有呢？你是不是就准备一直伺候到她完全康复？

苏秦一下就抬高了嗓门，说：陈娟，你这个人怎么一点同情心也没有？

陈娟的眼泪涌出了眼眶：苏秦，你欺人太甚了！

苏秦把行李拿到手上，厉声说：我告诉你陈娟，只要这个女人还没有被别的男人接过去，那她就还归我管！

说完，他提着箱子就出门了。

陈娟在男人的身后哭喊道：苏秦，你会后悔的！

15

大概没有人会知道，离异的李小冬是怎么把八年的日子过下来的。在大家的印象中，这个骨子里特别要强的女人似乎一直过得很好。李小冬与苏秦离婚时只有二十八岁，又没有子女的连累，所以看上去还像一个未婚的姑娘。她本来就是一个漂亮的女人，又善于打扮，穿着得体，走到哪里都会有男人注意她。离婚之后，苏秦去了南方，李小冬也开始试着与男人交往，甚至也打算再婚，但几个回合下来，她就索然无味了。首先，她厌倦那种轧马路、看电影、下馆子的恋爱模式，觉得如此的人生第二回实在有点乏味。其次，前夫苏秦无疑是一个有形的参照物；女人再找，心里会有个衡量的尺度——她不能找一个明显差于苏秦的男人，哪怕那个男人拿她当宝贝。第三，过去的经验使她对经营一场婚姻缺乏应有的信心，她自觉身心已经相当的疲惫了。

后来陆续传出了关于这个女人私生活的少许消息，算不上什么绯闻，但对听者仍不丧失吸引力。有人说李小冬可能与本厅的一个副厅长有点名堂。那是个场面上很严谨的中年人，善于作不同类型的报告，在犁城拥有不小的知名度。那还是一个口碑甚好的男人，妻子是一个很普通的职员，提前退休了，他却一点不嫌弃。不过又说，那人的妻子为了照顾在外地念大学的儿子，专门在学校附近另租了房子，平时并不怎么爱回家的。也有人说，李小冬最喜欢的还是自己大学里的一个老师，据说经常去他那里。总之，大家私下觉得，像李小冬这样的女人是不会闲着的，或者说，闲着也太可惜了。这些话传到苏秦耳里，开始他还是有点不舒服。苏秦曾经就这些事很策略地问过李小冬，后者立刻就反击：你是不是管得太宽了？苏秦说：我不是想管你，我只是提醒你不要出卖。李小冬冷笑着说：真是可笑，就是出卖，那我也是出卖自己啊，我并没有出卖你苏秦的老婆。此后苏秦也就不再打听了。其实他内心是很希望李小冬找个好男人嫁出去的，这样他也就没有任何牵挂了。这个念头，直到昨天夜里在火车上都还没有打消。

犁城的李小冬事先根本就没有想到苏秦这么快就回来了。苏秦一下火车，就直接去了医院，那时李小冬正在吃早饭。她的单位请了个护工来伺候，但她总觉得别扭，凡是不满意的地方也不便多说。李小冬本来就是个很挑剔的女人，现在却变得有些窝囊了。她为此感伤，情绪也随之暗淡下来。所以当她看见苏秦那张熬夜的脸时，还是忍不住地流了泪。女人的脆弱这个时候充分表现出来了，最后竟旁若无人地哭了起来。李小冬说：谁叫你回来的？我并没有指望你回来啊。你是可以不回来的啊。你不欠我什么的啊！

女人就这么哭诉着，苏秦坐到了床边上，想帮她擦擦眼泪，却被女人推开了。

等女人发泄完平静下来后，苏秦才说：你这人，都这样了，还那么要强。

李小冬说：我知道你就是等着看我的后悔。我告诉你，我不后悔。一点也不。

苏秦说：行了，好好躺着吧。我回来，是因为别的男人插不上手——他们总躲在幕后。想想也真够意思的，那些在背后总对你说爱呀爱的男人，一有事，就都不好出面了。

李小冬说：我的事不用你管。

苏秦说：李小冬，我对你说，这回你好了，还是老老实实找一个可以为你出面的人。

李小冬说：你少啰嗦好不好？你不是要和陈娟结婚吗？快结了吧，趁着你还不老，让她为你生个儿子去。我这里不需要你。

苏秦差点又生气了，想想咽了下去。他拿起床下面的痰盂，去了卫生间。苏秦在那里抽了一支烟，心想这事真够窝囊的，简直就是老鼠钻风箱，两头受气。他最大的委屈还不是陈娟那里，他知道陈娟的脾气，也就是一个不平衡而已。或许一阵子也就过去了。他委屈的是，那些曾经和李小冬有感觉的男人怎么都缩着不出面了？为什么就不能出面呢？

都是些什么鸟啊！苏秦不禁这么骂了句。

16

在陈娟记忆中，那一年北京的天气大概就是从苏秦离开后开始变化的。那些天和女人的心情一样，总是很阴晦，时常落一阵子小雨。那时候陈娟就盼着公司安排她出一趟差，她不想像件家具那样摆在家里。她的睡眠也成了问题，总是在半夜里莫名其妙地惊醒，然后就翻来覆去地折腾到天亮。她怀疑自己有点轻度的神经衰弱。陈娟的心事，同事顾菲菲很快就看出来了。她用一种意料之中的口吻问陈娟：是不是与现在同居的那个男人分手了？陈娟对“同居”这个词很敏感，她说：什么同居啊，我们是……打算结婚的。顾菲菲说：那又能怎么样呢？你还拿婚姻当做一剂包医百病的良药？

接着顾菲菲就说，她最近在网上看到了一个资料，那是国外的一项新的研究成果。那项成果表明，按照人的思维与情感结构，最饱满的情感状态只能维护210天到270天，也就是七个月到九个月的样子。

陈娟很不屑地说：菲菲，这也太玄了吧？

顾菲菲说：你可别不在乎，这是科学。

陈娟说：这算哪门子科学？纯粹瞎掰。我告诉你，我那位并没有和我分手，我也没打算离开他，只是他现在不在我身边，有点想他罢了。

顾菲菲就不再说了，只对陈娟很友好地笑了一下。那绝对是一种包含着“红旗到底能扛多久”的笑容。

又一个周末到了。天气预报说，今天又是小雨夹雪，可天黑了也还没见下到地面上。下班的路上，陈娟又遇上了一件倒霉事——她的车“追尾”了，由于刹车不及时，顶上了前面的一辆夏利的士，一看就是她的全责。那司机本来气焰很高，跳下来就要去找交警。可是一看顶他的是一个年轻女人，还是一个很顺眼的、看上去很斯文的年轻女人，也就把火气敛住，只说要赔点钱。陈娟问多少？司机说：算了吧算了吧，就两百吧。陈娟很感激地给了那司机两百元，又很惋惜地看着自己的新车被撞坏的右前灯，再从那破碎的玻璃上看见了自己变形得不成样的面容，轻轻叹了口气。陈娟把车开回方庄的住地，进门就先去卫生间把浴缸里放满了水，然后就泡在浴缸里，想着刚才那司机的表情和口气。她从那张粗糙的脸上看出的是一种对自己的怜悯。居然连一个开出租的也在可怜她了。陈娟情不自禁地号啕大哭起来。她已经很久没有这样放肆地哭过了。

等她哭够了，从浴缸里起来，也没有胃口去做晚饭了，就从冰箱里拿出一块面包和一瓶酸奶。然后，她顺手就把电脑打开了。今夜她准备上网找人聊天。连网名都想好了，叫“270天之后的女人”。陈娟想如果遇上懂得这含义的人，她就同他聊下去。聊什么话题都行。这种生活在她与苏秦相遇之后，实际上就已经结束了。如今死灰复燃，实在是因为太无聊。

这时门铃响了。

透过“猫眼”，陈娟看见了脸部显得古怪的高宗平，但男人手里拿着的一束红玫瑰却因变形而更好看。

陈娟换好衣服，请高宗平进来：高先生，你是怎么找到这里的啊？

高宗平说：是你们顾小姐对我说的。

这个顾菲菲真是添乱了，陈娟这么想着，但还是很高兴地接过了男人递过来的红玫瑰。这花的颜色实在太浓郁了，每一片花瓣都像丝绒做的。她把它认真地插进了茶几上的仿水晶花瓶里，觉得室内的气氛一下就改变了，非常的温馨。

高宗平说：陈小姐，希望你能原谅我的冒昧。

说着，高宗平就主动来换拖鞋了。这个屋子里就苏秦一双拖鞋，是陈娟亲自在“新世界”买的，与她脚上的这双是一对。当高宗平的脚从皮鞋里退出来，正欲往那双拖鞋里放时，陈娟不禁叫了声：高先生，别换了。

高宗平说：还是换换吧。

陈娟就上前把男人拉住了。陈娟说：我这里本来就还没有打扫，没关系的。谢谢你的花，我喜欢。

高宗平说：那我很高兴。这可不是在北京花市上买的啊。是我专门让一个朋友从昆明带来的。

陈娟突然有些感动。在给高宗平沏茶时，她居然从矿泉壶里放出了冷水。

高宗平是一个很爽快的男人，所以坐定之后，就开门见山。他说：陈小姐，我们认识这么久了，到现在我才知道你真实的生活。

陈娟心里有数了，就说：怎么，高先生不至于会因此而轻视我吧？

高宗平说：那怎么会呢？这是你的选择嘛。

陈娟说：那就好。

高宗平说：我听顾小姐说，你和你现在的男朋友签了份什么合同，不知怎么回事，我有点替你担忧。这是我今天一定要来你这里的目的。

陈娟说：高先生，我不是和一个男朋友在一起。在一起的那个人是我爱人。

高宗平说：爱人？

陈娟说：对，是爱人。

高宗平问：不会是法定的吧？

陈娟说：这不过是一个形式问题，或者说是一个手续问题。在我心理上，这个词不比法律所赋予的意义轻多少。

高宗平说：我赞赏你这种达观的态度。不过，我真的很替你担忧啊。

陈娟说：谢谢你高先生。我们都是成人了，受过良好的教育，经济上也独立，谁也不会依附于谁的。况且我们过去就很了解。

高宗平说：既然这样，那么为什么不正式履行结婚手续呢？

陈娟说：对于当事的双方，我们也是正式的。我们想要的是一种纯粹。

高宗平说：看来，你过得比我想象的要好。但我还是要坦白地告诉你，我喜欢你，我觉得自己的机会还在。我相信我有这个机会的。不过今晚我不想说很多了，今晚我来，是祝你生日快乐。

陈娟吓了一跳。今天是12月14日，是她满三十一岁的生日，连同她自己在内，几乎所有与她相关的人都把这一天给忘了，而记住的恰恰是一个不相干的人。

陈娟说：您是怎么知道的？

高宗平扶了扶眼镜说：我也是无意中知道的。上回我去你那里，你大概正在预订机票吧，对着电话说你的身份证号码——其中有701214。

陈娟内心还是起了波澜，她想这真是一个很细心的男人，不过那回她可不是在预订什么机票，而是委托犁城的同事帮她开一份婚姻登记的介绍信。那已经过去很久了啊，女人想，真的好像很久了。高宗平看到茶几上的面包和酸奶，断定女人还没有安排晚餐，就发出了邀请：陈小姐，我们还是出去坐会儿好吗？

陈娟没有拒绝。她想这个男人也很不错的。她甚至想，如果没有和苏秦遇上，她也许会答应这个人。可是现在不行，至少这三个月以内不行。绝对不行。

临出门的时候，陈娟故意把手机留在了屋里。陈娟说：高先生，其实作为女人，我自觉并不出色。

高宗平说：喜欢的就是最好的——这是我一贯的原则。

那个晚上女人想必是愉快的。但女人或许没有想到的是，就在她离开房间之后，屋子里的电话就响了。那是来自千里之外的电话，是一个叫苏秦的男人站在风中的犁城街道上，用磁卡拨过来的。那个男人也想对她说：祝你生日快乐。

17

医院里的李小冬恢复得挺好。单位里的领导、同事偶尔来探视，给她带来水果和鲜花。他们见苏秦这么忙前忙后，就当面夸他如何如何。苏秦也不觉得难堪，就说这是应该的，一日夫妻百日恩嘛，何况一起生活了五年。女同事还开玩笑说：你们的缘分没尽啊，干脆复婚算了。李小冬马上就接过话头，说：这可不成，人家马上就要做爸爸了。我和他就这样当个亲戚走动最好。苏秦，你说我们算不算亲戚？苏秦说：那是自然的啊，可你实在是个让人头疼的亲戚。那时的气氛最热烈，李小冬也明显感觉自己的伤势在好转。

这天，苏秦打开水进来，看见一个穿呢大衣的男人文质彬彬地站在李小冬床前，正把一束鲜花往床头柜上放。从背影上看，此人就是那个副厅长。一看李小冬阴沉的脸色，门外的苏秦就明白当初的传闻并非虚构。他没有打算进去，脚下正迟疑着，就听见李小冬在抬高嗓门喊：苏秦，我要上厕所！

苏秦就进去了，没有看那个男人一眼，就把李小冬扶起来，再让她伏到自己肩上。那人自然很尴尬，主动对苏秦说：你就是苏秦吧？

苏秦说：我是。

那人说：我今天来，其一是代表组织……

苏秦打断说：我是个没有组织的人，也不习惯和有组织的人打交道。

那人的脸便一下涨红了，伸出来的手又慢慢收了回去。苏秦还是不看他，把李小冬背出了病房。那一刻苏秦感觉特别好。等他们回来，副厅长已经离开了。李小冬慢慢躺下，顺手把刚才那束花扔出了窗外。

没有多久，李小冬就可以坐上轮椅了。通常每天的下午，苏秦都要把女人推出来，呼吸一下户外的新鲜空气，看看花园里的景色。这天苏秦推着她，刚下电梯，就看见一个男人正把自己的女人往电梯里背，与他们摩肩而过。等电梯门合上后，李小冬随口说：这个人怎么还在这里？

苏秦问：你认识？

李小冬说：我去年来体检的时候就看见他了，总是穿这件没有熨烫的灰西装。一年四季好像就这件衣。

苏秦说：可能他老婆得的是慢性病吧。

李小冬说：这样的夫妻还真难得。

苏秦说：是丈夫的，那就得尽丈夫的责任嘛。

李小冬仰头看了看苏秦，说：你觉得很委屈？因为你现在是不需要这么做的。而且……

苏秦说：而且什么？

李小冬说：你家陈娟可能还不高兴吧？

苏秦就笑了笑，没说话。

李小冬说：女人都这样，换了我，也一样。你可别怪她。

苏秦看着天说：其实我们还是独立的。

李小冬说：这个“我们”是指你和陈娟吗？

苏秦说：是的。

李小冬说：怎么，你还没和人家办呢？女人可都是想要归宿的啊。

苏秦说：那也未必吧。你不就不要吗？

李小冬说：谁说我不要？我是没有遇见合适的。

苏秦说：是啊，都在找合适的。再说什么才叫归宿呢？是家吗？那家又是什么呢？

李小冬说：你说家是什么？

苏秦说：家就是放屁都不需要憋的地方。

医道上有一说，叫吃什么补什么，弄不清有多大的道理，但谁都这么做。那些日子苏秦成天就是委托附近一家餐馆炖骨头汤，李小冬都吃腻了，苏秦还是要坚持这么做。李小冬说：看来你前世欠我骨头汤呢，这下全还清了。

今天苏秦刚提着炖好的骨头汤，正准备送到病房，在走廊上忽然听见病房里传出了熟悉的几个声音——李小冬的父母从家乡来了。李小冬本来没有把自己摔伤骨折的事情对家里说，看来通报消息的是另有他人。可能就是某一个“不好出面”的男人吧？苏秦这么想着，就没打算再进去。他觉得再面对从前的岳父岳母是一件很尴尬的事，尽管当初离婚是他们的女儿提出来的。于是他就把盛骨头汤的保温瓶交给了值班的护士，让她转交李小冬。苏秦没有留下任何话，就悄悄离开了。

他走出这座出入几十天的医院，在门口，还是回头对着住院部的那幢米黄色的高楼看了看。

18

三天后的下午，苏秦由犁城回到了北京。从北京站走出来，正是漫天的黄沙飞扬。他第一次觉得这个大而不当的城市让他很陌生。春节快到了，来京打工的人和放寒假的大学生，都拥挤在站前的广场上。来的时候，那趟车是很空的。苏秦突然有了一种失落感，也有点伤感。过了年，他就迈过四十岁了，可他至今还住着租来的房子。人们兴冲冲地赶回家团圆，他却要回来。可这里究竟是不是他的家，还是一个问题。圣诞节前夕，母亲办好了去美国探亲的签证，此刻，她正和妹妹一家团聚。那是三代人的一次团聚。

他没有给陈娟发信息，今天是星期六，他想女人这个时候可能在家里吧。

出租车一直开到了苏秦住的那个小区。远远看见窗户打开着，男人就意识到自己的判断错了。女人不在家。室内还是很整洁，但从茶几上落满的花瓣看，女人离开这个空间至少有三天以上。

苏秦坐下后，不想收拾屋子。他慢慢感到自己确实到了非常疲惫的时候，好像浑身每个关节都松动了，骨头也软化了，剩下的仿佛就是一堆肉。他仔细推算着，却怎么也算不准确究竟有多长的时间没有与陈娟通电话了。

男人把散落在茶几上的花瓣一片片地收拾起来，一共是九十九片。他琢磨着，忽然觉得这个数字和某个数字应该大致相同，心里便涌出了一阵强烈的酸楚。然后他就在沙发上睡着了。等他醒来的时候，外面的天色已经完全黑了。

他收到了陈娟的一条信息：还有一百天，我们的合同就期满了。往后呢？

这时候，又一片枯萎的花瓣在男人眼前落下了。

2002 年 7 月 23 日，合肥寓所

（原载《花城》2002 年第 5 期）

犯罪嫌疑人

1

市公安局党组每月例行的民主生活会召开的当天下午，于超突然接到妻子陈芳芹的电话，说他的母亲于文惠刚刚在妇产医院经过了活检，结论是卵巢癌，晚期。妻子这个电话是瞒着老人打来的，她说医生私下里透露，妈的情况已经很不好了，让他马上赶过来。陈芳芹还在电话里说了很多，可是于超已经没法听清了，他只觉得眼前的天色陡然暗淡了许多，耳鸣也比平时增强了。于超掐断妻子的话头，说等我回家再谈吧。陈芳芹急了，说你有什么大不了的事搁不下啊？于超说，我在开会呢，党组民主生活会。然后就把手机挂了。局里有一个规定，只要是党组的民主生活会，与会者的手机必须关掉。但于超是个例外，作为主管刑侦的副局长，工作需要他的手机必须二十四小时开机。

于超这个电话是在走廊上接的。虽然通话的时间只有两分钟，但给他带来的震动却是巨大的。于超的母亲于文惠今年六十四岁，是一位退休的小学教师。她在二十二岁的时候生下了于超。于超的父亲姓杨，比母亲大十四岁，曾经是国民党军队里的一名军医的后代，所以“文化大革命”一开始，这个预感到前景不妙的男人就趁着一次到广州出差的机会完全失踪了，后来有人说他偷逃去了香港，之后又去了台湾。还有人推断，他是自杀了。这个倒霉的男人临行前给于超母子发了一封简单的信，说我对不起你们，你们忘了我吧，权当世界上没有我这个人。大概就这么个意思。这封仿佛遗物的信件，于文惠老师至今保留着。三十七年前，男人一去不回没有消息，也许真的就不在这个世界上了。这件事对她的打击可想而知。但这个年轻的母亲依然拉着手风琴，能把日子平静地打发过去。她只做了一个举动，就是把儿子的姓改了，却没有选择再嫁。

返回会场的于超显得心神不定。局长老宋凑过来低声问他：小于，有什么情况？于超说没有。老宋就放心地点点头，说，大家都作了发言，轮到你说了。于超还在想着刚才那个电话，眼前浮动的还是母亲憔悴的形象，鼻子一阵阵地发酸，就说：我没有什么可说的，努力把自己的工作抓好就是了。

这时，政委谭季平说话了。这个神色严峻的中年男人很不客气地对于超提出了批评。他说：于副局长，党组的民主生活会，是一次批评和自我批评的会议，你怎么能采取这种态度呢？

于超看了看谭季平，他平时不怎么看这张脸，因为感觉上这张脸似乎从来不洗。于超说：政委，我确实没有什么好说的。如果我工作中有什么做得不对或者不妥的地方，希望大家批评帮助。

谭季平把身体往后面一靠，说：今年是我们市争取“文明城市”挂牌的关键一年，市委、市政府对我们公安部门的要求是非常严格的，要严防恶性案件的发生，这是有指标的。你作为主抓刑侦的副局长，总该有些想法和措施吧？

于超笑了笑，说：既然说到了上级的要求，我就不妨接着说几句。说实话，我对这个要求不理解——什么叫“严防恶性案件发生”？犯罪是能够预防的吗？那是秀才们做学问的课题，不是实际。你走到街上，芸芸众生，也许与你摩肩而过的就是犯罪嫌疑人。但是你面对他的时候，他还没有犯罪，等他犯罪了，你却已经走过去了。需要你回头去找，去抓。再说，“指标”是什么意思呢？不错，发案率和破案率确实是有个比例的，我们可以争取提高破案率，可是谁能控制发案率？谁能？

谭季平说：那依你的意思，上级的要求是多余的了？

于超说：我不是这个意思，我是觉得这种提法很不科学。

见双方有了抬杠的苗头，局长老宋便及时出来圆场。老宋说：小于啊，你可以把你的想法写成书面报告，直接呈给市委。不过，政委刚才的批评，我看也是对你今后的工作寄予了一种期望。这两年我们的工作有起色，社会上反映还不错，这个成绩上级领导是清楚的。可我们呢，千万不能翘尾巴。

于超说：我这个副局长，没当多长时间。我其实也没有把它当成一个官来做。因为我喜欢这一行，所以还有些劲头去尽一份责任。如果要求“达标”，我做不到。

就这样沉默了一会儿，会议的气氛，却因副局长和政委之间的这点冲突显得有些沉闷了，还带有一点紧张。好在这时于超的手机又响了，声音显得比刚才还大，使大家的注意力有所分散。于超看了看来电显示，这回他没有走出去，就在会议室里接听。对方是刑警支队的副队长李大海，他用急促的语气汇报了本市刚刚发生的一起银行抢劫案。

于超没有等对方说完就问：死人了吗？

对方说没有。

于超说：控制好现场，我马上到。

然后，于超就把案情简单地对大家说了。今天上午十点，一名持枪歹徒抢劫了朝阳路工行的一家储蓄所，抢走了现金二十三万元。但没有造成人员伤亡。

于超的介绍刚完，谭季平慢悠悠地点上香烟，说：于超同志，刚才我们可还在说本市的治安状况如何如何好转啊。如果我记得不错，像这种银行抢劫案，这个城市十年没有发生过了吧？

于超说：十年没发生，就说明倒数十一年肯定发生过了。政委，我刚才说了，犯罪是随时都会发生的，谁也无法控制，这奇怪吗？对不起，你们接着批评和自我批评吧，我得请假出现场了。

9 月的江城，是一年中最好季节的开始。9 月 12 日这一天，城市与往常一样的祥和。作为省辖市，江城的人口不算多，只有一百来万。这个经济上不发达的城市却有着突出的整洁，绿化很好，卫生也很好，人均收入不高，但物价低廉，社会秩序井然。没有人会想到，在这样的光天化日之下会发生一起银行抢劫案。上午临近十点的光景，工行朝阳路储蓄所刚刚开门一个小时，突然就闯入了一个蒙面大汉。此人身高大约在 178 厘米，身材魁梧，穿着一件深蓝色的粗纹灯芯绒夹克。他手持一把五四式手枪闯了进来，一把将保安按倒在地，大喝一声：这是抢劫，都不许动！我只想要钱，不想伤人！如果谁敢乱动，大家就一起死！

说着，这人就把夹克敞开，露出了绑在身上的炸药。那炸药也不像电影里那么讲究，感觉是一包粗糙的糕点用电线系在腰间，却使气氛骤然紧张。储蓄所内的顾客和工作人员都吓得不知所措，情形如同定格。就在双方僵持的局面刚刚形成之际，顾客中走出了一位瘦小的老头，他似乎没有什么畏惧，向前跨了一步，问劫匪：你只是要钱，是吗？

蒙面人说：对！

老头便对柜台里面的人说：你们把钱给他，让他走吧。

老头的话居然起了作用，其他的顾客也这么附和着。银行的人也就迅速把几处的现金拢了拢，装进了那人扔进来的一只旅行袋里，那袋不大，很快就装满了。劫匪把装满现金的袋子斜挎在肩上，说了句：谢谢诸位的合作。然后就大步迈出门，跨上事先停在门口的那辆红色摩托车，扬长而去了。

整个抢劫过程仅为七分钟。

于超看完银行储蓄所的监视录像，忽然有了一种不可思议的感觉，这个过程不像是抢劫，这个蒙面的家伙怎么看也不像是一个劫匪，倒像是一个演员，一个很不错的演员。他的每一个动作都很熟练，动作之间的衔接也很连贯，像事先经过了彩排。这个人的心理素质不错，丝毫看不出慌张的迹象，而且得手之后居然还说了声客气话。于超把这个录像反复看了几遍，最后一遍，几乎带有一点欣赏了。他吩咐手下把这个带子复制几份，他本人要留一份。自他从警以来，这还是经手的第一宗银行抢劫案。他默默点了点头，心里说，非得破了它。冲着政委那副嘴脸也得把它破了。接下来的工作便是和几个当事人个别谈话。于超选择了一间僻静的屋子作为临时的办公地点。第一个被叫进来的，是储蓄所主任，一个不算年轻但打扮入时的女人。她详细地介绍了当时的情况，神色先是拘谨，说着说着便有些眉飞色舞了。女人的这种表情进一步印证了于超的那种不可思议的感觉，他不禁微笑了一下。女人就立刻停顿了，小心地问：于局长，我说错了吗？于超摇摇头，说：你谈得很好，接着说。女人说没了，女人说其实没什么可谈的，就这些。

于超问：被抢的钱中有没有连号的票子？

主任说：没有。

于超问：肯定吗？

主任说：我们的客户是存多取少，所以都是旧票，不过……

于超问：不过什么？

主任说：我在有些面值为100元新版的钞票上用口红做了个记号。我在水印的位置上划了一横，很短。我的口红颜色是玫瑰红的，还带有珍珠粉，是我老公去年在香港给我买的。

说着，女人就把口红从挎包里拿了出来，交给了于超。

于超仔细看了看口红，又试着在一张百元的新版票子上划了一下，说：你做得很好。这支口红我暂时收下了。

主任说：可以。

于超说：这个细节，不要对任何人说。

主任认真地点了点头。

于超又让主任把那个让银行赶快给钱的老头叫了进来。这位鹤发童颜的老人一进门，于超觉得有点面熟，就问：老先生，您在哪里就职啊？

老人说：我叫司马镜，是政法学院的教授。退休了，还带几个研究生。

于超明白了，说：您还是位大律师吧？

老人说：我是兼职律师。我们以前在法庭上见过面的，你叫于超，以前是刑警支队的队长，现在是公安局的副局长。

于超和老人握了握手，请他坐下，自己却站着问话：我听说是您提出让银行的人为犯罪嫌疑人拿钱的？

老人说：对。有什么不妥吗？

不等于超表态，老人又补充说：我遵循的是国际惯例啊。

于超心里觉得好笑，这事还居然扯到了国际惯例？他这种微妙的表情似乎被老人看出来了，于是老人正色道：于局长，我这个人有些看法与你们警方有点不一致。

于超说：那您不妨说说啊。

老人说：就说“见义勇为”吧，这是我中华民族的传统美德。但是，也应该是分场合的。你在大街上见到歹人行凶，你奋不顾身去制伏，那是英雄。因为你维护了公共安全。可要是遇上有人劫机呢？你的首要责任是让飞机平安降落，让人质脱离危险。

于超说：我明白先生的意思。不过今天并没有见义勇为的情况发生啊。

老人说：幸亏没有发生。否则，我也许就不可能与你在这里轻松地交谈了。

2

离开案发现场，于超的思维没有停留在案件上，又回到了母亲的病。得知母亲患上这种病，他的第一感觉就是，自己不久就会失去母亲。虽然这些年报纸上总是嚷嚷，说癌症如今已经不是什么不治之症了，但在他的记忆里，真正治愈的癌症病例似乎并不多。何况母亲现在已是晚期病人，能治到什么程度呢？他心里很难受，感觉自己被一块巨大的阴影笼罩着，走路连腿都觉得软。这个下午于超在刑警队待了很久，对案件的侦破作出了初步的部署。回到家，已经是晚上十点多了。妻子陈芳芹在客厅里等他，这个娇小的女人脸上写着焦急，丈夫一回家她就像孩子那样跟在边上。她说妈刚躺下，就不要再对她说什么了。于文惠老师原来是在家乡县里的小学，几年前退休后，于超就想把母亲接到市里，可是老人不愿意，觉得两代人居住一室很不方便。直到去年于超换了新房子，儿子媳妇一起到了县里去接她，她才搬过来。于超的房子装修不久，屋子里还散发着一点香蕉水的气味。所以他一坐下，妻子就迫不及待地问他：会不会是装修闹的？我听说好几家老人得病都是因为装修呢。于超做了个手势，意思是现在不要谈这方面的问题。他说：帮我放热水吧，我想泡个澡，累了。

陈芳芹说：听说朝阳路的工行被人抢了？

于超说：案子倒没什么，我的工作嘛。我就是不喜欢开那种民主生活会——批评和自我批评？这话听起来就觉得是在开玩笑——你喜欢别人批评吗？还是你愿意去批评别人？

陈芳芹说：你在外面可别这么说。

于超说：问题是明明大家内心都不愿意的事情，我们却还要表面上坚持这么干。

水放好了，于超嫌还不够，就又放了些，再把整个身子放进去，好让水把身体淹住。现在，他开始想母亲的病了。母亲这辈子很不容易，年轻时候就守了寡，一守就是三十多年。他觉得母亲的病实际上是压抑所致，她有许多心事，却不能对人说。即使是和他这个做儿子的，也不多说什么。原来母亲身边还有学生围着，自从退休，便失去了这种一直萦绕的气氛。她每天除了帮着他们料理一些家务，余下的时间除了看看书报，就是坐在电视机前听几段京剧。母亲喜欢凄婉的程派，有时候还跟着哼上几句《锁麟囊》。于超夫妇没有孩子，老人来了家中倒是平添了一份热闹，没想到母亲这么快就病了，还是重病。按说这种病，首先得做手术，然后才是一系列的化疗。他初步估计了一下，怎么说得花上十万。这个数目，对于一个县城的普通小学而言，是很不小的。他预感到这将是一个难题。

陈芳芹进来给丈夫搓背。夫妻俩接着说话。

陈芳芹说：你明天得和学校那边联系吧？

于超说：那是，这笔钱可不小。我们垫了多少？

陈芳芹说：两万呢，我这可是公款啊。

于超回头看看妻子，说：你怎么能挪用公款呢？

陈芳芹说：家里最后那三万，是定期，我没取。

于超说：那我得赶紧去学校了。

陈芳芹说：就怕花了钱也解决不了问题啊。

于超叹了口气，说：事情既然来了，躲也躲不掉的。现在只想尽快治病的事，尽了心也尽了力，把该做的都做了，即使将来那一天到了，也不会感到遗憾的。

陈芳芹说：你能这样想，我就放心了。

于超不禁流下了眼泪，听到外面有了动静，便把声音收了。过了一会儿，母亲在客厅里喊了句：于超，你睡下了吗？

于超应道：没呢，我刚洗好澡。

于超穿好衣服从卧室里走出来，一边用毛巾擦着弄湿的头发。陈芳芹也跟着故作轻松地说：妈，我还以为你睡着了呢。

于文惠坐在沙发上，手里端着保温杯，说：趁大家都在，说说我的病吧。芳芹什么都不给我看，是不是情况很不好啊？

陈芳芹说：妈，不是我不让你看，是医院要留下来。这是制度啊。

于文惠说：病人是有知情权的，你们最好对我交个实底，免得我老想这事儿。其实我早就知道我这肚子不对劲，好像吃的东西全长到肚子上了。

于超说：妈，你别想得太多。病是不轻，但也不是你想的那么坏。

于文惠说：是癌吧？

于超说：是妇科肿瘤。

于文惠说：恶性的肿瘤就是癌——你别对我玩文字游戏了。既然活检和病理切片都做了，你们就把结果明白告诉我，行了。

陈芳芹说：妈，医生说其他的都还好，只有一项指标高了点。

于文惠问：是 CA－125 吗？

陈芳芹很吃惊，她不明白这样专业的东西老太太是怎么知道的，只好点了点头。

于文惠说：多少？

陈芳芹说：有 1000 多。

于文惠的脸色一下就变了，潸然泪下。还没有等儿子媳妇来劝慰，她就说：这已经是很高了。我们学校的何校长，当初才 300 多点，就已经宣布是恶性……

于超说：妈，你别想得太多，现在医学进步很快，这种病是完全可以治愈的。明天，咱们就住进妇产医院，他们的一个副院长就是这方面的专家，我请她亲自为你主刀，一点问题没有……

于文惠说：还得做好几轮的化疗吧？

于超说：做呗。

于文惠说：化疗是要掉头发的……

陈芳芹说：妈，头发掉了还会长的啊，您就安心把病治好，别的由我们来做。

于超说：妈，芳芹说得没错，无论什么病，病人的情绪和精神状态对于治疗，是很重要的。明天，我们先去住院吧。

第二天是周末，于超夫妇就领着母亲于文惠住进了妇产医院的肿瘤科。办完住院手续，就去了一楼的病房。于文惠老师一看进进出出的都是些光着脑袋，面色略微浮肿的人，心里就很不舒坦。她对儿子说，咱们还是回去吧。于超说，看你，怎么像个孩子似的呢？咱们是来治病的，又不是来看戏的，哪能说退场就退场呢？然后就领着母亲进了病房。很快就有护士过来替于文惠进行简单的例行的体检。在忙这些的时候，陈芳芹把丈夫叫到走廊上，说：这里有我，你还是赶紧去妈学校一趟吧。

当天下午，于超就驱车到了县里。因为办的是私事，行前就没有告诉县局的同行，也没有向单位请假。昨天那起被命名为“9·12”的银行抢劫案，虽然没有伤人，所劫金额也不算大，但影响十分恶劣。城市今年将被国家命名为“卫生城市”，来自国家和省的有关部门组成的检查团，过了年就要来验收了。市委书记在听取案件汇报后，明确指示，成立专案组，让他这个主管刑侦的副局长亲自抓，争取在年底前破案。就是说，留给于超的只有一百多天的时间。于超以前没有接手过这类案件，城市这些年来也真的没有发生过抢银行的事情。他不能不觉得有压力。这时，他仿佛又看见了政委谭季平那张感觉从来不洗的脸。这个人原来是主抓刑侦的副局长，是于超的前任，因为年岁偏大，就让他去当专职的政委了。

县城距离市里不算远，两百公里的路，于超不到三个小时就赶到了。这是他的家乡，自从父亲神秘地失踪后，他就随母亲一直住在学校的一间单身宿舍里。他在这里读完小学和中学，然后再上大学。后来工作了，成天忙案子，回来的机会就少了。县城这些年来，似乎看不出有什么新的变化。这个县城的地理位置，处于泄洪区的范围，几十年来老百姓都听见要搬迁的风声，因此没有怎么建设。去年，县城搬迁的计划经上级机关批准了，但上面的拨款很有限，至少有一半的资金得靠县财政来想办法。到了县里，正是午饭时间。于超在街边的一个小饭馆，随便买了碗牛肉面，就带着一份礼品直接去了何校长家。等他敲开门，才知道那位年纪与母亲相仿的何校长已经在上个月去世了。他的丈夫，于超唤作齐叔叔的，是看着于超长大的。一见面，还以为后者是专门来致哀的，就说：小于啊，我就是怕惊动你母亲，所以没有给你们去电话。她们一起共事三十年，感情比姐妹还好，我担心……于老师还好吗？

于超感到意外，就附和着：还好……她让我来看看……

齐叔叔一边给于超倒茶一边说：我知道，我知道……

于超看着墙上挂着的何校长的遗照，心里一下子变得很沉重。他想也许用不了多久，母亲的照片也要这样用黑纱布置着了，不禁眼睛湿润了。他问齐叔叔，何校长走的时候可还安详？齐叔叔什么也没说，只是叹了一口气。于超心下一紧，他能想象得出何校长临终前一定是很痛苦的。

在齐叔叔那里，于超只待了一会儿，就去了城南的学校。远远看去，学校还是从前那样隐蔽在茂密的梧桐树中。这个环境，唤起了于超很多的记忆。他把警车停在操场东侧的一排平房面前，这里的一间单身宿舍是他过去的家。平房的后面，有一小片葱郁的杉树林子，那是很久以前母亲带着他栽的。看来这房子还没有住人，门被锁了，里面的几件公家配备的家具还在。那是两张床，靠在一起，之间以前是用布帘子隔着的，外面的那张床，是他睡过的，挨着床放的，是一张吃饭用的方桌，那也是他写作业的位置。母亲睡在里面，在她的床前是一张带抽屉的办公桌，贴着墙放。那墙上还有烟熏的痕迹——县城经常停电，母亲得常年备着煤油灯。墙上还有一个结实的衣钩，那是专门挂手风琴的地方。母亲爱拉的曲子是《莫斯科郊外的晚上》。触景生情，于超仿佛又回到了十八岁以前。从三岁到十八岁，他在这间屋子里度过了整整十五年。

有人喊他。

于超回过头，只见一个年轻的、文静的女人向他走来了。于超觉得眼熟，却喊不出名字。

年轻女人说：你是于老师家的于超吧？

于超点点头。

年轻女人说：我是张晓莹啊，是于老师的学生。

于超很快就想起来了，是那个专门来跟母亲学拉手风琴的小女孩，转眼间居然也成大姑娘了。而且于超在齐叔叔那里得知，她就是新上任不久的校长。

于超说：你从师范分回来了？

张晓莹说：我分回来好几年了。

于超说：当校长了吧？我祝贺你啊，张晓莹。

张晓莹说：我哪经受得了你这大局长的祝贺啊。怎么，出差到县里，顺便来瞻仰一下自己的故居？

于超就把刚才愉快的表情慢慢敛住了。然后就把母亲检查出来的情况对这位年轻的校长说了。张晓莹一听就很惊讶，说怎么也是这种病啊？于超说，发现的时候晚了。县里难道没有例行的干部体检？张晓莹说，说是每两年一次，可也就是说说而已。

于超从口袋里掏出了一份报告和附上的诊断资料复印件，交到张晓莹的手上，说：张校长，我妈昨天已经住院了，医疗费的事还得麻烦你。

张晓莹说：于局长，学校的情况你是知道的，现在连老师的基本工资有时还拖欠着。县里目前一门心思地在抓县城搬迁，财政上很困难……

于超说：不是实行了医疗保险了吗？

张晓莹说：那是你们市里，县里目前还只是在筹备中。

于超说：就是说，现阶段还是得靠地方财政来解决了？

张晓莹点点头，说：报告我收下来，我会尽快去找教委谈。你呢，最好也和县里的有关领导接触一下，我想你的话是会起点作用的。

于超就问：现在的县长是谁？

张晓莹说：是从市里放下来的，叫陈涛，你认识吗？

一提陈涛，于超的眼前就出现了一张气宇轩昂的脸。他说：我知道他。

3

说起陈涛，于超的妻子陈芳芹应该更熟悉一些，他们都是财贸学院的校友。据说当年在大学里，陈涛还追求过陈芳芹一阵子。关于这个问题，于超从来就没有问过妻子，但这风声他是有所耳闻的。他也曾经明确地向女人表示过，他不喜欢陈涛这样的男人。陈芳芹也说不喜欢。陈芳芹说，我一向喜欢高个子的男人。于超还想起了一件事，那是去年春天的一天，于超突然接到了当时还在市经委当副主任的陈涛的电话，觉得好意外。陈涛说，他的一个外甥因为强奸被刑警队抓了，那是两个孩子谈恋爱闹出的笑话，根本就不是什么强奸。于超说，这个案子我知道，犯罪嫌疑人自己都承认了，在女方杯子里下了安眠药，是在女方睡着了之后实施强奸的啊，口供笔录还在呢。陈涛说，那可能是让你们警察给吓的吧？暗示着警方在刑讯逼供。于超便有点火了，说：陈主任，那你和律师说好了，如果是我的兄弟有逼供的嫌疑，我决不轻饶。那是一次很不愉快的通话。当晚，陈涛让妻子上门找陈芳芹了，还送来了两条“大中华”，其中一条说是特制的，叮嘱让于局长自己抽，千万不要送人。正巧，于超回家了。见到这场面便说：那案子我又看了，事实清楚，人证物证都在，没法打折扣的，你还是把东西拿回去。陈涛的妻子不肯。于超就把那条“大中华”折断，里面是五万块人民币。于超说，你不会让我明天拿到纪委去吧？那女人很尴尬，只好拿着东西走了。陈涛的妻子一离开，陈芳芹就随口说了句，你这回可是把陈涛给彻底得罪了。于超说，没有办法啊，干我这行的总是要得罪人的。陈芳芹说，那你可以把话说软一点嘛。于超说，我这里一软，他那里就硬了。陈芳芹不再说话了，匆忙上了床。于超知道，那晚女人心里不痛快。

山不转水转，现在，轮到他于超来求这个陈县长了，这事怎么说都有点窝囊。于超的车已经驶进了县政府大院，转了一圈，又开出来了。他实在不知道见到陈涛之后怎样开口，或许他根本就开不了这个口。这时候手机又响了，是李大海来的，说“9·12”案件有了点眉目，他们在市郊环城路边一个废弃的窑洞里，找到了那辆作案用的红色摩托车。于超很高兴，说：我马上回去。

于超返回市里已经是黄昏时分。他直接赶到刑警支队，向李大海询问案件的详细情况。

李大海说，经过现场的录像分析和痕迹比对，他们找到了那辆被犯罪嫌疑人丢弃的红色摩托车。据初步查实，这辆车的车主是一个叫许刚的男人，他是个做服装生意的小老板，住在三桥河北岸的那个“柳浪小区”。案发时此人去外地进货了，回来后才知道这辆车被盗，他还没有来得及报案，车子就被刑警队的人找回来了。

于超问：车子原来停在哪里呢？

李大海说：就在小区的停车棚里。不过，没有人管理，也就起个遮风避雨的作用。

于超说：就是说，谁去动都可以了？

李大海点点头。

于超问：你们打算怎么干？说说吧。

李大海说：老办法，先摸排。重点是在河的北岸，尤其是小区内部。

于超想了想，说：别把动静搞得太大。

布置好这件事，于超就去了医院。见到已经换上了病员服的母亲，心里便被什么碰了一下似的。服装真是个奇妙的东西，这种带条子的病员服一换上，母亲看上去就完全像一个病人了。他坐到母亲身边，想提起一个轻松的话题，但是母亲先开口了。你去县里了？母亲说，何校长怎么说？

于超说：我没见到何校长，把报告交给张晓莹了。

母亲说：哦，现在是晓莹在负责，可你也应该去看望一下你何阿姨啊。

于超说：我本来是准备去的，可是这边的案子……妈，检查都做过了吗？

母亲说：刘院长上午亲自来了，说下个星期三上午做手术。我问她要做多长时间，她说要四个小时……

于超说：那是，毕竟是个大手术嘛。不过，刘院长的功夫，那是国内都能排得上号的，她还经常出国讲学呢，您放心。而且，现在术后还带着一支麻醉棒，不会感觉到痛的。

母亲说：痛我倒不怕，别人能扛得过来的，我也能扛住。我就是担心这种病到底能不能治得好……

于超说：妈，您别瞎想……

母亲说：我不是瞎想。如果很难治，或者根本就不可能治好，那就别治了。人没有必要去做一些无谓的事情，结果弄得劳民伤财的……

于超说：看你说的。我是谁？我是你儿子嘛。

说到这里，陈芳芹来了，带来了鸡汤面条。于文惠说，芳芹啊，你不要这么每天送饭了，这里的伙食还不错。

陈芳芹说：妈，医院里伙食怎么行呢？我不麻烦。

于文惠说：都是有工作的人，哪能成天围着我一个病人转。你们都忙你们的去，到了手术那天过来看看就行了。

这时，又一个病员住进来了。是一个看上去大约十三四岁的少女，被父亲背了进来。她在 5 号床，和于文惠的 4 号床靠得很近。于超看见那位父亲手里拿着许多东西，就上前帮他接过一些。那人说谢谢，把肩上的女儿放到床上。然后就拿出香烟给于超，于超说，这里不能抽烟呢。那人说，我们到外面抽吧。于超觉得这个人很痛快，就随他到了外面的院子，抽上烟。于超问那人在哪儿工作，那人就作了自我介绍，说自己是市棉纺厂的工人，叫马冬生。

于超说：棉纺厂效益不行吧？

叫马冬生的说：厂子早就垮了，工人也都下了岗。

于超问：那你们每个月能拿多少基本生活费呢？

马冬生说：说是260元，实际上还时常兑不了现的。我是电工，还可以帮着别的单位干点散活。

于超问：没想过开个小店什么的？

马冬生叹了口气，说：也想过，我弟弟在深圳那边开公司，给了我一些钱，原来是打算替我张罗点事情的，你看，孩子得了这种怪病……

于超问：也是妇科肿瘤？

马冬生说：是卵巢癌……真是奇怪啊，这么小的孩子，也能染上这种病。

于超问：问题不大吧？

马冬生说：医生说幸亏发现得早，否则就悬了。

于超说：那就好。那也会做手术吗？

马冬生说：会的，还要化疗……

于超说：手术我帮你联系一下刘院长，她是专家。

马冬生说：那实在太谢谢你了。你是在政府工作吧？我怎么觉得你很面熟呢？

于超就递给了马冬生一张名片，后者看过，很惊讶地：哦，原来你就是大名鼎鼎的于局长啊，我可是早就知道你啊。

于超说：什么大名鼎鼎，也就是一个职业而已。

马冬生说：我可不是瞎吹捧你啊。去年那起轰动一时的“11·21”杀人分尸案是你破的吧？我在电视上看见你的，戴着红花呢。

于超说：那是大家一起干的，我不过是牵了个头。

这时陈芳芹来了，于超对她说这是棉纺厂的马师傅。然后又向马冬生介绍说：这是我爱人小陈，在保险公司做财务。

马冬生用羡慕的语气说：你们这一家真不错啊。

这句夸赞使陈芳芹忧伤的心情豁然变得高兴，她就顺便夸了这人的女儿，说你家姑娘长得好可爱啊。马冬生却无法高兴起来，只叹了口气，就离开了。陈芳芹慢慢把视线从这人身上收回来，问于超：你去县里事办得怎么样？

于超说：报告是递交了，可县里目前还没有实行医保，看来还得通过你找找陈涛了，他现在是县长。

陈芳芹说：通过我？为什么？

于超说：你们是校友，毕竟好说话些。

陈芳芹说：我敢吗？去年那件事他会忘记吗？他外甥后来被判了七年呢。

于超说：桥归桥，路归路。

陈芳芹说：路都被你堵死光了，我不好意思去。

于超说：当然，你要真不愿意的话，我就再想辙。要不就先把家里那三万元存款取出来，你总不能老挪用公款啊。

陈芳芹说：取是随时都可以的。可是，于超你知道吗，妈这个病至少得花十万啊！我问过刘院长了，手术前先要化疗一次，让肿瘤包块收缩；手术之后要连续进行六次化疗，用的药叫紫杉醇，进口的一次就得过万。

于超默默点了点头。

4

几天后，陈芳芹就去了县里。在途中，她拨通了陈涛的手机，说自己有事情找他。一听是陈芳芹的声音，陈涛既意外又高兴。陈涛说，好个芳芹，一出校门就把我忘了，真是人情薄如纸啊。陈芳芹说，陈涛，咱们是同学，我找你的事你千万别推。那时陈涛正在新县城的建设工地上，就让陈芳芹在中途下了车，再派秘书带车去接，先接到一个酒店安顿下来。到了午饭时间，他才自己开车过来。随行的除了秘书，还有办公室主任和一个老板。一见面，两人不免都有些吃惊，觉得彼此的变化都很大。陈涛就对大家介绍说，这是我们市公安局于局长的太太，也是我的大学同窗。当年啊，我还认真追求过她呢，可她嫌我个子矮！这话一说，陈芳芹脸立刻就红了，说，陈县长，你这么说不是要让我觉得后悔吧？陈涛摆摆手说，哪里哪里，要说后悔的还是我啊。爹妈少让我长了五公分，就这么眼睁睁地失去了一个大美人啊。陈芳芹说，你这人说话一点也不真诚，我不信。陈涛说，我是真诚的，问题是我比不上你家于超，那可是真正的男子汉一个啊。老于今天怎么不一起来啊？陈芳芹说，他在忙案子呢！陈涛问，还是那个银行抢劫案吧？陈芳芹点点头。陈涛说，不是说，这案子有点头绪了吗？陈芳芹说，谁知道呢。

饭桌上就这么随便说着，等喝过两杯酒，陈芳芹起身去上洗手间。她站在镜子面前仔细看了看自己，觉得自己还是很好看的。她忽然有了一个奇怪的念头，如果当初真的是嫁给了这个陈涛，结果会怎么样呢？这个念头只有一瞬，却让她觉得这人生实在充满着偶然。

饭后，那个老板利索地把单买了，把陈涛和陈芳芹引到了一个很雅致的茶座包厢里喝茶，其他人便撤了。茶是那种福建安溪产的乌龙茶，陈涛自己动手来沏，手法很娴熟。陈涛一边沏茶一边问：芳芹啊，你今天这么远的赶来是有什么事情吧？

陈芳芹就把家里发生的事情作了介绍。并且说，前几天于超本人也来过了。陈涛听后，没有表态，只说：这个老于，到了县里怎么不来找我谈呢？偏要派老婆来。陈芳芹说，他没有别的意思，他这个人你是知道的，不爱说话，也不喜欢求人。陈涛说，都在一个市里嘛，有什么求不求的呢？再说，求人也不见得就是丢人，他不来，不还是叫你来了吗？陈芳芹心里咯噔了一下，心想，谁叫我是他老婆呢！

陈涛把茶先端给陈芳芹一杯，然后自己又喝了一口，说：芳芹啊，这事我知道了。你可以先把报告留下来……

陈芳芹立刻就从包里拿出要求解决医疗费的报告，递到陈涛手里：那就谢谢你县太爷了。

陈涛说：我话还没说完呢。县里目前正在集中财力搞县城搬迁，像这种事，也不是你婆婆一人，有很多的，连几个兼职的人大主任和政协主席都在排队，口子还真不好开……但也不是铁板一块。我给你出个主意，你回去之后，让老于找一下他们的谭政委——他和我们县委吴书记是战友，关系很铁的，让吴也批个字，我这里呼应起来就方便了。你说呢？

陈芳芹似乎没有什么可说的了，就点了点头。

话说到这里，陈芳芹看了看表，说：陈县长，那就谢谢你了。我还得去赶下午的班车呢。

陈涛说：不急，咱们再聊会儿，于超不派车送你来，我可以派车送你回嘛。

然后陈涛就提起了一个话题，说：芳芹，我记得你比我小六岁，是吧？

陈芳芹说：是啊，我今年三十五了。老了。

陈涛说：我不是这个意思，人都会老嘛。我是说啊，你们为什么不要个孩子呢？

陈芳芹迟疑了一下，说：不是不想要，是没怀上呢。这都怨于超，第一次怀了，因为当时他正在忙一个大案，就动员我流了。没想到之后就闹了个习惯性流产的毛病。想空上两年再说……

陈涛说：哦，是这样啊，这我可得批评老于几句了。工作再忙，孩子总是要生的嘛。不过，我能看得出来，你和老于过得不错。二人世界，好。

陈芳芹说：本来是还可以的。去年装修了房子，可现在，我婆婆这病……

陈涛拍了拍陈芳芹的肩说：不要着急，问题总会解决的……

他突然意识到这个动作有点不妥，就很快把落在女人肩上的手收了回来。

晚上，陈芳芹把陈涛的意思对丈夫说了，想让他尽快找一下谭政委。于超听过，想也没想就说：我不找他。陈芳芹说，为什么？你们不是一个班子里的吗？于超说，我不喜欢这个人。陈芳芹说：你这人怎么见谁都不喜欢？这可是为你妈治病啊！于超看了看妻子，似乎从女人的神色中看出了气愤之外的内容。这是什么内容呢？他一时没想出来，但相信是有另外内容的。这时候他就觉得，让妻子出面找陈涛，或许是一个错误。

两个人沉默了一阵，于超才说：给我拿两千块钱，我得去刘院长家。妈后天动手术。

陈芳芹说：钱在抽屉里，自己拿去吧。

说完，女人就去洗澡了。于超独自在客厅里坐着，看着那盏几乎从来不开的吊灯，想人有时真是有趣，明明是不用的东西，却占着家中重要的位置。他把烟掐灭，从抽屉里拿出了两千块钱——实际上只有一千八，他又从口袋里拿出了两张，放进一只信封，就出门了。临出门前，他对着卫生间喊了声：明天，把那三万取出来吧。妻子没有回答。

街上已经安静了。这是初秋的晚上，胳膊上明显感觉到了秋意。于超走到自己那辆三菱吉普车前，给刑警支队的李大海拨了个电话，问案件有进展没有。对方说没有，电话里传出了喝酒的气氛声。于超突然有点愤怒，说：大海，你给我听好了。这个案子破不了，我这个副局长当不了，你这个副支队长也得撂挑子，别占着茅坑不拉屎！李大海吃了一惊，说：于局，于局，我想，我是能拉屎的……

于超说：那你就好好拉。过去茅坑门上有一副对子，叫“进门三步急，出门一身轻”，可你现在就一身轻了，居然还有心思喝酒！

挂了电话，于超就有点后悔。今天火气怎么这么大呢？他坐到车上用双手紧了紧脸，觉得自己的脸变得好粗糙。过了年，就四十岁了。古人说，四十不惑。古人却不知道，四十岁是男人最操心的年纪，空泛的责任到这个时候就逐一具体化了。一路上于超就这么跳动地想着，等他看见了刘院长家的灯光时，他才长吁了一口气。以前也是经常有人夜晚来敲他家门的。那都是些想托他办事的人。他们有求于他——这个社会就是如此，这个社会不知不觉地就变成了一个市场，人与人之间构成了这种供求关系。可求他办的事，大都是些难办之事，譬如捞人之类，还有减刑的。敢上他家门的，也都是有些背景的人。他们准带着谁的条子，以及烟酒，以及烟酒盒子包裹着的钱。那些钱，最少的也多于两千，可他不敢收。行当不同，连敛财都有了限制。那是自己对自己的限制。他估摸了一下，这些年被他扔回去的钱，不会少于五十万吧？那是足够给母亲来治病的。可是，眼下自己得亲自来给这个叫刘院长的半老女人送钱，以仰仗她的技术，为母亲掌刀。如今医生，当然不是所有的，都发起来了。据说一个心内科的主任，特别是那种做心脏介入手术的，每年至少能挣五十万。一例房缺手术，先拿病人家属的，再拿供货厂家的，出门走穴，还要拿所在医院的，而且费用无须自己担当，也无须上税，算起来，纯的就上了三千。

这是一个很不错的小区，一色带落地外飘窗的六层楼，环境幽雅，肯定不是医院的宿舍。但这个小区距离几家医院都比较近，所以住着不少能挣钱的主任医师。于超刚把车停好，拿起一束鲜花，下了车。刘院长家住在甲 12 号楼，也就是 13 号楼。看来，住这号楼的主任还不算很富裕。因此这种人就更少不得钱。他接近了这栋楼，忽然看见一个熟悉的背影，手里也拿着一束花。从身影轮廓上他就看出是那个马冬生，就主动喊了句：是老马吗？

马冬生吃了一惊，回头一看，笑道：是于局长啊！

于超说：你是来看刘院长的吧？

马冬生说：是啊，你不是夸她技术好吗？

于超说：她是妇产医院的“第一把刀”啊。

马冬生说：所以我就来了……

于超说：那正好啊，我们一道……

马冬生说：你送多少？

于超说：两千。你呢？

马冬生说：我也是——听说都是这个价。

于超说：其实落到她手里的也没多少，还有麻醉师和助手，都得分点。

马冬生说：这种钱是该送的，你说呢？可是……

于超说：可是什么？

马冬生有点迟疑地说：我们一起进去，不太好吧？

于超想了想，说：倒也是，这种拜访，人家总是不喜欢有第三者在场的。

马冬生说：那你先去吧，我明晚再来。

于超还没有答应，手机又响了。一看来电显示，还是李大海来的。于超就走到了一旁接听，问：怎么了？

对方说：案子有了进展。

于超说：我马上过去。说完，他又走到马冬生面前，说，老马，我有点急事，这样好了，你就替我去看望一下刘院长，把意思带到。然后就把那个信封和鲜花一起交到了老马手里，后者却还在犹豫着，说：这合适吗？

于超说：其实也说不上什么，人家一天的手术下来，很辛苦，你把东西放下就行了。

马冬生说：那……好吧。

于超拍了拍马冬生的肩，上车迅速离开，直奔刑警支队的办公室。

刑警支队副支队长李大海汇报，9 月 12 日上午，有目击者看见，一个戴着头盔和墨镜的男人骑着一辆红色摩托车从三桥河第二座桥上通过，险些撞坏了一个行人。这个人身穿一件深蓝色粗纹灯芯绒的夹克衫，还斜挎着一只蓝黄相间的旅行袋。这些，与犯罪嫌疑人的体貌特征都非常一致。李大海说，但是，后来朝阳路储蓄所遭到抢劫之后，犯罪嫌疑人的车子是往西而去的，方向又不太对了。

于超站在地图面前，顺着原来判断的路线看着，最后把目光集中到一个标有“枣树巷”的位置上。他对大家说：我认为是同一个人。犯罪嫌疑人真正的逃跑路线不是我们一开始判断的那样，他最初奔西而去不过是一个假象，想扰乱我们的视线。实际上，这个人在行驶几分钟之后突然扎进了这个不起眼的枣树巷里，穿过去之后便向右拐了一个弯，沿着环城路向东去了。

李大海问：那么，他为什么要丢掉摩托车呢?

于超说：那是他担心时间一长会显得目标过大，所以就在那个窑洞里换了装，再去等候过往的 7 路公共汽车去了。一切都是事先设计好了的。

李大海点点头。

于超说：我们把犯罪嫌疑人的能力低估了。这家伙胆大心细，遇事不慌，轻松地就把我们玩了一把。这样吧，留一个组继续在原来的方位摸排，其余两个组沿着举报者提供的情况，深入了解一下。有一点值得注意，我觉得，这家伙不是那种流窜作案的盲流，是我们本市人。

李大海说：能肯定吗?

于超说：基本上可以肯定。那条枣树巷就说明了这一点，一般而言，流窜作案的人是不会轻易往小巷、胡同里扎的——万一是条死胡同怎么办?说明这家伙对地形很熟，事先也踩好了点，而且可以断定他是一个人作案，时间有限，如果不及时扔掉摩托车、换换装，我们就上来了。

李大海说：于局，我们怎么做呢?

于超想了一会，说：把摸排的重点放到三桥河的南岸来。

5

今天是于文惠老师做手术的日子。昨天下午，刘院长找到于超，和他进行了术前的例行谈话并履行签字手续。刘院长说，手术的风险不会大，但效果很难说。尽管事先进行了CT之类的检查，但是确定最终肿瘤的准确位置，还得看打开腹腔之后的情况。万一位置不好，譬如靠近尿道或者肠黏连得厉害，刘院长说，对手术会造成麻烦的。这个你得有充分的准备才是。

于超说：这我明白。

刘院长说：我自然会尽力的。放心好了。

于超说：那我就先谢谢了。

说完这些，刘院长掩上门，又从抽屉里拿出了那个熟悉的信封，交到于超手上：于局长，咱们之间就用不着这么客套了。

于超连忙拦住：刘院长，您千万得收下，这是我们家属的一点心意啊！

刘院长似乎有点无奈地说：医院的规则是不许这么干的。可是呢，我们又很难拦得住，病人家属总觉得这样做了，心里才踏实，弄得我们很尴尬的。

于超说：您千万别这么说……其实大夫很辛苦，特别是大手术，一站就是五六个小时。

刘院长说：说辛苦，大家都辛苦。你们公安不辛苦吗？我在电视里看见，去年你们侦破那起碎尸案，连续多少天没睡上觉，一蹲坑就是好几宿……这是职业道德啊，也是职业信仰。有时候我想，这个社会风气不好，可能与我们多年来那种功利而空洞的宣传有关系。年初闹“非典”，一下子就说医护人员是“白衣天使”了，说是“最可爱的人”了。而之前呢，媒体上总是在喋喋不休地批评医患关系如何如何糟糕。其实呢，我们不一定要求每一个人讲什么大公无私的奉献，——人都是有私心的啊。只要各人尽责，社会就蛮可爱了。

于超觉得，这个刘院长比他想象的要可爱。

那天晚上，于超因为案子没有回家。他电话里告诉妻子陈芳芹，说第二天直接赶到医院。陈芳芹说，妈这边有我呢，你还是抓紧时间找一下你们谭政委吧。一提这话，于超就不想多说，把电话给挂了。他能想象得出，那一刻电话那端妻子不满的表情。也难为这女人了，于超想，对于一个国家，改革是硬道理，但对于一个家庭，钱就是硬道理。这么重的担子让一个女人去扛着，甚至不惜挪用公款，怎么也说不过去的。他想自己是否真的该去和那位谭政委谈谈了，让他出面周旋一下，把眼前这道坎过了。可一想到自己将要对那张不苟言笑的脸去说上一堆违心的好话，觉得舌头都短了。

手术定在今天的上午九点开始，但病人必须在七点就做好准备。于文惠老师在临进手术室之前，取下了脖子上的那枚生肖玉兔的挂坠，交到媳妇陈芳芹手里，说：我要是回不来了，这个就给你们作个念想好了。芳芹当时就流泪了，说：妈，你不会有什么危险的。于文惠说，人都是要死的，我不怕死。我甚至觉得，这么被麻醉了不知不觉地去死，还真不错呢。

听了这话，给女儿倒痰盂回来的马冬生就站住了，放下痰盂，对于老师说：于老师，您气色很好的，不会有什么问题的。

于文惠看了看旁边的马瑾，那孩子睡着了，就放低声音说：马师傅，小马瑾不会有事的，刘院长说了，她情况比较好，发现得又早……

马冬生说：你们都不会有事的。

这时候，手术室的担架车到了病房。于文惠自己睡到车上，样子很安详。然后，陈芳芹和马冬生就跟随着担架车上了电梯，妇产医院的手术室在五楼。出了电梯，担架车便推进了手术室。看着陈芳芹那副黯然失色的样子，马冬生说：小陈，你千万别着急，我在这里陪着你。

陈芳芹说：马师傅，你下去吧，于超一会儿会来的。

马冬生说：我没事的，早饭马瑾会自己弄。

两个人就在手术室外面的椅子上坐下了。两人随便聊着家常，等候着时间一分一秒地过去。马冬生说，做手术关键是看进去后的第一个钟头，人不出来，就没事了。陈芳芹没有听懂，就问：不是说要开四五个小时吗，怎么一个小时就完事了呢？马冬生说，第一个小时没事就没事了，表示手术顺利；要是人很快推出来，说明情况很糟糕，刀没法开了，口子合上了。陈芳芹听明白了，之后便不停地看表。等一个小时熬过去了，她的情绪忽然就变得轻松起来，她说：老马，你别介意，你是不是离婚了？

马冬生说：我离婚快十年了。

陈芳芹说：哦，难怪啊，这些天我没有看见马瑾她妈来。

马冬生说：她妈在上海呢。原来是我们厂驻上海办事处的，后来，认识了一个小老板……这也不能怪她，水往低处流，人往高处走。

陈芳芹说：你没有把女儿的事情通知她啊？

马冬生说：我也想过，可是女儿不肯。

陈芳芹说：孩子嘛，有点任性。这种病你一个人可扛不住啊。

马冬生说：还好，我弟弟在深圳那边开公司，要不可就抓瞎了。

陈芳芹说：幸亏你有这么一个好弟弟啊。我们家要是有这样的亲戚，就好了。

马冬生说：小陈，你是不是手头很紧啊？

陈芳芹说：说来不怕你笑话，我家于超说起来是一个局长，还是公安局长，可是家里还真的不宽裕，去年一搞房子，老底子就没了……

马冬生说：那我借你一点吧。多了没有，一万两万还是可以的……

陈芳芹说：那怎么行，我哪能……

正说着，于超风风火火地来了。从他的脸色上看，又是一个通宵没有合眼。他是走上来的，一步迈两个台阶，见面就问：妈进去了？

陈芳芹说：进去一个多小时了。马师傅怕我着急，就一直陪着我。马师傅说，第一个小时没事就表示手术进行得很顺利。

于超就转过身对马冬生道谢，说，老马，你懂得可真不少啊。马冬生说，你来了，我就回病房了。你们千万别急，于老师会一切顺利的。于超觉得，老马这个人很像一个敦厚的兄长，几句话一说，就让心里轻松了许多。他想自己如果真有这么一个当工人的哥哥，也很好的。送走了马冬生，于超回头坐到媳妇身边，说：你回去歇着吧，我在这里候着。

陈芳芹说：你不是一夜没睡吗？

于超说：我习惯了，就躺在这椅子上打个盹儿。刘院长说了，这个手术至少得做上四个钟头呢。

陈芳芹没有说话，也没有动弹。于超就靠在她身上，说：你走啊，不是还要上班吗？

陈芳芹说：我今天请假了。

于超说：你回去睡上一会儿，等手术快完的时候，我给你打电话，你再过来就是了。

陈芳芹问：你找谭政委了吗？你肯定没找。

于超说：回头再说吧，我先打个盹儿……

陈芳芹便站了起来，准备离开，走到楼梯口，又折返回来，把那枚生肖玉坠交到了丈夫手里。

于超突然感觉到心跳加快了。这枚玉坠还是他大学时代，有一回参加大学生夏令营，在承德的普宁寺为母亲买的，开了光。他在那里看见了世界上最高大的木雕观音佛像，他也曾向母亲表示过，以后有机会要带她到这里来看看，敬上一炷清香。可是转眼就过去近二十年，始终就没有出现过这么一次机会。如今，即使是机会来了，母亲也很难前行了。想到这里，于超的泪水潸然而下，握着玉坠的手不禁哆嗦了起来。他想竭力控制住，却不行。

妇产医院的五楼，左侧是产房，右侧是手术室。在门前等候的人慢慢多了起来，这些等候的人拥有一样的期待却怀着两种截然不同的心情。这里的门也是不断地在打开。一会儿，这边产房的门开了，紧接着一个新生儿被抱了出来，于是等候的家属便围了上去，看那孩子发皱通红的小脸，笑逐颜开。一会儿，那边手术室的门开了，一个戴口罩的护士喊着谁谁的家属，那作为家属的小伙子顾不得把眼镜扶正，就站到了护士的跟前。护士把一只搪瓷托盘递到他眼前，那里面盛着一块像干瘪的桃子样的肉物，护士说：看看吧，这是你爱人的子宫。那小伙子立刻腿就软了，被其他人扶回椅子上，泣不成声。于超坐在这两种气氛之间，看看左边，又看看右边，鼻子直发酸。他想这不就是人生吗？欢乐和悲伤就这样挤在一个狭小的空间里。他不时地看着表，从五楼走下去，又从楼下走上来，也不知走了多少来回。

于文惠家属！

随着护士的一声喊，楼梯上的于超立刻赶到面前：我是。

护士把搪瓷托盘送到于超面前，那是一只直径大约在十八厘米左右的肉瘤。

护士说：瘤子摘下了，现在在做淋巴清扫。

于超说：谢谢啊。还得多少时间啊？

护士说：快了。

直到此时，于超那颗悬着的心才落了下来。他想赶下去抽烟，刚下了几级台阶，就见到往上走来的马冬生。于超说：瘤子摘下了！

他用手比划着说：这么大！

马冬生也高兴地说：摘下就好。是刘院长亲自做的吗？

于超说：是啊。

马冬生说：但愿我家马瑾以后也在她手上。

于超说：那不会有问题的，老马。

马冬生有些担忧地说：我听说，有的手术，刘院长只是在边上看着指导，不亲自动手的。

于超说：回头我再帮你说说吧。

马冬生说：那我就放心了，谢谢你啊，于局长。

于超说：老马，你比我年纪大，以后就别喊我局长了，就喊小于好了。

马冬生说：那怎么行，你本来就是局长嘛！

两人一边说着一边下楼，走到院子里抽烟。这时，马冬生谨慎地说：于局长，我听你爱人说，你们家也不宽裕，是吗？

于超有些意外，他不明白陈芳芹怎么会把这种信息传递给像马冬生这样的人，就说：政府人员嘛，也就是一个衣食无忧，暴富是不可能的。

马冬生说：那这回于老师住院治病，还是有不小的花费啊。

于超说：那是啊，等实行了医保就会好的，现在只是暂时垫付一些。

马冬生说：于局长，你手头要是紧，我可以借你两万，等医保报销后你再还我就是。

于超说：那像什么话？你这边多紧啊！

马冬生说：我弟弟一直在帮我，再说我一时也花不了许多。

于超说：老马，你的好意我心领了。

马冬生说：于局长，我听你家小陈这么随便一说，就觉得你是个好局长——像干公安局长的，每年收个几十万的，在中国，在我们这个省，大概都不是新鲜事。反过来，公安局长手头紧的，倒是怪事了。所以……

于超说：老马，这件事就到此为止了。如果我真的需要，会及时找你的。

抽完烟，两人又上了五楼。没过一会儿，于文惠的手术车就推出来了。于老师像是睡着了，于超轻声呼唤了几声妈，也没有听见她回答。那个瞬间于超就想，母亲如果自此康复起来，该是多么好啊。他们护送手术车进了病房，护士让于超把病人横托着抱上床，于超觉得使不上劲，便和马冬生一起，将母亲轻轻抬起，再轻轻放到病床上。护士吩咐于超，不能让病人昏睡，要唤醒。于超就伏在母亲耳边，不停地轻声呼喊着：妈，您醒醒，手术已经完了。于文惠老师有点醒了，半睁着眼用浑浊不清的声音问儿子：我回来了？

接着，护士们开始忙着给手术后的病人放置心脏、血压的监测设备。不多会儿，陈芳芹就到了，于超便把妻子支了出去，走到院子里就问：你怎么随便开口向人家老马借钱了？

陈芳芹一愣，说：是他好心要借啊，我根本就没说什么。

于超说：你不要老是对外面说，咱们手头紧什么的——你什么意思？

陈芳芹委屈得眼泪直滚：于超，你有多大能耐，我清楚，你少这么教训我！

于超说：我怎么教训你了？我这是……

陈芳芹把丈夫一推，跑开了。顺着医院长长的走廊跑开了。于超忽然觉得，这不像是自己的老婆。或者说，自己老婆是从来不这么做的，即使吵上几句，也不会就这么跑开的。他感觉到了老婆的这种变化，不明显，但确实是一种变化。

6

经过几天的恢复，于文惠老师可以下床了。从儿子媳妇的零碎的交谈中，她能感觉到自己的病给小两口带来了麻烦。但她没有把自己的感觉说出来，而是细心观察着。她意识到自己的病的分量，觉得这么下去没有多大的意思。听医生说，自己腹腔里能摘除的都已经摘除，好像自己就不像个女人了，连说话的声音也变得沙哑、难听。她的情绪在术后的一周后开始转为急躁。她要求儿子替自己请一个护工，说：你们都是有工作的，隔三差五地来一趟就行了。陈芳芹说，妈，我时间不是那么紧张的。于文惠说，我这个病，也不知道拖到哪一天，更不知道活得成活不成，你们忙你们的去好了。当儿子、媳妇都不在的时候，于文惠老师就和邻床的女孩马瑾说说话。现在她知道了，这个小姑娘实际上已经有十六岁了，也属兔，她便喊她小兔子。她很喜欢这个不漂亮但可爱的小兔子，看着她惊恐而好奇的眼睛，鼓励孩子勇敢地接受手术。麻醉效果非常好，非常舒服，于老师说，你不会感觉到一丁点的痛感。即使手术完了，带着这个麻醉棒，也没有什么特别难受的感觉。于老师的现身说法缓解了小马瑾的紧张。几天后，马瑾顺利接受了手术，也是由刘院长主刀的。手术当天，于超还抽空来到手术室外面，和马冬生说了一会儿话，让他不要紧张。马冬生说，我不紧张啊。但他的手却控制不住地在哆嗦，把香烟从口袋里摸出来，又放回去。等第一个小时过去了，于超说，老马，我可不能多陪你了，得去忙案子。马冬生就问：于局长，你们那个案子破了吗？

于超说：你讲的是哪一个啊？我们案子多呢。

马冬生说：就是那个抢银行的嘛。

于超说：是“9·12”吧，目前还没有，但破是迟早的事。

马冬生说：我信，你有这个本事。

“9·12”案件的侦破，虽然不断有新线索提供，但实际上并没有任何进展。这一点，于超心里很清楚。这天下午，政法委书记把公安局几个头头都叫去了，第一个议题就是听取“9·12”专案组组长于超的工作汇报。会议的气氛一开始就很严肃，于超把前一阶段的情况说了，作出的结论是，实际上这么多天下来，没有忙出实质性的名堂。

书记一听脸色就变了，说：这么说，这个案子还破不了了？

于超说：我只能说，一时破不了。

书记说：那你觉得什么时候能破啊？

于超说：我又不是算命先生。书记，其实我对“限期破案”这种提法就很有意见。犯罪是超前的，侦破总是滞后——破案怎么能“限期”呢？

这时候政委谭季平插话道：于超同志，有意见可以发表，但不要带情绪嘛。

于超看了这个男人一眼，觉得好压抑。于超说：我只是有点激动——你总不能不让我激动吧？

书记摆摆手说：于超，我没有时间与你理论。但我得告诉你，如果年底前——你记住了，是 2003 年 12 月 31 日之前，这个案子还破不了，直接影响到“文明城市”的挂牌，你就向市委递辞职报告。

于超淡笑道：报告我一直在身上揣着呢。

书记一愣：你还真……周到啊！

因为有案子，这个会议讨论完“9·12”，于超就匆匆离开了。他刚走出市委机关大楼，便听见身后有人喊，回头一看，竟是自己不想见到的那个陈涛。他记不清上次见到陈涛是在什么时候了，可能过去了近三年。这个男人却似乎没有什么变化，保养得真是很好。陈涛从后面几步撵过来，握过手就问：于局啊，你找老谭了吗？

于超想了一下，说：一直在忙案子，还没顾得上呢。

陈涛说：老娘的事嘛，哪能不放在心上呢？上回陈芳芹到县里，我把底牌已经亮给她了，只要吴书记那边给个招呼，我这头就好办。不就是几万块钱嘛！

于超说：芳芹都对我说了，谢谢你啊，陈县长。

陈涛说：没什么好谢的，咱们谁跟谁啊？

两人都是自己开车来的，就边说话边走向停车场。陈涛说自己回来取换季的衣服，马上要出差。还说老婆上个星期带儿子去香港旅游了。于超问，孩子多大了？陈涛说已经上初中了。于超就有些吃惊，说我们年纪差不多，你怎么会有这么大孩子呢？陈涛说，我这人不求进步，结婚早，生孩子也早。这回答让于超觉得有点不舒服，论职位，他陈涛已经是正县级，而自己才刚刚进入副县级；他孩子上初中了，自己却还没有孩子，这是什么鸟意思呢？他听出了陈涛的话中带有一点炫耀的味道。

到了停车场，为了礼貌起见，于超先送陈涛上了车，看着他把车开走。然后，再回到自己的车前。正打算上车，又听见政法委的一个工作人员打开水从后面过来喊他，说：于局啊，你刚才和谁说话呢？

于超说：陈涛啊，就是下去做县长的那个。

那人说：哦，陈百万啊。

于超说：什么陈百万？

那人说：下面的人都这么说他呢。说这小子借着县城搬迁，发了横财呢。

于超说：这话可别瞎说，一个县长，哪来这么多钱？

那人说：一个县长没有这么多钱才叫瞎说呢。

于超笑了笑，把车发动了。他想刚才那人说的话，不可全信，也不可不信。那回陈涛的外甥被抓了，他老婆送去的那条特制“大中华”里，就有五万。如今县城要搬迁，多少基建的项目攥在他手里，敛财的便利是可想而知的。看来，这个陈涛的胆子是越发大了，只是没有人去盯他而已。这个陈涛显然不是一个简单的人物。去年曾经一度传闻要对其实行“双规”，可是呢，风声刚起就忽然平息了。据后来反贪局的人说是证据不足，其实是这家伙背景太深了。深不可测。

这天夜里，于超和专案组的人研究完工作之后，回到家里，发现陈芳芹不在，茶几上只留了张条子：医院在催费用，我不能再挪用公款了！

于超很生气，说：明明家里还有钱，就是死活不取，什么女人！

可是仔细一想，那三万块钱又能起多少作用呢？他坐下来抽了支烟，想此刻的妻子大概还在医院里陪着母亲，觉得自己的老婆也好不容易，家中出了这么大的事，自己缩在后面指手画脚，让女人抛头露面，算什么呢？他又一次想到了那个谭政委，心里还是一样不舒服。他实在不喜欢这个男人，就谈不上有求于他了。但是钱的问题怎么办呢？去向朋友借吗？应该没有多大的问题。在这个城市，只要他开口，借钱不是问题。可是，借来的钱终归是要还的。不还，那就是变相受贿了。还有，能借给他钱同时也不急于还的朋友，还真的不多。这年头大家都不容易，不是每个人都是车到山前必有路的。

这个晚上后来于超又开车出去了。他想兜兜风。他想自己的路或许就隐藏在这风中。

于文惠老师的第一次化疗，反应很强烈。化疗的药还没有输完，就开始了呕吐。那天晚上，陈芳芹没有回家，就在医院里简陋的铺上凑合了一宿。她决定留下的时候给丈夫去了电话，但于超没有开机。这种情况以前是从来没有过的。她又往家中去电话，结果也没有人接听，她就更是奇怪了。等到天亮时分，于超主动来电话了。陈芳芹上来就质问：你手机怎么关了？

于超在电话那端平淡地说：没电了。

陈芳芹又问：你昨晚是不是没回家啊？

于超说：是的，我在忙案子——陈涛的家被盗了。

陈芳芹一听就愣了，说：什么？他们家怎么会……

于超说：他们家怎么就不会呢？好了，妈那里麻烦你照应，我这边完了，就过去替你。

昨天午夜时分，110 接到了报案，说位于“锦绣花园”5 号楼 302 室的陈涛家被盗。那时于超正在赶往医院的路上，本想去接老婆回家的，一听说是陈涛家出事，就掉头去了案发地点。他到的时候，刑警队的人已经控制好了现场。现场一点也不凌乱，看不出有被盗的痕迹。这是于超第一回来陈涛家，他一进门，就被室内的那种豪华感给怔住了。这是一座复式的楼房。三四层为一个单元。面积至少有两百平米，装修十分考究。刑警支队副队长李大海向陈涛汇报，犯罪嫌疑人是从楼上卫生间划破玻璃入室的，初步认定是一个人作案，但这家伙显然是个高手，什么痕迹也没有留下。李大海还说，这个案子和“9·12”有几点相似之处，其一，都是一个人作案，没有同谋；其二，体貌特征有近似之处，比如说都戴上了马虎帽；其三，作案时间都很短，不超过十分钟。而且，那个人好像对陈涛家的情况掌握得很清楚，知道那个时候，陈家黑灯瞎火的没有人。于超就问：没有人？那是谁报的案啊？李大海说：是陈涛本人，他正巧这个时候回来了，险些……

于超问：陈涛呢？

李大海说：在楼上书房里呢，可吓坏了。于局，你觉得有并案的可能吗？

于超想了想，说：你先不妨这么想着吧，对外不这么说。

说完，于超就上了楼，推开了书房的门，看见陈涛正语无伦次地向询问的警察谈情况。见于超进来，陈涛便站起来，很委屈地说：于局啊，真是天有不测风云啊！下午我们还……

于超示意两个讯问人员出去，然后就在陈涛对面坐下，问：陈县长，是你本人报的案吗？

陈涛说：是我啊！

于超说：你下午不是对我说，要急着赶回县里吗？

陈涛叹道：唉，差点就丢了条命啊！

于超说：老陈，你别急，把案情经过慢慢对我说说。

案件发生的准确时间，推算应该是在昨天晚上十一点四十分。已经在去县里路上的陈涛，忽然想起来，把那种称作“掌中宝”的微型摄像机落下了。他下周要去威海、昆山一带考察城市建设，他要带着这个玩意儿上路，拍点参考资料。于是就原路返回，进了小区，他下意识地看了看表，差不多快十二点了。他匆匆进了家门，直接上了楼，正打算到书房里找“掌中宝”，忽然电灯灭了，他还来不及反应，就被一个后面上来的黑影捂住了嘴，那家伙好像戴着马虎帽，嗡里嗡气地说：别出声，我只要钱！说着，就把匕首一类的东西——事后证明是一把尺子，横到了陈涛的颈项。陈涛吓得直哆嗦，说：好好，我可以给你钱……

那人就把陈涛押到卧室，看着他打开衣橱，再把一排优质的服装撩开，便露出了暗藏其间的保险柜。接着，陈涛就把保险柜的密码打开了——那是他女儿的生日，很好记，所以很快就弄开了。那人先把陈涛送回书房，捆到椅子上，再用胶带封住了他的嘴，然后就上卧室装钱去了。整个过程不到十分钟。

于超问：一共丢失了多少钱？

陈涛很迟疑地说：多少钱我不是很清楚。钱一般都是我老婆管的，不过也不会很多……

于超问：估计有多少呢？

陈涛说：可能有五六万的样子吧？都是她以前炒股时赚的。

于超问：还有其他财物丢失吗？

陈涛说：我老婆的几件首饰倒还在……哦，对了，我的“掌中宝”他好像也随手拿去了。

于超问：值多少钱？

陈涛说：是索尼的牌子，大概值一万多吧。那是我姐夫送我的，有发票……

于超想了想，说：这个家伙很奇怪，金银细软不要，偏带走了这个“掌中宝”。不会也是一个摄影爱好者吧？那个人身高大概多少？

陈涛说：比我高……我当时吓晕了，说不准确……于局长，这案子能破吗？

于超点上香烟，笑了笑说：没有破不了的案子，只是时间问题。

7

尽管陈涛说被盗的现金财物总共不过六七万元，但被盗者是一个县长，是市委委员，所以案件还是惊动了有关方面。第三天上午，政法委书记和公安局党组集中听取了刑警支队副队长李大海的汇报。去的路上，于超突然接到了陈涛从县里打来的电话，说自己家的这个案子，想起来也没多大的损失，就不要再搞了。陈涛说，你们已经被“9·12”压得喘不过气了，我就不必添乱了。于超说，那你得自己回来办撤案手续啊，不过这个案子已经惊动上面了。陈涛说，还是别搞了吧，算了，我自认倒霉。于超说，我负责把你的意见带到。

在今天的会议上，政法委书记说，这起代号为“10·20”的案子不算大，但性质恶劣，影响极坏。大家想想，连一个县长家都被偷了，老百姓哪来的安全感呢？局长老宋补充说，外面对这个案子已经当成笑话谈论了。说那个小偷在陈涛同志家里偷取了好几百万呢。

于超插话说：局长，陈涛本人向我们介绍，只偷了几万块钱。

局长说：是啊，这都是谣言嘛。如果真有那么多，他陈涛可就麻烦了——一个处级干部，哪来这么多钱呢？

政委谭季平说：我看就是省部级领导，家中也没有这样的收入吧？

书记说：所以啊，要平息这些谣言，只能等把案子破了，抓到犯罪嫌疑人，才能使真相大白。这也是对陈涛同志负责啊。

于超说：书记，我补充一个情况，今天一早，陈涛给我打了电话，他的意思是说这个案子不要搞了。他说市局目前正在集中精力侦破“9·12”，他家这点事实在算不了什么，大概就是这么个意思吧，倒是很体谅我们。

书记听了，皱了皱眉头，说：不，这个案子影响很大，必须搞，而且我还要你小于来牵头。

于超说：书记，我主要在忙“9·12”，现在距离上级要求破案的时间已经不多了。毕竟“10·20”这个案子不大，还是由大海他们去办吧。再说我母亲……

局长老宋这时便和书记嘀咕了几句。书记看了看于超，问：你母亲情况怎么样了？

于超说：做了手术，正在化疗。

书记说：哦，多大年纪了？

于超说：六十四。

书记说：哦，那是要好好治啊。家中如果有什么困难，让局里帮着解决。

于超说：既然今天书记、局党组成员都在，那我就先向局里申请暂借三万元吧，半年之内还清，利息照算。

局长老宋说：你赶快打报告，我批。

于超回到家，陈芳芹正在把给婆婆炖好的排骨汤往保温桶里盛，见丈夫回来，就说：你回来了正好，把汤给妈送去吧。于超点点头，一边把公文包拉开，从里面拿出了五万块钱递给了妻子，说：你先把公司的钱还上，余下的三万交到医院去。

陈芳芹把手在围裙上揩了揩，接过钱，有些意外地说：妈的医疗费解决了？

于超说：还没呢，但我们有钱了。

陈芳芹说：你哪来的钱啊？

于超说：你说哪来的？借的。找单位，找朋友，七拼八凑，借了十万呢。

陈芳芹吃惊地说：十万啊？你以后拿什么还啊？

于超说：你这人，没有钱你埋怨，有了，还埋怨。先垫付一下，等县里医疗费批下来了，不就还了吗？

陈芳芹说：要是县里还批不下来呢？

于超气就粗了：那就把房子卖了！我总不能看着我老娘去死吧？

陈芳芹委屈得也流出泪来，说：于超，你这人越来越不像话了。我这么问，是让你把问题想复杂一些，没有不给你妈治病的意思！

于超说：那你叫我怎么办？我又没有一个像马师傅那样的弟弟，一甩手就过来几十万。

说着，饭也不想吃了，拎着保温桶又出了门。他带上门之后没有很快离开，而是站在自家的门外点上了香烟。他听见妻子在里面哭泣，一边哭一边骂他没良心，骂他不负责任，骂他没能耐，不像个男人。于超心里很酸，觉得妻子骂得辛辣，不无道理。对这个家，对他的亲人，这些年来他确实没有尽到责任。可是，妻子应该想到，在这个世界上，一个人尽责，往往是通过钱的方式来实现的。他缺的不是责任心，而是可以尽责的钱。他觉得妻子有一句话可能说错了——他的确没有多大能耐，但还是一个合格的男人。

于超带着排骨汤，去了医院。走进病房的时候，看见母亲正和小马瑾一边聊天一边用辫绳在编花，不断变换着图案。两个人合作得好默契，说得也很投机。马瑾说，奶奶，你的手特别好看呢。于文惠说，我这拿了一辈子粉笔的手能好看吗？马瑾说好看，马瑾说她以后也想当老师。于文惠说，好啊，那奶奶可以教你一些东西了。于超突然被这个场面吸引住了，他好像觉得，这个叫马瑾的女孩，就是自己的女儿。他的眼睛不禁湿润了。于超以前从未有过这种感动，他打心眼里喜欢这个女孩。马瑾看见了于超，昂起了头说：于叔叔，你来了？

于超走过来，把保温桶放在床头柜上。于文惠看见儿子眼睛红红的，就说：我不是对你们说了吗，工作都忙，就不要这样天天跑了。

于超说：再忙也得来啊。这是芳芹熬的排骨汤呢。

于文惠说：来，马瑾，咱们一起吃吧。

马瑾说：我爸爸一会儿就过来了。

于超说：马瑾，和奶奶一起吃吧，这样奶奶吃得才香呢。

马瑾就把自己的餐具拿了出来，于文惠先给孩子盛了一碗，再给自己装上。两个人开始吃饭，于文惠看了看儿子，感觉他明显地消瘦了，就说：于超，是不是案子压力很大啊？

于超说：压力肯定是有一点啊。

于文惠说：我看报纸上的舆论，对你们很不利啊。

于超说：舆论就是这样，当案子没破时，他们肯定要说你是饭桶的。

于文惠又问：医疗费怎么样了？

于超说：已经解决了。

于文惠似乎有点不太相信，说：是吗？

于超说：局里先帮着解决了一些，然后再和县里打招呼。

于文惠就叹道：你看，我这一病，牵动了这么多人……

于超说：妈，你就安心治疗好了。

正说着，马冬生来了，手里也提着一只保温桶，见到女儿已经在吃了，就说：好吧，我这里的就当晚餐好了。大家都很高兴，忽然小马瑾叫了一声：我的头发！几个人都看着孩子，看见孩子从头上轻轻地就拽下了一缕头发，孩子的眼泪就滚出了眼眶。

于文惠说：马瑾，化疗都是会掉头发的，不要害怕。头发掉了，以后还会长，长得更多、更黑、更好。你信奶奶这句话吗？

马瑾强忍着眼泪，点点头。

马冬生也没有再劝，和于超出去抽烟了。一到院子里，老马就流泪了。于超说：老马，你可不能在孩子面前这么脆弱啊！这种病，病人的精神状态是非常重要的。

马冬生说：于局长啊，幸亏有于老师做马瑾的工作啊，要不，这孩子早就垮了。

于超说：马瑾的病发现得早，不会有什么问题的。

马冬生抽泣着说：假如马瑾不在了，我也就不打算活了……

于超说：你看，怎么这么悲观呢？

马冬生慢慢平静下来，又对于超提起了钱的事情，说：于局长，你手头要是活动不开，可以从我这里先挪一点……

于超说：不用了，单位已经帮我解决了。

马冬生说：我说嘛，咱们可不就是不一样。你是国家的人，国家不护着你们护谁呢？

这话说得让于超觉得有压力，他想这个马冬生的话没有错，事实也确实如此。比起这些下岗工人，国家公务员自然要优越得多。于超拉开公文包找烟，这时才发现自己的钱包落在家里了，就说：老马，不好意思，我今天还真得向你借点钱呢，钱包落家里了，我得去为我妈买个假发套……

马冬生便从口袋里拿出了两张一百的票子，问：够吗？

于超说：够了。昨天我打听过，一百六。回头我带给你。

马冬生说：这个钱你无论如何不能还，就算我表示对于老师的一点心意还不行吗？

这时，走廊上有护士喊老马去为女儿拿化验单子，老马便离开了。

于超正打算把借来的钱装进公文包，忽然一条玫瑰色的亮线在眼前一晃，他定睛一看，发现纸币的水印位置上沾着一点颜色，那是口红。

那个晚上于超注定是要失眠的。技术鉴定的结果已经出来了，留在钞票上的口红痕迹与朝阳路工行储蓄所主任那支口红完全符合。在取得物证之后，于超立即从侧面对马冬生的情况做了秘密调查。马冬生，现年四十二岁，汉族，中专文化程度，是市棉纺厂一名电工，十年前离婚，两年前下岗。这个马冬生很聪明，作案之前就四处渲染他的钱与弟弟的接济有关。他确实有一个弟弟在深圳，但不是开公司，而是在某个公司当保安。于超心里很清楚，至此，这起轰动一时的“9・12”案件实际上已经告破了，他会马上命令李大海到医院去拿人，然后自己去政法委书记那里交差。我限期破案了，他会这样不无得意地说。但是，一个时间关系让他犯了迟疑。马冬生的女儿马瑾，是在9月7日那一天被诊断出患上卵巢癌的，可以肯定，这个马冬生作案的动机完全就是因为女儿的病。人都有被逼急了的时候，狗急还跳墙呢。可是，法律从来都是只认定事实而非动机的。马冬生这回犯下了不可饶恕的抢劫罪，这是重罪，所幸的是他没有伤人，否则他的脑袋就很难保得住。那个晚上于超几乎就没有睡，他半夜起来，在灯下画了一张草图，那是9月12日那一天，马冬生作案的行动路线图。最后，他制定出了一个仅限自己掌握的方案。

翌日上午，于超又去了医院。那时马冬生刚为女儿准备好早餐，于超便把他叫出来，两人还是像往常那样去院子里抽烟。点上烟，于超就把昨天借的钱还上。马冬生是坚决不要，于超说：老马，借的就是借的，好借好还。其实，你也不容易的，我心里清楚。

马冬生只好把钱收下，看看于超的脸，说：于局长，看你这脸色，不好啊。是不是为案子又熬了一宿？你们那个案子破了吗？

于超说：你是说“9・12”吧？还没有呢。老马，你好像对这个案子特别有兴趣啊。

马冬生迟疑了一下，说：晚报上一直在说呢。有线索了吗？

于超说：怎么说呢？如果说有，那么就一定有，说没有，也就没有。

马冬生不解地问：这是什么意思啊？

于超说：很简单。一个人犯罪，往往就是一个念头的驱使。一个案子的侦破，往往也是一点就通。其实，每个人的血里都有犯罪的因子，或者说，每个人都可能成为犯罪嫌疑人。就拿“9·12”一案来说吧，假设我是那个犯罪嫌疑人……

马冬生笑道：你怎么会是呢？你是破案的嘛！

于超把烟蒂扔到垃圾箱里，说：监守自盗也很正常啊。

马冬生说：别开玩笑了……

于超说：那么，就假设你是吧。

马冬生怔了一下，说：行，假设是我好了。

于超看了看天空，又把脚边一块小石子踢开，说：你家是住在三桥河的南岸对吧？咱们就从这里开始。9月12日那一天，你一早就去了纺织厂对面的“柳岸小区”。你对这里很熟悉，下岗之后，你到处找散活，是他们的兼职电工，小区物业每个月开给你两百块钱。那天早上，天气开始有点阴晦，大概在上午八点半，你就绕进了那个无人看管的停车棚，偷了那辆红色的摩托车，这辆车你已经盯了几天，你知道它的主人许刚最近出差了。一个电工在没有车钥匙的情况下，开动一辆摩托很容易。然后你戴上了头盔和墨镜，绕开市区，从河边那条小路上了第二座桥。由于你很久没有骑摩托车了——曾经有过一辆，两年前就卖掉了——所以在桥上还撞倒了一个行人。如果是以前，你会停下车，送这个人到医院检查一下。但现在你有更重要的事情要办。然后，你就插到了朝阳路，那时大概是上午九点一刻，马路对面的工行储蓄所刚开门一会儿。你等候了十几分钟，看清走进那家储蓄所的人不算多，也只有一个保安，你就把车开到了对面，停好，没熄火，这才套上你们厂过去生产过的那种专门卖给乡下老农的马虎帽，拿着一支在超市买的五四式仿真手枪，身上捆着一包所谓的炸药——你不会使真的，因为你不会丢下你的命根子马瑾，我也可以保证你根本就不想伤人。你要的是钱，一笔不小的钱，因为你太需要这样一笔钱了。等你闯进储蓄所，所有的人都被你吓傻了，加上遇上那位能言善辩、晓以利害的司马教授，所以很快就得手。事情办得比你想象的要顺利得多。然后你重新骑上摩托一直向西行驶，目的是给后来的警方制造一个逃跑线路上的假象，让很多目击者好证明你当时是奔西而去了。但是，你在行驶几分钟之后，突然绕进了那个极不起眼的枣树巷，由此向北，直接插上了环城公路，之后向东走了两公里，便在途中那口破窑洞里扔掉摩托车和头盔，再换装搭乘7路公交车回到了你的家，棉纺厂职工宿舍——这是不是一个不错的行动方案啊？

马冬生的脸色已经变得很难看了，说：然后呢？

于超停顿了一下，难道还需要有“然后”吗？这时候，他听见走廊上护士又在喊着“4床家属”了，马冬生却没有动弹。于超就说：等有空我去你家接着说吧，护士在喊你呢。

马冬生就默默离开了。于超看着那男人宽厚的背影，忽然觉得心跳得有些乱。

8

冬天很快就来了。这短短的两个多月里，于文惠老师和小马瑾先后做了五次的化疗。按照治疗方案，再做上一次，就可以出院了。此时，她们的头发全部落光了，但是精神状态都显得不错。于超今天来医院，忽然发现母亲的情绪有点不对劲。原来是6床的病人，那个老知青昨晚刚刚去世。这个不满五十岁的女人当年响应号召去新疆插队，把青春献给了戈壁滩，直到三年前才病退回来。她的儿子今年考取了大学，而现在，孩子却没有妈了。老知青的去世，给于文惠带来了打击，她总预感到，自己的时日已经不多了。于超没坐上几分钟，就被刘院长叫去了。于超觉得，院长肯定是有不好的消息。果然，刘院长关上门就说：于局长，老太太的情况不太好啊。

于超一听，脑袋就大了。

刘院长说：这是CA－125化验的结果，指标又反弹了，按这个速度，上去会很快的。B超检查显示，左腹部又有了一个四公分的瘤子。

于超问：您不是说，紫杉醇是目前治疗卵巢癌最好的药吗？

刘院长说：是啊，目前国际上都这么看的。同样的药，用在小马瑾身上效果就非常显著。这孩子目前各项指标都已经正常了，实际上是在做巩固性治疗。病人的情况千差万别，有耐药性，还有难治性。

于超说：那么，换一种药呢？

刘院长说：作用也未必就好啊。况且，老太太的体质是否能承受得了呢？有的药，比如说顺铂、卡铂、草酸铂，反应和副作用都是很大的。

于超说：刘院长，您觉得该怎么做呢？

刘院长说：我也很为难，再做第二次手术，又担心位置靠近尿道，不好处理；换药嘛，也只能是试试瞧了。

于超站起来，说：刘院长，我明白你的意思了。

刘院长说：很对不起啊，于局长。

于超说：刘院长，医生是治病的，不是都可以救得了命的，这我明白。

从刘院长那里出来，于超在走廊长椅上坐下，想让自己平静之后再去病房。没想到于文惠老师从病房里走出来了，看见儿子坐在走廊那端发愣，母亲心里就明白了。她慢慢走过去，坐到儿子边上，低声问：刘院长大概对你说了，我的情况不好吧？

于超掩饰着说：没有啊，她只说如果这个方案不理想，就换一种。

于文惠说：不要换了。毕竟是这种病嘛，还是办出院手续回家吧。

于超一愣，说：妈，你怎么想到了放弃呢？

于文惠说：不是放弃，是理智……既然医生拿不出什么有效的办法，就不要乱花钱了。

于超说：钱的问题已经解决了啊。

于文惠说：即使是国家的钱，也不可以乱花的。咱们还是出院吧。

于超说：妈，你怎么像个孩子似的？医生没叫咱出院，怎么要嚷着出院呢？

于文惠说：那你是希望我死在医院里，还是死在家里啊？

几天后，于超把母亲接回了家。那时陈芳芹因为单位的一宗经济纠纷案要急着去北京打官司，于超就和妻子商量，想让她借机联系一下北京的肿瘤医院，准备下一步带母亲去首都做最后的治疗。他说，现在，钱已经不是一个问题了。陈芳芹什么也没说，但她的目光告诉丈夫，现在到了钱也解决不了问题的时候了。于超把这个计划对母亲说了，不料遭到了坚决的拒绝。她说：我不会去的。化疗那个罪，我也受够了。你要是满足我，送走你媳妇就陪我回一趟学校好了。于超说，妈，这是两码事啊。我明天就送你回学校看看。

行前，于超想让母亲戴上那只假发套，于文惠没有同意，说我有围巾呢。我这个人历来就不喜欢假的东西。说着，就让儿子从箱子里找出了一条咖啡色大格子的羊毛围巾，那还是她结婚时丈夫替她买的。三十多年过去了，这围巾的颜色却看不出有什么变化。第二天一早，他们就上路了。让于超意外的是，母亲今天的气色和情绪都相当不错。一路上都在聊着儿子小时候淘气的事，等这些聊够了，于文惠问道：于超，你为我的病一共用了多少钱啊？于超说不多。于超说大头都是组织上帮着解决的。于文惠略带伤感地说：你看，我没有替你们攒上一笔钱，临了却让你们背了一屁股债。于超说，妈，为你治病如果不背债，那还叫你的儿子吗？

到了学校，于文惠才从张晓莹这里知道，何校长已经先她而去了。令大家意外的是，于文惠老师并没有过度的悲伤，相反，显得很镇定。她说，人生本来就是一个由生到死的过程啊，每个人最后都是要走这条路的。我唯一害怕的是，那最后的一段路是不是很痛苦。她还让张晓莹为她拉了一曲《莫斯科郊外的晚上》。然后，她当众向儿子提出了一个要求，等她死后，把她的骨灰撒在学校宿舍后面那片杉树林里。

从学校回来之后，于文惠老师的病情便开始恶化了，很快有了腹水。刘院长带着护士上了门，所采取的措施，也不过是希望病人走得安详一点。那些天，于老师都是昏昏沉沉似睡非睡。有一个后半夜，于文惠突然苏醒过来，把儿子叫到了床前，说：我刚才做了一个梦，梦见你父亲回来了。于超很诧异，说：你怎么会梦见他呢？于文惠说，也许我没几天日子了吧……可我怎么也看不清他的脸，只识得声音。他对我说，他没有死，不仅没有死，还赚了不少钱，知道我病了，想回来看看我，然后带我去国外最好的医院治病。我说，你别回来。都三十七年了，还回来干什么？他坚决地说，我一定要见上你一面啊！我说，都这么老了，还见什么呢？你年轻时候的样子还是很精神的，如今恐怕也是老得难看了。我情愿带着你年轻时的样子走呢。

于超把母亲的手握着，那脉搏越发地微弱了。第二天，即2003年12月15日，于文惠老师就没有再醒来。

于超后来知道，也就在这一天，4床的小姑娘马瑾病愈出院了。这个消息，是马冬生电话通知他的，老马还说过几天要带女儿来看看于老师。于超没有告诉母亲去世的事，只说，老马，你来我是欢迎的。最近有寒流，就别拖累孩子了。马冬生停顿了一下，说，那也好。那些天于超显得有些烦躁，每天都看看日历，日子就这么一页一页地翻过去了，忽然就觉得人生有时候真的显得很漫长了。

今天是12月25日，是母亲去世后的第十天，陈芳芹从北京来电话说，明天要回来了。陈芳芹至今不知道婆婆去世的消息，于超没通知她，主要是怕她不好分身。他想等妻子回来了再作一个交代。他需要向妻子作一个完整的交代。这天的时间他安排得非常紧凑，上午，他在忙着打扫家庭卫生，下午去了自己的办公室，把一些材料集中装到了一个文件柜里。然后，他打开了保险柜，把那份在口袋里装了一百多天的辞职报告，压到了手枪下面。等这些都做完了，他回到家里，舒服地泡了一个澡，从里到外换下了那身警服。外面的天早已黑了，现在，他得出门了。他想先去一趟马冬生的家。其实三天前的晚上，他就曾经悄悄去过棉纺厂那幢破旧的筒子楼，已经到了马家门口。他站在阴影中从窗户上往里看，觉得这个家很不像个样子，两间房子，老马正蹲着在给女儿洗脚。洗好了，再背进里屋。于超在门外抽了一支烟，想想还是把脚收回了。这个老马啊，他想，怎么就不上门来看看我呢？你到底还要让我等多久？

于超把车钥匙掂了掂，刚准备出门，见马冬生手里拿着一束百合花，身上还背着一个鼓鼓囊囊的大挎包，站在门外。于超立刻就明白了，心下一热，说：老马，你到底还是来了？

马冬生平静地说：我今天来，一是看看于老师……

于超说：进屋说吧。

马冬生便走了进来，随于超走到客厅，一眼见到了于文惠老师的遗像，就扑通一声跪下了，泣不成声地说，于老师啊，我想看看你啊！

于超把马冬生扶起来，让他坐到沙发上，给他倒了杯水，然后从口袋里拿出了母亲那个玉兔挂坠，放到了茶几上，说：这是我母亲留给小马瑾的，她们都属兔。

马冬生哭泣着说：这是个念想，我真的不敢收啊！

于超停了片刻，说：收下吧，这是我母亲的遗愿。

马冬生抹了抹眼泪，说：于局长，我知道你等我好久了。可我必须先把马瑾安排好……

于超说：你安排好了吗？

马冬生说：我昨天已经把农村的一个表妹接来了，她说可以照顾马瑾。

于超说：这就好。以后有什么困难，可以和我……我爱人联系。她人很好的。

马冬生把那枚玉坠握在手里，说：于老师把这么贵重的东西留给了马瑾，我真的不敢收啊！

于超说：老马，送你的东西和你拿的东西，意义是截然不同的，这个你懂吧？

马冬生说：我懂。

于超说：除了行贿，赠送的都是礼物。可拿的东西是什么呢？非偷即抢吧，是不义之财，要烫手的。

马冬生点点头，说：于局长，你说得好啊，我也是这样想的，自从那天你对我“假设”，我就开始做准备了。你看，我把洗换的衣服都背来了……

于超说：什么都别对我说，明天你先去把你欠下的债还掉，再到该去的地方把该说的话说出来。

马冬生说：可我拿什么还呢？

于超拉开皮夹克，从内衣口袋里拿出了一张现金支票，说：用这个。

马冬生吓了一跳，说：三十万？你，你哪来的这些钱啊？

于超：这个你就别问了……

马冬生说：我今后如何还你？

于超说：不用还了。我说过，送你的就是送你的。

马冬生又跪倒了。于超扶起他，说：老马，咱们都是男人吧？什么是男人？四个字——敢作敢当。走吧，再陪女儿一晚。咱们一起走，我可以顺你一段路……今晚我还有点事，还得去一趟“锦绣花园”，会一位老朋友呢。

于局长？这么晚了，你……

是啊，打搅你了。就你一个人在家啊？

老婆带着儿子回娘家了……

这么大的房子，你一个人住，多冷清。

谁说不是呢！

那我得替你找一个热闹的地方了。

什么地方？你不会也拖我上歌舞厅吧？

你跟我去就知道了。

你……

别担心，我会陪着你去的。我老婆也回娘家了。我也怕寂寞。

女人都这样，自从家中被盗，我老婆就……

哦，对了。我今天来，是告诉你，你丢失的那台“掌中宝”，我替你找回来了……

案子破了？

我说过，没有破不了的案子，只是时间问题。

我不是说，那案子不要搞了嘛！

不，要搞。要搞搞清楚，我就是吃这碗饭的嘛。很遗憾，你的钱没有了……不过，钱的样子都在这“掌中宝”里，除了人民币还有美元、港币，除了现金还有存折，很壮观啊，要一起看看吗？

不，不看了……好个于超，我明白了……

明白了就好啊。那咱们走吧！我会一直陪着你的。

我能不能……

你什么也不能了，陈涛！

这个晚上于超后来给政法委书记去了电话，向他郑重汇报说，本市今年发生的“9·12”和“10·20”两起案件都已告破。书记一听，显得有点不敢相信，便问：都破了？

于超说：是的，至少是这两起吧——你们不是习惯要求限期破案吗？关于陈涛家那个案子，我会当面向你汇报的，把一切说清楚。

2003年12月6日，北京寓所

（原载《人民文学》2004年第4期）

戊戌年纪事

1

今天，是戊戌年的第七天。正月初七。按照家乡的规矩，这个上午我是不宜出远门的，所谓“七不出，八不归”，虽然外面的阳光很好。年前一场大雪着实让新闻界鼓吹了一阵子，银装素裹，瑞雪丰年，但那是城里的景致。此刻，我的门外是残雪之后的一片阳光下的狼藉。一匹断了尾巴的野狗在污秽的雪渣中用爪子淘着可以充饥的东西，它的嘴角挂着白沫。阳光灿烂，融雪的过程却是异常的寒冷，这是乡下的感受。

我是一个自谋生路的画家，用穷愁潦倒来形容我目下的生活一点也不过分。已经很长时间了，我的画卖不出去。一张也卖不出去。这些令我孤芳自赏的作品，既进不了金碧辉煌的展览大厅，也被庸俗腐败的市场所拒绝。我蛰居在这个自以为是的城市边缘，租着一间倒闭的乡镇企业豆腐坊，靠煤炉取暖。我的室内至今还散发着豆腐的馊味，感觉是睡在一只败坏了的大胃里。我手头总是拮据，日常生活的基本开支，主要靠给几家出版社做点封面设计，甚至给某些公司绘制户外大幅广告牌那样的粗活也干。但是，自从有了那种电脑软件和彩扩系统，这点营生也受到了挤对。生存还是毁灭，莎士比亚很久以前提出的问题，此刻就这样“咣当”一声落到了我的面前。我自然没有勇气自行毁灭，反倒毫无理由地非常渴望活下去。张国荣坠楼的那个晚上，我一宿没有合眼，脑海里总是浮现着那个英俊男子优雅的面容。他坠楼的身姿在我的想象中如同一只优美的燕子。我打内心地佩服他，尽管我讨厌那幅肝脑涂地的画面。我是个俗人，干不了一桩伟大的事，也割舍不掉那一堆俗人的牵挂。我面临着如何活下去的问题，哪怕是为人耻笑的苟活。我至少要保证饥寒不交迫，还希望手机畅通，更不要成天想着如何躲避房东的催要房租。

后来我才知道，今天，是我的命运发生改变的日子。

上午十点，我正在郊外这间简陋的画室里工作，考虑把昨天没有画完的一幅想象中的风景做些修改。室内的低温使我握不住画笔，手哆嗦得像个轻度中风的患者。阳光怜悯地打在我的手背上，门外那只野狗在高叫。可能是因为饥饿，这畜生吠叫的中气显得不足，声音怪异，好像老式留声机突然松了发条。然后我就听见了汽车的引擎声以及轮胎压榨雪渣的声音。我对着窗户外面看了看，很容易注意到有两辆黑色的轿车悠悠驶进了这个肮脏的院子。这对我算是一个罕见的景致，让我目光流连。接着，我看见有两个神秘的人物走下车来。这两个人，一高一矮，穿着近似，给人的感觉是统一着装，年纪却有差别。那个矮个子年纪大约与我相仿，看上去是高个的随从。他一进来就对我打招呼，准确地喊出了我的名字，像熟人那样拍了拍我的肩膀。可我相信自己并不认识他们。面对这两位不速之客我有些不知所措，拿画笔的手空悬了好久才放下，我一定在傻笑着，带着试探的口气问：你们，是来买画的吗？

他们没有回答，而是不断把鼻子皱了又皱，这个面部动作，既表明他们对室内的馊味过敏，也似乎暗示着对我的潦倒境遇缺乏起码的同情心。那位戴墨镜的高个子，我敢断定，此刻一直在黑色镜片后面矜持地审视着我。我也在用余光不时看着他，感觉这个人除了谢顶，身材和面貌与我竟有几分相似，年纪自然大我不少。他俨然一个有身份的人，但不像通常所见的那种画商或者个体老板，而像一个掮客。这种不合时宜的怀疑让我突然变得有些紧张和不习惯。

戴墨镜的谢顶高个结束了对我的审视，然后对同来的年轻矮子嘀咕了几句，就先离开了。这时候我注意到，这个人的两条腿长度不一，左腿似乎短了几公分，因此看上去有点瘸。他显然不愿意在公开场合轻易暴露这个细微的生理缺陷，尽可能把左腿拖着走，这让人觉得他多少有一点傲慢。他上了一辆黑色的奥迪 A6。在他上车的时候，不知道从哪里突然又冒出来了第三个人，也是一个戴墨镜穿西装男人，理着寸头。他敏捷地替高个子开了车门，并且帮助他把那只不利索的左腿搬上车。很快，谢顶自己把奥迪 A6 开走了，而那第三个人转眼间又不见了。这气氛让我有些含糊，不敢再多问什么。留在屋子里的那个矮子在我眼前转了一圈，可他散漫的眼光在提醒我，他不像是来看画的。我一直小心地跟在他边上，过了好大一会儿，他随口问了句：你一张画能卖多少钱？润格多少？

我担心他们是税务部门的，就说：这要看画幅大小了。我没有名气，卖画还不能像卖布那样用尺子量着估价。

我又说，其实也没有多少人愿意买我的画的。

矮子思忖着点了点头，说：高不成低不就啊。看来，你眼下日子过得有点问题。很紧巴？

我腼腆地点点头。

矮子终于不再晃了，在我面前站住，以一种自信的腔调说：简单点说吧，你如今已经辞掉了工作，靠卖画为生，一个月大约能赚多少钱？

我暗自吃惊，这个人怎么知道我已经辞职的？

矮子似乎看出了我的疑惑，就笑着点上了一支烟，说：哥们儿，你今年三十六岁，本命之年，江南人，对吧？你有过一次失败的婚姻。十年前毕业——不，是辍学于国家美术学院，前年辞职。对吧？你现在的身份是个自由职业者，圈子里互相吹捧为自由画家。你的专业能力还不错，致力于所谓的“文人画”，但名气不够，你每个月除了卖画，还为两家出版社兼做美术编辑，画点封面和插图，这样算起来，月收入大概有三四千的样子……对吧？

有人竟然在私下里调查我，这让我惊讶无比，也令我愤怒，但最后还是表现得非常慌乱。我说：请问，您是谁？您怎么知道我的情况的？

矮子就让我看了一个大红的证件，他所供职的单位很含糊，有点像某个鲜为人知的机构，也有点像一个特殊性质的公司。而且，更奇怪的是，这个人没有名字，证件上只填着一个代号——201。

矮子说：你今后就叫我 201 好了。

这是什么人？特务？间谍？黑社会？我的心好像一下从左边跳到了右边，额头上也渗出了汗。我就问：201 先生，你们找我，究竟是为了什么呢？

这是我迫切想知道的。

201先生却对我微笑了，意思是让我放松，他的一只有力的大手像大枪那样落在我肩上，然后他说：你不要紧张。我们是来帮助你改变命运的，看你混成啥样了……你知道吗，为了找你，我们可花了不少的投资，简直就是大海捞针。还好，我们捞着了，你也没有让我们失望。

我感觉自己是在听一个醉汉说话。面前这个人虽然一直对我微笑着，却让我感到不自在。

自称是201的矮子接着说：具体地说，我们是来和你谈一笔买卖的。但我们对你的画没有兴趣，感兴趣的是你这个人……

我简直没法听懂他的话了。我说，201先生，我不明白你的意思。

201说：你当然不明白，但你很快会明白。我们是请你协助工作的。同时也是帮助你渡过难关。

我说：可我并不知道你们是干什么的呀，怎么协助？

201说：我们是干什么的这个不重要。我可以告诉你，我们之间是一种合作关系，当然是自愿合作，我们将要进行的合作，某种意义上可以理解为一项科研项目。

我说：我充其量算一个三流画家，考大学的时候数学只得了26分。我根本就不懂什么科研啊！

201说：不急不急，你慢慢就懂了，不难的。既然是合作，我们就不会让你白干，每个月可以支付你一万元的薪水。不算低吧？

我说：薪水可是不低，但我决不干违法的事。

201这次是干笑了，他说：你太多虑了。我们的机构从来就是维护法律尊严的，怎么可能指使你以身试法呢？不过——他把话音拖长：你刚才说你“决不干违法的事”，也言过其实了。中学时代你曾经参加过一次群殴，用板砖拍坏了一个同学的脑袋，按理是可以进劳教所的；大学时代你又因盗窃图书馆的名贵画册而被学校记过，这个行为距离盗窃罪也就一步之遥；你后来自动辍学，起因也决不是什么家境困难，而是你把一个低年级女生的肚子搞大了，换个角度告你一个强奸你也没啥脾气……对吧？你还需要我说什么吗？

我想不需要了。他们早已把我的底细查得一清二楚，再说什么也是多余的。我这里只剩下了紧张和心慌，一种清晰的恐惧感像雨衣一样穿在我身上，我能感觉到它很湿，也很重。201没有就所谓的合作问题作出进一步的说明，而是先到院子里拨打了手机，对方是“老板”。我只听到他说，老板，人没有问题，同意合作之类的只言片语。我没觉得我已经同意合作了啊？201 站在院子里又对我挥了一下手，让我锁上门，跟他走。我没想再问什么，按他的吩咐去做了。于是，我跟他上了另一辆黑色的高级轿车。这时，那第三个理寸头的男人又一次出现了，这回他不是开车门，而是坐到了驾驶的位置上，充当我们的司机。201 对这第三个人说：207，去西岛。

叫做西岛的地方我是知道的。那是城市远郊芸香山下的一所高级疗养院，三面环水，一侧傍山，风景非常幽雅。几年前我曾经在那里进行过几次风景写生。在那里，我邂逅了一个年轻可爱的姑娘。后来我们相爱了，再后来她又不明不白地离开了我。可我还时常想起她的模样，想起和她在一起的日子。那时，我真年轻啊。

经过近两小时的行驶和三道的岗哨，201 领我走进了一座乳白色的老式别墅。201 对门卫亮了一下证件，拉着我的手走上了二楼。他的手很凉，握得有力，我感觉就像被戴上了手铐。我看见这里有一些穿着白大褂的医护人员，还嗅出类似福尔马林的气味，不很舒服。在二楼的一个宽敞的办公室里，我再次见到了那位戴墨镜的，面貌与我相似，年纪大我很多的谢顶男人。201 在这个人面前立正说：老板，人我带来了。

他不说“请”而说“带”。我看着那位“老板”，原来他上午去我那里是亲自考察，起码是目测。现在，叫老板的男人摘下了墨镜，变得十分热情，对我伸出了手，一边握着一边说：欢迎你，青年画家先生。看见你，我就开始怀念我的过去了。我真希望时间就停留在从前那一刻啊。不过要真是这样的话，我们可能就没有见面的缘分了。

他的随和与幽默感使我的心情稍许放松了一些，话也就多起来，我说：从绘画的角度看，我们的身材、轮廓和五官，确实是有几分相似之处的。

岂止是几分，老板说，如果你的精神面貌有所改观，我感觉你就是我的从前！

说着，他就从保险柜里取出了一本老式影集。我慢慢打开，然后就吃了一惊——照片上的“老板”差不多就是我现在这个样子啊！只是他的衣着比我讲究，神情比我振奋。如果我拿出去给我的一些同学、朋友看，他们肯定都会相信，照片上的这个男人就是我。他们会说你小子这下可发迹了，太突然了。

老板在我边上坐下，说：我们是不是很有缘啊？

我不知该怎样回答，心里在琢磨，他们究竟想干什么？

老板说：我们费了很大的精力，经过层层筛选，最后才确定了你。

我说：可我并不知道，你们确定我，为了什么？

老板说：很简单。我们是邀请你参与一个严肃而有趣的项目。今后，你的工作——就是——扮演我。注意，不是拍电影。

2

十二年前，我们这个城市通往机场的高速公路上发生了一起非同寻常的车祸。由于消息得到了及时的封锁，至今没有人知道这起车祸带来的严重后果。一个家族在光天化日之下遭受了灭顶之灾，险些就到了崩溃的边缘。在这场车祸里，司机和一个年轻姑娘当场死亡，而一个老人却在瞌睡中躲过了一劫，没有丝毫的皮肉损伤。这在当时被看成是不幸中的万幸，也成为公交史和医学史上的奇观。老人是名副其实的历史老人，今天却没有多少人知道他的名字。车祸过后，老人就昏迷不醒了，以致在豪华病榻上一躺就是一轮。

这便是事情的真相，也是我担任新职的原因。车祸中幸存的那位老人，是老板的父亲，也是我的父亲年轻时代崇拜的偶像。我至今还依稀记得，我父亲在谈起这位历史老人时，布满皱褶的脸上涌动着少见的欢跃，他满腔热情地称其为大师，还说，他的著作影响了几代学人。但对于这些，我还是觉得陌生，我没有研读过这位大师的著作，自然就无法了解这块活化石的含金量。我深知这是无知的表现，也是后来我们父子反目的原因之一。我和我自己的父亲不来往好多年了，现在我却有幸成为他偶像的儿子。

在我现在所处的这个幽雅的环境里，人们尊敬地称老人叫老爷子，这是家族内部的称呼，很亲昵。遗憾的是这位可敬的老爷子却意外地休眠了，我们无法聆听他老人家的谆谆教导，也无法看见他那浑浊的目光中闪现的惊世睿智。显然，老爷子的病已经不是某个家族的事情了。在车祸发生二十四小时之内，一个临时组成的专家小组，全面接手了这项意义非凡的工作。上级的要求很明确，“要不惜一切代价保持老爷子的生命”。经过专家小组的会诊，最后确定幸存者的脑部有大面积的淤血，脑神经系统出现了紊乱和部分坏死，老爷子今后将面临着两种结局，随时苏醒或者随时死亡。在以后的十多年里，老爷子的脑部已经先后做过了三次手术，这样，死亡的可能性就极大地排除了。但是即使他活了过来，他的记忆功能也存在着严重问题。我听专家小组的组长司马大夫说，苏醒后的老爷子不同于那种普通的失忆症，准确地说，是他的记忆像老旧的时钟那样，因为某个零件的坏损，停在了十二年前那触目惊心的一刻。这之后发生的一切，对他而言，几乎是一片空白。

我后来听说，在最初的日子，老爷子是昏迷的。他整天被插着氧气，像尊雕塑那样安静地躺在床上接受种种输液。这些药品有许多都是空运来的进口货。老爷子的资历、地位与影响，决定他可以享受这个制度最优厚的医疗待遇。他住在芸香山疗养院最好的别墅里，那里很快被改造成特护病房，并配有精良的保安措施。即使在踏入最后一道门之后，还会有一个穿着藏青色西装的男人从门后面走出来，用刷子一样的金属探测器给你全身刷上一遍。然而我们的老爷子始终是昏迷的，所以，来探视的人就非常有限。他们不是不愿意，而是没有得到批准。主管部门的人说，鉴于老爷子目前还是神志不清，除了安排个别代表对家属进行必要的慰问外，其他探视一概取消。快了，你们等消息吧。回答总是如此的肯定。当然他们确实也相信，老爷子的苏醒是绝对可能的。他们正为这重大的苏醒精心准备着。

在那些日子里，他的亲人除了指挥训练有素的护理人员对他进行例行的擦澡、翻身、按摩之外，没有多少实际的工作。这十二年里，他们的生活里除了减少了老爷子爽朗的笑声，也没有感觉到真正失去什么。在每年一些重要会议里，老爷子均以请假为由保留着正式代表的资格，在一些节日宴会桌上，还依然保留着他显赫的位置牌，甚至在一些要人逝世的吊唁告别仪式上，照例会出现以他个人名义敬送的花圈。如果不是家族成员和贴身的工作人员，没有人会以为这个老人已经在病床上睡过了十二年。

目前看来，老爷子的情况是越来越好了，苏醒指日可待。今天，著名的脑神经专家司马大夫扭着他的水蛇腰宣布了这样一个振奋人心的消息。这个身材单薄、十指纤细的男子自从接手这个项目就神采飞扬，眉宇间每天都洋溢着难以掩饰的成就感。据说他就此正在撰写一部划时代的学术专著。

司马大夫问201：你们的准备工作都到位了吗？

201说：我们正在积极认真地准备。

司马大夫说：很好。经过大家十二年的不懈努力，老爷子生死这一关算是挺过来了。但后面的事情要复杂得多。这种记忆功能的紊乱症可能会伴随他终身。因此，我们的工作要仔细，不能让他感觉到这个世界突然有了这么大的变化。要知道，一个人的意识是无法跳过十二年的。

这时，一旁沉默很久的老板开口了：如果他有所察觉呢？

司马大夫的表情似乎有些为难，但还是冷静地作出了理性的解释，他说：如果老爷子感觉到了自己不是活在昨天，而是被人突然抓到了今天，势必心理上就会有一个很强烈的波动，不，是震动，剧烈的震动。那么脑部脆弱的血管可能就会出现一个顿挫……司马大夫没有往下说，但大家已经完全明白了他的意思。

老板站起身，先和司马大夫握了握手，然后说：您放心，我们的小组会积极配合的。只要父亲能够活着，哪怕他还有一口气，我们愿意付出一切代价。

司马大夫说：那我就更有信心了。

在这个“一切代价”里，自然也包括着我的冒名顶替。但此刻我并没有意识到这代价有多么高昂，我甚至觉得，对我而言，这和一个特型演员拍一部大片性质差不多，是一个千载难逢的致富机会。它至少解决了我的温饱问题，我有可能过上一段衣食无忧的生活。而每月稳定的一万元的薪水，我可以整齐地交到银行，以便将来按揭一套可观的住房。我将会得到属于我自己的画室。有了房子，也就不愁找不到一个贤惠的姑娘了。我说过我是个平凡的俗人，因此我的理想也非常平凡和庸俗。

至于我的职责，那是很明显的，就是让我来扮演老爷子的儿子、我们的老板。那是老爷子仅有的儿子。201对我说，老板曾经也是一个不错的画家，所以挑选我来完成这个任务是非常合适的。这是一个万全之策。201说，对你而言无疑是份美差。

这样一说，我就有点纳闷，我怎么一不留神就成了别人的儿子啊？

3

在经过严格的体检和审查之后，这个机构和我签署了一份聘用合同。

这合同上写明，我的主要任务是扮演年轻时代的老板、老爷子的儿子。合同的条款上有这样的措辞：乙方必须认真履行每一条的义务，承担相应责任。

在第八条上还注明：在工作期间，该说的说，不该说的坚决不说；该问的问，不该问的坚决不问。

至于工作的时间，合同中没有写，我提出之后，201 才这样对我解释：难道你愿意放弃这份优厚的薪水？

我没有再说。但我心想，我总不能老是给别人当儿子吧？

平时和我打交道的就是201。这个矮子文化素质却不低，也很健谈，我想他很在乎自己是否被外界看成是一个知识渊博的人。他说无论从伦理学、心理学和人类的感情角度看，能给这样德高望重的人当一回儿子，也是完全值得的。这是一次难得的亲近大师的机会，如果有一天老爷子醒来，耳濡目染、耳提面命会让你终身受益。“二战”时期，英国首相温斯敦·丘吉尔就有很多替身，那些人——除了个别的被盖世太保纳粹暗杀的，以后都发达了，还出了回忆录，赚了大把的版税。

他的意思我明白了。就是说，只要老爷子被医学证明还活着，那就是健在。于是我的工作就谈不上结束。这样一想，我多少就有点忧虑。老爷子既然能在病榻上睡过十二年，就有可能继续躺上十二年。他会不会醒来？他何时醒来？要是他醒来的话谁知道还能活多久？可是，我现在已经没有权利再这么想了，他们的高明在于，这权利从一开始就是我自愿失去的，我是合同的一方，无端毁约至少是不道德的，后果可想而知。

接下来，对我的培训就开始了。首先是语言关，我虽然是江南人，但自小随父母去了淮河以北，按中国地理的划分，我应该属于北方人。我的口音虽然受到当地方言的影响，但我的普通话还算标准，大学的时候我就演过话剧，并且还获得过优秀表演奖。但现在需要纠正，改成那种江南普通话，也就是在标准的普通话里夹带着一些吴侬软语，譬如把作为声母的元音中的 zh、ch、sh，换成 z、c、s，把“吃饭”说成“雌饭”，把“睡觉”念成“穗觉”。听起来有点娘娘腔。这对我不算是难题。我天生有较强的模仿能力。另外，我还需要按照老板的说话特点，经常在讲话中夹带一些像“我的意思是”、“否则的话”这样的口头禅。授课的语言老师对我的进步非常满意，但他困惑的是，国家几十年都在致力于推广普通话，为什么这个机构却要把比较标准的普通话训练成另外的样子？他甚至还私下里对我说，你的声音造型能力很强，如果你有这方面的发展打算，我可以推荐你去应聘省一级电台的播音员。

和语言老师相反，形体老师对我的训练从一开始就缺乏耐心。201对他交代的是，他们在筹备一部准备到国际上参赛的电影大片，我是男主角，圈子里叫男一号。我饰演的角色是一个身残志坚、自强不息的画家。这个过气的话剧演员原以为教一个人模仿瘸子是十分简单的事，可是没过几天他就感到头痛。他老是抱怨说这不是一个高难度的动作，只是一个简单的日常动作，你怎么就做不到位呢？他甚至向 201 建议，应该换一个演员，他的学生中随便找一个就能超过我。201 一听脸就沉了，冷淡地说：这不是你操心的事。那老师的笑容顷刻就凝结了，知趣地退到了一边。

其实形体老师误解了我。对我而言，偶尔模仿一下瘸子是容易的，但要逐渐化为日常生活，由模仿成为本能，那就非常困难了。这就是俗话说的那样，一不留神就露馅了。我要尽快找到老板那种两腿长度不一的感觉，拖着左腿、踮着脚尖走路。我不能像现在这样散漫地行动了，也不能把手随便插在口袋里东张西望。再者，在老爷子面前——倘若他醒过来的话，我还需要把腰部的肌肉放松，让脊梁骨略微弯曲一点，做出一副谦恭孝顺的样子。在天阴下雨的时候，我还需要下意识地捶捶膝盖，因为老板在十七岁那年去黑龙江生产建设兵团插队，患上了风湿性关节炎，每逢天变，都会出现一点酸痛感。好在眼下老爷子还没有苏醒，我还有时间刻苦训练。

与矫正形体同步进行的，是对我的面貌做局部微调。老板的左眼是单眼皮，右眼是双眼皮，而我恰好相反。（这也是我们仔细看起来还有差别的主要原因）这样，我就需要做一次小型的外科整容手术。这个重要的细节，合同上根本没有体现。而且我也不愿意，我说这种简单的错位，一个实际年纪将近百岁的老人是无法识破的。但是他们不同意，老板认为他尊敬的父亲虽然年事已高，但素来明察秋毫，不允许我们的工作有任何的疏忽麻痹。他让201找我单独谈话，做思想工作，坚持手术必须在近期内实施的立场，但可以考虑在薪水之外另行支付我一万块钱术后的营养费。怎么样，我们出手还大方吧？201说。我还是难以接受，我从小害怕打针，更没有人在我身上动过刀剪什么的，我不能不感到一分生理上的恐惧。但我也知道，这种担忧和恐惧是没有任何意义的。既然他们都能从十三亿人海里把我打捞出来，可见他们的手段高明和没有商量的余地，更谈不上去抵抗了。于是，我小心地提出了另外的建议，我说，要不，你们干脆就把我的左右眼都做成双眼皮好了。201一听便发出了不屑的笑声，说：你以为我们是开美容院的吗？这是工作，同志！他的笑总是令我不安。果然，他后来又不经意地说了这样的一句话：你大概不会不知道李青这个名字吧？

我脑子木了一下，说：你说的，是哪个李青？

201说：还能是谁呢？难道你自己做的事都忘记了吗？

我知道了，他们又开始来硬的了。我有些激动地说：李青是我的初恋，我们当时在一起，完全是双方自愿的……

201说：既然是自愿的，你为什么要被学校开除呢？

我抬高嗓门说：我没有被开除，我确实是自动退学的。不信你可以去我的母校调查。

201非常缓慢地点上香烟，又很有滋味地吸了一口，然后说：开除的决定我随时都会拿到，放进你的档案里，你信吗？而且，我们还可以让李青来报案。不要以为事情过去了很多年，但它却没有越过法律的追诉期。你自己想好，到底选择什么。

我还能选择什么呢？

我接受了手术。给我做手术的，是一个老女人，样子让人想起一条脱水的丝瓜。她温柔地命令我躺在手术台上，先用尖细的手指在我面颊上弹了弹，说：皮肤不错。然后，一个满脸雀斑的护士就将我的脸蒙住了，只露出了一双眼睛。我看见老板年轻时的大幅照片竖立在面前。我们在对视着，似乎谁都不肯眨眼，他是平面的，没有生命和气息，但我却非常畏惧他那犀利的眼神。很快，麻醉奏效了，当一个淡黄色的氧气面罩卡上我的鼻子，我就彻底失去了知觉。但我的意识却飞到了故乡的那条小河上，我看见了我死去的母亲在河边的青石埠头上洗衣，手里有节奏地挥舞着柿木棒槌。我站在她身后，喊她叫妈，她闻声回头，眼光却十分迟疑，她没有认出站在她身后喊她叫妈的这个人是她的儿子。那一刻，我感觉自己的眼睛有点痛了。

麻醉消失后的隐痛表明手术结束了。我被人送回了病房。在以后七十二个小时里，我的世界是一片黑暗。我生活不能自理，完全靠专门的护理人员伺候，即使是大小便，也不例外。那个想必是满脸雀斑的护士在把便壶塞到我裆下的时候，还嘲笑着说：你才多大岁数啊，连尿都尿不直了。我心里像被什么尖锐的东西划了一下，知道自己日后的麻烦提前来了。

第四天，也就是今天，是规定拆线的日子。上午，我被轮椅推到了一个房子。坐定之后，我听见有窸窸窣窣的声音，感觉灯光炽热。接着有人在替我把纱布一层层地拆开，当最后一层纱布拆除后，我眼前一黑，然后只看见面前有一些人头，最为突出的是一个谢顶。这一刻出奇地安静，听不见任何声音。我渐渐看清了面前的人。我想我的表情在这时一定变得很尴尬，感觉自己成了一只供人观赏的猴子。这时，老板说话了：手术很成功。

跟着就响起了掌声。这就意味着，产品顺利通过了验收。

他们离开之后，201 陪同我回到了自己的病房。他随口问了句：你不想照照镜子吗？

我摇摇头。

201 说：不要有什么想不开的。其实只是简单地把眼睛调了个个儿嘛。从明天起，我们正式开始工作。

说着，他把一万块钱营养费放到我面前。他没有马上离开，此刻他的表情很像我经常遇见的那种圈子里的经纪人，暗示着这一笔生意是他替我张罗的。他应该从这一叠钱里抽走二十张。心照不宣，他果真就这么做了。

201 离开后，我的膀胱开始发胀了，就扶着墙壁慢慢走进了卫生间，虽然已经做好了心理准备，但镜子里那张脸还是着实让我惊讶，它太像我们的年轻的老板了！我看着镜子里的这张脸有一种欲哭无泪的感觉。这张脸已经不属于我了，可我却还要顶着它去为一个在病榻上昏迷了十二年的老人当儿子。一个此刻连尿也尿不直的儿子。我的手被小便弄湿了，怎么洗都觉得恶心。当我走出卫生间时，就听见一个女人的声音在外面叫：哥，你没事吧？

好久没有听见这么亲切悦耳的声音了。

4

喊我“哥”的，是一个高挑个、圆脸盘、长相还过得去的姑娘，年龄大约小我十来岁。我不认识她，事实上我也根本没有什么妹妹。有一刻，我怀疑她可能是我以前认识的某个一般关系的女人，不过是为了表示见面的亲切，就哥来妹去。但仔细一想就觉得不对了，这是什么地方，一般人能进得来吗？

我礼貌地对她点点头，可她一下就像鸟那样快乐地落到了我肩上，兴奋地说：哥，我总算是见到你了。听说你病了，所以我就从多伦多飞回来了！

我这才注意到墙角放置的一只贴满国际航空旅行标签的皮箱。上面还搁着一本十二年前红极一时的爱情小说。这本小说提示了我，让我联想到一个事实——十二年前那场车祸中，死去了一个姑娘……

你是……

我是小芳啊！

小芳？对了，201说死去的那个姑娘就叫小芳……

那小芳已经拿出了一些境外带来的点心让我品尝了。趁这工夫，她对我亮了一下手掌，那上面写着这样一行字：我也是被挑选来训练的。

我傻看着面前这个自称是小芳的姑娘，感觉到眼睛又出现了隐痛。没错，她就是我的妹妹，实际上也就是老板的妹妹了，但我还是有些发愣，不适应和这位妹妹耳鬓厮磨，她却滔滔不绝地对我介绍旅途中的情况。小芳说在日本成田机场转机的时候，遇见了一个很帅的男人，那个人对她似乎有点意思，一路都想索取她的电话号码。她没有给，因为她很快就发现这个男人是日本人，而她父亲是决不会同意女儿嫁给一个日本人的。然后她就用英语说：在父亲看来，这显然是一个原则问题。

话说到这里，门就被从外面打开了。201 走了进来，他的出现使室内的仿真效果顷刻瓦解。这屋里刚才发生的一切都像是一次正式演出前的彩排。我和小芳都不由自主地站了起来。

201 对我们做了个手势，意思是都坐下吧。我们就又坐下。201 清了清嗓子，像导演说戏那样说：见面的效果总的来说还是不错的。毕竟是兄妹嘛，又是好几年没见了，亲热一点也说得过去。但是，他的语调突然变得严肃，尽量还是不要过多的身体接触，小芳一扒到男人身上就下不来，这不对，要改。

小芳说：我改。

201 说：有三个细节要注意。第一，你从加拿大飞回来不是因为你哥哥病了，而是因为你父亲病了，知道吗？只有女儿和父亲之间才可能有这样的牵挂，哥哥病了就病了，顶多也就是打个越洋电话问候一下嘛，你怎么可能会飞回来呢？逻辑上不通的。第二，“帅”是这几年才出现的流行语，十二年前没有，要换成“有风度”或者“英俊”。第三，你最后一句英语说得还流利，但用词不当，你父亲不同意你嫁给日本人，并不是“原则问题”，而是“感情问题”——他是感情上难以接受，懂吗？因为他初恋的对象死于 1937 年的“8·13”……

小芳说：我懂了。

201 瞪了小芳一眼，说：不要急于说自己懂了，这份工作对于你来之不易，不仅是钱的问题，可以说它改变了你的社会地位和个人命运——这个难道你还不明白？

小芳低下头说：我明白。

201 说：你这个年纪要把精力放在学习上，不要成天泡在网上。人的劣根性是很顽固的，你时刻不要忘记你现在的身份，你是这个家族的掌上明珠，是你父亲的骄傲，作为一个国外归来的访问学者，要讲修养，讲涵养，待人接物要有分寸感，穿着可以时髦一点，但不能过头，一会儿去把指甲油给我涂掉。

小芳的眼泪都下来了，没有再说什么。

201 看了看表，宣布：从今天起，你们回家住。你们兄妹多接触——当然不是全方位的，多交流——不要瞎打听，尽可能磨合得好一些，也让我有点成就感吧。

家是真实存在的，在丁香路 19 号。那是一幢过去租界遗留的老房子，欧化仿古的建筑风格，二层小楼的墙上爬满了藤萝，前后都有花园。我上中学的时候，每回骑自行车路过那里，都情不自禁地放慢速度向里观看。我喜欢这样的建筑，多年前它在我心中就是一个名人故居了，那里面始终静悄悄的，我从来没有见过那位可敬的历史老人。

我和小芳随 201 的车回家。一出芸香山疗养院，我就觉得方向不对，这不是回家的路啊。我提醒 201，去丁香路不是这个方向。201 没有理我，一直把车开到了南郊的一个工厂院子。

后来我才知道，丁香路 19 号那个家，眼下正在被秘密开辟为新的文化名人故居。说它秘密进行，是因为这所谓故居里的名人还健在，故居也就不成其为故居了。但是这当儿一家有来头的房地产公司介入了，他们有备而来，对老板提出联合开发这个故居的构想，拿出了一份厚实的可行性报告。那报告的中心思想是把一个旅游度假村和未来的名人故居一并开发出来，相互配套，相互影响，这样就能赚钱了。作为回报，房地产公司承诺每年将酒店盈利的 10% 作为老爷子的学术基金会，这个基金会每年会对一位作出杰出贡献的人文学者颁奖。他们计划把它操作成中国历史上最具权威性的、也是奖金最高的奖项。操作者野心勃勃，扬言总有一天要把斯德哥尔摩的诺贝尔干掉。不过当事人都明白，只要老爷子还活着，这个奖就是镜花水月。最终，我们的老板还是动心了。他认为这个项目既弘扬了民族文化，又抓住了经济中心，很好，但眼下决不可以大张旗鼓地进行，只能悄悄干。因为这样一来，媒体就不可避免地要介入，炒作的后果，弄不好就是对敬爱的父亲的诅咒和亵渎。处于两难境地的老板很苦恼，他既要为父亲活着付出一切代价，又想不让自己闲着。

这样，201 就带着我和小芳走进了一个模拟的家。这个家，是在一个废弃的车间里临时搭建而成的，有点像拍电影的摄影棚。开始，我们都觉得没有这个必要这么做。我们希望就住在芸香山疗养院里接受训练。但是 201 断然否决了，他说：要想以假乱真，必须身临其境。设身处地的训练能确保你们未来的工作一帆风顺。

我以为他还会说“平时多流汗，战时少流血”，他没有说。

201 说：你们要把这儿当家。你们必须安心住在这个家里。

在这个家里，你走进来就觉得时光倒流了十二年。在这些屋子里，老爷子一个人占着楼上，一间卧室，一间书房，还有一间宽敞的会客厅。这里陈设的一切，都是真实的文物。光书橱里的上万册的藏书，据说就装了一大卡车。还不包括一些列入国家级文物的孤本和善本。这里的家具却有拼凑的痕迹，从明代的太师椅到当代的五斗橱，从紫檀到香樟树，清一色的实木，看上去却不协调。201 一再叮嘱我们，要小心爱护，不要真正使用。（我们能够使用的基本上是些塑料制品）他说你们只是感受一下气氛，受些熏陶。在几面墙上，挂着绝对名人的字画，从落款上看，都是送给老爷子的，作者也都是死人。不过眼前这些字画其实都是水印制品，这逃不过我专业的眼睛。墙上还挂有一张中年妇女的照片，面貌慈祥，那应该是我们死去的妈妈，准确地说，应该是小芳的妈妈，我的继母。在客厅里，有一台国产的 21 吋彩色电视机，床头柜上放着一台半导体收音机，同样是国产的。别致的是那台老式的留声机，边上摆了周信芳、马连良、裘盛戎等京剧老大腕儿的唱片。我想老爷子肯定是一位名票。

老爷子的书房里还特地放置了几件提示时间的道具。一本十二年前的台历，是从百货公司仓库里翻捡出来的，为了仿真，他们已经请笔迹专家模仿老爷子的字迹，用铅笔在翻过的台历上记下了那个阶段他主要活动内容的备忘录，比如说接受某家报纸的采访啊，为某人的著作写序啊，参加某个画展的剪彩啊。写字台上还摆放着车祸前一天的报纸。阳台上有一盆那个时期广为流行的君子兰。

楼下是其他家属成员的房间。虽然十二年前真实的我们都已经独立门户了，但在这个大家庭里还一样保留着我们的位置。201 说，通常在每个周末，我们这些做子女的都会回来住上一晚，陪老爷子共进晚餐，一边向父亲汇报这一周的工作情况和思想情况，然后聆听他老人家的教诲。遇到老爷子兴致好的时候，我们还可以得到他的墨宝。这个家曾经有过一位老阿姨，自从我的继母妈妈去世，阿姨就被辞退了，换成了一个男厨子，外加一个干杂活的钟点工。看来我们的老爷子特别注意晚节，事实上他儒雅的形象始终被学术界视为楷模。

我和这个叫小芳的姑娘就这么凑合到了一起。最初的几天，是 201

陪着我们一起住，他睡在厨子的床上，我和小芳各自进了自己的房间。这样过了几天，201觉得我们适应了，于是就决定离开。他走的时候就留下一句耐人寻味的话：注意纪律。

5

作为合同的一方，我每天的工作就是练习发音，矫正方言和矫正形体。当然，我还可以继续作画，但必须一改我原来的画风，转为模仿老板的风格，甚至就是直接临摹。说实话，我一点也不喜欢老板的画，严格讲起来，他的那些画格调不高，清代“四王”的痕迹很重，有的可以说是变相临摹之后的拼凑，我也不喜欢“四王”，我喜欢的是“元四家”，按照董其昌的提法，黄公望等人都是“文人画”的典范。我不是文人，但是喜欢“文人画”。那种诗画交融的境界让我激动，那种随心所欲、涉笔成趣的生活一直让我心仪。就技法上看，我喜欢石涛的简约，八大的恣肆，吴昌硕的飘逸，齐白石的天真。哦，这种生活实在让我向往啊。

小芳的工作和一名外语学院的学生差不多，就是抱着一本字典背诵英语单词，她的发音很好听，口齿也伶俐，我觉得她已经做得很不错了，不时在我面前卖弄个一句半句的，也不让我讨厌。闲着的时候，我和小芳也谈些闲话，当然是用中文交谈。这个姑娘虽说没有多少文化，也看不出有多少见识，但还是很善言辞，这点比我强。她说话的时候非要坐到我的对面，让我看着她的脸。这样我才能来劲，她总这样说。虽然她所谈的东西，比如追星啊，网恋啊，彩票啊，服装牌子啊，我不一定感兴趣，但是在这严冬季节，在一个市郊废弃的破车间里，能有一个年轻的还算好看的姑娘这么近距离地和你说话，已经是很温暖的事情了。不过，我需要和她保持一定的距离，同时也保持着警惕——我隐约觉得这个家不安全，可能不少角落都装有监视和窃听的设备。我们的手机从合同签署那天起就被没收了，合同的表述叫“交由甲方暂时保管”。这样作为乙方的我们就与外界的所有联系基本上都切断了，不知道这个暂时究竟有多长。纪律规定，我们不能向外打任何电话，只能接电话，而对方永远是一个不变的声音，就是201。所以，每当我和小芳聊天时，我就会让她尽量把声音放小，或者打开电视机——这里面播放的都是十二年前的足球录像，那个让我厌倦的解说员已经死过好几年了，可在我这里却还没有退休。

午饭后，201 给我们送来了一些旧款式的衣服，让我们做好去医院探视的准备。他说：从明天起，你们每天要去医院探视一下你们的父亲。

见我们没有回答，201 又说：我们希望老爷子一睁开眼，就能看见自己的一双儿女孝顺地站在床前。

交代完这些，201 就到处看了看。他的眼睛像鹰一样，视察着房间每一个角落，尤其不放过床上的每一个细节。我跟在他身后，想他这是在检查纪律执行情况。他说，你们相处得还好吧？我说还好，还不错呢。201 说，小芳有点任性，从小就这样，你这个做哥哥的要多让着她。我说我会的，我不会欺负她。201 就回头看了我一眼，那意思似乎是在暗示我同时也是在警告我，不许占小芳的便宜。我立刻就意识到自己表达上有错误，急着想解释，但 201 的大手已经落到了我的肩膀说：你这个哥哥要当好啊！这话听起来真他妈的语重心长。

我们从房间走出来，小芳就说：哥对我很好呢。

201 说：那就好。

等 201 满意地离开后，小芳便迫不及待地把箱子打开，把那些旧款式的衣服一件件抖落开，跟着脸就沉下了，嘴里一个劲地唠叨：这堆破烂让我怎么穿得出去啊？

我就走过来劝她：这是任务，也是义务，毕竟我们都是拿了钱的呀。

一提到钱，小芳的眼睛就弯了，她一个劲地问我月薪多少？我觉得这是一个敏感的问题，就没有明说。我说数目还比较可观。对这样暧昧的回答小芳很不高兴，她说我对你可是真心，没想到你这个人还这么跟我玩心眼。我说，这不是什么玩心眼的问题，而是纪律问题——你难道不接受这样的纪律约束吗？小芳就不吱声了。过了会儿，她才委屈地说，他们一个月只给我五千。我还不如去坐台呢！

我暗自惊讶，原来这小芳是小姐出身，怪不得 201 那回说，小芳这份工作是在改变她的社会地位和个人命运。我看着小芳，感觉不出她是坐台的，相反感觉她十分高雅。我想我的感觉可能出毛病了，要不，就是老板一伙的手段太高明，我不得不承认任何训练都是有效的。

小芳说：我每天接受这些莫名其妙的训练，回报却这么少。可我又没有办法，要是不听他们的，我就得进劳教所。那不是人待的地方。

小芳无意中向我暴露了真实身份，倒也不紧张。相反有点破罐子破摔的样子，在我面前更加随便了。她索性把一只腿架到茶几上跟我说话，她说：老哥，我说我是坐台的，你不会瞧不起我吧？

我说怎么会呢，怎么说你也是劳动所得，自食其力啊。

小芳说：我反正就这一堆了，你怎么看无所谓。

那个下午，我和小芳都好忧伤。为了钱，我们莫名其妙地成了人家的儿女。人穷志短。其实后来仔细一想，这还不仅是钱的问题。

6

种种迹象表明，老爷子临近了苏醒的日子。昨天上午，那个满脸雀斑的护士小姐替他擦身子的时候，老爷子的手指动弹了一下。擦到腰部，居然出现了一点痉挛的迹象了，护士吓了一跳，连忙跑过来说了这一事实。于是司马大夫不无自负地说，这说明老爷子已经有了局部的知觉，腰部的那种痉挛是痒的反应。201 立即将这个变化电话汇报给了老板。后者随即下达了指示，要求从现在起对老爷子实行 24 小时全面监护，并要求我们这些做儿女的每天必须到病榻前探视。他自己是真正的儿子，却喜欢遥控。

当天下午，我和小芳就去医院探视了。出门之前，我们照例要在 201 的注视下，进行一次适当的彩排。我们先得换上那个年代的服装。这对我不是问题。即使没有接受这次任务，十二年前的服装穿在我身上一点也不显得落伍。但对小芳是个苦恼，她正是穿戴的年华，不要说十二年，就是过去一两年的衣服，重新拾起来，都会让人别扭。可她又不能不接受这样的安排。说到服装问题，实际上潜伏着很大的危险。比如说，老爷子要是苏醒过来，他肯定是要到公共场合露面的，面对满大街的奇装异服，他会怎么想？他要是看到军人和警察的服装已经都换了，他会不会感到吃惊？我把这种担忧对 201 说了，他点点头，说：你考虑得很周全。但这些我们都想到了。我们也有相应的措施。第一，老爷子即使苏醒过来，依他目前的身体条件，大概是出不了这个园子的，局面就不难控制了；第二，前来探视的人，我们会事先打招呼，让他们做好准备。

我明白了，其实他们私下对老爷子一直就是这样安排的。老人走不出这座人工的大园子，但他必须活着。

我们这个“家”距离西岛不远，没多会儿工夫就到了芸香山疗养院。一走下车，就有人注意我们的穿着。一个刚打完手机的女人看着小芳腰间别着的 BP 机，就热情地问：你们是来这里拍电影的吗？

小芳说：我倒是想啊。

那女人愣了一下：哦，是来看病的呀。

小芳气得回了一句：你才有病呢！

那女人吓得跳了起来。

201 立即把小芳拉到一边训斥：怎么这样没有修养？你这个样子像从国外归来的“访问学者”吗？

小芳又落泪了，不再说话。

在 201 的带领下，我们走进了那间带有几分神秘色彩的特殊病房。这也是我第一次目击老爷子的尊贵面容，他看上去似乎没有想象中那么衰老。他的肤色很白皙，还略泛着一丝红润，显得健康。看来持久的昏迷能使人变得年轻，这是我所没有料到的。

这间病房早就按照十二年前的样子重新布置好了。为了强调时间性，老板还专门请一位书法家写了一幅“宁静致远”的匾额，题款是戊戌年春月。这幅匾额就挂在老爷子的对面，而在他的床边，则置放着一盆文竹。陪在我们身边的是老爷子真正的儿子，我们的老板。此时他已经把自己打扮成了一个医生，去掉了墨镜，改戴了一副金丝眼镜，这使他看上去更像一个权威人士。医护人员照常在做他们该做的事情，他们习惯把目光轮流在我和老板的脸上频繁移动着，但没有一个人敢随便问点什么。病房里实在是太安静了。一种盲目的期待在这样的时刻总是显得漫长。我低着头，心里在想，也许今天，也许明天，甚至马上，老爷子就苏醒过来了。也许不会。可他一旦苏醒，我就得开口喊这个不相干的老人叫爸爸。我有这么老的爸爸吗？

忽然我听见了一个响亮的声音，便下意识地站了起来，我弄不清那是什么声音。

老板立即凑近过来，伏下身子，把被子撩开一点，然后他的眉头就皱了，但脸却舒展开来，带着少有的激动，他轻声地说：不要紧张，这是屁。他已经能放屁了！

于是他就带着这份掩饰不住的激动走了出去，大概是去和司马大夫商量了，毕竟，这又是一个新的迹象。

一个人在床上昏迷了十二年，不能说话，却居然能放出如此响亮的屁来。我有点纳闷了。没过一会儿，我也被叫到了司马大夫的办公室。

司马大夫郑重地向大家宣布：我们的艰巨任务来了。

我还没有反应过来，大夫又说：从现在开始，我们必须生活在昨天。司马大夫所说的昨天并不就是昨天，这个看上去显得有些娘娘腔的书生，实际上很雅致。他说，这不是一个医学的说法，而是一个文学的说法。这个昨天指的是十二年前。

司马大夫说，老爷子虽然躺过了十二年，但在他本人看来，和一次普通睡眠之后的苏醒没有任何区别。因此，我们要保持他的这份自信，让他觉得，自己的感觉是非常正确的。

老板接着补充道：我们这个小组的工作目标，是让我父亲对自身发生的事情不知不觉。让他感觉到自己不过是从一场大梦中醒来，昨天刚刚过去，今天不过是昨天的自然延续。

然后，他指示201从皮包里拿出了一份材料。这是一个全套的工作计划，代号叫“戊戌年纲要”。主要分三大部分：一、日常起居；二、对外交流；三、近期工作。第一部分很复杂，总的要求是把与老爷子相关的一切全部调整到十二年前的样子。他们研究了老爷子的作息习惯和生活规律，制定了实施细则。比如说老爷子每天早上七点准时起床，然后坐在马桶上收听新闻联播和报纸摘要节目。这第一项里，就包含着两个技术问题。收音机和卫生纸。老爷子一直使用的是那种“红星牌”的半导体收音机，现在把它改装了，其实是一个录音机，里面放置着从电台资料库翻录的磁带，每天换上一盘。201说，老爷子从不更换频道，不选台，他每天听过这档节目，就不会再使用这个小东西了。

这给我们带来了极大的方便。老板说，那么，卫生纸的问题呢？

201说，“斑马牌”卫生纸，目前市面上可以找到类似品质的，但需要把包装纸偶尔在他老人家面前显露一下。

老板说很好。

接下来，是早餐。老板说，我父亲是江南人，多少年来早餐吃的是那种青菜泡饭和油条。这没有问题。但父亲的嗅觉很好，因此炸油条的油不能选择那种时髦的色拉油，要到乡下去选那种新鲜的菜籽油。这是需要特别提醒的。

早饭之后，老爷子需要看当天的主要报纸。201说，这也不是问题，我们已经从几家大报那里拿到了全年的合订本，只要拆开来，每天送上一份就可以了。老爷子的活动，一般不参加会议，也谢绝应酬，但请柬必须照送。要让他感到自己还继续受到各方面的重视和爱戴，他还在继续为社会发挥余热。然后就是在家中阅读和写作。阅读，主要是看一些大字印刷的内参文件和历史书籍以及他喜欢的闲书。他偶尔还会书法，相信这是一项健身运动，可以闲情逸致，可以延年益寿。还有，老爷子已经考虑在写回忆录了，出事前他已经初步理出了思路，他口述，我们安排专人记录整理。

晚上的事情要显得相对简单一些。晚饭之后，老爷子自然要看新闻联播节目，201说这个还是依靠录像带来解决，很好办。他有时候还关心最近一个时期比较红火的电视剧，这个就全靠DVD了。201提醒我和将来身边的工作人员，要抓紧时间熟悉这些设备，切不要手忙脚乱。如果老爷子发现我们是在刻意隐瞒事实真相，那会惹出大麻烦的，谁都负不起责任。

大家正热烈讨论着，一个穿西装的、肚子很圆的中年男子来了。我见过这个人，就是那家房地产公司的老总。他带着鲜花来探视老爷子，却被201拦在病房外面。老板走过来，把那人带到了会客室。我想他们一定又是在谈合作开发名人故居项目。那个人来的目的跟我们完全不一样。我们在等着老爷子活过来，他是等着老爷子死过去。要不，他指望的那个项目可就耽搁了。所以那人很着急。据说他已经投进去好几千万了，工程已经做到正负零，本该卖楼花了，但是现在给卡住了。他不能不着急。

其实，很多人都在关心老爷子的下一步。

7

201所说的“注意纪律”，很明显，是在警告我和小芳之间不要出现任何男女之间的暧昧关系。可我们毕竟就是青年男女，我们不过是所谓的兄妹，本来就不带血缘关系。如今，我们为了一份报酬不菲的工作，被人领到了这个临时搭建的家里。我们和外界失去了联系，没有任何属于个人的消息。但事情总归有它的两面性，经过这样一约束，无论是站在职业画家立场，还是站在独身男人的角度，我反倒看出了小芳的几分可爱。她虽然相貌一般，但皮肤白皙。她的眼睛不大，但笑起来弯弯的很招惹男人。我老家称女人这样的眼睛叫桃花眼，暗含着长着这种眼睛的女人很风骚。尤其是她的身材，那是非常的好，行话叫惹火。我相信她的三围都是顶级的。所有这些都构成了她坐台的资本。有一首歌里这么唱过，孤独虽然包围着我，可我并不寂寞。我越来越感觉到，小芳对我的好感也与日俱增。每天除了训练，我们一起操持着家务。我做饭，她刷碗；我扫地，她收拾屋子；她洗衣服，我擦皮鞋。有一天她笑着对我说：哥，我们有点像两口子呢。我看了她一眼，她也不脸红。我压低声音说：不要说这样挑逗性的话，这屋子里不安全。小芳鼻子哼了哼：把我们关在一起才是真正的不安全呢！

这句话让我幸福了一个下午。

那天晚上，我很早就上了床。我对小芳说，自己感觉有点不舒服，脑子很昏，两腿很重。小芳以为我感冒了，就给我弄药送水。她坐在我床前，温情地对我说：哥，要上医院瞧瞧吗？

我说不用。我说这很麻烦。她说不麻烦，她可以陪我一道去。她一点也不觉得这是一个男人布下的圈套。我真实的意思就是想她在我床前坐坐，陪我说会儿话。说不定，我们还会拉着手说话呢。我记得一个作家说过，对一个女人最大的恭维就是对她动邪念。这话还真他妈对。此刻我就是这样。我就觉得自己应该跟小芳干点什么，而且这是可能的。

我对她说，我想喝点姜汤。

她说：姜倒是有啊，就是没有红糖。

我说：我想出汗。

她就很骚地笑了，说：哦，这不难啊。

然后她就动手摸我的脸了，她说：哥，除了这眼睛让我觉得别扭，你实际上长得不丑呢。

我突然觉得身体的某个部位绷紧了。我对女人已经失去了很多天生的本能反应了，现在情况大变，这不能不使我欣喜若狂。如箭在弦，可是得引而不发。我担心按照这个趋势发展下去肯定会违反纪律，我意识到不安全，于是就小声告诉她：这屋子里肯定藏着摄像头，得打住。

小芳生气了，说：你这人怪怪的啊，惹了人家，又吓人家。

我说，不是我想吓你。是他们在吓我们。

那一刻我内心有点悲凉。我在这个春寒料峭的季节莫名其妙地和一伙人签订了一份不可思议的合同，心甘情愿地把自己卖给别人当儿子，还以为幸运地做成了一笔不错的买卖。他们看上去对我很好，很优待，似乎什么都可以给我，但就是不给我最起码的东西。

不知是我们特殊的境遇让上帝实在看不过去了，还是上帝在有意撮合我们。就在这当儿停电了，屋子里一片漆黑。最初的一瞬，我以为是视觉的疲劳障碍，直到小芳的手一下准准地捏住了我身上一件东西，我才知道屋子里确实没有光。于是我们就在黑暗中手忙脚乱地替对方脱光了衣服，她的皮肤真是好极了，我们干柴烈火地抱在一起，我们很快就气喘吁吁，大汗淋漓。小芳突然大叫，我急忙用枕头捂住。小芳像条大鱼似的在我身体下挣扎着，我就压得紧紧的。接着，我感到脖子上很痛，她生气地咬了我一口，然后就把我推下了床。她说：你他妈讨厌啊，我正爽呢！

说完这话，她就抱着衣服回她自己房间里去了。

我一个人躺在床上，黑暗让我觉得屋子特别空旷。我周围都是寒气，有点冷。我一连打了几个喷嚏，很快就感觉浑身不舒服了，带有酸痛。我想我这回大概是真的要生病了。没有睡意，就这么看着窗外的天，没有灯光，就这么胡思乱想。我又一次想起前些日子做的那个梦，我在河边看见了洗衣的妈妈，我喊她，她却不认识我。

半夜里，小芳又摸黑回到了我床上。这回她变得好温柔，像只水獭那样躺在我怀里，轻声说：哥，我和你在一起很舒服呢。我说我也很舒服。小芳就问怎样个舒服，我说是这个时期我最舒服的事情。小芳说，以前你和别的女人在一起，有这样的舒服吗？我说还真不觉得呢。小芳说你没有骗我吧？我说没有，我说我确实觉得好舒服。小芳说，我就是想知道你是不是真的舒服。我以前和那些男人泡，恨不得马上就完事，拿钱走人。可这回和你在一起，我特别想把时间拖长，因为我自己舒服，也想让你舒服。我搂紧了小芳，让她的身体紧贴着我。我们就这样沉默了好大一会儿。

小芳叹了口气，接着又说：哥，要是没有你陪我，我会疯掉的。我原来是担心不跟他们合作会失去自由，那劳教所的日子可真是没法过的，我怕。可是到这里一看，根本就不是他们讲的那回事。狗屁的科研项目，我都烦透了。我还是不自由，连手机都没收了，他妈的好狠啊！

我说，自由是个什么东西？现在我真是想不出了。

小芳说，这日子还不知道要熬到哪一天呢，哥，你说我们可以报案吗？

这话让我好吃惊，她竟这么想了。我就劝她，我们已经和人家签了合同了，也花了人家的钱，这就等于是自愿合作。你报什么案呢？

小芳说那是什么合同啊，简直就是卖身契。我当小姐，只卖身，可卖过的身子还是自由的呀。这下好了，连身子和自由一起卖了。

我又说，人家没有虐待我们，好生伺候着我们，人家也不是非法拘禁，不过给你规定几条纪律，你有什么理由报案呢？

我们又沉默了。过了好久，外面的天已经发白了，可我们还是没有一点睡意。小芳问我：哥，我们就这么下去吗？那个老家伙什么时候会醒来？我说我也不知道，他已经能放屁了，就是说，离说话的日子不会远了。小芳就很悲哀地说，我今年才二十六岁，他至少有九十九岁了，他怎么会有这么小的女儿？我哪会有这么老的爹？我说，实际上你这个爹只有八十八岁，他老人家在六十二岁那年生下了你。我们是同父异母的兄妹呢。

小芳就笑了：同父异母的兄妹睡，也是乱伦吧？

这句挑逗的话说过，我们又来了一次。这次时间比较长，小芳咬着嘴唇没有叫。我们配合得十分完美。然后，小芳回到了自己的屋子。她刚走，我就听见了鸡叫。好久没有听见城市里有鸡叫了。

8

黎明前在梦中，我又见到了妈。她还是在故乡的小河边洗衣服，也还是不认识我，但这一次她看我的时间比较长，她的眼光变得有些迟疑。我想喊她，可就是张不开口。嘴好像被一只大手捂住了。梦魇让我窒息，让我体验到死亡前夕那种恐惧。然后，我就攒足力气突然挣扎着醒来，一睁眼，就看见了一个熟悉的身影，这是201。

我连忙起床，对他心虚而抱歉地笑着。

201看了看表，说：作息时间要规律啊。这个时间，应该是你给父亲读报纸的时候。

我就说：报纸不是由秘书读吗？

201说：要是秘书临时有事请假呢？凡事应该想复杂点，年轻人。

我避开了他锐利的眼锋，去上卫生间了。可是小芳已经先一步进去了，我就在外面等着。过了会儿，小芳挺着一对大奶子走出来对我抛了个飞眼，我连忙紧张地撇了撇嘴。她愉快地哼着邓丽君的歌，回了房间。我的小便又尿不直了，心跳得非常乱，我想这种床第之事是很难隐瞒的，何况是201的眼睛。这样一想就好害怕，有了一种犯罪感。不是我对小芳的犯罪，而是对他们。可是仔细一想，我并不欠他们什么。我顺势洗了个澡，想把时间延长，好让自己镇静。等我出来，201已经坐到客厅里了。从他自然的表情和抽烟的姿势里，我感觉事情没有那么严重，而且小芳也不知道去哪了，这让我似乎放心了一些。我就说：今天还去探视吗？

201按灭烟头，从公文包里拿出一张卡交给我说：这是你这个月的报酬，回头你自己去取款机上验一下。

我说不需要。

201说：还是验一下好，劳动所得嘛！即使是民工，拖欠工资也是要受到舆论谴责和有关部门追究的，我们讲信誉。你是文化人，知识分子，我们不会跟你玩猫腻，一切都很透明，是吧？但不要和小芳谈这件事。

我点点头：我懂，这是纪律。

201正眼看了看我，说：你能这么想，我很高兴。小芳这姑娘有点……有点那个，这是历史原因，你要多引导她。

我又觉得紧张了，没有说什么。

201点上香烟，站起来说：昨晚这里停电了吧？

我点点头。我说：是的，大概停了一会儿……我正打算睡觉呢。

201说：自备应急灯回头我让人给装上。你还有什么不满意的吗？

我说没有，我说：这里一切都令人满意。

话说到这里，小芳已经回来了，手里提着一些蔬菜。她肯定是偷听到了我们的谈话，就白了我一眼，没有说什么就进了厨房。201说，如果真到了老爷子可以回家的那天，他会提前让厨子到位。他说：你们先将就着点吧。

201离开后，我走进厨房。小芳在削萝卜，我想过去接手，她却用胳臂肘挡了我，不肯。我说还是我来吧，我手快呢。她说：不用。她突然把菜刀一拍，说：这里的一切都令人满意吗？

我吓了一跳。

小芳抬高声音说：你这个人很没劲知道吗？

我想她说得对。

那天的午饭我没怎么吃。我有些难过。整个上午小芳都不理我，让我很空落。小芳刷好碗，就回到自己屋子里了。她说她不舒服，请假，不上医院了。没过一会儿，去西岛探视的时间到了。今天来接我们的，是那个寻常不多见的寸头207。自从来到这里，这个人就始终没有和我讲过话，我也没有听见他和别人讲过话。我怀疑他可能就是个哑巴。他总是突然出现在我身后，让我心里发毛。我一点也不喜欢这个家伙。

于是我再次亲近了我的“父亲”。他老人家今天的气色似乎比昨天还好，越来越好。我们的老板还是一副权威专家打扮，见到我，还微笑着点了点头。趁这机会我说了小芳请假的事，他很宽容地笑笑，说：你们相处得还好吗？

我说还好。

后来老板带我去了隔壁的会客室。他有点疲倦，他递给我一支烟，自己也点上，说：我和我这个妹妹——就是小芳，是同父异母，这个情况你知道吧？

我说知道，201 对我说明了。

老板说：我这个妹妹比我聪明。如果不是那场该死的车祸，她一定成就非凡。我很欣赏她……

说到这里，老板还真流了泪。

我不知道为什么今天老板要跟我谈这个。难道我和小芳的事情露出破绽了？我心下发虚，没敢就这个问题想下去。事实上老板也没怎么难为我，只要我回去之后给小芳带声好。还说如果需要去医院，随时通知 201。

从医院回来，天已经转黑了。小芳还在屋子里躺着，我为她熬了点小米粥。做好之后，我端着粥去敲了她的房门，我感觉某个监视器正对着我的后背。我说：小芳，我可以进来吗？

小芳在屋里回答：门开着呢。

我推开门，看见她靠在床上看一本外国的电影画报。封面是美国影星梅尔·吉布森自导自演的电影《勇敢的心》。那是我喜欢的电影之一。除了这个男人，我还喜欢片中的女主角苏菲·玛索。那是一个风情万种的女人，我在一盘盗版碟上看过她的裸体。这样一想，我又想做爱了。我感觉面前的小芳就是苏菲·玛索，她们都长着一样的好腿。她好像也看出了我的心思，一边喝粥一边露出了一截白生生的大腿，像藕似的。可是，这屋子里所有的灯都亮着。客厅里那盏最亮，按规定是不许关掉的。要是想干点什么，行动路线会完全暴露。我偷偷摸了摸小芳的那截大腿，轻声问：你真病了？

她笑了笑：我想睡觉。

我说：你是想广义的睡觉，还是想狭义的睡觉啊？

她撇了撇嘴说：你们这些文化人就是酸，说啥都绕。你就直接说想操我不就得了呗。

我有些狼狈，沮丧地说：今天不会再停电了，也许以后永远不会……

这时，小芳对我亮出手掌，那上面写着：上厨房。

我就进了厨房。过了会儿，小芳也跟进来了。这屋子里大概就剩下这个死角了。于是这个做饭的地方临时成了我们做爱的场所。小芳一边扭着屁股一边埋怨：妈的，我长这么大还没有在厨房里碰过男人呢！妈的，我明明可以在床上大模大样地和你做，现在却在这里偷你。妈的……哎哟，你轻点行吗？

完事后，我们都坐到了地下。我点上烟，抽了两口就被小芳接了过去。她狠吸了一口，叹息着：这日子我可是没法过了！

我就劝她，慢慢习惯吧。

这时，小芳悄悄告诉我一个惊人的建议。她说：哥，咱们溜吧。

我大吃一惊，就说：这怎么可以啊？我们可是……

不等我话说完，小芳就说：那份合同没有经过公证，他们也未必敢拿出去公证，不算数的。

可是钱呢？我说，我们毕竟是拿了钱啊！

小芳说：我可以向小姐妹们借钱还他们。这个我不担心，我担心的还是劳教所，不是人待的地方。可这个地方也不是人待的，是猴子待的。

接着小芳就说了她的设想。她说买菜的那个菜市有一个后门，出了后门就没有了监视器。后门对着一条小河，河上有座老桥，过了桥就进了一片林子……

我说：别这么想啊，睡觉去吧。广义的睡。

9

时间就这么过去了一段。转眼，窗外的树仿佛一夜之间生出了嫩芽，春天就这么来了。我们的“父亲”却不知道这春天的消息，他老人家无比安详地躺在病榻上，偶尔感觉着轻微的痒，偶尔也放着响亮的屁，可就是不睁开眼睛，让所有爱他的人和他爱的人沉浸在幸福的期待中。春天让人疲倦。因为和小芳偷了，我没有明确感觉到季节的更替，也没有感觉到这种生活的枯燥。某种意义上，我甚至还感到安逸。我想，时间真是个奇妙的东西，慢慢地就改变了一切，也让人适应了一切。时间是软刀子。有时候去医院探视，我望着面前的老人，突然还会产生一份冲动，我会以为他就是我的亲生父亲，虽然年纪大了许多。他安静地躺着，不找茬儿，这样就很好。我和自己的父亲好几年不来往了，我甚至都记不清他的模样。只是今天下午，我从医院出来的时候，看见玻璃门上映出自己的身影特别怪异，拖着左腿，佝偻着腰，一副过分谦卑的样子。

这个形象让我不太舒服，好像还辛酸了片刻。但只是片刻，过会儿就好了。这个下午小芳还是没和我一块儿来，她说感冒了，在发低烧。她再次通过我请假，我却为她担心。她这么消极怠工迟早会有麻烦的，我不能不担心。我回来的时候，她还躺在床上看那本很厚的牛津英语，我就替她倒了杯水过去，顺势坐到她床沿上。

我问：可好点了？

她摇摇头，把书扔到一边，懒散地把头歪到一边，好像懒得跟我说话。我却想借此机会劝她几句，我想说你对我任性没关系，但不能对他们任性。我们是来上班的，不是度假。我正想着怎样开口，突然看见她对我又一次亮出了手掌：我怀孕了。是真的。

我吓得站了起来。

她又亮出了另一只手掌：不要怕，我愿意。

可是我怎么能不害怕呢？我想哭，想抱着她，想对她说宝贝这孩子你想生就生吧我愿意娶你我愿意当这孩子的爹我本来就是孩子他爹……

可是，我却没有说。啥也没说。

小芳这才转过脸来，看着我，她的眼睛显得特别干净。我们就这样看着，一直看到天黑下来。

第二天，小芳又去那个菜市买菜，就再也没有回来。

很快，201 就赶到了。他进门就长叹一声，然后把一样东西放到了我手上，说：这是从你床上拾到的，留着做个纪念吧。

我一看，是一团长头发，刹时就明白了。

201 说：都是你干的好事吧？

我不想分辨，眼睛很难受。

201 在我面前激动地走来走去。走了几个来回，这才说：我检查了垃圾，连续四十天没有发现你妹妹的卫生巾，知道出事了，可我还是来迟了一步……

我不想说什么，好像 201 刚才激动地说的这件事与我没啥关系，是在说别人。我愿意听他继续说下去。

他果然就继续说了，情绪还是激动：我不是暗示过你吗？你装什么糊涂呢？你把我当成什么了？你是知识分子，我也是啊，知识分子难道就可以不讲游戏规则吗？知识分子难道就可以不讲职业道德吗？

我还是没有说什么。有点奇怪的是，这会儿我怎么一点也不含糊他呢？我不怕这个201了，因为他说，他也是知识分子。我们实际上是一样的人。我不怕一样的人。

201努力使自己平静下来，还递给我一支烟，又叹息说：也难怪，这事也确实他妈的难办！可你们是兄妹啊！兄妹之间干这个是乱伦，是缺德，是大逆不道，这在中世纪是要用火刑惩罚的！现在怎么办？小芳逃了，要是老爷子明天苏醒过来，睁开眼就想见他的掌上明珠宝贝女儿，我怎么办？我上哪儿找啊？你，你这个狗娘养的为了自己那点舒服，让我前功尽弃啊哥们儿！

我唯一要做的，就是对这个被称作201的男人抱歉地笑笑。我心里对他还产生了一点同情。我想他的处境比我还不容易，我给人当了儿子，他却给人当了狗，所以我应该同情他才对。

这天晚上，老板第一次来到了这个家里，这让我感到意外，也意识到小芳出逃的严重性。老板今天穿戴得很时尚，很洒脱，像个三流的电影明星。这种打扮使他年轻了好几岁，但他的神情显得忧郁。那个寸头207带着一瓶好酒和几份凉菜跟着一块来了，这家伙还是不肯说话。布置好这些，他就离开了。离开之前，他和老板对了一眼，这时我听见老板说：一小时之后我回去。就一小时。老板的这种表达让我觉得有些怪怪的，207不过是他的司机兼保镖，他应该说“一小时之后来接我”而不是说“一小时之后我回去”，还“就一小时”。感觉老板是在向207请假似的，看这个“哑巴”的脸色行事。

207抬腕看了一下表，然后就离开了。这个瞬间，我突然觉得背后有点凉。眼前这个一向沉默的、脸上始终是一个表情的寸头让我有点不寒而栗，拿着酒杯的手也有点不稳了。

老板这才说：我们谈谈吧。我们今天随便说，想说什么就说什么，很自由。

我小心地说：那，要不要通知你的人把这里的监视和窃听的设备都关掉？

老板就笑了，对我摇晃着手，说：你没喝醉吧？这里很安全，哪里会有什么监视窃听的设备？那些都是你的想象。

我很困惑，这是我的想象吗？可我为什么要这样去想象呢？

老板说：我知道你心里一直很郁闷。

我说：我已经不觉得郁闷了。

老板说：可是我感到郁闷呢。

我抬眼看着他，谢顶在灯光下好明亮。

老板慢慢把一杯酒喝下去。然后说：这个计划，确实有点不可思议，对吧？当初制订这个《戊戌年纲要》，我们也十分犹豫。需要一些投资还在其次，不踏实的是怕触犯法律——为了这个，我们咨询了国内最好的律师，觉得没啥问题，这才最终拍板执行。其实让你和小芳——就是那个溜走的姑娘，来冒名顶替我们兄妹，不是我的主意，但我现在还不能告诉你是谁的主意。事实上也没有人明确地在背后指使我，为什么？这里面学问很大。

我盲目地点点头，实际上也不知道他在说什么。

老板接着说：对于一些特殊的人物，死活有时候是一件大事。有的人活着的时候没价值，死后却价值连城，比如文森特·凡·高。作为画家，凡·高生前比你潦倒几百倍，死后也比你辉煌几百倍。有的人呢，死了没意义，活着意义非凡。比如说查理·卓别林，他一离开舞台就啥也不是了，更何况是进棺材。有的人的死是一件举国同悲的哀事，比如罗斯福，有的人的死被看做人类的一件幸事，比如说希特勒，事实上这家伙一死，也就表明纳粹第三帝国彻底败了。有的人本不该死，但自己却把自己弄死了，比如海明威、川端康成和你喜欢的张国荣。甚至，还有的自己愿意去死，但别人希望他活着——我父亲就是这样的人。

我有些茫然，不明白他究竟想说点什么。

老板又喝了杯酒，继续说：虽然我这个老父亲在病榻上躺了十二年，但在十二年前，因为我继母的突然去世以及严重的前列腺毛病的折磨，他就动过轻生的念头。他曾经想服半瓶的安眠药一觉睡过去，把自己了断。这是真事，如果那天不是我提前回家，晚一步他就得逞了。他对生活失去了信念，对活着失去了起码的兴趣。他说，他老了，到了该告别这个世界的时候了。他说像这样活着是一种耻辱。人与人不一样。一个重要的人物，人在和人不在，情形也不一样的。谁先死谁后死，后果也是不一样的。今年是戊戌年吧？多少年前的那个戊戌年，紫禁城内发生的“戊戌变法”，就生动地说明了这个问题的重要性。光绪皇帝和慈禧太后都死在那年的11月里，一个15号，一个16号，两个人在相隔不到24小时内“龙驭宾天”。倘若是慈禧太后死在光绪皇帝之前——哪怕早死几个月，那么情形会一样吗？后果会一样吗？所以说，这不是一个生命简单的生死存亡问题，甚至都不是一个自然规律问题……

我小心地说：那，那您是怎么想的呢？我是说，您本人是希望这个父亲是死还是活？

老板停顿了一下，才说：最愿意看见他早死的人，是我。

我不感到吃惊，只是有点意外。

老板说：为了他的活着，这十二年里抛开花了很多钱不说，我算是耗尽了心思。我们曾经想为父亲申请安乐死，可是法律不允许。而且，名人故居的项目，现在情况突然改变了，市政要修地铁，规划中正好从那儿通过，要拆迁。这样我和我合伙人就啥也得不到了。但我还是希望他早死，至少他解脱了，我也解脱了。他在，我虽然跟着沾光，但无疑又被他巨大的阴影所笼罩，这种切肤之痛外人根本体会不到。他要是死了，算个小账，至少他的一些字画可以升值，至少我可以堂堂正正地活在今天，做回我自己，对吧？

话说到这儿，那个叫207的哑巴回来了，站在门口。

老板站起身，把外套穿上，一边说：你自己想好。决定之后告诉我。我们的长相气质如此接近，这也是一种缘分吧？

我想我已经想好了。

10

翌日一早，我离开了那个临时搭建的家。

我不知道这一走将会面临着什么后果。但我还是想离开。

我不想继续去当别人的儿子。我要当我儿子的爹。

2006年1月25日　北京寓所

（原载《山花》2006年第4期）

附　录：

关于《戊戌年纪事》的几句话

近两年，随着母亲的去世，小说写得少了。我一向把自己的写作分为两种性质，即谋生的写作和欲望的写作。前者实际上和做生意没两样，以盈利为目的，比如说做电视剧，一部下来可以挣套房子，但别人未必知道哪部是我写的，如果拍得不好，我往往不署名，没有成就感。后者指的是发自内心的写作，是一种叙事欲望的满足。比如写小说，散文随笔，话剧京剧。这样的写作多少远离了功利，但索取的却比功利还要多，那就是自己在乎——你还能写得更好点吗？就这么简单。这是我还需要写小说的动机。所以我写小说会越来越慢，因为小说的路是越走越窄。对于个人，往往是独木桥。要么通过，要么掉下摔死。

《戊戌年纪事》，开始于2003年，因为母亲的病，放下了，一搁就是两年，直到去年底才勉强写完。这篇小说我写得很累。稿子写完后又迟迟不想拿出去。结果，何锐兄来电话约稿，要我来一次自荐，于是就这么办了。

我一直被理解为“先锋作家”，这是批评家做学问的一种归纳，但我个人的理解与批评家们略有不同。首先，我不承认上个世纪我的某些作品，如《南方的情绪》、《流动的沙滩》等，是纯粹形式上的文本。我认为我的小说不是这样的，虽然形式上有些极端，但形式里面还是有内容的，不是文字游戏。1991年我写了《流动的沙滩》，三年后，基耶斯洛夫斯基完成了三部曲的最后一部《红色》，再三年，我看到了这部影片，意外地发现我们谈的是同一个问题，这让我欣慰。遗憾的是那时这位被我视为大师的导演已经不在人世了。我举这个例子无非是想说，任何作品都是有话可说，区别在于怎么说，以什么方式说。

《戊戌年纪事》需要以荒诞的方式去说。没有荒诞，这个故事就没法讲了。我写小说一贯追求那种形式与内容天衣无缝的效果，这就意味着，不同的小说需要不同的讲法。落实到文字上，就是不同的写法。这是这篇小说荒诞性存在的理由。荒诞的另一个作用，是能够使小说具有寓言性，二者几乎可以看做近邻。至于故事，究竟说了什么，我想读者大致可以明白，无须我饶舌。我历来主张，好的小说，作者只能写出一半，另一半应该由读者去写。“有一千个读者，就有一千个哈姆雷特。”

我私下把小说理解为三种类型，一是有意义的，二是有意思的，第三，是有意味的。我喜欢有意味的小说，某种意义上，我把小说理解为文字构成的“有意味的形式”。在我看来，这样的小说不是说不清楚，而是很难说清楚。甚至只能意会无法言传，迟疑不决的叙事使主题飘忽不定。因此，所谓先锋，本质上应该是一种文化精神。它的存在，使小说突破了故事的局限，突破了形而下的日常层面，具有了诗性和寓言特征，也可能进入到形而上的领域，比如说恐惧和爱——这个主题就我的创作经历看，是一贯的。从《南方的情绪》到《陷阱》，再到《三月一日》和《独白与手势》，一路蹚过来。

前不久去了一趟西沙群岛，在海上漂流了九天八夜。我见到了比墨汁还要黑的深海，至少有三千米。看着这黑的海水和无边无际的海洋，我在赞叹大海的美丽之余也感受到了大海的一份恐惧。可见，人间的美丽往往与恐惧相伴，正如孔雀美丽，孔雀胆却能杀人。但凡这样的恐惧都与肉体无关，它折磨的是你的精神。《戊戌年纪事》中的“我”就是这样，因为潦倒，莫名其妙地就把自己临时卖给了别人当儿子。他同情地注视窗外那只在垃圾堆里觅食的野狗的时候，本人已经暗中上了另册，正等待着被调理驯服的厄运。可悲的是他本人最初还自以为发了一笔横财。但我需要同情这个人，我理解他的懦弱，他活在难以名状的恐惧之中，面对的是一群代号身份的家伙软硬兼施的纠缠。戊是狗年——恰好，今年又是。这篇小说没有用多少笔墨去写狗，但似乎是写够了狗性。最劣质最卑贱最可恶的那种狗性。导师指出：历史的发展不以个人意志为转移。这话还是真理。历史无法倒退，一旦企图倒退，那么狗性就会猖獗，人就会被恐惧围困。

事实上，这些年来我时常有这种被恐惧追逐、包围的感觉。这大概与我长期漂泊不定的生活有关。一次陌生的注视，一个奇怪的手势，一回突兀的敲门，一起无端的邂逅，都是这种恐惧感的提示。就像一册装帧优美的典籍，打开之后你会首先发现其中有一枚发霉的书签。但是我依然执拗地相信，恐惧的对面是爱。一阵风吹散阴霾，然后你就见到了阳光。或许这就是生活的真相吧？只是我们淡忘了，忽视了，被纸醉金迷掩盖住了。

写作无疑是一种表达。写作也是一种倾诉。写作更是一种摆脱。

2006年3月5日，京城寓所

潘军文集

第陆卷

长篇小说

死刑报告

死刑并不是一种权利，笔者已经证明这是不可能的；而是一场国家同一个公民的战争，因为，它认为消灭这个公民是必要和有益的。然而，如果笔者要证明死刑既不是必要的也不是有益的，笔者就首先要为人道打赢官司。

——［意］贝卡利亚

只要死刑还存在着，那么整个刑法就都散发着血腥的气味，整个刑法都带有阴森恐怖的印记，整个刑法都充满着报仇雪恨的污点。

——［德］古斯塔夫·拉德布鲁赫

一

1994年6月，陈晖应美国南加州一个华文社团的邀请，去洛杉矶参加一个叫做“文学的人文精神”的研讨会。陈晖不是一个职业作家，他本科修的是政法，原在京城一家叫做《说法》的杂志社供职，现在的身份是一个自由撰稿人，经常在一些报刊上开设个人专栏，谈论时政与时尚。他在民间的那点影响来自于几篇法制题材的报告文学。这些作品一经发表，就会被外埠的某些报纸转载，很受读者欢迎，但也给他招惹过许多麻烦。陈晖还是一个兼职的律师，在不想写文章的时候，可能就去帮人打一场官司。据说他在法庭上的表现也很出色，虽然经他承办的案子往往胜诉的可能性不大。

这一年，陈晖三十四岁。他是一个看上去挺拔而洒脱的男人，喜欢戴一顶钢蓝色的棒球帽和一副宽边的墨镜，到哪都背着一只牛仔布的大挎包，给人一种散漫的行者姿态。这个善于言辞，且富幽默感的年轻人，对女人很具吸引力。但他的婚姻却很不成功。在经历过几轮双方都指责对方有第三者的嫌疑之后，他那位年轻貌美的准明星老婆索性和一个专拍电视剧的导演公开同居了，宣告与他正式分手。这个夏天对陈晖而言是非常阴冷的。离婚不久，他又因为一篇稿子被认为是影射了某个要人，从而引起了与主编的激烈冲突，以至于断然决定辞职单干。接着就是他辩护的一场官司彻底败诉了，那个做酒店小老板的当事人以发红包的方式和下面十几个女服务员发生性关系，虽然都是双方自愿的，但最终还是以流氓罪被判了七年，差点就把律师费扔到了他脸上。先后发生的这三件事都让他很不舒服。他被巨大的沮丧所笼罩，发誓不再接这种吃力不讨好的案子了。连写文章也把笔名“晨晖”改作了“尘灰”。那些天里，人们总看见三里屯的酒吧里又多了一位忧郁而满脸晦气的男人，此人就是陈晖。也就在这样的时候，他受到了去美国开会的邀请。对这种所谓的研讨，陈晖心里视作是几个寂寞的老华侨，在异国他乡荒得厉害，想出钱找人聊天的活动，虽不怎么重视，但还是迫不及待地办妥了签证，如期前行了。

陈晖甚至连会议要求提交的论文都没有准备好，就匆匆上了飞机。经过十二小时的飞行，他抵达了洛杉矶国际机场。飞机下降的时候，陈晖从舷窗里往下看，这座“天使之城”与国外一些大都市最大的不同，就是她与自然融为一体，城市整个镶嵌在逶迤的山峦之间，而且也没有特别集中的高楼大厦。陈晖喜欢这种格局，觉得这样的规划很符合他理解的那种城市概念。他反感的是像纽约那样的城市，一上街，就被埋在晃眼的玻璃幕墙中。洛杉矶无疑是美丽的。但在他的印象里，这个城市似乎一直与犯罪有关，这或许是那些以洛杉矶为背景的警匪片的缘故吧。

一出海关，陈晖就看见了来接他的人，一个年纪与他相仿，长得胖哈哈的男子，手举写有“中国大陆陈晖先生”的牌子。那是他在政法学院时的同学，叫王可。几年前这个王可考“托福”到了美国，现在加州大学法学院攻读博士。他们是要好的朋友，也曾是几篇论文的合作者。这次的会议就是王可一手张罗的，某种意义上，与会者陈晖其实是王胖子塞进来的“私货”。

看见王可手中的牌子，陈晖就觉得非常好笑。他摘下墨镜说：胖子，你难道还认不出我来？

王可就把陈晖拉到一边，说：哥们儿，你可千万别让东家知道了我们是同学关系啊。

陈晖有点困惑，说：怎么，这开会还兴作弊？

王可说：就这么回事，我帮着承办这个会议，是拿钱的。对你们而言，是个学术活动，对我呢，就是一笔生意。他们只要求我在大陆请几个有名气的文人来叙谈叙谈。我想，你老兄在大陆也还算有名的吧。

陈晖说：你别寒碜我了。我这回纯粹就是来玩的。

王可说：其实我他妈在这边也特别闷，想你来呢。

两人就这么说着去了停车场。这时陈晖就有了一种奇怪的感觉，好像自己并没有来洛杉矶，还是滞留在太平洋那边的某个中国城市。他把这个感觉告诉了王可，后者说一点也不奇怪，王可说：初来的时候我逛唐人街，和几个华人一闲聊，还以为在北京的琉璃厂呢。

陈晖就感叹道：看来人这一生忙下来，什么都不会剩下，就得几个朋友了。

王可说：你这还是没有从你那前老婆阴影里走出来啊。男人一生是为女人活的，你得赶紧再找。

正如事先陈晖所预料，随后几天的所谓研讨是相当松散的，甚至连一个正式的会场都没有。与会者也不过是七八个人，分别来自大陆、台湾和香港。也有几个加州的所谓汉学家。除了参观游览拉斯维加斯的赌场和好莱坞，大部分的活动都在一位慕容先生的家中客厅里举行，大家随便交谈，喝着大陆带来的乌龙茶和青岛啤酒。那个王可担任现场翻译并负责录音整理工作。那时陈晖刚读了刘小枫的《拯救与逍遥》，于是他的发言大都带有这本书的印象，有的几乎就是援引了刘先生的观点。譬如，中国历史上的一些作家，譬如说屈原、司马迁、陶渊明、李白、苏东坡、曹雪芹乃至鲁迅，都是在自身经历过一些磨难之后，才去歌颂那种貌似超脱的自由精神。而西方的作家，从古希腊悲剧作家到但丁、莎士比亚、陀斯妥耶夫斯基、卡夫卡，却一直是在逆境中继续歌唱着神性的拯救精神。拯救与逍遥，是中西方最为根本性的精神品质差异。在中国精神中，恬然之乐的逍遥是最高的精神境界，而在西方精神中，受难的人类通过耶稣基督的上帝之爱得到拯救，人与上帝重修旧好是最高的境界。尽管这些观点陈晖本人也不是完全苟同，但是像刘先生的这样一种诗意般的归纳却还是足以引起与会者的重视。

6 月 14 日，在洛杉矶是一个阴晦的天气。这天会议没有什么安排，于是王可就来旅馆陪陈晖聊天。那是一家规模很小的旅馆，由一个华人经营，这个人也是本次研讨会的赞助商之一，免费提供食宿。但他的兴趣就是大陆什么时候发行 B 股，大陆的 B 股有没有可能到华尔街来挂牌上市。对这个问题陈晖很茫然，他只说，回去好好打听一下。幸好这时王可来了，陈晖才得以摆脱窘境。这两个人掩上门一直从下午聊到天黑，陈晖像是患上了倾诉病，把一肚子的苦水都倒出来，但样子还很从容。陈晖说：人倒霉喝口凉水都塞牙，幸好现在是夏天，也算是自然降温了。

王可说：你现在一个人倒也简单，依我看你干脆过这边来算了。咱俩也有个伴。

陈晖说：我那点英语早就还给老师了，语言这关过不了，我到这边就是一个名副其实的睁眼瞎，怎么过？语言这东西，连毛泽东都说，非下苦功不可呢。

王可说：其实语言需要的不是苦功，而是环境。你要是真想过来，我就帮你想想办法。至于“托福”这一关，也还是有辙的。我就曾经办妥了两个。

陈晖笑着说：又是作弊吧？可我就算是这么过来了，也适应不了啊。我现在不想再搞专业了，也不想再接什么狗屁案子，就随心所欲地写点那种准风月谈，聊以糊口。

王可说：这可不像你陈晖啊，当年在我们班，你可是最有锋芒的一个。你的毕业论文对刑罚、特别是对死刑的研究很让人刮目相看，怎么没几年工夫就这模样了？

陈晖说：人是会变的。再过几年，我恐怕变得连你都认不得了。

说着，就随手把电视打开，里面正播着五花八门的广告。陈晖说：你看，我连广告也看不明白，怎么讨生活？这美国也没什么好玩的，过几天我还是回我的北京吧。

电视广告过去之后，是正点播出的新闻节目。那个面目脂粉气十足的男播音员刚说几句，一直躺在沙发上的王可就费劲地把身子坐正了。胖子的这个动作让陈晖意识到这个城市里又有什么事情发生了。他没有干扰王可，但他看见了一个黑人男子被警方从飞机上带下来的电视画面。陈晖感觉电视里的这张脸是熟悉的，可一时又想不起来。

王可说：陈晖，辛普森这家伙闯祸了。

陈晖说：你说的是那个从前的橄榄球明星吗？怪不得我觉得面熟……

王可说：就是他。这家伙杀人了。

陈晖说：杀人？

王可说：这家伙把他的前妻和她的情人一块做了。这事就发生在两天前，案发地点离我们的住处不远，南班迪街 875 号……

电视新闻采取的是倒叙的手法。首先看见的，是忧愤的辛普森走下飞机被警察戴上手铐的画面。然后才介绍 6 月 12 日发生在南班迪街 875 号的凶案。电视解说员以庄严的语气说：洛杉矶警方现有的证据说明，O·J·辛普森涉嫌谋杀他的前妻妮可和她在酒店当招待的情人隆纳。电视的画面里，充分展现了这个后来为全世界瞩目的谋杀现场，有妮可和隆纳的尸体、满地的血迹以及现场遗失的一只血手套等。陈晖不禁倒吸了一口凉气，直觉已经告诉他，这个黑人橄榄球明星这回惹下了大麻烦。

陈晖对辛普森的了解，最早是一部叫做《卡桑德拉大桥》的惊险影片。那是由著名影星索菲亚·罗兰和理查德·哈里斯主演的惊险样式的大片。退役的辛普森在里面实际上只是一个龙套，扮演一个虚构的黑人侦探。而这回，他自己却成了被警方侦探的真实目标。

第二天，和全世界的人一样，大家的中心话题就是辛普森案件的进展。也就是从这时候起，陈晖对这起后来被广泛看做“世纪审判”的经典案件产生了浓厚的兴趣。但是他很快要离开了。以他的经验，国内的媒体对这宗案件的报道介绍应该是迟缓而轻描淡写的。那天晚上，陈晖提议要去南班迪街 875 号附近看看。他们就去了，果然很近，车行不过一刻钟。远远地他们看见，那个案发现场至今还是被警方控制着，圈着黄色的警戒带。

两天前的子夜时分，一条狗就是在这里吠叫不止的，然后引来了两个散步健身的邻居。他们发现这个豪华住宅的院落大门半开着，走进去一看，才发现进门的台阶上躺着一女一男的两具尸体，满地都是鲜血。意外的惊吓使这两个邻居随即就向洛杉矶警察局报了案。一个小时后，警方赶到了案发现场，断定这是一起命案。他们立即召唤来了重案组，第一个到达现场的，是白人警官马克·福尔曼。他很快查实，事主是辛普森的前妻妮可和她的男友隆纳。初步判断他们是在当晚10点至11点之间被谋杀的，现场除了血迹，还有破碎的眼镜和纸片。而最大的发现，是落在隆纳身边的一只带有血迹的皮手套。后来警方在福尔曼的带领下去了距离此地不远的北洛金汉街360号，那是辛普森本人的住宅。警方本意是想告诉辛普森这个不幸消息的，并让他接手他和妮可所生的两个孩子。但是，尚未来得及办理搜查证的福尔曼警官却擅自闯进，并很快在这个空间里意外发现了几处可疑的血迹，而且居然也找到了一只带血的皮手套，一望便知与南班迪街875号案发现场的那一只是一对。这个发现，让警方第一次怀疑辛普森涉嫌谋杀，而那个时候，前橄榄球明星已经飞往芝加哥了，离开的时间就是当晚11点之后。至今没有人能够证明在当晚的10点至11点，辛普森在什么位置，他干了什么。似乎连他自己也说不清楚。辛普森涉嫌谋杀的调子在命案发现几个小时之后，就已经定下了。

现在，这个现场显得很安静。几乎看不见围观的人，这与中国完全不一样。那情形好像是，既然辛普森案件发生了，那就让它发生好了。陈晖在车里点了一支烟，然后对王可说：我要追踪这个案件。

王可说：你刚才不是说以后只写准风月谈吗？

陈晖笑了笑说：也许是一种直觉吧，我预感到这个案子将很不简单。从电视新闻里的介绍看，辛普森这回是被警方吃定了，遍地都是证据。但是，这个家伙却一直是在冲着镜头喊冤。

王可说：我明白你的意思。某些刑事案件往往就是这样，你越是感到铁证如山，就越会出现你预料不到的问题。

陈晖说：问题是我马上又得回去了。

王可说：你放心，我会把这个案件的进展情况以电子邮件的形式告诉你的。

陈晖说：我那里目前还只是电传。

王可说：那就只好通过电传了。

几天后，陈晖离开了洛杉矶。

二

辛普森案件在央视新闻联播上报道时，落城的女警官柳青刚刚回到家中。本周是落城政法系统组织的“法律宣传周”，公、检、法、司都要抽调人员集中在文化宫礼堂，接待各类的咨询和投诉。本来她的工作到下午五点就结束了，结果就在她打算离开时，一个白发苍苍的老者坐到了她的跟前。老者叫吴全印，是落城轴承厂的一名退休工人，他是为自己儿子吴长春的案子来申诉的。

一听吴长春这个名字，柳青就想起了多年前那起代号为“6·20”的案件。那是一起故意杀人案，落城郊区文化馆的干部吴长春蓄意谋杀了自己的妻子刘云以及她腹中四个月的孩子。此案发生在1982年，那个时候，柳青还是一个中学生，但这个轰动一时的案子是在她父亲、落城前任公安局长柳立中手上办的，因此她很清楚。吴长春后来被判处了死刑缓期两年执行，几年后又改成了无期徒刑和有期徒刑二十年。

吴全印说：我儿子吴长春是冤枉的，已经坐了十二年的牢了。十二年就是一轮啊，我请求政府对此案进行再次复查，还我儿子一个清白。

柳青说：老人家，我可以负责把您的申诉报告转交到有关部门。

不料吴全印说：你父亲就是“有关部门”。这个案子当初是在他手上办的，我请你回去转告你父亲，他得出面……

柳青说：我父亲已经不再是公安局长了。他都退休在家好几年了。

吴全印说：姑娘，我不管你父亲还是不是局长了，但你要把我的话带到，他退休在家看报看电视，钓鱼养鸟，可我的儿子还在大牢里蹲着……

老人说得老泪纵横，最后被其他人劝说离开了。

这个黄昏柳青被这件事弄得很难受。她不是反感那个叫吴全印的老人，而是觉得已经服刑十二年的案子了，犯人居然还在申诉。这说明什么呢？难道案子本身还有不如人意的地方？而且这件事还涉及到自己已经卸任的父亲。柳青从文化宫出来，外面的天开始转暗了。她原想去附近一家新开的超市买点小东西，现在被这件事弄坏了情绪。这时，她的同事沈蓉就从后面赶上来，喊住了她。沈蓉实际的年纪有多大，柳青不太清楚。她只知道这是一个保养得很不错的，属于那种风韵犹存的女人，也属于那种矜持的女人。沈蓉干公安不少年了，能力不错，但人很难相处。不过与柳青一直还合得来。这大概与她曾经是柳立中的部下有关。柳青从来不叫她沈大姐什么的，就只呼其名，后者听了一点也不介意。

沈蓉把柳青叫到街边说：有一个人想见你，让我邀你今晚一块吃顿饭叙叙。

柳青就问：谁呀？

沈蓉说：就是老郁……政法委郁书记的秘书小肖。

柳青眼前就出现了一张小白脸，也就明白是怎么回事了，她说：今天不行，我妈随旅游团去九寨沟了，我得回去给老爷子做饭呢。

沈蓉说：平时不都是老爷子给你做饭吗？

柳青说：他这几天不舒服。

沈蓉听出了推辞的意思，就说：你就给我一句话吧，对姓肖的印象怎么样？

柳青说：我就见过那个人一面，谈不上什么印象。

沈蓉说：可人家说你像电影明星呢。

柳青说：那是因为今天电影明星太多了。沈蓉，谢谢你的好意，我对那人真的没什么感觉。我不喜欢那种白面书生型的男人。

沈蓉说：柳青，其实你也可以考虑个人问题了。

柳青说：我一直在考虑呀，不过这种事是不能“限期破案”的。

两个女人相视一笑，然后就分手了。柳青没有去超市，回家的路上想的也不是什么“个人问题”。她觉得她个人从来就不是什么问题，更不需要让人来帮着解决。倒是沈蓉本人是个问题。沈蓉一年前离婚了，柳青早就耳闻，这个沈蓉是为政法委书记郁之光离的婚，他们的关系很不寻常，而且还是老关系了。不过，大家也只是私下议论而已。她想沈蓉本人也应该是听见这种风声的，她不在乎，说明这女人很有办法。

凡是见过柳青的人，几乎没有相信她是一名警察，而会认为这个漂亮的姑娘大概是文艺界的。他们会很吃惊：你是警察？你怎么会是警察呢？就是这样，他们觉得漂亮的女人应该是一个演员才对，所以今天的电影电视剧怎么看都不真实。柳青很清楚自己算得上漂亮，而且是那种很干净的漂亮，不是那种油腻的漂亮。但她从来没有做过明星梦，她不喜欢用一辈子的精力去塑造不属于自己的人生。从前柳青的志向是想当一名记者。电视上那些女记者成天背着相机四处采风的生活，对她有很大的吸引力。1986 年高考时，她本想去学新闻。可是在这个关头，家中发生了一件事，从而改变了她的选择。她在日记里记录了这件事——

父亲中午回来，没有吃饭，就进屋躺下了。我把他的衣服挂到衣架上，发现他的警衔已经去掉了。我知道，他可能退下来了。

父亲很小的时候就参加了共产党的队伍，是四野南下的，参加过平津战役和解放海南岛的战役。以后转业到地方，从事的就是公安工作。父亲最后的一站是落城，一来就担任公安局长，一干就是很多年。现在突然让他退下来，自然就有点失落。一个人爱一种职业很不容易。从此以后，那些深更半夜里骤然响起的电话铃声没有了，那种由案件带来的紧张与压力以及破案后的那种快乐与舒畅也都统统没有了。

父亲一直从中午躺到了傍晚。母亲悄悄推开门，看见屋里烟雾缭绕，老头抽了不少烟，就责备道：这么死命地抽，你不想活了？

父亲从床上起来，坐到写字台面前，说：我现在这么活着跟行尸走肉没啥区别。

母亲说：你这人，年纪到了谁都会走这一步的，这是政策。

父亲抬高嗓门说：我知道是政策。

母亲生气地离开了。

我知道父亲心里很沉重，就给父亲重新沏了杯茶。本想与父亲好好聊会，想给他一点安慰。可是到了门口，我听见他叹了口气，说：我啊，就没有一个儿子啊。要是有儿子，他应该接我的班才是。

我停在了门口，默默注视着父亲的背影——看不见父亲的表情，但我已经明白了他的心思。那个瞬间，我突然就想当一名警察了。

两个月之后，柳青拿到北方一所刑警学院的录取通知书后，家里才炸开了锅。母亲说：你这丫头，这么大的事你怎么一点口风也不露啊？你这个样子哪像个警察啊？

柳青说：警察的脸上难道还有标志不是？你看我爸像吗？整个一农民呢。

让柳青意外的是，坐在一旁的父亲并没有显露出应有的喜悦。后来，他把女儿叫到书房里，让女儿站在面前，等一支烟抽完，才说了这样的一句话：丫头，做一个警察和做一个女人一样艰难，我送你三个字——经得起。经得起什么，你自己琢磨吧。

柳青读的是刑侦鉴定专业。这个专业的女生非常少。尽管在学校里什么都学过，也什么都见识过，但一旦接触到实际，她还是显出了一个女性的局限。在家里，柳青是一个见到蟑螂都会惊叫的女孩。不小心手划破了一道小伤口，她会毫无遮拦地当众哭泣。这个从来不敢去抱小猫小狗，更不敢杀鸡宰鸭的女孩，今后将要面临的却是：要出凶杀命案的现场，要面对血腥的复杂场面，要从被奸污的女性阴道里提取精斑，要参加尸体的解剖，甚至要站在死囚身边几米的地方看着他被枪决。这实在是不可想象的。

四年后的1990年，二十二岁的柳青毕业了，回到了自己的家乡落城，成为公安局刑警支队技术科的一名技术员。多年前，当柳青还是一个少女时，就曾经向局里的女警官沈蓉借过一套警服拍照，那时警服的上装还是白色的。这张照片是少女柳青最得意的作品，一直摆放在她的床头。

柳青回到家，父亲柳立中已经把饭菜准备好了。他是一个看上去魁梧而行动利索的老人，身上带有明显的军人气质。看见女儿一副疲惫的样子，做父亲的便问：又出案子了？

女儿从公文包里拿出一个信封，觉得沉甸甸的，她看着父亲说：吴长春的父亲让我把这个交给你。

父亲疑惑地接过材料，问：吴长春？郊区文化馆的那个？

女儿说：对。

柳立中心里好像被什么碰了一下，便从沙发上一堆报纸里找出了老花镜，一边看申诉材料一边说：他的案子是不是有了新的证据？

女儿说：好像没有。

父亲说：那就很难复议了……

女儿喝了口水，然后坐到父亲对面说：不过从犯罪心理学上讲，一个人论罪完全可以处死刑的，最后给判了死缓，可是这个人却还在一个劲地上诉，不符合逻辑。

父亲暂时把材料放下，说：你接着说，我听听。

女儿说：死缓的犯人一般是不申诉的，因为他害怕案件的复议会带来于己不利的后果，没准儿就送了一条命。这种案例我们是见过的。而这个吴长春却不是这样……所以我觉得这个案子可能还有问题。

柳立中沉默了片刻，说：不瞒你说，我也有这种感觉。我干公安已经三十多年，大小案子办过千起，唯独1982年的“6·20”案让我一直不踏实。那个吴长春自始至终都说自己是冤枉的，我们的调查，也很难认定他有谋杀妻子的动机——他们夫妻之间的关系据周围人的反映，挺不错的，而且，当时刘云还在妊娠期……

柳青说：我知道，最后定罪的主要依据是吴长春衬衫上死者的血迹，喷溅状的，这样的血迹只能是在死者死亡半小时内才有可能出现。而按吴长春的口供，他见到死者是在四小时之后了。法庭自然不能采信。

柳立中说：为此我们还邀请了省厅的鉴定专家，结论是一样的。

柳青说：自然是这样了，科学是严密的。

柳立中叹了口气，说：为这个案子，我倒是希望科学有时候不那么严密。

父女俩这么交谈着，一边吃饭，一边看着电视上的新闻联播节目。然后柳青就知道了几天前发生在洛杉矶的辛普森案件。电视画面很简单，只有几张照片，没有现场的实况。电视播音员的解说看不出什么倾向性，显得很客观，但柳青自己觉得辛普森应该是这起案件的元凶。他有作案的动机，也有作案的时间，现场发现的证据会对他构成致命的威胁。

第二天上班，柳青主动地和同事说起辛普森的案件。她说你们看见没有，美国那个前橄榄球明星涉嫌谋杀自己的前妻以及她的男友。

同事的表情大都显得茫然，他们显然不知道辛普森为何许人。再说即使知道了，又能怎么样呢？你能管得了吗？只有一个叫高逸明的说：我看见了，不就是一起普通的谋杀案吗？我真不懂，咱们干吗要在黄金时间去报道美国的案子？

另一位法医汪工说：要是克林顿杀了希拉里，倒是值得大加宣传。

大家这么说笑着，让柳青觉得很无聊。就像是在一个公共浴场，她穿好了泳装出来一看，周围的人全都光着身子。结果她反倒成了被讥讽的对象了。可那毕竟不是天体浴场啊。柳青大学毕业本来是不想回落城的，她想上北京，目的不是想求得一个更大的发展空间，而是想争取到一个良好的氛围。但最后她还是被分回来了。几年的工作经历让她觉得，刑警队的人工作配合上都还没有什么问题，就是找不到可以说点正经事的人。这是女警官内心最大的遗憾，不过她从来不表现出来。

大家的话题转向了近期正热播的一部电视剧，那也是一部警匪片，还是破案加爱情的老套子，但收视率却非常高。柳青不想参与这样的讨论，觉得很无聊，没有一点品位，就回了自己的办公室。她的专业是物证检验，独自一个人办公。这个狭小的空间对她来说非常重要，她可以在这里安静地进行工作。没有工作的时候，她可以读书看报，或者什么也不看，支着下巴胡思乱想。柳青刚坐下想沏杯菊花茶，支队长刘勇茂就进来了，这个五短身材的中年人把一份通知放在柳青面前，说：公安部最近在办一个 DNA 的学习班，支队决定你去参加。把手头的工作移交一下吧。

柳青看了通知，报到的时间就是明天。

三

6 月 13 日上午，辛普森在芝加哥接到警方的通知后返回了洛杉矶。但是他一走下飞机，就被警方戴上了手铐。与此同时，芝加哥警方在他住过一晚的奥哈拉广场旅馆 915 号房间展开了搜查。警方在那间屋子的毛巾和床单上发现了血迹，另外他们还发现了一只打碎了的玻璃酒杯。

辛普森被带到洛杉矶警署后，随即接受了警方长达三个小时的质询。警方自然注意到了他的左手还扎有绷带，并且有肿胀的现象。尽管辛普森解释，自己的手是不小心被玻璃酒杯划伤的，自己根本就没有谋杀前妻的可能，但警方还是及时地对这只受伤的手进行了拍摄，最后又安排一名护士抽走了辛普森8cc的血，带到了还在勘查中的案发现场。他们需要进行血样比对。

接下来的事情显得匪夷所思。

6月17日，洛杉矶检查官通知了刚刚到职的辛普森的新律师罗伯特·L·夏皮罗——此人曾经因为帮助大牌影星马龙·白兰度的儿子打赢了一场人命官司而闻名全美，这次，辛普森以月薪10万美金的价码聘请他来作为自己的律师——带辛普森来警察局自首，认为他被怀疑犯有重大谋杀罪。但是，律师和现场等候随时逮捕辛普森的警察发现，辛普森不知什么时候已经溜出了北洛金汉街360号的住宅。辛普森带走了一把手枪，留下了三封信，其中一封是致大众的公开信，再次强调自己是清白无辜的，没有杀害妮可。他以伤感的语气告诉关心他的人——“请大家记住真正的O·J，而不是此刻正步入人生迷途的我。”但是，洛杉矶警方却正式宣布辛普森为通缉犯，并迅速展开了对他的搜捕。

当晚6时，警方在高速公路上发现了辛普森那辆白色的野马车，于是一场类似好莱坞惊险警匪大片的追捕行动在全世界眼前出现了。洛杉矶有7家电视台出动了直升机进行现场直播了这个突发性的新闻，包括CNN在内的许多电视台都中断了原来的节目，而转播这个惊心动魄的事件。人们看到，在辛普森那辆白色的汽车后面，紧跟着几十辆警车，一直在高速公路上兜着圈子。8点45分，那辆白色野马车停下来了，辛普森放下手枪向警方归案。

陈晖是在洛杉矶观看这场演出的。但他实在不明白，这个一再声明自己不是杀人凶手的辛普森为什么会出此下策？难道事到如今前橄榄球明星还想作秀吗？他非常清楚，此刻，他的一举一动都会受到警方和媒体的特别关注。但他还是这么做了。使他在大众的眼中成为畏罪潜逃的嫌疑人。辛普森应该明白，此举将直接影响到对他的控诉和最后的审判。在记者看来，辛普森的案子之所以有吸引力，不在于它的血腥味，那不过是一桩普通的刑事案件。甚至某种意义上看，最为关键的还不是作案的过程，而是后来的审判过程。首先，辛普森究竟是否是这个案子的元凶，就是一个很大的问题。这个著名的黑人明星目前所处的是一个两极地位，要么他是凶手，按照加州的法律，他完全有可能被判终身监禁甚至死刑。要么他就是无辜，对这起命案不负任何责任。从现有资料看，辛普森不仅具有作案的动机，同时也具备作案时间，但是这个时间却非常有限，仅仅只有一个小时，一个男人想在这么短的时间里把两个年轻并且体格健康的人杀了，之后还得衣冠楚楚地搭乘飞机去芝加哥，怎么看都不容易。这样的情势，使案件过早显露出了悬疑性，给人以不确定的期待。

现在看了王可传来的资料，陈晖内心进一步强化了当初他在洛杉矶时的预感。他觉得与其说这是一个案子，倒不如说它是一个剧本。其中过多的戏剧性看上去很拙劣但又是真实发生的。于是陈晖就给王可去了电话，想听听博士的判断。博士说，没有人对这起案件的发展能够作出预测，它的运气就像一块硬币的两面，与案件形成了一个整体，就看怎么去掷了。

陈晖说：这么大的案子，全世界都在盯着，你能说它是一次掷钱游戏？

王可说：这有什么不可能？在美国，什么样的事情都可以发生的。

陈晖说：这太不可思议了。

王可说：那你就耐心等待好了。这个时期，建议你最好去谈一次恋爱。

像每回出国一样，陈晖一旦重新踏上北京的土地，就明显地感觉到时间不对劲。问题不是出在时差的混乱上，而是节奏。这个城市的节奏与她的交通一样，缓慢而时有停顿。你很难感受到一种迫切的外在压力，更多是内心的烦躁，这让他感到很不舒服。时差问题只要蒙头睡上一觉也就倒过来了，可是节奏问题却无法解决。陈晖喜欢那种快捷而流畅的节奏感，那种节奏感让他觉得年轻——尽管他本来还属于年轻，觉得精力充沛。

七月的北京气温已经相当高了。阳光明晃晃的，使人懒得出门。陈晖在家里埋了一段时间，除了期待王可及时给他传来有关辛普森案件的资料，就是期待着一次新的艳遇。婚姻失败的前夕，他在这个城市里曾经有几个亲近的女友。本来他很想模仿《生命中不能承受之轻》中的那个托马斯大夫，企图和她们建立起一种“性友谊”，觉得这方式比那种专职情人关系来得更轻松。然而现在这个计划有搁浅的可能，因为他的身份变了，不是他从一个专职记者变成了自由撰稿人，而是他从一个已婚男人变成了一个单身男人。这种人和异性接触，总让对方引起不安。其实最不安的还是陈晖本人，他清楚自己一旦和某个女人好上，同居很容易，难的是同居之后。既然你是单身又有什么理由不娶我呢？他经不住女人这样的质问。因此就不想再招惹这种麻烦，与其说是期待，倒不如说是幻想了。不乏性经历的陈晖幻想的，其实还是和一个适合自己的女人去过那种一对一的日子，那日子显得干净，能给他带来短暂幸福之外的那种恒久的安逸。

今天陈晖决定去一趟原来的单位。由于刚刚辞职不久，一些信件都还是寄到了他以前的单位。陈晖是下午四点左右出门的，选择这个时间是想避开汽车行驶的高峰期，同时也想少遇见熟人，既然离开了这个地方，那么就不要拖泥带水。

但是他最不愿意见到的人还是见到了。那就是他的主编老何，一个即将退休的头发谢顶的小老头。整个编辑部的人都走了，他还在这里加班看稿。见陈晖来了，何主编不是感到意外，而是显得特别高兴。他热情地把陈晖拉到沙发上，又从冰箱里拿出一听可乐。然后说：小陈，你是不是到美国去了一趟？

陈晖倒有些意外，就只好笑着点点头，说：我刚回来。这事您是怎么知道的？

主编说：你如今可是名人了，首都几家报纸上都有你的专栏——不过我觉得还是叫“晨晖”好，别再叫“尘灰”了——我知道你是想谦虚。名人是会引起全社会的关注的，我当然也不例外。

陈晖说：您别抬举我了，我这是为五斗米折腰呢。

主编说：看来，还是出去好啊。虽说给我们的工作带来了损失，但成全了你个人。历来是庙小容不下大菩萨。说实话，我心里很羡慕你。如果我年轻十岁，也许我也这么干了。

陈晖说：那你也不会的。你是组织同志。我呢，是无组织的人。但是我很有纪律。

说到这里，陈晖突然想起了一件事，他的记者证还没来得及交出来。

于是就把这个曾经帮过他很多忙的证件拿出来，放到茶几上，说：老何，我忙着办出国，这个还没交出来呢。

主编看看陈晖，把记者证又推到他面前，说：小陈，杂志社已经正式研究了，虽然你办了辞职，但我们还想继续聘你为特约记者，也算是给刊物撑点门面吧。只是把以前那种紧密型的关系改为松散型的，一把一利索，我想这样对双方都是有益的，你说呢?

陈晖没想到事情会是这样。同时也为自己以前的冲动感到有点内疚，这个老何还是不错的。他拿起记者证装回口袋，说：谢谢编辑部对我的信任。我接受。

这件事最终以这样的方式了结，陈晖觉得很满意。他不知道这是否由于辛普森的案子，重新诱发了他对法制文学的激情。不过他想，中国就是一个特别讲究身份的国家，而身份总是与单位联系起来的。那些辞职下海或者单干的人，在主流意识形态看来，都属于没有身份的人。有一种说法把这些人叫做社会闲散人员。如果你在某个公共场合或者出席某个会议，别人无法把你介绍出去，而且你也无法走出去，这就是失去身份的后果。离开《说法》杂志后，陈晖总是尽可能避开那些公共场合。有一次他去应付一个饭局，席间主人挨个介绍，到了他头上，主人说：这是著名记者陈晖先生，在《说法》杂志……陈晖立即打断说：我现在不在《说法》了。也自然不是什么著名记者。我是一个普通公民。他这样诚恳的解释，却弄得大家很尴尬。

那堆信件中，有一份来自公安部某个研究所的请柬，内容是他们正在举办一个 DNA 的学习班。从时间上看，这个学习班已经开学好几天了。不过陈晖对此很感兴趣。所谓 DNA，就是利用人体遗传基因技术从事鉴证分析，这在中国才刚刚开始。陈晖想过去听听，也算是增加了一点知识积累。

陈晖离婚时，家中大部分财产协议给了女方，他得到的是一辆二手的“切诺基”，女方没要，认为这车十分费油。第二天是星期天，陈晖还是开着这辆车往木樨地方向去了。不料车在半路上轮胎爆了，他费了大劲才把轮胎换好。这么一折腾，等他赶到时就已经过了中午。他在门口一个小饭店里吃了碗兰州牛肉拉面，然后就往会务组去了，想领上一份教材。学习班设在招待所的三楼，陈晖经过北边的公共盥洗间时，看见一个女人在低头洗衣服。他本来已经走过去了，但感觉自己瞥见的这个女人的侧面很好看，就又折返回来，进去装作洗手，想把女人看清楚，然后很随意地问了句：这里还有剧组吗？

这个女人就是柳青。对男人的问话，柳青觉得有点奇怪，就反问道：什么剧组？

陈晖说：电视剧啊。你不是来拍电视剧的？

柳青心里觉得好笑，这不是典型的那种北京人说的“套磁”吗？她说：我是来参加学习的。

陈晖好像有点吃惊：学习？

柳青说：我是公安部DNA短训班的学员。

陈晖更加吃惊了，笑了笑：你还是警察？

她点点头。

说话间陈晖已经把女人看仔细了，这真是一个好看的女人。这样的女人居然做了警察，似乎有点可惜了。他点上香烟，说：怎么还有这样的警察啊！

柳青把手里的活停下，说：警察难道还有什么标志吗？如果有，那就是京剧的脸谱了。

陈晖就笑了笑，然后就拿出一张本应作废的名片，放到柳青边上，自我作了介绍：我叫陈晖，是《说法》杂志的……特约记者。

柳青说：我们那里有这份杂志。

陈晖大方地伸出手说：我们认识一下好了。

柳青的手上还沾着肥皂沫，有点被动地把手交给了这个陌生的男人，然后简介了自己，她说：我叫柳青，是落城公安局刑警支队的工程师。

陈晖笑着说：那，我们就算是认识了！

男人似乎还想接着把话往下说，但柳青已经洗好了衣服，对他点了点头，便回宿舍去了。意犹未尽的陈晖一个人剩在走道里，觉得有点沮丧。他是想和这个好看的女人——女警官继续聊聊的。但女人却没有这个意思，走了。他看着她走进了一间朝北的房子，行走过程是一个节奏，看不出一点迟疑。后来他也走了，他走下楼来，再走到大概是女人宿舍窗前的一块空地上，自己对自己说：这是一个机会。你不认为这个叫柳青的女人很出色吗？

第二天上课，柳青一进教室就发现，昨天遇见的那个陈晖又来了。他也像一个学员那样坐在阶梯教室里。显然这个人与公安部的一些人混得很熟，所以他有旁听的资格。柳青今天穿着警服，显得颇有点英姿飒爽。她镇定地坐在陈晖的左前方，却能感觉到这个男人热烘烘的目光一直落在自己身上。那时女人心里已经大致有数了，在后面看她的，是一个自我感觉良好，有几分才气也有几分风度的男人。这个人自以为只要向某个他看上的女孩一接近，或许就能成事。北京这样的男人真的不少。如果把这个陈晖算在内，柳青在这不到半个月的时间里，就遇见三个类似的人物了。心里有数，自然就不会慌乱。昨天她一回到宿舍，晾好衣服，就把这个男人的模样淡忘了。那个时候，自作多情的记者正在楼前那片空地上独自溜达着，希望引起女警官的注意。但女人的视线里只有一只鸟，在空中茫然地飞动着。

有些事与陈晖的判断大不一样。譬如辛普森案件，陈晖本以为在中国大陆，关心它的人一定很少。这种所谓的名人案件一般也就是大家茶余饭后的谈资而已，和花边新闻没什么两样。然而自他回来后，谈论这个案子的人却非常之多，尽管官方的媒体一直漠然。人们普遍关心的也不是案件本身，而是期待着对它的审判。这种默契让陈晖感到意外，同时也有一种欣慰。这毕竟已经是1994年的中国，时代的发展总是不以某个人的意志为转移。

在公安部这个学习班里，一到下课，大家就三五成群地聚到一起，开始谈论不久前发生的辛普森案件。在女警官柳青这里，那几天陈晖有事没事地与她海阔天空地交谈，她都装聋作哑地听着。但女人私下里也认为，这个陈晖的谈吐应该说很有魅力，他在北京人善于胡侃的基础上显示出了广阔的知识面和文采。这是一般的男人所不及的。柳青尤其感兴趣的，是听陈晖说辛普森的案子。那种具有现场感的经历似乎见证了他发言的权威性。

如果不是签证到期，我会在洛杉矶追踪这个案子。陈晖这样说，这将是一个特殊的案件，将是一场“世纪审判”，我预感到。

看着陈晖那副信誓旦旦的样子，柳青心里觉得很好玩，她说：想不到一个文化人对刑事案件也这么有兴趣？

陈晖依旧一本正经地说：这很正常，有的文学作品里的想象，还走在了刑事科学的前头。最著名的莫过于美国作家马克·吐温，1882年他就在一本书里写出了利用指纹术进行破案的情节，比戈尔登的《指纹》一书还早十年。

柳青说：我知道那本书，是《密西西比纪行》。

女人的回答令男人惊讶，他说：你看过不少书啊。

柳青说：这本书我没有看过，我是从一份资料上了解到的。其实，利用指纹的识别方法，中国古代和古巴比伦也是有过的，只是没有被官方一致采用而已。

陈晖觉得这个叫柳青的女人很诚实。相比之下，他自己倒有卖弄之嫌了。或许从这一刻起，陈晖对柳青有了一种炽热而严肃的想法。他觉得，自己与这样的女人一起生活应该很合适。这是个机会，一个不可错过的机会。

但柳青心里很清楚，这个男人尽管有不俗的谈吐，但却不会使她动心。

柳青在日记里这样写道：

我知道陈晖这几天在接近我，坦率地说，他这个人还是出色的。他的谈吐和风度，还有那种男子气，都是我所喜欢的那种。但是，我们之间不会有什么大的作为。学习很快就要结束，我得飞回落城，还会有"后来"吗？我想没有。既然没有，那就连"以前"都没有好了。以前的经历，虽说谈不上什么教训，但还是能当成经验的。没有理由过多地重复了，飞机一升空，一切便会烟消云散。

柳青所说的以前的经历，是指在大学期间和一个男生的恋爱以及由此导致的性行为。他们好了半年，到了毕业的时候，那男生被一个亲戚担保去了澳大利亚的墨尔本，一去就没了音信。对这次的经历，柳青已经淡忘了，记忆犹新的是做爱，所以她不认为这是恋爱的感觉，而是性的启蒙。她心目中的那种恋爱，是沉浸在遐想、思念与忧伤之中的，这个她并没有强烈地感受到。她能感受到的是自己和男人在一起的滋味，那感觉从一开始就很好，完全符合她的想象。她想如果有一天和这个陈晖在一起，应该也不错的。这是一个让人激动也让人沮丧的念头，刚刚生发出来，就在一个悠长的哈欠中消解了。

有一个周末，陈晖又来电话了。这次他约柳青到三里屯喝茶。他本以为柳青可能会礼貌地予以推辞，但对方居然不加犹豫地答应了。柳青说好啊，都说三里屯的酒吧特有名呢。于是男人就显得很高兴，一路上把那辆切诺基开得飞快。他们去的时候，酒巴里的人已经很多了。陈晖认识这家的老板，就去楼上找了一个比较僻静的位子，要了一壶乌龙茶。陈晖没有让服务生插手，一切自己来，干得十分熟练，很专业，像是在做茶艺表演。他一边沏茶，一边很直率地介绍了自己的情况。比她大十岁，也就是三十四岁了，有过一次失败的婚姻，但没有孩子。他的本科是学政法的，毕业后却偏爱写作，就从机关到了杂志社，现在又辞职了，不过还兼干着特约记者和兼职律师的活。陈晖说，这样做灵活一些，也能多挣些钱。除了采访报道，他致力于报告文学的写作，那也基本是以某个大案要案为素材的。他已经出版了一本集子，不过又说不想送人。柳青就问：为什么？

陈晖说：很幼稚，觉得拿不出手。

这是柳青听到男人唯一的谦虚。她忽然觉得，这个男人并不是完全像她想象的那样浅薄。整个谈话基本上她都是在当听众，没怎么说。最后，陈晖还是比较谨慎地对女人提出一个要求，他说：柳青，我们可以做朋友吗？

女人说：我们不已经是朋友了吗？

男人说：我是指那种一对一的朋友。

女人浅浅地笑了笑，她想面前的男人总算把这个意思表达出来了。这也是她今晚决定出来喝茶的原因所在。她料定男人会出这张牌，既然这样，那就早点谈开的好。于是柳青主动地给陈晖续了茶水，说：陈晖，谢谢你，但是你不觉得，这样的考虑既草率又很不现实吗？

陈晖说：我很认真的，也觉得很现实啊。

柳青说：还有半个月，我的学习就期满了；然后就要回到我工作的地方……

他打断她的话，说：柳青，你要是同意，要是我们相处得很好，我可以把你调到北京来——我与公安系统还是比较熟悉的。当然，我可以跟随你去落城的。

柳青说：不，这不可能。

陈晖就问：为什么？我不是和你开玩笑的。

柳青说：我也不是在开玩笑。

男人居然像孩子一样愣住了。

女人心里却直想笑。这么大的事，怎么可能喝一次茶就“搞定”了？这也太简单了吧？北京人就这么来“交朋友”？她觉得很不可思议。不过她并没有把这种看法表现出来，她也不回避这个话题。既然对方已经把问题挑明了，又何必回避呢？于是，柳青说：陈晖，我们的情况不同。我今天不想就这个问题向你解释。

为什么？陈晖问道，难道你有什么不好说的吗？

柳青说：是的，我不愿意就这个话题谈下去。

话说到这里，男人显得有点沮丧了。他发现自己过于天真了些，像这样看着顺眼的女人怎么可能就没有背景呢？她或许早就恋爱了，或许已经在筹备自己的婚事。现在看来，他似乎是晚了一步。可如果事实真是如此，为什么不直说了呢？“不想解释”意味着什么？

虽然男人刚才的那一番表白来得比较突然，可在女人内心深处对他还是有些感动。他毕竟这么说了啊。与首都北京相比，落城是什么地方？一个男人敢于发表为他热爱的女人放弃北京的宣言，那也是需要勇气的。当然，说是说，做起来也就是另一码事了。这么一想，柳青也就平静了。她想，任何一次恋爱或者准恋爱的开头，男人大都是这么信誓旦旦的。以前的那一位不也是如此吗？

这就是柳青和陈晖的故事开端。谈不上什么浪漫，甚至一点也不精彩。老实说，对这件事、对陈晖这个人，在柳青心里都没有留下什么很深刻的印象。那时她想，自己和这个城市没有一种必然的联系。北京太大了，显得大而无当。自己和这个人也不会有什么必然的联系。这个人不过是从窗前飘过的一片云彩，过去了也就过去了。然而他们都没有想到，他们的故事才刚刚开始……

四

在经过短期的接触之后，预审法院裁定：辛普森谋杀案成立。1994年7月22日，洛杉矶最高法院正式受理了辛普森案。山雨欲来，控辩双方都已经开始了排兵布阵。

控方主辩人是女检察官玛霞·克拉克。这位四十一岁、拥有十余年司法经历的女士，在经手的几十宗案件里还未有过一次真正的失败。她的干练与谨慎都是有口皆碑。有人说，这个女人从不轻易出手，言下之意是一旦出手就会让对方好看。而她自己的表达是："我不轻易接手一个案子，除非它具有200%的把握。"她的重要搭档克里斯托富·达登，是公认的一位出色的黑人检察官，同时也是一位证据专家。另一位是足智多谋的威廉·哈奇曼，出任本案的首席检察官。此外，检方还专门从芝加哥、圣地亚哥等地借调了多名物证、DNA鉴定专家。

而在辩方这边，由罗伯特·L·夏皮罗担任领队律师的阵容则更为庞大，他们由美国著名的律师和专家组成，其中有——

首席律师约翰·柯克伦，五十七岁，曾是洛杉矶检查官办公室职位最高的黑人检查官，眼下主持辛普森一案的日裔法官伊腾是他旧日的部下。约翰·柯克伦是洛杉矶最有影响力的黑人律师，他曾经为歌星迈克尔·杰克逊作过成功辩护。

艾伦·德肖微茨，五十六岁，哈佛大学法学院教授，他不仅是一位著名的律师，还是一位权威的宪政专家，同时也是审判谋略专家。他曾担任过拳王泰森的辩护律师。

夏皮罗·李·贝利，六十一岁，是罗伯特·L·夏皮罗的执业老师，幕后活动专家。

杰拉德·乌尔曼，五十三岁，加州大学圣塔克拉拉分校法学院院长，是负责陪审团筛选、上诉审判及起诉过错方面的专家。

比利·肖克，遗传基因分析和指纹鉴定专家。

亨利·克拉克·李，也就是李昌钰，五十五岁，华裔法医专家，康涅狄克州警察局犯罪实验室主任。

这个阵容不能不令人惊讶，这个名单一经透漏，便被人宣布为诉讼史上的“梦之队”。

陈晖看完以上的资料，觉得有点累了，就去洗了个澡。天气已经热起来，北京这些天被人称作“桑拿天”。洗完澡，他光着身体懒散地躺到床上，想着自己刚刚认识的那个女警官，觉得这样的时刻最要紧的事，就是把那个漂亮的女人放倒在这张床上。一个刚从一场失败的婚姻中走出来的男人，在这样的夜晚，孤独总是难免的。准确地说，是寂寞难耐。那是一种骨髓深处的寂寞，表现出来的形式是对性的渴望。陈晖从一本资料上看过，美国性生活频率最高的是消防队员，每周大约十次；最少的是大学教授，平均每月一次。而他现在居然在这方面还不如一个教授，依靠的是自我排遣，这很糟糕。在三里屯喝茶的那夜，他把什么都说了，对方也认真在听，但不同意把他们之间的关系升级。女警官似乎是以地理上的障碍为由果断地排除了这种可能性，看起来很负责，却不近情理。这在过去，是完全可能的。中国的户籍管理和人事制度多少年来就很不人道，多少夫妻和情人被这无理的制度弄得天各一方，不能团圆。多少人一辈子就是在为调动奔走着，一年又一年，人事制度如同枷锁禁锢着生命。但是现在不同了。现在是一个什么都可以不要的时代。或者说，是一个揣着身份证满世界走的时代。其实陈晖幻想的，是那种诗剑逍遥、琴心剑胆的生活，他希望和一个女人浪迹江湖。显然，落城的女警官还不是他合适的人选。问题是现在这个女人就在眼前，她身上散发出来的动人气息，活生生的，不是一个男人用理性就可以忽视的。他暂时不好说，自己已经爱上了这个女人，但是他必须承认，这个女人已经介入到他的生活来了，让他寝食不安。他无法回避这一点。

如果不是时间很晚了，陈晖会马上给女警官打电话，或者再开车接她出来去泡吧。不过，即使再泡上几回，又能怎样呢？在这个世界上要找到一个适合自己的女人，泡吧显然不是最有效的方式。这么一想，陈晖也就平静了。他明天还需要去天津参加一个会议，还是早点歇息好了。

柳青的日记：1994 年 8 月 7 日

为期一个半月的学习结束了。本来准备给陈晖去电话的，想想又改变了主意。两天前，他去了天津。如果这个电话打过去，他会立即从天津赶回来送我的。他是这样的男人。可是我还不是他想象的那种女人，我心里并没有装下这个人。没有。既然如此，又何必这样麻烦人家呢？

去机场的路真的很长。

在机场等候了近两个小时，飞机才起飞。当飞机升空的那个瞬间，我仿佛从掠过的云层中看见了他的影子，转瞬即逝。我的心绪随之暗淡了下来。是的，我们的交往也许就是这样，转瞬即逝。在后来的飞行过程中，我不时看着舷窗外静止的浮云，想到了人生的无奈，那神情应该很茫然吧。我不想和一个我所爱的男人天各一方，我要的是每天的耳鬓厮磨，要的是执子之手、与之偕老的那种感觉，这个陈晖给不了我的……

我很希望这个男人能不断出现在我的视线里，给我电话，与我交谈，走近我。但这样的愿望其实也很奢侈。

我不是又飞回来了吗？

柳青原想回到落城后，再给陈晖一个电话。那也纯粹是一种礼节性的问候。可是，一件事使她忘记了这个安排。

那天正是发工资和奖金的日子。一下班，沈蓉就来邀柳青一起逛商场，柳青就说好啊，我正想为父亲买一件衬衫呢。你买什么？沈蓉犹豫了一下，等走出办公室以后才轻声说：我也为别人买啊。柳青马上就知道那“别人”指的是郁之光。她看着沈蓉，说：你还什么都承包啊。沈蓉的脸上就泛起了一种少女般的羞涩，她说：其实也没人关心他，老婆病着，女儿在外地读书，自己成天忙工作。

尽管沈蓉沉浸在甜蜜里，那少女般的羞涩有点不合适宜，但柳青还是觉得这样走下去很茫然。她想郁之光如果真的爱着沈蓉，就有责任给她一个体面的归宿。这保守吗？她内心这么发问着，现在情人到处都有，不新鲜，但是她早就想好了，这辈子是不会去做一个有家男人的情人的。情人的地位与尊严都应该是平等的。像沈蓉这样的不叫情人，叫外室。至于婚姻，倒可以暂时不要。这一代人与上一代人不同，是他们的婚姻往往带有象征性。柳青不信任这样的婚姻，她想要是能在身边找到一个满意的男人，她可以从父母这边搬出去，与那个人同居一阵子再说。等觉得彼此都离不开了，就再要婚姻。她相信那时的婚姻要坚实得多。这么想着，她从空气中再次看到了北京那个叫陈晖的男人，那是个诱人的形象，就觉得应该给那人去个电话了。

到了商场，还没有怎么逛，沈蓉就被一个熟人喊走了。柳青就一个人去了二楼的男装柜台，正注意看着衬衫，慢慢就感到有人在动自己的口袋，柳青一下抓住了那只纤细的手腕。接着便看到了一张看上去很文弱的脸，居然还戴着眼镜。柳青严厉地问他：你想干什么？那人显得很慌乱，说：我一不小心就把手伸错了口袋。柳青差点笑了，说，算你小子运气好，我今天高兴，不想收拾你，你知道我是干什么的吗？

然后她就把腰背后的六四式小枪露给那家伙看了。

那人一下脸色就变了，说：你是警察？

柳青说是，我是警察。记住了。今后别再干这种丢人现眼的事了，这么年轻干点什么不好？滚吧，别再让我看见你。

那小子就跑了。这时柳青才发现，边上围观的人已经有了很多，觉得很不自在，就匆忙买了衬衫离开了。刚走出商场，就听见身后有一个声音在喊，说：警官，请站一下。

柳青回头，一个三十多岁戴眼镜的男人已经到了眼前，她有点纳闷，怎么今天总是被戴眼镜的人跟着？这个人的个头和陈晖差不多，只是瘦削一点。

那人说：我叫李志扬，是蓝天律师事务所的律师。你是市刑警支队的小柳吧？

柳青迟疑地点了点头：哦，你找我有事？

叫李志扬的男人说：你刚才在商场上的表现，我看见了。

柳青有点不好意思，说：是吗？那家伙太讨厌了。

李志扬说：假如是一部电视剧的情节，我会觉得很有趣。

柳青说：我也觉得挺好玩……

李志扬说：但你不是演员，你是一名警察，按照国家颁布的警察条例，在非执行公务的场合，警察是不允许显示警械的。

柳青这才明白此人对她喊停的用意，有点难堪，也有点反感，说：谢谢你提醒啊。不过，李律师，抓小偷也不能说是“非执行公务”吧，只是他今天恰好偷的是我本人罢了。

李志扬笑了笑，说：我说话不太好听是吗？

柳青说：没事，我还是听进去了，谢谢你。

说完，她就离开了。一路上她都在想这个叫李志扬的男人，觉得这个人很书生气，认真得有点呆板。看来男人之间的差别也很大，如果这件事换成北京那个陈晖，他一定会把自己抱起来说，亲爱的，你太棒了！

落城不大，这件事很快就传到了父亲柳立中耳朵里。当天傍晚，她正在家里对妈妈眉飞色舞地说起这件事时，父亲散步回来了。柳青把新衬衫拿出来，撒娇地让父亲试穿。谁知父亲看也不看，劈头盖脸就是一顿好训。他说：好啊，神气了，动不动就把枪露出来了！我告诉你，这是第一次，念你初犯，下回再这么轻浮，我会要求刘勇茂命令你下岗。

柳青自然听不进去，就跑进了自己的房间，使劲把门关上了。

父亲还在门外喊：你这丫头怎么就长不大呢？

这个晚上柳青没有睡好。她不是生父亲的气，而是觉得这种天天面对着父母的日子很别扭。和父母住在一起，你就觉得你总还是孩子。她记得在北京的时候，陈晖就对这样的居住格局发表过意见，说失去了私人的空间。这话有道理，她想自己是否应该离开这个家了，搬出去另租间房子？可是又怕这么干显得非常突兀，引起父母伤心，也让他们不放心。到了半夜里，柳青起来上卫生间，看见父母屋里的亮光从门逢里透出来。于是就蹑手蹑脚地走到门前，她听见母亲说：小青也不小了，也该找个对象了。姑娘不出嫁，总还是长不大的啊。

父亲说：你没见她那个得意劲吗？这周围的人她瞧得起谁？

父亲是懂得女儿的。在落城，柳青真的就从来没有看上过谁。自打毕业回来，主动接近她的或者给她介绍对象的，就从来没有停过。落城地方太小，出色的男人都做了人家的丈夫。她们那个年纪的姑娘，大都有对象了，或者成家了，甚至有小孩了。这个晚上，柳青第一次有了一种茫然，有一种轮空的感觉，然后就是尖锐的寂寞。她想此刻如果北京的那个陈晖在自己身边，也许就真的和他好上了。她还想到了一个人，就是她的同事高逸明，也是从哪个政法学院分来的。这个男人对她一直有意思，但柳青嫌他长相不够好，眼睛偏小，嘴唇又嫌厚。她承认自己还是比较看重一个男人的外表的，看重他的风度。她想，自己一旦和一个长相不好的男人脱光衣服躺在床上，那个局面一定相当的恐怖。她还想，如果自己是一个男人，生性一定也很风流。

第二天刚上班，柳青便把沈蓉叫进了自己的办公室，问：你认识蓝天律师事务所的李志扬吗？

沈蓉有点疑惑地问：你怎么问起他来了？是不是他有什么事犯你手上了？

柳青说：不是他犯在了我手上，是我犯在了他手上了。

说着就把昨天在商场的那一幕说了。沈蓉听过就乐了，说这个书呆子，做事总这么一本正经的。

柳青问：你认识他？

沈蓉说：太认识了。人挺不错的，长得也还精神吧？

然后沈蓉就简单地说了李志扬的情况。此人大概三十六七岁，插过队，后来上大学，再后来读研究生，分在了落城司法局，本来组织部是打算让他去给郁之光当秘书的，结果他本人不干，前几年和几个同学合开了这么一个律师事务所。

柳青说：我怎么对这个人一点印象也没有？

沈蓉问道：怎么，你看上他了？不过他还真是单身呢。他老婆几年前得白血病死了。不过，你这样的条件不会去找一个结过婚的吧？

柳青说：看你想哪里去了，我不过是有点好奇而已。

两人正说着，外面有人在喊：沈蓉，有你的电话。沈蓉就赶快离开了。柳青掩上门，脑子里开始回忆李志扬的样子。可看见的还是陈晖。她觉得好奇怪，她和那个陈晖之间并没有发生点什么，怎么总是这个男人占据着自己的大脑？太奇怪了。于是就想起该给陈晖打个电话，礼节还是需要的。她找出陈晖的手机号码，刚拨了三个数，就又挂断了。刚才沈蓉最后说的，让她有点失落。陈晖也一样是结过婚的，她想，看来婚姻还真是有一个别人怎么看的问题。或者婚姻就是给人看的一件东西。她不打算打这个电话了。像这样突兀的一个电话，对方会怎么想呢？那可是一个非常精明的男人，他会马上去推测这个电话背后的东西。问题是，这个电话的背后没有任何东西啊。至少是暂时没有。

刑警支队因为工作性质，午饭统一由单位食堂供应。这个作派有点像大城市那种早出晚归。午饭后，柳青在外面刷碗，远远就听见了自己办公室的电话铃声，接着听见了同事高逸明在用质问的口气问对方是哪里的？有什么事？柳青急忙走过来，高逸明把电话交给她，人却没有离开，在一边翻着报纸。柳青刚拿过话筒，陈晖的声音便爽朗地传了过来：找你还真不容易呢。

柳青没有想到，这个陈晖能把电话直接打到自己的办公室。她这儿是分机。柳青说：你这不是找到了吗？

她看了看边上的高逸明，觉得这个人有点不知趣。后者却一点事没有似的继续看他的报纸。

陈晖说：怎么走得那么神秘，连招呼也不打？

柳青说：对不起啊，我是想到过的，可当时你在天津……

陈晖说：我有车啊，很快的。说好了我送你去机场的嘛。

柳青说：那我还是得谢谢你。你最近还好吗？

陈晖说：还凑合吧，就是有点想念你。

柳青说：哦，是嘛……

陈晖说：你这么哼哼哈哈的，是不是有什么不方便的？

柳青说：这样吧，我现在手头还有点事情，回头我给你拨过去。

陈晖说：不会又说了不算吧？

柳青说：怎么会呢？

电话就说到了这里。放下电话，柳青一边倒水一边对看报的高逸明说：小高，以后我的电话，你最好不要问对方是哪里的。这显得不太礼貌。

高逸明有点尴尬，说：我以为你走了，好回头告诉你是哪里来的电话……我没别的意思。

柳青说：我们这里是分机电话，你觉得我会在这样的电话里说些什么吗？

高逸明有点难堪地离开了。

柳青关上门，觉得陈晖的声音还在耳边响着。她原以为像陈晖这样的认识，也就是一个逢场作戏，见到了，就说上几句亲切的话，一起出去泡泡吧；分开了，就如断了线的风筝，天上地下彼此不相关。没想到这个男人还如此执著，居然还把电话打进了这间屋子。柳青突然有点感动，这个电话对她来说虽然并不重要，却修正了她对陈晖的印象。然而她又想，男人和女人总不能靠着电话去交往的。电话可以交流，但不能接触。柳青觉得自己早就到了需要和一个男人接触的时候。她内心深处很渴望男女间的那种肌肤相亲，她渴望能和一个喜欢的男人做爱。大学毕业前夕的那几次经历，虽然最后的结局不美好，但肉体散发出来的欢娱使她身心陶醉，她承认，那是人生最好的感觉。

正这么想着，外面传来副队长李林的声音：有案子了，集合！

柳青从静默中跳出来，拿起自己的勘查箱，匆忙走了出去。

五

作为一名刑侦物证技术人员，在柳青的感觉中，办一个案子虽然没有像读一本书那么悠闲轻松，但办案过程与阅读却很相似。有的案子办过了，就好像看了一本时尚的杂志，花花绿绿的，但看过就看过了，记不起来。而有的案子办过，就像读到了一本当时很累的书，多少年后你都记得它的基本轮廓，甚至某些地方给你留下了难以磨灭的印象。很长时间以后，当女警官回忆这起命名为“8・24”的案件时，心情还是难以平静。

落城是一座古老的城市，西汉时期，这里就有了一个商埠的规模。它坐落在蓝渡江的北岸，这条美丽的江是长江的一条鲜为人知的支流。据说太平天国时期，曾国藩的一支湘军就是从这里进军直逼南京的。落城也是一个新兴的工业城市，二十年前，国家在这里兴建了一座炼油厂，随后便有了扩建城市的计划。她虽然不像北方的大庆那样，整个城市是以大油田为中心来进行设计的，但炼油厂几乎占据了城市的三分之一。“8・24”案件就发生在炼油厂的内部。

1994 年 8 月 24 日夜，有两名上夜班的女工失踪。炼油厂保卫部门向公安局的报案，实际上已经是在 12 小时之后了。如果说这可能构成一起案件，那么案发地点应该就是夜班女工的值班室。据门卫反映，当晚 10 点左右，还看见这两个女工骑着一辆红色的本田摩托车从外面吃夜宵回来。按这个时间推算，她们不会再次离开厂区的内部。然而现场的勘查，除了痕迹员找到了一些陌生的脚印外，就没有任何可疑的迹象了。假定这里就是案发现场，那么说明作案人具有一定的反侦查能力。刑警们甚至认为，这里可能不是案发地点，那些脚印实在说明不了什么。就在他们准备离开之际，副队长李林发现了唯一的疑点，就是屋子里的电话线有被扯断、重新连接的新鲜痕迹。

李林说：接线的手法不是很专业，感觉是个新手完成的。

这话一说，柳青就预感到事情不妙，她也仔细查看了，认为李林的判断正确。她的直觉是这两名受害人极有可能已经遇害了。不过当时她没有把这个想法说出来。

刑警们接着发现，其中一名女工所用的那辆红色本田摩托车还停放在车棚里。这个发现，部分排除了凶手谋财害命的可能性。女工的单位很快把照片送来了。两名女工，年龄分别是23岁和25岁，其中一个未婚。从照片上看，她们的长相、打扮都还不错。那么，强奸的作案动机便得到了强化。落城刑警支队人数不多，下设两个侦查大队和一个技术大队，凡是涉及到重大案件，一般都是集中召开案情分析会议。刑警们从炼油厂回来之后随即开始了讨论，大家一致的意见，是把这个案子内定为强奸杀人罪。这不过是推断，缺乏必需的证据。在随后的几天里，柳青在那个假设的现场反复查看过，她希望能找到一点血迹或者精斑。但是没有。时间很快过去了一周，刑警队没有找到更多的线索。那几天柳青脑子里总在想，那间值班室究竟是不是第一现场？还有没有犯罪的的第二现场？如果说两名女工遇害了，那么尸体又在哪里呢？

到了第九天下午，持续一个多月的高温天气突然迎来了一场大雨。雨后，落城的天空变得非常晶莹剔透，空气也随之清新了许多。这场来势迅猛的雨冲刷了地上的污垢，也把人间的罪证暴露出来了。当天傍晚有人举报，在炼油厂第4区那片新修的道路旁，准备栽埋电线杆的坑里，露出了一个女人的半只鞋。

刑警队及时赶到了现场，立即实行封锁。按照工作程序，第一个进入现场的是摄影员小朱，他负责固定现场。第二个是痕迹员老赵，主要任务是寻找可疑的痕迹。随后是负责物证鉴定的柳青和法医汪工。柳青一看，就断定这是埋尸的地方。她和法医小心地把表面的浮土刨开，然后就看清了女人的一只带着尸斑的脚。

柳青对现场指挥李林说：是这里，先把尸体刨出来吧。

经过挖掘，两个女工的尸体出现了，真是惨不忍睹。两个年轻的女人被绳子弯曲着进行了捆绑，头和脚并在了一起，就这样埋了。那时夕阳已经完全沉没了，西天还残存着几条淤血一般的晚霞。挖掘尸体的工作是在众目睽睽之下进行的，围观的人越来越多。人们在低声议论着凶手的残忍，同时也不断地发出要求公安尽早破案的呼声。这样的时刻，刑警们只能沉默着，在沉默中感受着令人窒息的压力。对他们而言，案件有了突破性的进展，接下来就是侦破了。如果这个案子不破，他们在市民中的威信将会大大降低。

柳青有一个习惯，每回只要是在公开的现场，她在完成专业任务之后，都会站在一个不起眼的位置，在墨镜后面静静观察着围观者的表情反应。她总有这样的感觉，凶手可能就隐藏在这些围观者中。从犯罪心理学的角度看，许多罪犯在作案之后，都有一种复杂的心理。他们既想知道后果所引起的关注程度，也带有看看警方手里有无线索的好奇心。柳青注意地看着每一个人，然后就注意到了对面的另一条路边停着的一辆蓝色面包车。她感觉那车是有意停在那个位置的，那是一个很好的观察现场的视角。驾驶室里有一个男人在向这边看着，那个人也戴着墨镜，一支香烟叼在嘴角，好像烟灰还很长……就在柳青慢慢地向那辆面包车走去时，忽然她的手机响了。她看了看来电显示，是陈晖的号码。柳青就说：喂，陈晖吗？

陈晖说：当然是我，一直在等你的电话呢……

柳青说：我现在正出现场，出案子了。回头我和你联系。

电话挂断，等柳青再回头时，那辆蓝色的面包车已经不见踪影了。柳青感到那辆车有点问题，可惜没有看清牌照。她有些怅然，陈晖这个电话来得真是不合适宜。

两名女工的尸体被运回解剖室，已经是晚上十点多了。柳青和法医汪工对尸体进行了清洗，陈放在解剖台上。原本是当晚要进行解剖的，但由于尸体在地下掩埋了数日，尸体表面虽在腐败，但腹内组织还有部分的硬化，法医决定把解剖安排到翌日的上午，他对柳青说：你回家吧，我留下值班。

柳青犹豫了一下，说：汪工，还是你回吧，一大家子都在等着你呢。

汪工说：你行吗？

柳青说：我行。你走吧。

解剖室在支队办公大楼的三层最西角。值班室就在它的对面。法医走后，柳青给家里去了电话，说自己今晚值班，不回去了。电话是父亲接的，他只简单地询问了案件的进展，就没有多说什么。等柳青洗完澡，夜已经很深了。整个这一层楼没有其他人，柳青突然感到有些恐惧。她把子弹推上了膛，压上保险，去走廊上看了看。走廊里只有一个灯泡还亮着，显得很昏暗。她感到走廊里的风是凉飕飕的，觉得卫生间某个水龙头没有关严，总有滴水的声响。但她却不想去检查一下。她迅速回到值班室，合衣靠在床上，用毛巾擦着头发。这样的时刻，她会承认一个女人与生俱来的局限。她不能不感到害怕。越是睡不着，就越有去小便的感觉。可是她竟没有出来上卫生间的勇气。她忍了很久，把报架上的几份报纸都浏览遍了。然后她看着窗外的月光，想：我这是怎么了？我到底在害怕什么？我是为这些放在对面的冤魂来申冤的，是帮助她们找到正义的啊，她们怎么能恫吓我呢？

柳青再次从值班室走出来，先去上了卫生间，顺便把那个没有关好的水龙头关严实。出来的时候，月光已经从窗口射进了走廊。那月光确实令人胆寒。她都能感觉到自己的周围有那些屈死的亡灵像灰色的绸缎一样在身边飘动着，但她已经不再感到害怕了。不过，她又想，今晚如果有陈晖在这里陪她就太好了，她会老实地躺在男人的怀里，发生什么也不在乎。

尸体解剖认定，两名死者生前遭到了轮奸，因为柳青从体内所提取到的是混合精斑。同时，他们在死者的肺部还提取到了大量的灰尘和纤维的吸入物，这就说明，死者并不是在轮奸后致死（也没有找到钝器打击和勒死的迹象），而是当时被口腔里塞着的棉絮造成了窒息，直接拖到了土坑内，活埋了！那时她们的心跳微弱，呼吸还在！这种分析汇报上去，给刑警队增添了破案的难度。罪犯作案手段极其残忍，上级要求，立即成立“8·24”专案组，限期一个月内破案。更有压力的是，这种结论很快传到了社会上，激起了广大市民的愤怒。那些天总有很多电话直接打到刑警支队，询问破案的进展情况。有的还在电话里破口大骂，你们这些人全是饭桶！

可是直接的线索很少。或者说根本就没有线索。他们确定了死者的死因，却找不到凶手。案件的侦破实际上已经陷入了僵局。那些天，全刑警队的人都是连轴转，日夜加班，不知排查了多少人。但是案件还是没有进展，压力可想而知。连已经卸任的柳立中都坐立不安，每天柳青回家，父亲便会问上一句："8·24"有进展了吗？柳青摇摇头。今天晚饭之前，父亲没有问什么。饭后，他把女儿叫到书房里，语气深沉地问：你觉得你们能限期破案吗？

柳青想了想，说：我想知道的是，如果限期不能破案怎么办？

柳立中说：如果我还是你们的局长，我会主动向上级辞职的。然后再由新任的局长来处理你们。

柳青说：辞职是自责的方式，但你别忘了，也是推卸责任的方式。

说完这句话，柳青就出门了。外面已经是华灯初上，月色迷蒙。今晚队里没有安排加班，她想独自去蓝渡江边去散散心。连日的劳累使她感到自己陡然老了许多，在落城，既然找不到一个可以倾诉的对象，那就去找一个高声喊叫的地方好了。她真的打算站在大桥上对着开阔的江面纵情地喊上几嗓子。

刚走到街上，柳青就听见有人在喊她。不是一个人声音，是几个。循声看过去，一个街口大排档上坐着几个中学的同学，他们在对着她挥手。柳青便走了过去，大家很客气地腾出一个座位。柳青说自己刚在家里吃过了，同学说再喝点啤酒好了。不好推辞，柳青就坐下了。简短的寒暄一结束，大家便问起"8·24"案件。一个同学说：柳青，炼油厂的案子有眉目了吗？柳青摇摇头。又一个同学说：要是这样的案子你们都破不了，那么你们可真……他没有好意思说完，但谁都明白他想说什么。于是有人出来圆场，举起酒杯，说：来来，大家干一杯！

柳青把一杯啤酒慢慢喝了下去。冰镇的感觉就像一把锋利的刀子顺着食管往下切着。这酒好苦。是啊，干公安这一行，就像是作家写出了一部有争议性的作品，说什么的都有。你没见到110的苦衷吗？一个小子上马桶，家里没有手纸了，就给110打电话，说：110，我没有手纸了，你们帮我送过来吧。一个老太太喜欢去邻居家打麻将，总是忘记带钥匙，也不断打110，让警察替她翻窗户。但要是一个案子警方没有及时侦破，他们会骂你无能，骂你白痴，骂你吃干饭的。可是，你能想象，一个社会里没有警察的情形吗？如果全体警察放上一个月的假，那么大街上就会有公开的杀人、抢劫、强奸。一个家庭一旦出事你会首先想到的还是警察啊。所以，干这个职业有时真感到寒心。

离开同学的大排档，去江边的兴致已经败了。柳青去了一个公共电话亭，用磁卡拨通了陈晖的住宅电话，可是电话里只传出陈晖的录音效果：我是陈晖，请您在听见语音提示后留言，我会给您回电话的，谢谢。录音的声音虽然有点失真，却让柳青想起他们第一次见面的情形，陈晖就是那个样子，很礼貌，很健谈。于是柳青说：陈晖，你好。我是柳青，这几天一直在忙案子，没有和你多聊，再见。

其实这个时候，她非常想和陈晖在电话里聊上几句。

六

尸检结果得出的结论，虽然准确描述了犯罪的经过，但给柳青的心情投上了一层阴影。她意识到了同事之间也出现了那种微妙的变化。这个案子的尸检由她协助法医做的，那几天加班，与他们在食堂一起吃饭的就少了很多。他们有一种无形中被孤立的感觉。有一天柳青问汪工，是否也有这样的感受？汪工说，那是自然的。如果我们不提出“活埋”，那么上级也不会这么挤压我们了，社会上也没有这么多的指责。弄不好，整个刑警支队这个月的奖金会一笔勾销，要跟着背黑锅的啊。法医这样一说，柳青内心就更加不安了。她的工作就是这样的严肃，这样的严密。她是在尽责，但却要为此付出代价。

也就在这天的下午，陈晖又来电话了。电话还是打进了柳青的办公室。这回是柳青自己接的，一听是陈晖的声音，她就好高兴。她把办公室的门插上，想和陈晖好好聊聊。这个电话很及时。

电话里陈晖说自己刚从外地出差回来，没想到能听见柳青的留言。柳青的心不由得往下沉了一下，就说：怎么会没想到呢？

陈晖说：你这个人很矜持啊！

柳青就笑了，说：我最近确实忙得昏天黑地的，案子上压力很大。

陈晖说：这你可得悠着点，侦破总是滞后的，你无法预设犯罪，更不能超前制止犯罪。不过你们的乐趣也正在这里……

柳青觉得男人说得真好，让她好舒心，她说：这个案子真的让我很苦。

陈晖说：苦中作乐吧。凡是可以称作是事业的，都是苦中作乐。现在可以对我说说案情吗？

柳青说：案情已经不是秘密了，是一起轮奸杀人案，我们找到了被害人的尸体，发现是被活埋的，但是却很难找到有效的线索……

正说到这里，外面有人敲门。

柳青匆忙把陈晖的电话挂断，然后把门打开。

门外站着的是举报中心的小王，一个看上去很稚气的小伙子，神色似乎有点异样。柳青就问：小王，有事吗？

小王说：我刚才接到一个电话……

柳青问：说什么？

小王说：好像是一个男人……他什么也没说，但是呼吸很重，李队估计这个电话还会打进来，就让我来叫你……

柳青和小王一起去了举报中心的办公室。那里，已经有好几个人在了，副支队长李林皱着眉头说：柳工，你来看这部电话。

柳青说：为什么？

李林说：你的声音好听……能给人好感。

柳青笑着说：报案还分声音吗？

李林说：异性相吸嘛。我上学的时候，从来就不旷女老师的课。

大家哈哈大笑。李林又正色道：刚才的电话什么也没说，就挂断了。这说明对方在犹豫……如果这确实是个报案的人，那就对我们太有利了……

忽然，电话铃骤然响起，所有的人都把笑吞进了肚子，屏住了呼吸，感觉像有什么大事情要发生似的。李林向柳青使了个眼色，柳青便果断地拿起了话筒，说：这里是落城公安局刑警支队的案情举报中心，请说话。

柳青首先听到的还是一声沉重的喘息。

于是柳青立即重复了一遍。

这时对方才说：我想知道，炼油厂的那两个姑娘埋的时候确实还活着吗？

这样的语气，使柳青很自然地想到，电话的那端很有可能就是作案人。她内心一阵激动，又强迫自己冷静下来，以正常的语调说：你关心这个？

对方说：是的……

柳青说：能问一句为什么吗？我想你不是出于好奇吧？

对方抬高了声音说：我必须知道！

柳青想了想，说：我可以告诉你，她们是被活埋的。

对方没有说话了。接着又是一声喘息。

柳青还是平静地发问：你是谁？请自我介绍一下好吗？

那人没有回答。但也没有把电话挂上。

柳青意识到了事态的严重性，这时，她听见了电话里有火车站广播的背景声，正在提示一趟开往西安的列车剪票，便一边缓和地说话一边拿笔在纸上写下了“8·24——火车站”，推到了李林面前。

柳青再次问道：你是谁？能告诉我吗？

这时，对方才说：我是谁现在已经不重要了……

电话就此挂断了。

显然，这个电话极有可能是其中一名作案人打来的。李林立即作出决定：所有外勤全部出动，封锁火车站所有路口。李林担心这种临时性的布控人手不够，便把其他技术大队的人员也编入其中。

不到半个小时，各路赶来的刑警就到达了指定的位置。为了不惊动犯罪嫌疑人，李林吩咐各辆警车都不许鸣警笛。柳青把勘查箱放在车上，把六四式手枪推上膛，随着高逸明的小组开始在车站的南门外进行搜索。他们分散着向几个公共电话亭奔去。在靠近入口处的那个电话亭边上，柳青很快注意到一个戴着军用迷彩帽和宽边墨镜的男人在蹲着抽烟。凭直觉，柳青就感到这个人可能就是刚才打电话的家伙。柳青对高逸明使了个眼色，后者便直接向那人奔了过去。蹲着抽烟的青年男子把半截香烟在鞋底上按灭，然后站起身，他的身材不算高大，但很魁梧。他正准备把烟头扔到不远处的一个垃圾桶里。也就在这当儿，高逸明出手了，他的手迅速向那人的领口伸去，但是却被那人同样迅速地拦截住了。

高逸明拿枪指着那人的脑袋，大喊一声：别动！动就打死你！

那人说：等我把烟头扔了行吗？

说着，那人就把烟头像投飞镖似的准确地扔进了垃圾桶。

几个刑警一拥而上，把那人给铐住了。那人没有再作任何的挣扎与抵抗。他的墨镜已经被打落在地上，露出了极其疲惫的目光，那目光很快落在了柳青身上，女警官也用镇静而严肃的眼神直视着他，没有一点回避。那人被押着从柳青身边经过时，突然停住脚，对柳青说：刚才是你接的电话吗？

柳青的镇静被这突如其来的发问瓦解了一半，一时不知道该怎么回答，甚至感到有点紧张了。

高逸明上来抽了那人一耳光：是又怎么样？你这混蛋！

那人把嘴里的血吐掉，说：别这么横，我要是跑，就不会这么便宜地落在你们手上了。

然后就自己跳上了警车。

犯罪嫌疑人的情况很快就查清了。此人叫张华涛，二十六岁，曾在部队里服役，还是特种兵。三年前，这个张华涛由于在部队里偷看女兵洗澡被遣送回了落城，自然也没有得到地方上的安排，属于那种社会闲散人员。局里得知这个报告后非常高兴，要求连夜对张华涛进行突审。

负责突审的是高逸明。考虑到这个案子的突破，与柳青有着直接关系，副队长李林也安排她参加了这项工作。对张华涛的审讯开始很顺利，他招供自己是“8·24”大案的作案人，但没有说出他的同伙。审讯一直进行到午夜，张华涛还是那句话：我只说自己的事情。

高逸明说：张华涛，我们这是在给你机会，懂吗？

张华涛说：我不需要警察给我的机会。

高逸明拍案而起：你不说，我们照样能把你的同伙逮到！

张华涛冷笑道：那是另外一码事了。

尽管张华涛拒不交待自己的作案同伙，但他的捕获归案，毕竟还是为破案提供了有力支持。警方经过周密的侦查，很快找到了一些相关的线索。其他三名犯罪嫌疑人在一周内相继落网。其中一人是张华涛的弟弟张华山，是炼油厂内部的一个驾驶员。至此，一度陷入僵局的“8·24”轮奸杀人案宣布告破。四名案犯在侦查完毕后准备移交检察机关提起公诉。但是，在这之前，围绕张华涛那个电话是否带有自首性质的问题，刑警支队内部发生了严重的分歧。按照《刑法》规定，犯罪分子自动投案、如实交待罪行的属于自首，但同时也认定如实供述司法机关还未掌握的罪行的，也以自首论。那么，张华涛的这个电话是否属于自首就显得有点模棱两可了。

柳青在日记里有过这样的描述——

对张华涛那个电话引起的争论还在继续。主要焦点是，张华涛此举算不算是自首？如果算，那么他日后的量刑就会减轻；如果不算，那么他必死无疑。分歧就是这个。一种意见认为，张华涛还是应该属于自首的性质，否则他就不会主动给举报中心打那个使自己暴露的电话了。他是当过特种兵的，他怎么会选择火车站这样极其容易识别的场所来给举报中心打电话呢？反对的意见是，张华涛根本就不是想自首，他已经买好了去西安的车票，他不过是想上车之前证实一下，那两名女工是否真的像社会上传闻的那样，以缓解内心的压力。

我是第一种意见的支持者。我认为，张华涛之所以打这个电话，是罪责引起了他内心的严重不安。我能体会他当时的心情，他决不是侥幸，而是罪责难负，所以他需要寻求解脱。

高逸明立刻就站起来反驳：我不同意。如果当时我们不是按照李队的部署及时行动，你能保证他不上车吗？

我说：不能保证。但是也不能认为他就一定会上车逃跑。

高逸明说：难道我们还要听信他自己的辩解？

这时，副队长李林插话说：张华涛自始至终没有说自己这个行为意味着什么。他只说，我愿意偿命，你们早点送我上路。

刑警支队的意见反映到了局里。最后的结论是排除了张华涛自首的可能。这个结论虽然不是柳青的意料之外，但她还是觉得有失公平。今天下班回来，她对父亲说了自己对张华涛定性的看法，她说：其实像张华涛这样的罪行，即使是自首，也难免一死。但是我们得对他负责，让他死得清楚，死得服气。

父亲柳立中想了很久才说：这不能认为是自首。张华涛给举报中心打了电话，只是了解两名死者是否被活埋的。他心理有压力，所以想问个明白。但他没有说其他的，就把电话挂了，不是吗？

柳青说：这至少说明他是有自首倾向吧？

父亲说：但最后他还是放弃了。

柳青说：那他为什么不逃呢？

父亲说：法网恢恢，他能逃几天？

柳青说：他根本就没有想跑的意思，去抓他的时候，我看见他就坐在电话亭外面抽烟，好像是等着我们去抓似的。

父亲说：办案子主要是依照证据和事实，不能光靠推理。

柳青说：你是担心这样的解释，会让社会舆论对我们公安的形象不利吧？这么大的案子，久攻不下，结果还是靠罪犯自己提供线索才破获的。

父亲气得把手里的杯子一摔：混账话！

柳青也毫不示弱：本来就是这样。

这时，电话响了。单调的铃声使父女间的争执暂时停歇下来。柳青去接电话，听见一个陌生的男声：请问，柳青在吗？

柳青犹豫了一下，说：我就是。

对方说：我是李志扬……

柳青感到很意外：哦……

李志扬在电话里说：你现在有空吗？

柳青说：有事吗？

李志扬说：我想和你谈谈“8·24”案件，我是受我的当事人张华涛委托，想了解一点情况。

柳青立刻说：行。

李志扬说：那我在办公室等你吧。

“蓝天律师事务所”设在落城唯一的老街上，租用着一家小旅馆的一个套间。办公条件也很简陋，除了一辆桑塔纳和两台电脑，就看不出有什么值钱的家当了。见到李志扬，女警官觉得，面前这个男人和那次在商场门口见到的那个书生，不像是同一个人。那个人显得文弱，面前这个男人今天给她的感觉却很坚实，给人一种信赖和安全。

李志扬没有过多的寒暄，在给柳青倒上一杯水之后，他就切入了正题。他说：我初步了解到，张华涛给刑警队打的那个电话，是你接的？

柳青说：是的。我可以把当时的情况对你介绍一下。

李志扬打开笔记本：好，你说。

柳青说：你最好不要记录。今天我来，也不能理解为一次公务——如果是公务，你应该去队里办手续申请调卷。我们是私人会见，既然话题谈到了“8·24”，那就不妨说上几句好了。我们今天的谈话只能是一种观点上的交流，不能拿它当做呈堂证据。

李志扬笑着把眼镜摘下，擦了擦说：那好，你随便说好了。

于是柳青把接电话的经过说了一遍，又说了队里关于这个电话引起的争论，同时也没有掩饰自己的看法，她说：我是主张“自首”的一派，是少数派，保留意见派。

李志扬说：看来我们很默契，因为我们这个行当历来就是当“少数派”和“保留意见派”的。

柳青说：关于张华涛，有一点我脑子里始终有个症结。作为男人，他身上有那种豪爽的江湖气，也有一种男人气。我实在不懂的是，他怎么可能去犯那样的罪呢？而且作案手段竟是那样的残忍……

李志扬说：犯罪是一个复杂的社会问题，也是一门高深的学问。你那种感觉我也有。其实，为张华涛当辩护律师，不是我的选择，也不是他的要求。

柳青说：是法院指派的？

李志扬说：也不是。我是受一个老干部的委托——我暂时不想告诉你那个人是谁。但我可以告诉你，张华涛有恩于这一家，他曾经在蓝渡江里救起过老人的孙女。

柳青一愣：还有这样的事情？

李志扬说：是的，千真万确。所以那老人就找到我，希望我能出面为张华涛辩护。

柳青说：这个案子你接吗？

李志扬有点疑惑，说：为什么不接？

柳青说：你觉得还有胜诉的可能？

李志扬明白了，说：当律师并不只为胜诉，为的是一个公正。

柳青一下子觉得自己刚才说得太随便了。这个道理她懂，在中国，面对一起如此重大的将要提起公诉的恶性案件，律师几乎是不可能胜诉的。但他们的存在有利于司法程序的建立，有利于案件审理的公正。于是她喝了一口水，想借此掩饰自己轻微的不安，然后她叹道：一个人真是太复杂了，谁能想到这个曾经见义勇为的张华涛会堕落成一个强奸杀人的罪犯呢？按照他的罪行，想免除一死恐怕不现实。

李志扬沉默了片刻，说：他也未必想活啊。我去看守所接触过他一次，他丝毫没有表现出求生的愿望，这让我觉得很奇怪。也是以前没有遇见过的。这个案子上面追得很紧，很快就要开庭了，我预感到，可能不会让张华涛活到春节之后。

七

那年的秋天在落城留下的痕迹很浅显，几乎没有怎么感觉到它的气息，它就改变了颜色。城市的树仿佛一夜之间落去了叶子，很萧杀。然后冬天来了。

事情正如李志扬律师预料的那样，这起轰动一时的案件很快就进入了审判程序，一审的判决结果是，以强奸罪和故意杀人罪判处四名罪犯死刑，立即执行，剥夺政治权利终身。一审下来，三名罪犯都要求上诉，唯独这个张华涛保持着沉默，从后来的情况看，其实他是最有理由上诉的。得到这个消息，柳青内心很受震动。她想起那个晚上，在蓝天律师事务所内，李志扬对她介绍的情况。律师当时显得很不平静，又似乎很无奈。他后来在法庭上的辩护，不仅没有影响到法官对案件的判断，反而招来了听众的指责。有人当即在法庭上喊：替坏蛋说话的律师滚出去！在中国，律师往往就成了“替坏蛋说话的人”。甚至还有人把鞋子掷向他，险些就把他的眼镜给砸下来了。这个古老的国度似乎过多地痴迷于酷刑的设计，尤其是对执行死刑方式的设计，从车裂到凌迟再到斩首枪决，却从来没有想过即使是死囚，也有其正当的权利。

几天后的一个上午，柳青刚上班，就看见了在单位门口等候她的李志扬。连日的劳顿使律师看上去有一种沧桑感，柳青不由得对这个男人有点心疼了。那天在法庭上引起的混乱，她看着成了众矢之的律师那副无助的样子，几乎流出了眼泪。

李志扬走过来，说：你得和我去一趟监狱。

柳青就问怎么回事。

李志扬说：张华涛提出了要求，说要见一下那天接他电话的女警官。

柳青感到吃惊说：他要见我？为什么？

李志扬说：也许到了最后的时刻，他有些话想对一个可以信任的人说吧。

柳青说：我凭什么让他信任？

李志扬说：可能还是那个电话是你接的缘故吧。

柳青还是觉得纳闷。李志扬说他已经同有关方面协商好了，也征得了法院的同意。对即将被处决的死刑犯这样的要求，上级主管机关一般还是予以满足的。

柳青说：那我们去吧。

然后就上了李志扬的那辆桑塔纳。刚上车，天就下起了小雨。雨点打在玻璃上，城市仿佛变得虚幻而神秘。落城监狱位于城西郊外，通往那里的路是一条陈旧失修的砂石路，非常泥泞，也非常的颠簸，沿路很难看见一所房子。

在监狱长的安排下，他们去了审讯室。那个审讯室和电影电视里所见的差不多，隔着一张铁栅栏。犯人坐的椅子是用水泥浇注在地上的，不能挪动。椅子的扶手上安有活动的手铐。不一会，张华涛被带来了，戴着脚镣和手铐。柳青觉得，这个人给她的印象还是和那次在火车站抓获时差不多，看不出有多大的变化。只是他的额头上扎着一圈纱布绷带，柳青想起，李志扬前些天对她说过，张华涛曾想撞墙自杀，但没有成功。张华涛第一眼看见女警官时，似乎有点意外，显然，他来时并不清楚，自己的要求得到了满足。然后他就坐下了，他说：政府，可以把我的手铐暂时解开吗？我想抽支烟。

李志扬便和押解的狱警作了交涉，得到了同意。在张华涛的手铐被打开后，律师给了他一支烟，并为他点上。

张华涛使劲地吸了一口烟，过了一会，说：悔恨的话在这里我不想再说了。我要说的，也与案情无关。但我马上就要成一个死人了，和人说话的时间已经不多了，希望你们相信我所说的，是真话。

柳青问：张华涛，你想说什么？

张华涛看了看天花板，说：还是从那天晚上说起吧……那天，我是喝了酒的，喝了半斤还多，我平时几乎不喝酒。在喝酒的时候，有人说了一个黄段子，说一个老头，一辈子不知道女人是怎么回事，临死了，就是不断气，边上人就问他还有什么要求，于是老头就说了一句话——这是个谜语，刚才说的是谜面，谜底打一个有名的外国作家。我一下就猜到了，是英国的莎士比亚。

柳青没听明白，就问：什么？你再说一遍？

他摇摇头，说：不说了，你是个姑娘……可我就信任你。我今年二十六岁，确实没有见过女人……本来，我是想好好谈一个对象的，可是从部队踢回来，我发现自己慢慢地就不行了……

这句话引起了李志扬的注意，律师说：张华涛，你所说的“不行”，是特指你的性能力丧失吗？

张华涛没有说话，像是默认了。

这无疑是一个意外而重大的发现。如果张华涛是一个丧失性能力的男人，自然就无法实施强奸。柳青就问：张华涛，这一点你在接受审讯的时候为什么不说？

张华涛说：我不想说。我也不会接受你们的检查，不会的。因为我信任你，信任你们，所以就在死前对你们交一个底，至少世上还有人知道我究竟因什么罪名死的。

柳青说：那你就更应该接受检查。

张华涛说：不，决不。我也不会提起上诉的。

沉默了片刻，张华涛接着说：那天晚上，我们几个在小酒店里喝酒，喝完了，我弟弟就提出要去歌厅找小姐，我没搭理。正好遇上了那两个女工来买夜宵，他们就动了心思，说想不到炼油厂还有这样的美色……然后，他们就开车，跟着她们走，等到了她们值班的地方，我下去找地方撒尿去了，回来一看，他们几个不见了。那时我的酒劲过了，觉得事情有点不对头，就赶快跑进值班室，那两个女工已经被捂得脸色发青，不省人事了，他们也做完了，等着我来。我一看那场面，就觉得事情闹大了，这是犯罪，是天大的罪恶，我抽了弟弟两巴掌，他一下就跪到了地上，说哥你得救我啊，要不你打死我算了。我当时脑子乱极了，顾不了许多，就决定把那两个女工赶快埋了……

李志扬说：张华涛，这一点你为什么不对我说清楚？

张华涛说：说了也是没有人信的。何况后来埋人的事是我一手张罗的，我以为她们死了，真的以为她们死了，就用车把她们运走了……现在看来，是我杀了她们，但我确实没有强奸！

李志扬说：有人能证明这一点吗？

张华涛摇摇头，说：当时屋里就剩我一个人，他们吓得跑到了外面。我也不需要谁来证明了，今天我对你们说出来，算是对自己一个交代。你们信不信没关系。

柳青带着愤怒的语气说：张华涛，你还是当过兵的，也曾经做过好事，怎么当时这么糊涂？你还想说什么？

张华涛又接过了一支烟，续上，慢慢抬起头，说：我在部队里的处分，是个冤案。

柳青吃惊地问：冤案？

张华涛说：我没有偷看女兵洗澡……

1991年夏天的某个夜晚。张华涛所在的部队属于雷达站，驻扎在一个偏僻的山区。这天是个星期六，部队有电影，轮到张华涛站岗。大约在八点的光景，他听见有人在营房院子深处喊话，是一个女人的声音。那声音说：哨兵，你过来一下！你快点！于是张华涛就跑过去了，到了边上一看，才发现是部队的王工程师。暗淡的月光下的女工程师一丝不挂，用脸盆盖着自己的下部，很惊慌。张华涛被这个从未见过的场面吓住了，不知所措。这时候，女工程师才说：哨兵，我出来倒洗澡水，一阵风把房门给带上了。我进不去，请你帮我翻一下窗户好了，从里面把门给我打开。

张华涛就放下了枪，心里直埋怨这女人出来倒水竟然不穿衣服。他开始翻窗户。身手敏捷的他很快就从里面把门打开了。这件事本来到此就该结束了，谁知道偏偏这时有一道手电的光束照了过来，照在了王工程师身上，女人吓得尖叫了起来，脸盆咣当一声落到了地上。

来人是副团长和他的一个老乡朋友，他们就是来找王工程师的。显然，这是个意想不到的场面。王工程师吓得赶紧跑进屋里，而张华涛正一脸是汗地从里面走出来，他们在门口险些撞了个满怀。

副团长立刻厉声质问：张华涛，你在干什么？

张华涛就照直把刚才的事情说了。

副团长听过，想也没想就说：先回到岗位上去。明天给我写一份交代。

张华涛感到不理解，说：我写什么交代？我是帮助王工程师翻窗户的啊。不信你可以问问她……

副团长说：叫你写你就写！

张华涛后来才知道，副团长当时正在和这个王工程师谈恋爱。那晚他本来是领着自己的老乡到女人这里来叙叙的，来看看他这个未来的媳妇怎么样，不料竟发生了这种难堪的有失体面的事。他不能忍受自己热爱着的女人被人一丝不挂地看见，也不能忍受这个场面让自己的老乡目击，更担心会走漏消息成为一种永不消失的丑闻。

几天后的一个晚上，出来散步的张华涛被几个蒙面壮汉拖到树林子里暴打了一顿，他被打趴在地，看见几只军用球鞋正朝自己身上猛踢，顿时就明白了。张华涛的“不行”就是这样留下的。不久，他被部队除名了。理由是“不适合担任职务”和“思想作风有严重问题”。他受到了不该有的处分，而那个王工程师也竟然写了证明材料，说自己在洗澡的时候，有人趴窗户，她吓得赶紧跑了出来……

柳青不知道张华涛这最后的话是否是一面之词，但凭一个女人和警察的直觉，对张华涛的陈述她是相信的。不过在那个时候，女警官觉得说什么都已经晚了。她只说：张华涛，你今天找我来听你说这件事，是因为我是一个女人吗？

张华涛说：不，是因为你是一个很不错的警察。其实那天在掘尸现场，你已经向我走来了，我当时在车里……

柳青问：是那辆蓝色的面包车？

张华涛说：是的……你很棒……我很佩服你。

柳青停顿了一下，然后又问：你还有什么别的要求吗？

张华涛站起身说：我请求政府在行刑前不要剃掉我的头发。

八

1995 年 1 月 20 日，落城是一个阴天。一个月前的那场雪还没有被融化，在凛冽的寒风中变得非常坚硬。今天是“8·24”案四名主犯被执行的日子。

刑车和警车七点整准时到达监狱。这个监狱，还是国民党执政时期的遗物，按照苏俄的设计模式建造的。高墙之内是几幢三层楼的监舍，围成一个四方形的院落。死囚则被羁押在地下室，有专门的通道。执行任务的武警和法官、检察官进入到里面，对四名死囚分别验明正身，准备押赴刑场执行枪决。很快，这几个人被押出来了。

第一个出来的就是张华涛。司法机关满足了他的愿望，没有剃掉他的头发，因此在柳青的感觉中，他的脸上不容易发现那种死亡的气息。柳青戴着墨镜，她的面部并不朝向他，但视线一直在注视着那个人。张华涛看看天空，用手理了理头发，然后他的双臂就被拇指粗的绳索捆绑起来了。一只写有“强奸杀人犯张华涛”的斩标插在了他的后背上。他的名字已经被打上了红色的叉。这个时候，发生了一件事。本来，张华涛是应该由武警战士押上警车的，但是他自己一个箭步跳了上去，身影轻捷如同表演，却弄得武警一场虚惊。他走到前面，又看了看天空，然后埋下了头。

他的几个同伙却表现得十分糟糕。三个人中间有两个已经尿湿了裤子。还有一个根本就站不直身子，完全是被搀着出来的。

警车在市区走得很隐蔽，是从监狱的后门出发的，那里有一条路直通刑场。一旦走出监狱，警车就拉响了警笛。一共是五辆车。前两辆是刑车，坐着武警和死囚。后三辆是警车，分别载着公、检、法等相关部门的监刑人员和有关工作人员。刑场设在市西郊的一片荒地，对面是同样荒芜的凤鸣山。那儿没有树木，只有野生的蒿草，长得很茂盛，风过时，就有那种轻微的唿哨声音。

到达刑场的时间是八点一刻，那时，太阳已经从人们的身后升起了，刑场上的蒿草被染上了一层橘色。四名死囚被押到了指定的位置，被按跪在地上，面对着凤鸣山。他们一字排开，彼此间隔大约在十米。然后，由法医对射击部位用粉笔画上标记——即在左背的心脏部位画上一个圆圈。执行的武警便把枪口对准它，进行近距离的射击。这样做，是最大的体现人道精神。死囚被剥夺生命，这是对他们进行的惩罚，他们需要对自己所犯下的罪行承担责任。但死囚照样是人，需要用最直接最迅速的方式结束他们的生命，减轻行刑过程中的痛苦。从前，执行枪决有射击头部的，现在这个做法已经被纠正了，因为这样死者的面目就很难看。死囚也同样有着人的尊严。

监刑的法官对每个死囚都要问上一句：你还有什么说的吗？

这是给他们提供最后的机会。有的案件，也有在这个时候发现新线索的。但有的死囚就是信口开河的胡说，目的是想多活几天吧。当然这也只是他们的一相情愿。

柳青站在距离张华涛不足十米的地方。她清楚地听见他说：我罪有应得。我愿意将我的尸体捐给医学院。

法官说：那需要你本人出示一份委托书。

张华涛大声说：我自愿将尸体捐给医学院！你们在场的人都可以证明的。

法官没有再说什么。

那天执行，是从右往左。每个执行任务的武警的枪膛里只允许装一发子弹。这是防止意外的情况发生。

当现场指挥发出执行死刑的命令之后，枪就响了。连续三枪响过，那三名死囚都是一枪毙命。最后一枪，射在张华涛身上，不料不仅没有把这个人撂倒，反而让他腾地转过身来了。他冲着执行任务的武警大喊了一声：哥们儿，再来啊！

那个执行任务的武警战士立刻就晕倒了。班长立刻上前把张华涛按倒，用脚踩住他的脖子，对着他的后胸连续打了三枪。张华涛像只包袱那样向前倒去，但身体还在往前挪动，他的头部像一把犁那样在荒地上“犁”出了一道辙。班长再次上去，又打了三枪。总算结束了这个罪人的生命。

行刑之后接着就是验尸。这时，法医会用一根钢尺插入死囚的后脑的枕骨部位，伸进去对延髓稍作搅动。再观察瞳孔是否已经扩散。死亡以犯人的意识消失为标志。有的犯人在意识消失之后，还尚存一丝呼吸。

张华涛就是这样的。行刑人员将他的尸体翻过来，看见他的几个弹出点还在不断地、有节奏地向外喷血，连同被击碎的肺组织一起喷出来。最后，他的呼吸完全停止了。

那天负责给张华涛划圈的法医汪工，在回来的路上，柳青这样问法医：你是故意把那个圈画错的吗？

法医没有回答。

柳青看着他，说：汪工，有必要这么干吗？

法医说：我恨这个家伙！

柳青说：他已经还债了。

每回从刑场回来，执行任务的同事都不怎么说话。那是一种极其复杂的心情。这里面既有对正义伸张后的那种扬眉吐气，也有对那些一失足成千古恨的罪人的惋惜。罪犯也是人啊，他们自然要为自己的罪行付出代价，但他们被剥夺的同样也是生命。

柳青第一次去刑场是在三年前。那次处决的是一个叫何小竹的年轻女人。她是因为谋杀丈夫而死的。女人谋杀亲夫，一般都是与私通有关，是现代版的“潘金莲”。但是，这个何小竹的情况不同。她是因为不堪忍受丈夫的折磨而这么做的。这个女人说，她几乎每天遭受丈夫马江的殴打和蹂躏，她说这个男人一喝酒就发疯，然后就无休止地折磨她。手段很没有人性，先是要行乐，接着就骂她是根木头，连哼哼都不会。然后便是拳脚相加，还把她赤脚撵到外面的雪地里。

妇联上了她家，找到了那个马江。可是，马江根本就不承认自己对老婆无礼，反而说何小竹脑子有毛病，应该送精神病院。弄得妇联也没有办法。何小竹后来也上过法院要求离婚，但法院居然也没有受理。

于是在 8 月的一个上午，刑警队接到邻居的报案，说好几天没有见到那个马江的身影了，又说他家里散发出一种臭味。刑警队赶到现场，发现死者正是马江，而且已经被分尸了，卸成了几大块，堆放在卫生间里。奇怪的是何小竹没有跑，警察敲开门的时候，她像什么事也没有似的在床上睡觉。见门外站着警察，她就明白了，说：你们来了，我去洗个脸，跟你们走。我总算好好睡了一觉。

何小竹后来被处以极刑。当她被押赴刑场执行枪决时，突然大喊了一声：叔叔啊，你们饶了我吧，我才二十五岁啊！

柳青在今天的日记中这样写道——

我们是人间正道的捍卫者，同时又是剥夺他人生命的直接责任人。这种角色在特定的场合，对人的感受是不一样的。你在侦破一个案件的时候，当罪犯被捕获的时候，当他们被绳之以法的时候，你会为这份职业感到欣慰和自豪。但是在刑场上，你会感到不安。因为他们是你的同类，不是牲口。所以，执行任务的武警战士事先是不和死囚打照面的。那很残忍。死囚最后的目光会像一道恐惧的影子追随着你的一生。我自然理解那个年轻的武警战士。如果换上我，也会一样地晕倒。

被处决的四名罪犯，张华涛的死还是让我感慨。我又想到了三年前被处决的那个何小竹。他们都是不该死的。如果张华涛没有遇见那桩倒霉的事，他不会就这么被部队退回来。他会在服完兵役后光荣地退伍到落城，找到一份体面的工作。他会遇见一个喜欢他的姑娘，过上正常的生活。如果何小竹的事情被一个部门所重视，使那种法西斯式的婚姻关系及时终结，她怎么会采取如此极端而残暴的手段来对付丈夫呢？然而现在说这些都已经太晚了。何小竹那最后的一声悲惨呼喊，至今还在我耳边回响着……

第二天，李志扬来找柳青了。因为“8·24”这个案子，律师的脸上平添了几分憔悴。当那天在监狱中张华涛说出自己没有实施强奸的事实之后，律师便在积极奔走。他本来希望作为鉴证工程师的柳青能在物证上提供帮助，但柳青说：所提取的混合精斑由于量少，而且因为时间和气候因素，受到了很大程度的污染与毁坏，不能做出更详细的鉴定，也无法送到省城做DNA。他又要求法院安排对张华涛进行“性无能”的鉴定，法院的回答是，即使这个人没有实施强奸，仅凭活埋了两个人也是死罪难逃。况且张华涛已经自动放弃了上诉权。执行死刑的前一天，柳青曾给李志扬去过电话，她说如果律师愿意去现场，她可以帮这个忙。律师说：我不去了。这样或许会使我平静一些。现在他来，是想证实在刑场上，张华涛临刑前提出捐献尸体的要求的。

柳青说：是的，我可以作证。当时我就站在他身后不远的地方，他说了“我自愿捐出自己的尸体给医学院”。

李志扬说：那你得给我写一份证明。

柳青说：可以。

李志扬说：犯人拥有对身体的处置权，我们应该尊重他的意愿。

柳青写完证明，不禁感叹道：这个案子让我太累了，心累，我真不知道自己还能不能继续干这行了。

李志扬说：别这么想，实际上你干得很出色。你忘了吗，那天在监狱里张华涛最后是怎么对你说的？在案子没有侦破之前，你就与他交锋了。说明你作为警察的素质很好，而且直觉也不错。

柳青苦笑道：直觉有什么用呢？法庭上连犯罪嫌疑人的口供都持怀疑态度，谁还理会你的直觉。

李志扬说：我想这个双休日去一趟山里，看看当年插队的地方。顺便再去距那里不远的玉秀山，见识一下新近发掘出来的石窟佛像。电视上这段时间一直在炒这个呢。

柳青说：这是个不错的主意。你带上我吧，城里真的有点闷了。

九

1995 年 1 月 24 日，辛普森案正式开庭审理。首先由控方陈述。作为主控检察官，玛霞·克拉克女士一上场便显示出了不俗的专业水准。她以简洁的语言和高屋建瓴的气度对案情进行了陈述。她一点也不啰嗦，因为在她看来，这个案件并不复杂，证据充分，语言便显得多余。她的论证主要在于以下几个方面。其一，警方在北洛金汉街 360 号辛普森住宅发现的血迹、物证——特别是血手套，与案发现场吻合，足以说明辛普森与妮可和隆纳的死有直接关系。其二，至今没有人能够证明事发当晚的 10 点至 11 点之间，辛普森在什么地方。其三，辛普森的左手有被锐器割伤的痕迹，最后一点，就是辛普森有虐待前妻的前科。“不能认为警方的怀疑是没有道理的。”克拉克女士说，“我想，只要是一个正常的、稍有理性的人都会做出这样的判断——辛普森有罪，他以极其残忍的手段谋杀了与他共同生活了十年之久并且生育了两个孩子的妮可和这个女人的男友隆纳。辛普森的逻辑就是，这个女人虽然法律上已经不再属于他了，但仍然要像黑社会分子那样霸占着她。如果谁和这个女人有染，那么他就把他们杀了！”

玛霞·克拉克继续指出，1994 年 6 月 12 日晚上 10 点左右，辛普森偷偷溜出了自己的住宅，开着他的白色野马车前去妮可的住处，然后他用自己早已预备好的钥匙打开了门，进行了谋杀。事毕之后，他又神不知鬼不觉地返回了自己的住地。有一个半小时的时间，他做完这一切完全够了。

证据似乎在有力地支持着检察官。在所有的证据中，最重要的自然是那一双分散两个现场恰好又是配对的带血的皮手套。而且，这种牌子的皮手套是辛普森所喜欢的，在过去妮可离婚前使用的信用卡购物记录上，也证明她的确为辛普森购买了这种品牌的皮手套。现在，这双皮手套上留有的血迹，经化验，血型和红细胞酶型都与辛普森相符。而辛普森的左手又确实被割伤了。另外，这只手套上还有妮可和隆纳的头发、隆纳衬衫的纤维以及辛普森车毯的纤维。

警方后来还在辛普森卧室里找到了一双深蓝色的袜子，那上面的血迹经过 DNA 鉴定，也是妮可的。

另外，在南班迪街 875 号现场，警方还发现了可疑的鞋印。后经检方痕迹专家鉴定，这种鞋印为意大利产的布鲁诺·马格利名牌鞋，规格为 12 号，与辛普森的鞋号一致。这种型号的鞋在全球只有 299 双的销量，而且销售地点也很有限。

玛霞·克拉克女士指出：“来自数学的、物理的以及其他科学的证据，无不指向了被告 O·J·辛普森。”

据此，检方要求辛普森本人对 6 月 12 日晚的活动出面作证。但是，辛普森援引了美利坚合众国宪法第五修正案有关条款，即不得强迫自证其罪，予以拒绝了。

辩方的陈述于第二天，也就是 1 月 25 日开场。

首席律师约翰·柯克伦的开场白同样是精彩的。这位著名的黑人律师素来以稳健的作风著称。他用一种看上去很轻松的语气说：“这个案子最有趣的地方是有罪的证据太多了，但是多过了头，就到了可疑的地步。”

此语一出，法庭上就引起了唏嘘。

柯克伦指出：被害人妮可和隆纳皆为身强力壮的青年，身中了二十多刀。经过我们的法医专家波顿博士看过尸体解剖资料后的分析，他们在被害前与凶手是经过至少十五分钟时间的搏斗的，既然是搏斗，那么就是双方的殊死较量了，也就是说，凶手必然就会受伤。可是辛普森除了左手指处留有小伤外，别无他碍——他的身体经过专家检验，没有任何受到伤害的痕迹，这该怎样解释呢？

还有，柯克伦律师继续指出，这个辛普森给人留下的印象是非常愚蠢的一个作案者。他扔掉了血衣和凶器，却要执拗地带回一只血手套，而且还把另一只与其配对的留在另一个现场；他扔掉了血鞋，却要带回一只染血的袜子；他事先预谋了杀人，却还要坚持为自己找一个目击证人——他不是预约了出租车司机在6月12日晚上10点30分之前来接他去机场吗？试问，还有如此愚蠢的谋杀犯吗？

陈晖感觉到，这场世纪审判至此才是真正的开端。辛普森一案未雨绸缪到今天，总算是真的下雨了，而且一上来，雨势就很猛。但陈晖预感到这不会是一场暴风雨或者雷阵雨，极有可能像黄梅天气，时大时小的雨将持续很长一段时间，直到人心发霉。

这个春节记者去了一趟西藏。春节期间他人在雪域高原，手机信号几乎失灵，和所有的朋友都断了联系。那时他就觉得自己是一件无人认定的包裹，扔在了一个毫不起眼的角落，谁都不愿动手打开。好在阿里的风光还在，蓝天白云和雪山碧水使他抖落掉了久居城市的晦气。在那些明丽的黄昏，记者很容易想起落城女警官妩媚的身姿，并由此幻想出许多浪漫的情形。昨天陈晖一到家，第一件事就是注意电话的录音，他的人缘不错，春节期间的朋友拜年问候的电话，就听了近半个小时。但是在这些电话录音里没有出现柳青的声音，这让他多少有点失望。他想这个女人还真的有些骄傲，既然这样，那就自己主动拨过去好了。这一次，他还是直接打进了女警官的办公室，结果却拨错了分机号码。那边也是一个女声，问找谁？陈晖说我找柳青。对方就说，你等等，我去喊。过了会，柳青的声音就有了，女人上来就问：是陈晖吗？

陈晖说：你怎么就知道是我啊？

柳青说：我有预感。

陈晖说：我喜欢你这样的预感。

柳青说：你有什么事吗？

陈晖说：难道给你打电话就非得有事情吗？

柳青说：这是单位的电话啊。

陈晖说：这个时候你们也该下班了吧？再说春节刚过嘛。

柳青说：你这人很奇怪，春节的时候怎么就听不见你的声音呢？

陈晖说：我去西藏了，才回来。

柳青说：你可真滋润啊。

陈晖说：你最近过得好吗？

柳青说：我挺好的啊。

陈晖说：昨天我在西直门地铁口，遇见一个女的，侧面很像你……

柳青说：你大老远的来电话，就为这个？

陈晖说：这还不够吗？不过我得告诉你，也许过几天我就飞落城了。

记者还真不是在开玩笑，在那些电话录音里，有一个是《说法》杂志主编老何来的，他说落城大学最近有一件事值得关注：一对大学生，恋爱中出了点麻烦，女孩子怀孕了。校方认为这是不正当的男女关系，违反了校规，于是就将他们双双开除了。老何说如果陈晖对这件事感兴趣，应承了采访任务，编辑部就不再联系别人了。这倒是一个机会，陈晖想，可以去看看那位漂亮的女警官，问题是后者不买账怎么办？即便是一个男人勾引女人，也应该是事不过三的。但是刚才电话里一听到女人的声音，陈晖就觉得，男人的那点尊严在这个时候就未必显得重要了。

电话挂断，落城的柳青也一样感到心里不是滋味。这个电话是期待中的，但没说几句就这么挂断了，似乎意犹未尽。女人眼前浮现出的还是第一次见到男人的那个样子，戴着棒球帽，牛仔裤，夹克衫，口袋上挂着刚摘下来的墨镜，背着一只很大的包，总是一种行色匆忙的样子。对这个形象，女人说不上什么特殊的感觉来。她愿意欣赏这个形象，却又不能完全接受那个男人。

那时候大家都下班了，柳青还坐在沈蓉的办公室里。一会儿，沈蓉从食堂拿了两份盒饭回来了，陈晖的电话就是她接的。于是这女人进门就问：柳青，刚才那个男的，听口音像是北京的啊。

柳青就点点头。

沈蓉又问：是你男朋友？

柳青说不是。她说：我和这个人也就见过两面。

沈蓉突然就感叹道：这么远，人家还这么惦着你啊。

柳青说：他爱惦着就惦着吧。

沈蓉说：怪不得，上回肖秘书的事你一点也不感兴趣呢。

柳青说：这哪挨哪啊。

两个女人一边吃饭，一边聊。

柳青问：你怎么现在也在食堂吃盒饭了？

沈蓉说：我懒得回去。以前是儿子在家，现在孩子读大学了，我就不想回去了。一个人烧饭一个人吃，多没意思。

沈蓉的儿子是去年考取一所政法学院的。柳青就说：你看，你比我大不了多少，儿子都上大学了，真的好福气。

沈蓉说：我结婚早呢。我十五岁的时候，父母就都不在了，又带着弟弟，就想早点把自己嫁出去。我结婚时是瞒着年龄的，前夫是个司机，大我很多，那个年代司机很赚钱。说实话，那个人很疼我，对我弟弟也不错，一起过了那么多年，从来就没有动过我一根指头。后来……我提离婚，他也依了，对我说，要是觉得不好，还可以回去。

柳青说：这个人倒真像一个丈夫。

沈蓉的眼泪就流出来了，说：想想也真对不住他，是我的错，我这个人也许就是一个狐狸精投的胎。

柳青想了想，又问：沈蓉，你后悔吗？

沈蓉放下饭盒，说：不，我不后悔，走到这一步了，后悔又能有什么用？就是……这个日子打发起来太难了。柳青，老郁很快就要走了，去省委党校参加高级班学习，这一走就怕是回不来了。

柳青觉得沈蓉所说的“回不来”有两层意思。其一，是郁之光会继续高升，直接安排在省里；其二，或许分得久了，沈蓉这头就失去了女人天生希望得到的那种安全感。她说：我想，他总会抽空回来看看你的。

沈蓉慢慢平静下来，又笑了，说：都说女人是三十如狼，四十如虎，我这如狼似虎的年纪，还真是离不开男人的呢。

那天夜里，柳青没有睡好。她先是回想着白天陈晖的那个电话，想自己如果真去北京读研了，这个男人将以什么样的身份和自己接近。她还作了这样的假设，要是和陈晖处得不错，就和他同居，过一种标准的情人生活，若即若离。想想沈蓉那么离不开男人，柳青就觉得自己有点委屈了。这样每天和工作、父母面对的日子她实在已经厌倦了。她必须要改变，去北京就是改变的第一步，然后就地求职，这大概也没什么问题，即使不回公安系统，她自信也能够找到一份满意的工作。和陈晖一起生活应该是有情趣的，格调也不会差。只有一点让她担心，就是陈晖这样的男人见的世面太多，总不能给人充分的信赖。这个问题很原则，也很严重。

到了黎明的时候，柳青陷入了杂乱的梦境之中。她先是梦见和陈晖在一间空房子的地板上做爱。陈晖赤裸的身体对她一点也不陌生，只是觉得地板太硬，睡在上面不舒服。陈晖几乎是带有粗暴地进入到她的身体，可无论他们怎么折腾，就是达不到高潮，她被这个过程弄得很尴尬，就努力抓住男人的肩膀，却怎么也使不上劲。然后一切就都消失了，出现了一片蓝色。然后蓝色又变成了橙黄色，那是一个洒满阳光的广场。接着她看见了穿着碎花连衣裙的沈蓉，在爬一只很高的梯子。那梯子竖立在广场上，没有任何的支撑，沈蓉悬在中间仿佛是在玩杂技，显得摇摇欲坠，让一旁的她吓坏了。她大喊着“当心当心”，然后她就带着惊吓醒了过来，看见母亲站在门边说，有电话找她。

电话是李志扬来的。律师说一切都准备好了，打算明天就进山。

柳青懒散地说了声：好吧。

她似乎又有点犹豫了。

十

第二天黎明，李志扬开着那辆桑塔纳停到了柳青家的门前。他们要进山去了。那时候，城市还处在朦胧的睡意之中，空气中散发着湿润的甜味。柳青似乎第一次感到，自己生活居住的这个城市是这样的美好。偶尔看见有几个晨练的老人，也能听见在江边学京剧的孩子吊嗓声。那时她就想，如果社会这么安宁，该是多好！可作为一名刑事警察，几乎每天都要面对那些丑恶的、肮脏的、血腥的东西。她把这个感慨说给了李志扬，律师也一样感慨。他说：警察这个职业很特殊，某种意义上，我是极其不赞成一个女孩子去从事这样的职业的。在西方，刑事警察需要定期去看心理医生的。他们需要一种调剂，更需要一种安慰。

车驶出了市区，向西而去。这条路对柳青来说是太熟悉了，从前面向右拐过去，那就是经常去的刑场。她自然想到了几天前在这里被处决的张华涛。那个过于惨烈的行刑场面已经沉淀到了她记忆的深处，无法将它抹掉。

这时，李志扬把车停下，然后他下了车，点上了一支烟。柳青也跟着下来，她走到律师边上，知道他在想什么。但律师先说的是另外的事。

李志扬说：我第一次看枪毙人，是在家乡那个县里。那是1971年的8月底，我11岁，被枪毙的那个人是我们学校的会计，这个人因为母亲得了重病，就挪用了公家两万多块钱。

柳青很惊讶：贪污两万就判死刑？这也太过分了。

李志扬说：那时的两万就是一笔不小的数目了。何况这个人曾经是在国民党军队里当过教员的，按那时的划分，他是一个历史反革命。现在又出了这样的事情，就新账老账一把算了。

律师说到这里，不禁叹了口气。他接着说：枪毙他那天，县里召开了公判大会。然后把他绑赴刑场执行枪决。在临时物色的刑场边上，早早就围满了等待着观看的人。我也在里面，因为个子小，挤不到前面，就和几个同学爬到了一棵树上。刑车来了，我们看见他五花大绑着，还戴着一个大口罩，大概嘴里塞了什么东西吧。那时被执行的犯人临刑前是不允许说话的，担心他们会喊反动口号。他被带到指定的位置，刚跪下来，一个当兵的就对着他的后脑勺开了一枪，枪声非常的沉闷，就像受潮的爆竹。我看见一块东西飞了起来，接着他就倒下了……后来我才知道，飞起来的那块东西是他的右眼球……

柳青感到毛骨悚然，说：这太可怕了，现在执行死刑是不准射击犯人的头部的。

李志扬说：他被枪毙的当天，他母亲就悬梁自尽了……那真是一个不可理喻的年代，一个疯狂无比的年代。

柳青说：也是一个草菅人命的年代。

律师点了一支烟，然后低声问道：我听说，张华涛给打了七枪？

柳青有点难受，说：是的，可能是弹人点没有找准……

李志扬沉默了一会，说：说实话，当时你在边上，是怎样的感受？

柳青说：很复杂的。每次去刑场，我都觉得不是个滋味。那些死囚，当审判他们的时候，罪行可以说是罄竹难书。可是当他们在枪口下跪倒时，我又觉得他们是那样的无助，像只送进屠宰场的牲口……我这个人大概不适合当一名警察吧。

李志扬说：你是一个很好的警察。你所采取的也是一个警察的姿态，这种对同类的同情心很难得……我不喜欢死刑，甚至可以坦率地说，我是一个死刑的废除论者。

柳青感到很震惊。这样的话对于她来说，是从来没有听说过的。她说：可是，在中国，如果没有死刑的威慑，那么恶性的犯罪肯定是不能遏止的啊！

李志扬说：处死一个人就能起到震慑作用吗？即使是有，是否就意味着它是正当的呢？人的生命是神圣的，不应当被剥夺，无论是以怎样的名义。

柳青说：我想得很简单，如果有人剥夺了别人的生命，那么法律就应该剥夺他的生命，我觉得这很公平。

李志扬说：是啊，连上帝都曾这么说过。那么，对于偷盗者是否要砍断他的手，对于强奸犯是否还要恢复宫刑呢？

柳青一时语塞，她不能回答这个问题。

李志扬说：你这还是一种以血还血的等害报应观念。或者说，这是一种刑罚的功利思想，却不是刑罚的本质。刑罚作为手段，目的是要引起罪人的忏悔……

柳青说：这恐怕太难了，也过于理想化了。你这样说，想过那些被害者家属的心情吗？法律可以不讲感情，但却不能不考虑到一种大众的情绪。

李志扬说：杀掉一个人是否就使某些人得到安慰了吗？如果一个社会全都充满着仇恨，那么这个社会可爱吗？

柳青再次沉默了，她在思考律师的话。

李志扬说：好了，我们不讨论这个。这是一个学术问题，我们今天是出来玩的。

不久，他们进入到了凤鸣山脉的腹地。腊月里的乡村，到处弥漫着过年的气象。农民们辛勤耕耘了一年，只有到了年关，才显露出那种庄稼人特有的幸福感。他们忙着杀猪宰羊，忙着添置新衣，忙着盖房子娶媳妇，那种辞旧迎新的气氛热烈而隆重。

柳青说：这几年，农民确实比以前富裕了。

李志扬说：其实中国最困难的还是农民。他们的负担很重，我做过调查，这地方的一个农民每年上缴的各项费用超过了六百元，而他们的实际收入还不足两千元。

柳青说：也就是说，摊派给他们的费用超过了三分之一。

李志扬说：是啊，这不合理。我给市政府写过信，也给省里写过信，结果石沉大海。

柳青说：这个国家太大了，问题也就堆积成山了。

临近中午时分，他们到达了一个叫“桥头”的村子，当年李志扬就在这里当知青的。这是一个不大的村子，大约只有几十户人家。进村的路上有一座单孔的石桥，看上去很有年头了。1975 年高中毕业的李志扬来这里插队时，才十六岁。先后住了三年，算起来，他离开这个地方恰好也是十六年了。以后只要有空闲，李志扬都会在春节前后到桥头村来看看。

他们把车停在村口一个老乡家门前，那家房东一见，就说：哟，是小李子来了！这个称呼在柳青听起来特别亲切。从气氛里她能感觉到，李志扬在这里的人缘很好。他们随老乡进屋了，那个老乡的老伴就一个劲地盯着柳青看，后者就知道对方把她当成什么人了。柳青还没有解释，李志扬倒是先开了口，他这个时候反倒显得大大咧咧，他说：二婶，你别琢磨了，这是我的一位朋友，叫柳青。我可没有这样的好福气，能娶这样的媳妇。

这一说，柳青的脸倒红了。

李志扬低声对她说：柳青，你别见怪，乡下人就这么好奇，也就想多看你几眼而已。

柳青笑着说：没事，人生来就是让人看的。

李志扬说：你可别说你是警察啊。

柳青说：为什么？

李志扬说：这会让他们晕倒的。你哪像个警察啊！

村子里的人听说小李子这回带着一个漂亮的姑娘来了，就一个劲地往这边涌。李志扬把随身带来的糖果分给孩子们，然后便开始给他们照相。有几个年轻的姑娘还拉着柳青一块照，她就大方地站到了她们中间。那时候她就觉得特别开心，她还想，假如自己真的成了李志扬的对象，也许会有另外一种情调的。

在老乡家吃完午饭，时间就已经到了下午。他们还得去玉秀山。

李志扬对柳青说：看来咱们得在山里住一宿了。

柳青说：好啊。如果不是因为工作，我真希望在这里多住些日子呢。这里的景色真的很美。

李志扬说：咱们来晚了，要是秋天来，满山都是红叶，那才叫美呢。走，先把住的地方安顿好。

于是，他们去了村子南边山坡上的一座学校。那是一个完全小学，还附设了三个初中班。不过学校已经放寒假了，看不见什么人。李志扬把车开到操场上，同时按了几声喇叭。那个看门的老头也不过来。李志扬说，那老头是个哑巴。他们走下车，不一会儿，就见一个矮个略胖的看上去有几分腼腆的青年男子向这边跑来。李志扬介绍说，他叫安小文。是这个学校唯一的从落城师范专科出来的师资。当年李志扬在桥头插队时，这个安小文还是一个毛头小男孩。是李志扬帮助他补习完小学课程的。

安小文喊李志扬叫“李哥”。然后就看着柳青，不知道该怎么称呼好。

柳青大方地伸出手：你好，我叫柳青，在市公安局工作。

安小文迟疑地问：你是警察？

李志扬说：柳青是我的朋友，她是落城刑警支队的工程师，你就叫她柳工好了。我们打算在这里住一宿，你好安排吗？

安小文说：学校里有一间客房，刚粉刷过，很干净的。

李志扬说：那就可以了。客房给柳工，我去你那里搗腿，行吗？

安小文说：我反正就一个人，没有什么不行的。

李志扬说：我倒是希望你说不行。小文，你比我小六岁，今年也该是小三十的人了吧？

安小文说：过了年就三十了。

李志扬说：那也该成个家了。

安小文有点不好意思地说：我不想在这里成家。

李志扬说：这里山清水秀的，有什么不好？

安小文说：那你为什么不回来？

李志扬被这句话给堵住了。

柳青在他们身后笑了起来，说：李志扬，你怎么不说话了？

李志扬也笑着回答：我有权保持沉默。

三个人就这样说笑着去了安小文的宿舍。那是夹在教室中间的一间简陋的平房，布置得却很有趣。墙的一侧挂着巨幅的中国地图和世界地图，另一侧贴着几张以女性为主体的电影海报，其中有美国的莎朗·斯通和香港的张曼玉，还有一张未完成的肖像素描，只画着一个女人的轮廓，却没有五官。

柳青问安小文：安老师，这是写生还是临摹？

安小文腼腆地说：都不是，我瞎画着玩的。

他一边回答一边给客人泡茶，然后就出去了，感觉是在逃出这个窘迫的气氛。

柳青的兴致还在那张未完成的肖像画上，依这个轮廓，这个女人还真是不丑的。如果自己没有猜错，这个叫安小文的乡村教师是在画他想象中的女人。看来，每个人骨子里都有一份浪漫情怀，在这样寂寞的大山里，一种人靠山吃山地活着，而另一种人则是靠梦活着。这个安小文属于后一种人，他拥有自己的理想，包括这想象中的女人。然后，柳青就意外地看见了安小文的枕头边上有一台笔记本电脑，拿起来一看，是宏基的牌子，好像是台湾的一个品牌，应该不便宜。一个乡村小学还能配备这样高档的东西？正纳闷着，安小文回来了，手里抱着一床那种带包装的真空棉被。

柳青就问：小文老师，你还专门去为我买了一床被子？

安小文说：我知道你们城里的女人爱干净。

柳青认真说了声谢谢，然后又问道：安老师，这电脑是学校给配的？

安小文的脸突然红了，说：学校哪能用得起这个，连学生的课桌想整修一下都办不到呢。这电脑是……一个朋友借给我用的，他是一个画家……秋天的时候还会来的，到时候我就还给他了。

柳青说：你这个朋友还真是慷慨啊。

但她不懂的是，怎么这个安小文突然脸就转红了，还带有一种近乎女孩子的那种羞涩。这有点奇怪。很多天之后，女警官回想起这个场面，才觉得那还不是一种羞涩，而是在掩饰着内心强烈的不安。

玉秀山距离桥头村大约还有二十公里，通往那里的路是在一条旧时的官道基础上改建的，正在施工中，不好走，一段路走下来竟用了近一个小时的时间。一路上，安小文对玉秀山下的石窟佛像作了比较详细的介绍。他说这件事情很奇怪，当地的人祖祖辈辈在这里生活了多少年，就是没有发现还藏有这样的宝贝，结果有一天，一场大雨造成了严重的山体滑坡，才被一个外来挖草药的哑巴意外发现了。这个人因此还获得了县政府颁发的一万元奖金。安小文说：人和人真是不一样，给我们学校看门的也是一个哑巴，他却没有这样的福气。

李志扬说：从电视新闻里知道，这个佛像年代已经很久了。

安小文说：据北京来的文物专家初步考证，玉秀山石窟佛像大都出于魏晋年间的，比山西大同的云冈石窟和洛阳的龙门石窟都早。目前已经发掘出五十几个窟了，大小佛像有两百来座。

柳青说：这儿的老百姓有盼头了。即便是现在这个规模，也够得上开辟一个国家级的旅游景点，旅游业会带动其他服务业。

李志扬说：那是。这也算是祖宗阴德啊。

安小文说：现在还没有对外开放。估计明年这时候差不多了。

李志扬说：我们就在很远的地方看看，拍几张照片，作个纪念。

到了石窟景地，果然一切都还在建设中，连个像样的大门也没有，也没有门票，只有两个保安模样的人在把着一个竹篱笆门，却不许人进去参观。安小文走过去与他们套近乎，说我们只是拍几张照片，一会儿就走。一边说着一边塞给了两人十块钱，问题便解决了。

柳青不懂石窟艺术，但是一走进去，就产生了一种豁然开朗的感觉。那一扇扇向她打开的石窟像孔雀打开的翅膀，让她觉得自己的身体也变得轻盈起来。她一眼就注意到那尊观音佛像，那佛像在整个石窟佛像中并不显得高大，大约只有三米的高度，却给人一种超凡脱俗的感觉，又非常的和蔼可亲。这个瞬间她又一次想到了北京的陈晖，她想如果今天是和那个男人一块来，肯定不是这样的情调。陈晖一定会说得天花乱坠，男人的夸夸其谈在这样的时候非但不讨厌，而且还能博得女人的欢心呢。她正忘情地想着，忽然听见李志扬的相机快门响了，律师说，这张以观音佛像为背景的照片效果应该不错。

山里的天气总是瞬息万变。回来的路上天下起了一阵大雨。道路变得泥泞，更不好走了。等临近黄昏的时候他们才回到学校，而这时雨又止了，夕阳从云层中射出来，一道道光束非常强烈。那时的西天仿佛点燃了似的。晚霞在消失之前呈现出最后的也是惊人的美丽。

吃过晚饭，柳青和李志扬出来散步。他们又一次来到了那座石桥上，来的时候柳青对这桥没有什么印象，现在却看出了它的美来，那古朴的表面雕刻着岁月的痕迹，散发出历史的沧桑感，而那四只立在桥两端的石狮子神态各异，生动活泼，又让人感觉它充满着生机。柳青说：这桥不错，明天我得在这里拍一张照片。

李志扬答非所问地说：这桥对于我是一个纪念。

柳青说：纪念那逝去的蹉跎岁月？

李志扬想了想，说：是它见证了我的初恋……

柳青很意外也很好奇，说：与爱情有关，那你得从实招来。

于是，律师就对女警官说了一段往事——

那是1977年的春天的一个下午，我正准备回到县里复习，参加第一届的高考。刚刚走出村子，来到这个桥头，忽然下起了大雨。我来不及回村，就赶快去了这个桥洞下面躲雨。那雨可真大啊，十米以外就见不到人影。一会儿，又来一个人，是个姑娘，看上去比我小点，梳着两根齐腰的辫子，还别着一枚红蜻蜓的发卡，很好看。从穿戴上看，也应该是小县城附近的。她的衣服差不多都淋湿了，还似乎有点发冷。我们就这样待着，谁也不说话。过了很长一段时间，雨势小了，但外面的天色也开始转黑了。我们走出来。这时她开口了，问我去哪，我说去沙河镇，等候开往县城的最后一班车。她说她也是的。

沙河镇离桥头还有八里的路，这一路上我们只顾着赶路，还是没怎么说话。等我们到了沙河，天就彻底黑了。往常，最后一班车应该在七点到的，结果这一天我们一直等到了九点，车还是没有来。我想大概是大雨冲坏了路面，这班车临时取消了。这时，她有点着急了，眼泪在眼眶里直打转。我就说，走不了，咱们去找个住的地方吧。她说她身上就只有买车票的钱，我就让她跟着我。我说，没事的，放心好了。我当时身上也没多余的钱，于是就找人家去好说。找了几处，都没有人搭理。等找到第四家，主人是个做豆腐的，看了看我们，问我们是什么关系。我说是兄妹。主人又问，是一个娘生的吗？我说是，要不怎么这么晚了还在外面呢？主人犹豫了一下，提出了一个交换条件，要我半夜里起来替他磨一缸豆腐，他就答应给我们下两碗面条，腾一张床。我连忙就答应了。

这样我就和她挤在了一张床上，我说，你睡里面，我半夜还要起来磨豆腐。见她还在犹豫着，我又说了句，姑娘，你放心睡好了。我说过了我是你哥。说着，我自己就先躺下了。等半夜里我被主人叫起来时，我才发现她也睡了，还抱着我的脚。我慢慢把脚抽出来，起了床，就到后院替主人磨豆腐去了。这一磨，就到了早晨七点多。

等我回到房间喊她时，已经不见她了。她给我留了一封信，用那只红蜻蜓的发卡别着。那信上说她家里有急事，所以一早就走了。她留下了她家的地址，是距离县城二十里地的一个镇子，让我有空去找她。我心里很热乎，觉得这是一种缘分。那时我因为忙着高考复习，所以直到两个月后才找到她那个镇子，可是一打听，她家已经在一周前搬走了……

律师说到这里，停顿了下来。

柳青说：就这么完了？后来呢？

李志扬说：后来，那已经是很多年之后了，我在一个城市里遇见了她……

柳青说：真的？于是她就嫁给你？是这样吗？

李志扬说：不是，她已经嫁给了别人，我看见她手里牵着一个小男孩，应该是她儿子吧。所以我就没有惊动她了。

柳青说：她呢？认不出你了？

李志扬说：我想是的。她没有认出我，毕竟那么多年过去了。不过这样也好……我后来也成家了，是我的同学，我们在一起生活还不到一年，她就不管我了……

这样的表达让柳青听起来还是相当的悲伤。她对这个男人第一次有了不同寻常的感觉。但她知道这不是爱，也不是同情，是什么呢？她自己也难以说得清楚。似乎是带着敬重的怜惜吧。通过“8·24”案件，女警官对律师增加了了解，这个男人很正派，很敬业，有责任心，给人一种安全感。这些可能会构成一个女人爱一个男人的基础，却不能成为爱的理由。爱需要燃烧，是一触即发的碰撞之后的那种燃烧，柳青感觉不到这一点。这个男人身上缺少的是一种很男人的东西，譬如说洒脱、豪爽与与生俱来的幽默感。而这个，北京的那个陈晖是不缺乏的。柳青想，假如这两个男人都是泥塑的，她会毫不犹豫地把他们捏在一起。她一点也不觉得这个念头近似荒唐。

柳青没有再说什么。

夕阳敛起最后的余晖，接踵而至的是苍茫的暮色。月亮已经在山脊上升出来了，慢慢地起风了，寒意开始转浓。他们离开了古朴的石桥，沉默着往回走，突然，听见了一声沙哑的叫声随风掠过，音调悲怆。

柳青警觉地问：什么声音？

李志扬把声音压低：是狼……

柳青还没有来得及惊慌，突然就从对面的林子里跳出了两匹灰狼，凶恶的眼光直瞪着他们。柳青吓坏了，下意识地把枪推上了膛。

李志扬连忙将女人护在了身后：别慌！

柳青竟有点口齿不清了，她说：真是狼吗？

她从来就没有真的见过狼。以前只听母亲说过，狼的模样和狗差不多，只是尾巴比狗粗壮。现在看来，狼和狗真正的区别还不是尾巴，而是眼光。狗的眼光没有这么阴沉，更看不出埋着凶险。李志扬装作没事的样子，侧着身掩护着她，慢慢从狼的身边走过。狼距离他们越来越近了，只有十五米的距离，随时会扑上来似的。它们的目光一直盯着他们。他们在走动，它们也在走动，二者之间的距离始终是相等的。突然，柳青的脚下一滑，踩到了一块圆石头，跌倒在地。这个举动惊动了跟踪的狼，它们掀起一阵风，向这边直扑过来。柳青就势一个侧滚，然后拔出了枪，来不及瞄准，就对着其中一匹冲在前面的灰狼连开了三枪。

枪声在山谷里竟是这样的响亮清脆。女警官看见那匹狼整个身体在面前竖立了起来，比她个头还要高，然后，它发出了一声惨叫——像个婴儿的啼哭，就摔倒了。另一匹狼则箭一般地跑回了丛林。柳青起身看了看，一发子弹正射入了狼的脑门。血和脑浆都迸出了。

她惊魂未定地看着还在抽搐的狼，那狼也凝视着她，狼的目光很坚定也很专注，女警官被惊吓得跳到一边。在与狼的对视中人最终败了下来。然后李志扬跑过来，伸手拿过她的枪，对着这狼的心窝又开了一枪，狼慢慢就不动了。

他们看着狼的尸体，都没有说话。

过了一会儿，李志扬才低声说：你不该开枪的。

柳青哭了起来：李志扬，你这是什么意思?

李志扬说：柳青，我没有怪你的意思。可以说你是为了救我——这匹狼本是冲着我来的，它是匹公狼，它在选择对手——因此它扑向了我。

柳青泣不成声地说：你这样说我不觉得不公平吗?

李志扬说：你听我说。本来，我只要打一个口哨，或者你朝天鸣枪，它就会吓着跑开……结果，你的枪倒先响了。

柳青喊道：我没有你那么理智！

李志扬没有再说什么，而是把这只还散发着热气的狼拖到了河边的沙滩上。他用手刨出了一个坑，然后把狼的尸体安放下去，再用沙把它埋了。

柳青继续哭着。她注视着律师做完这些，这时才觉得心里很不是滋味。

很多年后，女警官回忆起这次经历时还是感到情不自禁。这是她第一次也是唯一的一次，用枪射击活体，她以优秀的枪法成功地实施了一次杀戮。她清楚地记得，那个寒冷的冬夜，夜不能寐的她又听见了一声狼嚎——那是一个悠长的哭腔，凄惨的尾音在山谷中回响着。她知道，这一定是那只剩下的母狼的声音。她也许是这个山脉最后的一匹狼了，她似乎在对着惨淡的月光控诉：你们为什么要留下我？为什么让我这么孤独地活在这个世界上？为什么?!

十一

从山里回来，柳青病了一场。因为私自开枪的问题，她受到了支队的批评。她的父亲也很不痛快，又扯出上回在商场亮枪的事，把女儿教训了。住院期间，李志扬也经常来看望她，从律师的表情上，柳青看不出有什么异常。律师似乎很愿意为她做点什么，但她自己心里却想把二者之间的距离拉开。柳青知道律师的心事埋得很深，这个男人对待女人和处理案件的方式差不多，理智而谨慎，却不能带来那种属于男女之间的美妙感觉。既然这样，也就没有必要让人家有所期待。但是社会上已经传出了她和李志扬的故事，说一个女警官和一个男律师在山里过夜，躲在山洞里偷情，结果却遇上了狼……

沈蓉把听到的这些告诉柳青，后者就不以为然地笑了一下，说：人生来就是让人说的，谁爱说就让他说好了。

沈蓉又问：你和李志扬有没有……

柳青说：怎么可能呢？他是个不错的男人，但却不是我喜欢的那种男人。

沈蓉就没有再问什么了，而是掉头说自己的事。她还是说郁之光马上就要走了，按这个势头，这个人还要得到重用，也许就不回落城了。

柳青说：那你怎么办？跟他走还是拉倒？

沈蓉说：我也没想好，但心里老不踏实。

柳青说：沈蓉，我们处得不错，所以我今天把真实的看法对你说。你和郁之光的事该有一个结果了，无论怎样的结果，都不是坏事。至少比现在这样拖着强。其实老郁和老婆离婚，本来可以正大光明地去办的，即使女方不离，按照《婚姻法》，分居一段时间，法院还是可以裁定的啊。我想这些，他这个政法委的书记不可能不懂吧？

沈蓉说：我何尝不想这样呢？要不我怎么先行一步把自己这边摆平了呢？可这个时候对他提出这么绝对的问题，他会有负担的，也会影响到他的前程。这个我怕。他有他的顾虑，虽然没对我说，我还是能想象得出来的。

那时柳青就想，沈蓉这个女人还是很善解人意的。

春节后，刑警支队没有遇上什么大的案子。到了三月初，省里统一安排了一次“打拐”行动，就是集中打击拐卖妇女的行动，似乎是以这样的方式纪念三八妇女节。“打拐”行动声势很大，落城的各个警种都抽了人，奔赴山里，去解救那些从外地被拐卖到这里的妇女。行动的前一天，市政法委书记郁之光亲自来为大家送行。这是柳青第一次近距离地看见这个男人。这是一个看上去很儒雅也很和蔼的中年男子，仪表堂堂，出口成章。他即兴的讲话却很具煽动性，他说“打拐”是一项专项斗争，我们的任务不仅是要打击那些不法分子，而且还要给那些被拐卖的妇女一个“回家”的感觉。那时柳青就觉得，这个人怎么就不给沈蓉一个“回家”的感觉呢？

柳青随副队长李林那个小组去了一个偏僻的山乡，很顺利地抓捕了两名人贩子，也解救出了三名被拐卖的妇女。等解救第四名时，出现了意想不到的问题。那个从四川乡下被拐卖来的妇女，对来访的警察非常热情。李林问她，怎么来的？她说是卖过来的。李林问卖了多少？她说五千，人贩子得了两千，她父亲得了三千。李林说，我们今天是来解救你的。女人就仰着脸看着李林，问什么是解救？李林说，就是送你回家。那女人一听说警察要送她回家，就一下子坐在了地上，死活哭着说不想回去。她说我在家里吃不饱，我在这里日子过得好好的，我不回去。再说我要是回去，娃怎么办？世上哪有扔下娃不管的娘呢？我的家就是在这里啊！李林一下就没了辙，就让柳青去劝。柳青说：李队，别劝了，人家现在过得挺好的，你还解救什么？我们要解救的，是那些被哄骗的或者过得不好的。李林一想也对，就不再纠缠，带队离开了。等他们回来后，不久的一天，那个四川女人和老实巴交的丈夫登门给刑警支队送来了一面锦旗，上面写着金光闪闪的四个大字：“成人之美”。大家一看，全都笑了起来。

那些天柳青在办公室看业务书，突然有了想去北京深造读学位的念头。她想依自己的专业基础，集中精力把外语抓一下，考研应该不是问题。她在这个城市待得太久，也该挪一个地方了。一辈子守着这个城市，走上街一路都是熟人，这个感觉不好。自己二十六了，如果再不成家，在落城就成了话柄。而在北京，你就是四十六岁还是单身，那也没有人会觉得有什么不正常。这就是大城市和小地方的区别。然后，她就想到了陈晖。他们之间已经有一段时间没有联系了。看来人都是现实的，彼此既然没有走近的意思，那就干脆疏远点，没有必要陷在那种并不存在的关系之中。这样一想，女人又觉得心里有点酸了。

那个时候，居住北京的记者还在一门心思地追踪着美国的辛普森。

1995 年 1 月 31 日，控方证人开始出庭作证。在已经出场的几十位证人中，最让陈晖关注的是来自三方面的证言。第一个，是洛杉矶一家刀具店的老板和售货员。他们证实，1994 年 5 月间，辛普森在这家店里买下了一把 35 厘米长的德国匕首，而且还当场开了刃。这自然不是一把普通的匕首，它与案发现场死者身上的多处刀伤完全吻合。尽管这把沦为凶器的刀至今没有下落，然而在控方眼中，如此的人格证据足以让辛普森的"梦之队"有口难辩。前几天一群记者遇上控方的威廉·哈奇曼检察官，当记者们问起辛普森一案的进展时，这位起诉组的首席检察官说："下个礼拜就会水落石出。"哈奇曼的自信溢于言表，让你觉得他们这回真的就是胜券在握了。

更为严重的是另一个叫夏夫的证人说，案发当晚 10 点多，他出来溜达，亲眼看见辛普森驾驶着白色的野马车经过南班迪街 875 号门前的。如果此言是真，那么该案就等于获得了直接证据。还有什么比目击者更具权威的证人呢？

夏夫的证言恰好与另外几方面的证言构成了一种呼应。辛普森本人不能很好地说明，1994 年 6 月 12 日晚上的 10 点至 11 点之间他在干什么，而当时留在他家里的一个叫做卡伦的食客却一再表示，那个晚上，辛普森的情绪"很低落"，他感觉在这段时间里，辛普森"好像不在家"。那辆礼车的司机阿伦·帕克也证实，当晚 10 点 25 分他到达北洛金汉街辛普森的住宅前，准备送他到机场。他一直在按门铃，却没有人来开门。于是他就等待，并没有看见这周围停有辛普森的那辆白色野马车。直到临近 11 点的时候，他才看见一个体重大约两百磅的黑人背影，从车道走进了宅子。然后，辛普森就出来了。帕克说辛普森上车时"情绪烦躁，满脸是汗"。

1995年3月13日，马克·福尔曼警官出庭作证。作为辛普森一案最早发现证据的警官，他在法庭上的证言听起来就显得相当的逼真。奇怪的是，辩方律师夏皮罗·李·贝利对福尔曼警官的询问轻描淡写，在简单询问过一些情况之后，律师突然提出了一个看似与案件没有关系的问题。他以平淡的语气这样问道：福尔曼警官，你在描述一个黑人时，使用过“黑鬼”这样的词语吗？

福尔曼从容应对，说：从来没有。

贝利律师说：那么，也就是说，当有人在法庭上指证你曾经使用过这个词，也就意味着那些人是在说谎了？

福尔曼说：是的，他们肯定是在撒谎。

贝利律师接着说：作为一名警官，在失去了一个在你看来很有趣的案子时，是不是会很失望呢？

福尔曼说：是的，会很失望的。

贝利律师进一步指出：那么，面对这种失望，你是否会决定干点什么呢？

福尔曼意识到这可能是一个圈套，立刻就回答道：不！

看到这里，陈晖为辩方的担忧又加重了。控方一切做得井井有条，似乎无懈可击。不过，记者又想，既然辛普森的律师团被称为“梦之队”，那么也就意味着这帮人决不是吃素的，他有一种感觉，辩方将在适当的时候打出一张王牌来。很多天后，记者才恍然大悟，其实这一天贝利律师和福尔曼警官这场貌似没有锋芒的简单答问，实际上暗藏着杀机。辩方手里的那张王牌正是白人警官马克·福尔曼。

记者站起来伸了个懒腰，然后就听见门铃声。他估计是票务公司的人送票上门，这才觉得该打点一下行装，明天又该出发了。

落城的三月，竟还是春寒料峭。背阴的地方，春节前的那场雪还没有完全融化。残雪早已被尘土染黑了，街上看上去异常清冷。这是一个星期天的上午，轮到柳青值班，她本想利用这个时间看点书，结果李志扬来了电话，说电视里正播一部叫做《弃船》的美国老片子，是根据一件真实的事件改编的。律师说这部片子他在读研究生的时候就看过，觉得很不错。于是柳青就将电视机打开了，影片刚刚开始。

一艘海轮在航行中不幸遭遇了战争时期遗下的水雷，船长阿里克斯下令弃船，有二十五个人挤到了逃生的小舢板。但是，这艘船的设计标准是九个人，那么剩下的十六个人就是超载了。阿里克斯于是作出这样的安排，他让一部分乘客下到水中，与船上的乘客做每隔两小时的轮换，以保证舢板的正常负荷。但是，随着海上气候的恶劣变化，这种轮换还是不能继续下去。不久，巨大的风浪来了，舢板若想稳定航行就得迎风拼命摇桨。在这样的情况下，船长面临着这样一种选择：要不抛弃一些乘客，要不全体沉没。而且，更加残酷的是，所要抛弃的不是按照航海常规，让妇女与儿童们留下。阿里克斯做的正好相反，他要抛弃的是那些没有能力或者没有可能战胜惊涛骇浪的老弱病残，留下的是那些比较强壮的人。他所遵循的是适者生存的法则。这个决定立刻遭到了一部分人的反对，有人认为阿里克斯船长正在做出的行为无疑是一次谋杀。但后者还是用一把左轮手枪保证了命令的执行。船长坚决地把成为超重的负荷抛进了大海。后来他本人也因负伤成为被抛弃的对象，于是就自动跳进了海里，不过还是被人救上了舢板，他们离不开船长的指挥安排。经过一次次与狂风激浪的搏击，船上的十三个人终于活下来了。他们这才感谢船长的英明决策。不久，舢板上的人看见了希望，一艘海轮发现了他们并向他们伸出了援手。

影片到这里，突然出现了戏剧性的变化。那几个最初反对，后来又感谢的乘客，现在又翻脸了。他们说出种种理由来排除自己参与谋杀的干系。他们将要出庭作证来指控船长是这起谋杀案的元凶。阿里克斯感到十分震惊，但此时的他却选择了沉默。

最后的解说与字幕是：这是一个真实的故事。当船长等人遇救之后，法庭宣判了阿里克斯有罪，但仅处以六个月的刑罚。

柳青关了电视机，觉得这部电影虽然拍摄的方法陈旧，但看后还是觉得不错。这部电影让她觉出了人生的沉重。看来人生就是一个选择的过程，每个人都会面临着选择，虽然不会像阿里克斯船长那样的艰难，但就选择的性质而言，它们是一致的。它们一样沉重。她还想到，两小时前律师通知她看这部电影可能是一种体面的借口，他希望与她的联系不要因为那只狼的毙命而终止。他有理由这么认为。是的，柳青眼下就存在着选择，她感到自己无意之中站到了两个男人之间，有一种不知所措的感觉。其实她并没有做什么，甚至连一点暗示也没有，就形成了这种比较复杂的局面。

这时，听见外面有传达的声音：小柳，有人找。

柳青从办公室走出来，见到走廊那边站着一个穿风衣的身影。由于是逆光，柳青看不清来人的脸，但觉得这个身影非常熟悉。那人向她走过来，柳青感觉他在笑，近了，才看清来人竟是北京的陈晖，他真的说来就来了。

柳青说：好啊，陈晖！来了也不提前打声招呼。

陈晖说：说给你惊喜吧很矫情，但我确实想给你一个意外。

柳青说：你这人太神了，怎么像是从天上掉下来的似的。

两人走进办公室。柳青忙着给陈晖沏茶，又把从家里带来的那些瓜子什么的拿出来，招待北京的朋友。刚才的烦恼已经不知不觉地消失了。

陈晖说，他先找到了柳青的家，再上这里来的。陈晖说：我觉得你爸爸一直用狐疑的眼光打量着我。

柳青说：你这个人本来就让人狐疑。

她拿起一把椅子在陈晖对面坐下，问：你这次来，是因为工作吧？

陈晖说：我要是说为你来的，怎么样？

柳青说：我消受不起，但我感谢。说真的，你是有事情吧？

陈晖喝了口水说：算是公私兼顾吧。一来想看看你——你别烦，明人不说暗话，我确实带着这份心思；二来是了解一个事情。

柳青就问：是案子吗？

陈晖说：差不多就是一个案子了，但不是刑事案件。落城大学一对大学生，谈恋爱谈出了麻烦，女方怀孕了，校方就以“发生不正当男女关系”为由将他们双双开除了。

柳青说：这件事我听说过。你就是为这个来的？

陈晖说：是我单位安排的，但我觉得很有意思。连谈恋爱发生关系都叫不正当，那我就不明白什么样的男女关系才叫正当的了。

这话一说，柳青就觉得有点不自在，因为类似的经历她也有过，只是当初她比较谨慎，没有造成什么后果。更因为几天前的那个梦境，她好像觉得与陈晖之间真有过什么似的。她就用续水来加以掩饰，说：你们这种人就爱打听这些事。

陈晖说：这是个值得做的文章。性爱是成人的一种权利，需要得到尊重。怎么居然就被校方开除了呢？太不可思议了。

柳青说：你也不能这么说，他们总是违反了校规了的。如果学校不采取行政措施，女生都挺着大肚子去上课，那不乱了吗？

陈晖说：那也不能叫乱。可以劝说她去做人流，也可以让她休学把孩子生了。国外这些事多得很呢。怎么说也摊不上开除的。你想想看，就因为年轻人的一点冲动，学校就把两个人的前程给毁了，这既不人道，也不仁义。倒是两位当事人做得很潇洒，听说那女生居然就公开提出要把孩子生下来，家里人也很难拦得住。

柳青说：看来时代变得很快。我想，那个女生比我小不了几岁吧，给我感觉就几乎是两代人了。

陈晖说：我曾经在北京的几个大学对女生做过一次调查，结果是，想将来有婚姻有家庭有小孩的占 32%，想过单身生活，但要找情人的占 34%，还有部分女生，更前卫，说要小孩但不要婚姻。

柳青说：打算在这里住几天呢？

陈晖说：想速战速决，主要就是想和校方以及两位当事人谈谈。要是你不忙的话，我想我们一起去。

柳青说：那得看我的时间了。我这里说有事就有事的。不过，我很想随你去听听。

当天下午，他们就找到了两位当事人所住的地方，是市郊的一座临时租借的民房。一见面，柳青吃了一惊，原来那个女生就是曾经和她在一个大院里居住过的小环子，本名魏环。她的父亲好像是一个什么局的副局长，多年前就去世了。现在她叔叔魏如柏是刚当选不久的副市长。柳青自从上大学之后就再也没有见过这个小环子，而且，后者也居然不认识柳青，或者是装作不认识吧。

陈晖先自我作了介绍，然后说明了来意，那魏环就浅淡地笑了笑，说：你想帮我们？

陈晖说：尽量吧，我准备找校方谈谈，看看是否还有更改的可能性。

魏环说：其实站在校方的立场上，对我们的处分没有错。

陈晖有点惊讶，说：是吗？

魏环说：国有国法，校有校规。既然我们违反了校规，那就处分好了。

陈晖说：那你们为什么还要向有关方面申诉呢？

魏环说：我们只是不能容忍处分的理由。我们是很圣洁的爱情，绝非他们所说的那种“不正当的男女关系”，那是对我们的污蔑和诋毁。

陈晖点了点头，想抽支烟，不料魏环却说：很抱歉，我不希望这屋子里有烟味，这样对孩子的发育不好。

陈晖有点尴尬地把烟收起来，说：我想知道除了进一步申诉，你们还将有何打算？

魏环说：我们白手起家，把孩子生下来……

看着陈晖拿出采访机，魏环就说：请别这样，我可能会让你失望的。我不愿意接受任何媒体的采访，因为这是我的私生活，不想引起舆论的关注。公民的隐私是受法律保护的，不是吗？

正说着，那个男生回来了，手里抱着一只电取暖器。看见屋里有生人，那男生的目光变得锐利起来。

魏环介绍说：这是我爱人江旭初。

陈晖对那男生笑了一下，再次说明了来意。

江旭初有点不耐烦地说：小环最近身体不舒服，你们最好别打扰她。

一旁的柳青早就有气了，一听这话更觉得不近情理，连忙说：那我们就走吧。

话音未落，她自己先走了出来。过了会，陈晖也出来了。他在屋檐下点上香烟，然后笑着对柳青说：怎么这么沉不住气呢？

柳青有点气愤地说：这两口子不懂事。咱们是为着他们好才来的，却成了“打扰”了！那女孩我认识，以前和我们家住一个大院，小时候还挺温顺的，几年不见，就变成这样了。她那些话，听起来倒很豪迈，但总有一天连哭都来不及。白手起家？怎么起？那么容易？把孩子生下来，靠什么养？连孩子户口都没着落呢！

陈晖说：人也未必那么现实吧？

柳青说：浪漫是靠现实养着的。你觉得这样下去他们能幸福吗？

陈晖说：我只能说，我希望他们幸福。

晚上，柳青请陈晖在一个叫“临江仙”的小酒楼吃饭，算是为陈晖接风。这个地方比较隐蔽，在蓝渡江的南岸，需要经过一座大桥。与北岸的市区相比，这里目前还处于被开发阶段，要清冷许多，曾经有几家南边来的公司想在这里从事房地产开发，结果“宏观调控”一来，立刻就没戏了。看得出，柳青选择这个地方是不想引起外界的注意。本来她还打算让李志扬一起来，又觉得这样会引起陈晖的误解和不高兴。陈晖这种男人很敏感，也是很要面子的。

他们坐在二楼靠窗的位置上，看着外面江上的月色和帆影，边吃边聊。两人没有继续白天走访的话题，而是一上来就抓住了辛普森的案子。陈晖简明扼要地介绍了案件的进展情况，柳青就说她还是相信辛普森有罪的。这或许是受到专业的影响吧，她说，我是搞证据鉴定的。这案子要是出在中国，早就审理结束了。陈晖笑了笑，说中国的事情有时候看起来似乎特别简单，辛普森这个案子看来不是一时半刻能够审理完结的，他也被拖烦了。柳青说，也许好戏还在后头呢。柳青希望陈晖能把这个案子善始善终地写出来，并表示自己愿意做第一个读者。等这些话说得差不多的时候，才谈到了各自的一些情况。陈晖先问柳青，是否还是一个人？柳青稍加迟疑，但点了点头，说：陈晖，咱们今晚不重复在三里屯说过的话好吗？

陈晖倒也坦率，说：其实我这个阶段内心也特矛盾，一方面，我对你还不想死心，另一方面在北京也偶感寂寞难耐。

柳青说：那你还是尽早消除寂寞的好。

陈晖说：这个年头，消除寂寞的方式倒是很多，也不难，可是想物色到一个适合自己的伴侣，还真不是一件容易事。你呢？在谈恋爱吗？

柳青说：我暂时还不想多花心思。不过，一旦遇上，可能就风风火火了。

陈晖说：这我能想象得出，你骨子里是个浪漫的女人，只是你很挑剔。

柳青说：当然要挑剔，我至少要想象得出，日后和我同床共枕的那个人有没有意思吧？

陈晖说：这我理解。不过我纳闷的是，难道你对我一点也没想法？

柳青说：那也不是，我时常想到你的才华，你的谈吐和风度呢。但说实在的，我们是两种人，过不到一块去。即使我们之间有过亲密接触，我想好景也是不长。所以我就不多想了。当然，如果方便的话，我也不想失去你这样的一位朋友。

陈晖说：什么叫“方便”？

柳青笑了笑，说：比如说你有新太太了，她不介意啊。

陈晖说：要是介意呢？

柳青说：那就拉倒。你不觉得我这样的材料，让人当“第三者”看待太委屈了吗？

陈晖把身体往后一靠，说：你看，这左也不是，右又不是。

柳青本来还想把准备上北京考研的打算说出来，结果却没有说。她担心这个男人会因此产生幻想。那样的话，她就有压力，她不希望有这样的压力。但是，倘若有一天自己真的去北京读书了，那也不能把话说死。陈晖这次来看她，她还是有几分激动和得意的。男人现在的眼神就是一种勾引，也可以说是一种诱惑。她喜欢这种暗送秋波的感觉，毕竟，坐在她对面的还是一个有魅力的男人。要是自己不是和父母一起住，没准儿今晚就会有故事了。这也未必不是好事，但一场风花雪月之后，男人又走了，那她就有点惨了。这样一想，她就希望自己能冷静一下，于是就起身去上洗手间。

刚从楼梯口拐过去，柳青无意中看见了那边同事沈蓉的背影，她也在和一个男人一起吃饭。那个男人就是郁之光。柳青自然没有惊动沈蓉，悄然从她身后走过了。

十二

年轻时代的郁之光曾经是报考飞行员的人选，因为视力问题最后被刷下来，就去了一个空军后勤学校学习。那个学校的校长，就是他后来的岳父，军衔是大校。1977 年秋后的一天黄昏，大校陪同他的宝贝女儿王佩霞在校园里散步，一路都有战士向他们敬礼。那一年，王佩霞刚满二十，是该谈恋爱的年纪了。大校有心在学员中为女儿挑选一个乘龙快婿。路过宣传栏，看见新出的“光荣榜”。王佩霞就对着一名英俊的战士照片驻足了。父亲看出了女儿的心事，于是第二天，他让警卫员把一个叫郁之光的毕业班学员喊到了自己家里。

郁之光就这样被选中了。但是他一点也不高兴，他不满意女方的长相，觉得这个姑娘个头矮，皮肤也嫌黑，眼睛是单眼皮，而且年纪只比自己小两岁。可是，女方却对他十分满意。郁之光虽然来自农村，但天性聪明，成绩优良。他本来看上的是学校医院里的一名护士。现在，他似乎只剩下“执行命令”的份儿了，尽管大校嘴里一直说着恋爱自由。郁之光一毕业，就和大校的女儿结了婚，成了一个“倒插门”的女婿。第二年，他们有了一个女儿，取名郁兰。郁之光后来的生活就随着大校个人的变迁而变化。大校在部队他在部队，大校到地方他到地方。1984年，这一家子因大校的转业来到了落城。过去的大校成了落城的纪检委书记，以后又成了市委副书记。在他即将卸任之前，潜伏多年的肝癌突然发作，很快就送他走完了人间的旅程。据说老人临终的遗言是，希望组织上把在县里挂职当副县长的“第三梯队”女婿调回落城。组织上满口答应下来，然而郁之光本人却很不情愿。

关于郁之光的这些事情，柳青是从父亲那里听来的。因为郁之光的岳父和柳青的父亲是战友，都是当年四野下来的人。昨晚在“临江仙”的事，柳青自然不会说出去。但是今天快下班的时候，沈蓉突然来到了她的办公室，从女人的眼神中，柳青知道昨晚的事还是让沈蓉知道了。她在等待着沈蓉的开口。

沈蓉把门关上，坐到柳青对面，说：你昨天去“临江仙”了？

柳青说：是啊。

沈蓉说：我看见玻璃上闪过一个人影，我想这样漂亮的身影在落城，恐怕只有我们单位的小柳了。

柳青说：好个沈蓉，你可真会先发制人啊，我还没说什么，你倒先一棱子扫过来了。我当时是怕打搅领导，所以就……

沈蓉说：其实也没什么好说的，老郁明天要去省里学习，就约我出来聚聚。他在这个职务上，凡事总是那么谨慎，我也不想搞得满城风雨。

沈蓉的坦率让柳青感到吃惊，她想这个女人现在一点也不含蓄了，柳青说：你和郁书记很早就熟悉了吧？

沈蓉说：从认识到现在，前后八年了。我认识他时，还不满三十岁……

柳青说：哦，那可不算短了。

沈蓉说：你今晚有安排吗？

柳青看得出沈蓉有一种急切的幸福的倾诉欲，不想扫她的兴，就问：没有啊。

沈蓉说：那我们出去吃饭吧。有一家新开的韩国烧烤，老板是我的朋友，咱们去他那里聊聊。

柳青说：我不能天天在外面吃饭，老爷子会教训的。

沈蓉说：还要我给老爷子打电话请假吗？走吧。

柳青就只好点点头，跟随沈蓉离开。临出门，沈蓉又问：北京那个帅哥不会有意见吧？人家千里迢迢的……你们认识多久了？

柳青说：当然不会有八年了。

沈蓉笑着推了柳青一把，说：好啊，敢拿你大姐开涮啊！

那一年，四十一岁的郁之光得知岳父因病去世的消息之后，心里产生了一种很复杂的感情。他自然要感谢这个岳父，无论人家今天怎样评价自己的工作能力，但如果失去了岳父这道光环，他这个农民的儿子是走不到今天这一步的。这一点他很清楚。但他也怨恨这个老人，他的权威善意地毁掉了自己一生的幸福，他一点也不爱他那个女儿。事实上，自他到县里来挂职后，就很少回落城那个家了，他与妻子过着准分居的生活，却觉得心情不错。现在岳父去世了，组织上又有提前让他回来的意思，准备让他去一个局当副局长，但他直接给市委书记去了报告，明确表示自己愿意继续在县里锻炼，他说，这种“走过场”的做法对工作会造成损失，也使老百姓感到不满。他的报告不仅得到同意，而且还受到了上级机关的表扬。

只有一个人心里清楚，郁之光不想回落城的真正原因是什么。这个人就是沈蓉。那个时候，沈蓉才二十九岁，却已是一个十岁男孩的母亲了。

在沈蓉的记忆里，她和郁之光的第一次见面，那是一个夏天的周末。学校要开家长会，布置学生暑假活动的事。那天是个阴天，又非常闷热，家长们集中在学校会议室里，听校长的广播讲话。正好，沈蓉和郁之光坐到了一起。沈蓉那天穿着的不是警服，是一条紫罗兰的连衣裙，看上去很动人。她一坐下，眼角的余光就注意到边上有个男人在打量着自己，但他们自始至终没有交谈。到了散会的时候，外面下雨了，一上来就是很大。带伞的家长纷纷离开了。没有伞的，就站在走廊上随便闲聊着，等候雨势减小。沈蓉也站在走廊上，但她没有和人聊天，一个人站在一边，有点茫然地看着天色。这时候，一个男人主动对她说话了：这雨怕一时半刻停不下来，你用我的伞吧。

女人回过头，看男人正把一把紫色碎花伞递过来。

女人说：那你怎么办？

男人说：我单位离这不远，跑几步就到了。

女人似乎还在犹豫，男人又说：你用吧，别把你这身衣服弄脏了。

说着就把伞放在了女人边上。

女人说：那我怎么还你啊？

男人说：还什么？这把伞很配你这身衣服啊。

然后男人就跑进了雨中，很快就消失了，但留在女人心中的那份温暖却很难消失。很多天之后，女人才了解到，那个男人叫郁之光，是市委组织部的一个科长。她就找到了组织部，一打听，这个男人刚刚被派到县里挂职当副县长去了。那个县是女人的故乡。女人不无遗憾地离开了。但她的脚还没有走出组织部的门槛，脑子里就已经产生了这样的一个念头：应该回一趟老家了。

很快，沈蓉就利用一次公差的机会到了县里。她随身带着那把紫色的碎花伞。当天的黄昏，她就去了县政府的院子，然后就在后面的那条河边见到了散步的郁之光。她喊了一声“郁县长”，郁之光就回过身来，他一眼就注意到了女人手里的那把伞。情绪很激动地说：是你啊！你……

沈蓉说：我是来还你这把伞的。我叫沈蓉，在市公安局工作……

郁之光说：我说过了，这把伞和你很配的。

很长时间过去后，柳青再次幻想出这个场面，内心还是显得有些激动，她能想象得出，那些日子沈蓉忙里偷闲经常搭乘末班车去县里和郁之光幽会，是怎样的一种情形。她在那一天的日记中这样写道：

多么浪漫的当初，伞的故事简直就是现代版的《白蛇传》了。然而这个故事呈现的温馨很短暂，留下的是无限的凄美。大团圆的结局只是为了满足观众的愿望，却不是故事本身能够具有的。那故事注定就是一个人间的悲剧。

陈晖在落城住了不到一周，就飞回北京了。这个周末的下午，柳青去了他所住的宾馆，得到的回答是客人今天上午已经退房了。陈晖的不辞而别，让柳青很意外，也让她很担心。她想这个男人一定是因为什么急事才这样做的。那么，究竟是什么事呢？与女人有关吗？然后她就打陈晖的手机，里面一个娇滴滴的声音说手机欠费暂停使用。柳青的不安越发强烈，连晚饭都没有吃。等到了晚上九点多，陈晖的电话打到家里来了，上来就说自己因为急事刚刚飞回了北京。

柳青有点不悦，说：你这人可真逗，说来就来，说走就走，一阵风似的刮过来吹过去。我还准备这个双休日陪你去看玉秀山呢。

陈晖听出了女人带有一点埋怨，就说：谢谢，落城我肯定还是要去的。下次，你得陪我去看看玉秀山，听说那里发现的石窟艺术很惊人……

柳青打断了男人的话，说：下回，我也许就不在落城了。

陈晖说：你要调动？

柳青说：你就别瞎猜了。这回你的事情忙得怎么样？

陈晖叹了口气说：没有什么收获。或者说什么都没有收获。

柳青也听出了弦外之音，就说：你去学校了吗？

陈晖说：去了，他们也是拒绝一切媒体采访，我是到处吃闭门羹啊，这在我十几年的记者生涯里，还从未有过。

柳青说：你这人走点弯路也好。

陈晖说：不过，这件事倘若有什么进展，还麻烦你和我通通气。

柳青说：我怕是帮不了你什么了。

陈晖说：那我们先这样吧，回头我把辛普森案子的一部分给你发过去。

放下电话，柳青似乎感觉出了一点异常。每回和陈晖通电话，总是她把握着主动，决定其通话的内容和时间，这回却不是这样，男人好像纯粹因为礼节才拨了这个电话，难道此刻他身边有什么不便？那可是一个精力旺盛的男人啊！这样一想，女人就觉得好沮丧。她一方面反感这个男人的草率，一方面为自己的谨慎庆幸。还有一方面，就是茫然。她觉得自己这回接待陈晖，没有什么不周到的地方，男人不该是这样的，其中应该另有原因。

女人的敏感往往正确。陈晖这么急着离开是因为他亲眼目睹了一个场面。

那是昨天的下午，陈晖一无所获地从落城大学回来，看看表，也差不多到了机关快下班的时候了，就让出租车往公安局门口去，他想晚上和柳青再换一个地方吃饭，由他做东，算是答谢。他还想在这个女人身上做点努力。这个自信，他一天也没动摇过。陈晖不准备再进刑警支队办公楼去找柳青，他看得出，这个女人目前对自己还没有什么意思，也就不必在这个地方给人家带来什么负面的影响。出租车开到公安局对面，陈晖正准备下车，忽然看见门前那棵梧桐树下，柳青正和一个男人在说话。那个男人身边停着一辆桑塔纳，手里拿着尼康的相机，感觉他们之间很熟悉。

陈晖犹豫了一下，觉得还是应该从车上下来，走过去。他就这样做了，迎着柳青的背影缓慢地走过去。但是他听见了女人说了这样一句话——

咱们别在这儿说了，让人看见不好，上车。

说着，女人就和那个男人进了桑塔纳，很快开走了。

陈晖心里一咯噔，似乎明白了。他自然没有去叫住女人，而是侧过身去点了一支烟，此刻，他才觉得自己实在有点自作多情，也实在好可笑。像柳青这样一个漂亮女人，这么大的一个落城，怎么可能没有男人走进她的视野呢？这样一想，陈晖也就释然了。他不想生发出更多的感慨，但是，他也不愿意继续逗留了。记者自然没有想到，这完全是一次误会。真实的情况是，那个下午，柳青是为李志扬律师借长焦镜头的。

按照支队的规定，像这种珍贵的器材一般不外借，她是从摄影员小朱那里偷偷弄出来的。所以柳青觉得“让人看见不好”，才换一个地方。后来柳青就搭律师的车去了蓝天律师事务所，让他写好借条，并加盖了公章。然后，她对他说：我也有一件事麻烦你呢。我有一个从北京来的朋友，想这个双休日去玉秀山看看石窟佛像，搭你的车行吗？

李志扬说：那不正好顺路吗？行，你把出发的时间通知我。

柳青说：回头我电话里告诉你。

这是个不错的安排，柳青想，然后就想去和陈晖约定时间。考虑到这个下午陈晖去了落城大学采访，就没有去惊动他。她想晚上和陈晖在电话里说，结果宾馆的房间里电话一直就没有人接听。柳青想这个陈晖玩性很大，也就没有再想。等第二天她去宾馆，才知道事情真的发生了变化。

十三

大约是陈晖离开落城后的半个月，记者所关注的事件真的演变成了一起重大的刑事案件，使女警官从一个沉睡的梦境中惊醒。

那是3月27日的半夜，柳青的手机突然响了。她一接听，是副队长李林来的，说有案子了。要柳青五分钟后赶到大院门口，高逸明的车过来接她。

柳青提醒道：让他别忘了带上我的勘查箱。

作为一名技术刑警，工作要求所配备的手机是二十四小时不许关机的。像这样半夜时分响起的电话，柳青早就习惯了。而这一次却让她感到紧张。春节期间，落城没有发生什么恶性案件，整个城市显得非常安详。柳青很快进行了梳洗，带上枪向大院的门口去了。不一会，高逸明的车到了，柳青便上了车。

柳青问：什么案子？

高逸明说：好像是凶杀吧。我听说本来是郊区刑警大队管的，局里却要让我们直接插手……

柳青说：那应该很严重了。

高逸明说：其实就死了一个人。好像是市里魏市长家的什么亲戚……

柳青一下就想到了魏环，就问：是他的侄女吗？

高逸明说：好像是吧……

柳青差点喊了出来。她觉得自己几乎快窒息了，连忙把车窗打开。这一带的路灯坏了，窗外黑漆漆的，警车呼啸着向黑暗中奔去，果然就是那天她和陈晖去的方向。他们到的时候，郊区刑警大队已经对现场实行了封锁。柳青很快大致知道了案情——

死者正是魏环，而杀她的人竟然是她认为可以白头偕老的那个江旭初。凌晨一点多，郊区刑警大队接到一个报案电话，是一个男人有气无力的声音，他说：你们快来吧，我刚才把我爱人杀了……

当刑警们敲开一扇门时，见到的是一个死去不久的女人，躺在一头部还在流血的男人怀里。这对年轻的恋人是落城大学被开除的学生，男的叫江旭初，女的叫魏环。两人的年纪都是二十二岁。刑警们一进去，江旭初把手伸过来，沙哑着声音说：是我杀死了魏环，你们铐我吧。

江旭初已经被带走。而死去的魏环还躺在床上，等待着市刑警支队的进一步勘查。柳青怀着强烈的怜悯和不安走近那具不久前还是那么从容自若、无所畏惧的身体，感觉这个从小一起长大的女孩并没有真的死去，仿佛醉酒后慵懒的沉睡。

经勘查，魏环是被一把三角刮刀直捅心脏致死的。刮刀上的指纹与江旭初完全吻合。对此，江旭初供认不讳。柳青很快调看了对江旭初的审讯笔录——

审讯江旭初笔录

问：你和魏环是什么关系？

答：我们是大学同学，后来在谈恋爱。

问：那么，学校怎么把你们给开除了？

答：因为魏环怀孕了。校方认为这是不正当的男女关系，我们不服。

问：不服可以申诉，为什么要采取这种极端手段？

答：我们申诉了，可是没有得到任何答复，我们还是被开除了。本来，我们想过一份正常人的日子，结果前些天他们硬把小环拖到了医院，做了人流……

问：他们是指谁？

答：我不认识，是她叔叔派来的人。

问：她叔叔？

答：她叔叔叫魏如柏，是落城的副市长。

问：你不要把事情扯远了。

答：我没有扯远。小环做了人流之后，就不想活了，我也不想……

问：这就是你行凶杀人的理由吗？

答：我已经承认把她杀了，但这不是行凶……

问：杀人还不是行凶？你觉得这样能够自圆其说吗？

答：我们是自动放弃生存权的，是她让我先杀了她……

问：什么？

答：我没有撒谎。既然我们在这个世界上找不到立锥之地，我们就到另一个世界上去。我先杀了她，然后自杀——只是没有成功。

问：你具体说清楚。

答：那天，就是3月17日晚上，像平时一样，我们在一起吃过饭，她突然说，旭初，要是我们去死，你怕吗？我说不怕。她看看我，然后就从包里拿出了一把三角刮刀，递到我手上。我没有接，我说，环子，我们逃走算了，到外面打工，我能养活你的。她说，不，我就是想死，想死给他们看。他们，指的是魏环的母亲，还有她的叔叔……魏环说，他们不要以为给了我一条命，就当我什么都是他们的了。我还他们好了。旭初，我这辈子不是你的人，下辈子还是你的。你不要怪我……你要是不想死，就算了，但你无论如何要帮我这个忙，我自己下不了手的。我们抱头痛哭了一会，她突然大叫了一声：你快点啊！我就一刀上去了……她的血喷到了我的眼睛上，我看不见她的脸。后来，我就撞了墙……等我醒来，才发现自己还没有死……然后我就报案了……

没有证据能够说明，这对年轻人不是殉情。但也没有任何证据，能够证明江旭初不是在犯故意杀人罪。有的同事私下议论，说魏环要是留下一封遗书，把事情说清楚就好了。可是，即使魏环这么做了又能起什么作用呢？法律不承认“委托杀人”一说。这个案件一点也不复杂。却能让柳青难以忘怀。几年后的一个冬天，柳青看到了据说风靡日本的一部电影《失乐园》，剧中的男女主人公的命运让她自然地想到了江旭初和魏环。区别是，那是电影，是一种依靠光影制造的艺术，因此他们的殉情是那样地诗情画意，那样地散发着人世间的凄美。而她在1995年春天所目击的却是活生生的现实。它更多地带给她是惨烈，是震撼。她知道很多人都会说，这对青年是多么的无知。可柳青不这么认为。当她从已经凉透的魏环身体上检测完毕，她承认自己受到了一种震撼。她从他们的血迹中分明看见了一种不可思议的圣洁。这不像是今天的故事，一点也不像。它似乎过于古老，超出了人们的想象。但她应该负责地为他们证明，这是事实。尽管是人们不愿意看见的事实。

柳青本来想及时把这件事告诉北京的陈晖，可是支队长刘勇茂在案情分析会上一再强调说，这个案子不许对外界透露，这是纪律。柳青就明白了，是因为涉及到了副市长魏如柏。后来，当柳青想私自将那份审讯笔录复印下来时，结果意外地发现，其中的一页被篡改了！那上面没有出现魏如柏的名字，也看不出多少外来的压力。柳青被这个事实震惊了，以前她只是听说过，某些地方办案，有篡改笔录的事情，想不到这回竟发生在自己单位内部。她不能不震惊，但她不敢把这些说出来。这个案件，从一开始，上面就授意刑警支队来办，其用意相当明显了。从一个方面看，这是一个并不复杂的案件，犯罪嫌疑人的口供，现场勘查物证，作案的工具，都清清楚楚。但是，你要是换一个角度，就会觉得它又特别复杂。譬如，这算殉情还是故意杀人？前者充其量是年轻人的糊涂，是一种道德选择，并没有触犯刑律，后者就会被判死罪。再譬如，导致这个悲惨结局的难道是江旭初一人吗？学校、家庭、那个魏如柏派来把侄女魏环绑去人流的“他们”，难道就没有一点责任？

对江旭初杀人案的审判很快就开始了。法院本来要为他指派律师，他拒绝了。他说，我不需要辩护。但是，有人却自动站了出来，要求免费担任此案的辩护律师。这个人还是李志扬。

6月25日，柳青清楚地记得，落城是一个阳光灿烂的日子。女警官在日记中有这样的记载——

今天是审判江旭初的日子。我和李志扬还是第一次在法庭上见面，事先，他没有找过我。人很奇怪，以前和他接触，并没有觉得这个人有多少魅力，而现在他坐在辩护席上，却有一种气宇轩昂的风度。我喜欢男人的这种风度。而且，他的声音也很好听，是那种低沉但不沙哑的男中音，普通话很标准。而措辞严密的发言给人一种信服力。他给我的感觉就是，这样的人不做律师真是太可惜了。他似乎天生就是一个律师的坯子。但是，我完全没有料到，第一个被他打败的人竟然是我……

那天，柳青是以本案鉴定人员的身份出庭作证的。她当庭列举了现场所提取的物证并一一作出了说明，最后宣读了鉴定结论：魏环系江旭初用三角刮刀刺破心脏，一刀致命。对此，被告也供认不讳。

当她作完现场陈述之后，李志扬律师举起了手，他说：审判长，我有几个问题想问检方证人。

审判长说：你说。

李志扬走出自己的座位，向柳青走来。他的第一个问题是：鉴定人员对刚才的解释有怎样的把握？

柳青立刻回答：百分之百。

李志扬说：你这么肯定？我很欣赏你的自信。

柳青说：这不是什么自信和不自信的问题。鉴定是运用现代科学手段所进行的分析，它的结论是完全客观的，只能是百分之百。

李志扬对这个回答感到满意，但他话锋一转：我没有理由否定魏环的死与我的当事人无关。我想知道的，如果说这是一次故意杀人罪，那么它的动机何在？众所周知，魏环和江旭初是一对恋人，他们是在自由恋爱遭到干预，又因为魏环腹内的孩子被强迫流产的情况下，选择这种不可思议的殉情方式的。当然，法律对殉情是不加以保护的。但殉情才是事实的真相，既然我们认为是殉情，那么就不应该是故意杀人罪。如果说他们有罪，那就是这对年轻人对养育他们的亲人犯了罪，他们辜负了亲人。但是他们没有对社会构成犯罪。这就像一个人的自杀，他们不应该地放弃了自己的生命。

公诉人立即举手说：反对！辩方律师这是有意混淆视听，是有意替被告开脱罪责。

律师继之又说：我的第二个问题是，按照鉴定人员刚才的陈述，我的当事人是先刺死魏环，而且是一刀致命。死者在被杀之前和他还有过最后的性关系。那么，我想请问，对于一个从未杀过人的书生，做到一刀致命是不是一件很不容易的事情？

公诉人再次提出反对，认为律师是极端不负责任地歪曲了事实真相。

李志扬说：请让我把话说完。我之所以说很不容易，并非是在掩盖事实真相，而是尽可能说出事实真相。刚才我们已经看了现场的录像，也听了鉴定人员的陈述，现在我想请问鉴定人，那把三角刮刀上是否留有我的当事人的指纹？

柳青说：是的，指纹比对完全符合。

李志扬问：是左手还是右手？

柳青说：当然是右手。

李志扬问：确定吗？

柳青说：当然。

李志扬微微笑了一下，说：很遗憾，我的当事人江旭初是一个左撇子。

此言一出，法庭内一片唏嘘。然后又是一片寂静。柳青刹时明白了律师的用意所在。显然，这不仅是对他们刑侦工作的嘲笑，而且是在为犯罪嫌疑人进行开脱。柳青想，真是窝囊啊，这是一个低级的错误，怎么忽视了这个细节？

说着，李志扬从口袋里拿出了一把事先准备好的玩具匕首，开始了示范。他说：从现场的情况看，3 月 27 日夜，江旭初和魏环在情绪极度悲伤和波动的情况下，选择了做爱之后的殉情。当时他们是在床上，魏环睡在里面，是她把三角刮刀交到了江旭初的右手，而对于习惯左手持任何器械的江旭初来说，想在这个位置并且用右手完成一次刺杀，无论是角度还是力度，都受到了很大的限制。所以，真实的情况应该是，生性刚烈且死念已定的魏环把三角刮刀塞到江旭初手里，就强烈要求他结束自己的生命，当后者还在迟疑不决的时候，魏环本人出其不意地用双手抓住那把刀向自己的心脏部位猛刺下来——这才是仅有的也是致命的一刀。突然迸发的血腥让我的当事人受到了前所未有的惊慌和恐惧，他扔掉了那把刀，但他没有忘记履行诺言，然后这个年轻人选择了撞墙的方式进行自我了断。他随即昏了过去，等醒来后才发现大错已经铸定，遂向警方报了案——这就是整个案件的真相，也是我的当事人至今还活着的并且还应该继续活下去的理由。我的话完了。

法庭最后以“择日宣判”的方式休庭。

十四

李志扬在法庭上的辩护，很快在落城传开了。那些天，人们总是在说，一个律师在法庭上把公安和检察院一起玩了，关于“左撇子杀人”已经成了街头巷尾的笑料谈资。

这天晚上，李志扬邀请柳青去一家新开的茶餐厅吃饭，说是感谢她上回帮他借了长焦镜头。柳青知道这是一个借口，真实的情况是李志扬想解释一下在法庭上的交锋。她知道尽管拉开了一段距离，律师对自己依然有好感。柳青自然不会点破这一点，她答应了。这种茶餐厅，顾名思义，是可以边吃边聊的场所。柳青到的时候，李志扬已经把茶要好了，是那种冻顶乌龙的功夫茶。柳青忽然想起，去年这个时候在北京，陈晖在三里屯请她喝的，也是这种福建安溪产的茶，味道清香而醇厚。

李志扬上来就说长焦镜头，他说这个镜头使他在山里拍到了一些意想不到的画面。

柳青笑了笑，说：没想到你的兴趣还很广泛。这与你的专业可没有什么联系。

李志扬说：不，我觉得摄影和律师行业很相似。二者都是要求把最客观、最真实的东西反映出来，不是吗?

柳青心里暗暗佩服这个男人，你看，两句话一说，就绕到了江旭初的案子上。但是女人并没有说话，似乎在认真地品茶。

男人接着说：但无论是摄影还是辩护，这里面还是有一个主观的倾向问题。也就是一个立场的问题。比如说，一张照片的取景、角度、用光以及拍法，都会影响到照片的效果，这都是摄影师的主观选择。案子辩护也同样如此。立场的选择虽然不会改变事实的公正性，却能影响到诉讼的结果。

柳青放下杯子，说：李志扬，你想说什么，就直截了当好了。

李志扬也笑了，说：那天在法庭上，我不是故意出你们公安的洋相，目的是想为江旭初进行无罪的辩护。说实话，当我接手这个案子时，我很感动……

我也是的。柳青说，但是你在法庭上，关于魏环自己杀死自己的推断，估计法庭不会采信。这一点，江旭初自己的口供也没有。

江旭初当然不会这么说的，无论魏环是怎么死的，他都会感到有不可推卸的责任。李志扬把眼镜取下来，用纸巾拭擦后再戴上，接着说：柳青，你们在那把三角刮刀上难道就没有发现魏环的指纹吗？

柳青说：有她的指纹，这把刀就是魏环在五金店买的。可是，仅此是不能支持你那种推断的。

看律师沉默不语，柳青又说：李志扬，你得有思想准备。这个案子来头不小……

李志扬说：这我知道。但我不会放弃自己的努力和责任。

柳青叹了口气，说：让江旭初这么独自活着，也是比死还难受啊。

李志扬点了支烟，说：这是两回事啊，柳青。如果江旭初当时的殉情成功了，给我们留下的除了惋惜就是一种敬佩。但他的生命被法律剥夺，就是另外的问题了。

柳青点点头。

即使法庭最终裁定他有罪，但也还是罪不至死啊。李志扬说，所以我得豁出去打这场官司。我想合议庭会充分考虑我的辩护的，对此，我有足够的信心。

说到这里，李志扬的呼机响了。他看了看，对柳青说：你猜是谁在呼我吗？

柳青说：我怎么知道？

李志扬说：是魏环那边的人啊！

这是女警官意想不到的。她不解地问：为什么？

李志扬说：他们可是希望这个江旭初被枪毙啊！

柳青感到很惊讶：什么？事情都搞成这样了，他们还不想罢手？如果魏环不是被强行流产，她是绝对不会死的！

李志扬说：在他们眼里，这一家的幸福都是被这个江旭初给毁了。其实当初落城大学开除江旭初和魏环，也是有背景的。落大的那个分管行政的副校长曾经是和魏如柏一起竞选副市长的，那个人一直在说选举的过程中，魏如柏做了手脚，所以他上去了，自己被塞进了落城大学。这回呢，魏如柏的侄女又恰好落到了他的手上，所以那个人一开始就摆出整治校风、严肃处理的姿态——你能排除公报私仇的可能性吗？

柳青说：这太可怕了。

李志扬说：现在事情到了这一步，魏如柏能善罢甘休吗？

柳青有点气愤：这叫什么逻辑？本来是他们毁了这两个年轻人的前途，把他们逼上了绝路，怎么还这么倒打一耙？

李志扬说：你可别小看这个力量啊。他们是有后台的，可能还不止是一个魏如柏。我听说魏如柏还去省里找了郁之光，去省高法那边活动了，否则这个一审也不至于定下这个调子的。

柳青想了想，说：你还是去回个电话吧。

李志扬说：我不想回。我倒要见识一下，他们到底有多大的能耐。

柳青说：这恐怕不好吧，你毕竟是在落城开律师事务所啊。

李志扬沉默了片刻，说：柳青，这个案子我们是赔了钱的。江旭初家里很穷，母亲又有病，我们实行的是免费辩护，也可以说是一种法律援助吧。

柳青说：这我明白。你是在尽职。

李志扬说：这些天我总有一种不祥的预感，觉得一审下来对我们会很不利的。

柳青说：不至于会判死刑吧？

李志扬说：难说啊，我们的司法体制，虽说逐步在完善，但某些地方还是可恶的权大于法。

律师的预料没有错，江旭初的案子一审判决很快就下达了，以故意杀人罪判处江旭初死刑，立即执行，剥夺政治权利终身。李志扬当然要求当事人提出上诉，于接到判决书的第二天就将上诉状呈送二审法院即省高级法院。但二审法院实际上实行的是书面审，并不开庭。一般情况下，其结果与一审的出入不会很大。这一点，律师估计到了。不久，二审的结果就到了落城，认为一审量刑适当，适用法律条文准确，故作出了驳回上诉、维持原判的裁定。本来，对待死刑罪，最高人民法院是设立了复核程序的，然而此时却已经下放到了省高级法院。对这种权力的下放，李志扬早就有不同的看法。他曾经在一次学术会议上公开表达了自己的观点，他说：死刑复核程序设立的初衷是为了慎重起见，防止错杀。现在最高人民法院将这一程序授予高级人民法院行使，也就等于是让二审与复核合而为一，那么复核程序就等于是形同虚设了。死刑的复核程序应该具有其独立性。中国的死刑案越来越多，最高法院自然就忙不过来。那么是否可以按大区设一个专门负责死刑复核的巡回法院呢？

几天后，律师再次赶赴省城，请求高级法院重视江旭初一案的复核。但他没有想到，省高级法院对他的请求予以冷落。接待他的人只是让他把上诉状留下，就没有和他多说一句话。律师感到，这个案子所有的关节都被人提前打通了，他只能沮丧地回到了落城。律师回来后就直接先去找了副市长魏如柏。

魏如柏，一个五十四岁的男人，从前是个话剧演员，据说是因为演了一部抗洪救灾的话剧受到了某个要人的重视。那个话剧是以那个要人为模特写的，说他带病指挥，说他三过家门而不入，说他把救生衣给了别人。这个戏由当时的话剧团副团长魏如柏自编自导自演，还拿到北京去参加了汇报演出，最终得了什么奖。没过多久，这个魏如柏调任落城文化局副局长，然后是局长、宣传部长，去年当选为落城市的副市长，分管文化教育卫生。

李志扬走进市政府大院魏副市长的办公室时，体态略嫌臃肿的副市长刚刚放下电话。他客气地接待了律师，并夸奖了律师当初毅然辞职的举动，认为这是砸烂铁饭碗的有效尝试。副市长闭口不谈侄女的案件，其和蔼可亲与律师的焦灼不安使得会见的气氛很不协调。同时也使律师相信了自己的预感。面前这个男人真是一个好演员啊，演什么像什么。律师内心这么感叹，但还是把自己想说的话说了出来。

魏副市长，律师说，我今天是为江旭初的案子来的。这个案子一审判决下来了，是执行死刑。二审也是维持原判。

副市长的眉头习惯性地皱了一下，像是陷入了遥远的回忆。他暂时还不想发表任何意见，想听听本案律师的观点。

律师接着说：作为本案的辩护律师，我认为这样的判决有失公正。江旭初和魏环是恋爱关系，他们是在不得已的情况下犯下了错误，已经让人痛心了。

副市长打断律师的话：如果我没听错的话，你刚才说，那个杀死魏环的凶手只是“犯了错误”？这样的表述公正吗？

律师说：我指的是他们殉情的选择。

不，那不是殉情，是谋杀。副市长站了起来，愤怒地说：江旭初趁魏环熟睡之机实施了可耻的残忍的谋杀！

然后他又坐下，换上一种悲凉的语气接着说：魏环的父亲死得早，母亲又改嫁，是我一手把她抚养成人的。她才二十二岁……杀人偿命，天经地义，法院的判决是伸张了正义。如果连这样罪大恶极的罪犯都不除掉，那才是最大的不公了！

说着，副市长用茶几上的纸巾擦了擦眼泪。

律师说：魏副市长，我完全能够理解您失去亲侄女的心情。但是，如果我们混淆了事情的性质，或者不是按罪量刑，那么不仅是对活着的江旭初不负责，而且对死去的魏环也没有个交代，他们是相爱的啊！

说到这里，魏副市长再次站了起来，在律师面前来回踱了几步。他说：小李同志，作为律师，你履行自己的职责无可厚非，不过我要提醒你，我们是一个社会主义的法制国家，对司法程序不能随便怀疑。如果只相信自己的推断，不顾事实，这样下去是很危险的。尤其是全省“严打”斗争刚刚作出部署的时候，你这种情绪和行为，是违背了党性原则的。

律师无言以对，只好悻然离去。外面的天色开始转暗了，这一整天，律师都在为一个已经成为死囚的人在奔波，而得到的不是冷遇就是谴责。他感觉自己已经是心力交瘁、疲惫不堪，但是就这么放下，也还是于心不甘。他在街上公共电话亭里拨通了柳青的手机，说自己希望晚上能在蓝渡江那座大桥上见到她，他说：我有许多话要对你说。

那时柳青刚刚从市文化宫礼堂走出来。她开了一下午的会，市委主要负责人为开展“严打”整治斗争作动员报告，要求全体司法战线上的同志要有战斗的姿态，发扬连续作战的精神，对犯罪分子决不手软，切实担负起惩治犯罪、维护稳定、保障人民群众生命财产安全的重大责任。最后，这位负责人说：同志们，我们要打出声势，打出声威，夺取“严打”整治斗争的全面胜利。听到这里，柳青忽然就想起了江旭初的案子，她想，这个案子这么裁定，应该是与即将展开的“严打”有关的。以往的经验提示她，只要是“严打”时期，不可多杀的死刑政策在某些地方便会发生动摇，甚至就会从“可杀可不杀的不杀”突变成为“可杀可不杀也杀”。这个江旭初运气真是不好啊，她无法排除这种担忧，所以律师的电话一说，她就马上答应了。她从电话里听出了律师省城之行的不顺利，也听出了这个男人内心充满的苦涩。

回到家，柳青看见支队长刘勇茂正在陪父亲下象棋，觉得有些意外，就说：刘队，您下午没去开会啊？

刘勇茂说：我来看看老局长。会上还是老一套吧？

柳青想了想说：差不多。

刘勇茂又问：队里有什么事吗？

柳青说：没事……大家在议论江旭初那个案子。现在案子结了，大家再议论，不违反纪律了吧？

刘勇茂看了看柳青，问道：都说些什么呢？

柳青说：说我们好被动呗，对江旭初很同情。

刘勇茂说：现在说什么都晚了。年轻人，糊涂啊。

柳青给支队长续了水，坐在边上，突然问：刘队，你对这个案子怎么看？

刘勇茂说：你是问“刘队”的意见，还是问刘勇茂的意见？

柳青说：我问刘勇茂的意见。

刘勇茂说：那我刚才已经说过了，回头让老爷子告诉你吧。

说着，这盘棋也结束了，是个平局。

柳立中这时才说：你看，咱们好不容易一起下盘棋，还是平局。我最讨厌平局。

刘勇茂站起身说：老爷子，我本来是可以赢你的，可怕扫你的兴啊。你看，我什么时候也学得这样滑头了。

柳立中说：这可不像是你啊。好吧，你是个忙人，我也领情了。

柳青说：刘队，就在家吃饭吧。

柳立中说：人家有饭局等着呢。

刘勇茂说：是啊，还不敢推掉。好了，我走了。小青，你不送送我？

柳青就知道支队长有话要说，答道：好，我给您开车门。

刘勇茂说：我今天没开车。

柳青说：那我就送你到院子门口吧。

两人从家中走出来，下了楼，刘勇茂就在一棵树下站住了，点上一支烟，说：关于江旭初的案子，既然我们已经移交，就别再费心思了。你还年轻，不要想那么多。

柳青笑了笑说：你平时不是说，年轻人要多动脑筋，多想问题吗？

刘勇茂吸了口烟说：那是在会上说的……

柳青说：说实话，这个案子有失公正。

刘勇茂说：这我难道还看不出来吗？问题是，我们就是看出来了，究竟能起多少作用呢？“严打”即将开始，目前这种形势你是知道的啊。江旭初现在就像一只鹿，瞄准他的还不是一支枪，我们能救得下他吗？

这时，支队长的手机响了，他看了看来电显示，却没有接听。他说：我过去是你父亲的部下，你现在是我的部下，别把我的话当耳旁风。

支队长说完这句话，就离开了。他没有直接从大路走，而是从屋子后面绕了过去。柳青就想，这个人今天是秘密到这里来的，他不想惊动其他人，连车都没有开。

柳青不愿意看到这样的场面。她一直在想着支队长刚才那句话——“江旭初现在就像是一只鹿，瞄准他的还不是一支枪”，这个比喻让女警官在暮色中不禁打了个寒战。

夏天又来了，今夜无风，街上到处游动着出来乘凉的人。街边的排档也摆出来了，啤酒的馊味弥漫在狭窄的街道上。那是一条没有人行道的街。昏黄的路灯下，还有不少人支起了麻将桌。这个城市无论在什么时候，都散发着悠闲的气息。

柳青很快就到达了约定的位置。远远地她就看见李志扬的那辆布满灰尘的车停在桥头，律师一脸倦容，正坐在车里吃面包、喝矿泉水。

柳青敲敲车门，说：要不要上饭馆正式吃点？

李志扬说：我已经够了。咱们换个地方说话吧。

说着，就把车门从里面打开，让柳青上去。李志扬把车开上了大桥，向江的南岸驶去，那边的人影稀疏，灯光也比较暗淡。车过大桥时，柳青把车窗打开，感受那从江面上刮过来的风，那风非常微弱，却还凉爽，这本来是一个闲适的夜晚，他们却揣着沉重的心情。

到了南岸，李志扬把车停到了一排树林的前面。然后他们下了车，李志扬便把这一天的经历都说了出来。他说得很动情，像是倾诉。最后的结论是：这个案子有人做了手脚，目的就是要取江旭初的性命。那些人是在以法律的名义草菅人命。

柳青说：你冷静点，看看能不能再想想别的办法。

李志扬想了一会，说：现在，只剩下最好一搏了，就是去北京最高人民法院紧急申诉。

对律师这样的敬业尽责，柳青内心很敬佩。如果每一个从事司法工作的人都能这样，中国的冤假错案就会大幅度地减少。于是她说：李志扬，要去就得赶早。下午，市里召开了“严打”的动员会，这个形势，我预感到对江旭初很不利。

李志扬说：我也有这种担忧。你在公安部受过培训的，你能帮我找个能顺利进入最高院的人吗？

柳青就想到了陈晖。她说：上回来落城的那个朋友，实际上就是冲着这个案子来的，只是当时事情还没有发生根本变化。他是一个小有名气的记者，与政法部门很熟，我想也许他能帮上这个忙。

李志扬说：那太好了。

柳青说：我回去就给他打电话。

十五

《美国联邦证据法》第608条规定：证人的可信性得以意见或名声证据予以攻击或支持，但受以下限制：(1) 证据只能针对倾向于真实性或不真实性的品性。(2) 关于真实品性的证据只在证人的倾向于真实性的品性遭到意见或名声证据或其他方式的攻击之后，才可以采纳。这就意味着，证人的品格与证言的真实性密切相关。

1995年7月10日，在控方92天传唤了58位证人之后，轮到辩方证人出庭了。在罗伯特·L·夏皮罗的精心策划下，律师团采取的是后发制人的战略。他们并没有及时打出一张王牌，而是先“消灭”那些没有分量的对手。

辩方对控方两名至关重要的证人进行了有力的人格质疑与攻击。他们了解到那个刀具店的老板和伙计，私下里接受了《国家装备》杂志12500美金的好处费，是这家杂志要求他们在法庭上“说出真相”的，这难道不带有商业目的吗？而那个叫夏夫的证人，事先也同样接受了一家小报5000美金的独家采访费。这种人格缺陷的揭露自然使他们的证言受到怀疑和鄙视，法庭立即取消了他们的作证资格。

与此同时，辩方一样找到了“直接证据”，也一样推出了两个证人。一位是辛普森邻居家的女佣，她证明在事发当晚的10点至11点，亲眼看见辛普森的白色野马车停在自己家的门外，这似乎暗示着辛普森不可能驱车前往南班迪街875号作案。第二位是一个叫玛丽·安妮·格查斯的女人，她声称在案发时间里亲眼见到过4名男子从妮可的宅子离开，她强调说：“其中没有一个黑人。”

控方自然也不会轻饶辩方，以其人之道还治其人之身，他们很快查实，那个南美移民身份的女佣在入境时篡改了自己的年龄，而那个叫查格斯的女人曾经因欠债、开空头支票、诈骗吃过34次官司，这样一身劣迹的人出庭作证能让人相信吗？

陈晖看到这里不禁笑了起来，他想所谓“人格证据”其实就是一把双刃剑，就看谁舞得漂亮了。官司打到这里，控辩双方应该说是打了个平手，鹿死谁手还未可知。而他却像一只钟摆左右摇晃着，这不是他的风格，可是面对这样一场“世纪审判”，不到最后的关头，谁还敢斗胆超前言胜呢？

这时，电话响了。

陈晖拿起话筒，听到是落城那个女警官的声音，很意外，说：天哪，你居然还想起了我，我真是受宠若惊了。

柳青说：陈晖，我想你今天大概是喝酒了吧？

陈晖说：自然是喝了一点，我不胜酒力，但脑子还清楚，有什么话，说吧。

柳青说：我们是有约在先的。凡是答应过你的事，我都会负责。

接着，她就简介了一下魏环和江旭初的案子。

陈晖立刻就叫了起来：简直是骇人听闻啊！我离开落城这才几个月，就酿成了如此大祸！你应该早告诉我啊！

柳青说：我现在这样做，已经是违反纪律了。好在判决下来了，没有什么可再保密的……

陈晖说：那是什么狗屁判决？殉情何罪之有？

柳青说：法庭不会认定这个的，坚持认为是故意杀人。

然后柳青就说出了李志扬要去北京的事。

陈晖问：这个忙我愿意帮的。不过，请容我冒昧地问一句无聊的话，这个李志扬和你是什么关系？

柳青说：他是本案的律师，也是我的朋友。

陈晖又问：什么性质的朋友？

柳青说：我这里就一种性质的朋友。

陈晖说：是你的朋友，也就是我的朋友。让他来吧，我亲自开车去机场接他好了。

柳青说：陈晖，我谢谢你！

陈晖说：你今天怎么这么客气？倒让我觉得生分了。

柳青说：不，陈晖，我是拿你当做可靠的朋友的。

这个电话打过，柳青才觉得如释重负。同时，她对陈晖也有了新的认识。她想这个看起来吊儿郎当的男人，其实很有正义感，也有义气，她真想这次就和李志扬一块飞往北京，她不是为案子，只是为见见思念中的那个男人。她后悔上回陈晖来，没有多抽出时间来陪陪他，也没有和他一起拍张照片。她害怕时间一长，不知不觉地就把这个男人的模样给忘了。她不希望这样。

这时，父亲柳立中推门进来了。

父亲说：我听见你的电话了。

女儿说：我并不想背着你干什么啊。

父亲说：我知道，你是为了这个案子。

女儿说：爸，你是怎么看的？

父亲沉默了一会儿才说：我也不赞成一审的结果。那天开庭，我也在场，那个姓李的律师有两下子，以我从事公安工作三十多年的经验，事情的真相应该是他所说的那样。问题是，我们证实不了他的推断。而有些案件所证实的，又总让我心里不踏实……

女儿说：你还是惦着吴长春那个案子？

父亲点点头，说：这几天我反复看了吴全印的状子，越想越觉得不安。那个案子有问题吗？我老这样问自己。可又不知道问题究竟出在什么地方……今天我又把刘勇茂约来了，当初，是他负责这个案子的。我们仔细检查了各方面，还是没有发现什么……我一想到那个喷溅状血迹的鉴定，就丧失了信心。可吴长春已经服刑十二年了，今年是十三年了，万一是被冤枉的呢？那这个人一辈子不就彻底被我们给毁了吗？

女儿说：爸，要是吴长春知道你这样对待他，是会感激你的。

父亲说：我都这把年纪了，从前的奖章有半斤多重，还要什么感激呢？一个人做事，对或者错，不是上面怎么说，别人怎么看，而是自己的良心是否过得去。人命关天，天底下没有比这个更大的事了……我只要一个公正，无论是对他，还是对我。

女儿看着父亲，突然眼泪涌出了眼眶。

几天后的下午，李志扬律师搭乘东方航空公司的航班，由落城飞抵北京。陈晖如约前往机场迎接。当他第一眼见到李志扬时，就发现此人正是自己在落城见到的那个手拿照相机的瘦高个。尽管柳青在电话里说“我这里只有一种性质的朋友”，记者在这个瞬间心里还是觉得有点别扭。他不知道当时柳青的那句“让人家看见不好”该怎样解释。不过，这件事已经成为过去，在他心里留下的痕迹也越发浅显，他还是践约了。

在机场高速公路上，李志扬对陈晖简单地说了江旭初一案的进展情况，二审驳回了上诉，维持原判。记者对这样的律师产生了由衷的好感。他说：哥们儿，你这是在演一出现代的“刀下留人”啊！

李志扬说：我想不管结果怎么样，对生者和死者都有一个交代吧。

陈晖说：这事有点刺激。

李志扬说：那还得靠你帮助了，我对北京还真是两眼一抹黑啊。

陈晖问：以前来过北京吗？

李志扬说：还是大学毕业那年来的。这都十好几年过去了。原来是想到北京读研究生的，结果人家看不上我。

陈晖把李志扬直接带到了琉璃厂附近自己的寓所。两人沏上茶、点上烟，陈晖这才说：我听柳青说，你这次是自费来北京为当事人申诉的？

李志扬说：是啊，为这个案子也确实花了些钱。

陈晖说：那就住到我这里吧，一来省点费用，二来我们可以好好聊聊，我们有很多相似的背景，比如说，你是学政法的，我也是；你爱摄影，我喜欢写作；你是律师，我呢，是兼职律师，只是现在很少接案子了……

其实陈晖本来最想说的，是我们眼下都对一个女人有想法。

李志扬说：你现在对专业还做些研究吧？

陈晖说：研究是谈不上了。北京这地方人很浮躁，诱惑又特别的多，很难安心做点学问，不过我对刑罚的兴趣一直还在，我的毕业论文是论死刑的。

李志扬说：那我们应该可以说到一起了，我的硕士论文也是谈论死刑的。

陈晖说：看来我们相似的地方越来越多了。我现在住的这个地方距离菜市口很近，那里就是从前杀人的场所。每回开车路过，我总忍不住地要想到死刑的问题。志扬，你对死刑制度怎么看？

李志扬说：你是指对死刑存废的立场？

陈晖说：可以这么说。或者说态度也行。

李志扬抽了口烟，说：不瞒你说，我曾经是为死刑制度大唱赞歌的。

陈晖说：这一点也不奇怪，现在不还是大有人在吗？

李志扬说：我在读研究生的时候，最初迷恋的还是洛克、康德和黑格尔的著作，这三位经典性的作家从报应和功利的角度论述了死刑的正当性，我很赞同。

陈晖说：后来是谁影响了你？意大利的贝卡利亚还是英国的边沁？

李志扬说：是贝卡利亚。有一天，我记得那是读研究生的第二年，我的导师向我推荐了贝卡利亚二十六岁写下的《犯罪和刑罚》，这是我第一次听见有人向这个世界发出了“废除死刑”的呼声，称得上是振聋发聩。

陈晖说：那一年是公元1764年，距今天已经有二百三十一年了。

李志扬说：说实话，我受到了前所未有的震撼。贝卡利亚此后毕生致力于这项非凡的事业，直到临终前的两年，还躺在病床上向意大利的立法者们提出了废除死刑的议案，就是那篇著名的《对死刑的表态》。我那时才觉得，那种“以血还血”的等害报应是最原始的同态复仇的一个遗迹，不能成为维护死刑的一个理由。无论怎么看，死刑都是不人道的。

陈晖说：杰里米·边沁又从几个方面否定了死刑的功利性，到临死前的一年，那时都已经老得不行了，还颤颤巍巍地用那种“电报体”写下了《论死刑——边沁致法国同胞》，表达了要求废除死刑的愿望。

李志扬说：他的愿望实现了，今天的法兰西，今天的欧洲，都已经废除了死刑。

陈晖说：是啊，我从一份资料上看见，欧盟如果东扩，首要条件就是要东欧的那些想进来的国家废除死刑，否则免谈。所以，有时候我觉得，这死刑的存废，与宗教信仰有很大的关系，基督教文明中，保留死刑的大概只有美国的部分州了。

李志扬说：保留死刑的主要还是亚洲和伊斯兰国家。

陈晖说：是啊，这个现实让我十分困惑，因而联想到文明的差异……

李志扬说：其实亚洲像中国的香港、菲律宾、柬埔寨和巴比亚新几内亚这样的国家，都已经废除死刑，尽管有的一直在存废之间转圈。

陈晖说：其实中国古代就曾经多次废除过死刑。唐代就先后有过两次，把作为死罪的绞与斩改作流放，那是元和八年的事，距今已经一千二百多年了。

李志扬说：最著名的还是同一时期的日本，平安王朝的圣武天皇，于神龟二年下诏，停止了死刑的适用。一直延续到了嵯峨时代，留下了三百四十七年没有死刑的奇迹。

两人一直就这么情趣昂然地交谈着，不觉外面已经起了暮色。陈晖说：咱们去吃东来顺的涮羊肉，一边吃一边接着聊。明天想办法打进最高法院去，把事办了。

等到了羊肉馆子，两人才想起来把手机都落在了家里。

尽管这两年北京城装了不少的灯，但夜晚感觉还是不明亮。这个城市太大了，而人口又太多，似乎到处都是一个露天的菜市，总让人喘不过气来。陈晖本来想带李志扬去天安门广场和西单那边转转，结果车一上长安街就被堵了，只好从南池子再拐过去，到了故宫后面的那条护城河。那里也被出来乘凉的人占得差不多了，两个人忙乎半天，才勉强找到一块停车的地儿。陈晖想和李志扬在这里谈谈，现在他想谈的不再是死刑的话题，而是落城的那个女警官。那句在公安局门前的场面和简短的对话，总横在他心里。他觉得有必要弄清真相，这对他十分重要。于是，在互相点上香烟之后，他就直率地问道：李志扬，我想问你一个私人的话题——你和柳青之间，是恋爱关系吗？

李志扬自然有些意外，笑了笑，说：你怎么会这么看呢？

陈晖说：我是瞎琢磨。柳青在电话里谈了你很多。

李志扬说：柳青是个出色的姑娘，开始，我对她也有一点幻想，但很快就打消了。

陈晖问：为什么要打消呢？

李志扬说：我不是不喜欢她，而是感觉到自己不是她想象中的那种类型的男人。我这人没有什么情调的，有点土气。

陈晖说：你搞摄影很专业，怎么能说没情调呢？

李志扬说：那只是个人的一种爱好而已。我说的情调，是女人眼中那种男人的味道，这个我身上没有，你倒是有。

陈晖说：我有？可我并没有感受到什么啊。

李志扬说：陈晖，柳青这个人不错，要是你有心，我倒觉得你应该争取一下……不过……

陈晖说：不过什么？

李志扬说：她这种女人是要归宿的。

陈晖说：这我早看出来了。我也没有觉得不好。其实每个人都是希望有一个归宿的，只是现在谈这一步似乎很遥远，也不现实。我倒是不想错过的，就不知道她心里怎么想了。

两人这么说着，就往停车的地方走。这时陈晖突然发现，自己的车已经不见了。李志扬很吃惊，说：难道被盗了？

陈晖说：谁要我这辆破车？肯定是被警察拖走了，这地方也是不许停车，却没有看见任何的标志。走吧，花点钱弄回来。

于是两人拦了辆出租，找到了那一片的交警队，那车果然就停在院子里。好在陈晖是这地头上的，就在那里给管事的打了个电话，然后交了一半的钱，把车弄回来了。这么一折腾，就到了临近子夜的时间。两个人摇摇晃晃地上了楼，陈晖还没进门，就听见了屋里的电话铃在响，过了会儿，手机又接着响起来了。陈晖跳着去接电话，刚拿起，就听见了柳青的声音。柳青说：是陈晖吗？我找了你们一晚上啊！

陈晖说：我们刚进屋，怎么了？

柳青说：事情起了变化。

女人在电话里说的事情，让两个男人一下紧张了起来。省高法已经核准了江旭初的死刑。本来死刑执行的时间是在7月20日，昨天省里来了电话，把执行时间提前到7月13日，也就是明天，目的是为即将展开的“严打”进行气氛上的渲染，对不法分子起到震慑的作用。

李志扬焦急地：想不到动手这么快……

陈晖把双手放在律师的肩上，说：别急，这个时候我们一点都不能急……

然后陈晖就开始打电话了。本来他是想通过一个报社的朋友，去疏通最高院的一位司长的，结果那位朋友出差在外。他又拨了一个专门采访政法系统的记者的电话，此人的电话一直关机。陈晖又想到了那位主编老何，电话接通了，但是对方一听说是人命官司，就明确地表示，自己不愿介入到这样的案件中来，还劝陈晖也最好少沾。即使人家给你好处，我们也不敢要啊，老何这样说。陈晖生气地说：当初不是你们出费用让我去落城采访的吗？怎么现在又把头缩回去了？老何说：情况发生了本质的变化嘛！陈晖立刻就把电话给挂了。那个晚上陈晖把电话簿翻来翻去，却找不到一个特别的关系。记者这时的脸色变得严峻了，不断地抽着烟。时间很快进入到最黑暗的时刻，外面一下寂静下来，只有一辆洒水车缓慢地从眼前通过。

李志扬说：要不，我们明天一早就直接去闯吧。也许还有眉目。

陈晖一摆手说：这怎么行呢？门前的武警会立即把你拘了。

李志扬说：既然来了，就得豁出去。

陈晖说：那也得有招，这么大事，不想招门儿都没有。

这么争了几句，又陷入了沉默。这时，电话铃骤然响起，陈晖吓了一跳。

还是柳青的电话，她再次证实了消息，说：死刑的执行令已经下达，时间在明天上午九点。

陈晖说：你别急，我们正在想办法。

柳青很迟疑地、带着试探性地问了句：陈晖，你如实告诉我，有办法吗？

陈晖也犹豫不决地说：尽我们所能吧……你睡吧，不要再来电话了……

他对李志扬做了个手势，意思是问他是否还有说的？律师摇了摇手，再次点上了一支烟。

柳青在电话里说：你们保重吧。

这个电话过后，屋子里也安静下来。陈晖把柳青的话转达了，李志扬叹息道：即使是明天我们能顺利进入最高法，时间也是来不及了啊！

陈晖没有接过话头，而是从床底下找出了围棋，又从冰箱里拿出啤酒，对李志扬说：咱们摆一盘吧，也许这么摆摆，会产生新的思路。

李志扬说：难道上帝留给江旭初的时间就只剩下最后的几个钟头了？我怎么老觉得是个梦幻……

陈晖说：是现实，铁一般的现实。我们白天那些关于废除死刑的闲扯，那才是梦幻。

李志扬慢慢摘下眼镜，揉了揉眼睛，说：我现在觉得，当初我选择律师这个行当，很幼稚。就像是选择去做一名足球运动员，把毕生的精力献给了一个看不见一点前途的事业。现在的法庭，好比一条流水线，有做饭的、端饭的、吃饭的。律师呢，就像一个要饭的。所谓的审判还是不能脱离欧洲中世纪那种纠问制的基本特征，根本就容不得什么控辩对抗，而仅仅是对公安、检察部门办案结果的一种确认，体现的全是控方的利益。

陈晖说：因为他们代表着国家啊。就像代表着国家的杀人有别于谋杀，穿着法律外衣的杀人往往就装作了正义……算了，咱们别想这些丧气的话了，下棋吧……

李志扬说：你倒是具有大将风度啊。

陈晖说：要不这时间怎么过去呢？

李志扬说：围棋这东西也一样折磨人。我已经很久没下了。

陈晖说：怎么事情这么不凑巧呢？我认识的几个人，都不在北京……而落城搞“严打”，把江旭初当做成果，拉出来提前问斩，真可笑。你对“严打”怎么看？

李志扬说：“严打”给我的印象，是政治功能大于司法功能，这既有损中国在国际舞台上的形象，也不利于长远的司法建设。我还专门给立法机关写过信，结果自然是石沉大海。

陈晖叹道：中国的事情，总那么说不清楚。

忽然，一个尖锐的声音响了，是有电传过来。陈晖走近电传机，又是美国的王可给他发来的辛普森案件的最新进展。他扫了一眼，把它递给了李志扬。

李志扬也把电传草草看了看，说：你在追踪这个案子？

陈晖说：是的，但这个案子目前看来也是云遮雾障，写起来费了老劲……突然大叫了一声：有门了！

李志扬觉得蹊跷，就问：怎么，这和辛普森还有关联？

陈晖高兴地把啤酒一饮而尽，说出了自己的兴奋理由。原来王可的一个堂叔就在最高院工作，好像是一个什么庭的庭长。去年他从美国回来，还替王可给那人捎去了一台数码相机。那位王庭长的家就在小西天，离陈晖所住的琉璃厂不远。陈晖把这些告诉李志扬后，律师这才长长吁了口气，说：总还是有点希望吧。至少，那位王庭长会领我们走进最高院的大门。

陈晖觉得这件事还是得先把王可拖出来，就立即给那边去了电话，把事情一口气告诉了对方。王可大致听出了原委，就说：你这小子就爱瞎掺和。

陈晖说：你不是一直对我说你最崇拜的人是圣雄甘地吗？你这个基督徒不是常说“我们都是上帝的儿子”吗？

王可说：行了，你想让我怎么着？

陈晖说：你得尽快给王庭长打这个电话，我们马上就动身去他家。

王可说：你们那边还黑着呢，等天亮不行吗？

陈晖说：人命关天，刻不容缓。

不等王可讲价，陈晖就把电话挂了，然后，又把李志扬所写的紧急申诉状往那边电传了一份。做完这一些，外面的天色差不多已经显白了。两人先冲了个凉，然后就开车前往小西天。这个时间，道路上几乎看不见车辆，陈晖很快上了二环，然后挂上最高挡向前驰去。他觉得在北京驾车多年来，数今夜最过瘾。

半小时后，陈晖把车停在了小西天一栋灰色的公寓楼前，然后和李志扬走进了第三单元的门洞。这里的电梯已经关闭了，他们只好爬上十六层。等他们刚从楼梯间走过来，正准备喘一口气的时候，最东头的一扇门已经向他们打开了。然后听见一个中年男人的声音在说：你们来了？

十六

柳青的日记：1995 年 7 月 13 日，多云

昨天对于我，是漫长的一日。给陈晖最后的电话拨过，已经是午夜的两点多了。其实也就是今天的凌晨——人们总喜欢把这个时间看成是前一天的延续，是因为它黑暗吗？

从陈晖的语气里，我听出来北京的事情仍然没有头绪，那是很无奈也很无助的语气，可见他是受了委屈的，这么骄傲的男人。李志扬却没有和我说话。我们都是微不足道的小人物，自然手中没有生死予夺的权力，唯一的所有，是一份好人的良心。我能做的还有什么呢？也许就是向时间祈祷吧，请它在这一刻凝固，好让他们顺利找到最高院的人，为二十二岁的江旭初寻求最后的一线生机。但是，时间不会因为我们的焦虑而停止，天很快就亮了。像平时那样，母亲来到我的房间，叫我起床。我坐起来，母亲便有点吃惊，她问：你怎么了，眼睛红成这样？

我说昨晚没有睡好。

母亲说：你根本就没睡，那么晚了，你还和谁通电话呢？

我说：一个朋友。

我匆匆吃过早饭，就开着摩托去了单位。我到的时候，同事们已经在院子里集中了，汪工把我的箱子已经放进了车里。很快，警车向着监狱的方向开去了。

今天主持现场的首长，是市法院的程副院长。这仿佛是一种规格，显示着落城在“严打”中的领导重视程度，连法院的副院长都亲自上刑场监刑了。法医和法警进监狱对江旭初验明了正身，很快被带了出来。他今天收拾得很清洁，面色也很从容。他不时地在看着我，我却回避了他的目光，私下里看了看表，已经是八点十分了。我就想，北京上班的时间通常是在九点之后，看来不会有什么动静了。这一刻，我有了一种悲凉的感觉。

江旭初是哼着一支流行的歌曲《萍聚》走上刑场的。那歌词是这样的——

不管以后将怎样结束，
毕竟我们曾经相聚过。
不需要彼此费心约束，
也不需要言语的承诺。
只要我们曾经拥有过，
对你我来说已经足够。
人的一生有许多回忆，
但愿你的追忆中有我。

这首平时没觉得怎么样的歌，现在经江旭初一哼，我的心发颤了。江旭初走下刑车，自己找了一块干净的地方，跪下来，嘴里依然在哼着。汪工上前，给他画圈。这个汪工，像是第一次做这种事情似的，竟然用尺子在江旭初的后背上比画了一阵，最后才确定了射击点。

监刑的法官走近他，问他还有什么话说。他还是在哼着。

法官一走开，行刑的武警就把子弹推上了膛。

我不忍再看下去了，转过身去。时间已经到了八点五十五分，这时，我听见程副院长的手机响了。

他接电话。我听见他说：哦，是王庭长……

我听不见对方在说什么，但是我似乎有了一种预感。

程副院长说：枪还没响……好的，我们执行命令。

他关上了手机。然后，他把几个头头招到了一起，说了几句话。接着，他正式宣布：遵照最高院的指示，对江旭初的死刑暂缓执行，将犯人收监。

在场的人无不意外，大概只有我心里有数。我知道李志扬和陈晖他们成功了。这时，江旭初突然大喊道：你们为什么这样？为什么不送我上路？

多年后，作为这场“刀下留人”的目击者，女警官一想到这天的情形，还是感到触目惊心。那是最后的五分钟，是正义暂时赢得的五分钟，风声鹤唳的凤鸣山下，枪声最终没有响起。她完整地保存着这一页日记，对她而言，无疑是为了忘却的纪念了。

几天后的下午，李志扬律师从北京回来了。柳青开着那辆桑塔纳车去机场迎接。走出机场的律师显得精神振奋，首先把一束红玫瑰献给了女警官。但他解释说：这是陈晖送给你的。

柳青心头忽然一酸，不禁流出了眼泪，她接过红玫瑰，说：他不来落城了吗？

李志扬说：他说会来的。

回来的路上，李志扬向柳青讲叙了在北京的那一幕。

凌晨五点多，他们赶到了最高院的那位王庭长的家。那位看上去不苟言笑的中年人已经在等候他们了。这之前，他刚刚被一个来自美国洛杉矶的电话惊醒。王庭长认真听完李志扬律师对江旭初一案的介绍，又翻阅了判决书等有关资料，没有发表任何意见。但他去了自己的书房，连续打了几个电话。从语气上看，他是在向某人汇报，也可能是在和某人商量。等他从里面出来的时候，才说：这个案子有量刑不当的可能，应该暂缓下来，有待进一步的审理、核实。你们可以回去了。

陈晖站起来说：王叔叔，现在距离行刑的时间……

王庭长说：我会直接给落城法院的领导打电话的，你们放心。

律师说，直到这个时候，自己那颗悬着的心才逐渐回落下来，他说那时外面的天彻底亮了，天空很透明，还泛出了几缕朝霞，这样的天空在北京应该是难得一见的，但他见到了。

柳青说：你知道吗？程副院长接电话的时候我就站在边上，当时我就有了一种预感。

李志扬问：离枪响还有多少时间？

柳青说：五分钟！

律师就被震惊了，他没有想到在自己不长的职业生涯里，竟然会遇上这样的事情，那情形完全就像一部好莱坞的惊险大片。然而这是真实的，不是一种虚构。

那天晚上，陈晖再次失眠了。几天前经历的那件事使记者不仅不感到刺激，反而弄得他有点神经衰弱了。一连几天他都是哈欠连天却怎么也睡不着，只要闭上眼，仿佛就出现了这样一个场面：在一个阴霾四伏的早晨，一个瘦弱的青年被押赴荒凉的刑场，一支半自动步枪抵向他的后背……这个画面让他不寒而栗，因为它几乎就成了现实。记者想等辛普森的案子告一段落，就把这个案子的始末写出来，但他可能会淡化“刀下留人”的那一幕，他不想再被这个触目惊心的画面所纠缠。很长时间过去后，当有人向陈晖打听这件事时，面对那些好奇的面容，陈晖会冷漠地作出这样的回答：我不知道。

电话又响了，是柳青的电话。女人知道李志扬已经把案子的进展情况对记者说了，所以现在她在电话里只想说，陈晖，谢谢你的玫瑰。

男人觉得女人的声音好遥远，而且这个原本好听的声音今天听起来显得暗哑，他说：你今天怎么这么温柔啊？

柳青说：我是女人啊。

陈晖说：这个案子让你太累了吧？

柳青说：是的，我很累，但也值得。

陈晖说：不知道这个案子的下一步将怎样审理。

柳青说：到时候，你会再来吗？

陈晖说：争取吧。万一去不了，还得请你把结果告诉我。

柳青说：我怎么觉得这语气是你不准备来了？

陈晖说：老实说，这个案子让我想到了很多，无论是现行的司法体制还是大众的刑罚观念，这些天一直在想这些，脑子都乱了。我是想把它写出来，但问题是，如果我按照自己的意志去写，大概没有多少人会赞成的。

柳青说：你写文章难道就是为了博得一种赞扬？我想不至于吧。那可不像是你陈晖了。

后来柳青又说，我把你的花养在花瓶里，希望在它没有完全凋谢前见到你。

无疑，江旭初一案的反复在古老的落城引起了很大的反响。那些天，人们公开谈论它，说什么的都有。人们在抱怨年轻人糊涂的同时又生发出普遍的同情心。人们夸奖本案的律师，说正是这个叫李志扬的人自费到北京上访，从黄泉路上给江旭初捡回了一条命。也有人说，这其实还是权大于法，如果不是最高法院出面喊停，还会出现这种局面吗？还有人公然提出应该搞一次民意测验，把案件的始末完全公开，让市民来决定江旭初的生死。消息灵通人士带有权威性的发言说，从中央到省，这个案子都引起了关注，说某个要人已经作出了批示，还说有一个上面的联合调查组秘密地来到了落城。

1995 年 8 月 12 日，落城中级人民法院开庭重新审理江旭初杀人一案。那天本来是个晴天，但是开庭不到一会儿，外面的天色就转变了，先是四面的乌云向中间聚集，随着一声沉闷的雷鸣便下起了大雨。那是一场突如其来的雷阵雨，顷刻间天地就失去了界限，世界仿佛笼罩在烟雨之中。

法庭内座无虚席，在法庭的外面还集中了很多人，其中有不少是落城大学的学生，他们得知江旭初一案出现了转机，便放弃了暑假的安排，没有离校。这些学生今天很早就来到了法庭外面，但只允许少数几个人进去。学生们一开始还打出了“还我同学”的标语，但很快以妨碍司法为由被值勤的武警撤销了。落城电视台和落城广播电台一开始都想对案件的审理进行现场直播，也因此被临时取消。市委担心局面会不好控制，只同意记者按照新闻纪律和法庭规定进行适当的采访报道。

柳青还是作为控方证人出庭了。除了回答和以前相同或相似的问题之外，她所补充的，就是经过重新侦查鉴定，警方接受辩方律师“左撇子杀人”的判断。但她说，不能就此认定导致魏环死亡的主要因素就是魏环本人，江旭初仍然需要对此承担应有的责任。那时李志扬就问：那么什么是我的当事人需要承担的“应有的责任”呢？柳青没有回答。事先，支队长刘勇茂就找柳青谈过，来自辩方律师的这种判断决不允许在法庭上讨论，她可以选择沉默。事实上，律师这个问题还没来得及展开，就被法官终止了，法官说，这个问题已经清楚，警方证人可以下去了。

案件的审理完全出乎人们的预料，审判长严格掌握了时间，没有让控辩双方充分表示意见，就匆忙宣布了审判结果：江旭初犯故意杀人罪，但考虑到犯罪之后能够自首，认罪态度较好，依法判处死刑，缓期两年执行。

对这个结果，除了现场的一些观众报以热烈的掌声外，几方面的人都是感到失望的。站在辩护席上的李志扬保持着沉默，从律师严峻的面色中，可以明显地感觉到，对这样的判决仍然难以理解，他清楚这样的审判已经脱离了案件本身，只是一种行政干预和平衡的结果。案件的性质丝毫没有改变，甚至可以说，这根本就不是一场审判。但是，毕竟能够使他的当事人活下来了，在这样的形势下，他还能说什么呢？来自死者魏环那边的人一听到宣判，便气急败坏地离开了。在这些人影中，没有看见那位作为副市长的叔叔魏如柏。

现在面对这个判决，柳青突然产生了一种很复杂的感情。一方面，她对法庭的纠正、对江旭初重新拥有生命权感到欣慰，因为这里面也凝聚了她的一份心血。而另一方面，她似乎有点失望。她不是觉得那个青年受到的惩罚过于轻微，而是觉得，这不是他的愿望。他罪不该死，那么他是否就愿意继续活着？多天前在刑场上的那一幕再次浮现在女警官眼前，她的耳边仿佛还响着江旭初哼唱的那首《萍聚》，那并不是一首悦耳的歌，但经由一个行将就毙的死囚唱出，竟是那样的感人。她记得当宣布死刑暂缓执行，把犯人收监时，这个瘦弱的青年突然大喊了一声“你们为什么不送我上路”……

被告人江旭初，你还有什么要说的？

审判长的声音打断了柳青的思绪。她抬起头来，朝被告席上望去。在整个审判中，这个叫江旭初的青年一直坐在被告席上低头不语，他的头上还缠着纱布。现在，他站起来了，转过身看着所有的观众，说了一句话——

我可以死，但是我没有罪！

这句话让柳青为之一颤，她想起了很久以前有一位诗人。曾经写过这样的诗句：我宣告无罪，然后我凋谢。

这个瞬间，女警官感觉自己的眼睛潸然湿润了。她担心自己的情不自禁被同事们看见，就悄悄低下头用手背将眼泪抹掉。然后，她就看见一只手从后面伸了过来，紧紧地握住了自己刚刚放下的那只手。她本能地回过头，看见了一副宽边墨镜后面陈晖冷静的眼神。他来了。这个男人还是来了，就坐在她的身后。他们什么也没说。女人也没有把手抽回来。很多天后，女人这样对男人说：我那时真想扑到你的怀里大哭一场。

外面的雨还在淅沥地下着，那些在屋檐下等候着江旭初出来的大学生们，已经浑身淋透。当他们听见江旭初最后那句话时，开始是鼓掌，然后就沉默了。不一会儿，戴着手铐的江旭初被法警押出来了，大学生中突然响起一个高亢的声音：江旭初，我们是你的同学！

江旭初就朝那边看了，对大家深深地鞠了一躬。大学生们个个热泪盈眶，一个劲地往江旭初这边挤过来，秩序开始混乱，值勤的武警和警察立即组成一道人墙，把涌向江旭初这边的学生死死拦住。就在这时，江旭初突然挣脱了看守的法警，拼命向马路中间跑去。还没有轮到法警拿出警械阻拦，就看见他那瘦弱的身体被一辆迎面驶来的大卡车掀了起来，那身体非常轻盈地在空中划了一道优美的光弧，然后抛在了车后，发出了砰的一声大响。他的身体落在了一摊泥水里，很快，血已经把那摊水染红了……

柳青在日记中这样写道——

二十二岁的江旭初就这样结束了自己在人间的独步旅行。现在，他不再孤独了。

十七

江旭初的撞车而死，并没有给这个案件画上最后的句号。尽管后来连续几天里，落城大学的学生群情激奋，要求校方撤销对江旭初、魏环开除处分的决定，要求法院撤销对江旭初的判决并宣布江旭初无罪，但这些都已无济于事。对一个政权而言，它所制定的法律自然是神圣而严肃的，法庭不可能因此撤销对江旭初的判决，他的死只能看成是畏罪自杀。但是，为了防止事态的扩大，市委和市政府采取了“冷处理”的方式，有关领导亲切接见了学生代表，耐心地做了说服的工作，希望大学生们保持清醒与理智，不要做出不利于安定团结大好局面的事来。另外，省委和市委主要负责人亲自找副市长魏如柏进行了谈话，让他顾大局，舍小我，做出让步，同意学生们把江旭初和魏环的骨灰合葬的要求。后者先是不答应，最后以一阵号啕大哭的方式予以默认了。

葬礼是在几天后一个细雨迷蒙的早晨进行的。地点是落城西郊的墓地。参加葬礼的人，除了江旭初和魏环的同学，还有一些自发前来的普通市民。人们怀着极大的同情来悼念这对殉情的大学生。他们的死唤起了一种朴素动人的古典情怀。那天来墓地的人，都打着一把黑伞，胸前佩戴着一朵白色的纸花，气氛清冷而肃穆。在参加葬礼的人群里，还有本案的律师李志扬、从北京专程赶来的记者陈晖和女警官柳青。他们开车到达现场的时候，葬礼还没有开始。陈晖对柳青说：你今天穿着警服，就在车里待着吧。柳青却还是下车了，说：如果今后谁揪住我这一点，那么我就脱掉这身衣服。

随着录音机里响起的小提琴协奏曲《梁祝》，葬礼开始了。他们听不清主持人在宣读着什么，只听见周围有很多的呜咽。细雨霏霏，墓地的上空弥漫着氤氲的雾气，让人感到悲凉。接着，学生们把魏环原先的墓掘开，把江旭初的骨灰盒放进去，再用一根红丝带将两个骨灰盒拴在一起。然后，人们收起雨伞，用手捧土从墓前经过，把土均匀地撒下。如果这个场面出现在某部电视剧里，柳青肯定会觉得过于煽情，但眼前这一切发生在真实的世界里，她心中就有了非常的悲痛。李志扬认真拍下了这个场面，他连拍了几张，然后又把相机交给陈晖，说：你来拍几张，我的手抖得厉害。陈晖就接过了相机。那相机的快门声在音乐淡出的时候显得格外清脆。

安葬结束，人们陆续离开。他们三个还站在墓前，似乎没有离去的意思。天色在这个时候突然转亮了，阳光从逐渐稀薄的云层中透露出来，形成几道明显的光束。柳青抬起头，看见被雨洗过的天空，竟是那样的清澈，雨却还在下着。冰凉的雨落在女人的脸上，让她从连日的辛劳中获得了仅有的舒适。

李志扬把相机支在三角架上，提议大家拍一张合影。律师说：虽然我们最终没有救下埋在地下的这个人，但我们是在为制止悲剧努力着。

于是，三个人把手都放在了那块新立的石碑上，等待着相机的“咔嚓”一声。那块石碑上只刻着死者的名字，在立碑人的位置上刻着“你们的朋友”。在墓碑的上方，还雕刻着一对比翼双飞的蝴蝶，显然是暗示传说中“梁祝”那是个凄美的传说，而这里则埋葬着一个过于惨烈的故事。

她问陈晖：你相信灵魂吗？

陈晖说：我相信的……你看，现在不是雨过天晴了吗？

李志扬说：这个故事发生在世纪之末，可我还是不愿去说他们愚昧……我不想说。愿他们安息吧，在天愿做比翼鸟，在地愿做连理枝。

他们计划第二天去玉秀山。那里的景区虽然还不成规模，但是能允许游客参观了。上回陈晖来没有看成，这次柳青一直放在心上。她把这个安排告诉了李志扬，后者也很赞成。然而今天临出发时，李志扬给柳青来了电话，说自己还得去法院处理一下江旭初的后事，就不准备陪同了。他说：我已经让人把车和相机都交给了陈晖，祝你们玩得开心。

柳青说：既然你都安排好了，那就这样吧。

女人觉得律师是有意这么做的。就是说他在回避。这不是法庭，有什么可回避的呢？男人是不是都很在意自己在某一个女人心目中的位置？像李志扬这样的男人不该这么小心眼的，不过她又觉得，男人有一点小心眼也不是什么坏事。

不一会儿，陈晖就开着李志扬的那辆桑塔纳到了柳青家的楼下。他鸣了几声喇叭，柳青就下楼来了。柳青说，要不要先到家里坐会？

陈晖说：不了，我怕你爸爸那副老公安的眼神呢。

柳青就笑了：怪不得我嫁不出去呢，原来上门的男人都让我爸爸给吓跑了。

陈晖说：这不能不说是一个原因啊。

然后他就问李志扬是否来过电话？柳青说：他忙他的吧。我们走。

柳青接过方向盘，从一条僻静的小路驶出了城市。在经过凤鸣山山前的刑场时，她放慢了速度，对身边的陈晖说：那儿就是刑场。那天，我们就是从那里把江旭初带回来的。

陈晖说：可惜啊，我们是同属一个生肖，他正好小我一轮。

柳青说：现在我只能这样去想，对于他而言，也许是最好的归宿了。

陈晖点了点头，说：你把车停下，我想拍张照片。

柳青就把车停到了路边一棵扭曲的槐树下。陈晖走下车，把镜头对准刑场。取景框里那片开阔地很宁静，作为背景的凤鸣山的一侧正沐浴在朝阳下，呈现出鲜艳的橘色。这本是一片极好的风景，谁能想到它是执行死刑的场所？

陈晖拍完照片，又点上了一支烟，说：你知道那首《铁窗泪》是谁写的吗？

柳青说：好像是以前一个被判刑的电影演员吧？

陈晖说：不是的。那个演员只是把它唱红了……这首歌真实的名字叫《囚车行》，真正的作者是一个死囚，在1983年“严打”中被枪决了。那时我刚刚到新闻单位，他是我采访的第一个对象。我最后也随那辆囚车到了刑场，他就是唱着这支歌上路的。原来的歌词是：“囚车驰过，尘土飞扬，囚车里正把我捆绑。囚车，囚车，你慢些走，让我再看一眼我的故乡。囚车，囚车，你慢些走，让我再看一眼我的爹娘……”

柳青说：这歌写得很好啊！

陈晖说：没有被判死刑的人怎么能写出这样的歌呢？他当时在刑场上唱，真是长歌当哭啊！

他们继续向山的腹地前行。8月的山里正是农忙季节，田野里一片金黄，稻子熟了，农民们在忙着“双抢”。这里的农民现在还做着一种副业，就是将山石开采出来，制作成各式各样的墓碑。这沿路都摆置着墓碑，好让客户随时拉走。从石材上看，江旭初和魏环的那块碑就出自这里，可能就是李志扬亲自来置办的。路过桥头村，柳青没有停下来。她想直接抵达玉秀山，等看完石窟佛像，回头再上安小文的学校吃晚饭。那个腼腆的乡村教师给她留下了很好的印象，她尤其忘不掉那间屋子里，挂着一幅没有五官的女人轮廓。但这回她不准备在山里过夜了。

通往玉秀山石窟的路还在修着。政府缺资金，又不允许私人投资公路，政府虽说实行的是边开放边完善的策略，但效果不理想，使这个本来应该赚出大钱的旅游风景区陷于瘫痪的境地。目前到这里来游玩的人还是很少。这一路上，他们就几乎看不见旅游公司的大巴。等他们到达时，已经过了下午一点了。柳青和陈晖在车里吃了点随身带来的面包和水果，就买好门票进去了。刚进去，就有许多卖东西的小贩围了上来，向他们热情兜售着一些当地的土特产、仿制的古钱币和粗糙的纪念品。

陈晖没有买这些，而是用十块钱买下了一个小女孩的一束叫不出名字的野花。陈晖问小女孩上几年级，小女孩说，她没上学，家里没有钱。他把花送给了柳青。还没走两步，一群孩子从四面围了过来，把手里五颜六色的花全都举向陈晖。柳青便笑了起来，说：你买得起，我还拿不动呢。陈晖定了定神，突然拉起柳青的手跑开了。跑了很大一段路，才停下来，说：这些孩子还真有点心计呢。然后又说：这个年纪的孩子，真该去上学读书啊。

这里的石窟虽然没有洛阳的龙门石窟、大同的云冈石窟名气大，但有其独到的东西。陈晖这样告诉柳青，它少了很多人工的斧琢，多了一些天然的情趣。这很可贵。

柳青说：我不懂你的这些高谈阔论，只觉得他们很生动。我想等以后修复好了，应该会吸引住四面八方的游客的。

陈晖说：其实对待文物，我历来是反对那种再造式的修复的，我主张维护。政府的投资用在维护上比用在修复上要得当。

柳青说：其实都是一个意思吧？如果一尊佛像毁坏了，不修复怎么能保留下去呢？

陈晖说：照你的意思，那么应该把断臂维纳斯的两只胳膊再安起来？

柳青说：你这是偷换概念呢。我没有这么愚蠢。

陈晖说：你没有听说北京有人主张重新修复圆明园吗？

柳青说：我听说过。

陈晖说：那你赞成吗？

柳青说：不，留下那几根耻辱柱子不是很好吗？

陈晖说：这我们就说到一块了。我就是这个意思。但愿这个名气不大的石窟不要在以后的日子里为名声所累。更不要再在这样的地方多添一些玻璃的、铝合金的东西了。

他们最后来到了那尊观音佛像面前。柳青现在更相信自己的眼光了，在整个石窟佛像中，数这一尊雕刻得最为精细也最为传神。柳青说：我喜欢她，仪态安详，超凡脱俗。

陈晖认真地看了看，说：这我不同意。这尊观音不是超凡脱俗，而是有一种人气，你注意看她的眼睛，仿佛含着眼泪，不仅是大慈，还是大悲。这就使她区别于其他的地方，观音都是那么高高在上，没有一点食人间烟火的味道。

柳青说：本来观音就不食人间烟火啊。

陈晖说：这是你们女人眼中的观音。我是男人，还是喜欢观音现在的这个样子，很温柔，很母性，很女人味。

柳青说：唉，再往下说可就有亵渎之嫌了。在佛面前，无论男女，都应该虔诚点。

陈晖说：你站好，我先来为你拍几张。

说着就从不同的角度为女人拍照。柳青今天穿的是一条粉红格子的连衣裙，现出了身体很好的曲线。而梳的那根独辫，看上去很纯情的样子。陈晖很喜欢这个形象，他想要是这个女人再放开点就好了。他们可以在这山里多住上几天，然后就一同飞回北京去。

陈晖一气拍了十几张，然后又支好三脚架，对好焦距和光圈，就立刻闪到了柳青的身边，把手自然地放在了女人的肩上。等快门声响过，他说：我觉得这张特别好。

女人笑了笑，没有说什么。她扬起脸，看着男人。于是男人就把她紧紧拥抱了，然后在她耳边说：咱们今晚就在山里，如何？

女人慢慢摇了摇头，离开了男人的怀抱。过了一会，女人说：我是不是一个很乏味的女人？

男人只是笑了笑。

柳青本来打算在桥头村小学提前吃过晚饭，再连夜赶回落城的。结果车开到学校，除了一个年迈的油漆匠在操场上在刷着课桌，就没有见到其他人。柳青就问，学校的安老师在哪里？那老漆匠说，安老师前几天出差了，学校也放暑假了，只留一个哑巴看门。柳青看看陈晖，意思是等待着他的决定。陈晖说这山里的景色很不错，如果不是柳青有事，他真想在这里住上几天。陈晖说：看来我们只能赶回落城吃饭了。柳青点点头，站在走廊里喝水，顺便走到安小文的房间从窗户向里面看了看。接着她就发现了一个改变，那墙上的那张女人轮廓的素描不见了。那个时候，女警官还没有意识到这个改变意味着什么，她只是觉得那个腼腆的乡村教师很有趣。她把上回来的事情告诉陈晖，问陈晖怎样看待这一幅未完成的肖像？陈晖说，要是我，肯定是在默写自己心中的那个女人。

柳青说：你能想象得出，这大山里还有这样的浪漫情怀吗？陈晖说：我能想象，每个男人都是在为女人活着，都在寻找自己心目中的那个女人。但是我不能想象今天还会有江旭初和魏环那样惨烈的殉情。

一提到这个案子，两人便陷入了沉默。

回来的路上，由陈晖开车。柳青坐在边上，又说起了上回打死那只狼的故事。陈晖把车一停，有点惊讶地看着柳青，说：真的？

柳青说：就是几个月前的事情。

陈晖说：我简直不敢相信这是真的。

柳青说：你害怕了？

陈晖说：我怕什么？我又不是那只狼。可是我得告诉你，你还算走运，没有打死一只大熊猫，要是你打死了一只大熊猫，那你可就……

柳青说：枪毙我？

陈晖说：别以为我在吓唬你，真有这样的案例啊，我就采访过的。

柳青说：怎么，杀死一只动物能判死刑？这听起来多么可笑。

陈晖说：中国可笑的事情真太多了，山里的孩子上不了学，城里的女人却迷恋养宠物，超市里的宠物食品比人吃的东西还贵，高档写字楼里还设有“宠物门诊”，可就是人不受宠，也许是人太多了吧，自古都是物以稀为贵。你还记得有一首歌吗？唱的是一个小女孩为救一只丹顶鹤淹死了。

柳青说：我记得，还很好听。

陈晖说：这个小女孩的行为让我感动，但我又想，难道还要鼓励孩子们为一只鸟去送命吗？为什么就没有人站出来对孩子们说，今后遇上这样的情况，完全可以不管呢？以前，我们居然还在大力宣传反劫机的英雄，难道就不怕引起坠机的后果吗？太不负责了。人毕竟不是物，不是东西，可以随便处置……可如果那天你杀死的真是一只大熊猫，法律就得让你掉脑袋……

柳青说：假如那只熊猫袭击我，或者正在袭击别人，那你说，我怎么办？

陈晖说：那就……打断它的腿吧。

柳青笑了起来，说：你太滑头了。

陈晖说：不是我滑头，是我们的《刑法》问题太多，得赶快修改。

尤其是现在的死刑，涉及的罪名太多了，这是很荒唐的。譬如经济犯罪，我就主张一律废除死刑。把钱追回来，把人拘起来，让他悔过，不就得了吗？

柳青说：要是钱追不回来呢？

陈晖说：那也别杀人。因为杀了人，钱照样也追不回来。

忽然，柳青仿佛想起什么似的下了车，然后就走到了那条河边。陈晖跟随其后，他以为女人是想在这河边洗把脸。可是从女人的神色上看，显然是在寻找一个东西。接着他就看见女人指着一个被刨开的沙坑说：它不在了。

陈晖就问什么不在了。

柳青说：狼，那只狼。李志扬当时就是把它埋在这里的啊。谁把它弄走了？

陈晖点上香烟，说：我觉得是它的同类，更有可能是它的爱人。

柳青就想起了那只母狼，竟一时没了话。

陈晖说：动物很讲清洁的，譬如说那些鸟，除了被人类射杀，你几乎就很难找见它们的尸体——它会飞到一个很远的、很僻静的地方去死。狼就更特殊了……

柳青问：怎么个特殊？

陈晖说：狼是很讲尊严的，通常的情况下，当它们意识到死到临头的时刻，就会顺着一条河走到它的尽头，或者是走进密林深处。它们不希望死后遭到任何一种侮辱……

柳青认真听着，她不觉得陈晖的这些解释是一种随意性的发挥。她仔细察看了那个沙坑的周围，好像真的看出了那只狼有被拖走的痕迹。但她无法想象那只活着的母狼是怎样把爱人的尸体搬走的。那需要信念，需要力量，还有什么比这两点更强大的呢？

重新回到车边，陈晖环顾四周，感叹道：这山里的景色，匆匆一瞥怪可惜的。要是你愿意，我们应该在这里住上一些日子。

柳青对这句试探的话付之一笑，说：我可没你那么浪漫，也没你那么自由。明天一早就得上班了。

陈晖说：这算是原因吗？

柳青说：这是最大的原因。

陈晖说：柳青，怎么样，跟我回北京吧？

柳青说：你口气好大啊。跟你？我为什么要跟你？我是一个独立的女人，每月有近两千元的收入，从来就不想依附于任何男人。

陈晖就笑了，说：你看，还这么较真儿。

柳青说：陈晖，我已经说过了，我们的事情不现实。

陈晖有些激动地说：你这个人就知道现实现实！

柳青说：我当然注重现实，因为我们就生活在现实当中。

陈晖说：我不和你争了。你应该知道，任何现实都是可以改变的，除非你不想改变。

柳青看着远方的山峦说：也许我就是不想改变吧！这里的一切我太熟悉了，这里有我的亲人，有我喜爱的工作……

陈晖打断说：但是这里并没有你喜欢的男人。

十八

第二天，陈晖把照片洗印出来，准备晚上吃饭的时候交给柳青。同时他已经订好了回北京的机票，是晚上九点多的航班。晚饭一过，就直接可以奔机场了。照片的效果不错，照片上的女人比生活中的她平添了几分妩媚，少了一种从骨子里散发出来的傲气，这样的女人还是很能让男人动心的。不过，此刻男人已经不觉得激动了，他相信自己与这个女人之间，可能就这么一点缘分。这个女人是一个鲜明的矛盾，内心的浪漫与行为的理智集于一身，却又是那么不可思议地和谐。这个女人原本是可以把人生写成一首诗的，现在却不经意地把它作成了一篇论文，每一个段落都那么慎重推敲。这样的女人在情感上所要求的万无一失，是要稳操胜券，在她眼里，和一个远隔千里的男人谈情说爱无疑是一次冒险，她宁可不要这份也许是最理想的感情。这种感觉，在他于那尊优美的观音佛像面前拥抱女人的时刻就有了，他相信他的感觉没有错。

事先说好了，今晚由李志扬埋单。吃饭的地点则是柳青选的，选在城市东区的一家湘菜馆。这里靠近机场的高速公路，离陈晖下榻的宾馆也不远，溜达着就过来了。下班之后，柳青就给陈晖和李志扬分别去了电话，说好了地方。本来她想送陈晖一件礼物，她在商店里见过一种造型别致的旅行水壶，对陈晖这种浪迹四方的男人，应该非常适用。与他那只帆布的大背囊也很协调。她想以这种方式纪念他们的拥抱。但是又觉得当着李志扬的面送这礼物有点不妥，就临时取消了，换成了一条三五烟。陈晖一直就抽这个牌子的。柳青想如果顺利，明年去北京读书的时候，再给陈晖捎去。一想到明年，柳青就不禁叹了口气，自己又长了一岁，或者说又老了一岁，而且时间可能会悄悄改变某些东西，包括人心。一年后的陈晖还是现在的陈晖吗？如果是，那么她就会再次投入他的怀抱。柳青走在街上，看着从身边穿过的男男女女，忽然觉得有一种很伤感的东西在鼻腔中涌动着，持续了很久才逐渐消失。

她到的时候，陈晖已经在楼上占下一个临街的位置了。男人在看女人的照片，一边抽着烟，那姿态就像是在进行一次鉴赏。柳青在他身后轻轻咳了声，说：你手艺如何啊？

陈晖回过头，把照片递给柳青，说：看看，你多上镜。

柳青笑了笑说：陈晖，对女人说这种话可不算是恭维啊。

陈晖马上意识到了，说：我这可不是人不如照的意思啊。

照片的效果有点出乎柳青的意料，她觉得照片上逆光下的那个女人有几分端庄，也有几分妩媚。这样的女人男人是不肯错过的，柳青这么想着，不禁笑了笑。

陈晖问：你笑什么？

柳青说：我这人有时候就喜欢傻笑。

陈晖说：不对，你是有内容的笑，是嘲笑吗？

柳青说：你这人怎么比女人还敏感？我们的合影呢？怎么没见到？

陈晖说：我照得不好……

柳青说：那也得拿出来看看啊，我至少还有一半的知识产权吧？

陈晖就把那张合影从口袋里拿了出来，照片上的他闭着眼睛，但面带笑容。

柳青说：不就是闭着眼吗？

说着就把钢笔拿出来，开始涂改照片，在陈晖的眼睛上认真描成了一副墨镜，再把照片递给陈晖：这样很酷了吧？

陈晖说：我其实历来是戴着墨镜的，那天主要是为了看清你，就临时摘了。

柳青又笑了，说：这话我爱听。

陈晖指着柳青的一张照片说：我觉得这张最好，你和观音都那么食人间烟火的样子，我喜欢……

柳青看了男人一眼：你又来了！

陈晖说：我特地为自己放了一张。回头挂到我书房里去。

说着，就从背包里取出了一张放大成十二吋的照片，放在了柳青面前。

柳青说：你这人，还这么藏着掖着，这张照片你可以拿去，但不许挂在你屋子里，免得给你招来麻烦。

陈晖说：是你自己怕麻烦吧？

柳青说：是的，我也怕，行了吧？

陈晖说：你放心，我不会那么草率的。除非你同意……我带走，不仅因为照片上的人是我的朋友，还在于照片本身是我的作品。

柳青一边看着照片一边说：那我是否也存在着一个肖像权的问题啊？

陈晖说：你放心，我不会拿出去发表的。

两人说着都笑了起来，柳青笑得很开心，突然，她好像发现了什么似的凝起了眉头，说：不好……

陈晖急着站起来：哪儿不好？

柳青说：我不是说照片不好，是……

她没有继续解释，而是拿起了手机，拨通了李志扬的电话。她说：李志扬吗？你现在在哪个位置？

李志扬说：正准备离开办公室呢，你们都到了吧？

柳青答非所问：你上回在玉秀山拍的石窟佛像，就是那尊观音的，手头有吗？

李志扬说：抽屉里就有。

柳青说：那你赶快带着它一道来。

李志扬问：出什么事了？

柳青说：你来了就知道了。快点。

一旁的陈晖不知道柳青想干什么，但从女人凝重的表情看，他觉得这张照片暴露出了什么重大的问题。但他又不便打听，就又抽起了烟。

不到一刻钟，李志扬就驱车赶来了。

李志扬把照片还没有完全从提包里取出来，柳青就一把夺了过去，然后随手关上了包厢的门。柳青把两张照片放在灯下进行比较，两个男人此时还不知道这是什么意思。但是经柳青一指点，问题暴露得明白无遗。

柳青说：你们看，这两张照片是在同一个位置拍摄的，相隔不过几个月，却有着不同。

陈晖就觉得奇怪，问：哪儿不同呢？

柳青说：这张放大的照片，大佛的脖子上有一道不容易发现的痕迹——这个佛头是假的，真的已经被人偷了！

两个男人这才大吃一惊，他们也都仔细辨认着两张照片细微的差别，认为柳青的判断基本上没有什么问题。

陈晖不禁摇摇头，说：真是个高手，几乎可以乱真，看来我得赶快去把机票退了。

李志扬说：马上报案吧！

翌日黎明，落城刑警支队出动了三辆警车，前往事发现场——玉秀山石窟。鉴于这个案子发现的原因，支队领导同意李志扬和陈晖同行。因为江旭初的案子，李志扬已经成了落城家喻户晓的人物，而北京来的这个记者，也一直受到大家的关注。刑警们对陈晖的风度很欣赏，同时也私下议论，这个男人表面上是来采访案件的，真实的目的却是想企图摘走他们的警花。这些议论，最先可能是沈蓉添油加醋地说起的，不过柳青压根儿没当回事。类似这种议论从她来刑警支队的那一天起就没有停止过，她没觉得损失什么。她还是保持着那种我行我素的态度。

经过三个多小时的高速行驶，这支刑侦队伍于上午九点就到达了现场。当地的有关人员已经在石窟佛像门前等候了。按照事先的部署，副支队长李林把刑警分为两组，一组直接侦查有可能被盗的观音佛像，一组会同当地公安与保安人员将全部佛像逐一清查，看看还有什么被盗迹象。柳青分在第一组，她和痕迹员老赵负责对观音佛像进行勘查。很快，他们就对佛头被切割、调换作出了肯定性的解释，现在这个佛头就是一个复制品，是用一种高能胶水粘上去的。

李林听完柳青的介绍，说：可以立案了。今天是几号？

柳青说：8 月 18 日。

李林说：那就叫“8 · 18”案吧。这倒是一个很吉利的数字，案子肯定要破了它！

接着，痕迹员老赵在佛像的身上提取到了两只脚印。这应该是两个人的脚印，老赵说，虽然时间过去了一些日子，由于作案的时候是雨天，鞋上有泥，所以留在大佛身后的脚印基本上还是清晰的。

陈晖和李志扬始终站在一旁，冷静地观察着刑警们的工作。当柳青的判断得到证实之后，两个男人便很惊讶。陈晖低声对李志扬说：这个女人不简单吧？

李志扬说：她确实是干刑警的材料，有一种非常敏锐的职业眼光。

陈晖说：娶这样的媳妇，男人在外面可得规矩点。

李志扬笑了笑，说：怎么，提前担心了？

陈晖说：我怕没这个能耐。

李志扬说：陈晖，你应该是有这个能耐的。我觉得，你可以大胆试一把。别错过了机会，人与人的相识，往往就是一瞬间的事情。

陈晖说：我明天就得飞走了……

过了一段时间，第二组报告，其他石窟没有发现被盗迹象。

李林宣布，对现场实行完全封锁，交由当地派出所看护。另外，留下几个人进一步调查，其他人员返回落城。他说：这个案子以前没有遇见过，我们要及时向局里汇报，说不定还要上报省厅呢。

柳青说：我也留下吧，我对情况应该熟悉一些。

李林同意了，又问两位客人什么意见。

李志扬说：我是在这里插过队的，或许能给你们帮点忙。

李林说：那就谢谢了。你们是柳工的朋友，帮着照顾点。

这话一说，柳青心里顿时就生出了另一种滋味。

刑警队留下的人员对现场进一步勘查过后，于黄昏时分住进了桥头村小学。安小文的屋子还锁着，看样子人还没有回来。这个时候，柳青忽然想到了一件事。她和李志扬、陈晖到外面山坡上散步的时候，说出了自己的困惑。

柳青说：李志扬，你还记得吗？上回我们来这里的时候，安小文屋子里有一台宏基笔记本电脑。

李志扬说：我当然记得。他说是一个到这个地方来采风的画家借给他的，还说那个人秋天的时候还会来……你是说？

律师一下子意识到了女警官的思考。

柳青说：一路上我都在想这个问题。宏基是台湾的品牌，对吗，陈晖？

陈晖点点头：很不错的牌子，像这样牌子的笔记本，即使配置不高，在中关村一台也得卖一万五六吧。

柳青说：要是你是那个画家，你会把这样贵重的东西借给一个素昧平生的乡村教师吗？

陈晖说：那决不可能，除非是有求于他，或者是答谢……

柳青说：问题就在这里，那个人有求安小文什么？又答谢他什么？而且，那个人是个画家，具备复制佛像的条件，而现在，这个安小文已经离开学校有好几天了，他会去哪里呢？

李志扬认真听着女警官的分析，觉得很有道理。他说：你的意思是说，那个画家早就打好佛像的主意了，春节前是来采点的，顺便为自己下一步的行动物色一名助手……

柳青说：你不觉得这种关联逻辑性很强吗？

李志扬说：当时小文说那个人会在秋天来的，现在是夏天……

柳青说：那只是一个大概的说法。现在，正是农忙季节，学校又放了暑假，时机应该更有利。

陈晖说：我同意柳青的分析。如果找到安小文，再通过他找到那个画家，我看什么都清楚了。

李志扬有点焦急了，说：我们再去向校长打听一下好了，看看小文去了哪里。

三个人重新折回学校，看见校长正和油漆匠说着什么。等走近了，才知道是因为工钱的事。校长说这批重新油漆的课桌，还有一些新打的课桌，都是安小文老师出钱置办的。

柳青暗自吃惊，她初步估算了一下，这些桌椅的置办至少要花费近两千元的，这更证实了她来之前的预感。但是，她的表情变得有些呆滞，她似乎有点不愿意接受自己的预感被证实后的那种快乐的到来。柳青问：

校长，安老师每个月的工资有多少？

校长说：工资表上是六百多块，可到手的只有四百多。

陈晖说：为什么？

校长说：这地方很穷啊，教师工资只能兑现百分之七十。

柳青继续问：那安老师哪来这些钱来做这些呢？我粗略算了一下，可能有两千元吧？

校长说：总共花了一千七百多块。学校的教学设备很差劲，我们一直打报告向乡里要钱，就是批不下来。

李志扬说：安老师的钱是哪里来的？

校长舔了舔嘴唇，说：听起来很邪乎，他对我说是到落城买体育彩票，结果中了一个大奖，就交给我两千块，让把学生的桌椅办一下……

柳青看了看李志扬，意思是这应该是谎言，而自己的判断已经得到了进一步的证实。律师的表情越发严肃了，他沉默着，目光第一次显得复杂。

柳青接着问：安老师去哪了？

校长说：说是去省城会一个同学……

柳青没有再问，谢了校长，准备离开操场，再去安小文的房间里看看。

校长却跟在后面，有些胆怯地问：警察同志，安老师他没出什么事吧？

柳青想了想，说：我们是想找他了解一点情况。你有他房间的钥匙吗？

校长说有。说着，就去办公室拿钥匙去了。这时，柳青才对边上的两个男人说：事情差不多有眉目了。眼下最要紧的，就是尽快找到安小文。

李志扬很担忧地说：小文难道会这么糊涂？

柳青说：目前我们只是在推测，但我的感觉是，安小文有很大的嫌疑。

陈晖说：志扬，我觉得柳青说的有道理。

校长带着钥匙来了。

安小文的房间收拾得更显得简单了。床上的铺盖卷起了，桌上的书本也被几张报纸遮盖着。柳青在枕头边上发现了那张曾经是轮廓的素描，现在它已经被安小文画上了五官。那是一个梳着长发的年轻女子，谈不上怎么漂亮，但却有点清秀与文静。

柳青把肖像递给李志扬，问：是他的女友？

李志扬说：他哪来的女友？以前在师范读书时和班上一个同学谈过恋爱，毕业的时候就吹了，因为他分回来了。这事我听他说过。

陈晖说：那个女生现在在哪里呢？

李志扬说：这个就不清楚了。不过我可以肯定，画上的这个女子，不是小文的女同学。日子过去这么久了，那个女同学据说也结婚了，他不会还这么痴情的。

柳青说：那么这个女人是谁呢？难道真是他想象中的？

陈晖点了一支烟，悠闲地说：是的，我觉得就是安小文想象中的女人。你们看，这张画有很多的修改痕迹。既然不是临摹，那还修改什么呢？这说明他是在根据自己的想象进行着修改……

记者的话虽然听起来有点悬乎，但是经过后来的证实，却完全是对的。

十九

马克·福尔曼警官并非是洛杉矶重案组的成员，他只是在1994年6月12日夜间值班，碰巧介入到这个案子之中。这个人后来未经正常的手续就私自闯入了北洛金汉街360号辛普森的住宅，之后的一切又基本上是单独行动，因此这一系列反常的举动都没有逃过辩方犀利的眼光。但是几个月前陈晖还不知道，此人就是辩方手里紧紧攥着的一张王牌。现在看来，在案件审理初期，辩方似乎是有意放过了他。1995年3月13日，辩方律师夏皮罗·李·贝利看似轻描淡写的询问，实际上预示着辩方设下的圈套已经在逐渐收拢了。

五个月后，法庭风云突变。福尔曼警官再次受到辩方的质询。这一次，辩方律师没有多说什么，而是在法庭上公布了13盘录音带，它的提供者是福尔曼自认为私交甚好的一位叫劳拉·哈特·麦金尼的女剧作家，来自北卡罗兰纳州。这些录音带是麦金尼在过去十年间采访福尔曼的录音，尽管是断断续续的，但内容却令所有关注此案的美国人大为惊讶。马克·福尔曼在这些谈话中竟41次使用了“黑鬼”，而且他还把自己曾经作伪证和虐待黑人的行为视作荣誉和天经地义，他可以把黑人的驾照当场撕毁而反诬对方无照驾驶，他可以揭掉黑人身上因吸毒留下的旧疤而指控其重新吸毒。他恬不知耻地说，所谓好警察，就是喜欢把那些特别的人——黑人，拖到路边并痛击他们脑瓜的人。他甚至扬言，自己一直幻想着有朝一日把在洛杉矶市政府里供职的黑人统统枪毙或者一把火烧死。够了，对福尔曼的所作所为，已经不需要再加解释了。就连控方也不得不承认“福尔曼是一个种族主义者，是一个坏警察，他根本不配当警察，这个世界上最好没有这个人”。

福尔曼将面临的是伪证罪的指控，而在录音带曝光的第二天，他就申请退职了。当他后来随律师再次站到法庭上时，他只是不断重复着这样的一句话：我想坚持我第五条修正案的权利。福尔曼彻底毁灭了警方的证据。

现在，陈晖似乎能看出辛普森一案的冰山一角了。虽然控方在92天里传唤了58位证人，但都难以抵挡辩方出其不意打出来的福尔曼这张牌。形势至此开始急转直下，还有什么比福尔曼的那番丑恶表演更能激怒陪审团的呢?

本来他想把王可发来的这一堆材料作一个初步的整理，但看过了就有些头晕，似乎还有点低烧。一连几天他都觉得抽烟没有味道，感觉自己这回真的闹病了。此番去落城，陈晖有了不少的感慨。首先是江旭初的悲惨遭遇，以及由此引发的学生游行和葬礼，都让他深思不已。其次是玉秀山石窟佛像被盗，让他亲眼目击了柳青作为一名警官的干练和智慧。他忽然有了这样一种感觉，面对柳青，就像是在阅读一部小说里塑造的人物。这个形象虽然鲜明，却仅限于欣赏。但她又不是平面的，她很生动。他越发觉得，尽管眼下自己和女人之间存在着不小的距离，但发展的趋势令人鼓舞。那些天里，躺在床上病恹恹的记者不断地给女警官去电话，他想听听她的声音，想从中探出一种思念的情怀。同时他也在探听“8·18”一案的进展情况。这个奇特的案件一样诱惑着他。

这起“8·18”案件被省里列为特大案件，并要求落城警方成立专案组，完全出乎大家的意料。在老百姓甚至是在刑警队伍中，大家普遍认为，只有命案才是特大案件。所以当上面的指示传到刑警支队时，几乎所有的干警都有些吃惊。不就是一个石头佛像吗？至于如此兴师动众？

诚然，这是一起特殊的案件，在落城刑侦史上，还没有过类似的案件。1981 年，当时落城的文物所被盗过一次，被盗的只是几件国家二级文物，案子很快也破了，是几个少年和一个文物贩子干的，少年得到了三百元。此案之所以重大，是被盗的这尊佛像在国内属于独一无二，很少有魏晋时期的观音佛像，何况这尊佛像是那么的完美。它无疑属于国宝级的文物。从经济发展上看，由于佛像的被盗，玉秀山石窟艺术失去了标志性的作品，使正待开发的玉秀山旅游风景区计划遭到了毁灭性的打击。这就如同龙门石窟那尊卢舍那佛像被盗一样。它造成的损失是无法估量的。

让局领导和刑警支队感到安慰的是，这起案件是由他们自己人发现的，而不是由他人举报，这在落城的刑侦史上也一样是史无前例的。刑警支队认可了柳青对案情的分析，又鉴定了留在佛像身上的那只鞋印，正式确定桥头乡小学教师安小文为本案的主要犯罪嫌疑人。作为发现案件的主要人员柳青因此立下了三等功，警衔也从二级警司提升到了一级。但是，落城警方手中没有其他线索，案件的侦破一开始就陷入了困境。那时学校也已经开学了，警方原想守株待兔，然而一段时间过去，仍然不见安小文的踪影。落城警方就此认定安小文已经负罪在逃，遂向全国发出了通缉令。

9 月 6 日，也就是立案后的第 19 天，落城刑警支队突然接到了北京警方的报告，说前一日他们在人民英雄纪念碑前发现了一个神情怪异的青年男子，经拘留审查，正是落城警方通缉的“8·18 特大文物盗窃案”的主要犯罪嫌疑人安小文。这个消息传到落城，大家大大松了口气。支队长刘勇茂立即召开会议，决定组成赴京的抓捕小组，由副队长李林带队，柳青、高逸明等四人参加。为了进一步摸清佛像的下落，决定在北京就地审讯安小文，看看能否顺藤摸瓜。

当晚九点，行动小组搭乘东航的班机，飞向了北京。经过两小时十分钟的飞行，飞机安全降落在首都机场。走出机场的时候，柳青趁着上卫生间的空隙，给陈晖的住处去了电话。可是陈晖不在家，柳青就对着录音电话说：陈晖，我在北京。“8·18”有了突破。

行动小组连夜举行会议，确定第二天审讯安小文的方案。副队长李林提出由柳青来主持这场审讯工作，他说：犯罪嫌疑人安小文与柳青认识，我们可以很好地利用这一点。

柳青说：李队，我怕做不好的，还是你自己来吧，我配合。

李林说：你会做得好的，我们这回就来他一个以柔克刚。我已经请示刘队了，他完全同意。

柳青就没有再说什么了。会议结束，她就一直在房间里准备这项工作，但是她的心绪却很杂乱。那个冬日的下午，乡村教师抱着新买的棉被腼腆地向她走来的形象总在她眼前晃动着，折磨着她的内心。她已经在这种尖锐的矛盾中度过了很多天了。如果没有自己的及时发现，这个案件究竟什么时候浮出水面，还真的不好料定。于是她成了“8·18案件”的有功人员，那个安小文将沦为阶下囚。这正是女警官不安的所在。对安小文的通缉令发出的那天，她在日记中这样写道——

我或许不够一个警察的条件。对这起案件，我最初所采取的是一个警察的姿态，那是我在尽责。当目标锁定之后，我所用的似乎又不是一个警察的眼光了。在我不长的工作经历里，我好像不喜欢那种“大义灭亲”的感觉。而现在，我自己竟成了一个举报者，一个出卖者，甚至由出卖而立功，这让我内心感到异常不安。

我又一次想到了那部叫做《弃船》的老电影，现在，我甚至觉得，自己就是那位阿里克斯船长……

午夜两点，陈晖的电话来了。他说刚刚从朋友那里打麻将回来，这个电话给了他意外的惊喜。陈晖说：我现在去看你，方便吗？

柳青说：不可以。我已经睡下了，明天一早就得干活。

陈晖说：真是安小文吗？

柳青迟疑了一下，说：是，但他可能不是主谋……

陈晖说：那我明天过去听听吧。

柳青说：这恐怕不行的。

陈晖说：我知道你有你的纪律，但我有我的办法。

柳青说：陈晖，明天由我主持审讯……我担心……

陈晖说：我理解你的心情。你的发现使一个人身陷囹圄，而这个人是李志扬的小兄弟，除了不该做那件事外，他各个方面都很不错。你们本来是平起平坐的朋友，而明天，这个人却戴着手铐坐到了你的对面，被你问讯……

柳青说：是的，这就是我心理的障碍……

陈晖说：柳青，人生对每个人来说，都是磨难。我这话可能有点书生气，但却是真话。你有很好的素质，该怎么做，你会清楚的。我只想提醒你一句，无论你面对谁，都要说人话……

柳青很感激地说：陈晖，谢谢你……

翌日上午九点，对安小文的审讯开始了。

第一眼看上去，柳青觉得这个乡村教师的最大变化，不是形容的憔悴，而是那张还带着稚气的脸上那份腼腆荡然无存了。这使他看上去与以前判若两人，也让女警官产生了短暂的陌生。

安小文没有认出身着警服的柳青，他的目光一直虚着，看着脚前一步的地方。被带进来之后，就站在椅子边上，似乎在想着什么心事。

柳青平静了一下，用平时说话的声音随便说了句：小安老师，坐下谈吧。

边上的高逸明看了看柳青，那意思很明显：怎么能这么叫呢？

柳青继续说：把他的手铐打开。

安小文慢慢坐下，过长的衬衫袖子如同两只假手无力下垂着。刚才那声“小安老师”让他心里一颤，让他几乎忘记了自己是被警察押解到了这间审讯室，而是重新回到了课堂上。他想那座被自己反复诅咒过的学校，现在摆上新漆过的桌椅应该变得好看一些了。问题是，他再也回不去了。他轻声叹了口气，慢慢抬起头，这时他认出了面前的女警官，正是半年前和李哥一起来桥头村的“柳工”，那个睡过自己新被子的漂亮女人。但他似乎不相信眼前的事实，仿佛是梦中相遇，那自然是一个焦灼不安的梦。

柳青说：今天我们找你来，是想了解玉秀山石窟观音佛像被盗的情况。我想你应该知道这件事的，对吗？

安小文点点头。

柳青说：那就请你向我们介绍一下，想到哪说哪；一时想不起来的，还可以补充，我只有一点要求，就是要说真话——你平时是这样要求你的学生的吗？

安小文说：我会的……我会的……

那个时候，陈晖就在隔壁的房间里。记者一早就赶到了这里，拉上北京警方的朋友，直接找到了带队的李林。他对李林说，自己和这个案子有特殊的联系，因此要尽可能地掌握第一手材料。并且保证，案子不结，决不会擅自先捅给媒体曝光。

李林对陈晖也有好感，以前还读过他写的报告文学，就没有多加犹豫。整个审讯过程他们都在隔壁通过录像看得一清二楚。女警官的那句开场白，使记者眼睛一亮。这个女人放弃了居高临下的位置，也放弃了审与被审的关系，以“谈”的方式进行着“审”的工作，竟达到了出奇制胜的效果。这正是昨夜他所提醒的“要说人话”。

陈晖对李林说：你们这个柳青很不简单啊。

李林有点得意地说：那是。我今天采取的就是以柔克刚的战术。

陈晖说：这样的女人不当警察太可惜了。

李林说：我们的人，素质都不会错的。

陈晖说：可是当警察，也太可惜了。

李林回头看看陈晖，低声说：你这什么意思？是不是嫁给你就不可惜了？

陈晖笑而不答。

二十

那个感觉非常遥远的冬天，那个显得阴沉的下午，一场大雨让一个长相斯文的男子走进了乡村教师安小文的视线。那个人开始说是来学校临时躲雨的。他穿了一件显得过时的米色风衣，却戴着相当考究的眼镜。他随身携带着一台高级的照相机和一台宏基牌笔记本电脑，还有一个写生的油画箱。他自我介绍说他叫路一达，听起来像是一个化名。在见到安小文的最初几分钟里，这个人显得有些不安，他不断地搓捏着风衣的一角，似乎有什么难以启齿的话要说。安小文热情地接待了这个陌生人，但他没有想到的是，在以后不长时间的相处中，他会把此人当做莫逆之交。

我是来这地方写生的，自称路一达的男子说，这儿的风景很让我着迷。

热情而孤独的安小文说：那你就多住几天吧，就住在学校，很方便的。

随后，路一达就随乡村教师住到了学校的客房。那时正值学校放寒假，学生们和家在各村的教师都回家忙着过年了。学校里就只剩下了安小文，他是个孤儿，从小是随外公长大的。两年前，这个老人因为一场喜酒而沉睡不醒。安葬好外公之后，安小文就把家搬到了学校。但他认为，这里不是他最后的归宿，他不想将来到了自己做外公的时候也把骨头埋在这里。所以路一达夸赞这里的风光时，他没有做出应有的呼应。但他愿意这个看上去很有教养的男人多住些日子，听他谈谈山外的世界。那天晚上，路一达带着笔记本电脑去了安小文的房间，想借学校里的电话线路上网。他说：山里消息很闭塞，我想看看新闻，再查点资料。我可以支付你一个月的电话费。

安小文是第一次见到这么袖珍的电脑，也是第一次看见人当面上网。他很好奇。他就问：上网电话费很贵吗？

路一达说：也就是按市内的话费计算而已。

安小文说：那就算了吧。学校虽穷，这点钱还是可以支付的。

路一达说：那不合适。我是经常要上网的。

安小文也就没有多说。他在一旁看着路一达上网，觉得操作比他想象的要简单。于是他就问：我听说网上可以聊天，是这样吗？

路一达说：这很容易的。

说着，他就把一个网站的“聊天室”打开，化名“婵娟”，进入了。

安小文说：你怎么取了个女人的名字？

路一达说：我就是要这个效果，如果你取名“大勇”、“志国”什么的，可能半天也没有人搭理你。你看，这不都来了……

安小文果然就看见有很多献媚的“男人”围上来了，觉得很好玩。

路一达说：网络是虚幻的。不过，也有因聊天而交上朋友的。还可以网恋，甚至可以网上做爱。

安小文有点吃惊：网上做爱？

路一达说：是啊，就是互相把性行为的细节以及想象中的那种性感觉用文字表达出来。这有什么呢？

安小文的神色有些难堪，不是因为涉及到性的话题，而是为自己的孤陋寡闻。

看安小文那种好奇劲，路一达就把笔记本电脑推到了他跟前，说：你来玩会儿吧，很简单的。

安小文说：我可没有玩过笔记本电脑。

路一达说：和台式的没有任何差别，你试试好了。

安小文就紧张地坐到了电脑面前。他不会用“五笔”，但拼音的基础很好。去年他去落城参加了一个电脑培训班，对电脑打字有初步的掌握。没过多会儿，他就能“聊天”了。但找的人多了，他便有些手忙脚乱。路一达在边上说：你别急，有的就别理会了。

安小文说：那恐怕不礼貌吧？

路一达说：在网上没有人在乎你是一只狗——这句话你听说过吗？

安小文脸红了，这已经不再是羞涩，而是兴奋。这种奇妙的兴奋对他这个乡村教师而言真是久违了。

那些天，路一达每天一早就出门“写生”去了。他把笔记本电脑留给安小文上网。开始，安小文想陪同他，但路一达说，这一带他以前来过，路还比较熟悉。他说：你给我安排好一顿晚饭就行了，余下的时间去聊天吧。

安小文自然还是要聊天的，但他不想取一个女性的昵称，莫名其妙地在网上消磨时间。他内心希望的，是能够赢得一次网恋，于是就取名“诗剑”，觉得这个名字能给人一种文武双全、少年才俊的感觉。果然，在当天下午，他就认识了一个叫“青萍”的人。他内心断定对方是个女人。几个回合之后，他觉得自己与对方聊得很投机。对方开始问他一些基本情况，他都一一作答了，然而也大大打了折扣。他说自己是从事教育工作的，工作的环境在一个山清水秀的地方。而对方说自己也是搞教育的，在离北京不远的一个小城市工作。安小文基本上如实说了自己的个人条件，说自己是男性，29 岁，身高 1 米 70，五官端正。女方说自己比他小，身高体重与相貌应该都还过得去。但强调说，她不是一个漂亮的女孩。这句话让安小文很感动，他想远在他乡的那个女孩应该很诚实。

一周过去之后，路一达要离开了。安小文似乎有点留恋。准确地说，他不是留恋路一达，而是留恋那台宏基牌的笔记本电脑。因为电脑一旦失去，他与远方那位“青萍”的路也就从此断了。聪明人路一达准确地看出了这一点。于是就主动说：安老师，这些天来给你添了不少麻烦，这台电脑就算是我的答谢吧。

安小文很意外，说：这怎么可以？不不，我实在不敢领受的。

路一达说：山里很寂寞，有台电脑可以陪你轻松一会儿。

安小文说：那也不行……

路一达说：小文，我们交个朋友就是了。

安小文说：我乐意与你做朋友，但真的不能收你这么贵重的礼物。

路一达说：这样吧，这台电脑就算是我借给你用的。秋天的时候我还会来的。

安小文自然没有想到路一达的秋天意味着阴谋，那个时候，他完全被这个路一达的豪爽和那台宏基笔记本电脑深深吸引住了。

如果记忆不错，柳青觉得在自称路一达的男人离开后的第三天或者第四天的头上，她与李志扬来到了桥头村的。在乡村教师的宿舍里，柳青注意到了那台宏基牌的笔记本电脑。她甚至注意到了，一提这台电脑，乡村教师的脸就泛上了红晕。而这一回，她又是迟了几天，再次错过了与安小文接触的机会。女警官现在懊悔的是，自己当时怎么就没有对安小文多说几句，比如一个陌生人“借”你这么贵重的东西是否带有附加条件，比如结交朋友一定要谨慎。这种过分的自责使她的情绪很紊乱，以至于想中途退出这个案子，尽管这决不可能。

面相斯文的路一达没有选择秋天再度进山，而是提前来实现自己的计划了。8 月 11 日，当一场大雨即将来临之际，这个人的身影在黄昏时分走向了安小文。那个时候，乡村教师还痴迷于和“青萍”的卿卿我我，他已经获得了对方的信任，准备利用暑假到北京相会，地点选择了人民英雄纪念碑前。具体时间待定，但敲定了见面的方式，由安小文手持一册金庸的《笑傲江湖》。你不会认为这样不公平吧？青萍“说”，我毕竟是个女孩子啊。

安小文激动地敲出了一行字：不见不散。

等他站起来伸个懒腰时，才看见精神疲惫的路一达倚在门框上对他微笑着。意外的重逢让乡村教师感到非常兴奋，他一边忙着给远道的朋友泡茶，一边考虑着接风的晚餐。而那个时候，躺在安小文床上的路一达的视线一直落在窗外。他注意到，外面的天越发黑暗了，一场大雨就在眼前。他非常满意这个气候。

直到此时，路一达才说自己是一个雕塑研究者，来这里，是想欣赏一下附近著名的玉秀山石窟佛像。我喜欢那古朴的佛像，他说，他们既有印度犍陀罗艺术的神韵，也有中国本土艺术的风格，二者是那样自然贴切地融合到了一起。

安小文还是注意在听，觉得这个人的学识渊博谈吐不凡，他为自己能够结识这样一位朋友而感到激动。然而接下来他就感到了惊讶。

路一达说：小文，我这回来，是因为一件急事……我想出国深造，去国外一个著名的学府读学位，搞研究。所有的费用都是由对方提供，但是他们有一个条件，就是想得到玉秀山石窟的那尊观音佛头。

安小文立刻就明白了路一达的来意，也深知这个行动是触犯法律的。他一时没有说话，认真看着坐在对面的男人，他一点也不觉得这个风度翩翩的男人居然揣有这种罪恶的目的。

路一达说：人生有些机会就是需要冒险的。我把这件事告诉你，是因为我拿你当最好的朋友。你不至于会出卖我吧？

安小文沉默了一会儿，才说：老路，你都想好了？

路一达说：我是下了决心要干的。趁着夜晚把佛头锯下来。如果你帮我，我可以出五万的价钱。

五万的价钱对安小文无疑是个天文数字。但他说：你能顺利把佛头带出境？

路一达说：这我有把握。那边也有人接应的。

安小文说：就怕你还没来得及出去，公安就找来了。

路一达说：这你放心，我已经安排妥当了。

说着就从自己的包袱里拿出一个佛头，那是他自己临摹雕刻的赝品，也已经做旧处理了，几乎可以乱真。安小文甚至觉得，这个佛头一点也不比真的差。

路一达说：我们把真的锯下来，再把假的安上去。这样，没有很长一段时间是不会被发现的。

安小文还是有些犹豫地说：可是一旦被发现呢？

路一达说：小文，即使发现，也不会找到你的。一切都是我的策划，我应该承担一切。

安小文说：既然一起干了，我自然不能把什么都推到你身上。

那是一个风雨交加的后半夜，他们趁着这糟糕的天气潜入了玉秀山石窟。那时候人们正在梦中逍遥，普遍的性交此刻已经化作庄稼人催眠的药物，使他们的鼾声融进了风雨声中，成为罪恶最好的遮蔽。他们顺利地进入到石窟景区，然后安小文就爬到了那尊观音大佛身上，一把钢锯伸到了佛头的颈项处。在动手的那一瞬间，这个青年想到了自己的行为是在犯罪。然而事到如今，他已经没有退路了。于是他借着一道闪电拉开了锯子。雨水打在他的手背上，他感觉这是大佛流出来的血。

佛头不到一个小时就完全锯下来了。路一达把佛头裹好，放进了背囊里，又拿出了那只假的佛头。他让安小文先回学校，可是安小文说：我陪着你吧。

剩下的工作由路一达来完成。他把自己雕刻好、并且做了旧的假佛头安了上去，用一种高能速干的胶水进行粘合。他做得从容不迫，好像自己正在从事着一项艺术工程。

安小文得到了五万元，路一达还将那台笔记本电脑送给了他。然后，他们就分手了。分手的时候谁也没有说话，这个瞬间，安小文突然有点憎恨这个叫路一达的男人了。送走路一达，安小文在自己的屋子里呆坐了很久，直到听见第一声鸡鸣，才忽然觉得自己也该离开了。这个地方他早就待腻了，他必须走出这座山，到山外去。山外就是一个崭新的天地。于是就给“青萍”发了一封 E－mail，告诉他自己将在 8 月 16 日至 18 日连续三天的上午 9 点，出现在天安门广场人民英雄纪念碑前，手持一册《笑傲江湖》。“青萍”很快就回复了，说这个时间她有可能抽不出空，只能先这么定着，但又说近期只要有空，就会赶到北京的。安小文想，这也好，自己可以在北京城好好玩玩，眼下该打点行装了。

第二天，安小文带着两瓶酒去校长家请假，同时拿出两千块钱交到校长手上，说自己想到省里参加一个同学的聚会，这两千块钱把学校的课桌翻新一下，再添一批新的。校长就问，哪来的这些钱？安小文说，我在落城买了体育彩票，中了奖，要是一毛不拔，会遭报应的。他以玩笑的口吻说：这其实应该是一笔不义之财。

当天上午他就离开了。他先搭长途汽车去了落城，再从那里改乘北上的火车，去见朝思暮想的那个"青萍"了。他同时也做好了这样的思想准备，如果他和"青萍"有一见钟情的缘分，他就不准备回来了，哪怕就在北京做苦力，或者去她所在的城市打工，他都愿意。安小文在落城火车站买好票，离开车的时间还有三个小时，就想给李志扬去个电话，去他那里聊聊。电话通了，却没有人接听。安小文想自己找上门去，但又一想，觉得负罪在身，很担心律师敏锐的眼光看透什么，就放弃了。很多天后，当律师从女警官那里得知这个细节时，竟然为这种失之交臂感到伤心不已。律师说，如果那天他接到安小文的电话，一定会请他吃饭的，没准儿就会了解到什么，那么一切或许都改变了。

经过二十小时的旅行，安小文于8月15日晚抵达了北京站。这是乡村教师第一回来到首都，高大的建筑和宽阔的街道让他不知所措。他被一个拉客住宿的人带到了北河沿一家地下招待所，刚住下，就有一个打扮俗气的女人推门进来，问要不要服务。安小文说要，那女人就把门关上，拉着他就往床上躺。安小文吓了一跳，说：我不是要这个服务，我口渴，要喝水。那女人就白了他一眼，出去了。安小文想不到北京也一样有妓女，便想换一个地方。可一打听，这里距离天安门广场很近，就没有再动。他想要是明天见到了那个青萍，就不住这里了。

第二天黎明，安小文就起来了，手里拿着一本《笑傲江湖》连走带跑地去了天安门广场，先看了升旗仪式。那个时刻他觉得非常庄严，也非常内疚。他想自己真是犯了大罪的，把国家珍贵的东西盗给外国人，这行为与卖国没有什么两样。他仿佛看见了路一达那张斯文的脸，却恨不起来。事情是自己做的，人家并没有强迫你，要恨，就只能恨自己好了。他带着这种不安和焦虑在广场上走了一圈又一圈，时间总算到了9

点。安小文站到纪念碑前，把那本《笑傲江湖》拿得端端正正，等待着对方的出现。现在他内心倒是没有不安了，有的是紧张和激动。然而两个小时过去了，没有任何人注意他，走近他。在穿梭不停的人流中，安小文猜想着这里面一定暗藏着一双注视着自己的眼睛。他非常相信这一点。那个人为什么不出来？是因为他的长相与气质全都脱离了她的想象？他只是把自己的身高增加了三公分，这很明显吗？还是别的什么原因呢？他实在想不明白了。这个时候，安小文这才想起网络欺骗这样的事情。可是他不明白，对方有什么必要这么做呢？这样做了又能达到什么目的呢？难道就是恶作剧、寻开心？他无法解释这个问题。

连续三个上午他都准时赴约，也都失望而归。那三天里，安小文不断地给“青萍”发送电子邮件，却没有答复。那时他想，如果这个“青萍”与自己从此断了联系，他就想在北京找一份工作。他喜欢这个宏伟的城市，喜欢这里发生的一切。于是从第四天起，他将自己的计划作了必要的调整，那就是每天的上午9点到10点，继续带着《笑傲江湖》到人民英雄纪念碑前站上一个小时——他不知道“青萍”所说的那个“近期”有多长。而下午的时间则用于游玩和找工作。9月6日上午，当安小文在广场再次出现时，就被几个便衣警察带上了警车。

在征得李林副队长的同意之后，陈晖以记者的身份也与安小文有过一次谈话。那次谈话，现场没有任何人，但作了录音录像。看守的警察也站到了门外。陈晖和安小文就隔着一张桌子对面坐着，他仔细打量着这个比自己还年轻的乡村教师，从那张已显麻木的脸上看出的不是恐惧，而是一种坦荡。这让他感到非常奇怪，在记者以前类似的采访经历里，也是从未遇见过的。他友好地递给了这个人一支香烟，也被谢绝了。陈晖说：我不是警察，是记者，我们可以随便谈谈。

安小文点点头：我很羡慕你这个职业，人都说记者是无冕之王。

陈晖说：记者也有记者的苦衷，这个你却看不见的。

安小文说：我也能想象得出。比如说，你们只能骂县以下的干部，揭小地方的短。

陈晖就笑了，说：我没想到你还这么幽默。

安小文说：你想了解什么，说吧。

陈晖说：我想知道，你在锯那个佛头之前，没有意识到这是犯罪吗？

安小文说：我知道这是犯罪，但是……

陈晖接道：但没有想到罪行会有如此之重？

安小文说：我到现在也不知道罪有多重，没有人告诉我，也没有人打我。

陈晖说：你当时这么干是因为钱吗？

安小文说：不光是钱……

陈晖说：还有那台宏基笔记本电脑？

安小文说：我想最大的原因还是恋爱吧。我长这么大了，还没有谈过恋爱。

陈晖说：可我听李律师说，你在读师范的时候，和同学谈过一回……

安小文笑了笑，说：那是我瞎编的。一个男人这么大了没有谈过恋爱，说出去很没面子，所以就编了一个……

陈晖说：因此你很珍惜这回的“网恋”？

安小文说：是的，我珍惜和“青萍”的缘分……

这时陈晖从公文包里拿出了那张画像的复印件：是她吗？

安小文看了一眼自己的作品，说：就算是吧……我心中的她就是这个样子……我每天都根据我的想象进行修改，反正最后人我也没见到……

陈晖说：你就是为她来的北京？

安小文说：是的……我们约好了……

陈晖说：你不认为这种网络引起的恶作剧很多？

安小文说：不，我不认为这是恶作剧。她对我说了很多。这辈子，还没有哪个女人对我说过这么多的话。从来没有。

陈晖停顿了一下，又点上了一支烟，说：事到如今，你自己感到后悔吗？

安小文想了片刻，说：怎么说呢？说后悔，是因为我对国家造成了损失。说不后悔，是我有机会见到我想象中的人了……我相信当时她就在我的周围注视着我……

陈晖问：那她为什么不露面呢？

安小文说：不露面总是有不露面的原因的……

陈晖问：欺骗会是其中一个原因吗？

安小文说：不会。

陈晖说：你相信这一切符合你的想象？

安小文说：是的，我相信……人活着，总得信点什么吧？要不太可怜了。

陈晖看着面前这个乡村教师，他的神色非常镇定。记者不想再问什么了。

那天晚上，陈晖和柳青到天安门广场散步，在纪念碑前停留了很久。他们想象着安小文当时的位置和活动情形，却揣摩不出他的心情。白天的谈话录像，柳青也看见了，安小文最后的那句话也掀起了女警官心底的波澜。一个穷乡僻壤的小学教师，因为一场虚幻的恋爱去犯罪，而且是重罪，这听起来多么不可思议，但又是眼前的事实。他们当时都无法解释这个动机，而现在又似乎很能理解了。

柳青说：陈晖，和安小文相比，我们是否也缺少点什么？

陈晖说：缺少信念。所以后来我就不想问他什么了。

柳青说：是不想问呢还是不敢问？

陈晖说：也真的不敢。安小文这辈子可能就只有这么一次所谓的恋爱，对我们而言，它是虚幻的，是一种儿戏、玩笑、恶作剧甚至是欺骗。但对他而言，却非常的宝贵……

柳青说：这是天壤之别的差距啊。

陈晖叹息道：我真的不知道，该怜悯的是谁了。

他们沉默了。他们在沉默中拥抱着，然后亲吻。那个时刻，他们都清晰地听见了对方的心跳。

行动小组的回程改乘火车，抵达落城是在傍晚。在迎接的队伍中，出现了李志扬的身影。当安小文被押下车后，律师主动走近了他。安小文先是一愣，然后就低声叫了声“李哥”。李志扬说：我现在是你的律师，你是我的当事人。过几天我会找你谈的。

安小文被押上警车带走后，李志扬才和柳青站到一边说话。律师自然迫切想知道审讯的情况。柳青说，安小文态度很好，如实交待了自己的罪行，但现在最大的问题是，那个主谋路一达和佛头都不知去向。警方估计他们可能都已经偷运出境了。这么一说，律师便预感到这个形势对安小文将来的量刑很不利，就希望最好能在案件宣判前找到真正的元凶，继之找到那个佛头。柳青说警方目前没有一点线索。李志扬就感叹道：东西不在，麻烦就大了。

刑警支队初战告捷，但后面的事情就完全失去了纵深发展的可能。落城市政法委专门为此案召开了会议，认为在目前缺乏线索难以突破的情况下，只能暂时将这个案子挂起来。然而谁也没料到，这一挂就是很久，以致刑警支队的人都把这件事慢慢给忘了。安小文羁押在看守所里，李志扬隔一段时间去探视，两个人面对着，拿起电话作简单的问候和交流。李志扬希望安小文能提供一些关于那个路一达的线索，安小文说：我不知道。该说的我都说了，我想他已经出国了。

二十一

柳青离开北京后，陈晖再次回到了辛普森的面前。这个案件至今已经拖了他十五个月的时间，总算有了一些眉目。他与美国的王可在电话里进行过交谈，认为辩方目前占了上风，在于成功地运用了“三 C 论据策略”。所谓三 C 论据，即 Contamination（证据污染）、Corruption（警方腐败）和 Cover up（全面掩盖）。

辛普森一案没有直接证据，警方所提供的证明辛普森有罪的证据皆为旁证。控方认为，洛杉矶警方在南班迪街 875 号凶案现场所提取的可疑血迹，经 DNA 鉴定，是辛普森的。这种力度的旁证实际上并不亚于直接证据，对 DNA 鉴定的可靠性也没有人敢于轻率地怀疑。这一点，辩方的律师团非常清楚，但是正如李昌钰博士所言：DNA 鉴定血迹的可靠性虽然普遍得到法庭及社会大众的接受，但是检验结果是否可靠，仍要取决于检体是否受到污染。明眼人一听便知，辩方的文章就会做在这个“是否受到污染”的检体上。然而不幸的是，洛杉矶警方经受不住这样的质疑。

某种意义上，辩方质疑 Contamintion 和 Corruption，实际上是为质疑

Cover up 做准备。人们似乎可以得出这样的判断，由于警方的腐败才会导致证据的污染，而警方之所以会这么干，目的就是企图进行全面的掩盖。洛杉矶警方多年来不好的声誉是辩方敢于走这着棋的心理依据，他们深信在大众眼中，这个警局已经烂到了极点，所以才会有福尔曼这种根本不配当警察的警察。在辛普森一案中，警方可谓漏洞百出，无论是违背宪法第四修正案，在未取得搜查令之前就私闯了辛普森的住宅，还是取证过程中的违规操作；无论是由于作风涣散导致的不负责任，还是别有用心地暗箱操作，都让人感到他们不能自圆其说，不能让人信服。最荒谬的是他们自以为是“铁证”的两件东西——分别遗留在两个现场的一副皮手套和警方在辛普森卧室里找到了一只染有血迹的袜子。前者被认为是辛普森行凶所戴之物，但是，1995 年 6 月 15 日辛普森在法庭上，于众目睽睽之下试戴皮手套，尽管他最后还是戴进去了，但十分勉强，连手指都无法屈伸，虽然检方认为这是由受到血液的侵蚀造成的缩水，然而在陪审团看来还是觉得不合适。人们很难想象辛普森戴着这样的手套可以行凶杀掉两个人。被害人妮可的指缝里留有血迹，这显然是搏斗时留下的见证，可是这血既不是妮可本人的，也不是辛普森的，那么又是谁的呢？警方怎样解释这个现象？而且，警方开始从辛普森身上抽去的是 8cc 血样，用于做 DNA 的只有 3cc，现在试管里却只有 3.5cc，那么还有 1.5cc 血哪里去了？

那只血袜子则更加奇怪了。警方用于固定现场的侦查录像是在 1994 年 6 月 13 日下午 4 时 13 分拍摄的，那时从镜头画面里看到，辛普森卧室里根本就没有血袜子，而警方的采证是在现场固定之后，那么这袜子又是从哪里来的呢？辛普森的保姆说，他从来就没有乱扔东西的习惯。最令人震惊的是，李昌钰博士发现，这只袜子上的血在两面形成了同样的血迹，这就不能说袜子是有人穿过的，而是血自然浸透的效果。李昌钰的发现无疑是致命的，因为它暗示着警方栽赃的极大可能性。

美国法律中有一条著名的规则：面条里只能有一只臭虫。

当他发现第一只臭虫之后，就会果断地把这碗面条倒掉，而不会等着发现第二条臭虫。

何况辛普森这碗面条里已经不止一只臭虫了。

夏天过去，秋天来了。这一年的秋天给人的感觉将是一个绵长的雨季，几乎每天都见不到阳光。雨断断续续地下着，下得人心都觉得长毛了。大概只有一个人在这样的季节里还满面春风，这个人就是沈蓉。一看沈蓉这样的气色，柳青就知道，那个在省委党校高级班学习的郁之光又溜回了落城。最近一个时期，落城都在传，从前的政法委书记郁之光大概不会再回来了。他会得到重用，会再上一个台阶的。柳青自然不会关心这个，她顶多只想想沈蓉，觉得这个女人其实很可怜。沈蓉也爱找她，目的就是倾诉。郁之光一走，沈蓉一定会约柳青出去吃饭喝茶什么的，一边就把自己悲欢离合导致的苦恼委屈说出来。这些话柳青已经觉得不新鲜了，但沈蓉还是要说。

昨天柳青出去，又看见了郁之光的车子，就停在离沈蓉家不远的那个酒店停车场。她想这个男人又是赶回来偷情的，但她已经很反感这个男人了。柳青觉得，一个男人的虚伪比下流更可怕，也更可恨。像郁之光这种人，什么都想占着，却一点也不会给自己睡过的女人一点希望。她替沈蓉感到悲哀，为什么就不能离开这个人呢？

今天上班的时候，沈蓉没有来，说是不舒服，请了一天病假。等到了临下班的时候，沈蓉的电话来了，说：小柳，我在西子茶庄等你呢。

柳青说：你那个人走了？

沈蓉说：我把他赶走了。

柳青一听就觉得事情不妙。本来她是不想应酬的，但电话里沈蓉鼻音浓重地这么说着，她就有点放心不下，说：我去好了，见面谈吧。

两人一见面，沈蓉就说：我和郁之光吵架了。

柳青暗暗惊讶，就问：因为什么呢？

沈蓉说：还是老问题，我问我们的事情到底怎么办，他说再等等。我一下就火了，把他推下了床，我说，姓郁的，我明年就四十了。对于一个四十岁的女人，你不能做得这么狠。他什么也不解释，只说离婚很困难。

柳青很不解地问：为什么？离婚就那么困难吗？

沈蓉说：他不是不能离，是不敢离。你想想看，一个农民的儿子，好不容易走到今天这一步，怎么可以因为我这样的一个女人前功尽弃呢？再说他虽然不爱他老婆，但非常爱他女儿郁兰的。血缘这东西在这个时候最起作用。再说，他岳父虽然去世了，可省里有不少干部都是从落城出去的，都曾经当过老头子的部下，那股势力一个郁之光哪能抵挡得了？再说，他还有把柄捏在他老婆手里呢！

柳青就问：什么把柄？

沈蓉忙改口说：当官的，哪有真干净的？我猜多少有点什么吧。

柳青说：这事你可别瞎猜。

沈蓉流着泪说：我现在真不知道该怎么办好……

看见沈蓉这副辛酸的样子，柳青心里也好难受。她拿出纸巾递过去，说：沈蓉，既然你什么都看清楚了，为什么不另做选择呢？

沈蓉擦擦眼泪说：小柳，你当我是你这个年纪啊，我还能有什么选择？

柳青说：沈蓉，听我一句话，从这旋涡里撤出来吧。退一步，海阔天空。

沈蓉沉默了好久，然后像是自语般地说：我再做一把努力吧。也许天无绝人之路……

在柳青眼里，这个时期的沈蓉已经有点神经质了。她总是说些疑神暗鬼的话，比如昨天晚上看见有人在她家门外的树上蹲着啦，比如说上个星期天她回家的时候，看见一个穿雨衣的人一直在跟踪着她啦。比如有一天半夜里，她感觉听见有撬门的声音啦。这些话她只对柳青一个人说，后者听得都有点烦了，便开她玩笑说：你啊，只要调到省里，什么可疑全都没有了。沈蓉却还是一本正经地说：我说的可全是真的啊！

转眼国庆又到了，机关照例要放假。10 月 2 日这天是柳青和沈蓉值班，到了中午交接的时候，沈蓉却还没有来。外面还下着雨，柳青收拾好东西，好等沈蓉一来就离开。她想沈蓉是不是又害相思病了？正这么想着，沈蓉一身是泥地走了进来，手里还拿着一个保温桶。

柳青吃惊地问：你怎么了？

沈蓉坐下来半天喘不过气，说：我刚才差点被车撞死了。

柳青吓了一跳，就问怎么回事。

沈蓉指指身上的泥水和胳膊上的划痕，说：我刚从家里出来，想到对面的小馆子里吃点东西，顺便也给你捎点。正要过马路，突然从旁边小巷里开出了一辆双牌座，笔直地向我冲了过来。幸亏当时一个过路的小伙子拉了我一把……太险了！

柳青帮沈蓉换好衣服，又在她擦破皮的胳膊和膝盖上涂了点红药水，说：你得当心点。看你脸色这么差，昨天一定没睡好吧？

沈蓉叹息道：每天晚上都这样，总是天亮时眯一会儿……这样下去，非得要我的命不可啊。

柳青又回想起以前那个梦境，梦中的沈蓉在爬一只没有依靠的梯子，摇摇欲坠地让人捏一把汗。她说：你这人啊，我也不知道该怎么劝你了。像这样的马拉松一跑就是八年，不拖垮才怪呢。

沈蓉说：我已经被拖垮了。

柳青不想再多说了，就把工作简单交代了一下，说：我走了。

沈蓉说：我给你带着吃的呢。

柳青知道沈蓉是想留她多聊聊，就说：我得回家去，我妈感冒了。

沈蓉说：那你回去吧。

柳青正想走，又站住问了句：你没事吧，沈蓉？

沈蓉有点恍惚地说：我没事……我想，刚才那辆车要是真的把我撞死，也就一了百了了。

说着，就抽泣起来。

柳青只好又回来劝慰，说：看你，都胡说些什么呢？沈蓉，没有什么过不去的坎儿，也许等过了一阵子，一切都慢慢好起来了呢。

正说着，外面有人找沈蓉了。那是一个柳青从未见过的男人，看上去三十多岁，手里拿着一只鼓鼓囊囊的旅行袋，风尘仆仆的，像是从外地赶来的。那个人在门口叫了一声姐，沈蓉便把眼泪悄悄抹了，站起来为柳青介绍。来人是她的弟弟，叫沈强。住在家乡那个县里，是一个电工。于是沈蓉说：你还没有吃吧？来，这里正好有包子。

就把那个保温桶递给了沈强。

柳青客气地对沈强点点头，就离开了。外面的雨还在下，沈蓉追出去把伞给了她。是那把紫色的碎花伞。当柳青在雨中撑开这把伞时，觉得它还是那么漂亮，表面一点也不像用了十年的样子，但骨子基本上都生出了锈斑。雨点落在伞上发出十分清脆的声音，那时柳青就想，多年前，穿着紫罗兰连衣裙的沈蓉，打着这把紫色小花伞，一定是好看的。

美国宪法修正案第六条、第七条赋予公民在刑民案件中选择陪审制的权利。陪审制不是美国的产物，它产生于中世纪的英国。这个审判制度，在美国一直有着争议，赞成者认为是民治、制衡、公正的有效举措，是程序正义的具体体现。而反对者则批评它不谨慎、低效率、浪费钱。如同一场足球赛，合理并充分运用规则是一支球队取胜的关键之一。美国的刑事司法制度是控辩对抗、无罪推定、陪审团裁判的三位一体架构。在辛普森案件最初的阶段，辛普森的律师团就清楚地意识到，要想打赢这场官司，争取陪审团的同情是关键的所在。因此，在案件审理之前，经过与控方的明争暗斗，他们取得了遴选陪审团的胜利，在12名成员中有8名是黑人，2名白人1名拉丁裔和一名南美裔。这实际上为辩方日后打出“种族牌”打好了基础。而白人警官福尔曼的愚蠢和腐败，则为辩方这一战略提供了有力的支持。辩方充分地利用了Corruption论据。社会舆论决不会认为福尔曼的腐败是个别现象，他们很自然地将其与当初洛杉矶的四名白人警察暴虐黑人公民罗德尼·金事件联系起来，他们很难相信警方的证据和证言是公正的。

尽管陪审团的成员在审判期间处于隔离状态，不得观看电视新闻和报纸，不得接触与案件有关的信息，不得私下与人交流对案件的看法，但仅就在法官裁决后所接触的关于福尔曼警官的那些已经打了折扣的材料，就让他们惊诧不已。这个人的行为引起了陪审团的愤慨，他的独立行动以及由此发现的证据也引起了陪审团的怀疑。陪审团都是由普通公民组成，司法人员、行政官员以及律师、内外科医生、教师等，都不允许参加陪审团。在一件刑案中，陪审制要求陪审团对被告作出有罪或无罪的裁决，一致的裁决具有终审性质。陪审团对待证据效力，除了特殊的需要法官作出提示之外，就完全由他们自由心证，他们可以根据自己对案件的理解做出自己的判断和选择。但如果要定被告有罪，那就需要12人一致通过。

1995年10月2日，12名陪审员在被隔离260天之后，开始了近四个小时的讨论，最终达成了一致的裁决。10月3日10点，也就是美国东部时间下午1点，法庭宣布了判决结果：辛普森无罪。

当陈晖在他的第一时间把这个结果告诉落城的柳青时，后者一下就懵了，连声说：怎么会无罪呢？

陈晖反问道：怎么就一定有罪呢？

柳青说：这未免太荒唐了吧？

陈晖说：可千万别这么说。这个案子可是在全世界人的眼皮子底下审判的，经得起反复推敲。

柳青说：我还是难以置信。

陈晖就笑了，说：我想这个案子控方之所以败诉，最大的错误在于洛杉矶警方的自作多情——他们太想"铁证如山"了，结果却让臭虫跑到面条里去了。

柳青说：陈晖，你应该好好写写这个案子才是。

陈晖说：是啊，我得慢慢来——这个案子其实并没有真正地完结。

二十二

1995 年 11 月 12 日上午，落城刑警支队接到报案，前政法委书记郁之光的妻子王佩霞在家中被谋杀。消息传来，大家无不震惊，几路人马立刻赶到了现场。

案发现场是，王佩霞死于 24 小时之前，是一次血腥的谋杀。凶手是从后面用铁丝勒住被害人的脖子，将其勒晕，然后拖到卧室，拿出刀子在心脏、喉咙等部位捅了七下。其中有一刀刺破了心脏，是致命的。

考虑到被害人丈夫的特殊身份，市委负责人作出批示，严格封锁消息，对可疑人员实施监控。要落城公安局将案件及时向省公安厅报告，并请求省厅来人支持。省公安厅也及时报告了省委，当天，一个由省城刑侦专家组成的小组火速赶到了落城，与刑警支队联手开展工作。现场的勘查，除了提取到几枚陌生的指纹外，就没有发现什么更有价值的东西。

专家的意见是，先对现场实行封闭，将死者的尸体带回，连夜进行解剖。尸检没有什么新的发现，死者没有遭到强暴的迹象，也无中毒的可能，最后的确定与落城刑警支队在现场的初步判断基本一致。这个女人死于昨天上午 10 点左右。郁家的门窗没有发现被撬动的痕迹，虽然丢失了几千元的现金和女人的首饰，但是所有的银行存单还在。这说明，凶手极有可能是认识的人，也说明，凶手杀人的真正目的未必是图财害命。这个判断一经形成，柳青就想到了沈蓉，她的心一下子紧张起来。不过，案发当天沈蓉不在落城，她和另外两名刑警到外地出差了。也就是说，沈蓉直接作案的可能性应该排除。但是，柳青的担忧并没有因此而减轻，专业知识在提醒着她，任何一项犯罪，都具有其内在的因果关系。即使是美国长达16年的那宗乔治·梅特斯基爆炸案，最终也没有逃出因果链的锁定——著名的詹姆士·布鲁塞尔博士以精神分析法作出了十六个推断，使此案在十六年后成功告破，成为世界刑侦史上绝无仅有的经典。柳青想，假如这个案子真的与沈蓉有关，那么作为拥有近二十年警龄的沈蓉，自然不可能这么愚蠢地把自己圈在具有作案条件范围之内的。她难道会雇凶杀人？柳青联想起一个月前和沈蓉一起喝茶，那天，她说“要再做最后的努力”，她是这样说的。难道，这就是她最后的努力？柳青背脊上渗出了冷汗，她在心里说：沈蓉，你会这么糊涂吗？

事实上，在案件报告当天，市委根据公安局的汇报，就已经布置了对沈蓉的监控，她一从外地回来，支队长刘勇茂就与她正式谈了话，让她将手头的工作移交，这些天暂时住在刑警支队的羁押室里，配合案件的侦破。

沈蓉没作任何解释，只说：我相信组织。

对沈蓉的审讯，最初是以谈话的方式进行的。为了缓和气氛，刘勇茂特地让柳青也一道参加了，担任笔录。

与沈蓉第一次谈话笔录

问：沈蓉，郁之光的妻子王佩霞被人杀害了，你知道吗？

答：我也是刚刚听同事说的。

问：今天我代表组织和你谈话，不是审讯，这样做是对你负责，你觉得呢？

答：这我知道。我和郁之光的事如今已是满城风雨了，现在她老婆被害了，我没有不被怀疑的理由。

问：你不觉得吃惊？

答：我们是情敌啊，说不吃惊也讲不过去。但我很意外，没想到是这样的结果。其实，我觉得这样的结果对我也不好。

问：怎么解释？

答：你看，王佩霞和老郁结婚前后已经有二十年了，还有一个女儿，夫妻一场。即使我们有一天可能结合，我也不希望他带着这样的打击与我生活一起。这也是我厌倦的阴影。

问：你能具体说说，11月11日这一天里，你都在干什么？

答：这你领导应该知道的啊。11号我在外地出差，始终和张玉国、刘永青在一起的。他们可以为我作证的。

问：你打过什么不该打的电话没有？

答：那你们可以查我的手机通话单啊。

问：沈蓉，我们都是搞这一行的，别的话也用不着我多说了。你应该知道，你不在事故现场不等于就与你无关吧？这就是我们要和你谈话的意图。

答：我当然知道。不过，我想组织上也不至于这么随便地就把我处置吧？我们重的是证据，这应该是不会改变的。

第一次谈话就这样结束了。柳青在当天的日记里这样写道：

沈蓉很镇定，很轻松，你如果在现场，你就相信这宗血案与她无关。但是，我的直觉却不是这样的，沈蓉越镇定，我就越是怀疑。这就像发生在1990年的美国康州泛美航空公司空姐海伦失踪案。联邦警察怀疑她的失踪与她的丈夫理查·克拉夫兹有关，其中一项内部掌握的理由，就是，理查通过"测谎器"实验的结果是"过分正常"。现在沈蓉的过分镇静让我不安。我真的不希望她与此案有任何牵连，但这似乎不可能了。我虽然没有证据来证实我的这种直觉，但我在心里已经这么认定了。我为沈蓉惋惜，更为她担忧。

据后来参与这项调查的人说，得知妻子王佩霞遇害时，在省委党校高级班学习的郁之光想到的第一件事，不是立刻赶回落城，而是在第一时间直接去了省纪检委，向分管领导如实交待了自己和沈蓉长达八年之久的婚外情关系。这个向来自信稳健的中年人似乎第一次露出了胆怯与不安。但他反复强调说，我没有杀害王佩霞，我不可能干出这样伤天害理的事情，她的死，我觉得与沈蓉有关。

很快，郁之光也被软禁了，由省公安厅派人对他进行调查。郁之光对自己和沈蓉的婚外情关系说得十分透彻，他怀疑沈蓉策划并指挥了这起谋杀，并说沈蓉不止一次地强迫他与王佩霞离婚，甚至还以死相逼过。郁之光说：我早就有这种预感了，但不知道真的会出现这样的悲剧。

那时柳青就很替沈蓉感到悲哀。一个女人，为了得到一个男人的爱，可能把什么都做了，这个女人可能会搭上性命，而那个男人却主动先把她给交待了。即使是作奸犯科，那也是一个同伙啊，怎么就说翻脸就翻脸呢？

刘勇茂安排柳青负责沈蓉的日常生活，说你们女人之间也许能谈出点什么。告诉沈蓉，他说，有问题就尽快说，争取主动才好。郁之光都把她交待了，没有必要再信那份爱情了。支队长一不留神还喊了句粗话：那不是爱情，是操×！

柳青还是没有说什么。倒是沈蓉每次一见到柳青，就沉浸在过去那些幸福的回忆之中，然后就是无尽的倾诉。

这一年，落城的冬天来得显早。还没有走进12月，黄天就带来了一场雪。雪的规模不大，却下得纷纷扬扬，仿佛春风里的杨花。

“11·12”命案的现场一直处在封锁中。今天，刑警支队第二次到达现场，希望能发现更有价值的物证。第一次现场勘查得到了几枚陌生人的指纹，经过排查比对，是邻居几个老太太的，她们没事的时候就爱到王佩霞这里打麻将。案件发展到今天，除了郁之光和沈蓉的情人关系得到充分证实外，实际上没有什么进展。柳青希望仅仅是这样，那么当事人就不会受到什么额外的打击了。郁之光顶多会因为生活作风有失检点而暂时沉默一阵子，最后还会去当他的官的。即使这个地方不好安排，也会换一个地方继续安排，这是政策。沈蓉呢，经历了这么一场风波，她总该接受教训了吧？快刀斩去了乱麻，也算是帮她迷途知返了，她还会得到一份新的生活，最终还会找到一个爱她的人。但是，对那个死去的王佩霞呢？不可能没有一个交代啊。那个执意要夺她性命的人究竟为了什么？仅仅是因为那几千块钱？一想到这里，柳青的思维便又回到了最初的轨道上，同时又为沈蓉捏了把汗。

今天的勘查，有了意外的收获。痕迹员老赵在垃圾桶里找到了一只破碎的杯子，然后从它上面提取到了一枚新的指纹。从直观上看，这是一个男人的指纹。据了解，这一家除了郁之光偶尔回来，就很少有男人来的。

这枚指纹是否与作案的凶手有关，成了专案组关注的焦点。也可能会成为整个案件侦查的突破口。接下来一定就是排查比对那些与沈蓉有关的人了，支队长刘勇茂提议，首先从刑警支队内部开始，他本人带头。有人就开玩笑说：刘队，你这是何苦呢？大家私下里都知道沈蓉是郁书记的马子，谁会这么不知趣地去碰这根高压线呢？如果有，那大概就只有您了。

刘勇茂说：我也不敢。

但玩笑归玩笑，还真的就这么做了。结果当然都不是。

柳青就说：刘队，郁之光那边的人是否也应该排查比对一下呢？这样才公平吧。

刘勇茂说：那是省厅负责的事，我们不管。

刑警队为此花费了不少时间。结果自然是竹篮打水。

那么，这又是谁的指纹呢？

事情总是有转机的时候。也许有先入为主的印象，沈蓉和这个案件的瓜葛从一开始就没有从柳青的脑海中排除掉。她很不愿意这样想，可又不得不这样去想。那几天没有事情的时候，柳青就坐在办公室里这么左右来回地想着。有一个下午，同事高逸明进来了，主动给柳青倒了杯水。

柳青就随口说了声谢谢，那个人却说：你现在对我是越来越客气了。

柳青感到莫名其妙，说：客气不好吗？

高逸明很不自然地笑了笑，说：那个北京的记者最近好像没怎么给你电话了吧？

柳青有点不愉快，说：高逸明，你没有权利监视我。

高逸明有点尴尬，说：我只是随便问问。

柳青说：我看你一点也不随便。

他好像还想说点什么，但柳青已经带着厌倦离开了，想尽快避开这个阴阳怪气的男人。她还听说，上次篡改审讯江旭初的笔录，就是有人指使这个人干的，奇怪的是竟没有人追究。她把那杯水倒进了痰盂里，然后就去了沈蓉以前的办公室，刚进门，一件不起眼的东西意外地闯进了她的视线，那是文件柜上放着的那个保温桶。那是沈蓉的，国庆期间她们交接班，是个雨天，沈蓉一身是泥地进来，手里就拿着这个保温桶，还说自己差点被一辆双排座汽车撞了……后来，她说到郁之光，说自己已经被拖垮了……再后来，一个男人来了，是沈蓉的弟弟，从外地来的……

柳青心里仿佛一颗流星划过，忽然亮了一下，紧接着就熄灭了。她慢慢取下了那只保温桶，带回了自己的工作间，那个高逸明已经知趣地离开了，柳青将门关上。保温桶虽然经过了简单的洗涮，但柳青还是在把柄上提取到了一枚指纹，她立刻将它与昨天老赵在破碎玻璃杯上提取的那枚指纹进行了比对。留在保温桶上的指纹虽然残缺，但其中有十个特征点与现场提取的那枚指纹完全一致。

柳青感觉头一下就大了。

天啊，果然就是这样啊！一个聪明人往往就是一个最糊涂的人。沈蓉是干这一行的，她怎么会犯这种小儿科的错误呢？证据确凿，这对沈蓉将是致命的一击。她不会再那么从容了，她会慌张起来，会号啕大哭，会马上被捕，会……

柳青不敢再往下想了。她坐在那个保温桶面前，看着它。沈蓉说过，这个保温桶还是郁之光替她买的，那是很久以前的一个傍晚，还在县里挂职的郁之光抽空回到落城，在走进自己家门之前，这个温情的男人先到了沈蓉的楼下，让司机把这个保温桶送上去。沈蓉打开保温桶，里面是几个散发着热气的粽子，才知道那一天是端午节。柳青完全能够体会到沈蓉当时的心情，也能想象得出，在那个傍晚，沈蓉端着这只保温桶孤独地站在窗口，目送郁之光那辆车子开出自己的视野是怎样的情形。她会哭的，会哭得很伤心。其实这个女人要的真的不多啊……

这个结果让柳青陷入到极其复杂的感情中。她自然兴奋，同时也震惊，更让她为难。她知道一旦报告上去，等待沈蓉的将是什么。她知道那个后果，知道那将是一个无法更改的后果。柳青的眼睛湿了，这一刻，她想到了几个月前安小文的案子。那个案子与自己无意中出演的那个角色，她已经被那个角色弄得很痛苦了，而现在，她得再次出演，而且有过之而无不及，几乎就成了主演，她不知道该怎样对待这个折磨人的局面。

然后她就听见了敲门声，她没有理睬。接着，是支队长刘勇茂的声音：小柳，你在里面吗？

柳青将门打开，看见支队长、政委和副队长都站在门口，就问：有事吗？

刘勇茂说：上班时间关什么门呢？又偷着给北京那个记者打电话？还哭了？

柳青淡淡地说：我这里打不了长途的。

刘勇茂说：他可以直接打过来啊。

说着，三位领导就走了进来，李林把门给掩上了。这个阵势让柳青很有点紧张，她不知道怎么今天三个头儿为什么一起来了。

刘勇茂坐下就问：10 月 2 日那天，是你和沈蓉的班吧？

柳青说：是，我值上午，她是下午。

刘勇茂说：大门口的传达说，那天中午，有人来找过沈蓉的，当时你在场吗？

柳青说：我在……是她的弟弟，好像叫沈强……

刘勇茂和两位领导交换了一下眼色，说：李林，你马上亲自带人下去，找到那个沈强！

李林正要起身，柳青把经过比对处理的那两枚指纹卡放在了他的面前，然后平静地说：是他干的。

二十三

当晚 9 点，李林带人将沈强抓捕归案。李林说，抓捕的过程很顺利，沈强一看见警车停到自己家门外，就自动走出来了，手里还是拎着那只大旅行袋，里面装好了洗换的衣服和洗漱用具。这个三十多岁的单身男子看来什么都准备好了。犯罪嫌疑人一经带回，刘勇茂没有先对他进行审讯，而是让他去临时羁押室见了姐姐沈蓉。一看到这个情形，沈蓉什么都明白了，但她没有像柳青设想的那么惊慌，反倒异常平静地说：刘队，我是主谋。

沈强却突然喊道：姐，你别糊涂，这事与你无关啊，人是我杀的！

沈蓉从小就失去了双亲，与这个弟弟是相依为命过来的。父母先后死去的时候，沈蓉才十六岁。她本来是可以上高中上大学的，但为了这个弟弟，她还是报考了警校，目的是尽快工作，挣钱供弟弟上学。

审讯是在翌日凌晨2点正式开始的，沈家姐弟分别被带到了两间审讯室，由支队长刘勇茂和副队长李林直接出马。

审讯沈强笔录

问：11月11日你在干什么？

答：我刚上班，就接到了电话……

问：谁的电话？

答：……

问：是你姐姐沈蓉的吗？

答：是的……她就说，那个人今天从家里走了。

问：那个人指的是郁之光吗？

答：应该是……

问：然后呢？

答：然后我就雇了一辆出租车到了落城……

问：你怎么这么快就做出了反应？

答：是我这样对姐姐安排的。这件事自始至终就是我一个人干的，与我姐姐没有关系。

问：现在说你自己的问题。你是怎样安排的？

答：上个月我到落城来，看见姐姐气色很不好，就问她有什么烦心的事。

问：她怎么说？

答：她说是的，心情很不好。她说自己是为一个男人离婚的，那个人叫郁之光。他们已经好了八年了，本来是准备各自离婚后重建家庭的，可是，那个男人离不了，说他老婆有病，还说那女人在要挟他……

问：怎么要挟？

答：我听姐姐说，郁之光曾经对他老婆提出离婚，说好了什么都不要，但他老婆说，要是离婚，她就举报郁之光受贿……

问：说具体点。

答：我说不具体，我也没有多问。

问：接着说。

答：姐姐说着，就流泪了。我就觉得她好可怜。她为了一个男人什么都放弃了，可这个男人却不能对她负责。我就觉得好不公平，就说，姐，这件事我来帮你摆平吧。

问：沈蓉是什么态度？

答：她说，你别瞎来！我今天只是对你说说而已，没想让你做什么。说出来，我心里好受点。你姐不后悔，你姐也就是这个命吧。

问：还有呢？

答：我说，你放心，我会把这件事办好的。你只要告诉我，郁之光什么时候不在家就行了。

问：还有呢？

答：没有了。真的没有了。那天接到电话，我就到了落城，找到了郁之光的家。

问：你是怎么知道郁之光家的住址的？

答：自己打听的……

问：向谁打听的？

答：我不认识。郁之光是一个名人，曾经在落城当过领导，知道他的人很多。

问：是你姐姐沈蓉告诉你的吧？

答：不，是我打听的。

问：向谁打听的？

答：我不认识，我是一步步打听的，先找到了他住的“绿林小区”，再问门号的。

问：沈强，你这么说不觉得很荒谬吗？

答：我是自己打听的……你们不信，我也没办法。

问：好，你先往下说。

答：我在小区附近买了点东西，有香烟和酒，还有水果……

问：为什么要买这些东西？

答：为了好敲门。当官的不打送礼的，这个我懂。

问：门就是这样敲开的？

答：是的。当时就他老婆在家。

问：这么巧？

答：是的……如果当时有外人，我就会说“对不起，敲错了”。

问：你接着说。

答：我进门之后，那个女人对我很客气。说郁之光今天刚去省里，我说没关系，我把东西送来就走。她问我是哪里的？我说是金辉公司的……

问：为什么说是“金辉公司”？

答：我随便说的。我在落城的大街上看见过金辉公司开发“月影高级住宅区”的广告牌。

问：然后呢？

答：郁之光的老婆给我倒水，一会儿，我确信家里没有别人，就把水喝光了。他家的暖瓶放在厨房里，她老婆去为我续水，我就跟在她后面，直接动手了……

问：说具体点。

答：我用电线从后面套上了她的脖子，使劲勒，她挣扎了一会，就不动了。接着我就把她拖进了卧室，拉好窗帘。怕她不死，我就拿出刀捅了她前胸两下，又捅了她的喉咙……然后，我把现场看了看，觉得没有什么破绽，就悄悄离开了。出门的时候我看了一下表，十一点一刻。我把溅了血的衣服和那把刀装在尼龙袋里，扔进了一个下水道——我会带你们去找的。

问：你把这个结果告诉沈蓉了吗？

答：在回来的路上，我给她打了电话。是用一个公用电话打的，我说：我回来了，事摆平了，很顺利。

问：沈蓉怎么说？

答：她什么也没说……一句也没说，真的没说……我说过，这件事是我一个人干的，与我姐姐无关。

审讯沈蓉笔录

问：沈蓉，作为一名警察，你怎么会干出这样伤天害理的事情？

答：是我平时放松了对自己的要求……我愿意承担责任，接受法律的制裁。

问：你先交待你的罪行。你和郁之光是什么时候认识的？

答：前后有八年了。

问：是否已经同居了？

答：不能说是同居，应该是幽会吧。那是经常有的……

问：经常怎么解释？

答：最初，那是1988年，我们认识之后就偷着来往。后来他去了县里挂职，见面要少一些。但只要他从县里回来，就会来找我。我也去过县里看过他好几回。三年前他调回落城，成了我们直接上司，见面就不太方便了，主要是怕人知道。

问：没有不透风的墙，你不觉得这样维持很困难吗？

答：我们原来是计划先各自离婚，再结婚的。

问：为什么又没有这样做呢？

答：我是做了，没做的是他。这我理解，他是领导，有很好的前程，担心这样的事情影响到仕途。

问：你难道不认为这有悖道德规范吗？

答：我认为婚姻应该让相爱的人在一起，才是道德的。

问：所以你在郁之光离婚无望的情况下，对她妻子，那个无辜的女人下了毒手？

答：是的……这是我的罪。当我听见郁之光向我哭诉，他要是离婚，那女人就要举报他受贿的要挟，我就起了这个念头。

问：是你指使沈强这么做的吗？

答：是我一手策划的。

问：怎么策划的？

答：我想必须把这件事摆平，我和郁之光的日子才有盼头。我就在国庆期间把沈强叫来了，对他布置了一切。我让他等我的电话，只要郁之光不在家，就可以动手去做了。我告诉了沈强具体的小区以及门号，让他买些东西装作送礼的人……我还提示他在现场不要留下任何痕迹。总之，是我一手策划指挥的，我应该负主要责任，我是主犯。

问：沈蓉，你想过没有，你以这样残忍的方式，是在表达对郁之光的爱吗？你能带着这种罪孽心安理得地和他在一起吗？

答：我是一个女人。一个女人为了爱情，可以做出许多意想不到的事情。包括……犯罪……

问：事到如今，你居然还这么想？

答：我就是这么想的……我知道我犯罪了，可我无法遏制自己。现在后悔也无济于事了，我愿意认罪伏法。

二十四

“11·12”案件告破的第三天头上，柳青来到了蓝天律师事务所，正好李志扬出门，他们就站在街边进行交谈。律师刚刚从外地出差回来，事先，柳青已经和他通过了电话，简单地说了一下沈蓉的案子。律师没有做出明确的反应，在电话里停顿了很久才重重地叹了口气，说这个沈蓉好糊涂啊。现在柳青正式提出让他来帮沈蓉打这场官司时，律师又沉默了，神情显得有些复杂。

柳青有点意外，就问：你能接这个案子吗？

李志扬说：我这个人可能很不适合做律师……我对一个案件，首先就有了一个道德判断，然后才进行选择。沈蓉这个案子，我觉得我不适合做她的辩护律师。

柳青就问：因为她是“第三者”？还是因为她是“执法者”？

李志扬说：第三者倒没有关系。就婚姻关系看，沈蓉是第三者，但就感情关系看，她是郁之光的唯一。我的障碍还不在这里……

柳青追问道：那在哪？

李志扬说：你别问了。以后我会慢慢告诉你的。

柳青说：李志扬，沈蓉是我过去的同事，我们的私交也不错。我请你担任她的辩护律师，并不指望能为她开脱什么——执法者犯法，严惩不贷，我知道。沈蓉即便是死，我也希望能让她死得服气，死得有理，死得没有遗憾。

律师叹了口气：这可能吗？

柳青嘲笑道：你现在很红，担心的大概是败诉吧？

李志扬说：你觉得我这么狭隘？

柳青说：那该作何解释呢？

李志扬看了看布满阴霾的天空，说：我不想再次看见我的当事人被押赴刑场执行枪决。我尤其不愿看见一个女人因为我的无能而最终被枪毙——这是我心理的障碍，你懂了吗？

谈话就这样在冷风中结束了。

但是第二天一早，柳青就被李志扬的电话吵醒了。柳青以为男人会解释点什么，就懒散地说：我还在睡觉呢。

李志扬说：那你赶快起床吧，我马上开车到你那里。

柳青就问：有什么事啊？

李志扬说：咱们一道去机场接一个人。

柳青说：接谁啊？

李志扬说：那个人其实更是你的朋友。

柳青一下就坐了起来，她知道是谁要来了。但她在电话里却装作无所谓的样子，说：是陈晖吗？

李志扬说：是啊，昨晚刚接到他的电话，他今天上午 10 点到。

柳青又问：他来做什么？为沈蓉的那个案子？

李志扬说：电话里没怎么说。好了，快起床吧。

放下电话，柳青连日的疲惫与沮丧仿佛被风吹散了。那时她就意识到，陈晖这个人对自己的生活已经显得很重要了。可是他为什么不直接通知她呢？她回想起离开北京前的那天晚上，和陈晖一起在天安门广场散步的情形，觉得彼此都已经心照不宣了。她不知道那临别前的拥抱和接吻，是意味着一种开始还是暗示着一种结束？但是她清楚，他们已经互相成为镜子，反射出来的是对方的心思。这种看上去有点不伦不类的关系，如果置换一个对象，或许早已经不存在了。他们是那样欣赏着对方，却又警惕着对方，他们给予对方的其实只是关心，却不能理解成爱——爱这时候就像特别难了。陈晖曾说，他视野里的只有两种异性朋友，一种是熟人，一种就是爱人。前者很多，后者是唯一。他说，我不会同时爱上几个女人。但是，如果这个女人对我失去了魅力，或者离开我，那么我可能会重新寻找的。他说男人的一生其实就是寻找的一生。直到遇见那份最爱。其实对女人，不也是一样吗？问题在于，他们之间谁都不愿意成为对方寻找过程中的一个段落，又谁都不敢保证成为对方的唯一。这与那个为一场虚幻的恋爱而身陷囹圄、生死未卜的安小文相比，真的是太奢侈了啊。

带着这样的思绪，柳青走到了大院门口。一会儿，李志扬的车就到了。柳青今天换上了便装，显得很青春。上了车，李志扬就对昨天的事情作了解释。他说：我想了一夜，沈蓉的案子我还是接下吧。

柳青说：你本来就该这样，在落城，我找不到比你更出色的。

李志扬说：现在，我只能尽力而为了。这回陈晖来了，我们可以一起谈谈……

说着，就从后面拿出了一束红玫瑰，递到柳青手上：待会给陈晖。

柳青说：还这么隆重？

李志扬说：毕竟是远道的朋友嘛。

柳青忽然就想到了上回李志扬从北京回来，也把陈晖的玫瑰传给了她，心里就笑了，心想这个男人真是厚道，就这么心甘情愿地为他人传递着玫瑰，自己却退避三舍了。为什么不争夺一下呢？所谓近水楼台先得月，他不是曾经轻而易举地就让一个女人随他进山了吗？可他还是选择了自动退出。退得干干净净，丝毫不拖泥带水。柳青这么想着，觉得自己有时候真的有点儿坏了，又一想，也觉得有点悲哀。这悲哀来自哪里，她自己也不太清楚。

飞机正点抵达。很快，陈晖出来了，还是以前那种洒脱的样子，只是因为飞行显得有点疲倦。看见来接他的人后，男人就把头上的棒球帽摘下来挥动着。

三个人热情地握手，柳青就把花递了上去，说：我先得说明，这束花是李志扬让我送的。

陈晖还是高兴地把花接过来，说：谢谢，我这个人脸皮很厚，不怕被奚落。

大家这样说着上了车，陈晖说：这地方感觉还是有变化的，其实我上回离开没多少天吧？

李志扬说：也有两个多月了。

陈晖说：安小文的案子怎么样？

李志扬说：主犯没抓到，东西也没找回，人只好羁押在看守所了。

陈晖说：这么关着也不是个事啊。

柳青说：可以折算他的服刑期的。陈晖，你这次来，因为什么？

陈晖说：我要是说因为你，你信吗？

柳青说：我没看出来。说真的，你这次来到底因为什么？

陈晖就把原因说了。上次回北京之后，他还是抽空就江旭初的那个案子写了一篇大特写，交给了南方一家影响很大的报纸发表了。文章记录了“枪下留人”的一幕，却对“殉情是否犯罪”的质疑完全删除，事先未经作者本人同意。这令陈晖很不满意，他也就没有告诉落城的两位朋友。但是，落城监狱里的一个犯人却对它引起了注意，那个人反复通过那家报社给陈晖写信，诉说自己的冤枉，希望能接受陈晖的采访。

陈晖一说，柳青就想到了一个人。她说：那个犯人是不是姓吴？

陈晖说：对，叫吴长春。

柳青心里咯噔了一下，说：我知道这个案子……李志扬，你也应该清楚吧？

李志扬说：是多年前郊区文化馆的那个人？

柳青说：是的，这个案子已决十三年了。

陈晖拿出吴长春给他的信，念了其中的一段：“我已经服刑十三年了，按我的表现，我也许很快就会被再次减刑而最终获释。可是，我是被冤枉的。即使我不再受劳役之苦，我的心灵还是得不到平静。我需要为自己证明。我要对得起我死去的妻子和她腹内还没有来得及出生的我们的孩子。我需要一个人间的公正……”

陈晖说，这类事自己以前也遇见过。他凭直觉就能感到，这个吴长青是冤枉的。人是有良知的，一个人如果真的犯了大罪，在逃脱过枪毙之后还这么一如既往地申冤，说明其中一定有重大的问题。

这个判断与柳青是完全一致的。她自然想起去年吴长春的父亲，那个叫吴全印的老人求她捎信给父亲的事，但这个时候，她暂时不想说什么。

这天晚上，李志扬在为陈晖接风洗尘的饭桌上，第一次说了沈蓉的案子。他原以为远在北京的陈晖不知道，结果陈晖说，自己已经得知了这个消息，此番来落城，也带有探听此案虚实的目的。陈晖说，那个叫郁之光的男人是副局级的干部，出了这样的事，中纪委和中组部都会掌握的。陈晖还说，估计北京的媒体会很快扑到落城来，像这种涉及高级干部隐私而且还导致谋杀的案子，记者们是不肯放过的。

柳青说：也许舆论会帮上忙，对沈蓉的案件审理有利呢。

李志扬说：有时候，舆论还充当了“第二法院”呢。没见有些民事案件，官司怎么打都没有用，结果电视台一曝光，很快就解决了。

陈晖说：这也未必。某种意义上，舆论有时就是一把刀子，就看怎么捅了。这个案子，从目前的情况看，郁之光不过负有道义上、良心上的责任，对他来说，也就是一个领导干部的生活作风问题。只要背后有人给他撑着，碍不了大事。无非就是反复检讨、批评和自我批评，或者象征性的一个党内处分，最后呢，还是要易地安排的。

柳青问：那么对沈蓉呢？

陈晖说：我想对沈蓉是不利的。你看，她首先是“第三者”，这既不符合主流意识形态，也违背了大众的心理定势，会招致普遍的谴责。

柳青说：沈蓉爱郁之光，那是动了真情的啊。

陈晖说：在大众和法律眼里，爱这时候不叫爱，叫勾引。此其一。沈蓉是本案的主谋，策划并指挥了这场旨在铲除情敌的谋杀，这样的事情自然会激起民愤，此其二。第三，作为拥有近二十年警龄的沈蓉，作了这样的案子，那是知法犯法，执法者犯法可是罪加一等的。有了这三条，你说舆论会怎么看？

柳青沉默着。

李志扬说：陈晖说的有道理，这个案子并不复杂，但意义深远。

翌日是星期六。按照行前的计划，陈晖本来准备在第二天去落城监狱会见吴长春的，他已经和有关方面取得了联系，也随身带有北京那边过硬的介绍信。昨晚吃完饭，他把李志扬的那辆桑塔纳也临时要来了。陈晖将车子发动，然后给柳青去了电话，说很想让女人陪自己去落城监狱。柳青说：我正要给你打电话呢。我爸爸想和你谈谈。

陈晖有些困惑，说：你爸爸？

柳青说：吴长春的案子以前是在我父亲手上办的，昨天我说你为此而来，他就一晚上没睡好。

陈晖立刻就答应了。对他而言，这是一个意外的收获，也可能会是一个双重的收获，他觉得通过这样的交谈，会有利于自己和柳青的接触。对这个女人，陈晖总还是放不下。很快，陈晖就赶到了那个曾经去过的院子。他还记得，第一次走进柳青家时，她父亲那狐疑打量的眼光。但这回不一样了，陈晖一到，柳立中就从书房里走出来，和陈晖热情而庄重地握手，说：是陈晖同志吧，欢迎你来。

站在一旁的柳青说：干吗这么外交礼节式的，不别扭啊？

陈晖恭敬地递上了名片，说：伯父，你好。

柳立中看了看名片，说：你们这个杂志，我是经常看的。所以上回小青一提到你的名字，我就觉得耳熟……你写过不少文章啊。

陈晖有点不好意思地说：写得不好……

两人就在客厅里坐下，陈晖有点不自在，看了看柳青，说：柳青，你也坐吧，一块聊不好吗？

柳青说：我得先给你们沏好茶，我妈一早就出去跳扇子舞去了……

柳立中说：我今天本想去钓鱼的，听小青说，你这回是专程为吴长春那个案子来的，我就想约你来叙叙——这个案子是我手上的事，已经过去了十三年，心里总还是不踏实……

陈晖说：伯父，我有一个建议，咱们一块去钓鱼，一边钓一边谈……

柳立中一拍大腿，说：这个主意好！

说着就让柳青赶快准备渔具。柳青说你们的事情却要我来伺候，太不公平了。柳立中就说，在家里，还是有点独裁的好。

趁这工夫，陈晖打量了一下柳青的房间，屋子收拾得很整洁，有两架子书，有一台电脑，还有一台钢琴。他看见自己给柳青拍的那幅放大的照片，已经装在一只精致的镜框里。陈晖就想，这框子里该装上他们的合影才合适。然后，他的目光就停在了柳青穿着白色公安服装的那张黑白照片上，少女柳青，不过十六岁吧？

等柳青过来，陈晖就问：那时你多大？十六？

柳青说：你眼光很毒。

陈晖说：那时的你……比现在开心啊。

柳青说：是啊，可惜回不到那个时代了。这身警服还是沈蓉借给我的呢。人生有时候就这么恶心……

后来他们就随柳立中去了一条河边。那条河，是蓝渡江的一条支流，叫秋水，很窄，两岸生长着芦苇。不过这个季节，那些芦苇都已经枯败了，显得很萧杀。当地人有时候故意唤作囚水，因为在它的背后，就是阴森的落城监狱。

陈晖把车子停到一块沙地上，惊起了芦苇丛中的一群野雁。这些鸟像爆炸似的飞开，最后又在空中聚到了一起，向着另一块沙丘飞去了。有点平沙落雁的意思，陈晖想，这些鸟不像候鸟那么势利，这么冷的季节还眷恋着这块土地不肯离开，太难得了。

二十五

1982年6月17日，在落城郊区文化馆干部吴长春眼里，是一个阳光明媚的好天气。像往常一样，这个27岁的年轻人在家吃过早饭，就去单位上班了。他在文化馆从事群艺辅导工作，会拉手风琴。一次文艺调演，让他认识了现在的妻子刘云。新婚还不到半年，妻子刘云就已经怀孕了。B超显示，应该是个男孩。这对独苗单传的吴长春而言，是天大的喜事。文化馆的工作比较松散，那些天，吴长春总是抽空往回跑，到菜市上买新鲜的鱼虾，再去批发水果。不过今天他却不能回去替妻子做饭了，他要为一家合唱队的排练担任伴奏，中午有招待的饭局。但这个仔细的男人还是利用饭后那么一点闲暇，骑着摩托车回了一趟家，给妻子送了一些水果。他从家中出来时，看见几个邻居老太太坐在树荫下打着扑克，其中一个还问：小吴，你媳妇怀的是儿子吧？吴长春说是，是男孩。

合唱排练一直到下午4点才结束。吴长春立刻就骑着摩托车回家。在楼梯上，他就听到了自己家里传出的收录机的音乐声。那是妻子刘云喜欢的一首曲子，但是由于音量过大显得很不轻柔。吴长春就觉得有点蹊跷，妻子懂得欣赏音乐，平时是不会把音量弄得这么大的。吴长春敲门，可是门没有开。他不断地喊着刘云的名字，门还是没有开。这个时候，吴长春似乎觉得有点不妙了，他慌忙从口袋里找出钥匙把门打开，迎面就闻到了一股浓烈的血腥味。他提着发软的脚走到客厅，再找到厨房，才看见妻子刘云早已躺在了血泊之中，那地上血都已经凝固了。突然而致命的打击让吴长春立刻瘫到了地上。他几乎是爬到了妻子的尸体面前，将刘云紧紧抱在怀里。他呼喊着刘云的名字……

落城警方在接到吴长春的报警电话后，于二十分钟后赶到了现场。那天正好是局长柳立中到刑警支队检查工作，得到警报，他本人立即中止了会议，随出现场的刑警一起到了吴长春的住处。从现场情况看，死者刘云显然是被人用钝器袭击脑后，造成脑组织严重受损死亡的。死者同时还受到了多处的刺伤。但是，警方在现场却没有找到任何的凶器。于是警方按照自己的工作程序，先将死者家属吴长春安排脱离现场，然后进行勘查。

现场很惨啊！事隔十三年，年近七旬的柳立中回忆那个凶杀场面是还是感叹不已。那个姑娘才二十四岁，肚里孩子也有四个多月了，一下子都没了。我当时就下了命令，这个案子一定得破！经过为期一个月的摸排，我们最后将作案人锁定在吴长春身上。

陈晖插话道：是不是一发生凶杀，首先就得怀疑自己的亲人呢？

柳青接过话头说：不是怀疑，是调查。一般而言，作案动机应该与被害人有关。因此就有必要调查那些与被害人有关的人，包括亲人。

陈晖说：吴长春有作案动机吗？

柳青说：这要看你怎么看了。

柳立中说：我们当时认定吴长春有嫌疑，不是在动机上做的文章。邻居普遍反映，那小两口过得还挺好，很难相信会发生这样的事情……

陈晖说：我想知道，您当时的第一直觉是什么？

柳立中说：我比不上你们这些年轻人，对案子不会有什么先入为主的判断。

陈晖说：或者说，当调查展开时，您相信吴长春杀了妻子吗？

柳立中吸了口烟，说：坦率地说，我不相信。可是等现场的勘查结果出来后，我就断然放弃了这个念头。

警方最后认定吴长春犯有故意杀人罪，主要证据有三条。一是吴长春的身上有喷溅状的血痕，经化验，血型与死者刘云相符。这个事实在吴长春的口述中得到的解释是，他当时把妻子抱在怀中留下的。但是尸体检验证明，刘云的死亡时间是在中午，大约在12点30分至13点之间，吴长春提前下班回家，继而发现妻子被害，是在16点左右。那么近四个小时的时间足以让死者体内的血液凝固了，也就是说，是不可能在吴长春身上留下喷溅状的血迹的。警方据此认为，吴长春隐瞒了杀害妻子的真相。二是，6月17日这天，吴长春的邻居证明，那天中午在小区里看见过吴长春的身影。这就意味着他是具备作案的时间的。对此，吴长春的解释是，他中午是回来给妻子送水果的，只在家待了一会就离开了。第三，警方后来从吴长春的父亲吴全印那里得到了一个旁证，那老人说儿子曾经对他说过，和媳妇发生了争吵，一时冲动就打了她。但是老人没有说儿子拿什么打了人。这个口供，在审判时又被翻供了，老人说，那是一个警察引诱让他这样说的……

陈晖问：您现在还这么想吗？

柳立中想了想，说：我很矛盾……自从听说吴长春这么多年来一直在申诉，我就很不安宁。还有一个疑点，至今也没有弄清楚……

陈晖问：什么疑点？

柳立中说：我们在现场还提取到了另一个陌生的指纹，是男人的，但是没有查出来是谁的……

柳青也暗自吃惊，这个细节她还是第一次听父亲说。

陈晖说：您觉得应该是谁的呢？

柳立中说：如果我的判断不错，这枚指纹不是吴长春帮凶的，就是凶手本人的。

陈晖说：您的意思，是另有人在作案？

柳立中说：现在看来，这个可能性极大……我和小青讨论过，要是这个案子真是吴长春作的，像他这样免除一死的人是不会上诉的，这不符合逻辑。我现在是被夹在科学鉴定与逻辑分析中间，动弹不得，但是事情不彻底搞清楚，我死不瞑目……

说到这里，柳立中回过身看了看那座落城监狱，说：吴长春在那堵高墙里度过了十三年，还在不断地申诉，说明他有冤枉啊。可是谁能证明这一点呢？

陈晖说：吴长春在给我的信中说，他在狱中的表现很好，可能还会得到减刑，就是说他不久的将来就获得自由了。但他还在申诉，他说要的是一个人间公道。

柳立中说：这也是我想要的啊。

那天晚上，陈晖在柳青家吃过晚饭，就一块来到了蓝渡江边散步，交谈着。江上很安静，月色朦胧，雾气氤氲，偶尔传来轮船几声悠长的汽笛，使这个夜晚显得很空旷。

陈晖说：你父亲这个人很好啊，那么敬业，那么有责任感、正义感。

柳青说：我没想到他会对你那么信任……那个细节，连我以前都没听他说过。

陈晖说：你在学校里，有没有遇见死者在死后四个小时还会有喷溅状血痕的？

柳青说：不可能。血液一般在死亡半小时之后就开始凝固了。

陈晖问：能这么肯定吗？

柳青说：当然肯定，这是科学。

陈晖说：科学也是存在漏洞的嘛。

柳青说：陈晖，这是我们的不同。你依赖于想象，而我只相信科学。

陈晖说：我很难相信，像吴长春那样的男人，会亲手杀死自己的妻子和未出生的儿子。

柳青说：难道犯罪的人脸上会有什么标志吗？

陈晖说：你不是说，犯罪同样需要动机吗？这个吴长春怎么可能……

柳青说：陈晖，犯罪往往是一种冲动，如同我们通常所说的那种“一怒之下”，西方的犯罪学上称之为“激情犯罪”，等一切酿成大祸就为时已晚了。

陈晖沉默了，点上了一支烟。

柳青似乎猜到了此刻这个自命不凡的记者心里在想着什么。他一定是在埋怨着，像你柳青这样一个有几分文静与雅致的女孩，怎么连一点同情心都丧失了？

果然，陈晖说话了，他在柳青面前踱着步，说：是啊，也许是职业原因吧，我们之间竟也有很多的不同。其实我们应该在科学与想象之间寻找一条路。

柳青抬头看着陈晖，说：你这是什么意思？吴长春的案子我曾经也认真地想过，我真的希望这是一个冤案、一个错案。这至少对我父亲也是一个解脱啊。可是，每次一想到这里，科学使我却步了。

陈晖带有自嘲地笑了笑，说：科学有时候也有狰狞的一面。世界上因为科学的错误导致的悲剧比比皆是。不过，我现在想的是另一个问题——如果吴长春的案子铁证如山，那么像他这样的罪，当初就应该处以极刑问斩，而不是一开始就判为死缓，以致拖到了十三年。

这番感叹的话却在柳青心里引起了波澜。陈晖说的有理，按照吴长春的罪行——倘若真是这样的话，法庭最后裁定为什么不是死刑而是死缓呢？毕竟是两条人命啊！吴长春并没有任何背景，也没有任何的财力，他是无法去疏通什么关节的。为了这个案子，据说两方的老人都在上诉，都已经搞得倾家荡产了……

陈晖决定去省城的高级法院继续调查吴长春一案。第二天一早，他就搭乘落城去省城的大客车上路了。他不想惊动任何人，想直接去与当年参与这宗案件审理的法官进行接触。所以他没有住进酒店，而是住在了法院附近的一个小招待所。这里没有标间，只有普通的床铺，每晚20元。住这里的人基本上都是来上访的，都带有状子。招待所的门前就有“代客诉讼”的铺子，就像邮局门前“代写书信”一样。以往陈晖只要是因为某个案子出差，总愿意住到这样的地方，这样会使他更有利地了解基层的司法状况。没什么事情的时候，他就在这铺子边上溜达着，暗自观察。

这天上午，陈晖刚吃完早点，就看见摆摊的那个戴墨镜的男子正与一个看似老实巴交的老头在交谈着。那摆摊的说：你怎么又来了？你家的事情不是早办完了吗？

老头说：怎么叫完呢？我儿子是冤枉的啊！

摆摊的说：我说老人家，当年我帮你写状子，总算是替你把死罪变成了活罪……我也就只有这点能耐了。依我看，你老还是收手吧。

老头说：可我儿子是冤枉的啊！他怎么能亲手去杀自己的媳妇呢？那不是畜牲吗？

陈晖听了这话，就主动走了过去，问：老人家，你儿子叫什么名字？

老头看了看陈晖，说：叫吴长春。我是他爹吴全印……

陈晖说：老人家，我来为你写这个状子吧。

陈晖说着，就把随身带着的记者证掏了出来。那老头一看是记者，就连忙扑通一声跪倒在地……

然后，陈晖就和招待所的负责人商量了，把自己与吴长春的父亲安排到了一间屋子里。他告诉老人，他儿子吴长春也在牢里给他写信了，自己这次来，就是为吴长春的案子。他希望老人能多讲一点真实的情况，他说：这是有利于案件的进展的。

谁料这老人一说就哭个不行，说自己把儿子害了。

陈晖有点紧张，问：你怎么把他害了呢？

于是老人就讲出了一番话。老人说，在儿子被抓起来后，公安部门曾经多次去他那里了解情况。老人一直就是说，我儿子不会杀人的。但是，最后一次，一个公安人员对他说：老人家，你儿子确实犯罪了，我们已经掌握了确凿的证据，他衣服上溅有他媳妇的血，这是抵赖不掉的。

老人一听就傻了。

那警察说：既然这样，认罪的态度好坏就很重要了。你要是真想让你儿子从阎王那里回来，就帮他一个忙好了。

老人很茫然地问：怎么帮？

那个公安人员就说：你仔细想想，你儿子是不是对你说过，他与媳妇争吵，一怒之下就把人打了，只是没想到会把人打死……你这样说，就说明你儿子是一时的冲动，不是故意杀人，那么法院听起来就会认真考虑了。你想是不是这个理？

老人想这样或许就能为儿子开脱死罪了，于是就照那个警官的意思说了。公安人员及时做了笔录，让老人按了手印。可是，等开庭之后，老人才知道，自己这么说非但没有为儿子开脱，反倒成了儿子定罪的一条依据。他当庭就说这不是真话，这不是事实，这是落城的公安让他这么说的，可是已经于事无补了。

老人哭诉道：记者先生啊，我是老糊涂了，我真的不该那么说啊，都是公安让我这样说的……

老人的这番话让陈晖感到气愤，他想这不是典型的诱供吗？为了早点了结这个案子，就采取这样的手段，实在可恶。

老人平息了一会，又说：我每回去看儿子，他都说，爹，你儿子是冤枉的，你得为我往上告……没有钱，就把房子卖了，还儿子一个清白。我也就把房子卖了，也去了北京，可是我儿子还是在牢里关着……

第二天下午，陈晖带着柳立中写的条子去了当初主持这次审判的审判长潘佐祥家。此人原来在落城中级法院，后来才调到省高法来。这位前任的法官实际年龄并不算大，却已经退休在家几年了，他今年六十三，身体看上去很健旺。除了爱好书画，就整天待在家里。所以当陈晖随便问起，您不打算再发挥点余热时，他就打了个手势说：有几家律师事务所想请我去帮点忙，我都推了。我在司法战线上干了四十年，人很疲惫，现在一听官司、案子这样的话，我就觉得累。不想干了。陈晖和卸任的法官谈得很轻松，潘佐祥把陈晖带进自己的书房兼画室里，让他看看自己的作品。他说：你是北京来的记者，见识多，给我提提意见。

陈晖一看，就清楚卸任的法官字是在学王羲之，还兼带着一点何绍基的味道；画是在一味地临摹黄宾虹，都是些小品之类的习作。但陈晖还是说了几句好听的话，他说：您学得很规矩，书画同源，都讲究用笔用墨，看得出是下了一番功夫的。

潘佐祥一听便哈哈大笑，说：这样的恭维我可是很爱听的啊。

说着，又拿出自己喜欢的紫砂茶具，沏了一壶铁观音。在沏茶的时候，潘佐祥似乎很不经意地问道：陈记者，你千里迢迢地跑来，又带着落城老柳的条子，恐怕不是为了对我这个退休的人说几句恭维话吧？

这一问，陈晖倒有些不好意思。他就把自己接到吴长春的来信经过简单地说了一遍。最后，他把话题落在了这样一句话上：我想知道，当初为什么不判这个吴长春死刑而判死缓呢？依照他的罪行——倘若真的能够证明他有罪的话，是足够枪毙的。

潘佐祥浅淡地笑了笑，说：你很会提问题啊。你问得确实也很好。按照现行的刑法，吴长春一案处以极刑是不在话下的。任何一级法院都会作出这这种裁定。可是我们为什么要坚持判他死缓呢？问题的关键还是证据不足……

陈晖说：那不还是照样给判了吗？

潘佐祥说：证据不足不等于没有证据。这是我们内部掌握的，在法庭上，我们当然还是必须要说“证据确凿”啊！

说着，两人就笑了起来。

潘佐祥继续说：在吴案上，有几个至关重要的证据，是难以否认的。

陈晖说：就是吴长春身上所溅的死者血液与他具备作案时间？还有他父亲的那个所谓的“口供”？

潘佐祥说：陈记者，看得出你是有备而来啊。你说的几条，特别是第一条，谁也无法推翻。我们咨询了很多刑侦专家，结论全是一致。那种带有明显喷溅状的血，只能在死者被害半个小时内才有可能形成。这个推翻不了。那我们该怎么办？所以，最后只能以这样的方式把此案了结了。

陈晖说：是为了平息舆论？

潘佐祥说：也可以这么说吧。案子拖久了，司法机关就很被动。再说，方方面面也有压力的。

说到这里，卸任的法官站起来走了几步，接着说：在我四十年司法经历中，经我手被处以极刑的犯人不说有一百，也至少有八九十吧。那些犯人，我一看他们在堂上的表情，就深信他们有罪，罪不该赦。但是吴长春一案不一样，我至今还清楚地记得他在法庭上的表情，他面对着我，身体虽然十分虚弱，但他的目光流露着一种穿透力，那是……很无辜的，也很无助的，但有着坚定与自信。这样的表情是装不出来的，是本能的流露。

说到这里，潘佐祥喝了口茶，说：所以，在最后定案时，我是全力支持将他判为死缓的，我记得我是这样说的——我们一定要留有余地，人头不是韭菜，掉了是长不出来的，万一以后有了新的证据出现，人还在，那么我们就不会那么被动了。

陈晖说：也就是说，作为办案人，你们也一样担心？

潘佐祥说：当然，不瞒你说，我退休后的这几年，还时常想到这个案子。我还给落城的老柳去过电话，打听这个案子在侦查上有没有新的进展。最高法院曾经发回重审了一次，最后还是因为没有新的证据补充，维持了原判。

陈晖感叹道：潘先生，吴长春在牢狱里已经待过十三年了，他每年写的申诉如果摞起来，比他的个子还高。如果这个人是冤枉的，那么他的这一生也就完全给毁了。

潘佐祥说：是啊，这大概就是我经常说的那种人生的无奈了。

从退休法官家出来的路上，陈晖感到很兴奋。他想到了柳立中，当初的办案人和审判者，都一样对这个案子存有疑虑，这给了他信心。他连夜赶回了落城，想抓紧时间去监狱和吴长春见面。那时已经是夜间10点以后了，落城的街道上人影稀疏，也看不见多少车辆经过。连续几天的奔波，让记者感到紧张，也感到充实。他想明天就去监狱见一见那个吴长春，看看那个人是在什么样的信念下在狱中熬了十三年……

陈晖刚把车停好，走进宾馆大堂，就看见李志扬和柳青向他迎来了。在他们身后，还跟着一个敦厚的中年男子，李志扬介绍说，这是刘云的哥哥刘斌。陈晖愣了一下，他一时想不起刘云是谁。柳青就说：陈晖，你动静可不小啊，这几天总听人说北京来了个记者，来落城查从前吴长春的案子。你看，从晚饭后到现在，我们就陪刘斌在这里等候你。

陈晖想起来了，这个刘斌正是死者刘云的哥哥。他主动和刘斌来握手，后者却有点局促，说：陈记者，你这次是来替吴长春翻案的吗？

陈晖对这句硬邦邦的话并不反感，说：刘斌，我想问一句，你难道不希望这个案子是个错案、冤案吗？

刘斌的表情显得异常复杂。他沉默着，但冷冷地看着记者。

李志扬说：咱们坐下谈吧。

于是几个人回到了原来的位置，柳青让吧台的服务生重新沏了一壶茶，陈晖说：再给我来一块面包什么的，我肚子还空着呢。

柳青说：那我给你出去买点热的吧，把车钥匙给我。

陈晖就把车钥匙递过去了。看着女人轻捷的身影，记者觉得一种幸福的感觉。在喝了口茶之后，陈晖直截了当地问：刘斌，你真的以为吴长春就是杀害你妹妹的凶手吗？

刘斌看了看陈晖，说：开始的时候我不这么认为，不相信吴长春会干出这种伤天害理的事情……后来，案子破了，我就不得不相信那是个畜牲了。

陈晖说：那么事情过去了十三年，你又是怎么认为的呢？

刘斌说：我相信法律……

陈晖说：法律也有疏忽的时候。

刘斌一听这话脸色就变了，说：记者先生，你好像一来就站在吴长春那一边啊！你是想为他申冤吗？

陈晖说：要说申冤，其中最大的冤，应该是你妹妹刘云……但是如果吴长春不是凶手，真正的凶手至今还在逍遥法外，你觉得能安慰刘云的亡灵吗？

李志扬插话道：陈记者这回来落城，就是想把事实的真相弄清楚。

刘斌说：法律不是早就弄清楚了吗？

陈晖说：那么我问你，既然你认为法律已经把这个案子弄清楚了，那么你这么多年为什么也一直在上告呢？

刘斌说：杀人偿命，自古以来就是这样。我们觉得法院判得太轻了……两条人命啊！

陈晖说：可是你想过没有，这个吴长春和你们一样，是既无钱又无权，法院怎么就会那么轻饶了他呢？说明这个案子内部还有不甚明了的地方。你想，是不是这个道理？

刘斌不响了。

陈晖说：吴长青在牢里给我写了信，他不是表示忏悔，是在喊冤。我是觉得这里面有问题才来落城的，你今天就是不来，我也会上门去找你谈的。我觉得，作为刘云的哥哥，你这些年的申诉，也不仅仅是要吴长春来偿命吧？你也是想把事情真相弄清楚的。

刘斌说：我真的不愿相信是他下的手……

李志扬这时递给了刘斌一支烟，说：刘斌，当初可是你把妹妹介绍给吴长春的。如果你不是欣赏吴长春的话，你会这样做吗？

刘斌说：人是会变的……我没想到由于我的过失，让妹妹……

陈晖说：你并没有过失。你只是过分相信了法律。

刘斌说：我不相信法律，你让我相信什么？相信他吴长春吗？

陈晖说：相信你自己的判断……当然，我知道我这么说你很不舒服，请原谅。

陈晖本来还想说，即使这个吴长春真的被执行了死刑，也不会换得你妹妹刘云的重生，但考虑到这句话会伤害到刘斌，也就不想再说了。

这时柳青带着一份打了包的饺子来了。于是刘斌就起身告辞，他握着陈晖的手说：陈记者，不管怎么说我也谢谢你。这么远从北京来……其实，我也希望有一天事实像你说的那样，吴长春是无辜的，这样，我这心里也觉得好受一些，妹妹在九泉之下也不会再埋怨我这个做哥哥的了……

李志扬送刘斌出门，柳青就问：李志扬，你不会走远吧?

李志扬说：我送刘斌一程，你们先聊着。

见他们出了门，陈晖就问：今晚还想聊什么?

柳青说：我想再一起谈谈沈蓉的案子。

陈晖叹道：那个案子，可不比这个轻松啊!

二十六

随着沈蓉案审判时间的逼近，四面八方的记者开始云集落城。鉴于这个案件在市民心里的影响很恶劣，又鉴于此案涉及到一名正被重用的高级干部，省政法委专门派来了一个工作小组亲赴落城。名义上是协助工作，实则带有督战的意思，这谁都能看得出来。

那些天，这个城市都在传播一个女警察雇凶杀情人老婆的事情。而她的那个情人曾是这个城市的政法委书记。人们觉得这个女人太歹毒了，也有人认为这个女人很糊涂，还有人认为这件事假如换作是郁之光来做，或许从情理上讲得通顺一些。因为那女人着实还有几分颜色的，为色杀人，也就是冲冠一怒为红颜，古已有之。可是现在是女人横刀夺爱，感觉上就非常地不适应，觉得好窝囊——郁之光究竟是什么样的男人，值得沈蓉这么去拼命?

省里的意图很明显，就是要求从快处理，务必在春节前结案。这个案件已经查清了，公安部门顺利完成了侦查，已经移交到检察机关等待提起公诉。目前最大的问题是，在犯罪事实的认定上，沈家姐弟各执一词，口供中没有任何的反复，就像事先咬好了耳朵似的。他们显然都是想自己来承担更大的罪责。省工作小组在听取办案人员的汇报后，基本认定的是，沈蓉是此案的主谋，她提出并策划指挥了整个谋杀的实施。她的弟弟沈强是直接行凶者。这样的调子，意味着他们两个人都会被判处死刑。柳青已经有了这样的预感，会议一结束，她就赶到了陈晖的住处，同时也把李志扬约来。本来这天陈晖是想动身去吴长春所在的那个劳改农场的，现在沈蓉的案子审判在即，他自然就不想错过这个机会。他问李志扬准备得怎么样？后者说：我现在面对的不只是一个公诉集体，而是一个庞大的社会群体。对能否打赢这场官司，实际上我也只能尽力而为了。

1995 年 12 月 14 日上午，沈蓉、沈强故意杀人案在落城中级人民法院正式开庭公开审理。考虑到这个案子的波及面太大，所以法庭临时改在了市文化宫礼堂。但还是座无虚席，连走廊上都站满了人。担任本案公诉人的，是落城检察院的起诉处处长周贺，审判长则是落城法院的副院长程伟东。这两个人都是落城政法界的实力派人物，李志扬和他们以往私交不错，但现在却是真正的对手了。

随着审判长一声“带被告人到庭”，沈蓉被法警从边门带了上来。这时几乎所有的人都欠起了身，或者索性站了起来。大厅里发出了一阵嘘声。那天沈蓉没有穿写有“落看”的囚服，穿着的是一件格子呢的短大衣，脖子上还围着一条鹅黄色的羊绒围巾，看上去不是出庭，而是像上班似的。所有的人都不敢相信，像这样一个看上去有几分雅致的女人，怎么会干出如此伤天害理之事？当公诉人宣读完措辞严厉的起诉书后，法庭调查开始。有关证人和证言相继在法庭上宣读，但是在提到郁之光到庭作证时，审判长说：鉴于证人目前身体状况，在医院接受治疗，由委托人宣读其书面证词。法庭再次引起了一片嘘声。

柳青在这一天的日记里这样写道——

沈蓉没有看见我，或者是装作没有看见，她就站在我的前面。审判长一说郁之光不能到庭作证，我就听见她轻声自语：“他怎么不来呢？”她是这样说的，我听得很清楚。郁之光不来，真正的原因我想不会是“身体状况”，而是有意在回避。他自然没有这个胆量，但做出这样安排的人却有这个权力。在中国，权力无处不在。是的，他可以不来，可以不见这个曾经为他拥有八年之久的女人，但是他怎么就不肯为这个女人说上几句公道的话呢？“现在，我不认为沈蓉是爱我的。”郁之光是这样说的。“现在，我很内疚……”他还是这样说的。“现在，我愿意接受上级对我的处理……”那个貌似儒雅的男人想到的只是开脱自己……

12月16日，法庭调查结束，进入控辩双方的辩论阶段。

公诉人周贺再次简述了案情，然后以严厉的语气着重指出：被告沈蓉，仅为满足私欲，竟不顾党纪国法，策划指挥了整个谋杀，手段恶劣，情节非常严重。案发后态度强硬，企图蒙混过关。作为曾经在公安战线上工作多年的人员，作为一名执法者，其行为已经玷污了司法机关的形象，实为知法犯法，论罪当处严惩，只有这样，才能维护社会主义法制，才能纯洁政法队伍，告慰死者的在天之灵。

公诉人作完陈述后，辩方律师李志扬走到了法庭中间。他以一种平静的语气开始了他的辩护：关于这个案子，现有的事实表明，我的当事人所起的作用，只是打了一个电话。

他的话音刚落，公诉人立即就表示了反对。认为被告律师在有意淡化案件的性质。

不管这个电话导致的后果如何，事实本身就是如此。律师接着说，那是一个什么样的电话呢？是下达谋杀命令吗？显然不是。那天，我的当事人是在外地出差，这个电话她是当着她的两个同事的面打出的，尽管他们表示对电话的内容已经记不清楚了，但是我们可以想象得出，她不可能直接指挥实施谋杀。沈蓉在电话里说“他今天不在家，想摆平事你就去吧”，是的，这无疑是一种暗示，但暗示什么呢？我的当事人并不知道接下来会发生什么，她顶多只知道，她的弟弟会去“把事摆平”——对“摆平”一词，也不意味着就是特指行凶杀人。现在的解释，这个词的基本含义是“解决问题”，而解决问题的手段会有很多，譬如给对方一笔钱等等。

公诉人再次提出反对。

律师说：我的第二个问题是，为什么对执法者必须严惩？我认为这种提法值得商榷。执法者也是普通人，他当然要以一个普通人的身份去承担自己的各种责任，包括刑事和民事的责任。如果这样的严惩，是否暗示着其他人犯有同样的罪行就可以得到一种“宽恕”呢？如果是，那么我们经常挂在嘴边上的那句话“法律面前人人平等”不就是一句空谈了吗？

观众席上立刻引起了一阵轰动。

审判长不得不敲槌：肃静！被告律师不要牵扯与本案无关的话题。

律师说：审判长，我不认为这个话题与本案无关。是的，我的当事人曾经是执法者，她是懂法的，她的反侦查能力也一度给破案带来了麻烦。这些都是事实。但是，我的当事人在被捕后，对自己的罪行完全承认，没有一点推卸责任、逃避惩罚的迹象。相反，她的口供，明显地反映出是在把罪责尽可能地揽到自己身上，从而为她的弟弟沈强开脱，为那个人留下一条命。但这并不是事实的真相。

律师转过身，面对法庭说：审判长、审判员，罪人不是敌人，刑罚的本质，不是要让罪犯受辱，更不是对罪犯实施肉体上的折磨，去追求那种“以血还血、以牙还牙”的等害复仇效果，而是要引起罪犯内心的忏悔，使之回归社会，重新做人。所以，我请求法庭给我的当事人一次悔过自新的机会。

控辩双方的辩论一直持续到黄昏，气氛异常的激烈。

最后是站在被告席上的沈蓉请求发言，得到了批准。

她首先转过身来，对旁听的观众深深鞠了一躬，然后才说：我感谢法庭给我提供了这样的、也许是最后的一次机会。我感谢李志扬律师刚才为我的辩护。我感谢在场的观众，无论你们今天是抱有怎样的心情，我对你们在百忙之中来听这场审判，都深表感谢……

她停顿了一会儿，接着说：作为一名前执法机关的工作人员，我对自己今天犯下的罪行感到很惭愧。因为我不仅由于自己恶性膨胀的私欲伤害了无辜，还极大地玷污了执法机关的荣誉。我的罪行是深重的，我愿意承担一切刑事责任。唯一遗憾的是，关于检察官提出的民事责任部分，我无力担当。因为我过去的职业只是一名普通的警察，我每月的报酬就是自己一千二百元的薪水，其他的补贴也很有限。而我多年的积蓄也用于我儿子去读书了……对此，我感到很抱歉。如果，如果法庭能给我一个赎罪的机会，我愿意用后半生的劳动所得来进行补偿……

沈蓉的发言结束之后，法庭内一片寂静，那种静，却让人感到窒息。

审判长宣布休庭，对本案择日进行宣判。

那几天，柳青都处在一种恍惚之中。上班闲暇的时候，她习惯走进沈蓉原来的办公室看看。同事之间没有人议论这个案子了，他们对此保持着沉默。沈蓉以前在刑警支队人缘并不好，她爱挑剔，对人也嫌冷淡，那时大家就很反感这个女人。觉得这个女人有点狗仗人势，倚仗着背后有一个大权在握的男人，就显得不知天高地厚了。可现在这个女人真的栽了，栽得很惨，大家便有些同情。

这天晚上，柳青去了陈晖那里。记者本想去监狱找吴长春谈谈，但是一打听，吴长春已经于半个月前去了一个劳改农场。如果不是沈蓉一案开庭，记者已经出发了，现在他要在落城等待一审的结果。在闲暇的时候，陈晖就上附近一家自由市场去淘盗版的影碟，他还真淘到了几张好的，就让柳青来时顺便带上一台 VCD，想晚上看看。陈晖说有一部法国籍波兰导演的片子，他去年在北京看过，很不错。柳青说，那我们一起看吧。

陈晖所说的那位导演，就是克日什多夫·基耶斯洛夫斯基。这位天才的导演在 1984 年某一个雨天，在华沙的街上遇见了他的合作者皮耶谢维奇，此人是一名律师，是他建议导演去拍一部关于《十诫》的影片的。十诫，源自《旧约·出埃及记》第二十章。上帝耶和华赦赎以色列人出埃及，并晓谕摩西颁立十诫。基耶斯洛夫斯基后来拍摄的十部短片，并非是对《旧约》中那十条诫律的简单阐释，而是以一个现代人的视角对人类的生存境遇提出了一系列的质疑，是现代版的故事。在陈晖看来，其中最出色的一部是《杀诫》，也就是《关于杀人的短片》。去年他在北京刚刚看完这部片子，就得知了基耶斯洛夫斯基去世的消息。但对于这位导演，柳青很陌生，只是在北京学习班的一次讲课中，她听见来自北大的一个教授谈到过，说这个导演最大的特点就是喜欢琢磨与法律相关的边缘题材。现在，他们看的就是《杀诫》——《关于杀人的短片》。

一个叫雅采克的少年，目光很浑浊，在华沙的街头茫然闲逛。他的妹妹几年前被汽车碾死了，所以他决定今天要杀掉一个司机。无论是怎样的司机。在这之前，少年雅采克去咖啡馆喝了那种看上去很低劣的咖啡。他一边喝着一边整理着书包里的一条绳索——这是他行凶的武器。但是，面对窗外两个小女孩，雅采克却露出了唯一的一次微笑。这个少年一定是在想他的妹妹了，他一定在想，如果妹妹不死，也应该这么大这么漂亮了。少年的笑容是短暂的。他喝完咖啡，就去了一家简陋昏暗的照相馆。他要求翻拍并放大妹妹的照片。做完这件事，少年疲惫的目光立刻就盯上了路边的一个好色的司机——此刻，那人正在欣赏着一个装卸牛奶的女工裙子下露出的大腿。从后来的情况看，如果这个司机当时不去看女人大腿，而是把求他开车的那对路边老夫妇送走，他可能就避免了这起凶险。这个男人因为好色而失去了一条性命，真是在劫难逃。但是，少年在这个早晨是注定要选择另一个司机下手的，这个司机并非就是当初轧死她妹妹的肇事者，某种意义上，少年杀死一个司机带有象征性。这个，是无法改变的了。

少年雅采克搭乘了这个司机的车子，让他开往华沙的郊外。司机悠闲地抽着烟，压根儿就想不到此刻自己距离死亡只有一步之遥了。就在他继续幻想着去抚摩牛奶装卸女工的大腿时，一条绳索从后面套上了他的脖子……

基耶斯洛夫斯基把杀人的场面拍得太细致了。完全是纪实的手法，拍得淋漓尽致、一丝不苟。那司机在绳索下挣扎着，他的皮鞋被挣脱了，但是他已经毫无气力了。他的手压在汽笛上，发出了求救的呼号，但引起注意的只是河边吃草的一匹老马。凶恶的少年最后把司机从出租车里拖了出来，拖到了河边，然后搬起一块石头对着司机那张保养得不错的脸狠狠砸了下去。

柳青想，这个人是早已预备好了要去接受法律的制裁的，他丝毫没有想到要去躲避，竟然把作案的现场从隐蔽的汽车里挪到了光天化日之下。她把这个意见告诉了陈晖。后者点点头，说：这小子就是要杀掉一个司机解恨啊。

陈晖说：我看了一下表，这段戏用了七分钟的时间。七分钟，就是真的去杀一个人，我看已经足够了。

柳青说：我感觉不到这是在假的杀人啊。

他们接着往下看。

案子很快就破了。再见少年雅采克，他已经是在监狱里了。导演没有交代这起案件究竟是侦破的还是依靠自首告破的。总之，这个孩子进去了。然后就看见了一个英俊的青年律师在为他忙前忙后。雅采克犯的是故意杀人罪，按照波兰的法律，必定要处以死刑。律师爱莫能助。执行的日子很快就到了，是绞刑。在雅采克还没有被带到之前，有一个衣冠楚楚的男人——代表国家的刽子手，在对绞刑架做最后的检查。他把绞索的圈套缩小，把轱辘的齿轮加上润滑油，再把一个准备接死囚失禁的大小便的塑料盆上换上薄膜垫子。他叼着香烟，事情做得一丝不苟。甚至做得很优雅。

在执行死刑的前一刻，在验明正身之后，雅采克把给妹妹取照片的条子交给了律师，这时他哭了，他提出了不想死，可为时已晚。

雅采克被劝说着戴上了绞索，突然他脚下的活板打开，他整个挂了起来……

柳青的身体也跟着站了起来。她接着看见的镜头是，那只便盆里出现了几滴浅黄色的粪便。

陈晖看了看手表，说：这段戏，也用了七分钟。

柳青说：你别说了……我心里堵得慌……

说着就跑到卫生间里吐了两口酸水。她感到非常地恶心。她想艺术的力量真是无法想象的，作为一名刑事警察，她经历过多少凶惨的现场，竟还比不上这样的一次虚构。等她出来的时候，片子已经接近尾声了，那个英俊的律师在用拳头不停地擂着汽车的引擎盖，痛不欲生地说：我痛恨你们！

陈晖关了机器，点上香烟，说：国家以杀人的方式去制止杀人，这是什么逻辑？怎么看都是个悖论啊。

柳青没有说什么，她忽然想起去年在刑场上和李志扬的那次简短的交谈。那一次他们谈论的中心就是关于死刑的。她发现在这个问题上，自己的观点和两个男人都不一样，但是她同时也在怀疑自己的观点——一个国家，究竟是否真的需要死刑？那些废除死刑的或者实际上终止死刑的国家不是照样发展得很好吗？李志扬说，这是一个学术问题，难道这个所谓的“学术问题”就必须局限在那个学术圈子？既然事关法律，那么就应该在大庭广众之下讨论，而不是钻进象牙之塔，那将是枯燥和乏味的。

仿佛有一种感应，这时候，李志扬来了。从律师兴奋的面色上，柳青知道沈蓉的一审结果已经下来了，而且这个结果不算坏。果然就是。李志扬说，他刚刚从法院那边过来，落城中级法院以故意杀人罪对沈蓉判处死刑，缓期两年执行。

柳青激动地站了起来，然后眼泪大颗地流了出来。陈晖过来递给她一张纸巾，她没接，而是忍不住地抱住了男人，终于哭出声来。

她说：太好了……我觉得太好了……

等柳青平静后，李志扬就下一步的事情征求陈晖的意见，他说：我不准备让沈蓉上诉了，我担心这样会使问题复杂化，你觉得呢？

陈晖说：当然不能上诉。不过我还是有点担心……

柳青就问：担心什么？判决书不是已经送达了吗？

陈晖点了一支烟，好半天才说：说不上来，我还是有一种不轻松的预感，只能走一步看一步了。不过，我是打算先离开了，明天就走。我先得去那个劳改农场，见见吴长春。然后取道回北京。

柳青说：你再回来休息几天好了。现在我有心情陪你了。

陈晖摇了摇头：这个城市没有暖气，冬季想必是很难熬的。

二十七

陈晖离开落城前说的那句话，柳青当时并没有觉得什么，很快她就感到了是多么的意味深长。沈蓉的案子一审判决出来后，舆论哗然。市民中众说纷纭，而最强烈的反映，是知法犯法者罪加一等的调子。说现在司法机关却对自己家里的人手软了，认为不公平。这个歹毒的女人应该杀掉，必须杀掉，不杀不足以平民愤。而媒体的焦点除了与市民舆论有所呼应外，还带有更深的推理色彩，指出这个案子之所以如此判决，不能排除“权力因素”的左右。沈蓉毕竟是为了得到前政法委书记郁之光的爱才堕落到这一步的，落城的司法系统基本上都是郁之光过去的部下和亲信，试问，在这样的环境里来审判前政法委书记的情人，怎么能保证做到公平和公正呢？

这种气氛让柳青感到非常地不安。她反复回味着陈晖临行前丢下的那句话，想着记者那天晚上说的“担心”和“不轻松的预感”。是的，陈晖担心的正是这个。陈晖还说，舆论有时就是一把刀子，就看怎么捅了。现在，这把刀捅向的是沈蓉，就是要宰掉这个下贱的坏女人……

果然在十多天后的一个黄昏，正在办公室值班的柳青接到了李志扬从省城打来的电话。律师在电话里用一种低沉而沮丧的语气说，沈蓉的案子有了反复，已经将人带到了省城，马上就会进行重新审理。柳青一听，就觉得眼前黑了一下，心跳立刻就紊乱了，她问律师，估计会有什么样的结果？律师说，从这个阵势看，高法是奔着“从重从严”来的。电话大概是在法院内部打的，李志扬没有就细节多说，就匆匆挂了电话。

然后柳青就给北京的陈晖去了电话。那时记者正在整理王可发过来的资料，辛普森一案虽然作出裁定，但引起的波澜至今未曾平息。这份资料显示的是几家媒体所做的民意调查结果。其中美国广播公司的调查表明，70% 的白人和 18% 的黑人仍然坚持辛普森有罪。24% 的白人和 64% 的黑人则认为警方有栽赃的嫌疑。这家公司就此还提出了这样的一个问题：如果陪审团的成员换为白人和黑人各占一半，情形会怎样呢？结果一半的人都认为将会是另一个样子。而《洛杉矶时报》的民意调查是，至少有 50% 的人认为辛普森有罪，60% 的人认为审判不公平。对这样的调查结果，陈晖一点也不感到意外，他相信大多数美国人都认为辛普森是有罪的，但是，大多数美国人却不能在理性上确证辛普森真的有罪，这便是疑罪从无，法律不会迁就于大多数的意识倾向，更不会因为你的抗议去修正它的裁定。任何一次审判都应该折射出理性的光辉。陈晖还想到，1949 年德国在废除死刑时，就遭到了大多数人的反对，当时有一项民意调查显示，55% 的人是支持死刑的，反对者只占 30% 。

所以，当陈晖接到柳青的电话后，没有表示出应有的惊讶，然而他的内心却十分沉重。他说：这个，我已经估计到了。去年不是有一个公安局长因为酒后开车撞死了人，由一次交通肇事案演变成故意杀人罪了吗？不是由七年的有期徒刑改为极刑了吗？这就是中国的法律，这就是一部分国民的心理，他们要的是杀人偿命，以血还血，要的还是知法犯法，罪加一等……

柳青说：这太可怕了……

陈晖说：正如李志扬说的那样，舆论和媒体往往就能扮演第二法院的角色，甚至左右了对案件的审理，激起全社会的愤怒，然后杀人。

柳青说：陈晖，我好累……我真的有点想你了……

陈晖说：我真希望这个时候能在你身边啊……说实话，你是一个好警察，但你也是一个不该去当警察的女人……

柳青说：陈晖，我明白你的意思。我想，我是不是应该离开落城了？

陈晖说：那你来北京吧！

柳青没有回答，慢慢放下了电话。她的思绪已经混乱了。去北京？和刚才电话里的那个男人住在一起，又能怎么样呢？即使是做爱，在这个时候也像是一剂吗啡，那一阵子过去，什么都还是原来的样子……她怀疑自己患上了心病，真的干不了这一行了。她想去一个安静的地方……非常安静的地方……地球上有这样的地方吗？

那张十六岁的照片再次到了她的眼前。她想，当年沈蓉穿的就是这身服装，多么的神气啊。

父亲柳立中轻轻推开了门，对女儿说：沈蓉回来后，去看她一次，看看她还有什么交代的……

又是几天后的一个黄昏，李志扬从省城给柳青来了电话，说了沈蓉案重新判决的结果：死刑，立即执行，剥夺政治权利终身。

柳青的日记：1995 年 12 月 28 日

每次进监狱，我都感觉到一种格外的阴森与恐怖。虽然我已经见过很多血腥的犯罪现场和很多具尸体，但与这种无形的恐惧感比起来，我还是有点不寒而栗。

局里同意了我的请求，今天我将在这里与沈蓉见面。这大概是我们最后的相见了，离春节的日子越近，沈蓉活在这个世界上的日子就越短。对她，是生命的倒记时。

我在审讯室等待着沈蓉。过了一会，外面就响起了脚镣的声响，知道她被带来了。我从椅子上站起身，等候着她的出现。沈蓉来了，她下身就穿了件毛裤，显得很窝囊。但一见我，还是很高兴。她像没事似的对我笑着说：柳青，是你啊！谢谢你来看我！

然后我们就隔着铁栅栏交谈。我把椅子拉近了，而且，我让边上的狱警站到外面去了，屋里就剩下我们。在谈过几句话——她夸我身上这件衣服款式很不错，之后，我们谈到了正题。我说：沈蓉，我今天来，是想问问，你还有什么事情要交代的？

她想了想，眼泪就流出来了。她说：我想，晓雷很快要被退学回来……我现在最怕的，就是这个。我知道政法学院的学生不允许有一个直系亲属犯罪的，当初要是让他报考别的学校就好了……

我说：即使这样，晓雷明年还是可以考别的大学的。他很聪明。

沈蓉说：柳青，我知道自己的日子不会很多了。可我一点也不后悔……

我内心一怔。

沈蓉说：一个女人，这辈子能真正地爱上一个人，还有什么不值得的呢？我不后悔……我也不埋怨郁之光的自私，是我把事情搞砸的，却还连累了他，影响到了他的前程。

我没有把听到的关于郁之光的那些作为说出来。既然沈蓉这么执著地梦想着她那一份爱情，那么就让她带着这个梦去死吧。我不忍心惊扰她这个梦。我不忍心把这个被女人描绘的美梦变成噩梦。我真的不想。我看着沈蓉的表情，感觉这一刻她很年轻，像一个情窦初开的少女。也像是一个任性的少女。我想起一个作家的描述，他说少女其实是一种情怀，与女人的实际年龄无关。我现在从沈蓉脸上，看到的就是这种情怀……

从监狱出来，我直接去了商场。我找到了去年冬天沈蓉和我看到过的那种带花的弹性中裤。当时我们身上的钱不够。我买下了它。然后我又去了一个裁缝店，请师傅帮我把它换上了松紧带。明天，我就托人把它捎进了监狱，给沈蓉。这个历来讲究的女人，最后上路是不能只穿着一条毛裤的。

柳青的日记：1996 年 1 月 20 日

今天，是沈蓉上路的日子。与她结伴而行的，是她的弟弟沈强。

我向支队长提出了请假，不去刑场。队长批准了。

一早，同事们就在默默地准备。我找到摄影员小朱，对他说：把资料拍细一点，回来我想认真地看看。小朱点点头。他们出发了，我坐在办公室里。想几个月之前，我和沈蓉在这里进行了最长的一次交谈。现在，她已经不在了。

我看了看表，时间指向了九点。枪可能打响了。我仿佛听见了这声枪响，响得异常沉闷。过了两个小时，执行任务的同事回来了。我看见每个人都没有说话。小朱对我递了个眼色，我便随他上了二楼。他随便把带子往录放机里一塞，就带上门出去了。

屋子里只剩下了我。

录像是从沈蓉被押下刑车开始拍的。她今天穿得很漂亮，穿的就是我送去的那条花裤子。而且，我发现她还认真地化了妆，在自己的面部还涂了淡淡的胭脂。这是一个很仔细的女人，她担心的是自己死后的容颜。她还梳了两条姑娘家的辫子，并且在辫子上还戴了两朵绢花，是那种紫色的小花，很配她今天的衣着。（也应该很配当年的那把伞的）沈蓉被带下来，她的弟弟沈强也从另一辆刑车上押了下来。姐弟俩距离大约十米，但他们都没有看对方最后一眼。

他们被押到了执行地，分别跪下了。

给沈蓉画圈的是汪工，我能看见他的手在微微发抖。

法官照例要问沈蓉有什么可说的。

她想了很久，说：对不起大家，让你们受累了。

法官就退到了一边。然后，执行任务的武警战士戴上了口罩，就用刺刀抵着粉笔圆圈的中心，只听一声沉闷的枪响，沈蓉的身体就向前倒下了。一点挣扎的迹象也没有。

验尸官和汪工把沈蓉的尸体翻过来，沈蓉像睡着了一样，一条辫子在身后，另一条在胸前，辫子上的花正好挡住了子弹的出点，那血感觉就是从那朵花蕊中流淌而出的……

我的眼睛模糊了。镜头在沈蓉的脸上停了一分多钟，慢慢摇开，我这才看见，在很远的地方，一个男人站在一辆殡葬车旁边，在等着给沈蓉收尸。他让我吃了一惊，那个人不是别人，而是李志扬……

几天后的一个晚上，柳青主动给李志扬去了电话，问春节快到了，是不是应该去山里看看？她想再去一次山里，把自己劳顿的身心彻底放松一下。律师说，他正有这样的打算。

第二天早晨他们就上路了。这一路上，他们几乎就没怎么说话，律师沉默着，把车开得很快。山中荒凉的景色不断从车窗边掠过，不久，那座老桥就出现在视野之中了。与上回不同的是，这次他没有惊动乡亲，而是把车停在村外石桥边上，然后，他们就下车了。那个时候，村庄似乎还陷在宁静里，袅袅升起的炊烟，使过滤的阳光分外柔和。

柳青这时才说：李志扬，我从录像上看见，是你在替沈蓉料理后事……我很感谢你这样做。

李志扬说：不仅是我一个人，还有别人，包括你的父亲。

柳青很吃惊：我父亲？

李志扬说：老刑警队的几个人都出了点钱，为沈蓉买了一块墓地，你父亲也出了，还吩咐我们找一块朝阳的地方。

柳青说：他居然不和我说……

李志扬说：那是他不希望你总记着这个案子。

他们走到了河边，那是一条异常清碧的河流，它的源头大概就是玉秀山吧。河水潺潺，从山坡面前流淌过去，然后就看不见了。这种坡度让人产生一种错觉，仿佛这条河的走势不是向东，而是奔西去了。李志扬蹲下来先洗了洗手，然后就从提包里拿出了一个由白手绢叠成的小包袱，打开之后便能看见里面是一只姑娘用的塑料发卡，形状是一只红蜻蜓，虽然过时了，但外表的光泽还是像崭新的一样。

柳青忽然意识到了什么，她想起上回律师说起的那个桥洞躲雨的故事，那个抱着他的脚睡了一夜的姑娘……

李志扬看出了柳青的困惑，就说：那个晚上，我遇见的姑娘就是沈蓉。

柳青大为惊讶：怎么会这样？

李志扬说：她并不知道，有一个男人……注视着她这么多年……

柳青说：那你从来就没有告诉过她吗？

李志扬摇了摇头，说：没有。1986 年，我读完研究生出来，分到落城，有一天我在街上看见了她，手里牵着一个男孩，我就没有上前和她打招呼。我想有些事情留在心里会更好一些……后来她因为郁之光离婚了，我也知道。本想和她聊聊，想想又放弃了。

柳青说：如果你当时对她说了，或许她就不会走出这一步的啊！

李志扬说：不会，她不会……那时，我觉得她已经不是我留在心里的那个女孩了，我记忆里的那个女孩永远只有十七岁……

柳青说：你是因为这个，不肯接案子的？

李志扬点点头，说：是的，可我最后还是失败了。其实这不是我的失败，而是法律的失败，民心的失败……今天我把沈蓉带回来了，这条河的尽头，是她的家乡，就让这条活水送她一程吧。但愿苍天有眼，来世的沈蓉还梳着那条好看的辫子，从这桥上走过，但不要再走进城里了……

说着，律师就把那只发卡放到了水面上，很快，它就被漂走了。这个看上去很坚强的男人突然对着那悠悠西去的河水号啕大哭起来。

……

送走沈蓉，他们又去了桥头小学。学校里还是只有那个永远也不见老的哑巴看门人，他浑浊的目光一直停留在他们身上，他认出了他们，却面无表情。

他们走到安小文的宿舍外面，那门上还贴有法院的封条。他们透过窗户往里看了看，屋子还是原来的样子，只是多了些灰尘。

李志扬感叹道：小文已经羁押快一年了，这个案子可还在挂着……

柳青问：估计还会挂多久？

李志扬说：东西下落不明，那就还会继续挂下去的。

这时，那个哑巴老头突然跑过来，向他们激动地打着复杂的手势。

李志扬对那哑巴点了点头，递给他香烟，哑巴没有接，低着头走了。

柳青就问：哑巴刚才比画的意思，你明白吗？

李志扬说：我想，应该是……安老师不在家，出差了……

柳青说：不是，我懂一点手语的。

李志扬说：那是什么意思？

柳青说：是“你们放了安老师吧，他是个好人”。

二十八

这年春节后，柳青正式向局里递交了要求去北京深造的报告。局里批准了，但要求必须是带职学习，读完了人得回来。柳青想，带职就带职好了，至于回不回来，那是几年以后的事情。中国的事情，都是走一步看一步。这样，她每天还得上班，只能在业余时间里进行复习。

这个星期天柳青照样得值班。她一边读书，一边处理一些事务性的工作。临下班的时候，她收到了 A 市警方的一份明传电报，那上面说，他们最近破获了一起入室抢劫杀人案。据犯罪嫌疑人何大海交待，在十三年前的一个中午，他还在家乡落城杀死了一个叫刘云的女人。因此要求落城警方协查。

柳青一下高兴起来，她没有按要求及时上报队领导，而是先赶回家报告了父亲。她说：爸，吴长春的案子弄清楚了！

柳立中一听这句话，连手里的茶杯都扔了，忙接过明传电报看。还没看完，老人的眼泪就溢出了眼眶。他说：现在我死了，可以闭眼了。

刑警支队连夜召开紧急会议，研究具体行动方案。刘勇茂说，先将那个何大海带回落城进行审讯，同时进行指纹鉴定。这一说，一旁的李林便举起了手，说：刘队，前年我们搬家的时候，把已决十年以上的卷子都处理了啊，怎么比对指纹？

刘勇茂愣了一下，咂了咂嘴，说：这还真是个问题，仅有犯罪嫌疑人的口供，总显得力度不够……

这时，柳立中推门进来了，把手里一个文件袋递到刘勇茂面前，说：大刘，我这里还保存着一份，交给你了。

所有的人都很吃惊，没想到已经退休多年的老局长还留有这一手。

柳立中说：吴长春这个案子就像一个磨盘，压着我十三年没有睡上一个安稳觉啊！

刑警支队很快就将犯罪嫌疑人何大海带回了落城。原来这家伙曾经是吴长春家的邻居，就住在他家的对面！可能是因为当时他只有十六岁的缘故，从而滑过了警方的视线。经过指纹比对，当年遗留在刘云家厨房里的那个陌生的指纹，与之完全吻合。

几天后，何大海被押解到落城接受审讯，他如实交待了十三年前杀害刘云的那一幕——

那天中午，我在自己屋子里看完毛片，就去了楼下的人家。我下楼的时候，听见那男的说“水果多吃点，我一下班就回来”。我就知道楼下的那个男人走了，家里只剩下了那个女的。我下楼，看见他家的门还半开着，就慢慢进去了。那女的平时我们在楼道里经常遇见，就对我笑了笑，问“有事吗?”我说，你们家的音乐很好听……

我觉得那女人的皮肤特别的白，就想用手捏捏。这样，我就把门关上了，顺手又把客厅里的收录机开大了。那女的从厨房出来说，别开这么大，中午有人休息呢。

她好像预感到什么不便，就想把大门打开。她从身边走过的时候，我闻到了她身上的香味，我一下就从后面把她给抱住了。

她回头瞪着我：你想干什么？

我说：想你陪我睡一觉！

她对我脸上啐了口唾沫：你敢！放手！

我没放，反倒搂得更紧了。

那女的一边挣扎一边说：你再不放手我就喊人了！

说着，她的声音就抬高了，她说：我要告你强奸！

我一听就火了，一下就把她给撂倒在地，然后拿起茶几上的玻璃烟缸对着她的脑袋砸了下去，她立刻就昏迷过去了……

我本想干她，可是一看她的鼻子和耳朵在往外冒血，就有些害怕了。我没干她。我想赶快溜走。可是又一想，要是一会儿她醒过来，是绝对不会饶过我的，我就冲到厨房找到菜刀，对着她猛砍了起来……我不知道砍了多少刀……

柳青把这件事告诉了陈晖，后者一听就叫了起来，说：太好了，我明天就飞过去！

第二天陈晖就登上飞往落城的班机。由于天气原因，这班飞机降落在落城机场比实际时间晚了近一个小时。陈晖一出机场，远远的就看见了柳青站在一个广告灯箱前面向他招手。但他没有见到李志扬的身影。

原来律师去外地出席一个会议去了。柳青没有把当初李志扬和沈蓉的故事告诉陈晖，她觉得那个遥远的梦只属于李志扬。

路上，陈晖问起吴长春身上的喷溅血现在是怎么解释的，柳青心想这个男人也真是个急性子，脚刚落地就牵挂起案子了，就说：前几天，我们和省厅的同行共同进行了一次实验。

陈晖便问是怎么个实验。

柳青说：我们用一具死亡达两小时的尸体进行的。按照当初吴长春把刘云抱起来的姿势把那具尸体抱起来，结果发现，尸体腹腔内的气体在外部作用力的挤压下，可以造成喷溅状的血迹。何况当时是在夏天，气温也是一个因素。

陈晖不禁叹了口气，说：如果你们当初能这样实验，吴长春也就不会冤屈十三年之久了！十三年，这个日子太漫长了……

1996 年 5 月 21 日，落城法院重新审理了吴长春案，撤销其错误判决，宣布吴长春无罪，当庭释放。电视台现场直播了这个场面，顷刻间，消息轰动了落城。那天，陈晖是在柳青家里收听这个实况的。他们原想和柳立中一起分享这最大的欣慰，没想到他们到的时候，柳立中已经不在家中了。听柳青的母亲说，他一早就向局里要了车，好像是去了郊区。陪他同行的是刑警支队的队长刘勇茂。柳青就明白了，他们一定是去了吴全印老人那里，他们是去向老人道歉的，然后就在那里等候他的儿子回家。果然就是这样，后来的电视镜头一直跟着从法庭走出来的吴长春，跟着他上了刘斌雇来的一辆出租车。然后就跟着他们向市郊的公路上驶去，走了很长一截，才在一间低矮的平房前停下。

吴全印在柳立中和刘勇茂等人的陪伴下走出了房间，吴长春立刻就对着父亲跪下了。父子抱头痛哭，边上的人也无不动容。

那个随行采访的女主持人拿着话筒此时走到了画面的中央，充满激情地说：吴长春终于回家了，尽管回家的路走了十三年。这充分体现了我们是社会主义法制国家，人民法院是……

电视信号突然中断了，屏幕上出现的是应急的字幕：依法治国，巩固安定团结的大好局面。

柳青便把电视机关了，然后对陈晖说：我们出去走走吧。

于是他们就去了蓝渡江边，租了当地渔民的一条小船，两人各执一桨，顺风划去。夏天又来了，对于柳青而言，这个夏天是回忆的季节。在这条江畔发生的故事，是她永生不能忘怀的。但她已经没有多少的眷恋了，剩下的只有回忆。她向陈晖第一次正式谈到了想去北京读研究生的想法，她说：陈晖，我现在同意你的话了，是应该在科学与想象之间再找一条路……我不是在说案子，是说我们之间的事。我已经向局里递交了报告，想明年去北京考研……以后咱们就不再是天各一方了。

陈晖说：这太好了。你早该走这一步……

柳青说：我犹豫了很久……

陈晖说：这我理解，因为这不仅是一个深造的问题。

柳青有点感伤地说：我不知道自己以后还干不干这一行了。说实话，我喜欢这个职业，有时候也厌恶这个职业。沈蓉的死，让我想了很多……我想，自己是不是也该有个家了？

陈晖说：曾经有一个姑娘问我，什么时候成家最好？我说，当你觉得两个人生活比一个人生活好的时候。她接着又问我，那应该嫁给怎样的男人呢？我说，嫁给你异性朋友中最让你开心的那位……

柳青说：你回答得很好。

陈晖停了一会儿，有些激动地说：柳青，我希望能做你最开心的朋友。

柳青说：但愿吧，我们还有时间……

二十九

1997 年 3 月 14 日，第八届全国人民代表大会第五次会议作出了对 1979 年 7 月 1 日第五届人大通过的《刑法》的修订决议。新的《刑法》将在这年的 10 月 1 日起施行。此前，立法机关专门邀请一些专家参与讨论，征求他们的意见。那些日子，陈晖一直在会上忙着进行采访，当他看见一位白发苍苍的老教授为减少死刑在会上大声疾呼，要求大幅度减少死刑时，不禁热泪盈眶。这部新的《刑法》固然有历史性的进步，譬如废除了“反革命罪”等，但在死刑问题上却引起了强烈的争鸣。其中焦点是，原来的《刑法》死刑罪名的只有二十八个，现在却达到了六十八个。尽管部分死罪的罪名带有虚拟性，但这个增长幅度还是太大了。

一天晚上，陈晖独自在天安门广场上散步，他注视着修缮一新的天安门城楼，华丽的灯光使这个古老的建筑像一道迷人的布景。从这里走进去，就是紫禁城了。他已经不记得，自顺治元年，也即1644年，随着清军入关，取代明朝之后，在这座帝王的宫殿里，曾经居住过清代几个皇帝。但他记得，那最后的封建王朝末期也是中国的死刑制度最为膨胀的阶段，死罪竟达八百四十余条。而那个时候西洋的一些国家却大体完成了刑法的改革，也大幅度减少了死刑。这是一个不容忽视的对比。那柱华表还在，似乎见证着这个历史。从1764年贝卡利亚呼吁废除死刑，到1848年出现的第一个废除死刑的国家圣马力诺共和国，近百年的时间里，全世界废除死刑的浪潮一直没有平息，有多少学者在为废除死刑做着艰辛的努力！在这支队伍里，有一个中国人的身影值得凝视，他就是清末的法学家沈家本。他在主持修订《大清律例》时，把原来八百余项死罪减为二十余种。这一举措，使中国的刑法改革走进了近代化，也缩短了与西方国家的距离。遗憾的是，这个势头没有发展下来。清末至今，又过去了一百多年，世界掀起了两次废除死刑的高潮，可中国都与它失之交臂了。1989年12月15日，第44届联合国大会通过了废除死刑的国际公约。当今世界，已经有一半的国家废除了死刑或者实际上终止了死刑，即使是在保留死刑的国家，死刑的适用也受到了严格的限制。而中国的死刑却占全世界的四分之三以上，这是个无法不令人堪忧的现实。

是的，中国不发达的现实距离废除死刑的那一天还相当地遥远，但终究是要走向那一天的，这是人类文明的发展趋势，是不以某个人的意志为转移的。人道是人类的必然选择。某种意义上，今天的中国也确实还需要死刑，那么，是否应该减少社会对死刑的依赖程度，对死刑加以最大的限制呢？自古是“治乱世用重典”，但是今天的中国已非旧时的中国，她在争取着进步，为什么我们在限制死刑的问题上如此步履艰难？一个太平盛世，决不是靠“严打”得以保证的。

在《旧约全书》里，上帝的十诫中有“不可杀人”，但接着他又说“凡流人血者，他的血必被人流……”到了耶稣的时代，随着他的牺牲，便结束了那种“以命抵命”的清算。耶稣的血最终凝成的是两个大字：宽恕。

记者的思绪被突然的手机声中断了。是柳青的电话。那时柳青已经通过了研究生的复试，估计很快就要接到录取通知了。但是女人在这个电话里没有谈及这件事，而是说了另外一件事。几天前，李志扬律师从山里回来的路上出了车祸，目前住在医院里，但生命没有危险。陈晖还是很焦急地问：会致残吗？

柳青说：右腿骨折，打上了石膏，现在还不好说。这个电话就是他让我打的，他想请你过来一趟，可能是因为安小文的案子。

陈晖问：这案子要审理了？

柳青说：我想是吧。最近有一份内部通报，被路一达、安小文盗走的那尊观音佛像最近出现在欧洲一家著名的拍卖行，最后让一个不愿透露身份的人以一千多万美元的价格拿走了。

陈晖很吃惊：就是说，东西回不来，就要拿人了？

柳青说：李志扬有这种担心。

陈晖说：他的担心完全有道理。这样吧，你转告他，我尽快赶过去。

两天后，陈晖再次登上了去落城的班机。在飞机上，记者遇见了几个去落城拍摄电视剧的导演和演员，他们与陈晖认识，就一路谈笑着。导演说这个电视剧写的是法院秉公执法的故事，还带有普法宣传的意思，说上面非常重视，特地把外景地选在了风光秀丽的落城。陈晖对这种被称作“行业电视剧”的东西历来不感兴趣，无非就是谁掏钱就说谁好而已。但也不想扫他们的兴，就有一搭没一搭地听着，不想作何评价。

两个多小时后，飞机抵达了落城机场。那几个人一下飞机，就有小车直接开到舷梯边上迎接，仿佛是在迎接外国元首似的。接着就从车里下来了几个人，为首的那位陈晖认识，是落城分管文化的副市长魏如柏。当初因为江旭初和魏环的那个案子，陈晖要采访他，却被拒绝了。另外一个，后来知道是落城法院的副院长程伟东。

魏副市长到底是演员出身，他的言谈举止都像是在演戏。那几个电视人也像得到了奥斯卡奖一样的兴奋，左顾右盼的，但是边上的人并没有上来要求签名。他们的脸还没有混熟。陈晖觉得可笑，这几个人在北京什么也不是，可是一到落城，顿时就成明星了。那个导演还当场提议，剧中的那个市长就请魏如柏来演。导演说：魏市长，你的形象、气质几乎和我想象的一模一样啊！魏如柏也不推辞，说：那我就为咱们的法制宣传做点贡献吧。说着，还打了一个气宇轩昂的手势。然后魏如柏就看见了陈晖，后者也没有回避，索性把墨镜摘了下来。魏如柏似乎很洒脱地走了过来，说：是陈晖同志吗？

陈晖说：是我。

魏如柏说：你上次那篇关于“刀下留人”的大作我是拜读过的，虽然有些观点我难以接受，但写得还是文采飞扬啊。

陈晖说：可惜我的一些重要观点被删除了，譬如说，我至今认为江旭初是无罪的——我为他和魏环的殉情感到遗憾，同时也非常敬佩。

魏如柏岔开了话题，微笑着问道：过去的事就不提它了吧。这回又是来采访的？我倒是很希望像你这样有才华的记者，好好写写我们落城……

陈晖说：不，我是来相亲的。

魏如柏有点意外，就问：是吗？要不要我送你一程？

陈晖说：不必了，有朋友来接我。再见。

陈晖很快离开了这帮人，径直走向了出口处，还没到门口，就看见柳青从李志扬那辆车里探出身来。柳青就问：你刚才是在和魏如柏说话吗？

陈晖说：是啊，这个人现在又变得很大度了，说什么“过去的事就不提它了”，他倒很想得开的。他问我来干什么，我说是来相亲的。

柳青说：真这么说的？

陈晖说：是啊，他还能把我怎么样？

柳青说：你这人，口无遮拦惯了。

陈晖说：咱们直接去医院吧。

于是他们就赶到了医院，柳青在门口买了一束鲜花。躺在病床上的律师气色还是相当地憔悴，一只腿还打着石膏，悬空地吊着。在他的床头，还放着一册新颁布的《刑法》。等柳青把花插好，律师便说出了一个不好的消息。几天前法院来人了，通报的就是柳青讲过的那个情况。法院的人说：东西回不来，案子就该画上句号了。安小文的案子近期要进入审判程序，这也是上面的意思。

陈晖说：这个我估计到了。你觉得会怎么判呢？

李志扬叹息道：东西丢了，人就轻不了啊。这个案子如果是在去年审理，对安小文的量刑会好一些，至少不会有剥夺生命的可能。按照过去《刑法》第一百七十三条，盗卖珍贵文物，最高的量刑是无期，而按照今天的《刑法》第二百六十四条第二款，那就有可能被判死刑的。我担心的就是这个。

这话一说，陈晖和柳青都捏了一把汗。律师的分析十分有道理，眼下，正值宣传新《刑法》的阶段，按照中国习惯的做法，凡有重大政策出台，都会要求各地做出一种充满热情积极响应的姿态。落城法院在这个时候把这个案子拿出来，绝非偶然。它不是在拿安小文示众，而是在为自己亮相。既然政治因素介入，那么法律便会自动退缩到从属的地位，这是中国的特色。

陈晖的神色很不安，说：这个我没想到……

李志扬说：鉴于我目前这个样子，法院要我们事务所重新选派一名律师，我想来想去，觉得他们几个都不够理想，就想请你来帮这个忙了。你这回的有关费用都由我们来承担。

陈晖说：这个时候还谈什么费用！律师资格我是具备的，但已经很久不接案子了，就怕耽误了事……

柳青说：陈晖，你可以胜任的，好在李志扬先期的工作做得很成熟。

陈晖慢慢地拿起了那本《刑法》，觉得这个单薄的小册子分量很重，他说：我试试。

1997 年 10 月 5 日，在细雨朦胧的天空下，落城中级人民法院开庭公开审理安小文盗卖文物一案。此前，犯罪嫌疑人安小文已经被羁押了七百五十八天。

对此案提起公诉的检察官首先对案情进行了充满激情的诉讼。他反复强调的，是玉秀山石窟佛头在文物上的价值，强调了文物之不可再生性的重要。可是这尊佛像现已盗出了国外，被人以一千多万美金买走了，这给国家造成了不可弥补的损失。同时，市政府已经决定要以玉秀山石窟为中心重点旅游景区，现在也因为佛头被盗，使这个宏伟的计划遭到了毁灭性的打击。因此，检察官最后指出，此案是一宗骇人听闻的大案，为了维护国家的尊严和利益，依照《刑法》第二百六十四条和第三百二十八条，必须重判严惩。

接下来是作为蓝天律师事务所特聘的律师陈晖出场。他的旁边，是坐在轮椅上的李志扬。陈晖一站起来，就引起了许多人的议论。一些人没有见过他，但看过他写的文章，尤其是江旭初一案的那篇特写，在落城影响非常之大。刑警支队的人则说，和我们作对的，是我们自家的姑爷啊。

陈晖以一种略带低沉的语气，开始了他的辩护：审判长、审判员，在正式讨论案件之前，我想先请教一个问题——人的生命值多少钱一条？

此言一出，便引来了下面的一阵笑声，连审判长也为之一惊。但是还没有来得及做出反应，陈晖的发言又开始了——

大家也许会说，我是在说胡话。谁都知道人的生命是无价的，怎么能说值多少钱一条呢？但是，我得告诉大家，此时此刻，我异常地清醒。我原来也和大家一样，认为人的生命是无价的，现在，通过这个案子的审理，我一下子明白过来，原来这人的生命真的还有价。假如被我的当事人安小文盗走的是一块用去打造房屋基础的石头，我想公诉人大概决不会提起这种公诉了。因为那块石头只值几块钱，满大街都是。但是，被盗走的那尊佛像，正如起诉书所言，如今在欧洲市场上值了一千多万美金，那么它显然就不是一块普通的石头了。从起诉书中我们可以得出这样的推断，玉秀山佛像在欧洲市场的价值是一千多万美金，安小文协同他人盗走了这个佛像，也就等于盗窃了国库一千多万美金，折合人民币就是一个亿，这个数字很惊人，按照我们现在的《刑法》，是可以杀掉几十个安小文的头也在所不惜的。这难道不是在说明，人的生命是有价的吗？人的生命到底值多少钱一条，我们是否还应该恪守那种钱、命之间的等价关系，我们的《刑法》写得很清楚。

审判长说：辩方律师，请注意说话方式，扣紧话题。

陈晖说：我很赞成公诉人对玉秀山石窟佛像价值的刻画，但是我要说的是一个非常朴素的道理，就是：这尊佛像再有价值，哪怕它是秦始皇陵的兵马俑，哪怕它是龙门石窟的卢舍那，但本质上它毕竟还是一块石头。我想问的是，人头和石头哪个重？

法庭上又引起了一片骚动。

审判长立即喊道：大家保持肃静！

陈晖接着抬高了声音说：众所周知，屹立在哥本哈根海边的那尊美人鱼的雕塑，是可以作为丹麦的国家象征的，在这一百年里就先后三次被盗窃过。但是我们没有听说，罪犯被处以死刑的。珍藏在法国巴黎卢浮宫的油画《蒙娜丽莎》也不止一次地被偷盗，我们也还是没有听说，罪犯被处以死刑。今天我们这尊被盗走的佛像，是传说中的以普渡慈航、荫蔽万家著名的观世音菩萨，假如她果真有灵，她也是不会允许今天我们作出这样的判决的。难道在今天，我们还要因为丢失了一块石头去索要一颗人头吗？如果真是这样，我们的这部《刑法》就是一部悲哀的法律。

法庭内响起了热烈的掌声。

然而，律师充满激情的辩护并没有使本案的判决透射出一缕阳光。一审判决很快就下来了：以盗窃文物罪，判处安小文死刑，立即执行，剥夺政治权利终身。

对这样的判决，几乎所有关心这个案件的人都感到意外和震惊。他们的脑海里一直在回响着律师在法庭上的那句话——难道在今天，我们还要因为丢失了一块石头去索要一颗人头吗？

李志扬和陈晖当即作出了上诉的决定。但是二审的意见十分强硬，认为一审判决量刑适当，适用法律条文准确，决定驳回上诉，维持原判。并宣布此判决为终审判决。之后，死刑的复核程序也非常之快，那阵势，随时都可以签发死刑的执行令的。

得知这个结果，陈晖很伤心，如果从审判那一刻算起，这个案子实际上也就审了几个小时，就这么轻松地判决了。而辛普森的案子从预审法院受理到最高法院陪审团一致判决却历时十五个月，其中控辩双方传唤的证人 126 人，证言达 5 万页，物证数目 1115 件。这是怎样的一个距离？他不能不想到制度上的差异。据资料记载，中国自商朝开始，就已经建立了三级三审制诉讼制度，这个传统一直沿袭到国民党统治时期。而我们现在却是两审终审制，那么就很难让控辩双方——尤其是辩方深度介入，也使一个死囚失去了得到救济的最后渠道。秦朝以前，一个小小的县令即可以杀人，但到了有汉一代，凡问死罪者，必奏报朝廷。这之后，虽经战乱，但死刑的最终裁决权还是紧握在中央手里，死刑的复核权由大理寺行使。至明清时，朝廷对死刑复核控制更加严密，不仅是一般的复核，还有系统的会审，这便是所谓的秋审与朝审。地方官吏宣判的死刑，那也只能是“斩监候”而非“斩立决”，必须到秋天将死囚押至京都，等候大理寺的最终裁定，也就是“秋后算账”了。

即使是对于最终的死刑裁定，当今世界一些国家的执行情况非常悬殊。日本的做法是，法务部长必须在六个月内签署执行死刑的命令，期间如果被告人有非常上告或者请求恩赦，还会酌情延期。美国的法律规定，在死刑犯用尽全部救济之前，不得将其交付执行。有一项统计，在美国发生的一桩死刑案件，从判决到执行死刑，平均要经过十年以上的时间。1972 年至 1978 年间，在芝加哥郊区杀害 33 名男子和男孩的盖茨，被判死刑，但一直到 1994 年才被执行了死刑。相比之下，我们处决一个人真是过于匆忙了……

想到这些，陈晖有一种窒息的感觉，他长长地吁出一口气，对病榻上的李志扬说：志扬，我让你失望了。

李志扬说：别这么说，你做得相当出色，只是我们这个职业，都是法律这台大戏里的龙套，人微言轻。我们做了该做的，也算对得起小文了……这个结果，是我意料中的，小文不死，那才叫奇怪了。

陈晖说：我想再上一次最高院，你觉得呢？

李志扬说：没有必要了。这个案子其实不是落城的案子，安小文盗走的那块石头，也不是玉秀山上的石头，而是国家的宝贝。国家找不回被丢失的东西，那自然就要拿偷贼问斩。这几天，我总是想到江旭初那个案子，表面上看，那次我们争取到了“刀下留人”，实际上，刀下是留不住人的啊。只有法下才能留人——假如现在的《刑法》对盗卖文物罪不设死刑，那么还可能出现今天这个局面吗？

陈晖沉默了片刻，然后说：同一张照片，往往是分不清黎明与黄昏的。

1997 年 11 月 10 日，省高院核准了安小文的死刑并随即下达了执行死刑的命令。落城法院原定行刑的时间是在 11 月 20 日，但实际执行死刑的时间却提前了三天。

柳青的日记：1997 年 11 月 17 日

这或许是我最后一次去刑场执行公务了。今天，我是来送安小文的。

还是和以往一样，我们到达监狱的时间是在早晨 7 点。没过一会儿，验明正身后的安小文就被押出来了。他抬头看了看天空，明媚的阳光刺得他的眼睛很难睁开。他从我面前经过的时候，我看见他的一只鞋趿着，就走上前替他穿好了。他看着我，轻声说了声“谢谢”。那时我的眼泪就下来了。我怕被人看见，连忙戴上了墨镜。

十几分钟后，安小文被带到刑场。他一下刑车，两眼就一直在朝边上看着。像是在寻找什么，是他的那个“青萍”吗？那个想象中的初恋对象？然后，他的目光就停在了几个看上去很美的女人身上，那是几个来落城拍电视剧的演员，据说她们今天是来体验生活的，说戏马上就拍完了。那部电视剧写的是法院如何大义灭亲，如何执法如山，所以法院满足了剧组的愿望，说：我们给你们安排一场。

这难道就是提前给安小文执行死刑的原因？

古老的死刑都带有观演性。好像以这种大众目睹的标志区别于暗杀。死刑是国家行为，是合法杀戮，让大众目击受刑人的死，仿佛那一时刻，人民就代表了国家，他们通过见证死刑的执行而充分体会到自身至高无上的绝对权力。从苏格拉底到圣女贞德，再到中国历史上的枭首、凌迟、斩首、枪毙，全世界哪一次的行刑不是像一个盛大的宴会？据说 1889 年巴黎万国博览会期间，埃菲尔铁塔刚刚落成，而那天正好有一个囚犯上断头台，于是几乎所有的人都去围观断头台了……那些围观的人，瞪大着眼睛，期待着手起刀落人头落地的那一刻。期待着恐惧中诞生的兴奋，还会有人去吃人血馒头吗？陈晖说有一部美国的电影，说一个富翁以高得惊人的价格收购一盘录像带，提出的要求是，必须是真的杀人，杀真的人，一步步地杀，看着人慢慢地死去。认为这才是最大的刺激，最高的享受……

年满三十岁的安小文迎着初升的太阳跪下了。他在人间留下的最后一句话是：那几个女人很漂亮，她们今天是来看我的吗？

然后，枪响了。我不知道这还算不算是正义的枪声。我所知道的，这是国家的枪声。

那个时刻，铩羽而归的陈晖在北京的寓所里喝醉了。他醉酒后的一个特点，头脑混乱之际想到的总是一些伤心的事。那个晚上，他想起了几年前发生在中国一个著名城市的案子。那案子很简单，一个中国人抢劫了一个澳大利亚游人的几万块钱，时逢“严打”期间，这个人也就被判了死刑。法院把这个结果告诉了受害人，意思是对他应该有个满意的交代了。但是这位澳大利亚游客却感到非常震惊，他无法理解怎么可能因为抢了几万块钱就要杀掉一个人呢？于是当即就向我们的人民法院提出了抗议。

还有一个案子，也是发生在一个伟大的城市里，那是有一年的国庆节，一个中国人在大庭广众之下抢了一个外国游客的照相机。这个案子一经法院审理，就被认为是罪行极大，情节严重，影响恶劣。审判委员会还认为这不仅是破坏了安定团结的大好局面，而且还败坏了中国的国际形象，所以就觉得应该处以极刑。但是这时候有一个委员发出了一声感叹：难道我们中国人的一条命就值外国人的一台照相机吗？这句感叹让所有的委员们都沉默了，那个罪犯便在这样的沉默中侥幸活了下来……

后半夜，充斥记者脑海的便是即将被枪决的安小文了。那个腼腆的乡村教师的形象一直在他的眼前活动着。他手持一本《笑傲江湖》执著地站在人民英雄纪念碑前，等候着他的爱情降临。他精心画下的那张女人的肖像，像纸钱一样在黑暗的夜空中随风飘荡着……

临近黎明的时候，陈晖做了一个奇怪的梦。他梦见了一片广阔的天地，蓝天白云下是亲切的青山绿水，是妩媚的鸟语花香。然后，在天地之间出现了一个身披白纱的女人，她有着女神一般的身姿，头戴着王冠，眼睛却被蒙上了黑布。她的左手拿着一杆秤，右手则举着一把剑。在她的案头，摆放着几本书籍和一只骷髅，还靠着一根权杖，那权杖上缠绕着一条蛇，女人的脚边还伏着一只狗……

陈晖便从这奇异的梦境中醒来了，回味着那个让他惊诧而陌生的形象，但他相信，这绝对不是一个凭空想象的形象。

外面的天已经亮了，他又收到了王可发来的一份电传——

辛普森的案件审理结束了。一个叫戴尔希的白人女孩对着摄像机的镜头说：不管大家怎样取笑这场审判，但是有一点是肯定的，如果到最后还是确定不了辛普森是否有罪，那么，就会有两种错判的可能：一是他真的杀了人而被放掉，二是他没杀人而被判了无期徒刑或死刑。在这两种情况下，我宁可他是杀了人而被放掉了，也不愿意看到他是有可能被冤枉的，送上电椅或者终身待在牢里。

陈晖看过，觉得辛普森一案中，所牵涉的那些美国司法界最著名、最权威的人士，那些“梦之队”的豪华律师团的成员，他们之间长达数十个月的唇枪舌剑，都不及这个白人女孩这段即兴的发言。这个案子终于结束了，然而他的心却陡然变得沉重。

然后，他仿佛听见了凤鸣山下的那声枪响。

三十

往事如烟。在柳青的记忆里，这几年发生的一切似乎已经相当地遥远了。留在记忆深处的，只剩下了几声沉闷的枪响，让她时常在后半夜惊醒。她越发感觉到，落城是一本沉重的书。她已经很难再读下去了。

1997 年最后的日子，她如愿考取了北京一所著名高校法学院的研究生。她本来应该在秋天去北京报到的，因为安小文的案子推迟了。那些天里，她还是像往常上班一样去刑警支队看看，在自己的那间办公室里与同事们聊聊天。那时她就想起了沈蓉，总感觉这个女人还活着，大概出门打开水去了。在大家眼里，柳青拿到硕士学位之后肯定不会再回落城了，然后就抱怨那个吊儿郎当又才华横溢的记者，最终还是摘走了他们的这朵警花。对此，柳青的解释是，她确实跟陈晖处得不错，但至今还没有想过要嫁给这个人。

就在她告别落城的前一天，落城刑警支队破获了一起银行抢劫案。其中有一个外号叫老鼠的犯罪嫌疑人，交待了一件令人震惊的未遂罪行，他说，1995 年的5、6 月间，他曾受雇于人，企图谋杀一个叫沈蓉的女警察。于是，刑警队立即对此人进行了重新审讯。质问，是谁在雇用他行凶？那人说不知道，说这单生意是一个外号叫狐狸的人拉来的，说好了给他三万元，先付了一半。老鼠接着就交待了他几次企图行凶的经过。

第一次，是在一个夜晚，他准备从树上翻进窗户，入室行凶，直接用刀做。但是他刚刚爬到一棵树上，就引起了室内那个女人的注意。那女人把室内所有的灯光都打开了，还拿着一把菜刀跑到晾台上大喝了一声：谁？

第二次，是在一个黄昏，他一直在等待女人下班。这之前他已经花了很多时间摸清了女人每天下班的路线，打算在女人走进一条小巷之后就下手，用一把羊角锤猛砸她的脑后。结果，就在他正要接近时，那个女人的一只鞋跟突然掉了，她蹲了下来，还回过头看了他一眼，他赶紧溜了。

第三次，是在国庆期间的一个雨天的中午，狐狸替他借来了一辆外地的双排座，说这个女人今天要上单位值班，想趁着这女人出门过马路的时候撞死她，造成一起交通肇事逃逸的现场。没想到，就在他几乎得手的时候，一个行人拉了那女人一把……

老鼠很沮丧，煮熟的鸭子飞掉了。他决定再次行动。然而有一天半夜里，狐狸来了电话，说这件事不做了，剩下的一万五千元照给，但不许把这件事说出去。你敢说你就没命，狐狸这么威胁着他。老鼠说这一天是1995年的11月13日。他记得很清楚，因为是他的生日。

警方再次询问“狐狸”的下落。老鼠说：狐狸死了。交代完这件事不久，他就死了，说是喝醉了酒掉进了蓝渡江里。

柳青得知这件事之后，感到浑身散发着一股寒气，感到毛骨悚然。以前沈蓉对她说的那些，并非是神经质的呓语，并非无中生有的狂话啊！全都得到了印证。是的，有一只看不见的魔手早已悄然伸向了沈蓉，她却浑然不知。1995年11月12日，是沈蓉犯案的日子，怎么会在第二天那个雇凶的家伙就断然放弃了对她的暗杀？那个雇凶杀人的家伙深藏在人世间的阴影里，却是不敢见人的。那是个道貌岸然的男人，在经历过一场轩然大波之后，最近被安排去了外省，继续做着高官，只是不再分管政法了，而是分管意识形态。他那保养得很好的身影经常出现在电视屏幕上，他在高谈阔论，他在手势滔滔。他的老婆被他的情人杀死了，那多病的女人从此不会再来要挟他了，接着国家又替他杀了他的情人，使他如此舒服地摆脱了那个女人的纠缠。他现在就地娶了一个在电视台当主持人的新太太。

难道不是他在背后策划并指挥了对一个女人的谋杀吗？这个女人和他睡了八年，为他离婚，最后为他搭上了性命，可他却对她蓄谋已久，只差一步之遥，就得手了。可悲的可怜的可恨的还是那个女人啊。她一切都不知道，她倒是鬼使神差地帮了那个男人的大忙。那个男人现在什么都得到了，唯一得不到的，是一份人的良知。

柳青无法证实这些。但她坚信这些判断没有错。是的，这个人把一切做得滴水不漏，他策划谋杀就像制作一件工艺品，手段竟是如此地完美，不会留下任何的破绽。他已经消解了道德的谴责，他也逃避了法律的制裁，自然也永远不会被判处死刑，但一定会下地狱。

……

我的这部小说已经到了该结束的时候。

我不是一个刑罚学家，更谈不上对死刑有什么研究。我只是一个作家。那一年，我在洛杉矶那个笔会上结识了陈晖先生，然后我们开始共同关注辛普森案件。在与陈先生的交往中，我又认识了女警官柳青和李志扬律师。我倾听着他们的讲叙，他们的故事激发了我的想象力。与此同时，我接触到像陈兴良、邱兴隆等国内知名刑罚学家的著述，获益匪浅，更让我感受到当代学人的良知。但那个时候，我还没有考虑要写一部关于死刑的小说。这部小说的真正起因，是在我得知 2003 年 3 月 17 日，在中国广州，一个叫孙志刚的大学生，仅因为身上没有携带有效证件和看上去其貌不扬，就被几个执法人员非法羁押，以致在三天后被几个莫名其妙的人残暴地打死。这让我震惊不已！那几天，我在网上关注着这个事件的发展，我注意到很久以前一个叫马丁的德国新教牧师的一段话在广为流传。这段话，原是刻在美国波士顿犹太人大屠杀纪念碑上的——

起初他们追杀共产主义者，我不是共产主义者，我不说话；
接着他们追杀犹太人，我不是犹太人，我不说话；
后来他们追杀工会会员，我不是工会会员，我继续不说话；

再后来他们追杀天主教徒，我不是天主教徒，我还是不说话；

最后，他们奔我而来，再也没有人站出来为我说话了。

于是，在一个以防止 SARS 为背景的“戴口罩的春天”，我在疫情中心的北京开始写作这部小说。关于死刑，我要说话。

为了让小说有一个比较完整的交代，我想对这几位朋友的近况再作一些介绍。陈晖还是干着他的本行，但现在已经很少看得见他那些“准风月谈”的专栏了。柳青取得硕士学位之后，没有回到落城，目前在公安部下属的一个研究所当助理研究员。这两个人相处得很不错，但至今没有结婚的迹象。对此，柳青援引了陈晖的一句话对我进行了解释，她说：我现在还不觉得，两个人的生活就一定比一个人的生活要好。

李志扬律师还在落城，他的腿伤完全好了，继续维持着他的蓝天律师事务所。听柳青说，他后来把沈蓉的儿子晓雷安排在所内。他经常来北京出差，我最后一次见到他是在 2001 年的 3 月，当时他是来旁听“中美刑事审判实务高级研讨会”的。那是一次规模不大的会议，但与会者中间有一个人却引起了广泛的关注。此人就是美国哈佛大学著名法学教授艾伦·德肖微茨，曾经是辛普森“梦之队”的一员干将。其实早在 1980 年，德肖微茨就已经访问过中国。对于刚刚打开国门的中国，很少有人知道律师这个职业是怎么回事，甚至认为律师就是“替坏人说话的人”。当时有人问德肖微茨，为什么政府要花钱请律师来为那些破坏社会法制的人辩护？律师为什么要替那些坏人开脱罪名？对这样的质问，一向善于雄辩的律师竟无话可说。而这一次，他面对的提问是：作为辛普森一案的辩护律师，您认为他有罪吗？

对于这样一个几乎全世界记者都会提出的问题，德肖微茨照例予以回避。但是他指出，如果辛普森一案发生在中国，那么，他相信法庭会作出相反的判决。这位著名的法学家没有作出进一步的解释，而是做了一个双手交叉的手势，说：也许有一天我们会走到一起。

还是这一年的 9 月，另一位世界级哲学家和法学家，法国的雅克·德里达教授，也开始了为期 16 天的中国之行。而在 12 年前的 1989 年，中国社会科学院就对他发出了访华邀请，却因为某种原因推迟至今。德里达此次出访的地点依次是北京、南京、上海和香港。这种安排，用后来一位大学校长的话来说，是依次去看 1000 年历史的中国、100 年历史的中国、现代的中国和后殖民的香港。然后他将对长期被认为解构就是摧毁一切的误解进行全面澄清，还将就“宽恕”、“大学”和“死刑”等遗产问题进行演讲。旅法学者张宁先生完整地记录了这次旅行。德里达的首场演讲是在 9 月 4 日，地点是北京大学理科楼的会议厅，演讲的题目是《宽恕：不可宽恕与不受时限》。他的演讲受到了欢迎，但一位来自美国的学者提问说，如果一个人强奸了我的女儿，我宽恕了他，那等于是纵容他去强奸我另外的女儿。如此宽恕的后果，我们有什么理由去宽恕呢？德里达的回答是：我并没有要说宽恕的好与坏。我也同意宽恕有可能会有不好的后果，但我的工作不是去评价宽恕的好与坏，而是要分析我们所继承的这份宽恕遗产的悖论，尽我微薄之力向人们揭示我们生活在一种怎样的宽恕传统之中。

德里达指出：宽恕的可能在于它的不可能，宽恕不可宽恕者才是宽恕存在的前提条件，宽恕的历史没有终结，因为宽恕的可能性正来自于它看似不可能、看似终结之处。

那一天，我和陈晖在场，尽管现场的翻译使德里达的演讲听起来不很流畅，但这个演讲还是让我们增长了不少的见识。那天晚上，我们再次去天安门广场散步，去的路上，我们在地铁口遇见了一个须髯飞霜的老者，他的目光炯炯有神，似乎一直在注意着我们。当我们走近他时，老人悠闲地打开了手中那把象牙骨的折扇，那宽大的扇面上赫然写着两个金农体的大字：释梦。

陈晖就恭谦地走上前，问道：老先生，您是……

老者恬然一笑，说：我是一个释梦者。

这种奇异的回答引起了我们的好奇心，仿佛邂逅了弗洛伊德。于是陈晖就对老者说起了自己几年前的那个梦，他至今记忆犹新，描述得非常仔细。老者想了一会，说：你最好去找一本叫做《像章学》的书，作者是一个叫利帕的洋人，在第三卷上或许有你需要的答案。说完这句话，老者就扬长而去了，很快就看不见他的身影，一如消失在风中。

陈晖后来就查到了这本书。果然在第三卷上看见了这样的一段话——

……白袍，象征道德无瑕，刚直不阿；蒙眼，因为司法纯靠理智，不靠误人的感官印象；王冠，因为正义尊贵无比，荣耀第一；秤，比喻裁量公平，在正义面前人人皆得所值，不多不少；剑，表示制裁严厉，绝不姑息……蛇与狗，分别代表着仇恨与友情，两者都不许影响裁判。权杖申威，书籍载法，骷髅指人的生命的脆弱，跟正义恰好相反：正义属于永恒……

陈晖梦见的那个女神形象，就是正义。

2003 年 7 月 16 日，初稿；
8 月 9 日改毕，北京寓所
（原载《花城》2003 年第 6 期）

附　录：

《死刑报告》初版后记

最早对死刑问题的关注，是1997年看过基耶斯洛夫斯基的《十诫——关于杀人的短片》之后。基氏是我喜欢的电影导演之一，他的作品，无论是《三色》还是《十诫》，与我心目中对电影的要求靠得很近。《关于杀人的短片》，在我看来是《十诫》中最好的一部，他提出了一个尖锐的问题——代表国家的杀人究竟是否意味着正义？

我的思考正是由此开始的。在我读过一些中外刑罚学者关于死刑的著述之后，我产生了写一部关于死刑小说的念头。死刑的存废，一直是国际法学界一个争论不休的问题。然而近百年的事实表明，废除死刑是人类文明发展的一个必然趋势，尽管这一天对中国而言还相当遥远，那么，对死刑的严格限制，就显得十分重要了。让我欣慰的是，中国对死刑问题的重视已经不再是几个法学家的专业研讨，司法实践也在进步。我曾在网上注意到这样一条消息，从2001年4月到2003年3月，仅是北京市高级法院就对三十五名一审被判处死刑的案犯，改判为死缓。

但那个时候我却没有一个完整的时间坐在电脑面前。两年前，我母亲被诊断出身患癌症，紧接着在北京和合肥接受了两次大手术和十八次的化疗。那些日子，我和年迈的父亲奔波在北京、合肥两地的医院之间。我的父母，却以最大的勇气和毅力支持我，他们希望我从目下的阴影中走出来，回到自己的专业上，我这才有了写作这部书的可能。

在访病求医期间，我认识了一位刑警出身的朋友，她原是一位刑侦物证专业的工程师，而她的父亲，则担任过基层的公安局长。偶尔的几次交谈，却意外地打开了我想写作《死刑报告》的窗口，让我豁然开朗。有一次我问她，你去过刑场吗？她说去过，那是她的工作之一。我继续问道：当你看见一个死囚被执行枪决的瞬间，你的感受怎样？她迟疑地说：很复杂。几乎每一个死囚手里都有一笔令人发指的血债，你无法不恨他们。但是，当他们像牲口一样跪倒在冰冷的枪口之下，你的内心还是产生了一种怜悯，一种同情。然后，她就对我讲叙了一段亲身经历。多年前，她的一位女同事，因为婚外情，便与她的弟弟策划实施了一起谋杀，最后双双被处死刑。临行前，她曾去监狱探视过这个女人，并为其捎去了一些生活用品。几天后，这一对姐弟被押赴刑场执行枪决。"那一天，"她说，"我请假了，没有去刑场。但我后来还是把自己关在办公室里，仔细看完了执行现场的录像……"说到这里，朋友流下了眼泪，说不下去了。这个真实的故事，后来成为本书中沈蓉案件的原型。而书中的女主角，无疑带有我这位朋友的身影。

2003 年 3 月 17 日发生在广州的"孙志刚事件"，让我震惊不已，也使《死刑报告》的写作加快了步伐——这部书已经到了非写不可的时候了。那些天，我不断收到海内外朋友的电子邮件，对人权的尊重和对生命的敬畏，又一次如此强烈地激荡在我的脑海里。在写作《死刑报告》的日子里，我时常半夜起床，键盘的敲击声仿佛心的跳动，等一节写完，曙色已经涂满北京的城郭。对我而言，这部小说的写作，是了却了自己的一个心愿。

《死刑报告》将先由《花城》杂志 2003 年第 6 期全文发表，现在，我把它交给一贯与我合作的人民文学出版社，并且，这一次我亲自设计了封面。

潘　军

2003 年 10 月 19 日，夜半，北京寓所

关于《死刑报告》

——答《北京晚报》记者问

时间：2003 年 12 月

地点：北京宣武区“似海怡家”

记者：《死刑报告》是你创作中一个崭新的领域，就题材而言，与你以前的作品似乎没有任何关系，你是基于怎样的考虑来写这部作品的？

潘军：2001 年完成《独白与手势》最后一部《红》之后，我原想静下心来看点书，顺便写点中、短篇或者随笔。这是我个人的一种习惯。但是，这两年因为我母亲身患癌症，我大部分的时间都在为她的治疗奔波。

至于对死刑问题的思考，最早源自基耶斯洛夫斯基那部《关于杀人的短片》，也就是《十诫》中的《杀诫》。基氏是我喜欢的电影导演，他的这部作品，提出了一个尖锐的问题：代表国家的杀人是否意味着正义？或者说，国家以杀人的方式制止杀人是否很荒谬？这是 1997 年的事了。这之后，我开始留心这个问题，读了一些中外关于刑罚、死刑方面的书，有了一点知识上的积累。我觉得死刑问题在文学上首先是一个人类的终极关怀问题，这与我的追求是一贯的。当今世界，已经有一半的国家废除了死刑或者事实上不执行死刑，而中国的死刑却占了世界的四分之三，这个差距太大了！因此，我觉得应该有一部关于死刑的小说出来，谈谈这方面的事，这也是一个作家良知的体现。所以说，这是我的一个心愿。

记者：据说《死刑报告》的构思与写作都很不顺利，是这样吗？

潘军：这部小说的写作，开始于 2002 年的 10 月，结果很不顺利，最初写的七万字都报废了。我写小说，必须首先找到一个合适的叙事方式，而不是像有的作家那样，先构思好一个故事。从小说文本的角度看，这个方式，既是小说的载体，同时也是被载的一部分。我需要首先确定它。第二个困难，我面对的毕竟是一个很陌生的领域。某种意义上，我这回是以文学的方式在说一个法学的话题。如果我记得不错，当代中国如此近距离地来探讨死刑的小说，《死刑报告》是第一部。这大概不会错的。直到今年3月17日，广州发生了“孙志刚事件”，使我受到了很大的震动，也使《死刑报告》的写作加快了步伐。不久，北京成了“非典”的中心，也就在这个“戴口罩的春天”里，我完成了小说的初稿，然后在夏天里把它修改完成了。很显然，我自然不想去写一部破案加爱情的小说，而是想借几宗死刑案件解析死刑问题，希望能以这种方式引起社会对死刑问题的关注。

记者：《死刑报告》中还用较大的篇幅写了美国曾经轰动一时的“辛普森案件”，为什么要这样处理呢？

潘军：有两方面的原因。其一，是想通过这个案件的叙述，构成小说内容上的一个对比——主要是中西方刑罚观念和司法体制上的对比。我觉得这一笔很重要。“辛普森案件”被称作一场“世纪审判”，吸引了全球的关注，就在于这个案件的特殊性，它处于一个两极的状态，折射出了司法的理性光辉。其二，是想从文本上显示出更深的一种意味。小说叙事上有了这样一个层面，至少丰富了文本自身。看似不相干的东西却能构成一个“场”。但在构思阶段，我一直很犹豫，到底写还是不写？最后我还是决定保留。

记者：这部书中“吴长春案件”，让人联想起辽宁营口李化伟的那宗冤案，你是故意这么做的吗？

潘军：是的。既然这部小说触动的是个社会话题，那么我就会注重它的现实性。但我写的又是小说，不是报告文学。小说是一个虚构的文本。因此，我有意选择了个别现实中真实发生过的案件，除了“李化伟案件”，还有“枪下留人”的事情，在陕西那起“董伟案件”中也确实发生过此类情形的。我想让大家有一种不陌生的感觉，我要唤起大家的一些记忆，让大家觉得虚构只是作家的技巧，但内容是活生生的，似曾相识，仿佛就在我们身边。我希望大家有“身临其境”的感受——这是最强烈的感受。

记者：在作品里，我们能看到您对人性的尊重和对生命的敬畏，有这样一句话："死刑的本质，不是要让罪犯受辱，更不是对罪犯实施肉体上的折磨，而是要引起罪犯内心的忏悔，使之回归社会，重新做人。"让一个犯过死罪的人"回归社会，重新做人"会不会是对受害者人性及生命的不尊重不敬畏呢？

潘军：死刑的问题，表现在文学作品里，首先是一个人类的终极关怀问题。我不主张"以血还血"式的等害报应观念，这是同态复仇的劣迹。一个文明的社会应该充满爱，而不是仇恨。我们的法律通常爱说，不杀不足以平民愤。那么，是否就意味着为了平息民愤而去杀人呢？司法的正义，不是体现在大众情绪上，而应该体现在司法程序上。譬如最近发生了"刘涌案再审"，意义不在于大众怎么看，而在于我们的司法程序是否公正。

记者：既然《死刑报告》提出了关注死刑，甚至有呼吁"废除死刑"的倾向，那么，你果真认为今天的中国可以废除死刑吗？

潘军：死刑的存废，是国际上一直争论不休的问题。这里，我需要引用法学家陈兴良教授的观点——从应然性上看，人类终将废除死刑，中国也不例外；从实然性上看，目前中国还需要死刑的存在，但更需要严格限制。作为一个作家，我只希望这部《死刑报告》引起大家对死刑问题的关注。

记者：在这部作品中，有三个主要的人物：柳青、陈晖和李志扬，他们分别为女警官、法制记者和律师，而且都具有正义感、不畏强权的特点，应该说是十分完美的。那您对现实生活中这三类人有什么样的看法呢？他们的身上是否寄予着您的某种理想呢？

潘军：我塑造的这三个人物，都是小人物。我本人同样也是小人物，自然在他们身上寄托着我的某种理想。这个理想很朴素，就是爱和良知。

记者：您现在的这部作品和以前的《重瞳》、《独白与手势》等已经发生了极大的变化，很多读者认为您以前的作品虽然个人化一些，但是极具魅力；《死刑报告》则加入了更多适于阅读的要素，像我们前面提到的一些案件等就是很吸引读者的。这种变化是否预示着您今后创作也会发生大的转变呢？

潘军：是一次全新的尝试。对我而言，这次是面临着"怎么写"和"写什么"的双重挑战。小说在《花城》发表后，也有一些圈子里的朋友对我说，这部小说在文本上似乎没有什么进步。我承认这一点。我写过一些在文本上有探索的小说，也一直被认为是一个“先锋作家”。有一次，我接到一个广东读者的电话——他不知怎么找到我的手机号码的，他直率地告诉我，他和他的一些朋友，非常喜欢我过去的一些作品，譬如《流动的沙滩》、《三月一日》等，但不喜欢我的《合同婚姻》，认为我是一个很纯粹的作家，不应该写这样的东西。我很感谢这位陌生的朋友，但我告诉他，一个作家——当然不是每一个，对每一部小说要求它所承载的使命是不一样的。譬如《重瞳》，是想在司马迁的《史记》中寻找出一种新的解读方式，这是《重瞳》的主要使命。那么《合同婚姻》的主要使命，是表达我对婚姻制度的怀疑。现在的《死刑报告》的使命，是想引起大家对刑罚观念和司法体制的思考。人民文学出版社副社长、批评家潘凯雄负责了《死刑报告》的终审，他认为这部小说在我个人的创作中是一个突破，显示了一定的思想深度，大概是因为我过去的作品太“个人化”了。

记者：有人说，《死刑报告》除了成为当代中国第一部关注死刑的小说外，还改变了过去那种“破案加爱情”或者“案件加黑社会”的警界小说模式，你觉得呢？

潘军：我从来没有留意过所谓的“警界小说”，对这一点无从谈起。我知道小说的形态是多样的。金庸和琼瑶，不一样叫小说吗？但是，这不是我认定的那种小说。我所认定的小说，是一种依靠语言造型的艺术，是讲究叙事、追求一种诗性与哲理的文本，而不是精心炮制一个故事。这与大众的阅读立场完全不同。《死刑报告》因为题材的缘故，某种意义上对文本上的追求受到一些约束，但我还是尽量按照自己的方式去做了。

记者：《死刑报告》是一部反映现实的小说，或者说是一部“问题小说”，因此会有很多读者关注它。你是否事先有一种想写一部畅销书的考虑？你觉得你的书会畅销吗？

潘军：有批评家说过，1996年之后，我的小说创作也出现了“转型”，由沙龙走向了民间。不错，与早期的《南方的情绪》、《流动的沙滩》、《风》这类作品相比，后来的《海口日记》、《对门·对面》、《合同婚姻》以及《独白与手势》，确实要好看一些。这种所谓的“转型”，大概是指作家创作中的一种调整吧。我觉得，一个作家的调整，只要是发自文学内在的需要，而不是某种妥协和让步的结果，更不是主动迎合什么非文学的因素，是可贵的。一个作家如果故意把小说写得艰涩，那是一种病态；如果刻意迎合市场的口味，那是一种媚俗；但如果尽可能把它写得好看，那应该是一种追求。不同的题材有不同的处理方式，笔调、文字是不一样的，这是我一贯的考虑。我没有指望自己会成为一个畅销书作家，倒是希望自己是一个“常销书”作家。我并不希望《死刑报告》会成为一部畅销书，倒是希望读者关注它。

记者:《死刑报告》具有很好的可读性，或者说这是一部好看的小说，你打算把它改编成电影或者电视剧吗?

潘军:《死刑报告》确实具备了被改编的因素。目前也有影视的投资人在与我交涉，陈凯歌也想把它拍成电影。如果最后谈定了，我会按照一种“剧”的方式作些处理的。首先是结构上会有很大变化，要重新组织人物纠葛和戏剧性的冲突。电影的改编，难度会大一点；做电视剧会容易一些。但是改编出来的应该是另一个东西了，我只希望小说的意蕴不要丢失得太多，尽管这很困难。我一向认为，一流的小说是不可以随便改编的，因为它的内部非常严密。

潘军文集

第玖卷

散文·随笔卷

文化艺术出版社
Culture and Art Publishing House

在自己作品前（2006年10月，北京）

写作之余（2008年冬，北京）

重访知青点（2008年秋，怀宁）

丨与章德宁、余华在史铁生追思会上（2011年1月4日，北京“798”）

在纽约“9.11”纪念牌前（2012年1月）

绘画：《故乡山水》

绘画：《鱼鹰曲》

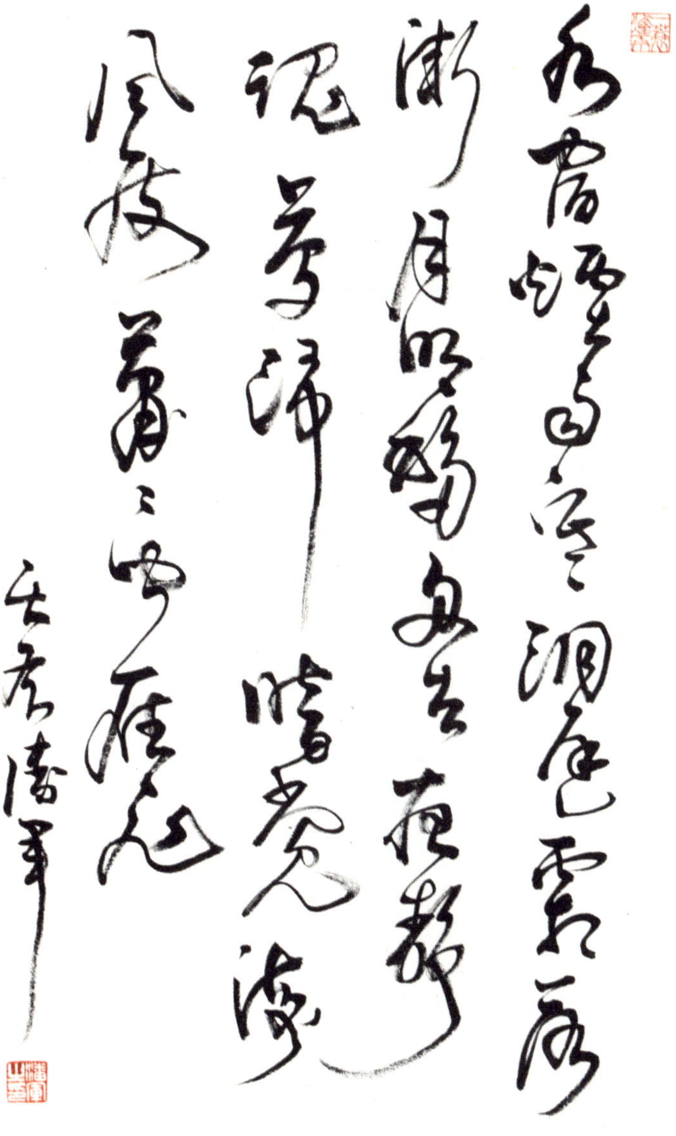

草书立轴

| 书影

《潘军文集》第九卷
目　录

山水美人

泰山行记 …… 3
初识青岛 …… 7
皖南写意 …… 11
拥有炊烟的天空 …… 13
山西一到 …… 16
拜谒仲甫先生墓 …… 22
徽州再记 …… 25
苏州三日 …… 28
山水美人 …… 31
香山龙门 …… 34
走马大连 …… 36
梅子岭 …… 40
滇行日记 …… 42
到海口去——听海笔记之一 …… 47
避暑山庄 …… 52
山水不是风景 …… 56
往西沙 …… 58
旅美记行 …… 60

红泥的记忆

这孩子 …… 81
与父母书 …… 87
戏园子（外四篇） …… 90
我的奶妈 …… 96
送二妹去美国 …… 98
我的绘画生涯 …… 101
1999 年 12 月 31 日：自叙 …… 106
外祖母 …… 116
童年记趣 …… 119
红泥的记忆 …… 124
宋叔 …… 126
“独立居主人”宣言 …… 128
女儿潘萌 …… 131
我家的时尚女孩 …… 135
一起走过的日子 …… 139
下雨的时候 …… 144
丁字街 …… 147
从前的院子 …… 149
病中琐记 …… 151
蓝边碗 …… 154
毕业的故事 …… 157
我的读书 …… 159
老友记 …… 162
本命年 …… 166
窃书记 …… 168
故乡·朋友·文人画 …… 170

相遇 …… 173
安庆的父辈 …… 175
我们的大学——写在母校建立八十周年 …… 180
送潘萌赴美留学 …… 185
安庆的麻将 …… 187
我的电影悲欢 …… 189
关于我的母亲 …… 195

清澈见底的河流

《清明》和我 …… 205
清澈见底的河流 …… 207
牛汉先生 …… 210
我印象中的韩少功 …… 213
老唐 …… 216
说说杨立新 …… 219
老友田瑛 …… 222
我的“亲友团” …… 225
宗仁发和作家们的《作家》 …… 228
金萨克酒吧 …… 231
八骏图 …… 233
彦周先生 …… 245
公刘先生 …… 247
关于田瑛，想到就写 …… 250
音声相和　斐然成章 …… 256
风中的马原 …… 259
去汨罗乡下看韩少功 …… 261
纪念 …… 264
悼念斤澜先生 …… 266

与铁生书 …… 269

西窗偶记

秋天笔记 …… 275
西窗偶记 …… 278
怕散文 …… 281
手写的欢乐 …… 283
亲近手稿 …… 285
文学期刊的样式 …… 287
我看《秦桧传》 …… 289
流浪的艰难 …… 292
不能过去的往事 …… 294
光着脚丫上路 …… 297
麻将之所以好玩 …… 299
一种状态的呈现 …… 301
安徽何以不能成为“文化大省”? …… 303
是使命，也是日常生活 …… 305
约会 …… 308
漂泊是一种方式 …… 311
关于“第一系列” …… 314
闲话足球 …… 317
对出版的几点感想 …… 320
“世界杯”札记 …… 323
就地卧倒 …… 335
独自跳舞 …… 338
这两年 …… 340
别样视角，一种人生——我读《外交官看世界》 …… 346
央视春节晚会可否停办? …… 348

今天的大学——在安徽大学的一次讲演 …… 350
晚报应该面带微笑 …… 357

小说者言

小说者言 …… 361
自己的小说和需要的写作 …… 368
书中旅行与为朋友写作 …… 371
关于“今日写作”的一封信 …… 373
形式的挑逗 …… 376
我理解的小说和小说家 …… 379
作家的沉默和沉默的作家 …… 381
见证时间：凝视博尔赫斯 …… 383
一个中国作家的立场——在中德文学研讨会上的发言 …… 390
回顾“先锋文学” …… 394
说不尽的博尔赫斯 …… 398
“写作中”与“写出来”——闲谈“伟大的中国小说” …… 403

潘军文集

第玖卷

山水美人

泰山行记

列车抵泰安时为凌晨4点光景，习惯仍以为是昨夜的延续。此番出门乃参加省大学生夏令营，营地是青岛。在泰安逗留，旨在拜谒五岳之首的泰山。同行者有教师章君与一王姓女生，皆系校学生会头脑。我的介入，大约是因为所创作的话剧《前哨》获得了全国奖，为学校争了一点面子，故犒劳之。我与他们在校视同陌路，如今结伴，可谓志不同道也合。

第一次踏上鲁地，感觉自然新鲜。泰安城建设虽不尽如人意，但鲁人的豪爽颇有魅力。街上四处可见早市小吃，一大汉以红枣下酒，喝得大汗淋漓。此地的房舍建筑也别于江淮，以平顶居多，据说是为暴晒庄稼之便，作用仿佛南方的稻床。拂晓雾散，于是前方隐约显出泰山轮廓。旅人整装，大都先去汽车站买票，可达中天门，而后徒步上山。利用这点空隙，作此次旅行第一幅速写。

泰山有“五岳独尊”之称誉，其缘由与历代帝王登基之初来此行封禅大典有关。《史记·封禅书》有详叙。山乃物，物随人宠而价增。任何东西只要为关键人物所喜，便一日一价，古今相同，不同的是百姓眼。

在我看来，旅游乃是一种心智的磨炼，尽管它的形态表现为劳民伤财。游山则游山，玩水则玩水，大可不必去想“十八盘精神”云云。旅游使你与自然融为一体，你便觉得皮肤也染了绿。等你立于山之巅，你即感到：山在脚下，天在顶上；你即天，天即你。

泰山于一年前修旅游缆道，车可抵中天门。晨7时登车，山道弯弯，天舍错落有致。行半时许，中天门在望。此乃泰山第一站。

过中天门后，游人始安步当车，此时云开雾散，氤氲之气弥漫天地间。山道皆为石阶，尚不陡，不久即达云步桥。此桥为单孔石桥，凌驾深涧。北有一线瀑布飞悬，穿行桥下。据说宋真宗赵恒为玩赏此地月色泉声，曾命百姓于桥边支帐野宿。我心想这皇帝也真够罗曼蒂克。桥东有酌泉亭，上刻一联曰："且依石栏观飞瀑，再渡云桥访爵松。"这爵松自然指的是"五大夫松"了。《史记》有载，秦始皇二十八年封禅至此，曾避雨松下，于是树因护驾得功，遂封"五大夫"——秦时官爵九级，而不是后人附会的五棵松。秦嬴政对草木如此这般慷慨，可对人则是另一副心肠了！

"五大夫"之后是朝阳洞。我在这里认识了一位健旺的老叟关大爷。他自称是关云长的后人，十一岁上山，如今已八十一，在"洞中"坚守达七十余载，生有十二个孩子。关大爷指着身边那棵一人难以合抱的槐树对我说："这是我上山那年栽的。"我看着老人风中舞动的须髯，想：也许他早就把自己看做那棵槐树了，它置身于林海间，因此永不寂寞。

山道尽处即是南天门。

南天门总让人想起天上宫阙，仿佛一经此门便临近了天界。这朴素的联想大约起源于少时痴迷的《西游记》。孙大圣未遁空门之前是何等的潇洒。

狭隘的山道为飞龙岩与翔凤岭所挟持，你不能不以为是在山腹里沿着一根曲折盘绕的肠子爬行，而南天门则为泰山之口。它把你吐出来，让你喘一口气，去握从衣袂流过的云，再听松涛盈耳。李白有"天门一长啸，万里清风来"之吟，实乃有感而发。门建于元中统五年（1264），额为"摩宫阁"，联为"门辟九霄仰步三天胜迹，阶崇万级俯临千嶂奇观"，不知何人所撰。门内有一正厅，仿古建筑，名"未了轩"，显然取自杜工部著名的《望岳》篇"齐鲁青未了"意韵，为郭沫若书。南天门又称三天门，距极顶仅一公里。在此歇息片刻，始过天街，街边多酒肆，时有酒香飘出。我不好酒，唯羡山民逍遥之乐。泰山一路，山景似无多深印象，倒是所见挑夫赤裸背影格外凝重，后作泰山气象站速写一幅。

日落时分抵玉皇顶，此为泰山极顶，因建有玉皇殿而得名，海拔一千五百米。顶之侧为大观峰，削壁为碑，镌有《记泰山铭》，凡九百九十六字，为唐玄宗李隆基所书，字体遒劲而不失飘逸，书家称之"唐隶"。玉皇殿前置有一无字碑，相传为秦始皇所立——倘若是真，这嬴政还算得上一个明白人，他顾及在玉皇爷面前，是摆不得谱的。

极顶之南有一恢弘古建筑群，这便是碧霞元君祠。碧霞者，泰山神女也。此一传说始于西晋，至宋真宗，封天仙玉女碧霞元君，命建祠于极顶，名昭应。又至明清两代不断增缮，更名碧霞灵佑宫。现今的称谓系乾隆时所改。祠乃金属筑件与土木砖石结合而成，雕梁画栋与铜碑铁瓦交相辉映，为国内罕见之杰作，叹为观止。据说这设计，旨在防止高山雷击，闻之不禁为先人的周全安排所折服。殿内正中供碧霞元君铜像，其神情漠然，仿佛不食人间烟火。细观之，又蓦地觉出这漠然中渗出一丝悲凉。殿外钟鼓和鸣，殿内香火清冷，心想这神女必定是寂寞多于欢乐，且身不自由。中国历史上造神者众，而信神者其实寡也！所谓善男信女，本质上却大都是实用之徒。或祈保佑自己，或祈算计他人。这与西洋之宗教观，性质非同日而语。西方的信教是由内向外，虽形而上虚无缥缈，然毕竟属精神之寄托。中国的宗教，后来演变成释儒道的混合体，纯粹用于制人肉身了。这也可以从建筑风格中作出比较。西洋的宗教建筑，如哥特式教堂，呈高高向上探索之势，如人的双臂高举，去迎接真理之光辉。而中国的庙宇殿堂，一律是对称而平稳的，方方正正，也如人之双臂合抱，生怕失去了怀中之物。

栖身于一简陋旅店，通铺，有床二十余张横陈一室；棉被皆潮，足重十五斤。后去争购晚餐——一碗素面加两片西红柿，酱油尽染，要价惊人。不过咀嚼一天干粮，尝此汤汤水水，倒也精神振奋。同室有两位北京青年，一姓尚，一姓胡，皆为业余摄影师，专程来泰岳采风，一见如故。于是饭后结伴闲逛。此刻山下已断黑，而山上则陡然明亮，可谓天光普照。风起云涌，缠绕山腰，形成两个世界。不久暮色苍茫，天地浑然一体，山沉寂无语，唯松涛滚滚，凉气迂回。一行人皆租大衣披肩，如荷一重担，再登极顶，候观月之颜色。一路见红光于所有小木屋内闪耀，方知来此旅行结婚者众。这小木屋不过一丈见方面积，美其名“鸳鸯楼”，实乃“鸳鸯笼”耳。

月亮很迟才从浮云中显露，凄迷的月色映出一个清冷的世界。置身其间，不难悟出人的渺小来。

凌晨4时即起，与众人奔赴极顶东南之日观峰，期盼日出。峰北侧有一巨石凌空探出，谓之拱北石。从前于图画里相识，印象中作为泰山标志耳。有捷足者先登于石上，做英雄状；又有人低唱邓丽君柔曼歌曲，杂糅一起，啼笑皆非。

此刻天光混沌，寒气逼人，大有不祥之兆——倘若观日无望，岂不哀哉？于是抽烟徘徊，肩上大衣越发沉重。少时读杨朔《泰山极顶》文章，被其华丽言辞所扰，以为泰山观日乃文人一大韵事。此刻想起来甚觉可笑。一个没有见到泰山日出的人何以发出那番感慨？心疑那浓郁的感情不是原装货。沉思中人语声响起来，风也更大。风过时云一片片裂开，显露出青的天空。这须臾的变幻给人振奋，三呼苍天有眼。然而，东方仍不见曙色，四野峰峦起伏，广阔无垠，独太阳失踪！旅人的忍耐似乎到了极点，遂又开始议论，大骂“狗日的”。忽然一尖声女音掠过：“下雨了！”这一叫不禁人心凉彻。果然有霏霏细雨洒过，但是游人没有转移，互诉饥寒之苦与失眠之累。人对理想总是那么执著而痴迷。谈笑间，天已大亮，雨也不知不觉地止了。眼前的雾气逐渐形成了云的海洋，滔滔向远方的岸滚过去，再涌过来。而这时的东方一下染成了橘色，在很高的地方出现了一个白的光点——那就是为人们期盼已久的太阳！它仿佛不屑地从云层后面探了一下脸，便扬长而去了。

我有了一种无端地被捉弄的感觉。

1981 年初记，十年后重写

初识青岛

昨日正午乘104次直快离泰安，车行十小时许，子夜抵青岛。作为夏令营之营地，全省各高校代表将云集于此。我人来迟，事先又未电告彼方接站，下车便茫然不知所措。余建议先就近落脚，待天明再作安排，众纳之。很快即有一中年男子热情而至，云有宿处且物美价廉。于是随其机动三轮而去，沿途可见散落洋房别墅，知是当年德国人所遗。

原来下榻处为四十八中校舍。自青岛成为旅游避暑胜地，政府便鼓励有条件的单位大力开发第三产业，学校遂将课桌拼合成简陋床铺接待游客，既与人方便，又补贴自己，可谓两全其美。但想起适才拉客男子那番标榜，还是生出三分厌恶。

洗澡，而后就寝。“床”坚硬无比且不时有晃动感。同室寝者数十，彼此交谈，南腔北调。然而毕竟到了青岛，初识者无不激动。我铺紧贴窗边，不时感受到微咸的海风。而海，总是令人向往的。待夜深人静时，可闻涛声隆隆。余久不能寐，突然想起列车抵达前夕广播反复地吟诵：“青岛，青岛，青春之岛……”诚然青岛的青春是不容怀疑的，青岛是美的，犹如国色天香，可实在经受不起蜂狂蝶舞。自然的海在人海的面前终会有一日浑浊不堪。倘若来青岛观光者减去一半，她便不会“人比黄花瘦了”。

1981年7月20日

晨7时即起，乘6路公共汽车抵达营地嘉峪关小学。嘉峪关为青岛“八大关”之一，位于城市东部，南濒大海。其实所谓“八大关”者，不过是八条纵横交错的大路，非关也。然而此地“天生丽质”，有太平角、汇泉角拱卫左右，地势起伏跌宕，颇有韵律感。八关之内，名贵花木灿若云锦，多姿别墅点缀其中，实可谓红瓦绿阴交映，山光水色相生，美不胜收。

嘉峪关小学建于1953年，小巧玲珑。该校师生对来客也极热情。只是伙食受用不惯，每顿大馍一个，黄瓜汤一碗，勉强下喉，仍觉不是正餐。于是下午又乘公交车到市内，于青岛饭店买下米饭半斤、炒菜两碟，外加一瓶啤酒，算打牙祭。此地视稻米为杂粮，且做工粗陋，饭用盒蒸而成，米粒无形，状如半块砖，食过，仍不知饭为何物。不禁思念家乡之稻米，那是几等芳香！遂沮丧而返，途中见一别墅造型奇特，姿若中世纪古堡，便停下写生。有围观者介绍，此宅原为蒋介石行宫，不知真伪。画毕，再观之，陡然觉得其中仿佛有阴森气溢出，为笔力所不逮。

黄昏，各路大军纷纷而至，明日将正式开营。

是夜，听惊涛拍岸，不能寐。

1981年7月20日

平生第一次拥抱大海。站立海边，完全被一望无际的大海惊吓住了。我是在长江边上长大的，如今面对大海，不禁想起庄子的《秋水》，越发觉得江之渺小，人之渺小——一切在海的面前都是那么渺小！所谓海到尽头天是岸，实乃真切感觉。海是人类一片蔚蓝色的梦，是生命的交响乐，倘若这地球上没有海，将是多么地逊色和遗憾！当你与海交融时，你便油然而生出特殊的自豪。你还必须尝一口海水，尽管苦涩。这可以让你记住海的风姿和品质。你要拼命地游，直至精疲力竭，仿佛酒逢知己而一醉方休。然后在沙滩上把自己写成一个“大”字，用醉眼去捉流动的云霓……

与在泰山遇见的两个北京青年相逢，自然甚是欢喜。我们在海边留影纪念。后结伴沿海边徜徉，至前海栈桥，登回澜阁而眺望琴岛，静听海语呢喃。琴岛又名小青岛，有长堤与陆地相接。岛之最高处，屹立着白色八角灯塔，即青岛八景中“琴屿灯飘”是也。此刻华灯初上，海天迷蒙一色，这情境最令人低回。

陆地之于海洋也是岛屿。

而人，既是岛屿也是海洋。

1981 年 7 月 22 日

上午，集体参观水产博物馆。该馆坐落于汇泉湾西侧之鲁迅公园内，由标本馆与水族馆构成。其前身名为青岛水族馆，系蔡元培、杨杏佛等于 1930 年发起筹建。标本馆设有七个展室，分别以标本、模型、布景箱介绍海底世界和我国海底资源。而水族馆则布置着六十余个玻璃池，与海相通，饲养水族，供人参观，令你眼界大开，恍恍然如步入龙宫！

而后自由活动，作鸟兽散。余独步去集市，购得民间草编工艺制品及各种奇异海贝。又获一套瓷器茶具，为淄博出产，造型别致。不觉又至正午，遂坐于一路旁酒肆，要啤酒一杯，就冷菜而下。

青岛气候，白天与内陆似没有区别，入夜却凉风习习，须以薄被掩身。是夜，全营组织舞会，而善舞者寡也。其局面之狼狈可想而知。余兴致不高，旋两圈即止。后去海边散步，观渔火点点。返途遇嘉峪关小学的几位小朋友，因昨日看见我的旅行写生集，便要求做我描画对象。倒也正合我意。于是信笔画来，皆满意之作。想笔下这些孩子，童年可谓色彩斑斓；而我的童年又是多么的苍白，苍白得连一个美梦也没有……

但愿天下童心如海，丰富而透明。

1981 年 7 月 23 日

黎明闻号即起，集体游崂山。山在市郊之东侧，并不高险，海拔一千三百三十三米。然东临崂山湾，南濒黄海，山海相连，水气岚光，其景色虽无雄奇壮阔之貌，却存灵秀幽雅之韵。《齐记》有诗云："泰山虽云高，不如东海崂。"即所谓"山不在高，有仙则灵"耳。

崂山亦为道教名山，大名鼎鼎的"长春真人"丘处机，曾到此修行布道。如此看来，崂山大约是全真教的地盘了。现今山上尚存的上清宫、下清宫、太平宫等奇观，皆石壁瓦舍，朴素无华，流露着全真教渊冲恬淡的颜色。上山后即游太清宫。北宫原是宋太祖赵匡胤为华盖真人刘若拙所建，明万历年间倾圮，后复建，又称下清宫，今存三宫殿、三清殿、三皇殿三院。院外茂林修竹，院内奇花异草，真乃洞天福地。有花曰耐冬，灿烂如火，余观之不由想起蒲松龄笔下的《香玉》篇章。在柳泉居士眼里，这耐冬便是一位叫做绛雪的红衣女子。那位痴情的黄生，卒后化作不花牡丹，怒放于白牡丹的香玉和耐冬的绛雪之间，也算是青春再生了。无奈竟被无知的小道士一刀斫了去，于是牡丹耐冬皆败，"一去两殉之"！

柳泉居士云："情之至者，鬼神可通。花以鬼从，而人以魂寄。"思想至此，遂黯然生出一缕惆怅，缥缈于山水之间……

1981 年 7 月 24 日

1981 年夏末初记，十年后重写

皖南写意

我去过三次皖南，仍不识其真面目。

第一次是在1985年，正值阳春三月，都说是去皖南的好时节，除能饱览青山绿水湖光山色，还能赶上喝“雨前茶”——我动身的那日，距谷雨不过两天。

我是从安庆过江的。晓雾初开，朦胧中可见对岸的嫩绿迫来。不久一辆普通的客车载我进山。山道弯弯，车外茵茵绿色向你逼近，挤着你，那绿是真正的绿，翠而浓，纯而净，仿佛随时会淌下。车越爬越高，路也越行越险，至赤岭巅，俯首可见山脚与山腰皆有车蠕动。其时太阳已升得很高，山色便由青转紫。云是颇潇洒的，形状变幻莫测，走势舒缓悠然。有一会儿，一块薄云遮盖了太阳，但又可见其轮廓，于是那一瞬，日便做了月，散出惨淡幽蓝的光晕，山也随之安静，间或的鸟啼，让你始才觉出这山的大来。你会以为奔驶着的不是汽车而是山。你会对皖南横生出三分的神秘和一分的惊惶。

那次因公务在身，失了自由。末了儿，才得浮生半日之闲去游齐云山。齐云山旧称白岳，是黄山的余脉，位于休宁县境。作为道教名山之一者，齐云山至今香火不衰。从形式上看，齐云山信奉的是“正一道”，供奉的也是张道陵。这里的道士属于俗家道士，可以不居宫观而有家室。七年后，我作长篇小说《风》，其中的“青云山”便是从齐云山身上拓下的。我在齐云山顶喝到了有生以来最好的茶，曰“齐云黄芽”。这是刚刚由一位老道制成的“野茶”，皆一色“两刀一枪”，长不足寸，形同雀舌，以刚沸的山泉冲泡，清香四溢，透明而嫩黄。呷上一口，便觉整个儿浸在这茶里，人生种种烦恼全然消散，唯觉天高地阔。

1987年9月，我应邀出席《北京文学》于黄山边上的“泾川山庄”

举行的小说笔会，算是第二次去了皖南。泾县茂林是“皖南事变”的发生地，古有李白《赠汪伦》诗句曰“桃花潭水深千尺，不及汪伦送我情”。那桃花潭就在泾县。我们去看过，但见一块大而静的水面，桃花是无法寻见了。说来可疑，作为皖南人，我至今不曾登过黄山。在我看来，黄山或许是太美了，美得已不再像山而像硕大的盆景，野性不再，失去了神秘感也就失去了发现。黄山可谓美得“高不可攀”了，也就不攀。所以那一次，我还是独留山中，每日拥着这空山鸟语、茂林修竹，喝一点酒，写几行字，倒也不亦快哉。

对皖南印象最深刻的，是第三次。那是1989年初，我因改编长篇小说《日晕》为电视剧，并参与执导，在皖南选景。又是阳春三月，一进皖南人便有了一种为自然所沐浴的感受，仿佛连骨头也因醉而酥软了。皖南的建筑属于“徽派”风格，青瓦白墙，飞檐斗拱，砖雕木刻，满目是景、是艺术。我们第一站到的是歙县。这里至今保存着明清时的老宅，还有诸如“许国天下坊”、“棠樾牌坊群”这样的稀世文物，游者不绝。歙县的渔梁镇紧挨着一条浅浅的清溪。溪水长流，最终汇于新安江。溪上有鱼鹰小舟，渔家指挥若定，情形生动。我们在渔梁镇转悠了一整天，流连忘返。之后的几日，大家便沿新安江而下，处处秀色可餐。

时隔多年，走南闯北难得在家闲居，一个雨夜竟回想起恍然若梦的皖南来。于是我掌灯磨墨，作起记忆里的图画。这图画自然是虚无缥缈的，可我分明从我的点点笔墨中听见了渔歌唱晚，又仿佛已置身于那静的水、默的山之中了。我知道，那时分，我的魂已去了皖南。

1992年5月　合肥

拥有炊烟的天空

城里已无法看到炊烟了。

记忆的炊烟在山里。

山其实是岭，梅子岭，显然是不高的，却陡。岭的正中敞着一条石子公路，也同样地陡。每回客车到此必停，司机像赶鸭子似的赶乘客下车，脸一黑：推。运货的板车过岭，也同样是找人来推。这时候知青就很高兴，好事来了。男的出力，女的则拿着脸盆、桶，跟着拿回些盐、酱油、粗制的咸菜——车上有什么就拿什么，今天的话，算支了劳务费。

知青一共八个，四男四女，成对儿的，集中住在大队林场。这所谓的林场，不过是半坡上的一排"明五暗十"的房，白墙黑瓦，以当中堂屋平均划开，男左女右。除了知青，还有三个农民：场长、护林员和炊事员。只有场长在堂屋隔了一块做宿舍。场长是新增补的大队支委，有改造河山的口气，有洞察一切的眼力，喜爱开会，喜欢讲"最近中央有新精神"，也喜欢看女知青梳头，每逢知青一起打闹时，场长站在一边，明亮的眼睛"我心里有数"地笑着。场长的家离林场不远，只需下坡走一条田畈。他一般是早出晚归，不过也往往收工时宣布"今夜家去"，又于后半夜突然返回，说是怕知青生病或者天要变稻要收，实质是想捉奸。

人往往这样，倘若外来的干预太多，多到干预你怎么吃饭如何睡觉一天上几次厕所，就有些不耐烦了。所谓物极必反，属于人天性的抗争，是规律。场长越是监视知青的男女关系，知青就索性男女关系起来，不遮掩，和盘托出。这是示威。似乎事先有约，开过会，八个知青在一月之内全“对”上了，而且“对”得很好，怎么看都般配。比如上海的大个子小曹与安徽的小李，前者是篮球主力，后者是田径高手，是志同道合。比如西安的小朱和安徽的小刘，都属部队子弟，是肥水不流外人田。知青心齐，成对儿的更是立场坚定，这样一来，场长就有些慌。他对这种公然藐视权威的行为愤怒而又无奈，因为毛主席没有说知青不许恋爱，而且那时提倡“一帮一，一对红”。中午，男的去食堂买饭，两份，端回自己屋子和对象一块儿吃。饭后，男的刷碗，女的则把男的换下的脏衣摁到自己的脸盆里，女的集中到堂屋搓衣，一边搓一边谈些私房话，不时红一阵脸，不时又一阵笑。搓完，下河沿漂洗，回来就交到男的手里，说：“晾吧！”女的就午睡去了。晚饭后，两个两个地活动，或镇上看电影，或山间散步，或灯下谈心——男拉胡琴女织毛衣，情形古典，有诗意。场长的态度有变，由愤怒而转为忧虑，由看不惯到不得不看。有一天他感叹道：明年恐怕要办托儿所了。

那年我十八岁，与我成对儿的是我的中学同学，比我低一级，姓胡。她也是年方二九，皮肤白皙，大眼，梳两条齐腰的辫子。嗓亮音纯，流行的歌她都能唱，常被邀到公社广播站去“做节目”。但是她平时不爱说话，样子很冷，属于那种不能开玩笑的女孩。那时我致力于美术，每天要做素描的练习，总请知青当模特儿。我最后请的是小胡，她也来，却问：“为什么最后叫我？”我就说有点怕。她听了便笑，便脸红。这种冷而腼腆的女孩往往让我心动。后来有一天我就说：“我俩好吧。”她听了，这回却没红脸，低着头回道：“好好看吧。要不，总想家。”

就好好看了。

两人的一天是从黄昏开始的。黄昏，去岭上玩。岭绵延得极广阔，起伏有致，俯瞰下去，村落、田和小溪都是风景。但最美的风景是炊烟。

黄昏里炊烟有青有紫，近浓远淡，先是笔直升高，其形袅袅，继之扩散，成为云烟雾霭，其势浩荡。两人相依靠着，拉着手，静静地看，一直看到天黑下来，炊烟随风消逝。有一天她说：“要是就在这儿过，不上调，你行不?”我没吱声。接着她又说：“你不行，我行。”我还是没吱声。她随手拾了根松树枝，在地上画了一个房子，画了池塘和树，最后画了炊烟，从房顶的一端升起。她轻声说：“你这人心大，有很多的理想，有很多的事想做。你会走，到城里去，越大越好。我晓得，我们好不长的。”

我说：“你不想走？”

她说：“想。但没有你想得多。我追不上你的脚。你走了，我就一个人在这儿坐着，看炊烟。我坐得住的。”她背过脸去，不再说。

那一天是雨后，天极清澈。炊烟袅袅升腾，弥漫于天空，是我一生中所见的最优美也最动人的炊烟。

第二年，男孩子上大学去了，从此没有回来。

在黄昏时分，梅子岭上只剩下女孩在看炊烟。

1995 年 10 月 27 日　郑州

山西一到

写完《重瞳》，一口气终于泄了。这一年我稀里糊涂地写了不少，人自然也累得够戗。接下来就是考虑2000年的事，想腾出一些精力去搞影视的玩意儿，这活儿不会使我兴奋，却能给我带来可观的经济收入。我历来认为挣钱是男人的责任，就像花钱是女人的义务一样。上帝造人原本就有分工。这几年我大致就是这么折腾，出门挣钱，回家写小说，外带给女儿做饭，觉得挺舒服。于是中秋一过，便有外地几方面的朋友电话找来。都是做电视剧，要本子，我说可以，但眼下不行，我正病着。我没有料到一场感冒会把我撂在床上达半月之久，就以为人过了四十，什么都成了问题，不禁有了几分恓惶。9月底，自觉稍有精神，舌头也识出了烟味，我接到山西一位朋友的电话，问我能不能速来太原一趟，说有投资人请我写本子，急着要把一笔不少的钱掏给我，让我尽快成行。以后的几天里还是催得不行，我便答应下来。

我没有去过太原，不知怎么个去法，就打电话向火车站询问，得到的回答是合肥没有直达太原的车，只能从郑州或北京或济南转。我选择了北京，想顺便看看人民文学出版社打出的《独白与手势》前两部的清样。这部长篇比较特殊，每部由十八万的文字和一百幅图组成。我的意思是把视觉的东西引入叙事，使之成为叙述的一个层面。版式自然由我设计。我是10月10日抵达北京的，住两日，便乘Y267次往太原去了。出发的时间是12日上午8点40，想速去速回。早到闲得无聊，就在车站内乱翻私人书摊。这样，见到了《小说选刊》的第十期，这期的封二上刊登着韩少功的三幅生活照片，其中一幅记录的是1994年夏天“天涯人生笔会”的一景，少功有精彩说明，照抄如下：

文学疑犯：1994 年陈村、孙甘露南来参加笔会，岛民蒋子丹、马原、潘军、张蔓菱以及我与之聚谈，戏言同为商业大潮中鬼鬼祟祟的地下文学疑犯，今日有机会串通作案一回。

照片上我的位置在左六。这张印刷不很清晰的照片让我想起了许多往事，心里泛起了类似病中的苦涩。我立刻就拨少功的宅电，无人接，最后是尖锐的电传哨音。我就有些怅然，想起不久前与广州的田瑛通电话，谈起少功，说他想辞去海南作协主席一职，回湖南老家安心读书写作，据说房子都盖好了。我想这也许是真的，因为这心思两年前少功就对我吐露过。当初少功去海南，人称之为二次插队，有一阵子是过从井里取水喝的日子。如今家大业大，他却不作流连。但他毕竟在那岛上做成了两件事：写了《马桥词典》和办了《天涯》。

车正点驶出北京站。山西的文友之于我很少，除了李锐以及他的亲密战友蒋韵，就是被批评界与我划在一拨的吕新了。遗憾的是我与他们至今没有见面，往往在笔会上失之交臂。1994 年李锐大约是出国了，没有来，而等到 1996 年的《花城》笔会，吕新正处于分房的关键时刻也未能成行。但我们已在期刊上多次碰头，也可以说是神交已久。我一直认为，当代文学“好看”的时刻开始于史铁生、韩少功、李锐、张承志、王安忆那会子，之后就有了马原和莫言，紧接着就出现了余华、苏童，直到目下的韩东、李冯他们。这只是我的直觉判断，没有什么理论支持，但我要说他们的一些作品让我愉快。所以此番去山西，我是要见见这几位朋友的。我在火车上给田瑛挂电话，要了吕新家的号码，接着拨，吕新在。我说我是潘军，正往贵省省会去。吕新高兴地说，你一旦住下就告诉我住址，我从榆次赶过去。后来我问列车乘务员，榆次距离太原多远，那姑娘说二十五公里。我放心地躺下，又在想那幅照片了。等车过石家庄后，我便坐到过道的凳上，等候着看晋地的风景。不久过了娘子关，我的心思很自然地去了阎老锡那儿，似乎想发现一条当年遗下的窄轨。阎锡山是个不简单的男人，蒋介石一生扳倒过不少对头，除了不是毛泽东的对手，唯独没有扳倒的大约就只有这个阎锡山了。来时听说山西很穷，不比安徽好多少，但历史上的“晋商”与“徽商”都是风云一时的，不明白是何道理。山西最穷的是吕梁山区，安徽最苦的是大别山区，而这些地方很久以前又都是革命的摇篮。吕梁山的苦难，我已从李锐的《厚土》和吕新的一些作品中读到，我是否也该写写大别山了？我至今没有写过大别山，但我从来就没有停止过对苦难的咀嚼。今年的《秋声赋》，便是我对苦难最近的答卷，我要表现的是一个庄稼人几十年的忍辱负重。

“人说山西好风光”，朗朗上口的词，甜甜蜜蜜的唱，而一路上竟没有播这歌，我有些意外，但不肯多想。然而山西是美的，我这样想着，也许世上的美大都与穷有关吧？我见到了一个站名，叫赛鱼，好听（后来吕新说还有一个站叫白羊墅）。过了阳泉，山多了，皆不高大，不知是吕梁还是太行的余脉。然而这些不伟岸的山岭却让我驻目。我喜欢它的形态，起伏有致。我喜欢它身上的石头，如同斧削。山间的小道，山脚的溪流，古拙的石桥以及嵌于半坡的窑洞更是令人感动。而沿途不断的白杨树正是叶黄的时节，像水彩画。那黄是真正的黄，黄得透明，黄得灿烂。使我不由联想起皖南清明的绿，称得上是苍翠欲滴。自然总是美的。穷的自然则是美中之美。难怪韩少功要在家乡的一面湖泊边盖上房子，之于我们这种人，那无疑就是最后的山林精舍了。这构思我也早有，我的故乡是位于皖西南的一个小镇，我家的房子坐落在一条活的小河边，是座小楼，且拥有一个院子。有一次我这样对我的父母说：你们死后，我就把你们双双安葬在这院子里，四周种上鲜花，立上雕塑，每个早上我会从楼上下来与你们喝一杯茶。我母亲后来问我：你最后真打算回来？我点点头。沈从文说：一个战士不是战死沙场就是回到故乡。我不是战士，但我会回到故乡。这些年我走南闯北东奔西忙，最大的恐惧就是害怕自己突然会死。1986 年我女儿出生的那个黎明，我已发下了誓言：不到这孩子三十岁，决不让她的父亲死掉。这是一个父亲的誓言，我不能不兑现。

我住下的翌日一早，吕新便从榆次赶过来了。他一探头，给我的感觉是一位邻居来了。和照片上比，眼前的吕新明显见胖，但精神，两眼明净，烟瘾与我一样，这好。香烟这东西害死了不少人，电视上现在都这么说，但它给这个世界带来的好处却也巨大。香烟不利于肺但有益于心。和吕新吞云吐雾地聊着，其间那位投资人出出进进，我想他私下大概会觉得有点冤，因为我的盘缠归他出，而他却无法插身。后来我就明说了，我说：我们的事晚上谈，这个白天你别管我。那人说好，问我计划住几天。我说就两天。我说放心吧，我们的事误不了。这样我就轻松了许多，往下和吕新谈起了许多事，皆乐不可支。吕新提到了几年前我发在《莽原》上的一篇随笔，说名字忘记了，能记得的是文章给予他的沧桑感。然后他就提到了文中的一句话——活到女儿三十岁。于是我的心情便在这一瞬变得有些沉了。我记得有一次余华对我说，这是一句口号，而他是第一个响应的人。去年我和林白一起喝茶，她也表达了类似的意思。这是句口号吗？真该不是。

吕新给李锐家里去了电话，是蒋韵接的，凭声音我就坚信这是一位好大姐，是作家中难得的贤妻良母。我们便赶过去，因为司机道不熟，在城里绕了不少路，似乎以此向我这个外省人证实太原的大。到时差不多11点了。李锐夫妇在家中等候，见面没有过多的寒暄，一杯茶没喝完，李锐说：走，先吃饭。

大约因为我是南方人，抑或我曾在海口折腾过，事先李锐已相中一家潮汕风味的馆子。点菜的时候蒋韵问我可有什么忌口的。我说没有，但就这么一句话，我认为一般的女人说不出来。蒋韵的贤惠与细致表现在方方面面，在后来我们的神聊中，她至少为大家沏了三遍茶并换了茶杯和不同品种的茶叶，水则是现烧的。他们的房子很宽敞，装修与布置都给我好感。在主要的墙上挂着一位朋友的作品，是敦煌壁画的仿作。他们夫妇各有一个书房，各用各的电脑。我羡慕这对相濡以沫相敬如宾的作家夫妇。真的羡慕。

整个下午都是在李锐家度过的。我们极其随意地交谈，都是些极开心的事，只是谈到汪老的去世，大家才显出了凝重。转眼汪先生离开我们三年，我们只能在他留下的那些美文里与这老人交谈。何志云写过一篇怀念汪老的文章，其中一句是：现在汪老走了，我们哪里去找这么好的老头？志云表达了大家一致的感情。后来，我们又谈到了铁生的病。我说铁生的那篇《病中琐记》与我的《秋声赋》发在同期的《花城》上，我读了它，心里很重，我问李锐，铁生能否换肾。李锐沉吟了一声，说铁生的身体状况不易动这么大的手术，眼下最好的办法还是透析。说着，我忽然就想起了另一件事。1992 年 5 月，田瑛、文能来晋地组稿，吕新陪同他们去游五台山。半路上，吕新突发胃穿孔，疼痛难挨。田瑛、文能立刻拦下一辆夜行货车往太原赶，连送两家医院都因无床位不能接收。最后便去了蒋韵父亲所在的医院，一住下就得动手术。但吕新的亲属不在场，于是李锐出面签了字。我是几年前从田瑛那儿知道此事的，现在当事人在场，我就感叹道：真可谓是长兄当父长嫂当母了。就想，如果中国的文人都能这么相处，该是中国文学多大的幸事！而让我沮丧的是这样的事太少了。所以我不得不喊一声：我只爱文学，不爱文学界；只交朋友，不入队伍。我还认为，一个作家的野心应该局限在一张稿纸内，而不要跑到这张纸以外的地方去。一个作家最终是靠文本说话的，除了收获作品，任何东西得到都是多余。这或许就是我的立场吧。文学的路是马拉松，各有各的跑法。有人起步极快，有人冲刺加力，有人不紧不慢，有人晃晃悠悠——譬如我。我是个闲散之人，平生最大的愿望就是尽量想干什么就干什么。我从来不指望靠小说养家，更不会以此讨好卖乖，写作之于我不是什么神圣的事，它原本就该是我日常生活的一个部分。写它只有一个道理，就是喜欢。对于一个男人喜欢一件事十几年甚至有可能一辈子，不容易。

几年前我在一篇短文里说过这样的话：当代文学最大的遗憾是大师的缺席，另一个遗憾是似乎到处都有以大师自居的人。缺乏大师意味着失去权威和公正的裁判，所以这些年来我们实际上是在踢一场没有裁判的足球。踢得如何就只能凭自己的感受了。于是我常常想，倘若有一天自觉踢得精疲力竭，就自亮红牌把自己罚下场。

外面的天色开始暗了，我和吕新起身告辞。这时却发生了一件意外的事：李锐无法打开自家的门锁。换过几把钥匙还是无法打开。最后还是蒋韵给邻居打了电话，并把钥匙从阳台上扔过去，由邻居从门外打开了。李锐说真是怪了，从来没出现过的。我说：这锁想留我呢。这话说过，我就紧紧握住了他们夫妇的手。

街上已是华灯初上，人流车流如泄洪一般。在一个迷蒙的十字路口，我与吕新告别。他要去赶最后的一班车回榆次。吕新说：你要是多待一天，就去我家住吧。

我说下次吧。

我说肯定下次。

1999 年 10 月 21 日　北京天坛之侧

拜谒仲甫先生墓

仲甫先生即陈独秀，安徽怀宁县人氏，我的同乡。怀宁今属安庆市管辖，距市区西南二十公里的地方有山名独秀，那地方便唤作秀山乡。历史上的怀宁县城曾一度是设在安庆府里的。康熙《安庆府志》有记叙："西望如卓笔，北望如覆釜，为县众山之祖，无所依附，故称独秀。"1953 年毛泽东来安庆视察，问当时的地委书记傅大章：是先有独秀山还是先有陈独秀？傅说先有独秀山，后有陈独秀。言下之意是人因山而名。其实陈独秀并非秀山乡人，他的祖籍应该是怀宁渌水乡陈家剖屋，1879 年 10 月 9 日他生于当时的怀宁县城安庆。1914 年 11 月 10 日的《甲寅》上发表文章，便署名为"独秀山民"，之后再是"独秀"。陈独秀对朋友解释说，自己年轻时好出城登独秀山，遂以"独秀"取代了自己的官名"乾生"。

陈先生的墓坐落在安庆的市郊，但是那一次毛泽东没有去陈独秀的墓上看看。先生的墓系与原配夫人高晓岚的合葬之处，他们共同生活了七年，生了延年、乔年兄弟。1918 年，陈独秀北上任教于北京大学，不久便与自己的小姨子高君曼结合，生鹤年与子美一双儿女。陈先生最后的夫人是潘兰珍，这是一个落难女子，却能知难而进，跟随陈独秀出生入死。那时他已客居重庆江津。1942 年 5 月 27 日，陈独秀病死他乡，原配高夫人便安排将其遗体秘密运回，埋在自家的祖坟里。

我这次回来，计划中是有拜谒仲甫先生陵墓的安排的。11 月 25 日，市文联的领导，也是我多年的朋友金海涛陪我前往。同行的还有《安庆日报》的记者叶卫东先生和驾驶员小金。去的路上，我们说到陈先生墓陵的几次修葺，从后来的照片上看，最初的墓冢只是一堆简单的土丘，无碑铭，似野坟。但是这种简陋却帮助它躲过了"文革"一劫——据说当时的红卫兵计划要掘，是四处查询过的，他们当然不会知道这堆杂草从生的坟冢下埋葬着一个历史的巨人与一个光辉的女人。之后，这里又有过两次的整理，墓是修得越来越考究了。修墓的历史不妨看做对陈独秀评价的历史。我们现在看到的是一座规模较为宏大的墓陵格局，四周有环绕的汉白玉石阶与护栏，冢也做成了半球形水泥的。我们去的时候，工程尚未完工，几个民工正在浇注着墓冠。这算是盖棺论定吗？我这么想着。如果是，那委实不是时候，非但不是，而且我以为对陈独秀的研究不过是刚刚开始。撇开他作为政治风云人物不谈，撇开他作为中国共产党的缔造者之一、曾任第一届中央委员会总书记并连任至五届不谈，仅就作为一代文化宗师，我们对仲甫先生的认识与了解也做得很是不够。毛泽东虽说，陈独秀是五四新文化运动的总司令，但是在他执政的日子里，陈独秀还是被当做第一次右倾投降主义代表来看待的。

在距离陵墓五百米的地方，是陈独秀纪念馆。这所谓的“馆”实在是简陋不堪，也就是一座十分平常的院落而已。但在这个环境里，我还是看见了几件令人欣喜的东西，这便是先生的几封书札手迹。猛一看，以为是王羲之的。仲甫先生的书法无疑是师承王羲之的，得其神韵，这颇有点出乎我的意外。我以为字如其人，依照陈先生五四时期那种呼风唤雨、叱咤风云的气概，他的书法应该与怀素或者张旭接近。但是他爱的是王羲之，把力量藏在骨子里。我喜欢陈先生的书法，如同爱他的文章。八十年前先生写下的《敬告青年》至今读来还是那么有力亲切。

负责看护纪念馆的是一位姓蒋的青年。他大约二十五岁，生相清秀而腼腆，他说曾在中央电视台《读书时间》节目里看见过我，在《小说月报》上也读到过我的几篇小说，知道我是怀宁人。同行的叶卫东先生告诉我，小蒋自十八岁始就在这里工作了，实际上这里的工作也就是他一个人在忙。至少夜间是他一个人在这荒郊野外，陪伴着一代文化大师的亡灵。为此，他的女友与他分手了。听了这些，我异常地感动，却只能紧紧握住他的手说：谢谢你！谢谢你！

当日下午，我应安庆师范学院之邀，去为中文系的学生作一场题为《我的创作与地域文化》的讲座，我站在讲台上对同学们说了上午去拜谒陈独秀先生陵墓的感想。我记得我是这样说的：“与仲甫先生比较，我们这些人实在是小杂碎而已。我有幸成为一个怀宁人，只为这块土地上出现过陈独秀。”

这年的年底，我把在陈独秀先生陵墓前的留影收入到自己新出的一本书里，照片的下端有这样的题记——

很少有人知道皖西南小县怀宁，但全世界都记住了陈独秀。2000 年深秋，潘军回故里探亲，拜谒独秀先生墓。这是一个阳光明媚的早晨，墓园悄然无声，但先生至今活着。

2001 年 7 月 9 日　合肥

徽州再记

刚刚获得奥斯卡最佳外语片奖的《卧虎藏龙》的第一个摇镜头，便是在这里拍摄的。这是宏村，位于安徽的黟县境内，因为这里有像西递、宏村、南坪这样的古村落，所以在上个世纪80年代之后，这里便成了所谓的影视基地。实际上也只是外景地而已。像以往的《贞女》和《菊豆》都是在这里完成的。

我虽为皖人，但去山清水秀的皖南，机会也还是不多的。大约去过三次吧。1985年春天，我因公去过休宁和歙县，那一次时间太紧，所以只能匆匆上了一趟齐云山，未能赶到近在咫尺的黟县看看。去年10月，我在南京参加“中国书市”期间，突然接到九汉天成集团总裁宋军先生的电话，说他们下属的文化公司将着手筹备《风》的拍摄。《风》是我的第二部长篇，在所谓先锋文学中，至今谈论它的人似乎还不少。但是把它改编成一部电视剧，其难度还是不小的。宋军在电话里对我说，希望我能担任这部片子的编导，他说：“作品是你自己的，你应该清楚在哪里拍摄最合适。”于是我说：“那应该在皖南。”《风》写于1991年，最初是由南京的《钟山》杂志连载的。去年我把它收进了花城出版社的《潘军实验作品集》中。写完这部小说我也随风而逝了，去了南方之南的海口，由此开始了漫长的自我放逐的生涯。当初写作《风》的时候，我眼前浮动的便是皖南的山山水水。其中的“青云山”无疑就是按着“齐云山”的蓝本拓下的。想起来这已经是十年前的事了，那时我的身影比现在实在轻捷得多。

比我年轻五岁的宋军却有将帅之才，他做人的坦诚与做事的干练，是我所钦佩的。几天后，宋军便带着一辆高级的丰田吉普由上海来到南京，我们与公司的两位副总刘昕、汪海潮一起，前往皖南。第一站便赶到了如今是黄山市政府所在地的屯溪。当天是个阴雨天，我们下榻在黄山大酒店。海潮是我在安徽大学时的同窗，曾在黄山市工作过，因此我们一行受到了很好的接待。听我父亲说，抗战时期屯溪也是大后方，号称“小上海”，有几所大学都迁移到了这里，报纸也有好几家，云集了不少知识分子。不过这痕迹现在似乎看不见了。屯溪的那条老街，修饰得有些过分，我们没有逗留。

次日一早，我们就去了黟县的宏村。如今像宏村这样的古村落是旅游的好景点，我们去的时候，已经有不少游人了。还有一些很年轻的美术院校的学生在这里进行写生练习。村民们大概做梦也不会想到，祖上遗下的旧房产，今天会给他们带来不小的财运。他们一边编织着传统的篾器，一边回答你的提问。一般都是说自己的祖上做过什么官，挣了多少钱，才置办出这等的家业。

实际上徽州的民居建筑并不能称作一派，像这种粉墙、黛瓦、马头墙的建筑，除了江西的婺源——明清时代的区划，徽州为“一府六县”，是包括婺源的——还有浙江的绍兴、乌镇以及上海边上的周庄，都是可以看见的。只是这些建筑在徽州相对集中一些，又加上这些村落点缀在明山秀水之间，因此构成了天然的画卷。徽州在地理上是一个独立的单元。南宋淳熙《新安志》云徽州是“山垠壤隔，民不染他俗”。概念中的徽州便是指黄山、白岳（齐云山）之间的这块水土。也有人把徽州看做楚文化与吴越文化的交汇点。其实，如果仔细观察，这些建筑风格还带有长安文化与中原文化的某些特点，这是因为古时连年的战乱造成大迁徙的结果。战争有时候也是文化交流与融合的一特殊渠道，倘若没有公元前4世纪开始的罗马帝国的扩张，那么也就很难形成以后罗马化的地中海文明了。

历史上徽州的商人是很有些名气的。这个事实，可以追溯到东晋，那时的徽州商人便在商场上有所作为了。及明清，已登峰造极。这些商人一般是在成家之后便出门做买卖，等到他们发了财，才衣锦还乡，置办房产。有的不能发达的，便走上了一条不归路。可怜的是他们那些留守在家侍奉公婆的媳妇，往往一等就是一辈子。有一首《黟山竹枝词》这样写道：“少小离家动别愁，杭州约伴又苏州。妾心难逐郎心去，折柳年年到白头。”近看王振忠撰写的《徽州》，知道一位叫程凤娥的香闺淑媛，曾写过很多寄托相思之苦的诗词，这里录下几阕——

> 竟日湘帘慵卷，窗外已来新燕。双袖倚雕栏，日暖风和人倦。人倦，人倦，独上画楼消遣。（《如梦令·春闺》）
>
> 一点愁心指上弹，梅花羞带病中看，相怜早被湖山隔，空对孤灯带影残。情没绪，思无端，更深犹自倚朱栏，长空独有天边雁，为我勾留伴晓寒。（《鹧鸪天·有怀》）
>
> 思漫漫，恨漫漫，无限离愁指上弹，翠被怯春寒。对栏杆、倚栏杆，一纸家书仔细看，函露语平安。（《长相思·信至》）

这些词，无疑受到了李易安的影响，但刻画的却是女人真实的情怀。像“一纸家书仔细看”这样的句子，读来让人揪心。所以在徽州，今天四处可见一些牌坊，除了像歙县“许国天下坊”那种功德牌坊外，还有不少贞节牌坊，她们好似一道凄风苦雨中的风景树立在天地之间，那是对历史无言的诉说。

徽州无疑是美的，她的美在于古朴与自然，在于人与自然的相融，也在于那些凄楚的故事与传说。我于是便从这秀美中看出了一些伤感来。所以后来我们到了南坪，看见他们把张艺谋拍摄《菊豆》时做的一些道具也陈列在古旧的宗祠里展示，便感到很可笑了。那不过是一堆五合板拼凑的、刷上颜色的摆设，搁在那儿似乎是对历史与文化的一种嘲弄。更糟的是大名鼎鼎的西递村，进去之后，你所看到的仿佛一个在旧背景下的跳蚤市场，那里的家家户户都在做一样的生意，兜售仿制的古董，街道被摊点堵塞，让人败了胃口。他们或许不知道，对历史的态度最可悲的便是人为的仿造。历史留给政治家的是经验与教训，而给予我们这些老百姓的唯有怀念。

《徽州》一书开篇便记载了一个感人的故事，1960 年的某日，一个耄耋之年的老人躺在台湾的病榻上，用家乡徽州绩溪的方言背诵杜甫的诗句：“庾信生平最萧瑟，暮年诗赋动江关。”

这个老人就是一代文化大师胡适。

2001 年 7 月 11 日　合肥

苏州三日

去年秋天，我在南京参加“中国书市”期间，曾抽空去苏州大学与中文系的学生们有过一次座谈。但是因为时间太紧，所以除了在一个上午，与林舟、荆歌到附近的网师园喝茶之外，就不能去其他地方看看了。苏州大学，民国之前一直称作东吴大学，老校园位于十梓街的东末，至今还保留着很好的旧建筑。那门楼上的题字与两侧的楹联“法天下完人，通古今之变”，是翁同龢的手笔，称得上笔锋遒劲。那条不可多得的京杭大运河，就从学校中间通过，从而将学校划分成了新老两个区。我去的时候，正赶上了满园的桂花香，这是迟桂花，香气可谓沁人心脾。

第二天我就意犹未尽地去了徽州。当时我就在考虑，下一次，一定得留有充足的时间再来苏州，再住进这个“莘园”。因为我觉得，苏州这种地方很适合我这种闲云野鹤之人。

于是时间果然就有了。这一次，8 月 21 日，我与朋友约好，乘火车由合肥直抵苏州。还是住进了“莘园”，还是林舟与曾飞鸣去接我，翌日的晚上，我便去了飞鸣的家。他是一个酷爱金石的青年，把自己的书房命名为“吟红斋”。上一次，我也在此留下了一点东西，飞鸣如今已将它们装裱好。我来，似乎是来看望自己的孩子，心情还是有点激动。这天晚上我又起了画兴，一气作了几幅，飞鸣便为我临时治了几方闲章，此情此景，真可谓一唱一和，好不快哉。

在与苏州的朋友聚谈之余，我最大的兴趣还是在几处老街上逗留。看沿河的那些老房子和飞跨河面的小石桥，心情分外地宁静。唐代诗人杜荀鹤有一首五绝这样写道：“君到姑苏见，人家尽枕河。古宫闲地少，水巷小桥多。”白居易来苏州当过十七个月的刺史，也有一些关于苏州的诗文。其中有过这样的诗句：“阖闾城碧铺秋草，乌鹊桥红带夕阳。处处楼前飘管吹，家家门外泊舟航。”如今“舟航”是难觅了，只是河流依旧。

第二天，我和我的朋友结伴而行去盘门。瑞光塔几经修葺，看上去还是很气派的。但是，旧时的痕迹却意外地淡了很多。倒是盘门还是保存很好，这是一个名副其实的瓮城，管辖水陆，是伍子胥为吴王阖闾所建。阖闾的墓，据说在虎丘。于是便自然想起那段鱼肠剑的传说来。虎丘可以作为苏州的标志，这应该是没有什么争议的。所谓“先见虎丘塔，晚见苏州城”。虎丘的海拔仅为三十四米，方圆也不足三百亩，实为一小丘。虎丘虽然没有王禹偁所言“万壑有声含晚籁，数峰无言立斜阳”那种气派，但也还是令这位宋代的诗人流连忘返——“尽把好峰藏寺里，不教幽境落人间。”从来都是“深山藏古寺”，而虎丘却是“山向寺中藏”。这便是虎丘的特色，它所营造的神秘与宁静，是别处不好替代的。走进虎丘，你会不知不觉地认为你是在悄然踏入历史的尘埃。这里有太多的典故与传说，也有太多的情踪与芳影。参天树木下你会感到，虎丘是读书讲经的好地方，是对弈论剑的好地方，自然也是谈情说爱的好地方。只可惜如今一辟为旅游景点，游者便形色各异，你尚未沉浸其中，便有大声的咳嗽在你身后响起，或者一个易拉罐滚过你的脚边。

看过“试剑石”和“千人石”，走过“白莲池”和“剑池”，在“真娘墓”前驻足，于“二仙亭”中歇息，最后注目的便是虎丘塔。虎丘塔原名云岩禅寺塔。据建筑学家刘敦祯考察，该塔始建于五代后周显德六年（959），至北宋建隆二年（961）竣工。算起来距今已有千余年。原先的塔是砖建楼阁式，结果千余年间经历了七次大火，烧没了踪迹。这个事实，可以从明代画家沈周的《虎丘十二景》和钱穀的《虎丘前山图》中得到证实。那时的虎丘塔不是今天的样子，倒与瑞光塔比较接近。历史上虎丘塔经过多次的修缮，其中以明崇祯十一年（1638）的工程最大，成为今天形式的基础。

这座著名的塔，我很小的时候就在电影、画报、邮票以及旅行袋上见到过。现在突然到了它的跟前，感觉上是既亲切又陌生。亲切，是因为我与它近了；陌生，是因为它与我近了。

历史上的苏州是出过许多英雄豪杰文人雅士的。而今，旧时的刀光剑影与风流韵事都烟飞灰灭了。我眼中的苏州是宁静的，还散发着几分旧体诗词的气息。苏州总能让人流连，让人期待着“下一次”。但是，我以为苏州还不是一个幽会的地方，倒是一个会友的好场所。上次来，我见到了诗人小海、小说家朱文颖和批评家季进博士。这次又见到了车前子和叶弥。最后一天晚上，我们去了一个朋友开的茶馆喝茶。那家茶馆的前面是书店，从陈列的书籍看，很对我们这样人的胃口。

回到合肥，我没落已久的心情开始转变，便乘兴作了几幅关于苏州的风景小品。如今装裱起来，悬于座右，孤芳自赏。惬意地看着这笔下的苏州，心里遂自然生出了一个理想：下一次如来苏州，我一定要带着我的女人，不住宾馆酒店，而是去老街上租一处民房。我们白天可以去菜市买菜，晚上可以下河沿洗衣。我不要“长安一片月，万户捣衣声”这样的盛景，我只要苏州的一点故事和记忆。

2001 年 7 月 16 日　合肥寓所

山水美人

关于杭州的西湖，大量诗词歌赋中，脍炙人口的恐怕还是苏轼的那首七绝：“水光潋滟晴方好，山色空蒙雨亦奇。欲把西湖比西子，淡妆浓抹总相宜。”用林语堂的话说，这首诗是“公认为表现西湖最好的诗”。但我眼中西湖的美，似乎永远是一种凄美。这个感觉除了有《白娘子永镇雷峰塔》这样的伤感传说影响之外，还在于这片山水给我的初次印象就是如此。那一次，是在1993年的秋天，我由海口飞至杭州，从飞机上走下来，杭州的天气便陡然间阴沉了，不久下起了霏霏细雨。当晚，我和同行的朋友有意雇了一辆人力三轮车，让车夫沿着西湖边走了很长一段。我对身边的朋友说：你看，这应该就是我理想中的杭州与西湖了。

以后我每次去杭州，都会到这西湖的边上走走的。也许是因为对西湖的喜欢，去年我在《独白与手势》最后一部《红》里，着重写到了这个城市，并且在她的暧昧背景下杜撰了一个伤感的、似乎带有几分潮湿的爱情故事。小说发表后，有些朋友便问我，这个故事是否带有个人经验的色彩？我说，故事自然是虚构的。不过我又觉得，在如此的西湖边上，真该发生点什么来。我生在长江边，后来又到南海之滨的海口过了两年，再后来，在黄河边上的郑州又住了一段日子。这样，我的漂泊履历里，江、河、湖、海就差一个“湖”了。也许在以后的日子里，我会选择一个美丽的湖畔把自己安顿下来。倘若是，那就非西湖莫属了。

如今的城市与城市之间，越发像孪生兄弟，到处都是高楼大厦，到处都是玻璃幕墙，到处都是小汽车，连方言的界限都显得模糊了。好在杭州还有这一面西湖可以为她作证。正如郁达夫所言，“杭州的出名，一半是为了西湖”。最近一次去杭州，是在去年的9月1日。我和父母送小妹由浦东机场去洛杉矶，为了让母亲心情放松一点，当天的晚上便搭乘旅游列车赶到了杭州。朋友章勇去车站接我们，然后把我们安置在靠近西湖的市政府宾馆。这样，我每天都可以去西湖边上散步了。但那几日杭州正值高温，出门一见灼人炫目的白太阳，游湖的兴致也即刻败了。

西湖边上的茶楼，也是我所喜欢的。但所谓“龙井茶叶虎跑水”并非我的钟爱，我喜欢的还是乌龙。喝乌龙茶几乎是我每次去杭州的“自选项目”之一。西湖边上的那些茶楼很有情调，我以为就着香茗与朋友聊天，是人生一件快事。1998 年，我去杭州领一份《东海》杂志的文学奖，同去的还有兆言、苏童、洪峰这些老朋友。那一次，我们大部分的时间都用于喝茶了。不过那次的地点是在钱塘江彼岸的之江大酒店，离西湖远了。前些日子我在网上邂逅了一位杭州朋友，说起她的城市，我便大谈了一番上茶楼喝乌龙茶的感受，那朋友便给我发来这样一句：你是懂得杭州的。你下次来，我请你喝最好的乌龙。我在北京的时候，曾经在牡丹园边上的“花园酒店”住过一些日子，那里的菜是杭州风味，什么三鲜芦笋、炝腰花、西湖醋鱼，做得都不错。但杭州的吃，我以为最好的还是“东坡肉”，因此到了杭州无论是谁做东，我都会点上这道菜。我的饮食，自觉是很农民的，但是也有着农民式的欢乐。

我这回到杭州，除了陪父母游玩，就是会会杭州的文学界的朋友。以后的几日，都是由《浙江作家报》的夏季风安排的。小夏是个热诚而机敏的青年，记得当初他去北京向我组稿时，还显得有些拘谨，但几句话一说，大家便成了朋友。除了小夏，我见到了张晓红、洪治纲、邹亮以及新结识的孙昌建、周君和孔亚雷。这其中，治纲与小孔是安徽人，而且小孔的父母都是我的旧友，这出乎我的意料，也让我格外高兴。仔细一想，又忽然觉得自己有些老了。

《江南》杂志社如今搬到了西湖边上的宝石山上。离开的前一日，晓红领我去见了二位主编张晓明与谢鲁渤。大家都是朋友，相见自然亲切。这委实一处办刊的好场所，闲下来，可以去外面走走，便可看见西湖上的断桥、苏堤与远处的保俶塔了。

回到合肥，在一个雨后的下午，我忽然有了作画的欲望。一边磨墨，一边想着宋神宗熙宁年间在杭州做通判的苏东坡来。想到了他那首七绝和苏堤。眼前幻化出这位性情放浪、才华横溢的诗人，与歌妓做伴泛舟西湖、对酒当歌的动人情景。那个时候，苏轼先生已经从“王安石变法”与丧妻阴影里走出来了，他已经续弦，但他还是把西湖看成了西子，他虽然为官，但眼中的并非江山美人，而是山水美人。仅此一点，他就和那些职业政治家们区别开来了。正如林语堂所言，“苏东坡与西湖是密不可分的”。他说：“西湖的诗情画意，非苏东坡的诗思不足以极其妙；苏东坡的诗思，非遇西湖的诗情画意不足尽其才。”在这样的遐想之中，我完成了这幅《西湖》。其实我至今没有见到过西湖的残荷，这笔下的，还是我心中的西湖，就像我印象里的杭州应该永远有一点点雨在头顶上那么轻慢地飘着。这样的时候，很自然地会想起“留得枯荷听雨声”这样的绝唱佳句了。

2001 年 7 月 19 日　合肥寓所

香山龙门

1992 年春天我去海口时，最初的几日，由韩少功安排临时住在五公祠边上的海南作协客房。我在海口前后住了两年，经历了一场“泡沫经济”的兴衰全程。到了 1994 年的下半年，海口眼看着没什么戏了，便去了中原的郑州。本想在中原有所作为，但是我没有料到，这之后的两年时间却成了自己这辈子最为艰辛的岁月。似乎有一种先兆，我一到郑州就感冒了，并且以后经常爱患感冒，几乎一半的时间都在发着低烧。这里的风沙、水和羊肉烩面，都是我不能习惯的。南海怎么说还能给我一片蔚蓝色的梦幻，而黄河所赋予我的，除了艰难还是艰难。这样，在 1996 年的夏天，也是我决定离开中原的最后日子，我带着前来度暑假的女儿，去洛阳作一次仓促的旅游。我似乎是以这种方式来告别我的过去。

去洛阳，主要想看的是白香山墓和龙门石窟。这两个景点是连在一起的，位于伊水的两岸。伊水南北而贯，一桥连接东西。西岸是气势恢弘的龙门石窟，东岸则是清丽肃然的白香山墓。置身于这样的环境，压抑的心情便一下子开朗了。中国的石窟寺渊源于印度，据考，公元 3 世纪就已经传入，所以其早期的雕刻技法明显带有南亚次大陆犍陀罗艺术风格的痕迹。而至南北朝后，本土的精神才逐渐占了上风，化为中国式的佛教艺术，于盛唐之际登峰造极。龙门石窟现有的石窟雕像有一千多尊，但最为著名的，还是位于奉先寺内的大卢舍那像。奉先寺早已是一堆废墟了，音容笑貌犹存的是卢舍那。她是否经过修复，我不得而知。相传这位仪态从容、神情超凡的女佛形象是照着武则天的模子写生雕刻的，可我不相信，我觉得这美丽的形象应该源于一个乡村少女，这只有那个不知名的石匠心里明白。我羡慕他，他以这种伟大的方式留住了自己心中最好的女人。

我也羡慕安息对面香山的白乐天，中国历史上像他这样走运的文人很罕见。白老西儿生前就选在人间天堂的苏杭为官，且官至刺史，晚年又相中了这依山傍水的精舍隐居，活到七十五岁便长眠于香山之下，与一水之隔的卢舍那心有灵犀地相对而望。但是历史记载的这点实惠，后人未必是欣赏的，即使是今天，我想也没有人会对一个刺史敬礼，但所有的人都会对诗人白居易鞠躬。诗人最后还是活在了他的《长恨歌》和《琵琶行》里。这是诗人的方式，为的还是女人。这也正是我的羡慕所在。

那个黄昏，我徘徊在古代的石匠与诗人之间，风声乍起，伊人不再，眼前的香山伊水也随着我的心绪渐渐暗淡了去。我忽然想起，四年前我去海口，落脚的地方是苏东坡发配待过的五公祠，现在我欲归去，白香山的墓冢又成为最后纪念的背景，这仿佛就是一种难以破译的暗合。几年后的1999年，我把这种难以明了的感受写进了《独白与手势》的第二部《蓝》中。

2001年7月19日　合肥寓所

走马大连

《大连日报》的周立民先生约我为他主持的副刊开专栏，我答应做了。我们通了几次电话后，他便邀请我去大连看看。我说，去辽东半岛是我向往已久的一次旅行。9月23日夜，我由北京上车，翌日一早便抵达了大连市。立民举着写有我姓名的牌子已在门口等候了。他的形象，与我想象中的几乎没有区别，就是一个戴着眼镜、憨厚而不失机敏的书生。他领我住进了老虎滩边上的“渔监宾馆”，它属于渔业监督局。渔监局局长孙颖士先生，平时爱写东西，与立民是好友，我们也可以称得上是一见如故。接着立民又给我介绍了一位朋友王莹女士，她是学俄语的，如今开着自己的公司，专门和俄罗斯、日本做边贸生意。立民说了我在大连的安排，说明天去开发区和金石滩，后天去旅顺，然后再是为大连海事大学作一场讲座。

和传说中一致，大连的确算得上美丽。我喜欢临海的城市，喜欢人少而清洁的城市，而大连正是这样的城市。大连的市区坐落在半坡上，地形常有不小的起伏。可能是这个原因，街上禁止骑自行车。这样也便于交通，走在街上你不会产生那种来自大都市的、令人厌倦的压抑感。如果你是沿着海滨环线散步，那感受一定是轻松而愉快的。你的面前是浩瀚的大海和点缀其间的棒槌岛——它几乎和月亮一样，跟着你走，不会轻易走出你的视野。大连的另一个特色是广场多，市区的广场大约有五六处。其中最著名也最广阔的是星海广场，有人估算过，说它比天安门广场还要大，不过这一点我没有看出来。

第二天离开市区，前往金石滩。那里的海很蓝，让我想起南国的亚龙湾。海水的蓝与金石滩高尔夫球场的绿构成了一个完美的天地，但是要住下便要花大把的银子。我不会玩这种有钱人的游戏，试了几杆，自然不会懂得其中的乐趣，只是觉得手酸。归来后，和《大连日报》的素素、董泉鹏、赵植萍、孙力等几位同人聚会，使这一天有了一个满意的结局。

城市虽美，但毕竟属于现代。对我这样的人，每到一地，感兴趣的还是历史遗留的尘埃。因此我对周立民说，把去旅顺的时间尽可能留得充分。这样，25 日一早，王莹便驱车前来接我，她说计划中安排为一天时间。王莹是一个精明强干的女性，她的口头表达能力也很不俗，有时与你讨论问题，言辞还很激烈。我们开始往旅顺赶。其实大连与旅顺距离也就四十分钟的路程。我印象里“文革”期间，曾把这两个城市合在了一块儿，并称为旅大市，现在旅顺却划作大连的一个区了。王莹说，她在旅顺生活过多年，做导游是完全称职的。但说实话，我对以一天的时间来看旅顺，显得没有信心，所以也无心去作过细的观察，无非就是走马观花吧。登上白玉山，立在白玉塔下，收入眼底的是旅顺口的全貌。从前的硝烟只能从几张旧相片中看见。这里直觉上就是一个战略要塞，但在今天，似乎显得自作多情了。现代战争只是无所谓“兵家必争之地”的。那年老布什刮“沙漠风暴”，起用的指挥官是施瓦兹科夫将军，这个看上去臃肿不堪的近视眼胖子却是导弹硕士出身。用我一位朋友的话说，现代战争只是科学家们在实验室里按按电钮而已。所以后来我去“电岩炮台”，便感到一种极大的讽刺。然而正是这种可笑的观念把旅顺给害了，所以这个城市今天看起来还是那么陈旧，似乎一直在预备着让外来之敌炮轰。

旅顺的景点，可以看的还有一座“旅顺日俄监狱”。在这个监狱里曾经关押过朝鲜的爱国志士安重根，他的单间牢房还在那里，看上去像是重新修建的，感觉并不怎么艰苦，有点书房的味道。隔着窗户玻璃，我看见安重根留下的汉字书法楹联，字倒是很不错，但私下怀疑是仿制品。安重根因行刺日本国枢密院议长伊藤博文而为人所知。那是发生在 1909 年 10 月 26 日上午的故事，我小时候是看过关于这个事件的一部电影的，名字就叫《安重根击毙伊藤博文》。那以后我便记住了安重根这个名字。至于伊藤博文这个名字，是与中日甲午战争联系在一起的。1895 年的 4 月 17 日，正是这个人与清政府的钦差大臣李鸿章签署了丧权辱国的《马关条约》。

我们最后到达的是位于城市西郊的苏军墓园。像这样肃穆整洁的墓园，在国内我是第一次见到。去年我在北京看见过翻译家高莽先生的一本关于俄罗斯墓园艺术的书，那里所描绘的，正是我之向往的。我和王莹口头有约，什么时候结伴去俄罗斯一趟，沿着伏尔加河作一次自助式的旅行。同时我想去拜谒普希金、托尔斯泰这样的文学巨匠的陵墓。

迎面看见的这尊苏军战士的雕塑，据说是按照最先冲进旅顺市的战士阿辽沙的形象写生塑造的，原先坐落在大连，现在移到了旅顺。搬迁工程十分烦琐，每一块汉白玉都是经过编号的。但从效果上看，这尊巨型的青铜雕像安置在这里，倒是非常合适。在他的后面，便是广阔的墓园了。这里安放的，是半个多世纪之前为打败日本法西斯而献出生命的苏联的红军和红海军官兵的遗骨。按照1944年的雅尔塔协定，当时斯大林承诺，苏军在彻底打败法西斯纳粹之后，便出兵中国的东北，与在这块土地上盘踞多年的日本侵略者作战。于是许多俄罗斯儿女便永久地留在了这辽东半岛上。我们一一看过这些不同规格的陵墓，凡是我觉得比较特殊的，我就请王莹为我翻译墓志铭。这些墓志铭都很简洁，但感情深厚。譬如“亲爱的萨沙，我们要离开了，你却留在这里，但我们会永远想念你”。这是战友的怀念。还有父母对孩子的怀念，那悼文是：“我的孩子，你安心地睡吧，有我们的看护，没有人会把你吵醒。”战后苏军并没有全部离开，其中有的留下来，帮助中国进行建设，他们一直生活工作到20世纪50年代中苏关系最阴冷的时期。

墓园是一种文化。它所营造的氛围是静谧而忧郁的，它散发着凄切的诗意，饱含宗教情怀。某种意义上，正如《西方艺术史》（雅克·德比奇等著）中所言：“宗教乃是使社会凝聚在一起的水泥。”很多时候，人活着是为了一种信仰，死后才会成为记忆。在这个墓园里，原先纪念碑的两侧都是雕塑，分别雕塑着红军和红海军的战士形象，他们放倒战旗，脱帽单腿下跪，向牺牲的战友致哀。雕塑的风格是现实主义的，带有古希腊艺术朴素优美的基质，让人联想起米隆的《掷铁饼者》以及后来的米开朗琪罗和罗丹。

我在大连还高兴地见到了两位同行，就是作家邓刚和孙惠芬。邓刚最近在电台开了个“作家热线”，现场直播回答听众许多有趣的问题。这个节目在大连很火暴。孙惠芬的近作是她的长篇处女作《歇马山庄》，外界反映不俗。还有一位女画家韩雪，她曾经为我的文章做过插图。最有意思的，是在大连海事大学的讲座上，我意外地遇见了一个小老乡，她是刚刚入学的新生，来自怀宁县三桥乡，与我的故乡石牌只有二十公里远。我在台上自我介绍，对着台下随口问道："这里面有安庆的学生吗?"话音未落，立刻就有一只手高举起来，大声说："有!"大家便热烈地鼓掌。后来照相的时候，我邀请她过来站在一起。那一刻，我倒是有点想念远在千里之外的亲人了。

2001 年 7 月 19 日　合肥寓所

梅子岭

1975 年我高中毕业，正赶上一次规模宏大的征兵。因为我父亲是没有摘帽的右派，母亲便不让我报名。她说：你和人家不一样。那一次，我的许多同学都穿上了军装。剩下的大多数只有一条路，就是下乡当知青了。那个时候我们已经没有什么可狂热的了，知道去乡下是一桩顶倒霉的事，尽管县里照例面上做得热闹。出发前，县直机关单位还开了一个欢送会，我属于县剧团的，但那次只有我一个人下乡，加上剧团到外地演出去了，所以我这行队只有我一个人排着，很有点形影相吊的意思。

我去的地方叫平山公社，村子叫牌楼，当时唤作卫东生产队，距离县城不算远，只有十五里路，却是一个名副其实的山区。最初，我被安置在队屋的披屋里，那是一个低矮狭长的潮湿空间，堆放着乱七八糟的农具，里面隔出一块给我放床。那个屋子里只有朝北开着一扇两尺见方的窗户，还没有装玻璃，钉着一块化肥袋。下雨的时候，雨打在这“玻璃”上劈啪劈啪像炒豆似的。没有电，只能点煤油灯。每天晚上，我在灯下画画，老鼠便在我的周围乱窜。有一夜居然还蹿到了我的帐子外面，惊得我大学了一声猫叫。隔壁的正屋是队里开会的地方，其实也没有什么会可开，倒是谁家一死人，便陈放在这儿开追悼会，说鼓书。所以，当地人总把这儿唤作“鬼屋”。到了第二年的秋天，大队把散落在各生产队的八个知青都集中到了一起，办起了一个林场。新盖的知青宿舍坐落在梅子岭下的一个半坡上。八个知青恰好是四男四女，于是后来便引起了大队的警觉。他们派来了一个场长，那个人自认为自己的责任就是来监督知青的，言谈举止都含着敌意，很不让人喜欢。因此我烦他的时候，就去梅子岭上看看风景。梅子岭是平山公社与江镇公社的分界，不高，但异常陡峭。一条沙石公路从中间跌下来，来往的汽车往往需要人力推过岭去。特别是那些运货的板车。那时候车主会主动来找林场的知青推车，以馈赠一些酱油、糖、肥皂之类的东西给我们作为条件。

几年前，我写过一篇叫做《拥有炊烟的天空》的散文，说的就是这林场的事。这篇散文的调子是忧伤的，情感也一样忧伤。但是，如果今天拿大学四年和插队三年的生活相比，让我留恋的，还是农村的日子。农村的日子虽然艰苦，但自由。除了偶尔对未来的前途感到有些担忧外，似乎没有其他的压力。白天，男男女女在一起劳动，干着，聊着，并不感到怎么累。晚上大家打牌凑热闹，然后慢慢地开始了恋爱，就自然没有任何的寂寞了。1978 年，我考取大学离开这里，不久，林场余下的知青也都相继离去了。此后，我就再也没有回来过。直到近二十年后的 1997 年，我回故里探亲，一位担任副县长的朋友来看我，问我可想去下面走走，我便接过话头说：那就陪我去一趟梅子岭吧！

那是个雨后的下午，通往梅子岭的路显得很干净，公路两旁摆满了雕刻好的墓碑坯子，这大概是农民们致富的活计。到了村口，我们把桑塔纳车停在一棵老槐树下。进村走了一圈，牌楼村没有太多的变化。奇怪的是，那个下午我没有遇见什么乡亲。后来见到一个年轻的媳妇，怀里抱着吃奶的孩子。我问她，可还记得有一个姓潘的知青？那媳妇说：是潘军吗？他在省里做事呢！但是她就是没有看出，现在与她说话的就是潘军。她记忆里那个姓潘的知青还是以前那个样子吗？那一刻，我的心情变得有些复杂，仔细一想，自己离开这里差不多已有二十年了！那个时候，我面前的这个媳妇恐怕也还在自己母亲的怀抱里吧？那间“鬼屋”还在，不过已经住上了另外的人家。后来，我又去了梅子岭下，去看当年知青们住过的房子。山坡上那排“明五暗十”的土房子，在历经二十年的风雨侵蚀后，显得更加朴实与苍老，它现在已是一座空巢，门上挂着一把巨大的锈锁。我透过灰尘密布的窗户看自己的那间屋子，里面的格局一点儿也没有变，包括我从前在壁上钉的那些钉子。但是，床、桌子、椅子都已经长满了暗绿色的青苔，我不知道这究竟是岁月的记录还是历史的痕迹，但我知道，这是我生命的烙印。

2001 年 8 月 11 日　合肥寓所

滇行日记

2001 年 9 月 13 日，星期三，晴

下午 2 时 40 分，由北京乘海南航空的 585 航班飞往昆明，参加第十二届“中国书市”。去年的安排是在南京。天气很好，飞行过程始终平稳。这趟航班是包机，乘客都来自首都的出版单位。飞行三小时许，降落于昆明乌家坝机场。此乃我第一次到南陲。机场与市区靠得很近，仅为七公里，不久便抵达希桥酒店。这是一家四星级的酒店，但价格经过打折已经十分便宜。前年昆明举办“世博会”，盲目上了许多高档酒店，实在莫名其妙，如今入住率一直低迷，一般在两三成。

此次来滇，是应中国文联出版社之邀参加签名售书之类的促销活动。但我之目的，一是想看看老友王道平、汤许萍夫妇，二是想到一些少数民族地区走走，譬如大理、丽江等。行前已与道平通了电话。他说等书市结束，余下的就由他来安排了。

夜，王道平来接，去其宅，见其妻儿。道平现为国家审计总署驻昆明特派员。其子取名王岳之，颇学究味，方四岁，生相聪颖。我与道平夫妇既为同乡，也为同窗，多年朋友。1992 年我只身去海口，最初便是与他接触，一直对我照顾，此事当记。

9 月 14 日，星期四，晴

上午接受《云南日报》、《春城晚报》、《滇池晨报》、《中国图书商报》等几家媒体联合采访。这类活动，每到一地都会遇见，因此行前准备了一点个人资料，分发给记者，可以免谈许多。下午，四川人民出版社的汪弥、余其敏来，谈得甚好。自去年在“南京书市”经刘昕介绍与汪兄相见，便保持着联系。他对中国的宗教颇有研究，曾主持过《中国道教史》的编辑，近期又在介绍日本池田大作的著作。他也偏爱我的作品，说与村上春树相似。其实我至今也未读过村上的作品。小余系第一次见，她的本科就读于复旦大学哲学系。晚上，与刘昕等九汉公司员工相见。由他们策划操作的那套“中国当代小说名家珍藏版”在书市上反映很好。后，与汪弥、小余去“城市花园酒吧”会刘昕一行，谈及子夜。

昆明的夜晚景致很美，有大都市气派。但道路皆狭窄，不能与之匹配。

9 月 15 日，星期五，晴

上午去云南省新华书店签名售书，效果尚可。其实这类活动，作家并不感兴趣。排队买书签名的，未必就是喜欢我作品的人。还是好奇者居多。但作家毕竟不是明星，作秀一回而已。在这个书店还可以见到我去年出的几本书，如《独白与手势》之《白》、《蓝》，《潘军实验作品集》等。中午接受云南广播电台采访。

下午，接受云南电视台专题采访。后去书市作匆匆浏览，见长江文艺出版社老板周百义、陈辉平等。晚上，云南文学界的海男请客，见李巍、于坚、谢有顺、秦巴子、李森、虹影、侯健飞等，遇何锐、黄祖康，后与刘昕去酒吧谈两小时许。

9 月 16 日，星期六，晴

书市的任务已经完成。计划近日去大理、丽江一带。下午，李东亮来，其为“中国小说五十强”之操作者，同行有张明。后去歌舞厅玩一小时许即归。昆明歌舞厅的小姐已改名为“促销员”，颇有趣。

9 月 17 日，星期日，晴

下午，道平派下属康力来接，去“世博园”。晚上，解放军文艺出版社社长黄国荣、编辑侯健飞请客，遇祝勇、陈川等人。席间谈及选题计划，遂建议编一套“第一人称”小说。后去“创库”茶社聊至 10 时。回酒店打点行装，明日下去。

9 月 18 日，星期一，晴

一早，与康力直接奔赴丽江。车行三时至大理吃午饭，饭馆即在洱海边上，在此与家人通电话，感觉极好。再行三小时许，抵丽江时已近黄昏，依然去大研古城徜徉片刻，感觉中这个玉龙山下的纳西族的古城非常之好。古城建筑风格最初受益于“徽派”，因此还能看出与皖南那边的古民居有相似之处。丽江工行的吴灿华副行长、秘书和秀芬接待，晚上即到古城听“大研古乐”。该乐团为丽江居民组成，以耄耋老人居多，气氛盎然。主要组织者名宣科，自誉为“玉龙骄子”，年愈古稀，然性情似少年，公然自吹自擂，倒也可爱。舞台两侧的楹联云：“曲奏阳春，弘扬国粹，玉龙骄子宣科呕心沥血；词吟白雪，大启人文，唐宋雅音古乐漂洋过海。”其实这所谓“纳西古乐”大致包含着两个部分。其一是作为《安魂曲》的“白沙细乐”，据说已濒于灭迹。现在的演出，依照的是 1962 年中国艺术研究院音乐研究所和丽江地区的音乐工作者所发掘整理的总谱。其二，是丽江的“洞经音乐”，自明清以来由中原传入丽江，便被奇迹般地保留下来。而实际上，中国的“洞经音乐”在唐时就已经达到很高的水准。像“经腔”《八卦》，据专家们研究论证，应该始于唐开元二十九年，即公元 741 年的 2 月。唐玄宗李隆基当时颁布了两部道乐，一为《霓裳羽衣舞曲》，一为《紫薇八卦舞曲》。前者早已失传，后者的音乐部分便是现在丽江的这个《八卦》。按照宣科先生的意思，一千二百多年前的音乐至今还“活”在了丽江。不过，我印象里这样的唐乐，其他一些地方，如川陕那一带也是有的。丽江有趣的并非整理者的高明，而是演奏者的别致——世界上没有这样的一支由老人组成的乐队。不过，丽江之行，由这样的一夜开始，应该是满意而归。

9 月 19 日，星期二，晴

上午，由和秀芬做导游细看古城。参观“木府”——世代纳西族土司之豪宅，为近年投资所建，有“丽江紫禁城”之称谓。其实，据我观察，这是后人附会而成的景观。它的唯一依据是《徐霞客游记》中的那句话——“宫室之丽，拟于王者。”徐霞客到过丽江，并且和木氏土司私交甚好，旅行家那次回去，便是土司遣人用轿子抬送的。

后去丽江博物馆参观，与馆长李锡相见，其为和秀芬的表哥，为纳西族文化专家，通东巴文，面相忠厚。他读过我的小说。再去纳西族歌手和文光家吃午饭，围一火塘，席前由其母唱歌、做仪式，很有情调。饭后，写字作答。

去玉龙雪山。乘缆车索道上，地势陡峭，令人悚然。到达海拔四千六百米处，高山反应不是很明显，随身携带的氧气似乎多余。在玉龙雪山之巅可见世纪冰川，但雪迹已难觅。遇一澳洲家庭，女主人中文名梁虹，北京人，已在澳洲生活十多年。她的混血女儿才三岁多，极可爱。

从玉龙山下来，又去白水河，适值夕阳穿透云层，折射出道道光芒，映照苍山如黛。白水河边，有藏民和牦牛，用于游人照相留念。此地风光甚佳，可谓人间仙境也。黄昏，去玉水寨，与吴行长共进晚餐，最有情趣的是，自钓三文鱼一尾，然后食之。

9 月 20 日，星期三，阴雨

上午 10 时，由丽江赴大理。一路天气多变，云雾弥漫，山道最不济时能见度为十米左右，风雨不时袭来。行三小时许，抵大理蝴蝶泉边。大理工行的副行长高建鹏等人来迎接。午饭后，即去洱海泛舟，上“南诏风情岛”观光。该岛投资约两亿元，但收入甚微，原因可能在于投资者混淆了“旅游”与“度假”的概念——中国人尚无力度假，于岛上建高级酒店便是自作多情了。

后去蝴蝶泉——这个景点实际上来源于一个文学的虚构，上世纪 60 年代有电影《五朵金花》风靡，于是便有这蝴蝶泉一说。行前我就琢磨，这“蝴蝶泉”莫非是郭沫若在 1965 年左右亲笔所题？一见，果然。至于那些关于“蝴蝶泉”的传说，疑为后人敷衍。泉边有许多年轻的白族姑娘，是来这里上班的，朝至夕去。她们五人一组，模拟“五朵金花”之造型来与游客合影，一次五元，每人得一元。

值得一看的还是大理三塔。这是大理乃至云南的标志。该塔始建于唐贞观年间，最后的修葺是在清乾隆时期。三塔并立，在我国尚属罕见。

大理的老街，多为今修，故看上去有极大隔膜。倒是那座古城门颇有气势，黄昏中与远处的苍山相衔接，实在壮观。

9月21日，星期四，晴

中午回昆明。下午，会陈家桥。此前田瑛已来电话介绍。家桥是安徽六安人，小说写得尚好，夜由家桥做东，喝了不少红酒。

9月22日，星期五，多云

早晨即起，由道平陪同去石林，距昆明约九十公里。石林乃天然奇观，感觉很好。今日游人不多，颇悠闲。“石林”二字，为从前“云南王”龙云所书，显然是师承了汉隶的风格。石林风光独特，但除了像撒尼族的“阿诗玛”这样肖拟的景观外，其他的一些命名显得没有分量。石林县政府应该在这里举行一个笔会，邀请一些文艺界人士来重新评估命名，相信这是一个好主意。

9月23日，星期六，多云

上午与道平谈，计划想以美籍奥地利人约瑟夫·洛克上个世纪20年代的丽江考察为线索，做一电影或电视剧。道平颇感兴趣。下午，在道平处写字，以送丽江、大理朋友。5时，奔赴昆明乌家坝机场，道平来送。飞机于6时半起飞，一小时后降落重庆江北机场。8时30分，重新起飞，10点降落于南京，江苏省国税局张备主任派车来接。宿国税局宾馆。

时间已晚，不打算再与江苏的朋友联系了。

9月24日，星期日，晴

上午10点半，由张备派车送回合肥。父母均好。中午回去看萌，孩子在一中情况也不错。由大理带来的民族风格的服装，她穿着十分好。后去先田处，给其外孙女带了一套白族的服装。记得萌在幼儿园时曾经穿过这样的衣服，很好看的。

处理手头一些杂事。云南之行，时虽短暂，然印象深刻。

到海口去

——听海笔记之一

1992年4月5日，清明节，合肥，一个阴晦的天气，凌晨5时即起，准备去骆岗机场。我已经计划去海南了。当时合肥和海口还没有直达的航班，我需要从广州转道。那个时候，我不满六岁的女儿尚在睡梦中。

麦克·道格拉斯82型飞机正点起飞，时间是8点15分。当飞机还在爬高的过程中，便可以看见硕大的巢湖像一面池塘似的嵌在地上。那一刻，我想到了我的父亲。我的祖籍实际上应该在这个巢湖边上。1962年，作为右派的父亲平反无望，被遣送回了老家——巢湖岸边一个叫做雷方武的小村子。父亲在那里劳教了十八年。现在他回来了，而我又要走了。

两小时后，飞机降落在广州白云机场。我在一个在穗服役的亲戚那里住了三日，于8日上午9时搭乘广州开往海口的“玉兰号”。这是一条很破旧的海船，但在当时似乎成了我的“诺亚方舟”。它将载着我去南海上的一个硕大的岛屿，一个真正脱离大陆的地方。我将在那里重新开始我的一切。大海苍茫，一望无际。白天的时候，人在海上是兴奋的，可是如果你是在半夜里起来看海，倾听着黑暗中汹涌的涛声，便强烈地感受到一种刻骨的恐惧。1997年，我重返海口拍摄电视剧《大陆人》时，这条即将停止使用的老船已成了我故事中的一个背景了。4月9日正午时分，“玉兰号”抵达了秀英港。在靠岸的前两个小时，我已经在海上尽情观赏了海口新型的建筑丰姿，那仿佛是我梦中的海市蜃楼，令我激动。那时我还没有意识到这其实是另一种疯狂。对这个岛屿的印象，我的记忆里较深的只有两点：少时看到的电影《红色娘子军》和几年前发生的“倒卖汽车”——关于后一个事实，不久我听见一个土著这样描述：那时的海口，只要有空地就会有汽车；你要是从直升机上往下看，海口就像是个麻将场，走私汽车摆得整整齐齐。我想，现在这副麻将应该是洗开了。

这种感觉当天晚上我就有了。我应邀出席了一个安徽老乡的聚会。他们先我一年或两年来到这个岛上，但做派已与以前有了很大的不同。看着他们大把地花钱以及和服务小姐随意地调笑，我似乎意识到，在这个地方，人的改变是很容易的。

我的第一个栖身地是位于五公祠边的海南作协的客房。是由作家韩少功替我安排的。在广州的时候，我给他去了电话，希望他能暂时给我找一个睡觉的地方。上岛后的当天下午，我便去了海南师院的教工宿舍看望了少功。这是我们第一次见面，却有一见如故之感。他当时可能对我在安徽的境遇略有所知，以为我此番出门只是散散心而已。于是很快用他的摩托车驮我去了五公祠。几年后，我请韩少功为我的一部小说集作序，他开篇就这样写道："那一年潘军为躲避政治压力南来"——书印出来后，政治压力换成了"某种压力"。

五公祠的环境十分幽雅。我住进了作协的客房。听少功说，这间屋子刚刚被北京的章德宁、岳建一夫妇使用过，他们是来海南旅游的。他们也是我多年的老友，失之交臂难免心里有些遗憾。我忽然想起，与《北京文学》这样的朋友刊物失去联系已经很久了。我不由得自问：我还会写作吗？难道我来这个岛上是为了写作？倘若不是，我又企图干什么？体验生活？自费旅游？那个瞬间，我的思绪很乱，对自己的这次离家远行显得茫然。那天晚上，我给合肥家中去了电话，而我只告诉妻子，自己已经到达了海口。而我的女儿却抢过话筒问道：爸爸，你什么时候回来呀？

我回答不了。我有的只是难过与刚刚发生的焦虑。

海口的夜是令人兴奋的。这个地处北纬二十度的岛屿一年里有十个月的日子是穿衬衫。夜来得很迟。与白天的烈日骄阳相比，海口的夜晚很舒服。由海面上刮来的风裹挟着椰子的清香，使你感到惬意。满街的椰子树、霓虹灯、高级轿车以及马来人的面孔，营造出类似异国他乡的情调。10点，是夜生活的开始。那些红男绿女便出没在纸醉金迷的娱乐场所。很多天后我在笔记中这样写道：海口的一天是从夜开始的。

在五公祠过了三天之后，作协的负责人找上门来。此人也是一个作家，尽管曾因抄袭而有过一次狼狈，但我还是对他礼貌有加，称他老师。然而这位老师第一次露面就显示出来者不善，他的谈话也远没有他的小说那么含蓄委婉，而是异常的明快。他希望我尽早离开这间客房，理由是他们很快要调人来，房子不够住。我很害羞地对他说，我只住几天。那人立即就问：几天？你最好说清楚。我说：三天。

面临着被人驱逐，我已没有了犹豫和杂念。当务之急是尽快找到一个安身之所。也许是个巧合，那天晚上我心烦意乱地翻着报纸，竟被一篇叫做《论投资环境的三维空间》的文章所吸引。作者王刚，生于1949年，黑龙江人，中国兴南集团公司总裁，高级经济师。我的直觉告诉我，这是一个值得交谈的人。于是第二天上午，我给王刚的办公室去了电话，接待我的是他的秘书小蔡。我在电话里简介了自己，并请他转告我的意见，希望王刚安排一次会谈。当天下午，小蔡便带车来五公祠接我，半小时后，我在王刚的办公室见到了他。这是一次十分快慰的会谈，我们至少交谈了三小时，话题也很宽泛。从东欧政局的变化到汤因比的《历史研究》，再到杰克·伦敦的《马丁·伊登》，我感到这个黑龙江人是值得信任的。他的谈话很有魅力。当谈话结束之后，我便成了兴南集团的一员——王刚希望我能在这里组建一个文化发展公司。现在想起来，我还是颇有感慨。那时的中国兴南集团公司真可谓人才济济，蒸蒸日上。谁也不会想到不到两年她就开始走下坡路了，以至垮掉。前些日子我和一位曾经在“兴南”的同事通电话，他说起不久前在杭州见到了王刚，说这个人的头发差不多全白了。对于王刚先生，他后来的遭遇实际上是一种悲哀。这种悲哀在于，作为一个学者型的老板，他面对的基本上都是些江湖老客，他那套缜密的思路只能运用在一个无序的商业环境里，犹如纸上谈兵，因此他的失败便在所难免。

我给韩少功去了电话，说要走了。他可能以为我要回到内地，便在晚上来到了我的住处，还带给我一条“红双喜”牌香烟，那意思显然是让我带着路上抽。可我告诉他，我暂时不打算离开海口，而且会一步跨到“海”里——我把去兴南公司的想法对他说了。我说，既然有人愿意为我搭一个台子，那么我就试试身手，看看自己除了写字还会不会干点别的。他抽着烟对我一笑，说：你以后还想写小说吗？我说那是自然，我怎么会不写呢？但我必须首先把自己养活，养到可以轻松地、没有任何负担地进行写作为止。

有一点很明确。我去海南是寻求另一种活法。我不是一个淘金者，而是不折不扣的流亡者。1990 年春天我由安徽省委机关调到省文联，虽然满足了我的愿望，但这次调动实属“发配”性质，而且文联内部也没有一个具体的部门愿意收留我。于是我就像一只无人认领的包裹，临时在办公室“挂”了整整两年。那个时期，我和我妻子因为观念上的差异与性格上的不和，家庭关系随之也出现了阴冷。那时我想，自己真的该出一趟远门了。1992 年春天，传来了邓小平南巡的消息，直觉告诉我，中国的政治形势将会发生一次重要的变化。虽然我不知道这种变化究竟会到什么程度，但相信无论是对国家还是个人，这都是一次机会。机会，意味着命运改变的可能性，我不能再有所迟疑。

兴南公司位于海南岛的人民大道西侧，离白沙门海滨不远。有很多的黄昏和夜晚，我独自散步去那儿。白沙门面对着琼州海峡，天气晴朗的时候可以看见海峡那边的雷州半岛。那是我国陆地南端的边缘，而我脚下的这个岛屿则是南方之南。看见了大陆，我就有了一种还没有彻底被抛弃的感觉。我的心还留在岸上。但同时我又在不断地提醒自己：既然这一步迈出了，我就不能轻易收回来。我负责的“蓝星文化公司”成立了，在那张宽大的写字台上，我曾经压着一个“不许掉头”的交通标志，尽管我内心是焦虑的。这种焦虑几乎贯穿了我在海口的日日夜夜，也贯穿在我一系列关于海口的小说里。这当然是几年后的事了。

我的宿舍靠近新港码头。有时候我也爱去那儿，通常是在夜间，很深的夜间。我喜欢凝视水面上渔船的倒影，喜欢看远处夜航的灯火。那样的时刻我显得格外清醒，海口不过是我一生漂泊的其中一个码头，人总不能在码头上睡上一辈子的。海口肯定不是我这只船最后的停泊地，但我没有想到自己会这么快就离开了这个码头。蓝星公司后来实际上是自给自足地在生存着，到了 1994 年春天，声势浩大的“宏观调控”开始了，海口的“泡沫经济”立刻就现出了原形。我在海口历时两年，亲眼目击了这场经济大潮的兴衰起落。我是一个看客，也是一个过客。这是一段不同寻常的经历。从这一天起，我的命运出现了根本转变，由此开始了漫长的也是曲折的自我放逐生涯……

2001 年 12 月 27 日　合肥寓所

避暑山庄

一个人一生中有很多向往的地方，避暑山庄就是其一。

2003 年 8 月 9 日一早，我登上了 T766 次列车。承德，地处冀北山区，扼关内外之要冲，距北京 180 公里。虽然路途不算遥远，但很不好走，一路大小隧道有十几处。行四小时，才抵达城市。这是一个典型的山区城市，燕山山脉逶迤而来，围起了一块天然的盆地。一条武烈河东西而贯，城市就坐落在这河的两岸了。避暑山庄位于市区的北部。我下榻的兆龙饭店，就在它的西北边。那座著名的棒槌山不经意地就到了我的窗外。

从北京出来的人，到哪里都会觉得城市小。承德原来叫做热河，市区的面积不足三百平方公里。在 1955 年之前，这里还是热河省的省会。承德一名，始于雍正元年。其实康熙曾将满洲的发祥地奉天府的首邑（今沈阳）命名为承德，典出《周官》“六服群辟，罔不承德”。而雍正却在康熙八十诞辰之际，将热河直隶厅改置为承德直隶州。这一改变，民间的传说是，雍正想借此向社会表明自己的继位是奉天承运之真命天子，而非篡位之假皇帝。自此，热河又称承德。

去山庄，是在当日的上午。避暑山庄又称热河行宫，俗称承德离宫。它的来历，民间有一段精彩的传说。那是 1701 年的腊月，康熙前往遵化祭扫顺治孝陵，归途中在木兰牧场围场狩猎。这天康熙射了不少哨鹿，心情很好。但是，就在他即将结束之际，忽见草丛中跳出一只毛茸茸的小白兔。于是康熙弯弓一射，却是不中。再射，还是不中。康熙是“马上皇帝”，自幼习武练箭，有百步穿杨之功，而这一回竟是屡射不中。他觉得蹊跷，也感到窝囊，遂一路追赶那只活蹦乱跳的兔子，最后追过了广仁岭，那白兔居然不见了踪迹。康熙下马寻找，这时，他发现了一眼热气腾腾的温泉。康熙在这温泉里净了手，等他站起身子，回望四周，才觉得这四面环山中的是一块宝地。他蓦然意识到，原来那兔子是上天派来的使者，是专门带他来寻看这块宝地的。他感叹道：真宝地也！于是下达了建造“热河行宫”的旨意。

一座承德城，实际上是围绕着避暑山庄修建而成的，如同一块轻巧的石头落在静谧的湖面，泛起了层层涟漪。避暑山庄坐落在市区的北半部，占地面积五百六十四万平方公里，是我国现存规模最大的皇家园林。自康熙四十二年（1703）始建，至乾隆五十五年（1790）最后完工，历时八十七年。去年的春天，中国被一种叫做 SARS 的瘟疫所困扰，北京则成了疫情的中心。旅游业受损首当其冲，直到现在才把那种恐惧感消除。原以为这样的时候来看避暑山庄是极好的时机，但从丽正门走进去，还是人头攒动。丽正，取自《易经》“日月丽于天”，意为光明正大之门。北京的那座正阳门，在元大都时期，也曾叫丽正。这之后便到了内午门，迎面所见康熙所题“避暑山庄”藏泥贴金的匾额。我历来厌倦这样的旅游，也就站在很远的位置去注视着这著名的皇家园林。那座“淡泊敬诚”殿在我的眼前，比起北京的颐和园和故宫，它的朴素令我吃惊，这里没有雕梁画栋，没有金碧辉煌，甚至没有油漆。所有的木材均为楠木素身。这是 1754 年，乾隆修缮改建的。每逢阴雨时节，楠木的香气便弥漫在殿中。看来，皇帝也向往着淡泊的境界。因此，康熙将此殿命名为“淡泊敬诚”殿。殿的两侧，为清廷六部的办公场所。实际上，避暑山庄并非只是皇家休闲养身之所，它在规划中就有了政治机关的安排。从历史上看，这里曾经的政治事件是惊心动魄的。1860 年第二次鸦片战争时期，咸丰皇帝逃难至此，并批准了丧权辱国的《中英北京条约》、《中法北京条约》和《中俄北京条约》。最著名的，还是西太后叶赫那拉氏在此一手策划了祺祥政变。

我没有在宫殿区逗留，而是径直去了湖区。那湖，总的称谓叫塞湖。大约是暗含了“塞外江南”的意蕴。那湖宛如缩小的杭州西湖，沿湖一带，有着一些庭台楼阁，基本上是江南名胜的仿造。那芝径云堤让人联想到西湖的苏堤，沧浪屿显然模仿着苏州的沧浪亭，文津阁则是宁波天一阁的摹本。皇帝身在塞外，心却向往着江南。他需要圆自己的一个梦，抑或是为了对江南的回忆有一个载体，不愿凭空想象。但是，这些建筑业已失去了历史的痕迹，基本上属于仿造和重建之物，因此我的兴趣就顿时减去了很多。倒是那一湖的荷花让我们心动，不禁想起杨万里著名的诗句“接天莲叶无穷碧，映日荷花别样红”。

已经很久没有见过如此灿烂的荷花了。不久前的一日，我在北京的一处市场意外地买到了几枝荷花，带回寓所。那一刻我忽然觉得，这清水而出的荷才是我对花卉的最爱。现在，我的船已经接近了这片荷花，看着翠绿的荷叶上滚动着的清碧晶莹的水珠，看着亭亭玉立的荷花，正合了皇帝“烟波致爽”的感觉，犹如画里行走。乾隆有诗云：“亭亭写照镜池宽，微露承晖意未阑。应是葩仙具神解，每留颜色待人看。”而康熙的手笔更大，他在题三十六景中“曲水荷香”中这样写道：“荷气参差远益清，兰亭曲水亦虚名。八珍旨酒前贤戒，空设流觞金玉羹。”

在湖上荡漾着近一个小时，正待上岸，忽然飘来了一阵太阳雨。那是真正的太阳雨，淋洒在身上竟有几分凉意，仿佛预示着秋的临近。

不久，暮色袭来，游客也相继散去。那一霎时，山庄陡然安静了下来。有轻微的风声从林中响起，然后似乎在湖面上集合，向空中扩散开了。成为云烟。离开山庄之际，我从灌木丛中采集了两枚叶子作为纪念。那是一对相连的心形叶子，我不知道它是何种植物，但我深知它是最好的纪念。夜很快就来了。山里的气温有了明显的下降，我似乎第一次领略到了秋意。望着窗外月下那座棒槌山的剪影，耳边仿佛响着武烈河的水声，思想的却是过去发生在这块神奇的土地上的传说与故事。那时，皇帝如果从水上来，将在这里走下码头。在水上要行十三天。那码头上的情形一定是十分壮观的。今天的承德人依旧怀念着康熙大帝。在市中心的街区，耸立着康熙骑马得胜归来的雕塑。那种气势让我想起圣彼得堡街头的那座彼得大帝的青铜雕象。据导游介绍，避暑山庄的旅游收入占整个承德市的 80%，在当地流传着这样的话语：吃康、花乾、念崔——原卫生部部长崔月犁，是他帮助承德创出了知名的品牌“露露”。市民们这样的表述让我感觉出“康乾盛世”的余韵，但历史上，是没有一个好皇帝的。

翌日一早，我先去了双塔山。此山位于市区西部郊外 10 公里，远远望去，只见一座山峦之上有两峰兀立，形如双塔。而这两柱山的顶部，也都建有一座墓塔。这里的山势只有海拔 488 米，而实际的高度只有 70

米。名曰为山，实际成岭。拾阶而上，因此走起来很轻松。不到一刻钟，我们便登上了峰顶。那兀立的双塔，我感觉是一种自然风化的造物。那一年唐山地震时，落下了一块砖，经专家鉴定，出自辽代。这峰巅上的建筑，是怎样建造的？我暗自想着，觉得先前这里不该是这个样子的，而是一个完整的山顶。等那两尊建筑落成后的某一日，山体突然发生了崩塌，才形成现在这样的形态。眼前群山起伏，感受到紫气东来，滦水河逶迤东去，久居京城的那种疲惫与困顿，顷刻间都得到了消解。

游罢双塔山，再去普宁寺。到过承德的人都会将避暑山庄和“外八庙”相提并论。在围绕着山庄修建的这些庙宇中，最负盛名的便是这座普宁寺。该寺建于乾隆二十年，即1755年，这一年，清政府平定了准葛尔部达瓦齐的叛乱，十月，乾隆在避暑山庄接见了厄鲁特蒙古四部的上层贵族，龙心大悦的乾隆遂下谕“依西藏三摩耶庙之式”建造普宁寺以示纪念。

我去的时候，那里正在举行藏传佛教的法事，号角齐鸣，锣鼓喧天。主持这场法事的，是几位年轻的喇嘛，盛装打扮，俨然肃穆。普宁寺因为拥有当今世界上最大的木雕佛像而又名大佛寺。这里供奉着千手千眼的观世音菩萨。这尊佛像高22.28米，腰围15米，重110吨。比例匀称，雕刻精美。我仰望着她的面部，她是那样的端庄与安详。这时，我听见身边的一个姑娘轻声说：她不仅是大慈的，也是大悲的，你看，她的眼角还挂着晶莹的泪珠呢！这感觉是准确的。因此这尊大佛在我眼中染上了人间烟火。我凝视着她，然后，我跪下，双手合十，虔诚地顶礼膜拜。

2004年2月22日　北京寓所

山水不是风景

《江南》的谢鲁渤、张晓红二学兄来电话，要我在杂志的封三上贴点东西，说是展示，实际是补白。于是选了这张《鱼鹰曲》。这幅画作于十二年前，那时我三十六岁，是本命之年。画上的情形并非写生，但也不是凭空杜撰。1989 年春天，我的第一部长篇小说《日晕》刚刚发表，就有一家电视台想改编为电视剧，并且邀请我本人担任编剧和导演。这样，我带着摄影师、美工师去了皖南的徽州看外景。明人汤显祖有句“一生奇绝处，无梦到徽州”。而我则是第三次去徽州了，第一站，便到了古城歙县。到过歙县的人，都记得那里有著名的棠樾牌坊群和造型独特的许国石坊，但我最喜欢的是古镇渔梁。所以那几日，一有空我就到镇上转悠。

渔梁镇位于县城的西端，依着一条浅浅的清溪，最终汇入新安江。溪上有一道渔梁坝，异常的古朴，始建于隋。每天黄昏，当地的居民都去石坝上淘米、洗菜、洗衣裳。妇女们挥动着棒槌，一边说着私房话。那年的春天似乎显得有些烦躁，不到 4 月，孩子们就已光着屁股在河里洗澡了。渔夫们都回家喝酒了，溪边，只留着鱼鹰们在守着那一叶舟子。见到这一刻时，我觉得格外地宁静，心想渔歌不唱晚的时候，也是很好。

在徽州忙碌了一阵，国家的形势突然出现了变化，我的电视剧自然就停歇了。但是这一次的徽州之行却沉在了记忆深处，直到几年后的一个半夜将它唤醒。那时候我已经去了南方的海口，开始了自我放逐式的生活。我从大陆跑到了一个岛屿上，有一种被遗弃的感觉，心中郁闷，思念着刚满六岁的女儿。于是掌灯磨墨，作起了这记忆里的山水，然而这笔下的山水已不是风景了。它所寄托的，是我的向往与情怀。一个漂泊者是洒脱的，但同时又是疲惫的；是自由的，也是孤独的。我向往择水而居，向往清静与安宁，更向往像画中的两只鱼鹰那样，与人相识为伴，心心相印，但若即若离。

我母亲姓潘，父亲姓雷，这两个姓氏都包含着水和田。或许是这种无法破译的安排，我此生的漂泊都离不开水。我出生在长江边上，后来去了海边，再后来又去了黄河之滨。江、河、湖、海，独缺一湖，那么这幅《鱼鹰曲》发表在这《江南》之上，也算是表达了我对西湖的爱慕之心了。正如郁达夫所言，杭州的出名，一半是为了西湖。去年到乌镇领取《小说月报》的“百花奖”，又在杭州停留，一日去西湖边看重建后的雷峰塔，不禁被那塔前的自动扶梯和塔内的观光电梯所愕，不知道是进了商场还是住了星级酒店，扭头便走了。

白居易当年调离杭州，似乎大不情愿，于是便写下“未能抛得杭州去，一半勾留是此湖”，这是真情实感。杭州给予我好感的，也是那一面水。

2004 年 10 月 13 日　合肥

往西沙

1991年，我在中篇小说《流动的沙滩》中，面对大海曾经有这样的表述：陆地之于大海也是岛屿。这句话，着意刻画的是人类的孤独。在今天，我们虽处在一个喧嚣浮动、日益繁华的世界，但到处都是孤独的灵魂。

很多年了，没有亲近过大海。

然而机会不期而至。10月的一天，我接到老友田瑛的电话，说他们的《花城》杂志社和农业部南海区渔政渔港监督管理局谈好了，打算联合举办一个“西沙笔会”，邀我参加。“这机会可是比出国还珍贵啊，”老田在电话里这样说，“你就是有钱也未必去得了，那是前线，得报中央军委批准呢。”我却答应得有些迟疑，我说今年是我的本命年啊，我不想坐飞机。但是到了临近报到的日期，我还是动心了，我想看看一些老朋友，想看看海。于是10月25日，我乘火车由北京长途奔袭，翌日的下午抵达了广州。一出站，就见到了田瑛那熟悉的身影。一打听，这次笔会还真来了不少朋友：北村、吕新、阿来、阎连科、李洱、欧阳黔森，以及广州的郭小东、伊始、熊育群、盛可以和魏微。加上《花城》杂志社的田瑛、林宋瑜、朱燕玲、申霞艳，这一行够壮观了。

在广州休整一日，其实也没有闲着。刚躺下，渔政局南沙处的处长何一骏就带着文房四宝前来索字了。于是就写，一气写了好几幅，分送给新朋友。局长吴壮是一位身材修长挺拔的男人，很热情，也很豪爽。他要求我给他写上“爱国爱海”，说：“我要把它挂到办公室里。”翌日，全体人员随“中国渔政”302号船驶出了珠江口，直奔南海宽阔的怀抱。行前，吴壮局长请我们喝壮行酒，他满怀激情地高歌一曲：在那云飞浪卷的西沙岛上……

我们将在三十个小时之后抵达目的地——西沙群岛的主岛永兴岛。

但是天有不测风云，我们刚过万山群岛，就得到了台风的预报。原定航线被迫取消，我们只能顺着陆地外围的近海绕道而行，一路下锚。每到一地，我们都要上岛看看。我感觉，这些岛屿过去几年应该是非常繁华的，现在却显得萧条了。一些酒楼、歌厅和发廊都相继倒闭了。船上的教导员蔡称告诉我，渔民“返贫”的现象很普遍。直到四天后的 11 月 1 日，气象预报说台风已转向北部湾，于是，我们将经过十五个小时的顶浪航行，直逼西沙了。短暂的搁置使大家获得了兴奋，然后起锚不久，我们就经受了此生最大的风浪，我问过船长和大副，那应该是八级浪吧？

装有减摇鳍的 302 船，虽然可以一定程度地摆脱航行的左右摇晃，但面对顶浪航行的前后颠簸也是一筹莫展。船在剧烈地摇晃着，一部分人开始晕船了，呕吐声此起彼伏。舷窗外的天一下被海水淹没，一下又露出一线。海水是黑色的，像墨汁一样，凭此推算，这里的深度应该是在三千米之上。三千米，这是怎样的概念？

我抚着舱壁去了甲板。

天开始转黑，大海茫茫，连一只鸟也看不见。飞溅的浪花不时打在我的面颊，一种伴随着恐惧感的孤独围在了我的身边。是的，那时刻我感到孤独。是孤独，不是寂寞。人的寂寞源自肉体，而孤独发自心灵。这些年来，我总感觉自己在被种种带有恐惧感的孤独追逐着，陌生的注视、突兀的敲门、无端的气象变化，成为白日的噩梦。我已经不习惯独自出门远行了。然而这一回的南海之行，对我实行了一次拯救。久违了，没有见过像 302 号船员这样可信的面孔与坦荡的欢乐。和他们度过的每一天都让我感到不打折扣的幸福。

翌日下午，永兴岛的轮廓呈现在我的视野中。西沙到了。眼前的西沙与我记忆里的西沙不一样，与歌声中的西沙也不一样，它无疑是美丽的，但更多的是一种世纪沧桑。我们登岛了，一位战士小周热情地告诉我，他是我的老乡，也是我的读者，刚读过我的《死刑报告》。这让我感到高兴。大家首先去了石岛，那里的风光是我这辈子见到的最壮阔的景色之一。但我不想流连，我更愿意回到 302 船，和水手们继续顶风破浪，那时候我想到的是：恐惧的对面就是爱。

2005 年 12 月 11 日　北京

旅美纪行

2011 年 12 月 15 日（星期四，晴转阴）

北京时间 22 点，乘中国国际航空公司 CA983 航班，由北京首都国际机场 T3 航站楼出发，前往彼岸的美国洛杉矶，看望女儿潘萌。飞机晚点半小时起飞。由于订的是商务舱，故飞行过程颇感舒适。航线则是由海拉尔出境，经堪察加半岛、白令海峡和国际日期变更线，再经阿留申群岛、加拿大温哥华，之后沿美国西海岸一路飞抵目的地。经过近 12 小时的飞行，于美国西部时间 15 日 17 点 40 分抵达洛杉矶国际机场。飞机降落之际，看到地上汪洋一片灯火，让人惊异。

出关后便见到潘萌。刚刚一场大雨过去，把城市洗刷得十分清新。坐在女儿驾驶的车上，陡然感觉她确实已经长大了。潘萌三年前来此地求学，在查普曼大学电影学院攻读编剧专业硕士学位，现已毕业，在一家电影公司供职，从事国际电影发行，同时为《环球银幕》做特派记者。

潘萌租住的公寓，位于洛杉矶东部的帕萨迪纳（Pasadena），这是一个环境十分优美且安逸的小城。其实，洛杉矶就是这样的结构，地理上整个大洛杉矶地区包含 5 个县郡 131 个小城市，仅洛杉矶县就有 88 个。美国是一个移民国家，洛杉矶更是移民中的移民，这里的人口不足千万，但使用 224 种语言。

我的两个妹妹潘莉和潘微也是这个城市的居民，她们已经定居 10 多年了。由于时间已晚，便电话约好明天见面。

后，去附近的一家“避风塘”饭店用餐，感觉人还是在中国大陆。

2011 年 12 月 16 日（星期五，晴）

洛杉矶这个城市，除了市中心（downtown）那一块有一些高楼大厦外，其他地方大都是低层建筑，这或许与洛杉矶是地震多发地区有关吧。帕萨迪纳有几条商业街，更多的是独立的私人住宅，一般为独栋的平房和二层的小楼，和环绕周围的树木一样，千姿百态。这里的空气十分好，气候类似中国的昆明地区，四季如春，冬季特别舒服。

似乎没有时差问题。一早起来，便到附近散步，街上安静异常，鸟语花香。突出的感觉就是人少，悠闲便油然而生，于是怎么着都像是在度假了。

下午，好友蔡广伟带我去相邻的另一个小城圣马力诺（San Marino）游玩。这里是洛杉矶的富人区，住宅建筑更为雅致。著名的加州理工学院就在附近，还有美国铁路大王亨廷顿的私家庄园，现在已辟为亨廷顿图书馆（The Huntington Library），也时常作为好莱坞的外景地。

晚上，潘莉和潘微两家人共同为我们接风，地点在全统广场的一个上海馆子。其实距离我们上回见面也就三个月，但这次毕竟是我来探亲了。她们把我上次送的书画作品装裱好了，看上去还不错。

2011 年 12 月 17 日（星期六，晴）

来洛杉矶自然要去好莱坞看看。没有想象的那么辉煌。那条“星光大道”边上，都是一些装扮成当红电影角色的业余演员，和游人合影，以赚取小费。

这里突出的建筑是两座剧院。“中国剧院”，1926 年由被称为“好莱坞先生”的著名剧院经营者格劳曼投资兴建，是美国最为豪华的剧场之一。站在这座华丽的舞台面前，遐想当年那些伟大的演出，都已烟消云散。剧院门前的那些明星的脚印、手模和签名，又能带给我们多少的回忆？不禁想起唐人崔颢的那首著名诗篇——“昔人已乘黄鹤去，此地空余黄鹤楼。黄鹤一去不复返，白云千载空悠悠。”

“中国剧院”和邻近的“柯达剧院”一样，先后是历届奥斯卡颁奖典礼的举办场所。但是两个月前，拥有 131 年历史的伊士曼柯达公司已经宣布提交破产申请，消息一经传出，全球哗然，其股票大跌 68%。电影的胶片时代即将宣告结束，美国政府已经决定从2014年起全面停止上映胶片拍摄的电影，目的是为了环保。于是，像柯达这样的百年老店就只能坐等破产了。

听潘萌说，柯达公司破产后，接手这家剧院的将是国际声学巨头杜比实验室，用不了几个远，这座“柯达剧院”就该正式更名为“杜比剧院”了。

2011年12月18日（星期日，晴）

查普曼大学（Chapman University），位于洛杉矶南部的橘郡（Orange County）。该校创办于1861年，是加州久负盛名的一座私立大学。学校不大，但环境优雅，吉祥物是一头彪悍的黑豹。道奇电影学院则是查普曼的王牌学院，教师队伍不乏奥斯卡和金球奖得主。在这里攻读电影的年轻人，能享受世界上最好的电影教育。潘萌是幸运的，三年前她成为该院编剧专业招收的第一名亚洲学生，也是整个电影学院录取的第一个中国人。今年夏天她获得了MFA艺术学硕士学位。

摄影专业的小张来自西安，是潘萌的好友。他带领我们参观了教室、剪辑房、后期工作间、摄影棚。他说这里的调光调色设备，在全世界都是一流的。

在教学楼前的小广场上，我还看见了潘萌的一位不久前去世的教授汤姆·麦凯维斯的纪念牌，很小的一块铜牌，镶嵌在汤姆平时喜欢坐的椅子面前，上面写着这样一行字——“这里是我们敬爱的汤姆·曼凯维斯教授经常休息的地方”。汤姆是受人尊敬的，而曼凯维斯家族更是好莱坞的名门望族，他的父亲约瑟夫·L·麦克维斯，是著名的电影导演，曾因编剧并导演《彗星美人》和《三妻艳史》，两度荣膺奥斯卡编剧和导演奖；他的叔叔赫尔曼·J·曼凯维斯则是《公民凯恩》的编剧之一。然而汤姆本人却不愿意沾父亲和家族的光，他独自闯荡去了东部的纽约，最初还当过约翰·韦恩的私人助理。最终打拼出了一条属于自己的道路，他是《卡桑德拉大桥》和《超人》的编剧，另外还写了两部《007》。

由于潘萌是查普曼电影学院编剧专业唯一的亚洲学生，因此很为汤姆看重。她说，最初因为语言和文化的差异而困惑时，汤姆总是给她以父亲般的鼓励。而现在，我只能坐在汤姆生前坐过的椅子上，默默为他祈祷。

离开查普曼大学，我们前去拜访潘萌当初的房东莎容太太。她今年60，身材保持得犹如一位少妇。而且她还是一位善谈的老太太。我们之间进行着愉快的交谈，潘萌充当翻译。我们感谢她对潘萌的关怀。后来，莎容太太还提前送给了潘萌一份圣诞礼物——一条手工编织的毛线毯子，她编织了四个多月，令我们十分感动。

是夜，突然得知朝鲜领导人金正日逝世的消息，颇感意外。

2011 年 12 月 19 日（星期一，晴）

帕萨迪纳最大的便利，就是逛街方便。出门没几步，就到了街上。然而这街上又远远不是中国式的热闹，一眼望去，行人寥寥。上午逛街，顺便到苹果店买了一台 ipad。

之后，到一家叫作 Gold Class 的豪华电影院看了马丁·西科塞斯的3D 新片《雨果》，剧场很好，可以躺倒观看电影，还可以喝饮料、吃小点心。但是这部电影我并不喜欢，感觉就是为了展现一下 3D 的视觉效果而已。最近，好莱坞把一些影片陆续转成了 3D，如《狮子王》和即将上映的《泰坦尼克号》，看来又能大赚其钱。好莱坞的导演有一点让我琢磨，他们内心，其实是没有什么立场的，比如说斯皮尔伯格，既能拍《辛德勒的名单》，也能拍《侏罗纪公园》，他们没有恒定的坚守，更多的是顺势而为。这与欧洲像基耶洛夫斯基、拉兹·冯·特艾尔这样的导演对创作原则的痴心不改，绝然不同。或许是因为这个，我一向不太喜欢美国导演，喜欢的是好莱坞造就的那种专业性。

2011 年 12 月 20 日（星期二，晴）

午饭后，前往环球影城（Universal Studio）参观游览，潘萌曾在此实习。环球公司现为美国八大电影公司之一，实力雄厚，新作迭出。论资历，仅次于派拉蒙。影城围绕着环球公司开发了一些游览参观项目，游人乘坐游览车前往参观，其中最为引人注目的是 4D 的电影《金刚》片段，十几分钟的时间，让人身临其境，连身上都能溅到雨水，十分刺激。再就是一些特技场面，如火车出轨、汽车爆炸、山洪暴发、飞机失事等。还有一些模型摄影，如《大白鲨》和《金刚》中的几场水景，就是在不大的水池里用模型按比例完成的，效果十分震撼。相比之下，中国电影仅在制作方面，差距还是很大，不完全是因为钱，更多的是专业要求。李安曾说，在好莱坞拍片最大的享受就是你能想其所想，人家都能很快做到，让你满意。

回来后在网上看了斯皮尔伯格的新作《战马》，感觉他一直是在两个方面犹豫不定，是渲染一战的气氛，还是紧扣人马关系？结果想兼而有之的他还是没有做得完美。对于一个导演，舍得放弃或许就意味着更多获得。

2011 年 12 月 21 日（星期三，晴）

下午，随老蔡前往贝弗利山转悠，后去圣莫尼卡海边看日落。这是我第一次在太平洋上看日落，站在栈桥上，眼前波涛汹涌，太阳逐渐下沉，直到被海洋淹没，飞鸟环绕，涛声依旧。想想，大洋彼岸便是我的祖国，心情瞬间复杂起来。在海边逗留很久，天黑才归。

晚上，和潘萌讨论一部关于海外留学生题材的电视剧思路提纲，她打算根据自己的留学经历写出来，题目暂时叫《洛杉矶没有冬季》或者《新留学时代》。

2011 年 12 月 22 日（星期四，晴）

今天开始自驾去北加州旅行。

租了一辆奔驰 SUV350。走出洛杉矶，上了 5 号洲际高速，便是一马平川的美国中西部千里大平原，天高云白，视野无比开阔，从未见过如此之大的平原。沿途所见，村落皆秀丽。驱车七小时，第一站到达旧金山附近的卡里斯托加市，主要是参观纳帕谷（Napa Valley），这里是加州葡萄酒的主要产地，与法国波尔多毫不逊色。潘萌说，导演弗朗西斯·福特·科波拉就在此投资做了一个酒庄，产品就以自己的名字命名。这位曾经拍摄过著名的《教父》和《现代启示录》的大导演，如今却做起了酒庄老板，感觉是在过着一种隐居的生活。或许，是因为他的接力棒已经交给了女儿索菲亚·科波拉了吧？

晚上，宿切尔西花园酒店，这里其实就是一个乡村花园别墅，室内有壁炉，摆放着一些工艺品，很有情调。坐了一天车，夜晚出来走走，感觉天上的星星格外明亮。这是我在美国乡村渡过的第一个夜晚，一个十分美好的夜晚。

2011 年 12 月 23 日（星期五，晴）

纳帕谷地理形态上其实应该是丘陵，而气候则近似地中海，这里的阳光、空气和土壤都十分适宜葡萄的生长。去酒庄的路上，几乎到处可见葡萄园地，只是现在不是丰收的季节。

第一个酒庄，名字我记不清了，是 19 世纪创下的，至今有 150 多年历史。酒庄的主题是一座古堡，奇怪的是，古堡大门上的铸铁标志竟是一只龙的图腾，但又不完全像是中国的，身上有翅膀。《易经》上有“飞龙在天”一说，如何解释？酒庄的解说员很热情，也很幽默，带着我们一路参观一路品酒。后来我给他画了一张速写像，他高兴得说，要用镜框永久保存起来。

后一酒庄叫贝林哲（Beringer Vineyards）。1868 年德国人雅各布·贝林哲意外地发现了这片加州土地，便拉着他的哥哥一起开始了有趣的酿酒生涯，一时名声鹊起。美国电影《云中漫步》就是在这里拍摄的，但是我们的讲解人，也是创始人的后人，一个叫乔伊的青年，却对此一事件只字不提。他们的骄傲是他们酿的酒。

2011 年 12 月 24 日（星期六，晴）

结束了纳帕之旅，便向旧金山进发了。

旧金山，英文表述是圣弗兰西斯科（San Francisco），美国当地的华人还是习惯叫三藩市，这是粤语的音译。旧金山这个名字形成于 19 世纪中叶的淘金热，当时这里被形容为“金山”，后来，澳洲的墨尔本发现了更大的金矿，因此便改称为“旧金山”了。

这是一座依山傍海的城市，城市的街道起伏不定，坡度之大令人难以想象，简直可以用险要来形容。车从那处著名的“九曲花街”盘旋而下，让我惊出一身冷汗。我们下榻于市中心的诺博山酒店。这是一家建于 1906 年的百年酒店，小巧玲珑，内部有一些历史遗迹和陈设。

今夜是平安夜，所以后来就去联合广场看了一会。和洛杉矶相比，这里明显寒冷了许多，让你感到是在冬季。美国人的圣诞树搭建得十分讲究，也很漂亮。

2011 年 12 月 25 日（星期日，多云转晴）

圣诞快乐！

潘萌是基督徒，上午便随她去圣玛丽教堂作礼拜。教堂由著名华裔建筑师贝聿铭设计，完全是现代造型，主体抽象为十字架。据说从飞机上俯瞰，也还是十字架。像这样的教堂，我是第一回看见，很震撼。

平生第一次礼拜，整个仪式下来，感到内心很温暖。后来又去了市政厅，看见一个乞丐在林肯塑像边上举着牌子抗议，没有人管他。

下午去金门大桥游览。这座竣工于 1937 年的世界著名悬索大桥，以前在电影里见过多次，现在近在眼前，更觉气势雄伟。登上附近山坡，大桥雄峙于金门海峡之上，一览旧金山远景，海天一色，港湾逶迤，确为人间好景致。但这座大桥也是全世界最为著名的自杀地点，自她落成以来，至少有 1000 人将这里选作人生终点。

离开金门大桥，又去渔人码头。渔人早已了无踪迹，码头也演变成了商业娱乐场所。游船林立，魔鬼岛在望，形状也似一艘搁浅的大船。游者络绎不绝，水鸟皆不惧，更有一群海狮，躺在光天化日之下享受阳光沐浴。一个以小丑模样表演杂耍的演员，高超演技博得众人阵阵喝彩。我在此还买了一条短裤，居然是一面美国国旗，颇感惊讶，但这就是美国！

晚上，在大桥剧院看了张艺谋的新片《金陵十三钗》，说是为了参赛奥斯卡所进行的“点映”，与我的期待差距不小，这里不多说。

2011 年 12 月 26 日（星期一，阴）

天阴，早上还带有细雨。于是便趁这湿润去看艺术宫。其实艺术宫已经没有艺术品了，剩下的就是这座仿照古罗马废墟风格的建筑。这座建筑是为 1915 年巴拿马万国博览会而盖，由建筑师梅贝克设计。之后，又往市区看了嬉皮士的发源地的海特街，再就是卡斯楚，著名的同性恋街区。满街都是彩虹旗，即使是年迈的同性伴侣，上街也大都是手牵着手。或许正是在这样的意义上，旧金山被称作美国西海岸的纽约，这里曾引领了各种激进的文化思潮。

中午在唐人街附近的一家中餐馆用餐，地道的上海菜。唐人街很杂乱，地上也四处可见烟蒂，感觉不舒服。倒是有一座女性的铜像，让人怦然心动。我告诉女儿，你应该认识她。女儿点点头，说依稀记得，那时我三岁。

下午，去旧金山附近的斯坦福大学（Stanford University）参观，这座创建于1885年的大学，由著名建筑师弗莱德里克·欧姆斯泰设计，一律采用17世纪西班牙传道堂式的建筑风格，土黄色的石墙红瓦，拱廊相接，看上去庄重朴素，壁垒森严。斯坦福大学的最大创举，应该是上个世纪60年代将1000英亩的校园土地资源，以极其低廉的价格租借给了像柯达、通用电气、洛克希德、惠普这样的知名企业，开辟了科技工业园区，不仅大大缓解了学校的财政危机，还使得教学和科研、生产一体化。正是在这个基础上，诞生了伟大的“硅谷”。今天的斯坦福被誉为“西岸的哈佛”，有人说，哈弗代表了美国的人文精神，而斯坦福则代表了美国的经济精神。她的校训只有简单的一句话——自由之风永远吹拂。

2011年12月27日（星期二，晴）

离开旧金山向洛杉矶折返，走的是被称为“世界上最美丽的公路”的加州沿海1号公路，全程1000多英里，沿美国西海岸蜿蜒而下，大部分都是在半山腰间行驶，脚下就是太平洋。虽然陡峭惊险，但沿途景致让人流连。尤其是从蒙特雷到卡梅尔，是一条17英里的风景线，海水蓝得惊人。

美丽的卡梅尔是坐落在蒙特雷半岛上的一座精美海滨小镇。早在100年前，她就吸引了众多的作家和艺术家。据说，斯坦贝克便在此完成了不朽之作《愤怒的葡萄》，而张大千也曾于1969年间在此居住，将其寓所命名为“可以居”。著名影星、导演伊斯科伍德曾在这里就任镇长，至今一些商店里还挂着他的素描肖像。在美国经济大萧条时期，一批艺术家候鸟一般来到这里修生养息，创作作品。百余年过去，今天的卡梅尔美丽依旧，不过四千户的居民，依山面海，优雅而宁静，街上四处可见画廊和工艺品商店，散发出波西米亚式的风情，堪称世外桃源。

晚上，宿“西部最佳”（Best Western）酒店。这是一家临海的连锁酒店，太平洋的涛声如远雷，此起彼伏。

2011 年 12 月 28 日（星期三，晴）

继续沿着沿海 1 号公路向南行驶，一路都是山道，直到晚上，到达圣芭芭拉县一个叫索尔万（Solvang）的小镇。1911 年，几名来自丹麦的教师相中了这块地方，便决定在此拓土建房，遂引来他的众乡亲。小镇常住人口迄今只有 5000 来人，其中三分之二是丹麦移民，故俗称“丹麦小镇”。我们在此下榻。之后，去一个台湾人开的中餐馆用餐，这里的中餐实际上早已经过了改良，味道不纯正。

2011 年 12 月 29 日（星期四，晴）

既然称作丹麦小镇，自然尽是北欧风情。街上的建筑都属北欧风格，商店里出售的，也是丹麦的工艺品。镇内还专门建有几座风车。尤其是一座丹麦著名童话作家安徒生的铜像，让人恍然觉得此刻是真的到了哥本哈根。回想这一路，从纳帕谷到卡梅尔，再到索尔万，不由让我感慨。洛杉矶、旧金山的大楼和北京、上海的大楼看不出任何差别，但中国的农村和美国的乡村的差距至少是 50 年！这才是真正的差距，也是致命的差距。

午饭后即开车往洛杉矶方向，由沿海 1 号公路转向 10 号洲际公路。晚 8 时，抵达洛杉矶，正是万家灯火。

2011 年 12 月 30 日（星期五，晴）

在洛城住一晚，便又马不停蹄地往内华达州的拉斯维加斯（Las Vegas）出发。西部荒凉一片，满眼皆是戈壁滩。去的路上，先顺道看了那座著名的胡佛大坝。此坝位于亚利桑那州和内华达州的交界处的黑峡山谷，是治理科罗拉多河的一项重大水利枢纽工程，1931 年动工，5 年后建成，以美国第 31 位总统赫伯特·C·胡佛的名字命名。大坝高 220 米，底宽 200 米，气势雄伟。这座拱门式人工大坝是打开拉斯维加斯的一把钥匙，因为她的存在，才促成日后沙漠中奇迹的诞生。

先是一马平川，但是到了最后，在加州和内华达州的交界处，出现了大堵车。看来，去赌城过年的还真是不少。好不容易我们进入了拉斯维加斯，灯红酒绿，赌城的奢华难以想象！这里的豪华酒店第一层都是赌场，四方赌客云集。我们下榻著名的凯撒皇宫大酒店（Caesars Palacr），住在21层，赌城美丽而疯狂的夜景尽收眼底。

2011年12月31日（星期六，晴）

在赌城游览，一步一景。可以说全世界每个国家都有人集中在这个沙漠中的奇迹之城，来欢度2012年新年的到来。随着夜幕降临，花灯初上，街上人客逐渐多了起来，不同的肤色，秀尽奇装异服。美国的安保工作很严密，但不扰民。天上有直升飞机巡逻，地面上对几条大路由军人实行了临时封锁管制，禁止汽车入内。晚12点整，全城的大酒店齐放烟火，满街人头攒动，欢声如浪，一些街头乐队开始演唱，把岁末庆典推向了高潮……

2012年1月1日（星期日，晴）

新年第一天，我们驱车前往西部大峡谷参观。从赌城到大峡谷，路程为3个小时，还算方便。大峡谷的风光，先前只是在电影和画册里见过，如今与她面对，便觉得是地球奇观。她像一幅版画巨制横陈眼前，万条沟壑如刀劈斧削，错落有致，触目惊心。华人金先生修建的那座玻璃走廊，先前也在电视上见过，现在真的踏上去，心下还真是惊恐慌乱，低头一看，脚下便是万丈深渊！

晚上回赌城玩“21点”，这种赌法，英文称作“黑杰克”（Black Jack），大约在1700年前后由法国人发明，自从1931年内华达州宣布赌博为合法游戏，便由美国风靡到全世界。至于为什么叫“黑杰克”，我上网查过，没有满意回答。总不至于是一个叫杰克的黑人发明的吧？今夜为我发牌的就是一位黑人青年，非常和善。最后赢了四百美金而归。

2012年1月5日（星期四，晴）

从拉斯维加斯回来之后休息了几日。

下午，潘莉驾车接我到她家，几年前他们在一个叫喜瑞都（Cerritos）的小城买了房子，是一座独栋的平房，很宽敞。潘莉1994年秋赴美，迄今已有18年，当初我陪父母去上海为她送行的情形犹如目下。她如今已是南加大科技中心的高管人员，丈夫小倪正创业开办一个考试培训班，女儿米雪儿已上9年级，这孩子很聪明，平时爱好也很广泛，学钢琴、小提琴和小号，还是学校女排的队员，司自由人一职。在客房里，摆放着父母的照片和我们兄妹四人30年前和外婆的合影，不禁感到一阵忧伤。如果母亲还健在，和父亲一起来住上些日子，那该多好！

2012年1月8日（星期日，晴）

小微的家在Long Beach的海边公寓，房子不大，却是一处风景胜地，站在凉台上就能看见太平洋。小微的丈夫尼尔是美国人，为了接待了我们，独自在家里做了一些功课，看了很多关于中国的画册。我们一起用了午餐，后在海边游览，这里有一处很好的高尔夫球场。尼尔为我们准备了湖人队和曼菲斯灰熊队的球票，但他本人却不喜欢湖人队，因为他在纽约生活了多年，喜欢的球队仍然是尼克斯，无论它今天的排名如否。

晚上，去市中心湖人队主场斯台普斯中心体育馆，观看湖人与孟菲斯灰熊队的比赛。观众座无虚席，赛前全体起立，由一位女歌手独唱美国国歌。今晚湖人队都是第一首发阵容，科比领衔，开始优势明显，但最后却是险胜。

第一次走近洛杉矶的downtown，与国内的大都市相比，这里明显少了一些商业门面，街上很冷清，似乎只是作为一些大金融机构的办事处。

2012年1月11日（星期三，晴）

潘萌今日请假，陪我们去参观了著名的盖蒂艺术中心（Getty Center）。这座现代的艺术宫殿坐落在圣莫妮卡山脉的一处悬崖之上。由美国石油大亨保罗·盖蒂投资兴建。出自著名建筑设计师理查德·迈耶之手的盖蒂中心，是一座花园式的艺术宫殿，收藏陈列包括梵高、安格尔这样大师的作品达五万多件，还有一些中世纪以来的重要文献手稿，是洛杉矶重要的人文景观。在这里，可以鸟瞰洛杉矶的全貌。只是时间仓促，不能仔细参观一些艺术展览。

后，去海边城市圣莫尼卡。再次临近太平洋看日落。然后去一家“鲍勃和阿甘虾店”用餐，这个连锁店源自电影《阿甘正传》，本是一个虚构的情节，但硬是让美国人变成了现实，生意极好。

入夜的圣莫尼卡十分优美，街头也开始热闹起来，不少人在街上卖唱，其中一个披着长头发的男青年玩打击乐，一个人支撑，仿佛就是一支庞大的乐队。其实，与其说这些人是为了赚钱，还不如说是在自我表现甚至是自我发泄。这就是美国，一个充分给你自由的国家。

2012 年 1 月 13 日（星期五，晴）

晚上，尼尔的父亲杰瑞在老中国城请我们吃饭。老人今年八十八岁，却还能自己驾车，很是健旺，也很幽默，说我们的名字里都含着一个“J”，就是缘分。他是一个“二战”老兵，1943 年曾在尼泊尔服役，属于美国空军的地勤部队，负责气象观测。战争结束后，杰瑞成为一名注册会计师，他的一些客户还是好莱坞的制片人和明星。

今天，是台湾大选的日子。从上午八时起，选民开始投票。我一直在电脑前观看凤凰网的直播。台湾的民主制度，是全世界华人的骄傲。国民党候选人马英九一路领先，最后以多出民进党候选人蔡英文八十万张选票胜出，获得连任。民进党虽败选，但蔡英文最后发出的声音还是让我感动。蔡说：台湾不能没有反对的声音，不能没有政治的制衡力量。

2012 年 1 月 14 日（星期六，晴）

潘萌留学几年，在洛杉矶结交了一些同行朋友。比如安娜，一位来自山东的女性电影人，做过奥利弗·斯通的副导演，她的老公是洛杉矶一家电影后期特效公司的老板，曾为《独立日》、《星球大战》这样的大片担任后期特效制作。几天前我们去参观，大开眼界。另一位是北京人张大星，与好莱坞的一些功夫明星很熟悉，也促成了很多合作。

晚上，随潘萌去一座山上的张大星家，据说这间屋子原来是一处修道院。这里临时凑成了一个 patio，来者皆为洛杉矶的华人影视人，但感觉这些人发展得都不尽人意，处于苦苦挣扎阶段。倒是大星本人给我的印象挺好，显得从容淡定。我们谈了某些题材的合作意向，但感觉距离实际操作还很遥远。美国人很实际，不会轻易去充当第一，但绝对要争当第二。也就是说，你得先干出成绩来我才能信赖你。比如说来自台湾的青年导演林诣彬（Justin Lin），就是因为一部在圣丹斯电影节上的独立电影而引起了环球公司的关注，然后就让他接手一气拍了三部《速度与激情》，票房大卖。

回来的路上，我对潘萌说，我在北京能挣到钱，但做不成事；可这些人在洛杉矶连钱也挣不到。但是，这些人为什么会选择留下？潘萌随口一句，他们在这里很自在，不会受人欺负。这让我想起陈丹青说过的一句话，他说初来纽约，街上迎面而来的都是一张张没有受过欺负的脸。

2012 年 1 月 15 日（星期日，晴）

今天自驾去加州最南端的城市圣地亚哥（San Diego）。从洛杉矶到圣地亚哥，路程不过两小时，下午四时便抵达，下榻海湾一家不错的四星级酒店。从这里可以清晰地看见停泊在码头上退役的航空母舰“中途岛号”以及美国海军第三舰队母港。那座久负盛名的“胜利之吻”巨大雕塑也尽收眼底。

位于美国和墨西哥接壤的圣地亚哥，是一座美丽的海滨城市，整洁，优雅，安静中透露出繁华。倘若人生在此定居，当是很好选择。

“金球奖”今日揭晓，赢家是伊朗影片《分居风波》。

2012 年 1 月 16 日（星期一，阴转晴）

早晨下了一场细雨，将城市清洗干净。今天是美国的“马丁 · 路德金日”，是国定假期。

参观“中途岛号”航空母舰，兴趣盎然！这艘以中途岛海战命名的航母，在 1945 年日本宣布无条件投降的一个月后服役，先后参加过韩战和越战，也多次参与中东的战事。1993 年退役后，由美国海军捐献给民间机构，建成了一个旅游场所。而我们眼下却正在将前苏联淘汰下来的“瓦良格”进行改装，准备投入使用。今天的中国综合国力不是已经空前提高了吗？没有自己的航母，又岂能保护自己的领海主权？近期南海形势紧张，主权又岂能总是宣示？

随后，乘游轮参观美国海军第三舰队基地，近距离观看那些停泊在海边的各种舰只，气势恢宏。但两艘主力航母“里根号”和“斯坦尼斯号”都已离开母港前去执行任务，其中“斯坦尼斯号”目前正游曳于海湾地区，显然是为了震慑伊朗。感觉是对伊朗的战争一触即发。

晚上，返回洛杉矶。

2012 年 1 月 21 日（星期六，阴转晴）

昨天再次入住潘莉家——今年我们决定和大陆同步过年，抛掉时差，今天便是除夕了。昨夜睡在客房，这里供奉着母亲的遗像。难得陪她老人一回，却是夜不能寐。半夜里，天降大雨——这是我到洛杉矶来所下的第二场雨；第一场，是在我们的飞机降落前的两小时。

一早起来，先为母亲上香，摆上供果。上午小微开车赶来，我们兄妹三人一起去超市采购年货。洛杉矶华人多，尤其是台湾人经营的“大华超市”，华人的生活用品很是丰富。下午，我们分别和父亲通电话问候。老人今年已是 86 高龄了，却还是惦记着想来美国旅游。我曾征求过医生意见，答复是这个年纪的人最好不能出远门。

晚上，济济一堂，先是举行了一个冷餐会，之后是吃饺子，气氛十分热烈。饭后，还搓起了麻将，真是久违了。

我打算春节后去东海岸看看，让潘萌替我在网上订购了往返机票。

2012 年 1 月 24 日（星期二，晴）

一早即起，匆忙用过早餐，便由潘萌开车送我去洛杉矶国际机场。这是我第一次独自搭乘美国的飞机，是大陆航空公司的航班。行前已经和纽约的好友李庆红通了电话。原本潘萌给李庆红带了一套化妆品，但被机场安检拒绝。候机过程中结识一位来自甘肃的张军锋先生，此人是学生物化学的，北京大学毕业，20 几年前来到洛杉矶，现在南加大的医学院当教授。他向我推荐了他的一位龚姓同学的自传体小说《自从有了你》，是写一个母亲 16 年抚育一个病儿的刻骨经历。张先生希望我能看看此书，并改编为影视作品。我们约好回洛杉矶就此谈一次。

10 点 30 分，飞机起飞。这次搭乘的是波音 757 型飞机，虽然没有来时的 747 舒适，但能体验一下美国飞机上的生活，倒也很惬意。5 个半小时后，飞机降落在纽约的纽瓦克机场，这时已经是美国东部时间晚上 6 点 40 分了。一出机场，便见到了庆红。后去看了她的寓所，就在哈德逊河的边上，对岸就是曼哈顿，风景甚好！

2012 年 1 月 25 日（星期三，晴）

18 年前，我和李庆红是海南一家大公司的同事。当时我是下面一家文化公司的总经理，她是总裁的秘书，如今想起这些，唯一的感受就是时间如流水，不知不觉中淌过了 18 年。那是我们生命中最好的 18 年。

上午，由庆红陪同去逛曼哈顿。一个纽约，值得看的实际上就是一个曼哈顿。我们沿着哈德逊河走到地铁站，很快就到了曼哈顿。和印象里一样，到处都是高楼大厦，鳞次栉比。于是先去了帝国大厦观光，再去第 5 大道和第 6 大道，看看洛克菲勒中心，看看时代广场以及 MOMA 当代艺术馆，在这里，见到了梵高、莫奈、马蒂斯、毕加索、达利等大师们的原作，真是激动不已！

后来，又去中央公园散步，在曼哈顿这种寸土寸金的地方，却有这样一大片为老百姓建造的公园，实在难得。这座公园的设计者就是我前面提到的那位弗莱德里克·欧姆斯泰。据说麦当娜和伍迪·艾伦这样的人就住在这附近最昂贵的某座公寓里，偶尔黄昏时出来遛狗。中央公园安放着像哥伦布这样人物的铜像，令人肃然起敬，他们几乎每个人手中不是持有一支笔，便抱有一本书，因为他们书写了美国历史。

从中央公园出来，便再乘地铁去曼哈顿的南端，看看布鲁克林大桥。然后最后的结果是，身在这座大桥，却只能观看不远处的曼哈顿大桥，时已黄昏，哈德逊河一片落日余晖，不时有海鸟掠过。

晚饭由庆红的朋友周莲在韩国城宴请，她是苏州人，爱好文学，也是最早出现的网络写手，大家一起谈得很愉快。

一天走下来，很累，也很兴奋。计划后天，独自随旅游团去费城和华盛顿那边看看。

2012 年 1 月 26 日（星期四，阴雨）

昨天半夜开始下雨，直到今天还是淅淅沥沥。午饭后直接去大都市博物馆，计划一天就泡在这里。但一天的时间显然不够，值得一看的艺术珍宝实在是目不暇接，从古希腊、古埃及的雕塑、陶器到欧洲文艺复兴以来的绘画，看不够！与昨天的 MOMA 当代艺术馆相比，这里的展品更为丰富。当你再次和梵高、莫奈、塞尚、毕加索、毕莎罗、雷诺阿、德加、高更这些仰慕已久的大师作品面对面时，你会感到温暖，仿佛就是在倾听大师们的教诲。

只是因为时间关系，其他的展馆不能一一细看。在中国馆里，看到了傅抱石的一个画展。

大都会博物馆，是纽约给我最好的记忆。

2012 年 1 月 27 日（星期五，阴雨转晴）

依旧天阴有雨。一早即随“天马”旅行社出发，这是唐人街一家华人开设的旅行社，前去旅行的也基本上都是华人。第一站到宾夕法尼亚州的费城，参观的是独立宫和“自由钟”。离开费城，天始放晴，蓝天白云，比纽约也暖和不少。中午是在马里兰州的一个小镇用餐，下午 3 点抵达华盛顿特区，当车进入城市边缘，我看见天空上两架武装直升机护送着“海军一号”——奥巴马从戴维营度假回来了。

作为美国首都的华盛顿特区大气而庄重，尤其是以华盛顿纪念碑为中心的公园一带，更是气势恢宏。之后参观了林肯纪念堂和杰弗逊纪念堂，远远看了一下白宫，让我流连的却是两座关于战争的纪念碑：韩战和越战。

韩战纪念碑由两个元素组成，其一，是一群士兵雕塑，按照当时的战场情况，布置成“搜索前进”的形态；其二，是一面黑色的大理石墙，上面以素描的方式镌刻着众多参战官兵的形象，这些都是以照片为依据的真实人物。当你与他们面对时，黑色大理石的镜面便将你的影子反映其中，好像这个瞬间你与他们溶为了一体。其时正是夕阳西下，映在纪念碑上的余晖仿佛是那场战争尚未熄灭的硝烟和战火……这种设计可谓独具匠心！

越战纪念碑则十分抽象，它位于林肯纪念堂和华盛顿纪念碑之间的空旷地带，像一本打开的沉重书籍，上面刻有 57000 多名阵亡官兵和失踪者的真实姓名。1980 年，美国国会批准兴建越战纪念碑的提议，美国建筑师协会便向社会公开征集设计稿。最后，在 1421 件设计方案中，编号为·1026 的设计稿脱颖而出，成为首选。难以想象的是，这件作品竟出自一位华裔女建筑师之手，她的名字叫林璎，当时是耶鲁大学建筑系的四年级的学生，21 岁。尽管这个设计方案一直伴随着争议，但最后还是得以兴建。这座气势磅礴的建筑作品，独特之处在于彻底颠覆的“纪念碑”的意义——不是拔地而起，反而将建筑整体置于水平面之下的位置，形成一道黑色的、呈V字形的花岗岩墙。这让我不禁联想到二战期间，英国首相温斯顿·丘吉尔那个著名的“V”字手势，那代表着胜利；而眼前林璎的这个横陈于地下的“V”字，则让我看见了一次彻底的失败。我不知道林璎女士是否认同我的看法，但有一点应该没有疑义，那就是历史书的意向。“当你沿着斜坡而下，”林璎曾这样说道，“望着两面黑得发亮的花岗岩墙体，犹如在阅读一本讲述越战历史的书。”

中国大陆在介绍林璎时，总会提及一个事实，即她的姑姑是林徽因，姑父是梁思成，二人都是中国著名的建筑设计师，其实1955年林徽因去世时，林璎还没有出生。或许血缘就是如此的神奇吧，作为民国才女和美女的林徽因最后的建筑作品，便是1952年在丈夫梁思成的主持之下，参与设计的人民英雄纪念碑，至今树立在中国首都北京的天安门广场。整整30年后的1982年，他们的侄女林璎在美国首都华盛顿的广场，向全世界呈现了她的不朽之作——越战纪念碑。

2012年1月28日（星期六，晴）

华盛顿特区的“黄河话剧团”，不久前演出了我的话剧《合同婚姻》，反应据说不错。本想和他们见面聊聊，但因时间关系还是取消了。

一早前去国会山庄参观。随着美国导游，我们进入到这座著名建筑的内部，仿佛走进了一部正在打开的美国历史。之后，参观了美国的航空、航天博物馆，也是大开眼界。从全世界所有的飞机到今天的航天器，应有尽有，人家不保密，就像我在圣地亚哥军港参观，看不见一个站岗的哨兵。

离开华盛顿，最后去的地方是马里兰州的巴尔的摩，这是一座安静美丽的海滨城市，明珠海港一带可以说是美不胜收。

傍晚，回到纽约。

2012年1月29日（星期日，晴）

来到世贸中心“911纪念碑”面前，心情陡然沉重。难以想象，10年前这里曾经饱受一场惊世浩劫！记得当时我正在北京，准备前去昆明参加中国书展，从电视上看见这一突发事件，便给庆红去了电话，她当时供职的地点就在这附近。纪念碑建在“双子星座”的遗址上，主体是两处水池，四周由黄铜包裹，上面镂空刻了 3000 多死难者的姓名。这不禁又让我想起华盛顿那座越战纪念碑。无论是战争还是灾难，不能忘记的是那些死去的人！

在距离纪念碑不远的地方，还有一道浮雕墙，刻着那些参加抢险英勇殉职的消防队员的形象和姓名，一位中年黑人男子在细细擦拭着上面的灰尘。从这里走出去，不远便是哈德逊河畔的“炮台公园”码头。在“911”时被毁坏的世贸大厦前那座地球仪标志被移放到了这里，伤痕累累！它的周围依旧摆放着花环。对于美国，对于全世界，这是永远的痛。但是，你回头再看看这里即将落成的两座新的大厦，你会肃然起敬！

带着这样的心情，再去那座自由女神像，便觉得很复杂。这座举世闻名的雕塑以往电影里出现得太多，但给我印象最为深刻的是意大利导演朱佩塞·特纳多雷的那部《1900 的传奇》（中译《海上钢琴师》）。当初，那些漂泊到纽约来的外国人，都是在此登陆，他们为投奔自由而来，但是世事沧桑，历来自由都要付出代价，今天则更加高昂。

最后，又去著名的华尔街走了一趟，这条不足一华里长的街道，却左右着整个世界的经济命脉。然而树立在美国证券交易所前的那座铜牛，怎么看都是打不起精神。庆红所在的德意志银行，就位于华尔街 60 号。

我的东海岸之行匆忙结束了，明天一早将直奔纽瓦克机场，返回洛杉矶。

2012 年 1 月 30 日（星期一，晴）

早晨八点便搭乘出租车赶往纽瓦克机场。这个机场属于纽约，却落在新泽西的地盘上，很是繁忙，几乎没隔两分钟便有飞机起降。10 点 15 分，本次航班 CO1148W 正点起飞，天气无比晴朗，我的座位是 37F，挨近窗户，所以一路都能在万米空中俯瞰美国大地，以至于沿途所经城市的机场跑道都能看得清楚。经过 6 小时飞行，飞临洛杉矶上空，再次感到洛城的广大，这是一座天使之城，但我很快就要离开了。我的家在北京。

潘军文集

第玖卷

红泥的记忆

这孩子

这孩子一来人世，就睁着眼，就吮手指。整个产院数她的哭声最响也最长，似乎觉出了自己的错误，不该到这世界上来凑热闹。

“没见过这样的孩子!”动作老道的产士治不好她，就照她的屁股来了一巴掌。

这孩子是我的女儿。是去年七月四日七时出生的，重七斤四两，长五十二公分。当时窗外大雨滂沱。我是在她的周岁生日这天开始写这篇文字的。我三十岁少四个月。

“给孩子取个名吧。”她妈妈说，那时她刚证明是怀孕。

“无论男女，都叫格子吧。”我说。

她妈妈以为是“鸽子”，就说太一般。她与我是大学同窗，还残存着那么一点风雅。

“是格子。方格子的意思。我姓潘，潘攀同音；攀者爬也，潘（攀）格子便是爬格子。”我颇有些得意地说，自以为是天下最会取名的先生了。但是她妈妈不以为然地撇撇嘴，说：“我可不情愿让孩子再干这弯腰低头的事。作家，谁稀罕?”

我承认自己的想法有点子承父业的意思。我的父亲也曾专心爬过格子，1957 年我来人间点名他便“夭折”了。他做了十八年的“右派”。我本是企图充当中国之毕加索的，然而有一天我在农村的废品收购站里发现载有我父亲文章的半张旧报纸后，我陡地想到：难道两代人做一桩事还能不成吗?！于是在这激荡的一瞬间，我完成了终生选择。现在看来，我是过于乐观了。我正在做的这桩事在我今生未必能做得像样。我怎么不希望我的孩子再接着做呢？尽管这职业之于别人未必伟大，但我却是以整个生命去对付的。我干因为我喜欢。我喜欢的难道孩子也喜欢吗？我想。

我希望孩子将来随便干什么事，但一定要喜欢。这是个前提。

我给女儿取名叫萌子。姓就免了。现在我们称她萌萌，这是个蛮不错的音节。

她妈妈没有奶。民间百法使尽硬是催不出一滴奶水。孩子在月子里总共只尝了充其量为一汤勺的母乳。

孩子是牛喂大的。

她能吃。我不按“指南”本本中规定的量给她吃。我随她。她能吃多少就多少，够了，便把奶嘴吐掉。她在月子里体重增加三斤半，我的肉失了十一斤半。

这孩子极怕热。小胳膊腿全是圈圈。月子里她就在我腋下躺竹凉床并且吹电扇，居然不流清鼻涕。她至今没有生过病。

最要紧的是她不缺钙。

孩子一来人世我便失去了“自由”。不敢吸烟，不敢谈笑，捂住嘴咳嗽，脾气显著好起来。谁敢把她弄醒？除非她睡够了。我与她妈妈逢她睡熟了后讲话也和“地下党”接头一般。有时进屋取件东西，路过她的床边如同踏过雷区，气不敢大出。这孩子总睡不深，碰醒就炸。有一次弄醒了她，结果哄了近十个小时。二十多斤并且活动并且嚎哭的孩子捧在手上颠来颠去，那滋味可想而知了。

这孩子坚决不睡摇床。她嫌窄。

在孩子出生几天后的一个晚上，我有了一种重新返回襁褓，伴随她牙牙学语，由童年再到少年的感觉。

这感觉愈来愈强烈。

我在蜜月里应一位在少儿出版社当编辑的朋友之约，破天荒地写了一部十万言的小说，叫《一个夏天的童话》。我写的是一个少年和一只小狗在一个夏天的经历。我以为他们眼里的世界是天然去雕饰的。我不以为儿童文学是写给孩子看的。我们很久以前就说过，大人有教育孩子的义务，其实这一说自信而高慢。我倒觉得孩子是大人的一面镜子。从这面镜子里反映出的每一条皱纹未必都是光荣。

1984 年秋我去首都参加一个小说笔会。有一天去一位先生家做客，席上结识了一位女编辑，她是一个十岁孩子的母亲。她同我谈了她的孩子。她说孩子很热爱集体，新买的小画书统统朝教室里搬，挂于墙角让同学们都看。“对于孩子的行动，我当然要鼓励的。”她说，“可是呢，照这么下去，我又担心孩子将来会吃亏……我真不知道该怎么去教育孩子了。”她说的是真话。

我在写那篇文字时想到过这件事，但我写的不是大人教育孩子，而是孩子教育大人。

然而这部书的出版极不顺利。管事的人说：“怎么新社会还有离家出走的孩子呢?”他两手一摊，又点拨人给我开了三百元的辛苦费。我没说什么，因为这老人不懂文学。我将书稿另投别处，被接受了。这本是我给孩子的第一件礼物。

有一天下班回家，她妈妈满面春风地告诉我：“萌萌会叫爸了!”我心里大响了几下。那时孩子还不到百日，说会叫不可信，但的确能发出“ba ba”的音节，极标准。有时还发出“ai ba”——“爱爸”。

她真正会叫爸爸，是半岁的时候。一见我面她就爸爸地叫起来。

我举着孩子，让她的小手来揉我的脸。我凝视着那两颗明净的瞳孔里两个小我，陡然觉得自己的憔悴已是一日不济一日。

做父亲的我那一刻想的是如何做父亲。

这不是几句漂亮话能解决的。

重要的是不能欺骗那双眼睛。

如果选举世界上最伟大的童话，我会毫不犹豫地投《皇帝的新装》一票。我认为这才是真正的童话。应该说，安徒生是写给大人看的。

她妈妈哄孩子时爱哼“小燕子，穿花衣”。有一次我发现孩子坐在小车里随着节奏悠悠地摇晃。以后又试几次，还这样。我便哼起另一种节奏的曲子，女儿竟也合上了拍，并且“欢迎”。

“这孩子喜爱音乐吧。”她妈妈说。

“吹牛的。”我说。

其实女儿将来能学习音乐，我是极愉快的。在所有的艺术门类中，大概唯有音乐是最纯净的了。可我又有点遗憾。我和她妈妈皆属五音不全之人。我的音乐细胞仅仅表现为能将 1 2 3 念作多来米。我们帮不了孩子。不过，天才的音乐家有几个是遗传的呢？

有个问题好奇怪。孩子至今不会爬。然而站、坐、滚、学步都蛮可以，钙是不缺的。

“怎么就不会爬呢？”她妈妈说。

“大概因为是我的孩子吧。姓潘（攀），一辈子都在学爬，所以暂时不慌。”我说。

爬是教不会的。

我抽屉里有一本《小马过河》的画册。我是替孩子保留的。

萌萌，你能像小马那样遇事都自己去试一试吗？

邻居的孩子在刚开口讲话的时候便会了一些惊人的事：数数，识字，背“清明时节雨纷纷”或者“窗前明月光”。邻居多次提醒我，要抓紧进行孩子的学龄前教育。我只是笑了笑。我想我的童年太苍白了，没有做过一次美丽的梦，不会玩。所以我得千方百计地让孩子玩好，玩够。我决不指望我的孩子会成为“神童”。我也不喜欢这个词汇。神与童的结合无疑是一种亵渎——

不是童亵渎了神而是神亵渎了童。

童的世界如水晶透明。神的世界除了虚伪还能有什么?!

女儿爱照镜子。每次抱到镜子前她都十分专心地审视着自己，然后小心地用手抚摸，然后亲吻。

爱自己是极不容易的。所谓自爱。有自爱方有自尊，而后有自立与自强。

我唯一可以向孩子炫耀的是我还算懂得爱自己。我这辈子没有因为什么而失掉自己的斤量。我没求过人。任何人也不求。

我的孩子，你一定也会这样的！

也只能这样。

她乖的时候，我每天要与她玩一阵儿。

我们搭积木。我搭，她拆。

“我是建设者，你是破坏者。”我刮了一下她的小鼻子。

她大睁着眼，居然点头。

这倒也罢，我想，我的一切你都可以破坏。你不愿踩着我的脚印走，是吗？你的路你自己走，我懂你的意思。

你是个不缺钙的孩子。

孩子一岁了。

生日这天，我替孩子点上了第一支红蜡烛。她自然不会去吹，却出神地望着那跳动的火苗。我出神地望着她……

玩一次“抓周”的游戏吧。

我在三人沙发上依次摆了几件东西——

一串香蕉；

一本书；

一只表；

一瓶香水；

一台电话机；

一个玩具娃娃。

我扶着女儿蹒跚地由中间走过去。她先是一阵“欢迎”，然后左顾右盼，直眨眼。她的小手慢慢地伸出，又慢慢地收回。她扶着沙发朝左边挪了两步，接着慢慢地伸手抓住了一件东西——

书！

我一下将孩子举起来。可是她妈妈笑着说：“三回两胜才第一回呢！”

于是我重复一次。然而孩子也郑重地重复了一次，抓住的还是书！抓住不放！

我亲了她的腮。我第一次承认游戏也是能使我激动的。

谢谢你，女儿！

我的女儿像虹。

她长得蛮漂亮。

我的孩子正在牙牙学语歪歪学步。等今年第一片树叶飘下的时候，她已经能走了。从那时起，我不会再去扶她，而是默默地注视着那个愈来愈高的影子。

这孩子学步时显出了勇敢，有力的小腿迈得很开，跌倒了从来不哭，接着走并且笑着……

这毕竟是个不缺钙的孩子。

她会用自己的脚去丈量地球。

也许，几十年后，当她搀着我在静寂的树林中散步的时候会问这么一句话："爸爸，我学走路快吗？"

"不快。但很会走。"

"为什么？"

"因为是你自己走的。"

"谢谢你，爸爸。"

"谢谢你，孩子。"

1987 年 7 月 4 日　为萌子一岁生日作

与父母书

父亲、母亲：

现在是6月12日的凌晨3点，持续几天的雨还在我的窗前呜咽地落着。在我记忆里合肥似乎还未见过这么漫长的雨季，或许是我的感觉出了问题吧，这场雨实在下得很久了。雨溅在窗篷上发出咚咚的声音，在深夜里向我进逼过来，很空洞，带有莫名的恐惧，也唤起了许多的感慨。于是便从床上爬起来，在灯下给你们写这封信——好久没有给家里写信了，不完全是有电话的缘故，是觉得没有写的必要。而现在似乎到了非写不可的时刻。

我感谢你们对我的宽容。三十二年来，我没有尽到一份实在的孝心。如今我自己也是身为人父的人了，想到萌子在月子里，我几乎十八个夜晚没有睡上一次安稳觉，便深知了做父亲的艰难。从前听母亲说，人的眼泪都是往下淌的。上对下的爱从不掺水。

我也感谢我们这个家庭。因为她太多的曲折，使我对涉足人世的苦难有了超前的准备。这是我一辈子享之不尽的财富。我记得1967年，当我们家被人抄检的时候，外祖母欲哭无泪地站在门口，浑身哆嗦着。第二天，母亲被拉上剧团的舞台接受批斗，那时她肚子里正怀着小莉。1978年10月1日，我去巢湖边上的雷方武村看望父亲，那三间破旧的茅舍仿佛是地狱的人间标本，深深刻进了我的记忆。父亲的小桌上放着一面水银剥落的镜子，但它的背面十分完好地镶嵌着母亲饰演《天仙配》中七仙女的剧照——那时的母亲顶多二十五岁吧？《天仙配》中有句唱词“大姐常说人间好，男耕女织度光阴”，那一刻想起来真叫我心酸。

昨天我又一次从噩梦中惊醒，感到自己的呼吸很短。像这样在光天化日里引发噩梦，在我生命里已有多年。最早的一次是在1975年插队的时候。我清楚地记得是个中午，我睡在床上，突然就感到了胸闷，接着感到自己似乎没有了呼吸，可我的神志并不糊涂，周围的一切都清晰可辨，只是无法说出话来，包括“救命”这样的呼喊。我的身体仿佛被无数根绳索紧紧地捆绑着，不能动弹。我想这应该就是那种叫做梦魇的东西吧，它让我感到窒息的恐惧。自这以后，我就经常被它所追逐。在昨天的那个梦里，我遇见了几个衣冠楚楚的人物。他们笑容可掬地把我带到一间空旷而高大的屋子里，说只是和我随便谈谈。与我谈话的那个人坐着一把老式的藤椅，手里摇着精致的折扇。由于他处在逆光之中，我始终没有看清这人的脸。他响亮地咳嗽几声后，就问起我在这个夏天里的情况。他们想知道我为什么不老老实实地待在办公室里而去街上走动，是何种动机的驱使，我说得很老实。我说：我的女儿现在三岁，如果二十年后，孩子问起这一年的夏天我是否干了点什么，我得给她一个交代。这就是我的动机。然后这个梦就醒了。但我又怀疑它究竟是不是一个梦。

这件事之后还会出现什么，目下难以预料。所以我决定出一趟远门。我可能要在外面住上一些日子，过一种被称作流亡的生活。所以给你们写这封信，是想在行前把一些事交代一下。因为我总预感到，某些事可能不可避免地要发生，即使我是在流亡途中。

第一件事，是萌子的安置。我倾向萌子留在她妈妈身边。这孩子天性聪颖，但又任性，现在正是难带的时候，我不在身边，你们要经常来看望她。明年孩子就该上幼儿园了。让孩子早一点进学校会对成长有好处。

第二件事，是关于我的一些手稿的保存。这件事可以交给小莉来做，她也是学中文的，将来整理起来会很自如。北京的人民文学出版社正在印《日晕》，这是我第一部长篇。手稿能否索回，需要和出版社交涉。其他一些手稿我大致清理了一遍，上个星期天小莉来，我已对她说了。

第三件事，是关于外婆的。1977 年父亲在安庆为她安排的白内障切除手术，看来效果不太好。是否可以重做？这种手术没有什么危险。据说合肥现在也能够用激光技术来做这种手术，不复杂，也减少了痛苦。至于老人百年之后的安排，我的意见是送上罐子窑老家的祖坟，与外祖父合葬。然后给他们两位老人一起立块碑，碑文我已写好，到时由父亲书写。明天我先去照相馆把她的照片放大，再配上一只精致的镜框。

我没做过什么亏心事，也不欠任何人的钱。

夏天真正地来了，我最恨的蚊子赶也赶不走。要是我去的任何地方都允许点蚊香就好了。我听说有些场合帐子是不可以挂的。但值得安慰的是，任何地方都还可以看书。你们放心，无论遇见什么困难，我都不会给这个家丢脸。唯望你们珍重。

潘军

6 月 12 日　合肥

戏园子（外四篇）

题 记

我的故里从古到今都叫石牌。现为安徽省怀宁县县城所在地。中国地图上有好几个石牌，指的都不是这一个。但翻开中国的戏曲史，这地方是颇占地位的。乾隆时，活跃在北京天桥的“四大徽班”，其扛鼎的角儿，如程长庚、杨月楼，就是石牌人。故有“无石（牌）不成班”之说。到了民国，安庆这一带兴起了黄梅调，其中著名的“怀（宁）腔”，至今仍为专家们所推崇。桐城的严凤英，真正红起来，也是在石牌老板的班子里的事。那位被江湖客称作“托天转”的张老板是个青光眼患者，在当时梨园里非常有市场。我外祖父曾在“张家班”客串过一个时期。但对从前的事情，老人在世时谈得极少。1949 年，怀宁县有了国营黄梅戏剧团。外祖父带着当时才十岁的我母亲成为剧团第一代艺人。

我从小就把剧团唤作戏园子。我是在戏园子里长大的。如今我已是为人之父了，但还是把剧团唤作戏园子。不知道因为什么。

外祖父

外祖父是地道的乡下人，却有一个极文气的名字：由之。他的家乡，名字也很古怪，叫罐子窑。那地方距石牌镇不算远，大约七八公里的样子。那里的男人基本上都从事制陶劳动。外祖父的手艺是很好的。1967 年，为避城里两派械斗，我随他去了罐子窑。一天中午，我亲眼看见外祖父从泥车上拉拽出一件陶壶坯子。他是怎样学起戏文的，我不清楚。

我想或许是一辈子只做一件事觉得闷了的缘故。闲时，随戏班子四处奔走，换一口新鲜的空气，另外也多得几吊钱。他以后的本末倒置，这是连他本人也始料不及的。

外祖父工青衣，也扮老旦和彩旦。据一些行家介绍，他的唱腔有一种特别的“沙味”。可惜我从未听见过。我的印象里，外祖父基本上是跑龙套。每晚演戏，他的事都不多。可他总去得很早，端着一把扁紫砂壶，坐在后台化装室里慢慢地喝。等别人的装化好了，他才移到镜子面前。他化装也极简便，只需抹一层底粉。若扮的是正面形象，就在双颊略施一些红。有时一台戏需要他扮正反两个龙套，他就随机应变。比如《智取威虎山》，外祖父先扮八大金刚中的一员，便在鼻梁上架了一副墨镜；之后又扮夹皮沟的老大爷，就将墨镜去了，利用幕间换景的时间在双颊施一点红，说一段白：“小火车一响，座山雕来抢；穷了老百姓，富了国民党。”

我家的墙上，曾挂过一张外祖父扮演佘太君的剧照，是在汉口演出时拍的，“文革”期间被抄走了。

外祖父一直是理光头，穿便装。出门开会或者走亲访友，就换一套中山装。他的枕头边上有一只小布袋，里面盛满了奖章和证书，足有一斤重。他胆子小，从不和任何人红脸。即使是别人来抄家，他也照样给那些人递烟泡茶。那时候，我同他睡一张床。有几次半夜里我起来小解，看见他披着衣靠在床上吸旱烟。我知道他揣着不少心事。他的人缘好，剧团每去世一位老艺人，他都以“生前好友”的身份讲几句话，把“逝世”念成“折世”。好像是 1972 年，安庆地区黄梅戏剧团来怀宁招生，我极想报考。当时我母亲演出在外，家中做主的是外祖父。他整整想了一个晚上，终于还是叹了口气：“这一行，太苦了。”然而我又很迷惑，当初他怎么舍得让唯一的女儿学这一行呢？

外祖父夹着尾巴做了一辈子的顺民。每次我看《茶馆》，总在于是之扮演的王利发身上发现外祖父的影子。他说：“我是个好人。也是个无用的人。”他退休时说的一句话我至今还记得。那天他对着“光荣退休”的状纸看了很久很久，然后如释重负地说：“我总算没犯过错误。”

退休后的外祖父很少进戏园子。他似乎很能平静地把日子打发过去。虽然他的言语明显地少了，但把心思集中在操持家务上，还养过一头猪。

那猪以后失踪了，他领着我四处张贴“寻猪启事”，但终究没有寻到。

1974 年冬外祖父病逝，享年七十岁。他是睁着眼走的，嘴也是半张着，不知是想说些什么还是想唱什么。他的尸骨被安葬在罐子窑一块很不错的坡上，避风朝阳。下葬的那天，我听见母亲喃喃地说：“他再不用怕犯错误了。”

一个女演员的成长史

有一年剧团招收了一批学员，都是从山里寻得的细伢子。以后每次我进戏园子，总听见池子里练功的细伢子杀猪似的叫：

“哎哟……妈哟……”

“不许叫！”授功的老师厉声道。

练功中最吃苦头的是扳腿。授功老师要把每个学员的腿直着扳到额头，才放手。“看着，”授功老师示范踢腿，勾起脚背猛踢到额部，“这才好看！”

这批学员中有个叫张玉的女伢子，与我同庚，其时年方十三。她是最矮的。据说她之所以由糠箩跳到米箩，就得助于她的矮——剧团小旦行当奇缺。这个理由是导演提出的。

这姑娘能吃苦。扳腿时只有她不喊不叫，默默流泪。她第一个把腿扳到头上。不久，往台上一站就像那么回事了。

或许是功夫不负有心人，几年一过，张玉不仅能唱个 B 角，而且人也出落得标致苗条，山里妹子的气味荡然无存，街上人一望便知是吃哪碗饭的。张玉踢开了“小旦”，进入“花旦”之列，且行情看涨。这样一来，虽说小旦还是奇缺，但毕竟添了一根“梁子”。那位导演也由此气壮，排戏无须再对其他的花旦烧香。“唱不唱？不唱拉倒，张玉上！”导演手里有叫响的牌，是无所畏惧的。

又过几年，张玉的身材蹿到了一米六八。这本不是个惊人的数字，可是这地方由于水土原因或者别的什么原因，人都难以长高。剧团里演员矮个居多，但多少年来大家没发觉，因为彼此彼此。于是出现了新问题：谁能同张玉配戏？

也没有人愿同她配戏。

“和她同台我宁愿吊颈！竖天竖地的，起码是形象不美嘛！”这类的话我常听见。

导演也没有了主意。本来他正在努力磨一个本子，决定参加地区调演，而且那本子确实是为张玉写的。谁料本子刚弄得像个样子，张玉却走了样。考虑再三，导演还是决定易人。后来我听说，张玉当导演面哭了，说她命不好，刚知道唱戏就不给唱了。导演叹息道：谁叫你蹿得那么快呢？像树一样。张玉也为自己申辩：我只有一米六八，书上讲这是当代女性最理想的身高。

“理想只是理想，”导演说，“还是顾全大局吧。”

狗子佬

狗子佬与我的外祖父是一辈人，也算得上戏园子的元老之一。他是打锑锣的。听外祖父说，狗子佬原先在京戏班子里待过，还曾掌过一阵“条子”——司鼓。这种资历使他拥有一种荣誉感。他很瞧不起黄梅戏，认为那一招一式都没个谱儿。“谭老板的戏，”他说，“那才是角儿！”其实我怀疑他也并未真见过“谭老板”。

打锑锣的事少。我每回看戏，差不多总和狗子佬挤一条板凳坐，并不碍他手脚，这时候我喊他作狗子爹。他的相貌很丑，皮肤却异样地白，光净的头像一只有病的梨。他的眼睛镶着一层膜，像鱼泡泡一样，所以很浑浊。但他行走又极灵便，从不拄拐子。狗子佬是个孤老。据说他有过女人，还蛮好看的，不过早随人跑了。

狗子佬很早就退休了。他向剧团讨了副旧拍板，可能是借以缅怀逝去的光荣，又可能是以此驱走往后的寂寞。大约是1971年，我们家租了一处私房。外祖父觉得多出了一个单间，就邀狗子佬来住。这样便成了邻居。当时边上还住着一位姓吴的篾匠，是个喜欢热闹的人。他用碗口粗的竹节替狗子佬做了一只“板鼓”。狗子佬很是珍惜这物件。每天黄昏，他都自打自唱几句京戏。

“一见奴才怒气（#）发~~~~”

我就记得这么一句，也不知是哪出戏里的。

日子久了，我发现狗子佬非常古怪。他从不上公共厕所，也似乎不洗澡，桌上永远搁着剩菜。而且，他整天自言自语，好像在埋怨谁在背后坑他，又时常宣布什么东西不见了。这使外祖父很不悦，也很后悔。不过回数多了，外祖父也没往心上放。逢年过节，外祖父照例请他过来喝两盅。

有一天我放学回来，远远就瞟见家门口围满了人。有两个穿白制服的公安正在对狗子佬大喊大叫，其中一人手里还吊着锃亮的手铐。

“老不正经的东西！”公安人员斥道，“女人屁股是好摸的吗？”骂完，他自己也笑了一下。狗子佬吓得面色灰白，抖缩在门框上。外祖父上来给公安人员递烟，赔着笑脸，说：“他眼不中用，兴许是无意的……”接着吴篾匠又给他们划火。

“下回再乱动，非逮你这老狗日的！”公安人员吸了口烟，便扬长而去。门口的围观者似乎还没上劲，也随之怏怏离开了。

很长时间后，我才知道事情的原委：狗子佬上街排队买猪油，排在一个大辫子的后头，手触及其臀。究竟是无意还是有意，只有天晓得。从这天起，狗子佬不再自打自唱了。不久，他又搬走，去了一条偏僻的老街。那年夏天乘凉时，吴篾匠看看天说：“这狗子佬一走，夜显得怪长哩！”

狗子佬殁于 1978 年秋。他死得无声无息。大约在两天后才被邻居发现。门被踹开时，狗子佬跪在自己的床前，像一座出土的泥塑。

两个提琴手

我第一次见到小提琴，是在刚上小学的时候。戏园子的池塘边，每天一早有不少演员吊嗓。那天我看见斜立着一个跛子，正对着初升的太阳唱：“雄鸡，雄鸡，高呀么高声唱，唱得太阳红又红。”我就疑惑地去问母亲，跛子也能上台唱戏？母亲说：“他是拉琴的。”

这位新来的琴师是个大专生，姓饶，大家都喊他作饶老师。他拉琴喜欢站着拉，外人见了并不以为他是个跛子，反而觉得那是一种风度。况且小提琴天生一副高贵的面孔，有人能摆布它，是很受尊敬的。饶老师对人十分和善，他说的话似乎也与当地人不同。他是个兴趣广泛的人，拉了一阵子琴，突然又不拉了，改行去画布景——这个职业一直延续到现在。不过他早就声明不想画了，想搞无线电。

我在农村插队的时候开始练习绘画。一回来，自然要去戏园子里转悠。那时候只演移植的样板戏，所以我一去，饶老师就抓住我，让我替他画景。我一般是画“硬片”，他画幻灯天幕。他的人物画基础薄弱，一画非走样不可，就受到嘲笑。这样，我又把海报的绘制承担下来。我那时最高的理想是进剧团当一名职业美工，对此饶老师很帮忙。他让我画了几套样板戏布景的气氛图，作为凭据送到领导那里。领导说不错不错很不错，但就是不收我。这件事让饶老师很有些不安。有一回他在街上碰见我说：“画布景没意思，你还是专心画人物吧。”

饶老师转为专业美工不久，剧团里又来了一位小提琴手，也是大专生，姓李，北方人。这人长得又高又壮，所以小提琴搁在他肩上总像是件玩具。他颇严肃，不苟言笑，满嘴的北方腔听起来像在骂人似的，大家叫他“李侉子”。他是正规学音乐的，在部队文工团干过，还能作曲。他的小屋子里到处是五线谱，还用精致的相框嵌着柴可夫斯基的肖像和俄罗斯巡回展览派大师列宾的名作《伏尔加纤夫》。在整个剧团，仅他那屋才有一点艺术的气氛。

他的琴，我以为拉得是很好的。我听过他拉《大红枣儿》，觉得和半导体里播放的一样。他拉琴也是立着，而且不停地摇晃，眼也始终是半闭着的。他几乎没有任何社交活动，整天待在那间小屋里。

1968 年冬，城里两派武斗刚平息，要实行大联合了。同时，又要清算一批“五类分子”，让这些人戴白袖章去打扫厕所。那个冬天非常冷，雪也落得特别厚。这天我去戏园子找外祖父要洗澡钱，看见院子里李侉子在绕圈子跑步，只穿着一条短裤，浑身紫红。我以为他在进行早锻炼，就说：“你身体真好。”他对我笑笑。我又问：“你不冷吗？”他还是笑笑，顺手把吊得很长的鼻涕甩掉，继续跑。我就有些困惑，去问外祖父。当时外祖父他们正在屋里围着火盆学习最新指示，他把我支到外面，并不解释，让我拿着钱快走。到了晚上，我脑子里还转着白天的事，忍不住地又问外祖父：“李琴师不冷吗？”外祖父靠在床上抽黄烟，他叹了口气，轻声说：“他当过‘三青团’……他疯了……”然后，老人将煤油灯一口吹灭。

天亮时，我出来解小便，听见几个人在屋檐下议论：李侉子刚才被押走了。

1989 年 12 月　合肥

我的奶妈

我们家乡称乳娘叫奶妈。在我印象里，奶妈的形象是完全地模糊了。只是她的一些事迹，使“奶妈”存活在我的记忆之中。奶妈的故事是外婆说给我听的。

我生于1957年农历十月初七，是个秋日的黄昏。我母亲也有些奶水，但我父亲没让她解怀，说作为演员需要注意身段的保养。父亲在大学念过书，凡事爱讲个科学。这样，外婆就央人去寻奶妈了。没多天，奶妈上门，是个农村来的年轻媳妇，身体很好，皮肤黑黑的，自己的孩子刚过满月，奶水充足。家里人称她作娥。依这个名字，奶妈长得不丑。

外婆是位精干的家庭妇女，一生五个孩子就落下我母亲，而我又是她唯一女儿“长头的男孩”，自然对这奶妈的物色严之又严。外婆有心计，表面不动声色，却于暗中观察。婴儿的我吵闹啼哭过人，每逢这时，娥就放下手里的活，边喊着“我的心”边解开怀，把乳头塞到我嘴里。然而这在人面上做的，外婆不会往心里去。外婆关心的是她不在场的时候，奶妈如何对待她的外孙。于是连续三个晚上，外婆去戏园子听戏去了，家中独剩娥。其实外婆设了局，虚晃一枪地绕到屋后，于侧窗下静听室内响动。不一会儿，婴儿依旧是常哭，娥依旧“我的心”地拍哄，喂奶。等婴儿吃饱哄睡，娥才回到油灯下继续纳鞋底，脚尖轻摇着摇篮。外婆说我磨人，一晚上要闹十来回，娥就“我的心”十来回，喂奶十来回。一连三天，外婆说，娥真是好性子。此后，娥便完全成了家里人，她勤劳俭朴，是外婆持家的好帮手。

第二年，我家出了件大事：我父亲被划为“右派”，遣送农场劳教，家中遂蒙上了一层阴影。那时我母亲仅二十岁，组织上要她坚决同“右派”分子划清界限，分清敌友。母亲内心很苦，脸上还不能让人察出。

她把全部的精力用在演出上。那个时候剧团很忙，常常加班加点地排戏，演员一般不回家住。有天夜里，离别数月的父亲突然回了家，拿换季的衣服，规定天亮前必须返回。父亲当然想会会他年轻的妻子，而我家大人又处在积极分子的监视之中，出不了面。娥就自作主张地去了剧团，当众对我母亲说孩子发烧了。母亲遂告了假，与娥匆匆回去。路上，娥才说：姑爷回来了。可是等她们赶回，做姑爷的已经离开。他以为今夜夫妻难以团聚，也就不作指望，趁早赶路了。娥见此情景不禁泪流满面，娥说："姑爷是好人善人，政府怎么这样亏他？"

到了第三年，所谓的自然灾害袭来，大食堂越吃越稀。全家称得上可吃的都让娥吃，因为她要喂奶。娥心里也矛盾，她不忍看全家吃糠咽菜，又怕自己不吃而少了奶水。所以娥每吃必流泪。娥说我们家救了她的性命，要落在村里，早饿死了。有一天，娥的男人来了。娥一见就预感到家中出了事。果然，她的公婆和最小的孩子于一月内相继饿死。娥嚎哭，骂男人是死人，为何不早些给信？男人已很麻木，说家家都死人，有何稀奇？男人是来接娥回去的，而我也到了该断奶的时候，外婆虽舍不得娥走，又不便再留她。外婆就给娥做了新衣新鞋，又把家中仅剩的一麻袋萝卜匀出一半，让娥带回。娥"扑通"跪下，泣不成声。外婆也同样是泣不成声，说娥你以后就把这里当娘家，闲时多跑跑。娥那天是一路哭回去的。

娥后来也来过我家，捎来些土产，但主要是来看"我的心"。可我不争气，对她很生分，有一回居然钻到床底下不肯出来。母亲说那时娥就很失望的样子，泪眼花花的。以后，"文革"开始了，城里闹造反闹武斗，娥大约家庭成分"不怎么干净"，受到管制，就与我家断了联系。这一断，就是三十年，外婆一直私下打听着娥的消息。据外婆讲，娥的命相当苦，第一个男人死了；后来改嫁，男人也没活多久。这些年来，每当看见婴儿吃奶时，我就自然想起娥，我的好奶妈。1993 年夏季的一天，我在海南岛看了根据白先勇小说改编的电影《玉卿嫂》，不禁泪涌神伤。那个下午，我沉浸在无限忧伤的气氛里，觉得玉卿嫂就是我要寻找的娥。我是吃过她奶水的！三十年了，我的奶妈如今安在？我一定要找到她，无论她是健在人世还是驾鹤西去，我都要向她跪下三叩。

1995 年 11 月 28 日　挥泪于郑州

送二妹去美国

1994 年 11 月的一天，我在海口接到父亲的电话，说二妹小莉已经办好了赴美留学的签证，过些日子就走了，问我能否送送。我说我肯定要送的。到了 12 月 19 日，父亲又来电话，告知小莉三天后启程，她从上海坐飞机。我们便约好后天在上海见面，我在电话里还强调，让他们坐飞机到上海。因为很多年前，当母亲还年轻的时候，她就对我说过晚年有两个愿望：坐一趟飞机，玩一趟上海。我想这回一并满足她。

放下电话，我突然就有了些忧伤，想起以往的家庭生活，一种很重的感觉压在心里。1978 年之前，我们家可以说是处在水深火热之中，那时父亲还没有平反，在远离家的巢湖农村种田，兼做油漆匠。一家六口每月就只有母亲六十几元的薪水支持，难，可想而知。但是，我们家四个孩子读书很争气。那时我已在农村插队了，三个妹妹还在上中学。在她们当中，成绩最好的就是二妹小莉。当时，我家住的那个杂院里，基本上都是一些机关的科局长，还有一个副县长，显然他们的日子过得比我们好。我母亲是个自尊心很强的人，所以对几个女孩的穿戴很在意，尽可能地让她们穿得体面一些。但是，二妹却不肯，她总是穿一些旧衣，甚至穿屁股上打了补丁的裤子。母亲便责备说：有好衣裳你怎么不穿？二妹先是不吭声，后来才嘟哝道：我就是不穿，别看我们家穷，可他们家的孩子读书不行！这件事我总记得，也为此感到骄傲。事实上，二妹说得一点不错。到她考大学那年，院子里录取的就只有她。

12 月 21 日，我和同在海口的小妹飞往上海，下午便在虹桥机场迎候父母和小莉。一家人在机场见面后，喜悦是自然的，我把他们安排在机场附近的一家宾馆，因为再过四十八小时，二妹就得飞美国了。当天下午，我们去了南京路，我想给二妹再买一些衣服，据说美国的东西不便宜。二妹却不肯，说：我要是混得连几件衣服都买不起，就不像这家的孩子了。最后，我只好在中百一店给父母各买了一件衣服，算是春节的礼物。逛过南京路，我们又去了外滩游玩照相。那天是个阴天，外滩的风也吹得紧，我们缩着身子走着，怎么看都不像是来游玩的客。母亲说：这就是上海？她总不时说上这么一句，一副极失望的样子。实际上我知道她也没有了玩的兴致。自从见面后我就发现母亲的神情有些异样，她似乎很平静，但那是装出来的。然后我们便匆匆照了相，乘车回到了宾馆。

照片很快就洗出来，效果竟还不错。有一张，是我搂着两个妹妹的合影，父亲拍的。母亲说，这一张最好。那个晚上，我们在一起聚谈。天气正寒，我让母亲和二妹先睡到床上去，哪知她们居然睡在毛毯上，拿床罩当盖被。小妹便乐不可支，指着姐姐嘲笑：你连标间也没住过？到了美国可别再出这个洋相了，免得叫美国佬笑话！二妹还真的脸红了一回。母亲也笑了，同时说了来时在飞机上父亲的笑话。父亲以为飞机上的饮料价格昂贵，就始终坚持不要，弄得空姐都很尴尬。后来还是母亲自作主张地拿了一听可乐，才知为免费赠送之物。等父亲猛醒过来，飞机已经下降了。我们全都笑得喘不过气来。几年后，当我在北京拍摄《对话》时，我利用这个情节做了影片的序幕。那时，我已经不再笑了，倒是有了一种莫名的伤感，想父母这一辈子实在不容易，最好的青春都浸在了泪水里。我们谈到很晚，直到外面的天色开始转白了，才睡下。母亲和两个妹妹同睡一张大床。像小时候一样，母亲的身旁一边睡着一个。

翌日一早我们便起床了，吃过早餐便直奔机场，二妹是 9 点的飞机。临行前她向我要了一百美元，说是路上买吃的用的。我问是否够了，她说够了。她又说：哥，这算我借你的。我很不高兴，说：你拿我当谁了？她笑着解释：你应该相信我的能力。我会很快挣到钱的。

到了机场，二妹先去办了登机手续，然后又出来和家人接着说笑。不一会儿，广播里的英语响了，父亲大致听懂了几句，就说：小莉，差不多了。二妹突然一下子扎到母亲怀里，哭了起来。而母亲的眼泪始终浸在眼眶里。她把女儿的发卡抽出来，重新别好，异常平静地说：哭什么，是好事嘛！

我们一直望着二妹的身影走进安检处。

后来，我们又换了一个地方站着，等待那架波音747起飞。母亲的眼泪还含着，我便走近对她说：想哭就哭吧！

母亲摇摇头，说："我这一生就打过一仗，就是把你们四个都带大了。我胜了。"

她这句话说完，我们听到飞机巨大的轰鸣声。一会儿，那架飞机飞出了我们的视野。

二妹在美国的第二年便顺利生下一女，取名格格。她和丈夫小倪先是在底特律附近的哥伦布市，上个月才举家移居西海岸的洛杉矶，二妹在一家贸易公司从事电子商务工作。她那个公司的五位董事全是女性，也都是哈佛的博士，据说还有一位当选过全美的名模。二妹是这个公司唯一的东方女性。最近的一次电话里，她提到让我女儿将来到美国念书的事，说一切全包在她身上。最后，她又向我建议，叫我每天抽出一个小时来重温英语，她说这很重要的。你以后还是到这边来养老吧，她这样说道。我却感到了异常地不安，毕竟，我离养老还远吧？

1999年10月　怀宁

我的绘画生涯

有一种孩子在不识字甚至不知道说一句完整的话之前，却能画出很好的画来，我大概就属于此类。据我外婆回忆，我在三岁的时候就开始在墙上涂涂抹抹了。我自己对绘画最早的记忆是在1965年，那时我上小学二年级。我们的班主任姓朱，在上语文课时喜欢穿插一些图画作为表达。譬如讲到“球”，他就会在黑板上画出人打篮球、踢足球和打羽毛球的样子，看上去比正规的图画课还生动。图画课只教我们画太阳、房子和树一类呆板的东西。到了这年的秋天，王杰的英雄事迹出现，街上也就出现了许多大幅宣传画。第二年“文化大革命”，街上的宣传画就更多了，几乎每个星期都有新画。那时我爱在作画的大人身边转悠，偶尔帮他们涂一面红旗什么的。涂匀就行了，大人说，一笔就是一笔，不要来回拖。

到了70年代样板戏出来不久，书店里相关的连环画也有了，我喜欢买，然后就照葫芦画瓢似的临摹，自觉越画越像。我记得我画完了整整一本《智取威虎山》。

县文化馆有一个姓谢的老师，是画得最好的。他的画很正规，速写尤其好。那时只要剧团里演出，这人就要站在舞台边上画速写。看他寥寥几笔就把人的姿态勾画下来，我心里实在是羡慕，就想：什么时候也能像他那样就好了。我时常去谢老师那儿。他的屋子里四壁全是速写素描，都是我们身边许多人的肖像写生，都很像。有一回，我从头到尾看他画完了一幅我们班一位女同学的像。或许是边上有人，这人那天画起来特别神气，眼、手、头发动起来都有节奏感。用今天的话说，这是典型的潇洒。这一天对我非常重要，有一种茅塞顿开的感觉。同时我也被他那种画家特有的风度所吸引。

这以后我也这么干了。我有三个妹妹，她们是我最初的模特。开始，她们是兴奋的，觉得好玩，但时间稍一久她们就受不了了。画着画着她们突然就不合作，于是我只好买些零嘴来哄，来稳住她们。我的画没有得到妹妹们的好评。大妹说我把她的脸画得太黑，我一下就火了。你懂什么？我气愤地说，这是阴影，没有阴影你的脸能立体出来吗？她自然还是不高兴，脸上的表情也转变了。二妹刁，总是装肚子疼来躲过这一劫。稍微合作的是小妹，家里人叫她“大眼睛”，很可爱的样子。那时她不过三岁，比较好哄。所以我画她的像是最多的。一天，剧团的一位职工到我家串门，看见我贴在墙上的写生，就说：这画的是“大眼睛”吧？这下可把我乐坏了，在我看来这无疑是来自社会的一种认可。不久，关于谁家的孩子会画的舆论便不胫而走，我仿佛一夜间成了小镇名流。那些日子我成天背着写生夹到周围农村去画写生。我喜欢画农民。县城边上有一个叫潘段的大队，一个寒假下来，我差不多把那里的男人全画了。

县剧团的美工姓饶，是个跛子。这个人的兴趣非常广泛，他本是位中学的历史教员，因为喜欢拉小提琴，就调到了剧团。进来之后，剧团正缺美工，于是他又临时顶了一阵儿。没想到剧团的美工一直就这么缺着，他也就干脆做起美工了。作为我母亲的同事，饶老师自然对我很好。我的第一个写生夹就是他给我制作的。我后来帮他画了许多布景，以此换回来一些绘画材料。每当一出新戏上演时，大幅的海报挂出去，文化馆的人一看就说：这是潘军画的，老饶画不出。饶老师听了一点也不生气，实际上他一直是拿我当朋友。

1975 年我高中毕业，因为没有资格报名当兵，能选择的就是到农村插队。我去的地方是离县城二十里地的小山村，叫牌楼。农村的条件虽差，但人落了个自由，时间也好支配。雨天和晚上我都要画几张。但那时家境贫寒，我母亲一月六十几元的薪水要养六口人，没有更多的钱来给我买绘画的材料和资料。我只能画一些不带颜色的，这样就只好去临摹连环画了。那个时期，我临了贺友直的《山乡巨变》，华三川的《交通站的故事》，韩和平、丁斌曾合作的《铁道游击队》。与此同时，我的速写和素描的进步很大，而且我也接触到了一些外国的作品，譬如达·

芬奇、丢勒、列宾、谢洛夫和苏里科夫的。有一天，我在一个农民家里居然发现了一本范增写的小册子《徐悲鸿》，后面附有几张人体素描，都是画家留法时的习作，很喜欢。这个农民原是县食品供应站的职员，因为和一个女会计通奸，被判了五年刑丢了饭碗。这人大概很喜欢文艺，二胡也拉得不错。他把一些美术资料送给了我，他说：你是我遇见的画得最好的人。在当时，这句话给了我极大的鼓励，我似乎觉得我向往的像文化馆谢老师那样的艺术家生活已近在咫尺。

我开始画人体。我向平时与我交往较深的农民提出要求。怎么样，一包烟让我画一天？我对他们说，要是把自己全脱光了，就两包。可他们都不肯脱。他们大概觉得大老爷们儿做这种事很没面子，怎么着也得穿上一条裤衩。我也只好这么将就了。

我还制作过版画，把村里一位媳妇的洗衣凳锯了，那凳是梨木质地，做木刻纹理细致，效果极佳。

我绘画的才能很快得到了肯定，在县里名声还很响，后来地区也知道了。那时县里只要是大的活动，譬如“批林批孔”，譬如路线教育，譬如国庆和征兵，我都会被县里抽去。我很愿意站在脚手架上画大幅的宣传画，几十张白纸贴到墙上，边上围着许多人，连过往的汽车都要减速，我陷在众目睽睽和一片赞扬声中，内心无比满足。而且我每天还能挣到一元二毛钱——这在当时就是一个三级工的工资。这个时期，我开始向外地报刊投稿。我发表的第一幅绘画作品是《安徽日报》上的一幅速写。后来又在《人民戏剧》等刊物上发表过速写。我的绘画创作也被送到省里参加展览了。1976 年 8 月，我去省城合肥参加进京参展作品加工学习班，这是我第一次到省城，显得踌躇满志。在那个学习班上，我见到了我们省的美术权威老鲍，很希望得到他的赏识，却总不在这人的视线之内。但他没有想到十四年后我们成了安徽文联的同事。1993 年，老鲍在纽约的街头逛报摊，无意之中从台湾《幼狮文艺》上看见了我的一组国画写意小品，竟有些诧异，在他眼里我只是个作家。当后来我把一切告诉他时，他才做出若有所思的样子。

对我帮助很大的是安庆的孙浩群老师。他在地区一家影院画广告，有一次来怀宁辅导美术学习班，似乎一眼就看中了我。在他眼里，我是个聪明而有灵气的少年，是完全有可能画出来的。孙老师是画国画的，专攻工笔人物，有时也画一些小写意的山水。他画得十分老实，这很像他的为人。经他介绍，我认识了安庆的一些在当时算得上有名的画家。孙老师虽然没有直接教给我什么，但开阔了我的眼界。那时我的理想就是将来当一名画家。我觉得自己一点也不比安庆的那几个人差，而且我才十九岁。

1977 年恢复高考，我报考了浙江美术学院。当时这家著名美术学院的招生办法，是报名与初选一起完成。报名者须具备一个先决条件，或在全国性报刊上发表过美术作品，或是参加过全国画展。而这两条我都具备。所以在我按要求把自己的材料寄往杭州不久，便收到了该校颁发的准考证与复试通知书。我报考的是版画专业，但这个专业在安徽只招一名（一共四个专业就招五名），我顿时就没底了。我在合肥参加了各项考试，也参加了体检，但最后还是落空了。从后来的情况看，这一年的招生对我不利的也是两个条件：其一是我父亲还是个“右派”（那一年还很看重“政审”）；其二是那些被录取者的父亲或者相当于父亲的人是我们省的美术权威。正如孙老师后来对我说的那样，美术这东西是没有“硬性标准”的，一张画放在那里，十个人就有十种说法，不像考文理科，一分就是一分。

1977 年是我考美院落选的年头，但并不意味着我当一名画家的梦想破灭。我在长篇小说《独白与手势》里写到了这件事。我觉得浙江美院没有录取我这个事实，倒是改变了我的一生。1998 年，我去杭州领“《东海》文学奖”，一个雨后的黄昏，朋友的车载我路过这家美术学院门前，我突然又想起了当年的那一幕。我不知道倘若二十年前我进了这道门槛，我的生活会变成什么样子。我还会写小说吗？

1978 年我进了安徽大学中文系，然而对绘画的热爱仍折磨得我好苦，觉得上课十分没意思。别的同学在校报上发表文章，我却为它作画。不久，学校成立书画社，推我做社长，倒是给了我一个发挥的机会。那个时期我还经常为省内的一些报刊作插图，以换回一点小钱来买烟买书。现在想起来，总觉得这事就发生在不久前。

这些年，我对绘画的情感是一分都没有减的。每年，我都想有一段完整的时间去皖南山里跑一趟，作些写生。1993 年，我在海口办了“蓝星笔会”，笔会结束的前一晚，汪曾祺先生邀我与他合作一幅国画。我便画了两头水牛，汪先生补了些雨景，并题款为“潘军画牛，曾祺补雨”，成为我对先生永久的念物。还是这一年的 4 月，马原来拍专题系列片《中国文学梦》，提出要拍我的绘画，我便为他当场作了幅水墨写生，由韩少功题款。这幅画让马原带去了，我后来凭着印象又为他画了一幅速写。我路过广州时，《花城》的田瑛来叙，无意间谈到这一期的封三缺了广告，我就把那幅速写拿出来，他一看就很高兴，拿去发表了。第二年，我又在《花城》发表了一组国画写意小品。到了 1996 年底，我来广东茂名参加“花城笔会”，为了表示对东家的谢意，我打工似的画了一夜。叶兆言一直陪着我。他说我的书画不是常见的那种文人“剽学”，有童子功。我给黄蒲生作了一幅水墨写生，也为耿占春和王鸿生各画了一幅钢笔速写，都很像。

现在看起来，从前绘画的训练对我后来的写作和搞影视很有益。李佩甫有一回说我的小说画面感很强，甚至有一种着色的感觉。这或许与我挚爱绘画有关吧。1997 年，我重返海口拍摄电视剧《大陆人》，有很多的画面处理我就是用草图对摄影师表达的。去年，当我着手写《独白与手势》时，我决定把图画引进叙事文本，使之构成叙述的一个层面。我对找到这么一种形式很高兴，所以一口气便写了四十万字，我画了许多，很过瘾。

我对自己这一生有一个简单的设计，就是六十岁之前舞文，之后弄墨——这种生活对于我，实在是向往很久了。

1999 年 11 月 8 日　合肥寓所

1999年12月31日：自叙

我于1957年11月28日的黄昏来到这个世界。出生地是安徽省怀宁县的石牌镇，从地理上看，这儿属于皖西南。我母亲生我时还不足二十岁，所以与其说是痛苦，还不如说是害怕。脐带刚被接生婆铰断，她就慌着让我外婆用一块布把我兜走了。那个时候，我父亲正在远离县城几十里地的农场劳教，据说他得知他年轻的妻子顺利产下一子时并没有表现出应有的喜悦，反倒平添了一份沉重。因为在他看来，自己将不可避免地要成为“右派”分子，失去这个儿子只是迟早的事。我父亲的专业原是英语，但他十分爱好文学。大学时代的他就订了《文学丛刊》这样的期刊，还经常给巴金等他崇拜的作家写信。到了他大学三年级这年，解放了，他像所有的热血青年一样投身到革命的洪流中，于是不久，他成了一名乡村小学的校长。这个小学坐落在怀宁县的小市乡，古称小吏港，因出了《孔雀东南飞》里的小吏焦仲卿而得名。但是从后来的历史看，怀宁的地位应与另外两件事有关。其一，这儿出了中共第一任的总书记陈独秀；其二是这一带出了中国戏曲史的泰斗级人物程长庚、杨月楼和杨小楼。我一直为此困惑，想不通这块水土怎么能把这两件事黏合在一起，尽管两者相距了一百年。

世上的事就是很怪。我父亲谈过四次恋爱，皆因种种原因而不成眷属，到了怀宁竟爱上了一个目不识丁的姑娘。他们的姻缘实际上还是源自黄梅戏。我父亲后来到县文化馆工作，开始创作剧本，这样就与后来成为我母亲的姑娘相识了。我母亲出身梨园世家，九岁就随我外祖父走江湖。解放后他们都被国营的县剧团收编了，进入了正式的文艺界。在我接触过的黄梅戏演员里，我觉得还没有能超出我母亲的水平的——她虽然没有进过一天学堂，但有过人的天赋与毅力。对于他们的缘分，很多年后，我在一篇文章里作过这样的表述：父亲姓雷，母亲姓潘，这两个姓氏都包含了水和田。然而这又意味着什么，我仍是不清楚。

但是在我童年与少年的记忆里，是没有这个父亲的。依稀记得的，是在五岁的时候，有个晚上一个皮肤很黑的男人到了我家，后来这个人给我洗脚，并搂着我讲《西游记》里的故事。那天晚上我母亲在剧团加班排戏，回不来，而我的外祖父和外祖母也不对我说这个男人是谁。等很多年以后，我才知道他是我父亲。那一次他是来向我们道别的，他在我出世后不久便成了“第二次深挖”出来的“右派”，组织上迫使他和我母亲离婚，然后发配到原籍安徽巢湖边上一个叫雷方武的村子劳教改造。这一去就是十八个春秋。

作为怀宁县城所在地的石牌镇，在我的记忆里似乎和现今的变化不大。那几条老街至今还保留着，只是把原先的石板路改成了水泥路，把木头的电线杆换成了水泥——预制的杆子。我在这里生活了二十年，对这个镇子的方方面面可以说是了如指掌。但是我的主要活动场所是在县剧团，这里的老人都称它叫戏园子。我家最初就住在戏园子的附近，我记得门前不远的地方有口水井。有个晚上，我由外祖母抱着去看戏，回来的路上就在水井边上遇见了一匹狼。奇怪的是这匹狼没有攻击我们。可能是因为这件事，我们家不久就搬走了。不过我还是差不多每晚都去剧团看母亲的演出。我觉得母亲在舞台上似乎变化无穷，她演《抢伞》中的小女孩，看上去就像我的同学，而她演《红岩》里的江姐时，又变得十分高大。那个时候，传统的古装戏已不演了，我对母亲所演的《天仙配》、《女驸马》、《打金枝》这类的戏文，认识来源于家里镜框里的剧照。我好像知道了，母亲原来也是很好看的。1966 年，“文化大革命”开始了，当时我上小学三年级。街上一夜间突然就变得很热闹，到处都有大字报和红卫兵。很多人，包括我们的校长，都被押上街戴着各式各样的高帽子游街，他们都成了坏人。但我不敢接受这个事实，一遇见这种事，我就感到胆怯和害羞，似乎是我自己干了什么见不得人的事。也就在这个阶段，我感到了父亲成为“右派”的羞耻，这是我最初遭遇的政治压力。学校每次填写表格，我都紧张，在“家庭社会关系”一栏里郑重说明“已与父亲划清了政治界限”。我的内心已经感到了极大的自卑。我隐隐约约地知道，我在大家眼里充其量只是个“可以教育好的子女”。这年暑假的一天，我去剧团玩，意外地看见了写我母亲的大字报，铺天盖地，而写她的人基本上都是她收的徒弟。我母亲被打成“三名三高黑线分子”，成为重点打击的对象。几天后，剧团的这些年轻人上我家来抄家了，他们接到举报，说我家至今藏有国民党给我父亲的密码。这一天，我在家里。我亲眼目击了抄家的全过程。那些人抄得可以说是非常的仔细，连墙缝里都用铁丝掏了。他们当然没有抄出什么来，倒是翻到了我父亲留下的一摞没有写的稿纸——这是我第一次见到稿纸，它和我的作文簿差不多。“文革”期间另一件对我产生震动的事，是我们教导主任的投河自尽。这个人长相颇像电影里旧社会的账房先生，平时不爱说话，只是在没有人的时候提着马灯看写他的大字报。他临死前的一天黄昏我还看见过他瘦削佝偻的身影。他就死在我家前面的莲花塘里，尸体是渔人用网打起来的。这是我第一次面对死亡发出的惊诧，它留下的恐惧的阴影追随了我很多年。1999 年，我在一篇小说里记录了这件事。

我的中学时代是从 1970 年开始的。对它的记忆我已没有更多的感叹。每天我们面对的都是些没有意思的课本，而革命的继续，又使我越发感到了政治的压力。我父亲是“右派”，这在同学中早已传开。我的成绩一直很好，但这也无法改变我的境遇。我现在能记得的是两件事，一是我从学校的图书馆偷到了一批文学书，这其中就有巴金的《雾·雨·电》和劳伦斯的《虹》，还有一些 50 年代的《文艺报》和《新观察》。但那个时候，我对文学的兴趣远在美术之下。在石牌镇，我的绘画已经小有名气了，我主要是看这些书上的插图。不过，我也知道了一些鲜为人知的事，如对肖也牧《我们夫妇之间》的批判。另一件事发生在 1973 年，那时又开始抓教育了，上海的《解放日报》上发表了一个叫做《补课》的独幕话剧，我们的校长心血来潮地认为，这是促进教育的好形式，于是就让我随一个家在上海的老师去上海观摩。这是我第一次离家远行，而去的地方竟是中国的大都市上海。我们乘车去了安庆，再由安庆坐轮船去上海。我记得到达上海的时间是在第二天的晚上，十六铺码头乱糟糟的一片，使我对这座著名城市的向往顷刻间打了折扣。倒是在儿童艺术剧院的观摩给了我一点安慰。说实话，我一点也不喜欢这个戏，我喜欢的是话剧这种形式。这是我第一次接触到话剧，不久，我在石牌把它给排出来了。有一天我听文化馆的人说，我父亲当年也干过类似的事，50 年代初期他在同一个舞台上演出了海默的话剧《春风吹到诺敏河》。

中学时代给我最后的印象是高中毕业前一次规模宏大的征兵。因为我父亲是“右派”，所以我母亲事先就明确地告诉我：你不要报名。她的意思是我不具备报名的资格。那次征兵对我们的吸引力主要是可以借此逃避下乡插队。我好像也从来没有向往过军旅生活。不过，这个冬天在我的记忆里是异常寒冷的。我的外祖父因病去世，从此这个家里就只剩下了我这个小男人。我在医院里面对病榻上老人的遗容，他没有闭眼，杂乱的胡子扎痛了我的腮帮。这个瞬间，我意识到了自己今后的责任。那是我们家最为阴冷的时期，外祖父的死和母亲第二次婚姻的破裂，这个家庭实际上已经到了独木难支的境地。我母亲一人每月六十多元的工资要养六口人，而我因为爱好绘画每月要花去近三分之一的经济收入。有一次县书店进了两本《连环画精选》，定价是九元六角，我很想得到，就为难地向母亲开口。母亲先给了我五元钱，我没接，她就问：是不是不够？我也没说话，低着头。母亲又给了我五元，然后就去向别人借钱买来了。我因为买不起颜料而只能画些黑白的画。有时候，我为文化馆绘制大幅宣传画和为剧团画布景，以此换回一些剩余的水粉颜色。我即将面临的是下乡，去一个叫做平山的公社。那个地方距离县城 15 里路，却是一个名副其实的山区。

对父亲的印象是从十七岁开始的。外祖父去世后的第二年即 1974 年的秋天，记得是个很晴朗的下午，我从外面回来，看见两个陌生的中年女人正在屋里与我母亲交谈。母亲湿润发红的眼睛让我相信有什么重要的事已经发生了。果然，当我走进屋时，我母亲对她们说：这就是老雷的儿子。我的心一下就跳快了，我知道在我印象里失踪十几年的父亲回来了。这个突然的消息让我不知所措，我心里涌上了一种奇异的情绪，那是惊喜伴随着恐慌，激动掺杂着忧伤，想亲近又害怕亲近。这个黄昏，我随大人出发了。我将要去的地方是安庆，我父亲已被他的朋友接到了那里，在等候着我们母子。我们乘坐的是一辆运粮食的大卡车，我躺在粮食堆里，看着西边的天一点一点地燃烧起来，最后又被黑暗淹没。在这两小时的时间里，我只有一个念头，就是我将要见到的父亲会是个什么样子。这么想着，我心里才感到了切实的悲痛，我已经是个十七岁的小伙子了，却还不认得自己的亲生父亲！

车到安庆已是万家灯火，我们去了当时叫做红旗路（如今的孝肃路）的一处低矮潮湿的房子，这里聚集着许多人，他们都是父亲的好友，也都是“右派”。但他们是黄梅戏的有功之臣。我们到的时候，父亲并不在场，他去一个地方给怀宁挂电话了，担心我们不能成行。过了很久，我父亲才赶来，第一眼看见他时我还是意外和紧张，因为面前这个黝黑瘦小穿着过长棉袄的男人怎么看与我想象中的父亲都不吻合。这个人完全就是个农民的形象。但是，很奇怪，这种不安转瞬即逝，之后便是亲情的气息传递。我甚至感到，这就该是我的父亲！1986 年，我在第一本小说集的后记里写道：父子重相顾，两鬓白如霜！父亲的青春已沉进了巢湖底，捞不上来了。

在与父亲重逢的那个晚上，夜深人静，只剩下了我们一家，父亲看过我的画后，又让我写几个字给他看，我便写了“鲁迅先生”。他看过之后没做任何评价，也写了这四个字。这倒让我吃惊了，因为他的字写得实在很漂亮。这天晚上，父亲还对我提出了一个问题，他说：你这辈子是打算留下几本书呢还是几张画？我犹豫了一下，说：我想当个画家。父亲说，一个出色的画家也是需要很好的文学功底的。很明显，父亲实际上希望我将来从事文学。但那个阶段我对绘画可以说是到了走火入魔的地步，而且我的画也在飞快地进步，有作品参加地区的展览了，想放弃简直不可能。但是我那时还不知道，几年后的一件事意外地改变了我一生的选择。

1975 年春节后，我肩扛行李到了平山公社。我插队的村子叫牌楼，在这个村子的背后是个不高但十分陡峭的山岭，叫梅子岭。在那些日子里，我喜欢每天收工后来这儿看风景。但是插队的日子不久便由最初时的新鲜变得苦不堪言。我的住处是生产队的披屋，低矮狭长阴冷潮湿。我住在里面，外面堆放着水车、犁耙、化肥这些农用品。窗户上连玻璃也没有，用一块塑料薄膜钉死了，下雨的时候，雨点打在上面像炒豆一样。屋里有很多老鼠，夜晚甚至沿着我蚊帐的空隙四下乱窜。一天夜里，我听见了狼叫，就在我窗外。狼的声音很悲惨。我渐渐被繁重的农活压垮了，特别是“双抢”季节，每日一早即起，天黑才收工。我最害怕的是交公粮，一百多斤的担子要挑十里路，每天往返几趟。只有到了晚上，我坐在煤油灯下来作画时，才觉得生命还有一些意义。这个时期，我对自己的前途开始感到茫然，不知道自己的命运会有怎样的安排。

我在这儿做了一年的农民，到了第二年的春天，公社通知我去平山中学当代课教师。这是个意外的好消息，后来才知道，原来当时的公社书记曾是我父亲的朋友，也曾当过一阵子“右派”，因为是党员，所以就先平反了。我自然高兴异常，不仅是因为摆脱了皮肉之苦，而且每个月还能领到十八元钱的工资，这对于我的绘画真是有力的支持。可是好景不长，我在学校只住了一个学期，就又被重新放回了牌楼村。因为帮助我的那位书记已调到县里去当粮食局长了，而新来的书记则要在学校安排他的关系户。这似乎很正常。我永远也不会忘记1976年夏天的那个晚上，我坐在梅子岭上伤心地哭着，也就是从这个晚上开始，我明白了权力在中国社会的作用。今年，我在长篇小说《独白与手势》的第一部里，写下了这种感受——

> 当一个人无法接近权力时，唯一能行得通的便是远离权力。权力左右你的前途与命运，这固然是无法忽视的存在，但仍然还存在着权力控制之外的另一种前途、另一种命运，那便是你的创造。正如农民创造粮食，母亲创造生命，权力是剥夺不了的。尽管权力可以扼制、限制你的创造，但创造本身的力量足以能同权力抗衡。没有一种权力可以规定音乐的具体性，因为旋律的形态是抽象的；也没有一种权力可以控制竞技的规则，所以体育比赛的魅力在于与生俱来的公平；更没有一种权力可以改变季节的更替、自然界色彩的转变。权力可以消灭生命，但消灭不了生命的辉煌。我的生命在于我的创造。

我的生命在于我的创造，这几乎成了我一生的宗旨。用我母亲的话说：你只能靠自己。

1976年10月，中国的历史发生了巨大变化。第二年，高考制度得到了恢复。我便打算回到县城家中复习迎考。那时我已经在大队林场劳动，在我搬行李的时候，那位场长对我说：你等考上了再搬也不迟吧？他的意思是我考不上。于是我对这个知青的管制者说：只要是凭考的，老子就不含糊！现在想起来，我已经没有那种热血了。我知道，在中国凭考取人的事实在是太少太少了。

这天，我去公社的收购站门前等班车。无意之中我发现了一张陈旧的《安徽日报》，日期是1957年5月27日。在这张报纸的副刊版上，我看到了一篇叫做《菱塘新歌》的小说，作者是我的父亲。我诧异的是，这张比我的年龄还大半岁的报纸竟然二十年后在一个偏僻的乡村与我相遇，而这是我父亲一生中唯一发表的一篇小说。那一刻我真是百感交集，我的直觉告诉我这是苍天的一次暗示，我父亲的文学梦过早地毁灭了，这个梦现在该由我接着做了。难道两代人做同一个梦还做不成吗？

1978年9月，我进入安徽大学中文系。这之前我报考了浙江美术学院，结果未被录取。大学这个环境对我似乎没有什么新鲜感。几乎所有的课程我都没有兴趣，我已经清醒地意识到，对于一个想当作家的人来说，大学这道门槛显得多余。事实上，上大学也就是为我解决了一个户口问题，使我由农村进入到城市，日后的身份由农民变成干部。所以我不是一个好学生，每学期系里公布的旷课名单上都有我的名字。

安徽大学的图书馆是相当简陋的。在旷课的时候，我主要就是泡图书馆。或许是我对绘画的旧情难了，我首先着迷的是电影，但又不是习惯中的那种电影文学，我痴迷的是导演艺术。我觉得导演这个行当能囊括我的全部爱好和才华，而且我私下认为这是个有趣的职业。我在大学图书馆借阅的第一本书就是苏联导演库里肖夫的《电影导演基础》，那是一本比砖头还要厚的书，里面有许多经典影片的剧照。我后来几乎是把这本书连同其中的插图全都抄了下来。不久，我写了一个电影剧本《徐悲鸿》，我把它寄给了长春电影制片厂。厂方很快就回信了，说剧本如何地不错，又如何地需要修改，拖了一年最后还是不了了之。连我本人也厌倦了。我那时真是太天真了，根本无法想到，在中国搞文艺创作这行，最僵化的也最没有希望的就是这个电影。很多年后，当我得知在中国一部电影的产生要经过那么多的程序后，我暗自庆幸自己没有在这条道上走得太远。1998 年，我在北京电影制片厂的摄影棚里执导自己的一部电视电影时，回想起当初的热情，怎么看都有点不可思议。我觉得，1977 年的美院落选和《徐悲鸿》的流产，也仿佛是宿命的驱使，让我在今后的日子里专心致志地去当一名小说家。但是，我对绘画、导演的热爱又不是短期内可以结束的。到了 1981 年，我还是写了一个独幕话剧《前哨》，以此纪念我敬重的鲁迅先生诞辰一百周年。这个戏我是编导演集于一身，我自己扮演了鲁迅先生。时隔近二十年，看着自己的剧照还是有些感慨。《前哨》意外地获得全国大学生文艺会演的一等奖，后来又改成了电视剧。但是该剧完成不久，也意外地出现了一件麻烦事。当初写这个戏，我就参考了上海的一个话剧《霜天晓角》，所以剧本在安徽的《戏剧界》杂志发表时，我便在后记里郑重说明了这一点，结果被编辑擅自拿掉了。而在几个月后，还是在这个杂志上发表了《霜》剧作者的来信，措辞相当尖刻，说我“把别人的衣服剪下一块当自己的手帕”。我便找到杂志社，质问他们为什么这么干，这不是对作者太不负责了吗？他们没有作出令我满意的解释，只好又登了一个启事向我表示道歉。对这种“先打倒后平反”的做法我非常鄙视，从这件事中，我感到了文艺界的险恶。那时我不过二十四岁，在涉足文坛之初就遭遇了这种大起大落。但是，我的性格决定了我不是个挨了当头一棒就会倒下的人，我对文学的这份自信心不仅没有因此崩溃反倒格外坚实地树立了起来。我深知他们不是我的对手。

1982 年，我在《青年文学》上发表了小说处女作《拉大提琴的人》。此后，又连续在《花城》、《中国》、《北京文学》等刊上发表了一系列中短篇小说。直到 1988 年第一部长篇小说《日晕》的发表和出版，大概可以称作创作的第一阶段。

大学毕业后我被分配在安庆地委宣传部。两年后，又调入安徽省委宣传部。我在机关前后工作长达八年，这八年中的每一天对于我都是枯燥而无奈。1985 年我结婚，翌年女儿出生，面对杂乱的家庭生活我也同样的一筹莫展。我每天唯一的宁静是在晚上去办公室写作。我带着一瓶开水、一条毛巾和一瓶风油精，总是差不多写到深夜两点。在这间办公室里，我写完了《省略》、《南方的情绪》、《蓝堡》、《流动的沙滩》，这些作品后来被批评界视为“先锋小说”，我也因此无可避免地成了这一流派的作家。“先锋小说”是批评家们做学问的一种归纳，但我需要说的是，无论现在还是将来别人怎么看，我对发生在80年代末期的文本实验活动，都一如既往地充满激情。

1990年，我调到了安徽省文联从事专业创作了，但这次调动不是恩赐，而是带有一种发配的性质。而对于我，这无疑是一次幸运的发配。我在文联被“挂”了两年，没有一个具体的单位愿意接收我，这让我感到诧异和困惑。于是我在写完第二部长篇《风》之后，干脆打了一纸报告，要求留职停薪，自我放逐去南方了。这已是1992年春天的事了。我记得我在合肥上飞机的那一天是4月5日清明节，洛岗机场的上空一片阴霾，似乎带有祭奠的意味，但飞机还是正常起飞了。当飞机穿过厚厚的云层时，我强烈地感到，这真是一块耻辱的天空。

然而令我始料不及的是，我竟阴差阳错地过了五年的经商生涯。我先是在海口，两年后又转移到了郑州。从南海边跑到了黄河边。在这五年里，我做过广告、做过服装、开过酒店。结果是我欠人家的钱一分也不能少，而人家欠我的钱则是一分也要不回来。我经历了前所未有的颠沛流离、身心交瘁，日子狼狈不堪。只有一件事让我以为值得纪念，那就是1993年的春天，我在海口主办了“蓝星笔会”。这个举动实际上表明从下海的那一天起，我就没有打算在商场上混一辈子。我需要挣钱，因为只有钱才能使我在权力社会面前保持最起码的自尊。但我内心离不开的还是写作和文学。我觉得这是我的看家本领。所以当我彻底摆脱困境之后，我再次安静地回到了书桌面前。回想起这几年的经历，我还是有很多的感慨，虽然吃了些苦头，但对那些日子我仍然是无怨无悔，因为我毕竟赢得了一样东西，那就是心灵的自由。

从1996年的《结束的地方》开始，我几乎是一鼓作气地写了《海口日记》、《三月一日》、《对门·对面》、《关系》、《桃花流水》、《秋声赋》、《重瞳》这些中篇。1998年秋天，我在北京靠近亚运村的一间屋里，开始写作长篇三部曲《独白与手势》。我已经完成了第一部《白》和第二部《蓝》。第三部《红》看来只能留到下个世纪了。现在，我在这个世纪的最后一夜写这篇《自叙》，我的窗外是我女儿和其他的孩子在提前燃放焰火鞭炮，他们不知道，这个世纪的最后一天与新世纪的第一天，原本是没有任何区别的。不过，我还是要祝福女儿和这些孩子，我衷心地希望他们比我们生活得好，好得多多！

在1999年第10期《北京文学》的“世纪留言”栏目里，我应约这样写道——

我喜欢这样一句话：历史的发展不以人的意志为转移。

这表明任何人在历史中的作用都是微不足道的，历史不相信历史中的英雄。就像如果没有爱迪生，地球上也将不会是黑暗的，一定会有另外发明电的人物出现，因为历史已经到了电该出现的时代。

所以我会一如既往地等待着，边做自己该做的事。

1999年12月31日夜里　合肥寓所

外祖母

我家乡怀宁那一带对外祖母的称呼不叫外婆，叫家婆。而在我家里，历来就是唤作奶奶的。这也许与我父亲是上门女婿有关，在我印象中，我家的老人就只有我母亲的双亲。我爷爷本来在安庆，因为我父亲被划为“右派”，也就不敢与我们来往，怕受连累。外祖母姓卢，叫凤英，安徽怀宁江镇人氏，生于民国四年即1915年，现年八十四岁，除患白内障眼力不济外，身体仍好，神志清楚。

外祖母是我外公的续弦，嫁过来时大约只有十六岁。她的村子是罐子窑的近邻，据她本人后来说，在她还没有过门前，就知道她男人的名声了。我外祖父原是一名陶工（当地叫“做泥巴货的”），却不可思议地拥有一个儒雅的名字由之。罐子窑距县城石牌十里路，一直很穷。我至今弄不清的是，这么一个穷山村，怎么在民国初年就出现了戏班子？我想或许就因为穷，庄稼人和手艺人就爱做梦，在梦里去寻找另一种人生吧。而与梦相对应的，那就是戏了。戏是梦的冰山一角。人看戏为的就是从戏里看到身边不多见的也很难见到的生活。由之先生初闯江湖撑门面的是青衣。大凡青衣都有两个特点，其一是善唱，其二是剧中的人物都是极善良的心肠，很能引起观众的同情。我母亲说，外祖父的唱腔很有特色，带有一种“沙味”。他是黄梅戏的前辈艺人，除青衣行当，也善老旦和彩旦。

所以外祖母出嫁不久，每年有不少日子是跟随男人走江湖。她不唱戏，一边带孩子一边在剧场里卖茶水。这样几年下来，三寸金莲的她也走了不少的码头，如安庆（当时是安徽省的省会）、铜陵、大通。外祖母生性刚烈，打小就不好调教，她放脚，遇事敢像男人那样出面，也敢反抗她婆婆对她的欺凌，加上走江湖的阅历，便如虎添翼，敢作敢为。

她常挂在嘴边的一句话是：我是桅杆上的麻雀，虽小也见过风和浪。这话对于她，绝对不是大话。

世上的事就是很怪，我外祖父天生胆小，上天却给了他一个糊涂胆大的女人。1941 年，外祖母陪她的公公，带着我三岁的母亲，去桐城找我外祖父。路上遇见日本兵和伪军的关卡，刺刀一横，老人小孩都吓得不行，她倒镇定自若应付过去。事后我那天生胆小的外祖父责怪她，说这个时候不该出门。她反问道：青天白日我一个妇道人家有什么可怕的？小时候我经常问她这件事，我问，日本兵是不是很吓人？她说他们长得跟中国人一模一样，你只要不含糊，他也就不敢随便找碴儿了。

外祖母胆大是出了名的。从前走江湖，外祖父只好赌这一口。一夜，他们几个人在屋里推牌九，红烛高燃，但外祖父手气很背。突然他堂客闯了进来，抓起烛台就砸了，然后把桌子一掀。几个男人被震得大气不敢出，此后外祖父就戒了。

1957 年我出世不久，父亲就成了“右派”，以后去了皖河农场改造，一般很少有机会回家。第二年秋天，他请假回石牌取换洗衣服，正好这晚我母亲有演出任务。外祖母就让我的乳娘去戏园子传话。谁知这话叫边上人听见了，就去向团长汇报，说某某人老板（即丈夫）回来了。团长就宣布今夜散场之后加班排新戏，意思就是不让我母亲回家。这一夜，我母亲就裹着练功毯睡在舞台上，等天亮回家，我父亲已经离开了。事情还没有完，第三天，团长叫人把我外祖母唤去，见面就问：听说你那女婿回来了？外祖母点点头。团长又问：那你为什么不报告？外祖母说：我凭什么报告？就是报告，我也应该向我的组织居委会报告，我又不是你剧团的职工。团长姓胡，是个高挑个又精瘦的男人，他大概感到自己的权威受到轻视，便要无赖地把桌子一拍，骂道：女婿！什么鸡巴女婿！右派！他以为这一下把这个目不识丁的家属镇住了，谁知外祖母说：胡团长，我当初嫁女嫁的可是国家干部，女婿后来的事我算不到；再说，广播里不是总讲右派是人民家里的矛盾吗？团长一下就噎住了。外祖母说：驼子背上一个包，摸得着可看不着，哪个能保证一生不栽跟头？果然在二十几年后，这个当时任地区文化局副局长的男人因徇私舞弊被开除了党籍、撤销了职务，证实了外祖母的预言。

“文化大革命”那阵子，我母亲被打成“三名三高黑线分子”，剧团到处都有她的大字报。有一天，造反派要到我家抄家，说我那“右派”父亲藏有国民党的文件和密码。外祖父早早来家等候着，叫他的堂客无论如何今天不能动怒。外祖母说：“我让他们抄就是。抄出来，我替女抱被子进公安；要是抄不出什么来，我就得抽他们几马桶刷子!”外祖父急得几乎想下跪，哀求道，千万不能呀凤英！你不怕，可你女在人家手里呀！这话一说，外祖母便进了里屋。她在床上躺了一下午，等那些人空手离开后，她突然号啕大哭起来。

这是我记忆中外祖母第一回大声哭泣。在她这一生中，作为受累受苦的旧式妇女，她一定哭过无数回的。1975 年，老人在安庆做白内障的切除手术，我去看她，在一个风和日丽的上午，她这样对我说：我这双眼就是淌多了眼泪。

我母亲生我时还不足二十岁，我一落地就让外祖母用一块布给兜走了。此后的几年，都是她带我。我之后的几个妹妹，也都是这个外婆一手带大的。我们家四个孩子，以前一放学，进门都要喊声“奶”。这个习惯一直保持到了现在。如今我已是四十二岁，这四十二年来我没有在外面过一个春节。即使再忙，我也要回故乡去陪老人过年。今年的春节我回去时给老人换了一台大点的彩电，想让她最后一点的余光看见这世界上每天发生的事。但这个冬季老人的身体很不好，令我有些担忧。一天，我替她剪指甲，对她说起了身后事。我告诉她，到了那一天，无论我在哪里，我都会赶回来给她送终的。我会把这件事搞得体面而热闹。老人倒很是从容，说人都是要走这条路的，自己这一生看见儿孙都有出息，楼上楼下电灯电话全都看见了，也没什么想不开的。最后，她叮嘱道：你们不能把我送到炉子里去，我要上山，祖坟里我预备着一块空地。我要去陪那佬。

她说的“那佬”就是外祖父。

2000 年 2 月 28 日　合肥寓所

童年记趣

去年我在一篇小说里曾写过这样的话：人的衰老首先是从记忆力的变形开始的。这种记忆总是对眼前发生的事呈现出模糊状态甚至遗忘，而对一些年代久远的旧事似乎越发地记得清楚，好像还很新鲜似的。我现在就是这样的情况。我每天睡觉前还保持着读两页书的习惯，但是第二天醒来，基本上记不起了。生活上也开始丢三落四，明明想好了去发信件，走到邮局忽然想起忘了带通讯录。眼睁睁地看见外面在下雨，下了楼才知道没有带伞。这种过早的健忘让我感到沮丧。我自觉还没有接近老，更谈不上是衰老，然而事实摆在面前，不承认还不行。这样的时候，我就索性转过身去面对从前——这个词如今真是有久远的感觉了，让自己回到往事里去。所以我又想说说我的童年了。在过去的一些文章里，我也涉及我的童年以及少年时代的生活，但它们大都是些忧伤的文字，这篇文章我需要讲述童年的欢乐。

春

我对自己的童年最初的记忆是在四岁。我当然记不清所有的事，很多细节是后来外婆对我说的。我生下来直至五岁，后脑勺上都留有一束毛发，是胎毛。据说这是种迷信，有一种长命且又避邪的寓意。以后大人又将它梳成了一根细辫，上面系着红头绳。我的乳名叫小河，至今一些老街坊邻居还有叫我河伢的。我小时候很调皮，四岁那年的春天，邻居尚奶奶在门口涮过的马桶上晒了一双刚洗的棉鞋，差不多要干的时候，我从边上走过，就对着棉鞋撒了一泡尿。于是尚奶奶就觉得好奇怪，对我外婆说：真是怪事，都是一个太阳底下晒的，我这棉鞋怎么一只干来一只潮？外婆猜想是她那调皮的外孙干的，就说：你这鞋是一只朝阳一只背阴吧？总算遮掩了过去。这时候有人来向外婆报信，说你家小外孙下河洗澡去了。外婆听了心里一紧，嘴上却问：你可看清了？他才四岁呢。那人说：他把头伸到水里，就剩了根细辫哩！外婆这下可吓坏了，一口气跑到河边。果然，我竖着屁股，把头埋在水里，大概是在学大人的潜泳。外婆很冷静，她生怕一咋呼把我撵进了深水，就笑着说：河伢，我给你买糖果了。一边做出在吃的样子。我经不起这点诱惑，上了岸，外婆突然脸一沉，扒开我的屁股一阵好打。哪知这一打，又把我打走了。我拼命地跑，外婆是三寸金莲的小脚，撵不上我，没一会工夫我就从她视野里消失了。

但是到了吃晚饭的时候，我还是没有回来。家里的大人便着急了。那时候县城里还没有电，一家人就打着马灯四处寻我。他们找遍了每一条街，问了所有的熟人，也还是没有结果。这下外婆就吓哭了，因为那时总是听见人说县城里有野狼出没。事实上，有一次外婆抱着我去戏园子看戏，在回来的路上，就遇见了一匹狼。外婆一路哭喊着我的名字，六神无主地走在街上，忽然看见从路边水泥涵管里爬出了一个脏兮兮的孩子，就是她的外孙。我好像也饿了累了，在这管子里睡了一觉。这回外婆没有再打我了。回到家，她一边给我洗澡一边把气出到外公身上：都是你给孩子取了“河”这个名字。是河就离不开水，是水就总是要跑！

事隔近四十年，外婆这段话倒叫我想了很久。我父亲姓雷，母亲姓潘，这两个姓氏都包含着水。我喜欢水以及与水相关的一切。我已经过了不少年“在路上”的生活了。看来这生活还一时结束不了，我还将去哪里？往哪儿跑？

夏

到了夏天，池塘里的莲花开了，门前的大杨树上也有知了叫了。和邻居的孩子一起去捉知了，好像是我在夏季的主要活动。我们用细竹篾绷成一个圆圈，在这圈上糊满蜘蛛网，再把这东西安在一根竹竿上。我们通常去附近的乡下，在一片杨树林里捕捉。那里有许多的知了在鸣唱，嘈杂的声音却使我们好兴奋。我们看准一只，就悄悄把竹竿伸上去。等接近知了，突然用力一按，让知了透明的羽翼黏在蜘蛛网上，它就不能动弹了。就这样活捉了一只。然后是第二只、第三只。一个下午我们就能逮上十几只呢。我把它们装在一只纸盒里，在盒子的四周都挖了许多透气的小孔。知了也有公、母之分，我印象里鸣叫的是母的，不叫的是公的，与鸡正好相反。可是很奇怪，这些知了逮回来之后，无论公、母，慢慢地全像罢工似的不唱了。现在想起来，我觉得这就是知了对人的反抗，用的是沉默的方式。这让我想起夏夜捉回的那些萤火虫，把它们装在玻璃瓶里，放在枕边当做一盏灯。然而不久，它们也不再发光了，接着是慢慢地死去。这同样还是反抗，采用的则是毁灭的方式。前些日子我读了法布尔关于昆虫的书，才知道昆虫也是有情感的。对我很有些触动。我甚至觉得还不仅是个情感的问题，这些虫子似乎也有思想——知了和萤火虫的反抗让我同样能想到"不自由毋宁死"，这算不算是意识的产物？如果说这还是虫子的本能，那么我觉得这无疑是高尚的本能。

秋

每年的中秋节来临前夕，我们都要玩一种叫做"垒宝塔"的游戏。这游戏其实很简单，但颇费工时。我们四处去捡碎瓦片，把它们集中起来，再一圈一圈地往上垒。越往上圈就越小，直至完全收拢，形成宝塔尖。垒的过程中需要很小心，弄不好它就塌了。这种塔可以垒成一个大人那么高。之后，我们还要在它的身上披红挂绿，甚至挂上许多小灯泡。到了中秋之夜，就用电池使它发亮。我们围着自己的作品敲锣打鼓，好像在布置一场盛大的婚礼，一边吃着月饼。我们辛勤劳动了那些日子，总算是有了报答。可是等节一过，我们又得把它拆掉。拆的办法很简单，就是大家站在比较远的地方，用砖头将它彻底击溃。这实际上成了游戏的高潮，谁的砖头把它击倒，谁似乎就成了功臣。我们又是一阵欢呼，又是敲锣打鼓，但也没有最初时的热烈，似乎是在举行一次葬礼。接下来就是在大人们的呵斥下，把这一地的碎砖碎瓦清扫干净。大人说：哪儿来的回到哪儿去！于是我们又得辛苦一趟了。大家失去了激情，唉声叹气一筐筐地把这些东西抬走，谁也无法偷懒。有一天，我问领头的大孩子：这有什么意思呢？那孩子回答不出来，就反问我：吃饭有意思吗？不等我回答，他又说：什么都没有意思，就是个玩。我没话了，只觉得这个玩真是好辛苦。

很多年后，我在一部小说里谈到婚姻的离异，就想到了这个童年时代的游戏。我这样写道：这是一个不可理喻的游戏，它以艰辛的创造为代价换取一瞬间的毁灭之乐。但它隐匿着最朴素的宿命观，从你垒起第一片碎瓦起就预示着将有毁灭的时刻，仿佛生预示着死。这游戏远没有燕子衔泥筑巢那么令人神往。

冬

我印象里的冬天都是以下雪为标志的。没有见雪，我就觉得这还不是真正的冬天。我的故乡地处皖西南，每年都能见到几场好雪。我不喜欢融雪，觉得这种雪带有很大的欺骗性，明明看着从天而降，落到地上却怎么也留它不住。我记忆里的好雪都是在我睡梦中静悄悄地落下的。第二天一起床，哇！地上白皑皑的一片！我发现雪很有点像女人的漂亮衣服，穿上了就比她原来的样子好看。在我眼里，故乡的冬天永远是美丽的。但是从那一刻起，我的心也开始变得重了，我担心这样好看的雪会化掉，不知用什么办法才能将它完整地留住。所以我不喜欢像别的孩子们那样去高兴地堆雪人打雪仗，我喜欢在雪地里走路，再用脸盆端一些雪回来玩。我用雪做出我喜欢的房子和山。

然而天一放晴，雪很快就开始化了，我们家乡把这种现象称作“化洋”。那几天，我是决不出去玩的，觉得县城哪条街上都脏。

到了我十岁那年的冬天，过了很久还没有看见雪。我感到很失望，觉得这个冬天好没有意思。不过那时候学校正排演《智取威虎山》，我演杨子荣，也稍稍平衡了一下自己。我总设想是真在进行一次林海雪原式的追剿呢。正式演出的那天，学校借不到那种白靴子，我们几个就在胶靴上涂了石灰，结果惹了麻烦——台上每只靴子上都在冒烟，原来我们涂的全是生石灰，见水是要起反应的。毁了靴子自然要挨大人的骂，我还顶嘴，说：我不就是想在雪地里走走吗？不久的一天，我下午放学回来，路过一片基建工地，看见一池的石灰浆凝在那里，怎么看都像是雪，便试着从上面走过去，谁知没有走两步，人就全陷了进去，慌张地爬出来，早已成了雪人儿。很奇怪，似乎是我对雪的虔诚使上天感动了，这天夜里，全县普降大雪，第二天一早我站在大桥上往下望，整个县城就像是豆腐做的。那种喜悦真是发自内心的。

1988 年的冬日的一天，我在合肥的家中做饭，两岁的萌在客厅看电视里的动画片《雪孩子》。突然我听见了孩子的大哭，便扔了手里的东西赶过来，我抱着女儿，问她怎么了。萌指着电视机，抽泣着说：雪孩子化掉了。

我一下将女儿搂紧，告诉她：雪孩子没有化掉，明年的冬天还会来找你玩。然后我们一起认真听完了朱逢博的那支美丽的歌。

2000 年 3 月 1 日　合肥寓所

红泥的记忆

我在长篇小说《风》里，曾着意写了一个名字好古怪的地方，叫罐子窑。读过这部小说的人也许还记得。这其实就是我母亲的家乡。但在小说里我不过是“贾雨村言”般地借用了这个名字以及那种“陶”的氛围，是一种地理文化上的考虑。真实的罐子窑不在所谓的青云山下，而是距离安徽怀宁县城十多里的地方，今属江镇乡。这里祖祖辈辈都出制陶的手艺人，所以称作“窑”是名副其实，但不仅是做罐子，碗、盆、坛以及茶壶夜壶，都是做的。为什么单挑个“罐子”冠名，我一直感到困惑。

我的外祖父在走江湖之前就是这地方的一名出色的陶工。他在世时，我几乎每年都要随他去一趟罐子窑。那是20世纪六七十年代的事了，那时我还只是个少年。我印象最深的是1967年夏季的那次“跑反”——县城里两派闹武斗，什么都瘫痪了，我们绕了很大一个弯子回了罐子窑。一进罐子窑，映入眼帘的到处都是红土。这种红，类似国画颜料中的朱砂色。制陶用的便是这种土，经水调和就成了红泥。这一次我们住的时间最长，大约有一个多月。然而在这一个月里，我一点也不觉得寂寞与枯燥。每天，我都要去简陋的作坊去玩那些红泥；外祖父告诉我，泥必须揉得不黏手了才算熟。最初的几天，我用红泥捏成了许多的小动物，再涂上釉浆，晾干后就随大人的陶器一并送到窑里去烧冶。等过了些日子，我也想上“车”试试了。那时的陶车都是手动的，先用脚蹬几下使车转起来，再用搅车棍插到“车脐”上加速，然后就凭借着这惯性开始作业。

外祖父手把手地教我，他教我的要领是身体放松，双手均衡用力，手随泥走，但我还是显得过于兴奋和紧张，手不听使唤，一只坯子刚拉出来就塌了，只好返工重来。可我的热情一分也没有减去，终于在一个下午，我完全凭自己的努力制作成了一只既不像罐又不像坛的东西，但它的造型很完整。我真是好高兴，从车上取下摆到泥案上，我又在上面用心刻了几根兰草形状的图案。第二天烧出来，果真很好看的，外祖父很是夸了我几句。后来我把这件东西带回了自己家里，想等自己长大了就拿它当笔筒使，不料没过几天让外祖母寻去喂鸡了。

自我上大学之后，我就再也没回过罐子窑了。但对红泥的那份怀念时常让我激动。我有一位学工艺陶瓷的朋友，每回去他那里，看见满屋陈设的陶瓷作品，都叫我羡慕。我也作过这样的设想，什么时候闲了，再去罐子窑好好玩玩泥活儿。可是什么时候能闲下来呢？

在美国影片《幽灵》（又译《人鬼情未了》）中有一组堪称经典的镜头，就是男女主角在一起制作一件陶品，他们的手放在一起，随着陶车的转动而缠绵悱恻，与此同时，我们熟悉的主旋律悠扬地响起。这是一种朴素的美，因此也就是大气的美。某种意义上，正是由于这种别具匠心的安排，使这部原本平庸的影片变得不同凡响。这部影片我已看过多次。每到这一刻，我就想念起罐子窑来。我心里涌动的是另一种爱，它显示着我少年时代的一段欢乐时光。去年，从北京拍完一部片子回到合肥，无意中在附近的一条街上，我发现了一座叫做红泥的陶吧，顿时就有了兴趣。我想投资人可能是基于城市人的生活过于单调的判断，就建了这样一个可供休闲同时也重温天性的场所吧。几天后的一个下午，我便带着女儿走进了这座陶吧。我们各要了一个车，系上围裙，在工作人员的指导下兴致勃勃地玩起来。但是这个车是带马达的，速度要由一只脚来控制，我便很不适应，手忙脚乱，始终没有做成一件东西。倒是女儿接受能力强，没多会儿工夫居然做出了一只小花瓶。我洗了手，拿起相机，给她留影纪念。看来我对红泥的怀念只能保留在记忆里了。

2000 年 3 月 3 日　合肥寓所

宋 叔

我第一次见到宋叔是在 1979 年的夏天。那时我父亲刚刚“右派”平反，从巢湖边上回到阔别十六年的怀宁恢复工作。父亲打成“右派”时我还在母腹，而现在他平反了，我已上大学二年级。我们家才算破镜重圆。那个夏天家里来客不断，都是父亲从前的好友。像是一个黄昏，我正躺在竹床上看一本杂志，听见父亲在外屋喊我，就出来了。父亲指着他边上一个如他一般精瘦但比他高的中年人说：“这是你宋叔。”我便喊了一声宋叔，然后与他握手。父亲泡茶去了，我陪宋叔坐。他似乎很想说什么，却终于什么也没说。但是在这有点尴尬的沉默中，我觉得他的呼吸开始变得粗短。我还发现，宋叔的脖子有点向右歪。很多天后，等我们熟悉了，他主动说起了这点残疾的原委，说他做“鬼”的时候，脖子上经常挂着一只盛满石头的粪桶游街。他说得哈哈大笑。

宋叔可以说是个文学酷爱者。他写小说，也编剧本，但从来没见过发表和上演。他还有填词的习惯，写了很多篇。我有些意外的是，在“伤痕文学”席卷文坛之际，这些诗词没有去忆苦思甜，大多却在说风花雪月。那时我已经在学习写作了，每次放假回家，都愿意把自己的一些习作带给宋叔看。他看得很认真，看后总要与我进行一次诚恳的交谈，尽管他谈的不一定对我的胃口。1982 年我毕业分到安庆，每个星期六都要回怀宁一趟，那么这天晚上，宋叔就会来。那个时期我开始在《北京文学》、《青年文学》上发表作品，宋叔很高兴。只要是我的小说，他都要看，要保留一份。那时县里还见不到复印机，他就从图书馆将刊物借出来，抄上一份。我告诉宋叔，将来我出小说集子，一定要把第一本书送给他。不久，我调往省城合肥工作，之后与宋叔见面便一下少了。这在我们双方都很不适应。

宋叔不在文化部门工作，有一回，竟破天荒地被邀请出席地区的戏剧创作座谈会。为此他赶做了一件藏青色的呢制服，口袋上别了两支钢笔。这次会议回来，他便一气写了两个大型的戏曲剧本，有一个据说要排演，不知怎的反复几次就不了了之了。其时他已退休，却不住家，而是去了他爱人的单位——距县城十五华里的乡村小学。“在城里写不了，”他这样对我解释，“天天有人拖我打麻将。”但是，县里又有许多事找他做，譬如教书、整理工运材料、撰写革命烈士传略，他都一一接下。1986年春节，我回故里省亲，看见宋叔的气色比以前任何时候都好。那时我的第一本小说集正在编辑中，年底有望出版，宋叔听了这消息连声说好，他说：“你要给我签上名。”然而在这年秋天刚刚开始的时候，9月的一天，我突然接到父亲的电报——宋叔谢世！

我感到悲痛，感到震惊。当时我因公务缠身未能赶回，只能通过电话、通过父亲表达我对宋叔的哀思。据父亲在电话里说，那是工会“青年文化补习班”开学，由宋叔讲授中国文学常识。他本来就是师范的高才生，又几十年一如既往地爱着文学，可想而知他的课是极其动人的。他本人也很激动。第一节课讲毕，他似乎觉得有些不对劲，但他无法抑制内心的这份激动之情，还是精神饱满地走上了讲台，他要讲的其实是他的一个光荣的梦想。于是几分钟后，他便带着多少年未见的微笑倒下了……他死于脑溢血。

这年的10月，我回家结婚，第二天一早我就和父母去叩拜宋叔的灵堂。我什么也没说，凝视着宋叔的遗像——他的脖子还是歪着，他的神情和我第一次见到时完全一样。我点上一支烟，竖立在宋叔的面前。烟在静静地燃烧着，直至全部烧尽。这时父亲走过来低声对我说，很奇怪，很多人也像这样做了，但烟都只烧到了一半，就灭了……

我说：“宋叔宠着我呢。”

我的第一本小说集于两个月后出版。在一个没有月亮的夜晚，我认真地签上名，给我的宋叔烧去了……

2000年5月27日重写

“独立居主人”宣言

战军为《时代文学》特约主持的“书斋探幽”栏目，每期我都看的，好看。上个月我们在北京相会，他约我也写一篇，我说可以。后来一想，觉得答应得有些草率。其一，是这些年我过着“在路上”的生活，成了一个“住标间的男人”，根本无书斋可言。有时候在外地想写点东西，手头连普通的工具书都没有。那本《现代汉语词典》我至少买了五本——每到一处都要买，用完了就送给了宾馆的服务员。我对出门的厌倦即在于此，那个时刻便特别眷恋我在合肥的书房了。其二，我在合肥的寓所面积较小，所谓的书房其实与客厅合二为一，严格地说，是起居室，实在无幽可探。幽者，静雅之境也。而我的书房外紧贴着一个篮球场，晨有老太太跟随“采红菱”的曲子轻歌曼舞，昏有小青年吆喝着进行比赛热身，说“幽”无疑是嘲弄。中国就是这么一个伟大而奇怪的国度，房子住得宽敞的，如高官、豪富、明星，用不着书房，而有书的却总为求得一间书房苦恼。

我对书房的渴望由来已久，可以追溯到十五岁读高中的时候。但对书房的概念从一开始起就有别于他人，还兼有画室的内容——我对绘画的兴趣早于文学。我希望有朝一日能有一间属于自己的大屋子：四面开窗，中置一张大台子，周围有很多书橱环绕；室内有我的书画，橱中有我的著述，觉得一辈子待在这样的空间里，如同守着一个永不醒的好梦。那时我们家租住的是一处旧民房，有一阁楼，我就住在这阁楼上，四周用塑料薄膜隔成“墙壁”，朝北开有一扇小窗。主要的设施是一张床、一张桌子和一个小书架。难容过多摆设的屋里却摆有一尊维纳斯的石膏胸像。唯一的墙壁上悬挂着苏轼书《兰亭集序》的碑帖。这两件东西是我的两位老师送的，由于它们的存在，使我第一次感到一种特别的气息。

我想这就是书斋的气息吧。

真正有了书房是在十几年后。1987 年，我在住了几年招待所后，终于调配到了一套房子。这套房子的年龄比我还大，破旧不堪，我当初愿意住进来，看中的就是它的面积。我想我也该有间正式的书房了，尽管它潮湿、阴冷、终日没有阳光。书房的窗户朝西，所以检查那个时期我写的文章，篇末有时会注明：某月某日写于西窗之下。我曾经想写一本《西窗偶记》的随笔，写了几篇又失去了兴趣。不过，在这间屋子里我还是写出了两部长篇小说《日晕》和《风》，以及像《南方的情绪》、《流动的沙滩》、《蓝堡》这样的中短篇。那个时期我在机关服务，每天坐班，写作纯粹是业余的活儿。而且我女儿萌子才一岁，家务显得琐碎而繁重。所以写作的时间总是在每晚的 10 点之后。然而我并不觉得疲倦。那个时候我会沏上一杯浓茶，点上烟，在一圈柔和灯光下扮演几小时的皇帝：书房是我的金銮殿，写作就是批奏折。唯一的遗憾是，我不能将这个皇宫布置得富丽堂皇。它太潮了，新刷的墙不久便石灰剥落。书画家赖少其先生曾给我写过一幅行草，没挂多时就出现了霉斑，只得取下。书房里唯一的装饰是我自己制作的一幅挂毯——那是一个变了形的京剧脸谱，一个铜锤花脸。

我在这间房子里住了八年。1995 年，旧房子拆迁了。按理，作为拆迁户我可以在一年后住进新房，但是房管部门却百般刁难，只同意在旧房中进行有限的调剂。他们振振有词，而理由只有一个：必须按级别。而我没有级别，我自然也弄不清级别是个什么玩意儿。但是我明白有一种东西可以和权力抗衡，那就是金钱。钱有时能给人买回一个尊严与公道。于是，我依旧住进了旧房。这套房子仅比我年轻十岁，但毕竟使我拥有了一份阳光。我清楚地记得，我们一家住进去的第一个早晨——准确地说应该是凌晨，时间刚到 5 点，由窗外射进的晨光竟然使我们睁不开眼睛而过早苏醒！其实那个时候，太阳在这块土地上还没有升起。阳光在我的生命里至少失踪了八年。1999 年我把这个细节写进了《独白与手势》。

现在的书房里有八个书橱，式样是我自己设计的。写字台上放着一台宏基电脑，由我与女儿合用。逢她学习或者玩游戏，我就只能支起笔记本电脑，去小餐厅。井水不犯河水。有时候我俩都要作画，难免要互相吹捧几句。她说她是天才，以后要先去日本读早稻田，再辗转到美利坚大显身手。“到时候我会在美国的西海岸给你准备一间漂亮的书房的，”她这样对我许诺说，“你就安心写作吧。”女儿的天真烂漫让我开心，却也使我生出一些忧伤来。1931 年“九一八”事变后，在读书人中间有句流传很广的话——整个华北已经放不下一张安静的书桌。如今时间淌过了近七十年，日本也投降了五十五年，中国的许多读书人却还在为一间书房苦恼。我无法不为此忧伤！

当初刘禹锡写《陋室铭》不知是为了安慰自己还是为了激励他人，到如今却成了权势者戏弄读书人的堂皇借口。好像知识必须和穷困结合，学问只能与潦倒相连。书的位置一般是在狭窄潮湿的空间，读书的人往往待在阴影里。这是书的不幸，读书人的不幸，更是社会的不幸。我不认这个。此生我一定要获得一间理想中的书房，用钱去买。我要建立我的书库，建立我的工作间。在那块纯粹私人领地里，我要摆上两张大台子，摆上最舒服的椅子，用于我的写作和绘画，用于接待我的朋友。我要用最好的材料来置办书橱，放上我的藏书，放上朋友的赠书，放上我自己的书。在书橱的衔接空间里是我的书画、雕塑、工艺品，以及我拍摄的电影剧照。我要让阳光普照我的书房！我的书斋没有名号，如果要取，我想可以叫“独立居”。那么这篇小文就权当“独立居主人”宣言吧。

2000 年 6 月 20 日　合肥寓所

女儿潘萌

1987年7月4日是女儿潘萌一周岁生日。那天晚上我为她写了一篇文章，记录她自出生以来十二个月的日常生活。原想以后每年的这一天都写上一篇，计划写到她十八岁，再汇成一册，作为她出远门的礼物。结果，我没有做到，如今想起来总觉得很遗憾，我这做父亲的实在是失职。现在女儿已经长到了十四岁，个头已高过她母亲，亭亭玉立，我却不知道该怎样来写她了。前几天她过生日，来了五位同学送她礼物，而她则以请大家去西餐厅吃牛排作为答谢，并且让我和她妈妈在邻桌作陪。她解释说：你们在场，我们就不自在。看着这些少男少女就着可乐吃牛排，眉飞色舞地高谈阔论，我们又高兴又失落。女儿这么快就长大了。可这个女儿还没有和我们亲热够，就让我们“另开一桌”，剩下的便是埋单。

7月4日是属于我的。

孩子大了，不愿和父母多接触，这个现象很普遍。所以我这篇关于她的文章只能是以看为主。看，可能是表面的，能否由表及里，没有把握。加上这几年我时常在外面做事，连看都显得匆忙。在家里，她妈妈主要是看她的作业。我呢，注意的是她的课外生活。潘萌的兴趣广泛，爱好也多，她喜欢游素兰的画，喜欢李玟的歌，喜欢贝克汉姆的帅，也喜欢读一些杂书，譬如《少女》、《读者》这样的期刊，譬如“痞子蔡”的《第一次亲密接触》。这些我都觉得挺好。她也有一些爱好不令我满意，譬如看香港的武侠电视剧。但是我没有过多地去干预她，我只是在她边上说没意思。她立刻就反驳，说：什么叫有意思？老师课堂上总叫我们去记住《第一辆纺车》，记住鲁迅是哪一年生的哪一年死的，记住资本主义为什么腐朽，这就有意思了吗？

词锋煞是犀利，我也无言以对。女儿的书包很沉，所以每天放学回来她都朝地板上一扔。我很同情，问她：你们同学中厌学的多吗？她说：没有不厌学的。1998年《北京晚报》上讨论关于中学生减负问题，连续发表了系列文章。当时我正在北京，便把这些文章剪下来寄给她。她不以为然：讨论能使我的书包轻下来吗？

实际上，潘萌喜爱那种注意方法的学习，讨厌死记硬背。她的理解能力不错，但是每次考试的总成绩都不是很突出。问题出在两方面：忽视副课和粗心大意。

潘萌十岁时就开始看《红楼梦》，这之前因为看过连环画和电视剧，对故事情节有所了解。六岁那年春节她随我回怀宁老家过年，要她当演员的奶奶给她化装造型，一个人轮着扮演林妹妹和宝哥哥。但她并不是一开始就喜欢这一对主角的。先是喜欢宝琴，继而喜欢妙玉和晴雯，最后才轮到林黛玉。庚辰版的《红楼梦》她至少看过三遍，有时闲着没事，就翻上几页，林黛玉的诗词她能背诵不少。她也痴迷林黛玉那种“感时花溅泪”的模样。有一次我们去“红泥陶吧”玩，做完陶器，每人又画了一个挂盘，她画的就是“黛玉葬花”。这个挂盘后来我买回来了，至今还放在我的书橱里。潘萌对绘画有天赋，从小爱涂鸦。记得五岁在少年宫画的一幅《游乐场》还得过一次全国奖，入选了画集。去年我写《独白与手势》，把图画作为叙事的一个层面引入小说，其中就借用了她三岁时的一张画。以前有些朋友建议我可以让潘萌系统地接受绘画训练，从素描开始。我没采纳。我觉得孩子的绘画主要是给想象力一个表现方式，给天性一个自由发展的空间，这就够了，并不意味着要去做一个画家。后来，她母亲又给她买了一架钢琴，最初她也是很兴奋的。每个星期天去老师家里上钢琴课，课程学得很快，但是平时不肯练习，不到一年她就不想再弹了。这件事令她母亲很生气，我也有看法。我说：你拿钢琴当玩具，是不是贵了点？她有些内疚，但还是喃喃申辩说：它就是玩具，只是我没有玩好。前几天她和我谈到练琴的事，她自己对半途而废也感到遗憾，想中考结束后再拾起来。我说：你看着办吧。

两年前我开始用电脑写作，先是买了一台笔记本，好随身携带。但是，一回到合肥就被潘萌霸去玩游戏了。只好按她制订的配置再购一台台式的。台式的键盘大，用起来比笔记本舒服，这样又经常与她发生争执。我说我要写作。她说：对于我来说，游戏和写作一样重要。我拗不过她，只好去另一间屋把笔记本重新支起来。

我印象里，女儿似乎从来不以有个当作家的父亲而自豪。我的作品，她只喜欢《小姨在天上放羊》。不过我也从来不主张自己的女儿将来干写作这一行。这一点我曾明确地告诉过她，我说：你最好干点别的，不要选择当作家。她便反问：那么你当初怎么选择这行呢？我说我是别无选择。上次安徽电视台来拍我的专题，记者也问道：你希望你女儿将来继承父业吗？我说：不希望。记者问为什么，我说：这一行太累心了。我希望她们这一代是轻松的一代。记者问：那么，你觉得孩子干什么合适呢？我说：最好去搞自然科学，或者去做一个卡通设计师。

自从上中学后，潘萌开始有了自己的朋友，来往密切的有三个，都是同班的女生。这四个人每天电话联络频繁，每个双休日都得一起聚聚。看上去她们很志同道合，有时连穿戴都风格一致。有一个时期她们迷上了日本的歌星酒井法子，到处买她的歌带影碟，以至突击学日语，为的就是能叽里呱啦地模仿酒井。今年春天我在北京做事时，有一天逛书市，发现了一本酒井法子的传记，便高兴地给她买了回来。可是她很冷淡地说：我现在不喜欢酒井法子了，因为她嫁人了。她们的兴趣转移到安室奈美惠身上，尽管这个安室早就嫁人。孩子的心理就是很怪，在她们看来，酒井法子令她们失望了，所以她们也就毅然抛弃了她。

我们四个女生有一个共同的目标，或者说是一个共同的计划。有一次潘萌这样对我宣布说，我们打算将来集体报考日本的早稻田大学。但是我们只在日本把学位读完，发展还得去美国。

她们计划在美国的西海岸落户，先买一幢四层楼，把各自的父母都接过去，每户一层。这样即使她们在外地工作，这四个家庭也可以互相照顾。等到她们三十岁之后，她们就独立门户了，各人住各人的别墅，把父母带在身边。原先那幢四层楼便对外出租，所得租金全部用于我们这些做家长的养老补贴，她们分文不取。虽是笑谈，但这件事在我心里还是引起了震动。这些年每次我出门做事，临行前，女儿都要在我皮包里放上一件她亲手制作的护身符。我在外地几乎每天要和她通一次电话，其实也没什么说的，只是想听听她的声音。

潘萌怀在母腹四个月，有一次我陪她妈妈去看中医。那位老中医一号脉就知道是喜脉。那天是个阴天，看完病，我故意把伞落在诊室，等把她妈妈送下楼才回头来取。我问大夫孩子是男还是女，大夫说：如今一个孩子，男女不都一样吗？我就明白，几个月后我将会有一个女儿了，继而断定这是个漂亮可爱的女儿。但那个时候我还没有想到，做父亲的有个女儿，就等于免去了后顾之忧。这个女儿使我一生的情感都有所寄托。从这个意义上讲，我这辈子其实只剩下一个愿望了，就是力争活过女儿三十岁。

2000 年 7 月 20 日　合肥寓所

我家的时尚女孩

人民文学出版社计划出一套关于作家和自己孩子的书。8 月里编辑胡玉萍女士来电话约稿，希望我和女儿潘萌能够加入。我说既然是一次合作，自然要事先征求女儿的意见。那时她正在暑假中，本想出门旅游，因为这件事答应下来，所以她便放弃了原来的安排。为这本书撰稿成了她这个暑假的主要内容，《时尚女孩》便是其中的一篇。后来，她把它寄给了《新安晚报》——这是她第一次公开发表文章。这篇不足两千字的文章发表后，很快她就收到了来自省内外五六个地方的读者来信。安徽有线电视台还去学校找了她，说要根据这篇东西改成一个电视片的脚本，并由潘萌自己出演这个“时尚女孩”。我听到这个消息是在 10 月份的南京“中国书市”上，当时潘萌在电话里这样对我说：“怎么样？我才小试牛刀呢。”言下之意是，将来她要是动了真格的，肯定强于我这个作家父亲了。

这件事情过去了一个月，电视台的人又似乎冷淡下来。有一天我问潘萌：“电视台的人怎么说好了又不来了？”本想刺激她一下，不料她说：“不来算了，我还嫌烦呢。”她并不生气，也看不出一点失望。这倒叫我感到高兴。那个下午后来女儿上学去了，我坐在书房里却想了许多。我对面的墙上，刻有她身高的记录，这几年我经常在外面做事，每次回来便要求她贴墙站好，拿铅笔标上她的身高。女儿如今确实长大了，以致我们之间都没有了“共同语言”。她每天放学回来，书包一扔便把自己关在属于她的房间里，一边听音乐一边给同学打电话，要不就是玩电脑。即使是双休日，她也有她的安排，譬如与同学一起去逛书店，譬如到网吧去和网友进行网上聊天——她有许多像“缺氧的鲸鱼”、“玻璃水草”这样古怪的网上名字。那时候我干什么呢？好像一般都是在家里给她做饭。她喜欢吃我做的菜，有一回竟然这样对我说："爸，我觉得你的前世应该是个壮志未酬的厨子。"

我喜欢那篇《时尚女孩》。文章散发出的鲜活与灵动令我始料不及。这完全是一篇十四岁少女的个人宣言，直抒胸臆，且有激情与文采。我尤其喜欢那些奇异的句子，譬如以"阳光"来修饰时尚女孩的形象——"长得阳光"，这样的句子语文老师是会画掉的，而我以为很精彩。再譬如以小首饰来"装点十四岁的心情"。这是一种直觉的判断，属于文章的"破格"。前些日子我整理这本书稿，按照编辑的策划，还需要插一些我和潘萌的生活照片，于是我便将过去的影集从头翻了一遍。看着女儿成长的见证，我很自然地生出了一些感慨。实际上潘萌是一个很有灵气的孩子。记得在她三岁的时候，有一次她妈妈给她洗澡，她便埋怨人身上的肚脐眼儿长得很难看。她妈妈就解释说，这是接生的大夫剪断脐带的结果，是瓜熟蒂落。潘萌就质问："为什么不给脐带打一个蝴蝶结呢？"是呀，为什么呢？等到了五岁，她开始变得捣乱，爱闹。结果自己不小心玩破了手指，血流出来，她便吓哭了，一边哭一边喊："你们不管我啊？你们要让我去和我的血做朋友啊！"我吃了一惊，笑着对她妈说："你听，这可是莎士比亚的语言啊！"

我还记得她有篇作文，是写她随我回故乡探亲的。文章的最后写到了一条小路，她这样表达：故乡的路永远不会老。

《时尚女孩》里她说到了"追星"。从去年开始，她欣赏的对象是韩国的安在旭。合肥街上只要是与安在旭有关的东西，什么碟片呀，歌带呀，书籍画报呀，她都买回来，仔细地收藏好。安在旭的肖像贴在她的屋子里，好像这个家不是她潘萌的，而是安在旭的。今年 9 月我在北京，计划月底去大连讲学。临行前的一个晚上忽然接到潘萌的电话，说安在旭 10 月初要来北京举办个人演唱会，她想利用国庆的长假来北京观看，希望我能提前为她订票。她说："路费我自己解决了，用我的压岁钱。"这一说，反倒让我有些感动。我说："你来吧，一切都由我来承担好了。"我想满足女儿的愿望。那时正是旅游的高峰季节，北京的宾馆饭店床铺相当地紧张。于是我把去大连的计划作了修改，压缩时间，并让对方事先给我订上返程的车票，我必须在女儿到达之前回到北京，再去车站接她。而且，宾馆的房子也不打算退了，由它空着，免得到时候找不到住的地方。但是事情很快起了变化，我这边才到大连，刚和合肥的女儿通上电话，就听见她说她决定放弃了。为什么呢？我说我已经安排好了呀。女儿说："其实欣赏一个人，也不一定非得见到他本人不可。再说我还有很多的作业。"

话虽这么说，但是我能感觉到她的语气似乎很无奈。这种情绪慢慢也感染了我，我不知道该怎样来劝她了，只是觉得孩子这么美好健康的愿望没有实现，是一件憾事。说来也怪，当天的《大连晚报》上竟然登载了一则关于安在旭的消息，说他因为打棒球受了伤，来不了北京了，演唱会被迫取消。我立即又给女儿去了电话，把这消息对她说了。我的意思很明显，就是让她彻底地放下心来，这档事就算一风吹过了。但是，那一连几天里我还是有些不安，我想自己在这件事上显得有些自私，把这消息告诉孩子，本意是希望她就此轻松下来，不再矛盾，可是孩子会怎么想呢？她真的可以轻松吗？她会因为她所喜爱的偶像意外受伤而轻松吗？很多天后我才知道，在接到我的那个电话之后，潘萌便在为安在旭祈祷，祝愿他早日康复。也许正是这点内疚，使我在离开北京的时候，四处打听哪儿有《安在旭写真集》。最后，终于在西单商场的"韩国城"买到了。那本画册的定价只有三十六元，而我花在寻找它的的士费上至少五倍于画册的价格。

我已经说过，潘萌并不以有一个当作家的父亲而自豪。我的书她几乎从来不看，因为她觉得不好看。但是每一封读者来信，她都非看不可，之后便是反复地提醒我及时给人家回信。她说你回了吗？你得赶快给别人回呀，别让人家等久了！现在她自己也有了读者来信，她总是及时回的，而且用最好的信纸和信封。如今她的笔友已经很多了。她答应把自己即将出版的这本书寄给四面八方的朋友。关于这本书的编选，我的想法是，客观展现我们父女两代人不同的生活面貌以及不同的过去，但是我不认为这就是"代沟"。我虽然有些未老先衰，但我希望我的女儿永远做一个时尚女孩。

我们家住在省委机关院子里，有一次，他们几个同学议论，谁的爸爸最近提拔成副厅长了什么的。潘萌却不以为然，说："这个院子里的厅长多的是，但是好作家只有我老爸一个。”——这是她唯一的一次对我的夸耀，却能使我受用终生。不过后来她又说，她是说着玩的。

2000 年 11 月 15 日　合肥寓所

一起走过的日子

潘萌是在超过预产期三天后才来到这个世界的。前一个黄昏，我陪她妈妈在医院里候产，遇见妇产科主任，就问：怎么还不生呢，都超过三天了。主任说：别老躺着，你们出去走走吧，多走走。

我记忆里的那个黄昏很明亮，感觉不出少了阳光。我扶着她妈妈出去散步，沿着合肥东边的和平路走着。她妈妈大腹便便，行动缓慢，但我们还是走了不少路，一边说着几年前我们在大学里的事，谈话中偶尔她会插上一句：刚才又动了一下，怎么就不出来呢？而我一路上都像是在猜一个谜：将要出生的这个孩子是个什么模样？

我们所在的医院叫“安纺医院”。这个医院不大，选择它是因为这儿是潘萌外婆的工作单位。那时我想，分娩总是一件艰难而危险的事情，如果产妇身边有亲人，是会受到鼓励与支持的。但这一天还是平静地过去了。到了翌日凌晨 1 点多，产妇有了腰酸腹胀的反应。至 3 点，腹胀转为坠痛，很快被大夫确定为宫缩，产科上一般对此视作“第一产程”。我突然感到紧张，便立即骑车去喊来了我的岳母。等我返回医院时，天已经下起雨了，连日的炎热总算透出了一丝清新和凉爽。几小时后，潘萌出生了。其时窗外大雨滂沱，电闪雷鸣，我记下了这个时刻：1986 年 7 月 4 日 7 时。很多年后，我在南边遇见一个来自加拿大的女汉学家，有一回说起奥立弗·斯通的那部《生于 7 月 4 日》。我对她说，我也应该写一本关于 7 月 4 日的书。她问道：你喜欢美国？我说：我爱我的女儿。7 月 4 日对于我，首先是我女儿的出生日，之后才是美国的独立日。

潘萌见到的第一个亲人是她的外祖母，我是第二个。当时我在外面听说孩子顺利娩出，便急着要看这个女儿。于是她外婆就将她抱出了产房。第一眼我就觉得这孩子像我，让我想起自己半岁时的那张照片。但是这个漂亮的新生儿有些特别，她一点也不皱，脸蛋圆而饱满，皮肤白皙，头发乌黑鬈曲，而且是睁着眼睛四处张望着。那一刻，我意识到自己是个父亲了，那种激动与感慨实在难以言表。外面的雨停了，然而这一天还是个阴天。妇产科病房依旧亮着灯，使我感觉还是夜晚——一个期待已久的、温馨幸福的夜晚。等真正的夜晚来临后，孩子开始了大声啼哭，其声响亮而不绝，引得所有病房里的人都过来了。换了几个护士哄她，还是不行。最后是自己哭累了才停歇下来。这时我才发现，她在吮吸手指，原来是饿了。可是她妈妈没有一点奶水，只能用牛奶了。这些年我时常想，作为一个父亲，能亲自动手为自己的孩子煮第一杯牛奶，洗第一块尿布，真是一件很幸福的事。

女儿在医院住了一周后回家。那时我还在机关工作，临时住在一个叫木林村的招待所。每天下班回来，第一件事就是抱着女儿在走廊上溜达。天气很热，我总是用一块干净的竹席坐垫托着她。这样既能使她感到凉爽，又能保证她的骨骼安全。实际上这是一个不缺钙的孩子，一百天的时候小身体就已经很硬朗了，可以在床上做短暂的支撑。到了十个月，她开始练习走路。起先她似乎迈不开步，在我看来不是因为胆小，而是在于不得要领，好像她的路是不需要自己走似的。有一天，我突然把她靠墙放着，不再抱她，她很困惑地对我伸出手，使劲拍打着，我仍然不予理睬。她急了，睁大眼睛瞪着我，那意思好像是：你不抱我我就不能走了吗？然后说走就走，一气走了十几步！我兴奋异常，连忙抱起她，她自己也好高兴，想把我的手拿开，嫌我碍事了。从这一天起，孩子便热爱走路了。我印象里女儿的学步阶段很顺利，几乎没有什么跌跌撞撞。这很像几年后我学驾驶，我只在一块空地上跑了一个多小时，就把一辆“桑塔纳”开上了街。

但是，婴儿时期的潘萌却又是经常伤风感冒。她一感冒便要发高烧，奇怪的是她的活动量还是不减。1988 年，记得是在夏天里，潘萌刚过两岁生日不久，我得空回故乡怀宁探望父母。自从孩子出生后，我已经两个春节没有回老家了。从合肥到怀宁每天只有一趟车，两百多公里的行程，回到家已是日近黄昏。很久不回来，这次我想多住上几日，陪陪日益年迈的父母。而对父母来说，是想我这个儿子能好好休息一下。我如今也是做父亲的人了，工作与家务使我每天疲于奔命，况且还要业余坚持创作。那是我一生中最消瘦的时期，面目憔悴不堪。这天晚上，我和父母一起在院子里乘凉，向他们介绍萌萌的成长情况。正说着，父亲单位的人送来口信，说刚接到我合肥家中的电话，孩子病了，高烧达四十度。家里一下紧张了，接着我便去联系车子，想当晚赶回合肥。那时候县里的小车还很少，最后还是找到一位在银行当行长的中学同学，让他帮助弄了一辆北京吉普。这时已经临近子夜时分了。我母亲担心路上的安全，便让我父亲陪同前往。算起来，这次回家前后只待了六个小时。车过了皖河大桥，我不禁想起母亲以前说过的一句话：人的眼泪都是往下淌的。

前几天我整理照片，看着照片上我们一家人的欢乐情形，便想起我们一起走过的日子。那些逝去的日子再次重现于眼前，让我感慨万千。随后，我的心情又慢慢变得沉重起来。现在我写这篇文章，就是带着这样的心情。

1992 年 4 月 5 日，清明节，合肥又是一个阴天。凌晨 5 点的光景，我起床了。我将出门远行，去的地方是南方之南的海南岛。那时候我的女儿正在睡梦之中。我在那一天的日记里这样写道：

> 凌晨即起，洗漱完毕后坐在书房里抽烟，看着身边的行李与桌上的机票，始才意识到今天是出发的日子。这一走就是很远了，也不会很快就回来的。去隔壁卧室与妻儿道别，孩子尚在梦中，不敢亲她。我的离开不知她知道后能否适应。此番南下，最放不下的就是这个女儿了……

我到达广州的那个晚上，想做的第一件事便是给合肥的家中打电话。我想听到女儿的声音！电话通了，女儿稚嫩的声音传过来：爸爸，你什么时候回来呀？我说很快，说着我就流下了泪水。因为我深知自己决定迈出这一步意味着什么。一想到我和女儿相隔千山万水，我的心便如同铅铸。我太爱这个孩子了，可是命中注定我又不能守着我的女儿，而我的漂泊又怎能说不是为了她呢？我希望我付出的艰辛换回的是我女儿日后的幸福。回想起那段不平凡的岁月，至今还让我有些伤感。那种孤寂是别人难以体味的。每当我身心疲惫之际，唯一能给我安慰的就是女儿电话里那稚嫩的声音，而她每次都会问：爸爸，你什么时候回来呀？

那些日子，最不容易的还是她妈妈。我难熬的不过是思念之苦，她却要为孩子成长的每一个环节操心受累。她在“萌萌成长纪念册”里这样写道：“萌萌不满六岁，其父孤身闯海南，其母独自带萌，可谓辛苦至极。”这不是夸张，是事实。所以我现在经常这样对女儿说：你这辈子最要报答的人是你的母亲。

我在海口住了两年，又去了郑州两年，最后才转到北京。我是出门挣钱，回家写作，总感到欠孩子太多，所以写作都是安排在为她做饭之余。她爱吃我做的菜。以前我家里有过保姆，现在还有钟点工，但是我从来不会让她们做菜。

我在外面的时候，想得最多的也就是这个女儿。到了暑假，我会把她接到身边。1992 年她去了海口，第二年又到了北京，但是这两次我都没有好好带着她玩，以致到今天她还埋怨我说，她对海口的印象就是菠萝与芒果。那些日子我陷在忙乱的生意中。相比而言，1996 年的暑假在中原的那段时光，要愉快得多了。我们去了黄河边上，去了嵩山少林寺，去了洛阳的龙门石窟和它对面的香山。潘萌的胆量不小，敢骑马，也敢上嵩山索道。但是那一次不巧遇到了停电，毫无遮蔽的缆车悬在几百米的高空上晃悠，我都感到心悸，她倒没事似的欢呼。让我留恋的是 1995 年的暑假，我开着车带她回故乡探亲。一路的山清水秀，一路的好心情。路过我插队的地方，路过我代课教书的地方，我都会向她介绍。最后我们在一个叫小河湾的地方停下来，坐在路边看对面山间流动的浮云。我记得当时问她，将来打算干什么？她说我现在只想好好读书。

转眼间，女儿大了。再过几年她就会出国深造，远离她的祖国和父母。我不知道这一天真的来临后我的感受会怎样。如今她自己已有了小圈子，还有许多的笔友，平时和父母的交流在逐渐减少，这种迹象实际上表明“代沟”的既成事实。“代沟”未必是什么坏事，它意味着两代人在价值观念与生活方式上的差异，也意味着时代的发展。只是我一想到这个渴望独立的女儿不久也会出门远行，去她想去的地方，自然难免有些伤感。去年夏天的一夜，我在北京突发胆结石，疼得难以忍受，躺在病榻上看着护士一次又一次地给我抽血，给我输液，心里纳满了苍凉。那个时刻，我最想见的是我的女儿。如果女儿在身边，即使她不为我做什么，即使是坐在我身边看着我，与我说话，我也会得到很大安慰的。我想给她打电话，可是又一想，觉得不知该说些什么，担心孩子会从声音中感觉到父亲是躺在医院里，由此会引起不安来，也就作罢了。人出门在外，会时常想到许多的不测。1997 年春天，我重返海口拍摄电视剧《大陆人》，临行前我甚至写了一份遗嘱，交到她母亲手里。

按我的本意，潘萌当初的名字叫格子——我姓潘，可以谐音“攀”，攀者爬也，潘格子也就是“爬格子”。我希望女儿将来也热爱文学。但是她妈妈不同意，理由是“爬格子”太辛苦了，也未必有什么出息。于是才改成了“萌子”，预示着勃勃生机。现在看来，我总感觉或许有一天她自己还会改回来。但是我已放弃了原来的主张，不希望她将来从事文学这个格外累心的行当。我希望她成为一个拥有知识和高尚情操的人。有一次我对她说：潘萌，我只送你三个字，就是“经得起”——无论荣辱还是顺逆，你都得经得起。她的路还得自己去走，我说过，这是一个不缺钙的孩子。

潘萌周岁生日的那一天，我们也按照惯例玩了一次“抓周”的游戏。当时我在沙发上摆放了十件东西，其中有一本书，让女儿来选择。

她选择了书。

她三次选择的都是书。

2000 年 12 月 3 日　合肥寓所

下雨的时候

我喜欢下雨的时候。喜欢雨在眼前那种飘落的姿态，喜欢听雨落在屋檐、窗篷上的声音，更喜欢在雨中独自地行走。

我的出生地是位于皖西南的一个古朴的小镇，叫石牌。那些清末民初遗下的旧建筑，以及夹合成一条条的老街和小巷，在下雨的时候是异常好看的。很似一幅写意的水墨画。老街的路面，由一块块青石板铺成。雨落在上面光洁可鉴。那时候，我就举着一把油布伞在街面上走动。似乎毫无目的，走得茫然，但我就喜欢这么走。那时我不过七岁吧，刚上小学，但留存记忆中的这些画面至今依然清晰。我很珍惜它。

那时候县城使用的还是老式的火力发电机，功率却不怎么够的，到了晚上 12 点就得停电。街上的路灯灭了，睡得迟的人家就掌起煤油灯来。因为母亲每晚都得演出，我家总是睡得很迟。而且，有一度家的位置偏僻，还未通上电，所以一到黄昏，我和外婆就开始擦煤油灯的灯罩。先对着里面哈一口气，让它内部湿润，再用废报纸拭擦。下雨的时候，煤油灯似乎突然变得很明亮，我在灯下写作业、画图画，外祖母在一旁纳鞋底。那份感觉称得上惬意。有时，我望着煤油灯出神，耳边响着淅淅沥沥的雨，于是就有几分幻想生出。这潮湿的幻想是雨中的双翼，在很多年后支配我走南闯北。雨往往是同雷电结伴而至，我厌恶雷声，却愿意看雨中的闪电。那耀眼的一瞬，雨是晶莹剔透的，仿佛九霄而落的珠帘挂在窗前；那又是触目惊心的一瞬，我缩在帐子里，把自己裹得很紧，只露出一双眼来注视这带有几分恐惧的美。

然而雨中真正的恐惧发生在十年之后。那时我在农村插队，因为征兵宣传，我被抽到区里。那一天事情完了，我得赶回大队。从区里到大队有近十公里的山路。那天是个阴雨天，雨很小，我心想在这雨中走在山道上，应该是别具风味的。谁料半路上随着一声惊雷，雨突然就下大了，天色也很快暗了下来。头上的伞像一面鼓在有力地擂响，密集的雨竟挤过伞布的纤维落到我身上，没多久，我已浑身湿透。山道上看不见一个人影，所有的树都像中了风似的在雨中摇曳着，惊雷接连不断，仿佛就落在我的周围，其声如同一把利刀劈开干枯的竹子，令人发憷。但是，我无法就此停下来，还必须去走我的路。我干脆把伞收拢，好像把自己彻底交了出去。很奇怪，这样反倒减轻了那种恐惧感。这一天我在滂沱的大雨中走了近三个小时，直到天黑时分，才到达了大队。很多年后，我在南方之南的海南岛，于一个情形相仿的雨夜回忆起这次异乎寻常的经历，还是有很多的感慨。这一次，我因车祸被抛在海口与三亚的公路上整整一夜。我躺在撞坏的汽车里，像一件无人认领的破包裹。过往的车辆都是从眼前飞驰而去，连下同情的喇叭声都不肯留下。我的窗外是狂风暴雨，雷电交加，四面都是大山。但那个时候，恐惧已离我远去了，取而代之的是无边的孤独和一份人世间彻骨的冰凉。亮在我心中的是从前的那盏煤油灯……幸好收音机还好着，我在收听2000年奥运会的申办权揭晓的最终结果，知道我们失败了。后来，我听见了一首动人的曲子，是一首交响乐，感觉上它成了这个雨夜的伴奏，使这个看似凶煞的夜晚无端绽放出了诗意。

很多时候我想，人的一生中很多东西仿佛都是命定。我父亲姓雷，母亲姓潘，两个姓氏恰巧包括着“雨”和“水”。这似乎就是一种暗示，注定我此生将是一个在风雨中独行的人。而且，我已经不再习惯出远门时随身带上一把伞了。小时候每逢下雨我就问外婆：雨是从哪儿来的？地球上怎么会有这么多的水？外婆告诉我：水是从天上来的。1997年秋天的一个雨夜，我破天荒地写下了一首小诗，题目就叫《水》——

水从天而降
经过空气、云
它依然是干净的
水落到地上，就
一下变脏了
可我们还得喝

漂白粉的用量超过了盐

后来街上出现了许多矿泉水
许许多多
我们信它之际
腰包叫别人掏走了

与水相关的东西都让我心动
问题是
水是否是水

2001 年 3 月　合肥

丁字街

丁字街是石牌镇的一条老街。从前沿街铺的都是浅褐色的麻石条，看上去似乎很有些年代。下雨的时候能清晰地照出人影，很好看的。我每天上学，这条街是必经之路。然而不知从何时起，丁字街变成了现在的水泥路，感觉很不舒服。那时候——应该是上个世纪70年代的初期，丁字街是我喜欢去的地方，因为这条街上住着我的一位要好的女同学。如果按人的意识划分，这个女同学可能就算是我的初恋。那时我经常去她家玩。每逢她父母出差，我俨然就成了主人，指挥她和她的弟妹。有一次，突然来了生人，她显得很慌乱，便把我藏到她父母的屋里，不许我出来。那一刻，我的心情有点异样了。这个女同学冬天喜欢戴一面大口罩，露出的只是一双大眼睛，睫毛也很长，我就觉得特别好看。还有一次，晚上她去我家，出来的时候天下雨，我便拿伞送她，那是一把黄色的油布伞，我们合打一把，挨得紧紧的。上了大路，正好碰上电影院散场，人流从我们身边涌过。我当时好紧张，把伞压得低低的，生怕被熟人看见。我感到心跳得好乱，脸也在发烧。那个瞬间我非常希望自己立刻长大，长到十八岁，觉得一个十八岁的小伙子是完全不会有羞怯的。这感觉属于初恋吗？我想应该是。

丁字街这一带，以前集中着几家早点铺，正是这缘故，所以街口五十年前就有了一座茶水炉子，旁边挨着一个茶摊。石牌人并没有喝早茶的习惯，茶摊实际上是做外地人的生意。所谓外地人，也都是附近一带方圆十几里地的农村人，他们上街看病卖菜，或者买牛捉猪，忙完了，总得在茶摊上歇息片刻。也有几个老街坊，闲来无事时，便到这里摆一个象棋残局琢磨。

我对这个茶摊的印象是很早的，大约在我三岁的时候吧。我记得家里人送我去上幼儿园的小班，两天的新鲜劲儿过去，我便不想再去了。我忍受不了那种带有集体化的管束，于是就想逃学。那时管理茶摊的是一个年轻的妇人，她生有一个好哭的女儿，尚在襁褓中，所以她要一边卖茶一边哄孩子。那孩子也好哄，只要把她放在摇篮里不停地晃动，她就不哭了。有一天我放学路过，正逢孩子哭闹，就过去帮着摇了。很奏效，一会儿这孩子就不哭了。我似乎有了一种成就感，很是得意。第二天，我便不去上学了，专门到这茶摊里来摇孩子。那年轻的妇人问我：今天不上学吗？我说不，学校放假。妇人就觉得好奇怪，却不想及时点破。一连几天我都是这样，一早赶来摇孩子，等到其他学生放学了，我才混在中间跟着离开。家里人浑然不知，还以为我经过学校的调理，立刻就变化了。直到一个星期之后，茶摊的妇人才向我母亲泄密，等待我的自然是一顿训斥和罚跪。四十年过去了，这件细微的往事却成了童年记忆的一种温馨的提示，好像打开了一本旧书，发现夹在其中的一枚别致的书签。

去年我回故乡过春节，一个阳光明媚的早晨，我带着照相机骑着自行车去了丁字街。我的那位初中女同学早已离开这里了，但原先属于她家的那座房子还在，只是改变了门面。远远地我还看见了那个破旧不堪但照常营业的茶摊的上空，升腾着开水的热气。当年那位年轻的妇人如今已是年过花甲的老人了，她的表情已经彻底失去了鲜活，岁月在她脸上刻下的是过早的衰老。她当然不会认得，现在对着她的茶摊举起照相机的这个男人，就是从前帮她摇孩子的那个逃学的男童了。她有点好奇地看着我，却不言语。而那个时刻，我想到的是，记忆永远比岁月年轻。

2001 年 7 月 12 日　合肥寓所

从前的院子

去年我为《山花》写过一个中篇，名字就叫《从前的院子》。小说自然是虚构文本，但“从前的院子”却是真实的，它坐落在我的故乡怀宁县石牌镇的正街上。正街也是一条老街，至今还残存着一些带着阁楼和马头墙的老房子，这一处也是这样的，大约是民国初年的遗产。这样的院子，沿街的门面很小，往里去却很深，颇有点上海里弄的意思，只是以后发展的建筑没有上海里弄那么讲究而已。

我们这个院子里有近二十户的人家。各式各样的，有副县长、机关的科局长，也有像我们这样的一些普通人家。大家平日里相处都很好的。然而祥和的院子也是有着不幸。我记忆中这个院子先后死去了几个中青年人。这其中有我的两位同辈人，都死于非命。一位叫做小福的，就住在我家的对面。他是一个电工，在一次野外作业中发生了意外。另一位叫朱明明，是我的中学同班同学，她是一个性情开朗的女生，没想到会在三十岁的时候无辜惨死于一个无知少年的刀斧之下，悲惨地离开了这个世界。

我珍存着一张照片，它摄于1999年的冬天。照片右边的那排平房的第二家就是我家以前的住所。从1970年到1991年，我们就在这里生活。房子的面积大约四十平米，住着七口人。这间屋子对于我有着许多的回忆与纪念。1971年我从这里上中学，1975年我再从这里去农村插队当知青，到了1978年，高考制度恢复，我又从这里考上大学，自此离开了我的故乡。四年后，我大学毕业，开始分配在安庆地委机关。安庆距怀宁不远，只有两个小时的车程。所以每个星期都有可能回来一趟。1985年我由安庆地委调到省委机关工作，有一回到家乡出差，处长带着一辆旧上海，本想开到我家的门口，给我装装门面，结果因为街道狭窄而未能如愿。也还是这年的中秋，我回家结婚，便在这屋子里设下了两桌筵席，招待父母的朋友。前些日子，在洛杉矶的两个妹妹通过 E-mail 给我发来了一张旧照片，便是在这间屋子里由我父亲拍摄的，那是 1982 年。

沿门前的小路往下走，有一条不宽的河流，不宽，但是活的，以前很清碧。在县里还没有自来水的时候，周边百姓吃水洗衣都在这里。到了夏天，这条河就是我们这些男孩戏水的场所了。等自己觉得长大了，我也偶尔会在一个有月亮的晚上，去河堤上散步，想自己的心思。如今这条河已接近干涸，看上去很容易伤感。

1991 年，我父母家搬迁了。那时我已经定居省城合肥。母亲搬的第一件东西是平时晾衣服的竹篙子，我觉得特别奇怪。母亲后来对我说，“篙”与“高”是谐音，象征着往后的日子像芝麻开花节节高。

去年我在合肥为父母购置了新宅，他们从此告别了生活了大半辈子的石牌镇。但是平时再也难见街坊邻居来串门聊天打麻将了。即使是春节期间，也看不见有人来拜年。从前的院子消失了，或者说只保存在他们的记忆之中。他们只能通过电话与老朋友互致问候。他们说，等天气凉爽了，还是想回去看看的。毕竟，他们这辈子的酸甜苦辣都埋在那块皖西南的土地上。

2001 年 7 月 12 日　合肥寓所

病中琐记

1月21日夜，我因突发胆结石住进了安徽省立医院的南楼。这个南楼实际上是所谓的高干病房，我不是高干，但我现在是一个病人。难道病人之间还要作什么区别吗？还好，经司机老王的几句交涉，值班的查晓光大夫便将我收留了。这个晚上，我伴有感冒，身体难受至极，睡到病榻上就不想再动弹了。然后，无休止的点滴便开始了。

翌日上午，医生们按惯例查房。领头的是年纪与我相仿的主任医生梁山，阜阳人。后来聊起来才知道，他的哥哥梁杰是我在安徽大学时的校友，低我一班。梁山说我需要一次手术。但从B超成像看，我的胆总管以及肝胆管都有结石的迹象，加上面部的黄疸严重，所以，他作出了利用核磁共振再行检查的决定，以便确定手术方案。核磁共振检查目前在国内是相当先进的，其准确率达到95%。我做了，结果是胆总管里没有。梁山说，既然如此，那就可以利用腹腔镜来实施手术了，这样便可以不做常规的剖腹，患者恢复起来要快得多。

我在医院住了一周后，进行了消炎与相关的手术前准备。手术的时间定在1月29日上午。前一天，我收到了史铁生兄寄来的随笔集《病隙碎笔》。铁生这部书来得真是时候，我当晚便看了一半。铁生自1972年双腿瘫痪，算起来已经在轮椅上坐了整整三十年。后来他的病情加重，转为“尿毒症”，肾脏坏死，只能实施透析，而且两天一次。去年夏天，我和《北京文学》的社长章德宁前去看望铁生，他的状态很好。

1月29日一早，手术室的车子便过来接我了。我换上了病员服，很怪，即刻便觉得自己像一个病员了。在注射过镇静剂之后，我躺到了这架狭窄平硬的床上。很快，我来到了手术室。那时候我的父亲还奔赶在来医院的路上。手术室看起来很精致，周围的女护士们，由于穿着一致，由于都戴着口罩，看上去像一家人，彼此是孪生的姐妹。这个瞬间我突然有点诧异了：怎么一点也不感到紧张呢？是自己的心理承受能力好了还是以前被这种病折磨得够了？抑或是我真的感到有些累了，想彻底放松地躺下歇上一阵子？大约四十分钟后，梁山主任到了，他看了我一眼，问道："还好吗？"我说挺好的。接着麻醉师开始为我注射麻醉剂，当一个棕色的氧气面罩戴上我的面部之后，我顷刻便失去了知觉。

我醒来的时候已是中午时分，已经回到了病房。我的父亲和老王在我的身边。我私下一想，这个手术竟然进行了三个小时。父亲轻声告诉我，手术很成功，由于我的结石过大，需要在体内夹碎才可以取出来。而且，梁山为了证实胆管里确实没有结石，还在手术过程中做了一次胆管造影。结果很快出来，没有。他放心了。这就是为什么一个简单的腹腔镜手术需要花三个小时的原因。我感谢他以及他的助手们。

然而这毕竟是一次不容置疑的手术。它自然要伴随着阶段性的肉体折磨。从中午起到午夜的十几个小时，是特别难受的。最大的痛苦还不是创口的疼痛，而是呼吸的困难。可是吸氧又十分不舒服。我的呼吸越发短促，提不起气来，仿佛有一只手生长在了我的体内，只要我一呼吸，它便紧紧拽住我的肠子。我的额头开始渗出密集的汗珠，但是不可以喝水。老王便不时用半勺子水来湿润我干裂的嘴唇。我勉强支撑坐起，想以不断调整姿势来改变呼吸的艰难。我父亲便用身体支持着我，让我靠在他的身上。时间在一秒一秒地度过，病房内的灯也亮了起来。

这样的时候，女儿潘萌来了。我有些意外，因为前几天她对我说："爸，你做手术，我不准备去看你，因为我不想看见你满身插管子，一副病恹恹的样子。你在我心目中不是这个样子。我不想改变你过去的形象。"而现在女儿已经坐到了我的身边。她把一只手从手套里褪出来，握住我的手。她说："爸，感觉还好吗？"我说你不是已经看见了吗？我很好的。我没有让女儿多坐，让她放心地回去。

第二天的阳光在不知不觉中照到了我的床头。难熬的一夜过去，我感到自己的呼吸已经变得顺畅了，这样就可以谨慎地下地了，也能够自理生活。变化竟然是如此的明显。我开始进食，胃口比想象的要好。第三天，情形更加不同了，我居然可以自由而迟缓地行走了。这天的下午，我慢慢走进了离医院大约三站地的家，女儿在半路上接我，我们慢慢走着。我想明天我可以出院了。

秀才人情纸半张，我送给梁山大夫几本书。他竟在工作之余读了好几篇。他对我说，你是一个纯文学作家，你的有些作品，譬如《南方的情绪》，让人感觉有象征意味。“但是，”他接着说，“现在中国的老百姓这样的艰难，你怎么不去写写这方面的事情呢？”他的语气似乎含有责备。梁山说自己在普通外科干过多年，每天都目击着一些来自基层的患者，他们的困难是超出一般人的想象的。有的病人，本可以完全治愈的，但限于经济的困难，只好放弃了治疗，只好眼睁睁地看着本可以恢复健康的身体慢慢地死去。他的话让我感动，因为它显示了一个医生的良知。我说：“梁山，你回头看看我的《秋声赋》吧。我想我们之间没有任何的分歧，关心的都是现实，区别在于方式。”我和梁山约好，等我完全恢复了，在一起好好谈一次。

作家史铁生在《病隙碎笔》中这样写道：“生病也是生活体验之一种……生病的经验是一步步懂得满足。发烧了，才知道不发烧的日子多么清爽。咳嗽了，才体会不咳嗽的嗓子多么安详。”铁生指出：“其实每时每刻我们都是幸运的，因为任何灾难的前面都可能再加一个‘更’字。”

这样朴素的话语却蕴含着深刻的道理。

2002 年 2 月 2 日　出院后的第二天　合肥寓所

蓝边碗

去年冬天，我在省城做了胆囊摘除手术。愈后，便写了一篇随笔曰《病中琐记》，发在《新安晚报》上。一个下午，那时我已经人在北京了，我的手机显示出了一个陌生的号码，一接听，才知是安庆老友王伟东来的。他说他在报纸上得知我做了手术，问我恢复得如何。我说很好，没有觉得身体上真的少了点什么。我与伟东平时没有什么联系，所以电话挂断后，便有些感动。也许从那个时候起我动了回一趟安庆的心思。

重阳这天，我决定回一趟安庆。行前给伟东去了电话，我对他说，给我找个住的地方就够了。伟东是我小学的同学，我们的家也相距不远，都在怀宁石牌镇的后街一带。那一带，旧称城隍庙。那时的城隍庙已经成为我们的学校了。他与我很要好，往往吃饭的时候，我们都端着饭碗从自家门里跑出来碰头，用的就是那种今天在城里几乎灭迹的蓝边碗——用的是一种粗瓷，有两道淡蓝的圈，如果按照对瓷器的划分，属于青花一类。伟东小名飞飞，我的小名是小河。飞与流动的河，仿佛都暗示着调皮的天性。儿时的飞飞黑瘦，有猴儿的精明，爬树掏鸟窝是好身手，而我也算得上是“浪里白条”。但是很快“文革”了，学校不上课，我们整天就是到处捡传单、抢鞭炮。我一直怀疑，伟东这个名字是由“卫东”演变而来的。如果我记得不错，伟东应该是1968年前后离开石牌随家迁往安庆的。他走后，我的生活里便缺了一个很好的伙伴。我时常想起他的脸颊上有一块月亮形的疤痕。几年前，我写过一部叫做《我的偶像崇拜年代》的中篇小说。说的就是以自己的儿时经历为蓝本的故事。这部小说我本人很喜欢，收入了几个版本。我想，这里面应该找得到我和伟东从前的影子的——那个时候，我们是多么的调皮啊！

再见伟东，是在插队的时候。他偶尔回石牌来，我也不时往安庆去。

一去，有时就住在他家里。记得有一次，那是在恢复高考的前夕，天正热，我带着一只鸭子去安庆。在伟东家吃过饭后，我俩就关在屋里瞒过大人抽烟聊天。一聊就是几个钟头，出来一看，那没有来得及松绑的鸭子已经给热死了。后来，伟东的父亲一直拿这件事取笑我们，说：你们这两个人可真是贪玩啊。

第二年，我们都考进了大学。那个阶段，我们走动得还算密切。他当时在安徽农学院设在淮北新马桥的一个分院。好像是1980年的国庆，我还专门去了那里一趟，过了几天放浪形骸的快乐日子。

毕业之后，我们都分回了安庆。却都没有去搞专业，而是鬼使神差地进了机关。我深知我这样的人是不能在机关干下去的，所以最终还是做了自己喜欢做的事情。伟东呢？他似乎变得很平静，没有多少挑剔，也不想多做选择。1984年我离开安庆到合肥，三年后，伟东陪母亲来合肥就医，就住在我家里。那时候，我已经在伟东的神情里找不到猴儿的精明了，倒是过早地看出了一个男人的老成与持重。他的语气开始转为十分的温和，表情居然也变得腼腆。我一直想与他聊聊，却又不知从哪里说起。

一路上我就想了这些。刚刚开通的合安高速公路，只需一个半小时的行程，安庆城郭便呈现在了我的视野之中。这个城市在我印象里总是在不停地挖路，不停地修修补补。车进市区，人便有了一种压抑。我住进了安庆宾馆。到了黄昏，我和伟东见面了。他如今已经是市旅游局的副局长，自然可以埋单的。但我说，今晚我不想在包厢里吃饭，我想去你家里，去看看你的母亲。伟东从来不勉强我，就微笑着点了点头。从安庆宾馆出来，一个板车夫拉着一车的蓝边碗从我们眼前通过，我对伟东说：我已经很久没有用这样的碗吃饭了。那个瞬间，我自然想到了我们的儿时。可我没有想到的是，这个小小的感叹在半小时后就得到了消解。我见到伟东的母亲，我拥抱着这位清癯而健旺的老人。吃饭的时候，我和伟东用的竟都是那久违的蓝边碗！这似乎就是一种暗合！这应该是我近期吃得最多也是最快乐的一顿饭了。我们一边吃，一边谈着儿时那些开心的事情，自然也少不了提起当年那只被无辜热死的鸭子。遗憾的是，伟东的父亲已经于几年前去世了，那是一个快乐的老人，对我们这样调皮的孩子格外地宽容。伟东家一直订着《新安晚报》，于是伟东的母亲就把这份报纸上关于我的一些情况如数家珍地说出来。我告诉她，回去之后一定要写一篇文章交于《新安晚报》发表，题目就叫《蓝边碗》。

两天后，我应安庆师范学院的邀请，为同学们作一次关于我个人创作的讲座。由于停电，讲座临时改在晚上8点进行。我到的时候，报告厅里已是座无虚席，连过道和门口都挤满了人。同学们的热情感染着我，我一气讲了两个小时，再用一小时的时间回答学生们的提问。其中有这样的一个问题——文科学生毕业后是搞专业好还是进机关好呢？我回答得很坦率，我说：我希望大家能去从事自己喜欢的专业，不要进机关；机关这个词，怎么看都意味着明枪暗箭，防不胜防。大家报以热烈的掌声。讲座直到晚上11点多才告结束。等大家散开，我才看见一个角落里，慢吞吞站起了一个人，是用报纸垫在地上坐了三个小时的伟东。我很诧异，问：你怎么来了？他说：我也想听听，你讲得很好，真的很好。他陪我回到宾馆，因为明天我又得离开这个我情有独钟却又无可奈何的城市了。我真希望下回再来的时候，在我的眼前出现一条宽阔的大街，不要再修修补补了。我们简单交谈了几句，然后我送他出门。这个时刻，我看出了他的憔悴。望着他的背影，我突然有点惆怅，我知道，从前的飞飞已经离我远去了，已经变成了现在的“旅游局老王”——他总是这样介绍自己。光阴荏苒，岁月就是这样悄没声息地流逝着，像流水销蚀着石头。

我在庭院里点上了一支烟，一抬头，天下起了小雨。

2002年10月19日　合肥寓所

毕业的故事

1974年底，我高中毕业之际，赶上了一次规模宏大的征兵。这在当时有着异常的吸引力。因为搭上这班车，你就可以逃避上山下乡了。但是，当我把这个好消息告诉母亲时，她却没有表现出高兴。相反，她的神情瞬间忧郁起来。母亲说：你不要报名。你和别人不一样。母亲这句冷漠的话，提醒我注意一个事实，我有一个“右派”的父亲。尽管那个时候父母已经离婚十几年了，但这种阶级界限，一到关键时刻，人家就不承认你划清了。那是我人生记忆里的第一个寒冬，我的外祖父也因病去世了。现在在这个家里，就只剩下我这一个十七岁的男人了。全家的经济来源是母亲每月六十多元的工资，支持着六个人的生活。不久，我在锣鼓鞭炮中送走了一些入伍的同学，然后肩着担子独自去了一个叫做牌楼的村子。那地方距离怀宁县城虽然只有二十华里，却是一个名副其实的山区。村子坐落在梅子岭下。我在农村当了两年多的知青之后，高考制度得到恢复。于是，上了安徽大学中文系。

我至今无法兴奋地回忆出大学四年的生活。我觉得它是平淡的，没有什么色彩。有时候，一个人到校园里散步，总是情不自禁地想起插队的地方。农村虽然艰苦，却给了你自然的清新与自由。那些远去的黄昏，我喜欢到梅子岭上俯视村落袅袅升起的炊烟。而如今却是“城里不知季节变换”了。

四年的大学生活很快结束了。又是毕业。那时的毕业是需要国家统一分配工作的。因此同学之间的距离，往往就是在这样的关口拉开。譬如分到省直机关的，几年之后，一提拔就是副处长的人物；踹到县里去的，恐怕奋斗一辈子也难企及这个级别。这是制度的可恶。毕业分配历来就是没有硝烟的战争，也历来是那些喝学生血的家伙暴发的季节。那时候你会觉得，人性在一天天地扭曲，看同学，一些面容常常就会成为嘴脸。有门道的人如鱼得水，剩下我们这些缺少关系的，就只好听天由命了。由于这种心理压力，在我们前一届，中文系一个鲍姓男同学跳楼了，当场死亡。

我清楚地记得，当时中文系的领导和我谈分配时的情景。和蔼的表情，流畅的语言，满口的道理，但结论是你不能留在合肥，尽管你创作的话剧获得了全国大学生文艺汇演一等奖。你为学校赢得了荣誉，但现在学校需要你返回家乡。

我打断了那位领导的话，站起来说：我相信安徽大学历史上只能分配潘军一次，那您就随便分好了。我没有任何要求。

我的意思是：剩下的，将是我自己分配自己。

在一个权力至上的社会里，与其寻求公道，不如相信自己。

我一直活得挺好。没有理由不好。

2004 年 6 月 19 日　于 Z74 次直快列车

我的读书

1978 年我上大学之前，曾有过两次贪婪读书的经历。第一次，是在中学时代，大约在 1973 年前后，我所在的县城中学图书馆，要集中一批“毒草”拿到纸厂化浆，让我们帮着清理。这是我平生第一次见到这么多的书，于是就动了心事，假借整理，悄悄把一些认为好看的，譬如巴金的《家》、《春》、《秋》，譬如肖洛霍夫《静静的顿河》，偷偷藏到了窗下，趁人不备拔开插销。到了晚上——那是一个星光暗淡的夜晚，我拖着自制的滑轮车，溜进了学校。那时学校里没有读书的氛围，根本就取消了夜自习，校园里很黑，很安静。然后就翻进了那扇窗户，把白天挑选的书装了满满一大麻袋，拖回了家。这批书陪了我整整一个暑假。两年后，我到农村插队，村里有一个因为破坏军婚劳改释放的会计，曾经做过“文学梦”。这个人和我聊过几回，就把他的一堆藏书送给了我，说：这个，你将来用得着的。我接收了，送了他一条廉价的纸烟。这些书中有劳伦斯的《虹》、司汤达的《红与黑》、丁玲的《太阳照在桑干河上》、梁斌的《红旗谱》、欧阳山的《三家巷》。在当时都是“毒草”。现在回想起来，我当上作家，与这两件“毒草”多少有点关系的。

我原来是自学美术的。1977 年恢复高考，我报考了浙江美术学院，身体也检查了，但那一年需要政审。我父亲当时还是一个没有平反的“右派”，因此，我的政审没有过关。于是第二年，我考上了安徽大学中文系。这个选择，似乎暗示着日后我要走上文学创作道路。我的性格不适合做研究工作，而进机关服务，显然违背了我的意愿。私下的这个定位，决定了读书的方向性。我在大学里不是一个好学生，因为我经常旷课。每学期公布的旷课名单上都有我的名字，事实上我在图书馆待的时间一点也不比课堂上的时间少。但我的成绩还不错。有些课，譬如文艺理论、现当代文学、外国文学，考试一般都是第一名。可能是对视觉艺术比较敏感吧，我在大学图书馆里借阅的第一本书，并非文学名著，而是一本电影导演的工具书，叫《电影导演基础》，作者是前苏联的库里肖夫。那是一本比砖头还厚的书，图文并茂。我几乎连文带图把它给抄下了。很多年后，当我自己当导演拍电影电视剧的时候，这本书的形象还在我眼前活动着，却觉得非常多余了。

那时候，对于一个由穷乡僻壤来到省城读书的青年，读书是一种奢侈的快乐。身上没有钱，买书的能力有限，所以只能拼命去借，去读，大量做笔记。因为想当作家，所以我在大学里的阅读是以文学作品为主的。我读外国文学名著要多一些。时间一长，读这样的作品就有了一个自己养成的习惯。第一，要看译笔是否对我的口味。这个判断，完全是依靠阅读经验逐渐建立起来的。译笔不好，即使作品影响很大，我也不想多看，翻翻而已。譬如福楼拜的《包法利夫人》，我就喜欢李健吾先生的译本。我特别痴迷他的那些短句子。这个定势，使我后来专挑这样作品的译本：王道乾之于杜拉斯，李文俊之于福克纳，施咸荣之于塞林格，鹿金之于海明威，还有王央乐之于博尔赫斯——1993 年，马原来海口拍摄《中国文学梦》，要拍韩少功和我。我问他已经拍过了哪些作家，他提了一大串名单，其中就有王央乐先生。我想马原一定也是痴迷王先生的译笔才作出这种安排的。中国的所谓先锋作家们，大概没有人不喜欢王先生在 1981 年出的那个小 32 开译本的。所以说，我们这些不能直接用外语进行阅读的作家，首先要感谢这些著名的翻译家。是他们为我们打开了一扇扇窗口，让我们看到了千姿百态的小说。甚至某种意义上，在创作的初期，我们实际上是在模仿他们。第二，在大学三年级的时候，我计划按作家选择作品阅读，也就是一个一个地读，不分散。尽可能把这个作家译进来的作品都读了，以便有一个比较全面的了解。我记得有个学期，就只读了海明威。

在中国作家里，我喜欢读鲁迅。《鲁迅全集》我是读过四遍的。我不是批评家，因此我往往看重的不是鲁迅的思想，而是他的文字。我认为鲁迅的文字显示着汉语言叙事作品的最高成就，当然指的是白话文。当初胡适只提出了一个口号，但鲁迅完成了实践。鲁迅的文字看得久了，你会觉出别样的味道。这味道不是批评家们归纳的那种所谓语言特色，而是我的直觉感悟，它蕴藏在文字内部，散发于字里行间，无法用文字来说清楚。这觉悟出的味道让我体会到写作的幸福。很多年前我读阿城的《棋王》，就感觉他的文字味道有点像鲁迅的《社戏》，比如“红红绿绿的动”。

一个人读书的方向是随着年纪的增长而调整的。一个作家的阅读和一个读者的阅读也不尽相同。我以前读书，基本上根据自己的兴趣选择。所以看了一些与文学艺术相关的书。这大概算是一种功利的阅读，有用，但并不愉快。进入四十岁之后，对阅读文学作品的兴趣日益淡了，对绘画、电影方面的书籍也淡了。兴趣慢慢转移到读杂书上。譬如谈战争的，谈兵器的，谈宗教的，谈建筑的，谈陶瓷的，谈京剧的，谈民俗的，都愿意读。对古典文学的兴趣也开始浓郁了，喜欢读一点闲书，读一点书札尺牍。但比较偏爱的，是读文史类的书和一些回忆录。譬如这两年我读的钱穆先生和黄仁宇先生的系列作品，和最近读的章诒和女士的《往事并不如烟》。这时候的读书，可以纳入到自己的日常生活，如同写作，十分愉快。每天需要静心读几页，才觉得这一天过得比较充实，是一种欲望的满足。遇上一本好书，也会通宵读完，然后用电话推荐给自己的朋友。

梁启超有句名言：只有读书可以忘记麻将，也只有麻将可以忘记读书。这也是我热爱的两件事。梁任公把这两件事相提并论，在我看来，是这两件事不仅因为快乐让人痴迷，而且能养育出你心灵的自由。

2004 年 6 月 23 日　京城寓所

老友记

似乎是惯例，每年的春节之后我都是要回一趟故乡安庆的。这一趟，之于我是美差，既没有采访的任务，也没有讲学的安排，纯粹就是会会朋友——我的朋友绝大多数在安庆，一个历史上令人景仰，现实中让我焦虑的城市。会朋友，无非也就是一个玩字。玩，说有境界之分显得严重了，但的确有情趣之分。这情趣又纯粹是属于个人的，远离了世间的复杂和各自的身份。因此后来有人说，潘军一来，就把饭桌上的职务摆平了。这看似简单的一句话却让我感慨，是的，职务这种东西有时候看来并不可爱，至少摆到饭桌上，让聚餐者暗自败了胃口。我把这句话看成安庆的朋友对我的奖励。在我这篇文章里，所谓职务、身份，就暂时统统去TM的吧。

我只谈朋友。

然而今年回乡我是抱有愧疚的。年前我在北京的寓所，接到怀宁丁风生的电话，说打算在正月初四举行74届高中毕业的同学会，要我参加，我当即就应承下来。放下电话，突然就觉得时光不经意地流淌了三十年！那个晚上我着实没有睡好，把自己的旧作《我的偶像崇拜年代》读了一遍。这篇小说写的就是上个世纪的六七十年代，在我们这些同学少年身上发生的故事。书中的角色都打着那特殊时代的烙印。这篇小说我是看重的，曾经准备把它拍成电影，终因投资而暂时搁浅。去年台湾出我的文集，出版商还特地选了它，因为这之前，台北大学已将它列为文科学生的必读书目。有一次我在由北京开往合肥的T64次列车上，与中学同学李国安不期而遇，兴奋地谈了一个通宵，也说起了这篇小说。我对他说，书中有一个救火的情节，我们是共同参与者，你还记得那个早晨我们救完火神气十足地走在石牌镇的大街上像个英雄吗？国安连声说记得记得。丁风生是这次同学会的组织者，据说是联系到了将近三百个分散在全国各地的同学，光电话费一项就用去了几千元。这是一个不小的工程。

到了正月初四这一天，一早，送我的车来了，但是天不作美，昨夜合肥悄然而落的大雪使高速公路全程封闭，无奈不能成行，我因此错过了这样一次意义非凡的同学聚会，只得用手机短信表达祝贺。但我心里已经有了安排，大雪过后，我仍然还是要赶回故土的，见见我的老友。于是第二天，我再度出发，但第一站是直达安庆市。1982 年我大学毕业，分配在当时的安庆地委机关工作，这里可算得我人生路上的第一个码头。但我不是一个愿意在码头上一睡就是多年的人，我喜欢漂泊，在安庆只待了两年，什么都淡忘了，倒是交了几个好朋友。那时期的安庆是比较萧条的，每逢周末，能聚在一起的是金海涛、周锦宏。老金一直在做电影，其时已有《月亮湾的笑声》这样的作品问世。老周是优秀的报人，他对报纸的某些想法很独特，尽管未必都能够实现。最初我蜗居在地委大院对面的那个破旧不堪的“红旗旅社”里，与我同居一室的，是我的校友李剑军。旅社虽破，但很方便，实际上这里也就是个睡觉的地方，每个晚上，我都在自己办公室里看书写作。后来还真写了一个短篇小说《旅店记事》。第二年，我们这些单身青年全都住进了崭新的宿舍楼里，邻居有地委办公室的秘书苏荣生，1983 年长江大汛，我们一起被抽调到了望江华阳的同马大堤防汛指挥部，度过了一段值得回味的岁月。几年后，我的长篇处女作《日晕》，便是以这段生活为背景写出的。

这次回来金海涛安排我住在黄梅山庄，他的家就在这“山庄”的后面。这地方面临菱湖，风景秀丽。我出生在一个黄梅戏世家，我母亲潘根荣是一位出色的演员，在怀宁剧场被焚烧的几年之后，母亲也于去年化作了一缕青烟直上九霄了。来时路上我就想着，昨天的那场大雪，或许是上苍有意安排我当一个孝子吧？母亲去世方半年，按旧例做儿子的当是守孝一载，故免除了我在同学会上大出风头，保持低调。

每次一到安庆，需要给两个人电话通报，一为孙嘉达，他是我大学的同窗，当年带着三十几元工资上大学足让我们这些穷酸小子眼红了四年。嘉达在我家乡怀宁县为官九载，用他的话说，是把青春献给了怀宁县。二为王伟东，他是我小学的同学，用北京话说就是“发小”。我们是一起爬树掏鸟、下河摸鱼的交情。因为伟东，我在二十七年前就结识了他的同学、也是怀宁人的江洪。那时他们在固镇的安徽农大新马桥分校读书，1979 年国庆假期，我从合肥杀到那里，在大宿舍里用搪瓷缸子喝着他们自己酿制的果酒，放浪形骸。这以后，他们放假回来总要在合肥的两所大学宿舍逗留，我在安大，另一个怀宁人柳宜春在工大，他们一来，我们往往就集中到工大老柳那里，因为他自己带着一个煤油炉子，可以在宿舍里烧饭做菜，算是打了牙祭。老柳一手可以掌勺，另一手写得一笔好正楷，于是我就把写出来的小说或者剧本草稿交到他那里，几句吹捧的话一说，他就替你抄了。这种种的印象至今还是那么深刻，真可谓往事并不如烟。事隔二十几年，我对江洪说起，他那不苟言笑的脸上竟也显示出了春风诗意。

人到了安庆，朋友就相继而来。孙嘉达还是那副呼风唤雨的派头，找到他，我就能见到在安庆的大学同窗，如伍先翔、王中东、邵光、鲁昭才。嘉达喜欢我的《海口日记》，这小说中有一句话流传得很广：男女之间，手够不到的地方就是远。去年我把它挪用到了话剧《合同婚姻》里，这个戏经北京人民艺术剧院演出，四十余场爆满，每次一说到这句台词，都是掌声雷动。《南方周末》报道这出戏，也还是用这句台词作为标题。有一天，我在北京的地铁里还听见有人在说这出戏，心中窃喜。遗憾的是安庆的老友圈里都是男人。第二天，伟东神秘地对我说，晚上聚餐，有一个叫汪莹纯的要来。这名字让我心头一热，见了，才知还是爷们儿。不过人如其名，相貌是典型的白面书生，机敏藏在那双清澈的眼中，含而不露。我们这些朋友聚到一起，那气氛可想而知，他们热情款待，我只能是“秀才人情纸半张”，挨个送书，我说，毕竟我是把书背来了，是出了力气的。我自然高兴，也得意有三。其一，我破除了某些习气；其二，我觉得当一个作家值得；其三，我感到做人没有失败——到处都有朋友。我曾经这样说过，人生无大事。人这一生，父母终将离去，子女终将独立，情人也终将分手，剩下的就只有几个老友了。去年秋天，伟东陪我去公墓替母亲看墓地，我对他说，也许多少年之后，为我们自己也选上一块吧，大家都聚到一起，挨个排着，守望着身下这块故土。

我在安庆需要纠缠的人还是金海涛和周锦宏。除了吃喝，还有麻将，还得书画，这次海涛还把书画家唐罡先生请来了，海涛说，让你们搞一个袖珍的笔会。于是铺纸研墨，和唐先生即兴作了两幅大写意。唐先生题款，其字拙中见奇，有大家之风。锦宏这次本有一个诗意的安排，原打算把宴席搬到江中舟上，一醉方休，结果又是天公不作美意，连日的大雨使这安排临时取消，但鮰鱼是吃上了。海涛的妻子还专门杀了一只由桐城乡下带来的土鸡，我双手作揖向嫂子致谢：多少年没有受过这等的礼遇了。锦宏的太太李慧喜欢听我神侃，但锦宏却声言，潘军每次来我们高兴，但也很累。

在安庆住了三日，伟东陪我到了怀宁新城高河镇，那里，风生、老柳等人已经在等候了。风生陪我们参观了新城，站在颇有气派的政府大楼前放眼望去，这个新城超出了我想象。怀宁县城的搬迁，几代人的梦想，在今天算是实现了。但我也有失落，毕竟，属于我的记忆在这片新楼大厦之间，是打捞不起来了。我对风生说，什么时候还是陪我去石牌镇看看吧。看看皖河，看看老街，看看曾经读过书的教室和插队的地方。后来风生对我说起了几日前同学聚会的事，说来了二百四十位，最远的是昆明的胡怀庆。我一听，就觉得遗憾，2001 年我到昆明“中国书市”上签名，怎么就不知道这个同学在昆明呢？而另一个遗憾来自一个叫陈小保的同学，初四的白天他还在为大家唱歌，可是晚上却意外发生了车祸，不幸身亡。小保的车我曾经坐过的，他的歌声至今还保留在这次同学会的光盘上。风生把同学的通讯录给了我，我说今后无论走到哪里，有它就能找到同学了。在此我需要借这篇文章，向我的同学深切地说一声道歉。

我四十余年来没有喝过这么多的白酒。我醉了，在醉中与我的同学、朋友拥抱告别。下午，我回到合肥，给几位老友发去了这样一条信息：一路吐回合肥。

几分钟后，伟东来了回复：三十年吐一次，也值得吧？

2005 年 2 月 17 日　合肥

本命年

年初，女儿潘萌从湖南转回安徽大学不久，随她妈妈去了一趟九华山。一位师太给她看了相，问她长得像谁？女儿说，像父亲。然后就报上了我的生辰八字，让师太顺带着也给我看了。师太说，你父亲正戴孝。女儿有些愕然。那时她的奶奶我的母亲去世刚半年。

师太的第二句话是，你父亲近期还得戴一次孝。

几个月后的“五一”那天，我九十高龄的外祖母谢世仙去了。那天合肥下着罕见的大雨，我和父亲以及大妹一家送外婆回到了老家，怀宁县一个叫做罐子窑的村子。翌日，和老家的亲戚一起披麻戴孝把老人送至故里的山坡上，与去世二十一年的外祖父合墓安葬，重新立碑。

潘萌的第一部长篇处女作《时光转角处的二十六瞥》先由《花城》、《作家》、《芙蓉》三家杂志联袂发表，后由湖南文艺出版社出版。8月初，我陪她去上海签名售书。回来后便临近了母亲的周年。事先已经在安庆陵园看好了墓地，计划将她安葬下去，入土为安。那天也是雨，但时辰到了那前后的十五分钟里，雨停歇了，天空还显出了阳光。心想，妈还真是体谅人啊，知道今天有不少朋友来送她，担心湿了大家。

母亲离开后，父亲对我提出想回安庆定居，他说安庆是他入城的第一个城市，他的一些老朋友都在那里，而且现在大妹也在身边，我自然是答应的。于是在8月最后的一周内，先送父亲回了安庆，再回头把合肥的房子卖掉。交易完成的那天，我临时住到了母校安徽大学的外宾招待所里，我突然感觉到，合肥这座我生活前后近二十五年的城市，开始变得有些陌生了。我成了她今天的客人。有媒体说我是“皖籍作家”，倒准确。

一切都变得简单起来。

需要做的无非就是把那几十箱书托运去北京。我打算在那里正式安个属于自己的家了。清楚地记得是 8 月的最后一天，看好了一处房子，不到两个小时就办妥了手续。之后的一月就是忙着看家具家电。10 月，短篇小说《临渊阁》获得“第二届新世纪《北京文学》奖”。然后，出了一趟远门——参加由农业部南海区渔政管理监督局和《花城》杂志社联合主办的“西沙笔会”。在海上漂了九天八夜，人放松下来，心情也豁然开朗。四野苍茫，海水如墨。没有见过这么黑的海水，水手告诉我，它的深度在三千米。经历了八级浪，竟然没有晕船。在一个阳光明媚的下午，登上了西沙群岛的主岛永兴岛。我在岛上遇见了一个姓周的战士，他说看过我的《死刑报告》。这让我很有些激动。然而却不能点燃我对写作的欲望。这一年里，我没有写小说的计划。除了去当孝子贤孙，余下的时间里就为国家话剧院写了大型话剧《重瞳——霸王自叙》，是根据自己同名小说改编的。我还根据这个小说改编了一个京剧《江山美人》，对自己在戏曲上的能力作了一次证明。两个剧本都是在一周时间里完成的，感觉好顺手。

11 月回到北京，住进了新宅。一面墙上挂满亲人的照片。就在这些照片的陪伴下，安静地度过了本命年的生日。我收到唯一的礼物，是女儿用自己的稿费给我买的挂件玉观音。那个晚上，我思念母亲和女儿。

熟悉我的朋友，知道我一直怀有影视方面的梦想。这梦想，指的是亲自执导几部自己满意的作品。我对电影的研究达二十几年，尽管之前我也有过两次这样的经历，但因为投资方与我的想法出入太大，合作无法和谐，结果与初衷自然相去甚远。但这一次有所不同了，我的投资人说，他不愿意花两百万买我的剧本，更愿意出两千万请我把它拍出来。他说，一切您说了算。那么，我只能重新披坚执锐了。

我的计划是在明年做出两部电视剧，即《最危险的时候》和《儿女婚姻》。到了 2007 年，我将做出自己的第一部电影，暂时考虑的是《我的偶像崇拜年代》。

九华山的师太对我女儿说的第三句话是：经历了这两次戴孝，你父亲的事业将会……

将会什么？女儿在电话里没有再说，而是诡异地笑着。

我也不想打听。放下电话的那个瞬间，我看见了母亲的背影。

2005 年 12 月 21 日　北京

窃书记

我有过一回窃书的经历。

那是在读初三的时候，应该是1972年的夏天，我十五岁。我的故乡是地处皖西南的安徽省怀宁县。熟悉中共党史的人，应该能想起这个地方，这里出了中共的第一任总书记，五四运动的领军人物陈独秀。我所在的怀宁中学是县城最好的一所中学，但那个时候，学校几乎是无法读书的。每天都是政治活动，我们不懂，但要跟随着学习。学校的图书馆、阅览室也不开放。有一天下午，班主任对我们说，今天的劳动是打扫学校的图书馆。这样，大家第一次走进了这栋长年关闭的陈旧的灰房子。进去一看，才知道这里的书真的不少，几乎所有的书架都是满满的。而且，地上也堆放着一些旧书，看上去很脏。图书馆的负责人对我们说，这些地上的书都是毒草，大家可以不用管，明天就要当废品卖给收购站了。他这一说，反倒激起了我的好奇心。我不知道怎样的书才叫毒草。于是在打扫的时候，我开始留心那地上的“毒草”了。我一眼就看见了巴金的《雾·雨·电》和欧阳山的《三家巷》。巴金的名字，我是知道的。我曾经在邻居那里读到过他的一本散文集，至今还记得其中有一篇叫《哑了的三角琴》。也许从那一刻起，我动了窃书的念头。做法倒也简单，不过是把那些书一捆捆地挪到靠窗的位置，然后趁人不注意把窗户的插销拔开。

那天晚上，天色有些昏暗。实际上从下午起我就在盼着天黑。吃过晚饭，还下起了一阵子小雨。待雨歇之后，我就拖着自制的滑轮车去学校了。所谓滑轮车，就是用四个轴承支起一块平板。当时这东西在县城很流行，几乎每个男孩都拥有一“辆”，平时我们用它帮大人买米买煤球。

那时是没有晚自习的，校园里和往常一样，除了操场上有几个高年级的同学在打篮球，看不见任何动静。我悄悄接近了那座灰房子，它笼罩在梧桐树的阴影中。走到那扇拔开插销的窗户前，忽然就听见自己心跳得响了。有一瞬间我产生了动摇，毕竟这是在做贼啊。但是白天里见到的那些书在诱惑着我，又不舍得放弃了。于是在黑暗中把额头汗抹了，把窗户打开，再敏捷地跳进去，迅速把堆放在旁边的书一册册地装进了大麻袋里。装了满满一袋。然后，我就拖着滑轮车往家中去了。出校门的时候，意外地遇见了一个熟悉的老师，他并没有问我干什么，只是狐疑地看了我一眼，却惊出了我一身冷汗。

我总算把这一袋子书拖回了家中。那时我住在家里的阁楼上，这些书便藏到楼上，没有任何人知道。可是让我失望的是，那些白天被我看好的书，大多数都不在这只袋子里。我想可能是下午在我走后，图书馆的人又挪动了。不过幸好他们没有发现那个拔开的插销，否则就是现在这些书我都得不到了。被我偷来的书，除了几本小说，譬如《红岩》、《播火记》、《三家巷》，就是《文艺报》和《中国青年》杂志的合订本。都是50年代的期刊。我没事的时候就随手翻翻，在它的上面，我读到了肖也牧的《我们夫妇之间》、刘冰雁的《在桥梁工地上》和王蒙的《组织部新来的年轻人》。我还读到了关于胡风反革命集团的材料，读到了反击右派分子的材料。这些当时我都是读不懂的。让我敏感的是“胡风”和“右派”这两个字眼。因为我父亲在我出生的那一年就被划成了一个“右派”，而且这之前还曾经险些被打成胡风分子。

我把这些书刊集中放在一只老箱子里。这是一只标准的旧式书箱，我们家乡称为脚箱，是旧中国那些进京赶考的秀才装书用的，我们至今还可以在传统的剧目中看见，譬如《梁山伯和祝英台》，书童四九挑的那种。它分为两层，上面的很浅，且有分割，是用来装文房四宝的，下面才是装书的。这箱子是我的外祖父用三十斤大米的价钱替我置办的，说是将来给我装书用。我母亲却嫌它难看，可现在它是派上了用场。

很多年过去了，那只脚箱以及里面装的旧书刊，早已不知去向。但窃书的经历让我时时想起，成为谈资。和同年人相比，我显然是过早知道了“胡风”和“右派”，对我意味着什么，直到现在也说不清楚。它成为我记忆中的一朵云霓，占据着我内心一块不够晴朗的天空。

2006年11月12日　北京

故乡·朋友·文人画

我每次回故乡安庆，都怀着一个非凡的乐趣，就是又有机会亲近笔墨，写字作画了。安庆地处长江中游的北岸，历史上算是不大不小的古城。这块土地上从前出过中共的第一任总书记陈独秀，当代也出过“两弹元勋”邓稼轩。但我记忆中最为亲切的，却是二百年前的几位徽班鼻祖，如程长庚、杨月楼等，还有大书法家、金石家邓石如。或许正是这样的地域原因，经济虽不发达的安庆，似乎至今还散发着一种文化的雅致。倘若从书法上看，安庆就有不少“拿得出去”的人物，去老街上走一遭——以前有条墨子巷，你会看见不少令你驻足的匾额。这个安慰，对我而言，比妇孺皆知的黄梅戏更大。

市文联副主席金海涛先生是我二十几年的朋友，他是剧作家，早年写过电影《月亮湾的笑声》广为人知。最近几年老金在写作之余练习书法，钟情明代才子董其昌。所以我一到，必定要借他家那块宝地，汪洋恣肆一番。没有带印，海涛便临时安排朋友为我赶治，并且还让出自己两方心爱的闲章。我习书画，纯粹自学，也纯粹是业余，充其量算是“票友”。既为票友，就会放松、放纵、放肆，无须顾忌专家的评点，也没有舆论的压力。我相信，书画为性情表达手段，信手挥毫，涉笔成趣，天机一发，也许偶得佳品——无论专家怎么看，我都敝帚自珍。但在安庆期间作下的所有字画我都没有得到，被朋友拿去补壁了，算是厚爱。

另一位画友唐罡先生是我的新交，但十五年前，我就知道这个名字。那时我的单位安徽省文联的杂志《艺术界》和《清明》上，发表了唐罡的书法作品。匆匆一眼，就给我留下了深刻的印象。我欣赏书画作品历来只凭直觉判断。在我看来，唐罡的字，最可贵的是一份稚气。这无论从结体上还是用笔上，都不难看出。书家，最怕的是碑帖带来的匠气，难得的是这份稚气。画家何不如此？这是我喜欢唐罡的理由。

去年夏天，我回故里省亲会友，又是海涛提议，邀请唐先生和我，在他家里举行一个小型的书画笔会。于是，在那个阳光明媚的上午，我和唐先生第一次见面了。简短的寒暄之后，笔会闲散地开始。我起笔画了湖泊和沙丘，唐先生视察之后，果断地在近景位置添上了两株老柳，绿色一染，气氛浓郁。这张大写意就这么一挥而就了，谈不上润格，有的是一份情趣。

或许因为作家身份，朋友都称我的画为“文人画”。其实“文人画”这个称谓，最初是由明代的董其昌提出的，但可以追溯到汉。它的精髓之处，是主张让中国画进入到一个诗、书、画相通交融的境界。画中有诗意，有墨趣，有性情，有思想。无论是唐之王维“以诗入画”，还是宋之苏轼“以书入画”，为的都是这个，与当时的民间工匠画和宫廷绘画有着显著的不同。随着时代的发展，所谓文人画实际上已经演变成了一个文人表达主观情怀的载体。倪瓒讲“自娱”，顾恺之讲“形神”，本质上是一致的，都是在力图寻求一种与自然亲近的方式，抒发自我的情怀。“元四家”之一黄公望的《富春山居图》，是他晚年的作品，那种随意的勾勒与点染，已经与自然浑成化境，笔简而气壮，笔不周而意周。

按陈衡恪（师曾）的解释，文人画“不在画里考究艺术上的功夫，必须在画外看出文人之感想。此之，所谓文人画或谓以文人作画，知画之为物，是性灵者也，思想者也，活动者也，非器械者也，非单纯者也”。无疑，陈师曾重视的是文人画的精神与品格，轻视的是那种匠气与呆板的技法。或者说，文人画是画中带有文人的情趣，画外散发出文人的思想，这样的文人画方为上品。仅就技法而眼，我喜欢石涛的简约，八大的恣肆，吴昌硕的洒脱，齐白石的天真。我相信“法自我立”，追求手心相应，落笔成趣。

书画同源。李苦禅老对二者的关系，曾有高屋建瓴的概括。他说：书到高时是画，画到高时是书。这是一般人难以企及的境界。以我的理解，苦老这两句话博大精深，既有艺术的辩证法，又含审美的原则。我在谈到小说或文章时，也曾说过：好的文章都是先做加法，后做减法。

前者讲的是积累，后者讲的是提炼。从前看齐白石，不觉得妙；如今读来，妙不可言，我看出了大师的性情与笔墨趣味，知道了一种大巧若拙的美。但凡文学艺术创作，朴素的美终是大美。

陈师曾在谈到文人画的要素时这样指出：“第一人品，第二学问，第三才情，第四思想。具此四者，乃能完善。”可见，这已经不是画的境界了，而是人的境界。

2006 年 1 月 15 日　京城寓所

相　遇

我父亲雷风原本是学外文的，却因为在大学时代订阅了巴金主编的《文学月刊》，便从上个世纪40年代开始，做起了文学梦。1949年解放后，他从事了一段教育工作，再转为职业编剧，为黄梅戏写剧本。1956年他写了黄梅戏《金狮子》，受到了普遍好评与奖励。但是不久，他就成了“右派”，遣送原籍劳教了，这一走就没有了音信。父亲离开后的许多年，我经常听见县城的一些老人谈起他，说那是一个有才华的青年，不仅剧本写得好，小说还登上了省报。有人说得更具体，说那篇小说的名字叫《菱塘新歌》。

在我十八岁之前，我记忆里没有父亲的形象，也没有读到过父亲发表的任何文字。父亲对于我如同一个传说。

1976年10月，中国的政治形势发生了大变化。第二年，高考得以恢复。那时我在本县平山公社一个叫做牌楼的村子插队，高考的消息一传开，我就打点行装回家了。我清楚地记得，那是一个阴天，随时都会下雨。我用一架破板车拖着被子行李，自作主张地离开了村子。刚到村口，就遇见了大队的一个头目，那人平时就和知青关系紧张，一见我拖行李就问为什么？我说回家，考大学。那人鄙视我一眼，意思是：那也等考上了再拖不迟嘛！我也鄙视他一眼，我的意思是：只要凭考，老子就不含糊。

就这么走了。

牌楼村离公社五华里。刚到公社边上，天下起了雨。我把板车拖到废品收购站躲雨，正赶上他们处理一些旧报纸，准备装车送往纸厂化浆。突然，一张报纸在我眼前划过，我一下就看见了《菱塘新歌》的标题。然后，我看见了父亲的名字。我心头一热，那个瞬间感觉父亲就站到了我的面前，尽管我还不知道他长什么模样。

我向收购站的人讨下了这张1957年5月26日的《安徽日报》。它的年龄比我还大半岁，却在这个乡村的角落与我相遇！这意味着什么呢？当时没有想清楚，只觉得奇怪和感动。那时期我是立志要去做一名画家的，可是高考恢复的第一年，还是需要经过严格的政审，这样，虽然我成绩优秀，身体健康，却还是被一家美术学院所拒绝。第二年，这政审的尺度改变了，而我也失去了继续考美术学院的兴趣，改考了中文系。我想，我这辈子可能留不下几张画了，但一定会留下几本书。

1979年，父亲“右派”平反后回家了。他的形象是一个标准的农民，穿着一件过长的棉袄，略显佝偻，与传说中那个有才华的青年毫不相干。只有那一笔娟秀的钢笔字，让我无法怀疑这是一个旧时的书生。有一个晚上，我拿出了那张旧报纸。父亲看着它，好久才低声说：这是我唯一发表的小说。

很多年过去了，我时常想起这张视为珍藏的旧报纸。我并不喜欢父亲这唯一的小说，它甚至都不能算作小说，只是一个文学青年的习作。但是为什么却要在那样的时间那样的地点与我相遇呢？或许，这就是上帝的旨意，告诉我，你父亲没有做成的梦你需要继续梦下去。你有理由继续梦下去。

我这一生的选择其实在那个时刻就已经完成了。

2006年1月12日　北京寓所

安庆的父辈

我一直想为安庆的父辈们写一篇文章。这是我的一个心愿。

——作者题记

我于1957年11月28日出生在怀宁县石牌镇，一个梨园世家。外祖父潘由之是黄梅戏的前辈艺人，他的独生女儿，后来成为我母亲的潘根荣，是黄梅戏的一位优秀的演员，无论别人怎么看，我觉得母亲作为表演艺术家是当之无愧的。我的父亲雷风1949年自老安徽大学出来后，就投身到小学教育和黄梅戏剧目的创作中，在1956年第一届全省戏曲汇演中，以一部叫做《金狮子》的剧本获得了奖励，成为戏曲作家。第二年秋天的黄昏，我出生了。这本当是一个幸福而蕴含着诗意的家庭，但就在我还在襁褓之中，随着一场声势浩大的政治运动，父亲成为“第二次深挖”而出的“右派”分子。从此宣告了这个家庭的风雨飘摇和妻离子散。时间很快走到1962年，所谓三年自然灾害之后，父母终因屈服于政治压力而分手。这一分，就是十二年，光阴的一个轮回。在我童年的记忆里，是没有父亲这个形象的。倒是石牌街上的老人时常向我谈论着那个从前的书生，说那是一个有才华的青年，不仅剧本写得好，而且一笔字也令人称道。而在我，可谓少年失怙。

1974年，外祖父病故。从此这个家庭的担子就完全落到了母亲身上。那一年，我高中毕业，面临即将下乡插队。那是个特别萧瑟的秋天，我沉浸在外祖父去世的忧伤之中。然而一缕意外的阳光却射进了石牌镇正街的一个院落，那是我家。是在临近黄昏的时候，我从外面回来，看见母亲正和两位陌生的女人在低声谈论着，他们的眼睛都布满了血丝。

我一到，母亲就对那二位说：这就是老雷的儿子，小河。我很快就明白了，她们是我父母的朋友，听口音来自安庆，显然带来了关于父亲的消息。母亲告诉我，这两位，一是斯华云，另一位叫韩黛枫，她们的丈夫郑立松和王兆乾都是父亲的好朋友。斯妈当即对我说：小河，你爸爸回来了，在安庆，我们是来接你和你妈妈过去的。你赶紧收拾收拾，车在等我们。

车，是装载粮食的解放牌大卡车。她们挤在驾驶室里，我躺在粮食堆里。车驶出石牌镇走上皖河大桥时，西天的太阳开始坠落了。望着那天际的灿烂逐渐敛尽，然后熄灭，化作青暮之色，我十七岁的心中纳满了苍凉。有一种酸楚的感觉随着身下这不平的道路在心中颠簸着。十几年了，我终于能够一见自己还是戴罪之身的父亲了，以这种特殊的方式。车抵安庆城已是万家灯火时分。这座历史上颇有名气的古城，从我第一次走近她，就有了一种难以名状的隔膜。但我还是走进了她，随着接我的人去了红旗路（今为孝肃路）市人民医院旁边的一间低矮潮湿的民房。这里，已经有许多人在等候着我们了。我见到了王兆乾、郑立松，见到了黎承刚和胡翠云夫妇，见到了这屋子的主人李洁吾。我称他们叫叔叔阿姨、伯伯妈妈。十几分钟后，我的父亲来了。第一眼看上去，父亲完全脱离了我的想象。石牌镇传说中那个才华青年的痕迹荡然无存，倒是一个十足敦厚的农民，穿着一件烟灰色的、显得过长的棉袄。

关于这次不同寻常的会见，我已经在其他文章里有过表述，他们曾经都是“右派”，更是可以托付生死的朋友，两年后的1976年，中国的政治形势发生了根本变化，坚冰消融，春回人间。又两年，由胡耀邦亲自主持的右派平反工作全面展开，这些人得以重返毕生喜爱的岗位，这就是黄梅戏。1979年3月的一天，我在大学接到父亲的电话，说他和母亲今天复婚了，仪式是在安庆进行的，由当时地区文化局局长方博文主持。在这个简朴的仪式上，著名演员麻彩楼演唱了《金狮子》中女主角的一段唱腔：“四十年前姑娘新，冰清玉洁钟爱情。”后来父亲不止一次地这样感慨：没有安庆这些老朋友，我们家没有这后半辈子。

安庆这块水土是属于戏曲的。二百多年前的“四大徽班”进京，便是从这里开始。经过百余年的辛勤耕耘，至道光咸丰年间，徽剧逐渐取代了北方昆曲在京师的统治地位，而后，形成了徽汉合流的局面，即在唱腔上将徽剧的“二黄”与汉调的“西皮”合二为一，又兼收了昆曲、秦腔等精华，这才有了京剧。而遗留在安庆本土的，是黄梅戏。在我看来，正是黄梅戏这个别致的剧种，把这些人集聚在了一起。我在安庆的父辈都是黄梅戏的有功之臣。李洁吾曾任地区黄梅戏剧团的领导，郑立松整理过的《打猪草》和《闹花灯》，至今还在传颂。而王兆乾以一部《黄梅戏音乐》奠定了地位，更有《女驸马》成为这个剧种的代表作。黎承刚在1954年的省里汇演中曾经和我母亲合作过折子戏《卖杂货》，后来长期担任导演，胡翠云的表演一直是有口皆碑，她的《春草闯堂》我看没有人可比。1974年秋天这次见面，留给我的印象难以磨灭，将伴随我终生。

那是一个非人的政治环境。像我们一家这样的“地下见面”肯定还有不少。那以后，我和父亲开始了通信，但都经由李洁吾手转。那以后，我每年都要来上几次安庆城，一来，就是在李家、郑家、王家、黎家轮流住。李伯当时是鳏居一人，因此我一来就和他同榻而卧，每天早晨起来，都要靠在床上说上几句话。这位淮北霍丘人口音中有一种刚毅的亲切，他思维缜密，谈话的方式总是“润物细无声”。我记得有一次他还为我买了一件的确凉的白衬衫，花费了他工资的三分之一。在李伯的床头墙上，挂着一只钢丝“背心”，是他成为“右派”之后劳改弄伤了腰脊的见证。

郑家当时住在青年路小学，因为斯妈是那儿的教师。这份天职使得她平添了母爱之外的一份爱心，在那些夏季里，我和他的几个儿子，以及其他朋友的儿子，喜欢把席子铺在教室里，听斯妈给我们“上课”。用她自己的话说，是“老鸡带小鸡”。这份来自斯妈的羽翼护暖之爱，曾经慰藉了我失落忧郁的少年之心。斯妈是老胃病，但她从来在外面都是乐观的。在斯妈的身上，我总是能看见一种男人的刚毅性格。她在几十年的逆境中一直带着微笑。多少年之后，当我已经写过四十本书成为一个作家时，她才对我感叹：小河，你斯妈的眼泪早已经在人背后流干了啊。

黎家在地区黄梅戏剧团的院子里。这些人中，我是最先认识黎叔的，记得是在1973年前后，怀宁剧团请他来导一台现代戏。母亲是女主角，在排戏之余，他们总是私下说上几句话，我猜想是在谈论我的父亲。黎叔叔话不多，但我能感觉到他对我的赏识。他喜欢看看我随身带来的写生夹。胡阿姨与我母亲同岁，他们的女儿小云，我们叫她“小拖子”，也与我同庚。我们也是好的朋友。当时黎家的墙上有一张小云的照片，梳着一条独辫，明眸皓齿，我至今记得。几年前，我收到黎叔寄来的书法作品，他和胡阿姨的退休生活想必是很惬意的。

与其他几位沉默的性格不同的是王兆乾。我第一次见他，就觉得此人气宇轩昂，风度翩翩，一口流利的普通话透露出一种贵族霸气。我后来知道，王伯伯年轻的时候，是足以让包括严凤英在内的女人倾倒的。这是一个才华横溢的男人，即使是在逆境中也未曾见到他衰败。这也是一个自信的男人，不服老的男人，至今还以古稀年纪出外讲学，探讨他挚爱的傩文化。

在安庆的父辈中，还有已故的汪兆称伯伯，还有年愈八十、身体健旺的夏惠民伯伯，他们二位和我父亲是东南中学的高中同窗。前年我去拜见夏伯伯，看见他正在把我在报纸上连载的小说剪贴起来，让我感动不已。夏伯伯是著名的戏曲票友，除了黄梅戏，还工京剧梅派青衣。我就想什么时候再去安庆时，一定要请他合作，两代人唱上一折《武家坡》。

安庆的这些父辈们是我记忆中的一块祥云，想想他们，我就感受到了这人间的亲爱与温暖。去年 8 月 23 日早晨，我母亲因病在合肥去世，我第一个电话就打给了斯妈。当天中午，李伯、黎叔胡阿姨和王敏叔叔就发来了唁电，翌日一早，郑伯和斯妈就赶到了。病榻上的王伯伯委托她的大女儿小枫赶到了，远在深圳的“小拖子”给我打来了电话。接着，夏伯伯也不顾高龄地赶到了，对着我母亲的遗像三鞠躬。父亲说，夏伯伯对我母亲的情谊，不仅是朋友的，更是一个票友的，他十分欣赏母亲的表演。那个上午，斯妈含着泪，拉着我的手说：你母亲生前曾经托付过我，说她要是先走了，就让小河把老雷送回安庆，儿女们都有自己的事，他这里毕竟还有几个老朋友在，互相可以走动。我告诉斯妈，我会这样安排的。安庆是父亲人生的第一站，叶落归根，他离不开这块土地。

我原打算在母亲的遗体告别仪式上，播放她生前的唱腔。但是很遗憾，过去的录音资料怀宁方面没有保存。于是我的女儿选择了小提琴协奏曲《梁祝》，作为背景音乐。我觉得是合适的。在悠扬悲切的旋律中，我仿佛看见母亲在空旷的舞台上摆动着三尺水袖，翩翩起舞。而《梁祝》中有一段欢乐的快板，正是父母一生中短暂的幸福时光的写照，铭刻在爱她的人和她爱的人的永恒记忆中。

2005 年 2 月 20 日　合肥寓所

我们的大学

——写在母校建立八十周年

2008年是母校安徽大学创建八十周年的纪念。黄德宽校长嘱咐我写一篇文章。他说，你们家三代都是安大人，也都是文学人，这在安大八十年的历史上是不多见的。显然，这文章还得先从我父亲说起。

我父亲原名雷如朋，后来改名叫雷风。他是1948年进入安徽大学文学院英文专业的。那时安徽大学设在当时的安徽省会安庆。这里也是我的故乡。我父亲如今已是八十开外的老人了，谈起母校，能记得的东西很有限。他只说，自己的系主任叫郑启愚，其时国民党政权日薄西山，学校里时有进步学生“失踪”的消息，说是被国民党特务秘密逮捕或者暗杀了。另外就是，他在安大读书时期很爱好文学，经常给巴金这样的作家写信，订阅了不少文学期刊。翌年，安庆解放，安大肄业的父亲，先是投身到教育工作，在怀宁县的一个乡村小学当校长。据说，抗美援朝时，他曾准备去当志愿军的翻译，但是还没有行动，战争已经走向了结束。那以后，他又参加了戏曲改革工作，发掘整理散落在民间的黄梅调，在这个基础上，形成了后来的黄梅戏。正是这个缘故，使他和黄梅戏的一些前辈艺人有了接触，这其中就包括后来成为我外祖父的潘由之。1956年，安徽省第一次戏曲会演。父亲创作了大型黄梅戏《金狮子》，这个戏获得了一些荣誉。也是在这年的年底，他和我母亲结婚了。我母亲叫潘根荣，九岁登台，虽然没有什么文化，但天赋过人。如果不是后来因为父亲的政治问题，我相信她在艺术上会有很好的成就。这个所谓的政治问题，就是1957年的反右派运动。在我出生后的几个月，我父亲成为“第二次深挖”而出的“右派”。从此，他抛妻别子，去了原籍的巢湖劳动改造。在我的旧相册里，至今保留着我有生以来的第一张照片。

照片摄于1958年的春天，推算起来，正是父亲被打成“右派”的日子。我的眼神带着莫名的惶恐和阴郁，又像是在目送着背井离乡的父亲。但我没有想到，父亲这一走，就是十八年！在我童年和少年的记忆里，是完全没有父亲这个形象的。当我见到他时，我已经有十八岁了。那是在1975年的秋天，在安庆那些“黄梅人”的秘密帮助下，我和母亲在安庆见到了父亲，他的形象完全脱离了我的想象，如果不是他那笔灵秀的字迹，我难以把他和从前的大学生联系起来。十多年后，我出版自己的第一部小说集时，我在后记中写下了这样的句子：夫妻重相顾，两鬓白如霜。

1978年中国恢复了高考制度，我考入安徽大学中文系。入校迄今正好是三十年，白驹过隙。我们那一届，大都是从社会上来的，应届生极少。那时候上大学，颇有几分自豪感。但我上大学的目的非常简单，就是解决一个户口问题。入校前，我是农村插队的知识青年，如果没有高考，有可能就一辈子当了农民。我插队的地方，是怀宁县的平山公社。那是一个距离县城二十华里的地方，却是一个名副其实的山区。高考的消息一传开，我就打点行装回家了。我清楚地记得，那是一个阴天，感觉随时都会下雨。我用一架破板车拖着行李，自作主张地离开了村子。刚到村口，就遇见了大队的一个头目，那人平时就和知青关系紧张，一见我拖行李就问为什么？我说回家，考大学。那人不屑地看了我一眼，意思是：那也等考上了再拖不迟嘛！我也不屑地看了他一眼，我的意思是：只要凭考，老子就不含糊。

于是就这么走了。一走了之。

牌楼村离公社五华里。刚到公社边上，天下起了雨。我把板车拖到废品收购站躲雨，正赶上他们处理一些旧报纸，准备装车送往纸厂化浆。突然，一张报纸在我眼前划过，我一下就看见了父亲的名字，那张报纸上印着他的一篇小说，名字叫《菱塘新歌》。我心头一热，那个瞬间感觉父亲就站到了我的面前。

我向收购站的人讨下了这张1957年5月26日的《安徽日报》。它的年龄比我还大半岁，却在这个乡村的角落与我相遇！这意味着什么呢？当时没有想清楚，只觉得奇怪和感动。那时期我是立志要去做一名画家的，可是高考恢复的第一年，还是需要经过严格的政审，这样，虽然我成绩优秀，身体健康，却还是被一家美术学院所拒绝。第二年，这政审的尺度改变了，而我也失去了继续考美术学院的兴趣，改考了中文系。我想，我这辈子可能留不下几张画了，但一定会留下几本书。1979 年，父亲右派平反后回家了。有一个晚上，我拿出了那张旧报纸。父亲看着它，好久才低声说：这是我唯一发表的小说。很多年过去了，我时常想起这张视为珍藏的旧报纸。我并不喜欢父亲这唯一的小说，它甚至都不能算作小说，只是一个文学青年的习作。但是为什么却要在那样的时间那样的地点与我相遇呢？或许，这就是上帝的旨意，告诉我，你父亲没有做成的文学梦你需要继续梦下去。你有理由继续梦下去。

我这一生的选择其实在那个时刻就已经完成了。但文学梦真正开始的地方，却是在我的母校安徽大学。1981 年，是鲁迅先生诞辰一百周年。为此，全国大学生举行了首届文艺汇演。我代表安徽大学创作了独幕话剧《前哨》，自编自导自演——在剧中扮演鲁迅先生。这个戏后来获得了“全国大学生首届文艺汇演一等奖”。接着，我又将它改编为同名电视剧，由安徽电视台和安徽省话剧团摄制，中央电视台在“纪念鲁迅诞辰一百周年”专题节目中播出。第二年，我又在《青年文学》的创刊号上发表了我的小说处女作《拉大提琴的人》。安徽大学确立了我的人生目标，那就是，做一个身心自由的人。尽管毕业后我在机关混迹了七年，但最终还是圆了自己的梦，成为一个专业作家，自由撰稿人。这二十几年来，我共创作了长篇小说《日晕》、《风》、《独白与手势》之《白》、《蓝》、《红》三部曲、《死刑报告》，中篇小说《重瞳》、《海口日记》、《对门·对面》、《秋声赋》、《南方的情绪》、《流动的沙滩》、《关系》、《合同婚姻》、《我的偶像崇拜年代》等三十多部，还有像《纸翼》、《和陌生人喝酒》、《临渊阁》、《草桥的杏》、《枪或者中国盒子》这样的短篇小说四十多篇，在国内外结集出版的小说、散文、随笔有四十卷。2000 年，包括母校安徽大学出版社在内的中国七家出版社不约而同地先后出版了我十六本书，为此这一年被舆论称之为“潘军年”。其实在我看来，这只是我的小说年而已。中央电视台的“读书时间”为此还做了一期《潘军和小说》。国内十家文化单位，也于那一年在京联合主办了“潘军作品研讨会”。第二年，我又为国内两大话剧团体北京人民艺术剧院和中国国家话剧，写了两部话剧——《合同婚姻》和《重瞳——霸王自叙》，后来改名为《霸王歌行》。我在写这篇文章的时候，北京的舞台上正在上演这个剧目。我的努力非限于此，还扩大到影视领域。我自编自导了电视剧和电视电影有《大陆人》、《对话》、《五号特工组》和近期的《海狼行动》。其中《五号特工组》在全国绝大多数城市都创下收视之最。写下这笔流水账，算是一个学生对母校的汇报。

安徽大学也是我收获爱情的地方。时隔三十年，我的女儿潘萌已经成为安徽大学中文系的一名应届毕业生。三十年前，我在校园里认识了她的母亲赵蓓，我们同是中文系的学生，她比我低一届。我们一起在图书馆看过书，递过条子；一起在阶梯教室听过课，讲过悄悄话；一起在舞台上跳过舞，一起在校园里散过步……而今这一切，都成了我们共同的最美好的记忆。

女儿潘萌，上大学之前就和我合作了一本散文集《我家的时尚女孩》。由人民文学出版社出版。她曾经参加“全国中学生‘新表现’作文大赛”，获得了一等奖，并创下一项全国纪录——中国青少年各项赛事物质奖励之最。奖品是一辆捷达轿车。潘萌上大学的第一年，又独立完成了她的长篇处女作——《时光转角处的二十六瞥》，先由《作家》、《花城》、《芙蓉》三家刊物联袂发表，后由湖南文艺出版社出版。其中部分章节，还先后被《读者》、《青年文摘》转载。潘萌后来又陆续在国内一些有影响的报刊上发表了一些小说、散文、随笔。

几年前的一个早晨，我随女儿来到安徽大学的新区报到。这个新校园远不像三十年前的模样，它有着许多让学生喜悦之处，当然是在我这个 78 级的老学生眼里。年底，我在黄德宽校长的陪同下，对新校区的整体建设与规划进行了参观，我为自己母校的发展感到骄傲。然而潘萌却对现代的教学设备和舒适宽敞的寝室不以为然，她说，某种意义上，她更喜欢在老区的图书馆里自习，或者带着疑问敲开某个教授的家门，“读着上一辈读过的书，那才有大学的感觉”。我当年的同学有不少都选择了留在中文系当老师，他们和我一样，对这个学校有着割舍不断的感情。而我也接受了学校的聘请，成为她的特聘教授——这是我愿意保留的唯一头衔。我愿意尽可能地多站在讲台上给同学们讲文学、话剧或者电影。看着济济一堂的演讲大厅，我感觉自己的心年轻了很多。它让我忘却了校园之外的种种龌龊。这么多年以来，我每回合肥都必定与这些朋友小聚，聊聊彼此的近况，谈谈文学，回想我们还是毛头小子的校园趣事，总会让大家激动不已。我喜欢这种激动。现在，我又可以经常在这些老友的口中听到女儿的消息，比如说她刚获得了学校颁发的特别奖学金，比如说她为机器人比赛撰写脚本，比如说她像我当年一样，也在自编自导一个小话剧。朋友们赞许的语气让我又一次体会到了作为一名安大学生家长的快乐。

潘萌今年6月份就将毕业了，她决定去美国留学，申请电影学的硕士。她很严肃地对我和她妈妈说，希望我们对她的选择给予一名安大学生对另一名安大学生应有的尊重。我自然是同意的。事实上，关于女儿的成长，我和她妈妈早已达成了共识，孩子有自己的路要走，她的世界我们不可能都懂，我们要给予的便是相信她，理解她，尊重她。我想这也是一座学校应该给予每一位学生的礼物。

安大新校区落成之际，我遭受了有生以来最大的痛苦——2004年8月23日，我的母亲因患癌症去世了。在她临终之前，我和父母商量了一件事，就是将故乡院子里的十三棵树捐献给母校。那是我父母亲手栽种，已经有二十年的历史，其中有亭亭玉立的水杉，有散发清香的桂花，有硕果累累的枇杷。如今，这些树就立在新校区里，成为一片风景。每回去讲演，事先我都会去看看。我对黄校长说，以后，只要我有时间，我都会在植树的时节带着女儿回来，在它们周围栽上一些树苗，若干年后，它们就会长成一片林子。这个传统，我们将代代相传。我甚至这样对潘萌交代过，当我离开这个世界的时候，就将我的骨灰撒在这片林子里，这是我此生最后的归宿。

2008年3月5日　北京寓所

送潘萌赴美留学

2008 年 7 月 26 日，星期六，是送潘萌赴美留学出发的日子。一早，我和驾驶员小毕带着孩子的行李离开合肥，走合宁及沪宁高速，行 6 小时许抵达上海。后又在浦东问询下榻酒店地址花去了一小时，于下午 4 点到达富驿时尚商务酒店。潘萌与母亲赵蓓、保姆宋阿姨、同学陈瑶则乘火车前往，我们几乎是同一时刻在浦东会合。当晚，她们一起去看外滩的夜景了。我则独自留在酒店里，回想着女儿从前的点点滴滴。

真是一转眼的时间，孩子就长大了，这回算是真正离家出门远行了。1992 年我离开合肥去海口，那时女儿不过 6 岁，这之后我们父女就是分分合合，聚少散多。但无论我身在何处，心一直就留在女儿身边。随着孩子的成长，我们渐渐由父女变成了同事，变成了知己。2001 年，人民文学出版社出版了我们父女俩合著的一本散文小册子《我家的时尚女孩——害怕长大》，那时潘萌才 15 岁。第二年，她因参加全国中学生“新表现”作文大赛，以一篇名为《旅途》的作文获得了一等奖，奖品竟是一辆捷达车。我陪同她去长春领奖，评委会主席张笑天先生这才知道，潘萌是我的女儿，他说 13 位评委的选票一致投给了潘萌。那一刻，我真为女儿感到骄傲。又一年，潘萌在长沙岳麓山下完成了她的第一部长篇小说《时光转角处的二十六瞥》，分别由《作家》、《花城》、《芙蓉》三家杂志联袂发表，后由湖南文艺出版社出版，我的朋友史铁生先生破例为这本书作序，他说“潘萌的文章，最是角度与形式的不拘一格让我赞叹”，又说“正是想象力的不拘一格，或对生命态度的不落窠臼，造就了潘军、潘萌之间不同凡响的父女关系”。真是感谢铁生兄的鼓励！

翌日上午 10 时即离开该酒店，前往浦东国际机场。潘萌乘坐的是中国东方航空公司 MU583 次航班，由上海直飞洛杉矶，飞行时间约 12 个小时。由于天气原因，航班起飞时间实际在15点50分。这样推算起来，她抵达洛城应该是在明天的中午时分，而我们这边还是凌晨。届时，她的两个姑姑潘莉和潘微，将去机场接她。潘萌此番是去洛杉矶的查普曼大学电影学院攻读编剧专业的研究生。她也是这个专业历史上的第一个亚洲学生。孩子的兴致很高，愿意接受新的，也是艰苦的挑战。要知道，一个22岁的姑娘，敢于用英语来创作剧本，这将是多么的不易！我们父女有一个约定，就是在不远的将来，会师戛纳电影节。这虽然是个即兴而随意的约定，但在我们心中形成了鞭策。

离别的时刻，赵蓓和同行的女宾皆流泪，潘萌也一样，我只能分别劝慰着。但我心里，也确实难舍，感觉这只风筝将要高飞，手中的线顷刻要断。然而这毕竟是件喜事，是潘萌人生的一个转折。这之后，她将展翅高飞。

我母亲在世时，先后送走了潘莉和潘微赴美留学。如今母亲已经去世四年，想起2001年同样在这个机场送走小妹的情形，犹如昨日！

我亲爱的女儿，勇敢地飞过太平洋吧！你会感到属于你的天空是那样的广阔、蔚蓝，充满着绚丽和希望。爸爸为你祝福，爸爸更为你骄傲！

2008年7月28日凌晨2点27分　于上海建国宾馆806房

安庆的麻将

每回到安庆，只做两件事：会朋友、打麻将。或者说是以打麻将的方式来会朋友。关于麻将，曾写过一篇随笔，叫《麻将之所以好玩》，其实我还应该再写一篇，叫《安庆的麻将尤其好玩》。这绝不是老王卖瓜，我自觉玩过不少类型的麻将，北京的、上海的、广州的、长沙的、武汉的、合肥的，全都没有安庆的麻将好玩。安庆这个城市多年来并没有多少起色，但安庆的麻将却在与时俱进。每次玩，都有改革，而实践也证明了，改革是有效的。在我看来，安庆的麻将最大的看点就是上下手之间形成了制约——你吃我三口，可以，如果你和了，我加倍地赔付；反之，倘若最后成牌的是我，那么你的赔付则更大。这就把过程的刺激与愉悦，提升到了空前的高度。我们不是赌徒，贪恋的，不就是这个黑格尔琢磨一辈子的所谓过程吗？

这两年一直忙于拍戏，去年春节没有回去，直到今年的6月中，才偷得浮生半日闲，驾车一千二百里，奔上故乡路，重返麻将台。人到安庆，没有下榻，就会给小金发短信：我到了。于是很快就会收到这样的回复：两点半，老地方。那时你会感到热血沸腾，远比上台领个什么奖激动。

赌这个字特别有趣。按汉字六书，应属会意。左为贝，意思是你得先出点钱，既然不是赌徒，那么钱就不能大，只作为一个起码的责任要求。右为者，这个十分要紧，你将和什么人玩？

玩牌自然是要看人的。

我们这几个人，都是多年的老朋友。算起来，我和老盛相识较晚，但他对我写作的关注，却在三十年前。老盛也是学中文的，甚至还迷恋过一个时期的“先锋派”，至今谈起余华、苏童，依旧是滔滔不绝。或许正是这个缘故，我们便一见如故。我和老盛的牌路相似，都是和牌欲望强烈，永不轻言放弃。这与老周的牌风形同冰炭。

都说老周的麻将打得深，而所谓的深，也就是他能识破一些圈套，同时也不断地给别人设置圈套，左右这么一来，便深不可测。从来没有觉得老周的稳健，但在麻将桌上，会感到判若两人。和老周打牌你会有一种破案的感觉，时机一旦成熟，便是手起刀落，不是你死，便是我亡。

老黄的麻将似乎让你感觉到始终带着几分醉意，不紧不慢，输赢不惊。其实是给自己留足了余地和面子，赢了，那是潇洒；输了，那是正常——毕竟我今天是喝高了嘛，以至于我们这些赢家倒成了趁火打劫的。

有时候老纪也来客串一下。他是个画家，但麻将却打得像个哲学家，莫名其妙的理论，莫名其妙的招数，弄得原本轻松的局面陡然间变得异常凝重。偶然小赢，神采飞扬，几番回合之后，便是一声长叹：山都输得空。

麻将有章法，但却不讲理。麻将讲技巧，但更看手气。这是严肃而无奈的。于是几天后便有那么一回，一个女人临时补充上来，胡打一通，最后竟然打倒了三条汉子。

2011 年 7 月 2 日　北京

我的电影悲欢

我记忆中第一次看电影，是坐在母亲腿上。看的影片，后来知道是谢晋导演的《红色娘子军》，那应该是在1961年前后吧，我四岁。电影是在县城新落成的电影院放映的，县城人叫它大会堂，因为主要是用来开大会的。这部影片我记得最清楚的地方，是逃出来的琼花在屋檐下偷红莲家的山芋吃，以后一放到那里，我就说："那女的要偷东西吃了。"边上的大人就笑了，说孩子就知道记住吃的。这家电影院本应该成为我认识电影的摇篮，但是很不幸，没过多久的一个晚上，邻居告诉我家，说电影院起火了。邻居是一个木匠，通报了失火消息，就背着我去观看消防队救火的场景。现场人山人海，我骑在他脖子上，站在很远的地方，只见电影院的上空火光冲天。几天后，我又去看了，电影院只剩下一个破烂的屋架，成了一片废墟。我想我当时的心情应该是很难受的。很多年后，我看到了意大利导演朱佩塞·托纳多雷的作品《天堂电影院》，惊讶地发现自己童年的这段经历几乎就是影片主人公的翻版。这或许是我对这部影片独有情钟的一个特殊原因吧。

县城电影院后来一直没有在原址上修建，而是挪到一个叫孙家祠堂的地方支起了一些长条凳，凑合放映。那里没有舞台，只有银幕。但这个地方的好处，是离我家很近。于是我们这些附近的孩子，都和检票员——当地叫"摆栅子"的，一一混熟了，在观众不客满，或者电影放过一半的时候，他们会放我们进去。我母亲是剧团演员，与电影院同属文化系统，所以我比那些孩子更加方便。我就这样蹭了一些电影看了，记得最深的是《平原游击队》、《英雄儿女》、《南征北战》和《小兵张嘎》。还有一些阿尔巴尼亚的影片，如《脚印》、《第八个是铜像》。那正是"文革"时期，能放映的影片非常有限。还有一次，放映朝鲜的宽银幕影片《卖花姑娘》，当时正值夏天，是露天放映的，很轰动。这是我第一次看见宽银幕，觉得气势恢宏。

或许是母亲是演员的缘故吧，我打小看电影就有与众不同的角度——注重演员的表演，而不完全是被影片的情节所吸引。我至今引为自豪的，是年纪不过十来岁的我，却对表演有一种先天的鉴赏力，因此能作出正确的裁判。譬如《平原游击队》，我觉得饰演李向阳的郭振清和饰演松井的方化非常好，《英雄儿女》中最好的演员是饰演军政治部主任的田方，《南征北战》中，我最喜欢的是师长的扮演者陈戈和饰演敌张军长的项堃，还有演高营长的冯喆和演小胖子的铁牛，我都觉得演得好。我至今还记得，阿尔巴尼亚影片《脚印》中那位扮演阿尔丹大夫的演员，很了不起，可惜我没记住他的名字。我喜欢模仿这些演员的表演，模仿他们的台词风格。还曾经把周围的小伙伴集中起来一起排演某部电影里的一段戏，自然由我担任导演并主演。譬如就模仿过《红色娘子军》中洪常清受刑之后写绝命书的那段戏，穿着破烂的衣衫，上面用红墨水做出鞭痕的效果，头上扎着绷带，让人拖出来。然后双手扶着桌子，从眉毛底下鄙视地看"南霸天"一眼。我甚至还幻想，如果我长大了，这个角色是完全可以担任的，未必输给王心刚。我的童年，原本是苍白的，因为我父亲——他是一位戏曲作家，在我出世之后不久他就被划成了"右派"。但是，电影给我带来了欢乐。

童年无数的梦中都有电影。

1975 年，高中毕业后的我到农村插队，所在地虽然距离县城不过十五公里，却是一个名副其实的的山区。这里很难看到一场电影。农村放映队条件很差，用的是 16 毫米的拷贝，发电机是那种脚踏式的，像骑自行车一样。每放一盘拷贝，就有两个小伙子轮换，继续踏。踏这种发电机，用力得均匀，如果忽快忽慢，银幕上就忽明忽暗，人物的声音就像惊风发抖似的。放映员随身带着一把很大的油布伞，即使不下雨，也照样撑在头上，担心一旦断片或者机器出了故障，老乡们会出其不意地把小石子扔过来。尽管这样的条件，每次放映，观众都非常多，周围四邻的农民都扛着凳子早早来了，热情高涨。一个老乡说，我除了和老婆困觉，就剩下这点文娱活动了。

我每次回县里，必须要做的一件事就是去电影院看一场电影，有时遇上换新片，就看上两场。电影票一毛钱一张，宽银幕一毛五。当时的鸡蛋是七分钱一只，按照这个比价，电影是非常便宜的。那个阶段看的电影，基本上是一些重拍片，如《渡江侦察记》、《平原游击队》、《南征北战》，但都觉得没有以前老的好。我说的好，还是指演员的表演。譬如新《南征北战》，无论是饰演我方师长的王尚信还是饰演敌方张军长的王培，都无法同陈戈、项堃相比。而新《渡江侦察记》中的连长（王惠饰）和《平原游击队》中的李向阳（李铁军饰），就更不是孙道临和郭振清的对手了。"文革"中摄制的几部影片，我觉得于洋的《火红的年代》好，其实还是指他演得好，他的形象气质，以及那种沙哑浑厚的声音，都让我痴迷。有一次看《难忘的战斗》，我发现演得最好的不是主角达式常，而是那个反派配角刘副区长。很多年后，这个演员以一部电视剧《雍正王朝》中扮演康熙的形象为大家熟知，知道他名叫焦晃。当北京的一些报纸上在说焦晃演技如何如何时，我心中也在说，三十年前我就说他很棒了。

我欣赏的演员还有，蓝马、石挥、金山、赵丹、崔嵬、于是之。我第一次看《烈火中永生》时，不是为银幕上的烈士而激动，而是为那时几大电影厂的合作感到激动。上影的赵丹（饰许云峰），北影的于蓝（饰江姐）、张平（饰李敬原）、项堃（饰徐鹏飞），八一的胡朋（饰双枪老太婆）、王心刚（饰刘思扬）以及长影的庞学勤（饰彭松涛）。我想，倘若我是导演水华，能与这样一台优秀的演员合作，该是多么幸福的事情。

在农村当知青的时候，我自学美术，为县文化馆画过大幅的宣传画，为县剧团画过布景和海报。有一天，我从一本过期的《大众电影》上看见了崔嵬导演《青春之歌》的现场工作照。戴着鸭舌帽的崔嵬在摄影棚里给演员谢芳、于是之说戏，边上站着摄影师、灯光师，还有人工下雪的美工。现实和虚幻集中在一块，让我兴奋不已。我仿佛从这张照片里窥见到了拍电影的奥妙，或许就在那一刻，它燃起了我想成为一个电影导演的梦想。

1978 年高考恢复之后，我曾萌生过报考北京电影学院导演系的念头，我甚至还私下改过一个分镜头剧本。但仔细一想，觉得很不现实。我蛰居在一个偏僻的小县城里，连一份招生简章都见不到，如何考？再者，家里仅靠母亲每月六十几元的工资，要养六口人，连出门的盘缠都凑不齐。于是，一个梦想就这样自然放弃了。然而放弃并不意味着破灭。我后来进了安徽大学中文系。在大学里，我从学校图书馆借到手的第一本书，是苏联导演库里肖夫的《电影导演基础》。那是一本比砖头还厚重的书，我几乎是把它从头抄了一遍，还画了不少插图。与此同时我开始写作一个叫《徐悲鸿》的电影剧本，当时的想法特别天真，希望通过剧本创作与电影发生联系。这个想法与美国的科波拉很相似。科波拉最初也是依靠《巴顿将军》的编剧才能，叩开了好莱坞的大门，后来拍出了著名的影片《教父》和《现代启示录》，成为世界电影的经典。我这个剧本后来交到国内一家大电影制片厂，与编辑书信往返多次，最终还是不了了之。

大学四年，我看到了一些过去被封存的外国电影，譬如由钱拉·菲力普主演的《红与黑》。这个时期国内的电影也逐渐变得很活跃，每年都有几十部新片上市。但是与那些译制片相比，就觉得差距太大。如同看书一样，我的兴趣主要是阅读外国文学名著，我看电影，基本上是看译制片。读外国文学名著，我很在意译笔，倘若译笔不好，即使再著名我也没有兴趣。而看电影，我在意的还是演员的演技。像《悲惨世界》中饰演冉·阿让的让·加班，《简·爱》中饰演罗切斯特的斯科特（此人也是“巴顿将军”的扮演者）以及日本影片《追捕》中饰演杜丘的高仓健，在我看来都是杰出的表演艺术家。我沉醉于他们的精湛表演，一部电影看下来，能记住其中一些精彩的台词。由表演琢磨起导演的手法，是很自然的。记得看日本影片《远山的呼唤》，高仓健和倍赏千惠子的表演无可挑剔，其中高仓健骑马的镜头用高速摄影（即“慢动作”），给了我很深的印象，因为这是女主人眼中的男人英姿，是女人的主观镜头，而不是一种外在的仅有的形式技巧。

由于国家体制和意识形态的不同，一些国际上很有影响的影片，在当时并没有看到，我们没有引进。这一点上，远没有文学做得好。多年之后我才逐渐认识到，文字上可以说的，银幕或屏幕上未必可以看。即使是创作，可以写的，未必可以拍。这也是中国的特色吧。

1981年，是鲁迅先生百岁诞辰纪念。省里和全国都在搞大学生文艺汇演。于是我以30年代鲁迅和几个文学青年的交往为题材，写了一个独幕话剧《前哨》，自任导演，并且扮演鲁迅先生。没有人知道我做这件事的动机是什么，它还是为了想圆内心的这个导演梦。我没有机会施展作为电影导演的抱负，至少可以先在舞台上一试拳脚吧。这个戏当时在大学里很出名，以至于外省的大学都来观摩学习，最后获得了全国大学生一等奖，我本人还获得了表演一等奖。第二年，我临近毕业，论文的题目是《论谢晋的导演艺术》，系里没有老师懂电影，但还是给了优秀，因为他们觉得我说得有些道理。谢晋拍了不少电影，但我在论文里，着重解析的只有两部：《红色娘子军》和《舞台姐妹》。由此我回溯1949年至1966年的中国电影，觉得好的大约是这样一些：谢铁骊的《早春二月》、郑君里的《林则徐》、水华的《林家铺子》。如果说到1949年之前，必须要加上的，应该是费穆先生的《小城之春》。它们构成了我对中国电影的缅怀。

上个世纪80年代给我印象最深的一部中国电影，是吴贻弓的《城南旧事》，我私下认定这是中国第一部“散文电影”。而同一时期出现的陈凯歌的《黄土地》，应该是中国第一部“诗电影”。随着“第五代”的出现，我逐渐看到了一批优秀的国产电影，它们是：陈凯歌的《霸王别姬》，张艺谋的《红高粱》和《秋菊打官司》以及姜文作为导演的处女作《阳光灿烂的日子》。这应该是迄今为止中国电影的最高水平，它预示着一个新的起点。

真正推开窗口，看到当今世界一些优秀影片，是近几年的事情。那就是买盗版影碟。这些作品从哪些渠道进来的，我不知道，但似乎各地都可以买到。我开始收藏这些影碟光盘，每看到一部优秀的作品，都有说不出来的愉悦。我收藏的光盘不下千张。从这个时候起，我对电影的认识提升到了一个全新阶段。我知道了英格玛·伯格曼和基耶斯洛夫斯基，知道了美国电影史上以科波拉、斯皮尔伯格、斯科西斯为代表的“电影小子”，知道了丹麦的拉兹·冯·特里艾尔、意大利的朱佩塞·托纳多雷、西班牙的佩德罗·阿姆多瓦。我从伯格曼作品里看到了一种宗教情怀，从基耶斯洛夫斯基的《三色》和《十诫》中看到了人生的迷惘。我尊敬地称他们为大师，他们的作品给我启迪，给我震撼。并且使我作为导演的热情死灰复燃。

但是，做一个导演并非想象的那么简单。最大的苦恼是与一群人打交道，与投资方争取权利，与演员讨价还价。1997 年，我为郑州一家音像公司自编自导了一部二十六集的电视剧《大陆人》。这是我第一次当导演，但没有什么慌乱，手头的活还很利索。老实说，对导演工作程序，我成竹在胸。但是与投资方的合作却非常不愉快，以至于我最后退出了后期制作阶段。第二年，我在北京又拍摄了一部"电视电影"《对话》，还是由我自编自导。这一次，虽然跟了全程，但还是与投资方不和谐。我们的立场完全不一样，我力求拍好，他们只想省钱。这部作品后来在央视电影频道播了几回，没觉得怎么样。我因此停歇下来，又回到了小说创作上。直到 2006 年，因为生计再次回到电视剧上，于是就有了广为人知的那部谍战剧《五号特工组》。之后又一气拍下了《海浪行动》、《惊天阴谋》、《河洛康家》和《粉墨——永远的母亲》。但我自己明白，电视剧和电影毕竟还是两码事。

我需要着手做自己的第一部电影了。

我心目中的电影，如同我的小说，依旧是自己内心的一种表达，然后才是一种叙事。但这样的电影却远远要比做那些商业片艰难得多。它要面对官方严厉的审查，要面对投资人对市场的优柔寡断，要面对庸俗舆论的无端挑衅。这些并不可怕，但会让你感到厌倦。

我曾对人说，做一个电影导演，聪明人只要在现场站上一天，也就大致明白了。但想做一个好的导演，会不知不觉扔掉一条命。基耶斯洛夫斯基在笔记里曾这样写道：拍电影，并非意味着记者采访、荣誉，更多的是每天早晨六点起床，和雨水泥巴打交道。他说："这是一个令人神经衰弱的行业。"这段话说完不久，他就因心脏病突发去世，终年五十三岁。是的，我梦想走的，无疑是一条异常艰辛的道路。但是，我对电影的欲望却无时不在驱使着我前行。一个人的梦想，破灭是困难的。它至少可以激荡在我的血液之中。

2011 年 7 月　北京寓所

关于我的母亲

以前做事，浑身有使不完的劲儿，总觉得身后有一双眼睛在注视着你。那是母亲的眼睛，饱含着慈爱、信赖与期望。如今我转过身来，身后只是一片寂寥空洞的世界。

我意识到，当母亲离开这世界的那一刻，我已经成了一个精神上的孤儿。

——作者题记

母亲逝世已经七周年了。这七年里，我时常还在梦中见到她。她头上没有一根白发，端着茶杯，像以往那样偶尔在我身后停一下，看我写字，然后就去了外面，那是故乡的院子。那里，有着她和父亲栽下的九棵香樟和三棵水杉，另外还有一株桂花和枇杷。每年秋来，桂花淡淡的香就会散发在院子里，枇杷也会结出一小筐。从院子走出去，顺着屋前那条很狭窄的小河走下去，再拐上两道弯，就到了她工作一辈子的单位——安徽省怀宁县黄梅戏剧团。这里有她立足半个世纪的舞台，但现在已经被焚烧成了一片废墟……

母亲叫潘根荣，生于民国二十八年，即1939年。出生地是地处皖西南的安庆市管辖的怀宁县，一个叫做罐子窑的村子。顾名思义，这个地方是因出产陶器得名的。我曾在多部小说里写到这个名字古怪的地方。我的外祖父不通文墨，却有着一个文雅的名字：由之。这个正经的陶工，在我母亲出世前的几年，忽然下海进了黄梅戏的乡班，唱上了青衣。从此他把唱戏当做了正业。他是黄梅戏历史上的著名老艺人，曾经和郑绍周、丁老六、潘泽海等人一起演出，那时的严凤英还叫“小鸿六”，属后来者。就这样，外祖父带着外祖母和他们的女儿在江湖上一漂就是十年。可以说母亲是在戏班子里长大的，九岁的时候便登台演出，艺名“小由之”。第二年，解放了，不久这些走江湖的艺人，优秀的均被国家收录，成为怀宁县黄梅戏剧团的元老。母亲没有进过学堂，但天赋过人，她很快脱颖而出，在家乡乃至安庆这一带，算得上少年成名。即使是现在，在安庆对一些喜欢看戏的老人谈起怀宁的潘根荣，他们都还清楚，说这是一个名角，一个戏路子宽广的好演员。从前农民们听戏，都说“潘根荣的班子来了”。我至今记得，“文革”前以及1978年之后的那些年，只要海报上挂出潘根荣的名字，票房一定十分可观。每年春节期间，从初一到十五，票都是预先订光，中午还得加演日场。

舞台上的母亲光彩照人。她工青衣花旦，偶尔也演小旦，后来又过渡到老旦。因为父亲政治问题的牵连，母亲在事业上受到了极大的限制与不公正的对待。很多剧目，最初都是由她主演，可是一调到北京演出，立即就将她换了。但母亲在艺术上的成就并没有因为世道的黑暗所湮没，她被时间珍藏。但凡一些黄梅戏历史上的前辈专家，如《女驸马》的最初作者王兆乾和《打猪草》、《闹花灯》的整理者郑立松等，只要一谈起母亲的演出，都是交口称赞。严凤英有一回看母亲演出《小辞店》，当众就说“《小辞店》我唱不过根荣！”前些日子我陪吴琼拜访著名黄梅戏作曲家时白林先生以及他的妻子，也是吴琼的老师丁俊美，谈起母亲的唱腔，时先生当即翘起大拇指说：“潘根荣的唱腔是这个，而且，扮相也好！”丁老师要吴琼赶紧去找我母亲的唱腔来听，但是，已经无法找到了，过去录制的磁带早已报废。

历史上的怀宁县算得上是戏曲之乡，过去有“无石不成班”一说。这“石”，指的便是怀宁县城所在地的石牌镇。二百多年前的“徽班进京”，造就了一代名优，其中有不少泰斗级的人物都是安庆这一带人氏。如潜山的程长庚、怀宁的杨月楼、杨小楼。母亲的唱腔非常的淳朴，有黄梅戏特有的那种韵味。即“怀腔”。我至今还能依稀看见，母亲在1966年之前所扮演的那些角色，除了黄梅戏《天仙配》、《女驸马》，还有后来移植过来的《白蛇传》、《打金枝》、《宝莲灯》、《碧玉簪》这些古装剧目，以及《江姐》、《党的女儿》这样的现代戏。母亲塑造的舞台形象都令我难忘。母亲的花旦青衣分为两个阶段，即1966年之前和1976

年之后。这中间的十年，她都是在演样板戏了。她先是扮演《沙家浜》中的阿庆嫂，后来演《红灯记》，她扮演李奶奶——这是我记忆中母亲第一次改演老旦，居然也是很好的。1976 年 10 月之后，中国的政治形势发生了根本性的变化，剧团恢复了传统剧目的演出，这一时期母亲的舞台形象，在我这里如同描了一遍，而对于母亲本人则无疑是一种缅怀。

母亲的戏路子很宽。也是一个善于动脑筋的演员。1984 年，平反归来的父亲创作了大型黄梅戏《杨月楼》，母亲饰演的是韦太太，她把这个角色在行当上做了一种老旦与彩旦之间的交融处理，在老旦的基础上融进了一些彩旦的表演，使这个形象非常生动，受到一致的好评。

我尤其欣赏的，是母亲的反串小生戏，其代表剧目是《女驸马》和《孟丽君》。她的表演在女性柔美中蕴含着男人的刚毅。我想这不是偶然，生活中的母亲原本就是一个敢于和命运抗争的人，如逆风中挺立的一根芦苇，宁折不弯。“文革”期间，她被打成了所谓的“三名三高”分子，在她一直演出的剧场接受批斗，那时她正怀着我二妹妹，却自己站上高高的凳子，将牌子挂上脖子。这一幕，当时九岁的我是亲眼所见，而揭发她的人，竟然是她的一个徒弟。很多年后的 1994 年，我们一家送二妹潘莉去美国，在上海虹桥机场，母亲说起这一幕时却没有更多的感慨，她说自己当时只有一个信念，就是千万别从台上栽下来，否则肚子里的孩子就保不住了。

是的，母亲在属于她的人生舞台上站住了，从未跌倒。

我现在唯一遗憾的是，没有及时把母亲的演出实况录制下来，几年前我曾经有这样的安排，也曾经与县剧团的人谈了，想把当年与母亲一起搭档演出的几位老演员召集起来，选择代表性的折子，进行录制。但这件事始终停留在计划中，没有抓紧实施。等我想操作了，母亲已经患病，这一病就没有再起。

母亲的四个儿女，三个已经远走高飞。我旅居北京，潘莉和潘微则远去了美国。2000 年春，我在合肥为父母置办了新宅，他们这才离开了生活半个世纪的石牌镇。那一年，是我创作上的丰收之年。国内七家出版社不约而同地出版了我的十六本书。秋天的时候，我在北京参加“中德作家对话会”，并着手准备赴德进行为期两年的访问写作，但是很快就传来了母亲被诊断出癌症的消息。这之后的三年，我和父亲陪母亲看病求医，穿梭于北京合肥之间。母亲在北京接受了两次大手术，每一次上手术台都是那样的安详从容，然而她一直在痛苦中备受煎熬。

2004 年 7 月 29 日夜，大约在九点过后，我突然接到父亲的电话，说母亲的情况突变了，感觉不是太好。前一日，我还和母亲进行了电话交谈，也感觉她自从患病以来第一次出现口齿不清的状况。我当时提醒父亲注意这个变化，他说可能是想要睡眠的原因。像以前一样，每次只要在夜间接到父亲这种电话，我便无法继续睡了。我需要立即赶回去。很快，父亲的第二个电话来了，这次说得更严重，说母亲经过诊断，初步确定是肾衰竭引起的代谢性酸中毒，已经神志不清，浑身痉挛，危在旦夕。

经过十几个小时的奔波，我由北京赶到了母亲的病榻前。母亲仍处在严重的昏迷之中，她的双臂都在输液，鼻腔插着氧气。我伏在她耳边呼唤着，我说，妈，我回来了！母亲没有回答，她也根本说不出话来，但是，她的眼泪顺着眼角淌下了。父亲说：你妈心里清楚。

几天后，母亲的病情稍有好转。她的知觉和意识已经得到恢复，只是讲话还不行。作为演员出身的母亲，从前唱腔优美动听，如今竟不能完整地讲出一个句子，我心里除了悲伤，还觉出人生的荒谬与无奈来。这天上午，我带着刚满十八岁的女儿潘萌去医院探视。孩子刚刚考取大学，将去位于长沙岳麓山下的湖南师范大学读书。母亲得知这个消息，只含糊地感叹“远了，远了”。我说，孩子大了，应该出远门了，当年，您不也是把我们一个一个送走的吗？要说远，你两个女儿还去了美国呢！

我隐约感觉到，母亲是靠期待的信念支持着生命。这期待，是等待她十年客居美国洛杉矶的二女儿潘莉。由于“绿卡”的困扰，小莉一家自从 1994 年底出境，至今还没有回来。我给妹妹去了电话，简单地说明了母亲的病情。与以往不同的是，这回我暗示出了危险。潘莉说她已经办理了本月 15 日左右回国探亲的手续，很快就能成行。

酸中毒之后的母亲浑身开始疼痛，需要昼夜进行按摩。我的手触摸到她的身体，感到她已经只是皮包骨头了。病危通知书上这样写着：卵巢癌术后转移，肝功能不全，肾功能衰竭，肺部感染，心力衰竭，电解质紊乱，代谢性酸中毒。对于一个晚期的癌症病人，这其中的任何一项都是可以致命的。紧接着，母亲开始浑身浮肿，小便的量也骤然减少。种种迹象表明，母亲可能过不了这个月了！

和潘莉的电话每天都通着，她也非常着急，等待着她的“返美证”。终于等到了成行的那天了，8 月 19 日。潘莉将在美国西部时间中午由洛杉矶起飞，经停日本，然后降落在上海的浦东机场。这个机场我们是熟悉的，4 年前，我和父母就是从这里将小妹潘微送走的。我至今记得，当飞机起飞之后，母亲说了这样的一句话：我这辈子就打了一仗，把你们兄妹四个都带大了，我赢了。

晚上 8 点 50，潘莉搭乘的全日空公司的飞机安全降落了。三小时后，她改乘 5520 次列车继续归乡之路。这样，她会在太阳升起的时候见到她阔别十年的母亲了。

一切安排停当，我心里骤然辛酸起来。我深知我的母亲已经走到了人生的尽头，与她的二女儿见一面之后，便会撒手人寰。这注定是一个不眠之夜，整个一层的住院部全都安静了，母亲处在昏睡中，父亲和潘虹不停地给她按摩。我坐在走廊的尽头，看着悬挂的电子钟一分一秒地跳过。我想，如果有上帝存在，就请您帮帮我们一家，让母亲最后看一眼她十年去国未归的女儿，让女儿拥抱她的母亲吧！我在祈祷着，请求上帝给我力量。

母亲在黎明前醒来，她让父亲帮她刷了牙，洗了脸，她在等待着女儿归来。外面的天白了，我从病房的窗口看见了朝霞，看见了太阳，然后，母亲看见了她的女儿……

8 月 22 日上午，潘虹对我说，妈今天居然自己翻了一个身。她说得很轻松，我却暗自心惊。这是不可思议的啊，母亲卧床已达数月，一切都不能自理。我明白，这是母亲最后积蓄的一点气力，过了这个坡，她就该走下坡路了，这应是所谓的那种回光返照。这一天，合肥陡降大雨，中午，我独自去了一家服装大楼，默默为母亲准备好了“出院”的衣物。父亲似乎不能面对这个事实，他说难道就在今天吗？几天前，我悄悄为母亲放大了照片，他也同样不能接受，他还是相信会有奇迹在我们家发生。我的老父亲啊！他任劳任怨地伺候母亲三年，连母亲自己都说，这是她修来的。她说：老雷，下辈子你家有一个小保姆，那就是我。

外面的雨还在下着，渐渐小了。时间很快进入到8月23日。自凌晨3点开始，母亲的呼吸出现了极大的困难，需要依靠氧气和“呼吸兴奋剂”。与此同时，她的血压也开始下降，完全靠输液调剂。我找到值班的苏医生，对他说，我希望我的母亲在最后的时刻不要感觉到死亡的恐惧，更不能遭受肉体的痛苦。苏医生，这个年轻的小伙子告诉我，他们会让母亲安详度过的。他对我解释，病人很快就会进入到半昏迷状态，之后是深度昏迷，会慢慢失去知觉。我立刻安排大家和母亲告别，我第一个贴着她的脸颊，对她说：妈，没事的，您睡吧，我们都在边上。然后是潘虹和潘莉，最后是父亲。他坐在母亲的边上，抚摩着她的额头。果然，不久母亲进入到了半昏迷状态，她在呻吟，可能是感觉到肉体的痛苦，苏医生便让她吃了一颗吗啡。很快，她平静了，但呼吸却非常短促。苏医生用手电观察她的瞳孔，母亲还略有一点光感，用棉签划动她的脚心，她也还有一点本能的病理反应。但是很快，第二次测试，这些反应全都消失了，母亲进入到了深度昏迷状态。我一直在猜想，母亲这最后的两小时里，知觉是没有了，但她的意识应该还在。她的意识应该在飞翔，从她遥远的童年那个黄梅戏乡班飞出来，飞到石牌镇上，那里，有一个叫雷风的青年大学生在等待着她。他们恋爱，度过最初的也是最为短暂的欢乐时光。母亲的意识在飞翔着，她送她的儿子上大学，送她的女儿出国，和她的孙女一起散步……

我们兄妹三人跪在母亲身边，此刻，死亡已经大步走向了我的母亲，她的呼吸越来越短，声音也越来越低。外面的雨在不觉中停歇了，天色白了，6点10分，母亲呼出最后一口气，把弯曲的右脚伸直，悄然离开了我们，离开了这个世界。医生和护士们为母亲做了最后的心电图，我看见了显示而出的一条直线。我对苏医生说：请给我再打出一张吧，他似乎有些迟疑，于是我又说：我要保留母亲最后的心脏轨迹。苏医生吩咐护士做了。我把这张心电图撕成四份，分别交给两个妹妹，余下一份，让潘莉带回美国给小妹潘微。我说：把这个时刻记在上面——2004年8月23日早晨6时10分，我们的母亲与世长辞。

2004年8月26日上午，是母亲的告别仪式。遵照母亲生前的嘱咐，谢绝一切来自官方的吊唁。

前来参加告别仪式的，皆是母亲生前的朋友和同事，以及亲属。他们知道母亲生前的爱好，所以都带来了鲜花。我没有选择哀乐，原先设想的是在这个仪式上播放母亲的唱腔，但最终还是因为当时录制条件的限制而未如愿。告别的曲目，最终由我女儿潘萌选定为小提琴协奏曲《梁祝》，我觉得非常好。潘莉曾担心这曲子中的那一段欢快的快板，怕影响气氛。我说这正合母亲的人生经历，在她六十五年的生命里，欢乐仿佛惊鸿一瞥。

我为母亲撰写了挽联——

为梨园人　两袖清风今谢幕
是好母亲　一身正气永留芳

七年后的今天，2011 年 8 月 3 日，远在洛杉矶的潘莉携女儿米雪尔和潘微同时飞回来了，这是我们兄妹四人时隔十七年后的第一次团圆，只遗憾，我们的母亲已经离开了七年。当我们兄妹四人一起跪在母亲的墓前时，从前如在目下，伸手可触。之后，我们又去了故乡怀宁县石牌镇，想去看看曾经居住过的那个“从前的院子”。如今县城已经搬迁，市民们也都陆续离开，那条老街的两边已长出了青草。我们走进了从前的院子，原先的老房子居然还在。从上个世纪 70 年代起，我们家在这里前后住了二十几年。院子是宁静的，但我会听到母亲熟悉的脚步声渐渐近来，她下班回家了。

2011 年 8 月 22 日　北京寓所

潘军文集

第玖卷

清澈见底的河流

清澈见底的河流

汪曾祺先生辞世了。我是在郑州得到消息的。中央台的口播新闻说作家、剧作家汪曾祺在北京因病逝世，没有冠以种种头衔。那一天我感到胸闷，很想找人一起谈谈汪先生。后来我让人替我给汪夫人松卿女士发了唁电。翌日中午，《作家》主编宗仁发打来电话，我告诉他汪先生辞世的消息，他停顿了一会儿，然后说："你写篇文章吧，赶快寄来。"

我和汪先生认识很晚。那是在 1993 年 2 月，我在海南岛主持召开"蓝星笔会"。出席那次会的，大都是带有先锋色彩的中青年作家，唯一特邀的老作家就是汪先生。陪同他的，是他的夫人施松卿女士。由于他们的到来，与会者感到十分快乐。汪先生幽默、健谈，这与他的文章是一致的。汪先生好书，好酒，有飘逸之气。有人说他是最后一位士大夫，我想指的可能就是这种飘逸之气。都说文人活得很累，其实不尽然。汪先生就活得很轻松，很快乐。这无疑是一种境界，能达到者不会多，汪先生是达到了。汪先生欣赏弘一法师临终的偈语："悲欣交集。"我觉得这或许就是贯穿他全部作品的东西。

汪先生的文章，是当代中国文学的一道异彩。由于他的存在，文学史得到了补充。作为小说家，汪先生没有鸿篇巨制，甚至没有写过一部中篇，但丰富了汉语言文字。我喜欢汪先生的文章，他送我的书我每年都要翻览。我觉得汪先生的文章淡而有味，这是一个高度。中国没有几个作家能做得到。他博学，和他聊天是一种享受。在兴致好时，他喜欢吟诗作画。他的字显然是师从王羲之的，流畅清丽。他作画几乎不施颜色，于笔墨中寻求变化，很恬淡。在海口的那些日子，我同汪先生有过几次长谈。最后一夜，他同我合作了一幅水墨画。我画了两头水牛，汪先生补了雨景并题款："潘军画牛，曾祺补雨。"这幅画我后来一直带在身边，挂在书房里。睹物思人，那夜的情形历历在目，我不能不感到悲痛。

汪先生是位高尚的作家，配得上德高望重。文坛纷争几十年，从来就没有听说汪先生弄什么事。他只读书写作。这本是一个作家的分内事，是天职，但在今天却显得那么珍贵。汪先生是位具有世界影响的中国作家，这影响是自自然然形成的，就像水落到地面形成河流那样。但他不摆谱。他微笑着，和你喝酒，谈从前的一些开心事，给你欢乐。每次他的电话号码更换，他都会主动通知你。和汪先生在一起，你会觉得当一名作家是多么明智的选择，而且还有自豪感。现在，汪先生匆匆走了，带走了他的飘逸之气，那淡而有味的文字也从此告别了我们，这是中国文学的损失。汪先生不过七十七岁，他还有许多东西要写的。他是一位热爱生活的老人，眷恋自然而且怀旧。他喜欢水，他的文章总与水相关。现在，他走了。他的文章也如水一般在我们眼前静静流淌着，那是条清澈见底的河流。

1997 年 5 月 25 日　合肥

《清明》和我

10 月 21 日我在人民文学出版社看自己一本选集的封面小样，突然接到季宇先生的电话，说下个月 2 号是《清明》创刊 20 年的日子，问我能否参加座谈会？我说我力争赶回去。我不开会已经多年，但《清明》的创刊 20 年纪念会，我是愿意参加的。和季宇通过话后，我的心情开始变得有些复杂，自然就想到了 11 年前《日晕》的写作与发表的过程。对于我，这并不算是往事。

1987 年秋天，不知出于什么考虑，省里要将《安徽文学》与《清明》二刊合并，之后仍然叫《清明》。那时我在所谓的上级机关跑腿，参加了这一合并的全过程。当时的情况让上面很棘手，而给我的感觉是，这两刊的编辑们都爱自己的刊物。然而爱是一回事，命令则是另一回事。于是至 1988 年春，合并完成了。新的编辑部当时竟不设主编，实行的是编辑部主任负责制，这样担子就落到了周锋和段儒东二位先生身上，可以说是受命于危难之中。他们在理顺秩序的同时还要抓第三期的稿，尽管辛苦，但精神很饱满。

那时我刚写完自己的长篇处女作《日晕》，人民文学出版社的两位编辑专程到合肥取稿。而这部稿子的发表，我已经给了北京的一家杂志，他们打算采用。在和周、段二人的接触中，我提到了这件事。有一天，他们找到我，问能否将《日晕》的发表权交予《清明》？他们想在合刊的第一期也就是那一年的第 3 期上重点推出。我便有些犹豫。或许是被他们的热情所打动，抑或是“重点推出”的吸引，我表示可以试试。于是编辑部承担了我去北京的车旅费用，在 2 月的一个晚上，我搭乘了北上的火车。到了北京，我只好对那家杂志说了瞎话，我说明年是建国 40 周年，省里要求作家的重点稿要发在本省的刊物上，而我又是“上面的人”，不敢违命云云。没想到竟然奏效了。为了平衡关系，我后来为这家杂志另写了一个 7 万字的中篇。

《日晕》抱回之后，编辑部立即进入了操作。这部小说的责任编辑是孙叙伦先生，他很细致地看完，给予了很好的评价。时值今日他还记得“夕阳下的安平塔像一把淬火的剑”这样的句子。然后是周、段二位先生看，也给了我极大的鼓励。他们认同了这部稿子，决定把它做好。首先，他们决定这部 23 万字的长篇不仅不用小字排，而且要加多幅插图；其次是约请唐先田先生写了一篇长篇评论同期配发（后来唐先生认为这是他自己写得满意的一篇文章）。另外就是，让我再写一个创作谈，并在封二上刊发照片与小传。我这里要提到当时兼任美编的孙民纪先生，除了为《日晕》作了插图，他还对那一期的版式进行了新颖的设计。

1988 年 5 月下旬，第 3 期的《清明》在经过一阵风雨后终于以崭新的面貌问世了。《日晕》很快在省内外产生了影响，有不少报刊发表了这部作品的评价文章。不久，《清明》又发表了陈辽先生为《日晕》写的评论。这篇文章是张禹先生约的。张先生是我的父辈，是位德高望重的老编辑。他在年轻时被打成所谓的胡风分子，后来中央关于给胡风集团平反的文件上都有他的名字。我有一次对人说起张先生，我说这事若落在某些人身上那就成资本了，一味地向上面伸手要这要那。而张先生一辈子就愿意默默无闻地为人作嫁。我尊敬这样的人。这年秋天，还是《清明》会同几家单位，在合肥举行了《日晕》座谈会，从而使这部小说产生了更为广泛的影响。一年后，《日晕》获《清明》文学奖。

我和《清明》主要就是这一次的合作。我记得后来还为她写了两篇散文，由段儒东先生编发。1992 年春，我只身去了海南。这之后与《清明》的关系便有所疏远，但《清明》对我的支持，至今我记得很清楚。没有这份杂志对《日晕》特别的操作，我想这部小说的影响是不会有这么大的。《日晕》后来出书，继之又在海外出版，我在序言上都提到了它的首发刊物是《清明》。作者写一部稿子固然辛苦，而为这部稿子问世，则花费了许多编辑的心血。我想一个作家可以忘掉很多事，但不应忘记曾经帮助过自己的编辑。如今我虽然写过一些东西，也形成了一定的影响，应该说与 11 年前《清明》对《日晕》的深切关怀分不开。这份美好的记忆将一直追随着我。

这些年我东奔西忙地跑了不少地方，每到一地，自然都会与期刊界的朋友接触。令我吃惊的是，几乎任何一地的文学期刊经费都比《清明》富裕——4万块怎么能使一份大型的文学刊物成活?!安徽穷这是事实，但不该穷在《清明》上，难道我们对唯一的文学门面也如此吝啬?商品社会，一切都在竞争，刊物也不例外。而竞争就得花钱，才能好做文章，才能改变面貌。《清明》对当代中国文学是做出过杰出贡献的，作家们的支持只是一方面，某种意义上，政府的支持更为重要。一个新的世纪眼看就来了，作为一个安徽作家，一个从《清明》走出来的作家，在这份刊物走过20年的时候，我心里平添的竟不是一份喜悦而是一块沉重，这就是我要写下这篇文章的真实原因。

1999年10月26日　北京

牛汉先生

1948年7月，一位流寓浙江天台的青年给胡风寄去了一首长诗。胡风读过，很兴奋，便将其推荐给了当时在北平出版的文艺杂志《泥土》。这首叫做《彩色的生活》的长诗后来发表于该刊第5期，作者史成汉第一次以牛汉署名。不久，胡风将牛汉的诗编订成集，还以《彩色的生活》命名，列入“七月诗丛”第二辑。收入这个诗丛的还有鲁煤、曾卓、彭燕郊等诗人（史称“七月诗派”）的诗。但牛汉与胡风的第一次见面，却是在一年半之后，见面的地点是北京东四头条胡同文化部招待所。这之后的几年，他们就文艺问题通了近二十封的信。到1955年，三十一岁的牛汉因“胡风反革命集团案”第一个遭到逮捕。他清楚地记得，这一天是5月14日，春天彻底过去了。

1986年3月，我在合肥与牛汉先生见面时，他已是一位年过花甲的老人。但他给我的感觉依旧是那么精神焕发，如同他的诗歌。这位蒙古族的后裔有着从他剽悍的祖先那里继承而来的高大魁梧的体魄，在与他的交谈中，我能感到他的豪放与成熟诗人特有的那种飘逸气质。此时的牛汉，正在帮助丁玲创办大型文学期刊《中国》，出任副主编。实际上，这个刊物由他具体负责。同时他还是《新文学史料》的主编。牛汉此行是陪夫人吴平回故里探亲的，吴平是安徽桐城人。我那时刚刚开始学习写作，经一位朋友的介绍与牛先生见面，地点是合肥一家很不起眼的招待所，条件极为简陋，但和牛先生的几次交谈使我十分愉快。他平易近人，而且，能够包容我们的浅薄与偏激。这种亲切的默契，是我在前辈作家那里从未获得过的。那时我刚写完一个叫做《篱笆镇》的中篇，交到牛先生手上，他很快就看了，他说：我带回去。这篇小说后来就发表在《中国》那一年的第3期上。同时牛先生又约我再写一个。于是我把一个被人退回的中篇《大江》重新改了，很快就寄了去。但是不久，我接到了《中国》的终刊号，感到非常意外。那篇一看便知出自牛先生之手的《〈中国〉备忘录》的终刊词，时至今日似乎还在我耳边回响。在这篇文章的结尾，牛汉引用了他的朋友、已故诗人阿垅的诗句：我们宣告无罪，然后我们凋谢。

《中国》停刊了，我那部《大江》由牛先生转交给了《华人世界》，不久便以头条位置发表了。实际上，我并不喜欢这部作品，但它却是牛先生作为一个好编辑的见证，他对作者的关心与负责让我感动。

这年的年底我去北京参加“青创会”，这也是我第一次在冬季去京城，带了很多的衣服，总觉得那是个极冷的地方。我记得会议开幕的那天是除夕，会议结束的前一天，我去工体路人民文学出版社宿舍看望牛汉先生。我到的时候，他正在朝北的一间狭小的书房里写作。和几个月前相比，先生显得有些消瘦。这一次我们谈了很久，牛先生留我吃午饭，我也没推辞。临别，他送我新近出版的诗集《蚯蚓与羽毛》。我后来在《北京日记》里记录了这件事。

这以后由于他的搬迁，我们的联系便中断了。1992 年我去了海口，曾多方打听牛先生的电话，也还是没有问到。直到去年的秋天，我在北京拍一部叫做《对话》的“电视电影”，一天去人民文学出版社谈稿子，才从陶良华那里知道了牛先生的地址电话，他现居十里堡。于是在一个下午，我从亚运村赶往十里堡，前去拜访了牛先生和夫人吴平女士。见了面，我感觉两位老人的变化并不大，身体与精神都不错。牛先生还是那么健谈，言谈中还是那股书生气。谈话的地点还是他的书房。一样地不宽敞，但现在朝南了。这一次我们谈得很晚，我原想请牛先生吴师母出去吃一顿，但他们都嫌麻烦，还是决定在家吃饺子。吃过饭，我们又谈了一会儿，这次谈的似乎是一个属于他个人的专题——梦游。牛先生为此写过一首叫做《梦游》的长诗，他反复写了三稿。在这首诗的题记中，他这样写道：医生确诊，我是一个有三十多年历史的梦游患者。

我喜欢这首诗，喜欢这样的表达——

奇怪的是
三十多年来

梦游过不下几百回
却从没有遇见一个人一个有形的生命
是不是夜行者看不见梦游的人
而梦游的人也看不见梦外的生命

外面的天已经很黑了，我得离开。在离开之前我需要和牛先生在一起合影留念，我来的时候就带着相机。吴师母替我们照了相，然后，先生又送我两本书《牛汉诗选》和《中华散文珍藏本·牛汉卷》。

这天晚上，我什么事也没做，回到住地就躺在床上读《牛汉诗选》。我不是一个诗人，我平时也几乎不看诗，但是我喜欢牛汉的诗，因为在我看来，这是一个男人的诗，一个拥有良知、正义与爱心的男人的诗歌。

沿着那一束雪亮的光
执迷地向远远的黑夜游走
如果没有这束光
人世间决不会有梦游的人

我想，我也是个梦游者，一个未经医生诊断的梦游者。

1999 年 10 月　北京天坛之侧

我印象中的韩少功

前些日子和韩少功通电话，一是请他为我一本小说集子作序；二来想证实一下他的辞职与返乡——我从田瑛那里得到消息，说少功将辞掉包括海南省作协主席、《天涯》杂志社社长在内的一切职务，然后回到湖南老家去专事写作。田瑛说对于一个作家，这很不容易。10 月，我去太原，见到李锐、蒋韵夫妇，又提及此事。李锐说得更具体，说少功在故乡的房子都盖好了，在洞庭湖的边上，靠近一个小码头。看来这件事确实无疑了。

我便不由得想起当初去海口的情形来，因为我到南方的第一站，就是少功安排的。那是 1992 年的 4 月，我离开合肥往海口。想去看看那边的形势。4 月 5 日这天是清明节，我被麦道 82 型飞机运到广州后，就给少功家中打电话，直言不讳地想请他帮我找个暂时住所。其实那时我和他并不认识，他顶多是知道有一个写小说的叫潘军，但电话里我听出了他的热情。他说来吧，我近期不外出。这样，几天后的 4 月 9 日，我随一条叫做“玉兰号”的轮船在海上漂流了一天一夜后，于接近中午的时间抵达了海口秀英港。我在一个大学同学那里暂时歇脚后，下午就去海南师范学院宿舍区找少功了。见到面，我感到他与我以前在照片上看见的样子差不多，个头与我相仿，突出的是他的络腮胡子，给我一种很熟的感觉，以至总觉得我在 1986 年的那次“青创会”上见过他的，但他说那次的会他没去。我们简单地聊了一会儿，他大概以为我此行目的只是来玩一趟，就说：先住下吧。然后，就用摩托车驮着我去了一个叫“五公祠”的地方，那是当时海南作协的所在地。我被安置在作协的客房，在我来之前的一个星期，北京的岳建一、章德宁夫妇也在这间屋子里住过。他们也是我的朋友。安顿好，少功从钥匙串上取下这间屋的那把，对我说：随便住吧，晚上去我那里吃饭。

实际上，我在后来的几天里经常去他家吃饭。那时他们的日子似乎过得很简单，他夫人小梁是财务人员，每天坐班，少功得承担一部分家务，所以在冰箱里储藏了许多的食用罐头，如豆豉鲮鱼。但这道菜非常对我的胃口。1997 年我重返海口拍摄《大陆人》，和少功见面时他还笑我：去吃顿饭吧？你不是喜欢豆豉鲮鱼吗？

但是，那时少功并没有想到我会在海口一住就是三年。他还是以为我是在合肥待闷了，出来散散心，因为他知道我遭遇了政治压力。但他没有直接问过我，我也没有多说。大约住过三天，当时作协的负责人出现了。这个人无论是年龄还是个头都高我一筹，自然说话的口气也高，他倒是很坦率，问我打算在这作协的客房还住几天？我被这突然的质问弄得不知所措，那人就又补充道：我们最近要调两个编辑来，房子很紧张的。既然话说到此种地步，我再不接话就太不像话了，我就说：我再住几天吧。那人和他的文章一样很仔细，追问：你说清楚，几天是几天？

三天。我这样回答道。这样那高大的人物才满意地走了。

也就在这天晚上，少功来看我。之前我已在电话里告诉他，说我很快会走。他可能以为我要回内地，就捎了条红双喜烟，显然是让我“带着路上抽”的。不料我对他说了自己的意思，我说我不是要离开海口，而是要离开“五公祠”，因为有高大的人物在撵着我。少功这才知道事情的原委，他似乎有些气愤，说：怎么能这样呢？作协的客房不就是接待作家的吗？我说：我不想因为我给你们内部添乱。

第二天，我去了一家公司求职，很快就搬走了。黄昏时我给少功打电话，说我已经重新作了安顿，并让他转告那位高大人物，我说话是算数的，说三天就三天。我说：他硬是要把我撵进别墅不可。

这件事我忘不掉。

不久，我居然就做起了一个文化公司。那时也经常去少功家聊天，有一回他问我：生意做得怎样？我说还行。他又问：小说呢，还想写吗？我说肯定会写，我从来没想过自己的将来和一个小老板联系起来。我现在不过是缺钱挣钱而已吧。他似乎是不太相信。等到十个月后，即 1993 年的 2 月，我斥资 10 万办了“蓝星笔会”，他才真的觉得我并没有在商道上滑得太远。我在海口的那些日子，少功那里是去得最多的地方。我需要和他聊天，从与他的闲谈中我能感受到我内心渴望的那种气息。他仍然把我当成一个作家，这是我所高兴的。不过有一回他对我谈到海南作协的事，问我是否进来？我说我在安徽已辞掉了一切，就不必再在海南起事了，我说：我只交朋友，不入队伍。

1997 年 2 月，我回海口拍《大陆人》，第二天就去了少功那里。我记得那天是个阴雨的天气，我到的时候，他正在拆看一份特快专递，是山西的李锐寄来的《哈扎尔词典》复印件。那个时候，他正陷入莫名其妙的“马桥事件”中，所以他说：我得好好看看自己是怎么“全部照搬”的。他很坦然自若，同时送给了我一册《马桥词典》。这本书的写作几年前我就知道，当时作家出版社的编辑老朱为此专程去了海口，我好像还埋过一次单的。

当晚，我回到住地，躺在床上把这本书看了，觉得好。我觉得很好。时值今日我与别人谈起韩少功，我便这样说：以前我只认为他为中国文坛做了三件事，即写了《爸爸爸》、率先译了昆德拉和办了《海南纪实》，现在我还得加上两件，那就是写出了《马桥词典》和办了《天涯》。一个作家能做出这些，我看中国没几个。

《天涯》创刊之初，少功曾约我写小说。我自然从命写了一篇《杀人的游戏》，写的自然也是海口的事，他和蒋子丹都说挺好，但那时的《天涯》据说要送到长沙去终审，结果因“性”的问题被审去了（此事一直叫我困惑）。前些日子，我回母校作讲座，一位朋友间我：你怎么不给《天涯》写写？我说我很快会写。可是既然现在韩少功走了，我似乎觉得再写的意思就不大了，因为我历来是冲着朋友写作的。

1999 年 12 月 28 日　北京天坛之侧

老 唐

早就想写一篇关于老唐的文章了。一直没写，我想可能是因为我们靠得太近。我们住在同一个院子里，低头不见抬头见。确实，自我到合肥来的十六年中，与老唐的走动是最为频繁的。如果让我在这个城市只挑选一位朋友，那么我就会肯定地对你说：这个人便是老唐。

我和老唐之间，是一种多重而复杂的关系。我们是校友，先后毕业于安徽大学的中文系。他出校门的十年后我才进校门。他的名字，我在校时就听说了，而且也经常在报刊上看到他写的文学评论。直到1984年我由安庆调到合肥，才与老唐见面，而且一下就靠得很近，我们成了一个处室的同事。他的桌子就摆在我的前面。那时我才知道，我们除了是校友，还是同乡：我家在怀宁，他的故里在宿松，都属于安庆市的管辖范围。那个阶段，我还是单身汉，有时候食堂吃腻了，便不假思索地去老唐家蹭上一顿，似乎从来就没有过腼腆。他的夫人李大姐待人宽厚，所以每回去他们家我都毫无拘束。有时候手里缺钱，便去向老唐借，也从来不吞吞吐吐。实际上，我已经把他视为一位可靠的兄长了。

按机关的标准，我是个毛病很多的人。从我进机关的第一天起我就明白，我应该是个机关的异类。但是我和老唐能走得这么近，其中一个不可忽视的原因，是在于我们都是文学的虔诚信徒。这使我们的友谊从一开始就超出了一般水准，由此发展到朋友和纯粹意义上的同志。但那个时期我们都属于文学的业余爱好者，八小时之外我搞创作，他搞研究，我写小说，他写评论，间或也写一些散文和杂文。我曾私下琢磨，老唐的爱好其实是一种寄托。如果没有这个寄托，他可能会成为另一种人。在我印象里，老唐也属于机关里不太会混的人物。

安徽第一个为我的作品写评论的是老唐。那是1985年的春天，我在

《北京文学》上发表了中篇小说处女作《小镇皇后》。不久，老唐在《安徽日报》副刊上以“宿阳”署名对此进行了短评。三年后，当我的长篇处女作《日晕》发表于《清明》后，老唐应编辑部之约，写了一篇长达万余字的专论。在那篇文章里，他第一次提到我的创作应该以 1987 年发表的中篇小说《白色沙龙》为标志，从而进入到一个新的阶段。这个观点后来被很多人所引用。据说当初这篇文章发表后还引起了一些人的微词，以为这是某种庸俗的交易。老唐听了很气愤，说：“我能和潘军交易什么？我不过是做了一件我愿意做的事。”不久，李大姐也写了一篇关于我小说创作的评论，也是万余字的篇幅。

1989 年秋天，我决定离开机关去文联。那个时期，大约由于我承受着某种压力，一时间门庭冷落。经常来我这儿串门的，恐怕就只有老唐了。我们依旧谈论着文学，但我能感觉到，他一直为我的前程担忧。不过他从不进行劝慰，而是一如既往与我作随意性的聊天。有时我们几个朋友一起玩几圈麻将。他的牌风如同他的为人，持重而不失机智。而我则无疑是锋芒毕露，自觉也有几分潇洒。1992 年我决定去海南，临行前我和老唐有过几次长谈。他明确地表示不主张我去经商。我对他说，我去南边是想换一种活法，我所做的一切努力，都不过是为了有朝一日安静地回到自己的写字台前，写自己想写的东西。这样一说，老唐似乎是放心了。我在海口住了两年，有时夜间和老唐通电话，感觉上我们还是靠得很近。

我想我没有欺骗老唐。从 1996 年开始，我彻底摆脱了一些杂事，以一篇《结束的地方》结束了我商海的生活。这之后便有些一发而不可收，连续写了十五部中篇、二十来个短篇和长篇三部曲《独白与手势》。每出一本书，我会首先送给老唐一本。这样的时候，老唐总是兴奋的。尽管我们某些文学观念有所不同，但每一次交谈，对双方都有所启发。他喜欢我的《秋声赋》、《对门·对面》、《抛弃》以及《重瞳》。看《秋声赋》时，他正因急性肾结石住院，我去看他，他便与我聊起了这篇小说。他说这篇小说写出了对中国农民承受苦难的尊重。小说中“吃老鼠”的细节让他想起了自己的少年时代，也就是小说中的那个年代——1960 年。他说那个时候他刚上初中，每个星期要步行近一百里的路回家，从黎明走到黄昏，想得到一碗饱饭吃。但这只是梦想，饥饿追逐着他，死亡也追逐着他。于是他就去田埂上逮土蛤蟆，生吞下喉。他说："我都能感觉到蛤蟆在胃里的跳动。"他说得很动感情，那个瞬间，我看出了面前的老唐骨子里是一个纯粹的农家子弟。我也明白了为什么他将两个女儿取名为"犁"和"亦犁"。这个细节一直缠绕着我，我想如果在写《秋声赋》之前能和老唐进行一次交谈，也许会写得比现在好。

去年秋天，我完成了《重瞳》的写作。我特地为老唐出了一份电脑清样。他反复看了几遍，给了我很大的鼓励。他说这篇小说不仅是塑造了一个全新的项羽形象，而且改写了"历史小说"的范式。为此他写了几篇评论，指出以往的历史小说都不能去颠覆"质"的东西，或者说只有颠覆没有重构，而《重瞳》出色地完成了这一点。

老唐名先田，1944 年生于安徽宿松，现任安徽省社科院副院长、编审，仍业余从事文学研究与创作，著有评论集《文艺长短录》、散文集《红豆集》等。妻李美云，副编审，可以看做职业编辑。如今他们已是做外公外婆的人了。老唐的业余生活过得很滋润，他喜欢每天喝两口酒，写几行字，读几页书。这种快乐，我想不是每个官场之人都能获得的。老唐大约还有不少头衔，但我是记不得了。我能记得的，还是老唐和我靠得很近。

2000 年 3 月 12 日　合肥寓所

说说杨立新

杨立新因演过情景喜剧《我爱我家》而在中国家喻户晓。他算得上明星。按时下京城的说法，属于“腕儿”。但我对他的印象，是从很多年前的那部《半边楼》开始的。他演的那个戴眼镜的知识分子很有些深度。电视剧是个极通俗的东西，演员能这么对待，说明这是个好演员。1996年我在郑州搞《大陆人》，其中有个叫“沈晓秋”的人物，既要仰仗自己现在的岳父，又要对过去的情人负责，性格复杂却又行为迟疑，下笔之前我就想到了杨立新。我觉得他能演好这个角色。剧本完成后，年底我去北京物色演员，便给杨立新去了电话，约好在凯莱饭店见面。这次见面我们谈得十分随便，并没有陌生的感觉。关于剧本我似乎只说了一句。我说：你要是觉得《大陆人》是你自演电视剧以来接触到的最好的剧本，你就给我打电话；没有这感觉就算了，哪怕是第二好。他可能觉得我这人忒狂了，但也只是一笑付之。其实我当时这么说是一种激将法，我知道像他这种腕儿手里从来就不缺剧本的。我必须要让他重视这个剧本，从而使我们之间可能的合作迈出第一步。

两天后，杨立新的电话来了。他坦率地说，这确实是个很好的剧本，而且他对自己的那个角色也很喜欢。电话里传达的气息亲切而富有信任感。后来我才知道，他因为《大陆人》放弃了另一个报酬更高的戏。

我们便这样有了第一次的合作。1997年2月，我们在海口会合，玩儿命地干了七十天。最后一场戏，是剧中的他遇上车祸。这是一个难度很大的处理，由四个镜头完成。其中一个是“重重地摔到地上”。我让他躺在汽车引擎盖上，自己摔，但拍了三条还是觉得不满意，有一个下意识的用手撑地的动作，不真实。可是我又很为难，觉得这么摔下去演员会吃不消。这时杨立新说：我躺在引擎盖上，你让场记出其不意地把我推下来。最后也就这么拍了，效果很好，但杨立新的手臂却给摔青了一块。接下来是“他”送进手术室抢救。或许是对杨立新表示歉意，那位由女护士不断擦汗的主刀大夫，由我亲自串演。在海口的那些日子虽然没日没夜地干活，却感到十分开心。那的确是一段值得回忆的好时光。我们也自然而然地成了朋友。后来杨立新对他太太说，这回去海口，最值得高兴的是结识了潘军这个人。这也是我的感受，我为有这样一位同龄的朋友而愉快。遗憾的是，由于受到投资的限制，《大陆人》原先的一些拍摄设想无法实现，以致我拍完前期就与投资方分手了。我记得当时曾和杨立新通过一次电话，对此，我们都很惋惜。

这以后我们的联系就多了，每个月都要通几次电话，彼此谈些近况。这几年我在北京待的时间多，每回来，住下后的第一个电话总是给杨立新的。他很快就开着切诺基来了。1998 年 10 月，我在北京筹拍一部叫做《对话》的“电视电影”，便与杨立新又有了一次合作。这一回，他的戏不多，实际上我们的兴趣已经转移到了《海口日记》上。这是根据我同名中篇小说改编的一部二十集的电视剧，我都做好了导演台本。但是投资方一直没有着落，最后也只好眼睁睁地把剧本给卖了。这件事使我心里难受了好些日子。可是钱是人家的，又有什么办法呢？商品经济有时就是这么他妈的。好在这部小说的电影版权还攥在我手里，我想，终有那么一天我会把它拍成电影的，让杨立新来好好演上一把。在我看来，他是一位很难得的演员，而他最大的愿望就是能有好戏演。

《海口日记》搁浅后，杨立新去了浙江，在《海瑞罢官》中出演海瑞。我相信他能演好，事实上，他在《春秋篇》中饰演的齐桓公就相当出色。

去年的 5 月，北京人艺重排老舍的《茶馆》，将排出全新的演员阵容。其时我正在北京设计《独白与手势》的图书版式。得知这个消息，我觉得杨立新应该来演“秦仲义”才是。可他告诉我说，林兆华让他演庞太监。我说，这好像不对吧。我说这出戏如果由我来排，“秦二爷”就敲定你了。他倒没说什么，还是一笑付之。可是没过几日，杨立新来电话说，他的角色又调整了，还是回到了“秦二爷”。关于《茶馆》的重排，我已有专文谈过，我对它是持否定态度的。我觉得导演没有拿出一套完备的总体构思来，依然是在焦菊隐划定的圈子里打转转。这样一来，演员就无所适从了。不过，对《茶馆》，杨立新是不敢怠慢的。他几乎能将这个戏一字不落地背诵出来。他分析角色的认真程度令我始料不及。小时候我常听我母亲说，一个好演员要懂得“带戏上场”，带什么戏，这其中是很讲究的。尽管老舍先生在剧本中有着详细的提示，但是仍然存在着不同的理解。杨立新认为老舍选择“戊戌变法”失败几天后的一个“早半天”来拉开《茶馆》的帷幕，暗藏着一种气氛和一种情绪，这对于风度翩翩却缺乏胆识、抱负远大而实力单薄的秦二爷来说，谈不上志满意得，也做不出神采飞扬来。政治思想的幻灭如同一层阴影笼罩在这个人物身上，由此萌生的便是“实业救国”。他觉得体现在秦仲义身上的更多的是一种忧郁的天真。我同意他的分析。

熟悉杨立新的人都知道他在舞台上很见功夫，他的《哗变》已是十多年前的作品，至今却还有人在谈论他的表演，尽管他的戏并不多。确实，当后来我看《茶馆》的演出时，我能感到杨立新在这个角色上是付出了心血的。有一回我遇见批评家陈晓明，说起新排的《茶馆》，他说：杨立新演的秦二爷很不错，看得出演员的造诣。我想这个判断是准确的。杨立新喜欢看书，也偏爱我的作品，只要是我新近发表的小说，他都会到街上去买一本。他说他喜欢像《风》和《结束的地方》这类具有历史感的作品，也喜欢《秋声赋》和《对门·对面》这种反映现实生活的作品。《重瞳》发表后，我对他说，如果说改编，那么最好的形式不是电影，而是话剧。他的看法与我一致。看来我们对话剧都情有独钟，都有一个“话剧情结”。我们希望在国家大戏院落成的日子，在那个辉煌的世纪剧场上看见作为一台大型话剧的《重瞳》。

我相信会有这一天。就是说，我们真正的合作还没有开始。

2000 年 5 月 28 日　合肥寓所

老友田瑛

人的一生中有很多朋友。朋友也是各式各样的。有一种朋友可以无所不谈，上到国计民生，下至个人隐私。田瑛就是我这样的朋友。第一次知道田瑛这个名字以为是位女士。瑛者，美玉之光也。后来才慢慢晓得是爷们儿。再后来，明白是真爷们儿。

和田瑛的初次见面是在 1992 年的 4 月 7 日。我离开合肥取道广州去海口，自然要与《花城》联络，去了电话，对方便是田瑛。一小时后，我们在位于水荫路的出版大楼上见了面，感觉这个人的眼睛很亮。果然，他冲着我就是一句：你怎么一脸的晦气？

倒是准确，那个时期正是我一生里最背时的日子。要不，我何苦要抛妻别子去这天涯海角？我不是淘金客，却是名副其实的流亡者。

以后只要是回内地，我总要在广州搭上一脚，因为广州有田瑛。记得好像是 1993 年的夏天，我拖着田瑛去深圳。刚从天河宾馆出来，正欲拦出租车去火车站，转眼之间我的密码箱就被偷了。四万块钱没了。这之前田瑛还有过一次提醒，之后便是一路上靠他向深圳的朋友借钱付的。

到了翌年的 7 月，我撤回合肥投资了一家酒店。开业前夕我给田瑛去了电话，希望他前来助兴，他也就飞来了，背了一大包方便面。我问何故，他说怕看“世界杯”熬夜饿了肚子。简直笑话，合肥再穷，方便面总归还是有的，况且我还新开了酒店。

1996 年我在郑州搞电视剧，为了使剧本做得好一些，便邀请了田瑛和宗仁发一起来谈谈。他又只好飞来，我去机场接他，远远看着他一拐一拐地走下舷梯，觉得奇怪。近了，才知道他脚上正生着毒疮，连皮鞋都无法穿上。一下飞机他就得去医院打消炎针，以后的几天里他都穿拖鞋。有一天我们同游洛阳的龙门石窟，再去伊水对岸的香山拜谒白居易墓。我们在墓前合影留念，他说：我得换上皮鞋才行。第二天，我们结伴去了长沙。湖南作协主席孙健中陪我们玩了几日，去橘子洲吃了“王鸭叫”，又去岳麓山看了“岳麓书院”，他的病脚似乎也开始好转起来。那一次如果不是因为时间不由人，我很想随田瑛去一趟湘西，去凤凰看看沈从文先生的故居，看看张家界风光。田瑛就是湘西人，土家族的后代。他说土家族的人都是很好看的，女的像宋祖英，男的就如同他田瑛了。我曾在田瑛家里看见过他二十多岁时的照片，那时他是连长，很有些英武之气。

这一年的12月，《花城》在广东的茂名开笔会。其时我正在成都为《大陆人》物色演员，接到田瑛的电话便直接飞往广州。参加笔会的其他作家都已于前一晚出发了，编辑部留下林宋瑜等候我和宗仁发。当晚我们乘着豪华软卧直奔茂名而去，翌日清晨见到田瑛，看他两眼血丝，就觉得这人昨夜肯定是搓麻了，就问手气如何。他说：你来了，我的手气就好了。我想他什么话都可能对，但这句话委实错了——这些年我们交手不下十次，我记不得他可曾有过赢的记录。然而他打得爽气，打得愉快。事实上，田瑛就是一个给人带来愉快的朋友，和他在一起你会感到年轻。田瑛也是一个乐于助人的朋友，他帮过我很多忙。譬如有一回我的汽车在广州徐闻抛锚了，就是他费了很大力气找人解决问题的。那时已是年关边上，他一手安排把车送到了合肥。这一次我们聚到茂名又能开心地玩上几天了，不过他的手气并没有因为我的迟到而转好。

两个月后，我带着剧组又来到了广州。第一场戏就是“码头上船”，需要大量的群众演员，这给制片部门带来了难题。我只好又找到田瑛。第二天上午，他差不多把整个花城出版社的人全弄来了。大家在洲头咀码头配合了我一天，才知道拍电视剧这玩意儿一点也不刺激。

有一点一直让我们困惑。这些年来，我时常走进田瑛的梦境，而且一般是在危险而恐惧的梦境里与他相遇。只要这类的梦境出现，三天以内田瑛就会意外地接到我的电话。这种感应让我欣慰得有些不知所措，我想我们的确有着很深的缘分。今年的4月17日，我在北京和田瑛通电话，他说：昨天夜里我又梦见你了。他说我们在一座正在喷发的火山下奔跑，火山的熔岩疯狂地追逐着我们，然后我们跌倒在一起，顷刻间彼此的头发全白了。这是一个颇有后现代主义色彩的梦境。但是第二天晚上9点，我突发急性胆结石，疼痛难熬。我从来没有患过这种毛病，以致后来在医院的十多个小时中，医生拿不出确切的诊断，时而怀疑是胃穿孔，时而怀疑是胰腺炎，时而又怀疑是肠梗阻。医生就这么反复地将我折腾着，抽去我六管子血。翌日才经过B超查出是胆结石，大的一颗已有十八毫米。

5月9日，田瑛来京参加我的作品研讨会。我让他看了B超的影像，他说：怎么会这样呢？应该于你有利才对呀。这一次我们的时间比较宽裕，于是就有了几次长谈。想那一年我们在广州的见面，光阴不经意地就淌过了八年。那时我们都是青年，而现在这顶桂冠业已摘去，伤感似乎在所难免。

熟悉田瑛的人都知道他是位好编辑，但很少有人知道他同时也是一个挺好的作家。他对生活的把握以及对叙事艺术的操持，都有独到的地方。田瑛如今还是协助老肖主持《花城》，这份难能可贵的文学期刊是许多作家的钟爱。在今年的第1期上，发表了我最新的一个中篇《重瞳》。这篇关于两千多年前西楚霸王项羽的小说五年前我就想写了。我记得在广州逗留时就对田瑛说过，我说我要写项羽，用第一人称写。田瑛说：你能写好这小说。

我曾经说，人这一生下来，其实最后得到的就是几个好朋友。因为父母终归要离去，儿女也终归要自立，能够相依为命的，唯有朋友。

之于我，田瑛便是。

2000年6月7日　北京天坛之侧

我的“亲友团”

李静来电话说，下个月是《北京文学》恢复创刊20周年，编辑部想约请几位作家写文章谈谈这个刊物，希望我也写一篇。我立刻就答应了。对《北京文学》我是有话要说的。前些日子我给《北京青年报》开专栏，第一篇叫《光着脚丫上路》，写的就是我和《北京文学》的交往。我这样写道——

> 1984年第1期的《北京文学》是“青年作者专号”。头条是《星星》，二条是《教授和他的儿子》。两篇作品都是自由来稿。到了这年的10月，《北京文学》在西直门外的上园饭店召开小说笔会，应邀出席的除了一些已经成名的青年作家外，还有几位无名之辈，其中也包括上述两篇小说的作者：余华、潘军，分别来自浙江的海盐和安徽的安庆。

这已是十六年前的事了。不过我还是记得很清楚，因为这是我参加的第一个笔会。那时我大学毕业分配在安庆地委宣传部工作刚一年，也刚刚开始写小说。单位资料室订有《北京文学》，主编杨沫，副主编王蒙、苏辛群。我以为杨王二人已是著名作家，编辑部的事应该由苏辛群来管，于是就把一篇叫做《教授和他的儿子》的短篇小说寄到了苏的名下。不久，我接到了苏辛群和责任编辑陈红军的来信，说稿子不错，他们已经编发了。

负责那次笔会的是已故的周雁如和如今担任着领导职务的陈世崇，具体奔波的有李志、陈红军、刘恒——他当时好像正在上电大，业余已写了不少小说。那个阶段的刘恒对沈从文很推崇，只要说到沈从文，他都是很兴奋的。还有傅锋，刚从北大出来，我们对文学的某些观念很一致，很谈得来。有一天我问陈红军，怎么没见到苏辛群？她说老苏抽去筹备第四届全国文代会了，并说帮我联系一下。过了几天，她对我说：下午老苏来看你。我和苏辛群就这样见了一面，谈了很久。苏辛群后来被派遣去了香港，曾一度出任“银都”的董事长，他在港期间与我通过不少信。他告诉我，自己很想在卸任后静下心来写作。但是1990年7月的一天，我突然收到了给他治丧的唁函。似乎相隔不久，周雁如大姐也撒手西去。他们的谢世让我悲痛。

1987年10月，我参加了《北京文学》的第二次笔会。这次会议开到了我的家门口，地点是位于黄山脚下的泾川山庄。在这次笔会上我认识了刚刚出任主编的林斤澜先生和今天的社长章德宁。当时副主编李陀大概因为什么事给缠住了，一直说来却终于没有露面。笔会实际上由编辑部主任陈世崇负责，与会者基本上都是鲜为人知的青年作者。和三年前的那次笔会相比，这次笔会带有旅游的性质，很宽松，别有情趣。有天晚上在篮球场上搞舞会，老林说我的舞跳得不错，让我去请他老伴戴老师跳。后来我听章德宁说，其实老林本人就是学舞蹈出身的，可他自己不跳，只坐在一旁当忠实的观众。笔会期间，我和章德宁、陈红军还有作家陶正经常一起聊天，聊得非常开心。那次笔会我因女儿生病提前离开了，后来他们去了浙江淳安的千岛湖。我在《北京文学》这年的第10期上发表了中篇小说《白色沙龙》——这篇作品后来被批评界视为我写作生涯的真正开端。其实这篇小说一年前投给了《人民文学》，压了很久还是退了。当时他们正为马建的一篇小说头痛，改组换血什么的。有一天我接到陈红军的电话，说少了一页。“不过，”她又说，“把前一页最后一句画掉，又好像与后面的接上了。”我说那就这么接吧。至于那少掉的一页是什么，我至今也无从知晓。

《北京文学》是我早期创作的主要园地，我在这份刊物上发表的作品足以编一本集子。所以这些年来我对她一直怀有一份特殊的感情，仿佛是我的初恋。《北京文学》的人都是我的朋友。以后只要我去北京，都要与他们在一起聚聚。有时难免还要给他们增添一些麻烦。譬如有一次回程的车票就是刘恒帮着张罗的（他有个邻居在北京站派出所）。我记得当时他的《狗日的粮食》刚刚获奖，而他妻子正在月子里，刘恒骑着一辆破自行车，忙了一下午。以后我只要看见铅印或者激光照排的“刘恒”，我总要想到那辆自行车。1992 年我去海南，最初的栖身地是韩少功安排的海南作协客房。那是位于五公祠的一座单元楼，环境幽雅。他说，章德宁、岳建一夫妇刚刚离开这间屋子。经他这么一说，又使我想起了黄山脚下的那次笔会，怀念之情类似空谷回音，愉快中带有一丝惆怅。我现在说起这段往事，是想表达我对过去那段时光的怀念。我不知道现在是否还有像《北京文学》这样从自由来稿中发现作者的刊物。在今年的第 5 期上，章德宁编发了我的一个话剧《地下》，据我所知，这是自恢复《北京文学》以来他们发表的第一个话剧。1964 年，当时的《北京文艺》发表过吴晗先生的《海瑞罢官》。

“凤凰卫视”有一个收视率极高的节目《非常男女》，是教人谈恋爱的，可以现场速配。大凡来这档节目里做角色的，都拥有“亲友团”的支持。倘若依这个模子来套用，倘若我是其中一位求凰者，那么我想，《北京文学》应该是我的“亲友团”。我坐在台上之所以不心虚不怯场，是因为台下的“亲友团”在为我加油壮胆。去年冬天一位批评家到合肥做我的访谈，说有一段时间我似乎消失了。他说：不知是你潘军遗忘了文坛，还是文坛遗忘了你潘军。这话说得很有趣。但是我想，这些年来我没有忘记《北京文学》，而《北京文学》也没有忘记我。从来没有。

2000 年 6 月 18 日　合肥寓所

宗仁发和作家们的《作家》

中央电视台的《读书时间》栏目计划做一期“潘军与小说”，主持人李潘小姐电话里告诉我说，他们想从这一期起开始改版，即把过去半小时的对话改为四十五分钟的访谈与答问。这就要求邀请几位嘉宾和一些读者，来共同参与这个节目。李潘希望我能推荐，她说：其中一位最好是对你的创作很熟悉的，也是你的朋友。我说那就是宗仁发了。

然后我就给仁发挂了电话，他爽快地答应了，说北京见吧。其实我们上个月刚刚从北京分手，5 月 10 日，全国十家文化单位在京召开我的作品讨论会，那个会就是由他主持的。放下电话，我忽然觉得早该写篇关于宗仁发的文章了。但是要谈这个人就不能不谈到《作家》杂志——他们是无法拆开的。

我和他们的联系始于 1989 年的春天。那时的我正醉心实验小说，自然就关心能够支持这种文本的期刊。我把一个由《收获》退回的中篇《省略》直接寄给了宗仁发，我说这是份退稿，但我觉得还有点意思，希望你能看看。没过多少天，他给我复信，说稿子准备用。然而不久，因为时势的变化，我想这时候发这样的稿子恐怕不合时宜，就又给他去了信，说算了吧。我知道 1987 年《作家》曾因为马原的《大师》受到过打击，不想再给他们惹是生非。宗仁发却说：再等等，文学终归还是文学。结果，《省略》发表于这年的十月号上。这期本是“吉林青年作者专号”，可我竟这么挤了进来，占下了每期唯一的中篇位置，以致一段时间里我被一些读者视为吉林作家。

似乎有一个规律，好像一到遇见麻烦事，我就想到了宗仁发。变化的只是时间——1991 年初，我把《蓝堡》寄给了《作家》。这部中篇实际的写作时间是 1989 年 12 月，首投《收获》，据说在编辑部内部反映不错，但是却一直发不出来。于是编辑部采取了折中的做法，寄还给我，让我等候通知。恰在此时，我接到了宗仁发的约稿信，便不假思索地将稿件寄去。“但是，”我对宗仁发说，“这篇稿子会不会给你们惹麻烦？”我自己也对其中“性”的问题表示了担忧。直到几个月后《蓝堡》以头条位置刊于《作家》，我仍然心有余悸。《蓝堡》在我早期的创作中占有很重要的位置，现在能看到的，是经过宗仁发小心处理后的面目，但我弄不清他在何处做了手脚。从这个角度，我能感到他作为一名编辑的业务水准不同凡响。那大概是我与宗仁发通信最多的时期，这些信，我至今还保留着，至少有三十多封吧。一年后，我决定去海南闯荡。行前曾与宗仁发通过几次电话，适逢他刚从海口回来，他向我介绍了那个新型的南国城市的特点与风情，但口气似乎有些平淡。我记得他说：“满街都是椰子树，街上的红绿灯都很矮。”八年后的今天，这个人才在北京对我说：“其实我很担忧。我怕因此会失去一个好作家。”这句话让我感动。

我想，应该是我去海南十个月后的“蓝星笔会”打消了老宗的疑虑。1993年2月，我和宗仁发终于在这个笔会上见面了。尽管在这之前他很少抛头露脸，但与我感觉中的那个北方男子毫无二致，洒脱中不失谨慎，持重中显露机智，有文人气质，更有大丈夫气概。那一次，因为我负责张罗会议，几乎没有完整的时间与老宗畅谈。到了1996年的秋天，我辗转到中原郑州，才有机会邀请他和田瑛来聚。本想在一起多玩上几天，去中原古战场走一遭，可他还是行色匆匆。那时他刚刚出任《作家》的主编，又兼有吉林省作协秘书长一职，忙是肯定的。他的整个心思都被《作家》牵扯着。这份由王成刚先生精心培育的文学期刊传到宗仁发手里，意味着责任重大。一个地处关外的文学期刊能办得具有全国乃至国际影响，给我带来的是不可思议的喜悦。她的追求与文学发展的方向始终是一致的，她的追求也就是作家们的追求，这应该是《作家》立于不败之地的主要原因所在。宗仁发说：“刊物作为连接作家与读者的桥梁，实际上是在于其能否起到一个有效的中介作用。她一方面为优秀的作品提供园地，另一方面把这些作品及时地推荐给读者。这就是期刊的使命。”

1999年，我开始了长篇三部曲《独白与手势》的写作。在这部小说中我企图做一次叙事上的冒险，即把图画作为叙述的一个手段引入，从而构成叙事的一个层面。当小说的第一部《白》完成后，我还是把这个由十七万字和一百幅图画构成的文本首先给了《收获》。但是没有被接纳，理由是“把图画拿掉并不影响阅读”，但他们不说“带图的阅读”和“不带图的阅读”是两种阅读。这种分歧实际上意味着一种沟通上的困难，但退稿是编辑部的权利，如同写作是作家的义务，我想这也十分正常。其实我早该明白，作者与期刊或者出版社都还掌握着一项共同拥有的权利——选择的权利。而选择就该是双向的，即使是面对《收获》这样的期刊。当她不选择你时，你不妨把她看成一册由上海人编辑的、印满汉字的道林纸。于是，我让《收获》把这部稿子直接转给了《作家》。两个月后，《作家》从七月号起开始了连载。据我所知，这是《作家》（包括她的前身《长春》）自创刊50年来首次破例发表长篇小说。

《作家》这两年的变化格外引人注目，几乎全中国优秀的作家都是她的作者，所以说她是“作家们的《作家》”毫不过分。这自然让我想起了另一位“作家们的作家”——我敬重的阿根廷作家博尔赫斯——如果说博尔赫斯以其超凡的智慧给20世纪的小说带来了奇异的局面，那么，《作家》杂志则是靠一贯的文学品格赢得了作家们的尊重。我说的是一贯。新千年来临之际，《作家》以全新的面貌问世，从形式到内容都有很大的调整与改变。关于这次改版的议论至今还在继续着，赞成与反对的声音都有。说明很多人在关心着这份不可多得的文学期刊。我是持赞成态度的，因为我知道宗仁发的用意不过是合理吸取了国内外时尚刊物的形式特点，来包装严肃文学的实质；但对其中的某些细节也很是挑剔，譬如我觉得栏目过于琐碎，作品的篇幅相对减少，还有字体的密集与图画的过大，某种程度上容易引起读者的误解，以为是一份新出的时尚刊物。我和宗仁发多次坦率地交换了意见。我赞成形式面貌的改变，但不能以丢失文学品位为代价。老宗说：我会逐渐理顺的。我相信。他会办出一份中国的《纽约客》。

我已经连续三年为《作家》的新年第一期写过短篇。在1999年《作家》第3期的封底，我写下了这样一段话——

> 优秀的文学期刊是襟怀坦白的。她必须向社会坦言自己的文学主张，并以负责的态度和一贯的实践履行诺言。
>
> 《作家》正是这样的期刊。

2000年6月18日　合肥寓所

金萨克酒吧

“金萨克”是杭州城内一个颇有影响的酒吧，它的投资人是章氏兄弟。其中大哥章勇是我在海口时结识的朋友。但据我所知，章勇先生对于音乐尤其是萨克斯完全是外行，为什么偏要取这么一个名号，一直是我的困惑。有一点倒十分明确，章先生是位优秀的文学爱好者，而我自以为是个不坏的作家，这也是我们最终能成为朋友的原因，我写小说，他看小说。我的小说他似乎看了很多，有时看到兴头上他会突然来个电话，与我就写作的素材与背景作坦率的交谈。你这个人物是不是写她的？类似的提问总让我措手不及。

1997 年 7 月我去杭州，章勇去那个破烂不堪的火车站接我。当晚我们就去了他的“金萨克”。走进门，我对这个明显抄袭南国风情的环境就产生了好感，仿佛我今夜不是做客杭城而是魂归了海口。实际上，当我们去楼上落座之后，谈话的内容几乎都与海口有关。想起当年几十万的“大陆人”涌进那个巨大的岛屿上，不分昼夜地折腾，不觉有恍然若梦之感。那时我和章勇在靠近沿江三路的一个粗糙的楼上时常聊天至深夜，话题却总有两个：文学和女人。聊饿了，便去楼下马路边的大排档吃宵夜。我们爱吃一个长春人做的凉菜，再各要一瓶啤酒和半斤“东北水饺”。喝完吃完，人又来了精神，于是就在马路上高声唱从前的老歌，高声学毛泽东说的方言：中国人民从此站起来了——大手一挥，结果边上的出租车全停了，以为我们要搭车。

毕竟是几年过去了。如今我们这些人又像鸟一样飞回了老巢。章勇回杭州不久便开了“金萨克”，他说：我得先有个吃饭的地方。他的意思是，不管怎样，他是不会折回单位上班的。温饱对每一个人都是首先需要解决的问题。人不愁吃穿了，就不至于做事直不起腰来。大凡去南边闯荡过的人，都有这份值得骄傲的固执。他们好像也并不在乎挣几个钱了，但他们业已习惯过那种无拘无束也无怨无悔的日子，却是铁定的事实。没有比自在更昂贵的东西了，就像这些来“金萨克”的客人，花钱在这个不大的空间里坐上一会儿，却足以消化漫长一日的劳顿与烦恼。

那个晚上我们喝着啤酒，听两位歌手唱流行的歌，最后，我点了一首臧天朔的《朋友》，那位男歌手唱得很投入，唱到副歌部分，我们都加入了进去。这支歌的词有些牛头不对马嘴，但曲子我以为不错，透着一份沧桑感。几天后我回到合肥，便以这个环境为背景写了一个短篇《对话》。在那个不足万字的小说里，我写了一个男人和一个女人的邂逅与交谈。这篇小说我给了杭州的《东海》，刊出之后，又被《小说月报》和《小说选刊》同期转载了。

到了去年的秋天，《对话》获得“《东海》文学奖”，杂志社通知我来杭州出席颁奖仪式。那时我正在北京筹备一部电视剧的拍摄，本不想去，但组织者再三的邀请又使我不好意思拒绝。这样，我就从北京飞往杭州。在飞机上我就想，今晚可能又得上“金萨克”了。我们被安排住在钱塘江大桥那边的一家豪华酒店里。我自然要给章勇去电话，像每回一样，他首先得谈又在什么期刊上看到了我的小说，并说把登载《对话》的那一期《东海》买了很多本，送给了一些朋友和“金萨克”的老顾客。然后，他又告诉我，自己刚刚从一桩莫名其妙的事中摆脱出来。他被人平白无故地整了一回，抓进去又放出来，彼方却没有对此举作出更多的解释，好像整了也就整了。电话里他没有多说，但我能感觉到这件事给他的心灵蒙上了一层阴影。颁奖活动结束后，我便又随章勇去了“金萨克”。但这个晚上我们没有怎么说话，我们倾听着一支不知名字的但十分忧伤的低音萨克斯独奏曲，时值今日它似乎还在我的耳边回响。

2000 年 10 月 5 日　合肥寓所

八骏图

史铁生

说起中国的作家，特别是中青年的，所谓口碑，我想最好的肯定就是史铁生了。那一年在全国作协代表大会选举中，史铁生的得票最高，位于巴金之前。这应该是一个测验。1991 年，他写了著名的《我与地坛》，发表在《上海文学》上。后来韩少功说，那一年的中国文坛仅凭这篇随笔，就不能说是没有收获。这是很高的评价。史铁生的文章有着朴素平和的外表，但在其下面，总深藏着一份凝重。这是一个作家的功力，是真正的平实。

去看史铁生几乎已经成了我的一个愿望。1984 年《北京文学》笔会期间，陈村就对我说了许多关于史铁生的情况，但是那一次却没有见到他。以后我每次到北京，电话与他联系，那端也总是无人。后来我听余华说，可能是他去医院做透析了，他现在需要隔两天做一回。铁生患的是尿毒症，时间已经很久了。

史铁生以《我那遥远的清平湾》登上文坛，是很多年前的事了。几年前，他唯一的长篇《务虚笔记》问世，立刻引起了圈子里的关注。那是一部读起来有些费劲但读过之后令人遐想的书，我喜欢。据说这部小说发表时有所删节，我觉得很奇怪。最近这几年，轮椅上的史铁生写了许多关于病中的思绪，取名为《病隙碎笔》。其中几则与我的中篇小说《秋声赋》同期发表在前年的《花城》杂志上，那一天我忽然感到，必须早点去看他了。

去年 7 月的一日，《北京文学》杂志社的社长章德宁总算给我们联系上了。但是她反复叮嘱我，考虑到铁生的健康状况，最好不要聊得太久。那天下午 3 点，我们驱车去了东八里庄的一座高层公寓。这是他妹妹临时腾出来的住所，因为铁生自己的房子正在装修。我终于见到了史铁生。坐在轮椅上的史铁生气色比我想象的要好，面色红润，很安详地笑着伸出手说："潘军，我们也算是神交已久了吧？"他爱人小陈接着说，她还去书店买了我的《独白与手势》。我说，早知这样，我应该带些书来。

铁生说，他昨天刚从医院做过透析，之后的第一天状态最好，到了第二天就开始有点不对劲了。所以今天的交谈可以不受时间限制。他抽烟，但每次都只吸半支。健康的原因使他连喝水都要受到限制。但是我眼前的史铁生根本不像一个隔两日做一次透析的病人，他很健谈，声音很和蔼，我们的交谈一直是在轻松而愉快的气氛中进行着。但是话题似乎与文学没有多大关系。时间不经意地就到了黄昏，铁生还是兴奋的。章德宁提议外出聚餐，铁生似乎有些犹豫，我说："出去吃一顿吧，我来推你。"于是就把他推进了电梯，再推到了附近的一家川菜馆。外面的天空显得很高远。那家馆子的酸菜鱼做得很不错，我们喝了一点啤酒，依旧是兴趣盎然地交谈着。等外面的天完全黑了，我们才离开饭馆。我把他送回家，这才握手道别。

2002 年 1 月 21 日，我因突发胆结石而住院。这已是第三次发作了，我需要接受一次手术。手术的时间定在 29 日，而在这前一日，我收到了铁生寄来的《病隙碎笔》。铁生在这部沉重但也轻松的书中，对病有这样的解释："生病也是生活体验的一种……生病的经验是一步步懂得满足。发烧了，才知道不发烧的日子多么清爽。咳嗽了，才体会不咳嗽的嗓子多么安详。"

在轮椅上坐了三十年的作家史铁生最后指出："其实每时每刻我们都是幸运的，因为任何灾难的前面都可以再加一个'更'字。"

2002 年 12 月　合肥

韩少功

1992 年我去海口，最初几日的住宿是韩少功为我安排的。那时我与他并不熟悉，但是却有一见如故之感。他把我安排在位于“五公祠”附近的海南作协的客房，它处在风景秀丽的环境中。不过，当时他以为我只是来南边玩几天而已，所以，当我决定离开这个临时住地时的那天夜里，他来给我送行，还带给我一条“红双喜”的香烟，那意思似乎是让我带着路上抽吧。然而我没有离开海口，而是去一家公司扎下来了。这样，我在海口以后两年多的时间里，去得最多的地方就是他的家了。我们海阔天空地聊天，他的谈吐很有魅力，很吸引我。他当时问我，还写不写小说，我回答说，肯定是要写的，但现在我需要挣钱。因为我意识到，一个作家想按照自己的文学原则写作，首先得有能力把自己养起来。等第二年春天我张罗起“蓝星笔会”，他好像对我的承诺不再怀疑了。去年，花城出版社出版《潘军实验作品集》，我请他为这部书作了序言，文章的题目是《行动者归来》。

我曾对朋友们说，韩少功为中国文坛做了几件事。其一，是写出了“寻根文学”的代表作《爸爸爸》——许子东说，这是那个时期中国文坛的三声枪响。其二，他率先翻译了米兰·昆德拉的《生命中不能承受之轻》。其三，是办了《海南纪实》和《天涯》这样个性鲜明的刊物。一个作家，能做出这样的事情的，在中国并不多见。

在《马桥词典》之后，韩少功的主要精力似乎放在了文化随笔上。他的随笔写得很有力量，有一篇叫做《世界》的，其中谈到一个观点让人警醒，大意是：一个民族的衰亡首先是从语言的衰亡开始的。显然，他对汉语言的日益丧失感到担忧。韩少功对母语怀有深厚的感情，多年前他就呼唤“美丽的楚文化哪里去了”，从而引发了当代文学史上著名的“寻根运动”。继之他把这份可贵的感情融进了《马桥词典》，也融进了《天涯》杂志的“民间语文”栏目。

我印象中的韩少功为人很真诚，也很幽默。他获得过许多荣誉，但是，他又是一个极讲原则和立场的作家。央视的《东方之子》在开播之初应该说还是一个引人注目的栏目。有一次，他们专门去海口欲做韩少功的专题，想请他谈谈南迁的感受，不料被他谢绝了。这件事在当时引起了一些议论，有些人还以为这个韩少功的架子太大了。对此，韩少功没有解释。其实也用不着解释，这本是他个人的权利。有的作家喜欢整天被媒体追踪，而另外一些人却愿意不在这方面耗时，很正常。

几年前，我离开海口时，曾去向他辞行。我问道：你准备干到何时呢？这地方是个码头，没有谁愿意在一个码头上睡一辈子。他说他也快了，等女儿上了大学之后。现在，韩少功已经辞去了包括海南作协主席、《天涯》杂志社社长在内的全部职务，离开了海口。他选择的归宿是三十多年前自己插队的地方，那是汨罗江边的一个乡村。他在那里盖上了宽敞的住房。给我一种“采菊东篱下，悠然见南山”的感觉。他说：“什么时候请你们过来玩吧。”

我期待着这一天，就像在海口的时候一样。

2001 年 11 月 21 日　北京天坛之侧

余　华

1984 年 10 月《北京文学》杂志社在北京举行小说笔会，除了邀请了一些知名的青年作家外，还特别从自然来稿中“淘”出来两个作者，就是我和余华。算起来，我们认识已经十八年了。那个时候，余华在浙江海盐的一家牙科医院当大夫。这种医院，在当地被称作“牙齿店”，余华在这“店”里已经干了八年，看过了上万张的嘴巴。有一天，他在街上遇见了文化馆里的人，觉得那人实在是游手好闲，可那人却说他是在工作。于是余华就想做这样的工作了，当时想进文化馆只有三条路：绘画、作曲、写小说。余华不能作画也不会作曲，但觉得可以写小说。就这样，余华开始了写作，目的是想调进县文化馆。令人吃惊的是，他一出手就显示出了一个小说家难得的天赋。

在所谓先锋作家中，余华的风头应该最劲。他在上个世纪 80 年代的中期，经慧眼识人的李陀推荐，一连在《收获》上发表了四个中篇，便一举成名了。所以现在余华一提起李陀，总忘不了说“我的老师李陀”。但余华在民间的影响，还是因为几年后写出的《活着》和《许三观卖血记》。前者张艺谋把它改编成了电影，又加上这部片子的禁演，所以撩起了大家的好奇心。其实那部片子并不怎么样。后者无疑是一部难得的佳作，我读过后，感到非常高兴。有趣的是，当大家期待着余华的“下一部”时，他却写起了随笔——那也是很精彩的。我想中国作家能写出这样随笔的没有几个人。以至于有人问：写随笔的这个余华与写小说的那个余华是不是同一个人？不过让我困惑的是，连五线谱都未必识得的余华，怎么能谈起莫扎特和肖斯塔科维奇来那么津津乐道？

1984年秋天的笔会上，每天都会有类似记者采访、名人接见什么的，但是没有余华和我的份儿。尽管那时我们就已经相信，我们的小说会越写越好的，依旧还是遭受冷落。不过，这次笔会却使我们成了朋友。现在的余华已经不敢接家中的电话了，因为十个电话中可能有八个是记者的。有一次我遇见一个女记者，说她曾经给余华电话留言，邀请他去电视台做节目，但是余华没有理会。她说这太奇怪了，我说一点也不。他并不是在摆什么架子，只是不愿意耗费时间。

漫长并且还在继续的写作生涯使我知道，写作能够改变一个人。对此，余华的感触也是很深的。他说写作“会将一个刚强的人变得眼泪汪汪，会将一个果敢的人变得犹豫不决，会将一个勇敢的人变得胆小怕事，最后就是将一个活生生的人变成了一个作家”。

如此看来，我们今天都已经不是一个活生生的人了。

2001年10月　合肥

叶兆言

我们这一批作家中，生于1957年的很有几个人。除了我，还有浙江的李杭育、辽宁的洪峰、河北的铁凝以及江苏的叶兆言。兆言这个名字，取自父亲叶至诚和母亲姚澄姓名的一部分。姚澄女士是著名的锡剧演员，地位如同我们安徽的严凤英。去年秋天我去南京，在兆言的新宅里还见到过以她的剧照制作的明信片。

兆言很像他的文章，沉静而平实。文艺学家鲁枢元曾在一篇文章里，将兆言与我作过比较，他这样写道：“如果说叶兆言的身上有一种秦淮名士的儒雅之气，那么潘军身上则有那种塞上军旅的霸气。”

兆言是一个职业作家。用他的话来说，是状态好时写，状态不好时也写。最近几年他致力于随笔的写作，在《收获》和《小说家》上开专栏。我喜欢他写的那些旧时人物的随笔，如写吴宓的多情，闻一多的执著，朱自清的朴素，读来都叫人高兴。他还参与策划了那套“老城市”的丛书，其中《老南京》便是自己所撰。他给我寄了一本，上写“潘军一笑”，但我却读得津津有味。兆言做事历来认真。他写这些随笔，都是凭借着自己读书的记忆，显示出他的史料掌故基础。不像我，需要现查现找。他读书是很认真的。他同时又是一个很有原则的人。譬如他就反对把朱自清先生的《荷塘月色》选进中学课本，认为这种“新文艺腔”正是朱先生后来坚决要去掉的东西，而现在作为教材，容易对学生起误导作用，会觉得这样才是好作文。即使是《背影》，他也认为文字技巧上仍有可推敲之处。如第一句——“我与父亲不相见已两年余了，我最不能忘记的是他的背影。”兆言认为两个“我”起码可以删去一个。

兆言的小说，涉及的方面很广，他既可以“先锋”（《枣树的黄昏》）也可以纪实（《走近赛珍珠》），还可以由“吃”写到“厕所”（《关于饕餮的故事梗概》、《关于厕所》）。这些作品读起来都颇有情趣。据说，大学时代的兆言还是个体育家，曾获过系跳远冠军的。1997 年 10 月，我们都去杭州领《东海》的文学奖，晚上没事就去打保龄球。洪峰与苏童一家，与我和兆言对抗。兆言以十分别扭的姿势时常打出一个满贯，一旁的洪峰就叹道：“这家伙姿势丑陋，却很好使。”有一天我接到兆言的电话，他说：“我在《山花》上见到你的介绍，怎么说你是生于 1959 年呢？”我说：“那一定是他们印错了，把‘7’印成了‘9’。你就是因为证实这个才来电话的？”认真的叶兆言便在电话那边笑了。

2001 年 10 月　合肥

苏　童

如果我说有个作家叫童中桂，你一定会感到陌生，但是我要是说他就是苏童，你便会说：不就是写《妻妾成群》的那位吗？看来《妻妾成群》无疑就是苏童的代表作了。特别是这部小说经张艺谋拍成电影《大红灯笼高高挂》之后，苏童这个名字便几乎达到了家喻户晓。其实我倒喜欢“中桂”这个名号，有点旧时状元的感觉。而且我还认为，实际上像《我的帝王生涯》、《一九三四年的逃亡》、《罂粟之家》这样的作品，似乎更能证明他作为一个优秀小说家的能力。在我看来，苏童小说的最大特点就是叙事的从容不迫，他也能把一个枯燥的故事讲得生动，这些都是本领。

苏童生于1962年，是我们这代作家中年龄偏小的一位。但是他的文章却显得老到，像《妻妾成群》、《园艺》这样的小说，叙述中总带有一种沧桑感。和苏童的交往也已经有十多年了。那个时候，他在《钟山》杂志做编辑。我每次去南京，不是和他谈稿子，而是去他家里打麻将。他从前的家住在一个似庙非庙、似教堂非教堂的旧屋子里，我们一去，便显得十分拥挤。以后，我们又多次在类似笔会的场合下见面，凑到一块儿还是不谈什么文学，而是打扑克。

对待名气，苏童有句很精辟的话。他说：名气就像路上拾到了一只钱包，拾到了当然好，但是你总不能因为这个意外之财不走路了吧？

这就是作为作家苏童的心态。

两年前，市场上有一本叫做《十作家批判书》的东西，苏童和贾平凹都在其中，于是有记者问我，对此如何看。我当时说：苏童是一位值得期待的作家，我相信他还能写出更好的作品来。但是对贾平凹，我却说，他不具备一个小说家的素质。这件事后来传得很乱，说我一身江湖气，只为朋友辩护。其实我所说的完全是我个人的一点意见，并不具备什么“权威性”（贾平凹语）。“批判”这个词看起来扎眼，实际上是个中性词，无有褒贬。我觉得，对待任何一个作家和作品，都可以批判，问题是这批判得有理性支持，得自圆其说。我反对的是那种不分青红皂白的骂骂咧咧。

最近的一次与苏童见面，是在去年南京举行的第十一届“中国书市”上，浙江文艺出版社出了我们几个人的散文集，希望我们签名售书，结果被苏童在饭桌上断然拒绝了，他说：没有意思。于是我们就不签了。这就是苏童，一个绵里藏针的作家。

2001年10月　合肥

陈 村

很多年前，《小说界》上曾经发表过一篇名为《论陈村》的长篇文学评论，作者杨遗华。那时的陈村已经成名于中国小说界了，但是这个“杨遗华”是谁，很少有人知道。有一天李陀告诉陈村：你们上海最近又出了一个批评家，写你的那篇我看了，很不错。陈村笑而不答。其实这个“杨遗华”就是陈村，是他的真名实姓——他是一个遗腹子，回人。陈村作为上海下放知青，1971 年来安徽无为县插队，累坏了腰，却意外地收获了一个有趣的笔名——陈村，就是依照皖南那座陈村水库取的。读过陈村小说的人，都被作者机智而幽默的语言所折服。文如其人，这一点反映在陈村身上成为最大的证据。他是幽默的，也是机智的。

1984 年的《北京文学》笔会，我和陈村同居一室，尽管他比我大不了几岁，但在我眼里，他似乎已经很有点功成名就了。他当时带着半部小说，就是后来的《少男少女，一共六个》。我记不清小说的内容了，但是里面的人物差不多都是以照相胶卷命名的，譬如“柯达”、“富士”、“阿克发”等等。那些天我们的交谈很随便，他说他这回来北京，想去看一个人，就是史铁生。他还向我推荐了马原，说这个人的《零公里处》写得特别好。

时间一晃就是很多年。再见陈村，已是十年以后了。那时我在海口，韩少功张罗了一个“天涯人生笔会”，除邀请了大陆上的李国文、蒋子龙、张承志、陈村、孙甘露等人外，流落在岛上的几个“文学疑犯”（韩少功语）——马原、张曼菱和我，也在应邀之列。陈村来了，但是一见，我着实吓了一跳——他的腰已经差不多弯成了九十度，感觉有点夸张似的。我没有想到，十年会使他成为这个样子。我突然想起了他的一册随笔，名字就叫《弯人自述》。然而成了“弯人”的陈村还是从前那个幽默机智的陈村，他的谈吐总还是那么有趣，那么富有感染力。

有一个时期，陈村的住宅在上海一家妇女用品商店的楼上。陆星儿就取笑他说：瞧你这大男人，哪儿不能住，偏要住那上面？陈村说：那有什么，我本人不就是妇女用品吗？后来有人敷衍说：陈村的这句话胜过他所有的小说。

陈村有一个很著名的短篇叫《一天》，他用比白开水还白的文字——每个句子的末尾不是“的”就是“了”，写了一个叫张三的男人同样平淡的一天。但是他们构成了无与伦比的和谐，就像乌龙茶必须要用紫砂壶来沏一样。

幽默而机智的陈村如今坐在了轮椅上，但他又是年轻的。最近一个时期，他在上海的“榕树下”网站当版主，折腾得红红火火。他还经常给一些朋友 E－mail 过来一些有趣的东西，余华总是说好看好看。我也是享受这种待遇的人之一，看过他传来的东西，我就感觉这个陈村比我还年轻，真是有些想念他了。

陈村在完成以个人经历为底色的长篇小说《鲜花和》之后，便一门心思地专事随笔了。他的随笔十分精彩，有一篇写马原的，其中谈到曾经以“叙事的圈套”而著名的马原现在却决心要写一点流行的、通俗的小说给大家看了。于是陈村说：“现在流行的是电视剧一样的写法，不厌其烦千姿百态地温柔读者。别说圈套，连外套都常常脱了。”陈村这样感叹，因为他的心里还存着一分“小资”。

2001 年 11 月 1 日　合肥寓所

刘　恒

今年 7 月，文化艺术出版社出版了一套当代小说家的集子。书出版后，策划者便邀请在京的几个作家在西直门外的“国宴名人居”聚餐。那天去的，有莫言、余华、刘恒和我。刘恒一见面就说：“老潘，还记得吗？十几年前我在这儿伺候过你们呀！”他指的是 1984 年《北京文学》的那次笔会，地点就在旁边的上园饭店。刘恒当时还是《北京文学》的编辑，负责张罗具体事，笔会上出来的稿子都由他一手编发。但那时他还不怎么叫刘恒，叫刘冠军，已经写小说了，用的是那种蘸水钢笔。他对我说起沈从文先生，那种敬意是毫不掩饰的。那一年，我才二十八岁，却已经被刘恒无端喊作了“老潘”，而对与我一般大的王朔至今还是称作“小王”；我就想，这个刘恒是一个严守个人习惯的人。譬如前几年他试着用电脑写作，但是很快就不习惯，于是就扔了，重新执笔，还是蘸水钢笔。听说他买这种笔一买就是一打。

这次笔会结束后不久，因为一篇《狗日的粮食》的小说获奖，“刘恒”就一下被叫开了。那个时期，只要我去北京，总会去找刘恒聊聊的，也少不了给他添麻烦，譬如订张卧铺票什么的——他有一个邻居在北京站派出所。1986 年的夏天，我去北京，还是找刘恒订票，其时他的儿子刚出世，家里很忙，他还是照样骑着一辆破自行车为我帮忙，这件事我总是忘不掉。

到了 1993 年的春天，我在海口举办“蓝星笔会”，自然邀请刘恒去玩。他很挂念家中的妻儿，几乎每个晚上我都陪他去办公室打电话。他当时很反对我在商场上混，说人要那么多钱干什么呢？我说，这只是暂时的。第二年，刘恒又带着老婆孩子来了海口，我们谈得很多，谈到凌晨 3 点。他还是在劝我，不要在商场上待久了。

这么多年来，刘恒给我最深的感觉，就是十分平和。他总是那么不急不躁，总是那么随随便便，这有点像他的小说风格。

除了小说，刘恒的剧本也写得很好。他肯定是中国电影剧本写得最多的而且也是极好的小说家。张艺谋曾经对我说，他特别喜欢与刘恒合作，说刘恒一个显著的特点就是能用几句话把整个故事说清楚。我曾经在一篇随笔里谈到过《秋菊打官司》的台词风格，我说那种“白而有味”的台词是最见功夫的。不像现在一些低劣的剧本，剧中人一张嘴就不会说人话。

刘恒近期最火的作品，是《贫嘴张大民的幸福生活》。他用地道的北京普通话写了地道的北京普通人的日子，又分别改编成了电影、电视剧和评剧。刘恒于是就赚了不少银子，但是他平时出门还是骑着那辆破自行车。

在这次聚会上，刘恒说起他接下来想做的事情，是把自己的小说《冬之门》拍成电影，他想自己执导。为此他已经在电影学院听了半年课了。

分手时，天正下雨，我送刘恒上车。忽然想起，从我们在这里认识，至今已过去了十七年！这是一个多么惊人的数字啊！

2001 年 11 月 13 日　北京天坛之侧

莫 言

莫言，原名管谟业，山东高密人，从前为军旅作家。与莫言的第一次联系是因为史铁生，当时我听说铁生的身体状况不太好，每周透析两次，就觉得可以找几个作家朋友共同出一些钱，为铁生换一个好肾。我给莫言打电话，他说：钱不是问题。后来这件事没有做成，因为山西的李锐告诉我，铁生的身体条件无法承受这样的手术。

莫言是一个特别有趣的人。他的小说也一样有趣，从《透明的红萝卜》到《红高粱》，用现在的时髦话说，都很“另类”。我至今还记得《红高粱》里有这样的句子——“罗汉大爷的耳朵被鬼子割下来，因此他的头颅变得十分简洁。”又说谁的脑袋被打成了“煮熟过头的鸡蛋”。他在《酒国》里写了一个名叫“余一尺”的总经理，说那是个袖珍男人，而且“像上足了发条的小机器人一样可爱”。几年前他和朋友一起写了个话剧《霸王别姬》，去年空政话剧团把它做成了小剧场，效果很不错。据说，最初莫言向导演提议，能否让英雄项羽骑着一头毛驴上场，导演一时无言以对。

莫言近年头发落得厉害，每次出来都梳理得规整。余华就说这么讲究呀。莫言说见笑了，哥们儿。最近，一家出版社出我们几个人的作品集，邀请我们在北京西直门饭店聚餐。我与他、余华、刘恒便在这场合见面了。席间我问他：在报上看见，说香港的王家卫愿意出一百万买你的近作《檀香刑》，怎么样了？他说：报上的事你怎么能信呢？全是扯淡。原来这是一条不实的新闻，大概是重庆的一个小报记者编造的。不过《檀香刑》却是一部别致的小说，结构分为“凤头”、“猪肚”、“豹尾”三部，还穿插着莫言老家高密东北乡的“猫腔”，写法上依然保持着莫言式的幽默、挥洒与灵动。这回我们还闲扯到了“茅盾文学奖”，莫言说：应该把这个奖颁给萨马兰奇。

当初莫言给张艺谋做《红高粱》时，只拿了一千多元的稿费，看来是冤得厉害。这一回，张艺谋的《幸福时光》要“取材”于他的小说，交涉版权费用时，他提出八万，但没怎么谈就以五万成了交。更不幸的是，那《幸福时光》拍出来后一点也不“幸福”。而且莫言还感觉到银幕上的形象都很不清晰，就撇开影片本身，专谈国产胶片质量不行。于是边上有好心人递给了他一副眼镜，让他试试。他戴了，然后兴奋地说："好清楚啊，像水洗的一样！"原来问题出在自己的眼睛上，并非什么"国产胶片"。这回戴的是老花镜，可是看书呢，老花镜又不管用了，又必须戴上近视镜。现在他一样配了一副。

2001 年 10 月　合肥

彦周先生

我一直喊鲁彦周先生为“鲁伯伯”，喊他的夫人张嘉女士作“张阿姨”。因为除了他们是我的长辈外，还在于我和书潮是大学同窗。书潮是他们的儿子。我上大学是在1978年，但“鲁彦周”这个名字，在我很小的时候就已经知道了。我看过他的电影《凤凰之歌》，还知道这个片子是根据他的庐剧《王金风》改编的。那个时候，我顶多八岁吧。一个八岁的县城男童，能记住一个有名的作家，并不是一件很容易的事情，然而我还是做到了。

真正见到鲁伯伯，是1978年以后的事了。那时，星期日我经常随书潮去他家，见到他作为著名作家的父亲，很有点受宠若惊的感觉。可是鲁伯伯为人随和而亲切，他与你几句简单的交谈，就让你放松得很。之后，张阿姨会留你吃饭，和你聊家常；再之后，鲁伯伯还会送你书，写上“潘军小友留念”，出来的时候你拿在手上，便会产生一种难以名状的自豪。这样的感觉伴随了我许多年。这些年我经常在外面，一些同行问起安徽前辈作家的情况，提到的名字并不是很多，但没有人会忘记鲁彦周这个名字。一个作家自然是靠自己的作品立足的，这是个极其朴素的道理。其他的东西，对于作家我觉得完全是多余。

几乎是我和彦周先生相识不久，在《清明》杂志的创刊号上，大家读到了后来使他名声大震的中篇小说《天云山传奇》。那一期的《清明》，印制得很差，但是并不妨碍这部作品的影响。再后来，我们又见到了他的许多长篇和中篇，譬如《阴阳关的阴阳梦》、《双凤楼》、《逆火》、《迷沼》，等等，还有他的电影《廖仲恺》。这个时期，是作家鲁彦周的辉煌时期，他的作品受到了广泛的称赞。去年王蒙来安徽，说安徽除了黄山和九华山，还有一座天云山。话虽机智，但是我却不能苟同。对于

《天云山传奇》，我曾经与朋友谈过，尽管这部作品影响极大，几乎可以看做鲁彦周的代表作，但是我还是坚持认为，真正能反映出鲁彦周作为一个作家的能力与素质的，应该还是《逆火》、《迷沼》这样的作品，它们透出了一个作家对生活的把握和来自文学自身的那种纯粹。我相信这一点随着时间的推移会得到证明。鲁彦周一生追求的文学主题是反封建，他在这面旗帜下走了半个世纪，这是他的文学立场。从这个意义上判断，鲁彦周是一个有着职业信仰和良知的作家，写作无疑成了他的使命。

很多年后我才知道，1956 年鲁彦周写《王金凤》时，我父亲也写了黄梅戏《金狮子》。这两台戏都参加了安徽省第一届戏曲汇演，在当时都产生了不错的反响，但是第二年我父亲成了“右派”。二十三年后，鲁彦周完成了一部关于冤假错案平反的中篇小说《天云山传奇》。历史使得这两个来自巢湖之滨的书生走出了不同的道路，而内心却布满着一样的沧桑。

如今已过古稀之年的鲁彦周，对创作仍然保持着难能可贵的激情。他仍然在进行笔耕，每年都有新作问世。与此同时，他与夫人张嘉还有书画之乐。前年的春节，我便得到了他们的一张自制的贺卡，张嘉作画，鲁彦周题句，可谓珠联璧合的雅事。一个作家对后辈的影响，往往是无形的，就像甘露对植物的滋润。他并不刻意告诉你什么，事实上，创作也是无法告诉的，但是他的那种精神气质却对你在发生着作用。这样你就会明白，我应该做什么，应该看重什么，应该断然拒绝什么。所以，当我决定以写作来填满自己每一天的时间时，我的眼前便会出现那些令我产生敬意的身影。

这其中，有着清癯而挺拔的鲁彦周。

2001 年 9 月 30 日　合肥凤巢园寓所

公刘先生

2003年1月9日夜，我在北京的临时寓所里忽然接到了《安徽商报》记者王志琦的电话采访，他告诉我，著名诗人公刘先生已于7日去世了，希望我能对他的辞世谈点想法。我当时就愣住了，因为去年夏天的时候，我曾经到中医院去探望过先生的。我万万没有想到先生这么快就去了！

我脑子很混乱，电话里只说，对公刘先生的去世感到悲痛，对先生的道德文章很敬重。电话里就匆匆说了这些。这之后，我立刻给家在京城的邵燕祥先生去电话，他们是好友。有一次邵先生去合肥开笔会，因时间关系没来得及去医院看望病中的公刘，只好委托我代为问候并转去一些营养品。我需要及时把这个不幸的消息告诉邵先生，可是很遗憾，邵先生家里的电话无人接听。

那个晚上，我的情绪显得有些忧伤。我告诉身边的朋友，我与公刘先生并非忘年之交，我也不是一个诗人，但公刘这个名字我三十年前就知道了。我的朋友说，她也是早就知道公刘这个名字的，知道公刘曾参加过整理民歌《阿诗玛》，却不知道我们是同事。于是这个晚上，我在悲伤的气氛里开始回想公刘先生。

1986年，中国文联出版公司出版了一套“未名丛书”，目的是支持几个在文坛暂露头角的安徽文学青年。我在其中，那本叫做《小镇皇后》的册子，是我的第一本书。书印出来之后，安徽省文联召开了一个座谈会。据当时担任编辑工作的黄复彩回忆，在那次会议上，公刘先生对几个出书的青年一一作了点评，并且说对我寄予了很高的期望。对这次会议，我已经没有什么印象了。但我知道，公刘先生不仅是一个著名的诗人，同时也是小说家和杂文家。我曾在《收获》这样的期刊上读过他的小说，他眼光敏锐，文笔犀利。那个时期，我在省委宣传部的文艺处工作，因此常与文联打着交道。有一次，我和公刘先生进行交谈，在谈完公事之后，他对我说：你这种性格，是不适宜在机关工作的。你应该到文联来，专心创作。当时，安徽文联已经成立了文学院，公刘出任首任院长，他希望能把一些有潜力的青年作家调到这里，培养出一批精干的文学队伍。然而中国的事情并非先生想得那么简单，文学院实际上无法决定这样的事情，从而成了先生的一块心病。

我检索了日记，探望病中的公刘先生是在2002年的8月3日。那天上午，我与我的同事、公刘先生的女儿刘萃约好，去了中医学院的附属医院。对我的来访，先生显得很高兴。他安静地坐在沙发上，面色并不憔悴，但略微显得浮肿。我坐在他的边上，与他进行愉快的交谈。由于疾病的后遗症，先生说话时的口齿显得不很清楚，刘萃便为我们“翻译”。那次的交谈，先生主要说了两点。一是我的作品。他说，他最后读到我的小说是《重瞳》，他说很喜欢这篇东西，并且说也看见了报章上的一些关于《重瞳》的评论。但他说，那些评论似乎没有说到点子上去。他说自己的身体原因，要不就想写点看法。二是，关于文学院。作为安徽文学院的首任院长，这些年来，他为此付出了很多的心血。他一直觉得遗憾的是，在他手上，没有把一些有潜力的作家调进来，也没有把签约作家的事情做完，好在这件事现在总算有眉目了。他说没有一个很好的文学队伍是不行的。这次的会见大约进行了一个小时。临别的时候，我祝愿先生早日康复，等着看他的新作。可是我没有想到，这竟是与先生的诀别。我不能不感到悲痛！

由于我在北京陪着母亲治病，所以不能赶回去与公刘先生作最后的告别。翌日，我让朋友给文联发出了唁电以示自己的哀思。两个月后，我回到合肥，见到了刘萃。我关心的只有一件事：先生可有什么遗嘱？刘萃说，父亲早就说过：平平常常地来，安安静静地去。就这样一句极其简单的话语。我忽然想到，很多年前，也有一个英年早逝的诗人也说过“轻轻地我走了，正如我轻轻地来”。这个人就是徐志摩。我想，莫非只要诗人才会有如此的默契？我的朋友、作家史铁生说，徐志摩这句诗是人生最好的墓志铭。现在我觉得，公刘的这句话也是如此。刘萃说，她自己最大的遗憾是没有握着父亲的手送他离去。说到此，刘萃已经热泪盈眶。

《合肥晚报》的记者何素平，在公刘先生去世后写过一篇很好的报道，题目是《鲜花送你静静地走》。我读过之后，很感动。我想起第一次见到先生的情形。那应该是上个世纪80年代的事情。1981年秋天，我在安徽大学读书，有一次去宿州路上的文联院子，在门口看见一个衣着朴素，脚步稳健的中年男人。他一手拿着报纸信件，一手拿着热水瓶、低着头似乎在想着事情默默行走。有人告诉我说，那就是公刘。我很激动，很想与那个渐渐远去的背影打声招呼。同时我又觉得，这个身影与我想象中的那位著名诗人很不吻合。但很多年过去了，我觉得这才是公刘。他的身影并不高大，但十分的朴素与坚实，仿佛他自己的作品。

2003年4月23日　北京寓所

关于田瑛，想到就写

田瑛小传：田瑛，1954 年生于湖南湘西，土家族。1971 年入伍，在湖南省吉首军分区当战士，1978 年提干，1985 年调广州军区机关工作，其间，在职就读并毕业于华南师范大学中文系，1985 年转业到花城出版社工作至今，现任《花城》杂志社执行主编。1974 年开始文学创作，迄今发表和出版作品共五十万字，主要作品有《龙脉》、《大太阳》、《独木桥》、《早期的稼穑》等。另有多篇作品在海外出版和发表。

《海口日记》开篇有这样的叙述："在广州要做的事，是和一位朋友见面。他是一家文学刊物的负责人，我们只通过电话，不能算认识。后来我就去了那家杂志社。我说我要找谁，立刻就有一位五短身材的英俊胖子从电话机边上站起来，说就是他了。"

明眼人一看便知，小说中那个杂志社是《花城》，而这个"英俊胖子"即是田瑛。这是发生在 1992 年 4 月 6 日上午的事，我和田瑛就是这么认识的。前一天，我由故乡合肥飞抵广州，赤手空拳准备下海了。时间一忽悠，十一年过去了。这十一年来，我们天各一方，偶尔见面，经常"电"话，觉得什么都没有变，唯一在变的，就是每隔一段时间的见面，彼此都发现衰老了。有一天我居然被自己的口水呛了嗓子，有人对我说：这是喉部的括约肌衰老的缘故。是的，我们一天天地在衰老，成了这个时代的特征之一。人一衰老，就想回忆。所以建法兄来电约写田瑛的稿子，我答应的，因为这个人占据了我记忆的一部分。建法说《当代作家评论》一个"作家眼中的编辑家"的栏目，将陆续介绍一些编辑家。我说这个好，接着就问篇幅应该多长，建法说，五六千字左右吧。我说这么长？建法嗓门一抬高，说编辑们如此辛苦为人作嫁，你还不应该好好写写？

然而我对编辑这个职业很陌生，谈不高深的论断，能说说的是田瑛这个人。去年我编《潘军文集》时，发现相当一部分的作品，是发表在《花城》上的，除了小说，还有散文随笔文学，甚至还有美术作品，足以编成两本厚厚的集子。这样的规模，让我对这份文学期刊表示敬重与感谢外，就让我时常想念它的执行主编田瑛。

田瑛，男，1954 年生于湖南湘西，土家族。1971 年入伍，1974 年开始文学创作，最初写诗，后改写小说和散文。1985 业去花城出版社当编辑，1991 年开始主持《花城》杂志工作至今。

1992 年春天我和田瑛见面，很匆忙，编辑部内说了几句话。田瑛见我就说：你怎么一脸的晦气？这句听起来巫师气息的卜语却准确地刻画了我当时的形象。第二天，我就搭乘轮船往海口去了。那是我一生中最阴冷的时期，我正处于个人生命“歌”的境地，我离开了故土，眼下正像一只无人认领的包裹扔到了这条船上。我不知道前面除了海市蜃楼还有什么。

我在海口，运气最初不错。有人愿意为我办一个文化公司，不到半年工夫，居然也折腾得像个样子了。于是两年的春节后，举办了一个“蓝星笔会”。这次笔会除了邀请一些作家还特别邀请了几家一贯扶持先锋文学的期刊编辑，如《收获》、《花城》和《作家》的编辑。其中自然就有田瑛。我还邀请了已经卸任的《花城》主编范若丁先生。1986 年我在《花城》发表了第一个中篇《墨子巷》，的自然来稿，担任责编的就是老范。那次的笔会规模不小，也产生了影响。笔会以“为了告别的聚会”为题向外发了通稿，意思就是我们虽经历了一场政治风波，但文学还在。原本这个笔会是想接着办下去的，每回主题，不料政治风云才过，经济大波又起，随着国家宏观调控的实施，戏也到了落幕的时刻，现出了“泡沫经济”的原形，我思考的那些计划付诸东流。

那两年，我经常往返于大陆与岛屿之间，只要在广州经停，第一个电话总是打给田瑛。其实那个时期心思不在写作上，我们之间没有业务关系，但我们已经成为朋友。一个人一生中的朋友并不是很多，我认作朋友的，是物以类聚的，是心性相近的，也是臭味相投的。我和田瑛无所不谈，这应该是一个尺度。你如果和某人到了无所不谈的程度，那么这个人就是你很好的朋友了。有一次，大约是在1994年的夏天吧，我邀田瑛陪我去深圳，在天河宾馆门前拦出租车时，我随身带的密码箱被贼人偷走了。贼手之快让人难以置信，简直就是上帝之手。田瑛说报案吧。我说，警方不可能为你几万块钱去花心思的，还是自认倒霉吧。后来这一路上的花费，全是通过田瑛向他的战友借的。钱虽被盗，人倒不沮丧，没有钱，反倒省去了一些闲事。在深圳的那几天，我们基本上就待在屋子里聊天，聊了一些有趣的问题。回到广州，接着聊；聊过了，就是麻将；麻将过了，就去郊外一个熟人那里吃昆明风味的水煮鱼。

1995年，我离开海口去了中原的郑州。本来是想和一家电视台谋划一个自主经营的栏目，结果事情没有做成，人却陷到了泥潭里。我挣扎了一年，在第二年的夏天得到了一个机会，为一家机构编导一部大型电视剧《大陆人》。为了对剧本进行评估与修改，我特地邀请了田瑛和宗仁发来郑州审读。他们来了。我去机场接田瑛的时候，看见走下舷梯的他穿着大花衬衫，左脚缠着纱布，趿拉着皮鞋，一瘸一拐的。他的脚正害着毒疮，走起路来生生地疼，但他还是来了。我真是感动，也真是高兴。请他们来，与其说是审读，不如说是相聚。等所谓的工作做完，我们就去洛阳看香山和龙门了。那天是个阴天，凉爽，为了游玩的方便，事先我让田瑛换了拖鞋。一路上我们玩得很开心。到了白居易的墓前，我和田瑛需要一个合影。相机已经支好，田瑛忽然摆摆手说：等等，我得先把鞋换了。于是他就把病脚临时塞进了别人的皮鞋里，然后才开始照相，以示尊重。毕竟，我们和白居易是同行，只是他比我们过得滋润一些。白老西儿不仅为文，还为官，且官至刺史，临了还选了这样一块风水宝地把自己安顿了，亡灵与对面美丽的卢舍那隔水相望。不过人们是记不得白居易是否当过刺史，诗人最后还是活在了《长恨歌》和《琵琶行》里。

那一次田瑛出来，计划在郑州逗留后再去长沙。看着他拖着病足，我不放心，于是就陪他前往。我们乘火车到达长沙，受到了省作协主席孙健中先生的接待。老孙也是湘西人，也是土家族作家。在长沙的三日，我和田瑛去了橘子洲和岳麓山。在岳麓书院，看着朱熹的题字，我感到了一种久违的温暖。朱熹是从前的徽州人，是南宋理学的宗师。那时我想，倘若有一天来这岳麓书院写作，真是一件快事。田瑛似乎看出了我这点心思，从山上下来，他就问我：你现在这么忙，还想写小说吗？我说：我现在所做的一切，都是为了使自己将来能够安心写作。因为像我这种写作，其实是很奢侈的。对此他理解，也赞成。后来我对他说：我想写项羽。用第一人称来写。田瑛说：你能写好。

几年后的夏天，我把在郑州开了三个头都不满意的《重瞳》于合肥一气完成，交到了田瑛手上。

其实作为编辑的田瑛是一个不俗的小说家。不俗，不是因为他写有什么鸿篇巨制，也不是因为他名噪一时，而是他有自己的叙事。多年前，他的《牛贩子山道》与我的《流动的沙滩》发在同一期的《钟山》上，我就看出了这一点。作为湘西人的田瑛，从少年时代起就有了作家梦，他期待着三十而立，因此把自己第一个集子命名为《而立集》。田瑛说，历史上的湘西只出两种人——土匪和作家。后者的代表人物是一直受田瑛敬重的沈从文先生。田瑛说他本人的经历与沈先生很相似，同为湘西人，同是早年在地方土著部队服役——田瑛入伍时在吉首军分区，后来又去了花垣县的武装部，最后又走出湘西，立足于一个大都市。沈先生那篇著名的《边城》其原型就是花垣县的茶峒。田瑛多次去那里看过，每看一次，作家梦就显现一回。但是，田瑛的创作却是相当的不顺利。1979 年 2 月，他作为广州军区前线创作组成员赴中越边境采访，结果有负此行，未能写出一篇像样的东西。他后来在笔记中这样写道——作为这场战争的目击者和见证人，我采取的是一个军人不应有的默然态度。那么应有的态度又是什么呢？田瑛没有说。但我相信，他看到了硝烟背后的东西。多年后，田瑛写了一批以湘西生活为题材的小说，他想写出另一种的湘西。我以为他还会写出更重的湘西来给我们看的。

在我看来，编辑这个职业，最可贵的是一副眼光。面对一篇稿子，只要看第一自然段，大概也就知道了写它的人是怎样的水准了。这应该是大编辑的眼光。这眼光来自天赋和后天的锻炼。田瑛以作家的身份干编辑的差事，某种意义上，他不仅是在阅稿，而且已经介入到创作之中。一篇小说，他能说出好来，也能看出问题。这种素质总是令作家安慰。我从事写作二十年来，遇见过形形色色的编辑。最初的几年，我最怕遇见的是两种编辑，其一是他不仅给你提意见还给你拉提纲，让你按他的路子去写去改，其二是自作主张地替你“润色”，甚至连你的标题都改了。这样的编辑可爱，也可怕。其实一个作者最需要编辑给予的是理解。最佳的编作关系是默契。编辑这个职业之所以今天还有人愿意干，是因为这个职业意味着发现。我没有过作为编辑在一大堆稿件中发现杰作的经验，也没有过受期刊的推举使一个无名之辈成为著名作家的经验，但我能体会得到其中那种快乐。那应该是一种非凡的快乐，这种非凡的快乐就是成就感。田瑛主持《花城》以来，这个被称作“四大名旦”的刊物发表了一系列产生影响的作品，其中有王蒙的《蜘蛛》、王小波的《青铜时代》、史铁生的《病隙碎笔》、毕飞宇的《青衣》、林白的《一个人的战争》、陈染的《私人生活》、北村的《施洗的河》、吕新的《抚摸》、阎连科的《日光流年》、李洱的《花腔》以及我的《重瞳》。今天，你只要与一个对文学有兴趣的人说起《花城》，你就会看到一个满意的眼神。

广州这块水土很有意思，在从前提倡知识分子革命化、劳动化的年代，那里竟然独立着一位卓尔不群的先生陈寅恪；在今天最先掀起商品大潮并且一直势头不减的时候，那里会有一份与周边环境格格不入的刊物《花城》。在我看来，叫“四大名旦”不如叫“四大须生”，那么《花城》就像其中的“奚派”，它虽没有“马派”的婉转，没有“谭派”的高亢，也没有“杨派”的苍劲，但有一种不可多得的隽永，有一种洞箫之美。某种意义上，一份文学期刊最可贵的还不是改变，而是坚持。《花城》这些年来，没有看见它怎么改头换面，也没有见到它大做宣传，但它却一以贯之地实现着自己的文学主张。这非常对我的脾气，也是我愿意继续为它撰稿的理由。

算起来，我和《花城》的交往已经有十八年了。一个孩子长到十八岁，就成了公民。然后开始自由恋爱，开始闯荡世界。一个作家和一份刊物有如此之久的交往，那份友谊可想而知。从范若丁开始，《花城》先后担任过我的责任编辑的有朱燕玲、王洪昭和林宋瑜。他们的敬业与负责让我难忘。1996 年 12 月，我去广东的茂名参加“花城笔会”，笔会期间不是与田瑛神聊，就是和他一起搓麻将。花城社的社长、《花城》的主编肖建国也是搓麻的好手，但是有一天他刚刚自摸，就接到了老婆的电话。老婆说：我们家被偷了。两个月后，我带着《大陆人》剧组来广州的码头拍外景，让田瑛率领花城出版社的编辑们来当群众演员。他们一早就乘着大客车来了，个个神情昂扬。但是一直折腾到了黄昏，他们就觉得，这拍电视真的太不好玩了。我印象里，田瑛的麻将总是理论脱离实际，他有一肚子的麻将经，但每回的交手总是以他的失败而告终。三年后，报仇的机会来了。北京召开我的作品研讨会，老肖、小林和田瑛都来了。当晚我们把宗仁发拉上，开始搓麻，依的是湘派麻将的路子。田瑛一上来就杀气腾腾，口袋里的钱眼见着上鼓，结果午夜刚过，他就滑坡了，一蹶不振，一直滑到谷底，连老肖也一块陪斩了。最后以我和老宗各赢五百元告终。有一次我去广州，和《花城》的朋友一起聚餐，地点是珠江的一条船。席间机智的文能突然说：怎么今天潘军一来，你们几个女士就把耳环戴起来了？大家哈哈大笑。这样的快乐总让我回想。

我和田瑛还偶尔在梦中相遇。忽然有一天，他会打来电话，说昨天晚上我梦见你了，梦见我们在火山口下奔跑，跑得满脸是汗、一身是泥。又忽然有一天，我会在电话里对他说：昨天我梦见你我在一条河里游泳，无论怎么游，就是见不到岸。我觉得之所以有这样的梦，可能是因为我们有许多相近的地方。譬如我们都胖而又喜欢吃肉，譬如我们喜欢游走却害怕坐飞机，譬如我们谈论小说又不是中国作协的会员。

现在，有时候我总这样想，朋友间的见面不能总指望客观上的一种机会的撮合，应该作出主观上的安排了。譬如每隔一两年约定去一个度假的地方，准风月谈，通宵麻将，一醉方休。那无疑是人生的一大快事。唐寅有诗曰：“人生七十古来稀，斩头去尾二十年。”时光就是如此短暂。我想再过一些年，等我们手头无事可做或者不想做事的时候，就来实现这个计划。这应该是不难的。说人生简单，也就这么简单。我曾经说，人这一生，或者说一个男人的一生，最大的愿望自然是和一个最好的女人相伴终生。那叫幸福。但这个愿望，很多男人都无法实现。世界每天在堕落，能够拯救它的除了爱情就是友谊了。因为父母终将失去，子女终将自立，夫妻或情人——当然不是全部的，也终将分手。最后剩下的，就是几个朋友了。在我看来，田瑛是这样的朋友。

2003 年 6 月 27 日夜　京城寓所

音声相和　斐然成章

三十年前，我的志向是做一名画家。那时在农村插队当知青，白天的劳作很辛苦，到了晚上，才觉得在一盏煤油灯下临摹连环画，是多么幸福的一件事。我的绘画，没有经过正规的训练，后来又因为高考的政审一关，失去了深造的最后机会，于是只能自得其乐了。然而这样的绘画，却从一开始就养成了不拘一格的胆子。油画、国画、版画，我都不同程度地接触过。等几十年过去，选定了只作国画了。国画讲究“书画同源”，因此，也好写字，自然临过一些碑帖，但都没有下功夫，说穿了，这样的书画之于我仅是一种爱好。既然是爱好，那就该放纵一些。“票友”的好处在于不需要承受专家的评点和舆论的压力。

去年春天，北京城一夜之间成了“非典”的中心。那些日子，人们谈北京色变。没过多少日子，城里一下子空了许多，路上再也不塞车了。人心浮动，做不了文章；往日厌烦的社交也断绝了，时间突然就溢了出来，于是有一天去逛琉璃厂，花大把的钱买回了文房四宝，我想作画了。在后来不足一个月的时间里，我竟作出了好几十幅画来，有山水，有人物，还有戏曲速写和人体速写。我把这些画，收入到最近出版的一本随笔集里，叫《山水美人》。

上海人民出版社主办的《中外书摘》，曾经多次选登过我的小说。而这回，他们挑选了这本集子里的几篇随笔。责任编辑是章煌远先生，我们至今未能谋面，但从往来的通信中，我能感觉到这应该是一个注意清洁、重视仪表的书生。有一天，我接到了这书生的一封信，其中有这样的表述——

潘军老师：

现有一事相求。看了《山水美人》一书中您的画作，很喜欢您的字画，想拜托您写一张横幅，内容是对我父母人生的总结。

我母亲叫赵抒音，是上影的演员，父亲叫章超群，是上海美术电影厂的导演。母亲去年去世了，我们家属在上海郊县的福寿园置买了双穴墓地，设计制作了艺术性很强的别致的墓碑。福寿园是上海最好的陵园，内有华师大历史系教授苏渊雷、著名学者邓云乡、莎翁专家孙大雨、原上海市副市长潘汉年，著名电影导演张骏祥、汤晓丹、万籁鸣，著名电影演员阮玲玉、上官云珠、刘琼，还有徒步走中华的余纯顺等众多名人的墓地。我们准备今年冬至前将母亲安葬下去，将来等父亲也走了，也安葬在此。我们拟了一个碑铭："音声相和，斐然成章"。这八个字，前者出自《老子》，是对父母情感生活的概括，后者出自《论语》，是对父母事业的总结。句首的"音"和句末的"章"，又分别嵌入了父母的姓名。所以想请您撰写这个碑铭，镌刻在大理石盖板上。我父亲看过您的字画，很欣赏。希望您能满足我们这个要求……

这让我感动。煌远的母亲赵抒音女士，是上影厂著名的演员。我记得第一次接触到这个名字，是在上个世纪70年代，在重拍的《渡江侦察记》里饰演那位皖南老大娘。那时我还是一个少年，但我的记忆不会错。再后来，像《今天我休息》、《金沙江畔》这样的老片子重新上映了，我又见到了赵女士年轻时的形象。我想，煌远父亲章超群老先生的作品，我也一定是多次看过的，譬如那部木偶片《三毛流浪记》。而现在，赵抒音女士已经骑鹤西去了，在她洁净的身边，预留着她的爱人章老先生将来的位置。这是多么诗意而幸福的安排啊！我为影坛这对相濡以沫的伴侣一世的恩爱感动，也为他们子孙的这种安排感动。

当天中午，我便放下手头的工作，铺上了宣纸，认真题写了这个碑铭。我一共写了三幅，挑出其中这一幅，寄给了煌远。两个月后，我收到了煌远的来信，并且寄来了完成的墓园照片，他说，昨天，他们一家人已经把母亲安葬了。我看着照片，那是多么清净、幽雅的一个环境。在青松与鲜花的背景里，竖立着洁白的墓碑。那上面嵌入了赵抒音女士、章超群先生的肖像，并刻有一幅章先生把握摄影机的剪影。在墓碑的前面，肃穆地安放着赵女士的骨灰，那“将军红”的花岗岩盖板上镌刻着我题写的碑铭：

音声相和，斐然成章。

2004 年 3 月 27 日　北京寓所

风中的马原

第一次听到马原这个名字，是在 1984 年 10 月的“《北京文学》笔会”上。当时我与陈村住一屋，他说，最近有一个叫马原的，小说很不错。大概这以后我就留心了“一个叫马原的汉人”。在所谓先锋小说中，马原算得上是一个标志性的作家，文学史不会忽略这一点。

1993 年我在海口办“蓝星笔会”，想邀请马原来，却无法找到他。两个月后，他带着《中国文学梦》的摄制组自己来了，要拍韩少功、蒋子丹和我。这样，我们才有了第一次的见面。马原个子高大，魁梧，满嘴的胡子，这与我在照片上见到的一致。他对自己的身材和长相都感到骄傲，说从前有人说他像样板戏里的杨子荣，后来又说他像帕瓦罗蒂。但是，我发现这个高大的男人实际上很腼腆，时有伤感，口表远没有他的文字有魅力。马原的摄制组，也就三个人，他身兼多职，既是撰稿又是导演，既是制片人又是主持人。摄影师叫刘成伟，还有一个当随从打杂的女孩子。就这么三个人，却张罗着要拍中国一百个作家。我翻了日记，马原来海口拍摄的那天是 4 月 13 日，地点是蓝星公司的办公室。采访开始后，马原拿着话筒对着我，我好不自在；而他却更紧张，看着随从的女孩站在门口，立即就发火了，说你不要站在我面前好不好？我这样说不出话来。那女孩就吓得跑开了。这次采访的提问，随意性很大。我记得他当时问我，为什么要到海口来？我说因为缺钱。因为缺钱才来挣钱的。他接着又问：如果上帝还让你做一次选择，你是否还当作家？我说那当然，为什么不呢？之后，他提出要我为他画像，并且要拍下这个场面。我于是就铺开宣纸，拿起毛笔当即为他画了一张水墨肖像，由韩少功题了词。这幅画后来被马原带走了。第二天，我问马原，这一百个作家的名单是怎么确定的？他觉得好奇怪，说自然是我马原确定的啊。

我又问，那么，你的片子能发行吗？他很不以为然，说怎么不能呢？我还想发到国外呢，只要谁肯出十五万美金。我说，马原，这片子发行估计很困难啊。他说，我拍的是作家，又不是政治家，怎么可能不让发行呢？我说，在中国，拍谁和不拍谁，就是政治了。他一下沉默了。事隔十一年，据一位朋友告诉我，这部《中国文学梦》还放在马原的冰箱里。

马原有许多美好的想法，譬如说他一直想设立一个“马原小说奖”，专门奖给那些短篇小说写得好的作家。他认为短篇小说最能见识一个作家的功力，而世界上最好的短篇小说是《圣经》。他曾经公开宣布，他将是中国第一位获得诺贝尔文学奖的作家。但是自从高行健得了这个奖，他就觉得这个奖没有什么意思了，于是也就没有必要再得它了。

那次采访结束不久，马原就到海口了。他想做公司，自然先找到了我。但是那时我已经想离开了。在我看来，海口只是一个码头，人总不能在码头上睡上一辈子。没过多久，马原遇见了一个姓陆的老板，他说是陆定一的孙子，给他投资做一个传播公司。他说要从电视切入，要把他的“拉萨小男人系列”拍成电视剧，可是却把几十万块钱用去买了一堆摄像器材。对这种安排我很吃惊，为什么不先租机器试试呢？要知道，马原花钱历来是很谨慎的。海口的经济形势很快发生了变化，我撤了，马原的公司最后大概也没有做成。这以后，关于马原的消息就有些断了。起先听说他在北京折腾做话剧，后来又听说他被余秋雨推荐去同济大学当教授了。倒是还能在一些刊物上读到他的讲稿和访谈，觉得很有趣。马原喜欢上海，这我是知道的。他在上海起飞，但我没想到他也会在上海降落。很久没有和马原联系了，感觉里的这个马原是在风中。我喜欢西藏的马原以及他关于西藏的小说，喜欢他的《冈底斯的诱惑》和《虚构》。但是后来，用他自己的话说，他因为一个女人离开了西藏，离开之后，这个女人又离开了他。

但我不希望小说也从此离他而去。

2004年3月28日

去汨罗乡下看韩少功

几年前，作家韩少功辞去海南作协主席的职务后，回到了湖南汨罗的乡下，盖了一幢房子。这不是一次迁徙，用他自己的话来说，是一次“逆行”。当一些人（包括我在内）都往大都市里扎的时候，他却去了自己熟悉的乡下，以求得一份安宁。说熟悉，是因为几十年前，韩少功是在这一带插队的。他的夫人小梁也是插队知青之一，可以想象，他们是从这里开始恋爱的。1992 年我去海口，受到少功短暂的安顿，从此我们成了朋友。我离开海口后，除了 1997 年重返海口拍摄电视剧《大陆人》和少功见过一面，就没有再见。我们偶有电话和通信，他邀请我去汨罗乡下看看他的“村舍”，我也一直是想去的，但这几年因为母亲的病和最终离开，终于没有去成。

2004 年 8 月里母亲去世后，我第一次感觉自己成了精神上的孤儿。料理完后事，朋友们都劝我出去散散心。不久，机会也来了。这机会，是女儿为我创造的。女儿那年高考，因为一题漏改，无端去掉了二十分，最终取了她的第三志愿——湖南师范大学。她虽然不怎么乐意，但对楚地的山水人文，却是向往已久。10 月 8 日，我们在武昌会合，然后在朋友楚天舒的安排下，当天驱车赶往长沙。湖南师范大学坐落在岳麓山下，面临湘江，我觉得非常好。但女儿却觉得这个学校一没有大门，二没有围墙，完全脱离了她关于大学的想象。她的情绪陡然变得低落了。毕竟是第一次出远门的孩子。于是我就告诉她，等安顿好，带她去乡下看望她喜欢的韩少功叔叔。我还说，湖南师大是韩叔叔的母校，你们如今是校友呢。她一听情绪就转变了，很高兴，说来时刚刚读完《马桥词典》，很是喜欢。

10 月 10 日下午，我带着女儿由长沙出发去汨罗。同行的司机对那一带并不熟悉，所以一路上全靠少功电话遥控指挥。在京珠高速公路上走了七十公里，从汨罗出口下来，然后走的就是一些乡间公路了。往往以为快到了，但少功在电话里说，往前走七公里，然后又是往左行五公里，仿佛这是一次带着赎金去搭救人质的行动。过了大荆镇，过了三江镇，又过了智峰镇，然后，车开上了一个叫蓝家洞的水库大坝上，那真是一面好水。我这才真正意识到，距离少功的领地是近了。因为倘若是我，也会选择这样的地方安居落脚的。择水而居是我的梦想。果然，少功最后一个电话说，往右行五公里，到达一个叫八景乡的地方，找到小学就找到了他的新家。八景乡，一个雅致的名字，此前我曾听台湾正中书局的编辑陈思小姐电话里说过，韩家就在学校里。其时陈小姐正主编了一套“典藏华文大家系列”丛书，收入了包括少功和我在内的几位大陆作家的小说集子。当初她就是从我这里得到韩少功的联系方式的，现在她却无意中充当了我的导游。

总算到了。车停在学校里，远远看见少功在对着我们挥手。他家的小狗——后来我知道叫三毛，一溜小跑地前来迎接。少功穿着一套睡衣，趿着圆口布鞋，和几年前相比，他的头发已经花白。但气色异常的好，一副养尊处优的样子。他的“村舍”，是一幢二层楼的房子，红砖青瓦，木的门窗，有一种乡间别墅的感觉。前后有院子，院子里有园子，种着各式的瓜菜、养着成群的鸡鸭。在这个理想的农家院落里，却装置着三台卫星接收天线，几只鸡在边上跳动着。少功美滋滋地说，现在这种天线接收锅降价了，一口“锅”也就两三百元，普通农民都装得起。不过装上这么多“锅”来偷窥世界，是不是有点中央情报局的感觉？我从少功的神情中看出了一种小隐于林的惬意。然而这惬意不会让他陶醉，实际上韩少功是一个行者，每年国内国外的没少跑。他也是一只候鸟，夏季飞回八景乡，一进 11 月，便又飞回了北纬 20 度的海口——他的新居坐落在白沙门的海滨，隔着琼州海峡可以遥望大陆。

少功和夫人小梁以及他的姐姐、姐夫，居住在这里。这里的一切都很简朴，但很有情调。我喜欢客厅里用圆木劈成的“沙发”，喜欢用厚板拼凑的餐桌，还有那老式的茶柜。他经常在这里接待一些朋友，其中包括某些汉学家。一些作家朋友，如李锐、蒋韵夫妇、方方，都已经来过。长沙的作家，如何立伟、王跃文，自然也是经常来聊天。这里还盖着一个车库，有一辆老捷达车。少功说，他烧液化气，所以得经常进城采购换气什么的，有时候也到长沙看看朋友。

在楼上，还有一间宽敞的客厅，被少功戏称为“老干部活动室”，那是他们四人一起聊天的场所，隔壁就是少功的书房。他拿出新书《暗示》和《完美的假定》送给我和女儿，对我谈了最近的写作情况。

从屋里出来，随少功夫妇四处看着，小狗三毛一直跟在我的脚边。这是一只活泼可爱的马尔吉斯犬，个小，但异常的精神。潘萌几次想抱它，它却躲得好远。小梁兴致很高地领着我们去看她精心培育的菜园子，那里结着丝瓜，这里长着蔬菜。但我最爱的还是这面水，湖光山色尽在其中。少功说，去年夏天汛期的时候，水库的水涨到了距离屋基一米的地方，那时候从家门口就可以跳到水库里游泳，真让我好向往。心想什么时候可以再来，一定要跳下去游个痛快。但这次不能多逗留了，车子是临时借的，得抓紧时间往回赶了。

回来的路上，暮色一点一点袭来，车行在山间的公路上，两边青翠的山峦让我情不自禁地思念起我的故乡来。那里的山水与这里大致不差。也许有那么一天，我会仿照韩少功的做法，去故乡盖上一处房子？没有就这个问题想下去，天色完全黑了下来，山间腾起了雾霭。我忽然感觉到，其实我和少功的做法异曲同工，他来汨罗，寻求的是一份心灵的安静，我上北京，是看重那里容易抑制我骨子里的轻薄，因为那里的天下太大，谁也霸不住，于是也就有可能养育出另样的一份安静。我没有大隐于市的境界，但是我愿意被城市淹没，被人遗忘。

这样很好。

这篇文章写到一半的时候，有一天我收到韩少功的 E－mail，他说他失去了小狗三毛，好几天内心空落。我把这消息用手机短信告诉女儿，她回复说：我哭了，我好伤心……

于是我又看见了八景乡的“村舍”和它的主人。少功兄，别来无恙乎？

2004 年 10 月

纪　念

还是6月的时候，我回合肥，从老友唐先田那里得知，彦周先生因病住院了。第二天，我便携女儿潘萌前去省立医院探视。当时，彦周先生虽然卧床，但感觉除了气色稍许差些，没有多大的变化。所以，昨天下午，当同事刘萃告诉我先生辞世的消息时，我还是感到惊讶。万没想到夏天的见面竟是永诀！

我当即给女儿去了电话，让她代我前去吊唁。然后又去附近的邮局，给书妮大姐发出了唁函。这一天里，我眼前浮现的都是先生的身影。我无法相信这身影正在离我远去。夏天的时候，我坐在先生的病榻边与他交谈。病中的彦周先生是安详的。他的气色带着几分凝重，但他的思维是轻盈的；他的身体受到束缚，但他的心灵依旧自由。他和我谈起关于写作的一些构想，都没有染上一片暮色。他未完成的回忆录，是我未了的期待……

三年前，我曾写过一篇文章就叫《彦周先生》。在那篇短文里，我有过这样的记叙——

> 一个作家对后辈的影响，往往是无形的，就像甘露对植物的滋润。他并不刻意告诉你什么，事实上，创作也是无法告诉的，但他的那种精神气质却对你发生着作用。这样你就会明白，我应该做什么，应该看重什么，应该断然拒绝什么。所以，当我决定以写作来填满自己每一天的时间时，我的眼前就会出现令我产生敬意的身影。这其中，有着清癯而挺拔的鲁彦周。

清癯而挺拔，是对我先生形象与精神气质朴素的概括，自然算不上什么溢美之词，但饱含着一份虔诚。这是晚辈对父辈的虔诚，更是一个晚辈作家对前辈作家的虔诚。事实上，从我认识先生的那天起，我就唤他为鲁伯伯，唤他夫人张嘉为张阿姨。这称谓延续了整整二十八年。然而这么快，中国文坛一颗璀璨的生命就走到了尽头。或许美丽的生命本来就是这样，他走出了这个世界，却走进了人的记忆。

今天，2006 年 11 月 28 日，是我四十九岁的生日。我忽然想起，我第一次见到彦周先生时，他正是我现在这个年纪。1978 年秋，我入安徽大学，与先生的儿子书潮同窗。一个星期天，我随他回家。那个有着微风细雨的黄昏，风度翩翩的先生从书房里走出，对我微笑，与我交谈，送我著作，从一册、两册，到十几册，几十册……二十八年过去，这情景仿佛就在昨天。

而昨天，先生去了。

> 悄悄的我走了，正如我悄悄的来；
> 我挥一挥衣袖，不带走一片云彩

徐志摩这著名的诗句，作家史铁生说，是最好的墓志铭。现在，作家鲁彦周已经悄悄地走了，给我们留下的是一片云彩。所以，我愿说，先生走好，我会继续读着您送我的书。

2006 年 11 月 28 日　北京

悼念斤澜先生

4月15日夜，我在浙江横店拍摄“谍战三部曲”的第三部《惊天阴谋》。布光候场的空隙，和演员们一起闲聊。谈起潘军这个很一般的名字，有人问我想过改没有？我说，潘军这个名字是“文革”时代的产物，一个莫名其妙的时代，诞生了一支莫名其妙的“军队”。就如我们这个剧组，除了编剧、导演叫潘军，还有摄影师叫路军，男主角叫刘军（后改为刘钧）。我说还真的动过想改的念头。但是，后来一位德高望重的老作家对我说，这个名字很好，很符合我，因为潘军就是“叛军”——我这个人似乎生着一根反骨，于是就决定不改了，沿用至今。大家都乐了，问这位老作家是谁？我说林斤澜。对于这些剧组的演职员们来说，林斤澜这个名字显然是过于陌生了，他们自然茫然。于是我说，林斤澜是我敬重的为数不多的老作家之一。这句话仅仅说过不到三分钟，手机里收到了一条短信，来自《北京文学》杂志社社长章德宁，内容如下：

> 潘军，你在北京吗？林老走了，十七日上午在八宝山告别。咱们还约好一起去看他呢……

我先是一瞬的惊讶，之后便是一阵沉默，以至于光布好了，我都没有坐到监视器的面前。场记问我出什么事了？我才说，刚才和你们谈到的那位老作家，走了。大家惊讶地看着我，那一刻我想，我和林老还是有一种感应的。

这天的夜戏内容，就是刘钧饰演的男主角在寂寞的江边码头，悼念自己已故的父亲。我让演员坐在长长的台阶上，就这么坐着，没有语言，没有调度，完全是移动镜头的刻画。其中最震撼的镜头，是一个升降，从他的背面缓缓升起，再落到他的正面，演员刘钧饱含着眼泪，泣不成声。我看着监视器，仿佛感觉我就是坐在台阶上的刘钧，是我在默默悼念着刚刚离去的林斤澜先生。

认识斤澜先生，还是在二十二年前《北京文学》举办的“黄山笔会”。但在大学时代，我就是他忠实的小说读者。我喜欢他的文字。喜欢他的“矮凳桥系列”，喜欢他细腻而简约的风格，喜欢他冷静而不刻意的思考。那时期，正是林先生出任《北京文学》主编的阶段，我认为这也是新时期以来，继李清泉时代之后，《北京文学》又一个“黄金时代”。出席那次笔会的，我记得基本上都是一些青年作家，如余华、王刚、赵锐勇、严啸建等。编辑部里，有副主编李陀、主任陈世崇、小说组长章德宁、编辑陈红军、傅锋等。会议的地点是黄山脚下的“泾川山庄”，那是一个风景秀丽、分外幽静的场所。参加笔会的作家，大概每人都带了稿子，我带的是一个未完成的短篇，叫《溪上桥》。一天夜里，林老和李陀和我谈这篇稿子，对小说给予了充分肯定，其中有一个细节，写的是两个老人历经沧桑，如今身份天壤之别，却都还保持着儿时在一棵老槐树下撒尿的癖好，深得林老的赞许。他连声说有味道。同时也提出了一些有益的修改意见。现在回过头看，这篇小说应该是那个时期我个人比较满意的作品。笔会很松散，到了晚上，大家不是一起聊天，就是开露天舞会。林老的爱人，我们叫她谷老师，是舞蹈家。于是林老就找到我，说：潘军，去请我老伴跳舞！我自然遵命。我和谷老师跳着华尔兹，林老站在一边抽烟欣赏。我突然就想，当初他们认识的时候，林老该是多么风度翩翩啊！有人说，从形象上看，把电影明星赵丹和孙道临的优点集中起来，就是林斤澜！

这之后，我每回去北京，都会通过章德宁打听到林老的近况。有时候，还和章德宁，以及她先生岳建一与林老一起吃顿饭。到了2000年，北京召开我的作品研讨会，与会的老作家中，就有林老和牛汉先生。这之前林老集中一天时间看了我的几个短篇小说，所以那天林老在会上说：潘军的小说，手法基本上喜用白描，简约，有味，好看。我不懂的是，他怎么就成了“先锋派”呢？他又说，写短篇就好比游公园，有的要走，有的要看，有的却要站。这话说得生动而又深奥，我至今记得清楚。

我在北京居住下来后，有时候还是通过章德宁去看望林老。那时候，他的夫人谷老师已经故去了，我们要做的，就是上门陪林老闲聊，他的幽默感和文人气质总是感染着我们。然后在附近的小馆子里吃顿饭。有一次，林老的兴致很高，喝了点酒，谈起自己的经历。我才知道，林老的政治资历很深，但他却从来不利用这份儿在他看来已显得多余的资历去谋求别的事情。他这辈子就只认准了一个自己喜欢的职业，就是写字。终于在夹缝里写出自己良心过得去的一些文字，留给了我们和这个民族。章德宁后来不止一次地跟我说，林老这次与我们的交谈，是最深的。

章德宁短信里提到了一起去看林老，是在去年春节前。当时林老已经住院了，我们约定一起去同仁医院看望。但是到了约定的那天，我又被临时请到石家庄讲学了。这便成了我一大遗憾！

很多年前，作家老舍就看好了北京文学界的两个人，一是汪曾祺，另一个就是林斤澜。如今文学界的一些朋友，也喜欢把林老和已故多年的汪曾祺先生并提。这说明，他们的作品，他们的文字，乃至他们的文学立场有共通之处。但更多的是有所不同。文如其人，在我看来，汪老的为人洒脱，文字灵动而飘逸；一如他本人平素喜欢画下的荷花、水仙，案头清供，幽香留韵。林老人淡如菊，气质若兰，含蓄而凝重，温馨中透着人世苍凉。他们不是多产作家，也没有一个所谓的“大部头”，但他们都是当代中国文学的一道别致不败的风景。如今，他们都仙去了，我要做的就是继续读他们的书，他们的文字。

2009 年 4 月 17 日　于浙江横店

与铁生书

铁生兄：

今天是2010年最后一天，过年了。一早，我在上海车墩的影视基地拍摄的电视剧《粉墨》，也将接近杀青的时刻。刚开工，忽然就接到北京章德宁的短信，说你走了。走得如此决绝啊！去年，也是在横店拍戏的现场，也是来自章德宁的消息，说林老走了。所以章德宁后来在电话里带着沉痛的歉意对我说：“你看，我总给你带来这样的消息……”这之后，我的老父亲从家乡安庆来了电话，我的女儿潘萌也从洛杉矶打来电话，说的都是你走的消息。你看，这个岁末的上午，朋友、父亲、女儿，都从不同的方向对我说，你走了，去了你我都信有的天国。我老父亲让我转告你，他一直就喜欢读你的文章，当初你寄给我的《病隙碎笔》他读了几遍。我女儿让我转告你，她舍不得你走，一想起你五年前破例为她的第一部长篇小说作序，她就哭得不行，她在大洋那边，赶不回来送你最后一程，请你原谅！我一一答应下来，这里，我替一老一小谢谢你！

铁生兄！你突然一走，这一天里我都在想你了，一直想到翌日的凌晨三点。这已经算是今天了，2011年元旦，但习惯中它还是昨夜的延续，黑暗的延续。辞旧迎新，这个晚上朋友互相拜年的短信总是很多，而我却在网上安心看你的旧作《我与地坛》。看着看着，就觉得我又和德宁一起去了你的住处，谈笑风生。在我的印象里，你似乎就不是坐在轮椅上，而是坐在一张老藤椅上，只是坐习惯了，不想起来罢了。你的气色，你的神情，你的手势，你的声音，怎么看都不是一个决然远行的人，但你执意要走，走得我们一起心痛！

想想，我们也有两年未见了吧？作为旅居京城的外省人，我对北京的地理一向幼稚，所以每次都是拉着德宁一起去你那里。德宁清高着呢，和我一起要看的人，除了你，就是林老斤澜了。还是在前年的春节前，我们一起谈得很晚，以至于现在我都对希米嫂子感到抱歉。在我记忆里，我们的聊天每回都是那么开心。有一年夏天，谈到兴致上来，居然还把你从高楼上搬下来，去附近的馆子里吃了一顿水煮鱼；女儿出第一部长篇，想请你作序，我知道你谢绝了许多这样的要求，但这回你却说："孩子的事自然是要例外的。"你写了，给了孩子许多的鼓励，并送她你的新作《我的丁一之旅》，这本书，孩子带到了美国。这几年我在忙于影视，所以后来我们喜欢谈伯格曼和基耶斯洛夫斯基，谈《第七封印》和《十诫》，而且希米还送我一册她翻译的《十诫》的文学剧本。我说，我很想拍一部中国版的《十诫》，以十位中国作家的小说为蓝本，你当时就表态，说："这事你可以做。而且你能做好！"可是我却至今没有动手，我没有对朋友践约，成为我今晚的遗憾！而我的另一个遗憾是，有一年我去太原的时候，我曾征求李锐兄的意见，想大伙一起为你找个肾源，但是后来却因为你的身体无法接受这样的手术而搁浅了。如果那次我们执意做了，会怎样呢？你会走得这么快吗？

铁生兄！无论别人怎么评价你，在我心目中，你唯一的身份就是作家，尽管你一直调侃说，你的职业是生病，业余是写作。我记得我曾当着你的面这样说过你——"正如那边的上帝把几十万册图书和高度近视同时给了博尔赫斯，这边的上帝也把瘫痪和写作同时赐予了你，让你安心读书与写作，闲暇不过摇着轮椅去地坛看看，让你不用应酬，不用出国，不用当嘉宾四处领奖或颁奖，上帝在折磨一个男人的同时，也成就了一个纯粹的作家。"但是，今晚我想对你说，你去了那边，我希望你不当作家，而成为一个体魄强健的男人；不去琢磨那些灵魂的事，而去重温那种脚踏草地或者踢踢石子的感觉。

信写至此，接到了章德宁转来的希米的信息，照抄如下——

"与史铁生的最后一次聚会"定于2011年1月4日15:00—17:00在北京798时态空间举行。注意事项：1. 请不要带花圈、挽联；现场有卡片，可供寄哀思。2. 可带漂亮鲜花。3. 请着漂亮服装。

铁生兄，我已经订好了车票，如期赴约。

你的背影一直会在我的视野中，我要看你走到地平线的尽头。

弟，潘军

2011 年 1 月 1 日　上海松江

潘军文集

第玖卷

西窗偶记

秋天笔记

今年秋早。入9月风便挟着凉意，短衣不再上身。去年这时节正值酷热，整日汪在汗里。我于是把那截难熬的日子写进了《南方的情绪》，断言天热在于太阳的堕落。

自小阿妹离开后，家务与妻平摊。两人皆忙得似乎只剩下一口气，尽管这样，仍在心中盘算对方是否讨巧，常有口角很自然。上午又表演一次，她最后的谢幕总要以悔恨交加的姿态，笃信错嫁。孰不知她的先生也有误娶之念。

“你是一只孔雀。”她说。我居然心里想了一下，这种诗化的赞叹我平生就听见这么一次。“向外展示着美丽的羽毛。”她进一步指出，“而对内的就只有脏屁眼！”她怎么不写小说呢？如此灿烂的感受。到了晚上，事态平息后，她又软和地说：“我应该是你的情人。那样我就会对你非常满意。”我说等你到了非常满意的时候就非常想嫁给我，之后又非常非常不满意。

情人老婆化是好情人，老婆情人化是好老婆。问题是这种女人一般碰不上。至少我碰不上。

——九月三日

萌子今天上幼儿园。这是个值得纪念的日子。

两天前携萌子去逍遥津公园，因为她将接受约束，才三岁。这些年业余时间用在爬格子上，很觉得对孩子不起。好在现今闲了，并且我也需要认真玩玩。

包柏漪说，如果中国的孩子画兔子，把尾巴画成驴尾样，那么大人们肯定会予以纠正。但这事若摊在美国，大人会把孩子举起来：“宝贝，你画得太棒了！”

孩子走了。往日嫌孩子把家里搞得很乱，现在收拾整洁了倒让我生疑，仿佛是到了别人的家，坐立皆不自然。

黄昏接孩子回来，她说：“今天老师教我们做小鸭子。”

“老师没有我做得好！”她又说。

“萌子显然比我们有出息。”我对她妈说，“她骄傲得早。”

——九月六日

我愿意把汪曾祺的全部文字理解为读物。读汪老的作品全部感受最终仅浓缩为一个“趣”，值得玩味。（不是回味！）或者干脆“玩”都不玩，只是读，决不想。读比想愉快。愉快，这就够了，还希求什么？

好的语言作品是须“读”，如同好的音乐作品须“听”。接受者不必自作多情。

面对纯的艺术，需要的是朴素接受。

——十月二日

两年前黄山脚下的一次笔会上，我向编辑 Z 女士谈了一篇东西的构架。她似乎很喜欢，当场敲定。可是拖到今天才动笔。这个叫做《四季》的中篇小说（是否该叫小说，日后可以讨论），是关于我十二岁至三十二岁私生活的，它给我带来了大病初愈后的那种虚脱疲软，进入这么一种状态，然后写作。超前的考虑总是显得多余，要紧的是伏案时的状态。你应该提醒自己：你正在写。这之前或之后最好离你的写字台尽可能远点。

就这么开始吧。

——十月十一日

上幼儿园接孩子的时候，看见宣传栏上有一个红字描的标题：

小孩为什么不能唱大人的歌？

——十月十四日

三间房子由基脚至一米高的四壁是女儿表现绘画天才的场所。铅笔的蜡笔的以及粉笔的线条与图案映出绝妙的辉煌。

“这是什么？”我指着她正画着的那个彩色的东西问道。

“公主跳舞。”她肯定地解释，然后用她的眼睛反问我，“不是吗？”

真正地羡慕那双眼睛！在那双眼睛里世界的一切都变得奇异。“奇异的东西任何时候都是美丽的。”勃勒东这样总结。

1953年马蒂斯发表论文《用儿童的眼光去看生活》。他指出：一个艺术家“应该像他是孩子时那样去看生活，假如他丧失了这种能力，他就不可能用独创的方式（也就是说，用个人的方式）去表现自我”。

这也许是大师的最后判断。第二年的秋天，他长眠了。

任何的第一次经验永远让我激动。

——十一月十三日

一个男人走进了女子澡堂，女人们集体惊叫“流氓”，全都趴在地上。

那男人说：“我是瞎子。”

于是女人们“哎哟”着爬起来，集体说：“他娘的……”笑声朗朗。

——十一月二十五日

陪老婆逛了一趟时装街。

词典关于时装的界说，指的是这么两层意思：①式样最新的；②当代通行的。然而事实上，最旧的可以成为最新的，过去的又回归现在，于是一并流行。

流行时装无论从速度还是从广度，都远远胜于流行感冒和甲肝，而且是不断的、循环的。使任何一种东西流行的人都很了不起，比如服装，也只有“里根衫”而没有“张三裤”。至于“牛仔裤”，实际上应该叫“伪牛仔裤”，因为牛仔们不具备这种使之流行的条件。他们的裤子只有在剥下来穿到好莱坞明星身上进入“西部片”后，才变得灿烂辉煌。而一丝不挂的皇帝在大臣们眼中又换上了新装——安徒生注视着很久以后的世界。

和所有饰物一样，时装具有双重意义：首先是猎取青睐，继之安慰自己。

一件东西有时能把自己卖掉，比如高跟鞋之于矮子。

所以必须选择。为自己，别在乎街上的眼光。在没有尝出咖啡滋味的时候，宁可把它和板蓝根装进同一只瓶子。

拒绝流行的一切。

——十一月二十六日

1989年12月　合肥

西窗偶记

买书

买书是一件愉快的事。从书店或书摊买到一本满意的书，回家于扉页上写下姓名与日期，或用印，或贴一藏书票，放入书柜，就觉得自己又添了一件宝贵财产。那心情实在不下于加了一级薪水。书是实际的财产。前些日子我的一位朋友闹婚变，他对财产分配的态度是：除了书，别的尽管挑。颇有些英武之气。可是女方的态度亦然，于是婚没法离。后来也就和好如初。朋友说，这年头能找到视书若命的伴，也算是大福。我委实受了感动。

我们自童年起即有了买书的历史。从连环图画小人书到辅导学习的参考书。长大以后从通俗读物到经典著作。不同时期有不同的眼光，不同的志趣有不同的选择，买书业已纳入日常生活。我有十余载的时间是不买书的，因为实在无书可买。真正地买书，是在 1977 年之后。其时好书如潮，价格也公道，每年总是要买下许多的。然而好景不长，凶杀奸情之类的书排山倒海逼将过来，且书价翻了番。后来进行了“扫黄”，“黄”是扫去了一些，价则无法压下。不过也有了降价书，降下的不乏有好书。我的一套《唐诗别裁集》至《清诗别裁集》，还有马丁·杜加尔的《蒂博一家》、海明威的《太阳照样升起》、荣格的《心理学与文学》等，即是从中获得的。

但是，我为买书所恼，还不在于此。如今编选家仿佛多于作家，你挑你的，我选我的，未必有什么思想和体系。谁先出来谁发财。比如我先前买了梁实秋的《雅舍小品》，后又见到《雅舍菁华》、《梁实秋散文选集》，其中内容重复的不少于二分之一，让人十分为难。直到最近才买到四卷头近百万言的《梁实秋散文》，算是满意了。可是还有徐志摩朱自清林语堂呢？有些书店订购图书是极端不负责的，明明是上下两卷的书，他只订上卷；是一套的书他却拦腰一斩，让你回去叹息。我的一位友人买了周作人的三本文集，是从三个地方买到的。我问他是否算全了，他说弄不清，或许再去别的地方还能觅到。我不具备阅读外文书籍的条件，央求于译家。但译家的水平有别，一册名书往往有几个译本，于是你又得反复买。我曾把同一著作的不同译本比着读过，发现其中不少地方合不起来。我很惊讶，不知道该相信谁了。译有直译和意译之分，但的确是没有“猜译”的！

现在一些好书，不知通过什么渠道流到了小书摊上。这些书贩子又颇懂得购买者的心理。先是压一阵子，让你每日逛两趟。后来终于抛出，不过要搭配过期的通俗刊物了。我的一本《白话易经》便是这样搭配着买到的。

做　功

我的故乡有一句俗语：唱功不到做功到。唱与做，本是戏曲演员的功夫，所谓唱、做、念、打。过去看戏，内行强调的是听，听戏。所以唱必定是第一位的。当然也有其他功夫独到的，如周信芳的做，赵燕侠的念，都堪称绝。我想这句俗语的本义是十分清楚的，不存在什么褒贬。但就本义而言，人们是不说的。要说是说它的引申之义。那意思大约是说，你该用的功夫不到家，而你用别的手段使人感到你身手不凡，口气显然含有揶揄。

我从前练习写毛笔字，喜欢择笔选墨，俨然书法家一个。我母亲便说：“你呀，唱功不到做功到。”这件事给我的印象非常深刻。自古善书者不择笔，不是没有道理。赖少其先生离开安徽时，曾给我写了一幅字。当时由于匆忙，随便找来一杆笔和一瓶中华墨汁，觉得很对不住先生。但他不以为然，挥笔即书。后来我把这幅字裱了，挂在书房里，朋友们都说好，深得金冬心之神韵。

有一次，我看一位据说已经很了不起了的青年画家当众表演作画。

此人非常有艺术家的风度，潇潇洒洒。他先试了纸，说不行：继之又嫌墨质不佳。左试右试，突然放笔，说：“我现在情绪很不稳定，感觉上不来，不画了。”于是围观者叹息不已，主持人央求再三。我没有工夫这么泡下去，就走了。不过后来我是看到这位画家的大作的。它挂在一家字画店里，标价三千元人民币。那是一幅算作大写意的山水，我看不出什么特别的好。倒是还记得画上那方“天马行空”的闲章和两方刻着“蓬莱逛客”的连珠印。一年后我又去了那家小店，发现那画还在，标价舍了两千元。

文艺界有个专用词叫“摆谱”。所谓摆谱和摆架子还不完全一样。前者是虚张声势，比如明明只是在一两部电视剧里串个民警甲特务丙的，却硬要装出大明星的势派，开口科波拉闭口张艺谋，仿佛都是他的铁哥们儿。后者不过是一种轻浮浅薄而已。说某某摆名作家的架子，毕竟某某还是个作家，且也是有点名的。我想摆谱同我所言的做功倒是更相似一些。其实，这做功又何止限于文艺界呢？如今的社会像个大舞台，做功表演比比皆是，你吃不准他（或她）究竟是扮什么角儿的。我办调动时，朋友介绍一位政府官员相帮。那人见面就是一句：“你的问题我已同王部长说了。若还拖着，我就直接给卢省长打电话。”我着实吃了一惊，又非常地感激。我想我是遇到“钦差大臣”了。可事后我才知道，那人是个科长，和我差不多。

1991 年 5 月　合肥

怕散文

我喜欢散文，但几乎不写。试过几篇，终因胆怯收场。喜欢而又怕的东西一定是极好的东西。老百姓说“喜欢得要命”，就表示了这意思。有多少东西值得用命去喜欢呢？皇帝怕宠姬，老爷怕姨太，不是真怕，就不完全算，只有“怕老婆”的男人够这个格。这种夫妻一般是吵吵闹闹了几十年，却不散。怕老婆的男人终是舒舒服服。

怕散文是因为不敢，不敢是因为自己无驾驭的本领，打不过它。常听一些文学青年对我宣布日后的写作计划，说先写诗，再写散文，最后攻小说。我立即干预，帮助调整，把散文挪到最后，连同那个“攻”。青年就很困惑。我并不多解释，只说日后你慢慢就懂了，你会怕散文，很有些如绍兴师爷的势派。青年继之争辩，质问：“难道像×××那样的散文不好写吗?”这×××自然不是司马迁，也自然不是周作人或林语堂了。

青年所说×××那一类的散文显然不是我的对象，一不是那类我既喜欢又怕的文字。×××一类的文字，当然好写的，可是不算，更谈不上可怕。如今散文家与散文无涉，形势可称泛滥。不去说它。我所说的散文，概念极窄又难以言表，大约是指道理清楚、叙事明白、文笔朴素的文章吧。清楚、朴素，都是大难，都值得怕。比如说“敲门”，就很不容易说清楚。张中行老曾作《剥啄声》，洋洋几千字，只说敲门。由剥啄而至推敲，由贾岛、韩愈而至庄周、杜甫，由“莫向春风舞鹧鸪”而至“风动竹而以为故人来”，不仅仅是个用典问题。琐事娓娓道来，虽曲折而明白，至于文笔就更可“怕”了。一篇散文写尽了老年的孤寂之心，与“啊”、“呀”、“啦”之类语气词不沾，与华丽辞藻不沾，与感慨也不沾，就那么朴素地说，不动颜色，可称大家，可怕。

古语云：文章老更成。这“文章”指的是散文。何以“老更成”？答曰：需要时间。散文和小说不同，小说是才性的产物，重感觉的灵敏。散文也重感觉，但更需要学识，需要阅历，需要读万卷书行万里路，这都需要时间。所以我曾武断地宣称：不过五十岁，难写老文章。这已是狂言，说到底，还是因为怕。

1995 年 10 月 20　郑州

手写的欢乐

写作自然是“写”加“作”了。这么拆开，似有些坏规矩，可我觉得这样谈起来方便。写即写字，作谓创作。写作就是以写字的方式进行创作，这是我私下的定义，与词典的权威无涉。创作是大题目，谈不了，这里只谈写。

凡文皆是写出的，这已是旧话，不确切了，因为现在有了电脑，文也可以敲打出来。敲敲打打总是很热闹的事，新鲜，自然有益有利，有现代色彩。南边流行现代人的新三件，其中一件就是：会操作电脑（另外两件是会外语和会驾车）。但我对电脑的“写”，有疑至今。其一曰：进入不了状态。作家可以面对虚无但不能面对一部机器，那样，写作演成了操作，像个裁缝，进入不了“写”的状态。如果一手提烟一手击键，就仿佛在弄电子游艺机，太像玩。写作需要状态，手写的状态。其二曰：失去了手稿。文字不留于纸而存于软盘，就像把影像留于胶片，欣赏不了。当然你可以说“洗”出来，但那是复印件，读起来总觉得不像是自己的文字。手稿与复印件，我另有专文表达。其三曰：享受不了手写的欢乐——这是我要谈的话题。

手写的欢乐因人而异，但都自得其乐。我的欢乐属于我，手写的欢乐是我这一生中的大欢乐。在平静的夜晚，把四周的灯光全暗了去，独剩书案那一圈，这就有了写的气氛。沏上清茶，用透明的杯子，摆上笔画较粗的钢笔。黑墨水和略渗的方格稿纸，然后是点上香烟，这就慢慢进入写的状态了。一手提烟一手执笔，吸一口烟写几行字，写写画画涂涂抹抹，看看自己的文章一点点生长出来，享受了未知不断显现的过程与书写的韵律之美——我自觉字写得尚可。文思不畅的时候，仍写，写在另外的纸上，这是很随意地写，写几句唐诗或者别的什么，也可以画，一个小尾花或者小风景，总之是不放笔。笔在动“气”就未断，犹如国画家作大写意，一气呵成。然后把一切全推开，不收拾，不清洁手脸，吸完最后的烟，关灯，表明今夜的活干完了，睡觉去。这种欢乐！

手写的欢乐电脑无法代替。前几年珠海有家公司，大约是基于既缅怀手写的欢乐又不想放弃电脑的实惠的心理，推出一种“手写电脑”。我没见过那东西，但自觉不大好用，推想是握着一支特殊的笔，在一块特殊的板上写，再显示于屏幕。这实际和其他电脑是一码事，仍无法表达出手写的欢乐。

1995 年 10 月 22 日　郑州

亲近手稿

一位读过《手写的欢乐》手稿的朋友曾笑我，说你潘军捍卫一支钢笔就像辜鸿铭守着一根辫子。其意很明白，跟不上形势发展了。但他对《手》文中的某些观点，如电脑使手稿的不复存在，又表示了赞赏。他很幽默，说万一有一天得了诺贝尔文学奖，政府上门要求捐赠著作手稿，难道说：拿去吧，软盘！

我没有做编辑的经验，不能体会阅读手稿与复印件的感受差异，只能凭着阅读朋友往来信札的感受加以猜测。我想大的方面可能一致。而最大的方面是：亲近感，没有距离。常言文如其人，我不同意这种观点。文与人有一致的方面，但更多的是不一致，这是另外的话题，不谈。我倒以为字如其人。读手稿，当然不是指全部的，你会觉得那写字的人就在身边，与你促膝交谈。你从手稿上能猜想到他的音容笑貌，这就是气息了，是亲近感。读熟人或友人的手稿，甚至可以猜出写字人当时的情状。“你近来一定春风得意，这从你洒脱的字迹中不难看出”，或者“你总是很忙，字也越来越潦草了”，就表达了这个意思。但是，读复印件就是另外的感受了。可能像电影里常见的那种监狱探视，彼此隔着玻璃，一边打电话一边做手势，虽然也是面对面，但失去了生与活的气息。如果以这种方式谈恋爱，百分之百会失败。复印件的平面而冰冷，离间了写与读的亲近感，同时又把“写”的人全变成了孪生兄弟。

手稿还有其观赏性。读手稿当然不是欣赏书法。书艺之美与手稿之美都含有书之韵味，但前者强调的是“书”，是专门的技艺，有书法专家去谈它；后者展示的是“稿”，让你面对这手稿去揣度，去遐思。手稿的书写与涂改，增补与删除，完整地显现出写者当时的情状，你不能不与之亲近。从前那些穿长衫的先生，遗下的手稿墨迹，或蝇头小楷嵌于红线之内，或奔放行草穿于红线之外，都是风景，是画，可饱你的眼福。我的一位画界朋友，曾觅到康有为与丰子恺的手稿，以精致镜框镶之，高悬于壁，顿觉满室生辉。这样的手稿，现在近乎灭绝，是一件憾事。人间尚存一些钢笔手稿，也算是夕阳黄昏之景吧。再过数十年，恐怕连钢笔也成可收藏的文物了。现代化有时也让人感到无奈。

至于手稿的文史价值并由之产生的收藏价值，是不言而喻的。收藏也有格调境界之分，其中最下品的，是那种以此生财之徒。倘若这种人获得新近发现的鲁迅手稿或毛泽东的墨迹，那他就“发”了，但那种阅读手稿的亲近感，他永远无法获得。

1995 年 10 月 25 日　郑州

文学期刊的样式

年前得到消息，说今年几份文学期刊都将有大动作。和以往不同的是，这次的动作主要还不是针对刊物的内容而言，那无非是又辟出什么栏目或要发什么人的稿子。这不会怎么吸引我。这回的动作指的是形式面貌上的改变。

我说的主要是两份期刊：《作家》和《山花》。在后来我和两位主编宗仁发、何锐的电话交谈中，我大致知道了他们的想法。宗仁发是希望自己主持的《作家》“更像一份杂志”，所以干脆就以“作家杂志”命名了，他试图彻底改变过去长期“几大块”的样式，并且准备实行彩色胶印。何锐打出的旗号是“熔文学精品与前卫美术于一炉”。实际上，这项举措在这一年的秋天就已投入实施，现在不过是希望做得更好。说实话，他们的激情给了我一种天真的期待感。

新年伊始，我很快就收到了新版的《作家》和《山花》。我大约算得上是一个形式主义者，对于这种设计新颖的好期刊，放在眼前如案头清供，闲时总忍不住要动手摸摸。《作家》的封面，断然放弃了那两个著名的行草“作家”，（尽管这一点我还有保留意见）而以“Writer”代之，并将目录全部印上，这种纯粹以文字的变化来进行设计装祯，无疑给人以新鲜感。《山花》则更前卫了，居然在封面上挖去一块，对折成一片树叶形状，且露出卷内美术作品的冰山一角。内文版式上，《作家》除了彩印，除了图文并茂，还夹有一部分的牛皮纸，在这个部分里装着“金短篇”，与“诗人空间”、“作家地理”以及“作家影记”等。《山花》依然保持着半年前革新的形象，以四个彩版开辟“美术前沿”，并在着意留出的页眉空间里作出进一步的展览。这与“自由撰稿人”、“文体实验室”等栏目构成了一种互文性，相得益彰。《山花》自介绍“前卫美术”以来，我就很注意，有一种大开眼界的感觉。我个人的看法是，这是另一种朝气蓬勃的文本，画家作画的过程也就是写作的过程，他要表达的是自我，是自己眼里心中这个世界的精神本质。在这里，手法似乎已经变得不重要了，重要的是创作者的体验。但是据我所知，也有人对这种作品表示异议，说把中国人画得很不好看，甚至以为画中的裸体成分是犯禁的依据。这我就困惑了，这不该是今天的声音。

1999 年，我曾给《作家》写过一段话：优秀的文学期刊是襟怀坦白的。她必须向社会坦言自己的文学主张，并以负责的态度和一贯的实践履行诺言。

我还不习惯关于文学期刊“几大名旦”的表述。在我看来，一份刊物最为重要的是谁来办，如何办，倡导什么，重视什么，支持什么，应该让人一目了然。这就是旗帜鲜明。作者与读者会根据自己的喜爱做出判断，确定为她写稿还是掏钱购买。譬如我上述提到的《作家》和《山花》，既有一贯的立场又有更新的创意。但是也还有另一种期刊，她的样式变化甚微，而以内在的功力参与竞争。譬如地处商业氛围浓重的广州，却意外地诞生了一份出色的期刊《花城》，就是以多年来对先锋文学不遗余力的支持赢得广泛的尊重的。精髓的积淀就是经典。以一个作者的角度，面对一份优秀的期刊，我没有任何理由不把自己满意的作品交给她发表。这就如同恋爱，总是双方面的事。

2000 年 1 月 20 日　合肥寓所

我看《秦桧传》

韩西山先生曾是我的一位上司，但我似乎从来没有拿他当官看待过。我在机关谋生的那几年，闲暇时间经常和他一起说些个人爱好的话题，就是文学。他喜欢研究古典文学，而我喜欢小说写作。我们有一个共同点，是对学术以及学术精神的尊重。这在我接触过的一些官员中是不多见的。事实上韩先生本身的素质在我看来应该是一位学者，他的专长不是政治。我私下曾为他弃文从政而感惋惜。他本该在年富力强之时确立自己作为学人的形象的，而不必把很多值得一做的事留到卸任之后，因为他在古典文学尤其是在两宋文学方面有着很深的造诣。几年前我就看到过他关于南宋词人张孝祥的两本专著。最近，韩先生又送来了他的新著《秦桧传》（上海古籍出版社 1999 年 9 月版），以我的孤陋寡闻，这是我迄今看到的国内第一本关于秦桧研究最为完备的专著。

民间对秦桧的印象无非是说这个人是南宋时期的一个奸臣，其主要罪证也就是他陷害了忠臣岳鹏举。西湖的岳王坟前至今还跪着秦桧与妻王氏的铁像，那副著名的楹联“青山有幸埋忠骨，白铁无辜铸佞臣”家喻户晓。但是关于秦桧的话题似乎到此也就打住了。所以韩先生花了五年的心血得以完成的这本《秦桧传》，便给我们提供了一个了解秦桧其人的好机会。为秦桧这样的奸臣作传无疑是个大胆的尝试，也是个有益的尝试。之于学术界，禁区也罢，空白也罢，我以为都不重要。我愿意看到的，是秦桧作为一个人的历史。我觉得韩先生之所以选择秦桧来写，是这个具体的历史人物身上有着很复杂的因素，集中反映了至今仍值得我们深思的问题，我想这应该是韩先生的本意。他开篇就作了这样的表述：“秦桧作为一代权奸，并不是与生俱来的……靖康之变，他反对割让三镇，力主抗金；他反对册立张邦昌为帝，上书‘请存赵氏’，因而被金人拘徙北国。然而，他只有善始，没有善终，不能像那些忠臣义士一样，在囚徒的生涯中使自己的精神升华，保持民族气节；相反，却心甘情愿地为金人充当内奸，沦为民族的败类。”于是“追溯一下这个民族罪人的行迹心路”便成为了韩先生这本书的纲领。

《秦桧传》作为一本具有学术价值的评传，着重评说的是秦桧入仕以来的“行迹心路”。宋徽宗政和五年，年仅二十五岁的秦桧进士及第，从此步入仕途。但真正对他日后发迹起关键作用的，是他在此间娶了宋神宗时当过宰相的王珪的孙女为妻。这无疑是一条升官捷径。可见官场的攀龙附凤古已有之，不过于今尤盛罢了。秦桧在宋高宗时两居相位，其经历的沉浮曲折却颇可玩味。在我看来，所谓行迹者，即是秦桧其人的为人为官之道。而心迹，则不妨看做那个时代社会政治风云在秦桧心目中的反映。这中间存在着一个环境与人的关系。政通人和的时代会孕育高风亮节的人格，反之，腐败无能的政治气候便是培养卑鄙奸人的温床。南宋时期，在宋金对峙中，秦桧是主和派的代表，他的对手便是主战派。譬如他先是在与吕颐浩的较量中倒台，后又利用主战派之间的互相倾轧东山再起，继之以莫须有的罪名将像岳飞这样的精忠报国之士陷害致死，这些经过作者据史实而判断，寓评论于叙事，且富有文采和激情的表述，看来都不禁触目惊心。我们从中不难看出政治的黑暗与官场的肮脏来。

中国的文字狱始于秦，至汉唐，由于宽松的政治环境，很少出现以文字制人罪的事。有宋一代，为了加强中央集权，文禁森严。北宋后期以王安石变法为背景的“乌台诗案”，便是历史上著名的一次文字狱。但这个案件的著名主要是涉及了独步当时文坛的大文学家苏轼，牵涉的面并不广。“而在秦桧专国时期，所制造的文字狱，其数量之多，株连之广，手段之残酷，在历史上都是罕见的。”——《秦桧传》在这方面的研究可谓史料翔实，评述有力。从“孟忠厚辞表案”到“胡铨再贬诗案”，从“李光私作小史案”到“程瑀《论语说》案”，件件听来都骇人听闻。而作为宰相的秦桧则堪称是制造文字狱的元凶。也还是这个秦桧，在一面大兴文字狱的同时，却指使其子秦熺篡修《高宗日历》，且肆意销毁档案，篡改历史，企图把自己以往的劣迹一笔勾销。然而正如鲁迅先生所言，血写的事实是墨写的文字无法掩盖的，南宋的历史上流芳百世的还是岳飞，遗臭万年的还是秦桧，这便是历史的无情。当初大权在握的秦桧，也许没有料到自己身后竟遭到历史如此的唾弃，罪孽殃及子孙后代，以至于很多年后一位秦姓的人前来西湖凭吊岳坟，发出这样的伤心感叹："人于宋后羞名桧，我到坟前愧姓秦。"

历史的发展不以人的意志为转移，这句话还是真理。

2000 年 3 月 21 日　合肥寓所

流浪的艰难

春节期间，朋友从北京给我寄来一本书。电话里说是一次推荐，希望我能看看，因为在这位朋友看来，我应该是喜欢这样的书的。这本名为《吉普骑士》的游记，出自一位叫做吴苏宁的男人之手。我不认识这位吴先生，从“作者简介”上，只知道他生于1953年，1985年毕业于中国音乐学院，先是在福州从事音乐工作，后又到日本留学六载，现在中央戏剧学院戏文系高研班学习，著有几册诗词集，也还担任着几个民间职务。显然，书的作者有着较为特殊的履历。

我是一个喜欢看杂书的人。但是我对当代的一些游记却不太感兴趣。其一是这些游记里过多的对自然风光的迷恋，有大量的形容词夹在中间；其二，这种游记大都千篇一律的平庸，看不出独到的体验。由于这样的心理与陈见，使我在一段时间里把《吉普骑士》束之高阁。直到最近，寄书的朋友又来电话，询问看了没有？我才迫不得已地把书打开。我不是一口气读完这本书的，不是因为书写得不好，而是我手头的杂事太多。但是，就凭这零碎的阅读，它最终还是给了我震动。像珠穆朗玛峰下的那一幕，便至今让我难以忘怀。吴苏宁的笔力或许还有限，但他的真诚是饱满的。他的体验与感情也是真实的。所以我认为，这不是一本旅行者的游记，而是一个流浪者的倾诉。这个叫吴苏宁的男人驾着老式的北京吉普，走南闯北行程十万里，创下了三项吉尼斯世界纪录，不是一般人所能达到的。我之所以称之为流浪，是因为十万里行程的历经坎坷，除了风餐露宿还时有常人无法抵御的灾难袭击。翻车、遭劫、被盗以至于差点丧失性命，吴苏宁的旅途充满着凶险。但他无怨无悔，他坚持住了，挺住了，并且把他经历的一切写成了这本近二十万言的《吉普骑士》，使我们感动。他的经历很能使我共鸣。这些年来，我一直过着一种

“在路上”的生活，我也曾从南中国海边跑到中原黄河边；也曾遭遇过车祸与打劫，但是与吴先生比起来，我的漂泊还是闲适有加，我开的是高级轿车，走的总是国道，虽屡见盘剥，但没有危险。我是个天性懒惰的人，害怕吃苦，因此也就无法尝到苦中之乐。从这个意义上，我对吴苏宁是钦佩的。

吴苏宁算得上一个性情中人。他虽然身材高大魁梧，满脸胡子，但只要你注意看，就会从胡子里看出一种天真来。我喜欢并尊重这样的天真。这个世界聪明人太多了，虽然各有各的活法，但是活得乏味却是不争的事实。我想，乏味是人们活得太仔细了，凡事都是那么实在。譬如这旅游，最好首先得是公费，去的地方最好是著名的风光胜地；倘若不是公费，那就得精打细算物色一个既省钱又实惠的地方去玩，那么这种玩实际上就很辛苦。像吴苏宁这样汽车越野自助式的跋涉，不仅费钱又得吃苦，还要面对一路的危险的旅游，我看就没有几个人敢试了。但是吴苏宁认为这才是真正的旅游，他执意从危险中要浪漫，于磨难中出性情，他所得到的就不止是几项什么“之最”了，而是一个新的人生境界。他所要的仍然还是虚无，于是便有资格有信心继续天真下去，这好。如果我们多出一份天真来使自己活在虚无中，活在乌托邦里，活在梦里，那么我想，这个世界会可爱得多。

我喜欢吴苏宁那种凡事做最坏准备的处世态度，事实上这也是我一贯的态度；喜欢他的天真与无畏。这便是我读《吉普骑士》的一点感想，我还得说，如果这本书再版，我建议换一个名字，譬如《吉普流浪者》。尽管塞万提斯的堂·吉诃德是不朽的，但就对艰难的咀嚼体会而言，我觉得流浪者比骑士更有资格发言。

或者说，艰难只属于流浪者。

2000 年 4 月 7 日　合肥寓所

不能过去的往事

1988年夏天，我从北京参加一个会议回来，乘的是软卧。那趟车于傍晚时分由北京站开出，将于翌日中午抵达合肥。时值酷暑季节，软卧车厢配有空调，人感觉还是很舒服的。我是下铺，对面的是一位老人。他的衣着很简朴，模样像个老农。我便有些奇怪，那年月坐软卧是要凭什么特殊证明的，心想这老人大概有什么人在北京，否则是进不了这种车厢的。在老人的上铺是一个戴眼镜的、长相斯文的青年。这个人一上车就躺在床上看书，好像还是本英文书。那个老人呢，原先也是躺下的，却一直沉默着。这样半个小时之后，我便觉得有些寂寞了，便主动和那个青年说起话来。我就问他，到哪里？他说：合肥。我感觉他不是合肥人，就又问是出差还是旅游。他说：上学。他说他是从日本来的，到中国科技大学当访问学者。而且，他笑容可掬地表示自己的汉语水平有限，汉话说得不好，问我能否与他用英语交谈。我说：那就更不行了。我的那点儿英语早就还给老师了。青年听了我这句话表情有些尴尬。我这点幽默他显然没听懂。就在这时，对面的那个老者似乎是下意识地插了句：你们最好都别说。听口音他是安徽人。说完，这老人就沉着脸去了车厢外，以后就一直坐在狭窄的过道上。这让我有些不悦。列车是公共场所，旅行中的交谈应该是很正常的事，想这老头也真是太古怪了。

不过，即使老人不说什么，我们这个包厢也照样是沉闷的。日本青年后来还是看书，那位老人也还是坐在外面。我虽然进进出出，却因为无人交谈而十分无聊。不久列车停靠天津，老人下车站了一会儿，顺便从月台上买点当地的特产。夜渐深了，我感到有些疲乏，就随便找了张报纸躺下看，没多会儿也就睡去。等我醒来，列车已经抵达了济南。我走出来，看见老人又在月台上买特产。过了会儿，老人回到车厢，把那些特产集中到一只折叠的旅行袋里，又坐回了过道上。他的床铺还是整齐的样子，说明他一直未睡。我无话找话地问道：几点了？老人便亮出藏在衬衫下的一块“劳力士”手表，说：刚过下一点。我着实有些吃惊，无法对老人的身份做出判断，但我的好奇心更加增强了。我想我应该趁着他情绪好的时候同他聊上几句，就问：您是从北京探亲回来？老人说：我路过北京，回安徽舒城老家探亲。我是从那边来的。

我这才明白，他是位“同胞”。或许是从前的国民党老兵吧？我没敢问，只说：有很多年没回来了吧？老人说：四十年了。列车在这一刻开动了，灯光忽明忽暗地照在老人的脸上，但我还是能看见他的表情显得很复杂。他沉默了。我也不便再多问什么。列车在漆黑的原野上奔驰着，发出的声响却异常空洞而悠远。老人打了个哈欠，我便说：您去睡会儿吧，到合肥还有十个小时呢。

老人摇摇头，用很低沉的声音说：我头上睡着一个日本人，我不能睡在日本人的下面。

我心里剧烈地一颤：原来是这样！

这件事已经过去十多年了，却完整地保存在我的记忆里，一点颜色也没有褪去。很多次，它都从记忆的深处泛起。1996 年 10 月，我在郑州看电影《南京大屠杀》。关于这部电影的拍摄起因，我从资料上了解到，最初是由著名美籍华裔学者牛满江教授倡议的。牛教授说，电影《红高粱》在美国上映时，某些美国人对片中“剥人皮”的情节感到惊怵，甚至以为这纯粹是艺术虚构。于是牛教授便觉得有必要拍一部揭示当年侵华日军“南京大屠杀”暴行的影片，以正视听，遂多方奔走，促成此事。那一天，郑州的天空阴晦得很，还下着小雨。我原以为能看到一部使我内心震颤的片子，可是结果却非常失望。一部长达两个多小时的电影对人的影响力却不及几张记录日军暴行的旧照片。侵略者屠杀三十万无辜的中国人的血腥事实，几乎只当做一对中日夫妇悲欢离合故事的背景！我不明白编剧为什么要这么写？我不明白导演为什么要这么拍？我们到底需要什么样的民族感情？

还是很多年前，我在大学读书时，看到日本的电影《人证》。那里面也有“民族感情”。日本的便衣到美国办案，无意中发现美国的工作搭档曾是一名当年麦克阿瑟时期的占领军。于是这个日本人拔出了手枪，击碎了镜中的美国佬——这是日本人对美国人仇恨，恨得有理有节。我们呢？我们拍的究竟是“南京大屠杀”，还是“理惠子蒙难记”？我们为什么总是以“友好”来抵消仇恨？

现在我写这篇文章的时候，日本的右翼分子正在我们的钓鱼岛上兴建标志与神社。这个消息我还是从香港的“凤凰卫视”上得知的，不能不感到惊讶！事实上，现在日本政界的一些家伙对发生在半个世纪前的那场侵华战争，从来就没有过明朗的检讨，而总想将那一页历史篡改或遮掩过去。这几天，香港的市民们每天都在游行示威，而内地的媒体却一律保持低调，很多人还不知道发生了这件事，就更谈不上别的什么了。我感到羞耻与悲愤。十二年前夜行列车上的那一幕又一次浮现在我的眼前，仿佛伸手可触。我敬重那位陌生的老者，他那句“我不能睡在日本人下面”让我感到了中国人的尊严。那一夜，我陪着这位“从那边来的”老人在列车过道上坐到了天明。而现在呢？难道我们面对日本人的挑衅永远只是外交辞令的“表示遗憾”？

以色列人把从前希特勒发给他们的蓝星袖标——这个耻辱的标志，放大，成为今天的国旗，就是要让他的子孙后代牢牢记住那段血腥的历史，就是要告诉整个犹太民族，战争与和平、耻辱与尊严从来都是连在一起的，决不允许将其割断！

一个民族如果连表达仇恨都那么暧昧，无疑就是这个民族的衰败与堕落！

2000年4月16日　北京天坛之侧

光着脚丫上路

1984年第1期的《北京文学》是“青年作者专号”，头条是《星星》，二条是《教授和他的儿子》。两篇作品都是自然来稿。到了这年的10月，《北京文学》在西直门外的上园饭店召开小说笔会，应邀出席的除了一些已经成名的青年作家外，还特地加上了两个无名之辈，就是上述两篇小说的作者：余华、潘军。分别来自浙江的海盐和安徽的安庆。

这已是15年前的事了。不过一些事我还是记得很清楚。负责那次笔会的是已故的周雁如和如今担任着领导职务的陈世崇，具体奔波的有李志、陈红军，还有刘恒——他当时好像正在上电大，业余已写了不少小说。笔会期间有许多找上来的活动，譬如一家著名的期刊召开创刊多少年的座谈会，知名作家便受到邀请；譬如一些记者来会上，知名作家便要接受采访；譬如文学界要人来看望，知名作家便受到接见什么的。这样我和余华就显得轻松了，没有人答理我们，我们便自己玩。好在还有《北京文学》的朋友陪着。有天晚上，余华喝醉了，吐得一塌糊涂，当时边上就只有我在。我给他倒了杯水，说了些安慰的话。我说我们是从自然来稿里淘出来的，说明我们的小说写得还可以。我们肯定还会写得更好。

不久，余华在《北京文学》上发表了他的早期小说代表作《十八岁出门远行》和《西北风呼啸的下午》以及几年后的《现实一种》，我则在1987年发表了《白色沙龙》——这应该是我的写作生涯的真正开端。这篇小说一年前投给了《人民文学》，压了很久还是退了。当时这家编辑部正为马建的一篇小说头痛，改组换血什么的。《北京文学》是我早期创作的主要园地，所以这些年来我对她是怀有一份特殊的感情的，仿佛我的初恋。我现在说起这段往事，是想表达我对过去那段时光的怀念。

我不知道现在是否还有像《北京文学》那样从自然来稿中发现作者的刊物。

1998 年，我来北京拍一部“电视电影”，一天下午，我和余华在民族宫见面。之后又去一家叫做三味书屋的茶楼喝茶。闲聊中我们便说起了那次笔会。说起与会的一些作家的情况。余华对我说，几年前他曾碰上当时与会的一位知名女作家，对她说起这次笔会，说我们认识。那女作家便很惊讶，说她记得这次会，但实在不记得在这次会上有余华。她当然也不记得你潘军，余华这样说。

我觉得这很正常。去年冬天一位批评家到合肥做我的访谈，说有一段时间我似乎消失了。他说：不知是你潘军遗忘了文坛，还是文坛遗忘了你潘军。我听了很高兴。对于一个写作者，需要那么热闹吗？毕竟作家还不是明星。我之所以写作，是因为我喜欢这门手艺，这是唯一的理由。我把自己视为职业作家，这种人应该是为欲望而写作的。写作是他的宿命。从事这一行很像跑一场马拉松，起跑的时候都很热闹。但坚持下来的人就不多了。有的人起跑时穿着进口的运动服，蹬着进口的跑鞋，甚至还有类似“亲友团”在为他敲锣打鼓的壮行助威，但这不等于他就能一路领先。而另一些人可能光着脚丫子，但他坚持跑下来了。我曾经说过，如果说一个作家有什么野心的话，那么这野心就只能局限在一张纸内，而不要跑到纸以外的任何地方去。大家知道安徽有个严凤英，是因为她的黄梅戏唱得好。而不在于她是否当过三八红旗手或者政协委员。所以我坚信，一个作家只能活在他的作品里。

2000 年 5 月 2 日　北京天坛之侧

麻将之所以好玩

我玩麻将始于1989年的秋天，想想也有十多个年头了。那个时期的我，既不想写作也不想看书，无所事事，时间忽然溢了出来，就想到了学玩麻将。似乎有一种天赋支配，我仅在友人家中接受一次指点，就深得其中三昧。那一次友人向我传授的是很复杂的传统麻将，计算小番，有多种的组合。譬如幺头将头、边张卡张、单吊平和等等，都有计算；更不论一条龙、清一色、三元四喜了。那一年春节我回故里省亲，我父亲把麻将算番分门别类地拉出了一张单子给我，我很快就记住了。由于这个底子打得好，以后在外面遇上牌局，都觉得极为简单，所谓“曾经沧海难为水”。无论是上海的还是广州的，北京的还是南京的，湖南的还是湖北的，都不例外，自然是应对自如。我记得有一回去南京，在从前苏童住的那个教堂式的老楼上交手，依的是南京的规矩，没几个回合下来便满载而归。前不久，我和肖建国、田瑛、宗仁发在北京相聚，当晚就上桌，照湖南的套路干，结果是两个湖南佬大败，我与老宗各有斩获。我自己曾刻有一方闲章，曰：江北一把刀。张扬的就是麻将场上那种杀遍天下无敌手的豪迈。

1992年我写《爱情岛》，其中一段就叫“麻将心理”。读过这篇小说的人差不多都说看得不知所云，但对这一段评价极高。一位朋友曾这样对我说：真不妨可以看做麻将文学的经典之作。

有一天我忽然想起，好像除了读书写作，还没有一样东西能使我如此废寝忘食。所以梁任公讲得好：只有读书才能忘记打牌，也只有打牌才能忘记读书。就其过程的愉快，二者完全可以相提并论。麻将为什么这样好玩？我琢磨着至少有这么几点——

一曰民主。麻将首先讲的就是充分民主。参与者四方既是战斗员又是指挥员，既要制定政策也要落实政策。是点炮包还是三家和，清一色算五番还是十番，都得民主评议。而不是现实生活中的，政策总是来源于上，我们这些平头百姓只有执行的份儿。

二曰平等。上了麻将桌就实现了平等。无论你是什么身份，什么角色，都一样。你是厅长不等于你总能赢，你是科员也不等于你就是输。麻将桌上无老少，更无等级，在这张桌子上没有欺压也看不见剥削。

三曰自由。怎么打完全由你自己说了算，不需要看别人的脸色行事，爱怎么打就怎么打，全凭高兴，不碍他人的事，自负其责。这是绝对的、充分的自由。

四曰矛盾。这是麻将的乐趣关键。你既要与三方为敌，又要期盼着三方来成全自己；既要卡住下家又要蒙混上家，自始至终把你置于两难的境地，不失为一乐。

五曰希望。麻将的魅力，除了具有天然的进取机制，还在于具有一种永远的可能性——它总给你希望，而且让你觉得这希望近在咫尺，仿佛唾手可得。即使你今天惨败，回去之后你也照样能做出一个大获全胜的美梦——明天难道我还会输吗？这就是鞭策，是激励。

麻将之所以好玩在我看来就在于以上五点。因为这五点是我们生命中一直向往的，同时也是很难得到的东西。然而我们却能在一张桌子上将其全部实现。

打麻将也是有其规矩的。其中最为重要的，是参与者的身份和素质。必须是和朋友一起玩，而且必须是较真儿而不翻脸、狡猾而不作弊的朋友。要不就不好玩了。麻将桌上要有赢得飘逸、输得潇洒的气度，切不可将人也一并输了出去。那种人，我是不屑为伍的。还有一种人过于认真儿，打得兢兢业业，出牌慢得让人喘不过气来，这也令我着急。因为毕竟还是一个玩儿，不是做学问，认真过了头便失去了乐趣，是“异化”。梁实秋称赞徐志摩的牌风是“手挥五弦，目送飞鸿”，这八个字可以视为我的准则，为我欣赏。只可惜我们生于两个时代，否则我是一定要与这位老徐会会的。

2000 年 6 月 12 日　合肥寓所

一种状态的呈现

老何来电话说，明年的“联网四重奏”计划集中介绍网络作者，嘱我写一篇所谓的点评文字。我答应了，于是黄祖康便 E－mail 过来这篇《三里屯的编剧》。祖康是凌晨两点做这项工作的，他说贵州地偏，只有这样的时候信号才无障碍。

我不熟悉作者“心乱”，但文中的那个三里屯我是去过的。那是北京很著名的一个酒吧区，是一块梦醒时分的风景。而更巧的是，我几次去三里屯，都是与影视圈的朋友结伴。所以读《三里屯的编剧》，我似乎还有一点亲切感，尽管我这个年岁已经难以企及“飞点害、戏点果”的目标。我感兴趣的是这个短篇营造了一个特别的氛围。通过“夜夜”酒吧这个窗口，我们看到的不是一个规范的故事，也不是一片雅致的风景，而是一种独特的生存状态。对这样的作品，无须去做道德上的判断，然而你会觉得有意思。特别是小说里那一对旧日相好的邂逅，那种“过来人”的愁肠千结，看过让人还真的有点心乱了。倘若小说就写到这里，可能觉得不够饱满，但我以为它的张力会更好一些。因为故事之外还应该有一个空间，意思之上还会产生一种意味。我一贯的观点是：好的小说作者只能写出它的一半。但“心乱”接着写出了一个戏剧性的部分，它的出现使小说的氛围受到了损害。尤其是它的结尾，使我感到这个原本生动的场景突然变得离奇而虚假。这有点可惜，或许作者是以一个落魄的编剧眼光去作观察的缘故吧。近几年一些小说家在改变，似乎一落笔心里便有了一部电视剧的梗概，这固然可以取得实惠的可能性，但却是危险的，小说一经脱离叙事，那就纯粹是个玩意儿了。

北京人说话很好听，写出来也大都好看。当初王朔就是凭借这个优势抢滩的。但是北京口语的魅力不等于就是小说的叙事，小说有小说的话语方式。某种意义上，小说的意思是叙述本身的意思。如果这篇小说在技术层面上少点问题，或者里面再多一些像“天真烂漫地堕落着”这样的句子，我想会更有看头。

网络作品是个新鲜的东西，目下还属于时尚。它的诞生自然会给阴郁的文学带来快乐和虚幻的自由。不过我历来认为，网络作为一个载体，它的功德是使一些具有写作天赋的人袒露激情，直接公开自己的作品，找到读者，从而绕开传统的编辑部或者出版社。但是我相信，这只是一个开始阶段，“绕”也是暂时的，最后它们还会像鸟一样落在纸树——期刊和书籍上。这好比BP机虽也有记时的功能，但大家总还是希望能戴上一块手表。

2000年12月9日

安徽何以不能成为“文化大省”？

去年我到杭州，朋友们相聚一堂。席间一位作家朋友说，你调到我们浙江来吧，我们浙江是文化大省。朋友的眉宇间绽开着自豪，确实，近代文化史上，浙江出了鲁迅、蔡元培。但朋友或许忽略了我是个安徽人，于是我说：我们安徽可是出过陈独秀、胡适的。如果没有陈独秀主办《新青年》，鲁迅的《狂人日记》往哪儿发呢？这当然是有趣的抬杠。上述四位文化大师，在近当代的中国历史上可以说是比肩而立，但在浙江的地头上，我自然要维护一个安徽人的荣誉。10 月，我从南京书市回来后，又去了故乡安庆省亲。一个阳光明媚的上午，我在友人的陪同下前往拜谒了坐落在安庆市郊怀宁县境内陈独秀先生墓。先生的墓陵，几经修葺，这是最近的一次。和以往相比，新的墓陵显得比较华丽。工程尚未完工，几个民工在用混凝土浇注墓冠。但是我不希望这种安排，因为混凝土的浇注似乎暗示着对独秀先生的盖棺论定。其实，对陈独秀的评价，我认为只是刚刚开始，至少，我们忽略了他作为一代文化大师的历史地位。除了参与缔造中国共产党和历任五届中共的总书记，仲甫先生在五四新文化运动时期，用毛泽东的话来说，是总司令。先生的道德文章堪称一流，先生的诗词书法也堪称一流。80 年前先生的《敬告青年》，在今天看来还是意义非常。我在简陋的“陈独秀纪念馆”里目击了先生的手迹复印件，深感其颇得王羲之真传。

那个上午我的心情后来变得复杂。我在墓前伫立良久，就想，安徽为什么没有提过，我们也是文化大省呢？当然提法是简单的，问题是我们怎样让人相信这个提法。现在一谈安徽的文化就是黄梅戏。说黄梅戏是安徽文化的窗口，是安徽文化的特色，这种提法固然也不算错，但显然过于简单也过于省事。其实就是黄梅戏，她的辉煌时期还是《天仙配》和《女驸马》，我们几十年的辛苦却并没有使这个剧种得到真正的发展。文化的建设不像盖一幢大厦，只需资金到位便大头朝下了。文化发展依靠的是积累，而积累就意味着坚持不懈地努力。这种努力是多方面的，政府需要重视，社会需要关心，文化人需要实干。这样才不至于让我们丧失作为文化大省的氛围。文化不是个门面问题，她影响到这个地域的人文精神和气质。这些年我经常在北京做事，感觉中似乎一提到安徽，人们想得多的还是贫穷和洪水，令我很不舒服。再就是，我们通常意义上的重视显得狭隘，不是追加经费就是给某个做出一点成绩的人封官许愿。其实我倒觉得还是应该去扎扎实实地做几件事好。浙江作协前些日子组织了作家到监狱体验生活，活动的名称叫"警官三日"。一位参加这项活动的作家后来在电话里对我说，他的感触很深。浙江每年安排作家进行两次出境文化交流和国内的互访，去年去了台湾和澳洲。相比之下，安徽则显得冷清了。当然一个作家的创作并非需要热闹，但是他需要来自方方面面的安慰。安慰是无形的，但是能够温暖人心。这就像一个热情好客的主人，家境清贫也无妨。

有人说，安徽留不住人。拿什么留呢？我想真正的文化人并不在乎政治上的地位和物质上的既得利益，他内心需要的还是一个文化氛围。同样的人同样的事情，放在不同的环境里，氛围是不一样的，效果当然也就异同。譬如在上海的里弄里，谁家的孩子挣了多少钱没有人议论，但谁家的儿女得了博士或者出了著作，那将会引起普遍关注的。这就是一个观念问题，它反映了上海人的价值取向。所以上海人多年来轻视"乡下人"，他不嫌你怎么穷，但是他看不起你没有文化。

安徽每年都有许多的大学生，升学率很高，但是一个问题突出地摆在眼前，就是这些考上大学的青年，出来后便基本上销声匿迹了。很难在他们中间出现出类拔萃的人才。这说明安徽的学生适应的还是传统的应试教育，缺乏创造力，而一个人得以成才的主要条件就是你的创造力。我们喊了多少年"解放思想，转变观念"之类的口号，实际上，我们既没有文化上宏观上的战略思考，也没有微观上的脚踏实地，因此口号最终还是口号。如此下去，局面可想而知。一个新的世纪已经站到了我们的面前，在新的世纪，作为一个由安徽这方水土养育的作家，我希望能在世界的每个角落都能听到一个声音：中国的安徽是一个文化大省。

2000 年 12 月 21 日　合肥寓所

是使命，也是日常生活

1974 年我高中毕业，正好赶上应征入伍的机会。但是母亲明确地对我说：你不要报名。在沉默过一阵之后，母亲又说：你和别人不一样，你父亲是“右派”。你只能靠自己。

不久，我去了怀宁县的平山公社当知青。记得去公社报到的那天，我的手臂上还戴着悼念外祖父去世的黑纱。第二年秋天，公社通知我去刚建成的平山中学代课，每月十八元。在当时这可是一件很了不得的事，因为我不仅可以养活自己，还能够补贴家用。那时我们家六口人，全凭母亲六十几元的月薪支撑着。最重要的是，代课使我免去了田间地里的劳作之苦，而且有时间看书作画了。然而好景不长，我只教了一学期的书，便被重新打发回了村里。后来我才知道，当初让我去代课是公社书记的决定，他是我父亲的朋友。而现在，新的书记来了，自然需要把他的熟人安排进来。这已是二十五年前的事了，但在我的记忆中却一点没有褪去颜色，因为它让十八岁的我懂得了权力在中国社会的作用。

1998 年，我开始写作长篇三部曲《独白与手势》。在第一部《白》中，有以下的表述——

> 当一个人无法接近权力时，唯一能行得通的便是远离权力。权力左右你的前途与命运，这固然是无法忽视的存在，但仍然还存在着权力控制之外的另一种前途、另一种命运，那便是你的创造。正如农民创造粮食、母亲创造生命一样，权力是剥夺不了的。尽管权力可以扼制、限制你的创造，但创造本身的力量足以能同权力抗衡。没有一种权力可以规定音乐的具体性，因为旋律的形态是抽象的；也没有一种权力可以控制竞技的规则，所以体育比赛的魅力在于与

生俱来的公平；更没有一种权力可以改变季节的更替、自然界色彩的转变。权力可以消灭生命，但消灭不了生命的辉煌。二十多年前，我就悟出了这一点。我的生命在于我的创造。这便是我的世界观。我朴素地信仰它，就像信仰阳光、空气和水。

还是这一年，有一天我路过公社的废品收购站，看见工人在搬运那些潮湿发霉的旧报纸。忽然一张报纸自我眼前划过，我的视线立刻被它牵引而去。这张注明1957年5月27日的《安徽日报》，副刊版上刊登着我父亲的一篇两千字的小说《菱塘新歌》。几年后，当发配巢湖原籍劳教的父亲带着满面憔悴和半头灰发归来时，我才知道这是他一生中唯一发表的小说。我诧异的是，这张比我的年纪还大半岁的报纸，竟在十八年之后于一个穷困的乡村和我相遇！那个瞬间，我感到了空前的肃穆。我想，这或许就是上帝的启示吧，他需要让我明白：一个梦想必须由两代人去实现。我清醒地意识到，我的终生选择已经完成了。所以，文学对于我是一种神圣的使命。我注定今生会为写作呕心沥血。但是，对于一个职业作家而言，写作也是他的日常生活。写作是门手艺，从这个意义上看，一个作家和一个木匠的存在价值并没有多大的差别。如果说还有差别，那应该是，优秀的手艺人自然会远离功利与实惠，他们为职业的欲望驱使前行。

我平生只敬重专业成就和专业精神。以体育竞赛比喻，我敬重冠军的成绩，也敬重最后一名的坚持。我轻视甚至鄙视那些什么都想得到的人。其实，这种看似的得到实际上意味着更多的失去。正如我们今天纪念严凤英先生的七十诞辰，是因为她是个好演员，一个在黄梅戏表演上作出杰出贡献的艺术家，而不在于她是不是政协委员或者三八红旗手。同样，一个作家的生命也只能浇注在他的作品里。信息传媒时代的一大遗憾，是专业标准的失落。媒体上活跃的各类的明星，未必真是什么上等的货色。曾经有位记者对我说，以前人们普遍相信的一句话是，只要是金子就会发光，而现在是，是金子未必会发光。因为金子总是埋在土地的深处，浮躁的社会只重视在地表发光的东西，譬如玻璃碴和易拉罐。这话显然不错，但我还想补充一句：埋在地下的你是否还相信自己是金子？如果相信，那就无须等待什么来加以证明。

一个新的世纪已经走到了我们的面前，对我而言，本世纪的最后一天与新世纪的第一天没有任何区别。它不会改变我的任何方式。1999年，我曾在《北京文学》的“世纪留言”中这样写道——

我喜欢这样一句话：历史的发展不以人的意志为转移。这表明任何人在历史中的作用都是微不足道的，历史不相信历史中的英雄。就像如果没有爱迪生，地球上也将不会是黑暗的，一定会有另外发明电的人物出现，因为历史已经到了电该出现的时代。

所以我会一如既往地等待着，同时做自己该做的事。

2000年12月20日　合肥寓所

约 会

朋友有电话来，要我以约会为题作文。这个话题如今怎么看都不是我身边的话题。从前学着谈恋爱时，倒是很亲切的。每有约会，总是心如鹿撞坐立不安，期待着那种“月上柳梢头，人约黄昏后”的情形。约会和邂逅不同。前者是有备而来，后者却是意外相逢。约会自然需要事先做些准备，譬如把自己捯饬利索点，譬如给对方准备些礼物，譬如需要比自己的女朋友先到半小时。无论约会的地点在哪儿，那等待中的心情也自然是一直激动着的。那时的约会实际就是一种美滋滋的向往，心里以为自己将要约见的是天底下最好的姑娘。这类的约会在我这前半生中也出现过几次，但最为正式的一次，还是在大学里。那一次，虽然几经周折，虽然恪守必要的原则——譬如“有些事只能在结婚以后考虑”之类。毕竟最后还是导致了必然的结果。三年后，约会的双方经过法定的注册登记，成了夫妻。然而之后的日子似乎每况愈下了，十年一梦，终于还是以分手而告终。有时候我对自己调侃，觉得自己这前半生仿佛只做了一件事：先是挖空心思把约会的朋友变成老婆，再就是无奈之下把已婚的老婆还原成朋友。如今我们相敬如宾，但是约会已经不再。

我一直怀疑婚姻制度的合理性。在没有血缘关系的基础上去索取最高利益怎么看都是强人所难。我觉得也许将来会有一天，婚姻会实行合同制，完全可以由当事人根据实际情况进行签订、修改、续约或者终止。我有几个朋友，私下都表示对现在的家庭状况不满。问及原因，也都表示出一言难尽的感慨来。有一位对我说，其实她当初和现在的丈夫约会时就已经感觉到彼此之间并不合适了，但是她又不愿意就这么分手。我便有些纳闷，问她为何不分手？朋友说：我都跟他谈几年了，换一个人，又得约会呀什么的，也好烦人。再说，换一个又怎样呢？看来约会这种东西很容易造就人的惯性和惰性，就像一个人睡惯了自己的枕头。话虽这么说，但是据我所知，无论是男人还是女人，无论是婚姻中还是婚姻外，人对一种神秘的东西，譬如一次神秘的约会，也大都还是有一种向往的。几年前我写过一个叫做《和陌生人喝酒》的短篇小说，其中有这样的情节：一对自以为家庭关系牢固的准中年夫妻，一天下午临下班时，在机关工作的丈夫接到妻子的电话，说她有几个外地的同学来了，晚上不回家吃饭了。但是做丈夫的在这个下午也遇见了一个意外情况，他发现自己玻璃台板下面放了一张音乐会的票。在他看来，偷偷给他送票的应该是新分来的那个成天被电话纠缠的女大学生。于是，这个一直宣布自己这辈子只爱妻子的男人还是经不起这点诱惑，换上一件新T恤满怀欢喜地去了音乐厅。然而令他吃惊的事发生了，因为他看见坐在前面那个熟悉的背影并非女大学生，而是他的妻子。这个事实至少意味着，妻子在电话里对他撒谎了。这一瞬间，男人忽然感到自己十年的婚姻处处充满了疑点。他自然没有坐到妻子身边的那个空位上去，那个晚上，男人都在想一个问题：妻子身边的那个空位到底属于谁？他想不出，但有一点则是无疑的，就是决不可能属于他本人。妻子在期待谁呢？关于那张票，小说没有作出明确的解答，因为在我看来，送这张票有多种可能性。那个女大学生固然可以送，她的目的是开一个善意的玩笑，看看这对标榜模范的夫妻是否真的那么针插不进水泼不进？那妻子也是可以送的，她也许觉得和这种男人过一辈子不开心，倒不如让这个男人紧张起来，让他怀疑，让他不知所措。以致最后彼此之间的信任崩溃而分手。还有，故事中的男人也是可以这么做的，他自然是要对怀疑中的妻子进行一次试探，看看她对自己是否忠诚。总之，这个故事之外的故事更多。最后，这对夫妻还是分手了，他们一起吃了顿饭，还互相赠送了礼物。男人送给女人的是一块裸芯的机械钻石表，他对女人说：你要是这块表就好了，哪儿不对劲，我一眼就能瞅出来。女人的回答是：这有劲吗？我想女人的回答不错，是的，这有劲吗？

如今是否还有约会一说？我想即使有，那也和以前的内涵大不相同的。有一回在北京我问一位年轻的出租车司机，问他现在男女的事是否简单了？他说当然，连约会都嫌啰唆。他说男女的事以前怎么说都还是有些神圣，现在却连神秘都没有了。近日闲来无事，偶尔上网聊天。因为写过《重瞳》，故取昵称曰“霸王”，招呼大家好，问有人闲乎？无人理睬。于是在“霸王”之后加一“花”，成为“霸王花”，刚一露头，旋即就有多人盯上，似能感觉一张张热脸在我周围。网络虽为虚幻，没有什么性别可言，但人依旧是实在的人，自然也就有实在的气味。夜深人静之际，还是期盼着能有一次虚无的艳遇。倒是一次印象深刻，有一男士明知我的性别是男，也不退让，说：我们今天不聊女人好吗？我说为什么？他说：其实网上没有好女人，因为好女人是没有时间耗在网上的。接着那人又说：即使有，她们也是骗子。我想此君无疑是被人骗过的，譬如赴过多次这种未能爽约的约会。

前些日子，《中华读书报》电话采访，要我谈对高科技的看法。我说我是一个科盲，说不出什么来。但我倒是隐约有这样一种感觉，就是，高科技会使这个世界的距离逐渐缩小，但是人心的距离却越来越远。这样的时刻，我就期待着一次美好的约会从天而降。

2001 年 6 月 12 日　合肥寓所

漂泊是一种方式

有一次与朋友闲聊时我说过这样一句话：一个社会的发展需要市场经济，而一个人的发展则需要计划经济了。因为人生的始端与末端，是被人照料的阶段，自己管理自己的时间也就一万多天，我把这一段视作“有效光阴”。既然是自己管理自己，那么便需要一个切实可行的计划。譬如读书，总是应该作为年轻时候的主要任务的，而挣钱则可以延后。若是颠倒过来，该读书的时候你去挣钱了，那么你这一生的安排就会是另样。古人言三十而立，这之后便引出“三十不发，四十不富”，道理虽不高深，却异常平实。人生对于整个人类的历史，那只是其长河的一瞬，而之于个人，就是一辈子了。不计划，就会出乱子。

自己管理自己，说起来轻松，实际上这种人还是很少。今天的读书人大都还是上班工薪一族，人生最好的光阴交给了两个部门：单位与家庭。按理，这都是好归宿。成家立业，天经地义，凡人都向往，怎么如今会有白天在单位里混，晚上在家里闷的情形呢？于是便有了这样的一说：男人不回家。

是男人的天性决定他不肯回家？抑或这男人的家不值得一回？围绕这一话题，各有各的言说，或从婚姻质量，或从家庭气氛，或从工作的压力，或从竞争的需要，都可以找到理由。而我这里说的，则是另外的一个方面。那即是一个人的生存方式。一个人选择漂泊，最真实的原因，是他愿意追求一种流动的生活形态，其他的都是契机，譬如离异等。曾经有人问我：假如你在某一个地方固定下来，你还能写出这些作品吗？我说不能。因为我相信，对于一个职业作家，他的稳定是暂时的；倘若持久，那么他就会随着一种习惯滑行。这就像一个人睡惯了自己的枕头，稍作调整，他就会夜不能寐。有一次我去一所大学讲课，有学生递条子问：要是你事业上没有成功，你会为选择漂泊感到遗憾吗？我说不，我说：一个人最大的幸福莫过于人身的自由与心灵的自由，这与成功是没有关系的。按自己的意志去做自己的选择，我觉得是一种境界。

当然，在今天这种浮躁喧嚣的社会里，一个温暖的家怎么说都给人一种安慰。关于家的描述，古今中外有许多箴言。我记得我曾在一部作品里，对家也有这样的一句话：什么是家？家就是有屁都不用憋的场所。话虽显得粗俗，但意思却明白。我看重的还是一个家的坦诚与自由。但今天这样的家庭还有几处，那只有天晓得。

人生就是一种悖论。人，尤其是男人，不回家的理由总离不开“我可是为了这个家呀”，这话有一定道理。那些忙于社交应酬，那些忙于打通关节的彻夜不归的男男女女，目的不都是为了自己的家吗？但他们或许没有想过，这不回或迟回的“家”又能成为什么家呢？我一直相信，尽管时代一天天地现代化，而人的心灵则会一步步走近古典。我这些年的漂泊，也是有感慨的。出门在外，自然有许多的不便，譬如你在任何高级的宾馆里，就看不见一件自己熟悉的东西，更找不到一本自己的书了。更有甚者，你生病的时候，你躺在外省一个肮脏的病榻上的时候，你会怀念起家中的一切来。去年我在长篇小说《独白与手势》的第一部里，写下了这样的一段话——

> 一个人。最自由的是一个人，最孤独的也是一个人。最快乐的是一个人，最忧伤的也是一个人。一个人会孤芳自赏，一个人也会顾影自怜。一个人最无所顾忌，一个人也最惊魂落魄。一个人的时候最渴望有人与你耳鬓厮磨，一个人的时候也最厌烦听见另外的鼾声。最小的是一个人，最大的也是一个人。

这是一种刻骨的寂寞，它会让你心灵发颤。前些日子，我收到一个陌生人寄给我的一本书，叫做《吉普骑士》。这本书记录着这个人开着一辆吉普车饱经辛苦，游历祖国边塞的过程，写得虽然略显粗糙，但情感是真实的。后来，我在北京见到了这个人，他请我吃饭。我对他说了自己的看法，并建议他把这本书的书名在再版时改一下，改作《吉普漂泊者》。我说时代已经不需要堂·吉诃德，自然也无法诞生另一个塞万提斯。对于艰难的分享，一个漂泊者应该比一个骑士更有发言权。

有一个年轻的女人问我，什么时候成家最合适？

我说：当你切实感到两个人比一个人好的时候。

她又问：和什么样的男人结婚？

我说：和你最优秀的男性朋友。

她的第三个问题是：什么样的男人可以视为优秀？

我无言以对。

2001 年 7 月 12 日　合肥寓所

关于“第一系列”

年初，中国文联出版社和我商定，拟出版一套潘军“第一系列”，即我的第一部长篇《日晕》、第一部短篇小说集《风印》和第一部随笔集《水磬》。这套书的策划者和责任编辑李珊利女士，是二十年前我在安徽大学时的同窗，但她只在安徽大学读了三个学期，就转学去了广州的暨南大学。这以后，我们就一直没有联系。因为这些年我处于一种漂泊状态，许多朋友都不知道我的具体位置。我从 1997 年起在北京做事，也没想到李珊利就在中国文联出版社工作。还是去年北京召开我的小说研讨会上，安徽籍的青年批评家洪治纲向我提供了李珊利的电话，从而促成了我们的联系。

李珊利是一个热情开朗的人，同时又很有原则性。她后来之所以要编我的书，并非我们是同学的缘故。她说她近几年一直在关注着我的创作情况，像《小说选刊》、《小说月报》上一转载我的小说，她是每篇必看。中央电视台的“读书时间”去年做了一期《潘军和小说》，她是无意中看见的，便立刻用电话通知在京的安大同学。由于李珊利的热心帮助，我在北京见到了几个同班的同学。这其中有以研究金庸小说著名的批评家陈墨和朱霞夫妇，有在国家审计署工作的姚汝杰和周维培。那次的聚会真让我高兴。

在和李珊利几次交谈后，我们才有了这个“第一系列”的策划。

《日晕》是我的长篇小说处女作，它的写作年代是 1987 年的夏天，那一年，我三十岁。当时我在安徽省委机关工作，写作完全是业余。但从发表第一篇小说算起，也已经有五年了。那个时期应该是我人生中比较艰难的一段日子，我的女儿萌子才一岁，刚萌出一颗牙。我记得在每天的《新闻联播》节目之后，我便提着一瓶开水，带上一条毛巾，再带上一盒清凉油，上办公室去写我的长篇小说。当时还没有空调，电扇也不能设置高速运行（怕掀动稿纸），热得难熬的时候就只能在脚下放上一盆冷水。我就这样赤膊挥汗地写了一百个晚上，完成了这部小说。《日晕》最初由我家乡安庆的刊物《满江红》连载过部分章节，1988 年 5 月，全文发表于《清明》杂志。1989 年 12 月，人民文学出版社出版了单行本，但在那个非常的年头，是没有人去看小说的，所以初版的印数还不足三千册。《日晕》的另一个版本是由台湾贯雅出版社于 1991 年出版发行的。事隔十余年，中国文联出版社再次出版这部小说，我不能不有所感慨。它让我缅怀那段逝去的艰难岁月，也让我看见了自己年轻的身影。

我以往的小说集，都是中短篇混合辑成的，这次我在自己全部的短篇里，精选了二十六个，编成自己的第一部短篇集。我对短篇小说这种叙事形式可谓情有独钟，因为我觉得这种形式最能见证一个作家的功力。在我看来，短篇小说不仅仅是因为篇幅短才叫短篇小说，而在于它的叙事方式和中长篇有着明显的不同。我曾经与已故的老作家汪曾祺先生讨论过这个问题，他的表达是：短篇小说有着特殊的叙事意识。他还以《大淖记事》为例，说当初有人劝他，再撑出那么一点，就是个中篇了。但他说，我意识里写的就是个短篇。而鲁迅先生的《阿 Q 正传》也不长，但它怎么看都是一个中篇的架构。1999 年的《作家》杂志是个短篇小说专号，主编宗仁发约请了包括我在内的七位作家撰稿，并在小说之后附上一则“短篇小说创作谈”，我是这样写的——

> 短篇小说首先是篇幅之短。因为这种限制，它的经营便煞费心机。我不认为这其中有内容浓缩一说，就像长篇也不是大量兑水的结果。短篇小说是个专有名词，这就表明它有自己的本性，或者说有它的意识所在。选择短篇这一形式不是因为要写的事情少，而是只能用这种形式来表达。
>
> 传统中国画里有一种叫做小品的形式。小品不是缩小的国画，当然放大了也不是巨制。小品就是小品，要求的就是那么寥寥几笔，尽得风神。于是这几笔就要了命。八大山人、齐白石都是小品大师，他们的那几笔出了大境界，因此不朽。我觉得短篇小说多少带有这

种小品的意味，只是发展到今天，成就不怎么样。鲁迅仍然是一块丰碑，他在有限中企及了无限，而且使汉语写作活在了小说之中。

老作家林斤澜先生在读过我的几个短篇后说，潘军的短篇主要手法是白描，白描是最基础的，但也最难。他还风趣地打了个比方，说一个好短篇的写作如同一次旅游，要边走边看，还要边走边站。我琢磨着，这“走”、“看”、“站”也是不容易的。

李珊利要求我为随笔集取一个优美的名字，她说：“你最好取一个与水相关的名字，因为你在文章里反复提到过，你父母的姓氏——雷、潘，都包含着水。”这样，我在北京一个刮着沙尘暴的黄昏里，为自己的书找到了一个清丽嘹亮的名字《水磬》。大概没有一种乐器可以叫“水磬”的，但很多时候，我感到自己总能听见故乡那条皖河在月下的流淌之声，仿佛磬音。1999 年，我着手写长篇三部曲《独白与手势》，一个月夜，我去了皖河的大堤上。这条属于长江支脉的河，唤起了我许多的记忆。我后来在小说里称她为“琴河”。1992 年的清明时节，我离开合肥去了当时热火朝天的海南，如今在脑海中翻卷的是涛声依旧的南海，以及那海上的云。到了 1994 年秋天，我又去了中原重镇郑州，那是我与黄河的第一次亲密接触。所以这些年来，我的漂泊好像都没有离开过水。我想，北京也许不是我这只船最后的停泊地，我应该择水而居。

这套书编好后，李珊利又提出，由我来题写封面书名，并为环衬的扉页作图。她提出的要求是简洁而洒脱，我说：我只能试试看了。我有很久没有拿过毛笔了，不过那天倒是很顺利，不到一个下午，我便完成了，几乎是一挥而就。

2001 年 7 月 18 日　合肥寓所

闲话足球

看过五届“世界杯”了，却没有写过一篇关于足球的文章。看过一届，人长四岁，想想，二十年就这么不明不白地给“踢”过去了。1998年的那一届，我是在北京的花园饭店看的。每晚看过，就与远在沈阳的洪峰通一次电话，彼此谈上几句。他是专家，曾著有一册风靡九州的书《一个球迷对中国足球的倾诉》。然而倾诉是一回事，中国的足球——男子足球踢不成气候是另一回事。1999 年奥运会选拔赛，我还是在北京，正好《收获》的程永新来了，余华请客，吃过饭我们三人一起观看那场“中韩之战”。结果对方很快先下一城，我便拔脚就走，不看了。余华便责备我说：“怪不得中国的足球踢不好，像你这样的球迷太多!”我也认了。在回去的出租车上，我让司机打开收音机继续收听那场比赛，司机说：有劲吗？我说没劲，但我还是惦着那只球。

2000 年“欧锦赛”不久就来了。这次我是从北京回到合肥的家中。自然是场场不漏地看。直到全部看完，一口气却还是不能彻底地顺畅，人也通宵失眠，当晚就想写篇关于足球的文章了。发明足球的人无疑是天才，他把人体最没有“灵气”的器官——脚——调动起来，去做一项天才的运动，这种寓奇异于悖谬的荒唐构思在经过百余年的锤炼后，便成了力与美的结合，赢得了全世界的尊重。足球之所以好看，是因为它不同于篮球、排球、网球，后者基本上是实力说话，而足球除了实力，还有一个运气因素。运气是什么东西？看不见摸不着，也无法传授与领会，但绿茵场上无时不在。某种意义上，是这个运气在主宰着足球比赛。这就是足球独特的魅力。它越发接近了人的天性——人总是崇拜偶然性、戏剧性的。

南斯拉夫和斯洛文尼亚那场球，后者在三比零领先的情况下，几乎没有人相信前者会起死回生。南斯拉夫人一开始就表现出那种漫不经心的傲慢，他们是输在心态上。在他们眼里，这不能算是一场国际大赛，只能算是南斯拉夫的国家队与斯洛文尼亚这个省队的比赛，后者差不多就是他们的陪练了。结果，斯洛文尼亚人恰恰利用了这一点，连中三元。很快，大牌的米哈伊洛维奇给裁判红牌罚下，眼看着南斯拉夫人要完蛋了。可是，正是裁判的严惩和扎霍维奇的得意忘形帮了大忙，激怒了这个巴尔干半岛的铁血民族的自尊心，他们如梦初醒地进入了比赛状态，他们的好运也从天而降，创造了七分钟进三球的奇迹。

再看荷兰与德国的那场球，整个就是前者压着后者打，大比分的差距使人们对从前的德国战车不敢再持有幻想了。他们过于老化，这应是不争的事实。可是呢，也许正是这样的大比分差距，既使德国人丢足了面子，也让荷兰队出尽了风头。但是，这一战荷兰人的运气太旺了，我总感到他们提前完成了使命似的。果然，荷兰人真的就走到了尽头。他们的好日子一旦过完，噩梦便立刻开始。他们又一次中途落马，与奖杯失之交臂。

在期待了四十四年之后，中国足球这一次终于走出了亚洲，进入了2002年的“世界杯”决赛阶段。这个期待时间与我的生命长度一样，但我却不怎么激动。这些天，媒体的位置几乎都腾给了足球，以及与它相关的人物。其中最为突出的，自然就是洋教头米卢蒂诺维奇先生了。人们称他作“神奇教练”。对这种称谓，我是不能接受的。刚刚结束的亚洲“十强赛”，我是每场都看，与以前相比，我感觉中国国家队现在的状况还让人放心。但我恰恰没有看出米卢先生的神奇之处。他的用兵布阵高明在哪里？我看不出。而且非但看不出，还时常为他的谋略私下里捏一把汗！看看与卡塔尔那场“多哈之战”吧，多么险，也多么不可思议。不过中国人习惯的还是成王败寇，无论怎么说，现在米卢带领的这支队伍是出线了的，于是他就“神奇”。于是就有记者专门为米卢先生立传了，一时间闹得沸沸扬扬。那书，我也是翻过几页的，感觉除了东扯西拉的溢美与无病呻吟的抒情，便没有多少道理，心悦而未必诚服。其实我想，如果我们冷静一下，便不难自问几个问题——如果这回不是日韩作为主办国，我们还会出线吗？如果是与伊朗、沙特分在一组，我们还能出线吗？我这样说，不是不希望中国的足球踢起来，而是担心我们被一种假象所迷惑，忽视了自身存在的问题。米卢的神话应该打破，他一点也不神奇，他不过是一个运气好过任何他的那些前任教练罢了。

中国的足球不能发展，或者说发展迟缓，原因是多方面的。其中最为突出的，我觉得是两点。其一是体制，我们现在的足球管理体制还不适应市场要求，年轻的职业联赛还很缺乏经验，没有营造出球市的优良氛围。其二，我们的足球界缺乏一种职业精神。所谓职业精神，就是抛开任何杂念，把生命融进足球的那种精神。就是为由足球欲望所驱使进行竞赛的那种精神。它远离了功利，却是巨大的无形资产。倘若丢失，那么起码的职业道德便滑到了堕落的边缘。最近发生的“黑哨”受贿事件便很好地说明了这一点。

离出征的日子不远了，我祝愿我们的队伍一路好走。我并不期待在未来的“决赛阶段”我们会有多好的成绩，我只希望能珍惜这次进入“世界杯”的机会，把失败的滋味带回来，加以咀嚼。那么，下一次我们也许是含金量很高地踢出线了。

2001年12月29日　合肥寓所

对出版的几点感想

畅销书与常销书

一般说来，畅销书是一阵子的火爆。这里面有许多因素，譬如一个作家的社会影响力，像王朔和余秋雨；譬如作品的题材牵动大众，像《抉择》和《国画》；譬如依靠电视剧火暴的拉动，像《牵手》。还有媒体的炒作引导等。而“常销书”的情况则完全不同了，它主要是依靠一部分读者对作品自身的热爱，它不依赖于作品之外的任何因素，局面是自然形成的。畅销书是面对大众的，“常销书”永远只会针对一部分读者。这种读者是作家心目中的朋友，他们的沟通如同一次事先没有约定的空中握手。因为大部分的畅销书都是通俗的书写，读起来比较轻松；而常销书往往追求一种叙事的艺术，一般人可能会读得累一点。从这个意义上，我非常愿意成为一个“常销书”作家。

一部优秀的文学作品，它不可能是一阵风似的吹过。现在看来，已经有一些严肃的文学作品，由常销转为畅销了，譬如余华的《许三观卖血记》和莫言的《檀香刑》，都卖得不错。2000 年《新周刊》可能是根据文学图书的市场占有与销售情况，评了一个“十大热门作家”，有痞子蔡、安妮宝贝等，我居然也名列其中，说明我的书在市场上反映尚好。但是，我还是认为这种情况是十分偶然的，卖得一般比较正常。有一次有记者问我，你与那些畅销书作家的区别在哪里，我说：我的书不可能一年卖出去二十万册，但可能会卖上二十年。

不要炒作但需要包装

我这里指的包装，是指把一本书做好，做得让人爱不释手。这里有一些专业性、技术性的问题。譬如封面设计、版式设计、装帧设计，譬如用纸的选择与印制的质量。去年，有七家出版社出了我十六部作品，今年又有几家要出。我觉得做得最好的是中国工人出版社的那套六卷本的《潘军小说文本系列》。而人民文学出版社的《独白与手势》，则由于用纸的选择不当，小说的“图画部分”处理得很糟糕。我那些图画本来就不是可有可无的插图，而是叙事的一个层面。这势必就影响了阅读与销售。花城出版社的《潘军实验作品集》，封面是出版方请我自己设计的，结果印出来后把整个色彩弄反了，看上去像一个什么文件的汇编。

以前出书，还顾及一个出版社的名头；现在一个作家出版自己的作品，除了商业上的考虑，还在于他是否相信你能够把他的书做好。书的品相已经比牌子重要了。我这次与广西师大出版社的合作，主要原因就是他们的书做得漂亮，庄重大方、简洁朴素。

所谓卖点与版本升级

我认为书的卖点只有一个，就是书的质量。其他的都是辅助性的手段。现在有不少书，未经问世便大做宣传，结果读者便有一种被愚弄的感觉。一些出版社最初兴奋无比，可是后来也常常因为退货而沮丧。俗话说“酒香不怕巷子深”，就经营上看，这个观点可能有点片面了。以前我们对待广告的态度是，只有卖不出去的东西才做广告。其实好的东西也是需要与人介绍的，但确实有一个度的问题。对一部严肃的作品，离谱的炒作会适得其反。

但在质量不错的前提下，还可以进行丰富。譬如，中国言实出版社新出的《古文观止》，除选用了清代金圣叹、吴楚材与吕思勉的精彩点评，还配了一些有关的资料图片，效果就很好。这方面广西师大出版社也做得很出色，他们把李泽厚的《美的历程》与周国平译的尼采，也配上相关的资料图片，图文并茂，印制考究，虽然价格不菲，但还是有喜欢这样版本的读者。我们似乎正在步入一个“读图时代”，图书市场确实也存在着一个版本升级的问题。但升级应该是有理由的，不是莫名其妙的奢侈。

2002 年 1 月 18 日　合肥寓所

“世界杯”札记

爆冷的理由

“韩日世界杯”揭幕赛即爆出冷门：卫冕冠军法国队以0比1负于非洲新旅塞内加尔。几乎所有的人都认为，法国队的失利原因之一是10号齐达内的缺阵。这固然是对的。但齐达内的缺阵究竟是“因伤”还是面对塞内加尔这样的“弱队”需要“金屋藏娇”，这只有主教练勒梅尔清楚。倘是后者，他需要进行一次检讨。这位让我感觉颇像毛泽东的老人有站着看球的习惯，但手中少了前任雅凯的笔记本。法国队阵容最为壮观的历史时期应该是两年前的“欧锦赛”，由于成长起来的前锋亨利与特莱泽盖顶替了济瓦什与杜加里，这支队伍达到了空前的豪华。但是，现在的中后场少了德尚、弗兰科与卡伦布这样的有经验与能力的队员，那么，再加上齐达内的缺阵就很无奈了。如果不是塞内加尔的迪乌夫的多次越位，那么这场比赛的比分会更悬殊。

现在缺少齐达内的法国队如同缺少方向盘的汽车。可见一支球队是需要灵魂人物的。灵魂人物并非就是能进球的人，他是整个行动的组织者与指挥者。这样的人物在场，他具有亲和力，给人信任感，甚至是全队精神上的支柱。葡萄牙的戈麦斯能进球，但灵魂人物是菲戈。西班牙的劳尔也能进球，但西班牙缺的就是一个菲戈或者齐达内。最显著的是球星云集的巴西，他们没有灵魂人物。显然，6号德约卡夫做不了这样的角色。年龄的老化与个人技术的衰退总是成正比的。或许他有这样的心思，而他的同人却无这样的感觉。这是一种极其尴尬的局面。这样的情形也仿佛官场，指手画脚的人总是自我感觉很好，孰不知有多少人烦他。唯一的不同是，官场上没有教练，可以把那些无法信任的人及时换下场来。

自从若干年前10号球衣从贝利身上脱下后，就成了某种象征。10号球衣让人想起一连串绿茵场上的英雄，他们大多也就是球队的灵魂人物：普拉蒂尼、马拉多纳、莱因克尔、马特乌斯等。

一支劲旅的形成少不了灵魂人物。但可以缺少大牌球星。爱尔兰队在即将出征之前，将脾气暴躁的大牌球员基恩踢出，舆论一片哗然，队内却波澜不惊。他们在与喀麦隆的比赛中越战越勇，情形与法国队相反。由此可见，基恩充其量只能是个球星，不能算是一个“灵魂人物”。回想上届的决赛之夜，巴西队可谓星光灿烂，但那个夜晚的美丽却属于了法兰西。

地处西非的塞内加尔历史上与法国有着不解之缘，他们的球员大多是在法国踢球，某种意义上，这是一支“法国制造”的球队。而且与法国队相比，它拥有年轻、体质好等方面的优势，但法国人还是在骨子里看不起这支喝法国奶长大的球队，一旦交手就发现自己错了。一支队伍的战略可以临场调整，但球员的情绪是无法调整的，它一部分属于人的潜意识。因此我倒觉得法国队真的到了该输的时候了。他们还会输。

足球与运气

足球的魅力之一就是运气。尽管谁都在说“足球场上什么样的事情都会发生”，但足球场上决不会发生离奇的运气。即使杀出“黑马”，也不会跑出很远。所谓运气一说只存在于真正的对手之间，强弱之间是不会有运气的，只有势力。否则那就不是足球而是麻将了。德国队一片新面孔，虽然平均年龄达到二十七岁，不算最年轻的队伍，但与过去的“老牛破车”相比，他们还是完成了队伍的重建。8比0胜沙特出人意料，但是事先的胜负却不是悬念。

由此可以比照中国队。论势力，我们与沙特还有距离。中国队是在什么样的条件下，历史上第一次进入“世界杯”决赛阶段的，大家都看得很清。从竞技的角度看，客观上的便利使我们的进入缺少含金量。这是不争的事实。也就是在这个意义上，我始终认为米卢蒂诺维奇不是神话，他倒是个运气好的教练。他也是一个很会做广告的巴尔干人。从几场热身赛看，我们的首发阵容与排兵布阵无一不是想赢的，问题是我们赢不了。而事后的解释却说只是热身而已，这不诚实。赢不了的理由很简单，我们的势力与对手差距很大。可我们的某些媒体却还在那里吹嘘“打进十六强”，甚至“打进八强”。这种一腔热血却不切实际的歌颂只会增加球员的心理负担。我自然也希望中国队能赢下一场，或者能得一分，或者能进一球，但情感毕竟代替不了现实。因此，我觉得中国队要做的就是全力拼过这三场，让人见识一下我们实在的水平，下回再来。我们可以失败，但要虽败犹荣，不要铩羽而归。

看好阿根廷

上一届世界杯时，我在北京的花园饭店。每晚看球之后，都与沈阳的作家朋友洪峰通一次电话，交谈观后之感。洪峰是足球专家，曾著有一本关于足球的书，叫《一个球迷对中国足球的倾诉》。这回他又来电话，问我看好哪支队伍可以夺冠。我毫不犹豫地说：阿根廷。

一支球队的实力是取胜的关键，这应该是不言而喻的。因此在展望本届世界杯时，猜想谁是最后的赢家，其根据也就是对那支队伍的整体实力与战术特点的判断。就阵容而言，像老牌劲旅巴西、意大利都颇为壮观，然而在看过前几场的赛事后，我更相信自己的判断有几分道理，看好的还是阿根廷。现在的阿根廷几乎在所有的位置上都拥有世界一流的队员，而且他们能形成默契，这个筹码是巴西队所没有的。

现代足球是朝着力量型与技术型结合、个人能力与整体战略协调一致的趋势发展的。以往的不同风格都将在这样的前提下互相融合。这在本届世界杯中越发看得清楚。就前几场看，我以为最出色的是阿根廷与尼日利亚的那场球。（顺便说一句，中央电视台那位姓沈的女主持人表现欲过盛却一点不懂足球，居然说英格兰与瑞典的比赛“赏心悦目”，真该及时换掉。）阿尼之战，尽管只有巴蒂一球建功，但是整个比赛淋漓尽致地演绎出了现代足球的特点与魅力。这就是勇于进攻，严密防守，双方在高强度的对抗中达到攻防平衡，再从打破平衡中去把握取胜的机会。这样的足球，既有力量，也显智慧；既有对抗性，也富观赏性。有一点让我意外的是，没有想到年已三十三岁的巴蒂斯图塔居然还有那么好的体能与状态。当然，我还设想如果教练比埃尔萨让克雷斯波首发，也许比分会是2∶0。这场球改变了巴蒂的形象，也让他与苏克等人明显区别开来。但是足球不是政治，它的光辉只属于年轻人。所谓经验弥补体能，在足球领域八成是借口。回想德国队在上届世界杯的惨败，教训只有一条：队员的老迈；而这回他们的精彩出场，理由也还是一条：队员的年轻。

阿根廷队让我敬佩的还有他们的职业精神。当前的阿根廷正处于经济衰败时期，金融秩序十分混乱。这些队员即使在世界杯上取得骄人成绩，也无法得到像欧美球员那样丰厚的报酬，这一点他们很清楚。但他们不是为金钱在战斗，为的是对足球职业的尊重，由此捍卫他们的尊严与荣誉。我至今忘不掉当年马拉多纳为痛失世界杯而流下的辛酸泪水，我也对阿根廷足协向世界足联提出把10号球衣永久保留给这位绿茵场上的英雄的请求肃然起敬。当然，猜想毕竟是猜想。我要表达的是，世界足球的最高荣誉应该属于这样的球队。

这就是足球

世界杯开赛至今，迎来了最为壮观的一日。三场比赛让我们看到了两场好球——美国对葡萄牙、德国对爱尔兰。正如黄健翔的解说，事先没有人敢预料葡萄牙队会在半个小时里鬼使神差地丢失三个球。全世界都不敢想。但这就是足球。于是这届世界杯以貌不惊人的塞内加尔战胜卫冕冠军法国开局，再以看似稚嫩的美国挫败夺标热门的葡萄牙结束，戏剧性地走成了第一个轮次。接下来，在与沙特交手中出尽风头的德国队来了。不长的时间里，还是由英俊少年克洛斯再建奇功，然而这一回德国人却没有笑到最后。在终场前的一分钟，爱尔兰人将比分扳平了。关于这两场赛事的评说，我想会有很多人津津乐道，它们已经进入到了世界杯的经典。这里我只想说点题外话。

两场球看起来都是以弱胜强。其实这种看法是依据以往的经验建立起来的，并没有什么道理。我一直认为，九十分钟长度的足球比赛，其中很难存在什么偶然性。所谓的运气也不会追逐谁这么持久。最终的较量还是实力。但是，能说葡萄牙不如美国吗？显然不是。问题在于两个方面。其一是葡萄牙人的轻慢，其二是美国人的自信。前者大概赛前不会用心去研究美国队的实力现状与战术特点，在他们的印象里，美国队还是四年前那个幼稚的模样。他们的队伍里也没有路易斯·菲戈和鲁伊·科斯塔。所以一开局，他们就乱了方寸，非但不能显示自己的特点、克制住对方的进攻，而且居然按照对方的调遣运动，让人牵着走。当美国队一亮相时，我想所有的人，包括场上的葡萄牙人都在暗自心惊，难以想象他们面对的就是无名之辈美国队。但我们很快承认了，眼前奔跑的无疑就是一支新军，在技能与战术全面提高之外，他们还拥有了青春的活力、强烈的自信、饱满的激情和志在必得的气势。正是这些无法克隆的优势使他们取得了胜利。世界足球将从这一天起会对美利坚合众国刮目相看。

与美国人的壮志豪情不同，爱尔兰人面对重建后的德国队一球在手，面对周围千万祖国球迷的沉默，他们在近八十分钟的竞赛里简直就是饱受煎熬。但是他们没有丧失斗志，反而在逆境中顽强作战，以致压制着对手让他喘息不得，只要有一线希望就决不放弃。爱尔兰人这种坚忍不拔的意志令人感动，令人震撼，更令人尊敬。当整个世界打算为他们的奋斗做虽败犹荣的总结时，苍天有眼，他们赢得了胜利，也赢得了尊严。

这两场赛事，几乎涵盖了足球的魅力与精髓。谁敢说足球不是艺术？谁敢说足球世界没有人文精神？你难道不觉得，人活着就该是这个形象吗？

一切都很正常

期待已久的中国队在世界杯上的亮相我们看见了。尽管我们以 0∶2 告负，但是我觉得中国队在场上的表现仍然值得称道。队员们无不尽力，我们的特点与能力也得到了实际的体现，没有明显的失误，只有实力的悬殊。一支球队的实力应该是个人技能与整体战术的总和。倘若我们拥有像对手 11 号戈麦斯与 9 号万乔普这样的球员，那么，拿下这场比赛的必定就是我们。一切都很正常。

相比之下，我们与对手的差距一目了然。哥斯达黎加有着拉丁足球风格的传统，同时又自然融合了欧洲力量型的优点，他们的个人技术明显超过了我们。足球是拿脚说话的，脚下的功夫便是取胜的本钱。我认为在现代足球中，一支队伍只靠下底传中头槌破网或者依赖于定位球得分，是不会走出多远的。一支队伍敢不敢中路切入，敢不敢在禁区内做配合，敢不敢带球突破，应是强弱的标志。英格兰队之所以达不到顶级，缺的就是这个。哥斯达黎加在这个方面无疑是我们所不及的。无论是中场抢断、传接配合，还是大脚转移、盘带过人，都踢起来有章法，也从容飘逸。整场比赛都是长短结合，既有长传反击，又有短接渗透。我很欣赏哥队的第二粒进球。那个角球，介乎战术角球与前点角球之间，接球队员戈麦斯面对两名对手的围抢，却能在几乎没有角度的情况下将球传中，造成同伴头球建功，很好地反映了个人的技能与整体战术的结合——我相信这样的角球战术他们事先是历练过的。

在经过上半场的强烈对抗后，下半场我们在四分钟内连失两球，情形很像热身赛中与乌拉圭的那场。这里似乎有个心理的问题，就是我们在失球之后的那一小段时间里，情绪急躁而恍惚，队伍中很容易形成一种临场反应的真空。以致最后在小禁区里手忙脚乱，让人面对空门，险些再下一城。这与日本队恰好相反，在与比利时队的竞赛中，他们同样也是先失一球，却能在两分钟后抓住战机把比分扳平，继之反超。同为亚洲球队，从两场比赛中不难看出，我们与日本队的差距实际上已经不是一点了，而是一个级别。

我们也有几次机会，但都没有很好地把握。假如我们减少中后场那些无谓的倒脚，假如郝海东的个人能力可以越过对方后卫下底传中，假如杨晨的那次突破射门冷静或者与中路的同伴做出配合，假如李玮峰那记头球摆出角度，也许场上的情况会是另一个样子。时间长度为九十分钟的足球竞赛不会有多少的偶然性，它的较量都是实力的体现，大致不会走样。让我欣慰的是，我们的队员状态还是振奋的，就这场比赛而言，我们真的比沙特踢得好。而最让我感动的，是光洲体育场内的几万名中国球迷。谢谢他们！

英雄的姿态

法国队被淘汰出局之后，央视体育频道出现了一个短暂的花絮。球场上，10 号齐达内为争球在高速奔跑，由于他的左腿肌肉拉伤尚未痊愈，他踉跄着迎着球也迎着我们扑倒了。他的整个身体都贴在绿草皮上。这个镜头，在后期制作时运用了“慢动作”的处理，与此同时，画外响彻着一支深沉而忧郁的大提琴曲子。浑然一体，是那么的和谐，这将成为一个经典镜头。我想，看到它的人都会为之感动，因为它塑造的是英雄的姿态。

第二天的下午，阿根廷和瑞典的生死战打响了。但是结果很令我震惊，阿根廷队也遭淘汰。我一直看好的是这支球队，但是现在它被淘汰了。这就是足球，没什么可以解释的。球赛结束，记者的镜头没有在竞技场上过多逗留，而是慢慢推近了场外的巴蒂斯图塔。巴蒂的表情是悲怆的，眼睛里饱含着泪水。这也是一个不能让我忘却的镜头，它刻画的同样也是英雄的姿态。

在场的阿根廷球迷在沉默着。他们不敢也不情愿相信这个事实。它又让我想起上一届世界杯的最后决赛之后，在法国人的欢呼声中，为落败的巴西队默默流下眼泪的、在美丽的脸颊上画着巴西国旗的那个女球迷。这依然是英雄的姿态。

很多年前，我看过一部宽银幕的纪录片《这就是足球》，那是美国人拍的某一届欧锦赛（荷兰人夺冠的那届）的综述。影片中没有解说，只有字幕和音乐。那是我迄今为止看过的最好的关于足球的作品。也许正是从那一刻起，我在黑暗中爱上了足球，并且认识了足球的英雄姿态。

从审美的角度看，这样的一些画面都能唤起一种崇高感。足球的魅力并非都是胜利者的欢呼，也有失败者的泪水。

一个伟大的塑像，突然就在你的面前坍塌了，就如同飞来的一场横祸，我不能不为之心酸。足球和其他一些运动一样，必须分出成败和名次，但成败真的不能论英雄。我这个人可能骨子里有一种英雄情结。也许正是这种根深蒂固的原因，让我在 2000 年的那个夏天写出了《重瞳——霸王自叙》。

如今，法国人和阿根廷人结伴离开了本次世界杯的战场。他们走了，但他们还是为我们留下了英雄的姿态——它将成为记忆，而记忆总是难以磨灭的。

别了， 米卢先生

随着中国队首战的失利，关于对现任主教练米卢蒂诺维奇先生的评价，报端网络也开始有了一些微词。现在，中国与巴西绿茵战事已告结束，我们的队员尽力了，二者之间的差距很明显。然而这之前，西归浦的米卢先生还在发布：我们还有机会，可以平巴西，继之胜土耳其。这真是应验了一句成语：痴人说梦。

不是事后诸葛亮，一年前我就在一篇随笔里对“神奇教练”的提法表示了质疑。因为在我看来，足球不是魔术，这里面没有什么神奇的着数，只有发展的观念与训练的方式。一支球队的取胜在于自身的实力，不是教练的功劳。反之，它的失败也不能把脏水泼在教练身上。而实力是日积月累的，不是一会儿的工夫。我认为当初米卢之所以敢于接手中国队，并且把打进世界杯作为工作目标，很重要的原因在于这回的东道主是韩日。如此便利的条件，霍顿或者再早一点的施拉普纳，甚至是高丰文、徐根宝，都有可能实现这一目标。说得客气点，是米卢先生的运气好。说得刻薄点，是他捡了一个便宜。

既然把打进韩日世界杯作为目标，那么米卢先生所采取的做法就是实用型的了，在现有的队员里面找合适的人选，而绝对不想去打造谁了。急功近利，这一点倒很中国特色。我想这样的事实，一直很明显地搁在我们眼前。但是早些时期我们却完全回避了。那时大量的传媒上都是“神奇教练”的伟大，溢美之词铺天盖地。米卢先生不仅是中国队的主教练，还是许多电视台的嘉宾、批量广告的明星和一本叫做《零距离》无聊书的男主角。记得央视的足球解说员黄健翔在对所谓“十强赛”中国与卡塔尔那场球的战术与换人，即兴提了点个人的看法，据说事后还遭到了围攻。

现在，这个人造的神话该终结了。我拥护外请教练。但外请教练的目的，是要引进先进的足球理念、训练方式与管理经验。与韩国的希丁克、日本的特鲁西埃相比，米卢蒂诺维奇给我们带来了什么，专家和球迷都很清楚。如果说我们与韩日的球队有距离，那么我看米卢与他的两位同行同样有距离。譬如说，希丁克对韩国队的改造是成功的，而特鲁西埃对日本队的重建则更加功勋显著——他几乎重新打造了一批人。我们的米卢呢，在选人方面，他还是用了像马明宇、郝海东、范志毅、宿茂臻这样年迈的球员。事实证明，在中国队与哥斯达黎加的那场球中，这几位的表现最不理想。昨天的中巴之战，下半场之所以我们有了声势，还是依靠了年轻队员的发挥。在战术方面，米卢用的不还是“四四二”吗？都说米卢先生有“秘密武器”，可这么久了，我们最终还是没有看见。

既然我们现在已经“圆梦”了，那么中国足协就把精力放到造就新人的立场上吧，用十年甚至更多的时间，去请更优秀的洋教头磨炼他们。我们出局了，而米卢先生也该走了。从西归浦传来的信息说，米卢先生的下一站是去墨西哥。不知这回他是否还能捡到便宜。

我们需要怎样的反思

国足在经过四十四年的期待后的世界杯亮相，以三场净失九球积零分结束了。希望中国足球进步的球迷对这个结果虽然有点失望，但并没有埋怨，他们认可了队员们的努力。现在，米卢先生已经预订了机票，要走了，而国足们则要回来。我相信依然会有许多的真诚球迷去首都机场迎接——我们的球迷乃是世界上最好的球迷。不过热闹是该过去了，平静之后，中国足协就该进行总结与新的部署。

我非常赞同金志扬先生的意见：中国足球没有质的突破。那么，什么是质的突破呢？这又是一个见仁见智的问题。这里我只站在一个业外人士的立场上，发表一些看法。足球是一门职业，也是一项事业。职业足球需要与之吻合的体制，那就是完全的市场化。作为职业化的足球进入市场机制，是寻找培育它的基地与氛围。我们的足球管理体制落后，职业联赛没有水准，而且还经常闹出“黑哨”、“假球”这样低劣的丑闻。职业联赛办不好，你就无法吸引国外一些优秀队员来参与。在平庸中是不会出现奇迹的，只会产出更大的平庸。只有在高水平的职业联赛中才能造就高水平的球员。如果国内不行，那就应该想办法多输送像孙继海、杨晨这样的球员走出国门深造。纵观世界杯赛场，几乎所有叱咤风云的球员，无不产生于欧洲“五大联赛”。再回头看一下同属东亚的日本，他们的联赛水平怎样，他们有多少像中田英寿、稻本润一这样的球员在欧洲著名的联赛中参战，就知道我们该怎么去做了。中国的足球管理体制需要改变，职业联赛的水平亟待提高。如果这些办不到，或者做得不行，即使请来当今世界最好的教头，我看也无济于事。

而足球作为一项事业，那是不允许有急功近利的思想的。它需要树立长期的目标，更需要一套完备的发展思路与战略。都说中国十三亿的大国，居然找不着十一个人来踢足球。其实，我们的人虽多，而“足球人口”却不成比例，少得可怜。改革开放二十多年，我们看见了许多恢弘的成就，也看到了无数的越来越豪华的夜总会、高尔夫球场，但没有看见新增多少足球场，就更谈不上什么讲究的足球学校了。如果当初像“健力宝”这样的企业多一些，送到巴西学习的少年队员不是几十个而是几百个甚至几千个，那么今天出现在世界杯赛场上的就不会只有李铁和李玮峰了。就不至于再让马明宇、范志毅、郝海东这样老迈的队员首发出场了。本届世界杯之所以冷门迭出，其中最大的原因，就是队员的老化。法国队是这样，阿根廷队也是这样。但是德国队却年轻了，因此他们的姿态比上一届好看。

足球的魅力是任何竞技运动所无法相比的。因为足球实际上已经演变成一种象征，这便是广大球迷关心它的理由。世界杯就是这样一面镜子，它反射出了我们的差距、局限和致命的错误。

四年后我们还会来吗?

悲歌与铁血

八强产生，世界杯暂告一段落。一天没有赛事，仿佛地球都没有转动，人觉得被掏空了。窗外在淅淅沥沥地下着雨，这样的时候，透过雨幕感觉还能看见齐达内的踉跄、巴蒂的眼泪、菲戈的掩面和托蒂的黯然退场。他们组成了一曲悲歌的四重奏，那应该是弦乐的四重奏，有小提琴的如泣如诉，有大提琴的喑哑低回。本届世界杯改变了人们内心期盼的格局，打碎了球迷心中编织的梦想，这是悲的所在。因为偶像总是深埋于心的，容不得他人染指，更不能接受瞬间的毁灭。然而，这就是足球。它业已演变成一种不可替代的象征，荣誉与尊严在这样的时刻至高无上。

葡萄牙人败北的那晚，我和女儿通电话，她已经泣不成声，她看好的就是这支优美的球队，但是他们失败了。而在这之前，我看好的阿根廷也打道回府了。无论韩国人在那场比赛中使出了什么伎俩，但也还是规则所允许的啊。我只能告诉女儿，是葡萄牙人自己打败了自己，他们为什么事先就设计着一场平局呢？那天晚上，女儿写了一篇文章，名字就叫《黄金急雨》——那是一种植物，花开灿烂，但花季短暂。是啊，菲戈领衔的“黄金一代”急雨般的过去了，巴蒂和齐达内也会很快挂靴，但是我心中的等待却没有因此结束。一曲悲歌会激励着他们的后来者，足球本来就意味着前仆后继。

但是，另一种壮怀激烈的旋律也在感动着我。那是由塞内加尔、爱尔兰、美国、土耳其、韩国和日本组成的铜管乐队，其中还夹杂着爵士鼓点。那是铁血的旋律。他们的进步脱离了人们的想象，但却给我们引进了足球的戏剧性和诗意。在这支队伍中，我不能忘记的是爱尔兰、美国和韩国。而最让我感动的是爱尔兰。虽然他们没有打进八强，但他们的身影却是那样的威武矫健。当他们落败后，在场的球迷无不继续在为他们欢呼。他们是在为一种叫“精神”的存在欢呼。在爱尔兰身上，我们知道了什么是钢铁意志。在美国人身上，我们看见了自信是怎样的状态。在韩国人身上，我们懂得了顽强原本就属于一个民族的精神。我还没有忘记厄瓜多尔人和波兰人，他们在最后的关头是赢得尊严告别赛场的，那无疑是另一种凯旋。

世界足球的格局变了，从前的足球王国在崩溃，昔日的辉煌已经不再。无论是法国还是阿根廷，或者意大利和葡萄牙，他们都因这届世界杯赛而检讨终生——他们曾经创造了足球世界的奇迹，但奇迹历来就没有专利。或许正是这样的理解，我似乎在期盼着一支队伍——英格兰或者别的队——将巴西击败，书写新的历史。如果巴西是最后的赢家，那真是最大的遗憾了。当然，我这么说很主观，要表达的只是一种情绪。如果本次世界杯能诞生一个新的冠军，那就如同一部好莱坞大片有了漂亮的结尾。难道没有这种可能？

亚洲足球的格局也变了，韩国、日本的横空出世意味着亚洲已经不再是从前的亚洲——他们对足球的理解是全新的，他们的体能与技术已经得到了最好的证明。希丁克有句话说得好：十六强意味着能与世界上最好的球队对抗的能力。反思我们，该怎么做，还需要多说吗？金志扬的观点我举双手赞成——中国足球没有质的突破。那么，这个质的突破将在哪一天得以实现？

2002 年 7 月　合肥

（本文是作者为“世界杯”所写的一组专栏文章。——编者注）

就地卧倒

几个月前，广州那边闹起了一种叫做“非典型肺炎”的疾病时，北京是相当平静的。事不关己吧，谁也就没有拿它当回事。直到4月，随着官方的透明度增强，北京人一下明白过来：这场突如其来的疾病中心位置发生了转移，目前已经到了自己身边。这一下，京城就沸腾起来了。那些天，大量的民工外撤，满街都是白口罩，空气里散发的都是消毒水的味道，甚至还发生了一天半的抢购风潮。5月1日那天，我从天安门前经过，看见偌大的广场上几乎没有一个游客，街上的车也减去了很多，出租司机说，现在到哪里都不堵车了。入夜一看，街上更是冷清得可以，连出租车也很难寻见了。那种静寂无疑是一种恐惧。

因为母亲的病，这两年我一直在北京住着。“非典”起来后，我把父母送上了返回合肥的火车，自己却没有动。原因也不是忙着走不开，这时期，还有什么正经事可做呢？我是不愿意回去。以前回合肥，无非是两个目的，看看女儿，会会朋友。现在呢，我设想要是回去了，和女儿的见面情形可能会像探监那样，让她坐在汽车里，爷俩隔着玻璃讲上几句话。而约朋友来聊天或玩麻将，在目下又觉得成了很不礼貌的行为。因为你是从北京回来的啊。北京，在今天已经不仅是政治、经济、文化的中心了，她还是“非典”的中心。外地的一个朋友曾经给我来电话，说：现在你们北京回来的人都成了过街的老鼠了。这话虽是玩笑，可绝不是凭空捏造。某些城市不是已经把通往北京的道路关闭了吗？于是我采取了自己的战略：就地卧倒。独守一室，深居简出或干脆不出，倒也省心。但也得找点事情给自己做，于是就让朋友陪我去了琉璃厂，买回了一些文房四宝。作画，成了“非典”时期我的全部生活。广西师大出版社正在编我一套作品集，其中有一本随笔，是需要插些图画的。

有一天，我去琉璃厂裱画，听出租司机说，前些天他拉了一位客人，看样子像个知识分子。那个人把车拦下，并不急于上车。他说：我在发烧，想到医院去看看。你去吗？司机说：去吧，你不是正病着吗？那人说：我已经拦过几辆车了。言下之意很清楚，有的司机是拒载的。那个人下车之后，主动把手机号码告诉司机，说：回头您主动和我联系一下，我把诊断的结果告诉你。这位司机在对我说这件事时，流露出敬佩的神色。说实话，我也很感动。这天晚上，我躺在床上随便看着电视，从一个主持人口中得知了这样一个消息。某地一个老人，得知他的女儿从北京出差回家了，竟然躲着不与女儿见面，跑到邻居家打牌，至夜深女儿熟睡后才归。原因竟是怕自己被感染了。天下居然还有这样的父亲！

现在媒体上聚焦的对象是医护人员。“白衣天使”的提法忘记了多少年，今天总算重新提起了。广州的雕塑家唐大禧先生为以身殉职的护士长叶欣做了汉白玉的半身塑像，叶女士的手上还拿着一朵小花，以示她对生活与生命的热爱。这是非常好的一件事。现在我们在说，战斗在抗击“非典”第一线的医护人员是“最可爱的人”。但愿这种提法能保持下去，不要随着“非典”的过去而过去了。但站在医护人员的立场上，我以为过多的赞誉未必就是他们所需要的，因为救死扶伤是他们的天职，他们的行为受到专业良知的驱使，与外界的赞誉毫无关系。如果一个社会的每一个成员都在为着自己的天职尽责，那么这个社会就相当可爱了。人类的爱心不一定是讲奉献，更多的是要求履行责任。曾经看过一部美国影片，名字忘记了。情节很简单，一个大约三岁的儿童不慎掉进了自家浇花用的那种口径很小的井里。一时间，惊动了方方面面，连直升飞机也出动了。政府还从外地运来了一种特殊的挖掘机，从侧面打开一条通道，最终成功将孩子救出。影片最后是，电视记者把话筒和摄像机对着还在现场收拾绳索的一位老工人，称他是英雄，让他谈感想。那老人却说：孩子，这里没有英雄，只有一群好人。这是一件真事，让我感动至今。

这次的“非典”带有全球性，一些发达与不发达的国家都有程度不同的疫情，中国为最严重。直到目前为止，我们尚未找到对付它的有效办法。一切都还在摸索中。这似乎显示出疾病在对人类的挑战。我们没有任何理由不相信，SARS 最终是可以战胜的，但我们也许要对自己的过失与傲慢作出检讨。如果在几个月前，当广东的佛山发现第一例“非典”病人时，我们就有今天的重视程度与处理水平，那么，北京今年的春天可能就不会是一个“戴口罩的春天”了。作为一种新发传染病的“非典”终会过去，但它给我们留下的思考意味深长。

2003 年 5 月 19 日　北京

独自跳舞

去年圣诞的上午，我经过王府井步行街去北京人艺，讨论把小说《合同婚姻》改编为话剧。在一家大商场门前临时搭建的舞台上，一个已不年轻的歌手，对着清冷的大街在唱《青藏高原》。那是支调门很高的歌。与歌者貌不惊人的外表相比，她的歌声竟很美妙。如果不是亲眼目击，可能会误认为演唱者是李娜或者韩红。我驻足，把这支歌听完了。我的周围几乎没有人。

我对歌手和舞者的接触，最初是在海口，那已经是十多年前的事了。那个时期，海口的夜总会生意很兴隆，每晚几乎都是座无虚席。于是大陆各地的歌手乐手，还有舞者，一时间都来了。出色的，每晚要转几个场子，自然也会得到可观的酬劳。老板们兴致好的时候，会差马仔递上红包。后来，海口没戏了，他们大概又去了有戏的地方。那些年好奇怪，底层的歌手往都市里去打拼，去求生存与发展。而都市的大腕们纷纷来基层走穴，美其名献艺，实则是想轻松地赚钱。林子大了，什么鸟都有。不过我对来都市里打拼的歌手们，是尊敬的。他们通常是住在郊区简陋的民房或地下室里，白天睡觉，夜晚才杀向各自的舞台。斯琴格日勒最初来北京闯荡，也大致是这样的生活。只是她后来遇见了臧天朔，金子才发了光。像这样好运气，自然不是每个歌手或者舞者都能有的。然而他们依旧在打拼着，并且从室内走向了露天。他们的业务范围也在不断扩大，由开始的伴舞助兴发展到商品促销。

我有一位朋友，在杭州开了一个不错的酒吧“金萨克”。我每回去杭城，都是要去那里坐坐的，听那里的歌手与乐手的演出。有一次，我还点了臧天朔的那首《朋友》。那歌手演唱得很卖力，让我感动了一个晚上。在北京，还有一些歌手与舞者，来自专业文艺团体。几年前，演武松的祝延平请客，约我到一个新疆馆子。席间便有一位来自东方歌舞团的演员，即兴表演着新疆舞。他们挣的是一份外快。

北京的地铁里，经常有歌手卖唱。有残疾人，他们为的是生存。也还有不残疾的。非但不，而且看上去还显得异常的健康。前些天一个夜晚，我在安定门地铁站就遇见一位俊朗的男青年，怀抱着一把西班牙吉他，自弹自唱着一支忧伤的歌子，面前照样放着一个纸盒。但他似乎并不在意过往的行人向那盒子里掷钱，而那时分已经很少有人了，他却还在弹唱。这引起了我的关注。我想，他来这里，挣钱或许已经不是唯一的目的了，他需要的可能就是一个舞台吧。北京这么大，人这么多，各人的舞台却大不相同。这个社会上，能走上红地毯的人物，终归是极少的。但是每个人都一样需要一个属于自己的舞台，来营造自己的梦想。这个异常健康的青年，或许需要的就是这种不见阳光的、夜深人静的氛围，他愿意陶醉其中，那就是他的舞台，他在为自己歌唱。这情形让我想起丹麦导演拉兹·冯·特里艾尔的著名影片《黑暗中的舞者》。由冰岛歌星比约克扮演的女主角在幻想中完成了属于自己的歌唱与舞蹈。人总是需要倾诉的。这个时代总是需要倾诉的。

意大利著名电影导演贝托鲁奇在结束自己“东方三部曲”之后，回到故乡，风光绮丽的托斯卡纳，拍摄了一部出色的作品，叫《我独自跳舞》。这部影片写的是一个美国姑娘露茜，带着母亲的遗书来到意大利寻找自己的父亲。她在寻找过程中结识了许多与母亲相关的人，在经历过一阵惶惑与激荡之后，最终意外地寻找到了自己美好的生活，那就是独自跳舞。

2004 年 3 月　北京

这两年

关于《死刑报告》

《死刑报告》是我第六部长篇，23 万字，写于 2002 年 11 月至 2003 年 8 月。

最早对死刑问题的关注，是 1997 年看过基耶斯洛夫斯基的《关于杀人的短片》之后。基氏是我喜欢的电影导演之一，他的作品，无论是《三色》还是《十诫》，与我心目中对电影的要求靠得很近。《关于杀人的短片》，在我看来是《十诫》中最好的一部，他提出了一个尖锐的问题——代表国家的杀人究竟是否意味着正义？

我的思考正是由此开始的。在我读过一些中外刑罚学者关于死刑的著述之后，我产生了写一部关于死刑小说的念头。死刑的存废，一直是国际法学界一个争论不休的问题。然而近百年的事实表明，废除死刑是人类文明发展的一个必然趋势，尽管这一天对中国而言还相当遥远，那么，对死刑的严格限制，就显得十分重要了。让我欣慰的是，中国对死刑问题的重视已经不再是几个法学家的专业研讨，司法实践也在进步。我曾经在网上注意到这样的一条消息，从 2001 年 4 月至 2003 年 3 月，北京市高级法院就对 35 名一审被判处死刑的案犯，改判为死缓。

但那个时候我却没有一个完整的时间坐在电脑面前。两年前，我母亲被诊断出身患癌症，紧接着在北京和合肥接受了两次大手术和十八次的化疗。那些日子，我和年迈的父亲奔波在北京、合肥的两地医院之间，但父母以最大的勇气和毅力支持了我，他们希望我从阴影中走出来，回到自己的专业上。《死刑报告》就是在这种艰难的处境下开始写作的。

我的一位朋友曾经是一名刑侦物证专业的工程师。她的父亲，也担任过多年的公安局长。有一次我问她：你去过刑场吗？她说去过多次，那是她的工作之一。我继续问道：当你看见一个死囚被执行枪决的瞬间，你的感觉怎样？她说：很复杂。几乎每一个死囚手里都有一笔令人发指的血债，你无法不恨他们。但是，当他们像牲口一样跪倒在枪口之下时，我内心还是产生了一种怜悯，一种同情。然后，她就对我讲叙了一段亲身经历。她的一位女同事，因为婚外情，与她的弟弟策划并实施了一起谋杀，最后被双双判处死刑。在临刑前，她曾经到监狱里探视过这个女人，并为她捎去了一些生活用品。几天后，姐弟俩被押赴刑场执行枪决。那一天，她请假了，没有去刑场。但她后来还是把自己关在办公室里，仔细看完了执行现场的录象。她在对我说件事时，流下了眼泪。这个真实的故事，后来成为本书中沈蓉案件的原型。

2003 年 3 月 17 日发生在广州的“孙志刚事件”，让我震惊不已，也使《死刑报告》的写作加快了步伐。那些天，我不断收到海内外朋友的电子邮件，对人权的尊重和对生命的敬畏，又一次如此强烈地激荡在我的脑海里。在写作《死刑报告》的日子里，我时常半夜起床，键盘的声响仿佛心的跳动，等一节写完，曙色已经涂满了北京的城郭。对我而言，这部小说的写作，是了却了自己一个心愿。

《死刑报告》由《花城》杂志 2003 年第 6 期发表，国内三十多家报刊进行着连载，人民文学出版社 2004 年初出版。台湾正中书局也将于近期出版。2004 年 5 月 13 日，我应北京大学法学院之邀，就这部小说引发的死刑问题，与该院副院长、著名刑法学者陈兴良先生作了一场别开生面的对话。陈先生后来致信说，作为一个学者，我要感谢你这部《死刑报告》，为中国废除死刑制度作出了独特的贡献。

《合同婚姻》 和 《犯罪嫌疑人》

《合同婚姻》写于 2002 年 7 月，由《花城》杂志首发，《小说月报》转载，并获第十届《小说月报》“百花奖”。一些外埠的报纸也在连载这篇小说。其中最有趣的，是陕西的《华商报》。他们搞了一个活动，向社会公开征求《合同婚姻》的结尾，然后让我来评选颁奖。于是就有了

"伤感的结尾"、"无奈的结尾"、"幸福的结尾"以及"意外的结尾"。这篇小说质疑的是传统的婚姻制度，说的是形而下，触动的却是形而上。至于《犯罪嫌疑人》，是我为《人民文学》杂志写的第一部作品，发表于今年第4期。之后，《小说选刊》、《中篇小说月报》、《小说精选》和《中篇小说选刊》相继转载。这里需要提到《中篇小说选刊》，也是头一回转载我的小说。章世添先生给我打来电话，要我写一篇创作谈。我却反问：你们怎么忽然转载我的小说了？老章说，是的，我们历来是不转载先锋作家的。不过，这一回你很现实主义。

章先生的话让我想起一件事。那是去年春天的一个晚上，我接到一个陌生读者的电话，他自称是在广东一家报社供职。他说他和他的一些朋友，很喜欢我以前的作品，譬如《流动的沙滩》、《三月一日》、《重瞳》等。但是看到《合同婚姻》，就非常失望。他说像我这样一个纯粹的小说家，不应该去写这种"问题小说"，而是在文本上不断进取。显然，这位热心的读者与章世添先生的立场南辕北辙。

我历来认为，一篇作品发表或者出版，就是一个客观存在，读者说什么都可以。另外就是，一个作家，至少是像我这种作家，每一次的写作，选择的是他自己认可的最佳方式。这个意思实际上是承认了，一篇小说应该有多种写法，但你只能选择最佳。形式无疑是载体，但最佳的形式就会成为被载的一个部分。因此，无论是"先锋"还是"现实主义"，在我这里都仅是一种表达的需要。一个作家不会打着旗号去走路，可是他的每一次写作行为往往会被人归纳。我曾经有一个比方，小说的形式与内容，如同紫砂壶与乌龙茶。福建安溪是出产乌龙茶的地方，你用玻璃杯子沏，也未尝不可；但你总还是觉得不如紫砂壶沏的舒服。这"觉得"和这"舒服"，就是因为紫砂壶已经成为被载的一个部分了，而玻璃杯却不能。其实玻璃杯未必能破坏乌龙茶的味道。破坏的是你的感觉。写小说也正是这样，叙述和汉字，对一个有能力的小说家而言，不仅意味着能帮助你说出什么来，更在于让你觉得只有这么说才舒服。

《犯罪嫌疑人》说的，其实是一个老话题，犯罪和人性。两年前，我母亲像小说中的于文惠老师一样，患了卵巢癌。那些日子我经常奔波在各种医院里，于是关于癌症的知识，就相应增加了。其实每个人身上都存在着癌细胞，只要CA—125指数小于35，那就是正常。反之，你就得了癌症。也就是说，潜伏在你身上的癌细胞一旦被激活，大病就来了。这让我想到了犯罪。在我看来，每一个人身上都有犯罪因子，就看是否被激活了。而激活，总是有着外来的因素。我们生活在一个诱惑越来越大、同时压力也越来越大的社会里。人性总会处于一个被扭曲和不断挣扎的境地。一种人犯罪，在于本性的贪婪；而对于弱小的个体，犯罪的动机往往就是因为他自身无力承受这种压力。一旦承受超过了限度，那么就可能铤而走险。犯罪常常是一念之差，所以这个意义上，每一个人都有可能成为犯罪嫌疑人。然而人是需要对自己的行为，包括罪行，承担责任的。这承担，除了一个人的勇气还在于其良知的不曾泯灭。以“犯罪嫌疑人”替代过去的“人犯”称谓，体现着“无罪推定”的确认，是中国司法制度的进步，但执法者能否做到以人的眼光去看待“犯罪嫌疑人”，就不仅是一个制度进步的问题了。我在长篇小说《死刑报告》中有这样的提法：罪人不是敌人。刑罚的本质不是要让罪人受辱，而是要引起他内心的忏悔。我坚持这种观点。

再回头说茶。还是以前说过的比方，我认为好的小说是一杯好茶，作家只能写出一半，另一半则要求读者来完成。这种写作与阅读的参与关系，如同茶叶和水，作家提供的是茶叶，读者带来的是水，好的茶叶需要好的水来沏，才会诞生出一杯好茶。

我的话剧情结

以我过去的习惯，2004 年是准备挣钱去的。那就是写电视剧。但是计划往往赶不上变化。年初，北京的两家话剧机构——北京人民艺术剧院和中国国家话剧院，几乎在同一时间找了我。他们分别看中了我的两部中篇小说——《合同婚姻》和《重瞳——霸王自叙》，决定要改编成话剧，并且依然由我本人来担任编剧。我愉快地接受了。

我承认我一直有一个话剧情结。甚至可以说，我有一个舞台情结。我出生在一个黄梅戏世家，父亲是编剧，母亲是演员。我从小就是在戏园子里泡大的。从发表文字的角度看，我的处女作就是一个叫做《前哨》的独幕话剧。那个戏，作于 1981 年，是为纪念鲁迅先生诞辰一百周年写的，剧情表现的是 1931 年的上海，“左联”五位青年作家遇难前后

“挈妇将雏鬓有丝”的鲁迅。其时我二十三岁，读大学三年级。这个戏由我自编、自导，并主演了鲁迅，后来获得了全国大学生文艺汇演一等奖。二十年后，我在《北京文学》上发表了一个叫做《地下》的大型话剧，使我深藏于心的话剧情结得以进一步养育。《北京文学》自创刊五十多年来，仅发表过两部话剧，除了这部《地下》，就是1962年发表的吴晗先生的那部著名的《海瑞罢官》。但是很奇怪，我自以为得意的《地下》，竟没有人来搬上话剧舞台。在为《北京文学》写的创作谈中，我这样阐述了自己的话剧立场——

> 话剧选择舞台安身立命，是舞台能够产生一种类似宗教感的庄严。当偌大的剧场灯光渐暗时，当紫红色天鹅绒的大幕徐徐拉开时，与此同时舞台灯光亮起，我们便觉得自己置身在艺术的殿堂，面对的是一座艺术神龛。这种富有仪式感的情绪预先到达，构成了我们欣赏话剧的前提。

这当然是就话剧的形式感而言的。某种意义上，话剧也可以看做小说的另一种表达。小说的形态是暧昧的，其主题往往是不确定的。话剧自然也是这样，它可以提出问题，但拒绝回答。话剧的舞台上不应该承载日常生活，只能承载思想。

北京人艺的《合同婚姻》是按小剧场来做的。我对这种形式至今有所保留，因为它不符合我对话剧的理解。这个戏是写城市中两性关系的，但是我不愿意去写那种风花雪月或者悲欢离合，我感兴趣的是那种境遇的焦灼。这或许是一个形而上的问题。在我看来，人，特别是城市人，永远是一个悖论——当他拥有一个人自由时，会渴望两个人的温馨；当他获得两个人的温馨时，又会去缅怀一个人的自由。这种自身的矛盾会追随每个人的一生。但“合同婚姻”只是一个提法，或者一种质疑，因为人类的行为是难以靠所谓的合同维系的，我们要寻找的，最终还是那种人与人之间最诚恳的方式——那种心照不宣，那种心领神会，那种心心相印。

关于《重瞳——霸王自叙》，我强调的是保持小说第一人称叙述的特点。这实际上意味着剧中有两个项羽，一个是历史中的项羽，另一个则是“幽灵项羽”。这个戏甚至可以理解为一个独脚戏，一切都是由这个“幽灵项羽”的内心独白来构成。当初写小说时，这个第一人称叙事很让我激动，而且我也无意去颠覆或者戏拟司马迁的《项羽本纪》，我要做的，是寻找出另一种解读方式。现在，两个剧本大致已经完成，我写得很顺手。北京人艺的《合同婚姻》将在 3 月 5 日首演。而国家话剧院的《重瞳——霸王自叙》也将尽快投入排练。如此看来，2004 年对于我，是一个话剧之年。北京城目前正在人民大会堂的西侧建筑一座气势恢弘的国家大戏院，预计 2005 年竣工。我希望能在这里演出《重瞳——霸王自叙》。

话剧《合同婚姻》，经过一个多月的紧张排练，于 3 月 6 日在人艺小剧场首演。这是北京人民艺术剧院新年的开门大戏，获得了成功。那些天，京城的报纸都在谈这个戏，连演四十场都是爆满。

首演结束，剧场内响起阵阵掌声。演员集体邀请我和导演任鸣上场，观众向我们敬献了鲜花。这个时候，我觉得作为一个作家，是很幸福的。

2004 年 7 月 15 日　北京寓所

别样视角，一种人生

——我读《外交官看世界》

前些日子我写了一篇关于自己读书生活的随笔。我说，一个人的读书方向是随着年龄的增长而调整的。在过了四十岁之后，我这个作家竟不想看文学作品了，兴趣转移到读杂书上。这种阅读已经开始脱离了功利性，成为个人日常生活的一个组成部分，是一种欲望的满足，是梁启超说的那种“只有读书可以忘记麻将”的读书。文章刚发表，一个晚上，我在寓所里接待了两位久违的朋友——四川人民出版社的编审，汪瀰和余其敏。他们给我带来了一套《外交官看世界》，洋洋大观六卷，图文并茂，印制精美。二位既是丛书的策划，又担任责任编辑，也就是说，这套书从组稿到出版的全部流程都是在他们主持下进行的。仅从丛书名，就足以吸引我了。

在普通人眼里，外交官这种身份，意味着某种神秘和惬意。而外交官的人生经历和出使国外的生活，就更显得具有传奇色彩了。这是别样的视角，所看到的当是别样的世界。直觉告诉我，这种书的魅力在于两点。其一是作为亲历者的回忆，其二是作为目击者的感受。读者想看到的，是那些鲜为人知的事件，以及不同一般的感受。譬如《多瑙河之波》中所提及的1985年，邓小平通过齐奥塞斯库给戈尔巴乔夫带去重要口信，使中苏关系正常化进程发生了转折性的变化，而四年之后的齐氏夫妇，被罗马尼亚的救国阵线处以死刑，枪毙于一片雪地之中。譬如《在异国星空下》中写到的前苏联历史上的“五大悬案”，对读者都颇具吸引力。正如罗马尼亚驻华大使伊斯蒂乔亚先生在为《多瑙河之波》一书撰写的序言中所述，亲历的事件中，作者随心选择了使他最受感动的；他给我们介绍了一些卓越杰出的历史人物，也有日常生活中的许多普通人物，穿插在外交官职务行使的过程中，从而使人类的忧患、欢乐以及普遍价值通过他们得到体现。

伊斯蒂乔亚先生认为：“作为一个见证人的叙述，里面包含着十分珍贵的真情流露和大量的历史真理。”《多瑙河之波》的作者、前驻摩尔多瓦常驻代办、使馆馆长蒋本良先生，在他的引言中这样说：“本书是我近四十年的外交生涯各个片段的实录手记，是心迹的写照。”这正是我所看重的。

从文学的角度看，这是一套精美的随笔集。作者的文笔朴素无华，但表达却有一定的感染力。也许是因为喜欢拉美作家特别是阿根廷的博尔赫斯的缘故，我对前驻秘鲁、智利大使朱祥忠先生所著的《拉美亲历记》，怀有极大的兴趣。朱先生笔下的拉美世界无疑是十分诱人的天地。他描绘的布易诺斯艾里斯，令我向往。还有前驻黎巴嫩、利比里亚使馆政务参赞、临时代办李国成先生的《在异国星空下》，带有一定的传奇性和掌故色彩，古朴的东欧风光下掩藏着一种人类的惆怅情怀。我还得说，这还是一套知识丰富的丛书，它不仅让我们了解了一个外交官的心路历程，了解到外交工作的风云变换，还让我们见识了异国他乡的风土人情，以及十分有趣的特产。譬如，现在我知道了“二战”期间，英国首相丘吉尔嘴里含的雪茄是“朱丽叶二号”。古巴当时派最好的卷烟工为他特制了一千支，自从丘吉尔抽了，便改称为“丘吉尔牌”。

阅读这样的书，过程是愉快的，但掩卷之后仍会有一种人生的沉重感。丛书的作者都是资深的外交家，他们成长在一个时刻听从党召唤的时代，祖国的安排就是个人的选择。年愈古稀的朱祥忠先生不无感慨地说，在他半个世纪的外交生涯中，从事拉美工作就达四十年，并且先后在古巴、秘鲁、智利生活了十八年。可以说一生都献给了拉美。而《从未名湖到还剑湖》的作者，前驻越南大使李家忠先生，也在越南生活达十八年之久。这十八年，是人生最灿烂的岁月，而他们却为祖国生活在别处。在他人眼里，这或许是一种荣耀，但我更愿意视其为一种牺牲。外交官是官员，更是战士。

去过湘西凤凰的人，都会记得作家沈从文墓碑上留下的一句名言：一个战士不是战死沙场，就是回到故乡。

当一个外交官完成国家交付的使命之后，他便踏上了故乡的归途。对于一个把青春留在异国他乡的游子，那种叶落归根的情怀，我想是难以名状的。

2004 年 7 月 25 日　北京寓所

央视春节晚会可否停办?

转眼之间，2005 年的春节又将来临。最近的媒体上似乎又该在说，人们对每年一度的央视春节文艺晚会如何的期待了。其实这“人们”可能是不多的，“期待”就更加可疑，因为事实早就证明，央视春节文艺晚会是一年不如一年，仿佛已成定势，难以改变。

有人说，央视春节文艺晚会是中华民族除夕之夜的“年夜饭”，是一道精神大餐，这种夸耀委实有点肉麻。无非就是那个陈旧的模式，无非就是那几个板块，也无非就是那几个角儿，说白了不过是拼七巧板，还能玩出什么花样来呢?记得去年曾有一个参加晚会的演员对着记者的镜头动情地说：央视春节文艺晚会是一顿饺子。谁也不能剥夺我们吃饺子的权利。这话说得有趣，央视春节文艺晚会确实就是一顿饺子，不变的是形，换的是馅，可以偶然吃上一顿，却不好年年都吃，特别对于我这种吃惯大米的南方人而言，倘若每年的年夜饭都是饺子，那无疑是折磨。你爱吃，就自个儿吃好了，何必推销?

陈旧的晚会模式意味着突破的不可能。在这样的情形下，就该换一条思路。雅典奥运会的开幕式之所以举世赞叹，就在于它突破了一贯的开幕式模式，没有团体操，但给你展现了一幅古希腊历史文明的雄伟壮观的画卷。别具心裁地把绿茵场变幻成一面古希腊文明的摇篮——爱琴海。

其实，非得在除夕之夜做一台晚会，也未尝不可。譬如说，把“感动中国的年度人物”放在这个晚上揭晓，或者索性像维也纳金色大厅一样，搞一台高质量的音乐会。事实上，这几年有很多观众都在转场——从文艺晚会转到戏曲晚会、歌舞晚会。总之，办法应该很多。

策划新的思路，需要高人。央视春节文艺晚会之所以这样尴尬，其中一条不可忽视的原因是内部的轮流坐庄。今年你来，明年我干，说是竞争，却也看不出高招，也感觉不出权威的裁判。更可笑的是，曾经成为晚会某大腕导演，没有多大才干，倒是因把持这晚会的权力弄到了一些钱，让警方锁了去。中央电视台是国家的电视台，使的是纳税人的钱，大概是不好成为某内部的自留地的。现在很多工程都在招标，那么，作为一项艺术工程项目，央视春晚的运作是否也可以考虑招标呢？毕竟，央视内部的能人、高人还是有限，目下对内是搞活了，何不对外再开放一些？

更有趣者，但凡每年的春节文艺晚会一经播出，翌日就有所谓权威调查机构宣布，它的收视率又增高了多少。可是这越发高涨的收视率却与日益尖锐的批评和辛辣的讽刺不幸成了正比。这个社会、这个时代是不可以迷信的。前些时候，我们从希腊人手上接过奥运会的旗帜，在那个闭幕式上，表演了由著名导演张艺谋呕心沥血的“八分钟”，我想大约没有几个人会喜欢这昂贵的八分钟的。这一点也不奇怪，张艺谋的著名反映在电影上，你不好让他一切著名。倒是后来的残奥会闭幕式上，我们上演的那少于八分钟的场面，吸引了无数国人激动的目光。那“千手观音”的舞蹈至今难以让人忘怀。这位导演是谁，我不知道，显然他的名气不如张艺谋，但在执导晚会上，明显胜出一筹。

既然每况愈下，又何必自作多情？倘若理智一些也明智一些，这晚会早就该停办了。这或许是最佳的选择，既不劳民伤财，又不倒人胃口。这是一个多元化的社会，不必用什么东西来抓住数亿人的目光。过年了，大家都想轻松一些。

2005 年 1 月 1 日　京城寓所

今天的大学

——在安徽大学的一次讲演

一

大学教育，尤其是大学的文科教育，包括我们的艺术专业，在我看来中心是两个字：激活。激活什么？激活学生对所学专业的热情。热情又是靠什么来鼓舞的？是靠这个专业的魅力和将来所能企及的目标。魅力可以引起人的兴趣，目标则给人以向往。这种目标有实用性的，比如说你想今后成为什么样的一个人，在社会中扮演怎样的一个角色，这都是实用性的。也有学术性的，比如说你对这门学科产生了进一步探索的欲望，沉浸其中，其乐无穷。大学的教育就是要把这样一种热情、求知的欲望调动起来，并给学生们一把钥匙，这就是激活。

激活是一个中心。那么所有的一切，如课程安排、教学的方式，是不是也应该围绕这样的意思展开呢？我们现在很多课设置得让人无奈，比如说政治。我想几乎所有的学生都不会喜欢这门课，可能老师也不愿意教这门课。这么说，不是指政治课不重要。相反，它太重要了。过去说，政治是灵魂，这话并没有错。错是错在这门课的设置上。其实很简单，一个人的意识只能属于他个人的，怎么可能把这么一个大国的十三亿人民的意志都统一起来呢？没有人能做得到。政治观念的形成，在于大家的感受。根本就不需要灌输。依我个人的理解，政治的核心在于提高修养，在于修身。在于完善人内心的良知与社会的公德，在于建立起一个健康向上的世道人心。一个社会的贫穷固然可怕，但比贫穷更加可怕的是道德沦丧——出了那么多的贪官危及到执政党的地位了，一个社会的执法者、教师、医生，这三样职业的人倘若也丧失职业道德，那么这个社会就非常危险了。教师是教育人的，医生是救人命的，执法者是主持公道的，这样的人也在赚黑心钱，是不是很可怕？我听说，现在一些中学老师，故意不把课上好，目的就是要学生登门去补课，好拿票子；我还听说，一些大学老师故意让学生不及格，好让学生交出补考费。而我们还在高谈阔论，说什么经济基础决定上层建筑什么的。我们现在的教材是多么空洞，安大能否搞出一个生动的来？这是功德无量的事情。英国的教育目标非常明确，就是要把每一个学生都培养成正人君子，培养成贵族。贵族与金钱没有多大关系，而在于气质和内心。要让他们内心高贵起来，不仅拥有荣誉，而且拥有良知。

总之，教育起码要让老师知道自己在做什么，学生应该清楚，自己想干什么，将来可以干什么。

我们现行的教育体制有问题。提出的素质教育其实还只是一句空洞的口号，我们推行的还是应试教育的那一套，这种目标与实际的脱节，往往让教师和学生无所适从。怎样判断一个学生的能力？最后依据的还是分数。这是所谓的硬性标准。可是一到社会上，分数忽然变得不起作用了，人家看重的是你的能力。人家只需要你回答一个问题：你能为我做什么？还有，庸俗的社会政治像暗流涌动着，好的岗位都被那些有门路的人占去了。这样，只剩下一个十分狭窄的路了——就是完全依靠你个人的能力去闯天下。比如，一个学生的作文如果得到高分，某种意义上是指他的作文符合考试的要求，符合老师心目中的标准和他个人的趣味。而另一个学生有才华的文章，或许就不能及格了，这是两种不同的解释。谁对呢？假如你在文章中写道“一个很阳光的女孩停在我的窗前”，老师会说这是一个病句，因为阳光的前面不应该有副词，阳光是名词，名词不可以来修饰名词的。但我却以为这个孩子有才能，因为他写出了一种直觉上的感受。很生动。

所以，我认为一个大学、一个专业学院，应该主动为学生营造一个可以激活学生学习热情的氛围。这比所有的学生成绩得高分都好。安徽每年有很多名牌学校的学生，这显示了安徽是一个善于组织学生考试的省份；但安徽的学生毕业之后到社会上，真正有所作为的人有几个呢？不多，这似乎又在说安徽是一个不善于造就人才的省份了。地域环境对造就人是不可忽视的条件。地域可以大到一块土壤，一个省份，一个国家，也可以小到一个家庭。假如一个孩子从小在四面都是书橱的屋子里成长，那这个孩子日后会与书籍靠得很近。假如这个孩子在小学就有了手机，上学都是车接送，每月零花钱有几百，他可能就与钱靠得很近了。假如这个孩子每天在家中见到有人往他家送礼，他家的大人常常一个电话就能为别人解决问题，摆平事，那么他可能与官靠得很近了。

那么，这样一些带有不同家庭背景的、也有不同价值取向的同学来到大学，就应该接受大学给他提供的影响。这里，大学的意义就在于承担了一个调整、引导甚至改造观念的使命了。而要完成种使命，大学的设计就成了关键。对一所大学怎样设计，这里是有讲究和追求的。不同的领导人会有不同的主张。我进安大的新区，首先就感受到这里的建筑物群显示着一个“徽”字，这是黄校长他们的追求。再看规划中的“独秀大道”，看看“行知楼”和“适之楼”，特别是看那水中的三块石头，上面写了三个字“徽”、“理”、“朴”，就蕴含着匠心。第一，它在讲叙安徽的历史；一个大学与一个省乃至一个国家的历史联系起来，这种思路我很欣赏。这个学校的校训——至诚至坚，博学笃行，也显示着追求。第二，它张扬了一种精神。一个学校提倡什么，反对什么，追求什么，以什么作为培养学生的目标，做法自然不一样，学生的感受也是不一样的。第三，它构成了一种文化氛围。诚然，大学是理所当然的文化场所，是知识分子成堆的地方。但是，仍然需要一种文化气氛。浓郁的气氛。我经常去各地的大学，如果你看到到处都有学术讲座的海报，能看到学生自己的创作园地和成果，能看到一些优良的文艺活动，这些都在展示着她的面貌。但也还有我不满足的地方，比如色调上优雅有余，生动不够；显得老气横秋，缺乏应有的朝气。一个建筑如同一幅字画，光有书法笔墨还不够，还得盖上一枚或几枚印章。这样就生动了。所以上次我跟黄先生说了，要有点缀，要有鲜活的色彩活跃其间。再看看那些海报，显得也很不气派，像是投诉的意见书，没有一点号召力。

所以，学校的环境实际上是和社会的环境在竞争。在争夺人才。我们经常说这个人受过良好的教育，我的理解是，其中最重要的一条，是这个学生是在什么样的教育环境里走出来的。名校之所以有名，不全在名校里有多少著名的教授，而更在于这个学校的传统与历史上的辉煌，以及传承关系。清华在1926年前后的国学研究院，至今让人景仰。但是企图恢复是不可能了。章诒和先生的《往事并不如烟》里，写到了康有为的女儿康同璧以及她的女儿罗仪凤，其中谈到“文革”期间要吃西餐，罗仪凤便问：“谁来洗那二百几个盘子?”——一个细节，你就感觉到一种贵族气派。

在什么样的氛围里，你的感受是不一样的。所谓耳濡目染、潜移默化。据说现在的一些大学特别看重毕业生的就业率，这不错，但就业与人才之间有一定的区别。如果一味地强调就业，那么在座的各位应该早几年去上技术学校，可以上财会班、电脑班什么的，没有必要耗在这里。我想，大学的任务还是一种素质的训练，是打造人的素质。而高素质其实也是为了将来更好地就业，只要这个学生具备了一定的素质，他也自然掌握一定的技能，就业就不是一个问题了。人的素质是多方面构成的。可怕的是，那些只有考试成绩而缺乏素质的人，即使侥幸就业了，也终有一天会被人炒掉。

二

接下来的问题是，学生在大学里怎样学习了。现在的问题是，不少学生沿用了中学时代的那种学习模式，那种惯性，也就是对老师的那种天然的依赖性。这种倚赖性是很可怕的，就像一个娇惯的孩子睡惯了自己的枕头，到哪都背着它，没有它就失眠。我曾经在海口遇见这样一个男孩，都十五岁了，至今还带着一块烂毛巾——从襁褓里就咬着这个，一直咬了十五年，都破得不成样子了，却还带着。这不可怕吗？所以，不要带着中学的那种依赖老师的惯性进大学来学习，这肯定不好。大学的学习又是怎样一回事呢?

从前学手艺，有这样一句俗话：师傅领进门，修行靠自己。

就是说，领进门，是老师的责任。但有的门槛，老师还未必能够领得进。比如说，写作。这个怎么教？教不会的。大学不培养作家，但是大学可以影响你成为作家。我们今天的写作课讲的只是一些常识性的东西。而写作这样常识，往往又不是正规的。非但不，反而有点旁门左道。所以，像写作这样的课程，倒不如多把时间用到指导学生阅读欣赏上。

看书也是一门大学问。一本书，因人而异。就看谁能读出好来。《北京文学》有个栏目叫“文本典藏”，找了几个著名的作家在评点。这个创意的别致就在于，他没有去请批评家，而是请作家来评点。实际上是承认了作家的阅读有别于批评家。作家的阅读往往是感性的，是一种直觉性的判断。这有点像谈恋爱，诗意的恋爱往往就是一见钟情，一见倾心。而不会事先做一个秘密调查，这个女孩出身如何？家境如何？有无家族遗传病史？这样的恋爱有点像婚前检查，虽然负责，但毫不生动。直觉的阅读往往能读出好。这种欣赏，我认为也不应该很规范。因为但凡学术，尤其是文学艺术，都存在一个仁者见仁、智者见智的问题。就看谁的观点能打动你。同时，我认为学生不应该去轻易相信什么，包括不要轻易相信你的老师。你要习惯用一种怀疑的眼光去阅读，去接受。只要有怀疑，就会有思考，哪怕这思考是片面的。但我认为一个深刻的片面远远比那种平庸的全面要好。

有一些是需要强制的，一些基础性的东西、工具性的东西。比如说外语，比如说古汉语，它最初的时候肯定很枯燥，你不下功夫你就达不到四六级。还有一种，是自发式的，基本上就靠你自己的安排了。学校的图书馆有很多书，但读书在于你的能力了。同样一本书，个人的能力差异就会读出不同的感受。糟糕的是你读了，结果花了时间还一无所获。这里就有一个方法问题。我个人的经验，文科学生除了老师指定的一些书目外，可以读得杂一点，这会慢慢丰富你自己。

读书是一项工作。不仅是休闲，而是任务。比如说你读一个作家的一部作品，你喜欢了，就可能去找他其他的作品来接着读。然后你觉得有必要把这个作家与那个时代联系起来看，接着你会想这个作家与那个时代的其他作家有什么不同。如此等等，阅读就自然展开了。你这种阅读就是立体的，不再是平面的、单一的。我在大学三年级上学期，就只读了海明威。文科学生的兴趣应该尽可能广泛一些，这些都能影响你进步。某种意义上，一个“全能菜鸟”不是什么坏事，关键在于你要把握一个度。

阅读不可以迷信。这不是一首流行歌子，一传就传到了几亿人耳朵里。都是名著，你也有权利不喜欢。总之，别忘了你的兴致。不要人云亦云，更不要迷信，要有独立的判断和思考。

必须承认的是，优秀的、高明的老师给予你的引导是必要的。

师者，授业解惑也。教案只是一个资料，大家可以看，重复教案就没有意思了。老师的魅力在于他给你启发，给你经验，给你方法，这些都非常必要。我在上大学之前，是学美术的。但那个时候我的家庭很贫穷，没有条件，连一本启蒙的小册子也见不到，只能靠自己琢磨。最初就是临摹连环画。结果有一天，看见外地来的画家在写生，这个过程我站在边上看下来了，好像一下子明白了许多，犹如黑暗中有人替你点亮了一盏灯。一次示范就胜过了读几本书和临摹。

但是，教与学又是互动的，所谓教学相长。如果大家参与进去，那么我想会学得有兴趣。这是一个普遍厌学的时代，一墙之隔，外面的世界很精彩，有便宜的网吧和廉价的KTV，而你却要安心读书。这似乎很不公平，甚至有点侵犯人权了。可是，如果你把一本书读进去了，那么同样也是一种享受，很小资呢。问题就在于你不会读书，故读不出乐趣来，这个一定要改变，要调整。我这次给艺术学院的学生讲《茶馆》和《哗变》，就打算用这种互动的方式，大家一起观摩，一起讨论，然后我进行讲解，回答大家的问题。等以后讲到我的话剧《合同婚姻》的时候，我还打算把这个戏排出来。

第二个必须承认的，是人的天赋。

对于学生，尤其是艺术学院的学生，你的每一次观摩都是学习。看画是读画，看电影同样是读。但是，如果你没有一点知识的积累，那么你恐怕就读不出名堂来。你最终得到的还是一个普通观众的感受，你读不出别人的匠心所在。比如说《教父》，最后的处理，把圣洁的洗礼仪式和血腥的灭门组合在一起，既是故事的高潮，也是视觉上的高潮……

一个学生说“黄昏过去了，夜就来了”。另一个学生会说，“黄昏像鸽子一样收起了翅膀”。这两种感觉显然不一样。

艺术是触类旁通的。任何艺术都会有相互的影响。这种例子很多。李苦禅是国画大师，但也是京剧名票。他从京剧中表演中吸取了一些东西，融化在他的绘画上。而梅兰芳则是从绘画上找到了京剧表演上的东西，那就是气韵。

但凡具有一种创造力的东西，天赋是必需的。不承认这个不行。比如说京剧的流派，“四大须生”和“四大名旦”，其实都是在长期的实践中自然形成的。在大的旋律不变的前提下，根据各自的条件与理解，慢慢形成了“腔”。有些是借题发挥而来的。同是须生，马连良的味道和言菊朋的味道完全不一样。有的演员，天生具有一种表演才能，这个老师教不会。一个学美术的学生的敏感，和一个学音乐的学生的敏感，一定不同。前者应该有丰富的眼睛，后者则是灵敏的耳朵。我们尊重天赋，但这里还是有勤奋的因素在起作用。最聪明的人如果不勤奋，那么也不会成气候的。所谓天才，就是天赋加勤奋，虽是老话，但十分有道理。

今天就拉杂说到这里吧。

2009 年 9 月　合肥

晚报应该面带微笑

《安庆晚报》创刊五周年，与安庆这座城市的悠久历史似乎很不匹配，但仍是一件值得祝贺的事。其实在它还是前身的《安庆日报·下午版》时，就与我打过交道。印象较深的是连载过我的长篇三部曲《独白与手势》的第二部《蓝》。等它真正获得了“晚报”这一堂皇而艰难的头衔时，我却已经疏于文学，投身影视了。但作为家乡的一张晚报，作家出身的我对它依旧怀有一份感情。每次回来，都会有意无意地看上几眼，希望这张报纸越发好看。

报纸好看，在今天并非易事。某日在一个饭局上，几个资深的报人跟我说起一个笑话，说现在的某些报纸只有两种人在看，一是写者，二是被写者。这当然有点八卦，却让人笑过之后沉默了许久。我对纸是有感情的。像我这样的作家，都是从报纸、刊物、书籍这样一些不同的纸面上立起来的，如今眼见着自己的心血滴在纸上而无人问津，不能不心痛。但是，时代就是这样的不客气。多年前，当一些作者改用电脑写作时，我曾写过一篇《手写的欢乐》，固执己见，但最后还是向电脑投降了。好在我把这“手写的欢乐”从小纸转移到了大纸上，这几年无论是写完一部书，还是拍完一部戏，都会抽出一段时间躲到书房里专事书画，以此重温这“手写的欢乐”，更仿佛一种缅怀。

自从网络等新媒体的陆续出现，传统的纸质媒体便受到了挤对和挑战。无可回避，时代已经到了网络时代。网络反映之迅捷，发稿之自主，谈吐之自由，都是纸质媒体所无法相比的。但是，我内心还是相信，网络的鸟今天虽然自由高飞，但最终还会落在树上，这树，便是纸质的报刊和书籍。纸在今天成为一种信念，而坚守一张报纸更需要一份勇气。

在我看来，一张好看的晚报，不仅需要客观真实，更需要生动有趣。晚报当然也要呼应国家的大政，但更应该关心老百姓的琐事，远离民生的报纸，老百姓自然会拒绝。晚报不能端着架子，不能强词夺理，不能不近人情。晚报应该面带微笑。我希望《安庆晚报》能成为这样的一张报纸，每天都放在市民们的枕头边上。

2011 年 8 月 19 日　北京寓所

潘军文集

第玖卷

小说者言

小说者言

1

越发觉得作小说不是易事。写过几十万字竟弄不清什么叫小说。当然不是指《辞海》里讲的那种小说。我大概是想知道所谓现代小说或者“反小说”吧。回答这个问题脸必然红。聪明或者滑头的办法是绕着走，把球踢给专家学者们，尽管他们也未必能讲得好。

小说混到今天却失去了权威界说。这蛮好。好就好在壮了小说者的胆。

但不管怎么放肆，无论怎样的小说都是可以视为语言的艺术的。区别在于理解。闻一多评价庄周语言时说：“他的文字不仅是表现思想的工具，似乎也是一种目的。”而法国佬克洛德·西蒙则断然指出：“作品是建立在写作和语言同一水平上的。语言不只是一种手段，而且是一种动力。它也有创造力。”文学的语言是载体，同时又是被载的一部分，就是这么回事吧。

于是想到克莱尔·贝尔和苏珊·朗格的“有意味的形式”，想到克罗齐的“表现性形式”，想到柯勒律治的“第二意义”，想到桑塔耶纳的“两个层次”……

于是想到马蒂斯的《红房子》，想到亨利·摩尔的《锁合》，想到德彪西的《意象》，想到雷乃的《广岛之恋》……

2

问题是老的，方法是新的，金观涛、刘青峰敏感于此，故以控制论的方法去揭示中国封建社会长期停滞的内在奥秘，让人刮目相看。是否由此影响了一批青年小说家调头转向也很难说，不过几年前这伙人就开始头痛：写什么呢？墨水少了典型也少了，钢笔旧了主题也旧了。于是在嗡嗡声中不知是哪个小子大喝一声："反了吧！"便唯马首是瞻。

同一块料子在不同的裁缝手里是几码子事。《伤痕》和《棋王》是两码事，《小兵张嘎》和《红高粱》也是两码事。

前者是小说领导作家。

后者是作家指挥小说。

3

读以前的小说，遇见一条狗在门口悠来悠去，就猜这畜生一会儿要咬人或者拉屎，反正得表现点什么。读到乔伊斯这怪人头上，发现自己已无法那么高明。狗就是狗，悠着就是悠着。其实这畜生悠着就是在表现。于是就想，这畜生如同一幅画中的一笔色彩，而一笔色彩是难以"深刻"的。但是离了它便破坏了整个调子。

贝茨说海明威的小说是画，描绘得跟原来生活中一样自然。海明威似乎在说：

"图画放在这儿。这就够了。好好看吧！"

那就老老实实地看狗悠着吧。

别指望它咬人或拉屎。

4

作家当重感觉。单凭感觉成不了好作家如同嗓子好不等于就是歌星。但好的作家感觉则必然好。感觉是作家与客观世界沟通的桥梁。这种感觉的升华可以看成是作家的自我超越和心境补射。作家狂妄地以感觉去概括世界。故我想，老叔本华之所以得宠，是因为他斗胆喝了一声：“世界是我的表象。”

马原宣称还有一种超感觉。他说这是由感性认识上升到理性认识并且对后者已有了深入骨髓的认识之后产生的一种更高妙的感性认识。进入到这个阶段，方可运斤成风。所言极是。

这种所谓超感觉便是感觉的升华。

能否“超”或者“升华”取决于作家的经验积累和知识积累。还有天赋。作家神游于大千世界和芸芸众生之间，获得了鲜活的意象遂用与之吻合的符号——文字，将其固定。

于是奇句产生了。

奇境也产生了。

5

读《红高粱》总觉得面前荡着一片湿漉漉的红。

读《爸爸爸》又仿佛觉出一片干巴巴的蓝来。

读汪曾祺的文字如同欣赏一盆水仙。

6

面对亨利·摩尔的作品陡然觉得自己渺小得无法形容。他可以把头壳同蘑菇云捏到一起（《核能》），构成了惊世骇俗的“隐喻”。而人的骨骼与兽的骨骼却建筑了一扇门（《拱门》）。我总觉得有一股凉气在体内荡来荡去，在那门里穿来穿去——天，这他妈的是怎样的门?!

由此想到马原的《拉萨河女神》。他把猪尸、卵型石子图案、裸浴的小孩、双环石、羊骷髅头骨、沙塑女神随便编排到一起。

疑心这种编排不是随便的。那些看上去彼此不相关的东西有潜在的联系。它们之间似乎产生了一种“场”，一种效应。于是这种联系便是有机的，尽管不大看得出来。

问题在于不是所有的东西编排到一起都能产生“场”的。从这个意义讲，小说的艺术是编排的艺术。小说家又像是导演什么的。是那种把剧作家踢到一边的导演。

7

早先恋过一阵蒙太奇。发现镜头是死的，活着的是蒙太奇。后来又觉得蒙太奇活得矫柔造作，不如长镜头自然。巴赞的意义在于悟出了镜头内部的运动节奏。

结构是一种运动。小说家用感觉的方式破坏生活原始秩序而后重建，以求对生活底蕴的把握。这一流程的运动节奏与小说家内在的情感节奏趋于一致。渗透于字里行间，成为情感的火光。

克洛德·西蒙认为标点引起的顿挫以至于把内心现实里相联的东西切断，于是句长如流水。这绝非标新立异。

王安忆之所以把小鲍庄大解几块，置于一个单调呆板的框架，是因为她嗅出的小鲍庄人身上的气味也是单调呆板的。而陈村却用比白水还白的文字叙述了一个比白水还白的人的一天。

所以王蒙说："结构在某种意义上也是一种语言。"

8

布莱希特发明的"间离效果"全部意义在于让观众清醒地知道他们是在欣赏。正如后现代主义小说的价值在于让读者明白自己是在阅读。在这里，创作的过程与欣赏的过程是齐头并进的，三位一体的。在不断出现的"短路"间，创作者的旨意传达给了欣赏者，于是他们判断。

9

小说家由感觉开始再把感觉调理好诉诸文字然后请欣赏者感觉。小说就是这么一种由感觉贯穿始末的游戏，但是严肃的。

这游戏得共同来做。

好的小说是茶叶而不是现成的茶。你想喝就请你自个儿拿水来泡。至于水的度数如何责任由你负。你要参与，要劳动。不能闲着。

克罗齐说："艺术家的全部技巧，就是创造引起读者审美再造的刺激物。"

刺激谁?

你。

10

时代赋予小说的形式。或者说，小说形式来源于对时代的理解。

罗伯·格里叶把自己所处的时代理解成飘浮不定、捉摸不透的，所以他的作品形式也是飘浮不定、捉摸不透的。

对时代的理解是多样的，因此小说的形式也是多样的。

那么，是否可以说，目下出现的探索小说就是对时代探索的反映?虽然有几件冒牌货。

扑朔迷离的也是一种小说。

真得不能再真的是一种小说。

假得不能再假的也是一种小说。

至于哪种小说能摘桂冠，全凭时代的眼光。而时代的眼光总是逐渐明晰的。

11

文学离不开生活，这话依然正确。

对待生活的态度自然不尽一致。热烈拥抱是一种，冷静直观也是一种。问题是，外热往往内冷，外冷也常常内热。前者往往触及生活的表象，后者常常把握生活的内蕴。

有人离不开生活是因为临摹的需要。有人一旦离开便有了感悟。可悲的是前一种人搂着生活不放，结果生活在他怀里由少女变成了老妇。

深入生活就是对生活倾注爱。这爱不是轻佻的。作家的爱应该是真挚的、博大的、深沉的。

12

用“风格”将作家固定好比把刀架在人脖子上。一种残酷的褒奖。

风格之于作家如同笼子之于鸟。

说某君文字有“味”，某君便把以后的一切绕绕置于这种“味”下，自以为是坚持和维护了。这就像民间俗语所说：“说你胖，你就喘。”

这也是一种“异化”。

于是想到：

拿破仑打仗是为了当官，

巴顿当官是为了打仗。

13

“寻根”好久了。关于“寻根”的评价越来越丰富，吵得也凶，一说意义在于弥补民族文化之断裂以重振雄风，另一说则以为是复古，是玩物丧志。阴阳两极相接便火星四溅。

黑格尔把历史划分为原始的、反省的和哲学的三种，层次是递进的、上升的。作为最高层次的哲学的历史旨在探索其精神在时间里的流淌。由此想到“寻根”似乎是触及原始的，经过反省的而后上升到哲学的。

“寻根”的文学不是几句俚语、几分野调或者几种陋俗的拼盘。窃以为：“寻根”的文学当是当代意识对传统文化进行观照的结果。这么说是信服了克罗齐的著名论断：“一切历史都是当代史。”举一反三而已。

阿城说：“文化制约着人类。”这不错。思考民族文化重建自然必要。问题是：

重建不等于复制。

也不是维修和续补。

14

民族的文学只能属于民族，并非是指民族的文学不行。毕加索欣赏中国画不等于中国画就是世界画。

一位日本学者认为中国文学未能步入世界文学，是不具备“全球意识”，倒颇有见地。

加西亚·马尔克斯笔下的“孤独”不是附在马孔多身上，也不是附在哥伦比亚身上，而至少是附在拉丁美洲身上。

全球意识是各种文化交融尔后提炼出的一种立于世纪峰巅向四际投射的眼光。

15

应该有一个坐标系。X 轴是民族的，Y 轴是世界的，把中国文学纳入其中进行观照方算科学的、老实的。一味歪到哪一边都是感情用事。都会引起一场好吵。

中国文学步入世界文学先进行列迄今还是个理想。证明这一点最有力或者最无力的根据是我们没有获得来自斯德哥尔摩的荣誉。

说不稀罕这荣誉如同被打翻在地的人无比骄傲地说：我喜欢躺着。

16

我不是个有出息的作家。

写作只是我个人生活的一个构成部分，与其他部分在意义上抑或价值上别无悬殊。觉得快活是因为时常在写，当然有时是由于不那么快活才写的。

写作是门手艺。很费劲。因此累是时时附在身上的。

可是不写也累。

1987 年 5 月　合肥

自己的小说和需要的写作

大约是1985年，我在一个很深的夜晚，突然想起“自己的小说”。当时的想法简单而混乱，只是有那么一种冲动，即自己该怎样去写小说，怎样的小说才算是自己的，至少有别于其他。十多年于不经意中淌过去了，重提“自己的小说”仍不觉得清晰。显然，作为概念，这一提法缺少必要的理论依据，但它是一种态度和立场。

作为故事的叙述者，小说家在脱离故事的接受对象后获得了自由。但自由并不表示着轻松，从某种意义上说，小说家的自由是沉重的，它至少意味着一种纯粹形式的把握。故事永远不可能进入艺术。但叙述必须是艺术的。轻视或鄙视这一点的人当然也可以成为中国的著名作家，但绝不是严格意义上的小说家。对后者，叙述是一种责任，小说家所尽的当是天职。向日葵是一种普通的植物，但到凡·高笔下，就显示出了惊人的辉煌。因此可以这么说：同样的故事，就看谁讲了。这之后的所谓故事便全然不同。

故事能否进入小说取决于故事自身的小说因素，也可以说，是这个故事作为小说叙述的可能性。这里存在着判断与选择，属于个人权利。小说家对故事的判断与选择是一种本能，就像蜜蜂一样，知道该在什么样的花上停下来。由本能到一种近乎绝对的本领，由故事而小说，这中间的过程很辛苦，当然这也是绝对愉快的过程，因为有后者，所以今天仍有人在写小说。这个过程贯穿着小说家对叙述的激动，对语言的职业性敏感，充分体现了对形式的操作能力。这又是一个奇异的过程，因为整个小说往往是从发现第一个句子开始的（至少对我是这样）。句子与句子之间有天然的感应，你找到了第一句便意味着第二句的存在，前一句诱发着后一句，如此蹭下去，势如用高速摄影机拍出来慢慢倒下的多米诺骨牌。而在第一句或第七句之前，你绝对想不到第二句或第八句是什么样子。所以我称之为未知不断显现的过程。正是上述因素，使写作成为个人的一种需要。

写作的目的就是写作。但实际情况是，在今天，写作还有其他目的。写作给一些人带来了意想不到的利益，虽然他们嘴上总申明不想要，但实际他们得到了。于是这个事实又引诱了另一些人，他们加快步伐，穷追不舍。但不管怎么弄，总还有一些人为写作而写作。我们可以相信为写作而写作的是职业作家，但这与能否进入官方色彩的文学机构无关，不是雇佣关系。我所理解的职业作家是指把写作视为一种个人生活，使写作成为一种个人需要的人。他们在想写的时候去写，他们写自己想写的东西。

素质一般与生俱来。后来的锻炼当然有用，但极为有限。齐白石四十多岁突然有一天丢掉斧头拿起毛笔，似乎随便画画就成了大师。同样的例子还有美国的电影导演奥立弗·斯通，当年是越南战场上的大兵。好几年前，《上海文学》上发表了一篇叫做《棋王》的小说，作者是阿城。我们只需看一眼就完全相信了：这是小说，阿城是小说家。但对另一些年老的或年轻的大牌，我们至今无话可说。指出这个事实多少有点沮丧，但是很不幸，事实就是如此。一些人于不经意中把一切该做的都做了。另一些人不择手段仍是瞎子点灯。回头看一下当代小说的几十年，我们的表情会很复杂。而个人的不安，也正是因为这个无法改变的存在。我们不免要检点自己的能力，就像伸手探一下米桶，看看还能煮几碗饭。

想象支撑着小说，回忆则缅怀小说。回忆向小说家提供经验，是藏在色彩下面的素描，但不是表达。最后的表达方式是色彩，而色彩是纯主观的东西，不是看出来的而是想象出来的，所以它成为艺术。色彩是语言也是叙述。既然我们能把小说分为好看的和不好看的，我们也应该去见识小说的有无色彩。自己的小说应拥有自己的色彩，尽管这非常困难，我们仍试着在做。我们本来渴望得到纠正与指引，渴望得到裁判，但后来发现这种想法脱离实际，因为当代文坛面临着缺少大师的遗憾。没有大师便意味着失去公正而权威的教导与裁判，于是五花八门在所难免，以致一堆无聊小报便可造就一个著名作家。在这种情况下，自然要怀疑时代与文学的关系。也恰恰是在这种情况下，写作进一步成为个人的需要。来自另一方面的问题是属于你的读者，他们是你的朋友，也是你自己的小说所寻求的无数个隐形合作者。这种写与读的关系如同一次次事先没有约定的空中握手。于是我们有理由说：需要的写作是幸福的。

1996 年 5 月 15 日　合肥

书中旅行与为朋友写作

1990 年秋，我在写作中篇小说《流动的沙滩》时，援引了我所尊敬的阿根廷作家博尔赫斯的一句话：我一生是在书籍中旅行。博尔赫斯曾一度出任阿根廷国立图书馆馆长。但是，上帝把百万册图书交给他管理的同时，也赐给了他一双高度近视的眼睛。这是一个无奈而可爱的玩笑。当这个玩笑结束之后，博尔赫斯成了因近视而富有远见的人。

在我成为一名职业作家之前，我对所谓“深入生活”不以为然。正如我后来在《海口日记》中写的，生活像空气一样，围绕着你，你吸就是了。在我看来，一个作家“读万卷书”十分必要，而“行万里路”则未必。我看重的是“在书籍中旅行”。诚然，阅历可以使一个作家获得资本，但是又极有可能限制着作家的视野与想象。经验在某种意义上是枯燥的，有生命的还是想象。加西亚·马尔克斯有一天阅读卡夫卡的《变形记》才恍然大悟：原来小说还可以这么写！于是阅读在那一时刻开始造就了一位拉丁美洲的小说天才。

在今天，阅读已不是一件轻而易举的事了。功利性的阅读与消遣性的阅读是这个时代的文化消费形式之一，所以便产生了大量的“文化快餐”。1995 年岁末，我在郑州的一家小书店里，看见一位消瘦的青年在徘徊许久后，买下了一套《纪晓岚文集》，竟有了难以名状的激动。那一刻，我以为纪晓岚和那位青年都是幸福之人。几天后，中原的几位青年诗人自费办了一本诗刊《发现》，送到了我手里。他们向我约稿，我欣然答应，尽管我不是诗人，但我赞赏他们所提倡的、也是我一贯坚持的那种“知识分子写作”。

不过我觉得，支持“知识分子写作”的还不是筹款办一份文学期刊，应是知识分子的阅读。这是一种互相感应、称得上心有灵犀的阅读方式，是一次没有时间和无形空间中的握手。所以，我的写作只是为了我的这些朋友，这一小批的读者。如果有一天——倘若真有这一天的话，他们消失了，那么我将放笔。我曾经说过：作为小说家，我永远只能写出小说的一半，另一半是由我的读者来完成的。这种没有事先约定但十分真诚的合作让我激动至今，使我这个夜行者蓦然在黑暗中发现了蓝天和白云。

罗兰·巴特在《阅读的快乐》中指出：在阅读今天的作品时，不要吞咽旧时的阅读空闲时间，而要咀嚼这种时间、细心地修剪它，并重新发现它，要当富有贵族气派的读者。我以为这种阅读正是我尊重的“知识分子阅读”，看重的是“重新发现”。正是这样的一种眼光，使小说的另一半得以凸现与完成。

一个作家心中的读者是他的朋友。他为朋友而写作。

1996 年 9 月　合肥

关于“今日写作”的一封信

鸿生兄：

给“今日写作”的稿子一直没有写，不是没有时间，而是写不出，是真的到了无话可说的地步了。我平时的闲扯，或许还多少带有几分激情和煽动性，但真要我做出正经的文章，就难了。其一，我是一个缺乏理论的写作者；其二，就我个人的经验，也实在难以总结。去年底在《花城》笔会上，占春提出了关于写作空间问题，我的理解是指叙事的可能性。我记得苏童和格非他们都作了很不错的回答。说实话，这个问题并没有怎么缠绕我。我觉得所谓空间的宽窄，大约不是只指形式和方法，对于一个素质良好的小说家，这些东西最终不过提炼为某种技能，就像百步穿杨那样。而困难的还是写作者在写作中的状态，对写作者而言，写作的意义恰恰是在其中，不会跑到外面去的。那时写作就是一种存在、一种需要了。叙事的可能性便在这种状态中得以可靠地建立。

我对“今日写作”的态度历来是平淡的。这种态度决定了我在文学界只交朋友不入队伍的立场。写作纯属个人的事，它不像科技，瞄着一个目标可以一档一档往上走，最终获得一个结论或一项成果。写作始终是让人困顿和迷惘的，写作者是一个夜行者，只是凭感觉去假设一个方向。马原有篇小说叫《游神》，我认为那是他状态最佳时期的作品。我无意来评价这篇小说的优劣，但它让我看到了马原那时的状态。前些日子，程永新与我见面时还扯到马原，他说那时马原在上海改稿子，同时写《上下都很平坦》和《游神》。我想，马原这个“游神”其时真是“上下都很平坦”了。到了 1993 年，马原去海南岛拍《中国文学梦》，他问了我一个简单的问题：如果让你再选择一次，还当作家吗？其实这是他心里的问题。那时他多少有些不自信了。这种不自信是基于他对个人写作空间的理解。马原后来干脆不写小说，不是能力而在于状态。他是一个能力极佳的小说家，但这也不意味着良好的写作状态就一直追随他。

状态这种东西还不是或者不完全是个人的心境问题，也不是靠舆论的炒作与官方的荣誉所能补充的东西。真正的作家不是明星，不会因失宠而痛苦，所痛苦的是状态的丢失和不再。这样我就很固执地想到人的禀赋。我觉得局限和距离很大程度上取决于人的禀赋。如果用学科的眼光看，称得上小说的文字必定不多，虽然印成书的还叫小说。有些被认为卓有成就的小说家，在我看来就从未写出过一篇小说。这种例子到处都有。当然反过来也一样，在他们眼里另一些人也是在离经叛道。当年阿城写出《棋王》，我读后是感到吃惊的。后来莫言写《红高粱》，我也同样吃惊。我觉得至少被我认定为小说的东西确实出现了，我不能不吃惊。也许有一点可以用肯定的语气回答，中国文学与世界文学接轨或者融合，只能朝着80年代中期出现的这批作家努力的方向往前走，而不会是另外的方向，这茬人的探索是有价值的。或者换一个说法，由“寻根文学”到“先锋派”，再到目下正活跃的“晚生代”，这个方向没有错。正是这样的一批批作家拓展了今日写作的空间，建立了叙事的不可限量的可能性。

然而现在的情况是不在状态中。写作由个人的事转变为个人化的立场，成为自恋倾向的自我书写与自我清算，感觉已麻木，想象的翅膀已被折断，甚至连语词也极度疲软了。而且这样的书写从一开始就远离了叙事，既没有文学的历史由来，也没有文化目标。我记得陈晓明说过类似的话。这让我想到一部叫做《钢琴课》的影片。女主人公在失去那台作为与世界沟通的钢琴之后，重新获得的钢琴不过是一只饭碗（她用假指教她的学生弹启蒙的“侏儒进行曲”）。如果我们的写作真到了这一步，我倒觉得像马原那样干脆不写是明智的。也许沉寂一段时间之后，状态又会重新附体。我这次来北京，和余华一起聊了很久，但我们都不想去讨论写作。在朋友中，我和余华是较早相识的。那是在1984年，《北京文学》召开笔会，从自由来稿中找出的作者只有余华和我。时光于不经意中流过了十三年，现在我们都成了父亲，标准的中年人的体态在长安街上缓缓移动。我们坐在一个叫“三味书屋”的茶楼上，余华不断调整座位，他说眼睛很怕灯光，以至于晚上睡觉都要蒙上一方手帕。这之前的一天，我见了陈晓明，他好像从荷兰回来后整个小了一圈，胃疾很重，要戒掉包括烟在内的许多东西。我又想到格非，上个月我由杭州经上海，曾在程永新那里小聚，他的头发在这半年里见白了。而我的脖子近一年来总是像链条那样咔咔作响。我想大家都累了，因为写作之外仍有许多事要对付，而对付这些事我们是毫无能力可言的。我对余华坦言，从前所树立的那些梦想我不会再想了。我现在只想，在我女儿三十岁之前怎样确保她的父亲不死掉。余华说他第一个响应这个口号。

一个作家在三十多岁或四十多岁，应该说是状态最好的阶段。问题是很多人到了这个阶段，心理要承受的东西往往不是写作，思考的范围也绝不仅限于写作的空间。我们都要面对生活中那些绕不开也躲不过的事，有的甚至要为安身、生计去奔波。我们还能这般沙龙式地讨论“今日写作”，也算是一种奢侈了。我在郑州时和佩甫的几次聊天，就常发这种感慨。我想对于一个写作者来说，没有比不在状态中的写作更无奈的事了。可是还得写，因为除了写作，我们还能干什么？也许真有那么一天，那架钢琴在我们手中只能奏出“侏儒进行曲”了。

《莽原》自张宇接手后面目一新。像占春、向阳的专栏文章以及你主持的“今日写作”，我觉得都不错。几年前，静宜引我第一次走进位于经七路三十四号的文联院子，首先看到的是那些标牌横钉在墙上，彼此相叠，如同从前将军胸前佩戴的勋标。现在我要离开了，忽然发现这些牌子全都放大了，油漆一新，并且全都竖了起来，并列于壁，成为经七路上的一道风景。可不知因为什么，我这个外省人对它们还是注视了很久。

潘　军

1997 年 8 月 25 日　北京安苑里

形式的挑逗

最初想写这部《独白与手势》的时间是在1993年夏天，其时我在海口。我的小说写作，一般都是源于对一种叙述形式的冲动，尤其表现在长篇上。我需要动笔之前找到相应的形式，面对的应该是形式的挑逗。换句话说，我是因为怎么写的激动才会产生写什么的欲望的。八年前写《风》时就是这么回事。《风》讲述的是20世纪40年代一个家族内部的神秘，在我看来这种东西装进那种叙述盒子最好。

1993年的那个夏夜我产生的是一个朦胧的想法。我觉得如果把大量的图画引进一部小说，使之由传统意义上的插图变化为叙述的一个不可代替的层面，可能会是一件十分有趣的事。但在当时的情况下，我无法腾出一大块时间来进行这个冒险的游戏。直到1997年2月，我重返海口拍摄电视剧《大陆人》，有一夜去老街上溜达，看着那些陈旧的老式南洋风格的建筑，我脑中才又泛起要写这本书的念头，并且已想到了书名：独白与手势。事实上，1992年我来岛上就随身带着一个电视纪录片的构想提纲，题目叫《南方之南——一百个人的独白与手势》。我想以实录的手法来表现那些形形色色的闯海人。这个计划流产了，没有人来给我投资。而现在我却回来拍电视剧，把朴素的真实变成了平庸的虚构。但是，在那个微雨的晚上，我真切地感受到了什么叫做触景生情。当年我在这个岛上结识的朋友差不多全走了，剩下的是那些无法脱手的房产地产。奇怪的是，我的思绪并没有就此停歇，而是越走越远，最后走进了三十年前我故乡的一条巷子——那也是个细雨纷飞的夜晚。我好像意识到了，这就是我将要去寻找的故事的开端，小说开始的路。当晚，我在宾馆里用钢笔随手画出了许多只有我看得明白的草图。这些画面开始调动着我的记忆，或者说，我在用画面表达着属于我对记忆的感受。

1998 年秋天，我在北京拍摄《对话》，人民文学出版社的刘海虹向我组稿。我便对她说了这个计划，她立刻就有了浓厚的兴趣，她说：我很想编一部带图画的小说。这样，在《对话》做后期的时候，我在亚运村以北的一间屋子里，于一个雨天的后半夜开始写《独白与手势》的第一个句子——“你眼前的这条小巷，是故事开始时的路。”其实在春节期间，我省亲回故乡——位于皖西南的一个叫做石牌的镇子，已着手拍摄未来的小说中所需要的照片了。所以严格地说，这部小说开始的时间应在那个时候。那些日子我手忙脚乱，却觉得异常充实，因为我又经历了一次奇妙的叙述旅行。

我写小说很大程度上依靠的是一种即兴的状态，大都没有所谓的构思阶段（我指的是写什么），也不会事先制订周密的提纲。我甚至不知道故事的走向和发展。通常的情况下我是一句一句地往下蹭，凭借的是故事本身的惯性。我相信恰当的叙述方式会使故事身轻如燕。有时候我吃惊地感到，不是我在写小说，而是小说在写我，我处于极端被动的地位，让小说牵着走。

在小说写过五万字时，我意识到自己写的不是一本书而是三本，于是就这样自己把自己架起来了。接着，我将每一部分别命名为《白》、《蓝》和《红》。这或许与我热爱基耶斯洛夫斯基著名的影片《蓝》、《白》、《红》有关，但我企图表达的不是自由、平等与博爱，我只想倾诉一个男人三十年的情感历程与心灵磨难。

《独白与手势》的第一部《白》最初由《作家》自 1999 年第 7 期起开始连载。之后，《小说选刊·长篇增刊》又进行了转载。《独白与手势》的第二部《蓝》刊于《小说家》杂志 2000 年的第 1 期，与此同时，人民文学出版社出版这前两部的单行本。

如果没有什么意外，我将在 2000 年底完成第三部《红》。

对于我这样闲散的人，写作无疑是一次漫游。不过我本人并不讨厌这种习惯的行姿。文学的路很长，有人一开始就跑得极快，有人一直就是晃悠着。正如俗话说的，林子大了什么鸟都有。据说中国每年会有七百部长篇小说问世，这是个令人吃惊的数字。但是否表明文学的繁荣值得推敲。现在想起来，在写作《独白与手势》的那些日子里实际上我是如履薄冰，稀里糊涂地写了几十万字，全凭一股子气撑着。那就是我对寻找到的这一形式的痴迷。一旦完成，我就感到了心累，因为在某种意义上，我和书中的那个男人一样忍受着持久的磨难与煎熬，尽管这不是回忆录。我不免生出几分惶恐，好像这种真切的体验会给生命招致意想不到的麻烦。这让我想起欧内斯特·海明威的一个著名的短篇《印第安人营地》。临盆的产妇经过长时间的挣扎活了下来，而她的丈夫却因无法忍受死亡气息的折磨，割断喉管自行解脱了。于是少年尼克问接生的父亲：死难不难？

他父亲说：死是很容易的。

2000 年 4 月 20 日　北京

我理解的小说和小说家

去年 11 月,《合肥晚报》就目下一些文化热点问题对我进行了一次访谈。其中一个题目是关于那本《十作家批判书》的。我说这本书我在摊子上见过,没有看;我又说:策划者选择十位名气很响的作家当靶子,显然是卖点的需要。记者问:你对内中有贾平凹、苏童怎么看?我说如果从小说的观念和艺术上看,他们是完全不同的。我坦率地说:苏童是一位很好的小说家,可能他近期的某些作品不尽人意,这也正常,谁也难以保证自己的每篇作品都叫响。但我相信苏童还会写出优秀的小说来的。

那么,记者问,你对贾平凹的小说怎么看?

我只好坦率地告诉他:我不喜欢。我觉得贾平凹不具备一个小说家的素质。他的小说尤其是长篇小说写得很糟糕。倒是一些带有地域文化色彩的散文写得还不错。

记者问我这些话能否登到报端?我说可以。我想我发表的是个人的意见,谈的是小说,没有什么可犹豫的。这样,文章见报后,我便接到许多朋友——“圈内”和“圈外”的电话,说很同意我这种评价。说这种感觉他们早已有之,只是没有说出来。他们希望我能写篇文章,把事情说得透一些。其实像贾平凹这样的小说家中国还不少,他们基本上还是因袭传统的故事模式,在他们的“小说”里看不见叙事,也看不见智慧。往往是想好某一个主题,再围绕它罗织故事情节,图解,人物苍白,语言乏味。1986 年之后,中国的小说界发生了革命,重心由“写什么”转移到“怎样写”,小说的观念发生了变化。这个变化实际上导致了一个小说家写作立场和原则的确立。自然有很多样的小说,譬如琼瑶那种,譬如金庸一路,譬如我们从小读到的《青春之歌》、《林海雪原》。但小说作为一门叙事的语言艺术，应该不包括这些。即使是一个故事，也因讲法的不同而泾渭分明——有的进入到小说意味，构成了审美的高度；有的则还是在故事里绕弯子。小说是门艺术，它的发展某种意义上就是叙事的发展，对叙事空间的探寻是小说家毕生的努力目标。至于小说叙事，我想至少包含着两方面的意思，即叙事的感觉和叙事的方式。感觉是一个小说家的天赋，譬如博尔赫斯那里才会有“这个人和他的嗓门一样高大”或者“无法把沙搓成一根绳子”。方式指的是为小说寻找一个天衣无缝的载体，就像为自己的脚选择一双舒服的鞋。像这种叙事形式其实已经成了内容的一个难以分割的部分，它显然含有技术因素，很大程度上依赖于一个小说家的素质。

这次中国工人出版社出版的六卷本《潘军小说文本系列》，在每一卷之后除了附有一位评论家言，还附有一篇责任编辑牛志强和我的对话。有一篇叫《城市状态》，我们也涉及到了贾平凹的《废都》。我们都认为这个“废都”其实像个“废镇”，所谓都市四名人怎么看也是城镇文化馆里的。我认为问题就是作者不能把握住城市以及城市人的状态。而另一个作家阿城的《棋王》，一出手就不同凡响，他笔下的知青最像知青，与他们穿什么衣服没有任何关系。我觉得阿城对城市人的状态把握得极好，而且他的素质似乎天生就是个小说家。另外，我对贾平凹书里的性描写也很反感。记得还是在1994年，我在海口曾和鲁枢元谈起过这个话题。他有句话说得很好，他说：性可以写得很干净，写得很美，也可以写得很脏很丑。我觉得贾平凹的性描写趣味比较低级，读起来很不舒服。

这篇文章只是我个人对贾平凹的小说发表的一点意见，他是个多产作家，大概也是中国出书最多的作家，据说还得过一些“国际奖”，名气很大。但我还是坚持认为，他的素质不能成为小说家——至少不是我认定的那种小说家。

2000年5月3日　北京天坛之侧

作家的沉默和沉默的作家

前些日子，《文学故事报》的记者对我进行过一次访谈，其中一个问题是：有人认为当代文学之所以没有出现大师级的人物，与少批评、少派系、少论争有关。因为20世纪二三十年代鲁讯、胡适、梁实秋，“创造社”、“太阳社”、“新月派”等等之间论争不断、批评不断，因此造就了一批文化大师。这种说法有没有合理性？

我坦率地说：没有多少道理。我也没有觉得二三十年代出现过多少大师。我喜欢鲁迅，是喜欢他的思辨深度，除他之外，对我个人而言，真正意义上的大师好像也没有。另外从我了解的一些西方文学情况看，作家更多的是在坚持一种自己的个体劳动，就是写作。譬如福克纳就是在自己的家乡待了一辈子，这并不影响他成为大师。卡夫卡生前是个很忧郁的人，甚至不愿意把作品拿出去发表，更谈不上卷进什么文学纷争了，但他还是大师。我的意思很明显，一个作家的沉默实际上意味着一种存在方式。当代文学的每个潮头上，很多人愿意喊上几嗓子，以此显示自己的价值。但是，也还有另一些人选择了沉默。或者说他们是在用文本对中国文学发言。

就创作本身而言，一个作家往往在现实中需要沉默，他的活跃一般是在想象的天空里。这意味着作为个体创作者需要一种从容的职业心态。我经常听到“甘于寂寞”的说法，但是我不喜欢，因为“甘于”实际上暗示着一种忍耐。在这样的层面上，“沉默”显然值得尊重。写作是未知不断显现的过程，写作者如同夜行者，只有胆怯而害怕孤独的人才时常要吹起口哨。然而中外文学史上一部伟大的作品恰恰是在孤独中诞生的。屈大夫遭放逐而赋《离骚》，太史公受腐刑才作《史记》。帕斯捷尔纳克从1948年开始创作《日瓦戈医生》，长达八年，1956年写出之后，却又不敢在他的祖国印行。这部以作家母语俄文完成的著作的第一个版本竟是意大利文，由米兰出版社出版。两年后，当《日瓦戈医生》摘取1958 年度诺贝尔文学奖桂冠时，当时的苏联当局却要将它的作者帕斯捷尔纳克驱逐出境，以至于作家在十七个月后忧郁而死。

对于一个为欲望所驱使进行写作的人，我理解为职业作家。他所依赖的支持，是一贯信奉的文学主张和炽热的职业情怀。他以沉默的方式远离主流意识形态的话语，他以沉默的姿态安然坐在自己简陋的写字台前，最后，他沉默地活在自己作品的字里行间。对于这种人，沉默当是一种高贵的精神气质，也是他的宿命。

2000 年 6 月 16 日　合肥寓所

见证时间：凝视博尔赫斯

1984年春，我在合肥购得上海译文出版社出版的《博尔赫斯短篇小说集》，定价人民币一元二角。这是我拥有的第一册豪尔赫·路易斯·博尔赫斯的作品。这本由王央乐先生翻译的博尔赫斯作品此后便跟随我游历四方。1993年4月，作家马原来海南岛拍摄大型专题片《中国文学梦》，访谈中我们不可避免地谈到了博尔赫斯，谈到王央乐的这个译本。马原说，他正是因为这个译本才去上海拍摄王先生的。这种表达实际上暗示着一个事实，即翻译家王央乐对我们喜爱博尔赫斯的作用。我很自然地想到，我在大学时代对福楼拜的《包法利夫人》的迷恋与李健吾先生的译笔有关。我特别喜欢那种简约的短句子。我不止一次地问过自己，倘若十五年前，我首先遇到的不是王央乐先生的这个译本，会是怎样的情形？我还会如此长久地热爱这个玩弄中国手杖的阿根廷老人吗？

我清楚地记得我第一次阅读博尔赫斯时的感觉。那是一种奇异而神秘的感觉，几乎所有的小说读过之后都不知所云。他向我们提供的是一个全新的文本，在这个文本中充满着虚构、幻想、引经据典和东拉西扯，与我过去对小说的阅读经验迥然不同。我甚至私下不止一次地抵制这个小说的另类。但是感谢王央乐先生，他漂亮而雅致的译笔使我在阅读博尔赫斯之初就对他的每一个句子肃然起敬。智慧的句子使我和博尔赫斯老人相识以至难解难分。很快我有了一种预感，与我相遇的有可能就是20世纪最伟大的一位小说大师。

1990年秋天，我在合肥简陋的寓所，在一个无法照进阳光的屋子里，开始写作中篇小说《流动的沙滩》。这篇小说的标题来源于法国“新小说”代表作家之一的克洛德·西蒙的一次演讲。他说：我们对任何事情都没有十分的把握，因为我们始终是在流动的沙滩上行走。然而，西蒙，这位1985年度的诺贝尔文学奖得主的作品，譬如《弗兰德公路》，却没有怎么吸引我的注意。我想这其中一个不可忽视的原因在于，这之前我已和博尔赫斯相遇了。而且一旦相遇，就无法使我再见异思迁。

《流动的沙滩》的第七节的小标题是：博尔赫斯的记忆。其中有这样的表述——

> 没有人把博尔赫斯的记忆传授给我，却有人把莎士比亚的记忆给了博尔赫斯，使他成为“因近视而富有远见”的诗人和小说家。这个阿根廷人一生只做了两件事：读书和写作。他对旅游的兴趣不大。我们也可以说，他在卷帙浩繁的典籍中旅游。他曾一度出任布宜诺斯艾利斯市立图书馆馆长，庇隆下台后，又出任阿根廷国立图书馆馆长。因此他坐在家里见多识广。世界上实际不存在一堵墙。博尔赫斯用科学的笔法撰写不科学或反科学的故事。他的创作无不显示着智慧和狡猾。

这应该是我对博尔赫斯的最初印象。其时大师还健在。两年后的1986年6月14日，博尔赫斯病逝于他的第二故乡瑞士日内瓦。

1965年，约翰·厄普代克在著名的《纽约客》杂志上撰文指出，“博尔赫斯的虚构小说里呈现的睿智即使在哲学和物理学著作中也不多见”，同时“引人入胜，令人愉悦”。这种判断与我比较一致。

王央乐先生在他的译作前言中指出：博尔赫斯的短篇小说具有很强的艺术感染力。然而这种感染力却来自作者荒诞不经的幻想和模棱两可的哲理。

事实上，博尔赫斯自身就是一个悖论。他生性羞怯，却又喜欢跃跃欲试；热爱学问却又醉心政治鼓动；性格孤僻却又愿意接受记者访谈；他的智慧吸引女人的关注，却很少有女人愿意和他上床，以至于最后上帝决定把百万册图书和高度近视的眼睛一并赐给了他。

然而博尔赫斯是智慧的。他一生都在用文字制造智慧而不失严肃的游戏。

博尔赫斯的智慧反映在方方面面。在他一些比较完整的小说里，这种智慧首先表现为故事的选择编排。他往往是受到某种启示——它的来源可能是《圣经》或者《古兰经》，也可能是高乔诗歌和阿根廷民间传说，更有可能是一些鲜为人知的典籍。《秘密的奇迹》这篇小说很大程度上概括了博尔赫斯式的文本特征。这篇不足六千字的小说写于 1943 年，而故事中的时间则要早了四年，但都是作家对第二次世界大战作出的反映。小说的题记引自《古兰经》第二章第二百五十九节——

> 故真主使他在死亡的状态下逗留了一百年，然后使他复活。他说："你逗留了多久？"他说："我逗留了一日，或不到一日。"

显然，博尔赫斯将要写出的，是一部在战争的阴影下关于时间的作品。博尔赫斯似乎从来就是作为时间的见证人而存在的。他在和卡洛斯·富恩特斯的一次谈话中就坦率地承认："除了萦怀的时间问题外，我对任何哲学问题都没有得出结论。"他说时间问题启发他写了不少东西。在这次谈话里，博尔赫斯援引莎士比亚《麦克白》中的台词解释上帝的永恒。他认为永恒"并不是我们所有的昨天的总和，而是对可能存在的事实一览无余的过去、现在和将来的总和。因为上帝的记忆也将成为上帝的预言"（王永年译《我和博尔赫斯》）。

《秘密的奇迹》从作家哈罗米尔·拉迪克的一个奇异的梦写起，他"梦见了一盘长时间的大棋。下棋的并不是两个人，而是两个著名的家庭"，而且"这一盘棋已经下了许多世纪"，而且"棋子和棋盘放在一座秘密的塔里"。然后，梦中自以为是某个家庭成员（长子）的哈罗米尔开始"在雨中荒原的沙地上奔跑"，而"许多钟表敲响着这盘急迫的棋局的钟点"，以致"没法记得棋子的模样和下棋的规则"。哈罗米尔的梦便在这样的时刻醒了。

"暴雨中的雷声和可怕的钟表声已经停止。一种有节奏的整齐的声响，时不时被号令的声音打断，在采尔特内街升起。天已微明。第三帝国的装甲先头部队正在开进布拉格。"

小说就这样开始了。博尔赫斯营造了一个神秘中渗露出恐怖的氛围，在这个简短的第一自然段里，他反复提示了时间，同时以梦魇的方式暗示了死亡的阴影已经抵达布拉格的街头。梦印证了即将发生的现实。

接下来就是3月19日哈罗米尔遭到逮捕，罪名由诸如作家的母姓、犹太人血统、研究犹太学问等构成，而当事人竟“没有一条能够反驳”。于是，“他被押进在莫尔达瓦河对岸的一座消过毒的雪白的监狱里”。秘密警察头目之一的朱利乌斯·罗特，是一个可以因为两三个歌德体的形容词就大开杀戒的家伙，他决定在3月29日上午9时对拉迪克实行枪决。也就是说，这个叫拉迪克的作家还可以活上十天。然而不可思议的是，身陷囹圄的作家此时却在不厌其烦地想象着关于如何对他行刑的细枝末节。“总是无休止地回到他死亡的无休止的前夜。”但是，这个人以合乎逻辑的顽强，得出了一个结论：预见到死亡过程的细枝末节，就会阻止它真正发生。他大声地论证说：“现在我是在22日的晚上，要是这个晚上（以及其他六个晚上）继续存在下去，我就不会受伤害，就是永生不死的。他想，梦中的夜晚是深深的乌黑的深槽，他可以沉没在里面。”

在这里，博尔赫斯把现实与梦境的路打通了。往下的路线就好听从他的安排。和他的其他一些名篇一样，博尔赫斯真正的虚构总是秘密地进行，或者说这个老人喜欢在他小说的内部进行认真的杜撰。某种意义上，博尔赫斯的小说可以看成是一种双重的虚构文本。小说作为虚构的故事文本在博尔赫斯手里，就其表面的形态而言，往往像一份措辞考究、证据充分的报告（1970年他出版的一部小说集就叫做《布罗迪报告》）。在这样的一份份“报告”里充满着准确的时间、地点、真名实姓的人物、确有出处的典籍，并且大量地引经据典。这些“报告”经他神奇地组织起来，具有毋庸置疑的欺骗性，但一切看上去是那么煞有介事。这是另一种虚构，形式的虚构。著名的《交叉小径的花园》开篇就是——“在利德尔·哈特所著的《欧战史》第二十二页上，可以读到这样一段记载：十三军团的英军（配备着一千四百门大炮），原计划于1916年7月24日向塞勒—蒙陶朋一线发起进攻，后来却不得不延期到29日的上午。倾泻的大雨是使这次进攻推迟的原因。”利德尔·哈特是确实有的，这位“一战”中二十一岁的英军上尉后来成为著名的军事学家；《欧战史》也确属利德尔·哈特所作，于1934年出版；塞勒—蒙陶朋更是有的，今天还在法国的版图上标着。然而这些不过是为所谓的俞琛博士那份“开头两页已经遗失”的声明进行的铺垫。由此洞开博尔赫斯式迷宫的门户。

除了博尔赫斯的博学与其对纯粹文学形式的高度掌握，或许正是由于这么一种“双重虚构”的文本，博尔赫斯成了“作家们的作家”。这之前的作家可以虚构故事，却还没有来得及考虑虚构形式。

作为剧作家的拉迪克在狱中除了思考时间和死亡外，还在琢磨他的一个未完成的诗剧《敌人们》。这时的博尔赫斯又开始了东拉西扯，他用不小的篇幅提及拉迪克的日常生活，其中强调的是他翻译的《塞弗尔·叶济拉》，强调了“人们可能获得的经验的数字并不是无限的，只要一次‘重复’就足以显示，时间就是欺骗……”博尔赫斯似乎有意在转移读者的注意力，以改变读者对故事的线型关注。但是小说中的拉迪克的剧本却“完全遵守时间、地点、动作相一致的‘三一律’”。剧中的故事发生在拉德卡尼“19 世纪的最后几个傍晚之一”。地点是罗某施塔特男爵的书房。一个陌生人来拜访男爵，几经转合，却使男爵感到身边潜伏着一个“复杂阴谋”。剧本的舞台提示是“一只钟指着 7 点，残阳强烈的光芒照耀着玻璃窗，空气中传来热烈的熟悉的匈牙利音乐”。剧情似乎很荒诞地在展开，莫名的危险也在不断地增强，以致男爵不得不杀死一名密谋者。可是到了最后一幕，这个被杀死的人又奇迹般地回到了舞台上——“有人注意到，天色还没有昏暗，钟还是指着 7 点，西斜的阳光照在高大的玻璃窗上，空气中传来热烈的匈牙利音乐。”关于时间的暗示再次出现。

然而这部莫名其妙的剧本居然让它的作者找到了存在的借口。拉迪克开始在黑暗中向上帝祈祷，希望上帝能赐给他最后一年的时间，用以完成《敌人们》缺少的两幕。他说：“如果我是以某种方式存在的，那么我就作为《敌人们》的作者而存在吧。”于是上帝就干预了，他的意见通过拉迪克梦中的“一个无所不在的声音”传达出去：“你所需要的时间已经允准了。”

至此，小说中的精彩部分随着哈罗米尔·拉迪克的苏醒向我们走来了。3 月 29 日早晨，两名兵士走进了囚室，计划 9 时整执行枪决并没有因此改变。死囚拉迪克被带到狱墙的前面接受最后的拍照，接下来就是接受那排枪了，兵士让他向前走了几步，以免墙会被血污染。这个瞬间，拉迪克感到了恐惧，一颗粗大的汗珠渗出他的鬓角，正在慢慢地沿着面颊滚下。但是，这颗汗珠在他的面颊上凝固了，他吐出来的香烟的烟雾也没有在他眼前散开，拉迪克意识到奇迹发生了。

“肉体的世界停止了活动。”博尔赫斯这样写道，“所有的武器都伸向拉迪克，但是那些要杀他的人却一动不动。上士的胳膊举在半空，停在那里。院子里一块砖地上，有只野蜂投下了一个固定的影子。风停息了，仿佛是在图画里。”

很多次，每当看到这里都使我对大师感到敬畏。这个类似电影里的定格镜头表达的是对时间的另一种书写。这是上帝的时间，更是博尔赫斯的时间。1976 年 6 月 23 日，博尔赫斯在一篇题目叫做《时间》的随笔里这样对我们说——

> 事实上我们每天都在死亡，又每天都在诞生。我们不断地诞生，不断地死亡。正因为如此，时间问题比其他任何形而上学问题都来得重要。因为其他都是些抽象问题，时间是我们的实际问题。我是谁？我们的每一个是谁？我们是谁？也许有一天我们会了悟。也许永远不会。

拉迪克利用上帝赐予他的一年时间顺利完成了他的歌剧《敌人们》。“上帝为他做了一个秘密的奇迹。”当他找到最后一个形容词时，那颗凝固在他面颊一年之久的粗大汗珠又开始了滚动，然后，那排枪响了。

“哈罗米尔·拉迪克死在 3 月 29 日上午 9 时 02 分。”——这是小说的最后一句。就是说，即使是上帝，也无权改变客观的时间。上帝能教会我们支配的是另一种时间。

即使是在 80 年代末期，我醉心于“实验小说”的阶段，我也毫不含糊地认为：任何小说都是有所寄托的。无论是早期的《南方的情绪》，还是最近的《重瞳》，都包藏着或者隐匿着我个人的某种想法。这是小说内部的东西。尽管我深知，某种意义上小说的发展是一种叙事形式的发展。但我觉得，一个作家是无法回避他所要表现的对象的。当我以一种职业作家的眼光去面对博尔赫斯的小说时，我会从第一个句子开始，见识出它的好来。1999 年 12 月 21 日，我在合肥接受林舟博士的访谈，当谈到《流动的沙滩》时，我说：那时我非常向往自己能写出一部具有博尔赫斯式的语言意味的小说，就是既完全改变传统小说的那种结构模式，又能即兴地随手拈来许多东西，最后把它放在一个统一的语言系统里面，构成小说内部的一种和谐。

在这篇文章里我不想过多地去涉及博尔赫斯的作品。他的作品对我而言，永远是一座智慧而精致的迷宫或者一面神秘的镜子。一座“圆形废墟”，一处“交叉小径的花园”，一本“沙之书”，这些都是“秘密的奇迹”。我希望是这样。我没有兴趣从博尔赫斯作品里去寻找柏拉图、叔本华或者毕达哥拉斯的身影。我担心如此对文本做出比较理性的解析，会影响我对博尔赫斯的感情。我要维护对大师最初一刻的那种冲动与崇敬。面对像博尔赫斯这样的大师，我以为最好的方式就是保持阅读的直觉——某种意义上，我是把博尔赫斯的作品当做一个精美的读物看到了今天，这是我依然保持着对博尔赫斯的新鲜感的原因所在。我心目中的博尔赫斯永远是智慧的，这种智慧散发在他的字里行间。

一个在智慧的学校里皓首穷经的人带着博大精深的学问最后死了，来到永恒之国的门口。

吉祥天使迎上去，对他说：

“喂，凡夫俗子，别往前走啦，你得先向我证明你有进天堂的资格！”

那人回答说：

“且慢！我要先问问你，你能不能向我证明这里是真正的天国，而不是我死后昏瞀心灵的急切的幻想?”

天使还没有搭腔，门里有个声音说：

“放他进来！他是我们中间的人。”（王永年译《我和博尔赫斯》）

——很多年前，博尔赫斯把这段苏菲派教徒的言论放在自己一篇文章的前面，作为题记；而现在我将此移到这篇关于博尔赫斯文章的后面，作为结束。因为我看清了，那个面对天堂之门的人就是博尔赫斯。

2000 年 6 月 22 日　合肥寓所

一个中国作家的立场

——在中德文学研讨会上的发言

关于作家的责任

就我个人的看法，一个作家的责任首先是应该考虑怎样去把一部作品写好。这应该是最起码的、实际上也是最大的责任。一个作家在他进行写作的那一刻，这种承担责任的义务就已经发生了。但是，随着写作的展开，这种日后由作品导致的责任将会是另一个样子。因为，小说家的创作——至少是我这样的小说家，他在写作中往往是被动的：不是作家在支配小说，而是小说在引领作家。就是说作家某种意义上是在随着渐渐形成的叙事惯性驱使前行。那么，以后的责任就是由文本来承担了。文学的影响力来自文本，而非作家，尽管二者有着紧密的联系。中国古代有“道德文章”一说，但是文如其人的判断并不怎么科学，至少很片面。譬如说，一个个人道德优良的作家也很可能会制造出一个腐蚀人心的文本来。

作家算不算知识分子，在中国似乎还有争议。我的观点是作家本来就是知识分子的一员。而一个知识分子的存在价值，首先就应该表现在有勇气站在社会的对立面上。这并不意味着他们是反社会或者反政府的，而是他们需要拥有一个批判的立场。作家不需要用自己的嗓门对着社会发言，他用的是文本。

关于创作与批评

君特·格拉斯说：在德国，一个批评家可能比一个作家更受关注。其实中国在以前也有类似的现象。刚才程光炜教授说，中国在五四时期的陈独秀、胡适先生就是如此。我要补充的是，他们都是安徽人。德国同行施皮恩先生问我，中国的小说家是否也写批评性的文章，我的回答是肯定的。一个作家写的批评，依赖的是自己的直觉判断，而不需要理论支持。这种批评，显然不同于陈晓明先生所介绍的那种“学院式的批评”。正如陈先生所言，上个世纪 90 年代，在中国批评家里面，出现了知识背景的转换。他们抛弃了从前的别林斯基而转身面对罗兰·巴特，这是导致今天“学院式批评”的一个重要原因。这种“背景转换”同样也反映在中国作家身上——当然是一部分作家。但他们要完成的转换，是希望摆脱西方，包括德国、德语国家在内的那些文学大师的阴影下写作的局面。他们希望独立。这样，90 年代那些先锋作家们，在今天已经发生了很大的变化。导致这种变化的固然可能有诸多复杂因素，但是一个纯粹的作家，他的转换总是发自文学的内在需要。

没有一个小说家是先看批评，而后来写作的。但是同样需要说明的事实是，这些作家从来就没有忽视批评给他们带来的收益。在上个世纪 90 年代，中国的作家和批评家的关系是十分融洽的，他们互相学习，并由此成为朋友。我和陈博士就是那个时候开始交往的，想来已有十多年了，那是一段需要缅怀的时光。今天的情况似乎有些糟糕了。今天的一些作家，在成名之后，很难有耐心和勇气面对那些批评尤其是那些针对他们创作不足的批评。他们感兴趣的是如何利用自己的名声和影响去多多挣钱。而一些批评家们，更多的是热衷于那些实用的、带有买卖性的宣传活动。或者是，面对一份具有智力挑战的小说文本他们显得束手无策，要不就是进行那种妄想型的、自恋式的批评。因此，今天再谈所谓的纯文学和学院式批评，感觉上是身体有毛病似的。但是，仍然还是有这样一些人存在着。他们就像一条暗河在大地之下流淌。这也就是我为什么要来参加这次会议的理由。

关于诺贝尔文学奖

我的一位同行曾经打过一个比方，就是，如果把已经获得诺贝尔文学奖的作家和那些被疏漏的作家组成两支球队，那么战败的一方肯定是获奖队。百年诺贝尔，遗忘了很多诸如老托尔斯泰、陀思妥耶夫斯基、卡夫卡、博尔赫斯以及中国的鲁迅这样的大师，这无疑是这个奖项的遗憾。

当前中国文学最大的遗憾是“权威的缺席”。而另一个遗憾是到处可以见到以大师自居的人物。失去权威意味着失去一种楷模、失去一种公正。这种遗憾，我想德国，乃至斯德哥尔摩也有。所以很多时候，我觉得我们这些人是在踢一场没有裁判的足球。(施皮恩先生插话：是二十二个人踢二十二个球吗?）虽然没有裁判，或者裁判吹的是黑哨，但是我们还那么固执地在踢，支持我们的唯一力量是那种职业心态。

去年的诺贝尔文学奖授予了如今已是法国人的高行健先生，对此，我还是感到高兴的。因为不管怎么说，高先生的血管里流的还是华人的血，他填补了百年诺贝尔文学奖与华人无缘的空白。我想这比一个在法兰克福俱乐部效力的球员踢进一个球的意义要重大。其次，高先生的小说《灵山》最初是用汉语完成的，这说明汉语写作不会因为翻译的障碍而与诺贝尔奖失之交臂（以前，这是我们国内解释不能获奖的一项重要理由)。但是，这个奖授予高先生，我并不以为是对他个人能力的肯定，而是对一个文学探索方向、或者说小说叙事方向的肯定。我想用汉语写作的作家，比高先生杰出的应该很多。我想这是正常的。1985 年度的诺贝尔文学奖的得主是克劳德・西蒙，这个事实也并非意味着阿兰 - 罗布・格里叶的暗淡无光。应该看做是对“新小说派”的肯定。

今天的中国文学所处的时代，实际上是一个错过谁都不遗憾的时代。如果说，在上个世纪的 30 年代我们错过了鲁迅，那么会是很遗憾的，而现在这种遗憾是完全没有了。我从来没有想过这个时代会诞生真正意义上的文学大师。同时我还要说的是，一个纯粹的作家从来都是为欲望的驱使来写作的。正如托马斯・曼的伟大不在于他是否获得了诺贝尔奖和引起了许多批评家们的兴趣，而在于他写出了不朽的《魔山》。

关于小说和影视

我认为一流的小说是不能改编成影视作品的。托马斯·布希戈先生刚才谈到他的小说《像我们这样的英雄》改编成电影后那种尴尬，我也遇到过。但我很快就排解了，因为我参与影视创作就是在做一笔生意，毫无成就感。所以我总是在觉得自己的日子过得有些紧张的时候去考虑做影视的。我接触到中国的一些电影人，他们的最初目标或许很高，但是后来就变得莫名其妙了。譬如说，我的《海口日记》被改编成电视剧后，里面原先的那个妓女转眼就变成一个既会歌唱还会作曲的角色——这样的人可能去做妓女吗？所以，现在的一些作家不大容易信任一些电影人。

但是，另一种发生在作家自身的情况也很糟糕。毫无疑问，任何作家写出一本严肃的小说都是需要花很大的气力的，可是这样的书却无法畅销。作家自然也就没有相应的经济回报了。然而一部最粗俗的电视剧却能为他带来丰厚的利润。在中国，它们之间的经济差距是十几倍甚至几十倍。于是，一些作家在进行小说创作时的思维定式就发生了变化。他们一下笔首先想到的就是自己的“小说”是否可能被改编，以便获取高额的报酬。可想而知，这样的东西距离小说的品质就很远了。甚至还有这样的做法，当一部电视剧叫响之后，再回头把它整理成“小说”。

尽管如此，我对电影还是满怀感情的。我希望有一天在中国能够看到像伯格曼、基耶斯洛夫斯基、阿姆多瓦以及德国的法斯宾德这样的大师的手笔出现。

2001 年 11 月 9—13 日　歌德学院北京分院

回顾“先锋文学”

我历来把自己的写作分为两类，“欲望的写作”和“实用的写作”。前者是我的追求与寄托，后者则是谋生的手段。去年我进行的基本就是“实用的写作”，做影视挣钱去了。只写了一个中篇《戊戌年纪事》，发在贵州的《山花》上。后来《文艺报》有文章推介，说我的这篇小说依旧是“先锋”的和“后现代”的。这倒让我想对所谓的先锋文学说上几句话。

2000 年，国内十家文化单位在京联合召开我的作品研讨会。在那次会议上，不少人谈起了先锋文学。在大家的记忆中，小说界关于“怎么写”的序幕是在 1985 年前后拉开的。据那次文学热潮的主要参与者李陀先生回忆，当时他们提出“怎么写”某种意义上比“写什么”重要，是带有一定的抗议性的。李陀没有或者不便进一步指出，具体抗议什么，但针对传统的小说模式，一定是包括其中的。当代文学史上的一些思潮，或者由思潮引发而出的文学运动，在 1985 年之前大都局限在内容上，譬如“伤痕文学”、“反思文学”以及“改革文学”等。但“怎么写”却不是这样，它鲜明地指出“革命”的对象在文学形式上，它的反传统性也主要表现在形式上。

我至今认为，所谓“先锋派”，还是批评家们做学问的一种归纳。之所以有“派”的称谓，有两个基本因素。其一，是当时确有一些青年作家在形式探索上走得比较远，譬如马原、余华、格非、苏童、洪峰、孙甘露、叶兆言、北村、吕新以及我本人。其二，是这些作家的作品基本上集中发表在《收获》、《花城》、《钟山》、《人民文学》、《作家》、《北京文学》、《上海文学》这样一些杂志上（后来又有了《大家》和《山花》）。这样就很容易有一种营垒的感觉。我记得 1988 年第 6 期的

《收获》就是一个先锋小说专号，作者大都是上述的那些作家。花城出版社当时也有一个“先锋小说文库”，主要作者也还是这些人。

但就写作而言，这些作家之所以“怎样写”，其中一个不可忽视的、也可能是最直接的原因，是受到了国外一些作家的影响。那时期，像博尔赫斯、乔伊斯、卡夫卡、塞林格、萨特、加缪、福克纳、海明威、罗布·格里叶、加西亚·马尔克斯等这样一些带有现代派色彩的作家，一齐站到了我们面前。他们的作品像对我们打开了一扇扇窗口，让我们知道“哦，小说还可以这样写”（马尔克斯语）。这些面貌迥异于我们深受熏陶的苏俄文学和本土文学传统。可以想象，那是一道道多么灿烂的光线。我不知道别的作家是否承认这点，我是承认的；非但承认，而且我还大胆模仿——《流动的沙滩》就是这样的一个向博尔赫斯致敬的作品。前年《北京文学·中篇小说月报》开了一个“文本典藏”的栏目，邀请一些作家去点评经典作品，他们让我面对的，还是博尔赫斯。

在我看来，所谓先锋，当指一种文学探索的精神。现在看起来，当时的批评家对这些作家在形式上的探索是肯定有余，却往往把形式与内容无形中剥离开来看待，或者对作家在内容上的发掘一笔带过。譬如我在《南方的情绪》中关于恐惧的表现，在《流动的沙滩》中关于人生轮回的阐释，都是经过很多思考的，我自觉内容很扎实，但一些关于我小说的评论里，没有见到这方面的论述。

先锋小说在上个世纪80年代末期达到一种高度，但随着政治形势的变化，没有掀起更高的浪头。这应该是一个遗憾。尽管在90年代初期，还是有一些作家在进行这样的尝试，并且把在中短篇领域的文体实验开始引进长篇，但总的趋势是在减弱。先锋小说式微后，它的主要作者也开始发生了变化。被广泛看好的马原一直没有力作，叶兆言几乎不再“先锋”，孙甘露也似乎淡出了。大概只有北村、吕新和我这样的人还在那里这么写着，有人说这是一种坚持。暗示着苏童、余华是在转型。因为他们写了《妻妾成群》和《活着》。不管看法与否，这是客观事实。批评界现在认为这是一种“蜕变”，而我则更愿意把它理解为作家的自我调整。即使是“蜕变”，那也不能简单地看做倒退。事实上，苏童的《妻妾成群》和余华的《活着》应该是他们最具影响力的作品，随着被张艺谋改编成电影，几乎达到了家喻户晓。我们不能轻率地认为，这些作品在小说叙事上是不成功的，它或许没有《罂粟之家》和《往事如烟》在形式上那么极端，但在文本上仍然是成功的。更可贵的是，他们的实践使原来“艰涩”的小说开始变得“好看”起来。

一个作家的调整，只要发自内在的文学需要，而不是某种妥协让步的结果，更不是迎合什么，我认为是很正常的事情。这里还必须指出一点，这些作家经过调整，增强了小说的可读性，使小说“好看”，是与当年的文体叙事上的实验锻炼分不开的。这些作品依旧受着“先锋”的影响，叙事上包含着很大的技术因素。这或许就是他们与传统小说最大的不同。他们通俗了，但没有失去文学的纯粹。

1992 年之后的五年，我的经历中出现了一个很大的转折，先是下海了，去了海口；之后又去了郑州。那时我已经意识到，像我这样的写作，既不迎合主流，又不讨好市场，实际上是很奢侈的。所以若要坚持，就需要首先把自己养得从容。直到 1996 年，我恢复了写作，以一部《结束的地方》的中篇小说结束了商海的短暂生活，回到了阔别的案头。这以后，我的一系列作品，如《海口日记》、《三月一日》、《对门·对面》、《秋声赋》、《重瞳》、《合同婚姻》以及长篇三部曲《独白与手势》，都与以往的作品有了很大的不同。我要努力做到的，也还是使自己的小说好看起来。一个作家如果故意把小说写得艰涩，那是一种病态；而刻意迎合市场口味，那是媚俗。但如果是想尽可能把小说写得好看，那无疑是追求。难度正是这个。虽然 1985 之后，中国的作家开始了对小说叙事引起了足够的重视，观念也转变了。但观念的转变不等于就是能力的提高。这个能力的核心，我以为是叙事的技巧。如果说绘画是以线条和色彩来造型的，那么小说的造型手段应该是叙事形式，是结构，是语言，是句子。

先锋文学在新时期文学上的地位，我不想去说它。但有一点是不争的事实，即如果没有当年这些作家的实践，那么，关于“怎么写”就显得十分空洞了。先锋实验小说是我写作生涯中不可缺少的一个环节。它彻底改变了我的小说观念，一定程度上奠定了我的文学立场。我开始清楚这个世界的存在对我意味着什么，我需要与它保持适度的距离。我将从我的角度对它进行观察与思考。无论今天或者将来人们怎么看这场文学运动，作为一个亲历者，我对自己在其中扮演的角色以及所作所为都一样充满激情。那是一段值得缅怀的好时光。

2002 年 10 月　合肥

说不尽的博尔赫斯

王央乐之于博尔赫斯

博尔赫斯对中国当代文学的影响，应不限于所谓的“先锋作家”，也不仅是在小说家里，诗人中也有受到其影响的，比如西川。我还听说，博尔赫斯的诗歌实际上比他的小说还要精彩。我知道博尔赫斯，是在1979年，当时读大学二年级。好像是那一年的《外国文艺》上介绍了博尔赫斯的四篇小说，这是不是中国的第一次介绍？当时读了，不知所云。但博尔赫斯向我们提供了一个全新的小说形态，这种感受十分强烈。就像一个人看惯了“巡回展览派”，突然之间让你看印象派，那种感受是全新的。还有，翻译者王央乐先生的译笔很了不起，感觉非常有味道。几年后的1983年，我在合肥买到了王先生翻译的《博尔赫斯短篇小说选》，就是上海译文出版社出的那个小32开的册子，觉得好。1993年，马原去海南岛拍《中国文学梦》，他对我说已经拍了近百个中国作家，其中有王央乐，我想，他也是因为这个译本才作出这个决定的。这个事实表明，王先生的翻译对我们喜欢博尔赫斯所起的作用。倘若我最先接触的不是王先生的译本，或许就与大师失之交臂了。这一点我以为很重要。我读外国文学，从来都是先读翻译家——倘若译笔不好，我就不看了。比如《包法利夫人》，我是先读李健吾，后读福楼拜的。李先生那种漂亮的短句子让我至今迷恋。我不知道其他作家怎么看，反正我是承认，博尔赫斯对我有很大影响。十多年前，我甚至还公开效仿他，写了几篇小说，比较典型的是那部中篇《流动的沙滩》。我觉得博尔赫斯的真正影响，是对于整个写作形态的改变，同时也颠覆了阅读。

《流动的沙滩》写于1991年，写这篇小说就是为了向博尔赫斯致敬。我希望在叙述上做到从容不迫，而且既要完全改变传统小说的那种结构模式，又即兴地随手拈来一些东西，然后把它们放在一个统一的语言系统里面，构成内部的一种和谐。这是我对博尔赫斯的直觉。我从来不在意博尔赫斯的小说里到底说了些什么，更多是看他怎样说。我只是觉得他的小说很智慧，它的句子很智慧，而这样的作家在我看来确实是很罕见的，每一次细细的阅读，你可能都有新的发现。

时间是一个令人颤抖的问题

博尔赫斯小说的最大特点，就是对时间的思考和处理上。他对时间一直是不自信的，笔下的时间总是模棱两可，迟疑不决，甚至自相矛盾。他说，时间是一个令人颤抖和严峻的问题。然而也正是这种犹疑和悖论使得博尔赫斯对于时间命题的解决呈现了多样化的状态，从而意外的使其小说获得了独特魅力。《秘密的奇迹》叙说的则是在战争的阴影下关于时间的命题，在这里博尔赫斯提出了客观真实与心理真实，亦即物理时间与心理时间的关系问题，或者肉体的世界和精神的世界问题。博尔赫斯在作品中用暗示的手法模糊了梦与现实的界限，将梦和现实打通，合并成一条路，可以在其间自由来往。他进入了自由的呓语的梦境的状态，而我们正是被作者叙述中随意流淌出的象征、智慧、思考和想象力所征服。《南方》是一部精品，博尔赫斯本人也非常喜欢。但他所营造的"南方"，无疑是一种象征。在这里，南方和传统、历史是同义词。小说中的达尔曼走进南方，实际上是博尔赫斯走进了传统和历史。在这里，他将要接受了命运的挑战。命运和时间一样，都是不可捉摸的。所以小说的最后，那个被称为"南方的缩影"的高乔老人向达尔曼扔出了一把刀子，把他逼上了必须接受挑战的绝路。这太绝妙了。

对博尔赫斯的"误读"

中国对博尔赫斯一直有"误读"的现象。究其原因，我认为在于几个方面。首先是翻译的不够准确，我看过一份资料，说博尔赫斯的名篇

《交叉小径的花园》不是“交叉”，而是“分岔”，应该是“小径分岔的花园”。我想之于此类的错误应该还很多，但对于我们这些不能用外语阅读的人，不好分辨。但是，当我比较了几个译本之后，仅从译笔来看，我欣赏的还是王央乐先生的译本。其次——实际上这是最重要的一点，我认为是阅读观念的问题。博尔赫斯的小说是全新的形态，那里没有什么明显的线形关系，也没有更多的因果关系，故事往往是零碎的，人物形象也是模糊的，倒是充满了悖谬、矛盾、幻想和想入非非。第三，批评家们和作家们也在误读。中国的批评家往往习惯在读懂之后才发言，而现在面对的是全新的不易读懂的文本，所以他们只能作出似是而非或者自以为是的发言。在这里，批评家们其实是遇到了自身智力上的挑战，但他们多数是回避了，王顾左右而言他。批评家更关心的是把作品纳入自己所熟悉的某个体系。但是最过硬批评家还是应该就文本谈文本，迎面而上。至于作家们的误读，主要原因还是把习以为常的写作方式套用在博尔赫斯身上，这就造成了严重的隔阂。博尔赫斯一辈子是在书籍中旅行，他的作品极大的依赖文献与资料，依赖于自身的想象力而缺少体验。另外，博尔赫斯一辈子痴迷于叔本华等人的学说，他往往一开始就面对的是形而上的思考，这与中国作家习惯于逗留在形而下的层面，或者从形而下勉强提炼到形而上是大不相同的。再就是，一般的作家通常是被故事、被因果关系所追逐，是被动的；而博尔赫斯则是主动驾驭着文本，他通过他创造的这种特殊文本作为载体，可以装他想装的任何东西，可以为所欲为。

作为悖论的博尔赫斯

博尔赫斯自身就是一个悖论。他生性羞怯，却又喜欢跃跃欲试；热爱学问却又醉心政治鼓动；性格孤僻却又乐意接受记者访谈。他的智慧吸引着无数高雅的女人，却很少有女人和他上床。博尔赫斯出身于一个旧式军人家庭，从小在祖辈那些可歌可泣的传奇故事中长大，这种经历使他对那种勇敢彪悍的形象非常崇拜，所以他笔下出现的，往往都是杀手、醉汉、囚犯、刺客、流浪者和远方的骑士。这种形象，可能也是对他乏味的个人经历的一种补偿。某种意义上，他通过自己塑造的小说形象展现出生命的辉煌。他像个优秀的演员那样，通过不同角色的演绎丰富人生的体验。但博尔赫斯不是那种依靠个人经验、阅历进行写作的作家。他的身体条件决定他不能行万里路，但可以读万卷书。他是一个典型的“图书馆作家”，依赖的是自己丰富的阅读。这使他的作品，无论是小说还是诗歌，都呈现出一种超凡的幻想。他是一个梦想家。他从小就待在父亲的书房里，成人后几乎一辈子都泡在图书馆里，先是在布宜诺斯艾利斯市里图书馆当管理员，庇隆政权时期，他被弄去做了几年的家禽检查员，等庇隆下台了，他被任命为国家图书馆的馆长，他在这个职务上做了 18 年。所以他说：“必读的书，我已饱读”。他一生是在书籍中旅行。上帝把八十万册图书和高度的近视同时送给了他，却使他成为一个因近视而富有远见的人。这种情形，在其他作家，包括中国作家中十分罕见。一般来说，一个作家的经历、记忆，特别时童年、少年时期形成的记忆，决定了他的写作方向。作家的每一次写作，都在不同程度地在调动自己的记忆库。但博尔赫斯不是这样，他的许多小说，我推测都是从传说和阅读中得到启发的。他把自己的某些观念，嫁接在一个书中看到的或者道听途说的故事躯干上，然后再用文学的方式去解释哲学方面的问题，这使他的小说别具一格。《秘密的奇迹》中，居然有这样的事情，一个死到临头的剧作家，因为剧本没有写完，便托梦去向上帝争取一点时间，而上帝居然也允准了。但他要表达的却是对时间——这个哲学问题的理解：客观的时间无法驾驭，但主观的时间则可以自由支配。肉体的世界可以凝固，精神的世界却可以无限释放。

双重虚构与游戏状态

所谓“双重虚构”只是我个人的理解。小说作为虚构的故事文本在博尔赫斯手里，就其表面的形态而言，往往像一份措辞考究、证据充足的书面报告——他有一部小说集就叫《布罗迪报告》。在这样一份份“报告”里充满着准确的时间、地点、真名实姓的人物、确有出处的典籍，并且大量的引经据典，这些“报告”经他神秘地组织起来，具有毋庸置疑的欺骗性，但一切看上去都是那么煞有介事。他用貌似真实的细节等虚构了作品的形式，从而构成了一种虚实相间的迷离的效果。这是另一种虚构，形式的虚构。除了博尔赫斯的博学和对纯粹文学形式的高度把握，或许正是由于这么一种“双重虚构”的文本，使博尔赫斯成了“作家们的作家”。这之前的作家们可以虚构故事，却还没有来得及考虑虚构形式。读博尔赫斯的小说，有时候感觉是在做一项智力游戏，那里面有知识，有智慧，有惊人的想象和清晰的思辨，你在破除他布置的迷宫的同时，也享受到了梦游般的快乐。

我对文学史上依靠短篇小说立足的作家，从来都是敬畏的。例如中国的鲁迅，法国的梅里美，还有这位博尔赫斯。短篇小说由于受到篇幅的限制，它的经营便煞费心机。短篇小说应该是一个专有名词，与内容的浓缩其实没有什么关系。我曾经有一个比方，觉得短篇小说和传统中国画中的那种叫做小品的形式很接近。小品不是浓缩的国画，当然放大了也不是巨制。小品就是小品，要求的是那么寥寥几笔，尽得风神。但这寥寥几笔往往是要命的，因为要出大境界。所以八大山人、齐白石是大师，他们是出了大境界的。短篇小说核心的一点，是在有限中企及无限，这也是要命的。

对于一个职业作家，写作这种职业往高谈是使命，往低谈就是日常生活。但无论是作为使命的写作还是作为日常生活的写作，最高境界应该是游戏的状态。博尔赫斯便是真正进入到这种游戏状态的作家，具有大师的风范。

2004 年 10 月 30 日　京城寓所

“写作中”与“写出来”

——闲谈“伟大的中国小说”

我是不喜欢对某个概念发言的。况且是面对一个似是而非的概念。哈金先生提出“伟大的中国小说”，理解他的苦心和雄心，但我与他想的不一样。我以为一个作家，或者一个小说家，之所以写作是为了满足对叙事的欲望，他需要以这种手段与世界沟通。这是他的存在方式。一个人能一辈子爱一件事，并且认真去做，说明这件事对他具有非凡的吸引力，他喜欢，离不开，然后苦中作乐。我想正常的心态应该是这样。对于职业作家，写作首先是爱好，是日常生活，然后才可能成为事业与使命。正如垂钓的乐趣在于垂钓本身，而非树立起能钓上一条大鱼的信念，更非要求一个垂钓者把钓来的鱼拿到市场上去卖。你能说不树立钓大鱼信念的就不是好的垂钓者吗？因此“写作中”远比“写出来”重要。“写作中”不仅指的是写作过程，更重要的是指一种状态的确立。状态这种东西是能力问题也是心境问题，境由心造，几乎不受外界的影响。写作的意义恰恰就在这写作之中，而不是跑到写作之外。其次，什么才叫“写出来”呢？比如说写出一部如哈金先生所言的“伟大的中国小说”？是官方的褒奖？是民间的呼声？是印数？是版税？还是批评家、汉学家的推举？似乎没有一项可靠。当然这个意思并非是说，作家不愿意写出“伟大的中国小说”，树立这种信念的作家依然是可敬的，但这与前者比较起来，意义不一样。

一个作家的写作需要遵从内心的感受，这种写作是纯粹个人化的。不在乎别人怎么看。第一，来自带有官方性质的褒奖从来就不能当做衡量学术成就的标准，甚至已经成为笑话；第二，来自民间的舆论自然也不能体现这种成就感；第三，一种以学者专业人士身份的评价更加可疑，因为某些批评家只要谁肯花上几百块钱，就可以让他对某部作品说些肉麻的话，与作家比起来，他们更急功近利。在这样的氛围里，那种我们看重的专业立场就基本丧失了，剩下的便是随波逐流或者自以为是。

中国作家往往注重形而下的追究，而忽视了形而上的探索，这是很普遍的。没有多少人去咀嚼苦难，也没有多少人去注重思想，书写止于日常经验的复制与仿真，无法走向精神领域。甚至一些很有名气的作家，至今迷恋的还是老掉牙的或者与时尚有关的故事，素材不够就翻报纸。但这样的作家很讨好，八面玲珑，比如某个人写出一堆乡风陋习，于是就说他有文化底蕴，比如某个人把性写得很肮脏，于是就说他写出了现代的《金瓶梅》。实际上，这样的作家和乡间的说书人有什么两样？那所谓的小说不过是话本的延续与变种，那里面根本看不见叙事空间的拓展，更难谈思想什么的了，但照样被某些学者专家研讨着。这就是我常见的一种文学现实。

写作首先是个人的，之后才是大众的。个人化写作不等于自我清算与自恋，而在于个人的真切感受。这与作家的价值取向、思想深度、艺术素养、生活境遇关系甚大。作品体现的应该是他独特的判断、认识与思索。个人化写作立场的坚守其实应该成为很自然的事情，因为你需要这样，于是就这么做了。我不喜欢“甘于寂寞”、“有毅力”这样的表达与颂扬。因为它暗示着一种忍耐。写作是可以忍耐的吗？这个世界好玩的事情太多了，你凭什么要忍耐，就为了帮我们写出一部“伟大的中国小说”？没有人会要求你这样做，你也大可不必自作多情，你也未必能做到。你要做的，一定是你所愿意做的。这如同恋爱，爱就意味着被爱，付出也即意味着回报。

哈金先生文章中说，世界小说都不景气，近年只有美国和印度的作家值得关注，这个判断是怎样得出的，我孤陋寡闻，不得而知。我想他依照的标准，恐怕还是某个国际上的奖项和舆论吧。这话自然也有道理，但在国际上获得某项大奖，是否就是最终的也最可靠的标准？恐怕不能这么看。记得2000年高行健先生获得诺贝尔文学奖的时候，我正在南京参加中国书市。于是有很多记者问，你对高行健获奖怎么看？我说，我很高兴，理由是百年诺贝尔文学奖华人缺席，如今高先生填补了这项空白，我没有理由不高兴。第二，高先生获奖，与其说是对他个人的奖励，还不如说是对汉语写作的认同，因为这之前总是听见这样的怪论，说中国作家不能得奖，是因为汉语翻译的障碍。这种认同当然包括叙事方向上的认同。第三，我还说，高先生获奖，不等于说他就是汉学写作最好的作家，我个人认为当今中国大陆有的作家写得比他好。那么，如今作为法籍华人的高先生算不算写出了一部“伟大的中国小说”了呢？

有一次我和叶兆言谈起诺贝尔奖，他曾有一个比方我觉得很有趣。他说如果把获得诺贝尔文学奖的作家与没有得奖的作家组成两支球队，那么胜方肯定是没有得奖的这支，因为这支队伍里有老托尔斯泰、卡夫卡、陀斯妥耶夫斯基等主力，谁敢嚣张？这足以见，诺贝尔奖也同样靠不住。可靠的最终还是时间，时间会让该留下的留下，该淘汰的淘汰，很公正。我想这些大师们在写作中是没有功夫去树立一部俄国式的伟大小说信念或者奥地利式的伟大小说信念的。他们能做的是认真，用心写作，就是不断向自己质问：能否写得更好？而现在的中国作家，有几人可以用心认真？又有几人值得期待？

至于“伟大的中国小说”这个概念自身的不严谨，我觉得残雪在文章里已经说得很好了，我基本上同意她的观点，那种狭隘的“民族经验”确实是值得怀疑的。杰出的文学和艺术从来就没有国界与民族之分，那种“越是民族的就越是世界的”的说法我历来不欣赏。前几天我去国家话剧院看了萨特的《死无葬身之地》，我就根本感觉不出这是一个外国的故事。是法国的话剧，但照样震撼中国人的心灵。

按照哈金先生的意思，他的所谓“伟大的中国小说”最后还需要“每一个有感情、有文化的中国人都能在故事中找到认同感”，我想这是不可能的。这也不是选小说的方式，倒像是选总统的方式。

2005 年 5 月 27 日　北京

潘军文集

第拾卷

散文·随笔卷

文化艺术出版社
Culture and Art Publishing House

在巴尔的摩明珠港（2012年1月）

在拍摄现场（2009年2月，上海松江）

兄妹四人和父亲团聚（2011年8月，安庆）

《粉墨》杀青（2011年1月，上海松江）

| 片场接受采访（2010年12月，上海松江）

绘画：《风中竹》

绘画：《本命年》

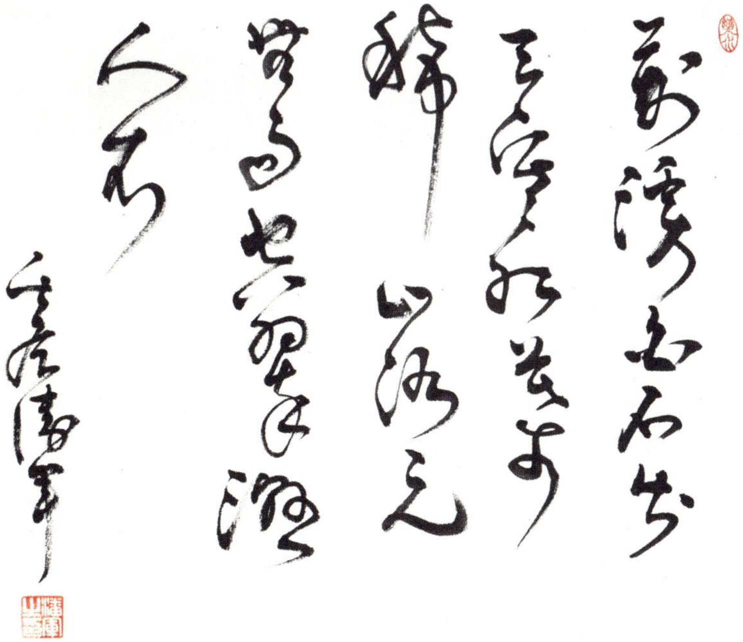

草书镜心

对门·对面
DUIMEN DUIMIAN
潘军文集
长江文艺出版社
潘军 著
戊戌年
纪事
潘军最新小说
白底黑斑蝴蝶
重瞳

| 小说集书影

《潘军文集》第十卷
目　录

看与思

关于“寻找”的备忘录
——与《寻找男子汉》有关无关的都说 …… 3
读画杂记 …… 7
《大陆人》导演阐述 …… 10
九月手记 …… 16
重排《茶馆》之我见 …… 20
我的话剧观 …… 25
我所认识的基耶斯洛夫斯基 …… 28
达利的背影 …… 35
也说《大宅门》 …… 39
《辛德勒的名单》札记 …… 43
京剧杂谈 …… 48
北京现在的玩意儿 …… 51
缅怀，以诗情画意的方式
——关于朱赛佩·托纳多雷的“回家三部曲” …… 59
战争电影：再现和表现 …… 64
重看《教父》 …… 69
和珅·历史·电视剧 …… 73

奈许的幻觉与尼克松的心理
——关于人物传记片的思考 …… 77
关于死刑的电影 …… 81
黑与白
——黑白电影与电影里的黑白 …… 88
砚边点滴 …… 92
与话剧有关的笔记 …… 95

序与跋

《白色沙龙——大陆新潮作家潘军先锋小说选》序言 …… 103
《中国当代作家作品选集·潘军卷》自序 …… 105
《潘军中篇小说自选集》自序 …… 108
《潘军小说文本系列》自序 …… 110
《中国当代小说珍藏版·潘军卷》自序 …… 112
《潘军散文》自序 …… 114
《风印》自序 …… 116
《水磬》自序 …… 118
《逸韵——安徽省合肥一中作文选》序 …… 119
为什么需要写作 …… 121
序《水边的戏台》 …… 123
罗朗与罗朗的画
——序《罗朗画集》 …… 126
拾穗者说
——序孙必泰《拾穗集》 …… 129
序《唐罡画集》 …… 131
需要的写作
——《戊戌年纪事：潘军最新小说》自序 …… 134
别样的痛，别样的温暖
——序钱红丽《俗与媚》 …… 136

麦田的守望者
——序《安庆版画五十年》 …… 138
关于土地，我们需要怎样的诉说？
——序王新宇《风吹云散》 …… 140

答问录

小说的今天
——答《安徽青年报》记者问 …… 145
隔海呼渡
——答台湾《幼狮文艺》读者问 …… 149
近观影视之散见
——答《作家》杂志问 …… 162
答安徽大学校友问 …… 168
恐惧的对面就是爱
——答《中国书报刊博览》记者问 …… 176
答《中国文艺家》杂志问 …… 180
最好的感觉是说不
——答《安徽商报》记者问 …… 189
作家最重要的品质是立场
——答《新安晚报》记者问 …… 194
间谍不朽
——关于电视剧《五号特工组》的答问 …… 201
我喜欢做充满悬念的事
——答《合肥晚报》记者何素平问 …… 206

访谈录

建构心灵的形式
——访谈录之一 …… 215

漂泊与选择
——访谈录之二 …… 230
先锋是一种文学精神
——访谈录之三 …… 238
云霄上的浪漫主义
——访谈录之五 …… 251
在路上
——访谈录之四 …… 280
小说外话
——和牛志强对话 …… 286
视觉叙事的魅力
——关于《独白与手势》的对话 …… 309
潘军和小说
——在中央电视台“读书时间”的谈话 …… 323
沉思与漫谈
——与《新安晚报》记者黄从慎的对话 …… 327
流动的生活会使小说飞腾
——和康志刚的对话 …… 335
与《北京文学》编辑谈博尔赫斯 …… 339
与“文学比邻”的几次谈话 …… 345
在另一片天空飞行
——对话中国先锋作家潘军 …… 363

附录一：潘军创作年表 …… 375
附录二：潘军主要著作目录 …… 391
附录三：潘军主要影视作品目录 …… 393
附录四：主要研究资料索引
（截至2011年12月） …… 394

后记 …… 399

潘军文集

第拾卷

看与思

关于“寻找”的备忘录

——与《寻找男子汉》有关无关的都说

“寻找”无疑是富有魅力的字眼。剧作家认为它是了不起的“行动”。于是便有了许多关于寻找的戏，比如《寻找男子汉》。

（一）

“寻找”似乎有两个目的：丢失的和没有得到的。

艺术家毕生都是在“寻找”中度过的。

当毕加索和马蒂斯用线条和平涂来分割油画时，贝克特和尤奈斯库也在用抽象和象征来改造舞台。1953 年《等待戈多》的上演给战后沉寂已久的法兰西舞台带来了生机，遂导致欧美乃至世界戏剧的一场革命。莎士比亚、易卜生们受到了挑战。30 年后，北京舞台上出现了《绝对信号》、《车站》和《野人》，继之上海舞台上出现了《WM：我们》和《寻找男子汉》，显然对中国的话剧产生了不可低估的影响。不久前川剧《潘金莲》的演出，可以说是对向来规规矩矩温文尔雅的戏曲的一次有力的撞击。

不妨把这些现象称为伟大的现象。

这现象的存在不仅意味着艺术家们的寻找，也意味着大众的寻找。

（二）

沙叶新在寻找。郭沫若说“蔡文姬就是我”，沙叶新坦白舒欢（《寻找男子汉》的那个她）即是他。

“我的追求便是她的追求，她的寻找也是我的寻找。”沙叶新在戏外说，“我和舒欢寻找的是那本应该充沛在我们民族天地之间的浩然之气，阳刚之气，男子汉气，也可以说是那能使我们民族从孱弱转为刚强的一种情操，一种气概，一种精神，一种文化。”

他是明白人。他说得很明白。

当然不能要求戏也说得明白（这蠢）。戏只是一种暗示或者意味。戏应该叫人有所悟而不是有所知。海明威认为小说如海中冰山，露出海面的只有十分之一，十分之九在海底下。戏也如此，我想。

那么，“男子汉”该是一种象征。

象征性可以带来寓意性，否则象征不值钱。

沙叶新做了。尽管司徒娃作为配偶不算理想，但作为角色却很可爱。因为他实现了剧作者的某种理想，而这个被夸张变形乃至抽象的“胎化病”患者一旦立于舞台，就产生了角色之外的又远远胜过角色自身的意义，欣赏者的审美欲被刺激起来并且迅速地跃上了一个较高的层次。

然而这不够。

既然“男子汉”具有象征意味，那么就大可不必把几个男人分别贴上软弱的、低贱的、卑鄙的、庸俗的以及理想的标签，然后让女主角挑时装似的“寻找”。这不灵。反而觉得这倒真是关于找对象的戏了。

象征是很难寻找的。很难寻找不等于没有寻找。从某种意义上看，“寻找”之美不在于寻找的结果而贵在寻找本身。

舒欢最终找到的是个叫做江毅的矮子。他说他是厂长并且一张口就是改革家的宣言。可我觉得此君不怎么让人舒服，尖刻地说有点猥琐。

开个玩笑：究竟是沙叶新包办了舒欢还是别人包办了沙叶新呢？

这个结尾似乎不是“剧作家”沙叶新的手笔。

倒像是“院长”沙叶新写的。

（三）

由“寻找”想到“等待”。

《等待戈多》原名就叫《等待》。与亚里斯多德给戏剧所下的经典性定义——行动相反，贝克特在这部作品里强调的是什么也没有发生。有人请教贝克特戈多意味着什么，剧作家回答说：“我要是知道，早就在戏里说出来了。”实际上贝克特已经在戏里说了。《等待戈多》的全部意义就在于“等待”——作为人类缩影的角色，除了等待别无其他生存意义，然而连等待什么也弄不清。正如西方评论家所言，《等待戈多》揭示了“人类在一个荒谬的宇宙中的尴尬处境。”至于戈多是什么，多少年来众说纷纭。

戈多是一种象征。戈多永远只是一种存在于每个欣赏者脑中的象征和由象征带来的无穷的联想。这种审美魅力难道亚于“有一千个观众就有一千个哈姆雷特?”

所以我说《寻找男子汉》的意义与魅力应在于“寻找”。既然剧作家认为“男子汉”是由多种“气”构成的，那么就无须在舞台上举行各式男人展览了。还是让舒欢带领观众去寻找我们共同丢失的和尚未获得的“气”吧！

“男子汉”永远是一种象征。

（四）

还是沙叶新在寻找。他不愿意重复自己他用他的《寻找男子汉》说明了这一点。

他寻找的是不统一的统一。这很妙，如同散文妙在散又非散。这是个大胆的“寻找”。他想使现实与荒诞结合，使再现与表现结合，从而形成对比、映衬和反差。这个理想的确是在全剧的某个片断，如舒欢与司徒娃会面，得到了较好地实现。但除此之外，我觉得都做得不够甚至根本就没有做。于是从总体效果上看就与剧作家的初衷差距甚远。

有人说此剧风格不统一。

沙叶新说他就希望它不统一，缺点在于统一得不够。他寻找的是在不统一的基础上达到更高层次上的统一。

他是明白人。

只是那个不统一的基础还显薄弱。

（五）

我想，安徽的剧作家也该去“寻找”。
因为我们丢失的东西很多。
没有得到的东西更多!

1988 年 5 月　合肥

读画杂记

最近看了高鸣、罗朗、钱流、巫俊四位朋友的油画展，觉得有几句话要说。一幅作品是一个客观存在。我不认为自己是局外人。从某种意义上讲，我参与了。

A——红色变奏

“我喜爱红颜色。”高鸣对我说。我想高鸣大概让红色弄神了。在他的色彩王国里，红色是皇帝。高鸣无疑是从高庚、凡·高和马蒂斯那里获得启示，运用色彩来营造画面，同时讲究色彩的构成与装饰效果。他们的色彩带有很大的主观性。这样的色彩当然不是描写性的，而是具有表现意味。马蒂斯说：表现性色彩是现代精神的基本因素。高鸣觉悟于斯。他的色彩，尤其是红颜色，是一种情绪宣泄，也可以说是一种感觉的升华——艺术家对客观世界的省察与超越，形成心境外射。但是，高鸣的红颜色仍然没有“飞跃”，使我在生理感受上徘徊不前，未能刺激我的心理体验。所以后来我总想到画家的一段经历：他曾去大别山腹地的天堂寨写生，山上的叶子红得简直要淌下来，可他的笔下怎么画也还是不红。

B——思考的风景

罗朗的风景作品显示出“寻根意识”，这是我的直觉判断。在我看来，所谓寻根不是几句俚语、几分野调、几种陋俗的拼盘，也当然不是残墙、断桥、老牌坊的杂烩。“寻根”乃是现代意识对传统文化进行观照的结果。

罗朗是大胆的。他毅然放弃了为目下不少同行所痴迷的“暗示性细节”。这种摆脱局部表象的选择使他关于徽州的思考走出了徽州，进入到一个新的境界——从整体文化氛围上去把握客体，融进自己的思考，从而表现出本质的内涵。从他的《皖南系列》及后来的《孔府系列》，我们不难发现这种朴素的美学思想。

作为写实的画家，罗朗并不是在刻意模仿自然，似乎也不是随心所欲地把主观意志强加于自然，而是寻找自然本身存在的“有意味形式”。比如说，他喜欢借助徽派建筑结构产生的接近几何意义的形式感，让白墙与青瓦进行简约而强烈的对比。罗朗力求在写实的基础上作出带有抽象倾向的表达。他显然是在借绘画探索历史文化精神。

C——女人是水做的

很难想象钱流是用什么本领把女人表现得如此优美的。他并不慌着去同古典主义告别。安静的钱流从传统的油画中取了丰富的营养，又适宜地接收了现代油画具有表现力的手法。他研究安格尔、鲁本斯，也分析雷诺阿和德加。所以我从钱流的作品里得到了一种有趣的感觉：形式的暧昧。

钱流似乎不忍心让美丽的模特儿“变形”，相反，他千方百计地让她更美。他总是让模特儿处于放松的状态，充分展示女性身体的曲线流畅之美。他运用了印象派的光色理论，甚至丢开背景与人物在色相上的映衬关系，让人物与环境同置一个色调，给人的视觉以宁静温馨的享受。钱流的作品较好地体现了艺术的辩证关系。光与色、静与动、虚与实、整与碎，一定程度上达到了对立统一后的和谐。

D——“瞬间”批判

我还没有足够的理由说，巫俊的《温馨的夜》是具有突破意义的上乘之作。但从这幅画，我明确地看到了画家的追求。

这幅画择取的是一个极不起眼的生活场面：几位都市青年在经过长

时间的劳动后，坐在小摊子上吃夜宵。作为唯一光源的电石灯此刻正在无声地燃烧，于是烧出了都市里的村庄的一个温馨的夜（纯粹的伦勃朗的调子）。巫俊居然放肆地把摩托车、头盔与茶叶蛋、酱油以及调味佐料组织到一块，使它们之间产生了“张力”，暗示着文化的冲突。然而最有冲击力的，还是五个人物的情绪。他们没有言语，没有绘画意义上的动作，甚至连目光也不交流！我第一次见到这幅画便产生了这样怪异的感觉——这是些橡皮人。我们无须对画家的表达作出这样或那样的猜测，因为它无所谓“瞬间”效应。但是我们又不能不承认，《温馨的夜》在诱惑着我们的思索。我由此想到克罗齐的一句名言——

“艺术家的全部技巧，就是创造引起读者审美再造的刺激物。”

1995 年 5 月　合肥

《大陆人》导演阐述

《大陆人》是我应河南音像出版社之邀，根据自己有关海南的小说，尤其是正在写作中的这部长篇《北纬 20 度》改编的一部 25 集电视连续剧。作为小说，《北纬 20 度》的结构不同于以前的《日晕》和《风》，它好像是由一堆能够独立成篇的中短篇小说以及笔记组合而成的，很难发现作家的用心。不过我觉得，这样仍不失为一种结构。但是我们现在已把它改编成了剧，那么就必须依照剧的原则了。剧的原则也是多种多样的，我在动笔之前，就完全地站在一个导演的位置上，给这个剧定下这样一个原则：叙述一个关于孤岛的故事。这句话包含三个意思。一是叙述，我采用了“第一人称”，即剧中那个叫李村的作家的视角。二是孤岛，剧中有这么一句旁白：地球上的水实际上远比陆地多，所以大陆之于海洋也是岛屿，只是我们太小，不觉得……而且在片头的黑底上，就出现了这样的一行字幕：那时候，在那个像心脏形状的岛上，我们被称做“大陆人”……海南岛的版图的确像一颗心脏，它也确实拥有世界上最好的阳光、空气和水，而这三者正是生命的要素。这样，我们将面对这样一些词汇——海，岸，大陆，岛屿或者山巅。其实这种意识，早在 1990 年我就产生了，我因此写了一部中篇小说《流动的沙滩》——这是我迄今最满意的文字。最后是故事，电影或者电视剧，是很通俗的视觉艺术形式，很有利于讲故事。但是真要讲出一个好故事是不容易的。按照以前好莱坞的做法，有一种人是专门向制片商出售故事的，然后才是编剧的登场。大仲马的《基督山伯爵》提供了一个经久不衰的复仇故事构架，直到今天，仍有人完全照搬了它，说明故事的魅力太大。这些年屏幕上反映南方的剧很多，但都没有讲出一个好的故事，因此今天我们来做，在故事上要花大的气力。故事发生在南方，在岛上，但商场上的风云变幻，我仍只能把它当做背景。就是说，我们不是说商场上这事那事的，尽管剧中有的人物必须和生意打交道，但那是他们的职业所致，就像马必须拉车一样。我们所说的是关于一代人境遇的故事，多少有点存在主义，所以有一种忧郁的气氛散发在剧情中，很像四季中的秋景。秋天这个词语在剧中带着明显的象征意味，人们似乎总是在重复那么一句话：南方没有秋天。海南地处北纬20度，阳光直射，那里的阳光全是白的，一年有近十个月的日子是穿衬衫，而且剧中所表现的那个时期正是海南房地产过热的阶段，似乎整个岛屿都沸腾了。这是海南的第二次疯狂。这样一个外部环境，偏偏生活着一群内心忧郁、渴望秋意的人，这便非常有意思了。在这些人眼中，秋天成了忧愁、伤感、痛苦、孤独、思考等等的同义语汇，他们憎恨这些，却又离不开这些，所以最后他们都像叶子一样纷纷落下，从而构成了剧作的悲剧性——我们应该把它当做悲剧，这与眼泪无关。

这也是一部爱情戏。25集中，爱情的比重很大。但我们面对的爱情是既美好又可疑的爱情。美好是因为一些浪漫情节，一些意外的欢乐，很能引起人的羡慕和嫉妒。可疑是由观念与行为共同造成的，那么好的爱情会延续多久？我总是把它写得岌岌可危，好像随时都会出事。然而这些都不重要，我所强调的是一种古典情怀，使之构成一种向往。我一直觉得，人的行为和心灵是反向运动发展的。行为日趋现代，而心灵日益走向古典。我把这个观念放到沿海开放城市的环境里，目的是强调它。但是，这种古典情怀，只能成为回忆或者向往，只能是形而上的东西，一点都不能放在现实生活中。即使有那么一点，也很快给糟蹋了，毁了，就像吹灭一盏灯那么简单，这便是人的悲哀了。所以这种爱情就像视野中的地平线，它永远在你前面，你却无法走近它，况且我们走的时候又不时要回过头来看看身后的脚印。剧中有一条回忆的线索，讲述一个伤感的、冬天里的爱情故事。与之并行的是插曲《一个人的时候》。我前几天同两位作词者说，这支歌要写出点意思来，因为人生最好和最不好的时光，都是“一个人的时候”。那时的海口算得上一个移民性质的都市，口号是“再造一个香港”，可它毕竟又不是香港。上岛的大陆人基本都是漂泊者，淘金或者寻梦，共同的一点是他们都记着自己是在一个岛上，面对的是海洋，他们在地理上脱离了大陆，但在心理上又完完全全是大陆人。我在剧中用了不少的笔墨去写他们用望远镜看琼州海峡、看大陆的场面，即使是在黑夜里。他们都说看到了，看见了，似乎只有这样，才获得了一种未被大陆抛弃的感觉。于是引出了海与岸的隐喻，这些大陆人（全是文化人、知识人）始终是在海与岸之间徘徊，焦灼不安。1992 年我上岛时，就从来没有听到人说过，我将在海南落户，都说是干几年再说。1994 年我返回大陆后，却又听到那些闯海的哥们儿说：海南是个好地方。事情便是这样简单。

在确定这部作品的风格样式之前，我们首先要认清我们正着手做的这件事的性质。我们是在拍一部 25 集的电视连续剧。就是说，我们作品的欣赏对象是大众。大众要求看到的是一个好看的故事，是一群人的经历与命运。因此，我准备把两个极端组合在一起：极端的写实和极端的抽象。这看上去似乎有点矛盾，然而我在动手之初就是这么想下来的。写实是为了再现当年那段生活，要让人感到这些事好像发生在隔壁，剧中人好像一出胡同口就能看见。要做到这一点其实很不容易。画面的选择，摄像机的运动，场景和光的布置以及演员的表演，一切都要让人觉得是于不经意中做成的。我们的历史就深藏在这漫不经心之中。一定要从大处着手，把握这种鲜活的气氛。一个镜头哪怕拍得再好，失去了大的气氛，肯定是不伦不类的。我建议大家摆脱一种故事片意识，多看一些纪录片和抓拍的新闻照片。但是又要生动，否则就不好看了。这是个总原则、总要求，各个部门都要这么去想。另一个极端是抽象性——这绝对不是几个隐喻镜头的问题。中国的第五代导演习惯在银幕上画画，习惯用一些静止的、雕塑般的大远景造型来表现某个理念，比如说以一个“人”字来表现战争与人性，以一个黑太阳来表现幻灭感（而且这个镜头还是《静静的顿河》中拿来的），以一个旧碉堡来表现家庭是最后的破堡垒，如此这些，都过于简单了。这条路显然已经走老了，而且谁都能走，因为不难。第五代导演之所以只能走到这一步，是与自身文学素质有关的。在他们身上是无法找到伯格曼式的东西的。第五代导演中极少有人再能往前挪一步，尽管不少人非常能侃。所以《秋菊打官司》的出现，是值得纪念的，有类似革命性的意义。那么，我们对抽象性该作何解释呢？我觉得应该落实到主观上。这种主观性是创作者强加上去的，但又恰恰能给人以冲击——不仅仅是视觉上的。比如说以上我提到的用望远镜看海，细节原本很平常，但他们是在黑夜中看海，看过琼州海峡再看到大陆，而且都说看见了——这一下就成了主观的东西，构成了抽象性。我的意思是说，所谓抽象性根本不是一个静态画面的问题，也不是一个造型问题，而是一个文学问题、语言问题。《这里的黎明静悄悄》中，回忆部分所用的是彩色片，因为战争是现时的事，回忆自然更加美丽，此其一；回忆中的环境完全符号化了，几乎只剩下了人物，因为战争中的人只能去想过去最值得想的事，无法去想与情人幽会时墙上还有一个挂钟，床边还有一瓶香水。这种处理是有心理依据的，不是瞎弄。这两点就构成了抽象性。我们要善于把它开发出来，让它成为一种语言、一个声部。

在平实上下功夫是我们面临的课题。以平实为基础，又很自然贴近地表达出主观的东西，我要的就是这个。斯皮尔伯格的《辛德勒的名单》已成为经典之作，让人弄不清它是历史记录呢还是刚拍不久的电影作品。纳粹军官枪毙犹太老钳工的那场戏，精彩之处是两点：一是不经意，两名军官一边谈话一边准备杀人，那么随随便便，这完全是客观的、平实的；二是军官的枪总打不响，反复几次，镜头一次次推近，节奏越来越快，这又是主观的了，是刻画和强调。如果换一种拍法，肯定都达不到现在的效果。银幕上看不到什么血、而血腥气竟散发在电影院里，这是多大的本领？这部影片结尾部分用了彩色，一切变得明媚起来，而前来吊唁的人放上石子，又显示了凝重。《阳光灿烂的日子》结尾用黑白片，是一种缅怀。但在那个似乎永远长不大的傻瓜眼里，出现黑白片是不对的，因为对他而言，今天仍是“阳光灿烂”。傻瓜看姜文那帮人的那几秒钟，应该回到彩色片上去。我们这部戏的回忆部分用的是黑白片，使之具有一种旧照片的效果，产生距离感。这种感觉不是时间上的，而在心理上。回忆是冬天的故事，有大量的雪，处理上很抽象，梦幻一般地可望而不可及，这些都构成了与现时故事的反差与参照。这部片子还有大量的、文学性的旁白。我用的是第一人称叙述，语气是回忆式的，传达的是一切都曾经发生过而不是正在发生或将要发生，是船离岸的那种感觉。

电视剧和电影在剧作形式上有一点很不同，即前者的台词相对要多一些。现在有很多剧本的对白非常糟糕。如果写它的人在自己家中说这些话，肯定会吓人一跳。因为生活中的人不这样说话。好的对白是白而有味。要像是从那个人嘴里说出来的话。对白大都难以完整，甚至没有语法逻辑，有点颠三倒四，但又能让听的人完全明白。刘恒改编《秋菊打官司》，对白是见功夫的。秋菊一直缠着村长要讨个说法，村长摆不平，恼了，就说："要不，也让他踢我一脚？"这话就是说得够味了，好听。

1995年底我大概由于生气，突然给《大众电影》写了一篇短文，谈好演员与明星的区别。我说社会需要明星，而艺术只要好演员。那篇短文的措辞有点刻薄，但对好演员又十分敬重。这是我的立场。演员是一种极特殊的职业。他既是材料（为导演所用），又是产品（角色）；既是艺术过程（表演），又是艺术目的（塑造角色）。演员以自身的条件去创造另外的自身，这是很奇异的事。我对中国的演员有一个归类。一类是自我型的，以赵丹为代表。赵丹所演的角色都是在演他自己，如同郭沫若说"蔡文姬就是我"。这类演员的自我魅力渗透到角色之中，角色因此有了光彩。另一类是角色型的，以石挥、蓝马为代表。他们在表演中完全舍弃了自我形象，完全角色化了。这两类演员都能走向成功，区别是成功的条件。前者需要天赋，像查理·卓别林、马龙·白兰度；后者需要功力，像让·加班、达斯汀·霍夫曼。如果一个天赋不足或者谈不上什么天赋的演员去走赵丹的路，结局肯定一塌糊涂。我倒是倾向去老老实实地学习石挥、蓝马。

角色的魅力是惊人的。我小时候看《英雄儿女》，田方饰演的军政治部主任，一下就征服了我，好像其他人都是演员，唯独他不是，他就是真的主任。时隔几十年，我至今还没有发现有哪位军队高级干部的形象能盖得过田方的。北京有位老演员叫高维启，社会上知道他的人不一定多，但他在《四世同堂》中"我是奸商"的表演堪称精湛。对表演，硬搬斯坦尼斯拉夫或布莱希特无济于事。我只有八个字：将心比心，设身处地。你演的那个角色，在那个规定情境中该怎么办？你如果是他你将怎么办？忘掉自己是个演员，就这么演下去。

为了避免角色覆盖问题，这次我把选择演员的原则确定为"寻找新面孔”。吕丽萍在《老井》、《围城》和《编辑部的故事》中分别饰演了三个角色，彼此没有覆盖，这是本事，一般人是做不到的。姜文也是有本事的，大致做到了演谁像谁，不简单。然而像这样的好演员是凤毛麟角。拥有一台好演员是导演的福分，当年的焦菊隐就属于这种有福之人——《茶馆》，那是一台无与伦比的好演员。

作家来当导演不是什么新鲜事。前苏联的舒克申、法国的阿兰·罗布-格里耶，都有过这种经历。就像伯格曼和科波拉是好作家一样。1980 年我在大学读到伯格曼的《野草莓》，感到非常震惊，觉得这是一个高度。那时我很向往斯堪的纳维亚半岛，相信那里会有宁静的故事。我似乎已经从剧中看到了伯格曼的影片了。科波拉把《现代启示录》概括为“一个逆水向上的故事”，这种概括也是令人诧异的。我大约在 10 岁时，就做了导演梦，梦见我站在很高的脚手架上指挥拍片，好像是一部战争片，因为有大量的骑兵。这个梦起源于一张照片，那是崔嵬导演《青春之歌》的工作照，戴鸭舌帽的崔嵬正同穿旗袍、裹围巾的谢芳说戏，而且一板之隔，边上还有人在“下雪”，我很痴迷，觉得现实和虚构同存于一个空间里，实在太有意思了。这以后我埋头绘画，画了几千幅的速写素描，似乎以这种方式在纸上拍电影。到了 1988 年，我的第一部长篇小说《日晕》被改编成电视剧，而且由我和一位从事摄像的朋友来导演，我们非常兴奋，开始了分镜头和外景采点，并开始物色主要演员。这件事延续到第二年便半途而废了。所以现在我做这件事，有一种老马识途、温故知新的感觉，也算是圆了一个梦。对于我，无非是换了一种手段来写作而已。写作和拍片都是叙述，不同的是后者的叙述不是由我一个人来完成的，要依靠大家。我们能聚到一起同谋这件事，是缘分，正如歌中所说：十年修得同船渡。我们现在便是同船而渡了，就像这部戏一开始那样。

1996 年 10 月　郑州

九月手记

昨天夜里我开始写分镜头剧本。原想这件事让执行导演去干的，可我暂时还没有物色具体人，而且，我又觉得，让执行导演去做似乎有些勉强。连日的伏案，胸闷腰痛，颈椎发出链条那种声响，我确实累了。

我已经给影片规定了“两个极端”的风格样式。这两个极端——写实和抽象的，都要求让观赏者看得明明白白。比如说，本剧的结尾那场我是由连续划火柴点蜡烛的一组不同角度的大特写开始的，一气呵成。我们要告诉观众，要点一屋子的蜡烛，同时又要告诉他们：这是主观的东西，如果不用这一组大特写，后一个意思我们便无法表达了。

明白地、毫不遮掩我们的企图，是片子使用主观镜头的基本立场。要痛痛快快地告诉大家：这是假的。是我们强加上去的。您觉得合适吗？“假的就是假的，伪装应当剥去”。正如在一位女士的嘴唇上涂上口红——谁都不会认为这女人嘴唇怎么这样红，而会说：口红不错，它让我记住了这张脸。我将此归纳为主观镜头的朴素性。这与片子整体风格的纪实性相辅相成。

——9 月 27 日

自巴赞提出长镜头的基本理论以来，从某种意义上看，它的魅力已压过了蒙太奇。长镜头不是一个简单的推拉摇移，重要的是：它记录着。虽然镜头或说画面的功能除了纪实以外还有表现与揭示，但我们这部片子的长镜头的使命只是记录，记录那么一种情形和气氛。它是“平实感”重要的乃至支柱意义的手段。在一般性镜头处理上，我不主张“跟人走”，摄像机不停地动来动去，应该“跟我走”。很多年前我看根据松本清张的小说改编的影片《沙器》，影片在摄法上给我印象最深的，是占比重60%以上的“静态的画面”，而且是大量的全景和中景，摄影机几乎是不动的。剪辑出来的片子似乎都是“硬切”。我很惊异这种手法，因为它完全背离了一切镜头理论，由镜头（画面）的联系来叙述故事，这很不容易。可以说，面对“静态的画面”，我们除了把它拍得很美以外，还需要花大气力去找这种看不见的“联系”。

我把“长镜头”与“静态的画面”同时提出来，目的是引起摄像部门的重视。它们是对立的东西，而我们要做的是把这二者统一起来。

屏幕不同于银幕，它就那么大一点地方，很多想法很难“玩”出来，这固然是件憾事，所以我在分镜头时尽可能地摆脱了某些电影观念与手法。

我一直认为，中景是很尴尬的镜位，因为这种景拍出来不太好看。可是中景在一部长篇的电视剧里所占的比例又比较大，尤其是一部打上写实纪录烙印的片子。所以，如何把中景拍好，是一个课题。演员和环境都有一部分进入到中景，镜头（画面）之外的东西完全是直接的延伸，很不容易做文章，我们暂时只能去把它有效地填满，再从中找出需要的东西。

再就是空镜头的问题。在我们这部片子中，空镜头的性质基本是造型手段，用于过渡或用于间隔的极少。我对它的要求是：必须不同凡响。比如回忆中的雪、现时中的云，它的出现应该是奇异的。1993年的某一天，我开车去海南一个叫桂林洋的地方，突然发现一块云自海平线升起，又迅速膨胀、升高——无限的高，我居然吓出了一身冷汗！三年后，我把它写进了一部叫做《朗诵南方风景》的中篇里，我称之为恐怖之云。

——9月28日

既然是视觉的东西，是画面，就自然有构图和调子问题。在这部片子里，画面有两种：无意的和有意的。前者所呈现的是一种抓拍效果，它可能有很大的随意性，甚至违背了一般构图的规则，但这不要紧。关键是这类画面要生动，千万不能死掉。在分镜头时，我有意留出一些段落，期待着未来的捕捉。另一类画面是我们事先摆出来的，确定了机位，确定了演员的走动地位，确定了光，如此等等，这当然要别有用心，否则这种活谁都可以干。但是，“摆出来”要不露痕迹——既然它是客观的叙述，就应该这样，让人相信我们设置的虚伪是真实的。这个意思恰好用主观镜头的立场——坦率地告诉，构成了比照。

所以我把一些头脑中的画面陆续画出草图。我要求它完美与自然。据说黑泽明喜欢这么干，能够用草图显示的，我就不用文字了。

在设置调子、光之前，我要求大家的意识先统一到黑与白的关系上来。就是说，在摄像、美工、灯光以及置景、服装人员的眼中，首先看到的是画面的黑白关系，尔后才是色彩、调子。如同一幅油画的素描。任何一幅画面，只要理顺了黑白关系，才算奠定了基础。毫无疑问，在现场我们有许多地方需要加工甚至改造。就画面而言，我们的加工改造，是为了理顺黑白关系，给剧情一个恰当的空间，给演员（角色）一个恰当的环境。

前几天我偶尔在电视上看到《秋菊打官司》。我想秋菊家种辣子的设置，显然是张艺谋与顾长卫、曹久平三个人商量出来的。从剧情看，秋菊种什么都可以，但从画面看，秋菊只能去种辣子。大片的红色是张艺谋所痴迷的色调，就像我们抽惯了一个牌子的香烟。而我几乎可以断言，顾长卫是无法离开阳光的。所以我们首先要找到黑白的感觉，使之合理、均衡——即使缺了一点，也要想法子把它补上，这之后才是调子，才是完美。

——9 月 29 日

节奏是一个不太好把握的东西，尤其是视觉形式的节奏。最初，反映在分镜头本上，是掐秒，是上一个镜头和下一个镜头的衔接。这不过是纸上谈兵而已。现场还有一个演员即兴创作的问题。昨天晚上，我和前来郑州参加剧本讨论会的田瑛、宗仁发一道去看《秦颂》，最让我感到不舒服的便是节奏问题。有很多戏，让人感到演员还没有演完，而画面已过去了，意未尽而言已绝。所以我们要掌握好，事先要有正确的估计，给演员们留出一些余地，给出一些长度（当然不是信马由缰）。

镜头形成的节奏不是至少不完全是由景前的起伏、技巧的过渡造成的，必须考虑到内容。比如说，我们的戏一开始是大家纷纷上船，然后又移到在餐厅里看电视，有人兴奋地想抽烟了，但是乘警严肃地说，禁止吸烟。于是想抽烟的人便尴尬地将烟收起——这都是闲笔，是铺垫，以一个全景结束。紧接下来是一个大特写——剧中叙述人作家去点火吸烟，拉开后才看清他是在甲板上。这种处理至少有这么几个意思：1. 由全景到大特写的两极镜头形成一个跳跃，表明序幕已结束，故事正文已经开始；2. 由“禁止吸烟”到点火抽烟，是明显的蒙太奇语言；3. 由舱内的黑到舱外的白，在调子上也是一个节奏关系。如此等等，完成了一个过渡与转换。

多年前我看《城南旧事》，记忆犹新的是影片行云流水的叙述节奏。一种被通常称作“情绪长度”的东西掌握得非常之好。这部散文式的影片和后来吴贻弓的全部作品大相径庭，显然过了这个高坡，吴贻弓作为导演的才华就完完全全地干涸了。

所以我要时常提醒自己：什么是最佳时间？不能对剪辑师寄望过高，他的帮忙是有限的。

——9 月 30 日

重排《茶馆》之我见

关于重排《茶馆》的舆论在这出戏演出的半年前就铺排开了。与此并行的是作为北京人民艺术剧院的营地——首都剧场也将投巨资翻修。二者都为了面目一新地迎接国庆五十周年。报章上说这个剧场将引进多少进口设备，音响如何，座椅如何，地面如何。晚报还特别将这台戏主要角色的两代饰演者作了两两比照，这个举动似乎带有某种暗示性，给人一种打擂的感觉。北京人对重排《茶馆》的兴趣在这个秋季来临之前还是表现得十分高涨。10 月 12 日，新的《茶馆》在经过紧张的封闭式的排练后与观众见面了。那些天，北京的传媒上天天都在说这事。一周后，《北京日报》在一版上登出醒目消息，云《茶馆》演出一周票房突破一百万。后又有记者撰文说：到北京不看《茶馆》等于没游故宫，算是白来了。这种不伦不类的比拟在当时听起来还是很叫人舒服的。

翻新的剧场，高额的票房，与故宫平起平坐，加上剧院门口的黑票黄牛，无不说明方方面面对重排《茶馆》的重视与关爱。北京人太爱这个《茶馆》了，即使是我这个外省人也一样喜欢——我甚至觉得就我本人的审美趣味而言，当代中国话剧史上就只有这么一部《茶馆》。于是在 10 月 27 日这晚，我接到剧院的赠票，于暮色中赶往首都剧场。我是第二次来这个久负盛名的剧场了，多年前，我在这里看过高行健的《绝对信号》。果然还是座无虚席，7 点，演出开始。在大幕被竹帘替代后，随着舞台灯光的变化，几声悠扬的叫卖声之后，台上突然就热闹起来，戏开始了。最先叫我诧异的是舞美的改变，孤立地看，这种以木制穿枋的楼台框架在略为变形之后，是很能引起我兴奋的。但这只是几秒钟的事，我很快就发现——极明显地发现，这台景已不再是景，而仿佛一大人物，舞台上最突出的就是它了。我无法弄清谁是王利发，其他小人物就更谈不上见识了。等到十几分钟后，我才看清王利发（梁冠华饰）的面目。《茶馆》的第一幕几乎所有的主要角色都出场了，然而这些人物的进进出出都是那么的不清晰。倒是一幕过半，马五爷（丛林饰）的一声“二德子”和黄胖子（马星耀饰）的“一路揉眼”，给我印象很深。我倒觉得怪了，我要看的不清晰，而清晰的又必须借助角色夸张的表演，难道造成这一切的仅是这台喧宾夺主的景？但是很快我就意识到，这种看法过于简单。那一刻，我想到了“重排”的意味——何谓重排？

重排一出戏本不是什么值得忧虑的事。自《哈姆雷特》问世以来，迄今不知有多少导演排过这出戏，也不知有多少演员演过。但都是从从容容地过去了。有句老话叫“有多少读者就有多少哈姆雷特”，这是指文学的《哈姆雷特》，道出的是阅读的参与意识。而不好说“有多少观众就有多少哈姆雷特”。观众到剧院，是一种被动地接受，因为舞台上规定了一切，带有极大的强制性。这是常识。我看过至少四个“版本”的电影《悲惨世界》，得到的是四种不同的感受。而我今天来看《茶馆》，能感觉到的还是焦菊隐和于是之遗留的气息。诚然，当年这些老先生完成了甚至是出色地完成了《茶馆》的首演，把文字的《茶馆》立到了舞台上。这是带有一种使命性的成就。然而这出戏风风雨雨几十年下来，如今才有重排一说，本不是一件正常的事。至少十年前林兆华就可以做这件事了（那时他正是年富力强）。现在林兆华做了，做得很辛苦，但未必做得很开心。是焦菊隐的无与伦比还是林兆华的山穷水尽？抑或是难以承受某种压力或者无法克服某种心理障碍，使后者不能跳出焦菊隐的这道光环？我看不出除了一台景的变化之外还有什么其他的变化。因景而修改的调度只是不得已而为之。至于把一辆美式军用吉普开上台以及把那位“沈处长”（张万昆饰）从幕后提到幕前，充其量也不过是雕虫小技。很显然，作为导演的林兆华未能拿出完全属于自己的对《茶馆》的新的诠释，因此他也就无法给演员们一个说法。而在导演的沉默之中，演员的自悟便极其自然地去寻找各自从前的楷模了。“从角色出发”在失去导演的总体构思的前提下，就成了“向前辈学习”，他们前辈的创造下意识地成了他们的一条通往角色的捷径，尽管舒服但远离了光荣。这种倾向本身就是极大的可疑，因为这不是创造而是临摹。既然是临摹那就不必打出“重排”的旗号，干脆就明说是“复排”好了；按照夏淳当年的路子，并在节目单上注明：原剧导演焦菊隐。

这种难以言表的心理定式给演员带来了负面影响。饰演刘麻子的何冰在首演之后就这样对记者们说：看着台下的英若诚老师坐在那里，我就觉得自己是在偷人家的东西。何冰很谦虚也很诚恳，但我不希望听到这种表达。何冰无疑就是在这种心理的钳制下去完成他的角色“创造”的。其他人呢？英若诚可怕吗？于是之、郑榕、蓝天野可怕吗？据说首演之后，剧院还特地邀请当年《茶馆》的几个老演员发表意见。蓝天野着重说了杨立新（饰秦仲义）在表演上的不足，而黄宗洛则对冯远征（饰松二爷）提出了批评。如果那一天于是之和郑榕出席了会议，我想也会对梁冠华、濮存昕（饰常四爷）说上几句。但老演员没有说错，因为他们是按照从前自己对角色要求的尺度来做出今天的评判的。他们也一样诚恳。从这两方面就不难看出，所谓重排《茶馆》不过是对外宣传的一句口号。

什么是重排？重排意味着将过去否定，否定得越彻底越好。否定意味着放弃过去的一切。否则也就意味着你的创造性消失了。从这个意义上，作为舞美设计的易立明是很孤独的。他天真地做出了一份自我肯定的答卷，然而在其他不变或者小变的大气氛里，他的肯定顿时就成了否定。这就像在一支民乐合奏曲中突然插进了一把小号，尽管明亮但也会被认为是不谐之音。谈到否定，并不意味着过去的东西不好。某种意义上可以说从前的那台《茶馆》太好了，这给今天的重排——如果真是重排的话——带来了重负。也就表明对她的否定十分艰难，这涉及许多方面，如观念，如水平，如能力。很长时间以来我们习惯接受这样的话：继承才能发展；但我们极不习惯另一种表达：否定才有创造。尽管后者的目标更高。林兆华显然没有迈出这一步，困扰这位颇具影响的话剧导演的还是几分继承，几分发展。他不敢去做另外的尝试，面对前人遗留的杰作来一次否定之后的肯定。他实际上是陷入了进退两难的尴尬境地，于是带给我们一部平庸的赝品便在所难免。

《茶馆》是老舍先生留给我们这个国家的一件礼物。《茶馆》也是北京人艺以焦菊隐先生为首的那一批老艺术家对舞台最为精致的一份馈赠。

但《茶馆》不是一件文物，如果是文物，那么我们给予的态度就应该是修复。文物的价值在于不可再生性，唯有修复才能使之寿命延长。而《茶馆》不是文物，她是一部话剧杰作，她的生命在于后人对她不断注入最新鲜的解释。导演是如此，演员是如此，舞台上任何一切都该是如此。倘若我们在前人面前迈不开脚，那就干脆一步也别迈，连舞台上的一根钉子也别钉错。据我所知，《茶馆》问世之初，就受到了某种压制，甚至有一种声音说《茶馆》是毒草。但就是在那样不可理喻的年代里，《茶馆》还是从夹缝里求得了生存。这也能看出这部作品在艺术上的成熟。一部优秀之作应该不会受到任何政治因素的困扰。除非政治到了丧心病狂的阶段，就像20世纪50年代的苏联对帕斯捷尔纳克实施的政治迫害，就像“文革”中对老舍本人的摧残。《茶馆》很容易让我想到田汉先生的《义勇军进行曲》，常四爷的那句悲愤感慨让我想到“中华民族到了最危险的时候”。据人艺的演员介绍，历史上《茶馆》的演出每次演到“我爱这个国家，可谁爱我呀!”时，观众都要报以热烈的掌声。10月27日也是如此。但值得强调的是，使我们震动的原因来自剧作自身的魅力。

北京人艺这次重排《茶馆》汇集了剧院全部的力量。观众期盼着一台崭新的面孔对《茶馆》做出同样新颖的表达。这是票房好的重要因素。因为《茶馆》的故事大家早已知道，当年老一辈创造的角色光辉也还在大家心目中亮着。大家唯一想看的就是《茶馆》的另一种“版本”，如果大家还希望借此对老版本进行一次缅怀，那他们一定会去看谢添拍的同名电影了。

我写这篇文章心情是很沉重的。那天夜里我的情绪变得十分复杂。虽然我是个写小说的人，但多少年来话剧使我梦牵魂绕，话剧的舞台在我心目中就是艺术的神龛，我去剧院看话剧是怀有一份宗教般的虔诚的。但那个晚上，我失望而归。我不明白为什么就不能在真正意义上实现重排，哪怕排出一个遭到非议的戏，那也比现在这样的好。因为那是创造，而不是现在这样羞羞答答的临摹。平心而论，我一点都没有否定林兆华劳动的意思，他是一位有实力的话剧导演，他本该走出一条属于他自己的路，给我们以惊喜。我私下推断，在他决定改景的同时，他对自己的重排是持有一份信心的。他本该去做加法，把自己的表达一步步推向极致，但他最后还是做了减法——把自己的创造一一减去了，谦虚地回到了焦先生的面前。我更为北京人艺的一台好演员欣慰，无论是梁冠华还是濮存昕、杨立新，无论是何冰还是吴刚（饰唐铁嘴）、严燕生（饰庞太监），无论是龚丽君（饰康顺子）还是岳秀清（饰小丁宝），他们都有能力胜任他们各自的角色。演员是一种极为特殊的职业，他既是材料（为导演所用），又是产品（角色）；既是艺术过程（表演），又是艺术目的（实现角色创造）。演员以自身为条件去创造另一个自身，这本身就是很刺激的事。然而演员的悲哀也就在于他首先得是导演手里的材料。当林兆华勾画出的轮廓实质上还是焦菊隐的草图时，他们再描也就是“于是之们”的路子了。所以与其说何冰在演刘麻子小刘麻子倒不如说是在演英若诚了。这是怯懦的心态。而怯懦所导致的后果必定是失败。我反对把这台好演员置入一种“可比”的怪圈。我反对今天的 A 角成为昨天的 B 角。我希望看到的是不可比，越不可比越好。倘若林兆华把一切都收拾得像那台景一样，使之达到一种和谐的境界，试想，呈现在我们视野里的将是怎样的一台《茶馆》呢？她或许是那么的格格不入，或许会引起舆论哗然，甚至还会遭到谴责，但却是崭新的。

1999 年 11 月 6 日　北京

我的话剧观

话剧《地下》是我在去年秋天于一周内写成的。但酝酿这出戏的时间至少已有两年。最初的动机是想写出一个话剧舞台上的《三岔口》——我一直很喜欢这个经典的戏曲折子，觉得这是个十分特殊的艺术形式，自然也因此产生了特殊的艺术效果。试想，观众在安静的剧场里，欣赏着明亮的舞台上“黑暗中”的表演，那是什么感觉？中国戏曲的魅力就在于这种虚拟的真实性，于虚假中创造出不可想象的真实。我对此已经痴迷了几十年，随着时间的推移，戏曲的表现形式在我心目中的地位又得到了提升，它似乎越发具有现代性，让我想到毕加索的画和斯特拉夫斯基的旋律，一种形而上的意味每每让我激动不已。

但是，我对戏曲文学从来没有任何兴趣。尽管也有由田汉那样的大手笔写出的《白蛇传》一类的优秀本子，其中“亲儿的脸，吻儿的腮”这种精彩唱段至今还受到称道，可是比起关汉卿和汤显祖，其差距之大也是不争的事实。所以我固执地认为，某种意义上，戏曲的魅力可能与剧本没有多大的关系，它的生命在于其动人心弦的唱腔和久经锤炼的表演形式。这是戏曲与话剧的最大不同。话剧的剧本名副其实地就是一剧之本，就像今天我们谈起《哈姆雷特》自然想到莎士比亚，谈到《死无葬身之地》就想到萨特，谈到《等待戈多》就想到贝克特，而当我们面对《失空斩》和《霸王别姬》时，只能想到马老板与梅先生了。或许正是这种作为话剧作家的举足轻重，使我在比现在年轻二十岁的时候就迷上了话剧。我可以说，从一个写作者的角度，如果问我最喜欢写什么，是小说还是话剧，我似乎只能做出这样的回答：都喜欢。（事实上，我的处女作就是一个独幕话剧。）甚至可以说，写作一部话剧成了我的一个梦想。

我历来认为，任何一种艺术形式，包括综合艺术，都有其本性与属性之分。正如小说的本性在于叙事空间的不可限量，而非对人讲一个故事，话剧的本性在我看来是表达人对世界的一种认识态度，而非在舞台上对日常生活进行一次逼真的临摹。换言之，话剧只承载思想。我厌倦在话剧的舞台上去罗织庸俗电视剧的内容，厌倦喋喋不休的家长里短。我也不主张把话剧当做喉舌，去向观众解释大政方针。

形式意味着本性的确定不移，这是至关重要的一点。老舍先生写了很多小说，今天可以读的似乎不多，但他却意外地给我们留下了一部《茶馆》。说意外，是因为老舍还写过《龙须沟》、《西望长安》、《女店员》这种明显的宣传品。老舍是一位语言功底扎实的作家，据说还享有过像“语言大师”这样的美誉；但在我看来，《茶馆》之所以留住了，关键还在于老舍把这部话剧的本性弄清楚了。简言之，《茶馆》不能成为小说，也不必改编为电影，它只能是话剧——这是命定的价值，老舍看准的可能是这个。我曾经说过，一流的小说永远只能停留在纸面上供人阅读，我所强调的还是本性因素的不移；即使被强行改编了，那也是另一个风马牛不相及的东西了。侯宝林的相声之所以至今还受人们喜爱，就在于他立足于一个“说”，就直挺挺地站在一张桌子面前说，这就是相声的本性。而不是时下的那些货色，说不好了，就又唱又跳，令人败了胃口。

话剧选择舞台安身立命，是舞台能够产生一种类似宗教感的庄严。当偌大的剧场灯光渐暗时，当紫红色天鹅绒的大幕徐徐拉开时，与此同时舞台灯光亮起，我们便觉得自己置身在艺术的殿堂，面对的是一座艺术的神龛。这种富有仪式感的情绪预先到达，构成我们欣赏话剧的前提。也正是因为这点，我不喜欢被称做“小剧场”的演出。我在北京看过一次“小剧场”，尽管演员在离观众很近的地方表演，但是我根本无法融进作品的氛围。这不禁让我想到一个通俗的美学观点：距离产生美。话剧不能走下舞台，哪怕台上只有一个人物，也不能失去距离。

英格玛·伯格曼不仅是20世纪最伟大的电影大师，而且也是一位杰出的舞台剧导演。在他长达60年的导演生涯中，除了拍出了像《呼喊与耳语》、《芬尼和亚历山大》这样不朽的影片外，他还成功地执导了莎士比亚的《麦克白》、布莱希特的《三分钱歌剧》、莫里哀的《唐璜》等话剧。这使他的电影作品里不可避免地渗透话剧的成分，如《第七封印》里骑士与死神的造型以及台词风格。但伯格曼的高超之处就在于他把这些原本是话剧本性的东西化成了电影的属性，从而丰富了电影，也使他的影片别具一格。是否可以说，伯格曼从话剧里获得了灵性？

当初我在构思《地下》时，首先认定的是赋予它的形式。我清醒地认识到，我将要写的是一个话剧。一位担任期刊主编的朋友曾建议我先把它写成小说，我没答应，我说：这恐怕不成，我头脑里活着的就只有一部话剧。我的意思是说，这个题材只能装进话剧这种形式，它具有无法替代的严密性，就像自己的脚不能选择别人的鞋子。自小说《重瞳》发表后，一些朋友给我打电话，说这可以改出一部精彩的大片，我也认为不妥。我倒觉得《重瞳》倘若改编，最佳方案是改成一台话剧。我后来竟为这种构想所驱使，似乎在幻觉中已经看见了戏正随大幕的拉开展现而出。现在，北京正在盖一座气势恢宏的国家大戏院，我真希望在她落成的时候，在这个新世纪的大舞台上演出一部叫做《重瞳》的话剧。我觉得这应该不是个梦想吧？

“生存还是毁灭，这是一个值得思考的问题。”——话剧的舞台上应该永远回荡着这样的声音。

2000 年 1 月 23 日　北京天坛之侧

我所认识的基耶斯洛夫斯基

我喜欢观察生活的碎片，喜欢在不知前因后果的情况下拍下我惊鸿一瞥的生活点滴。

——克日什多夫·基耶斯洛夫斯基

克日什多夫·基耶斯洛夫斯基从事电影这个行当可以说是必然也可以说是一次偶然，因为他在连续两次报考洛兹电影学校落选后，看见——至少是感觉到自己的母亲伤心地哭了。母亲还直言不讳地告诉这个二十三岁的儿子：你或许不适合干这一行。那一天，华沙的天空一阵倾盆大雨，雨水模糊了年轻人的视线，以至于他看不清母亲脸上淌着的是雨水还是泪水。多年之后，已经步入世界电影大师行列的基耶斯洛夫斯基对发生在1965年的这一幕还记忆犹新。他说："我要证明给他们看，我适合做那一行——只因她是如此悲伤，那才是我痛下决心的一刻。"这句表白显现出两层意思：将去证明自己和对作为一个电影导演的艰难的预感。这让我想起中国导演陈凯歌一篇文章的题记，他说在他决定献身于电影事业时，他的父亲陈怀皑这样告诫他：你要懂得一个电影导演的艰难。对这种"艰难"的超前认识，实际上意味着对某种电影方式的确立。因为不是每一个电影导演都能预见并切实感觉到这份艰难的。

1994年，当基耶斯洛夫斯基拍完"三色"中的最后一部《红》后，正值年富力强并处在事业的高峰的他突然出人意料地宣布息影。在外人看来，这或许与他再次和戛纳金棕榈失之交臂有关。然而他说："拍电影，并不意味着观众、影展、影评、访问……它意味着每天早上6点钟起床；它意味着严寒、雨水、泥巴、扛负沉重的灯光设备。这是一个令人精神衰弱的行业，所有的其他事物都必须退居陪衬地位，包括你的家庭、情感、私生活……或许我不应该再继续做下去了。有一项最基本的东西，是所有的电影人都必备的——耐心——我的已用到了尽头。”这段自白可以看成他对“艰难”以及对其承受力的一次总结。两年后的3月13日，这位内心充满焦虑的导演心脏病突发，死在手术台上，终年五十三岁。

或许电影正是这样一个悖谬而不可思议的行当，它伸出来的是两只手，既要牢牢抓住你的向往，又要摁住你为实现这一目标呕心沥血。它把你对精神世界的不懈追求与对你的肉体的无情摧残完美地结合起来。你在完成电影之后其实也意味着你被电影所消灭。当然这一切都是针对一个电影天才而成立的。基耶斯洛夫斯基无疑是这样的天才，他和英格玛·伯格曼比肩而立，成为20世纪世界电影的双子星座。

1967年之前在洛兹电影学校就读的基耶斯洛夫斯基，可以说是个无名之辈。他的大量作业均为纪录片。尽管在毕业后他于1976年拍过一部叫做《伤疤》的故事片，但没有人看出他在这方面的前途。此时，他本人对此也显得信心不足，几乎想从这支队伍中撤出。但就在这时，他意外地结识了一个人。从后来的事实看，这个人虽然不是能够给他投资的老板，但无疑给他带来了好运气。这是一个律师。这个人就是皮耶谢维奇。青年律师对电影似乎有着与生俱来的敏感，于是很自然地走进了导演基耶斯洛夫斯基的电影世界。1984年，他们合作编写制作了故事片《无休无止》，立刻在华沙引起了轩然大波。官方、反对派和教会都不喜欢这部影片，但它造成的客观影响却是不争的事实。然而内心虚弱的基耶斯洛夫斯基在那个阶段十分沮丧。有一天，他在雨中和他的律师搭档再次相遇。律师似乎不想说已经过去了的事，却提出了一个“可怕的想法”。他对沉浸在忧伤中的导演说：“有人应该拍一部讲‘十诫’的电影。”见导演没有任何反应，律师进一步强调道：“应该由你来拍。”这就是著名的短片《十诫》最初的起源。四年后，基耶斯洛夫斯基完成了它，一举奠定了他作为世界电影大师的地位。他们的合作由此出现了崭新的局面，直至《蓝》、《白》、《红》三部曲的完成，时间长达十五年。

电影作为一门综合艺术，在20世纪得到了迅捷而饱满的发展。好莱坞的电影模式与以法国为中心的欧洲“作家电影”分庭抗礼，但基耶斯洛夫斯基却奇妙地将二者打通了。他的作品具有故事性，而更多的是让你把它视作一个“文本”来用心解读。从这个意义上看，他实际上就是一位用镜头写作的作家——这与某些导演的自我标榜不能同日而语。他的电影叙事达到了惊人的地步，几乎每一个画面都是那么精致。我在看过《十诫》（特别是《杀诫》和《情诫》）与《三色》（特别是《蓝》）之后，曾企图从中找出他与伯格曼、安东尼奥尼、费里尼等人之间的联系，但一无所获。但我可以肯定地告诉自己，这就是我心目中的电影。我甚至诧异于他的电影与我的小说竟是那么的相似！这在《红》（1994）和我的《流动的沙滩》（1991）中表现得尤为明显。值得指出的是，这里不存在任何的借鉴。或许正是这个不可思议的原因，使我仿佛带有自恋倾向般地爱上了这个波兰人。

像任何优秀电影作品一样，作为影片载体的故事本身并不复杂。它是简单的，但又不能让你一目了然。实际上这正是优秀与平庸的最初分野。这个原则也一样适用于小说，所以像土地测量员永远也无法走进城堡这样的故事也永远只能属于弗朗茨·卡夫卡。但它们往往走向了人生的终极目标。这就是人的处境与精神家园。基耶斯洛夫斯基深谙此点，他遵循了这个原则，并饱满地把它体现在自己的作品里。《关于杀人的短片》（《杀诫》）实际上只是写了两次杀人事件。少年雅采克因为妹妹死于车祸，所以要选择一个司机作为袭击或者报复的目标，尽管这个司机并非是碾死妹妹的凶手。雅采克因此受到法律的制裁。这就是故事的梗概。而《蓝》则不过是描述女主角朱莉在一次意外的车祸中痛失丈夫和女儿后的一段并不具有戏剧性的日常生活。她企图拒绝包括回忆在内的一切，以有就是无的方式来打发自己的余生，但最后音乐使她的激情重新燃烧，她选择了内心的自由。基耶斯洛夫斯基的作品没有好莱坞剧作那种起承转合的章法，也没有欧洲“作家电影”那种孤傲的气质，它平易近人，它似乎就是随意性的心得，但有着直觉的鲜活，洋溢着艺术的灵性。同时它又是深奥的，令人回味无穷。而这一点就意味着某种绝对的能力——不是任何人都能具有的。《杀诫》向我们直接呈现了两起杀人的细致场面，使个人的复仇发泄与社会的权威惩罚相对立，但却意外地使你产生怜悯与同情。你似乎再也分不清正义、良知、道德与法律的界限在哪里。你说不出个人与社会谁更残暴。这就是基耶斯洛夫斯基的魅力，他总是选择一种暧昧、一种悖论，把判断的权利交给了他的观众。自由的前提是丧失一切（《蓝》），平等意味着阳痿的拯救（《白》），博爱从侵犯他人的隐私切入。如此等等，这个波兰人独特的眼光总是那样的犀利而迷人。

任何艺术都有其本性和属性之分。电影作为一门与科技发展同步的综合艺术，在今天看来似乎与人的作为越发地没有多大的关系了。这显然是个错误的判断，但却又是不可忽视的事实。现代数码技术使得像《泰坦尼克号》这样的影片赢得高额的票房。作为一个华沙土木建筑师的后代，基耶斯洛夫斯基从小就和奢华的生活无缘。他的著名的《十诫》最初只是为华沙电视台制作的十部电视单元剧。几年后才将其中的《杀诫》和《情诫》重拍成胶片，但仍然是成本低廉的制作。不过这丝毫不影响他成为大师。他的影片明显散发着唯美主义倾向，每一个镜头都非常考究，但又是那么不动声色。他牢牢掌握着影像的本性，把造型置于首位，让画面与画面之间建立起一种多元而深刻的联系。他和另外一些电影导演最大的不同就是，他喜欢把这些由镜头组成的画面处理为一种暧昧状态，这就是他所说的"不知前因后果"的"惊鸿一瞥"。最为典型的应该是《蓝》中的那串蓝色的灯饰。它既可以看做是朱莉对过去的怀念，也可以认为是她的内心世界的一种外化形式。或者什么都不是，它就是一块蓝色，与天空、游泳池里的水、浮现在脸部的光晕、棒棒糖的包装纸构成一种情绪的基调——忧郁而伤感同时又是迷惘的基调。每当这串灯饰出现时，影片便告一段落，剧情也随之向前推进一步。直至最后，朱莉给对自己至今一往情深的音乐家打电话，得知他们仅使用过一次的床垫被男人买走，便决定去他那儿。镜头开始运动到以灯饰为前景的位置，焦点骤然变虚，那感觉犹如点亮了女人心中的一盏灯，与此同时激动人心的音乐渐渐响起，寂寥的夜空中传来女高音悠扬的独唱，形成了情绪的高潮。当然这只是我个人的一种解读，我相信别的观众还会有更多的见解。

电影是一种叙事方式。高明的叙事会使一个原本平庸的故事变得深刻而动人。这一点又和小说一致，同样也存在一个"怎么说"的问题。基耶斯洛夫斯基的过人之处即表现在这里。他的每一个设计都非常精致和不同凡响，但看上去又那么漫不经心，以至于你很难找到雕琢的痕迹。《杀诫》中的两次杀人的处理几乎每一个细节都耐人寻味。这里面有对比，有对位，更有联想。雅采克杀那个好色的司机，导演着重的是杀人场面的渲染，作为刽子手的少年紧张而残暴；而到少年被法庭判处绞刑时，又转移到气氛的渲染。国家委派的刽子手则西装革履，一副悠然自得的样子。这个人嘴里叼着半截烟卷，他似乎很负责地给刑具的齿轮部位加上润滑油，再把绳索的绞圈缩小，然后，他又给用于盛放死者临终前因挣扎而导致大小便失禁的盆子里换了一张塑料纸，一切做得老到而冷静，远不像少年杀人时那么惊魂不定。我们看到这里肯定会联想起华沙郊外的那次杀人，继之我们会在黑暗中做出判断，我们会对两根同样致人死亡的绳子感到震惊不已！

类似的手法我们还可以从《情诫》中看到，少年偷盗了一只专业望远镜对女画家进行窥视，是对爱情的好奇；而后来女画家翻出自己从前的玩具望远镜对少年的窥视，则无疑是对爱情的迷惘。这是两种希望置换的眼光，但无论是怎样的置换，爱情都是无法看清的对象物。在《白》中，寄居巴黎穷愁潦倒的波兰发型师，雪上加霜地因为阳痿而被年轻貌美的法国老婆逐出家门，连最后的两便士也被突然失灵的电话机吃掉。而电话的那边他过去的女人正在与另外的男人热烈地做爱，话筒里女人夸张的叫床声把这个倒霉的矮个子彻底击溃了。他流落到地铁站，用梳子吹奏一支怀乡的曲子，却意外地引起了一个有钱人的关注。但是这个人却希望落泊的发型师来和自己做一笔生意——杀了他，那人的理由是以这种死亡方式来给自己解脱，同时更重要的是宽慰家人——他不是绝望地自杀而是死于一次意外的谋财害命。于是一声著名的空枪拉开了平等的序幕。发型师先被离奇地装在一只空箱里运回了华沙，继而因为一次小人之举而发迹。然后，他制造了一起车祸丧生的假象来招回自己的前妻，最终实现和她做爱的目标，以此证明自己是个出色的男人，一个比法国男人还男人的男人。这个男人历经千辛万苦终于赢回了原本属于自己的尊严。这次女人的叫床声不是假装的夸张，但却比夸张还激烈——和《蓝》中的那串灯饰焦点变虚一样，基耶斯洛夫斯基在这里使用了亮场——女人的叫喊似乎把天都给叫白了。然而这不是女人的性高潮，而是导演再次创造的非凡的艺术高潮。

基耶斯洛夫斯基是个形式主义者。他的镜头叙事堪称精美绝伦。但他没有一味地去玩弄形式，他要做的是赋予镜头以生命。《蓝》中朱莉巨大的瞳孔里反映的医生影像，实际上意味着她对存在的绝望；而在不锈钢咖啡勺子的凸面上摇摆不定的人脸，也暗示女人对自己命运的无法预测。《红》中退休老法官与女模特在空旷的剧场进行交谈，那个经典的垂直升降镜头完全是对当事人内心世界的揭示。《杀诫》最后在行刑室里，少年雅采克失禁后滴在便盆里的几点黄色的大便又怎能不使你感到对法律的无奈与无力呢？这就是基耶斯洛夫斯基的魅力。他的每一次动作都令你铭心刻骨。他有意不让我们看见朱莉最后打电话的表情，以免冲淡那片“蓝色”；而他又可以在连贯的交谈中突然出现瞬间的暗场，把女人在那一瞬的内心暴露给你看。他通过一连串的声音（楼道里的殴打声、贮藏室里的老鼠声、风拍打窗户声和关门声）来表现获得自由后的女人的孤独与恐惧。而街头向垃圾箱里扔空汽水瓶的老妇又暗示着这个自由的女人对前途的迷惘（这个镜头贯串了《蓝》与《红》）。像这种朴素而又卓越的处理就该是我们习惯中的大手笔。

基耶斯洛夫斯基的作品是一种主观化的作品，他习惯以自己的视点来加以观察。在他的影片里，这种称作导演主观视点的角度统领了全局。但是他的作品又明显打着纪实的烙印，这得益于他拥有的纪录片拍摄的历史。于是，这种导演的主观视点往往又与剧中人物的视点相一致。这意味着他是在给自己寻找一位称职的代言人。他的叙事是主观叙事，流露的却是纪实风格。他的另一个奇特的做法是在作品中安放一位与剧情毫不相干的目击者或者旁观者。《蓝》中那个在街边吹奏竖笛的老人，一次喝醉酒后倒在街头与朱莉相遇，却对女人说：你该抓紧时间干点什么了。这仿佛就是上帝对未亡人的一次提醒，胜过好友的屡次劝慰。而在《十诫》中每部都会出现一个冷漠无语的目击者，这个人有着同一张面孔却不断地改变身份（由同一演员饰演），他总是在事件的要害处出现。正是这个人的存在构成了作品的神秘感。这个人是谁？只有两种选择：上帝或者基耶斯洛夫斯基本人。关于这个处理，导演承认是受到一位作家的启发，那是在一次电影观摩中，作家看见在公墓里有一个黑衣人，但实际上并没有这个人，连那部影片的导演都不知道。作家却固执地说他看得很清楚。几天后，这个作家死了。这件事使基耶斯洛夫斯基感到这部作品里缺了些什么。那就是他所说的一种神秘的因素，一种隐秘和不可解释的东西。这也正是他自己作品缺乏的。

1990 年底，我写作了《流动的沙滩》。在这部三万言的中篇里，我引用了新小说派的代表作家克洛德·西蒙的一段话作为题记：我们对任何事情都没有十分的把握，因为我们始终是在流动的沙滩上行走。在那篇明显仿照博尔赫斯行文笔法的文字里，我东拉西扯地说了一些事情。但我设计了一种人生的轮回与重复。我把两个年龄恰好悬殊一倍的作家集合到一个孤岛上，并且让他们都去写一部同名的书：《流动的沙滩》。但意外是，在后来的交谈中，他们不幸地发现他们的关系变成了过去和未来——这不是两个陌生人的邂逅交谈，而是处于现在的一个人的过去与未来的对话。他们互为一面镜子，彼此都从对方身上不无准确地看见了自己，以至他们正在写作中的那本神秘的书都成了抄袭——人生似乎就是一个漫长的抄袭过程。这部被批评界视作“后现代”的文本是我被划为“先锋”作家的证据之一。也是我自己值得怀念的一部作品。几年后的 1997 年，我在北京看到了基耶斯洛夫斯基的《红》，我对剧中一老一少的法官惊人相似的遭遇感到震惊——我自然想起《流动的沙滩》来。我诧异的是，在不同的空间里与不同的艺术形式中表达着接近的含义。我同时也感到了几分的欣慰。

1999 年我开始了《独白与手势》的写作。当小说写过五万字时，我突然意识到这应该是个长篇的三部曲，于是我便想起了基耶斯洛夫斯基的《三色》，我似乎毫不犹豫地套用了《蓝》、《白》、《红》，依次作为每一卷的命名。但我不会去解释自由、平等、博爱，我要表现的不过是一个男人三十年的情感经历与心灵磨难。这三种颜色正是小说的基调与意味。而且，我似乎是始作俑者般的把图画引入了叙事，使之构成一种不可替代的层面。那个时刻我还有另一种渴望，希望有朝一日由我自己把它们拍成三部胶片，我将以这种方式向基耶斯洛夫斯基致敬。有一位记者朋友这样问我：为什么要取名《独白与手势》？我说，你可以认为“独白”是文字，“手势”是图画；“独白”是可以言说的，“手势”则是比画。说的和难以言说的，这便是我此刻的工作和毕生的努力。

2000 年 2 月　合肥

达利的背影

萨尔瓦多·达利应该是一个例外。

中外艺术史上不乏哗众取宠的艺术家，但以此最终赢得广泛尊重的绝无仅有。所以说，这个达利最大的天才或许还不是他的绘画成就，而是他把一种自欺欺人的幻想变成可爱。谁都明白这个人的一生是活在自我吹嘘的谎言里，谁都知道他的许多行为是矫揉造作的，但不可思议的是，人们在经过短暂的厌烦之后，居然接受了，把他与20世纪的几位画界大师，如高更、毕加索、凡·高、马蒂斯相提并论。然后，几乎全世界的人都爱上了达利式的谎言以及这个谎言的制造者。

某种意义上，始于1924年、并在五年之后走上鼎盛时期的超现实主义运动，给萨尔瓦多·达利带来了好运气。这场由法国诗人安德烈·勃勒东发起并一直领导的文化运动，在不长的时间内就吸引了全球的目光。作为其中一名中坚分子，萨尔瓦多·达利最精致同时也是最有影响力的作品，就是在这个时期完成的。他因此成为超现实主义最具代表性的画家。不过在当时，他的那些“下意识”创作的“使具体的非理性的形象物质化”的作品并没有引起社会的普遍关注。萨尔瓦多·达利真正的名声来源于一部叫做《安达卢西亚之犬》的电影。这部时间长度仅为二十分钟的默片是他与导演布努艾尔的合作，其中像锋利的剃刀切开眼球这样刺激的镜头，不仅表达了勃勒东宣言中的文化理想，也成为电影史上的经典之作。这让我不可避免地想到另一个可以与当代艺术大师比肩而立的作家，法国“新小说”派主要领军人物阿兰·罗布-格里耶。他潜心多年的小说实验没有引起多大的重视，却因与“新浪潮”著名导演阿兰·雷斯尼合作的一部《去年在马里昂巴德》声誉鹊起，使整个“新小说”度过了阴冷之年。然而不同的是，《去年在马里昂巴德》拯救了

“新小说”，而《安达卢西亚之犬》给达利带来了实惠。我们似乎不再怀疑达利这个人不仅是个形而上的天才，而且也是个形而下的精英分子。“我和疯子唯一的区别，就在于我不疯。”他这句名言其实是一次坦白。他懂得如何炒作自己，也懂得怎样搞好关系，他可以把毕加索视为“第二父亲”。他说，哲学使他读得流泪，并且大言不惭地声称自己早在子宫里就有了思想。“萨尔瓦多”意为救世主，他居然就以救世主自居。于是上到皇室下到妓院把好感都给了萨尔瓦多·达利那别具一格的小胡子。“作为身体商标，他（达利）的小胡子是唯一能与凡·高的耳朵和毕加索的睾丸相匹敌的，”罗伯特·休斯曾这样写道，“但有一点同它们不一样，因为这小胡子是从委拉斯开兹的《腓力四世像》拿来的。”或许正是这种绝顶聪明和过于功利，使他和勃勒东等盟友最终分道扬镳，也注定萨尔瓦多·达利永远只能成为毕加索的“儿子”。

但是，不论好恶，想抹杀萨尔瓦多·达利的辉煌是不可能的。尽管这个人胡言乱语、信口雌黄，尽管这个人不择手段抬高自己，但是他的作品放在那儿，放在全人类的面前。世界艺术长廊如果将《永恒的记忆》、《内战的预感》、《那喀索斯的变态》、《血比蜜甜》这样的杰作剔除，将是一件尴尬而遗憾的事。

达利的作品充满着一种离奇的幻想，无法琢磨的表现物与古典浪漫主义的背影融为一体。他采用考究的构图与细腻的笔触，使他的色彩“光滑得像一面浴室里的瓷砖”。但是这些作品又似乎在揭示着世界的另一种存在的方式，如同一幅幅梦中图景，你能感受到作者内心的焦虑与狂躁。《那喀索斯的变态》很突出地反映出了这些特征。从地下生长出来的手，小心地用指头夹着一枚鸡蛋，裂开的蛋壳中绽开两朵水仙花，正是这些构成了希腊神话中美少年那喀索斯的死亡隐喻。这些作品使萨尔瓦多·达利当之无愧地成为超现实主义大师，这是连安德烈·勃勒东都束手无策的。萨尔瓦多·达利的绘画语言并不新鲜，他的技法甚至都是极其传统的，你可以轻松地从他的作品里看出15世纪后期的学院派让·路易梅索尼埃的技法影响。事实上，少年的达利就曾受教于一位名叫努奈斯的素描大师，后来到马德里美术学校学习学院派的方法，老实地跟在那位在毕加索时期就已是教授的老历史画家莫尔诺·卡尔波纳诺的身后。这使他拥有一身坚实的现实主义传统绘画的功夫。但是这些精细的东西都只是一块块的局部，一旦以荒诞、梦幻的方式组合到一起，传达出来的寓意却异常暧昧。这种手法与后现代主义拼贴手法近似，往往把看似无关的东西置于同一个画面，却在形式意味上达到了惊人的和谐。萨尔瓦多·达利的力量就在于观念上的不可思议，正如罗伯特·休斯所言："达利最杰出的作品的内容过于离奇，过于扰人，以至于无法对它做出滑稽的模仿。"

1941 年美国摄影师菲力普·哈尔斯曼与达利相识，此后他们的合作长达四十年。1948 年，达利对哈尔斯曼解释自己的作品《原子达利》说："我必须把每样东西都描绘成悬浮于空中的状态。"因为在达利看来，组成物质的原子、电子、中子等都呈悬浮状态。哈尔斯曼就此创作了著名的摄影作品《原子达利》，让正在工作中的达利以及他的画架、椅子、三只猫和泼出的水全处在飞腾的一瞬间。然后他们又共同创作了《空中裸女》，在这幅作品里，达利依然是主角之一，他滑稽地对悬浮在空中的裸体美女伸出一条腿，仿佛是他把她踢上了空中；在这个美女的周围纷飞着面包棍，似乎暗示着男性的性恐惧。事实上，在对待女人问题上，萨尔瓦多的能力远不及"父亲"毕加索。某种意义上他就是一个性无能者。长期的阳痿使他对犀牛角五体投地。对女人的无所作为，可能是后来这个名不副实的男人疯狂追逐名利的一个不可忽视的原因。

诚如罗伯特·休斯所言，萨尔瓦多·达利生前羡慕的是两种人物，一种是像拉斐尔、鲁本斯这样的"老大师"，一种是如同凡·高这样性格怪异的"畸形艺术家"。达利一生都在对这两类人物进行"生动的滑稽模仿"，但他特别富有激情，以至于人们无法冷静地对他们之间的差异做出准确的判断。我们可以说达利是个失败者，因为在这样的心态下，他是无法接近他所仰慕的大师的；我们同样也可以说这个达利是个成功者，他得到的似乎比过去任何一位大师都要多。这究竟是达利的错误，还是我们这个时代犯下的错误？

2000 年 6 月，"萨尔瓦多·达利"有了一次中国的"秘密之旅"。那时我恰巧在北京。即将在中国美术馆举行的"达利原作展"是这个夏季京城最为炽热的亮点。那几天北京的传媒都以整版篇幅对萨尔瓦多·达利的亡灵进行了一次预先展出。但是，就在画展开幕的前一天，6 月 7 日，报章上突然披露说，由于举办者事先不知道达利作品的尺寸，所以当西班牙方面把大师的作品送达时，才发现预订的三个展厅显得多余——二十几幅作品充其量只能布置一间展厅。而且，交接手续十分麻烦，连画面上原先的裂纹都要标出长度。于是举办方面只好连夜对一些小幅的作品进行了一次复制放大，以便于观赏。对这种自作多情的应急措施我很不以为然。他们不懂得达利，不知道“小”其实就是萨尔瓦多·达利的一个与众不同的特点。他极少去画一幅巨制。他的作品大多小而精致，有的甚至只有香烟盒那么大，而且他习惯采取纵深的透视效果。这在类似《永恒的记忆》和《十字架上的圣约翰》的作品里显而易见。他笔下的画面是一幅“远望”，更是一幅“凝视”。面对像《永恒的记忆》这样的作品，你会感到你似乎在使用一只倒置的望远镜，你会感到你面对的这个世界是经过浓缩的世界，你会感到你和这个世界永远有距离，这是一个深不可测的世界。

原定6月8日开始的展出被延误了一天。6月9日下午我赶到美术馆，结果告示上说公开展要到10日。9日这天是内部展出！我只好在第二天再去。当我走近大师时，大师的气息却被那些“安全护栏”所阻隔。而且更为遗憾的是，我几乎没有看到萨尔瓦多·达利先生的代表作。最后，我停留在那幅《达利画加拉》的面前，想着20世纪60年代中期随着勃勒东一并谢世的超现实主义。那大概是那个世纪最激动人心的艺术狂欢节了，那大概是那个世纪最后一批天真的艺术家和诗人了。但是，按照博尔赫斯的解释，镜子的影像意味着无限。

我面前的达利在画加拉，而我站在他的身后。

2000年6月30日　合肥寓所

也说《大宅门》

电视剧作为一种通俗的艺术形式，大家看的无非就是一个故事和几个演员。这应该是带有普遍性的欣赏定式。《大宅门》在我看来，是一个通俗的传奇故事，对这类东西历来犯不着较真儿。这部由郭宝昌自编自导的四十集电视剧，在未播出之前，央视便以“地毯式”的规模在几个主要频道上大做广告。那“片花”自然是漂亮而诱人的。“全明星阵容”这样的字眼儿也是极具市场号召力的。有这一路拳脚开道，于是就使得这部电视剧不怎么费劲，便轻而易举地取得了先声夺人的效果。但这只是生意上的考虑。事实上，《大宅门》的“热”，无非是以下几个因素所致：一是央视自己的投资项目，自产自销理所当然地要大做广告并占据黄金时间；二是一些大牌明星们的出演和客串，以唤起市场的关注；三是故事本身的传奇性。据说，这部带有郭宝昌家族史色彩的电视剧是以北京同仁堂的历史为蓝本撰写的，还有私自张扬“家丑”之嫌。现在《大宅门》是播完了，虽没有造成“万人空巷”的局面，但收视率是一时间创了新高的。观众喜欢这几个演员，这个故事也确实不乏几分好看。《大宅门》称得上一部好看的电视剧，尽管越往后看人越少。实际上，对《大宅门》的话说到这个地步就可以了。

但有趣的是，电视剧在播出过程中，北京的报章上便出现了一些令人吃惊的评价。其一是宣布《大宅门》引出了“宅门文化”；其二是称赞《大宅门》是影视作品中的黄钟大吕。更有甚者，言《大宅门》是当今的《红楼梦》。这种简单而草率的评价不在于言过其实，影视圈的吹牛早已是司空见惯的事了，而是反映了一种极不严肃的做人做事的态度，企图以打造时尚去代替创造经典。明眼人一望便知，《大宅门》再怎么折腾，也还是一部通俗的传奇剧而已。它不可能因为媒体的大肆炒作和大牌明星的出演而成为别的什么东西。姑且不论“宅门文化”的概念是怎么回事，但我想并没有谁能从中真的看出什么“宅门文化”的内涵与底蕴来，扯起这面幌子只是装一装门面罢了。似乎如此“文化”一下就有了品位。谁也丝毫不觉得它好似一部当代《红楼梦》——《红楼梦》中即使是一句诗，那分量也不是《大宅门》可以相比的。如果说还是像，那可能就是《红楼梦》写的是一大家子，《大宅门》也是；贾宝玉身边有很多姑娘，白景琦身边也不乏一些女人。前者身上多了脂粉气，后者身上则为江湖气。或者“二奶奶”这个人物无疑是对“王熙凤”的一次初级临摹。以一个家族的兴衰来结构故事，多少年来都不是什么新鲜事。从《红楼梦》到《家》，再到《四世同堂》，都是如此。写一个男人和几个女人之间的关系，照样也不是什么新鲜玩意儿，从《金瓶梅》到《妻妾成群》，再到《白鹿原》，颠来倒去也就那样了。当然《大宅门》里的白景琦不是《金瓶梅》里的西门庆，毕竟后来他在抗日。但是我实在不喜欢他和日本人换刀交友的那种安排。多年前看《南京大屠杀》，我也反感在屠杀三十万中国人这样血淋淋的背景下去设计一个貌似凄婉的中日爱情故事。仇恨就是仇恨，一个民族连表达仇恨都这么暧昧，那不是堕落是什么？《红色恋人》里父亲为保女儿的生命而叛变是可信的，《大宅门》中洋人当着哥哥的面去强奸妹妹，而哥哥居然束手无策则叫人恶心。其实这个细节是完全可以避开的，现在这么处理，就觉得那白三爷后来的杀身成仁也还是让人不舒服。

即使是作为一部通俗传奇剧，《大宅门》在剧作上的问题好像也不少。首先是该剧的前十几集用于见证人物性格特征的笔墨太多，却不能把这些与剧情的发展联系到一起，二者分离自然就是个低级错误。而到了民国时期，东扯西拉的头绪太多了，感觉上剧中人是在忙于解决一个个的问题，不能与故事的核心缠绕一起，也就难以形成对故事本身的推动力。人物的烦琐和头绪的纷乱是这个戏节奏缓慢的症结，很多人物都是呼之而出挥之而去，连交代都那么含糊不清。剧中很多人物，譬如什么姑奶奶、济南的表姐、詹王府的大格格等，都是可有可无的角色。其次是几个矛盾的支点，无论是大爷的药方事故，还是姑奶奶的失手丧子，都显得牵强附会，难以经得起推敲。这种勉强的结怨成仇是不足以造成戏剧的冲突的。因为大家对待通俗剧的宽容，便不去过多追究。再有，白景琦的几度沉浮起落怎么看都是过于简单，完全是一种戏说的“想当然”。就像这个孩子生下来会笑这样的不可思议，这个人物身上与其说是“平生多磨砺”，倒不如说是平生多运气。他俨然是一个特权人物，车到山前便必有路。玩了督军的女人前脚入狱后脚便可以大摇大摆地出来，没有银子可以以一泡屎去换，而且一换就是两千两。那督军和当铺的老板不是傻B是什么？如果世间的事都这么简单，那么京城“百草厅”还有什么“百年风雨”可言？如此这些，都显出了郭宝昌自己在学问功底上的薄弱和驾驭能力上的贫乏。

再从导演的手法与制作上看，《大宅门》显得老旧，如果真是与内容相吻合的老旧，那倒是一种艺术上和谐的追求，可惜又不是。节奏缓慢，调度简单，镜头语言单调。而且因为草率，片中的“穿帮”比比皆是——进门是蜡烛，出门便成了煤油灯；三爷的辫子刚剪去，顷刻间就长了起来；小黄春可以被三爷从小姑娘藏到做人媳妇，而二奶奶身边的丫头似乎是吃了长生不老药，几十年始终是青春年少……

《大宅门》集中了像斯琴高娃、陈宝国、刘佩琦这样一批具有表演实力的演员，尽管前半部在造型上形象显得老化，但依然是这部电视剧取得一定收视率的一个不可忽视的因素。如果不是这几个演员来担纲，这部电视剧是不会有现在这个样子的。感到不足的还是导演对表演上的要求有些偏离。就我个人的口味，我不喜欢这样“拿着演”，看上去那些人物不是站在地上而像立在舞台上。虽然这是一部年代久远的戏，但是在表演上我还是倾向于自然与生活。其实有些演员是不满意这样处理的，譬如饰演白三爷的刘佩琦就觉得自己的想法与郭宝昌之间有距离。奇怪的是，郭宝昌对演员和对自己的要求是不一样的，他本人饰演的那位西安大夫沈树人倒是比较松弛自然。至于请那些著名的影视人物来友情客串，完全是一种商业计谋，无非是制造一个卖点，使商业运作有钱可赚。但是对观众无疑是一种欺骗。看看那些“片花”大家就会觉得上当了，好在大家看电视不用掏钱。实际的情况也表明，除了李雪健最后那场戏的表演是出色的，其他的大牌无一不是作秀，演得太差。这种习气还是北京影视圈里所追求的那种“噱头”与“好玩儿”。

之所以对《大宅门》没有什么批评的声音，其主要原因我觉得不是说明这个戏做得怎么了不得，而是因为它不过是一部通俗的传奇剧。大家看这类东西也主要是茶余饭后的消遣。看过也就过了，没有什么值得多琢磨的。收视率本身不能说明一部作品的成功与否，像曾经火暴一时的《还珠格格》，比起《大宅门》那也是有过之而无不及的。而且它还不是央视出品的，也没有占据什么黄金时间。难道说那也是成功？如果是，那就是商业上的，而绝非艺术层面的。

我们处在一个由传媒操纵的时代。这样的时代专业标准便会处于尴尬的地位。我的意思是说，专业标准一天天地在失落，传媒的操纵性一天天在加强，这个现象反映在影视圈越来越明显。一件事干得好不好，很少有人以专业眼光去看待，以专业标准去衡量，以理性姿态去评价，而是考虑怎样依靠媒体去“做”。眼下的影视圈有一种倾向，就是把电视剧当电影做，而又把电影当成电视剧去拍，就是说电视剧的投资越来越大，制作得也越来越考究，好比拿着象牙筷子去吃方便面。而电影则相反。据说有的电影的投资只有一百多万，其效果就可想而知了。这种中国特色是让人沮丧的。如此下去，电影这个本来就贫血的孩儿怎么可能健康呢？我们总不能以电视剧去包打天下吧？我曾经说过，一个正常的氛围应该是各有渠道各得其所。好莱坞既能投巨资拍《泰坦尼克号》赚钱赚眼泪，也照样不含糊地拿出《辛德勒的名单》来震撼你的心灵。你的戏如果只是个玩意儿，你仍可以在美国最豪华的场所去演，但是你恐怕进不了“百老汇”。这样的事实至少意味着一种专业精神上的纯粹以及对专业成就的敬重。《大宅门》能否往大处说，应该很清楚了。

2001 年 6 月 3 日　北京

《辛德勒的名单》札记

好莱坞是一个电影商业集团。这种描述并不含有贬义。电影的生产者本来就是企业，它的每一个部门都叫车间。由大牌导演史蒂文·斯皮尔伯格参股的那个公司干脆就取名叫“梦工厂”。

前不久在一次“中德作家对话会”上，有一个题目就是“文学和电影”。我在发言时谈到了国外一些导演，譬如英格玛·伯格曼、基耶斯洛夫斯基、特吕弗、阿姆尔多瓦等，其中也有斯皮尔伯格。后来戴锦华女士取笑我说：你什么人不可以谈，非得谈他，你不觉得这个人身上商人气特重吗？我说，我谈斯氏，特指他的一部作品，就是《辛德勒的名单》。

我认为《辛德勒的名单》是一部史诗性的作品。我看过多遍，觉得很了不起。影片的视角是今天的、回忆式的。所以它由一根火柴的特写开始，把我们今天已经被时尚挤压得变形的、淡忘的记忆重新点燃。然后是悼念亡灵的朴素仪式，然后是，蜡烛熄灭的一缕青烟袅袅而上，与迎面驶来的老式火车相接，这种看似老套的“蒙太奇”剪辑手法却令我感到亲切，影片的彩色淡去了，替代的是黑白，我们记忆中的历史便由此打开。

以“二战”时期一个德国商人千方百计地去拯救许多犹太人的事迹为线索，这个构思在今天看上去有点不可思议。因为像这样的事，发生在半个多世纪前的那场灭绝人寰的灾难中，显然是罕见的。但这的确是真实的历史，不是故事。由于题材的重大和角度的别具一格，一直在好莱坞游刃有余的斯皮尔伯格突然变得严肃起来。这个犹太人的子弟是带着强烈的使命感来拍这部见证自己精神品格的片子的。这一次他选择了黑白。他也选择了朴实。他甚至尽量避免使用“二战”后才发展的摄影技术，他需要的是一次凝重的表现。

《辛德勒的名单》于1993年的3月1日在波兰的奥希维兹集中营开拍。斯皮尔伯格重新建造了焚尸炉，并且要求对现场围观的人群竖立起一道警示牌，那上面这样写道："这里是恐怖事件与悲剧事件发生的地方。为了神圣的纪念，请你以适当的方式，表现出你的敬意。"

"为了神圣的纪念"，正是斯皮尔伯格创作这部作品的纲领。

然而这毕竟还不是一部纪实性的影片。斯皮尔伯格要拍的是一部故事片。他所追求的，更多的是表现而不是再现。因此他理所当然地摈弃了那些背景性的资料镜头，而专心进行艺术虚构，以创造一个超越资料的艺术作品。对于擅长以情节性制造商业片取胜的斯皮尔伯格，这无疑是一次挑战。他面对的将是一堆难题，他要寻找的是处理这些难题的方式。影片的主角是两个德国人，即德国制造商辛德勒和管理犹太人集中营的纳粹军官高斯，分别由利亚姆·尼森和英国人拉尔夫·菲纳斯扮演。另一个不可忽视的人物会计师斯特恩的饰演者，是曾因主演《甘地传》而获第55届奥斯卡金像奖最佳男主角奖的犹太人本·金斯利。这种实力派明星的组合保证了影片足够的分量，同时也保证了票房。但是，正是这种选择也使后来斯皮尔伯格遭到了抨击，其中最为犀利的，应该是批评家杰·霍夫曼。他认为影片中的犹太人被置于次要的地位，而只是"在他们自己的灾难里被降为配角，徘徊在克拉考犹太人区……"

另一个让斯皮尔伯格感兴趣但也容易招致非议的，是对辛德勒这个人物的设计。显然，进入作品的"辛德勒"和历史上的"辛德勒"已经大不相同。面对昨天血腥的背景，今天的人似乎更愿意看到一个正气凛然的英雄拯救行动。但是，作为导演的斯皮尔伯格则坚持把他的主角写成一个"暧昧的人"。从艺术原则上看，这应该是正确的，因为"暧昧"意味着矛盾，意味着这个人物的丰富性。正如原小说作者托马斯·肯尼利所言："斯皮尔伯格对辛德勒的那种暧昧态度非常欣赏，这是他所喜欢的男人的一种特有气质，就是那种自相矛盾的气质，即流氓与救星、恶棍与援助者的混合体，这种人也许对自己的妻子很不好，但对成千上万的陌生人却很好。"斯皮尔伯格后来解释说，他无意去把辛德勒塑造成一个救世主，他说："这不是一个英雄，但他做过一些好事，那正是他的魅力所在。”

从所谓戏剧结构上看，斯皮尔伯格所用的手法实际上还是老套。这与他追求的影片风格是一致的。以辛德勒克服种种困难与纳粹军官周旋，最终达到拯救无辜犹太人的目的，这种几乎任何好莱坞编导都能驾驭的安排自然毫不新鲜。但是，它最后却能使人受到震撼。斯皮尔伯格没有去选择平中出奇，也没有选择那种富有戏剧性的悬疑效果，他更多的是利用镜头的力量，他选择了镜头的暗示意味与那些具有穿透力并具有视觉冲击力的细节。他不拒绝客观的真实，但是他更重视的是那种主观的真实与心理的真实。

影片一开始就是德军占领了华沙，接着对犹太人实行了登记管理。斯皮尔伯格在这场戏里连续用了一组几乎令人感到拖沓沉闷的打字机特写镜头，画外所配的“啪啪”的音响极度的夸张，但这是主观的设计，你会感到对准犹太人名单的不是一台打字机而是一架机枪，你会感到纳粹对犹太人的屠杀实际上从这一刻就开始了部署。这无疑是大屠杀的一次预演。这些犹太人像动物一样被押运上了火车。他们饥渴难忍，于是辛德勒用路边的水龙头去浇他们——这个貌似残忍实则同情帮助的举动，暗示着辛德勒这个德国搪瓷厂老板的下一步拯救措施。

正如一部优秀的小说总是少不了一些伟大的细节，一部杰出的电影作品也同样需要伟大细节的支持。无论是阅读还是观赏，随着时间的磨损，最后扎根在人们记忆深处的还是这样的细节。这便是细节的魅力。斯皮尔伯格没有因为他的主角设计而放弃他的使命感，面对庞大的资料，他作了准确的取舍。他要选择的正是那些伟大的细节。

犹太人被关进了奥希维兹集中营，他们需要接受例行的身体检查，一旦发现身体有病或者看上去带有病容的人，便会“转移”。于是一个女人用针刺破手指，从手指里挤出鲜血，再用自己的鲜血来为自己化妆，以证明自己是健康的而躲过一劫。

一个犹太女工程师出于职业的尊严，对正在施工的建筑向管辖她的德国军官提出质疑，她有力地说：如果基础就这么做了，用不了多久这间屋子便会坍塌。必须要如何如何。德国军官的回答是对这个女人执行了就地枪决。然后他对干活的民工说：照她说的做。从军官从容的表情里，我们得出的结论是：你说得不错，但我们高贵的日耳曼人是不能听命于一个卑贱的犹太人的指挥的。这简直就是强盗的逻辑。

当我们看到类似这样的细节，我们没有理由不被震撼。这些无疑都是具有穿透力的细节，它拥有深刻的内涵与富有感染力的外在形式，同时它们又是“电影的”，是它们在有力地支持着影片，成为震撼力的源泉。

电影是视觉的艺术，那么视觉的冲击力无疑是重要的。在辛德勒的工厂，一个被怀疑为偷懒的老技师要被拖出去枪决。两名军官一边聊天一边掏枪，似乎他们将要做的不是杀人。但是枪突然哑火了，怎么折腾还是打不响。这时的镜头是越推越近，节奏越来越快，观众的心被提到了嗓子眼儿上。那种恐怖是让人不能忘却的。还有一些处理带有浓烈的象征意味。譬如在一片黑压压的人流中，只有那个小女孩的衣服显示着微弱的红色。那仿佛是由犹太民族最后的鲜血染成的。她在暮色中那双惶恐的眼神是对希望的最后寻求，但最后这片微弱的红色还是出现在拉尸体的板车上。譬如那些被送去“洗澡”的女人，当她们赤身裸体地在等候“沐浴”之际，突然灯灭的处理，让人惊恐窒息。这些都充分发挥了视觉的功能，构成了视觉冲击力。

我接触的有些电影人总习惯谈所谓的“电影语言”，却并不懂得这种语言的魅力真正所在。任何艺术的“语言”都是手段，目的是为了表达。这是形式的使命。但是，形式与内容的联系不仅是外在的，它们内在的构成应该是天衣无缝的。就像我们喝一杯红葡萄酒，理所当然地要选择一只高脚的玻璃酒杯，而饮乌龙茶则要用紫砂壶来沏。其实，用紫砂壶喝红葡萄酒也并不会改变酒的品质，可是我们还是需要做出这样的选择。因为，这样的时候，你已经无法把二者拆分开来，或者说，作为载体的杯子此时也成了红葡萄酒的一个部分了，你难以体会的是，这究竟是在喝红葡萄酒还是连同盛它的器皿高脚玻璃杯一并喝下去了？于是，它们构成了形式与内容的和谐，也就传达出了艺术的气息。

影片的最后，那些活下来的犹太人送别他们的救命恩人辛德勒，把自己身上唯一的财产——嘴里的金牙一一生拔出来，再熔化打成一枚戒指作为感谢的礼物。这个场面与尾声相呼应——今天的犹太人还保持着祭扫辛德勒墓冢的传统，他们把一块块的石头安静地放在辛德勒简陋的墓前。与影片的序幕一样，影片的尾声还原为彩色——这是今天的颜色，是人类希望的颜色。斯皮尔伯格为此专门请来了那些当年被辛德勒救下来的、至今还活着的犹太人以及他们的亲属走进影中。他带领他们来到耶路撒冷郊外的一个荒凉的墓地，来到他们的恩人辛德勒的墓前。仪式是那样的肃穆而简朴，祭扫的队伍沉默而漫长，有人发现站在队伍最后的那个人，就是导演史蒂文·斯皮尔伯格。

《辛德勒的名单》于1993年底开始在全球公映，遂引起了轰动。这应该是预料之中的。一些国家都以无比敬重的态度对这部杰出的影片给予了非常的对待。一些电影院还作出了诸如放映时禁止吃爆米花之类的规定。它的成功也使导演斯皮尔伯格的艺术创作达到了巅峰。在第66届奥斯卡金像奖上，《辛德勒的名单》一举获得了包括最佳影片奖和最佳导演奖在内的七项奥斯卡金像奖。

五年后的1998年，斯皮尔伯格又以波澜壮阔的“霸王行动”作为背景拍摄了《拯救大兵瑞恩》。为了使一个母亲不再失去最后可能存活的儿子，美国参谋总部最高首长下令，不惜派出一支营救小分队。这无疑是一次冒险的代价，是一次生命算式的悖谬，但却维护了美利坚合众国的价值取向，从而赢得了道德上的胜利和尊严。

＊文中引言出自约翰·巴克斯特著作《斯皮尔伯格》（海南出版社1999年版）

2001年12月7日　合肥寓所

京剧杂谈

我们这一代人对京剧的喜爱，最初还是“样板戏”的缘故。那个时候我上小学四年级，每天的广播里都是革命现代京剧的唱腔段子，还专门教唱。学校也经常组织演出样板戏的折子，我演过郭建光、杨子荣和刁德一。但那时虽然热热闹闹，却并不觉出京剧的好来，觉得好，是在二十年后。

1978 年我上安徽大学，教当代文学的是李焕仁先生，一讲到“样板戏”，他便会即兴为大家唱上一段，他工的是老生，似乎是学杨宝森的。后来我才知道，他儿子就是批评家李洁非，我们是要好的朋友。洁非对京剧很内行，什么行当都能说出点名堂来，自己偶尔也亮亮嗓子。老师中还有一位孙以昭先生，学的是小生，显然就是蹚叶盛兰先生的路子了。我们班上有个同学姜汉椿是能唱老生的，另一个同学王一强，一手京胡拉得很棒。每逢节日活动，他们自然会来上一段，主要是马连良的三国戏，譬如《失空斩》、《借东风》。那时我想，自己不懂京剧实在讲不过去，因为京剧是从徽剧发展而来的。徽剧源自安徽，更确切地说，应该是源自我的故乡安庆。这一带出过京剧泰斗级的人物，如潜山的程长庚，怀宁的杨月楼、杨小楼等。京剧里一些吐字发音，和我家乡石牌的方言一样。如伍子胥唱“只落得吹箫讨饭吃”——“吃”读作“期”。说话的“说”也念作“薛”，这样的字还很多。

我母亲是唱黄梅戏的。她说，与京剧一比，就觉得黄梅戏什么都不正规。她讲的是表演程式。戏曲在表演上最突出的特点是它的虚拟性，以虚为实，以一当十。京剧自然是最为讲究的，一个武生的“超霸”，往往就要花去十分钟。即使是水袖，也还有“凤尾”、“蝴蝶”、“荷叶”、“车轮”多种之分。《拾玉镯》看的是表演，《三岔口》也是，台上亮着灯，剧中却是黑暗。你在演员身手不凡的功夫中感觉着刀光剑影。有一次看电影《乌龙院》，看到周信芳先生的《杀惜》一场，他那“嘿嘿”两声笑，真是笑里藏刀，甚至你感觉那刀上还真在滴血。

对京剧的兴趣，随着音像制品的增多越发浓了。1996年，我从郑州开车回合肥，七百公里的路程，就是把马连良和于魁智的带子反复地听着，一路哼了下来。我喜欢的是老生行当，其次是花脸，再次是老旦。后来，也喜欢上了花旦青衣。再后来，居然也喜欢了小生。一认真，就感到京剧是一门大学问。第二年我拍电视剧《大陆人》时，美工杨柱来自成都军区战旗话剧团，他对京剧的常识懂得不少，所以采景的路上，我们谈的都是京剧。我唱一段《文昭关》，再唱一段《赵氏孤儿》，哪儿不对，他便替我纠正。

戏曲讲“唱、念、做、打”，唱是第一位的。过去看戏，行家不说“看”，说“听”，说明京剧最拿人的还是唱腔。《乌盆记》里的刘世昌被贼人赵大夫妻所害，冤魂不散，整个一出戏就直挺挺地站在台上唱，唱词意思多半是重复，但没有人感到厌倦。唱腔设计得好，唱得也好，琴师也好，观众要听的就是这个。我看过于魁智演的全本，他唱得如泣如诉，十分悲怆。据说有一次马连良先生看一位晚辈的演出，之后说：“唱得好。”别人问有什么不足，马先生说：“就是口淡。”——“口淡”，这话说的！我私下琢磨，可能是缺了韵味吧。这可不是能够教得会的。还有一次，马连良夸裘盛戎《铡美案》里的包拯演得好，那句“把状纸押在某的大堂上”——这“大堂上”三个字，如同“三块瓦支起了一口锅”。这样的评价真不容易说清。

同一出戏，流派之间的差距很大。譬如《空城计》，马、谭、奚、杨，四大须生都是保留剧目，却各有不同，也各有风格。“马派”的圆润，“谭派”的高亢，“奚派”的婉转，“杨派”的豪迈。我听见有人评价马连良的唱腔是“油而不滑”。仔细琢磨，还真是这么回事。他的《淮河营》是最能证明这一点的，那是真正的潇洒。我听过当今那些所谓马派传人的戏，听着就完全不是那么回事，大概也就是“口淡”了。奚啸伯嗓子条件有限，但他的唱工却讲究声韵，以字行腔，徐慕云称之为“洞箫之美”。《范进中举》中那段“秋风落叶飘不定”，听来叫人愁肠百结。“以字行腔”最为显著的还是言菊朋先生创立的“言派”，其代表作《让徐州》至今余音绕梁。周信芳先生的“麒派”也了不起，嗓子“倒仓”后，反倒叫出了绝活，现在也没看见好的传人。周先生的《徐策跑城》，那段“高拨子”，唱做并举，有无与伦比的美，没有人可望其项背。

新人中，有“杨派”的于魁智，“奚派”的张建国，“裘派”的孟广禄，有“梅派”的李胜素，有“程派”的张火丁。都是我喜欢的演员。只要在电视上碰见他们的演出，我会立刻把手头的事情放下来。有时候我一边听，一边还画几幅速写。戏曲画有着天然的生动与抽象，情趣很高。国内以戏曲画见长的，前有关良、马得，后来还有董辰生等，画的人是越来越多了。我一直想在自己的晚年也好上这一口，那种惬意可想而知。

新开播的戏曲频道有“跟我学”教京剧栏目，只要有机会，我都跟着学。谭派的看家戏《定军山》中那段“师爷说话言太差”，就是跟着谭孝增先生学下来的。前段时间，中央电视台举办全国戏迷票友大奖赛，我是每场必看。我也想做一个自娱自乐的票友。我甚至还想娶一个唱花旦青衣的老婆，这可能不太现实，但京剧肯定要伴我一生。

公元1790年“四大徽班”进京，至道光年间徽汉合流，逐渐在“皮黄”的基础上形成京剧，取代北昆等剧种而占统治地位。京剧发展至今，已有二百多年的历史，于上个世纪的五六十年代到达巅峰，成为国戏国粹。在“四大名旦”和“四大须生”之后，往前再迈出一步都很不容易，但是也还有创造的空间存在。“四大名旦”之外走出了赵燕侠，一出以声带情的《白蛇传》成为绝唱。李少春先生的《野猪林》，一改从前武生的路子，加上了大段的念白和大段的唱腔，武戏文唱，那段“大雪飞，扑人面”可谓精彩。他这个林冲，就是一个新的高度了。我曾经说过，艺术上有些东西历史上已经登峰造极，所以只能是继承而不能发展，譬如书法、古典诗词，譬如京剧。这个观点可能会招致非议，不过，我还是需要保留个人意见。我固执是因为我太喜爱京剧了。

2001年12月8日　合肥寓所

北京现在的玩意儿

一

北京是一个很容易热闹的地方。或者说北京确是一个很会制造热闹的地方。这样的评价并不为过。譬如以前王朔写了一篇《我看金庸》，立刻就成了当时的文化热点。其实，王朔作为金庸的一个普通读者，发表一点读后感，本是最正常不过的事，但是不可能。究其原因，我想无非是两点。一是王朔作为老牌公众人物，理应受到传媒格外的关注；其二，那文章是发表在北京的，倘若王朔的文章不是发在北京，而是在广州或者上海，是否还会这么“热”呢？我以为不会。我觉得这样的事只能发生在北京。

追溯一下，早几年前的“情景喜剧”便是这样。“情景喜剧”是个什么概念，我至今不很清楚，心想应该与美国的那种“肥皂剧”差不多。肥皂是全世界既大路又便宜的货色，是日常生活的一个必需品，所以叫“肥皂剧”很纯粹，因为纯粹，就会有像《成长的烦恼》这样人们喜闻乐见的作品家喻户晓。英达在我看来是个不错的演员，他在电视剧《围城》中的表演应属上乘，但是他去美国学的是导演，据说专攻喜剧，选择《我爱我家》作为自己的练手之作本也无可厚非。事实上，《我爱我家》最初的问世在受到一些责备之后，还是走进了千家万户，这说明它有成功的一面。奇怪的是，这之后他一发不可收地拍了许多的“情景喜剧”，怎么拍都不对了。好像他被什么架起来了，一种很无形的东西在要求他非这么干不可，以至于去接近那种俗不可耐。那是什么呢？我想只有他自己才清楚。窃以为，他真正想要的无非也就是一个“钱”字吧。

这之后就是冯小刚的“贺岁片”——这本是港台艺人扔掉的东西，北京人却有模有样地拾了起来，便也照样做火了一把。据说票房是一时间创了新高的。但再接着做，又似乎没什么戏了。据冯小刚自己说，他拍贺岁片，动因是想让大家尽快认识他，以便后面好做别的。照这个意思，所谓“贺岁片”只是冯小刚想早点“出来”的一种手段，也算是一种代价了。后来他的悲剧《一声叹息》便是这代价的结果。这片子我是看了的，看后才知道，也不过是说了一个男人喜新不厌旧的故事。至于他为没有获得“金鸡奖”的提名而为剧组同人的劳动未获认可鸣不平，我个人倒觉得不值。既然是职业导演，提不提名你都还是要拍戏的。我倒是希望他从此“只做别的”，因为他还有能力去做得更好。喜剧其实是很难做的，难就难在分寸的不好把握，离哗众取宠仅有一步之遥。像后来的《还珠格格》，纯粹就是扯淡了。奇怪的是它更为火暴，自然也就更赚钱了。对以上这些制作，我无意去挑剔什么，觉得可疑的是，像这种纯商业的东西何以会在京城轰动以至影响全国？尽管它的创作人员一直强调说我们不是在搞艺术。那我就纳闷儿了，不是艺术又是什么？买卖吗？弄了半天，我才明白原来被大家视为艺术家的人八成是在做着买卖。

我是极其憎恶现在的那些所谓的“情景喜剧”与“贺岁片”的，就像我憎恶每年一度、每况愈下的央视春节联欢晚会。这种抵触情绪，我想并非是我的偏激吧？应该源自那些主创人员的才能贫乏与趣味低级。他们并没有给人以欢乐，而是让人肉麻。不知道这样的玩意儿何时才能收场。如果有一天这样的货色灭迹了，那真是一件可庆可贺的事。

二

在北京，当然也还有人是在搞着艺术的。“北京人艺”是当今中国话剧界的第一块牌子，前年掀起了重排《茶馆》的风暴。这出戏还在“封闭式排练”阶段，媒体上的宣传却已铺排开了，似乎与所谓的“封闭”构成了反讽意味。其时我正在北京，自然也是怀着一腔期待去看了这“重排”的，但是很失望，因为除一堂景变化了之外，我看不出任何“重排”的迹象。而且在其他都不变的情形下，这堂被出卖了的大景就分明不伦不类了。至于把美式吉普车开上舞台不过是噱头而已。《茶馆》是老舍先生留给这个民族的一部艺术杰作，而不是一件文物；它的价值就在于可以用新的方式去进行再创作，而不是文物的不可再生性的修复。我看过根据雨果《悲惨世界》改编的电影至少有五个版本，也看过四种《哈姆雷特》，每个版本都是另样。人艺的这次“重排”实际上是复排，所谓“重排”怎么看都是一次炒作。我不明白这个结果是意味焦菊隐的无与伦比还是林兆华的山穷水尽？从这个意义上，我尊重后来李六乙排的《原野》，尽管很多人对“满地摆电视机”难以忍受，但毕竟是实现了一回重排。李六乙的困难在于能力上的缺乏，所以他的“前卫性”更多的是一种个人姿态。

至于孟京辉和张广天这类人的“先锋戏剧”，我也是看过两出的。他们的阐释都很高，看似有整套的理论，但做的活儿却实在不好恭维。譬如那部《切·格瓦拉》，形式上给我的感觉，就是一个“文革”期间风靡一时的群口词，经过一包装、一炒作，于是就成了“先锋戏剧”了。我自觉没有落伍，在艺术观念上也绝不比他们弱智。但我不能认同如此这般的“先锋”。张广天后来大约玩不转了，据说又改行去唱歌了，也没见唱出什么名堂来。孟京辉有一次去中央电视台谈体会，上来就说了一通的毕加索和康定斯基，以此来反驳一些观众对他的先锋戏剧的批评，给人的感觉是，你不懂他的先锋戏剧就如同你不懂毕加索。其实他自己也不见得真懂毕加索。因为他至少是忽略了毕加索不是从天上掉下来的，是经历了漫长的“蓝色时期”和“粉红色时期”才一步步抵达立体主义的。但孟京辉、张广天的先锋戏剧我觉得是从天上掉下来的，它不是个奇迹就一定是个骗局。

艺术，尤其是先锋前卫的艺术，重在以新鲜的形式去表达思想或者诉诸情绪，并以这种形式去刺激欣赏者，形式不应是一个简单或者花哨的载体，这是起码的原则。不解的是，这个从天而降的先锋戏剧落在北京的地头上居然也有辉煌，好在是霎时的。我们没有任何理由去相信无根之木会长青叶茂。

三

传媒时代一个明显的标志，是传媒的操纵性。上述事实的轰动效应并非来自自身的影响力，而在于京城传媒的推广——北京人叫“做”，其实也就是如今耳熟的“炒作”。“做”出来的往往不准确但靠得住，譬如《英雄无悔》里演得出色的应该是杜源，但声名鹊起的却是濮存昕。这说明专业标准在传媒时代的尴尬。在这样的形势下，北京文化圈里追逐时尚的风气便日益浓厚了。而一旦盛行起来，对一些原本认真做事的人也构成了威胁。相比之下，他们可能是真的感到寂寞了，用北京话说就是“扛不住”了。于是陈凯歌的《荆轲刺秦王》的首映式就去了人民大会堂，而且现场搞三国语言的翻译，煞是辉煌，尽管谁都明白此举不能改变影片品质的优劣。看似质朴的张艺谋也抵御不了，这个并没有读过几本书、全靠改编小说起家的摄影师，自扎营北京之后，西北的苍凉感便被北京的脂粉气所吞噬。很快，拍《红高粱》时的那股血性和豪气开始在逐渐地销蚀，做《秋菊打官司》的那种灵性与朴素也没有了，有的是来自京城表面的那种噱头，满脑子“想着儿”，他似乎很迷恋那些“小情调”，所以就拍出了《有话好好说》这种怎么看都是不伦不类的片子。但这是必然。张艺谋自己给自己定的目标历来很高，他也希望越做越好。他总喜欢言表的一个意思是“人性”或者“人文关怀”，其实什么是人文关怀，他自己心里也没底，做起来当然就是另样了。张艺谋曾经对我说过，他特别欣赏波兰籍的导演基耶斯洛夫斯基，但问题是他们不是在一个层面上。基耶斯洛夫斯基的作品，无论是《蓝》、《白》、《红》，还是《十诫》，表达的是人类的处境与宗教感的情怀，寻找的是人类的精神家园与终极关怀，这在张艺谋的作品里看不见。所以今天他自然要步李安的后尘去当一回《英雄》了。天知道，那是怎样的一个《英雄》！也就是一部制作奢侈的大 MTV 吧，或者是一部貌似高深实则浅陋的政论片。天字第一号的大投资并非赢得片子的辉煌，它是彻底的失败了。无论是商业上还是艺术上，《英雄》意味着张艺谋的末路。

北京的文艺圈中，通用的手段是“想着儿”，所谓的追求则是“好玩儿”。由于这样的一种定式，他们的创作过程从一开始就陷进了低俗的泥潭。这样北京人做的东西小家气象便在所难免。因为“想着儿”就意味着从小处人手，玩些小伎俩以应局部的一时之急。“好玩儿”则无疑是在寻找所谓的兴奋点，甚至就是寻找一种笑料，但它不等于“好看”。即使是笑，那也是大不相同的。有一种常见的比喻，说高级的笑是“我笑你不笑”，譬如侯宝林先生的相声即如此，我们一直在笑，不笑的是台上的侯先生，这是真正的笑。而低级的正好相反，是“你笑我不笑”。剧中人个个乐不可支，观众却不知所措。检点一下这些年北京的“好玩儿”，恐怕我们看到更多的是后一种了。

四

商品经济的来临使艺术圈里立刻多了一个新词：操作。这个词的出现实际上暗示着一种至少是辅助创作的手段的成立。北京的圈里人深谙此道，其手法也是相当高明的。譬如由报上找演员到网上找演员，这都是操作，然后便是给传媒的炒作提供由头——美其名为新闻眼。当然这里有成功的例子，譬如《阳光灿烂的日子》姜文发现了夏雨，最初的理由是“与我长得很像”。这部片子的成功，除了姜文作为导演的天赋之外，还在于他本人在王朔小说的框架里大量填进了自己的“少年记忆”。另一个原因，是姜文无可避免地受到了捷克影片《青青校树》和美国影片《美国往事》的影响，这应该是不争的事实。姜文的出手不凡源自他的谨慎，他不轻易做什么，用他自己的话来说，是不做“一嘴毛”的事。据说他的《鬼子来了》拍得也不错。但是另一个损失也随之而至，那就是作为演员的姜文，似乎后来演什么角色都还是姜文自己。这一点上，他既成不了达斯汀·霍夫曼也成不了赖夫·费因斯。而《有话好好说》的情况则是另一码事，糟糕的剧本（关于剧本的写作经过一波三折，以致编剧想撂挑子）使这部片子一开始就变得不知所云，在导演失去目标的情况下，即使有大牌明星的出演与腕儿们的客串，即使是临摹丹麦导演拉兹·冯·特里艾尔的《破浪而出》（又译《爱情中不能承受之痛》）和香港王家卫《重庆森林》的拍摄手法，也无济于事。最后的结果是迫使张艺谋“逃离城市二度进山”，他一气拍了《一个都不能少》和《我的父亲母亲》，企图挽回昔日的辉煌，但为时已晚。他的智慧与才能受到了挑战。

那年李安到内地来发布《卧虎藏龙》。这是一部十分糟糕的片子，连充当“徐克片儿”的对手都难以匹配，实在无法恭维，尽管它得了奥斯卡。于是媒体的文章便做到了女演员章子怡身上，但我丝毫也看不出她在表演上的高明来。有一次我从电视的一则广告上看到，注明这个演员如今已是“国际巨星”了，我相当的困惑，不知她“国际”在哪儿了，更不知何以而“巨”。以后，湖南一个电视台的主持人李湘也来北京拍片，媒体的宣传照样是铺天盖地。试问，这样的人能成功，那全国的戏剧学院、电影学院还有必要开设表演专业吗？这样的事实至少表明，媒体看重的并不是专业能力与专业成就，而是什么“好玩儿”。最有趣的还是先把“小燕子”赵薇抛到天上，紧接着又将其掼到地下，整个过程看起来就像一次预谋。如此的“做”，真是令人生畏。

北京有许多具有实力的好演员，但是演员的悲剧在于其总处在被选择的地位，即使是大牌，他的选择也一样受到局限。这些演员基本上演不了自己想演的剧目，在“闲着也是闲着”的情况下，也就只好不闲。葛优就是如此，这些年他几乎是不闲的，虽然他也选择，但也照样选择了《寇老西儿》，使人对他的潜力不能不产生怀疑。另一位演员李保田，在《宰相刘罗锅》之后，也去演了从前的皇帝和今天的主任，让人无法缅怀他在《凤凰琴》里的杰出表演。而他们对外的宣称则是一个口径：必须严格看剧本。是眼力不济还是心态不稳？他们的艺术青春很难再被角色所证明，倒是被人民币不断地证明着。结果有一天一位叫焦晃的上海人到《雍正王朝》里轻松地跺了几脚，就把时下北京当红的明星全给镇了。

五

现在的北京是个打造时尚而远离经典的地方。我所言的经典，其实并不意味着什么宏大和高深，除了精神上的严肃，我更多指的是一种专业上的纯粹，或者用北京的话说，就是地道。而要想做得地道，就取决于你的专业能力，否则便不可能拥有专业成就。这是一脉相承的。相声是一种极为通俗的艺术形式，但这绝不影响侯宝林先生成为艺术家。侯先生的相声是纯粹的，所以时间越久便越发显出它的生命力。他的相声之所以至今还活在大家心里，是因为他就立足于一个“说”——相声靠说，这是相声艺术的特性，而不像后来的一些货色，站着说不好了，便又唱又跳，让人败了胃口。同样，张艺谋当年的《秋菊打官司》也并没有刻意去追求什么深刻，它只是一个非常简单的故事，但他的讲述却做到了不简单。那是一部堪称艺术上达到完美和谐境界的作品，它无疑也是纯粹的。

实际上，一个人做什么合适，不在于他多么会折腾，而是取决于他的素质，素质往往是与生俱来的。譬如说，我觉得赵本山怎么折腾骨子里都还是一个“二人转”演员，但现在的事实是他的小品叫好。“二人转”是很有魅力的，它的艺术生命力我敢说绝对超过小品。小品这种东西充其量是低俗喜剧的边角料，但是在今天的北京却最能打造“艺术家”。看看吧，这些年在北京闹出了多少“小品艺术家”！所庆幸的是，小品的气焰看来是不灭自灭了。倒是京剧演员李维康显得明智，她客串了一回《四世同堂》，演得本不错，却见好就收，她知道她的艺术生命还是在京剧的舞台上。现在北京有许多的反串和玩儿票，这似乎也是一着儿，就像某些人总靠花边官司来造势一样。譬如有个导演一辈子排不了什么好戏，临了儿却成了一个笑星；譬如有个歌星唱得不怎么样了，便急忙写了小说；譬如某个演员戏演不了，便立刻对外发布自己要当导演。如此看来，演戏、导戏、写小说都太容易了，好像谁都可以干。甚至张艺谋执导的歌剧《图兰朵》和芭蕾舞剧《大红灯笼高高挂》，那也只是捉襟见肘的雕虫小技，则纯粹是玩儿票作秀，而并非什么创造。他要是真的成功了，那也就意味着对全世界歌剧、芭蕾舞剧导演的集体讽刺。民间有句话可以描述这种闹剧，叫“胆儿大的吓胆儿小的”。有人拿大把的钱请你，何乐而不为呢？奇怪的是这些事往往成为传媒的热点。还是那句话，传媒对你的专业能力似乎并没有多大的兴趣，感兴趣的是你的行为是否“好玩儿”，你参与的这件事是否“好玩儿”。就像倒立永远比行走好玩儿。但是没有人会问：倒立能走多远？换句话说，你的专业能力似乎并不重要，你的影响也不在于你的专业成就。所以时间一长，人们就会感到，北京文艺圈里的事闹得再大也不过是小事一桩罢了。最典型的例子是那个“翠花，上酸菜”的雪村，居然也在京城一炮打红——那是什么货色？是音乐，还是艺术？恐怕充其量也就是个杂耍的玩意儿吧？

而我不想看到的，是这热闹、“好玩儿”背后的那种专业精神的丧失与崩溃。

六

一个正常的氛围应该是各有渠道各得其所。美国有《花花公子》这样挣大钱的刊物，不等于《大西洋月刊》就办不下去。好莱坞既能投巨资拍《泰坦尼克号》赚钱赚眼泪，也照样不含糊地拿出《辛德勒的名单》来震撼你的心灵。你的戏如果只是个玩意儿，你仍然可以在最豪华的地方演，仍然可以大把挣钱，但是你恐怕进不了“百老汇”。这是纯粹。

一种正常的心态是各取所需。有人喜欢热闹，有人要专业认定；有人想作秀，有人在做事；有人想当明星，有人愿意做好演员；有人迷恋“好玩儿”，有人敬重专业精神。对当事人而言，前者能给你带来极大的实惠，后者能给予的则是一种亲切的安慰。这都正常，但这是两回事，就看你怎么取舍了。不正常的是传媒的激情总是冲着前者而去，被轻视的是后者。有一次一个记者对我说，以前人们相信的一句话是“只要是金子就会发光”，而现在的情况是“金子未必就会发光”，因为在他看来，金子总是埋在土地的深层的，发光的东西譬如玻璃碴儿易拉罐之类，都是在地表。地下的需要等待开采，而等待就意味着无边的寂寞。这话是不错的，不过我还想补充一句，就是：你在地下是否还相信自己是金子？如果相信，那就不需要等待被证明。这还是纯粹。你的目的是什么，你就奔着这个目的去，尽你所能把它做好。北京人不也是喜欢说“做到位”吗？问题是事情一到北京便复杂了，既要鱼又要熊掌，既要挣钱又要当艺术家。好在人们在北京还能经常听到音乐会，还可以看到画展，还可以听到京剧；要不，再过五十年，如果有人来写一部北京的文艺史，拿什么往里装呢？就这些玩意儿吗？我不希望是这些，真的不希望。

2001年11月15日写就　2002年10月再改

缅怀，以诗情画意的方式

——关于朱赛佩·托纳多雷的“回家三部曲”

作为艺术的电影应该是优美的。这是我们对电影人最起码的、也是最后的要求。如果和当今世界像奥立弗·斯通或者佩德罗·阿姆尔多瓦相比，朱赛佩·托纳多雷的风头并不是那么强健。但在我看过他的“回家三部曲”之后，我对这位意大利人肃然起敬。因为他的电影与我对电影的那种私下里的要求竟是那样的相近。这就是诗情画意。

朱赛佩·托纳多雷（Giuseppe Tornatore）1956年5月27日生于意大利的西西里。资料显示，他早年只是一个摄影工作者，并一度在电视台做纪录片导演。不过，他做的纪录片也相当成功。到了1985年，二十九岁的托纳多雷才独自编导了他的第一部剧情片《被称为教授的男人》。此后他的电影作品，基本上都是由他本人自编自导，显示了他作为电影艺术家的绝对能力，使其作品放射出没有文学名著遮蔽的原创光辉。但托纳多雷真正吸引全世界电影界目光的，还是他在三年后做出的那部《天堂电影院》（*Cinema Paradiso*）。这部仿佛沉浸在童年记忆中的、带有欢乐与忧伤的作品，在戛纳电影节上获得了评审团大奖，次年又一举夺得了奥斯卡最佳外语片奖。1998年，他编导了被称为“史诗巨作”的《1900的传奇》（*The legnol* 1900），获得意大利大卫奖的最佳导演奖。2000年，四十四岁的托纳多雷编导了至今还在传诵的《玛莲娜》（*Malena*）。这后两部作品又分别译成《海上钢琴师》和《西西里的美丽传说》。更有好事者把它们叫做《星光伴我心》、《声光伴我飞》和《真爱伴我行》。比较流行的一种表达是“回家三部曲”——我不知道是谁最先使用了这样的概括，但“回家”无疑表现了朱赛佩·托纳多雷对故乡西西里的深切渴望。托纳多雷对故土上发生的传奇故事所持有的情绪应该是一种缅怀。

被称为“作家中的作家”的阿根廷老人豪尔赫·路易斯·博尔赫斯曾经指出，某种意义上，一个作家的每一次写作，都是在写自传。这句话套用到朱赛佩·托纳多雷的电影上，我觉得一样适宜。博尔赫斯强调的是两个意思：一是作家（或艺术家）对表现对象的倾心关注，以至达到那种物我一体的感觉；二是经验（包括直接和间接的）对创作者的潜在约束与无限作用。资料的限制使我无法接触到托纳多雷的生平经历，但从年龄上看，托纳多雷的作品源头大都是从父辈乃至祖辈那里听来的传说，而不是一些人认为的那种“自传体”。这种养分培育了艺术家的故土情结，寄托了托纳多雷的乡思。由于这样的一种制约，托纳多雷的作品由美丽的西西里岛展开，经过大海的翻飞，最后传到了全世界。人们无法不去随着艺术家深切缅怀风光古朴而又生机盎然的西西里，人们也无法不被艺术家所传达的情感、观念所震动。这便是我们通常所说的那种艺术感染力。

也许是西西里这块洋溢着浪漫气息的土地奠定了托纳多雷的电影作品诗情画意的基础，抑或这块土地真正的迷人之处只能由杰出的艺术家才能感悟。我以“诗情画意”对托纳多雷的作品进行概括，自以为没有看错。

传说本身就意味着一种浪漫，它带有很大的传奇性和飘忽不定的主题特征。从这个意义上看，托纳多雷的传奇具有现代主义的特征。无论是儿童多多眼中的“天堂电影院”，还是美丽少妇玛莲娜一生的遭遇，或者是钢琴王子“1900”的传奇人生，都具有这样的特征。岁月在不经意中流淌，但传奇永远不会熄灭。正是这样的魅力，使托纳多雷毅然选择了传奇性的故事作为影片的素材。而这样的素材正是培养诗情画意的土壤。意大利人历史上就是浪漫的，意大利西西里岛上的人则更是浪漫。这种血液造就了他们对诗情画意的天赋。如果我们将奥立弗·斯通、已故的基耶斯洛夫斯基与托纳多雷进行比较，会不难发现，斯通更多的是注重对现实生活的反思，基耶斯洛夫斯基的作品显示着对人类处境的深情关切，而托纳多雷则是对过去的那种忧伤的缅怀。这种“缅怀”的基调是艺术家古典情怀的折射，是伤逝，这种情怀是属于意大利人的。它的意味让我很自然地想起另一位意大利的电影大师，托纳多雷的一位前辈的作品，那就是以一部《末代皇帝》摘取奥斯卡最佳外语片奖的贝纳多·贝托卢奇。1995年，贝托卢奇在完成他的“东方三部曲”——《末代皇帝》、《沙漠之茶》和《小活佛》之后，重返了阔别十五年的家乡意大利，在风光旖旎的托斯卡纳拍摄了一部叫做《我独自跳舞》的影片。这是一部关于“寻找”的作品，剧中的那个美国姑娘露西来意大利寻找她的生父，成为剧情发展的主要线索。该片获得了1996年的“金棕榈”奖。在这部影片里，我看到了别样的忧伤与温馨，这似乎与托纳多雷的情绪很靠近。但是，贝托卢奇的作品强调的是今天的“寻找”，表现的是现代人在寻找中那种瞬间的情感，而托纳多雷则是对过去的缅怀——他一味地在进行着孤芳自赏般的回忆，他喜欢用“回忆”的视角来叙述他的传奇故事。他沉浸在回忆的温暖中。“回家三部曲”无不例外。而且，他没有设计一个专职的叙述人。他的叙述人既是故事的叙述者，同时也是故事中的人物，甚至就是一个重要的角色。《天堂电影院》中的儿童多多，《1900的传奇》中的小号手迈克斯，《玛莲娜》中那个偷窥暗恋的少年雷纳多，都担当着这样的使命。这是一种复合的叙事视角。

回忆是对过去的一种审视方式。回忆同时也是一种对过去的过滤方式。尽管在《玛莲娜》中有着不可忽视的对战争造成人性扭曲的控诉，但整个看起来，托纳多雷的回忆是温暖的，或者说，他是在温暖的回忆中提炼出了人生的忧伤情怀，在苦难的环境中刻画出了爱。那是一个浪漫的悲欢世界，一种酸楚的温馨。回忆的感情临界点是缅怀。儿童多多缅怀的是和放映员艾费多在一起的欢乐时光；少年雷纳多缅怀的是从前对美丽少妇玛莲娜的追踪与暗恋；肥胖的小号手迈克斯缅怀的是和传奇的钢琴王子“1900”共同度过的激情燃烧的岁月。

作为以视觉艺术为核心的电影，我们自然关切其画面所引起的审美效应。在托纳多雷的作品里，画面是具有强大的表现力和感染力的。托纳多雷完全摈弃了那种带有随意性与现场感的“手持”拍摄方式，这一点，他与奥立弗·斯通和丹麦导演拉兹·冯·特里艾尔截然不同。他要给你看的也许不是一种原生态的世界，他要对你倾诉的也不是一个经验的世界。他要叙述的是美丽而动人的传奇，带有超验的色彩。他做的是电影艺术。因此他的作品无不充满着绘画的造型感。几乎每一个镜头都是那么讲究，都凝聚着他的思考。《天堂电影院》的第一个镜头是多多家的阳台，是阳台上的那只陈旧而孤独的花盆，面对大海。这是母亲对远在他乡的儿子的思念与期盼，还是预示着回忆即将开始？在《玛莲娜》中，面对广阔画面的纵深向你走来的美丽的少妇，其浑身散发着的那种惊世骇俗的美怎能不让你的心灵为之颤动？看过《1900 的传奇》的人是应该不会忘记“晕船弹琴”那场戏的。那是一组大气磅礴的运动镜头的组合。豪华游轮在海上遭遇了惊涛骇浪，船在大幅度地摇晃倾斜，而“1900”却悠然自得地弹奏着钢琴随想曲，肥胖的小号手匍匐在钢琴上，由惊恐转为兴奋。那种镜头的运用，那种激情澎湃的渲染，那种淋漓尽致的抒情，你会感觉到这才是真正的电影。我曾就这场戏的处理对朋友说，一部电影，当你感到任何文学的或者艺术的形式手段都难以表达，只能用电影的方式来表达时，那么这样的电影一定就是成功的。

托纳多雷的作品，往往是集中在某一个关键的细节上进行展开，最后生成的却是一种博大而深厚的人文情怀。这样的剧作十分符合电影的特性。这一点，我们在英格玛·伯格曼的作品中也深有感触。某种意义上可以说，简洁而深刻是大师的标志。他们不喜欢自己的故事显得复杂，相反，他们尽可能的是使故事的轮廓简洁。然而耐人寻味的是，他们的简洁不是一种外在的简单，他们在貌似简洁的载体上寄托了厚重的思想。正是在这个意义上，托纳多雷的作品具备了诗歌的性质。《天堂电影院》最核心的情节是负责审片的神甫要求放映员艾费多把“接吻”场面通通剪掉，几十年后，艾费多把当年剪掉的这些画面剪辑到了一起，成为一部没有情节只有画面的特殊作品。老人这份最后的遗物，送到了已经是中年男人的多多手中。这是影片的最后，也是影片的高潮，那展现而出的、从前被剪去的“接吻”得到了重新组合，构成了今天爱的交响。多多独自在空旷的放映厅里饱含着泪水在尽情地欣赏着，尽管从前的“天堂电影院”已经随着轰隆的爆破声成为记忆。

《1900 的传奇》在这方面是走向极致的。一个婴儿出现在豪华游轮维吉尼亚号的那架名牌钢琴上，你可能认为他是被人遗弃的，但实际上这个孩子来自上帝的馈赠。这样的开篇就是大手笔。随着落魄的、肥胖小号手迈克斯的追忆，我们见识了“1900”短暂传奇的人生经历。但托纳多雷着意刻画与渲染的，是这位上帝赋予的钢琴王子从不走下船。这种习惯，在常人的眼中显得匪夷所思，但在“1900”看来，他的客观世界就是那条船，他的生命就是钢琴。他对这之外的世界充满着怀疑与恐惧。当小号手在废弃的船舱里找到他、并希望带他走下船时，“1900”从容地说：“钢琴只有八十八个键，它是有限的，但音乐是无限的。轮船有船头和船尾，它也是有限的，我看得见，我也把握得住；而在陆地上，我无法面对无限的城市，我看不见……”是的，这个世界上的每一个城市对他而言确实太复杂了，他掌握不了。于是，当初被上帝放置在这样一个特殊的位置上的人，最终也需要和这条已经成为废墟的游船一起送还给上帝。那是他的宿命。

在《玛莲娜》中，少年雷纳多的偷窥暗恋是影片的贯穿情节。如果只是一味地描写这些，那么显然就是一次重复。这种东西在我们所见的作品中屡见不鲜。但是，托纳多雷的用意是通过少年的眼光去捕捉一种美，这是纯净真诚的目光，与周围那些居心叵测的市民嘴脸形成了鲜明的对比。少年是伴随着偷窥这种美而成长的，他目睹了美的展现、毁灭与重生。那是一个偶像崇拜年代。那种经验唤起了我的记忆，让我不由得想起1999年写作的中篇小说《我的偶像崇拜年代》。或许正是这样穿越时空的默契，在托纳多雷的“回家三部曲”里，我对这部影片情有独钟，我希望按时尚的说法认为这部影片叫《西西里的美丽传说》。我们都在一个人类极其疯狂的年代去选择了自己的偶像，都在一个污浊的世界里寻找到了美的化身。

托纳多雷在谈到《天堂电影院》时有过这样的解释，他说：“天堂电影院并不仅仅是间放映间，对我来说，这是一个奇特的、文化与社会启蒙的地方。一代意大利人曾在这里熏陶。我倾向于认为，电影院对一个人来讲或许可以说是一种生活目的，在影片和他本身，和他的愿望、期待之间，也许就存在一种联系。”

这种朴素的解释让我感动。多年前我在一篇文章里曾经说，这个社会正一天天地走向现代化，而人心却在一步步地走向了古典。这是一种无法回避的错位。置身今天这样一个喧嚣的世界，我们去电影院的目的，也许就是为了寻找这样的一种“联系”，那应该就是一种最刻骨的缅怀吧。

2003年4月　北京寓所

战争电影：再现和表现

广义的战争片，指的是任何与战争有关的影片。它讲叙的就是战争或者战争中发生的某个故事。但狭义的战争片，我的观点是，应该只指那种具有战争史实背景的电影。狭义的战争电影大致有两类——

第一类，是直接描绘某一次战役或者某一次军事行动的。譬如《莫斯科保卫战》、《虎！虎！虎!》、《血战台儿庄》和《大决战》。分别表现的就是“莫斯科保卫战”、“珍珠港事件”、“台儿庄战役”和“三大战役”。这类影片一般都具有史诗性质和文献价值，因此我更愿意称之为“战争历史片”。

第二类，也还是表现某个战役和某个军事行动的，但史实已成为背景，并在这样的背景下虚构一个故事，还是在反映这个战役和军事行动。也就是说，这个故事，战争史上是确有的，只是它距离史实有点远了。譬如《最长的一日》、《桂河桥》、《上甘岭》。像这类的影片，我称为“战争艺术片”。

至于广义的战争片，我们姑且称它叫做战争故事片吧。这类的影片很多，各有侧重。有写战争与人性的，如《野战排》，有以战争为背景来写爱情的，如《珍珠港》，或者侧重于惊险和传奇的，如《风语者》——它实际上应该是惊险动作片的一种，仅仅是借战争的硝烟进行着某种传奇色彩的演绎罢了，其商业目的非常鲜明。

还有一种战争阴云下的灾难片，如《辛德勒的名单》和《南京大屠杀》。战争与灾难，就像一枚硬币的两面，历来是不可分割的。同样是战争的灾难，同样是法西斯的大屠杀，这两部影片给我们的感受是大不一样。前者很逼真，虽然写的是一个德国人为营救一群犹太人的故事，但我们还是能够强烈地感受到那种人类的爱，那种宗教的情怀。而后者呢?

却在三十万中国人头之上虚构了一个中日爱情故事。这是多么的不可思议！几年前我曾在一篇随笔里谈到过电影《南京大屠杀》，我说：一个民族如果连表达仇恨都那么暧昧，无疑就是一种衰败和堕落。这个观点，我至今坚持。

另外，以战争中的人物为主体的影片，例如《巴顿》和《山本五十六》，我觉得归为传记片比较合适。

狭义的战争片，第一类，亦即战争历史片，其实创作者着力要做的，是要再现历史的真实。既然是再现，也就意味着无论是人物，还是事件，乃至场景的布置还是著名的细节，都要求是“历史的”和“真实的”——尽管虚构是在所难免。但虚构也是为了便于再现。从观众的心理看，人们迫切想知道的这段战争史实并非是未知的，在观看电影之前，他们或多或少地已经从图书资料上获得了有关这一题材的资料信息，包括某些细节。譬如中途岛战役，大家都知道这是太平洋战争中美日双方进行的一场海战，是尼米兹和山本五十六在较量，对其中的某些细节，譬如美军情报部门用饮水机失灵去探试日军在无线电波中反复出现的那个神秘的“AF”，究竟是不是中途岛？这些都不是悬念。然而，间接获得的文字或图片资料，毕竟比不上电影的直观性与完整性，人们需要一种身临其境的感受。因此，感受“当时”，应该是观众观看战争片的主要心理定势。这与观众欣赏一部历史片的过程是完全一致的。人们对历史的态度，需要的是客观的感受。某种意义上，所谓战争历史片实际上就是历史片的一个分支。所以，再现真实应该是创作者必须坚持的前提。创作者们必须知道，未来的观众需要了解这场战役的每一个环节，譬如“AF”是怎样破译的，由谁破译的；需要完全掌握那场战争的每个段落，譬如这场战争的转折点在哪里。如此等等。现在世界上只要发生一件惊天动地的事，大家便希望将来有人能把这件事搬上银幕，就诉诸了这种心理需求。譬如美国的“911”事件，布什总统认为这是战争，或许它就是一场战争吧。我几乎可以断言，表现这一震惊世界的特殊战争的电影不久就会面市，而且还不止是一部。

既然我们面对的是这样的形势，那么，再现战争中的状况就成了创作者的最高任务。

作为历史意义的战争片，往往都具有一种史诗感。它有史料的支持，有文献价值，有宏大的规模，有逼真的制作，更有大气磅礴的艺术处理。这正是大家需要看见的景象。所以，真实是这种影片的生命。大家这个时候就像是天上的上帝，俯视着地球上人类进行的这次战争。对交战的双方，观众都获得了那种战场透明度。尽管创作者具有不可动摇的倾向性。在这种影片创作中，创作者很大一部分的工作是选择——从现成的史料中挑选出具有艺术特质的情节和细节。否则便成了史料的堆砌。《大决战·淮海战役》中，有一个被人忽视的细节，就是杜聿明从南京飞到徐埠会战的前线，看见临时指挥部的院子里有几个士兵在锯一棵树。其实这个细节是有根据的，很多年前我就从文史资料中了解到，杜聿明很迷信，他一飞到徐州，就发现作为指挥部的这个四方形院子里有“木”，那就是一个“困”了。而他最担心的战场局面就是被困，所以才命令人把那棵树立即锯掉。我不知道编导者为什么不说明这个，这本是个非常好的细节，它既是真实的，又具有艺术意味，无论是对刻画杜聿明这个人物的心态，还是对战争形势的渲染，都是有益的。现在什么也不解释，只有几个士兵在用锯子伐树，仅仅成了一种气氛上的陪衬，所以就让人觉得莫名其妙了。

当然再现，也并不一味地排斥表现。像前苏联系列影片《胜利·攻克柏林》中那个著名的“动物园情节”，就是做得很好。苏军的坦克开进了柏林的动物园，那个年轻的坦克手被这些活泼的动物所吸引，而高兴，不忍伤害它们，但这时迎面射来的一颗子弹把他打中了。在《血战台儿庄》中，有这样一个“闲笔”：战斗间隙时，来自陕西的老兵用柳笛吹奏家乡的小调“绣荷包”，很准确地传达了思乡之情，而不久这个老兵就牺牲了，与日军的坦克同归于尽。

第二类的战争艺术片，某种意义上，是把战争史上真实发生过的事件做了虚构的处理。事件是有的，但怎么来说这个事件就有了很大的变化。《最长的一日》，我们知道它反映的是1944年盟军的“霸王行动”，知道是诺曼底登陆。但我们几乎看不到一个历史人物，看到的全是虚构人物——艾帅的出场仅有几分钟。创作者把与这一著名事件的素材艺术化了，但是依然不想摆脱战争史实背景所赋予的实惠。可以肯定，《最长的一日》，关于美军在奥马哈海滩登陆受阻的情况，以及最后突破德军防线的方式，都是真实的。甚至连那句著名的话——“这里只有两种人，死人和正在死去的人”也出现了，不过是换了一个角色在说——这个例子，很典型地反映了此类战争片的处理手法，就是在大的框架里进行局部的虚构和调整。所要求的原则，是在不违背基本史实的前提下进行合理的虚构。但诺曼底登陆到了斯皮尔伯格那里，就只成了一个序幕，之后便幻化成了一个背景，所以像《拯救大兵瑞恩》那样的影片，不是这种类型的战争片。

第一类具有史料或者史诗性质的战争片，既然是史实，那么最好就不要过多的进行虚构。多了，就不是这么回事了。前苏联影片《莫斯科保卫战》打出的字幕就是：本片中每一个人物都是真名实姓。但是电影毕竟还不是历史，照本宣科不得，还得让人觉得好看。这就是矛盾的难题。除了选择，这里还有一个分寸问题和一个处理的手法问题。另一个问题就是结构。故事从哪里说起？先说什么，再说什么，各种人物事件如何交织起来，都属于结构上的问题。那么多的历史人物，那么多的发展情节和细节，都要把它交织起来，协调发展。显然就不是一件轻松事。《莫斯科保卫战》以“巴巴罗沙”行动的前后为大的背景，继之就是“台风”行动，集中写到德军由突然发动苏德战争到进攻莫斯科。兵临城下，最后苏军大举反击，从而取得了胜利。这是事件的线索。在这条线索上，需要写出怎样的情节，刻画出怎样的人物，又折射出怎样的主题，就是任务了。对于这样的影片，应该强调它的文献性，有一种很丰富的信息量。同时，它的脉络一定要清楚。这种战争历史片，头绪繁杂，存在着取舍问题。它所使用的素材应该是经得起推敲的。我厌倦的是那种“伪战争历史片”，不顾史实的篡改和胡编乱造，完全就是为了一种政治宣传的需要。《血战台儿庄》之前，我们看过的抗日电影，整个感觉国民党在这场民族斗争中不仅什么也没干，而且还集体充当汉奸。像这样的东西自然是无法面对历史的拷问。

战争影片中的“表现”，并非仅指那些虚构的情节，而是指手法。如果说再现战争面貌是战争历史片的最高原则，那么，表现战争给人类带来的灾难、刻画战争与人性的关系以及对战争这一极端政治形式的反思，就是战争艺术片的最高原则了。这方面做得最出色的，应该是奥里佛·斯通的《野战排》。越战过去了几十年，但在美国人心中仍然还是一个噩梦。《野战排》中对战争扭曲人性的探讨是其他影片所不能及的。我至今不能忘记那个没有被自己的战友射杀的美国大兵，从丛林里跑出来，跪在地上伸出双臂，向前来营救的直升机求生呼喊的那个升降镜头，仿佛就是对这场战争的控诉。还有那个面对“一条腿的越共”的处理，美军不断对着地上射击，每打一枪，“一条腿的越共”就本能地跳一下。最后这个残废人还是被活活打死了，用的不是子弹，而是枪托，给砸死的。这种触目惊心的设计，构成了视觉的冲击力，让人无法忘怀。

可以这么说，在再现战争真实的前提下，以表现的手法揭示战争给人类带来的灾难与痛苦，是战争片共同遵守的一个原则。区别在于程度。因为使命的不同，手法自然也就不同。在第一类注重史实的战争片中，我们要的是“感受当时”，而在其他的战争片中，我们需要的是“检讨反思”，我们今天之所以要拍摄战争影片，为的就是警示地球上任何一次战争，呼唤人类和平。

2004年7月23日　北京寓所

重看《教父》

1968 年，美国通俗小说家马里奥·普佐出版了小说《教父》。刚一上市，派拉蒙公司便及时地买下了电影拍摄权，并且由作者本人担任编剧。但是为时两年的剧本的改编并没有让制片方感到满意，于是这件事就落到了弗朗西斯·富特·科波拉（Francis Ford Coppola）手上。选择科波拉，最主要的原因是对他卓越的编剧才能充满信心。当时，他因为影片《巴顿》的编剧获得了当年的奥斯卡最佳原创编剧奖。作为一名导演，他没有及时地展现出导演的拍片才华，却意外地在编剧上大有收获，这种情形是比较罕见的。另一个原因，是科波拉意裔的血统对未来影片可能造成的黑手党社会冲突有一定的好处。但是多年之后，科波拉本人却认为，派拉蒙选择他拍《教父》，主要是看中了他的省钱。他总是喜欢拍成本 200 万的片子。

事情到了科波拉手里，他最初是不感兴趣的。他的品位决定他很难接受一部通俗小说。《科波拉评传》的作者，著名影评人罗伯特·约翰逊在其著作里记录了这个经过。他说年轻的导演在翻过小说 50 页之后就看不下去了，认为这是一个不能登大雅之堂的东西。但是，经济上的窘迫使他不能轻易错过这次机会。他自己经营的小公司已经欠下派拉蒙三十万美金的债务了。这在当时，确实是一个不小的数目。在他的好友、同为导演的乔治·卢卡斯的怂恿下，他似乎是无奈地接下了这个差事。然而当他仔细读过这部小说之后，科波拉的态度骤然改变了。他欣喜地感觉到，普佐笔下的这部小说虽然过于啰唆，但毕竟可以筛选出一个值得玩味的、足以拍出一部好看电影的故事，而且有一群非常好的人物与人物关系。他意识到，自己将要拍摄的，不是一个简单的黑帮故事。

与普佐的合作始终是愉快的。或许是小说的名声不太好，抑或是科波拉刚刚因为《巴顿将军》获最佳编剧奖，所以原著者与改编者之间没有什么分歧。科波拉过滤了小说中那些烦琐拖沓的东西，同时把扣人心弦的部分理顺得到张扬。剧本得到了认可，但接下来的事情还是不顺利，这集中表现在由谁来扮演教父堂·柯里奥一角上。科波拉坚持起用好莱坞大牌明星马龙·白兰度，结果却遭到了派拉蒙的断然拒绝。他们认为白兰度是一个很难伺候、同时价钱不菲的家伙。于是几经周折，科波拉甚至不惜当场装作气愤晕倒，才迫使他的老板采纳了他的建议。后来的事实证明，导演科波拉的选择是正确的。一部教父，看的就是两个人：导演科波拉和演员白兰度。如果还有第三个人，那么这个人就是饰演教父小儿子迈克尔的艾尔·帕西诺。他的录用也同样得助于科波拉的坚持。

《教父》于 1972 年公演，并一举夺得了当年奥斯卡的最佳影片奖。科波拉本人也获得了最佳编剧奖。马龙·白兰度获最佳男演员奖。而且令派拉蒙高兴的是，它创下当年的票房冠军。这部实际投资五百万美金的影片，在全世界的票房收入就已逾七个亿。1990 年，《教父》被评为美国在文化、历史和艺术上具有保留价值的 25 部经典影片之一。1995 年，为纪念电影诞生一百周年，来自全世界的六十位导演、制片人和影评人投票评选一百部最佳影片，《教父》名列前茅。科波拉的朋友，同样是“学院派”的著名导演斯蒂芬·斯皮尔伯格称赞《教父》，是这个时代“最后一部伟大的杰作”。

事隔三十二年，重新看这部作品，我依然还是激动不已。好莱坞的“学院派”，长期以来有一个定势，就是力求拍出既叫好又卖座的片子。追求个人艺术趣味与市场口味的统一，这实际上是一个两难境地，但这回科波拉做到了，而且做得很漂亮。首先，科波拉出色的编剧才能帮了他的忙，他删繁就简大刀阔斧地把剧本做出来，其次是他对演员遴选的坚持取得了成功。这两点，是成功的关键。

科波拉的不同凡响，在于他根本没有把《教父》当做一部黑帮片，尽管它确实具备了黑帮片的种种特征。他着力要刻画的，是人物，是黑帮家族之间的那种杀机四伏的境遇。由马龙·白兰度扮演的教父，从出场就显出了那种罕见的神秘和威严。他以轻慢的口吻质问求他摆平事情的人：为什么找警察之前不来找他？仅这一句台词，就把这个人物凌驾在国家法律之上。而为了自己的一个养子出演一部影片的男主角，采取杀掉爱马成癖的导演的马，并将血淋淋的马头放置在那个导演的被窝里，则显示了教父家族的残暴与霸道。这种看似蜻蜓点水的手法却达到了令人毛骨悚然的效果。当老教父堂·柯里奥遇刺后，他的小儿子、身着军装的迈克在餐厅里剪除仇敌，预示着教父家族的后来居上。

《教父》最出彩的地方无疑是影片的高潮。在老教父去世之后，迈克尔继承了他在家族中的位置，成为新的教父。他在教堂里参加妹妹康尼的孩子的洗礼仪式，而在同一时刻，他已下达了向其他五大家族进行血洗的命令。洗礼与血洗成为两条平行交叉发展的线索，展示的却是截然不同的两组画面，洗礼与血洗同步进行。神圣与残暴、宁静与血腥如此强烈的交织在一起。科波拉有效地组织了富有力度的声画的对位，一边是教堂的音乐与钟声，一边是杀人的枪声与击碎玻璃的惊心效果，一边是是假惺惺的谎言，一边是赤裸裸的残暴。一边是婴儿的笑脸，一边是倒下的死人。从而不仅使故事走向高潮，同时也形成了视觉上的高潮。

杀了这么多人，迈克却那么平静，仪态从容。当影片的最后，迈克的妻子凯依质问他“这些都是真的吗?”迈克镇定地回答：不是。言毕，他离开了女人，走进了自己的办公室，在那里，等候接见的人正依次亲吻他的手，尊称他为教父。一个新的教父自此诞生。然后，门被关起。他的妻子与观众被关在了一片黑暗之中。这是《教父》最后的几个镜头，教父的虚伪使这个世界成为谎言。科波拉说，他想以这种方式对迈克进行严正的谴责。

出于商业的需要，科波拉后来于 1974 年和 1995 年拍摄了《教父》的续集和第三集。就续集而言，它依然取得了很大的成功，被称为“最成功的续集”并开了好莱坞影片续集的先河。而且，《教父》第二部还囊括了奥斯卡十二项提名，并获得了最佳影片、最佳编剧、最佳导演、最佳男配角（罗伯特·德尼罗）、最佳美工和最佳原始音乐等六项大奖。美国导演公会宣布科波拉为当年的最佳导演。但就我个人的口味，我喜欢的还是《教父》的第一部。它在艺术上几乎是无懈可击的。虽然科波拉使用的电影手法与电影语言在今天看来，显得陈旧，但它带来的那种朴素的震撼力，是同一时代其他作品难以达到的。同时也为后来的影片带来了启示。这便是经典的意味。

2004 年 11 月 19 日　北京寓所

和珅·历史·电视剧

自从多年前电视剧《宰相刘罗锅》播映之后，随着这种查无实据的戏说，和珅便以一个贪官奸臣的形象家喻户晓，尽管这部剧作已声明"不是历史"。最近，我又看了一部叫做《乾隆王朝》的电视剧，还是制作《雍正王朝》的那个班子做的，对和珅的形象，倒是有了新的、截然不同的印象。严格地讲，这部四十集的电视连续剧似乎更应该叫《和珅传》或者《乾隆与和珅》。因为整个戏的结构，就是以乾隆与和珅关系，和珅的平步青云直至由盛而衰为线索发展而来的。值得注意的是，这实际上是一部为和珅平反的戏。它着力刻画的是和珅的聪明才干，并以此在最高权力机构里巧妙周旋，费尽心机地为乾隆皇帝服务，为国家效力，排忧解难，最后却因为个人的权势太大，既得罪了新皇嘉庆，又为同僚所挤兑，才落得一个三尺白绫赐死的下场。在这部戏里，我们更多的是看到了和珅作为忠臣和能臣的一面，看到他的百般艰难与忍辱负重。与以前的电视剧比较，和珅的形象天壤之别，可见文艺作品对于历史面目的影响之大。历史题材的电视剧姓"剧"还是姓"史"，是一个值得探讨的问题。我认为，应在不违背大的史实前提下进行合理虚构。依这个原则，《宰相刘罗锅》之类就不值得一提了。那种想当然的戏说，只能是个可供消遣的玩意儿。就电视剧艺术而言——倘若它还有艺术可言的话，《乾隆王朝》的制作也没有什么可谈，但它诱使我对和珅这个形象发生了兴趣。

和珅，字致斋，姓钮祜禄氏，满洲正红旗人。生于乾隆十五年(1750)，父亲名常保。和珅曾祖父尼雅哈纳曾因战功赐巴图鲁，授三等轻车都尉世职。和珅十岁即与其第和琳到咸安宫读书，这是一座创建于雍正六年的贵族学校，除主修满汉蒙古语文和经史典籍外，还接受军事锻炼，学习骑射。但是天资聪颖、出类拔萃的和珅却在结婚后的第二年参加顺天府试落第，只能成为一名三等侍卫，挑补拈竿处。这个处的主要职能在皇帝郊游出巡时，为其捕鱼罟雀，同时又带有护卫的性质，是御前近侍。（电视剧《乾隆王朝》中有一情节，乾隆午休，室外知了喧闹，和珅以拈竿捕逮，似乎是暗示着这个从前的身份）关于和珅如何被乾隆所看上，民间野史有许多说法。有的近似荒唐。譬如说和珅的长相与雍正时期的一位妃子相似，而这个妃子曾经被乾隆戏弄过，以致被父皇赐死，让乾隆愧疚，故而得宠。又说一次随乾隆出巡，皇帝在轿内看边报，得知有要犯脱逃，十分气愤，随口说了“虎兕出于柙”。边上人不懂，唯独和珅理解，说“爷谓典守者不能辞其责耳”。这便引得乾隆的注意，问：“汝读《论语》乎?”和珅点头。

据《乾隆传》（唐文基、罗庆泗著，人民出版社 1994 年版）记载，和珅的发迹始于乾隆四十年，其时和珅二十五岁。这一年他被提拔为乾清宫御前侍卫兼副都统。翌年正月，授户部侍郎；三月命为军机大臣；四月兼内务府大臣；十二月兼步兵统领；十一月充国史馆副总裁，戴一品朝冠。短短两年时间，他就从一个三等轻车都尉成为一品大臣，这种变化令人吃惊，可谓平步青云。然而乾隆对和珅的提拔还远没有停止，随后的几年又成为户部尚书、兵部尚书、议政王大臣、国史馆总裁、《四库全书》总裁、文华殿大学士和翰林院学士，并封一等忠襄公。难怪《清史稿》说他“宠任冠朝列矣”。钱穆先生认为清代的政治是缺乏制度，仅有法术，而法术出自私心。钱先生所言的政治制度，核心问题是人事。自然清朝大臣的进退，全凭皇帝一己之见，但历史上的乾隆并非昏君，这样破格重用和珅，无非是说明了和珅的才干深得圣心。譬如乾隆四十五年（1780）正月，三十五岁的和珅亲赴云贵，查总督李侍尧贪污案，首先拘审管家，取得实据，使这个案子一举告破。电视剧《乾隆王朝》把它挪到王亶望案上，无非也是这个意思。事实上，和珅也确实有才干。他不仅精通满、汉、蒙文，还熟悉藏文，这在当时的朝臣中实属罕见。他的诗词与书法也令人称道。

电视剧《乾隆王朝》写足了和珅的机敏与才干，使之成为乾隆赏识重用他的理由。这未尝不可。但关于和珅的贪，却没有一笔提及。非但没有，甚至还有为和珅辩护之嫌。譬如，写到了乾隆皇帝把一座华丽的园子以及康熙御笔“福”字赏赐给和珅，写到乾隆把最为宠爱的十格格和孝公主许配给和珅的儿子丰绅殷德（这个名号也为乾隆所赐），并给了大量的嫁妆，和珅反倒觉得没有必要这么铺张操办，因为国家需要银子的地方实在太多。这实际上是在为和珅后来被查抄家产在打掩护，其意是说，和珅的确有一些家产，但这其中有不少是皇帝恩赐的，而非贪污受贿。这显然是作者自作多情的杜撰，我不能同意。乾隆于嘉庆四年（1799）元旦后三天去世，享年89岁。乾隆一死，嘉庆便立即动手剪除和珅集团。当天，和珅就被软禁起来，至正月初八，将其逮捕。同时抄家，宣布其二十条大罪。十天后，赐死于狱中。事实上，自嘉庆登极，和珅的家族就接二连三地遭到了不幸。先是他的次子死了，接着是他情同手足的弟弟、时任四川总督的和琳死了，然后是孙子夭折和原配冯氏中道而别。和珅虽妻妾成群，但冯氏的死，还是令他备感伤怀。他写了不少悼亡诗，其中有这样的句子：“今日我哭伊，他年谁送我？”和珅在这样的日子里熬过了三年，终于轮到他本人上路了。

关于嘉庆杀和珅，民间有“和珅跌倒，嘉庆吃饱”一说。至于在和家抄出多少家产，更是众说纷纭，莫衷一是。和珅的家产富可敌国，说是抄出了价值白银八亿两，这个数字，相当于清政府十年财政收入的总和，显然是臆测。现有的资料表明，抄出的白银与黄金，总计折白银1000万两，当然还有几处私宅和园子，最著名的一处是后来的恭王府。这个事实也表明，作为权倾朝野的和珅，贪墨之事不能说没有，也不可能没有，按今天的解释，至少也是一个“巨额资产来历不明”。后来公布的查抄清单至今还在，无法抵赖。历史上的和珅是一个巨贪，这个定位不可改变。但作为一个人物形象，他又是复杂的，这正是耐人寻味之处。

显然，嘉庆诛杀和珅，并非仅想“吃饱”，最深层的原因还是君权和相权的冲突。嘉庆初年，乾隆是太上皇，和珅则被人视作了“二皇帝”，连当时的外国使节都这么看。嘉庆岂有不气愤之理？他曾这样感慨：“如今天下只知有和珅，不知有朕。”这种感慨本身就暗藏着杀机，他不能不杀和珅。这一点，和珅本人也应该是清楚的。尽管他在嘉庆登基之前，曾做过许多工作，甚至还向这位皇十五子永琰递送金如意，事先泄露禅位机密，但最终这件事却成了重要罪状，还是没有逃脱一死。

所以他在元宵之夜，临刑前的绝命诗有这样的感慨——“对景伤前事，怀才误此身。”和珅死于他的过分才干，这是连嘉庆皇帝都不能容忍的，更何况是他的同僚了。和珅又偏偏不是那种能夹着尾巴做人的人物，目无礼仪，行为不慎，树敌太多。乾隆一死，便有御史广兴、郑葆鸿，给事中广泰、王念孙等人相继上疏参劾和珅。这些似乎都是意料之中的事，只是看嘉庆的眼色相机行事而已。

电视剧《乾隆王朝》，对和珅是完全同情与赞美的。这个立场显而易见。像和珅这样的宰辅之臣，其境遇如明代的张居正，虽才干过人最后也毁于才干。这是作为“奴才”的痛。宦海扬帆，伴君如伴虎，如履薄冰，历来如此。唐太宗时，曾夸魏征为忠臣，后者却不敢领受，说，“愿陛下使臣为良臣，勿使臣为忠臣。”太宗不解其意，魏征说，历史上但凡忠奸之臣子，最终都无有好的下场的。而良臣则“身获美名，君受显号”，彼此共荣而共存。这句话，虽不能视为真理，但令人深思不已。

2004 年 12 月 22 日　北京

奈许的幻觉与尼克松的心理

——关于人物传记片的思考

以美国普林斯顿大学研究教授约翰·奈许的生平经历为蓝本的影片《美丽心灵》，是一部不俗的人物传记片。与以往一些传记片明显不同的是，这部影片由于独特的结构方式，充满了浪漫与传奇的色彩。约翰·奈许是一个数学家，但他却痴迷着自己的经济理论。他对数字有着先天的禀赋，善于破解密码，这使他有了与五角大楼合作的可能。事实上，奈许就是这样的角色。或许就是这种颇不寻常的兼职，导致了他一度的精神失常。他产生了幻觉，而且这种幻觉几乎支配了他的一生。影片的创作者，正是看中了这一点，意识到这个题材有着极大的可以拓展的创作空间。但是，约翰·奈许毕竟是一个健在的历史人物，影片创作自然受到道德和法律的约束，不好人云亦云，想入非非。倘若抛弃这种近乎传说的素材，那么影片就必然失去了精彩。这是一把双刃剑。

然而创作者最终还是找到了一把钥匙，这就是把种种道听途说的可能，置于了一种暧昧的状态。使你（观众）不敢作出肯定的解释。你甚至都不敢相信，约翰·奈许那段传奇经历究竟有几成是真的？也不妨把它视为一种虚构。这样的手法，很具有后现代主义文学色彩。它提出了多种的可能性。创作者紧扣的就是奈许的幻觉，并以此来结构故事，似乎是在对这位传奇教授进行一次弗洛伊德式的精神分析。故事和视点，皆因主人公的幻觉而起，现实与梦境的路仿佛打通。当创作渡过这一难关之后，往下的路就十分平坦了。这部影片着重要说的，是约翰·奈许在精神失常之后重新振作起来，并以自己独特的经济学理论赢得全世界的尊重的过程。最终他获得了1994年度的诺贝尔经济学奖。他在斯德哥尔摩的授奖词中讲出了自己的心声。他说：“数字只能推演出逻辑，但它无法推演出爱的力量。”一个数字天才最终被爱情征服。站在领奖台上的约翰·奈许向他的妻子挥动了别在胸口的白手绢，它的正面绣着一簇粉色的小花。那是爱的见证。

像文学作品一样，一部影片让人难忘的是它的细节魅力。除了白手绢，还有奈许对着繁星满天的夜空画出一把小伞——那是上帝送给他唯一的保护伞，是他的爱人，但同样是幻觉。还有，当年奈许以莘莘学子的身份瞻仰伟大的爱因斯坦，看见他的崇拜者把自己的钢笔放到大师的面前，而多少年后，这一幕又重现在他自己的身上。

影片最有力量的一笔，还是来自奈许眼中，乃至心中的幻觉。他一直觉得，在自己身边有两个人的身影在活动着。一个是作为国家机器化身的安全局官员威廉·帕契，另一个是出卖者、葡萄牙室友莫里斯，以及他的外甥女——这似乎是人民的化身。这是具有一定象征意味的刻画。一个为国家效劳、并作出巨大贡献的人，他的回报却成了“国家”和“人民”对其实施的精神折磨与肉体摧残。可以肯定地说，美国政府并没有对奈许本人怎么样，但是他从此陷入到恐惧的幻觉阴影中也是不争的事实。我们似乎可以得出这样的感受——

一个天才在现实生活中是孤独的，他与现实格格不入。

关于人物传记片，电影史上有很多经典的作品。但仔细分起来，无非这么两类。第一类，是以一个人物的生平经历为线索，来构架一部影片。譬如本文提到的《美丽心灵》，还有1997年获得奥斯卡奖的《甘地传》等，中国的影片《李时珍》也属于此类。观众看到的是这个人物的从小到大，从年轻到衰老的过程。另一类，是截取某个人物一生中最辉煌或者最惊心动魄的片断，来刻画这个人物。如“二战”之于《巴顿》、“水门事件”之于《尼克松》，“虎门销烟”之于《林则徐》。前者立足于展示，因为观众关心的，是这个人物不同寻常的成长过程；后者着力于刻画，由这一片段的历史来塑造这个历史人物。对于前一类影片，选择片断和剧作结构是关键。一个人的生平总是具有长度的，几十年的光阴，如何对这部打开的个人历史作出选择，继之用何种方式加以结构，是衡量编导者水准高下的尺度。《美丽心灵》之所以不同凡响，很大程度上体现了创作者选择与结构上的成功。尤其是以奈许的幻觉作为支点，统领全剧，实为天才之举。而第二类，难点在于刻画。因为人物的生平极大的压缩了，那么这个人物的性格与风采，倘若没有有效的刻画手段，是难以获得成功的。

《巴顿》的刻画是独到的，在编剧科波拉笔下，巴顿的魅力不在于他是“二战”中盟军的一员骁将，而在于他本质上是一个职业军人。这种定位是准确的。我曾经在一篇随笔里，拿巴顿和拿破仑作过比较。我说，有两种军人，一种是打仗为了当官，另一种是当官为了打仗——巴顿显然是属于后者，这个人仿佛是为战争而生，他渴望的是指挥千军万马，施展作为军人的抱负。一旦战争结束，他就变得无所事事，只能带着他的狗去逛菜园子了。作者科波拉本职是导演，深谙视觉艺术三昧，他赋予巴顿的细节都不乏力度，譬如用皮鞭抽掉军营里好莱坞女明星的艳照，用左轮手枪射击飞机，提拔之前就迫不及待地按上表示军阶的五星，这些都无不显示了巴顿作为职业将军的性格与风采。我们感觉到的，是一个霸道而又智慧，热爱荣誉又牢骚满腹，气宇轩昂而又信口开河的军人形象。最精彩的，是影片的开场。全副武装的巴顿在星条旗下对着镜头发表长篇的个性十足的演讲，这段戏已成为经典，以至于后来我们看到的沙叶新的《陈毅市长》的开场，明显带有模仿的痕迹。这种手法，本来是编剧之大忌，因为容易造成影片的沉闷。但科坡拉反其意而用之，使巴顿这个人物的形象一下子就鲜明地站到了我们面前，取得了意想不到的效果。《巴顿》使得科波拉获得了那一年奥斯卡的最佳编剧奖，正是这个荣誉，为他叩开了好莱坞的大门，几年后，他作为导演拍出了不朽的作品《教父》三部曲和《现代启示录》。

1996 年，奥里弗·斯通在继《刺杀肯尼迪》之后，执导了人物传记片《尼克松》。它的面貌与以往我们看见的人物传记片似乎有所不同。奥里弗·斯通摈弃了“故事结构”和“时间线索”，它所依据的，是尼克松这个特定人物的“心理结构”。心理结构在小说里并不少见，当代文学史上就曾出现过“心理现实主义”和“心理小说”。但运用到电影上，尤其是运用到一部历史人物传记片上，有着相当的难度。心理结构完全打破了那种故事发展的线形关系，它刻画的并非是人物性格，更多表现的是人物的心理状态。它器重的也不是故事，而是人物的情绪。影片《尼克松》从著名的“水门事件”切入，这是尼克松的滑铁卢，是这位前总统下台前最后的挽歌。影片采取倒叙的方式，但又不是回溯，而是随着“尼克松”波动的心理向四方发散，影片的形式感继承了《刺杀肯尼迪》，在手持摄影的支持下，似乎带有极大的随意性，黑白与彩色的交替出现，营造了一种纪录片的感觉。这是一个大胆的选择，无疑也是一次冒险。然而奥里弗·斯通准确把握了“尼克松”这个特定阶段的心理，使之外化为视觉效果。观众没有因“混乱”失望，反倒在前总统的混乱思绪中受到强烈的震撼。他们似乎可以推测出，笼罩在“水门事件”阴影下的美国总统的心态是那样的波澜起伏，那样的焦虑不安。他的目光纷乱、迷离、日益衰老。而正是在这样复杂的目光中，他最后看见的——也是我们最后看见的，是几十年前，那个坦然对母亲撒谎的少年。当年，那个少年从容不迫地欺骗了他的母亲，而现在，他欺骗了全世界。

一部人物传记片的使命，并非是向世人树立一个做人的楷模，而是以有效的艺术手段解析、塑造一个性格。在这里，不应有过多的道德判断，因为人物性格已经解释了一切。中国的人物传记片之所以苍白，很大程度上是我们至今没有摆脱这种主流意识形态的束缚。我们力图打造的都是时代英雄，其理解与表现又过于简单化，从这个意义上看，我们没有一部人物传记片。确实没有。

2005 年 1 月 16 日　长沙岳麓山下

关于死刑的电影

1997 年夏天，我在北京第一次接触到波兰导演克日什多夫·基耶斯洛夫斯基的作品《十诫》，这是他为波兰电视台拍的十部短片。其中影响最深的，是《杀诫》，也即《关于杀人的短片》。关于这部系列作品的起源，基耶斯洛夫斯基在回忆录中是这样介绍的。那是在 1984 年的某个雨天，基耶斯洛夫斯基的合作者、曾经担任《无休无止》编剧的皮耶谢维奇，遇见了青年导演。当时导演因为《无休无止》引起的轩然大波，正沉浸在忧郁和沮丧之中。皮耶谢维奇是律师出身，他建议与导演再次合作，他说应该有人去拍一部关于"十诫"的电影了，这件事应该由你来做。基耶斯洛夫斯基意识到，律师所讲的"十诫"，并非《圣经》中摩西晓谕颁立的传说，而是现代的故事。于是他们的合作就这样自然而然地开始了。基耶斯洛夫斯基原来打算请上九位导演与自己合作，每人拍一部，但是等剧本完成后，他毅然改变了主意，剧本的精彩程度显然超出了他们的预想，他觉得应该由自己来单独执导。另外，他还有一个将其中的两部拍成胶片的考虑，他本人挑选的一部，就是《关于杀人的短片》。正是这部影片，使我开始关心起死刑问题。在我阅读过一些刑罚著作和研究一些死刑案例之后，2003 年 11 月，我完成了第六部长篇《死刑报告》（人民文学出版社 2004 年 1 月版）的写作。

与此同时，我有了写一篇关于死刑电影的文章的想法。但这篇随笔的缘起，来源于另一位著名的导演，丹麦的拉兹·冯·特里艾尔。

因为英格玛·伯格曼，很久以来，我一直有这样的感觉，欧洲最好的导演不是出自老牌的电影大国：法国、意大利和德国，而是诞生于斯堪狄纳亚半岛的北欧。另一个地方是东欧的波兰和捷克。在与伯格曼、基耶斯洛夫斯基相遇之后不久，一部叫做《破浪》的丹麦影片又认识了导演拉兹·冯·特里艾尔。这之后，我开始留心并搜集这位导演的作品，先后看到了他的《白痴》、《欧洲特快列车》、《狗镇》以及我在本文中着重要说的《黑暗中的舞者》。

拉兹·冯·特里艾尔在2000年执导了《黑暗中的舞者》，基本上延续了《破浪》的意蕴与手法。即还是在表现道德与法律边缘的问题，同时使用了“手持”的摄影方法。所谓“边缘”问题，我的意见是指那些在观念上比较暧昧的、比较模糊的东西。我们很难对它进行准确的判断与界定。这实际上也就使作品的主题具有多维性和不确定性。故事很简单，一个叫莎蔓的东欧女人，带着独养儿子移民来到了美国的堪萨斯。她是一个高度近视患者，却在工厂里做着力不从心的工作，以挣取微薄的薪水，攒下来，为同样是因遗传而近视的儿子实施手术。莎蔓租借了警察艾尔的房子，他们因此成为邻居。在影片最初的一段里，我们感觉艾尔和莎蔓相处得不错。艾尔为莎蔓的儿子买了一辆自行车，作为生日礼物。艾尔还经常与莎蔓谈心，诉说自己工作中的烦恼和因房屋贷款导致的夫妻纠纷。艾尔的劳累，让莎蔓很同情。但是，艾尔不久便发现了莎蔓的藏钱之处，便将这一笔钱——三千五百美元偷走了。莎蔓为了要回自己的钱而在争执中误杀了艾尔。然后她被判为一级谋杀罪。在用辛苦积攒的钱请律师为自己赎回性命与为儿子做手术的问题上，莎蔓毅然选择了后者。她选择了绞刑。

影片绝妙的地方，应该是作者把高度近视患者莎蔓同时写成了一个热爱舞蹈的女人。尽管她的舞蹈基本上是在黑暗中或者想象中完成的。这大概是拉兹·冯·特里艾尔邀请性情暴戾、喜怒无常、同时又聪明可爱的冰岛歌星比·约克来饰演女主角的理由所在。

把莎蔓写成一个业余的舞者，无疑是一个很好的创意。它丰富了这个女人的内心与幻想。同时在形式上乃至手法上也构成了一种“复调”关系。我们很容易看出，影片在舞蹈部分的拍摄方法是中规中矩的，讲究造型和影调。摄影师运用了多机位、多机器——据资料介绍，最多时运用了一百多台摄影机。还有诸如轨道车、可移动平台、升降机等辅助性器材。这与拉兹在另一部作品《欧洲特快列车》中的手法大体一致。导演显然是要作出这样的一种效果，那就是心中的世界永远是美好和浪漫的。在这样的画面和段落里，开始了比·约克美丽动人的演唱。那是比·约克的歌喉，更是莎蔓的心声。

对手持拍摄方法，我曾经有一个自以为很恰当的比如——“毛边感”。如同用手撕纸的效果，而不是用刀裁纸。（也可以说，那种讲究造型的，是裁纸）在我看来，生活由于自身的复杂、忙碌与丑恶，是具有毛边感的。它不应该有那么规矩讲究的构图、色调与看上去很让人痴迷的光效。手持拍摄很好地解决了这个问题，它带来了长镜头流动性的效果，增强了现场感。摄影机的运用与画面中人物的心理是完全一致的。在这方面，拉兹的《破浪》就有了成功的尝试。这部《黑暗中的舞者》更是运用得合理自如。这种手持摄影，镜头的运动依据是主人公莎蔓的主观视点与心理感受。我曾经与张艺谋《有话好好说》的摄影师吕乐就“手持”交换过意见，他当时很想改编我的《海口日记》。我说，如果你要拍《海口日记》，我就觉得应该采用手持的方式进行。我喜欢那种随意性，也就是我所说的“毛边感”。同时我在坦率地认为，在《有话好好说》里，手持摄影的运用是很不成功的。原因就在于失去了人物的心理依据。整个画面的摇晃，完全就是导演的想入非非和自作多情。导演并不知道为什么要这么晃，观众则更是茫然。

在《黑暗中的舞者》中，手持摄影的选择还十分符合主人公莎蔓的身份。她是一个高度近视患者和一个流浪者，她的眼睛所看到的世界并不美好，而是那样的凌乱与浮躁，也是那样的飘忽不定。但是，她想象中的世界却是十分美好的。那是音乐与舞蹈的世界，是色彩斑斓的世界。影片中几段舞蹈场面，如“车间舞”和“桥头舞”，“法庭舞”以及和警官艾尔的双人舞，都非常精彩，也非常朴素。即使是在最高潮的时候，舞蹈也还是穿插其中。这种天衣无缝的穿插，构成了影片最大的特色。这是对比的效果，它就如同一首复调结构的交响乐。

《黑暗中的舞者》对弱小人物怀有极大的同情。影片中出现的作为警察的艾尔，具有国家机器的象征性。国家在盗取一个母亲的爱心，同样也是国家在剥夺一个女人的生命。《黑暗中的舞者》实际表现的就是舞者的黑暗。她生活在一个黑暗的世界中，她的光明只能在幻想的歌舞中得以实现。她因为爱，因为捍卫自己的梦想而被送上了绞刑架。

这又涉及对死刑制度的思考。自1764年意大利法学家贝卡利亚第一次对世界喊出废除死刑的呼声以来，这两百多年里，全世界废除死刑的运动就没有停息过。当今世界，具有基督教背景的国家，除了美国的部分州，基本上已经废除了或实际终止了死刑。欧盟的东扩，对那些东欧国家的首要条件，就是要废除死刑，否则免谈。特别是1989年12月15日，第44届联合国大会通过了废止死刑的国际公约，世界废除死刑的运动掀起了更大的浪潮。到目前为止，全世界已经有一半的国家在法律上废除了死刑或事实上不执行死刑。（顺便说一句，我国的死刑未减反增，执行死刑占每年全世界的四分之三）。这种人道主义的观念显然在影响着欧洲的一些电影导演。在导演拉滋·冯·特里艾尔看来，生命是神圣的，一个人无论是犯了怎么的过错，都不能被剥夺生命。死刑作为国家名义的合法杀戮，实际上也是不人道的。更何况，被送上绞刑架的是那样一个值得同情、充满爱心的女人。这样的思考，在之前的基耶斯洛夫斯基的《关于杀人的短片》和之后的阿姆多瓦的《对她说》中，都有表现。前者提出的是，死刑究竟是不是一种暴力形式？代表国家的杀人与作为谋杀的杀人区别和界限究竟在哪里？后者实际上是企图在爱与罪之间寻求答案。一个护理工是那样爱着已经成为植物人的前芭蕾舞女演员——无独有偶，女人和舞蹈成为一种美的化身。他每天偷看她练功，这个男人由偷窥而暗恋。结果有一天，练舞的姑娘没来，接着他听说这个年轻漂亮女人成了植物人。于是这个男人就申请当上了她的义务护理员。他每天对她进行护理，每天对她说，每天对她倾诉，他觉得只有这样不停地对她说，她的生命才能苏醒，尽管这个行为在任何人眼里是多么的不可思议。但小伙子还是锲而不舍，以真挚的感情挑战冰冷的科学。他有这样的信念，因此就有这样的力量。最后，他使她怀了孕——阿姆多瓦自然想不让我们认定这是一种强奸行为，因为他大量地表现了男人对女人的爱。但是法律不这样看，法律认定的就是一宗强案奸，于是，小伙子被枪毙了。《对她说》实际上因袭的还是多年前阿姆多瓦的那部使他一举成名的《捆着我、绑着我》的意蕴。那部影片说的是一个刚获得释放的男人，以温柔的方式绑架了一位女明星的故事。这显然是犯罪，但随着故事的开展，我们最终发现敌对的关系转变成了爱情。男人的行为由绑架演变成对赢得爱情的时间测验。

迄今为止，表现死刑的影片，最为深刻的，还是基耶斯洛夫斯基的那部《关于杀人的短片》。这部作品以一种自然工整的“对位”手法，细腻地向我们呈现了两次杀人的经过。第一次，是雅采克，一个华沙街头散漫而忧郁的少年，他因为自己亲爱的妹妹死于一场车祸，因此决定对一个司机进行报复。值得注意的是，雅采克选择的目标并非就是轧死妹妹的那个具体的肇事者，那个人只是一个司机。因此雅采克的谋杀带有随意性，更具象征意味。雅采克的谋杀显然是一种“以血还血”式的等害报复行为：一个司机杀死了他的妹妹，因此他就必须杀掉一个司机。所以他做得有条不紊，是因为这样的谋杀在他那里实际上已经成为“使命”。而有趣的是，司机因为贪恋偷窥一个送牛奶女工的大腿，在拒载了一对老夫妻的乘客之后，似乎很不情愿地接受了后来者雅采克。至此，这个人的生命处在了极度危险的边缘。这简直就是在劫难逃了。于是，在华沙郊外一条清冷的河边，少年雅采克顺利地公开地谋杀了司机，他的凶器是一条绳索。没有人注意到这个发生在光天化日下的谋杀，只有一匹马在茫然向这边看着。

接下来，就是第二次的杀人了。国家以法律的名义宣判雅采克死刑，似乎代表着一种正义的惩罚。国家杀人的凶器也同样是一条绳子——绞索，这似乎暗示着国家也与这个无知的少年一样，坚持着“以血还血”的等害报应方式。但是，国家以杀人的方式来制止杀人，这个命题，就显得十分荒谬了。这便是基耶斯洛夫斯基企图实现的目标。他揭示出了这种荒谬，却无法制止国家实施的谋杀。在谈到这部影片的主题时，基耶斯洛夫斯基曾这样说：“我想这部电影反映的真正主题不是死刑，而是普遍的谋杀现象。”故事虽然发生在波兰，但具有的意义则是世界性的。基耶斯洛夫斯基在描述这个世界，他说他要描写的，是“一个可怕的世界，一个人们互相之间没有任何同情心的世界，一个人们之间互相憎恨的世界，一个人们之间不但不互相帮助反而互相拆台的世界，一个人们互相厌恶的世界，一个人们独居的世界。”（见《基耶斯洛夫斯基谈基耶斯洛夫斯基》）无疑，这部电影是对暴力的一种控诉。在基耶斯洛夫斯基这里，置人于死地是最高形式的暴力，而死刑也是这种形式。他承认，“该电影是反对死刑作为一种暴力形式的。”

拉兹·冯·特里艾尔多年前在《破浪》中，要表达的是，爱比性坚强，更有生命。一个女人为了使自己的丈夫活下去，同意了丈夫近乎无理的要求，每天与别的男人私通或者鬼混。并要把性交的经过详细地讲给他听。在她这里，性是为了实现爱。而在那个差不多成了植物人的丈夫那里，对妻子的爱是通过性的实现来达到的。男人希望自己心爱的女人不要因为自己的彻底残废而使生命肉体萎缩，那无疑是残忍的，不人道的。但是，在宗教的偏见和世俗的眼光里，这个女人无疑成了一个堕落的咎由自取的婊子。影片的震惊是在这里。所谓"破浪"，即是向一种传统的宗教的和习惯的势力在挑战的姿态。而在这部《黑暗中的舞者》里，拉兹·冯·特里艾尔表达的是，爱比生命更坚强。

关于死刑的电影，值得提出的还有一部美国的影片《死囚的 168 个小时》。这部由著名影星苏珊·莎兰登和西恩·潘联袂主演的作品，表现了一个修女对一个拒绝忏悔的死囚的说服过程。经过修女不遗余力的工作，死囚在走向死亡的前一刻，向受害人的父母进行了道歉，他大声说出了"对不起"。这显示了正义的力量，也显示了宗教的力量。正如绝大多数基督教国家都废除死刑一样，在所有涉及死刑的电影里，都无一例外地洋溢着宗教情怀。自从耶稣钉上十字架之后，世界得到了救赎，世界的秩序进入到了一个新的阶段，也就是《新约》阶段。在《新约》里，已经看不见"以血还血"这样的字眼了。耶稣的血最终凝结成的是两个大字：宽容。

2001 年 9 月，一位世界级哲学家和法学家，法国的雅克·德里达教授，开始了为期 16 天的中国之行。据旅法学者张宁先生记载，德里达的首场演讲是在 9 月 4 日，地点是北京大学理科楼的会议厅，演讲的题目是《宽恕：不可宽恕与不受时限》。他的演讲受到了欢迎，但一位来自美国的学者当场提问说，如果一个人强奸了我的女儿，我宽恕了他，那等于是纵容他去强奸我另外的女儿。如此宽恕的后果，我们有什么理由去宽恕呢？德里达的回答是：我并没有要说宽恕的好与坏。我也同意宽恕有可能会有不好的后果，但我的工作不是去评价宽恕的好与坏，而是要分析我们所继承的这份宽恕遗产的悖论，尽我微薄之力向人们揭示我们生活在一种怎样的宽恕传统之中。

德里达指出：“宽恕的可能在于它的不可能，宽恕不可宽恕者才是宽恕存在的前提条件，宽恕的历史没有终结，因为宽恕的可能性正来自于它看似不可能、看似终结之处。”

关于死刑，德国法学家古斯塔夫·拉德布鲁赫曾经说过这样一段话：“只要死刑还存在着，那么整个刑法就都散发着血腥的气味，整个刑法都带有阴森恐怖的印记，整个刑法都充满着报仇雪恨的污点。”死刑的存废，至今还是一个世界性的话题，但废除死刑是人类文明进步的趋势，这是不容改变的。在这个也许是十分漫长的过程中，与死刑相关的文艺作品，特别是电影，起到了独特的作用，他唤醒的是人类的良知，弘扬的是人类的理性，履行的是思想启蒙的使命，这应该是一种特殊而杰出的贡献。

2005 年 1 月 16 日　北京寓所

黑与白

——黑白电影与电影里的黑白

有一个问题曾经困扰着我。少年时代看过的一些国产电影，留在记忆里，基本上都是几部黑白片，譬如《南征北战》，《平原游击队》，《小兵张嘎》、《烈火中永生》、《冰山上的来客》。这里自然有一个政治上的原因，那时期的中国能公映的电影，基本上就是这么几部黑白片。但1978年之后到“第五代”出现之前，那些基本上又都是彩色的影片，除了极个别的，如《城南旧事》，就几乎没有什么印象了。因此我想，魅力或许来自黑白自身。

绘画上通常会注意到一幅画的两个关系：黑白关系和色彩关系。这里的黑白关系也可以称作素描关系，它是造型的基础。如果拿一幅画——尤其油画，作分析，我想业内人首先都会注意到作品的黑白关系，因为这种关系涉及构图的均衡、造型的力度以及营造的氛围。只有当这种黑白关系理顺之后，色彩才有所依据，调子才有所寄托。我们去看看伦勃朗的不朽作品《夜巡》，就十分清楚了。作为以视觉为主体的电影，其造型主要手段是光和影——这就天然形成了黑与白的前提。即使是一些彩色影片，为了达到造型效果，不惜动用一些人工手段去矫正这种黑白关系。《一个和八个》在摄制时，就曾经把一个窑洞的内部用墨汁刷了一遍。

毋庸置疑，但凡电影史上的黑白影片，除了受到时代或经济的制约外，主动作出这种选择的，大都看中了黑白这种特殊魅力的造型手段。我们不妨对两部影片作出这样的假设——假如马丁·斯科西斯的《愤怒的公牛》、斯皮尔伯格的《辛德勒的名单》使用彩色胶片摄制完成，视觉上会是怎样的效果？我想有一点是肯定的，绝对没有黑白效果好。

《愤怒的公牛》是经受了不断打击的斯科西斯在他的朋友，也是一贯合作伙伴的演员罗伯特·德尼罗的帮助下，于 1980 年拍出的黑白作品。当时他是抱着“最后一片”的决心来拍这部影片的。斯科西斯之所以做出这种选择，首先是因为题材。作品描写的世界轻量级拳王拉莫塔传奇一生，它的主题性显然受到了海明威的小说《老人与海》的启示：一个人可以被打败，但不会被击倒。斯科西斯精心打造的，是一个具有悲情色彩的英雄。其次，是导演对拳击运动的理解。这个充满力量、危险乃至血腥的运动，是影片的贯穿动作。影片至少一半的篇幅是表现拳击场上的搏杀。我私下推测，正是基于这两点，斯科西斯毅然选择了黑白，尽管冒着再次在商业上失败的风险。黑与白的结合，有着与生俱来的简洁、明快，也有着非同寻常的造型力度。这些都是彩色无法达到的。事实证明，《愤怒的公牛》在艺术上最终获得了极大的成功。

《辛德勒的名单》是一部以第二次世界大战期间，纳粹德国迫害犹太人为背景，描写一个德国搪瓷厂的老板千方百计地拯救几百个犹太人的故事。值得注意的是，这个故事并非完全虚构，它有着真实的原型。某种意义上具有文献性和史料性。影片于 1993 年 3 月 1 日在华沙附近的奥斯维新集中营开拍。在拍摄的现场，导演向围观的人树立起了一道警示牌，上写：“这里是恐怖事件与悲剧事件发生的地方。为了神圣的纪念，请你以适当的方式，表现出你的敬意。”从这块警示牌上，我们注意到这样几个关键词：恐怖、悲剧、神圣的纪念。而这些正是作为犹太人后裔的斯皮尔伯格选择黑白片来履行这个使命的理由。影片一经公映，就在全世界引起了巨大轰动，成为那一年奥斯卡的最大赢家。

我们现在很难见到一部新近摄制的黑白片了。见得多的，是另一种情形：即在一部彩色电影里出现的某个黑白的段落。我将其称为“彩色里的黑白”。这种情形也可以反过来使用，成为“黑白里的彩色”。这种黑白与彩色交融的手法自然丰富了造型和叙事的手段。后来也自然引进到了一些电视剧中，不过它们往往起到的作用只是时空转换，看不出多大的匠心。

《辛德勒的名单》的序幕和尾声都使用了彩色。这是时空转换上的需要，斯皮尔伯格使用的是倒叙、回忆的方式，那些当年被辛德勒拯救下来的犹太人后代，在今天，默默为他们的恩人祈祷，更显示出的是对人类和平的呼唤与向往。人类总是由黑暗走向光明的。但这部影片最令人叫绝的，应该是出现在黑白空间里，那个穿着浅红外套的小女孩。这是全剧中唯一的颜色。这是大屠杀阴霾笼罩下的华沙唯一的希望之色，给我们带来了仅存的安慰与欢乐。但是最后，我们惊骇地看见，那件浅红外套出现一辆运送尸体的车上。斯皮尔伯格做到了“惜墨如金”，把这力量的一笔写进了世界电影史。

姜文作为导演，先后拍了两部作品《阳光灿烂的日子》和《鬼子来了》。第一部是彩色主体中最后出现一段黑白；第二部则是在黑白主体中最后出现一段彩色。《阳光灿烂的日子》尾声阶段，是当年的几个小伙伴都长大了，都发了，在奢华的房车里喝着洋酒。他们在天安门广场上邂逅了那个唯一长不大的傻子。我曾经和姜文谈到过这段戏的处理，我说，这是一种“反色彩”的处理，因为通常的做法都是所谓过去是黑白的，而今天则是彩色。《阳光灿烂的日子》反其道而行之，把今天的尾声处理成黑白，意味着这些发达的伙伴对逝去的那段“阳光灿烂的日子”的一种缅怀。但是有一个镜头，就是傻子的主观视点镜头——看着在眼前通过的那辆房车，看着车窗里伸出来的伙伴们对他吆喝，然后他很不屑地说了一句“傻×”。我觉得这个镜头应该还原为彩色——因为在傻子的眼中，今天依旧还是“阳光灿烂的日子”。否则这种差异就没有表现出来。至于《鬼子来了》，被中国人砍下的贾老三的头一旦落地，影片就成为彩色，这个用意是什么，我至今没有琢磨出来，因而觉得勉强。

前苏联系列战争影片《胜利》，在黑白的处理上有一个独到的做法。凡是涉及斯大林或者希特勒出场的段落都是黑白的。创作者作出这种处理，很可能是为了增强影片的文献性和史料感。似乎在提示人们，这里没有虚构，一切都是真实的。由于这种黑白段落的加入，影片平添了一份厚重。根据作家瓦西里耶夫同名小说改编的电视剧《这里的黎明静悄悄》，是一部以黑白为基调的作品，但在每个女兵的回忆段落都呈现出彩色，形成了一种对比，也是一种视觉节奏上的需要。这种设计是有心理依据的，人，尤其是女人，处于战争中的回忆应该是色彩斑斓的。而且创作者把这彩色的回忆处理得十分抽象，如梦如幻。正是这些彩色梦幻成为战争中的女兵们的精神支柱。《这里的黎明静悄悄》成为电视剧的经典，与这种黑白与彩色的交织手法关系极大。

我第一次看英格玛·伯格曼的《野草莓》，就强烈感受到作品黑白经营的凝重。片中的老人置身于由老照片、文具、书籍环绕的书房里，孤独而寂寞。死亡仿佛已经抵达了空旷清冷的大街，而脱缰的马车和那口掀翻在地的棺材使这种预感得到证实——尽管它来自老人的幻觉。这部作品散发出的死亡气息以及随之而来的关于死亡的思考，一直在吸引着我。我感觉自己似乎不是在观看一部电影，而是打开了一本书，可能是文学的，也可能是哲学的。那上面记载着一个迟暮的老人，当他行将走近死亡之际，情不自禁地对身后的一次次回顾，然后我看到了生命的欢乐时光。

电影史上的黑白影片联系着一些大师的名字：奥尔斯、卓别林、希区柯克、伯格曼……

以及中国的费穆。

他们在黑白世界里建立了属于人类的辉煌。

2005 年 1 月 25 日　长沙岳麓山下

砚边点滴

书与画

书画同源。

李苦禅老对二者的关系，曾有高屋建瓴的概括。他说：书到高时是画，画到高时是书。这是一般人难以企及的境界。以我的理解，苦老这两句话博大精深，既有艺术的辩证法，又含审美的原则。我在谈到小说或文章时，也曾说过：好的文章都是先做加法，后做减法。前者讲的是积累，后者讲的是提炼。

从前看齐白石，不觉得妙；如今读来，妙不可言，我看出了大师的性情与笔墨趣味，知道了一种大巧若拙的美。

但凡文学艺术创作，朴素的美终是大美。

水与墨

某种意义上，我更愿意把中国画看做水墨画。

从绘画材料上看，正是因为有宣纸，有墨砚，有毛笔这样的文房四宝，所以才有中国画。其实，还有第五宝，就是水。水能使“墨分五色”，水能制造浓淡干枯，水能造就空灵、趣味、性情。

中国画技法，最讲究的是笔墨。如同听京剧，听的是唱，是腔；看好画，赏的是笔，是墨。

中国画最重要的关系，是水与墨的关系。杰出的国画家，都是独特把握这关系的高手。同样是“黑”，李可染的“黑”不同于张仃的

"黑"，前者润，后者焦。前者飘逸，后者深沉。

赖少其喜欢以"江山铁打成"来题自己的写意山水，这个铁，可能指铁线，也可以理解为焦墨，给人厚重感。

一幅好画，要有水气和墨味。

小说和小品

这里的小说，特指短篇小说。我对文学史上依靠短篇小说立足的作家，从来都是敬畏的。例如中国的鲁迅，法国的梅里美，还有阿根廷的博尔赫斯。短篇小说由于受到篇幅的限制，它的经营便煞费心机。短篇小说应该是一个专有名词，与内容的浓缩其实没有什么关系。我曾经有一个比方，觉得短篇小说和传统中国画中的那种叫做小品的形式很接近。小品不是浓缩的国画，当然放大了也不是巨制。小品就是小品，要求的是那么寥寥几笔，尽得风神。但这寥寥几笔往往是要命的，因为要出大境界。所以八大山人、吴昌硕、齐白石是大师，他们是出了大境界的。短篇小说核心的一点，是在有限中企及无限，这也是要命的。

文人画

"文人画"这个称谓，最初是由明代的董其昌提出的，但追溯可以到汉。它的精髓之处，是主张让中国画进入到一个诗、书、画相通交融的境界。画中有诗意，有墨趣，有性情，有思想。无论是唐之王维"以诗入画"，还是宋之苏轼"以书入画"，为的都是这个，与当时的民间工匠画和宫廷绘画有着显著的不同。随着时代的发展，所谓文人画实际上已经演变成了一个文人表达主观情怀的载体。倪瓒讲"自娱"，顾恺之讲"形神"，本质上是一致的，都是在力图寻求一种与自然亲近的方式，抒发自我的情怀。

按陈衡恪（师曾）的解释，文人画"不在画里考究艺术上的功夫，必须在画外看出文人之感想。此之，所谓文人画或谓以文人作画，知画之为物，是性灵者也，思想者也，活动者也，非器械者也，非单纯者也。"无疑，陈师曾重视的是文人画的精神与品格，轻视的是那种匠气与呆板的技法。或者说，文人画是画中带有文人的情趣，画外散发出文人的思想，这样的文人画方为上品。仅就技法而眼，我喜欢石涛的简约，八大的恣肆，吴昌硕的洒脱，齐白石的天真。我相信“法自我立”，追求手心相应，落笔成趣。

陈师曾在谈到文人画的要素时这样指出：“第一人品，第二学问，第三才情，第四思想。具此四者，乃能完善。”可见，这已经不是画的境界了，而是人的境界。

2007 年 2 月 24 日　北京

与话剧有关的笔记

一

我一直是把话剧当做一种独特的书写形式来看待的。这是我喜欢话剧的最大理由。

在我二十五年的写作生涯中，用于写作话剧的时间其实很少。但我还是喜欢这种形式。这种对形式的内心确定，对我是十分严密的。它有着起码的几条原则，比如，不是任何一个题材、一个故事，都是可以写成话剧的。这种形式应该有着不可替代性。老舍先生的《茶馆》，如果就这个题材写成小说，必定没有话剧好，至少，我们看不到于是之等前辈艺术家的杰出表演了。但是后来改成的电影，又让我们失去了那种无法割舍的剧场效果。因此，某种意义上，这种形式的唯一性成为话剧的灵魂，也是话剧自身的魅力所在。因为这种作为载体的形式，实际上也并非只是对内容的一种简单承载，要承认，形式自身也是内容的一部分。这与我对小说的要求完全一致。

1999 年我写作话剧《地下》，剧本发表于《北京文学》2000 年第五期。这是这家刊物自新时期复刊以来破例发表的剧本，这之前的 1964 年，发表过吴晗的《海瑞罢官》。《地下》发表之后，在文学界引起了广泛注意，《北京文学》后来以"《地下》与突围的先锋文学"为题展开了一次学术讨论。这个戏至今没有立于舞台，自然有其他方面的原因。但我还是相信，将来会在某个适当的时间里，把它排出来。或许由我自己来排。

《地下》的写作，首先是出于对形式的敏感。最初我的想法是要写出一个话剧的“三岔口”——我喜欢这个京剧折子。戏曲的魅力之一，就在于这种虚拟表演的真实性，于虚拟中创造出不可思议的真实。我觉得让演员在“黑暗中”进行表演具有很大的诱惑性，同时也是对表演空间的一次拓展。这就像是习惯中所说的那种“开放式悬念”，观众看得明了，剧中人却蒙在鼓里。诚然，《地下》是一部有思想的戏。它借一场地震后的废墟，借四个被埋在地下的人——男人、女人、老人、青年——之间的对话，探讨了一些大家熟悉，却又不肯深究的问题，在将死的边缘谈论着重生，于黑暗中思索光明。

所以，我坚持认为，话剧承载的是思想。而不是喋喋不休的家长里短。话剧也不是大政方针的喉舌，它面对观众表达的，是发自内心的倾诉。

二

话剧属于文学。或者说话剧本身就是文学。某种意义上，它也接近于哲学，至少有一种话剧是这样的。比如迪伦马特的《贵妇还乡》、萨特的《死无葬身之地》，就更不用谈贝克特的《等待戈多》这种现代派典范之作了。依我朴素的理解，作为话剧里面的文学和哲学，是一种色彩，更是一种意味。它往往是先从一个形而下的故事开始——因为是戏，自然离不开故事，但是仅仅在这个层面逗留远远不够，需要做进一步探索，直到上升为形而上的意味。而意味又具有不确定性，它决非单一的意义，多元而复杂，甚至是只能意会而无法言表。正是这样的一种意味，使话剧具拥有了高贵的品格。但是很遗憾，企图走通这一步将十分艰难。如果到头来说的舞台上演的还是一个故事，那么这样的话剧便可有可无。

我曾经就这个判断，以两部电影作过比较。意大利导演朱佩塞·特纳多雷的《1900 的传奇》（通俗译名为《海上钢琴师》），和中国导演陈凯歌的《和你在一起》。二者的最初出发点大致一样，一个婴儿遗留在国际邮轮的一台无人打理的钢琴上；另一个婴儿抛弃在简陋的火车站长椅上，边上放着一把小提琴。但是，故事发展下去就大相径庭了。前者最终突破了故事层面，上升到一种哲学的意味，那个遗留在钢琴上的婴儿可能来自上帝的馈赠，他无师自通地驾驭着钢琴，以此作为和世界、人类沟通的手段。他说：“钢琴只有88个键，它是有限的，但音乐是无限的。轮船有船头和船尾，它也是有限的，我能看得见，也把握得住；而一旦走上陆地，我将无法面对无限的城市和那些错综复杂的街道……”他是对的，他的忧虑也正是我们的忧虑，我们同样需要面对生存的巨大恐惧。主人公最后决定不走下这艘轮船，而选择与它同归于尽，实际上是传达了对这个世界的绝望，也是它的宿命。而后者继续沿着形而下的故事蹚下去，成了一部刻苦磨炼然后成才的“励志片”，这品质与格调当然就完全不一样了。

天机不可泄露，意味也很难一语道明。姜文的《太阳照常升起》，关于“天鹅绒”的那一段，改编自作家叶弥的小说《天鹅绒》。小说中最有意味的，是一个男人想象中的天鹅绒和某个女人皮肤的特定关系，正是这个比照激发出了一段性爱野合，即使当事人遭到死的威胁，他也希望临死之前知道什么是天鹅绒。但是，现在电影里，这个致命的诱惑被处理成一面打开的肮脏的锦旗，这就说白了。

但我仍然支持任何形式上的探索。这种属于内容一部分的形式。

三

2004年我写了两个话剧：《合同婚姻》和《重瞳——霸王自叙》（后来演出剧名改为《霸王歌行》）。这两个话剧都是根据我本人的同名中篇小说改编的。这是两出风格迥异的戏，我分别交给了中国两大话剧团体——北京人民艺术剧院和中国国家话剧院。前些日子，日本汉学家，也是戏剧杂志《幕》的主编饭冢容先生问我，当初把这两个剧本做如此处理是否经过考虑？我说是的，依据便是这两个团体的传统以及两个导演的手法。历史上的北京人民艺术剧院是以演出现实主义的剧目闻名立足的，这也是他们引以为荣的地方。而国家话剧院的前身——中国青年艺术剧院和中央实验话剧院，也拥有着在话剧形式上进行探索的基础。《合同婚姻》写的就是当代人的婚姻生活困境，并由此对婚姻制度提出质疑，这是创作的初衷。这个戏在北京演出了几年，观众很喜欢，今年北方的哈尔滨话剧院也演了。但是，遗憾的方面是话剧演出本，最后要求我往回找，找到符合官方能够通过审查的那一点上，也就是说，大家还是要认真对待婚姻的，还是需要家庭的。这就完全违背了我的意思。我要求的是质疑，而不是折腾半天去作出一个道貌岸然的回答。当然，这是中国的现实。最近，这个戏又拍成了电视剧，连剧名也不可以叫《合同婚姻》了，说是挑战了《婚姻法》。这就更让人摸不着头脑了。《婚姻法》难道不能挑战吗？不能挑战，那么后来人大对这个法律的修改作何解释？无奈之下，只好改作《婚姻背后》。

《重瞳——霸王自叙》，无论是小说还是后来的话剧，最大的价值是在没有离开司马迁《项羽本纪》等典籍中规定的那些史料，在这个前提下，去寻求了一种个人化的解释。所以我对一些媒体公开说过，这个戏不能简单地视为历史剧。另一点，小说和话剧都是第一人称。也就是项羽的个人自叙史——以一个两千多年前幽灵的视角展开叙事，俯视苍生。作为“霸王自叙”，移植到话剧上，就是项羽的内心独白。导演王晓鹰是一个勇于在形式上进行探索的导演，他最初是想做出一个独角戏。因为缺乏操作性，才改成现在的这个样子。其中，最大的创造是让演员张昊一个人扮演了范增、韩信等十三个角色。这个戏的导演手法和舞美设计与剧作的先锋性达到了一致。

四

我以前是比较排斥“小剧场”的。我心目中的话剧还是应该在舞台上安身立命。舞台是仿佛一个神龛，紫红色天鹅绒的大幕徐徐拉开，那就产生了一种庄严的仪式感，让观众肃然起敬。但我的这两部话剧后来都是在“小剧场”演出的，从演出效果上看，也都不错。但是作为编剧，我认为《合同婚姻》利用“小剧场”未尝不可，因为它能令人产生身临其境的感受——对于一部写实的话剧，这应该是最为强烈的感受。而《霸王歌行》则不是这么回事。它是一种诗性和哲理性的东西，无论是剧作还是后来的舞台处理，都是比较写意和抽象的，走下舞台就顿时让人觉得“矮了三分”。我曾经就这个问题和王晓鹰谈过，他有他的解释，抑或因为某种限制（比如资金），他才做成了“小剧场”。今年春天《霸王歌行》在北京的首演很成功，后来去了其他几个城市，都受到了好评。最近又去了韩国、埃及演出，据说反映也很好。然而，我依然期待这个剧目未来能有一个大舞台的版本。

所谓“剧场效果”，不是所有的掌声和笑声，它应该是表演者与欣赏者之间构成的一种互动气息，一种天然的默契。北京的话剧舞台有一种奇特的现象，就是“搞”。我无意去评价这种“搞”出来的效果是什么，但我可以说，这不是我心中的剧场效果。或许正是这个心态，我不喜欢赖声川的《暗恋·桃花源》。不能简单地认为，观众的掌声和笑声就是对你的赞美，因为掌声有时可能是廉价的，笑声有时或许是盲目的。正如网络上的点击率，也不是都与所见之物的价值成正比。“艳照门”点击率应该不低，但你能说陈冠希是最好的摄影师吗？

其实有些戏是无法用掌声和笑声来进行呼应的。有时候沉默或许是最佳的剧场效果。让观众于沉默中思考，内心在沉默中爆发。比如，《霸王歌行》。

五

这两年我在忙于电视剧，自编自导，在做一个“谍战三部曲”，前两部是《五号特工组》和《海狼行动》，接下来是第三部《惊天阴谋》。做这样的事情出发点有两个，其一是挣钱，我历来把自己的写作（包括用镜头），分为两类，即内心需要的写作和生活需要的写作。小说和话剧，以及今后那种我想拍的电影，属于前者；后者大概就是电视剧这种东西了。其二，是希望通过这种导演的实践，来赢得投资方对你能力的认可，好出钱让你做你想做的电影。就这么简单。我做电视剧没有压力，因为没有人会指责我，你的电视剧一点也不深刻。大家关心的是好看与否。所幸的是，我做的这两部都还好看，收视率很高。这就够了。但是，这又并非我想做的。我离不开的，还是内心需要的写作。这种写作是一个人的战争，既残酷，又奢侈，而我恰恰又是一个爱跟自己较劲的人，要不别打，要不打赢。

我在筹备拍摄我的第一部电影《重瞳——霸王自叙》。

我在考虑写一个叫做《私奔》的话剧。

这个话剧，在我脑子里已经想了很久，让我最先激动的不是“私奔”这个过于古老的话题，而是剧作的形式。但凡创作都是忌讳重复的，但这次，我要不断重复，乃至把重复做到极致。可能是三幕，也可能是四幕，每一幕演的都是某个特定历史时期的某一夜，每一夜的行动都是私奔。这且不算，剧中的两个人物，男人和女人，台词也大都是重复的。虽然如此，但是，由于时代变了，人物所处的社会环境变了，因此由语境导致的意味也在发生变化。举一个例子，20 世纪 60 年代，如果有人说你“真是活雷锋啊!”，这无疑是在夸你；而今天再对你说这句话，你认为还是在夸你吗?

因为这一点的刺激让我激动。

我意识到，我想要的那种话剧的形式，又一次出现了。

2008 年 11 月 23 日　北京

潘军文集

第拾卷

序与跋

《白色沙龙——大陆新潮作家潘军先锋小说选》序言

本书所纳文字，是我近十年笔墨生涯的一部分。我自一九八一年开始作小说以来，迄今已逾百万言。两年前，为了方便我的小说研究者们，我拟订了一份主要作品目录；其中对我本人比较满意的作品还做了标记——它们基本上放进了现在的这本《白色沙龙》。然而这种选择，并非完全出自个人的偏爱。作者的用意还在于希望通过这样的安排使读者了解一个青年小说家的“运行轨迹”。读者或许有些疑惑，这些面目各异的小说是否出自同一个潘军之手？倒很像是应验了中国民间的一句俗语：一娘生九子，九子不像娘。这正是潘军的追求。

什么是小说？我回答不了。我想一些权威人士也未必能回答得了。《辞海》里关于小说的界定早已倾斜。小说的发展总是令人始料不及的。去年，我在接受《光明日报》记者采访时，说过这样的话：时代赋予小说的形式。换言之，小说的形式源于对时代的理解。不同的理解会带来不同的小说。面对当今喧嚣与骚动的世界，小说家该作何思索？显然，习惯于一种思维模式、恪守一种创作套数的作家，必将为时代所抛弃。从这个意义上讲，我非常情愿做一名“见异思迁”的作家，不肯被所谓的风格绞死。我快乐，因为我不成熟。

今天的小说业已回归到它的本体意义上。我以为，小说只能是语言的艺术，但又不是文字的游戏。语言不仅作为载体，同时自身也应成为被载的一部分。那种形式内容的和谐默契，永远让我陶醉。

大陆及至海外的一些文学批评家，对我作为小说家的判断历来是不一致的，甚至大相径庭。或言我是一个严格的现实主义作家，或将我纳入“先锋派”营垒。但又似乎各持己见，自圆其说。我想这也是正常的。从眼下这本集子所反映的，也无不充满矛盾。写实与写意、再现与表现、经验与超验、思辨与感觉、理性与非理性等等，交织一起，甚至交织在同一篇作品里。我说不出这是怎么一回事。我只能说我是一个胡思乱想、想入非非的作家，这或许不好或许很好。一篇作品公诸于世就是一个客观存在，读者有评判的权利，我可以躲到清凉处去听，自然不同的声音最好。让我安慰的是，写作业已成为我个人生活中不可分割的一部分，没它我活得枯燥。写作正如血液一般，伴随我生命舞蹈。

我十分地感谢林惠珍女士及她领导的“贯雅”，使我的作品有幸与台湾广大读者见面。我与林女士素昧平生，她的热忱与精干给我留下了很深的印象。我还要感谢为这本书的出版付出辛勤劳动的朋友。海峡两岸同是炎黄子孙，作为作者，我由衷地希望自己的作品能够为台湾以及其他地方的读者所喜爱。并且，我在千里之外殷切地期待着大家的批评——我的通信地址在一篇小说里藏着。

是为序。

潘　军

1990 年 5 月 29 日夜于

合肥寓所

《中国当代作家作品选集·潘军卷》自序

这本小说集所收入的，是我十多年间（1987—1998）发表的部分中短篇小说。按照人民文学出版社这套丛书的体例与要求，由作者自选编定。

作者出选集是希望读者通过这些作品，了解其一段写作历程。然而事实是这比较困难。因为小说的写作不同于某项科研，可以预先确定一个目标，再按部就班地发展。写作者如同夜行者，始终是困顿而迷惘的，只能凭感觉前行。写作是未知不断显现的过程，所以一个作家的创造历程往往是无序的，至少对我是这样。当我回头再看——大致看看这些旧作时，心情还是有点复杂。

来自官方的荣誉以及媒体的炒作，从来就不能视作对作品价值的衡量尺度。即使是某些打着学术招牌的评议，也很大程度上偏离了起码的学科意义和专业精神。在这种情况下，对写作者的慰藉除了写作成为需要外，就在于读者对阅读给予的态度了。我称之为事先没有约定的空中握手。十多年前，也就是这本集子开始的时候，我说过这样的话：一篇好的小说作者永远只能写出它的一半，另一半应由读者完成。这如同茶叶和水的关系，上好的茶叶上好的水才能沏出一杯好茶。作为作者，我觉得有必要介绍一下这本书其中某些作品的发表情况，我想或许是有趣的。

《白色沙龙》写毕于1986年10月，首投《人民文学》。结果稿子在编辑部压了半年之后退了，这是我与这家刊物唯一的交道。我后来将这个中篇转到了同在京城的《北京文学》，于翌年10月号刊出。有些朋友认为《白色沙龙》是我创作生涯的转折点，我同意。有件趣事值得一提，发稿时，责任编辑陈红军女士电话相告，说少了一页。“但是，”她又说，“将上一页最后一句划掉，又似乎与下一页接上了。”我立即同意就这么“接”，至于那少掉的一页写着什么，我至今不晓。

《南方的情绪》是我应《收获》程永新先生之约而写的，其时他正在着手编一期“先锋小说专号”，希望我写一篇。这篇小说不久就在第六期上发表了，这是1988年秋天的事。现在批评界把我纳入所谓先锋营垒，可能与此有关。我后来在《收获》上发表的小说，包括这本选集里的《三月一日》和《海口日记》，均由程永新担任责编，他的专业素质和文学立场给了我很深印象。

1990年初，我在歇笔半年后又为《收获》写了《蓝堡》。据说编辑部对这篇作品给了不错的评价，但基于当时的某种原因，稿子暂不能发，要我等待。“什么时候能发，我来信通知你。”程永新在给我的信中这样写道。（他至今认为《蓝堡》是我最好的作品之一。）然而不久我接到《作家》宗仁发先生的约稿信，手头没有别的货色，便将《蓝堡》寄了去，他很快就编发了。我和宗仁发可谓神交已久，直到1993年初，我们才在海口见面，自然是一见如故。《作家》办得好有口皆碑，但我是冲着宗仁发写的。

与《蓝堡》同一时期写出的还有《流动的沙滩》，由《钟山》发表，责编是傅晓红女士，几年后的《结束的地方》也是由她编发。这两个中篇我本人是喜欢的，但并未引起什么关注，这当然很正常。作者满意的作品未必就是轰动的，况且我历来就不曾有过轰动。

1992年春天，我只身去了热火朝天的海南岛，从此开始了自我放逐生涯。之后我又到了郑州和北京，于是在我的创作中有了一批与都市相关的小说，其中以《海口日记》、《对门·对面》为代表。后者发表于《花城》1998年第三期，是我的老友田瑛先生和林宋瑜小姐组稿的。我在北京一家宾馆里写这篇小说，却不可思议地写得很顺手。脱稿的那一天正是我四十岁的生日，但我的对门和对面全是陌生而冷漠的面孔。

选集中还有一些短篇，是我从自己近四十个短篇里挑选的。我很喜爱短篇小说这一特殊的叙事形式，在我看来，它类似传统中国画里的小品，要求的是寥寥几笔，尽得风神，于有限的篇幅里出大境界。这无疑是难以企及的目标，我的努力不过是表达某种欲望。我对写作的情感深度始终保持在爱好的份上，这或许缺乏进取精神，但却给我带来了美丽的生存状态。我看重的正是这个。

是为序。

1999 年 3 月 5 日　合肥寓所

《潘军中篇小说自选集》自序

大众文艺出版社的卢昌五先生在与我有过一次的交往后，便提出要编我的小说集，这很让我意外。这些年来，我对出集子一直持审慎态度，究其原因似乎也很站不住脚，却是我的原则。譬如某一套丛书，编我一本，我就要问除了我还有其他哪些人？倘若我觉得我和其中某些人在写作的立场上原本不是一回事，势必我就想退出。再有，某套丛书的主编者，在我看来既算不上权威又非朋友，我就觉得我跻身于其麾下不太光彩，自然不合作。还有就是这集子的背后有无附加条件？譬如以此举交换一部长篇的预约？若是，我又得退出。所以市面上几乎见不到我的小说集子。

然而我有时候也为此犯愁。朋友们经常给我寄新书，而我则以旧书赠还，似乎拿不出手。尤其是我时常收到一些读者的来信，问哪儿能买到我的集子？有的还把信写到像《花城》、《小说月报》这样的杂志社，通过他们转来。有的则直接给我打电话。我很感谢这些喜欢我小说的读者，我视他们为朋友，因为某种意义上，是他们成就了我，使我能把一种好的写作状态保持到今天。这样，当卢先生提出要求后，我们便在一小时内商定了出版这套书的思路。这就是分上、下两卷，每卷二十多万字，集中介绍我的中篇小说。我想他的考虑不无道理，这些年我的小说探索表现在中篇这一形式里比较明显。

选集由我自选编定。十四部作品是从我近三十部中篇里挑选而出的，但我没有按发表时间的顺序排列，而是作了另外的考虑。批评界一直把我划在所谓的“先锋作家”行列，这么划分有多少道理我说不好，但自1987年以来，我对小说的写作进行多方面的尝试却是事实。从1987年的《白色沙龙》（一般认为这是我的成名作）到最近的《重瞳》，时间长达十三年，至少说明我的探索没有停止。所以集中在这套书里的作品，在写法上会有不少的变化。这不是一个小说家故作姿态的刻意标新，而是在一部小说的写作之初，最先进入我大脑的并非内容而是形式。我需要找到一种最为恰当的叙述方式，找到新鲜的语言，才能有信心把它做完，否则我将寸步难行。很难想象在叙述上把《南方的情绪》和《海口日记》交换一下是怎样的后果，尽管二者都是第一人称的口吻，也无法知道《对门·对面》与《三月一日》互调表达是多么的可笑，虽然它们说的都是城市故事。我历来不喜欢所谓“风格”一说。我认为一个作家为风格所束是一件可悲的事。如果说我有什么风格，那么就会作这样的回答：我的风格就是没有风格。

选集的上卷，集中选了可读性较强的作品，而下卷则对实验性较强的作品有所偏重。从这十四部小说里大致可以看出我这十几年对小说的努力。但无法判断出带有什么规律性的东西，因为写作对于我是未知不断显现的过程，往往是无序的。我希望的是读者能通过这些作品与我建立新的沟通，这或许就是我愿意出版这套选集的初衷。

潘　军

1999 年 10 月 25 日　北京天坛之侧

《潘军小说文本系列》自序

大约是在1981年5月，我在合肥出席了一个小型的会议，内容是关于《青年文学》杂志创刊的座谈。那时我还在安徽大学读书，由于写了一个叫做《前哨》的话剧而获得了意外的荣誉，便被看做了文学青年。在那个会议上，我认识了从北京来的编辑牛志强。据18年后的牛编审回忆，他当时对我的印象有两点：其一是这个24岁的小伙子长得挺帅，其二就是这小子很狂，因为我在会上批评了一位当时正红的青年作家。但他还是组了我的稿，希望我能为即将创刊的《青年文学》写一个短篇。我还记得他说过这样的话：你说人家的东西不灵，那你就给我来篇灵的吧！于是我就抱着试试看的态度完成了这篇作业，等第二年正式发表出来，仍是觉得有点不可思议。这篇小说叫《啊！大提琴》，可以看做我的小说处女作。现在，当我和牛先生再次坐到一起来编这套《潘军小说文本系列》时，想起我们在合肥的初识及后来的交往，不禁有了恍然若梦之感。时间往往就是这么于不经意中流逝而去。

然而我不愿把那个时候看做我写作生涯的开始。我觉得我的小说创做真正开始是在5年之后，以发表在1987年10月号《北京文学》上的中篇《白色沙龙》为标志。因为，这是我理解小说的开始，尽管这之前我已经发表了近30万字的小说。

对小说这一叙事形式理解的不同，实际上意味着一个作家某种写作原则的确立。由于这至关重要的一点的改变，小说逐渐脱离了传统习惯的故事框架而走向了对叙事空间的探寻与开拓。在我看来，只有这样的小说才能构成一种文本的意义。小说的发展究其本质而言，也就是形式的发展。形式显示着一个小说家的思维方式与叙述能力，更表明他对这个世界的态度与立场。小说家可能放弃了解释世界的权利，但从未放弃过对世界的认识与刻画。然而即使这样，小说家仍是困惑与不安的。因为写作不同于科研，不能预先确立一个目标，再按部就班地发展，最终获取一个明白无误的结果。至少在我看来，写作是一个未知不断显现的过程，其中不乏困顿和迷惘。写作者如同夜行者，所能依赖的只有自己的感觉。而我又是一个极端崇拜偶然与直觉的人，检点我1987年之后的小说，就不难发现即兴的成分占有很大的比重。我的写作很大程度上依赖于我“写作中”的状态。这或许是批评界把我纳入“先锋”营垒的一个不可忽视的原因吧。

每个作家都有自己的原则，每个作家都渴望有“自己的小说”。尽管我们身处一个很浮躁的时代，尽管20世纪的最后一天与21世纪的第一天没有什么两样，但还是有许多的小说家为营造自己的小说孤芳自赏。这个事实至少证明了两点：其一是汉语写作具有内在的潜质，它将为我们提供充满诱惑的叙事可能性；其二是这些作家已自觉地把小说这种东西置入了一种学科的意义上进行观察。正是有这样一批人存在，构成了当代中国文学的希望。他们远离了来自官方的荣誉，远离了传媒的炒作，更是远离了毫无科学态度的肉麻吹捧，使写作回归到了真正的意义上。他们对写作除了热情与执著还有着与生俱来的天赋，从而把叙事变成了一种绝对的本领。我愿意把这样一些人看做职业小说家，并引为同志。

我曾经说过，写作是门手艺，写它十几年只有一个理由，就是喜欢。一个男人能喜欢一样东西这么长久并非容易。写作属于我日常生活的一个部分，所以谈不上什么神圣。如果说一个作家有什么野心的话，那么我觉得，这野心就只能局限在一张纸以内，而不要跑到纸以外的任何地方去。当我在这个寒冷的冬天编完这套书后，我对自己十多年前树立的信念更增加了一份乐观。虽然这套六卷本的《潘军小说文本系列》没有包括我的几部长篇，但囊括了我的中短篇较好的作品，足以反映出我对写作的立场以及我对人生的努力。至少，它记录了我的一份对形式的痴迷。

是为序。

1999年12月22日　合肥寓所

《中国当代小说珍藏版·潘军卷》自序

去年冬天，林舟博士由苏州来合肥做我的访谈，认为有一个时期我好像是消失了，他说：不知是文坛遗忘了潘军，还是潘军遗忘了文坛？林舟说的这个时期，应该是指1992年之后的五年光景。我于那一年的春天去了海南岛，在那里住了近三年，以后又去了中原郑州。我把这段日子称之为“自我放逐”，虽然过得身心疲惫，但毕竟拥有了一份可贵的自由。当时我似乎有意把自己从所谓的文坛里“摘”出来，因为在我看来，这个文坛委实不怎么可爱的。我对文学的喜欢，实际源于一种欲望，写作中的欲望。李陀曾批评我是个“过分迷恋叙事快感”的人，我想这或许不错吧。

然而在中国，一个作家如果想专心致志地坐下来写作，还不是一件简单的事情。俗话说“靠山吃山，靠水吃水”，但一个作家想把自己养到安心写作的程度，却是相当困难的。这一点我在那时就已看得很清。我深知谋生和写作一样的艰难。而以写作谋生则就难上加难了，尽管有许多畅销书作家，但我不希望是这个样子，所以我需要把谋生与写作分开——这应该是我“下海”的初衷。

在我看来小说写作在成为一门艺术之后，小说家和艺术家的职责以及为履行这份职责所面临的需要克服的困难也完全一致，这就是表达的困难。他们都需要不断地去寻找新的、特殊的形式，作为表达的手段，并以这种特殊的形式去刺激欣赏者的想象力。这就是说，小说的叙事对于小说家是至关重要的，甚至可以这么认为，叙事是判断一个真伪小说家的尺度。这无疑是个素质问题，仿佛与生俱来。某种意义上，一个小说家对叙事的能力大小决定其小说品质的高下，这也可以看作我的写作立场。

1996年秋天，我在为生存、为安心的写作付出五年辛劳之后，在中原郑州的一间民房里完成了一部叫做《结束的地方》的中篇小说。我的商海生涯结束了，这种结束正好预示着我写作的重新开始。收入在这本集子里的，全都是“重新开始”后的作品。其实，即使在这之前，我和小说的叙事也并没有疏远。所以这本集子的出版也是对那逝去的岁月的一次深切的缅怀，一次纪念。

按照编者规定的体例，作者对本集中收入的长篇小说《独白与手势·白》作了一些调整，即对作品中的“图画”进行了删除，这当然很遗憾，因为这些图画已经不再是传统意义上的、可有可无的插图，而是小说叙事的一个不可替代的层面，从而构成一个完整的文本。这是需要向读者说明的。

前几天，我去南京参加中国书市。在6家出版社的台子上摆放着我新近出版的15本书，这很让我吃惊，因为我并没有觉得自己是个多产作家。其实这之中的大多数，本该在以前出版的，只是那个时候我在考虑生存，也因此被遗忘。那天晚上，我得到了如今已是“旅法作家”的高行健先生荣获今年诺贝尔文学奖的消息，之后便是接到许多媒体记者的电话采访。他们问我，对高先生的获奖是否感到意外？我说不，我说我很高兴。因为毕竟是一个华人得奖了。我记得80年代中期，高先生在北京搞“先锋话剧”，而我们一些小青年在写“先锋小说”，无论“先锋”的表达今天看来是否准确，有一点我想应该比较一致，那就是叙事的方向性。我说不意外，还在于我历来认为，一个职业作家的使命是写作，他的日常生活也还是写作，与世上有没有文学奖并无多大关系。他们为欲望——叙事的欲望而写。至少我是这样的。

我从1982年发表第一篇小说至今，已历时18年。每一次编选自己的小说集总会生出一些感慨来，这便是写作的艰难。

是为序。

2000年10月25日　合肥

《潘军散文》自序

严格地讲，编这本《潘军散文》为时过早。因为在我看来，散文这种东西不是轻易就可以做得好的。它不像小说，依靠的往往是天赋与才情，散文更多的是需要一种老辣。何谓老辣？依我的孤陋寡闻，它至少包含着两个意思：其一是学识，其二是美文。就学识而言，它能使你的文章写得从容，而文字的锻炼会让你的文章好看。所以古人云：文章老更成。这“文章”指的就是散文这种东西，绝非小说。

令我困惑的是，今天似乎许多的文学青年，总把小说看成是比散文还要困难的货色。而且我经常听到有人这样对我说：等我把散文写得差不多了，就专门来攻小说。这委实叫我惊讶，可是仔细一想，又觉得不足为怪。看看这些年，文坛上出了多少“散文明星”。难怪文学青年们纷纷效尤，都以为散文太好写了。是的，那种散文写起来确实一点不难。而且又很讨好，之后便是风头出尽，大把赚钱了。但是却无法避免当事人来自内心的惶恐，尽管表面的羞涩业已荡去。如何继续横行霸道便成了心病。自然遮丑的方法也多，首先是理论上新奇称谓的提出，如“文化散文”、“新散文”、“大散文”等等。紧接着便是捧出这类的“家”来，似乎连鲁迅的文章也不显得“文化”了，周作人、朱自清自然是旧而小了。其次，是运作方式的狡诈。一面可以对老实的学者兜售矫情笔法；另一面也可以向正经的作家贩卖所谓的学养，颇一副煞有介事的样子。这就好比一只鸭子，既可以与马比浮水，也能够和鱼来比赛跑。一时间，散文仿佛成了一只收垃圾的大口袋，什么都可以装。

推崇这种货色的致命错误，还不仅在于扰乱了视听，造成了良莠不分的后果。更严重的是，某种意义上会让今天的散文读者对《史记》这样的“无韵之《离骚》”都不屑一顾，会使中国散文这一脉不能承接。

我想我这些话不能算是危言耸听吧。平心而论，当代文学与现代文学相比，小说的整体进步显而易见。但就其散文的成就，无疑相对逊色，更谈不上什么发展了。这不是我作为一名小说家的孤芳自赏而导致的偏激，它就是事实，不在乎承认不承认。

我曾写过一篇文章，题目就叫《怕散文》。我这样写道："我所说的散文，概念极窄又难以言表，大约是指道理清楚、叙事明白、文笔朴素的文章吧。清楚、明白、朴素，都是大难，都值得怕。"所以这次出版社来约这本散文集子，我是心有余悸的。我自觉我的散文还远不到火候，离我心目中的标准相去甚远。现在这么响应了，着实有些勉为其难。浙江文艺出版社这些年对作家散文系列的经营有口皆碑，但愿不要因为我这一册影响名声。收入本集的，是我十五年来的散文随笔选集，但其中相当的一部分却是近作，甚至都还没有来得及拿出去发表。这些作品能反映出我对散文的有限能力，好在这回的几位作者都是我的朋友，与他们在一起，我也不需要为自己护短。但我期盼着来自读者的批评。真心期盼着。

2000 年 6 月 25 日　合肥寓所

《风印》自序

我的朋友洪峰认为，一个小说家在短篇小说领域里的作为，完全可以与人类登月的那种壮举媲美。这句话在外人看来似乎显得大逆不道，狂妄而有点神经质，但是，作为一个小说家却会感动。因为这并非孤芳自赏地进行浅薄的炫耀，实际上是在暗示着短篇小说写作的艰难。正是这种艰难，使中外文学史上那些依靠短篇小说立足的前辈，如梅里美、霍桑、鲁迅和博尔赫斯，至今令人肃然起敬。

1999 年《作家》的第一期是个短篇小说专号。主持人宗仁发先生约请了包括我在内的六位作家为其撰稿，要求除写作一个短篇外，还需要附上一则关于短篇小说的创作谈。我于是写了名为《短篇小说是个专有名词》的短文——

短篇小说首先是篇幅之短。因为这种限制，它的经营便煞费心机。我不认为这其中有内容浓缩一说，就像长篇也不是大量兑水的结果。短篇小说是个专有名词，这就表明它有自己的本性，或者说有它的意识所在。选择短篇这一形式不是因为要写的事情少，而是只能用这形式来表达。

传统中国画里有一种叫做小品的形式。小品不是浓缩的国画，当然放大了也不是巨制。小品就是小品，要求的就是那么寥寥几笔，尽得风神。于是这几笔就要了命。八大山人、齐白石都是小品大师，他们的那几笔出了大境界，因此不朽。我觉得短篇小说多少有点这种小品的意味，只是发展到了今天，成就不怎么样。鲁迅还是一块丰碑，他在有限中企及了无限，而且使汉语写作活在了小说之中。

这应该是我对短篇小说的基本认识立场。去年，北京召开我的小说研讨会，林斤澜先生看过我的几个短篇后说：潘军的基本手法是白描。白描是很基础的，但是做得好却相当不容易。林先生还打了一个生动的比方，说一个好的短篇就像是一次游玩，要边走边看，还要边走边站。我琢磨这“走”、“看”、“站”也是需要花大气力的。所以，现在当我把自己这近二十年来所写的短篇小说经过挑选，编成第一个集子时，心情却显得有些复杂了。因为我深知自己的努力还很不够，但我相信自己还可以写得更好。

潘 军

2001 年 2 月 28 日　北京天坛之侧

《水磬》自序

这套作品集的策划者及责任编辑李珊利女士，是我在安徽大学时的同班同学。她在阅读过我的随笔集之后，便提出了一个有趣的问题：怎样为这本书取一个书名？然后她接着说："你最好取一个与水有关的名字，因为你文章里的'水'意味深长，而且你反复提到，你父母的姓氏——潘、雷，也都包含了'水'。"这样，在北京这个受到沙尘暴侵袭的黄昏，我却为我的书想到一个清丽嘹亮的名字：水磬。

大概没有一种乐器叫水磬的，但是很多的时候，我在遥远的山里，或者在故乡的那条河边，我能感到水声如同磬音，让我心旷神怡，思索遐想。

我的故乡怀宁今属位于长江边上的古城安庆。老家的那条河是长江的支流。1999 年，我在长篇小说《独白与手势》里写到了这条河以及河边的故事，它们就像流水销蚀着石头那样让我铭心刻骨。并且，我为这条并非虚构的河流取了一个好听的名字：琴河。我在这条河边生活了 20 年。到了 1992 年的春天，我只身去了南方之南的海南岛，从此开始了自我放逐生涯。在我的记忆里，涛声依旧的两年南方生活总是呈现出南中国海的一片蔚蓝。这以后的 1994 年，我又去了中原重镇郑州，那是我第一次与黄河的亲密接触。所以这些年我的漂泊总是没有离开过水。现在，我蛰居在北京的屋子里来写这篇序言，逝去的岁月却有恍然若梦的感觉。我似乎预感到，北京不是我这只船最后的停泊地。我应该择水而居。

作家选择随笔这种形式把自己对这个世界的体验与感触表达出来，是因为这种形式的自由与活泼。而这恰恰是水的形态。

与水相关的一切都会让我感动。

2001 年 3 月 2 日　北京天坛之侧

《逸韵——安徽省合肥一中作文选》序

历史上的合肥一中就是一所著名的中学，她以独特的教学方式令社会瞩目。百余年来，合肥一中培育了众多优秀的人才，已是不争的事实。在这座历史悠久且又颇具生机的学校百年华诞之际，将遴选的学生诗文汇编成册，当然是一件有意义的事。它是一次检阅，更是一次纪念。

关于作文，前辈的教育家和作家们已有许多灼见。这里我只是发表一点浅显的感想。我觉得作文的意义首先应该是文字表达的训练。通常的情况下，很多人总是想得很好，一旦落在笔下，就成了另一回事。“想”与“写”的距离存在于每个人，区别在于大小。所以，作文训练的第一个目标，就是要缩短这二者之间的距离，把要表达的人物、事件、情绪、观点乃至思想说清楚——这看上去似乎很容易，其实不然。即使是一个训练有素、著述等身的作家，也照样面临着“说清楚”的挑战。因为清楚不仅意味着明白，还意味着准确。这后面才是“说得好”的问题。

从某种意义上说，作文还不是文章，而是实在的训练。作文的训练并非只是针对未来的作家，它的对象应该是一切运用文字进行书面表达的人。它是一切文字表达的基础。不久前，我读了美国著名医学家刘易斯·托马斯的一本叫做《最年轻的科学——观察科学的札记》的书，感觉中就不是一册医学论著，而是一部伟大的人文著作。这种情形很容易让我想起以前读法布尔《昆虫学》，那种准确而生动的表达令我陶醉。我记忆里，1902 年的诺贝尔文学奖得主是德国人特奥多尔·蒙松，他是一位历史学家；1927 年颁给了法国哲学家亨利·伯格森；而 1950 年的获奖者则是英国著名的学者伯特伦德·罗素，他不仅是哲学家和社会学家，同时也是一位杰出的数学家。按照诺贝尔文学奖的评选条例，“文学”

不仅包括纯文学，而且还应该包括“在形式与内容上体现了文学价值的其他著作”。

不过我自然也希望在这些同学中间，将来会有几位我的同事。我希望他们以文字的方式与我们赖以生存的这个世界去作沟通，而非无病呻吟。同时这里我还有一个提醒：文学的路是一条寂寞的小径，它的宽畅与明亮是现实中难以寻觅的，但你能在心中与之相遇。

按时尚的说法，中学时代是人生的“花季”，所以当我看完这部文集时，能够强烈地感受到这种鲜活的气息。他们的思维活跃、文笔清新，许多篇章属于文章的“破格”，这非常好。一个写作者最难能可贵的品质就是“自由之精神，独立之人格”（陈寅恪语）。另一件使我愉快的事是，我的女儿参与了这本书的编辑工作，而我现在作这篇序言，并非是以一个作家的身份，而是以一个合肥一中学生家长的身份。这让我有了亲切感。自从我女儿成为一名学生，她的每一次家长会，我都是积极参加的。现在，我仿佛又一次亲临了家长会的现场，因此我的话暂时就说到这里。

是为序。

2002年3月26日合肥寓所

为什么需要写作？

——序姚岚的长篇小说《花开何处》

不久前，经老友唐先田先生引见，我与姚岚在合肥有了第一次的见面。她与老唐是宿松老乡，老唐在电话里说，他的这位小同乡完成了长篇小说的处女作，马上要付梓印刷，希望我能写篇类似序的东西放在前面。对这种事，我历来是不轻易做的，原因是我觉得这样的序言难免显得生硬，何况我自觉也没有到达作序的年纪。但是，我后来还是接受了这个要求。我是安庆怀宁人，就地理范围而言，我和本书的作者姚岚也是老乡。家乡能不断有青年作者出现，总是令我高兴的。

姚岚长期生活在基层，中学教师出身，现供职于《宿松报》社，在大学读书时期便开始发表作品了，已经出版了一部小说散文集《越狱》。她的工作经历也就是由“说话”和“写作”构成的。这样的基础和训练使她与生活有了天然的亲近，也容易与文学结下不解之缘。她无疑是勤奋的，也有相当的能力，按照这样的方向走下去，我们有理由相信她会越写越好。这部《花开何处》就是写了她本人所熟悉的生活，写了在偏远内地的一个小县城里，几个不同性格的年轻女人的坎坷经历和情感波折。她是用女人的眼光在看女人的世界，也是在用女人的笔调写女人的情怀。尽管这部作品有些急就，在叙事和结构上都还需要推敲，但我还是能感受到这样的气息，也能从中窥出她本人的真实体验和一个写作者的良好素质。

不过，那次的见面我倒是没有具体谈论这部作品的得失。我对她只提了一个最朴素的问题，这就是为什么需要写作？对于一般的作者，这个问题简直就不是一个问题，但对有志于把写作当作事业并且进行下去的人来说，这个问题则是个首要的问题。因为它的定位会直接影响到你今后的发展轨迹。在回答这个问题之前，我首先需要说明，现实生活中有多种多样的写作。在所谓的文学圈子里也自然就有五颜六色的作品了。这一点也不奇怪。目标不同，也就意味着出发点不同。写作究竟会给写作者带来什么呢？难道除了名利，除了会引起周围对你的重视和官方对你的青睐，就不会剩下点什么了？这些年我们看到过许多的“文学爆发户”，却很难发现一个货真价实的好作家。因为，做这样的爆发户显然要容易得多。譬如投其所好，譬如迎合市场，譬如为一部电视剧这样的东西提供蓝本，都是捷径，也都容易奏效。但是，要在文学上不断树立专业目标，那就不会这么轻松了。这样的写作与这样的文学，从来都是寂寞的。1985 年我在一篇随笔中提到“自己的小说”和“需要的写作”，我认为一个写作者只有像蜜蜂采花那样，凭借自己的趣味与判断，在喜欢的花卉上停下来，那便意味着她会拥有一份快乐的写作，也才会产生“自己的小说”。但是，需要指出的是，这样的文学道路只会越走越窄，因为它很难给你带来意想不到的实惠，能给予你的，恐怕就只是一份心灵的慰藉了。然而这样的写作是高贵的，因为它是一种表达的需要，是一种你面对世界需要倾诉的欲望满足，也是对你自身的永不停息的挑战。只有当写作进入到你的血液之中，成为你的骨质，那么，我们就有理由说，这样的写作是幸福的。

我希望姚岚女士在这样寂寞的路上留下轻松的步伐。

是为序。

2002 年 10 月 5 日，合肥凤巢园

序《水边的戏台》

半月前晓红来电话，说她母亲因突发脑溢血已经陷入昏迷，这不是个好消息。但那次电话里，我并没有过多地去谈治病，而是建议她应该为母亲写一本书。她说这件事情同事谢鲁勃已经帮忙在做了，接近完稿。“但是，”她又说，“妈妈可能见不到这本书了。”我说，这没有关系，重要的是完成了这件事，等于实现了一个女儿的心愿。今天中午，一接到晓红的电话，我就预感到不妙。果然她告诉我，母亲自从昏迷，就再也没有醒来，已于12月5日谢世了。

这些年与《江南》杂志若即若离，但与晓红始终保持着朋友的联系。这其中的原因，除了作者和编辑的工作关系外，还多了一层母亲与戏曲的关系。晓红的母亲张茵女士是越剧名家，“浙派越剧”的重要代表人物，她主演的《西厢记》、《白蛇传》、《孔雀东南飞》等剧目，至今为人称赞。我的母亲是黄梅戏世家出身，其表演与唱腔也一直受到学术界和民间的尊重。而且，我们都随母姓。

读了《水边的戏台》书稿的部分章节，我发现，母亲们的从艺经历在某些方面有着惊人的一致，比如，都是过去的江湖艺人，都是九岁这一年在戏班登台，都是日后所在团体的当家花旦，在表演上都显现出过人的天赋，都于上个世纪五、六十年代步入黄金岁月，而最后也都是怀着一份意犹未尽的抱憾心情告别了挚爱的舞台。

张茵女士投身越剧，自故乡嵊州乡班起步，成名于大都市的上海，是二分天下有其一的“浙派越剧”的重要代表人物。本书的作者以“一个人和一个剧种”作为纲领，以散点的透视、婉约的文字叙述了张茵女士数十载从艺经历和艺术成就，也折射出一部“浙派越剧”的简史。

“发端于1905年的越剧是一个年轻剧种，从早期的‘落地唱书’、男班‘正调清笃’到绍兴文戏，走了三十多年，才逐步形成女子越剧的格局，正式打出越剧的旗号，此后，又几经流变，数度革新，在上个世纪40年代后期，曲目形式由花旦轴心转向以小生为主，女小生的性别美学成了剧种的主要特征，百年越剧树冠如云，荫匝辽阔，蔚然全国第二大剧种……”

作者继之认为张茵“不是越剧这个剧种的顶级人物，却与之有着剪不断、理还乱的缠绵；她是百年越剧水系里的一条支脉……”而正是这条支脉的存在，为日后“浙派越剧”半壁河山奠定了基础。毫无疑问，作为越剧表演艺术家的张茵女士，是这个剧种举足轻重的里程碑式的人物。我为晓红有这样一位好母亲感到骄傲。

无论是作为旧社会的江湖艺人，还是新社会的表演艺术家，她的艰辛与欢乐，外人是不容易知道的。作者这样写道：“许多年来，已往岁月的舞台景致虽然还在不停地转动变幻，但张茵却是把自己变成了一个观众，白日里淡若云烟，夜梦中旧戏重演，都只是深藏在了自己心里，很少再在人前提起。早些年就曾有人表示愿意为其写传，张茵一概婉言谢绝了，她只想独守往事。”其实，独守着的是一份属于自己的梦想。某种意义上，这样的人，从走下舞台的那一天，实际上已经完成了人生的最后谢幕，但他们心中仍然有梦，梦想不曾破灭。意大利电影导演朱佩塞·托纳多雷曾经拍摄过一部杰出的作品《1900的传奇》（又译《海上钢琴师》），说的是一个天生的钢琴家，从一出生就不肯离开他的钢琴、他的船、他的海。他拒绝走向这个社会，因为在他看来，钢琴只有八十八个键，可以把握，可以随心所欲地演奏心灵的旋律，但社会正如岸上的城市里的大街小巷错综复杂，让人畏惧而退却。这位钢琴师最后宁可随着废弃的轮船而炸得粉身碎骨，也不肯走上岸来。他不畏惧肉体的被消灭，他唯一担心的是，上帝别把他炸碎后的手臂接错了。

多年前，我故乡的剧场失火，母亲曾经站立半个世纪的舞台一夜之间成为废墟。第二天一早，她就去了坍塌的后台，对着一面烧焦变形的、自己当年的穿衣镜号啕大哭，我知道，被焚烧的不是一面镜子，而是她心中的梦。

“如果以金木水火土之五行来对应中国戏曲的各大剧种，最与越剧相贴切的恐怕就是‘水’了。”按照作者的这种联想，我觉得故乡的黄梅戏更接近于“土”，她的乡土气息是今天的生命之本。水与土是难以分离的。

晓红说，我以后没有妈妈可叫了。我没有过多地去劝她节哀，我只是劝她相信，我们的母亲都去了另一个世界，那里有天堂，也有水边的戏台。

是为序。

潘　军

2005 年 12 月 21 日夜半　北京

罗朗与罗朗的画

——序《罗朗画集》

1984年我由安庆调到合肥，成为某部的一名干部。罗朗也在这个单位，虽然平时我们没有多少交谈，但由于专业上的喜好，性情上却有不少一致的地方。比如说，我们都想离开机关，到文联这样的单位去搞专业。我们不是机关人，是专业人。几年后，这个愿望却因为一个戏剧性的人事变动意外地实现了。我们都去了安徽省文联。这样，我们二度成为同事。我在写小说之前，曾经自学了一点绘画，所以很愿意结识一些像罗朗这样的朋友。记得这年的秋天，罗朗和他的三个同学在合肥举行了一次画展。我应邀出席了开幕式，后来还写了一篇叫做《日出·印象》的文章。在那篇不长的文字里，对罗朗的画有过这样评价——

> "作为风景画家的罗朗是大胆的。他毅然放弃了为目下不少同行所痴迷的'暗示性细节'。这种摆脱局部表象的选择使他关于徽州的思考走出了徽州，进入到一个新的境界——从整体文化氛围上去把握客体，从而表现出本质上的内涵。从他的《皖南系列》及后来的《孔府系列》，都不难看出这种朴素的美学思想。"

1992年之后，我辞去了作协的职务去了海口，开始了自我放逐式的漂泊。这样与罗朗的见面就显得少了。偶尔回合肥，在单位遇上他，就闲聊上几句。但是，对罗朗的画，我是一向注意的。只要在某个杂志或者画册上看见他的作品，我都会认真去看。然后很自然地想起我们曾经的"峥嵘岁月"。从这些零散的画作中，我虽然看不出一个画家成长的轨迹，但却能感受到一个画家的生命状态，这便是对自然与生活的爱。

学院派出身的罗朗，最初是作为一个擅长写实风格的画家出现在大众面前的。有所不同的是，罗朗从一开始就没有去刻意模仿自然，也不是随心所欲地把自己的主观意志强加在自然之上。罗朗走的，始终是一条寻找与发现的道路，他立足于这个基点，努力在寻找自然本身存在的那种“有意味的形式”，继之发现美感。在他许多以徽州为题材的作品中，不难看出，画家是在借助徽派建筑结构产生的那种接近几何意义的形式感，借助白墙与青瓦的那种简约而强烈的对比，在写实的基础上做出了抽象的表达。他的作品是灵动的，散发出清新的生活气息。

任何一种艺术形式，都会经历一个由简到繁、再由繁到简的过程。先做加法，后做减法。正如一个写作者，最初总是担心自己的文章写不长，可是到后来又担心文章写不短。我想画家大约也是这样，必须要经过一个长时间的积累与磨砺，才有可能真正地“由繁到简”。有所成就的罗朗现在是在做减法了。最近看到他的一批画，我感受到这一点。这些作品不少都带有写生的痕迹，侧重的已经不是先前的结构与技巧，而是总体的印象，一种自然本身放射而出的光辉。这种大的色块与粗犷笔触的交错，以及光与影构成的和谐，都让我联想到法国印象派的代表画家塞尚。我是喜欢塞尚的，喜欢他的强烈与高屋建瓴。

罗朗现在也在作着国画。他的一些国画风景，显示着融入西画技巧的特点。像《雾航》、《港口》和《溪边人家》等，都不难看出这个优势。他的国画布局经营有自己的风格，比如讲究有一个大的调子，比如强调有一种色彩的氛围，这都是西画的营养。而笔墨的分量并不重，更多的是一种彩墨，这或许受到吴冠中先生的启发吧。但是，对于他的中国画我也还有不满足的地方，其中最为突出的，就是觉得缺乏笔墨的韵味。尤其是线。中国画是讲究“书法入画”的，没有这个基础，线就立不起来。比如那幅《悠悠岁月》的前景芦苇，笔墨的组织就显得薄弱。我觉得罗朗可能面临着这方面的压力，他的线没有真正立起来，显得不洒脱，不果敢，缺乏力度。这只是我个人的一点意见，仅供参考了。但是，后来我又听说，罗朗之所以这样地去作国画，其目的还是为了探索，他想把国画里的一些东西带进他的油画里。他最为钟情的，还是他的油画。

很久没有罗朗的消息了，只知道他去了上海。所以突然接到他的电话，我还是意外中带有高兴。他说要与几个朋友出一个画集，按照策划者要求，需要找一个了解他的人写篇文字放入其中。我觉得自己并非最佳人选，因为对罗朗的作品，我接触得不算多。但我决定还是写下几句，算是对朋友的一个交代了。

潘　军

2005 年 6 月 12 日　北京寓所

拾穗者说

——序孙必泰《拾穗集》

1975年我高中毕业，来到本县一个叫平山公社的地方插队。当时的平山公社隶属于黄龙区的管辖。区里有一个文化站，经常组织一些配合当时形势任务的文化活动。我因会点美术，所以就成了文化站编外的小兵。这个文化站实际上就两个人，其中负责的，就是被我们称作孙老师的孙必泰先生。算起来，我和必泰先生认识，已经整整三十年了。后来我才知道，其实孙先生在五十年代就与我父亲雷风是朋友。那时，他们都是风华正茂的文学青年，但是不久，也双双成了右派。我想，孙先生当时对我的看重，与这一点是有关的。

我眼中的孙老师，是一个正直而幽默的男人，他和你的谈话有激情，也十分有魅力。他当时就在写作一些歌词和诗歌，经常在一些像《人民日报》、《人民文学》、《歌曲》这样的知名报刊上发表。这在一个偏僻的乡村，无疑是一道奇异的风景。而且，他那里还订有不少杂志，我就常向他借一点，其实这一借，往往就不想还回去了。虽然那时我的兴趣是在美术上，但对文学的热爱似乎一直是潜伏于身。回想起来，我和孙必泰先生的交往，从来都是随意的，但每次见到他，我都感到亲切，能体会到一种来自父辈的温暖。所以现在他把这本诗集的样稿送到我手上，并嘱我写上一篇序言，我欣然答应。

这册称作《拾穗集》的诗集，是孙先生的第二本集子。多年前，他已经出版过一本叫做《心之声》的歌词集。孙先生是一位出色的歌词作家，在那本集子里，有不少后来被谱成了歌曲，获得奖项，至今还在传唱。其中《拾稻穗的小姑娘》除了入选为“全国优秀少儿歌曲一百首”外，还入选了国家小学的音乐课本。我甚至这样想过，年近古稀之年的孙先生依旧还保持着一颗童心，与他挚爱的这份事业密不可分。《拾穗集》是诗集，孙必泰就是一名拾穗者，终身守望着属于他的田园。诗人写下的，是一个赤子眼中的故乡情怀；记录的，是一个游子对自然的眷恋。但，这情怀除了爱还有沉重，这眷恋除了缠绵还有忧伤——

一部弯弯曲曲的历史
用竹筏和木排　书写（《皖河》）

泪水　无声地　滑落
一滴一滴地　溅动
这一井死水　在诉说
一位女神　化孔雀　飘然飞天（《兰芝井》）

孙先生是一个在艺术上有着执著追求的人，其个性也执拗，他的诗大都是短的，八句上下；这是他一贯的主张和坚持。他的理由也很简单，他说，诗不可太长，古人作诗一般都是四句八句的，今人谁也没有嫌短啊？真是位可爱的先生！诗言志，热爱生活的孙必泰是达观的，他的诗自然也夹带着乡风一般的清新，有着田园一般的恬静，但我从中也看出了一份隐痛和忧伤。因为我深知，在这个时代，一个真正遵从自己的原则去写字的人，处境往往是孤独而艰难的，命运甚至需要他长久地伫立在阴影之下，然而他的心中充满阳光。

是为序。

潘　军

2005 年 8 月 12 日　合肥

序《唐罡画集》

唐罡先生要出版画集，来电话嘱我作序，这是客气。我是从唐先生的字接触到唐罡这个名字的。那还是在十五年前，我的单位安徽省文联的杂志《艺术界》和《清明》上，发表了唐罡的书法作品。匆匆一眼，就给我留下了深刻的印象。我欣赏书画作品历来只凭直觉判断。在我看来，唐罡的字，最可贵的是一分稚气，或者是一种大巧若拙的美。这无论从结体上还是用笔上，都不难看出。书家，最怕的是碑帖带来的匠气，难得的是这份稚气。画家何不如此？这是我喜欢唐罡的理由。

认识唐先生却是在十五年之后。他是我的老乡，担任着安庆市图书馆的馆长。去年夏天，我回故里省亲会友，市文联的负责人也是我多年的老友金海涛先生提议，邀请唐先生和我，在他家里举行一个小型的书画笔会。于是，在那个阳光明媚的上午，我和唐先生第一次见面了。简短的寒暄之后，笔会闲散地开始。先是唐先生为我们写字，挥洒之间，那些形态可爱的字跃然纸上，好是生动。然后是我们合作完成一幅写意山水。我起笔画了湖泊和沙丘，唐先生视察之后，果断地在近景位置添上了两株老柳，绿色一染，气氛浓郁。这张随意之作后来为海涛兄收藏。

唐先生的画，属于文人画。作为书法家的他，有着“书法入画”的便利条件。书画同源。李苦禅老对二者的关系，曾有高屋建瓴的概括。他说：书到高时是画，画到高时是书。这是一般人难以企及的境界。以我的理解，苦老这两句话博大精深，既有艺术的辩证法，又含审美的原则。我在谈到小说或文章时，也曾说过：好的文章都是先做加法，后做减法。前者讲的是积累，后者讲的是提炼。但凡文学艺术创作，朴素的美终是大美。唐罡的画里还散发着一分水气，很润，很天真，很空灵，这是他对自然的态度。

唐罡，本名唐根生，1942 年出生于安徽枞阳，他的出生地是长江之中的江心洲，那是一个四面环水、不过十几户农家的小村落。六十年后，唐先生在出版的书法作品《唐根生草书桃花源记》的后记中，满怀深情地这样写道：“我家的三间茅屋，坐南朝北，正好面对滚滚东去的大江。朝起，漫天晨雾，日暮，满江晚霞，江上沿溯穿梭的白帆点点，岸边漂浮风动的流沙片片，还有那堤旁柳树丛中的牧童横笛，以及小桥村头的流水炊烟，构成一幅极其幽雅美妙的画卷。”我之所以注意到这个，是我至今坚持这样的观点，无论文学还是艺术，作者的童年记忆决定了他日后的创作方向。某种意义上，正是这些“童年记忆”，最初悄然开启了唐罡内心的绘画之门。他需要以绘画——中国画——写意的形式，表达对这个世界属于自己的感受。如今的唐先生已经在书法上取得了很高的成就，但我以为，一个真正的艺术家是不会看重这个的，他关注的是自己的感受与表现。这才是唐罡作品——无论是书法还是绘画的源头。所以他以自然为师，自称为“大江之子”，并将这一称号治为金石，他承认“我家乡的那片沃土给我精神的孕育和美感的启迪却起了决定性的作用”。

“文人画”这个提法，最初是由明代的董其昌提出的，但追溯可以到汉。无论是唐之王维“以诗入画”，还是宋之苏轼“以书入画”，都是企图让中国画进入到一个诗、书、画相通交融的境界。随着时代的发展，所谓文人画实际上已经演变成了一个文人表达主观情怀的载体。一种与自然沟通的方式。按陈衡恪（师曾）的解释，文人画“不在画里考究艺术上的功夫，必须在画外看出文人之感想。此之，所谓文人画或谓以文人作画，知画之为物，是性灵者也，思想者也，活动者也，非器械者也，非单纯者也”。无疑，陈师曾重视的是文人画的精神与品格，轻视的是那种匠气与呆板的技法。读了唐罡的一些作品，我以为他是行走在这个大的方向上。他也讲技法，但更重性情。他的笔墨技法，深受石涛和八大以及近代黄宾虹的影响。石涛的简约，八大的恣肆，黄宾虹的随意，都不同程度被他吸收。说他是一个严谨的人，是指他刻苦勤奋，就像当年按照林散老的笔谈点拨，从唐碑开始往上学，由晋行而入汉隶，再入秦篆，然后回头一直梳理到宋元明清诸家，打下坚实的基础。说他洒脱，是他不拘泥于古人，相信“法自我立”，手心相应，落笔成趣，才使得作品流露出大家气象。这也是我的最爱。或许正是这样的原因，使我与唐罡一见如故吧？

陈师曾在谈到文人画的要素时这样指出：“第一人品，第二学问，第三才情，第四思想。具此四者，乃能完善。”可见，这已经不是画的境界了，而是人的境界。

是为序。

潘　军

2006 年 1 月 15 日　京城寓所

需要的写作

——《戊戌年纪事：潘军最新小说》自序

今年春天，我应邀去一所大学讲演。举办者希望我能随身带些自己的书去，因为他们所处的城市买不到我的任何一本书，而学生们则有这样的要求，以至去书店买了些关于我的小说评论的书籍，而非我本人的作品。又从网上得知，也有一些热心的读者在四处求购我的作品。我忽然觉得，自己应该编一本新书了，这应该是出这本集子的初衷。

这两年，坦率地说，我的心思不在小说上。我去做影视了，不仅编剧，而且导演，譬如眼下正在全国各地热播的电视剧《五号特工组》。我历来做事专心，不能同一个阶段样样都来，那做不好。我也历来把写作分成两大类，即需要的写作和谋生的写作。电视剧就是“谋生的写作”，它是个很通俗的东西，只是向大众讲叙一个动人的故事，而小说需要的是叙事，它可能更多地突破了故事的层面，直抵人的内心。不过，电视剧能满足你一些物质上的需求，解决你一些实际问题，譬如买上一套房子。而小说，在于我就是纯粹“需要的写作”了。这种需要是内心的需要，欲望的需要，也是因为那一部分关心你的读者存在的需要。这是一个写作者的基本态度和立场。

前些日子，在北京的一次关于文学的聚会上，在讨论到为什么写作时，我有过这样的表述——我认为一个作家是为自己的内心在写作。但这不等于说，可以忽视读者的存在。相反，这是在尊重你的读者。就像一个女士出门，首先得对着镜子为自己打扮，然后才是“悦己者容”。你自己都收拾得不体面，谁会来多看你一眼？更别谈“回头率”了。所以我坚信，一个认真负责的作家首先是把作品写好，才能引起喜爱你的读者的关注。不过，别指望喜爱你的人很多；多了，就可能出现泛滥，那便是另一种东西了。所以我继之认为，这样的写作，读者是小众而非大众。作者和读者之间这种默契的关系，如同我多年前说过的那样，“是一次事先没有约定的空中握手”，足以让一个作家安慰。与作家内心的信念构成了一种相互的支持，也是我为什么选择“需要的写作”的理由。

收入在这本集子里的小说，都是我近几年的作品。其中大多数没有结集出版，都先发表在多年与我合作的刊物上，其中几篇，还获得过奖项。读者或许一眼可见，当年那个作为先锋作家的潘军似乎淡去了，不过我还是想在此作几句解释。其实一个作家的写作都是处于不断调整之中，目的都是想把小说写得好看。至于什么才叫“好看”，那也是见仁见智的事。作为写作者，我只能按照我的原则、我的方式去写，发自内心地去写。这是我唯一能够做到的。倘若做得不够，那是我的责任。现在，我把它交给文化艺术出版社，算是对自己创作的一次阶段性检阅，也是对那些多年来一直关心我的读者朋友的一种交代。

谢谢你们！

是为序。

潘　军

2007年9月10日　北京寓所

别样的痛，别样的温暖

——序钱红丽《俗与媚》

我在写小说之前，是学画的。自学，但所下的力气一点不比后来用在小说方面少。这颇有点梨园行票友味道。票友的优势，虽没有科班的训练，却意外获得了一片自由的天空。直到今天，在一部小说或者一部影视剧做完之后，我会腾出一段时间来弄墨试纸。我曾经说过这样的话，六十岁之前舞文，之后弄墨，就这么把此生交代了。钱红丽嘱我为她即将出版的读画笔记作序，应与此有关。

认识钱红丽，是因了自己一篇叫做《重瞳——霸王自叙》的中篇小说，那小说是以第一人称写西楚霸王项羽的，之后报端便出现了不少的评论。这其中便有钱红丽的一篇即兴短文，叫《云霄之上的浪漫主义》。这一说法，当时即给我留下了印象，至今这句话还不断被批评家们反复引用。可见，红丽的眼光是“毒”的。后来我们在合肥见了面，那次短暂的谈话，她给我的印象也有别于他人。她是沉静的，有时也不免激动得有点“怪”，譬如她坚持认为电视机不是她日常生活之需，她的屋子里从来就不搁置这样的电器。但她的“怪”，因为自然，所以真实，且散发出独有的可爱来。今年春天，我根据这部小说改编的话剧《霸王歌行》，由中国国家话剧院在京首演，反响很大，我又想起了她的那篇短文来，我想，我们在很多方面是相通的。

既然相通，那么就可能有某些志趣方面的一致。从钱红丽这本书的目录中，她喜欢的画家，无论是明清的徐渭、郑板桥、八大，还是现当代的齐白石、李苦禅，抑或外国的凡·高、高更乃至列维坦，也一律为我所爱。尤其是徐渭和凡·高，我视作此生的楷模。1996 年我独自漂泊到郑州，有一个时期——也许是我最潦倒的时期，无所事事，就闭门专心去临凡·高了。而每次见到青藤山人的字画，我会不禁想起苏轼的《定风波》——“竹杖芒鞋轻胜马，谁怕？一蓑烟雨任平生”。那是一个孤绝于世的身影，悲凉中透出自信。有一年我去绍兴领一份文学奖，还特地去叩拜了“青藤书屋”，不料却败了胃口，我不信徐渭生前有这样的境遇。

但凡称作艺术的东西，作为创作者，本质上是一种内心深处的表达和倾诉，而在欣赏者，无疑是一次受洗。艺术品是一面镜子，既反映出创作者的才能与境界，也照射出了欣赏者的素养与格调，这是艺术特有的魅力。读画，是创作者与欣赏者之间一次次的促膝恳谈，惺惺相惜，彼此慰藉着，这该是一种别样的痛与温暖。世上原本就有许多无奈的事，比如花天价藏画的，未必懂画，也未必肯读，他们想到的是占有与增值。这与徐渭梵·高们生前落寞，死后哀荣，构成了对这个世界最大的嘲弄。但毕竟还有人愿意读着他们。

学问之重，在于一家之言，自圆其说。而非综合他人以学舌，那是央视的“百家讲坛”。读画用的是眼，更是心。读画的趣，在于读出属于自己的好来，尽管这好未必都是舒心。

“看他（徐渭）的画，如读晚唐的诗，有‘红楼隔雨相望冷，珠箔飘灯独自归’之感。”这感，属于钱红丽；

“列维坦的画里，始终有一种光，让人眼前一亮，温暖而圣洁……”这光，也属于钱红丽；

“他（郑板桥）的书法往往从绘画里寻找灵感。仿佛是他画的兰，运笔气势兰一样秀气端庄。”这联想，还是属于钱红丽。一如同她本人所欣赏的我已故的同乡，诗人海子，面对梵·高的《星空》所吟诵的那样“其实，你的一只眼睛就可以照亮世界/但你还要用第三只眼，阿尔的太阳/把星空烧成粗糙的河流。”

钱红丽读画，仿佛杜鹃啼血，伴她的是一颗虔诚的心，一份悲悯的情怀。

是为序。

潘　军

2008 年 11 月 28 日生日之夜　北京寓所

麦田的守望者

——序《安庆版画五十年》

还是初夏之际，我因一部电影的选景去了皖南，适逢《安庆版画回顾展》在铜陵展出，而我竟遗憾地错过了。然而两个月后，这部《安庆版画五十年》画册的小样送到了我的面前，市文联的领导盛志刚先生希望我为家乡的这本画册写几句话，我欣然接受，不能不说这是一种缘分。

缘分其实应该追叙到三十几年前。那时的我，身在故乡怀宁的平山乡（当时叫公社）当知青，却一心幻想着将来成为一名画家。几经努力，也经常参加省、地组织的美展，因此这本画册上的一些资深画家，如朱曙征、范竟达、王华龙、张旺清、陆平等，我已早知；有的，如黄惠连，后来也成为我私人的朋友。记得那时一来安庆城，免不了要去老黄的画室涂上几笔。到了 1977 年，国家恢复高考，我毅然选择报考美院。由于在国家报刊上发表过几幅作品，很快就被国内一家美术名校初选，体检也过了，眼见美梦成真。但是那一年的高考需要政审，而作为一名右派子弟的我顷刻间便如一口气吹灭的蜡烛，最后剩下的只是一缕青烟。

但凡作为梦想的东西，是不容易破灭的，一口气，纵使是神仙的一口气，能算作什么呢？在以后三十年的光景里，无论是写完一部小说，还是拍完一部电视剧，我都会腾出一段时间来圆自己的梦——专事书画。所以现在，当我仔细看过这本画册的全部作品之后，便生出了常人不会有的感慨来。我本当应该成为这本画册的作者之一，现在却成了它的欣赏者。这也是好的，这本画册，对于我实在是一种缅怀。于是为这本画册写序，成了这个夏天我回到故乡最美好的记忆。

正如某种意义上一个作家的少年记忆，决定着他的写作方向；一个画家的创作，更是与这块土地息息相关。这些，无论是从朱曙征的“九华山系列”还是从范竟达、王华龙、张旺清的作品里，都给我一种强烈的感受。这感受是一种故乡的气息，更是一种情怀。这感受不仅是山川物态的写实描摹，更是在显现一种爱，对故乡的挚爱。与以上前辈画家所不同的是，后来者纪念、赵军、秦文、宫义、曹晓阳等人的作品，他们脱离了写实的轨迹，传递与宣泄的往往是一种情绪的意念。他们不再描摹，更多的是在表现。正是这样的一种继承与发展，成就了安庆版画的五十年辉煌。

版画艺术的不朽，在于其高度的概括力和表现力。版画讲究刀法和木味，如同国画讲究笔墨，油画追求笔触。彼此不可替代，却可以融会贯通。看过这些作品，技法上给我的印象是，前辈画家无论是构图还是色彩，都鲜明地带进了国画的元素，而纪念、秦文这样的年轻版画家却从油画中吸取了营养。殊途同归，艺术家正是经过这样的揣摩，最后达成他们心中的形式感，正如很多年后，版画的魅力又不可避免地影响到了国画和油画。这在吴冠中、贾又福等画家的作品中显而易见。画种之间这样的互通有无，取长补短，正是当今绘画美术的潮流。很多年前，我曾拜访过已故书画家赖少其先生，他的画室取名为“木石斋”，我便琢磨起这一木一石的意味来，后来写了一篇名为《木石精神》的文章，在那篇短文里，我斗胆作出这样的评价，说赖先生的木刻刀法融进了他喜欢的金东心的书法精髓，不料受到了老先生的几声赞赏。晚年的赖少其投身国画，有所谓衰年变法，在他后来的一系列国画作品里，你能体会到其曾经作为版画家的履历。

在这个炎热无比的夏季，一本《安庆版画五十年》让我如沐春风；在物欲横流、人心浮躁的目下，一本《安庆版画五十年》让我看见了大自然麦田里依然有一批最后的守望者，正是有了这样一些优秀画家的坚守，给安庆这座古城带来了荣誉与尊严。

谢谢他们！

潘　军

2011 年 8 月 16 日

关于土地，我们需要怎样的诉说？

——序王新宇《风吹云散》

本书的作者王新宇与我并不相识，但朋友把《风吹云散》的书稿传给我，并要我作序时，迟疑之后，还是接受了。因为，这是一本关于土地的书。这块土地是滋养作者的故土，就是皖北农村。随着叙事的展开，我依稀看见多年前一个农家少年单薄的身影，走在黄昏的田野上。在他身后，是沉寂的村庄，炊烟散尽，仿佛连鸟声也都远去……作者忧伤的情怀还是触动了我，同时也勾起了我经历中的一件往事。

1988 年，为纪念“大包干”十周年，我应安徽电视台之邀，为其撰写一部大型政论片《绿土》。作为总撰稿，我肯定了“大包干”的历史地位，却没有为其大唱赞歌，相反，不合时宜地泼了一瓢冷水——作为农村联产承包责任制策源地的安徽，在改革开放十周年之后，却落在了时代大潮之后，这是为什么？质疑与思考便由此开始。在我看来，安徽农村的落后源自土地的富足，土地变相回到农民手中，在暂时解决了农民的温饱同时，也无可避免地滋生了他们幸福的惰性。而在土地资源溃乏的温州，农民无法享受这种土地带来的眼前实惠，只能背井离乡游走四方去买拉链、纽扣和打火机。然而十年过去，安徽的农民还是农民，温州的农民却被迫掉进了商品经济的大潮，成了中国城市中最早的农民工、小老板乃至民营企业家。富足的土地成为坚实的负担，迷恋短视便会失去远见，这是土地的灾难，还是人的灾难？片子播出之后，反响空前，一个月内电视台便收到了几千封来自四面八方的观众来信，他们基本上都是安徽的农民。但是这部片子仅仅播了一次，就被上面叫停了，理由是给安徽抹了黑，之后还成了我的一条罪状。

毋容置疑，故土情怀是这部小说的原动力。在作者心中，“皖北是一块伟大的土地，这里诞生过老子和庄子，正是由于这样的文化传承，养育了农民们悲天悯人的情怀、豁达淡定的心胸、朴质端肃的性格。”但他同时又深深忧虑，因为“这种中国农村的农耕文明在纷涌中几乎断掉了脐带。”作者忧虑的正是这种农耕文化的“断掉”，尽管他不曾明示，“纷涌”之前需要强调的某些定语。

我丝毫不怀疑作者炽热的感情，但我又想，这种被作者称之为农耕的文明，被断掉，是幸还是不幸？对于土地，对于农民，我们是否还带有某种陈见和常规的希冀？似乎即是土地自然就要淳朴，身为农民自然也就要敦厚，这样的土地是否意味着可以随便被剥夺？这样的农民是否可以任意被欺凌？放眼今日之农村，田野犹存，家园何在？对此，王新宇笔下有刻骨的描述，他每次返回故里，最怕见到的，或许就是那一扇扇被生了锈的铁锁把住的农家门户吧？转眼“大包干”三十多年了，大批的农民依旧背井离乡，在城市里流浪……

年前我在美国转了两个月，纽约、旧金山的大楼未必好过北京、上海的大楼，但美国的农村绝对好过中国的农村，这才是真正的差距，也是致命的差距！

我的观点未必和王新宇完全一致，但我相信，对于土地，对于农民，我们有着一样的良知。这也正是我乐意来写这篇序文的理由。我能体会到他伴随这场写作过程中内心的纠结。某种意义上，一个作家的少年（乃至童年）的记忆，决定着他一生的写作方向。王新宇说：“当经历成为记忆，就是告别，是背叛，是易水边远去的壮士背影，心有不甘但别无选择。”正是怀有“一种情感的救赎和自欺欺人的慰藉”，年近不惑的王新宇完成了《风吹云散》。但是，风过之后，云真的散了么？

是为序。

潘　军

2012 年 4 月 26 日于北京寓所

潘军文集

第拾卷

答问录

小说的今天

——答《安徽青年报》记者问

时　间：1988 年 2 月

问：目下有许多“探索小说”，对此你是怎么看的？

答：“探索小说”这个提法很宽泛。当然，今天来给小说下定义似乎还是个棘手的问题。《辞海》里关于小说的界定很不科学。贝克特曾提出“反小说”的口号，罗伯·格里叶、克罗德·西蒙等人也打出“新小说”的旗帜，都是向巴尔扎克时代的小说挑战的。但谁也不能不承认巴尔扎克在法兰西乃至世界文学史上的显赫地位。我觉得，小说的形式很大程度上受到时代的制约，也与作家对时代的认识层次密切相关。我们正处在全面改革的年代，文学反映改革，改革也影响文学。每个有为的作家都在努力寻求最能反映时代风貌的语言形式。我们是否可以这么说，“探索小说”是对时代探索的产物。仅仅从方法技巧上来估价“探索小说”，是片面的。应该认为这是有追求的作家精神上的折光。

问：你对“文学是人学”这一著名论断是怎么理解的？

答：高尔基这句话无疑是正确的，但长期以来，我们的理解比较狭隘，好像一谈“人”，就是指人物形象、典型性格。我觉得这只是“人学”的一面，甚至可以说是最表层的一面。现在企图从一些小说里发现类似唐·吉诃德、阿 Q 这样的艺术典型恐怕很困难。如果再这么写下去，“人学”总有一天会灭迹的，因为能称作“典型”的人物会越来越少。我指的是典型，不是类型。然而，小说仍在迅猛发展，作家还得写人，不同的是“向内转”了，深层次地写人。作家通过人的感觉、情绪去触摸本质的东西，去发掘内心世界。弗洛伊德为什么会赢得作家的青睐？

因为他发现了人的潜意识领域，从而拓展了心理学研究的空间，实际上也启示了文学空间的拓展。情节是性格发展的历史，这是不错的。人的意识包括潜意识的轨道如何捉摸，这是有生命力的作家面临的新课题。

问：刚才你谈到作家的“向内转”，这会不会导致文学脱离生活现实而束之高阁呢？

答：我所理解的“向内转”是作家注重自我的内省意识，注重表现对象的内蕴，而不是闭门无病呻吟。比如写改革，写改革在大刀阔斧地实践和写改革者的灵魂搏击就是两种截然不同的写法。我倾向于后者。

问：那么，你对生活和创作的关系是怎么看的呢？

答：生活是创作的源泉，但不是唯一的。创作的发轫来自许多方面，比如一个画面、一个梦幻、一片色彩都可能成为创作的契机。莫言写《透明的红萝卜》就是由梦见一个透明的红萝卜的画面开始的；我本人写《白色沙龙》，首先出现在头脑的是一座白色铁房子，我觉得它很有象征意味。我们再谈谈“深入生活”。这里有一个态度问题，也有一个角度问题。深入生活贵在体验。体验不等于身体力行，也不是浮光掠影。体验，就是作家对生活倾注爱。这爱不是轻佻的而是深沉的。作家在生活中获得独到的感受，并且突破表象把握住生活的底蕴。有些人离不开生活是因为临摹的需要；有些人从生活之源中汲取一滴水便能反射出太阳的光辉。福克纳说，他只需要邮票那么大的生活就可以写下一辈子。他是天才。加西亚·巴尔克斯只写了一个小小的马孔多镇，却让“百年孤独”笼罩了整个拉丁美洲。同样，曹雪芹笔下的“大观园”也囊括了中国几千年封建社会的兴衰。所以，我认为，作家对待生活，是提炼而不是堆砌。

问：有人说你的《白色沙龙》是“现代派”小说，你同意吗？对西方现代派作品你持什么态度？

答：我想先把问题的次序颠倒一下。对西方现代派作品，我比较偏爱。我觉得这些作品中有许多创作手法可借鉴，比如庞德的“意象拼合”、乔伊斯·沃尔芙的“意识流”、卡夫卡的变型和象征、巴尔加斯·略萨的多维结构等。我不以为这些大师们在故弄玄虚，他们各有自圆其说的理论主张，并且使之高明地表现了所要表现的东西。我们翻开克洛德·西蒙的《弗兰德公路》时，会发现其中有不少没有标点符号的段落，但这不是在玩文字游戏。西蒙说，标点引起的顿挫以至于把内心现实里相连的东西切断。当然，借鉴不是临摹更不是照搬。这之间有一个“化”的过程。手法的新颖不等于作品的优秀。

至于《白色沙龙》，我把它看作自己创作的一个小小的转折。我承认这部中篇有些地方让人费解，但不能以此称它为“现代派”小说。

问：舆论界已提出“纯文学”缺少读者的问题，你是如何看待的？

答：这是一个问题。“纯文学”实际上是针对“通俗文学”而言的。没有绝对纯或者不纯的文学。现在一些主题比较严肃、手法比较新奇的小说缺乏读者，我想原因是多方面的。其中作家是一方面，有些作品让人扑朔迷离，看不懂，因此就不能成为畅销书。关于“看不懂”，也要做些分析。一种“看不懂”是因作家故作高深所致，这个不值得提倡；另一种“看不懂”，则是读者欣赏习惯的局限。

问：能具体谈谈“参与意识”吗？

答：参与意识是一切现代艺术的审美要求。作家或艺术使自己的作品成为引起欣赏者审美再造的媒介，欣赏者能从某个方面把自己的经验融汇进去。比如我们欣赏毕加索的立体主义绘画，不可能完全理解它，但是我们可以从某一个或几个方面去进行创造性的读解。我曾经说过，好的小说是茶叶而不是现成的茶，水在读者手里，谁想喝谁就拿水来泡。因此，茶是否好喝，取决于茶叶的质量和水的度数。“阳春白雪，和者必寡”。这话不科学。我们既不能说和者寡的就必定是阳春白雪，也不能说和者众的就必定是下里巴人。我觉得，不同风格样式的作品应有不同的尺寸标准。

问：有些时候，文学界对“文体”讨论很热烈。对此，你有何见解？

答：这个问题我只能谈点感想。我觉得，任何一种艺术门类更重要的是确定本性和属性的位置。比如电影，它的本性应该是强调画面造型效果以体现视觉艺术特征，至于戏剧纠葛、故事情节、主题音乐，都是它的属性。《黄土地》的成功在于其端正了影像的位置。由此谈及小说，我以为其本性只能是语言的艺术。这就不能不研究叙述方法和叙述语言。问题是老的，方法是新的。金观涛、刘青峰敏感于此，故以控制论的方法去揭示中国封建社会长期停滞的内在奥秘，让人刮目相看。应该说，小说界从“写什么”到“怎么写”是一场了不起的革命。认为语言只是表现内容的手段这是极片面的。语言本身就有其创作力。语言是载体同时又是被载的一部分。

文体的建立，还涉及结构。这个观点是老作家林斤澜告诉我的，我当时还有些不解。现在看来不无道理。我把结构看做一种运动，其节奏与小说家内在的情感节奏趋于一致，渗透于字里行间。因此，王蒙说：“结构在某种意义上也是一种语言。”所言极是。

问：有人说你的艺术感觉不错，你能谈谈“感觉”吗？

答：我的艺术感觉谈不上不错，不过是前辈和朋友对我的鼓励罢了。但我看重感觉。我认为，这是作家必备的素质。当然，单凭感觉成不了好作家，如同嗓子好不等于就是歌星。但好的作家感觉则必然好。我在一篇题为《小说者言》的文章里谈道，感觉是作家与客观世界沟通的桥梁。感觉的升华可以看做是作家的自我超越和心境外射。一个作家感觉的升华，取决于他的经验积累和知识积累，还有天赋。作家神游于大千世界和芸芸众生之间，猎取了鲜活的意象，遂用与之相吻合的符号——文字，将其固定，于是，产生了奇句和奇境。像“飞流直下三千尺，疑是银河落九天”，纯粹就是感觉的产物。

问：你个人的成长顺利吗？最近有什么新作？在新的一年里，你是怎么打算的。

答：我是1981年开始写作的。应该说，我的成长过程还算顺利。因为我遇到了不少热心的编辑，比如牛汉、范若丁、苏辛群等。现在我业已三十，但未立。与外省的一些同行相比，还有不小的距离。去年，我完成了长篇处女作《日晕》的创作，将由人民文学出版社出版。接下来写了中篇《省略》。谢谢！

隔海呼渡

——答台湾《幼狮文艺》读者问

时　间：1993 年 2 月

［**《幼狮文艺》按**］揆诸两岸，今日的青年作家已以鹏鸟之姿，各占山头，他们越过成熟的笔调、日益明显的风格，为文坛塑造了一片新领域。但，不动笔的片刻，他们想些什么，做些什么呢？《幼狮文艺》特邀请台湾朱天心、大陆潘军两位作家，于不同时空畅谈所感，并收编如下，俾使读者稍识两岸文人之异同，并略见大环境的变貌。

问：您业余还爱做些什么？一般在什么时候写作？

潘：我一般是在夜间，确切地说是在晚上十点以后写东西。我业余时间和大家的安排可能差别不大，尽量挤满，干些自己喜欢干的事。当然也有不喜欢干的事，比如做饭、刷碗。

朱：每天看书的时间大概要花上六七个钟头，但写作就不一定了。因为写作必须很专心，也很任性，那种感觉很微妙，仿佛瓜熟蒂落了才写，且酝酿期很长，有些可能是 10 年前就想写的，现在才动笔，短的也有几个月准备就够的。

问：有人说，作家的生活都是很浪漫的，尤其是在“私生活”方面。请问您是否也这样？

朱：浪漫的定义指的大概是追求自由、不受拘束。写作的动力有时需要这些。可是这样的浪漫也需要付出代价。不是谁的运气都那么好，能像华严、琼瑶一样嫁个能养她浪漫的人。虽然结果看来都是不愿意工作，不愿意在体制内生活，因为那会磨损很多想象力、空间及自由度，但有些人的浪漫是需要金钱做后盾的。有人羡慕我不用工作，可以悠闲地到处坐坐、在家里睡觉或要出国就出国，可是他不知道你有很多时间，却没有出国的旅费。所以只要清楚自己在干什么就好。领月薪的人到领薪水时会感觉对社会有所贡献，但作者酝酿了好几年，在作品还没有出来前都不算数，作品出来也要有一定成绩，才有被肯定的感觉。所以要懂得割舍，才能成就此浪漫。

潘：说作家的生活浪漫我想或许是一种陈见。其实我倒觉得每一个人的生活都应该是浪漫的。作家不过是过多地拥有了一份浪漫的幻想而已。

问：有人说中国艺术家的创作灵感来源于自然，西方艺术家则来源于人体，您同意此说吗？您的创作灵感来自何处？

潘：灵感是什么，我说不好。这是文艺心理学上一个有争议的概念，如同“顿悟”在禅学里同样让人不知所云一样。我不知道我是否有灵感，或许有过，只是我没有认识到。中西方艺术家的审美判断，从本质上讲，是有区别的。造成这种区别的原因是多方面的，我认为不在于对自然或人体的态度，而在于文化。其中包括政治制度、经济形态、历史、宗教观念等等。从我的创作经验看，的确有许多让我茅塞顿开、恍然大悟的因素存在，比如一个梦幻、一片色彩、一个细节、一个意象，它们可能形成小说创作的契机。

朱：所关心的事物必须有客体的存在，而是否有感情、心得或互动关系，对我也有很大影响。我并不是在做摄影的工作，只有对方存在而无我；我也要有能力、感情，是一种互相激荡的过程。若要强行归为两类，好像都不能清楚地解释出来。

问：您的作品都是自己的亲身经历吗？如果不是，您是如何“体验”的？

朱：我并不以为生活中一定要经验过什么才能写什么，因为这是纯粹的经验论，应该是生活中对人性的洞察力。这有部分是才能，但也有部分是需要培养的，我不相信对生活没有感觉的人，在环游世界几十年后还写不出东西来。一个对世事都抱持着关心、好奇的人，要在有限的空间中去超越那些有经验的人，必须在生活中，长期去关心身边环境并持续地注意才做得到。

我的写作，从以前到现在，都是“生活在前，写作在后”。我不习惯为了要写什么题材，而特别去过什么生活，或因此选择不同的行业。我觉得那是很生硬的方式，甚至带了预设的立场。写作对我而言，应该是生活的结晶吧！不写或写不出来，我的生活态度还是一样的。像有人问我为何关心政治，这个问题其实满怪的，政治的力量并不是无远弗届到可深入每个阶层，但毕竟政治的改变或权力的交接，影响人群还是最大的。所以，关心“人”到后来一定会关心到“政治”。我对政治有兴趣而去观察，是从高中大学就开始，到现在才写，是因为以前长期在困惑中——为什么有的人，我曾以为是英雄、烈士，但后来却发现这么堕落、腐败？这当中的种种变迁，十几年来是疑惑、学习、观察多过一切，直到这几年我比较有把握，有些结论，才敢用来当质材。越熟悉的东西，准备起来的时间越少甚或不需要，陌生的领域或题材，准备起来就需要长时间。所以一个作者没有写出来的题材，并不表示他不关心，代表的是他以更慎重的态度去面对。有部分作者可能较封闭，关在象牙塔中，不写的有可能就完全不关心，至于其他相当多的作者，相信是以更慎重的心情来观察而还不敢写。这也是较负责的态度。

潘：我不可能拥有那么多的亲身经历。在我的小说里，我个人的经历所占比重非常小。一个作家，“体验”的方式是很多的，读书是体验，聊天是体验，观察更是体验。我必须强调一下，我这里所讲的体验与斯坦尼斯拉夫斯基所倡导的那种“体验”，是根本不同的。我不是那种进入规定情境的角色体验，我是借题发挥式的、妄想式的。这一点，使我受益匪浅的是阿根廷的大作家博尔赫斯，还有西班牙的画家达利、毕加索。博尔赫斯说：他一生都在书籍中旅行。这与中国的“读万卷书”是一致的，但与“行万里路”针锋相对。“行万里路”是讲身体力行，似乎是对“读万卷书”的一种扩充，使之相辅相成，当然也有道理。然而在我看来，读书能使你获得一切。你可以发挥才智与想象，从而进入一种超然的境界。我这样说，不是用以抵制身体力行。很多作家，比如说台湾的陈平（三毛），就赖旅行进行写作。

问：潘先生，您觉得由散文向小说需要怎样过渡？

潘：今天看来，小说和散文的界限似乎抹淡了。这种变化是由小说的方面引起的。什么是小说，这个题目很棘手，我回答不了。从前人们区分小说与散文的一个尺子，是小说包孕着一个或几个完整的故事，现在呢，在不少小说里你会发现故事已经消解了，但它们还被固执地叫作小说。在前辈作家里，沈从文的一些作品你是无法完美地区分出是小说还是散文的。后来他的高足汪曾祺，也因袭了这一点。所以，我觉得大可不必为这一点疑惑。你写你的，交给编辑，他们说是什么就算什么好了。这可不是我杜撰的，而是我经历的。我曾经为我的女儿写过一篇6000字的散文，发表出来却变成了“报告文学”；不久前我写了一个中篇小说，编辑说，这不像小说，像散文，我说那就算散文吧。

问：中国作家及他们的作品在世界上占有什么样的地位？中国没有出现获得诺贝尔文学奖的作品，其主要原因是什么？

朱：除了马奎斯得奖那年让大家觉得众望所归外，几乎每一年的得奖者大家都不晓得是谁，所以我不认为诺贝尔奖可以拿来当做很公平的世界文学的最高标准，除非我们跟欧美一样，所有的作品都能全面流传出去被他们看到，那时再讨论得失是可以的。今天出去的东西屈指可数，在不公平的基础上讨论实不具任何意义。

潘：我个人认为，当代中国文学存在着追逐世界文学大潮的前景。自1981年以来，发展很快。但就目前状况看，并不乐观。我们必须承认一批“胆大妄为”的中青年作家，尤其是青年作家，以自己不懈的努力正在寻找中国文学与世界文学的接轨。他们的实践使中国文学跨入了新纪元。然而令人忧虑的是，这些作家，包括前人在内，迄今并没有找到自己的思维方式与叙事方式。他们或多或少是在用威士忌的瓶子装茅台酒。这就像我们悲哀地发现，德克萨斯午夜牛仔的旧裤子正在目下中国市场走俏一样。有一次我同作家李陀谈到这个问题，他激动地说：中国作家太没出息了。连日本的文学都曾出现过“新感觉派”，我们为什么不能自己打旗子走而一味地跟着洋人屁股后面跑？的确是这样，中国作家应该持有自己的文学护照去周游世界！很遗憾，我们没有。但我坚信，我们很快就会有的！

关于诺贝尔奖，我认为它是具有权威性的。能够证明这一点的，是这些年来，特别是近几年的获奖作家，比如美国的艾·巴·辛格、索尔·贝娄，法国的克洛德·西蒙，英国的威廉·高汀以及大家熟知的哥伦比亚的加西亚·马奎斯，他们无疑都是当今世界第一流的大作家，他们的作品都无一不是世界文学长廊的精品。当然，和任何一种奖励一样，诺贝尔奖也有令人遗憾的疏漏。譬如遗漏了托尔斯泰，近期最突出的例子是举世公认的阿根廷作家博尔赫斯没有成为得主，尽管他生前连续三年被皇家科学院评委会提名。

中国作家没有获得这项奖，在我看来原因是多方面的。最主要的莫过于我们作品的质量还不够格。其次是，由于现在绝大部分的中国作家不能使用国际上通行的语种，如英语、法语、西班牙语等来写作，而瑞典的评委会仅有一名委员马悦然先生较知华语，很多作品都是通过转译形式提交上去的，自然有不少的差别，影响了原著的风貌。1975 年有一个中国作家获得了提名，此人就是台湾的林语堂先生。他的《吾土吾民》、《生活的艺术》，便是直接用英文完成的。我们没有获得这项殊荣，是一件憾事。有些人说不在乎诺贝尔奖。说这种话的人，如同一个被击倒在地的汉子骄傲地说："我情愿躺着。"自欺欺人的哲学。但是如果我们有一件小玩意在国外拿到了一项普通的奖，又说是为国争光了。

问：当代中国作家中，您最喜欢谁？最欣赏哪部作品？您最得意自己的哪篇小说？

朱：大陆作家中，我觉得钟阿城是第一级的，其他像对莫言、王安忆的作品及韩少功的少数作品，也挺喜欢。不过这也很难讲，因为大陆的作品我们较不熟悉，只能纯粹就目前能见到的作品而论。台湾的作家则属大春、天文，及早期的念真。

通常人家会的而我不会的那一个领域，会让我觉得很可观，但如果写的是相关的领域，就比较不会珍惜。至于说到我的作品，我还是很喜欢《眷村》的写作过程，因为那正是我开疆辟土的过程，很辛苦但也很愉快，可以说写了十几年，终于享受到一点写作的乐趣。那个过程我很怀念。至于成绩则应该问别人。

潘：很抱歉，我不敢面对这个问题的一系列"最"。

问：不学"文学理论"能当作家吗？您对理论持什么态度？

潘：世界上没有一本文学理论能培养出作家的，但可以丰富作家。从这个意义上，我相信不学所谓的文学理论是完全能够去当作家的。我对理论一般持怀疑态度，因为"理论是灰色的，生命之树常青"（歌德语）。

朱：这可能跟人的质比较有关系。其实学校教育给人的影响有限，不管是启发你或限制你的，其实从整个生长背景来看，生活的东西比学校教育的意义来得大。理论较机械性、较清楚，却没办法捕捉人性中的模糊朦胧，文学则可以表达出来。通常对评论文字，会有某种程度的回避，但在下笔的那一刻，文学评论、市场、读者都不存在了，只会想着如何能不经磨损地写下来，并无第三者存在的空间。

我想做评论文章的人，较能将文章分类整理，但创作者并不会因为分不清类别而不能下笔。其实我认为更需要去避免做文章的分类，因为作者无法用逻辑来整理自己的东西，若是整理得来，就用那样的文字写了。举《红楼梦》为例，曹雪芹那时代没有版税，他是为什么而写？当然有人说他每写一回就拿去换一只烧鸭吃，但要是能用几句话就把在大观园的一生都说清楚，他就一定这么做了。正因为他一生的经历无法用简短的话说出来，只好把整座大观园搬给你看，让阅读的人如饮水般冷暖自知。

问：当您走到人群中，是否觉得自己不一般呢？

潘：不不，我从来就没有这种感觉。有这种感觉的人必定吃错了药。我很一般，甚至连一些时髦的女士都习惯把眼光从我身上跳过去。我是个作家，作家的概念无非是一个手艺人。

问：您是否会抱持“文以载道”的态度？

朱：青年时期对社会现状很不满时，会。我也没别的能耐，只能写东西，所以将写作当做社会责任或是公民的义务。这对文学本体性来说其实是不好的。因为文学变成了工具。不过每个人在那种年纪时，都会认为自己该对人群有些贡献。现在我已经进入另一种文学的心情，不再把那么大的责任加在文学作者身上。但文学作者并不是一无责任的，因为人活在世上，必然有权利义务或是责任存在，这并不一定要比别人多或免除多少，而仅仅是跟一般人一样。我现在的感觉是：人生就像是探险。对大多数人来讲，如果知道四五十年后的情形是儿女成群、经济能力很强，也许就是很大的幸福；但对少数人来讲是很可怕的！看到人都会死都会怎样，就会认为：算了，反正也没什么新鲜事。我就是这样的人。所以一个好的艺术作品对我的意义是：在快觉得人生没意思时，让你感觉到所知的还太早——原来这世界还有很多新鲜、好玩又有点危险而不可思议的事，会让你觉得值得再走走、再探险。也因为艺术作品对我有这样的影响，所以我对我的创作也会有这样的要求。在既有的领域已开发出既定范围时，我会很想到处冲撞，去开疆辟土，连已发展到极致的也去试试，也许这里可以开出一扇窗来，让别人看到另一番风景。

问：当前文学创作中，“性”的描写颇为流行。难道非如此就不能表现人性吗？还只是佐料而已？中西文学在“性”上面有什么分歧？

朱：作者对“性”的看法不同，呈现在笔下就有差别，有些仅是聊备一格，有些则当作主体来写。基本上它在生活中占有多少比例，我就写多少，就如同吃饭、睡觉一样。人类老祖宗在从事性行为时，是最脆弱也最容易受到攻击的，因此人类早先选择隐秘的地方，并不是因为羞耻而是基于安全。演变至今，则成了羞耻之事，是以虽同于吃饭睡觉，应占相对比例，但本质上是不同的。此外，因题材也会有所不同，好比写《佛灭》时，里面的女子对“性”的开放，代表了人在面对种种压抑时的解放形式，对男主角的意义非常重大，所以较多着墨于性的描写。其他的文章，若提到夫妻，就以正常的篇幅来勾描。因而我的回答应是介于两个预设的答案之中。

潘：文学是人学，这是高尔基的著名论断。性作为人的生命之最高级形式，显然是要进入文学范畴的，无可讳避。中西“性文学”在我看来，其主要分野在于：西方注重“性意识”，而我们比较关心“性行为”。具体地说，西方的一些较高层次的文学作品，总是把性作为一种人类的最高级的精神状态来反映的，从劳伦斯的《查泰夫人的情人》到克劳德·西蒙的《弗兰德公路》，都是如此，性似乎是一种形而上的东西。他们是在作性的精神探索。而中国的文学，不大关心这一点，一般是把性作为对生理的刺激和心理的调料放进去的。最典型的作品自然是《金瓶梅》，尽管其中也含有个性解放的因素，但绝大部分是在描绘西门庆同一群妻妾的性行为，写了许多性交姿态。今天看来，书摊上一些东西的确写得不堪入目，很糟，这实际上已不只是添放佐料了，而是在犯罪，至少是对文学的犯罪。

问：潘先生对当今中国诗坛有何高见？

潘：我阅读一些优秀的诗歌作品，喜欢庞德、艾略特、叶慈和金斯伯格。我也喜欢中国古典的唐诗宋词，喜欢李白、李商隐和李清照。对于当今中国诗坛，我没有任何高见可谈，请原谅我的孤陋寡闻。

问：您在大学里是怎样读书的，您现在又是怎样读书？读哪些书？

朱：从小也许因为父母都从事写作，常鼓励我看课外书。他们并不指定或引导我看什么，所以在我陆陆续续的探险跟探索中，可以说走了很多冤枉路，也看了很多没价值的书，但摸索来的是真实而属于个人的。而且，父母完全不在意我的功课，有时考得很好连夸奖也谈不上，考坏了也不加责备，因为父母的价值观并不把个人的成败建立在功课上，所以我自然会把生活的重心摆在教科书以外的世界，也建立了很好的阅读态度。生活到某个程度时，知道爱情是怎么回事，结婚、男欢女爱是如何，子女又是如何……知道人的处境其实蛮重复的，所以需要看书，因为书本可以在空间上横跨世界，时间上纵越千年，是写作的重要吸收来源。

我现在看东西还是很随性，有些书读了有兴趣就一头钻进去，觉得差不多了再出来。这对专业的人来说可能很没效率，但到达某种程度，感到每家之言约能心知其意了，我就转头到另一领域。好比我现在对社会现状很有兴趣，有部分的时间就用来阅读杂志及报纸，尽管很多人会认为那是垃圾资讯，三五年后就不再会引起注意。

潘：首先我要承认我不是一个好学生，因为我在大学时代经常旷课。虽然教育本身是平庸的，大学也不例外，好比一个门，谁都可以通过，不过旷课毕竟不太可取。那时候，不懂事，心比天高，不在乎“千里之行，始于足下”。所以有的课，我没有学好，比如古汉语和英语。如果要为自己的错误寻找辩护的话，那就是我利用正常教学时间钻进图书馆多读了几本书。我读书历来比较乱，凭兴趣读。有的书，尽管谁都说必须读，但不对我的兴趣，我是坚决不读的，也读不进去。比如巴尔扎克和莎士比亚的作品，我只是随便翻了翻。我特别喜欢读一些在同学们看来属于左道旁门的杂书，比如《西方建筑史》、《禅与心理分析》、《攻击与人性》、《名茶制作》、《中国娼妓史》、《中国陶瓷史》等等。我认为这个习惯是好的。另一方面，我读书又非常专一。凡我喜欢的作家，我都尽可能地把他们的作品找来读掉，甚至一部作品读它几遍。比如福楼拜、海明威、福克纳、卡夫卡、梅里美以及后来接触到的罗伯·格里叶、巴尔加斯·略萨、博尔赫斯、纳博科夫等等。我记得大学二年级的下学期，就只读了海明威。或者，我把同一派作家的作品找来集中读掉。前几年我这么干过几次，其中读了“意识流”、“新小说派”、“精神分析学”、“魔幻现实主义”。我觉得这么干是有收获的。读书的确有一个方法问题，但没有唯一的方法，因人而异，因职业而异。读书的目的我认为有三个：占有知识、研究、消遣。总之，要有乐趣可图，千万不要苦了自己。

问：请问，在生活经历中，哪一阶段最值得您回忆？对您以后的创作有影响吗？

潘：让我先简单地介绍一下有关我个人身世的背景材料。我生于1957年11月28日，与弗里德里希·恩格斯是同一个日子出生的。这个日子也许真是个黄道吉日。我的童年是不幸的，由于一场历史的误会，使我从小就失去了宝贵的父爱。我的父亲，他是一位剧作家，离开我们家庭去农场进行劳动改造的时候，我来到人世仅6个月。我是由我那茹苦含辛的母亲一手拉扯成人的。我非常爱我的母亲。我是个孝子。等我长到18岁的时候，我的父亲才回来，其时他已是一个老头了。我母亲是位黄梅戏的演员，她没有念过书，但十分聪慧。她的为人和她的意志，给了我很深的影响。客观地说，我小时候在生活上并没有吃什么苦头，但在精神上是屡受折磨的。我受过多次的挫折与打击。

我的经历是很平淡的。和诸位略有不同的是，我有幸经历了“文化大革命”，以后又成了知青，在农村干了3年多。“文革”时，我虽然刚刚10岁，但那个时代给我的印记却是永远也不会抹去的。那是个无比疯狂的时代，也真够刺激的。在我的小说里，有不少素材来源于那时的生活。

朱：最值得回忆的……好像都是很值得回忆的！我是个很喜欢往后看的人，过去的人、事、物，不管是发生在自己身上还是在朋友身上的，都很恋恋不舍。从我能记事起的每个阶段都印象清晰。甚至看到我女儿时，也会因此而忆起我那个年纪所想的事。各人的写作动力不同，可能对过去时空、人、物的恋恋不舍，就是我写作的动力。

问：男作家和女作家在气质方面有很多不同吗？作品是否带有各自性别的特色？

朱：这是“应然”或“时然”的问题。有些女性主义作家，认为

"照理不应该"有性别上的差异，像西蒙波娃的《第二性》，总认为每个人生出来都是一样的，性别是从小家庭社会教育教导的，所以应该没有差别，也不应该有差别。可是当我们走进书店或看到一些作品时，还是觉得男女作家所处理的题材确实有别。像男性比较喜欢较大的题材，比如政治社会，女性就较喜欢处理爱情生活，确实有些比例上的差别……这实在很不好讲，因为似乎要牵扯到价值问题，是否该承认现状或认为女性应扩大眼界等。这当中有许多复杂的关系存在，并不能尽如我意的调配。

潘：一个作家创作风格的形成，与诸多因素有关，性别便是其中一个重要的因素。我指的是作品，不是个人的气质。虽然一些女作家也很洒脱，能抽烟也能喝酒，可是一旦进入写作，性的差别就自然流露出来了。比如法国的玛格丽特·莒哈丝，她的烟瘾很大，但她的《广岛之恋》，特别是《情人》，那种细腻酣畅的情感，我想男人是把握不好的。另一位法国女作家弗朗索瓦·莎冈，笔下流动着一种忧伤不果断的感情之泉，也是女性的特有感受。而海明威的《老人和海》、福克纳的《喧嚣与骚动》，则完全是男人的风格。

问：爱好写作的人不少，可是总有一种感觉：想要表达的东西很多，但就是写不出来，该怎么去做?

潘：这种感觉很正常，我也是这样的。这不是谦虚。一个作家最渴望做到的，就是感觉与表达同步。不可能做到，只能逐渐缩短这种距离。文学和其他艺术形式一样，都存在着手段的局限。文学不能直接表现色彩、声音、气味。作为语言的艺术，文学只能扬长避短，用语言来刻画世界和人。至于该怎么去练习写作，我没有什么有价值的经验。我觉得读书是重要的，观察也是重要的，再就是训练你的语言表达能力，多动动笔，也许就觉得顺当一些了。这有一个水到渠成的过程。当你要表达的意思说清楚了，你必须追求表达的不同凡响。当然，前提是应该有不同凡响的感受。

朱：我觉得不要急。有些初写的人认为第一篇的成败很重要，可是仍该放开心情，因为并不是下半辈子就决定在此一篇。即使失败也没关系，可以再写，没有谁决定你只有这一篇的机会。尝试只设定一两个主题或从身边的琐事写起，虽然写小事会有些不耐烦，但仍应该试着讲真话，写真的感情。因为人要是说谎说惯了，真的感觉就会遗失，甚至捕捉不到。想写大社会，其志可嘉，但亦应量力而为，并掌握真实的处境。我十几岁时，也曾跟父亲有过类似的谈话，父亲累积多年的写作经验、人生阅历、文字技巧，我根本无从比起，可是他说："今天若要写一个十几岁的孩子，我写不过你，因为我已经很难能像你这么真实地捕捉到你们这个年纪所想的了。"所以有时要珍惜自己那别人不能取代的，你能处理的题材。把真实生活捕捉下来就是很好的磨炼，不要管成败。

问：您的处女作是什么？您的创作道路顺利吗？您是否也经历过大量退稿的阶段？

朱：小时候投稿国语日报的不算，真正写下心目中认为是小说的，大概是刚上高中时写的《梁小琪的一天》。写的就是自己的身份，一个15岁的女孩在光辉的10月里，由小到个人周围之事，大到国家民族的简单的感情。那时候感情很充沛，但生活还是很单调，写作像在宣泄感情或展现想象力。由于身边并没有什么大事，只能描绘学校及家庭的猫猫狗狗，在文章里头作次想象力的发挥。这个年纪还喜欢发表意见，常是长篇大论地写。到今天，我写作的年代，其实已经超过了不写作的时间，退稿的经验及自己的信心好像始终不足以造成困扰或难题，也不会因为报纸喜欢什么就去迎合，或想着用什么来喂饱读者及考虑哪些评论家会看到。问题反而是自己面对瓶颈时，该如何不去重复或在还不足以成形时，有时长达三四年的酝酿。是面对旧的东西不想写，新的东西未成形前的疑惑。

潘：如果从文学创作的角度看，我第一篇印成铅字的作品是话剧《前哨》，发表于1981年的《戏剧界》第5期上。这个戏是在大学三年级的时候写的，后来获得了"全国大学生文艺汇演优秀节目一等奖"。接着又改成了电视剧。打那以后我转入了小说创作，因为我讨厌综合艺术形式，它破坏了我的艺术追求。我的小说处女作是发表在1982年《青年文学》创刊号上一个短篇《啊！大提琴》。我的创作道路总的说起来还算顺利，虽然也收到过一些退稿，不算多，因为我本来写得就少。

问：您常收到读者来信吗？您对读者态度热情吗？是否摆出一副作家的架子？

潘：我经常收到读者来信，面比较大，几乎所有的省份都有。这是让我幸福的事。我至今仍保留着每一封读者来信。一般情况下，我都要回一封。我觉得人与人应该互相尊重，作家不过是一种比较干净的手艺人而已，谈不上有什么架子好摆的。有的人可能喜欢端一副架子，其实是自我安慰，没人会睬这套。

问：我经常从一些评论家那里知道，您是一个具有争议性的作家。对此，您持何种态度？

潘：确实如此。在批评界，甚至在一些读者眼中，我是不一样的。有的说我是一个严格的现实主义作家，有的则认为我纯粹是个新潮作家亦即现代派作家。他们各持己见，但似乎又能自圆其说。至于我的态度，我只是觉得蛮有趣。在我看来，一部作品就是一个客观存在，别人怎么说话都是自然的。我倒希望能听到不同的声音。中国有句俗话，叫“一娘生九子，九子不像娘”。我认为一个作家面对不同的对象，应该有不同的处理方式，不是千篇一律的。我不关心自己归属于哪种流派，我所要做的只是关于小说的主题，这些年一直在争论着。一篇小说写什么，好像这是属于主题范畴的。其实，也不尽然。拿“意识流”小说来看，就很难找到一个叫做主题的东西，它往往只记录表现人的意识包括潜意识的活动。还有一些小说着意表现的是自我的感觉或者某种情绪。就是在一些传统的小说里，你也不易发现一个主题。《社会楼》的主题是什么？《阿 Q 正传》的主题又是什么？沈从文的《边城》到底暗示了什么主题呢？所以，我是反对主题论的。生活本身就是朴素的主题，无需进行人为的图解。小说不是教科书，也不是辞典，它只提供引起审美思考的图景，传播作家对生活的感受。因此，我们的阅读大可不必紧张，要彻底放松。你读小说不要在乎有所知，要关心有所悟。一千个读者便有一千个哈姆雷特，这正是艺术的魅力。人生最高的境界就是知趣。知趣者即为幸福之人。我觉得人生最大的享受就是去做自己认为其乐无穷的事，不要看别人的眼光。写作之于我，似乎已成了私生活，离开了它我就非常难受。

朱：《想我眷村的兄弟们》的分类其实并不重要，但总有人问：它到底是小说还是散文？因为以前总习惯以人物、外在、职业甚至情节来勾描一个人。可是我写了十几年都是这样的方式，已经不耐烦了。为什么人物的出场一定要交代长得怎样，到后来，我甚至感觉像是文字游戏或作文比赛。在文字技巧上，我好不过张爱玲跟天文，他们对我来说已是神乎其技了。所以我写一个人不停地说话，陈述他的意见，而不去着墨这个人。也许一篇小说完了，你还不知道这个人的长相、年纪等等，但看完后你还是能了解：啊，这是怎样的一个人！不能因为是第一人称叙述方式就认为是散文。虽然我觉得散文、小说也不那么重要，只是不晓得为何会引起这样大的困惑。

问：据说潘先生写作是没有构思阶段的，您能就此谈谈吗？

潘：这个问题有点儿绝对，有点玄。作家创作一部作品，应该有构思阶段。但是所谓构思，并非意味着把要写的东西想清楚，至少我不是这样。我也需要大致的考虑，而这种考虑不是为了把某些事情弄清晰，相反，是使一些完整的东西消解，使一些清晰的东西模糊——让你未来的小说处于一种“弹性状态”。其次，我非常看重写作中的状态，我依靠写作时的心境和即兴的流露。我有相当一部分的作品就是这么写出来的。似乎有点禅宗的味道，很难说清楚。比如我有些小说，是从第一句话开始的。我认为后面还有第二句、第三句，直到写完最后一句，我才意识到：哦，写完了。

（编者注：此文在辑入时略有删节）

近观影视之散见

——答《作家》杂志问

时　间：1998 年 4 月 26 日

问：你和《作家》是老朋友了。不过今天我想请你谈谈影视方面的话题，大家都知道，你正在过一把“导演瘾”。

潘：其实我对影视的兴趣先于小说。我在大学图书馆借的第一本书就是库里肖夫的《电影导演基础》，后来的毕业论文也是论述电影导演艺术的，系里没法评价，因为当时中文系没有这方面的课。我对电影文学没什么兴趣，但渴望做一名导演。我觉得这个职业能调动我各个方面的才能。我学过美术，也喜欢表演，对石挥、蓝马、金山这样的演员很敬佩，还有田方。但是电影不像小说，它需要投资——没有人轻易把几百万上千万的钱交给一个写小说的人去玩，所以我必须先拍出几部电视剧，让未来的投资人来相信我。我肯定要拍出几部电影的。

问：前苏联的舒克申、诗人叶甫图申科、法国的罗布·格里叶都曾做过导演。

潘：我对这个职业很痴迷。去年我拍了 26 集的《大陆人》，每天只睡四五个小时，但还是很兴奋。70 多天就封镜了，令我的合作者都很惊讶。因为我毕竟是第一次导演呀，可他们不知道我对这个行当已潜心 20 余年。今年我又要拍 20 集的《海口日记》，如果顺利，明年我有可能拍出我的第一部电影。

问：现在大家都不怎么满意电视剧的水平，你觉得问题在哪方面？

潘：问题当然是多方面的，但其中编导的问题很突出。没有好剧本、导演没文化，这个问题比较普遍。一方面有文化的导演找不到好剧本，另一方面好的剧本又在没文化的导演手中漏掉了。对编剧而言，往往是他们想写的投资者不要；投资者想要的编剧又不想写。这是很无奈的事。但不管怎么弄，电视剧的市场还是很大，而且这个市场又是超稳定的——电视台一开播就是“永动状态”，每天得有节目来源，其中电视剧就占去了很大一块。据说每年全国各机构能生产12000多集电视剧，如果以每集平均投资人民币20万元来计，这个资金数额就很吓人了。和其他产品一样，凡市场有潜力的产品，质量总有些问题。不过我相信，等一些投资者赔了之后，会出现好的作品的。

问：现在也有不少作家来写剧本，因为同小说的稿酬相比，电视剧的稿费高得惊人。但据我所知，他们最想写的还是小说。

潘：对于写作者而言，我认为没有比写小说更开心的事了。小说是叙述，这叙述属于小说家自己。写剧本纯粹就是为人作嫁的差事，如果有叙述，那也是导演的。我觉得作家来写剧本是件好事，其一，通过这种操作他们可以挣一大笔钱；其二，中国的职业编剧队伍原本就十分薄弱，作家的介入使这个队伍有所充实，事实证明一些好剧本都是源于小说家之手。张艺谋的成功可以说是小说在电影上的成功——他的每一部片子都来源于小说，甚至由小说家自己来改编，比如刘恒和余华，他们改得很好。去年中央电视台重金征集电视剧本，拿头奖二奖的是周梅森和陆星儿，还是小说家。

问：你好像是自编自导。我听说你不轻易卖小说和剧本，是想自己拍？

潘：这要视情况而定。不过《海口日记》我确实没有卖，因为我写这个剧本时，就站在一个导演的立场上。除了台词，我完全是一个导演的叙述和处理，差不多就是导演台本了。还是那个意思，我涉足影视，主要是基于作为导演的考虑，乐趣也在其中。我从来就不想成为一个职业编剧——除非写话剧。

问：最近的《水浒》并没有引起足够的反响，对此你怎么看？

潘：我只偶尔看了几集，觉得不理想。戏不好看，我认为是导演的问题。很多处理过于简单，比如说宋江浔阳楼题反诗，镜头语言太单调，既没有节奏也没有视觉冲击力，就是在宋江和店小二之间切来切去。还有风雪山神庙，林冲偶然发现陆迁是害自己的人，两下子就把他杀了，心理过程一带而过，戏拍得温温吞吞，大的节奏都失去了，当然导演有责任。中央台的春节晚会也是每况愈下，我觉得不要关起门来搞什么轮流坐庄，应该敞开门去请高手——从选节目、策划到编排，都应该向社会招标。中央台倒是播出了一些优秀的电视剧，比如《车间主任》，我认为就很好。这种片子很难拍，搞到这个水平不容易。电视剧是个十分通俗的东西，但做到家了也会立住的。侯宝林之所以是相声的一块里程碑，就是他在这个行当里做到了家。他立足于说——这是相声的本性，而现在的相声是强化了属性，又唱又跳的，使人倒了胃口。电影、电视剧首先是视觉的东西，观众希望看到一个好故事，精彩、动人，与之同喜同悲，这没有什么不好。很多自命不凡的艺术家排斥好莱坞，我觉得奇怪。《与狼共舞》和《阿甘正传》这种片子不好吗？脱离观赏性来谈影视艺术就好比剜掉乳房去谈女人。我不主张影视作品去表现什么高深的主题，其实所谓的高深，和一位哲学系低年级大学生思考的问题差不多。安东尼奥尼的作品我很欣赏，但同时我还必须承认：我欣赏得很累。

问：舆论界对北京近年来的电视剧水平颇有微词，甚至认为上海、广州两地的势头看好，不管这种评价是否客观，但至少反映了老百姓的一种情绪。我现在想听听你的看法，可以谈谈吗？

潘：过去一些好的电视剧差不多都出在北京，比如《四世同堂》、《编辑部的故事》、《北京人在纽约》，上海有一部《围城》。但后来北京的电视剧带有模式化，就不好看了。北京的一些编导者喜欢找乐子、想招，力求达到所谓轻喜剧的效果。而且随着胡同、大杂院的戏抖落完，就不知还有什么可拍的了。去年我在北京看了《甲方乙方》，剧组里一位演员问我：怎么样？我说就那样了。我的意思是说像这种片子在商业上有所成功就不错了，还能谈什么？那位演员就问，你不觉得在喜剧的路子上又向前迈了一步吗？我说我不觉得，不过是《顽主》的举一反三吧，能博大家一笑也就不容易了。北京的影视氛围很浓，有一次我在一条胡同里居然撞上两个剧组。一些影视界小有名气的人都纷纷做起了公司，独立拍片，独立运作。十有八九是奔钱去的，这也很正常。不过这样势必出不了什么好作品。影视的尴尬在于这东西不是个人能力所决定的，需要一拨志同道合、高度默契的人共同来做。投资者的定位与创作者的定位永远不是一码事，投资者总要求以最低的投入换取最大的利润，而创作者——特别是导演，又总想尽可能去表达自己的个性。这一表达就得花钱。久而久之，双方都做出一些让步，勉强拍完收摊。当然，从另一方面看，导演的素质、能力很重要。国内也常有什么大制作，钱也没少花，可是作品仍然不灵。有一回我同一位朋友说，如果有人掏2亿美元，中国的导演完全能拍出《泰坦尼克号》，但拍不出《辛德勒的名单》。中国有些导演不乏才华，但确实颇缺学识。搞影视仅凭几分才华是显然不够的。比如《辛德勒名单》中，纳粹军官枪毙了犹太女工程师，然后又下令按这位已经死去的工程师意见去做，修改工程。这便道出一个强盗的逻辑：我们日耳曼民族尊重科学，但决不听命于一个犹太人。再比如，最后那些被救下的犹太工人，用老虎钳拔下各自嘴里唯一的财产——金牙，汇在一块为辛德勒打了一枚戒指。多少年后，当人们在辛德勒墓上放下一块块石头时，我又想到那些金牙。像这些具有穿透力的细节不是“想招”能弄出来的。说到喜剧，我是发憷的，因为喜剧的尺度不好把握，离哗众取宠仅一步之遥。我喜欢像前苏联拍的《办公室的故事》那种不动声色的喜剧。那才是真正的喜剧。

问：上次同你聊，你对《秋菊打官司》和《阳光灿烂的日子》有很好的评价，可否再展开谈谈？

潘：《秋菊打官司》是张艺谋最为完美的作品。我说完美，是指影片的和谐。整个影片浑然天成，无疑形成了一个高度。据说他后来的《活着》也不错，我没看到。《秋菊打官司》的操作定位是“纪实风格”，它几乎破除了故事的假定性，“把假的拍得像真的一样”，这是见功力的。《九一八大案纪实》请原班公安人员进行复排重演，严格讲起来，是记录而不是纪实。记录是手法，纪实则是风格，是进入审美范畴的。记录的过程不过是复制还原的过程，自然不能与创造同日而语。《阳光灿烂的日子》的成功，有一个不容忽视的因素在起作用：姜文在王朔提供的故事构架里大量填进了个人性质的“少年记忆”。这很重要，因为在姜文心目中，一切都是那么栩栩如生，所以他拍得很从容。姜文面临着第二部的选择，他很审慎，用他自己的话来说，他希望做“一口咬到脖子上”的事而不是“一嘴毛”。

问：你对陈凯歌的影片怎么看？

潘：我只看过《黄土地》、《大阅兵》和《霸王别姬》。陈凯歌的审美境界不俗，也是位文化功底很厚的导演，多年前他写张艺谋的那篇长文《秦国人》，我至今仍有印象。但我不喜欢他的影片节奏。这回他拍《刺秦》，我曾对姜文讲过四川一位作家的一篇小说《衣冠似雪》，这是我见到当代写“荆轲刺秦”的最好的小说，尤其是对“图穷匕见”的改造，使这个传说有了新意。我希望陈凯歌能读到这部小说，或许对《刺秦》有些作用。

问：你在接受《羊城晚报》采访时，曾提出一句口号，叫文学改造影视。是为你由作家而导演作辩护呢，还是批评影视作品缺少文学性？

潘：我当然是指后一层意思。作家与导演本来就不是一回事。演员能当导演，摄影美工也能当导演，为什么作家不能当？去年我在北京，晚上闲着没事胡看电视，看到梁晓声等几位作家在北京电视台专栏里做客。有观众问梁晓声，你认为一个导演需要什么条件？梁晓声说一是身体好，二是身体好，三还是身体好。这当然是一种调侃，也反映他对现在的导演水准的不满。还有一件事，中央台电影频道曾经讨论过什么“导演证”，好像提出今后导演这行要持证上岗，就是说导演这事还挺严肃的。其实懂得怎么拍戏的确不难，就是身体不好也可以当导演，比如坐在轮椅上看监视器。但拍好戏就太难了，是大学问。至于“导演证”一说显然很可笑，要是这样，张艺谋和姜文都出不来了。我觉得艺术这种东西某种意义取决于人的禀赋，他是这块材料就好办；不是这块材料折腾几次他也就收兵了。写作也是如此，都是写句子，都是叙述，有的人一下笔就神了，比如说阿城，当年《棋王》一发表就令人刮目相看。类似的例子还有奥立弗·斯通，这个当年越战中的美国大兵，一上手就能拍出《野战排》和《刺杀肯尼迪》这样的片子，说明他天生就该是个电影导演。我见过许多一级作家和一级导演、一级演员，也不知道他们这一生忙了些什么。

文学是影视的基础，我想这个应该得到承认。说剧本是一剧之本，这话还是对的。现在不少投资者揣着钱找好剧本，说明剧本重要吧。有一次我碰到韩刚，就是参与拍《宰相刘罗锅》的那位，他说经常有人给他送剧本，而他又总是看不中。这些剧本太水，故事不好，台词极差。连许多演员也抱怨好剧本太少，一些台词简直就不是“人话”。所以我主张一些优秀的小说家来写剧本，主张文学素养较好的导演来拍戏，主张喜欢读书的演员去演角色。综合艺术应当用加法来运算，各个部门都去丰富、去再创作，而不是做减法。总之，文学的水土不能流失。

问：市场经济对文学艺术的冲击越来越大，一些纯文学作品难以出版，由此推测，一些在艺术上有追求的影视作品也难以找到投资。这个因素是否带有制约性？

潘：某种意义上是这么回事。出版是企业，影视更是企业。对产品的投资意味着通过产品得到回报，这很正常。票房和收视率自然对投资者构成心理上的压力。我的投资人曾对我说，不赔是起码的标准，我想这已经是很宽容了。前些日子香港《明报》的记者与我交谈，问我对香港影视的评价，我说我几乎不看香港的片子。以前对吴宇森、徐克的几部作品还有点印象，当然都是奔票房去的。吴宇森在好莱坞打下一块地盘实属不易，动作片能拍到那种水平，我认为就不简单了。他们定位很明确，就是好看，让老百姓高兴。我很烦那些装腔作势的作品，既不好看又不“艺术”，当然是浪费钱了。

问：自从你执导电视剧以来，你的自我感觉如何？

潘：没什么特殊的感觉，只是觉得自己能做这种活而已。《大陆人》算是个热身赛，由于受到投资方的限制，许多想法没有实现。这回的《海口日记》会有所改变。这是根据我的同名小说改编的，小说发在《收获》第3期上，我会尽力把它拍好。这部片子的投资方就是北京的一家公司，他说剧本让他耳目一新，我想这或许是他看烦了“京味剧本”的缘故吧。从近几年的情况看，北京的电视剧非常一般，倒是外省人滕文骥的那部《北京深秋的故事》，多少挽回了一点面子。这或许是个信号，意味着原先被视作大腕的那些人戏唱完了，该轮到别人上场了。北京历来就是个藏龙卧虎的地方，因此大家都应该伸手探一下自己的米桶，看看还能煮上几碗饭。

答安徽大学校友问

时　间：1999 年 11 月 18 日
地　点：安徽大学学术报告厅

问：潘老师，今天回母校做学术报告，你有何感慨？

答：感慨？那应该是有一些的。21 年前我进来时好像还很帅，一发校徽立刻就别上了，那时上大学跟“范进中举”似的神气。所以今天见到我的一些老师和朋友，我很高兴。不过我不是来做学术报告的，我没这个本事，我只想和大家一起聊聊天。大学这道门我是进了，那时我的想法很单纯也很朴素，就是先解决一个户口问题——我是从农村当知青上来的。等我想当作家的时候，忽然发现，像我这种人好像更应该从窗户里翻进来。

问：请问潘老师，你在大学期间是怎样读书的？

答：我首先得向大家说明，我在校读书期间大概不能算是一个好学生，因为我经常旷课。但我同时又自觉是个认真读书的学生——只要是一些我不感兴趣的课，尤其是那些莫名其妙的公共课，我都企图“旷”它，然后就一溜烟钻进图书馆。不过在图书馆看书容易令人分心，好像我边上总有谈恋爱的人。这样就只好夹着书回到宿舍了，躺在床上看。我看书都是凭个人的喜爱，也看得比较杂。譬如说，我记得我借的第一本书是前苏联导演库里肖夫的《电影导演基础》，那本书比砖头还要厚，有很多经典影片的剧照，我差不多是把它连画带摘地抄了下来。等觉得自己以后会去写小说时，我开始选择我喜好的外国作家的作品——选择很重要，譬如我就不喜欢巴尔扎克，而喜欢福楼拜；不喜欢托尔斯泰，而喜欢陀思妥耶夫斯基。选择最初都是一种直觉的，仅仅凭个人的口味，当然也与其他原因，比如说与翻译家的译笔，有一定关系。我喜欢《包法利夫人》，某种意义上说与李健吾先生的那种译笔有关。他那种短句子在当时很吸引我。再就是，我后来喜欢把某个作家的作品集中起来读，我记得在二年级的下学期，我就只读了海明威。

问：你是什么时候开始进行文学创作的？你的处女作是什么？

答：1977年我报考浙江美术学院，他们不要我，第二年进了安徽大学中文系，读汉语言文学专业。由于这种原因，使我在进校之前就对自己的未来作了粗略的设计，我想我将来不会去搞研究，更不会去做行政，我要干的还是创作。于是在进校后的不久，我就往这方面动作了。我的处女作，应该是1981年发表的独幕话剧《前哨》，这个戏是为纪念鲁迅先生诞辰100年而写的，也是我自编自导自演的，我扮演了鲁迅先生——造型很像，后来获得了全国大学生文艺汇演一等奖。第二年我在《青年文学》的创刊号上发表了短篇小说《啊！大提琴》，这是我的小说处女作。不过，我一直把1987年当做我写作的真正开端，以在《北京文学》上发表的中篇小说《白色沙龙》为标志。尽管这之前我在《花城》、《中国》等刊物上已经发表了近30万字的小说。

问：为什么你把1987年当作的你创作的开端？是因为《白色沙龙》是你的成名作吗？

答：我认为1986年前后对当代中国文学是一次革命性的转折，其标志是一些作家特别是一些中青年作家开始有了文体上的自觉。由于这一点的确立，使小说创作颠覆了传统的模式，形式的重要性一下提到了很高的地位，作家由“说什么”转变到“怎样说”，小说叙事成为一门艺术。这不仅是一个简单的方式方法问题，它涉及文学的观念、立场、原则的改变。当一些带有现代色彩的外国作家，如卡夫卡、塞林格、博尔赫斯、马尔克斯等的作品引进之后，给青年作家带来了很强的冲击力，同时他们及时调整了路子，开始写出自己早期的那些优秀作品。我把这个阶段称作当代文学“好看的时刻”。《白色沙龙》实际的写作时间是在它发表的一年半之前，当时先投给了《人民文学》，结果这家刊物因为马建那篇写西藏的小说惹下了麻烦，编辑部把我的稿子压了一年，最后还是退了。这也是我和这家刊物打的唯一的交道。我改投了《北京文学》，他们当头条发了。这篇作品算不算我的“成名作”，我本人不清楚，但它对我的写作生涯构成的意义重大，这之后我好像知道自己该怎样写小说了。有一个趣事我顺便提一下，发稿时，我接到责任编辑的电话，说某一页少了，找不到，但又说，把上一页最后一行划掉，又与下一页接上了。问怎么办？我说那你就这么接吧。至于弄丢的一页写的什么，我至今不知道。

问：潘老师，你喜欢哪些中国作家？你对《围城》这部小说怎么看？

答：我喜欢鲁迅，《鲁迅全集》我通读了好几遍，直到现在我睡觉前还喜欢拿先生的杂文读读。另外我也喜欢周作人、沈从文、郁达夫，还有冯文炳（废名）。《围城》我是认真地读过两回的，钱先生的叙述与表达，不乏一些机智的东西，但作为一部长篇小说，它并没有舆论说得那么高。首先是它的结构不舒服，有一种不连贯的感觉、头重脚轻的感觉，缺乏有效的安排。其次是有些地方笔墨过于随意，譬如一开始写方家，非常啰嗦，这种铺陈使小说失去了精致。我想《围城》这本书的影响，某种意义上还是由海外夏志清几个老人捧起来的，传到国内，使一些人有了先入为主的印象，于是先承认它是名著，然后再去读它。

问：你刚才在报告中说，读书要依靠直觉，相信自己的判断力。但有些书是否需要指导？

答：我是这样读书的。但这只是我个人的方法，不会也不可能适用于每个人。读书当然需要必要的指导，问题是你不能因此失去你的判断力，放弃你的理解。我们有些习惯的提法实际上是值得商榷的，譬如古典文学的“四大名著”，我就不同意这种看法。为什么非得是四部而不是五部或者三部呢？即使我们名额有限，只能是四部，那么在我眼里，《三国演义》、《西游记》就不能算。我要提《儒林外史》和《聊斋志异》。当然这里还有一个需要说明的问题，就是一个作家的阅读和一个读者的阅读，本质上是不同的。作家读作品，主要是了解“怎么说”，读者则是要了解“说什么”。

问：作为中国先锋小说的代表作家之一，请你谈谈先锋小说与别的小说有着什么不同？

答：这是一本书的题目，我回答起来可能很勉强。所谓“先锋小说”，某种意义上是批评家们做学问的需要，是一种归纳，就像对“寻根文学”同样也是一种归纳一样。中国先锋小说——姑且沿用这个既定的概念吧，在1985年开始有了一些气候，当时称“现代派”，出现了刘索拉，随后出现了马原和莫言，这之后是余华、苏童、格非、叶兆言、孙甘露、北村，也包括我。由于这些人比较集中一些，另外就是他们的主要作品是发表在《收获》、《作家》、《花城》、《钟山》以及稍后出来的《大家》、《山花》上，从总体上似乎呈现出了某种态势。我记得1988年第6期的《收获》就辟了“先锋文学”的专号，发了我们这些人的作品，影响很大。就我个人的亲历，我对那个时期的写作状态至今十分留恋，那种对叙事的激情是完全可以用“自由奔放”来形容的。但那个时期的作品最大的不足就是对形式上的东西过于沉醉，于是刻意的痕迹在所难免。等到几年后写《流动的沙滩》，才觉得自然一些。如果问我的小说与传统小说有什么不同，我想大家最好去看我的小说。

问：潘老师，我去年看了你的《海口日记》，最近又看了《关系》，这两个中篇都是写海南的，我知道你在海南生活过几年，请问，这两篇小说是否带有你个人经历的影子？

答：我是1992年春天去海口的，在那里前后生活了近3年。海口是很好玩的。我写了这些关于南方的小说，当然还是有感而发。但我需要向各位声明的是，既然是小说，就意味着我们首先得把它看成是一个虚构的文本，故事肯定是我编的嘛！不过，这中间的一些感受很真切。这可不表示我真有多少货真价实的体验。《海口日记》发表后，我收到很多读者来信，其中也有安大的，不知道这位朋友今天在不在场。有不少读者在信中问了同样的问题，他们大概觉得我就是小说中那个倒霉而又幸福的作家吧！有一位天津的读者先后来了几封信，询问海口有没有那么一条废弃的轮船，倘若有，他就想去住了。他说他很想过那种漂泊而诗意的生活。我吓得赶快回信，说这是我瞎编的，你还是安心工作吧，别把饭碗砸了。我觉得一个作家的体验关键在于他对事物的敏锐判断能力，需要一种悟性的理解，别人看不见的地方，他看见了；在大家都看见的地方，他看见了更深的或者更有意味的东西。美在发现——我觉得这个观点永远不会过时。发现就该是独一无二的，解释也应该是独一无二的，哪怕人家说你偏激，说你片面。我记得黄子平很早就提出了一个观点，就叫“深刻的片面”。当然小说家的使命不是来给这个世界下个什么结论的，他甚至都不解释，他只向你呈现。不过他心里应该大致是清楚的，只是不愿把小说写得太明白。这样一来，小说就具有了一种内在的张力，获得了一种弹性，由于主题的不确定性，反而给阅读带来了丰富性。譬如《海口日记》的那个结尾，作家在天桥上遇见拉胡琴的瞎子，瞎子却提出一个非分的要求——摸他的脸，作家竟也顺从了。不料瞎子却说：我们长得是不是很像？这个结尾，你可能不会一下子想出什么来，但你会去想，去琢磨。不会是像《林海雪原》那样，座山雕一抓，红旗就飘起来了。

问：请问潘军老师，除了写作，你还有其他哪些爱好？你喜欢音乐和喜欢旅游吗？你觉得阅历对一个作家是不是很重要？

答：我好像爱好还挺多。我喜欢绘画、书法，喜欢当导演去拍我想拍的电影。音乐我是喜欢的，但我自己一样也不会，只能欣赏一些交响乐和民乐，却不爱听歌。这可能与我的年龄有关吧。至于旅游，不花钱的旅游还可以，我倒不是小气，我在一篇小说里作过这样的表述：旅游就是花大把的钱去过一种颠沛流离的日子。其实这是一个懒人的自我宽慰，阿Q式的。谈到阅历和创作的关系，我认为还是重要的。就我个人的情况看，我这些年在4个城市里待过，这比守着合肥会有意思一些。要不，我怎么能写出一批关于海南的小说呢？不过还有另一种旅游。博尔赫斯说，他一辈子都在书籍中旅行。就是说，读书也是旅游，“读万卷书，行万里路”，古人已经说得很明白了。也许是为了弥补不喜欢旅游的遗憾，我每天睡觉之前都要读几页书。

问：潘老师，我刚刚在《上海文学》上读到你的一个中篇《桃花流水》，是写40年代的事的，我想知道像这样的题材，你写的时候有什么参考的素材吗？

答：没有，没有素材一说。这种看上去很陈旧的故事，我拿来只是为了寻找一个载体，说别的事，有点王顾左右而言他的意思。除了我之外，我的一些朋友大概都会这样做，譬如余华的《活着》、苏童的《妻妾成群》、叶兆言的《枣树的故事》、格非的《迷舟》，应该都是如此。这样的作品我写过好几部，像《蓝堡》、《夏季传说》、《结束的地方》，还有第二部长篇《风》。借历史说故事，并不是至少不完全是有意回避现实，主要是觉得借这个构架会说得好一些，有趣一些。当然也有一些作品，在一定程度上表现出对那段历史的反思，我想《风》中这种意识比较强烈。

问：对于一个想写作的人来说，他的起步阶段该怎么做？你认为当一个作家应该具备什么条件？

答：我想学会读小说应该是最重要的第一步。我刚才说了，作家的阅读和读者的阅读有着本质的不同，如果你想当作家，你就必须从别人作品里读出好来。你能读出主题的消解，读出结构的设置，读出细节的安排，最要紧的是你能读出语言的魅力——叙事上、表现上、语感上，甚至遣词造句上的魅力。我现在读小说，只要第一自然段让我不舒服，我就不会再看。依我看，一个作家的基本条件应该是他对生活的认知能力和表现能力。这里面有后天的锻炼，也有先天的禀赋——凡是带有创造性的劳动都离不开这一点。我举一个例子，就是阿城和他的《棋王》，我印象里这是他第一次发表小说，可能也就是处女作，至少是成名作吧，给我的感觉就是不同凡响。他的句子非常有魅力，从中你能感觉到他的学识，感觉到他古典文学的功底，更能感觉到他的天赋。所以《棋王》一问世，原先那一堆写知青的小说便黯然失色了。

问：最近文坛上王朔批金庸的事搞得很热闹，对此你怎么看？你又是怎样评价金庸的武侠小说的？

答：我已经对人说过，像这种事本来就不是什么话题，更谈不上是热门话题。王朔作为金庸的一位读者，发表对作品的意见是最正常不过了，怎么就成了问题呢？即使有问题，那也是传媒自身的问题。前几天我从报上看到，金庸发表声明，声称他与王朔并没有个人的恩怨，这就更好玩了，难道我对你的作品说了几句批评的话，就表示我与你有怨？关于对金庸小说的评价我一点也谈不出，因为我从来没看过。

问：请问潘老师，对于“新生代”作家，你是怎么评价的？

答：我还谈不出什么评价，对“新生代”这种称谓也不习惯。但是我觉得像韩东、李冯、朱文、李洱，他们有些小说写得挺好，其实我觉得大家在文学立场以及写作的原则上是一致的，现在经人这么一划分，好像就多少有了不一样，这很荒唐。中国文坛有许多这样专门取名号的人，时常这个派那个派的煞有介事，并且还喜欢把自己提出了什么当作一生的荣誉，实在莫名其妙。

问：在你的创作中，哪些作家对你的影响大？你怎样给自己在当代文坛上定位？还有，你认为先锋文学能成为文坛的主潮吗？

答：第一个问题我似乎已经回答过了，我上面提到的那些我喜欢的作家，换个角度看，即他们的作品都是对我产生影响的。我并不偏爱某一个作家。第二个问题不是由我来回答的。不过我还是有兴趣说几句。我曾在一篇文章里写过，当代文学的一个重大遗憾就是权威的缺席，没有大师；而另一个同样重大的遗憾是，似乎又到处都能见到以大师自居的人物。缺乏大师意味着失去权威而公正的裁判——所以这些年我们这些人实际上是在踢一场没有裁判的足球。那么，面对这样的球赛，要想把它踢下去，唯一支持自己的就是踢球人的心态了。所以定位一说根本就不能成立——谁给你定位？来自官方的荣誉以及媒体的炒作，从来就不能视为对作品价值的衡量尺度，即使是某些打着学术招牌的评议，也在很大程度上偏离了起码的学科意义和专业精神。1993 年，我在海口会见一位加拿大的汉学家，她就问过：你怎样看待自己在文坛上的地位？我说一个鲁迅能压几代人，现在我们能谈什么地位呢？我想真正愿意写作的人是因为喜欢写作，而不是喜欢什么地位。即使确实存在着地位一说，那么我觉得，是指一部作品——作家应该活在作品里，不要活在印了很多头衔的名片上。最后一个问题，回答很简单：不能。我们这种写作，某种意义上是一种边缘写作，它需要同时远离主流意识形态的中心话语和民间大众的公共话语。这种写作是寂寞的，乐趣只有自己知道。

问：潘老师，我最近看了你的长篇新作《独白与手势》，我想知道“独白”与“手势”意味着什么？

答：这个标题最初的考虑是有一种字面上的吸引力。我觉得好看，读起来也好听。因为对这篇小说我做了一个尝试，就是把图画当作叙事的一个层面放进去，也可以说它是个双重的文本。这样，我就觉得，所谓“独白”与“手势”其实都可以理解成一种叙述，“独白”是说的，“手势”是难以言说的，是比划出来的。你们现在看到的只是小说的第一部《白色》，第二部是《蓝色》，发表在明年第 1 期的《小说家》上，第三部就是《红色》，现在还没写。

问：有人说，现在小说家的出名得依靠影视的手段，特别是和张艺谋这样的“大腕”合作。譬如像苏童，如果没有《大红灯笼高高挂》，他的知名度就不会有这么大。你对此怎么看？

答：我不同意这个看法。一个导演有可能捧红一个演员，但不可能捧红一个作家。和张艺谋合作的作家很多，苏童、余华、莫言、刘恒这几位，在没有和他合作之前就已经是优秀的作家了，其他几位，合作之后我看也没怎么红起来呀！我没有别的意思，就是证明一下导演没这种功能。我倒觉得是这些作家成就了张艺谋。至于名气，是各式各样的，有人有民间影响，有人为官方赏识，有人被学术认定。这取决于他的作品品质，各得其所，就像磁铁永远不会吸住一块土或者一块金子，它只能抓住一块铁。

问：潘老师，我看过你一篇随笔，在说到作家的底气时，记得你说过类似的话：大家都应伸手探一下自己的米桶，看看还能煮上几碗饭。虽然你有难得的清醒，但我觉得也表现出你个性中偏执的一面？

答：偏执吗？或许是有一点。我是针对那些历来自我感觉良好的人说的。他们把自己想象得很了不得，其实作品很臭。作家是什么？高尔基说是人类灵魂的工程师，这话从前感召过我，但等我成为一个作家时，我才意识到作家不过就是一个手艺人。你们别笑，我这可不是什么调侃，我说的是实实在在的话。他得靠这一行吃饭，靠这一行养家糊口，当然他自己爱这一行，但一个木匠同样也爱他那一行呀！不信你去问问一个木匠，是你写的小说好，还是他打的家具好？谈到底气，我又觉得我们这些写作的人，又像是运动员了，马拉松运动员。一开始总是很热闹的，但慢慢地就觉得路是越跑越长，脚是越跑越软，究竟有几个能坚持到终点，还真难预料。

问：潘老师，请你坦率地回答，如果你没有今天这样的成功，你还会有今天这样的自信吗？倘若你失败了，对这种选择后悔吗？

答：我并没有意识到今天的成功，但我同样也不会意识到我的失败。为什么这么说呢？因为写作的愉快在于它是一个未知不断显现的过程，如果有一天你能觉得不写作很难受，那就对头了，就像好酒的人一样，一天不喝他就不舒服。但你问这个人，如果喝醉了你后悔吗？他肯定说不，或者摇摇头。即使我今天一事无成，我对我这种选择也无怨无悔，因为在我失去或者还将失去一些东西之后，我至少获得了一样，那就是心灵的自由。（鼓掌）

恐惧的对面就是爱

——答《中国书报刊博览》记者问

时　间：2003 年 11 月

问：您在描绘自己的生活状态时曾说过，您基本上是一个“住标准间的男人”，现在还是这样吗？

答：我说过这样的话。1992 年春天我去海口，从此开始了一种“自我放逐”的生涯。之后我又去了中原的郑州，然后又来北京，在这漫长的日子里，我浪迹四方，所以说是“住标准间的男人”。

问：作为一个先锋派作家，当年您以《南方的情绪》、《流动的沙滩》、《风》等新潮作品在文坛很风光的时候却选择撂了挑子，选择了自我放逐。您经过商，怎么后来又拿起了笔？

答：我从来不觉得自己有过什么“风光”，1992 年去南方，基于两个目的：一是换一种活法——当时我在安徽的境遇很差，到了省文联，却没有一个具体的部门要我。我被临时“挂”在办公室，感到非常沉闷，所以要离开；二是想挣钱，因为我意识到像我这样按照自己的意志进行写作，其实是很奢侈的。那么首先得想办法把自己养起来，至少不要沦落到卖文为生吧。这样折腾到 1996 年，我以一部中篇《结束的地方》结束了我为期五年的经商生活，实行了“软着陆”，顺利回到了案头。

问：您的作品都体现出一种对生存的恐惧，为什么？您在生活中有这方面的经历吗？当生存危机来临时，您会以一种怎样的心态面对？如果您曾经有过这种危机的话，您是怎么过来的呢？

答：我想每个人的生存境遇中都有恐惧感。恐惧不一定是某个具体的事实，而更多的是一种气氛，属于人的心理范畴，某种意义上是人与社会构成的那种紧张关系的特殊反映。这与生存危机是两回事，当然，所谓的生存危机也是每个人都会遇到的，但这个我不觉得可怕，而采取的做法也是以不变应万变，该干什么干什么。

问：批评家施战军在《标准间内外》一文中说您“爱文学，不爱文学界”，所以您不加入中国作协这样的组织。那么您对当今中国文学界是怎么看的呢？

答：不了解，自然也就谈不上什么看法。写作是纯粹个人的事，与任何组织、机构无关，这是我一贯的立场。因此我不会加入这样的组织，倒是喜欢一种沙龙的感觉，志趣相投的人有空可以一起畅所欲言。

问：您曾说：“一个作家只有切实感到路越走越窄时，心理才踏实，才算没有摸错方向。”那如果真有了这种感觉，也就意味着面临着一种危机，您会怎么办呢？

答：对于一个小说家，我觉得最值得关心的是：你能否写得更好？小说作为语言的艺术，讲究的是叙述的方式，这种对叙事空间的探索其实是很艰苦的，自然不会那么轻松了。但小说就是这样发展下来的。我不认为这种感觉是一种危机，倒是分享了一份艰难。如果有一天我感觉“江郎才尽”，那我就不写了。我不会像有些作家那样去“耗小说”。

问：您在北广演讲时曾说：“文学能影响到你的观念，最终会改变你的生活方式和思维方式。”从事创作这么多年来，您的生活方式和思维方式有哪些改变呢？

答：这不是几句话就能够说清楚的。一个人立足于世，自然有不同的价值观念和取向。我选择写作，是因为这个职业很适合我，写作使我与这个世界发生了联系，也成为我个人的存在方式。我以文学的眼光观察世界，以写作的方式表达对世界的看法，很快乐。

问：您曾撰文评论贾平凹说他的素质不能成为小说家，那您心中小说家的标准是什么呢？

答：我心目中优秀的小说家，是坚持自己的文化立场，按照自己的判断，在叙事上勇于探索，并且显示着人类良知和人文关怀的那种人。

问：随着时代的变化，一个作家的写作立场和原则也不可避免地要发生一些变化，创作这么多年来，您的创作心态变了吗？

答：时代某种意义上对写作会有制约，但对于一个好的作家，其肝胆素质是不会改变的。一个作家的调整，如果发自文学的内在需要，而非迎合主流意识形态或者商业形势，是很正常的。我写作二十余年，心态没有变——我依然是在认真努力地去接近我专业上的目标。

问：您的创作是否和您的经历有很大关系？

答：一个作家的记忆与经历，决定了他的创作方向。正是在这个意义上，博尔赫斯才说“一切文学都带有自传性质”。但并非是拿着经历当素材的，至少对我不完全是这样。

问：写作对您来说意味着什么？生命？全部？调味剂？还是什么？

答：是使命，更是日常生活。

问：您从小的梦想是做什么？当作家吗？那时您对作家的理解是什么？

答：我从小的理想是当一个画家。后来上了大学中文系，才开始写作。我对创造性的劳动有兴趣，包括做饭，但天天做不行。

问：人每个阶段的阅读重点都会不同，您呢？能否谈谈您从小到现在的阅读？

答：我一直喜欢读杂书。以前读过一些文学名著，主要是西方的，我以自己的眼光选择喜爱的作家。进入四十岁之后，我的阅读偏重于历史典籍。

问：有没有一本或几本能影响您人生、生活的书？是什么？怎样影响的？

答：如果有，那就是《鲁迅全集》，我读了几遍。

问：当前的小说家有一个困境，那就是如何在故事泛滥的时代里讲故事，您认为呢？

答：我不清楚现在是否是“故事泛滥的时代”，但我知道小说和故事是两码事。小说是一种叙事文本，它更多的是突破故事的层面去探求形而上的意味。这里就永远存在着一个叙事发展的问题。小说家真正的困境，可能是不知道“怎么说”。

问：能说说您的创作近况吗？

答：“非典”期间，我在北京就地卧倒，作了一批画。最近广西师大出版社出版了一套三卷本的“潘军作品”（《海口日记》、《合同婚姻》

和《山水美人》)，其中的《山水美人》是一本散文随笔集，就插上了这些画。另外，我刚刚写完一部长篇小说《死刑报告》，将发表在《花城》杂志今年的第六期上，单行本将由人民文学出版社出版。这是一部对中国的死刑制度进行拷问的小说，我想应该很好看的。

答《中国文艺家》杂志问

时　间：2003 年 11 月

记　者：潘军先生，众所周知，你最早是以先锋派的姿态步入文坛的，学术界一直把你视作这一流派的代表作家之一。你早期的作品，比如《南方的情绪》、《流动的沙滩》等，虽稍显晦涩，但对小说的结构和叙事技巧做了大量的探索。1996 年你结束了为期五年的南方之行后，写作风格日趋圆熟，作品也变得好看、好读且耐人寻味。这个调整对你意味着什么？

潘　军：一个作家的调整，应该是发自写作内在的需要，这是个前提，而不是某种妥协的结果。所谓文学上的“先锋派”，某种意义上是批评家们对一种文学现象的归纳。80 年代中期，当代文学确实出现了一批新鲜的小说，还有诗歌。这些作家以对传统文学反叛的姿态出现在中国文坛上，立足于形式的探索，他们的作品也集中发表在《收获》、《花城》、《钟山》、《作家》这样的杂志上，也似乎有一种“派”的感觉。从文学实绩看，他们的作品是对后来的作家产生深远影响的，也是对当代文学做出了贡献的。作为“先锋文学”的亲历者，我缅怀那段美好的时光。但是，到了 90 年代之后，“先锋文学”的阵营开始发生了变化，一些作家都不同程度地进行了调整。我曾经说过，一个作家刻意把小说写得晦涩，那是一种病态；主动去迎合什么，那是媚俗；而努力把小说写得好看，应该视为一种追求。

记　者：那么，是不是从这个时候起，你的小说开始引起一些影视制作机构和影视导演的关注的？

潘　军：或许是这样吧。我不是一个在民间拥有知名度的作家。可以说在1996年之前，没有多少读者知道中国有一个叫潘军的作家。等这以后，我的一批中短篇小说，如《海口日记》、《对门·对面》、《关系》、《重瞳》、《秋声赋》、《和陌生人喝酒》等，相继被《新华文摘》、《小说月报》、《小说选刊》这样的刊物转载，喜欢我的读者才逐渐多了起来。去年我编《潘军文集》，粗略看了看，仅《小说月报》这几年就转载了我二十来篇小说，这个量很大。也就在这个时期，正如你们所言，一些影视机构和导演开始与我联系了，要买版权什么的。但我和别的作家不同，我本人是可以自己来做编剧并且自己当导演的。1997年，我自编自导了一部二十六集的电视剧《大陆人》。

记　者：当时是什么动机驱使你作出这样选择的？

潘　军：有两个原因吧。第一，我需要通过这种方式去挣钱，给自己的写作一个支持。我是一个职业作家，这个定位和国家体制内的专业作家有所不同。我认定的那种职业作家，是按照自己的意愿去写作的，是自我表达的实现，丝毫不受指令支配。在今天，这样的写作其实是很奢侈的，因为它的艰难劳动与得到的回报往往不成比例。因此你就首先必须把自己养起来，养得从容一点。第二，我有一个导演梦。我对影视，特别是电影的兴趣早于小说。上大学之后，我从图书馆借的第一本书就是前苏联导演库里肖夫的《电影导演基础》，比砖头还厚。我几乎是连文带图地把它抄了一遍。那个时候，我就渴望将来去做一名电影导演，我觉得这个职业可以最大限度地展现我的才华。我生长在一个梨园世家，从小就在“戏园子”里看戏。我喜欢像石挥、蓝马这样不着表演痕迹的演员。上大学之前，我是学画的，对构图、造型、色彩都很敏感。所以到了1981年，我大学三年级的时候，我自编自导自演了一个独幕话剧《前哨》。这个戏是为了纪念鲁迅先生诞辰一百年的，我演鲁迅，后来获得了全国大学生文艺汇演一等奖。那年我二十三岁。后来我的毕业论文也是关于电影导演艺术的，系里当时没有老师可以指导，但都觉得还不错。

记　者：《大陆人》作为你影视作品的处女作，你觉得是否已经达到了自己预期的目标？

潘　军：远远没有！这个戏当时是在郑州筹备的，由我一个人开始，逐渐搭成了一个剧组。主要的拍摄地是在海口，由于条件的限制，前期勉强对付过去了。但问题出在后期。等拍完了，我才知道投资方与你的立场完全不同，他们只希望以尽可能小的投入，得到最大的回报，根本不想多一份投入就会提高一份质量。一部二十六集的戏，投资规模还不足三百万人民币，前期不到两个半月就封镜了，对创作一方是多么的艰难！等到后期，问题突然来了，原先谈好的条件被无端否了，劳务标准也大打折扣。你的一些合理要求得不到满足，你对所谓艺术上的追求得不到任何同情，这样的合作真是很痛苦，也很无趣，所以我没有介入后期，从此就离开了郑州。导演不参与后期，那么片子的品质就可想而知了。

记　者：经过了这次不愉快的合作，你是否放弃了当导演的想法？还是希望接着再尝试？

潘　军：1998 年，我在北京拍摄了一部叫做《对话》的“电视电影”。也是自编自导。当时投资人对我说要拍一个都市系列，要拍十部，口气很大。结果第一部拍完了，觉得没什么钱可赚，也就草草收场了。《对话》是一个伤感而温馨的故事，一个来北京看儿子的乡镇老人，在儿子家里却怎么也与儿子、媳妇处不好，自己也觉得难受，却意外地和邻居的一个哑巴孩子沟通了——所以叫《对话》，两个不具备对话条件的人却可以“对话”，而能对话的人却怎么也说不到一块去。这部片子，“电影频道”播了好几回，但影响不大，反映平平。从导演的角度看，存在一些问题，而最大的问题还是老问题，资金不足，以至于不得不偷工减料，很多东西实现不了。但《对话》里那台演员，我是喜欢的。李丁饰演的父亲，杨立新饰演的儿子，张岩饰演的儿媳妇，吴刚饰演的哑巴孩子父亲，刘梦梦饰演的孩子继母，都很好。特别是饰演哑巴孩子的陈海滨小朋友，是我专门到北京聋人学校挑的。当时制片方说找一个正常的孩子来演，我说不行，哑巴孩子身上那种特有的表现，正常的孩子是演不出来的。我坚持挑了这个残疾孩子，还专门请了一位手语老师。

记　者：现在很多影视作品都是根据小说改编的，你也是颇受关注的作家。你认为影视机构和导演看中了你小说中的哪些元素？

潘　军：当然是故事啊！他们无非就是从你的小说里找到一个好故事嘛，无非就是看中了小说里的人物关系和情节冲突。但是，我一直认为，一流的小说是不可以被改编的。即使强行改编，那也是另外的一个东西了。

记　者：为什么可以这样说？

潘　军：一个纯粹的小说家从来就不会因为自己的作品被改编而感到骄傲，这与民间的判断完全不一样。经常听见人说，某某作家的小说被搬上了银幕，搬上了荧屏，似乎很了不起。其实不是这么回事。作为小说家会觉得，小说被改编了，从某种意义上讲，就说明小说本身不够纯粹。一流的小说之所以不能被改编，是因为它的内部有一种不可动摇的因素凝结在一起，成为一个不可分割的整体。一流的小说在于思想和叙事。被改编，说明这个作品本身还存在着可能移植的空间。即使一些名著被改编了，那就是另外的东西。比如说，米兰·昆德拉的《生命中不能承受之轻》，改编成电影《布拉格之恋》，就完全是两个东西。小说中所表达的那些形而上的意味，那种夹叙夹议的叙事风格，电影都无法表现。尽管那部电影拍得也还不差。

记　者：你当初写作这些小说时有没有考虑过日后会被改编为影视作品？

潘　军：我可以负责地告诉你们，没有。虽然我有一些小说后来被改编了。我习惯的做法是，直接写剧本。小说和影视是两种不同的东西，前者讲究的是叙事，后者关心的是故事。但你们说的这个现象，我也注意到了。确实有这样的小说家，动笔之前就产生了将来被希望改编的心理定势，甚至还有先写剧本，再把这个剧本还原成小说——这能算小说吗？

记　者：作为文学的小说，你认为在影视作品里应该起到什么作用？

潘　军：最重要的作用是成为剧作的基础。张艺谋最初的几部电影，都是从小说改编过来的。某种意义上，应该是几位优秀的小说家成就了导演张艺谋。可是一旦扔掉小说这根拐杖，他行走的步伐便不尽如人意了。这次的《英雄》就是如此。虽然他本人也加入到了编剧班子，但要表达什么，自己没有底，手下自然就会离谱。难道“胸怀天下”就是英雄？按照他演绎的这个逻辑，希特勒是不是也该算英雄了？因为他也一样“胸怀天下”啊，哪个独裁者不“胸怀天下”呢？至于形式上的东西，不足为奇吧，无非就是钱堆出来的嘛。一部电影的文学深度应该是作品的最高目标。我们今天无论是谈论英格玛·伯格曼还是克日什多夫

·基耶斯洛夫斯基，都是在谈他们的电影里的文学精神，那种宗教情怀，那种人类的终极关怀。一部电影，它的局限大小，取决于文学上的深度，这是无可置疑的。

记　者：你第一部被改编成影视剧的是哪篇小说？

潘　军：《海口日记》。这是一部中篇小说，始发刊物是《收获》。当初剧本也是我自己改编的，结果拍出来之后才知道导演自作多情地做了一些手脚，让我沮丧不已。

记　者：《海口日记》在读者中是影响很大的。

潘　军：应该是吧，我记得当时就收到了不少读者来信。去年，一位德国的同行打算把它翻译成德文，他正在考虑编一套世界作家与海有关的书。他让我用一句话把《海口日记》的主要意思说出来，我就说，有一个作家为了摆脱麻烦，隐姓埋名地去了一个岛上，结果却遇见了更大的麻烦。他高兴地大笑，说这个意思很妙。但是后来电视剧的气味就变了，先是剧名也不叫《海口日记》了，而叫《生死有情》——活脱脱的港台味。其次是经导演这么一改，原来的那个妓女虽然也还坐台，但既能演唱还能作曲——这样的女人还可以做妓女吗？如果有，唯一的理由就是她太想做妓女了。诸如此类的例子还很多，但我没看出什么高明来。我并不反对导演修改剧本，根据现场需要对剧本进行一些合理的调整很正常，而这样的修改，我很不明白。所以后来我也学了一招，不就是电视剧吗？你随便弄吧，大不了将来我不署名好了。好在《海口日记》的电影版权还在我自己手上，也许将来我自己来重新拍一部。

记　者：除了自己的小说被改编，你这两年还直接写过电视剧吗？

潘　军：有一部二十集的《好好活着》，去年已经拍完了，至今也没播。从制片人送我的一套带子看，明显两点不足。一是导演水平不够，无论是大的结构、节奏，还是细节刻画，都是问题；甚至连一场戏的“戏眼”在哪里都弄不明白。怎么可以找这样的人去做导演呢？第二，制作上太经济、粗糙，一部二十集的戏，居然没有下一场雨，令人无法想象。如此的偷工减料自然就大伤作品的感染力。但对女主角吕中的表演我还是满意的，她是北京人艺的一位老演员，具有表演功力，这次在《走向共和》中饰演的慈禧太后，也很不错。

记　者：前段时间，媒体上在大肆宣传说，一家公司在拍你的《对门·对面》。现在这部电视剧播出了，又没有见到字幕上你的名字，这是怎么回事？

潘　军：这是一个毫无幽默感的笑话。《对门·对面》是我在1997年写的一部中篇小说，始发刊物是《花城》。这部小说是我“都市系列”中的代表作之一，写的是城市人之间那种距离感，那种困境，那种焦虑，先后有不少公司跟我谈过影视的改编。2000年，我给了现在这家公司，当时因为我在写作长篇《独白与手势》，所以没有担任编剧。于是他们另找了两个编剧，最初还是打算按照小说的结构改编。我还专门为改编到北京同他们谈了自己的想法，讨论了剧本提纲。后来的事情我就不知道了。前些日子我接到一位朋友的电话，说你的《对门·对面》已经面目全非了，整个一个韩剧《冬日恋歌》的克隆。你赶紧告他们吧。我这才打开电视机看了一个片头，果然没有“根据潘军小说改编”或者“原著潘军”的字样。我很惊讶，怎么今天还有这样明目张胆践踏法律的侵权行为啊！具有法律效力的合同难道成了一纸空文？居然干出这种偷梁换柱的小人勾当！既然你克隆韩剧，那么你为什么一直在报纸上大肆宣传说“根据著名作家潘军小说改编”，这不是欺诈吗？但我并没有去告他们，对于这种人，真的不屑一告。我只在《北京青年报》上说明了一下真相，但保留诉讼的权利。

记　者：现在很多人抱怨电视剧越来越没法看了，你觉得这其中的主要原因是哪些？

潘　军：原因是多方面的。要解决这个问题，首先是要取得投资方和创作方的互相信赖，实行“钱”与“权”的相对分离。投资方不要过多地去干涉创作方面的事情。你信赖他，就把钱掏给他。在创作上，应该实行“导演中心制”。导演是对这个作品全面负责的人。而现在的情况是，什么都是投资方说了算，包括演员的遴选。那还要导演干什么？第二，要解决没有好剧本、导演没文化的问题。剧本是一剧之本，尤其是在电视剧上，剧本更显得重要。某种意义上，大众看电视剧就看两点，一是看好故事，二是看好演员。中国的编剧队伍很薄弱，需要一些小说家的加盟，才会改变这种不良现状。我们今天所看到的几部好的电视剧，不是根据小说改编的，就是小说家参加了编剧。现在的情况往往是，一方面是有文化的导演没有遇上好剧本，而好的剧本又在没文化的导演手里弄走样了。这是一个致命的错位。

记　者：很多作家都有当一回导演的想法，有的作家已经在这方面作出了尝试，你怎么看待这种现象？

潘　军：作家当导演不是新鲜事。前苏联的舒克申、法国的罗布·格里叶，都有做电影导演的经历。中国现在也有了几位，这很好啊。有人说，中国的导演跟会计一样多，这句调侃的话暗示着似乎什么人都可以干导演。是的，如果你有几分聪明，在片场混过几回，你就知道导演这活是怎么个玩法了。但是如果你想玩出个名堂来，稀里糊涂地扔掉一条命还不明白是怎么回事。我觉得一个人干任何一件事，只要是创造性的劳动，哪怕是做一个木匠，首先得想想自己是不是那块材料。齐白石四十岁才开始学画，似乎是漫不经心地一挥而就，一不留神成了大师。其实他就是具备了大师材料的那种人。美国导演奥里弗·斯通，从越南战场上回来，一上手就拍出了《天生杀人狂》、《刺杀肯尼迪》、《野战排》这样的大气之作，也说明他天生就是吃这碗饭的。

记　者：如果你有机会还能自编自导一部电视剧，你认为你能拍出一部什么样的作品？

潘　军：我刚刚完成一部以抗日战争为背景的间谍剧，叫《最危险的时候》。这是一部具有传奇色彩、惊险样式的作品，但又不是随意写出的，而是在真实史料的基础上进行的合理虚构。2005 年是世界反法西斯战争及中国人民的抗日战争胜利六十周年的日子，我写这个戏，就是为了纪念这个日子。我相信只要遇见合适的投资方，肯花气力打造，我自己能拍出一部风格独特的好看的电视剧。还是那句话，我有这个能力。但我最想拍的还是电影，比如前面提到的《海口日记》，还有《秋声赋》、《结束的地方》、《桃花流水》等，都能拍。有一次我遇见著名摄影师吕乐，他说自己曾经很想拍摄《海口日记》。我说《海口日记》一定要拍出那种“毛边感”——用手撕纸的感觉，而不是用刀子裁纸那么整齐。具体到摄影，我主张完全用“手持”。电影在导演这里，如同小说在作家那里，实际上就是完成一个叙事的过程，都是一个“怎么说”的问题。所以电影是导演的艺术。而电视剧则看重的是“说什么”——这个故事好看吗？我想，这是二者最本质的区别。

记　者：你曾经谈过，电视剧谈不上什么艺术。这话今天看是否有失偏颇？

潘　军：我是拿电视剧和电影作比较时这么说的，不能脱离这个具体的语境。我认为电影是门艺术，而电视剧则不能算，或者说它的艺术含量比较低。我这么说，是因为我本人就是这种心态。即使投资人对我很宽容，我也只能拍出一个好看的电视剧，但它还是叫电视剧，它就是这么一个胚胎嘛。电影和电视剧的差异，不在器材上，而是二者的艺术思维不一样，在篇幅上也不一样，在投资规模和技术手段上还是不一样。电影的篇幅就是一百分钟，它要求你在这个有限的时间里讲述一个貌似简单、其实内涵丰富的故事，这就出现如前所说的叙事技巧。而电视剧呢，没有篇幅限制的，于是就可以汪洋恣肆地说话。我在北广演讲时跟同学们说，电影是能不说的尽量不说，电视剧呢，是能说的尽量说——否则怎么可能有三十集、四十集呢？从技术上看，用胶片拍出来的感染力和摄像机拍出的画面差别极大。但最关键的，还是我提到的“怎么说”。电影是讲究叙事的，既然是叙事，就存在着一个表现手法问题。而这一点在电视剧里并不重要，观众关心的是你说了什么，他感不感兴趣。中国现在有一个特别奇怪的现象，就是电视剧拍得越来越讲究，拿它当电影拍，投资的规模在不断追加，演员的片酬在飙升。电影呢，越来越抠门了，据说有的电影投资就一百多万人民币，你能拍出什么？这样的时候，我就特别缅怀过去的电影制作。像上个世纪60年代的《烈火中永生》，仅是演员，就集中了上影的赵丹，北影的于蓝、项口、张平，长影的庞学勤，八一厂的胡朋、王心刚，还有中戏的蔡松龄，这样一台好演员啊，能不出好作品吗？而现在呢，基本上都是小圈子，能折腾出什么呢？

记　者：那么，你心目中的优秀电影是哪些呢？

潘　军：我对电影的要求很高。前面提到的几位导演，都是我喜欢的。还有美国的弗朗西斯·科波拉，丹麦的拉兹·冯·特埃尔，意大利的朱佩塞·特纳多雷，西班牙的佩德罗·阿姆多瓦，都是我喜欢的导演。

记　者：一部好的电影作品能与一部好的文学作品相提并论吗？

潘　军：我觉得文学的力量还是超过电影，尽管电影与现代人的沟通比文学迅捷得多，也轻松得多，但是文学对一个人的陶冶和影响力，肯定是超过电影的。文学更多的是传递思想，语言的独特魅力让你内心震撼，你感觉在被文学征服。我们经常听说“影响世界进程的十本书”，但没有听说过十部电影。

记　者：曾经读过你一篇随笔《北京现在的玩意儿》，看后很过瘾，也让人震撼。

潘　军：那篇随笔我实际上就表达了一个意思——北京这么多年来一直在忙于“打造时尚”，却远离了创造经典。这是个让人忧虑的问题，因为北京是咱们国家的首都，是“文化中心”啊，我们总不能老去看“贺岁片”和“室内剧”吧？

记　者：那么。你所呼吁的“经典”又是指什么呢？是指像交响乐那种高雅的艺术吗？

潘　军：我实际上是在强调一种艺术的纯粹性，与艺术种类没有关系。比如相声就是很民间的东西，但它照样会出经典。侯宝林先生就是，他立足于相声的本性——就是一个“说”字，卖嘴皮子，但他做到了纯粹，他就是大师。不像现在的某些演员，说不了，就又唱又跳，让人倒了胃口。再比如京剧，立足就是一个“唱”字，舞台上就两把椅子什么的，很抽象，表演是虚拟性的，没有什么声光、电子、布景，但它照样流传至今。它有纯粹性，它就可能成为经典或者接近经典。

记　者：你近两年小说似乎写得少了，去年就看见你一部很有意思的小说《合同婚姻》。这部小说至今还有人在谈论，最近又获得了《小说月报》第十届“百花奖”。你是怎么想到这个题材的？

潘　军：我一直觉得人类最大的败笔，就是设计了这样一种婚姻制度。你看，如今世界上的离婚率多高。婚姻制度暗示着从一而终，尽管允许离婚，但这种暗示逐渐成为政府的希望，这是连神也难以做到的呀。如果一个产品有如此之多的返修率或退货，那说明生产这个产品的流水线出了问题。我的思索便是这样展开的。虽然每个人都向往那种“执子之手，与之偕老”的情怀，但在实际生活面临着种种苦恼。人生苦短，人不该被苦恼所围困。

记　者：谢谢你接受了我们的采访！

最好的感觉是说不

——答《安徽商报》记者问

时　间：2006 年 4 月

记　者：几年前，曾经出现了“潘军年”，许多出版社争相出您的作品。读者非常关心您现在有什么创作？写不写小说？

答：所谓“潘军年”，指的是 2000 年发生的事情，当时国内有包括人民文学出版社在内的七家出版社不约而同地出版了我 16 本书。这在中国出版界比较罕见，所以引起了媒体的关注。我记得最早是《北京晚报》以《出版界打造潘军年》为题，以一个版的篇幅这么说的，接着国内十家文化单位共同出资在京联合举办了“潘军作品研讨会”，后来中央电视台的“读书时间”又做了《潘军与小说》的专题，所以热闹了一阵子。值得一说的有两件事。第一，我不可能一年之内写出 16 本书，就是抄也抄不出来；在文学界，我一直被视为先锋作家，但我和余华、苏童等人不同，他们一直写着，没有间断。而我从 1992 年起，就过起了孤身漂泊的生活，我自己称为“自我放逐”。因为那时候安徽文联没有一个具体的部门愿意收留我，我被暂时挂在办公室，只能选择离开。先去了海口，之后又去了郑州，最后是北京——合肥两地跑。就这样跑了六年。那几年的生活叫做“下海”。我要生存，就必须去挣钱。到了 1997 年之后，我才回到文学创作上来。这些作品慢慢积累起来，就一下出了那么多。第二，除了我的母校安徽大学出版社出了一本《坦白——潘军访谈录》外，安徽没有出过我的书，至今没有。

2001 年，我本来要去德国进行访问写作，但母亲得了癌症，所以不可能去了，也不可能安心写作。尽管这样，还是写了一点，比如长篇小说《死刑报告》，中篇小说《合同婚姻》、《犯罪嫌疑人》，短篇小说《纸翼》、《临渊阁》、《枪或者中国盒子》等。最近，又写了一个中篇《戊戌年纪事》。我对小说的创作历来很严肃，是一种远离功利的写作，是叙事欲望的满足。当然，我是在证明自己还能够写得更好。除此之外，继话剧《合同婚姻》之后，我又根据自己同名小说改编，为中国国家话剧院写了话剧《重瞳——霸王自叙》，还改编了一个京剧《江山美人》。今年我主要在搞电视剧，一个是根据《合同婚姻》改编的三十集连续剧，何群拿去拍了，另一个三十集的《五号特工组》由我自己来拍，估计五六月份开机。

记　者：创作上有压力吗？如果有，是来源于内部的还是外部的？怎么消解创作欲望或者说是创作心理的紧张与焦虑？

答：如果说有压力，那么我的压力完全是自己造成的，也即你所言的“内部”。写作是一个人的战争。我不紧张，但焦虑。焦虑是总觉得自己写得不够好，总觉得自己最满意的作品一直没有写出来。既然我这种写作是一种叙事欲望的满足，那么写作中的状态就很重要。一般情况下，状态不好，我是不写小说的。我有时候出去走走，四处会会朋友，看点闲书，作点书画，打打麻将。

记　者：您不在安徽生活有些年头了，现在您定居北京，是否意味着北京给您提供的空间比其他地方都大？

答：我至今还是安徽省文联的专业作家，但我没有申报任何职称，也不担任任何职务。我的工资应该是作家中最少的。但这样很好，相互不欠。我选择北京，不是或不仅仅是因为那儿的舞台有多大，天地有多宽，而是京城的能人太多，反倒有一种“大隐于市”的感觉。这样的氛围，能让你彻底地放下来，也能抑制你骨子里的轻薄，不拿自己当回事儿，使你的内心保持住一份宁静。而做事，正需要这样的宁静。

记　者：现在一天能睡几个小时？最烦恼的是什么？

答：我神经衰弱，睡眠一直不是太好。最烦恼的事是没有梦。

记　者：在外地是“诗意地栖居”还是现实的漂泊？理想的和现实的生活状况有区别吗？如果有，在哪？喜欢传统文人式的弄花吟月，还是赚足了钱从事写作？

答：现实和理想永远有距离，这段距离叫“痛苦”。是人就免不了痛苦。我向往诗意的生活，但我无法回避现实的漂泊——即使定居，也不意味着心灵的不再放逐。我喜欢传统文人的风范，喜欢士大夫式的清雅，喜欢琴棋书画，不喜欢弄花吟月。

我历来是把挣钱和写作区别开来的，比如我做电视剧，就是为了挣钱，没有成就感。我的写作，指的是我愿意进行的那种写作，遵从内心的写作，恪守文学立场的写作。但这样的写作，很奢侈。因此，先得把自己养好。否则，所谓的写作就会沦落为谋生的手段，而我不希望这样。

记　者：您最近在读什么书？不同人生阶段读的书主要是哪些？能否列举一两本？

答：最近读了《皇帝与秀才》（美·史景迁著）和《沈从文的最后四十年》（李扬著）。四十岁之后，我很少读文学方面的书，喜欢读文史类的书、好的人物传记，以及一些杂书。以前读书，多少带有些功利性，虽然有用，但失去了阅读的快乐。现在读书，是日常生活一个不可分割的部分，是纯粹的阅读，每天读几页，是享受。

记　者：您也画画，和专业画家相比，有什么不同的地方？

答：1978 年上大学之前，我业余自学美术。当时想考美院，可是第一年的高考需要政审，而我父亲是没有平反的右派，这样，我就失去了成为专业画家的可能。但绘画的欲望始终没有泯灭。我现在偶尔还画一点，是自我性情的一种表达。在中国作家中，我自觉我的画应该算好的。但我承认，我还是业余，我宁愿做一个“票友”，“票友”的好处是自娱自乐，无需顾忌专家的评价和舆论的压力。

记　者：从我与您几次的接触来看，您心气高，底气也比较足，是一个很直率，敢于流露真性情的人，比如对贾平凹的批评，对当年法籍华裔作家高行健获得诺贝尔奖引发中国作协发表声明提出异议，等等。是什么让您具备了这些？

答：所谓对贾平凹的批评，不过是几年前我在《北京青年报》上的那篇小文章。其实，我只是指出像贾平凹那种小说，与我的文学立场相悖。他的小说还是明清话本的一种延续，看不见叙事，这当然是我的一家之言。但后来贾平凹说，潘军的观点没有权威性。这就有点负气了。至于高行健获奖，怎么说他都是一个华人。怎么说他都填补了百年文学奖华人的缺席，我没有理由不高兴。我困惑的是，中国作家协会为什么不高兴？一个作家表达自己的观点，一点都不困难。问题在于你是否敢于表达。不敢，是因为有求于人，我敢，是因为我可以说不。

记　者：您既不申报一级作家的职称，也不肯加入中国作协，为什么？

答：因为不需要。

记　者：您一直说作家不要揽创作以外的许多社会事务，您觉得自己是个纯粹的作家吗？

答：我好像没这么说过，我只说过一个作家的野心，只能局限在一张纸上，而不要跑到纸以外去。我希望自己能成为一个纯粹的，或者比较纯粹的作家。其标志，就是永远按照自己的文学主张去写作。

记　者：您认为自己的小说和散文是否为经典作品？能流传下去吗？

答：我从来没有奢望自己的作品能成为经典，并加以流传。这是时间决定的问题，不以个人的意志为转移。我说过，当代文学最大的遗憾是大师的缺席。而另一个遗憾，是到处都能见到以大师自居的人。

记　者：到目前为止，最满意自己的哪一部作品？

答：我一直觉得自己满意的作品没有写出来。

记　者：对于您的评价，似乎绕不开“先锋”两个字，您怎么理解“先锋”的？您认为自己还是先锋作家吗？

答：所谓先锋作家，只是批评家做学问的一种归纳。而我所理解的先锋，指的是一种文学精神。就当代文学而言，出现在20世纪80年代中期的先锋文学，侧重于小说形式的探索，具有反传统的倾向，这对当代中国小说的发展，起着不可估量的作用。先锋小说式微后，它的主要作者，都有着不同程度的回归现实。我认为，这是一种调整，旨在使自己的小说变得更好看。就我个人而言，我感兴趣的不是文学史或者批评家们对我的定位。任何头衔对于写作者都是多余的。我的文学主张从来没有丢弃，但涉及到具体作品，写法又各有不同。我要写的依然是我所理解的那种小说。

记　者：据说您女儿潘萌的小说《时光转角处的二十六瞥》已经入围“春天文学奖”，您希望她走怎样的文学道路？有无具体的引领？

答：潘萌有良好的写作天赋，但我希望她把写作作为终生的爱好，事实上她也是这么做的。对她的写作，我谈不上“引领”，倒是我们爷俩儿经常交换一些看法，往往是互不买账。《时光转角处的二十六瞥》是她的长篇处女作，出版后，受到一些鼓励，但我不希望她看重这些。

记　者：安庆过去和现在都出了许多文人（作家、艺术家等），您欣赏谁？

答：历史上安庆这块土地，出过著名的“桐城派”，出过“四大徽班”的领军人物程长庚、杨月楼，出过大书法家、金石家邓石如，出过新文化运动的领袖陈独秀，这都是安庆的骄傲。这样一些人物，出自同一块土地，无疑是一个奇观，但我至今找不出他们内在的联系。当代文学上，已故的诗人海子一直为人称赞，他的诗让我联想起文森特·凡@高·的《向日葵》。

记　者：您认为安庆为什么会出那么多文人？

答：我没觉得安庆出过“那么多文人”。

记　者：故乡高密在作家莫言的作品中多次出现，怀宁在您个人的记忆或者是作品里有无反复出现？

答：某种意义上，一个作家童年或少年的记忆，决定了他今后写作的方向。一种地域文化，对于一个作家意识的形成，是起着相当重要作用的。我的很多作品，都与我的故乡有关。比如说，长篇小说《日晕》、《独白与手势》等。

记　者：您曾当过知青，有没有打算就知青经历进行创作或者就敏感的话题反思？

答：我无意去写一部“知青小说”，但知青生活，作为我个人的一段特殊的人生经历，曾经渗透在我的作品里。那是一段值得缅怀的时光，多年前，我曾去过当年插队的地方，以后我还会去的。

记　者：回望故乡，您最想说什么？

答：一言难尽。

作家最重要的品质是立场

——答《新安晚报》记者问

时　间：2007 年 1 月

编者按：在采访潘军之前，很多认识潘军的人笑着告诉我，“潘军是很牛的”，但从这些人的语气中听出的绝对不是疏远和难以接近那么简单，他们所谓的“牛”有佩服甚至敬重的态度。从很多熟悉潘军的人那里也听过很多颇有传奇色彩的故事，那些真的都是传奇，尤其对于一个以作家身份作为社会角色的人来说，这些故事，譬如写作生涯半道下海，譬如在文联开会竟然戴着墨镜叼着香烟，而发起言来又滔滔不绝。

很难在没有见过潘军的情况下勾出一个潘军的形象，而网上的潘军照片，确实让人想起一个词：桀骜不驯——如同他的作品。也许就是这种豁达开放的人生态度才能成就今日的潘军。

问：您觉得自己是安徽文学的一哥么？或者说您觉得自己可以作为安徽文学的一面旗帜么？安徽作为文化大省为什么总是显不出“强”呢？

答：“一哥”是什么意思？没听说过。至于“旗帜”一说，有点肉麻。文学不需要旗帜。一些文学机构实际上也是多余的。事实上，我是安徽文联专业作家中待遇最低的作家，月薪一千多元。我没有任何职称。这不怪组织，是我自己不想申报。除了户口，我不喜欢申报任何东西。历史上安徽这块水土不错，“五四”时期的陈独秀、胡适都是安徽人，但也就仅仅是安徽人。准确地说，他们是安徽籍的文化名人。现在的安徽算不算文化大省，我不知道。但一个黄梅戏是撑不了多大门面的。

问：所有对您的采访都说您从小就喜欢书，说您 1975 年高中毕业后去农村插队时就顾着看书了，到现在还清楚地记得那些书中有周立波的《暴风骤雨》和劳伦斯的《虹》。这是不是有些煽情？一个文人的童年兴趣真的那么重要么？

答：这是事实。《暴风骤雨》，是我从中学图书馆偷来的。除了这一部，还有巴金的《雾·雨·电》，还有 50 年代的《文艺报》什么的，偷了一麻袋。《虹》是我插队的时候，村里一个劳改释放人员送我的。这都是 1975 年前后发生的事情，我写过一篇散文，就叫《窃书记》。

问：2000 年被出版界称为"潘军年"，您现在回头看看那些日子，觉得那些荣誉重要么？这种爆发式的荣誉当时给您的感觉是什么？

答：这只是一个巧合。2000 年之前，我的作品发表之后，基本上握在手里，没有顾得上结集出版。后来七家出版社不约而同地找来了，用他们的话说，我是一条漏网之鱼。所以加在一起就出了 16 本。一个作家出书是最正常不过的事，就像做服装的应该出服装，做鞋的应该出鞋，谈不上什么荣誉。

问：大家都说，如果熟悉潘军的人，会知道他是一个非常"有趣"、"有活力"、"想法很多"的人，我们很想知道潘军怎么评价自己的为人？

答："我是谁"是一个哲学问题。我不想在报纸上讨论哲学。

问：您下过海，当过老板。有人说您在文联开会是戴着墨镜叼着烟，发起言来滔滔不绝。您怎么看自己的这种姿态？即便有这种不羁的性格，但您的人生中有特别重要的某些转折点或者引路人吗？

答：那几年我下海是因为缺钱。我觉得对于一个职业作家，钱是一个实际问题，那么就需要解决。在现实社会里，能够摆平事的只有两个东西：权力和金钱。在谋取权力和挣钱之间，我选择了挣钱。因为挣钱只需要卖力，谋取权力则往往需要卖身。有了钱，就可以安心写作。我的写作分为两类：一是欲望的写作，是我自己想写，有一种表达和叙事的欲望在驱使着自己，我需要满足。另一种是实用的写作。前者是精神寄托和生存方式，后者则为谋生手段。我没有意识到自己开会戴墨镜抽烟的姿态，但我觉得这个姿态还不错。

如果说有"引路人"一说，那应该是我故去的母亲。我母亲是个黄梅戏演员，她没有什么文化，但有着过人的天赋、骨气和善良。在我十七岁插队当知青的时候，她就告诉我：你只能靠自己。

问：您怎么看待自己这些年在文学创作上的得失？能从自己的观点概括一下您从事文学创作的态度和方式么？

答：一个职业作家只愿意遵从内心去写作。我不喜欢回顾过去，最大的愿望是希望自己还能写得更好。

问：有评论说您的长篇三部曲《独白与手势》之《白》、《蓝》、《红》奠定了您自己在文学界的潘军领域，甚至说《白》是20世纪中国成长小说的巅峰之作，您自己怎么看这个问题？

答：《独白与手势》是我在小说文本上的一次探索，我引进图画作为叙事的手段，作为尝试吧。这是我满意的方面。至于对《白》的褒奖式的评价，我也看见过，但这只是某个批评家的一家之言。一部作品出来，就是一个客观存在，我希望大家关注它，但不留意对它的评价。最近，最高法院终于收回了死刑复核权，这令我高兴，因为四年前我就在《死刑报告》中就此大声疾呼了。我在北大的讲台上也同样是在大声疾呼。

问：您至今最满意的作品是什么？

答：我不喜欢回答带“最”的问题。

问：您去年在北京写了不少电视剧，您觉得现在中国的电视剧市场应该有更多的文学作者加入到剧本创作中么？您觉得作家写电视剧是因为纯作家的待遇不好么？

答：我做电视剧是“实用的写作”，没有多大成就感，也没什么好说的。如果早知道去年的股市这么牛，那我就该去炒股，一样赚钱嘛。当然，中国的编剧队伍薄弱是一个事实，有正经的作家加入编剧队伍，自然会提升电视剧的品质。但好作家都愿意写小说，那是他们的看家本领。

问：在您看来，文学边缘么？

答：我十分希望文学边缘。文学本不该这么热闹，不需要敲锣打鼓，那是明星们喜欢的。

问：怎么看文学的商业属性？譬如以评价两极的余华的《兄弟》为例谈谈。

答：作品本身就具有商品的属性，谁都希望自己的书卖得好。可是如果有一天自己的书真的卖火了，卖了百万册，那么，要是我，会感到沮丧的。因为我不相信会有这么多的人喜欢我的书。那这个事实意味着什么呢？可能就是我迎合了什么，这自然是悲哀的事。余华的《兄弟》在没有出版之前，陈村就发给我前两章，我就读了这两章，直觉是，这不是余华的水平。

问：您觉得先锋作家的定位适合您么？您怎么看待先锋小说这个概念？为什么您会以这种姿态被大家接受，和您的性格与经历有关么？

答：先锋作家是批评界的一种归纳。自20世纪80年代中期起，有一些青年作家受西方现代派文学思潮的影响，写出了明显有悖于传统文学模式的作品。如莫言、马原、余华、苏童、孙甘露等，也包括我，于是他们就成了先锋派。这种来自批评界的定位一定程度影响了读者对这些作家身份的判断，其实，这些作家都一直处于变化和调整之中，到今天早就不是那么回事了。先锋文学的意义在于它倡导了一种文学精神，并加以实践，对中国文学的发展是起了很大作用的。但“先锋作家”这件衣服，对我不重要。我更希望读者关注我的作品。

问：您比较欣赏的中外作家是哪些人？

答：外国的作家我比较喜欢的是卡夫卡、加缪、塞林格、陀思妥耶夫斯基、福克纳、海明威、罗布·格里叶、博尔赫斯等等，我可以报出几十个。中国的作家我只喜欢鲁迅、沈从文。

问：近两年，余华很火，褒贬不一。您曾经说自己很重视对叙事的探索精神，您觉得余华是这样的么？简单谈谈您对余华的看法。

答：我和余华是老朋友，1984年《北京文学》召开笔会，从自然来稿中挑选出来的就两个小青年，海盐的余华和安庆的潘军。这么多年过去了，我们都是“奔五”的人了。我刚才说过，《兄弟》我没有看完，就小说叙事上看，我是不喜欢的。余华是位很优秀的作家，但每个作家未必都能使自己每一部作品优秀。舆论上说，这部《兄弟》是余华的“十年一剑”的结果，可我觉得这不是事实。《兄弟》显然写得很急就，否则就不会上部和下部分开出版了。

问：80后作家以一种近乎嚣张的姿态出现，甚至向一些公认的权威发难，您怎么看80后作家的存在？

答：我不觉得现在有什么“公认的权威”。以前我说过，这是一个大师缺席的时代，或者说是“大师”泛滥的时代。最近在网上看到王朔在骂“80后”，比如郭敬明。我没怎么接触过“80后”的作品，但郭敬明的抄袭是可耻的。我女儿潘萌属于“80后”，她的文字还不错，也有一些想法。好在她不嚣张，很安静。任何一个作家都是靠作品来证明自己的，我希望80后多出作品，出好作品，出足以把50后、60后、70后作家统统打倒的作品，那么，等那一天真的到了，他们可能什么话就都不说了。

问：易中天和于丹借助电视媒体《百家讲坛》焕发了自己的第二春，您怎么看现在这种对传统文化包括经典的重新解读？

答：事实上他们没有第一春。以前没有人知道他们。学者利用电视媒体，向大众传播课堂上的教学，这是件好事。但有一个事实必须说清楚，就是，讲学属于教员干的活，不是学者的事。一个学者的最好归宿应该是在书房里、图书馆里。既然喜欢上电视，做名流，那就不要顶着学者的名分。所以大众在他们的书中，更多地看到的是历史常识与掌故——所有的历史书中都能找到，但见不到学问。所以他们后来也不想做学问了，都忙着去做什么代言人了。

问：您写过著名的《重瞳》，您本人是否也有想要走上《百家讲坛》的愿望么？

答：偶尔上电视当一回教员可以的，就像我偶尔也去某个大学演讲。但不可能长期这么干。因为我还想做小说家，不想做教员。

问：您曾经批评过贾平凹不是小说家，但一直没有正面回应过这个问题，现状能谈谈么？

答：我是根据我对小说的理解才提出贾平凹不是小说家的。他的小说不过延续了明清话本的东西，对小说自身的发展，没多大价值。这纯属个人的学术观点，没有一点偏见。我认为贾平凹是一个不错的散文家，这并非是说，小说比散文了不起，反倒是说做散文家更难。古人说“文章老更成”，这“文章”指的是散文，不是指小说。

问：对张艺谋的电影您持什么态度？

答：我和张艺谋曾经有过几次接触，因为合作上谈不拢，就算了。张艺谋以前的电影，都是拄着小说家的拐杖前行的，所以他取得了成功。为什么？因为，张的缺陷一直是在文化上，他的表达能力没有问题，问题是在理解能力上。以前有小说蓝本，那么故事的意味就比较清楚了。可一旦撇开了这根拐杖，他就显得手脚无措。比如说《英雄》，企图阐释的是：胸怀天下者即为英雄。那么我就需要质问：以此逻辑，阿道夫·希特勒是不是英雄？任何一个独裁者都是胸怀天下的。这是什么逻辑？张艺谋后来一味地商业化运作，我觉得可惜。他插手那么多他根本不懂的活，比如歌剧，比如芭蕾舞，比如印象剧，比如开幕式等等，就是可笑了。他不可能什么都"著名"吧？但这个世界往往就是很容易被糊弄。

问：那么，对陈凯歌的《无极》呢？

答：陈凯歌曾经想拍我的《死刑报告》，但是选题在电影局没有通过。中国有许多令人费解的事，小说可以出，但根据这个小说改编的电影却不容许拍。后来他又约我写一部知青的题材，投资商又没有什么兴趣。可见，在中国做电影不是件轻松事。他的《无极》，我没有看，后来陈红送了我一盘碟，我还是没有看。没有看不是因为没有时间，是不想打开这个"潘多拉的盒子"。在与陈凯歌的多次交谈中，我的感觉，他一直是想做出自己心中的电影，他也应该有这个能力。只是，他没有做出来。大家怀念的还是他的《黄土地》和《霸王别姬》。

问：您曾经说如果在一个孤岛上只可以带一本书，您选择的是新华字典，原因是"我们这些作家，识字很有限"，这话怎么理解？

答：这是我个人的切身体会。我本人认字就有限，至今还是字典不离手。

问：您觉得一个作家最重要的品质是什么？

答：立场。写作的立场。

问：您觉得安徽文学在当代中国的位置是什么样的？或者说您怎么评价安徽文学的现状？有您欣赏或者看好的作家么？

答：我目前是旅居北京，客籍他乡，对安徽的文学现状不甚了解。作为安徽人，我当然希望安徽能出有影响的作品。

问：近期有什么创作上的打算？

答：在写小说。可能是一个长篇吧。但不知道什么时候能够完成。

问：现在出版物鱼龙混杂，对大家尤其是初上文学之路的年轻人读书有什么自己的经验之谈和建议？

答：读自己喜欢的。拿起来放得下的不读，只读拿起来放不下的。以谈恋爱的心情去读书是享受。

问：虽然已经著作等身，但就您个人而言在文学追求上还有什么具体目标么?

答：我写作至今已有二十五年。我希望自己能写得比以前好一点，如果有一天发现确实写不好了，那我就不写，画画去。就这点出息。

间谍不朽

——关于电视剧《五号特工组》的答问

时　间：2007 年 5 月

一部以翔实史料为背景的抗日间谍片《五号特工组》已于 3 月 24 日起在上海东方电影频道热播，创了该频道开播以来的历史最高纪录，成为上海影视收视率的一匹“黑马”。最近，又分别在天津、广州、武汉、长沙等城市播出，依然是好评如潮。该剧被誉为中国版的《加里森敢死队》，历来特立独行的著名作家潘军此次自编自导了这部悬念题材剧。这部描写抗战时期中（国共汪日）四方间谍大战的新剧以最新的表现形式来歌颂为祖国的完整统一浴血献身的先辈，充满了悬疑和惊险，一波三折，扣人心弦。

问：三十集电视连续剧《五号特工组》已经陆续在全国各地播出，从目前播出的情况看，收视效果很不错，对此，您感到意外吗？

答：不觉得。这部电视剧在上海开拍之初，我就在新闻发布会上对媒体说过，我做电视剧，是因为觉得眼下好看的电视剧不多，我只想拍出一部好看的电视剧。当时有人私下里觉得我这个话说得有点大。其实我相信自己有这个能力。上海东方影视频道据说是创下了收视率最高纪录，天津第一天就到了 8%，有点像潜力股的“高开”。济南齐鲁台的势头也非常好。

问：当初您怎么想起来写这样一部电视剧的？

答：这话说起来就有点长了。《五号特工组》最初叫《最危险的时候》——“中华民族到了最危险的时候”，咱们国歌里的一句歌词。初稿写于2002年。那也是我母亲最危险的时候，她不幸身患癌症。我陪母亲在北京治病，住在北京空军招待所里——我一个本家的叔叔在那里当所长。我母亲很坚强，自知来日不多，还怕自己耽误了儿子的正事。为了让母亲安心治病，我决定在这期间写一个好玩的电视剧。有空就写上几页，写完了拿到隔壁房间给她和父亲看。就这样慢慢完成了初稿。现在片子拍出来了，而我母亲却去世已经三年，让我很悲痛！

问：是不是可以这样说，这个戏的诞生有点意外？

答：是的，很意外。虽然以前我写过电视剧，但自己最想写的还是小说。

问：您既写小说，又当编剧，而且是自编自导，您怎么会想到写一个这样的故事？它到底是中国版“加里森敢死队”，还是中国版007？

答：第一，我是一个正经的作家，也是一个不错的编剧，当初在写这个剧本的时候，我的定位很明确，就是好看，让大众喜欢。没有人会指责我，说你的电视剧不深刻。但大家会说好看或者不好看。这是基本的定位。这个剧本首先有一个全新的角度——它说的是一个“洋抗日”的故事，又是间谍题材，没有炮火连天，只有刀光剑影。我认为，间谍题材是和爱情、死亡并列的、不朽的题材，特别适合做成影视作品。“007”不是已经拍到今天了吗？还有，这个戏不是凭空捏造的，它是在大量真实史料的基础上进行了合理的虚构。剧中一些事件，都是历史上真实发生过的。第二，我对影视潜心琢磨二十多年，看过大量的作品和书籍，有足够的知识储备。我对表演、导演、摄影、美术，胸有成竹，能够从容驾驭，手还很快。

问：《五号特工组》是您的第一部自编自导的影视作品吗？

答：不，是第三部。我以前还自编自导过一部二十六集的电视剧《大陆人》和电视电影《对话》。但因为一些条件不具备，所以有些想法没有很好地实现。

问：那是不是可以这样说，《五号特工组》是您自编自导自演的第一部作品呢？

答：如果就影视作品而言，《五号特工组》确实是我的第一部编导演合一的作品。但我在大学的时候就自编自导自演了一个话剧《前哨》，我演鲁迅，这个戏获得了全国首届大学生文艺汇演一等奖。那是1981年的事了，那时我二十三岁。

问：这次您又演了军统头子戴笠，您是不是特别喜欢演历史人物？

答：我演戴笠算是“友情客串”，主要是担心别人会演得脸谱化，虽然戏份不多。戴笠不是汉奸，对抗战也是有功的。另一个原因，是我想通过这种方式和演员交流、沟通。其实也就是告诉大家，我还能演戏，所以我对表演上向演员提出表演上的要求，他们更容易理解。譬如说，我要求演员表演要“提半口气”，得端着点，不能过于生活化。

问：在当代文学史上，您被称为中国先锋派的代表作家之一，怎么现在做起影视了？这个跨度确实太大了。是玩票吗？也有人说，您是一个多才多艺的作家，是这样吗？

答：我对电影的琢磨一点不比写小说的时间少。就个人素质而言，我做导演的条件肯定比当作家的条件好。我是一个认真的作家，我个人的兴趣比较广泛，除了写作，也喜欢书画，喜欢京剧，我从小就是在“戏园子”里长大的。这些对做导演是有益处的，比如说，戏曲里讲究行当搭配，这非常有道理。但凡一台好戏，行当都很齐全，生旦净丑都有。再比如，国画讲究含蓄、留白、写意，这也会使你在拍戏的时候丰富你的手法，触类旁通吧。

问：有人说，您这个人做事，往往追求“轰动效应”，比如说，2000 年，您一下子出版了 16 本书，被舆论称为潘军的“出版年”。再比如，2004 年，您又同时为北京人艺和国家话剧院分别写了话剧《合同婚姻》和《重瞳——霸王自叙》，于是又有媒体称是您的“话剧年”。而去年，您一下写了两部大型的电视剧，这是不是您的“影视年”？

答：我没有想过什么“轰动效应”。事实上所谓的“轰动效应”也不是你追求就能来的，是自然形成的局面。那年国内七家出版社不约而同出了 16 本书，并不是我一年写了这么多，而是以前写的没有及时拿出去而已，碰巧一起出了。去年我的兴趣是在做电视剧上，出发点很简单，其一，这种方式能挣钱，能解决我很多实际问题。其二，就是不满目下电视剧的水平。打开电视机，都说好看的电视剧太少。那就做它一部吧。我觉得电视剧要做，首先必须好看，让大家津津乐道。它是一种特别通俗的东西，你不要在这里面耍花腔，不要自作多情到这里面来当艺术家。作为编剧，你要讲一个扣人心弦的故事；作为导演，你要把这个故事说清楚，说动人。一个好的导演，最重要的素质，是要把全剧组所有人员的积极性和潜力调动起来，不能唱独角戏。

问：您觉得作家当导演有什么优势？您会就此当导演还是继续写小说？

答：如果说优势，最大的优势在于对剧本的理解。剧本是你写的，你自然要理解得透一些。这也是演员特别需要你的地方。另外，如果你对影视这个行当有研究，你会有一些不寻常的设计与处理。毕竟，这里还是有一个文学基础问题。这个基础薄弱了，做起来就不会那么到位了。我举一个例子，《五号特工组》中有一个情节，来自英国考文垂的工程师李智博，他的妻儿在纳粹轰炸中双双身亡，电报来了，其他人却一直瞒着他。最后，在他迫切追问下，只好把电报拿出来。当时拍这场戏，演员冲动地一把将电报抢了过来。我说不，这样太一般了。我要求他的手在接触到电报的那一瞬间，慢慢缩回来。我说，一个人面对巨大的悲痛，内心是拒绝接受的。我觉得这样会更有意味，戏就在这只手上。我不会从此改行去拍电视剧。我最想做的事情还是写小说。写小说是自我挑战，永远面对一个问题——你能否写得更好？当然，我也希望这辈子能拍出几部表达自己内心的电影。

问：现在都在重塑当年事，烽火岁月的故事都被说得特别有激情特别有人性，您这算不算是跟风？它和别的故事最大的不同是什么？

答：我这人做事从来没有所谓“跟风”的习惯。我刚才已经说了，《五号特工组》是几年前写的，因为忙于母亲的治病，才延缓到现在做出来。

问：现在对某些特定历史时期的一味正面描写好像尺度放松了很多，您觉得这种宽松的极限会是什么？会不会对一些特别敏感的时期和事件容许争议和争鸣？

答：《五号特工组》是一部立足于史料，进行合理虚构的作品。我写的是一个“洋抗日”的间谍故事，而且，第一次正面去写了“军统”。这当然是现行文艺政策比较开放的结果，这是好事。文艺创作如果限制太多，势必会导致成果的苍白。

问：剧中两个日本女间谍，明显的有“断背”倾向，您是故意要制造这样一个噱头吗？

答：不，我要表现的，是对战争的诅咒——战争把女人变得不像女人。

问：对这部片子，您有什么觉得遗憾的地方吗?

答：那太多了！影视是一门综合的艺术，至少是综合的劳动。我曾说过，剧组只有两种人，一种是酷似明星的人，另一种是酷似民工的人。我是工头。某一个部门不称职，就必然会带来遗憾。比如说，我们的美工、道具部门开始不好，因此需要作出调整；比如说，个别演员的表演缺乏深度；比如说，后期配音和音乐不理想，甚至有不少错别字和常识性的错误，这些都直接影响了作品的感染力。我会在今后的工作中努力克服这些，把遗憾减到最少。最让我难受的，是剧中关于战争和人性的刻画，被审查时勒令剪掉了！最后大结局，马云飞在衢州机场击毙酒井，原来有一个设计，酒井倒地之后，衬衫领子大开，马云飞便蹲下来把她的纽扣扣好。这个细节是说，作为战场上的对手，我必须消灭你，但作为女人，我要给你死的尊严。可是审查官员不这么看，说是模糊了阶级性、民族性。没办法，只得剪掉。

问：最近您的另一部电视剧《合同婚姻》，也即将摄制完成了，这部作品是否因袭了您同名小说的主题?

答：《合同婚姻》是根据我的同名中篇小说改编的，我写了剧本第一稿，因为时间关系，摘不开。这个戏的导演何群也是我的朋友，但剧本和小说很不一样，增加了人物和事件，将来的剧名或许不叫《合同婚姻》，说的还是婚姻的事，但小说里的“合同婚姻”，占的比例削弱了，观念也似乎往回收了。中国许多事情没道理，小说能这么写，话剧也能这么演，但电视剧就不许你这么拍。

问：它和《中国式离婚》有相似的地方吗?

答：相似的是大家都在谈婚姻，不同的是各有各的说法。

问：现在情感剧非常泛滥，您怎么看现在的这些情感剧?

答：所谓“泛滥”是因为做得不好，好的东西，无论什么题材，都还是好，多多益善。

问：您看不看韩剧?

答：不看，可能应该是我女儿那一代爱看的吧。

问：有没有兴趣写一部偶像剧？内地偶像剧质量老是上不去。

答：北京有人找过我，但被我拒绝了。我只做我自己感兴趣的东西。

我喜欢做充满悬念的事

——答《合肥晚报》记者何素平问

时　间：2011 年 2 月 4 日

地　点：合肥

记　者：作为一个作家，尤其是作为一个先锋作家，突然有一天不写小说了，而改行做了导演，一气拍了好几部颇具影响的电视剧，我很想知道，是什么缘故让你做出了这样的选择？

潘　军：首先申明，不存在改行一说。我只是去做了一点别的事情。我曾经跟朋友讲，一个人，比如我，前半生一直在写作，写了很多的小说，出了几十本书，后半生又回过头来把其中一些小说改成了影视作品。这种生活应该十分有趣。我做影视，主要就是冲着这个“趣”字去的。我喜欢自己的生活，包括日常生活，都过得有趣。乏味的日子是很熬人的！当然，我自己很清楚，这种选择最根本的原因是在于，我觉得自己的小说创作很难再写出一个高度来，至少近期不行。最近一家出版社打算编一套十卷本的《潘军文集》，我自己抽检了一下，觉得自己作为作家的最好的阶段还是在 2004 年之前。我是一个不允许自己止步不前的人。既然自觉写不好了，那索性就暂时放下来，做别的去。我的兴趣还能使我做出这样的选择和安排。假如有一天我发现自己作为导演的才华也逐渐丧失了，那我就毅然不做导演了，再去想点别的事情干干，比如说，书画之类。总之，我是一个渴望随心所欲的人，我喜欢做充满悬念的事。

记　者：一些你的小说读者并不满意你做导演，你以后还有可能写小说吗？

潘　军：这些读者是真正喜欢我小说的，我谢谢他们，也接受他们的批评。但是现在又有很多观众问我，你最近拍什么电视剧了？我们等着看呢。看看，两难了。我也时常问问自己，还写小说吗？回答是要写的，但要等到我感觉能比以前写得好的时候才可动笔。

记　者：从你的“谍战三部曲”——《五号特工组》、《海狼行动》、《惊天阴谋》之后，你又拍了哪些电视剧？

潘　军：还有两部，一部是个清装戏，类似《乔家大院》那种的宅门戏，叫《河洛康家》；最近杀青的一部叫《粉墨》，写的是从1949年到1979年这三十年的风雨沧桑。这两部戏今年都会与观众见面。应该比“谍战三部曲”更好看，因为有了人物。不过，创作者认为好的，观众也未必认为就好。

记　者：经常能从一些演员那里听到，说和你这样的导演合作很开心。他们对你很尊重，也很服气。

潘　军：我和演员的合作从来都是愉快的。无论是什么样的演员，有名的或者无名的，都能合作。他们信赖我，也支持我。我的剧组，不会发生任何不愉快的事情，在我看来，一个好的导演，才能固然重要，但最大的才能不是自我表现，而是能把各个部门的潜能充分调动起来，再统一到你的意志之下。这样工作效率就会很高。比如刚杀青的这部《粉墨》，三十一集，单组双机，六十天就完活了。

记　者：有消息说，今年你准备转向电影了，能具体谈谈吗？

潘　军：对，我的电视剧生涯或许很快就结束了。说实话，我是一直不喜欢电视剧的，我曾经调侃说，电视剧是个痴呆儿，你不疼他不行，因为他是你的骨血，但是疼也白疼，他还是痴呆儿。其实我从1997年就开始自己动手拍电视剧了，一上手就是二十六集。那时就产生了厌倦，所以我想早点了结这个活，从今年开始转向电影。眼下已经分别和北京的华谊兄弟公司和唐德影视公司谈了两部电影，也是根据我的几个小说改编的。

记　者：你一直都是自编自导？

潘　军：对，自编自导。这是我的优势。我不出卖自己的小说改编权，我也不拍别人的剧本。每年都有给我送剧本的，都被我以这样的方式谢绝了。我这样做比较干脆，不需要进行编剧与导演之间的没完没了的沟通，事实上这种沟通是挺麻烦的，编剧说，导演乱提意见，把我的本子弄坏了；导演说，这个编剧根本就不会写戏。其实是每个人站的角度不同。我是以一个作家的底子去写剧本，又以一个导演的角度来加以控制，因此就很方便了，这个本子只要我认为行了，那就是行了。投资商从来就不会管的。

记　者：选择这个时候做电影，是基于国内电影市场回暖的判断吗？

潘　军：不，我不管市场的，那是投资人的事。我只是觉得现在可以做了。第一，几部电视剧做下来，证明了我作为一个导演的能力，让投资方明白你行。涉及几千万投资的事，用嘴说不行，要做出来给人看。因此我是不需要四处去找投资的，会有人主动与你联系，给你钱。第二，几年的电视剧导演经历就算是热身吧，让你的团队和演员都认识到你这个人的能力。第三，我只做我内心的电影。

记　者：什么是你所言的“内心的电影”？

潘　军：就是符合我自己心愿的电影，或者说，良心电影。在我这里，电影和电视剧最大的不同还不是剧作形式或者表现手段，更不是器材差别，这些都不重要的。而是在于，电视剧基本上是为大众奉献的东西，或者说是符合投资方要求的东西，而电影不是，电影对我首先是一种个人表达，这跟写小说是一致的。从内容到形式，都是我想要的那种，容不得掺杂杂念。

记　者：这与欧洲那种“作家电影”相似吗？

潘　军：有相似的地方。所谓“作家电影”让我感觉有点高高在上，而我希望的是平民化。我追求的是朴素、良心，我也一直把它看成是中国电影的前途。

记　者：这种电影你觉得会有市场吗？

潘　军：前些日子我跟华谊的老总王中军先生交谈过，我们希望未来的合作成果，是一部叫好又叫座的电影。他对我说，这次华谊给我投五千万或者六千万，他们测算了一下，认为未来的票房过两亿没有什么问题。我说，我对市场从来没有判断，我的任务就是把这个片子拍好。我唯一的要求就是在创作过程中得到充分的自由，表达的自由。

记　者：你会做一部商业片吗？

潘　军：我不会一上手就去拍一部商业片。有一家公司想让我为周杰伦拍一部投资过亿的电影，我谢绝了。投资商说这不是一部商业片啊，它讲的是“二战”背景下的爱情故事。可我还是认为，周杰伦本身就是一个完美的商业符号啊。

记　者：你是否对商业片有成见呢？

潘　军：也不能这么说，电影的形态是多种多样的，好的商业片我也欣赏，但我不会做，或者说我做不过人家，都是理由。但是我十分清楚，艺术创作和商业运作是两码事，一部艺术电影和一部商业电影的制作流程是完全不一样的，甚至完全就是背道而驰的。艺术创作，无论是一首诗、一首曲子或者一幅画，最初都是由一个人的内心深处出发，慢慢绽放开来。比如我的电影，首先必须是从我潘军的内心而出的，然后由我去影响到我的合作者，我的团队，最后齐心协力把它做出来，去影响广大的观众。而商业运作不是这样，艺术家首先是不会出场的，出场的是老板，他先得分析市场，看看今年哪些是能够卖出去的，哪些是卖不出去的，然后，再回头来让一些制作者填空。比如说那一年孙红雷因为《潜伏》大红，“小沈阳”因为春晚小品大红，闫妮因为《武林外传》大红，好，就将他们仨装进去吧，至于拍什么，不是很重要了。于是就有了一部《三枪拍案惊奇》，这就是商业运作。

记　者：最近姜文的《让子弹飞》你看了吗？

潘　军：回来过年之后我专门去电影院看了。这部片子很热闹，也很刺激吧，但我觉得，其实这不是姜文自己的电影，而只是姜文送给大众的电影。

记　者：商业电影和艺术电影，最大的不同是什么？

潘　军：要是从最后的结果看，商业电影最高的境界无非就是让人快乐、兴奋。但绝对不会打动人，更谈不上震撼人的心灵。然而，艺术电影是能够达到这个境界的，如果达不到，就是你没有做好，而不会是观众看不明白。当然，也有一部优秀的电影会在各个方面兼顾得很好，比如《教父》，就是成功的范例。

记　者：你对自己将要做的第一部电影，心中的目标是什么？

潘　军：我希望能赢得一个好的专业口碑。让同行觉得，这电影还行，老潘还行，也就够了。如果观众喜欢，在票房上取得成绩，那自然更好了。就这点心气吧。

记　者：你对中国电影的现状怎么看？

潘　军：这个题目有点大，我看国产片极少，不好回答，只能谈点个人粗浅的感受吧。

我们衡量一部作品的高度，尺度应该是放在全球电影的框架里。米兰·昆德拉说过，一个作家如果只能写出让本民族读的书，那他是在犯罪，因为他造成了这个民族的短视。同样，一个导演也不能只局限在狭小的民族空间里自娱自乐。为什么人家能拍出来《通天塔》？人家能拍出《生死朗读》和《贫民富翁》？这些电影都是人类的文明财产，而不会因地域不同、民族不同失去生命力。我一直在思考这样一个问题，一部电影的成功，不应该是投资规模的大小，也不是明星多少，而在于创作者的良知和才华。巴西的电影《中央车站》投资不大，韩国的电影《八月照相馆》投资也不大，日本的电影《入殓师》投资还是不大，而台湾的电影《不能没有你》就更小了，为什么这些电影总能打动我们？原因自然是多方面的，但与创作者的良心和才华的差异关系极大。

记　者：你打算做小投资的电影吗？

潘　军：计划中是有的。有一部叫做《后来》的本子，说的是一个农村哑巴姑娘的事，我喜欢这个故事，觉得它的形态符合那种“以小见大”的意味。我打算把这部电影的投资规模控制在一千万以内。我不会去找明星，甚至不会去找一张熟脸，我会选择那些不知名的好演员来完成。女主角我很想物色一位真正的残疾姑娘，没准一不留神还能打造出一个“哑巴影后”呢。

记　者：我在《作家》杂志上读到了你的电影文学剧本《重瞳——霸王自叙》，这应该也是你电影规划中的吧？

潘　军：这部电影因为投资规模会超过一亿，应该是在两年或者三年后才会启动。这么大的投资，当然要谨慎从事。这部电影是根据我本人的那部同名中篇小说改编的，剧本最大的魅力，是将话剧和电影做到了一个文本里，让话剧去展示电影中的人物内心。将来的影片，话剧里项羽和电影里的项羽，是由同一个演员来完成，这一定十分有趣。其实这之前，我根据小说改编的话剧《霸王歌行》，已经由中国国家话剧院演出两年了，去年又到韩国、日本、埃及等国家演出，都很成功。我对话剧是有情结的，最近，美国华盛顿的“黄河话剧团”也在演出我的另一部话剧《合同婚姻》，在当地也引起了不小的反响。我本人也会在适当的时候去做一部话剧。和我合作的演员，比如说陈瑾、施京明等，都希望今后能在话剧上再次合作。至于什么时候去做，要等到我考虑好，具体地说，就是你需要一种满意的形式。我做事有一个习惯，对自己信心不足的行当从不涉足，必须要等到我琢磨透了，那就立即动手。我最近在北京看了田沁鑫的话剧《四世同堂》，我就觉得，在话剧舞台上说这些陈年旧事意思不大。或者说，这种题材不适合搬到话剧舞台上，话剧承载更多的应该还是思想吧，比如萨特的《死无葬身之地》，比如迪伦马特的《贵妇还乡》，就是我心目中的优秀话剧。这是我的话剧观。

我特别看重一种艺术形式的纯粹性，这种纯粹，用朴素的话语来说，就是不可替代性。这个题材，用什么形式表现最佳？小说的？话剧的？还是影视的？虽然彼此之间有互通的一面，但肯定各自有其的本性。强调这种本性的力量，那就是纯粹。很多年前我写了一个叫做《地下》的话剧，写的是四个人因为一场地震被埋在地下生活三日的情形。有朋友就说，这个完全可以做成一部电影啊，可我觉得它更应该是话剧。为什么？因为这部话剧承载着思想和人文情怀，人们在地下思索着地上，在黑暗中思索着光明。而且，将来立于舞台，我希望它能成为话剧的《三岔口》——演员在“黑暗中”的那种表演一定是非常地迷人！

记　者：除了这些，你还有别的计划吗？

潘　军：我会在我的几部电影之后，集中精力去拍几部舞台艺术片。我出身于梨园世家，对舞台，对戏曲，都有独特的感情和体验。我会选择几部经典的戏曲，挑几个剧种，如京剧的《白蛇传》，昆曲的《牡丹亭》，越剧的《梁祝》以及黄梅戏的《女驸马》作为蓝本，根据我的理解，先对剧本进行合理的改编，让其更符合今天的审美趣味，然后再拍成舞台艺术片。比如说黄梅戏的《女驸马》，我会删除冯素珍娘家的那场戏，一上来就是这个漂亮的女子满怀欢喜地进京寻夫，可是等到了京城，才知她的夫君因为某件事已经身陷囹圄，马上就要砍头。冯素珍走投无路，这才铤而走险去揭了皇榜……这么写下来，尤其要强化她和公主之间的不断纠缠，试探，设局，坦白，好看的应该是在这里吧。至于到了拍摄阶段，空间就更大了，在棚里建造出各种的舞台，可以利用今天的技术手段把它拍得诗情画意一些，把戏曲的表现手段发挥到极致，如此等等，我相信，这将是一个值得期待的工程。

潘军文集

第拾卷

访谈录

建构心灵的形式

——访谈录之一

时　间： 1999 年 12 月 21—23 日

地　点： 合肥九狮苑宾馆 305 室

访问者： 林舟

受访者： 潘军

林： 你迄今为止的创作历程，可以划为明显的几个阶段吗？

潘： 如果从发表小说处女作时算起，在 1987 年的《白色沙龙》之前，应该是一个习作阶段。不过我一直愿意把 1987 年视为我写作生涯的开端。从 1987 年到 1992 年我去南方之前，以《风》为结束，是一个阶段；到海南后，有一个较长时间的停顿，约到 1996 年才陆陆续续地重新开始，一直到今天可以看做一个阶段吧。

林： 在你早期的小说中，你自己最喜欢的是哪一部？

潘： 有两部中篇，即《蓝堡》和《流动的沙滩》，至今我仍认为这是早期作品中比较好的，发表在 1991 年的《作家》和《钟山》上。

林： 在此之前，你已经有过长篇小说《日晕》，它在你的创作生涯中有怎样的地位呢？

潘：《日晕》的写作时间是 1987 年，这是我的第一个长篇嘛，虽然说它是第一个长篇，我在叙事上还是有了一种自觉。吴义勤就曾谈道，我比较早地把一种中短篇里面的文本叙事实验引进了长篇。我那时候好像就是有意识地把这个长篇小说写成一种心理结构的小说，或者说心理现实主义的文本、心理结构的形式，整个小说的篇章结构都是每一个心理衔接，把很大的空间留给了心理活动，而把那种描述、描写尽可能地减少。等到三年后写《风》，这一步迈得就大了。

林： 在《日晕》与《风》之间，你的《蓝堡》、《南方的情绪》、《流动的沙滩》等在当时的先锋文学中较有代表性的作品都出来了。

潘： 这几个中篇实际上体现了我对先锋小说的所作所为，甚至在那个时候就觉得自己最好的中篇小说也不过如此，这样的话，我的兴趣就转移到长篇上去了，这便有了《风》。

林： 在你的小说中，譬如《蓝堡》、《南方的情绪》、《桃花流水》、《结束的地方》等等，都是一个人去寻找什么。《风》也是这样的，去寻找一个秘密，你好像对寻找这种动作比较痴迷，你是否特别看重这个动作的叙事魅力？

潘： 是的，我的许多小说的叙述人扮演的都是一个探寻者，甚至是一个侦探者的形象。我想之所以如此，可能是综合因素的作用。比如说，依据结构的需要或叙事的需要，这个动作可能会给自己带来一些方便。但是，你仔细看一下，以上你提到的那几篇作品有很多不尽相同的东西，比如说《蓝堡》，你会感到故事以外还有一个巨大的故事存在着。朱苏进曾经写过一篇小说，好像是《在绝望中诞生》吧，中间有个细节很有趣，就是那个作战参谋到职以后，考核他的人把一张军用地图的中央部分挖掉一块，然后叫参谋凭他的记忆再把道路山川河流连接起来。我觉得这很像我的小说，我往往可能就是……或者说有意识地去改变那种线性状态，试图改变它的那种因果逻辑关系。但是，我希望读者把这种视点或思考的范围，扩展到一种故事以外的东西里去，为了达到目的，我又频频暗示，那么这种东西就像插着很多路标，让人走走，当然也可能会走到一种文本的迷宫里去。

林： 实际上我在看《蓝堡》的时候，就想到：就是当你意识到你不想把那些东西告诉给别人，不想全部托出来的时候，这种控制，我感觉到除了通过视角的那种变化以外，还有其他的东西，你自己是怎么看的？

潘： 我个人在很大程度上把它看成一种结构上的变化，就像在《蓝堡》中，当我在写某一件事的时候，比如说写到那个哥哥余百川，“百川归海”，在海上死了。这个事可能在别人看来是一种漫不经心，好像那个相依为命的哥哥死去了，而我又完全按照大家以为的那种方式让那人死去，因此小说到此也就不再提他了。这实际上是一种结构上的考虑，在不提他的同时，我又无处不在地涉及一个神秘的男人在小说中影子一般地出入。那么既然哥哥死掉了，这个人又是谁？这本身就是一个迷宫。这个人其实我知道，还是她哥哥，她哥哥并没有死，只是在故意制造的海难中伤了自己的眼睛，成了瞎子而已——你后来不是看到一个须髯飞霜的瞎子了吗？而且他还系着一条很宽的皮带，旧军队里使的那种。我们可以想象他的脸都烧得面目全非了，没有人能识别他，但他熟悉这里的每一寸土地……当然这只是我作为制作人的一种解释，是故事之外的一种可能的故事。我相信别人还可能有其他的解释。

林：《风》在你的创作中，应该是那些实验性极强的文体的一次讳言，除此之外，它的意味即便是在今天也是颇为值得注意的。

潘：陈晓明在一篇谈《风》的文章里说，我是在企图怀疑一部巨大的历史神话，我觉得这是很有见地的，历史变得一切都不可信。我为什么叫“风”呢？某种意义，我们每个人就是生活在风中，每个人都拥有一部风中的历史，都能感受到，却谁也不能去把握它。连档案都是值得怀疑的，因为档案可以伪造。《结束的地方》延续了这种意蕴，只要是从中国人开始杀中国人的那天起，这部历史就是荒诞不经的历史。你看，为一个“莫须有”的人送了那么多人的命，这些人死死杀杀忙活了半个世纪，最后都是被一个骗局所迷惑了，今天的一纸消息就把昨天的那个神话粉碎掉了，故事也彻底颠覆了。

林：《风》中的这种意味仍然更多地是通过结构的处理来传达的吧？

潘：我的解释简单地说就是，过去的东西对我就是此时此刻的现在，它是一个断简残编的东西，我需要在这个断简残编中间去寻找一种联系的可能性。我同时告诉读者，我只选择了一种可能性，你们还可以选择其他的可能性。这种东西我把它称之为“主观缝缀”。我用一种主观的、自作多情的方式把它联系起来。“作家手记”的部分呢，它应该是弦外之音。于是断简残编、主观缝缀、弦外之音，这三块整个就构成了这部《风》的叙述构架。正是由于这么一种东西存在，也就意味着故事本身不可避免地带有一种虚无的、怀疑的倾向，带有那种神秘的、不可知的色彩。这些充斥在我的小说里面，无论是一种宏观的故事，大的主题走向，还是一种局部的细节，它都是与这种气氛连在一起的。

林：我觉得在《风》中，与对历史的怀疑和解构相联系的，是对人的主体自我的怀疑。一开始的那种寻找很认真，找人谈，答问，笔记。当对象随着寻找变得更为扑朔迷离时，寻找本身成了一种目的，而当寻找本身成为目的的时候，它最初确立的价值指向就动摇了，不攻自破了，显示出人这种动作的盲目性。但是作家的手记本身却以一种局外人的眼光介入，造成一种距离，造成一丝缝隙，能够让我们看到一种相对真实的关系、真实的位置，从而透露着理性的微光。除了《风》，《流动的沙滩》这个中篇在你的整个创作中是否带有一种自我总结的意味？关于这篇小说，我听到的谈论特别多。

潘：《流动的沙滩》在那个时期我自觉应该比《省略》、《南方的情绪》更成熟一点，至少是自然一些。当初写这个稿子的时候，首先比较痴迷的就是想作一次很从容的叙述。取名《流动的沙滩》，源自西蒙的那段话，实际上除了形式上的考虑外，我想在这个小说中强调一种对人和历史发展的感觉。有人说，以《流动的沙滩》为标志，我对自己从1987年开始的那种先锋探索有了一个终结或者告别的姿态。

林：在这个小说里，博尔赫斯的影响也比较突出吧？

潘：这显而易见。写《流动的沙滩》的时候，至少我非常向往自己能写出一部具有那种博尔赫斯式的语言意味的小说，就是既完全改变传统小说的那种结构模式，又即兴地随手拈来了很多东西。但是把它放在这么一个统一的语言系统里面，又有它内部的一种和谐，这一点当初下笔的时候就非常明确。

林：对博尔赫斯和其他一些拉美作家的东西的热衷，当时似乎形成了一种普遍的倾向，对一种小说形式着迷，个体的关系是非常强的，但是到了许多人都不约而同地如此这般的时候，他们背后有什么共同的因素在起作用？

潘：就我个人而言，我就是因为喜欢博尔赫斯这样的小说，才公开地效仿他，别人承认不承认我不知道。那个时候，我根本就没有在意博尔赫斯的小说里到底说了些什么，这与我看卡夫卡一样，我更多的是看他怎样说。就这一点来说，这两个作家实际上都给了我不同程度上的影响。那个时候就是非常痴迷，我记得第一次接触到博尔赫斯的作品就是那个小32开的王央乐译的单行本，这也是我迄今为止见到的博尔赫斯最好的译本，它的名字就叫《博尔赫斯短篇小说集》，上海译文出版社

1983年版。1993年春天，马原拍《中国文学梦》去了海口，我们还谈到了这个版本，他说也拍了王先生。我想他也是因为喜欢这个译本才去拍的。这本集子我看了很多遍。所以《流动的沙滩》发表以后，有很多人对我说，你学得很像——这种语言的感觉很像。如果说我自己有什么欣慰，那就是这一点证明我自己还有能力去写类似的小说。至于小说本身它承载了什么，我想，在这个小说中，一个人在面对自己的前世或是未来在进行一种交流对话，既有一种亲切感，又有一种恐惧感，这种东西它肯定隐藏了我个人对人生的一种理解，一种认知方式——这是毫无疑问的。

至于你所说的“不约而同”，我想与那个时期大量地、集中地引进西方文学的思潮有关系。如果我们早30年介绍博尔赫斯，早20年介绍马尔克斯，早40年或50年介绍卡夫卡，情况可能大不一样。如果那个时期我不接触到这些作家的作品，就不可能导致我自己在文学观念、文学立场以及文学方式方法上的改变。正是这些在那个时期非常优秀的国外作家，当然更多的是带有现代主义色彩的优秀作家的引进，促使了中国当代文学有这样一批人转变了自己的观念，这些人当时都是二三十岁的人，接受东西是最快的。正因为这个头开了以后，然后就回头对自己的写作作一番检讨、思索，再慢慢地把别人的东西变成了自己的东西。我一直认为当代文学“好看的时刻”，就开始于这个时候。

林：最初的那种触发，那种刺激、提示，可以说推出了一批面目迥异的作家以及作品，但是当这些东西真正化成我们自己的东西的时候，就应该不是作为一种外来作品的模仿，或者如有的人不无尖刻地说的，是一种翻译性的作品，这当中的转化，是不是还需要具备其他的条件？

潘：从我个人的经验来讲，从那些作家的书中实际上我得到的是他们的方法，这些方法让我知道了故事可以这么讲而不是那么讲，所以今天让我去谈那些作品的内容的话，我是基本上都忘记了，一鳞半爪还记得那么一点点，但是他们的那种叙事的东西已经沉淀在我的记忆里了，那么是不是转变成自己的一种自觉的东西了呢？这与作家本人自身的条件有关系。比如说他被某一点震撼了，而另一个人却被另外一点震撼了。他可能是被某一点点亮了自己心中的一盏灯，而在另一个作家那里，他就忽视了，所以我曾经说过类似的话，对小说这种形式的理解的不同，实际上也就意味着一个作家写作原则的初步确立。

林：你能够谈谈你对外国作家作品阅读的具体情况吗？

潘：我对阅读的态度历来是相信自己的直觉判断，我不大愿意去做一种理性的分析，比如说我读博尔赫斯，觉得有两点让我很震撼：第一个是我觉得他的书很智慧，他的句子很智慧。比如他写一个高大的人出现时，说这个人和他的嗓门一样高大——从来没有人把一个大嗓门和一个大个子连在一起的。他写一个盲人在倾听着什么东西的时候，说他抿着两条厚嘴唇去对着那个方向。这种句子很智慧。第二点，就是他的小说里面充满着东扯西拉的东西，在当时有一种对我个人来说说不清的心理，我不明白为什么要这样东扯西拉，而且又能把它做得这么和谐，放在一篇文字里面构成精美。而我们恰恰做不到这些。这种判断我觉得是一种直觉的东西。多年以后，别人再这么问我，我还是这么回答，我只是觉得他的小说很智慧，他的句子很智慧，而这样的作家在我看来确实是很罕见的，每一次细细的阅读，你可能都有新的发现。同样，对卡夫卡也是这个样子。我觉得他始终关心的是一个问题，人的一个境遇。我曾经有个短篇小说叫《陷阱》，当时在海口，韩少功看过就说，这是卡夫卡式的小说，他的话说得很准确。这篇小说在某种意义上就是我向卡夫卡致敬的“作业”。我的意思是说，当你读某个作家的作品时，书中某种东西可能无意识地把你打动……作家的阅读与读者的阅读是完全不一样的，至少对我来讲是不一样的，我确实是记不住一些名著的那些故事性的东西，顶多只记住某个细节，但是我更愿意看到他们讲故事的一种方式。

林：在“怎么说”解决后，还有个“说什么”的问题，或者说是小说的意义问题，你是怎么考虑的？

潘：我一直认为，无论以什么样的方式去写小说，都不可放弃小说内部的东西。尽管我也承认小说的发展在某种意义上说就是一种形式的发展，是一种叙事的发展，但我觉得，一个作家是无法回避他所要表达的东西和要表现的对象的。因此，无论是我早期的《南方的情绪》，还是最近的《重瞳》，我自觉每篇作品都包藏着或隐匿着我个人的某种想法。区别在于什么呢？这种想法或者这种意味存在于小说中它应是不确定的，我称之为“不确的意味”。我认为小说里面如果出现这种“不确的意味”或者“多元的意味”，这种小说就是最饱满的小说。而不是使人感觉到是纯粹的不知所云，也不是一种故意的哗众取宠，一味强调那种文本上的境界呀、高度呀，等等。我从来就厌倦这个。当然，一个作家有他的习惯和偏爱，甚至可能发展到极致的地步。我就很崇尚一种宿命的东西，我觉得“宿命”某种意义上确实是对命运里的那种不可捉摸的东西进行了一种高度的概括，概括成了一种比较完美的形式。而有些人喜欢写一种死亡的气息，有些人喜欢表现一种性爱的状态，等等。但是，你说在一篇小说里面完全看不出任何东西——这在我的小说里面是不存在的，只是我希望我自己把这些东西处理成这么一种状态，使小说本身的内涵尽可能地丰富一点，具有张力，而不要像过去的那种小说，一览无遗。

林：也就是说，语言本身，还有各种再抽象的符号，音乐也好，绘画也好，它都是有所指的。

潘：对，我觉得用音乐或者用一种现代的绘画来解释这种小说，确实有相近的东西，谁都无法把一首曲子解释得像一个故事那样完整，但是每个人都能被它感动——如果它是一首不朽的曲子。肖斯塔科维奇的《第七交响乐》是战前设计的，而当时的苏联官方却硬说就是反纳粹法西斯的。多少年后，作曲家才亲口证实：“侵犯的主题”与希特勒的进攻无关，他在创作这个主题时，想到的是人类的另一些敌人。他说：任何法西斯都令人厌恶。值得注意的是，作品里充分体现“对人类法西斯的厌恶”的这种情绪，而不是特指哪一类的法西斯。

林：在你最近三年的一些作品里面，比方说《对门·对面》、《秋声赋》、《桃花流水》、《结束的地方》、《重瞳》等等，你觉得当年的那些东西在这些作品里面，是以什么样的一种形式保留下来或者是延续下来的？

潘：可以说，在所谓的先锋阶段，我当时的写作确实带有一种强制性，因为远离了自己本土小说的一种传统，尤其是指那种叙事方式上的传统，也就是说一下子拧过去了。当时就想按这条路子走下去，彻底地背叛过去的那些东西，并且总是想使自己的小说与别人的小说区别开来等等。那个阶段可能是比较幼稚的。一个作家当他在表达的时候，老是受到某种心理的钳制，他这种表达本身就很难达到那种很高的境界。我觉得沉淀也好，延续也好，到后来就已经变得非常自然了，只是在于我的选择问题。我自觉在叙事上拥有了一定的能力和本领，能很从容地去面对我自己要去表达的对象，就不会先考虑到我这篇小说会不会有点像博尔赫斯。

林：这点我想是非常重要的，有的人可能在模仿那个阶段做得非常好，但是当这个阶段过去以后，需要他拿出自己的东西的时候，就没有了。

潘：这似乎可以作为一个标志来判断。就像书法一样，我觉得一个好的书法家能从他的书法作品里面看出来一种师承关系，让人一看，噢，你这个字最早是学颜真卿的，后来又学了点黄庭坚，比如说你这一钩是从“黄”上来的，但是你到了行草的时候，基本上就是学王羲之，再加了一些米芾和董其昌，这个师承关系我觉得应该看出来，并且根本就不需要去回避它，因为这是事实，承认不承认都是事实。那么到了后面以后，你就很难讲了，说《对门·对面》、《结束的地方》是按哪一路子上来的，《三月一日》、《海口日记》又是哪一路的，《秋声赋》呢？《重瞳》呢？就说不清了。我只能告诉你，我拥有这些叙事能力之后，只能这样写而不能那样写，所以我就这样写了。这时候，很大程度上就依赖于这个作家带有一种绝对性的本领和天赋，而不仅仅是一个技巧问题。

林：你最近的几篇作品《桃花流水》、《对门·对面》、《三月一日》、《海口日记》，相对来讲，从普通的阅读或接受的角度来讲的话，《海口日记》显然是一种更容易接受、好读的作品，而《结束的地方》、《桃花流水》在叙事上技术的含量比较多一些。但总的来说，相比于80年代你的那些小说，可读性都明显加强了。

潘：《海口日记》首先得是“日记”吧？那么，我就不能在日记上做任何让人们不知所云的处理。因此，我注定要用第一人称来写这篇小说，同时我要找到写日记人的那种话语来叙述这个故事，因为整个的视角就是他的视角，那么也就意味着这样一个小说基本的形态已经确定了，就不允许我在中间作任何的调节。我只是考虑让哪些东西进入小说，不让哪些进入小说，这句话该这样说而不该那样说。但是小说该怎么写已成定局了，也就是说它本来只能写成这种东西，而不是写成另一个东西。我历来是根据自己对某一篇东西的理解，然后确定该怎么去写。有时候倒过来，是先找到了一种叙事方式，才回头去找要说的事的。这不仅仅是一个变化手法的问题，还涉及一种对故事的处理能力，包括对故事的一种驾驭、理解，我觉得一个作家应该具备这种东西，而不是千篇一律地这样那样。我追求的是那种形式与内容的天衣无缝。

林：你认为这些近作存在不存在对读者的迁就呢？

潘：迁就没有。应该说与我个人这个时期对小说的理解与写作的调整有关系，因为我觉得一个人老是去做一种无病呻吟或是做那个刻意的抒写的话，本身也是一种不真实。不过有一点还是比较明确的，80 年代末期 90 年代初期，对故事的一些东西消解得破碎一些，极端了一些，那么就阅读接受这个层面来讲，范围肯定变得比较狭窄。现在的故事，无论是《对门·对面》也好，还是《海口日记》、《结束的地方》也好，相对来讲，它是个完整的故事，只是怎么处理它、说它而已，因此在别人阅读的时候相对更适应一些，这可能也是这几年来几家选刊愿意转载我的作品的原因之一。

林：《结束的地方》，开头引用博尔赫斯的话，我想你是强调了语言的塑形作用，叙述不断地向前推进，事件却在不断地向后回溯，构成了倚重持续的张力，饱满而明朗。

潘：《结束的地方》虽然是几年前写的，但现在看来，就我个人来讲，还算是比较得意的一篇东西，而且写作的过程很轻松。那么多种关系，母与子的、夫与妻的、上与下的、主与仆的，这些很复杂的关系，在一个不足 3 万字的篇幅里面层层叠叠，交错展开，完成了对宿命的一次比较详尽的阐释。这种东西应该和我心目中的小说靠得较近。如果说像早期《南方的情绪》、《流动的沙滩》，作为小说实验文本有它的可取之处，那么，怎样使这种小说的叙述既背离了一种传统的模式，同时又获得了一种新鲜的东西，是我现在需要思考的。

林：作一个简单的比较，就像编绳子，《桃花流水》编到最后，绳子把自己套住了，绳子的一个结打出来——两个故事接通了，精彩处在于最后；而《结束的地方》是把绳子的头绪先一缕缕地分开了，最后又合了起来，最精彩的地方是那个分开的过程。读这样的故事还是一种智力上的刺激。一开始读，就让读者要想到这样的故事要怎么进行？会怎么样？到哪一步的时候发生什么？像《结束的地方》，有一点是肯定的，即刘四不是真正的凶手，那么真正的凶手是谁呢？可能直到那个儿子出现的时候，才有点预感，但是到底是怎样的呢，追问伴随着阅读，产生出一种呼唤参与的效果。

潘：“智力上的刺激”这种表达很有意思。我曾经讲过，好的小说，作家只能写出一半，另一半是由他的读者来写的。而且我还打了一个比方，我说一篇好小说的创作就像在沏一壶好茶，作家提供的可能只是茶叶，而读者就是水；读者的水准就是水的温度，如果“茶叶”没有问题，他看不明白的时候就可能说明这水是凉水或温水，自然永远泡不开那壶茶。只有他到了一定水准的时候，这样就一下结合起来了，就达到了一种共同参与的目的。这好像也是我一贯信奉的小说原则。所以我总是说，好的小说作家只能写出一半。真正的小说创作是在阅读过程中间实现的，在最默契的阅读中间完成了这篇小说的创作，最后一笔是读者写上去的。

林：《对门·对面》对现代都市里人与人之间的关系的揭示，冷漠中有温情、隔绝中有沟通的情状令人感动。而且那种细微的感觉非常准确，也非常有味道。你采取用A、B、C、D代替人物的方式，是出于什么考虑呢？

潘：好像还不止这篇小说，在其他的小说中我也有简单地用AB或男人女人来称代人物的，譬如说《关系》和《故事》，还有《对话》。这篇小说更明显一些，就ABCD这几个人，因为我当时就觉得这样便有了某种意义上的抽象，突出了人物的符号性，削弱了具象的东西。记得有个导演跟我谈这个小说的改编的时候，我就说，其实这个小说拿到美国、法国照样能拍成一部不错的电影，比如那个男人A可以叫杰克，女人C可以叫乔伊娜，等等，它不受任何地域环境的影响，具有人类共同的东西，人类都面临着一种对门对面的关系。

林：对这种东西，你是在强调它符号的共通性、抽象性？

潘：有这个考虑。所以说，这个时候我就需要用这种形式处理了，想尽可能地去掉一些表征的东西，不想给读者一些限制，比如我要是写了那个弹钢琴的女人戴副眼镜，好像不戴眼镜的人与她就没有关系了。我不愿让她具体，那个人是什么样的人，你们自己去琢磨，也许你会想起在你的窗口看见对面有个女人，可能就是她。我很喜欢这种感觉。

林：但另一方面，小说的画面感也极强，而且结构主要是靠画面的切换来完成的，同时丝丝入扣，很是严密。

潘：不仅画面的切换，结构上也可能带有一种电影里面的转场手法。这可能与我当时在北京做导演、拍片子有关，有一种电影的叙事方式介入进去了。事实上，这篇小说后来也让一些职业导演关注过，先是张艺谋，谈了几次谈不拢，他要"人性"，我要"距离"，没法谈。后来黄建新也找我谈了，他说这是个非常精彩的小说，但是他不敢动，觉得中间涉及一些情爱场面不好处理，怕通不过。同时他也说了类似你的意思，说你潘军的小说有一个最大的特点，就是情节线锁定得太严了，动不得，牵一发而动全身。这是他很少从某个作家作品中触感到的情况。去年上海一家公司来谈，我只卖给他们"电视电影"的版权，电影的版权我不卖，我得给自己留着。

林：《对门·对面》让人读起来舒服的一个重要原因，我想可能是它的叙述语言的状态，它比较注重的是那种非常简明的线条感，而不是色彩的层层叠叠。

潘：我当时叙述这篇小说的时候是很清醒的，这篇小说我就是很客观、很节制、很平静地把它写完，包括最后有一个带有戏剧性的动作——那个男人 B 从阳台上翻下去了。

林：这个结尾也是非常妙的，让人想到事情还没完呢！

潘：不仅仅是个还没有完的问题，它显示了一种人生与存在的暧昧。A 的手落在 B 的身上，导致的却是 A 的命运的两极分化：如果是拉，他就是一个英雄；如果是推，他就是一个凶手。人在这个社会上有时候就是莫名其妙的。

林：在近年的小说里面，《秋声赋》应该说也是比较突出的一篇。开始看你的那个开头有点不习惯，我想是不是你故弄玄虚变化一下，但后来发现不是这样。它实际上可能也是你的一种自我暗示，一种叙事的期待，而不仅仅是为了告诉读者。你在写作这篇作品的时候，以一种相对朴素的方式去叙述一个感人的故事，这个故事的内核是不是预先打动你的，而不是像你其他的作品，更多的是在写作中进行的？

潘：《秋声赋》是一个例外。正如小说中声明的，这篇小说我在动笔之前就瞭望到了它的结局。从某种意义上说它是有生活原型的，故事中的男人和女人相好结婚，后来女人与货郎私奔了，男人抱养了一个孩子，包括最后那个儿子上吊死了，引起庄子里人的一些猜测，这些全都是真的。这是除《独白与手势》这样的长篇之外，或多或少与我个人的经历和体验有关系的一部中篇小说。我早就想写它了，一直找不到一种很好的方式来写它，直到我用现在的这种方式把它写出来。

林：这里面我觉得仍然有你一贯的东西，比方说不动声色地去表达一种很强烈的情绪，我觉得这方面你做得比较突出，非常激烈的情绪，但是你在表达上有一种很舒缓的感觉，一种不可思议的节制。《秋声赋》里面很是突出，尤其是其中围绕“箫”的叙事，我觉得这个小说本身就回荡着这种声音，类似于箫的声音。《秋声赋》看起来是写伦理、写农民，但实际上又不局限在那上面，它实际上表达了对苦难的一种承受。

潘：对人的那种忍辱负重的境遇的关注。《秋声赋》写过以后对我自己最大的一个安慰是什么呢？我记得当时给田瑛和林宋瑜写信的时候就讲过，我现在敢于面对黄土、农民、苦难这些东西了，我有能力把这些同样写得很漂亮。

林：这里面实际上不止是说褒扬那个父亲，而且有一种一方面是震撼不已、一方面无可奈何的东西，这个人就是这样活着。推开来讲，即使没有那种情欲的自制和伦理的界限，在现代人的生活中，这种情感方式或许会以不同的形式存在，我觉得这应当是小说的真正意义所在吧？

潘：我希望读者能够这样去理解这篇小说。

林：这次和你见面之前，让我最开心的事是又在《花城》上见到了你的近作《重瞳》。读了第一自然段就把我抓住了，诧异之后就是感到振奋，这首先是语言形态上的那非常潇洒自如、霸气十足的叙述，同时，它对历史文本的剥离和再创造，打破了历史的封闭性和规定性，但并不止于戏说和解构，而是有一种严肃的东西贯穿其间，诞生出丰富的意味。从这个意义上讲，我认为《重瞳》不是简单的故事新编，它甚至就不是一部习惯中的那种“历史小说”。

潘：《重瞳》肯定不是历史小说。最初的设计是想写部长篇，五年前我在广州时就对田瑛说过，我说：我准备写项羽，用第一人称写。他立刻就有了兴趣，说这个东西你写最合适。这让我想到鲁枢元在评论《风》的文章里说到过：潘军身上有股塞上军旅的霸气。我想或许这篇东西真该我写了。不久我离开海口到了中原郑州，这儿是当年楚汉相争的古战场，我还打算去看位于荥阳境内的鸿沟呢。于是就找来《史记》、《汉书》读了，一共写了三个开头，但再写就找不到感觉了。直到今年夏天，我从北京回来，刚写完《独白与手势》的第二部《蓝》，总感到意犹未尽，那股子气还没有消掉，但接着写第三部又缺乏必要的准备，就又把《项羽本纪》翻出来，读着读着就情不自禁地动起手了，一气呵成写出来，写得非常舒服。

林：很多人对项羽的故事并不陌生，你在构思时是如何考虑这一点的呢？

潘：我首先想到的是能不能有另一种解释，哪怕是一种离奇的、浪漫的，但又是很美的一种解释。既要在规定的史籍中去寻找新的可能性，又不能受此局限，想借题发挥一番。

林：把项羽写成了一个文人色彩特别浓厚、诗意盎然的人，这同样是你个人心性的表露，你很偏爱项羽，在这当中你有没有感到难以处理的地方？

潘：你所说的难以处理的地方还是有的，像写项羽坑了章邯的20万秦兵这个具体历史事件的时候，我就非常犹豫，想了几天想不好。这是项羽的一个劣迹，是历史上确有的事实，一代代这么传下来了，不能回避；但从我个人的感情上讲，我希望这些东西是虚构的。后来我想，他的这一暴行是在他当了上将军以后干出来的，至高无上的权力恐怕是一个不可忽视的原因，权力和人性的这种关系应该在这里反映得比较强烈。另外我把它做得有些模棱两可：当时章邯来投降到底怎样想的？究竟是项羽的小人之心还是明察秋毫？两种可能性都有。有很多人解释是项羽的小人之心，听了旁边的几个谋士的话，没有进到咸阳城后院就起火了。章邯本人是深知项羽的为人的，他到底有没有一种谋反之心呢？想给自己留下一条后路？我把它处理成一个“有可能”，借章邯的嘴为项羽开脱，这是出于我对项羽的偏爱；同时我也证实了这件事情项羽是做了的，做的原因就是权力使他变得异常残暴，我没有回避这个。

林：这后一个方面应该说是构成小说底蕴的重要内容，完全可以把它看作对人类血腥史的一种反思。事实上，你也是这么考虑的，要不怎么会扯上希特勒与斯大林联手收拾波兰呢？

潘：我要传达出对人与人之间搏杀的感受，某种意义上，人类的历史可以说是一种贵族和流氓的历史。因此，它的解构和建构是并驾齐驱的，它在毁坏、颠覆传统叙事的同进中树立了自己的东西，这种小说的意义就在这里。

林：《重瞳》洒脱的叙述和诗意的表现力无疑是这部作品的魅力所在。我还对其中一些细节安排感到愉快，譬如写项羽和虞姬的初次相见，尤其是那个结尾，太漂亮了。这么重的东西你却给了它一个飘逸的结尾，有一种举重若轻的感觉。再就是，你在貌似汪洋恣肆尽情抒写的背后，实际上还是写得非常节制的。

潘：唐先田在评论中也提到了这个，他举了“霸王别姬”的例子，说历来写项羽无不渲染这一点，而《重瞳》竟不是这样，似乎一笔带过，却给了人更多的震撼。他认为这是“冰山”的一角，深重的东西藏在下面。说实话，类似的这些安排与处理，是我所得意的。

林：还有一篇作品值得提及，就是《三月一日》。写一个人少了一只眼睛之后带来的一种变化，跟老婆做爱都不行了，单位的人丢了东西都开始怀疑他，等等。这本身就有许多荒诞的东西，但是同时这又使他看到作为一个健全的人所看不到的东西，这就包含着关于人的现实存在的健全与病态的悖论性的关系。如果仅止于此，恐怕还不能给人以震动，小说在表现和揭示这样的生存境遇中，通过“月亮”搭建了一个美好的企盼、寻找和失落的构架，感人的力量也许来源于此吧。

潘：人世间肯定有美好的东西，但美好的东西往往存在于人的意识之中，就像我们常讲的，每个人都希望有一种白头偕老的境界，但是恰恰每个人都做不到。这个小说里面写到，最早别人喊月亮，他自己都不知道月亮是他第一个女人，他都忘记了。他老婆甚至说这是一种肥皂的名字。直到最后，有个女孩告诉他，他才隐隐约约地想起来了，月亮是他最初的恋人的名字，但是等他去寻找她的时候，那个女人已经死掉了。这时候回溯小说的叙事，我们发现了那种神秘，那男人听到的喊声，是那个女人在临死之前喊了一声“月亮”，这给人以招魂的感觉，她穿过怎样的时空，居然在一个街口被他听见了。这是一种冥冥之中的东西。

林：你最近的长篇三部曲《独白与手势》或许预示着你的一个新的创作阶段的到来，关于这部小说，我想应该专门作为一个话题谈论它，这里我仅仅想请你谈谈对以图画介入文字叙述的这种形式的考虑，你是怎么想到用这种方式的？

潘：1993 年在海口时我就萌发了这个构想。我觉得如果把图画当做叙事的一部分放置进去，让它成为叙事的一个不可替代的层面，虽然是一次冒险，但肯定十分有趣。这应该是我最早的冲动。似乎带有某种规律性，我总是先想到形式才决定写一篇东西的。8 年前写《风》也是如此。

林：这次谈话，我想问你的最后一个问题是，如果从你自己的个人心理倾向的表露上来讲，你觉得你的小说里最为突出的是什么？

潘：我始终对恐惧很敏感，虽然我给人的感觉总是大大咧咧，走南闯北，但是其实我对恐惧特别敏感，我总是觉得有一种恐惧的气息在我身边，但是这种恐惧不是我们词典上所解释的那种恐惧，这种恐惧实际上是与人类的爱相对立的一种状态，我觉得恐惧的对面就是一种爱。

漂泊与选择

——访谈录之二

时　间： 1999 年 12 月 23 日

地　点： 合肥九狮苑宾馆 305 室

访问者： 林舟

受访者： 潘军

林： 在你这几年的经历中，海南岛的这段时间应该是比较重要的经历吧？

潘： 可以这么说。

林： 现在看你的《海口日记》、《关系》等，我想知道，海南的生活除了提供一种浅层次上的所谓素材之外，就写作而言，这段经历给你个人的心灵上带来了些什么？

潘： 我把 1992 年以后的生活称为“自我放逐”。因为从那以后，我确实过着一种“沉重的自由”的生活，为什么这么说呢？因为我觉得所谓的“沉重”，就像一个出远门的孩子一样——尽管我是一个成年人、一个父亲，但是毕竟我是告别了我业已习惯几十年的生活方式和生活空间，而走上了一个全然陌生的生活，这种恍惚、焦虑、不安，甚至懊恼，欲罢不能，同时又不可调身回避这些东西，在某种意义上对我的心灵可能有一种侵蚀。同时，另一方面我又获得了一种空前的自由，我摆脱了那些习以为常的烦恼、纠缠、管束或约束等等。我记得有一次在北京给你打电话的时候，你曾跟我谈到这个问题。当时也涉及写作状态，你说我的激情不曾消退，而且越来越饱满，除了本人的其他条件外，是否与我的这种颠沛流离的生活有关系。当时我说，可能有。你说，一旦你静下来之后，固定在某一个城市以后，可能那种感觉很难找到了。

林：你说，如果静下来，让我有更多的时间写，那就更好了。我说那不一定吧。

潘：是的，未必能写出更多、写得更好。这种人我们已经在身边看到很多了，也许他们因为太静了。而且我觉得中国人或者一个中国作家的生活，某种意义上讲是非常单调的。我们虽然不是经常出去，但从一些资料上看到，好像一个作家生活在几个国家是很正常的事情，更不谈他涉足几个城市或者十几个城市了。而在我们，稍微动一下就敏感了，像我这样五六年中住三四个城市的人恐怕都不多。

林：1992年你到海南以后，是不是全身心地投入了商海，暂时告别了文学写作？

潘：并不能说我那时全身心地投入了商海，但确实停顿了一段时间的写作，直到1996年，才陆陆续续地重新开始。可能有很多人对这一点有误解，包括有些朋友们，看到我重新开始写作，总觉得我是浪子回头似的，说你又回来了，等等。现在就有很多人在讲，你那时挣钱去了，是不是生意做得不好，再回头写小说呀？甚至有文学圈子里的人说，最近看到潘军到处发表小说，这小子肯定生意做砸了，不然怎么会发表那么多小说？这种理解过于简单了，或者说只是一种调侃。前些日子韩少功给我写了一个序言，题目就叫《行动者的归来》，他意思是讲我又回到了文学的这条路上。其实当年我到海南去的时候，带有很大的随意性，那个时候只是觉得在内地很没有意思，而且自己的一些处境很不好，与其处在这么一种很不好的处境下面，不如一下跳开去，并没有想到自己到海南岛究竟去干什么。所以有时候我经常调侃自己，我说我是一个“胆小而妄为”的人，就是说这种人可能他做不了什么大事，但是他有一个好处：他总是先做了再说。那个时候想到的就是大不了把自己身上带的几千块钱花掉了，算私费旅游了一趟，不就完了嘛，是不是？但是去了之后，就觉得南方的这些东西还是具有吸引力的，觉得要想能使自己在这里扎下来，那么首先就需要养活自己，就得学会挣钱了。生存才能发展吧？但我个人是从来没有把自己当做一个什么商业人士去设计、去展望的，从来没有。

林：而是作为一个作家。

潘：作家或者艺术家。我在南方待下来，也一直在考虑下一步写什么。那时我刚写完第二部长篇《风》，想怎样写得更好一些。但我的爱好很广泛，一旦我自己觉得写小说很困难的时候，或是写起来很无聊的时候，我就会当机立断地去做别的事情，这点可能跟别的作家不大一样，因为我做别的东西也会一样投入，也会富有一种激情。比如我去拍电影，或者说我去画画，或者关在家里弄弄书法等，我觉得这些都是可以激发创造力的东西。

林：在你没写出更新的东西的那段时间里，你是以什么样的方式表达你与文学的关系的呢？

潘：我想主要是心在那儿。当然我也有所行动，我在1993年也就是我到海南一年（严格讲起来是10个月）以后，我办了一个“蓝星笔会”，我1992年4月份到海南，谁也没有想到10个月以后我就能把大把的钱掏出来，把一帮搞文学的请到海南岛来做客。我做这个动作没有别的意思，就是想让人知道中国的这些作家还在写作，还在谈文学，无论政治上还是经济上出现什么波动，同时表明我和文学是粘在一起的。

林：除了那段时间，即便是你“回来”，或者说“复出”以后这么长时间以来，你与文坛的联系好像处在一个非常微妙的状态之中，简单地说就是不知道是文坛遗忘了你，还是你遗忘了文坛。这可能跟你与媒介的接触交往的方式和原则有关吧。你是怎样看待跟媒介的接触，比方说对出版、改编、有关你的行踪和作品的报道或者说对有关你的宣传，等等，你是怎么看待的？

潘：你说的“遗忘”，我想主要是因为我在很长一段时间里行踪不定，别人找你很困难，你也不需要找别人。至于与媒介的接触这种事情我觉得不应该成其为问题的。比如说，一些热情的记者也来了解我的一些情况，我就敷衍而去。我想一个作家的情况严格讲起来是不需要对外说什么的，它是一个很个人的事情，对不对？一个人总不至于坐在马桶上还要有人来报道他在马桶上坐着吧？我在写什么，我作品出来了，这就完成了，至于媒体所关心的我个人本身，没有太多意义。你所说的“原则”，我的理解是一个人怎么也应该有种属于自己的东西，特别是在为人的时候，既然我自己确立了一种信念、一种立场，不用“坚持”这么大的词，应该是很从容地走下去。有些作家愿意去开会，那他就去开会好了，而我是不愿意去的；有些作家愿意随便出书，而我不愿意随便。我觉得我的愉快在写的过程中已经完成了，这个书出来或者不出来，对我意义不是太大。反正迟早会出的，你看，这回不是一下出了一摞吗？老实说，我发表的任何作品没有哪一篇在发表之后我是从头到尾认真看过的。再说，中国像我们这样的作家非常多嘛，不要把自己太当回事，是不是？为什么非要搞得红火呢？哪来那么多人红火呢？同时我相信一点，无论是搞还是不搞，最后都是要靠作品说话的，其他的东西都是多余的。所以我在有些创作谈或随笔里面这样写道：如果说一个作家有什么野心，那么这个野心就应该局限在一张纸以内，而不要跑到纸外的任何地方去。你的理想、你的王国、你的荣誉，都必须建立在你的一张纸上，其他地方再热闹也只是一个表面的繁荣，一阵锣鼓过去，也就显得很冷清了，没什么意思，所以还是远离锣鼓为好。但是人有时候也有无奈的时候，就是说，当你自己的事情与别人的事情构成一种关系，特别是现在，要面对市场或是经济利益的时候，你必须有责任去配合这种事情。比如说几家出版社出你的十几本书，大家要给你印招贴，希望你签名售书，你就不好拒绝。

林：你的拒绝已经够多了。

潘：是的，我拒绝过转载、拒绝过出版、拒绝过采访、拒绝过领奖。之所以拒绝，是我觉得有些东西改变了我的某种方式。

林：比方说领奖。

潘：领奖呀，我知道你在说那件事。没有别的原因，我觉得我的作品不是属于一种主旋律的东西，不配接受这个奖。再比如发表，有些刊物很热情地约稿，我总是要请他们先把刊物寄给我看一下。我要了解一下这个刊物是怎么办的，如果它的办刊方向违背了我的意志，那我就会礼貌地告诉他们，我不能为你们写，这样的事情年年都有，所以也只能请他们谅解。至于出版、改编之类有多种原因，比如这套书的主编是谁，比如说导演是谁，如果都是我很难能信任的，那我就放弃它。我反对作家有一个明星意识，作家就是作家，他不是明星，只有明星才走到哪儿都有人追着你签名，对这些东西，我历来没有兴趣。

林：现在这种媒体对文学的关注，更多的时候是从非文学的角度去关注的，这种情况都成了一种“空气”。比如讲，作品研究会、新闻发布会、颁奖会、文坛官司、杂志改版等，从道理上来讲，诸如报纸、电台、电视台，它的栏目空间要“填”起来，要吸引人，在媒介方面要做一些手段，但是你不能指望媒介个个都像文学评论家或是作家一样对文学有充分的理解，更不能指望媒介像个文学青年那样热爱文学。问题在于，我们要了解作为作家的潘军，似乎只有通过报纸、电视等等媒介，这样可能带来某种扭曲。

潘：我个人对这种东西很坦然，因为我觉得面对这种东西不是一个很难的事情，而是一个你同意不同意、合作不合作的问题。一些比较纯粹、像样的文学活动，比如说笔会，我都去，以文会友很好啊！但我可能不会接受某种街头小报的采访，我会选择一份有分量的报纸，这无论是面对读者还是面对你的作品都是件有益的事呀！这只是一个选择的问题，谈不上什么清高，我还从来没见过清高的作家呢！有些事情的好笑之处在于，有些人是不仅合作，而且愿意迎合，甚至自己想方设法到处制造这种东西（舆论），譬如自己给自己写消息报道，还自己送到报社。这就有些莫名其妙了，用北京人爱说的话讲，就是有病。我这次在北京的时候，有一家电台想播我的《独白与手势》，打电话跟我谈，我第一句就问，你们给我多少钱？因为这是我的东西，你要播当然得给钱。他们说我们不给钱，我说不给钱你们打电话没有意义呀。他们做我的工作说这样能扩大对我的宣传，我说我为什么要宣传呀。没有硬性的规定要求一个作家非要宣传不可呀，就像我为什么要得奖呢，为什么要加入某些（个）组织呢，为什么要去开会呢？这些东西如果它能使我的小说越写越好的话，我都去。但是事实并非如此，它们对于我的作用还不如我在家里安安静静地读一本书的收益大，因此我拒绝它是很自然的事。我刚才讲到偶尔为之的事情，就是指要涉及双方利益的问题，比如说出版社要出本书，希望卖得好，不亏损，这个时候邀请作家搞一个签名售书活动，我觉得这不是一个不合理的要求，你就应该配合。因为你要对出版社负责任。再比如你的电影、电视剧播了，他们希望在说明书上印你的照片，你也应该提供，因为你也希望这个投资人使这部片子卖得好，但这种做法也应该是有节制的。现在有些做法有些过头，譬如，一个写小说的，小说还没写多少，关于小说的谈论已经成为公开的文字到处传播了。电影界就更离谱了，《荆轲刺秦王》居然弄到人民大会堂去搞首映式了，用三国语言现场翻译，这就很可笑了——你的电影好坏不在乎在哪儿开发布会，现场有几个翻译呀！是不是？但使我自信的一点是，我这个不大宣传的作家居然收到很多读者的来信，很多人把信写到编辑部，再转来，或者通过编辑部打听我的地址。你今天来时，我正在给广州沙河的一位读者回信，这位朋友看了我很多作品，连并不怎么为人所知的《爱情岛》、《白底黑斑蝴蝶》、《情感生活的短暂真空时期》，他都看了。

林：这倒让人感动。

潘：而且给我带来一种激情，我把它视为未曾事先约定的空中握手，这是一种美好的感觉。

林：你刚才谈到，开笔会很愿意参加，那么其他活动呢？我是指一些与文学有关的会议之类。

潘：笔会主要是以文会友。写作不是科研攻关，有必要借助开会吗？难道我去开那个会我就能把小说写好了？写作纯粹是个个人行为嘛。有人说我是文坛上的一个独行客，意思是说我一意孤行吧，这话也对。我有几句话可能不中听，一是我爱文学，不爱文学界；一个男人这么长久地喜欢一样东西不容易。二是只交朋友，不入队伍。朋友是终生的依靠，队伍我觉得没有任何意义。这个立场是不能改变的。写作这个行当本身不需要资格与资历。有些人可能会说你这是不是很傲慢，是不是把自己架得太高？不是。在这一点上，我觉得作家有时候还是要把自己当回事。我指的是，就像我刚才举过的例子，有人向你约稿，而这刊物是地摊刊物，或者它的倾向性与我的追求是完全背道而驰的，我就不会给它写东西。我给它写就意味着我支持这份刊物，这样我连自己都说服不了。

林：现在，你对自己当作家这个行当的最深感受是什么？你对自己的未来有明确的设计吗？

潘：作为一名写作者，我现在最大的乐观就是觉得自己目前还是一口没有挖出水的井，但又有湿润的感觉，这种感觉比较激励人，至少它离江郎才尽还比较远。同时我也准备有一天江郎才尽了，立马洗手不干，我决不会“耗小说”。因为我的爱好很多，完全可能非常幸福地把自己封笔以后的生活安排得很妥帖。

林：你曾在一篇随笔里提过，中国文坛是一个没有裁判的足球场，或者说自己是自己的裁判。你是不是感到这里有太多的不公正？

潘：我的原话是这样说的：当代中国文学的一个遗憾是权威的缺席，没有大师；而另一个遗憾就是到处都能看到以大师自居的人。所以说这么多年来，我们实际上就是在踢一场没有裁判的足球，因为缺少大师就失去了权威的意义，失去权威就意味着裁判本身是不真实的。那么这场足球如果你还想踢的话，就只能保持自己踢球时的那一种感觉和状态了。如果有一天你确实累了，或者说你找不到这种感觉了，你就自亮红牌把自己罚下场算了，这段历史也就结束了。

林：你认为这是一种境界？

潘：不，境界拔得太高了，应该是一种自然的状态。我觉得像阿城这种作家就是这种状态。尽管我们在写作上的有些东西不全一致，但是，像他这种状态我很喜欢，他从来没有把自己当做挺职业的著名作家，而我们这些人一直把他当做一个很好的作家。他具有一个小说家的天赋和对文学、人生的一种达观的态度，一篇《棋王》出来以后就让那些旁边的人不知所措，比他年老的、年轻的都汗颜不已、自愧不如。就像姜文拍出《阳光灿烂的日子》，使一些职业导演羞得无处躲藏。阿城写了几个以后，他就觉得这种东西可能以后再没有必要一个个玩下去了，干脆不写了，然后就去国外挣钱，过那种比较闲适的生活，偶尔就是应别人所邀，写点三言两语的东西，也不讨厌。这种状态就比较好，也是正常的。不正常的是另外一些人，老是惦记着自己是个了不起的作家，一方面在外人面前自视甚高；另一方面自己内心里又焦虑不堪，这就是毛病了。

林：对我们的许多作家来说，似乎一个人他今天是作家，明天就不能不是作家，而且永远只能是作家了。

潘：我认为作家就是个手艺人，写作就是他的日常生活，与什么“神圣”之类是没有任何瓜葛的。我不大喜欢一些人一天到晚除了文学还是文学，他的整个一生就与文学活动扣得那么紧？我认为那是不真实的，至少其中有些活动是他自己找上门的。一个人要回避一个东西其实是很容易的。

林：你这话让我想起有一次一个电影演员接受几个大学生的提问时说的话，有人问她，现在演艺界的女演员或多或少都有些绯闻，你怎么看，她说我不知道别人怎么样，我觉得最根本的还是取决于你自己，你要不要这个绯闻。她这话说得很有道理。

潘：她的话有针对性。确实就是取决于你自己。这并非如有人以为的是所谓超脱，我认为这是一种选择，就是你说“YES”或“NO”的问题。超脱是以富足为前提的，比如说你这个人对钱很超脱，就因为你有很多钱，所以才能把钱看得很淡，而“选择”就是意味着我要这份钱还是不要这份钱，这不是超脱的问题，干吗把自己拔得那么高呢？有多少人能对名利很超脱呢？只是这个名你要，那个名你不要而已，就这么简单。

先锋是一种文学精神

——访谈录之三

时　间：2001 年 5 月

地　点：北京

访问者：张英

受访者：潘军

早在 20 世纪 80 年代初期，还在大学里读书的潘军就受到了西方现当代文学的影响，这使得他在开始写作之前就树立自己对写作的理解和认识，以及对文学作品的判断、标准和衡量的尺度。因此，这个年轻人在刚刚开始创作不久，就在小说写作上进行了大胆的实验和探索，在当时保守的安徽文坛激起了强烈的反响，在文学圈内脱颖而出。像《南方的情绪》、《流动的沙滩》以及长篇小说《风》应该是潘军在那一阶段的代表作，也可看做中国先锋小说的经典之作。之后，潘军发表了大量的文学作品，成为先锋派文学中间的主力干将。

时间匆匆而过，在 20 世纪 90 年代商业大潮强劲冲击下，文学几经浮沉，先锋派文学的大旗早已雨打风吹去，写实传统的回归成为了文学的主流，即使是那些先锋作家们，也在写作方向上进行着现实的调整，就在这种变化中，潘军推出了他的长篇小说系列《独白与手势》之《白》、《蓝》、《红》，在文体上大胆把图画引进文字中。在这部系列新作里，图画在文字之外成为了一种叙述，如同电影中断断续续的音乐，使得这部小说在文字上形成了双重叙述，读起来竟然有看立体电影的效果，大大扩展了艺术的审美空间。在看过《蓝》、《白》以后，我在北京对潘军进行了采访。久违的潘军精神很好，这大概和他是一个自由人的身份有关：在多年以前，潘军就从机关辞职，奔向商海，和其他人不同，潘军不仅没有被海水淹死，而且在波浪中游刃有余自得其乐，活得越来越有精神了，小说也越写越好了，这真不是一件容易的事情。我们的话题也由此展开。

张：最近，人民文学出版社、花城出版社、中国工人出版社、大众文艺出版社、安徽大学出版社、浙江文艺出版社分别出版了你的作品，回过头看自己这么多年的作品，你有什么感想？另外，报纸都说今年是“潘军出版年”，你是不是有预谋这么干的？

潘：我现在似乎成了文学界的一条漏网之鱼，出版社都把网往我这儿打了。其实理由很简单，因为市场上买不到我的书。我经常收到一些读者来信，有的是通过《小说月报》、《花城》这样的杂志转来，问哪里能买到我的书？我想出版社看好的是这个，当然我的作品品质也是个原因吧。我对出书很认真，不轻易出。今年只是个巧合，预谋无从谈起——我有那么大的能耐吗？

张：你当年突然从文坛消失，然后在多年以后突然又出现，你以后会不会再去做别的行当呢？

潘：20 世纪 90 年代初我的一些朋友浮出海面的时候，我突然消失了。林舟说，“到底是文坛疏远了你还是你疏远了文坛呢？”我说彼此疏远。1996 年开始重新写作，写的第一个中篇的名字就叫《结束的地方》，似乎以这部小说来结束那段生活。《结束的地方》是一部非常好的小说，我自己很喜欢。这以后的几年里，我写了三部长篇，近二十部中篇，还有二十个短篇，还有话剧、散文随笔，倒是有点一发不可收的意思，但也许你期待我再写小说的时候我可能去拍电影了，或者画画了。从这一点讲我的心态很年轻。

张：现在，重返传统的写作方法已经成为作家们不约而同的选择，你怎么看形式、技术在小说里的作用？

潘：朱苏进的《绝望中诞生》，中间有个细节很精彩，他写一个作战参谋到集团军司令部报到的时候，别人考察他的能力，摊开一张军用地图，然后让他看一看，看完以后把中间一块挖掉，再让凭自己的记忆和想象把山川河流道路都连起来。这个很像我的小说，我的小说就是有一个巨大的空间把它挖到故事以外，这样就能把读者调动起来。但我的小说里又充满了种种的暗示、质疑，不会让你看了有过多的迷茫。这样，读者去衔接的时候他就有一种创作融进去了，甚至超出了作为创作者本人预先的设计。这种东西是我所痴迷并一贯坚持的。这种东西要求作家具备很强的叙事能力，当然在技术层面上也很讲究。

我觉得一个作家的天赋和能力，是他最后能否成大气候的一个决定性的因素。天赋包括你的素养和气质。能力就是一种纯技巧性的东西，所以越写到最后，自己的心越虚。我曾对一位文学青年说，只有当你感到文学的路越走越窄时，你才算找对了方向。我不知道别的作家是怎样的情况，因为我面对自己的下一部作品总是犹豫不决。

张：你的短篇小说也写得非常出色，在这些作品中间，你喜欢哪些作品？

潘：有几个短篇我写得很得意，比如早期的《溪上桥》、《陷阱》、《白底黑斑蝴蝶》，近期的《小姨在天上放羊》、《对话》、《抛弃》、《和陌生人喝酒》，这些我自己都还满意。短篇小说是见一个作家功力的，因为它受到的限制太多。

张：我现在主要想谈谈你的长篇小说《独白与手势》，从目前出版的前两卷《白》、《蓝》看，作品引起的反响非常不错，在叙述上非常成熟，也比较好看。我感兴趣的是，在小说中间你在文字中间使用大量的画，这样在小说中间就形成了双重的叙述性格，图画的介入增强了文字的感染力，而且扩大了艺术审美的氛围和空间，你这样做主要是出于哪些考虑？

潘：这个想法已经有很久了。我有一个特点，即在写一部小说，尤其是长篇小说之前，打动我的是怎么写而不是写什么。我需要形式上的一种认定，也就是要找到我预期的那种方式。我在写《风》的时候就是这样。《独白与手势》1993 年的时候我就想写，那时我在海南岛。我的想法是，如果说把图画的功能理解成为一种叙事，跳出原来那种插图的概念，使之构成一种叙事的层面，这种做法本身就是非常有趣的。我是因为这种形式的欲望然后才产生写什么的念头的，直到五年后我才动笔，人已到了北京。

《独白与手势》把文字和画糅到一起，这中间有一种互文性，有不可代替性。比如说在第一部《白》里的第一幅图，它带有一种规定性、强制性，要求你立即走进一种皖南乡镇的氛围里去。你不可能把它理解成北京的胡同，所以你就得适应这个氛围。再比如当第一部即将结束的时候，我写到了犁城降下了初雪。于是就加了一场雪景的画面，因为这个时候我需要读者在很压抑的时候突然得到释放，他看了这个画面之后会一下子舒展开来。这种感觉不是一个“雪”字就可以代替的。当然还有一些寓意性、象征性的图画在里面。比如说那上面写有一个家庭不和谐，我就拍了一个洗脸盆，这个洗脸盆两个龙头不一样，两个漱口的杯子不一样。一副手套都不一样，这种冰冰凉凉的不和谐的家庭普通用具实际暗示了这个家庭本身的冰冷和不和谐。还有一种是文字本身力量不能穿透的东西。比如说这一幅，这个细节是那个男人和女人在分手时的那个圣诞之夜，男人拿了根蜡烛，他把蜡烛的油滴在女人的指甲上，他说：这就是世界上最好的蔻丹了，太美了。还有很多带有一种特殊时期历史感的东西，譬如“我”当年在农村生活的时候画的那些速写、乡下小屋、挂上的草帽，以及象征父亲劳教苦难的石磨，等等，很能感染人。但是图画的引进主要想改变叙事的线形关系，从而拓展出更大的阅读空间和想象空间。有些图文关系不一定停留在表面上。

张：这部小说是不是受到了法国电影《蓝》、《白》、《红》的影响？连名字都一样，我只能猜想是你热爱这部电影的缘故。

潘：是啊，好多人都问我：你是不是受到基耶斯洛夫斯基的电影《蓝》、《白》、《红》的影响？这我在创作谈中就公开讲了，不错，这个名字是从那里过来的。有人问，你是不是也要表现自由、平等、博爱？我说不是的，我只是在表现一个男人几十年的情感磨难与心路历程。至于小说的分卷名字，是在小说写了几万字以后才突然感觉到的。（李佩甫说我的小说总是有一种色彩的感觉。这可能与我绘画有关系）有一种很苍白苍凉的东西在里边，既有一种童年家庭的苍白，又有社会、历史以及情感上的苍白，这便成了第一部的基调，所以叫《白》。第二部写的是南方，因此地域环境构成是一种天然蓝色的基调，而且蓝色有时候被我们理解成一种忧伤、一种神秘和一种梦幻。那么，第三部我要写一种生命的辉煌和毁灭，带有一种红色的气氛，很壮烈，也带有抽象性的象征意味，如同马蒂斯的绘画。

张： 图画进入文字以后，文字反而获得了自由，显得轻松、简洁，整个小说也因此有了张力，给读者一种新奇和愉快的感受。你当初这么写是不是主要考虑到，今天的读者已经没有耐心读太长的小说了？这难道不是一种妥协吗？

潘： 很多年前我就有过这个观点：时代制约小说形式。为什么巴尔扎克时代有巴尔扎克式的小说？因为时代需要那种啰嗦的小说。而今天这个时代还需要再多一部《追忆逝水年华》吗，好像不需要。这也是一个作家需要自我调整的，这种调整倒不是一味地迎合市场，而在于内心的文学需要。我跟李陀也讲过这个问题。李陀讲外国也存在严肃文学和市场的这么一个矛盾关系，严肃文学不能永远只是几个人在看几个人在评论啊，它还有个商业的问题，如果你老坚持以前那么写，出版商不愿意出啊，得想个招啊，想个办法啊。其实我一直在想这个办法，而且我一直在身体力行。我所信奉的文学原则含在作品中间，以前的文学素养与品质也是不会丢的。李洁非说我的作品中间在很多地方可以看出先锋作家的底蕴在里头起作用，这也就是我和其他写城市的作家不同的一个地方。另一方面我又考虑到怎样使读者更多地接受我的小说，比如我现在的一些小说，如《海口日记》、《对门·对面》、《重瞳》等，故事、结构都很完整。但在叙述的方式上我仍然在下功夫，只是把故事说得相对完整一些，这并不影响小说的张力和弹性。对这种探索，有些批评家，如施战军、吴义勤、林舟等，都认为我的调整与别人有所不同。汪政说，《独白与手势》应该是一个多媒体文本。

张： 现在的长篇小说普遍比以前的长篇小说要短，这种趋势是不是你们现在共同的追求？

潘： 对，我很厌倦了那种写得很长的小说，不能因为它是长篇小说，每个人都要拉开制作史诗的架子嘛。首先是需不需要，其次是尽可能短下来。冯敏把这部小说跟《日瓦戈医生》放在一起比较，他觉得在描写精神苦难上面达到了一种相当的高度，虽然这是鼓励，但这部《独白与手势》就是在表现一种精神苦难，从个体的生命的体验中来反映出这个时代的历史和沧桑，这就是一种追求。白烨说，这是真正的“个人化”写作，因为做到了以一当十，以小见大。

张： 有人把你的经历和情感同这部作品的内容联系起来，认为在某种程度上，《独白与手势》也是你的自传，因为小说中间的一些细节非常感人，没有自己的亲身经验，是写不出来的。我想问的是，在作品中间，男主人公在多大程度上有你的影子？

潘： 个人的履历只是一种底色。作为进入文本的故事自然是虚构的了。

张： 来自生活的经历对你写作的帮助大吗？现在，提到生活，年轻作家们似乎都不以为然，但是，他们的小说里的人物却很少能够让人记得住的。

潘： 当然，生活、经历对写作是非常有好处的。我作品中有许多细节都是从生活中来的。有一次我跟一个朋友聊天，说假如你在这个城市里突然遇到不同时期的几个情人怎么办？这种情况很磨人。不是摆不平的问题，不是像有些很坏的男人把这个稳住又去对付那一个，不是这种，而是感情中所有的酸甜苦辣全部在这里，所以包括我很多异性的朋友看过书后说，我很爱你的书，我觉得感情上很多东西是共通的。比如我们年龄上有差距，但是在对情感的理解上，做人的方式上，气质上，品位上是一样的。我就强调，你在街上很随便地拉一个人，把他请到房子里诚恳地说。不管是什么人，只要他倾诉出来他的故事一定很感人。有一些朋友有时给我讲他们的知青生活，他们平时玩世不恭，但是一涉及知青生活就让我感觉到那么震动。写作本身就是一个真诚的态度。写作本身就需要用一种真诚的态度去对待写作的对象。

张： 写完《独白与手势》以后，你的下一个长篇小说会写什么？

潘： 我可以提前给你一个消息，写完《红》以后，我将进行下一部长篇的写作准备，名字叫《中国陶瓷》。为什么中国叫 China？China 就是陶瓷，陶瓷不叫铁 China 也不叫钢，当然这是我自己的咬文嚼字。我们大家查祖宗三代都是农民，上一代人都是这样，都有淳朴、天然的一面。但是土成了陶瓷以后就是土的精品，它经过了一定的烧冶、工艺以后虽然还有土的本质，但是成了土的一种精华，值得炫耀的东西。这种东西做出来以后，既能为民间所用，更多的越来越精细，成为一种御用的东西，成为一种摆设，到一定的时候又容易成为一种别人糟践发泄的对象。比如吵架时摔的杯子，一摔就碎掉了，如果这个杯子是铁做的，它就摔不碎，因为是陶瓷，它很脆弱，经不起什么。当然这个陶瓷埋在土里三百年以后它又成了文物，它又成了这个民族的精华和瑰宝，又摆在红天鹅绒上供人瞻仰。我觉得几千年以来，中国的知识分子就是这种命运，是宿命，和陶瓷一样。我会下功夫来写这部长篇小说。至于什么时候写，那得看准备了，我自己的安排是在四十五岁之后。这也许是我作为小说家的最后证明吧。

张：你确实看得很开，你不像别的作家，在下海以后回来再写作的时候，连对文学的看法都变了，有的人更是把文学也看成了是一门生意，用了很多商业上的手法在那儿操作、经营自己的作品。你在做生意已经非常成功的时候，决定撤退，回来写作，又是因为什么原因呢？你在文学这方面，却从来都不屑于用那些你在商业上的手段炒你自己，这是为什么呢？

潘：当初我去南方，与其说是做生意，不如说是改变一种活法。因为众所周知的原因，我在安徽文联两年没有具体部门愿意接受我，挂起来了。我就想作为一个男人，养活自己应该不是什么问题，就说走就走了。我把自己并不当回事，但我知道自己能做什么。我不在乎这个圈子怎么看我，我向往的是一种自由状态，假设我要是当时不离开的话，凭我现在这种创作上的实绩，放在任何一个作家身上，都能得到一样的东西：一级作家呀、四室两厅呀、特殊贡献呀、有成就的专家呀以及什么作协主席副主席的，这个委员那个代表等等，但是我真是不在意这些东西，我觉得一个作家最想要的只有作品，他只能活在自己的作品里。这是一个职业作家的基本素质。

张：你对文学真的是非常热爱，一般下海以后，东西就写得少了，质量也大多不如以前了，你一边在经商，一边还在写作，是什么在支撑着你写作？

潘：欲望，写作本身的欲望。我有句话，我爱文学不爱文学界。一个职业作家不同于一味向市场倾斜的自由撰稿人，自由撰稿人基本上是围着市场转，今天叫我开个专栏我就开一个专栏，明天叫我写一个电视剧我就写一个电视剧，后天让我跟一个老板策划一个东西我就去策划，只要给我钱，因为我要活人，我要靠这吃饭，是卖文为生的，这样也很体面。当职业作家意味着什么呢？就是你把这个文学当一门学科来研究，当然这也有一个前提，首先你有没有解决自己生存的能力，同时我们又不沉浸不迷恋在这里面。比如说我搞电视，我不是一头扎进去就出不来了，我一年搞一个或者两年搞一个，挣下一笔钱够花就是了，然后，我就把计划中要写的小说全部写出来，等我感觉到是不是该再去挣一把钱了，我就再去挣一把，基本是这种情况。我把谋生和写作严格分开，然后根据自己既定的写作原则，只要感觉到自己的能力没有完全丧失，就作最后的努力。

张：做生意的作家没有多少能够赚到钱的，你不仅赚到钱了，而且人也没有像别人有那么大的变化，给人的感觉也很舒服，这主要是什么因素在起作用？

潘：心态。你得把住自己才是。

张：就是彻底把写作和生存分开，文学和名利分开以后，你才拥有了精神的自由和写作的自由，真正解放自己的内心，进入最佳写作状态。

潘：我写得比较从容与我个人的心态与精神素质有关。我历来不主张作家成为一个明星，中外历史上作家都不应该成为一个明星。明星有明星的生活方式，作家有作家的生活方式，虽然这个社会这么浮躁，时尚流行得那么快，但是对于一个作家来讲不一定非在电视台坐坐，经常在媒体上露露面，就表明他是一个作家，我觉得不需要这么热闹。根本就不需要。那天有传媒的朋友问我，有没有这种感觉：我出了这么多东西，不被社会认识认识，不被媒体重视，实在冤得很呀，熬不住呀。我说这种感觉我三十几岁的时候有。三十几岁我觉得不在北京，不在上海，远离了这种大都市的文化光环，我觉得我写得不比别人差嘛。后来年龄大了，这种东西就消解得比较干净了。因为作家最后是要凭作品说话的，跟跑马拉松一样，谁先跑到终点谁好，而不是说谁的起跑最漂亮，谁被锣鼓一路欢送。前些日子我给《北京青年报》开专栏，就写过一篇《光着脚丫上路》。

张：作家难道就不应该坐在家里好好地写作吗？像你这样四处漂泊，有没有想安定下来的念头？

潘：我也希望能坐到自己的书房里。谁不愿待在自己的书房里？谁不愿看到自己所熟悉的东西？在家里多方便哪！而且我在合肥的房子我装修得很考究，很舒适的，四面都是书橱，桌上还有台式电脑，很舒服的。但是命中注定，你要过一种流浪的生活，但你不能因为流浪就不写作了，你只能安慰自己先对付着，等心沉下来还是得写啊。记得我有一次在郑州鲁枢元家里，看到他的书房有一屋子的书，我当时眼泪差点就下来了。我说我看到你的书房就很难受，我也有一个不比你差的书房呀。不过现在也有人认为，如果你潘军停顿下来，固定到你的书斋里，你也许就写不出这么多东西了，你在流浪过程当中那种状态跟静止状态肯定是不一样的。

张：这些经历也丰富了你的创作，权当是你这么多年一直在体验生活了，你重视这段生活的经历吗？

潘：我想是的。流动的状态对我的创作至少是潜在地起了一点作用。如果我不在海南待几年，我也许就不能写出一批与海南有关的小说了。尽管我写作不依赖经验的东西，但是我又无法忽视自身的经验。那种真实的感受与体验，跟你坐在家里琢磨完全是两回事，你找到的是一种气息、一种真切。所以应该说，经历对一个作家来讲还是财富。有一次跟苏童、叶兆言在杭州，我开玩笑说，你们现在就是提前过上退休生活了，俨然江苏的老作家。再过几年就为青年人写点前言后语了。

张：现在，写作对你究竟意味着什么呢？

潘：有意思，在小说里我找到了快乐。我是个一意孤行、自得其乐的人。不在体制内，也不是中国作家协会的会员。我是为欲望写作的，或者说为理想写作的，用李陀的话说，我是一个过于迷恋叙事快感的人。我会一直写到自己最满意的时候。但是如果感觉到开始走下坡路了，我也许会立刻放弃写作——至少是不写小说了。那个时候我就写写散文随笔呀，写写画画呀，或者去做导演拍电影，我照样有很多事情把自己充实起来。

张：那你觉得作家和媒体应该是怎样的关系？有时候，媒体的介入有可能对文学是好事情，尤其是对于严肃文学而言。

潘：首先我决不会有意识地去寻找传媒，或者说迎合传媒。比如说有些传媒记者不管是出于什么考虑，以一种很客观的态度来对待你，这是很正常的，这是很真诚的一种交往。但是我自己推测，文学有时搞得很热闹，很多是带有一种制造的痕迹，不是当事人本身在制造，就是传媒在制造。很多东西都有传媒制造的痕迹，比如余杰跟余秋雨之争，说

"文革"忏悔，比余秋雨更应该忏悔的人多着呢，为什么偏挑余秋雨练呢？不就是因为余秋雨是一个公众人物吗？这种动机本身就很可疑，对这种东西我毫无兴趣。最近的卫慧和棉棉的抄袭风波同样无趣，我倒觉得某种意义上她们都在抄袭——抄袭时尚。一种论争倘若远离了起码的学科精神，那就是作秀了。

张：那你是很超脱的，因为你现在有钱了嘛。我觉得关键还是在于人自身的选择，人是否健康，你究竟要什么东西，这是最重要的。

潘：我不是超脱而是选择。超脱是以自己富足为前提的，选择却不需要什么条件，是个人判断在起作用，这个钱我觉得比较体面，我愿意挣它。那个钱我觉得不好意思拿，那我就拒绝，这就是个选择问题。

张：我做了两年的编辑，读过很多小说，现在的生活真的是那么单调和重复吗，那么多的小说，读起来的感觉都是一样的，人物不鲜活，对话写得特别差，这种问题非常严重。年轻作家普遍强调生活就是自己的存在状态，比起前辈作家，他们更加重视想象力的作用，但是，他们的很多对生活的体验是来自书本和电影，这可能也是一个问题。从艺术风格上来看，小说正在越来越无趣，有时候连读的欲望都没有了。我想听听你个人的感受。

潘：我们面对的世界是一样的，生活是相同的，而且对生活的判断大体也是相同的，那么这里面就有一个技术性的问题，有一个观察的角度，就是你刚才讲的想象力呀等等，为什么有些人想象力很贫乏，而且导致了一种很相同？为什么显得那么空洞那么外在呢？我不知道你做孩子的时候对知识青年是否还有印象，只要到农村里去，谁是知识青年，不管穿什么衣服你一眼就看得出来。这说明表象的东西是靠不住的，你的工夫必须花在深处，把它发掘出来，这还是一种天赋在起作用。另一点，就是作家本人对小说的一些素材的处理方式也是大不相同的，我认为是，别人也许会认为不是。比如你刚才讲的，为什么我的小说可以多方面看待，这正是我所追求的东西。小说永远只能看出一种意味，永远不能看出一种意义。"哎呀，我这是表现对苦难的一种承受。"得，我写的苦难，它远远不是仅仅表现它的一种承受，可能还写苦难对人格的一种滋长等等，我在写这些东西的时候老是让它处在一种暧昧的状态，多元的，不确定的，是又不是。我只有捕捉到这样的东西以后，才觉得这应该可以做一篇小说了。我们跟一些前辈作家和其他作家的首先区别就是这里，在他们看来，我们这些东西本身就不配写进小说，而在我们看来，它绝对是一篇现成的小说。由于这至关紧要的一点的确立，它的故事形态，它的结构方式、表达方式都发生了变化。

张：现在谈文学已经成为一件很羞耻的事情：比如你在一个场合和同是从事文学的人谈文学，即使对方是非常在意文学的，但是他跟你在谈文学、人生、信仰、理想的时候，就是不好好谈，而且会经常讽刺、嘲笑、挖苦你，怎么会这样的，连我们搞文学研究、写作的人都变得这样了，言行不一，这真的是让人好难受。

潘：你这种感受还是比较真切的。北京是一个打造时尚而远离经典的地方，往往在北京叫得起劲的事情，其本身就是没有分量的事情。我所指的分量，指的是一种专业成就和专业精神。北京永远不会出现伯格曼。比如说有一本书最近在北京很红，我就不看这本书，真正的好书在北京是红火不起来的，因为它现在痴迷于流行时尚的东西，它缺乏一种经典意味，丧失了纯粹的专业精神。这种东西我们从哪儿找呢，还是从内心里找，从过去的一些经典中去体会、去沉浸、去沉醉。今天，我们还要去迷恋卡夫卡、博尔赫斯，就因为卡夫卡、博尔赫斯对我们太需要贴近了，他成为了一个朋友，他陪伴着你。在北京找到一种经典意味的东西是很困难的。往往是一种很低下的东西，或者说很没有品位的东西红极一时，这个很正常，这符合北京人的特征、这座城市的特征、这个时代的特征。如果某一天在北京真搞出了一台很了不起的东西，那么我相信那时候它的周边乃至整个环境都起了变化。

张：既然文学环境令你那么失望，那你是靠什么在维持着对文学的希望呢？

潘：一个正常的氛围应该是各得其所。应该让某一部分人永远去谈他们感兴趣的东西。美国有《花花公子》，也有《大西洋月刊》。像企鹅出版社、子夜出版社、蓝登书屋都不可能去出一些莫名其妙的书的，百老汇也不可能去演什么小品吧！这里没有你吃我、我吃你，你兼并我、我兼并你，只是各取所需，每个人都有一个自己的圈子和氛围。所以多少年下来以后，它就成为一个经典，成为一个名牌。而我们不是，我们是一阵阵的，基于一种官方的意志，或者是传媒的促进，还有一个老百姓的口味，谁左右这个东西？无非是官方和市场嘛。一个写作的人面对这么一个复杂的局面，而且还面对本身文学界内部的一个最大的遗憾——大师的缺席，权威的缺席。没有权威就意味着没有公正，没有裁判，所以唯一支持你的就是这种你作为职业运动员的心态和素质，要不然你就不踢了，就改行了。我觉得这种东西是我们目前缺乏的，这就是一种专业的精神对一个人的一种支配，我们现在已经很难看到这种精神了。

张：在这个时代里面，文学真正是很寂寞，很多在边远地方的文学青年在开始写作的时候，都很不错，但是，由于种种原因，他们的作品得不到重视和关心，所以，当市场经济的诱惑一来的时候，很多人在理想上就妥协掉了，毕竟，生存的压力和看不见未来的恐惧改变了很多人。你现在把工作分得很清楚，一两年写一部电视剧，再写多少篇小说，这两种文体的写作会不会有冲突呢？

潘：一个素质不错的作家应该是写什么像什么，除非是你力所不及。我没觉得有什么困难。有些人也老这么问我，你写了电视剧，怎么小说的感觉还没有丢呢？我说，我心里很明白，怎样去对待不同的东西。

张：你的小说控制力很强，叙述也非常节制，小说中间的废话非常少，而且很少有泛滥的抒情，在结构上也很讲究，读你的作品必须从头看到尾，一点不能漏过，否则，这个故事就看不明白了。相对而言，现在的小说水分太多了，有时候看到头就知道故事的结尾，还特别长。

潘：你做编辑的，小说在你的手上，你第一段，甚至是第一自然段读完了，是不是好小说你马上就有判断，如果小说叙事好，很精彩，你马上就会有兴趣把这个稿子看下去。你读了我的那么多作品，有一点应该很明确，就是把它们放到一起你能感觉到它不是一个人写的，又像是一个人写的，它的不变中也有变化，比如说我写的《对门·对面》和《海口日记》，比如《三月一日》和《结束的地方》，比如《重瞳》和《秋声赋》，它们都是不同的叙述方式。我只是感觉到这个东西只能这样而不能那样写。我觉得一个职业作家兼有手艺人和艺术家两种特质：一种是手艺人，他没有什么神圣，做手艺的，干手艺活的就像你当编辑、我写作，没什么高低之分；第二个我带有创造性的程度，那就是一种艺术家，我通过我的语言叙述，在这上面建立我的梦想，那就是一个艺术家。人真正的谦虚就是意识到自己还不够，确实我还是不尽如人意，这才是真谦虚，而不是到处鞠躬。

张：现在，有些作家的作品评论家不好下笔，因为作品特别复杂，作品本身也对评论家构成了一种挑战，评论家也很难下判断，就是看了评论也很费劲，因为有时候评论比它解读的小说还要长。

潘：评论家有很多是在借评论作品展现他自己的形象。他不能耐心地阅读作品，也就意味着他不能深刻地理解作品，再加上一些作家又不大在乎别人评论他的小说。所以这个行当不是太有活力。我个人是尊重批评的，无论说什么都可以，因为作品是一个客观存在。但作为写作者，这个作品写出来了我就完成了我的任务。

张：最近刚刚在《北京文学》上看了你的剧本《地下》，你什么时候开始对话剧感兴趣的？

潘：事实上，我的处女作就是一个独幕话剧，叫《前哨》，是写鲁迅的。那时我还在大学读书，二十三岁，这个戏还得了全国大学生汇演的一等奖。我这个人有个特点，就是喜欢随心所欲。但是《地下》的形成在于它的最佳载体是话剧而不是小说，尽管也能写成一部小说。

张：《风》这次也再版了，在当时的文学环境中间，它的实验意义还是十分明显的，你为什么会取这样一个名字？

潘：我觉得风跟历史的形态是一样的，谁都可以感受到它，谁都无法把握住它。我们都是历史中人，也就是风中的人。但我们谁也无法去把握一部历史，谁也没有办法去改变一部历史，更没有办法去撰写一部历史。因为这是一部风中的历史。

张：现在，作家们都开始重视故事了，未来的小说会怎么发展呢？

潘：1997 年《作家》杂志拿了 12 位作家的肖像作封面，并要求每个人就写作的理解写上一句话。我写道：写作是未知不断的显现的过程。现在我要说，小说的发展同样是未知的。

张：现在，你已经抵达你的文学梦想和目标了吗？

潘：直到目前、此时此刻为止，我总有一种不满足的感觉，我觉得这会儿离我心中那种文学的目标还很遥远。对于一个作家来讲，有一个问题值得思考：怎样使自己写得更好？这是一个值得用一辈子去思索的问题，并且要很理性、很客观地扪心自问。

云霄上的浪漫主义
——访谈录之五

时　间： 2002年7月23—24日

地　点： 合肥潘军寓所

访问者： 青锋

受访者： 潘军

我是怀着一种探奇的心情去合肥的。出发的那天正好是一年中最热的节气——大暑，对我这个不好运动的人来说，实在不该挑这么个好日子出门远行，但好奇心驱使着我蠢蠢欲动。还好，豪华空调车里的冷气打得很足，我舒服地靠在高背座椅上，手里捧着一卷《潘军文集》，在一个虚构的秋天里惬意地一路北行。

在行程之前，我已把这部文集读完，正是这十篇小说促成了我这次合肥之行。

我读小说的心情一直是很外行的，我习惯放下文学的眼光，很感性地去读它们，把自己融进小说的世界里，随着主人公的命运一起起起落落、生生死死。每读完一部情真意切的小说，对我都是一种生命间接的体验。为此，常常被惹得泪流满面。

这次潘军又惹了我。

潘军最早是以先锋派的姿态步入文坛的，实验时期的作品稍显晦涩，偏重对叙事技巧和小说结构的探索。1996年结束南方之行，重操旧业，写作风格日趋圆熟、从容，刻意的痕迹消失了，取而代之的是好看、好读、耐人寻味的主题情节和汪洋恣肆的情感在作品中收放自如地呈现。如果有人说透过作品看见作家余华血管里流的是冰碴子，那么流在潘军血管里的就该是浓得化不开的情了，亲情、友情、爱情、故土情……不信你可以找个温度计，保证达到沸点。

一个故土情结深重，却又常年过着“在路上”的漂泊生涯的男人，一个离了婚却承认一生为情所困的男人，一个出了那么多书却口口声声不加入文坛的男人……这一切实在让我这个小女子好奇无比。

还在想着这些问题的时候，汽车已缓缓驶入车站，我看见一个穿着深色T恤，戴着墨镜的男人在车下微笑着向我招手。这是我们初次见面，也是我这次访谈的开始。

青：《重瞳》发表后，有人称你是“云霄上的浪漫主义者”，说你的作品具有诗性的浪漫主义素质，你认为这样的说法贴切吗？这是否和你本人的性格有关。

潘：牛汉先生曾经说我骨子里是个诗人，尽管我没有写诗，也没有这样的经验。他这么说，也许说明了我具有这样的素质。至于浪漫主义的情怀，我觉得是应该伴我终生，一直到老都不应该离去，这也是我需要的。

青：在来采访你之前，我读了《重瞳》，我非常喜欢你塑造的那个既天真，又霸气，还带有浪漫和文人气质的项羽。你为什么要在小说中赋予项羽这个武夫以诗人的气质，比如说让他吹箫，还为项羽和虞的初遇蒙上一层神话色彩，小说的结尾更是美得让人心碎，这么沉重的主题，却有这样一个轻灵飘逸的结尾，为整篇小说所散发的浪漫主义加上了浓墨重彩的一笔。

潘：写小说某种意义上就像写曲子，尽管我对音乐是门外汉。我当时就希望它既有凝重的一面，又有飘逸的一面，既有深沉的一面，又有举重若轻的一面。这些设计一直是我想在小说中把它展现出来的。我觉得没有必要去还原成一个新的历史故事。所以我不同意把《重瞳》看成历史小说，因为我在司马迁提供的典籍中寻找到了一种新的可能性，陈骏涛先生认为《重瞳》是新历史小说……至于类似吹箫的设计，是我一开始为项羽设定的基调，他应该是个很天真的人，率性十足的男人，职业军人，厌恶战争的军人。他向往的是和平的、诗性的生活，却莫名其妙地卷进了政治纷争，要为别人去打江山，然后自己又不想坐江山。而他爱的又是女人，不是江山。这个人一身都是矛盾，这些东西体现在他身上，从价值取向上来看，又似乎是很和谐的，和谐是美。

青：在《重瞳》里，你在解构历史的同时又重构了历史，你借项羽的口，说自己的话，这和一些戏说历史题材的小说确实是不同的，而且你用了第一人称的叙事方法，这个“我”在你笔下的项羽嘴里说出来让人感觉很霸气，似乎你看了第一句就不得不看第二句，有种无形的霸气逼着你把它全部看完。

潘：以第一人称来写历史题材有点不可思议是吧？可这种方式最能刺激我的创作欲望。这部小说我在1995年的时候就想写了，当时就是因为这个“第一人称”的刺激。这个小说不能依靠直觉去判断，司马迁有一部《项羽本纪》，在民间关于楚汉相争和霸王别姬的传说比比皆是，所以我就找到这么一条路。我总感觉司马迁的《项羽本纪》有许多闪烁其词的地方，有很多难言之隐，这就是我做文章的余地和空间。当时我就本着不推翻历史史实和典籍的前提下，能不能寻找到一种新的可能性。

青：你是在借项羽的口说自己想说的话？

潘：是啊，好个借口。在项羽这个人物身上当然寄托了我个人的人生理想，这是毫无疑问的，不然我就不会用这种方式去写。历史上爱项羽的人有两种，文人和女人，武人是不会爱项羽的，政治家也不会去爱项羽，甚至很多男人也不会去爱他，而文人和女人，我觉得没有道理不去爱项羽。比如，李清照，她既是文人，又是女人，所以才会有她笔下的那首诗词，“至今思项羽，不肯过江东”……我是充满感情把这个小说写下来的，现在看来虽然还有些不尽如人意的地方，但大致的目的是达到了。所以这个小说还是引起了一些反响，美国的《世界日报》连载了，法国、意大利也准备出它。

青：你怎么会想到写项羽而不是别的什么人，他是个英雄，但也是个政治斗争中的失败者？是因为你喜欢悲剧和悲剧人物吗？

潘：对，我确实是喜欢悲剧和悲剧人物，我不喜欢喜剧，我也不认为人生当中有多少喜剧。项羽这个人物应该是从小就喜欢，尽管他是个失败的英雄，但一个失败的人，还能被称作英雄，那么这个人本身在人格上就具有非常的魅力。中国的历史历来就是成者王、败者寇，谁也不会对一个失败者去做过多的感慨，而项羽就是个例外，他没有成功，而且败得那么惨，而历史还是给了他一席之地。当然，我笔下的项羽，可能是带着有一种主观倾向的，真正两千年前的项羽究竟是个什么样的人，我们也琢磨不清，但我感觉他应该是和我们靠得很近的。所以《重瞳》发表以后，有个读者来信说，这个项羽不是个死人，而是我们中间某一个人刚刚离去。

青：《重瞳》会排成一出历史题材的现代话剧吗?

潘：有这样的考虑，中国国家话剧院也正同我进行交涉，现在只是一个形式的问题。如果我们在对话剧的理解上基本上没有距离，或者说是默契的，而且对小说的改编也很投契的话，我相信这将是一场很愉快的合作。我对这种合作是有激情的，有人问过我说，《重瞳》拍成一部电影历史剧是不是最好的，我说最好的形式应该是话剧。因为这个小说有一种仪式感，这正好是话剧舞台所需要的，而电影是不需要的。

青：读了你的几部小说后，我发觉你的小说有个特别之处，几部作品中有些情节是可以衔接起来的，虽然有的很细微，但留意去读就能感觉出来，你是有意这样安排的吗?

潘：你所指的这一类小说应该是你想象中与我个人的生活经历比较吻合的东西，而你在阅读的速度上也是从小读到大的，因此这个东西会有这么一种连接，我感觉从阅读来讲产生这种判断也很正常。

青：这个感觉似乎并不是就我一个人有。比如说读了你的《独白与手势·白》后，再去读《海口日记》，在时间和人物上就有某种很细微的东西可以衔接起来。

潘：我倒没有这样的感觉，以前也没有人提出过类似的问题。现在我想一想应该与《独白与手势》和南方系列的小说有关系。这些东西我既然写出来了，或多或少就应该与这个小说有点关系，尽管你不会与小说的主人公合二为一，但至少是作为一个旁观者，站在小说和故事的边缘上。还有一点不可忽视的原因，这些小说都是以第一人称来写的……有人说过这样一句话，说我当时到海南没有赚到钱，但赚到了一个小说家的本钱。经历对一个写小说的人来讲怎么说都是财富，不管是好的还是不好的。如果从写作角度来讲，我觉得不好的经历可能更是财富，都是那么一帆风顺，也许那种表达的欲望就没有这么强烈了……整个《独白与手势》是我一生生活的大背景，与我个人的命运和经历是有点关系，或者关系不少，但我没有想去写一部回忆录，或者半自传体小说，它实际上只是满足了我倾诉的欲望，人有时候需要倾诉，我只是通过这个小说自己对自己说说。独白是可以言说的，手势是不便说的。后来有人说这是个双重文本，因为有很多画在里面，它某种意义上是叙述不可分割的一个层面，那么你也可以说“独白”是文字的，“手势”是图画的。

青：既然说到了《独白与手势》就先来谈谈它吧！《独白与手势·白》中的小丹、雨浓有生活原型吗？

潘：它是一个虚构文本，我小说中间的一些女性，从我个人来讲的话，没有一个具体的当事人，如果说有，我觉得我这样写是不负责任的，或者说我必须在征求当事人同意之后，才可能这么写。因此我小说中的一些女主人公都是没有具体的当事人，她确实是一种虚构。

青：《独白与手势·白》中有这么一段，1995 年搬进比你年轻十岁的新家后，第一缕晨光把你射醒，这个生活细节你曾经亲身体验过吗？

潘：这种体验是有过，如果没有这种东西很难写得出来。因为这之前我在一个没有阳光的房子里前后待了（潘军沉想片刻，深深叹了口气）五六年吧！然后好不容易换了一套房，第一天早上五点钟起来，我们还拉着窗帘，就已经被阳光刺醒了。可见我们以前是从来见不到阳光的。那时有一种莫名的伤感，当大家还在睡的时候，我已经提前几个小时醒了，而且是被阳光刺醒的——其实太阳还没有升起，这种感受如果不是有那种经历的人他可能写不出来。

青：你记日记吗？

潘：以前记，现在也偶尔记，但是从来就没有连续记，有时候被这个那个事情耽误了，日记不能回去补。

青：《海口日记》是日记吗？

潘：《海口日记》是小说，你看我连几月几日都没有标，我只是感觉到它应该像个日记。

青：你是哪一年到海南的？

潘：我是 1992 年的 4 月 5 号清明节那天离开合肥，9 号到了海口。

青：当时是为什么辞去安徽作协的职务去海口？

潘：这与当时的时代背景有关，当时万马齐喑的样子，扎在文坛里已经很乏味了，也与个人的生活背景有关系。但有一点出发前我就很清楚的，像我这种写作，严格讲起来是个很奢侈的职业，如果你离不开这个奢侈的职业，也就意味着必须首先在经济上有充足的准备，扎实的基础，这样的话，才能把你的爱好继续下去。我当时就想，我不能在一种经济很窘迫的环境里去写作，如果这样是满足不了自己的愿望的。那个时候我就下定了决心，必须去挣一笔钱，然后自觉回到书房里来。1993年马原来海口拍“中国文学梦”电视专题片的时候就问过我，如果让你再做一次选择，你是不是还选择当作家？我说当然还当作家。我不会因为物质生活很富足就放弃了个人的爱好。一个男人能这样长久地爱一样东西很不容易，既然爱上了它就是个好东西，这是可以伴你终身的，怎么能随便说扔掉呢！

青：你把写作和生存分得很清楚，但如果写作本身就能解决你的生存问题，你还会去经商吗？

潘：当然不会。因为我经商的目的就是为了解决生存问题，一个支持写作的问题。我这个人是不能去做没有兴趣的事情。

青：现在有些畅销书作家，写作本身就能解决他的生存问题，而且还活得很好。

潘：如果有这样的作家我很羡慕，但我认为一个人不要拿自己的看家本领去开玩笑。我以前在别的采访中也说过类似的话。我打个比方，一个高明的化妆师，不该去开美容院。对我来讲写作应该算是一种看家本领，写作和我本人的存在是依附在一起的，我存在因为我写作，或者说我写作因为我存在，这是我的使命，也是日常生活中核心的部分。用写作赚钱，对我来说是种意外的收获，不是事先能考虑到的，事先考虑的是能不能在专业目标上做得更好些，是不是尽你的能力把你想表达的都表达清楚了，表达舒服了……

青：你的书据说卖得不错？

潘：我不是一个畅销书作家。但我希望做一个“常销书”作家。我曾经对人说，我的书不可能一年卖20万册，但也许能卖二十年。

青：有人说你经商挣到了钱，海口回来又出了那么多书，说你名利双收了。

潘：其实说我名利双收是个很笑话的事情，第一我并没有赚到很多的钱，我只是感觉现在花钱不窘迫而已。至于名的问题，严格讲起来写作的人不需要名，明星倒是需要知名度，作家是不需要成为公众人物的，或者说，这个话也许有点刻薄，能成为公众人物的作家，就不是一个很纯粹的作家。

青：你认为一个纯粹的作家，该站在他作品的前面、后面，还是保持一定距离，做一个旁观者？

潘：我记得在一个创作谈上说过这么一句话，一个作品发表以后，它就是个客观存在，别人有权对它说任何的话。至于作者本人，我历来就是一个观点，三只耳朵听，一个脑袋想。现在有些作家老是和自己的作品靠得很紧，别人不说，他自己爱说，是个很奇怪的现象。

青：你曾在哪几个城市生活过？

潘：其实也不多，1992—1994 年在海口，1995、1996 年在郑州，1997 年后基本上是在北京……但无论在哪里，我都有一半时间在合肥，因为我的父母和女儿在合肥。

青：在这些你生活过的城市中，你最喜欢的是哪个城市？

潘：如果说喜欢的话，我还是喜欢海口。海口这个城市有它的特殊性，第一，在地理上它是个独立的单元；第二，我喜欢靠海的城市，那里的阳光、空气、水都很好；第三，它最大的吸引力是，那里的环境很宽松……

青：你到海口后第一份工作是什么？

潘：我到海口其实并不是像《海口日记》里写的那样，我是遇到了一个很赏识我的人，他愿意给我投资，让我给他做一个文化公司，我就这么稀里糊涂做起来了，等我做起来以后，我就在第二年开了个“蓝星笔会”，拿出十几万。那是个文学比较萧条的时候，我当时有个目的，就是想告诉别人，中国还是有人愿意搞文学、写小说的，他们没有因为社会的基调变了就放弃了，他们还是一如既往。

青：如果没有“自我放逐”的南方之行，会有后来的《海口日记》、《关系》、《对门·对面》、《三月一日》等一系列以南方生活为背景的城市小说吗？

潘：这个可以肯定地说没有。我本身对南方没有一种特殊的感情，只是因为我熟悉那个地方，待过一段时间，有一种感受，几年过去后，回头去看那段生活，还是能找到一些可以写的东西。作家写东西都愿意去写自己熟悉的领域。一个作家的记忆决定他的写作方向，而他的经历决定他的写作范围。

青：如果没有这个经历，你把那段时间和精力也放在你的写作上，是否会比现在写得更好?

潘：对未知事情的回答，总有“是”与“不是”，它有可能比现在更好，理由是你不漂泊，就能多读点书，多点时间去思考，但也有它不好的一面，你的作品可能会越来越匠气，过于持重，缺少小说的弹性和活力，离一种生命的东西会远一点。两种可能性都有。

青：有句老话叫一心不能二用，你去经商，拍电视剧，写剧本，对你的小说创作会有不好的影响吗?

潘：这个意思我能理解，你是希望一个人去很沉醉地去写作，会写得更好一点。实际上我一直都没有一心二用。比如说我在经商的时候几乎没有写过一部作品。我有这么一种观点，社会的发展需要一种市场经济，而个人的发展需要一种计划经济。人生很短，“人生七十古来稀，斩头去尾二十年”——这是唐寅的诗，如果你不好好计划一下，会有很多遗憾的。我意识到我想写小说就得把自己养起来，当时我作为一个父亲、丈夫、儿子，要承担方方面面的责任，这需要靠钱去具体体现的。如果作为一个男人连这些事情都摆不平，可想而知，怎么能有一种从容的心态去面对一张稿纸。经商只是我实施写作计划的一个阶段。

青：你是个绝顶聪明的人，但也许正因为这种聪明使得你在小说这个领域里没有能做得比现在更出色。

潘：写作这个事情仅仅靠聪明是不够的，从天分来讲我确实还是个过得去的人，但我所付出的努力也不能忽视，怎么说几百万字必须一个格子一个格子填起来嘛！我记得写第一个长篇《日晕》的时候，正是暑季，我在办公室里，打了个赤膊，穿了条短裤，把脚放在一盆冷水里，坚持了一百个晚上写下来的，你能说这是聪明吗？我觉得自己还是个勤奋的人。至于在写作这个行当里能不能做得更好，有个问题我一直在思考。我一直有这么一种状态，总觉得自己最好的作品还没有写出来，感觉自己像在打一口井，打了几十年，土是越来越湿，但水什么时候出来？也许是明天，但直到现在还没有见水，但我相信它会出来，这对我本人是个交代。有个问题对我来说是能一直问下去的——你能不能写得更好？

青：你认为这部作品会是什么？有可能是《中国陶瓷》吗？

潘：也许吧，这个作品在我心中酝酿很久了，只是还在做准备，还没有进入到状态。我自己提前发布了这个信息，我准备在50岁之前把它写完，也许时间会拖得更久。

青：在你所有已经出版的作品中，你自己最满意的是哪一部？

潘：这个话不太好说，如果硬要我说，我只能说，每个小说或多或少地完成了我所赋予它的任务。比如说《风》作为一个长篇小说，当时我就是想让它把一种只能在中短篇里尝试的文本意识、文体实验引进去，写个长篇看看。这个目的大致是达到了，但并不是说这个小说已经达到了尽善尽美的境界。再比如说《海口日记》我要求的就是后来被人称作塞林格风格的东西，我希望写出来一种很好读的，很亲切的，让人很快乐的东西，这种目的也达到了。比如说《对门·对面》，用旁观者的姿态，不动声色地把这个故事从容不迫地讲出来，讲得很含蓄，这个目的看来也达到了。比如像《重瞳》，我有意从司马迁的文本里去寻找一种新的可能性，然后以第一人称把它写出来，尽可能写得汪洋恣肆一点，这个目的应该说也是局部地达到了。所以我很难说自己对某部作品特别的垂青，只是说我赋予它们的任务部分地实现了，我自己就能感觉到有一种收获。

青：你在写作时会考虑到读者的口味吗？除了小说本身，你还会考虑什么？

潘：我倒是没有去从阅读的方面想，或者说我只是从我自我阅读去考虑。我刚才说了，1997年以后我要求自己的小说写得好看一点，这个好看实际上包含了一种阅读的流畅，阅读后有一种快感。从现在的实践，以及方方面面的读者来信看，这种尝试还是兼顾到了读者的阅读，但是我并不是主动去考虑这点，只能说它确实有了这个功能。当我认为这个小说很好读时，读者也认为它很好读。不像我过去的有些东西，自己再回头看看都觉得很难读。但是那个时候因为大家对自己的要求，赋予的责任是不一样的，总是想千方百计地写出与众不同的小说，哪怕同属于先锋派，也希望自己和其他作家不同。你不能说自己比别人好多少，但是你要说我想写出自己的东西，我和你不一样。

青：这种改变能不能落实到哪一篇具体的作品当中。

潘：有啊！比如说先锋时期的《南方的情绪》、《流动的沙滩》、《爱情岛》以及后来的《情感生活的短暂真空时期》这样的小说，我好像迄今也没有看到哪个作家写过类似的东西。当然这种心理的定势对我来讲是有帮助的。

青：刘小枫从小说叙事上把作家分成三种：通俗的叙事家、叙事艺术家、叙事思想家。你认为自己该归进其中的哪一类？

潘：首先我同意他这种划分，如果按照这种划分要求每个作家都要对号入座，我觉得目前我只是属于叙事艺术家那类，这种定位大致不离谱的。

青：你认为当代文学有没有叙事思想家？

潘：刘小枫是把它作为一种递增关系，一个高一个，对我个人来说是没有的。我是把它们放在同一个层面，作为三种类型，不能说谁取代谁，谁掩盖谁。你能说博尔赫斯不伟大吗？但他又给人提供了多少思想，对不对？他并没有提供类似像卡夫卡对人类一种自身存在困境的关怀，他的东西是很闲散的、很智慧的、很玄虚的、迷宫的东西，你不能说他就不高明吧！因此我同意他的划分，但我是把它们放在同一个平面上去看，并不意味着具有叙事思想的人就高于叙事艺术的人，这个我不承认。或许他是站在社会人类学的立场上，或者哲学层面上去思考问题的。如果按照这样的划分，国内当然有些作家是侧重于这种倾向的，像李锐、韩少功，包括余华，他们都是朝着这个趋势去发展的，但他们也讲究叙事啊。所以我觉得这种划分应该你中有我、我中有你，他很有思想不等于他叙事很弱，我叙事圆熟不等于我就是思想苍白。像《三月一日》、《海口日记》、《秋声赋》，包括《重瞳》你能说它是没有思想性的东西吗？严格讲起来，这应该是一个好作家的三种必备的条件，它可能应该通俗，为什么呢？他需要很多人去接近他的作品，不要老是和读者之间隔了一道鸿沟，他要求叙事很完美，使他和一般的通俗小说家明显地区别开来，但是读过以后引起别人深刻的思考，他思想和观念上的东西确实是影响了人，这应该是一个作家三位一体的东西。

青：你认为当代文学最大的遗憾是大师的缺席，那么当代之前有大师吗？

潘：我说过，当代之前鲁迅是大师，除了鲁迅，如果说跟他一个级别的人是没有的。其他领域里可能是有的，但是在文学领域里，在同一个级别里我认为是没有的。包括后来别人说钱钟书、沈从文。但是我觉得他们从思想性上与鲁迅的距离还是很大。鲁迅的东西是不能模仿的，尽管有人从小说上讲，老是抱怨他没有一部长篇，但是反过来讲，他依靠自己的短篇在文坛上立足，那比依靠长篇立足不是显得更了不起嘛！所以我觉得与鲁迅比肩而立的人没有。

青：那你个人认为是什么原因造成当代文学大师的缺席呢？

潘：这个话说起来原因很多的，这里有时代的原因，政治的原因，也有个人能力的原因。目前这种文学的氛围我认为不太好，不太好的原因是因为它太热闹了。因为我觉得文学应该远离热闹，它应该清冷一些，或许冷不丁地就能冒出一个人来。热闹的场面上倒是能不断推出明星，所谓文学新星啊！现在不是有这些说法嘛！包括出现一些什么美女作家，其实这些东西和文学本身没有什么关系，一个女性能不能写小说不在于她长得美不美，而在于她小说写得好不好。所以那些提出这种口号的人，我觉得本身具有一种意淫的倾向，妈的（潘军清清嗓子，表情似笑非笑，青锋却忍不住笑了起来）！

青：你说你不同意男作家、女作家的划分和“女性文学”的说法，那你一定也不会同意“美女作家”这样的称谓了？

潘：对，美女作家这种提法本身至少是不礼貌的。文章写得好不好不在于她美不美，因为我们不是选美。我就不懂为什么文学界老是有些人喜欢提口号，老是在某个场合说某某是他最先提出来的，好像这是一生最大的荣誉，我觉得很无聊。

青：那你怎么看美女作家的“身体写作”和“私小说”？

潘：这是她们的权利，即使是出卖，也是出卖她本人，也没有卖别人，这个东西不以为然，也不足为怪，如果真的想卖，我只能说一句话，但愿她卖得好（潘军第一次笑）！

青：莫里亚克说：每个作家都应该创造自己的风格，你能用贴切的语言来概括自己作品的风格吗？

潘：我自己在一篇序言中说过，我的风格就是没有风格。这句话可能讲得有点大而化之，但是我觉得，我只是尽可能缩短自己感受与表达之间的距离。这么多年来我要做的就是这件事情，我希望自己对客观世界的感受和作品表达之间的距离越小越好。至于我以什么样的方式去写，那首先要看我写什么东西，这取决于我的写作对象。我不主张一个作家不管写什么，写长的，写短的，都是一套笔墨写下来。这类人很多，我觉得我至少不是这么一个作家。

青：一成不变的风格确实会让读者乏味。

潘：对，不仅是个乏味的问题。其实作家写小说，讲来讲去，还是回归到一个乏味的命题上，就是一个形式和内容的关系，但是这个形式与内容的关系与以前不一样，它不是一种载与被载的关系，对吧？曾经我有两个比较好的比方，第一个我就是把小说、写作和阅读理解成茶叶和水的关系，我们是制作茶叶的人，但是这个茶叶不能成为一杯茶，阅读者本人的一种品味和参与它就是水，你拿冷水怎么能沏茶呢？我们的小说当然不可能是写给初中生、高中生看的，我当然喜欢那种多读书的人能与我有一种共鸣，我希望他们提的是虎跑水，用虎跑水来泡龙井茶，这才是一种天衣无缝的合作，这是我多年前说的。后来我又说了一句话，我说形式和内容是什么东西呢，是红酒和高脚玻璃杯的关系。红酒倒在碗里它也可以喝，它并不改变它的味道，但改变你对它的看法，是不是（潘军的脸部表情有点激动）？为什么它非装在一个玻璃杯子里呢？为什么乌龙茶非要用紫砂壶来泡呢？拿瓷缸也能沏啊！对不对！那种感觉你就搞不清楚你究竟是在喝酒还是连高脚杯子一道喝下去了，是不是？这还是一种天衣无缝的关系。那么小说其实也是这样，就是当我们面对这个题材的时候，作家首先要选择的是，我将怎么去写它，如果这个问题解决不好，就是一种弱智的表现。你什么东西都是用一种方法去写，尽管你也能把它写得很清楚，但你绝对不能把它写得漂亮（潘军一口气说完这段话，脸上看上去有如释重负的惬意）。

青：但如果把这种个人的风格推到极致呢，就像博尔赫斯，他的迷宫，不知所云，障碍等等。

潘：一个作家到一定阶段的时候，他可能最后不自觉地被自己最娴熟的或者最热衷的手法左右了，那么同时又导致，他所猎取的表现对象也往往被这种形式所左右了。他用这种形式的眼光去选择东西的时候，往往是挑与这种形式相吻合的东西，而不是另一些东西。今天我们看博尔赫斯的东西，很多是被翻译家左右了，翻译家的文字的感觉代替了博尔赫斯文字本身的魅力，这种东西我们只能说是一种推测。我们今天所谓的学博尔赫斯，某种意义上是在学王央乐嘛！他那种译笔，句子很干净，很练达，很有韵味的，来自汉语言的一种表达的魅力，那种东西是最初打动我们的。塞林格也一样，实际上是在看施咸荣，真正的塞林格我们不知道它是个什么东西，这点永远是个秘密，因为我们不具备英文阅读的能力啊！所以很难准确找到这种关系。也许当你感觉你很喜欢以这种方式写小说的时候，也就意味着，你要写的东西，基本上都是属于与这种方式方法相匹配的。当然有些作家可能不是这样，比如海明威，他的作品你把它放在一起看时，你感觉它有些东西不是海明威式的，而有些东西的确是我们习惯认为的那种海明威式的，比如说短句、简洁的叙述和描写，很含蓄的对话，但他也有汪洋恣肆的东西。那么，人们对作家最后的理解总是从最鲜明的那一面去认识的，但如果仔细把某个作家 80% 的作品通读一下，你会感觉到，一个真正的好作家，一个成熟的作家，他应该是面对不同的题材、不同的对象有不同的表现方法，他不可能是一成不变的。

青：你认为一个好作家能长久地脱离或者落后于现实生活而写作吗？

潘：我只能说这或许不太好。有一次我跟一个朋友讲，我说在网上有人说“靠”、“我靠”，是什么意思？那人说就是“我日”的意思（潘军和青锋同时忍不住哈哈大笑）。这种话当然很粗俗，但是我觉得可能作家与生活保持一种距离，这种态度是好的，但是你不能说社会上发生的什么事你都不知道，很多人闭门谢客，居家不出地写作，我觉得那不太好。因为作家需要感受，需要交流，需要一种气息的东西，这样才能激活他自己的创作，如果他老是沉浸在自己过去那种带有惯性和惰性的写作方式上，那我相信他不会越写越好。

青：一个作家的生活如果与时代脱节的话，他的作品应该也会和时代脱节的。

潘：我想说的是，没有人要求你的东西一定要跟时代同步，你可以写不同步的东西，你也可以写超前的东西，问题是一个作家他不能不知道身边的生活，不能不知道外面的世界是什么东西，这个他应该知道。他知道得越多，他自己过滤东西的余地就越大。现在的作家，尤其是那些中青年作家，绝大部分是处于强弩之末，这里面有一种能力问题，其中也有一种各方面的储备不够，包括读书不够、阅历不够等等问题。这些问题很多作家最后没有办法，他就去翻报纸，把一条新闻变成自己小说的素材。我觉得如果是这样的话那就很可悲了。别人说这个地方有个什么事情，贩卖人口，他就写贩卖人口，说矿上有人通奸，他就写矿工上有人通奸，这是个什么东西嘛（潘军摇头而笑，表现得很无奈）！

青：你说过流动的生活会使小说腾飞。那么你怎么看一些足不出户埋头写作的作家的生活和他们的作品？

潘：怎么讲呢？可能我所说的话，都是与我个人的经历、个人的体验、个人的感受有关系，并不代表我对别人的一种生活不认可。我只是对自己的生活做一种归纳。因为有人问过这样的问题，就是说，很多作家现在面临一种困境，或者说写作得很疲惫，而你至少还没有让大家从你身上看见一种疲惫，还有一种活力在里面，除了你自己本人的能力以外，是不是与你选择的一种个人的生活方式，比如说漂泊的、流动性的生活方式有关系。既然别人已经看见这一点，我自己也应该检讨一下，我觉得应该是有关系的。人处在那种漂泊之中和稳定下来还是不大一样的。稳定下来的那种养尊处优的东西，对写小说可能没有多大好处，但对写散文，对做学问有好处，所以有些人应该在书斋里不出来，远离媒体，那他就是个大文人、大学问家了。

青：流动的生活让你行了万里路，但我记得有篇文章中你却说读万卷书十分必要，行万里路大可不必，你总不能让天下的路都让你一个人走完吧！

潘：我自己确实是这样。我在《海口日记》里写过这么一段话，有人说你到海口来体验生活吧，我说这是废话，生活就像空气一样，围绕着你，吸就是了，是吧！哪有专门去体验生活的。现在我们经常组织这个团、那个团，到基层、到矿山，但从来也没有看见他们写过一些基层的、矿山的很好的东西出来能说服我。所以我觉得作家的体验是在自己的想象之中。作家对小说的一种把握，对小说的一种结构和感受都是在想象之中，它不是那种很实用的东西，所以一看见有那种到哪里去采风的消息我就觉得很滑稽。

青：这是变着法的游山玩水。

潘： 这个我就不再评价了，而且那种游山玩水我个人也不欣赏。我个人觉得带着自己的女人去玩是最好的方式（潘军解颐而笑），蒋介石不是骂当时浙江省省长陈议，说战争这么乱，妈的，你还在挂着个女人逛西湖，后来把他给毙了。我觉得这是最好的方式嘛（潘军第二次解颐而笑。）！其实我觉得男人的旅游就该是那种旅游，干吗非要成群结队呢？那怎么旅游啊，那是开会啊！

青： 当你开始写一部作品时，是否早已确定好了所有重要的情节，还是在写作过程中让故事顺着自己的需要发展？

潘： 我喜欢的是下意识的状态，我不希望，不要求自己事先把它想得那么透彻。因为我认为小说是写意味的。意味是什么？它实际上是一种多维的艺术和意义，它不是单一的，因此它的主题，如果说有主题的话，也是飘忽不定的、多元化的东西。所以只要把它置于一种很暧昧的、模棱两可的状态，就意味着小说本身具备了一种弹性和张力。你如果把它想得很具体，就是图解了。有些作家，包括那些名气很大的作家，他们的写作实际就是图解。首先是被一个观念支配，然后把这个观念图解成一个情节和故事，再然后把它们表达出来，这是一个流水性的作业。我觉得那些鲜活的、直觉判断性的、不知所云的东西，在他们的小说里是找不到的，这与我对小说的要求差距太大。另外我要说，小说叙事有叙事的惯性，这类似一种多米诺骨牌效应，他们相互之间有一种磁场的东西，当你写了一句非常精彩的话时，就意味着后面的那句在蠢蠢欲动了。一个有才华的作家，他能做到这点，他会想办法使自己的句子相互启迪、勾连，然后使它们集中在一个文本里。当然这样说也是相对的，比如我写《秋声赋》，开始写之前我就看见了结局，为什么？因为这个故事是有大致的真实素材的……这些东西在我心里沉了很久，直到有一天我感觉必须把它写出来……如果有人把它看成一种很理性的分析，说里面确实还有意味深长的东西，那也是小说本身或叙事本身带出来的，不是我事先塞进去的。我认为好的小说实际上还是贝尔说的那句话——有意味的形式。我认为这个话实际上可以称为小说的纲领，小说就是一种有意味的形式。小说它不是写意思的东西，它也不是写意义的东西。写意思的东西是故事，写意义的东西是社论、是报告。小说它就是写意味的东西，所以我把小说理解成有意味的形式，这句话可能作为一种概念来解释显得没有什么力量，但是就我个人来讲我很欣赏，我觉得可以作为我自己对小说的一种目标。

青：在你写作中有没有碰到过特别棘手的问题？

潘：这种情况还是经常碰到的，为什么一个作家要经常强调自己的写作状态呢？也就是针对这种情况说出来的，我相信没有一个作家在写作中没有遇到过这种问题。

青：那你又是怎么去克服的？

潘：这种所谓的克服，有时候就是很自然地躲过一劫（潘军又在微笑了，好像是庆幸自己曾经躲过的写作劫难），过几天自然又想起来了。有时候就会比较生硬，为了把这个东西写完，不好也就这样了（潘军这次笑带点遗憾），我在写《独白与手势》的时候，因为出版社催稿子，所以有些东西最后我觉得还不够完美。

青：你是怎么给自己作品中的人物命名的，是随便起的，还是有所指的，或者包含着什么特别的意义？

潘：我记得在大学读书的时候，有个同学说我小说人物的名字取得特别好，当时我觉得好好玩，没想到多少年以后你又提出类似的问题。给小说的人物起名字，有时候确实需要和小说所规定的东西，至少和那个时代有关，名字本身虽然是个符号，但应该与人的身份特征有贴近的东西。像齐白石、徐悲鸿、陈寅恪，这一望便知是大师的名字。还像多少年前，一提马原的名字我觉得比潘军的好嘛（潘军欢快地大笑）！我这个名字是“文革”产物，我就作为一个标志性的纪念。后来有一个老先生，就是林斤澜先生，他在黄山脚下的笔会上跟我说，说我这个名字是个笔名，取得不错，说我这个名字很像我这个人，因为我有一根反骨，他说潘军就是叛军嘛！既然老先生有这么一句美言呢，这个名字我就不改了。其实很多作家改了一个很响亮的名字，一下子就神气多了。如果我现在说童中桂是谁，谁都不知道，说苏童是谁，如雷贯耳啊！这一样吗？这不一样啊（潘军第二次欢快地大笑）！

青：杨匡汉先生在《现代男性的焦灼》一文中说你的思索表现为一个现代男性的焦灼感，你笔下的人物有心灵磨难的尴尬、困顿、焦灼不安与恍惚，这是否是你在现实生活中挣扎奋斗这么多年来曾经有过的心路历程和情感经历。

潘：杨先生他可能是看了我以《海口日记》为代表的一系列南方小说后，有了这么一种归纳。这种归纳应该是有一定的道理，确实如你刚才所说，与我本人的生活经历、经验，有种不可分割的联系。

青：这种焦灼感你自己有吗？

潘：有的，肯定有的。我这么多年来就处在一种比较焦灼之中，只是我跟别人所焦灼的东西不一样，我焦灼我感兴趣的东西，它不是一种很表面的东西。

青：为什么你总喜欢把你笔下的人物置于漂流的生活与情感之中，让他们身心都得不到安宁，并为恐惧所追逐。（比如《海口日记》中的“我”）你是否想借此说明现代社会的人就是处在这样一个不安定的状态？

潘：我认为恐惧是种客观存在的东西，因为它是爱的一种参照物，恐惧的对面就是爱，或者爱的对面就是恐惧，这种恐惧不是我们习惯中的恐惧，或者不完全是，它更多的是一种心理上的感受。这种恐惧的东西在我骨子里应该是很深的，所以从我作品中有种一以贯之的感觉，像《南方的情绪》、《陷阱》、《那年春天和行吟诗人在一起的经历》、《朗诵南方风景》等等，都流露出恐惧感。在《独白与手势·红》里面，我是用很多的笔墨去写恐惧感的。这是我骨子里的东西，我感受到了它，这和我日常生活的好坏没有关系，它仅仅是个精神层面上的东西。

青：从你的作品里可以感觉到你潜意识里有种极度的恐惧和焦虑，比如梦中的窒息、被追逐等等，你有过这样切身的体验吗？这是否和你童年的经历有关？

潘：应该说，都有关。我的童年、少年都是在逆境中生活的，我从小虽然没有单亲家庭的自卑感，但却意识到政治上的被歧视。高中毕业时，同学都去当兵，我就知道这样的事情是轮不到我的。后来我在农村插队的时候，有一次到区里搞征兵宣传，我当时站在一个很高的梯子上画征兵宣传画，来接兵的人好像很关心有一技之长的人，就问我想不想当兵？我说我当然想，可我当不了。他就问你为什么当不了，我就很坦率地告诉他，我父亲是右派，那人就留下一个很遗憾的叹息不再问了。等我到了机关以后，由于众所周知的原因，在相当长的时间里，我感觉到有种压抑的东西附在我身上，尽管我个人能扛得住，也不是很在乎，但那种无形的压抑还是在的，这是种精神上的困境。如果你确实感受到了这种困境，也就该意识到在现实生活中能活下来也是个侥幸。

青：你认为不经历苦难和逆境，能成为一个有思想、有内涵、善于思考，并具有深刻的忧患意识和苦难意识的作家吗？

潘：从道理上讲应该说不可能。一个人只有确实感受到了生存的困境，体验到了精神层面的痛苦，他才有可能有感而发。当然事情都不是绝对的，也许有某一个天才，成天住在酒店里，他也能写出一种富有人文关怀、有力度的作品，但这种情况究竟有没有？我想至少目前没有。

青：你认为一部好的文学作品中，是否该包含鲜明的道德和审美倾向，比如弘扬真、善、美。

潘：这些东西当然是好的，但这些东西又因为每个人的理解不同，所以最后表达出来的东西也就不同。有些人对“真、善、美”的理解在他们的小说里表达出来就成了好人好事，这个就太浅表了。而有些人却能把它上升到人类精神家园的一种写照，有种宗教情怀。一个作家存在的价值是他在描绘和刻画这个世界，而不是对这个世界做出解释。

青：李洁非有篇写你的文章，他的意思是说，你是以前先锋派作家的姿态介入到城市叙述这么一个颇具时尚色彩的领域，你的精神上有一种跟城市时代和城市文学一样年轻的因素。你的心态这么年轻，写城市必须有年轻的心态，这样的话你就很快能找到一种属于你的方式，你的方式就属于你的，而且你写的就是和别人不同，你的城市小说在哲学、文学和感觉方式上迥异于所有同类创作，没有第二个人可以重复。还有人说你只是为“欲望”而写作。

潘：是的，我的确是这么说的。

青：你这个回答有点与众不同，很多人面对自己的欲望时总是欲言又止，含糊其辞，你却这么直言不讳，我能问问你的“欲望”具体是指什么吗？

潘：那很简单，就是一种叙事的欲望。我不知道自己跟其他作家是否有相同的地方。有些作家可能事先想好，想完整，甚至要先写好草稿，再修改，我好像不是这样。我写东西觉得有一种朦胧的感觉，比如说我今天想写小说了，我脑子里可能有种朦朦胧胧的想法，但是真正落到笔头上，还是在写作中的那种状态，就是叙事过程中的那种刺激。所以我写作带有很大的即兴色彩，很多小说总是在写到三分之一，甚至到一半的时候，才慢慢地觉得清楚的。那时我就知道小说里面是有东西的，但一开始是处在一种下意识状态。这是我个人的一种经验。

青：有些人写小说要列很细的提纲，你有没有这种经验？

潘：我没有，我从来没有过这样的东西。我有很多小说首先想到的是一句话，有的是首先想到一个题目。比如有个短篇叫《去茂名的路上幻想一顶帽子》，我首先想到的就是这个题目。而真实的动因就是，我去茂名参加花城笔会，那天我理了头发，天气很冷，我老是想买一顶帽子，一直惦着这个事情，当时我怀疑自己，为什么老是惦着这个事情呢？后来我知道是想写篇小说——《去茂名的路上幻想一顶帽子》。其实这里没有什么东西刺激我的，或者说刺激我的都是些莫名其妙的东西，或者是一种感觉、一种色彩、一种意象，它都有可能给我一种启示。这种小说在我的作品里占的篇幅还不小。当然 1997 年以后，可能对自己有种要求，希望自己的小说尽可能地好看一点，想办法兼顾起来。希望我的小说读起来很舒服，读过以后大家认为它还是一个很纯粹的文本。比如《海口日记》、《对门·对面》、《秋声赋》，它们和以前的小说相比，在故事形态上、处理方式方法上，做得更完整一点。不像以前有些小说，像《蓝堡》，最初的时候，我可以把它写得很完整，但是后来我就觉得那东西没有意思，我也采取了一种把大量的东西留在故事之外的方式，小说之内的只是一部分，这样就给人一种放射性的猜想空间。这里值得说明的一点是，一个作家的调整应该是发自内在的一种文学的需要，不是为了迎合什么，迎合电视剧的改编、大众的阅读、得奖等等，这点从我自己的良知上不允许这样做。

青：你在塑造一个人物时会像一个好演员一样完全地进入到角色里吗？

潘：与这种情况比较类似。因为对表演我是懂的，我在大学里系统读过斯坦尼斯拉夫斯基表演体系的论著，而且我自己做过导演，也能够演戏。我在写人物的时候有一种可触性，我能够得着他，我甚至能看到他身上一些特征的东西，比如说他衬衫上的是什么纽扣，这种东西已经很鲜活地在我面前。博尔赫斯说过这样一句话，某种意义上，作家都是在写自传。我是在这个意义上去体会的。作家在写自己的故事和人物的时候，他都有一种主观的倾向，都是把自己和他所塑造的人物融为一体，这个时候，某种意义上，与其说他在塑造人物，还不如说在通过人物述说自己。所以一个好的作家，就像一个好的演员一样，他确实应该学会去扮演不同的角色，然后他才能够自然地走进自己的小说里去。

青：不会进去后迷路吧！进去了出不来怎么办？

潘：那不会的，电脑一关我觉得我还是我，脱离了那种写作氛围以后我觉得一切依然如故。

青：你怎么看现在有大量的文学作品被改编成影视剧，甚至有些作家就是冲着这个去写小说的。

潘：这其实还是个经济问题。首先我认为，一个纯粹的小说家从来就不会因为自己的作品被改编成其他形式而感到骄傲的，我没有，尽管我有些东西确实被拍成了电视剧。比如说《海口日记》，播出后我大概看了两集就不看了，因为不好看。但我又可以说我做任何电视剧都是成功的，成功的标志是把钱赚到手了嘛！（潘军一边笑一边潇洒地向青锋伸出右手，做了个既像伟人挥手，又像捞钱的动作）至于它被拍成什么样，我一点都不感兴趣。作品被改编从某种意义上来讲，就意味着作品本身纯粹的精神的东西不够。一流的小说是不能被改编的，它内部有一种不可动摇的小说因素凝结在一起，成为一个作品，如果其他的形式能够把它改编，这就说明它还有很大的被移植的空间。即使一些世界名著被改编成电影，那它也是另一个东西。比如说《生命中不能承受之轻》改成《布拉格之恋》它就是两个东西，小说里面要表达的东西电影里面并没有表达，尽管那个电影应该说拍得还是不差。

青：你说拍电视除了经济效益不能给你带来兴奋。你有没有想过把电视剧拍成艺术，而不是你说的玩意，比如拍出《辛德勒的名单》这样的影视作品来？它难道不是艺术吗？

潘：首先这里面有一个概念的划分。我认为电影是有艺术的，而电视剧它是没有艺术的，或者说它的艺术含量比较少。我这样说，是因为我本人的心态就是这个样子，如果说有人给我投资，在资金问题上不限制我，让我按照我的意思去拍部电视剧，我只能说我尽可能拍得比其他电视剧稍微好一点，但是，它还叫电视剧，因为它与生俱来就是这么一个胚胎啊！不在乎你怎么去培育它，它就成了一个很精美绝伦的东西，它就是这么一个基础。

青：但它们同属于影视剧的范畴啊！它们有什么不同呢？

潘：它在艺术思维上不一样，在篇幅上不一样，在投资规模、技术手段和制作过程上也不一样。虽然大家说就是换个机器而已，其实不这么简单。电影的长度是一百分钟，它要讲一个貌似简单，实际上内涵很丰富的东西，它要求的是很精炼的台词，更多的是一种视觉的语言冲击。而电视剧呢是关在屋子里，你说，我说，他说，大量地说，要不然一个故事怎么能说二十集呢？纯粹就是在瞎说出来。从技术材料上看，用胶片拍出来的那种感染力和用摄像机拍出的又有很大不同。中国现在有一个很奇怪的现象，电视剧越来越讲究，把它当电影拍，投资的规模在追加，演员的片酬在飙升，而电影呢是越来越抠门，据说一百多万就能拍部电影，可想而知，那能拍什么电影呢！我对电影的要求还是比较高的，我所喜欢的国际上的大导演，他们的作品确实还是很有感染力的，包括像西班牙的阿姆多瓦、法籍波兰人基耶斯洛夫斯基，包括斯皮尔伯格的《辛德勒的名单》。有次在一个会上，戴锦华说："他是个商人，你干吗在会上说他的影片怎么怎么样？"我说，我就说他的《辛德勒的名单》啊。我没有说他的《外星人》、《侏罗纪公园》嘛！那种东西我觉得也可以理解嘛！他是奔着票房去的，他能把票房弄上去就是能耐嘛！但是你不能说《辛德勒的名单》不好啊！所以后来我专门为《上海文学》写了一个关于《辛德勒的名单》的随笔。

青：一部好的影视作品能和一部好的文学作品相提并论吗？

潘：这个不能说相提并论。我觉得文学的力量还是超过电影，尽管电影与现代人的生活沟通比文学要迅捷得多，也轻松得多，但是文学对一个人的陶冶和影响力，将是超过电影的。文学更多的是有一种不可代替的细腻描述、语言独特的魅力在征服它的读者。我们总是听说影响世界进程的十本书，没有听说过影响世界进程的十部电影。

青：你说你赞赏、坚持知识分子写作，那你怎么看民间写作和反知识分子写作呢？对"知识分子"这个说法你又持何看法？

潘：这个问题我不宜于多说，去年在"昆明书市"上，我和几个朋友聊天时说，我自己的立场是八个字：民间立场，贵族精神。现在连中国的作家算不算知识分子好像还是个问题呢，太奇怪了。那些著书立说的人，发表文章的人，他都不算知识分子，难道说读书的人才算知识分子吗？我觉得很困惑。难道文化人是个荣誉吗？我觉得不是，他是身份的一种朴实的写真。

青：这里似乎有故作矫情的嫌疑。

潘：对啊！我刚才说的就是这个意思，你都出了那么多书了，通过出书获得那么大的收益，你居然还说自己不是知识分子，有人说自己是农民，农民能出国吗？农民有几百万存款吗？这话就说得很莫名其妙了。如果中国的农民是那样的话就是世界上最好的农民呐！这种话我不知道是什么意思。

青：你认可的小说是怎么样的？

潘：什么叫小说？如果说绘画是用线条色彩在造型，雕塑是用泥巴在造型，摄影是用光影造型，音乐是用旋律造型，那么小说就是在用语言造型。既然说它是造型，就与审美有关系的，那么这就是门艺术。如果说我们是一个以文字来造型的艺术家，或者说工程师，这种人本身应该具备一种贵族精神。如果小说真是随便那种自说自话的人能够写出来，那么还需要把小说当作一门学科来研究吗？当然我所认定的小说永远只有一类，它在叙事上有自己独特的东西，它有叙事的技巧和能力，有对故事的处理方式，同时它也能通过这种叙事对这个世界以一种关切的姿态介入，这种东西我认为是小说。在我的概念里小说的包容性很小，允许有各种流派。但是各种流派万变不离其宗，他们都是在小说这么一个大的、宏观的概念下进行写作，没有说一个小说家找不到一个叙事的东西，如果连这种东西都找不到，那么这就不是我所认定的小说。

我认为一个小说里面应该有一种高贵的气质，这种气质并不是说与民间写作对立、与民间阅读对立，我们应该把它当成一个东西，而不是当成一个玩意去做。但东西和东西之间区别很大，比如说，我所认可的那种电影和北京的贺岁片、港台的一些影片，那是天壤之别，后者只能算玩意，前者才是艺术。

青：但我记得你说过写小说是门手艺。

潘：对啊！是门手艺，这种东西和我刚才的理解一点不矛盾，为什么呢？我实际上是在强调一种技艺的必要性，强调一种形式的纯粹性。比如说相声是很民间的东西，但它照样是能出大师的，侯宝林就是大师，因为他立足于相声的本性——就是一个说，卖嘴皮子，他做到了纯粹，他就是大师，不像现在的一些人，说不好了，就又唱又跳的，让人倒了胃口。还比如过去的京剧就是很抽象的东西，舞台上就两把椅子，表演带有极大的虚拟性，没有什么声光、电子布景的东西，它不还是留下来了嘛！它有纯粹的东西，它就可能接近一种经典意味。所以我觉得作家是一个手艺人。因此我对文学说，文学这个东西可以成为一个人的使命，但更是一个作家的日常生活，日常生活与我对手艺人的定位它是一脉相通的。我不喜欢那种刻意的东西，那种很刻意的东西本身与他的出发点、动机就有点关系。我觉得最好就是你喜欢它，你就去做它，尽力把它做好，这就够了。

青：你认为作家是个地道的手艺人，只有把写作放在爱好上，才是件有吸引力的有趣的事情。那你怎么看待自己的写作呢？是玩吗？

潘：从某种意义上来讲，我承认这个观点。我觉得我的写作是玩，我这种性格的人不能去做一件自己毫无兴趣的事情，甚至我不能去做兴趣不大的事情。不光是写作，包括读书，我不喜欢读自己不喜欢的书，你推荐给我一本书，都说好，如果我不喜欢，我看两页就扔掉了。包括看戏，我必须看我喜欢的演员去演，要不然我就不看了。还包括打麻将，我也很投入。所以凡事必须和自己的兴趣紧扣在一起，这样就不会感到疲倦，至少是苦中作乐，这种苦是旁观者的感受，但乐是我自己的感受。

青：但不是每个人都能“玩”到你这个道行？你这么说会不会让人感觉矫情了？

潘：我觉得这是非常真实的一面，我真是希望有人应该做到这点。一个作家如果感觉到今天没有写几个字，老是有一种失落的感觉，哪怕写篇日记、写封信，三言两语，他有一种表达的欲望，有种叙事的欲望在驱使着他，这个状态最好。至于愿不愿意把东西拿出去发表，那是另一回事情。

青：你认为小说最重要的是什么？是讲故事、写作技巧，还是对叙述形式的探索？

潘：其实这三个东西是不能简单地分割开的。小说本身就具备一种故事因素，没有故事因素它就不是小说，但是如果说你仅仅是局限在一个故事里面，它又不是小说。小说要求以一种叙事的方式来把这故事的因素消解在一部作品里面。要想达到叙事对故事的消解，那就是技巧性的问题，所以 1985 年之后，有人在说中国作家会写小说了，都说是一个文学观念的转变，其实这个话是有点空泛了。观念的转变固然不错，更重要的是技巧的转变，是对能力的要求，观念变过来不等于技术上就没问题了，这个因素总是被人忽视。

青：现在有人说讲故事是比较重要的，小说就是讲故事吗？但又有人反对讲故事、反叙述。

潘：这个东西又是个老话题了，就是写什么和怎么写的问题，但我觉得这个事情不矛盾，好的小说永远应该具备好看的因素，包括博尔赫斯的小说。

青：博尔赫斯的小说里有故事吗？似乎没有什么完整的故事吧？

潘：这里有个对故事的理解问题。我们和某些作家的区别就是在于，首先对故事的认知的方式是不一样的，有些东西在他们看来是个故事，但我们看来不是故事，而在我们看来是故事的，在他们看来却根本不是故事。我看重的那种故事，实际上是在于它给叙事提供了一种可能性。

至于怎么讲故事，怎么讲很重要，怎么讲不重要，我们这么多年来的努力实际上就是为了这个东西。怎么讲的目的是什么呢，还是想把故事讲好啊！不是迷恋怎么讲的问题，你总得说出东西来啊！我早期的那些实验文体中间，始终坚持的一点是有些评论家没有完全看出来的，我的小说是非常有内容的，内容很饱满，比如《南方的情绪》和《流动的沙滩》，我认为是很有内容的，只是他们忽略了这一点，他们只是在形式上认为我走得很极端。

青：你认为小说有没有必须具备必要的因素呢？比如人物、地点、时间、情节。

潘：严格讲起来，你刚才说的这些应该都是故事的因素。小说的因素我觉得实际上是体现在它以什么样的方式对故事进行一种处理上，故事肯定有背景、情节、发展、结局，不管它是线型的还是复式的，或者是一种多维的，这都叫故事，但是不同的人来驾驭，会呈现不同的结果。比如我们可以做这样一个实验，同样一个素材让十个作家来写，他会写出不同的样子。有些人他只能就素材写素材，那他就是写故事的，但有的人却能在这个基础上写出令人吃惊的东西。

青：你说过一个作家的野心应该局限在一张稿纸上，靠文本说话，那你怎么看一些“文学革命”？

潘：我觉得文学不需要革命，如果说需要革命，那是说文学本身的一种革命，自身的一种革命，就是形式上的革命。现当代的文学史上经常有一些文学运动式的革命，我对那种东西是感兴趣的。我觉得文学是一个个体的东西，它不是一个群体的东西，它不需要组织、开会，更不需要游行、示威，这里没有什么营垒的东西。

青：文坛历来纷争不断，我想也许这里包含着一句老话——文人相轻，你能就这个问题谈谈自己的看法吗？

潘：我对文人相轻当然是不喜欢的，这也就是我为什么不卷进文坛的理由，我知道进入这个圈子意味着什么，所以我很早就远离了这个圈子。我也不是中国作协的会员。

青：我记得你说过你只爱文学，不爱文学界。

潘：是的，我是说过这样的话。因为文学可爱，文学界不可爱。

青：有没有哪些文学作品给你的创作带来过比较大的影响？

潘：你是指我的阅读吧！很难说某一部作品把我点亮。我最早是学画的，我爱读书是在上大学中文系以后，读了些小说。但我读书和别人不同的是，我喜欢把作家一个一个地读，而且我不是跟着一种舆论定式来读。比如说巴尔扎克很伟大，但我就是不喜欢他的作品，那个时候没有提卡夫卡和陀思妥耶夫斯基，但我觉得很喜欢。我基本上还是保持了自己的眼光去选择，同样是法国作家我不喜欢左拉，但我喜欢福楼拜……当自己成为一个写作者后，我曾经有意识地选择被舆论所推崇的作品，但阅读的时候是很理性的。比如大家都说米兰·昆德拉怎么了不起，但我还是没有感受到。但有些作家我确实感受到了，比如说福克纳、海明威、卡夫卡、博尔赫斯……

青：你的《流动的沙滩》，能看出有博尔赫斯的影响。

潘：是的，我就是要以这篇习作向他致敬。

青：你刻意模仿过的作家除了博尔赫斯还有谁？

潘：海明威我模仿过。因为他的技术，那种简约、含蓄的东西，让我迷恋。还有他是一个对话写得很好的作家。我小说里的对话写得还可以，那是得益于对海明威的阅读，他的理论对我有直接的影响力。我记得他有篇小说，写一男一女在做爱，他没有去描写做爱的过程，他只是写了一句话：地板好硬。当时我就觉得非常好。还有他的《麦康伯短促的幸福生活》、《白象似的群山》……所以这种东西对我后来写小说或多或少都产生过影响的。

青：在小说（包括短、中、长）、诗歌、散文、随笔、话剧、影视剧本，这些文学体裁中，你自我感觉把握得最好、最自如的是哪种？

潘：那当然还是小说，其次可能就是话剧。我写过一部话剧《地下》，发表在《北京文学》上。

青：高行健作为第一个华人诺贝尔文学奖获得者，你怎么看？

潘：首先向他祝贺。因为他毕竟还是个华人，这个奖项百年与华人无缘，怎么说都是件憾事。不管它今天的含金量有多高，华人都应该去拿它。这并不等于非要中国大陆的作家去拿它。另外，高行健获奖并不等于他就是用汉语写作最好的作家，中国大陆比他写得好的作家有不少，他本人也不该回避这个事实，但这个奖给他也不是个错误啊！第三，这个奖与其说是奖励了高行健本人，倒不如说是对汉语写作的方向做了一种肯定和认可。

青：从你的《独白与手势》三部曲、《秋声赋》和早期的《日晕》中，能窥见你的故土情结，但你却选择了“自我放逐”的漂泊生涯，这不是很矛盾吗？

潘：这个并不矛盾。“在路上”的生活是构成我小说的支持点，而故土情节又是另外一个支撑点，我的小说是靠这两个支撑点支撑起来的。一个作家的支撑点是什么，那是因人而异的，比如马原是靠西藏作为支撑点的，而我就是靠故土和“在路上”的生活。

青：准备什么时候结束“在路上”的生活？你最终会回到故乡吗？

潘：这要看我会不会有厌倦这种生活的一天，或者我会不会再和某个女人去组成一个家庭，像一只鸟一样，飞累了在一棵树上落下来，这些都是因素。所以去年我想在北京买房子，但我又问自己，假如我在上海遇到一个很好的女人怎么办呢？难道再把北京的房子卖啦！（潘军纵声大笑）

青：如果在幼年、童年、少年、青年（包括大学生活）、中年这五个阶段里让你选出一个，哪个阶段的经历对你的小说创作是至关重要的？

潘：我想应该有两个阶段，一个是我中学读书以后，到农村插队的两三年，这是我第一次走向社会、第一次独立地出远门、第一次独立地面对自己的衣食住行。如果拿机关、大学的生活与插队的生活相比，我还是怀念插队的生活……第二个阶段是1992年之后，一直到现在，这种独自漂泊的生活对我的创作应该是至关重要的。

青：你不介意谈谈你生命中出现过的女人吧？哪个女人是你生命中不可或缺的？母亲、爱人还是女儿？

潘：这个问题也该分阶段性来回答。在我还没有成立家庭的时候，母亲对我的影响很大。她是个没有受过良好教育的女人，但却有种良好的天赋，她的意志很坚强，承受能力很好，这些都对我产生了很大的影响。我从她身上体会到的不是溺爱，而是一贯的信任。包括我在人生几个重要关口所做的选择，有些在她当时的情感上来说是不能全部接受的，可她并没有妨碍我去执行，这对我是种莫大的安慰。而我在女儿的身上，是寄托了一种希望，不是希望她继承什么，只是希望她过得更好、更充实一点、快乐一点。当然，作为一个男人，与自己靠得最近的一个女人，应该是最重要的一个女人，但因为种种原因，靠近的时候就有很多麻烦。至于以后会不会有，这是未知的，如果说有，我对这个人的依赖应该是很大的，她对我将是至关重要的，因为她要伴我终身，这是不可或缺的。

青：我记得那次邀请你去"南京评论"聊天站做客，有人说你一生为情所困，当时我感觉这句话唐突了，但我今天看见你后，特别是读了你的作品后，感觉你似乎是这样一个男人，所以想听听你对这个问题会怎么回答。

潘：如果说我真是为情所困的话，我倒觉得这是一项荣誉，一辈子也算没有枉做一个男人吧！这是好话，我乐意听这种话（潘军仰天大笑）。

青：这是否是你写项羽的一个原因，对女人而言，他是个难得的爱美人不爱江山的多情的男人，也是个为情所困的男人，这在中国历代的帝王将相中是绝无仅有的，你们在性格中似乎有相似的一面。

潘：我愿意承认这一点。如果项羽是个爱美人又爱江山的人，我可能就不去写他了，如果他只是个爱江山不爱美人的人，我也不会去写他。我选择的对象应该是和我心灵上很投契的人。至于读者有"为情所困"

的看法，很大程度上是看了《独白与手势》三部曲，很多人把它看成是我的自传体和半自传体，其实小说是个虚构的文本，我只能说，主人公生活的历程和轨迹与我大致是相同的，至于小说中一些情爱故事，明白人都知道，我不会去写实，因为这里涉及一个做人的原则问题，我只能说，我对这种情爱的体验是真诚的。

青：你将来是否会写一部关于自己情爱的小说，写写你一生中爱过的女人和与她们有关的故事？

潘：那要等我先拿到她们的“授权书”啊（笑）。

青：我知道你以前是学画的，而我以前也是学画的，不知道你现在还在画吗？

潘：现在偶尔画一画。我对自己有个长远的安排，六十岁以后不会去写文章了，要写也顶多是些前言后语式的东西，我的精力会投入到绘画上去，我相信自己会很有激情地面对绘画，这是我的一个梦，年轻时没有圆，年老了再把它圆起来。

青：这就是你说的“六十岁前舞文，六十岁后弄墨”吧！

潘：对，是这个意思，绘画一直是我所钟爱的。

青：你对今后的工作和生活有何打算？

潘：我很自在，是自己规划自己。我现在想的是，下一步怎么办的问题，比如读哪些书，写什么，另外就是赚钱的问题。

青：最近有新作吗？

潘：我已经两年没怎么写了。去年除了为香港《文汇报》开专栏，就写了个短篇《纸翼》。今年又写了一个短篇《花袭》，最近给《花城》写了个中篇《合同婚姻》。

青：《合同婚姻》？好像很有趣吧？

潘：我觉得婚姻制度有不合理的方面，暗示着从一而终，这恐怕连神也做不到。婚姻也许是人类的败笔之一——你看，离婚率那么高。如果一个产品有如此的返修率，那说明这个产品有很大的问题啊（两人大笑）。

青：作为一个男人，你感觉到累吗？

潘：我有累的一面，包括你刚才提到的为情所困，但我觉得是值得的，它至少丰富了我的生命。不累的一面是我心灵上没有多大压力，我不会看任何人的脸色。

青：如果下辈子性别可以选择，你会选择做男人吗？

潘：我还是愿意做男人，因为我已经慢慢学会了怎样去做一个不差的男人了，也许还会比这辈子做得更好一点（潘军这次是非常自信地笑了）。

青：最后问个玩笑问题，你曾经在《苏州三日》这篇散文的结尾时说有一个理想：下一次如来苏州，我一定要带着我的女人，这个女人会是谁？

潘：（潘军第N次大笑，笑声里充满对未来幸福生活的憧憬）这是句写文章的笑话，不过我觉得苏州那地方，如果带个女朋友去，租套民房，在老街走走，菜市转转，下河洗洗衣服，应该是很有情调的，这算不算小资情调我不知道，但我比较迷恋这种情调。

访谈结束了，几十个小时的相处自始至终都是轻松愉快的。这个正步入中年的男人心态是如此的年轻，这也许就是他能写出如此动情的城市小说的秘密所在吧！

我不敢断定潘军是否真如他承认的那样，是个愿意一生为情所困的男人，但他确实是个爽朗、风趣、带点黑色幽默、大大咧咧的话篓子的男人，甚至还有点好玩，这点我敢确定，是的，我确定。

在路上

——访谈录之四

时　间：2003 年 10 月

地　点：北京寓所

访问者：浙江《青年周刊》记者

受访者：潘军

记　者：作为一位依旧在坚持书写的先锋作家，2003 年 12 月份你又推出了你的长篇新作《死刑报告》。据说你对中国刑法特别是死刑的思考已经很久，早有自己的认识和理解。是吗？而《死刑报告》的“产生”则是受到“孙志刚事件”的触动。不知道这一事件和你的创作有什么必然的联系？另外，《死刑报告》虽然是以小说的形式进行文本叙述，但名字听上去却颇像是带有真实意味的“报告文学”，其中有什么深意吗？

潘：2001 年完成《独白与手势》最后一部《红》之后，我原想静下心来看点书，顺便写点中、短篇或者随笔。这是我个人的一种习惯。当一部较长的作品完成之后需要这样的调整。但是，这两年因为我母亲身患癌症，我大部分的时间都在为她的治疗奔波。我母亲是一个善良而敏感的人，你陪她看病，她很不安，总觉得自己拖累了儿子，耽误了儿子的正事。于是我便在陪她看病的过程中，在宾馆里写了一个电视剧《最危险的时候》[①]，这是一个抗日期间的间谍故事，很传奇，写起来并不觉得吃力。我每天写几页，念给她听。

---

① 即后来更名的《五号特工组》。

至于对死刑问题的思考，最早源自基耶斯洛夫斯基那部《关于杀人的短片》，也就是《十诫》中的《杀诫》。基氏是我喜欢的电影导演，他的这部作品，看过之后让我想到了一个尖锐的问题：代表国家的杀人是否意味着正义？或者说，国家以杀人的方式制止杀人是否很荒谬？这是1997年的事了，那时候我刚从郑州来到北京，也开始接触影视行业了，拍了第一部电视剧《大陆人》。这之后，我开始留心这个问题，读了一些中外关于刑罚、死刑方面的书，有了一点知识上的积累。我觉得死刑问题在文学上首先是一个人类的终极关怀问题，这与我的追求是一贯的。当今世界，已经有一半的国家废除了死刑或者事实上不执行死刑，而中国的死刑却占了世界的四分之三，这个差距太大了！因此，我觉得应该有一部关于死刑的小说出来，谈谈这方面的事，这也是一个作家良知的体现。所以说，这是我的一个心愿。

这部小说的写作，开始于2002年的10月，结果很不顺利，最初写的七万字实际上都报废了。我写小说，必须首先找到一个合适的叙事方式，而不是像有的作家那样，先构思好一个故事。从小说文本的角度看，这个方式，既是小说的载体，同时也是被载的一部分。我需要首先确定它。第二个困难，我面对的毕竟是一个很陌生的领域。某种意义上，我这回是以文学的方式在说一个法学的话题。如果我记得不错，当代中国如此近距离地来探讨死刑的小说，《死刑报告》是第一部。这大概不会错的。我的一位朋友，曾经是一个刑侦物证专业的工程师，多次去过刑场执行任务，有许多感受，并与我就这个问题进行过交谈。我想，正是这几方面的原因吧，促成了这部小说的诞生。我刚才说了，《死刑报告》写得很不顺利，以至于中途放下了。直到今年3月17日，广州发生了“孙志刚事件”，使我受到了很大的震动，也使《死刑报告》的写作加快了步伐。这是一个刺激。不久，北京成了“非典”的中心，也就在这个“戴口罩的春天”里，我完成了小说的初稿，然后在夏天里把它修改完成了。很显然，我自然不想去写一部破案加爱情的小说，而是想借几宗死刑案件解析死刑问题，希望能以这种方式引起社会对死刑问题的关注。

之所以叫《死刑报告》，就是让大家觉得“报告”里的事情，都发生在我们身边，在我们眼前。既然这部小说触动的是个社会话题，那么我就会注重它的现实性。但我写的又是小说，不是报告文学。小说是一个虚构的文本。因此，我有意选择了个别现实中真实发生过的案件，譬如辽宁的“李化伟案件”和陕西的“董伟案件”。我想让大家有一种不陌生的感觉，我要唤起大家的一些记忆，让大家觉得虚构只是作家的技巧，但内容是活生生的，似曾相识，仿佛就在我们身边。我希望大家有“身临其境”的感受——这是最强烈的感受。

记　者：《死刑报告》的推出，应该体现了作家的一种良知。而一直以“职业作家”来命名的你，也是将文学当做自己的一项神圣的使命。在文学逐渐被边缘化的当下，你如何看待自己的坚持？你曾经说过，写作不能养家糊口。那么出生于安徽偏僻小县城的你，当初穷困之际再选择写作是不是一种冒险？只是如今众多70年代（后）女性写手纷纷借用媒体的炒作完成自己“明星化”的过程，而另外一些作家像海岩、周梅森、石康等人也大写畅销书“中饱私囊”，写作在你眼里是否变得“钱途无量”？

潘：写作之于我，既是一种使命，但更是日常生活。这是我一贯的立场。一个作家，尤其是按照自己意愿去写作的那种职业作家，他的写作实际上是很奢侈的。因为他每一次的调整，都是发自文学内在的需要，而非某种让步和妥协。这是很自然的也是快乐的坚持。这种写作自然不能保证“养家糊口”，也无疑是一种“冒险”，但我历来是把写作和谋生分开的。谋生的手段很多，或者说，另一种写作就是为了谋生，譬如做电视剧，但写作就只能按照自己的意志去写，面对的是文本和良知。多少年前我就说过，一个人不能拿看家本领去开玩笑，就像一个高明的化妆师不能去开美容院。我至今也不是一个所谓的畅销书作家，我从来没有指望自己的书一年会销出去20万册，但我相信自己的书能卖上二十年。

记　者：提及海岩提及周梅森，应该让你感觉某种程度上的不舒服——因为他们并不被你看得起。你是否觉得，他们所书写的畅销文本，体现不出文学所应有的价值？除了这些人，你对中国文坛其他一些作家的素质也并不看好，曾有人问你，如果把你流放到一个荒岛上，而且只允许带上一本书，你会挑什么？而你的回答有点出人意料：“我只会带上一本字典。说实话，我们这些作家，识字很有限。”这是你故作“出语惊人”，还是真的有感而发？那么，你又如何看待当下文坛和作家群的？

潘：你这个问题应该算是推理，我好像没有说过“看得起”或者

"看不起"之类的话，也没有什么"不舒服"。正如小说的形态是多样的，作家也是大不相同。既然不同，就没有多少的可比性。我在阅读其他作家作品的时候，立场是一个读者，有选择和评判的权利。这也是一种互相的权利。至于"带一本字典"，我是说过的，我不认为这里有矫情的成分，因为我说的是事实。我本人识字就很有限。譬如"西泠印社"的那个"泠"字，很久以后我才知道是"清凉"的意思。

对当下的文坛和作家群，我无从谈起。因为，我不是这个文坛内部的成员，我也没有对什么"作家群"进行过系统的考察。

记　者：看过你的简历，知道并不被你看得起的似乎还应该包括作家的某些组织——比如作协。你曾在很早以前就辞去了安徽省作协的职务，并从那以后也不再申请加入任何作协组织。出于何种考虑？现在便有数位作家步你的后尘，掀起一股"作家炒作协"的风气。不敢说他们是在"学习"你，但作为"前辈"，你会认可这些作家的"胆量"么？你觉得是什么原因，造成了带有某种神圣意义的文学组织在作家眼里的失落？

潘：我不参加某种组织不等于看不起这个组织。而是觉得没有必要、不需要。我想反问一句，是否参加了作协才能成为作家、才能写作呢？写作纯粹是个人的事情，作家只能活在作品里，与组织没有多大关系的。国外一些类似作协的组织，都是沙龙式的，没有官方的拨款，更没有级别。我从来没有意识到作协是"带有某种神圣意义"的，从来没有。倒是从来就认为写作是神圣的。

至于我十年前辞去安徽作协的职务，是因为我并不能履行这个职务的职责，也因为我对她失去了应有的信任，就这么简单。

我觉得媒体不要关注这类的事情，很无聊。

记　者：也许或多或少是因为对文坛上的某些习惯看不起、看不上，让你有点游离于当下的主流文坛。曾有人称你为文坛上的"独行客"，你觉得符合自己的身份吗？而在现实生活中，漂泊是你选择的一种生活方式，另外你也比较喜欢"居无定所"的日子，先安徽，再海口，再郑州，再北京。只是你乐于像凯鲁亚克说的那样"在路上"，是为了不断追寻某种不确定的理想呢，还是为了完成对原先生活的一次次逃离？虽然很多新生代作家不喜欢成为某杆大旗下的成员，但一如你将家终于还是稳定在北京，"先锋派"是不是你在写作上最终寻找到的一个"组织”?

潘：所谓“先锋派”，只是批评家做学问的一种归纳，而非一种称号，更非荣誉称号。但“先锋派”对中国当代文学的贡献是有目共睹的，这里就不多谈了。1989年之后，我远离文坛，是我希望寻找一种属于自己的生活，漂泊就是这样的生活。而不是在寻找“某种不确定的理想”。我的理想一直就在我的心中，没有变。我承认我喜欢那种“在路上”的感觉。这里没有逃离的意思，有的只是远离。我今天在北京落脚，是因为我喜欢这个城市，她能抑制我骨子里的轻薄，因为能人太多，名人太多，这样你就不会把自己当回事了。心静下来，就好做事，这应该是唯一的理由。如果杭州也这样，那么我就会把家安到杭州。我说过，北京如今是一个“打造时尚、远离经典”的城市，这是一个悲哀。我的“独行”，仅限于写作。我的写作，是一种个人书写欲望的满足，我写自己想写的，按照自己的方式去写。

记　者：回到你的创作上来。有人说，你的小说沿袭着一种对生存的恐惧。而你也承认，恐惧是自己长期感受到的存在，也是自己放不下的话题。这种恐惧是不是源于自己年轻时孤苦无依的经历，或者自己在文坛上“一意孤行”而造就的孤独?韩东曾跟我说，文坛是充满利益是非的地方。就像你曾撰文抨击过贾平凹不是真正的小说家一样，你是不是也曾感受到文坛上对自己不甚友好的态度——而就是这种态度让你体味恐惧?有人又说，你的《三月一日》是中国版的《变形记》，只是卡夫卡的“变形”根源于西方资本主义文明下的桎梏，而你的“变形”又是因为什么呢?

潘：在我这里，恐惧大概不是那些实际的、看得见的东西，更多的是那种无形的、漫无边际的东西。这或许与我的个人履历有点关系，但与“一意孤行”无关。我没有感觉到“文坛上对自己不甚友好的态度”，尽管我坚信它确实存在，有时候就停在我的门口。说得狂一点，我很不在乎这种“不甚友好的态度”，因为它既不能威胁到我的存在，也抑制不住我的写作进程，于是就大可不必在乎。我们这个时代，是错过谁都不遗憾的时代，还有什么放不下的呢?

《三月一日》是我本人比较喜欢的一个中篇，首发刊物是《收获》。我也注意到批评界有类似的说法，但作为一个写作者，大可不必去关心这些。所谓“变形”，在写作过程中是一个手法问题，这种选择固然是为了表达。至于还“因为什么”，我想读者应该去判断。

记　者：很喜欢你早期的《海口日记》。有评论家认为：“社会转型期间的性与爱、情感与道德、放逐与归宿、公共空间与私人空间之间的坚定与摇晃，取舍难辨的矛盾心理，被潘军迅速抓住并且准确而从容地表达了出来。”那么，在自己进入睿智之年，对一些事情在“要”还是“不要”上，应该有了明确的判断了吧？

潘：我不是一个超脱的人，但自认为是一个会选择的人，知道“要”和“不要”。其实一个人在世上所能“要”的东西很有限，一个作家的“要”就更少了。可是事实上，有很多作家似乎要的东西很多，也自认为得到了很多，但他们丢失的，或者说他们无法得到的，就是作品了，尽管他们也是“著作等身”。我想这一点，彼此心里都很清楚。我是一个只要作品的作家。这个意思是说，我愿意做的事情就是写作。我想，一个愿意写作、有能力写作的作家大概都会去这么选择的。我考虑的事情，也仅限一个问题——你还能否写得更好？如果有一天我自觉能力匮乏，就不写了，去做另外喜欢做的事情。我不想“耗小说”。

记　者：题外话。在和你接触的过程中，能切身感受你的豪放，也认同别人说的，你身上有塞上军旅的霸气，或者，是那一代先锋作家中最为性情外露的一个。只是，你描写项羽的作品——《重瞳》中的“浪漫而悲怆”，长篇三部曲《独白与手势》之《白》的忆念、《蓝》的伤怀、《红》的无奈……却让人看出你有别于霸气的忧郁气质。你认为自己是位多重性格的作家吗？你如何界定自己这样的一个人？

潘：我忧郁吗？或许是有一点吧。我应该是在逆境中长大成人的，成人之后，也一样身处逆境。但并不害怕这个逆境，相反，我敢于面对。“文如其人”某种意义上有几分道理，但也不是完全的一致性。写作属于创造，既然是创造，那么就有一个造型的能力问题。能力的差别决定着作家的优劣。我觉得好的作家应该能够写出不同样子的小说，正如一个好演员，能塑造出不同的角色。至于我是怎样的一个人，我自己的界定是：我是一个真实的男人，是一个认真的作家。我的天赋还可以，也还具备了几分才气，我得意之处在于，这些年我基本上是在按照自己的意志生活，爱憎分明，并且把自己养活到了今天。

小说外话

——和牛志强对话

话题之一： 在大陆与岛屿之间

时　间：1999 年 11 月 3 日

地　点：北京天坛附近某宾馆

对话人：潘　军　牛志强

牛：从着手编你这套书时起，我就想起 80 年代初我们在合肥的相识，没想到当年的英俊少年如今也步入中年了。从作品中可以看出你对人生感悟的深化，有些沧桑感，但仍掩饰不住当年的自信（甚至有点儿狂）与进取精神。

潘：18 年过去了，真是有点感慨系之。

牛：我还是很高兴，这十几年你写了近 300 万字的东西。但这套书我主张只收你的主要的中短篇小说，按照叙事文本分为 6 卷。既要求精不求全，又要能反映出创作上的发展变化；既能吸引读者，又能为研究者提供一个较完备的资料。你是个对出书很谨慎的作家，我觉得你的中短篇更能反映你在叙事文本上的一种追求。从 80 年代后期的“先锋实验小说”到近几年的返璞归真，这段路很值得总结。从作品写作的时间看，我认为你的创作大致可分为三个时期，第一是 1982 年到 1986 年，我称之为“习作期”；第二是从 1987 年到 1992 年，属于“先锋实验期”；第三是从 1996 年到目前，是“成熟期”。这只是我个人的一种划分。但这中间出现了一个写作空白期，就是 1992 年到 1995 年，据说那时你在南方折腾生意。

潘：我是1992年春天去南方的，在海口住了近3年，后来又到郑州扎了两年，都是忙生意。我把这以后的生活称为“自我放逐”。我不想当一个职业作家，我觉得对于写作，定位在爱好上比较好。严格地说，我应该是一个写作爱好者。当然我去南方最主要的是想换个活法。

牛：“换个活法儿”是20世纪最后10年中国人的流行话语，反映出在社会转型期人们的生存状态和变革欲望，其中也不乏流俗。从文学而下海，有沉也有浮。那时你还想将来继续写作吗？

潘：我从来就没想过要放弃写作。1993年马原到海口拍《中国文学梦》，向我提问：如果让你再做一次选择，你还当作家吗？我说还当。为什么不呢？写作使我愉快，一个男人能这么长久地爱一样东西是不容易的。

牛：我同意你把这之后的生活称为“自我放逐”。现在有些人称你是文坛上的“独行客”，这个提法也不无道理。你是个独往独来的人。可能是出于自信吧，有些事处理得和其他人不一样。譬如说你辞去省作协的职务，也不再申请加入任何作协组织；不要职称，曾拒绝过获奖；不追逐文学风潮摇旗呐喊，却因为和某些作家“文学立场”不一而主动从某套丛书里退出来；在文坛也盛行包装、炒作之时却对媒体很冷淡。有时候我甚至觉得你有些孤傲。但仔细一想，你的种种选择应该有你的道理。你维护了你个人的独立人格，保持独立思考，这些对你后来的创作是起到了积极作用的。

潘：怎么说呢？徐悲鸿说过一句名言：“人不可有傲气，但不可无傲骨。”我喜欢这句话。我在20岁时就写过一个叫《徐悲鸿》的电影剧本。我去南方，原因是多方面的。当时并没有多想，只是觉得一个男人不能老待在一个地方。去南方当然就想挣钱——这也是男人的责任，就像花钱是女人的义务一样。那时，包括韩少功在内的一些朋友，都怀疑我是否还会写作。第二年的春天，我在海口办了“蓝星笔会”，请了30多位作家和几个刊物的主编，这是我为中国文学所做的一件小事。

牛：“蓝星笔会”在当时影响是很大的。

潘：其实我也是以此表明，我潘军并没有远离文学。我历来的做法是把写作与挣钱分开。我个人认为，写作是个爱好，是门手艺，也是我的看家本领，这是不能开玩笑的。但是，写作不能用以养家糊口，所以我必须要有别的办法。这样才能保证我能安静地坐在写字台前。

牛：记得叶君健先生曾经谈过，创作是门手艺。这句话很意味深长。它反映了“作家——革命家——思想家”的模式，并不以文学为唯一神圣，又强调了它的艺术性和技巧性。你能给自己如此定位，很好，朴实。而人生历练是磨炼这门手艺的砺石。你可能没有想到，南方生活会在几年后给你带来一批小说。这应该是个意外的收获吧？你看，从《海口日记》到《关系》，包括你最近的长篇《独白与手势》的第二部《蓝色》，不都是你体验的结果吗？

潘：海口那几年对我的影响是很大的。从个体生命意义上讲，那是我充分张扬的几年。无论是欢乐还是忧伤，我都觉得重要。它使我经历了一场精神的磨难。那种在海与岸之间的焦灼感对于人生无疑是有分量的。

牛：我注意到了这个。《海口日记》里那个作家，企图隐姓埋名地换个活法，以此躲避人生的烦恼与沉重，结果却事与愿违，他在那个岛屿上遭遇到了一切。我听见一些读者说过，这个“我”身上有你的影子。

潘：我收到不少读者来信，其中最多的就是问你刚才所说的话题。有位天津的读者还打听海口是否真有那艘船，如有，他就想去接着住。这是读者的好奇心，我对他们说，故事是虚构的，但我对故事的体验是真实的。我的意思是说，倘若我不在海口扎几年，我不可能写出这种感受。

牛：的确，正因为有了深切的感受和体验，这本集子里的作品才折射出特区都市的世态万象，欲水横流，虚假的真实，空虚的充实！还有一个有意思的现象，在《杀人的游戏》那几篇里，叙事风格一致，你都把“潘军”引入了。正如《朗诵南方风景》中你调侃的那样：“人物相继登场，我夹在中间跑龙套。”

潘：这只是叙事上的一种策略吧。我原想把《杀人的游戏》这几篇写成一个长篇，后来放弃了，觉得没有必要。这篇小说，我记得李洁非在一篇文章里提到过，他是从“城市小说”的角度观察的。

牛：虽然都是写南方的，但在叙事上有很大的不同。《海口日记》

的随意性很强，写得洒脱而机智，漫不经心的调侃语气下是令人窒息的沉重。《关系》强调了对话的魅力，利用对话使故事发展，这很不容易。到了《朗诵南方风景》，又似乎是后现代了。我很重视这个中篇里的一些片段，如“现在需要一段闲话”等等，看似东扯西拉随随便便的一些话语，实则在进行自己关于小说艺术创作的阐释，譬如说对直觉、偶然性的重视，对未知的不断显现的过程的追求，又譬如说营造悬念与暗示，把现实与虚构随意打通，等等。这都是很不错的“手艺”。

潘：我是有意这么干的。《朗诵南方风景》就是个即兴的东西，但仍然贯穿着某种情绪。《海口日记》发在《收获》上，责编程永新有一回对我说，这篇东西让他想起苏童的《妻妾成群》，不能从所谓的深刻层面上去要求它，但作为叙事文本它很精致。这也证明了“先锋作家”的能力——我们讲故事怎么样？

牛：我以为，近几年来你把“先锋派”与现实主义做了巧妙的结合，效果不错。不过，现在批评界还是把你看作一个“先锋作家”，对此你是怎么看的？

潘：这是批评家做学问的需要，我倒并不关心，只关心怎样把小说写得更好。从《海口日记》到最近的《独白与手势》，我自己觉得写得比较从容。这个状态应该是很好的，我时常会有一种掘井不见水但又能看见湿润的感觉。

牛：我还很喜欢你的小说中有一种忧郁的气质，这在当代文学中可以说是难能可贵的。我们在契诃夫、托尔斯泰、陀思妥耶夫斯基以及塞林格的作品中，常为其忧郁的气质所倾倒。

潘：你的评价很中肯。某种意义上，可以说我对忧郁的气质很迷恋，觉得它应该是艺术的一种很高的境界。这得益于我热爱欧美文学，也出自我的性格深处——您曾说我有点孤傲，其实刻在心灵上的是忧郁。

牛：这里面也有一个人文知识分子的时代情绪吧。

话题之二：冷叙事与个人化历史

时　间：1999 年 12 月 14 日

地　点：北京天坛附近某宾馆

对话人：潘　军　牛志强

牛：我第一次读到《我的偶像崇拜年代》是在今年的9月间，山东的《时代文学》每期给我寄。当时边看边乐，忍不住地推荐给我夫人看。我说你看看潘军的这个中篇，写得很有意思，典型的塞林格的风格。

潘：这篇小说是在三个地方写成的。先是北京，在给人文社的长篇《独白与手势》安排版式的同时，晚上闲了着急，就写了。我想可能还是《独白与手势》的调动。你知道，这部长篇的第一部《白色》，是从1967年写起，那时我10岁。应该说，《我的偶像崇拜年代》说的也是那个阶段的事吧，就是少年时期。

牛：你写得很逼真，使我不能不怀疑带有你个人经历的色彩。也算另类的"成长小说"吧。我对我夫人说，你看，潘军这小子从小就够折腾的。

潘：博尔赫斯说，一切文学都带有自传性质。在某种意义上我同意这位老人的说法。作为故事，它可能是虚构的，但作者的体验无疑很真实。《我的偶像崇拜年代》自然与我的少年记忆与成长有关。我从来不去写我不熟悉的事，即使是一些三四十年代的事，实际上我也不过是拿它当载体而已，要表达的还是我个人的体验。

牛：你刚才说这个中篇写了三个地方？

潘：对。北京刚开个头，我接到山东《时代文学》的电话，让我去济南玩玩。我知道他们主要是要稿子，就带着这个开头去了。两天后，我又回到了合肥，一口气把它写完了。

牛：但是看上去很流畅。我觉得你以这种"塞林格式"的叙事方式写的东西都有一个共同点，流畅而生动。如这一卷里面的《白色沙龙》、《纪念少女斯》，另一卷里面的《海口日记》等等。记得有一篇文章把塞林格的《麦田里的守望者》评为"将影响21世纪的经典之作"，我认为说得一点都不过分。塞林格的确对近20年来的中国文学的发展起了巨大的推动作用，比如王朔、苏童、莫言，比如你潘军，都受到了他的影响。我觉得你更为本色，可以说是颇得塞林格的真传——从他的叛逆精神对传统与神圣的消解，直到他的叙事方式：调侃与幽默，嘲弄与自嘲，不动声色与有点粗野。我把这种叙事方式称为"冷叙事"，不知可不可以？

潘：这个提法让我想到罗兰·巴特说过的“零度写作”。不过我不怎么关心这些理论问题，倒是塞林格的确是我喜欢的作家，他的那部《麦田的守望者》我至少读过五遍。还有另一个美国作家杰克·凯鲁亚克，他写了同样了不得的《在路上》。我习惯把他们放到一起，我喜欢他们那种玩世不恭的味道。

牛：从你的“玩世不恭”里，我突出地感到人生的况味，现实的批判与历史的反思。用你小说中的话说：“凡我含笑写出的章节，她都会含泪去读。”批评界现在习惯把《白色沙龙》看成你的成名作——我很欣赏这种马克·吐温式的讽刺幽默，读时常忍俊不禁。

潘：也无所谓什么成名作吧。但我很愿意把这篇小说当做我小说创作的起点，尽管这之前我发表了近30万字的小说。因为这之后，我开始自觉地认识到了小说的含义，并由此开始形成了自己的写作立场。

牛：能具体谈谈这个吗？

潘：我觉得一个小说家要远离一些东西，譬如权威意识形态的中心话语和民间的公共话语。小说应该用小说自己的声音说话。这就使你把小说理解成一门艺术，有相应的科学态度。从我十几年的写作经历看，我实际上就只在做一件事，就是在叙事空间里探寻。我越发觉得汉语言自身的潜质，觉得叙事的可能性不可限量。

牛：你打破传统的叙事格局，这实际上强调了一种“边缘化写作”。但是你是否考虑到这样一来有可能忽视作品的公共性？

潘：我不觉得这是个压力。某种意义上我的小说可能就是写给一小部分读者看的。这在先锋派的时期比较明显一些，近年来我发现读我的小说的人开始多了，说明我们这些写小说的人的担心显得多余。当然另一个原因是我的叙事风格也有所调整，但我仍坚持用自己的话语写作，探索自己的叙事文本。我有篇随笔就叫《自己的小说和需要的写作》。

牛：小说由“写什么”到“怎么写”，这其实是一场革命。也只有经过这样的革命，小说才有“文本”的价值。我印象里《白色沙龙》是发表在《北京文学》上，大概是在1987年吧？

潘：其实写作时间是一年前，我首投《人民文学》，结果压了半年还是退了。这也是我同这家刊物打的唯一交道。1986年我认为对当代中国文学很重要，我有个说法，叫“好看的时刻”——我可以明确地说，这之前的小说都没意思，这当然是我个人的观点。

牛：你想过没有，1986 年为什么重要？是什么原因使这一年显得如此重要？一些青年小说家都在这一年形成了文体上的自觉，并陆续写出了自己早期的代表作。

潘：我的理解很肤浅，就是这之前的不久，一些后来证明是对我们这些人产生重要影响的外国作家，如卡夫卡、博尔赫斯、马尔克斯以及塞林格的作品刚译介进来。让我们眼前一亮：哦，原来世界上还有这样的小说！于是我们不可避免地要受到影响，我想这应该是最真实的原因。为什么在 1983 年之前马原写不出《冈底斯的诱惑》？很简单，那时他还不知道有个阿根廷老头叫博尔赫斯。

牛：这一卷里，涉及你所说的“少年记忆”甚至是“童年记忆”比重较大。其中那两个短篇，《1962 年，我五岁》和《1967 年的日常生活》给了我很大的震撼——我惊讶的是你居然写得不动声色。我把你的这类作品（甚至包括《秋声赋》）称之为忆旧忆史之作，我特别重视这种个人化的历史（因个人化而鲜活生动丰满复杂，把历史与人生感悟结合起来，远非公共话语的历史可比），可以叫做历史民间文本吧？

潘：或者叫历史的自我文本。

牛：其实，写项羽的那篇《重瞳》也具有个人化历史的意味。

潘：张颐武曾在一篇评论里谈到《1967 年的日常生活》，大概也是说了类似的感受，他说我用一种近乎平淡的语气去说残酷，却达到了另外的效果。说实话，这就是我想要的效果，就像我也喜欢以调侃的笔墨去写忧伤，这应该是一种相反相成。电影里有一种“声画分立”，譬如科波拉的《现代启示录》，画面是美军对平民的疯狂扫射，是武装直升机的轰鸣，但背景音乐却是用高雅的歌剧唱出“这是末日”。

牛：你在叙事上是很下功夫的。如《白底黑斑蝴蝶》与《情感生活的短暂真空时期》，结构独特而富有张力，它是典型的后现代文本，却又蕴涵了丰富的人生意味。我还想提一下另一个短篇——也是这套书中最短的小说，只有 3000 多字和一个十分动人的名字《小姨在天上放羊》。我不知别人怎么看，我个人比较偏爱这一篇。它通过一个孩子的视角与独白，写出了人生的至爱情怀。这么短的篇幅能做到这一点实属不易。

潘：这篇小说来源于一个真实的事件，我的一个同学的妹妹去世了，刚读完大学，她很悲痛，时常在梦中与妹妹相见，有一天她告诉我，说她梦见妹妹在天上放羊。我立刻就被这句话打动了，小说发在《山花》上，后来聂鑫森在给何锐的信中对它大加赞扬，说我的文字有一种控制力，控制得恰到好处。我还有一位从事文学研究的朋友，她说这是我迄今写得最好的作品。

牛：短篇小说要写好它很不容易。你刚才提到“控制力”，我认为这是一个很值得研究的问题。从我做编辑还有写评论的经验看，许多作家都在这个问题上表现得不尽人意。譬如一篇东西一涉及动情就写得一发不可收了。这就容易使作品的格调变得非常庸俗。在控制力上实际上能看出一个作家的成熟程度。

潘：我认为短篇小说是个专有名词。写得短不是因为写的内容少而是只能这样来写。这有点像中国画里的小品，要求的是寥寥几笔，尽得风神，这不等于是缩小的国画长卷，当然放大了也不是巨制。于有限的篇幅里出大境界，这应该是短篇小说的目标。

话题之三：城市状态

时　间：1999 年 12 月 14 日

地　点：北京天坛附近某宾馆

对话人：潘　军　牛志强

牛：这一卷里所收的 3 个中篇和 6 个短篇都是写都市的。你写了不少关于城市的小说，有的归到“南方”去了，比如《海口日记》和《关系》。就阅读而言，这一辑我读起来很轻松。这倒不是因为我在北京住了几十年，而是因这一辑的叙事方式所致。譬如说《对门·对面》和《AB故事》，故事本身就有很大的魅力（多角婚恋、案件侦破、酒吧、毒品……挺时尚的嘛），但你那种冷静的既不动声色又不放过细微感觉的叙述，耐人寻味。再譬如《三月一日》，本来是个荒诞的故事，你却写得煞有介事的，并且有一股忧伤贯穿始终，读后使我感到沉重。我发现你捕捉城市有你独到的功夫，感觉不俗。作品写的都是些小事，但给人的印象很大气。

潘：去年我在北京遇见徐坤，见面她就说很喜欢《对门·对面》那种感觉。写这个中篇时我就在北京，住在南礼士路的核工业部招待所。脱稿那天是我40岁的生日，而我的对门和对面全是既陌生又冷漠的面孔。

牛：其实，"对门"和"对面"不妨理解为城市生存空间的符号，一种城市人际关系的概括，它造成隔膜，形成掩饰，也成为相互的观照。人们不管是出于消除冷漠的愿望，还是出于利益驱动的欲望，一旦走进"对门"，面对面了，就会生发出许许多多的ABCD"故事"。善与恶的错综交织与转化造成当代都市的光怪陆离，也使都市人的心理与命运充满变数难以捉摸。然而内心深处人性中正面的因素——比如爱、美、真、善也还存在，在以独特的方式升华自身改造环境。这次读到李洁非的评论，我觉得看法很一致。他说其他"新生代"写城市的作品和你的一比，就显得外在而空洞。他说你已经走到了城市人的灵魂深处，没有第二个人可以重复你。我以为这几个中篇，写出了当下中国都市的生存与状态。

潘：我关心的正是这个，城市的状态。我写城市，关注的是人心和人性。我觉得中国当代都市把人心人性的方方面面暴露得淋漓尽致，但作为叙事，需要在写作中保持冷静。我不希望我讲的故事引人入境，而是希望读者也同样给予冷静的阅读与思考。

牛：从新时期文学发展看，主要的成就倒是在一些农村题材上，写城市的力作很少。这一度让我很困惑，弄不清是什么原因造成的。是城市里找不到感觉还是作家们难以驾驭城市，或者是传统文化的惯性在起作用？

潘：你讲的三条都有。城市就是很枯燥乏味，如果你是一个画家，你肯定是不愿在城里写生的，你会去跑荒野钻山沟。我一直很留意城市。我的视点不在所谓的信息量上，也不太关心时尚。我感兴趣的是城市人的状态。有一次我和张艺谋谈到《有话好好说》，我说城市与电脑呀歌厅呀什么的实际上没有多大的关系，那些充其量不过只是一种标签而已。重要的还是城市人的状态。我举了一个例子，说知青插队那会儿，你只要到村里一转悠，一眼就能看出谁是知青，无论他穿什么破衣。很简单，他们的状态摆在那儿。所以贾平凹的《废都》一出来，大家就觉得他笔下的人物怎么看都不是大都市的，倒像是县城文化馆里的。问题就出在他没有把握住城市人的状态。而阿城的《棋王》，无论你从哪个角度看，都是城市人，尽管他们都是持有农村户口的。

牛：如果就题材划分，在你的小说创作中城市题材占的比重很大，包括早期先锋实验小说。你都把故事发生的背景与环境放在城市，这让我多少有些意外。因为从你的经历看，你似乎对农村的事情应该更有兴趣。

潘：我喜欢写城市。城市和人的关系其实很复杂，城市越发使人变得像一台机器。譬如一切的流行都是从最发达的城市开始的，这其实表明城市人本质的空虚——因为只有空虚才会去迎合时尚，才会产生对物质的崇拜。在今天这样资讯爆炸的时代，城市人行走在异化的边缘，他们的个性濒于崩溃，然而他们又都一样自以为是。再就是人与人之间的关系，因为都是聪明人，才变得那么紧张。

牛：这从《三月一日》里可以看得出来。但这篇小说我读过之后有些沉重和忧伤，使我险些动摇了对人的信念——难道在城市一切都显得那么虚伪而狡诈？你使用了荒诞的手法，一个因意外事故丧失右眼的人却能用这只眼窥测别人的梦境，而他本人从此不能做梦。一个人连梦想的权利都失去了，这是极端残酷的事，而你居然写得不动声色。这个感觉，我以前在加缪的《局外人》里见到过。

潘：《三月一日》里面就写到了加缪。我已说过，存在主义哲学在我们这一代作家身上留下过很深的痕迹。至于你说的荒诞手法，我觉得这是个让我比较得意的处理。这种违背生活常规的设计能给我很大的想象空间。

牛：但是和你的那些实验小说相比，虽然都是荒诞，现在的与过去的还是有很大的差别。那时你过于把这种感觉强调到了极端，给人以阅读的冲击，现在则舒缓得多也自然得多了。我想这种转变还不完全是叙事上的，更多的是你对生活的认识与把握。

潘：是这么回事。

牛：我觉得《对门·对面》、《AB 故事》等小说都非常富有戏剧性，不用费很大力气摊上个好导演（你自己不是也当导演吗?），搞成影视来一定好看。这说明你近年来的创作重视可读性了，比起前期的先锋实验小说有了很大变化。但是，真正作为文学的小说文本并不崇尚戏剧性。然而，如果戏剧性真正建立在生活真实与心理真实的基础上，并非作者编造，而是从社会生态与时间流程中去提炼，也会增加小说文本的艺术魅力。我甚至想，你如果把先锋派的东西与生活化、戏剧性的东西交融起来，且又具有社会历史的人生的深度，将会对当代文学有更好的贡献。

潘：这是个新的高度，我想我会尽力去做自己的事的，事实上我似乎也在这么做着。

牛：这一辑里所收的几个短篇也是很精彩的。就我个人的口味，我喜欢《和陌生人喝酒》、《寻找子谦先生》、《抛弃》和《对话》。它们的写法各有不同，但共同的一点是正如你所说的那种城市人的状态特别有意思。《和陌生人喝酒》故事发展得错落有致，却在很小篇幅里写出了一种人生的况味。在《寻找子谦先生》里，故事与故事的意味形成了悖反，寻找的过程莫名其妙地就成了勾引的过程。《抛弃》写到中年男人的离婚，把人的心理刻画得惟妙惟肖，结果却使人大出意外。《对话》通篇就以对话的形式写了两性之间的沟通。

潘：我觉得短篇小说最能见一个作家的功力，因为受到的限制太多了。

牛：在另外几卷里，有几个短篇我也很欣赏，譬如《溪上桥》，无论是语言还是叙事，都称得上是个短篇的精品。它向我们展现了两种人生状态，既含蓄又淋漓尽致，这很不容易。

潘：我对那个短篇也很满意。尤其是那个结尾，一个老人总是梦见那座桥突然断了，总是摆脱不了这个梦魇的纠缠，而另一个老人则从来没梦见过。

牛：说到结尾，我刚才提到的那几个短篇好像在结尾时都有一种"欧·亨利"的味道。尤其是《抛弃》最为典型。但这又不是戏剧性的，仔细回头一看，觉得都在情理之中。

潘：有种种的暗示。暗示在短篇小说里很重要。

牛：像以上我说的那些短篇，内在的张力都很大。《和陌生人喝酒》以纸片作为道具，其象征性使我不能不想到当代人情感上的脆弱和婚姻的不堪一击。《寻找子谦先生》出人意外地使故事颠覆。《抛弃》把男人和女人对待婚姻的解体写得入木三分。这些都是值得回味的，好像其中有了块酵母，把有限的故事空间拓展了。

潘：我对短篇的兴趣正在这里。还是那句话，于有限中企及无限，是我追求的境界。

话题之四：实验见证

时　间：1999 年 12 月 21 日

地　点：北京牛志强寓所

对话人：潘　军　牛志强

牛：我同意你关于 1986 年对当代中国文学意义重大的说法，你用了一个机智的说法，叫“好看的时刻”。我倒觉得应该是“自觉的时刻”——许多作家对叙事文本已经有了自觉的认识。可以说，中国文学开始挣脱社会化（或者政治化）的范式，走向作家的创作主体与文学的艺术本质，换句话说，文学不仅需要生活，而且更需要作家的智慧，从而在形式与内容上出现了多元化的态势。这无疑是一个很大的进步。

潘：我们说的是一件事的两个方面。你说的是因，我说的是果。没有对叙事的自觉，何以谈好看？

牛：从写作时间看，《省略》是你最早的一篇“实验小说”。这之后才是《南方的情绪》和《流动的沙滩》。说实在的，对《省略》这类作品而言，与其解构其内容，不如关注作家在创作中提出的或显现出的文学观念与创作方法的变革。比如说，你在作品中提出：是给别人写小说，还是给自己写小说？这就是个很有意思的问题，犹如是为别人活着还是为自己活着。可以看出你当时对文学实验的痴迷的激情，但也正因为如此，这些先锋实验作品似乎带有“着力为之”的印记，读起来有点儿累，不如后来的小说那么自然轻松。

潘：《省略》最初投给《收获》，被责编程永新退了，他指出这篇小说的一些不足，并约我再写一篇，参加“先锋小说”专号。这样，我就把《省略》给了《作家》的宗仁发，又给《收获》写了《南方的情绪》。不久，这两篇东西都发出来了，倒是引起了一些关注。像吴亮、陈晓明、季红真等批评家都是那个时候开始留意我的，这就使我不可避免地被划入了“先锋”阵营。其实划分是批评家们做学问的需要，我没怎么多想。但是那个阶段我的确很兴奋，觉得自己开始找到了写小说的方法。现在回头看，这几篇东西还是有不少刻意的痕迹，到了写《流动的沙滩》才慢慢自然起来。

牛：我的判断可能与别人有所不同，我最大的感觉是发现你这批“实验小说”并非只是在形式上的一种探索，实际上你还是在写人类一些共同的问题，譬如处境、异化、宿命、恐惧感、抗争、逃遁以及对前途的困惑与茫然。我尤其对小说里的某些超现实的东西感兴趣。在中国小说处于现代派、先锋派冲动的时期，我曾说过从接受美学的角度看，作家写小说既是给自己，也是给别人；既要重形式，又不能剥离内容。应该是自己写给别人看。我们的看法是否有点不谋而合？

潘：我从来就没有对形式一味地追求。虽然我们强调“怎么写”，但也不意味着不需要“写什么”。即使是形而上的层面，也还是如此。你刚才所说的那些主题一直就是我所关心的。我只是想尽量写得好一些。当然，这里面有一个对主题的理解与处理的问题。传统的小说主题思考都无一例外的鲜明和单一，我反对这个。我认为小说的主题应该是发散式的，是多元的，甚至是不确定的。至于超现实的色彩，这个是我一直喜欢的。最近写的《重瞳》，本身就是个超现实的文本。我想这也许与我喜欢达利的绘画有点关系。

牛：如果把超现实理解成一种手法，那么我认为这种手法你在许多作品里或多或少地使用过。当然最早的呈现还是在这几篇作品里。还有一点让我注意，就是在你的一些小说中，经常出现一些“空白”，似乎有意把一些头绪切断。我看过你的一篇创作谈叫《小说者言》，其中有个见解很不错也很生动。你说好的小说作家只能写出它的一半，另一半由读者来写。这种关系如同茶叶和水，作家提供的是茶叶，读者提供水，二者合作才是一杯茶。你说的是读者阅读的参与，把它理解成一种合作关系。你不但给读者留有自由想象空间，而且不一定去规范读者的想象轨迹，这样的小说就成了作家创作——读者阅读——再创作的复合过程，从而使其艺术魅力大增。我是欣赏这种创作方法的。

潘：我是这样考虑的，我不希望我的小说一览无余。前些日子我回母校安徽大学开讲座，学生们也有类似的提问，他们说对你的一些作品，我们大家的理解很不一致。我说，这就对了，我要的就是这种不一致。我认为小说家最好不要去解释世界，描绘它就可以了。小说家的责任是对这个世界有所发现、有所思考，但最好不要去做自以为是的解释。

牛：《流动的沙滩》开篇第一节就是“说明·新小说”，你这种观念是否是受“新小说”的影响？陈晓明说，《南方的情绪》改写了新时期文学“大写的人”的历史，而且还开启了一条类似罗布-格里耶写《橡皮》的那种路子。

潘：其实在《南方的情绪》这样的小说里，所谓人的概念已经相当模糊。人开始走向符号化，不过是借以表现某种观念的一个载体。但我与法国的“新小说”还不一样。罗布-格里耶强调的是一种物化的形式，一种绝对的静态描写，这个我不赞成。起码首先这里还存在着一个主观的选择，为什么是这些东西进入了小说而不是那些？其实罗布-格里耶也不是按他自己的宣言去做的，他的小说充满了设计。

牛：最近我看了吴义勤的《中国当代新潮小说论》，他在谈到“元小说”时，说你对这种技巧是情有独钟，以致发掘到了令人叹为观止的地步。这个印象我在读《南方的情绪》和《流动的沙滩》时都很深刻。你实际上在构思阶段就考虑了“元小说”的因素，把写作这篇小说的过程与情节的发展融为一体，这很别致。

潘：我不喜欢乱搞些噱头，还是要按小说自身的逻辑走的，游离不好，硬贴就更糟糕了。但那个时期的小说都或多或少有一些刻意制造的痕迹。

牛：一种文学观念形成之初，总是要把某些问题绝对化的。80年代末期的先锋实验小说是个极有趣的现象，它在某种程度上改写了当代文学发展的趋势，这是功不可没的。但是几年后，当年的这些先锋作家都不约而同地掉头了，回归到了现实。这其中当然也包括你。我觉得你在《流动的沙滩》里说的一句话“一个小说家是不能打着理论的旗子行走的”，显示了一种较为清醒的态度。这种清醒与冷静很重要。决定作品成败与成色的，并不是某种行时的理论，更不是所谓文化消费市场的商业性炒作（如90年代以来的令人应接不暇的文学流派），而是取决于作家的良知和艺术的自觉。

潘：我不大同意“回归”一说，就像当初我也没觉得我怎么“先锋”了。早先的那批实验作品的形成，原因是多方面的。譬如说那个时期对博尔赫斯和卡夫卡的痴迷，譬如对存在主义哲学的喜好，譬如对传统小说模式的厌倦。就我个人而言，最为突出的就是想如何更好地去表现内心世界与客观世界的关系。再就是喜欢那几个作家的独到的叙事方式。《流动的沙滩》应该是比较典型的例子，我就是以这种习作的方式去向博尔赫斯致敬。我喜欢他不俗的随想和充满智慧的东扯西拉。这其实与王央乐先生的译笔有关。我曾经和马原讨论过这个问题，我们的观点是比较一致的。换句话说，如果最初的博尔赫斯不是王央乐译的，我或许就不看了。我在大学里喜欢《包法利夫人》，就是与李健吾先生的译笔有直接关系。我至今还是喜欢他那个译本。但是，模仿只是在形式上，我最终要表达的还是自己的内心。至于你所讲的“回归”，我觉得是在于我后来写了一些故事相对完整的东西，这给阅读带来了一些方便，使我的小说的读者群得到了扩大。所以，这几年一些选刊喜欢转载我的东西了，量还不小，我本人倒觉得我的追求还是一贯的。

牛：你曾在作品中写道：“我的全部努力同样是追求真实。一种奇异的真实，但它的本质相当朴素。”这种追求的一贯性很重要，当然，不排斥某些阶段的独特性或实验性，我换个角度说吧，如果在10年前你没有这种对叙事文本的执著，我想你今天的小说肯定是另一个样子。

潘：这是无疑的。实验阶段带有很大程度上的强制性，是一种训练，抽掉这个环节肯定不是一回事。所以我前些日子为花城出版社编《潘军实验作品集》时，还在后记里专门强调了这种态度——无论今天人们对“先锋小说”持何种态度，我对自己10年前的所作所为都一样地充满激情。那是一段值得怀念的好时光。

话题之五：第一人称

时　间：2000年1月21日
地　点：合肥——北京长途电话
对话人：潘　军　牛志强

牛：我在读你这长达90万字的中短篇时，有个突出的印象，就是你特别喜欢用第一人称叙事。但我确实没有想到，居然用第一人称来写两千多年前的楚霸王项羽。“我讲的当然是我自己的故事。我叫项羽，这个名字怎么看都像个诗人”。开篇一句话，立刻就把我阅读的欲望给调动起来了。我是一口气把这部4万字的《重瞳》读完的，读后的感觉用北京人的时髦语汇说：爽！

潘：我写得也很爽。这篇东西5年前我就想写了，我在广州时曾经对田瑛说，我准备写项羽，用第一人称来写。田瑛说好，还说这种东西只有你写合适。

牛：他所说的合适，是不是指你的气质？我读过鲁枢元给你的长篇《风》写的评论，他就说过你身上有股塞上军旅的霸气。

潘：大概就是这个意思吧。1994年我在海口鲁枢元家里，那是我们第一次见面，他是这么说过的。第二年我到了郑州，闲下来就想写，开始是想写个长篇，连开了三个头都觉得不是那回事，不满意，就搁下了。这可能与那个时期我的心境有关，我被一些杂事纠缠，日子过得十分狼狈。直到去年的8月，我写完《独白与手势》的第二部《蓝色》，总觉得一口气没完，但接着写第三部《红色》又缺乏必要的准备，就又把司马迁的《史记·项羽本纪》拿出来读了一遍，然后就信笔写了起来，很顺手，可以说是一挥而就、一气呵成。

牛：这篇小说之所以产生这么大的震撼，我想除了你对历史事件本身做了另一种解读之外，很大程度上还依赖于你这种第一人称的并且用现代话语的叙事。这还不仅仅是个艺术感染力的问题，它使小说在文本上获得了极大的成功。就我个人来看，《重瞳》称得上当代文学史上的难得佳作。

潘：我也听到一些朋友的建议，说如果改用那种文言夹白的叙述，是否会和谐一些。我说这不成，这样就不是我所要的那种效果了。我觉得这中间不存在什么和谐，或者说是另一种的和谐。我使用第一人称来写项羽，本身就是违背常规的，何必要文言夹白呢？

牛：我觉得现在这个写法很好，令人耳目一新。更重要的是这种叙事形式下面的深刻内容：对传统史学观的批判性思考，从人性的角度剖析政治、权力、战争，揭示其悲剧的人性深度。这个第一人称的使用，让我感到项羽不是个两千年前的古人，而是我们中间的某个人。现代人、现代政治家都可以从你笔下的这个项羽形象中映照自我。或者说你与项羽融为一体了，他不过是你的代言人。

潘：或者说，项羽的亡灵是现代的。我的语气与视角都是回叙，是项羽的亡灵的自言自语。而且我还有意造成这个亡灵是存在的，譬如说，“时间虽然过去了两千多年，可我经历的那些事儿却在眼前停滞着，挥之不去”。像这样的句子，是我有意干的。

牛：故事新编在现当代文学史上并不少见，共同点是都在寻找新的解读。但是，你这篇《重瞳》解读的方式与以前的方式不同，你完全依赖于前人提供的史实，没有去杜撰另外的事实。然而又在原有的史实上做出了新的解释。这种对历史人物的现代解读，颇有些冷幽默的味道。它好就好在不是在“新编”，而是在“新解”——从人物的人性深层与心理深层去解剖现有的历史真实事件过程和细节。

潘：我实际上是在寻找新的可能性。譬如我对“鸿门宴”的处理，对项羽不称王统一天下而采取分封制的心理动因的揭示，在我看来我找出的这种可能性不是不可能的。当然，我之所以要用“重瞳”命名这篇小说，还有写作中的考虑，我无法放弃一种超现实的感觉。

牛：《小说选刊》在转载这个中篇时，所加的按语中有这样的评价：“见解新鲜，想象丰富，语藏机锋，颇可玩味。”看这篇小说，我想很少有读者会使用纯粹历史的眼光的。读者应该不会指责你写得不真实。如果哪个大导演洞悉了《重瞳》的深刻真实性，或许能拍出一部胜过以往任何历史题材的“大片”来！

潘：我以为我写得非常地真实。什么是真实？是客观的真实还是主观的真实，物理的真实还是心理的真实？我觉得小说家的真实就是主观的真实和心理的真实。小说家不应该仅去描摹世界，更需要表达自己对这个世界的态度，也就是表达自己眼中和心中的世界形象本质意义。

牛：这一卷中有一个很好的中篇，就是《秋声赋》。正如你开宗明义地指出，你袭用了欧阳修那篇美文的名字，却在写一个苦难的故事。在 3 万字的篇幅里，你写了一个人几十年的忍辱负重，看后让我陡生沉重，感到压抑。阴郁与神秘的气氛，阴晦和潮湿的基调，中间点染出一团黑红色——那是人性的悲剧。而且我注意到，你说这个故事与你以往的不同，在故事的开始你就瞭望到了它的结局。就是说，这是一篇精心策划的小说，不像以前有些作品那样过于凭借即兴、直觉、随意性。

潘：这个故事最大的特点是它有生活原型，故事中的人物大致都是真的。故事的情节也差不多是真的。我最大的劳动是设计了那些细节，譬如说“箫”、“烛签”、“纸”等等。我实际上是截取了这个男人一生中的几个片段来表现的，所以用了年份来做小标题，我觉得这样对叙述有利。

牛：这不单单是个叙事形式问题。编年叙事使小说具有一种抒情史诗的意味，从人物命运中折射出中国农村几十年的变迁与中国农民在精神上的基于传统文化的羁绊。那种虚假的伦理、伪善的道德与真实的人性之间的冲突，真是具有震撼力。不知怎么，我读着读着就想，如果李雪健来出演旺这个角色，一定能获得极大的成功。我们又会看到一部上乘的电影了。

潘：李雪健还真是和我谈过，说他就是想演父亲和农民。您倒真有点批评家的敏锐。但这个小说我想我不会卖，我得留着给自己将来拍。我有不少小说都留在手上。中国的导演能给我信任的还真是屈指可数。

牛：其实，《秋声赋》是个长篇的材料。

潘：但我的叙事意识确定它是个中篇。“叙事意识”是我生造的一个概念。我的意思是说长篇、中篇以及短篇，不应该是字数篇幅的划分，而是个意识问题。我在小说写出第一个自然段之后，就能作出这种判断。或者说，我先确定了是什么，再按这种意识去写作。显然它们是不一样的，各有各的写法。我有的中篇写得很短，也就 2 万字多点，但它的叙事意识就是属于中篇形式的，不是稍加压缩就会变成短篇的。同样，一部中篇也不是多撑上一点就成了长篇了。《秋声赋》如果写成长篇，那么我也许就不会采用第一人称的写法了，那就是另一个东西了。

牛：你似乎很偏爱以第一人称叙事。

潘：第一人称的叙事很灵活，有可塑性，但缺点是容易造成感觉上的疲乏。

牛：《秋声赋》中的“我”似乎是个旁观者。我想这或许只是一种叙事上的策略吧？我注意到叙事者的存在，叙事者与叙事过程的关系，似乎作家有意强调创作过程中的主观感受与理性因素，以破除小说中的“生活幻觉”，让读者冷静地去分析评判。这有点像在莎士比亚的戏剧冲突中嵌入了布莱希特式的“间离效果”。

潘：主要是这个意思。当然也还有另外的考虑，就是这样一来会给读者一种朴素的真实感，同时我也写了故事中旺那一家与“我们家”的历史关系。这可看作背景的一笔颜色。

牛：从《墨子巷》到《秋声赋》，时间跨度长达 13 年。即使是现在，我看《墨子巷》这个中篇感觉上还觉得很和谐，不像当年是个二十几岁的小伙子写的。而且我注意到，你对人的处境的关心一直贯穿始终。

潘：《墨子巷》是我发表在《花城》上的第一篇作品，是自然来稿，责编是范若丁。1993 年我们见面时，他回忆说，当初收到这个中篇时，他以为作者是个小老头。前几天遇见唐先田，他说起《墨子巷》，认为从这篇作品可以看出一个小说家起步阶段必备的几点素质，即对生活的观察角度、语言叙述能力、写实的基础。他还说，与那个时期的作品相比，有一个特点不可忽视，就是我没有去写一些改革的事，倒是写了一些不为人重视的事。这就使我的小说没有不幸地进入“时文”行列，而介入到了艺术之中。现在看来，中外文学史上凡是属于“时文”的小说或者别的东西，一般都是过眼烟云。所以我一直强调，小说是一种艺术，而不是宣传品。从这个意义上讲，小说家是艺术家，他所使用的材料是语言，他的能力是叙事。

牛：在这一卷里，我还很欣赏《溪上桥》这个短篇。它使用了中国画式的“简笔画法”，以简练而传神的语言，精当的细节刻画，于抒情叙事中冷静地透露出人生的感悟。这就像一个出色的画家，离开基础的素描和色彩，是无法去走他的下一步的。犹如毕加索的后期现代派的立体主义，离不开早期素描的坚实功底。所以我倒觉得，一个作家最容易掌握的同时也恰恰是最难掌握的，就是第一人称的叙事。

潘：我同意。

话题之六：历史的意味

时　间：2000 年 2 月 8 日

地　点：安庆——北京长途电话

对话人：牛志强　潘　军

牛：80 年代的“先锋”作家有一个共同的喜好，就是爱拿历史来做文章。其实对于发生在三四十年代的事，你们拥有的不过是间接的知识或经验。但特别有趣的是，你们写得都一样煞有介事，而且写得很精彩，仿佛亲历体验过似的。我的一位同事就惊叹苏童的《妻妾成群》。如果他看到你的这类作品，我想也会有同感。这一卷里的 4 个中篇：《蓝堡》、《夏季传说》、《结束的地方》和《桃花流水》，写的都是距离今天半个多世纪的故事，都有传奇色彩，都有宿命的神秘感，我读的时候觉得像是连看了 4 部电影——气息逼真，很好看。

潘：《蓝堡》写于 1989 年底，是投给《收获》的。据程永新后来说，编辑部对它的评价很不错。但限于当时的某种原因，这个小说暂时不能发，就退回来叫我等待，听候通知。不久，《作家》的宗仁发来信约稿，而我手头又没有别的货色，就把《蓝堡》寄了去，后来发在 1991 年的 6 月号上。写完到发表经历了一年半的时间。等写《夏季传说》已是 1993 年了，那时我已到了海口。在这两个中篇之后是一个长篇，就是《风》。

牛：《风》也是写历史的，也具有神秘意味。

潘：《风》原想加个副题，就叫“历史的暧昧”。

牛：说明那个时期你一直在钻历史。为什么做这种选择，是想对现实作无奈的逃遁吗？

潘：我想与当时个人的心境有关吧。我那时几乎不想再写什么了，发疯似的打麻将。但又很难抑制住写作的欲望，就挑了这么条路。等走进去之后，才忽然觉得很宽畅。我不知道我的一些朋友是怎么看的，我拿历史做文章，就是选择一个恰当的载体。我要表达的还是一些观念上的东西，譬如你刚才提到的宿命和神秘感。像这种东西一直是我所醉心痴迷的。写这种小说自由度很大，可以信手写来。但是，就我本人的经验看，这种小说在结构上又受到很大的局限。

牛：这不是很矛盾吗。

潘：对，就是矛盾。一方面我可以自由发挥，而另一方面我又不满足只写出一个历史传奇故事来。我需要寻找故事之外的故事空间——这个空间比故事内的空间要大得多，可以有多种的解读。于是结构上的严谨与叙事上的空白构成了矛盾。譬如说《蓝堡》，那个神秘的老人是谁，那个孩子是否真的淹死了，摄影师又是谁，余家的故事与摄影师的身世有否联系，如此等等，一切在小说里都显得那么暧昧。

牛：这种叙事上的空白看来是你有意造成的。

潘：是的，我需要这样。这不仅是叙事上的策略，在我看来，它的作用还在于使故事的主题走向得到改变，由单一而明确向一种多元的、不确定的方向改变，我称之为故事的弹性。这与传统现实主义完全不同。

牛：但是整体的气氛又十分和谐。或者说是在整体的气氛里求得变化。

潘：“空白”实际上意味着更加丰富。我刚才说了，这种小说在写法上对自己是既自由又约束。除了有意留出空白，对故事的设计是需要花心思的。譬如《桃花流水》，开篇就写一宗谋杀旧案，但是一发展就奔另一个爱情故事去了，二者看上去似乎一点关系没有，可是最后却出人意料地给打通了——后一个故事解开了前一个故事之谜。这种设计很让我醉心，值得玩味。这样一来，这个故事就获得了较大的空间，它不是一个简单的复仇故事，也不是个爱情传奇，它出现了更深的意味。

牛：我品出了这种“更深的意味”，我很重视它。从当代文学的发展看，过去很长时间里，历史进入文学不是图解（而且口径一致）就是曲解（某种古为今用），要不就是一知半解（服从某种需要而进行的单向度反思），历史和现实一样，被充分政治化和教科书化了，官方意识形态话语成了描述历史的唯一方式。这样的所谓历史作品自然乏味。而自80年代末期以来，一些先锋作家，包括你潘军，突破了过去的模式和禁忌，通过小说对历史进行了非政治化非意识形态化的表现，把历史首先当作人的历史，而非仅仅是国家、民族、政党、阶级的历史来解读，使小说中的历史个人化、个性化、人性化、心灵化了，从而逐渐深化到历史的更深入也更细腻的层面。这样一来，历史变得立体化网络化了，复杂而千姿百态，甚至恍惚、神秘，充满宿命的意味。其实，从某种意义上来说，这才是超于真实的历史感。难道我们从无奈的当下，不能感觉到历史的宿命吗？

潘：宿命是显而易见的。肯定不仅是这个。那个年轻的女画家实际上的“计划”是替父亲复仇，但她完全没料到帮她完成这一使命的竟是爱情。这带有极大的反讽，有人生的无奈与存在的荒谬。这种感觉在

《结束的地方》里也能发现：长达半个多世纪的恩怨最后却是一场误会，成了历史的玩笑。

牛：这就是人的命运的不可知造成了历史的残酷性，神秘感和暧昧感皆从此出。你通过精巧的构思，富于张力的结构和不动声色的叙事方式，把这个表现得很充分。这还不完全是艺术技巧的问题，我以为它还体现了一个作家的历史责任感和社会良知。多亏中国还有这样的小说，否则全成了“戏说”、“武侠”和什么“青春无悔”式的或“正说帝业”式的电影电视剧一统天下了，岂不太可悲了？就拿《结束的地方》来说，这最后一笔完全出乎我的意料之外，它的存在使整个文本和阅读都颠覆了。这是神奇的一笔，这是多么残酷的真实！简直就是“历史”的嘲弄！我发现你在编排这些历史故事时，总是把你所描绘的事件置入一种暧昧的状态。《夏季传说》中这种感觉最典型。是谁杀了那个无用的书生？是日本人还是他的兄弟？或者就是那位摔药罐的外乡男人？都有可能，都有迹象，各有各的杀人理由，而你却不作一个肯定性的解答。

潘：我的解答是多余的，我觉得这样最好。上次我和黄建新导演谈到《和陌生人喝酒》的改编，我告诉他，现在小说所提供的故事只有一半，还有另一半在故事之外，譬如那张音乐会的票，究竟是谁送的，小说同样没有回答，但潜伏着多种可能性。如果把它拍成电影，那么就需要展开了，至少小说中的三个人都有可能去做这件事，每个人的动机又都不一样，要是这样来改，就有点黑泽明的《罗生门》的味道了。

牛：一种故事的多种视角多种说法？

潘：对。我对生活中的那种暧昧状态一直感兴趣。

牛：或者说，你习惯以一种怀疑的眼光去看待历史。我很欣赏《蓝堡》中的一段话：“我愿意用怀疑的眼光去打量一切。我所付出的努力仍然是不屈不挠地追求真实——你怀疑的一切都有可能更加真实。”这很值得创作者和读者思索。我曾经在《中国文学年鉴》里看到陈晓明评《风》的文章，他指出，《风》实际上是企图怀疑一部巨大的历史神话。

潘：我之所以把那部长篇命名为《风》，就因为在我看来，历史的形态与风的形态太相似了，来无影去无踪，每个人都能感受到，但却不能去把握。或者说每个人都能按照自己的意志去把握。就拿最近的《重瞳》来说，尽管我对司马迁的文本进行了另一种解读，但是这是历史事件本身提供的可能性，譬如“鸿门宴”中关于项伯与项庄对舞剑器和范增三示玉玦的理解，这种可能性不是没有的。而且我自以为在逻辑上都不失为一说。

牛：有的读者认为，你的这些作品不能算作历史小说，与他们以往的阅读经验迥异。

潘：我不喜欢“历史小说”这个提法，我也不认为我写了多少历史小说。我已经说过，我不过是在寻找一个恰当的叙事载体，来写人、人性、人的命运，以及这个世界的存在和虚无。当然，对像《重瞳》这样的小说，首先还得面对现存的典籍，然后才好天马行空。

牛：我同意你的观点。无论是作家还是读者，都应该不囿于以往的经验和传统的模式。这样艺术才能创新发展。我还注意到在你这类历史题材的小说中，那种具有诗意的意象化色彩与情调的叙事语言，很优雅，所表现出来的苍凉忧伤情绪十分迷人。是否可以说，你是有意识地用美文和接近美文的文体来写的，以构成一种反差或者有利于叙事的距离感?

潘：有这个考虑。不过，这种美文意味的话语也有可能滑向矫饰。我写东西是根据自己要表现的对象去选择语言的，就像为自己的脚去找一双舒服的鞋子。这里面的学问很大。我觉得从对语言的驾驭能力能看出一个小说家的功力，这应该是看家的本领。汪曾祺说，写小说就是语言，这话是有些道理的。无论是写作中的状态还是叙事的策略，小说家的兴奋首先是建立在句子上。我现在读小说，只要第一自然段读得不对劲，就不会再读了。

牛：作家应该具有文体的自觉，也应该追求文本的丰富性，从而提高文本的价值。这有点像演员，本色的只能演一种类型的角色，而表现派的演员却能塑造多种的角色。还有，你的作品里颇有一些电影的结构方式，叙事中也不乏电影式的细节、镜头感、画面感、色彩感，这很好，是否与你喜欢绘画、戏剧、电影以及当过导演有关?

潘：艺术都是触类旁通相互交融的。

牛：我希望将来你的有些作品，如《桃花流水》、《结束的地方》、《秋声赋》甚至《九十年代的获奖作品》等等，都能被有才华的导演搬上银幕，那或许能够成为中国电影的精品。

潘：但是，第一流的小说永远只会停留在纸面上供人阅读。

视觉叙事的魅力

——关于《独白与手势》的对话

时　间：1999 年 12 月 21—23 日

地　点：合肥九狮苑宾馆 305 室

对话人：潘　军　林　舟

林：我看到宗仁发在谈你的一篇文章中提到，你曾打算写一个《南方之南——一百个人的独白与手势》，这是不是《独白与手势》的最早的影子？

潘：宗仁发提到的并不是一篇小说的名字，而是一部电视专题片的名字，我去海南时就带了这么一个计划，想如果有一家公司愿意投资，我就拍一部一百个来海南岛折腾的形形色色的人——用实录的手法把他们的生活状况记录下来。但最初想到写这部小说是在 1993 年夏天，我记得当时《收获》的程永新到了海口，有一天我俩散步时我对他说，我一直想写一部小说，把图画当作叙事的一部分放置进去。我说我还没有见到这样的小说，尽管这可能是一次叙事上的冒险，但肯定很有趣。不过说过也就过去了。直到 1997 年春天我重返海口拍《大陆人》，有一天晚上我开着车子在当年生活过的地方瞎转，突然感觉到了那种故地重游的触动，旧时的痕迹除了那种亲切感以外，又一次唤醒了想写这本书的欲望。当晚我回到酒店，拿钢笔画了许多的草图。而且我的记忆完全走出了这个岛屿的局限，一直走到 30 年前，我故乡的一条巷子里。我似乎意识到了，这应该是我这个故事开始的路。那时我就决定，等这部片子拍完后，就开始写这本书了。但当时想写什么东西我脑子里确实没有，让我冲动的还是这种叙事形式。1998 年秋天，我在北京拍《对话》，有一天去人民文学出版社和朋友聊天，刘海虹向我组稿，我便又一次谈到了这部小说的构想。她也很兴奋，说你赶快给我写吧，我很想编一部带图的小说。所以说，这部小说真正开始操作，其实是被一种外部的热情煽动起来的，并不是到了非写不可的地步。那时正好我有一个空闲，也觉得用于做影视赚钱的时间已经够了，该腾出一块时间写小说了。于是就在北京的寓所里写起来，等写过5万字的时候，我突然觉得我要写的还不是1本书，而是3本。当然每一本都不会很长。我有一个大致的构想，就是从时间上说有一个安排。第一部写已经过去了的30年，第二部可能只写一个人的3年，到了第三部可能就是这个人一生中的3个月了——时间就这样成倍数地递减浓缩下来。

林：你谈到过，将这三部小说分别命名为《白》、《蓝》、《红》，是出于对基耶斯洛夫斯基的同名电影的喜爱。

潘：喜爱是不错的，但我不会和他一样去说自由、平等、博爱。我要写的是一个男人几十年的情感历程和心灵磨难。宗仁发不主张我用这个题目，觉得已经有过了，我在和他通电话时就说，我能感觉到这种色彩的冲击。尤其是第二部的“蓝”，似乎整个故事都笼罩在蓝色中了。如果第二部叫“蓝”，那么第一部应该叫“白”比较合适，因为第一部里有一种童年的、家庭的、历史的苍凉感，用“白”贴切一些。那么将要写的“红”是一种什么样的状态，我还没有想好，可能会写生命的辉煌与毁灭吧。这只是一个总体上的感觉。

小说第一部很快就写出来了。面对这样一个16万字、100幅图的东西，我还是感到比较有意思。当然这个“图”已经跳出了我们通常习惯的插图模式，不是可有可无，而是把它变成了一种叙事上的一个层面。既然这样的话，那在文和图之间，我肯定是会做些设计的。这一点在写作过程中我就考虑了。这里面的图，既有具象的，也有抽象的；既有很贴切的，也有不太贴切的——图跟文字之间构成了一种很复杂的关系。比如第一幅图我就讲，“你现在看到的这条巷子，是故事开始时的路……”实际上，我在这里带有了某种规定性或强制性，我要求我的读者来适应我规定的这么一种氛围，你不可能把它当作北京的一条胡同或者某个城市的一条巷子，而只能把它当作皖南或皖西南的一个古朴小镇里的小巷，作为阅读的一个预备阶段就达到我的目的了。

林：除了你讲的这种“规定性”、“强制性”，我感触比较多的就是它有一种代替文字的功用。

潘：那肯定是有的——文字所达不到的一些东西。其中一些象征性的东西就更多了。比如我记得写到一男一女组建家庭以后的不和谐，我当时是拍了一幅洗脸盆的图片，如果注意看，这脸盆很别致（发表时的照片可能不太清晰）：首先它给人一种很冰凉的感觉，其次它的两个水龙头是不一样的，两个漱口杯也是不一样的，两把牙刷是朝两个方向分支的，边上的手套大概一个红色一个白色——这是我作的安排，它似乎能反映这个家庭的缩影，给人一种冰冰凉凉的、很别扭的感觉，连水龙头都不一致，你可以想象这个家庭不一致的地方实在太多了。

林：图像在某些时候传达信息的直接性和冲击力是文字所无法达到的，当然文字还可以通过想象；除此之外我觉得还有“俭省”——图像插入以后带来的叙事上的俭省。当时我看到小说的开头倒没有想到所说的“规定性”，而是想这样的方式真是太聪明了，如果改换成文字，这条巷子够你写的了。

潘：至少一千字吧。

林：而且写起来不讨好——作为写作者你必须写，而读者可能不愿意读。

林：至少一些人会很厌倦，这是一个什么样的时代呀！

潘：所以我早期曾经提出过这么一个观点：一方面我承认小说的发展其实就是形式的发展，同时我也承认时代对小说的形式会形成一种制约。为什么巴尔扎克时代能出现巴尔扎克式的东西？那个时代的节奏可能就是培育这种小说的土壤，今天我们很难再平心静气地写作或阅读这类小说了，所以有些朋友在写鸿篇巨制时我就想，这个时代还需要再有一部《追忆逝水年华》这样的东西吗？你现在再让我把普鲁斯特的小说重新读一遍，说实话我都没有那个勇气。

所以就像你说的，图画在这里既有省略，又有强化，还有替代，而更多的是它与文字之间形成的内在关系。比如说我需要我的读者调动激情的时候——像小说的最后，犁城下起了这一年的第一场雪——在故事很压抑的时候突然把窗口打开：有一场雪。我感觉到这时候有一场真正的雪的景观出现在面前，那作为读者来讲是一种豁然开朗的感觉，这样气会很盛的，不是文字上用一个“雪”字就可以呈现出来的，所以在这里图画又强调了文字的意味。

林：从视觉本身来讲，图片的移动又造成了视觉移动的节奏——这是从阅读这个角度来讲（从你个人写作的角度可能有意识，也可能是不太有意识的），它造成了一种节奏，一方面它调节视觉，避免了我们在一般阅读长篇时难以避免的疲倦感。这一点跟前面相比可能相对次要，但也是一个不可忽略的作用。

潘：是的，我当然考虑了这个问题。我为什么要强调时代对形式有一种制约？我所做的一切努力都是希望这部小说变得好看，无论是哪一个层面上的好看，现在看到的发表的或转载的都不太明朗，因为篇幅的限制，它们中间省略了大部分的图片。所以《小说家》发表第二部的时候我对康伟杰说，图可以省略一部分，但把省略那部分图的位置标示出来，因为会出阅读衔接上的问题。

林：当我看了《作家》，再看《小说选刊》的时候，这个问题就很明显。有些在《作家》中有的图片在《小说选刊》中没有，反过来也一样。我想等拿到书的单行本会得到一个完整的印象，会更好。

潘：另外，这些图还有一些其他的符号功能，比如说，小说中涉及插队、农家的炊烟，包括那条狗，父亲当年发配到原籍的草舍，这都是有一种历史感的东西，而且这些具象的东西实际上具有某种抽象的意味。

林：这里面你比较多的画面是关于“手”的，我还曾经看过一些摄影集——关于“手”的摄影，你的《独白与手势》这个题目，还有里面有些语句谈到韦青的手、雨浓的手，还有给我印象比较深的父亲擦旧自行车的手、母亲打算盘的手，这些是你拍摄的照片，还是画作？

潘：一开始是拍的，后来我在画面上作了点处理，书里的制版与杂志里面不一样，有的做成了木刻和负片的效果，看起来更有味道。

我记得拍机关门口，我强调的是门口的交通标志：不许拐弯、不许鸣笛、不许调头……很多的不许，在还没有进这道门之前就有许多不许了，进去了肯定更多。等真的进了里面，我又拍了一组楼梯，让你觉得似乎怎么走都不对头。这些都是文字本身不能替代的东西，一种暗示、一种隐喻在里面。我也听见这样的反映，说把你这部小说中的图拿掉照样可以读懂，这一点不错，但是你不可能读出一部带图小说的同样的味道，这是两回事。

林：事实上作为某种极端操作方式，单独拿出这些图片，按照某种序列排下来，本身就具有一种意味——我之所以想到这一点，是因为你曾经提到你动了写作念头以后就画了些草图，而这些可能有意无意地对你后来的写作产生了影响、暗示。

潘：是的，我当时画下一些我自己能够看得懂的图。可能是这些图画调动了我自己的记忆，这部小说虽然不是一部回忆录，但它与我的某些履历有一定的关系，故事可能是虚构的，但每一阶段的感受却很真切。所以我特别把一些提示历史的部分做得很具体，包括插队时期我画的一些素描写生，我都把它们找出来放进去了。

林：比如那种“文革”报纸拼贴的图片……

潘：那强调的是一种恐惧感。

林：这样的感觉像我们可能还可以感受到，但更年轻一代的人如果没有图片就很难想象了。我还想知道，你为什么命名为《独白与手势》？

潘：有许多人这么问过。首先，我觉得这几个字放在一起很有吸引力。同时我后来又想到一个问题：这两种都是一种叙述——“独白”是一种叙述，“手势”同样也是，你可以把它理解为“独白”是它的文字，“手势”是它的图画；你可以把它理解为“独白”是可以说的，而“手势”是比划出来，难以言说的。想到这些，我感觉还是有点意思。

林：还可以作这样的理解：“独白”是发自内心的、无形的，“手势”是一种外在的、有形的，这个题目可以唤起我们特别大的想象空间。

潘：这不是类似于“战争与和平”这样的对立。

林：你在这里面时间的处理上采取了编年，第一部是1967年到1988年……

潘：从结构上讲，小说的时间形成了这么一个规律，一个是记忆的时间，还有一个是写作中的时间——它以一次回故里的探寻作为纵向的线索，然后把自己20多年的经历调动起来。第二部则是以主人公到南方去拍一部电视剧作为现时的贯穿，来写3年的流浪生活。每一部既独立成篇，又与另一部有所联系。第三部则是消解在1999年的3个月中间，但又填补了自1996年以后的时间空白。

林：从第一部来看，大致有两个层次，实际上还有一个层次，小说中标出的写作时间实际上是虚构的写作时间，还有你实际的写作时间，我想这种标出的写作时间除了揭示你刚才所谓的回故乡的经历，还有没有其他更多的对应的考虑？

潘：你的意思是？

林：我的问题在于，比方1997年10月31日写的前面这些事情，事实上在小说叙述的可能性上来讲，此刻不一定和前面叙述的1979年的事情有关，这当中有没有具体的编排？

潘：具体的编排没有。当时我只是想，作为一部长篇小说，而且又有图画介入到小说中间去，这么一种综合性的文本，或者叫做双重文本吧。如果在故事上再有很复杂的编排，那么这个小说读起来会很累，因此在小说的发展过程中基本上还是按照一种线性的东西，尽管联想与随意的成分与比重很大。但从主干上讲还是一种线性的，这一点我没有把它改变掉，就像一个孩子从小到大，中间可能述及30年以后，但主干是线性的。

林：之所以有这个问题，是中间提到了雨浓，小丹说“明年我们去看看雨浓吧”之类，当时我想假如把雨浓的事情留到现在去说也未尝不可……

潘：但那种冲击力，包括留下来的悬念，可能达不到现在的效果。

林：对。

潘：这种安排我觉得是一种技术上的问题。或者说把它当做一种手法、一种技艺来理解，都可以。“我”是在1997年回顾这个事情，知道这个事情的结果，它已成定局，但读者还在期待这个事情的结局，所以即使为了使这个故事完整，“我”在1997年的这一天提示这件事情的结果，但是我不能把它完全抖出来。像这样的结构在小说中不是一处，比如主人公与李佳的离婚，第一部小说中没有涉及，但从阅读的角度讲，大家肯定都知道。在知道的同时又很关心下一步：他们是怎么离婚的。

林：人称的运用是这部小说又一个重要的形成因素。

潘：在人民文学出版社发排时，有编辑问我，小说中两种人称交错着使用，看起来挺舒服，但是有没有什么规律性的东西？为什么这个时候用第一人称，那个时候又用第三人称？我说这是显而易见的，只要是属于“手记”的部分都是第一人称，而且是1997年的第一人称，而不是故事中的第一人称，虽然手记中间经常有将现在和过去衔接起来的东西，但这是以 1997 年的男人口吻在谈他过去几十年前的事情，语气是完全不一样的，这就不仅仅是人称的问题了。而只要是第三人称，都与故事中的那个人的具体年龄和人生阶段完全一致，譬如一开始他是个 10 岁的孩子，那就完全是 10 岁男孩的视角、男孩的感受、男孩的所作所为。

林：在人称交错使用的处理上，我还注意到，写 1977 年以前的，你在人称的运用上是“他”在先，“我”在后，给人以由远到近的感觉；写 1977 年以后的，就反过来了，“我”在先，“他”在后，由近到远了。而到小说的最后又翻转过来，并且由“他”来收束。

潘：对，但是这种变化倒不是预先设计的，小说写到这个程度后就自然而然地形成了这个样子。预先我没有设计要在写到 1977 年这个时候掉头，你刚才这么一说，我才意识到这一点。

林：这种变化在很大程度上形成了节奏的转换，与第三人称相对应的是客观性的叙述，而与“我”相对应的则是抒怀性的感喟和议论，相对张开一些。这样交错开来，流畅而富于变化，叙事的空间也显得非常饱满。

潘：这样的语言和叙事效果是我一开始写的时候就希望达到的，人称的转变确实能带来很有意思的东西，生发出一种意味。至于这当中内在的节奏，是在写作中自然出来的。小说最后有一个好像急转弯的东西，写“他”打着一把伞，在黑夜里面，看着空中的雨，似乎于黑暗中看见空中漂浮着女人的手势，实际上是他正准备走进了小说的第二部。

林：在这个长篇中，你采取了一种类似自传体、编年体的写法，小说中还写道：“在这个资讯沉重信息爆炸的时代，回忆让我宁静，心如止水。”这是不是意味着你写这部小说一个比较潜在的动机是通过叙述达到的宁静来抵御你置身其中的世界的喧哗？

潘：不排除你说的这层意思，但我更想强调的是，对于一个小说家来讲，小说的美是一种叙述的美。就这部小说来讲，我确实赋予了它某种自传编年的特性，但是我更愿意在博尔赫斯意义上来理解“自传”。他说：严格讲起来，任何一次写作都是自传。这部小说除了故事本身按照小说需要编排、有所设计以外，应该说小说中的感情体验是比较真诚的，从某种意义上讲，与我个人的生活经历中的烙印是分不开的。另外，我非常迷恋小说中的细雨迷蒙的忧伤的气氛，我是在追求那种不动声色的比较节制的，同时又是舒缓而忧伤的这么一种叙事效果，就像一个人关在屋子里，面对窗外的雨在回忆自己，在自言自语，同时又好像在对一个自己信赖的人倾诉、默想，既有一种倾诉的成分，又有一种默想的成分，这种东西，我觉得只要做完整了，应该来说，它就是一种很好的东西。

林：这可能决定了小说宁静而有所节制的舒缓的叙述状态。我感到，节制在这里显得很重要，一开始我有点儿担心，这会不会是很伤感、很苍老的情绪的弥漫，容易流于煽情一路？但后来我发现这担心是多余的，你的叙述不仅是传达忧伤，而且同时也是在平息忧伤；在唤起人的共鸣的时候，也在让这被唤起的东西缓缓地流出去，剩下对生命本身的体认和追索。

潘：我并不人为地去调动什么、煽动什么，或者说不去有意识地刺激你。我觉得小说本身需要我在一些时刻笔墨重一些、浓一点，我按照小说特定的要求将它做完，整个来讲追求的是比较苍凉忧伤的东西，这也就是我将这第一部称为“白”的原因。这种东西可以称之为小说叙述的色调或者说主调、主旋律，从我写第一个句子的时候，这种东西就开始在我心中积淀起来了，并且贯穿始终。

林：在情绪氛围的营造过程中，你对叙述的控制似乎很敏感，往往通过节奏的转换、画面的转换，起到一种淡出或淡入的效果。这种控制对你来说是否需要刻意而为呢？

潘：当然有可能在某种情绪泛滥开来的时候，当我预感到读者将会沉浸于其中的时候，我就将它打断。这种控制应该说有时候是有意为之，有时候则是小说自身的规律在起作用。我的意思是，当你通篇都追求着一种叙事效果的时候，你不可能在某一个局部变得不和谐。我写过的几部长篇小说，都是一气写下来，从不来第二遍，完成后只是作细小的局部性的调整。我想这可能不仅是一个作家的写作习惯问题，而且更是一种状态。

林：在《独白与手势》第一部里，林之冰这个女性的形象与其他几个女性相比，与“我”的关系的展现，显得不够似的，好像没有进入叙事之中就撤了，是不是她将在第二部中占据重要的位置？

潘： 确实如你预感到的，林之冰其实严格讲起来属于第二部里的人物。在第一部里写到她，是因为我觉得故事本身有它自身的规律，我需要这么一个短暂的情感生活的片段，然后就像一根蜡烛被吹灭了似的很快就无影无踪，我要这么一个东西。这样当这个人物在第二部中出现的时候，你再回头读，人物会显得相对完整一些。

林： 对“我”与林之冰告别的安排，小说的叙述显得有点陡，情绪的表达有点匆忙，不那么饱满，总好像还没完似的。

潘： 涉及这个情节的地方，本来有一幅冲击力很强的画面，杂志排印时未能印出。我当时真的专门找了一男一女，拍了一个隔了玻璃的手叠合在一起的画面，背景是一架外国的飞机。在电脑上作了一些虚化的处理，处理成梦幻般的状态，因为这个场面是在“我”的想象中完成的。如果有了这幅画，可能会冲淡你上面的那种感觉。

林： 冯敏在《小说选刊》（长篇小说增刊）的“阅读札记”里谈道，他作为插过队、当过知青的你的同时代人，也读过其他知青题材的小说，却从来没有哪一部像《独白与手势》这样让他感动，虽然你这部小说对知青涉笔并不多。这让我想到一个话题，即所谓“知青文学”，不知是谁说过，知青这块题材在中国是浪费掉了，没有很好地写出过。实际上，就题材而言，阿城的《棋王》是知青文学的一个很好的开端，可惜没有更好的后来者。我觉得你这部小说在这方面显示出了它的价值，这可能不仅仅限于知青生活的描写。它意味着整个对生活的忠实，这忠实不是针对具体的事情，而是一种情感的、情绪的忠实。

潘： 我想，之所以会给冯敏那样的印象，可能是因为我以一种诚实的态度对知青生活作出了理解和还原，就像我小说中表露的那样，我对知青生活就是那种态度，我对知青生活的状态就是那么一种理解，没有那么多壮怀激烈的东西，那种矫情的东西很让人厌烦。你刚才提到阿城的《棋王》时说得很准确。我当时看阿城的《棋王》时就觉得，他写得最像知青，知青就是那种样子，就像我个人小说中写的——偷鸡摸狗的，跟赤脚医生通奸、互相之间倾轧挤兑的，等等，但同时他们又被无知的人凌辱和管理，背负着巨大的精神苦闷。因为我把当时所经验的东西很朴素地表达出来，这就是对生活的忠实。而有的人总是把知青拉到一种英雄的境界，那是最虚伪的作品。还有那种充满感伤的留恋或者充满怨愤的控诉，也是如此。你控诉什么？哪一个知青当时不是唱着歌、戴着花下去的，是不是？所以你刚才说到对生活的忠实，我觉得落实到作家的笔下就是对生活的一种很朴素、很诚实的表达。这很重要。同时在对情感的问题上也是一样。我倒不是说要写一部忏悔录，虽然冯敏在“阅读札记”中提到了卢梭的《忏悔录》和帕斯捷尔纳克的《日瓦戈医生》，我觉得任何一个人，我们在街上随便找一个人，他的故事都可能很动人，他的经验都可能触动你，关键在于我们用什么样的方式态度去表达。

林：就冯敏的感受而言，他所谓的打动，可能是知青中的那种沉默的东西在你这里得以呈现与表达，阿城的《棋王》里有许多这方面的表现，像一开始写知青们上火车，太阳照在屁股上；写宿舍里喝麦乳精，喝得满屋子喉咙响，等等，细节表现的力量蕴含其中。但《棋王》有一种对生活之外的追求，就像它描述的“九轮大战”，营造的不是英雄的英雄，扯到庄老文化上去寻求支持力，这反而削弱了小说的力量，这种东西往往造成了生活的沉默。

潘：就像我们刚才提到的，抛开空虚层面谈生活本身的表达，我觉得有些作家的小说之所以不好看，第一，是他本身对生活、素材的态度不诚实；第二，就是他们本人的表达能力受到局限，他写不好。这可能就是一个好作家和一般作家最起码的区别。像我们到今天谈论《棋王》，还能够记住它内部那些很生动的东西，那些充满了智慧的语言和句子，一般作家写不出来。而有些作家则写得毫不生动，小说中的每个人物都像演员一样，他的出场是有设计的，他的每一个动作也是有设计的，让人觉得这不是在阅读一部小说，不是通过小说在了解那段历史，或者重现、再现、表现那段历史，而只是感觉到我们在看一个历史名目下的活报剧，啼笑皆非。

林：构成《独白与手势》整个叙事的核心线索是一个少年到青年到成年的成长过程，具体地说是他跟几个女孩、女人的关系，就你个人来讲，这几个女人在你进入写作的时候是不是处在同等的位置上，负有同等的使命，譬如说构成你的叙事不同阶段的兴奋点？

潘：关于几个女人的故事多半是虚构的，我在写作中间不可避免地要把性爱、情爱等问题涉及进来。围绕这个问题相继出现的女性当然有不同的使命。比方说小丹是他的青梅竹马，从小在一起长大，有一种早就是一家人的感觉。但恰恰是这样的关系，使得他们两家人都没有预料到两个孩子长大了会在一起，因为一个很现实的问题明摆着，正如小说中的小丹所说：我俩好了，将来我们的孩子还在农村。记得我们小时候经常看到有人家嫁女儿非要选择一个党员、一个复员军人，尤其是那些出身不好的人家，特别希望通过这样一种方式来改变家庭的血液。其实这部小说中写的两个人即是如此，虽然很好，但是家庭的磨难——两个右派家庭的孩子——给他们的打击是很大的，他们之间很难焕发出那种少男少女的情窦初开的东西，更多的倒是一种亲密无间与情同手足的关系。但他们毕竟不是一家人，当后来这个男人在十几年后受到个人家庭、情感的危机时，小丹去搭救他、去抚慰他的时候，比任何人都从容。前几天施战军给我来电话，特别提到了小丹这个人物，说自己简直爱上了她——他说小丹往一把小牙刷上挤牙膏的细节令他感动。

林：我觉得这部小说的表现摆脱了80年代我们习见的那种模式：男人离开女人开始到城里闯荡，男人在城里受难以后，回到女人怀抱得到心灵的慰藉，像《人生》、《浮躁》是其典型的代表，这种模式往往是所谓“两种文明的冲突”这样的话语范型所给定的。而小丹在这里没有出现这样的模式，就是人与人之间的非常正常、自然的关系呈现。

潘：我的要求是这样的：每个人的行为只能出现在这个人身上，如果你把这个人的情节移到另外的人身上，肯定不真实。如果小丹从小不是跟“我”情同手足，就不可能出现施战军提起的那个细节。小丹说“你带牙刷了吗”，回答“没有”，小丹说“那你用我的吧”——一般的女孩子很忌讳出现这样的事实。也就是说小丹没有一种从本能上嫌弃“我”的东西。可以想象这样的场景：在冬天里的一个小屋子里燃起一盆火，小丹把孩子交给保姆，她过去陪那个男人——我觉得只有小丹这样的女人才做得出来。因此小丹与“我”的情感是一种青梅竹马又恰恰不是初恋的关系，真正的初恋是雨浓的出现。就像雨后的彩虹，转瞬即逝，什么都没有了，留下来的是那种匆匆而来匆匆而去而又一辈子留在心里很难抹去的东西，犹如一支挽歌。他跟雨浓之间连表白的机会都没有——他只是在梦中梦见他的手，凭着记忆把她的手画下来，最后这双手印证了一次凶兆，不可知的凶兆，居然与他梦中记录下来的东西相吻合。这种东西更多的是一种形而上的精神的东西，它构成的初恋就很难磨灭了，它发生在任何人身上都是很难磨灭的。

林：“韦青”这个人物，在我个人看来是写得最好的一个。

潘：这可能是因为小说在韦青身上赋予的成分比较复杂，他们一开始就预示了一种恩恩怨怨的开端。当“我”被莫名其妙地从学校赶回来的时候，他还不知道给他送信的女人就是接替他教书的女人，他还没来得及恨她就爱上她了，而且她是他一生真正拥有的第一个女人，而他也是她一生中的第一个男人，这对任何人都是刻骨铭心的。韦青的出现，使他一下子从雨浓的精神层面到了另外的层面。但恰恰最后在这么一对具体的人身上，有着一个教育局长的女儿和一个右派的儿子之间的不和谐，于是他们之间只能是一种激动人心但又不可能长久的一次爱情寓言，或者说是一次爱情的彩排。然而当分手已成定局的时候，社会历史又改变了——人生就是更多的无奈和毫无办法，是弱小的命运在变化莫测的现实面前受到的不可捉摸的安排。因此这几个女性的出现在小说中都负有特殊的使命，有青梅竹马的朋友（恋人），有平生的第一个女人，有结发妻子，她们作为女人的使命是无法互相代替的。我的单行本责编刘海虹说，在几个女性中，她认为写得最好的是“李佳”，她认为“我”与“李佳”之间那种微妙的关系很细腻也很感人。

林：在写“我”与几个女性的关系中，你没有回避性的表现，但很显然，你很看重的是其间一种唯美的东西。

潘：我曾跟别人谈过，像“性”的问题，我觉得有些人写得很脏、很低下，在某种意义上不仅是污辱了读者，而且是污辱了“性”。我觉得，只要你对人生采取很诚实的态度，对性的表现就会在写作中出现一种它本来难以磨灭的光辉。因此，我想我有时虽然写得很“性”，但很干净。

林：王小波的《黄金时代》也写了知青生活中的性，我感到他是采取极端的方式打破性话语的禁忌，然后让性的自然状态呈现出来，他对性的表现相对夸张一些，让人在摩擦中感觉到热度，在扭曲中感知正常。在他这种表现中，自然的性映照的是性的不自然，是性话语的被禁忌、被压抑。我觉得你这里面相对来说不存在那种压抑，你是自然而然地生发开来，让人生出对生命本身的怜惜。但你的这部小说里这方面还有个比较，那就是在“我”和李佳的关系中，情感与肉体的隔离，你比较多地呈现了那种苦涩感。

潘：李佳一开始出现就是一个理性很强的女孩子，而且有一种特别果断的素质：18岁就开始担心他们的性格会合不来，认为不妨往前看一看、等一等。这样的女性与“我”相遇，作为局外人可以预见到他们的某些结局。在性的问题上，一个是从文字上了解男人的少女，一个是在农村获得过性经验的男人，这种差别对他们的情感生活影响至深。小说中有一次写到“我”的感受，他觉得自己就是一件家具，已经被油漆了一遍，要想掩盖过去，唯一可行的方法就是必须用更重的油漆再刷一遍，才能把过去的痕迹覆盖住。这种感觉注定要在他与李佳之间发生。

林：这里面是不是还有一种自然层面上很磨人的歉疚感？它给人的不仅仅是一种挤压，更多的是一种撕裂。

潘：我想这就是一种磨难吧——情感的磨难。小说中有个情节，男人在犁城的街头遇到一个陌生女人，无意中说起了韦青，并且说韦青曾经流产过一个孩子。于是他急忙就往火车站赶，想买票去上海看她，但事到临头又突然退出来了，因为他自己新婚不久的妻子李佳正怀孕呢。这种东西在现实生活中的确是一种很磨人的东西。这里面有情感、有良知、有道德、有责任、有道义等等，纠缠在一起，用忏悔、歉疚等都不好概括，我倒觉得应该是由此引发的一种心灵上的沉重。

林：在表达这些内容的时候，我感到你关注的是人作为个体的存在，是一个人生活中隐秘而深层的东西。但是，这些与个人的生存空间紧密相关，那么你是如何看待和把握这两者之间关系的呢？

潘：我觉得无法剥离。如果你仔细去看，每次主人公遭遇情感的磨难，它与特定历史境遇都是相关的。比如他最初与小丹不能萌发初恋般的爱，那本来应该是田园牧歌式的情感，为什么无法产生？后面的情感遭遇更是这样，他与韦青的关系的起伏变化的重要契机都隐藏在社会的变革之中。他与李佳的关系几转几合后成为夫妻，二者格格不入的处世哲学在各自工作的空间里突显出来，并且反馈到了家庭内部。所以每一次情感的磨难都与特定的历史时期休戚相关，这里面当然也可能包含着中国人特殊的情感方式。但同时，我在写个人和生命本身的状态——生命本身在这个历史时期呈现的状态就是这个样子，这里面不存在什么地域性等各种限制之类，除了他的人生经历与小说的主人公完全不一样，都可能在主人公身上找到一种举一反三的东西，这应该说是它带有一种普遍性吧。

林：小说中这样写道："这些年我总在反省，我发现总有两个女人同时出现在我的生活中，构成了我生命的两个半球，缺少一个我的生命就转动不起来"——这一点更多的是一种叙述上的考虑还是情感状态上的考虑？我之所以提出这个问题，是因为越看到后来，越觉得不仅仅是两个女人的问题，小丹、韦青、林之冰、李佳，各种影子都在不同的角度照射着这个男人。

潘：你问的这个问题我觉得比较机智，可能最终考虑的还是叙述上的一个要求，并不是特指，当然在某一个阶段是两个女人充当着至关重要的角色。不过，你上面引的那句话的后面还写道：一个男人的历史实际上是由女人来书写的，每一次书写就意味着对历史的不同修改，写这部历史的可能是一个，更有可能是几个，甚至十几个——我可能还是在强调男性个体生命的存在方式，虽然我没有对这个问题作道德上的评价，但我揭示了这个问题。这个男人经受到无形的、有形的许多东西，最后他与一个女人躺在一张床上，心里很有可能想的是另外的女人，生命的这种状态应该说是相当复杂的，我在强调男人个体生命的一种存在的方式。我不大相信男人与女人的白头到老，相厮相守，但同时我又相信，一个诚实的男人都会向往这种生活，只是他永远得不到这样的生活。这是男人的宿命。

潘军和小说

——在中央电视台“读书时间”的谈话

时　间： 2000年6月3日

地　点： 北京，中央电视台演播室

对话人： 潘　军　李　潘

李：“读书时间”这一期的节目，题目就是“潘军和小说”。提到潘军这个名字，以前大家更多的是在一些文学期刊上。最近，人民文学出版社、中国工人出版社、花城出版社等六家出了您16本书，媒体上甚至称今年是“潘军出版年”。对此，您怎么看？

潘： 这不是一个话题，只是个巧合而已。没有人一年能写出十几本书，抄也来不及的。之所以会形成这样的局面，究其原因，是我自1992年之后选择了另一种生活——我去了海口，在那里办了一个文化公司。这样一来，用于写作的时间明显就少了。一些曾经在文学期刊上发表的作品，没有来得及整理，全堆在那里。到了1996年之后，我摆脱了生意上的纠缠，重新回到案头，这才有时间处理这些事情，按照不同的体例，编了一些作品集。出版社大概也突然发现，我可能是一条漏网之鱼吧，就都找上来了。实际上这次所出的，除了《独白与手势》的前两部《白》、《蓝》是新写的，其他中短篇都是过去的小说、散文随笔的结集。市场上没有我的书，读者又需要，出版社自然就会考虑了。至于媒体的概括总是带有煽动性的。

李： 我注意到，您在1992年之后便放弃了一个专业作家的很多待遇，我想知道您为什么要做这样的选择？

潘： 1982年我毕业于安徽大学中文系。之后就分配到了机关，前后

混迹了八年。我不喜欢机关。到了1990年，因为意外的机缘，使我脱离了机关，去了安徽省文联。我对自己的定位是职业作家。这与我们体制内的专业作家可能不太一样。第一，我不参加包括中国作家协会在内的这样一些组织，因为写作永远是个人的事情，不需要组织出面张罗。第二，我不需要职务和职称，因为作家是靠作品说话的，名片上的名头再大也无济于事。第三，职业作家是坚持自己的学术立场的，是按自己的文学主张进行写作的，而不需要由组织出面安排诸如体验生活这样一些莫名其妙的活动。或者被召唤去写什么。但我那时就意识到，要想成为这样一种职业作家，首先得考虑生存。所以，1992年我去了海口，之后的六年我都在挣钱。谁料，挣钱也不容易。

李：那您是怎样解决生存问题的？在谋生与写作之间是否存在着矛盾呢？您又是怎样来处理这些矛盾的？

潘：我做过生意，但都很失败。失败并非因为我无能，而是我一直按照“游戏规则”做事，可是在商场上遇见更多的，是不遵守这个“游戏规则”的。因此，失败的肯定是遵守规则的一方。比如说，我欠人家的钱肯定得还，但人家欠我的钱肯定是要不到的。所以海口、郑州的前后五年，日子特别艰难。直到1997年做电视剧才有了转机。电视剧自然毫无成就感，但确实能够挣钱。你说得没错，谋生和写作是矛盾的，如何处理，我觉得主要还是取决于自己的控制力。一个作家应该有可塑性，就是写什么像什么，但也应该认识到写作是有思维惯性的。我之所以还能写小说，是因为把握住了这个度。要是我毫不节制地去写电视剧，我想我就可能找不到写小说的那种状态和叙事感觉了。我现在一般是隔两年写一部电视剧，主要的精力是花在写小说上。

李：您在谈到文学时曾说，一个男人能持久地爱一样东西是不容易的。那么，您是否还记得，这种爱是怎样萌生的？它在您一生中有着怎样的意义？

潘：一个男人做事情，首先是因为做这件事的欲望在起作用。我是一个为欲望而写作的人，二十年写下来，没有别的理由，唯一的理由就是喜欢。你在写作，你就感到自己活着，感到充实。自从我二十年前开始写作时，我就觉得这件事非常适合我。我在写作中是自己的上帝，可以为所欲为。那种愉快是只有当事人才能体会得到的。我不喜欢“甘于寂寞”的说法，它意味着忍耐。一个人靠忍耐是做不成事的。就像一对夫妻，不能靠忍耐来维持他们的婚姻。

李：今天我们节目的题目是“潘军和小说”。您在文坛上最初是以“先锋派”的形象出现的。我在读了您早期的作品，如《南方的情绪》、《流动的沙滩》等实验性很强的作品后，感到您现在的路子变了。最近的《重瞳》、《秋声赋》以及《独白与手势》等，已经好看起来了。我想知道您为什么要改变？

潘：“先锋派”是批评家们做学问的一种归纳，主要是针对80年代一些在小说形式上比较极端的青年作家的。我也是其中之一。我应该承认，那个时期我的创作是受到西方一些作家的影响的，总是希望自己的小说有别于中国小说的传统，带有一定的反叛性。无论现在人们对“先锋派”作何评价，作为亲历者，我对发生在十几年前的那些文体实验都很怀念。它训练了我作为一个小说家的能力。至于现在，我的这些调整都是发自创作的内在需要的。我不需要去迎合市场，也不会去迁就读者。一个作家应该为自己写——写出自己内心的感受，给朋友看，给那些喜欢你的读者看。但这些读者是小众的，不是大众的。

李：我还发现，您写小说喜欢使用“第一人称”，“我”如何如何，为什么？甚至写到项羽，还是用“我”！

潘：这就算是我个人的偏爱吧。其实第一人称的叙事也是有着许多的变化的。比如你谈到的《重瞳》，我得意的就是这个“我”。这里的“我”，实际上是一个视角，项羽亡灵的视角。一个两千多年前的幽灵，俯视着两千年之后的大地，叙述着自己从前的经历，这个视角很有意味，找到了，就成就了这个小说。

李：读者也许会想，这个“我”是您吗？比方说，像《海口日记》和《独白与手势》中的那个男主人公，和你潘军一样都是作家，也曾一样下海去了海南，经历了许多事业上的起伏和感情上的波澜，您怎么看呢？

潘：读者往往把当代题材中的“我”与作家混为一谈，这个可以理解。因为第一人称的叙事最大的特点就是那种“现场感”。读者也因此感到亲切。从我经常收到的读者来信中，也反映出了这一点。有位天津的读者就反复写信问我，说《海口日记》中男主人公住宿的那条搁浅的旧货轮是否还在？要是还在，他就想辞职去接着住。我立即回信说，这些都是虚构，别当真。这里有两个问题可以商量。其一，按照博尔赫斯的解释，一个作家任何一次写作都是在写自传。他说的是作家自然会把自己对世界的认识与体验写进作品的。譬如《重瞳》，副题叫“霸王自叙”，用的是第一人称。开篇就是：“我要说的自然是我自己的故事。我叫项羽。”这中间除了叙事策略的考虑，也还包含着我对项羽这个死了两千多年的人物以及那段历史的理解。其二，既然是小说，那就无法改变它作为虚构文本的性质。小说就是由虚构和叙事组成的。

李：读了一些您写城市的小说，我觉得您虽然写了好多男主人公身边的女性，可您并不想真正走进她们的内心。或者说您在写到她们时多少有些漫不经心。您真正关心的、想表达的还是男主人公的一切，用批评家们的话来说，就是“表现了现代男性内心的焦灼”，是这样吗？

潘：奇怪的是给我写信的读者多半是女性。特别是连云港的一位女性读者，来信说《蓝》中女主角，简直就是她。我不认为我在写女性时是漫不经心的，陈晓明说，我笔下的女人让他痴迷，还说有人说过，看到潘军笔下的女性，第一个愿望就是想同她们做爱。对作品里的每一个人物我都会认真对待。你的印象我想可能是因为我以女性的视角观察的比较少，这也不奇怪，因为我是男性嘛。

李：好几位批评家提到，您的写作是以自我为中心的，作品中有一种忧郁和感伤的调子。您觉得这种情绪从何而来？

潘：我不以为“自我为中心”是问题。作为文本的制造者，实际上我的操作也是带有局限的。一旦写作发生，作家往往会被置于一个被动的地位：不是作家在支配文本，而是文本在引领着作家。至于你所言的那种“忧郁和感伤的调子”，我想或许是有的，这大概与我个人的经历有些关系。我认为一个作家应该立足于民间立场，但他的作品应该洋溢着贵族气息——不是那种附庸风雅，而是在故事之上有一种形而上的意味，这样的小说才是真正好看的小说。

沉思与漫谈

——与《新安晚报》记者黄从慎的对话

时　间：2000 年 11 月 10 日

记　者：时间已到年底，我们粗略地给你盘点了一下，今年你出版了 16 本书，并在《北京文学》发表了多幕话剧《地下》，最近，中篇小说《重瞳》被《北京文学》等众多文化单位的专家、评委推举为“2000 年中国小说排行榜”榜首；因此，媒体称“2000 年是潘军的出版年”，这些成果是否说明，你的创作已进入了高峰期？

潘　军：我不这样认为，这只能说市场需要我的作品，出版界便多出了一些。我的写作状态还是不错的，我的这种感觉，便如一个挖井的人，总有潮湿在前面诱惑着我，倘若越挖土越干或已经挖出了水，我就停止了。

记　者：那么明年将有大的动作了。

潘　军：明年原则上不写小说了，只想读书休息。我的感觉是写作的路越走越窄，越往后写越艰难。

记　者：刚才你不是说写作状态很好吗？

潘　军：写作状态好，并不是停笔一年二年就能丢掉的，我过去在海南经商，停了三年笔，写作状态还是好的。我感觉写作的路越走越窄，是因为对小说的叙事要求更高，这是一门艺术，我很珍惜我的文字。

另外，北京有一家机构和我洽谈，想把我的长篇小说《风》改成电视剧，这是一本先锋小说，但我愿尝试一下，按照剧本的需要努力写成好看的故事，来挣一点钱。

记　者：明年你主要是休息和挣钱了。

潘　军：我把写作与挣钱是分得很开的。我个人认为，写作是门手艺，也是我的看家本领，这是不能开玩笑的。但是写作不能用以养家糊口，所以，我必须要有别的方法，这样才能保证我安静地坐在写字台前，保持一个职业作家的纯粹性。

记得母亲曾经说过："我可不希望我的儿子以后当个小老板。"我当然也不会去当个小老板，我希望自己成为职业作家，以写作为事业，而不是做一个自由撰稿人，卖文为生——那样会没有文学立场。

记　者：像你这样把谋生和写作分得很清的作家目前还不是很多。

潘　军：我是作家中下海比较早的一批，那段时间，我做过酒店、广告、房产中介和服装，虽然在生意场上没有多大收获，但是它却给我带来了人生的历练，让我体验了人生的各种滋味。经商时，需要和各种各样的人打交道，能遇上各种各样的事情，这为我以后的写作带来了很多素材和感受。1996 年开始，我找到了一条和我本行有关的经商方法，就是搞影视，这个专业作家做起来不仅得心应手，而且没有什么风险。但是有很多作家搞了影视之后，却被影视"吃"掉，出不来了。我因为有个文学梦，所以不会因为钱而转移自己的文学观点和立场。

记　者：是的，从南方归来后，你一口气写出了《三月一日》、《海口日记》、《对门·对面》、《关系》、《故事》、《和陌生人喝酒》、《抛弃》等带有城市印记的中篇小说，给中国城市文学注入了生机。批评家李洁非认为，现在的城市文学实际上非常幼稚，"跟潘军的作品一比，却不能不显出外在与空洞来。""潘军的城市小说表达了作者对城市人的与其环境相称的特有心理的细腻而奇异的，堪称走到了灵魂深处的辨别人"。李洁非指出："所有这一切，构成了现在的写城市的潘军的特殊性，没有第二个可以重复他。的确没有。"

潘　军：我喜欢写城市。我写城市关注的是人心与人性，我的视点不在所谓的信息量上，也不太关心时尚，我感兴趣的是捕捉城市人之间最微妙的心理状态和生存状态，而不在乎霓虹灯、歌舞厅、模特表演等，这些都是城市外在的标签。如我的小说《对门·对面》，其实，"对门"与"对面"不妨理解为城市生存空间的符号，一种城市人际关系的概括，它造成的隔膜，形成的掩饰，也成为相互的观照。

记　者：这部小说后来被评论家认为"是写城市的经典"。现在为了适应市场，刊物都在城市化了，城市题材似乎是个热点，农村题材是否已经“土”了呢？但从中国新时期文学发展来看，主要的成就还是在写一些农村题材上。苏联作家阿勃拉莫夫说，农村应该永存，因为人性的存储器之一就是土地，动物和人同它们的交往。

潘　军：城市其实是很枯燥乏味的，如果你是一个画家，你肯定是不愿在城市写生而去钻山沟跑荒野的。对于文学，小说题材的吸引力不重要，重要的是写好，追求新的写法。专业标准与读者层面和发行量是没关系的，就像影片的成就与票房的收入没关系一样。我向往经典，厌倦时尚，经典并不完全是指博大精深，侯宝林的相声十分通俗，但也是经典。

记　者：今年你分别发表了长篇小说三部曲《独白与手势》，在这部小说里，你大胆地把图画作为叙事的一个部分放进小说，创新了一个新的叙事文本，立刻引起了广泛的关注，并很快就被《小说选刊》转载。当初，你是怎么想到用这种方式的？

潘　军：1993年在海口时，我就萌发了这个构想。我觉得如果把图画当做叙事的一部分放置进去，让它成为叙事的一个不可替代的层面，虽然是一次冒险，但肯定十分有趣。这应该是我最初的冲动。似乎带有某种规律性，我总是先想到形式才决定写一篇东西的。

记　者：这些图片已构成了阅读层面，缓解了阅读长篇小说时视觉上的疲劳，但与插图又有着根本的区别，如果把这部小说中的图片拿掉照样可以读，但不可能读出同样的味道。

潘　军：是的。插图只是对书中某一个情节的图解，在《独白与手势》里，图画在这里既有文学叙述的省略，又有视觉上的冲击，丰富和推动了故事的发展，与文字之间形成了内在的关系。另外这些图片还有一些其他的符号功能，比如，小说中涉及插队、农家的炊烟，包括那条狗等，这都是有一种历史感的东西，而且这些具象的东西实际上是有某种抽象的意味。

记　者：这些图片是如何产生的？

潘　军：有的是在我下笔之前就在脑子中存在了，有的是在写作过程中出现的。

记　者：这部作品在叙述中，带有很大的诗意成分，比如《独白与手势·蓝》中，“一个人的时候，过去与你相伴”一节，有着浓郁的情绪和灵动的美。你平时喜欢诗吗？

潘　军：在北京开作品研讨会时，著名文学评论家白烨曾把这本书的许多片段在会上朗诵。著名诗人牛汉先生说，潘军骨子里是位诗人。这些文字的跳跃、轻松和浓郁的氛围，增加了句子的诗意，使阅读有了张力。

记　者：现在有的诗人虽然也写小说，却并没有诗意。

潘　军：这不在乎你有没有诗人的经历，而在乎你有没有诗的心境，或对创作风格的追求。我的创作，往往就是被一句生动的语言打动的。一个诗意的句子，可以诱惑一个作品的产生。

记　者：你能举个例子吗？

潘　军：如我写《重瞳》时，写了三个开头都不满意，作品无法写下去了，直到去年夏天，突然找到一句：“我讲的，当然是我自己的故事，我叫项羽，这个名字怎么看都像个诗人。”这样的句子点亮了我，我一气呵成将小说写完，写得非常舒服。

记　者：《独白与手势·红》年内将通过《作家》这个颇具声望的文学窗口首次与读者见面。至此，这部打上你个人履历烙印的长篇力作，将圆满地画上了句号。请你谈谈《红》的写作情况。

潘　军：这部起笔于2000年春天的作品，计达18万字，花去了近半年的时间。究其原因，因为《白》与《蓝》起点较高，舆论评价不俗，因此，《红》作为三部曲的压轴戏则要求更高，需要有一定的时间反馈读者对前两部的消化和意见，需要对小说走势有总体力度上的把握，因此，思考的时间相对较长。

《红》除了延续前两部的磨难历程和忧郁的基调外，更多的是融进了生命的辉煌与毁灭的象征意味，再现中国知识分子的文化心理和精神存在、生存意识。三部小说又各自独立成篇，宏观上有个构架问题，《白》的基调舒缓，《蓝》的基调是明白，《红》的基调是延长、凝重。小说基本上达到了预期的目的，比自己原来想象的要好。就个人而言，对小说的走势与基调都较满意。

让主人公回归自然怀抱，选择这一方式结束全篇，这是一种返璞归真，还是一种逃遁、厌倦，借用媒体一句套话，“当然只能由读者去细心品味了”。

记　者：你的小说大多用第一人称的叙述方法，这种方式能使读者更快地融入到作品中去，消解隔阂，增加体验性的快感。除此之外，是否更多的带有你个人的经历。

潘　军：我不可能拥有那么多的亲身经历。在我的小说里，我个人的经历所占比重非常小。一个作家，“经验”的方式是很多的，读书是体验，聊天是体验，观察更是体验。我必须强调一下，我这里所讲的体验与斯坦尼斯拉夫斯基所倡导的那种“体验”是根本不同的。我不是那种进入规定情境的角色体验，我是借题发挥式的、妄想式的。

我的写作，从以前到现在，都是“生活在前，写作在后”，我不习惯为了要写什么题材，而特别去过什么生活，或因此选择不同的行业。我觉得这是很生硬的方式，甚至带有预设的立场。

记　者：川端康成很少按照既定的宏大构思来创作，当然也少有成竹在胸的总体规划，往往在构思尚未成熟的阶段就开始写作。如果说他的某部作品有一个较为完整的结构的话，那往往也是事后梳理出来的。你曾经说过，在创作一部小说时，也没有完整的构思，这是否相同。

潘　军：我写东西，无论长短，大都省略了所谓的“构思阶段”，我很看重的是写作中的状态，就像根据心绪的好坏去喝酒一样。明明白白的构思会影响我叙事的快感，写作是在未知中不断显现的过程，从第一句话开始，在多米诺骨牌的效应中完成一部作品，产生无穷的乐趣。

记　者：那么作品的标题也不是先定下的。

潘　军：作品的标题有时是在写作过程中出现的，有时是在作品完成后才定下的。

记　者：你是一个颇有成就的，但至今还没有加入中国作家协会，这在文坛是很少见的。

潘　军：创作是种个体劳动，和组织没有任何关系。

记　者：你与外界是如何交流的？

潘　军：每年我都挤出时间外出走走，放逐自己的心灵。我喜欢与朋友交流，但不喜欢和组织打交道；我喜爱文学，但不喜爱文学界。

记　者：听说你在写作时，还有个癖好，能否透露一下？

潘　军：说是习惯更准确些，如天阴下雨、夜幕灯前很少动笔，而习惯于上午 9 点到 11 点、下午 3 点到 5 点，我的小说大部分是在这一时间内完成的。另外，在夏天我的状态能够发挥得较好，因为春天我很“懒惰”，夏天就有了紧迫感。

记　者：现在文坛有股否定鲁迅的风气，好像批判鲁迅、否定鲁迅很时髦，你怎么看待这个问题？

潘　军：如果要提中国的文学大师，那只有一个人，就是鲁迅。他的思辨力量和思想深度已经达到了一个巅峰，是无人能企及的，至少现在还没有人能够超越他。

记　者：鲁迅对传统文化的生命力和负面影响看得很深刻。

潘　军：鲁迅对汉语言的贡献也是卓越的。胡适提出了白话文革命的口号，但真正实践的还是鲁迅。在那个文白交接的年代，鲁迅写的《狂人日记》、《阿 Q 正传》等作品，到现在看来都是非常现代、非常超前的东西。

记　者：就是说，鲁迅既是一个传统作家，也是一个很现代的作家。

潘　军：所以我认为，中国有个鲁迅，中国的作家就给压了三代。我们现在还谈什么定位啊。现在有些人以找鲁迅的茬为时髦，这是一种病态的心理，是想标新立异，目的无非是想引起关注。王朔等人作为读者，对鲁迅和他的作品进行指指点点是无可厚非的，但是，有的媒体大肆炒作很不正常。鲁迅也有他的局限性，有他的不足，比如他对人很苛刻，但是不能把他极其个性的东西看做是他人格的缺陷，对待鲁迅，我们应该把他看做是精神领袖，而不是精神楷模，更不能把他看做完人。

记　者：你对鲁迅的评价很高，好像有鲁迅情结。

潘　军：《鲁迅全集》我仔细读了三遍，包括他的全部日记。

记　者：现在很多作家都希望自己的作品被张艺谋看中，认为被张艺谋一改编成电影就可以一举成名，你有没有这种想法？

潘　军：首先我想说的是，一流的小说是不能拍成电影的，小说就是小说。

记　者：加西亚·马尔克斯就是不让别人将他的《百年孤独》拍成电影。

潘　军：导演拍电影需要的只是一个故事梗概、一个情节，而不是作家的整个作品。另外，我觉得一个导演可以捧红一个演员，但未必能捧红一个作家。苏童红了，是因为他的作品本身好，而不是因为有导演捧，更不是与名导演合作一次就意味着作品能够提高。他成名时还没有张艺谋呢。

记　者：张艺谋是一个很有文学眼光的导演，被他看中的小说都是很优秀的作品。

潘　军：我承认张艺谋有独特的眼光，这是高于其他导演之处，但是他也有自身的局限性，他迷恋小情绪，不能把握宏大的结构，这决定了他搞不成经典的东西。先前的张艺谋是很有生气的，他拍的《红高粱》很大气，张扬生命的意识，呼唤生命的野性，写出了生命的辉煌与毁灭。但是后来这些东西丧失了，他就开始走下坡路，特别是他到了北京之后，拍的东西大不如前了。比如《有话好好说》，就没什么意思；再比如他拍余华写的《活着》，就背离了作家的本意。作家、艺术家有自己生活的土壤，离开它就搞不出好东西。

记　者：威廉·福克纳一辈子就待在他家乡的那个小镇上，一辈子就写他家乡的小镇，却成了对世界文学影响最大的作家之一。

潘　军：北京的文化氛围不易培养经典作家。北京的风气是可以很快捧红一个人，把一个人炒得发紫，但缺少深刻的底蕴。上海的文化氛围也改变了上海作家，将他们同化了，把他们变得小里小气，只有王安忆好一点，而她的主要作品也不是在上海写的。

记　者：王安忆的主要作品都是写她下放安徽宿州农村生活的。你有没有打算离开安徽？

潘　军：我之所以留在合肥，是因为我比较关注皖西南那一块地方，我的主要作品也都是写那里的——那是我的家乡。

记　者：现在的一些知名作家似乎都在模仿外国文学作品，我看过的8部长篇小说的开头都酷似《百年孤独》的开头，你觉得这种现象是否正常？

潘　军：“模仿”这种现象其实在每个作家身上或多或少都存在，《百年孤独》这部小说本身也有卡夫卡小说的影子。“模仿”是每个作家必经的阶段也是初级阶段，但一个真正的作家要走过这个阶段追求自己的东西，才是创作。有些作家就是停留在原地，甚至将模仿变成了抄袭，这是一个作家创作态度问题了。

记　者：你是一个先锋作家，也是一个离文学本体比较近的作家，你是否会永远坚持走自己选择的道路？

潘　军：先锋作家是相对于80年代中末期的传统作家而言的。先锋作家与传统作家的区别在于“写什么”“怎么写”的问题上。传统作家的小说多写故事层面的东西，他们喜欢图解政治，把某一个政治概念当做自己的创作主题，好像是文件和宣传品。而先锋作家则比较关注人的内心世界，关注人的生存状态和生命形态。“怎么写”标志着小说界的革命。我从没有放弃对小说形式的追求，对小说境界的追求，以后也不会放弃。和同辈作家不一样的是，我更加关注“写什么”，这跟存在主义哲学对我的影响有关。

另外，我会保持我的一种沉默，不理会外界的干扰。我认为先锋作家应该是指作家的精神、品格，而不仅是形式、方法上的东西。

记　者：谢谢您接受我们的采访！

流动的生活会使小说飞腾

——和康志刚的对话

时　间：2001 年 9 月

康志刚（以下简称康）：作为《白底黑斑蝴蝶》的责任编辑，我想就这次你辑入的“跨世纪文丛”的作品来谈谈，我记得你比较欣赏有人用这样的语言来评价你：“云霄上的浪漫主义”，这是否代表着你创作时的存在状态？①

潘　军（以下简称潘）：1993 年，当“跨世纪文丛”刚刚启动时，我便收到主编陈骏涛先生的约稿信。但当时我在海口，正忙于商务，加上自觉没有什么新作，便把这件事搁下了。事隔八年，陈先生再次邀请，我欣然答应了。因为这套书在市场上的反响还不错，集中了一批优秀的小说家。我这次辑入的作品，都是 1996 年之后的——有人认为这是我“复出”的一年，我作了严格的挑选，是我所出的小说集中较好的选本。至于你说“云霄上的浪漫主义”，是别人对《重瞳》的评价，应该是对创作风格的一种描述吧。但状态对于一个作家，太重要了！特别是像我这样的作家，写作往往依靠的就是状态，即兴的表达，事先几乎没有什么提纲之类。就技术层面而言，我觉得句子与句子之间是存在着感应和联系的，这有点像多米诺骨牌效应，你写出第一个句子，第二个句子就自然到了门口。这是什么？这就是我向往的那种“写作中”的状态。我还必须对你说，一个作家只有切实感到路越走越窄时，心里才踏实，才算没有摸错方向。

---

① 《白底黑斑蝴蝶》——“跨世纪文丛”第七辑，长江文艺出版社 2001 年 9 月版。

康：过去评论界一直视你为先锋实验小说的代表作家之一，到现在你已走出了单纯的形式探索阶段而进入圆熟自为的创作境界，有没有哪一部小说是分界岭？

潘：“先锋派”是批评家们做学问的一种归纳。80年代我们这些人，像余华、格非、苏童、孙甘露等，可能对小说形式比较迷恋，也比较极端，所以有别于以往的一些小说。就我个人而言，这种探索是一贯的，如果有调整，那也是因为内在的需要，而不是迁就什么的结果。1996年，我在郑州的一所民宅里，写了中篇小说《结束的地方》，我开始感到我的小说已经把故事与叙事策略结合得不错了。这个“结束”实际上正是一个新的开始，接下来我写了《海口日记》、《三月一日》、《对门·对面》，直到最近的《重瞳》、《秋声赋》，应该说都具有以上这个共同点。当然，一个小说家面对即将要写的题材，首先想到的是“怎么写”，怎么写得有趣，怎么写合适。不是遇到所有的东西都一样地去写。至少我不是这样。我陶醉的是形式与内容的天衣无缝般的结合，无法拆分。譬如《重瞳》，我就曾经否定了三个开头。

康：在我看来，小说的实质是一种伦理的叙事——一种生活的想象和生命愿望。《白底黑斑蝴蝶》在这一点上凸现得比较显目。在这里，生活的逻辑不是简单的白与黑或者善与恶，我们惯常的叙事往往掩盖了生活的本来面目，因为它忽视了生活的偶然性与偶在性，其实，生活的偶然性无处不在，它往往从实质上颠覆了古典的善恶理则，你认为呢？

潘：我同意你的看法。《白底黑斑蝴蝶》应该是一个比较典型的“后现代”文本，因为它采用了“拼贴”。这个意思我在动笔之前就预想到了。我想把一些不相干的东西放到一起，进行重新组合，但是又很和谐。我感到它们之间会产生某种联系，也就形成了小说的张力。我对生活的“偶然性”很痴迷，它是想象的支点。它会诱发包括你所言的那种“颠覆”在内的许多有趣的东西。另外，宿命这个主题也是我一贯感兴趣的。

康：我注意到，你的小说沿袭着一种对生存的恐惧，从《南方的情绪》到《陷阱》，《三月一日》里面也弥漫着这种生存上的焦虑气息，《南方的情绪》是关于冒险的叙事，《陷阱》是关于防备的叙事，而《三月一日》则带有那么一点对现实生活失望和调侃的味道。这是否算是你对人的生活的总体认识？

潘：恐惧是我长期感受到的存在，也是我放不下的话题。我觉得我表现恐惧，无论是“冒险”还是“防备”，实际上都是在表现人存在的荒谬与无奈，表现活着的沉重，表现人与社会的那种紧张关系，当然也是一种对爱的渴求，这应该是宗教情怀。恐惧的对面就是爱。

康：海德格尔的伦理学勘定在一种从“此在”把握入手，领悟此在与共在的关切，最终由存在的“畏”进入对“趋于死亡存在”之大畏的一种存在本体论领悟，你的《三月一日》似乎也以此作为生存伦理思想的切入口。即我们的“此在”失落于“众人”之中，成为非本真存在。主人“死”过一回，才有了更进一步的生命体味。直至最终遁入到久违的心灵记忆之中，才真正体会到“本真”的意义。项羽的乌江自刎也是对存在之“畏”的一种逃遁，我倒认为这是对传统英雄主义的一种颠覆。但总的来说，这种回归心灵的思路可能是你对生命意义的最终取向吧？

潘：冯敏说，《三月一日》是中国版的《变形记》，他的意思是，我在借一个荒诞的结构，说的还是现实问题。这个判断有一定道理。当然这不仅是一个叙事策略的问题，经过“这样写”，某种意义上是方便了我的建构。譬如你提到的“死”与“畏”，在小说里最后呈现出来的是貌似一种悖谬，其实这正是我想要的。这不是什么有意的“颠覆”，是自然形成的结果。有人说，在《重瞳》里，我实际上是在借项羽说潘军的话，这或许不错，所以我不同意把《重瞳》看做什么“历史小说”。

康：你的叙事结构的设置相当精致且变化多端，往往能够将所叙之“事”讲述得圆融细腻，引人入胜，有的几乎就可以看做精巧的电影剧本，比如《与陌生人喝酒》、《白底黑斑蝴蝶》、《对门·对面》等等，这是否有着当初先锋实验阶段的积淀的功效？

潘：李洁非在一篇谈我的小说文章里说，我现在的作品尽管有所调整，但仍然可以看出“先锋”的痕迹。他大概是指叙事上的安排，当然也包含着结构。另一个原因，是我对电影文学本身的功夫，我对此是花过很大气力的。现在我还可以当导演来拍戏。但是即使是你所言的以上那些作品，我想本质上还不是我们通常所说的那种电影，那种好莱坞式故事片。它可能与那种法国“作家电影”的形态比较相似。《和陌生人喝酒》被黄建新买去了，他说这个小说让他想起黑泽明的《罗生门》。我倒觉得更像基耶斯洛夫斯基的《无休无止》。可是他买去了，又几年没有拍成，我当然就收回了，想想还是留给自己以后来拍吧。

康：关于《重瞳》，它使我又深一层领悟到“历史作为一种书写”的历史学观点。尽管某种意义上《重瞳》不能算历史小说，但是小说中项羽的人格魅力让我更愿意相信它。因为它更美，它越出我历史的期待视野之外，又在我的审美体验之中。我想问的是，你是怎样看待历史的？

潘：陈骏涛先生称《重瞳》是“新历史小说”，看得出，他也是喜欢这部小说的。“历史作为一种书写”是我一贯所认同的。1991 年我写长篇小说《风》时，我就在企图表述这种见解。历史不在现实，而在人心。即使是客观的历史，那么这客观也只是一种主观的可能性。我同时认为，历史是暧昧的，它总是在真实与虚伪之间飘悠。其实，对于这个家喻户晓的历史题材，大家感兴趣的是，我怎么把它写成了这个样子。

康：《重瞳》一出来，引来了很多的模仿者。

潘：我注意到了，经常看见有人在说“我是这个”、“我是那个”的。

康：有没有想过继续通过对历史进行再叙来阐发自己的美学思想和诗学观念？

潘：也许还会有吧。我想会有的。

康：你的小说中有许多传奇性的东西，有时候你的叙事主体还扮演历史事件的侦探角色，似乎带有强烈的好奇心或者冒险精神，这里涉及一个私人问题：这是否也符合你个人的心性。还有，你的生活中是否有过许多的传奇？据我所知，你曾经有过长时间飘游的经历。

潘：我想应该是叙事的需要吧，与“心性”没有什么关系。生活中我是个大大咧咧的人，没有什么“杯弓蛇影”。至于传奇经历，我想每个人或多或少都会有一点。漂泊是我选择的一种生活方式，至少目前我还比较喜欢这种“居无定所”的日子，尽管伴随着许多烦恼。有人问我，假如你现在稳定下来，是否还会写出较好的作品？我说，可能不会，因为我觉得，流动的生活会使小说飞腾。

与《北京文学》编辑谈博尔赫斯

时　间：2004 年 10 月 27 日

地　点：《北京文学》编辑部

对话人：潘　军

《北京文学·中篇小说月报》编辑（以下简称北）：潘军老师，我们的“文本典藏”栏目已经做了好几期了，从读者和“圈子”里的反映看，大家都很喜欢。说到这个栏目的设计，我们还要感谢你当初出了个好主意。

潘：我和《北京文学》、和章德宁是老朋友了。那次聚会上，我提了这个建议，我其实重视的是一个刊物的形式感，觉得穿插一点手写体的评点，至少有一种装帧效果，这也有点像博尔赫斯的小说。

北：所以我们今天想请你谈谈博尔赫斯的小说。作为当年“先锋派”的一员，你们这些作家，譬如说马原、余华、苏童、格非、孙甘露等，都一定程度上受到了博尔赫斯的影响，因此编辑部才作出这种安排。

潘：作家中对博尔赫斯有深入研究的，应该是残雪，她写了一部专著，据说很不错的。但博尔赫斯的影响应不限于在所谓的“先锋作家”里，也不仅是在小说家里，诗人中也有受到其影响的，比如西川。我还听说，博尔赫斯的诗歌实际上比他的小说还要精彩。我知道博尔赫斯，是在 1979 年，当时读大学二年级。好像是那一年的《外国文艺》上介绍了博尔赫斯的四篇小说，这是不是中国的第一次介绍？当时读了，不知所云。但博尔赫斯向我们提供了一个全新的小说形态，这种感受是显而易见的。就像一个人看惯了“巡回展览派”，突然之间让你看“印象派”，那种感受是全新的。还有，翻译者王央乐先生的译笔很了不起，感觉非常有味道。几年后的 1983 年，我在合肥买到了王先生翻译的《博尔赫斯短篇小说选》，就是上海译文出版社出的那个小32开的册子，觉得好，一直带在身边。有人说，这个小册子是我们这些作家的《圣经》。1993年，马原去海南岛拍大型电视片《中国文学梦》，他对我说已经拍了近百个中国作家，其中有王央乐，我想，他也是因为这个译本才作出这个决定的。这个事实表明，王先生的翻译对我们喜欢博尔赫斯所起的作用。倘若我最先接触的不是王先生的译本，或许就与大师失之交臂了。这一点我以为很重要。我读外国文学，从来都是先读翻译家——倘若译笔不好，我就不看了。比如《包法利夫人》，我是先读李健吾，后读福楼拜的。李先生那种漂亮的短句子让我至今迷恋。我不知道其他作家怎么看，反正我是承认，博尔赫斯对我有很大影响。十多年前，我甚至还公开效仿他，写了几篇小说，比较典型的是那部中篇《流动的沙滩》。我觉得博尔赫斯的真正影响，是对于整个写作形态的改变，同时也颠覆了阅读。

北：有批评家说过，《流动的沙滩》是一部典型的博尔赫斯风格的小说。你本人也曾经说过，创作这篇小说的时候，就非常向往能写出一部具有那种博尔赫斯式的语言意味的小说。

潘：苏州大学的季进教授就这么说过吧，他说这篇小说“最博尔赫斯”，我说，我以这种方式向大师致敬。这一点当时在下笔的时候就非常明确。我希望在叙述上做到从容不迫，而且既要完全改变传统小说的那种结构模式，又即兴地随手拈来一些东西，然后把它们放在一个统一的语言系统里面，构成内部的一种和谐。这是我对博尔赫斯的直觉。我从来不在意博尔赫斯的小说里到底说了些什么，更多是看他怎样说。我只是觉得他的小说很智慧，它的句子很智慧，而这样的作家在我看来确实是很罕见的，每一次细细地阅读，你可能都有新的发现。不过今天我们得说点什么了，否则就算不得“评点”了。我写上去的那几段话，都是即兴的读后感，不到半个小时就交卷了。

《南方》在博尔赫斯的短篇小说里，应该是精品。他本人也非常喜欢。这部小说集中体现了博尔赫斯小说的特点，就是对时间的思考和处理上。他对时间一直是不自信的，笔下的时间总是模棱两可，迟疑不决，甚至自相矛盾。他说，时间是一个令人颤抖和严峻的问题。然而也正是这种犹疑和悖论使得博尔赫斯对于时间命题的解决呈现了多样化的状态，从而意外地使其小说获得了独特魅力。《秘密的奇迹》叙说的则是在战争的阴影下关于时间的命题，在这里博尔赫斯提出了客观真实与心理真实，亦即物理时间与心理时间的关系问题，或者肉体的世界和精神的世界问题。博尔赫斯在作品中用暗示的手法模糊了梦与现实的界限，将梦和现实打通，合并成一条路，可以在其间自由来往。他进入了自由的呓语的梦境的状态，而我们正是被作者叙述中随意流淌出的象征、智慧、思考和想象力所征服。

北：你提示大家注意《南方》的那个段落，是否可以看做是一种转折？

潘：说转折也未尝不可。作者本身的表述就很含糊，到底是达尔曼的身体好转了，还是他的梦开始了？我选择后一种。他的关于南方的梦，是从病床上开始的。所以他说“几乎使人难以相信，这期待着的一天竟然来到了”。这种语气本身也是难以置信的。然后是“谁只要跨过那条街道，就会进入一个更为古老更为实在的世界”。再往下，便有了“身分为二”的感觉，“一个是秋日里在祖国大地上旅行的人，另一个是禁闭在医院里受着疗程奴役的人”。所有这些迹象，传达出来的都是梦的信息。他所营造的“南方”，无疑是一种象征。在这里，南方和传统、历史是同义词。达尔曼走进南方，实际上是博尔赫斯走进了传统和历史。在这里，他将要接受命运的挑战。命运和时间一样，都是不可捉摸的。所以小说的最后，那个被称为“南方的缩影”的高乔老人向达尔曼扔出了一把刀子，把他逼上了必须接受挑战的绝路。这太绝妙了。

北：博尔赫斯在中国一直存在着被“误读”的现象，对此你怎么看？

潘：“误读”的现象是有的。究其原因，我认为在于几个方面。首先是翻译得不够准确，我看过一份资料，说博尔赫斯的名篇《交叉小径的花园》不是“交叉”，而是“分岔”，应该是“小径分岔的花园”。我想之于此类的错误应该还很多，但对于我们这些不能用外语阅读的人，不好分辨。但是，当我比较了几个译本之后，仅从译笔来看，我欣赏的还是王央乐先生的译本。其次——实际上这是最重要的一点，我认为是阅读观念的问题。博尔赫斯的小说是全新的形态，那里没有什么明显的线形关系，也没有更多的因果关系，故事往往是零碎的，人物形象也是模糊的，倒是充满了悖谬、矛盾、幻想和想入非非。第三，批评家们也在误读。

中国的批评家往往习惯在读懂之后才发言，而现在面对的是全新的不易读懂的文本，所以他们只能作出似是而非或者自以为是的发言。在这里，批评家们其实是遇到了自身智力上的挑战，但他们多数是回避了，顾左右而言他。

北：批评家更关心的是把作品纳入某个体系和大的背景。

潘：但是最过硬的批评家还是应该就文本谈文本，迎面而上。可惜这种批评家不多见，多见的是把我们这些人的小说当做他理论体系的“举例说明”。

北：对博尔赫斯的误读不仅仅存在于批评家中，还存在于作家中。这是否因为中国作家很大程度上比较拘泥于现实，在思考中比较缺乏形而上的能力？

潘：有这方面的问题。但主要原因还是把我们习以为常的写作方式套用在博尔赫斯身上，这就造成了严重的隔阂。博尔赫斯一辈子是在书籍中旅行，他的作品极大地依赖文献与资料，依赖于自身的想象力而缺少体验。另外，博尔赫斯一辈子痴迷于叔本华等人的学说，他往往一开始就面对的是形而上的思考，这与中国作家习惯于从形而下提炼到形而上，希望从现实层面进而升华的经验也是大不相同的。再就是，一般的作家通常是被故事、被因果关系所追逐，是被动的；而博尔赫斯则是主动驾驭着文本，他通过他创造的这种特殊文本作为载体，可以装他想装的东西，可以为所欲为。

北：博尔赫斯自身即存在很多悖论，他秉性文弱，而他向往的境况却往往是雄壮的，作品中经常出现黄金、老虎、草原等等硬的意向，这是否可认为他的写作是对于自身不能达到的一种补偿。而中国作家的写作可以让人看见具体生活，却缺乏这种补偿。

潘：博尔赫斯自身就是一个悖论。他生性羞怯，却又喜欢跃跃欲试；热爱学问却又醉心政治鼓动；性格孤僻却又愿意接受记者访谈。博尔赫斯出身于一个旧式军人家庭，从小在祖辈那些可歌可泣的传奇故事中长大，这种经历使他对那种勇敢彪悍的形象非常崇拜，所以他笔下出现的，往往都是杀手、醉汉、囚犯、刺客、流浪者和远方的骑士。这种形象，可能也是对他乏味的个人经历的一种补偿。某种意义上，他通过自己塑造的小说形象展现出生命的辉煌。他像个优秀的演员那样，通过不同角色的演绎丰富人生的体验。但博尔赫斯不是那种依靠个人经验、阅历进行写作的作家。他的身体条件决定他不能行万里路，但可以读万卷书。他是一个典型的“图书馆作家”，依赖的是自己丰富的阅读。这使他的作品，无论是小说还是诗歌，都呈现出一种超凡的幻想。他是一个梦想家。他从小就待在父亲的书房里，成人后几乎一辈子都泡在图书馆里，先是在布宜诺斯艾利斯市里图书馆当管理员，庇隆政权时期，他被弄去做了几年的家禽检查员，等庇隆下台了，他被任命为国家图书馆的馆长，他在这个职务上做了 18 年。所以他说：“必读的书，我已饱读。”他一生是在书籍中旅行。上帝把八十万册图书和高度的近视同时送给了他，却使他成为一个因近视而富有远见的人。这种情形，在其他作家，包括中国作家中十分罕见。一般来说，一个作家的经历、记忆，特别是童年、少年时期形成的记忆，决定了他的写作方向。作家的每一次写作，都不同程度地在调动自己的记忆库。但博尔赫斯不是这样，他的许多小说，我推测都是从传说和阅读中得到启发的。他把自己的某些观念，嫁接在一个书中看到的或者道听途说的故事躯干上，然后再用文学的方式去解释哲学方面的问题，这使他的小说别具一格。《秘密的奇迹》中，居然有这样的事情，一个死到临头的剧作家，因为剧本没有写完，便托梦去向上帝争取一点时间，而上帝居然也允准了。但他要表达的却是对时间——这个哲学问题的理解：客观的时间无法驾驭，但主观的时间则可以自由支配。肉体的世界可以凝固，精神的世界却可以无限释放。

北：你在一篇关于博尔赫斯的随笔中，曾提出一个观点，即认为博尔赫斯的小说文本是一种“双重虚构”，能具体谈谈吗？

潘：所谓“双重虚构”只是我个人的理解。小说作为虚构的故事文本在博尔赫斯手里，就其表面的形态而言，往往像一份措辞考究、证据充足的书面报告——他有一部小说集就叫《布罗迪报告》。在这样一份“报告”里充满着准确的时间、地点、真名实姓的人物、确有出处的典籍，并有大量的引经据典，这些“报告”经他神秘地组织起来，具有毋庸置疑的欺骗性，但一切看上去都是那么煞有介事。他用貌似真实的细节等虚构了作品的形式，从而构成了一种虚实相间的迷离的效果。这是另一种虚构，形式的虚构。除了博尔赫斯的博学和对纯粹文学形式的高度把握，或许正是由于这么一种“双重虚构”的文本，使博尔赫斯成了“作家们的作家”。这之前的作家们可以虚构故事，却还没有来得及考虑虚构形式。读博尔赫斯的小说，有时候感觉是在做一项智力游戏，那里面有知识、有智慧、有惊人的想象和清晰的思辨，你在破除他布置的迷宫的同时，也享受到了梦游般的快乐。

北：能谈谈对短篇小说的看法吗?

潘：我对文学史上依靠短篇小说立足的作家，从来都是敬畏的。例如中国的鲁迅、法国的梅里美，还有这位博尔赫斯。短篇小说由于受到篇幅的限制，它的经营便煞费心机。“短篇小说”应该是一个专有名词，与内容的浓缩其实没有什么关系。我曾经有一个比方，觉得短篇小说和传统中国画中的那种叫做“小品”的形式很接近。小品不是浓缩的国画，当然放大了也不是巨制。小品就是小品，要求的是那么寥寥几笔，尽得风神。但这寥寥几笔往往是要命的，因为要出大境界。所以八大山人、齐白石是大师，他们是出了大境界的。短篇小说核心的一点，是在有限中企及无限，这也是要命的。

北：你怎么看博尔赫斯将文学当做严肃的游戏，认为写作是满足自己游戏的心态。

潘：对于一个职业作家，写作这种职业往高谈是使命，往低谈就是日常生活。但无论是作为使命的写作还是作为日常生活的写作，最高境界应该是游戏的状态。李陀曾批评我是个过度沉溺于叙事快感的作家，可我却将它视为一种表扬，因为我是一个为叙事的欲望所驱使的作家，倘若连叙事的快感都没有，那我也许就不写作了。

北：在文坛上，你是一个比较特立独行的作家，能对当下的中国文坛谈点看法吗?

潘：我一贯置身“坛”外，不知道“坛”内的事，也不感兴趣。我现在也不怎么读小说，主要读一点文史方面的书和一些闲书、杂书。另外就是弄点字画，自娱自乐，有时打打麻将。北京这个地方虽然人多车多、空气不好，但能修身养性——因为能人太多，天下太大，谁也霸不住。这就意外地获得了一份安宁。这也是一个悖论。

与“文学比邻”的几次谈话

一

时　间：2008 年 1 月

地　点：杭州

对话者：张晓红（《江南》杂志编辑）

张晓红：我们《江南》有一个栏目，叫“文学比邻”，不知道你可留意了？

潘　军：我对《江南》的小说不大在意，好像到了现在这个年纪，基本上不怎么看小说了。但这样的栏目我是关注的，觉得好看，听说是鲁渤主持的？

张晓红：对。所以我这回向你组稿，想请你谈谈你做影视方面的事情，“比邻”一下。正好，你带《海狼行动》剧组来杭州拍外景了。在杭州拍哪些镜头？

潘　军：主要是去杭州玻璃厂拍老火车头。

张晓红：那老火车头根本就不能跑了呀。

潘　军：我们用内燃机车头在后面顶着它跑，前面放烟。

张晓红：去年 8 月里你来杭州为《五号特工组》做宣传。这部戏在杭州播得很火，收视率是第一。

潘　军：在全国绝大多数城市的收视率都是第一。这个我有数，开拍前，我在上海举行的新闻发布会上说，我就是要拍一个大家觉得好看的“洋抗日”的故事。当时有人私下里觉得我这话有点大，因为一部电视剧的收视率上去是很难的，跟一本书卖火一样。

张晓红：可是我印象中你的小说印数都不是很大。

潘　军：没错。最大的也就是《死刑报告》吧，开印六万册，后来不印了，结果盗版满街飞，我就收藏了四个“版本”。其实，我成不了一个畅销书作家，我希望自己能成为一个“常销书”作家。每年有一部分读者愿意买我的书。假如有一天我的小说卖火了，反倒让我不安了。

张晓红：为什么这么看？

潘　军：因为这是两种完全不同的东西。电视剧就是一个十分通俗的大众化的东西，老百姓不看，你给谁看？小说，至少我自己的小说，其实是写给自己和一些朋友看的，或者说是给同道的读者看的。是自己的一种叙事欲望的满足。前者，我称之为“生活需要的写作”，后者则是“内心需要的写作”。我拍电视剧，有些读者是不满的。我感谢这样的读者，只能请他们谅解。

张晓红：你送我《五号特工组》的碟，我是连熬了几个夜看掉的，确实还很好看。故事情节很扣人，台词也不错，拍摄制作都还比较讲究。

潘　军：但你绝对不会指责我拍得不深刻吧？这就和小说不同嘛。

张晓红：我记得你不止一次地对我说过，就你个人的素质和知识结构，你更适合去做一个导演。以前我没当回事，现在看起来，这话是有道理的。你是作家，从小生长在一个黄梅戏的家庭，在戏园子里长大的，熟悉舞台。你给《水边的舞台》写的那篇序言，几个朋友看了，都说好。

潘　军：你母亲是越剧演员，我母亲是黄梅戏演员，所以，我写那篇序言，完全是有感而发。对于她们那样的“戏人”，从走下舞台那天起，她们的人生谢幕实际上就已经完成了。

张晓红：你最初又是学画的，在中国作家中，你的画应属上乘。《江南》今年第一期就用了你的几幅画，我听到的反映还挺好的。我特别喜欢那幅《断桥》，寥寥几笔，让人很有感触。

潘　军：可能这也与我们的“舞台情结”有关吧。那个瞬间你可能仿佛听到了你妈妈在唱“西湖山水还依旧”。1977 年，中国高考制度恢复，我报考的就是浙江美术学院，成绩不差，身体都检查了，可是那一年还讲政审啊，我父亲是没有被平反的“右派”，结果他们没有要我。

有时候我想，如果当初的浙美录取了我，我会成什么样子。估计也未必当一辈子画家。

张晓红：你做导演的另一个原因，是你本人还能演戏。

潘　军：我在大学三年级的时候，是1981年，写了一个独幕话剧《前哨》。也是自编自导自演，在剧中饰演鲁迅先生。这个戏后来获得了首届全国大学生文艺汇演的一等奖。那一年是鲁迅先生诞辰一百年。

张晓红：我看过宗仁发写你的一篇随笔里提到，你还演过周恩来。看来你特别喜欢演历史人物。《五号特工组》中你演的是戴笠，也是我们浙江江山人。

潘　军：那次是客串一下，这回的《海狼行动》，我还是演戴雨农，有六十多场戏呢，开场的序幕就是，1937年12月，南京政府撤离的前夜，戴笠一脸的沮丧。这次来杭州，除了拍老火车头，还到法华寺去拍了戴笠进香的一场戏，寺里的住持告诉我，历史上，戴笠曾经三次到这里来进香的，所以对剧组十分热情，以至于让我们把“大炮”（升降车）都支进了大雄宝殿，面子给大了，不是我的，是戴老板的。

张晓红：那天我和英姿、李杰去探班的，你当时正扮着呢。

潘　军：对对。其实，剧中描写的是1943年的四川的慈云寺。选景的时候，我发现法华寺的感觉非常好。没想到历史上戴笠还真的到过这里。

张晓红：你刚才说，你拍的是“洋抗日”的故事，怎么说?

潘　军：过去我们接触的都是些“挖地道、埋地雷”的土抗日嘛，这个游击队，那个游击队。一场八年抗战哪能都靠游击队呢?全中国的游击队能消灭多少日军的有生力量?一个旅团还是一个师团?不符合历史真实啊。所以，我写了一个中间力量，一群“海归”的爱国青年，住在上海的法租界，有着体面的上流社会的身份，既跟中共地下组织合作，也跟“军统”联手——当时的政治背景就是国共第二次合作。他们一起对付日本宪兵司令部的特高课和汪伪的“76号”。类似这种事情在当时是有的。比如说，1937年8月14日，“淞沪会战”爆发的第二天，中国空军第一次在上海上空与日军作战，旗开得胜，六比零的战果，高志航等飞行员都是从海外回来的，那一天就被后来的国民政府命名为“中国空军节”。

张晓红：《五号特工组》里，每个单元都是有一个大事件的背景，你是有意这么处理的吧？

潘　军：对，我计划拍一个“谍战三部曲”，按时间顺序来结构。第一部《五号特工组》，从 1937 年的“卢沟桥事变”写到 1941 年的“珍珠港事变”；第二部《海狼行动》，写到 1943 年的“开罗会议”；第三部叫《捉放曹》，写到 1945 年的“重庆谈判”。我想把那八年抗战里发生的大事件都放进去，这样，八年抗战的轮廓大致就描绘出来了。

张晓红：这应该很有意思。

潘　军：其实我也是满足一个“玩”的心态。拍这些东西，打打杀杀的，很好玩。间谍题材和爱情、死亡一样，大家永远都爱看，《007》不是已经拍几十年了吗？

张晓红：可我从你新出版的小说集《戊戌年纪事》的序言和后记里，也看到了你的忧虑。你说，你担心作为“编剧和导演的潘军，会掩盖从前那个作家潘军”。

潘　军：这种忧虑自然是有啊！我刚才不是说了吗，我的写作分为两类。我这些年就是在这两类写作中来来往往，跨过来，跨过去。你还记得我们第一次见面的情形吗？

张晓红：当然记得，那是在 1998 年秋天，我到北京向你组稿，你住在亚运村那边的一个酒店里，也是在为别人搞影视吧。

潘　军：是啊，当时是在拍一个叫做《对话》的电视电影，也是自编自导。等这件事做完了，我又返回去写小说了，而且一发还不可收，写了一批小说。比如长篇三部曲《独白与手势》，比如中篇《秋声赋》、《对门·对面》、《重瞳》以及给你们的那个《关系》，短篇像《和陌生人喝酒》、《寻找子谦先生》等，都是在那个时期写的。到了 2000 年，全国七家出版社——包括浙江文艺出版社，不约而同地出版了我十六本书。这些小说不可能是一年写的啊，都是写完了，发表过了，搁在那里没理会，因为去忙影视了。等忙完了，才回过头来打理书稿，凑一块了。

张晓红：那阵子忙完了，你是不是又去写电视剧了？

潘　军：没错，一气写了两个剧本卖了。正好那时我母亲得重症，需要大笔的钱，只能去卖剧本了。直到 2004 年，我才有状态写了长篇小说《死刑报告》和中篇小说《合同婚姻》、《犯罪嫌疑人》等。

张晓红：你写小说很看重状态？

潘　军：是，我很看重。如果状态不好，我无法写作。我们这些作家，写作历史都是二十几年了，也出了几十本书，多少不重要，重要的是好坏。写小说是一个人的战争，是自己跟自己较量，这就永远面临着一个问题——你是否能够写得更好？如果不能，那何必要写？说实话，我一直在怀疑自己还能不能写好小说。写作的路应该是越走越窄才对。

张晓红：是否也有一个被金钱诱惑的问题？

潘　军：当然有啊！有一天，有人敲开你的门，拎着一旅行包的钱，让你给他写电视剧。如果这个时候你正在写小说，你就应该说不。你说不了不，那就只好被这些商人牵着走。

张晓红：你遇见过吗？

潘　军：去年秋天，我在家里重新修订《独白与手势》，利用水墨的形式把小说的图画部分重新做一回，你知道，那部小说我是把图画引进了小说叙事的，使之成为叙事的一个层面，我画了一百六十多幅。那当儿，就有人上门来约我做电视剧了，说潘军老师，《海狼行动》之后帮我们公司做一部吧，这是给您的订金。我说，我现在做不了。那人就问你什么时候可以做？我说等我想做的时候再通知你吧。其实也就推了。如果不推，我就被他们牵着走了。

张晓红：我觉得你做导演不完全是为了钱吧？

潘　军：主要目的是为今后做电影热个身。我当导演的念头，是在我和国内的一些大牌电影人陆续接触之后，树立起来的。一次谈话，彼此心里就有数了。我知道他们的能力、水平在什么位置上了，因此我的小说电影版权一个没卖。

张晓红：那你打算什么时候拍电影？

潘　军：这个还真说不好。电影市场不好，投资人胆战心惊。另一个原因是我们的电影审查制度还不宽松，我想做的，往往是通不过的；而能通过的，往往没意思。陈凯歌不是一直想拍我的《死刑报告》吗？送了几次，没通过。那就去拍《梅兰芳》吧。还有一个消息告诉你，就是话剧《重瞳——霸王自叙》很快要上演了。

张晓红：这是个好消息。剧本首发在《江南》上，到时候我们要去北京看戏。

潘　军：那我们下次就在北京见吧！

二

时　间：2008 年 1 月

地　点：上海松江

谈话者：女儿潘萌

潘　萌：去年第一次去片场探班的时候，愣是没认出你来。那个穿着大背心、捧着大瓷缸蹲在监视器面前的那个人还是我爸吗？昨天我跟你去片场，感觉你比去年夏天拍《五号特工组》的时候辛苦多了。连执行导演都没有，什么事情都亲自张罗。《五号特工组》你只拍重场戏，对其他的戏给执行导演提出要求，余下的工作就是看景了。

潘　军：其实导演就是一个不折不扣的体力劳动者。我说过，片场就两种人，一种是酷似明星的人，另一种是酷似民工的人。我就是一个民工头嘛！基耶斯洛夫斯基就是被累死的。他死的时候不过五十多岁。他说对于导演，并不意味着鲜花掌声，而是经常早晨六点起床，和雨水、水泥之类的东西打交道。你看，这不是民工头吗？（这篇谈话在整理期间，又得知拍《英国病人》、《冷山》的导演安东尼·明格拉去世了，终年五十四岁）

潘　萌：去年的《五号特工组》赶上个高温季节，今年的《海狼行动》又是个几十年不遇的大雪天，全给你赶上了。可我知道，你有一个"电影梦"。你现在拍电视剧，不过是练手热身吧。你说三十年前进安徽大学，从图书馆借出的第一本书就是关于电影导演方面的。

潘　军：是前苏联导演库里肖夫的《电影导演基础》，比砖头还要厚。

潘　萌：你把这本书差不多都抄下来了，包括那些插图。我小时候就看过你那个笔记本，黑色的封面。

潘　军：那时我就有点跃跃欲试。我小时候在《大众电影》上看见过崔嵬拍摄《青春之歌》的一幅工作照，是棚里的，边上支着摄影机和许多灯光器材，还有人在"下雪"，我就对这种生活十分痴迷，也仿佛觉得自己会拍电影了。还有一个有趣的例子，就是当我看一部电影院即将上映的新片子时，知道了故事情节，就私下里根据自己的想象安排起了演员，结果还真蒙对了不少。比如说《英雄虎胆》，于洋、王晓棠，包括张勇手，我都猜对了。

潘　萌：你历来很在意演员的表演。我从你的随笔里看见，你说好演员有两类：一种是个人魅力型的，比如赵丹、金山；另一种是演技型的，比如石挥、蓝马。你还提到了《英雄儿女》中演政治部主任的田方。

潘　军：就是田壮壮的爸，好演员，可惜早去世了。

潘　萌：那么，达斯汀·霍夫曼与罗伯特·德尼罗也是两类？

潘　军：他们也是两类。我更喜欢演技型的。

潘　萌：对所谓“本色演员”呢？

潘　军：本色不过是一个方便。

潘　萌：那天在剪辑房，看见你这回演的戴老板，演技有所提高啊。

潘　军：其实我不是在“玩票”，觉得这也是与演员沟通的一种方式。

潘　萌：我一点都不怀疑你能做一个好导演。我也知道你不会永远拍电视剧，你实际上是在把电视剧当做电影来拍啊，你每一场戏的镜头都很丰富，这完全是电影的手法嘛。看你这两次都搭了那么多的景，老飞机啊、旧轮船啊、老火车啊，还真跟拍大片似的。昨天我去你的主场景——船底舱，简直被镇住了，很多管道仪表什么的都是真的。

潘　军：上回来了一群记者，也很惊讶。就这场景，花了二十万。

潘　萌：还有光，很讲究的，吊了那么多的灯啊！

潘　军：有近七十盏，每天用电量在十万度以上。

潘　萌：电视剧需要这么讲究吗？

潘　军：电视剧通常是一卖故事，二卖演员。有的戏故事弱，靠演员来拉动人气，所谓“人保戏”；另一种是故事好，演员大致符合，就可以了，所谓“戏保人”。但制作上还得考究一些。我走的是后一条路子。

潘　萌：我知道你想做自己的电影，比如《我的偶像崇拜年代》、《秋声赋》这样的，也未必做得了。

潘　军： 那就安心等待吧。中国有很多事情都是等出来的。不能拍，就观摩吧。经常看看碟也挺好。我自信还能看出一部优秀影片的好来。这就跟写作一样，你先得去读书，读出了别人的好，就有了一些自信。前些天我又把安东尼奥尼的《放大》看了一遍，结尾那个哑剧用得实在好，仿佛是一个哲学意味——存在与虚无。还有，去年的《通天塔》，也很好。

潘　萌： 这部片子我也很喜欢。名字实际上叫《巴比伦塔》，从《圣经》上拿来的，人类原本是可以修一座“通天塔”的，结果让上帝害怕了。于是上帝就用不同的语言来使人类造成隔阂，彼此不能沟通。于是半途而废。西方很多电影都从宗教里面找素材。

潘　军： 但人类的隔阂恰恰是人类自身造成的，语言的障碍已经不重要了。政治、文化、种族、信仰等，都是造成这种难以沟通的原因。

潘　萌： 奥斯卡却颁给了西科塞斯的《无间行者》，很不公平。

潘　军： 西科塞斯是该得奖的时候被奥斯卡冷落，如今却被愚弄了一回。他的《愤怒的公牛》、《出租汽车司机》拍得多好！

潘　萌：1997 年你去海口拍摄《大陆人》，应该是你第一次当导演吧？还记得当时什么心情吗？

潘　军： 对。但我心里已经很有底了，所以上手就是二十六集。心情嘛，跃跃欲试啊！

潘　萌： 我记得你们开机的那一天是个特殊的日子，邓小平逝世，我一早就给你打了电话，好像是五点钟。

潘　军： 2 月 19 日，在广州开的机。

潘　萌： 那部片子前两年我还在电视里碰巧看过两集，应该说，在那个时期，能拍成那样子就很不容易了。

潘　军： 那部片子很可惜，由于和投资方谈不拢，所以后期我没有做。

潘　萌： 后期很重要啊。都说是“三分拍，七分剪”。

潘　军： 现在想起来还觉得有点遗憾。

潘　萌： 你曾经劝我可以学学剪辑。

潘　军： 我觉得剪辑这项工作很有趣，而且很适合女孩子做。好莱坞的“三驾马车”，指的就是导演、摄影和剪辑，不包括美工。

潘　萌：或许就是因为这个吧，我这次去美国留学，最后决定还是去读电影。

潘　军：但我不希望你今后去做导演，太辛苦，辛苦得一点美感都没有。

潘　萌：我申请的学校有个新项目，是关于国际电影交流与电影文化传播方面的，我很感兴趣。当然，我也会写小说、写剧本的。对了，有一家出版社想约我们写一本关于电影的书呢，就是想让我们共同看上十部电影，各写各的，合成一个随笔集。你有兴趣吗？

潘　军：有兴趣，但估计暂时没时间。《海狼行动》拍完，接着要做后期。明年计划做第三部《捉放曹》。

潘　萌：你做历史剧方面的本事我们都见识了，那当代题材呢？

潘　军：我已经在考虑做一个当代戏，就是把《从前的院子》等几个小说放到一块，打算拍一个跨越几十年的东西。名字就叫《从前的院子》。

潘　萌：你的《合同婚姻》已经在播出了。

潘　军：是何群拍的，我还没看到。但剧本我只写了一稿，因为当时在上海拍《五号特工组》，分不了身。现在的剧名已经不叫《合同婚姻》了，叫《婚姻背后》。

潘　萌：为什么要改呢？

潘　军：说是审查通不过。

潘　萌：奇怪啊，小说和话剧都叫《合同婚姻》嘛，怎么电视剧就不行了？

潘　军：这也是中国特色啊！

潘　萌：我看过你写的几篇电影随笔，关于伯格曼的，关于基耶斯洛夫斯基的，关于科波拉的、奥里弗·斯通的、斯皮尔伯格的、马丁·西科塞斯的，还有拉兹·冯特艾尔、朱佩塞·特纳多雷、阿姆多瓦，反正有不少。这其中，你好像最喜欢基耶斯洛夫斯基和拉兹·冯特艾尔。

潘　军：我觉得他们的作品和我心目中的电影一样。

潘　萌：但在中国，这样的电影可能没有市场。

潘　军：这是一个问题。

潘　萌：我的大学毕业论文想写世界女性电影，给我推荐几部吧，看看我们想的是否一样？

潘　军：《蓝》、《钢琴课》、《黑暗中的舞者》、《教室别恋》。

三

时　间：2008 年 3 月 9 日

地　点：北京寓所

对话人：刘聪玲（中央人民广播电台记者）

刘聪玲：那天在中国国家话剧院举行的《霸王歌行》的新闻发布会上，你有句话给我的印象很深。当时你说，你的写作分成两类，一是谋生的写作，另一种是内心的写作。你把话剧视为后一种写作，能具体谈谈吗？中央人民广播电台的神州之声“文化时空”栏目，有一个版块“名家访谈”。

潘　军：话剧是属于文学的，一个作家只有发自内心地写作，才称得上是写作。这种写作不属于大众，只属于自己，属于朋友，属于那些和你精神上达到默契的读者或者观众。它是一种同道的东西，是小众的。至于另一种写作，其实就是谋生的手段，比如写畅销书，写电视剧之类。你今天上我这里，在北京能买上这样一套房子，小说是难以实现的，但电视剧可以做到。

刘聪玲：你去年自编自导的电视剧《五号特工组》，可以说是大火荧屏，我听到的观众反映都不错。

潘　军：这就对了，电视剧是个通俗的东西，你必须要让大家喜欢，这是起码的目标。但我真正喜欢的还是小说和话剧。

刘聪玲：电影呢？

潘　军：如果是按照我自己意愿拍的电影，当然也会喜欢。

刘聪玲：不过，《五号特工组》看得出你也是下了功夫的。

潘　军：我这个人做事情心气很高，既然你染指了这行，那就尽心尽力去做好吧。

刘聪玲：这次的《海狼行动》觉得怎么样？

潘　军：就剧作和拍摄而言，品质上应该是超过《五号特工组》

的。目前前期拍完了，2 月 26 日在上海封镜。第二天我就赶回了北京，来参加《霸王歌行》的新闻发布会。

刘聪玲：在学术界，您一直被认定是先锋作家，从小说《重瞳》到话剧《霸王歌行》，作品的先锋性也是很突出的。能谈谈这个“先锋”吗？

潘　军：所谓先锋，我觉得本质上是在坚守一种文化立场和文化精神。从小说到剧本，都保持了“第一人称”的叙事，实际上就是项羽这个幽灵的口述史。我满意的一点，是我并没有去篡改历史对项羽的史料规范，《项羽本纪》里的史实全在，但是我寻找了一种新的解读的可能性，也就重新塑造了一个新的霸王。你会发现，那些大家耳熟能详的典故都在戏中体现了，但看法和以前完全不一样，颠覆了，这与原著和剧本的精神层面达到了一致。

刘聪玲：这个戏虽然带有浓重的先锋试验性质，但在主题思想、人物性格乃至情感上，还是给人以震撼。

潘　军：形式是为内容服务的，这种朴素的美学思想我视为真理。纯粹的形式主义是没有意义的。其实即使是当年我写的试验小说，也都是有内容的。我没写过纯粹形式的东西。《霸王歌行》通过项羽自叙的一生，揭示了一个悲剧宿命；揭示了政治、权力和人性之间的较量和挣扎。

刘聪玲：在新闻发布会上，您曾说：历史上爱项羽的只有两种人——文人和女人，而李清照是二者结合的典范。男人难道不喜欢项羽吗？

潘　军：当然这是一种表达的方式了。我觉得在中国乃至世界男人的心中，那种成王败寇的价值取向至今没有改变。这就是我们今天演《霸王歌行》的意义所在。

刘聪玲：您对导演的某些处理怎么看？

潘　军：王晓鹰是一位出色的话剧导演，我看过他的《萨勒姆的女巫》和《哥本哈根》，都很棒。这次的《霸王歌行》，他的探索姿态更有胆识，比如说引进了京剧的元素，乃至民间“双簧戏”和“独角戏”的元素，比如让一个演员去串演十三个角色，比如把中国画的写意和后现代艺术的装置安排到一起，进行了拼贴，比如运用了多媒体手段，这些合成起来，构成了一种新的戏剧语汇，既有民族的、古典的韵味，又有现代艺术的审美气息。

刘聪玲：也有人对京剧和话剧混合、舞台上的“鲜血淋漓”表示异议的。

潘　军：这很正常啊。但凡一部优秀的作品，大都是有争议的。只有平庸的东西众口一词。但是，我也发现有人是没有看明白的。比如说，项羽和虞姬乌江相逢，项羽对着疾驰而来乌骓马大喊一声“吁——”，然后项羽才说“请问姑娘芳名?”而虞姬则俏皮地回答：“我的名字其实你已经知道了。”虞姬谐音把“吁”和“虞”等同了，这个细节小说中就有，都觉得是很精彩的一笔，但居然有人没看明白！京剧的元素，剧本中原来就有体现，包括梅派的那段脍炙人口的经典唱腔和“夜深沉”的剑舞，我认为必须用进来。王晓鹰支持了这个做法，做得很好。至于“鲜血淋漓”，我觉得效果很好，有视觉的冲击力。

刘聪玲：对演员的表演，您怎么评价?

潘　军：房子斌饰演的项羽符合我的想象，他的表演充满激情与悲怆，收放有度，很大气；刘璐是梅派青衣，正读研究生，能在话剧和京剧中自由穿行，已经很不容易了。她的“圆场”、“舞剑”、“念白”和唱腔，都是不错的。特别是张昊，一个人饰演了范增等十三个角色，这是王晓鹰的创造，更是张昊的成功。为了感谢这台演员，昨天我给他们送了小说《重瞳》和我的最新出版的小说集《戊戌年纪事》。

刘聪玲：几年前，您的另一部话剧《合同婚姻》由北京人艺演出后，立即在京城引起了轰动，那些天街头巷尾经常能听到大家在议论这出戏，甚至有些台词一时间成了流行语，比如“男女之间手摸不到的地方就是远”。

潘　军：这个戏是北京人艺的保留剧目，他们每年都演。去年“五一”期间还要加座。最近哈尔滨话剧院也在演出，据说效果也很不错。

刘聪玲：这说明《合同婚姻》引起了共鸣。

潘　军：我的愿望是希望通过这个戏，让大家对婚姻制度重新思考一番。我个人觉得，婚姻是人类最大的败笔。这个制度有待于修正、完善。《合同婚姻》也改成电视剧了，但效果估计没有话剧那么强烈。审查的时候连名字都改成了《婚姻背后》，说“合同婚姻”挑战了《婚姻法》——《婚姻法》难道就不能挑战吗？我挑战的是整个人类的婚姻制度呢！

刘聪玲：我想知道，您最近有关于小说创作的计划吗？

潘　军：暂时还没有，担心自己的状态不好。

刘聪玲：不少读者期待着读你的小说呢。

潘　军：写小说是越到后面越憷，感觉就是在登一座象牙之塔。一个作家写小说是需要足够的勇气的。

刘聪玲：为什么这么说？

潘　军：你会觉得步履艰难。既然是象牙之塔，那就不会是坐电梯上去的——那是现在杭州重建的雷峰塔了。

四

时　间：2008 年 3 月 14 日

地　点：北京寓所

谈话者：女儿潘萌

潘　萌：首先得向你表示祝贺，今晚《霸王歌行》在东方先锋剧场的首演很成功！这出戏早就听说要排，几年没消息，现在突然就搞出来了，很意外。

潘　军：是啊，剧本在 2004 年就写出来了，发表在《江南》2005 年第一期上，这是《江南》自创办以来首次发表剧本。

潘　萌：你的话剧《地下》不也是《北京文学》破例发表的吗？

潘　军：应该是，虽然几十年前他们还发表过吴晗的《海瑞罢官》。2004 年我写了两个话剧，都是根据自己的中篇小说改编的，除了这个，就是《合同婚姻》，交给了北京人民艺术剧院，他们当年就上演了。但《霸王歌行》却迟迟不动，现在终于上演了，也算是好事多磨吧。

潘　萌：看来除了“电影情结”，你还有一个“话剧情结”。这一说，又聊到你在大学时代了。直到现在，我还经常听见老师们谈起你在大学里的《前哨》。

潘　军：我喜欢话剧，话剧属于文学。

潘　萌： 我在网上看见，哈尔滨话剧院也在上演你的话剧《合同婚姻》。

潘　军： 他们给我发过邮件，我没有收取他们20%的票房提成，让他们把这笔钱捐给艺术学校，给学生们买点书籍资料。

潘　萌： 这事很好。

潘　军：《合同婚姻》的话剧，中央戏剧学院的毕业演出也演过。

潘　萌：《霸王歌行》是你起的吗？我怎么觉得原来不叫这个名字啊？

潘　军： 名字原来是小说的副题，叫《霸王自叙》，我就是利用"口述历史"这个形式嘛。舞台上其实有两个项羽：一个是故事的讲述者，那是个幽灵；另一个则是历史中的项羽，剧中人的项羽。我还在剧本中提示过，项羽身着一件红黑两面的斗篷，黑的表示幽灵，红的则进入历史。

潘　萌： 现在舞台上这件斗篷还有，但并没有包含你的这种暗示。你最初的剧本里就有京剧的元素，包括那段梅派的经典唱腔，这些现在都体现出来了。

潘　军： 对，我就是想把京剧的一些东西融进去。

潘　萌： 最后谢幕的时刻，您上台接受鲜花，并代表剧组全体人员上台对观众致辞——那句话讲得挺好：感谢在座的每一位观众，因为你们的存在，使这个夜晚成为了中国艺术的不朽之夜。那种激动看上去很真诚，至少我有点感动。

潘　军： 我的确有些激动。那一刻我多少有点荣誉感，这是电视剧不能带给我的。

潘　萌： 王晓鹰导演还是下了不少功夫的。一些处理，特别是让张昊一个人来扮演范增等十三个角色，这个设计很大胆。观众的反映也非常好。

潘　军： 王晓鹰最初还打算把它排成一个独角戏呢，但想想还是觉得没有可操作性。后来我们又设想把它做成一个大剧场的，可是那样一来，又怕跳不出以往"历史剧"的窠臼。当然，这里还有一个国外演出的问题，出去那么多人，接待是问题。

潘　萌： 看来一个成功的话剧，背后有很多的设计和构想，真不容易。主创们反复论证，演员也很努力。最后的“别姬”，我看见刘璐满面泪痕，弄得我也受到了感染。报纸上说这个戏还得搞一个“海外版”？

潘　军：那是为“中日韩戏剧节”准备的。

潘　萌：那其中的这些“中国元素”是针对这个做的吗？

潘　军：不是针对这个。我听导演说，所谓“海外版”将引进日本的歌舞伎和韩国的唱剧因素，届时三国演员同台演出。

潘　萌：张广天的音乐设计不错，有楚歌的气势和韵味。特别值得一提的，是刘科栋的舞美设计，简约、大气。悬挂的宣纸上随着剧情的发展不断“流出鲜血”，给人震撼，且不突兀。还有舞台前面陈设的头盔、铠甲、青铜剑，有一种走进博物馆看展览的感觉。

潘　军：但其中陈放的一只马头错了，应该是一只马鞍。刘科栋选择了现代三原色——黑、白、红。他把中国画的写意和西方现代艺术的装置结合在一起，很好的。你有哪些不满足的地方？

潘　萌：有两点意见和一点担忧。一是张昊饰演十三个角色，创意很好，但很抢房子斌的戏，经常引起笑场，这就冲淡了这个戏的悲情与凝重；第二，京剧的韵白和“小白”处理上，给人的感觉很随意。

潘　军：这我有同感。担忧呢？

潘　萌：我同意你关于“历史是作为一种书写存在于人心的”观点，因此，《霸王歌行》绝不仅仅是个普通的“历史新编”，可以说它改变了“历史剧”的范式，除了优美新颖的形式和激动人心的情节，我想精华还在于它在思想上的深度，对项羽，对英雄，乃至对中华民族的传统思维都进行了重新解读。但是这个新解，是针对旧的而成立的。如果观众对旧的了解甚少，那么新的又何从谈起？

五

时　间：2008 年 3 月 28 日

地　点：北京丽亭酒店

谈话人：饭塚容（日本中央大学教授，《幕》杂志主编）

饭塚容：潘军先生，2004 年 3 月我来北京，正逢你的话剧《合同婚姻》由北京人民艺术剧院首演；这次我来前，在网上就注意到中国国家话剧院正在演出你的新戏《霸王歌行》，所以我预订了这个离剧场较近的酒店。看来我们还真是有缘分啊！我这次来，主要就是想了解一下中国当代的话剧，目前我除了教书，还担任日本戏剧杂志《幕》的主编。

潘　军：我写小说的时候，你在编文学期刊，组织翻译我的小说；现在我做话剧，你又在主编戏剧刊物。《幕》以前对《合同婚姻》是有过介绍的。

饭塚容：这次来还有一个对你的采访任务。我们日本大学的八个教授，向日本政府争取了一笔关于中国当代文学的研究经费，计划建立一个中国作家的信息资料库，打算采访五十个中国作家。

潘　军：这应该是一件有意义的事情。你饭口家族是汉学世家啊，令尊大人是日文版《红楼梦》的译者，也曾经翻译过巴金等作家的著作；你本人也翻译过高行健、余华、苏童等人的作品。

饭塚容：你以后主要是做话剧了吗？

潘　军：我没有这么想过，但话剧是我喜爱的形式。中国的剧作家中，有两种情况：一种是很职业的编剧，譬如曹禺先生，一生主要就是从事话剧写作；另一种是主要写小说，偶尔编剧，譬如老舍先生。

饭塚容：那你应该属于后一种情况。

潘　军：对，我最想写的还是小说。

饭塚容：我从一篇资料里看到，你说你从小是在“戏园子”里长大的？

潘　军：我出生在一个黄梅戏的世家。我的外祖父就是黄梅戏的前辈艺人，我母亲也是演员，父亲是编剧。我小时候，几乎每天都进“戏园子”看戏。对舞台上的一切，是比较熟悉的。

饭塚容：我记得上次见你的时候，《霸王歌行》的剧本就已经完成了。当时不叫这个名字，而是和小说的名字一样，叫《重瞳——霸王自叙》。我本人也很喜欢这部小说。

潘　军：话剧现在的名字是后来导演他们改的，其实还是叫《霸王自叙》好，小说是第一人称的叙事，舞台上的项羽同样是在讲叙自己的故事，他既是故事的讲述者，又是剧中人。他说的，他演的，都是他自己的故事。他是个幽灵，在对着两千年后的观众，讲叙两千年前自己的故事。

饭塚容：那一年你写了两个话剧——《合同婚姻》和《重瞳——霸王自叙》，都是根据你的小说改编的。但这是两个完全不同风格的戏，《合同婚姻》探讨的是当代白领阶层的情感，而《霸王自叙》则是一个历史剧，重新塑造了一个新的霸王项羽。你把这两个剧本分别送给了中国的两大话剧团体，我想知道，你是有选择的吗？

潘　军：有选择。“北京人艺”有现实主义的传统，所以他们做《合同婚姻》比较合适。而“国话”多年来排演了不少外国戏，在舞台形式上也一直在进行着探索，他们做《霸王自叙》是顺理成章的。

饭塚容：我想知道，这个戏从剧本完成到演出，前后经历了四年，什么原因？

潘　军：我想主要原因可能是导演王晓鹰没有找到处理的方式吧。王晓鹰是个很有想法的话剧导演，他最初是想尝试做一个独角戏，后来觉得不可行，接着又想做成一个大场面的，但还是觉得不理想，这样反复着，就到了今天这个样子。

饭塚容：听说今天上午，国家话剧院就《霸王歌行》召开了一个研讨会？与会者对这个戏怎么评价？

潘　军：大家还是给予了充分的肯定，认为这个戏给当代中国话剧做出了贡献。童道明先生提议，把这个戏尽快拿到国外去演。实际上，也有一些国家在联系演出的事宜了，比如埃及、以色列、西班牙等。还有人认为，这个戏为中国话剧的发展提供了一些可供思考的话题。

饭塚容：作为小说原作者和编剧，你的意见呢？

潘　军：我还是喜欢这个戏的。当然，对有些处理，我个人也还有保留意见。

饭塚容：能具体谈谈吗？

潘　军：话剧这种形式到中国有一百年了，可以说，在这一百年里，话剧基本上是“知识分子写，写给知识分子看”这样的传统。虽然今天北京舞台上的有些话剧很“搞”，也很有市场，但这个传统不能丢弃。我认为话剧是沙龙的，小众的，是有欣赏对象的。黄纪苏先生认为，《霸王歌行》最大的贡献是坚持了话剧这个传统。我认为这个戏坚持了小说以及剧作的诗性、思辨性以及探索的先锋性，因此，其中出现的那个刘邦和刘太公、吕氏纠缠的段落，就有点插科打诨的感觉，不和谐。剧本里这个段落是没有的，是导演从小说里找回来的。

饭塚容：可是演到这个地方，观众还是鼓掌的，热闹的。

潘　军：这掌声我觉得是廉价的。北京的话剧舞台上很“吃”这个。讨论会上，总政话剧团汪遵熹导演的观点我很赞成，他说这个戏不要太热闹，要冷一点，要让大家的思考取代掌声。我非常同意这个看法。当初我改编剧本，就想到了“哈姆雷特”，应该忧郁一些，冷峻一些。

饭塚容：这个戏也可以到日本去演。日本人熟悉“霸王别姬”的故事，熟悉“四面楚歌”，相信一定会感兴趣的。

潘　军：这个戏的“海外版”是为“中日韩戏剧节”准备的，到时候会有三国演员同台演出。

饭塚容：我知道这件事。

潘　军：你对这个戏有什么觉得不舒服的地方吗？

饭塚容：不舒服的地方是觉得舞台上“鲜血”太多。尽管在宣纸上“流血”的效果很不错，但多了还是令人不舒服。

潘　军：这个意见其他观众也有。但我觉得，导演是想着力渲染一个“用刀说话的世界”吧。

饭塚容：就我掌握的资料，你还有一个没有被排演的话剧《地下》。

潘　军：这个戏肯定要排演的，目前正在运作阶段，可能由我自己来排。也许等你下次再来北京，又赶上了。

在另一片天空飞行

——对话中国先锋作家潘军

时　间：2008 年 5 月

《衢州日报》编者按：随着谍战剧《五号特工组》的全国热播，作为该剧总导演和编剧的潘军似乎也在一夜之间红遍南北。然而，这并不是作为中国先锋小说代表作家之一的潘军愿意看到的结果。

“对于一个作家来讲最尴尬的事情就是你写了那么多自以为很好的小说，民间却并没有多少人知道，但是你一部《五号特工组》，全国人民都知道了。”在接受本报专访时，著名作家潘军作出如上表述。

如同他那些经常为评论界争议和讨论的作品一样，潘军是一个具有‘传奇”色彩的人物。

有人曾见他在文联开会竟然戴着墨镜叼着香烟，而发起言来又滔滔不绝；特立独行的他在创作最辉煌阶段毅然下海经商；他创造了三个属于自己的“年”，继 2000 年一口气出版了 16 本书被称为潘军的“出版年”后，先后制造了 2003 年的潘军“话剧年”以及 2007 年的潘军“影视年”。

5 月 6 日晚，潘军接受了本报独家专访，首度解析自己饰演戴笠以及选择衢州作为《五号特工组》大结局的缘由，袒露他行走在寂寞的文学边缘和喧嚣大众影视之间的思索。夜已深，电话那头这个旅居北京的皖籍作家依旧侃侃而谈……

关于戴笠："要用历史的眼光解读"

记　者：我们注意到，在热播剧《五号特工组》中，您选择了衢州作为五个民族特工的最后任务地，在本剧中，您本人又亲自扮演了戴笠这个角色，事实上，戴笠本人就是衢州江山人，当这些因素综合在一起，我们不由得想到，这其中究竟是偶然还是一种情缘？

潘　军：总的来讲它应该是一种偶然性。《五号特工组》和一般的间谍战戏最大的区别在于，它是依托于真实史料的基本背景进行合理的、富有想象力的艺术虚构。我曾系统地研究过第二次世界大战史，包括中国的抗日战争的历史，1942 年美军轰炸东京的时候，确实有一个备降中国浙江衢州机场的方案。首先这是史实，再说，从上海到衢州相比之下距离还不算太远，所以把衢州作为这部戏最后的一个发生地是合适的，它可以构成一个故事的依托。

关于戴笠这个人，我觉得在相当长一段时间，他被国内的主流意识形态所脸谱化。使得人们一提戴笠就觉得这是一个杀人魔王，是一个坏人，其实我觉得对于一个人物，尤其是一个历史人物，不能简单地用"好"与"坏"去判断。还是要用一个辩证的眼光、历史的眼光，脱离政治环境看待。在抗战时期，我觉得戴笠是有功人员，姑且不能把他抬到一个英雄的高度，但他至少不是一个汉奸，在他的领导下，中国情报机构率先破译了日本偷袭珍珠港的情报，在沦陷区，他领导的"军统"也进行了一些有利于抗日的工作，是为抗日战争作出了一定的贡献。当初我之所以自己来演戴笠，就是担心演员把这个人物脸谱化、简单化，这不符合我的要求。

在"谍战三部曲"的第二部《海狼行动》中，我继续扮演了戴笠。这部戏的序幕就是 1937 年 12 月国民政府大撤退的前夜。日军兵临南京城下，眼看江山已去、国将不国的戴笠内心充满忧郁。我想通过自己的亲自演绎，能让观众对戴笠有一个新的认识，还是那句话，对于历史人物我们不能用简单的"好"和"坏"来认知，应当还原他的真实，把解读的权利还给大众。拍摄《海狼行动》时，我们在杭州法华寺拍戴笠进香，结果去了那以后，寺庙的人说历史上的戴笠真的曾在这里上过三次香，他们特许我把升降臂带进大雄宝殿。我想，至少在浙江人心中，戴笠还是有一定的影响的。

关于做导演："不是玩票，而是圆梦"

记　者：在您去年刚出版的小说集《戊戌年纪事》的后记中，您曾这样写道，您担心"作为编剧和导演的潘军会淹没从前那个作家潘军"。我们也看到一种现象，越来越多的作家开始喜欢扮演起前面两个角色，包括您自己。怎样看待职业作家的多功能化？

潘　军：如果说你现在问我最想做什么？我还是会毫不犹豫地告诉你写小说。这里面似乎还有一点矛盾，最想写小说你为什么不写小说呢？什么是写小说？写小说是一个人的战争，是人和人自己打，而我这个人恰恰是不轻易言败的，我用什么来证明我潘军是一个越写越好的作家，那么我觉得必须向自己挑战，就是首先要向我自己证明这一点，然后才是向读者证明。我把自己的写作分为"内心需要的写作"和"生活需要的写作"两种形式。对我而言，自 2004 年出版长篇小说《死刑报告》之后，就一直很难找到"内心需要的写作"状态。所以有时候在状态不好的时候，或者我感觉我还没有十足把握能写出更好的小说时，我可能会更多地从事"生活需要的写作"，比如写电视剧。当然，这里面也有实际生活上的问题。男人天生就是要有担当的，要对生活尽责。具体地说，尽责的前提就是挣钱，否则只是尽心，不是尽责，你也没法尽责。

谈到做导演，首先是我自己拥有这方面的能力。我在上大学之前，就是学美术的。你们浙江省的杂志《江南》今年第一期的封二、封三刊登的就是我的美术作品。我十八岁就参加全国画展，当年就想考浙江美术学院（现中国美术学院），他们没录取我，这可能是和我父亲是右派有关系（高考恢复的第一年是讲政审的）。其次，我母亲是个黄梅戏演员，我父亲是一个剧作家，我从小是在剧团戏院里长大的，我受到了熏陶。第三，我读了不少电影方面的书，我自己进大学以后，从图书馆借的第一本书就是前苏联导演库里肖夫的《电影导演基础》。我的一些关于电影方面的文章被大学作为教材。也许就我个人的条件、能力、知识结构当一个导演比做一个作家更称职，只是因为这样和那样的阴错阳差，让我先成了一个作家。所以今天，我做这些只是在自己小说没有找到最好状态的时候，回头去圆自己的一个梦而已，这绝不是过一把瘾，去玩一个票。不可能我一拍什么，什么东西就火了，这肯定是与你长期的积累、训练有关系的。

正是基于这种考虑，它诱发了我的一种担忧，对于一个作家来讲最尴尬的事情，就是你写了那么多自以为还不错的小说，民间却并没有多少人知道，但是你一部电视剧《五号特工组》，全国人民都知道了。到哪都采访你，要请你吃饭，送茶叶送香烟，要和你照相。这是一件很荒唐的事情。文化在今天这个时尚社会、商品社会的失衡，所以文化人在其中是扮演了一个很尴尬的角色。我一点都不得意，反倒沮丧。我在后记当中写的这个话，是一种发自肺腑的。

关于当代文坛："让写作的去写作， 让挣钱的去挣钱"

记　者：现在每天约有700种新书上架，有人疾呼，到底是出版书还是生产纸。在这个全民浮躁的社会环境下，您觉得中国文坛存在的最大问题是什么？

潘　军：我对中国文坛的判断只是凭自己的直觉，也没有什么很详尽的资料。事实上，我已经很久不看小说了，一方面这个年纪要做很多事情，一方面自己的阅读兴趣已经逐渐转到文史方面，当然确实也没有一部能让我很在意的小说在吸引着我。

有几个朴素的观点是要说一说的。一个我觉得在中国当代文学中扮演脊梁角色的应当还是我们这一茬作家，从"寻根文学"到"先锋文学"这一路下来，从年龄上讲就是50年代到60年代前半叶这些人，像韩少功、史铁生、李锐、马原、莫言、余华、苏童、格非、叶兆言、北村、吕新、毕飞宇等等，或许也包括我吧。第二个判断，这些似乎撑起当代中国文学门面的作家，目前的境遇又不尽乐观，这是一个令人堪忧的问题。比如说有的已经不写了，或者说是写不出来了，比如说马原，十几年没有一个东西了，有的可能是不断地在重复自己，还有的作家是每况愈下，虽然也在写但越写越不好，能否继续让读者有一种期待，这也要拭目以待了。第三，对于目前这些年轻的作家，我总感觉到他们在时尚的层面走动的太多，在他们的作品里面，无论是思想性还是从诗性，都很难感受到对文化的交代传承。在“80后”的作家中间，我没有见到一部深厚的东西，更多的是一种时尚浅表。像郭敬明，我看了一个材料，他被《纽约时报》评为中国最成功的作家——美国人很实在，标准可能就是他是挣钱最多的作家吧，当然这也是一种成功，但绝对不是文学的成功，而是商业的成功。

当然，今天是一个日趋多元化的社会，我觉得文学被人淡忘或许是一件好事情。因为社会总是让每个人去干自己喜欢的事情，按着这个趋势发展，这个社会肯定是一种进步。不一定非要搞成一个阵营的感觉，掀起一种什么大浪，我觉得这也不正常。文学就是一种个体劳动，让愿意写作的人去写作，让愿意挣钱的就去挣钱，这也很合理，没有什么大惊小怪。

关于项羽：“他是诗人”

记　者：您的先锋话剧《霸王歌行》前不久正在北京热演，这部根据您的小说《重瞳》改编而成的话剧几乎颠覆了项羽的传统形象，项羽不再是莽汉和武夫，也不是落魄英雄，而成了一个因追求自由人格而放弃权力，并以死的方式向自由致敬的诗人。您为什么要重塑这样一个项羽？不少人在解读您笔下的项羽时都会把您和他联系在一起，说你们之间很相像，为什么这么说呢？

潘　军：《重瞳》这部小说在文学界包括国外还是有些影响。这个小说让我最满意的一点就是让我找到了一种个人理想和价值的载体。历史上喜欢项羽的人无非是两种人——文人和女人，李清照正好就是二者融为一体的人物，真正的男人是不大喜欢项羽的，因为他们往往很在乎成败。在《重瞳》里我最得意的是用第一人称去写了项羽，小说的开篇就是“我是项羽，这个名字怎么看都是一个诗人”。

我觉得一个作家或者一个艺术家，当他找到了一种属于自己的方式的时候，他是兴奋的。我没有去改变司马迁《项羽本纪》中所提供的种种史实，但是我确实又在这些典籍中寻到了一种新解读的可能性。话剧保持了小说这种先锋特征，所以它在北京演得确实很好，过一段时间会去上海演，下半年还可能去国外巡演。话剧能给我带来一种快乐，所谓的成就感吧，我感觉到这能是一个东西，而电视剧只是老百姓很喜欢，所以它还是一种大众层面的东西，但话剧是小众的。至少我认为应该是小众的。

至于你所说的“和项羽很像”，更多的可能是精神气质上的吧。确实有人这么说过。比如，文艺学家鲁枢元曾在一篇文章里，将叶兆言和我作过比较，他说，如果说叶兆言的身上有一种秦淮名士的儒雅之气，那么潘军身上则有那种塞上军旅的霸气。后来我在广州对《花城》的执行主编田瑛说我想写项羽时，他说我能写好。那意思或许是说作家的精神品格是与笔下的人物有一致性吧。《霸王歌行》中，项羽对韩信说，“我之所以容不下你，是因为我鄙视你的胯下之辱。”一个男人既然能从别人的裤裆底下爬过去，这种人太可怕了。但是我不能理解后人为什么会把韩信美誉成大丈夫能屈能伸呢？项羽作为一个失败的英雄，在我心中是有一定的位置的。这也是我唯一的一篇古代题材，这之前我从没有写过一个两千多年以前的事情。

关于性格：“我可以说不”

记　者：有人说您在文联开会是戴着墨镜叼着烟，发起言来滔滔不绝。这种看似不羁的性格形成，是否隐含着一些因素？

潘　军：你刚才说的这个事我自己都记不清了，你可能是从网上看见的吧，也有可能是以讹传讹。当然，我在生活中间确实是一个自由散漫的人，我经常和一些朋友讲，到今天来说我最大的资本就是我可以对一些事情说“不”，很多东西我可以不要，比如说我可以不加入中国作协，可以不要职称，可以不要参加任何行政的会议，可以不接受一些任何我不想要的奖项。我可以说“不”，但有些人就说不了“不”。或者他压根上就不想说。当然，这并不是我要摆出一副很傲慢的样子，我觉得自己还是能让人接近的，我本身就是一个普通人，没有什么了不起。你不认识我，你们的报纸也不是大报，我不还是照样接受你的采访了吗？一些记者写我戴墨镜开会，但是反过来说，戴着墨镜开会又怎样呢？难道就不能戴墨镜开会吗（大笑）？

七月，广西师范大学出版社出版三卷本“潘军作品”，包括小说集《海口日记》、《合同婚姻》和散文随笔集《山水美人》。潘军本人题写书名。

八月，《中国文艺家》杂志发表《对门·对面——作家潘军谈文学和影视》。

十一月，《合同婚姻》获《小说月报》第十届“百花奖”，去乌镇、绍兴等地参观。

十一月，长篇小说《死刑报告》发表于《花城》第6期，该作一经发表，遂引起广泛关注，包括《检察日报》在内的全国各地四十多家报纸相继连载。

十一月，由唐先田主编的《潘军小说论》（第一辑），由母校安徽大学出版社出版，收入国内研究者论文近四十篇。

十二月二十六日，《北京晚报》发表潘军《〈死刑报告〉问答》。

2004 年

一月，人民文学出版社出版长篇小说《死刑报告》单行本，称之为“当代中国首部近距离探讨死刑问题的小说”。

二月，在京接受《华盛顿邮报》专访。

三月，接受福建中南卫视“相约名人坊”栏目采访。

三月，由本人担任编剧的话剧《合同婚姻》，由北京人民艺术剧院在京首演，引起轰动。任鸣导演，吴刚、史兰芽、王茜华等主演。

四月，中篇小说《犯罪嫌疑人》发表于《人民文学》。

五月，《小说选刊》转载《犯罪嫌疑人》。

五月，《北京文学·中篇小说月报》转载《犯罪嫌疑人》。

五月，《中篇小说选刊》第3期转载《犯罪嫌疑人》。

五月，话剧《合同婚姻》发表于《新剧本》。

五月，短篇小说《临渊阁》发表于《北京文学》。同期以潘军漫画像作为封面。

五月，应北京大学法学院邀请，参加“名家讲坛”，就死刑问题和刑法专家陈兴良教授对话。

六月，《中华文学选刊》转载《临渊阁》。

六月，《小说选刊》转载《临渊阁》。

六月，《小说精选》转载《犯罪嫌疑人》

七月，《新华文摘》转载《临渊阁》。

七月，台湾正中书局出版《死刑报告》，称其为“中国最富探索性的文字”和“全球首部近距离探讨死刑问题的华文小说”。

八月，台湾正中书局出版《重瞳——潘军中篇小说集》。同时发表台湾批评家南方朔、吕正惠、蔡诗萍等人的评论文章。

八月二十三日，慈母潘根荣因病医治无效，在合肥病逝，受到巨大打击！

十月，日本《中国现代小说》翻译发表《纸翼》。

十二月，短篇小说《枪，或者中国盒子》发表于《人民文学》。

十二月，为《北京文学·中篇小说月报》评点阿根廷作家博尔赫斯。

2005 年

一月，话剧《重瞳——霸王自叙》发表于《江南》第 1 期。这是该刊首次破例发表剧本。

一月，日本《现代中国小说》翻译短篇小说《小姨在天上放羊》。

二月，《中外书摘》转载《枪，或者中国盒子》。

二月，与作家张炯、陆天明、西川、林莽等赴哈尔滨出席“中俄作家对话会”。

十月，短篇小说《临渊阁》获“北京文学奖”。

十月，根据《重瞳——霸王自叙》改编的京剧剧本《江山美人》发表于《芙蓉》第五期。这是潘军发表的首个戏曲剧本，也是该刊破例发表的剧本。

十月，与作家阿来、北村、阎连科、田瑛、吕新、李洱、林宋瑜、盛可以等出席西沙笔会，在南海辗转半月。

2006 年

四月，中篇小说《戊戌年纪事》发表于《山花》。

四月，北京人民艺术剧院再度上演话剧《合同婚姻》。

五月，完成根据《合同婚姻》改编的同名电视剧，交导演何群。

六月，由潘军编剧并担任总导演的30集电视剧《五号特工组》在上海车墩影视基地开拍，并出演剧中戴笠一角，该剧至九月底封镜。

其间，与陈凯歌谈《死刑报告》剧本改编，后因电影局审查未获通过而搁浅。

2007年

三月，30集电视剧《五号特工组》一经播出，遂引起极大反响，创下了本年度中国电视剧的收视之最。

三月，根据剧本改编的影视故事单行本《五号特工组》由文化艺术出版社出版。

三月，《书法报》一版篇幅介绍潘军书画作品。

七月，短篇小说《草桥的杏》发表于《北京文学》。

十一月，在上海车墩影视基地开拍“谍战三部曲”第二部《海狼行动》，继续担任编剧和导演，并出演戴笠一角，至次年二月杀青。

十一月，《戊戌年纪事——潘军最新小说》由文化艺术出版社出版。

2008年

一月，《江南》第1期发表《丹青诉江南——潘军作品欣赏》，共发表国画作品五幅。

三月十四日，话剧《重瞳——霸王自叙》更名为《霸王歌行》，由国家话剧院在京首演成功，引起极大反响。导演王晓鹰，主演房子斌、张昊、刘璐等。

三月，在京接受日本汉学家、中央大学教授、《幕》杂志主编饭塚容先生访谈。该访谈系日本政府资助的“当代中国文学研究计划”。

四月，接受安徽卫视“改革开放三十年三十人”专题采访。但是，该片后来并未播出。

四月，话剧《霸王歌行》在北京大学“名人礼堂”上演。

五月，哈尔滨话剧院演出话剧《合同婚姻》，将所得演出收入全部捐献给该院下属的艺术学校。

六月，20集电视剧《婚姻背后》（即《合同婚姻》）陆续在各地电视台播出。

六月，话剧《霸王歌行》演出本由《剧本》月刊发表，同期还发表了创作谈《从小说〈重瞳〉到话剧〈霸王歌行〉》。

七月，送女儿潘萌赴美国洛杉矶留学。

七月，《江南》杂志第四期发表长篇《潘军访谈录》。

八月，34 集电视剧《海狼行动》由天津电视台首播，之后全国各地陆续播出，再次引起广泛关注。

九月，《冷眼·直言——潘军访谈录》由母校安徽大学出版社出版。

九月，话剧《霸王歌行》赴韩国、埃及、俄罗斯等地演出，取得很好反响。

十月，话剧《霸王歌行》在国内深圳、南京、济南等地巡演。

十月，日本《幕》杂志发表《中国作家、剧作家潘军访谈录》。

十月，完成“谍战三部曲”最后一部《惊天阴谋》创作，将继续任导演。

十一月，长篇小说《独白与手势》（修订本）由文化艺术出版社出版。

十二月，完成电影文学剧本《重瞳——霸王自叙》。

十二月，34 集电视剧《海狼行动》分别在深圳、云南、湖北、辽宁四家卫视播出，在北京等地又创下收视之最。

2009 年

一月，潘萌回国度假过春节。正月初二，启程去上海，送女儿回洛杉矶。之后，进入《惊天阴谋》剧组，担任编剧、导演和执行制片人，并三演戴笠。

二月八日，《惊天阴谋》开机。

二月，《序文三题》发表于《作家》。

二月，为《北京文学·中篇小说月报》作插图。

三月，由陈宗俊编选的《潘军小说论》（第二辑）由安徽大学出版社出版，共收入研究论文三十多篇。

四月十五日，在横店影视基地得到林斤澜逝世消息，后作《悼念斤澜先生》一文。

四月二十二日，《惊天阴谋》在横店封镜。

四月二十三日，应浙江传媒学院邀请前去讲座。

四月，在《剧本》发表随笔《关于话剧的笔记》。

五月，《北京文学》发表散文《悼念斤澜先生》。

八月，为郑州市政府、巩义市政府接手改编并执导30集电视剧《康百万》（后更名为《河洛康家》），再次担任执行制片人。

十月二十日，《康百万》在北京通州“漕运码头”基地开机，一周后转河南境内拍摄。

十一月，小说《合同婚姻》英译版由中国外文出版社选入“二十一世纪中国文学”书系，并参加法兰克福书展。

2010年

一月五日，《康百万》在北京怀柔基地顺利封镜。

二月，根据小说改编的电影文学剧本《重瞳——霸王自叙》发表于《作家》杂志第二期，同期还发表《电影〈重瞳——霸王自叙〉编导阐述》。

五月，写作电视剧《粉墨》，该剧从1949年写到1979年，旨在表现三十年的艰难岁月。

十月，话剧《霸王歌行》赴日本演出。

十月三十一日，大型电视剧《粉墨》在浙江横店影视基地开机，该剧后转战上海车墩、胜强影视基地。

十二月，话剧《合同婚姻》，由美国“黄河话剧团”在美国华盛顿特区上演，获得很好反响。

十二月，32集电视剧《惊天阴谋》由天津、河北、重庆、贵州四家卫星电视播出，再次获得好评。

十二月三十日，接章德宁短信，得知作家史铁生逝世，不胜悲痛！

十二月三十一日，为《合肥晚报》作散文《与铁生书》。

2011年

一月一日，《粉墨》在上海胜强影视基地顺利杀青。此剧后被投资方更名为《永远的母亲》，对此感到不可理解。

一月四日，赶赴北京“798”，参加“与史铁生最后一次聚会”活动。遇余华、林白、徐晓斌、林宋瑜以及章德宁、岳建一夫妇。

二月，接受《合肥晚报》记者何素平专访，后以《我喜欢做充满悬念的事》为题见诸该报。

四月，《霸王歌行》在中国国家大剧院再度演出。

六月，去黄山看景，为电影《天街》做准备。

八月，已在洛杉矶定居的二妹潘莉携女儿米雪尔、三妹潘微一起回国省亲，这是四兄妹（大妹潘虹）在离别十七年之后第一次于安庆团聚。一起去公墓祭拜母亲，再去老家怀宁县江镇乡罐子窑村祭拜外祖父、外祖母，后回故里石牌镇“从前的院子”。回来后修改散文《关于我的母亲》。

八月，为《安庆版画五十年》作序。

八月下旬，开始着手电视剧《决胜台儿庄》的写作，计划明年春节后投入拍摄。

八月三十日，在京与英国托笔.伊迪文学代理联合有限公司（Toby Eady Associates）总裁托笔.伊迪洽谈《死刑报告》全球版权代理事宜。

九月，应荷兰文学基金会邀请，参加“北京国际图书博览会”，与主宾国荷兰作家赫尔曼.普莱和菲克.梅耶尔的对话。

十二月，赴美国洛杉矶，探望女儿潘萌，同时与妹妹潘莉、潘微相聚。

2012 年

一月，继续在美国旅行访问，分别抵达旧金山、圣地亚哥、拉斯维加斯、纽约、华盛顿等城市。

一月，将话剧《霸王歌行》版权无偿赠予新疆话剧团演出。

二月，散文《关于我的母亲》修改后发表于《江南》第二期。

五月，电视剧《粉墨》更名为《永远的母亲》，由深圳电视台首播，但已经剪去三集，不可理喻！

五月，话剧《霸王歌行》在京再度演出。

六月，首次草书大型手卷《前赤壁赋》、《后赤壁赋》、《岳阳楼记》。

七月，完成电影文学剧本《天足》。

附录二：潘军主要著作目录

长篇小说

《日晕》——人民文学出版社 1989 年版

《日晕》——台湾贯雅文化公司 1991 年版

《风》——河南人民出版社 1993 年版

《日晕》——中国文联出版社 2001 年版

《独白与手势·白》——人民文学出版社 2000 年版

《独白与手势·蓝》——人民文学出版社 2000 年版

《独白与手势·红》——人民文学出版社 2001 年版

《死刑报告》——人民文学出版社 2004 年版

《死刑报告》——台湾正中书局 2004 年版

《五号特工组》——文化艺术出版社 2007 年版

《独白与手势》（修订本）——文化艺术出版社 2008 年版

文集·小说集

《潘军文集》（四卷）——长江文艺出版社 2002 年版

（《日晕》、《风》、《对门·对面》、《重瞳》）

《潘军实验作品》（上下卷）——花城出版社 2000 年版

《潘军小说文本系列》（六卷）——中国工人出版社 2000 年版

（《海口日记》、《偶像崇拜年代》、《悬念》、《和陌生人喝酒》、《霸王自叙》、《结束的地方》）

《潘军中篇自选集》（上下卷）——大众文艺出版社 2000 年版

《中国当代作家选集·潘军卷》——人民文学出版社 2000 年版

《中国当代小说名家珍藏版·潘军卷》——文化艺术出版社 2001 年版

《重瞳——中国小说五十强·潘军卷》——时代文艺出版社 2001

年版

《白底黑斑蝴蝶——跨世纪文丛·潘军卷》——长江文艺出版社2001年版

《风印——潘军短篇小说集》——中国文联出版社2001年版

《海口日记》——广西师大出版社2003年版

《合同婚姻》——广西师大出版社2003年版

《白色沙龙——大陆先锋作家潘军小说集》——台湾贯雅出版社1991年版

《重瞳——潘军自选集》——台湾正中书局2004年版

《戊戌年纪事——潘军最新小说》——文化艺术出版社2007年版

散文、随笔集

《潘军散文》——浙江文艺出版社2000年版

《水磬——潘军随笔集》——中国文联出版社2001年版

《山水美人——潘军散文随笔》——广西师大出版社2003年版

《我家的时尚女孩》（与潘萌合作）——人民文学出版社2001年版

《坦白——潘军访谈录》——安徽大学出版社2000年版

《冷眼·直言——潘军访谈录》——安徽大学出版社2008年版

附录三：潘军主要影视作品目录

《大陆人》（26 集电视连续剧）——1997 年，编剧、导演
《对话》（电视电影）——1998 年，编剧、导演
《海口日记》（20 集电视连续剧）——1999 年，原著、编剧
（播出改名为《生死有情》）
《好好活着》（24 集电视连续剧）——2002 年，编剧
《合同婚姻》（20 集电视连续剧）——2006 年，原著、编剧
（播出改名为《婚姻背后》）
《五号特工组》（30 集电视连续剧）——2006 年，编剧、总导演
《海浪行动》（34 集电视连续剧）——2008 年，编剧、导演
《惊天阴谋》（32 集电视连续剧）——2009 年，编剧、导演
《河洛康家》（32 集电视连续剧）——2009 年，剧本改编、导演
《粉墨》（30 集电视连续剧）——2010 年，编剧、导演
（播出改名为《永远的母亲》）
《决胜台儿庄》（32 集电视连续剧）——2012 年，编剧、导演

附录四：主要研究资料索引（截至 2011 年 12 月）

一、部分期刊论文（国内）

1. 长篇创作的新尝试——评潘军的《日晕》（唐先田）——《清明》1988 年第 3 期。

2. 给读者留下广阔的思维空间——读《日晕》（陈辽）——《清明》1988 年第 6 期

3. 论情绪流小说兼论潘军创作（李正西）——《安徽教育学院学报》1990 年第 2 期。

4. 论潘军小说中的人物塑造（李美云）——《安庆师范学院学报·社科版》1991 年第 4 期。

5. 穿行于写实和虚构之间——潘军长篇小说《风》解读（吴义勤）——《当代文坛》1994 年第 1 期。

6. 对文学说话：潘军的《风》及其他（陈晓明）——《当代作家评论》1994 年第 2 期。

7. 捕《风》捉影——兼记潘军与他的伙伴及我的朋友们（鲁枢元）——《当代作家评论》1994 年第 2 期。

8. 现在的写城市的潘军（李洁非）——《新安晚报》2000 年 10 月 13 日。

9. 笔记潘军（施战军）——《南方文坛》2000 年第 5 期。

10. 《独白与手势》三人谈（吴义勤、施战军、王光东）——《作家》2000 年第 5 期。

11. 潘军小说解读的其它几种可能性（许春樵）——《江淮论坛》，2001 年第 1 期。

12. 主观真实和心理真实的文本——论潘军的小说艺术（李正西）——《江淮论坛》2001 年第 1 期。

13. 彻底颠覆后的诗意重构——评《重瞳》（唐先田）——《安徽大学学报·社科版》2001 年第 1 期。

14. 恣情的诗意——论潘军的小说创作（方维保）——《安徽大学学报·社科版》2001 年第 1 期。

15. 先锋叙事：漫游与回归——潘军中篇小说论（丁增武）——《安徽大学学报·社科版》2001 年第 1 期。

16. 论潘军小说的叙事风格（丁增武）——《合肥联合大学学报》2001 年第 3 期。

17. 自由展示生活画面——《独白与手势·白》阅读体验（王晓岚）——《吕梁高等专科学校学报》2001 年第 4 期。

18. 穿行于历史与现实之间——《重瞳》思想意蕴漫谈（吴春平、张俊）——《安庆师范学院学报·社科版》2002 年第 2 期。

19. 生前和死后——解读潘军中篇历史小说《重瞳》（张晓玥）——《安徽文学》2002 年第 6 期。

20. 浪子·硬汉与生存恐惧——潘军小说论之三（方维保）——《淮北煤炭师范学院学报·社科版》2003 年第 1 期。

21. 飞翔与行走：潘军小说论（陈宗俊）——《安庆师范学院学报·社科版》2003 年第 4 期。

22. 现代城市人的婚姻绝唱——评潘军中篇小说《合同婚姻》（孙仁歌）——《江淮论坛》2003 年第 6 期。

23. 我印象中的潘军（施战军）——《山花》2003 年第 7 期。

24. 城市状态的个性书写——潘军城市叙事解读（黄晓东）——《当代文坛》2004 年第 1 期。

25. 试论《独白与手势》的电影化叙事形式（高姿英）——《安徽广播电视大学学报》2004 年第 1 期。

26. 我所感受到的潘军（唐先田）——《时代文学》2004 年第 5 期。

27. 我所认识的作家潘军（汪淏）——《时代文学》2004 年第 5 期。

28. 一个作家 N 种印象（施战军）——《时代文学》2004 年第 5 期。

29. 在传说中生活与写作——潘军或潘军小说印象（徐迅）——《北京文学》2004年第5期。

30. 存在主义与潘军的《独白与手势》（吴格非）——《萨特与中国》，中国矿业大学出版社2004年版。

31. 尊重生命　呼唤良知——有感于潘军的《死刑报告》（宁克华）——《当代文坛》2005年第1期。

32. 论潘军小说创作的故乡情结（陈宗俊）——《安庆师范学院学报·社科版》2005年第6期。

33. 潘军的“新表现时代”与《重瞳》这本选集（南方朔）——《安徽文学》2005年第7期。

34. 潘军写活了与一般男人不一样的男人（蔡诗萍）——《安徽文学》2005年第7期。

35. 潘军的小说和他这个人（吕正惠）——《安徽文学》2005年第7期。

36. 执着的探索　永远的先锋——潘军小说《日晕》和《风》比较（李云峰）——《济宁师范专科学校学报》2006年第1期。

37. 现实与想象的边界——潘军长篇小说《死刑报告》解读（丁增武）——《合肥学院学报·社科版》2006年第3期。

38. 先锋叙事中的项羽及其他——《史记·项羽本纪》和《重瞳》的互文性阅读（党艺峰）——《渭南师范学院学报》2007年第3期。

39. 婚恋尴尬与人性困境——《合同婚姻》的文本细读（周毅、王蓉）——《海南大学学报·社科版》2007年第5期。

40. 潘军小说中的女性人物分析（李月云）——《阜阳师范学院学报·社科版》2007年第5期。

41. 自我叙事话语与意义再生产——以潘军的《重瞳——霸王自叙》为中心（朱崇科）——《海南师范大学学报·社科版》2007年第6期。

42. 心灵苦难的独特表达——潘军回忆性小说研究（黄晓东）——《铜陵学院学报》2008年第5期。

43. 论潘军早期的小说创作（黄晓东、陈宗俊）——《安庆师范学院学报·社科版》2008年第7期。

44. 潘军：男人主宰的世界（周立民）——《精神探索与文学叙述：

新世纪文学论稿》，广西师大出版社2008年版。

45. 改编伦理、历史重构与先锋性——关于话剧《霸王歌行》的几个问题（韩传喜、傅晓燕）——《吉林师范大学学报·社科版》2009年第1期。

46.《潘军论》（王海燕）——《文学评论丛刊》2009年第2期。

47. 先锋背后的现实焦虑：潘军近年小说解读（江飞）——《安庆师范学院学报·社科版》2009年第5期。

48. 水磬声声：潘军小说中的“水”叙事（陈宗俊）——《安庆师范学院学报·社科版》2009年第10期。

49. 人不狷狂枉少年——透视潘军小说《独白与手势白》的文人精神（潘建华）——《飞天》2009年第18期。

50. 潘军小说语言的反讽修辞（黄晶晶）——《科技信息》2009年第28期。

51. 两极的对抗与消融——论潘军短篇小说（方萍）——《铜陵职业技术学院学报》2011年第1期。

52. 流动的沙滩，流动的感受——对潘军小说《流动的沙滩》的解读（唐东震）——《作家》2011年第10期。

二、硕士论文

1.《潘军小说创作论》，作者：黄晓东；授予单位：南京大学；授予时间：2004。

2.《潘军近年小说解读》，作者：蔡爽；授予单位：武汉大学；授予时间：2004。

3.《论潘军小说的个人化叙事》，作者：李云峰；授予单位：安徽师范大学；授予时间：2007。

4.《论潘军中短篇小说的荒诞意识》，作者：谭墨墨；授予单位：东北师范大学；授予时间：2009。

5.《潘军小说语言特色研究》，作者：黄晶晶；授予单位：安徽大学；授予时间：2009。

6.《男性个体生命的存在方式——解读潘军的小说〈独白与手势〉》，作者：陶存堂；授予单位：新疆大学；授予时间：2010。

三、资料汇编

1.《潘军小说论》（唐先田主编），安徽大学出版社 2003 年 11 月版。

2.《潘军小说论》（第二辑）（陈宗俊编选），安徽大学出版社 2009 年 3 月版。

后 记

如果从1982年发表第一篇小说算起，明年正好是我的文学生涯三十年。

三十年，怎么看都是个令人敬畏的时间。

回顾这三十年的历程，再看看自己写下的这些文字，心情难免复杂。其一，总觉得自己最好的作品尚未写出；其二，时间过得太快，以至于有些措手不及，担心计划中想写的东西实现不了；其三，就这么完结一个小说家的使命，似乎还不甘心。因此，在这样的时候，编纂一套十卷本的文集，是一次总结，也是一次缅怀，更带有祭奠的意味——那逝去的三十年，是我此生最值得珍惜的岁月。

1982年，我毕业于安徽大学；十年后，我去了海口，之后便过上了自我放逐的生活。虽然一路风风雨雨，但毕竟还是赢得了一份可贵的自由。所以，这里的文字，大都是“在路上”完成的，某种意义上，它们也构成了我不同时期的影像。

2006年之后，我由小说创作转向了影视。作出这种选择，并非是我远离文学，而是希望以一个作家的身份去介入影视。并且，导演这一职业本来就是我人生计划中的一部分，如同未来的某一天，我会断然放弃影视而专事书画。这是我个人的人生三部曲。

文集主要收录的，是我绝大部分的小说、散文、随笔、剧作与访谈。另外一些，如诗歌、歌词、报告文学、电视文学剧本等，则都没有收录。

我需要感谢长期以来一直关注我的广大读者和观众。感谢帮助、支持我的报纸、期刊、出版社的编辑朋友。同时要感谢关心我创作的批评界的朋友。

感谢文化艺术出版社的总编辑查振科先生、社长沈梅女士和责任编辑陶玮女士。由于他们的支持，使得这套书顺利出版。

感谢两位年轻的博士陈宗俊、江飞，他们协助完成了文集的初选和最后的校对。

我还要感谢我的家人，我已故的母亲和健在的父亲，尤其是我的女儿潘萌，因为她的注视与鼓励，使我至今还保持着一个作家的立场与尊严。

潘　军

2011 年 10 月 15 日　北京寓所

图书在版编目（CIP）数据

潘军文集/潘军著. —北京：文化艺术出版社，2012.6

ISBN 978-7-5039-5372-9

Ⅰ. ①潘… Ⅱ. ①潘… Ⅲ. ①中国文学—当代文学—作品综合集 Ⅳ. ①I217.2

中国版本图书馆 CIP 数据核字（2012）第 084544 号

潘军文集（十卷）

著　　者　潘　军
责任编辑　陶　玮
装帧设计　顾　紫
出版发行　文化艺术出版社
地　　址　北京市东城区东四八条 52 号　100700
网　　址　www.whyscbs.com
电子邮箱　whysbooks@263.net
电　　话　（010）84057666（总编室）84057667（办公室）
　　　　　（010）84057691—84057699（发行部）
传　　真　（010）84057660（总编室）84057670（办公室）
　　　　　（010）84057690（发行部）
经　　销　新华书店
印　　刷　国英印务有限公司
版　　次　2012 年 10 月第 1 版
　　　　　2012 年 10 月第 1 次印刷
开　　本　700 毫米×1000 毫米　1/16
印　　张　223
字　　数　2800 千字
书　　号　ISBN 978-7-5039-5372-9
定　　价　588.00 元（精）